समाज-विज्ञान

विश्वकोश

खण्ड 2

ज्ञान शांति मैत्री

महात्मा गांधी अंतरराष्ट्रीय हिंदी विश्वविद्यालय, वर्धा (महाराष्ट्र)

समाज–विज्ञान

विश्वकोश

खण्ड 2

सम्पादक

अभय कुमार दुबे

फ़ेलो और निदेशक, भारतीय भाषा कार्यक्रम,
विकासशील समाज अध्ययन पीठ, नयी दिल्ली

सहायक–सम्पादक

बीर पाल सिंह यादव

असिस्टेंट प्रोफ़ेसर एवं प्रकाशन प्रभारी
महात्मा गांधी अंतरराष्ट्रीय हिंदी विश्वविद्यालय, वर्धा (महाराष्ट्र)

राजकमल प्रकाशन

ISBN : 978-81-267-2849-7

मूल्य : ₹ 3600 (छह जिल्दों में)

पहला संस्करण : 2013
दूसरा संस्करण : 2016
पहली आवृत्ति : 2023

प्रकाशक : राजकमल प्रकाशन प्रा.लि.
1-बी, नेताजी सुभाष मार्ग, दरियागंज
नई दिल्ली-110 002

शाखाएँ : अशोक राजपथ, साइंस कॉलेज के सामने, पटना-800 006
पहली मंज़िल, दरबारी बिल्डिंग, महात्मा गांधी मार्ग, प्रयागराज-211 001

वेबसाइट : www.rajkamalprakashan.com
ई-मेल : info@rajkamalprakashan.com

सम्पादकीय सहयोग
नरेश गोस्वामी, कमल नयन चौबे, सुमेल सिंह सिद्धू, मनोहर नायक, मनोज मोहन

डिज़ाइन : मृत्युंजय चटर्जी
अनुक्रमणिका : मंजू खन्ना
टंकण एवं अन्य सहयोग : चंदन शर्मा, संजय कुमार

मुद्रक : बी.के. ऑफसेट
नवीन शाहदरा, दिल्ली-110 032

SAMAJ-VIGYAN VISHWAKOSH-2
Edited by Abhay Kumar Dubey

खण्ड

2

सलाहकार-मण्डल

रविकांत
एसोसिएट फ़ेलो, विकासशील समाज अध्ययन पीठ, दिल्ली

राकेश पाण्डेय
एसोसिएट फ़ेलो, विकासशील समाज अध्ययन पीठ, दिल्ली

राजकुमार
प्रोफ़ेसर, हिंदी विभाग, बनारस हिंदू विश्वविद्यालय, वाराणसी (उप्र)

राजीव भार्गव
निदेशक और वरिष्ठ फ़ेलो, विकासशील समाज अध्ययन पीठ, दिल्ली

राधावल्लभ त्रिपाठी
प्रोफ़ेसर, डॉ. हरीसिंह गौर विश्वविद्यालय, सागर (मप्र)

विजय बहादुर सिंह
पूर्व निदेशक, विकासशील समाज अध्ययन पीठ, दिल्ली

शैल मायाराम
वरिष्ठ फ़ेलो, विकासशील समाज अध्ययन पीठ, दिल्ली

सौम्यव्रत चौधरी
वरिष्ठ फ़ेलो, सेंटर फॉर स्टडीज़ ऑफ़ सोशल साइंसेज़, कोलकाता (पश्चिम बंग)

सतीश देशपांडे
प्रोफ़ेसर, दिल्ली स्कूल ऑफ़ इकॉनॉमिक्स, नयी दिल्ली

स्मिता तिवारी जस्सल
विज़िटिंग फ़ेलो, विकासशील समाज अध्ययन पीठ, दिल्ली

सुधीश पचौरी
प्रोफ़ेसर और डीन, दिल्ली विश्वविद्यालय, दिल्ली

हिलाल अहमद
एसोसिएट फ़ेलो, विकासशील समाज अध्ययन पीठ, दिल्ली

लेखक-मण्डल

अभय कुमार दुबे
फ़ेलो और निदेशक, भारतीय भाषा कार्यक्रम,
विकासशील समाज अध्ययन पीठ, दिल्ली

अजय कुमार पांडेय
स्वतंत्र अध्येता, बलिया (उप्र)

अनामिका
फ़ेलो, नेहरू मेमोरियल म्यूज़ियम ऐंड लाइब्रेरी, नयी दिल्ली

अनुराग पांडेय
अनुसंधानकर्ता, राजनीतिशास्त्र विभाग, दिल्ली विश्वविद्यालय, दिल्ली

अनुष्का सिंह
अनुसंधानकर्ता, राजनीतिशास्त्र विभाग, दिल्ली विश्वविद्यालय, दिल्ली

अमितेश कुमार
अनुसंधानकर्ता, हिंदी विभाग, दिल्ली विश्वविद्यालय, दिल्ली

अम्बिका दत्त शर्मा
विभागाध्यक्ष, दर्शनशास्त्र विभाग, डॉ. हरीसिंह गौर विश्वविद्यालय,
सागर (मप्र)

अम्बरीष सक्सेना
मीडिया विशेषज्ञ, नयी दिल्ली

अविनाश कुमार
ऑक्सफ़ेम, नयी दिल्ली

अविनाश झा
पुस्तकालयाध्यक्ष,
विकासशील समाज अध्ययन पीठ, दिल्ली

आकांक्षा कुमारी
शोधार्थी, स्त्री-अध्ययन विभाग, महात्मा गांधी अंतरराष्ट्रीय
हिंदी विश्वविद्यालय, वर्धा (महाराष्ट्र)

आदित्य निगम
वरिष्ठ फ़ेलो, विकासशील समाज अध्ययन पीठ, दिल्ली

आलोक टंडन
स्वतंत्र अध्येता, समाज-दर्शन, हरदोई (उप्र)

इंद्रजीत कुमार झा
अनुसंधानकर्ता, राजनीतिशास्त्र विभाग,
दिल्ली विश्वविद्यालय, दिल्ली

उपासना पाण्डेय
असिस्टेंट प्रोफ़ेसर, राजनीतिशास्त्र विभाग,
वसंत महिला महाविद्यालय, वाराणसी (उप्र)

अंकिता पाण्डेय
असिस्टेंट प्रोफ़ेसर, इंद्रप्रस्थ कॉलेज,
दिल्ली विश्वविद्यालय, दिल्ली

कनक तिवारी
अध्यक्ष, छत्तीसगढ़ संस्कृति प्रतिष्ठान, रायपुर (छत्तीसगढ़)

कमल नयन चौबे
जूनियर फ़ेलो, नेहरू मेमोरियल म्यूज़ियम ऐंड लाइब्रेरी,
नयी दिल्ली

कविता रतूड़ी
अनुसंधानकर्ता, जवाहरलाल नेहरू विश्वविद्यालय, नयी दिल्ली

कृष्णदत्त पालीवाल
पूर्व विभागाध्यक्ष, हिंदी विभाग, दिल्ली विश्वविद्यालय, दिल्ली

गोपाल प्रधान
एसोसिएट प्रोफ़ेसर, भारतरत्न डॉ. भीमराव
आम्बेडकर विश्वविद्यालय, दिल्ली

धीरूभाई शेठ
पूर्व निदेशक, विकासशील समाज अध्ययन पीठ, दिल्ली

नरेश गोस्वामी
अनुसंधानकर्ता, भारतीय भाषा कार्यक्रम, विकासशील
समाज अध्ययन पीठ, दिल्ली

नवीन चंद्र
अनुसंधानकर्ता, दिल्ली विश्वविद्यालय, दिल्ली

निर्मल कुमार पाण्डेय
अनुसंधानकर्ता, भारतीय इतिहास अनुसंधान परिषद, नयी दिल्ली

पंकज कुमार झा
अनुसंधानकर्ता, राजनीतिशास्त्र विभाग,
दिल्ली विश्वविद्यालय, दिल्ली

पुनीत कुमार
विभागाध्यक्ष, राजनीतिशास्त्र विभाग, गवर्नमेंट एस.एम.एस. पी.जी.
कॉलेज, शिवपुरी (मप्र)

प्रियव्रत शुक्ल
प्रोफ़ेसर, रानी दुर्गावती विश्वविद्यालय, जबलपुर (मप्र)

प्रीति सागर
एसोसिएट प्रोफ़ेसर, साहित्य विभाग, महात्मा गांधी अंतरराष्ट्रीय हिंदी
विश्वविद्यालय, वर्धा (महाराष्ट्र)

बालगोविंद सिंह
विभागाध्यक्ष, शिक्षा विभाग, रमेश झा महिला कॉलेज,
सहरसा (बिहार)

बीर पाल सिंह यादव
असिस्टेंट प्रोफ़ेसर, साहित्य विभाग, महात्मा गांधी अंतरराष्ट्रीय हिंदी
विश्वविद्यालय, वर्धा (महाराष्ट्र)

मनहर चरण
पूर्व शोधार्थी, अहिंसा एवं शांति विभाग, महात्मा गांधी अंतरराष्ट्रीय
हिंदी विश्वविद्यालय, वर्धा (महाराष्ट्र)

मनीष मिश्र
पोस्ट-डॉक्टरल रिसर्च एसोसिएट, राजीव गाँधी समकालीन अध्ययन
पीठ, बरकुतल्लाह विश्वविद्यालय, भोपाल (मप्र)

मीना मनरल
असिस्टेंट प्रोफ़ेसर, कुमायूँ विश्वविद्यालय, अल्मोड़ा (उत्तराखण्ड)

मोहन दास नैमिशराय
पूर्व फ़ेलो, उच्च अध्ययन संस्थान, शिमला (हिमाचल प्रदेश)

योगेश अटल
पूर्व निदेशक (समाज-विज्ञान), यूनेस्को

रवि दत्त वाजपेयी
स्वतंत्र लेखक, ऑस्ट्रेलिया

राकेश श्रीवास्तव
स्वतंत्र लेखक और अनुवादक, नयी दिल्ली

राजकुमार
प्रोफ़ेसर, हिंदी विभाग, बनारस हिंदू विश्वविद्यालय, वाराणसी (उप्र)

राधावल्लभ त्रिपाठी
प्रोफ़ेसर, डॉ. हरीसिंह गौर विश्वविद्यालय, सागर (मप्र)

रोहित मिश्र
समाज-कार्य विभाग, लखनऊ विश्वविद्यालय, लखनऊ (उप्र)

विकास कुमार
असिस्टेंट प्रोफ़ेसर, ज़ाकिर हुसैन कॉलेज, नयी दिल्ली

विजय कुमार झा
अनुसंधानकर्ता, सेंटर फ़ॉर वुमंस डिवेलपमेंट स्टडीज़, नयी दिल्ली

विवेक रत्न
असिस्टेंट प्रोफ़ेसर, राजनीतिशास्त्र विभाग, दिल्ली विश्वविद्यालय, दिल्ली

विश्वनाथ मिश्र
असिस्टेंट प्रोफ़ेसर, राजनीतिशास्त्र विभाग, आर्य महिला पीजी कालेज, वाराणसी (उप्र)

वीरभारत तलवार
प्रोफ़ेसर, जवाहरलाल नेहरू विश्वविद्यालय, नयी दिल्ली

वैभव सिंह
असिस्टेंट प्रोफ़ेसर, हिंदी विभाग, दयाल सिंह कॉलेज, नयी दिल्ली

शम्भू जोशी
असिस्टेंट प्रोफ़ेसर, महात्मा गांधी अंतरराष्ट्रीय हिंदी विश्वविद्यालय, वर्धा (महाराष्ट्र)

श्यामा सिंह
रिसर्च एसोसिएट, सम्पूर्णानंद संस्कृत विश्वविद्यालय, वाराणसी (उप्र)

शिवानी चोपड़ा
फ़ेलो, उच्च अध्ययन संस्थान, शिमला (हिमाचल प्रदेश)

श्रुति
एसोसिएट प्रोफ़ेसर, हिंदी विभाग, लखनऊ विश्वविद्यालय, लखनऊ (उप्र)

हिलाल अहमद
फ़ेलो, विकासशील समाज अध्ययन पीठ, दिल्ली

सुकेश लोहार
अनुसंधाकर्ता, हिंदी विभाग, बनारस हिंदू विश्वविद्यालय, वाराणसी (उप्र)

सुप्रिया पाठक
असिस्टेंट प्रोफ़ेसर, स्त्री-अध्ययन विभाग, महात्मा गांधी अंतरराष्ट्रीय हिंदी विश्वविद्यालय, वर्धा (महाराष्ट्र)

सुमेल सिंह सिद्धू
स्वतंत्र अध्येता और इतिहासकार, दिल्ली

सुनील कुमार,
अनुसंधानकर्ता, राजनीतिशास्त्र विभाग, दिल्ली विश्वविद्यालय, दिल्ली

संजय सिंह बघेल
एसोसिएट प्रोफ़ेसर, हिंदी पत्रकारिता, आत्माराम सनातन धर्म कॉलेज, साउथ कैम्पस, नयी दिल्ली

संजय कुमार
फ़ेलो, विकासशील समाज अध्ययन पीठ, दिल्ली

संदीप जोशी
निदेशक, मध्य प्रदेश समाज-विज्ञान अनुसंधान संस्थान, उज्जैन (मप्र)

प्रविष्टि-क्रम

List of Entrees

विषयानुसार प्रविष्टि-क्रम

अर्थशास्त्र

इतिहास

अंतर्राष्ट्रीय संबंध

गाँधी-विचार

दर्शन

भारत संबंधी प्रविष्टियाँ

मनोविज्ञान

मार्क्सवादी विमर्श

मीडिया-अध्ययन, फ़िल्म-अध्ययन, टीवी-अध्ययन

राजनीतिशास्त्र

व्यक्तित्व-कृतित्व

समाजशास्त्र, मानवशास्त्र

स्त्री-अध्ययन, सेक्शुअलिटी-अध्ययन

साहित्य-अध्ययन, भाषाशास्त्र

प्रविष्टियाँ

क

कमला देवी चट्टोपाध्याय

(Kamla Devi Chattopadhyay)

कमला देवी चट्टोपाध्याय (1903–1988)

नारीवादी स्वाधीनता सेनानी कमला देवी चट्टोपाध्याय (1903–1988) ने आज़ादी के बाद बड़े संवैधानिक पदों पर काम करने के बजाय भारत में परम्परागत शिल्पकला के पुनरुद्धार का अत्यंत महत्त्वपूर्ण कार्यभार उठाया। उन्होंने विलुप्ति के कगार पर पहुँच चुकी भारतीय हस्तकला और शिल्पकारी को अपने दम पर पुनर्जीवित किया और सेंट्रल कॉटेज इंडस्ट्रीज़ इम्पोरियम की स्थापना की ताकि देश के विभिन्न भागों से हस्तशिल्प की कृतियाँ एकत्रित करके सामान्य उपभोक्ताओं तक पहुँचायी जा सकें। इस संस्थान में प्रशिक्षण और पाठ्यक्रम द्वारा कारीगरों, बुनकरों और शिल्पकारों को स्थानीय परम्पराओं के साथ नये कौशल भी सिखाये जाते हैं। स्वदेशी वस्तुओं और भारतीय दस्तकारों के लिए स्वतंत्र भारत में गाँधी के बाद कमला देवी ही सबसे बड़ी संरक्षक बनकर खड़ी हुईं। कमला देवी की स्वदेशी के लिए यह प्रतिबद्धता उनके नारीवादी सोच से भी जुड़ी हुई थी। वे जानती थीं कि परम्परागत भारतीय शिल्पकला एक असंगठित क्षेत्र है और इसमें काम करने वाली ज़्यादातर महिलाएँ ही हैं। स्वतंत्र भारत में बड़े पैमाने पर लागू की गयी उत्पादन की पश्चिमी प्रणाली का सबसे ज़्यादा दुष्प्रभाव इन्हीं महिलाओं पर पड़ेगा। कमला देवी एक कला-मर्मज्ञ भी थीं। उन्होंने 1964 में बंगलौर में कत्थक और कोरियोग्राफ़ी नाट्य संस्थान की स्थापना की ताकि भारत की पारम्परिक नृत्य शैली को आधुनिक शिक्षण तकनीक के साथ सिखाया जा सके। कमला देवी ने भारतीय राष्ट्रीय रंगमंच स्थापित किया जिसका उद्देश्य आम लोगों को नाट्य कला के बारे में शिक्षित करना, उन्हें अच्छे संस्कार देना और देश की सांस्कृतिक विरासत को पुनर्जीवित करना था।

कमला देवी उस समय नारीवाद की प्रवक्ता थीं जब भारत में इसके बारे में कहीं चर्चा भी नहीं होती थी। एक नारीवादी स्वतंत्रता सेनानी के रूप में उन्होंने अदम्य साहस दिखाया और स्त्री-अधिकारों के सवाल पर मोतीलाल नेहरू, चक्रवर्ती राजगोपालाचारी और गाँधी से भी टक्कर ली। 1930 के नमक सत्याग्रह में पहले गाँधी महिलाओं को शामिल करने के पक्ष में नहीं थे, लेकिन बाद में बम्बई समुद्र तट पर नमक बनाने के लिए चुनी गयी दो महिलाओं में से एक कमला देवी थीं। छोटे-छोटे पैकेटों में एकत्रित नमक के कुछ पैकेट लेकर कमला देवी बम्बई शेयर बाज़ार पहुँचीं और सत्याग्रह के लिए धन इकट्ठा करने के लिए इन पैकेटों को सबसे ऊँची बोली पर नीलाम कर दिया। इसके बाद कमला देवी उच्च न्यायालय परिसर पहुँचीं और एक भौंचक्के न्यायाधीश से पूछा कि क्या

वे इस आज़ाद नमक को खरीदना चाहेंगे? दुस्साहसी कमला देवी नमक सत्याग्रह में जेल जाने वाली पहली भारतीय महिला थीं।

1924 के बेलगाम कांग्रेस अधिवेशन में कमला देवी एक स्वयंसेवक की भूमिका में शामिल हुई जहाँ इनका काम अधिवेशन स्थल की व्यवस्था में सहयोग देना था। महिलाओं के मताधिकार की सबसे बड़ी पैरोकार मार्गरेट कजिंस के सहयोग से 1926 में मद्रास राज्य विधान सभा निर्वाचन के लिए परचा दाख़िल करने के साथ ही कमला देवी चुनावी राजनीति में उतरने वाली पहली भारतीय महिला बनीं, हालाँकि वे बेहद मामूली अंतर से यह चुनाव हार गयीं। 1927 में पुणे में आयोजित शैक्षिक सुधार पर अखिल भारतीय महिला सम्मेलन के महासचिव की ज़िम्मेदारी कमला देवी को सौंपी गयी यही सम्मलेन बाद में अखिल भारतीय महिला सम्मेलन के रूप में स्थापित हुआ। सम्मेलन में कमला देवी और उनके सहयोगियों ने बाल विवाह की रोकथाम के लिए शारदा अधिनियम की ख़ामियों को ख़त्म करने के प्रयास किये। अपने सचिव पद के उत्तरदायित्व को निभाने के लिए कमला देवी ने लेखन और टाइपिंग में दक्षता हासिल की और स्त्री कामगारों की मुश्किलों, स्त्री शिक्षा की अड़चनों को देखने-समझने के लिए भारत के अनेक दुर्गम स्थानों की यात्राएँ कीं। कमला देवी ने महिलाओं के अधिकारों के लिए वैधानिक परिवर्तनों की माँग रखी। आज भले ही इन अधिकारों पर काफ़ी चर्चा हो चुकी हो, पर कमला देवी द्वारा की गयी स्त्री-अधिकारों की दावेदारी उस ज़माने के लिहाज़ से ख़ासी रैडिकल थी, जैसे मातृत्व-अवकाश का अधिकार, कामकाजी महिलाओं के लिए बच्चों की देखभाल की व्यवस्था और महिलाओं के अवैतनिक घरेलू श्रम को एक आर्थिक गतिविधि के रूप में देखना। महिलाओं की शिक्षा को व्यावहारिक स्वरूप देने के लिए उन्होंने एक संस्था स्थापित की जो आज नयी दिल्ली का प्रतिष्ठित लेडी इरविन कॉलेज है। 1936 में कमला देवी चट्टोपाध्याय कांग्रेस सोशलिस्ट पार्टी की अध्यक्ष बनी और डॉ. राम मनोहर लोहिया, जयप्रकाश नारायण और मीनू मसानी जैसे दिग्गजों के साथ कंधा से कंधा मिला कर काम किया।

स्वतंत्रता के बाद कमला देवी ने बँटवारे के बाद दिल्ली के कुतुब मीनार इलाक़े में पाकिस्तान से आये शरणार्थियों के लिए भारतीय सहकारी संघ स्थापित किया जिसके माध्यम से इन शरणार्थियों ने कुतुब मीनार के आसपास छतरपुर-जैतपुर इलाक़े में अपने रहने के लिए घर बनाये। इसी तरह दिल्ली के आसपास पचास हज़ार शरणार्थियों को बसाने के लिए कमला देवी और भारतीय सहकारी संघ ने मिल कर फ़रीदाबाद औद्योगिक शहर बसाया। कमला देवी ने इस शहर के निर्माण में योगदान देने वाले अधिकतर कामगार-मिस्त्री इन्हीं शरणार्थियों में से ढूँढे थे ताकि इन लोगों को लाभदायक काम मिल सके और रहने के लिए मकान भी बन जाएँ। इस शहर के उद्‌घाटन के अवसर पर प्रधानमंत्री जवाहरलाल नेहरू ने कहा था कि क्या ही अच्छा हो यदि सारा भारत ही इस तरह के सहकारी संघों का एक गणराज्य बन जाए।

भारत की पारम्परिक हस्तकला व शिल्प के पुनरुत्थान में कमला देवी का सबसे बड़ा योगदान है देश में हाथ से काम करने वाले हर मामूली कारीगर को एक विशेषज्ञ शिल्पकार बनने का अवसर देना। स्वतंत्र भारत के हैंडलूम बोर्ड की अध्यक्ष के रूप में उन्होंने लुप्तप्राय हस्तशिल्प की कला और अस्तित्व का संकट झेल रहे कलाकारों को बचाने के लिए एक राष्ट्रीय अभियान चलाया। अपनी इस मुहिम के अंतर्गत कमला देवी ने सुदूर क्षेत्रों के निवासियों और दूरस्थ आदिवासियों को ढूँढ़ने, उनकी जानकारी एकत्रित करने, उनके शिल्प से संबंधित परेशानियों को समझने और उनकी पूरी जीवन-शैली को देखने के लिए दुर्गम स्थानों की यात्राएँ कीं। कमला देवी ने पारम्परिक कला के शिल्पकारों से साझेदारी की, उन्हें प्रशिक्षण योजनाओं में शामिल किया, उनमें समूहों के गठन द्वारा समुदाय की भावना पैदा की और प्रदर्शनी, मेला, सांस्कृतिक सम्मेलनों द्वारा इस शिल्पकला को निर्यात के नये बाज़ार उपलब्ध कराये। सहकारी समितियों की व्यवस्था की एक समर्थक के रूप में कमला देवी ने भारतीय शिल्पकला में भी सहकारिता आंदोलन का समावेश किया। भारतीय हस्तशिल्प की मूल महिमा को पुनर्जीवित करने और उसके उत्पादों की गुणवत्ता में सुधार लाने पर उन्होंने सबसे ज़्यादा ध्यान केंद्रित किया ताकि इस शिल्प की प्राचीन शुद्धता के साथ छेड़छाड़ के बिना ही उसे एक आधुनिक-समकालीन रूप दिया जा सके।

1903 में एक समृद्ध परिवार में जन्मी कमला को अपने बचपन में ही लिंगभेद के कड़वे सबक सीखने को मिले। अपने पिता की मृत्यु के बाद उन्हें व उनकी माँ को उनकी पैतृक-वैवाहिक सम्पत्ति से बेदख़ल कर दिया गया। उनके पिता के पहले विवाह से हुए पुत्र सारी सम्पत्ति के एकमात्र स्वामी सिर्फ़ इसलिए बने क्योंकि वे पुरुष थे और औरतों को पैतृक-वैवाहिक सम्पत्ति में कोई अधिकार नहीं था। कमला देवी की माँ अपने समय की एक बड़ी नारीवादी थीं। विधवा होने के कारण लगी सामाजिक बंदिशों के बावजूद वे एक श्रोता के रूप में संगीत, गायन, भजन के कार्यक्रमों में देर शाम तक सम्मिलित होती थीं, अपने आप से हाट-बाज़ार का काम करती थीं। अपने इलाक़े में उन्होंने एक महिला सभा नामक संस्था बनायी थी जिसमें महिलाओं को उनके अधिकारों के प्रति जागरूक किया जाता था। सम्भ्रांत परिवारों में संगीत शिक्षा के पूर्ण निषेध के बावजूद उन्होंने कमला देवी को कर्नाटक, हिंदुस्तानी और पाश्चात्य संगीत शैली की शिक्षा

दिलायी थी। कमला देवी को उनकी माँ ने एनी बेसेंट और पण्डिता रमाबाई जैसा बनने की प्रेरणा दी।

कमला देवी एक प्रतिभाशाली छात्रा थीं। अपनी स्कूली शिक्षा के दौरान ही उन्होंने केरल की संस्कृत नाटक परम्परा की शिक्षा गुरु माणि माधव चाक्यार से अर्जित की। मात्र 14 साल की उम्र में उनका बाल विवाह हुआ और केवल दो साल बाद वे बाल विधवा हो गयीं। लेकिन रूढ़िवादी नियमों को धता बताते हुए कमला देवी ने चेन्नई में अपनी शिक्षा जारी रखी। बाद में उन्होंने एक प्रसिद्ध कवि, लेखक, अभिनेता और सरोजिनी नायडू के भाई हरींद्रनाथ चट्टोपाध्याय से पुनर्विवाह किया। इस विवाह के बाद कमला देवी ने लंदन के बेडफ़र्ड कॉलेज से समाजशास्त्र में डिप्लोमा हासिल किया। कुछ वर्षों बाद कमला देवी और हरिन के दाम्पत्य जीवन में बिखराव आ गया तो कमला देवी ने उस समय के सामाजिक परिवेश में असाधारण साहस दिखाते हुए अपनी ओर से तलाक़ के लिए कार्रवाई शुरू की। उनके हर काम में सबसे ज़्यादा ज़ोर सौंदर्यमूलक पहलुओं पर था, फिर चाहे वह अलंकृत स्तम्भ की नक़्क़ाशियों का वर्णन हो या चक्करदार दक्षिण भारतीय नमकीन मुरुक्कू का।

देखें : अरुणा आसफ़ अली, आनंदीबाई जोशी, उपनिवेशवाद विरोधी आंदोलन में स्त्री-नेतृत्व-1 और 2, जय प्रकाश नारायण, जवाहरलाल नेहरू, दलित-नारीवाद, पण्डिता रमाबाई सरस्वती, महादेवी वर्मा, मोहनदास कर्मचंद गाँधी-1 से 3 तक, दुर्गाबाई देशमुख, राम मनोहर लोहिया, संतोष कुमारी देवी।

संदर्भ

1. जसलीन धमीजा (2007), *कमला देवी चट्टोपाध्याय,* नैशनल बुक ट्रस्ट, नयी दिल्ली
2. शकुंतला नरसिम्हन (1999), *कमला देवी चट्टोपाध्याय : द रोमांटिक रिबेल,* स्टर्लिंग पब्लिशर्स प्राइवेट लिमिटेड, नयी दिल्ली.
3. जमीला बृजभूषण (1976), *कमला देवी चट्टोपाध्याय : अ बायोग्राफ़ी,* अभिनव पब्लिकेशंस, नयी दिल्ली.
4. कमला देवी चट्टोपाध्याय (1986), *इनर रिसैसिस, आउटर स्पेसस : मेमोइर्स* , नवरंग, नयी दिल्ली.

— रवि दत्त वाजपेयी

कला सिनेमा/अवाँगार्द/ प्रति-सिनेमा

(Art Cinema/Avant-garde/ Counter-cinema)

बीसवीं सदी के दूसरे दशक में युरोप की प्रयोगधर्मी फ़िल्मों को कला सिनेमा की संज्ञा दी गयी थी। तकनीक और कथानक के संदर्भ में स्थापित मान्यताओं और फ़िल्म-रचना की विधियों को चुनौती देने वाली ये फ़िल्में मुख्यत: छोटे और मँझोले बजट की हुआ करती थीं। इन्हें बनाने में फ़िल्म माध्यम के गम्भीर अध्येताओं, समीक्षकों और लेखकों की प्रमुख भूमिका थी। फ़्रांस और जर्मनी में आयी सिनेमा की इस नयी लहर के पीछे सरकार द्वारा दी गयी आर्थिक मदद थी। अमेरिका में अंडरग्राउंड सिनेमा के नाम से चिह्नित की गयी ऐसी ही फ़िल्मों में ख़ुद उनके फ़िल्मकारों का पैसा लगा था। आगे चल कर नारीवादी फ़िल्मकारों ने भी अपने निजी प्रयासों से फ़िल्में बना कर कला सिनेमा आंदोलन में उल्लेखनीय हस्तक्षेप किया।

सिनेमा का यह रूप फ़्रांसीसी अवाँगार्द आंदोलन के व्यवस्था-विरोधी तेवर से काफ़ी प्रभावित हुआ। फ़्रेंच शब्द अवाँगार्द का मतलब था वेंगार्ड या हरावल दस्ता। ये फ़िल्मकार परम्परा से द्रोह को मूल्य के रूप में ग्रहण करते थे। उनकी कोशिश अपने प्रयासों के सुचिंतित राजनीतीकरण की थी। तीस के दशक में उभरे फ़्रांसीसी और इतालवी यथार्थवादी सिनेमा के प्रभाव में कला सिनेमा ने सामाजिक और मनोवैज्ञानिक यथार्थ के निरूपण को भी अपने दायरे में ले लिया। पचास के दशक में 'ऑतर' (ऑथर) की अवधारणा उभरी। इसके तहत दावा किया गया कि कला सिनेमा के फ़िल्मकारों का अपनी फ़िल्मों से संबंध महज़ निर्माता का न हो कर रचनाकार या लेखक का है। कला सिनेमा की इस लहर ने सारी दुनिया में फ़िल्मकारों की एक नयी पीढ़ी को जन्म दिया। जापानी, भारतीय, ऑस्ट्रेलियायी, कनाडियन और लातीनी अमेरिकी फ़िल्मकारों ने अपने योगदान से इसे समृद्ध किया।

प्रति-सिनेमा आंदोलन का मक़सद भी कला सिनेमा या अवाँगार्द आंदोलन की तरह फ़िल्म निर्माण की संहिताओं को प्रश्नांकित करते हुए उनके उल्लंघन का था। सत्तर के दशक में प्रचलित हुए फ़िल्म-रचना के इस मुहावरे ने कथानक, संरचना और पद्धति के मामले में हॉलीवुड के वर्चस्व को चुनौती दी। इस आंदोलन में भाग लेते हुए स्त्री-फ़िल्मकारों ने शिश्न-सत्ता स्थापित करने वाले स्त्री-देह के

वस्तुपूजक निरूपण की दर्शनीयता और ग्राहकता को ख़ारिज किया। इन फ़िल्मकारों ने स्त्री की आत्मपरकता और इयत्ता पर रोशनी डालते हुए उसकी भिन्नता की पैरोकारी की।

कला सिनेमा का पहला रूप 1908 में रंगमंच के फ़िल्मांकन के साथ सामने आया। इन रंग-प्रदर्शनों के साथ विख्यात संगीतकारों की रचनाएँ भी जुड़ी हुई थीं। यह प्रयास व्यावसायिक सिनेमा से अलग तो था, लेकिन इसके ज़रिये सिनेमा की स्वायत्त भाषा की रचना सम्भव नहीं लग रही थी। पर बीस के दशक में यही प्रवृत्ति विकसित हो कर हॉलीवुड और युरोपीय सिनेमा के मिले-जुले प्रभावों की कृति के रूप में सामने आयी। इसने सिनेमा की जाँची-परखी विधियों को अपनाने से इनकार करते हुए कार्य-कारण तर्ज़ पर चलने वाले प्रवाहपूर्ण कथानक से अपना संबंध तोड़ लिया। व्यावसायिक सिनेमा के किरदार जहाँ अपने लक्ष्यों, महत्त्वाकांक्षाओं और व्यवहार-शैली को लेकर आत्मविश्वस्त नज़र आते थे, वहाँ कला सिनेमा के पात्र अपनी कामनाओं के प्रति हिचक और संकोच से भरे हुए थे। ये फ़िल्में नायकों से वंचित थीं और यह उनका एक उल्लेखनीय लक्षण था। मनोवैज्ञानिक यथार्थवाद और सामाजिक यथार्थवाद की मदद से इनके पात्रों का दृष्टिकोण निरूपित होता था। इस प्रक्रिया में दर्शकों को लगता था कि स्क्रीन पर मौजूद चरित्र आंतरिक एकालाप में संलग्न है। कला सिनेमा के रचनाकारों का दावा था कि ऐसा करके वे दर्शक को एक चिंतनपरक दायरे में जाने का मौक़ा देते हैं। अपने निरूपणों से दर्शकों को पूरी तरह बाँधने में यक़ीन करने वाले व्यावसायिक सिनेमा के विपरीत कला सिनेमा के हाथों एक ऐसी स्क्रीन तैयार हुई जिसके और दर्शक के बीच में एक फ़ासला था। परिणामस्वरूप फ़िल्म के संदर्भ में रची गयी उसकी इयत्ता को एक आलोचनात्मक स्पेस मिलने की सम्भावना पैदा हुई।

कला सिनेमा की एक विशिष्ट पहचान उसकी शृंगारिकता भी थी। बीस के दशक से ही वह यौनिक कामनाओं और नग्नता के निरूपण में दिलचस्पी दिखा रहा था। 1934 से 1968 के बीच अमेरिकी सेंसरशिप के दौर में तो कला सिनेमा दर्शकों के बीच सेक्स-फ़िल्मों के रूप में ही ग्रहण किया गया। अमेरिका को अपनी कला फ़िल्में निर्यात करने के लोभ ने भी इन फ़िल्मों में सेक्स की मात्रा बढ़ाने की प्रवृत्ति पैदा की। ऐसा ही एक चर्चित प्रकरण वह है जब 1963 में बनी ज्याँ लुक गोदार की कृति *ल मेप्रिस* पूरी हो जाने के बाद उसके दो निर्माताओं ने निर्देशक से आग्रह किया कि वे अपनी 'सेक्सी' नायिका ब्रीजी बारदो के कुछ अतिरिक्त नग्न दृश्य फ़िल्म में डाल दें। गोदार ने ऐसा ही किया, पर नग्न दृश्यों को फ़िल्माने की उनकी तकनीक कुछ ऐसी थी कि उनका प्रभाव दर्शकों की कामोत्तेजना को स्पर्श करने वाला नहीं था। गोदार की कला ने बारदो की सुंदर देह को इस तरह दिखाया कि वे दृश्य कारुणिक और त्रासद बन गये।

फ्रांस में अवाँगार्द आंदोलन की शुरुआत प्रथम विश्व-युद्ध के रक्तपात और अमानवीयता की प्रतिक्रियास्वरूप मानी जाती है। इसके ऊपर चित्रकला के संसार में पनपे आधुनिकतावादी आंदोलनों (घनवाद, भविष्यवाद, दादावाद, संरचनावाद और अतियथार्थवाद) का भारी प्रभाव था। बीस के दशक में लुई दलक, जरमेन दुलक और ज्याँ एपस्तीन जैसे फ़िल्म समीक्षकों ने फ़िल्म-निर्देशन में हाथ आज़माने का फ़ैसला किया। प्रयोगधर्मिता से लबालब इन लोगों की सैद्धांतिक दृष्टि अलग-अलग थी, लेकिन उन्होंने अपनी रचनाशीलता से उच्च और लोकप्रिय कला से संबंधित मुद्दों को सम्बोधित किया। इन फ़िल्मकारों ने यथार्थवादी बनाम प्रकृतिवादी फ़िल्मों की बहस चलायी और दर्शक-स्क्रीन के रिश्ते को नये सिरे से परिभाषित करने की कोशिश की। अवाँगार्द फ़िल्मकार सोवियत संघ के फ़िल्मकारों द्वारा अपनायी गयी मोंटाज शैली के सम्पादन और विशिष्ट प्रकाश-संयोजन से भी प्रभावित थे। इसके अलावा उन्होंने समक्षणिकता, आत्मपरकता और अवचेतन जैसे आयामों को छूते हुए फ़िल्म-माध्यम की मनोवैश्लेषिक सम्भावनाओं को उजागर किया। उन्होंने फ़िल्म-शैलियों को नये रूपों में ढाला, फ़िल्म-भाषा की सम्भवनाओं का संधान किया और आत्मपरकता के निरूपण को नयी परिभाषा दी। अवाँगार्द सिनेमा ने मुख्यधारा के व्यावसायिक सिनेमा और प्रति-सिनेमा के मुहावरे से जोड़ने के प्रयोग किये। उसने सामाजिक यथार्थवाद और अतिनाटकीयता का समीकरण तैयार किया।

प्रति-सिनेमा चूँकि हॉलीवुड द्वारा स्थापित फ़िल्म-निर्माण की मान्यताओं की आलोचना करते हुए विकसित हुआ था, इसलिए उसने घोर रूपवादी और भौतिकवादी रवैया अपनाने में भी संकोच नहीं किया। इस आंदोलन के फलस्वरूप सामने आयी कृतियों में दर्ज कथानक अपनी निरंतरता के अभाव के लिए जाना गया। इन फ़िल्मों की कथा-योजना में न तो कोई शुरुआत थी, न बीच का हिस्सा और न ही उनका कोई क्लाइमैक्स था। हालाँकि इस सिनेमा की बुनियादी प्रवृत्तियाँ कला सिनेमा और अवाँगार्द सिनेमा के पहले से चले आ रहे बुनियादी रवैये का ही अंग थीं, लेकिन इसे अपना निजी स्वर सत्तर के दशक में गोदार और वाज़्दा जैसे फ़िल्मकारों की कृतियों के ज़रिये मिला। इसके बाद नारीवादी फ़िल्मकारों ने स्त्री को पुरुष की निगाह के लक्ष्य के रूप में निरूपित करने का विरोध करके इस सिनेमा में विशिष्ट योगदान किया।

देखें : अतिनाटकीयता, अनुपस्थिति-उपस्थिति, टीवी और समाचार, टीवी और सेक्शुअलिटी, टीवी और टीवी-अध्ययन, तीसरा सिनेमा, तीसरी दुनिया का सिनेमा, दक्षिण भारतीय सिनेमा और राजनीति,

नारीवादी फ़िल्म-सिद्धांत, फ़िल्म और सेक्शुअलिटी, फ़िल्मांतरण, फ़िल्म-सिद्धांत, फ़्लैश-बैक, भारतीय सिनेमा-1, 2 और 3, भारतीय फ़िल्म-अध्ययन, भारतीय स्टार सिस्टम, रियलिटी टीवी, विचारधारा और हिंदी सिनेमा, वृत्त-चित्र, सेलेब्रिटी, सोप ओपेरा, सिनेमाई यथार्थवाद, नव-यथार्थवाद, सोवियत सिनेमा, स्टार, हिंदी सिनेमा का समाजशास्त्र।

संदर्भ

1. पी. गिडाल (1981), *मैटरियलिस्ट फ़िल्म*, रॉटलेज, लंदन और न्यूयॉर्क.
2. डी. ऐंड्रू (1984), *कंसेप्ट्स इन फ़िल्म थियरी*, ऑक्सफ़र्ड युनिवर्सिटी प्रेस, न्यूयॉर्क और ऑक्सफ़र्ड.
3. ई.ए. काप्लान (1983), *वूमॅन ऐंड फ़िल्म : बोथ साइड्स ऑफ़ द कैमरा*, मेथ्युन, न्यूयॉर्क और लंदन.
4. सी. जोंस्टन (1976), 'वूमॅन सिनेमा एज़ काउंटरसिनेमा', संकलित : बी. निकोल्स (सम्पा.), *मूवीज़ ऐंड मेथड्स*, युनिवर्सिटी ऑफ़ कैलिफ़ोर्निया प्रेस, बर्कले.

— अभय कुमार दुबे

कन्हैयालाल माणिकलाल मुंशी (1887-1971)

कन्हैयालाल माणिकलाल मुंशी

(Kanhaiyalal Maniklal Munshi)

बहुमुखी प्रतिभा से सम्पन्न कन्हैयालाल माणिकलाल मुंशी (1887-1971) क़ानूनविद, स्वाधीनता-सेनानी, भाषाविद, साहित्यकार, सम्पादक, कुशल प्रशासक, शिक्षाविद और संविधान निर्माता होने के साथ ही भारतीय ज्ञान, दर्शन और परम्परा के मर्मज्ञ भी थे। मुंशी ने अपने जीवन काल में विभिन्न क्षेत्रों मे कई उत्कृष्ट संस्थानों की स्थापना करके राष्ट्र-निर्माण की प्रक्रिया में उल्लेखनीय योगदान किया। स्वाधीनता से लगभग दस साल पहले नवम्बर, 1938 में उन्होंने भारतीय विद्या भवन की स्थापना की ताकि भारत के वर्तमान तथा भविष्य को भारत के सांस्कृतिक और वैचारिक पुनर्जागरण से संजोया जा सके। 1938 में मुंशी और उनके तीन मित्रों द्वारा दिये गये 250 रुपये प्रति वर्ष के योगदान से स्थापित भारतीय विद्या भवन के आज सारे विश्व में लगभग 120 केंद्र और इनसे जुड़े हुए 350 से अधिक शैक्षणिक संस्थान हैं। भवन से संबंधित कई संस्थानों में इंजीनियरिंग, सूचना प्रौद्योगिकी, मैनेजमेंट, संचार व पत्रकारिता, विज्ञान, कला व वाणिज्य की पढ़ाई की व्यवस्था है। लेकिन इन सबसे ऊपर भवन ने भारतीय विद्या के अध्ययन-अध्यापन पर सर्वाधिक ध्यान दिया है।

गुजरात राज्य के भरूच में जन्मे कन्हैयालाल की प्रारम्भिक शिक्षा अपनी माँ के धार्मिक गीतों और कथाओं से हुई। बड़ौदा में अपनी महाविद्यालीय शिक्षा के दौरान कन्हैयालाल मुंशी को अध्यापक के रूप में अरविंद घोष (महर्षि अरविंद) का सान्निध्य मिला। इस सम्पर्क से मुंशी के मन में औपनिवेशिक शासन के विरुद्ध हथियारबंद विद्रोह का संकल्प जगा। साथ ही इसी सम्पर्क ने मुंशी के हृदय में भारत की गौरवशाली सांस्कृतिक, बौद्धिक तथा आध्यात्मिक धरोहर के प्रति अगाध श्रद्धा भी भर दी। 1910 में मुंशी ने बम्बई विश्वविद्यालय से एलएलबी की उपाधि प्राप्त की और वकालत शुरू करने के बाद बहुत कम समय में ही बम्बई उच्च न्यायालय के प्रमुख वकीलों में से एक बन गये। हिंदू क़ानून पर मुंशी को असाधारण महारत थी क्योंकि उन्होंने यह ज्ञान केवल क़ानूनी किताबों से नहीं बल्कि मिताक्षर व धर्मशास्त्रों के गम्भीर व तर्कसंगत अध्ययन से प्राप्त किया था।

भारत की स्वाधीनता के लिए आतुर कन्हैयालाल मुंशी पहले विश्व-युद्ध के दौरान एनी बेसेंट के होम रूल आंदोलन से जुड़ गये लेकिन बाद में गाँधी के सम्पर्क में आने पर उन्होंने कांग्रेस का साथ देने का फ़ैसला किया। सरदार वल्लभभाई पटेल के नेतृत्व में 1928 के बारदोली सत्याग्रह में मुंशी जी ने बढ़-चढ़ कर हिस्सा लिया। इसी प्रकार 1930 के नमक सत्याग्रह में मुंशी ने सपत्नीक भागीदारी की। नमक सत्याग्रह में भागीदारी के चलते उन्हें छह महीने का कारावास

भी भुगतना पड़ा। 1931 में सविनय अवज्ञा आन्दोलन में भाग लेने के दण्डस्वरूप मुंशी को दो साल की सज़ा सुनायी गयी। 1937 में कन्हैयालाल मुंशी को तत्कालीन बॉम्बे प्रेसीडेंसी की पहली निर्वाचित सरकार में मंत्री पद पर नियुक्त किया गया। हालाँकि उनकी व्यक्तिगत पसंद क़ानून व शिक्षा मंत्रालय थी, लेकिन उन्हें गृह मंत्रालय जैसे महत्त्वपूर्ण विभाग का उत्तरदायित्व सौंपा गया। यह उस दौर की बात है जब अंग्रेज़ी हुकूमत भारतीयों को स्वशासन के लिए पूर्णत: अक्षम मानती थी। विशेषकर साम्प्रदायिक मसलों पर वह भारतीयों को विफल देखना चाहती थी। लेकिन मुंशी ने अपने गृहमंत्री के कार्यकाल में कार्यकुशलता, निष्पक्षता व न्यायप्रियता का नमूना पेश किया।

स्वतंत्र भारत के लिए नये संविधान-निर्माण के रचयिताओं में आदर्शवाद व यथार्थवाद के मिश्रण की आवश्यकता थी। राजनीतिक अंतर्दृष्टि और कुशाग्र क़ानूनी बुद्धि से परिपूर्ण कन्हैयालाल मुंशी इस कार्य में सबसे दक्ष माने गये। संविधान-निर्माण के लिए बनायी गयी समितियों में से मुंशी सबसे ज़्यादा ग्यारह समितियों के सदस्य बनाये गये। डा. भीमराव आम्बेडकर की अध्यक्षता में बनायी गयी संविधान निर्माण की प्रारूप समिति में क़ानून में 'हर व्यक्ति को समान संरक्षण' के सिद्धांत का मसविदा मुंशी और आम्बेडकर ने संयुक्त रूप से लिखा था। इसी प्रकार कई अड़चनों और व्यवधानों के बावजूद हिंदी तथा देवनागरी लिपि को नये भारतीय संघ की राजभाषा का स्थान दिलाने में मुंशी ने सबसे प्रमुख भूमिका निभायी। 14 सितम्बर, 1949 को संविधान सभा के इस निर्णय को प्रति वर्ष हिंदी दिवस के रूप में मनाया जाता है। संविधान-निर्माण में मुंशी का सबसे ज़्यादा ध्यान एक मज़बूत केंद्र के अंतर्गत संघीय प्रणाली विकसित करना था, देसी रियासतों के भारत में विलय की मुश्किलों के संदर्भ में और असंख्य विविधताओं वाले इस नव-स्वतंत्र राष्ट्र में मुंशी सहित अन्य संविधान-निर्माताओं ने एक मज़बूत केंद्रीय सरकार को अपरिहार्य माना। कन्हैयालाल मुंशी के लिए भारतीय संविधान की पहली पंक्ति 'इण्डिया दैट इज़ भारत' वाक्यांश का अर्थ केवल एक भूभाग नहीं बल्कि एक अंतहीन सभ्यता है, ऐसी सभ्यता जो अपने आत्म-नवीनीकरण के ज़रिये सदैव जीवित रहती है।

1947 में हैदराबाद के निज़ाम ने अपनी रियासत को स्वतंत्र राष्ट्र की मान्यता देने की माँग की तो इस समस्या को सुलझाने के लिए भारत सरकार ने मुंशी को हैदराबाद में भारत सरकार का प्रतिनिधि (एजेंट जनरल) नियुक्त किया। हैदराबाद राज्य के भारत में विलय के बाद तत्कालीन गृह मंत्री सरदार पटेल ने इस अभियान में मुंशी की अहम भूमिका की बहुत प्रशंसा की। अपने इस दुरूह कार्य को सम्पन्न करने के बाद मुंशी ने इस पर अपने संस्मरण *द ऐंड ऑफ़ ऐन इरा (हैदराबाद मेमोइर्स)* नामक एक पुस्तक भी लिखी। डॉ. राजेंद्र प्रसाद के राष्ट्रपति चुने जाने के बाद मुंशी केंद्रीय मंत्रिमण्डल में उनके स्थान पर कृषि व खाद्य मंत्री बने। इसी दौरान उन्होंने पर्यावरण तथा वानिकी के संरक्षण के लिए कई कारगर प्रयास आरम्भ किये। हर वर्ष जुलाई में आयोजित वन महोत्सव मुंशी के उन्हीं प्रयासों की ही देन है। स्वतंत्र भारत में सोमनाथ मंदिर का पुनर्निर्माण भी मुंशी के एजेंडे पर था। उनकी इस सक्रियता के कारण प्रधान मंत्री नेहरू ने एक कैबिनेट बैठक के बाद मुंशी से कहा कि आप सोमनाथ मंदिर की पुन:स्थापना के लिए जो प्रयास कर रहे हैं, वे मुझे पसंद नहीं हैं। 1952 से 1957 तक मुंशी उत्तर प्रदेश राज्य के राज्यपाल रहे। 1959 में मुंशी कांग्रेस पार्टी की सदस्यता से त्यागपत्र देकर चक्रवर्ती राजगोपालाचारी की स्वतंत्र पार्टी में शामिल हो गये। इसके कुछ समय बाद उन्होंने भारतीय जनसंघ की सदस्यता ग्रहण कर ली।

एक रचनाकार और सम्पादक के रूप में मुंशी की उपलब्धियाँ अनूठी हैं, जैसे *यंग इण्डिया* अख़बार का सम्पादन और मुशी प्रेमचंद के साथ हंस पत्रिका का सम्पादन। मुंशी एक असाधारण साहित्यकार थे। उन्होंने गुजराती, हिंदी व अंग्रेज़ी में सौ से ज़्यादा उत्कृष्ट ग्रंथों की रचना की। एक साहित्य सेवक के रूप में उन्होंने गुजराती साहित्य परिषद्, संस्कृत विश्वपरिषद् तथा हिंदी साहित्य सम्मलेन की अगुआई भी की। एक शिक्षाविद् के रूप में भी मुंशी ने अनेक शैक्षणिक संस्थानों की स्थापना की। इनमे सबसे उल्लेखनीय है सरदार पटेल के साथ मिल कर आणंद में भारतीय कृषि संस्थान की स्थापना, जो आज एक पूर्ण विश्वविद्यालय है। मुंशी का देहांत 8 फ़रवरी, 1971 को हुआ।

देखें : *अब्दुल हमीद, आर.के. तलवार, इला भट्ट, एलाट्टुवलापिल श्रीधरन, कमला देवी चट्टोपाध्याय, गिजुभाई बधेका, पी.एस. वारियर, देवकी जैन, धोंडो केशव कर्वे, नीरा देसाई, भारतीय लोकतंत्र का संस्थानीकरण-1, 2 और 3, राज कुमार तलवार, विक्रम साराभाई, वी.के.आर.वी. राव, विद्याबेन शाह, संस्था, संस्थान और संस्थानीकरण।*

संदर्भ

1. के.एम. मुंशी (1990), *द ऐंड ऑफ़ एन ऐरा (हैदराबाद मेमोइर्स)*, भारतीय विद्या भवन, मुम्बई.
2. के. एम. मुंशी (2012), *पिलग्रिमेज़ टू फ़्रीडम / इण्डियन कांस्टीट्यूशनल डाक्यूमेंट्स*, भारतीय विद्या भवन, मुम्बई.
3. शेषराव चव्हाण (2002), *द कांस्टीट्यूशन ऑफ़ इण्डिया : रोल ऑफ़ डॉ. के.एम. मुंशी*, भारतीय विद्या भवन, मुम्बई.

—रवि दत्त वाजपेयी

कपिल

(Kapil)

कपिल सांख्य दर्शन के प्रवर्तक आचार्य हैं। उनकी ख्याति 'आदि विद्वान' के रूप में भी है। व्युत्पत्ति के आधार पर सांख्य का अर्थ है संख्या से संबंधित दर्शन। अब सवाल उठता है कि संख्या का क्या अर्थ है ? संख्या का लोक-प्रचलित अर्थ है— गणना, गिनती। कुछ लोगों का विश्वास है कि इस दर्शन में तत्त्वों की गणना सबसे पहले की गयी। कहा गया कि तत्त्व केवल पच्चीस या छब्बीस हैं, इससे अधिक नहीं। इसीलिए इसका नाम सांख्य पड़ा। परंतु अपने प्राचीन आध्यात्मिक अर्थ में सांख्य से तात्पर्य विवेकसम्मत ज्ञान से है। सांख्य दर्शन निरीश्वरवादी है। उसे ईश्वर का अस्तित्व प्रमाणित करने में कोई रुचि नहीं है। वह कहता है कि संसार की रचना के लिए ईश्वर का अस्तित्व आवश्यक नहीं क्योंकि पूरे संसार की सृष्टि का कारण प्रकृति है। शाश्वत और अपरिवर्तनशील बताया जाने वाला ईश्वर संसार की सृष्टि कर ही नहीं सकता, क्योंकि कारण और परिणाम अभिन्न होते हैं। कारण ही परिणाम में परिणत होता है। चूँकि ईश्वर अपरिवर्तनशील है इसलिए वह संसार में परिणत नहीं हो सकता। कपिल के इस दार्शनिक सिद्धांत की विशिष्टता इस बात में है कि उन्होंने भाग्य, अलौकिकता और ईश्वर की अवधारणा से दूर रहते हुए अपने दर्शन को तार्किक आधार पर भौतिकवादी नज़रिये विकसित करने का प्रयास किया। इसी कारण से दार्शनिक परम्परा में कपिल की भूमिका अत्यंत महत्त्वपूर्ण और क्रांतिकारी मानी जाती है।

समझा जाता है कि आचार्य कपिल का जीवन काल ईसापूर्व सातवीं और छठी शताब्दी के मध्य रहा होगा। कपिल प्रणीत समझी जाने वाली रचना *सांख्यप्रवचन सूत्र* को कुछ विद्वानों ने उनकी रचना मानने से इनकार भी किया है। वे इसे चौदहवीं शती की रचना मानते हैं। शंकराचार्य और अन्य प्राचीन दार्शनिकों ने *सांख्य प्रवचनसूत्र* का कहीं उल्लेख नहीं किया है और न ही उससे कोई उद्धरण लिया है। इसके स्थान पर ईश्वर कृष्ण रचित *सांख्य कारिका* से ही उद्धरण दिये गये हैं जिसका रचनाकाल तीसरी से पाँचवीं शती माना जाता है। वाचस्पति मिश्र ने भी *सांख्य कारिका* पर अपनी प्रसिद्ध *सांख्यतत्त्व कौमुदी* नामक टीका लिखी है। स्वयं ईश्वर कृष्ण ने कपिल, आसुरी तथा पञ्चशिख का सांख्य दर्शन के प्राचीन आचार्यों के रूप में उल्लेख किया है। इस आधार पर दार्शनिक कपिल का जीवनकाल बुद्ध के पूर्व अनुमानित होता है, और यह भी कि उन्होंने *सांख्यप्रवचन सूत्र* की रचना की होगी जो बहुत पहले समाप्त हो गया होगा। *सांख्यप्रवचन सूत्र* पर लिखी गयी टीकाएँ और अन्य ग्रंथों में बिखरी सामग्रियाँ ही इसके अध्ययन का आधार हैं।

भारतीय दार्शनिक परम्परा में सांख्य दर्शन प्राचीनतम दार्शनिक प्रणालियों में माना जाता है। वैचारिक जगत पर इसका लम्बे समय तक प्रभाव रहा है। इसकी चर्चा छांदोग्य, प्रश्न, कठ, श्वेताश्वर उपनिषदों सहित महाभारत, गीता, स्मृतियों तथा पुराणों में भी मिलती है। बादरायण और शंकराचार्य ने इस दर्शन का खण्डन करते हुए सांख्य के श्रुतिमूलक होने से भी इनकार किया है। शंकराचार्य ने सांख्य को वेदांत का 'प्रधान मल्ल' (प्रमुख विरोधी) क़रार देते हुए कहा है कि सांख्य दर्शन कपिल द्वारा प्रणीत, सांख्य एवं योग के मनीषियों और शिष्ट व्यक्तियों द्वारा स्वीकृत होने के बावजूद द्वैतवादी होने के कारण श्रुतिमूलक या उपनिषद्सम्मत नहीं माना जा सकता है। यहाँ श्रुति एवं स्मृति तथा सांख्य और योग शब्द क्रमशः ज्ञान और कर्म के अर्थ में प्रयुक्त हुए हैं। बादरायण और शंकराचार्य द्वारा सांख्य के श्रुतिमूलक होने से इनकार करना इस बात का संकेत है कि सांख्य दर्शन के शुरुआती दौर के आचार्य इसे श्रुतिमूलक मानते रहे होंगे और सम्भवतः यह दर्शन श्रुतिमूलक एवं ईश्वरवादी रहा होगा। बाद में बौद्धों एवं जैनों के प्रभाव में आकर अनीश्वरवादी बन गया होगा। बादरायण और शंकराचार्य दार्शनिक जिस सांख्य का खण्डन करते हैं वह यही श्रुतिमूलक समझा जाने वाला सांख्य होगा। इसी परम्परा में आगे चलकर विज्ञान-भिक्षु ने सांख्य में ईश्वरवाद को पुनर्स्थापित किया।

सांख्य दर्शन द्वैतवादी है। उसके अनुसार यह संसार प्रकृति (भूत) तथा पुरुष (जीव) के संयोग से बना है। ये दोनों स्वभावतः स्वतंत्र तथा मौलिक तत्त्व हैं, परंतु इस संसार में इनका अविवेक या अज्ञान बना रहता है। दोनों आपस में इतने घुले-मिले होते हैं कि अलग नहीं किये जा सकते। पार्थक्य होने पर ही मोक्ष दशा का उदय होता है। प्रकृति और पुरुष का अलग-अलग ज्ञान हो जाने पर जीव सांसारिक क्लेशों से मुक्त हो जाता है। सांख्य दर्शन में विवेक-ज्ञान पर काफ़ी बल दिया गया है। न्याय-वैशेषिक द्वारा परमाणु, आत्मा, मन, काल, दिक् आदि अनेक मौलिक तत्त्वों को मान्यता दी जाती है, इसलिए उन्हें बहुतत्त्ववादी दर्शन माना जाता है। किंतु सांख्य ने बहुतत्त्वों का विश्लेषण तथा अन्तःपरीक्षण कर पुरुष और प्रकृति को ही दो मूल तत्त्व माना और अन्य तत्त्वों का इनके भीतर उनका अंतर्भाव क़रार दिया। न्याय दर्शन मानता है कि चाक, डोरी, आदि की सहायता से कुम्हार मिट्टी के भीतर से 'घड़ा' नामक एक अपूर्व द्रव्य पैदा करता है, इसलिए घड़े की 'उत्पत्ति' होती है। सांख्य मत का मानना है कि मिट्टी में पूर्व-स्थित घड़े की अभिव्यक्ति कुम्हार के प्रयत्न से होती है। उसके प्रयत्न से पहले भी घड़ा उस मिट्टी के लोंदे में मौजूद था और प्रयत्न ने उसे केवल प्रकट कर दिया। सांख्य के इस विचार को सत्कार्यवाद के रूप में जाना जाता है।

सत्कार्यवाद कार्य-कारण सिद्धांत पर प्रमुखता से विचार करता है। वह प्रश्न उठाता है कि क्या विभिन्न सामग्रियों के इस्तेमाल और प्रयत्न करने से पहले कार्य कारण में विद्यमान रहता है? अर्थात् कुम्हार द्वारा दण्ड की सहायता से मिट्टी का घड़ा बनाने या घड़ा उत्पन्न होने से पहले वह मिट्टी में विद्यमान था या नहीं? न्याय-वैशेषिक का उत्तर नकारात्मक है अर्थात् घड़ा मिट्टी में विद्यमान नहीं था बल्कि सामग्री की सहायता से घड़े की उत्पत्ति होती है और घड़ा नवीन वस्तु होता है। यदि वह पहले से ही विद्यमान होता तो कुम्हार को मेहनत करने और चाक घुमाने की क्या ज़रूरत होती तथा घड़े की उत्पत्ति के क्या मायने रह जाते। यदि कार्य पहले से ही कारण में मौजूद रहता तो कार्य और कारण में भेद नहीं रहता। मिट्टी और घड़े दोनों का एक ही नाम होता। मिट्टी का लोंदा घड़े का काम करता। घड़े में तो हम जल रख सकते हैं, तो क्या यही काम हम मिट्टी के लोंदे से कर सकते हैं? इसलिए मिट्टी का घड़ा आकार तथा तात्पर्य दोनों में ही भिन्न है। घड़ा एक नयी चीज़ है, जो मिट्टी में कभी भी विद्यमान नहीं था। घड़ा दण्ड, चाक आदि कारणों यानी सामग्री की सहायता से उत्पन्न एक नयी वस्तु है। नैयायिकों का यह मत असत् कार्यवाद के नाम से जाना जाता है। यह सिद्धांत प्रतिपादित करता है कि कारण में कार्य पहले से ही विद्यमान नहीं होता। कुम्हार के प्रयत्न द्वारा घड़ा नाम की एक नयी वस्तु की उत्पत्ति हुई। वह पहले मौजूद नहीं था। किंतु सांख्य दर्शन का इससे भिन्न मत है। अपने मत के समर्थन में सांख्यकारिका में कई युक्तियाँ मिलती हैं :

1.असदकारणात् : यदि कार्य उत्पत्ति के पूर्व कारण में विद्यमान न हो तो, वह असत् होगा। असत् होने से वह शशश्रृंग तथा आकाश कुसुम के समान होगा यानी असत् की उत्पत्ति किसी प्रकार कभी नहीं हो सकती। मिट्टी में पहले से मौजूद था, नहीं तो लाख कोशिश करने पर भी वह उत्पन्न नहीं हो पाता। वह उत्पन्न होता है, यही प्रमाण है कि वह मिट्टी में मौजूद है।

2. उपादानग्रहणात् : प्रत्येक कार्य अपने उपादानकारण या समवायीकरण से सम्बंद्ध रहता है और इसलिए उससे उसकी उत्पत्ति होती है। उपादानकारण के बिना कोई कार्य नहीं हो सकता। उपादान से तात्पर्य है द्रव्य की निष्पादक वस्तु, जैसे घड़े के लिए मिट्टी तथा वस्त्र के लिए तंतु उपादान है। घड़े बनाने के लिए मिट्टी का प्रयोग होता है, तेल के लिए सरसों या तिल का प्रयोग तथा वस्तु की बुनायी तंतु से की जाती है। किसी कार्य के वास्ते किसी विशेष उपादान या सामग्री को ग्रहण करना पड़ता है।

3. सर्वसम्भवाभावात् : कार्य की उत्पत्ति-पूर्व को भी उपादानकारण में मौजूद मानना पड़ेगा। अगर ऐसा नहीं किया जाएगा तो किसी भी कारण या सामग्री से किसी भी कार्य की उत्पत्ति सम्भव माननी पड़ेगी जो कि असम्भव है। अगर हम मिट्टी में घड़े या तंतु में वस्त्र की पूर्व-स्थिति नहीं मानते, तो सबसे सब चीज़ें पैदा होने लगेंगी। मिट्टी से कपड़ा और कम्बल भी तैयार होने लगेगा। सब कारणों से सब कार्यों की उत्पत्ति दिखाई नहीं पड़ती। अत: कार्य कारण में पहले से ही विद्यमान रहता है।

4. शक्तस्य शक्य कारणात् : शक्त कारण से ही शक्य कार्य की उत्पत्ति होती है। जिस कारण में जिस कार्य को उत्पन्न करने की शक्ति होती है, उस कारण से उस कार्य की उत्पत्ति होती है। इसका तात्पर्य यह है कि जो कार्य बीजरूप से जिस कारण में मौजूद होता, वही कारण उसी कार्य को उत्पन्न करने की शक्ति रखता है। तिलों को पेरने से तेल ही निकलता है, घी नहीं। इसका कारण यह है कि कार्य तथा कारण के बीच एक प्रकार की शक्ति का निवास है। कार्य कारण में पहले से ही विद्यमान होता है। यही कारण है कि शक्त पदार्थ शक्य वस्तु को ही उत्पन्न करता है। जुलाहा कपड़ा बुनने के लिए तंतु को ही ग्रहण करता है। क्योंकि वह जानता है कि कारण में किसी विशेष कार्य को ही पैदा करने की शक्ति होती है, दूसरे को नहीं। तिलहन से तेल ही निकलता है। लाख कोशिश के बाद भी उससे घी नहीं निकलता। मिट्टी से घड़ा ही बनेगा, लौहपात्र नहीं। ये उदाहरण इस बात के पुख़्ता प्रमाण हैं कि कार्य तथा कारण परस्पर सम्बद्ध पदार्थ हैं तथा उत्पन्न होने पूर्व भी कार्य कारण में अवश्य ही विद्यमान रहता है।

5. कारणभवात् : कार्य और कार्य एक ही वस्तु के दो रूप हैं। कारण कार्य अव्यक्तावस्था है तथा कार्य कारण का व्यक्त रूप है। कारण का जो स्वभाव होता है वही कार्य का भी स्वभाव होता है। स्निग्ध स्वभाव वाले तिलों से स्निग्ध तेल उत्पन्न होता है। मिट्टी से उत्पन्न घड़ा मिट्टी के स्वभाव वाला होता है। इस तरह से कार्य और कारण में स्वभाव की एकता बनी रहती है। यदि असत् स्वभाव वाला कार्य है तो वह असत् स्वभाव वाले कारण से उत्पन्न होता है। परंतु कार्य तो सत्स्वभाव वाला ही होता है, क्योंकि वह तो विद्यमान ही है। फलत: वह सत्स्वभाव वाले कारण से उत्पन्न होता है। इस प्रकार सत्यकार्यवाद युक्तियुक्त सिद्धांत साबित होता है।

देखें : आर्यभट्ट और *आर्यभटीय,* उपनिषद्, *अर्थशास्त्र* और कौटिल्य, गोपीनाथ कविराज, गोविंद चंद्र पाण्डे, चैतन्य महाप्रभु, जैन दर्शन, न्याय दर्शन, दया कृष्ण, नागार्जुन, पतंजलि और *योगसूत्र,* पाणिनि और *अष्टाध्यायी,* पुराण, पूर्व-मीमांसा दर्शन, बदरी नाथ शुक्ल, बादरायण, बौद्ध दर्शन, *भगवद्गीता,* भरत और *नाट्यशास्त्र,* मुकुंद लाठ, *भागवत पुराण, महाभारत,* यशदेव शल्य, योग दर्शन, रामानुजाचार्य, राम अवतार शर्मा, लोकायत, वात्स्यायन और *कामसूत्र,* वेदांत दर्शन, वैशेषिक दर्शन, शंकराचार्य, षड्-दर्शन-1 और 2, संस्कृत काव्यशास्त्र, स्मृति-साहित्य, सांख्य दर्शन-1 और 2, सिद्ध-नाथ परम्परा।

संदर्भ

1. चंद्रधर शर्मा (1991), *भारतीय दर्शन : आलोचन और अनुशीलन,* मोतीलाल बनारसीदास, नयी दिल्ली.

2. सर्वपल्ली राधाकृष्णन (2012), *भारतीय दर्शन,* खण्ड 2, अध्याय 7, राजपाल ऐंड संज़, नयी दिल्ली.
3. के. दामोदरन (1982), *भारतीय चिंतन परम्परा,* पीपुल्स पब्लिशिंग हाउस, नयी दिल्ली.
4. सतीशचंद्र चट्टोपाध्याय और धीरेंद्र मोहन दत्त, *भारतीय दर्शन,* पुस्तक भंडार, पटना.
5. आचार्य बलदेव उपाध्याय (2000), *भारतीय दर्शन की रूपरेखा,* चौखम्भा प्रकाशन, वाराणसी.

— अजय कुमार पाण्डेय

कर्मकाण्ड

(Ritual)

कर्मकाण्ड एक सांस्कृतिक व्यवहार है जिसमें परम्पराबद्ध और सामान्य से इतर क्रिया का भाव निहित है। इसके मूल में संदेशपरक सांस्कृतिक कूटार्थ होते हैं जो कर्मकाण्ड में भाग लेने वाले व्यक्ति या समूह के भावजगत पर प्रबल प्रभाव छोड़ते हैं। एक समय कर्मकाण्ड के अध्ययन को मुख्यत: मानवशास्त्रियों का विषय समझा जाता था लेकिन पिछली सदी के आठवें दशक में सामाजिक सैद्धांतिकी के क्षेत्र ने एक नयी करवट ली जिसके परिणामस्वरूप समाज-विज्ञानों में सांस्कृतिक परिप्रेक्ष्य को महत्त्व दिया जाने लगा। समाजशास्त्रियों के लिए यह विषय इसी के बाद अधिकाधिक महत्त्वपूर्ण होता चला गया। कर्मकाण्ड का शोध-विमर्श मुख्यत: तीन प्रश्नों के इर्द-गिर्द संगठित रहा है। एक, कर्मकाण्ड के विश्लेषण में संस्कारों की अंतस्थ क्रिया और उनके आयोजन को प्राथमिकता मिलनी चाहिए या ब्रह्माण्ड विज्ञान और प्रतीक, चिंतन संबंधी विश्वासों को? दो, व्यावहारिकता पर आधारित मॉडल में सत्ता और वर्चस्व की समझ को कैसे समाहित किया जाए? तीसरे, संस्कारों को सामूहिकता में समझा जाना चाहिए या कि उनके प्रति सूक्ष्म-समाजशास्त्रीय दृष्टि अपनायी जाए?

समाज-विज्ञानों में धार्मिक कर्मकाण्ड को लेकर जो भी अध्ययन किया गया है उसका मूल आधार दुर्खाइम की क्लासिक रचना *एलीमेंटरी फ़ॉर्म्स ऑफ़ रिलीजस लाइफ़* रही है। दुर्खाइम का यह अध्ययन ऑस्ट्रेलिया के आदिवासी समुदाय पर केंद्रित था। इसकी बुनियादी प्रस्थापना यह थी कि समाज को अपने आपसी संबंधों तथा आंतरिक एकता के सूत्रों को मज़बूत करने या नवीकृत करने की ज़रूरत पड़ती है। दुर्खाइम के अनुसार आदिवासी समुदाय जब धार्मिक संस्कारों के लिए एकत्रित होते हैं तो उसका उद्देश्य यही होता है। दुर्खाइम ने प्रतिपादित किया कि ऐसे अवसरों पर प्रतीकों और परा-भौतिक शक्तियों का आह्वान और प्रयोग, देह की भावनापूर्ण भंगिमाएँ, भोज और यौन गतिविधि, मिथकों और पुरा-कथाओं का नाटकीय प्रदर्शन समुदाय में एक विशेष भावुकता और संवेदना का संचार करते हैं। दुर्खाइम इसे सामूहिक उन्मेष की संज्ञा देते हैं। वे इस बात पर ज़ोर देते थे कि समाज के ये संयोजनकारी संस्कार विश्वास और वर्गीकरण की अंतर्निहित व्यवस्था के साथ अंतर्क्रिया करते हैं। उनके अनुसार यह एक ऐसी प्रक्रिया होती है जिससे पवित्र और लौकिक या सांसारिक का अंतर उद्घाटित होता है। वे धर्म को सांस्कृतिक कूटार्थ और कर्मकाण्ड का जटिल संगम मानते थे। दुर्खाइम की दृष्टि में यही धर्म समाज की संरचना के लिए आधार-भूमि का काम करता है। एक तरह से देखें तो समाजशास्त्र में कर्मकाण्ड को लेकर जो सिद्धांत प्रतिपादन हुआ है उसे दुर्खाइम की इस रचना का विस्तार और रचनात्मक पाठ भी कहा जा सकता है।

हालाँकि दुर्खाइम ने अपने अध्ययन के लिए जो सामग्री जुटायी थी वह आदिम समाज से ताल्लुक़ रखती थी लेकिन उनके रुझान से यह साफ़ झलकता है कि दुर्खाइम आदिम जनजाति के कर्मकाण्डों के लक्षणों और सामाजिक आशयों को सार्वभौमिक रूप से भी प्रासंगिक मान रहे थे। परंतु बाद के समाजशास्त्रियों ने दुख़ाइम के योगदान पर तत्परता से विचार नहीं किया। 1920 के दशक में मार्सेल मौज़ ने *द गिफ़्ट* नामक पुस्तक की रचना की। लेकिन इसमें उन्होंने उपहार के कर्मकाण्डीय पक्षों पर ध्यान देने के बजाय विनिमय के संबंधों और आर्थिक जीवन को ज़्यादा महत्त्व दिया। तीसरे दशक में फ्रांस बताई आदि की दिलचस्पी पवित्रता की विशेषता बताने में ज़्यादा रही और उन्होंने इस पहलू पर पर्याप्त विचार नहीं किया कि पवित्रता का अनुभव समाज की सामूहिक मध्यस्थता के बिना कैसे सम्भव हो सकता है। यही वजह है कि जब लॉयड वार्नर ने कर्मकाण्ड के इस मॉडल को अमेरिका जैसे विकसित समाज के देहाती और कस्बाई जीवन पर लागू करके देखा तो उसे एक महत्त्वपूर्ण योगदान माना गया। आज वार्नर का चिंतन साधारण लग सकता है लेकिन अमेरिका के मेमोरिअल डे उत्सव के विश्लेषण में वार्नर जब उसे मृतकों का पंथ बताते हैं तो वे असल में दुर्खाइम के वृहत्तर दृष्टिकोण का ही विस्तार करते हैं। इसी तरह छठे दशक में राबर्ट बेलाह की नागरिक धर्म की अवधारणा, एडवर्ड शिल का केंद्र और परिधि संबंधी चिंतन तथा मैरी डगलस का पवित्रता और प्रदूषण पर किये जाने वाले कार्य कर्मकाण्ड की गतिविधियों पर फ़ोकस करने के बजाय वर्गीकरण और ब्रह्माण्ड विज्ञान के सूत्रों में उलझ जाते हैं।

यह मानते हुए भी कि समाज की बुनियाद किसी न किसी तरह की धार्मिकता पर टिकी होती है, ये विद्वान

कर्मकाण्ड के बजाय विश्वासों के अध्ययन में ज़्यादा संलग्न थे। इस संबंध में विक्टर टर्नर के शोध को सबसे महत्त्वपूर्ण अपवाद कहा जा सकता है। टर्नर समाज के समता भाव, बराबरी की भावना तथा सर्जनात्मक संबंधों का प्रतिपादन करते हुए कभी दुर्ख़ाइम का सीधा हवाला नहीं देते लेकिन उन पर दुर्ख़ाइम के कर्मकाण्डीय व्यवहार से संबंधित चिंतन की छाप साफ़ देखी जा सकती है।

सातवें और आठवें दशकों में दुर्ख़ाइम के प्रकार्यवादी दृष्टिकोण को कड़ी चुनौती मिलने लगी। इस दौर में कर्मकाण्ड को लेकर यह दृष्टिकोण उभरा कि कर्मकाण्ड को एक राजनीतिक व्यवहार की तरह क्यों न देखा जाए। स्टीवंस ल्यूक्स ने एक बेहद मौलिक लेख में यह प्रस्थापना रखी कि कर्मकाण्ड को ऐसी घटनाओं के रूप में देखा जाना चाहिए जिनके पीछे कुछ निश्चित प्रायोजक होते हैं और जिनका उद्देश्य वर्चस्व स्थापित करना होता है। एक अन्य विद्वान डेविड कर्त्जर का भी यही मानना था कि कर्मकाण्ड प्रतिस्पर्द्धा और सामाजिक लामबंदी के माध्यम भी हो सकते हैं तथा सहमति और साझे विश्वासों के बिना भी कर्मकाण्ड का सिक्का चल सकता है। पियरे बोर्दियो ने उपहार-विनिमय का विश्लेषण करते हुए कहा कि कर्मकाण्ड में रणनीति और हितों का एक सहज हिसाब-किताब भी शामिल रहता है। इसी तरह सांस्कृतिक अध्येता स्टुअर्ट हाल ने युवाओं की उप-संस्कृतियों के अध्ययन में यह प्रतिपादित किया कि ऐसी संस्कृतियाँ एक तरह से समाज की वर्चस्वादी व्यवस्था की प्रत्यालोचना होती हैं। हॉल ने इन उप-संस्कृतियों को प्रतिरोध का कर्मकाण्ड कहा है।

दुर्ख़ाइम के दृष्टिकोण को दूसरी चुनौती इरविंग गॉफ़मैन के अध्ययन से मिली। गॉफ़मैन का चिंतन प्रत्यक्ष अंतर्क्रिया से संबंधित था। यह सूक्ष्म-समाजशास्त्रीय दृष्टिकोण आर्नोल्ड वान गैनेप तथा दुर्ख़ाइम के अध्ययनों पर आधारित था। गैनेप की प्रस्थापना यह थी कि कर्मकाण्ड के ज़रिये समाज अपने सदस्यों को एक वैध और सुस्पष्ट पहचान प्रदान करता है। और ऐसा ख़ास तौर पर तब घटता है जब व्यक्ति का पदानुक्रम संक्रमण की प्रक्रिया में होता है। गॉफ़मेन ने रोज़मर्रा के जीवन की स्थितियों के अवलोकन को सैद्धांतिक विन्यास देते हुए यह प्रतिपादित किया कि लोगबाग जब आपस में मिलते हैं तो एक दूसरे से व्यवहार और सम्मान की उम्मीद करते हैं। यह एक रोज़मर्रा का कर्मकाण्ड होता है जिसमें व्यक्ति के आत्म और उसकी सामाजिक हैसियत को सम्मान की आश्वस्ति मिलती है। इससे व्यक्ति में यह भाव भी जाग्रत होता है कि उससे बाक़ी लोग क्या अपेक्षा करते हैं।

रैंडल तथा कॉलिन्स के कर्मकाण्ड संबंधी शोध-लेखन-चिंतन में दैनिक कर्मकाण्ड के विचार को द्वंद्व के समाजशास्त्र के साथ गूँथने का प्रयास किया गया है। उनका मानना है कि सामूहिक पहचान तथा एकता का भाव दैनिक मेलजोल के कर्मकाण्ड की इसी शृंखला के ज़रिये अस्तित्व में आता है और समाज में नीचे से ऊपर की ओर आकार ग्रहण करता है। यह शृंखला समाज में केवल उत्साह और आपसी मेलमिलाप जैसे भावों को ही प्रोत्साहन नहीं देती बल्कि स्तरीकरण, पदानुक्रम तथा विशेष अधिकारों से सम्पन्न गुटों का भी निर्माण करती है।

कर्मकाण्ड के समकालीन समाजशास्त्र में इन सूत्रों पर आज भी संवाद जारी है, जिसका बड़ा हिस्सा दुर्ख़ाईम के अध्ययन की पुनर्व्याख्या से जुड़ा है। कुछ विद्वान दुर्ख़ाइम के पवित्र और सांसारिक के विभाजन को आज भी महत्त्वपूर्ण मानते हैं और कर्मकाण्ड को समाज के गहरे विश्वासों का प्रदर्शन मानते हैं। जबकि अन्य विद्वान इसे एक तरह का आदर्शवाद मानते हैं और इस तथ्य पर ज़ोर देते हैं कि विश्वास की संरचना ऐसी कमज़ोर कड़ियों पर आधारित है जिनके सूत्र आंतरिक स्तर पर एक दूसरे से असम्बद्ध हैं। ये विद्वान विश्वास को एक अपरिपक्व संरचना मानते हैं। उनका मत है कि कर्मकाण्ड का वास्तविक संबंध अंतस्थ और व्यावहारिक कार्यों से है। कुछ विद्वान कर्मकाण्ड के सार्वभौमिक, एकता परक और समतावादी परिणामों पर ज़्यादा ध्यान देते हैं तो कुछ उसे वर्चस्व स्थापित करने का औज़ार मानते हैं। एक ओर से अध्येता हैं जो कर्मकाण्ड या कर्मकाण्डीकरण को क्रिया (एक्शन) का गुण मानते हैं तो दूसरी ओर अनेक विद्वान उसे एक ऐसा सामाजिक तथ्य मानते हैं जो क्रिया के लिए प्रेरणा का काम भी करता है और साथ ही उसकी सीमाओं को भी उजागर करता है।

उपरोक्त विवेचन से यह बात स्पष्ट हो जाती है कि आठवें दशक के बाद कर्मकाण्ड का अध्ययन केवल मानवशास्त्रीय उद्यम नहीं रह गया है। समाज-विज्ञानों में सांस्कृतिक परिप्रेक्ष्य के बढ़ते प्रभाव के कारण कर्मकाण्ड की अवधारणा अब केवल धर्म के अध्ययन तक सीमित न रहकर राजनीतिक घोटालों, विवादों और प्रतिस्पर्द्धाओं, नाटक की अंतर्वस्तु, खेल, पर्यटन और धर्मयात्राओं, सामूहिक स्मृति और घटनाओं के उत्सवों, देह के अध्ययन, भावनाओं, रोज़मर्रा के मेलजोल; तथा क्रांति, प्रतिरोध, सामूहिक लामबंदी, दण्ड व्यवस्था की चर्चा, नियमन और नियंत्रण जैसे विषयों के शोध में भी पैठ बना चुकी है।

देखें : अर्थव्यवस्था का समाजशास्त्र, अभिजन, अभिरुचि, आत्महत्या, उन्मूलनवाद, एजेंसी, कारागार, गोपनीयता, गृहविहीनता, जाति और जाति-व्यवस्था-1 से 4 तक, जादू, जीवन-शैली, टेलरवाद, फ़ुरसत, बचपन, बुज़ुर्गियत का समाजशास्त्र, बेगानगी, भीड़, भ्रष्टाचार का समाजशास्त्र-1 और 2, विचलन, ज्ञान का समाजशास्त्र।

संदर्भ

1. जे. एलेक्जेंडर और पी. स्मिथ (सम्पा) (2004), द *केम्ब्रिज कम्पेनिअन टू दुर्ख़ाइम,* केम्ब्रिज युनिवर्सिटी प्रेस, केम्ब्रिज.
2. एमील दुर्ख़ाईम (1968/1912), द *ऐलिमेंटरी फ़ॉर्म्स ऑफ़ रिलीजस लाइफ़,* एलेन ऐंड अनविन, लंदन.
3. ई. गॉफ़मैन (1967), *इंटरएक्शन रिचुअल,* एल्डाइन, शिकागो.
4. एस. ल्यूक्स (1975), 'पॉलिटिकल रिचुअल ऐंड सोशल इंटीग्रेशन', *ब्रिटिश जर्नल ऑफ़ सोसिओलॅजी,* खण्ड 9. अंक 2.

— नरेश गोस्वामी

करारोपण

(Taxation)

करारोपण या कराधान या टैक्स लगाना किसी भी राष्ट्रीय अर्थव्यवस्था का एक अप्रिय यथार्थ है। यह हक़ीक़त इसलिए है कि इसके बिना सरकारों का काम नहीं चल सकता। सार्वजनिक वित्त या सरकारी ख़ज़ाने की गतिविधियाँ इसके बिना ठप पड़ जाएँगी। यह अप्रिय इसलिए है कि इसके कारण व्यक्तियों और संस्थाओं की आमदनी पर विपरीत प्रभाव पड़ता है। करारोपण का प्रश्न विचारधारात्मक संघर्ष का अखाड़ा भी है। समाज के आर्थिक जीवन में राज्य के कम से कम हस्तक्षेप के समर्थकों की निगाह में टैक्स एक तरह का 'जबरिया श्रम' है जो सरकार नाजायज़ रूप से लेती है। राज्य के लोकोपकारी रूप के पक्षधर मानते हैं कि टैक्स के ज़रिये समाज में आमदनी के समतामूलक पुनर्वितरण की पहलक़दमी की जा सकती है।

आर्थिक वृद्धि और करारोपण का संबंध हमेशा से अर्थशास्त्रियों के सरोकार के केंद्र में रहा है। टैक्स की क़िस्म और करारोपण की संरचना आर्थिक प्रोत्साहन देने वाली नीतियों को लाज़मी तौर से प्रभावित करती है जिसका असर उत्पादकता और सकल घरलू उत्पाद पर पड़ता है। व्यक्तियों पर लगाया जाने वाला टैक्स पूरी अर्थव्यवस्था को प्रभावित नहीं करता। लेकिन उपभोक्ता पर लगाया जाने वाला टैक्स या उत्पादक पर लगाया जाने वाला टैक्स बाज़ार में माँग को दबा देता है। स्कैंडिनेवियायी देशों की अर्थव्यवस्थाएँ इस मामले में अनूठी हैं कि वे टैक्स भी लगाती हैं और आर्थिक वृद्धि को जारी रखने में समर्थ हुई हैं। सिंगापुर और हांगकांग जैसी अर्थव्यवस्थाओं की प्रगति का रहस्य कम से कम कराधान में निहित माना जाता है। भारतीय अर्थव्यवस्था के संदर्भ में तो यह बहस आज तक किसी मक़ाम पर नहीं पहुँच पायी है। भारतीय राज्य की आत्म-छवि जब लोकोपकारी राज्य की थी, उस समय तो टैक्स जम कर लगाये ही जाते थे। पर बाज़ार आधारित अर्थव्यवस्था के ज़माने में भी सरकार ने करारोपण के तमाम तर्क खोज निकाले हैं।

टैक्स मुख्यतः दो प्रकार के होते हैं : व्यक्तिगत स्तर पर लोगों की आमदनी पर लगाया जाने वाला टैक्स प्रत्यक्ष करों की श्रेणी में आता है। बिक्री कर, आयात या निर्यात पर लगाया जाने वाला कर, पूँजीगत कर, उत्पाद कर, कॉरपोरेट टैक्स, सेवा कर या मूल्यवर्धित कर अप्रत्यक्ष करों की श्रेणी में आता है। निजी स्तर पर लगाया जाने वाले आयकर लगाने की कई विधियाँ हो सकती हैं। मसलन, एक स्तर पर आमदनी को टैक्स फ्री रखने के बाद उस सीमा से अधिक आमदनी पर करारोपण किया जा सकता है। विभिन्न स्तर की आमदनी पर विभिन्न दरों पर टैक्स लगाया जा सकता है। आयकर की दरें सपाट भी हो सकती हैं जिन्हें हर तरह की आमदनी के ऊपर लागू किया जा सकता है। अगर वसूले गये टैक्स की मात्रा और दर करदाता की आमदनी के बढ़ने के साथ ही बढ़ रही है तो उस कराधान को वर्धमान या प्रोग्रेसिव की संज्ञा दी जाती है। कर चुकाने में ख़र्च की गयी रक़म और आमदनी के अनुपात को कर की औसत दर माना जाता है। आमदनी की अंतिम इकाई पर लगाया गया टैक्स सीमांत दर के मुताबिक़ होता है। अगर सीमांत दर ऊँची है तो समझा जाता है कि इसके कारण बाज़ार में श्रम की आपूर्ति पर विपरीत असर पड़ सकता है। लेकिन अगर करदाता कर-उपरांत आमदनी करना चाहता है तो ऊँची सीमांत दर उसके लिए फ़ायदेमंद भी साबित हो सकती है। अप्रत्यक्ष कर एड वेलोरम यानी करारोपित किये जा रहे उत्पाद या सेवा के कुल मूल्य के आधार पर एकमुश्त भी लगाये जा सकते हैं। निचली आमदनी वाले तबक़ों को इस तरह के टैक्सों से बड़ी तकलीफ़ होती है, क्योंकि उनकी वजह से इन तबक़ों की कर-पूर्व आमदनी घट जाती है। जहाँ तक टैक्स वसूली के तंत्र का सवाल है, सरकारें अपने कर्मचारियों द्वारा स्वयं भी टैक्स वसूलती हैं और टैक्स जमा करने का अधिकार 'टैक्स फ़ार्मर' को बेच भी देती हैं।

समाज में श्रम और बचत को प्रोत्साहित करने में टैक्स की भूमिका पर राजनीतिक शास्त्र, दर्शन और अर्थशास्त्र के साहित्य में काफ़ी चर्चा मिलती है। थॉमस हॉब्स ने अपने ग्रंथ *लेवायथन* में प्रत्यक्ष और अप्रत्यक्ष कर के बजाय व्यय पर कर लगाने का सुझाव दिया था। कम से कम टैक्स लगाने की तरफ़दारी करते हुए ऐडम स्मिथ ने करारोपण के मामले में सुचिंतित हिदायतें दी हैं : हर राज्य की प्रजा को सरकार की मदद करने के लिए जितना सम्भव हो सके अपनी-अपनी क्षमताओं के हिसाब से करना चाहिए। आख़िर व्यक्ति सरकार के संरक्षण के तहत ही आर्थिक आमदनी करता है। व्यक्तियों पर लगाये जाने वाले टैक्स एक निश्चित प्रणाली के मुताबिक़ होने चाहिए न कि मनमाने। टैक्स देने वाले के सामने उसके

भुगतान का समय, तरीक़ा और मात्रा पूरी तरह से स्पष्ट होनी चाहिए। टैक्स इस तरह से और इस प्रकार लगाया जाना चाहिए कि करदाता को उसका भुगतान सुविधाजनक लगे। साथ ही सरकार को अपनी ज़रूरत से ज़्यादा एक पैसा भी नहीं वसूलना चाहिए।

स्मिथ की ये हिदायतें दो तरह से देखी जा सकती हैं। एक तरफ़ तो ये करारोपण से जुड़े विवादों को कम करने के बजाय बढ़ाती हैं, दूसरी तरफ़ कुछ समाधान भी पेश करती हैं। मसलन, इन निर्देशों के अनुसार करारोपण व्यक्ति की कर देने की क्षमता पर आधारित होना चाहिए जिसे तय करने के मानक बनाना बहुत कठिन है। दूसरा प्रश्न यह है कि व्यक्ति सरकार की मदद कितनी करना चाहेगा। वह सरकार के लिए पूरा त्याग करने के लिए तैयार हो जाएगा, सापेक्षिक त्याग करेगा या फिर सीमांत त्याग ही करेगा। तीसरी बात यह है कि यहाँ स्मिथ एक तरह के लाभ कर की सिफ़ारिश करते हुए दिखते हैं जिसके मुताबिक़ व्यक्ति को सरकार से प्राप्त लाभ के मुताबिक़ उसे कर अदा करना चाहिए। स्मिथ की इन हिदायतों के कुछ दूसरे पहलू करारोपण की समस्या को हल भी करते हैं। एक निश्चित कर प्रणाली का सुझाव भ्रष्टाचार की समस्या से बचने की तरफ़ ले जाता है। सही समय पर यानी आमदनी हो जाने पर टैक्स लगाने का सुझाव करदाता को टैक्स देने के लिए कर्ज़ लेने की स्थिति में नहीं धकेलता।

डेविड रिकार्डो ने अपनी रचना *प्रिंसिपल्स ऑफ़ पॉलिटिकल इकॉनॉमी ऐंड टैक्सेशन* में कई तरह के टैक्सों के अर्थव्यवस्था पर पड़ने वाले असर का विस्तृत विश्लेषण पेश किया है। उन्होंने यह पता लगाने की कोशिश भी की थी कि फ्रांसीसी क्रांति और नेपोलियन द्वारा छेड़े गये युद्धों के दौरान किये गये भारी करारोपण का राष्ट्रीय आमदनी पर क्या असर पड़ा।

देखें : अर्थ-विज्ञान का समाजशास्त्र, आर्थिक जनसांख्यिकी, अल्फ्रेड मार्शल, अमर्त्य कुमार सेन, अंतर्राष्ट्रीय मुद्रा कोष, आधार और अधिरचना, ऑस्कर लांगे, ऐडम स्मिथ, कल्याणकारी अर्थशास्त्र, क्लासिकल अर्थशास्त्र, कार्ल हाइनरिख़ मार्क्स-3, कार्ल मेंगर, कींसियन अर्थशास्त्र, गुन्नार मिर्डाल, जोआन रोबिंसन, जॉन कैनेथ गालब्रेथ, जॉन मेनार्ड कींस, जॉन स्टुअर्ट मिल, जोसेफ़ शुमपीटर, जैव विविधता, ट्रस्टीशिप, डेविड रिकार्डो, ढाँचागत समायोजन कार्यक्रम, थॉमस मन और वणिकवाद, थॉमस रॉबर्ट माल्थस, दक्षता, धन, नियोक्लासिकल अर्थशास्त्र, नीतिशास्त्र और अर्थशास्त्र, निकोलस काल्दोर, नियोजन, नियोजन : मार्क्सवादी विमर्श, पण्य, पण्य-पूजा, पेटेंट, पॉल सेमुअलसन, पियरो स्राफ़ा, पूँजी, प्रतियोगिता, फ्रांस्वा केस्ने और प्रकृतिवाद, फ्रेड्रिख़ वॉन हायक, बहुराष्ट्रीय निगम, बाज़ार, बाज़ार की विफलताएँ, बाज़ार-समाजवाद, बौद्धिक सम्पदा अधिकार, ब्रेटन वुड्स प्रणाली, भारत में बहुराष्ट्रीय निगम, भारत में नियोजन, भारत में पेटेंट क़ानून, भारत में शेयर संस्कृति, भूमण्डलीकरण और पूँजी बाज़ार, भूमण्डलीकरण और वित्तीय पूँजी, भूमण्डलीकरण और वित्तीय उपकरण, मार्क्सवादी अर्थशास्त्र, मिल्टन फ्रीडमेन, मूल्य, राजकोषीय नीति और मौद्रिक नीति, रॉबर्ट ओवेन, विलफ्रेडो परेटो, विश्व व्यापार संगठन, विश्व बैंक, विलियम पेटी, विलियम स्टेनली जेवंस, वैकासिक अर्थशास्त्र, शोषण, साइमन कुज़्नेत्स।

संदर्भ

1. ऐडम स्मिथ (1776/1976), *एन इनक्वारी इनटु द नेचर ऐंड कॉज़ेज़ ऑफ़ द वेल्थ ऑफ़ नेशंस,* ओयूपी, ऑक्सफ़र्ड.
2. ई.आर.ए. सेलिगमेन (1885), *एसेज़ इन टैक्सेशन,* मैकमिलन, न्यूयॉर्क और लंदन.
3. बी. सेलेनी (2003), *द इकॉनॉमिक्स ऑफ़ टैक्सेशन,* एमआईटी प्रेस, केम्ब्रिज एमए और लंदन.
4. डेविड रिकार्डो (1821), *ऑन द प्रिंसिपल्स ऑफ़ पॉलिटिकल इकॉनॉमी, ऐंड टैक्सेशन,* जॉन मरे, लंदन, तीसरा संस्करण.

— अभय कुमार दुबे

करिश्मा

(charisma)

यूनानी भाषा के शब्द करिश्मा का प्रयोग न्यू टेस्टामेंट में किया गया है। इसका मतलब है ईश्वर का वह अवदान जो उसके अनुयायियों को 'मुफ़्त तोहफ़े' के रूप में मिलता है। समाज-विज्ञान में करिश्मे की अवधारणा प्रचलित करने का श्रेय जर्मन विद्वान मैक्स वेबर को जाता है। समाजशास्त्रियों, मनोवैज्ञानिकों और धर्मशास्त्रियों ने करिश्मे का विशेष रूप से अध्ययन किया है। राजनेताओं, मशहूर वक्ताओं, धर्मगुरुओं, पैग़म्बरों, क्रांतिकारी नेताओं, फ़िल्म अभिनेताओं, पॉप स्टारों और कभी-कभी अकादमीशियनों में करिश्माई गुणों की अभिव्यक्तियाँ पायी जाती हैं। राजनीतिक शासन के विधेयक आधार की खोज करते हुए वेबर ने अपनी रचना *इकॉनॉमी ऐंड सोसाइटी* में प्राधिकार की तीन क़िस्मों में से एक को करिश्माई की संज्ञा दी थी। इसी के बाद राजनीतिक प्राधिकार के करिश्माई पहलुओं पर विशेष ध्यान दिया जाने लगा। लेकिन, राजनीति के साथ करिश्मे का विचार धर्म के समाजशास्त्र के लिए भी महत्त्वपूर्ण है। बीसवीं सदी के आख़िरी दशकों में उभरे कई विवादास्पद धार्मिक आंदोलनों के शीर्ष पर भी करिश्माई नेतृत्व देखा गया है। रेवरेंड मून, भगवान 'ओशो' रजनीश या मोज़ेज़ डेविड बर्ग को इसकी मिसाल के रूप में देखा जा समझा जा सकता है। मनोवैज्ञानिक अध्ययनों से पता चला है कि अपने ही ऊपर मोहित रहने की प्रवृत्ति से ग्रस्त करिश्माई नेताओं के मानस में एक ख़ास तरह का एकतरफ़ापन होता है जिसके कारण वे सामान्य लोगों को सताने वाली दुश्चिंताओं और दुविधाओं से परेशान नहीं होते।

नेता और उसके अनुयायियों के बीच सूत्र के लिहाज़ से करिश्मा एक ऐसा संबंध है जिसके प्रभाव में अनुयायियों को अपना नेता कुछ असाधारण गुणों से सम्पन्न लगता है। अपने अनुयायियों की इसी मान्यता के कारण करिश्माई नेता अपने व्यक्तित्व को संस्थागत नियंत्रण के दायरे से बाहर रख पाने में कामयाब होते हैं। धर्म के संदर्भ में करिश्मा किसी पद में निहित भी हो सकता है। धर्मावलम्बियों को लगता है कि कुछ ख़ास तरह के ऊँचे धार्मिक पदों पर आरूढ़ होने के कारण करिश्मा दिखाई देने लगता है। चाहे धार्मिक हो या राजनीतिक, आम तौर पर करिश्माई नेतृत्व ऐसे समय में उभरता है जब सामाजिक-आर्थिक परिवर्तनों के प्रभाव में समाज में अस्थिरता व्याप्त हो जाती है। भविष्य के अंदेशों से डरे हुए लोगों को लगता है कि करिश्माई नेतृत्व में आस्था रखने या उसके सामने समर्पण कर देने से वे अनदेखे और अनजाने ख़तरों से बच जाएँगे।

करिश्माई प्राधिकार पूरी तरह से एक व्यक्ति की शख़्सियत के चमत्कारी प्रभाव पर निर्भर होता है। इसके माध्यम से कोई नेता या अधिकारी लोगों से सीधा संवाद करके उसके ज़रिये उनसे अपनी बात मनवा लेता है। इसके लिए ज़रूरी नहीं कि उसके पास कोई पद या किसी संस्था की ताक़त हो। उदारतावादी लोकतंत्रों में इस तरह के प्राधिकार के पनपने की गुंजाइश कम रहती है, क्योंकि वहाँ संविधान सत्ता की सीमाएँ तय कर देता है। इसके बावजूद मार्गरेट थैचर और उनसे पहले फ्रेंकलिन डी. रूज़वेल्ट के कार्यकाल में भी करिश्माई पहलुओं की झलक मिली थी। इन उदाहरणों से स्पष्ट है कि करिश्माई नेतृत्व लोकतांत्रिक व्यवस्थाओं में भी पैदा हो सकता है, और अलोकतांत्रिक व्यवस्थाओं में भी। हिटलर और मुसोलिनी जैसे नेता अलोकतांत्रिक करिश्मे के उदाहरण हैं।

भारत में लोकतांत्रिक प्रक्रिया से सत्ता में आयी इंदिरा गाँधी को करिश्माई नेता माना जाता है। जिस तरह करिश्माई व्यक्तित्व स्थापित नियमों, क़ानूनों और संस्थाओं से परे जा कर लोगों से निष्ठा प्राप्त कर लेता है, उसी तरह इंदिरा गाँधी ने कांग्रेस पार्टी के जमे हुए क्षेत्रीय नेतृत्व द्वारा आरोपित सीमाओं को धता बताते हुए सरकार और दल पर अपना नेतृत्व क़ायम करने में सफलता प्राप्त की। करिश्माई ख़ूबियाँ ज़रूरी नहीं कि प्रकृति-प्रदत्त ही हों। राजनीतिक नेता अक्सर मीडिया के चतुराईपूर्ण इस्तेमाल और भाषण-कला विकसित करके अपना करिश्मा गढ़ने की कोशिश करते हैं। मुसोलिनी, हिटलर, माओ त्से-तुंग, स्तालिन और किम इल सुंग के करिश्मे के पीछे प्रोपेगंडा तंत्र का इस्तेमाल करके 'पर्सनैलिटी कल्ट' विकसित करने की योजनाबद्ध कोशिशें देखी गयी हैं।

वेबर ने 'रूटीनाइज़्ड करिश्मा' या करिश्मा के संस्थानीकरण का ज़िक्र किया था जिसकी अभिव्यक्तियाँ पदों में निहित करिश्मे के रूप में देखी जा सकती हैं। पर अधिकांशत: करिश्मा संस्थागत नियंत्रण और जवाबदेही की अवहेलना करता है। करिश्माई प्राधिकार में संस्थागत शासन के परे जा कर लोगों से बिना शर्त निष्ठा और समर्पण की माँग करने की प्रवृत्ति होती है जिससे अधिनायकवादी और निरंकुश सत्ता की तरफ़ जाने का ख़तरा होता है। वह ख़ुद को मसीहा के रूप में पेश करते हुए जनता को मुक्ति की मंज़िल की तरफ़ ले जाने का दावा करता है। जिस मुक्ति का आश्वासन दिया जाता है, वह आम तौर पर अपरिभाषित रहती है। धार्मिक आंदोलनों के संदर्भ में संस्थागत संयम का अभाव उनके नेताओं को चौंका देने वाले असंयमित व्यवहार, सेक्शुअल हिंसा और अतिवादी रवैये की तरफ़ ले जाता है। अनुयायियों को इससे दिक़्क़त नहीं होती, बल्कि वे इसे अपने नेता या 'भगवान' की लीला की तरह देखते हैं। व्यावहारिक रूप से कई बार इस तरह के लीला-पुरुषों के चमत्कारी व्यक्तित्व की आड़ में भ्रष्टाचार पनपते देखा गया है। करिश्माई धर्म-गुरुओं द्वारा चलाये जाने वाले धार्मिक आंदोलन समाज के दूसरे हिस्सों में बेचैनियाँ पैदा करते हैं जिसके कारण इन आंदोलनों को व्यवस्था के उत्पीड़न का सामना करना पड़ता है। ऐसी ही बेचैनियों के कारण ओशो के कम्यून को अमेरिका से भारत वापिस चले आना पड़ा था। इसका दूसरा पहलू इस तरह के आंदोलनों के भीतर आत्म-हिंसा की प्रवृत्ति का होना है। करिश्माई धर्म-गुरुओं के आदेश पर उनके अनुयायियों द्वारा सामूहिक आत्महत्याएँ करने के प्रकरण भी सामने आ चुके हैं।

संस्थागत संयम की सीमाओं के परे रहने से करिश्माई नेतृत्व को मनमानी करने की छूट तो मिलती है, पर दूसरी ओर वह अपने प्राधिकार को टिकाने के लिए आवश्यक संस्थाओं की सहकारी भूमिका से भी वंचित हो जाता है। इसी कारण करिश्माई नेतृत्व का बुनियादी चरित्र अस्थिरता और असुरक्षा का शिकार रहता है। चूँकि असाधारण और दैवी समझे जाने वाले गुणों का कोई वस्तुगत आधार नहीं हो सकता, इसलिए उनमें अनुयायियों की आस्था भी किसी सुचिंतित तर्क के अधीन न हो कर भंगुर क़िस्म की होती है। ऐसे नेता को हमेशा अंदेशा सताता रहता है कि कहीं उसके अनुयायी उसके करिश्मे के सम्मोहन से बाहर न निकल जाएँ। इसी कारण से एक अनदेखी प्रक्रिया भी चलती रहती है जिसके तहत करिश्माई प्राधिकार अनुयायियों को अपनी ओर आकर्षित रखने के लिए नये-नये रक्षात्मक पैंतरे अपनाता है। लेकिन इस रणनीतिक योजना के परिणाम उसके हाथ से बाहर होते हैं। इस चक्कर में कई बार करिश्माई नेतृत्व अपने ही हाथों से अपना ख़ात्मा भी कर बैठता है। कई धार्मिक संगठनों के समाप्त हो जाने के पीछे उनके करिश्माई नेतृत्व की भूमिका स्पष्ट रूप से देखी जा सकती है।

देखें : अभिजन, अभिरुचि, उन्मूलनवाद, एजेंसी, कर्मकाण्ड, कारागार, गोपनीयता, जादू, जातीयता, जाति और जाति-व्यवस्था-1 से 4 तक, टेलरवाद, फ़ुरसत, बचपन, बेगानगी, भीड़, मैक्स वेबर, विचलन।

संदर्भ

1. मैक्स वेबर (1922/1985), *इकॉनॉमी ऐंड सोसाइटी,* युनिवर्सिटी ऑफ़ कैलिफ़ोर्निया प्रेस, न्यूयॉर्क.
2. एफ़.ई. बर्ड (1993), 'कैरिज़्मा ऐंड लीडरशिप इन न्यू रिलीजियस मूवमेंट्स', डी.जी. ब्रोमली और के. हैडिन (सम्पा.), *हैंडबुक ऑफ़ कल्ट्स ऐंड सेक्ट्स इन अमेरिका,* ग्रीनविच, कनेक्टीकट.
3. आर. वालिस (1993), 'कैरिस्मा ऐंड एक्सप्लेनेशन', ई. बार्कर वग़ैरह (सम्पा.), *सेकुलरिज़्म, रैशनलिज़्म ऐंड सेक्टेरियनिज़्म,* ऑक्सफ़र्ड, क्लैरेंडन प्रेस.

— अभय कुमार दुबे

कर्नाटक

(Karnataka)

भारत के दक्षिण-पश्चिम में स्थित कर्नाटक का गठन 1956 में राज्य पुनर्गठन अधिनियम पारित होने के बाद एक नवम्बर, 1956 को हुआ था। यह दिन राज्य में कर्नाटक राज्योत्सव (या निर्माण दिवस) के रूप में बनाया जाता है। भाषाई आधार पर गठित होने के कारण इसमें मुख्यत: दक्षिण भारत के कन्नड़भाषी क्षेत्रों को शामिल किया गया। शुरुआत में इसका नाम मैसूर राज्य था जिसे 1973 में बदल कर कर्नाटक किया गया। कर्नाटक की स्वातंत्र्योत्तर राजनीति को तीन भागों में बाँट कर समझा जा सकता है : पहला, 1947 से 1983 तक का दौर जो कांग्रेस के वर्चस्व का दौर था। दूसरा, 1983-1989 का दौर जब कांग्रेस के वर्चस्व को पहली बार चुनौती मिली और राजनीतिक प्रतियोगिता त्रिकोणीय हो गयी। 2013 के चुनावों में भारतीय जनता पार्टी और क्षेत्रीय ताक़तों को परास्त करके करके कांग्रेस ने दिखाया है कि वह इस राज्य की सर्वप्रमुख शक्ति बनी हुई है। कांग्रेस के बाद दूसरी बड़ी ताकत भारतीय जनता पार्टी है। स्वतंत्रता प्राप्ति के बाद कर्नाटक की राजनीति में लिंगायत और वोक्कलिगा समुदायों के बीच में मुख्य राजनीतिक होड़ रही है। लिंगायत एक पृथक शैव सम्प्रदाय है जो मुख्यधारा के हिंदू धर्म से कई मामलों में अलग है। इस समुदाय के लोग एकेश्वरवाद में विश्वास करते हैं और शिव की पूजा करते हैं। वेदों और जाति-व्यवस्था को ख़ारिज करने वाले लिंगायत पूरे कनार्टक में फ़ैले हुए हैं। लेकिन उत्तरी और मध्य कर्नाटक में वे ज़्यादा संख्या में हैं। यह राज्य का सबसे बड़ा समुदाय है और राज्य की कुल जनसंख्या में इनकी हिस्सेदारी 21 प्रतिशत है। वोक्कलिगा एक व्यापक शब्द है जिसका प्रयोग मुख्य रूप से खेतिहर जातियों के लिए किया जाता है। इन जातियों का फ़ौजी इतिहास रहा है। ये मुख्य रूप से पुराने मैसूर राज्य या वर्तमान दक्षिणी कर्नाटक में केंद्रित हैं। इसमें गंगादिकारा, मोरासू, नामधारी, गौड़ा, कुनचितिगा, कोडागू आदि उपसमूह शामिल हैं। कर्नाटक की राजनीति में लिंगायत और वोक्कलिगा समुदायों का ही वर्चस्व रहा है।

कर्नाटक की राजधानी बंगलुरु है। कर्नाटक के पश्चिम में अरब सागर, उत्तर-पश्चिम में गोवा, उत्तर में महाराष्ट्र, पूर्व में आंध्र प्रदेश, उत्तर-पूर्व में तमिलनाडु और उत्तर-पश्चिम में केरल स्थित है। कर्नाटक का भौगोलिक क्षेत्रफल 1,91,791 वर्ग किमी है। 2011 की जनगणना के अनुसार यहाँ की कुल जनसंख्या 61,130,704 है। क्षेत्रफल के लिहाज़ से यह भारत का आठवाँ और जनसंख्या के लिहाज़ से नौवाँ सबसे बड़ा राज्य है। यहाँ का जनसंख्या घनत्व 3,81,736 व्यक्ति प्रति वर्ग किमी है। 2011 की जनगणना के अनुसार कर्नाटक की साक्षरता दर 69.3 प्रतिशत है और साक्षरता के मामले में भारत में इसका स्थान अठारहवाँ है। कर्नाटक की विधायिका दो सदनीय है। विधानसभा में कुल 224 और विधान परिषद् में 75 सदस्य चुने जाते हैं। कर्नाटक से लोकसभा के 28 और राज्यसभा के 12 सदस्य चुने जाते हैं। कर्नाटक की राजकीय भाषा कन्नड़ है और यहाँ का उच्च न्यायालय बंगलुरु में है।

ऐतिहासिक रूप से आधुनिक कर्नाटक के विविध भाग विभिन्न शासकों के अंतर्गत रहे हैं। अंग्रेज़ों के भारत आने के बाद कर्नाटक के उत्तरी भाग में हैदराबाद के निज़ाम, अंग्रेज़ों और कुछ दूसरी शक्तियों का शासन था। दक्षिण कर्नाटक मैसूर राज्य के रूप में था। यहाँ विजयनगर साम्राज्य के एक पुराने जागीरदार के वंशजों का शासन था। बाद में, कृष्णराजा वाडेयार की मृत्यु के बाद यहाँ उनकी सेना के प्रमुख हैदर अली का नियंत्रण हो गया। हैदर अली की मृत्यु के बाद टीपू सुल्तान ने यहाँ शासन किया। यूरोपीय शक्तियों के प्रसार को रोकने के लिए हैदर अली और टीपू सुल्तान ने चार आंग्ल-मैसूर युद्ध लड़े। आख़िरी युद्ध के बाद 1799 में टीपू सुल्तान की शहादत हुई और मैसूर को ब्रिटिश राज में मिला लिया गया। मैसूर में वॉडेयार वंश को फिर से स्थापित किया गया और मैसूर ब्रिटिश शासन का एक रजवाड़ा बन गया। स्वतंत्रता प्राप्ति के तुरंत बाद मैसूर राज्य ने भारत में विलय कर लिया। भाषाई आधार पर राज्यों के पुनर्गठन होने के बाद बम्बई प्रेसीडेंसी के कन्नड़भाषी क्षेत्रों को भी 1956 में इसमें शामिल कर दिया गया। दरअसल 1938 में ही बम्बई प्रेसीडेंसी की विधायिका यह प्रस्ताव पारित कर चुकी थी कि भविष्य में

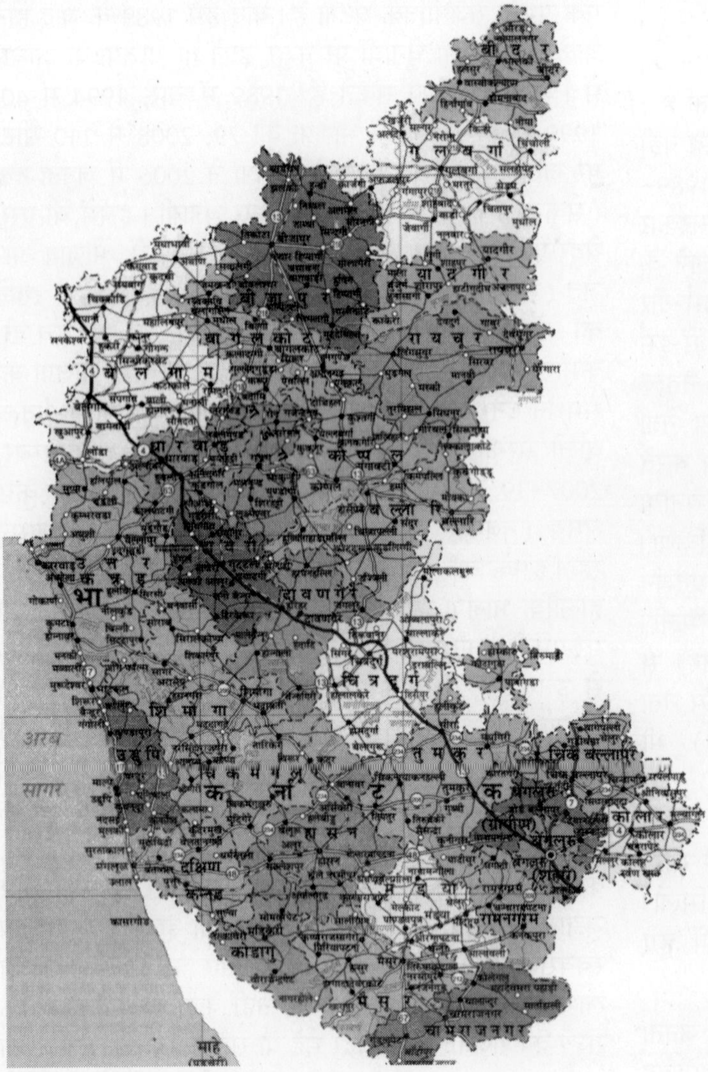

कर्नाटक / स्थापना : एक नवम्बर, 1956

भाषाई राज्य के गठन होने पर इस प्रेसीडेंसी के कन्नड़भाषी क्षेत्रों को उस राज्य में मिला दिया जाएगा।

स्वतंत्रता-प्राप्ति के बाद से लेकर 1983 तक राज्य में कांग्रेस का एक-छत्र राज्य रहा। इस दौरान के.सी. रेड्डी (25 अक्टूबर, 1947-30 मार्च ,1952), के. हनुमंतैया (30 मार्च, 1952-19 अगस्त, 1956), कादिदल मंजप्पा (19 अगस्त, 1956-31 अक्टूबर, 1956), एस. निजलिंगप्पा (1 नवम्बर, 1956-16 मई, 1958; 21 जून, 1962-29 मई, 1968), बी.डी. जत्ती (16 मई, 1958-9 मार्च, 1962), एस.आर. कांथी (14 मार्च, 1962-20 जून, 1962), वीरेंद्र पाटिल (29 मई, 1968-18 मार्च, 1971) और देवराज अर्स (20 मार्च, 1972-31 दिसम्बर, 1977; 28 फ़रवरी, 1978-7 जनवरी, 1980) और आर. गुंडू राव (12 जनवरी, 1980-6 जनवरी, 1983) राज्य के मुख्यमंत्री रहे। इन नेताओं में से सिर्फ़ एस. निजिलिंगप्पा और देवराज उर्स ही अपनी पाँच साल की अवधि पूरी कर पाये या उससे ज़्यादा समय तक मुख्यमंत्री रह सके। इससे पता चलता है कि इस दौर की राजनीति में कांग्रेस के केंद्रीय नेतृत्व की पकड़ कितनी ज़ोरदार थी। इन वर्षों में कर्नाटक के कई नेताओं ने केंद्र की राजनीति में भी महत्त्वपूर्ण भूमिका निभायी। बी.डी. जत्ती भारत के उपराष्ट्रपति बने, निजिलिंगप्पा ने कांग्रेस (संगठन) के गठन में महत्त्वपूर्ण भूमिका निभायी और देवराज उर्स भारतीय राष्ट्रीय कांग्रेस के अध्यक्ष बने। इन वर्षों में कांग्रेस के वर्चस्व का अंदाज़ा इसी बात से लगाया जा सकता है कि 1977 में आपातकाल के बाद हुए चुनावों में जहाँ उत्तर भारत में कांग्रेस का सूपड़ा साफ़ हो गया था, वहीं कर्नाटक में कांग्रेस ने पहले की तरह ही जीत हासिल की। 1978 में इंदिरा गाँधी ने कर्नाटक के चिकमगलूर से लोकसभा का उपचुनाव जीता और एक तरह से इस जीत ने केंद्र की राजनीति में उनकी वापसी का रास्ता भी साफ़ किया।

कांग्रेस के वर्चस्व को 1983 के चुनावों में ज़बरदस्त चुनौती मिली। इससे पहले भी कांग्रेस (संगठन) के गठन और राज्य की राजनीति में लोहियावादी समाजवादियों की सक्रियता ने विपक्षी दलों को एक मज़बूत आधार दिया था। लेकिन यह आधार इतना व्यापक नहीं था कि कांग्रेस को सत्ता से बेदख़ल कर दे। लेकिन 1980-83 के दौरान राज्य के मुख्यमंत्री रहे आर. गुंडू राव के शासन की अलोकप्रियता ने विपक्षी दलों को उभर कर सामने आने का मौक़ा दिया। 1983 के विधान सभा चुनावों के बाद जनता पार्टी सबसे बड़े दल के रूप में सामने आयी और इसके नेता रामकृष्ण हेगड़े ने भाजपा और मार्क्सवादी कम्युनिस्ट पार्टी के समर्थन से सकार बनायी। 1984 के लोकसभा चुनावों में अपनी पार्टी की हार की नैतिक ज़िम्मेदारी लेते हुए हेगड़े ने इस्तीफ़ा दे दिया। लेकिन इसके बाद 1985 में हुए विधानसभा चुनावों में इनकी पार्टी को पूर्ण बहुमत मिला और वे फिर से मुख्यमंत्री बने। 1988 में भ्रष्टाचार के आरोपों से घिरे होने के कारण उन्हें इस्तीफ़ा देना पड़ा और उनकी जगह उन्हीं की पार्टी के एस.आर. बोम्मई मुख्यमंत्री बने। 1989 में केंद्र सरकारों द्वारा संविधान के अनुच्छेद 356 के मनमाने प्रयोग पर रोक लगी और भारत ज़्यादा संघीकरण की ओर बढ़ा। इस दूसरे दौर की विशेषता यह थी कि पहली बार कर्नाटक में ग़ैर-कांग्रेसी सरकार गठित हुई और 1984 में एक ग़ैर-कांग्रेसी दल को पूर्ण बहुमत मिला। नवम्बर 1989 के बाद हुए चुनावों में फिर से कांग्रेस की वापसी हुई, लेकिन यह पूरी तरह से स्पष्ट हो गया कि राज्य की राजनीति से कांग्रेस के इकतरफ़ा वर्चस्व की विदाई

हो चुकी है।

1989 के बाद के दौर में कर्नाटक की राजनीति की मुख्य विशेषताओं को इस प्रकार स्पष्ट किया जा सकता है : पहला, यद्यपि राज्य में कांग्रेस का पहले की तरह वर्चस्व नहीं रहा, लेकिन इसे 1989 के बाद उसे वहाँ चार बार (1989-1994; 1999-2004; 2004-2006, 2013) अपनी सरकार बनाने का मौक़ा मिला। दरअसल, वर्चस्व ख़त्म हो जाने के बावजूद कांग्रेस इस राज्य की सबसे बड़ी पार्टी है। इस दौर में कांग्रेस ने कई मुख्यमंत्रियों को बदला। मुख्यमंत्रियों में इस बदलाव का कारण यह भी था कि कांग्रेस का केंद्रीय नेतृत्व मज़बूत नहीं था। इसका कारण यह था कि क्षेत्रीय नेता गुटबाज़ी द्वारा अपने हितों को पूरा करने की कोशिश करते थे। दूसरी बार कांग्रेस ने एस.एम. कृष्णा को मुख्यमंत्री बनाया और उन्होंने मुख्यमंत्री के रूप में अपना कार्यकाल पूरा किया। लेकिन 2004 के विधानसभा चुनावों में कांग्रेस का प्रदर्शन अच्छा नहीं रहा और इसे सिर्फ़ 65 सीटों पर जीत मिली। एच.डी. देवेगौड़ा के नेतृत्व वाले जनता दल (सेकुलर) से मिलकर सरकार बनायी। इसमें कुछ समय तक कांग्रेस नेता धरम सिंह (28 मई, 2004-28 जनवरी, 2006) भी मुख्यमंत्री रहे। लेकिन बाद में जनता दल (सेकुलर) और भाजपा में गठबंधन हो जाने के बाद यह सरकार गिर गयी। 2008 के विधानसभा चुनावों में भी कांग्रेस को अस्सी सीटों पर ही जीत मिली। लेकिन 2013 में उसे पूर्ण बहुतम मिला। इस जीत में भाजपा की विफल सरकार और उसमें हुए विभाजन ने प्रमुख भूमिका निभायी।

दूसरा, 1980 के दशक में स्थापित ग़ैर-कांग्रेसी जनता पार्टी राजनीति की धारा नब्बे के दशक में भी राज्य में मौजूद रही। 1994 के चुनावों के बाद जनता दल को जीत मिली और एच.डी. देवेगौड़ा को संयुक्त मोर्चे की सरकार का नेतृत्व करने का मौक़ा मिला। इस तरह देवेगौड़ा कर्नाटक के ऐसे पहले व्यक्ति बन गये जिन्होंने प्रधानमंत्री का पद संभाला। देवेगौड़ा के बाद जे.एच. पटेल राज्य के मुख्यमंत्री बने। लेकिन 1999 के चुनावों में पार्टी को हार का सामना करना पड़ा और इसके बाद यह पार्टी विभाजित भी हो गयी। पहले रामकृष्ण हेगड़े को जनता दल से निष्कासित कर दिया गया था और उन्होंने लोकशक्ति पार्टी बनायी थी। इसके बाद, जुलाई, 1999 में एच.डी. देवेगौड़ा ने जनता दल (सेकुलर) का गठन किया। इसके बाद राज्य में जनता दल की विरासत को क़ायम रखने वाली प्रमुख पार्टी यही रही है। 2006 में इसने भाजपा से गठबंधन क़ायम किया। देवेगौड़ा के बेटे एच.डी. कुमारस्वामी (3 फ़रवरी, 2006-8 अक्टूबर, 2007) राज्य के मुख्यमंत्री बने। लेकिन 2008 के चुनावों में इस पार्टी को सिर्फ़ 28 सीटों पर ही जीत मिली।

तीसरा, कर्नाटक में भारतीय जनता पार्टी का उभार भी एक प्रमुख राजनीतिक घटना है। यदि हम 1989 के बाद होने वाले विधानसभा चुनावों पर नज़र डालें तो भाजपा के आधार में विस्तार को देख सकते हैं। 1989 में चार, 1994 में 40, 1999 में 44, 2004 में भाजपा को 79, 2008 में 110 सीटों पर जीत मिली। सबसे पहले भाजपा ने 2006 में जनता दल (सेकुलर) के साथ मिलकर सरकार बनायी। इसमें बी.एस. येदुरप्पा राज्य के उप-मुख्यमंत्री बने। असल में, भाजपा और जद (सेकुलर) के बीच डेढ़-डेढ़ साल तक मुख्यमंत्री रखने का समझौता हुआ था। लेकिन जद (सेकुलर) के एच.डी. कुमारस्वामी ने अपना कार्यकाल पूरा होने के बाद भाजपा को समर्थन देने से इनकार कर दिया। इसलिए येदुरप्पा के नेतृत्व वाली सरकार कुछ समय तक ही चल पायी (12 नवम्बर, 2007-19 नवम्बर, 2007)। इसके कारण राज्य में कुछ समय (नवम्बर, 2007-मई, 2008) तक राष्ट्रपति शासन रहा। इसके बाद 2008 के चुनावों में भाजपा को जीत मिली। हालाँकि भाजपा को पूर्ण बहुमत नहीं मिला, पर येदुरप्पा को मुख्यमंत्री बनने का मौक़ा मिला। समझा गया कि मुख्य रूप से उत्तर और मध्य भारत की पार्टी भाजपा की दक्षिण भारत पर यह पहली दस्तक है। लेकिन अवैध खनन के मामले में कर्नाटक के लोकायुक्त द्वारा दोषी बताये जाने के कारण येदुरप्पा को 31 जुलाई, 2011 को इस्तीफ़ा देना पड़ा। इसके बाद सदानंद गौड़ा राज्य के मुख्यमंत्री बने। दरअसल, कर्नाटक में भाजपा का उभार पार्टी की लगातार सक्रियता और जुझारू राजनीति का नतीजा था। तटवर्ती इलाक़ों में राष्ट्रीय स्वयंसेवक संघ के प्रभाव में हुए प्रसार का भी भाजपा को लाभ मिला। कुल मिला कर यह नहीं कहा जा सकता है कि राज्य की राजनीति पर मंदिर मुद्दे या साम्प्रदायिक राजनीति का बहुत ज़्यादा ज़ोर रहा है। लेकिन यह भी सच है कि सत्ता में आने के बाद भाजपा एक वैकल्पिक और बेहतरीन प्रशासन देने में सफल नहीं हो पायी। इसके नेताओं पर भी भ्रष्टाचार के गहरे आरोप लगे हैं। इसी के परिणामस्वरूप 2013 में हुए चुनावों में भाजपा का सूपड़ा साफ़ हो गया, और राष्ट्रीय राजनीति में धक्के का सामना करने के बावजूद कांग्रेस को पूर्ण बहुमत मिला। राज्य की बागडोर जनता दल की राजनीति से निकले पिछड़े वर्ग के लोकप्रिय नेता सिद्धरमैया को मिली।

1989 की तुलना में अब राज्य की राजनीति ज़्यादा स्पष्ट रूप से त्रिकोणीय हो गयी है। राज्य में कई छोटे दल भी मौजूद हैं लेकिन वे राज्य की राजनीति को गहराई से प्रभावित नहीं करते। कर्नाटक की राजनीति में भी कई मायनों में राष्ट्रीय राजनीति की प्रवृत्तियाँ मौजूद हैं। यहाँ भी बहुत ज़्यादा भाई-भतीजावाद और भ्रष्टाचार मौजूद है। इस राज्य ने खुले रूप से उदारीकरण की नीतियों को अपनाया, लेकिन इक्का-दुक्का शहरों के अलावा इसका कोई सकारात्मक प्रभाव नहीं दिखता है। अवैध खनन और संसाधनों की लूट बढ़ी है। कांग्रेस का वर्चस्व ख़त्म होने के बाद कर्नाटक में लोगों के पास राजनीति

विकल्प बढ़े हैं। लेकिन यह नहीं कहा जा सकता है कि कांग्रेस समेत कोई भी दल वैकल्पिक विकास या राजनीति का कोई श्रेयस्कर मॉडल पेश कर पाया है।

देखें : असम, अरुणाचल प्रदेश, आंध्र प्रदेश, उत्तर प्रदेश, उत्तराखण्ड, ओडीशा, केरल, छत्तीसगढ़, जम्मू और कश्मीर, झाड़खण्ड, तमिलनाडु, त्रिपुरा, दिल्ली, नगालैण्ड, पश्चिम बंग, पंजाब, महाराष्ट्र, मध्य प्रदेश, मिज़ोरम, मेघालय, भारतीय संघवाद, बिहार, राजस्थान, राज्यों का पुनर्गठन-1, 2 और 3, राज्यों की राजनीति, संघवाद, हरियाणा।

संदर्भ

1. संदीप शास्त्री और हरीश रामास्वामी (2009), 'कर्नाटक : साइमल्टेनियस पोल्स, डिफ़रेंट रिज़ल्ट्स' संदीप शास्त्री, के.सी. सूरी और योगेंद्र यादव (सम्पादक), *इलेक्टोरल पॉलिटिक्स इन इण्डियन स्टेटस : लोकसभा इलेक्शंस 2004 ऐंड बियांड,* ऑक्सफ़र्ड युनिवर्सिटी प्रेस, नयी दिल्ली.
2. पी.आर. देसाई (1970), *हिस्ट्री ऑफ़ कर्नाटक,* कन्नड़ रिसर्च इंस्टीट्यूट, धारवाड़.
3. के.एच. चेलुवराजू, आर.एल.एम. पाटील, संदीप शास्त्री, और एम.जे. विनोद (1989), *कर्नाटक एसेम्बली इलेक्शंस 1983 : अ पोस्ट-इलेक्शन सर्वे,* डिपार्टमेंट आफ़ पॉलिटिकल साइंस, बंगलुरु.

— कमल नयन चौबे

कर्पूरी ठाकुर

(Karpoori Thakur)

बिहार की राजनीति में गाँधीवादी समाजवाद, पिछड़े वर्ग की राजनीति और सामाजिक न्याय के वैचारिक मिश्रण को व्यावहारिक सफलता के शिखर तक पहुँचाने का श्रेय स्वतंत्रता सेनानी और समाजवादी नेता कर्पूरी ठाकुर (1924-1988) को जाता है। अपने लम्बे राजनीतिक जीवन में कर्पूरी ठाकुर को पारदर्शिता, कर्मठता, ईमानदारी और सामाजिक एकता के प्रति गहरी संवेदनशीलता के लिए हमेशा याद किया जाएगा। इस लिहाज़ से वे केवल बिहार के ही नहीं, बल्कि समाजवादी धारा के सभी नेताओं और कार्यकर्ताओं के लिए प्रेरणास्रोत थे। मण्डल कमीशन की सिफ़ारिशों के बहुत पहले कर्पूरी ठाकुर ने अपने मुख्यमंत्रित्व में बिहार के पिछड़े वर्गों को आरक्षण के लाभ दिलवाने का ऐतिहासिक क़दम उठाया। साथ ही उन्होंने बिहार में पंचायत चुनाव करवा कर राजनीति पर द्विज जातियों की जकड़ को कमज़ोर किया। मैट्रिक तक की शिक्षा निःशुल्क करके कर्पूरी ठाकुर ने ग़रीब और कमज़ोर जातियों में शिक्षा के प्रसार को उल्लेखनीय प्रोत्साहन दिया। दूरगामी प्रभाव वाली अपनी इन उपलब्धियों के बावजूद कर्पूरी ठाकुर ने बिहार के द्विज समाज का आदर कभी नहीं खोया।

कर्पूरी ठाकुर का जन्म 24 जनवरी, 1924 में बिहार के समस्तीपुर जिले के पितौंझिया गाँव के एक ग़रीब नाई परिवार में हुआ था। उनके पिता गोकुल ठाकुर बाल-दाढ़ी बनाने का जातिगत पेशा ही करते थे। कर्पूरी का बचपन गाय चराने से शुरू हुआ। साथ ही नाई का पेशा भी सीखने लगे। उन दिनों नाई-कहार आदि दलित परिवारों में पढ़ाई-लिखाई की कोई परम्परा नहीं थी। इसलिए कर्पूरी की शिक्षा के लिए उनके पिता ने सोचा भी नहीं। लेकिन कर्पूरी के गाँव में शिक्षा देने के लिए उत्सुक अध्यापकों के आदेश पर गाँव के स्कूल न जाने वाले बच्चों को पकड़ कर कक्षा में ले जाने का चलन भी था। इसी के तहत एक अध्यापक के कहने पर कर्पूरी को भी जबरन स्कूल ले जाया गया। उस समय वे गाय चरा रहे थे। लेकिन एक बार कक्षा में पहुँच जाने के बाद कर्पूरी स्कूल में मन लगा कर पढ़े। हाईस्कूल के दौरान शहरी छात्रावास में रहते हुए उन्हें जीवन के नये अनुभव हुए। यहीं उनकी राजनीति की नींव पड़ी। यह बिहार में तीस का दशक था जब कांग्रेस के भीतर और बाहर विविध सामाजिक-राजनीतिक धाराओं का प्रादुर्भाव हो रहा था। स्वतंत्रता आंदोलन जितना परिपक्व होता जा रहा था, ये धाराएँ भी उतनी ही ठोस शक्ल ले रही थीं। 1931 में सोशलिस्ट पार्टी बनी, जिसने 1934 में अखिल भारतीय रूप लिया। 1932 में ज़मींदारों की यूनाइटेड पार्टी गठित हुई। 1933 में त्रिवेणी संघ और जगजीवन राम के नेतृत्व में डिप्रेस्ड क्लासेज़ लीग बनी। 1934 में किसान सभा का प्रांतीय स्तर पर गठन हुआ जिसके शीर्ष पर सहजानंद सरस्वती की शख़्सियत थी। कर्पूरी ठाकुर सामाजिक-राजनीतिक बदलाव के इन आंदोलनों से अलग न रह सके। उन्होंने कम्युनिस्ट विचारधारा से प्रभावित छात्र संगठन स्टुडेंट फ़ेडरेशन में काम करना शुरू किया। 1938 में समस्तीपुर में उस समय के प्रसिद्ध नेता रामानंद मिश्र ने छात्रों की एक विशाल सभा की। छात्र प्रतिनिधि के रूप में जब कर्पूरी ने भाषण दिया तो उनकी धाक जम गयी। कर्पूरी का एक जुमला बहुत मशहूर हुआ, 'हमारे देश की आबादी इतनी अधिक है कि केवल थूक फेंक देने से ही अंग्रेज़ी राज बह जाएगा।' इस भाषण के लिए उन्हें एक दिन की जेल और पचास रुपये के जुर्माने की सज़ा सुनायी गयी। बाद में उनका कम्युनिस्ट पार्टी से मोहभंग हो गया और वे कांग्रेस के चवन्निया सदस्य बन गये। 1942 में जब गाँधी और कांग्रेस का भारत छोड़ो आंदोलन शुरू हुआ तब वे बीए के छात्र थे। कर्पूरी ने छात्र आंदोलन की बागडोर सँभाली और दरभंगा में छात्रों का एक विशाल जुलूस निकाला जो बिहार में अगस्त

कर्पूरी ठाकुर (1924–1988)

क्रांति का सबसे बड़ा और ऐतिहासिक जुलूस था।

'भारत छोड़ो' आंदोलन के दौरान जब जय प्रकाश नारायण भूमिगत हो नेपाल के जंगलों में छुपे थे, तब कर्पूरी ठाकुर उन्हें तलाश करते-करते उन तक पहुँच गये थे। इस बीच उन्होंने गाँव में ही मिडिल स्कूल में प्रधानाध्यापक की नौकरी भी की और साथ में आज़ादी की लड़ाई में भी भाग लेते रहे। आज़ादी मिलने तक कई बार उनकी गिरफ़्तारी हुई। 1947 के बाद वे बिहार में कांग्रेस सोशलिस्ट पार्टी से निकले समाजवादी दल की प्रमुख हस्ती बन कर उभरे। उन्होंने जय प्रकाश नारायण, नरेंद्र देव और राम मनोहर लोहिया के साथ क़दम से क़दम मिला कर कांग्रेस के विपक्ष की भूमिका निभायी।

1952 में आज़ाद भारत में प्रथम आम चुनाव हुए। समाजवादी दल के चुनिंदा लोग ही जीत सके और उनमें ताजपुर विधान सभा क्षेत्र से कर्पूरी ठाकुर भी थे। कांग्रेस नेता श्रीकृष्ण सिंह बिहार के मुख्य मंत्री बने। बिहार में उस समय में सबसे कम उम्र के विधायक कर्पूरी ठाकुर थे। 1957 का चुनाव कर्पूरी ने प्रजा सोशलिस्ट पार्टी के टिकट पर जीता। 1957 से 1962 तक उन्होंने राज्य में पार्टी संगठन को मज़बूत करने में अपनी पूरी ताक़त लगा दी।1967 के चुनाव में कई राज्यों में कांग्रेस पार्टी पराजित हुई और इन प्रदेशों में पहली बार ग़ैर-कांग्रेसी सरकारें बनीं। यह ग़ैर-कांग्रेसवाद की राजनीति थी जिसके शिखर पर लोहिया के साथ कर्पूरी ठाकुर भी थे। लोहिया कर्पूरी ठाकुर को बिहार का मुख्यमंत्री बनाने के पक्ष में थे, लेकिन तत्कालीन परिस्थितियों में ऐसा न हो सका। महामाया प्रसाद सिन्हा के नेतृत्व में पहली ग़ैर-कांग्रेसी सरकार बनी। कर्पूरी शिक्षा मंत्री के साथ उपमुख्यमंत्री भी बने। इसके बाद दिसम्बर,1970 में जनसंघ के सहयोग से बिहार में मिली-जुली सरकार बनी। इसमें संगठन कांग्रेस, लोकतांत्रिक कांग्रेस, शोषित दल, भारतीय क्रांति दल, जनता तथा अन्य छोटी पार्टियाँ शामिल थीं। कर्पूरी ठाकुर मुख्यमंत्री बने। मुख्यमंत्री के रूप में उन्होंने बस्तियों-झोंपड़ियों में जाना शुरू किया।

1973 से बिहार में इंदिरा गाँधी के शासन के ख़िलाफ़ जनांदोलन पनपने लगा। कांग्रेस सरकार की ज़्यादतियों के ख़िलाफ़ सबसे पहले कर्पूरी ने 7 मई, 1974 को विधायक पद से इस्तीफ़ा दिया। 25 जून, 1975 की रात पूरे देश में आपातकाल की घोषणा कर दी गयी। विरोधी नेता जेल में डाल दिये गये। पर कर्पूरी भूमिगत हो गये और प्रतिरोध आंदोलन का संचालन करते रहे। आपातकाल उठने के बाद 1977 में आम चुनाव हुए। राजनीतिक मंच पर ग़ैर-कांग्रेसी राजनीतिक विकल्प उभरा। कर्पूरी समस्तीपुर संसदीय निर्वाचन क्षेत्र से पहली बार संसद में पहुँचे। फिर 22 जून, 1977 के विधान सभा चुनाव में कर्पूरी जी के नेतृत्व में बिहार विधान सभा में जनता पार्टी को बहुमत मिला। वे दूसरी बार बिहार के मुख्यमंत्री बने। 9 मार्च, 1978 को कर्पूरी मंत्रिमण्डल ने राज्य में पिछड़ी जातियों के लिए सरकारी नौकरियों में आरक्षण लागू करने का फ़ैसला किया। द्विजों ने इसका बड़ा विरोध किया। उनका दूसरा महत्त्वपूर्ण क़दम था प्रदेश में पंचायत चुनाव सम्पन्न कराना। यह क़दम ग्रामीण सत्ता पर द्विजों के पारम्परिक वर्चस्व को तोड़ने में सहायक सिद्ध हुआ। उन्होंने मैट्रिक तक की शिक्षा निःशुल्क कर दी थी। बिहार जैसे राज्य में यह एक क्रांतिकारी क़दम था। छोटे किसानों और अलाभकर जोतों पद से मालगुज़ारी हटा ली थी।

सामाजिक न्याय के विचार को धरती पर उतारने की रैडिकल कोशिशों में लगे रहने के बावजूद कर्पूरी ठाकुर को इस बात की चिंता थी कि इसके कारण सामाजिक एकता को ठेस नहीं लगनी चाहिए। हालाँकि वे मुख्यमंत्री बन गये थे, पर उनके पिता गाँव में नाईगीरी में ही लगे थे। एक बार बीमार होने पर जब उनके पिता ने हजामत बनाने से मना कर दिया तो उन्हें जमींदार के लठैतों द्वारा मारपीट का सामना करना पड़ा। पता लगते ही पुलिस ने ज़मींदार को गिरफ़्तार कर लिया और उसकी पिटाई भी की। पता लगने पर कर्पूरी ने ज़मींदार को छुड़वाया और उस पर मुक़दमा भी नहीं चलने दिया गया। इस घटना से आहत होकर तत्कालीन जिलाधिकारी ने मुख्यमंत्री से कहा कि यह आपका नहीं बल्कि पूरे सूबे का अपमान है। कर्पूरी का जवाब मार्मिक लेकिन यथार्थपरक था,

'क्या कीजिएगा? एक मुख्यमंत्री के बाप को तो बचा लीजिएगा, किंतु देश के हज़ारों बापों के साथ जो हो रहा है, उसे कौन बचाएगा? गाली देना और मारना उनकी पुरानी पुश्तैनी आदत है और गाली सुनना तथा मार ख़ाना हमारी आदतें। ये धीरे-धीरे जाएँगी।'

देखें : अबुल कलाम आज़ाद, उपनिवेशवाद विरोधी आंदोलन-1 से 3 तक, एलमकुलम मनक्कर शंकरन नम्बूदिरीपाद, कांशी राम, गोपाल कृष्ण गोखले, चरण सिंह, जवाहरलाल नेहरू, जय प्रकाश नारायण, दादाभाई नौरोजी, नरेंद्र देव, बाल गंगाधर तिलक, मोहनदास कर्मचंद गाँधी-1 से 3 तक, राम मनोहर लोहिया, वल्लभभाई पटेल, विनायक दामोदर सावरकर, सहजानंद सरस्वती।

संदर्भ

1. हरिनारायण ठाकुर (2010), *दलित साहित्य का समाज शास्त्र*, भारतीय ज्ञानपीठ, नयी दिल्ली.
2. महेंद्र मधुव (2013), 'त्याग और बलिदान की प्रतिमूर्ति : जन-नायक कर्पूरी ठाकुर', महात्मा फुले सत्य शोधक (हिंदी पाक्षिक), जोधपुर.
3. प्रसन्न कुमार चौधरी और श्रीकांत (2001), *बिहार में सामाजिक परिवर्तन के कुछ आयाम*, वाणी प्रकाशन, नयी दिल्ली.
4. सुरेंद्र किशोर (1989), 'कर्पूरी ठाकुर स्मृति अंक', *अवकाश*, अप्रैल (प्रथम).

— मोहन दास नैमिशराय

कल्पित समुदाय

(Imagined Community)

राष्ट्र को एक कल्पित समुदाय के रूप में समझने का सिद्धांत बेनेडिक्ट ऐंडरसन (1936-) की देन है। 1983 में प्रकाशित उनकी विख्यात पुस्तक *इमेजिंड कम्युनिटीज़ : रिफ्लेक्शंस ऑन द ओरिजिंस ऐंड स्प्रेड ऑफ़ नैशनलिज़्म* में इसका विस्तार से प्रतिपादन किया गया है। अपनी इस रचना में ऐंडरसन राष्ट्र की अवधारणा पर विचार करते हुए सामूहिक कल्पनाशीलता की उस ऐतिहासिक प्रक्रिया पर रोशनी डालते हैं जिसके ज़रिये कल्पना के रंगों से राष्ट्रत्व की रचना की जाती है। उनका आग्रह है कि राष्ट्र को सचेत रूप से ग्रहण की जाने वाली राजनीतिक विचारधाराओं के संदर्भ में समझने के बजाय पहले से मौजूद बृहत्तर सांस्कृतिक व्यवस्थाओं के संदर्भ में समझा जाना चाहिए। ऐंडरसन का मौलिक योगदान राष्ट्रवाद को उसके तीन विरोधाभासों के आईने में देखने से जुड़ा है। पहला विरोधाभास यह है कि इतिहासकार भले ही राष्ट्र को आधुनिकता की देन मानते रहें, पर राष्ट्रवादी दृष्टि उसके अस्तित्व को हमेशा प्राचीनता से जोड़ती है। दूसरा विरोधाभास यह है कि एक सामाजिक-सांस्कृतिक विचार के तौर पर राष्ट्रीयता ख़ुद को सार्वभौम मानती है, पर उसकी अभिव्यक्तियाँ पारिवेशिक होती हैं। तीसरा विरोधाभास राष्ट्रवाद की राजनीतिक शक्तिमत्ता और उसकी दार्शनिक दरिद्रता के बीच है।

ऐंडरसन का दृष्टिकोण मार्क्सवादी है। उनके सिद्धांत की चर्चा से पहले ज़रूरी है कि राष्ट्र और राष्ट्रवाद से संबंधित मार्क्सवादी मान्यता पर कुछ ग़ौर कर लिया जाए। दुनिया भर के मज़दूरों को एक होने का नारा देने वाले मार्क्स और एंगेल्स मानते थे कि मज़दूरों का कोई देश नहीं होता। अपने लेखन में उन्होंने वर्ग-विभाजन के परे जा कर राजनीतिक-सामाजिक और सांस्कृतिक एकता करने वाली किसी परिघटना को तरजीह नहीं दी। अपने युग के कुछ राष्ट्रीय संघर्षों के बारे में उनकी धारणा यह थी कि वे नष्ट हो जाने के लिए अभिशप्त हैं। उनकी रचनाएँ राष्ट्रवाद का कोई मुक़म्मल सिद्धांत देने के बजाय अपने युग की व्यावहारिक राजनीति के तहत राष्ट्रीय प्रश्न पर विचार करती हैं। दूसरे और तीसरे इंटरनेशनल में राष्ट्रवाद पर काफ़ी बहस हुई। लेनिन ने एक विशाल बहुजातीय साम्राज्य में क्रांति करने की समस्याओं से जूझते हुए राजनीतिक लोकतंत्र की आवश्यकता को अपने राष्ट्रवाद संबंधी विश्लेषण के केंद्र में रखा। उनका निष्कर्ष था कि राष्ट्रों को आत्म-निर्णय का अधिकार मिलना चाहिए। इसके बाद स्तालिन की विख्यात रचना *मार्क्सिज़्म ऐंड नैशनल क्वेश्चन* सामने आयी जिसमें उन्होंने राष्ट्रवाद की थियरी प्रतिपादित करने की कोशिश की। स्तालिन ने राष्ट्र के पाँच मुख्य तत्त्व बताये : एक स्थिर और नैरंतर्य से युक्त समुदाय, एक अलग भू-क्षेत्र, समान भाषा, आर्थिक सुसंगति और सामूहिक चरित्र। चूँकि स्तालिन राष्ट्रों के उभार को महज़ उद्योगीकरण की ज़रूरतों से जोड़ कर देख रहे थे इसलिए उनका सिद्धांत राष्ट्रवाद की ऐतिहासिक पृष्ठभूमि और उससे उभरने वाले बहुत से प्रश्नों की उपेक्षा कर देता था। कुल मिला कर मार्क्सवादी मानते रहे कि राष्ट्रवाद पूँजीवाद के विकास में उसका सहयोगी बन कर उभरा है। इस लिहाज़ से उसे एक बूर्ज्वा विचारधारा की श्रेणी में रखा जाना चाहिए। राष्ट्रवाद प्रभुत्वशाली वर्गों को एकजुट करके राजनीतिक समुदाय की एक भ्रांत अनुभूति पैदा करता है ताकि पूँजीपतियों द्वारा किये जाने वाले अहर्निश शोषण और दरिद्रीकरण के बावजूद आम लोग धनी वर्ग के साथ एकता का एहसास करते रहें।

साठ के दशक के आख़िरी वर्षों में होरेस बी. डेविस ने मार्क्सवादी तर्कों का सार-संकलन करते हुए राष्ट्रवाद के एक रूप को ज्ञानोदय से जोड़ कर बुद्धिसंगत क़रार दिया,

बेनेडिक्ट ऐंडरसन (1936-)

और दूसरे रूप को संस्कृति और परम्परा से जोड़ कर भावनात्मक बताया। डेविस ने भी राष्ट्रवाद को एक औज़ार से ज़्यादा अहमियत नहीं दी और कहा कि हथौड़े से हत्या भी की जा सकती है और निर्माण भी। राष्ट्रवाद के ज़रिये जब उत्पीड़ित समुदाय अपनी आज़ादी के लिए संघर्ष करते हैं तो वह एक सकारात्मक नैतिक शक्ति बन जाता है, और जब राष्ट्र के नाम पर आक्रमण की कार्रवाई की जाती है तो उसका नैतिक बचाव नहीं किया जा सकता।

ज़ाहिर है कि राष्ट्र और राष्ट्रवाद की ये मार्क्सवादी व्याख्याएँ सीमित क़िस्म की थीं। इनके ज़रिये यह पता लगाना मुमकिन नहीं था कि जिस प्रवृत्ति को मार्क्स और एंगेल्स ह्रासमान मानते थे, वह बीसवीं सदी में मानवीय विकास को परिभाषित करने वाली शक्ति कैसे बन गयी। मार्क्सवादी विमर्श की इस ख़ामी की भरपाई उस समय हुई जब बेनेडिक्ट ऐंडरसन ने इस बात पर मनन किया कि एक-दूसरे से कभी न मिलने वाले और एक-दूसरे से पूरी तरह अपरिचित लोग राष्ट्रीय एकता में किस तरह बँधे रहते हैं। उनसे पहले ग़ैर-मार्क्सवादी ख़ेमे के विद्वान अर्नेस्ट गेलनर कह चुके थे कि राष्ट्रवाद कोई ऐसी शै नहीं है जो राष्ट्रों को अपने होने के प्रति सचेत करती हो, बल्कि वह तो जहाँ राष्ट्र नहीं होते वहाँ उनका आविष्कार कर डालती है। गेलनर एक तरह से राष्ट्र के गढ़े जाने की तरफ़ संकेत कर रहे थे।

ऐंडरसन ने 'आविष्कार' और 'गढ़ंत' के इस सूत्रीकरण के परे जा कर यह देखने में कामयाबी हासिल की कि राष्ट्रवाद का उदय उस ज़माने में हुआ जब अस्मिता के तीन स्थापित सांस्कृतिक आधारों की अहमियत गिर रही थी। अस्मिता का पहला आधार था धर्म। मध्य युग के बाद धर्म के महत्त्व में कमी आयी। प्रोटेस्टेंट सुधारों के तहत मानवता प्रलय के दिन का इंतज़ार करने के बजाय अपनी निरंतरता में विश्वास की तरफ़ बढ़ी। जादुई और पारलौकिक यथार्थ की जगह लौकिक यथार्थ ने लेनी शुरू की। जिन भाषाओं में धर्म-ग्रंथ लिखे गये थे, और जो पहले से स्थापित चली आ रही थीं, उनकी धार्मिक पवित्रता में लोगों का यक़ीन टूटा। उनकी निगाह में कोई ख़ास लिपि पवित्र सत्तामूलक सत्य की वाहक नहीं रह गयी। दूसरा परिवर्तन सामंती कल्पनाशीलता के क्षय से जुड़ा था। सत्रहवीं सदी में दैवी मान्यता प्राप्त राजशाहियों की वैधता पहले जैसी नहीं रह गयी। लोग इस धारणा पर सवाल उठाने लगे कि समाज बड़े-बड़े केंद्रों (जैसे, रोम) के इर्द-गिर्द स्वाभाविक रूप से संयोजित हैं।

ऐंडरसन ने तीसरे परिवर्तन के तौर पर काल की अवधारणा में हुए बदलाव की शिनाख़्त की। इस तीसरे परिवर्तन में ही ऐंडरसन के विमर्श की मौलिकता निहित है। काल की सामंती परिकल्पना में कॉस्मोलॅजी और इतिहास आपस में इस प्रकार गुँथे हुए थे कि दोनों को अलग-अलग देखना नामुमकिन था। इस काल-बोध में हुए परिवर्तन के कारण ही राष्ट्र के बारे में सोचना सम्भव हो पाया। आधुनिकता के पहले के ज़मानों में माना जाता था कि समक्षणिकता काल-प्रवाह के साथ-साथ चलती है, पर आधुनिकता के बाद समक्षणिकता का काल-प्रवाह के साथ संबंध क्रमशः बदला और घड़ियों और कैलेंडरों के मुताबिक़ काल की पैमाइश होने लगी। समाज और सामाजिक अस्तित्व को कैलेंडर के मुताबिक़ गति करते हुए समझने की शुरुआत हुई। दिक् और काल के इस नवीन निरूपण के बिना यह सोच पाना मुश्किल था कि कोई समुदाय इतिहास के फलक पर प्रगति करते हुए राष्ट्र कैसे बनता है।

ऐंडरसन के अनुसार इन तीनों परिवर्तनों ने मिल कर सामूहिक सांस्कृतिक चेतना के नये रूप के लिए रास्ता खोल दिया। उन्होंने यह भी बताया कि इस रूप ने राष्ट्रवाद की शक्ल-सूरत कैसे ग्रहण की। इसमें भूमिका रही पूँजीवाद के साथ उसकी अन्योन्यक्रिया की, मुद्रण प्रौद्योगिकी के प्रसार की और भाषाई विविधता की। पूँजीवाद ने पुस्तकों के बाज़ार का विस्तार किया जिससे भाषाओं का क्रांतिकारी देशीकरण हुआ। बाइबल विभिन्न भाषाओं में छपने और लोगों तक पहुँचने लगी। प्रशासनिक सुसंगतीकरण के लिए भी देशी भाषाओं का इस्तेमाल किया जाने लगा। मुद्रित भाषाओं ने विनिमय और संचार के एकीकृत दायरों की रचना की और नतीजतन राष्ट्रीय चेतना की नींव पड़ी।

यहीं सवाल उठता है कि क्या इक्कीसवीं सदी में दूर-संचार की नयी प्रौद्योगिकी के विकास में राष्ट्र संबंधी

कल्पनाशीलता के वैकल्पिक रूपों की सम्भावनाएँ निहित हैं? क्या नयी संचार क्रांति दिक् और काल के समीकरण को फिर से नहीं बदल रही है? ऐंडरसन मानते हैं कि इन प्रौद्योगिकियों ने दूरस्थ राष्ट्रवाद की परिघटना को जन्म दिया है। पश्चिम में रहने वाले जातीय अल्पसंख्यक अपने काल्पनिक गृह-देश के साथ आज पहले के मुक़ाबले कहीं अधिक शिद्दत के साथ जुड़ने में सक्षम हो गये हैं।

दिलचस्प बात यह है कि बेनेडिक्ट ऐंडरसन अपनी इस विख्यात थियरी के समाज-विज्ञानियों द्वारा किये जाने वाले इस्तेमाल से आजकल असहज हैं। भारत में हुए अंतर्राष्ट्रीय समाजशास्त्र सम्मेलन में विशिष्ट अतिथि के तौर पर भाषण देते हुए उन्होंने अपनी इस विख्यात कृति से ख़ुद को दूर करने की कोशिश की। उनका कहना था कि उनके लिए यह पुस्तक एक ऐसी प्यारी बेटी की तरह है जो बस कंडेक्टर के साथ भाग गयी हो। इसका एक मतलब यह भी था कि ऐंडरसन ने इस पुस्तक का लेखन राष्ट्रवाद की ताक़त दिखाने के लिए किया था, लेकिन मार्क्सवादी हल्कों में इसका इस्तेमाल बड़े पैमाने पर राष्ट्रवाद की आलोचना के लिए होने लगा है जो कि ऐंडरसन का मक़सद नहीं था।

देखें : आत्म-निर्णय, कार्ल हाइनरिख़ मार्क्स-1 से 4 तक, फ्रेड्रिख़ एंगेल्स, पार्थ चटर्जी, पृथकतावाद, व्लादिमिर इलीच लेनिन, वि-उपनिवेशीकरण, राष्ट्रवाद, राष्ट्र-राज्य, रामविलास शर्मा, साम्राज्यवाद, स्तालिन और स्तालिनवाद, संयुक्त राष्ट्र, हिंदी जाति-1 से 3 तक।

संदर्भ

1. बेनेडिक्ट ऐंडरसन (1983), *इमेजिंड कम्युनिटीज़ : रिफ्लेक्शंस ऑन द ओरिजन ऐंड स्प्रैड ऑफ़ नैशनलिज़्म,* वरसो, लंदन.
2. होरेस बी. डेविस (1978), *टुवर्ड्स अ मार्क्सिस्ट थियरी ऑफ़ नैशनलिज़्म,* मंथली रिव्यू प्रेस, न्यूयॉर्क.
3. पार्थ चटर्जी (1986), *नैशनलिस्ट थॉट ऐंड द कोलोनियल वर्ल्ड : ए डेरिवेटिव डिस्कोर्स?,* ऑक्सफ़र्ड युनिवर्सिटी प्रेस, नयी दिल्ली.
4. जे.वी. स्तालिन (1983), *मार्क्सिज़्म ऐंड नैशनल क्वेश्चन,* फ़ॉरेन लेंग्वेज पब्लिशिङ्ग हाउस, मास्को.
5. रोनाल्डो मंक (1986), *द डिफ़िकल्ट डायलॉग : मार्क्सिज़्म ऐंड नैशनलिज़्म,* ऑक्सफ़र्ड युनिवर्सिटी प्रेस, नयी दिल्ली.

— अभय कुमार दुबे

क्लासिकल अर्थशास्त्र

(Classical Economics)

क्लासिकल अर्थशास्त्र दार्शनिक रूप से स्कॉटिश ज्ञानोदय की देन है। इसके केंद्र में आर्थिक वृद्धि, बचत, श्रम का विभाजन और मूल्य जैसी आर्थिक धारणाएँ हैं। ऐडम स्मिथ स्कॉटिश ज्ञानोदय के प्रमुख चिंतक थे। उन्हीं की रचना *ऐन इनक्वारी इन टू द नेचर ऐंड कॉज़ेज़ ऑफ़ द वेल्थ ऑफ़ नेशंस* (1776) इस अर्थशास्त्र का आधार बनी। स्कॉटिश ज्ञानोदय के दौरान विकसित मानव प्रकृति की व्याख्याओं का सहारा लेकर स्मिथ ने निष्कर्ष निकाला कि मनुष्य की बुनियादी प्रकृति अपनी ख़ुशहाली के लिए प्रयास करना है, इसलिए वह लाज़मी तौर पर आर्थिक बचत की कोशिश करेगा। बचायी गयी राशि का निवेश करने पर श्रम के विभाजन की सम्भावना पैदा होगी। ये दोनों प्रक्रियाएँ मिल कर उत्पादकता बढ़ाएँगी। ब्रिटिश आर्थिक विज्ञान में इन सिद्धांतों का बोलबाला 1750 से 1870 तक रहा। डेविड रिकार्डो, रॉबर्ट माल्थस, नसाउ जूनियर, जॉन स्टुअर्ट मिल और कार्ल मार्क्स को क्लासिकल अर्थशास्त्रियों की श्रेणी में माना जाता है।

स्मिथ द्वारा विकसित इस बुनियादी विचार को अपनाने के बावजूद अधिकतर क्लासिकल अर्थशास्त्रियों को यह अंदेशा सताता रहा कि एक न एक दिन आर्थिक वृद्धि का सिलसिला ख़त्म हो जाएगा। इस सवाल को लेकर उनके बीच बहस भी रही। ख़ासकर मार्क्स ने स्मिथ और रिकार्डो द्वारा दी गयी कई सीखों के प्रति प्रशंसा और आलोचना का मिला-जुला दृष्टिकोण अपनाया। दूसरी तरफ़ जॉन स्टुअर्ट मिल की मान्यता थी कि अर्थव्यवस्था में हमेशा उछाल का मौसम नहीं भी रह सकता है। अपनी जगह स्थिर अर्थव्यवस्था की धीमी गति को भी सकारात्मक निगाह से देखा जाना चाहिए, बशर्ते उसमें आमदनी का बँटवारा ठीक से किया गया हो।

स्मिथ के बाद क्लासिकल अर्थशास्त्र के दूसरे महत्त्वपूर्ण हस्ताक्षर डेविड रिकार्डो ने 1817 में *प्रिंसिपल ऑफ़ पॉलिटिकल इकॉनॉमी ऐंड टैक्सेशन* के ज़रिये वेतन के साथ मूल्य को संबंधित करके अर्थव्यवस्था के एक अमूर्त मॉडल की रचना की। माल्थस ने *एसे ऑन द प्रिंसिपल ऑफ़ पाप्युलेशन* (1798) और *प्रिंसिपल्स ऑफ़ पॉलिटिकल इकॉनॉमी* (1820) में ज़ोर दे कर कहा कि अगर आबादी बेरोकटोक बढ़ती चली गयी तो उसके लिए पेट भरने का संकट पैदा हो जाएगा। माल्थस की दूसरी उपलब्धि थी कम रोज़गार मुहैया कराने वाली अर्थव्यवस्थाओं को दिया गया यह सुझाव कि सरकार को ऐसी सार्वजनिक निर्माण परियोजनाएँ चलानी चाहिए जिनसे

लोगों को ज़्यादा से ज़्यादा रोज़गार मिल सके। माल्थस के इस विचार ने आगे चल कर जॉन मेनार्ड कींस के लिए लोकोपकारी अर्थव्यवस्था की धारणा सूत्रबद्ध करने का रास्ता खोला। माल्थस ने अपनी रचनाओं में माँग और आपूर्ति की तत्कालीन स्थिति का स्पष्ट विवेचन किया। नसाउ सीनियर के मूल्य-सिद्धांत के अनुसार उपयोगिता के अनुपात में ही वस्तुओं का विनिमय होता है।

क्लासिकल अर्थशास्त्र मूल्य सिद्धांत के संबंध में तीन तरह के प्रश्न पूछता है : मूल्य की प्रकृति क्या है, मूल्य को कैसे नापा जाए और मूल्य के निर्धारक तत्त्व क्या हैं? क्लासिकल अर्थशास्त्र प्रयोग के संदर्भ में मूल्य और विनिमय के संदर्भ में मूल्य के बीच फ़र्क़ करता है। ऐडम स्मिथ ने उत्पादन की लागत के आधार पर गणना करके निकाले गये स्वाभाविक दामों और माँग-आपूर्ति के आधार पर बाज़ार द्वारा तय किये गये दामों में भी फ़र्क़ किया। इस सिद्धांत के मुताबिक़ स्वाभाविक दाम एक तरह के केंद्रीय संतुलन की भूमिका निभाते हैं जिसके इर्द-गिर्द बाज़ार के दामों में उतार-चढ़ाव होता रहता है। बाद में रिकार्डो ने स्मिथ द्वारा श्रम और मूल्य के संबंध की इस चर्चा को और परिष्कृत करते हुए श्रम और मूल्य के रिश्ते को सापेक्षिक दामों के सिद्धांत में विकसित किया। इन दामों का निर्धारण करने के लिए उन्होंने सापेक्षिक श्रम की मात्रा को आधार बनाया। मार्क्स ने रिकार्डो द्वारा प्रतिपादित मूल्य सिद्धांत का विस्तार करते हुए श्रम को मूल्य का आधार बताया। क्लासिकल अर्थशास्त्र ने राष्ट्रीय आमदनी, वेतन, मुनाफ़े और लगान पर भी पर्याप्त रूप से ध्यान दिया। रिकॉर्डो द्वारा रचे गये अर्थव्यवस्था के अमूर्त मॉडल में खेतिहर मामलों पर लिखने वाले स्कॉटिश विद्वान जेम्स ऐंडरसन का भी योगदान था। ऐंडरसन ने अलग-अलग लगान तय करने का सुझाव दिया था जिसे रिकॉर्डो ने आधार स्तम्भ के रूप में अपनाया। इसका मतलब था सबसे घटिया क़िस्म के भू-खण्ड पर खेती से होने वाली फ़सल किसी भी तरह का लगान वसूलने का आधार नहीं हो सकती। इस परिस्थिति में लगान का आधार खेती में लगने वाला श्रम होना चाहिए। सबसे अच्छी और मध्यम स्तर की ज़मीन पर खेती से सबसे ज़्यादा मुनाफ़ा कमाया जा सकता है। लगान की विभेदित दरों के ज़रिये रिकार्डो इस निष्कर्ष पर पहुँचे कि मज़दूरी और मुनाफ़े में विपरीत संबंध होता है। यानी श्रम की वास्तविक दर बढ़ने का मतलब है मुनाफ़े में उसी के मुताबिक़ गिरावट। रिकार्डो का यह विचार मज़दूरी करने और करवाने वाले के बीच अंतर्विरोध की जानकारी देता है।

आर्थिक संख्याओं में होने वाली छोटी-छोटी बढ़ोतरियों के आधार पर रिकार्डो ने आर्थिक प्रक्रियाओं का जो विश्लेषण किया, उसने आगे चल कर सीमांतीय सिद्धांत (मार्जिनल थियरी) की नींव डाली। इस सिद्धांत ने क्लासिकल अर्थशास्त्र की आधारभूत अवधारणाओं के नियोक्लासिकल दायरे में सूत्रीकरण का रास्ता खोला।

क्लासिकल अर्थशास्त्रियों ने मज़दूरी या वेतन के प्रश्न पर भी समष्टिगत और व्यष्टिगत चर्चा की। स्मिथ ने वेतन देने के लिए एक सम्पूर्ण कोष की सिफ़ारिश की ताकि उसका इस्तेमाल उत्पादन की पूरी अवधि में मज़दूरों को वेतन देने के लिए किया जा सके। क्लासिकल अर्थशास्त्र ने प्रत्येक श्रमिक में अंतर्निहित अमूर्त मानवीय पूँजी की मात्रा को मिलाते हुए वेतन की ऊँच-नीच को भी न्यायसंगत ठहराने की कोशिश की। क्लासिकल अर्थशास्त्रियों ने मुक्त बाज़ार की वकालत उस ज़माने में की जब वणिकवादी अर्थव्यवस्था की मज़बूती के लिए संरक्षणवाद पर ज़ोर दे रहे थे। इस मामले में वे प्रकृतिवाद दार्शनिकों के साथ थे। लेकिन फ़र्क़ यह था कि प्रकृतिवादी खेती से जुड़ी गतिविधियों को ही सारी समृद्धि का स्रोत मानते थे, जबकि क्लासिकल अर्थशास्त्र के संस्थापक समृद्धि को औद्योगिक श्रम के दायरे में कल्पित करने में लगे हुए थे। उनकी निगाह और भी आगे जा कर श्रम विभाजन के लाभों को अधिकाधिक करने पर टिकी थी, इसलिए उन्होंने एक अंतर्राष्ट्रीय बाज़ार की भी कल्पना की। स्मिथ ने तर्क दिया कि एक देश उत्पादन के मुक़ाबले में अगर लाभ की स्थिति में है तो व्यापार अनिवार्य तौर पर होगा। इसी के आधार पर रिकार्डो और रॉबर्ट टोरेंस ने वाणिज्य के सापेक्षिक लाभ का सिद्धांत प्रतिपादित किया। मिल ने इसी को और सुधारते हुए वाणिज्य की शर्तों का निर्धारण करने के लिए परस्पर माँग की धारणा का इस्तेमाल किया।

ध्यान रहे कि स्मिथ के अनुयायी उस युग में अपनी धारणाएँ सूत्रबद्ध कर रहे थे जब फ्रांस के साथ लम्बे युद्ध के कारण ब्रिटेन की अर्थव्यवस्था 1815 के बाद ज़बरदस्त मंदी का सामना कर रही थी। युद्ध के ख़र्चे की पूर्ति के लिए टैक्स पूरा नहीं लगाया गया था इसलिए राष्ट्रीय ऋण में बेहद बढ़ोतरी हो गयी थी। स्वर्ण कोष में कमी आने के कारण बैंक ऑफ़ इंग्लैण्ड स्वर्ण मानक छोड़ चुका था। इस परिस्थिति में क़ाग़जी मुद्रा की प्रकृति और मुख्य सरकारी बैंक के रूप में बैंक और इंग्लैण्ड की भूमिका पर बहस चलती रही। इस दौरान स्मिथ के संबंधित विचारों का हवाला दिया गया और रिकार्डो के इस सिद्धांत का भी ज़िक्र हुआ कि मुद्रा को अर्थव्यवस्था में मौजूद कीमती धातुओं की मात्रा के मुताबिक़ ऊपर-नीचे होते रहना होगा। स्मिथ द्वारा बताये गये रास्ते पर चलते हुए क्लासिकल अर्थशास्त्रियों ने राष्ट्रीय सरकारों की भूमिका प्रतिरक्षा, क़ानून और व्यवस्था तक ही सीमित रखने की पैरोकारी की। उनकी मान्यता थी जन-हित के लिए किसी विशेष नियोजित प्रयास की आवश्यकता नहीं है। स्व-हित साधने के लिए अदृश्य हाथ के रूप में बाज़ार की ताक़तें आर्थिक एजेंटों का मार्ग-

निर्देशन करेंगी और कुल मिला कर समाज को लाभ पहुँचेगा। स्मिथ ने आर्थिक कल्याण को भौतिक संदर्भ में देखा और अपेक्षा की कि श्रम के विभाजन से प्रत्येक व्यक्ति किसी न किसी क़िस्म के विशेषज्ञ में बदल जाएगा और नतीजे के तौर पर पूरे समाज की आमदनी बढ़ जाएगी।

क्लासिकल अर्थशास्त्र द्वारा दी गयी मुक्त बाज़ार की इस थीसिस में कुछ अपवादों का प्रावधान भी है। वे सरकार द्वारा ऐसे क़ानून बनाने के पक्ष में थे जिनसे राष्ट्र की प्रतिरक्षा मज़बूत हो और बैंकिंग प्रणाली के लिए नकदी की स्थिति में सुधार हो सके। मिल के विचारों में समाजवादी रुझान भी देखे जा सकते हैं। वे सार्वजनिक स्वामित्व को भी हमदर्दी की निगाह से देखते थे। लेकिन क्लासिकल अर्थशास्त्री ऐसे तमाम क़ानूनों के ख़िलाफ़ थे जिनके कारण मज़दूरों द्वारा किये जाने वाले श्रम के घंटे धीरे-धीरे कम हो रहे थे और स्त्रियों व बच्चों से श्रम करवाने की प्रवृत्ति घट रही थी।

1870 तक आते-आते क्लासिकल अर्थशास्त्र का प्रभाव कम हो गया। उसकी जगह नियोक्लासिकल अर्थशास्त्र ने ले ली। डब्ल्यू.एस. जेवंस और ख़ासकर अल्फ्रेड मार्शल के सिद्धांतों का बोलबाला हो गया। यह अलग बात है कि क्लासिकल अर्थशास्त्र के कई सिद्धांतों और आग्रहों की अहमियत उसका प्रभुत्व घटने के बाद भी बनी रही।

देखें : अर्थ-विज्ञान का समाजशास्त्र, आर्थिक जनसांख्यिकी, अल्फ्रेड मार्शल, अमर्त्य कुमार सेन, अंतर्राष्ट्रीय मुद्रा कोष, आधार और अधिरचना, ऑस्कर लांगे, ऐडम स्मिथ, करारोपण, कल्याणकारी अर्थशास्त्र, कार्ल हाइनरिख़ मार्क्स-3, कार्ल मेंगर, कींसियन अर्थशास्त्र, गुन्नार मिर्डाल, जोआन रोबिंसन, जॉन कैनेथ गालब्रेथ, जॉन मेनार्ड कींस, जॉन स्टुअर्ट मिल, जोसेफ़ शुमपीटर, जैव विविधता, ट्रस्टीशिप, डेविड रिकार्डो, ढाँचागत समायोजन कार्यक्रम, थॉमस मन और वणिकवाद, थॉमस रॉबर्ट माल्थस, दक्षता, धन, नियोक्लासिकल अर्थशास्त्र, नीतिशास्त्र और अर्थशास्त्र, निकोलस काल्दोर, नियोजन, नियोजन : मार्क्सवादी विमर्श, पण्य, पण्य-पूजा, पेटेंट, पॉल सेमुअलसन, पियरो स्राफ़ा, पूँजी, प्रतियोगिता, फ्रांस्वा केस्ने और प्रकृतिवाद, फ्रेड्रिख़ वॉन हायक, बहुराष्ट्रीय निगम, बाज़ार, बाज़ार की विफलताएँ, बाज़ार-समाजवाद, बौद्धिक सम्पदा अधिकार, ब्रेटन वुड्स प्रणाली, भारत में बहुराष्ट्रीय निगम, भारत में नियोजन, भारत में पेटेंट क़ानून, भारत में शेयर संस्कृति, भूमण्डलीकरण और पूँजी बाज़ार, भूमण्डलीकरण और वित्तीय पूँजी, भूमण्डलीकरण और वित्तीय उपकरण, मार्क्सवादी अर्थशास्त्र, मिल्टन फ्रीडमेन, मूल्य, राजकोषीय नीति और मौद्रिक नीति, रॉबर्ट ओवेन, विलफ्रेडो परेटो, विश्व व्यापार संगठन, विश्व बैंक, विलियम पेटी, विलियम स्टेनली जेवंस, वैकासिक अर्थशास्त्र, शोषण, साइमन कुज़्नेत्स।

संदर्भ

1. ए.वी. एनीकिन (1983), *आर्थिक विज्ञान का युवा काल : मार्क्स-पूर्व का राजनीतिक अर्थशास्त्र,* अनु. गिरीश मिश्र, पीपुल्स पब्लिशिंग हाउस, नयी दिल्ली.
2. डब्ल्यू. एल्टिस (1984), द *क्लासिकल थियरी ऑफ़ इकॉनॉमिक ग्रोथ,* मैकमिलन, लंदन.
3. एल. होलेंडर (1987), *क्लासिकल इकॉनॉमिक्स,* ऑक्सफ़र्ड, ब्लैकवेल, लंदन.
4. डी.पी. ओब्राइन (2004), द *क्लासिकल इकॉनॉमिस्ट रिविज़िटेड,* प्रिंसटन युनिवर्सिटी प्रेस, प्रिंसटन. एनजे.

— अभय कुमार दुबे

कल्याणकारी अर्थशास्त्र

(Welfare Economics)

व्यक्तियों और समाज के हित साधने के लिए किये जाने वाले आर्थिक अध्ययन कल्याणकारी अर्थशास्त्र की श्रेणी में आते हैं। क्लासिकल अर्थशास्त्र के ज़माने में आर्थिक गतिविधियों का मतलब था वस्तुओं का उत्पादन, न कि सेवाओं का। इसलिए कल्याण का स्तर भौतिक अर्थों में नापा जाता था। लेकिन धीरे-धीरे आर्थिक गतिविधियों का मतलब सुविधाओं के उत्पादन से लगाया जाने लगा। इसी के साथ व्यक्तिगत स्तर पर लोगों को आम्बटित सुविधाओं के आधार पर उनके संतोष और उपयोगिता की मात्रा का पता लगाया जाने लगा। व्यक्तियों को दी जाने वाली सुविधाओं का असर आमदनी के सामाजिक वितरण पर पड़ना लाज़मी था। इस तरह से व्यक्ति के कल्याण को समाज के कल्याण के माध्यम से देखने का चलन हुआ। कल्याणकारी अर्थशास्त्र का सरोकार समाज के अधिकतम या न्यूनतम कल्याण से है। वह देखता है कि समाज के कल्याण के लिए अनुकूलतम परिस्थितियों का सृजन कैसे किया जा सकता है। यह अर्थशास्त्र इस सवाल का सामना भी करता है कि क्या ये परिस्थितियाँ पूर्ण प्रतियोगिता की देन हैं, और विभिन्न आर्थिक प्रणालियों व नीतियों के तहत समाज का कल्याण कैसे उपलब्ध किया जा सकता है।

ऐडम स्मिथ ने आर्थिक कल्याण की मात्रा नापने के लिए अपनी रचना *वेल्थ ऑफ़ नेशंस* में प्रति व्यक्ति सकल घरेलू उत्पाद की अवधारणा पेश की थी। इसके आधार पर राष्ट्रीय आमदनी के आँकड़े धीरे-धीरे परिष्कृत किये जाने लगे ताकि उत्पादन, उसकी संरचना और उसकी आधारभूत परिस्थितियों की जानकारी प्राप्त की जा सके।

इसके बाद नियोक्लासिकल अर्थशास्त्र ने भी कल्याणकारी अर्थशास्त्र पर ग़ौर किया। 1920 में आर्थर सेसिल पिगू (1877-1959) की रचना द *इकॉनॉमिक्स ऑफ़ वेलफ़ेयर* का प्रकाशन हुआ जिसमें मौद्रिक रूप से नापे जा सकने वाले आर्थिक कल्याण को सम्पूर्ण कल्याण के एक

आर्थर सेसिल पिगू (1877-1959)

घटक के रूप में देखा गया। पिगू ने सकल उत्पादन की प्रकृति पर विचार करते हुए उसे राष्ट्रीय लाभांश की संज्ञा दी। उन्होंने सीमांत (यानी छोटे-छोटे) क़िस्म के निजी और सामाजिक उत्पादों के लिए संसाधनों के इस्तेमाल पर एक-दूसरे के बरक्स विचार किया और पता लगाने की कोशिश की कि इन दोनों को बराबर कैसे किया जा सकता है। उन्होंने देखा कि जो लाभ मज़दूरों को मिलना चाहिए वह भूमि और पूँजी के मालिकों को मिलने के कारण निजी और सामाजिक उत्पादों के वितरण में असामनता पैदा हो जाती है। नतीजतन उन्होंने अमीर की कुछ आमदनी ग़रीब को देने की सिफ़ारिश की और सुझाव दिया कि आबादी के सभी सदस्यों के लिए एक न्यूनतम स्तर की आमदनी सुनिश्चित की जानी चाहिए। पिगू ने कल्याण से संबंधित अधिकतर समस्याओं की शिनाख़्त श्रम बाज़ार के तौर-तरीक़ों में की। वे मान कर चले कि सीमांत सुविधाओं में ह्रास के नियम के मुताबिक़ गिरावट हो रही है और इसके कारण हो रहे पुनर्वितरण के कारण जो लोग घाटे में हैं उनकी भरपाई की जानी चाहिए। पिगू की योजना में ऐसी सीमांत विधियों के इस्तेमाल की सिफ़ारिश भी थी जिनसे अनुकूलतम परिस्थितियाँ बन सकें। इन परिस्थितियों को प्राप्त करने के लिए राष्ट्रीय अर्थव्यवस्था के समस्त संसाधनों का इस तरह पुन: आबंटन करना चाहिए कि सीमांत उत्पाद के संदर्भ में बराबरी हासिल हो सके।

कल्याणकारी अर्थशास्त्र के लिए विलफ्रेडो परेटो द्वारा प्रतिपादित अनुकूलतम परिस्थिति का सिद्धांत महत्त्वपूर्ण है। इसके मुताबिक़ बिना किसी का नुक़सान किये अगर हर व्यक्ति की बेहतरी हो सके तो आर्थिक कल्याण में सुधार हो सकता है। यह अनुकूलतम परिस्थिति पैदा हो सके इसलिए लाज़मी समझा गया कि उपभोक्ताओं के स्तर पर जिस सीमांत दर से उपभोग में प्रतिस्थापन हो, उसी सीमांत दर से उत्पादक अपने उत्पादन में तब्दीली करें। परेटो के अनुसार केवल ऐसा होने पर ही सभी उत्पादन प्रक्रियाओं की सीमांत लागत सीमांत आमदनी के बराबर हो सकती है।

आमदनी के पुनर्वितरण के दौरान घाटे में रह जाने वाले लोगों की भरपाई के सुझाव पर कल्याणकारी अर्थशास्त्र के मैदान में जम कर बहस हुई। काल्डोर और हिक्स ने भरपाई के सिद्धांत की तकनीकी परीक्षा करते हुए निष्कर्ष निकाला कि अगर व्यवस्था ख़ुशहाल लोगों को बदहाल लोगों की भरपाई करने की इजाज़त दे तो सामाजिक कल्याण में बढ़ोतरी हो सकती है। हिक्स ने यह सुझाव भी दिया कि उन फ़र्मों के नुक़सान की भरपाई की जानी चाहिए जो प्रतियोगिता की असमतल स्थितियों के कारण नुक़सान की स्थिति में चली जाती हैं। जो उत्पादक अतिरिक्त मूल्य कमा रहा है, उसे घाटे में रहने वाले उत्पादक की भरपाई करनी चाहिए।

कल्याणकारी अर्थशास्त्र का दार्शनिक ताल्लुक़ जेरेमी बेंथम द्वारा प्रतिपादित उपयोगितावाद से भी है। यह दर्शन कल्याण की समता पर विचार करता है। बेंथम कल्याण को सुख के रूप में देखते हैं जो किसी के जीवन में पीड़ा के ऊपर आनंद के अधिशेष के रूप में परिभाषित होता है। आजकल सुख की परिभाषा नये तरीक़े से दी जाने लगी है। इसके मुताबिक़ हर किसी के जीवन पर कल्याण का कम या ज़्यादा प्रभाव होता है, और उसी के मुताबिक़ उसकी कामनाएँ और प्राथमिकताएँ संतुष्ट हो पाती हैं। उसी हिसाब से वह अपने जीवन को बेहतर और कमतर मानता है। इस लिहाज़ से जो समाज कल्याण के समान वितरण में यक़ीन करेगा, वह इस बात की चिंता नहीं करेगा कि व्यक्तिगत रूप से लोगों को कितने संसाधन मिल रहे हैं और उनके आधार पर लोग अपनी प्राथमिकताओं की कितनी पूर्ति कर पा रहे हैं। लेकिन, अगर कल्याण को प्राथमिकताओं का पर्याय मान लिया जाएगा तो उस लिहाज़ से किया गया वितरण संसाधनों की विषमता को जन्म देगा। ऐसा समाज मानेगा कि महँगी कार चलाने वाले और साइकिल पर चलने वाले का कल्याण समान रूप से हो रहा है। परिणामस्वरूप विवाद पैदा होगा कि महँगी कार का शौक रखने वाले का ख़र्च समाज को क्यों उठाना चाहिए? इसी तरह समाज के संसाधनों को एक जुआरी के जोखिम की भरपाई करने का आश्वासन क्यों देना चाहिए, और कार मैकेनिक बनने की इच्छा रखने वाले प्रशिक्षण पर होने वाला अपेक्षाकृत कम ख़र्च उठाने पर ज़ोर क्यों नहीं देना चाहिए? ज़ाहिर है कि इस प्रकार के कल्याण की परिभाषा समता

न्याय, आत्म-सम्मान और भाईचारे की नैतिक कसौटियों पर खरी नहीं उतर सकती। कई उदारतावादियों ने इस पर आपत्ति की है। वे इसके आधार पर सामाजिक-आर्थिक नीतियाँ बनाने के पक्ष में नहीं हैं।

कल्याणकारी अर्थशास्त्र ने लोकोपकारी राज्य से संबंधित विचारधाराओं को भी बल प्रदान किया है। कल्याणकारी राज्य का मतलब आम तौर पर ऐसी सरकार से समझा जाता है जो पेंशन, सामाजिक सुरक्षा, मुफ़्त स्वास्थ्य सुविधाओं आदि के ज़रिये आम लोगों के कल्याण की ज़िम्मेदारी उठाने के लिए तैयार हो। कल्याणकारी राज्य की हस्तक्षेपकारी नीतियों ने अपने शुरुआती दौर में काफ़ी प्रतिष्ठा प्राप्त की थी, पर सत्तर के दशक के बाद से बदली हुई राजनीतिक-सामाजिक-आर्थिक परिस्थितियों में दक्षिणपंथियों ने ही नहीं बल्कि वामपंथियों ने भी इसकी आलोचना शुरू कर दी। दक्षिणपंथियों का कहना था कि आमदनी के पुनर्वितरण के लिए बनायी जाने वाली नीतियों ने व्यक्ति की पहलक़दमी को नुक़सान पहुँचाया है जिससे व्यक्ति में राज्य पर आश्रित होने की प्रवृत्ति पैदा हुई है। वामपंथियों का कहना है कि कल्याणकारी अर्थशास्त्र पर आधारित लोकोपकारी राज्य वर्ग, जेंडर और नस्लगत असमानताओं को ख़त्म करने में नाकाम रहा है।

देखें : अर्थव्यवस्था का समाजशास्त्र, आर्थिक जनसांख्यिकी, अल्फ्रेड मार्शल, अमर्त्य कुमार सेन, अंतर्राष्ट्रीय मुद्रा कोष, आधार और अधिरचना, ऑस्कर लांगे, उपयोगितावाद, ऐडम स्मिथ, करारोपण, क्लासिकल अर्थशास्त्र, कार्ल हाइनरिख़ मार्क्स-3, कार्ल मेंगर, कीसियन अर्थशास्त्र, गुन्नार मिर्डाल, जोआन रोबिंसन, जान कैनेथ गालब्रेथ, जान मेनार्ड कींस, जान स्टुअर्ट मिल, जोसेफ़ शुमपीटर, जेरेमी बेंथम, जैव विविधता, ट्रस्टीशिप, डेविड रिकार्डो, ढाँचागत समायोजन कार्यक्रम, थॉमस मन और वणिकवाद, थॉमस रॉबर्ट माल्थस, दक्षता, धन, नियोक्लासिकल अर्थशास्त्र, नीतिशास्त्र और अर्थशास्त्र, निकोलस काल्दोर, नियोजन, नियोजन : मार्क्सवादी विमर्श, पण्य, पण्य-पूजा, पेटेंट, पॉल सेमुअलसन, पियरो स्राफ़ा, पूँजी, प्रतियोगिता, फ्रांस्वा केस्ने और प्रकृतिवाद, फ्रेड्रिख़ वॉन हायक, बहुराष्ट्रीय निगम, बाज़ार, बाज़ार की विफलताएँ, बाज़ार-समाजवाद, बौद्धिक सम्पदा अधिकार, ब्रेटन वुड्स प्रणाली, भारत में बहुराष्ट्रीय निगम, भारत में नियोजन, भारत में पेटेंट क़ानून, भारत में शेयर संस्कृति, भूमण्डलीकरण और पूँजी बाज़ार, भूमण्डलीकरण और वित्तीय पूँजी, भूमण्डलीकरण और वित्तीय उपकरण, मार्क्सवादी अर्थशास्त्र, मिल्टन फ्रीडमेन, मूल्य, राजकोषीय नीति और मौद्रिक नीति, रॉबर्ट ओवेन, विलफ्रेडो परेटो, विश्व व्यापार संगठन, विश्व बैंक, विलियम पेटी, विलियम स्टेनली जेवंस, वैकासिक अर्थशास्त्र, शोषण, साइमन कुज़्नेत्स।

संदर्भ

1. जे. डि वि. ग्राफ़ (1957), *थियरिटिकल वेलफ़ेयर इकॉनॉमिक्स*, केम्ब्रिज युनिवर्सिटी प्रेस, केम्ब्रिज.
2. आई.एम.डी. लिटिल (1957), *अ क्रिटीक ऑफ़ वेलफ़ेयर इकॉनॉमिक्स*, क्लैरेंडन प्रेस, ऑक्सफ़र्ड, दूसरा संस्करण.
3. एस.के. नाथ (1969), *अ रिअप्रेज़ल ऑफ़ वेलफ़ेयर इकॉनॉमिक्स*, रॉटलेज ऐंड कीगन पॉल, लंदन.

— अभय कुमार दुबे

काज़ी नज़रुल इस्लाम

(Kazi Nazrul Islam)

भारतीय साहित्य में काज़ी नज़रुल इस्लाम (1899-1977) विद्रोही स्वर का नाम है। बीसवीं सदी की बांग्ला कविता में रवींद्रनाथ ठाकुर के बाद के युग का प्रतिनिधि स्वर महाकवि नज़रुल को ही माना जाता है। उनका समय भारतीय नवजागरण और स्वतंत्रता-संग्राम के यौवन का था। पूरे परिवेश में फ़िरंगियों को भारत से बाहर निकालने की पुकार थी जिसे असाधारण मेधा, रचनात्मकता और देशभक्ति के संयोग से नज़रुल ने वाणी दी। स्वाधीनता-संग्राम के दौर में भोगी गयीं नाना प्रकार की यातनाओं ने एक ऐसी कविता को जन्म दिया जो सामान्य जन की विजय के विश्वास से धड़क रही थी। उनकी सर्जनात्मकता में देशभक्ति और साम्राज्यवाद विरोध का अखण्ड स्वर है। उनका विद्रोह बेहद रचनात्मक है। नज़रुल का साहित्य भारत के सांस्कृतिक नवजागरण और स्वाधीनता आंदोलन का एक समृद्ध दस्तावेज़ है। बांग्ला साहित्य में संस्कृत का अरबी-फ़ारसी के मुक़ाबले ज़्यादा ज़ोर रहा है। मुसलमान लेखक भी वहाँ कम ही रहे हैं। लेकिन नज़रुल ने अरबी-फ़ारसी की विषयवस्तु को इतने आकर्षक रूप में प्रस्तुत किया कि सभी तरह के पाठक उनकी प्रतिभा से बेहद प्रभावित हुए। भारतीय गीत परम्परा में नज़रुल का अविस्मरणीय योगदान है। उनका विद्रोही रूप गीतों को एक अलग तरह का सौंदर्य देता है। नज़रुल के साहित्य में सोवियत समाजवाद की प्रशंसा मिलती है, पर उनके मानस की मूल-भूमि समाजवाद से ज़्यादा क्रांतिकारी देशभक्ति की है। वे भारत में राष्ट्रीय-सांस्कृतिक कविता के उन्नायकों में से हैं। गीत और कविता के सृजन कर्म में तत्परता, एकाग्रता और स्वाधीनता आंदोलन की साम्राज्यवादी लय ने नज़रुल को मार्क्सवाद पर ठहर कर विचार करने का मौक़ा नहीं दिया। इसीलिए उन्होंने मार्क्सवादी विचारधारा की बजाय राष्ट्रवाद और जनक्रांति को आगे बढ़ाया। वे मुसलिम अलगाववाद और हिंदू साम्प्रदायिकता के विरोध में लगातार डटे रहे।

नज़रुल इस्लाम का जन्म 25 मई, 1899 को अविभाजित बंगाल के बर्दमान जिले के आसनसोल तहसील स्थित चुरुलिया गाँव में हुआ था। उनके पूर्वज पटना से काज़ी

काज़ी नज़रुल इस्लाम (1899-1977)

के रूप में बंगाल आये थे। पिता काज़ी फ़क़ीर अहमद बहुत ग़रीब थे। तीन लड़कियाँ थीं और एक लड़का जिसे पिता 'दुखू' कहते थे। कहते हैं उसका एक नाम तांत्रिक भाव का 'ताराख्यापा' भी था। दरअसल, नज़रुल का पूरा परिवार तांत्रिक साधनाओं में विश्वास रखता था, विशेषकर माँ। पिता जल्दी संसार छोड़ गये तो माँ ने चुरुलिया में ही लड़के को अरबी-फ़ारसी पढ़ाने का प्रबंध किया। होनहार नज़रुल ने फ़ारसी पर सिक्का जमाया और वहीं एक वर्ष तक शिक्षक भी रहे। वे उस समय तक सच्चे मुसलमान थे और अवसर पाकर *बांग्ला रामायण, महाभारत* और अन्य हिंदू-कृतियों का पाठ भी करते थे और साथ-साथ साधुओं-फ़क़ीरों, बाउल गायकों, सूफ़ियों-दरवेशों की संगति भी होती रहती। धार्मिक झुकाव था, लेकिन लापरवाह और प्रश्नाकुलताओं से घिरे हुए थे। मन लोक-गीत, लोक-धुनों, लोक-संगीत में रमता था। नज़रुल के चाचा घुमंतू नाट्यदल लेतो में थे और वे ही उन्हें इस दल में ले गये। संगीत में गहरी दिलचस्पी के कारण थोड़े समय में ही नज़रुल लेतोदल के नेता बन गये। लोक-साहित्य, लोक धुनें और लोक-जीवन का रंग उन पर ऐसा चढ़ा कि उनके गीतों का विकास उसी दिशा में हुआ।

ग़रीबी से परेशान नज़रुल आसनसोल चले आये, रेलवे गार्ड के क्वार्टरों में घरेलू काम किया और जल्दी ही ख़ाना पकाने का काम करने लगे। यहाँ वे छुट्टी के समय बाँसुरी बजाते। ऐसा संयोग बना कि नज़रुल के फ़न से प्रभावित हो कर एक सब-इंस्पेक्टर उन्हें मैमन सिंह जिले के एक गाँव में ले गया और वहीं उनकी शिक्षा-व्यवस्था करायी। खेतों में रमते-गाते नज़रुल की कविता फूट पड़ी। वहाँ इम्तहान न दे पाने के कारण उन्हें आसनसोल आना पड़ा और शिक्षा शुरू हुई। वे हाई स्कूल में प्रथम आये और वहीं क्रांतिकारी दल युगांतर के सम्पर्क में आये। स्वाधीनता की लड़ाई जारी थी और प्रथम विश्वयुद्ध का महौल था। 1917 में नज़रुल ने पढ़ाई छोड़कर उबल कम्पनी में नाम लिखाया और शीघ्र ही कराची भेज दिये गये। कराची में उनके गीतों ने सैनिकों को बड़ा रिझाया। इसी हालात में उन्होंने हाफ़िज की रुबाइयों का अनुवाद शुरू किया जो 1930 में समाप्त हुआ। इसी समय नज़रुल ने पहली कहानी की रचना की 'घुमक्कड़ की आत्मकथा' जो 1919 में प्रतिष्ठित पत्र *सौगात* में छपी। उनकी एक कविता *बंगीय मुसलमान साहित्य पत्रिका* में छपी इसमें एक फ़क़ीर का चमत्कार वर्णित है। कविता की असाधारण लय ने साम्यवादी नेता मुजफ़्फ़र अहमद उर्फ़ काका बाबू से नज़रुल का परिचय कराया। नज़रुल साम्यवादी मंच पा गये। उनका साहित्यिक दायरा बढ़ा और अन्य रचनाकारों से मित्रता भी। 1920 में वे फिर बंगाल वापस आये। भारत में गाँधी के सत्याग्रह की लहर चल रही थी। जलियाँवालाबाग काण्ड हुआ और नज़रुल के देशभक्त में विद्रोह का अरमान जगा।

नज़रुल की रचनाएँ पत्र-पत्रिकाओं में धारावाहिक रूप में छपीं। ये थीं *बंधन द्वारा* (उपन्यास), *बादल बारिशान* (वर्षा और मूसलाधार वर्षा की एक प्रतीक कथा), *बादल प्रातेर सोहराब, बोधन, मुहर्रम, गीत, ग़ज़ल* (हाफ़िज़ का अनुवाद), *फ़तवा-ए-दोज़दम* (पैग़म्बर का जन्मदिन-कविता), *विरहविधुर* , *मरामीगीत* , *स्नेह गीत* (सभी कविताएँ)। इन रचनाओं का पाठकों ने हृदय से स्वागत किया। यह भी कहा गया कि उपन्यासकार से ज़्यादा उनमें कवि की प्रतिभा है। नज़रुल की *शातिल अरब* कविता में इराक़ के सैनिक की कल्पना थी जो अपनी मातृभूमि और 'महान शहीदों की भूमि' को दासता से मुक्त कराना चाहता था। इस कविता से नज़रुल की काव्य-प्रतिभा की धाक जम गयी। *मुहर्रम* कविता भी देश-भक्ति का प्रवाह बनकर आयी, संगीत-लय की अरबी-फ़ारसी उठान के साथ।

कलकत्ता में शैलजानंद से मिलने के बाद *मुसलिम भारत* और *मुसलमान साहित्य समिति* के कार्यालय में रहने लगे। उन्हें बोल्शेविक क्रांति की ख़बरों ने भी उत्साहित किया। नज़रुल की मानसिकता न मुसलमान थी, न हिंदू। वह देशभक्ति के भावों की उठान पर थी। इस फक्कड़पन ने उनके सोच की दिशा ही बदल दी।

इसी समय ख़िलाफ़त आंदोलन के साम्राज्यवाद विरोधी रुख ने हिंदू-मुसलमानों को एक मंच पर ला दिया। 1920 में नज़रुल इस समय क्रांतिकारी वारींद्र कुमार घोष और अविनाश भट्टाचार्य आदि के सम्पर्क में थे। नलिनीकांत सरकार से उनकी मित्रता थी। वे *मुसलिम भारत, सौगात* जैसे

पत्रों के अलावा *उपासना* और *भारती* जैसे पत्रों में भी लिखने लगे। वारींद्र कुमार घोष द्वारा सम्पादित *बिजली* के सम्पादकीय क्रांति-भावना सींच रहे थे। इसमें समाजवादी देशों के साहित्य का लेखा-जोखा रहता था। नज़रुल ने जीविका के लिए पत्रकारिता का मार्ग चुना। *नवयुग* पत्र निकला तो मुज़फ़्फ़र अहमद और नज़रुल उसके संयुक्त सम्पादक बने। यह साम्राज्यवाद-विरोधी पत्र था। पुलिस ने इन दोनों के लेखन पर कड़ी आपत्तियाँ कीं।

बंगाल में चितरंजन दास के नेतृत्त्व में असहयोग का माहौल था। नज़रुल के गीतों में, राजनीति का चित्रण *मरण-वरण* जैसी कविता लेकर आया। आज ये कविताएँ (गीत) *पूर्वेर हवा* काव्य-संग्रह में संगृहीत हैं। यह काल नज़रुल के सृजन का अपूर्व रूप सामने लाता है। नज़रुल ने *बांगलार कथा* पत्र में *भंगार गान* (विनाश का गीत) लिखा जिसकी मूल संवेदना में जेल के लौह दरवाज़ों को तोड़ने की अपील थी। उन बेड़ियों को तोड़ने का आह्वान था जो देवता की पूजा में विघ्न डालने के लिए खड़ी की गयी हों। एक ख़ास अर्थ में यह राष्ट्रीय-आंदोलन का पहला महान गीत कहा जा सकता है। जनता ने स्वाधीनता-आंदोलन में 1947 तक इसी गीत को गया। असंख्य मंचों पर इसका गायन एक इतिहास ही बन गया। स्वाधीनता-आंदोलन की लय ने ही लम्बी कविता *विद्रोही* का सृजन कराया जो *बिजली* में प्रकाशित हुई। यह कविता इतनी प्रसिद्ध हुई कि नज़रुल को 'विद्रोही' उपनाम ही मिल गया। असल में नज़रुल शुरू से ही जुझारू कवि रहे हैं। नज़रुल सत्याग्रह और अहिंसा के प्रशंसक थे। 1921 से उन्होंने गाँधी पर कई कविताएँ लिखीं। स्वाधीनता-आंदोलन में गाँधी जी का आगमन उन्हें स्वयं 'मोहन' का आना लगता रहा। गाँधी का चरखा कर्ममय जीवन की धुन का प्रतीक था।

प्रेमगीतों के संग्रह *दोलोनचम्पा* (1923), *छायानट* (1924), लेखों के संग्रह *युगवाणी* (1922) और कहानी संग्रह *व्यथारदान* (1922) के साथ-साथ इसी अवधि में उनका काव्य-संग्रह *अग्निवीणा,* जिसे अनगिनत पाठकों का प्यार मिला। यह संग्रह उन्होंने महान क्रांतिकारी वारींद्र कुमार घोष को समर्पित किया और इसका मुखपृष्ठ अवनींद्र नाथ ठाकुर ने बनाया। रवींद्रनाथ ने इस काव्य-संग्रह की मुक्तकंठ से प्रशंसा की। 1922 में नज़रुल ने *धूमकेतु* पत्र का प्रकाशन किया। इसके साथ रवींद्र नाथ ठाकुर और शरतचंद्र चटर्जी, का आशीर्वाद था। इस पत्र में काज़ी नज़रुल इस्लाम की राजनीतिक चेतना की प्रखरता, कॉमरेडी रुतबा और रंग भी था। पाठकों ने नज़रुल के विचार में फ्रांसीसी क्रांति के तीनों नारों स्वाधीनता, बंधुता और समता के दर्शन किये। जातिरहित, वर्गरहित, धर्मरहित, धर्मनिरपेक्षतावाद की आहट भी सुनी। नये भारत की रचना का संकल्प लेकर चलने वाले *धूमकेतु* का लक्ष्य था हिंदू-मुसलिम एकता स्थापित करना, किसी भी तरह के सम्प्रदायवाद-साम्प्रदायिकता से दूर रहना और सभी क्षेत्रों में स्वतंत्रता का समर्थन करना। *धूमकेतु* के कार्यालय में कवि-कलाकार, पत्रकार-संगीतकार, चित्रकार एकत्रित होकर गाते थे। इस माहौल में विद्रोह की स्थिति का निवास रहता। *धूमकेतु* के दीपावली अंक में एक सम्पादकीय 'मैं भूखा हूँ' शीर्षक से छपा है। इस पर हुकूमत ने नज़रुल को पकड़ कर एक वर्ष की कड़ी सज़ा दी। सज़ा से पहले उन्होंने 'राजबंदीर जबान बंदी' शीर्षक से वक्तव्य दिया जिसकी निभर्यता पर गर्व किया जा सकता है। कवि ने जेल के भीतर भूख हड़ताल की और क़ैदियों पर किये जा रहे अत्याचारों पर फ़िरंगी सरकार को भला-बुरा कहा। नज़रुल की जेल में लिखा गयी कविताएँ पत्र-पत्रिकाओं में छपती रहीं। जेल-यात्रा के बाद नज़रुल ने गिरिबाला देवी की इकलौती बेटी विराज सुंदरी से विवाह किया। यह हिंदू-मुसलमान विवाह काफ़ी विवाद का कारण बना, किंतु इस समय भी वे राजनीतिक कविताओं का सृजन करते रहे। इसी बीच आयी लम्बी कविता *भड़* (तूफ़ान) जो *विषेरवंशी* में संग्रहीत की गयी।

नज़रुल के 'चल बल चल' जैसे प्रयाण गीत जयशंकर प्रसाद के प्रयाण-गीत 'हिमाद्रि तुंग शृंग से प्रबुद्ध शुद्ध भारती' जैसे गीत की याद दिलाते हैं। नज़रुल के 'तरुण प्रातेर, तरुणदल, चलरे, चलरे, चल' ने उन्हें जनकंठ में अमर कर दिया। उनकी कविता 'हिंदू-मुसलिम युद्ध' और 'मंदिर ओ मसज़िद' तीखे व्यंग्य का भाव-स्फोट है। नज़रुल को कम्युनिस्ट इंटरनेशनल का बांग्ला में प्रथम अनुवाद का श्रेय भी जाता है।

1930 के बाद के वर्षों में नज़रुल संगीत की दुनिया में चले गये। वैसे भी उन्होंने अपना साहित्यिक जीवन लोक-साहित्य, लोक-संगीत और लोक के दल लेतो से ही शुरू किया था। गायक और निर्देशक के रूप में उन्होंने ग़ैर-पारम्परिक धुनों के प्रयोग किये। *प्रेम-गीत* और 'प्रकृति-गीत' में उन्होंने ग़ज़ल को जोड़ दिया। ग़ज़ल को बांग्ला संगीत में स्थान देने वाले नज़रुल प्रथम कलाकार हैं। उनका संग्रह 'वनगीति' 1930 में आया तो शास्त्रीय संगीत के उस्ताद चौंक गये। एचएमवी ने नज़रुल को प्रशिक्षक के रूप में स्थान दिया और फ़िल्म निर्माताओं और ग्रामाफ़ोन कम्पनियों ने उनकी प्रतिभा का लाभ उठाया। नज़रुल ने अपने 3500 गीतों को स्वरबद्ध किया जिनमें स्वदेशी गान बहुत लोकप्रिय हुए।

पुत्र बुलबुल के निधन के बाद उनके गीतों में माँ काली और पूजा तत्त्व का राग प्रबल होता गया। जीवन के अपने अंतिम दौर में वे विक्षिप्त रहे और निधन से पहले चिरस्थायी यातना के दौर से गुज़रे।

देखें : क़ाज़ी नज़रुल इस्लाम, कुमारन् आशान्, गजनान माधव मुक्तिबोध-1 और 2, गोवर्धन राम त्रिपाठी और गुजराती अस्मिता, प्रेमचंद, फ़क़ीर मोहन सेनापति और ओडिया अस्मिता, बंकिम चंद्र चट्टोपाध्याय, भारतेंदु हरिश्चंद्र, महादेव गोविंद रानाडे, महावीर प्रसाद द्विवेदी, रवींद्रनाथ ठाकुर, रामविलास शर्मा, रामचंद्र शुक्ल, राहुल सांकृत्यायन, सच्चिदानंद हीरानंद वात्स्यायन अज्ञेय, हजारी प्रसाद द्विवेदी।

संदर्भ

1. वसुधा चक्रवर्ती (1960), *क़ाज़ी नज़रुल इस्लाम,* सूर्य प्रकाशन, नयी दिल्ली.
2. गोपाल हाल्दार (1977), *क़ाज़ी नज़रुल इस्लाम,* साहित्य अकादमी, नयी दिल्ली.
3. डॉ. नगेंद्र (सम्पा.) (1992), *भारतीय साहित्य का समेकित इतिहास,* हिंदी माध्यम कार्यान्वयन निदेशालय, दिल्ली विश्वविद्यालय, दिल्ली.

— कृष्णदत्त पालीवाल

क़ानून

(Law)

क़ानून या विधि का मतलब है मनुष्य के व्यवहार को नियंत्रित और संचालित करने वाले नियमों, हिदायतों, पाबंदियों और हक़ों की संहिता। लेकिन यह भूमिका तो नैतिक, धार्मिक और अन्य सामाजिक संहिताओं की भी होती है। दरअसल, क़ानून इन संहिताओं से कई मायनों में अलग है। पहली बात तो यह है कि क़ानून सरकार द्वारा बनाया जाता है लेकिन समाज में उसे सभी के ऊपर समान रूप से लागू किया जाता है। दूसरे, 'राज्य की इच्छा' का रूप ले कर वह अन्य सभी सामाजिक नियमों और मानकों पर प्राथमिकता प्राप्त कर लेता है। तीसरे, क़ानून अनिवार्य होता है अर्थात् नागरिकों को उसके पालन करने के चुनाव की स्वतंत्रता नहीं होती। पालन न करने वाले के लिए क़ानून में दण्ड की व्यवस्था होती है। लेकिन, क़ानून केवल दण्ड ही नहीं देता। वह व्यक्तियों या पक्षों के बीच अनुबंध करने, विवाह, उत्तराधिकार, लाभों के वितरण और संस्थाओं को संचालित करने के नियम भी मुहैया कराता है। क़ानून स्थापित सामाजिक नैतिकताओं की पुष्टि की भूमिका भी निभाता है। चौथे, क़ानून की प्रकृति 'सार्वजनिक' होती है क्योंकि प्रकाशित और मान्यता प्राप्त नियमों की संहिता के रूप में उसकी रचना औपचारिक विधायी प्रक्रियाओं के ज़रिये की जाती है। अंत में क़ानून में अपने अनुपालन की एक नैतिक बाध्यता निहित है जिसके तहत वे लोग भी क़ानून का पालन करने के लिए मजबूर होते हैं जिन्हें वह अन्यायपूर्ण लगता है। राजनीतिक व्यवस्था चाहे लोकतांत्रिक हो या अधिनायकवादी, उसे क़ानून की किसी न किसी संहिता के आधार पर चलना पड़ता है। लेकिन, लोकतांत्रिक व्यवस्थाओं में बदलते समय के साथ अप्रासंगिक हो गये या न्यायपूर्ण न समझे जाने वाले क़ानून को रद्द करने और उसकी जगह नया बेहतर क़ानून बनाने की माँग करने का अधिकार होता है।

क़ानून की एक उल्लेखनीय भूमिका समाज को संगठित शैली में चलाने के लिए नागरिकों को शिक्षित करने की भी मानी जाती है। शुरुआत में राजनीतिशास्त्र के केंद्र में क़ानून का अध्ययन ही था। राजनीतिक दार्शनिक विधि के सार और संरचना के सवाल पर ज़बरदस्त बहसों में उलझे रहे हैं। क़ानून के विद्वानों को मानवशास्त्र, राजनीतिक अर्थशास्त्र, नैतिकशास्त्र और विधायी मूल्य-प्रणाली का अध्ययन भी करना पड़ता है।

संविधानसम्मत आधार पर संचालित होने वाले उदारतावादी लोकतंत्रों में 'क़ानून के शासन' की धारणा प्रचलित होती है। इन व्यवस्थाओं में क़ानून के दायरे के बाहर कोई काम नहीं करता, न व्यक्ति और न ही सरकार। इसके पीछे क़ानून का उदारतावादी सिद्धांत है जिसके मुताबिक़ क़ानून का मक़सद व्यक्ति पर पाबंदियाँ लगाना न हो कर उसकी स्वतंत्रता की गारंटी करना है। उदारतावादी सिद्धांत मानता है कि क़ानून के बिना व्यक्तिगत आचरण को संयमित करना नामुमकिन हो जाएगा और एक के अधिकारों को दूसरे के हाथों हनन से बचाया नहीं जा सकेगा। इस प्रकार जॉन लॉक की भाषा में क़ानून का मतलब है जीवन, स्वतंत्रता और सम्पत्ति की रक्षा के लिए क़ानून। उदारतावादी सिद्धांत स्पष्ट करता है कि क़ानून के बनाने और लागू करने के तरीक़े कौन-कौन से होने चाहिए। मसलन, क़ानून निर्वाचित विधिकर्त्ताओं द्वारा आपसी विचार-विमर्श के ज़रिये किया जाना चाहिए। दूसरे, कोई क़ानून पिछली तारीख़ से लागू नहीं किया जा सकता, क्योंकि उस सूरत में वह नागरिकों को उन कामों के लिए दण्डित करेगा जो तत्कालीन क़ानून के मुताबिक़ किये गये थे। इसी तरह उदारतावादी क़ानून क्रूर और अमानवीय क़िस्म की सज़ाएँ देने के ख़िलाफ़ होता है। राजनीतिक प्रभावों से निरपेक्ष रहने वाली एक निष्पक्ष न्यायपालिका की स्थापना की जाती है ताकि क़ानून की व्यवस्थित व्याख्या करते हुए पक्षकारों के बीच उसके आधार पर फ़ैसला हो सके।

मार्क्सवादियों की मान्यता है कि क़ानून के शासन की अवधारणा व्यक्तिगत स्वतंत्रता की गारंटी करने के नाम पर सम्पत्ति संबंधी अधिकारों की रक्षा करते हुए पूँजीवादी व्यवस्था की हिफ़ाज़त के काम आती है। इसका नतीजा

सामाजिक विषमता और वर्गीय प्रभुत्व को बनाये रखने में निकलता है। मार्क्स क़ानून को राजनीति और विचारधारा की भाँति उस सुपरस्ट्रक्चर या अधिरचना का हिस्सा मानते हैं जिसका बेस या आधार पूँजीवादी उत्पादन की विधि पर रखा जाता है। नारीवादियों ने भी क़ानून के शासन की अवधारणा की आलोचना की है कि वह लैंगिक निष्पक्षता पर आधारित नहीं है। इसीलिए न्यायपालिका और क़ानून के पेशे पर पुरुषों का क़ब्ज़ा रहता है। बहुसंस्कृतिवाद के पैरोकारों का तर्क है कि क़ानून असल में प्रभुत्वशाली सांस्कृतिक समूहों के मूल्यों और रवैयों की नुमाइंदगी ही करता है। परिणामस्वरूप अल्पसंख्यक और हाशियाग्रस्त समूहों के मूल्य और सरोकार नज़रअंदाज़ किये जाते रहते हैं।

क़ानून और नैतिकता के बीच अंतर के सवाल पर दार्शनिक शुरू से ही सिर खपाते रहे हैं। क़ानून का आधार नैतिक प्रणाली में मानने वालों का यक़ीन 'प्राकृतिक क़ानून' के सिद्धांत में है। प्लेटो और उनके बाद अरस्तू की मान्यता थी कि क़ानून और नैतिकता में नज़दीकी रिश्ता होता है। एक न्यायपूर्ण समाज वही हो सकता है जिसमें क़ानून नैतिक नियमों पर आधारित प्रज्ञा की पुष्टि करते हों। मध्ययुगीन ईसाई विचारक थॉमस एक्विना भी मानते थे कि इस धरती पर उत्तम जीवन व्यतीत करने के लिए नेचुरल लॉ यानी ईश्वर प्रदत्त नैतिकताओं के मुताबिक़ क़ानून होने चाहिए।

उन्नीसवीं सदी में बुद्धिवाद और वैज्ञानिक दृष्टिकोण की प्रतिष्ठा बढ़ने के कारण प्राकृतिक क़ानून का सिद्धांत निष्प्रभावी होता चला गया। क़ानून को नैतिक, धार्मिक और रहस्यवादी मान्यताओं से मुक्त करने की कोशिशें हुईं। जॉन आस्टिन ने 'विधिक प्रत्यक्षतावाद' की स्थापना की जिसका दावा था कि क़ानून का सरोकार किसी उच्चतर नैतिक या धार्मिक उसूल से न हो कर किसी सम्प्रभु व्यक्ति या संस्था से होता है। क़ानून इसलिए क़ानून है कि उसका पालन करवाया जाता है और करना पड़ता है। विधिक प्रत्यक्षतावाद की कहीं अधिक व्यावहारिक और नफ़ीस व्याख्या एच.एल.ए. हार्ट की रचना द *कंसेप्ट ऑफ़ लॉ* (1961) में मिलती है। हार्ट क़ानून को नैतिक नियमों के दायरे से निकाल कर मानव समाज के संदर्भ में परिभाषित करते हैं। उनके मुताबिक़ क़ानून प्रथम और द्वितीयक नियमों का संयोग है। प्रथम श्रेणी के नियमों को क़ानून के सार की संज्ञा देते हुए हार्ट कहते हैं कि उनका ताल्लुक़ सामाजिक व्यवहार के विनियमन से है। जैसे, फ़ौजदारी क़ानून। द्वितीय श्रेणी के नियम सरकारी संस्थाओं को हिदायत देते हैं कि क़ानून किस तरह बनाया जाए, उनका किस तरह कार्यान्वयन किया जाए, किस तरह उसके आधार पर फ़ैसले किये जाएँ और इन आधारों पर किस तरह उसकी वैधता स्थापित की जाए।

हार्ट द्वारा प्रतिपादित विधिक प्रत्यक्षतावाद के सिद्धांत की आलोचना राजनीतिक दार्शनिक रोनॉल्ड ड्वॉर्किन ने की है। उनके अनुसार क़ानून केवल नियमों की संहिता ही नहीं होता और न ही आधुनिक विधि प्रणालियाँ क़ानून की वैधता स्थापित करने के लिए किसी एक समान तरीक़े का प्रावधान करती हैं।

क़ानून और नैतिकता के बीच संबंध की बहस नाज़ियों के अत्याचारों को दण्डित करने वाले न्यूरेम्बर्ग मुक़दमे में भी उठी थी। प्रश्न यह था कि क्या उन कामों को अपराध ठहराया जा सकता है जो राष्ट्रीय क़ानून के मुताबिक़ किये गये हों? इसके जवाब के लिए प्राकृतिक क़ानून की अवधारणा का सहारा लिया गया, लेकिन उसकी अभिव्यक्ति मानवाधिकारों की भाषा में हुई। दरअसल क़ानून और नैतिकता के रिश्ते का प्रश्न बेहद जटिल है और गर्भपात, वेश्यावृत्ति, पोर्नोग्राफ़ी, टीवी और फ़िल्मों में दिखाई जाने वाली हिंसा, अपनी कोख किराए पर देने वाली माताओं और जेनेटिक इंजीनियरिंग जैसे मसलों के सदंर्भ में बार-बार उठती रहती है।

देखें : अर्थव्यवस्था का समाजशास्त्र, अभिजन, अभिरुचि, आत्महत्या, उन्मूलनवाद, एजेंसी, कर्मकाण्ड, कारागार, गोपनीयता, गृहविहीनता, जाति और जाति-व्यवस्था-1 से 4 तक, जादू, जीवन-शैली, टेलरवाद, फ़ुरसत, बचपन, बुज़ुर्गियत का समाजशास्त्र, बेगानगी, भीड़, भ्रष्टाचार का समाजशास्त्र-1 और 2, विचलन, ज्ञान का समाजशास्त्र।

संदर्भ

1. एच.एल.ए. हार्ट ()1961, द *कंसेप्ट ऑफ़ लॉ,* क्लैरंडन प्रेस, ऑक्सफ़र्ड.
2. रोनॉल्ड ड्वॉर्किन (1986), *लाज़ एम्पायर,* कोलिंस, लंदन, 1986
3. जे. रैज़, *द अथॉरिटी ऑल लॉ,* क्लैरंडन प्रेस, ऑक्सफ़र्ड
4. ओ. डब्ल्यू. होम्स (1932), *द प्योर थियरी ऑफ़ लॉ,* युनिवर्सिटी ऑफ़ कैलिफ़ोर्निया प्रेस, बरकल.
5. एच. कोलिंस (1982), *मार्क्सिज़म ऐंड लॉ,* ऑक्सफ़र्ड युनिवर्सिटी प्रेस, ऑक्सफ़र्ड.

— अभय कुमार दुबे

क़ानून और स्त्री

(Law and Women)

लैंगिक बराबरी के लिए होने वाले राजनीतिक संघर्ष में क़ानून को स्त्री के पक्ष में झुकाने का केंद्रीय महत्त्व है। पितृसत्तात्मक पूर्वग्रहों के कारण सार्वजनिक जीवन में स्त्रियों की गतिशीलता क़ानूनन सीमित की जाती रही है। कमज़ोर मान

कर सुरक्षा देने के नाम पर क़ानून के ज़रिये उन्हें कई तरह के रोज़गारों और सामाजिक अवसरों से वंचित किया जाता रहा है। इस प्रवृत्ति का विरोध करते हुए स्त्री-विरोधी हिंसा के विभिन्न रूपों का उन्मूलन करने, परिवार-समुदाय-कार्यस्थल के दायरे में स्त्रियों को समान हैसियत दिलाने, सार्वजनिक जीवन और ख़ासकर मीडिया में स्त्री छवि के आपत्तिजनक निरूपण के ख़िलाफ़ रोक लगवाने और सम्पत्ति में उत्तराधिकार का वाजिब अधिकार हासिल करने के लिए सारी दुनिया में नारीवादियों ने क़ानून के मक़ाम पर कई तरह के मोर्चे लिए हैं। उन्होंने मौजूदा क़ानूनों का लाभ उठाने के लिए अदालतों में याचिकाएँ दायर की हैं, क़ानूनों में सुधार के लिए अभियान चलाये हैं और स्त्री-समाज में क़ानून के प्रति जागरूकता पैदा की है। नारीवादी विद्वानों ने विधि संबंधी अवधारणाओं और पद्धतियों को आलोचनात्मक विश्लेषण का विषय बनाते हुए क़ानूनी मुद्दों पर होने वाली बहस के आधारों पर जेंडर के नज़रिये से सवालिया निशान लगाया है।

भारत की नारीवादी राजनीति में सत्तर और अस्सी का दशक इस दृष्टि से काफ़ी अहमियत रखता है। इसी अवधि में स्त्री-समूहों की माँगों के दबाव में क़ानून के कई पहलुओं में तब्दीलियाँ की गयीं। दूसरी तरफ़ क़ानून से इंसाफ़ माँगने की प्रक्रिया ने भारतीय नारीवादियों के बीच इस प्रश्न पर बौद्धिक बहसों को भी जन्म दिया कि आख़िर क़ानून के प्रति सही लैंगिक दृष्टिकोण क्या होना चाहिए। क्या सिर्फ़ क़ानून अपने-आप में इतनी ताक़तवर शै है कि उसे बदल देने से स्त्री को इंसाफ़ मिलना शुरू हो जाएगा? या फिर क़ानून की ताक़त में अंधा भरोसा करने के बजाय उसके साथ नारीवादियों को आलोचनात्मक रिश्ता बनाना चाहिए? इन सवालों का जवाब खोजने की प्रक्रिया में स्त्री-अध्ययन के दायरे में पिछले दिनों कई पुस्तकाकार अध्ययन सामने आये हैं।

सत्तर के दशक में स्त्री-अधिकारों के दावेदारों ने बलात्कार के ख़िलाफ़ क़ानून के बुनियादी चरित्र पर सवाल उठाते हुए कहा कि अंग्रेज़ों द्वारा बनाये गये इस क़ानून में औपनिवेशिक और राष्ट्रवादी पितृसत्ताओं की निरंतरता स्पष्ट रूप से देखी जा सकती है। स्त्री-संगठनों ने दिखाया कि बलात्कार की शिकार स्त्री क़ानून की इबारत में, अदालत के कमरे में, पुलिस के थाने में, लोकप्रिय संस्कृति और मीडिया के दायरे में किस तरह असहाय और अकेली पड़ जाती हैं। उसका निरूपण नारीत्व की प्रचलित संरचनाओं के बाहर जाते हुए कुछ इस तरह से किया जाता है कि जैसे अपने बलात्कार की वह ख़ुद ही ज़िम्मेदार हो। 1972 में मथुरा नामक स्त्री-मज़दूर के साथ पुलिस थाने में हुए बलात्कार और फिर उस पर विभिन्न अदालतों में चले मुक़दमे के इर्द-गिर्द राष्ट्रीय गोलबंदी हुई। 1979 में भारत के मुख्य न्यायाधीश को उपेंद्र बख़्शी, वसुधा धगमवार, रघुनाथ केलकर और लतिका सरकार द्वारा लिखे गये खुले पत्र ने इसमें प्रेरक भूमिका का निर्वाह किया। पत्र में बलात्कार की शिकार स्त्री की 'सहमति' और उसके 'सेक्शुअल अतीत' का बेजा इस्तेमाल करने के ख़िलाफ़ मज़बूत तर्क दिये गये थे। परिणामस्वरूप 1983 में बलात्कार क़ानून बदला गया। इस सफलता में क़ानून और सुप्रीम कोर्ट के कामकाज की आलोचना करने वाले क़ानून के प्रोफ़ेसरों की भूमिका को नज़रअंदाज़ नहीं किया जा सकता।

बलात्कार और दहेज-हिंसा से संबंधित क़ानून बदलवाने के लिए चले आंदोलनों के साथ-साथ अस्सी के दशक की शुरुआत में स्त्री-समूहों को 1984 में फ़ेमिली कोर्ट एक्ट पारित करवाने के रूप में एक बड़ी सफलता मिली। चूँकि भारत में सभी के लिए एक ही नागरिक संहिता नहीं है, इसलिए मौजूदा अधिकारों के तहत विवाह, तलाक़, उत्तराधिकार और बच्चों के लालन-पालन संबंधी विवादों को निबटाने के लिए अलग फ़ेमिली कोर्ट का प्रावधान आवश्यक था। लेकिन, इन अदालतों के कामकाज का अध्ययन करने के बाद नारीवादी प्रेक्षक इस नतीजे पर पहुँचे हैं कि इन्हें स्त्री के पक्ष में और प्रभावी बनाने के लिए क़ानून में अभी और भी सुधार की ज़रूरत है। देखा गया है कि ये अदालतें स्त्री को इंसाफ़ दिलाने के बजाय परिवार की संस्था को मज़बूत करने में अधिक दिलचस्पी दिखाती हैं।

नारीवादियों के बीच बहस : स्त्री-मुक्ति के लिए क़ानून का इस्तेमाल करने के तौर-तरीक़ों और दृष्टिकोण के प्रश्न पर भारतीय नारीवादियों के बीच काफ़ी बहस होती रही है। शाहबानो-मुक़दमे से जुड़े विवाद के दौरान समान नागरिक संहिता की माँग पर पड़ी साम्प्रदायिक छाया ने भी नारीवादी आंदोलन को बेचैन किया है। इसके अलावा एक महत्त्वपूर्ण बहस यह भी है कि क्या स्त्री-अधिकारों के प्रश्न को हमेशा उदारतावादी विचारों की रोशनी में ही देखा जाना चाहिए। उदारतावाद व्यक्ति को समुदाय के ऊपर प्राथमिकता देता है। परिणामस्वरूप विविध भारतीय संदर्भों में कई जगह व्यक्ति के रूप में स्त्री के अधिकार सामुदायिक अधिकारों के मुक़ाबले खड़े हो जाते हैं—चाहे वह मुसलमान समुदाय हो या उत्तर-पूर्व के आदिवासी समुदाय हों। इस सिलसिले में एक नतीजा यह निकला है कि हर सामाजिक परिस्थिति में अधिकारों की उदारतावादी भाषा बोलने के बजाय स्थानीय परम्परा के राजनीतिक आयामों को ध्यान में रख कर संघर्ष की रणनीति बनायी जानी चाहिए।

सार्वजनिक स्थलों पर स्त्रियों के साथ छेड़छाड़, दफ़्तरों और विश्वविद्यालय जैसी जगहों पर उनके साथ सेक्शुअल बदसलूकी और यौन-शोषण के क़ानूनी निवारण के सवाल पर भी नारीवादियों के बीच बहस है। इस संबंध

में एक अंदेशा यह जताया गया है कि क्या सार्वजनिक स्थानों पर सेक्स संबंधी किसी भी क़िस्म की चर्चा को प्रतिबंधित करने का नतीजा सेक्शुअल स्वायत्तता, अभिव्यक्ति की स्वतंत्रता और सेक्शुअल अधिकारों के हनन में तो नहीं निकलेगा? क्या इस तरह के अभियानों के कारण ख़ुद सेक्स ही अपने आप में प्रतिबंधित स्थिति में नहीं पहुँच जाएगा? इसी के साथ जुड़ा हुआ सवाल यह है कि सेक्शुअल अधिकारों की दावेदारी केवल सेक्शुअल अल्पसंख्यकों (समलैंगिकों, हिजड़ों आदि) की तरफ़ से ही क्यों की जाती है? क्या अन्य स्त्रियों को अपने सेक्शुअल अधिकारों की दावेदारी नहीं करनी चाहिए?

यह बहस उठाने वाले नारीवादी विद्वान सेक्शुअल बदसलूकी के ख़िलाफ़ स्त्रियों को क़ानूनी संरक्षण देने के ख़िलाफ़ नहीं है, पर वे इस मामले में क़ानून की सीमाओं को भी रेखांकित करना चाहते हैं। इस सिलसिले में एक सुझाव यह सामने आया है कि क़ानूनी के साथ-साथ क़ानून से इतर रणनीतियों के जोड़ पर अमल किया जाना चाहिए। मसलन, हिंदू स्त्री की यौनिक निष्ठा से जुड़े आग्रहों को पुष्ट करने वाले क़ानूनों को ख़ारिज किया जाना चाहिए, पति द्वारा पत्नी के साथ जबरदस्ती सहवास करने को ग़ैरक़ानूनी बनाया जाना चाहिए और सहमति के आधार पर की गयी यौन-क्रिया (पुरुषों के बीच होने वाली यौन-क्रिया समेत) को अपराध मानने का आग्रह ख़त्म होना चाहिए। इसी के साथ इस बहस से यह सुझाव भी निकला है कि छेड़छाड़ विरोधी क़ानून के पुराने पड़ गये विक्टोरियन चरित्र पर फिर से ग़ौर किया जाना चाहिए।

प्रेक्षकों ने देखा है कि जनसंख्या-विस्फोट को नियंत्रित करने के मक़सद से परिवार में बच्चों की संख्या दो तक सीमित करने के राज्य आधारित क़ानूनों का असर उत्तर-पश्चिमी राज्यों की जन्म-दर गिरने में निकला है। चूँकि समाज पुत्रों को प्राथमिकता देता है इसलिए इन राज्यों में ऐसे क़ानूनों के कारण बालिका-भ्रूणों की हत्या का चलन बढ़ गया है। इस उदाहरण से ज़ाहिर होता है कि विकास के लक्ष्यों को ध्यान में रख कर बनाये जाने वाले क़ानूनों का असर स्त्री-समाज के ख़िलाफ़ भी जा सकता है।

देखें : अश्वेत नारीवाद, आनंदीबाई जोशी, इस्लामिक नारीवाद, क़ानून और स्त्री, गायत्री चक्रवर्ती स्पिवाक, चिपको आंदोलन, जूडिथ बटलर, जेंडर, दलित नारीवाद, देवदासी, देवकी जैन, नारीवाद, नारीवाद की पहली लहर, नारीवाद की दूसरी लहर, नारीवाद की तीसरी लहर, नारीवादी दर्शन, नारीवाद और अर्थशास्त्र, नारीवादी फ़िल्म-सिद्धांत, नारीवादी इतिहास-लेखन, नारीवाद और अर्थशास्त्र, नारीवाद और साम्प्रदायिकता, नैंसी शोदॅरौ, पर्यावरणीय नारीवाद, पब्लिक-प्रायवेट, पश्चिम में नारीवाद-1 और 2, पण्डिता रमाबाई सरस्वती, पितृसत्ता, प्रेम, प्रेम-अध्ययन और नारीवादी दर्शन, भारत में स्त्री-आरक्षण-1 और 2, महादेवी वर्मा, मैरी वोल्सनक्राफ़्ट, राजनीतिक दर्शन के नारीवादी आयाम, रमाबाई रानाडे, ल्यूस इरिगरे, स्त्री और साम्प्रदायिकता, स्त्री-श्रम, सम्पत्ति : नारीवादी परिप्रेक्ष्य, सिमोन द बोउवार, स्त्री-आरक्षण, हेलन सिचू।

संदर्भ

1. उपेंद्र बख़्शी (1979), वसुधा धगमवार, रघुनाथ केलकर और लतिका सरकार, 'ऐन ओपिन लेटर टू द चीफ़ जस्टिस ऑफ़ इण्डिया', *सुप्रीम कोर्ट केसिस (जर्नल)* खण्ड 1, अंक 17, नयी दिल्ली.
2. फ्लैविया एग्नस (1990), 'फ़ेमिली कोर्ट्स : फ्रॉम फ्राइंग पैन इनटु द फ़ायर', द *लॉयर्स,* सितम्बर.
3. नंदिता हक्सर (1999), 'ह्यूमन राइट्स लॉयरिंग : अ फ़ेमिनिस्ट पर्सपेक्टिव', अमिता ढाँढा और अर्चना पाराशर (सम्पा.), *इनजेंडरिंग लॉ इन इण्डिया : एसेज़ इन द ऑनर ऑफ़ लतिका सरकार*, ईस्टर्न बुक्स, लखनऊ.
4. रत्ना कपूर (2001), 'सेक्सपेड्स ऐंड द लॉ', *सेमिनार* 505, सितम्बर.

— अभय कुमार दुबे

कारागार

(Prison)

कारागार एक ऐसी संस्था और भौतिक संरचना है जहाँ किशोर तथा वयस्क अपराधियों को दण्ड की अवधि के अनुसार क़ानूनी हिरासत में रखा जाता है। इसके पीछे यह धारणा सक्रिय है कि कारागार में रहने की अवधि में अपराधी असामाजिक कृत्यों और अपराध को बढ़ावा देने वाली स्थितियों से दूर रहेंगे। इस अर्थ में कारागार राज्य की एक एजेंसी भी है जो न्यायालय द्वारा निर्धारित किये गये दण्ड का पालन करते हुए यह सुनिश्चित करती है कि अपराधी कारागार की सुरक्षा में रहे ताकि शेष समाज असुरक्षित महसूस न करे। कारागार की व्यवस्था में कारावास की अवधि के दौरान बंदियों की ज़रूरतें पूरी करने और उनके परिष्कार के लिए आवश्यक कार्यक्रम संचालित करने का उत्तरदायित्व भी निहित है। कारागार को किसी राज्य की दण्ड-व्यवस्था की संस्था के तौर पर भी देखा जा सकता है। उसका स्वरूप और कार्यकारी ढाँचा अपराध के वैधानिक दर्शन से निर्धारित होता है। कारागार की संस्था दण्ड के औचित्य निर्धारण और उससे संबंधित विभिन्न दृष्टियों के अनुरूप विकसित हुई है। उदाहरण के लिए प्राचीन और मध्यकाल में जब दण्ड का विमर्श इस धारणा पर आधारित था कि अपराधी के साथ दण्ड

के रूप में वैसा ही व्यवहार किया जाना चाहिए जैसा उसने पीड़ित के साथ किया है तो क़ानून की व्यवस्था में कारागार की जगह प्रतिशोध को तवज्जो दी जाती थी। इसी तरह जब दण्ड के दर्शन में यह माना जाता था कि अपराधी को कठोर दण्ड इसलिए दिया जाना चाहिए ताकि ख़ुद अपराधी और अपराध करने के बारे में सोचने वाले लोग भयभीत हो जाएँ तो कारागार एक अव्यावहारिक कल्पना लगती थी।

कारागार की अवधारणा ने मूर्त रूप तब लेना शुरू किया जब दण्ड को प्रतिशोध या प्रताड़ना के बजाय इस दृष्टि से देखने का आग्रह मज़बूत हुआ कि उसका लक्ष्य अपराधी के चरित्र और व्यवहार में सुधार और बदलाव लाना होना चाहिए ताकि वह क़ानून का सम्मान करना सीखे और एक समर्थ नागरिक के रूप में जीवन यापन कर सके। इस मान्यता में यह अंतर्निहित था कि कारागार को अपराधी के संदर्भ में एक पुनर्वास केंद्र की तरह देखा जाए। बीसवीं सदी के बड़े हिस्से में कारागार को सुधार गृह मानने का नज़रिया प्रबल रहा है। लेकिन कई विचारकों ने इस बात पर ज़ोर दिया है कि अपराधियों के सुधार या परिष्कार के लिए उन्हें हिरासत और एकांत में रखना ज़रूरी नहीं है। लिहाज़ा अपराधियों के सुधार पर केंद्रित कार्यक्रम मुख्यत: दो श्रेणियों में बँटते गये हैं। एक श्रेणी के कार्यक्रम हिरासत में रखे जाने वाले बंदियों के लिए चलाये जाते हैं तो दूसरी श्रेणी के कार्यक्रम ग़ैर-हिरासती कारावास के लिए नियत किये गये हैं।

कारावास का दण्ड निर्धारित हो जाने पर जब व्यक्ति को कारागार में भेजा जाता है तो उसके बारे में सबसे पहला आकलन यह किया जाता है कि उसे अन्य बंदियों के साथ रखा जाए या उसके लिए अलग व्यवस्था करनी होगी। आकलन में इस बात का ध्यान रखा जाता है कि कारागार के अंदर उसकी निगरानी करने के लिए तैयारी का स्तर क्या होना चाहिए ताकि वह भाग न जाए और कारागार में सुधार की सुविधाओं को अस्तव्यस्त न कर दे। आकलन की इस प्रक्रिया में यह तथ्य विशेष महत्त्व रखता है कि बंदी कितना ख़तरनाक है और वह अन्य बंदियों की सुरक्षा के लिए क्या ख़तरा पैदा कर सकता है।

इस तरह कारागार का सुरक्षा के स्तर की दृष्टि से एक स्थूल वर्गीकरण किया जाता है। कारागार में बंदी को किस वर्ग में रखा जाएगा यह बात बंदी के मौजूदा अपराध की गम्भीरता, उसके द्वारा कारागार से भागने या हिंसा में लिप्त होने के रिकार्ड, सज़ा की अवधि तथा अतीत में किये गये अपराधों की पुष्टि आदि पर निर्भर करती है। सुरक्षा व्यवस्था के आधार पर कारागार को मौटे तौर पर तीन श्रेणियों में बाँटा जाता है- न्यूनतम, मध्यम और उच्च सुरक्षा कारागार।

न्यूनतम सुरक्षा कारागार में ऐसे बंदी रखे जाते हैं जिन्होंने पहली बार अपराध किया है और जिन्हें हिंसक नहीं माना जाता। कारागार के इस प्रकार को ऐसी संस्था के तौर पर देखा जाता है जहाँ बंदियों को सुधरने का अवसर दिया जाता है। इस तरह के कारागार में ऐसे अपराधियों को भी रखा जा सकता है जिन्होंने लम्बी सज़ा पाने और हिंसक गतिविधियों में लिप्त होने के बावजूद अच्छे और अनुशासन बद्ध व्यवहार का परिचय दिया है। ऐसे अपराधियों के लिए कारागार की यह श्रेणी कड़े नियमों वाले कारागार से अपेक्षाकृत उदार माहौल में स्थानांतरण का प्रतीक होती है। इस श्रेणी में बाहरी नियंत्रण न्यूनतम रखा जाता है। इसमें सिर्फ़ एक बाड़ लगी होती है और परिसर का बड़ा हिस्सा खुला रखा जाता है। बंदियों की संख्या के अनुपात में प्रशासनिक कर्मचारियों की संख्या कम रखी जाती है। और समस्त बंदियों को एक साथ रखा जाता है। कारागार के इस रूप का प्राथमिक उद्देश्य यह होता है बंदी वृहत्तर समाज से न कटे। लिहाज़ा यहाँ उनके शैक्षिक और व्यावसायिक प्रशिक्षण के लिए विभिन्न कार्यक्रम चलाये जाते हैं।

मध्यम स्तर के सुरक्षा कारागार में अलग-अलग पृष्ठभूमि के ऐसे अपराधियों को रखा जाता है जिन्हें कम खतरनाक माना जाता है और जिनके कारागार से भागने की आशंका कम होती है। लेकिन जिन्हें इतना भी विश्वसनीय नहीं माना जाता कि उन्हें न्यूनतम सुरक्षा वाले कारागार में स्थानांतरित करने का जोखिम उठाया जाए। ऐसे कारागार में सुरक्षा का इंतज़ाम अपेक्षाकृत कड़ा होता है। बाहरी दीवारों पर कंटीले तारों के अलावा सुरक्षा के इलेक्ट्रानिक उपकरण लगाये जाते हैं। बंदियों के लिए आवास की व्यवस्था सामूहिक होती है जिसमें साझे टॉयलेट और स्नानघर की व्यवस्था होती है। यहाँ बंदियों की संख्या के अनुपात में प्रशासनिक अमला थोड़ा बड़ा रहता है। बंदियों को छोटे गोल कमरों में रखा जाता है और उनके शैक्षिक विकास व कामकाजी प्रशिक्षण के लिए प्रबंध किया जाता है।

उच्च सुरक्षा कारागार में लम्बी सज़ा पाये ऐसे अपराधियों को रखा जाता है जिन्हें समाज के लिए ज़्यादा ख़तरनाक समझा जाता है। ऐसे कारागार के चारों ओर मोटी, उंची और कंटीली दीवार बनाकर उसके कोनों पर सुरक्षा चौकी स्थापित की जाती है। ऐसे कारागारों के रखरखाव पर होने वाले ख़र्च को देखते हुए कई जगह ऊँची और मोटी दीवारों के बजाय कारागार की सीमा को बिजली के तारों से घेरने के प्रयोग भी किये गये हैं। यहाँ बंदियों को अलग थलग रखा जाता है। उनकी निगरानी के लिए प्रशासनिक कर्मचारियों की संख्या ज़्यादा होती है और मध्यम सुरक्षा कारागार की तरह शैक्षिक व अन्य सुविधाओं का स्तर नीचा होता है।

इन तीन श्रेणियों के अलावा कारागार की एक अन्य विशिष्ट श्रेणी भी होती है जहाँ न्यूनतम, मध्यम और उच्च

सुरक्षा कारागार में रह रहे असामान्य व्यवहार वाले बंदियों को स्थानांतरित किया जाता है। इस श्रेणी में मुख्यत: हिंसक प्रवृत्ति वाले बंदियों को रखा जाता है जिन्हें सामान्य बंदियों के साथ नहीं रखा जा सकता। कारागार के इस उच्चतम सुरक्षा श्रेणी वाले प्रारूप में ऐसे बंदियों को ही रखा जाता है जो अतीत में सह बंदियों पर हमला करने तथा दंगा भड़काने जैसे मामलों में दोषी पाये गये हैं। इन बंदियों को एकांत कारावास में रखा जाता है और उन्हें बाहरी लोगों से मिलने की अनुमति नहीं दी जाती।

अस्सी के दशक में कारागार की सुविधाओं का प्रबंधन निजी क्षेत्र को दिये जाने का प्रयोग शुरू किया गया। सुविधाओं का प्रबंध करने वाले ये निजी निगम लाभ कमाने के लिए काम करते हैं। हालाँकि निजी कारागार की अवधारणा अस्सी के दशक में ही अस्तित्व में आ चुकी थी पर बंदियों के व्यवहार को सुधारने के लिए सक्रिय एजेंसियों द्वारा चिकित्सा, स्कूल, सलाह, नर्सिंग होम, अनौपचारिक घर तथा शराब और नशीली दवाओं की लत के इलाज से जुड़ी सुविधाओं की आपूर्ति के लिए निजी निगमों को ठेके देने का चलन इससे पहले ही शुरू हो गया था।

पिछले दशकों में कारागार में लम्बित बंदियों की संख्या में कई गुणा इज़ाफ़ा हुआ है। इसके पीछे एक अहम कारण यह रहा है कि विभिन्न देशों की सरकारों ने नशीली दवाओं के प्रसार और व्यापार, आदि को लेकर कड़े क़ानून पारित किये हैं। इन क़ानूनों में इस बात पर विशेष ज़ोर रहा है कि अपराधियों को ज़्यादा लम्बी अवधि के लिए कारागार में रखा जाए । बंदियों की बढ़ती संख्या के कारण सुधार और परिष्कार कार्यक्रमों के सामने कड़ी चुनौती खड़ी हो गयी है। मसलन कारागार के प्रबंधन और प्रशासन के लिए सुविधाओं के स्तर को बरक़रार रखना एक समस्या बनता जा रहा है। उन्हें अब सीमित सुविधाओं के साथ ही व्यवस्था क़ायम करनी पड़ती है। बंदियों की यह बढ़ती भीड़ हिंसक घटनाओं, कारागार के कर्मचारियों पर होने वाले हमलों और नतीजतन सुधार कार्यक्रमों और सुविधाओं की बदहाली का सबब बनती जा रही है।

बंदियों की संख्या के साथ उनकी सामाजिक और जातीय पृष्ठभूमि में भी बदलाव आया है। अमेरिकी स्रोतों के अनुसार वहाँ पिछले समय में अफ्रीकी मूल, महिलाओं, किशोर तथा बेघर बार अपराधियों की संख्या में इज़ाफ़ा हुआ है। इसी तरह संक्रामक रोगों तथा मानसिक बीमारियों से ग्रस्त बंदियों की संख्या में भी उल्लेखनीय वृद्धि हुई है। इससे एक संकट यह पैदा हुआ है कि कारागार के प्रशासन को एक ही साथ अलग-अलग पृष्ठभूमि के बंदियों की समस्याओं का ध्यान रखना पड़ता है। फिलहाल स्थिति यह है कि वित्तीय सहायता के मौजूदा स्तर से बंदियों के स्वास्थ्य पर ख़र्च होने वाले व्यय की ही भरपाई नहीं हो पाती। इसलिए सुविधाओं की बजट राशि में बढ़ोतरी किये जाने के बाद भी बंदियों के लिए चलाये जाने वाले कार्यक्रमों में कोई गुणात्मक वृद्धि इसलिए नहीं हो पा रही क्योंकि वह राशि नये कारागार के निर्माण पर ख़र्च हो रही है। इस तरह कारागार का प्रशासन बंदियों को स्वास्थ्य, शिक्षा और व्यावसायिक क्षेत्र में प्रशिक्षण देने के मामले में ख़ुद को बँधा हुआ पाता है।

देखें : अर्थव्यवस्था का समाजशास्त्र, अभिजन, अभिरुचि, आत्महत्या, उन्मूलनवाद, एजेंसी, कर्मकाण्ड, क़ानून, गोपनीयता, गृहविहीनता, जाति और जाति-व्यवस्था-1 से 4 तक, जादू, जीवन-शैली, टेलरवाद, फ़ुरसत, बचपन, बुज़ुर्गियत का समाजशास्त्र, बेगानगी, भीड़, भ्रष्टाचार का समाजशास्त्र-1 और 2, विचलन, ज्ञान का समाजशास्त्र।

संदर्भ

1. जी.एल. मेज़ और एल.टी. विनफ्राई (2002), *कंटम्परेरी करेक्शंस*, वैड्सवर्थ, बेलमोंट.
2. जे.ए. इनसिर्याडी (1987), *क्रिमिनल जस्टिस*, दूसरा संस्करण, हारकोर्ट ब्रेस जोवानोविच, सैन डियागो.
3. जी. न्यूमैन (1985), द *पनिशमेंट रिस्पॉन्स*, हैरो ऐंड हेस्टन, न्यूयॉर्क.

—नरेश गोस्वामी

क्रांति

(Revolution)

क्रांति यानी रेवोल्यूशन की शाब्दिक व्युत्पत्ति क्रिया 'टु रिवोल्व' से हुई है। एक चक्र पूरा घूमने पर पहिये का ऊपरी हिस्सा नीचे और निचला हिस्सा ऊपर चला जाता है। किसी राजनीतिक व्यवस्था का पूरा बंदोबस्त उलट-पुलट देने वाले नाटकीय, दूरगामी और आमूल परिवर्तन को क्रांति की संज्ञा दी जाती है। क्रांति शब्द का प्रयोग काफ़ी ढीले-ढाले ढंग से किसी भी बड़े परिवर्तन के लिए रूपक के तौर पर भी होता है (जैसे, हरित क्रांति या श्वेत क्रांति)। लेकिन इसका मूल भाव ऐसी महत्त्वपूर्ण और विरल ऐतिहासिक घटनाओं से जुड़ा है जिनके कारण समाज और राजनीति वैसी नहीं रह जाती है जैसी पहले थी। ऐसी क्रांतियाँ अपने घटनाक्रम और भौगोलिक सीमाओं से परे जाते हुए मनुष्य के बौद्धिक मानस पर अपनी अपेक्षाकृत स्थायी छाप छोड़ जाती हैं। उनसे निकले हुए सिद्धांत, नारे और कार्यक्रम एक बुनियादी संदर्भ बिंदु बन जाते हैं (जैसे, अमेरिकी क्रांति और फ्रांसीसी क्रांति)। क्रांतियाँ वामपंथी भी हो सकती हैं (जैसे, रूस की बोल्शेविक क्रांति), और दक्षिणपंथी भी (जैसे. ईरान की

इस्लामिक क्रांति)। वे हिंसक और जनता की सीधी कार्रवाइयों पर आधारित भी हो सकती हैं (जैसे, फ्रांसीसी क्रांति), और शांतिपूर्ण व अहिंसक भी (जैसे, इंग्लैण्ड की ग्लोरियस रेवोल्यूशन)। वे अचानक घटित हो सकती हैं और उनकी प्रक्रिया लम्बी भी हो सकती है। दरअसल, कोई दो क्रांतियाँ एक सी नहीं होतीं, भले ही उनका घोषित विचारधारात्मक आधार एक सा हो (जैसे, मार्क्सवादी होते हुए भी रूसी और चीनी क्रांति के बीच भारी अंतर है)।

समाज-विज्ञान क्रांति की परिघटना को सत्ता हथियाने के लिए किये गये तख़्ता-पलट, गृह युद्ध, और महज़ किसी विद्रोह से अलग करके देखता है। टॉकवील क्रांतियों को तीन क़िस्मों में बाँटते हैं : राजनीतिक क्रांति, अचानक घटित होने वाली हिंसक क्रांतियाँ जो न केवल नये राजनीतिक निज़ाम की स्थापना करती हैं बल्कि समाज को भी बदल डालती हैं, और धीरे-धीरे पर सतत होने वाली क्रांतियाँ जो समाज को बुनियादी तौर पर परिवर्तित कर देती हैं। मार्क्सवादी क्रांतियों की पाँच श्रेणियाँ बताते हैं : प्राक् -पूँजीवादी, प्रारम्भिक पूँजीवादी, पूँजीवादी, पूँजीवादी-लोकतांत्रिक, प्रारम्भिक सर्वहारा और समाजवादी।

समाजशास्त्र, राजनीति विज्ञान और इतिहास के अनुशासनों के तहत क्रांतियों और उनके कारणों का गहन अध्ययन किया गया है। जैक गोल्डस्टोन ने क्रांति संबंधी साहित्य का अवलोकन करके उसे चार श्रेणियों में बाँट कर देखने का प्रयास किया है। पहली पीढ़ी के विद्वानों ने क्रांति का अध्ययन करते हुए मुख्यत: वर्णनात्मक रवैया अपनाया। इन्हीं में से कुछ विद्वानों ने समाज के मनोविज्ञान में क्रांति के कारणों की खोज की। उन्होंने भीड़ के मनोविज्ञान का सिद्धांत प्रतिपादित किया।

दूसरी पीढ़ी के विद्वानों ने क्रांतियों से साथ जुड़े 'क्या और क्यों' के प्रश्नों की विवेचना की। इस पीढ़ी के विद्वान मुख्यत: इस बात पर सहमत थे कि क्रांतियाँ सामाजिक-राजनीतिक परिस्थितियों से उपजी निराशा और आक्रोश का परिणाम होती हैं। लेकिन यह मानते हुए भी उन्होंने तीन अलग-अलग रवैये अपनाये। पहला रवैया संज्ञानात्मक मनोविज्ञान और कुंठा-आक्रमण से जुड़े सिद्धांतों का सहारा लेते हुए क्रांतियों को जनता के मानस में होने वाली उथल-पुथल का नतीजा बताने पर आधारित था। दूसरा रवैया टैलकॉट पार्संस द्वारा प्रतिपादित समाजशास्त्र की स्ट्रक्चरल-फ़ंक्शनल थियरी का सहारा लेने वालों का है। यह थियरी समाज को विभिन्न संसाधनों, माँगों और उपप्रणालियों के संतुलन के रूप में देखती है। जब यह संतुलन बुरी तरह बिगड़ जाता है तो क्रांतिकारी परिस्थिति पैदा होती है। तीसरा रवैया हित-समूहों के बीच होने वाली प्रतियोगिता के आईने में क्रांतियों के कारणों की खोज करते हैं। इनकी मान्यता है कि जब एक या दो हित-समूह किसी राजनीतिक प्रणाली की स्थापित निर्णय प्रक्रिया से सहमत नहीं रह जाते और उनके पास अपने लक्ष्यों को वेधने के लिए ज़रूरी ताक़त भी होती है तो क्रांति की नौबत आ जाती है।

तीसरी पीढ़ी के अध्येता मार्क्सवाद प्रणीत वर्ग संघर्ष की थीसिस पर निर्भर हैं। इस तरह के अध्ययनों में थेडा स्कोवपोल की रचना *स्टेट्स ऐंड सोशल रेवोल्यूशन* मशहूर है। उन्होंने क्रांतियों को समाज की राजकीय और वर्गीय संरचनाओं में होने वाले बुनियादी रूपांतरण और उसके साथ-साथ धरातल से उठने वाले वर्ग आधारित विद्रोहों की मौजूदगी के रूप में परिभाषित किया है। अगर तीसरी पीढ़ी के विद्वानों ने दूसरी पीढ़ी के दावों का खण्डन करते हुए अपनी बातें कही थीं, तो चौथी पीढ़ी के विद्वानों ने मार्क्सवादी स्कूल को आड़े हाथों लिया। इन लोगों की मदद 1979 की ईरानी और निकारागुअन क्रांतियों ने की। 1986 में फिलीपींस में हुई क्रांति और 1989 के युरोप में घटी घटनाओं ने क्रांतियों के बहु-वर्गीय चरित्र को रेखांकित किया।

शुरुआत में क्रांति के विचार का सरोकार महज़ एक समुचित राजनीतिक व्यवस्था की स्थापना से था। सत्रहवीं सदी में जॉन लॉक के राजनीतिक सिद्धांत ने प्रतिरोध और क्रांति की गुंजाइशों की तरफ़ पहली बार स्पष्ट रूप से इशारा किया। उन्होंने कहा कि सरकार तो मनुष्य के प्राकृतिक अधिकारों की रक्षा के लिए होती है। हम उसमें अपना विश्वास आरोपित करते हैं, पर उसके पक्ष में अपने अधिकार नहीं छोड़ते। अगर सरकार उन प्राकृतिक अधिकारों का हनन करती है तो उसे विश्वासघात का दोषी समझा जाना चाहिए। ऐसी सरकार का विरोध करना जायज़ है, भले ही उसके लिए हिंसा का सहारा लेना पड़े। क्रांति के ज़रिए लोग सरकार से वह अधिकार ले सकते हैं जो उन्होंने उसे दिया है। साथ में लॉक ने यह भी कहा कि उनकी इस सिफ़ारिश का मतलब यह नहीं है कि मामूली सी बातों पर सरकारों को पलटा जाने लग। लोग तब तक राज्य के प्राधिकार का उल्लंघन करने के लिए तैयार नहीं होंगे जब तक सरकारी कार्रवाइयों के कारण उन्हें बड़े पैमाने पर नुक़सान नहीं होगा।

अपने इन्हीं विचारों के आधार पर लॉक ने 1688 में हुई इंग्लैण्ड की ग्लोरियस रेवोल्यूशन का समर्थन किया जिसमें संवैधानिक राजशाही की स्थापना हुई जिसके आधार पर आगे चल कर संसदीय प्रणाली एक मानक बनती चली गयी। लॉक के इन विचारों का अट्ठारहवीं सदी में हुई अमेरिकी क्रांति में उपयोग किया गया। लेकिन, ब्रिटिश प्रभुत्व से अपनी आज़ादी के लिए लड़ रहे अमेरिकी क्रांतिकारियों को यक़ीन था कि वे किसी बुनियादी परिवर्तन के लिए नहीं बल्कि एक बेहतर नैतिक व्यवस्था की स्थापना के लिए संघर्ष कर रहे हैं। पुरानी व्यवस्था को नष्ट करना उनका उद्देश्य नहीं था। अमेरिकी

क्रांति उपनिवेशवाद के ख़िलाफ़ गणतांत्रिक मूल्यों की जीत होते हुए भी केवल शासकों और व्यवस्था के कुछ पहलुओं को ही बदल सकी। इसलिए उसे एक अधूरी क्रांति की संज्ञा भी दी जाती है। क्रांति को अनिवार्य तौर पर बुनियादी परिवर्तन का ही वाहक होना चाहिए : यह आग्रह 1789 की फ्रांसीसी क्रांति के बाद स्थापित हुआ जिसमें पुरानी व्यवस्था को खुले तौर पर जानबूझ कर नष्ट करने के कार्यक्रम पर अमल किया गया। इसके बाद हुई युरोपीय क्रांतियों के लिए फ्रांसीसी क्रांति एक मॉडल के रूप में ग्रहण की गयी। फ्रांसीसी क्रांति आधुनिक विश्व की ऐसी पहली घटना थी जिसके बाद क्रांति का मतलब नये समाज की रचना का पर्याय समझा जाने लगा। फ्रांसीसी क्रांति ने न केवल सामंतवाद के बंधन में जकड़े फ्रांस को आमूल-चूल बदल डाला, बल्कि सारी दुनिया को प्रभावित करने वाली ऐसी नयी विचारधाराओं को जन्म दिया जिनका दावा था कि नया समाज बनाने के लिए अतीत से कुछ लेना ज़रूरी नहीं होता।

उन्नीसवीं सदी से समाज वैज्ञानिकों ने क्रांति की परिघटना और उससे जुड़ी प्रक्रियाओं पर गहराई से सोचना शुरू किया। क्रांति का सर्वाधिक प्रभावशाली और लोकप्रिय सिद्धांत देने का श्रेय कार्ल मार्क्स को जाता है। उन्होंने इंग्लैण्ड, अमेरिका और फ्रांस की क्रांतियों का अध्ययन करने के बाद अपनी रचना *जर्मन आइडियॉलॅजी* में क्रांति को इतिहास की एक योजना के रूप में पेश किया जिसके तहत मानवता एक युग से दूसरे युग में छलाँग मार कर प्रवेश करती है। इस नाटकीय परिवर्तन के घटित होने के लिए मार्क्स की शर्त है कि कई तरह के टकराव एक साथ घटित हों : जैसे, पुरानी संस्थाओं और आज़ादी के लिए छटपटा रही नयी उत्पादक शक्तियों के बीच, उच्च और निम्न वर्गों के बीच, पुरानी और नयी विचारधाराओं के बीच टकराव। मार्क्स के मित्र और प्रमुख सहयोगी फ्रेड्रिख़ एंगेल्स की मान्यता थी कि क्रांतियाँ मनमाने ढंग से आयोजित नहीं हो सकतीं। वे हमेशा और हर कहीं किन्हीं वर्गों-पार्टियों के नेतृत्व और इच्छा से स्वतंत्र परिस्थितियों का अनिवार्य परिणाम होती हैं। जब वर्ग-शक्तियों का संतुलन गड़बड़ा जाता है तो क्रांतिकारी परिस्थिति पैदा हो सकती है। मार्क्स और एंगेल्स द्वारा दिये गये क्रांति के सिद्धांत के इर्द-गिर्द लेनिन के नेतृत्व में हुई रूस की बोल्शेविक क्रांति की सफलता ने पूरी बीसवीं सदी में होने वाली क्रांतियों की संरचना और उनसे जुड़ी हुई समझ पर गहरा प्रभाव डाला। लेकिन, इसके बावजूद यह नहीं कहा जा सकता कि क्रांति के सिद्धांत के मामले में मार्क्सवादियों के बीच कोई व्यापक सहमति है। दरअसल, क्रांति संबंधी मार्क्सवादी विमर्श बहुत व्यापक और विविध है।

चूँकि क्रांति और परिवर्तन का चोली-दामन का साथ है, इसलिए क्रांति का विमर्श परिवर्तन के एक दूसरे माध्यम 'सुधार' को किसी क़िस्म की वैधता देने से इनकार करता है। समाजवाद में विश्वास करने वाले क्रांतिकारियों की पीढ़ियाँ संसदीय राजनीति को सुधारवाद का पर्याय मान कर उसके विरोध की खुराक पर पली-बढ़ी हैं। क्रांतिकारी विचारकों की मान्यता है कि सुधार कभी बुनियादी स्थितियों को नहीं बदलते। वे केवल सतही परिवर्तन ही अंजाम दे पाते हैं। सुधार कभी भी निजी सम्पत्ति के संस्थागत रूपों को नहीं बदलते और इस तरह पूँजीवादी व्यवस्था को टिकाये रखने के माध्यम बन जाते हैं। रोज़ा लक्ज़ेमबर्ग 1899 में प्रकाशित अपनी रचना *रिफ़ॉर्म ऑर रेवोल्यूशन* में जर्मन समाजवादियों के सुधारवादी रुझानों पर आक्रमण करते हुए उसे पूँजीवादी लोकतंत्र का ही एक रूप क़रार देती हैं। रोज़ा की स्पष्ट मान्यता थी कि संसदीय राजनीति के तहत होने वाला क्रमिक परिवर्तन सर्वहारा वर्ग के हितों की सेवा नहीं कर सकता। सुधारवाद के सबसे बड़े आलोचक तो लेनिन थे। उन्होंने अपनी विख्यात रचना द *स्टेट ऐंड रेवोल्यूशन* में लिखा है कि संसदीय चुनावों के ज़रिये एक निश्चित अवधि के बाद यह तय होता है कि शासक वर्ग का कौन सा हिस्सा और कौन सा नेता जनता का दमन और उत्पीड़न करेगा।

अधिकतर क्रांति संबंधी सिद्धांत किसी एक या दो क्रांतियों के अध्ययन पर आधारित हैं। उदाहरण के लिए उदारतावादी चिंतक हान्ना एरेंत 1963 में प्रकाशित अपनी रचना *ऑन रेवोल्यूशन* में अपना अधिकतर विश्लेषण इंग्लैण्ड और अमेरिका की क्रांति पर आधारित करते हुए निष्कर्ष निकालती हैं कि क्रांतियाँ आज़ादी की ललक और तत्कालीन राजनीतिक व्यवस्थाओं की नाकामियों का फलितार्थ थीं। दरअसल, क्रांति का कोई सार्वभौम सिद्धांत प्रतिपादित करना तक़रीबन असम्भव है, क्योंकि विभिन्न क्रांतियाँ अलग-अलग तरह के राजनीतिक, सामाजिक और सांस्कृतिक लक्षणों के संयोग का परिणाम होती है। 1979 में हुई ईरान की इस्लामिक क्रांति तो पश्चिम में विकसित उन सिद्धांतों का पूरी तौर पर उल्लंघन करती है जो क्रांति और प्रगतिशील विचारों को अनिवार्य तौर पर जोड़ कर देखते हैं। ऐसी ही बहस 1989 से 1991 के बीच पूर्वी युरोप में हुए राजनीतिक परिवर्तनों के बारे में है। इस दौरान इस क्षेत्र के कई देशों में तत्कालीन कम्युनिस्ट हुकूमतों को क्रांतिकारी प्रतीत होने वाली जन-कार्रवाइयों के ज़रिये उखाड़ फेंका गया, और वहाँ ऐसी शासन-व्यवस्थाएँ स्थापति की गयीं जो किसी भी तरह से समाजवादी नहीं कही जा सकतीं।

देखें : अमेरिकी क्रांति, अलेक्सिस द टॉकवील, क्यूबाई क्रांति, क्रांति, चीन की कम्युनिस्ट क्रांति, फ्रांसीसी क्रांति, फ्रेड्रिख़ एंगेल्स, बोल्शेविक क्रांति : मार्क्सवादी विमर्श, रोज़ा लक्ज़ेमबर्ग, हान्ना एरेंत।

संदर्भ

1. जे.ए. गोल्डस्टोन (सम्पा.) (1993), *रेवोल्यूशंस : थियरीटिकल, कम्परेटिव ऐंड हिस्टोरिकल स्टडीज़*, हारकोर्ट ब्रेस जोवानोविच, न्यूयॉर्क.
2. एच. ड्रैपर (1978), *कार्ल मार्क्सिज़ थियरी ऑफ़ रेवोल्यूशन*, मंथली रिव्यू प्रेस, न्यूयॉर्क.
3. हान्ना अरेंत (1963/1991), *ऑन रेवोल्यूशन*, पेंगुइन क्लासिक्स, नया संस्करण, लंदन.
4. इमैनुएल नेस और एम.ए. माल्डेन (सम्पा.) (2009), *द इंटरनेशनल इनसाइक्लोपीडिया ऑफ़ रेवोल्यूशन ऐंड प्रोटेस्ट : 1500 टू प्रज़ेंट*, विली ऐंड संस, न्यूयॉर्क.

— अभय कुमार दुबे

क्रांति : मार्क्सवादी विमर्श

(Revolution: Marxist Discourse)

जिस तरह 1789 की फ्रांसीसी क्रांति ने उन्नीसवीं सदी की क्रांतियों के लिए मॉडल और सैद्धांतिक आधार का काम किया, उसी तरह मार्क्सवाद के संस्थापकों (कार्ल मार्क्स-फ्रेड्रिख़ एंगेल्स) द्वारा विकसित क्रांति के विमर्श ने पूरी बीसवीं सदी में कई महत्त्वपूर्ण क्रांतियों में प्रधान भूमिका निभायी। रूस की बोल्शेविक क्रांति तो मानवीय इतिहास की एक युगप्रवर्तक घटना है। चीन की नव-जनवादी क्रांति, क्यूबाई क्रांति और वियतनामी क्रांति के महत्त्व को भी कम करके नहीं आँका जा सकता। मार्क्स के क्रांति संबंधी सिद्धांत की व्याख्याएँ उनके बाद भी लगातार जारी रहीं। लेनिन, रोज़ा लक्ज़ेमबर्ग, ट्रॉट्स्की, माओ और अंतोनियो ग्राम्शी ने उसकी रोशनी में अपने देश-काल को नये सिरे से समझा और उसके बुनियादी पहलुओं को छोड़े बिना नये सूत्रीकरण किये।

क्रांति का मार्क्सवादी विमर्श अपनी पेचीदगी, अपनी विकासमान प्रवृत्तियों और कई बारीक अंतर्विरोधों के कारण आसानी से पकड़ में नहीं आता। इसलिए इस पर सिलसिलेवार नज़र डालना ठीक होगा। मार्क्स और एंगेल्स के चिंतन पर फ्रांसीसी क्रांति का काफ़ी असर था। ख़ास कर वे 1815 के बाद की पीढ़ी के फ्रांसीसी उदारतावादी विचारकों की इस व्याख्या से प्रभावित थे कि क्रांति ने कुलीन व सामंती वर्ग के हाथों से सत्ता छीन कर पूँजीवादी वर्ग के हाथों में थमा दी। 1848 के *कम्युनिस्ट मैनिफ़ेस्टो* का लेखन करते हुए उन्हें लगा कि उनके इतिहास के सिद्धांत में फ्रांसीसी क्रांति का यह वर्ग आधारित विश्लेषण पूरी तरह से फ़िट बैठता है। मार्क्स इससे पहले 1843 में इंग्लैण्ड, अमेरिका और फ्रांस की क्रांतियों का एक अध्ययन कर चुके थे जिसके संकेत उनकी नोट बुकों में दर्ज हैं। उनकी मान्यता बनी थी कि ये तीनों क्रांतियाँ मुख्यत: 'बूर्ज्वा क्रांतियाँ' थीं जिनके हरावल में मध्यवर्ग था और बुनियाद में उदीयमान पूँजीपति वर्ग द्वारा उत्पादन का विस्तार करने की आकांक्षा थी। मैनिफ़ेस्टो में मार्क्स ने भविष्यवाणी भी की थी कि जर्मनी की विशेष परिस्थितियों के कारण पहले वहाँ पूँजीवादी क्रांति होगी, और फिर उसके फ़ौरन बाद सर्वहारा क्रांति हो जाएगी। जून, 1848 में पेरिस के मज़दूरों के विद्रोह की पराजय से मार्क्स ने सबक सीखा कि मेहनतकश अपनी सत्ता कुछ जोशीले और पराक्रमी साथियों की अचानक हमला करने की रणनीति से नहीं जीत सकते। ऐसी जीत के लिए उन्हें एक सम्पूर्ण वर्ग की ऊर्जा की दरकार होगी। इसी अनुभव की रोशनी में मार्क्स ने क्रांति के बाद 'सर्वहारा की तानाशाही' स्थापित करने की आवश्यकता पर बल दिया।

पिछली प्रविष्टि में हम देख चुके हैं कि किस तरह अपनी रचना *जर्मन आइडियॉलॅजी* में मार्क्स और एंगेल्स ने क्रांति को इतिहास की एक योजना के रूप में पेश किया जिसके तहत मानवता एक युग से दूसरे युग में छलाँग मार कर प्रवेश करती है। इस नाटकीय परिवर्तन के घटित होने की उन्होंने यह शर्त रखी थी कि पुरानी संस्थाओं और नयी उत्पादक शक्तियों के बीच, उच्च और निम्न वर्गों के बीच, पुरानी और नयी विचारधाराओं के बीच टकराव की स्थितियाँ एक साथ घटित होना ज़रूरी हैं। मार्क्स सीधे-सीधे कम्युनिस्ट क्रांति सम्पन्न करने के तत्कालीन दौर में प्रचलित विचारों से भी सहमत नहीं थे। उनकी मान्यता थी कि साम्यवाद पूँजीवाद के बाद घटित नहीं हो सकता। पूँजीवाद ने जो नया मज़दूर वर्ग पैदा किया है, पहले वह अपनी क्रांति के ज़रिये ऐसा सामाजिक रूपांतरण करेगा जिसके हाथों मानवता की स्लेट पूरी तरह से साफ़ हो जाएगी। ऐसे समाजवाद की स्थापना के बाद ही साम्यवाद के लिए भौतिक परिस्थितियाँ तैयार हो सकेंगी।

लेकिन 1848-49 के दौरान जर्मनी के वामपंथी रैडिकल आंदोलन के भीतर काम करते हुए इन दोनों दार्शनिकों ने स्वयं देखा कि पूँजीपति वर्ग के ढुलमुल और समझौतापरस्त रवैये के कारण किस तरह क्रांतिकारी प्रयास पराजित हो गये। इस अनुभव के परिणामस्वरूप उन्होंने पहले तो मैनिफ़ेस्टो में उल्लिखित कई विचारों का विस्तार 'स्थायी क्रांति' के सिद्धांत में किया। इसके बाद मार्च, 1850 में कम्युनिस्ट लीग के घोषणापत्र में उन्होंने सुझाव दिया कि अगली बार क्रांति की चिंगारी फूटने पर जुझारू मज़दूरों को अलग से संगठित होना चाहिए, ताकि वे मध्यवर्ग पर पूँजीवादी-लोकतांत्रिक सुधार पूरे करने के लिए दबाव डाल सकें। फिर उसके तुरंत बाद मज़दूरों के संगठन को

पहलक़दमी मध्यवर्ग के हाथ से छीन कर अपनी सत्ता की स्थापना करनी चाहिए।

अपने इस रैडिकल प्रतिपादन के बाद युरोप के आर्थिक इतिहास पर ग़ौर करते हुए मार्क्स-एंगेल्स को लगा कि 1847 की व्यापारिक मंदी के कारण पैदा हुई बेचैनियों के कारण पूँजीपति वर्ग का एक हिस्सा और मज़दूर वर्ग क्रांति के मूड में आया था। जब तक ऐसी ही आर्थिक गिरावट फिर से नहीं आती, क्रांतिकारी परिस्थितियाँ आसानी से पैदा नहीं होंगी। लेकिन, बाक़ी जगहों पर ताक़त की ज़बरदस्त टक्कर के बिना क्रांति सम्पन्न नहीं हो पायेगी। मार्क्स का ख़याल था कि इंग्लैण्ड जैसे लम्बी राजनीतिक परम्पराओं वाले देश शायद क्रांति की अनिवार्यता से बच निकलें। उन्हें फ्रांस का मज़दूर वर्ग भी क्रांति करने लायक ताक़त से सम्पन्न नहीं लग रहा था। केवल जर्मनी के तेज़ उद्योगीकरण को देख कर उन्हें लग रहा था कि वहाँ का मज़दूर वर्ग क्रांतिकारी पहलकदमी ले सकता है।

युरोप में क्रांतिकारी उभार की कमज़ोर सम्भावनाओं के बारे में मार्क्स का संदेह सही साबित हुआ। 1905 तक रूस में आधे मन से हुई क्रांति के अलावा युरोप में कोई दूसरे अनुकूल हालात पैदा नहीं हुए। इस क्रांति में बूर्ज्वा वर्ग सत्ता पर तो क़ब्ज़ा नहीं कर पाया, पर उसने पुरानी व्यवस्था के भीतर ही औद्योगिक वृद्धि बेरोकटोक जारी रखने की हैसियत ज़रूर प्राप्त कर ली। एंगेल्स 1875 से ही रूस में क्रांति की सम्भावनाएँ देख रहे थे। उन्हें लग रहा था कि ज़ारशाही का ढाँचा इस क़दर दरक गया है कि एक ज़रा से धक्के से वह ढह जाएगा। लेकिन, यह ज़रा सा धक्का भी आसान नहीं था।

1914 में मुख्यतः युरोप की धरती पर प्रथम विश्व-युद्ध शुरू हुआ। लेनिन रूस में पहले से क्रांति के हरावल दस्ते के रूप में कम्युनिस्ट पार्टी के गठन में लगे हुए थे। 1905 के स्वतःस्फूर्त घटनाक्रम के समय उनकी यह दलबंदी छोटी और अपेक्षाकृत प्रभावी नहीं थी। लेकिन, प्रथम विश्व-युद्ध के समय उन्होंने अपनी क्रांति की थीसिस प्रतिपादित करने में देर नहीं की। उन्होंने कहा कि हर क्रांतिकारी परिस्थिति क्रांति को अपने-आप जन्म नहीं देती, जब तक जनता विद्रोह के लिए तैयार न हो और साथ में उच्च वर्ग पुरानी व्यवस्था को जारी रखने के लिहाज़ से पूरी तरह बेकार न हो गया हो। लेनिन का दावा था कि ये परिस्थितियाँ पार्टियों और वर्गों की इच्छा से स्वतंत्र होती हैं। लेनिन के अनुसार समाजवादी क्रांति मज़दूरों के एक हमले से पूरी नहीं होगी, बल्कि उसके लिए सभी मोर्चों पर चौतरफ़ा चलाये गये संघर्षों के मिले-जुले प्रभाव की ज़रूरत होगी। 1917 में ज़ार द्वारा थोपे गये निष्कासन से वापस आकर लेनिन ने महसूस किया कि विश्व-युद्ध ने स्थिति को पूरी तरह से बदल दिया है, और पूँजीपति वर्ग की अस्थायी सरकार को एक झटके में ख़त्म करने का क्षण आ चुका है।

अक्टूबर की सफल क्रांति के बात लेनिन और अन्य बोल्शेविक नेताओं को लगा कि इससे प्रेरित हो कर पूरे युरोप में क्रांति की चिंगारियाँ फूट पड़ेंगी। पर उनकी उम्मीदें पूरी तरह से ग़लत साबित हुईं। बोल्शेविक अकेले पड़ गये और जल्दी ही लेनिन, रोज़ा और काउत्स्की जैसे दूसरे मार्क्सवादियों के बीच अक्टूबर क्रांति के 'सच्चे समाजवादी चरित्र' को लेकर अलग-अलग क़िस्म का विवाद छिड़ गया। रोज़ा ने बोल्शेविकों के हरावलवाद पर चोट की और उनके रवैये में लोकतंत्र की कमी रेखांकित की। काउत्की ने बोल्शेविकों पर सर्वहारा तानाशाही की आड़ में आतंक की मदद से सत्ता में बने रहने का आरोप लगाया। बदले में लेनिन ने उन पर सुधारवादी होने का लांछन मढ़ा।

युरोप में हुए क्रांति के कुछ अन्य प्रयास जब बुरी तरह नाकाम हो गये, तो अपने देशनिकाले के दौरान ट्रॉट्स्की ने प्रस्थापना दी कि समाजवादी क्रांति किसी एक देश में पूरी नहीं हो सकती। उसे सतत जारी रहना होगा, जब तक कि सारी दुनिया समाजवादी नहीं हो जाती। ज़ाहिर है कि ट्रॉट्स्की इतिहास की सभी विच्छिन्नताओं को नज़रअंदाज़ करके ही यह थीसिस दे सकते थे। उधर इटली में अंतोनियो ग्राम्शी अपने कारवास के दौरान चिंतन करते हुए विपरीत निष्कर्षों पर पहुँचे। उन्होंने सतत क्रांति की थीसिस को 1848 के बाद हुए राजनीतिक विकास की तरफ़ से आँखें बंद कर लेने की देन बताया। उनका कहना था कि ख़ास तौर से 1870-71 के बाद संसदीय राजनीति, ट्रेड यूनियन राजनीति, दलीय प्रणाली और नौकरशाही चालित राज्य की ताक़त में काफ़ी बढ़ोतरी हुई है। उन्होंने इटली की परिस्थितियों में मेज़िनी के नेतृत्व में हुए सक्रिय विद्रोह और धैर्यपूर्वक तैयारी के साथ की साथ की जाने वाली 'पैसिव रेवोल्यूशन' की उस स्थिति से तुलना पेश की जिसके प्रभाव में मनुष्य के मानस में 'आणुविक परिवर्तन' आ जाता है और सामाजिक शक्तियों का विन्यास पूरी तरह से बदल जाता है। ग्राम्शी की स्थापना यह थी कि इन राजनीतिक परिवर्तनों के प्रभाव में पूरा का पूरा युरोप ही पैसिव रेवोल्यूशन की तरफ़ बढ़ रहा है। 1945 के बाद युरोपीय समाजवाद भी कुछ-कुछ इसी तरह के रास्ते पर चलता दिखाई दिया।

पचास के दशक में क्रांति के मार्क्सवादी विमर्श पर माओ त्से-तुंग की चीनी सफलता की छाया भी पड़ी। माओ ने ऐलान किया कि क्रांति कोई कशीदाकारी या चाय-पार्टी नहीं है। वह तो एक हिंसक कार्रवाई है जिसके तहत एक वर्ग दूसरे का तख़्ता पलट देता है।

लेकिन, साठ के दशक के बाद सोवियत संघ ने भी मान लिया कि समाजवाद शांतिपूर्ण तौर-तरीक़ों से भी स्थापित किया जा सकता है। उसके लिए हिंसक क्रांति करने की कोई ज़रूरत नहीं है। हालाँकि इसी दशक में क्यूबा में

फ़िडेल कास्ट्रो के नेतृत्व में छापामार युद्ध के ज़रिये सत्ता दख़ल किया गया। उधर चीन में माओ ने कम्युनिस्ट पार्टी के भीतर सत्ता संघर्ष में जीत हासिल करने के लिए 'सतत क्रांति' को फिर से पकड़ा और अति-क्रांतिकारी रवैया अख़्तियार करते हुए समाजवादी ख़ेमे के नेतृत्व के लिए सोवियत संघ से होड़ की। इसका नतीजा समाजवादी ख़ेमे में फूट के रूप में निकला।

क्रांति का मार्क्सवादी विमर्श इस समय ग्लोबल पैमाने पर बौद्धिक वैधता के संकट का सामना कर रहा है। हथियारों के दम पर कम्युनिस्ट पार्टी के नेतृत्व में सत्ता पर कब्ज़ा करने की सम्भावनाओं (नेपाल जैसे राजशाही से पीड़ित छोटे से और विश्व राजनीति के हाशिए पर पड़े देश को छोड़ कर) को देखने जैसा क्रांतिकारी उत्साह कोई मार्क्सवादी बुद्धिजीवी फिलहाल दिखाने के लिए तैयार नहीं है।

देखें : अर्नेस्टो चे गुएवारा, आधार और अधिरचना, ऑस्कर रायज़ार्ड लांगे, आंगिक और पारम्परिक बुद्धिजीवी, एंतोनियो ग्राम्शी, कार्ल हाइनरिख़ मार्क्स-1, 2. 3 और 4, क्रांति, ग्योर्गी लूकाच, नयी सदी में मार्क्सवादी विमर्श-1, 2. 3,4 5, 6, 7, 8 और 9, निष्क्रिय क्रांति, फ्रेड्रिख़ एंगेल्स, भारत में किसान संघर्ष-2 और 4, भारतीय इतिहास लेखन-4 और 5, भाषा के मार्क्सवादी सिद्धांत, भ्रांत चेतना, बोल्शेविक क्रांति, फ्रांस्वा-चार्ल्स मारी फ़ूरिये, क्यूबा की क्रांति, फ्रेंज़ फ़ानो, हिंसा-1 और 2, मानवेंद्र नाथ राय, माओ त्से-तुंग, माओवाद और माओ विचार, मार्क्सवाद-1, 2, 3, 4 और 5, मार्क्सवादी इतिहास-लेखन, मार्क्सवादी समाजशास्त्र, मार्क्सवाद और पारिस्थितिकी, मार्क्सवादी अर्थशास्त्र, समाजवादी वसंत-1, 2, 3, और 4, लेनिनवाद, लियोन ट्रॉट्स्की, लिबरेशन थियोलॉजी, सांस्कृतिक क्रांति, स्तालिन और स्तालिनवाद, सोवियत समाजवाद-1, 2 और 3, सोवियत सिनेमा, वर्चस्व, व्लादिमिर इलीच लेनिन।

संदर्भ

1. रोबिन ब्लैकबर्न (सम्पा.), *रेवोल्यूशन ऐंड क्लास स्ट्रगल : अ रीडर इन मार्क्सिस्ट पॉलिटिक्स*, ब्राइटन, 1978
2. एरिक जे. हॉब्सबॉम, *रेवोल्यूशनरीज़*, वाइडनफ़ील्ड ऐंड निकल्सन, लंदन, 1973
3. लियोन ट्रॉट्स्की, *द परमानेंट रेवोल्यूशन ऐंड रिज़ल्ट्स ऐंड प्रोस्पेक्ट्स*, पायनियर, न्यूयॉर्क, 1962
4. अंतोनियो ग्राम्शी, *सिलेक्शंस फ़्रॉम द प्रिज़न नोटबुक्स*, लारेंस ऐंड विशार्ट, लंदन, 1929-35 (1971)
5. फ्रांज़ मिशेल, *माओ ऐंड द परपीचुअल रेवोल्यूशन*, बेरंस/वुडबरी, न्यूयॉर्क, 1981

— अभय कुमार दुबे

काल्पनिक समाजवाद

(Utopian Socialism)

समाजवादी विचार के इतिहास में आम तौर पर मार्क्स से पहले की अवधि को काल्पनिक समाजवाद के दौर की संज्ञा दी जाती है। उन्नीसवीं सदी की शुरुआत से लेकर फ्रांस में हुई 1848 की क्रांति तक (जिसके तीन दिन पहले ही *कम्युनिस्ट मैनिफ़ेस्टो* का प्रकाशन हुआ था) समाजवादी आंदोलन की प्रारम्भिक भित्ति तीन विचारकों और समाज-द्रष्टाओं की कृतियों और गतिविधियों के आधार पर तैयार हुई। ये थे फ्रांस के सैं-सिमों और चार्ल्स फ़ूरिए, और इंग्लैण्ड के रॉबर्ट ओवेन। मार्क्स और एंगेल्स ने इन तीनों के विचारों से प्रभाव भी ग्रहण किया, लेकिन साथ में अपने 'वैज्ञानिक समाजवाद' को इनके 'काल्पनिक समाजवाद' के बरक्स रख कर पेश किया। *मैनि.फ़ेस्टो* में 'क्रिटिकल-यूटोपियन सोशलिज़म' शीर्षक के तहत इन चिंतकों को कुछ इस तरह परिभाषित किया गया है : 'वर्ग संघर्ष की अविकसित स्थिति और उनके अपने माहौल के कारण इस क़िस्म के समाजवादी ख़ुद को सभी तरह की वर्ग-शत्रुताओं से परे मान बैठे थे। वे समाज के सभी सदस्यों, यहाँ तक कि सर्वाधिक सुविधाभोगियों तक की स्थिति में सुधार करना चाहते थे। यही वजह है कि वे बिना वर्ग-भेद किये हुए आदतन पूरे समाज से अपील करते रहते थे, और कुल मिला कर प्राथमिकता शासक वर्ग को ही मिल जाती थी।' मार्क्स ने कहा कि ये समाजवादी चिंतक सभी तरह की राजनीतिक और क्रांतिकारी कार्रवाई को ख़ारिज करके छोटे-छोटे प्रयोगों, शांतिपूर्ण प्रयासों, शिक्षा और सुधार के ज़रिये एक नये सामाजिक धर्म-सिद्धांत की स्थापना करना चाहते थे जो विफल होने के लिए अभिशप्त था। इस मार्क्सवादी विमर्श की प्रधानता के कारण मार्क्स-पूर्व समाजवादी चिंतकों के कृतित्व पर समाज वैज्ञानिकों ने आज तक अपर्याप्त ध्यान ही दिया है। यहाँ तक कि उस दौर के अन्य चिंतकों (जैसे प्रूधों, क्रोपाटकिन, ब्लांकी) के बारे में मार्क्स और एंगेल्स की टिप्पणियों को ही काफ़ी मान लिया गया है।

आगे चल कर एंगेल्स की रचना *सोशलिज़म : यूटोपियन ऐंड साइंटिफ़िक* ने इस सिलसिले में मार्क्सवादी विमर्श को एक निश्चित दिशा दे दी। सैं-सिमों, फ़ूरिए और ओवेन का विमर्श धीरे-धीरे बौद्धिक फ़ैशन से बाहर होता चला गया। यह मान लिया गया कि समाजवाद को मज़दूर वर्ग के विशिष्ट हितों से न जोड़ पाने, वर्ग-संघर्ष के महत्त्व को न समझ पाने और सर्वहारा की क्रांतिकारी भूमिका को न पहचान पाने के कारण समाज-परिवर्तन के इन प्रयासों को समय के साथ तिरोहित हो ही जाना था। लेकिन सैं-सिमों की

रचना लेटर्स *फ़्रॉम एन इनहेबिटेंट ऑफ़ जिनेवा* (1802), फ़ूरिए की कृति *थियरी ऑफ़ द फ़ोर मूवमेंट्स* (1808) और ओवेन की पुस्तक *अ न्यू व्यू ऑफ़ सोसाइटी* (1812-16) का जायज़ा लेने से पता चलता है कि मनुष्य और उसकी दुनिया को बदलने के लिहाज़ से इन तीनों के पास कई अंतदृष्टियाँ थीं। तीनों विचारकों को एक पलड़े में रख कर तौलना भी उचित नहीं लगता। अगर तीनों में समानताएँ थीं, तो कई मुद्दों पर वे अलग-अलग दृष्टिकोण भी अपनाते थे। इनके बीच एक उल्लेखनीय अंतर इंग्लैण्ड और फ्रांस की भिन्न स्थितियों का भी था।

फ्रांस में सैं-सिमों और फ़ूरिए ने 1789 की फ्रांसीसी क्रांति की विफलताओं का संबंध ज्ञानोदय की अवधि में विकसित कुछ विचारों से जोड़ा। उन्हें लग रहा था कि ज्ञानोदय ने मानवीय प्रकृति को जिस तरह समझा, उसी के कारण क्रांति विनाशकारी रास्ते की तरफ़ भटक गयी। इसी आधार पर दोनों ने मनुष्य की सहजात प्रकृति के बारे में अपनी अलग-अलग धारणाएँ बनायीं और सुधार के ज़रिये नयी समाज-व्यवस्था गढ़ने की मुहिम चलायी। सैं-सिमों और फ़ूरिये के मुताबिक़ चूँकि मनुष्य का मानस बदला जा सकता है इसलिए उनकी रची गयी व्यवस्था में रहने वाले लोग परस्पर अन्योन्यक्रिया करते हुए समरसता उपलब्ध कर सकेंगे। ज़ाहिर था कि इस सामाजिक परियोजना में ज्ञानोदय के विचारों की आलोचना निहित थी। दूसरी ओर ओवेन के सरोकार काफ़ी-कुछ ज्ञानोदय की बौद्धिक विरासत के अनुकूल थे। उनकी मान्यता थी कि मनुष्य का चरित्र उसके बाहरी हालात बनाते हैं। इसलिए समाज में सुधार के माध्यम से ऐसे हालात बनाये जाने चाहिए जिनमें स्पर्धा और टकराव के बजाय मैत्री और सहयोग के माध्यम से आनंद और सुख की उपलब्धि की जा सके।

अंतर केवल फ्रांस और इंग्लैण्ड की परिस्थितियों में ही नहीं था, सैं-सिमों और फ़ूरिए के अनुयायी भी एक-दूसरे से स्पर्धा कर रहे थे। सैं-सिमों ने फ्रांसीसी क्रांति के 'विनाशकारी उदारतावाद' के मुक़ाबले समाज के नये और सकारात्मक पुनर्संगठन पर ज़ोर दिया। उनकी मान्यता थी कि हर मनुष्य समाज में अपने मौजूदा स्थान से ऊँची हैसियत प्राप्त करना चाहता है, भले ही वह कितनी ही मामूली क़िस्म की क्यों न हो। इस प्रवृत्ति के कारण उसके भीतर आत्मकेंद्रीयता आ जाती है जिसे लगातार शिक्षा और आचरण के ज़रिये दूर करना होगा। सैं-सिमों ने सामंती और फ़ौजी नियंत्रण के बजाय औद्योगिक सरबराहों के नियंत्रण को उचित माना। कैथोलिक और प्रोटेस्टेंट धर्मों को जड़सूत्रवादी क़रार दे कर ख़ारिज करने के बाद उन्होंने समाज को आध्यात्मिक दिशा देने की ज़िम्मेदारी चर्च के बजाय वैज्ञानिक मानस के धनी लोगों को देने की पैरोकारी की। पहले सैं-सिमों मानते थे कि उत्पादक श्रम का नियंत्रण करने वाले लोगों के हाथों में समाज का शासन रहना चाहिए। लेकिन अपनी अंतिम रचना *नोवू क्रिश्चयनिज़म* में उन्होंने ग़रीबों पर ज़ोर दिया और ईसाइयत को उसके बुनियादी पहलुओं तक सीमित करके एक नये बिरादराना धर्म की स्थापना की वकालत की। उन्होंने सिद्धांत दिया कि पूरे समाज का पुनर्गठन सर्वाधिक दरिद्र वर्ग की नैतिक और भौतिक समस्याओं के उन्मूलन के नज़रिये से करना ज़रूरी है।

फ़ूरिए को यक़ीन था कि मनुष्य मुख्यत: 12 क़िस्म की कामनाओं से संचालित होता है जिसके मुताबिक़ समाज 810 क़िस्म के चरित्रों में बँटा रहता है। इस लिहाज़ से गणना करके फ़ूरिए ने फ़ार्मूला दिया कि एक सामाजिक इकाई (फ़ालांक्स) में 1620 लोग होने चाहिए, क्योंकि छोटी सामाजिक इकाई में ही परस्पर सहयोग और सरोकार सम्भव है। समाज को इस तरह की छोटी-छोटी इकाइयों में बाँट कर नये समाज की परियोजना लागू करने के इच्छुक फ़ूरिए का ख़याल था कि दुनिया में एक दिन इस तरह की साठ लाख इकाइयाँ होंगी जिन पर वर्ल्ड कांग्रेस ऑफ़ फ़ालांक्स का शासन होगा। फ़ूरिए ने कल्पना की थी कि ये छोटी इकाइयाँ चार मंज़िले ग्रांड होटलों में रहेंगी जिनमें सबसे ऊपर के तल्ले में सबसे अमीर और सबसे नीचे के तल्ले में सबसे ग़रीब लोग रहेंगे। जो जैसा काम करेगा उसके पास वैसी सम्पत्ति होगी, और व्यक्ति को उसकी दिलचस्पी और इच्छाओं के हिसाब से काम दिया जाएगा। फ़ूरिए तिजारत को सभी बुराइयों की जड़ मानते थे। चूँकि तिजारत यहूदियों से जोड़ कर देखी जाती थी इसलिए उनका आग्रह था कि छोटी इकाइयों के समुदाय में यहूदियों से खेती का काम करवाया जाना चाहिए। मानवजाति की मुक्ति में शिक्षा की भूमिका पर फ़ूरिए ने विशेष बल दिया। 'फ़ेमिनिज़म' या नारीवाद शब्द का पहली बार प्रयोग करने का श्रेय भी फ़ूरिए को ही जाता है। हालाँकि वे 'समान अधिकार' के विमर्श को पसंद नहीं करते थे, फिर भी 1808 में प्रकाशित अपनी पुस्तक *थियरी ऑफ़ द फ़ोर मूवमेंट्स* में उन्होंने दावा किया था कि स्त्रियों को आज़ादी मुहैया कराना सभी तरह की सामाजिक प्रगति का आधारभूत सामान्य सिद्धांत होना चाहिए।

नया समाज बनाने से संबंधित ओवेन के प्रस्ताव सैं-सिमों और फ़ूरिए के मुक़ाबले कहीं अधिक व्यावहारिक थे। जनता की बदहाली ख़त्म करने के लिए उन्होंने इंग्लैण्ड की तत्कालीन सरकार को सुझाव दिया कि उसे बारह-बारह सौ लोगों के छोटे-छोटे गाँव क़ायम करने में अपने संसाधन ख़र्च करने चाहिए। ये समुदाय 'सहयोग आधारित गाँव' होंगे और अपना जीवन-यापन करने के लिए बाज़ार से न्यूनतम ख़रीदारी करते हुए स्वयं उत्पादन करेंगे। अगर उनके पास कुछ अधिशेष बचता है तो उसका व्यापार करके गाँव वाले उन चीज़ों को ख़रीदेंगे जिनका उत्पादन उनके लिए मुमकिन

नहीं है। ओवेन ने तर्क दिया कि इंग्लैण्ड के श्रमिकों को अगर बेहतर माहौल में काम करने का मौक़ा दिया जाए तो वे न केवल अपनी ग़रीबी दूर सकते हैं, बल्कि राष्ट्र की समृद्धि में भी योगदान कर सकते हैं। न्यू लैनार्क स्थित मिलों के मालिक और प्रबंधक की हैसियत से ओवेन ने अपने नज़रिये को व्यावहारिक रूप देने का निश्चय किया। उन्होंने इस कारख़ाने को शैक्षिक और औद्योगिक सुधार की प्रयोगशाला में बदल दिया। जल्दी ही ओवेन और उनका कारख़ाना अपनी इन गतिविधियों के कारण चर्चित होने लगा। ओवेन ने प्रत्येक खोली के ऊपर एक-एक कमरा और बनवाने से शुरुआत की ताकि हर मज़दूर के पास कम से कम दो कमरे हो जाएँ। उन्होंने कस्बे में सड़कें बनवानी शुरू कीं, कचरा उठवाने का इंतज़ाम किया और घरों के बाहर सफ़ाई रखने के लिए मज़दूरों की कमेटियाँ गठित कीं। इसके बाद ओवेन ने कस्बे की सारी दुकानें ख़रीद लीं। उन्होंने खाद्य और ईंधन थोक में ख़रीदा और मुनाफ़े की कोई चिंता नहीं की। इससे मज़दूरों को कम दर पर ज़रूरत की चीज़ें मिलने लगीं। केवल इतनी कार्रवाइयों से ही मज़दूरों की जीवन-स्थितियों में 25 फ़ीसदी का सुधार हो गया। ओवेन ने एक सामुदायिक कोष भी स्थापित किया जिसमें प्रत्येक मज़दूर अपनी आमदनी के छठें हिस्से का योगदान करता था ताकि सभी को मुफ़्त स्वास्थ्य सेवाएँ हासिल हो सकें।

देखें : अराजकतावाद, कार्ल हाइनरिख़ मार्क्स-1 से 4 तक, फ्रेड्रिख़ एंगेल्स, फ्रांस्वाँ-चार्ल्स मारी फ़ूरिये, रॉबर्ट ओवेन, सैं-सिमों।

संदर्भ

1. जॉर्ज लिचहीम (1969), द *ऑरिजिंस ऑफ़ सोशलिज़म*, वीडनफ़ेल्ड ऐंड निकल्सन, लंदन.
2. ज़ाक रांसिएर (2009), *सर्वहारा रातें : उन्नीसवीं सदी के फ्रांस में मज़दूर-स्वप्न*, अनुवाद : अभय कुमार दुबे, सीएसडीएस-सराय-वाणी, नयी दिल्ली.
3. रॉबर्ट ओवेन (1991), *अ न्यू व्यू ऑफ़ सोसाइटी (1813-14)*, कैसेल, न्यूयॉर्क.
4. जी.सी. इगर्स (सम्पा.) (1958), *डॉक्ट्रिन ऑफ़ सैं-सिमों : एन एक्सपोज़ीशन*, बीकन, बोस्टन.

— अभय कुमार दुबे

काला राष्ट्रवाद

(Black Nationalism)

एक सामान्य विचार के रूप में काला राष्ट्रवाद या तो अफ्रीका की परिघटना है या किसी भी दूसरे महाद्वीप की जहाँ अफ्रीकी मूल के लोग रहते हैं। इसका उभार संयुक्त राज्य अमेरिका में तक़रीबन दो शताब्दी पहले एक सामाजिक आंदोलन के रूप में उभर कर सामने आया था। यह मुख्य रूप से अफ्रो-अमेरिकी प्रतिरोध परम्परा और संयुक्त राज्य अमेरिका में नस्लवाद और दमन के प्रतिरोध से जुड़ा रहा है। काला राष्ट्रवाद संयुक्त राज्य अमेरिका में नस्ली दासता की प्रतिक्रिया के तौर पर 'मुक्ति के राष्ट्रवाद' के रूप में सामने आया। अमेरिका में अंग्रेज़ी उपनिवेशवाद के दौरान नस्ली दासता का संस्थानीकरण करके अमेरिकी रंगभेद की स्थापना कर दी गयी थी। अमेरिकी गृह-युद्ध के समय दासता के क़ानूनी रूप से ख़त्म हो जाने पर भी इसका प्रभाव क़ायम रहा। श्वेत अमेरिकी राष्ट्रवाद द्वारा काले लोगों का शोषण और बहिर्वेशन किया जाता रहा। इस श्वेत राष्ट्रवाद का उभार भी अमेरिकी क्रांति के बाद ही हुआ था। इसकी संरचना समतावादी लोकतंत्र और जैविक नस्लवाद के विचारधारात्मक मिलन से बनी थी। सैद्धांतिक रूप से इसे नस्ली अल्पसंख्यकों की मुक्ति के राष्ट्रवाद के रूप में भी समझा जा सकता है। राजनीतिक रूप से यह प्रगतिशील भी है और कुछ अर्थों में प्रतिक्रियावादी भी। इसे एक ऐसे विचार और आंदोलन के रूप में देखा जाता रहा है जिसने संयुक्त राज्य अमेरिका और दूसरे अफ्रीकी देशों में राजनीतिक जागरूकता लाने में ज़बरदस्त भूमिका अदा की है।

काले राष्ट्रवाद की शुरुआत करने वाले नेताओं में से एक मार्टिन रॉबिंसन डिलेनी (1812-1885) ने अमेरिका में कालों की स्थिति को आंतरिक उपनिवेशवाद की संज्ञा दी। यहाँ काले लोगों को अपना अस्तित्व क़ायम रखने के लिए समानान्तर संस्थाएँ बनानी पड़ीं। यहाँ तक कि उन्हें 'ब्लैक चर्च' का भी निर्माण करना पड़ा। इस तरह के पहले चर्च की स्थापना रिचर्ड ऐलेन द्वारा 1786 में की गयी। इस तरह की संस्थाओं ने एक ऐसा सामाजिक 'स्पेस' बनाया, जिसमें अर्ध-स्वतंत्र काले नागर समाज की निर्मिति हुई। धीरे-धीरे इस आधार पर काले अल्पसंख्यक राष्ट्रवाद की सामाजिक भित्ति खड़ी हुई। एक तरफ़ तो श्वेत नेतृत्व वाले अमेरिका से अलगाव की भावना के कारण इसका विकास हुआ, और दूसरी तरफ़ कालों के बीच अमेरिकी मुख्यधारा से एकीकरण की चर्चा भी होती रही। यह चर्चा काले अमेरिकनों की गोलबंदी में वृद्धि के दौर में ज़्यादा होती थी— मसलन, गृहयुद्ध के बाद के दौर में या नागरिक अधिकार आंदोलन के जोर पकड़ने के दौरान। इसके

मार्टिन रॉबिंसन डिलेनी (1812–1885)

विपरीत काले राष्ट्रवाद में उस समय बढ़ोतरी हुई, जब काले लोगों के बीच असंतोष और निराशा फैली। मसलन, 1920 और 1930 के दशक में ऐसा हुआ। इसी तरह, 1960 के दशक के आख़िरी वर्षों और 1970 के दशक शुरुआती वर्षों में 'ब्लैक पावर' के दौर में ऐसा हुआ।

काले राष्ट्रवाद में दो पहलू शामिल हैं : नस्लवाद विरोधी एकजुटता और राष्ट्रवाद के पारम्परिक पहलू। जहाँ यह नस्ली प्रभुत्व और बहिर्वेशन के ख़िलाफ़ काले लोगों के सामूहिक प्रतिरोध का प्रतिनिधित्व करता है, वहाँ यह अमेरिकी या यूरोपीय राष्ट्रवाद से अलग है। लेकिन एक भिन्न धरातल पर यह प्रचलित राष्ट्रवाद का ही एक रूप है। इसमें अमेरिका के राष्ट्रीय समुदाय से काले लोगों के बहिर्वेशन का विरोध राष्ट्रवादी शब्दावली और प्रतीकों का इस्तेमाल करके ही किया गया है। इस तरह देखा जाए तो श्वेत नस्लवाद की प्रतिक्रिया के रूप में काले राष्ट्रवाद को नस्ली रूप से बहिर्वेशित लोगों के राष्ट्रवाद के रूप में परिभाषित किया जा सकता है।

दूसरी तरफ़ यह भी सच है कि अफ्रो-अमेरिकियों ने संयुक्त-राज्य अमेरिका में अपनी स्थिति की अलग-अलग तरह से व्याख्या की है। काले राष्ट्रवाद के अलग-अलग विचारों की मुख्य विशेषताओं को इस तरीक़े से रेखांकित किया जा सकता है : पहला, ऐतिहासिक अनुभव के आधार पर गोरे लोगों, उनके कामों और संस्थाओं पर अविश्वास। दूसरा, गोरे लोगों का प्रभुत्व झेल रहे काले लोगों के नज़रिये से राजनीति का मूल्यांकन। तीसरा, 'राष्ट्र के भीतर राष्ट्र' के रूप में काले समुदाय की कल्पना। चौथा, एक सामान्य अफ्रीकी बुनियाद और दासता का संदर्भ। पाँचवाँ, काले लोगों की संस्कृति पर सकारात्मक रूप से जोर देना और नस्ली पृथकता के संदर्भ में इसका विकास करना। छठा, नस्लवाद विरोधी और राष्ट्रवादी एकजुटता बनाने का प्रयास करना। सात, आर्थिक, सामाजिक, राजनीतिक और सांस्कृतिक स्वंतत्रता पर ज़ोर देना, लेकिन यह ज़रूरी नहीं है कि इसमें भू-क्षेत्रीय आज़ादी भी शामिल हो।

कालों के संगठनों के बीच काफ़ी मतभेद हैं। संयुक्त राज्य में कालों की स्थिति के बारे में वे किसी सामान्य व्याख्या पर एकमत नहीं हैं और न ही राजनीतिक कार्रवायी के तरीक़े के बारे में कोई सहमति है। इसके समर्थक कभी वामपंथी तो कभी दक्षिणपंथी राजनीतिक कार्यक्रम अपनाते रहे हैं। उन्होंने क्रांतिकारी या सांस्कृतिक राष्ट्रवाद और भू-क्षेत्रीय पृथकता पर या हल्के सामुदायिक नियंत्रण के परस्पर विरोधी विकल्पों पर ज़ोर दिया है। बीसवीं सदी में राष्ट्रवाद के धार्मिक, राष्ट्रवाद और क्रांतिकारी (वामपंथी) रूप प्रचालित रहे हैं। लेकिन काले राष्ट्रवाद के तहत इनके बीच अंतर्वस्तु और रणनीति के आधार पर अंतर किया जाता रहा है।

जहाँ तक अंतर्वस्तु का सवाल है— इस राष्ट्रवाद के आर्थिक, राजनीतिक, सांस्कृतिक, शैक्षिक और धार्मिक पहलू अलग-अलग हैं। काले राष्ट्रवाद के आर्थिक रूप में काले लोगों के आर्थिक विकास पर ज़ोर है। राजनीतिक रूप में सभी अफ्रो-अमेरिकनों एक सशक्त राजनीतिक संगठन बनाने पर ज़ोर दिया जाता है। इसका सबसे अच्छा उदाहरण है कि साठ के दशक में 'ब्लैक पावर' का उभार। सबसे पहले यह बात स्टुडेंट नॉन वायलेंट कोआर्डिनेटिंग कमेटी (एसएनसीसी) ने की थी। इस तरह का राजनीतिक राष्ट्रवाद सिर्फ़ कालों की पार्टियों के गठन के रूप में भी सामने आ सकता है। क्रांतिकारी राष्ट्रवादी ब्लैक पैंथर पार्टी इसी तरह का एक राजनीतिक दल है। कई बार यह प्रवृत्ति चुनावों में विभिन्न पार्टियों के काले उम्मीदवारों को जिताने की रणनीति के रूप में भी सामने आती है। सांस्कृतिक काला राष्ट्रवाद काले लोगों की संस्कृति की दीर्घकालिकता, स्वायत्तता और मूल्यों पर ज़ोर देता है। ख़ास तौर पर इसका बल काले अमेरिकनों के अफ्रीकी मूल और विरासत पर है। सांस्कृतिक राष्ट्रवाद की एक अभिव्यक्ति शिक्षात्मक राष्ट्रवाद के तौर पर भी है। इसमें काले बच्चों को बेहतर शिक्षा दिलाने और उनसे जुड़ी शैक्षिक संस्थाओं में सुधार के कार्यक्रम लिए जाते हैं। इसी तरह, काले राष्ट्रवाद का एक पहलू धार्मिक राष्ट्रवाद से भी जुड़ा हुआ है। यह धार्मिक संस्थाओं द्वारा अफ्रो-अमेरिकनों के दमन की आलोचना करता है। इसमें यह माना

जाता है कि गोरों ने काले लोगों के साथ भेदभाव करके ईश्वर के नियमों का उल्लंघन किया है। इसमें राजनीतिक कार्रवाई के बजाय ईश्वर के हस्तक्षेप को मुक्ति का रास्ता माना जाता है।

रणनीति के संदर्भ में काले राष्ट्रवाद के मुख्य लक्ष्य इस प्रकार हैं : अफ़्रीका में वापसी, उत्तरी अमेरिका में भू-क्षेत्रीय अलगाववाद, अमेरिका के भीतर ही आत्म-निर्णय, क्रांतिकारी राष्ट्रवाद और अफ़्रीकावाद। लेकिन दरअसल अलग-अलग समूहों ने इन रणनीतियों के अलग-अलग संयोजन को अपनाया है। 'अफ़्रीका वापस लौटो' की रणनीति उन्नीसवीं और बीसवीं सदी की शुरुआत में काफ़ी लोकप्रिय थी। पर इसे व्यावहारिक रूप से बहुत ज़्यादा लागू नहीं किया गया, बल्कि काले लोगों के समूहों ने इसका उपयोग अपनी अलग स्थिति को बताने के लिए किया। इसी तरह, कई दफ़ा एक स्वतंत्र काले राज्य की स्थापना का लक्ष्य भी रखा गया। बहुत से काले समूहों ने अलग राज्य के बजाय अमेरिका के भीतर ही काले लोगों के लिए स्वायत्तशासी व्यवस्था स्थापित करने पर ज़ोर दिया, जिसमें उन्हें सामुदायिक संसाधनों पर ज़्यादा अधिकार मिल सके। कई लेखकों ने इसे 'जातीय बहुलवाद के काले संस्करण' की संज्ञा दी। इसी तरह, काले लोगों के एक समूह ने क्रांतिकारी राष्ट्रवाद की तरफ़दारी की। इन्होंने ज़ोर दिया कि काले लोगों की बुरी स्थिति का कारण वर्तमान पूँजीवादी व्यवस्था है और इसे पूरी तरह ख़त्म करके ही इनके लिए बेहतर समाज की स्थापना की जा सकती है। अपने पूँजीवाद विरोधी नज़रिये के कारण इन्होंने रैडिकल वामपंथियों और दूसरे जातीय/राष्ट्रीय समूहों से भी सहयोग किया। इस तरह के क्रांतिकारी राष्ट्रवादी संगठनों में सबसे महत्त्वपूर्ण ब्लैक पैंथर पार्टी थी। इसकी स्थापना ऑकलैण्ड में पी. न्यूअन और बॉबी सील ने की थी। इसने पुलिस की क्रूरता और श्वेत नस्लवाद से बचने के लिए काले लोगों से हथियार उठाने का आह्वान किया था। आख़िर में एक रणनीति के रूप में कुछ समूहों द्वारा अखिल-अफ़्रीकावाद की भी स्थापना की गयी। मूल रूप से इसका विकास कैरिबियाई इलाक़े में हुआ। इसके तहत दलील दी गयी कि अफ़्रीका या पश्चिम में रहने वाले काले लोगों की स्थिति में केवल तभी सुधार हो सकता है, जब वे परस्पर सहयोग करें। इसे एक तरह से 'काले अंतर्राष्ट्रीयतावाद' के रूप में भी देखा गया।

बहरहाल, बहुत से विचारकों और एक्टिविस्टों ने काले राष्ट्रवाद की तीखी आलोचना भी की है। इनमें से अधिकांश आलोचनाएँ हर तरह के राष्ट्रवाद पर लागू होती हैं। पहला, काले राष्ट्रवाद की आलोचना करते हुए कहा गया है कि इतिहास और संस्कृति के बारे में इसका विचार दकियानूसी है और अपना मतलब निकालने के लिए यह परम्परओं की मनमाफ़िक व्याख्या करता है। काले लोगों से जुड़े हर पहलू की 'महानता' का बखान किया जाता है और गोरे लोगों को नस्ली और अत्याचारी के रूप में पेश किया जाता है। आलोचकों ने राजनीतिक संदर्भ में भी काले राष्ट्रवाद के दृष्टिकोण में कई समस्याएँ देखी हैं। दूसरा, आलोचकों ने ध्यान दिलाया है कि कई अफ़्रीकी मुक्ति आंदोलनों का उत्तर-औपनिवेशिक अनुभव ख़राब रहा है। इन देशों में आंदोलन के जिन नेताओं का सत्ता मिली, उन्होंने जल्द ही पारम्परिक सत्ता संबंधों को ही स्थापित कर दिया। कई देशों में तो तानाशाही क़ायम हो गयी। आलोचक पूछते हैं कि क्या यह राष्ट्रवादी विचारधारा के गहरे विरोधाभास का ही प्रमाण नहीं है? तीसरा, काले राष्ट्रवाद की कमी यह भी रही है कि यह समाज की जटिलताओं और सत्ता-संबंधों को सिर्फ़ राष्ट्रवाद के मूल्य तक सीमित कर देता है। इसमें राष्ट्र से अलग व्यक्ति की कोई पहचान नहीं होती है। असल में, कई काले राष्ट्रवादियों ने 'काले पुरुषत्व' और पारम्परिक परिवार के विचार को ही बढ़ावा दिया है। चौथा, अमूमन यह राष्ट्रवाद काले लोगों के भीतर मौजूद वर्ग विभेद की उपेक्षा करता है। पाँचवाँ, काले राष्ट्रवाद में यहूदी-विरोध के पहलू भी हैं।

काले राष्ट्रवाद की राजनीतिक सफलताएँ एक तरह से सीमित ही रही हैं। उसने अमेरिका की राजनीति पर छाये हुए दो दलों, रिपब्लिकन पार्टी और डेमॉक्रैटिक पार्टी के वर्चस्व को कमज़ोर नहीं कर पाया है। यहाँ तक कि काले राष्ट्रवाद की वकालत करने वाले समूह दूर-दूर तक इन पार्टियों को चुनौती देने की स्थिति में नहीं हैं। लेकिन उसने काले लोगों को अपने अधिकारों के बारे में जागरूक बनाने में महत्त्वपूर्ण भूमिका ज़रूर निभायी है। यह कहना ग़लत नहीं होगा कि 2009 में बराक ओबामा के अमेरिका के राष्ट्रपति बनने में काले राष्ट्रवाद के कारण आयी राजनीतिक जागरूकता की भी भूमिका रही है। काले राष्ट्रवाद के समर्थक समूहों और इनके आंदोलनों के कारण मुख्यधारा के अमेरिकी समाज में भी नस्ली भेदभाव के मुद्दे पर काफ़ी गहराई से विचार किया जाने लगा। साथ में यह भी मानना पड़ेगा कि काले राष्ट्रवाद ने किसी व्यापक काले अंतर्राष्ट्रीयतावाद की स्थापना नहीं की है। हाँ, उसने कुछ हद तक दुनिया के काले लोगों में भावनात्मक एकता लाने में सफलता ज़रूर हासिल की है।

देखें : नस्लवाद, अमेरिकी क्रांति, राष्ट्रवाद, राष्ट्रवाद : सांस्कृतिक या राजनीतिक।

संदर्भ

1. जे. एच. ब्रेसी और अन्य (सम्पा.) (1970), *ब्लैक नैशनलिज़म इन अमेरिका.* बॉब्स-मेरिल, न्यूयॉर्क.
2. डी. ई. रॉबिंसन (2001), *ब्लैक नैशनलिज़म इन अमेरिकन पॉलिटिक्स ऐंड थॉट,* केम्ब्रिज युनिवर्सिटी प्रेस, केम्ब्रिज.
3. एस. स्टूके, (सम्पा.) (1972), द *आइडियोलॉजिकल ऑरिजिन्स ऑफ़ ब्लैक नैशनलिज़म.* बिकॉन प्रेस, बोस्टन.

— कमल नयन चौबे

कार्ल गुस्ताव युंग

(Karl Gustav Jung)

कार्ल गुस्ताव युंग (1875-1961)

स्विस मनोशास्त्री और चिकित्सक कार्ल गुस्ताव युंग (1875-1961) परिपक्व व्यक्ति के मन में झाँक कर उसके जीवन के संकटों और जद्दोजहद के रहस्योद्‌घाटन में माहिर थे। मनोवैज्ञानिकों की दुनिया में युंग और फ्रॉयड की मित्रता और मतभेदों की कहानी भी दर्ज है। मनोचिकित्सा करते समय फ्रॉयड का ज़ोर मरीज़ के जीवन का बिल्कुल शुरुआती इतिहास जानने पर था, पर युंग का कहना था मनोरोग का पता लगाने के लिए रोगी के तत्कालीन वर्तमान का विश्लेषण किया जाना चाहिए। वे मानते थे कि मनोरोग मनुष्य के मानस की गहराइयों में घटित होने वाली अलग-थलग क़िस्म की प्रक्रिया नहीं है, बल्कि वह दूसरे लोगों के साथ अन्योन्यक्रिया के दौरान पनपता है। ज़्यादा सम्भावना यही होती है कि परिवार के सदस्यों, ख़ास तौर से माता-पिता, के अचेत प्रभाव के कारण मनोरोग का जन्म हो। इसीलिए युंग ने मातृ-मनोग्रंथि की फ्रॉयड द्वारा की गयी व्याख्या में संशोधन पेश किया। वे फ्रॉयड की भाँति इस मनोग्रंथि को बच्चे द्वारा माँ के साथ सम्भोग करने की इच्छा की तरह व्याख्यायित करने के लिए तैयार नहीं हुए। उनकी मान्यता थी कि चूँकि माँ बच्चे के लिए सुरक्षा और राहत का सबसे बड़ा स्रोत होती है, इसलिए मातृ-मनोग्रंथि के प्रभाव में बच्चा उस पर अपना एकांत अधिकार चाहता है। युंग ने व्यक्तित्व की दो क़िस्मों का उद्‌घाटन किया जिन्हें आज हम अंतर्मुखी और बहिर्मुखी के नाम से जानते हैं। मानस के लैंगिक विश्लेषण के ज़रिये यह भी दिखाया कि मनुष्य प्रेम क्यों करता है। दरअसल, युंग द्वारा दिये गये प्रेम के मनोवैश्लेषिक सिद्धांत ने मानव जीवन के इस आधारभूत मनोभाव से जुड़ी प्रक्रियाओं को आलोकित करने में महत्त्वपूर्ण भूमिका निभायी।

कार्ल युंग का जन्म 26 जुलाई, 1875 को केसविल, स्विट्ज़रलैण्ड में हुआ था। युनिवर्सिटी ऑफ़ बासिल में पढ़ते हुए 1902 में उन्होंने चिकित्साशास्त्री की डिग्री हासिल की। कुछ वर्ष तक एक मनश्चिकित्सालय के निदेशक और वरिष्ठ चिकित्सक रहने के बाद उन्होंने कई वर्ष तक मनोविज्ञान के प्रवक्ता और फिर दुनिया के विभिन्न विश्वविद्यालयों में प्रोफ़ेसर की भूमिका निभायी। युंग का ज़िक्र उनके भारतीय संदर्भ के बिना पूरा नहीं हो सकता। 1936 से 38 के बीच में उन्होंने इलाहाबाद विश्वविद्यालय, बनारस हिंदू विश्वविद्यालय और कलकत्ता विश्वविद्यालय में भी अध्यापन किया। कुछ दिनों के लिए वे तिब्बती बौद्ध दर्शन की तरफ़ भी आकर्षित हुए। जीवन के अंतिम वर्ष उन्होंने ज़ूरिख़ के पास झील के किनारे बने अपने घर में क्लिनिकल प्रैक्टिस करते हुए गुज़ारे। इस घर का नियोजन उन्होंने अपने मनोवैज्ञानिक विकास की प्रतीकात्मक अभिव्यक्ति के तौर पर किया था।

1906 में युंग ने अपनी रचना *द साइकोलॅजी ऑफ़ डिमेंशिया प्रीकोक्स* प्रकाशित की और उसे फ्रॉयड को भी भेजा। इस रचना में उन्होंने जिस मनोरोग का संधान किया था उसे आगे चल कर खण्डित मनस्कता या स्किज़ोफ्रेनिया के नाम से जाना गया। अपने इस अध्ययन में उन्होंने निष्कर्ष निकाला कि खण्डित मनस्कता के तहत होने वाले मतिभ्रमों की प्रकृति निजी धार्मिक आस्थाओं के कारण होने वाले मतिभ्रमों जैसी होती है। फ्रॉयड उनकी दावेदारियों से प्रभावित हुए और दोनों विद्वानों के बीच मित्रता व परस्पर सहयोग का एक लम्बा दौर चला। लेकिन 1913 में यह संबंध भंग हो गया और 1917 में *द साइकोलॅजी ऑफ़ द अनकांशस* के प्रकाशन के साथ ही यह विच्छिन्नता सम्पूर्ण हो गयी। इसी दौर में युंग मनोविश्लेषकों की अंतर्राष्ट्रीय एसोसिएशन के अध्यक्ष रहे और इसी दौरान उन्होंने मिथकों, परी-कथाओं और धर्मों के बारे में गहरा अनुसंधान किया। आदिवासियों की मानसिक प्रक्रियाओं का अध्ययन करने के लिए उन्होंने उत्तर-अमेरिका और केन्या में जम कर फ़ील्ड-वर्क किया। युंग ने कीमियागीरी को भी खँगाला और उसके दायरे में आने वाले

प्रतीकों और मिथकों की जाँच की। वे मानते थे कि इस सब के ज़रिये प्रकृति को समझने की कोशिश की जाती है।

1912 में युंग ने न्यूयॉर्क की फ़र्डहैम युनिवर्सिटी में कई व्याख्यान दिये जिनसे पता चला कि वे फ्रॉयड से किन-किन बातों में असहमत हैं। पहली बात तो उन्होंने यह कही कि वे सेक्शुअल क़िस्म के मानसिक आघात की फ्रॉयड द्वारा प्रवर्तित थियरी को नहीं मानते। केवल अतीत की एक घटना के ज़रिये इस परिघटना को नहीं समझा जा सकता। इसकी पूरी समझ तभी बन सकती है जब रोगी की आनुवंशिक स्थिति और पर्यावरणीय पहलुओं को उनकी पूरी जटिलता में जाना जाए। दूसरे, युंग ने फ्रॉयड द्वारा लिबिडो या कामतत्त्व को केवल यौन कामना के संदर्भ में देखने की भी आलोचना की। उनका कहना था कि फ्रॉयड के बहुत पहले से लिबिडो को सभी क़िस्म की तीव्र कामनाओं की अभिव्यक्ति के तौर पर लिया जाता था। युंग चाहते थे कि लिबिडो को मानस की सभी ऊर्जस्वित प्रक्रियाओं के लिए इस्तेमाल किया जाना चाहिए। उनका तीसरा मतभेद बच्चों की सेक्शुअलिटी को लेकर था। फ्रॉयड ने बच्चे के विकास में सेक्शुअल प्रक्रिया को तरजीह दी थी, जबकि युंग का कहना था कि बच्चे के लिए उसका पौष्टिक आहार और उसकी दैहिक वृद्धि अधिक महत्त्वपूर्ण है। फ्रॉयड कहते थे कि वय:संधि से पहले व्यक्ति की सेक्शुअलिटी दमित पड़ी रहती है, जबकि युंग का कहना था कि जिसे फ्रॉयड लेटेंसी की अवधि कहते हैं उसी में सेक्शुअलिटी की शुरुआत होती है।

युंग ने फ्रॉयड द्वारा व्याख्यायित बाल-सेक्शुअलिटी को ही ख़ारिज नहीं किया, बल्कि उन्होंने बचपन में होने वाले स्मृति-लोप की थियरी भी अस्वीकार कर दी। फ्रॉयड का ख़याल था कि रोगी बचपन में अपनी सेक्शुअलिटी का दमन करता है इसलिए उसे स्मृति-लोप का शिकार होना पड़ता है। जबकि युंग का दावा था कि बच्चे का स्मृति-लोप महज़ उसकी अपरिपक्वता की निशानी है। उसका रिश्ता स्नायु-रोग के कारण याददाश्त चले जाने से नहीं जोड़ना चाहिए। व्यक्ति बचपन की घटनाओं को याद करने में इसलिए असमर्थ होता है कि उस समय उसके पास घटनाओं का वैसा सूत्रीकरण करने की क्षमता नहीं होती जो बाद में स्मृति के ज़रिये याद करने के लिए ज़रूरी होता है। युंग का कहना था कि हम केवल उन्हीं घटनाओं को याद कर पाते हैं जिन्हें हम घटते समय ख़ास तरह से सूत्रबद्ध कर लेते हैं। अगर हम किसी अनुभव का विन्यास अपने मस्तिष्क में नहीं कर पाते, तो बाद में हमें उसकी याद भी नहीं रहती। वह घटना दिमाग़ के भीतर एक अलग-थलग क़िस्म के संवेग या बिम्ब के रूप में रह जाती है।

फ्रॉयड और युंग की बहस यहीं ख़त्म नहीं हुई। फ्रॉयड का कहना था कि स्नायु-रोग अहं और सेक्शुलिटी से जुड़ी वृत्तियों के टकराव का नतीजा होते हैं। युंग ने दावा किया कि जब व्यक्ति अपने भावनाप्रधान विकास का दैहिक और अन्य क्रमगत विकास के साथ सामंजस्य नहीं बैठा पाता तो परिणाम स्नायु-रोग में निकलता है। अगर किसी का भावनाप्रधान विकास उम्र के किसी चरण में रुक गया है और वह अपने शारीरिक और अन्य विकास की ज़रूरतें पूरी नहीं कर पा रहा है तो उसके व्यक्तित्व की समरसता भंग हो जाएगी और उसे स्नायु-रोग का सामना करना पड़ेगा। ऐसे में व्यक्ति की मनो-ऊर्जा पर बचकानी स्वैर-कल्पनाएँ हावी हो जाती हैं जिनका वयस्क जीवन की आवश्यकताओं से कोई नाता नहीं होता। युंग ने कहा कि ऐसे रोगी अपने उस अतीत में रहते हैं जिसमें उनके माता-पिता ने सर्वाधिक निर्णायक भूमिका निभायी होती है। युंग ने इस अवस्थिति को 'इंट्रोवर्ज़न' क़रार दिया।

युंग की व्याख्या के अनुसार इंट्रोवर्टिड व्यक्ति यानी अंतर्मुखी शख़्सियत वह होती है जो अपने आंतरिक मनोभावों के आधार पर संचालित होती है। बहिर्मुखी शख़्सियत वह होती है जो अपने बाह्य जगत के प्रभावों से संचालित होती है। आगे चलकर युंग ने व्यक्तित्व के प्रकारों का अपना सिद्धांत और विकसित किया। उन्होंने कहा कि इनसान की शख़्सियत चिंतन करने, अनुभूति करने, संवेदित होने और अंतर्बोध (जिसे छठी इंद्रिय भी कहा जाता है) से बनती-चलती है। इन गतिविधियों को युग्मों के तौर पर भी जाना जाता है : सोचना-महसूसना और संवेदना-अंतर्ज्ञान। इन जोड़ों में से एक घटक जब व्यक्ति पर हावी हो कर उसके अहं की चालक-शक्ति बन जाता है, तो उससे अपने आपको पूरी तरह हासिल करने की प्रक्रिया बाधित होती है। अपने शिक्षक पिएर जेने की तरह युंग भी मानते थे कि स्नायु रोग एक तरह का आत्म-विभाजन है। व्यक्ति का नैतिक और अनैतिक पक्ष उसके अवचेतन में मौजूद रहता है जिसके कारण अपने आप मनोग्रंथियों की रचना होती रहती है।

कार्ल युंग द्वारा किये गये मानस के लैंगिक विश्लेषण से प्रेम की परिघटना पर काफ़ी रोशनी पड़ी। उन्होंने रोमानी प्रेम को अपने अनुसंधान का विषय बनाया। उनका कहना था कि रोमानी प्रेम तर्कातीत होता है और किसी व्यक्ति के प्रति अचानक पैदा हुए अचेत आकर्षण से उपजता है। युंग के मुताबिक़ इनसान की शख़्सियत में एक अचेत हिस्सा होता है और एक जागरूक। आम तौर पर पुरुष के भीतर अचेत हिस्सा स्त्री-लिंग की और स्त्री के भीतर पुरुष-लिंग की नुमाइंदगी करता है। युंग की इस थियरी के मुताबिक़ व्यक्ति जब किसी के प्रति अचानक आकर्षण महसूस करता है तो वह अपनी ही चेतना के उस हिस्से से प्रेम कर रहा होता है जिसके बारे में उसे पता नहीं है और जो उसके भीतर मौजूद

भिन्न जेंडर का प्रतिनिधित्व कर रहा है। युंग का यह भी कहना था कि व्यक्ति के इस अवचेतन की चालक-शक्ति अक्सर उसे जन्म देने वालों में से विपरीत लिंग से मिलती है। यानी पुरुष का यह अवचेतन उसकी माँ से प्रभावित होगा, और स्त्री का अवचेतन उसके पिता से। इसीलिए व्यक्ति अक्सर अपनी स्वैरकल्पना में अपने प्रेमी/प्रेमिका की वही छवि पालता है जो उसके अवचेतन में मौजूद होती है। हालाँकि युंग की यह थियरी सीधे-सीधे प्रमाणित नहीं की जा सकती, पर कई अनौपचारिक प्रेक्षणों में देखा गया है कि लोग ऐसे व्यक्तियों के प्रति आकर्षित होते हैं जो उनके माँ-बाप से मिलते-जुलते हों।

देखें : एरिक फ्रॉम, ज़ाक लकाँ, मनोविज्ञान-1 और 2, मनोविश्लेषण, मनोविश्लेषण और नारीवाद, ज़िंगमण्ड फ्रॉयड-1 और 2.

संदर्भ

1. जोलांदे जैकोबी (1962), *द साइकोलॅजी ऑफ़ सी.जी. युंग : एन इंट्रोडक्शन,* येल युनिवर्सिटी प्रेस, न्यू हैविन, कनेक्टीकट.
2. ई.ए. बैनेट (1967), *व्हाट युंग रियली सेड,* शोकेन, न्यूयॉर्क.
3. एंथनी स्टोर (1973), *सी.जी. युंग,* कोलिंस, लंदन और वाइकिंग प्रेस, न्यूयॉर्क.
4. पीटर होमंस (1979), *युंग इन कांटेक्स्ट्स : मॉडर्निटी ऐंड मेकिंग ऑफ़ साइकोलॅजी,* युनिवर्सिटी ऑफ़ शिकागो प्रेस, शिकागो.

— अभय कुमार दुबे

कार्ल मेंगर

(Carl Menger)

अर्थशास्त्र के ऑस्ट्रियायी स्कूल के संस्थापक कार्ल मेंगर (1840-1921) *ह्रासमान सीमांत उपयोगिता* के जनक माने जाते हैं। उन्होंने उपयोगिता को वस्तुओं के मूल्य के आकलन के प्रमुख स्रोत की तरह स्थापित किया। मेंगर एक अनूठे अर्थशास्त्री थे जिन्होंने आर्थिक विज्ञान की मुख्य धारा में तो उल्लेखनीय योगदान किया ही, धारा के उलट सोचते हुए स्थापित सैद्धांतिक और पद्धतिमूलक मान्यताओं को चुनौती भी दी। इस प्रक्रिया में वे छात्रों, शोधकर्ताओं और विद्वानों के एक अच्छे ख़ासे तबक़े को अपना अनुयायी बनाने में कामयाब रहे। अर्थशास्त्र को उसके क्लासिकल मक़ाम से आगे बढ़ा कर नयी मंज़िलों तक ले जाने में मेंगर की भूमिका को नज़रअंदाज़ नहीं किया जा सकता। पूरे अनुशासन को प्रभावित करने वाले ऑस्ट्रियायी अर्थशास्त्र के दो विशिष्ट स्तम्भ उन्हीं के खड़े किये हुए हैं : मूल्य के आत्मपरक सिद्धांत की स्थापना, और यह दलील कि आर्थिक ज्ञान व्यक्ति आधारित विश्लेषण पद्धति के ज़रिये वास्तविक अर्थव्यवस्था के कामकाज की जानकारी प्राप्त होने से पहले ही हासिल किया जा सकता है। अपनी असाधारण विद्वत्तापूर्ण उपलब्धियों के लिए मेंगर ने राजनीतिक कॅरियर तक को प्राथमिकता नहीं दी। 1900 में उन्हें ऑस्ट्रियायी संसद के उच्च सदन का सदस्य बनाया गया, लेकिन संसदीय बहसों में समय लगाने के बजाय उन्होंने अर्थशास्त्र को दी जाने वाली प्राथमिकता कभी नहीं बदली।

कार्ल मेंगर का जन्म गैलीसिया यानी ऑस्ट्रिया के उस हिस्से में हुआ था जो आजकल पोलैण्ड में है। उनके पिता वकील थे और मेंगर ने भी वियना विश्वविद्यालय में क़ानून और राजनीतिशास्त्र की शिक्षा ग्रहण की। कारकोव विश्वविद्यालय से उन्होंने क़ानून में डॉक्टरेट की उपाधि प्राप्त की। अपनी रचना *प्रिंसिपल्स ऑफ़ इकॉनॉमिक्स* (1871) लिखते समय मेंगर को आर्थिक विज्ञान के महारथी के रूप में काफ़ी ख्याति मिली। उन्होंने ऑस्ट्रिया के युवराज प्रिंस रुडोल्फ़ को भी पढ़ाया और उनके साथ पूरे युरोप का भ्रमण किया। वियना में अध्यापन करने के बाद वे अपना पूरा समय अकादमिक काम को देने लगे। 1900 में उन्हें संसद के ऊपरी सदन का सदस्य नियुक्त किया गया। पर उनकी तबीयत संसदीय बहस-मुबाहिसे में नहीं लगी और उन्होंने अपना ज़्यादातर समय अर्थशास्त्रीय प्रश्नों पर विमर्श करने, अध्यापन करने, लेखन करने और अपने बौद्धिक विरोधियों से टकराने में बिताया।

उन्नीसवीं सदी के आख़िरी सालों के दौरान कांटिनेंटल युरोप में क्लासिकल अर्थशास्त्र को नीची निगाहों से देखा जाता था। अमूर्त सिद्धांतीकरण की तरफ़ रुझान रखने वाले ब्रिटिश अर्थशास्त्रियों का तबक़ा तो क्लासिकल अर्थशास्त्र से ख़ास तौर पर असंतुष्ट था। ऐसे समय में कार्ल मेंगर ने अर्थशास्त्र को अमूर्तन से निकाल कर असलियत की ज़मीन से जोड़ने की भूमिका निभायी। उनका प्रस्थान बिंदु यह मान्यता थी कि वस्तुओं में एक मूल्य निहित होता है क्योंकि वे हमारी ज़रूरतों को पूरा करती हैं। इसलिए उनका मूल्य वस्तुगत पहलुओं (जैसे, उत्पादन की लागत या सप्लाई) के आधार पर नहीं, बल्कि आत्मगत पहलुओं (जैसे, उपयोगिता या माँग) के आधार पर तय किया जाना चाहिए। चूँकि मेंगर की निगाह में मूल्य का स्रोत मानवीय आवश्यकताओं की पूर्ति से होने वाला संतोष था, इसलिए वे इस निष्कर्ष पर पहुँचे कि वस्तुओं की माँग भी इसी से निकलती है और यही आर्थिक विनिमय की चालक शक्ति है। मेंगर यह भी मानते थे कि वस्तुएँ इतनी नहीं हैं कि मानवीय आवश्यकताओं को संतुष्ट कर सकें, इसलिए लोग मिल सकने वाली सभी वैकल्पिक वस्तुओं के बीच से बुद्धिसंगत चुनाव करते हैं।

अपना यह तर्क मेंगर ने एक तालिका के ज़रिये प्रदर्शित किया। तालिका का प्रत्येक कॉलम एक अलग वस्तु की नुमाइंदगी करने वाला था। हर कॉलम के शीर्ष पर रोमन

कार्ल मेंगर (1840–1921)

संख्याएँ थीं जिनके नीचे लिखी गयी साधारण संख्याएँ बता रही थीं कि उन वस्तुओं के उपभोग का व्यक्तियों के लिए संतोष के लिहाज़ से क्या महत्त्व है। मेंगर ने यह भी देखा कि व्यक्ति जैसे-जैसे किसी वस्तु की ज़्यादा से ज़्यादा मात्रा ख़रीदता जाता है, उससे प्राप्त होने वाले संतोष की मात्रा घटती जाती है। इसे उन्होंने *ह्रासमान सीमांत उपयोगिता* का नाम दिया। इसी लिहाज़ से मेंगर की तालिका दिखा रही थी कि किसी वस्तु के उपभोग के शुरुआती दौर में संतोष की मात्रा बहुत अधिक होती है जो इसके बाद होने वाली ख़रीदों में गिरती चली जाती है। तालिका के पहले कॉलम में जीवन संरक्षण के लिए ज़रूरी वस्तुएँ थीं, दूसरे में स्वास्थ्य संरक्षण, तीसरे में व्यक्तिगत कल्याण, चौथे में मनोरंजन आदि से संबंधित वस्तुएँ रखी गयी थीं।

मेंगर के मूल्य सिद्धांत का नतीजा यह निकला कि आत्मगत संतोष देने वाली सभी गतिविधियाँ उत्पादक गतिविधियाँ समझी जाने लगीं। ब्रिटिश क्लासिकल अर्थशास्त्रियों के विपरीत मेंगर के आग्रह के कारण व्यापार भी एक उत्पादक गतिविधि समझा जाने लगा। तर्क दिया गया कि उसके ज़रिये लोग जो वस्तुएँ हासिल करते हैं वे उनके द्वारा त्यागी गयी वस्तुओं के मुक़ाबिले उन्हें अधिक उपयोगिता प्रदान करने वाली होती हैं। इसी तरह फ्रांस्वाँ केस्ने के प्रतिपादन के विपरीत मेंगर के सूत्रीकरण के कारण कृषि और कारख़ाना उत्पादन के दोनों क्षेत्र उत्पादक समझे जाने लगे। मेंगर ने क्लासिकल अर्थशास्त्रियों द्वारा विकसित श्रम के मूल्य सिद्धांत को भी ग़लत साबित किया। उन्होंने कहा कि किसी वस्तु का मूल्य न तो उसके उत्पादन में लगे श्रम का पर्याय हो सकता है, न ही उसमें लगी अन्य वस्तुओं या उसके पुनरुत्पादन में ख़र्च होने वाली उनकी मात्रा के आधार पर उसके मूल्य का आकलन हो सकता है। उसके मूल्य का आकलन तो उस उपयोगिता के महत्त्व का आकलन करके ही हो सकता है जो उस वस्तु का उपभोग करके कोई व्यक्ति सचेत रूप से प्राप्त करता है। चूँकि यह सिद्धांत मूल्य का स्रोत व्यक्ति में देख रहा था इसलिए मेंगर ने दावा किया कि आर्थिक विश्लेषण की शुरुआत व्यक्ति का अध्ययन करके की जानी चाहिए। उनके इस आग्रह को *पद्धतिमूलक व्यक्तिवाद* (मेथडॉलॅजीकल इनडिविजुअलिज़्म) का नाम दिया जाता है। मेंगर ने कहा कि भूमि, श्रम और पूँजी का मूल्य इस बात में निहित है कि उनसे व्यक्ति की आवश्यकताओं की अप्रत्यक्ष पूर्ति होती है। इनके माध्यम से वे वस्तुएँ पैदा होती हैं जिनकी लोग प्रत्यक्ष रूप से कामना करते हैं क्योंकि उनसे व्यक्तिगत उपयोगिता प्राप्त होती है।

1875 से 1884 के बीच मेंगर और जर्मन हिस्टोरिकल स्कूल के विद्वानों के बीच अर्थशास्त्र के पद्धतिमूलक प्रश्नों को लेकर बड़ी तल्ख़ बहस हुई। इस स्कूल के नेता गुस्ताव श्मोलर पर मेंगर ने ख़ास तौर से निशाना साधा। विद्वानों के इस समुदाय की मान्यता थी कि आर्थिक नियमों को लम्बी अवधि में जमा किये गये ऐतिहासिक तथ्यों के माध्यम से ही जाना जा सकता है। किसी अर्थव्यवस्था के बारे में जानना हो तो उसके ऐतिहासिक प्रदर्शन की जाँच करके पैटर्न पता लगाने चाहिए। हिस्टोरिकल स्कूल लोगों और बाज़ारों के लक्षणों के बारे में पूर्वधारणाएँ बना कर सिद्धांतों का सूत्रीकरण करने के ख़िलाफ़ था। वह चाहता था कि ऐतिहासिक तथ्यों और समय व युग के अंतरों का भी सिद्धांतीकरण की प्रक्रिया में ध्यान रखा जाए। इसके विपरीत मेंगर तथ्यों और आँकड़ों को जमा करने के बजाय आर्थिक परिघटना के अनिवार्य लक्षणों या आर्थिक चरों के बीच अनिवार्य संबंधों की खोज करने के ज़रिये सिद्धांत रचने के पक्ष में थे। उनकी मान्यता थी कि ऐतिहासिक या आनुभविक अर्थशास्त्र उपभोक्ता व्यवहार के बारे में पूर्वानुमान नहीं लगा सकता। इस बहस में मेंगर ने दावा किया कि आर्थिक ज्ञान व्यक्ति आधारित विश्लेषण पद्धति के ज़रिये वास्तविक अर्थव्यवस्था के कामकाज की जानकारी प्राप्त होने से पहले ही हासिल किया जा सकता है। यह बहस बहुत लम्बी खिंची और दोनों पक्षों की थकान के कारण अंततः समाप्त हो गयी। पर, अर्थशास्त्र की दुनिया ने मेंगर की पद्धति को ही अपनाया।

देखें : अर्थ-विज्ञान का समाजशास्त्र, आर्थिक जनसांख्यिकी, अल्फ्रेड मार्शल, अमर्त्य कुमार सेन, अंतर्राष्ट्रीय मुद्रा कोष, आधार और अधिरचना, ऑस्कर रायज़ार्ड लांगे, ऐडम स्मिथ, करारोपण, कल्याणकारी अर्थशास्त्र, क्लासिकल अर्थशास्त्र, कार्ल हाइनरिख़ मार्क्स-3, कींसियन अर्थशास्त्र, गुन्नार मिर्डाल, जोआन रोबिंसन, जॉन कैनेथ गालब्रेथ, जॉन मेनार्ड कींस, जॉन स्टुअर्ट मिल, जोसेफ़ शुमपीटर,

जैव विविधता, ट्रस्टीशिप, डेविड रिकार्डो, ढाँचागत समायोजन कार्यक्रम, थॉमस मन और वणिकवाद, थॉमस रॉबर्ट माल्थस, दक्षता, धन, नियोक्लासिकल अर्थशास्त्र, नीतिशास्त्र और अर्थशास्त्र, निकोलस काल्दोर, नियोजन, नियोजन : मार्क्सवादी विमर्श, पण्य, पण्य-पूजा, पेटेंट, पॉल सेमुअलसन, पियरो स्राफ़ा, पूँजी, प्रतियोगिता, फ्रांस्वा केस्ने और प्रकृतिवाद, फ्रेड्रिख़ वॉन हायक, बहुराष्ट्रीय निगम, बाज़ार, बाज़ार की विफलताएँ, बाज़ार-समाजवाद, बौद्धिक सम्पदा अधिकार, ब्रेटन वुड्स प्रणाली, भारत में बहुराष्ट्रीय निगम, भारत में नियोजन, भारत में पेटेंट क़ानून, भारत में शेयर संस्कृति, भूमण्डलीकरण और पूँजी बाज़ार, भूमण्डलीकरण और वित्तीय पूँजी, भूमण्डलीकरण और वित्तीय उपकरण, मार्क्सवादी अर्थशास्त्र, मिल्टन फ्रीडमेन, मूल्य, राजकोषीय नीति और मौद्रिक नीति, रॉबर्ट ओवेन, विलफ्रेडो परेटो।

संदर्भ

1. मैक्स आल्टर (1990), *कार्ल मेंगर ऐंड द ओरिजिंस ऑफ़ ऑस्ट्रियन इकॉनॉमिक्स,* वेस्टव्यू प्रेस, बोल्डर, कोलोराडो.
2. हेनरी-साइमन ब्लॉक (1940), 'कार्ल मेंगर : द फ़ाउंडर ऑफ़ द ऑस्ट्रियन स्कूल', *जर्नल ऑफ़ पॉलिटिकल इकॉनॉमी,* खण्ड 48, अंक 3.
3. ब्रूस जे. क्लैडवेल (सम्पा.) (1990), *कार्ल मेंगर ऐंड हिज लीगेसी इन इकॉनॉमिक्स,* ड्यूक युनिवर्सिटी प्रेस, डरहम ऐंड लंदन.
4. फ्रेड्रिख वॉन हायक (1931), 'कार्ल मेंगर', *इकॉनॉमिका,* 1.

— अभय कुमार दुबे

कार्ल रायमुंड पॉपर

(Karl Raimund Popper)

बीसवीं सदी के प्रमुख विचारकों में से एक दार्शनिक कार्ल रायमुंड पॉपर (1902-1994) विज्ञान के संदर्भ में 'फ़ाल्सीफ़िकेशिनज़म' और राजनीति के संदर्भ में सुधारवादी उदारतावाद के सूत्रीकरण के लिए जाने जाते हैं। पॉपर से पहले विज्ञान के दार्शनिक आम तौर पर यह दिखाने की कोशिश करते थे कि वैज्ञानिक सिद्धांतों की सत्यता किस प्रकार प्रमाणित की जा सकती है। लेकिन पॉपर ने 1934 में प्रकाशित अपनी रचना द *लॉजिक ऑफ़ साइंटिफ़िक डिस्कवरी* में वैज्ञानिक सिद्धांतों के मिथ्याकरण का सूत्र पेश करते हुए दावा किया कि विज्ञान अपनी परिकल्पनाओं और व्याख्याओं की सच्चाई प्रमाणित करने के ज़रिये नहीं बल्कि उनके ग़लत साबित होने के आधार पर आगे बढ़ता है। पॉपर ने 1945 में प्रकाशित अपनी दूसरी विख्यात रचना द *ओपन सोसाइटी ऐंड इट्स एनिमीज़* में प्लेटो से लेकर हीगेल और मार्क्स तक पश्चिमी चिंतन परम्परा के ख़िलाफ़ विद्रोह का झंडा बुलंद किया। उन्होंने इन सभी विचारकों को बंद समाज का प्रवक्ता घोषित करते हुए उनके सिद्धांतों को जड़सूत्रों की श्रेणी में रखा। पॉपर ने मार्क्सवाद और फ्रॉयडियन मनोविश्लेषण को छद्म-विज्ञान क़रार दिया। वे किसी भी तरह की सामाजिक या आर्थिक इंजीनियरिंग के ख़िलाफ़ थे। उन्होंने 1957 में प्रकाशित अपनी रचना *पॉवर्टी ऑफ़ हिस्टोरिसिज़म* में इतिहास के नियम खोज लेने का दावा करने वाली विचार-प्रणालियों के खोखलेपन का पर्दाफ़ाश किया।

कार्ल पॉपर का जन्म वियना के एक यहूदी परिवार में हुआ था। उनके पिता एक ख़ुशहाल वकील थे। लेकिन पहले विश्व-युद्ध और उसके फलितार्थों के कारण उनके परिवार को आर्थिक संकट का सामना करना पड़ा। सोलह साल की उम्र में पढ़ाई छोड़ कर उन्हें मज़दूरी करनी पड़ी। उन्होंने बढ़ईगीरी भी सीखी। युवावस्था में वे मार्क्सवाद से प्रभावित रहे, लेकिन कम्युनिस्ट आंदोलनकारियों द्वारा की जाने वाली हिंसा को देख कर इस विचारधारा से उनका मोह भंग हो गया। 1928 में उन्होंने वियना विश्वविद्यालय से पीएचडी की और फिर अध्यापन करने लगे। 1938 में हिटलर द्वारा ऑस्ट्रिया को ज़बरन जर्मनी में मिलाने के ठीक पहले यहूदी विरोधी राजनीति को भाँप कर वे अपनी पत्नी के साथ न्यूज़ीलैण्ड चले गये और केंटरबरी विश्वविद्यालय में दर्शनशास्त्र पढ़ाने लगे। 1945 में वे ब्रिटिश नागरिक बने और लंदन स्कूल ऑफ़ इकॉनॉमिक्स में 1948 से 69 कर प्रोफ़ेसर रहे। 1965 में उन्हें 'सर' की उपाधि से विभूषित किया गया। उन्होंने अपनी पहली रचना *द लॉजिक ऑफ़ साइंटिफ़िक डिस्कवरी* जर्मन भाषा में ही लिखी थी, जिसका अंग्रेज़ी अनुवाद उसके प्रकाशन के कई साल बाद छपा।

एक तरह से पॉपर अट्ठारहवीं सदी में डेविड ह्यूम द्वारा डाली गयी परम्परा को आगे बढ़ाने वाले चिंतक थे। ह्यूम ने आगमनात्मकता (इंडक्शन) की समस्या को रेखांकित किया था। कुछ विशिष्ट प्रेक्षणों को एक आम सिद्धांत की शक्ल देने की प्रक्रिया को आगमनात्मकता कहा जाता है। ह्यूम को इस प्रक्रिया की सत्यता पर संदेह था। इसी तर्ज़ पर पॉपर ने वस्तुनिष्ठता का दावा करने वाले विज्ञानों द्वारा अपने सिद्धांतों को प्रमाणित करने की क्षमता को मानने से इनकार कर दिया। उनका कहना था कि वैज्ञानिक सिद्धांत प्रयोगशालाओं में परीक्षणों के ज़रिये और बाह्य-विश्व में प्रेक्षणों के ज़रिये प्रमाणित ज़रूर किये जा सकते हैं, पर उन्हें हर तरह के देश-काल पर लागू होने वाले नियमों की तरह सही साबित नहीं किया जा सकता। पॉपर के अनुसार विज्ञान का काम किसी परिघटना की इस तरह व्याख्या करना है कि उससे आने वाले समय में होने वाली कुछ घटनाओं के बारे में न केवल भविष्यवाणी की जा सके, बल्कि उन घटनाओं का प्रेक्षण भी किया जा सके। इसके बाद यह देखा जाना

कार्ल रायमुंड पॉपर (1902–1994)

चाहिए कि वे घटनाएँ उसी तरीक़े से घटती हैं या नहीं। मसलन, गैलीलियो की परिकल्पना थी कि किसी वस्तु का भार उसके गिरने के वेग पर प्रभाव नहीं डालता। यह साबित करने के लिए गैलीलियो ने पीसा की मीनार से तोप के दो अलग-अलग वज़न वाले गोले नीचे फेंके और दोनों एक साथ ही धरती पर गिरे। अगर इसी तरह के परीक्षण पर कोई सिद्धांत खरा उतरता है तो थोड़ी देर के लिए उसे सच्चा मान कर स्वीकार किया जा सकता है। अगर ऐसा नहीं होता तो सिद्धांत अपने आप ख़ारिज हो जाता है, और उसकी जगह किसी बेहतर नये सिद्धांत को लाने की कोशिश की जाती है जिसे प्रमाणित किया जा सके। इस तरह सिद्धांत लगातार परीक्षा के दौर से गुज़रते रहते हैं। प्रेक्षणों की संख्या जितनी बढ़ती जाएगी और उन्हें जितनी ज़्यादा नफ़ासत और बारीकी से किया जाएगा, उतने ही ज़्यादा सिद्धांत ग़लत साबित होते जाएँगे। यहाँ तक कि अत्यंत प्रमाणित समझे जाने वाले सिद्धांतों पर प्रश्नचिह्न लग जाएगा।

अपने इस तर्क का इस्तेमाल पॉपर ने विज्ञान और छद्म-विज्ञान के बीच फ़र्क़ करने में किया। जो वैज्ञानिक सिद्धांत मिथ्या साबित नहीं किये जा सकते, उन्हें पॉपर ने छद्म क़रार दिया। उनका कहना था कि तथ्यगत रूप से परीक्षणीय कसौटियों पर खरा उतरने से इनकार करने वाला विज्ञान फ़र्ज़ी होता है। ऐसा विज्ञान अपने ग़लत प्रमाणित हो जाने के बावजूद लगातार अपनी विफलता से इनकार करता रहता है। पॉपर के अनुसार मार्क्सवाद और मनोविश्लेषण ऐसे ही विज्ञान हैं। सच्चा वैज्ञानिक तो वह होता है जो अपने सिद्धांत के ग़लत साबित हो जाने पर उसे कूड़ेदान में फेंक दे। अपनी दो खण्डों की रचना *द ओपिन सोसाइटी* में पॉपर ने प्लेटो को एक प्रतिक्रियावादी और सर्वसत्तावादी चिंतक क़रार दिया, एक ऐसा चिंतक जिसने दार्शनिक अभिजन के हाथ में सम्पूर्ण सत्ता दे कर समाज-परिवर्तन का रास्ता बंद कर दिया। हीगेल उनकी निगाह में एक 'ख़तरनाक' विचारक और सम्पूर्ण ज्ञान का दावा करने वाले हवाबाज़ के अलावा कुछ नहीं थे। मार्क्स की उन्होंने कुछ प्रशंसा भी की है। पॉपर का ख़याल था कि मानवीय प्रकृति और किसी निश्चित सामाजिक परिस्थिति में सक्रिय लोगों की प्रेरक-शक्तियों के बीच फ़र्क़ करना मार्क्स की विशेष उपलब्धि थी। लेकिन इसी के साथ मार्क्स में भी सम्पूर्णतावादी और निर्धारणवादी प्रवृत्तियाँ थीं। उन्होंने व्याख्या और विश्लेषण को भविष्यवाणी के मातहत करते हुए पूँजीवाद के अपरिहार्य अंत की घोषणा कर दी थी।

द पॉवर्टी ऑफ़ हिस्टोरिसिज़म में पॉपर ने मार्क्स और अन्य ऐसे ही कई अन्य चिंतकों का विश्लेषण किया है। उनका कहना कि जिन बातों को इतिहास का नियम बता कर पेश किया जाता है, वे दरअसल महज़ एक ख़ास युग की प्रवृत्तियाँ होती हैं। मसलन, 'पूँजी के उत्तरोत्तर संकेंद्रण का नियम' ज़्यादा से ज़्यादा एक रुझान को व्यक्त करने वाला वक्तव्य है। किसी रुझान को भविष्य के पूर्वानुमान में बदलने की कोशिशें पॉपर के अनुसार दुर्बलताओं की शिकार होती हैं। इतिहास के नियमों में यक़ीन रखने वाला अपने ही सिद्धांतों की नाकामी के अंदेशों से जूझने के लिए अभिशप्त रहता है।

पॉपर को राजनीति और विज्ञान में इस तरह के सवाल उठाने पर गहरी आपत्तियाँ थीं : 'हम निर्भूल कैसे हो सकते हैं?' या 'हमें सर्वश्रेष्ठ शासक कैसे मिल सकते हैं?' पॉपर के अनुसार इन सवालों के बजाय हमें पूछना यह चाहिए : 'हम अपनी त्रुटियों का जल्दी से जल्दी पता लगा कर निवारण कैसे कर सकते हैं?' या 'हम बुरे शासकों के कामों से होने वाले नुक़सानों को कम से कम कैसे कर सकते हैं?'

पॉपर मुख्यतः एक उदारतावादी चिंतक थे : व्यक्ति की स्वायत्तता को बचाने के लिए प्रतिबद्ध और क़ानून के समक्ष सबकी बराबरी के तरफ़दार। उनकी सिफ़ारिश थी कि सरकार को ज़्यादा से ज़्यादा लोगों का कल्याण करने के दूरगामी नज़रिये से आर्थिक-सामाजिक परियोजनाएँ चलाने के बजाय उनके कष्टों को न्यूनतम करने की कोशिश करनी चाहिए। चूँकि वे मानते थे कि मानव-प्रकृति के बारे में पहले से कुछ भी पक्का नहीं कहा जा सकता, इसलिए वे सफल नियोजन की धारणा के प्रति संशयग्रस्त रहते थे।

देखें : अफ़लातून, अरस्तू, आग्युस्त कॉम्त, इमैनुएल कांट, ईसैया बर्लिन, कार्ल हाइनरिख़ मार्क्स-1, 2, 3 और 4, ज्याँ-ज़ाक रूसो, चार्ल्स-लुई द सेकोंद मोंतेस्क्यू, जॉर्ज विल्हेल्म फ्रेड्रिख़ हीगेल, निकोलो मैकियावेली, मार्सिलियस पाडुआ के, सुकरात, संत थॉमस एक्विना।

संदर्भ

1. बी. मैगी (1973), *पॉपर,* फ़ोंटाना, लंदन.
2. जी. करी और ए. मुसग्रेव (सम्पा.) (1985), *पॉपर ऐंड द ह्यूमन साइंसेज़,* निजहॉफ़, द हेग.
3. पी.ए. शिल्प (सम्पा.) (1974), *द फिलॉसफ़ी ऑफ़ कार्ल पॉपर,* ओपिन कोर्ट, ल सेल, आईएल.
4. के.आर. पॉपर (1945), *द ओपिन सोसाइटी ऐंड इट्स एनेमीज़,* रॉटलेज ऐंड कीगन पॉल, लंदन.

— अभय कुमार दुबे

कार्ल हाइनरिख़ मार्क्स-1

(बेगानगी और दुनिया बदलने का सवाल)

(Karl Heinrich Marx-1)

उन्नीसवीं और बीसवीं सदी में राजनीतिक और सामाजिक परिवर्तन की प्रक्रिया को सर्वाधिक और निर्णायक रूप से प्रभावित करने वाले कार्ल हाइनरिख़ मार्क्स (1818-1883) एक सम्पूर्ण बुद्धिजीवी थे। युरोपीय दार्शनिक परम्परा के विद्वान, अर्थशास्त्र की क्लासिकल परम्परा के अर्थशास्त्री, अथक राजनीतिक संगठक, समझौताहीन क्रांतिकारी और आधुनिक समाजवाद के शीर्ष सिद्धांतकार के तौर पर मार्क्स ने पूँजीवाद का आलोचनात्मक विश्लेषण करते हुए साम्यवादी समाज का यूटोपियायी स्वप्न रचा। अपना मक़सद हासिल करने के लिए उन्होंने कम्युनिस्ट आंदोलन की नींव रखी और घोषित किया कि दार्शनिकों ने तरह-तरह से दुनिया की व्याख्या तो बहुत कर ली, असली सवाल तो यह है कि उसे बदला कैसे जाए। मार्क्स के विचारों ने ही युरोप, एशिया, अफ्रीका और लातीनी अमेरिका के कई देशों में मज़दूरों और किसानों के नेतृत्व में राज्य-क्रांतियों का रास्ता साफ़ किया।

मार्क्स केवल 65 वर्ष तक जीवित रहे। उनके जीवन में उनके विचारों पर ज़्यादा ध्यान नहीं दिया गया। उनकी कई महत्त्वपूर्ण रचनाएँ उनके देहांत के बाद प्रकाशित हुईं। जैसे पेरिस की विख्यात पांडुलिपियाँ तो 1930 में यानी बोल्शेविक क्रांति के बाद जाकर प्रकाशित हो पायीं। ऐतिहासिक भौतिकवाद का प्रवर्तन करने वाली रचना जर्मन आइडियॉलॅजी भी उनके निधन के बाद ही प्रकाशित हो पायी थी। लेकिन इसके बावजूद उनकी सक्रियताओं, विश्लेषणों और सूत्रीकरणों के इर्द-गिर्द एक बहुमुखी बौद्धिक संरचना तैयार हुई जिसे मार्क्सवाद के नाम से जाना गया। इसी मार्क्सवाद के कारण दुनिया पिछले डेढ़ सौ साल से दो हिस्सों में बँटी हुई है। लोग या तो मार्क्स के समर्थक हैं या विरोधी। आज ख़ुद को मार्क्सवादी बताने वाले राज्यों का शीराज़ा अपने अंतर्विरोधों के कारण ध्वस्त हो चुका है, लेकिन मार्क्स द्वारा रखे गये पूँजीवाद विरोधी प्रस्ताव आज भी दुनिया भर में समतामूलक राजनीति के प्रेरणास्रोत बने हुए हैं। बीसवीं सदी में मानवीय ज्ञान के सभी सोपानों पर मार्क्स के विचारों का निर्णायक असर पड़ा है। चाहे समाजशास्त्र हो, राजनीतिशास्त्र हो, साहित्य-सिद्धांत अर्थशास्त्र हो, दर्शन हो या इतिहास, मार्क्स के व्यापक और निरंतर संदर्भ के बिना ज्ञान की कोई भी रचना पूर्ण नहीं है।

मार्क्स ने एक घटनापूर्ण जीवन जिया और विशद वांगमय रचा। उन्होंने जीवन के हर क्षेत्र को स्पर्श करने वाले विचार व्यक्त किये। मुख्यत: उनके कृतित्व के केंद्र में पूँजीवाद का विस्तृत विश्लेषण और उसके मर्म में मौजूद वर्ग-संबंधों की गतिशीलता है। इसमें कोई शक नहीं कि मार्क्स का चिंतन पश्चिम के कई विचारकों और समाज-वैज्ञानिकों के कृतित्व की बुनियाद पर खड़ा हुआ है। शायद इसीलिए कई बार मार्क्स को समझने के लिए उनके विमर्श को विभिन्न दार्शनिकों और अर्थशास्त्रियों के सूत्रीकरणों को जोड़ कर बनाये गये ढाँचे के रूप में पेश किया जाता है। इस सरलीकृत रवैये के तहत कहा जाता है कि मार्क्स ने जर्मन भाववादी दार्शनिक हीगेल से द्वंद्ववाद सीखा और उन्हीं से यह सूत्र भी ग्रहण किया कि सभी दार्शनिक समस्याओं का समाधान इतिहास में मौजूद है। द्वंद्ववाद और इतिहास संबंधी हिगेलियन समझ में उन्होंने लुडविग फ़ायरबाख़ के भौतिकवाद को मिला कर अपने दार्शनिक विचारों की इमारत खड़ी की। यह भी कहा जाता है कि उन्होंने ब्रिटिश दार्शनिक जॉन लॉक की इस दलील को अपनाया कि श्रमिकों को अपने श्रम के लाभों पर मिल्कियत हासिल होनी चाहिए। साथ ही उन्होंने डेविड रिकार्डो के इस सूत्रीकरण को भी अंगीकार किया कि किसी भी उत्पाद का मूल्य उसे उत्पादित करने वाले श्रम पर आधारित होता है। मार्क्स के चिंतन को इधर-उधर से लिए गये टुकड़ों का जोड़ बताने वाला यह रवैया यहीं नहीं रुकता। वह और आगे जा कर कहता है कि जर्मन दर्शन और ब्रिटिश क्लासिकल अर्थशास्त्र के अलावा उन्होंने फ्रांसीसी समाजवाद के प्रतिपादक सैं-सिमों और चार्ल्स फ़ूरिये से उनकी समाजवादी संकल्पना और विज्ञानसम्मत होने का आग्रह प्राप्त किया।

समझने के इस प्रचलित तरीक़े से मार्क्स के योगदान

कार्ल हाइनरिख़ मार्क्स (1818-1883) : युवा मार्क्स

पर न केवल एक कमतर रोशनी पड़ती है, बल्कि उनकी मौलिकता भी खारिज हो जाती है। दरअसल, उनके दर्शन के मर्म में प्रमुख समस्या यह थी कि मनुष्य होने का तात्पर्य क्या है अर्थात् अपने परिवेश के आत्म-सचेत निर्माता के रूप में मनुष्य इस प्रकृति में अन्य जीवों से किस तरह अलग है। मार्क्स ने सवाल उठाया कि मनुष्य अपने पसंदीदा समाज की रचना करना तो चाहता है, लेकिन उसमें कामयाब क्यों नहीं होता? वे इस नतीजे पर पहुँचे कि मनुष्य इतिहास की रचना अवश्य करता है, पर अपनी इच्छित परिस्थितियों के तहत नहीं। इसी क्रम में उन्होंने पता लगाने की कोशिश की कि मौजूदा ऐतिहासिक परिस्थितियाँ कैसे बनी, उन्होंने मानवीय सम्भावनाओं को पूर्णरूपेण पुष्पित-पल्लवित होने से कैसे रोका और मनुष्य अपनी रचनात्मक क्षमताओं के शिखर पर कैसे पहुँच सकता है।

मार्क्स के इस केंद्रीय सरोकार में कई रैडिकल सम्भावनाएँ थीं जिन्हें साकार करने के लिए उन्होंने अपनी पूर्ववर्ती ज्ञान-परम्परा से सीखा भी और उसकी रचनात्मक आलोचना भी की। यह एक संश्लिष्ट प्रक्रिया थी जिसके दौरान उनका शास्त्र विकसित हुआ। 1841 में दर्शनशास्त्र में डॉक्टरेट करने के दौरान और बाद में चले राजनीतिक घटनाक्रम ने मार्क्स के सामने स्पष्ट कर दिया कि वे विश्वविद्यालयीय प्रणाली में अपना कॅरियर नहीं बना सकते। फ्रीड्रिख़ विल्हेल्म-चतुर्थ की अनुदार सरकार वामपंथी रुझान रखने वाली यंग हिगेलियन विद्वत्मण्डली से सख़्त नाराज़ थी, जिसके प्रमुख सदस्य मार्क्स भी थे। अगले साल से मार्क्स ने राइनलैण्ड, फ्रांस और बेल्जियम के रैडिकल पत्रों का सम्पादन शुरू कर दिया। अख़बारनवीसी के इस दौर ने उनके जीवन पर दो तरह के असर डाले। पहले तो उन्हें एहसास हुआ कि सामाजिक-आर्थिक स्थितियों पर उनकी पकड़ कितनी कम है। यह प्रतीति उन्हें विशद और गहन अध्ययन की लम्बी परियोजना की तरफ़ ले गयी। इसका दूसरा असर यह हुआ कि मार्क्स के तीखे और गहन विश्लेषण के परिणामस्वरूप उस अख़बार को सरकार का कोपभाजन बनना पड़ा। परिणामस्वरूप मार्क्स ने फ्रांस चले जाने का फ़ैसला किया। 1943 में वे फ्रांस पहुँचे और वहाँ रहने वाले जर्मन मज़दूरों और क़िस्म-क़िस्म के फ्रांसीसी समाजवादियों के सम्पर्क में आये। पेरिस में कुछ ही महीने गुज़ारने के बाद उन्होंने ख़ुद को कम्युनिस्ट घोषित कर दिया। उनके इसी दौर का नतीजा 1844 की विख्यात पेरिस पांडुलिपियों में निकला।

यह बात अक्सर बतायी जाती है कि मार्क्स यंग हिगेलियन आंदोलन के प्रभाव में थे। यंग हिगेलियनों की कोशिश रहती थी कि वे हीगेल के दर्शन और फ्रांसीसी ज्ञानोदय से निकले वैज्ञानिक भौतिकवाद का कोई जोड़ निकालें। लेकिन ऐसा करते हुए भी इस विद्वत्मण्डली के सदस्य अलग-अलग दिशाओं में गये। डेविड स्ट्रॉस ने ईसा मसीह के जीवन का सेकुलरीकरण करने वाले ब्योरे तैयार किये। ब्रूनो बॉउर ने रैडिकल नास्तिकवाद का विचार विकसित किया। लुडविग फ़ायरबाख़ ने मानवतावाद का भौतिकतावादी संस्करण गढ़ा। अर्नोल्ड रुज ने उदारतावादी लोकतंत्र की राह पकड़ी। मोज़ेज़ हेस ने साम्यवाद में निहित सामाजिक समानता की पैरोकारी की। लेकिन मार्क्स ने अपनी मित्रता क़ायम की फ्रेड्रिख़ एंगेल्स के साथ जो बार्मेन शहर के थे और कैल्विनवादी धार्मिक विचारों से जद्दोजहद करते हुए दर्शनशास्त्र की तरफ़ आये थे। एंगेल्स ने ही पेरिस में मार्क्स का परिचय मज़दूर वर्ग के आंदोलन से कराया। एंगेल्स की सोहबत में मार्क्स राजनीतिक अर्थशास्त्र के अध्ययन की तरफ़ आकर्षित हुए। इन दोनों की जोड़ी का महत्त्व ऐतिहासिक साबित हुआ।

ये दोनों युवा दार्शनिक हीगेलियन द्वंद्ववाद से बहुत प्रभावित थे। उन्होंने निरंतर विकासमान समग्र यथार्थ की द्वंद्वात्मक गतिशीलता के इस सिद्धांत को 'क्रांति का अल्ज़बरा' क़रार दिया। लेकिन इस बीजगणित के फ़ार्मूलों की दार्शनिक भित्ति अभी स्पष्ट न थी। इसे हासिल करने की

प्रक्रिया में मार्क्स न केवल *इक्कॉनॉमिक ऐंड फिलॉसफ़िकल मैन्युस्क्रिप्ट्स ऑफ़ 1844* में बल्कि इसी समय की एक अन्य रचना द *होली फ़ैमिली* में जर्मन भाववाद से हटते हुए नज़र आये। हीगेल की मान्यता यह थी कि एक परितृप्त और सम्पूर्ण मनुष्यत्व की रचना का कार्यभार धार्मिक आत्मनिष्ठता की प्राप्ति के ज़रिये सम्भव है। यंग हीगेलियनों को दिखाई दे रहा था कि आधुनिक सभ्यता और संस्कृति मनुष्य को अपने ही परिवेश में बेगानेपन का शिकार बना देती है। वे यह ज़रूर मानते थे कि इस बेगानेपन से पार पाने की सम्भावनाएँ भी उसी संस्कृति में निहित हैं। लेकिन यंग हीगेलियनों को इस द्वंद्व में से निकलने का तरीक़ा पता नहीं था। पेरिस की पांडुलिपियों में मार्क्स ऐसे पहले दार्शनिक बन कर उभरे जिन्होंने मनुष्य की जीवन-स्थितियों में सामाजिक-आर्थिक स्थितियों के बुनियादी महत्त्व को रेखांकित किया। उन्होंने दिखाया कि अपनी श्रम संबंधी गतिविधियों के दौरान किस प्रकार एक मनुष्य दूसरे मनुष्यों के साथ व्यावहारिक संबंधों की रचना करता है। चूँकि श्रम करता हुआ मनुष्य उनके विचार के केंद्र में था, इसलिए उन्होंने उसके बेगानेपन, शोषण और तकलीफ़ पर गहराई से चिंतन किया। मार्क्स ने जो विमर्श विकसित किया उसका मक़सद मेहनत करते हुए इनसान के रोज़मर्रा के भौतिक हालात सुधारने तक सीमित नहीं था, बल्कि वे ऐसी परिस्थितियों का सृजन करना चाहते थे जिनके तहत वह पूरी तरह आज़ाद हो कर एक सम्पूर्ण और संतुष्ट जीवन जीते हुए सामाजिक धरातल पर आत्माभिव्यक्ति कर सके। मार्क्स की निगाह में मनुष्य अपने बेगानेपन से तभी मुक्त हो सकता था जब उसकी दशा-दिशा को महज़ राजनीतिक अर्थशास्त्र के भौतिकवादी विमर्श के ज़रिये समझने की कोशिश की जाये।

इनसान के बेगानेपन के इलाज के सवाल पर हीगेल और फ़ायरबाख़ की दार्शनिक मुठभेड़ दरअसल भाववाद और भौतिकवाद की टक्कर थी। हीगेल की कोशिश यह समझाने की थी कि प्रकृति सीमित ज़रूर है पर मानवीय चेतना के असीम से वंचित होने के बजाय उसकी अभिव्यक्ति है। अगर यह समझ लिया जाए तो बेगानेपन से मुक्ति मिल सकती है। फ़ायरबाख़ का तर्क यह था कि मनुष्य को मुक्ति किसी असीम से तादात्म्य स्थापित करने से नहीं मिलेगी, बल्कि उसकी मुक्ति तो प्रकृति की भौतिकता और ऐंद्रिकता का आनंद उठाते हुए अन्य मनुष्यों के साथ प्रेमिल समरसता से उपलब्ध होगी। इस मुठभेड़ में एक सहमति भी शामिल थी। हीगेल और फ़ायरबाख़ मानते थे कि बेगानेपन का बोध मूलत: है एक भ्रांत चेतना का परिणाम ही, इसलिए अगर इस जगत की सही व्याख्या, सही समझ हासिल कर ली जाए तो बेगानेपन का यह एहसास ख़त्म हो सकता है। दोनों दार्शनिक चेतना के बेगाने पहलुओं की दुहरी प्रकृति पर भी उँगली रख रहे थे। उनका कहना था कि यह बेगानगी एक व्यर्थ जीवन के अफ़सोस और जगत से परे कहीं जा कर धर्म और अध्यात्म में उसके परिहार की उम्मीद से मिल कर बनी है। अफ़सोस तड़पाता है और उम्मीद दिलासा देती है।

मार्क्स ने भाववाद और भौतिकवाद की इस मुठभेड़ में तीसरा मक़ाम पकड़ा। उनका कहना था कि बेगानी चेतना द्वारा व्यक्त व्यर्थ-जीवन के विलाप से उसकी सच्चाई का पता चलता है और बेगानेपन की संरचना स्पष्ट होती है। इसी बेगानेपन की एक अभिव्यक्ति धर्म है, जो जीवन की रिक्तता, गरिमाहीनता और पतनशीलता का लक्षण भी है और इसको बर्दाश्त करने की, उसकी निरंतर पीड़ा, दु:ख और अमानवीयता टीस से बचने की अफ़ीम जैसी दवा भी है। मार्क्स द्वारा इस्तेमाल किया गया अफ़ीम का रूपक लगातार चर्चा में रहा है।

इसका मतलब है एक ऐसा उपचार जो वास्तविक मर्ज़ का तो इलाज़ नहीं कर सकता पर दर्द-निवारक की तरह राहत ज़रूर देता है। अपने लेखन में आगे चल कर मार्क्स धर्म के ज़रिये वास्तविक द्वंद्वों के प्रति जागरूक हो सकने की सम्भावना भी व्यक्त करते हैं। भाववाद और भौतिकवाद की इस बहस का समापन मार्क्स ने हीगेल और फ़ायरबाख़ की इस दावेदारी के खण्डन के साथ किया कि जगत की सही व्याख्या या समझ बेगानेपन की भ्रांत अनुभूति से छुटकारा दिला देगी। मार्क्स का सूत्रीकरण यह था कि सवाल जीवन और जगत की सही-सही दार्शनिक व्याख्या का नहीं है, बल्कि ऐसी भौतिक स्थितियों की उपलब्धि का है जिनके तहत इनसानी ज़िंदगी किन्हीं भी अर्थों में अपूर्णता के लिए अभिशप्त न रह सके। मार्क्स जब दुनिया बदलने की बात करते हैं तो उसके पीछे उनका यही तात्पर्य होता है। पेरिस की पांडुलिपियों के अतिरिक्त इस संबंध में मार्क्स की एक और महत्त्वपूर्ण रचना है *थीसिस ऑन फ़ायरबाख़* जिसमें उनकी फ़ायरबाख़ संबंधी टिप्पणियाँ दर्ज हैं।

देखें : अर्नेस्टो चे गुएवारा, आधार और अधिरचना, ऑस्कर रायज़ार्ड लांगे, आंगिक और पारम्परिक बुद्धिजीवी, एंतोनियो ग्राम्शी, नयी सदी में मार्क्सवादी विमर्श-1, 2. 3,4 5, 6, 7, 8 और 9, निष्क्रिय क्रांति, फ्रेड्रिख़ एंगेल्स, भारत में किसान संघर्ष-2 और 4, भारतीय कम्युनिस्ट पार्टी, भारतीय कम्युनिस्ट पार्टी (मार्क्सवादी), भारतीय इतिहास लेखन-4 और 5, भाषा के मार्क्सवादी सिद्धांत, भ्रांत चेतना, बोल्शेविक क्रांति, फ्रांस्वा-चार्ल्स मारी फ़ूरिये, क्यूबा की क्रांति, फ्रेंज़ फ़ानो, हिंसा-1 और 2, मानवेंद्र नाथ राय, माओ त्से-तुंग, माओवाद और माओ विचार, मार्क्सवाद-1, 2, 3, 4 और 5, मार्क्सवादी इतिहास-लेखन, मार्क्सवादी समाजशास्त्र, मार्क्सवाद और पारिस्थितिकी, मार्क्सवादी अर्थशास्त्र, समाजवादी वसंत-1, 2, 3, और 4, लेनिनवाद, लियोन ट्रॉट्स्की, लिबरेशन थियोलॅजी, सांस्कृतिक क्रांति, स्तालिन और स्तालिनवाद, सोवियत समाजवाद-1, 2 और 3, सोवियत सिनेमा, वर्चस्व, व्लादिमिर इलीच लेनिन।

संदर्भ

1. कार्ल मार्क्स और फ्रेड्रिख़ एंगेल्स (1976-2005), *कलेक्टिड वर्क्स,* 50 खण्ड, इंटरनैशनल पब्लिशर्स, न्यूयॉर्क.
2. ईसैया बर्लिन (1978), *कार्ल मार्क्स : हिज़ लाइफ़ ऐंड एनवायरनमेंट,* चौथा संस्करण, ऑक्सफ़र्ड युनिवर्सिटी प्रेस, ऑक्सफ़र्ड.
3. हाल ड्रैपर (1977-2008), *कार्ल मार्क्सिज़ थियरी ऑफ़ रेवोल्यूशन,* छह खण्ड, मंथली रिव्यू प्रेस, न्यूयॉर्क.
4. अंर्स्ट फ़िशर (1970), *इसेंशियल मार्क्स,* हर्डर ऐंड हर्डर, न्यूयॉर्क.

— अभय कुमार दुबे

कार्ल हाइनरिख़ मार्क्स-2

(ऐतिहासिक भौतिकवाद)

(Karl Heinrich Marx-2)

पेरिस पांडुलिपियों में कम्युनिज़म की मानवतावादी अवधारणा का प्रतिपादन करने के बाद मार्क्स ने मानव-समाज के विकास में इतिहास की भूमिका पर ध्यान दिया। हुआ यह कि 1844 के अंत में उन्हें और एंगेल्स को उनकी रैडिकल गतिविधियों के कारण फ्रांस से निष्कासित कर दिया गया। वे ब्रुसेल्स (बेल्जियम) पहुँचे और तीन साल का वक़्त वहीं गुज़ारा। यहीं उन्होंने इतिहास का गहन अध्ययन किया जिसका परिणाम ऐतिहासिक अनुसंधान के एक सामान्य कार्यक्रम की प्रस्तावना में निकला जिसकी पहली अभिव्यक्ति *जर्मन आइडियॉलॅजी* नाम की कृति में हुई। इस प्रस्तावना के केंद्र में था ऐतिहासिक भौतिकवाद का प्रतिपादन जो स्वयं मार्क्स और उनके जोड़ीदार एंगेल्स के शब्दों में अमूर्त परिकल्पनाओं पर आधारित कोई दार्शनिक प्रपत्ति न हो कर यथार्थपरक तथ्यों पर आधारित था। मार्क्स ने यह भी स्वीकार किया है कि एक बार जब ऐतिहासिक भौतिकवाद का सूत्र उनके हाथ लग गया तो फिर उन्होंने और एंगेल्स ने अपने सभी अध्ययनों में उसे मार्गदर्शक अंतर्धारा की तरह इस्तेमाल किया।

ऐतिहासिक भौतिकवाद कुछ मान्यताओं पर आधारित है। पहली मान्यता यह है कि अपनी उत्पादक शक्तियों का लगातार विकास करने की इच्छा मनुष्य के स्वभाव में निहित है। पूँजीवाद के आगमन ने इतिहास में पहली बार कुछ ख़ास तरह की परिस्थितियाँ पैदा कर दी हैं। पूँजीपति वर्ग और पूँजीवाद के आगमन से पहले मानवीय इतिहास आदिम साम्यवाद, उसके बाद दास प्रथा, फिर सामंतवाद को लम्बी अवधियों से गुज़र चुका है। पूँजीवाद के तहत मनुष्य ने आपसी सहयोग के जटिल नेटवर्कों के माध्यम से इन शक्तियों को इतना बढ़ा लिया है कि अपने उत्पादन के सामाजिक रूपों के नियंत्रण की बागडोर उसके हाथ में आ गयी है। उत्पादन और उस पर नियंत्रण की यह प्रक्रिया मनुष्य को आत्म-सचेत और आत्म-निर्णय से सम्पन्न बनाती है। लेकिन दूसरी तरफ़ पूँजीवाद एक गड़बड़ भी करता है। उसके सामाजिक उत्पादन को उत्पादकों के हाथ में देने के बजाय बाज़ार के हवाले कर देता है जिससे मनुष्य का सामूहिक आत्म-निर्णय कुंठित हो जाता है। इसी सामूहिक आत्म-निर्णय की पुनः प्राप्ति की सम्भावनाएँ मार्क्स ने सर्वहारा वर्ग की ऐतिहासिक स्थिति में देखीं। आधुनिक समाज का विश्लेषण करते समय मार्क्स कई वर्गों की मौजूदगी रेखांकित करते हैं। इसमें कुलीन-सामंत वर्ग, किसान वर्ग और निम्न-पूँजीवादी वर्ग भी है। लेकिन वे बताते हैं कि मुख्य अंतर्विरोध पूँजीपति वर्ग और सर्वहारा के बीच ही है। दूसरी मान्यता यह है कि समाज का आर्थिक ढाँचा (जो उसके उत्पादन-संबंधों से बनता है) ही उसकी बुनियाद है। इस आधार पर ही विधिक और राजनीतिक अधिरचना टिकी होती है। किसी युग में प्रचलित समाज के विविध रूप इसी आधार-अधिरचना संबंध की देन होते हैं। तीसरी मान्यता यह है कि जब किसी समाज में उत्पादक शक्तियाँ विकसित होती हैं तो उनका मौजूदा उत्पादन-संबंधों से टकराव होता है क्योंकि वे उन शक्तियों का विकास रोकते हैं। इसी टकराव के गर्भ से सामाजिक क्रांति जन्म लेती है। यह अंतर्विरोध समाज को बाँट देता है। एक-दूसरे के ख़िलाफ़ खड़े वर्गों में संघर्ष होता है जिसका फ़ैसला उत्पादक शक्तियों के पक्ष में होता है और नये उच्चतर उत्पादन-संबंध वजूद में आते हैं। मार्क्स यह भी बताते हैं कि ये संबंध कहीं ऊपर से टपक नहीं पड़ते, बल्कि पुराने समाज के गर्भ में कहीं पनप रहे होते हैं। उत्पादक शक्तियों से मार्क्स का तात्पर्य केवल औज़ारों, मशीनों और कारख़ानों से नहीं था। वे मानवीय कौशल, ज्ञान, अनुभव और मनुष्य की अन्य ख़ूबियों को भी उत्पादक-शक्ति का दर्जा देते हैं। ये शक्तियाँ ही मिल कर किसी समाज में भौतिक उत्पादन करने की ताक़त की रचना करती हैं।

ऐतिहासिक भौतिकवाद दावा करता है कि वर्गों के बीच संघर्ष और मानवीय इतिहास का बुनियादी रुझान उत्पादक शक्तियों के विकास से ही तय होता है। लेकिन इस विकास को समझने के लिए हर परिस्थिति में एक सैद्धांतिक मॉडल की ज़रूरत होती है ताकि उसके ज़रिये उत्पादन की किसी विशिष्ट विधि को समझा जा सके। यह सैद्धांतिक मॉडल समाजों और देशों के हिसाब से अलग-अलग हो सकता है। इसमें कोई शक नहीं कि ऐतिहासिक भौतिकवाद मानवीय इतिहास की गति का एक पूर्व-निर्धारित क़िस्म का ख़ाका पेश करता है। नवम्बर, 1877 में मार्क्स ने अपने एक पत्र में इस सिद्धांत से निकलने वाली इस छवि का निराकरण

करने की कोशिश यह कह कर की थी कि उन्होंने ऐसे किसी ऐतिहासिक-दार्शनिक सिद्धांत का प्रतिपादन नहीं किया है जो हर तरह के समाज पर इतिहास की एक निर्धारित गति थोपता हो। मार्क्स ने युरोपीय सामंतवाद और फिर पूँजीवाद के आगमन का ही गहरा और विस्तृत ऐतिहासिक अध्ययन किया था। बाक़ी उत्पादन-प्रणालियाँ उनके यहाँ विश्लेषण की कोटियाँ भर हैं।

मार्क्सवादियों ने इतिहास की भौतिकवादी समझ को एक ऐसी व्याख्यात्मक रूपरेखा की तरह ग्रहण किया है जिसे न केवल अतीत में हुए परिवर्तनों पर लागू किया जा सकता है, बल्कि उसके आईने में भविष्य की शक्ल-सूरत देखने की चेष्टा भी की जा सकती है। इसके मुताबिक़ पूँजीवाद को संकटग्रस्त होना ही है क्योंकि पूँजीपति वर्ग उत्पादक शक्तियों के निरंतर विकास की शर्त पूरा नहीं कर सकता। इसलिए वह ऐसे अंतर्विरोधों का शिकार होने के लिए अभिशप्त है जिनका लाभ उठा कर सर्वहारा वर्ग उसका तख़्ता पलट देगा।

एक बार जब मार्क्स के विचारों का दार्शनिक और तथ्यगत आधार तैयार हो गया, तो उसके बाद दर्शन और राजनीति के प्रश्नों पर रैडिकल कृतियाँ सामने आने लगीं। साथ ही कम्युनिस्ट आंदोलन की सांगठनिक आधारशिला भी रखी जाने लगी। 1847 में मार्क्स ने प्रूधों की अनावश्यक रूप से आदर्शवादी दावेदारियों का सिलसिलेवार खण्डन करते हुए *द पॉवर्टी ऑफ़ फ़िलॉसफ़ी* की रचना की। उनका कहना था कि मनुष्य अपनी मन-मर्ज़ी से समाज के इस या उस रूप को रचने का चयन नहीं कर सकता। यथार्थ के कई तत्त्व और पहलू ऐसे होते हैं जो कुछ सम्भावनाओं को रोक देते हैं और कुछ को आगे बढ़ाते हैं। इसी क्रम में मार्क्स ने दिखाया कि पूँजीवादी समाज के बुनियादी ढाँचे में एक क्रांतिकारी वर्ग के जन्म की परिस्थितियाँ मौजूद हैं। वह क्रांतिकारी वर्ग सर्वहारा या मज़दूर वर्ग होगा।

इसी वर्ष मार्क्स ने जर्मन आप्रवासी मज़दूरों के संगठन कम्युनिस्ट लीग की सदस्यता ग्रहण की जिसका केंद्र लंदन में था। साल के अंत में लीग ने मार्क्स और एंगेल्स को *कम्युनिस्ट मैनिफ़ेस्टो* लिखने की ज़िम्मेदारी दी जिसका प्रकाशन 1848 में हुआ। यह रचना वर्ग-संघर्ष, ऐतिहासिक भौतिकवाद और क्रांति की अवश्यम्भाविता के बारे में उनके विचारों का संक्षिप्त, सुस्पष्ट और प्रेरक वक्तव्य थी। इसी वर्ष मार्क्स फ्रांस लौटे और देखा कि वहाँ क्रांति की विफलता के बाद ख़ुद को नेपोलियन-तृतीय कहने वाले एक शख़्स ने निरंकुश शासन की स्थापना कर दी है। जल्दी ही रैडिकल लोकतंत्र की वकालत करने वाले मार्क्स के अख़बार को इस निरंकुश हुकूमत ने बंद करवा दिया। मजबूरी में मार्क्स को निष्कासित हो कर लंदन में शरण लेनी पड़ी। उन्होंने आकलन किया कि युरोप में एक बार फिर क्रांतियों की लहर आयेगी। इसलिए उनकी कलम से 1848 की फ्रांसीसी क्रांति के कारणों और हश्र पर प्रकाश डालने वाली दो कृतियाँ *द क्लास स्ट्रगल इन फ्रांस* और *द एटींथ ब्रूमेर ऑफ़ लुई बोनापार्ट* निकलीं। पचास के दशक की इन कृतियों का मुख्य स्वर यह समझाने का था कि व्यक्ति इतिहास का निर्माण अवश्य करता है पर अपनी स्वतंत्र इच्छा के मुताबिक़ नहीं। उसे थमायी गयी विरासत में मिले हालात के तहत काम करना पड़ता है। दरअसल, मार्क्स न केवल अपने पाठकों से यह कह रहे थे, बल्कि अपने-आप को भी सम्बोधित कर रहे थे कि मज़दूर वर्गों के जिस सामाजिक गणतंत्र के सपने और सर्वहारा क्रांति के सपने को हम धरती पर उतारना चाहते हैं, वह कभी पीछे हट कर और कभी धक्का खा कर ही हासिल किया जा सकता है। उसके लिए हमें लगातार आत्मालोचना के दौर से गुज़रते रहना होगा, जब तक क़दम पीछे हटाना नामुमकिन बना देने वाली परिस्थितियाँ न आ जायें। क्रांतियों की लहर की प्रतीक्षा करते-करते मार्क्स को धीरे-धीरे यक़ीन होता जा रहा था कि नयी क्रांति केवल एक नये संकट के फलितार्थ के रूप में ही सम्भव हो सकती है।

पचास का दशक ही वह समय था जब लंदन में मार्क्स ने राजनीतिक अर्थशास्त्र का सघन अध्ययन किया। एक ओर वे पूँजीवाद की संरचनाओं की परतें उघाड़ने में लगे हुए थे, दूसरी ओर लंदन के सोहो क्वार्टर्स के एक तीन कमरों के फ़्लैट में रह रहा उनका परिवार भीषण ग़रीबी से जूझ रहा था। लंदन में क़दम रखते समय उनके चार बच्चे थे, जल्दी ही दो और पैदा हो गये। ग़रीबी और अभाव के कारण इन छह संतानों में से तीन काल के गाल में समा गयीं। स्वयं मार्क्स का स्वास्थ्य इस क़दर ख़राब हुआ कि वे उस झटके से पूरी तरह कभी नहीं उबर पाये। उन दिनों मार्क्स की आमदनी का साधन *न्यूयॉर्क डेली ट्रिब्यून* के विदेशी संवाददाता के रूप में लिखे जाने वाले साप्ताहिक लेख थे। एक लेख लिखने के बदले उन्हें एक पाउंड मिलता था। इसके अलावा एंगेल्स भी उनकी कुछ आर्थिक मदद करते थे। एंगेल्स के पिता मैनचेस्टर में सूत मिल के मालिक थे। जैसे ही बीच-बीच में उनकी तबीयत कुछ ठीक होती, वे ब्रिटिश म्यूज़ियम की लाइब्रेरी में अहर्निश अध्ययन में जुट जाते। पचास के दशक के आख़िरी दौर में और साठ के दशक की शुरुआत में मार्क्स की आर्थिक हालत कुछ ठीक हुई। 1857-58 तक मार्क्स आठ सौ पृष्ठ की एक पांडुलिपि तैयार कर चुके थे। यह एक कच्चा मसविदा था जिसमें पूँजी, ज़मीन, मज़दूरी, राज्य की संस्था, विदेशी व्यापार और विश्व बाज़ार जैसे विषयों पर उनकी सामग्री और विश्लेषण दर्ज था। यह पांडुलिपि *ग्रंडरिसे* या *आउटलाइन* के नाम से जानी जाती है। साठ के दशक की शुरुआत में मार्क्स ने इसी पांडुलिपि को तीन बड़े ग्रंथों में विभाजित करके *थियरीज़ ऑफ़ सरप्लस वेल्यू* की रचना की

जिनमें राजनीतिक अर्थशास्त्र के ऐडम स्मिथ और रिकार्डो जैसे पूर्ववर्त्तियों के काम पर उनके विचार थे। अध्ययन का यही सिलसिला 1867 में जा कर *कैपिटल* नामक महाग्रंथ में शीर्ष पर पहुँचा। *ग्रंडरिसे* 1971 में प्रकाशित हुई और उसे 'युवा मार्क्स' और 'प्रौढ़ मार्क्स' के दरमियान एक कड़ी माना जाता है।

देखें : अर्नेस्टो चे गुएवारा, आधार और अधिरचना, ऑस्कर रायज़ार्ड लांगे, आंगिक और पारम्परिक बुद्धिजीवी, एंतोनियो ग्राम्शी, नयी सदी में मार्क्सवादी विमर्श-1, 2. 3,4 5, 6, 7, 8 और 9, निष्क्रिय क्रांति, फ्रेड्रिख़ एंगेल्स, भारत में किसान संघर्ष-2 और 4, भारतीय इतिहास लेखन-4 और 5, भाषा के मार्क्सवादी सिद्धांत, भ्रांत चेतना, बोल्शेविक क्रांति, फ्रांस्वा-चार्ल्स मारी फ़ूरिये, क्यूबा की क्रांति, फ्रेंज़ फ़ानो, हिंसा-1 और 2, मानवेंद्र नाथ राय, माओ त्से-तुंग, माओवाद और माओ विचार, मार्क्सवाद-1, 2, 3, 4 और 5, मार्क्सवादी इतिहास-लेखन, मार्क्सवादी समाजशास्त्र, मार्क्सवाद और पारिस्थितिकी, मार्क्सवादी अर्थशास्त्र, समाजवादी वसंत-1, 2, 3, और 4, लेनिनवाद, लियोन ट्रॉट्स्की, लिबरेशन थियोलॅजी, सांस्कृतिक क्रांति, स्तालिन और स्तालिनवाद, सोवियत समाजवाद-1, 2 और 3, सोवियत सिनेमा, वर्चस्व, व्लादिमिर इलीच लेनिन।

संदर्भ

1. जे. रीस (1998), *द अल्ज़बरा ऑफ़ रेवोल्यूशन : द डायलेक्टिक ऐंड द क्लासिकल मार्क्सिस्ट ट्रेडिशन*, रॉटलेज, लंदन.
2. अर्नेस्ट मेंडल (1968), *द प्लेस ऑफ़ मार्क्सिज़म इन हिस्ट्री*, ह्यूमैनिटीज़ प्रेस, अटलांटिक हाइलाइट्स, एनजे.
3. ए.एच. निम्ज़ जूनियर (2000), *मार्क्स ऐंड एंगेल्स : देयर कंट्रीब्यूशन टू द डेमॉक्रैटिक ब्रेकथ्रू*, स्टेट युनिवर्सिटी ऑफ़ न्यूयॉर्क प्रेस, एल्बैनी.
4. डेविड मैक्लेन (1971), *द थॉट्स ऑफ़ कार्ल मार्क्स : एन इंट्रोडक्शन*, हार्पर ऐंड रो, न्यूयॉर्क.

— अभय कुमार दुबे

कार्ल हाइनरिख़ मार्क्स-3

(पूँजीवाद का विश्लेषण)

(Karl Heinrich Marx-3)

कार्ल मार्क्स की मृत्यु के बाद एंगेल्स ने कहा था कि उनके मित्र ने हर क्षेत्र में महान खोजें कीं, लेकिन उनकी दो खोजें सबसे ज़्यादा महत्त्वपूर्ण हैं। पहली है ऐतिहासिक भौतिकवाद जिसके ज़रिये उन्होंने मानवीय इतिहास के विकास के नियम खोज निकाले, और दूसरी है अधिशेष मूल्य का सिद्धांत जिसके माध्यम से उन्होंने पूँजीवादी उत्पादन पद्धति की गतिशीलता और उसके कारण बनने वाले पूँजीवादी समाज की रचना पर रोशनी डाली। एंगेल्स की यह बात बिल्कुल सही थी। दार्शनिक, समाज-द्रष्टा और क्रांतिकारी होने के साथ-साथ कार्ल मार्क्स आर्थिक विज्ञान के एक युगप्रवर्तक शिखर पुरुष भी थे। हालाँकि आर्थिक विचारों के इतिहास में उन्हें क्लासिकल अर्थशास्त्री की श्रेणी में गिना जाता है, पर उनका प्रभाव केवल यहीं तक सीमित नहीं माना जा सकता। समाज-विज्ञान के इस अनुशासन को एक अर्थशास्त्री के रूप में उन्होंने जितना प्रभावित किया, उसकी तुलना केवल ऐडम स्मिथ और जॉन मेनार्ड कींस से ही की जा सकती है। स्मिथ मुख्य तौर पर मुक्त बाज़ार पर आधारित पूँजीवादी आर्थिक तंत्र से होने वाले लाभों के पैरोकार थे। कींस ने पूँजीवाद की सीमाओं और बुराइयों से वाकिफ़ होते हुए भी सुसंगत राजकीय नीतियों का इस्तेमाल करके उसे बचाने की तरकीबें खोजने में अपनी प्रतिभा का इस्तेमाल किया। लेकिन, मार्क्स ने मानवता के विकास में पूँजीवाद की सकारात्मक भूमिका स्वीकारने के बावजूद उसके हानिकारक पक्षों को रेखांकित किया और रैडिकल रवैया अख़्तियार करते हुए अंततः उसके विनाश की भविष्यवाणी की। मार्क्स का नाम समाजवादी अर्थशास्त्र से जोड़ा जाता है, लेकिन उनका आर्थिक लेखन इसका मामूली सुराग ही देता है। उन्होंने मुख्य रूप से पूँजीवादी अर्थतंत्र के कामकाज का अध्ययन किया और उन समस्याओं का विश्लेषण पेश किया जो पूँजीवाद के कारण पैदा होती हैं। अन्य क्लासिकल अर्थशास्त्रियों की तरह मार्क्स के आर्थिक विचार भी उनके दार्शनिक और ऐतिहासिक दृष्टिकोण से प्रभावित हैं। मार्क्स ने हीगेल द्वारा प्रतिपादित निरंतर चलने वाली परिवर्तन की द्वंद्वात्मक प्रक्रिया को स्वीकार किया और इस निष्कर्ष पर पहुँचे कि हर आर्थिक प्रणाली अपनी विपरीत शक्तियों को पैदा करती है और इसी प्रक्रिया में उसके भीतर लाज़मी तौर पर परिवर्तन होता है। यह सिद्धांत यथास्थिति को नकारने और किसी भी व्यवस्था में अंतर्विरोध पैदा करने के लिए काफ़ी था। मार्क्स ने अपनी यह रैडिकल विचार-दृष्टि पूँजीवाद के अध्ययन पर भी लागू की। उनकी व्याख्याएँ और दलीलें *द कम्युनिस्ट मैनिफ़ेस्टो*, *दास कैपिटल* (तीन खण्ड), *थियरीज़ ऑफ़ सरप्लस वैल्यू* (तीन खण्ड), *वैल्यू, प्राइस ऐंड प्रॉफ़िट* और *वेज लेबर ऐंड कैपिटल* जैसे विख्यात और बहुचर्चित ग्रंथों में वर्णित हैं।

ऐतिहासिक भौतिकवाद की अपनी योजना के मुताबिक़ मार्क्स पूँजीवाद को मानव समाज के ऐतिहासिक विकास की प्रक्रिया के एक ऐसे चरण की तरह देखते हैं जिसका आगमन सामंती आर्थिक निज़ाम के बाद हुआ। मनुष्य शुरू में आखेट और संग्रह के ज़रिये आर्थिक गतिविधियाँ करता था। इसके बाद उसने खेतिहर समुदायों के रूप में जीवनयापन करना शुरू किया, जो जल्दी ही सामंती आर्थिक संबंधों में विकसित हो गया। सामंतवाद के तहत भू-

कार्ल हाइनरिख़ मार्क्स (1818-1883) : परिवक्व मार्क्स

स्वामियों द्वारा मुहैया करायी गयी सुरक्षा के बदले किसान उन्हें अपनी उपज का एक हिस्सा देने लगे। यही सामंतवाद उस समय पूँजीवाद में बदला जब छोटे पैमाने की मैन्यूफ़ैक्चरिंग करने वाले और राष्ट्रीय-अंतर्राष्ट्रीय स्तर पर माल की तिजारत करने वाले व्यापारियों का उद्भव हुआ।

मार्क्स अपनी रचनाओं में हर आर्थिक चरण के सकारात्मक और नकारात्मक पहलुओं की चर्चा करते हैं। पूँजीवाद के भी कई पहलू उनकी निगाह में श्रेयस्कर हैं; जैसे, पूँजीवाद बेहतर प्रौद्योगिकी और मशीनों का उपयोग करके औसत जीवन-स्तर बढ़ाने में कामयाब होता है। दूसरे, वह 'ग्रामीण जीवन की अबोधता' से मज़दूरों को निकाल कर शहरों और महानगरों की तरफ़ ले जाता है। पूँजीवाद के नकारात्मक पहलुओं की शिनाख़्त उन्होंने इस व्यवस्था की अनिवार्य चरित्रगत बुराइयों के रूप में की। दिलचस्प बात यह है कि *द कम्युनिस्ट मैनिफ़ेस्टो* के दूसरे अध्याय में मार्क्स पूँजीवादी व्यवस्था में कई तरह के सुधारों की नीतिगत तजवीज़ें करते हैं: सार्वजनिक पुस्तकालयों की स्थापना, मुफ़्त शिक्षा का प्रावधान, कारख़ानों में बाल श्रम का उन्मूलन, प्रगामी आयकर, सभी तरह की निजी विरासत का अंत, संचार और परिवहन पर सरकारी नियंत्रण और एक राष्ट्रीय बैंक की स्थापना। लेकिन मार्क्स ने यह भी दावा किया कि ये उपाय पूँजीवाद को ज़्यादा से ज़्यादा सहन करने योग्य ही बना सकते हैं। उसके नकारात्मक पहलुओं का बुनियादी समाधान किसी तरह की आर्थिक नीतियों के ज़रिये नहीं हो सकता। उनका तर्क था कि व्यवस्था कैसे भी उपाय करे, पूँजीवाद इन्हीं समस्याओं के कारण उत्तरोत्तर संकटग्रस्त होता चला जाएगा और एक दिन अपने ही अंतर्विरोधों से उसे नष्ट हो जाना पड़ेगा।

मार्क्स के अनुसार मज़दूरों का शोषण पूँजीवाद का मुख्य लक्षण है। शोषण के विचार के पीछे मार्क्स की मूल्य संबंधी धारणा थी जिसके आधार में रिकार्डो द्वारा प्रतिपादित मूल्य का श्रम सिद्धांत था। रिकार्डो की ही भाँति मार्क्स मानते हैं कि किसी भी वस्तु का मूल्य उसे उत्पादित करने वाले प्रत्यक्ष या अप्रत्यक्ष श्रम के आधार पर आँका जाना चाहिए। लेकिन, अपने मूल्य सिद्धांत में मार्क्स यहीं नहीं रुके। रिकार्डो के परे जाते हुए उन्होंने *कैपिटल* के पहले खण्ड में कहा कि किसी जिंस या वस्तु का उपयोग-मूल्य उसके भौतिक गुणों पर निर्भर होता है जिसकी प्राप्ति उस वस्तु के उपभोग की प्रक्रिया में होती है। मार्क्स के अनुसार मूल्य एक तकनीकी संबंध न हो कर मनुष्यों के बीच का एक सामाजिक संबंध है जो पूँजीवाद के तहत एक ख़ास तरह का भौतिक रूप अख़्तियार करके जिंस के रूप में प्रकट होता है; अर्थात् मूल्य सिर्फ़ एक दिमाग़ी अवधारणा नहीं है, बल्कि पूँजीवादी सामाजिक संबंध उसे भौतिक रूप दे देते हैं।

मार्क्स ने मूल्य को तीन हिस्सों में बाँटा : स्थिर पूँजी (मशीनरी, प्लांट वग़ैरह, जिसकी कीमत में लगातार क्षय होता रहता है), परिवर्ती पृँजी (मज़दूरी, जो बदलती रहती है) और अधिशेष मूल्य (सरप्लस वैल्यू जो स्थिर पूँजी और परिवर्ती पूँजी के ऊपर हासिल किया जाता है)। मार्क्स ने पूँजीवाद के सारतत्त्व की इस तरह व्याख्या की : धन के ज़रिये मशीन और श्रम ख़रीदना ताकि वस्तु का उत्पादन किया जाए, और फिर उसे ज़्यादा दामों पर बेच कर अधिशेष मूल्य प्राप्त किया जा सके। चूँकि मज़दूर के पास पूँजी नहीं होती इसलिए वह अपना श्रम बेचने के लिए मजबूर होता है। अपने नित्य प्रयासों के ज़रिये मज़दूर जिंसें ही नहीं बनाता, वे मशीनें भी बनाता है जिनसे भविष्य में और माल बन सकता है। लेकिन मज़दूर को अपनी कोशिशों से बने माल का पूरा मूल्य मज़दूरी के रूप में नहीं मिलता। अपने एक कार्यदिवस के शुरुआत के हिस्से में ही अपनी मज़दूरी लायक माल बना देता है, और बाक़ी हिस्से में वह पूँजीपति के मुनाफ़े के लिए काम करता है। पूँजीपति कार्यदिवस की अवधि बढ़ा कर, श्रम की सघनता बढ़ा कर और काम के बीच में उसे सुस्ताने का कोई मौक़ा न दे कर अधिक से अधिक अधिशेष मूल्य पैदा करने की कोशिश करता है।

अधिशेष मूल्य के सिद्धांत को अधिक परिष्कृत करते हुए मार्क्स ने श्रम और श्रम-शक्ति के बीच अंतर करके यह दिखाया कि अधिशेष मूल्य केवल मज़दूरी ख़रीदने और बेचने के क्रम में हुई नाइंसाफ़ी का नतीजा नहीं है। अगर श्रम-शक्ति

उसके सही मूल्य पर बेची जाए तो भी अधिशेष मूल्य उस श्रम द्वारा किये जाने वाले उत्पादन के भीतर पैदा हो जाता है; अर्थात् मज़दूर का शोषण व्यक्तिगत धरातल पर मज़दूर और मालिक के बीच हुए आदान-प्रदान पर निर्भर नहीं होता, बल्कि वह उत्पादन की प्रक्रिया में ही निहित है। शोषक और शोषित की हैसियत न्यायसंगत विनिमय स्थापित करने से ख़त्म नहीं हो सकती। वह तो एक वर्गीय हैसियत है जो इस बात से तय होती है कि उत्पादन के साधनों पर किसका क़ब्ज़ा है। इस क़ब्ज़े का फ़ैसला केवल वर्गों के बीच संघर्ष से ही हो सकता है।

मार्क्स ने अधिशेष मूल्य के परम और सापेक्ष पहलुओं की व्याख्या करने से पहले पण्यों और मुद्रा के संचार की रूपरेखा पेश की। इस प्रकार उन्होंने पूँजीवादी संचय की प्रकृति रेखांकित की और पता लगाया कि मज़दूरी और मज़दूर वर्ग के लिए उसके क्या फलितार्थ हो सकते हैं। उन्होंने कहा कि पूँजी के दो घटक होते हैं : अतीत में उत्पादित की जा चुकी वस्तुओं में निहित 'मृत' श्रम उसका स्थिर घटक होता है, और वर्तमान में किया जाने वाले से श्रम उसका परिवर्ती घटक बनता है। पूँजी जैसे-जैसे संचित होगी, परिवर्ती घटक में बढ़ोतरी होती चली जाएगी। नतीजतन मुनाफ़े की दर गिरेगी जिसे रोकने या बढ़ाने के लिए पूँजीपति को श्रम का और अधिक सघन दोहन करना पड़ेगा। चूँकि मज़दूर अपने श्रम के परिणामस्वरूप पैदा होने वाले उत्पाद, उत्पादन के साधनों और उत्पादन की प्रक्रिया पर किसी भी क़िस्म के नियंत्रण से वंचित होंगे, इसलिए उनके भीतर बेगानगी पनपने लगेगी। उसे अपनी ज़िंदगी चलाने के लिए जितना श्रम करना चाहिए, उससे कहीं अधिक श्रम करवाया जाएगा। काम के घंटे बढ़ते चले जाएँगे और अधिक से अधिक अधिशेष मूल्य खींचा जाएगा।

मार्क्स ने यह मानने से इनकार किया कि मज़दूर आलसी और कम कुशल होता है इसलिए अधिक उत्पादन करने के लिए उसे लम्बे समय तक काम करना चाहिए। उन्होंने 'सामाजिक रूप से आवश्यक श्रम-अवधि' की धारणा का सूत्रीकरण किया और इसके लिए सामान्य उत्पादन, कार्यकुशलता के औसत स्तर और श्रम की गहनता को आधार बनाया। मानवीय क्षमता के बीच फ़र्क़ पर ज़ोर देने के बजाय उन्होंने तर्क दिया कि कौशल की प्राप्ति प्रशिक्षण से हो सकती है। प्रशिक्षण के माध्यम से जटिल क़िस्म का श्रम साधारण क़िस्म के श्रम में बदल जाता है।

आर्थिक विज्ञान में मार्क्स का एक और मौलिक योगदान संकट-सिद्धांत है जिसने ट्रेड साइकिल थियरी या चक्रीय उतार-चढ़ाव के सिद्धांत को विकसित किया है। इसके मुताबिक़ हर दस साल में एक आर्थिक संकट आ सकता है। पूँजीवादी उत्पादन की प्रकृति ख़रीदने और बेचने की प्रक्रिया को अलग-अलग कर देती है जिसके कारण बिक्री से होने वाली आमदनी नयी ख़रीद में ख़र्च करने के बजाय जमा किये जाने की सम्भावना पैदा हो जाती है। अपने ज़माने के आर्थिक अनुभव पर ग़ौर करते हुए मार्क्स ने कई उद्योगों की अलग-अलग वृद्धि दरों की जाँच करके ट्रेड साइकिल्स के कारणों का विश्लेषण किया।

पूँजीवाद के आंतरिक अंतर्विरोधों के बारे में मार्क्स का विचार था कि पूँजी के मालिक आपसी होड़ के कारण उत्तरोत्तर धन-सम्पत्ति बढ़ाते जाने के लिए अभिशप्त हैं। वे एक-दूसरे को दबाव में रखते हैं। उनकी हैसियत या तो बढ़ती है, या घटती है। यथास्थिति कभी क़ायम करने की कोशिश उनकी प्रतिष्ठा और सत्ता का अंत कर देती है। दूसरे पूँजीवाद लगातार इजारेदारी और आर्थिक संकेंद्रण की तरफ़ जाता है। तीसरे, मार्क्स ने पूँजीवादी प्रणाली के तहत मुनाफ़े में आने वाली गिरावट को एक सामान्य नियम की तरह देखा, और साथ में कई तरह की प्रति-प्रक्रियाओं की भी शिनाख़्त की। मार्क्स का ख़याल था कि पूँजीवादी प्रणाली के संकट को प्रमुख संकट और उसके अधीन या उससे निर्देशित होने वाले गौण संकटों के बीच बाँट कर देखना चाहिए। पूँजीपति मुनाफ़े की दर गिरने से रोकने के लिए श्रम की जगह मशीनों के इस्तेमाल से बेरोज़गारों की 'रिज़र्व फ़ौज' तैयार कर देता है जिससे सामाजिक असंतोष पनपता है। चूँकि सरकारी कोशिशें (कोई ढाँचागत सुधार या वर्ग संघर्ष की प्रक्रिया) प्रणाली के बुनियादी चरित्र को नहीं बदलती, इसलिए संकट वास्तव में हल नहीं होता।

देखें : अर्नेस्टो चे गुएवारा, आधार और अधिरचना, ऑस्कर रायज़ार्ड लांगे, आंगिक और पारम्परिक बुद्धिजीवी, एंतोनियो ग्राम्शी, नयी सदी में मार्क्सवादी विमर्श-1, 2. 3,4 5, 6, 7, 8 और 9, निष्क्रिय क्रांति, फ्रेड्रिख़ एंगेल्स, भारत में किसान संघर्ष-2 और 4, भारतीय इतिहास लेखन-4 और 5, भाषा के मार्क्सवादी सिद्धांत, भ्रांत चेतना, बोल्शेविक क्रांति, फ्रांस्वा-चार्ल्स मारी फ़ूरिये, क्यूबा की क्रांति, फ्रेंज़ फ़ानो, हिंसा-1 और 2, मानवेंद्र नाथ राय, माओ त्से-तुंग, माओवाद और माओ विचार, मार्क्सवाद-1, 2, 3, 4 और 5, मार्क्सवादी इतिहास-लेखन, मार्क्सवादी समाजशास्त्र, मार्क्सवाद और पारिस्थितिकी, मार्क्सवादी अर्थशास्त्र, समाजवादी वसंत-1, 2, 3, और 4, लेनिनवाद, लियोन ट्रॉट्स्की, लिबरेशन थियोलॉजी, सांस्कृतिक क्रांति, स्तालिन और स्तालिनवाद, सोवियत समाजवाद-1, 2 और 3, सोवियत सिनेमा, वर्चस्व, व्लादिमिर इलीच लेनिन।

संदर्भ

1. जोआन रॉबिंसन (1960), *एन एसे ऑन मार्क्सियन इकॉनॉमिक्स*, लंदन, मैकमिलन.
2. रॉबर्ट पॉल वोल्फ़ (1984), *अंडरस्टेंडिंग मार्क्स : अ रिकंस्ट्रक्शन ऐंड क्रिटीक ऑफ़ 'कैपिटल'*, प्रिंसटन युनिवर्सिटी प्रेस, प्रिंसटन, न्यू जर्सी.
3. एम.सी. हॉवर्ड (1992), *अ हिस्ट्री ऑफ़ मार्क्सियन इकॉनॉमिक्स*, मैकमिलन एजुकेशन, बेसिंगस्टोक.

4. पी.एन. जुनानकर (1982), *मार्क्सिज़ इकॉनॉमिक्स,* फ़िलिप एन, डेडिंगटन.

— **अभय कुमार दुबे**

कार्ल हाइनरिख़ मार्क्स-4

(मज़दूर आंदोलन का सांगठनिक ढाँचा)

(Karl Heinrich Marx-4)

यह देख कर कुछ ताज्जुब हो सकता है कि मार्क्स को *पूँजी* के पहले खण्ड का उपसंहार करने में इतना समय लगा। इस रचना का आधार तो *ग्रंडरिसे* और *थियरीज़ ऑफ़ सरप्लस वेल्यू* में बन चुका था। आर्थिक अभाव और बीमारी की समस्याएँ तो थी हीं, *पूँजी* का पहला खण्ड पूरा करने में मार्क्स को इतना समय इसलिए भी लगा कि उन्होंने अपनी काफ़ी ऊर्जा कम्युनिस्ट आंदोलन का ढाँचा खड़ा करने में ख़र्च की। निष्कासन में रहते हुए मार्क्स और उनके साथियों ने कम्युनिस्ट लीग का पुनर्गठन किया। मार्च, 1850 में लीग की केंद्रीय समिति के सामने दिये गये भाषण में उन्होंने और एंगेल्स ने चालीस के दशक के आख़िरी सालों में अपनी गतिविधियों की समीक्षा की। इस वक्तव्य में लोकतंत्र के मध्यवर्गीय पैरोकारों के साथ मज़दूर वर्ग के राजनीतिक प्रतिनिधियों द्वारा क़ायम किये जाने वाले एकता और संघर्ष के रिश्ते की व्याख्या शामिल थी। मार्क्स ने चेतावनी दी कि अगर मजूदर वर्ग पेटी-बूर्ज्वा के साथ पूरी तरह से जुड़ जाएगा तो बड़ी मुश्किलों से हासिल हुई अपनी स्वायत्तता खो बैठेगा, क्योंकि पेटी-बूर्ज्वा पूरे समाज के रूपांतरण की कोशिशों को कभी परवान नहीं चढ़ने दे सकता।

1864 से 1872 के बीच मार्क्स ने इंटरनैशनल वर्किंगमेंस एसोसिएशन की स्थापना में मदद की। इसी संस्था को आगे चल कर पहले कम्युनिस्ट इंटरनैशनल के नाम से जाना गया। इसमें युरोप, अमेरिका और दक्षिणी अमेरिका के महत्त्वपूर्ण मज़दूर संगठनों की हिस्सेदारी थी। इंटरनैशनल की गतिविधियों में मार्क्स गले तक डूब गये। 1864 में मार्क्स उसकी जनरल कौंसिल में चुने गये। संगठन ने पोलैण्ड की स्वतंत्रता और आयरिश होम रूल के आंदोलन का समर्थन किया। अमेरिकी गृह युद्ध के दौरान इंटरनैशनल ने दास प्रथा के ख़िलाफ़ आवाज़ उठायी। फ्रांस और जर्मनी के बीच हुए युद्ध का विरोध किया। इस संगठन की सालाना कांग्रेस की तैयारी में उन्होंने जम कर भागीदारी की और साथ में मिख़ाइल बाकूनिन के नेतृत्व में की जा रही अराजकतावादी दावेदारियों के ख़िलाफ़ बौद्धिक संघर्ष भी चलाया। इस मुठभेड़ में मार्क्स की ही जीत हुई। मार्क्स इस पक्ष में भी थे कि इंटरनैशनल की जनरल कौंसिल का मुख्यालय लंदन के बजाय न्यूयॉर्क में बनाया जाये। 1872 में उनकी यह बात भी मान ली गयी, लेकिन इसका उल्टा असर पड़ा और इंटरनैशनल की गतिविधियों में गिरावट आने लगी।

इसी दौरान 1871 फ्रांस में एक ऐसी घटना हुई जिसने मार्क्स का ध्यान विशेष रूप से आकर्षित किया। फ्रांस और जर्मन के बीच युद्ध में पराजय के बाद जब अस्थायी सरकार मैदान छोड़ कर भाग गयी तो पेरिस के नागरिकों ने बग़ावत करके अपनी क्रांतिकारी सरकार स्थापित की। इस घटना को इतिहास में पेरिस कम्यून के नाम से जाना जाता है। तीन महीने के भीतर-भीतर फ्रांसीसी सैनिकों ने बिस्मार्क की फ़ौजों के साथ साठगाँठ करके पेरिस कम्यून के ख़िलाफ़ रक्तपात आयोजित किया। मार्क्स के नेतृत्व में इंटरनैशनल कम्यून के पक्ष में खड़ा हुआ। इस विषय में लिखी गयी मार्क्स की मशहूर रचना *सिविल वार इन फ्रांस* के नाम से जानी जाती है। अपनी इसी कृति में मार्क्स ने पहली बार दिखाया कि शासक वर्गों द्वारा तैयार किये गये पहले से चले आ रहे राज्य-तंत्र पर क़ब्ज़ा मात्र कर लेने से मज़दूर वर्ग का काम नहीं चलने वाला। उसे तो मज़दूरों के क्रांतिकारी जनवादी राज्य की स्थापना करनी होगी जिसके तहत राज्य के दमनकारी औज़ारों का धीरे-धीरे ख़ात्मा करना होगा। इस राज्य को ज़्यादा से ज़्यादा लोकतांत्रिक कामकाज के प्रत्यक्ष तौर-तरीक़े अपनाने होंगे। मार्क्स का विचार था कि ऐसा करने से ही राज्य की संस्था तिरोहित हो सकेगी।

जीवन के अंतिम दौर में मार्क्स ने जो लिखा उसमें *द क्रिटीक ऑफ़ गोथा कार्यक्रम* (1875) विशेष रूप से उल्लेखनीय है। इस रचना में नवगठित जर्मन सोशलिस्ट डेमॉक्रैटिक पार्टी के कार्यक्रम की कड़ी आलोचना की गयी थी। यह पार्टी फ़र्दिनैंद लासाल के दल और ऑग्यूस्त बेबेल व विल्हेल्म लीबनेख़्त की पार्टी के विलय का नतीजा थी। लासाल उस समय तक गुज़र चुके थे। मार्क्स का मानना था कि मज़दूरों के इस नये जन-संगठन के ऊपर लासाल का सुधारवादी और राज्यवादी रवैया हावी है। इस रचना में मार्क्स ने स्पष्ट किया कि भविष्य की मज़दूर क्रांतियों से निकलने वाले समाज पहले से कहीं ज़्यादा समतामूलक, अधिक मुक्त और अधिक राज्य-विहीन तो होंगे, पर उनमें पूँजीवादी और वर्गीय समाज के तत्त्वों का प्रभाव भी काफ़ी समय तक रहेगा।

जीवन के अंतिम दौर में मार्क्स ने रूस में क्रांति के प्रश्न पर गहराई से विचार किया, रूसी भाषा सीखने की कोशिश की, रूसी कार्यकर्ताओं और बुद्धिजीवियों से ख़तो-किताबत की। *कम्युनिस्ट मैनिफ़ेस्टो* के रूसी संस्करण की भूमिका लिखते हुए उन्होंने इस सम्भावना पर भी ग़ौर किया कि क्या रूस के किसान कम्यूनों में बिना पूँजीवाद की मंज़िल से गुज़रे

हुए उसमें साम्यवादी साझा स्वामित्व के मक़ाम तक पहुँचने की सम्भावना है ? इस प्रश्न का उत्तर मार्क्स ने इस तरह दिया कि अगर रूस की क्रांति पश्चिम में सर्वहारा क्रांतियों की शुरुआत करवा सके और ये सभी क्रांतियाँ एक-दूसरे की मदद करें, तो यह हो सकता है कि ज़मीन की साझा मिल्कियत वाले किसानों के कम्यून कम्युनिस्ट समाज के आधार बन जायें।

मार्क्स का विचार था कि पूँजीपति अपने स्वार्थ में ऐसी किसी नीति को बनने ही नहीं देंगे जो मज़दूरों के जीवन-स्तर को बेहतरी की तरफ़ ले जा सकती हो। इसलिए उन्हें पूरा यक़ीन था कि वर्ग संघर्ष लाज़मी तौर पर हिंसक और क्रांतिकारी होगा। इसी तरह मार्क्स ने इस सम्भावना को भी तरजीह नहीं दी कि सरकारी नीति के ज़रिये बेरोज़गारी को कम भी किया जा सकता है, श्रमिकों को सौदेबाज़ी की ताक़त देने वाले क़ानून भी बनाये जा सकते हैं और श्रम व पूँजी के टकराव को प्रबंधित किया जा सकता है। मार्क्स के आलोचकों का कहना है कि वे पूँजीवादी प्रणाली के लचीलेपन को समझने में नाकाम रहे। समय के साथ बदलने की उसकी प्रवृत्ति की शिनाख़्त भी वे नहीं कर पाये। वे लोकतांत्रिक सरकारों की उस क्षमता को भी नहीं देख पाये जिनके तहत पूँजीवाद की निर्ममता को कम करने वाली नीतियाँ बनती हैं। यह अलग बात है कि अपनी दृष्टि की इन सीमाओं के बावजूद पूँजीवादी व्यवस्था की गतिशीलता और उससे निकलने वाले तनावों का मार्क्स से बेहतर विश्लेषण आज तक कोई और नहीं कर पाया है।

कार्ल मार्क्स का जन्म जर्मनी के त्रिएर में एक मध्यवर्गीय और ख़ुशहाल यहूदी परिवार में हुआ था। उनके वकील पिता युरोपीय ज्ञानोदय और उदारतावादी विचारों से प्रभावित थे। उन्होंने वकालत में सफलता पाने के लिए प्रोटेस्टेंट ईसाइयत भी ग्रहण कर ली थी। मार्क्स शुरू से ही एक बेहद प्रतिभाशाली विद्यार्थी थे। दर्शनशास्त्र में बुनियादी दिलचस्पी होने के साथ-साथ उनकी निगाह राजनीतिक घटनाक्रम पर भी रहती थी। मार्क्स के सोच-विचार पर उनके पड़ोसी और पारिवारिक दोस्त बैरन वॉन वेस्टफ़ालिन का असर भी पड़ा। वेस्टफ़ालिन फ्रांस के काल्पनिक समाजवादी सिद्धांतकार और नेता सैं-सिमो के विचारों से काफ़ी प्रभावित थे। मार्क्स ने आगे चल कर बैरन की पुत्री और अपने बचपन की दोस्त जेनी से ही विवाह किया।

जेना विश्वविद्यालय (उन दिनों यह संस्था वामपंथी हेगेलवादियों की धुरी बनी हुई थी) से दर्शनशास्त्र की पढ़ाई और वहीं से डॉक्टरेट करने के बाद अध्यापक की नौकरी न मिलने पर मार्क्स ने एक उदार-वामपंथी अख़बार का सम्पादन किया, पर साल भर के भीतर प्रशियन सेंसर ने उसे प्रतिबंधित कर दिया। मार्क्स को पेरिस जाना पड़ा जहाँ वे कई समाजवादियों और कम्युनिस्टों के सम्पर्क में आये। वहीं उनकी फ्रेड्रिख़ एंगेल्स से दोस्ती हुई। एंगेल्स एक धनी कारख़ानेदार के बेटे और प्रतिष्ठित अर्थशास्त्री थे। उनकी रचना द *कंडीशन ऑफ़ वर्किंग क्लास इन इग्लैण्ड* क्लासिक का दर्जा प्राप्त कर चुकी थी। एंगेल्स न केवल मार्क्स के आजीवन बौद्धिक सहयोगी साबित हुए, बल्कि उन्होंने हमेशा अपने दोस्त की आर्थिक मदद भी की।

अपने रैडिकल विचारों के कारण मार्क्स को जल्दी ही पेरिस से भी निष्कासित कर दिया गया। उन्होंने कुछ दिन ब्रुसेल्स में रहने की कोशिश की और वहाँ से भी निष्कासित होने के बाद लंदन चले गये। वहाँ अधिकारियों ने कुछ हिचक के साथ उन्हें शरण देना स्वीकार कर लिया। उनके जीवन के बाक़ी 33 साल लंदन में ही ब्रिटिश म्यूज़ियम लाइब्रेरी में अध्ययन और मनन करते हुए बीते। इस समय का ज़्यादातर हिस्सा उन्होंने अपनी महान रचना *कैपिटल* लिखते हुए बिताया, जिसका पहला खण्ड ही उनके जीवन में प्रकाशित हो सका। बाक़ी दोनों खण्ड मार्क्स के नोट्स के आधार पर उनके मित्र एंगेल्स के सम्पादन में निधनोपरांत प्रकाशित हुए।

देखें : अर्नेस्टो चे गुएवारा, आधार और अधिरचना, ऑस्कर रायज़ार्ड लांगे, आंगिक और पारम्परिक बुद्धिजीवी, एंतोनियो ग्राम्शी, नयी सदी में मार्क्सवादी विमर्श-1, 2. 3,4 5, 6, 7, 8 और 9, निष्क्रिय क्रांति, फ्रेड्रिख़ एंगेल्स, भारत में किसान संघर्ष-2 और 4, भारतीय इतिहास लेखन-4 और 5, भाषा के मार्क्सवादी सिद्धांत, भ्रांत चेतना, बोल्शेविक क्रांति, फ्रांस्वा-चार्ल्स मारी फ़ूरिये, क्यूबा की क्रांति, फ्रेंज़ फ़ानो, हिंसा-1 और 2, मानवेंद्र नाथ राय, माओ त्से-तुंग, माओवाद और माओ विचार, मार्क्सवाद-1, 2, 3, 4 और 5, मार्क्सवादी इतिहास-लेखन, मार्क्सवादी समाजशास्त्र, मार्क्सवाद और पारिस्थितिकी, मार्क्सवादी अर्थशास्त्र, समाजवादी वसंत-1, 2, 3, और 4, लेनिनवाद, लियोन ट्रॉट्स्की, लिबरेशन थियोलॅजी, सांस्कृतिक क्रांति, स्तालिन और स्तालिनवाद, सोवियत समाजवाद-1, 2 और 3, सोवियत सिनेमा, वर्चस्व, व्लादिमिर इलीच लेनिन।

संदर्भ

1. तियोदोर शैनिन (सम्पा.) (1983), *लेट मार्क्स ऐंड द रशियन रोड : मार्क्स ऐंड द 'दि प्रिंसिपल्स ऑफ़ कैपिटलिज़्म',* मंथली रिव्यू प्रेस, न्यूयॉर्क.
2. एम. रुबेल और एम. मैनाले (1976), *मार्क्स विदआउट मिथ : अ क्रोनोलॅजीकल स्टडी ऑफ़ हिज़ लाइफ़ ऐंड वर्क्स,* हार्पर ऐंड रो, न्यूयॉर्क.
3. एफ़. मेहरिंग (1962), *कार्ल मार्क्स : द स्टोरी ऑफ़ हिज़ लाइफ़,* युनिवर्सिटी ऑफ़ मिशिगन प्रेस, एन आरबॅर.
4. आर.एन. हंट (1974, 1984), *द पॉलिटिकल आइडियाज़ ऑफ़ मार्क्स ऐंड एंगेल्स,* दो खण्ड, युनिवर्सिटी पिट्सबर्ग प्रेस, पिट्सबर्ग.
5. बोरिस निकोलॉयवस्की और ऑटो मैंचेन-हैल्फ़ैन (1970), *कार्ल मार्क्स : मैन ऐंड फ़ाइटर,* पेंगुइन, नयी दिल्ली.

— अभय कुमार दुबे

काशी प्रसाद जायसवाल-1

(हिंदू राज्य-व्यवस्था)

(Kashi Prasad Jaiswal-1)

भारत के राष्ट्रवादी इतिहासकार काशी प्रसाद जायसवाल (1881-1937) ने अपनी रचनाओं में भारत के अतीत, उसके इतिहास, उसकी विधि-संहिताओं और राज्य-व्यवस्था का सराहनापूर्ण चित्र उपस्थित किया है। प्राचीन भारत की हिंदू राज्य-व्यवस्था पर लिखा गया उनका इतिहास इस स्थापना का खण्डन है कि भारतीय समाज प्राच्य-निरंकुशता के शिकंजे में जकड़ा हुआ था। *द केम्ब्रिज हिस्ट्री ऑफ़ इण्डिया* और *हिस्टोरी दु मोंद* जैसी स्थापित और मानक कृतियों में उद्धृत और संदर्भित होने वाली जायसवाल की कृतियों की दुनिया भर की प्राच्यवादी पत्रिकाओं ने प्रशंसा की है। प्राचीन भारत के अ-राजतांत्रिक राज्य होने की अवधारणा पर *मॉडर्न रिव्यू* (1912-13) में प्रकाशित लेखों में जायसवाल ने साबित किया कि उस समय का भारत न केवल राजनीतिक रूप से विकसित था बल्कि उसमें ऐसे गणराज्यों का अस्तित्व भी था, जो अपना शासन स्वयं चलाते थे। उनके ये विचार 1924 में *हिंदू पॉलिटी* के रूप में प्रकाशित हुए। प्राच्य-निरंकुशता की अभिधारणा को ग़लत साबित करते हुए उन्होंने दर्शाया कि भारतीय अतीत में न केवल सरकार का एक संवैधानिक स्वरूप था बल्कि सम्पूर्ण संसदीय प्रणाली का अस्तित्व था। बुद्ध के काल में गणराज्यों के होने के प्रमाण विद्वानों को मिल चुके थे, लेकिन जायसवाल ने इन गणराज्यों को अतीत में और पीछे खोजा। बौद्ध संघों में अपनायी जाने वाली लोकतांत्रिक प्रक्रिया से जायसवाल ने निष्कर्ष निकाला कि प्राचीन हिंदू गणराज्यों में प्रस्ताव रखे जाते होंगे, उन पर बहस होती होगी और फिर बहुमत के ज़रिये उन पर फ़ैसला होता होगा। ऐसे गणतांत्रिक राज्यों की शासन प्रणालियों पर प्रकाश डालते हुए जायसवाल ने दिखाया कि उनमें वोटिंग ऑफ़ ग्रांट्स जैसी रीतियाँ भी शामिल थीं।

काशी प्रसाद जायसवाल का जन्म उत्तर प्रदेश के मिर्ज़ापुर में 27 नवम्बर, 1881 को हुआ था। वे इलाहाबाद विश्वविद्यालय से स्नातक करने के उपरांत आगे की शिक्षा के लिए ऑक्सफ़र्ड युनिवर्सिटी के जीसस कॉलेज गये जहाँ 1909 में उन्होंने प्राचीन भारतीय इतिहास में परास्नातक की उपाधि अर्जित की। परास्नातक के दौरान उन्हें डेविस स्कालरशिप इन चाइनीज़ भी मिली। 1910 में वे बैरिस्टर-एट-लॉ रहते हुए लंदन के बार ऑफ़ लिंकंस इन द्वारा बुलाये गये। भारत वापसी के बाद कलकत्ता में उन्होंने वकालत शुरू कर दी। यहीं उनकी भेंट सर आशुतोष मुखर्जी से हुई जिनकी प्रेरणा से प्राचीन भारतीय इतिहास का अध्ययन शुरू किया। उन्हें कलकत्ता में ही युनिवर्सिटी में प्राचीन इतिहास के व्याख्याता के तौर पर भी नौकरी मिली। *मॉडर्न रिव्यू* में प्रकाशित अपने कुछ लेखों द्वारा जायसवाल ने जल्द ही मौलिक शोध के क्षेत्र में स्वयं को ख्यातिलब्ध कर लिया। 1916 में जायसवाल पटना आ गये और जीवनपर्यंत वहीं रहे।

काशी प्रसाद जायसवाल का विख्यात ग्रंथ *हिंदू पॉलिटी* मुख्यतः प्राचीन राज्य-व्यवस्था को दो भागों में बाँट कर देखता है : एक भाग वैदिक सभाओं और हिंदू गणराज्यों पर है, और दूसरा भाग राजतंत्र और साम्राज्यवादी व्यवस्था पर है। पहले भाग में जायसवाल अपने विचारों को मूर्त रूप देते हुए उनकी रूपरेखा प्रस्तुत करते हैं। वैदिक शब्दावली, जैसे समिति, सभा आदि का संक्षिप्त विवरण प्रस्तुत करने के बाद वे गण और संघ के रूप में विद्यमान हिंदू गणराज्य की विस्तार से चर्चा करते हुए कई नयी प्रस्थापनाएँ पेश करते हैं। जायसवाल के अनुसार, 'वैदिक काल में हिंदू समाज क़बीलों या गणों में बँटा हुआ था, और गणों के सदस्य *इटैलिसाइज़* कहलाते थे जिससे वैश्य (यानी जनसाधारण) शब्द निकला है। *विस* की सम्पूर्ण संख्या एक जगह मिल कर बैठक करती थी (समिति में) ताकि उस जन-सभा या समिति के ज़रिये सार्वजनिक मसलों पर चर्चा की जा सके। उस बैठक में सभी विसः उपस्थित माने जाते थे, क्योंकि उस समय प्रतिनिधित्व का नियम लागू नहीं था।' जायसवाल आगे बताते हैं कि समिति से छोटी और अलग तरह की परिषद्, भी थी। इसे सभा कहा जाता था। *अथर्ववेद* के एक गीत में समिति और सभा को दो बहिनों के रूप में दिखाया गया है। जायसवाल ने अनुमान लगाया है कि लोग (अभिजन) सभा में बैठ कर कुछ सार्वजनिक प्रश्नों पर फ़ैसले करते थे।

इस प्रक्रिया में जायसवाल मूलपाठों की सतर्क जाँच करते हुए कई नये राज्यों का नामोल्लेख और काल-निर्धारण के नये पैमाने प्रस्तुत करते हैं। पाणिनि और उनके टीकाकारों की जाँच-पड़ताल द्वारा जायसवाल ने पहचान के नये मानदण्ड खड़े किये, और पूर्वस्थापित शब्दावलियों के अर्थों को पुनर्परिभाषित किया, जैसे काशिका के ग्लौसुकायनाज का ग्लौगनिकायी या एरियन के ग्लौसाई से, मसुकर्निका का मौसिकनोस से, वासिति का ओसाडियोई से और अशोक के पितिनिकास का पाली के पेत्तिनिकास से। इस कृति में जायसवाल बताते हैं कि कैसे गण और संघ के आंतरिक तत्त्व और प्रक्रिया दोहरे राजत्व को दर्शाती हैं।

हिंदू पॉलिटी के दूसरे भाग में तुलनात्मक रूप से नवीन अध्याय की रचना करते हुए जायसवाल उनमें जनपदीय प्रणाली अथवा क्षेत्रीय सभाओं और पुर अथवा राजधानी क्षेत्र की सभा का वर्णन करते हैं। पुर (अथवा नगर) और जनपद जैसी दो महत्त्वपूर्ण शब्दावलियों के बहुतेरे उद्धरणों द्वारा

जायसवाल दिखाते हैं कि कैसे दोनों स्थानों के लोग एक दूसरे के साथ व्यवहार करते थे। इस भाग में बताया गया है कि भारतीय राजाओं पर सांविधानिक दबाव उनके तानाशाही रवैये पर एक औपचारिक बंधन था जिसे बाद के एक ग्रंथ *शुक्रनीति-सार* द्वारा मोटा-मोटी अपना लिया गया। इस ग्रंथ में यह दावा भी किया गया है कि बंधन के बजाय भारतीय राज-व्यवस्था में व्याप्त सांस्कृतिक प्रवृत्ति और लोकप्रिय मान्यताओं ने ही शासकों पर अंकुश लगाया। जायसवाल ने संधिविग्रहिक, प्रतिज्ञा और गणतांत्रिक मंत्रिमण्डलों के स्वरूप संबंधी विवरणों के साथ विधिक साक्ष्यों के आधार पर भू-स्वामित्व संबंधी राज्य के अधिकारों का बयान करने वाले परिच्छेदों का उल्लेख किया है। साथ ही यह भी बताया कि राजत्व का दैवी सिद्धांत और सामाजिक समझौते संबंधी स्थापनाएँ बहुत पहले से भारतीय समाज में व्याप्त रही हैं।

काशी प्रसाद जायसवाल की कुछ संकल्पनाओं की आलोचना करते हुए ए.एल. बाशम ने कहा है कि उन्होंने *हिंदू पॉलिटी* में अपने निष्कर्षों पर पहुंचने के लिए और अपनी अभिधारणा की सिद्धि के लिए विशाल परिमाण में स्रोतों का प्रयोग किसी बैरिस्टर की भाँति करते हुए एक अनुकूल न्यायिक फ़ैसला पाने का प्रयत्न किया है। अपने विरुद्ध सभी साक्ष्यों को दरकिनार करते हुए उन्होंने हर ऐसे अनुच्छेद पर बल दिया जो उनके मामले को मज़बूत बनाता हो और सर्वाधिक सकारात्मक आलोक में उसकी व्याख्या करता हो।

जायसवाल पर एक आरोप यह भी लगाया जाता है कि उन्होंने मध्य-एशियाई तथा कुछ अन्य क़बीलों का भारतीय जीवन का अविभाज्य अंग हो जाने और भारत से सम्पत्ति लूटकर अपने मूल देश न ले जाने की हक़ीक़त को नज़रअंदाज़ किया। इसी तरह उन पर शकों और कुषाणों के शासन से मुक्त कराने में भारतीय राजवंशों की भूमिका बढ़ा-चढ़ा कर दिखाने का आरोप भी लगाया जाता है। जायसवाल पर यह आरोप भी लगाया जाता है कि उन्होंने प्राचीन संस्थाओं पर आधुनिक राष्ट्रीय भावना की कलई चढ़ा दी है। दूसरी ओर प्राचीन भारत में उत्तरदायी सरकार का अस्तित्व सिद्ध करने के लिए जायसवाल ने अभिलेखों और साहित्यिक पाठों में उल्लिखित शब्दों और अनुच्छेदों को नयी व्याख्याओं के साँचे में ढाला। इस प्रकार उन्होंने गणतंत्रीय प्रशासन का जो स्वरूप प्रस्तुत किया है उस पर यू.एन. घोषाल सहित बहुत से लेखकों ने आपत्ति की है। दिलचस्प बात यह है कि इन आलोचनाओं के बावजूद प्राचीन भारत में गणतांत्रिक प्रयोग की प्रथा के बारे जायसवाल की मूल धारणा व्यापक रूप से मान ली गयी। इस तरह उनकी अग्रणी कृति *हिंदू पॉलिटी* को क्लासिक का दर्जा मिल गया।

देखें : आनंद केंटिश कुमारस्वामी, आर्थर लेवेलिन बाशम, बिपन चंद्र-1 और 2, भारतीय इतिहास-लेखन-1 से 4 तक, दामोदर धर्मानंद कोसम्बी-1 और 2, रमेश चंद्र दत्त, रमेश चंद्र मजूमदार, रणजीत गुहा, रामकृष्ण गोपाल भण्डारकर, रामशरण शर्मा, रोमिला थापर, वासुदेव शरण अग्रवाल, पांडुरंग वामन काणे, विश्वनाथ काशीनाथ राजवाड़े।

संदर्भ

1. काशी प्रसाद जायसवाल (1955), *हिंदू राज्य-व्यवस्था,* अनु. रामचंद्र वर्मा, काशी नागरी प्रचारिणी सभा, वाराणसी.
2. के.पी. जायसवाल (1930), *मनु ऐंड याज्ञवल्क्य, अ कम्पेरिज़न ऐंड अ कंट्रास्ट : अ ट्रीटाइज़ ऑन द बेसिक हिंदू लॉ,* बटरवर्थ ऐंड कम्पनी लिमिटेड. कलकत्ता
3. राम शरण शर्मा (2005), *इण्डियाज़ एंशियंट पास्ट,* ऑक्सफ़र्ड युनिवर्सिटी प्रेस, नयी दिल्ली.
4. एल.डी. बर्नेट (1926), 'द राजनीति-रत्नाकर बाई चण्डेश्वर बाई काशी प्रसाद जायसवाल', *जर्नल ऑफ़ रॉयल एशियाटिक सासाइटी ऑफ़ ग्रेट ब्रिटेन ऐंड आयरलैंड,* अंक 4 (अक्टूबर).
5. ए. बेरिडेल कीथ (1925), 'हिंदू कांस्टीट्युशनल लॉ', *जर्नल ऑफ़ कम्पेरिटिव लेजिसलेशन ऐंड इंटरनैशनल लॉ,* थर्ड सीरीज़, खण्ड 7, अंक 4.

—निर्मल कुमार पाण्डेय

काशी प्रसाद जायसवाल-2
(मनु और याज्ञवल्क्य की विधि-संहिताएँ)
(Kashi Prasad Jaiswal-2)

अपनी रचना *मनु ऐंड याज्ञवल्क्य, अ कम्पेरिज़न ऐंड अ कंट्रास्ट : अ ट्रीटाइज़ ऑन द बेसिक हिंदू लॉ* (1930) में काशी प्रसाद जायसवाल ने विश्लेषण करके बताया कि मनु आधारित सिद्धांत रिवाज़मूलक थे जो ब्राह्मणवाद के प्रभाव से व्यवस्थागत पवित्र नियमों में बदल गये। कौटिल्य के *अर्थशास्त्र* का काल-निर्धारण करते हुए जायसवाल ने इसे मनु के काल से भी पहले का अर्थात् ईसापूर्व 300 का माना। जायसवाल ने मनु और याज्ञवल्क्य के विधि-संग्रह को कौटिल्य की संहिता का ही परिष्कृत और ब्राह्मणवादी रूप क़रार दिया। वे मौर्य साम्राज्य के पतन के बाद आये ब्राह्मणवादी विजय के काल में मनु और याज्ञवल्क्य की कृतियों की रचना को इसका आधार मानते हैं। *अर्थशास्त्र* को चंद्रगुप्त के महामंत्री कौटिल्य की रचना मानते हुए जायसवाल इसका काल ईसापूर्व 300 से बाद का नहीं मानते।

जायसवाल ने नंद, मौर्य और शुंग काल-क्रम पर अभिलेखीय उद्धरणों की पठनीयता और स्थान-नामों की

प्राप्ति में दुरूहता के बावजूद कई पर्चों का प्रकाशन कराया साथ ही अकादमिक स्तर पर कम विवादित अभिलेखों का सराहनीय सम्पादन करते हुए उन्हें बिहार ऐंड ओडीशा रिसर्च सोसाइटी के जर्नल और *एपिग्रफ़िका इण्डिका* में प्रकाशित कराया। सामान्य धारा की रचनाओं में उन्होंने *स्मृति* (1924) और चण्डेश्वर के *राजनीति-रत्नाकर* का सम्पादन किया। उन्होंने अनंत प्रसाद शास्त्री के साथ मिल कर दो महत्त्वपूर्ण भागों में विभाजित *अ डिस्क्रिप्टिव कैटलॉग ऑफ़ (संस्कृत) मैनुस्क्रिप्ट इन मिथिला* का संकलन किया। साथ ही जायसवाल ने *गंगा-संहिता* पर अपनी प्रसिद्ध ऐतिहासिक टीका *युग-पुराण* का सम्पादन भी किया।

1300-25 के दौरान मूलतः संस्कृत में लिखी गयी चण्डेश्वर की कृति *राजनीति-रत्नाकर* का विषय राजनीति था। चण्डेश्वर ठाकुर ने नागरिक और धार्मिक विधि की कई शाखाओं में रचना की। अपेक्षाकृत काफ़ी बाद में अर्थात् चौदहवीं शताब्दी में लिखे गये इस ग्रंथ के काल तक इस संबंध में मौलिकता की बहुत गुंजाइश नहीं रह गयी थी, फिर भी जायसवाल ने इस कृति में उद्‌धृत पूर्ववर्ती लेखकों के उद्धरणों की ओर इंगित करते हुए इसे हिंदू और मुसलिम युग की संक्रमण कालावधि दर्शाने वाली एक महत्त्वपूर्ण कृति माना है। सोलह तरंगों अर्थात् अध्यायों में बँटी यह कृति क्रमशः राजा, मंत्री, राज प्रासाद, प्रद्विवेक या मुख्य-न्यायाधीश, न्यायाधीश, दुर्ग, मंत्रणा-परिषद्, कोष, सैन्य शक्ति, सेना, दूत-गुप्तचर-मित्र, राजा के कर्त्तव्य, दण्ड, राजा द्वारा राज्य का हस्तांतरण, मृत्यु उपरांत प्रतिनिधि शासन और राज्याभिषेक का विवेचन प्रस्तुत करती है।

काशी प्रसाद जायसवाल (1881-1937)

बौद्ध तांत्रिक ग्रंथ मंजुश्री-मूलकल्प में प्रायः आद्यक्षरित रूप से अंकित राजाओं और राजवंशों के अस्पष्ट नामों की पहचान करके काल-क्रमानुक्रम अनुसार व्यवस्थित करते हुए जायसवाल ने 1934 में *ऐन इम्पीरियल हिस्ट्री ऑफ़ इण्डिया इन अ संस्कृत टेक्स्ट (सी. 700 बीसी सी. एडी 770)* की रचना की। इस में उनकी मदद करने वाले थे राहुल सांकृत्यायन जिन्होंने संस्कृत पाठों को शुद्ध करने के लिए तिब्बती पाठ मुहैया कराये। तिब्बत की यात्रा करते हुए जायसवाल ने अपने मित्र सांकृत्यायन और उनके उत्साही प्रयास से संस्कृत पांडुलिपियाँ प्राप्त कीं। जीवन के अंतिम वर्षों में स्वयं जायसवाल ने नेपाल की यात्रा की और 1936 में एक लम्बे लेख द्वारा (जो बाद में अलग से विस्तृत रूप से प्रकाशित हुआ) भारत का कालक्रम दर्शाते हुए उन्होंने *फ्रॉम 600 बीसी टू एडी 880* की रचना की।

हिंदू पॉलिटी के अतिरिक्त जायसवाल के सुपरिष्कृत और विशिष्ट अवदानों में प्रमुख हैं 'डिवेलपमेंट ऑफ़ लॉ इन मनु ऐंड याज्ञवल्क्य' विषय पर आधारित टैगोर लॉ लेक्चर्स के तहत दिये गये व्याख्यानों का संकलित संस्करण और *द हिस्ट्री ऑफ़ इण्डिया, एडी 150 टू एडी 350* (1933)। एक ओर जहाँ *हिंदू पॉलिटी* और टैगोर लेक्चर्स के संकलन विद्वानों की आलोचना का केंद्र बने वहीं दूसरी ओर *द हिस्ट्री ऑफ़ इण्डिया* मुद्राशास्त्रियों के आरोपों का शिकार बना। परंतु जायसवाल ने अस्पष्ट कालावधि और अन्य समस्याओं के बावजूद प्राप्त तथ्यों को चिह्नित किया। *हिंदू पॉलिटी* में जहाँ उन्होंने मनु के नियमों की प्रस्थापना, सर्जना और रचना-काल दर्ज किया है वहीं *द हिस्ट्री ऑफ़ इण्डिया* में ख़ुद प्राप्त किये गये पुरातात्त्विक साक्ष्यों की मदद से नाग और वाकाटक राजवंशों के इतिहास पर प्रकाश डाला है। इस प्रक्रिया में उन्होंने दोनों राजवंशों के इतिहास को नवीन आँकड़ों से संशोधित किया।

ऐतिहासिक शोध, पुरातात्त्विक उत्खनन, अन्वेषण तथा विद्वत्तापूर्ण कार्यों के प्रकाशन की आवश्यकता ध्यान में रख कर बिहार सरकार ने 1950 में पटना में के.पी. जायसवाल रिसर्च इंस्टीट्यूट की स्थापना की। इसके संस्थापक निदेशक थे ए.एस. अल्तेकर और उप-निदेशक थे डॉ. लक्ष्मण झा जो बाद में मिथिला विश्वविद्यालय के कुलपति भी रहे। संस्थान से प्रसिद्ध तिब्बती-संस्कृत मूलपाठों का सम्पादन और प्रकाशन भी हुआ। 1999 से 2010 तक इस संस्थान ने समस्तीपुर जिले में दलसिंहसराय के समीप पारा-डीह (पांडव स्थान अथवा पांडा) स्थान की खुदाई की, जहाँ से ईसापूर्व 500 से 600 ईस्वी सन् तक की कालावधि के पक्की ईटों से बनी बस्तियों की लगातार शृंखला मिली। लखनऊ स्थित बीरबल साहनी इंस्टीट्यूट ऑफ़ पैलियोबॉटनी द्वारा की गयी रेडियो कार्बन डेटिंग से इसके काल-क्रम की पुष्टि हुयी है। यहाँ से टेराकोटा आकृतियाँ, कार्नेलियन और गोमेद जैसे रत्न-पत्थर, और पूर्ववर्ती ब्राह्मी लिपि में लिखा हुआ एक अभिलेख भी प्राप्त हुआ है। विभिन्न क्षेत्रों में ऐतिहासिक शोध को बढ़ावा देने हेतु इस संस्थान में विद्वानों की नियुक्ति होती रही है। 1952 में बिहार सरकार की तरफ़ से नियुक्त मैथिल लेखक पण्डित बलदेव मिश्र ज्योतिषाचार्य ने बिहार में पाये गये पाली और प्राकृत भाषा में लिखित अभिलेखों को पढ़ कर उसके गूढ़ अर्थों को स्पष्ट किया।

तत्कालीन गवर्नर एडवर्ड गेट द्वारा संस्थापित बिहार ऐंड ओडीशा रिसर्च सोसाइटी में जायसवाल ने शिरकत करते हुए उसकी प्रथम परिषद् की सदस्यता ग्रहण की। 1921 में शुरू हुई इस सोसाइटी की पत्रिका का जायसवाल ने आजीवन सम्पादन किया। सोसाइटी की गतिविधियों और अपनी व्यावसायिक ज़िम्मेदारियों के बावजूद जायसवाल मौलिक लेखन में लगातार जुटे रहे। पुरातात्त्विक उत्खनन में अपनी रुचि के कारण उन्होंने पटना का पुरातात्त्विक उत्खनन स्वयं संचालित किया और उल्लेखनीय पुरातात्त्विक सामग्रियाँ प्राप्त कीं जो आज भी पटना संग्रहालय में संरक्षित हैं। पटना संग्रहालय के लिए राखालदास बनर्जी के साथ संयुक्त रूप से कार्य करते हुए जायसवाल को ओडीशा में खण्डगिरी के हाथीगुम्फ़ा अभिलेख का एक साँचा प्राप्त हुआ। इस अभिलेख का अनुवाद और टीका सहित एक संयुक्त संस्करण सबसे पहले बिहार ऐंड ओडीशा रिसर्च सोसाइटी के जर्नल में और बाद में कुछ उल्लेखनीय संशोधनों और व्याख्या के साथ *एपिग्रफ़िका इण्डिका* में प्रकाशित हुआ। 1917 में जायसवाल का कलकत्ता में टैगोर लॉ लेक्चर्स के लिए चयन हुआ। 1930 में जब आल-इण्डिया ओरिएंटल कांफ्रेंस का पटना में आयोजन हुआ, तो वे स्वागत समिति के सभापति बनाये गये। वहाँ उद्घाटन भाषण के दौरान उन्होंने सूचनाओं और तथ्यों से भरपूर अपनी प्रगल्भ उपस्थिति दर्ज की। 1933 में बड़ौदा में हुए आल-इण्डिया ओरिएंटल कांफ्रेंस के वे अध्यक्ष चुने गये। एक विद्वान की हैसियत से जायसवाल ने 11 किताबें, 120 से ज़्यादा रिसर्च पेपर्स और बहुतेरे अनुवाद और टीकाएँ लिखीं। आधुनिक बिहार में हुए प्राचीन स्थानों यथा नालंदा विश्वविद्यालय की खुदाई और उसकी पुनर्स्थापना संबंधी कार्रवाइयों में अगुआ रहे जायसवाल मुद्राशास्त्र के भी विशेषज्ञ थे। पटना उत्खनन के दौरान प्राप्त मौर्य और गुप्तकालीन सिक्कों की खोज ने उन्हें ऐसे पहले भारतीय होने का गौरव दिलाया जिसे 1935 में रॉयल एशियाटिक सोसाइटी, लंदन की तरफ़ से भाषण देने के लिए आमंत्रित किया गया। जायसवाल दो बार न्युमिसमेटिक सोसाइटी ऑफ़ इण्डिया के अध्यक्ष रहे। 1935 में ही बनारस हिंदू विश्वविद्यालय और पटना विश्वविद्यालय ने काशी प्रसाद जायसवाल को ऑनरेरी डॉक्टरेट से सम्मानित किया गया। 4 अगस्त, 1937 को पटना में उनका निधन हुआ।

देखें : आनंद केंटिश कुमारस्वामी, आर्थर लेवेलिन बाशम, बिपन चंद्र-1 और 2, भारतीय इतिहास-लेखन-1 से 4 तक, दामोदर धर्मानंद कोसम्बी-1 और 2, रमेश चंद्र दत्त, रमेश चंद्र मजूमदार, रणजीत गुहा, रामकृष्ण गोपाल भण्डाकर, रामशरण शर्मा, रोमिला थापर, वासुदेव शरण अग्रवाल, पांडुरंग वामन काणे, विश्वनाथ काशीनाथ राजवाड़े-1 और 2.

संदर्भ

1. काशी प्रसाद जायसवाल (1955), *हिंदू राज्य-व्यवस्था,* अनु. रामचंद्र वर्मा, काशी नागरी प्रचारिणी सभा, वाराणसी.
2. के.पी. जायसवाल (1930), *मनु ऐंड याज्ञवल्क्य, अ कम्पेरिज़न ऐंड अ कंट्रास्ट : अ ट्रीटाइज़ ऑन द बेसिक हिंदू लॉ,* बटरवर्थ ऐंड कम्पनी लिमिटेड. कलकत्ता
3. राम शरण शर्मा (2005), *इण्डियाज़ एंशिएंट पास्ट,* ऑक्सफ़र्ड युनिवर्सिटी प्रेस, नयी दिल्ली.
4. एल.डी. बर्नेट (1926), 'दि राजनीति-रत्नाकर बाई चण्डेश्वर बाई काशी प्रसाद जायसवाल', *जर्नल ऑफ़ रॉयल एशियाटिक सोसाइटी ऑफ़ ग्रेट ब्रिटेन ऐंड आयरलैण्ड,* अंक 4 (अक्टूबर).
5. ए. बेरिडेल कीथ (1925), 'हिंदू कांस्टीट्यूशनल लॉ', *जर्नल ऑफ़ कम्पेरिटिव लेजिसलेशन ऐंड इंटर नैशनल लॉ,* थर्ड सीरीज़, खण्ड 7, अंक 4.

—निर्मल कुमार पाण्डेय

क्लॉद लेवी-स्त्रॉस

(Claud Levi-Strauss)

विख्यात सांस्कृतिक मानवशास्त्री क्लॉद लेवी-स्त्रॉस (1908-2010) ने संरचनावाद के सैद्धांतिक विकास को गहराई से प्रभावित किया है। इसके लिए उन्होंने फ़र्दिनैंद द सॅस्यूर के भाषा संबंधी चिंतन तथा रोमन याकोबसन द्वारा प्रतिपादित संस्कृति के विविध पक्षों से संबंधित विचारों का उपयोग किया है। इस सिलसिले में लेवी-स्त्रॉस का मुख्य ज़ोर नातेदारी, मिथ व कला के प्रभावों पर है। उनके लेखन में निरंतर सिद्ध किया गया है कि मानव जाति के बारे में देशज समुदायों का अध्ययन हमें गहन अंतर्दृष्टियों से सम्पन्न कर सकता है। उन्होंने नातेदारी की संरचना पर व्यापक अनुसंधान किया और अपने निष्कर्षों के माध्यम से समाज की बनावट के मूल तत्त्वों और नियमों का सूत्रीकरण करने की चेष्टा की। 1949 में प्रकाशित उनकी पुस्तक द *एलीमेंटरी स्ट्रक्चर ऑफ़ किनशिप* मानवशास्त्र की एक क्लासिकल कृति गिनी जाती है।

लेवी-स्त्रॉस एमील दुर्खाइम और मार्सेल मौज़ के समाजशास्त्र से भी प्रभावित थे। मौज़ की मशहूर रचना *गिफ़्ट* (1925) से उन्होंने तर्क लिया कि उपहारों का आदान-प्रदान प्रायः सभी आदिम समाजों व संस्कृतियों में पाया जाता था। इससे समाज में व्यवहार व अंत:संबंधों का रूप निर्धारित होता था। यह प्रक्रिया बाज़ार-व्यवस्था से मुक्त थी। उपहारों के आदान-प्रदान का संबंधों के क़ानूनी, आर्थिक, राजनीतिक व धार्मिक पक्षों पर असर पड़ता था। इसी कड़ी में लेवी-स्त्रॉस ने स्वयं भी दक्षिणी फ्रांस में शराब की छोटी बोतलों के पास-

पड़ोस में लेन-देन की परम्परा को उदाहरण के रूप में प्रयुक्त किया। इस तरह का विनिमय सामाजिक सम्पर्क पुष्ट करने की प्रथा के रूप में इस्तेमाल किया जाता था। यानी इस प्रतिपादन के अनुसार समाज सर्वप्रथम विनिमय का एक तंत्र है। अपनी किताब *स्ट्रक्चरल एंथ्रोपोलॅजी* में उन्होंने कहा कि व्यक्ति सम्पत्ति, वस्तु, भाषा और स्त्री आदि का परस्पर विनिमय करते हैं। समाज की नातेदारी-प्रणाली मुख्यत: स्त्रियों के विनिमय पर ही टिकी होती है और इसी संदर्भ में उन्होंने क्रास कज़िन मैरिज (ममेरे और फुफेरे भाइयों के बीच विवाह) का भी अध्ययन किया।

लेवी-स्त्रॉस के निष्कर्षों पर रूसो द्वारा प्रतिपादित सामाजिक समझौते के सिद्धांत की भी स्पष्ट छाप दिखती है। आदिम समाज को वे मानव जाति के सबसे शुद्ध व आदर्श रूप की तरह देखते हैं। उन्होंने रूसो को मानवशास्त्र के सबसे बड़े प्रेरणा स्रोत के रूप में देख कर उन्हें मनुष्य के विज्ञानों का अन्वेषक बताया है। पर लेवी-स्त्रॉस का एक मूल अंतर्विरोध यह है कि एक ओर वे आदिम मनुष्य को वर्तमान मानव समाज के समान बताते हैं तो दूसरी ओर उसे भिन्न भी क़रार देते हैं। सॅस्यूर के भाषा चिंतन से प्रेरित होने के कारण वे मानते हैं कि व्यवस्था में जारी परिवर्तन व उसमें सक्रिय लोगों का ख़ास महत्त्व नहीं होता है। वे सामाजिक जीवन को ऐसी व्यवस्था के रूप में देखते हैं जो संबंधों के समुच्चय से बनती है और उसमें व्यक्ति की भूमिका गौण रहती है। ग़ौरतलब है कि सॅस्यूर का भाषा-चिंतन भी यही कहता था कि भाषा के दो घटक होते हैं। लांगे (भाषा लिखित रूप) और परोल (बोली गयी भाषा)। इसमें लांगे का रूप सामाजिक होता है, जबकि परोल वैयक्तिक है। भाषाशास्त्र को वैज्ञानिक बनाने के दावा करते हुए सॅस्यूर ने अध्ययन के भाषा के सामाजिक पक्ष यानी लांगे पर ज़ोर देने के लिए कहा था।

सॅस्यूर की तरह ही लेवी-स्त्रॉस भी समाज के वैयक्तिक पक्षों से पूरी तरह अलग हो कर नातेदारी व सामाजिक नियमों से बने उसके संरचनात्मक पक्ष के अध्ययन पर बल देने लगे। समाज के इस संरचनात्मक विश्लेषण में सामाजिक रूपांतरण, परिवर्तन या सामाजिक द्वंद्व को अध्ययन का विषय नहीं माना जाता है। इसीलिए प्राचीन आदिम समाज, जिसे लेवी-स्त्रॉस ने कोल्ड सोसाइटीज़ के रूप में सम्बोधित किया है, में भी किसी प्रकार के द्वंद्व या अव्यवस्था की गुंजाइश नहीं दखी जा सकती थी। लेवी-स्त्रॉस के लिए वह सामाजिक नियमों व विनिमय पर आधारित व्यवस्था के आदर्श रूप को व्यक्त करती थी। उनकी ख़ास दिलचस्पी पुरानी चीज़ों के संग्रह जैसे पुराने मास्क, प्रतिलिपियों, अजायबघरों आदि में भी थी। इन चीज़ों के माध्यम से लेवी-स्त्रॉस को जीवित विश्वासों, भावनाओं तथा द्वंद्वों के स्थान पर संरचना के विश्लेषण में ख़ास सुविधा होती थी।

क्लॉद लेवी-स्त्रॉस (1908-2010)

ज़ाहिर है कि ठोस चीज़ों में लेवी-स्त्रॉस की दिलचस्पी मूलत: अमूर्त विश्वासों व धारणाओं का पता लगाने तथा उनकी रचना करने के लिए थी। यानी लेवी-स्त्रॉस अगर ठोस व मूर्त को पसंद करते हैं तो केवल इस वजह से कि वह उसमें छिपे अमूर्त का पता लगाने का माध्यम है। यहाँ तक कि मार्क्सवाद, जिसकी प्रेरणा उनके लेखन में देखी जाती है, भी उनके लिए केवल एक विचार-पद्धति के रूप में अहमियत रखता है। अपने इसी रवैये के तहत अमेरिका प्रवास के बाद फ्रांस वापस आने पर उन्होंने किसी भी तरह के उग्र प्रतिरोध या आंदोलन का समर्थन करने की अनिच्छा जतायी और 1968 के विख्यात छात्र-युवा आंदोलन का भी विरोध किया।

उन्होंने अपने मानवशास्त्र को मैलिनॉस्की द्वारा लोकप्रिय बनाये गये भागीदारीमूलक प्रेक्षण से मुक्त रखा और कहा कि इस प्रकार के अनुभववाद से केवल ऊपरी तथ्यों व आचार-विचार को ही जाना जा सकता है। उनका दावा था कि वास्तविक सत्य संरचनाओं के भीतर निहित होता है। उन्होंने इस बात का भी खण्डन किया कि देशज लोगों से बात कर उनकी संस्कृति की मूल प्रेरणा का पता लगाना मुश्किल होता है और वास्तविकता संरचनाओं में अंतर्निहित होती है।

लेवी-स्त्रॉस के लेखन में आधुनिकता का एक क़िस्म का रोमांटिक खण्डन भी उपस्थित है। अफ़्रीका और एशिया के तीसरी दुनिया के देशों में फैलते सांस्कृतिक प्रदूषण से वे चिंतित दिखते हैं। अपनी पुस्तक *ट्रिसटस ट्रॉपिक्स* में वे लिखते हैं, 'दुनिया घूमने पर हमें प्रतीत होता है कि हमारा सारा

कूड़ा-करकट मानव सभ्यता के चेहरे पर फेंक दिया गया है।' रियो द जनेरो, साओ पाओ और कलकत्ता जैसे शहरों की अराजकता व गंदगी ने उन्हें विचलित कर दिया था। भयावह इतिहास और अराजक वर्तमान की मौजूदगी में सांस्कृतिक नृजातिवाद ही उनके लिए विलुप्त होने के कगार पर खड़ी संस्कृतियों को जानने-समझने का आख़िरी उपाय था।

प्राचीन आदिम समाजों के प्रति लेवी-स्त्रॉस का सराहना भाव इसी से प्रेरित है। पर लेवी-स्त्रॉस के आलोचकों ने आधुनिकता से संबंधित उनकी प्रदूषण की चिंता को एकतरफ़ा बताया है। वे पश्चिमी सभ्यताओं की प्रगति व आधुनिकता की आलोचना न करके प्राचीन समाजों के विनाश पर अफ़सोस प्रकट करते हैं। वे अपनी संस्कृति के भीतर मौजूद प्रगति के विचार या जीवनशैली को प्रश्नांकित नहीं करते और उसे केवल दूसरे समाजों पर आरोपित करने पर आपत्ति करते हैं। लेवी-स्त्रॉस ने प्राचीन आदिम समाजों के अध्ययन के आधार पर मिथकों का भी अध्ययन किया है जो कि उनकी चार खण्डों में प्रकाशित रचना *इंट्रोडक्शन टू अ साइंस ऑफ़ माइथोलॅजी* के रूप में प्रकाशित हुआ। उन्होंने अमेरिकन इण्डियन क़बीलों के मिथक संबंधी विश्वासों का विस्तार से परिचय दिया है। उन्होंने मिथक की अध्ययन प्रक्रिया में उन्हें मनुष्यों तथा अपने जन्म की स्थितियों से स्वतंत्र मानते हुए एक वस्तु के रूप में देखा है जिसका स्वतंत्र अस्तित्व होता है। लेवी-स्त्रॉस की निगाह में मिथक उन लोगों से नहीं बँधे होते जो उनसे अपना संबंध महसूस करते हैं।

लेवी-स्त्रॉस ने अपने निष्कर्षों में यह भी बताया है कि मिथक की कई व्याख्याएँ होती हैं पर वे एक ही प्रणाली से जुड़ी होती हैं। इस अर्थ में मिथक अपनी प्रकृति में कविताओं से भिन्न होते हैं। कविताएँ मामूली परिवर्तन को भी नहीं सहन करतीं जबकि मिथक एक से दूसरे आख्यान तक और एक से दूसरी पीढ़ी तक आते-आते बदल जाते हैं। पर उन मिथकों का विश्लेषण सिद्ध करता है कि उनकी मूल संरचना अपने अनगिनत रूपों के बावजूद समान बनी रहती है।

संरचनावाद के अनुसार मानव मस्तिष्क परस्पर विलोमार्थक युग्मों में सोचता है। जैसे ऊँचा-नीचा, खाद्य-अखाद्य, काला-गोरा, कच्चा-पक्का, संस्कृति-प्रकृति आदि। लेवी-स्त्रॉस के मुताबिक़ किसी विश्लेषक का काम यही दिखाना है कि किस प्रकार परस्पर विरोधी चीज़ें किसी व्यवस्था का निर्माण करती हैं और व्यवस्था के भीतर से ही अर्थवान बनती हैं। लेवी-स्त्रॉस के बारे में माना जाता है कि वे एक सांस्कृतिक मानवशास्त्री से अधिक दार्शनिक तथा कलाकार थे जिन्होंने केवल अपने पाठकों को सोचने के लिए ही नहीं बल्कि स्वप्न देखने के लिए भी प्रेरित किया। ख़ुद उनके अपने विवरण के अनुसार उनका अपना लेखन भी एक कलात्मक ढाँचा है। उनका कहना था कि मानवशास्त्र केवल तथ्यों और सूचनाओं का संकलन भर नहीं है। उन्होंने अनुमानपरक सामान्यीकरण पर उन्होंने अपने सिद्धांतों की इमारत खड़ी की।

देखें : अल्फ्रेड लुइस क्रोबर, ऑग्युस्त कॉम्त, क्लिफ़र्ड गीर्ट्ज़, जॉर्ज ज़िमेल, टैलकॉट पार्संस, पिएर बोर्दियो, फ्रंज़ उरी बोआस, मारग्रेट मीड, मारसेल मौज़, मार्गरेट मीड, मिल्टन सिंगर, मैक्स वेबर, रुथ बेनेडिक्ट, संरचनावाद और उत्तर-संरचनावाद।

संदर्भ

1. राबर्ट डिलेज़ (2004), *लेवी-स्त्रॉस टुडे, एन इंट्रोडक्शन टू स्ट्रक्चरल एंथ्रोपोलॅजी,* बर्ग, ऑक्सफ़र्ड और न्यूयॉर्क.
2. सी. बेडकाक (1975), *लेवी-स्त्रॉस, स्ट्रक्चरलिज़म ऐंड सोसियोलॅजिकल थियरी,* हचिंसन, लंदन.
3. ई. लीच (1970), *लेवी-स्त्रॉस,* फ़ोंटाना, लंदन.
4. ई. लीच (1967), *द स्ट्रक्चरल स्टडी ऑफ़ मिथ ऐंड टोटमिज़म,* टेवीस्टाक, लंदन.
5. एफ़ लेप्वांटे ऐंड सी लेप्वांटे (1991), *क्लॉद लेवी-स्त्रॉस ऐंड हिज़ क्रिटीक : ऐन इंटरनैशनल बायोग्राफ़ी (1950-1976),* गारलैण्ड, न्यूयॉर्क.

— वैभव सिंह

कांग्रेस 'प्रणाली'

(Congress System)

भारत की दलीय प्रणाली को कांग्रेस 'प्रणाली' के रूप में व्याख्यायित करने का श्रेय रजनी कोठारी को जाता है। साठ के दशक में किये गये अपने एक क्लासिक अध्ययन में कोठारी ने दिखाया है कि भारत की दलीय प्रणाली पश्चिमी अर्थों के अनुसार एक-दलीय, द्वि-दलीय या बहु-दलीय न हो कर एक पार्टी के वर्चस्व की प्रणाली रही है। आज़ादी के बाद दलीय व्यवस्था पर वर्चस्व क़ायम करने की भूमिका चूँकि भारतीय राष्ट्रीय कांग्रेस ने निभायी, इसलिए कोठारी ने इसे कांग्रेस 'प्रणाली' का नाम दिया। आज कांग्रेस का वर्चस्व गठजोड़ राजनीति के कारण टूट चुका है। लेकिन आज भी मॉडल के रूप में वही प्रणाली काम कर रही है। कोठारी के अनुसार भारतीय संस्कृति की मूल प्रवृत्तियों के साथ एकाकार होते हुए कमज़ोर विपक्ष के बावजूद आम सहमति और पंच फ़ैसलों के ज़रिये लोकतांत्रिक चरित्र ग्रहण करना ही कांग्रेस 'प्रणाली' की सबसे बड़ी विशेषता है।

यह सूत्रीकरण करने से पहले कोठारी इस निष्कर्ष पर पहुँच गये थे कि मैक्स वेबर द्वारा बताये गये वे तीन चरण भारत पर लागू नहीं होते जिनके मुताबिक़ पहले दौर में

सामंती गुटों के ज़रिये पार्टी का विकास होता है, फिर संगठन गणमान्य और कुलीन लोगों के हाथ में जाता है और अंत में वह व्यापक जनता की पार्टी बनती है। भारत में पार्टी का शुरू से ही सचेत रूप से गठन किया गया और फिर दूसरे चरण में उसे जन-आधारित बनाया गया। स्वाधीनता मिलने से पहले कांग्रेस एक सुगठित पार्टी बन चुकी थी और उसके नेताओं ने सभी स्तरों पर नेतृत्व सँभाल लिया था। कांग्रेस की ख़ास बात यह भी थी कि उसकी अधिकारिक दिशा से मतभेद रखने वाले लोग पार्टी के भीतर ही अपने विचारों के लिए समर्थन जुटाने की कोशिश करते थे। पार्टी से बाहर जाने पर उनका राजनीतिक महत्त्व ख़त्म हो जाता था। ये हालात आज़ादी के बाद भी क़ायम रहे। कांग्रेस को कई बार तोड़ने की कोशिश हुई। कुछ बड़े नेता भी पार्टी छोड़ कर गये, पर ज़्यादा समर्थन न मिलने के कारण प्रभावी भूमिका नहीं निभा पाये।

कांग्रेस 'प्रणाली' अपने-आप में एक जटिल अवधारणा है। एक पार्टी के वर्चस्व का मतलब एकल-पार्टी प्रणाली नहीं है। इसका अर्थ है कि एक स्पर्धात्मक दलीय प्रणाली जिसमें आपस में होड़ कर रही पार्टियाँ असमान भूमिका निभाती हैं। इसका एक हिस्सा 'आमसहमति की पार्टी' से मिल कर बनता है और दूसरा 'दबाव की पार्टियों' से मिल कर। इस तरह इस बंदोबस्त में एक दबाव का हाशिया काम करता रहता है जिसके दायरे के भीतर और बाहर की गतिविधियों की समझ महत्त्वपूर्ण है। दायरे के भीतर आमसहमति वाली पार्टी के असंतुष्ट गुट और धड़े कार्यरत रहते हैं। उसके बाहर विपक्षी जमावड़े, पार्टियाँ, सत्तारूढ़ पार्टी के नाराज़ तत्त्व, दूसरे हित-समूह और अहम शख़्सियतों की मौजूदगी रहती है। ख़ास बात यह है कि हाशिए के बाहर के ये तत्त्व सत्तारूढ़ पार्टी पर दबाव डालते हैं, उसकी निंदा-आलोचना करते हैं पर उसका विकल्प तैयार नहीं कर पाते। सत्तारूढ़ दल आशंकित बना रहता है कि अगर जनता की प्रचलित राय या पसंद और उसके बीच फ़ासला बढ़ गया तो विपक्ष उसे सत्ता से हटा देगा। इसलिए आमसहमति की पार्टी के तौर पर उसे जनता की माँगों और दबावों के प्रति संवेदनशील रहना पड़ता है। दरअसल, इस पूरी प्रणाली की संवेदनशीलता दबाव के हाशिए की संवेदनशीलता और उसके लचीलेपन पर निर्भर करती है। यह इस बात पर भी निर्भर करती है कि विभिन्न धड़ों, असंतुष्ट गुटों और विपक्षी दलों को सक्रियता के लिए सत्तारूढ़ पार्टी कितनी गुंजाइश देती है। इस बंदोबस्त में आमसहमति की व्यवस्था का केंद्रीय महत्त्व है। उपनिवेशवादी आंदोलन के दौरान समाज के सभी तबक़ों और हितों को अपने दायरे में लेकर कांग्रेस इस 'ऐतिहासिक आमसहमति' से लैस हुई थी। इसलिए आज़ादी के बाद ज़्यादातर समय तक आमसहमति की पार्टी की भूमिका अधिकतर कांग्रेस के हाथ में ही रही है। नब्बे के दशक के मध्य में गठजोड़ राजनीति के ज़रिये कुछ आगे निकल कर भारतीय जनता पार्टी (भाजपा) ने उससे यह भूमिका छीनने की विफल कोशिश ज़रूर की थी।

कांग्रेस अपने वर्चस्व के ज़माने में दो स्तरों पर काम करती रही है। अपने भीतर वह ज़्यादा प्रतिनिधित्वमूलक, लचीली और आंतरिक होड़ के अनुकूल रहती थी। दूसरी तरफ़ वह अपने से बाहर मौजूद गुटों और आंदोलनों को अपने आगोश में लेने के लिए तैयार रहती थी ताकि दूसरी पार्टियों की ताक़त न बढ़ पाये। इससे होता यह था कि पहले पार्टी के भीतर शक्ति केंद्रित होती चली जाती थी और फिर उस शक्ति के प्रयोग को सीमित करने के लिए आंतरिक उपायों की रचना होती थी। विपक्ष की अपनी ताक़त तभी बढ़ती थी जब कांग्रेस के भीतर की गुटबाज़ी के संतुलन पर उसकी पकड़ कमज़ोर हो जाए।

कोठारी मानते हैं कि इस परिस्थिति के कुछ संरचनागत परिणाम होते थे। चुनाव के लिहाज़ से विपक्ष केवल स्थानीय या क्षेत्रीय स्तर पर ही अच्छा प्रदर्शन कर पाता था। राष्ट्रीय आंदोलन के नेता विपक्ष को उसकी औकात से ज़्यादा महत्त्व देना नहीं भूलते थे ताकि सत्ता में आने के नाममात्र के मौक़ों के बावजूद उसका मनोबल और उत्साह बना रहे। विपक्षी नेताओं को कांग्रेस का सत्तारूढ़ गुट निजी स्तर पर काफ़ी महत्त्व देता था जिनसे उनकी कुंठा और कड़वाहट एक तरफ़ तो अवांछित रूप ग्रहण नहीं कर पाती थी, दूसरी ओर उनके और उनके कार्यकर्ताओं के बीच अंतराल पैदा हो जाता था। भारतीय दलीय प्रणाली में विपक्ष अभी तक आमसहमति के कांग्रेस जैसे दूसरे दल की रचना नहीं कर पाया है। राष्ट्रीय स्तर पर कांग्रेस का विकल्प देखने की इच्छा रखने वाले प्रेक्षकों के एक बड़े हिस्से को भारतीय जनता पार्टी से उम्मीद है कि वह ऐसी ही पार्टी के रूप में उभरेगी। लेकिन यह देख कर उन्हें निराशा होती है कि भाजपा राष्ट्रीय स्वयंसेवक संघ प्रदत्त वैचारिक निष्ठाओं और संसदीय राजनीति की व्यावहारिकताओं के बीच अंतर्विरोधों को सुलझाने में नाकाम रही है।

निश्चित रूप से कांग्रेस ने आज़ादी की लड़ाई का जो आंदोलन चलाया वह अपने चरित्र और गहराई में बेमिसाल था। पर कांग्रेस 'प्रणाली' की निरंतरता तभी क़ायम रखी जा सकती थी, जब कांग्रेस आज़ादी के बाद भी अपने सुदृढ़ीकरण का सिलसिला क़ायम रखती। कोठारी इस मान्यता से सहमत नहीं हैं कि कांग्रेस आज़ादी मिलने से पहले एक आंदोलन थी, पर बाद में पार्टी में बदल गयी। वे कहते हैं कि कांग्रेस आज़ादी के बाद भी आंदोलन ही बनी रही। उसने राष्ट्र-निर्माण के माध्यम से आधुनिकीकरण करने की जो शैली अपनायी उसने भी दलीय प्रणाली के कुछ तत्त्वों की रचना की। इस लिहाज़ से कई विकासशील कम्युनिस्ट और

ग़ैर-कम्युनिस्ट देशों की सरकारी और आंदोलनात्मक पार्टियों से मिलती-जुलती होने के बावजूद इस प्रणाली ने ख़ुद को अधिनायकवादी रुझानों से दूर रखा। सरकार और सत्तारूढ़ दल के प्रतीकात्मक महत्त्व को काफ़ी बढ़ा कर प्रतीक और यथार्थ के बीच पर्यायवाची संबंध बना दिया। कांग्रेस ने टकराव और असंतोष के कुछ अत्यंत सम्भावित स्रोतों को बेअसर करने की नीतियाँ और हथकण्डे अख़्तियार किये : जैसे, भूमि सुधारों के ज़रिये सामंतवाद का उन्मूलन, राज्यों का भाषाई आधार पर पुनर्गठन, मज़दूर संघों में घुसपैठ और श्रमिक वर्ग के लिए सुरक्षात्मक क़ानूनों की रचना, उत्पीड़ित तबक़ों को विशेष सुविधाएँ दे कर जघन्य क़िस्म की विषमताओं का उन्मूलन, हिंसा-राजद्रोह-अलगाववाद की सभी हरकतों को कड़ाई से दबाना।

कांग्रेस की केंद्रीयता को कांग्रेस 'प्रणाली' में बदलने के पीछे जवाहरलाल नेहरू की भूमिका को नज़रअंदाज़ नहीं किया जा सकता। हालाँकि उन्हें राष्ट्रीय आंदोलन की महान विरासत और कांग्रेस के तैयारशुदा संगठन का लाभ मिला, पर अगर नेहरू का कार्यकाल इतना लम्बा न चलता तो आज़ादी के लाभों को इस शैली में मज़बूत न किया जा पाता। नेहरू ने दो धरातलों पर काम किया : अपनी प्रभावशाली शख़्सियत के दम पर देश को एक रखा और विघटनकारी तत्त्वों को किनारे धकेल दिया। वे लम्बे अरसे तक राष्ट्रीय एकता के प्रतीक बने रहे। दूसरे, उन्होंने देश को संस्थाएँ प्रदान कीं और उन्हें वैधता और आधुनिक उद्देश्यों से आवेशित किया। कोठारी नेहरू के काल को भारतीय इतिहास की एक असाधारण अवधि मानते हुए भी कहते हैं यह दौर कोई बहुत सहज नहीं था। इसकी दिक़्क़तों की सीमा नहीं थी।

कांग्रेस 'प्रणाली' बदलाव का एक विस्तृत तंत्र भी मुहैया कराती थी। नेहरू के जीवन में कामराज योजना और उनकी मृत्यु के बाद उत्तराधिकारी खोजने की सफल क़वायद इसका प्रमाण है। यह प्रणाली टकराव की अभिव्यक्ति और उसके हल का तंत्र भी प्रदान करती थी। हम देख चुके हैं कि यह काम किस तरह भीतरी और बाहरी दबाव के हाशियों के ज़रिये किया जाता था। यह प्रणाली धड़ेबंदी की संरचनाओं के माध्यम से समाज और राजनीति के बीच सम्पर्क सूत्र क़ायम करती थी।

कोठारी ने इस प्रणाली के भविष्य का भी अंदाज़ा लगाया था। उनका ख़याल था कि कुछ ऐसे दायरे बनने वाले हैं जिनमें विपक्ष कांग्रेस को पीछे छोड़ देगा। वह उन राज्यों में सरकार बनायेगा जहाँ कांग्रेस की पकड़ कमज़ोर होती जायेगी। यह भी हो सकता है कि कांग्रेस 'प्रणाली' की वैधता और ताक़त जिस नाज़ुक संतुलन पर निर्भर करती है, वही गड़बड़ा जाए। समय के साथ राजनीतिक प्रणालियाँ बदलती रहती हैं और एक ख़ास प्रणाली के बने रहने की कोई गारंटी नहीं होती। इतना ज़रूर कहा जा सकता है कि विभिन्न दलीय प्रणालियों की क़िस्मों में एक पार्टी के वर्चस्व की यह प्रणाली एक विचारणीय योगदान है। यह भारतीय तजुर्बे से निकली राजनीति संगठन के एक टिकाऊ मॉडल का नमूना है।

देखें : ग़ैर-कांग्रेसवाद, गठजोड़ राजनीति, जनता दल और उसकी विरासत-1 और 2, तेलुगु देशम पार्टी, पार्टी-गठजोड़ की राजनीति, भारतीय जनता पार्टी-1 और 2, भारत में मतदान-व्यवहार-1, 2, 3, 4, 5 और 6, भारतीय राष्ट्रीय कांग्रेस-1 और 2, भारत की कम्युनिस्ट पार्टी, भारत की कम्युनिस्ट पार्टी (मार्क्सवादी), राष्ट्रीय जनतांत्रिक गठजोड़, वाम और जनवादी मोर्चा, शिव सेना, समाजवादी पार्टी, बहुजन समाज पार्टी-1 और 2, शिरोमणि अकाली दल, संयुक्त प्रगतिशील गठजोड़।

संदर्भ

1. रजनी कोठारी (2003), 'कांग्रेस 'प्रणाली'', संकलित : अभय कुमार दुबे (सम्पा.), *राजनीति की किताब : रजनी कोठारी का कृतित्व*, सीएसडीएस-वाणी, नयी दिल्ली.
2. रजनी कोठारी (1962), 'इण्डियाज़ पॉलिटिकल टेकऑफ़', *द इकॉनॉमिक वीकली*, बम्बई, विशेषांक.
3. डब्ल्यू.एच. मॉरिस जोंस (1964), 'पार्लियामेंट ऐंड डॉमिनेंट पार्टी : इण्डियन एक्सपीरियंस', *पार्लियामेंटरी एफ़ेयर्स*, खण्ड 17, अंक 3.
4. ज़िग्मण्ड न्यूमान (सम्पा.) (1956), *मॉडर्न पॉलिटिकल पार्टीज़*, शिकागो युनिवर्सिटी प्रेस, शिकागो.
5. सेमुअल जे. एल्डर्सवेल (1964), *पार्टी सिस्टम : ए बिहेवियर एनालिसिस*, रैंड मेकनेली.

— अभय कुमार दुबे

कांशी राम

(Kanshi Ram)

बीसवीं सदी के आख़िरी दो दशकों में भारतीय राजनीति को कांशी राम (1934-2006) से ज़्यादा किसी और नेता ने प्रभावित नहीं किया। वे उत्तर-आम्बेडकर दलित-राजनीति के सर्वाधिक महत्त्वपूर्ण सिद्धांतकार और सफलतम संगठक थे। राजनीतिक चिंतन और आचरण के अपने अनूठे तरीक़े से उन्होंने आरक्षण के गर्भ से निकली दलित नौकरशाही के आधार पर पहले एक सामाजिक आंदोलन का तानाबाना बुना, और फिर योजनाबद्ध तरीक़े से बहुत कम संसाधनों में उसे चुनाव लड़ कर सत्ता में आने वाली एक कामयाब राजनीतिक पार्टी में बदल दिया। उनकी मुहावरेदार अभिव्यक्ति से कई नये राजनीतिक फ़िकरे निकले। कांशी राम ने आम्बेडकर को अपना गुरु माना, लेकिन नये हालात के मद्देनज़र बड़ी सावधानी से बाबा साहेब की कई शिक्षाओं को पकड़ने या

छोड़ने का कौशल दिखाया। आज़ादी के बाद से देश में चल रही आम्बेडकरवादी राजनीति के नक़्शे-क़दम पर चलने से तो उन्होंने पूरी तरह इनकार ही कर दिया। कांशी राम ने फुले द्वारा प्रतिपादित आर्य बनाम अनार्य थीसिस को उत्तर भारत में पुनर्जीवित करके बहुजनवादी विचारधारा गढ़ी, हालाँकि आम्बेडकर ने इसे नस्ली थीसिस कह कर ख़ारिज कर दिया था। कांशी राम ने दलित राजनीति में ब्राह्मणवाद के ऊपर मनुवाद नाम की एक नयी धारणा को प्राथमिकता दी, यद्यपि आम्बेडकर ने मनु को जातिवाद का संस्थापक मानने से इनकार कर दिया था। उन्होंने समतामूलक नागर समाज बनाने के आम्बेडकरवादी कार्यभार को भी नज़रअंदाज़ किया। उन्होंने मुख्य रूप से बाबा साहेब की दो हिदायतों को रेखांकित किया। पहली, राजसत्ता चाबियों की चाबी है और राजनीति का शक्ति-संतुलन अपने हाथ में रखना ही दलितों की रणनीति होनी चाहिए। दूसरी, चुनाव में जीत के लिए उत्पीड़ित वर्गों का मोर्चा बनाना होगा। कांशी राम की सफलता के कारण दलित होना नुक़सान के बजाय फ़ायदे की चीज़ बन गया।

कांशी राम न तो फुले की तरह साहित्यिक प्रतिभा के धनी थे, और न ही वे आम्बेडकर की तरह पश्चिमी समाज-विज्ञान में पारंगत थे। उन्होंने अपने पीछे कोई उल्लेखनीय लिखित शास्त्र नहीं छोड़ा। दरअसल, उनका सैद्धांतिक योगदान राजनीतिक व्यवहार की देन है। कांशी राम के राजनीतिक जीवन को तीन हिस्सों में बाँट कर देखा जा सकता है। पहली अवधि वह थी जब उन्होंने किर्की (पुणे) की एक्सप्लोसिव रिसर्च ऐंड डिवेलपमेंट लेबोरेटरी में अनुसंधान सहायक की नौकरी करते हुए रिपब्लिकन धड़ों की राजनीति में भागीदारी की। इसी दौरान वे आम्बेडकर और फुले के लेखन से परिचित हुए। कांशी राम के इन अनुभवों का निचोड़ उनकी छोटी सी पुस्तिका *द चमचा एज : द ऐरा ऑफ़ स्टूजिज़* में देखा जा सकता है, जो इस अवधि के उनके तल्ख़ तर्जुबों का नतीजा है। दूसरे चरण में कांशी राम ने उत्पीड़ित वर्गों का मोर्चा बनाने के मक़सद से बहुजन थीसिस का प्रतिपादन किया और एक-एक करके बामसेफ़, डीएस-फ़ोर और बहुजन समाज पार्टी जैसे संगठनों की रचना की। तीसरे चरण में कांशी राम ने राजनीतिक समझौते करने और तोड़ने की प्रक्रिया के ज़रिये बसपा जैसे नये राजनीतिक दल को राष्ट्रीय पार्टी की हैसियत दिलाई। उन्हें उत्तर प्रदेश में राजनीतिक सत्ता मिली और इस सफलता के आधार पर इस प्रदेश में दलित जातियाँ एक ताक़तवर राजनीतिक समुदाय का रूप लेती चली गयीं। यही वह दौर था जब मनुवाद की थीसिस के सूत्रीकरण के ज़रिये कांशी राम ने 'बहुजन' से 'सर्वजन' की तरफ़ यात्रा की जिसके अद्‌भुत राजनीतिक परिणाम उनके निधन के बाद सामने आये। उनके सर्वजन का मतलब था दलित वर्चस्व के तहत समाज के सभी वर्गों को सत्ता में भागीदारी का निमंत्रण।

पुणे में अपने राजनीतिक जीवन की शुरुआत करके कांशी राम ने रिपब्लिकन पार्टी से लेकर दलित पेंथरों तक से संबंध रखे और ख़ुद अपने दलित संगठन भी बनाये। लेकिन जल्दी ही उन्हें दलित राजनीति के इस रूप से निराशा होने लगी। उन्हें लगा कि आपस में हरदम लड़ते रहने और व्यर्थ की बहसों में उलझे रहने वाले दलित नेता ब्राह्मण वर्ग के चमचे हैं। कांशी राम ने अपनी पुस्तक *द चमचा एज* में गाँधी और आम्बेडकर के बीच हुए पुणे पैक्ट को इस स्थिति का ज़िम्मेदार ठहराया। उनका कहना था कि पुणे पैक्ट के कारण दलितों को पृथक मतदातामण्डल की हैसियत नहीं मिल सकी जिसके कारण उन्हें विधायिकाओं में अपने वास्तविक प्रतिनिधित्व से वंचित होना पड़ा और ग्रामों में अल्पसंख्यक सवर्णों की हैसियत क़ायम रही। संयुक्त निर्वाचन के तहत दलित सदा के लिए सवर्ण हिंदुओं के सहारे हो गये। राजनीति में हैसियत प्राप्त करने के लिए उन्हें मजबूरन ऊँची जातियों की चाटुकारिता करनी पड़ी। कांशी राम ने जगजीवन राम जैसे कांग्रेसी दलितों और इंदिरा गाँधी की तारीफ़ में कविता लिखने वाले नामदेव ढसाल जैसे दलित पेंथर को एक ही पलड़े में रखा। उन्होंने 1978 के मराठवाड़ा दंगों में पेंथरों को नाकाम होते हुए भी देखा। इसके बाद कांशी राम ने रिपब्लिकन राजनीति से अपना नाता तोड़ लिया।

अपने राजनीतिक जीवन के दूसरे दौर में कांशी राम ने मुख्य तौर से दो काम किये। पहला, फुले की बहुजन थीसिस को पुनर्जीवित किया और दलित नौकरशाही में राजनीतिक-सामाजिक आधार बनाते हुए राजनीतिक संगठन खड़ा किया। उन्नीसवीं सदी में फुले ने आर्य-आक्रमण के दृष्टांत का सहारा लेते हुए दावा किया था कि एक ज़माने में भारतीय समाज राजा बली के शासन तले जाति-भेद विहीन संरचनाओं से सम्पन्न था। आर्यों ने आक्रमण किया और धोखे से वामन अवतार के ज़रिये राजा बली से उनका राज्य छीन लिया गया। अपने ख़िलाफ़ किसी भी तरह की संग्रामी एकता की सम्भावना नष्ट करने के लिए आर्यों ने समाज को जातियों में बाँट दिया। उनके सबसे मज़बूत विरोधियों को अछूत घोषित कर दिया गया। ब्राह्मण इन्हीं आर्यों के वंशज थे। इसी तर्ज़ पर कांशी राम ने कहा कि देश में पचासी फ़ीसदी लोग अनार्य और इस धरती के मूल निवासी हैं। फुले की थीसिस से ही कांशी राम ने बहुजन एकता का फ़ार्मूला निकाला। उन्होंने कहा कि अछूत जातियाँ, अति-पिछड़ी जातियाँ और धर्मांतरण करके मुसलमान-ईसाई-सिक्ख बनी निचली जातियाँ बहुजन समाज का निर्माण करती हैं।

उनकी यह थीसिस किसी ठोस जनाधार की अगुआई में ही परवान चढ़ सकती थी। 6 दिसम्बर, 1978 को उन्होंने

कांशी राम (1934-2006)

अपना पहला संगठन बनाया : बामसेफ़ (ऑल इण्डिया बेकवर्ड ऐंड माइनारिटीज़ कम्युनिटीज़ एम्प्लाइज़ फ़ेडरेशन)। यह पूरी तरह अनौपचारिक, अपंजीकृत, ग़ैर-धार्मिक, ग़ैर-आंदोलनकारी और ग़ैर-राजनीतिक संगठन था। इसकी यह प्रकृति दलित नौकरशाही के सदस्यों के अनुकूल बैठती थी, क्योंकि वे क़ानूनन राजनीति में भाग नहीं ले सकते थे। सवर्ण अफ़सरों की जातिवादी ज़्यादतियों के ख़िलाफ़ संघर्ष चलाते ही बामसेफ़ के क़दम जमने लगे। कांशी राम ने बामसेफ़ के सदस्यों को बहुजन आंदोलन के 'ब्रेन बैंक, टेलेंट बैंक और फ़ाइनेंशियल बैंक' के रूप में देखा। बामसेफ़ का पूरी नियंत्रण निजी तौर पर कांशी राम के हाथ में ही रहता था।

ठीक तीन साल बाद 6 दिसम्बर, 1981 को कांशी राम ने डीएस-फ़ोर (दलित शोषित समाज संघर्ष समिति) का गठन किया। यह बाक़ायदा एक राजनीतिक दल नहीं था, पर उसकी गतिविधियाँ एक पार्टी जैसी ही थीं। डीएस-फ़ोर ने उत्तर प्रदेश, हरियाणा और बिहार में चरण सिंह, देवीलाल और कर्पूरी ठाकुर का ध्यान अपनी ओर आकर्षित किया। इसी संगठन के महिला विंग के संयोजक के तौर पर मायावती के राजनीतिक जीवन की शुरुआत हुई। इस संगठन ने सारे देश में लम्बे-लम्बे साइकिल मार्च किये, शराब विरोधी मुहिमें चलायीं, जम कर प्रचार किया और बिना चुनाव लड़े एक तरह की चुनाव मशीनरी खड़ी कर ली।

14 अप्रैल, 1984 को आम्बेडकर के जन्म-दिवस पर कांशी राम ने दिल्ली में बहुजन समाज पार्टी (बसपा) के गठन की घोषणा की। इस नयी पार्टी की ख़ास बात यह थी कि उसके पीछे दो बेहद ताक़तवर और सक्रिय संगठन थे। बामसेफ़ एक छाया की तरह बसपा का पूरा कार्यभार अपने कंधों पर उठाता था। डीएस-फ़ोर उसके लिए कार्यकर्त्ताओं की सप्लाई का स्रोत था। बसपा को बाक़ायदा चुनाव आयोग से पंजीकृत कराया गया। उसका उद्देश्य चुनाव लड़ना था। पंजाब के विधान सभा चुनाव में बसपा ने कांग्रेस की झोली से 2.2 प्रतिशत दलित वोट छीन कर दिखाया कि अगर ये वोट उसे मिलते तो वह अकालियों को हरा सकती थी। इसके बाद बिजनौर और हरिद्वार के उपचुनावों में कांशी राम ने बसपा की दलित वोटों पर दावेदारी साबित की, और 1988 में इलाहाबाद के उपचुनाव में विश्वनाथ प्रताप सिंह और अनिल शास्त्री जैसे दिग्गज उम्मीदवारों के मुक़ाबले केवल साइकिल और माइक के दम पर 71 हज़ार से ज़्यादा वोट ले कर दिखाये।

इन शुरुआती करामातों के बाद कांशी राम के राजनीतिक जीवन का तीसरा दौर शुरू हुआ। इसमें उन्होंने समाज परिवर्तन की रैडिकल भाषा बोलनी कम कर दी। राजनीतिक अस्थिरता की स्थिति में वे जोड़-तोड़ में माहिर सबसे बड़े खिलाड़ी के रूप में उभरे। उन्होंने 'हमें मज़बूत नहीं, मजबूर सरकार चाहिए' और 'हम अवसरवादी हैं क्योंकि हमें अवसर मिले ही कहाँ हैं' जैसे फ़िकरों का इस्तेमाल करके अपने विरोधियों और आलोचकों को चौंकाया। मुलायम सिंह यादव से समझौता करके उन्होंने इटावा निर्वाचन क्षेत्र से 1992 में लोक सभा सदस्य बनने में कामयाबी हासिल की। 1992 में ही आतंकवाद पीड़ित पंजाब में कांशी राम की बसपा ने जिस निर्भयता और हिम्मत के साथ चुनाव लड़ा, उसकी चारों ओर तारीफ़ हुई। इसी सिलसिले को आगे बढ़ाते हुए 1993 में समाजवादी पार्टी से गठजोड़ करके कांशी राम ने बाबरी मसजिद ध्वंस के समय मने हिंदू-विजय दिवस की हवा निकाल दी। पहले उन्होंने सपा से मिल कर भाजपा को पराजित किया। फिर भाजपा के साथ मिल सपा की सरकार गिरायी और भाजपा के समर्थन से ही अपनी सरकार बना ली।

बसपा की सरकार ज़्यादा नहीं चली, लेकिन मुलायम सिंह को सत्ता में आने से रोकने के लिए भाजपा ने मजबूरन बसपा की दो बार और सरकार बनवायी। कांशी राम की राजनीति इस सफलता से जम कर परवान चढ़ी। इसी प्रक्रिया में कांशी राम ने मायावती को आगे रख कर उत्तर प्रदेश में जो चुनावी राजनीति की, उसकी प्रमुख ख़ूबियाँ थीं : ब्राह्मणवाद के बजाय मनुवाद की नयी धारणा और बहुजन के बजाय सर्वजन की ओर रुझान। यह एक वैचारिक और रणनीतिक नवाचार था जिसके कारण कांशी राम को किसी भी जाति या समुदाय के सदस्यों को बसपा में शामिल करने या उसके राजनीतिक प्रतिनिधियों के साथ समझौता करने की छूट मिल गयी। दलित वोट उनकी झोली में थे क्योंकि पूर्व-अछूतों को यक़ीन हो चुका था कि उन्हें सत्ता के नज़दीक केवल बसपा पहुँचा सकती है। इसी यक़ीन ने उत्तर प्रदेश की दलित जातियों को एक प्रबल राजनीतिक समुदाय में बदल दिया। अन्य समुदायों में ऐसे तत्त्व थे जो दलित वोटों की गारंटी के बदले बसपा के साथ जुड़ने के लिए तैयार हो सकते थे। इस

हक़ीक़त को पहचानना ही कांशी राम की सबसे बड़ी ख़ूबी थी। 2001 में मायावती को उत्तराधिकारी घोषित करने के उनके क़दम को भी राजनीतिक प्रेक्षक इसी रणनीति का एक हिस्सा मानते हैं। इसी रणनीति ने उनके देहांत के बाद बहुजन समाज पार्टी को ऊँची जातियों के कुल इतने वोट तो ज़रूर ही दिला दिये जिससे उसे 2007 के विधान सभा चुनाव में ऐतिहासिक बहुमत मिल सका।

कांशी राम का जन्म पंजाब के रोपड़ ज़िले के खवासपुर गाँव के एक दलित रामदसिया सिक्ख परिवार में 15 मार्च, 1934 को हुआ था। उनके दादा और चाचा सेना में थे और उनकी शुरुआती शिक्षा-दीक्षा गाँव में ही हुई। 1956 में उन्होंने रोपड़ के एक कॉलेज से बीएससी की परीक्षा पास की। शुरू में वे वैज्ञानिक बनना चाहते थे, पुणे में अनुसंधान सहायक की नौकरी करते हुए उन्होंने आम्बेडकर जयंती और बुद्ध जयंती पर छुट्टी रखने के सवाल पर दीना भान नामक राजस्थानी दलित कर्मचारी के संघर्ष का साथ दिया। वे दीना भान के उत्पीड़न के ख़िलाफ़ अदालत तक गये। फ़ैसला कांशी राम के हक़ में हुआ। इस शुरुआती अनुभव ने कांशी राम के सामने क़ानूनी तौर-तरीक़ों की उपयोगिता और महत्त्व को स्थापित किया। इसके बाद उन्होंने किसी भी कथित क्रांतिकारी तरीक़े की अहमियत कभी नहीं मानी। आम्बेडकर द्वारा स्थापित पीपुल्स एजुकेशन सोसाइटी की गतिविधियों में भाग लेने से उन्हें सामाजिक, सांस्कृतिक और राजनीतिक कार्रवाई का मिश्रित अनुभव मिला। 1964 में उन्होंने नौकरी छोड़ी और अपनी माँ को एक लम्बा पत्र लिख कर विवाह न करने के फ़ैसले की जानकारी दी। उन्होंने सारे नाते-रिश्ते अपनी तरफ़ से तोड़ कर रोपड़ (पंजाब) स्थित अपने घर जाना बंद कर दिया और व्यक्तिगत जीवन के सारे दायित्वों से स्वतंत्र हो गये।

कांशी राम एक बेहद परिश्रमी और लगातार कार्यरत रहने वाले नेता थे। वे चाहते तो उत्तर प्रदेश के मुख्यमंत्री बन सकते थे, पर उन्होंने हर बार मायावती को गद्दी पर बैठाया और ख़ुद को राष्ट्रीय राजनीति करने के लिए खाली रखा। उनका देहांत 9 अक्टूबर, 2006 को लम्बी बीमारी के बाद हुआ। उनकी अंत्येष्टि बौद्ध परम्परा के मुताबिक़ की गयी। उनकी शवयात्रा में उनके लाखों समर्थकों और प्रशंसकों ने भागीदारी की।

देखें : अनुसूचित जातियाँ, अस्मिता की भारतीय राजनीति, अन्य पिछड़े वर्ग, आयोतीदास पांडीतर, आयंकाली, आम्बेडकर-गाँधी विवाद, इरोड वेंकट रामस्वामी नायकर पेरियार, किशन फ़ागूजी बनसोड़े, गाड़गे बाबा, गोपाल बाबा वलंगकर, ज्योतिराव गोविंदराव फुले, जाति और जाति-व्यवस्था-1, 2, 3 और 4, बहुजन समाज पार्टी-1 और 2, बाबू मंगूराम, भदंत आनंद कौसल्यायन, भीमराव रामजी आम्बेडकर, भारतीय संविधान-1 से 8 तक, स्वामी अछूतानंद हरिहर।

संदर्भ

1. अभय कुमार दुबे (1997), *कांशी राम : एक आलोचनात्मक अध्ययन*, राजकमल प्रकाशन, नयी दिल्ली.
2. अभय कुमार दुबे (1998), 'एनाटॉमी ऑफ़ अ दलित पॉवर प्लेयर', घनश्याम शाह (सम्पा.), *दलित पॉलिटिक्स ऐंड कल्चर*, सेज, दिल्ली.
3. आर.के. सिंह (1996), *कांशी राम और बीएसपी*, कुशवाहा बुक डिस्ट्रीब्यूटर्स, इलाहाबाद.
4. कांशी राम (1998), *द चमचा एज : द ऐरा ऑफ़ स्टूजिज़*, अनुवाद : रामगोपाल आज़ाद, समता प्रकाशन, नागपुर.

— अभय कुमार दुबे

किसन फ़ागूजी बनसोड़े

(Kisan Faaguji Bansode)

आम्बेडकर और उनके संघर्ष के लिए पूर्व-पीठिका तैयार करने करने वाली हस्तियों में स्वतंत्रता सेनानी, लेखक, नाटककार और सामाजिक कार्यकर्ताओ में किसन फ़ागूजी बनसोड़े (1879-1946) का नाम अग्रिम पंक्ति में है। उन्होंने दलित साहित्य की परम्परा में विपुल लेखन करते हुए वह रास्ता दिखाया जिस पर दलित साहित्यकारों तथा पत्रकारों की नयी पीढ़ियाँ चलीं। 1910 में बनसोड़े ने *निराश्रित हिंद नागरिक* पत्रिका की शुरुआत की, 1913 में *विशाल विध्वंसक*, 1918 में मजूर तथा 1913 में *चोखामेला* पत्रिकाओं की शुरुआत की। बनसोड़े पत्रकारिता के महत्त्व को अच्छी तरह से समझ गये थे, उन्होंने पत्र-पत्रिकाओं की शृंखला को आगे बढ़ाने पर लगातार ध्यान दिया। यही नहीं वे *देश सेवक, दीनबंधु, सुबोध* जैसी पत्रिकाओं में भी नियमित लेखन करते रहते थे। साहित्य तथा पत्रकारिता से जुड़ने के साथ-साथ 1920 के बाद बनसोड़े गाँधी के सम्पर्क में आये। अस्पृश्यता निवारण हेतु उन्होंने गाँधी से विचार-विमर्श किया। संवाद की इस प्रक्रिया में उन्हें नये अनुभव हुए। असहयोग आंदोलन में भागीदारी के दौरान बनसोड़े ने सेंट्रल और बेरार प्रांत के कांग्रेसी नेताओं के साथ कंधे से कंधा मिलाकर काम किया।

किसन फ़ागूजी बनसोड़े का जन्म 18 फ़रवरी, 1879 में नागपुर के समीप मोहपा गाँव के एक महार परिवार में हुआ था। महाराष्ट्र में वे नार्मल स्कूल के पहले प्रशिक्षित अध्यापक थे। लेकिन जल्दी ही वे अध्यापन से समाज-सुधार की ओर मुड़ गये और उनकी गतिविधियों और बौद्धिकता ने उन्हें जल्दी ही विदर्भ क्षेत्र में प्रसिद्ध कर दिया। 1901 में उन्होंने

सन्मार्ग बोधक अस्पृश्य समाज नामक संस्था की स्थापना कर नागपुर से सामाजिक कार्यों की शुरुआत की और हाशिए के लोगों को मुख्य धारा में लाने का प्रयास किया। 1907 में नागपुर के ही पचपावली में उन्होंने चोखामेला गर्ल्स स्कूल की स्थापना की। वे दलित समाज में शिक्षा की ज्योति जलाना चाहते थे। पहले समाज सेवा, फिर शिक्षा और बाद में पत्रकारिता— उनकी इन तीन गतिविधियों ने दलित समाज को चेतना के स्तर पर काफ़ी लाभ पहुँचाया। उनकी छवि एक ऐसे व्यक्ति की बन गयी जो पग-पग पर दलितों का हाथ पकड़ कर चलना सिखाते हुए उनमें स्वाभिमान जगा रहा था।

डॉ. आम्बेडकर के राजनीतिक आकाश पर उदय के समय बनसोड़े एक समाज-सुधारक के रूप में क़दम जमा चुके थे। आम्बेडकर ने जब शिक्षा को अपने घोषणा पत्र का एक महत्त्वपूर्ण हिस्सा बनाया तब बनसोड़े ने रात्रिकालीन विद्यालयों और हॉस्टल की स्थापना की। दलितों के प्रेरक संत महापुरुषों के जीवन संघर्ष को सामने लाने के लिए उन्होंने 1924 में उन्होंने *संत चोखामेला* नाटक की रचना की। यह नाटक दलित बस्तियों में अनगिनत बार मंचित हुआ। उनके द्वारा लिखे गये अन्य नाटकों में *एक्का साधू जी फ़जीती, सत्यशोधकी जलसा और चोखामेला दर्शन* विशेष रूप से लोकप्रिय हुए। उनके एक नाटक *सनातन धर्माया पंचरंगी तमाशा* को समाज-सुधार की दृष्टि से महत्त्वपूर्ण माना जाता है। इस नाटक में एक महार और भट-ब्राह्मण के बीच संवाद होता है जिसके ज़रिये हिंदू समाज में फैली विषमता रेखांकित होती है। इस तरह लोक-नाट्य की डोर पकड़ कर बनसोड़े ने दलितों को साहित्य, संस्कृति तथा इतिहास से जोड़ने की मुहिम चलायी। उन्होंने कभी चातुर्वण्य व्यवस्था पर व्यंग्य भी किया, तो कभी अपनी कविताओं से दलितों को जागरूक बनाया।

जून, 1920 को नागपुर में हुई पहली ऑल इण्डिया डिप्रेस्ड क्लास कांफ्रेंस की स्वागत समिति के सचिव की हैसियत से हिंदू धर्म में निहित सामाजिक विषमता पर आक्रोश प्रकट करते हुए बनसोड़े ने एक ऐसा प्रस्ताव रखा जिसकी वजह से उन्हें द्विजों के गुस्से का सामना करना पड़ा। उन्होंने कांफ्रेंस के मंच से कहा कि वे अपनी बेटी का विवाह भंगी जाति के किसी किसी युवक से करना चाहते हैं, और अपने बेटे की वधू के रूप में किसी भी ब्राह्मण लड़की को स्वीकार करने के लिए तैयार हैं। इस वक्तव्य का नतीजा यह निकला कि जातिवादियों ने बनसोड़े का प्रेस जला दिया।

1945 में जब वे कैंसर से बीमार हुए तब उन्हें इलाज के लिए बम्बई लाया गया। डॉ. आम्बेडकर ने उनका भरसक इलाज करवाया, लेकिन 10 अक्टूबर, 1946 को इस साहित्यकार और समाजसेवी का निधन हो गया।

देखें : अनुसूचित जातियाँ, अस्मिता की भारतीय राजनीति, अन्य पिछड़े वर्ग, आयोतीदास पांडीतर, आयंकाली, आम्बेडकर-गाँधी विवाद, इरोड वेंकट रामस्वामी नायकर पेरियार, कांशी राम, गाड़गे बाबा, गोपाल बाबा वलंगकर, ज्योतिराव गोविंदराव फुले, जाति और जाति-व्यवस्था-1, 2, 3 और 4, बहुजन समाज पार्टी-1 और 2, बाबू मंगूराम, भदंत आनंद कौसल्यायन, भीमराव रामजी आम्बेडकर, भारतीय संविधान-1 से 8 तक, स्वामी अछूतानंद हरिहर।

संदर्भ

1. चंद्र कुमार वरठे (1997), *दलित साहित्य आंदोलन,* रचना प्रकाशन, जयपुर, 1997.
2. आर.के. क्षीरसागर (1994), *दलित मूवमेंट इन इण्डिया,* एम.डी. पब्लिकेशन, नयी दिल्ली.
3. माता प्रसाद (2010), *भारत में दलित जागरण और उनके आग्रदूत,* सम्यक प्रकाशन, नयी दिल्ली.

— मोहन दास नैमिशराय

क्लिफ़र्ड गीट्ज़ं

(Clifford Geertz)

प्रसिद्ध अमेरिकी मानवशास्त्री क्लिफ़र्ड गीट्ज़ं (1926-2006) को मुख्यत: संस्कृति-अध्ययन के क्षेत्र में व्याख्यात्मक दृष्टिकोण के लिए जाना जाता है। इसे सिम्बॉलिक एंथ्रोपोलॅजी के विकास और विशेषज्ञता के रूप में भी देखा गया है। मानवशास्त्रीय अध्ययन के क्षेत्र में निरंतर सक्रिय रहते हुए गीट्ज़ं ने यह निष्कर्ष भी निकाला कि अध्ययन का यह क्षेत्र बहुत छोटे सामाजिक समूह की गतिविधियों तक ही स्वयं को सीमित कर लेता है। उनके अनुसार किसी भी मानवशास्त्री का काम साहित्यिक समालोचक की तरह होता है। समालोचक किसी कृति को पाठ (टेक्स्ट) की तरह देखता है और उसी प्रकार मानवशास्त्री भी समाज में प्रचलित विभिन्न सांस्कृतिक व्यवहारों को पाठ की तरह देख कर उसकी व्याख्या करने का प्रयास करता है। गीट्ज़ं ने द्वितीय विश्व-युद्ध में अमेरिकी नौसेना में काम किया और आगे चल कर हार्वर्ड विश्वविद्यालय से पीएचडी की डिग्री प्राप्त की। उन्होंने अमेरिका की ही शिकागो युनिवर्सिटी और प्रिंसटन के इंस्टिट्यूट ऑफ़ एडवांस्ड स्टडीज़ में एंथ्रोपलाजी के प्रोफ़ेसर के तौर पर अध्यापन भी किया। उनकी प्रमुख पुस्तकें हैं, द *इंटरप्रिटेशंस ऑफ़ कल्चर, एग्रीकल्चरल इनवोल्यूशन, पैडलर ऐंड प्रिंसेज : सोशल डिवलपमेंट ऐंड इकॉनॉमिक चेंज इन टू इंडोनेशिएन टाउंस, एवेलबिल लाइट्स : एंथ्रोपोलॅजिकल*

क्लिफ़र्ड गीट्‌र्ज़ (1926-2006)

रिफलेक्शंस ऑन फिलॉसॉफ़िकल टॉपिक्स।

मानवशास्त्री होने के नाते अपने दायित्व के बारे में गीट्‌र्ज़ ने स्वयं लिखा है : 'मैं कुछ ज़्यादा करना चाहता हूँ। मैं साहित्यिक समालोचकों के कुछ तरीक़ों का इस्तेमाल करना चाहता हूँ। इतिहासकारों व दार्शनिकों के तरीक़ों का भी संस्कृति-विषयक सच्चाइयाँ जानने में प्रयोग करना चाहता हूँ।' पर किसी भी समुदाय-जाति, क़बीले या प्रजाति के जो व्यापक ब्योरे एकत्र किये जाते हैं उनकी वस्तुनिष्ठता पर संदेह भी बना रहता है। इसीलिए गीट्‌र्ज़ ने मानवशास्त्रीय अध्ययनों की गल्प से भी तुलना की है। यहाँ फ़िक्शन शब्द का प्रयोग इस अर्थ में नहीं किया गया है कि अध्ययन संबंधी सामग्री या निष्कर्ष पूर्णतया कल्पित हैं। बल्कि इस अर्थ में कि जो व्याख्याएँ की जाती हैं, वे मूल निवासी के साथ सम्पर्क पर तो आधारित होती हैं लेकिन प्राय: दूसरे या तीसरे स्रोतों पर निर्भर रहती हैं। यानी वे हमेशा निश्चित सत्य का प्रतिपादित नहीं करती और उन पर संदेह तथा बहस की सम्भावना रहती है। गीट्‌र्ज़ के अनुसार मानवशास्त्र का विकास इसी रूप में हो सकता है कि पहले के विद्वानों ने जो सामग्री उपलब्ध करायी है, उसकी ज़्यादा गहराई से जाँच-परख की जाए और पाठकों को अजनबियों के संसार के यथार्थ को समझने में सहायक हो।

गीट्‌र्ज़ ने मानवशास्त्र का एक उद्देश्य यह भी बताया है कि वह सूक्ष्म विवरणों (थिन डिस्क्रिप्शन) के स्थान पर व्यापक व्याख्याओं (थिक डिस्क्रिप्शन) से अधिक जुड़ा होना चाहिए। इसका तात्पर्य यह है कि वह किसी समुदाय की सांस्कृतिक गतिविधियाँ उसके गहन अर्थ को स्थापित करती है। उदाहरण के लिए सामाजिक जीवन में ज़ोर से आँखें झपकाने और शरीर हिलाना दैहिक रूप से एक जैसी क्रियाएँ हैं। लेकिन आँख झपकाने से एक ख़ास तरह का सामाजिक सम्प्रेषण जुड़ा हुआ है। यह एक अर्थगर्भित प्रतीक है।

गीट्‌र्ज़ ने संस्कृति की परिभाषा इस प्रकार दी है : 'संस्कृति प्रतीकात्मक रूपों में प्राप्त विरासत में मिली धारणाओं की व्यवस्था है जिनके ज़रिये मनुष्य सम्प्रेषण करता है तथा जीवन के बारे में ज्ञान एवं दृष्टिकोण का विकास करता है।' गीट्‌र्ज़ के ऊपर मैक्स वेबर के संस्कृति संबंधी चिंतन का भी काफ़ी प्रभाव पड़ा। अपने संस्कृति संबंधी दृष्टिकोण पर उन्होंने लिखा : 'मैक्स वेबर की तरह मैं भी मानता हूं कि मनुष्य स्वयं के लिए प्रतीकार्थों का जाल तैयार करता है और उसी के बीच निवास करता है। संस्कृति को भी मैं वैसा ही जाल मानता हूँ। उसका विश्लेषण नियमों की खोज में लगे प्रयोगमूलक विज्ञान जैसा न हो कर अर्थों की खोज करने वाली व्याख्यात्मक पद्धति का हिस्सा है।'

इस प्रकार गीट्‌र्ज़ ने संस्कृति को ऐसे प्रसंग की तरह परिभाषित किया जिसके माध्यम से सामाजिक घटनाएँ, गतिविधियाँ, व्यवहार, संस्थाएँ तथा प्रक्रियाएँ तार्किक रूप से व्याख्यायित हो सकती हैं। यानी संस्कृति बहुत सारे शारीरिक संकेतों जैसे पलकों के हिलने आदि को सम्प्रेषण संबंधी गतिविधि में बदलने को सम्भव बनाती है। यहाँ संस्कृति को किसी प्रतीक संबंधी अवधारणा की तरह देखा जा रहा है, हालाँकि गीट्‌र्ज़ ने सस्यूर या याकोबसन जैसे भाषाशास्त्रियों की तरह संस्कृति के बारे में प्रतीक के किसी व्यवस्थित सिद्धांत की प्रस्तुति नहीं की। उन्होंने संस्कृति और सामाजिक संरचना के बीच भेद को सावधानी से बनाये रखा। गीट्‌र्ज़ ने अपने अनुसंधान और चिंतन को लेवी-स्ट्रॉस जैसे प्रकार्यवादियों से भी अलग स्थापित किया। लेवी-स्ट्रॉस मानते थे कि संस्कार, संस्थाएँ और संस्कृति के दूसरे पक्ष समाज के लिए अपनी उपयोगिता के माध्यम से सर्वश्रेष्ठ ढंग से समझे जा सकते हैं।

गीट्‌र्ज़ का स्पष्ट तौर पर मानना था कि हमारा काम यह पता लगाना नहीं है कि संस्कृति मानव समाज के लिए करती क्या है, बल्कि यह जानना है कि विभिन्न सांस्कृतिक व्यवहारों तथा रूपों का अर्थ क्या है। उन्होंने इस विचार का भी विरोध किया कि समस्त संस्कृतियों में कोई व्यक्ति मूल मानवीय सार की एकरूपता को निर्धारित कर सकता है। उन्होंने लिखा कि मानव-सार के विचार को केवल सार्वभौम संस्कृतियों में ढूँढ़ने की बात करना और अपेक्षाकृत पृथक एवं विशिष्ट संस्कृतियों में उन्हें अनुपस्थित मानने का विचार पूर्वग्रह से भरा हुआ है। प्रेक्षकों का विचार है कि गीट्‌र्ज़ के चिंतन पर गिलबर्ट रायी और विट्गेंस्टाइन का भी काफ़ी प्रभाव है।

गीट्‌र्ज़ के मुताबिक़ मानवशास्त्रियों को एकदम नये व भिन्न परिवेश की संस्कृति में प्राय: अराजकता दिखती है और सिर चकरा देने वाली घटनाओं का सामना करना पड़ता है। ऐसी स्थिति में उन्हें व्याख्याओं के लिए अपने पैर

अवधारणाओं में जमाने होते हैं। गीट्र्ज़ ने अपनी अध्ययन सामग्री जुटाने के लिए विशेष तौर पर इंडोनेशिया के जावा, बाली और सुमात्रा तथा मोरक्को की यात्राएँ की। गीट्र्ज़ के लेखन में सांस्कृतिक अवधारणाओं को लेकर थोड़ी दुविधापूर्ण स्थिति भी देखने को मिलती है, क्योंकि वे उन मानवशास्त्रीय दृष्टिकोणों का खण्डन करते हैं जो संस्कृतियों को लोककथा में बदलते हैं, उनके तथ्य तथा विवरण एकत्र करते हैं, उन्हें संस्थाओं में तब्दील करते हैं और उनकी श्रेणियाँ तैयार करते हैं। गीट्र्ज़ के मुताबिक़ सांस्कृतिक अवधारणा का उद्देश्य यह पता लगाना नहीं कि संस्कृतियाँ कैसे कार्य करती हैं। सिद्धांतों को नृजातिविवरणों पर आरोपित नहीं किया जा सकता। बल्कि सिद्धांतों में शब्दकोश, प्रतीक, विचारधारा, द्वंद्व, विश्व-दृष्टि, करिश्मा आदि चीज़ें सम्मिलित होती हैं। किसी मानवशास्त्री द्वारा जिन अर्थगर्भित प्रतीकों का सामना किया जाता है, ये समस्त चीज़ें उनकी अभिव्यक्ति में सहायक होती हैं।

गीट्र्ज़ ने बृहद समाजशास्त्रीय सैद्धांतिकियों का विरोध किया और रोज़ाना के जीवन के उत्कृष्ट पहलुओं को लेकर व्याख्यात्मक अन्वेषणों को विशेष महत्त्व प्रदान किया। इसीलिए उनके कुछ समकालीन विद्वानों ने इस बात पर निराशा भी जतायी कि गीट्र्ज़ ने अपने लेखन में विस्तृत सिद्धांत नहीं पेश किये हैं। गीट्र्ज़ इस पर विशेष ध्यान देते हैं कि कोई मूल निवासी अपने कार्यों को किस प्रकार अर्थपूर्ण मानता है और उसकी इस समझदारी के आधार पर किस प्रकार संबंधित समाज और सम्भवतः सम्पूर्ण सामाजिक जीवन का संचालन होता है। उनका यह भी मानना है कि मानवशास्त्री की असल शक्ति अपने पाठकों को यह समझाने में निहित है कि उसके नृजाति विवरण की सच्चाई केवल उसकी श्रमपूर्ण खोजों पर नहीं आधारित होती, बल्कि उस आलंकरिक शैली पर आधारित होती है और साथ ही पाठ के भीतर निर्मित होने वाले लेखकीय व्यक्तित्व से भी इसका संबंध होता है। गीट्र्ज़ के सामाजिक और सांस्कृतिक सैद्धांतिकी के क्षेत्र में योगदान का असर भौगोलिकी, राजनीति विज्ञान, पर्यावरण, मानव-अध्ययन और शांति के क्षेत्र में सक्रिय विद्वानों पर भी पड़ा है।

देखें : अल्फ्रेड लुइस क्रोबर, ऑग्युस्त कॉम्त, क्लॉद लेवी-स्त्रॉस, क्लिफ़र्ड गीर्ट्ज़, जॉर्ज ज़िमेल, टैलकॉट पार्सस, पिएर बोर्दियो, फ्रेंज़ उरी बोआस, मारग्रेट मीड, मारसेल मौज़, मार्गरेट मीड, मिल्टन सिंगर, मैक्स वेबर, रुथ बेनेडिक्ट।

संदर्भ

1. क्लिफ़र्ड गीट्र्ज़ (1968), *पेडलर ऐंड प्रिंसेज : सोशल डिवेलपमेंट ऐंड इकॉनॉमिक चेंज इन टू इंडोनेशियन टाउंस,* शिकागो युनिवर्सिटी प्रेस, शिकागो.
2. क्लिफ़र्ड गीट्र्ज़ (1964), *एग्रीकल्चरल इनवोल्यूशन : द प्रॉसेज़ ऑफ़ इकोलॅजिकल चेंज इन इंडोनेशिया,* शिकागो युनिवर्सिटी प्रेस, शिकागो.
3. क्लिफ़र्ड गीट्र्ज़ (1973), *द इंटरप्रिटेशन ऑफ़ कल्चर,* बेसिक बुक्स, न्यूयॉर्क.
4. नैंसी के. फ्रैंकेनबरी और हैंस एच.पैनर (1999), *क्लिफ़र्ड गीट्र्ज़ लांग लास्टिंग मूड्स, मोटिवेशन ऐंड मेटाफ़िज़िकल कनसेप्शंस,* शिकागो युनिवर्सिटी प्रेस, न्यू जर्सी.

— **वैभव सिंह**

कींसियन अर्थशास्त्र

(Keynesian Economics)

इक्कीसवीं सदी के पहले दशक के आख़िरी वर्षों में विश्व अर्थव्यवस्था पर हुए मंदी के हमले के कारण आर्थिक विज्ञान के बौद्धिक हल्कों में एक बार फिर जॉन मेनार्ड कींस द्वारा प्रचलित आर्थिक सिद्धांतों की चर्चा होने लगी है। इन्हीं आर्थिक सिद्धांतों के ज़रिये विश्व पूँजीवाद बीसवीं सदी के तीसरे दशक की महामंदी से निकल पाया था। कींसवाद को मुख्यतः सरकार की राजकोषीय नीतियों के ज़रिये घाटे की अर्थव्यवस्था चला कर रोज़गार के अवसरों का सृजन करने की नीति के लिए जाना जाता है। इस लिहाज़ से कींसवाद की तुलना हमेशा उन आर्थिक सिद्धांतों से की जाती है जो अर्थव्यवस्था में मुद्रा नीति को प्रमुखता देने के ज़रिये अर्थव्यवस्था का प्रबंधन करने के लिए जाने जाते हैं। कींस के प्रमुख सिद्धांत उनकी विख्यात कृति जनरल *थियरी ऑफ़ एम्प्लॉयमेंट, इंटरेस्ट ऐंड मनी* (1936) में दर्ज हैं। लोकोपकारी राज्य, पूर्ण रोज़गारोन्मुख राज्य और कम उथल-पुथल या सापेक्षिक स्थायित्व वाली अर्थव्यवस्थाओं को सैद्धांतिक और नीतिगत ज़मीन देने में कींसियन अर्थशास्त्र की अहम भूमिका रही है। 2008 की महामंदी के पीछे अस्सी के दशक के बाद से कींस के सोच और नीतिगत सुझावों से हटना भी एक कारण माना जा सकता है। तीसरी दुनिया में राष्ट्रीय योजनाओं द्वारा आर्थिक संवृद्धि के प्रयासों में कींस के सकलीय या समग्र आर्थिक सिद्धांत का बहुत योगदान है।

कींस का मुख्य योगदान यह था कि उन्होंने समष्टिगत अर्थशास्त्र (मैक्रोइकॉनॉमिक्स) के क्लासिकल संस्करण के बरक्स एक नये समष्टिगत आर्थिक मॉडल की रचना की और प्रभावी माँग को उसका आधार बनाया। कींस के पहले फ्रांसीसी अर्थशास्त्री ज्याँ बापतीस्त से द्वारा प्रवर्तित नियम का बोलबाला था जिसे 'से का नियम' कहा जाता है। से का कहना था कि अर्थव्यवस्था में उत्पादन की अधिकता कभी हो

ही नहीं सकती, क्योंकि ख़रीदारी बिके हुए माल से होने वाली आमदनी से होती है। इस तरह से इस निष्कर्ष पर पहुँचे थे कि आपूर्ति अपनी माँग ख़ुद पैदा करती है। से का दावा यह भी था कि अर्थव्यवस्था अपना संतुलन ख़ुद प्राप्त करती है और इस प्रक्रिया में पूर्ण रोज़गार की स्थिति सम्भव है। से के इस सिद्धांत का खण्डन करने वाले कींस के विचार माँग की कमी, उत्पादन की अधिकता और बेरोज़गारी के प्रकोप से पैदा हुए महामंदी के दौर में काफ़ी उपयोगी साबित हुए। इन विचारों की सफलता ने कींसवाद को जन्म दिया। आगे चल कर कींस के कई अनुयायी विद्वानों ने उनके सिद्धांतों की ज़मीन पर खड़े हो कर एक पूरे अर्थशास्त्र की ही रचना कर डाली जिसे कींसियन अर्थशास्त्र के नाम से जाना जाता है। इस प्रक्रिया में कई कींसियन अर्थशास्त्री अपने गुरु के विचारों के परे भी चले गये हैं। नतीजे के तौर पर आज कींसियन विरासत कई भागों में विभक्त हो चुकी है।

क्लासिकल इकॉनॉमिक्स के समष्टिगत मॉडल की आलोचना करने के लिए कींस ने अल्फ्रेड मार्शल द्वारा प्रतिपादित सिद्धांतों की भी मदद ली। समष्टिगत मॉडल से व्यष्टिगत मॉडल तक पहुँचने के लिए मार्शल द्वारा किया गया माँग और आपूर्ति का विश्लेषण उनके काम आया। दरअसल, कींस ने अपने विश्लेषण में कई अवधारणाओं का सृजनात्मक उपयोग किया है। जैसे, रोज़गार और आमदनी के विस्तार का अनुपात (मल्टीप्लायर), उपभोग के प्रकार्य, अर्थव्यवस्था में तरलता (नकदी) की स्थिति और पूँजी की सीमांत दक्षता।

कींस का एक महत्त्वपूर्ण योगदान अल्पावधि के अर्थशास्त्र का प्रवर्तन भी है। अपनी एक रचना *अ ट्रैक्ट ऑन मोनेटरी रिफ़ॉर्म्स* (1923) में उन्होंने उन अर्थशास्त्रियों की आलोचना की थी जो तूफ़ान के गुज़र जाने का इसलिए इंतज़ार करने की सलाह देते हैं कि बाद में तो समुद्र समतल हो ही जाएगा। कींस का कहना था कि तत्कालीन समस्याओं के हलों की तजवीज़ करना भी तो अर्थशास्त्र का ही काम है, न कि उन्हें दीर्घकालीन रुझानों के नाम पर नजरंदाज कर देना। कींस ने व्यंग्य करते हुए कहा था कि 'दीर्घावधि के चक्कर में रहे तो हम सभी का अंत हो जाएगा।' कींस ने आर्थिक विज्ञान में समय के महत्त्व पर विशेष ज़ोर देते हुए व्यक्ति के उपभोग की प्रवृत्तियों का विश्लेषण किया और पता लगाने की कोशिश की कि वह किन आधारों पर भविष्य में उपभोग करने का निर्णय लेता है : व्यक्ति आगे चल कर अपनी चालू आमदनी में से ख़र्च करना चाहेगा या अपनी बचत में से।

कींसियन अर्थशास्त्र के एक शुरुआती व्याख्याता लारेंस क्लीन कींस द्वारा प्रतिपादित प्रभावी माँग के सिद्धांत को आर्थिक विज्ञान में क्रांति का वाहक मानते हैं, क्योंकि इसके ज़रिये उत्पाद के सकल स्तर का निर्धारण किया जा सकता है। दरअसल, कींस के पहले अर्थव्यवस्था व्यक्तियों, परिवारों और फ़र्मों के अध्ययन पर केंद्रित रहती थी, जबकि कींस के बाद समग्र राष्ट्रीय अर्थव्यवस्था के सकल आकलन पर ज़ोर दिया जाने लगा। निपट व्यक्तिवादी एकल-इकाई केंद्रित (माइक्रो) अर्थशास्त्र को सकल अर्थव्यवस्था-केंद्रित अर्थशास्त्र से जोड़ कर कींस ने नव-क्लासिकी अर्थशास्त्र को एक अति-काल्पनिक नज़रिये से मुक्त करके वस्तु-जगत से जोड़ा। कींस के बाद से यह भी माना जाना लगा कि रोज़गार के क्षेत्र में अर्थव्यवस्थाएँ लाज़मी तौर पर एक अस्थायी बेरोज़गारी का शिकार रहेंगी।

लोकोपकारी राज्य के उत्थान में भी कींसवाद की भूमिका रही है। चूँकि कींसवाद राजकोषीय उपायों द्वारा सरकार द्वारा ऐसे कार्यक्रम चलाने पर ज़ोर देता है जिनसे माँग बढ़े और रोज़गार के अवसर पैदा हों, इसलिए वह आर्थिक जीवन में राज्य के सकारात्मक हस्तक्षेप को सकारात्मक दृष्टि से देखता है। चूँकि सरकार को अपने निर्माण कार्यक्रम चलाने के लिए धन की ज़रूरत पड़ती है इसलिए उसे ज़्यादा टैक्स लगाने पड़ते हैं। लोकोपकारी राज्य के इस कींसवादी फ़ार्मूले की प्रतिक्रिया में कराधान की निचली दर और माँग के बजाय निश्चित मौद्रिक नीति को केंद्र बना कर अर्थव्यवस्था के प्रबंधन की थीसिस उभरती है।

कींसवाद अर्थशास्त्र के क्षेत्र में कई नये विचारों का जनक माना जाता है। इनमें एक विचार परम्परा को नवकींसवाद और दूसरे को उत्तर-कींसवाद की संज्ञा दी जाती है। नवकींसवाद स्थिर दामों और वेतन के साथ-साथ पूर्ण रोज़गार उपलब्ध करने में विफलता के अंदेशे को तो कींसियन विरासत से ग्रहण करता है, पर इसके बात वह नियोक्लासिकल पद्धति की इस मान्यता की तरफ़ झुक जाता है कि आर्थिक कर्त्ता मुख्यत: सुसंगत व्यवहार करते हैं। अर्थव्यवस्था में सामान्य संतुलन के सिद्धांत का इस्तेमाल करते हुए नवकींसवादी समष्टिगत अर्थशास्त्र की व्यष्टिगत (माइक्रो) बुनियादों पर ज़ोर देते हैं। बाज़ार को मुख्यत: प्रतियोगितामूलक मानने के बजाय वे उसे इजारेदारी की ताक़त से प्रभावित मानने के निष्कर्ष पर पहुँचते हैं। कींसवाद को नियोक्लासिकल सिद्धांतों के मुताबिक़ दोबारा रचने की इन कोशिशों को काफ़ी आलोचना का शिकार भी होना पड़ा है। आरोप लगाया जाता है कि कींस के ही कुछ अनुयायियों ने नियोक्लासिकल सिद्धांतों का प्रयोग करके उनके अर्थशास्त्र के क्रांतिकारी पहलुओं की धार कुंठित कर दी है।

देखें : अर्थ-विज्ञान का समाजशास्त्र, आर्थिक जनसांख्यिकी, अल्फ्रेड मार्शल, अमर्त्य कुमार सेन, अंतर्राष्ट्रीय मुद्रा कोष, आधार और अधिरचना, ऑस्कर रायज़ार्ड लांगे, एडम स्मिथ, करारोपण, कल्याणकारी अर्थशास्त्र, क्लासिकल अर्थशास्त्र, कार्ल हाइनरिख़

मार्क्स-3, कार्ल मेंगर, गुन्नार मिर्डाल, जोआन रोबिंसन, जॉन कैनेथ गालब्रेथ, जॉन मेनार्ड कींस, जॉन स्टुअर्ट मिल, जोसेफ़ शुमपीटर, जैव विविधता, ट्रस्टीशिप, डेविड रिकार्डो, ढाँचागत समायोजन कार्यक्रम।

संदर्भ

1. एल.आर. क्लींस (1952), द *कींसियन रेवोल्यूशन,* मैकमिलन, लंदन.
2. डी. लेडलर (1999), *फ़ेब्रीकेटिंग द कींसियन रेवोल्यूशन : स्टडीज़ ऑफ़ द इंटर-वार लिटरेचर, मनी, द साइकिल ऐंड अनएम्प्लॉयमेंट,* केम्ब्रिज युनिवर्सिटी प्रेस, केम्ब्रिज.
4. ए. लीजनहुफ़वुड (1968), *ऑन कींसियन इकॉनॉमिक्स ऐंड द इकॉनॉमिक्स ऑफ़ कींस,* ऑक्सफ़र्ड युनिवर्सिटी प्रेस, न्यूयॉर्क.

कुमारन् आशान्

(Kumaran Aashan)

भारतीय सामाजिक-सांस्कृतिक जागरण के अग्रदूत के रूप में मलयालम के महाकवि नारायण कुमारन् आशान् (1873-1924) अग्रगण्य हैं। स्वामी विवेकानंद और श्री नारायण गुरु के विचार-दर्शन का अनुपालन करने वाले आशान् के तार्किक गद्य ने मलयालीभाषियों को जाग्रत किया, पिछड़ी जातियों का मनोबल बढ़ाया और उनकी हीनता-ग्रंथि ख़त्म करने का प्रयास किया। आशान् ने तीन प्रसिद्ध महाकाव्यों की समीक्षाएँ लिखीं : वल्लत्तोल के *चित्र-योगम्,* उल्लूर-परमेश्वर नायर के *उमा केरलम्* और पंतलम केरल वर्मा के *रुक्मांड चरितम्* की। इन समीक्षाओं ने केरल में समीक्षा का स्तर ऊँचा करते हुए संस्कृत-काव्यशास्त्र के अंधानुकरण का विरोध किया। अपनी ऐसी विशेषताओं के कारण ही वल्लत्तोल के बाद कुमार आशान् को महान कवियों की परम्परा में स्थान दिया गया है। आशान् ने अपनी सतत रचनाशीलता से परम्परा को नया रूप दिया और समाज-दर्शन को चिंतन के नये पंख प्रदान किये। निम्न समझी जाने वाली जातियों को जाति-बंधनों से मुक्ति दिलाने के लिए ही वे जन्मे थे। नारायण गुरु की प्रेरणा से बने संगठन श्री नारायण धर्म परिपालम योगम् (एस.एन.डी.पी. योगम्) के महासचिव के रूप में आशान् ने सामाजिक न्याय की मुहिम में अगुआ भूमिका निभायी। आशान् तथा उनकी टोली ने योगम् का दफ़्तर तिरुवनंतपुरम् में स्थापित किया और केरल के कोने-कोने में यात्राएँ कीं। जन-जागरण के लिए उन्होंने *विवेकोदयम्* नामक पत्र का सम्पादन किया जिसने बाद में *एझवा गज़ट* के रूप में पहचान बनायी। साहित्यिक-राजनीतिक सामग्री से सम्पन्न और स्वामी विवेकानंद के नाम से प्रेरित प्रभावित *विवेकोदयम्* ने केरल के समाज के लिए अपने नाम की सार्थकता सिद्ध की।

उन्नीसवीं शताब्दी का केरल जातिवाद, अस्पृश्यता और अन्य कुटिल संकीर्णताओं से जूझ रहा था। ब्राह्मण-शूद्र के बीच की खाई इतनी चौड़ी थी कि उसे पाटना मुश्किल था। अछूत जातियों के भीतर अनेक उपजातियाँ थीं। इन्हीं में से एक एझवा जाति में कुमारन् आशान् का जन्म हुआ। तिरुवनंतपुरम् से तीस मील दूर प्रकृति की गोद में बसे कमिकूरा नामक गाँव के अधिकतर एझवा निवासी अज्ञान और दरिद्रता से बेहाल थे। आशान् के पिता नारायण छोटा-मोटा व्यापार करके जीवन यापन-करते थे और माँ कालियम्मा पौराणिक कथाओं में पारम्गत थीं। छह पुत्र और दो पुत्रियों के बीच कुमारन् दूसरी संतान थे।

बचपन में कुमारन् गाँव की घास-फूस की पाठशाला में भेजे गये जहाँ बच्चे अपनी चटाई बैठने के लिए लाते थे। मास्टर वर्णमाला के अक्षरों को ताड़पत्र पर लिखता था और बच्चे बालू पर तर्जनी से। कुमारन् सात वर्ष की अवस्था में स्कूल गये तो वहाँ औषधि, मंत्र-विद्या और ज्योतिष के पण्डित को पाया। इस अध्यापक का उनके बालपन पर अमिट प्रभाव पड़ा और इस प्रभाव के रंग कभी फीके नहीं पड़े। कुछ समय बाद कुमारन् एक प्रसिद्ध संस्कृतज्ञ कोम्यरामन् वैघर के शिष्य बन गये। उनकी प्रेरणा से उन्होंने *अमरकोष, सिद्धरूप, श्री समोदांत, कृष्णविलास,* और *रघुवंश* का निकट से पाठ किया। उन्होंने माघ कवि की रचना *शिशुपालवध* के कुछ भाग का भी अध्ययन किया। इस तरह उनके संस्कारों को निर्मित करने में संस्कृत साहित्य का बड़ा हाथ रहा। गाँव की पाठशाला से ही उन्होंने चौदह वर्ष की उम्र में विशेष योग्यता के साथ परीक्षा उत्तीर्ण की और वहीं पर अध्यापक हो गये। मलयालम में अध्यापक को 'आशान्' कहते हैं। इसलिए उनका नाम पड़ा कुमारन् आशान्। आगे पढ़ने की इच्छा से आशान् ने संस्कृत पाठशाला विज्ञान संदापनी में नाम लिखवाया। सोलह वर्ष की अवस्था में आशान् पदों की रचना करने लगे। विद्या के प्रति गहन अनुराग का ही नतीजा था कि उन्होंने *कवि भारतम्* का उद्देश्य समझा और *महाभारत* के प्रमुख पात्रों पर ध्यान दिया। *कवि रामायण* की रचना की और सर्जन-शक्ति का विस्तार किया। आशान् ने भास के *मालती माधव,* श्री हर्ष के *नैषधचरितम्,* कालिदास के *अभिज्ञान शाकुंतलम्* के साथ प्रसिद्ध *कुवलयानंद* का भी अध्ययन किया। प्रतिदिन पद्यों की रचना का अभ्यास करते हुए उन्होंने लय और छंदशास्त्र के संगीत पर ध्यान केंद्रित किया। उन्होंने छंदों को सिद्ध किया और जीवन में मानव तथा प्रकृति सौंदर्य के दर्शन को समझने में कोई कसर नहीं छोड़ी। कुमारन् ने पद्यों के साथ *उषा-कल्याणम्* (नाटक) तथा *वल्ली विवाहम्*

नारायण कुमारन् आशान् (1873–1924)

(आंचलिक कथा) लिखी।

केरल की पिछड़ी एझवा जाति बड़े अपमान में जी रही थी। पाठशालाओं में उसका प्रवेश वर्जित था। एझवा लोग मंदिर के पास तक फटकने नहीं दिये जाते थे। सरकारी नौकिरियों पर ऊँची जाति के लोगों का ही क़ब्ज़ा था। एझवाओं का काम खेती करना, ताड़ी बनाना और कपड़ा बुनना रह गया था। इस स्थिति से उबरने के लिए 1896 में ट्रावणकोर के राजा को तेरह सौ एझवाओं ने हस्ताक्षरित प्रार्थना-पत्र दिया जिसे लौटा दिया गया और कोई सुनवाई नहीं हुई। सामाजिक आर्थिक रूप से संघर्ष करते इस समुदाय के भीतर उसी समय सांस्कृतिक-सामाजिक नवजागरण और स्वाधीनता आंदोलन की लौ में तपे हुए श्रीनारायण गुरु (1856-1928) का उदय हुआ। नारायण गुरु ने सभी जातियों के लिए सर्वोदय की ज्योति जलायी। उनकी विचारधारा आध्यात्मिक न होकर सामाजिक थी। उन्होंने हिंदू-शास्त्रों के कई पक्षों को अस्वीकार किया और प्रश्न किया कि शूद्र को संन्यासी बनने तथा मंदिर में प्रवेश पूजा का अधिकार क्यों नहीं होना चाहिए? नारायण गुरु के नेतृत्व में सामाजिक अन्याय के ख़िलाफ़ केरल में एक बड़ा सामाजिक आंदोलन खड़ा हुआ। पूजा के लिए एझवाओं की मूर्तियाँ बनवा कर मंदिरों में स्थापना की गयी जिसकी ज़बरदस्त प्रतिक्रिया हुई। द्विजों ने शिव मंदिरों में मूर्ति रखने को लेकर जम कर उपद्रव किया। इस पर नारायण गुरु का उत्तर था कि वे तो मंदिरों में एझवा-शिव की स्थापना कर रहे हैं ब्राह्मण-शिव की नहीं। उनका कहना था कि किसी भी जाति-धर्म-सम्प्रदाय के सभी मानवों के लिए एकमात्र आश्रय ईश्वर है। इन महान नारे ने एक बड़ी सामाजिक-क्रांति का सूत्रपात किया। नारायण गुरु को जनता ने स्वामी कहना शुरू कर दिया। 15 मई, 1903 को नारायण गुरु की प्रेरणा से श्री नारायण धर्म परिपालन योगम् नामक संगठन की स्थापना की गयी। एस.एन.डी.पी योगम् नाम से प्रचलित इस संगठन द्वारा जन जागरण-चेतना का गौरवशाली इतिहास है।

स्वामी नारायण गुरु के विचारों का कुमारन् आशान् पर गहरा प्रभाव पड़ा। उस समय कुमारन् केवल अठारह वर्ष के थे। स्वामीजी भी आशान् की ओर आकृष्ट हुए। दोनों का यह मिलन स्वामी रामकृष्ण परमहंस का विवेकानंद से मिलन जैसा था। कुमारन् आशान् के लिए तो यह मिलन परिवर्तनकामी-क्रांतिकारी साबित हुआ। कुमारन् की तमिल-संस्कृत में गहरी रुचि थी, लेकिन अब वे मलयालम में भक्तिपूर्ण कविताओं की रचना करने लगे। इसी काल में उन्होंने *सुब्रह्मण्यम शतकम्* और *भक्त-विलायम्* काव्यों का सृजन किया। आशान् की इन कविताओं को सुन कर स्वामी अति-प्रसन्न हो जाते थे! धीरे-धीरे कुमारन् वेदांत की ओर झुकते गये। एक समय ऐसा भी आया जब नारायण गुरु ने आशान् को अपने आश्रम अरविपुरम में बुलाया। आशान् गये और स्वामीजी के शिष्य बन कर वहाँ तीन वर्ष व्यतीत किये। नेय्यार नदी के किनारे धूनी लगाकर अभंग समाधि का सुयोग पाया। आशान् ने अपने सम्पादन में निकलने वाले *विवेकोदयम्* पाक्षिक पत्र के एक अंक में इस स्थान का बड़ा ही काव्यात्मक वर्णन किया है। अनेक लोग उन्हें 'छोटे योगी' कहने लगे। आशान् ने वेदांत की अनेक पुस्तकें एकाग्रभाव से पढ़ीं और इसी काल में *शिवस्त्रोतमाला* की रचना की। अपने गुरु की तरह वे भी शिवभक्त हो गये।

प्रसिद्ध चिंतक डॉ. पल्पू के परिवार ने भी कुमारन् को स्वीकार कर लिया। यह उनके जीवन की प्रमुख घटना थी। कुमारन् श्रीधाम राजेंद्र संस्कृत कॉलेज में दाख़िल हो गये। बंगलौर का यह कॉलेज द्विजों के लिए ही था, यहाँ तक कि राज्य के लिंगायत तक वहाँ प्रवेश नहीं पाते थे। कॉलेज में केवल आशान् ही अ-द्विज विद्यार्थी थे। यह नये तरह का जीवनानुभव था। आशान् ने इस कॉलेज में तीन वर्ष तक अध्ययन किया। वहाँ भी एक शूद्र द्वारा वेद और शास्त्र पढ़ने का भारी विरोध हुआ। अंततः विवश आशान् को कॉलेज छोड़ना पड़ा। आशान् के कवि मानस पर इस घटना से बड़ा आघात लगा और वे वर्णवादी क्रूर जाति व्यवस्था के दाँत उखाड़ने का संकल्प करने लगे। अपमान की चोट सह कर आशान् छह महीने मद्रास रहे और बाद में कलकत्ता चले गये। उन्होंने कलकत्ता के संस्कृत कॉलेज में न्यायशास्त्र का अध्ययन किया। काव्य और व्याकरण को समझने का कौशल

बढ़ाया तथा तर्क-तीर्थ की परीक्षा दी। कलकत्ता में ही उन्होंने अंग्रेज़ी और बांग्ला साहित्य का ज्ञान प्राप्त किया और रवींद्रनाथ ठाकुर से प्रभावित हुए। रवींद्रनाथ पर वे इतने मुग्ध थे कि उन्होंने 'दिव्य कोकिलम्' शीर्षक से कविता की रचना की जिसे उन्होंने कविगुरु की केरल यात्रा (1922) के समय पढ़ कर सुनाया और 'स्वागत-पंचमम्' के पाँच संस्कृत पद्य रवींद्रनाथ को आलुवा के अद्वैताश्रम की यात्रा के समय भेंट किये। कुछ समय बाद बंगाली, कन्नड़ और मलयाली रचनाकारों के सम्पर्क में आकर उन्होंने अंग्रेज़ी साहित्य का मर्म समझा और शेली, कीट्स और ब्राउनिंग के सृजन का आस्वादन किया। अंग्रेज़ी का रूढ़ि विरोधी स्वच्छंदतावादी आंदोलन उनकी मानसिकता के अनुकूल पड़ा। अंग्रेज़ी-साहित्य का ऐसा प्रभाव पड़ा कि उन्होंने डायरी और कविताओं की रूपरेखा आदि चीज़ें अंग्रेज़ी में ही लिखीं। कहते हैं कि उनमें अंग्रेज़ी प्रेम ऐसा उमड़ा कि ट्रावणकोर की सभाओं में अंग्रेज़ी में ही भाषण देते नज़र आये।

आशान् की 1908 की कविता 'ओरु वीण पूवु' (एक झरा हुआ फूल) भले ही नया काव्य-सृजन-प्रयास हो, किंतु इसमें सामाजिक-सुधार और प्रेम-विस्तार का रूप निखरकर सामने आया। यह कविता मलयालम के नवीन-सृजन-प्रस्फुटन को व्यंजित करती है। कविता में नवीन विदग्धताएँ पाठक के लिए मोहक हैं। एक झरे हुए फूल पर कविता लिखना एक दार्शनिक चेतना है। 'वीण पूवु' एक विलाप-काव्य है, एक व्यक्ति का नहीं, सभी का विलाप-काव्य है। पूरी कविता प्रतीकात्मक है। इसमें आशान् के जीवन का बिम्ब है और कथन-शैली पर पाश्चात्य प्रभाव है। मलयालम कविता आशान् से पहले ही पश्चिमी कविता-कला के प्रभाव में आ चुकी थी। आशान् ने उसी को एक नया रूप दिया। समकालीन कवि उल्लूर और परमेश्वर नारायण स्वयं इस प्रभाव से दूर न थे, लेकिन आशान् की इस कविता ने मलयालम-साहित्य में एक नये युग का सूत्रपात किया।

आशान् ने 1901 में *सौंदर्य लहरी* का अनुवाद किया, और अगले साल *शिवस्तोत्रमाला* का भी। *मेघदूतम्* का एक अधूरा अनुवाद करके कालिदास की सौंदर्य-लय को गहने उन्होंने रुचि दिखाई। आशान् ने *विचित्र विजयम्* और *प्रबोधचंद्रोदय* जैसे नाटकों का अनुवाद किया। इस तरह उनके जीवन में 1902 का वर्ष अनुवाद-कर्म के लिए अपूर्व रहा। *विचित्र विजयम्* भक्ति-स्त्रोतों पर आधारित नाटक है जिससे दक्षिण में भक्ति प्रवाह का संकेत मिलता है। संस्कृत भाषा, संस्कृत छंद और संस्कृत काव्यशास्त्र में आशान् की विशेष रुचि थी। उनकी संस्कृत-मलयालम मिश्रित भाषा का ख़मीर सर्जना में नया सौंदर्य पैदा करता है। *शिवस्तोत्रमाला* के पद्यानुवाद के साथ कवि आशान् ने एक ज्ञान-संवेदना जाग्रत करने वाली भूमिका लिखी है। आशान् ने अपने अनुवादों से मलयालम साहित्य को बहुत कुछ दिया। उन्होंने सर एडविन आरनॉल्ड की कृति *लाइट ऑफ़ द एशिया* का *बुद्ध चरित्र* नाम से अनुवाद किया। हिंदी में इस कृति का अनुवाद रामचंद्र शुक्ल ने किया है। वाल्मीकि रामायण पर आधारित कवि की कृति *बाल रामायण* छायानुवाद है, सर्जनात्मकता से परिपूर्ण। विवेकानंद के *राजयोग* का भी उन्होंने अनुवाद किया है।

आशान् 1902 से ही सामाजिक जागरण के लिए समर्पित हो गये थे। उनके मन में ब्रह्मचारी और संन्यासी के जीवन-पथ को लेकर भी तनाव रहा। आख़िरकार एक दिन पैंतालीस वर्ष के कवि ने सत्रह वर्ष की युवती से विवाह किया जो उनकी शिष्य थी। भानुमती ने कुमारन् से प्रेम किया और कवि के जीवन को बदल दिया। आशान् तो नारायण गुरु के उत्तराधिकारी थे अत: यह विवाह काफ़ी चर्चा में रहा। एक ख़ास अर्थ में विवाह उनके जीवन का परिवर्तन-बिंदु था। आशान् ने 'कुपिल' या 'कोकिल' कविता का 1918 में सृजन किया जो उनके ऊपर किये गये दोषारोपणों का उत्तर था। 1919 में उन्होंने अपनी सर्जनात्मकता का विस्तार 'प्ररोदनम' और 'सीता' काव्यों की रचना में किया। 'प्ररोदनम्' विलाप-काव्य है जो ए.आर. राजराज वर्मा (1863-1918) पर केंद्रित है। एक समय था राजराज वर्मा ने आशान् की लम्बी कविता 'नलिनी' की भूमिका लिखी थी। वे दोनों 'सखा' थे। आशान् ने राजराजवर्मा की आत्मा को स्वर्ग पुहँचा कर उनकी मुलाक़ात कालिदास-भारु से करवायी है। केरल भाषा (कैरली) को सांत्वना देने के लिए वहाँ सरस्वती भी प्रकट होती हैं। यह बात भी हमारा ध्यान खींचती है कि आशान् ने अंग्रेज़ी-कविता में एलेजी के रूप को विलाप-काव्य में ढालने का काम किया।

'सीता' आशान् का बहुचर्चित काव्य है। इसका पूरा नाम है 'चिंता विष्टथाय सीता' अर्थात् चिंतामग्न सीता। इसमें *रामायण* की कथा के शक्तिशाली अंशों को सीता के माध्यम से अभिव्यक्ति दी गयी है। 1919 से पाँच साल तक आशान् इस कविता के अस्सी पद ही रच सके। शेष 112 पद बाद में रचे गये। कहा जाता है कि आशान् को रविवर्मा द्वारा चित्रित सीता से सृजन-प्रेरणा मिली। आशान् की सीता असाधारण है और उनकी सर्जनात्मक प्रतिभा का चरम शिखर है। सीता का विचार में डूबा व्यक्तित्व नारी छवि का अलग ऐकांतिक संसार चित्रित करता है। विचारों में डूबी हुई सीता आश्रम के निकट एक उद्यान में बैठी जीवन-प्रसंगों का स्मरण कर रही है। वहाँ स्मृति ही इतिहास है, स्मृति ही परम्परा है। आशान् की सीता ने राम से अनेक असुविधाजनक प्रश्न किये हैं। इन प्रश्नों को लेकर भी आलोचकों का एक वर्ग आशान् की कठोर आलोचना करता है। यह भूलकर कि आशान् ने चेतन और अवचेतन मन की परतों को खोला है। ऐसा विस्मय, विमुग्धकारी चिंतन मलयालम साहित्य में दुर्लभ है। यह

एकालापी काव्य है, जिसमें गीत-काव्य की गरिमा का महाकाव्योचित औदात्य पैदा हुआ।

आशान् महाकाव्य की रचना करने को कभी लालायित नहीं रहे। उन्हें ज्ञान था कि आधुनिक काल का परिवेश और संवेदना महाकाव्य की रचना के अनुकूल नहीं है। जीवन की यातनाओं ने आशान् को इतना रौंदा कि जीवन के अंतिम दिनों में 'दुखस्था' और 'चाण्डाल भिक्षुकी' रचने को विवश हुए। 'दुखस्था' एक मुसलिम विद्रोह की कथा पर केंद्रित कविता है। हिंदू-मुसलमान दंगों से पीड़ित एक नम्बूदिरी स्त्री घर से भाग जाती है और पुलया नवयुवक की झोपड़ी में शरण पाती है। उच्चजाति की स्त्री, निम्नजाति के नवयुवक से विवाह करती है। कवि हिंदू शास्त्रों को अगूँठा दिखाता है और शास्त्र-नियम बदलने का संदेश देता है। इस कविता में आशान् सामाजिक-क्रांति के बीज बोते हैं। उसके बाद 'चाण्डाल भिक्षुकी' भी जाति-भेद को समाप्त करने का संदेश है। कविता का ढाँचा बौद्ध कथा में से लिया गया है। तथागत के शिष्य आनंद दोपहर में एक बरगद की छाया में विश्राम पाते हैं। उसी समय मातंगी नाम की चाण्डाल स्त्री कुएँ से पीने का पानी लेने आती है। वहाँ भिक्षुक उससे पानी माँग रहा है, अब वह चाण्डाल स्त्री करे क्या! वह पानी पी लेता है। उस स्त्री को भगवान बुद्ध शिष्या के रूप में स्वीकार कर लेते हैं। इस घटना से उच्चवर्ग के लोग नाराज़ हो जाते हैं और धर्म-विरुद्ध कह कर राजा के पास जाते हैं। कुमारन् आशान् ने कविता की इस वस्तु को प्रबंध वक्रता के प्रयोग से नया रूप दिया है। 'दुखस्था' और 'चण्डालभिक्षुकी' पिछड़ी जातियों की दु:ख भरी गाथाएँ हैं।

भारतीय दलित-साहित्य में इस सांस्कृतिक नवजागरण के कवि को उतना सम्मानित स्थान नहीं मिला जितना मिलना चाहिए। उन्होंने हिंदू और मुसलमान दोनों के भयंकर क्रोध का सामना करते हुए भी कभी निराशा का अनुभव नहीं किया। भारतीय समाज में सामाजिक परिवर्तन के लिए आशान् का अविस्मरणीय योगदान है। आशान् की अंतिम महत्त्वपूर्ण कृति 'करुणा' में वासवदत्ता-उपगुप्त की कथा को लिया गया है। इसका मूल स्त्रोत 'बौधिसत्वयतन कल्पलता' है। नृत्यगायन और अन्य कलाओं में प्रवीण वासवदत्ता मथुरा की एक प्रसिद्ध वेश्या है। इस रूपसी के चरण में धनवान न्यौछावर हो रहे हैं, किंतु वह बुद्ध के शिष्य उपगुप्त की ओर आकृष्ट होती है जो धन और अन्य सुखों को तिलांजलि दे चुके हैं। रूपजीवा वासवदत्ता उन्हें अनेक प्रकार से लुभाती है और विफल रहती है। निराश वासवदत्ता एक सेठ से प्रेम करके कुमार्ग का वरण करती है। उसका पूर्व प्रेमी-शिल्पकार नायक है। दोनों में कलह होती है और फिर एक ही हत्या। वासवदत्ता को दण्ड मिलना और उपगुप्त का प्रकट होना घटता है। 'करुणा' एक सुविख्यात कृति है और मलयालम भाषी जनता का कंठहार। समय-समय पर इस कलाकृति का मंचन किया जाता है। यह एक ऐसी कलाकृति है जो उच्च और सामान्य, दोनों तरह के पाठकों को मोह लेती है।

देखें : काज़ी नज़रुल इस्लाम, कुमारन् आशान्, गजनान माधव मुक्तिबोध-1 और 2, गोवर्धन राम त्रिपाठी और गुजराती अस्मिता, प्रेमचंद, फ़क़ीर मोहन सेनापति और ओडिया अस्मिता, बंकिम चंद्र चट्टोपाध्याय, भारतेंदु हरिश्चंद्र, महादेव गोविंद रानाडे, महावीर प्रसाद द्विवेदी, रवींद्रनाथ ठाकुर, रामविलास शर्मा, रामचंद्र शुक्ल, राहुल सांकृत्यायन, वल्लत्तोल नारायण मेनन, सच्चिदानंद हीरानंद वात्स्यायन अज्ञेय, हजारी प्रसाद द्विवेदी।

संदर्भ

1. शिशिर कुमार दास (सम्पा.), *इंटीग्रेटिड हिस्ट्री ऑफ़ इण्डियन लिट्रेचर,* साहित्य अकादेमी, नयी दिल्ली.
2. के.एम. जॉर्ज (1976), कुमारन् आशान् (भारतीय साहित्य के निर्माता सीरीज़), साहित्य अकादेमी, नयी दिल्ली.
3. कुमारन् आशान् की सम्पूर्ण कृतियाँ (1960) (तीन भाग), कविता समिति का प्रकाशन.
4. *आशान् कविता* (1980), आशान् अकादेमी, तिरुवनन्तपुरम.

—कृष्णदत्त पालीवाल

क्यूबा की क्रांति

(Cuban Revolution)

पचास के दशक के आख़िरी वर्ष में घटित हुई क्यूबा की सशस्त्र क्रांति अमेरिकी साम्राज्यवाद पर राष्ट्रवाद और मार्क्सवाद के गठजोड़ की विजय के तौर पर जानी जाती है। इस क्रांति का नेतृत्व फ़िदेल कास्त्रो के संगठन '26 जुलाई मूवमेंट' के हाथों में था। सारे विश्व के वामपंथी युवाओं को अनुप्राणित करने वाली चे गुएवारा जैसी हस्ती इसी क्रांति की देन थी। 1 जनवरी, 1959 को क्रांति की सफलता के कारण क्यूबा के तानाशाह फुलगेनसियों बतिस्ता को देश छोड़ कर भाग जाना पड़ा, और युवा छापामार योद्धाओं ने सत्ता पर क़ब्ज़ा कर लिया। क्रांति की यह प्रक्रिया अपने अनूठेपन के कारण हथियारबंद तरीक़ों से सत्ता पर क़ब्ज़ा करने की एक विशिष्ट विधि के रूप में चर्चित हुई। इसके पैरोकारों ने दावा किया कि प्रतिबद्ध छापामारों का दल क्रांति सम्पन्न कर सकता है और उसके लिए व्यापक जनता को गोलबंद करने या उनकी राजनीतिक चेतना उन्नत करने के लिए दीर्घकालीन

फ़िदेल कास्त्रो के नेतृत्व में छापामार क्रांतिकारियों का दल

प्रयास करना एक पूर्व-शर्त नहीं है। संयुक्त राज्य अमेरिका ने क्यूबा में फ़िदेल कास्त्रो के शासन को अपदस्थ करने की कई कोशिशें कीं, लेकिन वह नाकाम रहा। धीरे-धीरे क्यूबा न केवल उत्तरी अमेरिका में बल्कि सारी दुनिया में अमेरिका विरोध का ध्रुव बनता चला गया। नब्बे के दशक में सारी दुनिया में समाजवादी ख़ेमा ढह जाने के बावजूद क्यूबा में कम्युनिस्ट शासन आज तक जारी है।

क्यूबा की क्रांति का मूल उसके औपनिवेशिक अतीत में निहित है। लातीनी अमेरिका के अधिकतर देशों ने 1810-25 के बीच स्पेनी (और पुर्तगाली) उपनिवेशवाद से आज़ादी हासिल कर ली थी। लेकिन क्यूबा 1898 तक स्पेनी उपनिवेश बना रहा। इस तरह यह अमेरिकी महाद्वीप में सबसे अंत में आज़ाद होने वाला देश था। अंततः इसे जोसे मार्ती के नेतृत्व में हुए दूसरे स्वतंत्रता संग्राम (1895-98) में आज़ादी तो हासिल हुई, लेकिन स्वतंत्रता सेनानियों का सत्ता पर क़ब्ज़ा नहीं हुआ। क्यूबा रणनीतिक नज़रिये से संयुक्त राज्य अमेरिका के लिए बहुत ही महत्त्वपूर्ण था। इसके अलावा यहाँ होने वाली गन्ने की खेती पर भी अमेरिका की नज़र थी। इसलिए अमेरिका ने यहाँ की राजनीति में खुल कर दिलचस्पी ली और अपने हित साधने के लिए तैयार शासकों को समर्थन दिया। इस प्रक्रिया में क्यूबा की स्थिति ऐसी हो गयी जैसे एक औपनिवेशिक शासक की जगह दूसरा औपनिवेशिक शासक आ गया हो। इस घटनाक्रम का परिणाम यह निकला कि क्यूबा का राष्ट्रीय मुक्ति आंदोलन अमेरिका के प्रभाव और नियंत्रण के ख़िलाफ़ संघर्ष बन गया।

1933 के आंदोलन को क्यूबा की क्रांति के विकास के अगले अध्याय के रूप में देखा जाना चाहिए। इसने स्वतंत्रता के संघर्ष में एक नये चरण की ओर संकेत किया। सबसे महत्त्वपूर्ण बात यह है कि इस आंदोलन ने ख़ुद को श्रमिक वर्ग के संगठन और समाजवादी परम्परा के संदर्भ में परिभाषित किया। इस आंदोलन के कारण ही कुछ समय के लिए क्यूबा में प्रगतिशील सरकार बनी। लेकिन इसके थोड़े ही समय बाद सत्ता बतिस्ता के हाथ में आ गयी जिसने फिर से क्यूबा को अमेरिकी आर्थिक और राजनीतिक हितों से जोड़ दिया। दरअसल, बतिस्ता और उसके आंदोलन ने क्यूबा में जेराडो मकाडो की तानाशाही ख़त्म करने में महत्त्वपूर्ण भूमिका निभायी थी। 1933 में वह सेना का प्रमुख था। उस समय क्यूबा का शासन चलाने वाली पाँच सदस्यीय प्रेसीडेंसी पर उसका प्रभावकारी नियंत्रण था। 1940 तक दिखावटी राष्ट्रपतियों पर नियंत्रण रखने वाला बतिस्ता इसी वर्ष ख़ुद राष्ट्रपति बन गया। उसने क्यूबा में नया संविधान लागू किया। वह अपने समय के हिसाब से प्रगतिशील था। 1944 में राष्ट्रपति के रूप में अपना कार्यकाल पूरा करने के बाद वह अमेरिका गया और 1952 में वापस आ कर राष्ट्रपति का चुनाव लड़ा। चुनावों में हारने के बाद बतिस्ता ने सेना की मदद से तख़्तापलट करके 1952 में अपनी तानाशाही क़ायम कर ली।

बहरहाल, 1933 के घटनाक्रम के बाद राष्ट्रवादी राजनीति की धाराएँ उभरने लगी थीं। एक ओर आर्टोडॉक्स थे जो मार्ती की परम्परा पर जोर देते थे। दूसरी ओर, डायरेक्टोरियो रेवोल्यूशनेरियो थे जो 1933 में हुए आंदोलन के नेता आंटोनियो गुटेरस से प्रभावित थे। ये दमनकारी राज्य के ख़िलाफ़ हिंसक कार्रवाई पर जोर देते थे। फ़िदेल कास्त्रो भी इसी विचार से प्रभावित थे, लेकिन उन पर मार्ती के जुझारू व्यक्तित्व का भी काफ़ी प्रभाव था। 1933 के बाद के दौर में क्यूबा की कम्युनिस्ट पार्टी, जिसकी स्थापना 1925 में हुई थी, सोवियत यूनियन के प्रभाव में अपनी कार्यदिशा बदलती रही। 1935 के बाद वह बतिस्ता के साथ सहयोग करने लगी। इसलिए क्रांतिकारी राष्ट्रवाद पर विश्वास करने वाले फ़िदेल कास्त्रो जैसे युवक कम्युनिस्टों को संदेह की निगाह से देखने लगे। दूसरी ओर कम्युनिस्टों ने भी रैडिकल राष्ट्रवादियों की इस आधार पर आलोचना की कि वे वर्ग आधारित विश्लेषण के बजाय राष्ट्रवाद के नाम पर लोगों को संगठित करने की कोशिश कर रहे हैं।

1952 के बाद क्रांति की अगुआयी के लिए डायरेक्टोरियो और कास्त्रो के बीच नेतृत्व के लिए होड़ शुरू हो गयी जो आगे भी चलती रही। लेकिन इन दोनों में समानता यह थी कि ये दोनों ही 1933 के संघर्षों को अपनी बुनियाद मानते थे। 26 जुलाई, 1953 में आर्टोडॉक्सो समूह के युवकों ने सेना पर हमला किया। इस समूह में फ़िदेल कास्त्रो भी शामिल थे। यह हमला बेहद प्रभावशाली था और इसमें बतिस्ता की सेना के बहुत से जवान मारे गये। लेकिन इसके परिणामस्वरूप कास्त्रो और बाक़ी विद्रोहियों को गिरफ़्तार भी होना पड़ा। बतिस्ता ने पकड़े गये विद्रोहियों में से कई को बहुत प्रताड़ित किया और बहुतों को मौत की सज़ा भी सुनायी

गयी। ख़ुद कास्त्रो पर भी मुक़दमा चलाया गया और उन्हें 15 साल की सज़ा दी गयी।

मुक़दमे के दौरान कास्त्रो द्वारा अपने बचाव में दी गयी दलीलों का ऐतिहासिक महत्त्व है। उन्होंने देश में फैले भ्रष्टाचार पर हमला किया और 1940 के उदारतावादी संविधान को फिर से लागू करने पर ज़ोर दिया। कास्त्रो ने छोटे किसानों को ज़मीन का पट्टा देने, विदेशी स्वामित्व वाली बड़ी सम्पत्तियों के राष्ट्रीयकरण और दूसरे देशों के लोगों के स्वामित्व वाले कारख़ानों में मज़दूरों को फ़ायदा देने जैसे कार्यक्रमों की माँग की। इसके अलावा कास्त्रो ने सार्वजनिक सेवाओं के राष्ट्रीयकरण, लगान में कटौती और शिक्षा में सुधार पर भी ज़ोर दिया। इस तरह कास्त्रो ने क्रांति के बाद के क्यूबा की तस्वीर पेश की। फ़िदेल कास्त्रो और दूसरे बागी नेताओं के साथ हुए बरताव ने जन-आक्रोश को भी बढ़ाया। इसके विरोध में हुए विरोध प्रदर्शनों के कारण जुलाई, 1955 में एमनेस्टी लॉ का इस्तेमाल करके कास्त्रो को जेल से रिहा कर दिया गया। कास्त्रो इसके छह हफ़्ते बाद देश छोड़ कर मैक्सिको चले गये। लेकिन उन्होंने वायदा किया वे अपने संघर्ष को आगे बढ़ाने के लिए वापस आयेंगे। कास्त्रो के विदेश जाने के बाद भी उनके द्वारा बनाया गया संगठन सक्रिय रहा जिसे 26 जुलाई मूवमेंट (जे-26-एम) के नाम से जाना गया।

कास्त्रो का मक़सद बिल्कुल स्पष्ट था। वे नये सशस्त्र विद्रोहियों की फ़ौज तैयार करना चाहते थे। उन्हें भरोसा था कि क्रांतिकारियों की कार्रवाई से जन-विद्रोह पैदा होगा। इसी नज़रिये के तहत मैक्सिको में फ़िदेल कास्त्रो ने अपने हथियारबंद गुरिल्ला दस्ते तैयार करने की कोशिश की। इसके अलावा वे राजनीतिक गठजोड़ बनाने की कोशिश भी करते रहे। यहीं उनकी मुलाक़ात एक युवा दंत-चिकित्सक अर्नेस्टो चे गुएवारा से हुई। दोनों ही गुरिल्ला युद्ध द्वारा क्रांति करने की संकल्पना पर सहमत थे। दोनों को ही स्पेनिश युद्ध के वरिष्ठ योद्धा अलबर्टो बायो ने मैक्सिको में चाल्को के एक फ़ॉर्म में प्रशिक्षित किया। कास्त्रो और चे ने दिसम्बर, 1956 में मोटर विसेज ग्रेनमा से 82 गुरिल्ला लड़ाकों के साथ क्यूबा वापस आने की योजना बनायी।

लेकिन जब 3 दिसम्बर, 1956 को वे क्यूबा के तट पर पहुँचे तो इन्हें बतिस्ता के सैनिकों का सामना करना पड़ा। उनकी मदद के लिए जे-26-एम के शहरी इलाकों के सदस्य आये थे, लेकिन वे इंतज़ार करके चले गये क्योंकि कास्त्रो के छापामार निश्चित तारीख (30 नवंबर) के बजाय काफ़ी देर से पहुँचे थे। बतिस्ता के सैनिकों के हमले में अधिकांश गुरिल्ला लड़ाके मारे गये। लेकिन फ़िदेल, चे और फ़िदेल के छोटे भाई राउल कास्त्रो इस हमले में बच गये। तक़रीबन 15 दिनों के बाद घायल अवस्था में ये लोग सियेरा मेस्तरा के जंगलों में एक-दूसरे से मिले। उन्होंने शहर में जे-26-एम से सम्पर्क क़ायम किया और जंगलों में ही गुरिल्ला लड़ाकों को इकट्ठा करना शुरू कर दिया। लेकिन यहाँ के ग़रीब किसानों को प्रशिक्षित क्रांतिकारी बनाना बहुत मुश्किल था। किसान कभी भी क्रांति का काम छोड़ कर खेती करने के लिए वापस जाने को तैयार रहते थे। या विरोधी ख़ेमा उन्हें पैसे आदि का लालच देकर अपने पक्ष में खींच सकता थे। चे गुएवारा के लिए यह ज़्यादा चिंता की बात थी। इसलिए उन्होंने सख़्त अनुशासन तथा अनुशासन तोड़ने वाले को सख़्त सज़ा देने पर ज़ोर दिया। दूसरी तरफ़ एक समस्या यह भी थी कि क्यूबा में काम करने वाले दूसरे क्रांतिकारी संगठन, मसलन डायरेक्टोरियो और 26 जुलाई मूवमेंट, का शहरी नेतृत्व कास्त्रो और चे की गुरिल्ला योजनाओं से पूरी तरह सहमत नहीं था। क्यूबा कम्युनिस्ट पार्टी भी इनकी आलोचक थी। ख़ुद चे और फ़िदेल के बीच भी कम्युनिस्ट लक्ष्यों को लेकर मतभेद था। चे का ज्यादा ज़ोर मार्क्सवाद की ओर था, जबकि कास्त्रो पर क्यूबाई राष्ट्रवाद का गहरा प्रभाव था।

बहरहाल, धीरे-धीरे जे-26-एम पर कास्त्रो ख़ेमे का प्रभाव हो गया और इस दल के शहरी ख़ेमे के नेता फ्रैंक पायस की 30 जुलाई, 1957 को हत्या कर दी गयी। अप्रैल 1958 में कास्त्रो ने अपने दल की ओर से पूर्ण युद्ध घोषणा-पत्र जारी किया। इसमें उन्होंने लोगों से अप्रैल, 1958 में आम हड़ताल करने का आह्वान किया। यद्यपि यह हड़ताल बहुत सफल नहीं रही, लेकिन इसने बतिस्ता के ख़िलाफ़ विरोध को और ज़्यादा बढ़ाया। इसके कारण कास्त्रो अन्य समूहों से ज़्यादा नज़दीकी सहयोग क़ायम करने के लिए प्रेरित हुए। 20 जुलाई को उन्होंने एकता घोषणा-पत्र जारी किया। इस पर डयरेक्टेरियो और जे-एम-26 सहित आठ संगठनों ने अपने हस्ताक्षर किये। लेकिन क्यूबा की कम्युनिस्ट पार्टी ने इसमें शामिल नहीं हुई। बहरहाल, यह घोषणा-पत्र बतिस्ता के विरोधियों के एकजुट होने का भी प्रमाण था। इसमें लोकतांत्रिक और संवैधानिक अधिकारों को क़ायम करने की पूरी योजना पेश की गयी। यह घोषणा-पत्र एक तरह से इस बात का भी प्रमाण था कि बाक़ी विद्रोही समूह भी फ़िदेल कास्त्रो के नेतृत्व को स्वीकार करने लगे थे। धीरे-धीरे बतिस्ता की सत्ता पर पकड़ भी कमज़ोर होती गयी। नवम्बर में वैधता हासिल करने के लिए बतिस्ता शासन ने दिखावे के लिए चुनाव कराये। इन चुनावों में बड़े पैमाने पर धाँधली हुई, इसलिए इसके नतीजों को कोई वैधता नहीं मिली। बतिस्ता और विद्रोही समूहों के बीच बढ़ता टकराव दिसम्बर में चरम पर पहुँच गया। दिसम्बर, 1958 में कास्त्रो के सहयोगी चे ने सेंटा कालरा शहर में 350 छापामारों के साथ बतिस्ता के चार हज़ार गार्डों को तीन दिन की लड़ाई के बाद हरा दिया। इसमें चे ने रणनीतिक कुशलता का परिचय देते हुए उस ट्रेन को शहर में आने से रोक दिया जिसमें रक्षक दल के लिए हथियार आ रहे थे। सरकारी सेना हार गयी। इसके तीन दिन बाद 31

दिसम्बर, 1958 को बतिस्ता देश छोड़कर भाग गया।

बीसवीं सदी के इतिहास में क्यूबा की क्रांति का महत्त्वपूर्ण स्थान है। इसने यह दिखाया कि किस तरह युवा लड़ाके गुरिल्ला छापामार युद्ध के द्वारा सत्ता में बदलाव कर सकते हैं। अमेरिका के विरोध के बावजूद क्रांतिकारी सफल हुए। अमेरिका ने क्रांति के बाद काफ़ी कोशिशें कीं लेकिन वह क्यूबा में फ़िदेल के शासन और प्रभाव को ख़त्म नहीं कर पाया। अमूमन क्यूबा की क्रांति में फ़िदेल, चे और उनके दल 26-एम जुलाई के योगदान पर ही ज़ोर दिया जाता है। लेकिन क्यूबा के भीतर के दूसरे समूहों, मसलन डायरेक्टोरियो ने भी इसमें महत्त्वपूर्ण भूमिका निभायी थी। फ़िदेल कास्त्रो और उनका दल क्रांतिकारी राष्ट्रवाद द्वारा प्रगतिशील समाजवादी लक्ष्यों को हासिल करना चाहता था। लेकिन इस क्रांति और इसके बाद सामने आयी व्यवस्था में लोकतांत्रिक स्वतंत्रताओं और मूल्यों को कोई तरजीह नहीं दी गयी। चे ग्वेवारा ने बाद में क्यूबाई क्रांति के मॉडल को दूसरी जगहों पर भी लागू करने की कोशिश की लेकिन उन्हें नाकामी हाथ लगी।

देखें : अर्नेस्टो चे गुएवारा, आधार और अधिरचना, ऑस्कर रायज़ार्ड लांगे, आंगिक और पारम्परिक बुद्धिजीवी, एंतोनियो ग्राम्शी, कार्ल हाइनरिख़ मार्क्स-1, 2. 3 और 4, क्रांति, क्रांति : मार्क्सवादी विमर्श, चीन की कम्युनिस्ट क्रांति, नयी सदी में मार्क्सवादी विमर्श-1, 2. 3,4 5, 6, 7, 8 और 9, निष्क्रिय क्रांति, फ्रेड्रिख़ एंगेल्स, भारत में किसान संघर्ष-2 और 4, भारतीय इतिहास लेखन-4 और 5, भाषा के मार्क्सवादी सिद्धांत, भ्रांत चेतना, बोल्शेविक क्रांति, फ्रांस्वा-चार्ल्स मारी फ़ूरिये, फ्रेंज़ फ़ानो, हिंसा-1 और 2, मानवेंद्र नाथ राय, माओ त्से-तुंग, माओवाद और माओ विचार, मार्क्सवाद-1, 2, 3, 4 और 5, मार्क्सवादी इतिहास-लेखन, मार्क्सवादी समाजशास्त्र, मार्क्सवाद और पारिस्थितिकी, मार्क्सवादी अर्थशास्त्र, समाजवादी वसंत-1, 2, 3, और 4, लेनिनवाद, लियोन ट्रॉट्स्की, लिबरेशन थियोलॅजी, सांस्कृतिक क्रांति, स्तालिन और स्तालिनवाद, सोवियत समाजवाद-1, 2 और 3, सोवियत सिनेमा, वर्चस्व, व्लादिमिर इलीच लेनिन।

संदर्भ

1. फ़ेरबर, एम. फ़ेरबर (2006), *द ऑरिजिन्स ऑफ़ द क्यूबन रिवोल्यूशन रिकंसीडर्ड,* युनिवर्सिटी ऑफ़ नॉर्थ कैरोलिना प्रेस, चेपल हिल.
2. वी. सिकेरका (2004), *फ़िदेल कास्त्रो,* पॉलिटी प्रेस, केम्ब्रिज.
3. जे.स्विग (2002), *इंसाइड द क्यूबन रेवोल्यूशन : फ़िदेल कास्त्रो ऐंड द अंडरग्राउंड,* हार्वर्ड युनिवर्सिटी प्रेस, केम्ब्रिज, एमए.

—कमल नयन चौबे

केरल

(Kerala)

केरल भारत का एकमात्र ऐसा राज्य है जहाँ की दलीय प्रणाली पिछले तीस साल से दो दलों की नहीं बल्कि दो टिकाऊ गठजोड़ों की होड़ पर टिकी है। सौ फ़ीसदी शिक्षा की दर वाले इस राज्य में राजनीतिक प्रतियोगिता की संरचना पश्चिमी लोकतंत्रों जैसी है। दलों के साथ मतदाताओं के जुड़ाव की भावना स्थायी और टिकाऊ है। दलीय निष्ठा समुदाय आधारित और पिछले कई दशकों से लगातार क़ायम है। अस्सी के दशक में विचारधारात्मक आधार पर केरल में यह द्वि-ध्रुवीय मॉडल कांग्रेस के नेतृत्व में यूनाइटेड डेमोक्रेटिक फ्रंट (यूडीएफ़) और मार्क्सवादी कम्युनिस्ट पार्टी के नेतृत्व में लेफ़्ट डेमोक्रेटिक फ्रंट (एलडीएफ़) के रूप में शुरू हुआ था। केरल के राजनीतिकृत मतदाता हर विधान सभा चुनाव में वैचारिक आधार पर गठित इन दो गठबंधनों के बीच सत्ता की अदल-बदल करते रहते हैं। एक गठजोड़ लगातार दो बार चुनाव नहीं जीतता। 1956 में अपने गठन के बाद से लेकर 2011 तक इस राज्य में कुल 18 गठबंधन सरकारें बन चुकी हैं। गठजोड़ों की कामयाबी का यह केरलीय अनुभव देश के अन्य भागों के लिए मॉडल के रूप में पेश किया जाने लगा है। ख़ास बात यह है कि दोनों गठबंधनों के घटक दलों को एक तरह का अलिखित 'आनुपातिक प्रतिनिधित्व' भी मिलता रहा है। चुनावी राजनीति कुछ इस तरह चलती है कि उन्हें आपस में सीटें बाँट लेने और अपने-अपने प्रभाव क्षेत्रों को चुन लेने का मौक़ा मिलता है। पिछले दस-पंद्रह साल ज़्यादातर भारतीय राज्यों के लिए राजनीतिक अस्त-व्यस्तता से भरे रहे हैं, लेकिन केरल की राजनीति में स्थिरता रही है।

दो गठजोड़ों की इस राजनीति के कारण केरल में साम्प्रदायिक और जातिगत पहलू मज़बूत हुए हैं। इसमें स्वार्थ साधने के लिए एक गठजोड़ से दूसरे गठजोड़ में पाला बदलने का चलन भी शामिल है। शिक्षित मतदाताओं के राजनीतिक व्यवहार के बारे में प्रचलित है कि वे जाति या समुदाय के आधार पर वोट नहीं डालते, लेकिन केरल के वोटर शिक्षित होने के बावजूद जाति और समुदाय के आधार पर मतदान करते हैं। ऐतिहासिक रूप से इस राज्य में दो धार्मिक समूहों यानी मुसलमानों और ईसाइयों ने अपने-अपने धर्म-आधारित दलों का ही समर्थन किया है। मुसलिम लीग मुसलमानों के लिए और केरल कांग्रेस के विभिन्न धड़े ईसाइयों के लिए राजनीतिक दलों की भूमिका निभाते हैं। ये दल यूडीएफ़ से ज़्यादा जुड़े रहते हैं। लेकिन एलडीएफ़ से भी इनका ताल्लुक़ है। कांग्रेस के मुक़ाबले वामपंथियों को अल्पसंख्यकों के बीच नुक़सान उठाना पड़ा है, लेकिन समाज सुधार और अन्य

केरल : दो गठजोड़ों की प्रतियोगिता

आंदोलनों में भागीदारी की बदौलत वामपंथियों का पिछड़ी हिंदू और दलित जातियों में मज़बूत आधार बन गया है। ख़ासतौर पर अधिसंख्यक एझवाओं पर वामपंथी पार्टियों का गहरा प्रभाव है।

दरअसल, दोनों गठबंधनों का एकदम भिन्न संरचना वाला अपना-अपना सामाजिक आधार है जो तक़रीबन बराबर क़िस्म का है। लेकिन केरल की राजनीति में वर्ग की भूमिका कम करके नहीं आँकी जा सकती। यहाँ आधुनिकता और परम्परा के बीच एक प्रतियोगी क़िस्म की अन्योन्यक्रिया हुई है जिसने राजनीतिक व्यवस्था पर व्यापक प्रभाव डाला है। वामपंथी आंदोलनों की उपस्थिति ने भूमि सुधारों को ही दिशा नहीं दी है, बल्कि इसने खेतों एवं कारख़ानों में मज़दूरों को ऊँचा वेतन दिलवाने में भी सफलता पायी है। वाम-आंदोलन ने विद्यार्थियों, युवाओं और सेवा क्षेत्र में अपना प्रभाव बढ़ाने के अतिरिक्त महिलाओं और मध्य वर्ग को संगठित करने में भी सफलता हासिल की है। कुल मिलाकर यह कहा जा सकता है कि केरल में ऊँची जातियों के पारम्परिक प्रभुत्व का अंत हो गया है। सामाजिक परिवर्तनों ने कांग्रेस जैसी मध्यवर्ती पार्टी को भी रैडिकल बना दिया है। 1969 से यह पार्टी मज़दूर वर्ग, अल्पसंख्यकों और युवाओं की ओर अधिकाधिक मुड़ी है।

भारत के दक्षिणी-पश्चिमी भाग में स्थित केरल का राज्य के रूप में राज्य का गठन नवम्बर ,1956 में हुआ। इस राज्य का निर्माण उन क्षेत्रों को मिलाकर किया गया जहाँ मुख्य रूप से मलयालम बोली जाती थी। केरल शब्द दो मलायली शब्द 'केरा' और 'अलम' से मिलकर बना है। 'केरा' का अर्थ होता है नारियल का पेड़ तथा 'अलम' मतलब स्थान। इस तरह केरल का अर्थ हुआ नारियल का स्थान। राज्य का कुल क्षेत्रफल 38,863 वर्ग किलोमीटर है। इसके उत्तर में कर्नाटक, दक्षिण और पूर्व में तमिलनाडु है। इसके पश्चिम में अरब सागर है। तिरुवनंतपुरम् (राजधानी), कोच्ची और कोझीकोड इसके प्रमुख शहर हैं। केरल की एक प्रमुख विशेषता यह है कि यहाँ बहुत से छोटे-छोटे शहर हैं जिनका जनसंख्या घनत्व बहुत ज़्यादा है। 2001 की जनगणना के अनुसार यहाँ की कुल जनसंख्या 31,841,374 है और इस आधार पर यह भारत का बारहवाँ राज्य है जहाँ भारत की कुल जनसंख्या के 3.44 प्रतिशत लोग रहते हैं। यहाँ का जनसंख्या घनत्व 819 व्यक्ति प्रति वर्ग किमी है। इसमें महिलाएँ 51.42 प्रतिशत और पुरुष 48.58 प्रतिशत हैं। 2001 के आंकड़ों के अनुसार यहाँ की साक्षरता दर 94.59 प्रतिशत है। आधिकारिक भाषा मलयालम है। राज्य में 590 किलोमीटर लम्बा समुद्री तटीय क्षेत्र है। केरल से लोकसभा के कुल 20 और राज्यसभा के 9 सदस्य चुने जाते हैं। यहाँ की विधायिका एक सदनीय है। इसमें कुल 141 सदस्य हैं जिनमें एक सदस्य मनोनीत किया जाता है और बाक़ी सदस्य चुनकर आते हैं। केरल की जनसंख्या में 57 प्रतिशत हिन्दू, 27 प्रतिशत मुसलमान एवं 19 प्रतिशत ईसाई हैं। मालाबार क्षेत्र में मुसलमानों की ताक़तवर उपस्थिति है, विशेष रूप से मालापुरम, कालीकट, कन्नूर और कासरगोड जिलों में। इसी प्रकार मध्य ट्रावनकोर पट्टी मालाबार के पहाड़ी क्षेत्रों (जहाँ आदिवासी काफ़ी रहते हैं) में ईसाइयों का सीमित संकेंद्रण है। हिन्दू जातियों में एझवा 22 प्रतिशत, नायर 15 प्रतिशत, ब्राह्मण दो प्रतिशत, अनुसूचित जातियाँ और अनुसूचित जनजातियाँ नौ प्रतिशत के आस-पास हैं।

केरल देश का पहला राज्य था जिसकी राजनीति ने शुरू से ही कांग्रेस को ठुकरा दिया था। 1952 में जब केरल ट्रावनकोर-कोचीन राज्य के रूप में था, वहाँ कांग्रेस हार गयी थी। 1952, 1954 एवं 1957 के विधानसभा चुनावों और 1952 एवं 1957 के लोकसभा चुनावों में कांग्रेस पार्टी हाशिये पर रही। 1960 में विधानसभा में मध्यावधि चुनाव के समय प्रजा सोशलिस्ट पार्टी और मुसलिम लीग से 'तितरफ़ा गठबंधन' बनाकर कांग्रेस इस प्रवृत्ति को अस्थायी रूप से रोकने में सफल रही। लेकिन यह गठजोड़ जल्दी ही टूट गया और साठ के दशक में ग़ैर-कांग्रेसवाद का उभार हुआ, जिसने कांग्रेस पार्टी की हार का रास्ता खोल दिया। 1965 और 1967 के चुनावी अनुभवों ने कांग्रेस नेतृत्व की आँखें खोलने का काम किया। मार्क्सवादी कम्युनिस्ट पार्टी (माकपा) की ग़ैर-कांग्रेसी गठजोड़ क़ायम करने की क्षमता का जवाब कांग्रेस ने सत्तर के दशक में दिया। इसने माकपा विरोधी ताक़तों को एकजुट किया। इस कारण 1970 और 1977 (विधानसभा) एवं 1971 और 1977 (लोकसभा) के चुनावों में कांग्रेस की नेतृत्व वाले गठबंधन को शानदार जीत मिली।

केरल में दोनों गठबंधनों के बीच सत्ता की अदला-बदली होती रही है। 1990 के बाद हुए विधानसभा चुनावों पर नज़र डालें तो यह बात पूरी तरह स्पष्ट हो जाती है। 1991 में यूडीएफ़ की सरकार बनी। 1996 में एलडीएफ़ ने वापसी की। 2001 के विधानसभा चुनावों में यूडीएफ़ ने जीत दर्ज की और फिर 2007 के चुनावों एलडीएफ़ ने को जीत मिली। 2012 में यूडीएफ़ ने बाजी मारी। 2004 के चुनावों को छोड़ दें तो अमूमन लोकसभा के चुनावों में कांग्रेस के नेतृत्व वाले गठजोड़ की स्थिति मज़बूत रहती है। मसलन, 2009 के लोकसभा चुनावों में भी कांग्रेस के नेतृत्व वाले यूडीएफ़ को शानदार जीत मिली।

केरल में केवल दो एक दलीय सरकारें बनीं— पहली बार पहले आम चुनावों के बाद अविभाजित भारतीय कम्युनिस्ट पार्टी की सरकार (1957-59) और दूसरी कांग्रेस पार्टी की सरकार (1962-64)। अलग-अलग कारणों से इनमें से कोई भी सरकार अपना कार्यकाल पूरा न कर सकी। कुल 18 गठबंधन सरकारों में से 13 सरकारों का भी यही हाल रहा। इस प्रकार केरल अपनी राजनीतिक अस्थिरता के लिए जाना जाने लगा। जब तक राज्य को द्वि-ध्रुवीय राजनीति नहीं मिली, तब तक उसे राजनीतिक स्थिरता नसीब नहीं हो सकी। दिलचस्प बात यह है कि अल्पसंख्यकों की धार्मिक आधार पर राजनीतिक गोलबंदी के बावजूद हिंदुत्व की विचारधारा ने केरल पर कोई असर नहीं डाला। नब्बे के दशक में भारतीय जनता पार्टी (भाजपा) ने अपनी स्थिति मज़बूत करने की कोशिश की। बाबरी मसजिद के विध्वंस के बाद इण्डियन मुसलिम लीग में हुए विभाजन और पीपुल्स डेमोक्रेटिक पार्टी (पीडीएफ़) के निर्माण ने मुसलमान-वोट गोलबंद करने की कोशिशों को आगे बढ़ाया। लेकिन, ये दोनों ही प्रयास विफल रहे। 'पहले मारे सो मीर' वाली चुनाव-प्रणाली पर छायी हुई द्वि-ध्रुवीय प्रतियोगिता पर कोई असर नहीं पड़ा। भाजपा को अच्छे मत मिले, पर वह एक भी सीट नहीं जीत पायी। उसे केरल की दलीय प्रणाली पर हाशिये पर ही रहना पड़ा।

केरल के बारे में एक अन्य महत्त्वपूर्ण बात यह है कि यहाँ का सामाजिक और शैक्षिक विकास बेहद शानदार रहा है। यहाँ उद्योगीकरण या आर्थिक विकास का रेकार्ड उतना ख़ास नहीं है, लेकिन शिक्षा, स्वास्थ्य और भूमि वितरण के संबंध में इसका प्रदर्शन इस बात का पुख़्ता सबूत है कि सच्चा विकास आर्थिक पहलुओं से ज्यादा सामाजिक और मानवीय पहलुओं से जुड़ा रहता है। केरल के सभी शहरों और गाँवों में विद्युतीकरण पूरा हो चुका है। नैशनल सैम्पल सर्वे के अनुसार यहाँ की सिर्फ़ 12.5 प्रतिशत जनसंख्या ही ग़रीबी की रेखा के नीचे है। राज्य के इस विकास में राज्य की दो गठबंधनों वाले मॉडल की भी महत्त्वपूर्ण भूमिका रही हैं।

देखें : असम, अरुणाचल प्रदेश, आंध्र प्रदेश, उत्तर प्रदेश, उत्तराखण्ड, एलमकुलम मनक्कल शंकरन नम्बूदिरीपाद, ओडीशा, कर्नाटक, छत्तीसगढ़, जम्मू और कश्मीर, झाड़खण्ड, तमिलनाडु, त्रिपुरा, दिल्ली, नगालैण्ड, पश्चिम बंग, पंजाब, महाराष्ट्र, मध्य प्रदेश, मिज़ोरम, मेघालय, भारतीय संघवाद, बिहार, राजस्थान, राज्यों का पुनर्गठन-1, 2 और 3, राज्यों की राजनीति, वाम मोर्चा, संघवाद, हरियाणा।

संदर्भ

1. जी. गोपाकुमार (2009), 'केरल : दो गठजोड़ों की स्थिर चुनावी होड़' (अनुवाद : कमल नयन चौबे), संकलित, अरविंद मोहन (सम्पा.), *लोकतंत्र का नया लोक : चुनावी राजनीति में राज्यों का उभार*, वाणी प्रकाशन, लोकनीति-सीएसडीएस.
2. आर. रामकृष्णन नायर 91973), *सोशल स्ट्रक्चर ऐंड पॉलिटिकल डिवलपमेंट इन केरला*, केरला ऐकेडमी ऑफ़ पॉलिटिकल साइंस, तिरुवनंतपुरम.
3. ए. बालकृष्णन नायर (1992), *गवर्नमेंट ऐंड पॉलिटिक्स इन केरला*, इंदिरा पब्लिकेशन, तिरुवनंतपुरम.

— कमल नयन चौबे

केशवराव बलिराम हेडगेवार

(Keshavrav Baliram Hedgewar)

केशवराव बलिराम हेडगेवार (1889–1940) बीसवीं सदी के उत्तरार्ध में हिंदुत्ववादी राजनीति की प्रमुख हस्ती थे। हिंदू राष्ट्रवाद को अखिल भारतीय स्तर पर सांगठनिक रूप देने के लिए उन्होंने 1925 में राष्ट्रीय स्वयंसेवक संघ की स्थापना की। मुख्यत: सावरकर और एक हद तक विवेकानंद और अरविंद के विचारों से प्रभावित डॉ. हेडगेवार की वैचारिक और सांगठनिक कल्पनाशीलता के आधार पर ही भारतीय राजनीति की सबसे मज़बूत दक्षिणपंथी हिस्से की रचना हुई है। हेडगेवार की शख़्सियत बुद्धिजीवी राजनेताओं की नहीं थी। उन्होंने अपने पीछे कोई विद्वत्तापूर्ण कृति नहीं छोड़ी। पर उनमें अपने लक्ष्यों को स्पष्ट रूप से समझाने, उन्हें ज़मीन पर उतारने, संगठन करने और निष्ठापूर्वक अपने अभियान में लगे रहने की अनूठी क्षमता थी। हेडगेवार को पक्का यक़ीन था कि हिंदू-समाज के चरित्र में एक ऐसी अंतर्निहित ख़ामी है जिसके कारण वह अतीत और वर्तमान में 'विदेशियों' द्वारा थोपी गयी अधीनता और उत्पीड़न और आपसी फूट का मुक़ाबला कर पाने में हमेशा नाकाम रहता है। वे यह भी मानते थे कि हिंदू-चरित्र की यह कमी एक सांस्कृतिक संगठन के झंडे तले सभी हिंदुओं को एकजुट करके उनके भीतर राष्ट्रीयता और अनुशासन की भावना पैदा करने से दूर होगी। अपने मुट्ठी-भर साथियों के सहयोग से नागपुर में स्थापित किये गये संगठन को हिंदू-एकता के स्वप्न का वाहक बना देने की योजना उनकी इन्हीं ख़ूबियों का परिणाम था।

हेडगेवार के जीवनीकारों के अनुसार उनका जन्म एक अप्रैल, 1889 को एक वेदपाठी तेलुगु ब्राह्मण परिवार में हुआ था। उन्नीसवीं सदी की शुरुआत में ही 'मुसलमानों के अत्याचारों' से बचने के लिए नागपुर में रहने लगे इस परिवार को उस समय बुरे दिन देखने पड़े जब वहाँ के भोंसले राजपरिवार की सत्ता 1853 में अंग्रेज़ों ने हड़प ली। अंग्रेज़ों के राज में बहुत से ब्राह्मणों ने सरकारी नौकरियों का लाभ उठाया, पर हेडगेवार परिवार पौरोहित्य के पेशे से ही जुड़ा रहा। लेकिन, बालक केशवराव ने जब वेद पढ़ने में दिलचस्पी नहीं दिखाई तो उन्हें आधुनिक शिक्षा दिलाने के लिए स्कूल में भर्ती कराया गया। उन दिनों नागपुर में सक्रिय राष्ट्रवादी हल्कों ने जल्दी ही युवा केशव को अपनी ओर खींच लिया। वहीं उनकी भेंट हिंदू राष्ट्रवादी नेता और संगठक डॉ. बालकृष्ण शिवराम मुंजे से हुई जो हाल ही में दक्षिण अफ्रीका के बोअर युद्ध से लौटे थे। मुंजे ने ही केशवराव को डॉक्टरी पढ़ने के लिए कोलकाता के मेडिकल कॉलेज भेजा जहाँ वे क्रांतिकारी अनुशीलन समिति से जुड़े और रामकृष्ण मिशन के सम्पर्क में आये। इन्हीं सम्पर्कों के आधार पर हेडगेवार के राजनीतिक सोच-विचार की भित्ति खड़ी हुई। उनके राजनीतिक जीवन की शुरुआत उपनिवेशवाद विरोधी आंदोलन में सक्रिय उन तत्त्वों के प्रभाव में हुई जो कांग्रेस की राजनीति में ख़ुद को बालगंगाधर तिलक का अनुयायी मानते थे और जिन पर बंगाल की अनुशीलन समिति के क्रांतिकारी कार्यक्रम का प्रभाव था।

संघ के संस्थापक का प्रोजेक्ट उनकी मृत्यु के पचास साल बाद नब्बे के दशक में उस समय शिखर पर पहुँचा जब संघ परिवार की राजनीतिक शाखा भारतीय जनता पार्टी कांग्रेस को अपदस्थ करके केंद्र में सत्तारूढ़ हुई। हेडगेवार द्वारा स्थापित राष्ट्रीय स्वयंसेवक संघ की शाखाएँ इस समय पूरे देश में फैली हुई हैं। सामाजिक जीवन के प्रत्येक क्षेत्र में (शिक्षा और आदिवासियों के बीच विशेष रूप से) उससे जुड़े हुए संगठन सक्रिय हैं। आज़ाद भारत में हुई सबसे बड़ी राजनीतिक गोलबंदियों में से एक रामजन्मभूमि आंदोलन के शिखर पर भी संघ परिवार का संगठन विश्व हिंदू परिषद् ही था। हेडगेवार के आलोचक उनकी विरासत को अल्पसंख्यक विरोधी और साम्प्रदायिक क़रार देते हैं, जबकि हेडगेवार के अनुयायियों ने उनकी शिक्षाओं के आधार पर हिंदू बहुसंख्यकवाद की राजनीति का विकास किया है। यह राजनीति संसदीय लोकतंत्र के दायरे में काम करते हुए अल्पसंख्यक समुदायों को अलगाव में डालते हुए उन्हें बहुसंख्यक समाज के मातहत की स्थिति में लाना चाहती है।

1916 में कोलकाता से डॉक्टरी पढ़ कर लौटने पर युवा हेडगेवार नागपुर के उन अखाड़ों से जुड़ गये जिनके ज़रिये युवा क्रांतिकारियों को कड़ी परीक्षा लेने के बाद अंग्रेज़ विरोधी कार्रवाइयों के लिए तैयार किया जाता था। हेडगेवार का ख़याल था कि वे छत्रपति शिवाजी और समर्थ गुरु रामदास की तस्वीरों के सामने खड़े हो कर त्याग-बलिदान की शपथ लेने वाले नौजवानों की मदद से ब्रिटिश हुकूमत के ख़िलाफ़ सशस्त्र विद्रोह आयोजित कर सकते हैं। इसी मक़सद से उन्होंने कुछ हथियार जमा करने की कोशिश भी की। सरकारी पेशबंदी के कारण नाकाम हो जाने और विद्रोह की कोशिशों के प्रति आम लोगों के ठंडे रवैये से निराश हो कर उन्होंने कांग्रेस की राजनीति में तिलकपंथियों का साथ देने का फ़ैसला किया। कांग्रेस के साप्ताहिक अख़बार *संकल्प* के प्रसार-प्रचार के लिए हेडगेवार ने कई महीनों तक मध्य भारत के विभिन्न इलाक़ों की यात्राएँ कीं। इस दौरान उन्हें व्यापक राजनीतिक सम्पर्क बनाने का मौक़ा मिला। कांग्रेस के नागपुर अधिवेशन के लिए बारह सौ स्वयंसेवक जुटाने में हेडगेवार ने भारत स्वयंसेवक मण्डल के मुखिया डॉ. लक्ष्मण वी. परांजपे की मदद की।। उन्हें मध्य प्रांत में असहयोग आंदोलन के दौरान जनसभाएँ आयोजित करने की ज़िम्मेदारी भी दी गयी।

केशवराव बलिराम हेडगेवार (1889–1940)

अन्य तिलकपंथियों की भाँति हेडगेवार को भी लगता था कि गाँधी ख़िलाफ़त आंदोलन को कुछ ज़्यादा ही तरजीह दे रहे हैं। नागपुर अधिवेशन में गोरक्षा को कांग्रेस की कार्यसूची में शामिल न करने से भी वे आहत हुए। पिछले अगस्त में तिलक का देहांत हो चुका था और तिलकपंथी गाँधी का विरोध करने की स्थिति में नहीं थे। हेडगेवार ने पूरे महाराष्ट्र में कई भाषण दिये और क़ानून तोड़ कर गिरफ़्तारी दी। 14 अगस्त, 1921 को उन्हें एक वर्ष के कठोर कारावास की सज़ा सुनायी गयी। जुलाई, 1922 में रिहा होने के बाद हेडगेवार ने कांग्रेस के स्वयंसेवक संगठन की तितर-बितर हालत देखी और इस नतीजे पर पहुँचे कि अनुशासन के बिना देशभक्त युवक विदेशियों को खदेड़ने के लक्ष्य में सफल नहीं हो सकते। साथ ही उन्हें अहिंसक राजनीतिक कार्यक्रम का औचित्य भी समझ में नहीं आया क्योंकि उनकी समझ से ऐसा कोई प्रोग्राम उनकी समझ से युवकों का प्रेरणा-स्रोत नहीं बन सकता था।

इसी दौरान मध्य प्रांत की कांग्रेस कमेटी के संयुक्त मंत्री के तौर पर काम करते हुए हेडगेवार को कांग्रेस नेताओं में निष्ठा की कमी से भी काफ़ी क्षोभ हुआ। कांग्रेस के भीतर उन्होंने विधान परिषदों में भागीदारी करने वालों का साथ दिया, हालाँकि उनके कई साथी मोतीलाल नेहरू के नेतृत्व वाली स्वराज पार्टी में चले गये। हेडगेवार को धीरे-धीरे यक़ीन होता जा रहा था कि जब तक राष्ट्र के इतिहास और परम्पराओं पर आधारित समर्पित कार्यकर्त्ताओं का संगठन नहीं बनाया जाएगा, तब तक राष्ट्रीय जीर्णोद्धार की बुनियादी शर्त पूरी नहीं होगी। 1922–24 के दौरान उन्होंने नागपुर में ऐसा संगठन बनाने के लिए कई नेताओं के साथ बैठकें कीं। 1924 में वे वर्धा स्थित आश्रम भी गये और कांग्रेस की नीतियों पर चर्चा करते हुए गाँधी से कहा कि ख़िलाफ़त आंदोलन का समर्थन करके उन्होंने मुसलमान समुदाय में अलगाववाद की प्रवृत्तियों को बढ़ावा दिया है। वर्धा से लौट कर हेडगेवार ने परस्पर शत्रुतापूर्ण अंतर्विरोधों में उलझे रहने वाले हिंदू संगठनों को एक मंच पर लाने के बारे में सोचना शुरू किया।

20 अगस्त, 1923 को बनारस में हिंदू महासभा का सम्मेलन हुआ जिसमें कई हिंदू संगठनों और कांग्रेस के अहम नेताओं ने शिरकत की। इसमें मदन मोहन मालवीय ने प्रस्ताव रखा कि सभी हिंदू लड़के-लड़कियों को शिक्षित करने, अखाड़े स्थापित करने और महासभा के फ़ैसलों को मनवाने के लिए हिंदुओं को समझाने-बुझाने हेतु स्वयंसेवकों का संगठन बनाने का कार्यक्रम शुरू किया जाए। मालवीय ने इसमें अछूतों को मंदिरों में प्रवेश करने देना, कुओं से पानी लेने देना और शिक्षित करना भी जोड़ा। हेडगेवार को ये सभी प्रस्ताव ठीक लगे। अक्टूबर, 1923 में मसजिदों के सामने गाजे-बाजे के साथ जुलूस निकालने के मसले पर नागपुर में हिंदुओं और मुसलमानों के बीच तनाव हो गया। प्रशासन ने हिंदुओं के जुलूस पर प्रतिबंध लगा दिया। हेडगेवार ने हिंदू नेता के रूप में उस पाबंदी का उल्लंघन किया। शहर में दंगे फूट पड़े। उसी दौरान हेडगेवार ने सावरकर की कृति *हिंदुत्व: हू इज़ अ हिंदू?* पढ़ी जिसका उनके ऊपर गहरा असर पड़ा। मार्च, 1925 में वे सावरकर से सलाह लेने गये और दो दिन तक उनके साथ रहे। इसी के बाद दशहरे के दिन उन्होंने नागपुर के एक छोटे से मैदान में अपने कुछ साथियों के साथ राष्ट्रीय स्वयंसेवक संघ का गठन किया जिसका झंडा शिवाजी का भगवा ध्वज था और जिसके सदस्यों की वर्दी नागपुर कांग्रेस अधिवेशन के स्वयंसेवकों जैसी ही थी : खाकी कमीज़, ख़ाकी निक्कर, काली टोपी, लम्बे मोज़े और बूट। इस दौरान मुंजे और उनके साथी स्वराज पार्टी की राजनीति में उलझे हुए थे।

शुरू में संघ की गतिविधियाँ काफ़ी सीमित क़िस्म की थीं। हेडगेवार ने ख़ूब सोच-समझ कर अनुशासन का महत्त्व प्रदर्शित करने के लिए पहला बड़ा कार्यक्रम चुना। अप्रैल,

1926 में वे रामटेक गाँव में लगने वाले रामनवमी के मेले में अपने वर्दीधारी स्वयंसेवकों के साथ गये और गुरु रामदास के भजन गाते हुए तीर्थयात्रियों की सेवा में जुट गये। उन्होंने दर्शनार्थियों की लाइनें लगवायीं, उन्हें पानी पिलाया और संदिग्ध मुसमलान फ़क़ीरों और ब्राह्मण साधुओं को रोका ताकि वे गाँववालों से पैसे न वसूल सकें।

संघ में भर्ती के इच्छुक लोगों को उन दिनों दो अच्छे स्वयंसेवकों से संस्तुति करवानी पड़ती थी। फिर हेडगेवार स्वयं उनकी तर्कशक्ति की गहरी परीक्षा लेते थे। इस तरह स्वयंसेवकों की पहली खेप तैयार हुई जो निजी तौर पर हेडगेवार के साथ निकट से जुड़ी हुई थी। 1927 से इस संगठन का विकास अपने नागपुर-वर्धा आधार के बाहर होना शुरू हुआ। हेडगेवार ने संघ को एक कुटुम्ब के तौर पर कल्पित किया जिसमें ख़ुद उनकी भूमिका पारम्परिक गुरु सरीखी या पितृतुल्य नेता जैसी रही। वे हमेशा स्वयंसेवकों को पढ़ाई-लिखाई में मन लगाने और समाज में अच्छी हैसियत हासिल करने का सुझाव देते ताकि संघ और हिंदू समाज दोनों को लाभ हो सके। हेडगेवार ने शाखाओं में नियमित होने वाली व्यायाम की गतिविधियों के साथ-साथ मंगल और गुरुवार को स्वयंसेवकों की विचारधारात्मक शिक्षा के लिए राजनीतिक कक्षा का प्रावधान किया जिसे बाद में 'बौद्धिक' कहा जाने लगा। 1929 में संघ के नेताओं की बैठक में हेडगेवार ने तय किया कि संगठन का एक सर्वोच्च नेता होना चाहिए जिसे सरसंघचालक कहा जाएगा जिसकी आज्ञा बिना किसी हीले-हवाले के सभी को माननी होगी। उन्होंने सरकार्यवाह (महामंत्री) और सेनापति के दो मुख्य पद और बनाये।

यह एक दिलचस्प तथ्य है कि संघ का संचालन करते हुए भी हेडगेवार कांग्रेस की राजनीति से दूर नहीं हुए। 1928 में भी उनके पास मध्य प्रांत की कांग्रेस कार्यकारिणी की सदस्यता थी। संघ में उनके सहयोगी अप्पाजी जोशी उसके मंत्री थे। हेडगेवार ने 1928 में कांग्रेस के कलकत्ता अधिवेशन में भी हिस्सा लिया। 1930 के सत्याग्रह के दौरान वन क़ानून तोड़ कर गिरफ़्तारी देने के कारण उन्हें नौ महीने की जेल हुई। कारागार में उनकी महाराष्ट्र के कई हिस्सों से आये सत्याग्रहियों से मुलाकात हुई जिन्हें अपनी विचारधारा में दीक्षित करने में उन्हें कामयाबी मिली। जून, 1934 तक कांग्रेस ने अपने कार्यकर्त्ताओं को संघ की गतिविधियों में भाग लेने पर पाबंदी नहीं लगायी थी।

तीस के दशक में हेडगेवार ने छात्र प्रचारकों के ज़रिये हिंदी भाषी इलाक़ों में संघ के काम का प्रसार करने की रणनीति अपनायी। छात्र प्रचारक विश्वविद्यालयों में जाते, नये छात्रों को स्वयंसेवक बनाते, शाखाएँ खोलते और इसी प्रक्रिया में विश्वविद्यालय के अध्यापक भी संगठन की ओर आकर्षित होते। बनारस हिंदू विश्वविद्यालय में जीवविज्ञान का अध्यापन करने वाले माधवराव सदाशिवराव गोलवलकर से उनकी भेंट इसी प्रक्रिया में हुई। हेडगेवार अपने नये शिष्य को धीरे-धीरे संघ की गुरुतर ज़िम्मेदारियाँ देते गये। 21 जून, 1940 को लम्बी बीमारी से उनका देहांत हो गया, लेकिन मृत्यु से ठीक पहले उन्होंने गोलवलकर को अपना उत्तराधिकारी बना दिया।

देखें : अरविंद घोष, बंकिम चंद्र चट्टोपाध्याय, बाल गंगाधर तिलक, फ़ासीवाद, भारतीय राष्ट्रवाद, भारतीय जनता पार्टी-1 और 2, माधवराव सदाशिवराव गोलवलकर, नव-दक्षिणपंथ, राष्ट्रवाद, राष्ट्रीय स्वयंसेवक संघ, विवेकानंद, विनायक दामोदर सावरकर, हिंदुत्व।

संदर्भ

1. नारायण हरी पालकर (1964), *डॉ. के.बी. हेडगेवार*, अनु. मृणालिनी धावले, पुणे.
2. राकेश सिन्हा (2003), *केशव बलिराम हेडगेवार*, पब्लिकेशन डिवीज़न, सूचना और प्रसारण मंत्रालय, भारत सरकार, नयी दिल्ली.
3. वाल्टर ऐंडरसन (1972), 'द राष्ट्रीय स्वयंसेवक संघ : अर्ली कंसर्न्स', इकॉनॉमिक ऐंड पॉलिटिकल वीकली, खण्ड 7, अंक 11.
4. वाल्टर के. ऐंडरसन और श्रीधर डी. दामले (1987), *द ब्रदरहुड इन सैफ़रन : राष्ट्रीय स्वयंसेवक संघ ऐंड हिंदू रिवाइवलिज़म*, विस्तार पब्लिकेशन, नयी दिल्ली.
5. जे.ए. कुरन जू. (1951), *मिलीटेंट हिंदूइज़म इन इण्डियन पॉलिटिक्स : अ स्टडी ऑफ़ आरएसएस*, इंस्टीट्यूट ऑफ़ पेसिफ़िक रिलेशंस, न्यूयॉर्क.

— अभय कुमार दुबे

कोंस्तांतिन सेर्गेइविच स्तानिस्लाव्स्की

(Konstantin Sergeyevich Stanislavski)

एक अभिनेता अपना काम कैसे करे? वह स्वयं को कैसे अनुप्रेरित करे? अपनी उच्चतर रचनात्मक अवस्था को अपनी मर्ज़ी से कैसे हासिल करे? अगर एक जीनियस सहज रूप से अपनी रचनात्मकता को उसकी सम्पूर्णता में हासिल करता सकता है, तो निश्चित रूप से कहीं कठोर अध्यवसाय का ऐसा रास्ता भी होगा जो एक आम आदमी को भी उस अवस्था तक पहुँचा सकता हो। महान रंगकर्मी और अभिनय के आचार्य कोंस्तांतिन सेर्गेइविच स्तानिस्लाव्स्की (1863-1938) की मूल चिंता का केंद्र यही था। वे अभिनेता के लिए सबसे प्राकृतिक, विकसित और वैज्ञानिक अभिनय-सिद्धांत

की तलाश कर रहे थे जो बदले हुए परिवेश, परिस्थिति में दर्शकों की उपस्थिति से प्रभावित हुए बिना सत्य का निर्बाध निरूपण कर सके। उन्होंने मनोविज्ञान को केंद्र में रखकर रंगमंच को वैज्ञानिक रूप, सुनिश्चित आकार और तर्कसंगत पद्धति देने का प्रयास किया। स्तानिस्लाव्स्की ने अभिनय की जटिल कला को व्यवस्थित सैद्धांतिक रूप दिया। अभिनय को वैज्ञानिक कला मानते हुए वे अभिनेता को अनुशासित रहने को कहते हैं जो शारीरिक और मानसिक तैयारी से ही सम्भव है। इस तैयारी में अवचेतन महत्त्वपूर्ण है जिसकी सक्रियता अभिनय को जीवंत करती है। स्तानिस्लाव्स्की के मेथड ने वैश्विक पैमाने पर अभिनेताओं को प्रेरित करके यथार्थवाद को मंच पर प्रतिष्ठित किया। उन्होंने अभिनेता को चरित्र की त्वचा के भीतर उतर कर अपने स्व को चरित्र के स्व में एकमेक करने के लिए कहा। नाट्यशास्त्र के सिद्धांतों का प्रभाव उनके मेथड पर देखा जा सकता है। कालांतर में बर्तोल्त ब्रेख़्त ने उनके सिद्धांतों से अलग सिद्धांत विकसित किये जिसमें अभिनेता के चरित्र हो जाने का प्रतिवाद करते हुए प्रदर्शक रूप पर बल दिया गया। लेकिन स्तानिस्लाव्स्की के मेथड का प्रभाव आज भी है। स्तानिस्लाव्स्की के परवर्ती सिद्धांतकार ग्रोतोवस्की ने उन्हें एक ऐसे संत की संज्ञा दी है जो जीवन भर एक कठिन कर्म को सहज बनाने में लगा रहा।

स्तानिस्लाव्स्की के समय में नयी दुनिया मनुष्य और समाज को समझने के लिए नवीन विवेक की माँग कर रही थी। मानव मन की गुत्थियों को समझने के लिए नये विज्ञान रचे जा रहे थे। उन्नीसवीं शताब्दी का यथार्थ जटिलतर होता जा रहा था। साहित्य के नये पुरोधा इस जटिलता की अभिव्यक्ति के लिए नवीन शैली और शिल्प को लेकर आ रहे थे। स्वयं रूस में गोगोल, ओस्त्रोवस्की, शेपकिन और तॉल्स्टॉय इस नवीन यथार्थवाद को शास्त्रीय स्तर पर ले जा चुके थे। नाटक के क्षेत्र में भी यह यथार्थवाद अपनी अभिव्यक्ति कर रहा था। स्ट्रिंडबर्ग, इब्सन और शॉ अपने नाटकों के ज़रिये ऐसी धारा सामने ला चुके थे। रूस में एंटन चेखव जैसे कहानीकार का आविर्भाव हो चुका था जो अपनी नवीन प्रकृतवादी शैली में नाटक भी रच रहे थे। समय की माँग थी कि अभिनेता भी मंच पर पहले से बने-बनाये ढाँचे में हँसना-रोना छोड़ कर और समाज को उसके सच्चे, सूक्ष्म और अतरंग विवरण के साथ पेश करे।

चालीस साल से अधिक लम्बे निरंतर चिंतन एवं प्रयोगों से स्तानिस्लाव्स्की ने वह सिद्धांत विकसित किया जिसके केंद्र में अभिनेता था। इसे 'मेथड' या 'सिस्टम' कहा जाता है। अपने विचारों को उन्होंने अपने किताबों में संकलित किया। मास्को आर्ट थियेटर इन सिद्धांतों की प्रयोगशाला था।

स्तानिस्लाव्स्की द्वारा विकसित सिद्धांतों में शारीरिक क्रियाओं का सिद्धांत भी है जिसका संबंध मंच पर स्वत:स्फूर्त व्यवहार की समस्या का समाधान प्रस्तुत करने की मनोवैज्ञानिक कोशिश से है। मनोवैज्ञानिक अनुभव और उनकी शारीरिक अभिव्यक्ति के बीच अटूट रिश्ता है। मनुष्य की आत्मा और शरीर के तत्त्व अविभाज्य हैं। बिना बाह्य शारीरिक प्रदर्शन के आंतरिक अनुभव सम्भव नहीं और अनुभवों के आदान-प्रदान में हमारा शरीर ही माध्यम बनता है। केवल शरीर से ही चरित्र का निर्माण करना सम्भव नहीं। अगर कोई अभिनेता मनोविज्ञान की अवहेलना करके शारीरिक हाव-भाव के सहारे अभिनय करता है, तो वह यांत्रिकता का शिकार होता है। यहाँ विचार और अनुभव का सम्प्रेषण नहीं हो पाता और किसी भी व्यक्ति को इनके बिना समझना सम्भव नहीं। मंच पर स्वाभाविक आचरण के लिए अभिनेता को मंच पर हो रही प्रत्येक क्रिया-प्रतिक्रिया को मनोवैज्ञानिक-शारीरिक रूप से समझने में समर्थ होना चाहिए।

स्तानिस्लाव्स्की के मुताबिक़ मंच पर वास्तविक कुछ भी घटित नहीं होता, किंतु भावनाओं को उत्तेजित करने के लिए वास्तविक कारण चाहिए। वास्तविक जीवन में व्यक्ति किसी न किसी वजह से अक्सर वास्तविक अनुभव की अनुभूति से बचता रहता है, लेकिन मंच पर वास्तविक अनुभव को अभिव्यक्त करना महत्त्वपूर्ण है। वास्तविक शारीरिक क्रिया की तलाश से ही अभिनेता मनोवैज्ञानिक-शारीरिक सहभागिता को हासिल कर सकता है। चरित्र की यह क्रिया ही तर्क का निर्माण करती है। यह प्रक्रिया मानवीय प्रक्रिया से अलग है। वास्तविक जीवन में हम भावना को पहले महसूस करते हैं फिर व्यक्त करते हैं। स्तानिस्लाव्स्की के अनुसार एक अभिनेता भावना के अनुभव को शारीरिक क्रिया द्वारा प्राप्त करता है। शब्दों की एक सीमा होती है इसलिए अभिनेता को मंच पर शरीर से भी अभिव्यक्ति करना चाहिए, आंतरिक मोनोलॉग व अन्य मानसिक प्रक्रिया का निर्बाध प्रवाह अभिनय की ज़रूरी शर्त हैं। मंच पर अभिनेता को सचमुच देखना, सुनना, समझना, अनुभव करना, बात करना चाहिए। एक अभिनेता का दिमाग़, उसकी इच्छाशक्ति और उसकी भावना, जो कि मानवीय जीवन के मनोवैज्ञानिक पहलुओं को नियंत्रित करती है, को मंच पर जीवंत मानवीय चित्रण के लिए अवश्य शामिल होना चाहिए।

स्तानिस्लाव्स्की के अनुसार अभिनय के अवयव इस प्रकार हैं : 'यदि' का जादू : यदि चरित्र की जगह मैं होता। 'यदि' अभिनेता की कल्पना, सोच और तार्किक अभिनय के लिए एक सम्भावना और शक्तिशाली उत्प्रेरक है। यह अभिनेता को काल्पनिक परिस्थिति में ले जाने में मदद करता है। यह चरित्र के लक्ष्य को अभिनेता के लक्ष्य में बदल देता है। प्रदत्त परिस्थितियाँ : चरित्र क्या, कब, क्यों, कैसे करता है इसके लिए परिस्थितियाँ भी ज़िम्मेदार होती हैं। नाटक में

प्रदत्त परिस्थितियों में होने वाली क्रिया के द्वारा ही चरित्र का निर्माण होता है। नाटक का विषय, काल, समय, स्थान, अवस्था, निर्देशक-अभिनेता की व्याख्या, मंच-सज्जा, प्रकाश-व्यवस्था, ध्वनि-प्रभाव भी चरित्र के निर्माण में सहायक होते हैं। कल्पना : नाटक कल्पना के सहारे ही फलीभूत होता है। कल्पना स्पष्ट, ठोस, क्रमिक, सत्यपरक और तार्किक होना चाहिए। किसी भी नाटककार की पंक्तियाँ तब तक जीवंत नहीं हो सकती जब तक अभिनेता अपनी कल्पना से उसकी व्याख्या कर उसका सही अर्थ यानी उसके पीछे की सोच को अभिव्यक्त नहीं करता। इससे सब-टेक्स्ट का निर्माण होता है। स्तानिस्लाव्स्की के अनुसार दर्शक सबटेक्स्ट को अनुभव करने के लिए ही रंगमच में आते हैं। नाटक तो वे घर पर भी पढ़ सकते हैं। ध्यान का केंद्रीकरण : यह सृजनशीलता के लिए एक ज़रूरी तत्व है। यह भय-मुक्त, सहज आदि से इतर उस क्षण को प्राप्त करने में सहायक सिद्ध होता है जिसे निजी क्षण कहते हैं। एक अभिनेता को अपना ध्यान मंच पर केंद्रित करना चाहिए और ऐसा करते हुए उसे दर्शकों का भी ध्यान रखना ज़रूरी है। एक ठोस विचार, उसे व्यक्त करनेवाला शरीर और एक साकार शारीरिक क्रिया ही द्वारा अभिनेता अपना ध्यान मंच पर केंद्रित करता है। इसके लिए उसे नये ढंग से देखना, सुनना, सोचना, सीखना चाहिए। सत्य और विश्वास : नाटक में सब कुछ गढ़ा जाता है, जीवन और मंच का सत्य एक नहीं है। इसलिए विश्वास एक ज़रूरी तत्व है। अभिनेता अपने विश्वास और सच्चे व्यवहार के सहारे दर्शकों को विश्वास दिलवाता और दृश्यात्मक सत्यता को स्थापित करता है। सामूहिक सहभागिता : अभिनेता मंच पर घटित होनेवाली घटनाओं पर निर्भर करता है, जो अन्य चरित्रों के व्यवहार पर भी आश्रित होता है। इसे सामूहिक प्रयास और आपसी प्रभाव से ही सम्भव बनाया जा सकता हैं। इसके लिए उसे सहभागिता के सिद्धांतों को अपनाना एक अनिवार्य तत्व हो जाता है। रंगमंच एक सामूहिक कला है इसलिए बिना सामूहिक सहभागिता के किसी अच्छे लक्ष्य तक पहुँचना सम्भव नहीं। अनुकूलन : लक्ष्य प्राप्ति में आनेवाली भौतिक अड़चनों को पार करना अनुकूलन कहलाता है। कोई भी चीज़ कैसे किया जाएगा इसका जवाब इस विधि से सम्भव है। यह सहयोगी के व्यवहार एवं अन्य अड़चनों पर भी निर्भर करता है। गति-ताल: हर क्षण, तथ्य, परिस्थिति, संवाद, घटना और चरित्र की अपनी एक आंतरिक और बाह्य गति-ताल होता है। अभिनय में विश्वसनीयता के लिए अभिनेता के अंदर इसकी समझ अत्यंत ही आवश्यक है। ताल को आंतरिक अनुभव और इसकी शारीरिक अभिव्यक्ति के बीच की कड़ी भी माना गया है। भावनात्मक स्मृति : अभिनय जीवन के अनुभव का काव्यात्मक प्रतिरूप है। अभिनेता अपनी भावनात्मक स्मृतियों के सहारे परिस्थिति को मंचीय स्वरूप प्रदान करता है लेकिन

कोंस्तांतिन सेर्गेइविच स्तानिस्लाव्स्की (1863-1938)

मंचीय भावनाएँ और जीवन के भावनाओं में फ़र्क़ इसलिए है क्योंकि मंच पर इसकी उत्पत्ति का कारण वास्तविक नहीं होता है। इसे वास्तविक बनाने के लिए अभिनेता को अपनी भावनात्मक स्मृतियों का सहारा लेना पड़ता है। ये स्मृतियाँ अनुभवों को संजोकर संश्लेषित भी करती हैं। अभिनेता के पास अपनी भावनात्मक स्मृतियों को पुनर्जीवित एवं उसे मंचीय परिस्थिति में ढालने की क्षमता होनी चाहिए। इसके लिए एक अभिनेता अपनी आंतरिक ज़िंदगी और बाहरी दुनिया के निरीक्षण से सामग्री इकट्ठा करता है। इसलिए उसे हर वक़्त सजग रहना ज़रूरी है। विश्लेषण : नाटक को ठीक से विश्लेषित कर उसके सार को समझना और उसे तर्कपूर्ण रूप से व्यक्त करना अभिनेता के लिए एक ज़रूरी प्रक्रिया है। क्रिया : इसके लिए अभिनेता को नाटक, चरित्र, काल, नाटककार का उद्देश्य तथा दी गयी परिस्थियों का तार्किक और सटीक विश्लेषण करना ज़रुरी है। सही चीज़ों का चयन ही भूमिका के लिए सही क्रिया का निर्धारण करता है। नाटक में हर चरित्र का अपना उद्देश्य होता है। मुख्य अभिप्राय और क्रियाएँ : महान नाटककारों के बिना रंगमंच सम्भव नहीं। रंगमंच का पहला कर्तव्य नाटककार के विचारों को दर्शकों तक कलात्मक तरीक़े से पहुँचाना है। यही अभिनय का अंतिम लक्ष्य है। एक लिखित नाटक अभिनेता-निर्देशक की

मदद से जीवंतता प्राप्त करता है। यह कार्य सुपर ऑब्जेक्टिव द्वारा ही सम्भव है, जो सृजनात्मक प्रक्रिया का आधारभूत उत्प्रेरक भी माना जाता है। प्रत्येक विवरण, सोच क्रिया इससे जुड़ी हुई है। इसके माध्यम से चरित्र की क्रियायों के तर्क नियंत्रित होते हैं। इसलिए एक अभिनेता के मन में इसके पूरी तरह स्पष्ट होना चाहिए। ऐसा न होने पर मंच पर चरित्र के जीवन की निरंतरता बनाये रखना सम्भव नहीं। थ्रू लाइन ऑफ़ एक्शन : एक्शन का एक तार्किक ताना बना है जिसके तहत अभिनय को तर्क और संदर्भपूर्ण बनाने के लिए अभिनेता को दिमागी तौर पर अपनी भूमिका के अनुकूल दिशा की तलाश करनी होती है। थ्रू लाइन ऑफ़ एक्शन और सुपर ऑब्जेक्टिव वे लक्ष्य हैं जिनके मार्फ़त भूमिका का निर्माण होता है। इसका उद्देश्य भी नाटक के मुख्य उद्देश्य को व्यक्त करना होता है। नाटक में द्वंद्व का विकास में इसकी एक महत्त्वपूर्ण भूमिका होती है। प्रत्येक पात्र का अपना एक मुख्य लक्ष्य होता है अपनी भूमिका के माध्यम से उसे प्राप्त करना ही उस चरित्र का सुपर ऑब्जेक्टिव और उसका थ्रू लाइन ऑफ़ एक्शन होता है। स्तानिस्लाव्स्की इसे मस्तिष्क के पुनर्जागरण की संज्ञा देते हैं। अभिनेता का शारीरिक तंत्र : चरित्र को जीवन्तता प्रदान करने के लिए अभिनेता का शरीर उसका माध्यम है। जिसे आंतरिक और शारीरिक रूप से साकार करने के लिए एक अभिनेता के पास संवेदनशील, प्रशिक्षित, अनुशासित, नियंत्रित एवं उत्तरदायी शारीरिक तंत्र होना चाहिए। इसके लिए निरंतर अभ्यासरत रहना एक अनिवार्य शर्त बन जाता है। भूमिका पर कार्य : अभिनेता अपनी अभिव्यक्ति मानवीय क्रिया और प्राकृतिक नियमों के माध्यम से करता है। यह एक मनोवैज्ञानिक प्रक्रिया है जो शारीरिक पहलुओं, गतियों के माध्यम से अभिव्यक्त होता है। जो क्रिया चरित्र को व्यक्त करने में प्रभावी है उसे कलात्मक रूप से सही माना गया है। उद्देश्य का अर्थ होता है जीवन की अभिव्यक्ति। भूमिका के निर्माण के लिए क्रिया का चयन के लिए दक्षता की ज़रूरत पड़ती है। इसका चयन ही चरित्र के निर्माण का आधार है। इसके लिए चरित्र के संदर्भ में इन सवालों का जवाब तलाशना ज़रूरी है कि मैं कौन हूँ, यह क्रिया कहाँ, किसके साथ और किसलिए हो रही है। मंच पर चरित्र क्या और क्यों कर रहा है इसकी जानकारी के बिना चरित्र निर्माण सम्भव नहीं। ऐसा करने के लिए साझा मक़सद के इतर व्यक्तिगत और अनोखे तर्क का होना ज़रूरी है। क्योंकि सामूहिक सच के बीच व्यक्ति का अपना भी सच होता है।

स्तानिस्लाव्स्की कहते हैं : अभिनेता की कला नाटक के क्रिया के तर्क को जानने और उन सबको क्रमवद्ध रूप से पिरोने की योग्यता है। इससे भूमिका का स्वरूप बनता है। अभिनेता को अपने वास्तविक जीवन और चरित्र के जीवन के स्वरूप के बीच अंतर करना भी आना चाहिए। चरित्र का व्यवहार क्रमिक, सरल, सत्य, सूक्ष्म, तार्किक व ठोस क्रियाओं से निर्मित होना चाहिए। मंच पर किसी क्रिया को सत्यतापूर्वक जीना जीवन जीने जैसा है। चरित्र के निर्माण में अभिनेता को नाटककार, निर्देशक तथा अन्य सहयोगी अभिनेताओं और चरित्रों द्वारा वर्णित संकेतों को भी आत्मसात करते हुए सोच, क्रिया, स्वरूप, अनुभव, आदत, आचार-विचार आदि को निरूपित करना चाहिए। इसमें अभिनेता की व्यक्तिगत विचार भी समाहित होना चाहिए। स्तानिस्लाव्स्की इसे अपने आप से शुरू करके चरित्र तक पहुँचाने की प्रकिया के रूप में देखते हैं। इस प्रक्रिया में यह सावधानी बरतने की आवश्यक है कि चरित्र पर अभिनेता के विचार थोपे न जा रहे हों। अभिनेता को चरित्र के हिसाब से अपने को ढालना चाहिए, अपने अनुसार चरित्र को नहीं। अभिनेता का स्वयं पर नियंत्रण एक अनिवार्य शर्त है।

देखें : आधुनिक रंगमंच, आधुनिक भारतीय रंगमंच-1 और 2, बर्तोल्त ब्रेख़्त।

संदर्भ

1. कोंस्तांतिन सर्गेइविच स्तानिस्लाव्स्की (2002), *अभिनेता की तैयारी* (अनु. विश्वनाथ मिश्र), राष्ट्रीय नाट्य विद्यालय, नयी दिल्ली.
2. कोंस्तांतिन सेर्गेइविच स्तानिस्लाव्स्की (2002), *चरित्र की रचना-प्रक्रिया* (अनु. विश्वनाथ मिश्र), राष्ट्रीय नाट्य विद्यालय, नयी दिल्ली.
3. कोंस्तांतिन सेर्गेइविच स्तानिस्लाव्स्की (2001), *भूमिका की संरचना* (अनु. विश्वनाथ मिश्र), राष्ट्रीय नाट्य विद्यालय, नयी दिल्ली.
4. श्रीकांत किशोर (2008), 'अवचेतन के मुहाने पर', देवेंद्र राज अंकुर और महेश आनंद (सम्पा.), *रंगमंच के सिद्धांत,* राजकमल प्रकाशन, नयी दिल्ली.

— अमितेश कुमार

ख

खालसा पंथ

(Khalsa Panth)

खालसा के दो अर्थ लिए जाते हैं जो परस्परव्यापी भी हैं। पहला, यह शब्द अरबी मूल के ख़ालिस से उपजा है यानी इसका मतलब है ख़ालिस या शुद्ध/खरा पंथ। साथ ही यह सम्प्रभु/आज़ाद पंथ भी है। यह अर्थ मुग़ल वित्तीय तंत्र के तहत चलने वाली भूमि मालिकाने की व्यवस्था से भी जुड़ा है जिसमें 'खालिसाह' भूमि सीधे बादशाह के अधीन होती थी ज़मींदारों के नहीं। इस लिहाज़ से खालसा का सीधा संबंध रब से है और वह उसी के प्रति वफ़ादार है। इसी आधार पर खालसा की राजनीतिक अवधारणा खड़ी है, जिसमें राजसत्ता के प्रति दृष्टिकोण निहित है। इस मुद्दे पर आम लोगों और विद्वानों में काफ़ी बहस चलती रही है और आज भी जारी है। कुल मिला कर गुरु-ग्रंथ-पंथ की एकता ही सिक्ख धर्म की परिभाषा है जिसके तहत आदि ग्रंथ को गुरु, आध्यात्मिक सम्प्रभुता का जीवंत प्रतीक और उपादान माना जाता है। इसी के इहलोक में प्रवहमान होने का मूर्त रूप खालसा पंथ है जो राजनीतिक सम्प्रभुता का संधान करता है। खालसा पंथ की वैचारिकी का निर्माण विषमता को पुष्ट करने वाली सत्ता के विमर्श और सिक्ख गुरुओं द्वारा प्रतिपादित धार्मिक बराबरी और बहुलता के सिद्धांत के आपसी टकराव के आख़िरी जवाब के तौर पर हुआ है। धर्म युद्ध का विचार सेवा के सिक्ख सिद्धांत का रूपांतरण है, लिहाज़ा खालसा का मतलब है परमात्मा की सेना जो राजसत्ता के दुरुपयोग के ख़िलाफ़ संघर्ष करती है। सत्ता के दुरुपयोग का विरोध इस लिहाज़ से खालसा की नैतिक ज़िम्मेदारी है। इस नैतिक ज़िम्मेदारी का मक़सद राजसत्ता हासिल करना न होकर जनता की तरफ़ से राजसत्ता पर जनता के नियंत्रण को पुख़्ता करने में निहित है खालसा की जायज़क़रारी इसी प्रक्रिया से निकलती है। इसी संदर्भ में निहाररंजन राय कहते हैं कि भारतीय चिंतन परम्परा में गुरु गोबिंद सिंह पहले दार्शनिक हैं जो जनता को अपनी हस्ती का स्रोत मानते हैं। प्रोफ़ेसर भूपिंदर सिंह खालसा के अंतिम लक्ष्य को नैतिक स्व:शासन हासिल करने के साथ जोड़ते हैं जिससे समाज और राजसत्ता का आपसी द्वंद्व न रहे।

खालसा की स्थापना का एक महत्त्वपूर्ण सांगठनिक पहलू भी है जो सिक्ख धर्म में महंतों की मध्यस्थता ख़त्म करने से जुड़ा हुआ है। तीसरे गुरु अमरदास ने सिक्ख संगत को संगठित करने के लिए बाईस मंजीओं की स्थापना की जो स्थापित संगत को गुरु-घर से जोड़ने और रसद-चढ़ावा इत्यादि का ख़याल रखते थे। सत्रहवीं सदी के आरम्भिक दौर से इन मंजियों के प्रभारी महंतों में भी भ्रष्टाचार और विकृतियाँ दिखने लगीं और उनका मुक़ामी संगत से संबंध भी पदानुक्रमिक हो गया। संगत की आस्था को अपनी सम्पत्ति समझते हुए वे गुरु तेग़ बहादुर की छिपी अवहेलना भी कर गये। प्रमाण मिलते हैं कि नौवें गुरु तेग़ बहादुर ने गाँवों में जाकर महंतों को छोड़कर संगत से सीधे साक्षात्कार किया। इस लिहाज़ से 1699 की बैसाखी को आनंदपुर में एकत्रित संगत को 'खण्डे का पहुल' दे कर खालसा नाम देना इस प्रक्रिया का भी तार्किक फलितार्थ था।

1666 में पटना में माता गुजरी की कोख से जन्मे बालक गोबिंद राय की उम्र अपने पिता गुरु तेग़ बहादुर की दिल्ली के चाँदनी चौक में हुई शहादत के समय नौ साल की थी। उनकी शिक्षा-सिखलाई अपने मामा कृपाल चंद की देख-रेख में हुई। उन्होंने पीर मुहम्मद से फ़ारसी, साहिब चंद से गुरमुखी और संस्कृत और एक राजपूत से घुड़सवारी और शस्त्र-विद्या सीखी। बीस साल की उम्र तक आते-आते

पंज प्यारों को दीक्षा देते हुए गुरु गोविंद सिंह ब्रिटिश म्यूज़ियम

उन्होंने अपनी सुविख्यात *चण्डी दी वार* का सृजन किया जो कि पंजाबी साहित्य में परवर्ती वारकारों के लिए प्रतिमान बन गयी। *शाहनामा फ़िरदौसी, पुराण परम्परा* और *आदि ग्रंथ* इत्यादि में उनकी इस दक्षता के अनेक प्रमाण विषय-वस्तु और वैचारिक एकाग्रता के संदर्भ में दिखाई देते हैं। अप्रत्याशित परिस्थितियों के कारण कुछ को छोड़ कर उनकी रचनाओं के असल स्वरूप को सँभालने में दिक़्क़तें आयीं और इसी कारण दशम ग्रंथ के कृतित्व को लेकर आज तक विवाद बना हुआ है।

मामा कृपाल चंद की अगुआई में सिक्खों ने गुरु गोबिंद को सच्चा पादशाह कहना शुरू किया। उनके दरबार का रख-रखाव शाहाना तर्ज़ का रखा गया। संगत की बढ़ती संख्या, सैन्य प्रशिक्षण और शाहाना रख-रखाव नज़दीक के पहाड़ी राजाओं को खटकने लगा। कई बार सैनिक झड़पें भी हुईं। साथ ही उनकी पहली रचना *जाप साहिब* सिक्ख वैचरिक परम्परा पर उनकी पकड़ और इस की निरंतरता बनाये रखने के संकल्प को दर्शाता है। उनकी अगली रचना *अकाल उस्तत* और बृजभाषा में रचित *चण्डी चरित्र, कृष्णा अवतार* इत्यादि में हिंदू पुराण परम्परा के चर्चित प्रसंगों की नयी व्याख्या करके दसवें गुरु ने दुष्ट-दमन के लिए धर्म-युद्ध की अनिवार्यता को सिक्ख दर्शन के खालसाई संस्करण से जोड़ा। अट्ठारहवीं सदी के पहले दशक में फ़ारसी में रचे *ज़फ़रनामा* में उन्होंने औरंगजेब को इस्लाम के विपरीत आचरण करने पर लताड़ा। गुरु गोबिंद सिंह को इस्लाम विरोधी मानने वालों के पास इस सच्चाई का कोई जवाब नहीं है कि उनकी सेना में सूफ़ी पीर बुद्धू शाह और भीखन शाह के मुरीद भी शामिल थे। ख़ुद गुरु गोबिंद सिंह को चमकौर की कच्ची गढ़ी में से सुरक्षित निकालने वाले दो अफ़ग़ान ग़नी ख़ाँ और नबी ख़ाँ थे। ख़ुद उन की रचना में करता-करीम और रहीम इत्यादि संकल्प प्रचुरता में उपलब्ध हैं। यह भी एक तथ्य है कि यमुना के किनारे पाँवटा में अपने क़याम के दौरान उन्होंने विविध ज़ुबानों के कवियों को एकत्र किया और भारतीय परम्परा का नया पाठ गढ़ने की कवायद शुरू की जो बाद में आनंदपुर में उनके दरबार में भी क़ायम रही। इस लिहाज़ से खालसा इन सब प्रक्रियाओं का मंचन भी है, इनका वाहक भी और सिक्ख पंथ की वैचारिकी का नये संदर्भ में सूत्रधार भी है।

खालसा सजने का प्रतीकात्मक महत्त्व सभी पुरुषों के नाम के पीछे सिंह और स्त्रियों के नाम में कौर लगाने से भी है। खालसा संत और सिपाही के संयोग का संधान भी है जो इस के पाँच ककारों : केस, कंघा, कड़ा, कृपाण और कछहिरा में निहित है। जे.पी.एस. ओबरॉय ने इन्हें धारण करने के अनुष्ठान को बाक़ी सभी पंथों और सम्प्रदायों में दी जाने वाली दीक्षा प्रक्रिया का प्रतीकात्मक उत्क्रमण क़रार दिया है। उनके अनुसार इन पाँच ककारों को दो-दो की कोटि में डाल कर देखना चाहिए ताकि इन के अर्थ उजागर हो सकें। जैसे केस/कंघा। बालों को प्राकृतिक ढंग से रखना और न काटना कई पंथों में प्रचलित है। जोगियों और नाथपंथियों में केश जटाओं का रूप ले लेते हैं जो उनकी संन्यास साधना का परिचायक है। लेकिन खालसा पंथ में केस के साथ कंघा लगा हुआ है यानी केशों को कंघे से सँवार कर धारण करना है। लिहाज़ा संन्यास के किरदार को समाज के साथ सम्बद्ध रहना है। दूसरी कोटि से कड़ा/कृपाण की है। दायें हाथ की कलाई में लोहे का कड़ा कमर के बायीं ओर पहनी कृपाण को म्यान से बाहर निकालता है। यह कृपाण अन्याय के ही ख़िलाफ़ उठे, द्वेष के कारण नहीं— इस का ध्यान कड़ा दिलाता है जो विवेक नैतिकता और संयम का प्रतीक है। इस तरह से सिक्ख धर्म की धुरी गहन सामाजिकता है और गृहस्थ इसका प्रतीक है। राजसी सत्ता, संन्यास और धर्म-युद्ध की परिकल्पना भी इसी सामाजिकता को बढ़ावा देने के लिए की गयी है, न कि उसके स्थानापन्न के रूप में।

1699 की बैसाखी पर खण्डे की पहुल 'अमृत छक' कर पहले पाँच 'सिंह' 'पंज प्यारे' कहलाये जो भारत के विभिन्न क्षेत्रों से आये थे। फिर ख़ुद गोबिंद राय ने उन से पहुल ली और ख़ुद को उन पाँच का चेला घोषित किया। अब संगत ही गुरु भी थी। वैयक्तिक गुरु से संगत में और 1708 में उनकी मृत्यु के बाद आदि गंथ को गुरु का दर्जा दिया गया।

जे.एस. गरेवाल इस प्रक्रिया को उत्तर-गुरु काल में गुरु ग्रंथ और गुरु पंथ के आपसी रिश्ते से दर्शाते हैं।

एक दिलचस्प मुद्दा खालसा 'रहित' का बना हुआ है और अट्ठारहवीं सदी से आज तक 'रहतनामा' पोथियों पर अनुसंधान जारी है। डब्ल्यू.एच. मॅकल्योड इन्हीं पोथियों को खालसा पंथ की धुरी मानते हुए इस्लाम-विरोध को खालसा से जोड़ कर देखने का मत प्रस्तुत करते हैं। साथ ही हिंदू पौराणिक हवालों को गुरु गोविंद सिंह के वैचारिक दृष्टिकोण से जोड़ कर देखने की बजाय वे उसे एक क़िस्म का विचलन या गड्डु-मड्डु वैचारिकी का नतीजा मानते हैं। इस बहस का सफ़र भी सिख-स्ट्डीज़ के उप-अनुशासन जितना ही पुराना है।

देखें : सिक्ख धर्म और गुरु नानक।

संदर्भ

1. एन.आर. राय (1975), *द सिक्ख गुरूज़ ऐंड द सिक्ख सोसाइटी, अ स्टडी इन सोशल ऐनालिसिस*, मुंशीराम, नयी दिल्ली.
2. जे.एस. गरेवाल और एस.एस. बल (1967), *गुरु गोविंद सिंह, ए बायोग्राफ़िकल स्टडी*, पंजाब युनिवर्सिटी, चडीगढ़.
3. जे.पी.एस. ओबेरॉय (1999), *रिलीजन, सिविल सोसाइटी ऐंड द स्टेट : ए स्टडी ऑफ़ सिक्खिज़म*, ऑक्सफ़र्ड युनिवर्सिटी प्रेस, नयी दिल्ली.
4. भूपिंदर सिंह (1999), 'राज करेगा खालसा', अंडरस्टेंडिंग द सिक्ख थियरी ऑफ़ रिलीजन ऐंड पॉलिटिक्स, प्रीतम सिंह और एस.एस. थांदी (सम्पा.), *पंजाबी आइडेंटिटी इन ग्लोबल कांटेक्स्ट*, ऑक्सफ़र्ड युनिवर्सिटी प्रेस, नयी दिल्ली.

— सुमेल सिंह सिद्धू

ख़िलाफ़त आंदोलन

(Movement for Khilaphat)

ख़िलाफ़त आंदोलन भारत के उपनिवेशवाद विरोधी आंदोलन की सबसे महत्त्वपूर्ण और विवादास्पद घटनाओं में से एक है। इस आंदोलन का केंद्रीय मुद्दा सीधे-सीधे भारतीय भू-क्षेत्र से संबंधित नहीं था, लेकिन उसके साथ भारतीय मुसलमानों के धार्मिक जुड़ाव ने उन्हें असहयोग आंदोलन की ओर आकर्षित करने की भूमिका निभायी। इसे मुसलमान तुष्टीकरण की नीति के रूप में देखने और बढ़ावा देने को एक भूल क़रार देने वाले विद्वानों की भी कमी नहीं है। दूसरी तरफ़ यह तर्क भी पेश किया जाता है कि इसके कारण हिंदू-मुसलिम एकता को बढ़ावा मिला और राष्ट्रीय आंदोलन को मज़बूती मिली।

ख़िलाफ़त का अर्थ है ख़लीफ़ा का राज्य। ख़लीफ़ा की हैसियत धार्मिक मुखिया की भी होती है, और राजनीतिक मुखिया की भी। इस्लामिक जगत में एक राज्य प्रणाली के रूप में ख़िलाफ़त का उदय पैग़म्बर की मृत्यु के तत्काल बाद हुआ था। एक लम्बे ऐतिहासिक घटनाक्रम के बाद 1517 में तुर्की के सुल्तान ख़िलाफ़त के पर्याय बन गये। उन्हें दुनिया भर के मुसलमानों ने अपना ख़लीफ़ा मान लिया। ख़िलाफ़त को क़ुरान और पैग़म्बर की परम्पराओं पर आधारित मानने वाले मुसलमान समुदायों में यह विश्वास भी गहराई से जमा हुआ था कि इस्लाम और शरीयत की रक्षा के लिए ख़लीफ़ा की भूमिका बेहद महत्त्वपूर्ण है।

भारतीय मुसलमानों की तुर्की के प्रति हमदर्दी का मुख्य कारण धार्मिक था, क्योंकि वे तुर्क साम्राज्य के सुल्तान को अपना धर्म गुरु या ख़लीफ़ा मानते थे। उल्लेखनीय है कि मुग़ल सम्राटों ने भारत से बाहर किसी ख़लीफ़ा या आध्यात्मिक नेता को मान्यता नहीं दी थी। लेकिन मुग़ल साम्राज्य के पतन के बाद ही उन्नीसवीं सदी में भारतीय मसज़िदों में तुर्की के सुल्तान का नाम लिया जाने लगा। प्रथम विश्व-युद्ध के समय तुर्क साम्राज्य के शासक सुल्तान अब्दुल हमीद द्वितीय मुसलमानों के ख़लीफ़ा थे। युद्ध में तुर्की ने अंग्रेज़ों के ख़िलाफ़ जा कर जर्मनी से सहयोग किया। प्रथम विश्व-युद्ध के दौरान मुसलमानों का समर्थन हासिल करने के लिए अंग्रेज़ी सरकार ने आश्वासन दिया था कि तुर्की की अखण्डता और अरब तथा मेसोपोटामिया के पवित्र स्थानों की सुरक्षा की जाएगी। इन्हीं आश्वासनों के आधार पर भारतीय मुसलमान तुर्की की सेनाओं के ख़िलाफ़ युद्ध करने के लिए राज़ी हुए थे। जैसे ही युद्ध में जर्मनी-तुर्की की हार का अंदेशा पैदा हुआ, यह चर्चा होने लगी कि अंग्रेज़ तुर्की के सुल्तान के साथ बहुत बुरा सलूक करेंगे। ख़बरें आने लगीं कि तुर्की को अपमानजनक शर्तें मानने के लिए मजबूर किया जाएगा।

इसकी प्रतिक्रिया में भारतीय मुसलमानों की तरफ़ से यह माँग की गयी कि मेसोपोटामिया, अरब, सीरिया, फ़िलिस्तीन एवं अरब से संबंधित सभी द्वीप और सभी धार्मिक स्थान ख़लीफ़ा के अधिकार में ही रहें। उस समय के अधिकांश प्रमुख मुसलमान नेता इस माँग के समर्थक थे। मसलन, मौलाना अल असन, अब्दुल वारी, हक़ीम अजमल ख़ान, डॉ. मुख़्तार अहमद अंसारी, मौलाना अबुल क़लाम आज़ाद तथा मुहम्मद अली और शौकत अली (इन्हें अली बंधु के नाम से भी जाना गया) ने तुर्की के शासक के अधिकारों का समर्थन किया। दरअसल, इन्हीं नेताओं के प्रयासों से भारतीय मुसलमानों में यह चिंता फैली कि अंग्रेज़ उनके धार्मिक स्थानों और ख़लीफ़ा के साथ बदसलूकी कर रहे हैं। मुसलिम लीग के तत्कालीन नेताओं ने भी यह मुद्दा

काफ़ी ज़ोर-शोर से उठाया। इसी माहौल में सितम्बर, 1919 में अखिल भारतीय ख़िलाफ़त कमेटी का गठन हुआ जिसने ख़िलाफ़त आंदोलन को जन्म दिया।

गाँधी इसके पहले ही दमनकारी रौलट एक्ट के ख़िलाफ़ सत्याग्रह की घोषणा कर चुके थे। नवम्बर, 1919 में हुई ख़िलाफ़त कांग्रेस में उन्होंने अध्यक्षीय भाषण दिया। उन्होंने मुसलमानों की समस्याओं को हल करने के लिए असहयोग आंदोलन का कार्यक्रम प्रस्तुत किया। उन्होंने ज़ोर दे कर कहा कि कि यदि सरकार मुसलमानों की माँगों के हिसाब से शांति समझौता नहीं करती है, तो उन्हें सरकार को सहयोग करना बंद कर देना चाहिए। 19 जनवरी को डॉ. मुख्तार अहमद अंसारी के नेतृत्व में ख़िलाफ़त कमेटी का एक शिष्टमण्डल वायसराय से मिला। उसने माँग रखी कि तुर्की के सुल्तान और ख़लीफ़ा की सम्प्रभुता के साथ छेड़छाड़ न की जाए। इसके बाद गाँधी ने ख़िलाफ़त कमिटी की बैठक में असहयोग आंदोलन का प्रस्ताव रखा। अबुल क़लाम आज़ाद की अध्यक्षता में हुई ख़िलाफ़त कमिटी की बैठक में इसे स्वीकार कर लिया गया। गाँधी ने कांग्रेस पर ख़िलाफ़त आंदोलन को स्वीकार करने के लिए दबाव डाला। उन्होंने दलील दी कि अगर समाज में रहने वाले एक-दूसरे के सुख-दु:ख के भागीदार न बनें तो समाज का कोई अर्थ नहीं रह जाता है।

अंतर्राष्ट्रीय घटनाक्रम जारी रहा। 14 मई, 1920 को सेवेरेज की संधि हुई। इसमें तुर्की के प्राचीन साम्राज्य के टुकड़े कर दिये गये। ईरान, मेसोपोटामिया, स्मिर्ना, सीरिया और फ़िलिस्तीन पर सुल्तान की सत्ता समाप्त कर दी गयी। इस संधि ने मुसलमानों की भावनाओं को बहुत गहरी चोट पहुँचायी और उन्हें ब्रिटेन का विरोधी बना दिया। गाँधी ने अगस्त, 1920 से असहयोग आंदोलन शुरू कर दिया था। वे ब्रिटिश सरकार द्वारा दिये गये सभी सम्मानों को लौटा चुके थे। कांग्रेस ने दिसम्बर, 1920 में हुए नागपुर के वार्षिक अधिवेशन में असहयोग आंदोलन का प्रस्ताव स्वीकार किया। इसमें ख़िलाफ़त आंदोलन के लक्ष्य को भी आंदोलन का हिस्सा माना गया। असहयोग के साथ ख़िलाफ़त की माँगें जोड़े जाने से इस आंदोलन को बहुत बल मिला। उलेमाओं द्वारा गठित जमायत-उल-उलेमा के लगभग नौ सौ मुसलमान विद्वानों ने फ़तवा जारी करके असहयोग आंदोलन को अपना समर्थन प्रदान किया। गाँधी और अली बंधुओं ने देश भर में दौरा किया और लोगों से सम्पर्क कर उन्हें असयोग आंदोलन में सक्रिय भागीदारी करने का आह्वान किया।

असहयोग आंदोलन ने ज़बरदस्त प्रभाव डाला। बहुत से लोगों ने सरकारी नौकरियाँ, वकालत आदि छोड़ दीं। मुसलमानों और हिंदुओं ने ख़िलाफ़त और स्वराज्य की स्थापना के लिए मिल-जुलकर काम किया। जुलाई, 1921 में हुई ख़िलाफ़त कांफ्रेंस में मुसलमानों से अंग्रेज़ी सेना छोड़ने का आह्वान किया गया। इसमें यह भी कहा गया कि यदि ब्रिटिश सरकार तुर्की पर हमला करती है तो भारत के मुसलमान भारत की स्वतंत्रता की घोषणा कर देंगे। सम्मेलन के बाद इसके सभापति मौलाना मुहम्मद अली को राजद्रोह के आरोप में गिरफ़्तार कर लिया गया। उनके भाई शौकत अली भी गिरफ़्तार हो गये। अक्टूबर, 1921 में कांग्रेस ने ख़िलाफ़त कांफ्रेंस के प्रस्तावों का समर्थन किया और अपने कार्यकत्ताओं से असहयोग आंदोलन में तेज़ी लाने के लिए कहा। बहरहाल, 5 फ़रवरी, 1922 को चौरी-चौरा काण्ड होने के कारण गाँधी ने असहयोग आंदोलन स्थगित कर दिया।

इस संदर्भ में उल्लेखनीय़ है कि 1922-23 के दौरान तुर्की में भी बहुत से क्रांतिकारी बदलावों के लिए संघर्ष चल रहे थे। इन संघर्षों को वहाँ की जनता का भी अच्छा-ख़ासा समर्थन प्राप्त था। इसी क्रम में मुस्तफ़ा कमाल पाशा के नेतृत्व में युवा तुर्कों के आंदोलन ने सुल्तान अब्दुल हमीद को सत्तात्युत कर दिया। मुस्तफ़ा कमाल पाशा 1923 में तुर्की के शासक बने। उन्होंने सल्तनत ख़त्म करके तुर्की में गणतंत्र की स्थापना की। कमाल पाशा ने ख़लीफ़ा के पद को नाम मात्र के लिए आध्यात्मिक पद के रूप में ही क़ायम रखा। सुल्तान अब्दुल हमीद के भतीजे अब्दुल मज़ीद एफेंडी को ख़लीफ़ा बनाया गया। लेकिन कमाल पाशा को यह अहसास हो गया था कि जब तक ख़लीफ़ा का पद रहेगा तब तक तुर्की में दूसरे देशों के लोग धार्मिक मुद्दों के आधार पर हस्तक्षेप करते रहेंगे। इस कारण उन्होंने 3 मार्च ,1924 को ख़लीफ़ा का पद पूरी तरह से ख़त्म कर दिया।

बहुत से लोगों ने अलग-अलग आधारों पर ख़िलाफ़त आंदोलन का समर्थन करने और उसे बढ़ावा देने के लिए गाँधी की आलोचना की है। विनायक दामोदर सावरकर जैसे धुर-हिंदू दक्षिणपंथियों ने इसे मुसलमानों को ख़ुश करने वाला क़दम बताया। उनके अनुसार यह भारतीय राष्ट्रवाद के लिए घातक था। आर.सी. मजूमदार ने ख़िलाफ़त को अखिल इस्लामी आंदोलन की संज्ञा देते हुए इसे भारतीय राष्ट्रवाद पर प्रहार की संज्ञा दी है। यह तर्क भी पेश किया गया है कि ख़िलाफ़त बचाने के लिए किया गया आंदोलन एक प्रतिगामी क़दम था। इस तर्क के अनुसार ख़िलाफ़त आंदोलन में इस बात पर ध्यान नहीं दिया गया कि ख़ुद तुर्की में ख़लीफ़ा के सामंती शासन का विरोध चल रहा था। इस हिसाब से ख़लीफ़ा का समर्थन एक दोहरा मानदण्ड था जिसमें अपनी स्वतंत्रता के लिए संघर्ष कर रहे एक समाज ने दूसरे समाज में एक स्वतंत्रता विरोधी शासक को क़ायम रखने के पक्ष में आंदोलन चलाया। ख़िलाफ़त आंदोलन के विविध फलितार्थों में एक यह भी था कि इसके कारण साम्प्रदायिकता में बढ़ोतरी

हुई। एक ओर हिंदू दक्षिणपंथियों ने इसे मुसलमानों को तुष्ट करने की रणनीति की संज्ञा दे कर अपनी गोलबंदी की, वहीं मुसलमानों की साम्प्रदायिक गोलबंदी ने भी ज़ोर पकड़ा। जुलाई, 1921 में मोपला में हुआ हिंसक विद्रोह एक ऐसा ही एक उदाहरण है। इसमें हिंदुओं को मुसलमान बनाने की घटनाओं के साथ-साथ काफ़ी हत्याएँ भी हुईं। मोपला विद्रोह ने हिंदू सम्प्रदायवादियों की राजनीति को मज़बूत आधार प्रदान किया।

ख़िलाफ़त आंदोलन की इन आलोचनाओं को ख़ारिज नहीं किया जा सकता है। लेकिन साथ में इस बात से इनकार भी नहीं किया जा सकता कि ख़िलाफ़त आंदोलन वह पहला मौक़ा था जब भारतीय राष्ट्रीय आंदोलन में मुसलिमों की भावनाओं, चिंताओं और मुद्दों की स्थान देने की गम्भीर कोशिश की गयी। इससे पहले भारतीय राष्ट्रीय कांग्रेस में जाने-अनजाने हिंदू प्रतीकों को ही ज़्यादा स्थान दिया जाता था। इस लिहाज़ से गाँधी ने ख़िलाफ़त आंदोलन द्वारा मुसलमानों को राष्ट्रीय आंदोलन से जोड़ने के अलावा हिंदू-मुसलमान एकता क़ायम करने का लक्ष्य रखा। हालाँकि वे अपने लक्ष्य में बहुत सफल नहीं हुए, फिर भी ख़िलाफ़त आंदोलन के कारण असहयोग आंदोलन को बल मिला। हिंदू-मुसलमानों ने कंधे से कंधा मिलाकर अंग्रेज़ी साम्राज्य का विरोध किया। यह ख़िलाफ़त आंदोलन की एक महत्त्वपूर्ण उपलब्धि मानी जा सकती है।

देखें : अबू अला-मौदूदी, उपनिवेशवाद विरोधी आंदोलन-1, 2 और 3, भारत में सशस्त्र संघर्ष-1, 2 और 3, प्रथम विश्व-युद्ध, मुहम्मद अली जिन्ना, मुहम्मद इक़बाल, मोहनदास कर्मचंद गाँधी-1 से 3 तक, उपनिवेशवाद, सविनय अवज्ञा, अबुल क़लाम आज़ाद, मुसलिम राजनीतिक विचार, विनायक दामोदर सावरकर, रमेश चंद्र मजूमदार, सैयद अहमद ख़ाँ।

संदर्भ

1. जी. मिनॉल्ट (1982), द *ख़िलाफ़त मूवमेंट : रिलीजस सिम्बॉलिज़म ऐंड पॉलिटिकल मोबिलाइज़ेशन इन इण्डिया,* ऑक्सफ़र्ड युनिवर्सिटी प्रेस, नयी दिल्ली.
2. एम.आर.ए. बेग (1974), *मुसलिम डायलेमा इन इण्डिया,* विकास पब्लिशिंग हाउस, नयी दिल्ली.
3. सुमित सरकार (1983), *मॉडर्न इण्डिया, 1885-1947,* मैकमिलन, नयी दिल्ली.
4. जूडिथ एम. ब्राउन (1972), *गाँधीज राइज़ टू पावर, 1915-1922,* केम्ब्रिज युनिवर्सिटी प्रेस, केम्ब्रिज.

— कमल नयन चौबे

ग

गजानन माधव मुक्तिबोध-1

(*नयी कविता का आत्मसंघर्ष*)

(Gajanan Madhav Muktibodh-1)

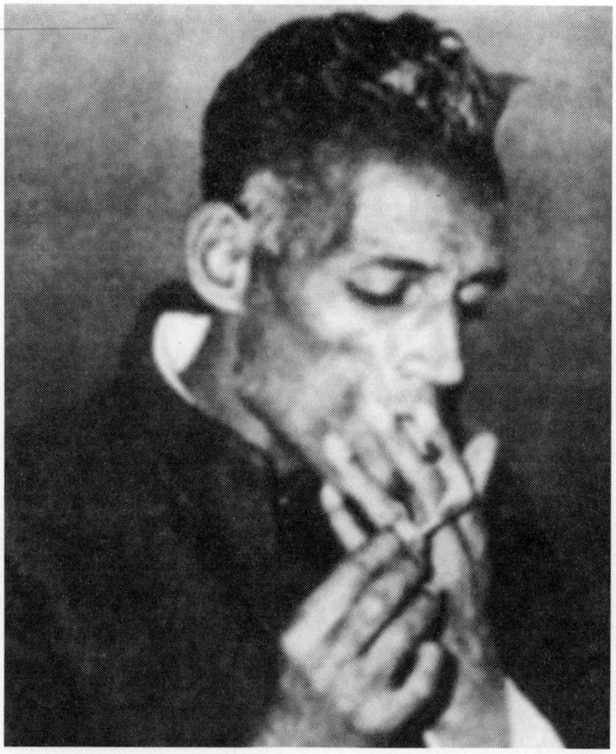

गजानन माधव मुक्तिबोध (1917-1964)

हिंदी साहित्य में छायावादोत्तर साहित्य-सृजन और चिंतन की प्रमुख हस्ती के रूप में गजानन माधव मुक्तिबोध (1917-1964) ने 'आत्मा के कारख़ाने में बैठ कर' नये सृजन का समाजशास्त्र और सौंदर्यशास्त्र रचा। अज्ञेय द्वारा सम्पादित *तार सप्तक* (1943) के कवि होने के नाते ख्याति प्राप्त करने के बाद मुक्तिबोध ने आलोचना की सभ्यता-समीक्षा का एक नया इतिहास शुरू किया। एक रचनाकार और आलोचक के रूप में उन्होंने अपनी सम्पूर्ण शक्ति मार्क्सवादी सौंदर्यशास्त्र और साहित्यशास्त्र गढ़ने में अर्पित कर दी। इसके लिए उन्होंने प्रगतिवादी ख़ेमे के साथियों के रवैये को भी आड़े हाथों लेने से संकोच नहीं किया। हिंदी के प्राय: सभी आलोचक उनकी कविता को 'भयानक-ख़बर की कविता' कहते हैं। राजनीतिक आतंक और सामाजिक-शोषण को सघनता से रेखांकित करने के कारण मुक्तिबोध को जनता का जनवादी कवि कहा गया है।

मुक्तिबोध का गद्य-पद्य प्राय: विचारधारा का अतिक्रमण करता है। सृजन-चिंतन के शिखर-क्षणों में वे न तो मार्क्सवादी होते हैं न अस्तित्ववादी। वे एक ऐसे भारतीय कवि के रूप में उभरते हैं जो लकीर का फ़क़ीर न होकर संस्कारित भारतीयता का प्रखर रूप ग्रहण करता है। मुक्तिबोध की विख्यात लम्बी कविता 'अँधेरे में' का काव्य-नायक तिलक-गाँधी के दर्शन से नया जीवन-अर्थ पाता है। भारतीय जीवन की विवेकानंदी-गाँधीवादी लय मुक्तिबोध का संसार रही है। आधुनिक भारतीय इतिहास पर लिखी उनकी पुस्तक इसका साक्ष्य है। मार्क्सवादियों में प्रचलित रवैये के विपरीत मुक्तिबोध ने गाँधी को लोक नायक-जननायक कहा है। उनकी प्रश्नाकुलता ने साहित्य-समीक्षा में न जाने कितने नये प्रश्न उठाए। उनके 'पाठ' में न जाने कितने अर्थों की अनुगूँज है। अपनी सर्जनात्मक बेचैनी के कारण मुक्तिबोध निरंतर एक नयी काव्य-भाषा की खोज करते रहे और इस प्रक्रिया में उनकी भाषा 'काव्यात्मक' न रह कर वैचारिक गद्य के विन्यास में सामने आयी।

मुक्तिबोध का जीवन उनकी कविताओं में भिन्न-भिन्न रूपों में आया। उनके अनुभव सुने हुए नहीं, भोगे हुए हैं। वे नवम्बर, 1917 में श्योपुर (ग्वालियर) में जन्मे थे। नागपुर विश्वविद्यालय से हिंदी साहित्य में एमए करने के बाद बड़नगर मिडिल स्कूल में अध्यापकी से आजीविका अर्जन आरम्भ किया। थोड़े-थोड़े समय उज्जैन, शुजालपुर, इंदौर, कलकत्ता, बम्बई, बंगलुरु, बनारस, जबलपुर और नागपुर में रहे। 1958 में दिग्विजय महाविद्यालय, राजनाँदगाँव में नियुक्त हो गये। 11 सितम्बर, 1964 में बीमारी के कारण निधन हो गया। इस रचनाकार ने धनाभाव के कारण न जाने कितनी परेशानियाँ झेलीं, लेकिन पराजित नहीं हुआ। वह जीवन की आस्था का अटूट रचनाकार बना रहा। उसका व्यक्तित्व खण्डित नहीं है। उनका रचना-कर्म हमारी बातों को हमें ही सुनाता रचना-कर्म है। मुक्तिबोध की प्रकाशित पुस्तकों में *चाँद का मुँह टेढ़ा है, भूरी भूरी खाक धूल* (कविता संग्रह), *काठ का सपना, विपात्र, सतह से उठता आदमी* (कथा साहित्य), *कामायनी : एक पुनर्विचार, नये साहित्य का सौंदर्यशास्त्र* (इसी का नया संस्करण आख़िर *रचना क्यों?* शीर्षक से प्रकाशित), *एक साहित्यिक की डायरी* और *भारत : इतिहास तथा संस्कृति*। मध्य प्रदेश सरकार ने *भारत : इतिहास तथा संस्कृति* को ज़ब्त किया, लेकिन मुक्तिबोध टूट कर भी झुके नहीं। नेमिचंद्र जैन के सम्पादन में छह खण्डों में उनकी रचनावली का प्रकाशन भी हुआ है।

मुक्तिबोध की प्रथम आलोचनात्मक कृति *कामायनी : एक पुनर्विचार* का प्रकाशन 1961 में हुआ। इस विषय के दो लेख *कामायनी : कुछ नये विचार* शीर्षक से क्रमश: *हंस* के नवम्बर, 1945 और फ़रवरी, 1946 के अंकों में निकलते ही धूम मचा चुके थे। प्रसाद की कालजयी समझी जाने वाली रचना *कामायनी* पर विचार करने के कारणों पर ख़ुद उनका कहना था : 'कामायनी साहित्य के रसवादी-छायावादी पुराणपंथियों के हाथ में, नवीन प्रगति-शक्तियों के विरुद्ध एक शस्त्र बन गयी।' इतना ही नहीं 'भाववादी आलोचकों ने प्रसादजी से आगे बढ़कर *कामायनी* का रहस्यवादी मनोवैज्ञानिक अर्थ लगाया और उसके उपयोगी तत्त्वों को प्रच्छन्न कर दिया।' *कामायनी* को लेकर अनेक आलोचकों ने जो भ्रांतियाँ फैलायी थीं। उनके निवारण का मुक्तिबोध ने गम्भीर प्रयास किया। दिलचस्प बात यह है कि मार्क्सवादी मुक्तिबोध का मतभेद मार्क्सवादी रामविलास शर्मा से भी कम नहीं रहा। चिंतन में दोनों दो अलग-अलग ध्रुवों पर रहे। दिलचस्प बात यह है कि राम विलास शर्मा ने उनकी कविता को रहस्यवादी-अस्तित्ववादी क़रार दिया है।

इस आलोचना के बावजूद प्रगतिवाद के प्रखर और मौलिक चिंतक-आलोचकों में मुक्तिबोध का नाम सर्वाधिक प्रमुख है। मुक्तिबोध ने इस विचार को लेकर गहरा दु:ख व्यक्त किया है कि छायावादी और प्रगतिवादी आलोचकों ने प्रयोगवाद और नयी कविता को सही परिप्रेक्ष्य में समझने-समझाने का प्रयास नहीं किया। वे यही कहते रहे कि प्रयोगवाद-नयी कविता का जन्म तो प्रगतिवाद का गलाघोंट कर हुआ है। नयी कविता का और नयी प्रवृत्तियों का सही मूल्यांकन न हो पाने के कारण मुक्तिबोध प्रगतिवादी आलोचकों से ज़्यादा नाराज़ दिखते हैं। वे मानते थे कि सच्चा मार्क्सवादी ही सही सामाजिक-सांस्कृतिक संदर्भों की गहराई में जाकर इन नयी प्रवृत्तियों का वैज्ञानिक विवेचन-विश्लेषण कर सकता है। उनका आरोप था कि सिद्धांतों की थानेदारी के कारण प्रगतिवादियों ने नयी कविता का पूरा क्षेत्र अपने प्रतिपक्षियों को सौंप दिया।

मार्क्सवादी मुक्तिबोध साहित्य में भाववादी-कलावादी-व्यक्तिवादी-लघुमानववादी और व्यक्तित्व-स्वातंत्र्यवादियों के सिद्धांतों के ख़िलाफ़ थे। नयी कविता में लघुमानव वाला सिद्धांत उनका चैन हराम किये था। उन्हें लगता था कि किसी ज़माने में प्रयोगवाद प्रगतिवाद के नज़दीक था, लेकिन आपसी कलह के कारण दोनों अलग हो गये। उनका कहना था कि इसमें ज़्यादा ग़लती प्रगतिवादियों की थी : 'प्रगतिवादी प्रवक्ताओं ने अपनी वही पुरानी छर्रेवाली बंदूक और वही पुराने तमंचे निकाले जिनकी आज कोई क़ीमत नहीं।' उनके पास मध्यवर्गीय अंधसिद्धांतवादी अहंकार था और कला संबंधी समस्याओं में उनकी गति नहीं थी। साथ ही नये लेखकों से वे तन कर चलते थे। इस स्थिति के कारण मुक्तिबोध को अपने ही प्रगतिवादी मित्रों से वैचारिक युद्ध करते हुए उनकी कला संबंधी समस्याओं से जूझना पड़ा। मुक्तबोध को अपना पूरा सैद्धांतिक चिंतन *नयी कविता का आत्मसंघर्ष तथा अन्य निबंध, नये साहित्य का सौंदर्य-शास्त्र, एक साहित्यिक की डायरी* और *तार सप्तक* के कवि व्यक्तित्व में करना पड़ा। मुक्तिबोध की दृष्टि के संघर्ष का एक बड़ा हिस्सा नयी कविता के व्यक्तिवादी-रूपवादी अंतर्मुखी सिद्धांतों से टकराने वाला रहा। फलत: उन्होंने ज़ड़ीभूत सौंदर्याभिरुचियों पर जम कर प्रहार किये। उन्होंने पाया कि 'ग़रीब जनता और खादीधारी नेता के बीच, क्लर्क और अफ़सर के बीच की तो दूरियों का तो क्या कहना, मानव संबंध टूट-फूट गये हैं, उलझ गये हैं। समाज में शोषितों-उत्पीड़कों और उनके साथियों का ज़ोर बढ़ गया है।' नयी कविता में दो दल हो गये हैं एक दल के नेता हैं-अज्ञेय, दूसरे ग़रीबदल के नेता हैं मुक्तिबोध। उनकी वर्गीय प्रवृत्तियाँ उनके साहित्य संबंधी सिद्धांतों में लक्षित होती हैं।

मुक्तिबोध की नयी दृष्टि के मूल में जीवन-जगत के आंतरिक द्वंद्वों का बड़ा हाथ रहा। उन्होंने स्वीकार किया कि 'क्रमश: मेरा झुकाव मार्क्सवाद की ओर हुआ। अधिक वैज्ञानिक, अधिक मूर्त और अधिक तेजस्वी दृष्टिकोण प्राप्त

हुआ।' वे कलाकार के स्थानांतरगामी (माइग्रेशन इंस्टिंक्ट) पर बहुत ज़ोर देते हैं। सम्पूर्ण जीवन को भीतर-बाहर से देखने की बलवती स्पृहा ने ही उन्हें कवि और आलोचक बनाया। उन्होंने कविता की व्याख्या को विकासमान सामाजिक वस्तु बनाया। मुक्तिबोध ने कहा है कि काव्य एक सांस्कृतिक प्रक्रिया है—काव्य में संस्कृति एवं परम्परा का समाहार होता है। अत: नयी कविता के आत्मसंघर्ष में मुक्तिबोध का अपना आत्मसंघर्ष भी जुड़ा रहा।

चूँकि नयी कविता की प्रवृत्ति आचार्यों, पण्डितों, आलोचकों को समझ में नहीं आ रही थी इसलिए मुक्तिबोध को बहस में उतर कर समझाना पड़ा कि नयी कविता नये भावबोध की कविता है, जिसमें संघर्ष, तनाव, पीड़ा का द्वंद्व विद्यमान रहता है। यही कारण है कि मुक्तिबोध को नयी कविता के सिद्धांतकार की भूमिका में जूझना पड़ा। वे मानते हैं कि कविता वैयक्तिक प्रयास कम और सांस्कृतिक प्रयास ज़्यादा है। इसी कारण से मुक्तिबोध कहते थे कि 'कविता संवेदनात्मक ज्ञान और ज्ञानात्मक संवेदना के तीव्र मानसिक प्रतिक्रिया-घातों को प्रकट करना चाहती है'। उनका विचार था कि ज्ञानपक्ष संवेदना के पक्ष से हटते ही काव्योपयोगी नहीं रहता। आज की कविता को परिभाषित करना कठिन है क्योंकि वह अपने परिवेश के साथ द्वंद्व की स्थिति में रहती है। इसीलिए उसके भीतर तनाव का वातावरण है। नयी कविता वास्तविकता को प्रस्तुत करने के लिए ही भावपक्ष के साथ विभाव-पक्ष का चित्रण करती है। इससे नया कवि तीन क्षेत्रों में संघर्ष करता है : तत्त्व के लिए संघर्ष, अभिव्यक्ति को सक्षम बनाने के लिए संघर्ष और दृष्टि-विकास के लिए संघर्ष। इनमें पहले का संबंध वास्तविकता से, दूसरे का संबंध चित्रण-सामर्थ्य से और तीसरे का संबंध थियरी से यानी विश्व दृष्टि के विकास से है। जीवन-जगत के उद्वेलन से वस्तु-तत्त्व तरंगायित होकर मानसिक दृष्टि के सम्मुख उद्घाटित होता है। वह जीवन-मूल्यों और पूर्व अनुभवों से आलोकित होकर अभिव्यक्ति के लिए आतुर हो उठता है। इस तरह काव्य समस्याओं, अनुभवों जीवन-मूल्यों के संश्लिष्ट चित्रण, जीवन चित्रों में व्यापकता से, गहराई से उपस्थित करता है। इस प्रकार कला के तीन लक्षण होते हैं। प्रथम क्षण जब तरंगायित होकर अंतर्तत्त्व मानसिक दृष्टि के सम्मुख उपस्थित हो उठते हैं। दूसरा क्षण जब मानसिक-दृष्टि इस तत्त्व रूप में उसके रस में निमग्न होने लगती है। कला का तीसरा क्षण मानसिक अभिव्यक्ति के लिए छटपटाहट का प्रश्न है। हमारे लिए भाषा सामाजिक है— उसे नवीन वक्रोक्तियों-भंगिमाओं का सहारा लेना पड़ता है।

मुक्तिबोध की व्याख्याओं पर क्रिस्टोफ़र कॉडवेल और ग्योर्गी लूकाच के विचारों की छाप है। इसी विचार के कारण मुक्तिबोध कविता को सामाजिक-सांस्कृतिक-प्रक्रिया मानते हैं। मुक्तिबोध के अनुसार कविता आत्मोद्घाटन मात्र न होकर आत्मप्रकटीकरण है और जीवन-जगत को समेटने वाली सांस्कृतिक-प्रक्रिया है। कवि भीतर के विशिष्ट को बाहर के सामान्य से मिला देता है —यह सामान्य ही जीवन-मूल्य है, जीवन-दृष्टि है जो कवि ने बाह्य जीवन-जगत से पायी है। कवि विशिष्ट को सामान्य बताने के लिए भाव-सम्पादन, भाव-संशोधन करता है—इससे भावपक्ष का समाजीकरण हो जाता है। कविता की यही दृष्टि हमें समाजशास्त्रीय दृष्टिकोण की ओर ले जाती है। हमारी भाव-सम्पदा, ज्ञान-सम्पदा और अनुभव सब इस व्यवस्था के अंग बन जाते हैं। इसी अर्थ में कला आभ्यंतरीकरण की प्रक्रिया है। इस तरह काव्य सामंजस्य और द्वंद्व को लेकर चलता है। नयी कविता में सामंजस्य से ज़्यादा द्वंद्व का कारण है बौद्धिकता। यहाँ कविता रसाश्रित न होकर विचाराश्रित है। वह सामाजिक शोषण से मुक्ति का साधन है। उसमें लयात्मक छंदों के लिए स्थान नहीं है। नयी कविता जड़ीभूत सौंदर्याभिरुचि का ढेर नहीं, वह उसका विकास और परिष्कार है। अत: इस कविता की 'विद्रूपता' पर न ठहर कर इसके सौंदर्यबोध के रहस्य का उद्घाटन भी होना चाहिए।

देखें : अष्टछाप, 'अंग्रेज़ी हटाओ' आंदोलन, छायावाद, डायग्लॉसिया, नंद दुलारे वाजपेयी, नगेंद्र और सैद्धांतिक समीक्षा, नयी कविता, प्रेमचंद, प्रयोगवाद, प्रगतिवाद, भक्ति आंदोलन-1 और 2, भक्ति-काव्य-1 और 2, भारतेंदु हरिश्चंद्र, भारतेंदु युग-1 और 2, भाषा नियोजन-1 से 4 तक, भाषा के मार्क्सवादी सिद्धांत, महावीर प्रसाद द्विवेदी, महादेवी वर्मा, मीरांबाई और प्रेमाभक्ति, रामानुजाचार्य, रामानंद, रामचंद्र शुक्ल-1 और 2, रामविलास शर्मा, रीतिकाल-1 और 2, वैष्णव धर्म, श्याम सुंदर दास, सम्पर्क भाषा-1 से 4 तक, संविधान सभा में भाषा-विवाद-1, 2 और 3, संत-काव्य, सिद्ध-नाथ परम्परा, सूफ़ीयत और प्रेमाख्यान, हजारी प्रसाद द्विवेदी, हिंदी विरोधी आंदोलन, हिंदी जाति-1, 2 और 3, हिंदी साहित्य का आदिकाल, हिंदी साहित्य का इतिहास, हिंदी-जगत और 'लोकप्रिय'-1 और 2, हिंदी नवजागरण।

संदर्भ

1. नेमिचंद्र जैन (सम्पा.) (1985), *मुक्तिबोध रचनावली,* राजकमल प्रकाशन, भाग-1 से 6, नयी दिल्ली.
2. नामवर सिंह (1968), *कविता के नये प्रतिमान,* राजकमल प्रकाशन, नयी दिल्ली.
4. गजानन माधव मुक्तिबोध (1964), *नयी कविता का आत्मसंघर्ष तथा अन्य निबंध,* विश्व भारती प्रकाशन, नागपुर.

—कृष्णदत्त पालीवाल

गजानन माधव मुक्तिबोध-2

(*चाँद का मुँह टेढ़ा है*)

(Gajanan Madhav Muktibodh-2)

गजानन माधव मुक्तिबोध अर्जित जीवन-मूल्यों की चट्टान पर खड़े होकर सौंदर्यानुभव (एस्थेटिक एकस्पीरियेंस) को समझाना चाहते हैं। वे कहते हैं किसी भाव, वस्तु या दृश्य से जब मनुष्य एकाकार हो जाता है, तब सौंदर्यबोध होता है। कला का पहला क्षण है जीवन का तीव्र-उत्कट क्षण, दूसरा क्षण है इस अनुभव का अपने कसकते, दु:खते हुए जीवन मूल्यों से अलग हो जाना— एक ऐसी फैंटेसी का रूप धारण कर लेना मानो वह फ़ैंटेसी आँखों के सामने ही खड़ी हो। कला का तीसरा क्षण है फ़ैंटेसी के शब्दबद्ध होने की प्रक्रिया। एक प्रवाह में फ़ैंटेसी बहती है, उसमें संवेदनात्मक ज्ञान और ज्ञानात्मक संवेदना का जीवन-पुंज निहित रहता है। यहाँ वस्तुतत्त्व, कल्पनातत्त्व के साथ शैली-तत्त्व का महत्त्व भी कम नहीं है। कलाकार को शब्द-साधना से नये-नये अर्थ-स्वप्न मिलते हैं। कवि की फ़ैंटेसी भाषा को समृद्ध करती है, उसमें अर्थ-अनुषंगों का नयापन भर देती है। उनकी दृष्टि में *कामायनी* फ़ैंटेसी है। स्वयं मुक्तिबोध की ज़्यादातर कविताएँ फ़ैंटेसी हैं; चाहे वे *भूरी-भूरी खाक धूल* काव्य-संग्रह में हों या *चाँद का मुँह टेढ़ा है* जैसे काव्य-संग्रह में।

मुक्तिबोध पर गद्य का दबाव इतना ज़्यादा है कि उनकी यथार्थ को लेकर समझ बदली हुई है। *चाँद का मुँह टेढ़ा है* में हम हिंदी कविता की समूची परम्परा में चंद्रमा का विद्रूप पहली बार पाते हैं। इस काव्य-संग्रह के शीर्षक का एक सम्भावित अर्थ है कि पूँजीवादी व्यवस्था को फ़ालिज़ मार गया है, उसका मुँह टेढ़ा हो गया है और जल्दी ही वह मर जाएगी। मुक्तिबोध ने 'चाँद का मुँह टेढ़ा है' शीर्षक कविता में कहा है, 'चाँद का है टेढ़ा मुँह / भयानक स्याह सन् तिरपन का चाँद वह'। नेहरू युग के स्वप्नों से सम्पूर्ण मोहभंग का यही समय है। 'चाँद का मुँह टेढ़ा है' की भूमिका नयी कविता के 'कवियों के कवि' शमशेर बहादुर सिंह ने लिखी है। उनका कथन है : 'कहीं-कहीं ऊपर से लगने वाली गद्यात्मकता, जो बिलकुल निजी है— पाठक की स्वयं अपनी फली ठेठ है, ऐसी है कि परोक्ष वायवीयता से जिसे चिढ़।'

मुक्तिबोध में कविता-प्रकृति-प्रणय से नहीं बनती। वह बनती है भयानक और विद्रूप से। इस तरह वे 'भयानक बात' के कवि हैं- अपने समकालीनों में एकदम विशिष्ट-अलग। शमशेर ने मुक्तिबोध के काव्य का विवेचन व्यक्तिगत संदर्भों से शुरू किया और कहा कि 'गजानन माधव मुक्तिबोध मुझे ख़ास तौर से शायद इसलिए ज़्यादा अपील करते हैं कि वे मुझसे इतने भिन्न हैं— एब्स्ट्रेक्ट नहीं ठोस।' मुक्तिबोध ने 'अँधेरे में' अंधकार को लेकर 'ठोस बिम्बों' का प्रयोग किया। इस कविता का मूल शीर्षक 'आशंका के द्वीप अँधेरे में' था जिसे कवि ने अपने फ़ैंटेसी-सिद्धांत में प्रस्तुत किया और कहा कि 'कलाकृति स्वानुभूत जीवन की कल्पना द्वारा पुनर्रचना है।' फ़ैंटेसी में भाव-पक्ष प्रधान, विभाव पक्ष गौण होता है। 'अँधेरे में' में व्यंजनाप्रधान वक्तृत्व कला का कमाल है। कविता का काव्य-नायक (स्वयं मुक्तिबोध) हर जगह घूमता है। यह कविता अंधकार को लेकर निराला की लम्बी कविता 'राम की शक्तिपूजा' का ध्यान दिलाती है। लेकिन दोनों की ज्ञानपरक मिथिकल चेतना अलग है। 'अँधेरे में' कविता में 'एक अतिभव्य देह/ प्रचंड-पुरुष स्थान/ मुझे दीख पड़ता है।' अँधेरे-उजाले के द्वंद्व से एक भयानक बात मुँह से निकलती है। और 'हृदय में घोर-दुर्घटना, अचानक एक काला स्याह चेहरा प्रकट होता है, विकट हँसता हुआ। अध्यक्ष वह मेरी अँधेरी खाइयों में, घुसती है लाल-लाल मशाल अजीब सी, अंतरर्विवर के तम में, लाल-लाल कुहरा, कुहरे के सामने रक्तलोक-स्नातपुरुष एक रहस्य साक्षात।' यहाँ अँधेरा लगातार रूप बदलता है।

मुक्तिबोध का संकलन *चाँद का मुँह टेढ़ा है* (1964) अपने महाकाव्यात्मक विस्तार में 'स्केल बुक' लगता है। बोलचाल की भाषा कवि के लोक-भाषा संस्कार का प्रमाण है— तद्भव शब्दों की बारात। कविता में मुक्तिबोध बोलना शुरू करते हैं तो बोलते ही चले जाते है। इससे कविता को फ़ायदा तथा नुक़सान दोनों होते हैं। नुक़सान यह कि उनकी कविताएँ अधूरी रह जाती हैं। केवल बड़ी बात यह कि संवेदना का ताप काव्यनुभूति में कम नहीं होने पाता— अद्भुत संयम! कविता की अंतर्योजना खण्डित नहीं होती। मुक्तिबोध अपनी कविता में कमियों के प्रति सजग हैं- लेकिन सम्प्रेषणीयता और रूप-विधान पर उनका ध्यान रहता है। उनके सारे प्रयोग विषयवस्तु को लेकर हुए हैं।

'अँधेर में' कविता की अंतर्यात्रा एक अद्वितीय अनुभव है। कविता को पढ़ते हुए टी.एस. एलियट के 'वेस्ट लैण्ड' की स्मृति आती है। दोनों के मिथक-प्रतीक तुलनीय हैं। यहाँ जगत में 'परम अभिव्यक्ति' घूम रही है। कवि 'इसीलिए मैं हर गली में / और सड़क पर / झाँक-झाँक कर देखता हूँ हर एक चेहरा / प्रत्येक-गतिविधि / प्रत्येक मानवीय स्वानुभूत आदर्श / विवेक प्रक्रिया, क्रियागत परिणति खोजता हूँ- पहाड़-पठार-समुंदर / जहाँ मिल सके मुझे / मेरी वह खोयी हुई / परम अभिव्यक्ति अनिवार / आत्मसम्भवा'। 'अँधेरे में' कविता की ये अंतिम पंक्तियाँ मानव-अस्मिता की खोज का संकेत हैं। इस कविता में न कोई रहस्यवाद है, न अध्ययन, बल्कि अस्मिता की तलाश है। कविता का 'मैं' दो व्यक्ति-चरित्रों में विभक्त है। एक है काव्य-नायक और दूसरा 'वह'

उस का प्रतिरूप पिट्ठू। इस विभाजन का आधार है 'आत्मनिर्वासन', जो आज की ज्वलंत समस्या है। 'वह' तिलस्मी गुफ़ा गेह में निवास करता है— यह उसके 'आत्म-निर्वासन' का प्रतीक है। कविता का नाटकीय आरम्भ ध्यान खींचता है, 'ज़िंदगी के / कमरों में अँधेरे / लगाता है चक्कर/ कोई एक लगातार / किंतु वह व्यक्ति दिखाई नहीं देता / उसके चलने की आहट पर सुनाई देती है / अचानक दीवाल से पीव भरे पलस्तर गिरते हैं'। एक मनु की आकृति का चेहरा उभरता है। उसी समय काव्य-नायक प्रकट होकर उस रहस्यमय व्यक्ति का स्मरण करता है। यह वही व्यक्ति है जो तम-श्याम शीशे में कुहरीली श्वेत आकृति के रूप में प्रकट हुआ था। वह ही रक्तालोक-स्नात पुरुष है। वह 'हृदय में रिस रहे ज्ञान का तनाव आत्मा की प्रतिमा'। वही 'हृदय को देता है बिजली के झटके।' यहाँ प्रेम और भय का द्वंद्व है। दरवाज़ा खोलने का संकल्प पर बाहर कोई नहीं। यह आत्म-निर्वासित-नायक को फिर दर्शन देता है। इस समय शहर में मार्शल-लॉ लगा हुआ है। रात के अँधेरे में वह 'आत्मोद्बोधमय गान' गाता है— जिसे सुनते ही काव्य-नायक अपना खोया हुआ व्यक्तित्व पाता है। वह रहस्यमय व्यक्ति जन-क्रांति के समय में भी एक बार मिलता है। माहौल में आग है : 'कहीं आग लग गयी / कहीं गोली चल गयी।'

पूरी कविता अस्मिता की खोज का अर्थ-संदर्भ लिए हुए है। कविता में तनाव है और त्रासदी की पीड़ा। स्वप्न-कथा चल पड़ी है तीन घटनाओं के साथ। किसी मृतदल की शोभायात्रा, सैनिक शासन और जन-क्रांति का बिगुल। यही इस कविता के विभावन-व्यापार का संदर्भ है। कविता के पूरे परिवेश में भय व्याप्त है। यह भय रात के सन्नाटे में अवचेतन से उभरता है। पूरी कविता स्वप्न-कथा या फ़ैंटेसी है- 'कामायनी' की तरह फ़ैंटेसी। 'अँधेरे में' कविता में टॉल्स्टॉय, तिलक, गाँधी बुला लिये गये हैं। गाँधी काव्यनायक के कंधे पर हाथ रखकर ग़ायब हो जाते हैं— एक शिशु को सौंप कर। वह शिशु देखते-देखते सूरजमुखी गुच्छ में बदल जाता है। कविता के यथार्थवादी-शिल्प में काव्यानुभूतियों की क्षमता है— जगह-जगह विरोधों के सामंजस्य की कला है। शमशेर के शब्दों में यह कविता हमारे समय-समाज-राजनीति के नाटक का दस्तावेज़ है। इस लम्बी कविता के कथ्य में नेहरू-युग का संकट जीवंत हो उठा है। मुक्तिबोध स्वयं कहते हैं, 'कविता में कहने की आदत नहीं / वर्तमान समाज चल नहीं सकता / पूँजी में रंगा हृदय बदल नहीं सकता।'

मुक्तिबोध की इस कविता के विराट-बिम्ब इसके काव्य की शक्ति बनकर आये हैं। यह रचना उनके कवि कर्म की चरम-परिणति है और नयी कविता की चरम उपलब्धि। इस कविता को राजनीति और समाजशास्त्र के औज़ारों से समझने की ज़रूरत है, क्योंकि इसमें हमारे समय की धड़कन का इतिहास है।

नयी कवियों के सबसे अधिक महत्त्वपूर्ण रचनाकार हैं मुक्तिबोध। उनका अध्ययन उन कवियों के साथ किया जा सकता है जो कविता को ज्ञानात्मक-संवेदना को संवेदनात्मक ज्ञान मानते हैं। स्वयं मुक्तिबोध रचना-कर्म को 'संवेदनात्मक ज्ञान' मानते थे। कवि अपनी जटिल यथार्थ-संवेदना को कटु सच्चाइयों और तनावों में से गुज़ारकर रचता है। उनके गद्य-पद्य में पिसते हुए सामान्य आदमी की पीड़ा का संसार है। 'पिस गया वह भीतरी/ और, बाहरी दो कठिन पाटों बीच/ ऐसी ट्रेजडी है नीच।' अज्ञेय इस तरह के तमाम तथ्यों पर ध्यान देने के कारण मुक्तिबोध को 'आत्मान्वेषण का कवि' मानते थे।

निश्चय ही मुक्तिबोध ऐसे रचनाकार हैं जिनकी प्रतिष्ठा नये प्रयोगों के कारण दिनों-दिन बढ़ेगी। शमशेर बहादुर सिंह ने कहा है, 'मुक्तिबोध ने छायावाद की सीमाएँ लाँघ कर, प्रगतिवाद से मार्क्सीय दर्शन ले, प्रयोगवाद के अधिकांश हथियार सँभाल और उसकी स्वतंत्रता महसूस कर, स्वतंत्र कवि रूप से सब वादों और पार्टियों से ऊपर उठकर निराला की सुधरी और खुली मानवतावादी परम्परा को बहुत आगे बढ़ाया।' मुक्तिबोध की गद्य-कथा पर निर्मल वर्मा ने कहा है कि मुक्तिबोध के प्रश्न-उत्तर खिड़की की दूसरी तरफ़ से दूसरा प्रश्न बन कर अँधेरे में गूँजते हैं। मुक्तिबोध के समूचे गद्य में यह प्रश्न तीर की तरह बिंधा हुआ है कि घावों को दबा कर ज़िंदगी की सड़क पर जीवन बिताना कितना कठिन है। तार-तार दरिद्रताओं, यातनाओं, आत्मग्लानियों के बीच जीवन-बिताना और भी कठिन है। जीवन में एक दम तोड़ती बेचैनी है— निम्नमध्यवर्ग के अंतहीन घाव। वे किसी बाहरी यथार्थ पर कथा-साहित्य नहीं रचते, बल्कि वह यथार्थ उनकी आत्मा का निजी दस्तावेज़ होता है। आज हम उनकी डायरी, निबंध, कहानियों के बीच कोई विभाजन रेखा नहीं खींचना चाहते। उनका गद्य सब परम्परागत विधाओं को भेदता हुआ एक पैना, पीड़ित सोच बन जाता है। वे अनुभव को व्यापक बनाकर मौन चिंतन करते हैं और भीतरी दुनिया के यथार्थ को रचते हैं। इसीलिए उनका सोच पाठक से संवाद करता हुआ सोच है— यह सोच ही उनके सृजन में घटना बनकर सामने आता है। छोटे-मामूली आदमी का जीवन बोझ कितना भयानक हो सकता है— इसे उन्होंने स्वयं जाना था, भोगा था। इसलिए उनका साहित्य कमाये हुए जीवन सत्यों का साक्ष्य कहा जा सकता है। अपनी विश्व-दृष्टि में वे अनुभवाभासों का गला घोंट देते हैं। मुक्तिबोध ने *एक साहित्यिक की डायरी* में कहा है कि 'हम केवल साहित्यिक दुनिया में ही नहीं, वास्तविक जीवन में रहते हैं। इस जगत में रहते हैं। साहित्य पर आवश्यकता से अधिक भरोसा रखना मूर्खता है।'

निर्मल वर्मा के शब्दों में, 'मुक्तिबोध न केवल अपने आलोचक थे बल्कि अपने वर्ग के, भारतीय मध्यवर्ग के भी सबसे बड़े, निर्भीक और निर्मम आलोचक थे। उनकी दृष्टि में 'मध्यवर्ग का व्यक्ति सबसे कृत्रिम, पीड़ित, खोखली सर्वहारा ज़िंदगी जीता है।'

देखें : अष्टछाप, 'अंग्रेज़ी हटाओ' आंदोलन, छायावाद, डायग्लॉसिया, नंद दुलारे वाजपेयी, नगेंद्र और सैद्धांतिक समीक्षा, नयी कविता, प्रेमचंद, प्रयोगवाद, प्रगतिवाद, भक्ति आंदोलन-1 और 2, भक्ति-काव्य-1 और 2, भारतेंदु हरिश्चंद्र, भारतेंदु युग-1 और 2, भाषा नियोजन-1 से 4 तक, भाषा के मार्क्सवादी सिद्धांत, महावीर प्रसाद द्विवेदी, महादेवी वर्मा, मीरांबाई और प्रेमाभक्ति, रामानुजाचार्य, रामानंद, रामचंद्र शुक्ल-1 और 2, रामविलास शर्मा, रीतिकाल-1 और 2, वैष्णव धर्म, श्याम सुंदर दास, सम्पर्क भाषा-1 से 4 तक, संविधान सभा में भाषा-विवाद-1, 2 और 3, संत-काव्य, सिद्ध-नाथ परम्परा, सूफ़ीयत और प्रेमाख्यान, हजारी प्रसाद द्विवेदी, हिंदी विरोधी आंदोलन, हिंदी जाति-1, 2 और 3, हिंदी साहित्य का आदिकाल, हिंदी साहित्य का इतिहास, हिंदी-जगत और 'लोकप्रिय'-1 और 2, हिंदी नवजागरण।

संदर्भ

1. कृष्णदत्त पालीवाल (2002), *हिंदी आलोचना के नये वैचारिक सरोकार,* वाणी प्रकाशन, नयी दिल्ली.
2. निर्मल वर्मा (2006), *सर्जना पथ के सहयात्री,* राजकमल प्रकाशन, नयी दिल्ली.
3. रामस्वरूप चतुर्वेदी (1998), *आधुनिक कविता-यात्रा,* लोकभारती प्रकाशन, इलाहाबाद.

—कृष्णदत्त पालीवाल

गठजोड़ राजनीति

(Politics of Alliance)

गठजोड़ राजनीति की उक्ति का इस्तेमाल सबसे पहले थॉमस पाइन ने 1782 में अमेरिकी राज्यों के आपसी संबंधों को अभिव्यक्त करने के लिए किया था। लेकिन इसका मौजूदा संदर्भ द्वितीय विश्व-युद्ध के बाद के हालात से जुड़ा हुआ है। इसी दौरान अंतर्राष्ट्रीय स्तर पर वामपंथी दायरों में गठजोड़ राजनीति का इस्तेमाल धीरे-धीरे बढ़ा और सदी के आख़िरी वर्षों तक इस रणनीति ने प्रमुख हैसियत प्राप्त कर ली। पार्टियों और विभिन्न हित-समूहों के बीच होने वाले गठजोड़ों ने दो तरह की भूमिकाएँ निभाई। एक तरफ़ तो उन्होंने अस्मिता की राजनीति के कारण राजनीतिक शक्तियों के बीच हो रहे बिखराव को रोका, और दूसरी तरफ़ वामपंथी संकीर्णतावाद को हाशिये पर धकेल दिया। आज की दुनिया का स्वरूप उत्तरोत्तर बहुसांस्कृतिक होता जा रहा है जहाँ आदर्शों और लक्ष्यों की भिन्नता है। किसी एक महा-सिद्धांत के विशाल दायरे में सभी तरह की शक्तियाँ अपनी-अपनी मंज़िलों का समाहार करने के लिए तैयार नहीं हैं। सिद्धांतों और आदर्शों की विविधता के कारण गठजोड़ों की परिघटना वामपंथी दायरों से परे जाकर सार्वजनिक जीवन की प्रमुख प्रवृत्ति बन गयी है। पिछले पचास साल में गठजोड़ राजनीति मुख्यत: दो रूपों में सामने आयी है : पहला, आंदोलनों के तहत होने वाली गठजोड़ राजनीति, जिसका सबसे ताज़ा और विश्वव्यापी उदाहरण विश्व सामाजिक मंच है। दूसरा, दलीय प्रणालियों के संदर्भ में होने वाली गठजोड़ राजनीति, जिसका सबसे दिलचस्प उदाहरण भारत की लोकतांत्रिक व्यवस्था है। इसे पार्टी-गठजोड़ मॉडल की संज्ञा भी दी जा सकती है।

कुछ सिद्धांतवेत्ताओं की मान्यता है कि किसी सामाजिक या राजनीतिक आंदोलन के विकास के लिए गठजोड़ राजनीति एक महत्त्वपूर्ण चरण है, क्योंकि इसके ज़रिये विभिन्न विचारों और सिद्धांतों से जुड़ी शक्तियाँ सामूहिक कार्रवाई के दौर से गुज़रती हैं। इसी प्रक्रिया में उस ठोस आधार का विकास होता है जिसके इर्द-गिर्द बने उसूल से सभी सहभागी सहमत हो जाते हैं। हर किसी को यक़ीन हो जाता है कि शक्तियों के इस विन्यास में दूसरे सहभागी उनके दृष्टिकोण का सम्मान करेंगे और कोई किसी के ऊपर हावी होने की कोशिश नहीं करेगा।

द्वितीय विश्व-युद्ध के बाद की राजनीति में बड़े-बड़े सामाजिक आंदोलनों के परिदृश्य पर एक सरसरी निगाह डालते ही साफ़ हो जाता है कि हर सामाजिक आंदोलन में एक से अधिक राजनीतिक दल और हित-समूह कार्यरत थे। उनके बीच आंदोलन के कार्यक्रम और नेतृत्व पर अपना-अपना प्रभुत्व स्थापित करने के लिए होड़ थी। होता यह था कि अपना-अपना सामाजिक आधार बढ़ाने और अपने पक्ष में प्रभावी गोलबंदी करने के लिए विभिन्न राजनीतिक शक्तियाँ सामाजिक आंदोलनों की तरफ़ आकर्षित होती थीं। लेकिन जैसे-जैसे अस्मिता की राजनीति का उभार हुआ, यह परिस्थिति बदलने लगी। सामाजिक परिवर्तन के मक़सद से वर्ग और समुदाय से इतर प्रभाव डालने वाले व्यापक कार्यक्रमों की जगह किसी एक अस्मिता की दावेदारी करने वाले कार्यक्रमों का चलन होता चला गया। इस रुझान के कारण बड़ी-बड़ी पार्टियों के सामाजिक आधार में कटौती होने लगी। नतीजा यह हुआ कि विभिन्न हित-समूहों की नुमाइंदगी करने वाली राजनीतिक ताक़तों के बीच गठजोड़ बनने लगे। अपनी-अपनी कम या ज़्यादा ताक़त के मुताबिक़ विभिन्न ताक़तें गठजोड़ों में भागीदारी करतीं, और एक न्यूनतम साझा कार्यक्रम के इर्द-गिर्द गठजोड़ों की गतिविधियाँ नियोजित होने लगीं।

सत्तर के दशक में पर्यावरण आंदोलन ने गठजोड़ राजनीति का मुहावरा सफलतापूर्वक विकसित किया था। उसका नारा था 'भूमण्डलीय पैमाने पर सोचो, स्थानीय स्तर पर कार्रवाई करो'। इसका परिणाम ग्रीन मूवमेंट में निकला। इसी तर्ज़ पर पश्चिम में नेबरहुड और 'सेव अवर सबअर्ब' जैसे आंदोलन सामने आये। स्थानीय स्तर पर सक्रियता को रेखांकित करने वाले इन आंदोलनों ने अस्मिताओं के बजाय सामुदायिकता के विकास पर ज़ोर दिया। इस रुझान का असर नब्बे के दशक में चली प्रतिरोध आधारित सामुदायिक कार्रवाई की मुहिमों पर देखा जा सकता है।

भूमण्डलीकरण की परिघटना के उभार ने स्थानीयता के साथ जुड़ी राजनीति के लिए नयी चुनौती पेश की। भूमण्डलीकरण का विरोध करने वालों की कमी नहीं थी, पर उनके विरोध के कारण अलग-अलग थे। किसान, टेक्सटाइल मज़दूर और झुग्गी-वासी आंदोलित होने के लिए तैयार थे, पर अलग-अलग नज़रियों से। इस नयी माँग को पूरा करने के लिए संगठनात्मक नवाचार की आवश्यकता थी जिसे विश्व सामाजिक मंच (वर्ल्ड सोशल फ़ोरम) ने पूरा किया। आंदोलनकारी गठजोड़ राजनीति के अनूठे उदाहरण के रूप में इस मंच का दावा है कि वह नयी विश्व-व्यवस्था को चुनौती देने वाली सामाजिक परिवर्तन की प्रक्रिया सुगम करने का काम कर रहा है। वह अपने-आप में कोई विचारधारा, आंदोलन, पार्टी, मोर्चा या संघ न हो कर दुनिया के पैमाने पर काम कर रही चौपाल की तरह का एक क्षैतिज स्पेस है जिसका मक़सद नागर समाज के संघर्षशील और जनोन्मुख संगठनों की नेटवर्किंग को बढ़ावा देना है।

विश्व सामाजिक मंच का पहला आयोजन सन् 2001 में पोर्टो अलेगरो (ब्राज़ील) में हुआ था। इसकी विशेषता यह है कि जिस तारीख़ को दावोस में नव-उदारतावादी आर्थिक निज़ाम की नुमाइंदगी करने वाला वर्ल्ड इकॉनॉमिक फ़ोरम आयोजित होता है, उसी दिन 'प्रति-सम्प्रेषण' की कार्रवाई के तौर पर वर्ल्ड सोशल फ़ोरम किया जाता है। विश्व सामाजिक मंच का नारा है : 'दूसरी दुनिया मुमकिन है'। इस यूटोपियायी ख़याल को धरती पर उतारने के लिए इस फ़ोरम ने ख़ुद को एक मध्यवर्ती भूमिका में रखा है; अर्थात्-जिसे दूसरी दुनिया को बनाने की चर्चा की जा रही है, उसकी रचना फ़ोरम के नेतृत्व में नहीं होगी, बल्कि उसकी बागडोर नागर समाज के हाथों में होगी। दरअसल यह फ़ोरम नागर समाज को एक नये राजनीतिक अभिनेता के तौर पर देखता है जिसके ज़रिये समाज ख़ुद को बदल सकता है। इसीलिए फ़ोरम सारी दुनिया में फ़ैले नागर समाज के उन संगठनों के आपस में मिलने, नेटवर्किंग करने और एक-दूसरे से सीखने का मुक्त स्पेस मुहैया कराता है जो तरह-तरह की राजनीतिक कार्रवाइयों में संलग्न हैं। फ़ोरम चाहता है कि उसके आयोजनों के ज़रिये सिविल सोसाइटी की संस्थाएँ दुनिया के प्रत्येक देश में उभरें और मज़बूत हों।

बहुदलीय प्रणालियों वाले लोकतांत्रिक देशों में तो देर-सबेर गठजोड़ राजनीति उभरना स्वाभाविक ही था। लेकिन जिन देशों में राजनीति मुख्यत: दो दलों की आपसी होड़ के ज़रिये हो रही थी, वहाँ भी बड़ी-बड़ी पार्टियों के भीतर विभिन्न समुदायों, हितों, राजनीतिक प्रवृत्तियों और विचारधाराओं के गठजोड़ की शिनाख़्त की जाने लगी। धारणा यह बनी कि लोकतंत्र में राजनीति गठजोड़-रचना के आधार पर ही चलती है। दलीय प्रणाली को उसी के मुताबिक़ बनना-बिगड़ना पड़ता है।

भारतीय लोकतंत्र में पार्टी-गठबंधन के रूप में उभरी गठजोड़ राजनीति की शुरुआत साठ के दशक से मानी जाती है। गठजोड़ की प्रवृत्तियाँ इससे पहले भी मौजूद थीं, पर उनकी अभिव्यक्ति आज़ादी के पहले से ही देश की सबसे बड़ी पार्टी कांग्रेस के भीतर होती थी। कम्युनिस्ट, सोशलिस्ट, हिंदू धड़े की नुमाइंदगी करने वाले और दूसरे अनुदार या उदारपंथी कांग्रेस में आते-जाते रहते थे। आज़ादी के ठीक पहले शुरू हुई राजनीतिक प्रक्रिया में ये तत्त्व क्रमश: बाहर निकले और अलग संगठन बना कर काम करने लगे। 1967 के चुनाव में विभिन्न क़ारणों से आठ राज्यों में कांग्रेस का पराभव हुआ जहाँ विपक्षी दलों और कांग्रेस से निकले हुए तत्त्वों के आपसी सहयोग से गठजोड़ सरकारें बनीं। केरल एक ऐसा प्रदेश था जहाँ गठजोड़ राजनीति का यह मॉडल स्थायी रूप ग्रहण करता चला गया। लेकिन राष्ट्रीय स्तर पर उसे नब्बे के दशक का इंतज़ार करना पड़ा। आज भारतीय राजनीति में राष्ट्रीय और क्षेत्रीय स्तर पर कई पार्टी-गठजोड़ सक्रिय हैं। संसदीय राजनीति उन्हीं की गतिविधियों के माध्यम से परिभाषित होती है।

देखें : कांग्रेस 'प्रणाली', पार्टी गठजोड़ की राजनीति, राष्ट्रीय जनतांत्रिक गठजोड़, विश्व सामाजिक मंच, वाम मोर्चा, संयुक्त प्रगतिशील गठबंधन।

संदर्भ

1. ऐंडी ब्लांडेन (2003), 'एथिकल पॉलिटिक्स ऐंड एलायंस पॉलिटिक्स', *एरीना मैग़जीन,* अंक 68.3
2. फ्रांसिस्को 'चीको' व्हिटेकर फ़रेरा (2009), *वर्ल्ड सोशल फ़ोरम : दुनिया की चौपाल (हस्तक्षेप की नयी पगडंडियाँ)*, अनु. अभय कुमार दुबे, *साउथ एशियन डॉयलॉग ऑन इकॉलॉजिकल डेमोक्रेसी, नयी* दिल्ली.
3. बलवीर अरोड़ा (2002), 'द पॉलिटिकल पार्टीज़ ऐंड द पार्टी सिस्टम : द इमरजेंस ऑफ़ न्यू कोआलिशन', ज़ोया हसन (सम्पा.), *पार्टीज़ ऐंड पार्टी पॉलिटिक्स इन इण्डिया,* ओयूपी, नयी दिल्ली.

— अभय कुमार दुबे

गवर्नेंस

(Governance)

बीसवीं सदी की आख़िरी दहाई में अकादमिक इदारों में गवर्नेंस की अवधारणा का चलन तेज़ी से बढ़ा है। यूँ तो इसे शासन या सुशासन भी कहा जा सकता है, पर इन पदों से सरकार और सरकारियत या शासन और शासकीयता का भी मतलब निकलता है इसलिए यहाँ गवर्नेंस शब्द का ही इस्तेमाल किया जाएगा। राजनीति और नीति-नियामक तंत्रों पर छा जाने वाली गवर्नेंस की अवधारणा आज दुनिया के हर राज्य के लिए अहम बन गयी है। इस शब्द का इतिहास भी दिलचस्प है। हम जानते हैं कि शासन तथा सरकार को समानार्थी माना जाता था। पचास के दशक तक शब्दकोशों ने शासन शब्द को लुप्तप्राय अथवा अप्रचलित घोषित कर दिया था। लेकिन नब्बे की दहाई के अंत में विश्व बैंक ने अपनी एक रिपोर्ट में इस शब्द का प्रयोग करते हुए कहा कि अफ़्रीकी देश गवर्नेंस की समस्या से जूझ रहे हैं। इसके बाद से विश्व बैंक, अंतर्राष्ट्रीय मुद्रा कोष तथा ऑर्गनाइज़ेशन फ़ॉर इकॉनॉमिक कोऑपरेशन ऐंड डिवेलपमेंट (ओईसीडी) ने इस शब्द का धुआँधार इस्तेमाल किया है। इन संगठनों के स्वर में स्वर मिलाते हुए अकादमिक हल्कों ने इसे एक नयी विचारधारात्मक अवधारणा में तब्दील कर दिया है।

इस अवधारणा के हिमायतियों का मानना है कि भूमण्डलीकरण की वजह से नब्बे की दहाई के बाद से एक नये तरह की (नवउदारतावादी) विश्व-व्यवस्था उभरी है जिसका तक़ाज़ा है कि परम्परागत राज्य एवं सरकार-प्रणाली की जगह एक नये तरह की शासन-व्यवस्था की स्थापना की जाए क्योंकि पहले से चले आ रहे राज्य तथा सरकारों की नवउदारतावादी आर्थिक विश्व-व्यवस्था के साथ संगति नहीं बैठती। नयी वैश्विक आर्थिक संरचना के लिए नये तरह की राजनीतिक संरचना की दरकार है जहाँ आर्थिक गतिविधियों में राज्य का हस्तक्षेप कम हो, सरकार बाज़ार के खिलाड़ियों की आपसी प्रतिस्पर्धा और आर्थिक गतिविधियों का संचालन करे, राज्य की लोकोपकारी ज़िम्मेदारियों को समाप्त कर दिया जाए, नौकरशाही को निपुण बनाया जाए तथा सरकार कम ख़र्च में अधिक काम करे। इस अवधारणा के हिमायतियों का मानना है कि यह सरकार की अवधारणा को विस्थापित कर देगी तथा राज्य को कमज़ोर अथवा खोखला कर देगी। लेकिन, इस अवधारणा से नाइत्तेफ़ाक़ी रखने वालों का कहना है कि गवर्नेंस कोई नयी अवधारणा नहीं है तथा यह राज्य को कमज़ोर अथवा खोखला नहीं कर सकती। राज्य नवोदित आर्थिक-संरचना के अनुसार अपनी पुनर्संरचना कर रहा है। राज्य की अहमियत घटी नहीं है बल्कि मुसलसल बनी हुई है।

गवर्नेंस भले ही कोई नवीन अवधारणा न हो, लेकिन वर्तमान संदर्भों में जो मानी इसे अता कर दिये गये हैं उसने ज़रूर इसे एक नयी विचारात्मक अवधारणा बना दिया है। दरअसल गवर्नेंस तथा नवउदारतावादी भूमण्डलीकरण एक-दूसरे से अभिन्न रूप से जुड़े हुए हैं। सोवियत संघ के ढह जाने के बाद पूँजी तथा इसकी मनपसंद राजनीतिक व्यवस्था उदारतावादी लोकतंत्र के रास्ते की सबसे बड़ी अड़चन ख़त्म हो चुकी है तथा उसके लिए पूरी दुनिया में अपना प्रसार करने का रास्ता खुल गया है। भूमण्डलीकरण के अभियान ने बाज़ार को पहले से अधिक व्यापक (सर्वव्यापी) तथा जटिल बना दिया। एक वैश्विक अर्थव्यवस्था का सृजन शुरू हुआ। इस व्यवस्था की अपनी जटिलताएँ हैं जिनका तक़ाज़ा है कि पूँजी, बाज़ार, श्रम अधिग्रहण तथा पूँजी-संचयन के रास्ते में आने वाली समस्याओं से निपटने के लिए एक नये तरह की राजनीतिक व्यवस्था का निर्माण किया जाए। गवर्नेंस की अवधारणा इसी नवउदारतावादी वैश्विक अर्थ व्यवस्था को न्यायसंगत ठहराने तथा इसके प्रसार को सुनिश्चित करने के मक़सद से गढ़ा गया विचारधारात्मक औज़ार है।

बढ़ती हुई आर्थिक जटिलता तथा परिवर्तन वे तर्क हैं जिनका हवाला देकर गवर्नेंस की अवधारणा अपना औचित्य सिद्ध करने की कोशिश करती है। इस अवधारणा का कहना है कि भूमण्डलीकरण ने पूरी दुनिया को एक तरह के जटिल आर्थिक संजाल में गुम्फित कर दिया है। तकनीक तथा सूचना के द्रुत प्रसार की वजह से तकनीकशाह पहले से अधिक मज़बूत हो गये हैं। सरकारें इन तकनीकों के इस्तेमाल में पिछड़ गयी हैं। इन जटिलताओं से निपटने के लिए गवर्नेंस की छोटी तथा कुशल इकाइयों की ज़रूरत है। ये इकाइयाँ तकनीकी रूप से भी कुशल होनी चाहिए। सिर्फ़ आर्थिक संरचना ही क्लिष्ट नहीं हुई है बल्कि राजनीतिक संरचना भी पहले जितनी सरल नहीं रही है। अब राज्य को अनेक स्तरों पर अन्य राज्यों तथा बहुराष्ट्रीय संगठनों के साथ सामंजस्य बिठा कर अपनी वरीयताएँ निर्धारित करनी होती हैं, नीतियाँ बनानी होती हैं तथा उनका कार्यान्वयन करवाना होता है। इस तरह राज्य की गतिविधियों में पर-राष्ट्रीय हितों की राय की अहमियत बढ़ जाती है, और यह राज्य के कमज़ोर होने का प्रत्यक्ष प्रमाण है।

गवर्नेंस की अवधारणा कहती है कि राज्य की भूमिका को सीमित तथा उसके आकार को छोटा कर दिया जाना चाहिए ताकि इसकी कार्यक्षमता बढ़ सके तथा इसकी संरचना सरल एवं पारदर्शी बनायी जा सके। आर्थिक-संरचना के नियमन तथा नीति-निर्धारण के क्षेत्र में परस्पर प्रतिस्पर्धी निजी खिलाड़ियों की भूमिका बढ़नी चाहिए। यह अवधारणा परम्परागत राज्य तथा सरकार की कार्यप्रणाली की आलोचक है। इसका तक़ाज़ा है कि नीति-निर्धारण की प्रक्रिया को सरल

एवं सुगम बनाया जाए, पूँजी संचयन को बढ़ावा देने वाली तथा पूँजी की सुरक्षा की गारंटी तय करने वाली नीतियाँ तथा संरचनाएँ बनायी जाएँ ताकि निवेशक बिना किसी डर के निवेश कर सकें तथा विकास में योगदान कर सकें। इसका सबसे बड़ा लक्ष्य है वैश्विक स्तर पर मुक्त-बाज़ार अर्थव्यवस्था का निर्माण करना। इसका कहना है कि इस तरह की अर्थव्यवस्था में बहुमत जिन उत्पादों तथा सेवाओं को पसंद करेगा वही उत्पाद तथा सेवाएँ बाज़ार में टिक पाने में सफल रहेंगी, इस तरह उत्पादों तथा सेवाओं की गुणवत्ता सुधरेगी तथा उपभोक्ता अपने चयन के अधिकार का सही तरह से इस्तेमाल कर पायेंगे।

विश्व बैंक, मुद्रा कोष तथा ओईसीडी ने गवर्नेंस की अवधारणा को पूरी दुनिया में लागू करवाने को अपना मुख्य मिशन बना लिया है। विश्व बैंक का इसरार है कि जो मुल्क़ गवर्नेंस की अवधारणा को लागू नहीं करेंगे उन्हें यह इमदाद नहीं देगा, और अगर दी जा रही है तो रोक ली जाएगी। कोष ने एक क़दम आगे जाते हुए गवर्नेंस संबंधी नीतियों तथा संरचनाओं का ख़ाका भी तैयार कर दिया है। आर्थिक सहायता के आकांक्षी मुल्क़ों के लिए इस ख़ाके को लागू करना लाज़मी है। इससे राज्य के ऊपर गवर्नेंस की अवधारणा का दबाव बढ़ा है। अमेरिका में क्लिंटन प्रशासन तथा ब्रिटेन में न्यू लेबर सरकार ने गवर्नेंस की अवधारणा का मतलब सरकार की लागत घटाकर कुशलता बढ़ाना तय करके उसे सख़्ती से लागू किया।

गवर्नेंस की अवधारणा राज्य का ख़ात्मा नहीं चाहती है। यह चाहती है कि राज्य एक निश्चित सीमा में रहते हुए बाज़ार की गतिविधियों को नियमित-नियंत्रित करने वाले नियम तथा संरचनाएँ बनाये ताकि निहित स्वार्थ अपनी कमनज़री की वजह से बाज़ार को नुक़सान न पहुँचा सकें। साथ ही, राज्य बाज़ार की ग़लतियों को दुरुस्त करने का भी काम करे, इसमें प्रतिकूल परिस्थितियों में फँसे पूँजीधारकों को माली तथा अन्य तरह की मदद मुहैया करवाना भी शामिल है। गवर्नेंस की अवधारणा चाहती है कि अर्थव्यवस्था तथा शासन-तंत्र का बिलगाव कर दिया जाए और अर्थव्यवस्था का क्षेत्र निजी क्षेत्र के हाथ में छोड़ दिया जाए। यहाँ से इस अवधारणा के अंतर्द्वंद्व सामने आने शुरू होते हैं।

पूँजी एक जगह केंद्रित नहीं है, इसमें भी अलग-अलग धड़े हैं जो एक दूसरे के साथ प्रतिस्पर्धारत रहते हैं। इस प्रतिस्पर्धा के बुरे परिणाम भी सामने आते हैं जो बाज़ार, अर्थव्यवस्था तथा स्वयं पूँजी के लिए नुक़सानदायक होते हैं। ऐसी हालत में राज्य को हस्तक्षेप करना होता है, क्योंकि राज्य के पास ही नियमन, नियंत्रण तथा शोषण (दमन) की वैधानिक शक्ति है। और फिर, पूँजीवाद के अंतर्गत राज्य का काम ही है दीर्घकालीन पूँजी-संचयन सुनिश्चित करना तथा पूँजी को बाधाओं तथा ख़तरों से बचाना।

गवर्नेंस की अवधारणा के पक्ष तथा विपक्ष में दो तरह की राय बन जाती है। एक पक्ष है समाजकेंद्री अवधारणा। इस पक्ष का मानना है कि गवर्नेंस ने राज्य को कमज़ोर तथा खोखला कर दिया है। दूसरा पक्ष है राज्यकेंद्री अवधारणा। इस पक्ष का मानना है कि गवर्नेंस की अवधारणा नव-उदारतावादी दौर के वित्तीय पूँजीवाद की ईज़ाद है। और चूँकि पूँजीवाद की अंतर्निहित प्रकृति ऐसी है कि इसके अंतर्विरोध बार-बार सतह पर आते रहते हैं, साथ ही इसे पूँजीहीनों से ख़तरा भी बना रहता है, ऐसे में इसे राज्य जैसी विधान-सम्मत, सर्व-स्वीकृत तथा कल्याण के साथ-साथ दमन की क्षमता (एवं अधिकार) रखने वाली संस्था की लगातार ज़रूरत बनी रहती है। इसलिए ख़ुद गवर्नेंस की अवधारणा राज्य पर निर्भर है, यह इसे कमज़ोर अथवा खोखला नहीं कर रही है।

राज्यकेंद्री पक्ष का मानना है कि सुस्थिर राज्य अथवा शासन-पद्धति नाम की कोई शै नहीं होती है। आर्थिक-सामाजिक परिवर्तनों के साथ-साथ राज्य की संरचना में भी निरंतर परिवर्तन चलता रहता है। आजकल राज्य की कार्य-पद्धति में जो परिवर्तन दृष्टिगोचर हो रहे हैं वे राज्य की कमज़ोरी अथवा खोखलेपन का प्रमाण नहीं हैं बल्कि राज्य वैश्वीकृत आर्थिक-व्यवस्था के अनुसार ख़ुद को पुनर्व्यवस्थित कर रहा है। आज भी राज्य के पास सबसे अधिक आर्थिक, सूचनात्मक तथा दमनात्मक संसाधन मौजूद हैं। यह सच है कि राज्य की सत्ता का प्रसरण केंद्र से क्षेत्रों तथा बहुराष्ट्रीय निगमों की ओर हो रहा है। लेकिन इसका यह अर्थ नहीं है कि राज्य अपनी सम्प्रभुता खो चुका है। राज्य जैसी वैधता निजी क्षेत्र के पास नहीं है, राज्य ही निजी क्षेत्र को वैधता प्रदान करता है।

लेकिन सभी राज्यों को एक समान नहीं माना जा सकता। विकसित पाश्चात्य राज्य गवर्नेंस की अवधारणा को अपनाने के बाद और अधिक मज़बूत तथा परिणामत: और अधिक दमनात्मक हो गये हैं। लेकिन तीसरी दुनिया के राज्य विश्व बैंक, कोष तथा बहुराष्ट्रीय निगमों के बरक्स पहले से अधिक कमज़ोर हो गये हैं, गोकि इनकी भी दमनात्मक क्षमता बढ़ी है। पूँजी बिना किसी गवर्नेंस-तंत्र के नहीं रह सकती। अपने अंतर्निहित अंतर्विरोधों से निपटने के लिए तथा पूँजीहीन तबक़ों के दमन के लिए इसे एक तरह के राजनीतिक तंत्र की ज़रूरत बनी रहेगी। वर्तमान दौर में उत्पादक क्षेत्र से राज्य ने हाथ पीछे खींच लिए हैं तथा इसे निजी क्षेत्र के सुपुर्द कर दिया है, साथ ही निजी क्षेत्र के दबाव में इसने कल्याणकारी गतिविधियों को भी कम कर दिया है। राज्य इस अर्थ में कमज़ोर हुआ है कि आर्थिक गतिविधियों में इसकी हिस्सेदारी सिकुड़ गयी है। पर, राज्य इस अर्थ में मज़बूत हुआ है कि इसकी दमनकारी क्षमता बढ़ गयी है।

देखें : भूमण्डलीकरण, भूमण्डलीकरण के आलोचक, भूमण्डलीकरण के ख़िलाफ़ प्रतिरोध, भूमण्डलीकरण और लोकतंत्र, भूमण्डलीकरण और राष्ट्रीय सम्प्रभुता. भूमण्डलीकरण और राज्य, सम्प्रभुता, मिशेल पॉल फ़ूको-1 और 2, लोकतंत्र, लोकतंत्र की आलोचनाएँ।

संदर्भ

1. जे. कुईमान (सम्पा.) (1993), *मॉडर्न गवर्नेंस : न्यू गवर्नमेंट-सोसाइटी इंटरएक्शंस,* सेज, लंदन.
2. जे. पीयर और बी.जी. पीटर्स (2000), *गवर्नेंस, पॉलिटिक्स ऐंड द स्टेट,* मैकमिलन, लंदन.
3. ए.जे. टेलर, (2000), 'होलोइंग आउट ऑर फ़िलिंग इन? टास्क फ़ोर्सेज़ ऐंड द मैनेजमेंट ऑफ़ क्रॉस-कटिंग इशूज़ इन ब्रिटिश गवर्नमेंट', *ब्रिटिश जर्नल ऑफ़ पॉलिटिक्स ऐंड इंटरनैशनल रिलेशंस,* खण्ड 2, अंक 1.
4. बी. जेसप (1997), 'द गवर्नेंस ऑफ़ कॉम्प्लेबिसिटी ऐंड द कॉम्प्लेक्सिटी ऑफ़ गवर्नेंस : सम प्रिलिमिनरी रिमार्क्स ऑन सम पॉबलम्स ऐंड लिमिट्स ऑफ़ इकॉनॉमिक गाइडेंस', ए. अमीन तथा जे. हौस्नेर (सम्पा.), *बियॉन्ड मार्केट ऐंड हायरार्की : इंटरैक्टिव गवर्नेंस ऐंड सोशल कोम्प्लेक्सिटी,* एडवर्ड एल्गर, आल्डरशॉट.

— सुनील कुमार

गाड़गे बाबा
(Gaadge Baba)

सामाजिक क्रांति में विश्वास करने वाले गाड़गे बाबा (1876-1956) का नाम महाराष्ट्र के उन समाज-सुधारकों में लिया जाता है जिन्होंने पुस्तकीय ज्ञान से नहीं बल्कि व्यावहारिक रूप में हाशिये के लोगों के बीच चेतना जगाने का कार्य किया। इसीलिए उन्हें समाज ने लोक-शिक्षक की उपाधि दी। डॉ. आम्बेडकर के साथ सक्रिय रहे संत गाड़गे पूर्णतः अहिंसावादी और वे पशु-बलि के ख़िलाफ़ थे। पशु-बलि के पीछे अनेक अंधविश्वासी धारणाएँ समाज में प्रचलित थीं। गाड़गे गाँव-गाँव जाते और लोगों के मन से इस तरह की भ्रांति निकालने का प्रयास करते। एक दिन एक गाँव में पहुँच कर उन्होंने लोगों को समझाया कि पशु-बलि से अगर भगवान मिलते हैं तो सबसे पहले आप मेरी हत्या करो। मुझे काट कर रख दो। ऐसा कहते हुए उन्होंने अपनी गर्दन लोगों के सामने झुका दी। इस घटना ने उक्त गाँव में तत्काल अपना प्रभाव दिखाया और परिवर्तन की धारा वहीं से आरम्भ हुई। गाड़गे वेशभूषा के नाम पर फटे-पुराने कपड़े पहनते थे। सिर पर टोपी होती और एक हाथ में झाड़ू तथा दूसरे हाथ में मिट्टी का गडुआ रहता था। वे जब चलते तो रास्ता साफ़ करते हुए जाते थे। चूँकि उनके पास हमेशा मिट्टी का गडुआ रहता था इसलिए उनका नाम गाड़गे महाराज पड़ गया। गाड़गे स्वयं बहुत कम पढ़े-लिखे थे, लेकिन दलित समाज में शिक्षा की चेतना जगाने और शिक्षा संस्थाओं को खड़ा करने में उन्होंने उल्लेखनीय योगदान किया। समाज के दबे-कुचले वर्ग में बिना राजनीति का सहारा लिए सुधार की अलख जगाने वाली उन हस्तियों की परम्परा में गाड़गे बाबा का नाम शीर्ष पर है जो सामाजिक इतिहास की मुख्य धारा से उपेक्षित पड़ी हुई हैं।

लोक शिक्षक गाडगे बाबा का जन्म 23 जनवरी, 1876 को महाराष्ट्र के अमरावती जिले में शेण गाँव में हुआ था। उनके पिता का नाम झिंगराजी तथा माता का नाम सखुबाई था जिस परिवार में उनका जन्म हुआ वह ग़रीब होने के साथ-साथ अत्यंत ही दीन-हीन स्थिति में था। उनके पिता कपड़े धोने का कार्य करते थे। बचपन में ही उनका जीवन संघर्षमय परिस्थितियों से घिर गया। छुटपन में ही पिता का देहांत हो गया। परिणामस्वरूप माँ के साथ वे मामा के यहाँ चले गये। मामा के परिवार के साथ रहते हुए वे जानवरों की देखभाल करते थे। उसी समय सूखा पड़ा। खेती नहीं हो सकी। मामा को साहूकार से क़र्ज़ लेना पड़ा। साहूकार ने कपटनीति से मामा की जमीन अपने नाम करा ली। इस पीड़ा में मामा की मृत्यु हो गयी। सारी ज़िम्मेदारी उन पर ही आ गयी। इस तरह की जीवन-स्थितियों के का कारण अकेलेपन का अहसास होने शुरू में ही होने लगा था। सोलह वर्ष की आयु में उनका विवाह कुन्नाबाई नाम की लड़की से हो गया। बाद में वे एक पुत्री के पिता भी बने। पर सांसारिक जीवन में उनका मन लग नहीं सका। उनका मन विरक्ति और मुक्ति के भावों से भरा हुआ था।

उन्नीसवीं और बीसवीं सदी के संधिकाल पर समाज-सुधार में प्रवृत्त हुए गाड़गे बाबा ने 29 साल की उम्र में घर छोड़ दिया था। समाज को और भी क़रीब से देखने की उनकी इच्छा थी। गृह त्याग के बाद दिल को झकझोर देने वाले अनेक दृश्य उनकी आँखों के सामने से गुज़रे। तत्कालीन कर्मकाण्डी समाज में दलितों और शोषितों का जीवन बहुत ही कष्टमय था। वे कर्त्तव्यों के बोझ से तो दबे थे, पर उनके पास अधिकार नाममात्र को भी न थे। उनका जन्म दूसरों की सेवा करने के लिए ही हुआ था। महिलाओं की स्थिति तो और भी ख़राब थी। लोगों के साथ जाति परछाईं की तरह चिपकी थी। जहाँ भी आदमी जाता, जाति उसके साथ अवश्य चलती।

एक बार एक गाँव में सामूहिक भोज का आयोजन हुआ। भोजन के लिए सवर्णों के साथ-साथ महार जाति के कुछ लोग भी बैठ गये। यह देखकर सवर्णों ने चिल्लाना आरम्भ कर दिया। उस पंगत में गाड़गे भी बैठे थे। यह देख कर उन्हें बहुत बुरा लगा। उन्होंने साहस कर कहा कि यदि सवर्ण जाति के लोग दलितों के साथ खाना नहीं खाते हैं तो

गाड़गे बाबा (1876-1956)

वे भी बिना भोजन किये वहाँ से उठ जाएँगे। सवर्ण किसी भी तरह से एक पंगत में बैठकर खाना खाने को तैयार नहीं हुए। परिणामस्वरूप गाड़गे वहाँ से बिना भोजन किये ही नाराज होकर चले गये।

गाड़गे का कहना था कि जातियाँ केवल दो हैं— एक स्त्री और दूसरी पुरुष। दलितों से वर्ण बिल्कुल भी अलग नहीं हैं। जो अपने को श्रेष्ठ बतलाते हैं, वे मानवीय पक्ष को झुठला कर मानव जाति का अपमान करते हैं। उनका संदेश था— सभी मानव एक समान हैं। इस तरह मानवीय संदेश को लेकर उन्होंने अपनी जीवन यात्रा शुरू की ।

गाड़गे का संदेश सरल-सहज था। वे कहा करते थे, 'भगवान न तो तीर्थ में है और न ही मूर्ति में। वह तो दरिद्र नारायण के रूप में स्वयं तुम्हारे सामने खड़ा है। उसकी प्रेम से सेवा करो। यही आज का सच्चा धर्म है, यही सच्ची भक्ति और भगवान की पूजा है।' उन्होंने लोगों को समझाया कि जो कुछ भी मानव करता है उसका कारण वह स्वयं है। इसमें ईश्वर की कोई भूमिका नहीं होती। संत गाड़गे ऐसे समाज की स्थापना के पक्षधर थे, जिसमें सभी वर्गों के लोग सम्मान-पूर्वक जीवन जी सकें। अंधविश्वासों के उन्मूलन के लिए वे लोगों से कहते थे कि, 'संतान प्राप्ति और बीमारी से ठीक होने के लिए मंत्र माँगने मंदिरों और देवघरों का चक्कर लगाने, झाड़-फूंक लगाने से कोई लाभ नहीं होने वाला है। बल्कि संतानोत्पति के लिए आवश्यक है कि वर-वधू की जोडी अच्छी (बीमारी रहित) ढूँढ़िये तथा बीमारी से छुटकारा पाने के लिए दवा द्वारा इलाज कराइए। तभी इन समस्याओं से निदान पाया जा सकता है।' उन्होंने तीर्थ यात्रा का खण्डन व मूर्ति पूजा का घोर विरोध किया। वे कहते कि जो मूर्ति स्वयं स्नान नहीं कर पाती, कपड़ा नहीं पहन सकती, भोजन नहीं कर पाती, अँधेरे में जिसका दर्शन कराने के लिए दीपक की ज़रूरत पड़ती है, उसे भगवान नहीं माना जा सकता है।

समाज सुधार में सबसे ज़्यादा महत्त्व उन्होंने छुआछूत मिटाने के अभियान को दिया। वे जिस भी गाँव में जाते, वहाँ गाँव के सभी लोगों को अपने-अपने घरों से रोटियाँ लाने के लिए कहते और फिर सभी को एक साथ बैठाकर खाना खिलाते थे। उनके इस नायाब तरीक़े से लोग प्रभावित हुए बिना न रह सके।

गाड़गे बाबा ने शिक्षा के क्षेत्र में सफलतापूर्वक कार्य किया। दलित समाज में जो संस्थाएँ पहले से कार्यरत थीं, उन्हें आर्थिक मदद दिलाने में उन्होंने पहल की। डॉ. आम्बेडकर द्वारा स्थापित पीपुल्स एजुकेशन सोसाइटी को भी गाड़गे बाबा ने आर्थिक सहयोग दिया था। उनका कहना था कि शिक्षा के प्रचार-प्रसार से मानव जीवन में सभी तरह के अंधकार को दूर किया जा सकता है। स्वयं ज़्यादा पढ़े-लिखे न थे, लेकिन शिक्षा के प्रति उनकी रूचि शिक्षित लोगों से भी कहीं अधिक थी। वे शिक्षा के मर्म को अच्छी तरह समझते थे। वे कहते थे कि 'अभी से ही बच्चों को पढ़ाओ। कहते हो, पैसा नहीं है तो हाथ की थाली बेच दो, हाथ पर रोटी रख कर खाओ। पत्नी के लिए कम क़ीमत की साड़ी ख़रीदो। रिश्तेदारों की ख़ातिर करने में पैसा मत बहाओ।' शिक्षा के प्रसार के लिए उन्होंने कई संस्थाओं की स्थापना की जिसमें दस आश्रम स्कूल आदिवासियों के लिए और आठ स्कूल घुमंतू जातियों के लिए थे। गाड़गे ने 15 छात्रावास (11 लड़के और चार लड़कियों के लिए), एक कन्या पाठशाला, एक महिला आश्रम, दो संस्कार केंद्र, एक उच्चतर विद्यालय और एक महाविद्यालय खोले। उनके इन प्रयासों के फलस्वरूप दलित समाज शिक्षा के प्रति कुछ हद तक जागरूक हुआ। उनका कहना था कि क़र्ज़ लेकर कोई धार्मिक कार्य न करें। उन्होंने यहाँ तक कहा कि यदि घर के किसी व्यक्ति की मृत्यु हो जाती है तो कर्ज़ लेकर लाश को गंगा में प्रवाहित करने का कोई औचित्य नहीं हैं। उनका कहना था कि गंगा में प्रवाहित करने से पुण्य व नाले में लाश फेंकने से पाप नहीं लगता।

डॉ. आम्बेडकर और गाड़गे बाबा में काफ़ी कुछ आपसी सहमति थी। वे एक दूसरे का सम्मान करते थे। गाड़गे बाबा अपने प्रवचनों में डॉ. आम्बेडकर का ज़िक्र अवश्य करते थे। वे गाँव-गाँव जाकर डॉ. आम्बेडकर के प्रभावपूर्ण व्यक्तित्व के बारे में लोगों को बताते थे। बाबा साहब भी गाड़गे का अक्सर ज़िक्र करते थे। एक बार जब गाड़गे बीमार

हुए तो बाबा साहेब उन्हें स्वयं देखने आये। उस समय आम्बेडकर भारत सरकार में क़ानून मंत्री पद पर थे। बाबा साहब को आवश्यकता होती तो गाड़गे से किसी भी मामले पर सलाह अवश्य किया करते थे। 1956 में धर्म-परिवर्तन करने से पूर्व दोनों का परस्पर वार्तालाप हुआ था। छः दिसम्बर, 1956 को जब बाबा साहेब का निधन हुआ तो गाड़गे जी को बहुत धक्का लगा। काफ़ी दिनों तक उनका मन व्यथित रहा। वे जहाँ भी जाते उन्हें डॉ. आम्बेडकर की याद सताती। बड़ी मुश्किल से वे इस अनुपस्थिति से उत्पन्न बेचैनी को दूर कर सके। इसके लिए उन्होंने समाज सेवा में अधिक समय देना शुरू किया।

देखें : अनुसूचित जातियाँ, अस्मिता की भारतीय राजनीति, अन्य पिछड़े वर्ग, आयोतीदास पांडीतर, आयंकाली, आम्बेडकर-गाँधी विवाद, इरोड वेंकट रामस्वामी नायकर पेरियार, कांशी राम, गोपाल बाबा वलंगकर, ज्योतिराव गोविंदराव फुले, जाति और जाति-व्यवस्था-1, 2, 3 और 4, बहुजन समाज पार्टी-1 और 2, बाबू मंगूराम, भदंत आनंद कौसल्यायन, भीमराव रामजी आम्बेडकर, स्वामी अछूतानंद हरिहर।

संदर्भ

1. जुगल किशोर, प्रकाशचंद्र राय, रणजीत कुमार मण्डल (सम्पा.) (2002), *भारत के अग्रणी समाज सुधारक*, सैंचुरी पब्लिकेशंस, नयी दिल्ली.
2. माता प्रसाद (2003), *भारत में सामाजिक परिवर्तन के प्रेरणा स्रोत*, सामयिक प्रकाशन, नयी दिल्ली.
3. रामविलास भारती (2011), *बीसवीं सदी में दलित समाज*, अनामिका पब्लिशर्स, नयी दिल्ली.

— मोहनदास नैमिशराय

गायत्री चक्रवर्ती स्पिवाक

(Gayatri Chakravarty Spivak)

उत्तर-औपनिवेशिकता की प्रमुख सिद्धांतकार, अंतरानुशासनिक विद्वान और नीतिशास्त्रीय दार्शनिक गायत्री चक्रवर्ती स्पिवाक (1942-) ने अपनी बहुचर्चित रचनाओं में उपनिवेश-उपनिवेशित के संबंधों को परिभाषित करने के लिए विसंरचनावादी पद्धति का प्रयोग किया है। स्वयं को एक 'व्यावहारिक मार्क्सवादी-नारीवादी-विसंरचनावादी' कहने वाली स्पिवाक को पहली ख्याति ज़ाक देरिदा की रचना *द ला ग्रैमेटोलॅजी* के अनुवाद और उसकी भूमिका लिखने के कारण मिली। इसके बाद उन्होंने सबाल्टर्न इतिहासकार-समूह के सदस्य के रूप में कई अध्ययन किये और साहित्यालोचना के क्षेत्र में साम्राज्यवाद और अंतर्राष्ट्रीय नारीवाद पर आलोचनात्मक निगाह डाली। 1988 में प्रकाशित अपने लेख 'कैन सबाल्टर्न स्पीक?' से विशेष ख्याति अर्जित करने वाली स्पिवाक ने सती प्रथा के इर्द-गिर्द चलने वाले विमर्श को नये परिप्रेक्ष्य में प्रस्तुत किया। स्पिवाक ने पूछा कि सती के बारे में या तो ब्रिटिश उपनिवेशवादी लिखते हैं या फिर हिंदू समाज-सुधारक, लेकिन अपने पति की चिता पर ख़ुद को जला देने वाली स्त्रियों की आवाज़ कभी नहीं सुनायी देती। स्पिवाक ने इस प्रश्न पर विचार किया कि क्या सती की अपनी आवाज़ की ग़ैर-मौजूदगी इस सवाल को मंच पर पेश नहीं करती कि क्या सबाल्टर्न कभी बोल पायेगा, या उसके लिए और उसके नाम पर दूसरे ही बोलते रहेंगे।

साहित्यिक आलोचना में स्पिवाक की पहचान आर्थिक रूप से ग़ुलाम राष्ट्रों की सामाजिक-राजनीतिक स्थिति के क्रूर यथार्थ को सामने रखने वाले लेखन के समीक्षक के तौर पर है। बांग्ला कहानीकार और उपन्यासकार महाश्वेता देवी के साहित्य का स्पिवाक ने लम्बी भूमिका के साथ अनुवाद करके भारतीय साहित्यिक आलोचना में अपनी ख़ास जगह बनायी है। नक्सलवाद से प्रभावित बंगाल के क्षेत्रों पर आधारित महाश्वेता की कई कहानियों ने लोकतांत्रिक व्यवस्था के मिथक को उजागर किया है। महाश्वेता की तीन महत्त्वपूर्ण कहानियों 'द्रौपदी', 'जशोदा' और 'डायन' का स्पिवाक ने अंग्रेज़ी में *ब्रेस्ट स्टोरीज़* नाम से अनुवाद किया। ये कहानियाँ बहुअर्थी हैं और इनमें नारीवादी विमर्श को सबाल्टर्न नज़रिये से देखा गया है। स्पिवाक ने इस साहित्य के माध्यम से राष्ट्रीयता, देशभक्ति, सैन्य-बल, सुरक्षा और लोकतांत्रिक राजनीतिक व्यवस्था को सबाल्टर्न की स्थिति और नज़रिये से प्रश्नांकित किया है। उत्तर-औपनिवेशिक साहित्य की समीक्षा के माध्यम से स्पिवाक वर्गीय, लैंगिक, जनजातीय व क्षेत्रीय असमानता की असलियत का मुजाहिरा करती हैं। इस तरह की विषमताएँ समाज के ऐसे कई हिस्सों को अपनी बर्बर और क्रूर भींच में जकड़े हुए हैं जिनकी गिनती वर्तमान विश्व की चिंतनीय समस्याओं के तहत की ही नहीं जाती। स्पिवाक मिशेल फ़ूको द्वारा प्रतिपादित सत्ता की अवधारणा और ज़ाक देरिदा के विसंरचनावादी सिद्धांत के माध्यम से उत्तर-औपनिवेशिक साहित्यिक आलोचना का विकास करती हैं।

स्पिवाक ने साहित्यिक आलोचना के नये सिद्धांतों का प्रयोग नारीवादी तरीक़े से करने के साथ-साथ भूमण्डलीकरण और पूँजीवाद के परिप्रेक्ष्य में भी मार्क्सवाद और विसंरचनावाद के औज़ारों का इस्तेमाल करके उन्हें उत्तर-औपनिवेशिक स्थितियों से जोड़ा है। उनकी मान्यता है कि विशेष संदर्भों के आधार पर साहित्यिक पाठ का पुनर्पाठ और पुनर्व्याख्या आवश्यक है। उन्होंने पुनर्पाठ के लिए मानवशास्त्र, समाजशास्त्र, इतिहास, दर्शन, साहित्य आदि की

गायत्री चक्रवर्ती स्पिवाक (1942-)

सीमाओं को लाँघा है। व्यापक मुद्दों को साहित्यिक समीक्षा के क्षेत्र में ला कर उन्होंने स्थानीय या क्षेत्रीय स्तर पर माइक्रो स्तर की राजनीति को साम्राज्यवादी आख्यान की व्याख्या करने वाली मैक्रो स्तर की राजनीति से जोड़ा है। विसंरचनावाद के बारे में उनका कहना है कि यह न तो किसी प्रकार की संकीर्ण सौंदर्यशास्त्रीय धारणा है और न ही अति-क्रांतिकारी राजनीतिक विचारधारा, बल्कि यह एक वैचारिक तरीक़ा है जो लगातार इस तरफ़ ध्यान दिलाता है कि प्रत्येक निर्धारित पाठ अर्थ की बहुलता से सम्पन्न होता है। देरिदा ने विसंरचनावाद की सीमाओं की ओर संकेत करते हुए माना है कि किसी न किसी स्तर पर यह सिद्धांत अपनी स्थिति को विस्थापित और अपनी पूर्व धारणाओं का ही खण्डन करता है। स्पिवाक देरिदा से ख़ुद को अलगाते हुए मानती हैं कि एक सीमा के बाद विसंरचना के बावजूद स्थिति विशेष का मूल्य कम नहीं होता। वे इसे विकसित देशों के बौद्धिक उत्पादन और तीसरी दुनिया के पिछड़े देशों के शोषण के द्विभाजन से जोड़ती हैं। इस द्विभाजन को और जटिल बनाते हुए उन्होंने इसमें लैंगिकता, जनजातीयता और क्षेत्रीयता के मुद्दों को शामिल किया है।

मार्क्सवाद का इस्तेमाल करके स्पिवाक ने स्त्री की सामाजिक स्थिति की व्याख्या की है। मार्क्स उपयोगिता-मूल्य, विनिमय-मूल्य और अधिशेष-मूल्य के ज़रिये श्रमिक के शोषण और श्रम के मूल्य निर्धारण की व्याख्या करते हैं। स्पिवाक ने इसके माध्यम से परिवार में स्त्री के श्रम का मूल्यांकन और विश्लेषण किया है। मार्क्स के सिद्धांत को रूपक के तौर इस्तेमाल करते हुए अपने लेख 'फ़ेमिनिज़म ऐंड क्रिटिकल थियरी' में स्पिवाक ने लिखा है कि परम्परागत सामाजिक स्थितियों में स्त्री अतिरिक्त श्रम व उत्पादन करती है जिसका विनिमय-मूल्य बहुत कम दिया जाता है। जीवन-निर्वाह के लिए बदले में वह बहुत कम प्राप्त करती है क्योंकि वह आर्थिक रूप से स्वाधीन नहीं होती। परिवार में घरेलू स्त्रियाँ निरंतर अतिरिक्त श्रम व उत्पादन का स्रोत बन जाती हैं और पुरुष स्त्री को अपनी सम्पत्ति समझते हुए उस पर मालिकाना हक़ रखता है। स्पिवाक बहस करती हैं कि स्त्री को शारीरिक, भावनात्मक और क़ानूनी अधिकार के स्तर पर केवल उत्पादन/प्रजनन करने वाली व उसके द्वारा उत्पादित श्रम व संतान उत्पादित करने वाली वस्तु समझना अपर्याप्त होगा। द्वंद्वात्मक भौतिकवाद के सिद्धांत और बेगानगी के सूत्रीकरण के माध्यम से स्त्री की सामाजिक स्थिति की व्याख्या करना भी अपर्याप्त होगा क्योंकि इसमें श्रम और उत्पादित वस्तु के बीच मानवीय संबंध की व्याख्या नहीं की गयी है। इसलिए लैंगिकता की समस्या जैसे कठिन विषय पर संवेदनशील बहस आवश्यक है। इस संदर्भ में स्पिवाक ने फ्रॉयड, लकाँ, इरिगरे आदि के सिद्धांतों व अवधारणाओं का विश्लेषण किया है। उन्होंने वर्तमान समीक्षा पद्धति में इन विचारकों की सीमाओं को देखते हुए इन सिद्धांतों के पुनर्लेखन की आवश्यकता रेखांकित की है।

स्पिवाक ने निम्न वर्ग के दृष्टिकोण से इतिहास-लेखन व इतिहास-दृष्टि की विसंरचना पर निगाह डाली है। वे पार्थ चटर्जी, दीपेश चक्रवर्ती व रणजीत गुहा आदि सबाल्टर्न इतिहासकारों की तुलना पश्चिमी ज्ञान व अकादमिक पद्धतियों से करती हैं। स्पिवाक ने मार्क्सवाद के परम्परागत रूप की भी समीक्षा की है और पश्चिमी मार्क्सवादी नज़रिये से भारतीय निम्न वर्ग की समस्याओं की अभिव्यक्ति व विश्लेषण को अनुपयुक्त और अपर्याप्त माना है। उन्होंने मिशेल फ़ूको और ज़ील डलज़ की अवधारणाओं व तर्कों की समीक्षा भी की है।

देखें : उत्तर-औपनिवेशिकता, एडवर्ड विलियम सईद, ज़िग्मण्ड फ्रॉयड-1 और 2, ज़ाक मारी लकाँ, ज़ाक देरिदा, फ्रेंज़ फ़ानो, मिशेल पॉल फ़ूको-1 और 2.

संदर्भ

1. स्टीफ़न मॉर्टन (2007), *इथिक्स, सबाल्टर्निटी ऐंड द क्रिटीक ऑफ़ पोस्टकोलोनियल रीज़न,* पॉलिटी प्रेस, केम्ब्रिज.

2. गायत्री चक्रवर्ती स्पिवाक (1988), 'कैन द सबाल्टर्न स्पीक? स्पेकुलेशंस ऑन विडो सेक्रीफ़ाइस', सी. नेल्सन और एस. ग्रॉसबर्ग (सम्पा.), *मार्क्सिज़म ऐंड द इंटरप्रिटेशन ऑफ़ कल्चर,* मैकमिलन एजुकेशन, बेसिंग्स्टोक.

3. गायत्री चक्रवर्ती स्पिवाक (1999), *अ क्रिटीक ऑफ़ पोस्टकोलोनियल रीज़न : टुवर्ड्स अ हिस्ट्री ऑफ़ द वेनिशिंग,* हार्वर्ड युनिवर्सिटी प्रेस, केम्ब्रिज.

4. साराह हैरैसिम (सम्पा.) (1990), गायत्री चक्रवर्ती स्पिवाक, द *पोस्ट-कोलोनियल क्रिटिक : इंटरव्यूज़, स्ट्रैट्‌जीज़, डायलाग्ज़,* रॉटलेज, न्यूयॉर्क

— शिवानी चोपड़ा

गिजुभाई बधेका

(Gijubhai Badheka)

बाल-शिक्षा की अवधारणा में रैडिकल परिवर्तन करने वाले गिरिजाशंकर भगमान बधेका उर्फ गिजुभाई बधेका को बच्चों का गाँधी के नाम से भी पुकारा जाता है। बच्चे उन्हें मूँछों वाली माँ कह कर पुकारते थे, और स्वयं गिजुभाई को भी यही सम्बोधन प्रिय था। गिजुभाई ने बाल-शिक्षा के अपने अभियान के वैचारिक पक्ष के लिए मारिया मोंटेसरी, फ्रेड्रिख़ फ्रोबेल और डाल्टन स्कूल की शिक्षण पद्धति को अपना कर उसमें भारतीय परिवेश के अनुरूप कई परिवर्तन किये। गिजुभाई ने मोंटेसरी शिक्षण पद्धति को ग्रामीण भारत में और सीमित आर्थिक साधनों के साथ चलाने की अनूठी पहल की। उनके विद्यालय में बच्चों को पढ़ाने के लिए पाठ्यपुस्तकों के बजाय कहानियाँ, लोक कथाएँ, नाटकों, गायन, नृत्य, चित्रकारी जैसे वैकल्पिक तरीक़े अपनाये जाते थे। कई नाटकों में गिजुभाई स्वयं भी बच्चों के साथ अभिनय करते थे। इन नाटकों के मंचन में बच्चों को संवाद रटने के स्थान पर अपनी रचनात्मकता-कल्पना शक्ति के प्रयोग की पूरी छूट थी। गिजुभाई की शिक्षण पद्धति का उद्देश्य रटंत और पुस्तकीय विद्या बाँटने के लिए नहीं बल्कि बच्चों को विचारशील, कल्पनाशील और संस्कारवान बनाना था। गिजुभाई बधेका ने बाल-शिक्षा के लिए किसी नये सिद्धांत का प्रतिपादन नहीं किया, न ही उन्होंने बच्चों के मनोविज्ञान का अध्ययन किया। उन्होंने तो बच्चों के मनोविज्ञान से दुनिया को देखना-सोचना-समझना शुरू किया। इस प्रक्रिया में गिजुभाई ने बाल-शिक्षा की मूल अवधारणा को ही उलट दिया। बच्चों के सिखाने के स्थान पर बच्चों से सीखने की व्यवस्था आरम्भ की। स्वतंत्रता आंदोलन के दौरान गिजुभाई बधेका ने बच्चों की स्वायत्तता की अवधारणा प्रस्तुत की और पूरे समर्पण से इस स्वायत्तता की रक्षा के लिए आंदोलन किया।

ब्रिटिश औपनिवेशिक शासन के दौरान एक तरफ़ तो भारतीय शिक्षा की स्वदेशी-पारम्परिक व्यवस्था ठप्प हो गयी थी, और दूसरी तरफ़ ब्रिटिश स्कूली शिक्षा प्रणाली की नक़ल में आधुनिक रोज़गारोन्मुखी शिक्षा देने के लिए जगह-जगह पाठशालाएँ बन गयी थीं। ये पाठशालाएँ प्राथमिक कक्षा से ही एक पूर्व-निर्धारित पाठ्यक्रम, कठोर अनुशासन एवं सख्त नियमबद्धता के साँचे में ढाली गयी थीं। यहाँ शिक्षक केवल एक वेतनभोगी कर्मचारी था और उसका दायित्व बालकों को इतना साक्षर बना देना था ताकि वे भविष्य में आज्ञाकारी आदेशपालक बन सकें। स्कूलों में बच्चों के आनंद और किलकारी के स्थान पर शिक्षकों की प्रताड़ना और फटकार की गरज थी। बच्चों में उत्साह और उत्सुकता के स्थान पर उदासीनता और उदासी छायी रहती थी।

अपने पहले बेटे, नरेंद्रभाई की समुचित शिक्षा की खोज में गिजुभाई को मोंटेसरी शिक्षा की पद्धति के बारे में एक गुजराती किताब पढ़ने को मिली जिसने उन्हें बाल-शिक्षा के बारे में एकदम नये दृष्टिकोण से परिचित कराया। 1916 में गिजुभाई ने अपनी वकालत छोड़ कर भावनगर में दक्षिणमूर्ति नामक एक छात्रावास के उपअधीक्षक का पद ग्रहण किया। यहाँ पर गिजुभाई ने देखा कि इस छात्रावास के अधिकतर बच्चे मशीनी शिक्षण पद्धतिवाले स्कूलों में पढ़ने जाते हैं तो उन्होंने इस विसंगति को दूर करने के लिए दक्षिणमूर्ति छात्रावास में ही एक शिक्षण संस्थान स्थापित किया और स्वयं उसके प्राचार्य बने। इसके साथ ही गिजुभाई ने अपने तीन वर्षीय पुत्र को मोंटेसरी प्रणाली के अनुसार प्रशिक्षित करना शुरू किया। इसी प्रक्रिया में गिजुभाई को प्राथमिक शाला से पहले की बाल-शिक्षा की अहमियत समझ में आयी। 1920 में गिजुभाई बधेका ने भावनगर में दक्षिणमूर्ति बाल मंदिर की स्थापना की। बाल मंदिर अर्थात - बच्चों का मंदिर और इसका मूल मंत्र था 'बाल देवोभव'। बच्चे ही इस मंदिर के देवता थे। बच्चों के आने पर गिजुभाई पूरे सत्कार से उनका स्वागत करते और लौटते समय उनसे पुनः आने का आग्रह भी करते। यह एक पूर्व-प्राथमिक शिक्षा (नर्सरी) विद्यालय था। गिजुभाई ने लोगों से अपने दो-ढाई साल के बच्चों को विद्यालय भेजने का अनुरोध किया जबकि उस समय छह या सात साल की आयु के बच्चों को पाठशाला भेजा जाता था। बाल-शिक्षा में यह एक अभिनव प्रयोग माना गया। बच्चों के प्रति स्नेह और बच्चों की पूर्ण स्वतंत्रता ही इस बाल मंदिर का सैद्धांतिक आधार था।

1925 में गिजुभाई बधेका ने अपनी बाल शिक्षण पद्धति के प्रसार हेतु दक्षिणमूर्ति अध्यापक मंदिर की स्थापना की और इस संस्था ने लगभग 600 अध्यापकों को प्रशिक्षित किया। बाल साहित्य सृजन में गिजुभाई बधेका का योगदान बहुत विशाल है। उन्होंने बाल-कहानियों, बाल-गीतों, एकांकी, यात्रा व साहसिक अभियानों पर क़रीब सौ पुस्तकें लिखी हैं। गिजुभाई की एक लम्बी कहानी 'दिवास्वप्न' बाल शिक्षा के नये स्वरूप का घोषणापत्र जैसी ही है। इसमें गिजुभाई ने बाल शिक्षा के लिए बाल-श्रम शोषण शिविर

गिजुभाई बधेका (1885–1939)

(लेबर कैंप) व शारीरिक प्रताड़ना से मुक्त करने वाली वैकल्पिक व्यवस्था की कल्पना की थी। 'दिवास्वप्न' आज भी बाल शिक्षा संबंधित साहित्य में सिरमौर मानी जाती है। एक व्यावहारिक व्यक्ति की तरह गिजुभाई बधेका ने केवल दिवास्वप्न देखा और लिखा ही नहीं बल्कि उसे धरती पर साकार भी किया।

गिजुभाई ने ईंट-गारे के कैम्पस बनाने के साथ-साथ बाल शिक्षा में कई क्रांतिकारी परिवर्तनों का समावेश किया। उन्होंने विद्यालय के प्रति बच्चों में भय का भाव हटाने का प्रयास करके विद्यालय में ऐसा वातावरण बनाने पर जोर दिया जिससे बच्चे वहाँ स्वेच्छा और उत्साह से पढ़ने आएँ। पढ़ाई की निश्चित समय सारिणी, पाठ्यक्रम, होम वर्क और शिक्षकों के रौब जमाने वाले अनुशासन को गिजुभाई ने अपनी पाठशाला में कोई स्थान नहीं दिया। उन्होंने दकियानूसी रटंत विद्या के स्थान पर बच्चों में सीखने-समझने की क्षमता बढ़ाने पर ध्यान दिया। एक सी उबाऊ नीरस पाठ्यपुस्तकों के स्थान पर कहानियों, गीतों और रोचक घटनाओं की विभिन्न किताबों का प्रयोग किया ताकि बच्चों में नयी बातें जानने-सीखने की ललक बढ़े। गिजुभाई ने पढ़ाई और परीक्षा के गठजोड़ को तोड़ने का भी काम किया और शिक्षा द्वारा बच्चों में क्रमिक विकास लाने की प्रक्रिया शुरू की। परीक्षाओं के मौसम में केवल रटं-रटाये सवाल-जवाब की परम्परा को हटा कर उसके स्थान पर लगातार सीखने की व्यवस्था स्थापित की। उन्होंने अपने प्रत्येक विद्यालय में किसी भी तरह की नैतिक उपदेशात्मक शिक्षा को पूरी तरह से हटा दिया। यहाँ तक कि गिजुभाई ने महात्मा गाँधी द्वारा बच्चों को नैतिक शिक्षा देने वाली पुस्तक *बाल पोथी* को भी बच्चों के लिए अनुपयुक्त माना। महात्मा गाँधी ने गिजुभाई की इस आलोचना को सही मान कर *बाल पोथी* के आगे प्रकाशन और वितरण को रोक दिया। गिजुभाई ने भाषा और व्याकरण को अलग-अलग नहीं बल्कि एक साथ पढ़ाने का काम किया, शिक्षा देने में लिखित शब्दों के स्थान पर श्रव्य-दृश्य साधनों का ज़्यादा प्रयोग किया।

1925 में गिजुभाई ने ताराबाई मोदक के साथ मिल कर गुजराती भाषा में *शिक्षण पत्रिका* का प्रकाशन किया जिसमें उन्होंने तत्कालीन शिक्षा-व्यवस्था में आमूलचूल परिवर्तन की आवश्यकता समझायी। आम लोगों को अपनी शिक्षण प्रणाली के बारे में बताने के उद्देश्य से उन्होंने भावनगर और अहमदाबाद में दो सम्मलेन आयोजित किये। सन 1926 में गिजुभाई और ताराबाई मोदक ने मिलकर नूतन बाल शिक्षण संघ की स्थापना की। इस संस्था ने कई जगहों पर बाल मंदिर तथा शिशु विहार स्थापित करते हुए इस पूरे अभियान को एक संस्थागत स्वरूप दिया। शहरी इलाक़ों में बाल मंदिर काफ़ी लोकप्रिय भी हुए, क्योंकि वहाँ बच्चों के रहने-खेलने के लिए समुचित स्थान था, देखभाल के लिए सही संख्या में लोग और बाल शिक्षा के लिए प्रशिक्षित शिक्षक भी उपलब्ध थे। शहरी इलाक़ों में स्थित बाल मंदिरों में लोग प्रसन्नतापूर्वक अपने बच्चों को लेकर आते थे। उन्हें निर्धारित शुल्क देने में भी कोई परेशानी नहीं थी। लेकिन यही लोग बाल मंदिर में एक औपचारिक पाठ्यक्रम की व्यवस्था भी चाहते थे जिससे उनके बच्चे अपनी स्कूली शिक्षा समय से पहले ही पूरी कर सकें। ताराबाई मोदक ने बम्बई में एक दलित बहुल इलाक़े में बाल मंदिर स्थापित किया तो उन्हें यक़ीन हो गया कि ग़रीब तथा वंचित बच्चों में मध्यम और उच्च वर्ग के बच्चों की तुलना में बाल शिक्षा की आवश्यकता कहीं ज़्यादा है और इन बच्चों के सीखने की प्रक्रिया भी अलग है। ग्रामीण क्षेत्रों में बाल शिक्षा के प्रसार के लिए सन् 1936 में ताराबाई ने बम्बई से 160 किलोमीटर दूर ग्राम बाल शिक्षा केंद्र की स्थापना की। गिजुभाई ने अपने लेखन द्वारा बच्चों से अधिक उनके माता-पिता और शिक्षकों को पढ़ाने का प्रयास किया। कई जगहों पर उन्होंने अपनी किताबों में निर्देश दिये कि बच्चों को आनंद के लिए पढ़ाया जाए न कि मुखाग्र या कंठस्थ कराने के उद्देश्य से। गिजुभाई ने शिक्षक को शाला का आधार-स्तम्भ माना और बच्चों की शारीरिक स्वच्छता, पाठशाला की स्वच्छता और स्वस्थ वातावरण को बेहद महत्त्वपर्ण व आवश्यक दर्जा दिया।

1936 में अपने सहयोगियों से मतभेद क कारण गिजुभाई ने दक्षिणमूर्ति की संस्था छोड़ दी और राजकोट में एक अध्यापक मंदिर की स्थापना की। दुर्भाग्यवश 23 जुलाई, 1939 को गिजुभाई का निधन हो गया।

देखें : औपनिवेशिक शिक्षा, गिजुभाई बधेका, धोंडो केशव कर्वे, वर्धा शिक्षा योजना।

संदर्भ

1. जी पंकजम (2005), *प्री प्राइमरी एजुकेशन : फलसफ़ा ऐंड प्रैक्टिस,* कांसेप्ट पब्लिशिंग कम्पनी, नयी दिल्ली.
2. गिजुभाई बधेका (1932), *दिवास्वप्न,* नैशनल बुक ट्रस्ट, नयी दिल्ली.
3. गिजुभाई बधेका (अनु. रामनरेश सोनी), *गिजुभाई रत्नावली, बाल शिक्षण : जैसा मैं समझ पाया,* सर्जना, बीकानेर.

— रवि दत्त बाजपेयी

गुन्नार मिर्डाल

(Gunnar Myrdal)

स्वीडिश विद्वान कार्ल गुन्नार मिर्डाल (1898-1987) को अर्थशास्त्र में परम्परागत रूप से प्रचलित संतुलनावस्था विश्लेषण का सैद्धांतिक विकल्प पेश करने का श्रेय जाता है। अपने नये सूत्रीकरणों के ज़रिये उन्होंने नस्ली भेदभाव, ग़रीबी और बेरोज़गारी घटाने के प्रस्ताव पेश किये और मुक्त बाज़ार नीतियों के परे जा कर अर्थव्यवस्थाओं में होने वाले परिवर्तनों को समझने की चेष्टा की। एक समाज वैज्ञानिक के रूप में मिर्डाल की रुचियों का दायरा व्यापक था। मिर्डाल ने विश्व स्तर पर वास्तविक आर्थिक मुद्दों की शिनाख्त की और मनोवैज्ञानिक, ऐतिहासिक, समाजशास्त्रीय और सांस्कृतिक कारकों का सहारा ले कर एक नया अर्थशास्त्र रचने का प्रयास किया। वे एक अनूठे अर्थशास्त्री थे जिन्होंने आर्थिक सिद्धांत के साथ-साथ आर्थिक नीतियों के क्षेत्र में भी उल्लेखनीय योगदान किया।

स्वीडन के स्वोलवार्बो गाँव में एक धनी भू-स्वामी परिवार में पैदा होने के बाद गुन्नार मिर्डाल को बेहतरीन शिक्षा प्राप्त करने का मौक़ा मिला। पहले उन्होंने क़ानून की डिग्री हासिल की, पर बाद में अपनी पत्नी के आग्रह पर अर्थशास्त्र का अध्ययन किया और उसी विषय में पीएचडी की उपाधि प्राप्त की। 1932 में स्वीडन की सामाजिक-जनवादी सरकार ने आवासन और जनसंख्या आयोग में उन्हें नियुक्त किया। वे दो बार स्वीडिश संसद के सदस्य भी रहे। चालीस के दशक के मध्य में मिर्डाल स्वीडन के युद्धोपरांत नियोजन आयोग के सभापति बनाये गये। वे वाणिज्य और व्यापार मंत्री भी रहे।

ऐडम स्मिथ ने अगर राष्ट्रों की समृद्धि के कारण का विश्लेषण किया, तो मिर्डाल ने राष्ट्रों की ग़रीबी के कारण पता लगाये। उन्होंने यह मानने से इनकार किया कि समानता और आर्थिक वृद्धि साथ-साथ सम्भव नहीं हैं। समाज वैज्ञानिकों, ख़ासकर अर्थशास्त्रियों, को आड़े हाथों लेते हुए उन्होंने कहा कि वे एक ऐसी भाषा में अपनी बात कहते और बोलते हैं जो आम लोगों की समझ से बाहर होती है। एक विद्वान जो लिखता है, उसे केवल दूसरा विद्वान ही समझ पाता है। मिर्डाल की मान्यता थी कि इस रवैये के कारण समाज-विज्ञान का सामाजिक महत्त्व कम हो जाता है। वे वैज्ञानिक वस्तुनिष्ठता की आड़ में अर्थशास्त्रियों द्वारा अपने मानकीय आग्रह छिपाने के भी ख़िलाफ़ थे। उन्होंने ज़ोर दे कर कहा कि अर्थशास्त्रियों को अपने पूर्वग्रह स्पष्ट रूप से स्वीकार करना चाहिए। 1974 में फ्रेड्रिख़ हायक के साथ नोबेल पुरस्कार मिलने पर उनका कहना था कि अर्थशास्त्र जैसे अवैज्ञानिक अनुशासन के लिए यह एक अनुपयुक्त पुरस्कार है। वे अक्सर कहते थे कि जब पुरस्कार कमेटी ने उन्हें नोबेल जीतने की सूचना दी तो बहुत सवेरे का वक़्त था और वे ठीक से जागे भी नहीं थे, वरना वे उसे स्वीकार नहीं करते।

गुन्नार मिर्डाल को स्वीडन के कल्याणकारी राज्य की अवधारणा के मुख्य शिल्पियों में से एक माना जाता है। राजकोषीय नीतियों के कींसियन इस्तेमाल के ज़बरदस्त पैरोकार के रूप में उन्होंने स्वीडन के वित्त मंत्री से ऐसी नीतियाँ बनवायीं जिनके तहत सार्वजनिक निर्माण पर धन ख़र्च करके सरकार बेरोज़गारी कम करने में कामयाब रही। बीस के दशक में अर्थव्यवस्था से की जाने वाली उम्मीदों और उनके वास्तविक परिणामों के बीच फ़र्क़ होने से काफ़ी भ्रम की स्थिति थी। व्यापारी मुनाफ़े की उम्मीद में निवेश करते थे, पर उन्हें घाटा उठाना पड़ता था। अतिरिक्त बचत की स्थिति न होने पर भी व्यापार-जगत निवेश करता रहता था। सिद्धांत यह था कि बचत और निवेश बराबर-बराबर होने चाहिए। मिर्डाल ने अपेक्षित और वास्तविक परिणामों के बीच फ़र्क़ की पहेली सुलझायी। उन्होंने एक आर्थिक प्रक्रिया के शुरूआती कारकों अथवा चरों की और अंत के चरों की अलग-अलग गणना की। उन्होंने दिखाया कि आर्थिक प्रक्रिया के प्रारम्भ में अगर निवेश बचत के स्तर से ज़्यादा हो तो मुनाफ़े और आमदनी में वृद्धि के कारण बचत की मात्रा और बढ़ेगी। इस तरह प्रक्रिया के अंत में बचत निवेश के बराबर हो जाएगी। लेकिन अगर प्रक्रिया के आरम्भ में बचत निवेश से अधिक हुई तो परिणाम मंदी में निकलेगा, नौकरियाँ जाएँगी और मुनाफ़ा गिर जाएगा। अपने उत्पादों को बेचने में नाकाम रहने पर व्यापारी निवेश और घटा देंगे। इसके कारण प्रक्रिया के आख़िर में एक बार फिर बचत और निवेश का स्तर बराबर हो जाएगा।

संतुलनावस्था विश्लेषण (इक्विलीबिरियम एनालैसिस) की नयी व्याख्या करने के बावजूद मिर्डाल इस सिद्धांत से संतुष्ट नहीं थे। उन्होंने इसकी जगह *संचयी कार्य-कारण संबंध* (क्यूमिलेटिव कॉज़ेशन) सिद्धांत प्रस्तावित किया। इस सिद्धांत

कार्ल गुन्नार मिर्डाल (1898-1987)

का पहला प्रयोग मिर्डाल के गुरु कुंट विकसेल ने किया था, पर मिर्डाल ने उसका सुविचारित वर्णन करके उसके महत्त्व की स्थापना की। संतुलनावस्था का सिद्धांत एकदिशीय गति के हिसाब से चलता था जिसके तहत माना जाता था कि एक चर दूसरे को प्रभावित करके बढ़ाता या घटाता है पर दूसरा पहले पर कोई प्रभाव नहीं डालता और इस प्रक्रिया में एक नयी संतुलनावस्था प्राप्त हो जाती है। संचयी कार्य-कारण संबंध के तहत मिर्डाल की मान्यता यह थी कि दोनों चर एक-दूसरे को प्रभावित करते हैं। एक चर में हुआ परिवर्तन दूसरे पर असर डालेगा जिसके कारण पहला चर फिर से प्रभावित होगा। यह क्रम चलता रहेगा, कोई संतुलनावस्था पैदा नहीं होगी और आर्थिक तंत्र स्थायित्व की उस स्थिति में नहीं आयेगा जिसकी उम्मीद इक्विलीबिरियम एनालैसिस द्वारा की जाती है। अगर दोनों चरों में वृद्धि होती है तो एक सकारात्मक लूप बनेगा और लाभ चक्र पैदा होगा। अगर दोनों में गिरावट होती है तो नकारात्मक लूप तैयार होगा जिसका नतीजा हानि चक्र में निकलेगा। संचयी कार्य-कारण संबंध का इस्तेमाल करके मिर्डाल ने ग़रीबी और नस्ली भेदभाव की समस्याओं की आर्थिक व्याख्या करने का प्रयास किया।

1938 में हार्वर्ड विश्वविद्यालय में भाषण देते समय कारनेगी फ़ाउंडेशन ने उनसे अमेरिकी में नस्ली भेदभाव की समस्या के अध्ययन का अनुरोध किया। अगले पाँच साल तक मिर्डाल इस काम में लगे रहे जिसका नतीजा *एन अमेरिकन डिलेमा* जैसी विख्यात कृति में निकला। मिर्डाल ने दस्तावेज़ी प्रमाणों के ज़रिये दिखाया कि न्याय और समान अवसर के उसूलों में आस्था के बावजूद अमेरिका में अश्वेतों के साथ किस-किस तरह से भेदभाव होता रहा है जिसके कारण दोनों प्रजातियों की आर्थिक-सामाजिक स्थितियों में बहुत अंतर आ गया है। इस परिस्थिति को उन्होंने अमेरिका के नैतिक द्वंद्व की संज्ञा दी। उन्होंने दावा कि कालों के साथ किया जाने वाला भेदभाव प्रौद्योगिकीय दृष्टि से विकसित समाज की ज़रूरतों के विपरीत है। अश्वेतों को शिक्षित-प्रशिक्षित न करने, उन्हें आगे बढ़ने के अवसर उपलब्ध न कराने और उन्हें रोज़गार न देने के कारण ही अमेरिकी अर्थव्यवस्था का प्रदर्शन ख़राब है। भेदभाव के कारण अश्वेत समाज जिस दुर्गति को प्राप्त हुआ है, उसके कारण श्वेत समाज के भीतर उसकी नकारात्मक छवियाँ रूढ़ हो गयी हैं कि ये लोग तो ऐसे ही हैं। इसकी वजह से भेदभाव के गर्भ से और भेदभाव पैदा होने के हालात बन गये हैं। पूरा अश्वेत समाज संचित भेदभाव का शिकार हो चुका है।

संचयी कार्य-कारण संबंध के सिद्धांत का इस्तेमाल करते हुए मिर्डाल ने नतीजा निकाला कि अश्वेत समाज के संदर्भ में दोनों चर परस्पर अन्योन्यक्रिया करते हुए नकारात्मक लूप बना रहे हैं। इसे सकारात्मक लूप में बदलने के लिए संस्थागत प्रयास करने होंगे। उन्होंने सिफ़ारिश की कि अश्वेतों को अमेरिका के ग्रामीण दक्षिणी हिस्से से औद्योगिक उत्तर और पश्चिमी इलाक़ों में जाने के लिए प्रोत्साहित करना चाहिए जहाँ भेदभाव इतना ज़्यादा नहीं है और रोज़गार के अवसर भी अधिक हैं। केवल इसी तरीक़े से अश्वेत समाज युद्धोपरांत विकसित हुई अमेरिकी अर्थव्यवस्था के साथ एकीकृत हो सकता है।

अपने इसी सैद्धांतिक मॉडल के सहारे मिर्डाल ने दक्षिण एशियाई ग़रीबी की जाँच-पड़ताल की और *एशियन ड्रामा* जैसी विख्यात पुस्तक लिखी। यहाँ उन्होंने 'स्प्रेड इफ़ेक्ट' और 'बैकवाश इफ़ेक्ट' की थीसिस दी। अगर एक इलाक़े का विकास होता है तो उसके प्रभावों का विस्तार होता है और दूसरे इलाक़े भी प्रभावित होते हैं। जबकि ग़रीबी अपने गर्भ से ग़रीबी को जन्म देती रहती है। दरिद्र इलाक़ों में जन्म दर अधिक होती है, पोषण का स्तर गिरा हुआ होता है और श्रम की उत्पादकता कम रहती है। उन्होंने नकारात्मक लूप की जगह सकारात्मक लूप क़ायम करने के लिए विकासशील देशों की सरकारों को सलाह दी कि वे शिक्षा पर जम कर ख़र्च करें। स्वच्छता, साफ़ पानी और जन-सुविधाएँ उपलब्ध करायी जाएँ। नागरिकों की आमदनी में ऊँच-नीच कम करने के लिए मिर्डाल ने सरकारों से कहा कि उन्हें इसके लिए भी अलग से कार्यक्रम डिज़ाइन करने चाहिए।

मिर्डाल की मुख्य थीसिस थी विकास से विकास पैदा

होता है और ग़रीबी से ग़रीबी। निश्चित रूप से समानता और विकास की समस्वरता में यक़ीन न करने वालों के मुक़ाबले यह एक रैडिकल थीसिस थी। पर, यह थीसिस विकास से पैदा होने वाली ग़रीबी, लोगों के विस्थापन और बदली हुई जीवन-शैली के कारण आने वाले सांस्कृतिक संकटों पर पर्याप्त ध्यान देने में नाकाम रही।

देखें : अर्थ-विज्ञान का समाजशास्त्र, आर्थिक जनसांख्यिकी, अल्फ्रेड मार्शल, अमर्त्य कुमार सेन, अंतर्राष्ट्रीय मुद्रा कोष, आधार और अधिरचना, ऑस्कर रायज़ार्ड लांगे, ऐडम स्मिथ, करारोपण, कल्याणकारी अर्थशास्त्र, क्लासिकल अर्थशास्त्र, कार्ल हाइनरिख़ मार्क्स-3, कार्ल मेंगर, कींसियन अर्थशास्त्र, जोआन रोबिंसन, जॉन कैनेथ गालब्रेथ, जॉन मेनार्ड कींस, जॉन स्टुअर्ट मिल, जोसेफ़ शुमपीटर, जैव विविधता, ट्रस्टीशिप, डेविड रिकार्डो, ढाँचागत समायोजन कार्यक्रम, थॉमस मन और वणिकवाद, थॉमस रॉबर्ट माल्थस, दक्षता, धन, नियोक्लासिकल अर्थशास्त्र, नीतिशास्त्र और अर्थशास्त्र, निकोलस काल्दोर, नियोजन, नियोजन : मार्क्सवादी विमर्श, पण्य, पण्य-पूजा, पेटेंट, पॉल सेमुअलसन, पियरो स्राफ़ा, पूँजी, प्रतियोगिता, फ्रांस्वा केस्ने और प्रकृतिवाद, फ्रेड्रिख़ वॉन हायक, बहुराष्ट्रीय निगम, बाज़ार, बाज़ार की विफलताएँ, बाज़ार-समाजवाद, बौद्धिक सम्पदा अधिकार, ब्रेटन वुड्स प्रणाली, भारत में बहुराष्ट्रीय निगम, भारत में नियोजन, भारत में पेटेंट क़ानून, भारत में शेयर संस्कृति, भूमण्डलीकरण और पूँजी बाज़ार, भूमण्डलीकरण और वित्तीय पूँजी, भूमण्डलीकरण और वित्तीय उपकरण, मार्क्सवादी अर्थशास्त्र, मिल्टन फ्रीडमेन, मूल्य, राजकोषीय नीति और मौद्रिक नीति, रॉबर्ट ओवेन, विलफ्रेडो परेटो, विश्व व्यापार संगठन, विश्व बैंक, विलियम पेटी, विलियम स्टेनली जेवंस, वैकासिक अर्थशास्त्र, शोषण, साइमन कुज़्नेत्स।

संदर्भ

1. जेम्स अग्रेसानो (1997), *द पॉलिटिकल इकॉनॉमी ऑफ़ गुन्नार मिर्डाल*, एडवर्ड एल्गार, चेल्टनहेम, यूके.
2. जी. लॉयड रेनॉल्ड्स (1976), 'गुन्नार मिर्डाल्स कंट्रीब्यूशन टू इकॉनॉमिक थियरी, 1940-1970', *स्वीडिश जर्नल ऑफ़ इकॉनॉमिक्स*, 76.
3. ए. वाल्टर जेक्सन (1990), *गुन्नार मिर्डाल ऐंड अमेरिकाज़ कांशेंस : सोशल इंजीनियरिंग ऐंड रैडिकल लिबरलिज़म*, युनिवर्सिटी ऑफ़ नॉर्थ कैरोलिना प्रेस, नॉर्थ कैरोलिना, चापेल हिल.
4. जाइल्स दोस्तलर वग़ैरह (सम्पा.) (1992), *गुन्नार मिर्डाल ऐंड हिज़ वर्क*, हारवेस्ट हाउस, मांट्रियल.

— अभय कुमार दुबे

गुरु घासीदास

(Guru Ghasidas)

अट्ठारहवीं सदी में सतनामी आंदोलन के माध्यम से अछूत समझी जाने वाली जातियों में सामाजिक-सांस्कृतिक चेतना का प्रसार करने वाले गुरु घासीदास (1756-1836) निचली जातियों से आये संतों की परम्परा के महापुरुष थे। अपने जीवन में ग़रीबी और छुआछूत से संघर्ष करते हुए उन्होंने मध्य भारत के छत्तीसगढ़ इलाक़े में चर्मकार जातियों को एक नये सम्प्रदाय में संगठित किया। हिंदू धर्म के अनगनित देवी-देवताओं को ख़ारिज करते हुए घासीदास ने एकेश्वरवाद का संदेश दिया। उन्होंने जिस ईश्वर की पैरोकारी की वह निराकार और अनंत के रूप में परिभाषित किया गया। घासीदास ने जातिगत विभेदों की निंदा की और सामाजिक समता का उपदेश दिया। उन्होंने कहा सभी मनुष्य बराबर हैं, ईश्वर एक है और उसका नाम सतनाम (सत्यनाम) है। घासीदास से पहले उत्तर भारत में जगजीवन दास ने इसी प्रकार का मत चलाया था। लेकिन छत्तीसगढ़ के इलाक़े में गुरु घासीदास के विचारों का प्रचार-प्रसार अधिक प्रभावी साबित हुआ। कन्हैया लाल चंचरीक के अनुसार सतनामी आंदोलन जातिगत संगठन और समाज-सुधार की दिशा में एक अनूठा प्रयोग माना जा सकता है। इस क्षेत्र में कबीरपंथ का भी असर था, पर कबीरपंथी इस प्रकार संगठित नहीं हो पाये। सतनामी सम्प्रदाय का शुरुआती रूप धार्मिक था जो बाद में सामाजिक-राजनीतिक आंदोलन बन गया। सतनामी सम्प्रदाय के प्रभाव वाले इलाक़ों में दुर्ग, रायपुर, बिलासपुर आदि जिले हैं। मूल रूप से ज्यादातर चमार जाति के लोग ही सतनामी सम्प्रदाय में दीक्षित हुए।

घासीदास का जन्म रायपुर जिले के गिरोदा गाँव में हुआ था। इनके पिता का नाम महंगूदास तथा माँ का नाम अमरोतिन था। बचपन से ही उनमें अपनी ही बिरादरी में प्रचलित ऊँच-नीच के रीति-रिवाज़ों के प्रति गहरी अरुचि उन्हें सही रास्ते की तलाश में दूर-दूर तक ले गयी। एक दिन घासीदास तालाब के किनारे बैठे थे। उन्होंने देखा कि एक बड़ी मछली ने छोटी मछली को निगल लिया है। छोटे को बड़े का आहार बनता देख उन्होंने सोचा कि क्या सदैव ऐसा होता आया है। उनके मन में इस विचार आया कि यदि ऐसा ही मनुष्यों के बीच होता है तो यह अन्याय है। उनके विरक्त भाव को देख कर माँ-बाप ने उन्हें विवाह के बंधन में भी बाँधा, लेकिन वे घासीदास को नहीं रोक पाये। 1820 के दशक में घासीदास अपने भाई के साथ पुरी की यात्रा पर निकल गये। कहा जाता है कि सारंगगढ़ के रास्ते में उन्हें ज्ञान-प्राप्ति हुई जिसके बाद उन्होंने सतनाम की घोषणा करके

गुरु घासीदास (1756-1836)

अपने गाँव वापसी की। उन्होंने सामान्य जीवन त्याग कर संन्यासी की दिनचर्या ग्रहण की और जंगल में तपस्या करने चले गये। छह महीने बाद लौट कर घासीदास ने मूर्तिपूजा त्यागने और सतनाम अपनाने का उपदेश देना शुरू किया। गिरोदपुरी की पहाड़ियों पर ज्ञान प्राप्ति के पश्चात उन्होंने भण्डारपुरी को अपनी कर्मस्थली बनाया। यहीं से तीन किलोमीटर की दूरी पर ऐतिहासिक तैलासी ग्राम में सतनाम धर्म की दीक्षा का प्रथम सूत्रपात किया। उन्होंने दांतेवाड़ा, बस्तर, अमरकंटक, जबलपुर, बालाघाट, मण्डला, सिवनी, छिंदवाड़ा, उमरिया आदि इलाक़ों की यात्राएँ कीं और अपना संदेश फैलाया। जल्दी ही उनके इर्द-गिर्द अनुयायी जमा होने लगे। घासीदास द्वारा सतनामी समाज की स्थापना होने पर एक तरफ़ दलितों तथा पिछड़े समाज के भीतर आशा जगी, और दूसरी तरफ़ ब्राह्मणों और पुरोहितों ने दलित समाज का जीना मुश्किल कर दिया। इसके जवाब में घासीदास को एक अलग धार्मिक सेना का गठन करना पड़ा। उन्होंने दलितों-शोषितों में जाकर एलान किया कि अगर आप सभी सतनामी समाज की सभा के सूत्र में बध जाएँगे तो बड़ा छोटे को नहीं सता पायेगा। गुरु घासीदास ने जिस सतनामी विचार को छत्तीसगढ़ में लोकप्रिय किया, उसका इतिहास सत्रहवीं सदी से शुरू होता है। इतिहास में मुग़लों की हुकूमत के ख़िलाफ़ 1672 का सतनामी विद्रोह दर्ज है।

गुरु घासीदास के उपदेशों में बुद्ध के संदेश झलकते हैं। उनका कहना था कि सत्य के रास्ते पर चलो, झूठ मत बोलो, चोरी मत करो, अंधविश्वास से दूर रहो, मूर्ति-पूजा से छुटकारा पाओ। उन्होंने अपने अनुयायियों को समझाया कि कि मंदिरों तथा प्रार्थना-स्थलों पर माथा पटकने से कुछ हासिल नहीं होगा। कोई मंदिर तुम्हें भुखमरी से नहीं बचा सकता, कड़ी मेहनत से ही तुम अपना और अपने परिवार का भरण-पोषण कर सकोगे। सत्य के मार्ग का अनुसरण करने से ही कल्याण होगा। दलित समाज को शोषण अन्याय से बचाने के लिए हमें एकजुट होकर संघर्ष करना होगा। घासीदास ने अपने समाज कड़ी मेहनत करने की अपील की ताकि सभी की सामूहिक प्रगति हो सके। घासीदास ने सतनामियों के बीच पंथी गीत और नृत्य का प्रचलन किया। उनकी जीवनी, उपदेश, वाणी को पंथी गीत में गाया जाता है। यह समूह नृत्य है जिसमें मादल, झांझ, मृदंग, मंजीरे, घुंघरु आदि का इस्तेमाल होता है। घासीदास के बाद उनके बेटे बालकदास ने उनकी गद्दी सँभाली।

आगे चल कर सतनामी सम्प्रदाय में संत रामानंद के विचारों का भी प्रभाव पड़ा और इस प्रक्रिया में यह हिंदू समाज का ही उपांग बन गया। मानवशास्त्री सौरभ दुबे ने छत्तीसगढ़ इलाक़े के सतनामियों का अध्ययन करते हुए उनका इतिहास दो भागों में बाँट कर पेश किया है। पहला हिस्सा 1780 से 1900 तक का है, और दूसरा हिस्सा अगले पचास साल यानी 1900 से 1950 तक जाता है। 1950 में ही सतनामी गुरु अगमदास ने कांग्रेस के टिकट पर छत्तीसगढ़ से लोकसभा का चुनाव जीता। उस समय डॉ. आम्बेडकर के नेतृत्व वाली आल इण्डिया शेड्यूल कास्ट फ़ेडरेशन सतनामियों का समर्थन पाने में नाकाम रही। अनुयायियों के बीच अगमदास की जीत को 'राजधानी दिल्ली में गुरु-गद्दी' के रूप में देखा गया।

दिलचस्प बात यह है कि आगे चल कर जिन ब्राह्मणी मूल्यों को घासीदास ने ख़ारिज किया था, वे ही विभिन्न रास्तों से इस सम्प्रदाय के अनुयायियों को प्रभावित करते देखे गये। गुरु घासीदास की शख़्सियत के इर्द-गिर्द गढ़े गये मिथकों का बाबा रामचंद्र जैसे महाराष्ट्रि ब्राह्मण राष्ट्रवादियों से लेकर ईसाई मिशनिरियों तक ने अपने-अपने पक्ष में तात्पर्य-निरूपण किया।

देखें : अनुसूचित जातियाँ, अस्मिता की भारतीय राजनीति, अन्य पिछड़े वर्ग, आयोतीदास पांडीतर, आयंकाली, आम्बेडकर-गाँधी विवाद, इरोड वेंकट रामस्वामी नायकर पेरियार, कांशी राम, गाड़गे बाबा, गोपाल बाबा वलंगकर, जगजीवन राम, ज्योतिराव गोविंदराव फुले, जाति और जाति-व्यवस्था-1 से 4 तक, बहुजन समाज पार्टी-1 और 2, बाबू मंगूराम,

भदंत आनंद कौसल्यायन, भीमराव रामजी आम्बेडकर, स्वामी अछूतानंद हरिहर।

संदर्भ

1. सौरभ दुबे (2001), *अनटचेबिल पास्ट्स : रिलाजन, आइडेंटिटी, ऐंड पॉवर एमंग अ सेंट्रल इण्डियन क्म्युनिटी,* 1780–1950, विस्तार पब्लिकेशंस, नयी दिल्ली.
2. स्वामीराम बंजारे सरल (2010), *छत्तीसगढ़ के लोक जीवन में पंथी गीतों का महत्त्व,* बयान, दिसम्बर, नयी दिल्ली.

— मोहनदास नैमिशराय

गेटकीपिंग

(Gatekeeping)

गेटकीपिंग सूचना के निर्धारण और चयन की एक ऐसी प्रक्रिया है जिसमें समाचार की प्रकृति और उसकी विषय-वस्तु का निर्धारण किया जाता है। साथ में यह भी ध्यान में रखा जाता है कि इसका स्वरूप क्या होना चहिए। गेटकीपिंग के सिद्धांत का उद्‌गम दिलचस्प है। इसका शाब्दिक अर्थ है चौकीदारी करना। यानी ऐसा व्यक्ति जो हर जाने-अनजाने व्यक्ति की प्रामाणिकता परख कर ही गेट के भीतर जाने देता है। इस प्रकार के दृश्य किसी भी कार्यालय, रिहायशी सोसाइटी अथवा अपार्टमेंट में दिखाई देते हैं। दरअसल यह शब्द सामाजिक मनोविज्ञान के अनुशासन की देन है जिसे सबसे पहले सोशल साइकोलॅजिस्ट कर्ट लेविन ने 1943 में गढ़ा था। कर्ट लेविन ने अपने लेख 'फ़ोर्सेज़ बिहाइंड फ़ूड हैबिट ऐंड मैथेड आफ़ चेंज' में लिखा था कि कैसे खाने की एक वस्तु खेत से लेकर स्टोर तक, फिर स्टोर से लेकर खाने की टेबल तक एक लम्बी प्रक्रिया में पहुँचती है। उसे कई चैनलों से गुजरना पड़ता है और इस चैनल का जो सबसे बड़ा नियंत्रक है वह है पत्नी। उसकी मर्ज़ी के बिना कोई भी चीज़ खाने की मेज़ तक नहीं पहुँच सकती। लेविन ने अपने अध्ययन में बताया था कि कैसे एक ही परिवार के सभी सदस्यों का वज़न एक जैसा नहीं होता और इसके लिए घर की मालकिन अथवा पत्नी व्यक्ति विशेष की इच्छाओं और ज़रूरतों के हिसाब से खाना देती है। यह इस बात का प्रतीक है कि कोई न कोई आपके घर में है जो आपके खाने की भी चौकीदारी करता है। लेकिन इस पूरी प्रक्रिया में हमेशा इस बात को सर्वोपरि रखा जाता है कैसे खाने के माध्यम से न केवल परिवार के सदस्यों की तंदरुस्ती ठीक रखी जाए बल्कि उनकी निर्णय-क्षमता को भी निखारा जाए। खाने की मेज़ से पैदा हुए इस सिद्धांत को 1950 में मीडिया-विमर्श का हिस्सा बना लिया गया।

गेटकीपिंग को मीडिया-विमर्श का हिस्सा बनाने से पहले डी.एम. व्हाइट नाम के विद्वान ने इस पर एक शोध किया। उन्होंने इस बात का ध्यान रखा कि किसी भी समाचार का चयन करते समय सम्पादक की ज़िम्मेदारी होगी कि वह इस बात पर ग़ौर करे कि कौन-सा समाचार अख़बार का हिस्सा बनने लायक है और कौन सा नहीं। इसके लिए व्हाइट ने एक ऐसे सम्पादक से सम्पर्क किया जिसकी आयु लगभग 45 के आसपास रही होगी और जिसे पत्रकारिता का लगभग 25 वर्ष का अनुभव था। उसका नाम गेट्स था। गेट्स के अख़बार की प्रसार-संख्या 30,000 से अधिक थी। जब व्हाइट ने गेट्स से अपने अध्ययन के दौरान पूछा कि ऐसे कौन से कारण हैं जिनकी वजह से आप कई समाचारों को प्रकाशित न करने का निर्णय लेते हैं तो उन्हें जवाब मिला कि इसके मूलतः दो कारण हैं : पहला, समाचार में कोई मूल्य न होना; और दूसरा, एक ही विषय पर एक जैसे दो समाचारों का प्रकाशन न करना। इसका मतलब यह हुआ समाचार-जगत में गेटकीपिंग का सिद्धांत दो बातों पर निर्भर करता है। एक समाचार के मूल्य पर और दूसरा उसकी नवीनता पर।

कर्ट लेविन द्वारा प्रतिपादित यह सिद्धांत धीरे-धीरे मीडिया जगत में गेटकीपिंग के नाम से जाना जाने लगा। भारतीय संदर्भ में समाचार-पत्रों, पत्रिकाओं और न्यूज़ चैनलों में यह काम सम्पादक द्वारा किया जाता है। किसी भी मीडिया संस्थान में सम्पादक ही वह व्यक्ति होता है जिसके ऊपर समाचार के चयन से लेकर उसकी विषय-वस्तु के निर्धारण की ज़िम्मेदारी होती है। सम्पादक किसी भी समाचार पत्र और पत्रिका का ऐसा नियंत्रक माना जाता है जो समाचार के चयन के साथ-साथ इस बात का भी निर्णय करता है कि समाचार-पत्र का ले-आउट और डिज़ाइन क्या होगी। यह उत्तरदायित्व एक सुरक्षाकर्मी जैसा ही है जिसे हर समय ख़याल रखना पड़ता है कि कोई ऐसी सामग्री समाचार-पत्र अथवा पत्रिका में न चली जाए जिसका नकारात्मक प्रभाव समाज पर पड़े। साथ ही एक कुशल सम्पादक के लिए इससे जुड़े क़ानून के सभी पक्षों से भी अवगत होना आवश्यक है।

गेटकीपिंग की प्रक्रिया कई बातों पर निर्भर करती है। सम्पादक किसी समाचार को चुनने से पहले देखता है कि उस समाचार की मूल्यवत्ता कितनी है। फिर वह सुनिश्चित करने की कोशिश करता है कि उस समाचार का स्रोत क्या है। एक बार स्रोत का पता चल जाने पर यह देखा जाता है कि जनता इसके बारे में कितनी जागरूक है। जनता के विचारों का आकलन करने के बाद उस समाचार के प्रकाशन के सम्भावित नतीजों की समीक्षा की जाती है।

कुछ वर्ष पहले की बात है जब ओडीशा में हिंदुत्ववादी शक्तियों द्वारा किये गये एक जघन्य काण्ड में

क्रिश्चियन मिशनरी ग्राहम स्टेन और उनके दो बेटों को आग में जिंदा जला दिया गया था। उस समय भारतीय मीडिया के साथ-साथ अंतर्राष्ट्रीय मीडिया ने इस तरह की ख़बरें प्रकाशित की थीं जिनसे लगता था कि भारत में ईसाइयों को उत्पीड़ित किया जा रहा है। इसका परिणाम यह हुआ कि अंतराष्ट्रीय ईसाई समूहों ने इसकी जाँच की माँग कर डाली। इस तरह की रिपोर्टिंग की सईद नकवी जैसे पत्रकारों ने निंदा की। उन्होंने *न्यूयॉर्क टाइम्स* के शीर्षक का हवाला दिया। इस अख़बार में शीर्षक छपा था कि मिशनरी को मारने वाला संदिग्ध हिंदू गिरफ़्तार। आलोचकों का कहना था कि यदि भारत में कोई घटना घट जाएगी तो क्या आप यह लिखेंगे कि हिंदू की हत्या में शामिल संदिग्ध मुसलमान गिरफ़्तार अथवा मुसलमान की हत्या में शामिल संदिग्ध ईसाई गिरफ़्तार। आलोचकों ने *न्यूयॉर्क टाइम्स* के जाने-माने पत्रकार डेविड हल्बर्टस्टाम को इसके लिए पत्र भी लिखा। ज़ाहिर है जिसका जबाब उन्हें नहीं मिला। एक पाठक ने प्रतिक्रिया लिखते हुए कहा कि कैसे एक शीर्षक पत्रकारिता के सारे सिद्धांतों की हवा निकालते हुए जनमत बनाने की भूमिका निभा सकता है।

गेटकीपिंग से संबंधित अनुसंधान पर पिछले कुछ दिनों से सवालिया निशान भी लगाये जाने लगे हैं। आलोचकों का कहना है कि यह पूरी अवधारणा काफ़ी कुछ सरलीकृत है। इसके दो कारण बताये गये हैं। पहला, गेटकीपर के लिए आज तक ऐसे कोई मानक (न सुनिश्चित, न लचीले) तैयार नहीं किये जा सके हैं जिनके आधार पर वह किसी समाचार को प्रकाशन के लिए हरी झंडी दे सके या उसे रोक सके। दूसरे, गेटकीपिंग का विचार समाचार के अस्तित्व में आने की प्रक्रिया की सही तस्वीर पेश नहीं करता। मसलन, गेटकीपिंग से लगता है कि समाचार कहीं मौजूद जिसे गेटकीपर (चाहे वह सम्पादक हो या कोई और) फ़िल्टर कर रहा है। वस्तु-स्थिति यह होती है कि समाचार संवाददाता, स्रोत, उप-सम्पादक, सम्पादक, अख़बार के मालिक और उसके पाठकों के साथ एक तरह की जटिल अन्योन्यक्रिया के माध्यम से रचा जाता है। उसके रचे जाने के संदर्भ सामाजिक-आर्थिक होते हैं। समाचार अपने लिखे जाने और छपने के लिए महज़ संवाददाता और गेटकीपर के द्विभाजन पर निर्भर नहीं करता।

देखें : अभिलेखागार, आख्यान, इंटरएक्टिविटी-प्रौद्योगिकीय विमर्श, इंटरएक्टिविटी-सामाजिक विमर्श, इंटरफ़ेस, एक्टर-नेटवर्क थियरी, डिजिटल डिवायड, दिन-प्रति दिन के अभिलेखागार, नया मीडिया, नेटवर्क, नेटवर्क सोसाइटी, बाज़ारू संस्कृति, भारत में संचार-क्रांति, भारतीय मीडिया-1, 2 और 3, भारतीय मीडिया स्फ़ेयर, मास मीडिया, मीडिया और सरकार, मीडिया-पक्षधरता, मीडिया-स्टडीज़, संचार, संचार-क्रांति, स्मृति और अभिलेखागार, सोशल नेटवर्क विश्लेषण, सूचना, सूचना-समाज, वैकल्पिक मीडिया।

संदर्भ

1. डेविड मानिंग व्हाइट (1950), 'द 'गेट कीपर' : अ केस स्टडी इन द सलेक्शन ऑफ़ न्यूज़', डी. बर्कोविट्ज़ (सम्पा.), *सोशल मीनिंग्ज़ ऑफ़ द न्यूज़ : अ रीडर*, सेज, थाउज़ेंड ओक्स, सीए.
2. डब्ल्यू. गीबर (1964), 'न्यूज़ इज़ व्हाट न्यूज़पेपरमेन मेक इट', एल.ए. डेक्स्टर और डी मैनिंग (सम्पा.), *पीपुल, सोसाइटी ऐंड मास कम्युनिकेशंस*, फ्री प्रेस, न्यूयॉर्क.
3. पामेला जे.शूमाकर और टिम पी. वोस (2009), *गेटकीपिंग थियरी*, रॉटलेज, न्यूयॉर्क.

— संजय सिंह बघेल

ग़ैर-कांग्रेसवाद

(Non-Congressism)

कांग्रेस का राजनीतिक वर्चस्व तोड़ने के लिए विचारधारात्मक मतभेदों को नज़रअंदाज़ करके विपक्षी दलों का मोर्चा बनाने की रणनीति को ग़ैर-कांग्रेसवाद के नाम से जाना जाता है। हालाँकि साठ के दशक में इसका विकास और सूत्रीकरण समाजवादी नेता और चिंतक डॉ. राममनोहर लोहिया ने महज़ तीन साल के लिए किये जाने वाले प्रयोग के तौर पर किया था, लेकिन भारतीय दलीय प्रणाली को एक पार्टी के दबदबे से छुटकारा दिला कर कहीं बेहतर राजनीतिक होड़ के दायरे में ले जाने वाली इस रणनीति का असर नब्बे के दशक तक रहा। ग़ैर-कांग्रेसवाद से ही आगे चल कर पार्टी-गठजोड़ की राजनीति का प्रतिमान विकसित हुआ। एक रणनीति के तौर पर ग़ैर-कांग्रेसवाद मुख्यतः चार चरणों से गुज़रा। पहला दौर 1962 के आम चुनाव से शुरू हो कर 1968 में डॉ. लोहिया के देहांत तक चला। इस अवधि में विभिन्न कारणों से कांग्रेस का चुनावी दबदबा पहली बार टूटा। दूसरे दौर में ग़ैर-कांग्रेसवाद के ज़रिये उत्तर भारत में चरण सिंह का नेतृत्व उभरा और क्षेत्रीय राजनीतिक शक्तियाँ मज़बूत हुईं। तीसरा दौर 1974 से 1980 तक चला जिसके केंद्र में जय प्रकाश नारायण की शख़्सियत और विपक्षी दलों का आपस में विलय करके कांग्रेस के विकल्प की तरह एक राष्ट्रीय पार्टी गठित करने की कोशिशें थीं। चौथा दौर 1989 के चुनाव में कांग्रेस के पराभव से शुरू हो कर नब्बे के दशक के मध्य तक जारी रहा। हालाँकि शुरू में ग़ैर-कांग्रेसवाद पर समाजवादी राजनीति की छाप थी, पर उसकी अंतिम राजनीतिक अभिव्यक्ति का लाभ भारतीय जनता पार्टी को हुआ जब क्षेत्रीय शक्तियों के सहयोग से उसे केंद्र में अपनी सरकार बनाने में कामयाबी मिली।

ग़ैर-कांग्रेसवाद की पृष्ठभूमि समझने के लिए साठ के

मधु लिमये (1922–1995)

दशक के राष्ट्रीय हालात पर एक नज़र डालना ज़रूरी है। इस दौरान 1962 और 1967 में दो आम चुनाव हुए जिनके बीच के पाँच सालों में अर्थव्यवस्था की हुलिया बहुत ख़राब रही। 1962 में चीन और 1965 में पाकिस्तान से हुए युद्धों के कारण जान-माल की काफ़ी क्षति हुई। खाद्यान्न की कमी और बढ़ती कीमतों के कारण कई राज्यों में तक़रीबन अकाल के हालात पैदा हो गये। क़ानून और व्यवस्था की बुरी हालत में लगातार राजनीतिक आंदोलनों, बंद, हड़तालों, घेराव के कारण और इज़ाफ़ा हुआ। यही वह दौर था जब जवाहरलाल नेहरू का देहांत हुआ और उत्तर-नेहरू कांग्रेस अपने भीतरी मतभेदों के कारण पहले जैसी पार्टी नहीं रह गयी। न ही कांग्रेस के राष्ट्रीय नेतृत्व की साख पहले जैसी रह पायी। जे.बी. कृपलानी, सी.डी. देशमुख, सी. राजगोपालाचारी और कृष्ण मेनन जैसे नेताओं ने स्थायी रूप से कांग्रेस छोड़ दी। मुसलमानों, सिक्खों और ईसाइयों जैसे अल्पसंख्यक समुदायों का पार्टी से मोहभंग होने लगा। गुजरात के क्षत्रिय, राजस्थान के जाट, हरियाणा-उप्र-बिहार के यादव कांग्रेस से निराश होने लगे। दलीय प्रणाली के अध्येता के तौर पर रजनी कोठारी ने इस दौर को कांग्रेस 'प्रणाली' के कमज़ोर होने की अवधि क़रार दिया है। कोठारी ने दिखाया है कि 1957 के आम चुनाव तक विपक्षी दलों को लगता था कि उनमें कांग्रेस को सत्ता से उखाड़ देने की शक्ति है, लेकिन जब कांग्रेस ने अपने शासन की तमाम कमियों के बावूजद 1962 के चुनाव में भी भारी कामयाबी हासिल की तो 'एकला चलो रे' की नीति पर यक़ीन करने वाली ग़ैर-कांग्रेस पार्टियाँ विपक्षी एकता के बारे में सोचने के लिए मजबूर हुईं।

समाजवादी नेता डॉ. लोहिया इससे पहले ख़ुद भी पार्टियों का मोर्चा बनाने के ख़िलाफ़ थे। लेकिन 1962 के बाद उन्होंने कांग्रेस विरोधी वोट बँटने से रोकने की रणनीति तैयार की। कांग्रेस का वर्चस्व ज़रूर था, पर उसके पास देश के सभी राज्यों में सत्ता की इजारेदारी नहीं थी। 1952 में भी कांग्रेस को मद्रास, पेप्सू, ओडीशा और ट्रावणकोर-कोचीन में बहुमत नहीं मिल पाया था। डॉ. लोहिया के सामने स्पष्ट था कि विपक्ष की संयुक्त ताक़त से कांग्रेस को हराया जा सकता है, लेकिन इसके लिए बहुदलीय होड़ का विन्यास बदलना होगा। 1963 के चार लोकसभा उपचुनावों में यह रणनीति आज़मायी गयी। उत्तर प्रदेश की तीन (फ़रुखाबाद, जौनपुर, अमरोहा) और गुजरात (राजकोट) की एक सीट पर हुए इन चुनावों में लोहिया के साथ जनसंघ के दीनदयाल उपाध्याय, स्वतंत्र पार्टी के मीनू मसानी और वरिष्ठ नेता आचार्य कृपलानी लड़े। इन चुनावों में विचारधारात्मक मतभेदों को ठंडे बस्ते में डाल कर विपक्ष ने सिर्फ़ कांग्रेस को निशाना बनाया। कांग्रेस विरोधी वोट न बँटने के कारण तीन सीटों पर जीत हासिल हुई। दूसरी तरफ़ संसद और विधान सभाओं के भीतर भी विपक्ष एकजुट हो कर कांग्रेस सरकारों का सामना करने लगा। नेहरू की सरकार के ख़िलाफ़ पहला अविश्वास प्रस्ताव संयुक्त विपक्ष ही लाया।

इस कामयाबी को एक सुचिंतित राजनीतिक लाइन का रूप देने के लिए लोहिया को अपनी ही पार्टी और समाजवादी आंदोलन के भीतर और बाहर काफ़ी संघर्ष करना पड़ा। पार्टी के भीतर मधु लिमये और जॉर्ज फ़र्नांडीज़ जैसे नेता विचारधाराओं को पीछे करके पार्टियों की ग़ैर-कांग्रेसी एकता को सत्तालोलुपता और अवसरवाद के ख़तरे से ग्रस्त बता रहे थे। लोहिया के पास इन तर्कों का कोई उत्तर नहीं था। लेकिन काफ़ी जद्दोजहद के बाद उन्होंने तीन साल तक प्रयोग के तौर पर आज़माने के लिए ग़ैर-कांग्रेसवाद को नीतिगत आयाम देने का अपना आग्रह मनवा लिया। हालाँकि कम्युनिस्ट पार्टियाँ ग़ैर-कांग्रेसवाद की लाइन के नज़दीक आ रही थीं, पर विभिन्न मुद्दों पर लोहिया के जनसंघ के साथ मतभेद जारी थे जिसके कारण फूलपुर, सहरसा और मुंगेर के उपचुनावों में विपक्षी एकता नहीं हो पायी। कांग्रेस दो जगहों पर जीत गयी। 1965 के संघर्षों और आपसी विचार-विमर्शों में जनसंघ ने भागीदारी नहीं की। 1967 के चौथे आम चुनाव की पूर्व संध्या पर लोहिया ने कांग्रेस के समर्थन में भारी गिरावट की भविष्यवाणी की। उन्हें यक़ीन था कि हिंदी प्रदेशों में कांग्रेस को मुँह की खानी पड़ेगी। वही हुआ जो उन्होंने कहा था। केंद्र में कांग्रेस को मामूली बहुमत मिला और आठ राज्यों (देश की कुल आबादी का दो-तिहाई) में वह जीत हासिल

नहीं कर पायी। केरल, तमिलनाडु और ओडीशा में चुनाव-पूर्व गठजोड़ों ने उसे करारी शिकस्त दी। राजस्थान, पंजाब, उप्र और बिहार में वह सबसे बड़े दल के रूप में उभरी लेकिन निर्दलीय सदस्यों की बहुतायत ने इन राज्यों की स्थिति अस्थिर कर दी। पहले छह राज्यों में ग़ैर-कांग्रेस सरकारें बनीं और फिर हरियाणा, उप्र और मप्र में हुए भारी दल-बदल के कारण कांग्रेस सरकारें गिर गयीं।

कुल मिला कर दस राज्यों में कांग्रेस अपदस्थ हुई और संयुक्त विधायक दलों की सरकारें बनीं। पॉल ब्रास ने ग़ैर-कांग्रेसवाद के पीछे चार प्रमुख कारण गिनाये हैं : वोटरों के बीच कांग्रेस की साख गिरने के कारण ऐसे गठजोड़ों की लोकप्रिय माँग, पार्टियों द्वारा न्यूनतम साझा कार्यक्रम बनाने की क्षमता का प्रदर्शन, पार्टियों का विचारधारात्मक के बजाय परिणामवादी और समायोजनकारी रवैया और क्षेत्रीय परिस्थितियों को पहचान कर उनकी ज़रूरतों के मुताबिक राजनीति करने की कोशिश। डॉ. लोहिया ने अपनी रणनीति के ज़रिये कांग्रेस का वर्चस्व ज़रूर तोड़ दिया, पर जनोन्मुख शासन की उनकी अपनी कसौटियों पर संविद सरकारें खरी नहीं उतर पायी।

1969 में हुए मिनी आम चुनावों में कांग्रेस ने अपनी हालत कुछ सुधारी और ग़ैर-कांग्रेसवाद के पैरोकार समाजवादियों को धक्का लगा। इससे साल भर पहले लोहिया के देहांत के बाद लाल झंडे के तले विकसित पिछड़े वर्ग का जनाधार धीरे-धीरे चरण सिंह द्वारा खड़े किये गये भारतीय क्रांति दल में चला गया। मधु लिमये, रामसेवक यादव और कर्पूरी ठाकुर जैसे नेताओं ने भी उनका नेतृत्व स्वीकार कर लिया। परिणामस्वरूप चरण सिंह उत्तर भारत के सबसे बड़े ग़ैर-कांग्रेसी नेता के रूप में उभरे। तमिलनाडु में द्रविड़ मुनेत्र कषगम, पंजाब में अकाली दल, केरल में मुसलिम लीग, महाराष्ट्र में शिव सेना, पश्चिम बंगाल में बांग्ला कांग्रेस, आंध्र में तेलंगाना प्रजा समिति, ओडीशा में उत्कल कांग्रेस और उप्र-बिहार में भाक्रांद का क्षेत्रीय ताक़तों के रूप में उभार हुआ। पश्चिम बंगाल में कम्युनिस्टों की अगुआयी में, तमिलनाडु में द्रमुक के रूप, पंजाब में अकाली-जनसंघ गठजोड़ के रूप में, केरल में कम्युनिस्ट अगुआयी वाले मोर्चे की शक्ल में और उप्र-बिहार में भाक्रांद के नेतृत्व वाली मिली-जुली ताक़तें कांग्रेस को चुनौती देती नज़र आयीं।

ग़ैर-कांग्रेसवाद का तीसरा दौर उस समय शुरू हुआ जब 1971 के मध्यावधि आम चुनाव में 'ग़रीबी हटाओ' के नारे पर ज़बरदस्त जीत हासिल करने के बाद इंदिरा गाँधी के नेतृत्व में कांग्रेस आर्थिक पुनर्निर्माण के अपने वायदे को पूरा नहीं कर पायी। लोकलुभावन वायदों ने जनता की कामनाओं को बढ़ा दिया, पर उनकी भरपाई नहीं हुई। जनता का मूड बिगड़ा जिसका नतीजा आंदोलनकारी गतिविधियों के बढ़ने में निकला। सरकार ने दमन किया, अर्धसैनिक बलों का इस्तेमाल बढ़ गया, सामान्य दफ़ाओं की जगह डीआईआर और मीसा जैसे क़ानून लगाये जाने लगे। गुजरात और बिहार में तो अर्धसैनिक बलों की बर्बर भूमिका ने माहौल को एकदम सरकार के ख़िलाफ़ कर दिया। इस परिस्थिति के गर्भ से 1974 का सम्पूर्ण क्रांति आंदोलन निकला जो दलीय प्रणाली की रोशनी में देखने पर एक ग़ैर-कांग्रेसी आंदोलन था। इसके शीर्ष पर जय प्रकाश नारायण थे। इसका नतीजा आपातकाल और फिर 1977 के ऐतिहासिक चुनाव में ग़ैर-कम्युनिस्ट विपक्षी ताक़तों को मिला कर बनायी गयी जनता पार्टी के हाथों कांग्रेस की भीषण पराजय में निकला।

1980 में कांग्रेस की फिर से वापिसी हुई। लेकिन उस समय तक क्षेत्रीय ताक़तें बहुत ताक़तवर हो चुकी थीं। उन्होंने जगह-जगह विपक्षी गोष्ठियाँ करके ग़ैर-कांग्रेसवाद की अलख जगाये रखी। देश का ऐसा कोई राज्य नहीं था जहाँ कांग्रेस को कड़ी चुनौती न मिल रही हो। 1989 तक आंतकवाद को रोकने में नाकाम होने के साथ-साथ रक्षा सौदों में भ्रष्टाचार के सवाल पर बदनाम हो कर कांग्रेस वोट के मोर्चे पर एक बार फिर पराजित हुई। नतीजा कांग्रेस के असंतुष्टों और विपक्षी दलों की मिली-जुली सरकार में निकला। यहाँ ग़ैर-कांग्रेसवाद में कांग्रेस से निकले हुए असंतुष्टों की भूमिका को रेखांकित करना आवश्यक है। 1967 में यही भूमिका चरण सिंह वग़ैरह ने निभायी थी। 1977 में जगजीवन राम और हेमवती नंदन बहुगुणा ने कांग्रेस छोड़ कर विपक्ष का साथ दिया था। और 1989 में विश्वनाथ प्रताप सिंह और अरुण नेहरू वग़ैरह का किरदार ऐसा ही था। इसके बाद केंद्र में अल्पमतीय सरकारों का लम्बा दौर चला जिसकी परिणति आख़िर में भाजपा के नेतृत्व में राष्ट्रीय जनतांत्रिक गठजोड़ की सरकार बनने में हुई।

देखें : कांग्रेस 'प्रणाली', ग़ैर-कांग्रेसवाद, गठजोड़ राजनीति, जनता दल और उसकी विरासत-1 और 2, तेलुगु देशम पार्टी, पार्टी-गठजोड़ की राजनीति, भारतीय जनता पार्टी-1 और 2, भारतीय कम्युनिस्ट पार्टी, भारतीय कम्युनिस्ट पार्टी (मार्क्सवादी), भारत में मतदान-व्यवहार-1, 2, 3, 4, 5 और 6, भारतीय राष्ट्रीय कांग्रेस-1 और 2, भारत की कम्युनिस्ट पार्टी, भारत की कम्युनिस्ट पार्टी (मार्क्सवादी), राष्ट्रीय जनतांत्रिक गठजोड़, वाम मोर्चा, शिव सेना, समाजवादी पार्टी, बहुजन समाज पार्टी-1 और 2, शिरोमणि अकाली दल, संयुक्त प्रगतिशील गठबंधन।

संदर्भ

1. मधु लिमये (1988), *बर्थ ऑफ़ नॉनकांग्रेसिज़म,* वीआर पब्लिशिंग कॉरपोरेशन, नयी दिल्ली.
2. रजनी कोठारी (2005), *भारत में राजनीति : कल और आज,* अभय कुमार दुबे (हिंदी प्रस्तुति और सम्पादन), सीएसडीएस-वाणी, नयी दिल्ली.
3. बी.एल. माहेश्वरी (1970), 'पॉलिटिक्स ऑफ़ कोआलिशन : ट्रेंड्स फ़ॉर द सेविंटीज़', *इकॉनॉमिक ऐंड पॉलिटिकल वीकली.* वार्षिकांक : द सेविंटीज़, जनवरी.

4. नॉर्मन डी. पामर (1967), 'इंडियाज़ फ़ोर्थ जनरल इलेक्शन', *एशियन सर्वे*, खण्ड 7, अंक 5.

— अभय कुमार दुबे

ग़ैर-दलीय राजनीति

(Non-party Politics)

ग़ैर-दलीय राजनीति की संज्ञा का प्रयोग आम तौर पर उन सामाजिक आंदोलनों, मानवाधिकार संगठनों तथा स्वैच्छिक संगठनों के संदर्भ में किया जाता है जो ज़मीनी स्तर पर मानव अधिकार एवं पर्यावरणीय मुद्दों के साथ-साथ शोषितों-वंचितों की समस्याओं की राजनीतिक अभिव्यक्ति बने हुए हैं। ग़ैर-दलीय राजनीति की संकल्पना अस्सी के दशक में सामने आई। इसी दौरान कई तरह के जनांदोलन उभरे जिन्होंने आम जनता के हितों की रोशनी में स्थापित राजनीतिक प्रक्रिया की ख़ामियों को उजागर किया। साथ ही कई संगठनों ने औपचारिक राजनीतिक संरचनाओं के बाहर न केवल सार्वजनिक नीतियों के ऊपर आम लोगों के बीच बहस का माहौल बनाया, बल्कि कई तरह के संरचनात्मक काम भी अपने हाथ में लिए। इस प्रकार ग़ैर-दलीय संकल्पना औपचारिक राजनीति की कमज़ोरियाँ उजागर करने वाले आंदोलनों और संरचनात्मक कामों में जुटे संगठनों के संदर्भ में प्रयुक्त हुई। एक बड़ी सैद्धांतिक परियोजना के तहत रजनी कोठारी, धीरूभाई शेठ एवं हर्ष सेठी ने ग़ैर-दलीय राजनीति की संकल्पना को संस्थानिक राजनीति के विकल्प के रूप में देखा।

ग़ैर-दलीय दृष्टिकोण के अनुसार संसद, न्यायपालिका, नौकरशाही जैसी महत्त्वपूर्ण राजनीतिक संस्थाओं की भूमिका में हाल के कुछ वर्षों में काफ़ी गिरावट आयी है। राज्य की संस्था लोककल्याणकारी भूमिका के निष्पादन की क्षमता तेज़ी से खोती जा रही है। राजनीतिक गतिविधि को अंजाम देने वाले महत्त्वपूर्ण नेटवर्क कमज़ोर पड़ते जा रहे हैं तथा संस्थानिक अवनति के इस सिलसिले को थामने में भारत के राजनीतिक दल भी पूरी तरह से विफल हो चुके हैं। ग़ैर-दलीय नज़रिया अपने विश्लेषण के लिए चालीस साल पीछे जाता है। उसके मुताबिक़ सत्तर और अस्सी के दशक के आते-आते भारत में अपनायी गयी स्वातंत्र्योत्तर विकास- नीति में कई प्रकार के दोष दिखाई देने लगे थे। आज़ादी के बीस साल से ज़्यादा गुज़र जाने के बावजूद देश की ग़रीब एवं शोषित जनता विकास के लाभों से लगभग वंचित ही थी। एक ओर ग़रीबों एवं शोषितों को विकास का कोई लाभ नहीं मिल रहा था और दूसरी तरफ़ चुनाव एवं राजनीतिक दल जैसी मुख्य धारा की राजनीति में भी विसंगतियाँ दिखाई दे रही थी।

संसदीय लोकतंत्र में किसी भी समस्या के समाधान के लिए यह आवश्यक होता है कि उसे राजनीतिक अभिव्यक्ति प्रदान की जाए। यह काम राजनीतिक दलों का माना जाता है। लेकिन संस्थानिक अवनति के इस दौर में राजनीतिक दल भी पूरी तरह से विफल प्रतीत हो रहे थे। जनता की समस्याओं का समाधान करने की बजाय वे चुनाव के समय वोट प्राप्त करने के लिए लोकलुभावनवादी घोषणाओं का सहारा ले रहे थे। पर्यावरण, प्रदूषण, मानवाधिकार, बँधुआ मज़दूरी, महिलाओं एवं बच्चों के अधिकार, विकास-परियोजनाओं द्वारा विस्थापित हुए लोगों की समस्याओं, रिक्शा चालकों, सड़क के किनारे रेहड़ी लगाने वाले लोगों आदि की समस्याओं से संबंधित मुद्दों में इन संगठनों की दिलचस्पी नहीं थी, क्योंकि चुनाव में वोट प्राप्त करने के दृष्टिकोण से इनकी अधिक अहमियत नहीं थी। इस प्रकार संस्थागत राजनीति के क्षेत्र में विकल्पहीनता की स्थिति दिखाई देने लगी थी। ऐसी परिस्थिति में ग़रीबों एवं शोषितों की समस्याओं तथा मानव-अधिकार, बाल-अधिकार, महिला अधिकार, पर्यावरण सुरक्षा के लिए कई आंदोलन एवं संगठन उभरकर सामने आये। इनमें से कुछ संगठनों ने जहाँ सरकार के साथ मिलकर विकास के लाभ आम जनता तक पहुँचाने का कार्य किया, वहीं कई संगठनों ने इन मुद्दों पर आंदोलन चलाये और उन्हें राजनीतिक अभिव्यक्ति प्रदान की।

संस्थागत राजनीति से अलग हटकर कार्य करने वाले इन्हीं संगठनों एवं आंदोलनों के संदर्भ में ग़ैर-दलीय राजनीति की संकल्पना विकसित करने में दिल्ली स्थित विकासशील समाज अध्ययन पीठ (सीएसडीएस) की महती भूमिका रही। रजनी कोठारी बताते हैं कि आपातकाल के पश्चात राजनीतिक दलों के ख़ाके पर आधारित व्यवस्था के विकल्प की तलाश के लिए अनेक प्रयोग किये गये। इन्हीं में से एक प्रयोग के रूप में 'एजेंडा फ़ॉर इण्डिया इनिशिएटिव' भी था जिसके अंतर्गत दलीय एवं संसदीय व्यवस्था में कार्य कर चुके बुद्धिजीवी, पत्रकार एवं दूसरे अन्य नेतृत्वकर्त्ता किसी विषय पर परिचर्चा करते थे और उन विचारों को 'सेमिनार' नामक पत्रिका में प्रकाशित किया जाता था। लेकिन, यह प्रयास विफल हो गया। इसके बाद 1980 में रजनी कोठारी, धीरूभाई शेठ एवं कुछ अन्य लोगों ने मिलकर सीएसडीएस में 'लोकायन' की स्थापना की एवं एक परामर्शकारी समूह संगठित किया। इसका मक़सद शिक्षाविदों, विभिन्न संघर्षों से जुड़े ज़मीनी कार्यकर्त्ताओं एवं नीति-निर्माताओं के बीच संवाद स्थापित करना था। इस संकल्पनात्मक विचार-विमर्श ने भारत में चलने वाली राजनीतिक बहस में एक नवीन

आयाम जोड़ा। यहीं से रजनी कोठारी और धीरूभाई शेठ के चिंतन में ग़ैर-दलीय राजनीति के विचार ने एक व्यवस्थित स्वरूप ग्रहण किया।

ग़ैर-दलीय राजनीति की अवधारणा मुख्य रूप से गाँधी, मानवेंद्र नाथ रॉय एवं जयप्रकाश नारायण के विचारों से प्रेरित है। गाँधी ने लोकतंत्र के सहभागी स्वरूप पर बल देते हुए सामुद्रिक-वृत एवं ग्राम-स्वराज का ख़ाका प्रस्तुत किया था। गाँधी की भाँति ही मानवेंद्र नाथ राय ने भी एक भिन्न वैचारिक संदर्भ के तहत लोकतंत्र के प्रातिनिधिक स्वरूप की आलोचना प्रस्तुत की थी। लेकिन आज़ादी के बाद मुख्यधारा के राजनीतिक विमर्श ने इन आदर्शों को अव्यावहारिक मानते हुए ठुकरा दिया। आज़ाद भारत में सहभागी लोकतंत्र का सर्वाधिक विस्तृत एवं राजनीतिक रूप से प्रभावी प्रस्ताव जयप्रकाश नारायण ने प्रस्तुत किया था और ग़ैर-पार्टी लोकतंत्र की संकल्पना विकसित की। सत्तर के दशक में उभरे जेपी आंदोलन से निकली राजनीतिक शक्तियों का नेतृत्व पार्टी-पॉलिटिक्स के हाथ में चले जाने तथा 1977 में जनता पार्टी की जीत ने स्थिति बदल दी। आमूलचूल बदलाव हेतु जेपी का नव-गाँधीवादी रास्ता अपनी धार खो बैठा। हालाँकि जेपी आंदोलन काफ़ी कमज़ोर एवं धुँधला हो चुका है फिर भी इसने देश के विभिन्न हिस्सों में अनेक ज़मीनी आंदोलनों एवं संगठनों को जन्म दिया है जो राज्य की औपचारिक संरचना के बाहर रह कर ग़रीब एवं शोषित जनता की समस्याएँ उठा रहे हैं।

इन आंदोलनों की ख़ास बात यह है कि ये परम्परागत आंदोलनों की तरह किसी सत्ता के लिए संघर्ष नहीं कर रहे हैं, बल्कि इन्होंने कुछ नवीन क़िस्म के मुद्दों जैसे पर्यावरण, मानवाधिकार, महिला अधिकार, समलैंगिकों के अधिकार, आदिवासियों के अधिकार, दलितों पर अत्याचार के ख़िलाफ़ आवाज़, विकास परियोजनाओं से विस्थापन के प्रतिरोध, जन-स्वास्थ्य, कुपोषण, वन एवं सामुदायिक संसाधनों पर अधिकार आदि से संबंधित मुद्दों को उठाया है। दूसरी महत्त्वपूर्ण बात यह है कि ये संगठन उन्हीं मुद्दों को उठा रहे हैं जिन्हें पूरा करना राज्य का कर्त्तव्य है। मसलन इनके अधिकांश मुद्दे संविधान में वर्णित नीति-निर्देशक तत्त्वों से ही संबंधित होते हैं। रजनी कोठारी के अनुसार वामपंथ की मुख्यधारा से अलग काम कर रहे वाम संगठनों द्वारा चलाये जा रहे आंदोलन, पर्यावरण के संरक्षण से संबंधित चिपको आंदोलन, छत्तीसगढ़ के खनिकों का संघर्ष, आंध्र के रैयत कुली संघों का आंदोलन, ग्रेनाइट के खनन और निर्यात के ख़िलाफ़ कर्नाटक के कनकपुरा में किसानों का सत्याग्रह और आदिवासियों के संघर्ष जैसे अनेक संगठन एवं आंदोलन हैं जिन्हें ग़ैर-दलीय राजनीति के ख़ाके में रखा जा सकता है। ये तमाम लड़ाइयाँ आर्थिक एवं राजनीतिक माँगों तक ही सीमित नहीं हैं, बल्कि पारिस्थितिकीय, सांस्कृतिक एवं शैक्षणिक प्रश्नों को भी अपने दायरे में समेट लेती हैं।

विवाद और आलोचना : इन आंदोलनों के साथ कुछ ऐसी समस्याएँ भी देखी गयी हैं जिसकी वजह से ग़ैर-दलीय राजनीति की संकल्पना अपने आविर्भाव के समय से ही विवादों का सामना कर रही है। सबसे पहले तो वामपंथियों की आलोचनाएँ हैं जिनकी मुख्य आपत्ति इस राजनीति को मिलने वाले धन को लेकर है। मार्क्सवादी नेता प्रकाश करात ने कई संगठनों को मिलने वाले धन को लेकर आक्षेप लगाये हैं। उनके अनुसार ग़ैर-दलीय राजनीति समाज के शोषित एवं वंचित लोगों को क्षणिक सुविधाएँ दिला कर उनके असंतोष को कम कर देती है जिसके कारण ग़रीब जनता क्रांति के मार्ग से विमुख हो जाती है। करात के मुताबिक़ यह साम्राज्यवादी देशों द्वारा ग़रीबों को गुमराह करने का ही प्रयास है। इसके साथ दूसरी समस्या राजनीतिक दलों के साथ इसके संबंधों को लेकर उत्पन्न होती है।

किशन पटनायक और योगेंद्र यादव के अनुसार एक लोकतांत्रिक शासन में किसी भी समस्या का समाधान करने के लिए उसका राजनीतीकरण आवश्यक होता है। यह कार्य चुनावी राजनीति एवं राजनीतिक दलों के द्वारा ही किया जा सकता है। अत: यह भी एक गम्भीर सवाल है कि ग़ैर-दलीय राजनीतिक संरचनाएँ राजनीतिक दलों के साथ किस प्रकार संबंध स्थापित करे। तीसरी समस्या यह है कि ये आंदोलन छोटे-छोटे स्थानीय क़िस्म के मुद्दों पर आधारित होते हैं। इस वजह से जैसे ही संबंधित माँगें पूरी हो जाती हैं या मुद्दे अप्रासंगिक हो जाते हैं, आंदोलन भी समाप्त हो जाते हैं। इसलिए, इसे और अधिक स्थायी बनाने के लिए एक आंदोलन को दूसरे आंदोलनों से जोड़ने की ज़रूरत है।

जहाँ तक ग़ैर-सरकारी संगठनों को होने वाली फ़ंडिंग की बात है तो इस समस्या की ओर रजनी कोठारी ने भी ध्यान आकर्षित किया है। इसी वजह से उन्होंने पैसा उगाही करने वाले ऐसे संगठनों को ग़ैर-दलीय राजनीति की परिधि से अलग रखकर देखा है।

देखें : ग़ैर-सरकारी संस्थाएँ, ग़ैर-सरकारी संस्थाएँ : भारत में, धीरूभाई शेठ, भूमण्डलीकरण का प्रतिरोध, रजनी कोठारी, विश्व सामाजिक मंच।

संदर्भ

1. रजनी कोठारी (2003), 'ग़ैर-पार्टी राजनीतिक प्रक्रिया', संकलित : अभय कुमार दुबे (सं.), *राजनीति की किताब : रजनी कोठारी का कृतित्व*, सीएसडीएस-वाणी, नयी दिल्ली.
2. धीरूभाई शेठ (2009), 'वैकल्पिक राजनीति के आयाम / ज़मीनी आंदोलनों की परिघटना : नागर समाज में आलोड़न', संकलित : अभय कुमार दुबे (सं.), *सत्ता और समाज : धीरूभाई शेठ*, सीएसडीएस-वाणी, नयी दिल्ली.

3. हर्ष सेठी (1984), 'ग्रुप्स इन अ न्यू पॉलिटिक्स ऑफ़ ट्रांसफ़ॉरमेशन', इकॉनॉमिक ऐंड पॉलिटिकल वीकली, खण्ड 19, अंक 6.
5. इन्द्रजीत कुमार झा (2007), *भारत में ग़ैर-दलीय राजनीतिक प्रक्रिया का परीक्षण,* अप्रकाशित एम.फिल शोध-प्रबंध, राजनीति विज्ञान विभाग, दिल्ली विश्वविद्यालय.

—इंद्रजीत कुमार झा

ग़ैर-सरकारी संस्थाएँ

(Non-govermental Organisations)

ग़ैर-सरकारी संस्थाएँ या स्वयंसेवी संगठन या एनजीओ कहे जाने वाले संगठन राजसत्ता का प्रत्यक्ष इस्तेमाल किये बिना नागर समाज के दायरे में सक्रिय रह कर राष्ट्रीय और अंतर्राष्ट्रीय स्तर पर उल्लेखनीय आर्थिक, राजनीतिक और सामाजिक प्रभाव डालने की भूमिका निभाते हैं। अनिवार्य तौर से सरकारी क्षेत्र के बाहर और हित-आधारित पक्षपोषण के लिए कार्यरत रहने वाली इन संस्थाओं का मक़सद मुनाफ़ा कमाना न हो कर स्वयंसेवी भाव से उन क्षेत्रों में वैकासिक पहलक़दमियाँ लेना होता है जहाँ राज्य या तो जाना नहीं चाहता या फिर उसकी पहुँच कमज़ोर होती है। इस लिहाज़ से एनजीओज़ ख़ुद को सरकारी और कॉरपोरेट सेक्टरों से अलग थर्ड सेक्टर के रूप में पेश करते हैं। विश्व-बैंक द्वारा दी गयी एक परिभाषा के अनुसार एनजीओज़ उन निजी संगठनों को कहते हैं जो समाज के कमज़ोर तबक़ों की तकलीफ़ें कम करने के लिए उन्हें राहत पहुँचाते हैं, ग़रीबों के हितों की वकालत करते हैं, पर्यावरण की रक्षा के लिए आवाज़ बुलंद करते हैं, बुनियादी सामाजिक सेवाएँ मुहैया कराते हैं या सामुदायिक विकास की ज़िम्मेदारी उठाते हैं। राज्य और राजनीति के संस्थागत दायरों से बाहर राष्ट्रेतर पैमाने पर होने वाली गतिविधियों में भी इन संगठनों का हाथ रहता है। इस लिहाज़ से इन्हें अंतर्राष्ट्रीय/वैश्विक सक्रियता का वाहक भी माना जाता है और दूसरी तरफ़ इन्हें ग्लोबल गवर्नेंस की उदीयमान अवधारणा की प्रमुख अभिव्यक्ति होने की हैसियत भी मिली हुई है।

हालाँकि एनजीओ परिघटना पुरानी है, पर नब्बे के दशक में सोवियत ख़ेमे के ध्वस्त हो जाने के बाद उसे सिविल सोसाइटी एक्टिविज़म के पर्याय के तौर पर देखा जाने लगा है। कई बार एनजीओ गतिविधियाँ सामाजिक आंदोलनों के साथ घुल-मिल जाती हैं, लेकिन सामाजिक आंदोलनों के सिद्धांतकार मानते हैं कि धीरे-धीरे एनजीओ परिघटना और सामाजिक आंदोलन की धारा में फ़र्क़ बढ़ता जा रहा है। आंदोलन बनाम एनजीओ के द्विभाजन पर आधारित विमर्श के तहत मार्क्सवादी हल्कों में इस परिघटना की कड़ी आलोचनाएँ भी की गयी हैं। यहाँ तक कि इसे साम्राज्यवाद का एजेंट भी बताया गया है। मार्क्सवादी सिद्धांतकारों ने अपनी क़तारों को चेतावनी दी कि वे स्वयंसेवी कार्य के नाम पर विदेशी पूँजी की मदद और साम्राज्यवादी एजेंडे के लिए काम कर रहे एनजीओज़ / एक्शन ग्रुप्स से सतर्क रहें। विरोधाभास यह है कि पिछले दस-बारह साल से नवउदारतावादी भूमण्डलीकरण के ख़िलाफ़ संघर्ष करने वाले ग्लोबल मंच वर्ल्ड सोशल फ़ोरम में एनजीओज़ जम कर भागीदारी कर रहे हैं।

संयुक्त राष्ट्र ऐसे संगठन को एनजीओ नहीं मानता जो किसी भी क़िस्म की व्यावसायिक गतिविधियों में संलग्न हो, हिंसा करता हो या उसने हिंसा की वकालत की हो, सरकार में भागीदारी कर रहा हो या किसी सरकार की जगह लेने की कोशिश में लगा हो। चूँकि ये मानक आम तौर पर सर्वस्वीकार्य हैं, इसलिए एनजीओ परिघटना के पैरोकार ख़ुद को अराजनीतिक ख़ाने में रखना पसंद करते हैं। लेकिन राज्य से एनजीओज़ की इस स्वतंत्रता के बावजूद यह नहीं कहा जा सकता कि वे राष्ट्रीय-अंतर्राष्ट्रीय राजनीति से एकदम अछूते हैं। दरअसल, कई मक़ामों पर ग़ैर-सरकारी संगठनों और राजनीति के बीच सीधे रिश्ते से भी इनकार नहीं किया जा सकता। कई देशों में लोकतांत्रिक विकेंद्रीकरण की प्रक्रिया में लगी सरकारों ने एनजीओज़ की सीधी मदद ली है। दूसरी ओर सरकारों ने एनजीओज़ की गतिविधियों को विनियमित करने के लिए क़ानून बनाये हैं जिनका उल्लंघन करने पर उन्हें मिलने वाली आर्थिक मदद रोकी जा सकती है। सरकारें ही यह तय करती हैं कि किसी एनजीओ को केवल देशी धन पर ही निर्भर रहना होगा, या वे विदेशी धन ले सकते हैं।

भारत में सत्तारूढ़ संयुक्त प्रगतिशील गठबंधन (यूपीए) ने एक राष्ट्रीय सलाहकार परिषद् (एनएसी) का गठन किया है जो देश के प्रमुख ग़ैर-सरकारी संस्थाओं और उनके साथ जुड़ी रही हस्तियों से मिल कर बनी है। एनएसी के सुझावों के आधार पर भारत सरकार ने सूचना का अधिकार जैसा दूरगामी प्रभाव वाला क़ानून बनाया है। कुछ देशों में एनजीओज़ चुनावी राजनीति में भी भाग लेते देखे गये हैं। मसलन, चिली में 1992 के स्थानीय चुनावों में पापुलर इकॉनॉमिक ऑर्गनाइज़ेशंस (ओईपी) और स्वयंसेवी संगठनों (ओडीए) की मदद करने के लिए एनजीओज़ मैदान में उतर चुके हैं। बाद में उन्होंने स्थानीय स्वशासी संस्थाओं में भागीदारी भी की। फिलीपीन में 1991 के लोकल गवर्नमेंट कोड के तहत उन्होंने न केवल स्थानीय संस्थाओं के चुनावों में बल्कि राष्ट्रपति के चुनाव तक में सक्रिय भागीदारी की। एनजीओ और राजनीति के संबंधों का अध्ययन करने वाले

जेराल्ड क्लार्क का मानना है कि एशिया और लातीनी अमेरिका देशों में एनजीओ सेक्टर राजनीतिक गतिविधियों की एक ग़ैर-संस्थागत और छोटी सी दुनिया की तरह काम करती है। समाज के धरातल पर होने वाले बहुत से संघर्ष इस छोटे से संसार में अंतरव्याप्त रहते हैं।

राजनीतिक शब्दावली में एनजीओ शब्द की मौजूदगी 1945 में पहली बार उस समय दर्ज की गयी जब संयुक्त राष्ट्र का चार्टर बना। इस चार्टर के अनुच्छेद 71 में उन संगठनों को एनजीओ हैसियत प्रदान की गयी जो संयुक्त राष्ट्र की आर्थिक-सामाजिक परिषद् के लिए सलाहकार की भूमिका निभाते थे। 2007 में ऐसे कुल संगठनों की संख्या 3,052 थी। लेकिन, पिछले बीस वर्षों में यह संदर्भ इतना सीमित नहीं रह गया है। एनजीओ परिघटना कहीं विविध और व्यापक हो गयी है। उनकी शिनाख़्त विकास के ऐसे एजेंट के रूप में की जाने लगी है जो राज्य और कॉरपोरेट जगत के बीच के स्पेस में सक्रिय रहते हैं। सारी दुनिया में असंख्य एनजीओ सक्रिय हैं। संरचना और गतिविधियों के लिहाज़ से उन्हें किसी एक श्रेणी में नहीं रखा जा सकता। अंतर्राष्ट्रीय एनजीओ इंगो कहलाते हैं। इसी तरह व्यावसायिक एनजीओ को बिंगो कहा जाता है। धार्मिक गतिविधियों में लिप्त एनजीओ रिंगो की श्रेणी में आते हैं, और पर्यावरण का मुद्दा उठाने वालों को एंगो कहा जाता है। जो एनजीओ सरकार से पूरी तरह स्वतंत्र नहीं हैं उन्हें क्वैज़ी ऑटोनॉमस यानी क्वेंगो का नाम दिया गया है। ऐसे भी एनजीओ हैं जो केवल नाम के हैं और पूँजी उगाहने के अलावा कोई काम नहीं करते, इसलिए उन्हें ब्रीफ़केस एनजीओ या ब्रिंगो के नाम से बुलाया जाता है। अपराध जगत और ग़ैरक़ानूनी गतिविधियों को अपनी आड़ में छुपा लेने वाले एनजीओ क्रिंगो कहे जाते हैं।

इस समय पूरी दुनिया एनजीओ नेटवर्कों से आच्छादित है। उनके शीर्ष पर इंगो हैं जिनमें ऑक्सफ़ैम या एक्शन एड जैसे ताक़तवर और विशाल संगठन हैं। ये एनजीओ छोटे-छोटे बहुत से एनजीओ को गतिविधियाँ करने के लिए पूँजी मुहैया कराते हैं ताकि उन्हें स्थानीय स्तर पर काम करने वाले पार्टनर मिल सकें। कुल मिला कर प्रत्येक एनजीओ को अपनी फ़ंडिंग देने वाली दानदाता संस्थाओं से अपना एजेंडा स्वीकृत कराना पड़ता है। कई मामलों में फ़ंडिंग एजेंसी ही उन्हें एजेंडा थमाती है।

ट्रांसनैशनल एक्टिविज़्म के एजेंट के रूप में एनजीओज़ को देखने की शुरुआत शीत युद्ध ख़त्म होने के बाद हुई। इस प्रक्रिया से निकले विमर्श के दो अंतर्विरोधी पहलू थे। पहला, उदारतावादी लोकतंत्र और बाज़ारोन्मुख विकास के समर्थकों को लगा कि नागर समाज के अंग के रूप में एनजीओ परिघटना का इस्तेमाल वित्तीय पूँजी के भूमण्डलीकरण के पक्ष में किया जाना चाहिए। दूसरा, इसके विपरीत लोकतांत्रिक आदर्शवाद में यक़ीन रखने वालों ने एनजीओज़ को राष्ट्रेतर क़िस्म के ग्लोबल लोकतांत्रिक एक्टरों के तौर पर परिभाषित करने की कोशिश की। इस दूसरी धारा में सामाजिक आंदोलन के विमर्शकार प्रमुख थे। इस लिहाज़ से राष्ट्रेतर आंदोलनों की परिघटना को दो दौर में बाँट कर समझने की चेष्टा की गयी है। इसके अनुसार दुनिया के पैमाने पर चलने वाले नारीवादी आंदोलन, युद्ध विरोधी आंदोलन और मानवाधिकार आंदोलन जैसी गतिविधियों के भीतर राष्ट्रेतर प्रवृत्तियाँ मौजूद थीं। इस दौर में स्थानीय स्तर पर किये जाने वाले संघर्षों में श्रम क़ानूनों के पालन या उन्हें बेहतर बनाये जाने, पर्यावरण की सुरक्षा के प्रयास किये जाने और मानवाधिकारों को बचाने की कोशिशें करने के प्रयास शामिल थे जिनमें कुछ निश्चित लक्ष्यों और कार्यक्रमों के लिए राष्ट्रीय-अंतर्राष्ट्रीय स्तर पर एनजीओज़ ने अगुआ दस्ते की भूमिका निभायी।

इन विमर्शकारों का तर्क है कि दूसरे दौर में इन संघर्षों और उनके साथ जुड़े हुए ट्रांसनैशनल एक्टिविज़्म का पैमाना बहुत विशाल हो गया। इन नयी परिस्थिति में इस एक्टिविज़्म को स्थानीय स्तर पर होने वाले संघर्षों को चालू रखते हुए ग्लोबल पैमाने पर की जाने वाली नेटवर्किंग के दौर में जाना पड़ा। इस प्रक्रिया में एनजीओज़ के स्थापित नेटवर्कों की गतिविधियाँ निहित होनी ही थीं, लेकिन ट्रांसनैशनल एक्टिविज़्म में उनकी अगुआ भूमिका पहले की तरह नहीं रह गयी। नयी ज़रूरतों के मुताबिक़ सामाजिक न्याय का झण्डा बुलंद करते हुए प्रत्यक्ष कार्रवाई करने में यक़ीन रखने वाले ग्लोबल नेटवर्क उभर आये। एनजीओज़ इस ट्रांसनैशनल नेटवर्क के अहम हिस्से बने रहे, पर प्रतिरोध की मुहिमों और नीति संबंधी प्रभाव डालने वाली पहलक़दमियों की लगाम पहले की तरह उनके हाथ में नहीं रह गयी।

देखें : ग़ैर-सरकारी संस्थाएँ : भारत में, ग़ैर-दलीय राजनीति, भूमण्डलीकरण का प्रतिरोध, विश्व सामाजिक मंच।

संदर्भ

1. डेविड कोर्टेन (1990), *गैटिंग टू द ट्वेंटी फ़र्स्ट सेंचुरी : वालंटरी एक्शन ऐंड द ग्लोबल एजेंडा,* कुमारियन प्रेस, वेस्ट हार्टफ़ोर्ड, सीटी.
2. जेराल्ड क्लार्क (1996), 'नॉन-गवर्नमेंटल ऑर्गनाइज़ेशंस ऐंड पॉलिटिक्स', युनिवर्सिटी ऑफ़ स्वानसी, *पेपर्स इन इंटरनैशनल डिवेलपमेंट,* अंक 20, स्वानसी.
3. जेम्स पेत्रास और हेनरी वेल्टमेयर (2001), *ग्लोबलाइज़ेशन अनमास्क्ड : इम्पीरियलिज़्म इन द ट्वेंटी फ़र्स्ट सेंचुरी,* ज़ेड बुक्स, लंदन.
4. विश्व बैंक (1995), *वर्किंग विद एनजीओज़ : अ प्रैक्टिकल गाइड टू ऑपरेशनल कॉलेबोरेशन बिटवीन द वर्ल्ड बैंक ऐंड नॉन-*

गवर्नमेंटल ऑर्गनाइज़ेशंस, ऑपरेशन पॉलिसी डिपार्टमेंट, वाशिंगटन डीसी.
5. एस. टैरो (2005), *द न्यू ट्रांसनैशनल एक्टिविज़म,* केम्ब्रिज युनिवर्सिटी प्रेस, केम्ब्रिज.

— अभय कुमार दुबे

ग़ैर-सरकारी संस्थाएँ, भारत में

(NGOs in India)

भारत में जो दायरा कभी सिर्फ़ समाज और समुदाय की मदद से समाजोत्थान के लिए काम करता था, वही आज देशी-विदेशी आर्थिक मदद से सक्रिय विशाल एनजीओ सेक्टर में बदल गया है। सरकारी और व्यावसायिक क्षेत्रों के बाहर समाज-सेवा करने वाले स्वयंसेवी संगठनों की आधुनिक परम्परा हमारे यहाँ उन्नीसवीं सदी में ही शुरू हो गयी थी। चाहे चर्च की पहलक़दमी से आदिवासियों के बीच कल्याण और सुधार के लिए काम करने वाले संगठन हों, या आधुनिक विचारों से प्रेरित सामाजिक और धार्मिक सुधार के लिए कार्यरत संस्थाएँ हों, यह धारा उपनिवेशवाद के ख़िलाफ़ राजनीतिक प्रतिरोध के निरंतर विकसित होते हुए सिलसिले के साथ-साथ और समांतर पनपीं। यद्यपि इनमें से अधिकतर संगठन ब्रिटिश शासन को समाज-सुधार के एजेंडे के अनुकूल मानते थे, लेकिन अंग्रेज़ों को इनके भीतर छिपे फ़ितनाग़र अंदेशों का एहसास था। इसलिए उन्होंने इस तरह के संगठनों की गतिविधियों को नियमित करने और उन पर निगरानी करने के लिए 1860 में सोसाइटी पंजीकरण क़ानून भी बनाया था जिसका कार्यक्षेत्र प्रारम्भ में केवल बम्बई प्रेसीडेंसी तक सीमित था।

बीसवीं सदी के दूसरे दशक में उपनिवेशवाद विरोधी राजनीति में गाँधी के क़दम पड़ते ही स्वयंसेवी कार्य के प्रतिमान में तब्दीली आने लगी। गाँधी ने रचनात्मक कार्य को व्यापक राजनीति की अभिव्यक्ति के तौर पर पेश करते हुए जनता को सुधार के लिए महज़ कच्चा माल समझने से इनकार कर दिया। धीरे-धीरे राष्ट्रीय आंदोलन के एक हिस्से के रूप में संगठनों का एक नेटवर्क तैयार हो गया। इन्होंने खादी, ग्रामोद्योग, शिक्षा, स्वास्थ्य, कृषि, दुग्ध-उत्पादन, पशुपालन जैसे क्षेत्रों में सरकारी नीतियों का विरोध करते हुए काम किया। स्त्रियों, निचली जातियों, आदिवासियों और देहाती ग़रीबों के पक्ष में काम करते-करते इन संगठनों ने सामाजिक कार्यों के भीतर राजनीतिक दृष्टि का समावेश किया जिससे राजनीति को एक दृढ़ सामाजिक आधार मिला। स्वतंत्रता आंदोलन में हुए एक विचारधारात्मक विभाजन से इस प्रक्रिया को एक बार फिर नया आयाम मिला। कम्युनिस्ट और सोशलिस्ट रुझान वाले संगठनों ने उन मुद्दों को उठाना शुरू किया जिनकी समाज-सुधारक या गाँधीवादी संगठनों ने उपेक्षा की थी। इन लोगों के लिए मुख्य मुद्दा हितों का टकराव और उसके कारण होने वाला ग़रीबों का शोषण था। आज़ादी के बाद सामाजिक और आर्थिक न्याय का प्रश्न, जन-अधिकार, भूमि सुधार, काश्तकारों के अधिकार, न्यूनतम मज़दूरी का सवाल, बंधुआ और दास प्रथाओं के लिए संघर्ष, वनोपज पर आदिवासियों का अधिकार और झुग्गीवासियों और निराश्रितों के हक़ इन संगठनों के दायरे में आते चले गये। चुनावी राजनीति में व्यस्त राजनीतिक दलों ने इन मुद्दों की जितनी उपेक्षा की, उतना ही स्वयंसेवी संगठनों ने उन्हें अपनाया। स्वयंसेवी सेक्टर की राजनीतिक और सामाजिक भूमिका के सूत्रीकरण में सहभागी लोकतंत्र के विचार ने प्रमुख भूमिका निभायी। लोकतंत्र के प्रचलित प्रातिनिधिक रूप की आलोचना करते हुए विकसित होने वाले इस विचार के पीछे गाँधी और मानवेंद्रनाथ राय थे। आज़ादी के बाद जय प्रकाश नारायण ने न केवल इस विचार-परम्परा को जीवित रखा, बल्कि ख़ुद गाँधी के रास्ते पर चलते हुए जीवन-समर्पित करने का निश्चय किया।

इस वैचारिक बहस और उसके प्रभाव के बावूजद इस हक़ीक़त से इनकार नहीं किया जा सकता कि स्वतंत्रता के बाद साठ के दशक के अंत तक की अवधि गाँधीवादी संगठनों और उस शैली के स्वयंसेवी कार्य के क्षय की मानी जाती है। इस दौरान धर्म आधारित गतिविधियाँ करने वाले ईसाई और ग़ैर-ईसाई संगठनों ने शैक्षिक, स्वास्थ्य संबंधी और आफ़त-मुसीबत के समय राहत कार्य करके अपनी धाक जमायी। इसी प्रक्रिया में अंतर्राष्ट्रीय असर के तहत स्वयंसेवी क्षेत्र का एनजीओकरण हुआ। पिछले चालीस साल में स्वयंसेवी संस्थाएँ और एनजीओ एक-दूसरे का पर्याय बन गये हैं। पीआरआईए के एक सर्वेक्षण के अनुसार 2001 में कोई पंद्रह लाख एनजीओज़ भारत में सक्रिय थे। कुछ जानकारों का ख़याल है कि यह संख्या बढ़ी-चढ़ी है, और एनजीओज़ की संख्या दो लाख से ज़्यादा नहीं है। गृह मंत्रालय की रपट के अनुसार 2000-1 में क़रीब 20,000 एनजीओज़ ने फ़ॉरेन कंट्रीब्यूशन रेगुलेशन एक्ट (एफ़सीआरए) के तहत ख़ुद को रजिस्टर्ड करा रखा था। भूमण्डलीकरण के दौर में भारतीय एनजीओज़ को मिलने वाली विदेशी मदद बढ़ी है। एक आँकड़े के अनुसार 1998-99 से 2000-1 के बीच में यह मदद 34 अरब रुपये से बढ़ कर 45 अरब रुपये हो गयी।

भारत में एनजीओ नज़ारे के अध्येताओं की एक प्रमुख धारा मानती है कि सत्तर के दशक में इंदिरा गाँधी की हूकूमत

में अंतर्निहित व्यक्तिवादी और निरंकुश पहलुओं के मुक़ाबले स्वयंसेवी संगठनों में लोकतंत्र को सघन और विस्तारित करने की सम्भावनाएँ थीं। औपचारिक राजनीतिक दायरे में सक्रिय पार्टियाँ उत्तरोत्तर अभिजनोन्मुख होती जा रही थीं, इसलिए रजनी कोठारी, धीरूभाई शेठ और हर्ष सेठी जैसे विद्वानों ने स्वयंसेवी भावना और सक्रियता को वैकल्पिक राजनीति के रूप में परिभाषित किया। इन विश्लेषकों को लगा कि पार्टियों से जुड़े स्त्री, छात्र, मज़दूर और किसान जैसे संगठन राजनीतिक स्वायत्तता के अभाव में कुम्हला जाते हैं, और दूसरी तरफ़ पार्टीगत निष्ठाओं के कारण नागर समाज में विभाजन हो जाता है। इन विद्वानों को लगा कि पर्यावरण, स्त्री-अधिकार, मानवाधिकार और ग़रीबों के हितों के लिए सक्रिय स्वयंसेवी संगठन नागर समाज के स्वायत्त और जीवंत अंग बन कर इस परिस्थिति को बदल सकते हैं। इंदिरा सरकार एनजीओ गतिविधियों के राजनीतिक पहलुओं से परेशान थी क्योंकि वे उसके ख़िलाफ़ 1974 से शुरू हुए राष्ट्रव्यापी संघर्ष में भागीदार थे। इसीलिए इस सरकार ने 1976 में एफ़सीआरए जैसा नियंत्रणकारी क़ानून बनाया। वह एनजीओ परिघटना को उस 'विदेशी हाथ' का हिस्सा मानती थी जो उसकी निगाह में चुनी हुई सरकार को अस्थिर करने पर तुला था। 1977 में जब आपातकाल लगाने वाली सरकार बुरी तरह पराजित हो गयी, तो उसका श्रेय एक हद तक एनजीओ गतिविधियों को भी दिया गया।

जनता पार्टी शासन के दौरान राजकीय नीति में ग्रामीण विकास कार्यक्रम के ऐसे कई पहलू और सहभागिता के आयाम जोड़े गये जो एनजीओ गतिविधियों पर आधारित थे। 1980 में सत्ता में वापिसी करने पर इंदिरा गाँधी ने कुदाल आयोग बनाया जिसका उद्देश्य एनजीओ गतिविधियों की जाँच-पड़ताल करना था, क्योंकि वे मानती थीं कि इन संगठनों ने भी उनकी सरकार को तंग किया था। लेकिन, इंदिरा गाँधी के उत्तराधिकारी राजीव गाँधी ने एनजीओ दायरे को अपने एक सम्भावित मित्र की तरह देखा। उन्होंने इसे सरकारी एजेंसियों और निजी क्षेत्र के अलावा तीसरे क्षेत्र के तौर पर राज्य की वैकासिक रणनीति का अंग बनाने की पहल की। अस्सी के दशक में इसी मक़ाम पर भारत के स्वयंसेवी क्षेत्र को एक बहुत बड़े विभाजन का सामना करना पड़ा। यह विभाजन गाँधीवादी-अगाँधीवादी और राजनीतिक-अराजनीतिक लाइन पर था।

इसी दौरान मार्क्सवादी हल्कों की तरफ़ से एनजीओ क़िस्म की सामाजिक-राजनीतिक कार्रवाई की कड़ी आलोचना की गयी। 1984 में मार्क्सवादी कम्युनिस्ट पार्टी के नेता प्रकाश करात ने एक लम्बा लेख लिख कर दावा किया कि एक्शन ग्रुप और वालंटरी ऑर्गनाइज़ेशन भारतीय समाज में घुसपैठ करने की साम्राज्यवादी साज़िश का अंग हैं। करात ने चेतावनी दी कि ये संगठन आदर्शवाद से प्रेरित मध्यवर्गीय युवकों को गुमराह कर देने में सक्षम हैं। हालाँकि उन्होंने ख़ास तौर से विदेशी धन लेने वाले संगठनों को निशाना बनाया, लेकिन उन्होंने एनजीओ दायरे को बौद्धिक समर्थन देने वालों को भी नहीं बख्शा। विदेशी बुद्धिजीवियों के साथ-साथ भारतीय बुद्धिजीवी भी उनके आक्रमण का निशाना बने। उन्होंने माँग की कि अगर कोई एनजीओ लोगों को किसी राजनीतिक कार्रवाई के लिए गोलबंद करता है तो उसे राजनीतिक दलों के समकक्ष समझा जाना चाहिए, जिन्हें विदेशी फ़ंडिंग लेने की इजाज़त नहीं है।

करात की इस लाइन को बड़े पैमाने पर एनजीओ दायरे में नापसंद किया गया, लेकिन इसका असर गहरा हुआ। पूरा क्षेत्र विदेशी धन लेने और न लेने वाले संगठनों में बँट गया। इस विवाद का दूसरा असर यह हुआ कि एनजीओ बनाम सामाजिक आंदोलन की बहस पहले से कहीं तीखी हो गयी। एनजीओ दायरे को नागर समाज के अराजनीतिक चेहरे की संज्ञा भी दी गयी। यह भी कहा गया कि सार्वजनिक दायरे के एनजीओकरण ने रैडिकल सम्भावनाओं वाले युवजनों को जुझारू संघर्षों में कूदने से रोक दिया, और सरकार की वैकासिक नीति का औज़ार बन कर जनता के बीच अलोकप्रिय होती जा रही राज्य की संस्था को टिके रहने की गुंजाइश प्रदान की। दिलचस्प बात यह है कि करात ने जिन भारतीय बुद्धिजीवियों को साम्राज्यवादी साज़िश का अंग क़रार दिया था, वे भी नब्बे के दशक में आलोचना लेकर आये कि स्वयंसेवी भावना को आधुनिक राज्य और उसे सहारा देने वाले ग्लोबल सरअंजाम ने जैसे ही वैकासिक हस्तक्षेप के नियोजित औज़ार में सीमित किया, वैसे ही इस क्षेत्र की स्वायत्तता संकटग्रस्त हो गयी। वह अपनी धार खो बैठा जिसके कारण उसे कभी समाज-परिवर्तन का एजेंट माना जाता था। कुल मिला कर इस विवाद के कारण एनजीओ की एक रूढ़ छवि बनी जिसके आईने में उसे विदेशी धन लेने वाले और अराजनीतीकरण के एजेंट की तरह काम करने वाले संगठन के तौर पर देखा जाने लगा।

अस्सी और नब्बे के दशक में होने वाली इन बहसों के बीच एनजीओ सेक्टर का विस्तार होता रहा। वे सामाजिक आंदोलनों और राजनीति के अन्य रूपों के साथ अन्योन्यक्रिया करते रहे। केरल में केरल शास्त्र साहित्य परिषद द्वारा अपनी स्वायत्तता क़ायम रखते हुए वहाँ की माकपा सरकार के साथ मिल कर काम करना और मध्य प्रदेश में दिग्विजय सिंह के नेतृत्व वाली कांग्रेस सरकार के साथ एकता परिषद् जैसे गाँधीवादी संगठन का जुड़ाव इसकी प्रमुख मिसाल है। मज़दूर किसान शक्ति संगठन पंचायत स्तर पर चुनाव में भागीदारी कर चुका है। जनांदोलनों के राष्ट्रीय गठजोड़ में सक्रिय कई एनजीओ इस बहस में उलझे रहते हैं कि चुनावी राजनीति के

साथ कैसे संवाद स्थापित किया जाए। एनजीओ सेक्टर से निकली शक्तियाँ कांग्रेस के नेतृत्व वाली संयुक्त प्रगतिशील गठबंधन सरकार को मदद देने वाली राष्ट्रीय सलाहकार परिषद् (एनएसी) में प्रमुख हैसियत रखती हैं। अन्ना हज़ारे के नेतृत्व में चली बहुचर्चित भ्रष्टाचार विरोधी मुहिम की अगाऊ पंक्तियों में जो शक्तियाँ हैं, वे भी एनजीओ सेक्टर की ही देन हैं।

देखें : ग़ैर-सरकारी संस्थाएँ, ग़ैर-दलीय राजनीति, भूमण्डलीकरण का प्रतिरोध, विश्व सामाजिक मंच।

संदर्भ

1. प्रकाश करात (1988), *फ़ॉरेन फ़ंडिंग ऐंड द फिलॉसफ़ी ऑफ़ वालंटरी ऑर्गनाइज़ेशंस : अ फ़ैक्टर इन इम्पीरियलिस्ट स्ट्रैटजी*, नैशनल बुक सेंटर, नयी दिल्ली.
2. संगीता कामत (2002), *डिवेलपमेंट हेजेमनी : एनजीओज़ ऐंड द स्टेट इन इण्डिया*, ऑक्सफ़र्ड युनिवर्सिटी प्रेस, नयी दिल्ली.
3. राजेश टंडन (1987), *स्टेट ऐंड द वालंटरी एजेंसीज़ इन इण्डिया*, पीआरआईए, नयी दिल्ली.
4. डी.एल. शेठ और हर्ष सेठी (1991), 'द एनजीओ सेक्टर इन इण्डिया : हिस्टोरिकल कांटेक्स्ट ऐंड करेंट डिस्कोर्स', *वाल्युंटाज़*, खण्ड 2, अंक 2.
5. बंकर रॉय (1988), 'वालंटरी एजेंसीज़ : ट्वेंटी इयर्स फ्रॉम नाव', *मेनस्ट्रीम*, 26.

— अभय कुमार दुबे

गोपनीयता

(Secracy)

सामान्य व्यवहार में गोपनीयता का अर्थ किसी महत्त्वपूर्ण और उपयोगी सूचना को दूसरों से छिपाना होता है। गोपनीयता के विचार में यह भी अंतर्निहित है कि कुछ तथ्य या सूचनाएँ ऐसी भी होती हैं जिन्हें सार्वजनिक रूप से उद्घटित नहीं किया जाना चाहिए। एक अर्थ में गोपनीयता व्यक्ति की निजता और स्वायत्तता की भी पूर्व-शर्त कही जा सकती है। लेकिन समाजशास्त्रीय अर्थों में गोपनीयता को संगठन, राजनीतिक दल, व्यावसायिक समूह आदि की रणनीति के अध्ययन के तौर पर देखा जाता है।

गोपनीयता के अध्ययन और विश्लेषण को समाजशास्त्र में एक विषय के तौर पर प्रतिष्ठित करने का श्रेय जर्मन समाजशास्त्री जॉर्ज ज़िमेल को जाता है। ज़िमेल ने अपने विश्लेषण में गोपनीयता और गोपनीय संगठनों के समाजशास्त्र की विशद पड़ताल की है। उनके अनुसार गोपनीयता की परिघटना का मर्म इस बात में निहित है कि उसमें किसी सूचना को उसके यथातथ्य रूप में पेश न करके पूर्व निर्धारित लक्ष्य की दृष्टि से प्रस्तुत किया जाता है। इसमें एक व्यक्ति भी शामिल हो सकता है और व्यक्तियों का समूह भी। ज़िमेल का मानना है कि गोपनीय संगठन हमेशा निरंकुशतावाद और पुलिस की सत्ता के सहचर बनकर अस्तित्व में आते हैं। और यह बात केवल राजनीतिक संबंधों पर ही नहीं बल्कि धार्मिक संस्थाओं, स्कूल तथा परिवार पर भी लागू होती है। ज़िमेल का यह भी कहना है कि आधुनिक समाज के दबावों और ज़रूरतों से सामंजस्य बिठाने के लिए व्यक्ति को झूठ-प्रपंच और फ़रेब का सहारा लेना पड़ता है। इस तरह गोपनीयता को आधुनिक समाज में जीने की एक रणनीति के रूप में भी देखा जा सकता है।

ज़िमेल ने गोपनीयता के अध्ययन में विश्लेषण के जिन नये सूत्रों का प्रतिपादन किया था उनका प्रभाव आज तक बरक़रार है। उदाहरण के लिए उनका यह सूत्र आज भी उतना ही प्रासंगिक है कि जब कोई व्यक्ति दूसरे से झूठ बोलता है तो दूसरे व्यक्ति को सिर्फ़ धोखा ही नहीं दिया जाता बल्कि वह झूठ बोलने वाले की वास्तविक मंशा के बारे में भी भ्रांति का शिकार होता है। ऐसे भ्रम और मिथ्या धारणाएँ सरल समाजों में तो उतनी ख़तरनाक नहीं होती लेकिन आधुनिक अर्थव्यवस्था के लेन-देन में, जहाँ सभ्यता की पूरी संरचना ही व्यक्ति और उसकी मंशाओं की पूर्वधारणाओं पर निर्भर करने लगी हैं, वहाँ मिथ्या धारणाएँ एक अनियंत्रित खेल रच सकती हैं। मसलन, आधुनिक अर्थव्यवस्था में पैसे का लेन-देन और उसके हस्तांतरण के अनेकानेक इलेक्ट्रॉनिक रूप सीधे शासकीय ढाँचे की नाक के नीचे सम्पन्न होते हैं, लेकिन उसे इस बारे में कुछ पता नहीं चलता। यह आधुनिक सामाजिक जीवन का एक अहम, मगर ऐसा पहलू है जिससे ज़्यादातर लोग अनभिज्ञ रहते हैं। इक्कीसवीं सदी में आतंकवादी एक देश से दूसरे देश में धन भेजने के लिए इलेक्ट्रॉनिक हस्तांतरण का सहारा लेते हैं। इससे ज़ाहिर है कि आतंकवाद विरोधी कार्रवाई इस दौर में सिर्फ़ ज़मीन पर ही नहीं लड़ी जा रही बल्कि उसका एक मोर्चा वित्तीय गतिविधियों के अमूर्त संसार में भी मौजूद है।

आधुनिक व्यवसाय में जानबूझकर झूठी सूचनाएँ गढ़ना और फैलाना भी एक काम बन गया है। सफ़ेदपोश अपराध के केंद्र में भी गोपनीयता की यह धारणा ही काम करती है। एक तरह से ज़िमेल हमें आधुनिक समाज के जटिल वित्तीय तंत्र और नेटवर्क समाजों की कारगुज़ारियों के बारे में आगाह करते हैं। अल्प -विकसित और आदिम समाजों में भ्रांत धारणाओं का ऐसा व्यवस्थित संजाल कम देखने को मिलता है।

सत्रहवीं शताब्दी में व्यक्तियों के छोटे समूहों की कार्यकुशलता तथा सांगठनिक लामबंदी के चरित्र का विश्लेषण करते हुए थॉमस हॉब्स ने कहा था कि संकट के समय तो लोग बड़ी संख्या में एकजुट हो जाते हैं लेकिन चुनौती ख़त्म होते ही लोगबाग फिर फूट, आपसी षड्यंत्र और चुगलखोरी में लिप्त होने लगते हैं। हॉब्स का मानना था कि कोई भी सामूहिक गतिविधि एक मज़बूत केंद्रीय सत्ता के बिना सफल नहीं हो सकती क्योंकि उसके अभाव में लोगों के व्यक्तिगत अहम को नियंत्रण में रखना मुश्किल बना रहता है। यह देखना दिलचस्प है कि हॉब्स के इस विचार की आहट कोई ढाई सौ साल बाद ज़िमेल के विश्लेषण में भी सुनायी पड़ती है। हॉब्स की तरह ज़िमेल ने भी इस तरफ़ ध्यान आकर्षित किया था कि किसी कार्य या गतिविधि की गुणवत्ता पर उसमें शामिल लोगों की संख्या का गहरा असर पड़ता है। ज़िमेल के मुताबिक़ दो लोगों के साथ समूह जैसी कोई संरचना नहीं होती लेकिन जैसे ही उनके साथ तीसरा व्यक्ति आता है तो उनके आपसी व्यवहार का पूरा चरित्र बदल जाता है। असल में तीसरे व्यक्ति के शामिल होते ही एक वास्तविक सामाजिक संरचना अस्तित्व में आने लगती है। ज़िमेल का मानना है कि छोटे समूहों में गोपनीयता को बरक़रार रखना मुश्किल होता है क्योंकि उसमें शामिल सभी व्यक्ति एक दूसरे के इतने क़रीब होते हैं कि वे समूह के गुप्त कार्यक्रम या एजेंडे को बताने का लोभ संवरण नहीं कर पाते, जबकि बड़े समूहों में गोपनीयता को बनाये रखना ज़्यादा आसान होता है। परंतु बड़े गोपनीय संगठनों में सूचनाओं के साझीदार सदस्य हमेशा इस तनाव के शिकार रहते हैं कि गोपनीय सूचना या तथ्य उजागर न हो जाए। ऐसा होने पर गोपनीय संगठन का समूचा आधार ही ख़त्म हो सकता है। गोपनीयता को बरक़रार रखने के लिए छोटे और बड़े समूह अलग अलग तरह की रणनीति आज़माते हैं। इस मामले में गोपनीयता को सफल बनाने के लिए एक सामाजिक संरचना ख़ुद ब ख़ुद अस्तित्व में आ जाती है। ग़ौर से देखें तो असल में समाजशास्त्री इसी क्षेत्र का अध्ययन करते हैं। ज़िमेल ने अपने अध्ययन में इस बात पर भी विचार किया है कि गोपनीय संगठन अपने आकार और नेतृत्व को छिपाने के लिए सूचनाओं और नियंत्रण की व्यवस्था का किस तरह इस्तेमाल करते हैं।

सामाजिक विज्ञानों, ख़ास तौर पर अर्थशास्त्र में यह एक जमा जमाया सिद्धांत माना जाता है कि गोपनीयता के कुछ ऐसे निश्चित प्रकार हैं जिन्हें बनाये रखने का ख़र्च और मुश्किलें सदस्यों की संख्या में होने वाली वृद्धि के साथ बढ़ती जाती है। ज़िमेल इसे बड़े समूहों की प्रारूपिक समस्या मानते थे। व्यवसाय के क्षेत्र में क़ीमतों को मनमाने ढंग से तय करने या उत्पादन घटाकर कर बाज़ार पर एकाधिकार स्थापित करने की गोपनीय चालें कई बार एक आपसी समझौते के तहत ही ध्वस्त की जाती हैं। ऐसे रहस्यों का उद्‌घाटन तब ज़्यादा रफ़्तार से होता है जब उसमें कई सारे व्यवसाय एक साथ मिलकर व्यावसायिक रणनीतियाँ तय करते हैं। औद्योगिक संगठनों के अध्ययन से पता चलता है कि पहले से ही कीमतें तय करने, षड्यंत्र खड़ा करने या ठेके लेने की होड़ में अन्य प्रतिद्वंदियों को मात देने के मामले में हमेशा संगठन के अंदरूनी सदस्य ही शामिल पाये जाते हैं। वे अपने संगठन की साख ऐसे रहस्योद्‌घाटनों से उजागर करते हैं कि उनकी कम्पनी के उत्पादन सूचकांक सही नहीं हैं। इसी तरह पूर्व षड्यंत्रकर्ता निजी लाभ उठाने के लिए ख़ुद के बारे में केवल यह घोषणा करते हैं कि वे तो व्यावसायिक समूह विशेष के सदस्य मात्र हैं।

अगर किसी स्थिति में एक व्यक्ति को यह पता चले कि दूसरे सिरे पर मौजूद एक या दो व्यक्तियों को किसी महत्त्वपूर्ण मसले के बारे में जानकारी है लेकिन वे पहले व्यक्ति से इस बारे में झूठ बोलते रहें तो ऐसे में एक अलग तरह की समस्या पैदा हो जाती है। कुछ विशेषज्ञ इसे ही गोपनीयता की मूलभूत स्थिति कहते हैं। एक विद्वान के मुताबिक़ गोपनीयता को एक ऐसी स्थिति के रूप में परिभाषित किया जा सकता है जिसमें एक व्यक्ति किसी बात को छिपाना चाहता है जबकि दूसरा व्यक्ति छिपाने की इस हरकत को उजागर करना चाहता है। यह सच है कि ग़ैर-सार्वजनिक सूचनाओं की जानकारी रखने वाले लोगों को इस बात का पता रहता है कि वे जिन लोगों के साथ काम कर रहे हैं उन्हें भी इस बात का अहसास रहता है कि पहला व्यक्ति उनसे कुछ छिपा रहा है। ऐसे में एक दूसरे को पछाड़ने की चालें चली जाती हैं। अर्थशास्त्र में गेम थिअरी नामक एक उप विषय में सामाजिक व्यवहार के इन रूपों और उसके वास्तविक कोणों का अध्ययन किया जाता है।

जब कोई गोपनीय सूचना कई लोगों की जानकारी में होती है और वे उस पर मौन साधे रहते हैं तो इसे विशेषीकृत हितों की एक सामाजिक परिघटना कहा जा सकता है। एवियातार जेरूबावेल ने इस परिघटना के अध्ययन का सार संक्षेप करते हुए कहा है कि एक समय के बाद ऐसे गोपनीय तथ्यों को छिपाये रखना मुश्किल होता जाता है जिनमें अनेक लोग शामिल हों। मौन के ऐसे किसी षड्यंत्र का जब भी रहस्योद्घघाटन होता है तो वह उसमें लिप्त लोगों के व्यक्तित्व और उनकी अंतश्चेतना को क्षत-विक्षत कर देता है।

नाज़ी शासन के उदाहरणों से पता चलता है कि यहूदियों के यातना-शिविरों के आसपास रहने वाले जर्मन नागरिकों को इस तथ्य के बारे में पता होता था कि वहाँ क्या चल रहा है लेकिन वे इस बारे में मौन रहते थे। समाजशास्त्री इसे एक ऐसी सामाजिक रीति के उभार की तरह देखते हैं जो

लोगों की संवेदना को यहाँ तक नियंत्रित करने लगी थी कि किस बात पर ध्यान दिया जाए और किस बात को ख़ारिज कर दिया जाए। यह बात बच्चों के यौन शोषण संबंधी मामलों पर भी लागू होती हैं जहाँ परिवार के सदस्य सब कुछ जानने के बावजूद पीड़ित की यंत्रणा को लेकर आपस में गोपनीयता बनाये रखते हैं।

सामान्य क़ानूनों में किसी व्यवसाय के भेद या राज़ को एक ऐसे फ़ार्मूले या प्रक्रिया के तौर परिभाषित किया जाता है जो प्रतिस्पर्द्धा के क्षेत्र में एक व्यवसायी द्वारा दूसरे व्यवसायी को मात देने के लिए इस्तेमाल किया जाता है। अर्थशास्त्रियों की भाषा में व्यवसाय का यह गोपनीय गुर किसी उद्यमी को अपने प्रतिद्वंदियों के मुक़ाबले ज़्यादा लाभ अर्जित करने में सक्षम बनाता है। उद्यमिता के नव-चिंतन में अक्सर गतिशील दक्षता की धारणा का ज़िक्र किया जाता है। बहुत से उद्यमी और उनके मददगार अपने व्यवसाय से संबंधित सूचनाओं को इस तरह गोपनीय बनाये रखते हैं कि अन्य प्रतिद्वंद्वियों को उनके उत्पादों की भनक न मिल सके और वे अपने उत्पाद को बाज़ार में सबसे पहले उतार सकें। उन्हें ऐसा करना इसलिए ज़रूरी लगता है क्योंकि अगर प्रतिद्वंदियों को उनके नवाचार के बारे में पता चल जाए तो वे उस उत्पाद की नक़ल तैयार करके उत्पाद के मूल निर्माता का खेल बिगाड़ सकते हैं।

कुछ ख़ास तरह के मामलों में व्यवसाय के गोपनीय गुर का पेटेंट कराया जाता है। इससे उत्पाद के निर्माता को एक निश्चित अवधि के लिए अपने उत्पाद के संबंध में एक तरह का विशेषाधिकार मिल जाता है। लेकिन बाज़ार में मौजूद हर तरह की सूचनाओं को पेटेंट की सुरक्षा नहीं दी जा सकती या दूसरी तरह कहें तो बाज़ार की हर सूचना इस लायक नहीं होती कि उसे पेटेंट की सुरक्षा दी जाए। मसलन, मार्केटिंग के तौर-तरीक़ों, उत्पाद की कीमतें तय करने की रणनीति, ग्राहकों की सूची तथा आपूर्ति की ऐसी शृंखलाएँ जिनके बारे में प्रतिद्वंद्वियों को पता नहीं होता, ऐसे ही पहलू हैं जिन्हें पेटेंट के दायरे से बाहर माना जाता है। ऐसे मामलों में पेटेंट कराने का विकल्प मौजूद नहीं होता। ज़ाहिर है कि ऐसे में गोपनीयता बनाये रखना ही व्यवसायिक सफलता का आधार होता है।

यह एक मिथक ही है कि जादूगर अपनी तरकीब को सार्वजनिक नहीं होने देते या कि वे इन तक़नीकों को पर्दे में छिपाये रखते हैं। जादूगर वास्तव में रंगमंच के मनोरंजनकर्ता होते है जिनके अपने सभा-संगठन और जर्नल होते हैं। धीरे धीरे उनके अकादमिक योगदान और प्रभाव में वृद्धि भी होती गयी है। ज़िमेल की धारणा थी कि बड़े संगठनों में दाख़िल होने और उसमें शामिल होने के कुछ निश्चित अनुष्ठान होते हैं लेकिन अब यह स्थिति बदल चुकी है। आजकल जादूगर अक्सर विद्वान होते हैं और अपने इस नये तरह के गुण को अक्सर कितांबों, फ़िल्मों और सेमिनारों के माध्यम से ज़ाहिर करते रहते हैं। पेटेंट के विचार में ही यह बात निहित है कि वह एक ऐसी उपयोगी चीज़ है जिसे उजागर करना लाभकारी होता है। ऐसे में यह कल्पना करना मुश्किल है कि कोई जादूगर अपने जादू के रहस्य को पेटेंट कराना चाहेगा। एक विद्वान के मुताबिक़ जादूगर अपने जादू का पेटेंट इसलिए नहीं कराते थे क्योंकि वे अपने रहस्य को खोलना नहीं चाहते थे। इसके उलट बात यह है कि जादूगर जादू के ज़रिये अपने भ्रम की प्रस्तुति पर एकाधिकार करना चाहते थे और उसे क़ानूनी तौर पर सुरक्षित करना चाहते थे ताकि अन्य जादूगरों को उस भ्रम की हू ब हू कृति तैयार करने से रोका जा सके।

उपरोक्त समस्त सूत्रों को एक साथ रखकर विचार किया जाए तो कहना होगा कि ज्यॉर्ज ज़िमेल क़े सूत्रीकरण के बाद गोपनीयता की अवधारणा का राजनीति के अलावा अर्थशास्त्र के दायरों में भी विस्तार हुआ है। उसमें सार्वजनिक जीवन के ऐसे पहलू भी शामिल है जिनके बारे में आमतौर पर सोचा नहीं जाता लेकिन आधुनिक जीवन की पूरी संरचना में गोपनीयता एक बड़ी रणनीति की तरह पैबस्त है।

देखें : अर्थव्यवस्था का समाजशास्त्र, अभिजन, अभिरुचि, आत्महत्या, उन्मूलनवाद, एजेंसी, कर्मकाण्ड, कारागार, गोपनीयता, गृहविहीनता, जादू, जीवन-शैली, टेलरवाद, फ़ुरसत, बचपन, बुज़ुर्गियत का समाजशास्त्र, बेगानगी, भीड़, भ्रष्टाचार का समाजशास्त्र-1 और 2, विचलन, ज्ञान का समाजशास्त्र।

संदर्भ

1. एस. बोक (1982), *सीक्रेट्स : ऑन द इथिक्स ऑफ़ कंसीलमेंट ऐंड रेवलेशन,* पैंथियन बुक्स, न्यूयॉर्क.
2. डब्ल्यू. आई. मिलर (2003), *फ़ेकिंग इट,* केम्ब्रिज युनिवर्सिटी प्रेस, केम्ब्रिज.
3. जी. रिट्ज़र (2000), *क्लासिकल सोसियोलॅजिकल थिअरी,* तीसरा संस्करण, मैक्ग्रा-हिल, न्यूयॉर्क.
4. जॉर्ज ज़िमेल (1906), 'द सोसियोलॅजी आफ़ सीक्रेसी ऐंड ऑफ़ द सीक्रेट सोसाइटीज़', *अमेरिकन जर्नल ऑफ़ सोसियोलॅजी,* खण्ड 11: 441.

— नरेश गोस्वामी

गोपाल कृष्ण गोखले

(Gopal Krishna Gokhale)

भारतीय उदारतावाद के पितामह, समाज-सुधारक, शिक्षाविद् और राजनेता गोपाल कृष्ण गोखले (1866-1915) राष्ट्रीय स्वतंत्रता के आंदोलन की नींव डालने वाली चंद हस्तियों में से एक थे। गोखले ने स्वयं जनांदोलन की राजनीति कभी नहीं की, पर उनके कृतित्व से ही कांग्रेस में वह ज़मीन बनी जिस पर खड़े कर बीस के दशक में गाँधी इस पार्टी को अंग्रेज़ों के ख़िलाफ़ जनांदोलन में बदल सके। अपनी आत्मकथा में गाँधी ने उन्हें अपने गुरु की संज्ञा दी है। उन्नीसवीं सदी के आख़िरी और बीसवीं सदी के शुरुआती वर्षों में सक्रिय रहे गोखले को भारतीय राजनीतिक पुनर्जागरण के संदर्भ में जस्टिस रानाडे और गाँधी के बीच की कड़ी माना जाता है। उनके वैचारिक प्रभाव का अंदाज़ा इस बात से लगाया जा सकता है कि उनके उदारतावाद और सांविधिक राजनीति की पैरोकारी से प्रभावित हो कर मुहम्मद अली जिन्ना तक शुरू में 'मुसलमान गोखले' बनना चाहते थे। गोखले के लिए राजनीतिक स्वतंत्रता का अर्थ था ब्रिटिश हुकूमत के तहत स्व-शासन का अधिकार, पर इसके लिए भी उनकी शर्त थी कि भारतीय समाज को पहले सुधार की प्रक्रिया के ज़रिये ख़ुद को उसके क़ाबिल बनाना होगा। इसी मक़सद से गोखले ने सर्वेंट ऑफ़ इण्डिया सोसाइटी *भारत सेवक समाज* की स्थापना की।

कांग्रेस के भीतर गोखले ने तिलक द्वारा दिये गये तुरंत स्वराज प्राप्त करने के रैडिकल कार्यक्रम का विरोध करते हुए नरम दली धड़े का नेतृत्व किया जिसका उद्देश्य किसी भी तरह की आंदोलनकारी कार्रवाई से बचते हुए ब्रिटिश सरकार से सहयोग के ज़रिये क्रमशः राजनीतिक सुधारों की तरफ़ बढ़ना था ताकि भारतीयों को ज़्यादा से ज़्यादा नागरिक अधिकार मिल सकें। अंग्रेज़ों के साथ सहयोग के पैरोकार गोखले को कांग्रेस के भीतर राष्ट्रवादियों की कड़ी आलोचना का सामना करना पड़ा, पर उनकी नरमदली राजनीति और उदारतावाद की सफलता का अंदाज़ा इस बात से लगाया जा सकता है कि उनके प्रतिद्विंद्वी तिलक 1916 में कांग्रेस की सदस्यता दोबारा ग्रहण करते समय बहुत कुछ सांविधिक राजनीति का रास्ता अपनाने की स्थिति में आ चुके थे। 1920 में उन्होंने कांग्रेस डेमोक्रेटिक पार्टी का जो घोषणापत्र लिखा वह संवैधानिक सुधारों के संदर्भ में गोखले द्वारा अपने पीछे छोड़े गये अंतिम प्रतिज्ञा-पत्र पर बहुत कुछ निर्भर था।

अपने ज़माने के अंग्रेज़ी शिक्षित आधुनिक भारतीय अभिजनों की तरह गोखले का वैचारिक परिप्रेक्ष्य पश्चिमी आधुनिकता से रँगा हुआ था। उनके मानस पर फ्रांसिस बेकन के निबंधों, एडमण्ड बर्क द्वारा की गयी फ्रांसीसी क्रांति की आलोचना और जॉन स्टुअर्ट मिल के उदारतावाद की गहरी छाप थी। गोखले को कभी नहीं लगा कि राष्ट्र-निर्माण के लिए उन्हें भारत के इतिहास से कुछ मिल सकता है। उनका कहना था कि भारत ने ऐतिहासिक रूप से पश्चिम की भाँति राष्ट्रीय स्वतंत्रता का विचार विकसित ही नहीं किया है। गोखले को आइरिश होम रूल आंदोलन का मॉडल पसंद था। युरोपीय इतिहास के सुसंगत, गतिशील और लोकतांत्रिक क्रम-विकास को देख कर उन्हें लगता था कि पश्चिम के पास भारत को सिखाने के लिए काफ़ी-कुछ है।

ब्रिटिश शासन को भारतीय आधुनिकीकरण की गारंटी मानने वाले गोखले को इस बात का क्षोभ था कि अंग्रेज़ इस देश में प्रतिनिधित्वमूलक संस्थाएँ स्थापित करने में हीला-हवाला कर रहे हैं। इसके लिए उन्होंने अंग्रेज़ों की आलोचना भी की और कहा कि उनके राज्य में शासन अधिक है और ब्रिटिशपन कम। लेकिन इस आलोचना के बावजूद गोखले को यक़ीन था कि ब्रिटिश राज के तहत भारत एक न एक दिन युरोप के ही किसी स्वतंत्र राष्ट्र की तरह अंतर्राष्ट्रीय समुदाय का सदस्य बन जाएगा। उन्हें मालूम था कि अंग्रेज़ों के शासन संबंधी तौर-तरीक़े आपत्तिजनक भी हैं, लेकिन बावजूद इसके वे ब्रिटिश हुक्मरानों को थॉमस मुनरो, मैकाले, हेनरी लॉरेंस और रानी विक्टोरिया की उद्घोषणाओं और 'इंग्लैण्ड की भारत संबंधी शपथों' की याद दिलाते रहते थे। भारतीय राष्ट्रीय कांग्रेस के वरिष्ठ नेताओं दादाभाई नौरोज़ी और जस्टिस महादेव रानाडे की विरासत के वाहक के तौर पर गोखले ब्रिटिश शासकों से अपील करते थे कि वे भारत में शैक्षिक, धार्मिक, आर्थिक, प्रशासनिक और राजनीतिक सुधारों की रफ़्तार बढ़ाएँ। अंग्रेज़ों की इंसाफ़पसंदी, ईमानदारी और नेक इरादों में विश्वास रखने वाले गोखले ने कई बार इंग्लैण्ड की यात्रा की ताकि ब्रिटिश नागरिकों और सांसदों के सामने भारत का पक्ष पेश किया जा सके। भारत में अपनी राजनीति के लिए उन्होंने बम्बई विधान परिषद, इम्पीरियल कौंसिल और कांग्रेस के मंच का इस्तेमाल किया।

एक उदारतावादी के रूप में गोखले ने व्यक्तिगत स्वतंत्रता की पैरोकारी करते हुए 1904 के सरकारी गोपनीयता क़ानून का विरोध किया। इसी आधार पर उन्होंने निजी सम्पत्ति के स्वामित्व, अनुबंध करने की स्वतंत्रता और नागरिक अधिकारों की वकालत करते हुए अंग्रेज़ों से कहा कि कि वे जब तक भारत में प्रतिनिधित्वमूलक संस्थाओं का विकास नहीं करते तब तक भारत और इंग्लैण्ड के संबंध अच्छे नहीं हो सकते। दूसरी तरफ़ गोखले का उदारतावाद क्लासिकल लिबरलिज़म से कुछ अलग भी था। व्यक्तिगत स्वतंत्रता की तरफ़दारी करते हुए उनका आग्रह आज़ादी का उपभोग ज़िम्मेदारी और आत्म-संयम के साथ करने पर था। उन्होंने सार्विक मताधिकार का समर्थन करने के बजाय

गोपाल कृष्ण गोखले (1866-1915)

सम्पत्ति के स्वामित्व को मताधिकार की शर्त बनाने की माँग की। गोखले धार्मिक अल्पसंख्यकों को विशेष प्रतिनिधित्व देने की माँग के साथ थे। दिलचस्प बात यह है कि निजी सम्पत्ति का समर्थन करने वाले गोखले बाज़ारवाद के बजाय जस्टिस रानाडे के तर्ज़ पर अर्थव्यवस्था में राज्य का हस्तक्षेप चाहते थे ताकि औद्योगिक विकास और खेतिहर ख़ुशहाली की गारंटी की जा सके।

समाज-सुधार के संदर्भ में तौर पर गोखले की प्रमुख माँगें थीं : बेटी-बेटे के विवाहों पर साल भर से ज़्यादा की आमदनी न ख़र्च की जाए, बहुविवाह पर रोक लगायी जाए, साठ साल की उम्र के बाद किसी को शादी न करने दी जाए और स्त्रियों की शिक्षा का सरकार की तरफ़ से बंदोबस्त हो। गोखले ने आम लोगों के लिए मुफ्त और अनिवार्य शिक्षा का झण्डा भी बुलंद किया।

महाराष्ट्र के रत्नागिरि ज़िले के एक गाँव में 9 मई, 1866 को एक साधारण मध्यवर्गीय चितपावन ब्राह्मण परिवार में जन्मे गोपालराव गोखले ने बम्बई के एलफिंस्टन कॉलेज से स्नातक की उपाधि प्राप्त की। गणित, विज्ञान और अंग्रेज़ी साहित्य में निष्णात गोखले पहले इंजीनियर बनना चाहते थे, पर बाद में उन्होंने ख़ुद को शिक्षा के प्रसार के लिए समर्पित करने का फ़ैसला किया। उन्होंने पुणे में विष्णु शास्त्री चिपलुंकर द्वारा शुरू किये गये न्यू इंग्लिश स्कूल में अध्यापन शुरू किया। उनकी निष्ठा से प्रभावित हो कर दक्खन एजुकेशन सोसाइटी ने उन्हें अपना आजीवन सदस्य बना लिया। इसके बाद उन्हें सोसाइटी द्वारा चलाये जाने वाले फ़र्ग्युसन कॉलेज में गणित के प्रवक्ता के रूप में नियुक्ति मिली जहाँ उन्होंने 18 वर्ष तक पढ़ाया। यहीं वे महान समाजसुधारक जस्टिस रानाडे के सम्पर्क में आये और उनके आर्थिक -सामाजिक विचारों को मुरीद हो गये। रानाडे के निर्देशन में चलने वाली सार्वजनिक सभा के ज़रिये उन्होंने लोक-जीवन में प्रवेश किया। इसी दौरान उन्होंने उन्नीसवीं सदी के वरिष्ठ समाज सुधार गोपाल गणेश आगरकर द्वारा प्रकाशित *सुधारक के* अंग्रेज़ी संस्करण का सम्पादन भी शुरू किया। 1889 में उन्होंने भारतीय राष्ट्रीय कांग्रेस के अधिवेशन में भाग लिया और उसके बाद पार्टी की सभाओं में उन्हें नियमित रूप से वक्ता के रूप में निमंत्रित किया जाने लगा। 1896 में जब तिलक और उनके सहयोगियों ने *सार्वजनिक सभा* के नेतृत्व पर क़ब्ज़ा कर लिया तो रानाडे और गोखले ने अलग हो कर दक्खन सभा नामक संगठन बना लिया। सभा की तरफ़ से गोखले इंग्लैण्ड भेजे गये जहाँ उन्होंने ब्रिटिश और भारत सरकार के बीच ख़र्चों के अधिक समतामूलक वितरण के तरीक़े सुझाने के लिए गठित वेबली आयोग के सामने गवाही दी। 1899 में वे बम्बई विधान परिषद् के लिए चुने गये। इसके बाद वे इम्पीरियल लेजिस्लेटिव कौंसिल के लिए लगातार चुने जाते रहे और एक बेहतरीन सांसद के रूप में उनकी धाक जमती चली गयी।

एक राजनीतिक और समाज-चिंतक के रूप में गोखले ने अपने पीछे कोई कृति नहीं छोड़ी, पर संसदीय मंच से दिये गये उनके पाण्डित्यपूर्ण भाषणों और लेखों में उनके उदारतावादी विचारों का पूरा ख़ाका मिलता है। उनके बजट-भाषणों को क्लासिक का दर्जा मिल चुका है, क्योंकि एक तरफ़ तो राजनीतिक अर्थशास्त्र के विश्लेषण के रूप में उनका रुझान मुख्यत: रचनात्मक होता था, पर दूसरी ओर वे सरकार की राजकोषीय नीतियों की जम कर आलोचना भी करते थे। 1912 में गाँधी के निमंत्रण पर वे दक्षिण अफ्रीका गये और वहाँ होने वाले सत्याग्रह के लिए उन्होंने न केवल कोष जमा किया, बल्कि इम्पीरियल कौंसिल में नटाल के भारतीय मज़दूरों को राहत दिलाने के लिए दो बार प्रस्ताव भी रखा। गाँधी के भारत आगमन पर गोखले ही उनके पथ-प्रदर्शक साबित हुए, और गोखले की विरासत गाँधी ने ही सँभाली।

कांग्रेस की राजनीति में भाग लेते हुए गोखले ने भारतीय आज़ादी के लिए तिलक और उनके सहयोगियों के त्याग-बलिदान की हमेशा सराहना की, पर वे उनकी रणनीति से सहमत नहीं थे। सांगठनिक मामलों और पद्धति के मामले में तिलक के बजाय गोखले डी.ई. वाचा और फ़ीरोज़शाह मेहता की तरफ़ झुके। 1905 में उन्हें कांग्रेस के बनारस अधिवेशन में अध्यक्ष चुना गया। यह उनके राजनीतिक

करियर का चरमोत्कर्ष था। अध्यक्ष के रूप में तिलक और उनके अनुयायियों को कांग्रेस के हाशिये पर धकेल दिया जिससे पार्टी उनके नेतृत्व वाले उदारतावादी नरम दल और तिलक, विपिन चंद्र पाल और लाला लाजपत राय के नेतृत्व वाले राष्ट्रवादी गरम दल में बँट गयी। कांग्रेस का यह विभाजन 1915 में गोखले की मृत्यु के साथ ही ख़त्म हो पाया।

देखें : अबुल क़लाम आज़ाद, उपनिवेशवाद विरोधी आंदोलन-1 से 3 तक, एलमकुलम मनक्कर शंकरन नम्बूदिरीपाद, चरण सिंह, जवाहरलाल नेहरू, जय प्रकाश नारायण, बल्लभभाई पटेल, बाल गंगाधर तिलक, मोहनदास कर्मचंद गाँधी-1 से 3 तक, राम मनोहर लोहिया, विनायक दमोदर सावरकर।

संदर्भ

1. डी.जी. करवे और डी.वी. आम्बेकर (सम्पा.) (1962), *स्पीचिज़ ऐंड राइटिंग्स ऑफ़ गोपाल कृष्ण गोखले,* तीन खण्ड, एशिया पब्लिशिंग हाउस, बम्बई.
2. मोहम्मद शब्बीर कैंट, (1992) *तिलक और गोखले : अ कम्परेटिव स्टडी,* आशीष पब्लिशिंग हाउस, नयी दिल्ली.
3. स्टेनली वोलपर्ट (1982), *तिलक ऐंड गोखले : रेवोल्यूशन ऐंड रिफ़ॉर्म इन मेकिंग ऑफ़ माडर्न इण्डिया,* युनिवर्सिटी ऑफ़ कैलिफ़ोर्निया, बर्कले.

— अभय कुमार दुबे

गोपाल बाबा वलंगकर

(Gopal Baba Valangkar)

महाराष्ट्र के ग़ैर-ब्राह्मण आंदोलन की प्रमुख हस्ती गोपाल बाबा वलंगकर (1840-1900) की गिनती उन सामाजिक क्रांतिकारियों, पत्रकारों और सामाजिक चिंतकों में होती है जिन्होंने ज्योतिबा फुले की रैडिकल विरासत को आगे बढ़ाया और डॉ. आम्बेडकर के युगप्रवर्तक काम के लिए ज़मीन तैयार की। फुले के अनन्य मित्रों में से एक वलंगकर को दलित साहित्य और संस्कृति का प्रेरक माना जाता है। *वे अनार्य दोष परिहारक मण्डल* के संस्थापक थे। इस मण्डल ने महार और चांभार जैसी दलित जातियों की संस्कृति का प्रथम बार शब्द-चित्रण किया। दरअसल, यह मण्डल महार एवं चांभार सांस्कृतिक चेतना की नुमाइंदगी करने वाला सर्वप्रथम संस्थागत प्रयास था। इसका मक़सद था दलित समाज की स्वतंत्र पहचान बनाना ताकि सामाजिक बहिर्वेशन के ख़िलाफ़ किया गया संघर्ष एक सार्थक विकल्प का रूप ले सके। समाज सुधारक के साथ-साथ वलंगकर की पहचान एक लेखक के रूप में भी थी। 1894 में उन्होंने *हिंदू धर्म दर्पण* नामक पुस्तक लिखी। वे अभंग और कविताएँ भी लिखते थे। वलंगकर आम्बेडकर के फ़ौजी सूबेदार पिता रामजी सकपाल के समकालीन होने के साथ-साथ उन्हीं की तरह धार्मिक भी थे। जीवनपर्यंत ब्रिटिश फ़ौज में सेवारत रहने वाले गोपाल बाबा का व्यक्तिगत जीवन अनुशासन और समर्पण की मिसाल था।

गोपाल कृष्ण वलंगकर का जन्म कोलाबा जिले में वलरा गाँव में एक महार परिवार में 1840 में हुआ था। उनके पिता का नाम विट्ठलनाक सालवे वलंगकर था। नॉर्मल परीक्षा पास कर उन्होंने नौकरी हेतु आवेदन दिया। वे ब्रिटिश सेना में सिपाही की हैसियत से भर्ती हुए और 1886 में हवलदार के पद से सेवानिवृत्त हो गये। सेना में भर्ती होने पर उन्हें आगे पढ़ने-लिखने का अवसर मिला। वे रामानंदी पंथ से प्रभावित थे। फ़ौज में रहते हुए वे समाज-सेवा से जुड़े और मराठी पत्र-पत्रिकाओं में लिखना शुरू किया। इस तरह से उनकी जीवन धारा आगे बढ़ी, जो सामाजिक न्याय की धारा के साथ दर्ज हुई।

वरिष्ठ मराठी साहित्यकार य.दि. फड़के ने वलंगकर के बारे में जानकारी दी है कि वे कोंकण के रावढल गाँव के निवासी थे। सेना से रिटायर थे। उन्होंने मराठी में *विटाल विध्वंसन* (अपवित्रता विध्वंसन) नामक पत्रिका निकाली जो अगस्त 1889 में छप कर अछूतों का सबसे पहला जर्नल बनी। दलित-पत्रकारिता में इस पुस्तिका को नये युग का सूत्रधार माना जाता है। वलंगकर ने इस पत्रिका में प्रतिपादित किया कि अस्पृश्य पहले क्षत्रिय थे जो कालांतर में अस्पृश्य माने गये। वलंगकर ने जाति से लड़ने के लिए 1890 में *अनार्य दोष परिहारक मण्डली* नाम से एक सामाजिक संस्था बनायी। आम्बेडकर ने *बहिष्कृत भारत* के प्रथम अंक में अस्पृश्यों की उन्नति का आंदोलन आरम्भ करने का श्रेय गोपाल बाबा वलंगकर और बम्बई प्रांत को दिया। 1892 में महारों की सेना में भरती पर रोक लगी। वलंगकर ने ब्रिटिश सरकार के इस आदेश के ख़िलाफ़ जस्टिस रानाडे की सहायता ली और मराठी में याचिका पेश की। हालाँकि सरकार ने कोई कार्रवाई नहीं की, लेकिन इससे दलित-हित में एक संदेश गया। 1895 में उन्हें कोलाबा के ज़िलाधीश ने महाड़ लोकल बोर्ड का सदस्य बनाया, लेकिन जब बैठक आयोजित हुई कोई भी सवर्ण बैठक में भाग लेने नहीं आया। जैसे कि वहाँ अछूत नहीं कोई शेर आ गया हो। 1895 में जब पुणे में कांग्रेस अधिवेशन हुआ उन्होंने नेताओं से माँग की कि वे अस्पृश्यता निवारण के लिए ठोस क़दम उठाएँ।'

कोलाबा ज़िले के महाड़ ताल्लुका से पाँच मील दूर रावढल जैसे छोटे से ग्राम के निवासी बाबा वलंगकर फ़ौज में नौकरी करते हुए ज्योतिबा फुले और उनके अनुयाइयों के सम्पर्क में आये और *सत्य शोधक समाज* के सदस्य बन गये।

वलंगकर के समकालीन एक सैनिक आर.सी. घाडगे ने अपने संस्मरणों में लिखा है कि वलंगकर रविवार के दिन पुणे कैम्प के फ़ौजियों को दिया जाने वाला फुले का भाषण सुनते थे। फुले और वलंगकर की अभिन्न मित्रता के कई प्रमाण मिलते हैं। फुले महारवाड़ा, भवानी पेठ, पुणे में वलंगकर के घर नियमित रूप से जाया करते थे। फुले के अभिन्न मित्र गोविंद गणपत काले ने विशेष रूप से उस प्रवेश-विधि को देखा जिसके अनुसार फुले और वलंगकर सत्य शोधक समाज के कार्यक्रमों में आने वाले सवर्ण जाति के हर दर्शक की परख करते थे। इसका आधार था वह खाने की पंक्ति जिसमें वलंगकर बैठते थे। सैयाजीराव गायकवाड़ महाराज के सम्मान में हुए सत्य शोधक समाज के एक उत्सव में फुले के साथ वलंगकर ने भी अपने विचार प्रकट किये थे। 1880 के मध्य तक फुले और वलंगकर की मित्रता गहरी हो चुकी थी।

लंदन विश्वविद्यालय के फ़िलिप कांस्टेबिल ने 'उन्नीसवीं सदी के अंत और बीसवीं सदी के पश्चिम भारत का प्रारम्भिक दलित साहित्य एवं संस्कृति' नामक लम्बे शोधपूर्ण लेख में गोपाल बाबा वलंगकर द्वारा दलित चेतना में दिये गये योगदान का अध्ययन प्रस्तुत किया है। यह लेख डॉ. आम्बेडकर जन्मशती (1991-92) के दौरान भारत सरकार द्वारा लंदन में आयोजित अंतर्राष्ट्रीय विचार गोष्ठी में प्रस्तुत किया गया था। वलंगकर ने 1886 में फ़ौज से रिटायर होने के बाद *दीनबंधु* और *सुधारक* जैसे मराठी अख़बारों में जातिप्रथा और छुआछूत की समस्या के ख़िलाफ़ लेखन शुरू किया। वे रत्नागिरि जिले में दपोली में रहने लगे और स्कूल मास्टर की नौकरी कर ली। वहीं महार और चांभार जाति के सेवानिवृत्त फ़ौजी अधिकारियों के साथ मिल कर 1890 में अनार्य दोष परिहारक मण्डल स्थापित किया। इन फ़ौजी अधिकारियों द्वारा अलग से संगठन बनाना, जबकि इनमें से अधिकांश सत्य शोधक समाज के सदस्य और फुले के अनुयायी थे, एक विशिष्ट लक्ष्य की ओर इंगित करता है। यदि महार-चांभार जातियों को हिंदू शास्त्रों और समाज द्वारा उन पर किये गये अत्याचारों और सामाजिक बहिष्कार के विषय में जागरूक बनाना आवश्यक था तो यह भी आवश्यक था कि उन्हें अपनी मान्यताओं और सांस्कृतिक विरासत के बारे में स्वतंत्र अस्तित्व के बारे में आश्वस्त किया जाए। ईस्ट इण्डिया कम्पनी की फ़ौज में महार, मांग और चांभारों की भर्ती की जाती थी, पर 1890-91 में इस पर रोक लग गयी। गोपाल बाबा ने रामजी सकपाल के साथ मिल कर इसके ख़िलाफ़ जुलाई, 1894 में याचिका लिखी। विचित्र बात यह थी कि ख़ुद उनकी जाति के लोगों ने इस मामले में उनका समर्थन नहीं किया। याचिका में दावा किया गया था कि जिन लोगों को अछूत कहा जाता है वे वास्तव में पहले क्षत्रिय थे। वलंगकर ने माँग की थी कि फ़ौज में से ब्राह्मण जोशियों का स्थान महार जोशियों को दिया जाए।

देखें : अनुसूचित जातियाँ, अस्मिता की भारतीय राजनीति, अन्य पिछड़े वर्ग, आयोतीदास पांडीतर, आयंकाली, आम्बेडकर-गाँधी विवाद, इरोड वेंकट रामस्वामी नायकर पेरियार, कांशी राम, गाड़गे बाबा, ज्योतिराव गोविंदराव फुले, जाति और जाति-व्यवस्था-1, 2, 3 और 4, बहुजन समाज पार्टी-1 और 2, बाबू मंगूराम, भदंत आनंद कौसल्यायन, स्वामी अछूतानंद हरिहर।

संदर्भ

1. फ़िलिप कांस्टेबिल (1991), 'अर्ली दलित लिटरेचर ऐंड कल्चर इन लेट नाइंटींथ ऐंड अर्ली ट्वंटियथ सेंचुरी वेस्टर्न इण्डिया', लंदन विश्वविद्यालय, लंदन.
2. आर. चंद्रा और कन्हैया लाल चंचदीक, *आधुनिक भारत का दलित आंदोलन,* युनिवर्सिटी प्रकाशन, नयी दिल्ली.
3. श्यौराज सिंह बेचैन, *हिंदी की दलित पत्रकारिता पर पत्रकार आम्बेडकर का प्रभाव,* समता प्रकाशन, नयी दिल्ली।

— मोहनदास नैमिशराय

गोपीनाथ कविराज

(Gopinath Kaviraj)

दार्शनिक और सांस्कृतिक परम्परा के महत्त्वपूर्ण मनीषी गोपीनाथ कविराज (1887-1976) को श्रुति-आगम सहित अन्यान्य पारम्परिक शास्त्रों की मूलगामी गवेषणा के लिए जाना जाता है। उनके जीवन और कृतित्व का दूसरा छोर साधुओं-सिद्धों के सत्संग व साधनागत स्वानुभूतियों से प्रमाणित समृद्ध रहस्य-बोध से संबंधित है। गोपीनाथ कविराज ने शास्त्रगत तार्किक द्वंद्वों का समग्रता और सरसता से अवगाहन करते हुए यथार्थ जीवन से संबंधिक चैतसिक प्रकृति के द्वंद्वों व जिज्ञासाओं के समाधान को प्राथमिकता दी। साथ ही उन्होंने अखण्ड-योग की संकल्पना के अंतर्गत खण्ड-दृष्टि के स्थान पर समन्वय-दृष्टि को अनुशंसित किया। कविराज की आत्माभिमुखी साधना में शास्त्राभिमुखता और गुरुमुखता दोनों का ही आधारभूत महत्त्व रहा है। साधना से इतर क्षेत्र में भी कविराज ने विभिन्न शास्त्रों का गवेषणात्मक अध्ययन कर निहितार्थों को शुद्ध समीक्षात्मक एवं समग्रतापरक दृष्टि से परखने का प्रयास किया है। अपने जीवन के संध्याकाल में कविराज 'माँ' के प्रति समर्पण को सर्वाधिक महत्त्व देने लगे थे लेकिन स्वाध्याय के पूर्ववर्ती काल में उन्होंने अध्यात्म-जीवन में भी शास्त्रालोचन की आवश्यकता रेखांकित की थी। कविराज ने वागाधारित ज्ञान

गोपीनाथ कविराज (1887–1976)

के दो रूप निदर्शित किये हैं : बोधरूप ज्ञान, जिसे अखण्ड या अभेदपरक परावाक् या परानुभूतिजन्य माना जाता है; एवं शब्दरूप ज्ञान, जिसमें भिन्नता की अभिव्यक्ति अथवा भाषागत व वस्तुगत भेदपरकता परिलक्षित होती है। तदनुसार, आर्ष-अनुभूतिजन्य सत्य-दृष्टि का जनक 'बोधात्मक परज्ञान' ही 'वागात्मक अपर ज्ञान' या वैखरी अर्थात् हमारी भाषागत शाब्दिक विविधता पर आरूढ़ हो कर अर्थ-प्रकाशन करता है। वाक् के ये दोनों ही स्तर या क्षेत्र क्रमश: कविराज की चेतनागत व बुद्धिगत सक्रियता के अपरिहार्य आयाम रहे हैं।

कविराज का जन्म वारींद्र श्रेणी के बंगाली ब्राह्मण कुल में 7 सितम्बर, 1887 को पूर्वी बंगाल के धामराई नामक स्थान में हुआ था। कविराज के जन्म से पहले ही दिवंगत हो चुके उनके पिता बैकुंठनाथ दर्शन, अंग्रेज़ी व संस्कृत के श्रेष्ठ विद्वान माने जाते थे। उच्च अध्ययन के लिए काशी जाने पर गोपीनाथ की भेंट बनारस संस्कृत कॉलेज के प्राचार्य डॉ. वेनिस से हुई। इस मुलाक़ात ने कविराज के जीवन पर गहरा असर डाल। काशी में ही उन्होंने भारतीय इतिहास संस्कृति, पुरातत्व, पालि-प्राकृत, न्याय दर्शन इत्यादि का अध्ययन किया। 1914 में कविराज की नियुक्ति बनारस संस्कृत कॉलेज के पुस्तकालय सरस्वती भवन के अध्यक्ष के रूप में हुई। अप्रैल, 1918 में डॉ. वेनिस ने निधन से पहले कविराज को सरस्वती भवन में संरक्षित महत्त्वपूर्ण हस्तलिखित सामग्री को ग्रंथमालाओं के रूप में भूमिका सहित सम्पादित कर प्रकाशित करने का निर्देश दिया। इसी के परिणामस्वरूप *प्रिंस ऑफ़ वेल्स : सरस्वती भवन टेक्स्ट* के नाम से एक ग्रंथमाला प्रकाशित की गयी। *प्रिंस ऑफ़ वेल्स : सरस्वती भवन स्टडीज़* के रूप में दूसरी ग्रंथमाला में कविराज के अंग्रेज़ी में लिखे गये शोधपूर्ण लेखों को प्रकाशित किया गया। प्रथम ग्रंथमाला के तहत *किरणावलीभास्कर, कुसुमांजलि बोधिनी, वेदांतकल्पलतिका* एवं *अद्वैत चिंतामणि* का प्रकाशन हुआ। दूसरी ग्रंथमाला के अंतर्गत कविराज और गंगानाथ झा के सहयोग से *थीइज़्म इन एंशिएंट इण्डिया* एवं *बिब्लियोग्राफ़ी ऑफ़ न्याय-वैशेषिक लिटरेचर* का प्रकाशन किया गया। 1924 में गंगानाथ झा के कार्यमुक्त होने पर कविराज गवर्नमेंट संस्कृत कॉलेज के प्राचार्य बने। 1937 के दौरान अस्वस्थता एवं वैराग्य-भाव के कारण समय से पहले अवकाश ग्रहण करने तक कविराज ने उक्त दोनों ग्रंथमालाओं के अंतर्गत विभिन्न विषयों पर केंद्रित लगभग सत्तर ग्रंथों का प्रकाशन सम्पन्न कर लिया था। सेवामुक्त होने के पश्चात वे पूर्णत: स्वाध्याय व साधना में निरत हो गये। भारत सरकार ने गोपीनाथ कविराज को महामहोपाध्याय की उपाधि और पद्मविभूषण से अलंकृत किया। कविराज को साहित्य अकादमी पुरस्कार भी मिला। कई विश्वविद्यालयों ने उन्हें डीलिट. की उपाधि दी।

कविराज की मातृभाषा बांग्ला थी। इसलिए उनकी अनेक कृतियाँ बांग्ला में ही हैं। दूसरे क्रम में उनकी मौलिक रचनाएँ अंग्रेज़ी में हैं। उनके सम्पादित ग्रंथों में संस्कृत का प्राधान्य रहा है। निबंधों, भूमिकाओं व अनूदित कृतियों में हिंदी की प्रमुखता है। विभिन्न भाषाओं में रचित कविराज के मौलिक ग्रंथों में उल्लेखनीय हैं : *श्री विशुद्धानंद प्रसंग, अखण्ड महायोग, पूजा, साधुदर्शनओ सत्प्रसंग, तंत्र ओ आगम शास्त्रेर दिग्दर्शन, विशुद्ध वाक्यामृत, भारतीयसाधनार धारा, साहित्य चिंता, तांत्रिक सिद्धांत ओ साधना, श्रीकृष्ण प्रसंग, पत्रावली, स्वात्म-सम्वेदन, विशुद्ध वाणी* (सभी बांग्ला में); *पूजा तत्त्व, तांत्रिक वांग्मय में शाक्त दृष्टि, भारतीय संस्कृति और साधना (दो खण्ड), काशी की सारस्वत-साधना, श्रीकृष्ण प्रसंग, साधुदर्शन और सत्प्रसंग, तांत्रिक साहित्य, अमरवाणी* (सभी हिंदी में); *अ कैटलॉग ऑफ़ संस्कृत मैनुस्क्रिप्ट एक्वायर्ड फ़ॉर संस्कृत कॉलेज, बनारस ड्यूरिंग 1918–1919, डिस्क्रिप्टिव कैटलॉग ऑफ़ मीमांसा मैनुस्क्रिप्ट इन द संस्कृत कॉलेज, बनारस, बिब्लियोग्राफ़ी ऑफ़ न्याय वैशेषिक लिटरेचर, आस्पेक्ट्स ऑफ़ थाट* (अंग्रेज़ी में)।

कविराज के दार्शनिक सिद्धांतों में उनके द्वारा प्रतिपादित व प्रयुक्त अखण्ड महायोग का केंद्रीय महत्त्व है। अखण्ड योग से फलित दार्शनिक उपलब्धि है अखण्ड-दृष्टि। कविराज मानते हैं कि मानव सहज ही खण्ड-दृष्टि से ग्रस्त हो भेदपूर्वक व्यवहार करता है। वहीं समग्रतामूलक अखण्ड-

दृष्टि बोधभूमि से संदर्भित होती है। खण्ड-भाव के मूल में मन का प्राधान्य होता है, अत: अंत:करण की उपकरणात्मकता से सत्य परिच्छिन्न रूप में ही प्रगट होता है। मत-मतांतर मानस-क्रीड़ायें हैं। अतिक्रांत मानसिकता में मत-मतान्तर विलीन हो जाते हैं। अखण्ड सत्ता का बोध अथवा महासत्ता का सिद्धांत खण्ड-सत्ता को अपने क्रोड में समाहित कर लेता है। कविराज खण्ड-सत्ता को सर्वथा निराकृत नहीं करते बल्कि उसे ही पूर्ण या अखण्ड सत्ता के रूप में स्वीकार कर लेने के त्रुटिपूर्ण व घातक मानसिक प्रयास के प्रति सावधान करते प्रतीत होते हैं। अखण्ड दृष्टि से देखने के लिए वे तृतीय नेत्र रूपी अंतर्दृष्टि का उन्मूलन आवश्यक बताते हैं। उनके अनुसार आज्ञा-चक्र से ऊपर के स्थान से सब कुछ देखा-सुना जा सकता है।

अपने महायोग के प्रसंग में कविराज मानव देहस्थ कुण्डलिनी, चक्रादि-जागरण व नासाग्र ध्यान आदि रहस्यात्मक आध्यात्मिक संसाधनों व सिद्धांतों की विशद चर्चा करते हैं। वे अन्यत्र यह भी प्रतिपादित करते हैं कि अखण्ड महायोग की साधना किसी तकनीकी आसन व ध्यान विशेष में विहित नहीं है। इसकी उपलब्धि तो माँ की गोद में शिशुवत् पड़े रहने से ही हो जाती है। इस 'माँ' तत्त्व को कविराज ने भगवती सुषुम्णा के रूप में परिभाषित किया है। उल्लेखनीय है कि कविराज ने प्राय: अखण्ड महायोग, विशुद्ध सत्ता का अवतरण, सर्वमुक्ति, अखण्ड सत्ता, विज्ञानमय सत्ता एवं स्वामी विशुद्धानंद के सूर्य-विज्ञान सदृश शब्दों का पर्याय रूप में प्रयोग किया है। उनके दर्शन में महायोग का सामान्य अर्थ लगाया गया है : अगणित प्रकार के पृथक व विक्षिप्त भावों का एक सूत्र में संयोजन और तादात्म्य स्वरूप में उनकी प्रतिष्ठा। मानसिक व जागतिक रूप में पृथक-पृथक प्रतीत होने वाले तत्त्वों व उपादानों के मध्य तादात्म्य-स्थापन अखण्ड-महायोग का मूल निहितार्थ है : जैसे, शिव व शक्ति, आत्मा व परमात्मा, एक आत्मा व अन्य आत्मा, महाशक्ति व आत्मा, लोक व लोकान्तर, लोक व लोकातीत इत्यादि के मध्य अभेद-बोध की उपलब्धता असल में अखण्डत्व या पूर्णत्व व सर्वसमावेशन का पर्याय है। कविराज के मतानुसार एक अखण्ड-महायोग के पथिक के लिए पूर्णत्व की सम्बोधि के परिप्रेक्ष्य में दिव्य-बोध एवं मायिक-बोध दोनों ही अपेक्षित हैं। एक पूर्ण योगी में जीवत्व व शिवत्व के बोध का समानाधिकरण्य अभीष्ट है, अत: उसके लिए मात्र तृतीय नेत्र ही नहीं, अपितु तीनों नेत्रों का सकल उन्मीलन व विकास अनिवार्य है।

कविराज अखण्ड-महायोग से सम्भव चरम लक्ष्य की प्राप्ति के रूप में मनुष्यत्व की उपलब्धि रेखांकित करते हैं : तदनुसार अभी मानव के लिए मनुष्यत्व प्राप्त करना शेष है। मनुष्य आकृति से मनुष्य होने पर भी प्रकृत रूप में मनुष्य नहीं है। कविराज के मतानुसार मनुष्यत्व-प्राप्ति उसका जन्मसिद्ध अधिकार है। मनुष्यत्व से उनका अभिप्राय है मानव में तात्त्विकबोध का उदय और उसमें अनुवर्ती कर्म-प्रवृत्ति।

देखें : आर्यभट्ट और *आर्यभटीय,* उपनिषद्, कपिल, *अर्थशास्त्र* और कौटिल्य, गोविंद चंद्र पाण्डे, चैतन्य महाप्रभु, जैन दर्शन, न्याय दर्शन, दया कृष्ण, नागार्जुन, पतंजलि और *योगसूत्र,* पाणिनि और *अष्टाध्यायी,* पुराण, पूर्व-मीमांसा दर्शन, बदरी नाथ शुक्ल, बादरायण, बौद्ध दर्शन, *भगवद्गीता,* भरत और *नाट्यशास्त्र,* मुकुंद लाठ, *भागवत पुराण, महाभारत,* यशदेव शल्य, योग दर्शन, रामानुजाचार्य, राम अवतार शर्मा, लोकायत, वात्स्यायन और *कामसूत्र,* वेदांत दर्शन, वैशेषिक दर्शन, शंकराचार्य, षड्-दर्शन-1 और 2, संस्कृत काव्यशास्त्र, स्मृति-साहित्य, सांख्य दर्शन-1 और 2, सिद्ध-नाथ परम्परा।

संदर्भ

1. गोपीनाथ कविराज (1990), *सेलेक्टेड राइटिंग्ज़ ऑफ़ एम.एम. गोपीनाथ कविराज,* म.म. गोपीनाथ कविराज जन्म शताब्दी समारोह समिति, वाराणसी.
2. भगवती प्रसाद सिंह (1968), *मनीषी की लोकयात्रा,* विश्वविद्यालय प्रकाशन, वाराणसी.
3. प्रियव्रत शुक्ल (2006), 'गोपीनाथ कविराज प्रणीत अखण्ड महायोग की दार्शनिक पृष्ठभूमि', अम्बिकादत्त शर्मा (सम्पा.), *स्वातंत्र्योत्तर दार्शनिक प्रकरण : भारतीय दर्शन के 50 वर्ष,* विश्वविद्यालय प्रकाशन, सागर.

— प्रियव्रत शुक्ल

गोवर्धनराम त्रिपाठी और गुजराती अस्मिता

(Govardhanram Tripathi and Gujrati Identity)

उन्नीसवीं सदी में गुजरात के साहित्यिक-सांस्कृतिक नवजागरण के प्रमुख अग्रदूत गोवर्धनराम त्रिपाठी (1855-1907) ने *सरस्वतीचंद्र* नामक बृहद उपन्यास की रचना करके गुजराती साहित्य में एक नये युग का सूत्रपात किया। उनके लिए साहित्य का उद्देश्य लोगों और राष्ट्र में परिवर्तन लाना था। अपने जीवन के इस लक्ष्य की प्राप्ति के प्रति वे बेहद आशावादी थे। उन्होंने अपनी डायरीनुमा व्यक्तिगत पुस्तिका, जिसे उनकी मृत्यु के अनेक वर्ष बाद *स्क्रैप बुक* के नाम से प्रकाशित किया गया, में लिखा था : 'मैं कुछ ऐसा बनाना या बनते देखना चाहता हूँ जो महज़ एक ऐसी-वैसी सामान्य घटना न हो, बल्कि ऐसे लोगों को बनते देखना

गोवर्धनराम त्रिपाठी (1855-1907)

चाहता हूँ जो अपने आप को बेहतर तरीक़े से व्यवस्थित कर सकें और जो हमारे आज की शिक्षित व अशिक्षित लोगों की निकम्मी पीढ़ी से ज़्यादा ताक़तवर और अधिक ओजस्वी हों। इस प्रकार का राष्ट्र कैसे बनाया जा सकता है; इस उद्देश्य के लिए चेतना जगाने वाली चिंगारी को कैसे सुलगाया जाए? यह प्रश्न मेरे दिमाग में पहले भी थे और आज भी हैं।' गोवर्धनराम त्रिपाठी को एक चिंतक-साहित्यकार के रूप में अपने उद्देश्य की महत्ता और उसे पूरा करने की अपनी क्षमता पर भरपूर विश्वास था और इसीलिए उन्होंने साहित्य के माध्यम से समाज-सुधार की वांछित चिंगारी सुलगाने का प्रयास किया। गोवर्धनराम त्रिपाठी का मूलभूत दर्शन 'उत्सर्गसिद्धि' पर आधारित था जिसका तात्पर्य था अपना सारा जीवन किसी ऐसे बड़े उद्देश्य के लिए न्योछावर कर देना जिससे मानवता की व्यापक उन्नति का मार्ग प्रशस्त किया जा सके।

गोवर्धनराम त्रिपाठी का जन्म गुजरात के नाडियाड शहर में 20 अक्टूबर, 1855 को विजयादशमी के दिन एक समृद्ध परिवार में हुआ था। बम्बई के बुद्धिवर्द्धक प्राथमिक स्कूल से पढ़ाई के पश्चात 1875 में उन्होंने एल्फ़िन्स्टन कॉलेज से अंग्रेज़ी, संस्कृत, अर्थशास्त्र, इतिहास, न्यायशास्त्र, नीति शास्त्र जैसे विषयों की पढ़ाई के साथ बीए की उपाधि प्राप्त की। उन्होंने अपनी स्नातक की पढ़ाई के दौरान ही आगे क़ानून पढ़ने और उसके बाद स्वतंत्र तौर पर वकालत करने का निर्णय लिया। वकालत के पढ़ायी के साथ ही उन्होंने भाषा एवं साहित्य का अध्ययन शुरु किया। एमए की उपाधि के लिये उन्होंने कॉलेज में दाख़िला तो लिया लेकिन ख़राब स्वास्थ्य के कारण उन्हें यह इरादा त्याग देना पड़ा। गोवर्धनराम का बचपन बेहद सुखमय था लेकिन उनके पिता के व्यापार में भारी नुक़सान के कारण उनके जीवन में भारी बदलाव आया। उन्नीस वर्ष की आयु में ही गोवर्धनराम त्रिपाठी पर पूरे संयुक्त परिवार की ज़िम्मेदारी आ गयी। ख़राब आर्थिक स्थिति के कारण ही गोवर्धनराम त्रिपाठी ने बड़ी अनिच्छा से सन् 1879-1883 के दौरान भावनगर में दीवान के निजी सचिव के रूप में भी काम किया। 1883 में क़ानून की पढ़ाई पूरी करके वे बम्बई में वकालत करने लगे। बचपन से अपने समाज की निःस्वार्थ सेवा और साहित्य के प्रति स्वाभाविक अनुराग के कारण गोवर्धनराम त्रिपाठी ने निर्णय लिया कि वे चालीस साल की आयु में वकालत से सेवा-निवृत्ति लेकर समाज तथा साहित्य की सेवा करेंगे। 1898 में केवल 43 वर्ष की आयु में गोवर्धनराम त्रिपाठी अपने गृह नगर नाडियाद लौट आये और पूर्णकालिक साहित्य-रचना में रम गये।

गोवर्धनराम त्रिपाठी ने भारतीय दर्शन एवं भारतीय सांस्कृतिक धरोहर का विशद अध्ययन किया था। अपनी इस धरोहर के प्रति अनुराग उनके लेखन में परिलक्षित भी होता है। लेकिन उन्होंने सामाजिक कुरीतियाँ मिटाने के लिए सामाजिक व्यवस्था में सुधार की आवश्यकता पर ज़ोर दिया। त्रिपाठी को अंग्रेज़ी-शिक्षा मिली थी और वे पश्चिमी विचारों से भी काफ़ी प्रभावित थे। यहाँ तक कि भारत में समाज-सुधारों का पक्ष लेते हुए वे यहाँ के अति-उत्साही व त्वरित सुधार के आग्रही सुधारकों के प्रति आशंकित भी थे। वे उन सुधारों की मूल्य-परीक्षा पश्चिम की कसौटियों पर कस कर करना चाहते थे। अपने इसी रवैये के कारण उन्हें समाज-सुधारकों में पुनरुत्थानवादी और संकीर्ण पुरातनपंथियों में आधुनिकतावादी माना जाता था। गोवर्धनराम के व्यक्तित्व और कृतित्व का यह विरोधाभास स्त्रियों के प्रति उनके रवैये में दिखाई पड़ता है।

गोवर्धनराम की एक अन्य प्रमुख रचना *लीलावती जीवनकाल* है जो उन्होंने अपनी दिवंगत पुत्री के संस्मरण के तौर पर लिखी थी। लीलावती का जन्म 1881 में हुआ था। गोवर्धनराम बचपन से ही उसके लालन-पालन एवं शिक्षा के प्रति बेहद गम्भीर थे। उन्होंने लीलावती को अपने लिहाज़ से उत्तम संस्कारों, नारी के कर्त्तव्यों और 'उत्सर्गसिद्धि' के उच्चतम आदर्शों की भरपूर शिक्षा दी थी। लीलावती केवल एक बार बचपन में औपचारिक शिक्षा के लिए स्कूल भेजी गयी। लेकिन गोवर्धनराम त्रिपाठी को यह शिक्षा भारतीय लड़की के भविष्य के लिए अनुकूल नहीं प्रतीत हुई। इसके बाद से लीलावती की सारी शिक्षा घर पर ही हुई। केवल 14 वर्ष की आयु में लीलावती का विवाह हुआ। उसका वैवाहिक जीवन सुखी नहीं था। प्लेग की बीमारी में अपने ससुराल पक्ष के लोगों की देखभाल करते हुए स्वयं लीलावती बीमार पड़ गयी और केवल

20 वर्ष की आयु में उसका देहांत हो गया। गोवर्धनराम ने *लीलावती जीवनकाल* के माध्यम से भारत में स्त्री-शिक्षा के आधुनिक प्रारूप के समक्ष पारम्परिक शिक्षा का एक प्रारूप पेश किया। इसके ज़रिये वे भारत की पारम्परिक व्यवस्था में आदर्श नारी का एक ऐसा रूप पेश करना चाहते थे जिसके लिए जीवन का उद्देश्य आदर्श गृहिणी होना और उत्सर्गसिद्धि के अलावा कुछ न हो। गोवर्धनराम स्त्रियों से अपेक्षा रखते हैं कि वे विपरीत परिस्थितियों में भी मुस्कराती रहेंगी। उनका विरोधाभास तब सामने आता है जब अपनी *स्क्रैप बुक* में वे अपनी बेटी के ससुरालवालों की आलोचना करते दिखाई पड़ते हैं जिनकी बदसलूकी के कारण लीलावती को असमय ही जीवन गँवाना पड़ा। इस मक़ाम पर गोवर्धनराम ने इसके लिए कुछ हिंदू परम्पराओं को भी इसका ज़िम्मेदार ठहराया है। दिलचस्प बात यह है कि *स्क्रैप बुक* में लिखी गयी ये बातें *लीलावती जीवनकाल* में मौजूद नहीं हैं।

गोवर्धनराम त्रिपाठी ने ख़ुद अपने आप साथ किये सम्वाद का वर्णन भी लिखा है जिसके ज़रिये उनके विचारों, मान्यताओं और मानसिक उलझनों का कच्चा चिट्ठा सामने आता है। *स्क्रैप बुक* में गोवर्धनराम के दर्शन और विचारधारा के बारे में बेहद गहन और अंतर्विरोधपूर्ण जानकारी मिलती है। वे एक संयुक्त परिवार के मुखिया के रूप में अपने परिवार के रवैये की आलोचना भी करते हैं लेकिन इसके बावजूद परिवार के प्रति उनके स्नेह में कोई कमी नहीं आती। गोवर्धनराम त्रिपाठी की अन्य कृतियों में *स्नेहमुद्रा, नवलराम नू जीवन वृत्तांत, दयाराम नो अक्षरदेह* और *साक्षर जीवन* भी शामिल हैं। गुजराती साहित्य में गोवर्धनराम ने साहित्यकारों की कई पीढ़ियों को प्रभावित किया। उनके सृजनकाल और उसके अगले दो दशकों को पण्डित युग के नाम से पुकारा गया (यहाँ पण्डित का आशय विद्वान से है)।

एक सामाजिक विचारक के रूप में गोवर्धनराम अपने पाठकों के लिए मानव-जीवन के सार-तत्त्व जैसे विषयों पर दार्शनिक निबंध रचना चाहते थे। लेकिन उन्हें लगा कि यदि मानव-जीवन की सच्चाइयों को कहानियों के माध्यम से कहा जाए तो उनका प्रसार अधिक व्यापक होगा और उनमें निहित संदेश भी अधिक संख्या में लोगों को प्रभावित कर सकेगा। इसलिए उन्होंने अपने साहित्य-सृजन के लिए उपन्यास की विधा चुनी। उनका मानना था कि उपन्यास एक ऐसा माध्यम है जिसके द्वारा केवल रोचक और कलात्मक कहानी ही नहीं बल्कि आम लोगों की विचारधारा को परिवर्तित करने के संदेश भी प्रसारित किये जा सकते हैं। गोवर्धनराम की मान्यता थी कि उनके समकालीन साहित्यकार उपन्यास-विधा का समुचित उपयोग नहीं कर रहे हैं। केवल सौंदर्य साधना पर सारा ध्यान केन्द्रित कर पाठकों के सामने स्तरहीन साहित्य परोसा जा रहा है।

गोवर्धनराम त्रिपाठी ने उपन्यास को समाज-परिवर्तन हेतु संदेशवाहक के रूप में चुना। उन्होंने उपन्यास के पाठकों को तीन वर्गों में विभाजित किया। पहला वर्ग ऐसे विद्वान पाठकों का था जो मानव व्यवहार की गहरी समझ हासिल करने के लिए उपन्यास पढ़ते हैं। उन्होंने दूसरा वर्ग विवेकी पाठकों का माना जो एक विशेष उद्देश्य के लिए उपन्यास पढ़ते हैं, और तीसरा और सबसे बड़ा वर्ग सामान्य पाठकों का है जो केवल मनोरंजन और सनसनी के लिए उपन्यास पढ़ते हैं। गोवर्धनराम ने नतीजा निकाला कि सबसे ज़्यादा उपन्यास इसी वर्ग के पाठकों के लिए लिखे जा रहे हैं। गोवर्धनराम की दृढ़ मान्यता थी कि उपन्यास की धुरी में अगर केवल कल्पनाशीलता या कथावस्तु का अनूठापन होगा तो उससे काम नहीं चलेगा। उपन्यास का उद्देश्य तो पाठकों की चेतना को ऊँचे स्तर पर ले जाना चाहिये। और, यह करने के लिए उपन्यास के चरित्रों व घटना-क्रम का उपयोग किया जाना चाहिये। गोवर्धनराम त्रिपाठी के अनुसार केवल आदर्शवाद का चित्रण पाठकों में उच्च-विचारों से सज्जित जीवन की कामना प्रेरित नहीं कर सकता। इसी प्रकार बुराई का वीभत्स चित्रण भी पाठकों पर एक निवारक के रूप में प्रभावी नहीं होता। इसलिए गोवर्धन राम ने अपने उपन्यास के लिए ऐसे सजीव चरित्रों का निर्माण किया जो पूरे कथानक में अपने जीवन के उच्चतर आदर्शों को पाने और अपनी चेतना का स्तर बढ़ाने के प्रयास में निरंतर लगे दिखाई पड़ते थे।

गोवर्धनराम त्रिपाठी ने अपनी सर्वश्रेष्ठ रचना लिखने में 1885 से 1901 के बीच 17 साल का समय लगाया। चार खण्डों और 1800 पृष्ठों का उपन्यास *सरस्वतीचंद्र* गुजराती साहित्य की सर्वोत्तकृष्ट रचना मानी जाती है। इस उपन्यास का पहला खण्ड 1887 में प्रकाशित हुआ था। एक प्रकार से तो इस उपन्यास के चारों खण्ड एक दूसरे के साथ कथा प्रवाह में जुड़े हुए है लेकिन इन चारों खण्डों को एक एकल कथा नहीं माना जा सकता। एक सजग लेखक की तरह इस उपन्यास के विभिन्न खण्डों में समय के साथ बदलते सामाजिक-आर्थिक-राजनीतिक परिवर्तनों की स्पष्ट छाप है। प्रकाशित होने के बाद *सरस्वतीचंद्र* गुजरात के शिक्षित व मध्यमवर्ग की सबसे प्रिय पुस्तक बन गयी थी। गुजरात का युवा वर्ग इस उपन्यास के प्रमुख चरित्रों के आईने में ख़ुद को देखने लगा था।

देखें : ईश्वर चंद्र विद्यासागर, क़ाज़ी नज़रुल इस्लाम, कुमारन् आशान्, गजनान माधव मुक्तिबोध, गोवर्धन राम त्रिपाठी, प्रेमचंद, फ़क़ीर मोहन सेनापति, बंकिम चंद्र चट्टोपाध्याय, भारतेंदु हरिश्चंद्र, महादेव गोविंद रानाडे, महावीर प्रसाद द्विवेदी, रवींद्रनाथ ठाकुर, रामविलास शर्मा, रामचंद्र शुक्ल, सच्चिदानंद हीरानंद वात्स्यायन अज्ञेय, हजारी प्रसाद द्विवेदी।

संदर्भ

1. त्रिदीप सुहृद (2002), 'गोवर्धनराम त्रिपाठी ऐंड द फिलॉसफ़ी ऑफ़ कंज़म्पशनस्त्र : अ रीडिंग ऑफ़ सरस्वतीचंद्र', मीनाक्षी मुखर्जी (सम्पा.), *अर्ली नॉवेल्स इन इण्डिया*, साहित्य अकादमी, नयी दिल्ली.
2. सुधीर चंद्र (2003), 'टू फ़ेसेज़ ऑफ़ प्रोज़ : बेरहामजी मलबरी ऐंड गोवर्धनराम त्रिपाठी', अवतार कृष्ण मेहरोत्रा (सम्पा.), *अ हिस्ट्री ऑफ़ इण्डियन लिटरेचर*, सी. हर्स्ट 3 को.पब्लिशर्स, लंदन.
3. सोनल शुक्ल (1987), 'गोवर्धनराम्स वुमॅन', *इकॉनॉमिक ऐंड पॉलिटिकल वीकली*, खण्ड 22, अंक 44.

—रवि दत्त वाजपेयी

गोविंद चंद्र पाण्डे

(Govind Chandra Pande)

स्वातंत्र्योत्तर भारत के सर्वाधिक मान्य और प्रतिष्ठित अध्येताओं में से एक गोविंद चंद्र पाण्डे (1923-2011) ने आजीवन इतिहास, दर्शन और संस्कृति जैसे विषयों में महत्त्वपूर्ण हस्तक्षेप किया। उनकी सम्पूर्ण विचार-साधना समवेत रूप से संस्कृति-दर्शन के रूप में फलित हुई। पाण्डे के संस्कृति-दर्शन पर हीगेल के इतिहास-दर्शन, बौद्ध दर्शन के विज्ञानवाद और श्री अरविंद के मानवचक्र-सिद्धांत का प्रभाव दिखता है। लेकिन उसकी अंतिम परिणति भारतीय संस्कृति और सभ्यता के आत्मानुसंधनपरक विराट मूल्यबोध में होती है। *फ़ाउंडेशन ऑफ़ इंडियन कल्चर ऐंड सिविलाइज़ेशन, मूल्य-मीमांसा, भारतीय परम्परा के मूल स्वर* तथा *शंकराचार्य : विचार और संदर्भ* जैसी कृतियाँ उन्हें बीसवीं सदी के एक उल्लेखनीय संस्कृति-दार्शनिक के रूप में प्रतिष्ठापित करती हैं। इसके अतिरिक्त *भक्ति दर्शन विमर्श, सौंदर्य दर्शन विमर्श* तथा *दर्शन विमर्श* भी उनकी उल्लेखनीय कृतियाँ हैं।

गोविंद चंद्र पाण्डे को उनकी कई स्थापनाओं के लिए जाना जाता है। वैदिक संस्कृति और बौद्ध दर्शन समेत सम्पूर्ण भारतीय दर्शन उनके अध्ययन-क्षेत्र में शामिल रहा है, लेकिन वैदिक संस्कृति विषयक उनके अध्ययन ने विद्वानों का ध्यान विशेष रूप से अपनी ओर आकृष्ट किया है। वेदों के रचना-काल के बारे में पाण्डे का कहना है कि उपलब्ध साक्ष्यों के मुताबिक़ वेदों की रचना गंगा और सरस्वती से अफ़ग़ानिस्तान तक फैले हुए प्रदेश में वहीं के निवासियों ने आज से पाँच हज़ार वर्ष या उससे अधिक पहले की होगी। उनके अनुसार वेदों को नित्य, अभ्रांत और सम्पूर्ण ज्ञान का प्रतिपादक स्वीकार करना एक पारम्परिक वैदिक धारणा मात्र है जो इतिहासकार के लिए स्वीकार्य सत्य नहीं हो सकती। परम्परा कहती है कि शब्दरूप वेद नित्य हैं और चूँकि ऋषियों ने उन्हें सुना इसलिए वे 'श्रुति' हैं। इसके विपरीत गोविंद चंद्र पाण्डे का कहना है कि अन्य मानव-ग्रंथों के समान वेद एक विशिष्ट मानव-भाषा में निबद्ध हैं इसलिए वे मनुष्यकृत प्रतीत होते हैं। तर्क-बुद्धि से यह मानना ठीक नहीं लगता कि स्थूल शब्दात्मक वेद नित्य हो सकते हैं, न ही अपने उपलब्ध रूप में ईश्वरकृत। दूसरी ओर उन्हें वेदों को ऋषियों के साक्षात्कारात्मक अंतर्ज्ञान की अभिव्यक्ति मानने या इस माध्यम से ईश्वरीय ज्ञान का प्रकाश मानने पर कोई आपत्ति या विरोध नहीं है। दरअसल, पाण्डे ने वेद को ज्ञान-विज्ञान व्यक्त करने वाली विपुल ग्रंथ राशि क़रार दिया है। इस विचार के अनुसार वेद अंतर्ज्ञान से अनुप्राणित मनीषियों की रचनाएँ हैं जो एक सुदीर्घ युग की ज्ञान-साधना प्रकट करती हैं। क्या जिन ऋषियों में नाम मंत्र-द्रष्टाओं के रूप में उल्लिखित हैं, वे वास्तविक व्यक्ति और उन सूक्तों के प्रणेता थे? इस सवाल के उत्तर में गोविंद चंद्र पाण्डे ऋषियों को मंत्र-प्रणेता न मानकर मंत्र-द्रष्टा मान कर चलते हैं।

मूलतः उत्तराखण्ड के निवासी गोविंद चंद्र पाण्डे का जन्म इलाहाबाद में हुआ था। प्रयाग विश्वविद्यालय में शिक्षा प्राप्त करने के बाद वे प्रयाग, गोरखपुर तथा राजस्थान (जयपुर) विश्वविद्यालयों में प्राचीन इतिहास एवं भारतीय संस्कृति के प्रोफ़ेसर, इलाहाबाद संग्रहालय, प्रयाग के अध्यक्ष तथा उच्च अध्ययन संस्थान, शिमला के निदेशक रहे। उन्होंने राजस्थान इतिहास परिषद, दर्शन-परिषद, इण्डियन आर्कियॉलॅजिकल सोसाइटी तथा भारतीय इतिहास एवं संस्कृति परिषद् जैसी संस्थाओं की अध्यक्षता भी की। *परम्परा के मूल स्वर एवं साहित्य, शंकराचार्य : विमर्श और संदर्भ, बौद्ध धर्म के विकास का इतिहास और सौंदर्य और संस्कृति* उनकी प्रसिद्ध कृतियाँ हैं। हिंदी और अंग्रेज़ी लेखन में समान रूप से निष्णात पाण्डे ने अपने जीवन-काल में साठ से अधिक महत्त्वपूर्ण और चर्चित ग्रंथों की रचना की। आर्ष काव्य परम्परा के अंतर्गत पाण्डे द्वारा किये गये वैदिक ऋचाओं के हिंदी अनुवाद अभी तक के अनुवादों की तुलना में उच्चस्तरीय माने गये हैं। इसी तरह से बौद्ध, जैन एवं न्याय दर्शन पर केंद्रित उनके विभिन्न अध्ययन काफ़ी विश्वसनीय और अतुल्य बताये गये हैं।

वैदिक मंत्रों के संदर्भ में गोविंद चंद्र पाण्डे की मान्यता है कि ये मंत्र ज्ञानात्मक भी हैं, शब्दात्मक भी। शब्द और ज्ञान का जो भी भेद स्थूल स्तर पर दिखता है वह मूलतः पश्यंती के स्तर पर तिरोहित हो जाता है। वेदों, उनके रचयिता और रचनाकाल के बारे में उनका मत है कि इसका निर्णय टेढ़ी खीर है। गोविंद चंद्र पाण्डे ने इस संबंध में विभिन्न प्रचलित

मतों की पड़ताल की है। वे वेदों के अनादि होने की भारतीय परम्परा से लेकर मैक्समूलर के अनुमान से प्रेरित आधुनिक मत की भी परीक्षा करते हैं। वे 12०० -1००० ईसा पूर्व की रचना *अवेस्ता* के साथ ऋग्वेद के भाषा-साम्य, बोगाजकुई के अभिलेखों और सैंधव सभ्यता को अनार्य सिद्ध करने की युक्तियों आदि पर भी चर्चा के बाद इस निर्णय पर पहुँचते हैं कि ये सारे तथ्य और विचार वैदिक और सैंधव सभ्यताओं को पृथक मूल का सिद्ध नहीं कर पाते।

गोविंद चंद्र पाण्डे (1923-2०11)

भाषाशास्त्रीय एवं पुरातात्विक आधार पर आर्यों की खोज के संदर्भ में वे भाषा परिवारों के विभाजन पर कुछ तथ्यात्मक बातों के आधार पर भारोपीय की कल्पना, इसकी ध्वनि-व्यवस्था आदि की चर्चा करते हुए कहते हैं कि घ, ध, भ जैसी ध्वनियाँ सिर्फ संस्कृत की मूलभूमि भारत की हैं। साथ ही वे यह भी कहते हैं कि संस्कृत को ही मूल भाषा माना जाये, यह आग्रह यहाँ अभीष्ट नहीं है। इस क्रम को आगे बढ़ाते हुए, उनका कहना है कि जब आधुनिक हिंदी, गुजराती आदि के ज्ञान से संस्कृत का उद्धार किसी अ-संस्कृतज्ञ के लिए सम्भव नहीं है, तो फिर देशकाल, जाति अथवा समाज के भेद से भिन्न, ग्रीक आदि के ज्ञान से उन सबकी अविदित जननी का उद्धार किस प्रकार हो सकता है। पाण्डे ने इस बात पर बल दिया है कि भारोपीय भाषाओं में संस्कृत एक मात्र ऐसी भाषा है जिसका साढ़े तीन हज़ार वर्षों से अधिक का रूप और इतिहास ज्ञात है।

पाण्डे के मतानुसार उपलब्ध सूचनाओं एवं तथ्यों को आधार बनाकर पुरातात्विक दृष्टि से आर्यों की पहचान भाषा से ही हो सकती है। भाषारहित भौतिक संस्कृति से उनकी पहचान नहीं हो सकती। वे आर्यों के एक लड़ाकू और असभ्य जाति होने धारणा पर कहते हैं कि वेद किसी लड़ाकू, बर्बर जाति का प्रतिनिधित्व नहीं करते। दरअसल, आर्य-अनार्य, आर्य-द्रविड़ आदि प्रभेदों को उजागर करने के पीछे वैज्ञानिक वस्तुनिष्ठता पर राजनीतिक उद्देश्यों की छाया पड़ी है। वेदों का अर्थ एवं उसकी सामाजिक व्याख्या मुख्यत: भारतीय पुरातत्व और इतिहास पर निर्भर करती है। इसके साथ ही साथ आर्य जाति के विषय में प्रचलित विचारों का सार-संक्षेप प्रस्तुत करते हुए उन्होंने दावा किया है कि ईरानियों द्वारा 'ऐर्य' और 'एरानवेजन' शब्दों के प्रयोग पर आधारित कल्पनाशीलता का पता चलने पर भी यह साबित नहीं होता कि वह वैदिक जनों के लिए स्वीकार्य थी। यह भी सिद्ध नहीं होता कि आर्य जन-विशेष या प्रजाति-विशेष का नाम था, न ही इससे वैदिक आर्यों के प्रव्रजनात्मक इतिहास ही पता चलता है। पाण्डे के अनुसार कम से कम भारतीय आर्यों में जातिवाचक आर्य का असंदिग्ध प्रयोग नहीं मिलता। उनकी यह भी मान्यता है कि कि मानव-प्रजातीय स्तर पर आर्य-दास की कल्पना अ-सिद्ध है।

हड़प्पा की भाषा के द्रविड़ होने की अवधारणा के संबंध में वे कहते हैं कि जो बात निश्चित रूप से पता है वह इतनी ही है कि ऐतिहासिक युग में द्रविड़ समुदाय सुदूर दक्षिणी जनपद के थे। हड़प्पा-सभ्यता के लोगों के आर्य या अनार्य होने के संबंध में उनका कहना है कि इस तरह की युक्तियों में प्राय: सभी संदिग्ध हैं और इसलिए अग्राह्य हैं। उनके अनुसार इस प्रकार की कल्पना की जा सकती है कि एक ही सभ्यता का पौर-पक्ष सैंधव सभ्यता में परिगणित है और उसका आध्यात्मिक-आरण्य पक्ष वैदिक संस्कृति में। गोविंद चंद्र पाण्डे को यह मानने में कोई अड़चन नहीं दिखती कि प्रागैतिहासिक काल से आर्यजन एक विस्तृत प्रदेश में सजातीय बोलियाँ बोलते हुए संचरण करते थे। इस प्रदेश का विस्तार सिंधु से वंक्षु और वंक्षु से वोल्गा तक माना जा सकता है।

देखें : आर्यभट्ट और *आर्यभटीय*, उपनिषद्, कपिल, *अर्थशास्त्र* और कौटिल्य, गोपीनाथ कविराज, चैतन्य महाप्रभु, जैन दर्शन, न्याय दर्शन, दया कृष्ण, नागार्जुन, पतंजलि और *योगसूत्र*, पाणिनि और *अष्टाध्यायी*, पुराण, पूर्व-मीमांसा दर्शन, बदरी नाथ शुक्ल, बादरायण, बौद्ध दर्शन, *भगवद्गीता*, भरत और *नाट्यशास्त्र*, मुकुंद लाठ, *भागवत पुराण*, *महाभारत*, यशदेव शल्य, योग दर्शन, रामानुजाचार्य, राम अवतार शर्मा, लोकायत, वात्स्यायन और *कामसूत्र*, वेदांत दर्शन, वैशेषिक दर्शन, शंकराचार्य, षड्-दर्शन-1 और 2, संस्कृत काव्यशास्त्र, स्मृति-साहित्य, सांख्य दर्शन-1 और 2, सिद्ध-नाथ परम्परा।

संदर्भ

1. गोविंदचंद्र पाण्डे (1999), *इतिहास : स्वरूप एवं सिद्धांत*, राजस्थान हिंदी ग्रंथ अकादमी, जयपुर.
2. भगवान सिंह (2०11), *प्राचीन भारत के इतिहासकार*, सस्ता साहित्य मण्डल, नयी दिल्ली.

— अजय कुमार पाण्डेय

गोविंद सदाशिव घुर्ये

(Govind Sadashiv Ghurye)

गोविंद सदाशिव घुर्ये (1893-1984) भारतीय समाजशास्त्र के प्रमुख संस्थापकों में से एक थे। भारत की एकता के लिए उसकी सांस्कृतिक एकरूपता पर बल देते हुए उन्होंने प्राचीन हिंदू-धर्मशास्त्रों और संस्कृत-ज्ञान के आधार पर भारतीय समाज का विश्लेषण किया। घुर्ये का समाजशास्त्र ख़ास तरह के राष्ट्रवाद की धारा का वाहक था जिसमें विविधता के बजाय देश की राजनीतिक तथा सांस्कृतिक एकता के लिए व्यापक हिंदू समाज में सभी अन्य धर्मों और स्थानीय अस्मिताओं के विलोपन का तर्क दिया गया था। किसी अन्य धर्म से हिंदू-संस्कृति के मेलजोल और स्वातंत्र्योत्तर भारत द्वारा अपनाये गये धर्मनिरपेक्षता के मूल्यों से उनकी मान्यताओं का विरोध स्पष्ट रूप से देखा जा सकता है। लेकिन इन विचारधारात्मक प्रवृत्तियों के बावजूद समाजशास्त्र में घुर्ये का योगदान बहुमुखी था। उन्होंने जातियों और जनजातियों की मानवशास्त्रीय व्याख्या की, सामाजिक तनाव के विभिन्न रूपों का संधान किया और भारतीय समाज में साधुओं के योगदान पर प्रकाश डाला। घुर्ये की इतिहास में गहरी रुचि थी जिससे उनका समाजशास्त्रीय लेखन काफ़ी प्रभावित हुआ। वे मुख्यत: पश्चिमी विद्वानों द्वारा खड़े किये गये भारत-विद्या (इण्डोलॉजी) और प्राच्यविद्या (ओरिएंटलिज़म) के ज्ञानानुशासनों से प्रभावित थे। उपनिवेशवाद के दौर में प्राचीन यूनान तथा मिस्र की सभ्यताओं से परिचित होने के बाद अंग्रेज़ और जर्मन विद्वानों ने भारत की प्राचीन सभ्यता पर अनुसंधान की शुरुआत कर दी थी। इसका प्रभाव समाजशास्त्र, इतिहास, दर्शन और साहित्य आदि की सभी शुरुआती संरचनाओं पर पड़ा। घुर्ये के शोध और विमर्श ने भी हिंदू-धर्म, रीति-रिवाज और वैदिक संस्कृति के अध्ययन में इसी सिलसिले को प्रमुखता प्रदान की। इंग्लैण्ड डब्ल्यू.एच.आर.रिवर्स जैसे प्रख्यात मानवशास्त्री से घुर्ये काफ़ी प्रभावित थे। तीस के दशक में लिखी गयी उनकी पुस्तक *कास्ट ऐंड रेस इन इण्डिया* को बड़े स्तर पर सराहा गया।

घुर्ये के साहित्य का अध्ययन करने से लगता है कि वे स्थानीय जीवन व ग्रामीण संस्कृतियों का अध्ययन करने के स्थान पर एक वृहद व समग्र सिद्धांत विकसित करना चाहते थे। अनुभव पर आधारित सूक्ष्म व स्थानीय के अध्ययन के स्थान पर वे समष्टिगत विशाल अध्ययनों में अधिक रुचि लेते थे। जनजातियों के अपने अध्ययन में भी उन्होंने समग्र एकीकृत हिंदू धर्म के प्रभाव और नज़रिये से उनके बारे में मान्यताएँ प्रस्तुत कीं। बाद में गाँवों और स्थानीय समाजों के अध्ययन की बढ़ती समाजशास्त्रीय प्रवृत्ति के असर में उन्होंने भी 1957 में महाराष्ट्र के पुणे जिले के लोनीकाण्ड गांव की सामाजिक संरचना और राजनीतिक-धार्मिक प्रवृत्तियों का अध्ययन भी किया। लेकिन सभ्यता व पुरातन संस्कृति के विशाल रूपों, सर्वसमावेशी मूल्यों और बृहद अस्मिता ही हमेशा उनके अध्ययन की कसौटी बनी रही।

कास्ट ऐंड रेस इन इण्डिया में घुर्ये ने भारतीय समाज के एकीकरण के परिप्रेक्ष्य में जातियों का तुलनात्मक अध्ययन किया है। दुनिया के अन्य समाजों को अध्ययन की परिधि में शामिल कर उन्होंने यह निष्कर्ष भी निकाला है कि भारत की जाति और नातेदारी व्यवस्था जैसी ही स्थिति अन्य देशों में भी है। नातेदारी की व्यवस्था और जाति-संरचना की परस्पर निर्भरता पर भी उन्होंने रोशनी डाली। उन्होंने जाति के धर्मशास्त्रीय पक्ष पर विशेष ज़ोर दिया और इस संदर्भ में ब्राह्मणों की उस भूमिका की सराहना की जिसके तहत जातियों के अंतर्विवाह तथा सहभोज के बारे में अनुष्ठान संबंधी कई निर्देश दिये गये हैं। घुर्ये हल्के-फुल्के संशोधनों के साथ प्राच्यविदों के इस मत से सहमत थे कि इण्डो-आर्यन प्रजाति ढाई हज़ार ईस्वी पहले आयी थी और वैदिक धर्म व ब्राह्मणों की श्रेष्ठता से इसी प्रजाति का संबंध है। गंगा के मैदानों में विकसित इसी संस्कृति से जाति-व्यवस्था का प्रादुर्भाव और ब्राह्मणों व अन्य निम्न जातियों का गठन हुआ। घुर्ये की यह भी मान्यता थी कि जाति-प्रथा तथा उससे जुड़े कई अनुष्ठानों व नियमों से समाज में अलगाव नहीं, बल्कि व्यापक स्तर पर सामूहिकता, सामाजिक एकीकरण व समष्टि-भाव उत्पन्न हुआ।

घुर्ये की इन मान्यताओं का एक सिरा विसरणवाद (डिफ़्यूज़न) के सिद्धांत से भी जुड़ता है। इस उसूल के तहत माना जाता था कि उच्चतर सभ्यताएँ विकसित होकर अन्य क्षेत्रों को प्रभावित करती हैं। इसीलिए घुर्ये निम्न-जातियों, आदिवसियों और अन्य प्रजातियों की तुलना में आर्य-प्रजाति की उत्कृष्टता के सिद्धांत के हिमायती थे। आज घुर्ये की ये मान्यताएं विवादास्पद हो चुकी हैं, क्योंकि भारत की सामाजिक-राजनीतिक व्यवस्था में जातियों की नकारात्मक भूमिका पर काफ़ी तीखे विमर्श विकसित हो चुके हैं। पर घुर्ये, जो स्वयं सारस्वत ब्राह्मण थे, के ज़माने में भारतीय व हिंदू समाज में परिवर्तन के स्थान पर परम्परा की निरंतरता पर अधिक बल था।

भारत में जाति की भूमिका का घुर्ये ने जाति-सभाओं के उदय तथा विकास के संदर्भ में भी अध्ययन किया। उनका पूर्वानुमान यही था कि जातियों की स्वैच्छिक सभाएँ शिक्षा व सुधार के कार्यों को आगे बढ़ाएँगी और अपनी जाति के सदस्यों को राजनीतिक लाभ व रियायतें दिलाने की दिशा में सक्रिय होंगी। उनका ख़याल था कि जिस क़िस्म की

गोविंद सदाशिव घुर्ये (1893-1984)

राजनीतिक व्यवस्था का भारत में विकास हो रहा है, उसमें जाति-सभाएँ ही लोगों की आकांक्षाएँ व्यक्त करने की भूमिका निभाएँगी। घुर्ये के ये पूर्वानुमान ग़लत साबित नहीं हुए। राजनीति-विज्ञानियों और समाजशास्त्रियों ने जाति-सभाओं, लोकतंत्र तथा सामाजिक सशक्तीकरण के अंतर्संबंधों को इसी धरातल पर समझने का प्रयास किया है।

हिंदू जाति व्यवस्था और वैदिक विश्वासों के प्रति विशेष आग्रह का प्रभाव घुर्ये द्वारा किये गये जनजातियों के अध्ययन पर भी दिखता है। उन्होंने जनजातियों के सांस्कृतिक तथा सामाजिक पक्ष पर शोध करते हुए ही इस निष्कर्ष को स्थापित किया कि भारतीय जनजातियाँ अगर हिंदू समाज से पूरी तरह एकीकृत हो जाएं, तो उनके पिछड़ेपन की समस्या का हल निकल सकता है। उनका स्पष्ट कहना था कि आदिवासियों को अनुसूचित जनजाति न कहकर पिछड़े हिंदू ही कहना चाहिए और हिंदू मूल्यों-प्रतिमानों के अंतर्गत उन्हें हिंदू वर्ण व्यवस्था की निम्न जातियों में सम्मिलित कर लेना चाहिए। वे दक्षिण-मध्य भारत की जनजातियों, जैसे संथाल, भील व गोंड द्वारा हिंदू आस्थाएँ और मूल्य अपनाये जाने से विशेष उत्साहित थे और पूरे देश में यही प्रक्रिया घटित होते देखना चाहते थे। इस प्रकार मुख्यधारा की संस्कृति में ब्राह्मणों व हिंदू परम्पराओं को मुख्य घटक मानने के कारण घुर्ये ने आदिवासियों को कोई स्वतंत्र अस्मिता देने का विरोध किया। उनकी दृष्टि में हर प्रकार के अलगाववाद का समाधान यही था कि सभी ग़ैर-हिंदू अस्मिताओं का हिंदूकरण हो जाए।

उत्तर-पूर्व की जनजातियों के अलगाववाद का हवाला देकर उन्होंने यह सिद्ध करने की चेष्टा की कि अगर किसी सांस्कृतिक एकरूपता की परियोजना को गम्भीरता से नहीं लिया गया तो देश की राजनीतिक एकता के लिए ख़तरा उत्पन्न हो सकता है। इस पूरे निष्कर्ष की विडम्बना यह थी कि इसके तहत जनजातियों के भीतर घटित हो रहे बहुत से धर्मनिरपेक्ष बदलावों, जैसे शराब न पीने का आग्रह, कई अंधविश्वासों का त्याग, शिक्षा में रुचि, कृषि के विकसित साधनों का इस्तेमाल आदि को भी उनके हिंदूकरण के संकेतों के रूप में पढ़ा तथा प्रस्तुत किया गया।

हिंदुओं व जनजातियों के संबंधों में हिंदू-पक्ष की वर्चस्वशाली भूमिका प्रस्तुत करने के साथ-साथ हिंदुओं और मुसलमानों के संबंधों की व्याख्या में भी घुर्ये ने इसी नज़रिये का इस्तेमाल किया। ब्राह्मण व आर्य संस्कृति की उत्कृष्टता पर केंद्रित सोच के कारण ही वे मुसलमानों को हिंदुओं से पूरी तरह पृथक ऐसा धार्मिक समुदाय मानते थे जिनके मध्य सांस्कृतिक आदान-प्रदान की सम्भावनाएँ न के बराबर हैं। राष्ट्रीय एकता में वे मुसलमानों से यही अपेक्षा करते थे कि वे हिंदुओं में पूरी तरह स्वयं को विलीन कर लें और किसी प्रकार की सुरक्षा या अधिकार का अपना दावा हमेशा के लिए त्याग दें। भारतीय कला तथा वास्तुकला संबंधी अध्ययन में भी घुर्ये ने अपने इन पूर्वग्रहों नहीं छिपाया। उन्होंने कला को मुख्यत: हिंदू विचारधारा की अभिव्यक्ति के रूप में देखा और कला के स्तर पर मुसलमानों से किसी भी मेलजोल को नकारा। मसलन, राजस्थानी कलाओं पर इस्लामी प्रभावों के स्थान पर वे राजपूती कला-आदर्शों की विशेष तौर पर सराहना करते थे। उन्होंने भारतीय कलाओं को वेदों, पुराणों तथा महाकाव्यों पर आधारित माना।

भारतीय परम्परा में साधुओं की भूमिका पर भी उन्होंने 1953 में *इण्डियन साधूज़* नामक पुस्तक लिखी थी जिसमें भारतीय समाज में साधुओं का योगदान रेखांकित किया गया। घुर्ये ने धार्मिक विवादों में मध्यस्थता, धर्मशास्त्रों के अध्ययन व संरक्षण, बाहरी हमलों से धर्म की रक्षा का तर्क दे कर साधुओं की सराहना की है। इस बहाने उन्होंने संन्यास की अवधारणा पर विचार करते हुए स्थापना दी है कि संन्यास लेने वाले शंकराचार्य तथा अन्य शैव व वैष्णवमार्गी साधुओं ने ही हिंदुओं का मार्गदर्शन किया। उन्होंने आधुनिक काल के स्वामी विवेकानंद, दयानंद सरस्वती तथा अरविंद घोष के योगदान को भी हिंदू साधु-परम्परा में स्थान दिया है। इस प्रश्न में उन्होंने लगभग कोई दिलचस्पी नहीं दिखाई है कि साधुओं के अनाचार, मठशाही, हिंसा तथा परजीविता का समाज पर कोई नकारात्मक प्रभाव पड़ा या नहीं।

घुर्ये का एक अन्य योगदान भारत में ग्रामीण-

शहरीकरण से संबंधित है। इस विषय पर इनकी पुस्तक 1962 में *एनाटमी ऑफ़ अर्बन कम्युनिटी* के नाम से प्रकाशित हुई थी। पुस्तक में उन्होंने साबित किया कि भारत में पारम्परिक शहरीकरण ग्रामीण अर्थव्यवस्था का ही विस्तार रहा है और उसका संबंध उद्योगीकरण से नहीं है। ग्रामीण कृषि व्यवस्था से पैदा अनाज के लिए बडी मण्डियों की आवश्यकता थी और इस ज़रूरत ने ही शहरों का निर्माण किया। बाद में प्रशासन, न्याय, पुलिस आदि की संस्थाएँ विकसित होती चली गयी। ब्रिटिश काल के बाद ही यह सम्भव हुआ कि भारत के छोटे-बड़े शहरों में बड़े पैमाने पर उत्पादन आरम्भ हो गया और ग्रामीण क्षेत्र कच्चा माल पैदा करने वाले क्षेत्रों में तब्दील हो गये। पहले जहाँ गांवों की अर्थव्यवस्था से शहर संचालित होते थे, वहीं धीरे-धीरे शहरीकरण प्रधान हो गया और गाँव उसकी ज़द में चले गये।

घुर्ये आज के सेकुलर, बहुभाषिक और बहुआयामी लोकतंत्र के दौर में विवादास्पद विचारक हैं। उनके दिखाये रास्ते पर अधिकांश समाजशास्त्री नहीं चलते हैं। लेकिन उनकी रचनाएँ पढ़ कर यह ज़रूर जाना जा सकता है कि हिंदू-राष्ट्रवादी समाजशास्त्र किस प्रकार परम्परा के भीतर रचनात्मकता के स्रोतों का उत्खनन करता है।

देखें : इरावती कर्वे, जातियों का राजनीतीकरण, जाति और जाति-व्यवस्था-1, 2, 3 और 4, प्रभुत्वशाली जाति, भारतीय समाजशास्त्र-1 और 2, मैसूर नरसिम्हचार श्रीनिवास, देवकी जैन, धीरूभाई शेठ, धूर्जटि प्रसाद मुखर्जी, नीरा देसाई, राधा कमल मुखर्जी, वेरियर एलविन, संस्कृतीकरण, श्यामा चरण दुबे-1 और 2.

संदर्भ

1. गोविंद सदाशिव घुर्ये (1986), *कास्ट ऐंड रेस इन इण्डिया,* पापुलर प्रकाशन, बम्बई.
2. ए.आर. मोमिन (सम्पा.) (1996), *द लीगेसी ऑफ़ जी.एस. घुर्ये : अ सेंटेनियल फ़ेस्टशिफ्ट,* पापुलर प्रकाशन, मुम्बई.
3. एस.के. प्रमाणिक (1994), *सोसियॉलॅजी ऑफ़ जी.एस. घुर्ये,* रावत पब्लिकेशन, जयपुर.
4. एस. देवदास पिल्लई (1997), *इण्डियन सोशियॉलॅजी थ्रू घुर्ये : अ डिक्शनरी,* पापुलर प्रकाशन, मुम्बई.

— वैभव सिंह

गोवा

(Goa)

भारत के दक्षिण-पश्चिम में स्थित राज्य गोवा पहले पुर्तगाली उपनिवेश था जिसका 1961 में भारतीय सेना की कार्रवाई के बाद भारत में विलय हुआ। अपने ख़ूबसूरत समुद्र तटों के कारण सारी दुनिया के पर्यटकों को आकर्षित करने वाले गोवा की राजनीति को दो चरणों में समझा जा सकता है। पहला दौर वह जब गोवा को पूर्ण राज्य का दर्जा प्राप्त नहीं हुआ था, और दूसरा दौर वह जब 1987 में पूर्ण राज्य का दर्जा मिला। 1999 के विधानसभा चुनावों के बाद से इस राज्य में स्थानीय दलों के प्रभाव में कमी आती जा रही है और राष्ट्रीय दलों का दबदबा बढ़ता जा रहा है। नब्बे के दशक में यहाँ कांग्रेस या कांग्रेस से टूट कर अलग हुए धड़ों की सरकारें रहीं। कई बार भारतीय जनता पार्टी ने भी कांग्रेस को सत्ता से बाहर रखने के लिए ऐसी सरकार को समर्थन दिया। मसलन, भाजपा ने 1999 में इसने कांग्रेस से टूट कर बनी गोवा पीपुल्स कांग्रेस के नेता फ्रैं सिस्को सारडिन्हा की सरकार बनाने में मदद की। लेकिन 2000 के बाद ऐसे दलों का प्रभाव लगातार कम होता गया। परिणामस्वरूप 2007 के चुनावों में महाराष्ट्रवादी गोमांतक पार्टी (एमजीपी) को मात्र दो सीटें ही मिलीं। इसी तरह 2009 के लोकसभा चुनावों में भी राज्य की दोनों सीटों को कांग्रेस और भाजपा ने आपस में बाँट लिया। नब्बे के दशक की राजनीतिक अस्थिरता के बाद राष्ट्रीय पार्टियों का प्रभाव बढ़ने के कारण 2000 के बाद की राजनीति में एक तरह की स्थिरता देखी जा सकती है। दूसरी उल्लेखनीय बात यह है कि नब्बे के दशक के बाद के गोवा की राजनीति में भाजपा का उभार एमजीपी के आधार-वोटों पर क़ब्ज़ा करने से हुआ, लेकिन पड़ोसी राज्य गुजरात की तरह उसने गोवा में उग्र हिंदुत्व की राजनीति का सहारा नहीं लिया।

पणजी गोवा की राजधानी है। वास्को डी गामा इसका सबसे बड़ा शहर है। इसके उत्तर में महाराष्ट्र, पूर्व और दक्षिण में कर्नाटक और पश्चिम में अरब सागर स्थित है। गोवा का क्षेत्रफल 3,702 वर्ग किमी है और इस दृष्टि से यह भारत का सबसे छोटा राज्य है। 2011 की जनगणना के अनुसार गोवा की जनसंख्या 1,457,723 है और इस आधार पर यह भारत का पच्चीसवाँ सबसे बड़ा राज्य है। यहाँ की कुल साक्षरता दर 87 प्रतिशत और एक हज़ार पुरुषों पर 968 महिलाएँ हैं। गोवा की विधायिका एकसदनीय है और यहाँ की विधानसभा में कुल चालीस सदस्य होते हैं। मुम्बई उच्च न्यायालय ही गोवा का उच्च न्यायालय है जिसकी एक पीठ पणजी में स्थित है। गोवा से लोकसभा के दो और राज्यसभा के लिए एक सदस्य

गोवा : 1961 में पुर्तगाली उपनिवेशवाद से आज़ादी

चुना जाता है। यहाँ की आधिकारिक भाषा कोंकणी है, लेकिन हर तहर के सरकारी काम के लिए मराठी के उपयोग की इजाज़त भी दी गयी है। 2001 की जनगणना के अनुसार गोवा की 65 प्रतिशत आबादी हिंदू, 26 प्रतिशत ईसाई, 6 प्रतिशत मुसलिम, 0.07 प्रतिशत सिक्ख, 0.04 प्रतिशत बौद्ध, 0.06 प्रतिशत जैन धर्मावलम्बी हैं।

पुर्तगालियों ने 1510 में बीजापुर के शासक को हराकर वेल्हा (या पुराने गोवा) को अपने अधीन कर लिया। 1843 में वेल्हा गोवा की जगह पंजिम को इसकी राजधानी बना दिया गया। अट्‌ठारहवीं सदी के मध्य तक पुर्तगालियों के क़ब्ज़े में वर्तमान गोवा राज्य के अधिकतर भाग आ गये थे। 1947 में भारत के स्वतंत्र होने के बाद पुर्तगाल ने गोवा को आज़ाद करने या इसे भारत को सौंपने से इनकार कर दिया। 19 दिसम्बर, 1961 को भारतीय सेना ने ऑपरेशन विजय के द्वारा गोवा तथा दमन और दीव को भारतीय संघ में मिला लिया। इसके बाद, गोवा तथा दमन और दीव को एक साथ भारतीय संघ का एक केंद्र-शासित प्रदेश बना दिया गया। 30 मई, 1967 को इस प्रदेश को विभाजित करके गोवा को भारत का इक्कीसवाँ राज्य बनाया गया तथा दमन और दीव पहले की तरह केंद्र-शासित प्रदेश रहे।

गोवा की राजनीति में पुर्तगाली उपनिवेशवाद का प्रभाव अब भी मौजूद है। इसने गोवा की राजनीति में विरोधाभासी विखण्डित पहचानों को बढ़ावा दिया है। इसने गोवा को ओल्ड कांक्वेस्ट और न्यू कांक्वेस्ट में विभाजित किया। भौगोलिक रूप से यह विभाजन पुर्तगालियों ने ही किया था। उन्होंने उन इलाक़ों को ओल्ड कांक्वेस्ट कहा जो सत्रहवीं सदी से पहले उनके अधिकार में आये थे, और जिन क्षेत्रों पर सत्रहवीं सदी के बाद उनका क़ब्ज़ा हुआ उसे उन्होंने ओल्ड कांक्वेस्ट की संज्ञा दी। पुर्तगाली उपनिवेशवाद से मुक्ति के बाद गोवा की राजनीति में दो अलग-अलग धाराएँ उभरीं हैं। एक ओर वे लोग हैं जिन्होंने गोवा की अनूठी पहचान पर ज़ोर दिया, तो दूसरी ओर वे लोग हैं जो इस तरह की बातों को निहित स्वार्थी तत्त्वों का दिखावा क़रार दिया। इन दो अलग-अलग विचारों के कारण गोवा में 1963 में हुए पहले आम चुनावों में दो क्षेत्रीय राजनीतिक दलों का उभार हुआ। पहला दल था महाराष्ट्रवादी गोमांतक पार्टी (एमजीपी) और दूसरा था यूनाइटेड गोवन्स पार्टी (यूजीपी)। एमजीपी ने गोवा को एक अलग और पूर्ण राज्य का दर्जा दिये जाने की माँग की। एमजीपी का प्रभाव न्यू कांक्वेस्ट के इलाक़ों में था और इसे हिंदुओं का समर्थन हासिल था। दूसरी ओर, यूजीपी का प्रभाव ओल्ड कांक्वेस्ट इलाक़ों में था। शुरुआत में इसे ईसाई भू-स्वामियों का समर्थन था। बाद में ऊँची जातियों के कुछ हिंदुओं ने भी इसे समर्थन देना शुरू कर दिया। पहचान का मुद्दा इतना विवादास्पद हो गया कि भारत सरकार ने जनवरी, 1967 में राज्य के भविष्य के बारे में फ़ैसला करने के लिए एक जनमत-संग्रह करवाया जिसमें लोगों ने महाराष्ट्र से विलय के प्रस्ताव को नकार दिया। इसकी जगह उन्होंने एक केंद्र-शासित प्रदेश के रूप में गोवा की अलग पहचान क़ायम रखने का समर्थन दिया।

1963-1979 के बीच गोवा की राजनीति को एक अच्छी द्वि-दलीय व्यवस्था का -उदाहरण माना जा सकता है। इस दौर में एमजीपी की सरकार रही और यूजीपी ने रचनात्मक विपक्ष की भूमिका निभायी। इस अवधि में राजनीति मुख्य रूप से पहचान, भाषा, विलय, अलग राज्य जाति और धर्म जैसे मुद्दों पर केंद्रित रही। एमजीपी के शासन के दौरान ही इस पार्टी के भीतर व्यक्तिवादी और अलोकतांत्रिक क़िस्म राजनीतिक हावी हो गयी। इसके अलावा एमजीपी और यूजीपी ने एक-दूसरे के विधायकों-नेताओं को तोड़ने की भी कोशिश की। नतीजा यह निकला कि 1979 में एमजीपी के 16 विधायकों ने पार्टी छोड़ दी। यह राज्य में क्षेत्रीय दलों के वर्चस्व के अंत की शुरुआत भी थी। इसके पहले ही 1976 में यूजीपी का एक बड़ा गुट ए.बी. नाइक के नेतृत्व में कांग्रेस (एस) से मिल गया था जो बाद में कांग्रेस (यू) से मिला जिसका बाद में कांग्रेस (आई) में विलय हो गया। 1980 के चुनावों में एमजीपी की हार हुई और कांग्रेस सत्ता में आयी जिसमें इसमें यूजीपी और एमजीपी के कई नेता शामिल हो चुके थे। कांग्रेस ने प्रताप सिंह राणे

को प्रदेश का मुख्यमंत्री बनाया। इस स्थिति से असंतुष्ट होकर यूजीपी से कांग्रेस में आये नेता विल्फ्रेड डिसूज़ा ने 1983 में कांग्रेस छोड़ दी और गोवा कांग्रेस का गठन किया। बरहाल, विपक्ष के कमज़ोर होने के कारण राज्य की राजनीति में कांग्रेस की स्थिति मज़बूत होती गयी। 30 मई, 1987 को में गोवा को पूर्ण राज्य का दर्जा दिया गया। विधानसभा के सदस्यों की संख्या 30 से बढ़ा कर 40 कर दी गयीं। नये राज्य के गठन के बाद गोवा में 'आया-राम गया राम' यानी दल या दल के भीतर गुट बदलने की राजनीति में तेज़ी आयी। राजनीतिक अस्थिरता का अंदाज़ा इसी से लगाया जा सकता है कि 1987 में पूर्ण राज्य बनने के बाद से 2011 तक गोवा में कुल 16 सरकारों का गठन हो चुका था। इनमें सात सरकारें दो साल से भी कम समय के लिए सत्ता में रहीं, जबकि एक सरकार सिर्फ़ दो दिन के लिए सत्ता में रही। विभिन्न पार्टियों के बड़े नेताओं की आपसी कलह से लोग इतने तंग आ चुके थे कि 1999 के चार महीनों के राष्ट्रपति शासन को 'प्रशासन के स्वर्णकाल' की संज्ञा मिल गयी।

बहरहाल, 2000 के बाद का दौर गोवा के लिए तुलनात्मक रूप से स्थिरता का दौर रहा है। 2000-05 के बीच भारतीय जनता पार्टी के मनोहर परिक्कर राज्य के मुख्यमंत्री रहे। इसके बाद 2005 में दो दिनों के लिए कांग्रेस के प्रताप सिंह राणे मुख्यमंत्री बने और फिर दो महीनों के लिए पारिक्कर को मौक़ा मिला। इसके बाद राज्य में जून 2005 से लेकर 2007 तक राष्ट्रपति शासन रहा। 2007 में हुए चुनावों में कांग्रेस को अपने दम पर बहुमत नहीं मिला। लेकिन वह 16 सीटों के साथ सबसे बड़े दल के रूप में उभरी। कांग्रेस ने राष्ट्रवादी कांग्रेस और अन्य छोटे दलों के सहयोग से सरकार बनायी। दिगम्बर कामत 2007 में राज्य के मुख्यमंत्री बने। इनके कार्यकाल में राजनीतिक स्थिरता रही।

नब्बे के बाद के गोवा की राजनीति में भारतीय जनता पार्टी की स्वीकार्यता और प्रभाव में भी धीरे-धीरे बढ़ोतरी हुई। 1994 में इसने एमजीपी के साथ मिलकर चुनाव लड़ा। दरअसल, एमजीपी को उम्मीद थी कि भाजपा की उग्र हिंदुत्व राजनीति से उसे फ़ायदा होगा, लेकिन दरअसल ऐसा नहीं हुआ। भाजपा ने नरम हिंदुत्व की राजनीति अपनाते हुए धीरे-धीरे अपना विस्तार किया। इसी का नतीजा हुआ कि 2000 में इसकी सरकार बनी। फिर 2002 के चुनावों के बाद भी मुख्यमंत्री पद भाजपा के हाथ ही में रहा। भाजपा को यहाँ अपने दम पर बहुमत तो नहीं मिला, लेकिन उसने राज्य की राजनीति में अपनी मज़बूत पैठ बना ली। 2007 के विधानसभा चुनावों में इसे कांग्रेस से सिर्फ़ दो सीटें कम मिलीं। कांग्रेस को 16 और भाजपा को 14 सीटों पर जीत मिली। 2012 के चुनावों में भाजपा ने 21 सीटें जीत कर पूर्ण बहुमत हासिल किया और मनोहर परिक्कर के हाथ में राज्य की बागडोर सौंपी।

देखें : अरुणाचल प्रदेश, असम, आंध्र प्रदेश, उत्तर प्रदेश, उत्तराखण्ड, ओडिशा, कर्नाटक, केरल, छत्तीसगढ़, जम्मू और कश्मीर, झाड़खण्ड, तमिलनाडु, त्रिपुरा, दिल्ली, नगालैण्ड, बिहार, पंजाब, पश्चिम बंग, मणिपुर, महाराष्ट्र, मध्य प्रदेश, मिज़ोरम, मेघालय, राजस्थान, हरियाणा।

संदर्भ

1. पीटर रॉनल्ड डिसूज़ा (1999), 'प्रैग्मेटिक पॉलिटिक्स इन गोवा', 1987-99' *इकॉनॉमिक ऐंड पॉलिटिकल वीकली,* खण्ड, अंक 34-35.
2. मारिया डू सीयू रॉड्रिग्ज़ और सोलानो डिसिल्वा, (2009), 'गोवा : अ फ्रैक्चर्ड वर्डिक्ट', संदीप शास्त्री, के.सी. सूरी और योगेंद्र यादव, *इलेक्टोरल पॉलिटिक्स इन इण्डियन स्टेट्स : लोकसभा इलेक्शंस इन 2002 ऐंड बियांड,* ऑक्सफ़र्ड युनिवर्सिटी प्रेस, नयी दिल्ली.
3. गवर्नमेंट ऑफ़ गोवा (2001), *स्टैटिस्टिकल हैंडबुक ऑफ़ गोवा,* पणजी-गोवा, डायरेक्टोरेट ऑफ़ प्लैनिंग, स्टैटिक्स ऐंड इवेल्यूशन.

— कमल नयन चौबे

ग्योर्गी लूकाच

(Gyorgy Lukacs)

बीसवीं सदी के मार्क्सवादी चिंतकों में ग्योर्गी लूकाच (1885-1971) एक अलग मक़ाम रखते हैं। उन्होंने पश्चिमी युरोप में विकसित हुए उस मार्क्सवाद के विकास को गहराई से प्रभावित किया जिस पर हीगेल के दर्शन की गहरी छाप थी। ग्राम्शी की तरह लूकाच ने संघर्ष की राजनीति में भी शिरकत की और दर्शन, सौंदर्यशास्त्र और साहित्य-सिद्धांत जैसे रचनात्मक क्षेत्रों को अपने परिष्कृत योगदान से समृद्ध किया। मार्क्सवाद के बृहतर विमर्श में उनकी प्रतिष्ठा एक ऐसे चिंतक की है जिसने न केवल मार्क्सवाद की मूल अवधारणाओं का नयी दिशाओं में विकास किया बल्कि उनके मर्म को लेकर सोवियत ख़ेमे के जड़सूत्रवादी सिद्धांतकारों से मुठभेड़ भी की। कई विद्वानों का मानना है कि मार्क्सवाद के सोवियत व्याख्याकारों से जूझते हुए लूकाच ने जिन प्रस्थापनाओं की पेशबंदी की उन्हीं की बदौलत मार्क्सवाद का एक नया संस्करण वेस्टर्न मार्क्सिज़म या पश्चिमी मार्क्सवाद के तौर पर जाना गया। लूकाच का बौद्धिक जीवन तीन चरणों से गुज़रा : शुरुआती दौर उनका परिप्रेक्ष्य आधुनिकतावादी और प्रत्यक्षतावाद विरोधी था। इस दौरान उन पर प्लेटो, कांट, कीर्केगार्द और हीगेल का मिला-जुला प्रभाव रहा। वे जॉर्ज सोरेल द्वारा प्रतिपादित अनार्को-सिंडिकलिज़म के प्रति भी आकर्षित हुए। 1911 में प्रकाशित *सोल ऐंड फ़ॉर्म* को इसी

ग्योर्गी लूकाच (1885-1971)

दौर की रचना माना जा सकता है। प्रथम विश्व-युद्ध की घटनाओं और बोल्शेविक क्रांति के प्रभाव में उन्होंने अपने विचारों को फिर से जाँचा और मार्क्सवादी बने। उनका तीसरा दौर वह है जब उन्होंने साहित्य की आलोचना के क्षेत्र में हस्तक्षेप करते हुए समाजवादी यथार्थवाद का सैद्धांतिक ढाँचा खड़ा किया। 1916 में प्रकाशित उनकी कृति *द थियरी ऑफ़ द नॉवेल* हीगेलियन सौंदर्यशास्त्र के दृष्टिकोण से रची गयी है। लेकिन 1922 में प्रकाशित *हिस्ट्री ऐंड क्लास कांशसनेस* मार्क्सवादी दर्शन के दायरों में एक महान रचना की हैसियत रखती है।

गियोर्गी लूकाच का जन्म बुडापेस्ट, हंगरी में हुआ था। उनके पिता एक इंवेस्टमेंट बैंकर थे। उन्होंने बुडापेस्ट और बर्लिन विश्वविद्यालयों से शिक्षा ग्रहण की। 1906 में उन्हें डॉक्टरेट की उपाधि मिली। लूकाच के कृतित्व को सहूलियत के लिहाज़ से राजनीतिक और साहित्यिक लेखन के ख़ानों में रखा जा सकता है। लेकिन वे राजनीतिक दर्शन, सौंदर्यशास्त्र, साहित्य के सिद्धांतों और आलोचना के बीच इस तरह आवाजाही करते हैं कि उन्हें किसी एक खित्ते या अनुशासन तक सीमित नहीं किया जा सकता। उनका समूचा कृतित्व एक तरह से क्रांति के सरोकारों का अनुषंग माना जा सकता है। लूकाच की शख़्सियत संघर्ष और रचना का उदाहरण है। आम तौर पर सोवियत कम्युनिस्ट पार्टी द्वारा आरोपित सीमाओं में काम करने के बावजूद उन्होंने मार्क्सवाद का एक ऐसा पक्ष भी रचा जो उनके सोवियत सहधर्मियों की नज़र में कुफ़्र से कम नहीं था। पहले विश्व-युद्ध के बाद हंगरी की कम्युनिस्ट पार्टी की सदस्यता लेने, और वहां की अल्पजीवी कम्युनिस्ट सरकार (1918) में शिक्षा और संस्कृति का मंत्रालय सम्भालने तथा कम्यून के पतन के बाद लम्बे समय तक निर्वासन में रहे लूकाच 1945 में स्वदेश लौट सके। लेकिन चिंतन और राजनीतिक कर्म के लिहाज़ से उनका यह काल बेहद रचनात्मक रहा। इस दौरान उन्होंने *हिस्ट्री ऐंड क्लास कांशसनेस* जैसे क्लासिक ग्रंथ की रचना की और 1928 में ब्लम थीसिस पेश की जिसमें फ़ासीवाद के विरुद्ध एक लोकतांत्रिक मोर्चा गठित करने की योजना रखी गयी थी। लूकाच की इस पेशकश को तत्काल तो नकार दिया गया लेकिन नौ साल बाद की परिस्थितियों में एक ऐसे ही प्रस्ताव को अधिकारिक तौर पर स्वीकार किया गया।

मार्क्सवादी दर्शन में घोषित आस्था और उससे निर्देशित राजनीतिक सक्रियता के बावजूद उन्होंने ख़ुद को जड़सूत्रवादी आग्रहों से अलग रखा। एक राजनीतिक-सामाजिक चिंतक के रूप में उन्होंने मार्क्स की महत्त्वपूर्ण अवधारणाओं— रीफ़िकेशन (लूकाच बेगानेपन के लिए इस पद का इस्तेमाल करते थे) और वर्ग चेतना पर सुचिंतित विचार करने के अलावा साहित्य में उपन्यास की विधा तथा यथार्थ चित्रण को लेकर भी मूल्यवान प्रस्थापनाएँ की।

लूकाच के निबंधों की पुस्तक *हिस्ट्री ऐंड क्लास कांशसनेस* को कई विद्वान मार्क्सवाद का रिनेसाँ मानते हैं। इस रचना में लूकाच मार्क्सवाद के भाष्य के दौरान उग आये कई जड़सूत्रों को बीनते हुए उन सिद्धांतकारों से भिड़ते हैं जिन्होंने मार्क्स की विरासत को भौतिक विज्ञान साबित करने की हठधर्मिता में व्यक्ति की भूमिका और उसकी एजेंसी को गौण कर दिया था। उल्लेखनीय है कि पांचवें कॉमिन्टर्न के अवसर पर ज़िनोवीव और बुखारिन ने लूकाच की इस किताब की बाक़ायदा औपचारिक भर्त्सना की थी। लेकिन सोवियत ख़ेमे के बाहर इस पुस्तक ने कोर्श, बेंजामिन और मरली-पोंती से लेकर गोल्डमैन और मार्क्यूज़े जैसे चिंतकों व साठ के दशक में उभरे छात्र आंदोलनों तक पर अपनी छाप छोड़ी।

लूकाच रूढ़िवादी मार्क्सवाद की आलोचना के क्रम में मानवीय चेतना की सर्जनात्मकता पर ज़ोर देते हैं। वे प्राकृतिक भौतिकवाद के साथ-साथ ज्ञान के उस सिद्धांत को भी स्वीकार नहीं करते जिसमें यह प्रतिपादित किया गया है कि विचार एक तरह के बने बनाये और वस्तुनिष्ठ यथार्थ का दर्पण होता है और उसमें किसी तरह की मानसिक क्रिया या गतिविधि की कोई भूमिका नहीं होती। लूकाच ने एंगेल्स के इस सूत्रीकरण का भी खण्डन किया कि प्रकृति की तरह मानव व्यवहार भी ऐसे द्वंद्वात्मक नियमों से संचालित होता है जो काल से निरपेक्ष होते हैं। उन्हें यह विचार सिरे से ग़लत लगता था कि प्रकृति में किसी भी तरह की द्वंद्वात्मकता होती

है क्योंकि उनके मुताबिक़ द्वंद्वात्मकता के विधेयक तत्त्वों में व्यक्ति या अनुभव करने वाला तथा वस्तु दोनों शामिल रहते हैं। यानी द्वंद्वात्मकता में इन दोनों की अन्योन्यक्रिया मूल तत्त्व की तरह होती है, जबकि प्रकृति में किसी तरह के अनुभव में कर्ता की कोई भूमिका नहीं होती। लूकाच यह तो मानते हैं कि पूँजीवाद के गहराते अंतर्विरोध अंतत उसे पतन की ओर ले जाएँगे लेकिन साथ ही वे इस बात पर भी ज़ोर देते हैं कि वैचारिक संघर्ष के बिना केवल वस्तुनिष्ठ आर्थिक प्रकियाएँ ही जन चेतना का रूपांतरण नहीं कर सकती। लूकाच मानते हैं कामगारों के लिए दुनिया का अर्थ उसे गढ़ने की प्रक्रिया के दौरान ही खुलता है जबकि पुरातनपंथी मार्क्सवादियों की थोक दलील यह थी कि ज्ञान और क्रिया तथा सिद्धांत और व्यवहार एक साथ घटित होते हैं।

लूकाच रूढ़िवादी मार्क्सवाद के इस वैचारिक शॉर्टकट की इस आधार पर भी आलोचना करते हैं कि इतिहास की प्रक्रियाओं को मनुष्य के हस्तक्षेप से स्वायत्त बता कर वह मानवीय श्रम के उत्पादों का वस्तुकरण कर देता है। मार्क्स की अवधारणा पण्य-पूजा (कमोडिटी फ़ेटिशिज़म) का विस्तार करते हुए लूकाच रीफ़िकेशन का विचार प्रतिपादित करते हैं। लूकाच की अर्थ-योजना में रीफ़िकेशन उस प्रक्रिया को इंगित करती है जिसके तहत मानवीय श्रम से सृजित होने वाले उत्पाद स्वयं एक स्वतंत्र अस्तित्व या परिघटना का रूप अख़्तियार कर लेते हैं। जिसका परिणाम यह होता है कि मनुष्य मानसिक और भौतिक स्तर पर चीज़ों का नियंता बनने के बजाय अपनी सर्जनात्मकता से च्युत होकर निर्वैयक्तिक शक्तियों से संचालित होने लगता है। लूकाच के मुताबिक़ मनुष्य का यह अमानवीकरण सबसे ज़्यादा पूँजीवादी उत्पादन व्यवस्था में होता है जो उसकी श्रम शक्ति को बाज़ार में बेचे जाने वाली वस्तुओं में तब्दील कर देती है। इस क्रम में लूकाच यह भी लक्षित करते हैं कि काम के विशेषीकरण और रैशनलाइज़ेशन के कारण फ़ैक्ट्री का अंदरूनी संगठन पूँजीवादी सामाजिक संरचना का एक छोटा प्रतिरूप बनता जाता है। यह प्रक्रिया एक ऐसे कुंठित और विखण्डित संसार को जन्म देती है जिसमें व्यक्ति समाज और इतिहास की संगति को सही परिप्रेक्ष्य में देखना भूल जाता है।

लूकाच का यह चिंतन मार्क्सवाद की उस विश्लेषण पद्धति पर आधारित है जिसमें समाज और इतिहास की एक सार्वभौम, एकल और गतिशील सम्पूर्णता के रूप में कल्पना की गयी है। और यह माना गया है कि यह सम्पूर्णता ही अपने निर्माणकारी हिस्सों की बनावट और अर्थ को निर्धारित करती है। लेकिन कई विद्वानों का कहना है कि लूकाच की इस निष्पत्ति से यह नहीं समझा जा सकता कि हमें इस सम्पूर्णता का बोध कैसे होता है। इन विद्वानों का तर्क है कि सम्पूर्णता के खण्डों का विश्लेषण करने से केवल यही उद्घाटित होता है कि उनका सम्पूर्णता से क्या संबंध है। इस प्रसंग में लूकाच केवल यह धारणा पेश करके रह जाते हैं कि अपनी विशेष सामाजिक स्थिति के कारण सर्वहारा के पास एक ख़ास अंतर्दृष्टि होती है। यानी सम्पूर्ण सत्य को जानने के लिए सर्वहारा का दृष्टिकोण अपनाना पड़ता है। विद्वानों का कहना है कि लूकाच के इस नज़रिये में एक गहरा विरोधाभास है। एक तरफ़ लूकाच यह कहते हैं कि पूँजीवाद सर्वहारा को आत्मिक और वैचारिक रूप से पंगु बना देता है तो दूसरी ओर यह मान लेते हैं कि केवल सर्वहारा का दृष्टिकोण ही इतिहास को उसकी सम्पूर्णता में आयत्त कर सकता है। यह देखना दिलचस्प है कि एक जगह लूकाच ने ख़ुद यह प्रतिपादित किया है कि मज़दूर वर्ग की चेतना को उसके सदस्यों के विचारों या अनुभव का जोड़ या औसत नहीं माना जा सकता।

साहित्य-सिद्धांत के क्षेत्र में लूकाच की ख्याति का आधार उनकी क्लासक रचना द *थियरी ऑफ़ द नॉवेल* है जिसमें उन्होंने एक विधा के रूप में उपन्यास के विकास का निरूपण किया है। इस रचना में लूकाच मनुष्य के ज़हन में बसी आदर्श दुनिया की कल्पना के लिए ट्रांसेंडेंटल होमलैसनैस नामक पद का इस्तेमाल करते हैं। लूकाच इस पद की व्याख्या मनचाही जगह लौटने की चाहत और एक ऐसे नॉस्टेल्जिया के तौर पर करते हैं जिससे घिरा व्यक्ति अपनी अनुभूति और इच्छाओं को ही सबसे प्रामाणिक यथार्थ मानता है। अपने एक प्रसिद्ध निबंध में लूकाच ने काफ़्का और टॉमस मान की तुलना करते हुए आधुनिकता के चित्रण के लिहाज़ से मान को ज़्यादा बड़ा लेखक साबित किया है। अपने साहित्य-चिंतन में लूकाच ने समाजवादी यथार्थ के पक्ष में तर्कों का एक नफ़ीस तंत्र खड़ा किया है। वे इस बात पर ज़ोर देते हैं कि यथार्थवादी चित्रण का मतलब यह नहीं होता कि रोज़मर्रा के जीवन को हूबहू रचना में उतार दिया जाए। वे प्रगतिशील कलाकार से पात्रों के निजी अनुभवों को ऐसी छवियों में ढालने की उम्मीद करते हैं जिन्हें सार्वभौमिक रूप से वैध ठहराया जा सके। इस आधार पर लूकाच बाल्जाक और स्कॉट जैसे बूर्ज्वा लेखकों की भी प्रशंसा करते हैं क्योंकि उनके अनुसार इन लेखकों ने अपनी धुँधली समझ के बावजूद अपने पात्रों के ज़रिये समय के संरचनागत द्वंद्व को अभिव्यक्त किया है।

लूकाच के साहित्य चिंतन का एक अहम पहलू यह भी है कि वे आधुनिकतावाद, अवाँगार्द, अभिव्यंजनावाद, अतियथार्थवाद आदि धाराओं को पतनशील और आत्मग्रस्त कला का नमूना मानते हैं क्योंकि उनके अनुसार कला और साहित्य की इन धाराओं के रचनाकार व्यक्तिगत अनुभवों को दुनिया के वस्तुनिष्ठ सत्य से संपृक्त नहीं कर पाते। कई विद्वानों की निगाह में लूकाच की सौंदर्यशास्त्रीय प्रस्थापनाएँ स्तालिन की सांस्कृतिक तानाशाही को जायज़ ठहराने का

जतन करती दिखती हैं। उनका कहना है कि लूकाच जब यह मानते हैं कि पार्टी कभी ग़लत नहीं हो सकती तो वह असल में असहमति का दमन होता है।

देखें : आधार और अधिरचना, आंगिक और पारम्परिक बुद्धिजीवी, एंतोनियो ग्राम्शी, कार्ल हाइनरिख़ मार्क्स-1, 2. 3 और 4, नयी सदी में मार्क्सवादी विमर्श-1, 2. 3,4 5, 6, 7, 8 और 9, निष्क्रिय क्रांति, फ्रेड्रिख़ एंगेल्स, भाषा के मार्क्सवादी सिद्धांत, भ्रांत चेतना, बोल्शेविक क्रांति, मार्क्सवाद-1, 2, 3, 4 और 5, मार्क्सवादी इतिहास-लेखन, मार्क्सवादी समाजशास्त्र, मार्क्सवाद और पारिस्थितिकी, मार्क्सवादी अर्थशास्त्र, समाजवादी वसंत-1, 2, 3, और 4, लेनिनवाद, लियोन ट्रॉट्स्की, लिबरेशन थियोलॅजी, समाजवादी वसंत-1 से 3 तक, सांस्कृतिक क्रांति, स्तालिन और स्तालिनवाद, सोवियत समाजवाद-1, 2 और 3, सोवियत सिनेमा, वर्चस्व, व्लादिमिर इलीच लेनिन।

संदर्भ

1. जी.एच.आर. पार्किंसन (1977), ग्योर्गी लूकाच, रॉटलेज एवं कीगन पॉल, लंदन.
2. एल. कोलाकोव्स्की (1978), मेन करंट्स ऑफ़ मार्क्सिज़म, खण्ड 3, क्लैरेंडन प्रेस, ऑक्सफ़र्ड.
3. अर्पद काडारके (1991), ग्योर्गी लूकाच : लाइफ़, थॉट ऐंड पॉलिटिक्स, बेसिल ब्लैकवेल, ऑक्सफ़र्ड.

—**नरेश गोस्वामी**

ग्योर्ग विल्हेल्म फ्रेड्रिख़ हीगेल

(Georg Wilhelm Friedrich Hegel)

ग्योर्ग विल्हेल्म फ्रेड्रिख़ हीगेल (1770-1831) आधुनिक जर्मन भाववाद के शिखर विचारक के रूप में जाने जाते हैं। वे अपनी पीढ़ी के सबसे प्रभावशाली दार्शनिक तो थे ही, दर्शनशास्त्र की दुनिया पर उनका असर आज भी बरक़रार है। हिंदुस्तान जैसे तीसरी दुनिया के देशों में हीगेल का परिचय मूलत: उनके शिष्य और कम्युनिस्ट विचारों के प्रवर्तक कार्ल मार्क्स के विचारों के ज़रिये देखने को मिलता है। इसके कारण उनके अपने दर्शन की अलग से चर्चा उतनी नहीं होती। दरअसल हीगेल की अहमियत आज भी उनके दर्शन के कुछ नायाब पहलुओं की वजह से बनी हुई है।

दर्शन की दुनिया में हीगेल का सबसे बड़ा योगदान शायद इस बात से ताल्लुक़ रखता है कि उन्होंने सिर्फ़ जर्मन दर्शन की दुनिया में ही नहीं, कुल मिलकर आधुनिक दर्शन की ज़मीन पर एक ऐसा हस्तक्षेप किया जिसने दो विरोधी प्रवृत्तियों का संश्लेषण करते हुए नये रास्ते खोल दिये। हीगेल जिस ज़माने में लिख रहे थे उस में सत्रहवीं-अट्ठारहवीं सदी के युरोपीय ज्ञानोदय के बुद्धिवाद से निकले बेलगाम व्यक्तिवाद और आदमी के बारे में उसके विचार के खिलाफ़ एक बड़ा विद्रोह खड़ा हो चुका था। इसका एक रूप रोमांटिसिज़म में देखने को मिलता है। ज्ञानोदय की मूलधारा का यह ख़याल था कि आदमी एक नये क़िस्म के वस्तुकृत (ऑब्जेक्टिफ़ाइड) वैज्ञानिक ज्ञान का ज्ञाता-कर्ता (सब्जेक्ट) है जिसका रैशनल रूप कार्यत: प्रकृति और समाज से अलग हो कर ही सामने आ सकता है। यह ख़याल एक ऐसे अंदाज़ को बढ़ावा दे रहा था जिसमें व्यक्ति अपने सामाजिक जुड़ावों से कट कर महज़ अपनी व्यक्तिकेंदित इच्छाओं की पूर्ति करने वाला बन कर रह जाता है। ऐसे व्यक्ति के लिए समाज और प्रकृति उसकी इच्छाएँ पूरी करने का ज़रिया मात्र रह जाते हैं। इसके ख़िलाफ़ हर्डर व कुछ अन्य दार्शनिक आदमी की एक अलग ही धारणा सामने रख रहे थे जो उसे एक मुक़म्मल शै के रूप में देखती थी। इन विचारकों का मानना था कि मनुष्य को तर्क और भावना या देह और आत्मा जैसे अलग-अलग टुकड़ों में तोड़ कर देखना ग़लत है और इसी के चलते हम एक मुक़म्मल और ज़िंदा इकाई के तौर पर उसके चरित्र को नहीं समझ पाते। इन विचारकों का मानना था कि मनुष्य का यह चरित्र उसके सांस्कृतिक व सामुदायिक जीवन से अकाट्य ढंग से जुड़ा होता है। उसी के भीतर वह अपने वजूद को हासिल करता है।

ज्ञानोदय की मूलधारा के खिलाफ़ एक और सशक्त धारा थी जो इमैनुएल कांट के नाम के साथ जुड़ी है। कांट ख़ुद को मूलत: प्रबोधन से जोड़ते हुए भी विशुद्ध तार्किकता और उससे जुड़े वस्तुकरण (ऑब्जेक्टिफ़िकेशन) के रुझान के आलोचक थे। इसके बावजूद, कांट के विचारों का केंद्रीय सरोकार क्योंकि आज़ादी और ख़ुदमुख़्तार कर्ता (सब्जेक्ट) की तलाश से था इसलिए वहाँ भी वही विच्छेद देखने तो मिलता है जो ज्ञानोदय की मूलधारा के विचारकों में दिखाई देता है : प्रकृति और समाज से विच्छेद, क्योंकि ख़ुदमुख़्तारी की शर्त ही यह है कि मनुष्य तमाम बंधनों और निर्भरताओं से आज़ाद हो। और इस विच्छेद से जुड़े हैं वे अन्य विच्छेद जो तर्क और भावना आदि के आधार पर इनसान का भी विभाजन कर देते हैं।

बकौल चार्ल्स टेलर हीगेल जिस महान चुनौती के रूबरु थे वह यह थी कि ख़ुदमुख़्तारी के आदर्श का परित्याग किये बिना मनुष्य के मुकम्मल वजूद को कैसे बरक़रार रखा जाए। जब तक प्रकृति या क़ुदरत को एक अंधी, अतार्किक या तर्क-विरोधी शै के रूप में देखा जाता तब तक क़ुदरत और मनुष्य की आज़ादी की तलाश के बीच एक विरोध बना ही रहता है। इस नज़रिये से क़ुदरत के ऊपर काबू पाने और उसे

ग्योर्ग विल्हेल्म फ्रेड्रिख़ हीगेल (1770-1831)

अपने वश में करने में ही मनुष्य की आज़ादी निहित हो सकती है। समाज और व्यक्ति की आज़ादी के बीच भी इसी तरह का एक विरोध दिखाई देता है। लिहाज़ा व्यक्ति की आज़ादी की शर्त भी सामाजिक बंधनों से उसकी आज़ादी में निहित है।

कहा जा सकता है कि इन दोनों परस्पर विरोधी ख़यालों के बीच एक नया रास्ता निकालने के लिए हीगेल ने बौद्धिक शतरंज के इस खेल में दो चालें चलीं। पहली, एक ऐसी पद्धति की पेशकश की जिसे द्वंद्वात्मक चिंतन कहा जाता है, जिसके तहत हर विरोध दरअसल अंतर्विरोध बन जाता है, यानि दो दीगर चीज़ों के बीच विरोध न होकर एक ही सम्पूर्ण के आतंरिक विकास और गति का आधार बन जाता है। अंतर्विरोध अब सिर्फ़ दो विरोधी पक्षों का रिश्ता नहीं रह जाता बल्कि उसमें ये दोनों पक्ष एक साथ एकजैसेपन और अलहदगी के रूप में सामने आते हैं। इन दोनों पक्षों के बीच टकराव के पीछे उनका एकजैसापन भी मौजूद रहता है। लिहाज़ा, इन दोनों पक्षों के टकराव में कभी भी एक का दूसरे द्वारा सफ़ाया नहीं होता। हीगेल जिसे निगेशन या निषेध कहते हैं उसमें दरअसल एक जटिल प्रक्रिया (जिसे वे जर्मन में आउफ़ेबुंग कहते हैं या जिसे अंग्रेज़ी कभी कभी सबलेशन कहा जाता है) के ज़रिये एक पक्ष दूसरे को एक ही साथ ख़ारिज भी करता है और उसकी हिफ़ाज़त भी। ऐसा उस समग्र के विकास के एक नये चरण में जा कर होता है। ख़ारिज पक्ष अपने पुरानी जगह में महफ़ूज़ नहीं रहता बल्कि विजयी पक्ष के साथ संश्लेषण के ज़रिये वह एक नये मुक़ाम पर जा पहुँचता है। हालाँकि ऊपर हमने पद्धति शब्द का इस्तेमाल किया है, पर हीगेल के लिए द्वंद्वात्मकता कोई पद्धति नहीं है बल्कि इस रूह के उनके ज्ञातव्य की आत्म-गति का अनुसरण मात्र है। परिघटना (फ़िनोमेना) के ले ताल में गर्क़ हो कर बहते जाने के ज़रिये प्राप्त यह ज्ञान उस ज्ञाता/कर्ता के ज्ञान से बिलकुल अलग है जिसे दुनिया के बारे में एक बाहरी ज्ञान मात्र मिल पाता है। इसलिए हीगेल इसे घटनाक्रियाशास्त्र. (फ़ेनोमेनोलॉजी) कहते हैं।

हीगेल की दूसरी चाल समाज और प्रकृति के बीच के विरोध को ख़त्म करते हुए पूरी कायनात को एक समग्र के रूप में देखती है जो दरअसल एक सर्वशक्तिमान रूह (एब्सोल्यूट स्पिरिट) के आत्म-विकास का ही वस्तुकृत रूप है। समाज का विकास और उसके ज़रिये मनुष्य की आज़ादी का हासिल होना दरअसल इस रूह के आत्म-वस्तुकरण की ही प्रक्रिया है, उसके चरितार्थ होने की प्रक्रिया है। यह रूह अपने आप में एक वस्तुगत समग्र है जो अपने क्रम-विकास में अपने ही भीतर भेद करती चलती है जिसके फलस्वरूप हम संसार की तमाम चीज़ों को अलहदा-अलहदा देख पाते हैं। रूह सार्वभौम है और उसके ये तमाम रूप जो विशिष्ट की शक्ल में हमारे सामने आते हैं उस सार्वभौम के लम्हे मात्र हैं जिन्हें हमें समग्र-सार्वभौम के ही रूप में व्याख्यायित करना होगा।

इस तरह हीगेल मानव समाज की एक ऐसी व्याख्या पेश करते हैं जिसमें ज्ञानोदय की मूलधारा से विरासत में मिले आदमी/मनुष्य के व्यक्तिकेंद्रिक तसव्वुर की जगह कायनात की एक मुकम्मल तस्वीर उभरती है जिसमें व्यक्ति और समाज, समाज और प्रकृति, तर्क और भावना, ज्ञाता-कर्ता और ज्ञातव्य/ज्ञेय आदि के बीच के फ़र्क़ गायब हो चुके हैं और मानवीय आज़ादी ख़ुद रूह के चरितार्थ होने की प्रक्रिया में मनुष्य के तर्कवाद से लैस होने के ज़रिये अपने अंजाम तक पहुँचती है। मनुष्य ही रूह के वास्तविक रूप धारण करने का औज़ार है। अब इन दोनों के बीच कोई विरोध बाक़ी नहीं रह जाता है।

यहाँ से शुरू होता है हीगेल के दर्शन का सामाजिक व ऐतिहासिक पहलू। विश्व-रूह की यात्रा मानवीय आज़ादी के लिए चल रहे मानवीय प्रयासों के ज़रिये ही अमली शक्ल अख्तियार करती है, हालाँकि उसके बहार इस आज़ादी के कोई अर्थ भी नहीं हैं। हीगेल उन पहले दार्शनिकों में से हैं जिनका दर्शन सिर्फ़ मेटाफ़िज़िक्सि की ऊँचाइयों में ही चक्कर नहीं कटता बल्कि राज्य और समाज के धरातल पर सीधे उतरता है। बकौल हर्बर्ट मार्क्यूज़ उनके दार्शनिक विचार समाज और राज्य की ज़मीन पर ही परवान चढ़ते हैं और इन

पदों द्वारा उनके नये दार्शनिक सरोकारों में केंद्रीय भूमिका अदा की जाती है। यही वजह है कि मार्क्यूज़ की नज़र में सामाजिक सिद्धांत (सोशल थियरी) के अविर्भाव का हीगेल के वैचारिक हस्तक्षेप के साथ सीधा रिश्ता है। उनके अनुसार हीगेल के विचारों के कई महत्त्वपूर्ण रुझान मार्क्सवादी सामाजिक सिद्धांत द्वारा ग्रहण कर लिए जाते हैं और समाज-चिंतन में एक नये अध्याय का आगाज़ करते हैं।

बकौल मार्क्यूज़ हीगेल के साथ आधुनिक दर्शन के एक पूरे युग पर पर्दा गिरता है। उनका कहना है कि हीगेल आख़िरी विचारक थे जिन्होंने अमूर्त स्तर पर दुनिया को तार्किकता के रूप में व्याख्यायित किया और प्रकृति व इतिहास दोनों को विचार और आज़ादी के पैमानों पर आँका। उन्होंने यह क़बूल किया कि मनुष्यों द्वारा गढ़ी गयी समाज की ज़मीन ही तो है किस पर रीज़न (तार्किकता) को चरितार्थ होना है। इस मायने में हीगेल का दर्शन, दर्शन-मात्र को अपने अंजाम तक ले आता है, जिसके बाद दर्शन का अंत होता है और क्रिटिकल सोशल थियोरी की शुरुआत होती है।

हीगेल के विचार-तंत्र (सिस्टम) में राज्य और नागरिक समाज (सिविल सोसाइटी) में एक ज़ोरदार फ़र्क़ देखने को मिलता है। यह फ़र्क़ इस बात से भी ताल्लुक़ रखता है कि हीगेल अपने ज़माने के समाज को लगातार अपने सिद्धांतीकरण का निशाना बनाते हैं। वे अपने इर्द-गिर्द नये सम्पत्तिवान तबकों के उदय को देख रहे थे जिसके चलते आधुनिक समाज में व्यक्तिगत स्वार्थ मनुष्य की जीवन शैली को और ग़ैरों के साथ रिश्तों को निर्धारित करने लगे थे। वे देख रहे थे किस तरह इस स्थिति के चलते व्यक्तियों के बीच होड़ समाज के चरित्र को तय कर रही है। व्यक्तिगत स्वार्थ-सिद्धि के इसी रुझान को वे नागर समाज का बुनियादी चरित्र मानते हैं। इसी वजह से नागर समाज उनके लिए आपसी होड़ की जगह थी यानी विशिष्ट स्वार्थों की ज़मीन, जिसके बरअक्स उन्होंने राज्य को वे सार्वभौमिकता की ज़मीन के रूप में देखा। राज्य उनके लिए तमाम विशिष्ट स्वार्थों से ऊपर उठ कर काम कर सकता था। इसी कारण राज्य को वे रीज़न (तार्किकता) का ठोस व अमली रूप मानते थे। उसी को वे नैतिक अस्तित्व की ज़मीन मानते थे। इसी कारण वे सामाजिक समझौते के तमाम सिद्धांतों को नकारते थे क्योंकि इस थियरी के मुताबिक राज्य मुख़्तलिफ़ व्यक्तियों के बीच समझौते से बनी संस्था होती है। हीगेल के लिए राज्य बतौर सार्वभौम, विश्व-रूह के क्रमश: खुलने के फलस्वरूप वजूद में आता है। उसे अनगिनत व्यक्तिगत स्वार्थों से पैदा होने वाली शै के रूप में नहीं देखा जा सकता है।

हीगेल की प्रसिद्ध रचनाओं में *फ़िनोमिनोलॉजी ऑफ़ माइंड* (1807), *एलिमेंट्स ऑफ़ द फ़िलॉसफ़ी ऑफ़ राइट* (1821), *इनसाइक्लोपीडिया ऑफ़ फिलॉसॅफ़िकल साइंसेज़* (1816) और *द साइंस ऑफ़ लॉजिक* (तीन खंडों में, 1811-1816) शामिल हैं।

देखें : अस्तित्ववाद, आत्मनिष्ठता-वस्तुनिष्ठता, इयत्ता, इमैनुएल कांट, इंद्रियानुभववाद, ईसैया बर्लिन, उत्तर-आधुनिकतावाद, उदारतावाद, कल्पित समुदाय, घटनाक्रियाशास्त्र और एडमण्ड हसर, चेतना, जॉन लॉक, ज़ाक लकाँ, ज्याँ-फ्रांस्वा ल्योतर, ज्याँ-पॉल सार्त्र, ज़ाक देरिदा, तत्त्वमीमांसा और अस्तित्वमीमांसा, तात्त्विकतावाद, थियोडोर लुडविग वीज़ेनग्रंड एडोर्नो, द्वैतवाद, प्रत्यक्षवाद और उसका समाज-विज्ञान पर प्रभाव, फ्रेड्रिख़ नीत्शे, बुद्धिवाद, भौतिकवाद, मनोविश्लेषण, मिशेल पॉल फ़ूको-1 और 2, युरोपीय पुनर्जागरण, युरोपीय ज्ञानोदय, रेने देकार्त, लुई अलथुसे, सोरेन आबी कीर्केगार्द, संरचनावाद और उत्तर-संरचनावाद, ज्ञानमीमांसा।

संदर्भ

1. आर. प्लांट (1983), *हीगेल : ऐन इंट्रोडक्शन,* बेसिल ब्लैकवेल, ऑक्सफ़ोर्ड.
2. हरबर्ट मार्क्यूज (1960), *रीजन ऐंड रिवोल्यूशन : हीगेल ऐंड द राइज़ ऑफ़ सोशल थियरी,* बेकन प्रेस, बोस्टन.
3. ए. मेकलिंटायर (1987), *हीगेल : अ कलेक्शन ऑफ़ क्रिटिकल एसेज़,* एंकर, न्यूयॉर्क.
4. ई. केनेडी और एस. मेंडेस (1987), *वुमॅन इन वेस्टर्न पॉलिटिकल फिलॉसफ़ी,* हारवेस्टर, ब्राइटन.
5. एस हुक (1962), *फ्रॉम हीगेल टू मार्क्स : स्टडीज़ इन द इंटलेक्चुअल डिवेलपमेंट ऑफ़ कार्ल मार्क्स,* युनिवर्सिटी ऑफ़ मिशिगन प्रेस, न्यूयॉर्क.
6. जे.एन. किंडल (1958), *हीगेल : अ रिएग्ज़ामिनेशन,* एलन ऐंड अनविन, लंदन.

— आदित्य निगम

गृहविहीनता

(Homelessness)

समाजशास्त्रीय संदर्भ में गृहविहीनता को मुख्यत: सामाजिक ताने-बाने से कटाव तथा स्थायी आवास के अभाव के आधार पर परिभाषित किया जाता है। व्यक्ति या परिवार की सामाजिक असम्बद्धता के आयाम को गृहविहीनता के घटक के तौर पर पिछली सदी के पाँचवे दशक में मान्यता मिलनी शुरू हुई थी। हालाँकि बहुत से बेघर लोगों का स्थायी निवासियों की तरह समाज की सांस्थानिक संरचनाओं से कोई गहरा और स्थायी नाता नहीं होता लेकिन यह कहना ग़लत होगा कि सभी बेघर व्यक्ति सामाजिक रूप से अलग-थलग होते हैं। बेघर लोगों का अपने जैसे अन्य लोगों, सगे-

संबंधियों , विभिन्न सहायता एजेंसियों तथा राज्य और सरकार द्वारा प्रायोजित कार्यक्रमों के ज़रिये समाज से किसी न किसी तरह का संबंध होता ही है। यही नहीं, ऐसा व्यक्ति या परिवार हमेशा गृहविहीनता की स्थिति में नहीं रहता। सड़क और मुख्यधारा की एजेंसियों और संस्थाओं के बीच उसकी आवा-जाही लगी रहती है। यानी कभी वह सड़क पर होता है तो कभी उसे स्थायी ठौर मिल जाता है। गृहविहीन लोगों का समाज से कटाव बहु-परती होता है इसलिए गृहविहीनता के संदर्भ में व्यक्ति के समाज से अलगाव को स्थिर विशेषता नहीं कहा जा सकता। नतीजतन गृहविहीनता को लेकर हाल में जो अवधारणाएँ गढ़ी गयी हैं उनमें आवासीय पहलू को ज़्यादा प्रमुखता दी गयी है।

इस तरह अगर किसी व्यक्ति या परिवार के पास अपने सांस्कृतिक मानकों के हिसाब से रहने का कोई स्थायी निवास नहीं है तो उसे गृहविहीन माना जाता है। इस परिभाषा में ऐसे व्यक्ति और परिवार भी शामिल हैं जो सड़कों, पार्कों, वाहनों, और जर्जर इमारतों में रहते हैं। पीटर रोज़ी इसे निपट गृहविहीनता मानते हैं लेकिन गृहविहीनता में ऐसे लोग और परिवार भी शामिल किये जाते हैं जो वैसे तो समाज के संस्थाबद्ध ढाँचे के अंग होते हैं लेकिन उनके पास रहने के लिए अपनी कोई जगह नहीं होती और जिन्हें, नतीजतन, दूसरों के साथ जगह साझा करनी पड़ती है। इसके अलावा अपर्याप्त और घटिया आवासों में रहने वाले लोगों को भी गृहविहीन ही माना जाता है।

लेकिन गृहविहीनता की यह परिभाषा बहुत स्फ़ीत और आमफ़हम है। शोध की दृष्टि से इसे तर्कसंगत नहीं माना जा सकता क्योंकि इसमें बहुत सारे घटकों को शामिल कर लिया गया है, जिसके कारण समस्या पर फ़ोकस कर पाना मुश्किल हो जाता है। इसके साथ दूसरी समस्या यह है कि आवास को अन्य गृहविहीन लोगों के साथ साझा करने तथा आवास की सुविधाओं को स्तरहीन या घटिया मानने की दलीलें राष्ट्रीय या अंतरराष्ट्रीय स्तर पर एकसार नहीं हैं। उदाहरण के लिए ब्राज़ील में झोंपड़-पट्टी के इलाक़े फ़वेला आदि में रहने वाले लोगों को गृहविहीन नहीं माना जाता। जबकि अमेरिका में इसी तरह के अस्थायी आवासों में रहने वाले लोगों को गृहविहीनों में शुमार किया जाता है। इन जटिलताओं के कारण पिछली शताब्दी के अंतिम दौर में गृहविहीनता को लेकर जो शोध कार्य किया गया उसमें गृहविहीनता के शाब्दिक पर्याय, सड़क, पार्क आदि सार्वजनिक स्थलों पर जीवन गुज़ारने को ही प्रमुखता दी गयी।

ऐतिहासिक दृष्टि से देखें तो गृहविहीनता की परिघटना शहरों के विकास और विस्तार से जुड़ी है। इसे तभी से एक ज्वलंत सामाजिक समस्या की तरह देखा जाता रहा है। लेकिन बेघर आबादी के आकार और उसके लक्षणों से संबंधित विचार और धारणाएँ समय के साथ बदलती रही हैं।

प्राक्-औद्योगिक शहरों में भिखमंगों और बेघर लोगों की एक बड़ी जमात ऐसी थी जो वास्तव में शहर के विकास के साथ ही दृश्यमान हुई थी। यह एक चलायमान आबादी थी जिसका कोई निश्चित ठौर-ठिकाना नहीं होता था। तत्कालीन शहरों में आम रास्तों या सड़कों पर लोगों की एक भीड़ हमेशा चलती फिरती रहती थी क्योंकि उस समय घर, काम और आराम के बीच कोई किसी विभाजक रेखा की कल्पना नहीं की जाती थी। मार्टिन लूथर के *द बुक ऑफ़ बैगर्स* जैसे निंदापरक अपवादों को छोड़ दिया जाए तो उस समय समाज की आम परम्परा में भिक्षावृत्ति बुरी बात नहीं समझी जाती थी। परम्परा की एक धारा में तो ग़रीबी को बाक़ायदा आदर्श जीवन की तरह प्रतिष्ठित किया जाता था। ऐसे में प्राक्-औद्योगिक शहरों में गृहविहीनता को सामाजिक कलंक की तरह नहीं देखा जाता था। लेकिन औद्योगिक क्रांति से उपजे सामाजिक विस्थापन और खेतिहर अर्थव्यवस्था के अवसान से बेघर लोगों की संख्या में तेज़ी से इज़ाफ़ा हुआ। प्राक्-पूँजीवादी काल के बरक्स इस दौर में ऐसे लोगों के प्रति धारणाएँ बदलने लगी और उन्हें आवारा व असामाजिक माना जाने लगा तथा उनकी रोकथाम के लिए इंग्लैण्ड और उसके उपनिवेशों में क़ानून बनाये जाने लगे।

इस दिशा में पहला क़ानून 1597 में इंग्लैण्ड में बनाया गया। इसके तहत इंग्लैण्ड के बेघर लोगों को अमेरिका भेजा जाने लगा। लेकिन इन विस्थापित बेघरों को वहाँ भी बसने का अधिकार नहीं दिया गया। एक तरह से इसे अमेरिका में बेघर लोगों की पहली लहर कहा जा सकता है। इसके बाद अमेरिकी गृहयुद्ध में भी लोगों का बड़े पैमाने पर विस्थापन हुआ लेकिन उन्हें अंततः पश्चिमी सीमांत क्षेत्र में खपा दिया गया। गृहविहीनता की तीसरी लहर अमेरिका के पश्चिमी क्षेत्र में बढ़ते उद्योगिकीकरण से जुड़ी है। अठारहवीं शताब्दी से शुरू हुए और 1920 तक चलने वाले इस दौर में उद्योग जगत को मज़दूरों की ज़रूरत पड़ रही थी। लेकिन उनके आवास के लिए कोई व्यवस्था नहीं की गयी थी। काम की तलाश में आये प्रवासी कामगार जिन जगहों पर रहते थे उन्हें होबोहेमिया कहा जाता था। बेघर मज़दूरों के जमावड़े और भी कई बड़े शहरों में मौजूद थे। बेघर लोगों की चौथी लहर आर्थिक महामंदी से शुरू होकर द्वितीय विश्व-युद्ध तक जारी रही। इस दौरान आश्रयहीन लोगों को या तो मज़दूरी के काम में लगाया गया या फ़ौज में भर्ती किया गया। इसके बाद पूर्व सैनिकों के पुनर्वास संबंधी कार्यक्रमों, और शहरी विकास के अन्य आशावादी कार्यक्रमों के कारण बहुत से योजनाकारों ने दावा किया भविष्य में विकसित दुनिया के शहरों में गृहविहीनता पूरी तरह ख़त्म हो जाएगी। लेकिन 1980 के

दशक मे यह समस्या फिर प्रगट हो गयी। और आज तक मौजूद है। मौजूदा समय की बात करें तो गृहविहीनता दुनिया के हर बड़े शहर (दिल्ली, मुम्बई, बर्लिन, लंदन, पेरिस, साओ पाउलो और टोक्यो) आदि में आम परिघटना बन गयी है।

गृहविहीनता से संबंधित शोध को मुख्यत: तीन रूपों में बाँटा जा सकता है। पहली श्रेणी ऐसे शोध-कार्य की है जिसमें शहर या राष्ट्रीय स्तर के सर्वेक्षणों में गृहविहीनों की संख्या का आकलन, उनकी जनसांख्यिकी, अक्षमताओं, तथा गृहविहीनता और आवास की आवृत्ति का अध्ययन किया गया है। दूसरी तरह के शोध में गृहविहीनता के विभिन्न कारणों जैसे ग़रीबी की दर, बेरोज़गारी, आवास की उपलब्धता, तथा विभिन्न शहरों में गृहविहीनता के स्तरों का अध्ययन शामिल है। शोध की तीसरी धारा गृहविहीनों की एथनॉग्राफ़ी पर केंद्रित है जिसमें मुख्यत: इस बात का जायज़ा लेने की कोशिश की गयी है कि बेघर लोग जीवनयापन के लिए क्या तरीक़े और उपाय अपनाते हैं।

गृहविहीनता की परिघटना मुख्यत: दो तरह की विस्थापनकारी प्रवृत्तियों का परिणाम मानी जाती है। सामाजिक समस्या के रूप में वह औद्योगिक क्रांति, युद्धों तथा आर्थिक मंदी की घटनाओं जैसे संरचनात्मक बदलावों की देन मानी जा सकती है। कई समाजशास्त्री इसके पीछे सस्ते आवास की कमी, वि-उद्योगीकरण तथा गिरती मज़दूरी से उत्पन्न आर्थिक संकट को ज़िम्मेदार मानते हैं। शोधकर्ताओं के विभिन्न अध्ययनों से निकले निष्कर्षों को एक साथ रखें तो गृहविहीनता को जीवन निर्वाह की न्यूनतम ज़रूरतों और आर्थिक संसाधनों के बीच बढ़ते अंतराल के रूप में समझा जा सकता है। दूसरे शब्दों में, गृहविहीन व्यक्ति या परिवार अक्सर जीवन की बुनियादी ज़रूरतें ही नहीं जुटा पाते। उनकी आय और बचत इतनी नहीं होती कि वे स्थायी आवास के बारे में सोच सकें। लेकिन शोधकर्ताओं का एक तर्क यह भी है कि केवल इन संरचनात्मक कारणों के आधार पर ही किसी व्यक्ति की गृहविहीनता को पूरी तरह नहीं समझा जा सकता। उनके अनुसार इन कारणों के आधार पर यह तो बताया जा सकता है कि कौन से समूह या व्यक्ति गृहविहीन हो जाने के कगार पर खड़े हैं परंतु इनसे यह स्पष्ट नहीं हो पाता कि असुरक्षित कहे या माने जाने वाले अंतत: लोगों में से कौन से व्यक्ति गृहविहीनता का शिकार होंगे। इस अंतर को कम करने के लिए शोधकर्ता गृहविहीन व्यक्तियों से संबंधित कुछ निजी तथ्यों जैसे उनकी जातीयता, शैक्षिक स्तर, सामाजिक पूँजी के पहलू यथा परिवार के साथ जुड़ाव आदि तथा व्यक्ति के साथ होने वाली ज़्यादतियों और मानसिक समस्याओं आदि की पड़ताल पर भी ज़ोर देते हैं। इसे एक सामान्यीकृत कथन के तौर पर कहें तो गृहविहीनता की प्राथमिकता संरचनात्मक कारकों तथा जीवनगत परिस्थितियों की संधि रेखा पर ज़्यादा सम्भव होती है।

गृहविहीन व्यक्ति या परिवार अपनी भौतिक, अंतर-वैयक्तिक तथा भावनात्मक ज़रूरतों को पूरा करने के लिए जिस तरह की रणनीति अख़्तियार करते हैं उन्हें किसी एक श्रेणी में नहीं रखा जा सकता। जीवनयापन की ये रणनीतियाँ एक तरफ़ व्यक्ति की निजी विशेषताओं और रूझानों से तय होती है तो दूसरी तरफ़ उन पर सांगठनिक, राजनीतिक और पर्यावरणीय संदर्भों का भी असर पड़ता है। विकसित देशों में गृहविहीनों के एक हिस्से को कई बार सांस्थानिक सहायता भी मुहैया करायी जाती है। गृहविहीनों के संबंध में यह धारणा प्रचलित है कि वे आमतौर पर अयोग्य होते हैं और उनका जीवन एकाकी और सामाजिकता से रिक्त होता है। लेकिन इस छवि को अंदर से देखें तो गृहविहीन लोगों के अंतर-वैयक्तिक संबंध इसलिए जटिल, भंगुर और अस्थायी होते हैं, क्योंकि अनिश्चितता के कारण वे किसी भी संबंध में सुरक्षित महसूस नहीं करते।

अंत में यह देखना ज़रूरी होगा कि गृहविहीनता को लेकर राज्य का औसत रवैया किस तरह रहा है। आमतौर पर बेघर लोगों की मुसीबतें कम करने के लिए रैनबसेरे, सहायता शिविर तथा सामुदायिक रसोई जैसी व्यवस्था की जाती है। भारत के महानगरों में उनके लिए सर्दियों के मौसम में रैनबसेरे स्थापित किये जाते हैं। कुछ छोटे नगरों में उनके लिए ज़िला प्रशासन की ओर से अलाव जलाने का प्रबंध भी किया जाता है। राज्य के लिए यह कल्याणकारी भंगिमा दिखाने का अवसर होता है और स्थानीय समाज के लिए परोपकार की भावना। अमेरिका में गृहविहीन व्यक्तियों और परिवारों के लिए 1987 में एक क़ानून पारित किया गया था जिसमें गृहविहीन और अक्षम हो चुके लोगों के लिए चिकित्सा सहायता आदि की व्यवस्था की गयी थी। गृहविहीनता से निपटने का एक तीसरा दृष्टिकोण व्यक्तिगत लक्षणों और समस्याओं पर फ़ोकस करने के बजाय आवास की अनुपलब्धता जैसे संरचनात्मक कारणों पर ज़ोर देता है। गृहविहीनता को लेकर एक आम रवैया यह भी है कि ऐसे अनौपचारिक और अनियमित कार्यों पर प्रतिबंध लगा दिया जाए जिनसे बेघर लोग जीविका अर्जित करते हैं। एक दूसरी आमफ़हम राय यह भी दी जाती है कि सरकार को ऐसे क़ानून बनाने चाहिए ताकि बेघर लोग पार्कों जैसे सार्वजनिक स्थानों का बसेरे के तौर पर इस्तेमाल न कर सकें।

सामान्य रूप से गृहविहीनता से संबंधित शोधकार्य अभी तक उसके बुनियादी और ढाँचागत कारणों, लक्षणों तथा बेघर लोगों की जीवनगत रणनीति पर केंद्रित रहा है। उसमें सरकार और राज्य की तत्संबंधी नीतियों का क्षेत्र आमतौर पर उपेक्षित रहा है। लेकिन पिछले कुछ वर्षों से इस स्थिति में एक बदलाव आया है। अब शोधकर्ताओं का ध्यान

गृहविहीनता के नीतिगत मुद्दों की ओर भी जाने लगा है। इस दिशा में उन कार्यकर्ताओं की भूमिका भी महत्त्वपूर्ण रही है जो गृहविहीनों के अधिकारों और हितों को लेकर मुहिम चलाते रहे हैं।

देखें : अर्थव्यवस्था का समाजशास्त्र, अभिजन, अभिरुचि, आत्महत्या, उन्मूलनवाद, एजेंसी, कर्मकाण्ड, कारागार, गोपनीयता, जादू, जीवन-शैली, टेलरवाद, फ़ुरसत, बचपन, बुज़ुर्गियत का समाजशास्त्र, बेगानापन, भीड़, भ्रष्टाचार का समाजशास्त्र-1 और 2, विचलन, ज्ञान का समाजशास्त्र।

संदर्भ

1. एम. बर्ट (1992), *ओवर द एज : द ग्रोथ ऑफ़ होमलैसनेस इन द नाइंटीन एट्टीज़,* रसेल सेज फ़ाउंडेशन, न्यूयॉर्क.
2. एम. ड्यूनेइअर (1999), *साइडवॉक,* फ़रार, स्ट्रॉस ऐंड जिरॉक्स, न्यूयॉर्क.

—नरेश गोस्वामी

गृह-विज्ञान

(Home Science)

भारतीय स्त्रियों को कुशल आधुनिक गृहिणी बनाने के लिए तैयार किये गये पाठ्यक्रम को गृह-विज्ञान की संज्ञा दी जाती है। इसे अमेरिका में प्रचलित घरेलू अर्थशास्त्र (होम इकॉनॉमिक्स) और ब्रिटेन में प्रचलित घरेलू विज्ञान (डोमेस्टिक साइंस) की शिक्षण सामग्री के मेल-जोल से तैयार किया गया है। इस पाठ्यक्रम में घरेलू अर्थशास्त्र, कढ़ायी-बिनायी-सिलायी, शिशुओं का लालन-पालन, नैतिक शिक्षा तथा गृह कार्यों में व्यवस्था एवं स्वच्छता जैसे विषय शामिल किये जाते हैं। गृह-विज्ञान के आलोचक इसे स्त्रियों को परिचित और सीमित घरेलू भूमिका में बाँधे रखने, पितृसत्ता क़ायम रखने और स्त्रियों को राजनीतिक रूप से निष्क्रिय बनाये रखने का षड्यंत्र मानते हैं। दूसरी तरफ़ गृह-विज्ञान को भारतीय घर के दायरे में एक शुरुआती सीमा तक आधुनिकता और राष्ट्रवाद का वाहक भी माना जाता है। अपने समय में अनेक नारीवादी संगठनों ने भारत में गृह-विज्ञान को स्त्री-अधिकारों के साथ जोड़ कर देखा है। इस विमर्श में घर को विशिष्ट रूप से एक नारीवादी इकाई माना गया है। यह विमर्श मानता है कि गृह-विज्ञान द्वारा स्त्रियों को नवीनतम वैज्ञानिक तकनीकों और आधुनिकतम जानकारी द्वारा परिवार-निर्माण का अधिकार मिलता है। इस तरह गृह-विज्ञान आधुनिकता के घरेलू पक्ष की परिभाषा के एक घटक के तौर पर उभरता है जिसके केंद्र में वह प्रशिक्षित स्त्री है जिसके हाथ में पूरे परिवार के शारीरिक, मानसिक और नैतिक विकास का दायित्व सौंपा गया है।

औपनिवेशिक काल में स्त्री-समानता और अधिकारों के लिए संघर्ष भी चल रहा था, और उसके साथ ही पितृसत्तात्मक व्यवस्था बनाये रखने के लिए धर्म, परम्परा और स्थापित सामाजिक व्यवस्था का हवाला देकर स्त्रियों को हाशिये पर बनाये रखने की मुहिम भी जारी थी। इसी जद्दोजहद के बीच स्त्रियों को आधुनिक शिक्षा से जोड़ने के प्रयास किये गये, लेकिन उन्हें पुरुषों के समान शिक्षित करने में भारी अड़चनें थीं। इसी दौरान भारतीय स्त्रियों को उनके परिवेश के अनुरूप ही शिक्षित करने के लिए गृह-विज्ञान का पृथक अध्ययन क्षेत्र बनाया गया। गृह-विज्ञान में स्त्रियों को बेहतर गृहिणी बनाने के साथ एक शिक्षित नागरिक के रूप में विकसित करने का आदर्श भी शामिल था।

ब्रिटिश प्रशासन ने भी इस क्षेत्र में पहल ली। गृह-विज्ञान के अध्यापन के लिए स्त्री-अध्यापकों को प्रशिक्षण देने का कार्यक्रम शुरू किया गया। प्रशासन ने भारतीय समाज-सुधारकों के साथ मिल कर सबसे पहले विधवा स्त्रियों को इस प्रशिक्षण के लिए चुना। प्रशिक्षण के उपरांत ये स्त्रियाँ आर्थिक रूप से स्वावलम्बी बन सकती थीं। प्रशासन विधवाओं की स्थिति सुधारने के लिए आवश्यक समाज-सुधार (जैसे विधवा-पुनर्विवाह, बाल-विवाह का निषेध) जैसे कार्यक्रमों को पुरातनपंथी समाज के भारी विरोध के कारण स्थगित करने का इच्छुक भी था। स्त्री-अध्यापकों के प्रशिक्षण के आरम्भिक दौर में अधिकतर औरतें ईसाई समुदाय या ग़ैर-ब्राह्मण समाज से थीं। लेकिन उच्च वर्ण के कुछ प्रमुख भारतीय समाज सुधारकों ने अपने परिवार की स्त्रियों को भी इस प्रशिक्षण में भाग लेने के लिए उत्साहित किया। यूरोपियन माध्यमिक स्कूलों में गृह-विज्ञान के अध्यापन को लोकप्रिय बनाने के लिए अनेक नये शिक्षण व प्रशिक्षण संस्थान स्थापित किये गये। गृह-विज्ञान को वैज्ञानिक दृष्टिकोण प्रदान करने के लिए इसके प्रशिक्षण को प्रायोगिक एवं व्यावहारिक बनाते हुए शिक्षण-सामग्री में विज्ञान के बुनियादी सिद्धांतों का समावेश किया गया।

भारत में स्त्री-अधिकारों के लिए सार्वजनिक तौर पर अभियान चलाने का श्रेय ब्रह्म समाज के अग्रणी नेता देवेंद्र नाथ ठाकुर की पुत्री और रवींद्रनाथ ठाकुर की बहन स्वर्ण कुमारी देवी को जाता है। उन्होंने 1882 में कलकत्ता में विधवाओं और ग़रीब स्त्रियों को आर्थिक रूप से स्वावलम्बी बनाने के लिए प्रशिक्षण देने की शुरुआत की थी। इसी प्रकार पण्डिता रमाबाई सरस्वती ने पुणे में आर्य स्त्री समाज और शारदा सदन के माध्यम से स्त्रियों को रोज़गार दिलाने के लिए प्रशिक्षित करने का कार्यक्रम चलाया था। 1910 में

स्वर्ण कुमारी देवी की पुत्री सरला देवी चौधरानी ने केवल स्त्रियों के लिए भारत स्त्री मण्डल की स्थापना करके स्त्रियों को उनके घर पर ही शिक्षित करने का अभियान चलाया था।

बीसवीं सदी के आरम्भ में स्त्रियों को शिक्षा प्रदान करने में युरोपियन मिशनरी एवं भारतीय समाज-सुधारक सबसे आगे थे। लेकिन अधिकतर स्त्रियों की शिक्षा अनौपचारिक तौर पर उनके घर पर निजी शिक्षकों के द्वारा दी जाती थी। दरअसल ज़्यादातर सुधारक स्त्रियों की शिक्षा को उनके घरेलू दायित्वों से जोड़ना चाहते थे ताकि वे अपने परिवार-कुटुम्ब के लालन-पालन व जीवन शैली में गुणात्मक सुधार ला सकें। इस प्रकार की शिक्षा के लिए गृह-विज्ञान को सर्वोत्तम विषय माना गया। गृह-विज्ञान को भारतीय समाज में 'घर' की परिकल्पना के आदर्श स्वरूप को स्थापित करने और गृह-विज्ञान में प्रशिक्षित स्त्रियों को आदर्श पत्नी-माँ-गृह लक्ष्मी की भूमिका के वाहक की तरह पेश किया गया। गृह-विज्ञान ने भारतीय 'घर' को एक ऐसी प्रयोगशाला बना दिया जिसके दायरे में परिवार एवं समाज में व्यापक सुधारों के अभियान का आरम्भ हो सकता था। इसके साथ ही गृह-विज्ञान को प्रबुद्ध-सम्भ्रांत भारतीयों में स्वीकार्य बनाने के लिए इसे एक ऐसे माध्यम के रूप में प्रस्तुत किया गया जो भारतीय स्त्रियों को उनके अपने घर में सम्माननीय स्थान दिलाने और व्यापक समाज-सुधार में स्त्रियों को केंद्रस्थ करने में कारगर भूमिका निभा सकता था।

गृह-विज्ञान का विचार उपनिवेशवाद विरोधी आंदोलन में प्रचारित की जा रही आदर्श स्त्री-छवि के अनुकूल भी बैठता था। गाँधी द्वारा आंदोलन का नेतृत्व सँभालने के बाद आम भारतीय स्त्रियों ने भी बड़ी संख्या में इसमें हिस्सा लेना शुरू किया। गाँधी ने स्त्रियों को जोड़ने के लिए माँ-पत्नी-बहन की आदर्श निःस्वार्थ छवि का दोहन किया। इसी तरह हिंदू राष्ट्रवादी व्याख्या में भी भारत भूमि को भारत माता के रूप में निरूपित किया गया। तमिलनाडु में भी तमिल भाषा के आंदोलन में तमिल भाषा व तमिल राष्ट्रीयता को माँ के रूप में दर्शाया गया। तमिल अस्मिता के पुनरुद्धार और तमिल गौरव के मातृ रूप में प्रदर्शन के प्रचारकों ने स्त्रियों को गृह स्वामिनी और मातृ शक्ति के रूप में बढ़ावा दिया। परिणामस्वरूप न केवल आत्मसम्मान आंदोलन में स्त्रियों ने बड़ी संख्या में हिस्सा लिया, बल्कि तमिलनाडु के सामान्य लोगों में भी स्त्री-शिक्षा के प्रति जागरूकता विकसित हुई। तमिल आंदोलन के शीर्ष नेतृत्व ने भी स्त्रियों के लिए ऐसे सुधारों की हिमायत की जिनके द्वारा पत्नी व माँ की भूमिका को प्रभावकारी बनाया जा सके।

गृह-विज्ञान के भारतीयकरण और इसके प्रसार में कुछ भारतीय स्त्रियों ने प्रमुख भूमिका निभायी। धोंडो केशव कर्वे के विधवा आश्रम से संबंधित पार्वती बाई आठवले 1918 में अमेरिका यात्रा पर गयीं जहाँ उन्होंने देखा कि घरेलू कार्य में वैज्ञानिक तरीकों का प्रयोग किस तरह भारत के लिए भी बेहद लाभप्रद हो सकता है। इसी प्रकार बड़ौदा के प्रधानमंत्री की पुत्री हंसा मेहता ने भी 1920-21 के दौरान अमेरिका में घरेलू अर्थशास्त्र के प्रशिक्षण का अध्ययन किया और वापस लौटकर महाराज सैयाजी राव विश्वविद्यालय में एक स्त्री महाविद्यालय की स्थापना की जिसमें गृह-विज्ञान पाठ्यक्रम का प्रारूप अमेरिकन विशेषज्ञ ऐन गिलक्रिस्ट स्ट्रांग ने तैयार किया। स्ट्रांग की 1931 में प्रकाशित पुस्तक *डोमेस्टिक साइंस फ़ॉर हाई स्कूल इन इण्डिया* लम्बे समय तक भारतीय गृह-विज्ञान की सबसे मानक पाठ्य पुस्तक मानी जाती रही। भारतीय स्त्री संगठन ने भी गृह-विज्ञान के अनौपचारिक प्रशिक्षण का कार्यक्रम चलाया और इससे संबंधित जानकारी के प्रसार के लिए एक पत्रिका *स्त्रीधर्म* का प्रकाशन किया। इसमें अमेरिका से प्रकाशित *जर्नल ऑफ़ होम इक्नॉमिक्स* के लेख प्रकशित किये जाते थे। तमिलनाडु के मद्रास शहर में अनेक देवदासियों को समाज में पुनर्वासित करने के उद्देश्य से गृह-विज्ञान का प्रशिक्षण दिया गया ताकि वे घरेलू कर्मचारी की तरह काम में लगाई जा सकें। 1926 में भारतीय स्त्री संगठन की कुछ सदस्यों ने राजनीतिक स्वतंत्रता के स्थान पर स्त्रियों की शिक्षा को अपना प्राथमिक उद्देश्य माना और भारतीय स्त्री संगठन छोड़ कर अखिल भारतीय स्त्री सम्मलेन स्थापित किया। इस नये समूह ने स्त्रियों को गृह-विज्ञान में प्रशिक्षित करने के लिए 1932 में दिल्ली में लेडी इरविन कॉलेज की स्थापना की।

भारतीय स्त्री संगठन की एक संस्थापक सदस्य मालती पटवर्धन ने *स्त्रीधर्म* पत्रिका में गृह-विज्ञान के प्रचार के साथ ही स्त्रियों की सामाजिक समस्याओं, जैसे रोज़गार, स्त्री-अधिकारों से संबंधित क़ानूनी-संवैधानिक परिवर्तन, पितृसत्तात्मक संयुक्त परिवार के विखंडन, ब्राह्मणवादी सामाजिक व्यवस्था के अंत जैसे विषयों को प्रमुखता से उठाया।

देखें : अरुणा आसफ़ अली, आनंदीबाई जोशी, उपनिवेशवाद विरोधी आंदोलन में स्त्री-नेतृत्व-1 और 2, कमला देवी चट्टोपाध्याय, दलित-नारीवाद, पण्डिता रमाबाई सरस्वती, महादेवी वर्मा, दुर्गाबाई देशमुख, संतोष कुमारी देवी।

संदर्भ

1. मैरी हेन्कॉक (2001), 'होम साइंस ऐंड द नैशनलाइज़ेशन ऑफ़ डोमिस्टिसिटी इन कोलोनियल इण्डिया', *मॉडर्न एशियन स्टडीज़,* खंड 35, भाग 4.
2. मालविका कार्लेकर (1994), 'वुमंस नेचर ऐंड एक्सेस टू एजुकेशन', सी. मुखोपाध्याय एवं एस. सेमोर (सम्पा.), *वुमॅन, एजुकेशन ऐंड फ़ैमिली स्ट्रक्चर इन इण्डिया,* बोल्डर वेस्टव्यू, यूएसए.

— रवि दत्त वाजपेयी

घ

घटनाक्रियाशास्त्र और एडमण्ड हसर

(Phenomenology and Edmund Husserl)

एडमण्ड हसर (1859-1938)

बीसवीं सदी के युरोपीय दर्शन पर गहरा प्रभाव डालने वाले घटनाक्रियाशास्त्र के अनुसार वस्तुएँ अपना तात्पर्य उन्हें देखने वाले व्यक्ति की चेतना में स्थित बोध के ज़रिये प्राप्त करती हैं। यह बोध इतिहास, संस्कृति और इसी तरह के पूरी तरह से प्रमाणित न किये जा सकने वाले कारकों की देन होता है। घटनाक्रियाशास्त्र के अनुसार अगर इन कारकों को अनुभव से अलग कर दिया जाए तो ज्ञान के धरातल पर एक विशुद्ध आत्मनिष्ठता प्राप्त की जा सकती है। इस दर्शन के संस्थापक जर्मन दार्शनिक एडमण्ड हसर (1859-1938) थे। उनका कहना था कि सभी तरह की चेतना हमेशा साभिप्राय या इरादतन होती है। यानी हम केवल सचेत नहीं होते, बल्कि किसी न किसी वस्तु के प्रति सचेत होते हैं। ज़रूरी नहीं कि उस वस्तु का भौतिक वजूद हो ही। मसलन, अगर किसी को लग रहा है कि उसके सामने एक नख़लिस्तान मौजूद है तो वह एक मरीचिका भी हो सकती है। असल में वह नख़लिस्तान वास्तव में नज़र के सामने न होने के बावजूद देखने वाले के लिए उसके साथ बनाये गये सार्थक संबंध के कारण आभासित होता है। इसीलिए नख़लिस्तान हो या उसकी मरीचिका, वस्तु अपने प्रेक्षक द्वारा उसके प्रति की गयी अपेक्षाएँ पूरी कर पाती है। इससे हसर ने यह निष्कर्ष निकाला कि व्यक्ति का अनुभव वस्तु के साथ कार्य-कारण संबंध का मोहताज नहीं होता। घटनाक्रियाशास्त्र के विकास ने दर्शन के साथ-साथ समाजशास्त्रीय और कला संबंधी चिंतन को भी काफ़ी प्रभावित किया। हसर के सहायक और महान दार्शनिक मार्टिन हाइडेगर इस अवधारणा को अस्तित्व के तात्पर्य और मानवीय वजूद की संरचना को समझने की दिशा में ले गये। हाइडेगर के अलावा मॉरिस मरली-पोंती, ज्याँ-पॉल सार्त्र का चिंतन भी घटनाक्रियाशास्त्र से प्रभावित हुआ। इसी आधार पर अल्फ्रेड शुज़ द्वारा फ़िनोमिनोलॅजीकल सोसियोलॅजी का विकास किया गया।

घटनाक्रियाशास्त्र का विकास प्राकृतिक विज्ञानों के आधारभूत सिद्धांतों के साथ संवाद करते हुए हुआ है। हसर की विशेषता यह थी कि वे आलोचनाओं और आत्मालोचना

की रोशनी में अपने चिंतन और रचनाओं की लगातार समीक्षा करते रहते थे, इसलिए वे जीवन भर इस दर्शन को उत्तरोत्तर विकसित करते रहे। कहने के लिए देकार्त और हसर की बौद्धिक परियोजना एक ही थी। दोनों ही ज्ञान के मूलाधारों को अनिश्चितताओं से मुक्त करना चाहते थे। लेकिन हसर की यह विवेचना दर्शनशास्त्र को देकार्त से आगे की मंज़िल की तरफ़ ले गयी। उनका उद्देश्य अनुभवगत वस्तुओं को देखने का एक अनिवार्य और निश्चित तरीक़ा विकसित करने का था। देकार्त की मान्यता थी कि ईश्वर और स्वयं के अस्तित्व पर शक नहीं किया जा सकता, पर बाक़ी हर चीज़ पर संशय करना तार्किक रूप से सम्भव है। लेकिन हसर किसी विश्वास या आस्था पर संशय करने के बजाय उसकी प्रकृति में निहित असंदिग्ध तत्त्व की शिनाख़्त करने की तरफ़ गये। उन्होंने चेतना की प्रत्येक क्रिया को परखते हुए यह जानने का प्रयास किया कि किसी वस्तु के अनुभव का पूर्व-कल्पित घटक कौन सा है। इस पूर्व-कल्पित हिस्से को बिना उसके सही या ग़लत होने का फ़ैसला किये अगर किनारे रख दिया जाए तो उस अनुभव की सच्चाई पर कोई फ़र्क़ नहीं पड़ेगा। किनारे रखने की क्रिया को हसर ने अपनी भाषा में 'ब्रैकेटिंग' और सही या ग़लत का फ़ैसला न लेने को 'इपॉकी' क़रार दिया। उन्होंने एक वृक्ष का उदाहरण देते हुए कहा कि अगर किसी वृक्ष के होने से जुड़ी रोज़मर्रा की पूर्व-धारणा को मुल्तवी कर दिया जाए तो उससे वृक्ष-संबंधी उस अनुभव में तब्दीली नहीं आयेगी जो चेतना के माध्यम से प्राप्त किया गया है।

देकार्त की थीसिस तो उस जगह रुक जाती है जहाँ वे 'मैं' के होने को असंदिग्ध या ज्ञान का कम से कम एक निश्चित आधार मान लेते हैं। हसर ने किसी के होने के अनुभव को उसमें निहित पूर्व-कल्पनाओं से मुक्त करने की तजवीज़ की। चिंतन के क्षेत्र में यह एक रैडिकल क़दम था। वस्तु के अनुभव के साथ जुड़ी पहले से बनी समझ के आधार में ऐतिहासिक, सांस्कृतिक और भौतिक कारक होते हैं जिनकी प्रामाणिकता हमेशा संदेह के दायरे में रहती है। अगर किसी वस्तु या व्यक्ति की सच्ची समझ बनानी है तो उसे ऐतिहासिक शै के तौर पर नहीं समझना चाहिए, क्योंकि उस सूरत में वह समझ पूर्वग्रहों और पूर्व-धारणाओं के फ़िल्टरों से छन कर आयेगी। इस तरह घटनाक्रियाशास्त्र के रूप में एक विशुद्ध और अपरिवर्तनीय आत्मनिष्ठता का निश्चित ज्ञान प्राप्त करने की विधि सामने आयी।

1901 से 1913 के बीच प्रकाशित हसर की दो रचनाएँ *लॉजिकल इनवेस्टीगेशंस* और *आइडियाज़ पर्टेनिंग टू अ प्योर फ़िनॉमिनॉलॅजी ऐंड फ़िनॉमिनॉलॅजीकल फ़िलॉसफ़ी* इस दर्शन का प्रमुख ग्रंथ मानी जाती हैं। ज्ञान के इस प्रभावशाली सिद्धांत की प्रमुख समस्या यह थी कि उसे दार्शनिकों का मोहताज होने की सीमा से कैसे निकाला जाए। रोज़मर्रा के सामुदायिक जीवन और संस्कृति के जगत में ज्ञान-रचना की एक स्वाभाविक प्रवृत्ति के रूप में इसकी स्थापना मुश्किल थी। 1938 में प्रकाशित अपनी अंतिम रचना *क्राइसिस ऑफ़ युरोपियन साइंस ऐंड ट्रांसेडेंटल फ़िनॉमिनॉलॅजी* में हसर ने इस समस्या का हल खोजने की कोशिश की। उन्होंने प्राकृतिक विज्ञानों के सिद्धांतपरक रवैये की कड़ी आलोचना करते हुए उसे व्यक्तिपरक रवैये के बरक्स रखा। उनका कहना था कि प्राकृतिक विज्ञान कार्य-कारण संबंध और मात्रात्मकता पर इतना ज़ोर देते हैं कि व्यक्ति की भिन्न-भिन्न प्रेरणाओं, आस्थाओं और कामनाओं का उनके लिए कोई महत्त्व ही नहीं रह जाता। चेतना के साभिप्राय होने की थीसिस और विकसित करते हुए उन्होंने कहा कि अलग-अलग रवैयों के आधार पर लोग अपनी-अपनी दुनियाओं की समझ बनाते हैं।

सौंदर्यशास्त्र के क्षेत्र में हसर और घटनाक्रियाशास्त्र का प्रभाव रोमन इनगार्डन के सूत्रीकरणों में देखा जा सकता है। साहित्यिक रचना को एक साभिप्राय वस्तु मान कर इनगार्डन उसकी शिनाख़्त उसके किसी भौतिक तत्त्व के आधार पर करने से इनकार करते हैं। इस विचार के अनुसार साहित्यिक कृति अपनी विविध व्याख्याओं से स्वतंत्र एक टिकाऊ क़िस्म की अस्मिता से सम्पन्न होती है। कृति की समालोचना करते हुए पाठक उसके सार पर ध्यान देता है और उस प्रक्रिया में कल्पना-आधारित तत्त्वों की सामग्री से वह ठोस निष्कर्ष निकालता है जो लेखक द्वारा अनिर्धारित छोड़ दिया गया है।

घटनाक्रियाशास्त्र के बुनियादी थीसिस से प्रभावित हसर के अनुयायियों ने उनके भाववादी रवैये को स्वीकार नहीं किया। हसर का दर्शन जिस प्रेक्षक के अनुभव पर केंद्रित था उसके कमोबेश अमूर्त अस्तित्व के मुक़ाबले हाइडेगर और उनके बाद सार्त्र ने अपना चिंतन एक ऐसे प्रेक्षक पर केंद्रित किया जिसका ताल्लुक़ एक वास्तविक, भौतिक और स्पर्श्य जगत से था। हसर अनुभव के तात्पर्य को एक अनिवार्य और सार्वभौम सार के रूप में देखते थे, जबकि हाइडेगर ने उस तात्पर्य को ज़िंदगी की व्यावहारिक समस्याओं से गुज़रने के दौरान होने वाले अनुभव का नतीजा बताया। हाइडेगर ने कहा कि मनुष्य हथौड़े का जो इस्तेमाल करता है, उसी के मुताबिक़ उसकी समझ बनाता है। इसलिए घटनाक्रियाशास्त्र के मुताबिक़ रचे गये विवरण से बनी सार्वभौम समझ के बजाय विभिन्न लक्ष्यों का पीछा करते हुए साधारण इनसान अपने ज्ञान की रचना करता है।

देखें : अस्तित्ववाद, आत्मनिष्ठता-वस्तुनिष्ठता, इयत्ता, इमैनुएल कांट, इंद्रियानुभववाद, ईसैया बर्लिन, उत्तर-आधुनिकतावाद, उदारतावाद, कल्पित समुदाय, चेतना, जॉन लॉक, ज़ाक लकाँ, ज्याँ-फ्रांस्वा ल्योतर, ज्याँ-पॉल सार्त्र, ज़ाक देरिदा, तत्त्वमीमांसा और अस्तित्वमीमांसा,

तात्त्विकतावाद, द्वैतवाद, फ्रेड्रिख़ नीत्शे-1 और 2, बुद्धिवाद, भौतिकवाद, मनोविश्लेषण, मिशेल पॉल फ़ूको-1 और 2, युरोपीय पुनर्जागरण, युरोपीय ज्ञानोदय, रेने देकार्त, लुई अलथुसे, सोरेन आबी कीर्केगार्द, संरचनावाद और उत्तर-संरचनावाद, ज्ञानमीमांसा।

संदर्भ

1. डी. वेल्टन (सम्पा.) (1999), द *इसेंशियल हसर : बेसिक राइटिंग्ज़ इन ट्रांसडेंटल फ़िनॉमिनॉलॅजी,* इण्डियाना युनिवर्सिटी प्रेस, ब्लूमिंग्टन.
2. आई. मिलर (1984), *हसर, परसेप्शन, ऐंड टेम्पोरल एवेयरनेस,* एमआईटी प्रेस, केम्ब्रिज.
3. एच. स्पीलबर्ग (सम्पा.) (1982), द *फ़िनॉमिनॉलॅजीकल मूवमेंट : अ हिस्टोरिकल इंट्रोडक्शन,* मार्टिनस निजहॉफ़, द हेग, 1982
4. आर. बर्नेट, आई. कर्न और ई. मारबैक (1993), *एन इंट्रोडक्शन टू हसरियन फ़िनॉमिनॉलॅजी,* नॉर्थवेस्टर्न युनिवर्सिटी प्रेस, इवांस्टन, आईएल.

— अभय कुमार दुबे

च

चरण सिंह
(Charan Singh)

नेहरू युग के राजनीतिज्ञों की दूसरी पंक्ति की असाधारण हस्ती चरण सिंह (1902–1987) समाजवादी विचार के विरोधी लेकिन कृषि-लोकतंत्र के पक्षधर सिद्धांतकार थे। अपने नेतृत्वकारी गुणों और राजनीतिक कौशल के दम पर उन्होंने मधु लिमये और मुलायम सिंह यादव जैसे लोहियावादियों को भी अपने पीछे चलने पर विवश कर दिया। स्वतंत्रता संग्राम में सक्रिय भागीदारी करने के बाद पचास के दशक में चरण सिंह ने कांग्रेस के भीतर राज्य द्वारा सामूहिक और सहकारी खेती के समर्थन के सवाल पर नेहरू की अर्थनीति का विरोध किया। उन्हें यक़ीन था कि सामूहिक खेती मानव-स्वभाव के विरुद्ध है और इससे उत्पादन पर ख़राब असर पड़ेगा। चरण सिंह के आलोचक उन्हें कुलक या बड़े किसानों का समर्थक कहते हैं, पर असलियत यह है कि वे ज़मीन के मालिकाने के मामले में व्यापक असमानता के ख़िलाफ़ थे। वे औद्योगिक क्षेत्र में एक ऐसी विकेंद्रीकृत अर्थव्यवस्था के पक्ष में थे जिसमें बड़े पैमाने पर तकनीक का प्रयोग सिर्फ़ उन क्षेत्रों तक सीमित हो जहाँ उसकी निहायत ज़रूरत है। 1967 में ग़ैर-कांग्रेसवाद का दामन थामते हुए उत्तर प्रदेश की संयुक्त विधायक दल सरकार में मुख्यमंत्री बने। अपनी अलग पार्टी बना कर चरण सिंह ने उप्र के पिछड़े समुदायों की राजनीतिक गोलबंदी की और प्रधानमंत्री पद तक पहुँचे। चरण सिंह की ख्याति कुशल प्रशासक की भी थी। वे एक ऐसे नेता के रूप में प्रसिद्ध थे जो प्रशासन में अव्यवस्था, चाटुकारिता और बेईमानी बर्दाश्त नहीं करते थे। हालाँकि उन्होंने राजसत्ता पाने के लिए तरह-तरह के समझौते

चरण सिंह (1902–1987)

किये, पर समय आने पर ऊँचे पदों से इस्तीफ़ा देने से भी नहीं हिचके। ब्राह्मणवाद और उससे जुड़ी अवधारणाओं का विरोध करने वाले चरण सिंह पूरी तरह से सेकुलर नेता थे।

प्रबुद्ध विचारक एवं लेखक के रूप में चरण सिंह ने भूमि सुधार, कृषि और भारत के आर्थिक विकास को केंद्रित कर कई किताबें लिखीं। उनकी सबसे महत्त्वपूर्ण पुस्तक *इण्डियाज़ पॉवर्टी ऐंड इट्स सोल्यूशन* 1959 में एक भिन्न शीर्षक से प्रकाशित हुई थी। उनकी रचना *द प्रॉब्लम ऐंड इट्स सोल्यूशन* कांग्रेस के नागपुर प्रस्ताव की प्रतिक्रिया में छपी।

इस प्रस्ताव में कांग्रेस ने भारत की कृषि समस्याओं के समाधान के लिए सहकारी फ़ार्मों की स्थापना पर ज़ोर दिया था। इसके अलावा *अबॉलिशन ऑफ़ ज़मींदारी, पेज़ेंट प्रोपराइटरशिप* आदि पुस्तकों में उन्होंने सम्पूर्ण भारत के लिए एक वैकल्पिक विकास-रणनीति प्रस्तुत की। चरण सिंह को मध्यवर्गीय कृषकों के मुख्य प्रवक्ता के रूप में जाना जाता है। गाँधीवाद के समर्थक चरण सिंह की वेशभूषा में गाँधी टोपी हमेशा शामिल रही। वे वक्तृत्व क्षमता के धनी थे। उन्हें सुनने के लिए जनसभाओं में अपार भीड़ जुटा करती थी। सादा जीवन-उच्च विचार के हिमायती चरण सिंह अनुशासन प्रिय एवं सिद्धांतवादी थे।

चरण सिंह का जन्म उत्तर प्रदेश की मेरठ कमिश्नरी के जिला गाज़ियाबाद की हापुड़ तहसील के नूरपुर गाँव में 23 दिसम्बर 1902 को हुआ था। चरण सिंह के पिता चौधरी मीरसिंह एक मध्यमवर्गीय किसान थे और पुत्र के जन्म के छह वर्ष बाद नूरपुर से जानी खुर्द गाँव में बस गये। चरण सिंह की प्राथमिक शिक्षा गाँव में ही पूरी हुई और आगे की पढ़ाई उन्होंने मेरठ के सरकारी उच्च विद्यालय से की। 1928 में उन्होंने आगरा विश्वविद्यालय से विधि की उपाधि प्राप्त की और गाज़ियाबाद में वकालत करनी शुरू की। इसी समय उनका जुड़ाव आर्यसमाज से हुआ। 1929 में वे गाज़ियाबाद आर्यसमाज के सभापति चुने गये और सामाजिक कुरीतियों के विरुद्ध चेतना जाग्रत की। इस समय देश में आज़ादी का आंदोलन गति पकड़ रहा था। 1929 में कांग्रेस के लाहौर अधिवेशन में पूर्ण स्वराज्य की माँग की गयी। इससे प्रभावित होकर चरण सिंह मेरठ आ कर कांग्रेस के सदस्य बन गये। 1930 में जब महात्मा गाँधी ने सविनय अवज्ञा आंदोलन के तहत नमक-क़ानून तोड़ने का आहवान किया तब चरण सिंह ने गाज़ियाबाद जिले की सीमा पर बहने वाली हिण्डन नदी पर नमक बनाया और छह महीने का कारावास झेला। ज़ेल से छूटने के बाद चरण सिंह पूरी तरह आज़ादी के आंदोलन में कूद पड़े। कांग्रेस पार्टी में उन्होंने कुशलता से कार्य किया और 1937 के उत्तर प्रदेश विधानसभा चुनाव में वे छतरौली विधानसभा क्षेत्र से निर्वाचित हुए। इसी सीट से वे 1946 में भी चुने गये।

1937 में चरण सिंह पहली बार गाज़ियाबाद क्षेत्र से प्रांतीय धारा सभा में चुने गये जहाँ उन्होंने लैण्ड यूटिलाइजेशन बिल पास कराने का प्रयास किया। अंग्रेज़ सरकार ने इस बिल को प्रस्तुत नहीं होने दिया क्योंकि यह बिल किसानों के हित में था। इसके बाद चरण सिंह ने धारा सभा में ऋण निर्मोचन विधेयक प्रस्तुत किया। उस समय कांग्रेस के ही कुछ विधायक नहीं चाहते थे कि यह विधेयक पास हो क्योंकि उन्होंने लाखों ग़रीब किसानों को ऋण के जाल में फ़ाँस रखा था। चरण सिंह ने विधेयक की सतर्क पैरवी की और विधेयक पास हो गया परिणामस्वरूप लाखों किसान ऋण के जाल से मुक्त हो गये। 1939 में चरण सिंह ने नवनिर्वाचित धारा सभा में पचास प्रतिशत आरक्षण खेतिहर मज़दूर किसान के लिए आरक्षित करने की माँग की, परंतु उस पर विचार नहीं किया गया। आज़ादी के बाद 1947 में चरण सिंह ने एक बार फिर कांग्रेस विधान मण्डल में यह प्रस्ताव रखा, लेकिन उस समय कांग्रेस कृषि की अपेक्षा उद्योगीकरण के पक्ष में थी, इसलिए यह बिल पास नहीं हो सका। 1940 के व्यक्तिगत सत्याग्रह आंदोलन में भी चरण सिंह ने भाग लिया और गिरफ़्तार हुए। 1942 में अगस्त क्रांति के समय उन्होंने भूमिगत होकर गाज़ियाबाद, हापुड़, मेरठ, मवाना, सरथना, बुलंदशहर के गाँवों में गुप्त क्रांतिकारी संगठन तैयार किये। उस समय मेरठ कमिश्नरी में क्रांतिकारी साथियों के साथ मिलकर उन्होंने बार-बार अंग्रेज़ी शासन को चुनौती दी। यहाँ तक कि मेरठ प्रशासन ने चरण सिंह को देखते ही गोली मारने के आदेश जारी किये थे। गिरफ़्तार होने के बाद चरण सिंह को डेढ़ वर्ष की सजा मिली। जेल में रहते हुए उन्होंने *शिष्टाचार* शीर्षक पुस्तक लिखी।

1951 में गोविंदवल्लभ पंत की सरकार में वे संसदीय सचिव बनाये गये और न्याय एवं सूचना विभाग के स्वतंत्र प्रभार के साथ कैबिनेट मंत्री हो गये। 1952 में सम्पूर्णानंद के मुख्यमंत्रित्व काल में उन्हें राजस्व एवं कृषि विभाग का दायित्व दिया गया। इस समय उन्होंने ज़मींदारी व्यवस्था के विरुद्ध आवश्यक क़दम उठाये जिससे बाद में भूमि सुधार एक्ट लाने में मदद मिली। 1952 में उत्तर प्रदेश विधानसभा में चरण सिंह द्वारा तैयार ज़मींदारी उन्मूलन विधेयक पारित हुआ जिसके फलस्वरूप मेहनत करने वाले भूमिहीन एवं पिछड़े किसानों को अपना अधिकार मिला। 1953 में उन्होंने चकबंदी क़ानून पारित कराया और 1954 में उत्तर प्रदेश भूमि संरक्षण क़ानून पारित कराया साथ ही निर्धन किसानों की सुविधा हेतु सस्ते खाद बीज आदि के लिए कृषि आपूर्ति संस्थानों की स्थापना की। 1960 में चंद्रभानु गुप्ता की सरकार में उन्हें गृह एवं कृषि मंत्रालय दिया गया। इस समय भूमि हदबंदी क़ानून लागू कराने में उनकी महत्त्वपूर्ण भूमिका रही। 1962-63 में सुचेता कृपलानी के मंत्रिमण्डल में उन्होंने कृषि और वनमंत्री के रूप में राज्य की सेवा की।

चरण सिंह ने 1967 में कांग्रेस छोड़ दी और उत्तर प्रदेश के पहले ग़ैर-कांग्रेसी मुख्यमंत्री बने। अपने मुख्यमंत्रित्व काल में चरण सिंह ने कुटीर उद्योगों तथा कृषि उत्पादन में वृद्धि की योजनाओं को क्रियान्वित करने के उद्देश्य से सरकारी एजेंसियों द्वारा ऋण देने के तौर-तरीक़े को सरल बनाया। साढ़े छह एकड़ तक की जोत पर आधा लगान माफ़ कर दिया। किसानों को नकदी एवं अन्य फ़सलों के लाभकारी मूल्य दिलाने के संबंध में महत्त्वपूर्ण निर्णय लिये और किसानों के लिए जोतबही की व्यवस्था की। भूमि भवन कर

समाप्त किया। चरण सिंह द्वारा कृषक हितों की रक्षा के पीछे केवल आर्थिक एवं पारिस्थितिकीय कारण ही नहीं थे बल्कि एक विचारधारा एवं राजनीतिक आधार भी था। उनका मानना था कि एक कृषक समाज में प्रजातंत्र छोटे किसानों के अस्तित्व पर ही निर्भर करता है। 1970 में फिर मुख्यमंत्री बनने पर उन्होंने पुनः कृषि उत्पादन बढ़ाने की नीति को प्रोत्साहन दिया। साढ़े तीन एकड़ वाली जोतों का लगान माफ़ करते हुए उर्वरकों से बिक्री कर उठा लिया। भूमिहीन खेतिहर-मज़दूरों को कृषि भूमि दिलाने के कार्य पर ज़ोर दिया तथा भूमि विकास बैंकों की कार्य प्रणाली को और उपयोगी बनाया।

1970 में कांग्रेस का विभाजन हुआ। कांग्रेसी नेता इंदिरा कांग्रेस या सिंडिकेट कांग्रेस के साथ जुड़ गये। केंद्रीय स्तर का विभाजन राज्य स्तर पर भी लागू हुआ और उत्तर प्रदेश की राजनीति पर उसका प्रभाव भी पड़ा। चरण सिंह कांग्रेस (ओ) के पक्ष में रहे लेकिन इंदिरा गाँधी को यह स्वीकार नहीं था कि कांग्रेस (ओ) का कोई व्यक्ति उत्तर प्रदेश का मुख्यमंत्री रहे, इसलिए उन्होंने अक्टूबर 1970 में उत्तर प्रदेश में राष्ट्रपति शासन लगवा दिया जिससे चरण सिंह का मुख्यमंत्रित्व समाप्त हो गया, लेकिन चरण सिंह को उत्तर प्रदेश की ज़मीनी राजनीति से अलग करना सम्भव नहीं था। चरण सिंह ने राज्य स्तर पर विविध क्षमताओं के साथ सेवा की और हर संघर्ष में विजयी हुए।

1967 में चरण सिंह ने एक नयी पार्टी भारतीय क्रांति दल का गठन किया। उनकी पार्टी द्वारा चलाये गये राजनीतिक आंदोलन का केंद्र मध्यवित्त कृषक समुदाय एवं लक्ष्य राज्य एवं देश की आर्थिक विकास नीति को पुनर्जीवन देना था। बड़े पैमाने पर किये जा रहे उद्योगीकरण के स्थान पर उनकी पार्टी कृषि निवेश पर ज़ोर देने वाली नीतियाँ बनाना चाहती थी। वह गाँवों में कुटीर उद्योगों को बढ़ावा देना चाहती थी ताकि ग्रामीण कृषक समूहों विशेषकर भूमिहीन किसानों को लाभ मिले। कृषक कल्याण के लिए सजग चरण सिंह की निष्ठा कांग्रेस सिंडिकेट के प्रति रही। 1970 के बाद से चरण सिंह की राजनीतिक गतिविधियाँ केंद्र की तरफ़ झुकती गयीं। उस समय की महत्त्वपूर्ण घटनाओं में चरण सिंह की केंद्रीय भूमिका रही। जनता पार्टी को केंद्रीय सहारा देते हुए कांग्रेस को हटाने के लिए उन्होंने पहला राजनीतिक गठबंधन तैयार किया। आपातकाल के बाद 1977 के चुनाव में उनके राजनीतिक संगठन की बदौलत जनता पार्टी ने इंदिरा गाँधी को हराया और केंद्र में सरकार बनायी। मोरारजी देसाई प्रधानमंत्री बने और चरण सिंह को उपप्रधानमंत्री एवं गृहमंत्री बनाया गया। केंद्र में गृहमंत्री रहते हुए उन्होंने मण्डल आयोग एवं अल्पसंख्यक आयोग की स्थापना की।

जनता पार्टी सरकार में कलह के कारण जून, 1978 में चरण सिंह को मंत्रिमण्डल से त्याग पत्र देने के लिए विवश किया गया। जनवरी, 1979 में वे वित्त मंत्री बने। 1979 में वित्तमंत्री एवं उपप्रधानमंत्री के रूप में राष्ट्रीय कृषि एवं ग्रामीण विकास बैंक, नाबार्ड की स्थापना की। अंत्योदय योजना शुरू की और पहली बार कृषि बजट की आवंटित राशि में वृद्धि करवायी। उर्वरकों व डीजल के दामों में कमी की। कृषि यंत्रों पर उत्पाद शुल्क घटाया, विलासिता की सामग्री पर भारी कर लगाते हुए लाइसेंस आवंटन पर पाबंदी लगायी और लघु उद्योगों को बढ़ावा दिया। काम के बदले अनाज योजना शुरू की और मूल्यगत विषमता पर रोक लगाने के लिए कृषि जिंसों की अंतर्राज्यीय आवाजाही पर रोक लगायी।

1979 में चरण सिंह ने सोशलिस्टों की मदद से पार्टी और सरकार तोड़ दी। जनसंघ के सदस्यों द्वारा जनता पार्टी और राष्ट्रीय स्वयंसेवक संघ की दोहरी सदस्यता छोड़ने से इनकार करने के मसले पर वे जनता पार्टी और सरकार से बाहर निकल गये। अल्पमत में आ जाने के कारण मोरारजी सरकार ने 15 जुलाई को त्याग पत्र दे दिया। एक सप्ताह बाद चरण सिंह ने कांग्रेस-यू और कुछ समाजवादियों के साथ गठबंधन करके सरकार बनायी। कांग्रेस-आयी और भारतीय कम्युनिस्ट पार्टी ने बाहर से समर्थन दिया। लेकिन विश्वास मत पर मतदान से एक दिन पहले ही इंदिरा गाँधी ने चरण सिंह से अपना समर्थन वापस ले लिया क्योंकि चरण सिंह ने इंदिरा गाँधी पर मुक़दमे चलाने के लिए स्थापित विशेष अदालतों को समाप्त करने की माँग को ठुकरा दिया था। चरण सिंह प्रधानमंत्री के रूप में संसद का एक बार भी सामना नहीं कर पाये। इसी के बाद चरण सिंह की सलाह पर राष्ट्रपति ने लोकसभा भंग कर दी और मध्यावधि चुनाव घोषित कर दिये। चरण सिंह को विश्वास था कि उनके द्वारा त्यागपत्र दिये जाने के कारण जनता की सहानुभूति उनके साथ होगी और मध्यावधि चुनाव में उनकी पार्टी लोकदल और समाजवादियों को बहुमत प्राप्त हो जाएगा। मध्यावधि चुनाव के दौरान वे कार्यवाहक प्रधानमंत्री रहे और किसान राजा के चुनावी नारे के साथ चुनाव में उतरे लेकिन उन्हें पराजय का सामना करना पड़ा। 1980 के चुनावों में उनकी पार्टी लोकदल सबसे बड़ी और ग़ैर-कांग्रेसी पार्टी के रूप में उभरी और वे संसद में विपक्ष के नेता हो गये। 1984 के चुनावों में राजीव गाँधी के विजयी होने पर वे हताश हुए। उनकी पार्टी को संसद में मात्र दो सीटों पर संतोष करना पड़ा। 29 मई, 1987 को 85 वर्ष की अवस्था में देहांत होने के बाद उनकी स्मृति में नयी दिल्ली में किसान घाट का निर्माण किया गया।

देखें : अबुल क़लाम आज़ाद, उपनिवेशवाद विरोधी आंदोलन-1 से 3 तक, एलमकुलम मनक्कर शंकरन नम्बूदिरीपाद, कांशी राम, गोपाल कृष्ण गोखले, जवाहरलाल नेहरू, जय प्रकाश नारायण, दादाभाई नौरोज़ी, बल्लभभाई पटेल, बाल गंगाधर तिलक, मोहनदास कर्मचंद गाँधी-1 से 3 तक, राम मनोहर लोहिया, विनायक दामोदर सावरकर।

संदर्भ

1. अजय सिंह (सम्पा.) (1990), *चौधरी चरण सिंह : विशिष्ट रचनाएँ,* किसान ट्रस्ट, नयी दिल्ली.
2. पॉल आर. ब्रास (1993), 'चौधरी चरण सिंह : ऐन इण्डियन पॉलिटिकल लाइफ़', *इकॉनॉमिक ऐंड पॉलिटिकल वीकली,* खण्ड 28, अंक 39.
3. चरण सिंह (1978), *इण्डियाज़ इकॉनॉमिक पॉलिसी : द गाँधियन ब्लूप्रिंट,* विकास पब्लिशर्स, नयी दिल्ली.
4. चरण सिंह, 'शुड इण्डिया यूज़ फ़ॉरेन एक्सचेंज रिज़र्व्ज़ टू फ़ाइनेंस इंफ्रास्ट्रक्चर?, *इकॉनॉमिक ऐंड पॉलिटिकल वीकली,* खण्ड 41, अंक 6.

—बीर पाल सिंह यादव

चारु मजूमदार

(Charu Majumdar)

नक्सलवादी आंदोलन के प्रमुख सिद्धांतकार और संस्थापक चारु मजूमदार (1919-1972) भारतीय कम्युनिस्ट पार्टी (मार्क्सवादी-लेनिनवादी) के पहले महासचिव थे। कम्युनिस्ट पार्टी की भीतरी बहसों में वे सोवियत रास्ते के मुक़ाबले चीन के रास्ते यानी कृषि-क्रांति के समर्थक थे। सारे जीवन किसानों के बीच राजनीतिक काम करने वाले चारु मजूमदार ने 1967 में उत्तर बंगाल की तरायी में स्थित नक्सलबाड़ी इलाके में आदिवासी किसानों के सशस्त्र विद्रोह का नेतृत्व किया। परिणामस्वरूप मार्क्सवादी कम्युनिस्ट पार्टी को सारे देश में विभाजन का शिकार होना पड़ा। उनके द्वारा किये गये क्रांति के आह्वान से आकर्षित हो कर देश के कई हिस्सों में किसान, आदिवासी और मध्यवर्गीय छात्र-युवक ग़ैरक़ानूनी क्रांतिकारी गतिविधियों में कूद पड़े। इसके कारण भारतीय राज्य की सम्प्रभुता और वैधता एक ऐसे संकट में फँस गयी जिससे पूरी तरह निकलने में वह आज तक कामयाब नहीं हो पायी है। नक्सलवादी आंदोलन से पहले कम्युनिस्ट आंदोलन में प्रचलित 'मिडिल पेज़ेंट थियरी' के तहत भूमिहीन मज़दूरों को किसान का दर्जा ही नहीं दिया जाता था। लेकिन चारु मजूमदार ने किसान आंदोलन की प्राथमिकताएँ बदल दीं और उनके मार्ग-निर्देशन में खेतिहर मज़दूरों के तबक़े को पहली बार एक क्रांतिकारी शक्ति के रूप में पहचाना गया। संसदीय प्रणाली में भागीदारी करते हुए लोकतांत्रिक जनांदोलनों के विकास के ज़रिये कम्युनिस्ट क्रांति की परिस्थितियाँ बनाने की रणनीति को ख़ारिज करते हुए मजूमदार ने ग़ैरक़ानूनी भूमिगत पार्टी बनाने, भूमिहीन और ग़रीब किसानों को सरकार के ख़िलाफ़ छापामार युद्ध में उतारने और इलाक़ावार सत्ता-दख़ल के कार्यक्रम की वकालत की। उन्होंने मार्क्सवाद-लेनिनवाद के साथ माओ विचार के समावेश के लिए रास्ता खोला। चारु मजूमदार के लेखन के कारण ही माओ के विचार और उक्तियाँ आम राजनीतिक बातचीत का अंग बनीं, और आगे चल माओवाद की सम्भावना तैयार हुई। उन्हें 'वर्ग-शत्रु के सफ़ाये' की विवादास्पद कार्यदिशा सूत्रबद्ध करने के लिए भी जाना जाता है।

चारु मजूमदार का जन्म वाराणसी (उप्र) में 1919 के बंगाली माह ज्येष्ठ (मई-जून) में हुआ था। उनका बचपन सिलीगुड़ी स्थित घर महानंद पाड़ा में गुज़रा। छात्र के रूप में अत्यंत प्रतिभाशाली चारु पढ़ाई बीच में ही छोड़ कर 1938 में कांग्रेस-सोशलिस्ट पार्टी में शामिल हो गये। उनके पिता वीरेश्वर मजूमदार दार्जीलिंग ज़िला कांग्रेस कमेटी के अध्यक्ष थे, और माँ सामाजिक आंदोलनों में भागीदारी करती थीं। विवाह के बाद कुछ पारिवारिक घटनाओं के कारण सम्पत्ति के रख-रखाव में उनकी दिलचस्पी घटती चली गयी और समाज-सेवा का रुझान बढ़ा। छात्र जीवन से ही वामपंथी साहित्य का अध्ययन करने वाले चारु 1942 में कम्युनिस्ट पार्टी के पूर्णकालिक कार्यकर्त्ता बने और किसान मोर्चे पर जम कर काम किया। उन्होंने 1945 में हुए तेभागा आंदोलन में भी हिस्सा लिया। यही वह दौर था जब उन्हें भूमिगत और हिंसक आंदोलन का तजुर्बा मिला।

भारत का कम्युनिस्ट आंदोलन 1964 में भारतीय कम्युनस्ट पार्टी (भाकपा) और मार्क्सवादी कम्युनिस्ट पार्टी (माकपा) के बीच बँट गया था। माकपा को भाकपा के मुक़ाबले अधिक रैडिकल माना जाता था, पर चारु मजूमदार इस नयी पार्टी के किसान आंदोलन संबंधी रवैये से संतुष्ट नहीं थे। साल भर बाद ही उन्होंने अपने बहुचर्चित आठ दस्तावेज़ों का लेखन शुरू किया जिनका मक़सद कम्युनिस्टों को कृषि-क्रांति की दिशा में ले जाना था। इसी बुनियादी आधार पर बाद में नक्सलवादी क्रांति का शीराज़ा खड़ा हुआ। 28 फ़रवरी, 1965 को मजूमदार ने अपना पहला दस्तावेज़ 'वर्तमान स्थिति और हमारे कर्त्तव्य' लिख कर पार्टी की क़तारों में बाँटा। इसी साल चार दस्तावेज़ और आये जिनके शीर्षक इस प्रकार थे : 'संशोधनवाद से संघर्ष करके जनता की जनवादी क्रांति को सफल बनायें', 'भारत के स्वतः स्फूर्त क्रांतिकारी सैलाब का स्रोत क्या है?', 'आधुनिक संशोधनवाद के ख़िलाफ़ संघर्ष चलाते जाएँ' और '1965 किस सम्भावना का संकेत दे रहा है'। इस दस्तावेज़ों के पीछे माकपा को ही एक क्रांतिकारी पार्टी में बदलने की मंशा थी। लेकिन इसके बाद आये तीन दस्तावेज़ माकपा से मोहभंग और एक नयी पार्टी की धारणा

चारु मजूमदार (1919-1972)

की तरफ़ जाने का संकेत दे रहे थे।

पहले दस्तावेज़ में चारु मजूमदार ने लिखा था कि मुद्रास्फीति और खाद्य-संकट के कारण होने वाले जनांदोलनों को सरकार दबायेगी। अमेरिकी मदद इस असंतोष से निबटने के लिए काफ़ी नहीं होगी। इस परिस्थिति में पार्टी की इकाई को हर जगह पाँच-पाँच लोगों के सक्रिय और गोपनीय दल तैयार करने चाहिए जिनमें पुलिस द्वारा पहचाना जा सकने वाला कोई व्यक्ति न हो। इस दल की गुप्त बैठकें हों और इसके क़ाग़ज-पत्तर छिपा कर रखे जाएँ। इन हालात में राजनीतिक प्रचार की मुख्य बात होगी कृषि-क्रांति। दूसरे दस्तावेज़ में चारु बाबू ने संशोधनवाद की परिभाषा दी और तेभागा आंदोलन के अनुभवों का निचोड़ निकाला। उनके अनुसार संशोधनवाद का मतलब था : पार्टी का काम किसान सभा और ट्रेड यूनियन चलाना समझ लेना, कुछ माँगों के लिए आंदोलन चलाने को ही राजनीतिक काम मान लेना, इलाक़ावार सत्ता-दख़ल की उपेक्षा करते हुए आंदोलन का दायरा धीरे-धीरे बढ़ाने पर निर्भर रहना, सशस्त्र क्रांति के लिए स्थानीय तौर पर हथियार न जमा करना, जन-संगठनों का काम स्थानीय लाभ की दृष्टि से करना न कि पार्टी की सम्पूर्ण देशव्यापी नीति के तहत उनका संचालन करना और पार्टी को वाद-विवाद के अड्डे में बदल देना। मजूमदार ने दावा किया कि तेभागा आंदोलन में साठ लाख किसानों ने भागीदारी की और उनके ऊपर सरकार ने जम कर ज़ुल्म-ज़्यादतियाँ कीं, फिर भी यह आंदोलन संशोधनवादी रवैये के कारण ही राजसत्ता पर क़ब्ज़े की मुहिम में विकसित नहीं हो पाया। तीसरे दस्तावेज़ में उनका कहना था कि कम्युनिस्ट पार्टी ने चीन में क्रांति के अनुभव की उपेक्षा की है। इस समय सारी दुनिया में क्रांतिकारी परिस्थिति का उभार आ रहा है और भारत में भी जनांदोलनों का स्वत:स्फूर्त सैलाब आ रहा है। इसका लाभ उठाना चाहिए।

चौथे दस्तावेज़ में चारु मजूमदार ने भारत को मिलने वाली सोवियत सहायता के चरित्र की आलोचना करते हुए कहा कि पब्लिक सेक्टर भी इजारेदार पूँजीपतियों के हितों के लिए काम कर रहा है। उन्होंने राष्ट्रीयताओं के आत्म-निर्णय के अधिकार का समर्थन करते हुए लिखा कि ब्रिटिश साम्राज्यवाद के ख़िलाफ़ संघर्ष के दौरान राष्ट्रीय एकता बनी थी जिसे भारत के शासकों ने साम्राज्यवाद से साठगाँठ करके कमज़ोर कर दिया है। चारु बाबू ने किसान आंदोलन में वर्ग-विचार प्रतिष्ठित करने पर ज़ोर देते हुए सरकारी दमन के ख़िलाफ़ मौन जुलूस निकालने के बजाय भूमिगत एक्टिविस्ट ग्रुपों की मदद से सक्रिय प्रतिरोध संघर्ष विकसित करने पर ज़ोर दिया। पाँचवें दस्तावेज़ में उन्होंने शांतिपूर्ण जनांदोलन के बजाय संघर्ष की मुख्य पद्धति के तौर पर हथियारबंद लड़ाई के रूपों को सामने रखा। उनका कहना था कि जनता के ग़ुस्से को सुचिंतित नेतृत्व की ज़रूरत है। उसे इमारतें जलाने या तोड़-फ़ोड़ करने के लिए नहीं बल्कि सरकारी मशीनरी को नष्ट करने के लिए विद्रोह करना होगा। इस दस्तावेज़ में चारु बाबू ने भूमिगत काम करने के तरीक़े भी बताये थे।

इन पाँच दस्तावेज़ों के बाद चारु बाबू को अन्य कम्युनिस्ट नेताओं के साथ भारत रक्षा क़ानून में गिरफ़्तार कर लिया गया। वे 1966 में छूटे और बाक़ी तीन दस्तावेज़ों का लेखन किया। छठें दस्तावेज़ में उन्होंने आने वाले लोक सभा चुनाव के ठीक पहले जनांदोलन को छापामार संघर्ष में बदलने, लड़ाकू दस्ते बनाने, पुलिस-फ़ौज-वर्ग दुश्मन-नौकरशाहों पर हमले करने और हथियार जमा करने का कार्यक्रम दिया। सातवें दस्तावेज़ के ज़रिये उन्होंने देहाती इलाक़ों को मुक्तांचल में बदलने और सशस्त्र संघर्ष पर ज़ोर देते हुए एक गोपनीय क्रांतिकारी पार्टी के गठन का आह्वान किया। चीनी कम्युनिस्ट पार्टी को वे अंतर्राष्ट्रीय कम्युनिस्ट आंदोलन के केंद्र के रूप में देख रहे थे। मार्च, 1967 में माकपा की भागीदारी वाली ग़ैरकांग्रेसी संयुक्त मोर्चा सरकार ने पश्चिम बंगाल में शपथ ली। चारु मजूमदार ने अप्रैल में आठवाँ दस्तावेज़ लिख कर माकपा की संक्रमणकालीन सरकारों के सिद्धांत और व्यवहार पर आक्रमण करते हुए सवाल उठाया कि कम्युनिस्टों का काम ग़ैरकांग्रेसी सरकार की हिफ़ाज़त करना है या वर्ग-संघर्ष चलाना।

दरअसल संयुक्त मोर्चा सरकार बनने के 18 दिन बाद ही सिलीगुड़ी परगना के किसान सम्मेलन में मजूमदार, उनके साथ कानु सान्याल और जांगल संथाल ने ज़मींदारों की ज़मीन पर क़ब्ज़ा करने का कार्यक्रम लेते हुए किसानों से सरकारी दमन के ख़िलाफ़ हथियारबंद लड़ाई के लिए तैयार रहने के लिए कहा था। नतीजतन 23 मई को नक्सलबाड़ी विद्रोह

हुआ। दोनों तरफ़ से हुए खून-ख़राबे के बाद चारु बाबू समेत ज़्यादातर नेता गिरफ़्तार कर लिये गये। लेकिन नक्सलबाड़ी की ख़बर माकपा के हलकों में आग की तरह फैली। पश्चिम बंगाल ही नहीं, बल्कि आंध्र प्रदेश, केरल, पंजाब, उत्तर प्रदेश, कश्मीर और बिहार में चीन के रास्ते और कृषि-क्रांति में भरोसा रखने वाले माकपा की कॉमरेडों ने इस विद्रोह का पक्ष लिया। इनमें प्रादेशिक स्तर माकपा के नेतृत्व करने वाले तत्त्व भी शामिल थे। 28 जून को रेडियो पेकिंग ने 'भारत में वसंत का वज्रनाद' क़रार दे कर इस आंदोलन का स्वागत किया।

13 नवम्बर, 1968 को ख़ुद को कम्युनिस्ट क्रांतिकारी मानने वाले ये तमाम लोग कोलकाता में मिले और क्रांतिकारियों की अखिल भारतीय समन्वय समिति बना ली। इसके थोड़े दिनों बाद ही आंध्र प्रदेश के श्रीकाकुलम इलाक़े में आदिवासी किसानों ने सशस्त्र विद्रोह कर दिया। फ़रवरी, 1969 में दूसरी संयुक्त मोर्चा सरकार बनी जिसने नक्सलबाड़ी के नज़रबंद नेताओं को रिहा कर दिया। माकपा से निकले कई नेतृत्वकारी साथी फिलहाल पार्टी-गठन के पक्ष में नहीं थे। इसलिए उन्हें छोड़ कर सहमत लोगों के साथ मिल कर 1969 में मई दिवस के दिन कोलकाता में भाकपा (माले) का गठन किया गया। मार्क्सवाद-लेनिनवाद माओ विचार को अपनाने वाली नयी पार्टी को चीन की कम्युनिस्ट पार्टी ने फ़ौरन मान्यता दे दी।

लेकिन, पार्टी बनाने या न बनाने के सवाल पर कम्युनिस्ट क्रांतिकारियों के बीच हुई बहस से कई तरह के मतभेद निकले, जिनका आगे जा कर नक्सली आंदोलन पर बहुत ख़राब असर पड़ा। पार्टी के महासचिव चुने जाने के बाद चारु बाबू ने पार्टी की तरफ़ से श्रीकाकुलम का नेतृत्व सँभाला। 1969 उन्होंने दो बार श्रीकाकुलम का नेतृत्व किया। सोमपेट तालुका के एक गाँव में किसानों द्वारा की गयी ज़मींदार की हत्या से फैला उत्साह उन्हें 'वर्ग-शत्रु की हत्या वर्ग-संघर्ष की सर्वोच्च अवस्था' जैसे सूत्रीकरण की तरफ़ ले गया। इससे सफ़ाये की लाइन निकली और देश में जगह-जगह नक्सली कार्यकर्त्ताओं द्वारा ज़मींदारों की हत्याएँ होने लगीं। चारु मजूमदार मध्यवर्गीय कार्यकर्त्ताओं द्वारा बारूदी हथियारों से सफ़ाये की कार्रवायी करने के ख़िलाफ़ थे। उनका कहना था कि आदर्श सफ़ाया किसानों के हाथ से और उन्हीं के अपने हथियारों के ज़रिये होना चाहिए। तभी उनकी चेतना क्रांतिकारी बनेगी।

ये चारु मजूमदार की राजनीति में उछाल के दिन थे। उनके आह्वान पर कोलकाता में छात्रों और युवकों ने शासक वर्ग के बुद्धिजीवियों और सांस्कृतिक हस्तियों की मूर्तियाँ तोड़ने और पुस्तकें जलाने की मुहिम शुरू की। उन्होंने 'चीन के चेयरमैन हमारे भी चेयरमैन' जैसे विवादास्पद नारे भी दिये और सत्तर का दशक क्रांति का दशक बनाने का एलान भी कर दिया। लेकिन 1971 के मध्यावधि चुनाव से पहले सरकार ने देश भर में पुलिस और सुरक्षा बलों के ज़रिये नक्सली आंदोलन पर चौतरफ़ा दमनकारी हमला किया। जगह-जगह कम्युनिस्ट क्रांतिकारी या तो मुठभेड़ में मार डाले गये या गिरफ़्तार कर लिए गये। भूमिगत गतिविधियों के दौरान चारु बाबू लगातार अलगाव में पड़ते गये। उनके विश्वस्त साथी भी दमन के शिकार हो गये। 16 जुलाई, 1972 को पूर्वी कोलकाता के एक मकान पर पड़े छापे में बेहद बीमार और कमज़ोर चारु मजूमदार गिरफ़्तार कर लिए गये। लाल बाज़ार पुलिस स्टेशन की हिरासत में ही लगातार पूछताछ और इलाज न मिल पाने के कारण उनका देहांत हो गया। इसके बाद पार्टी बिखराव का शिकार हो गयी और नक्सली आंदोलन कई टुकड़ों में टूट गया।

चारु बाबू का पूरा जीवन त्याग, कठोर परिश्रम, मार्क्सवाद के निरंतर अध्ययन और भारत में किसान क्रांति की समस्याओं से जूझते हुए बीता। दिल की बीमारी, स्थायी दमा और कई और बीमारियों के बावजूद उन्होंने पूरे देश के दौरे किये और भाकपा (माले) का गठन किया। माकपा में वे महज़ एक तहसील स्तर के नेता ही थे, पर अपनी वैचारिक और सांगठनिक पहलक़दमियों के दम पर उन्होंने राष्ट्रीय महत्त्व प्राप्त किया। हालाँकि उन्होंने भारतीय राज्य को हथियारों के दम पर उखाड़ने की मुहिम चलायी, पर पुलिस हिरासत में उनके देहांत के बाद संसद में उन्हें भरपूर श्रद्धांजलियाँ दी गयीं। अटल बिहारी वाजपेयी, ए.के. गोपालन और राजनारायण ने उनकी मृत्यु के कारणों की जाँच की माँग भी की।

देखें : कार्ल हाइनरिख़ मार्क्स-1 से 4 तक, मार्क्सवाद- 1 से 5 तक, चीन की कम्युनिस्ट क्रांति, नयी सदी में मार्क्सवाद-1 से 9 तक, भारत की कम्युनिस्ट पार्टी, भारत की कम्युनिस्ट पार्टी (मार्क्सवादी), भारत में किसान आंदोलन-1 से 4 तक, माओ त्से-तुंग, लेनिनवाद, लियोन ट्रॉट्स्की, लिबरेशन थियोलॅजी, व्लादिमिर इलीच लेनिन, स्तालिन और स्तालिनवाद, सोवियत समाजवाद-1, 2 और 3.

संदर्भ

1. अभय कुमार दुबे (1989), *क्रांति का आत्म-संघर्ष : नक्सलवादी आंदोलन के बदलते चेहरे का अध्ययन,* विनय प्रकाशन, नयी दिल्ली.
2. 'लाइफ़ स्केच ऑफ़ अ रेवोल्यूशनरी' (1984), *लिबरेशन,* कोलकाता, जुलाई.
3. चारु मजूमदार (1971), *संकलित रचनाएँ,* लिबरेशन प्रकाशन, कोलकाता.
4. शंकर घोष (1975), *नक्सलाइट मूवमेंट,* फ़र्मा के.एल. मुखोपाध्याय, कोलकाता.

— अभय कुमार दुबे

चार्ल्स-लुई द सेकोंद मोंतेस्क्यू

(Charles-Louis de Secondat Montesquieu)

फ्रांसीसी नवजागरण के महत्त्वपूर्ण राजनीतिक विचारक, दार्शनिक, इतिहासकार, उपन्यास लेखक और व्यंग्यकार चार्ल्स-लुई द सेकोंद मोंतेस्क्यू (1689-1755) को समाजशास्त्र की स्थापना का श्रेय दिया जाता है। वे पहले आधुनिक चिंतक थे जिन्होंने राजनीतिक संस्थाओं पर भूगोल, पर्यावरण और अन्य बाह्य परिस्थितियों के प्रभाव को समझने का प्रयास किया। अमेरिकी संविधान के रचनाकार उनके योगदान को बहुत ऊँचे दर्जे पर रखते थे। एक सामंती भू-स्वामी, मजिस्ट्रेट और फ्रांस की एक स्थानीय संसद के अध्यक्ष के रूप में मोंतेस्क्यू तत्कालीन *आँसिएँ रेज़िम* (पुराना राज्य) के अंग थे, लेकिन उनका सापेक्षतावाद उन्हें हर क़िस्म की परिशुद्धता, निश्चितता और निरंकुशता के दावे पर संदेह करने की तरफ़ ले गया। उन्होंने न केवल चर्च द्वारा प्रवर्तित सिद्धांतों को बुद्धिवादी कसौटियों पर कसा, बल्कि नवजागरण की उस वैचारिक परम्परा की भी समीक्षा की जिसके वे ख़ुद सदस्य थे।

मोंतेस्क्यू 1748 में प्रकाशित अपनी प्रमुख रचना *द स्पिरिट ऑफ़ द लॉ* से जाने जाते हैं। यह एक विशाल ग्रंथ है जिसे पढ़ना और समझना विद्वानों के लिए भी मुश्किल माना जाता है। मोंतेस्क्यू की लेखन शैली इस ग्रंथ के पाठक को चुनौती सी देती प्रतीत होती है। यह विवाद का विषय है कि अभिव्यक्ति का यह तरीक़ा मोंतेस्क्यू ने जानबूझकर अपनाया था (शायद वे उस ज़माने के सेंसर को चकमा देना चाहते रहे होंगे), या फिर यह उनके लेखन की विफलता थी। मोंतेस्क्यू अपने विचारों को सेंसर किये जाने के अंदेशे से परेशान रहते थे, इसलिए उनकी तीनों प्रमुख रचनाएँ *द स्पिरिट ऑफ़ द लॉ* के अलावा *पर्शियन लैटर्स (1721)* और 1734 में प्रकाशित *द कॉजेज़ ऑफ़ द ग्रेटनेस ऐंड डिक्लाइन ऑफ़ द रोमंस)* फ्रांस से बाहर छद्म नामों से प्रकाशित हुई थीं।

मोंतेस्क्यू की बुनियादी मान्यता थी कि यह समूचा ब्रह्माण्ड अपनी प्रकृति के अनुसार कुछ नियमों पर आधारित है। ये नियम वे अनिवार्य स्थितियाँ हैं जिनका बंधन ईश्वर तक को स्वीकार करना पड़ता है, और इन्हीं नियमों के कारण सृजनकारी गतिविधियाँ सम्भव होती हैं। मोंतेस्क्यू ने मानवीय व्यवहार से संबंधित नियमों को प्राकृतिक नियमों की संज्ञा दी और इनका संबंध मानवीय अस्तित्व के लिए आवश्यक सुरक्षा और प्रजनन जैसी अनिवार्यताओं से जोड़ा। लेकिन उन्होंने इन प्राकृतिक नियमों को नैसर्गिक वृत्ति न मानते हुए कहा कि इन्हें मानवीय बुद्धि के आधार पर लागू किया जा सकता है। चूँकि मनुष्य बुनियादी रूप से असुरक्षा की मानसिकता के कारण डरा रहता है, इसलिए उसकी बुद्धि केवल शुरुआती तौर पर ही विकसित हो पाती है। इसे सक्रिय और परिष्कृत करने के लिए या तो दबाव या किसी उत्प्रेरण की ज़रूरत पड़ती है।

मोंतेस्क्यू के मुताबिक़ अपने जैसे ही प्राणियों के संसर्ग में जीवन के आनंदों और लाभों की प्राप्ति के ज़रिये मनुष्य सामाजिकता की उपलब्धि करता है। चूँकि मनुष्य में दूसरों का शोषण करने की प्रवृत्ति है इसलिए यही सामाजिकता अपने विकास की प्रक्रिया में संघर्ष पैदा करती है। हॉब्स की भाँति मोंतेस्क्यू भी मानते हैं कि मानव 'प्रकृत अवस्था' में आदिम और अराजक है। इसी स्थिति से पैदा हुई दुर्दशा और भयावहता के दबाव में उसकी सीमित बुद्धि उसे सकारात्मक नियमों के सूत्रीकरण की तरफ़ ले जाती है ताकि शांति और व्यवस्था की उपलब्धि हो सके। इसी प्रक्रिया में सरकार का उदय होता है।

सरकार क्या रूप लेगी यह 'प्रत्येक राष्ट्र की अपनी चेतना' द्वारा निर्धारित होगा और यह चेतना जलवायु, मिट्टी, व्यवसाय, इतिहास, भौगोलिक अवस्थिति, धर्म आदि कारकों के आधार पर बनेगी। मोंतेस्क्यू का यह सूत्रीकरण राजनीति का समाजशास्त्र रचने के पहले प्रयास के रूप में देखा जाता है। मोंतेस्क्यू सरकारों के तीन प्रकार बताते हैं : निरंकुश, गणतंत्र और राजशाही। ये तीनों बाहरी प्रभावों के तहत बदल भी सकते हैं। सरकार की 'प्रकृति' इस बात पर निर्भर करेगी कि सम्प्रभु सत्ता उसमें कहाँ स्थित है, और उसका 'सिद्धांत' अनुकूल मन:स्थिति का फलितार्थ होगा जिसके बिना सरकार कामयाबी से काम नहीं कर पायेगी। अपनी इस व्याख्या के आधार पर मोंतेस्क्यू इस नतीजे पर पहुँचे कि सरकार का निरंकुश स्वरूप मुख्यत: नियम विहीन और अप्राकृतिक है। यह बड़े साम्राज्यों और गर्म जलवायु का नतीजा होता है। गणतांत्रिक स्वरूप को उन्होंने कुलीनतंत्र और लोकतंत्र का मिश्रण क़रार दिया। इसमें रहने वाले लोग नागर गुणों और जन-भावना की गहरी अनुभूति से सम्पन्न होते हैं। इन्हीं गुणों के आधार पर वे निजी हितों के ऊपर सार्वजनिक हितों को तरजीह देने में समर्थ हो पाते हैं। हालाँकि मोंतेस्क्यू गणतंत्र के प्रशंसक हैं, पर वे यह भी मानते हैं कि इस तरह की सरकार चलाने के लिए जितनी निस्वार्थ जनसेवा चाहिए उसके लिए नैतिकता के कुछ अन्य मानक स्थापित करने पड़ते हैं। इनके कारण नागरिकों का व्यक्तिवाद ओजहीन और जीवन किसी मठवासी जैसा हो जाएगा।

मोंतेस्क्यू को लगता है कि राजशाही अगर मध्यवर्ती शक्तियों (जैसे संसद, कुलीनवर्ग, पादरी आदि) द्वारा संयमित हो तो वह सरकार का सबसे अच्छा रूप मुहैया करा सकती

चार्ल्स-लुई द सेकोंद मोंतेस्क्यू (1689-1755)

है। इस लिहाज़ से वे इंग्लैण्ड की राजशाही की प्रशंसा करते हुए द *स्पिरिट ऑफ़ द लॉ* के ग्यारहवें अध्याय में अंग्रेज़ों को संविधान की विस्तार से चर्चा करते हैं। उनका कहना था कि 'सिद्धांत' के लिहाज़ से गौरव पर आधारित राजशाही में इंग्लैण्ड ने तिजारती आयाम का समावेश करके एक नयी बात पैदा कर दी है। इसके कारण स्वाधीनता के आधुनिक रूप के विकास की गुंजाइश खुल गयी है जिसके तहत जीवन का एक दायरा बन सकता है जिसमें व्यक्ति के ऊपर सामाजिक हस्तक्षेप की बंदिशें नहीं होंगी। मोंतेस्क्यू कहते हैं कि गणतंत्र के पुराने रूप में स्वाधीनता थी जिसके तहत नागरिक सत्ता में सीधी भागीदारी करते थे, पर वह स्वाधीनता के आधुनिक रूप जैसी नहीं थी। मोंतेस्क्यू ने सत्ता के कारगर बँटवारे के लिए भी इंग्लैण्ड की प्रणाली की सराहना की।

एक कुलीन परिवार में जन्मे चार्ल्स-लुई द सेकोंद ने विश्वविद्यालय में क़ानून का अध्ययन करने के बाद अपने चाचा की विरासत के रूप में मोंतेस्क्यू के बैरन का पद प्राप्त किया। इसी विरासत ने उन्हें बोर्द्दो की संसद की अध्यक्षता भी दिलवायी। *पर्शियन लैटर्स* के प्रकाशन से मोंतेस्क्यू को साहित्यिक ख्याति मिली। इस पत्र-शैली में लिखी गयी इस रचना के ज़रिये उन्होंने फ्रांसीसी जीवन, रीति-रिवाज़ों और राजनीतिक संस्थाओं पर व्यंग्यात्मक निगाह डाली। उन्होंने दो ईरानी यात्री कल्पित किये जो फ्रांस की यात्रा पर आते हैं और वहाँ के हालात को आश्चर्य और विनोद के भाव से देखते हैं। 1728 से 31 के बीच मोंतेस्क्यू ने युरोप की यात्रा की। कुछ दिनों तक इंग्लैण्ड में रहने के कारण उनकी चेतना पर वहाँ के जीवन और राजनीति का गहरा असर पड़ा। रोम के उत्थान और पतन का अध्ययन करने के दौरान वे इस निष्कर्ष पर पहुँचे कि रोमन इतिहास की रूपरेखा तय करने में रोमनों की बाह्य परिस्थितियों की निर्णायक भूमिका रही। अपने इसी सूत्रीकरण के आधार पर उन्होंने द *स्पिरिट ऑफ़ द लॉ* की रचना की।

मोंतेस्क्यू के बारे में माना जाता है कि उनके विचारों में मौलिकता के पहलू कुछ कम हैं। सरकार के उदय की परिस्थितियों के मामले में उनके सूत्रीकरण हॉब्स और रूसो की मिली-जुली याद ताज़ा कर देते हैं। ब्रह्मांड के नियम आधारित होने पर दिये गये उनके ज़ोर पर सेंट थॉमस एक्विना की छाप लगती है। मोंतेस्क्यू से पहले अरस्तू भी यह बात कह चुके थे कि किस प्रकार भिन्न परिस्थितियाँ भिन्न संवैधानिक रूपों को जन्म देती हैं। इसी तरह उनके द्वारा की गयी इंग्लैण्ड के संविधान की चर्चा जॉन लॉक और हैरिंगटन की व्याख्याओं पर आधारित प्रतीत होती है। मोंतस्क्यू द्वारा प्रवर्तित 'सत्ता के पार्थक्य' का सिद्धांत भी प्लेटो की उस तजवीज़ से प्रभावित लगता है जिसमें उन्होंने मिश्रित संविधान का उल्लेख किया है।

देखें : अस्तित्ववाद, आत्मनिष्ठता-वस्तुनिष्ठता, इयत्ता, इमैनुएल कांट, इंद्रियानुभववाद, ईसैया बर्लिन, उत्तर-आधुनिकतावाद, उदारतावाद, कल्पित समुदाय, घटनाक्रियाशास्त्र और एडमण्ड हसर, चेतना, जॉन लॉक, ज़ाक लकाँ, ज्याँ फ्रांस्वा ल्योतर, ज्याँ-पॉल सार्त्र, ज़ाक देरिदा, तत्त्वमीमांसा और अस्तित्वमीमांसा, तात्त्विकतावाद, थियोडोर लुडविग वीज़ेनग्रंड एडोर्नो, द्वैतवाद, प्रत्यक्षवाद और उसका समाज-विज्ञान पर प्रभाव, फ्रेड्रिख़ नीत्शे, बुद्धिवाद, भौतिकवाद, मनोविश्लेषण, मिशेल पॉल फ़ूको-1 और 2, युरोपीय पुनर्जागरण, युरोपीय ज्ञानोदय, रेने देकार्त, लुई अलथुसे, सोरेन आबी कीर्केगार्द, संरचनावाद और उत्तर-संरचनावाद, ज्ञानमीमांसा।

संदर्भ

1. एमाइल दुर्ख़ाइम (1977), *मोंतेस्क्यू ऐंड रूसो : फ़ोररनर्स ऑफ़ सोसियोलॅजी,* केम्ब्रिज युनिवर्सिटी प्रेस, केम्ब्रिज.
2. टी.एल. पेंगिल (1973), *मोंतेस्क्यूज़ फिलॉसफ़ी ऑफ़ लिबरलिज़्म,* युनिवर्सिटी ऑफ़ शिकागो प्रेस, शिकागो, आईएल.
3. आर. शेकिलटन ()1961), *मोंतेस्क्यू : ए क्रिटिकल बायोग्राफ़ी,* ऑक्सफ़र्ड युनिवर्सिटी प्रेस, ऑक्सफ़र्ड.
4. एम. रिचर (सम्पा.) (1977), द *पॉलिटिकल थियरी ऑफ़ मोंतेस्क्यू,* केम्ब्रिज युनिवर्सिटी प्रेस, केम्ब्रिज.

— अभय कुमार दुबे

चिपको आंदोलन

(Chipko Movement)

उत्तर प्रदेश के पहाड़ी इलाके (आज का उत्तराखण्ड) के चमोली जिले में जंगल कटने से बचाने के लिए चिपको आंदोलन की शुरुआत 1973 में हुई थी। पेड़ों को कटने या गिरने से बचाने के लिए आंदोलनकारी पेड़ों से चिपक जाते थे। इसी रणनीति के आधार पर पूरे आंदोलन को ही चिपको कहा जाने लगा। पहाड़ी क्षेत्र का पर्यावरण बचाने के लिए चलायी गयी यह अनूठी मुहिम पूरी तरह से अहिंसक और सत्याग्रही थी। उसका आग्रह था कि 'पेड़ नहीं, पहले हम कटेंगे'। इस नारे ने सरकार, वन मंत्रालय, मीडिया, ठेकेदार, राजनीतिक दल, ग्रामीण अनपढ़ों से लेकर विशविद्यालय के विद्यार्थियों और वैज्ञानिकों तक का ध्यान अपनी तरफ़ खींचा। जंगल से जुड़े हर वर्ग को इस आंदोलन ने किसी न किसी तरह प्रभावित किया। आंदोलन की शुरुआत 1973 की एक सुबह तब हुई जब चमोली के सुदूर पहाड़ी कस्बे गोपेश्वर में इलाहाबाद की एक खेल का सामान बनाने वाली फ़ैक्ट्री के लोग देवदार के दस वृक्ष काटने लिए पहुँचे। आरम्भ में ग्रामीणों ने अनुरोध किया कि वे वृक्ष ना काटें। परंतु जब ठेकेदार नहीं माने, तो ग्रामीणों ने कटने जा रहे वृक्षों का घेराव किया और उनसे लिपट गए। ठेकेदारों को विवश होकर वापस जाना पड़ा। इस प्रसंग से लगभग तीन सदी पहले राजस्थान के बिश्नोई समाज के 363 लोगों ने खेजरी नामक वृक्ष बचाने के लिए उनसे चिपक कर अपने जीवन का बलिदान दे दिया था। वृक्ष काटने का आदेश जोधपुर के राजा का था। चिपको आंदोलन को इसी इतिहास की निरंतरता में देखा जाता है। चिपको आंदोलन को मुख्यत: महिला आंदोलन के रूप में भी देखा जाता है, लेकिन इसमें शामिल होने वाली महिलाओं के संघर्ष एवं उनके योगदान का इतिहास अब तक अदृश्य है। अदम्य साहसी स्त्रियों की भागीदारी वाला यह पर्यावरणीय आंदोलन स्त्रियों के नैतिक सरोकार और पर्यावरणीय दृष्टि का परिचायक था। आजीविका के सवाल पर हुए चिपको आंदोलन ने बाद में वन संरक्षण आंदोलन का रूप धारण कर लिया। यह आंदोलन जिस समय शुरु हुआ उस समय विकासशील दुनिया मे पर्यावरण को लेकर कोई मुहिम शुरू नहीं हुई थी।

कुछ सप्ताह बाद ठेकेदार वापस आये और उन्होंने फिर पेड़ काटने की कोशिश की। पचास वर्षीय गौरा देवी के नेतृत्व में स्त्रियों ने इसका प्रतिरोध करते हुए जंगल जाने वाले मार्ग को रोक दिया। उनका कहना था कि 'यह जंगल हमारा मायका है और हम पूरी ताक़त से इसे बचायेंगी'। ठेकेदार एक बार फिर उनके इस संकल्प के कारण वापस जाने को विवश हो गये। नामक पुस्तक में विमला बहुगुणा ने इस आंदोलन का वर्णन करते हुए लिखा है : 'सुदूर हिमालय की पहाड़ियों में वनों की रक्षा के लिए हुए चिपको आंदोलन का समाचार जब बाहर की दुनिया में पहुँचा तो लोग आश्चर्यचकित हो गये, क्योंकि प्राय: यह माना जाता था कि नये विचारों और नये आंदोलनों का जन्म शहरों में होता है जहाँ बुद्धिजीवी रहते हैं। इसमें और भी चौंकने वाली बात यह थी कि इस आंदोलन की अग्रिम पंक्ति की सैनिक महिलाएँ थीं जिनका कार्यक्षेत्र घर के अंदर चौके -चूल्हे तक सीमित माना जाता है।'

भारत में जंगल के बारे में दो तरह के दृष्टिकोण हैं। पहला है जीवनोत्पादक और दूसरा है जीवन-विनाशक, जिसे दूसरे शब्दों में औद्योगिक भौतिकवादी दृष्टिकोण भी कहा जाता है। जीवनोत्पादक दृष्टिकोण जंगल और नारीत्व के दर्शन से बंधा हुआ जंगल के संसाधनों को निरंतरता नवीकरण की सम्भावनाओं के साथ चाहता है ताकि आहार और जल-संसाधनों का कभी न खत्म होने वाला भण्डार बना रहे। जीवन-विनाशक दृष्टिकोण कारख़ानों और बाज़ार से बँधा हुआ है जो जंगल के संसाधनों का अधिकाधिक दोहन अपने व्यावसायिक लाभ के लिए करना चाहता है। संसाधनों का यह दोहन उसके नवीकरण की सम्भावनाओं को समाप्त कर देता है। जब ब्रिटेन ने भारत को अपना उपनिवेश बनाया तो उसका सबसे पहला निशाना यहाँ के जंगल और उससे प्राप्त होने वाले बहुमूल्य संसाधन (मसाले, महँगी लकड़ी, जड़ी-बूटी और औषधीय पौधे) बने। उन्होंने यहाँ के स्थानीय निवासियों की समृद्धि और जंगलों के बारे में उनकी समृद्ध ज्ञान-परम्परा को नज़रंदाज़ किया। उनके अधिकार, उनकी आवश्यकताएँ और उनकी समझ को क्षीण करते हुए उनके जीवन के प्राथमिक आधार को जंगल से 'जंगल-खदान' में बदलना शुरू कर दिया। स्त्रियों के जीवन-निर्वाह के साधन रहे जंगलों ने ब्रिटिश उपनिवेशवाद की व्यावसायिक अर्थव्यवस्था का स्थान ले लिया। मालाबार के टीक वृक्षों, मध्य भारत के शाल वृक्षों और हिमालय के शंकु वृक्षों का उपयोग ब्रिटिश उपनिवेशकों ने अपनी सेना, छावनी और रेलमार्गों के निर्माण के लिए किया। जंगल नष्ट करने का दोष हमेशा से स्थानीय लोगों पर लगाया जाता है। लेकिन सच्चाई यह है कि व्यावसायिक आवश्यकताओं की पूर्ति के लिए ही हमेशा बड़े पैमाने पर वनों की कटाई की जाती है। हिमालय -क्षेत्र में व्यापक पैमाने पर हुई वनों की कटायी इस बात का सबूत है कि ब्रिटिश साम्राज्य की ज़रूरतों के लिए यह वनोन्मूलन किया गया था। अपनी प्राचीन भारतीय सांस्कृतिक परम्परा के तहत भारतवासी जंगलों की अहमियत समझते हुए उसके संरक्षण के लिए हमेशा प्रतिबद्ध रहे हैं। चिपको आंदोलन के दौरान महिलाओं ने इसी परम्परा के तहत जीवन

वृक्ष और जंगल बचाने के लिए संघर्षरत चिपको आंदोलन की स्त्री-कार्यकर्त्ता

विनाशक दृष्टिकोण का पुरज़ोर विरोध किया था।

1988 में भारतीय भौतिकशास्त्री और पर्यावरणीय अनुसंधानकर्त्ता वंदना शिवा ने अपनी कृति *स्टेइंग एलाइव : वुमॅन, इकोलॅजी ऐंड सरवाइवल इन इण्डिया* की रचना की। चिपको आंदोलन के इतिहास की चर्चा करते हुए उन्होंने लिखा कि स्त्री-शक्ति को उभारने और उनमें पर्यावरणीय सरोकारों को जगाने में कई घटनाओं और व्यक्तियों की महत्त्वपूर्ण भूमिका रही। मीरा बहन, सरला बहन, विमला बहन, गौरा देवी, हिमा देवी, गंगा देवी, इतवारी देवी और अन्य कई पहाड़ी स्त्रियों ने चिपको के दौरान प्रतिरोध की संस्कृति की मशाल जलायी। इसके अतिरिक्त सुंदर लाल बहुगुणा, चंडी प्रसाद भट्ट, घनश्याम सैलानी जैसे पुरुषों ने भी महत्त्वपूर्ण योगदान दिया। आंदोलन कुमाऊँ और गढ़वाल से होता हुआ उत्तराखण्ड के विभिन्न भागों में फैलने लगा। हर जगह स्थानीय महिलाओं ने इस आंदोलन का नेतृत्व किया। आंदोलन ने लगभग सभी पहाड़ी स्त्रियों को एक सूत्र में बांध दिया था। घनश्याम रतूड़ी के लोकगीतों और बहुगुणा, नेगी, भट्ट जैसे पर्यावरणीय कार्यकर्ताओं ने चिपको के संदेश और घटनाक्रम को गाँवों तक पहुँचाने में कामयाबी हासिल की।

पहाड़ी इलाक़ों में स्त्री-जीवन की सारी गतिविधियाँ जंगलों से जुड़ी होती हैं, इसलिए जंगलों का लगातार क्षय और बढ़ता हुआ जल-संकट उनके जीवन का प्रमुख मसला था। आंदोलन के परचम के तले हज़ारों की संख्या में स्त्रियों ने उन व्यावसायिक कम्पनियों के विरुद्ध आंदोलन छेड़ दिया जो जल, जंगल, ज़मीन जैसे प्राकृतिक संसाधनों के रूप में न सिर्फ़ उनका अधिकार छीन रहे थे, बल्कि अपने व्यापारिक हित के लिए उन्हें नष्ट भी कर देना चाहते थे। चिपको आंदोलन ने उत्तर प्रदेश में बढ़ रहे पर्यावरणीय दोहन पर प्रतिबंध लगाने की माँग की, क्योंकि पहाड़ी इलाक़ों में हर जगह पेड़ों के बहुतायत में काटे जाने के कारण कटाव और भूस्खलन की घटनाएँ बढ़ रही थीं। 1975 तक 300 से ज़्यादा गाँव इन पहाड़ी हादसों का शिकार हो चुके थे। उत्तरकाशी में मतली और धराली, टेहरी में पिल्खी और नांदगाँव, चमोली में चिमटोली और खिंझानी, अल्मोड़ा में बाघर और जागेश्वर जैसे कई इलाक़ों में पहाड़ों के भूस्खलन के कारण असंख्य जानें गयी थीं। महिलाओं ने इन कम्पनियों पर पूर्णत: प्रतिबंध लगाने की मांग भी की।

निश्चित रूप से स्त्रियाँ चिपको आंदोलन की प्रणेता थीं। उनके लिए यह प्राकृतिक संसाधनों और जीवन के बचाव का आंदोलन था। आंदोलन के आरम्भिक दिनों में बाहरी ठेकेदारों को भगाने में स्थानीय ठेकेदारों ने भी इनका भरपूर सहयोग किया क्योंकि उनके व्यावसायिक हित भी बाधित हो रहे थे। लेकिन बाहरी ठेकेदारों के जाने के बाद एक सरकारी निकाय (द फ़ॉरेस्ट डिवेलपमेंट कॉरपोरेशन) ने फिर वहाँ के स्थानीय ठेकेदारों की सहायता से लकड़ी कटायी शुरू कर दी। स्त्रियों ने यह देखते हुए अपना आंदोलन जारी रखा और एकबार फिर जंगल-दोहन के विरुद्ध खड़ी हो गयीं। उनके लिए यह महत्त्वपूर्ण नहीं था कि जंगल बाहरी लोग काट रहे थे या स्थानीय लोग। उनकी तकलीफ़ यह थी कि जंगल कट रहे थे, जल-स्तर लगातार नीचे जा रहा था।

वन विभाग के कई अधिकारियों ने उन्हें यह समझाने का भी प्रयास किया कि जंगल मुनाफ़ा देते है। उन्हें वे इसलिए काट रहे हैं और जो लकड़ियाँ काटी जा रही हैं उनका जंगल के लिए कोई उपयोग नहीं है। वे जर्जर और ठूँठ हैं। महिलाओं ने उन्हें समझाया कि दरअसल यह जंगल के नवीकरण की प्रक्रिया है जिसमें पुराने और जर्जर पेड़ नये पेड़ों के लिए जैविक खाद का कार्य करते हैं। जंगल के संबंध में महिलाओं की समझ ने चिपको आंदोलन को एक नयी दिशा दी। आंदोलन के दर्शन और राजनीति में महिलाओं की वन संबंधी गहरी समझ और उनकी आवश्यकताओं को शामिल किया गया। एक तरफ़ जहाँ किसान महिलाएँ सामने आकर खुले तौर पर जंगलों के प्रति बाहरी विनाशकारी पूंजीवादी दृष्टिकोण को चुनौती दे रही थी, वहीं दूसरी तरफ़ अपने स्थानीय ठेकेदारों को भी, जो इस व्यवस्था के आर्थिक और राजनीतिक रूप से गुलाम हो चुके थे, ललकार रही थीं।

आज भी इस इलाके में चिपको आंदोलन की अनुगँज सुनायी देती है और यहाँ के लोग वन-संरक्षण और वृक्षारोपण जैसी गतिविधियों को लेकर अत्यंत सक्रिय रहते हैं।

देखें : चिपको आंदोलन, जैवविविधता, पर्यावरणीय नारीवाद, पारिस्थितकवाद, पारिस्थितिकीय दर्शन, पेटेंट, भारत में पेटेंट क़ानून।

संदर्भ

1. राधा कुमार, *स्त्री-संघर्ष का इतिहास,* वाणी, दिल्ली, 2002
2. वंदना शिवा, *स्टेइंग एलाइव,* काली फ़ॉर वुमॅन, नयी दिल्ली, 1988
3. बी.बी. वोहरा, *द ग्रीनिंग ऑफ़ इण्डिया,* इनटेक्ट एनवायरनमेंट सीरीज़, दिल्ली।

— सुप्रिया पाठक

चीन की कम्युनिस्ट क्रांति

(Chinese Communist Revolution)

चीन की कम्युनिस्ट क्रांति (1921-1949) बीसवीं सदी में दुनिया को सबसे ज़्यादा प्रभावित करने वाली राजनीतिक घटनाओं में से एक है। इस क्रांति ने न केवल 'सिक मैन ऑफ़ एशिया' कहे जाने वाले चीन को तेज़ी से विकसित हो कर दुनिया के सबसे ताक़तवर देशों में से एक बनने का मौक़ा दिया, बल्कि द्वितीय विश्व-युद्ध के बाद निचले औद्योगिक विकास और कृषि प्रधान अर्थव्यवस्था वाले एशियाई, अफ़्रीकी और लातीनी अमेरिकी देशों में राजनीतिक परिवर्तनों का रास्ता भी साफ़ किया। 1917 की रूसी अक्टूबर क्रांति से प्रेरित होने के बावजूद चीनी कम्युनिस्टों ने माओ त्से-तुंग के नेतृत्व में मास्को स्थित कोमिंटर्न (कम्युनिस्ट इंटरनैशनल) के निर्देशों पर चलने से इनकार करते हुए अपना स्वतंत्र रास्ता चुना। क्रांति की प्रक्रिया बेहद लम्बी और पेचीदा साबित हुई। माओ और उनके साथी एक साथ जापानी फ़ौजों और कुओमिंगतांग की फ़ौजों से तो लड़े ही, उन्हें अपनी ही पार्टी के भीतर पैदा होने वाले रणनीति और कार्यनीति संबंधी मतभेदों से भी निबटना पड़ा। जापान और कुओमिंगतांग का पक्ष लेने वाली अंतर्राष्ट्रीय ताक़तों (ब्रिटेन और अमेरिका) की साजिशों को नाकाम करना भी उनके लिए ज़रूरी था। विरोधाभास यह रहा कि यह अनूठी मार्क्सवादी-लेनिनवादी क्रांति सोवियत संघ और उसके नेता स्तालिन की तत्कालीन राजनीतिक और सैद्धांतिक समझ के अनुकूल भी नहीं थी। चीनी कम्युनिस्टों की कामयाबी के कारण चीन और चीन जैसी परिस्थितियों में राष्ट्रीय मुक्ति का क्रांतिकारी आंदोलन चलाने के लिए मार्क्सवाद-लेनिनवाद के साथ माओ विचार को जोड़ा जाने लगा। इसी प्रक्रिया में विश्व कम्युनिस्ट आंदोलन को सोवियत संघ से होड़ करने वाला उसका दूसरा केंद्र मिला। क्रांति के बाद चीन में किये गये समाजवादी समाज की रचना के प्रयोग भी न केवल सोवियत संघ से पूरी तरह अलग थे, बल्कि उनकी बुनियाद सोवियत अनुभव की सतत आलोचना पर टिकी हुई थी। इस क्रांति के गर्भ से मार्क्सवाद का एक भिन्न संस्करण निकला जो चीनी राजनीतिक विचार का सबसे ताज़ा चरण है।

ऐतिहासिक रूप से इस क्रांति की शुरुआत 1921 में चीनी कम्युनिस्ट पार्टी की स्थापना से मानी जा सकती है। इसके बाद क्रांति की दीर्घकालीन प्रक्रिया चार चरणों से गुज़री। पहला दौर 1921 से 1927 तक चला। यह चीनी कम्युनिस्टों और चीनी राष्ट्रवादियों की पार्टी कुओमिंगतांग के बीच गठजोड़ की अवधि थी। दूसरा दौर 1927 से उस समय शुरू हुआ जब महान राष्ट्रवादी लोकतांत्रिक नेता सुन यात-सेन के निधन के बाद उनके उत्तराधिकारी च्यांग काई शेक ने गठजोड़ तोड़ते हुए कम्युनिस्टों के ख़िलाफ़ खूनी जंग छेड़ी। 1935 तक चला यह सिलसिला गृह युद्ध की अवधि और ऐतिहासिक लम्बी कूच के लिए भी जाना जाता है। तीसरा दौर 1937 से 1945 तक चला जब जापानी क़ब्ज़े के ख़िलाफ़ राष्ट्रवादी गठजोड़ के तहत जंग हुई। इस दौरान कम्युनिस्टों ने बाहरी दुश्मन को हराने के लिए कुओमिंगतांग की फ़ौजों के साथ मिल कर लड़ना स्वीकार किया, पर हर मौक़े पर उनके ख़िलाफ़ संघर्ष करने से भी नहीं चूके। 1945 में हिरोशिमा पर गिराये गये अमेरिकी एटम बम से जापान की कमर टूट गयी। ग्रामीण जनता के बीच तो कम्युनिस्ट पार्टी अपनी पैठ बना ही चुकी थी, पर उसने जल्दी ही शहरी मध्य वर्ग और बुद्धिजीवियों की हमदर्दी भी जीत ली। च्यांग काई शेक और उनकी पार्टी कुओमिंगतांग की राजनीतिक वैधता का तेज़ी से क्षय हुआ। उन्हें अमेरिकी समर्थन के दम पर ताइवान के छोटे से इलाक़े में सिमट जाना पड़ा। 1949 में कम्युनिस्ट पार्टी के नेतृत्व में चीन लोक गणराज्य की स्थापना हुई।

पहला दौर : चीन में मार्क्सवाद के प्रसार-प्रचार की शुरुआत का श्रेय 1919 में हुए चार मई के आंदोलन को दिया जाता है। दो साल पहले हुई अक्टूबर क्रांति के रैडिकल प्रभाव के कारण चीन के छोटे से मज़दूर वर्ग में आंदोलनकारी बेचैनियाँ पैदा होने लगी थीं। बीसवीं सदी की शुरुआत का चीन एक तरफ़ तो ब्रिटेन, जर्मनी, फ्रांस, रूस की ज़ारशाही और जापान की साम्राज्यवादी प्रतियोगिता में फँसा हुआ था, और दूसरी तरफ़ उसकी बहुसंख्यक खेतिहर जनता सामंतशाही

1935 में ऐतिहासिक लांग मार्च खत्म होने के बाद लाल मुक्ति सेना को सम्बोधित करते हुए माओ त्से-तुंग.

की जकड़ में थी। प्रथम विश्व-युद्ध के बाद साम्राज्यवादी होड़ में जापान ने अपनी स्थिति मज़बूत करते हुए चीन पर कठपुतली सरकार थोपने में कामयाबी हासिल कर ली। जनवरी, 1919 को वरसाई शांति समझौते के समय साम्राज्यवादियों के सामने चीन की तत्कालीन सरकार के समर्पण के ख़िलाफ़ चार मई को पेकिंग के नाराज़ छात्रों ने उन तीन मंत्रियों के इस्तीफ़ों की माँग की जिन्हें इसका ज़िम्मेदार माना जा रहा था। जून आते-आते यह आंदोलन एक तरफ़ तो जन-रोष की लहर में बदला, और दूसरी तरफ़ इसका केंद्र शंघाई हो गया जहाँ मज़दूरों ने ज़बरदस्त हड़तालें और जुझारू संघर्ष के ज़रिये आंदोलनकारियों का साथ दिया। जल्दी ही यह मुहिम पूरे देश में फैल कर मज़दूरों, छात्रों, व्यापारियों और अन्य तबक़ों के संयुक्त देशभक्तिपूर्ण ज्वार में बदल गयी।

इस आंदोलन के परिणामस्वरूप चीन में एक लोकतांत्रिक और रैडिकल संस्कृति की नींव पड़ी। इसी दौरान 'न्यू यूथ' और 'वीकली रिव्यू' जैसी कम्युनिस्ट प्रभाव वाली पत्रिकाओं ने मार्क्सवाद के प्रचार का ज़िम्मा सँभाला। इनकी बागडोर ली ता-चाओ के हाथों में थी। मार्क्सवाद के इस प्रभावशाली व्याख्याता को चीनी मार्क्सवाद का पितामह माना जाता है। देखते ही देखते हूनान, हूपेह और शानतुंग में भी मार्क्सवादी अध्ययन केंद्र बन गये। साल भर विभिन्न मोर्चों पर सक्रिय रहने के बाद इन केंद्रों को चलाने वाले समूहों ने आपस में जुड़ कर एक जुलाई, 1921 को शंघाई में कोमिंटर्न की मदद और निर्देशों के तहत कम्युनिस्ट पार्टी की पहली कांग्रेस की। इसमें 57 सदस्यों की नुमाइंदगी करने वाले 12 प्रतिनिधियों ने एक संविधान पारित करके अपने नेतृत्व का चुनाव किया। प्रतिनिधियों में नौजवान माओ त्से-तुंग भी शामिल थे। 1923 में पार्टी की तीसरी कांग्रेस हुई जिसमें सुन यात-सेन के नेतृत्व वाली राष्ट्रवादी कुओमिंगतांग के साथ गठजोड़ बनाने की कार्य दिशा अपनायी गयी। इस लाइन का सूत्रीकरण भी कोमिंटर्न के निर्देशों पर हुआ था। अगले साल जनवरी में कुओमिंगतांग ने अपनी कांग्रेस की जिसमें माओ और अन्य प्रमुख कम्युनिस्टों ने भी उल्लेखनीय भूमिका का निर्वाह किया। कांग्रेस ने सुन यात-सेन के तीन उसूलों पर मुहर लगायी : साम्राज्यवाद और सामंतवाद का विरोध, क्रांतिकारी वर्गों की लोकतांत्रिक गठबंधन सरकार की स्थापना, जनता की रोज़ी-रोटी और कल्याण की चिंता, एवं सोवियत संघ के साथ दोस्ती। मई, 1924 में सोवियत संघ की मदद से सुन ने केंटन में व्हाम्पोआ फ़ौजी अकादमी की स्थापना की जहाँ कुओमिंगतांग की सरकार का मुख्यालय था। कम्युनिस्टों ने भी इसमें हिस्सा लिया। दरअसल, सोवियत संघ को लग रहा था कि जर्मनी की विफलता के बाद युरोप में क्रांति की सम्भावनाएँ कमज़ोर हो गयी हैं। इसलिए पूर्व पर ज़ोर दिया जाना चाहिए। मुख्यत: इसी कारण से कुओमिंगतांग की फ़ौजी ताक़त बढ़ाने में मास्को ने काफ़ी संसाधन ख़र्च किये। साथ में उसने कम्युनिस्टों को उसके साथ संयुक्त मोर्चा बनाये रखने का निर्देश भी दिया। मास्को की समझ थी कि चीन को इस समय एक जनवादी (लोकतांत्रिक) क्रांति की ज़रूरत है जिसका नेतृत्व साम्राज्यवाद और सामंतवाद का विरोध करने वाले राष्ट्रवादी ही कर सकते हैं।

कम्युनिस्ट पार्टी ने अपने तत्कालीन महासचिव चेन तु-हिसुई के नेतृत्व में कुओमिंगतांग से संयुक्त मोर्चे के दौरान उसके भीतर अपना प्रभाव बढ़ाने की योजना पर अमल करने का फ़ैसला किया। जनवरी, 1925 में सुन यात-सेन का देहांत हो गया और कुओमिंगतांग की कमान च्यांग काई शेक के हाथों में आयी। अगले साल हूनान, हूपेह और कियांगसी में लाखों-लाख किसान आंदोलनों कूद पड़े। केवल हूनान की किसान सभा की सदस्यता तीन लाख थी। आत्मरक्षा के लिए बनायी गयी किसानों की सेना में एक लाख लोगों की भर्ती की गयी। 1926 में कम्युनिस्टों और कुओमिंगतांग ने मिल कर उत्तरी प्रांत के युद्ध-सरदारों और जापानी साम्राज्यवादियों की मिली-जुली ताक़त के ख़िलाफ़ फ़ौजी मुहिम चलायी। छह महीने के भीतर-भीतर राष्ट्रवादी क्रांतिकारी सेना ने जीत हासिल कर ली। किसानों के विद्रोही उभारों ने सेना का हर जगह स्वागत किया। ऐसा लगने लगा कि क्रांतिकारी युद्ध की यह प्रक्रिया पूरे चीन को एक गणराज्य में एकताबद्ध कर देगी।

कम्युनिस्टों ने 27 मार्च, 1927 को शंघाई में मज़दूरों की एक हथियारबंद बग़ावत का नेतृत्व किया, जो कामयाब रहा। नतीजतन शंघाई कम्यून की स्थापना हुई और शंघाई में जनता की सरकार के अधिकारी नागरिकों की रैली द्वारा चुने गये। इसी तरह से नानकिंग भी आज़ाद करा लिया गया। कम्युनिस्टों के प्रभाव में आये इस उछाल की प्रतिक्रिया में पहले नानकिंग में साम्राज्यवादियों ने कम्युनिस्टों के क़त्ले-आम की मुहिम चलायी, फिर शंघाई में यही काम ख़ुद च्यांग

की सेनाओं ने किया। अप्रैल तक कम्युनिस्टों का यह संहार क्वांगतुग तक पहुँच गया। व्हामपोआ फ़ौजी अकादमी में कम्युनिस्टों से हथियार रखवा लिए गये। इस तरह कुओमिंगतांग और कम्युनिस्ट पार्टी के संयुक्त मोर्चे का अंत कम्युनिस्टों की ज़बरदस्त पराजय में हुआ। साम्राज्यवादियों, ज़मींदारों, नौकरशाहों और दक्षिणपंथी राष्ट्रवादियों ने कम्युनिस्ट विरोधी मोर्चा बना लिया। 1928 में अगस्त और जनवरी के बीच क़रीब एक लाख किसानों और मज़दूरों को मार डाला गया।

दूसरा दौर : कम्युनिस्ट पार्टी की इस पराजय के गर्भ से माओ त्से-तुंग के नेतृत्व का जन्म हुआ। बची हुई पार्टी ने चेन तु-हिसुई के नेतृत्व को ही ख़ारिज नहीं किया, कोमिंटर्न की उस लाइन को भी ठुकरा दिया जिसके तहत कुओमिंगतांग के साथ मोर्चा बनाया गया था। माओ ने सूत्रीकरण किया कि चीन को जिस जनवादी क्रांति की ज़रूरत है वह नव-जनवादी क़िस्म की होगी अर्थात् उस पर पूँजीपति वर्ग के प्रतिनिधियों का नहीं बल्कि किसानों-मज़दूरों के प्रतिनिधियों का नेतृत्व स्थापित किया जाएगा।

च्यांग के फ़ौजी हमले का जवाब देने के लिए चाऊ एन लाई और चू तेह के नेतृत्व में तीस हज़ार कम्युनिस्ट योद्धाओं ने नानचांग (कियांगसी प्रांत) को आज़ाद करा लिया। यह फ़ौजी अभियान चीनी जन-मुक्ति सेना की शुरुआत साबित हुआ। कई दूसरी जगहों पर कम्युनिस्टों के नेतृत्व में किसानों ने कुओमिंगतांग के हमलों का मुक़ाबला करने के लिए फ़ौजी बंदोबस्त किया। अगस्त में हुई इमरजेंसी कांफ्रेंस में पार्टी ने अपने प्रभाव वाले इलाक़ों में किसान विद्रोहों का आह्वान किया। माओ को हूनान भेजा गया जहाँ उन्होंने न केवल किसानों की सेना गठित की, बल्कि चिंगकांग पहाड़ियों में क्रांतिकारी आधार इलाक़ा भी स्थापित किया। यहीं माओ की सेना से चू तेह की सेना भी जुड़ गयी, और उन्होंने 1928 से 1931 के बीच अपने इस आधार के ख़िलाफ़ च्यांग की सेना द्वारा की गयी तीन घेरेबंदियों को पराजित करने में सफलता प्राप्त की। चिंगकांग में युद्ध लड़ते हुए ही माओ ने लाल आधार इलाक़े की थीसिस सूत्रबद्ध की। गृह युद्ध के इस दौर में कम्युनिस्ट पार्टी ने शहरों के बजाय अपना पूरा ध्यान देहाती इलाक़े पर लगाया। लाल सेना की संख्या बढ़ कर साठ हज़ार के पार पहुँच गयी। कई आधार इलाक़े भी बन गये।

लम्बी कूच : 1931 में जापानी सेना ने उत्तर-पूर्व चीन पर हमला किया। च्यांग की सेनाओं ने प्रतिरोध करने की नाकाम कोशिश की, पर उनकी कमज़ोरियों और ग़लत रणनीति के कारण तीन महीने के भीतर जापानियों का पूरे उत्तर-पूर्व पर क़ब्ज़ा हो गया। अगले साल जापानियों ने शंघाई पर हमला किया ताकि पूरे चीन को उपनिवेश में बदला जा सके। च्यांग को उनके साथ अपमानजनक समझौता करना पड़ा। इसकी प्रतिक्रिया में चीनी समाज के भीतर च्यांग और जापान विरोधी भावनाएँ प्रबल हो गयीं। जापान विरोधी योद्धाओं ने अपने स्तर पर छापामार युद्ध शुरू कर दिया, और शंघाई में आठ लाख मज़दूरों ने जापान के हाथों से चीन को बचाने के लिए एसोसिएशन बनायी। लेकिन इन जन-भावनाओं से बेपरवाह हो कर च्यांग ने कम्युनिस्ट विरोधी फ़ौजी अभियान जारी रखा।

1933 में च्यांग ने कम्युनिस्टों की घेरेबंदी करने के लिए दस लाख की फ़ौज खड़ी की। अक्टूबर, 1934 में च्यांग की घेराबंदी तोड़ कर फ़ौजी पहलक़दमी छीनने के लिए माओ की रणनीति पर अमल करते हुए लाल सेना ने ऐतिहासिक लम्बी कूच शुरू की। एक साल तक कम्युनिस्ट सेना 11 प्रांतों, बर्फ से ढँकी पहाड़ियों और दुर्गम वनों को पार करती हुई चलती गयी। इस दौरान उसने च्यांग की सेना के साथ अनगिनत बार विजयी झड़पें कीं। तीन लाख फ़ौजियों में से बच कर कुल तीस हज़ार शेंसी प्रांत के लाल आधार इलाक़े तक पहुँचे। माओ ने दावा किया कि लम्बी कूच के कारण चीन के ग्यारह प्रांतों में क्रांति के बीज बोये जा सके, और यह साबित किया जा सका कि लाल सेना को किसी भी तरह से हराया नहीं जा सकता।

तीसरा दौर : 1937 में जापानियों ने पेकिंग के दस किमी. दूर मार्को पोलो पुल पर हमला बोला और उसके बाद फिर से शंघाई पर चढ़ाई कर दी। जापानी फ़ौजों की क्रूरता ने इस बार सारी सीमाएँ तोड़ दीं। चीनी जनता के गुस्से के मद्देनज़र च्यांग को कम्युनिस्टों के साथ गठजोड़ करना पड़ा। कुओमिंगतांग सरकार के प्रतिरोध को जापानियों ने आसानी से तोड़ दिया। अक्टूबर, 1938 तक केंटन और वूहान उनके हत्थे चढ़ चुके थे। पंद्रह महीनों के भीतर-भीतर च्यांग की फ़ौजें पेकिंग और शंघाई छोड़ने के लिए मजबूर हो चुकी थीं। लेकिन दूसरी तरफ़ अपने इलाक़ों में कम्युनिस्टों की आठवीं राह सेना ने और दक्षिण के छापामारों से बनी चौथी नयी सेना ने जापानियों पर जीतें हासिल करना जारी रखा। पार्टी ने छापामार और चलायमान यद्ध का मिश्रण अपना कर आक्रमणकारियों को कई बार शिकस्त दी। इसी दौरान माओ त्से-तुंग अपनी प्रमुख फ़ौजी रचनाएँ ले कर सामने आये जिनके परिणाम स्वरूप दीर्घकालीन लोक-युद्ध की थीसिस का सूत्रीकरण हुआ। 1940 तक कम्युनिस्ट सेनाएँ जापानियों से 150 काउंटियाँ छीन चुकी थी और चार लाख जापानी सैनिक मारे जा चुके थे। इसी समय माओ की रचना *ऑन न्यू डेमॉक्रैसी* का प्रकाशन हुआ।

कम्युनिस्टों को जीतते देख कर च्यांग ने उनकी आठवीं राह सेना के मुख्यालय पर हमला किया, पर इसका नतीजा बहुत बुरी पराजय में निकला। 1941 तक च्यांग की रणनीति के ख़िलाफ़ कुओमिंगतांग में भी असंतोष पैदा होने लगा।

राजनीतिक परिस्थिति में भी तब्दीली आयी। ब्रिटेन व अमेरिका अभी तक इस लड़ाई को दूर से देख रहे थे, लेकिन उनकी तरफ़ से जापान को फ़ौजी मदद भी दी जा रही थी। नये हालात में उन्होंने जापान की मदद से हाथ खींच लिया और गृह युद्ध ख़त्म करवाने की पहल की। अप्रैल, 1945 तक लाल सेना ने जापान से लगभग सारे देश को स्वतंत्र करा लिया। सितम्बर में जापान को हथियार डालने पड़े।

चौथा दौर : इस समय स्थिति यह थी कि अमेरिकी समर्थन के बावजूद कुओमिंगतांग के पास केवल छह फ़ीसदी चीन का नियंत्रण रह गया था। आज़ाद कराये गये क्षेत्रों में कम्युनिस्ट पार्टी ने खेतिहर सुधारों की मुहिम चलायी, युद्ध-सरदारों और ज़मींदारों के प्रभाव का उन्मूलन कर दिया। गृह युद्ध से बचने के समझौते के बावजूद च्यांग ने 13 लाख फ़ौजियों की सेना के साथ 11 प्रांतों पर धावा बोला जिसके कारण जन-मुक्ति सेना को बचाव की मुद्रा में आना पड़ा। अमेरिका ने च्यांग को कम्युनिस्टों के अंतिम सफ़ाये के लिए चार अरब डॉलर के बराबर की मदद की। जुलाई, 1947 से जुन-मुक्ति सेना ने बचाव की रणनीति छोड़ कर आक्रमण शुरू किया। 31 जनवरी, 1949 को कम्युनिस्ट सेनाओं ने पेकिंग पर क़ब्ज़ा कर लिया। सितम्बर ख़त्म होते-होते ज़्यादातर हिस्सों में कुओमिंगतांग की फ़ौजें पराजित हो चुकी थीं। एक अक्टूबर, 1949 को केंद्रीय जन-सरकार के चेयरमैन के रूप में माओ त्से-तुंग ने चीन लोक गणराज्य की स्थापना की घोषणा की।

देखें : आधार और अधिरचना, ऑस्कर लांगे, आंगिक और पारम्परिक बुद्धिजीवी, एंतोनियो ग्राम्शी, कार्ल हाइनरिख़ मार्क्स-1, 2. 3 और 4, क्रांति, क्रांति : मार्क्सवादी विमर्श, नयी सदी में मार्क्सवादी विमर्श-1, 2. 3,4 5, 6, 7, 8 और 9, निष्क्रिय क्रांति, फ्रेड्रिख़ एंगेल्स, भारत में किसान संघर्ष-2 और 4, कम्युनिस्ट पार्टियाँ-1, 2 और 3, भ्रांत चेतना, बोल्शेविक क्रांति, फ्रांस्वा-चार्ल्स मारी फ़ूरिये, क्यूबा की क्रांति, फ्रेंज़ फ़ानो, हिंसा-1 और 2, मानवेंद्र नाथ राय, माओ त्से-तुंग, माओवाद और माओ विचार, मार्क्सवाद-1, 2, 3, 4 और 5, मार्क्सवादी इतिहास-लेखन, मार्क्सवादी समाजशास्त्र, मार्क्सवाद और पारिस्थितिकी, मार्क्सवादी अर्थशास्त्र, समाजवादी वसंत-1, 2, 3, और 4, लेनिनवाद, लियोन ट्रॉट्स्की, लिबरेशन थियोलॉजी, स्तालिन और स्तालिनवाद, सोवियत समाजवाद-1, 2 और 3, वर्चस्व, व्लादिमिर इलीच लेनिन।

संदर्भ

1. माओ त्से-तुंग (1960), *द मे फ़ोर्थ मूवमेंट : इंटलेक्चुअल रेवोल्यूशन इन मॉडर्न चाइना*, हार्वर्ड युनिवर्सिटी प्रेस, केम्ब्रिज, एमए.
2. एडगर स्नो (1938), *रेड स्टार ओवर चाइना*, रैंडम हाउस, न्यूयॉर्क.
3. पिएर रूसेट (2009), 'चाइनीज़ कम्युनिस्ट रेवोल्यूशन, 1925-1949', इमैनुएल नैस (सम्पा.), *द इंटरनैशनल इनसाइक्लोपीडिया ऑफ़ रेवोल्यूशन ऐंड प्रोटेस्ट : 1500 टू प्रज़ेंट*, खण्ड-2, विली-ब्लेकवेल, ऑक्सफ़र्ड.
4. माओ त्से-तुंग (1972 : चार खण्ड), चाऊ एन लाई (1980) और चू तेह (1983) की चुनी हुई रचनाएँ, प्रकाशक : पीपुल्स पब्लिशिंग हाउस, पेइचिंग.
5. मॉरिस मीज़नर (1999), 'दि सिग्नीफ़िकेंस ऑफ़ चाइनीज़ रेवोल्यूशन इन वर्ल्ड हिस्ट्री', वर्किंग पेपर, एशिया रिसर्च सेंटर, लंदन स्कूल ऑफ़ इकॉनॉमिक्स ऐंड पॉलिटिकल साइंस, लंदन.

— अभय कुमार दुबे

चीनी इतिहास-लेखन

(Chinese History Writing)

एशियाई इतिहास-लेखन की परम्पराओं में चीनी इतिहास-लेखन का विशिष्ट स्थान है। इस परम्परा पर धर्म का प्रभाव न के बराबर है। वह पैग़म्बरों, अलौकिक प्रकरणों, जादू या चमत्कारों के बारे में चर्चा नहीं करती। उस पर कन्फ़्यूशस के चिंतन की स्पष्ट छाप है। चूँकि कन्फ़्यूशसवाद विद्वानों-नौकरशाहों की विचारधारा थी इसलिए इतिहास-लेखन का ज़्यादातर काम इन्हीं लोगों ने किया। चीनी चिंतन-परम्परा शुरू से ही व्यक्ति की तुलना में समाज को सर्वोपरि मानती है। चीनी समाज में सामाजिक नियमों का पालन और परम्पराओं का सम्मान करना प्रत्येक व्यक्ति के लिए अति-आवश्यक माना गया है। वहाँ मनुष्य की श्रेष्ठता का मानक विभिन्न सामाजिक आचारों और संबंधों का सम्यक निर्वहन है। चीनी मान्यता के अनुसार पूर्व-स्थापित नियमों और परम्पराओं का पालन करके ही समाज में शांति-व्यवस्था क़ायम की जा सकती है। इसी वजह चीन निवासी अमूर्त की अपेक्षा पूर्व-दृष्टांतों को अधिक महत्त्व देते हैं। उनके विचार में समाज और संस्कृति के प्राचीन अनुभवजन्य परिणाम किसी व्यक्ति विशेष की चिंतन-शक्ति से ज़्यादा प्रामाणिक और औचित्यपूर्ण होते हैं। जीवन के संयमन और नियमन के लिए अमूर्त और भावमय विचार उतने कारगर नहीं हो सकते जितने कि अतीत के विभिन्न पक्षों से प्राप्त अनुभव। चीनियों के लिए ज्ञान के मायने हैं अतीत के दृष्टांतों का ज्ञान। इसीलिए ज्ञान को चि-कु कहा गया है जिसका अर्थ होता है प्राचीन मार्गों का अन्वेषण।

प्राचीन काल में संकलित पाँच उत्कृष्ट ग्रंथों को चीन में जीवन का मानक समझा जाता है। इन्हीं ग्रंथों में मानव-अनुभवों के विभिन्न प्राचीन दृष्टांतों का संकलन है और यह माना जाता है कि मानव-जीवन में चाहे जितने बड़े परिवर्तन

आ जाएँ लेकिन इन ग्रंथों में सारे सत्य बने रहेंगे। कन्फ़्यूशस ने भी इन पाँच ग्रंथों को अपरिहार्य माना था। अन्य विचारकों ने भी इन्हें मान दिया। चीनी चिंतन में 'ली' की अवधारणा भी महत्त्वपूर्ण है। पहले इसका प्रयोग केवल धार्मिक आनुष्ठानिक कृत्यों में होता था पर बाद में विभिन्न सामाजिक महत्त्व के कृत्यों के लिए भी होने लगा। कन्फ़्यूशस तथा उसके अनुयायियों ने 'ली' को नैतिक अर्थ प्रदान करके इसे समाज तथा वैयक्तिक जीवन का नियामक तत्त्व माना। कहा गया कि इसके अभाव में समाज और निजी जीवन अशांति, अव्यवस्था तथा उच्छृंखलता से ग्रस्त हो जाते हैं। 'ली' विभिन्न स्वाभाविक वृत्तियों को समाज द्वारा स्वीकारणीय आकार प्रदान करता है तथा जीवन के सभी कर्मों में आत्म-नियंत्रण का अनुप्रवेश करता है। उदाहरणार्थ, यदि साहस के ऊपर 'ली' का नियंत्रण न हो तो वह अविचारी दु:साहस का स्वरूप ग्रहण कर लेता है। परस्पर विषम सामाजिक स्थितियों में रहने वाले लोगों के बीच जो सामंजस्य दिखाई पड़ता है, वह इस 'ली' के नियंत्रण के ही कारण है। सुव्यवस्थित तथा सुखी जीवन के लिए ली का ज्ञान तथा पालन परम आवश्यक है।

इन्हीं वैचारिक पृष्ठभूमियों के साथ चीन में इतिहास-लेखन की शुरुआत हुई। समाज और संस्कृति के प्राचीन अनुभवों के महत्त्वपूर्ण होने के दृष्टिबोध तथा इसकी व्यवहारिक उपयोगिता ने चीनी समाज में इतिहास-रचना को महत्त्व प्राप्त हुआ। यह अलग बात है कि कुछ प्रमुख स्रोत-ग्रंथों की तिथि की अनिश्चित होने की वजह से चीन का प्रारम्भिक इतिहास-लेखन अस्पष्ट-सा हो गया है। यही नहीं, इतिहास के लिए प्रयुक्त होने वाला 'शिह' शब्द अपने मौलिक अर्थ में भिन्न समझा जाता रहा है। इसका निराकरण काफ़ी बाद में जाकर हुआ। ऐसी मान्यता है कि शिह पढ़ने-लिखने वाला ज्ञान-सम्पन्न तथा महत्त्वपूर्ण कार्यों में राजा का प्रमुख परामर्शदाता होता होगा। प्रारम्भ में ऐतिहासिक विवरणों की सुरक्षा की ज़िम्मेदारी उसके ऊपर थी। बाद में सभी प्रकार के विवरणों का संरक्षण करना उसके कार्य क्षेत्र में आ गया तथा उसके पद की प्रतिष्ठा भी बढ़ती चली गयी।

शिह एक इतिहासकार था जो चीन के प्रारम्भिक इतिहास-लेखन के दौर में दरबारों के कार्य-कलापों, धार्मिक, अनुष्ठानों तथा महत्त्वपूर्ण राजकीय कार्यों से सम्बद्ध एक अर्ध-धार्मिक दायित्व निभाता था। कालांतर में वह प्रलेखों का संरक्षक अथवा दैनन्दिन ऐतिहासिक वृत्तों का विवरणकार बना। चीन के दो प्रसिद्ध ग्रंथ *शुचिंग* और *छुन छिंग* के ज़रिये भी इस बात का पता चलता है। *शुचिंग* में चीन के प्राचीन शासकों तथा उनके परामर्शदाताओं से संबंधित भाषणों, राजाज्ञाओं एवं उपदेशों का संग्रह है। चीनियों की स्वयं की मान्यता के अनुसार यह शब्दों का संग्रह है। *छुन छिंग* तथ्यों का संग्रह है जिसमें उपदेशात्मक प्रवृत्तियों का अभाव दिखता है। यह चीनी इतिहास लेखन का पौराणिक काल है।

लि-चि में एक अभिकथन मिलता है कि जब सम्राट किसी कार्य में प्रवृत्त होता है तो उसका लेखन दक्षिण पार्श्व के इतिहासकार द्वारा किया जाता है। जब वह कुछ कहता है तो उसके लेखन का कार्य-भार वाम पार्श्व के इतिहासकार का होता है। इतिहासकार का महत्त्व सिर्फ़ धार्मिक और अनुष्ठानात्मक ही नहीं था बल्कि वह प्राचीन शासकों के नैतिक गुरु और निदेशक की भूमिका में भी होता था।

चीन की इन इतिवृत्तियों के विषय में बहुत कम जानकारी मिलती है तथा इनमें से बहुत कम ही बची हुई हैं। इनमें से *बसंत एवं शरद इतिवृत्त* (छुन-छिंग) चीनी इतिहास-परम्परा पर महत्त्वपूर्ण प्रकाश डालता है तथा इतिहास लेखन के प्रतिमान स्वरूप में महत्त्वपूर्ण माना जाता है। *बसंत एवं शरद इतिवृत्त* में लु राज्य (722-481 ईसा पूर्व) के बारह सामंतों के युगों के आंतरिक मामलों, कूटनीतिक सभाओं, सामंतीय युद्धों, अन्य राज्यों के साथ संबंधों, ग्रहण, बाढ़, भूकम्प तथा अन्य प्राकृतिक प्रकोपों का विवरण उपलब्ध हैं। यह कन्फ़्यूशसवादी रचना मानी जाती है, जिसे काफ़ी लोकप्रियता हासिल है। *बसंत तथा शरद इतिवृत्त* द्वारा तथ्यों का सावधानीपूर्वक लेखन तथा उनकी निर्भीक एवं पूर्वग्रहविहीन समीक्षा चीनी इतिहास-लेखन का महत्त्वपूर्ण मानदण्ड है। इस ग्रंथ ने चीनी इतिहास लेखन को काफ़ी प्रभावित किया।

सुमा-चिएन (145-90 ईसा पूर्व) चीन के प्रमुख इतिहासकार थे। उन्होंने अपने 130 अध्याय वाले ग्रंथ *शिह-ची* में अति-प्राचीन काल से लेकर अपने समकालीन चीनी तथा अन्य विदेशी जातियों के इतिहास का विवरण दिया है। इस कृति ने दो हज़ार साल तक के काल विस्तार को समेटा है। चीन, कोरिया तथा जापान के इतिहास-लेखन पर उसका प्रभाव दिखता है। सुमा-चिएन ने अपने इस ग्रंथ में पाँच मुख्य शासक-वंशों एवं सामंत कुलों का इतिहास संकलित किया। उन्होंने अतीत के कार्य-व्यापारों एवं घटनाओं का परीक्षण एवं उनकी सफलताओं एवं विफलताओं, उनके उत्थान तथा पतन के पीछे स्थित सिद्धांतों का अनुसंधान करना अपने इतिहास-लेखन का लक्ष्य उद्घाटित किया है। सुमा-चिएन के लिए इतिहास-लेखन नैतिक और उपदेशात्मक प्रयास भी है।

सुमा-चिएन के लगभग डेढ़ सौ वर्षों बाद पान कु नामक इतिहासकार ने तृतीय शताब्दी ईसा पूर्व हान-शु वंश की स्थापना से लेकर अनाधिकार रूप से सत्ता हस्तगत कर लेने वाले वांग मिंग के पतन के बाद 23 ई. के शासक-वंश से सम्बद्ध कुल के पुन:स्थापन तक का दो शताब्दियों तक का इतिहास लिखा है। हान वंश का पान कु रचित इतिहास *शिह-ची* के स्वरूप-आधार पर लिखा गया है। सुमा-चिएन ने

शिह-ची की रचना व्यक्तिगत प्रयास से की थी। इसी तरह से पान कु ने अपने पिता पान-पिआओ द्वारा रचित *होठ चुआन* का विस्तार व्यक्तिगत हैसियत से किया। आगे चल कर इस कार्य को सम्राट मिंग का समर्थन और सहयोग प्राप्त हुआ। पान कु ने अपने इतिहास-लेखन में समीक्षात्मक दृष्टि अपनायी है।

हान युग में इतिहास-लेखन में काफ़ी प्रगति हुई। इस दौर में विद्वानों की इतिहासकार के पद पर नियुक्ति होने लगी। पहले दरबार का ज्योतिषी ही इतिवृत्तिकार का काम करता था। कालांतर में यह परम्परा समाप्त कर दी गयी और ऐतिहासिक वस्तु-सामग्री तक बाहरी लोगों की भी पहुँच हो गयी। प्रथम शताब्दी में पान कु तथा अन्य विद्वानों की राजकीय पदाधिकारी के रूप में नियुक्ति की प्रवृत्ति के परिणामस्वरूप सातवीं शताब्दी में इतिहास-लेखन के विभाग की स्थापना हुई। इसी दौर में विश्लेषणात्मक इतिहास का उद्‌भव हुआ। सन्-युएह ने *हान-शु* का संक्षिप्त संस्करण तैत्यार किया और विश्लेषणात्मक ढंग से वस्तु-सामग्री व्यवस्थित करके जीवनियों एवं उपलब्ध सूचनाओं को जोड़ा गया। इतिवृत्तात्मक ग्रंथों में सु-मा-कुअंग लिखित *सु-चिन्ह तुङ् चिएन* भी उल्लेखनीय है। तथ्यगत शुद्धता के लिहाज से *शिह-ची-हान-शु* एक प्रमाणिक ग्रंथ ठहरता है। चिंग वंश के अंतर्गत मान्यता प्राप्त चौबीस मानक इतिहासों में से नौ में तंग वंश से मिंग वंश तक की विषय-सामग्री है जिनमें 618 से लेकर 1644 के बीच पूरे चीन या चीन के विभिन्न भू-खण्डों में शासन करने वाले राजवंशों के राजकीय प्रलेखों का संचयन है। इनके आधार पर चीन में राज्य प्रायोजित इतिहास-लेखन के स्वरूप और संरचना को समझा जा सकता है।

चीनी इतिहास ग्रंथों की विशिष्टता इस बात में है कि सभी ग्रंथ विनष्ट शासक-वंशों के बाद लिखे गये। आने वाले राजवंशों ने अपने से पूर्व विनष्ट वंश के समय की घटनाओं एवं शासन-शासक के विषय में लिखवाया। यह परम्परा लगातार चलती रही। इतिहास लेखन का सारा काम राज्य-प्रायोजित इतिहासकारों ने किया। इतिहास-लेखन की निरंतरता के पीछे वजह यह रही कि प्रत्येक शासक अपने से पहले के राजवंशों के बारे में जानना आवश्यक समझता था। 1369 में मिंग शासन वंश के संस्थापक सम्राट ताई-त्सु ने अपने दरबार को सम्बोधित करते हुए कहा कि अभी युवान राजधानी (पीकिंग) के पतन के बाद हमें तेरह शासकों के विश्वसनीय लेख प्राप्त हुए हैं। हालाँकि उनका राज्य नष्ट हो गया है फिर भी इसकी घटनाओं का लेखन किया जाना चाहिए। इसके अतिरिक्त इतिहास सफलता एवं विफलता का वृत्तांत प्रदान करता है जिससे एक ओर प्रोत्साहन और दूसरी ओर चेतावनी मिलती है। इस कारण इसका परित्याग उचित नहीं है।

इस तरह से और भी कई उद्धरण मिलते हैं जिनसे चीनियों की इतिहास के प्रति गहरे रुझान का पता चलता है। वंगओ नामक एक विद्वान का कथन है कि राज्य नष्ट हो सकता है किंतु इतिहास कभी नष्ट नहीं होता। इतिहास-लेखन को लेकर चीन में ऐसी धारणा रही है कि इतिहासकार आकाश के नीचे के स्थित सभी लोगों एवं भावी पीढ़ियों के प्रति उत्तरदायी होता है। इतिहासकार की स्वतंत्रता तथा निष्पक्षता को बनाये रखने के लिए शासन से यह उम्मीद की जाती थी कि वह अपने शासनकाल की कार्य या विश्राम की दैनंदिनी न पढ़े। इस परम्परा का अनुपालन भी होता था लेकिन अपने शासन-काल के तथा विनष्ट वंश के संबंध में सभी लेखन शासक के अंतिम अनुमोदन के लिए लाये जाते थे। मिंग तथा चिंग शासनकाल में ऐतिहासिक इतिहासकारों को राजकीय निर्देश भी जारी होते थे और सम्भवत: इतिहासकारों को ये राजकीय निर्देश प्रभावित भी करते होंगे। चीनी इतिहास-लेखन की परम्परा में सत्यगोपन का सिद्धांत भी प्रचलन में था। *बसंत शरद् इतिवृत्त* की टीका *कुंग-यंग* के अनुसार कन्फ़्यूशस तीन तरह के लोगों की ग़लतियों के संगोपन के पक्ष में थे : जो आदरणीय हों, जो घनिष्ठ संबंधी हों तथा जो योग्य हों। इसका तात्पर्य यह है कि ऐसे लोगों की गलतियों को नैतिकता में वृद्धि के लिए यथास्थान उल्लिखित नहीं करना चाहिए।

देखें : *अनाल स्कूल, अरनॉल्ड जोसेफ़ टॉयनबी, इतिहास और आख्यान, ओसवाल्ड स्पेंगलर, फ़र्नैंद ब्रॉदेल, मार्क्सवादी इतिहास-लेखन, मार्क ब्लॉक, ल्यूसियाँ फ़ेब्र।*

संदर्भ

1. गोविंद चंद्र पाण्डेय (सम्पा.) (), *इतिहास : स्वरूप एवं सिद्धांत*, राजस्थान हिंदी ग्रंथ अकादमी, जयपुर.
२. डेविड मॉर्गन (), 'द एवोल्यूशन ऑफ़ टू एशियन हिस्टोरियोग्राफ़िकल ट्रेडिशंस', माइकिल बेंटली (सम्पा.), कम्पैनियन टू हिस्टोरियोग्राफ़ी, रॉटलेज, लंदन और न्यूयॉर्क.
2. हाजमे नाकामुरा (1961), *वेज़ ऑफ़ ईस्टर्न पीपुल्स*, न्यूयॉर्क 1961, पृ. 204-5
3. बर्टन वाटसन (1963), *सुमा-चिएन, द ग्रैंड हिस्टोरियन ऑफ़ चाइना*, न्यूयॉर्क.

—अजय कुमार पाण्डेय

चेतना

(Consciousness)

चेतना अर्थात् अपने परिवेश के प्रति जागरूकता, उसके भीतर अपनी अवस्था और उसके साथ अपने संबंध की समझ। इस विशेषता को अपने चेतन होने की चेतना के रूप में भी व्यक्त किया जाता है। मस्तिष्क अगर चेतन है तो उसमें अपना विवरण देते रहने की सामर्थ्य होगी। लेकिन चेतना की यह परिभाषा उससे जुड़ी हुई दार्शनिक उलझनों का समाधान करने के लिए पर्याप्त नहीं है। पहली उलझन तो हमेशा से यही रही है कि क्या चेतन होने का यह गुण केवल मनुष्यों के पास ही होता है? या कुछ अन्य उच्चस्तरीय स्तनपायी जीवों के पास भी यह ख़ूबी किसी न किसी मात्रा में होती है? न केवल पश्चिमी विचार-परम्परा में चेतना को तरह-तरह से समझा गया है, बल्कि भारतीय परम्परा में भी उसकी एक से अधिक व्याख्याएँ मौजूद हैं। चेतना की प्रकृति से संबंधित विवाद मुख्यत: दो ध्रुवों में बँटा हुआ है। एक तरफ़ चेतना को समझने की भौतिकवादी दृष्टि है जो जगत की वस्तुनिष्ठता पर भरोसा करती हुई मानस के दैहिक सिद्धांत के इर्द-गिर्द अपनी व्याख्याएँ बुनती है। दूसरी दृष्टि चेतना के सार को दैहिकता और वस्तुनिष्ठता में सीमित करने के बजाय उसकी संरचनाओं की खोज अपार कल्पनाशीलता और भाषिक अभिव्यक्तियों के विपुल संसार में करना चाहती है। यह दृष्टि मानती है कि चेतन अनुभव एक अनूठे आत्मनिष्ठ गुण से सम्पन्न होता है जिसका सार केवल वस्तुनिष्ठ विवरणों के ज़रिये प्राप्त नहीं किया जा सकता।

सत्रहवीं सदी में देकार्त ने सोचने की प्रक्रिया को चेतना क़रार देते हुए कहा था कि सचेत विचार मानस का सार है, और अपने सचेत मानस तक पहुँचने की ख़ूबी केवल मानवों के पास ही होती है। देकार्त ने मानस को एक अ-भौतिक पदार्थ मान कर देह के साथ उसके द्वैत की स्थापना की। परिणामस्वरूप बहस पैदा हुई कि अगर इन दोनों की प्रकृति मूलत: इतनी अलग है तो फिर इनके बीच परस्पर प्रभावित करने वाला आपसी कार्य-कारण संबंध कैसे बनता है। आधुनिक दर्शन लगातार इस प्रश्न से जूझता रहा है। भौतिकवाद के पैरोकार मानस की व्याख्या भौतिक और जैविक अर्थों में करते हैं। व्यवहारवाद के अनुयायियों का कहना है कि मानस का कार्यकलाप अपने परिवेश से मिलने वाले सूत्रों और प्रेरणाओं के प्रति की गयी अनुक्रियाओं पर निर्भर है। व्यवहारवादी किसी आंतरिक मनोवैज्ञानिक प्रक्रिया को स्वीकार नहीं करते। फ्रॉयड का विमर्श चेतना की शिनाख़्त मानसिक तंत्र की प्रमुख अभिव्यक्ति के रूप में करता है। इस विमर्श में मानसिक तंत्र के भीतर चेतना के अलावा अवचेतन और पूर्व-चेतन अवस्था की चर्चा भी है।

देकार्त द्वारा चिंतन करने वाले असंदिग्ध अस्तित्व के रूप में 'मैं' को परिकल्पित करने का रैडिकल नतीजा यह निकला कि धीरे-धीरे ब्रह्माण्ड के बजाय मनुष्य दार्शनिक ऊहापोह का केंद्र बनता चला गया। चेतना के संदर्भ में मनुष्य के बाह्यांतर और अभ्यांतर को समझने की चेष्टाएँ होने लगीं। लॉक ने 'कांशसनेस' शब्द का पहली बार प्रयोग करते हुए उसकी परिभाषा व्यक्ति के मानस में संसाधित होने वाले बोध के रूप में की। इस तरह चेतना मानवीय व्यवहार, समाज, भाषा और ज्ञान के लिए बुनियादी महत्त्व की अवधारणा बन गयी। लॉक के आधार पर चेतना की एक यह परिभाषा भी दी गयी है : चेतना की गति के माध्यम से ही मानस अपने आकार-प्रकार के प्रति जागरूक होता है और आसन्न परिवर्तनों के मुक़ाबले उसे क़ायम रखने का काम अंजाम देता है। इस प्रक्रिया में संवेदी अनुभूतियों, बोध, मन और प्रवृत्तियों की भूमिका होती है। यह सारा सिलसिला देह और मानस के ऐक्य के तहत चलता है अर्थात् देह के बिना कोई मानस नहीं हो सकता।

भारतीय दर्शन में अद्वैतवाद भी व्यक्ति के सार और उसकी चेतना के बीच भेद के बजाय तादात्म्य देखता है। उपनिषदों में चेतना के चार चरणों का उल्लेख है जो यथार्थ के चार बोध हैं : जाग्रत अवस्था, स्वप्नावस्था, सुसुप्तावस्था और तुरीय अवस्था। जाग्रत अवस्था में कर्त्ता चेतना के ज़रिये अपने से भिन्न अस्तित्वों का बोध करता है। स्वप्नावस्था भी कर्त्ता से भिन्न मानस-उद्‌भूत संसार का बोध कराती है। सुसुप्तावस्था स्वप्नरहित गहन निद्रा है जिस दौरान आत्मनिष्ठ और वस्तुनिष्ठ के बीच अंतर करने वाला कोई बोध कार्यरत नहीं होता। तुरीय अवस्था चेतना की ऐसी स्थिति है जिसमें आत्मनिष्ठ और वस्तुनिष्ठ के विभाजन के परे जाते हुए व्यक्ति लोकोत्तर स्थिति में पहुँचता है। भारतीय दर्शन में ही वेदों का प्राधिकार ख़ारिज करने वाले भौतिकवादी दर्शन लोकायत ने पश्चिम की भाँति चेतना को देह से पृथक या देह का अंग बताने के बजाय उसे कुछ तत्त्वों के विशेष संयोग का परिणाम क़रार दिया है। चूँकि मृत्यु इन भौतिक तत्त्वों का समीकरण बदल देती है, इसलिए देहांत से चेतना तिरोहित हो जाती है। बौद्ध चिंतन ने भी वेद आधारित दर्शनों द्वारा वर्णित चेतना के प्रकारों को ख़ारिज करते हुए उसकी व्याख्या विभिन्न अनुभवों के आधार पर बनने वाली प्रवृत्तियों के रूप में की है।

दुर्खाइम द्वारा डाली गयी समाजशास्त्रीय परम्परा ने समाजशास्त्रीय और मनोवैज्ञानिक के बीच विभाजन पर ज़ोर दिया है। उसके लिहाज़ से सामाजिक दायरे में केवल सामाजिक शक्तियाँ ही कार्यरत रहती हैं और यह दायरा

केवल समाज संबंधी तथ्यों से मिल कर ही बनता है। इस लिहाज़ से यह परम्परा निजी चेतना को अप्रासंगिक मानते हुए केवल सामूहिक चेतना को ही रेखांकित करती है जिसके तहत सभी लोग सामूहिक प्रतिनिधित्व के ज़रिये समाज के कार्यकलाप में भागीदारी करते हैं। क्लिफ़र्ड गीर्ट्ज़ ने यह तो माना कि मानवीय अस्तित्व की प्राथमिक शर्त जीवन पर किन्हीं तात्पर्यों का आरोपण ही है और इसी तरीक़े से मनुष्य व्यक्ति में बदलता है। लेकिन गीर्ट्ज़ के इस कथन के बावजूद समाजशास्त्र चेतना के व्यक्तिगत रूपों की शिनाख़्त मनुष्य की सामाजिक या सांस्कृतिक परिस्थितियों के संरचनागत तर्क के आधार पर करता रहा। यह मान्यता बनी रही कि अमुक समुदाय, वर्ग या भूमिका में रहने के लिए व्यक्ति को अमुक चेतना की आवश्यकता पड़ेगी। मानवशास्त्रियों ने चेतना से संबंधित समस्याओं का हल खोजने के लिए समूचे समाजों के विचारों और आस्थाओं का सामान्यीकरण करके व्यक्ति को सामूहिक विचार-सत्ताओं की मातहती में देखना शुरू कर दिया।

बीसवीं सदी के आख़िरी वर्षों में व्यक्तिगत चेतना और सामूहिक चेतना के आपसी संबंधों पर किये जाने वाले चिंतन में तब्दीलियाँ हुई हैं। समाजशास्त्री इस नतीजे पर पहुँचते जा रहे हैं कि व्यक्ति को समाज के ऊपर प्राथमिकता देने या उसे सामाजिक चेतना के अधीन बताने के बजाय सामाजिक संबंधों की अधिक परिष्कृत समझ पर पहुँचने की चेष्टा करनी चाहिए। आख़िरकार समाज अन्योन्यक्रिया करते हुए व्यक्तियों से ही मिल कर बना है। इसी तरह सामाजिक यथार्थ भी चेतनासम्पन्न व्यक्तियों की निरंतर जारी व्याख्याओं का ही नाम है।

मानवशास्त्रियों को अब लगने लगा है कि बाह्यांतर और अभ्यांतर के द्विभाजन पर आधारित पद्धति दरअसल चेतना के प्रश्न से कतराने की कोशिश ही थी। अब यह कहना काफ़ी नहीं रह गया है कि मानवशास्त्र का सरोकार तो केवल इंद्रियानुभविक तथ्यों तक सीमित है और सभी तरह के अनुभूतिजन्य तथ्यों की जाँच गल्प, दर्शन या मनोविज्ञान के अनुशासनों द्वारा की जानी चाहिए। चूँकि मानवशास्त्र अब साहित्यिक मोड़ ले चुका है, इसलिए अब विद्वानों को व्यक्तिगत, राजनीतिक और चिंतनपरक ढंग से लिखना चाहिए। युरोप और अमेरिका के मानवशास्त्री अब अन्य समाजों और संस्कृतियों को समझने के लिए उनके सचेत मानस या उनके आभ्यंतर में झाँकने के प्रयास भी करने लगे हैं। इस लिहाज़ से मानवशास्त्री की चेतना उसके अनुसंधान के विषय की चेतना के साथ अभिन्न रूप से संबंधित हो गयी है। चेतना का प्रश्न मानवशास्त्रीय संधान और उसकी पद्धति के लिए केंद्रीय हो गया है।

देखें : अस्तित्ववाद, आत्मनिष्ठता-वस्तुनिष्ठता, इयत्ता, इमैनुएल कांट, इंद्रियानुभववाद, ईसैया बर्लिन, उत्तर-आधुनिकतावाद, उदारतावाद, कल्पित समुदाय, घटनाक्रियाशास्त्र और एडमण्ड हसर, जॉन लॉक, ज़ाक लकाँ, ज्याँ-फ्रांस्वा ल्योतर, ज्याँ-पॉल सार्त्र, ज़ाक देरिदा, तत्त्वमीमांसा और अस्तित्वमीमांसा, तात्त्विकतावाद, द्वैतवाद, प्रत्यक्षवाद और उसका समाज-विज्ञान पर प्रभाव, फ्रेड्रिख़ नीत्शे, बुद्धिवाद, भौतिकवाद, मनोविश्लेषण, मिशेल पॉल फ़ूको-1 और 2, युरोपीय पुनर्जागरण, युरोपीय ज्ञानोदय, रेने देकार्त, लुई अलथुसे, सोरेन आबी कीर्केगार्द, संरचनावाद और उत्तर-संरचनावाद, ज्ञानमीमांसा।

संदर्भ

1. पी. चर्चलैण्ड (1988), *मैटर ऐंड कांशसनेस : अ कंटेम्परेरी इंट्रोडक्शन टू फिलासफ़ी ऑफ़ माइंड,* एमआईटी प्रेस, केम्ब्रिज, एमए.
2. पी. चर्चलैण्ड (1995), *द इंजिन ऑफ़ रीज़न, द सीट ऑफ़ सोल : अ फिलॉसॉफ़िकल जरनी इनटु द ब्रेन,* एमआईटी प्रेस, केम्ब्रिज, एमए.
3. डी. डेनेट (1991), *कांशसनेस एक्सप्लेंड,* पेंगुइन, लंदन, 1991
4. सी. मैकजिन (1992), *द प्रॉब्लम्स ऑफ़ कांशसनेस,* ब्लैकवेल, ऑक्सफ़र्ड.

— अभय कुमार दुबे

चेतपट वेंकटसुब्बन शेषाद्रि

(Chetpat Venkatsubban Sheshadri)

भारत के प्रमुख वैज्ञानिक चेतपट वेंकटसुब्बन शेषाद्रि (1930-1995) को वैज्ञानिक अनुसंधान और विकास के तरीक़ों को ग़रीब और शोषित जनता की उन्नति के साथ जोड़ने के प्रयासों के लिए जाना जाता है। शेषाद्रि साधारण भारतवासियों के दैनिक जीवन में भोजन व ऊर्जा की समस्याओं के प्रति बेहद जागरूक थे। इन्हीं समस्याओं के अध्ययन व उनके सार्थक समाधान तलाशने के लिए उन्होंने 1974 में अपने स्थापित अकादमिक जीवन को छोड़ कर स्वतंत्र अनुसंधानकर्ता के रूप में काम शुरू किया। उन्होंने मैसूर कस्तूरी पेपर, फूड ऐंड केमिकल कम्पनी के साथ मिल कर चारे से ख़मीर बनाने का एक संयंत्र स्थापित किया। इसके बाद 1976 में उन्होंने मद्रास में उन्होंने मरुगप्पा चेट्टियार शोध संस्थान के संस्थापक-निदेशक के रूप में काम करते हुए इस संस्था को भारत में जनोपयोगी अविष्कारों का केंद्र बनाया। विज्ञान के पाश्चात्य नमूने और उसके दूरगामी हानिकारक प्रभावों पर गहरी नज़र डालने वाले शेषाद्रि ने विज्ञान द्वारा मानव-विकास के नये अविष्कारों और इन अविष्कारों द्वारा समाज में आर्थिक-सामाजिक असंतुलन बनाये रखने की प्रक्रिया का विश्लेषण किया। शेषाद्रि को तकनीकी विकास के मूलभूत पहलुओं की बहुत अच्छी जानकारी थी और

उन्होंने अपने अधिकतर अनुसंधान अपने आस-पास के माहौल के अनुरूप लोगों के जीवन को सुविधाजनक बनाने के उद्देश्य से रोज़मर्रा की वस्तुओं पर किया था। शेषाद्रि उन बिरले लोगों में से थे जो एक बार फिर पहिये का आविष्कार करना चाहते थे ताकि उस पहिये के रख-रखाव की निर्देश-पुस्तिका उचित रूप से दोबारा बनायी जा सके।

शेषाद्रि का जन्म 14 अप्रैल, 1930 को तमिलनाडु के तूतीकोरन में हुआ था। मद्रास विश्वविद्यालय से केमिकल इंजीनियरिंग की उपाधि प्राप्त करने के बाद उन्होंने अमेरिका के कार्नेगी मेलोन विश्वविद्यालय में अध्ययन किया। एक अनुसंधानकर्ता और अध्यापक के रूप में वे भारत और विश्व के श्रेष्ठ संस्थानों में रहे। शेषाद्रि ने भारत में खाद्य पदार्थ और ऊर्जा की कमी से निपटने के लिए सस्ते तथा स्थानीय उत्पादों पर आधारित की मौलिक अन्वेषण किये जिनमें साधारण जनों के लिए पोषक भोजन के रूप में बड़े पैमाने पर शैवाल (समुद्री घास-काई) का उत्पादन, मछुआरों के लिए ऊँची सघनता वाली प्लास्टिक की नाव बनाना, मत्स्य-उत्पादन व संग्रहण के एयंत्रों का आविष्कार करना, सौर ऊर्जा संरक्षण और उस पर आधारित गृह निर्माण और कम लागत की पवनचक्की का निर्माण जैसे अभिनव प्रयोग शामिल थे। दुनिया में आय के असमान वितरण और ग़रीबी के बारे में खोजबीन करते हुए शेषाद्रि ने आधुनिक विज्ञान के आधारभूत सिद्धांतों पर सवाल उठाये। उन्होंने ऊष्मा गतिकी के नियम (लॉज़ ऑफ़ थर्मो डायनामिक्स) और समय की सरल रेखीय मापन प्रणाली के औचित्य और वैधता पर एक अलग तरह का अध्ययन प्रस्तुत किया।

चेतपट वेंकटसुब्बन शेषाद्रि (1930–1995)

शेषाद्रि समुचित प्रौद्योगिकी के पक्षधर थे। समुचित या सम्यक प्रौद्योगिकी (एप्रोप्रियेट टेक्नोलॉजी) उस तकनीक को कहते हैं जो उस परिवेश के पर्यावरण, संस्कृति और आर्थिक स्थिति के अनुकूल हो जहाँ उसका प्रयोग किया जाना है। इस अर्थ में समुचित तकनीक के लिए कम संसाधनों की ज़रूरत पड़ती है, उसे अपनाने में कम ख़र्च आता है उसका पर्यावरण पर भी कम दुष्प्रभाव पड़ता है। शेषाद्रि समुचित तकनीक के हिमायती अवश्य थे लेकिन वे समुचित तकनीक की स्थापित सीमाओं से आगे सोचने वाले वैज्ञानिक भी थे। उन्होंने आधुनिक तकनीक या आधुनिक विज्ञान की चकाचौंध के पार इस विज्ञान के हानिकारक प्रभाव को भली प्रकार से समझा था। शेषाद्रि ने विज्ञान के क्षेत्र में 'सभ्यताओं के संघर्ष' की अवधारणा को समझा और पाया कि इसके अनुसार विश्व में किसी एक स्थान पर व्यवस्था लाने के लिए किसी अन्य स्थान पर अव्यवस्था फैलानी पड़ती है। ऊष्मा गतिकी का दूसरा नियम इस प्रक्रिया की पुष्टि करता है। वे ऊष्मा गतिकी के नियमों की मूल अवधारणा के ख़िलाफ़ थे। उनका दावा था कि औपनिवेशिक शक्तियाँ संसाधन सम्पन्न किंतु सैन्य शक्ति से विपन्न राज्यों के शोषण की कुव्यवस्था सही ठहराने के लिए ऊष्मा गतिकी के इन नियमों को वैज्ञानिक आधार और सर्वमान्य सत्य के रूप में पेश करती हैं ताकि उनका दुरुपयोग किया जा सके।

1978 में भारत के युवा वैज्ञानिकों ने पेट्रियोटिक ऐंड पीपल ओरियेंटेड साइंस ऐंड टेक्नोलॉजी (पीपीएसटी) नामक एक समूह की स्थापना की। इस समूह का उद्देश्य आधुनिक विज्ञान की पाश्चात्य अवधारणा के विवेचनात्मक विश्लेषण और इसके विकासशील देशों पर हो रहे कुप्रभावों का अध्ययन करना था। शेषाद्रि के इस समूह से लम्बे समय तक जुड़े रहे और 1990 में इसके सभापति भी बने। उन्होंने प्राचीन भारतीय वैज्ञानिक व तकनीकी विद्या के गहन अध्ययन व पुनर्मूल्यांकन के अभियान की शुरुआत की और प्राचीन भारतीय विज्ञान-तकनीकों पर आधारित शोध-अनुसंधान-अविष्कारों को बढ़ावा देने के लिए एक गम्भीर बौद्धिक-वैज्ञानिक आंदोलन चलाया।

शेषाद्रि ने भारत के स्थानीय सामान, तकनीक व परिवेश को ध्यान में रखते हुए एक लोकोपकारी वैज्ञानिक के रूप में कुछ असाधारण अन्वेषण किये ताकि भारत की आर्थिक-वैज्ञानिक-तकनीकी आत्म निर्भरता को बढ़ाया जा सके। एक ओर भारत के कृषि-वैज्ञानिक पश्चिम से उधार ली गयी कृषि तकनीक पर आधारित हरित क्रांति का स्वप्न देख रहे थे वहीं शेषाद्रि ने अधिकाधिक मात्रा में रासायनिक उर्वरकों, कीटनाशकों, आयातित उन्नत बीजों, ग़ैर-ज़रूरी सिंचाई जैसे उपायों को भारत की कृषि के लिए दूरगामी तौर पर बहुत हानिकारक क़रार दिया। शेषाद्रि ने कृषि कार्य में जैविक खाद और स्थानीय उत्पादों के इस्तेमाल ज़ोर दिया। उन्होंने महिलाओं को जैविक खेती (बायोडायनामिक एग्रीकल्चर) का प्रशिक्षण भी दिया। इसी प्रयास से आगे चल कर जैविक कृषि के लिए महिलाओं का एक समूह 'सक्था सोसाइटी' की स्थापना हुई। शेषाद्रि ने भारत में कुपोषण की समस्या हल

करने के लिए 'स्पिरुलिना' नामक जैविक खाद्य पदार्थ के व्यापक उत्पादन का अभियान चलाया। स्पिरुलिनाएक शैवाल है, जिसमें 60-70 फ़ीसदी भाग प्रोटीन है। इसमें पोषक तत्त्व, आवश्यक जीवनवर्धक और रोग संरक्षण तत्त्व बहुतायत से पाये जाते हैं। शेषाद्रि ने अत्यंत ग़रीब लोगों को इस शैवाल के उत्पादन और संरक्षण की विधि सिखायी ताकि न केवल ये लोग अपने लिए उपयुक्त भोजन प्राप्त कर सकें बल्कि इसे बेच कर अतिरिक्त आमदनी भी कर सके।

शेषाद्रि ने भारत की ऊर्जा-आवश्यकताओं को आयातित पेट्रोलियम उत्पादों से हटा कर वैकल्पिक उर्जा स्रोतों पर आधारित करने का प्रयास किया और जीवाश्म ईंधन के स्थान पर जैविक स्रोतों से ईंधन प्राप्त करने के प्रयोग किये। इन्हीं प्रयोगों के अंतर्गत उन्होंने जैविक ईंधन उत्पादन के लिए बोट्रेकोकेस नामक शैवाल से ईंधन बना कर दिखाया। बोट्रेकोकेस में पेट्रोलियम पदार्थों में पाये जाने वाला हाइड्रोकार्बन बहुतायत से होता है और इसके प्रयोग से जीवाश्म ईंधन की तुलना में हानिकारक उच्छिष्ट बहुत कम मात्रा में उत्पन्न होते हैं। शेषाद्रि ने बोट्रेकोकेस शैवाल के व्यापक उत्पादन के लिए अनेक लोगों व संगठनों को पूरा प्रशिक्षण भी दिया। बिजली के औद्योगिक उत्पादन और वितरण की समस्याओं को कम करने के उद्देश्य से शेषादि ने तमिलनाडु के नीलगिरी जिले में एक आदिवासी बहुल गाँव कोल्लिमल्लाई मे सौर उर्जा से झोपड़ियों को बिजली पहुँचाने की एक योजना क्रियान्वित की। इसी प्रकार कोयले पर आधारित ताप बिजलीघर में संसाधनों के अपव्यय और इनके पर्यावरण पर बढ़ते कुप्रभावों को ध्यान में रखते हुए शेषाद्रि ने जैविक पदार्थों से बिजली उत्पादन का एक महत्त्वाकांक्षी अभियान भी चलाया जिसके तहत तमिलनाडु के पूर्वी तटीय इलाक़े की बंजर ज़मीन पर ऐसे वृक्षों को लगाया गया जिनसे कुछ वर्षों में बिजली-उत्पादन किया जा सके। रासायनिक तत्त्वों से भरपूर रंग, पेंट, कागज़ के स्थान पर शेषाद्रि ने प्राकृतिक पदार्थों से बने इनके विकल्प तलाश किये और उनका सफलतापूर्वक उत्पादन भी किया।

दरअसल, शेषाद्रि एक तकनीकी वैज्ञानिक से कहीं अधिक एक समाज-विज्ञानी थे जिन्होंने आधुनिक विज्ञान को भारत के आम लोगों के शोषण नहीं बल्कि पोषण-संरक्षण के मार्ग पर ले जाने का प्रयास किया। आधुनिक विज्ञान और भारत जैसे विकासशील देशों में इसके उपयोग पर उन्होंने 'समता ही श्रेष्ठ विज्ञान है' शीर्षक से लम्बा लेख लिखा जिसमें सभी लोगों के विकास की आवश्यकताओं के साथ-साथ भारत में आर्थिक असंतुलन बढ़ाने मे आधुनिक तकनीक और विज्ञान के योगदान का विस्तृत विश्लेषण किया गया था। शेषाद्रि ने भारत में आधुनिक विज्ञान के पाश्चात्य प्रतिमान के अंधानुकरण का विरोध किया था। उनका कहना था कि बड़े बांध, बड़े ताप बिजलीघर, परमाणु उर्जा, एलोपैथिक दवाइयाँ, औद्योगिक-व्यवसायिक पद्धति की कृषि भारत जैसे विकासशील राष्ट्र के लिए पूर्णत: अनुपयुक्त है।

शेषाद्रि राष्ट्र-राज्य की परिकल्पना, तथाकथित विकास योजनाओं के केंद्रीकरण, अंग्रेज़ी भाषा को आधुनिकता का पैमाना समझने और सामाजिक-आर्थिक विकास के नाम पर प्राकृतिक संसाधनों के अंधाधुंध शोषण के धुर-विरोधी थे। शेषाद्रि ने भारतीय लोगों को भारतीय परिवेश व वातावरण के अनुसार अपनी जीवन-शैली अपनाने का सुझाव दिया क्योंकि उनके अनुसार भारत जैसे देश के पास शोषण करने के लिए फ़ोर्थ, फ़िफ्थ या सिक्स्थ वर्ल्ड के देश उपलब्ध नहीं हैं।

देखें : आशिस नंदी-1 और 2, आनंद केंटिश कुमारस्वामी, जोसेफ़ चेल्लादुरै कुमारप्पा, धीरूभाई शेठ, मुकुंद लाठ, मेघनाद साहा, यशदेव शल्य, रजनी कोठारी, वासुदेव शरण अग्रवाल।

संदर्भ

1. सी.वी. शेषाद्रि (1993), 'इक्विटी इज़ गुड साइंस : द इक्विटी पेपर्स', ए.एम.एम. मुर्गप्पा चेट्टियार शोध संस्थान, चेन्नई.
2. शिव विश्वनाथन (2002), 'द लेबोरेटरी ऐंड द वर्ल्ड : कंवर्ज़ेशंस विद शेषाद्रि', इकॉनॉमिक ऐंड पॉलिटिकल वीकली, खण्ड 37, अंक 22.

—रवि दत्त वाजपेयी

चैतन्य महाप्रभु

(Chaitanya Mahaprabhu)

मध्यकाल में हुए जिस भक्ति आंदोलन ने नामदेव, सेना, चोखा, रैदास, कबीर, तुलसी, नानक, दादू आदि संतों और भक्तों को पैदा किया, चैतन्य महाप्रभु (1485-1533) उसी की देन थे. चैतन्य का जीवन-काल प्रमाणित है। उन्होंने अचिन्त्य भेदाभेदभाव दर्शन की स्थापना की। ऐतिहासिक दृष्टि से इसे माध्व-मत के साथ जोड़कर देखा जाता है किंतु दोनों में कुछ मूलभूत अंतर की वजह से माध्व गौड़ीय सम्प्रदाय की जगह इसे केवल गौड़ीय सम्प्रदाय ही कहा जाता है। इसका एक दूसरा नाम बंगवैष्णव सम्प्रदाय भी है। चैतन्य महाप्रभु ने लोगों को बहुत गहरे तक प्रभावित किया, ख़ास कर बंगाल के अंदर। उन्होंने मठ-मंदिरों के बाहर आ कर जनता के बीच भक्ति का सबके लिए रास्ता खोला। उस समय की दलित, उत्पीड़ित तथा श्रमजीवी जनता को उससे एक संबल मिला।

चैतन्य महाप्रभु का जन्म पश्चिम बंगाल के नदिया नामक स्थान पर हुआ था। इनके पिता का नाम जगन्नाथ मिश्र

चैतन्य महाप्रभु (1485–1533)

तथा माँ का नाम शचि देवी था। उन्हें बचपन में विश्वम्भर के नाम से बुलाया जाता था। एक मान्यता यह भी है कि चैतन्य अपने पालनहारों को नीम के पेड़ के नीचे मिले थे। इस वजह से उनका बचपन का एक नाम निमाई भी बताया जाता है। चैतन्य काफ़ी प्रतिभाशाली थे और बहुत कम अवस्था में ही न्याय और व्याकरण में पारम्गत हो गये थे। उन्होंने कुछ समय तक अपने जन्म स्थान नदिया में स्कूल स्थापित कर अध्यापन कार्य भी किया। आगे चलकर उनका विवाह लक्ष्मीप्रिया से हुआ, जिनकी सर्पदंश से मृत्यु हो गयी। उसके बाद नवद्वीप के राजपण्डित सनातन की पुत्री विष्णुप्रिया से दूसरा विवाह हुआ। चैतन्य जब किशोरवय के थे, तभी उनके पिता का देहांत हो गया था।

पिता का श्राद्ध करने गया जाने पर वहाँ संत ईश्वरपुरी के सान्निध्य में आकर उन्हें कृष्ण नाम संकीर्तन और कृष्ण भक्ति की प्रेरणा मिली। मात्र 24 वर्ष की अवस्था में श्री पाद केशव भारती से संन्यास की दीक्षा लेने के बाद उन्होंने गृहस्थ आश्रम त्याग दिया। उनका नाम विश्वम्भर से कृष्ण चैतन्य देव हुआ। बाद में वे चैतन्य महाप्रभु के नाम से विख्यात हुए। संन्यास लेने के बाद वे जगन्नाथ मंदिर गये जहाँ सार्वभौम भट्टाचार्य से उनकी मुलाक़ात हुई। चैतन्य महाप्रभु ने सार्वभौम भट्टाचार्य को ज्ञान से ऊपर भक्ति के महत्त्व का उपदेश दिया जिसके बाद भट्टाचार्य महाप्रभु के शिष्य हो गये और *चैतन्य शतक* नामक स्तुतिग्रंथ लिखा। ओडीशा के सूर्यवंशी सम्राट गजपति महाराज प्रताप रुद्रदेव चैतन्य के अनन्य भक्तों में माने जाते हैं। महाप्रभु से प्रभावित होकर अनेक लोगों ने दीक्षा ली और उनके अनुयायी हुए। नित्यानंद और अद्वैताचार्य महाराज उनके प्रथम शिष्य बताये जाते हैं जिन्होंने ढोलक, मृदंग, झाँझ, मंजीरे आदि की संगति पर गा-गाकर हरिनाम संकीर्तन को अपार सफलता दिलायी।

चैतन्य महाप्रभु का कहना था कि हरेक को ईश्वर का भजन और आराधना का अधिकार है। ईश्वर की नज़र में कोई बड़ा या छोटा नहीं है। उस समय की सरकारें इस्लाम के नाम पर उनके सामूहिक संकीर्तन-गायन पर प्रतिबंध लगाती थीं, बावजूद इसके पूरे बंगाल में उनका काफ़ी प्रभाव था और श्रमजीवी जनता तक उनका संकीर्तन पहुँचता रहता था। उनके अनुयायियों में समाज के निम्न तबक़े के लोग अधिसंख्य थे। सिर्फ़ हिंदू ही नहीं बल्कि मुसलमान अनुयायी भी उनके साथ जुड़े थे। उनके तीन प्रमुख शिष्य रुज, सनातन और हरिदास मुसलिम समाज से थे।

चैतन्य महाप्रभु रचित किसी ग्रंथ के बारे में कोई पता नहीं चलता। रूप गोस्वामी, जीव गोस्वामी और बलदेव भूषण जैसे चैतन्य के अनुयायियों ने अचिन्त्य भेदाभेदवाद को दार्शनिक सम्प्रदाय के रूप में स्थापित करके लोकप्रिय बनाया। रूप गोस्वामी रचित *उज्ज्वलनीलमणि* और *भक्तिरसामृतसिंधु* पर जीव गोस्वामी की टीकाएँ मिलती हैं। जीव गोस्वामी द्वारा *भागवत* पर लिखित *षट्संदर्भ* ग्रंथ उपलब्ध है जिसकी जीवगोस्वामी ने ही *सर्वसम्वादिनी टीका* लिखी है। इनके अलावा बादरायण के *ब्रह्मसूत्र* पर बलदेव विद्याभूषण द्वारा लिखा *गोविन्दभाष्य* भी इस सम्प्रदाय का महत्त्वपूर्ण ग्रंथ है।

यह सम्प्रदाय कृष्ण को परमब्रह्म मानता है। इसका मानना है कि वे अनन्त कल्याण गुण सम्पन्न और अनंत शक्ति सम्प्रन्न हैं। उनमें गुण और गुणी का अभेद है। भगवान के स्वरूप, विग्रह और गुणों में कोई भेद नहीं है। ये सब एक हैं। उनमें भेद भाषागत दृष्टि से है, वास्तव में वे एक हैं। अचिन्तय अपरिमेय अनंत के कारण भगवान में विरुद्ध गुणों की स्थिति भी बनी रहती है। भगवान अपनी शक्तियों द्वारा

जगत और जीवों के रूप में अभिव्यक्त होते हैं। यह अभिव्यक्ति वास्तविक और सत्य है। भगवान अपने स्वरूप से जगत के निमित्त कारण और अपनी शक्तियों से उपादानकरण हैं। इस प्रकार भगवान ही इस जगत के अभिन्ननिमित्तोपादन कारण हैं। भगवान में और उनकी शक्तियों में अचिन्त्यभेदाभेद संबंध है। इस मत के सैद्धांतिक प्रतिपादन इस प्रकार हैं :

आराध्य तत्त्व : इस मत के अनुसार श्रीकृष्ण ही आराध्य हैं। श्रीकृष्ण की तीन लीलाओं, वृंदावन-लीला, मथुरा-लीला तथा द्वारिका-लीला में से वृंदावन-लीला की ही इसमें प्रमुखता है। सभी लीलाओं में गोपीकृष्ण की माधुर्य लीला ही इसके अनुयायियों को रास आती है। धामतत्त्व : आनंद निकेतन, प्रेम-सरोवर वृंदावन ही सर्वप्रियधाम है। उपासना तत्त्व : ब्रज की वधुओं द्वारा सम्पादित उपासना ही मुख्य उपासना है। इसका बीज है रागात्मिका भक्ति, अनुरागमूलक भक्ति। वैधी भक्ति की उपासना रुक्मिणी, सत्यभामा आदि पटरानियाँ करती हैं परंतु इसमें विधि-विधान ही विशेष है, हृदय के अनुराग का संबंध बहुत ही न्यून है। परंतु गोपियों की उपासना सर्वथा स्वार्थहीन, अहैतुकी तथा सान्द्ररसमयी है। यही आदर्श है उपासना-तत्त्व का। शास्त्र तत्त्व : सबसे श्रेष्ठ शास्त्र है भागवत पुराण, जिसमें श्रीकृष्ण की ललित लीलाओं का कीर्तन किया गया है और जिसमें भक्ति के नाना रूपों का सरस विवरण है। पुरुषार्थ तत्त्व : चैतन्यमत धर्म, अर्थ, काम तथा मोक्ष के अलावा एक पाँचवा पुरुषार्थ 'प्रेमा' मानता है। और इसकी उपलब्धि ही मानव जीवन का चरम लक्ष्य है।

चैतन्य मत के अनुसार स्वरूपशक्ति, तटस्थशक्ति या जीवशक्ति और मायाशक्ति ईश्वर की ये तीन शक्तियाँ हैं। स्वरूपशक्ति अंतरंग शक्ति कहलाती है। भगवान की स्वरूपशक्ति सत्, चित् और आनंद के कारण तीन तरह के रूपों में अभिव्यक्त होती है। सत् रूप में अभिव्यक्त शक्ति संधिनी कहलाती है। चित् रूप में अभिव्यक्त शक्ति को सम्वित् कहा जाता है तथा आनंदरूप में अभिव्यक्त शक्ति हलादिनी कहलाती है। तटस्थशक्ति या जीवशक्ति के ज़रिये भगवान अणुपरिमाण जीवों के रूप में व्यक्त होते हैं। मायाशक्ति के माध्यम से भगवान अपने को जड़ जगत रूप में व्यक्त करते हैं। माया बहिरंग शक्ति है। जीवन अनेक, अणुरूप तथा नित्य है। जैसे सूर्य से किरणें निकलती हैं वैसे ही ईश्वर अपने को जीव-रूप में व्यक्त करता है। जीव सर्वदा भगवान पर आश्रित है। जगत भी भगवान की अभिव्यक्ति होने के कारण सत्य है। जगत की अपूर्णता, अज्ञान, दुःख आदि भगवान को स्पर्श नहीं करते। मोक्ष में जीव के अज्ञान का नाश हो जाता है, किन्तु जगत की सत्ता बनी रहती है।

मानव ईश्वर चालित यंत्र की तरह है किंतु वह अपना भाग्य विधाता है। अपना कल्याण चाहता है और गुरु व शास्त्रोपदेश उसे सच्ची दिशा प्रदान कर सकते हैं। *श्रीमद्भागवत* का सुंदर उपदेश है कि जब जीव की सांसारिक यात्रा समाप्त होने को होती है तो उसके साथ भगवान के किसी भक्त का समागम होता है। उस सत्संग समागम के ज़रिये वह भगवान से प्रेम करने लगता है तथा प्रेम के ज़रिये उसे सद्गति (मोक्ष) प्राप्त होती है। मोक्ष से बढ़ कर भी जीवन का साध्य प्रेमा है। यह प्रेमा ही जीवन का सार है। और प्रेमा कृष्ण का साक्षात् रूप है। और पाँचवाँ पुरुषार्थ है। रूप गोस्वामी के अनुसार प्रेम विभिन्न क्रमों को पार करता हुआ अपने विशुद्ध रूप में आर्विभूत होता है। जीव स्नेह, मान, प्रणय, राग, अनुराग, व भाव की क्रमिक दशाओं से होता हुआ महाभाव तक पहुँचता है तथा प्रेमा रूप में प्रतिष्ठित होता है।

इस अवधारणा के अनुसार प्रेमा के उदय का भी एक मनोवैज्ञानिक क्रम है। कार्य-कारण की एक शृंखला है, जिसके भीतर से जाने पर ही भक्त के हृदय में यथार्थ की उत्पत्ति होती है। *भक्तिरसामृतसिंधु* के अनुसार सर्वप्रथम श्रद्धा उत्पन्न होती है। तब होता है साधु समागम। भजन की क्रिया आरम्भ होती है, जिससे भक्तों के अनर्थ का निवारण हो जाता है। अनतंर उदित होती निष्ठा अर्थात् अत्यन्त उत्साह के साथ भजन का संत सेवन और अनुष्ठान। तब होती है रुचि अर्थात् भजन करने तथा लीला-श्रवण में प्रेम, जिससे उत्पन्न होती है आसक्ति अर्थात् दृढ़ गम्भीर स्नेह। इसके पीछे तथा अंत में प्रेमा का उदय होता है। यहाँ प्रेमा की समता सूर्य से दी गयी है। जिस प्रकार सूर्य का उदय होने पर निशा का अवसान हो जाता है और सर्वत्र किरणों का विस्तार होता है, प्रेमा की भी यही दशा होती है। इस महाभाव के चित्त में उदय होते ही साधक का चित्त आह्लाद से प्रफुल्लित हो उठता है। प्रेमा को महाभाव कहने का आशय यह है कि सांसारिक रति तो भावरूपा ही होती है, किन्तु श्रीकृष्ण विषय रति ही महानभाव (स्थायी भास) बनने की अधिकारिणी है। चैतन्यमत में भक्ति ही 'आभिधेयतत्त्व' है। अत: श्रीकृष्ण प्रेम 'साध्य-तत्त्व' है तथा उसकी प्राप्ति का एकमात्र उपाय होने से श्रीकृष्णभक्ति ही 'साधन तत्त्व' है।

चैतन्य महाप्रभु ने दक्षिण भारत श्रीरंग तथा सेतु बाँध आदि क्षेत्रों की यात्रा करते हुए 1515 में विजयदशमी के दिन वृंदावन के लिए प्रस्थान किया और कार्तिक पूर्णिमा के दिन वृंदावन पहुँचे। वृंदावन में इसी तिथि को गौरांग आगमनोत्सव धूमधाम से मनाया जाता है। वृंदावन में चैतन्य ने इमली तला तथा अक्रूर घाट पर कुछ दिनों तक निवास किया। वहाँ से प्रयाग, काशी, हरिद्वार, शृंगेरी, काम-कोटि, द्वारिका, मथुरा आदि स्थानों पर हरिनाम संकीर्तन का प्रचार-प्रसार करते हुए घूमते रहे। 47 साल की अल्पायु में ही जगन्नाथ रथयात्रा के दिन चैतन्य का निधन हुआ।

देखें : आर्यभट्ट और *आर्यभटीय,* उपनिषद्, कपिल, *अर्थशास्त्र* और

कौटिल्य, गोपीनाथ कविराज, गोविंद चंद्र पाण्डे, जैन दर्शन, न्याय दर्शन, दया कृष्ण, नागार्जुन, पतंजलि और *योगसूत्र*, पाणिनि और *अष्टाध्यायी*, पुराण, पूर्व-मीमांसा दर्शन, बदरी नाथ शुक्ल, बादरायण, बौद्ध दर्शन, *भगवद्गीता*, भरत और *नाट्यशास्त्र*, मुकुंद लाठ, *भागवत पुराण*, *महाभारत*, यशदेव शल्य, योग दर्शन, रामानुजाचार्य, राम अवतार शर्मा, लोकायत, वात्स्यायन और *कामसूत्र*, वेदांत दर्शन, वैशेषिक दर्शन, शंकराचार्य, षड्-दर्शन-1 और 2, संस्कृत काव्यशास्त्र, स्मृति-साहित्य, सांख्य दर्शन-1 और 2, सिद्ध-नाथ परम्परा।

संदर्भ

1. चंद्रधर शर्मा, *भारतीय दर्शन : आलोचन और अनुशीलन*, मोतीलाल बनारसीदास, नयी दिल्ली.
2. अजय तिवारी (सम्पा.), *तुलसीदास : एक पुनर्मूल्यांकन*,
3. भक्ति आंदोलन और तुलसीदास : रामविलास शर्मा), आधार प्रकाशन, पंचकूला.
4. आचार्य बलदेव उपाध्याय, *भारतीय दर्शन की रूपरेखा*, चौखम्भा प्रकाशन, वाराणसी.

— अजय कुमार पाण्डेय

चंद्रिका प्रसाद जिज्ञासु

(Chandrika Prasad Jigyasu)

आधुनिक हिंदी दलित साहित्य के पहले प्रवर्तकों में से एक चंद्रिका प्रसाद जिज्ञासु (1889-1974) को दलित समाज में साहित्य-संस्कृति के पुन: जिज्ञासा जगाने का श्रेय जाता है। दलित समाज को उसके इतिहास से का साक्षात्कार कराने वाले जिज्ञासु 1960 में दलित साहित्य छापने वाला पहला प्रेस लगाया और अपने लेखन और व्याख्यानों ने दलित-पिछड़ी जातियों में नयी चेतना पैदा की, नया सोच विकसित किया और उन्हें अपने अधिकारों के प्रति जागरूक बनाया। हिंदी प्रदेश में हजारों नौजवान उनकी किताबें पढ़कर बुद्ध और आम्बेडकर के प्रति आकर्षित हुए और ब्राह्मणवाद के ख़िलाफ़ सामाजिक परिवर्तन के आंदोलन में कूद पड़े। उन्होंने दलित और पिछड़ी जातियों को भारतीय राजनीति और भारतीय समाज को समझने की दृष्टि प्रदान करने वाले चंद्रिका प्रसाद जिज्ञासु ने अपनी निरंतर सक्रियता और प्रतिबद्धता से एक समूचे युग का निर्माण किया जिसमें नये लेखकों की एक पूरी पीढ़ी पैदा हुई और पनपी। वे पायी किल से गाँव-गाँव जाकर सामाजिक परिवर्तन की अलख जगाते हुए आम्बेडकर विचारधारा का प्रचार करते रहे। लखनऊ में सक्रिय उनके सहयोगियों और उनसे अनुप्राणित लेखकों में राजवैद्य बदलूराम रसिक, ख़ेमचंद सौगत, मंगलदेव विशारद, रामस्वरूप वर्मा, छेदीलाल साथी और डॉ. अंगने लाल प्रमुख थे। जिज्ञासु के व्यक्तित्व और कृतित्व ने राहुल सांकृत्यायन और अमृत लाल नागर तक को प्रभावित किया। आरम्भ में जिज्ञासु गाँधीवादी थे और 'राष्ट्रीय डंका' और 'आज़ादी' शीर्षक से उनकी राष्ट्रीय कविता ब्रिटिश शासन द्वारा ज़ब्त कर उन्हें गिरफ़्तार कर लिया गया। शीघ्र ही गाँधीवाद से उनका मोह भंग हो गया और वे डॉ. आम्बेडकर के प्रंशसक हो गये। भदंत बोधानंद के सम्पर्क में आने पर उनका बौद्ध धर्म की ओर रुझान हुआ।

जिज्ञासु का जन्म 1889 में कलवार जाति में हुआ था। उनके पिता मास्टर जियालाल अमेरिकन मिशन स्कूल, आदतगंज के हेड मास्टर थे। जब वे ग्यारह साल के थे वे तभी अनाथ हो गये, पर वे घबराये नहीं, कठोर परिश्रम किया और मुड़िया सीख कर मुनीमगीरी की। कठिन परिस्थितियों में हाई स्कूल, संस्कृत में मध्यमा और फ़ारसी में गुलिस्ताँ बोस्ताँ की पढ़ाई की। उन्होंने तमाम धर्मशास्त्रों और साहित्य का अध्ययन किया। वे निरंतर लिखते-पढ़ते रहते थे। अध्यवसाय के ज़रिये उन्हें हिंदी, उर्दू, बांग्ला, संस्कृत, अरबी, फ़ारसी, और पश्तो भाषाओं का अच्छा ज्ञान हो गया था। क़ुरान का उन्होंने (उर्दू से) हिंदी अनुवाद किया था। जब कभी वे मुसलमानों के बीच व्याख्यान देते थे तो लगता था कि सारे इस्लामिक साहित्य का उन्होंने मंथन कर डाला है।

जिज्ञासु ने उस दौर में डॉ. आम्बेडकर पर लिखना आरम्भ किया जब उत्तर भारत में शिक्षित दलित भी उनके बारे में बहुत अधिक नहीं जानते थे। इसका सबसे बड़ा कारण यह था कि आम्बेडकर की और उन पर किताबें उपलब्ध नहीं थीं। डॉ. डी.आर. जाटव की आत्मकथा *मेरा सफ़र मेरी मंज़िल* का अध्ययन करने पर पता चलता है कि उन्हें बहुत मुश्किल से ही आम्बेडकर पर दो-तीन पुस्तकें उपलब्ध हुई थीं। एक-दो पुस्तकें उन्हें उनके पीएचडी गाइड श्री तिवारी के ज़रिये मिल पायी थीं। डॉ. जाटव ने साठ के दशक में डॉ. आम्बेडकर पर पीएचडी की थी और सम्भवत: वे बाबा साहेब पर अकादमिक अध्ययन करने वाले देश के पहले शोधार्थी थे।

जिज्ञासु डॉ. आम्बेडकर की पुस्तकें (जैसे, *शूद्र कौन थे?*, *कांग्रेस और गाँधी ने अछूतों के लिए क्या किया?*, *भारत में जाति की समस्या क्या है?* और *जाति का उच्छेद* आदि) हिंदी में प्रकाशित करना चाहते थे। दो पुस्तकों को हिंदी में प्रकाशित करने के लिए तो वे ख़ास तौर से बेचैन थे। इनमें एक थी *पार्टीशन ऑफ़ इण्डिया ऐंड पाकिस्तान* और दूसरी थी *प्रॉबल्म ऑफ़ रुपी*। पहली किताब उन्हें कन्हैयालाल कमल के सौजन्य से मिली (जिसके बारे में जिज्ञासु ने लिखा है कि कमल इसे प्राण के समान पेटी में बंद करके रखे हुए थे)। इस किताब का अनुवाद दयाराम जैन ने किया और 1972 में वह हिंदी में बहुजन कल्याण माला के तहत प्रकाशित हुई। लेकिन *प्रॉबल्म ऑफ़ रुपी* शायद उन्हें उपलब्ध ही नहीं हो सकी।

जिज्ञासु के पास इतिहास की गहरी समझ थी। उन्होंने दलित इतिहास और संस्कृति का गहरा अध्ययन किया था और वे दलित नायकों के इतिहास को सामने लाना चाहते थे। छोटी-छोटी पुस्तकों के माध्यम से उन्होंने वह कर दिखाया जो मोटी-मोटी पोथियों के लेखक और विद्वान नहीं कर सके। वैदिक विचार के लेखकों की राय में रावण द्रविड़ था, लेकिन जिज्ञासु के मतानुसार रावण गोंड जाति का था। लटारी कवडू मडावी ने भी उनकी बात का समर्थन करते हुए रावण को तमाम आदिवासी गणों का गणनायक बताया है। जिज्ञासु ने अपने लेखन में रावण को अनार्य राजा सिद्ध किया है जो भगवान गौतम बुद्ध के अनुयायी थे।

जिज्ञासु की पहली पुस्तक महाराणा प्रताप पर थी जो उन्होंने आर्य समाजियों के कहने पर लिखी थी। लखनऊ से गोपाल लाल खत्री द्वारा शुरू की गयी *नागरी प्रचारणी* नाम पत्रिका का सम्पादन भी उन्होंने कुछ समय तक किया। साहित्य और इतिहास लेखन के साथ वे पत्रकारिता में भी आये। *नवजीवन* में सहायक सम्पादक बने और वहीं से सेवा-मुक्त होकर उन्होंने समाज सेवा प्रेस क़ायम किया। उन्होंने *कलवार-संदेश* और *हैहय क्षत्रिय* नामक पत्रिकाएँ निकालीं जिनका प्रकाशन काफ़ी समय तक जारी रहा। जिज्ञासु प्रकाश लखनवी के नाम से कविताएँ लिखते थे और उनके लेख *सुधा* तथा *सरस्वती* में भी छपे। हिंदी साहित्य सम्मेलन, इलाहाबाद में भाग लेने के बाद लखनऊ लौट कर जिज्ञासु ने स्वामी रामतीर्थ के शिष्य नारायण स्वामी की *गीता भाष्य* के सम्पादन और प्रकाशन में मदद की। उन्होंने रामतीर्थ पब्लिकेशन लीग के लिए उर्दू के कई ग्रंथों का हिंदी में अनुवाद भी किया। जिज्ञासु बांग्ला भी जानते थे और उन्होंने बांग्ला उपन्यासों की हिंदी में भाषांतर भी किया।

जिज्ञासु का रचना-संसार विशाल है। उनके द्वारा लिखित, सम्पादित और अनूदित पुस्तकों की संख्या सौ के लगभग है। जिज्ञासु की मृत्यु एक हृदयविदारक हादसे के कारण हुई। सर्दी के मौसम में वे काफ़ी कपड़े पहनते थे और रात को भी वही कपड़े पहन कर सोते थे। रजाई भी ओढ़ते थे और चारपायी के नीचे हीटर भी लगाते थे। एक रात हीटर ने चारपायी में आग पकड़ ली। इस दुर्घटना में गम्भीर रूप से जल जाने के कारण 12 फ़रवरी, 1974 को उनका देहांत हो गया।

देखें : अनुसूचित जातियाँ, अस्मिता की भारतीय राजनीति, अन्य पिछड़े वर्ग, आयोतीदास पांडीतर, आयंकाली, आम्बेडकर-गाँधी विवाद, इरोड वेंकट रामस्वामी नायकर पेरियार, कांशी राम, गाड़गे बाबा, गुरु घासीदास, गोपाल बाबा वलंगकर, जगजीवन राम, ज्योतिराव गोविंदराव फुले, जाति और जाति-व्यवस्था-1 से 4 तक, बहुजन समाज पार्टी-1 और 2, बाबू मंगूराम, भदंत आनंद कौसल्यायन, भीमराव रामजी आम्बेडकर, स्वामी अछूतानंद हरिहर।

संदर्भ

1. श्यौराज सिंह बेचैन (1995), *हिंदी की दलित पत्रकारिता पर पत्रकार आम्बेडकर का प्रभाव,* समता प्रकाशन, दिल्ली.
4. अंगनेलाल (2011), *उत्तर प्रदेश में दलित आंदोलन,* गौतम बुक सेंटर, नयी दिल्ली.

— मोहन दास नैमिशराय

छ

छत्तीसगढ़

(Chattisgarh)

मध्य भारत स्थित राज्य छत्तीसगढ़ का नाम इस पूरे क्षेत्र में मौजूद छत्तीस किलों या गढ़ों के आधार पर पड़ा है। दक्षिणी मध्य प्रदेश के छत्तीसगढ़ी बोलने वाले 16 ज़िलों को अलग करके इस राज्य का गठन झाड़खण्ड के साथ-साथ एक नवम्बर, 2000 को हुआ था। इन दोनों राज्यों के गठन के पीछे मुख्य रूप से इन इलाक़ों में आदिवासी समाज की बहुत बड़ी मौजूदगी थी। गठन के बाद से छत्तीसगढ़ की राजनीति मुख्य रूप से द्वि-दलीय (कांग्रेस और भारतीय जनता पार्टी) ही रही है। एक तरह से इस मामले में छत्तीसगढ़ ने पुराने राज्य मध्य प्रदेश की राजनीति का ही अनुसरण किया है। जब यह राज्य मध्य प्रदेश का भाग था, तो मध्य प्रदेश के पहले मुख्यमंत्री रविशंकर शुक्ल इसी क्षेत्र के थे। बाद में, शुक्ल बंधुओं श्यामाचरण शुक्ल और विद्याचरण शुक्ल ने भी मध्य प्रदेश और केंद्र की राजनीति में अपनी गहरी पहचान बनायी। राज्य के गठन के बाद इन शुक्ल बंधुओं में से एक यानी विद्याचरण शुक्ल ने राष्ट्रवादी कांग्रेस पार्टी के रूप में राज्य की राजनीति में एक तीसरा मोर्चा बनाने की कोशिश की, लेकिन वे नाकाम रहे। पिछले एक दशक में छत्तीसगढ़ विभिन्न कम्पनियों के साथ दिये गये खनन और कारख़ाना लगाने के समझौतों और इसके विरोध मे आदिवासियों के आंदोलन के कारण भी चर्चा में रहा है। छत्तीसगढ़ का आदिवासी क्षेत्र माओवादी हिंसा और उसके प्रतिकार के लिए भाजपा व कांग्रेस के मिले-जुले लेकिन अत्यंत विवादास्पद उद्यम सलवा जुडूम के लिए के लिए भी जाना जाता है। 2013 के मध्य में माओवादियों द्वारा एक घात लगा कर किये गये हमले में कांग्रेस के प्रदेश अध्यक्ष नंद कुमार पटेल, सलवा जुडूम का नेतृत्व करने वाले पूर्व विधायक महेंद्र करमा और पार्टी के वरिष्ठ नेता विद्याचरण शुक्ल के मारे जाने के बाद यह पार्टी प्रदेश में नेतृत्व के संकट से जूझ रही है। अगर माओवाद और उसकी प्रतिक्रिया में शुरू किये गये सलवा जुडूम को अपवाद माना जाये, तो एक नये राज्य के रूप में संसदीय राजनीति के स्तर पर छत्तीसगढ़ का प्रदर्शन ठीक-ठाक समझा जा सकता है। यहाँ सरकारें स्थायी रही हैं और उन्होंने बहुत ख़राब प्रदर्शन नहीं किया है।

रायपुर राजधानी वाला छत्तीसगढ़ क्षेत्रफल (135,194 वर्ग किमी) के हिसाब से भारत का दसवाँ राज्य है। छत्तीसगढ़ के उत्तर-पश्चिम में मध्य प्रदेश, पश्चिम में महाराष्ट्र, दक्षिण में आंध्र प्रदेश, पूर्व में ओड़ीशा, उत्तर-पूर्व में झारखण्ड और उत्तर प्रदेश है। 2011 की जनगणना के अनुसार इसकी आबादी 2,55,40,961 और इस लिहाज़ से यह भारत का सत्रहवाँ राज्य है। यहाँ जनसंख्या का घनत्व 188.9 वर्ग किलोमीटर और साक्षरता दर 64.7 प्रतिशत है। छत्तीसगढ़ में विधायिका एक सदनीय है। विधानसभा में कुल 91 सदस्य चुने जाते हैं। लोकसभा में इस राज्य से कुल 11 और राज्यसभा में 5 सदस्य चुने जाते हैं। पूर्वी हिंदी की एक बोली छत्तीसगढ़ी को हिंदी के साथ राज्य की आधिकारिक भाषा का दर्जा दिया गया है। इसी के साथ छत्तीसगढ़ के कई भागों में कई आदिवासी और द्रविड़ भाषा-परिवार की बोलियाँ या भाषाएँ भी इस्तेमाल की जाती हैं। इस राज्य के उत्तरी और दक्षिणी भाग पहाड़ी हैं, जबकि मध्य भाग मैदानी है। इसके कुल भौगोलिक क्षेत्र का 44 प्रतिशत हिस्सा जंगल है। छत्तीसगढ़ को मुख्य रूप से एक ग्रामीण राज्य कहा जा सकता है क्योंकि यहाँ की जनसंख्या का सिर्फ़ 20 प्रतिशत

छत्तीसगढ़ : एक नवम्बर, 2000 को गठित

भाग ही शहरों में रहता है। यहाँ कुल 34 प्रतिशत अनुसूचित जनजातिया और 12 प्रतिशत अनुसूचित जातियाँ हैं। यहाँ के मैदानी इलाक़ों में तेली, सतनामी और कुर्मी जैसी जातियाँ जनसंख्या के लिहाज़ से प्रभुत्वशाली स्थिति में हैं। जंगली इलाकों में गोंड, हल्बा, कमार, गुजिया और उरांव जैसी जनजातियों की जनसंख्या ज़्यादा है।

अपने गठन के समय इस राज्य की विधानसभा को इस क्षेत्र से 1998 में मध्य प्रदेश विधानसभा में चुने गये सदस्य ही मिले। इसलिए यहाँ कांग्रेस को बहुमत मिला और उसने अजीत जोगी के नेतृत्व में अपनी सरकार बनायी। 2003 में हुए विधानसभा चुनावों में कांग्रेस को हार का सामना करना पड़ा और भाजपा को ज़बरदस्त जीत मिली। इन चुनावों में भाजपा को 50, कांग्रेस को 37 तथा बहुजन समाज पार्टी या बसपा को 2 सीटें मिलीं। भाजपा ने रमन सिंह के नेतृत्व में सरकार बनायी। 2004 के संसदीय चुनावों में भी भाजपा को भारी जीत मिली। इसने कुल 11 सीटों में से 10 पर जीत हासिल की और कांग्रेस के खाते में मात्र एक सीट आयी। 2008 में राज्य में फिर से विधानसभा चुनाव हुए और इन चुनावों में भी भाजपा ने बहुमत हासिल किया। उसने अपने पुराने प्रदर्शन को दुहराते हुए कुल 50 सीटों पर जीत हासिल की, वहीं कांग्रेस को 38 सीटों पर जीत मिली। 2009 में हुए संसदीय चुनावों में भी भारतीय जनता पार्टी ने अपने पुराने प्रदर्शन को दुहराते हुए 10 लोकसभा सीटों पर जीत हासिल की, जबकि कांग्रेस को सिर्फ़ 1 सीट पर जीत मिली।

छत्तीसगढ़ में हुए पिछले दो विधानसभा चुनाव (2003 और 2008) तथा दो संसदीय चुनावों (2004 और 2009) से यह स्पष्ट संकेत मिलता है कि यहाँ की राजनीति में भाजपा की स्थिति कांग्रेस की तुलना में काफ़ी मज़बूत हुई है। इसका एक बड़ा कारण भाजपा की राज्य सरकार का तुलनात्मक रूप से ठीक-ठाक प्रशासन रहा है। राष्ट्रीय स्वयंसेवक संघ द्वारा वनवासी कल्याण आश्रमों के माध्यम से किये गये कामों का फ़ायदा भी भाजपा को मिला है। इसके अलावा, कांग्रेस पार्टी के भीतर मौजूद ख़ेमेबाज़ी ने भी भाजपा की राह आसान कर दी है।

छत्तीसगढ़ में विभिन्न खनिज पदार्थ प्रचुर मात्रा हैं। राज्य सरकार ने इन संसाधनों के दोहन और उसके माध्यम से राज्य के विकास के लिए बहुत सारी राष्ट्रीय और बहु-राष्ट्रीय कम्पनियों से समझौते किये। इन समझौतों के विरोध में छत्तीसगढ़ के कई इलाक़ों में जन-आंदोलन शुरू हुए। छत्तीसगढ़ के कई भागों में माओवादी आंदोलन ने भी जोर पकड़ा। ख़ासतौर पर दाँतेवाड़ा ज़िला और उसके आस-पास के इलाक़ माओवादी आंदोलन का गढ़ बन गये। माओवादियों के दमन के लिए राज्य द्वारा की कार्रवाईयों और राज्य के प्रतिरोध के लिए माओवादियों की कार्रवाईयों ने हिंसा-प्रतिहिंसा के अंतहीन दौर को जन्म दिया। इसी दौरान एक अन्य परिघटना के रूप में सलवा जुडूम का भी उभार हुआ। 2005 में छत्तीसगढ़ के कांग्रेसी नेता महेंद्र करमा के नेतृत्व में दाँतेवाड़ा ज़िले इसकी शुरुआत हुई जिसे बाद में भाजपा सरकार ने भी पूरा समर्थन दिया। मुख्यमंत्री रमन सिंह ने इसे 'गाँधीवादी शांतिपूर्ण आंदोलन' की संज्ञा दी।

विरोधाभास यह था कि शुरुआत से ही आंदोलन के कार्यकर्त्ताओं के पास ढेर सारे हथियार थे। जुडूम के कार्यकर्ता माओवादी प्रभाव के गाँवों में जा कर वहाँ लोगों को गाँव ख़ाली करके शिविरों में जाने के लिए कहते थे। लोगों द्वारा मना करने पर उन्हें जान से मारे जाने, उनके घरों को जला देने, बलात्कार करने जैसे ख़तरों का सामना करना पड़ता था। मानवाधिकार कार्यकत्ताओं की लगातार आलोचनाओं और चेतावनियों के बावजूद सलवा जुडूम चलता रहा। सरकार ने इससे जुड़े लोगों को हथियार देकर एसपीओ (या विशेष

पुलिस अफ़सर) बनाना भी शुरू कर दिया। एसपीओ के रूप में इन आदिवादी युवकों को 3000 हज़ार रुपये का मानदेय दिया जाता था। उनसे उम्मीद की जाती थी कि वे माओवादी विद्रोह के ख़िलाफ़ संघर्ष में सुरक्षा बलों की मदद करेंगे। इस तरह समाज के एक तबक़े के युवाओं को हथियार देकर दूसरे तबक़े के ख़िलाफ़ लड़ने के लिए गोलबंद किया गया। इस परिघटना ने राज्य के इस इलाक़े में हिंसा और मानवाधिकार-उल्लंघन की घटनाओं में काफ़ी बढ़ोतरी की। 5 जुलाई, 2011 को नंदिनी सुदंर और अन्य बनाम छत्तीसगढ़ राज्य केस में अपना फ़ैसला सुनाते हुए सर्वोच्च न्यायालय ने सलवा जुडूम और एसपीओ की नियुक्ति को अवैध क़रार दिया। इसके बाद औपचारिक रूप से सलवा जुडूम का अंत घोषित कर दिया गया। लेकिन समझा जाता है कि इसके बावजूद छत्तीसगढ़ सरकार की तरफ़ से यह परिघटना अनौपचारिक और अघोषित रूप से जारी है।

विकास और आदिवासियों के जल-जंगल-ज़मीन का सवाल छत्तीसगढ़ में शिद्दत से उभर कर सामने आया है। इसका एक बड़ा कारण यह भी है कि इस मुद्दे पर राज्य के सत्ताधारी दल और मुख्य विपक्षी दल के बीच अद्‌भुत सहमति बन गयी है। दोनों ही पूँजीपतियों के निवेश को राज्य के विकास का एकमात्र रास्ता मानते हैं। इसने न सिर्फ़ संसाधनों की लूट को बढ़ावा दिया है बल्कि इससे आदिवासियों की जीविका और जीवन-शैली ही ख़तरे में पड़ गयी है। फिर, छत्तीसगढ़ में संसदीय राजनीति करने वाले दलों (वामपंथी दलों के अलावा) ने हर तरह के विरोध को माओवाद की श्रेणी में डालकर दमन करने की नीति की हिमायत की है। इससे राज्य की स्थिति और पेचीदा हो गयी है। भविष्य में राज्य की राजनीति की दिशा सिर्फ़ इस बात पर निर्भर नहीं करती कि कांग्रेस भाजपा को चुनौती दे पाती या नहीं। दरअसल, राज्य की राजनीति की दिशा इस बात से तय होगी कि संसदीय राजनीति करने वाले आम आदिवासियों की आकांक्षाओं और जल, जंगल, ज़मीन से उनके जुड़ाव को मान्यता देने और उसके अनुरूप विकास का मॉडल बनाने के लिए तैयार होते हैं या नहीं।

देखें : असम, अरुणाचल प्रदेश, आदिवासी प्रश्न-1, 2 और 3, आंध्र प्रदेश, उत्तर प्रदेश, उत्तराखण्ड, ओडीशा, कर्नाटक, केरल, जम्मू और कश्मीर, झाड़खण्ड, तमिलनाडु, त्रिपुरा, दिल्ली, नगालैण्ड, पश्चिम बंग, पंजाब, महाराष्ट्र, मध्य प्रदेश, मिज़ोरम, मेघालय, भारतीय संघवाद, बिहार, राजस्थान, राज्यों का पुनर्गठन-1, 2 और 3, राज्यों की राजनीति, संघवाद, हरियाणा।

संदर्भ

1. बाबा मायाराम (2009), 'छत्तीसगढ़ : अब भाजपा का गढ़', अरविंद मोहन (सम्पा.), *लोकतंत्र का नया लोक : चुनावी राजनीति में राज्यों का उभार,* भाग-2, वाणी प्रकाशन-लोकनीति सीएसडीएस, नयी दिल्ली.
2. पी. छिब्बर और नूरुद्दीन (2008), 'अनस्टेबल, पॉलिटिकल-फ़िस्कल स्पेस ऐंड इलेक्टोरल वोलैटलिटी इन द इण्डियन स्टेट्स', *कम्पैरेटिव पॉलिटिकल स्टडीज़,* खण्ड 41.
3. पीपुल्स यूनियन फ़ॉर डेमोक्रेटिक राइट्स (2005), *व्हेन द स्टेट मेक्स वॉर ऑन पीपुल : वॉयलेशन ऑफ़ पीपुल्स राइट्स इयुरिंग सलवा जुडूम,* नयी दिल्ली.

— कमल नयन चौबे

छात्र आंदोलन

(Student Movement)

क्रांतियों, क्रांतिकारी आंदोलनों और तरह-तरह के रैडिकल परिवर्तनों में राजनीतिक रूप से सचेत छात्रों और उनके संगठनों ने बीसवीं सदी के उत्तरार्ध में सजग व प्रभावशाली भूमिका निभायी है। लेकिन एक सामाजिक आंदोलन के रूप में छात्र आंदोलन की उपस्थिति का विशेष महत्त्व है। इस रूप में छात्र आंदोलन को आधुनिक समाज की एक ऐसी महत्त्वपूर्ण प्रवृत्ति की तरह देखा जा सकता है जिसमें विश्वविद्यालयों और कॉलेजों के विद्यार्थी समूह परिवर्तन की धारा में अग्रगामी भूमिका निभाते हैं। ऐसी अनगिनत घटनाएँ हो चुकी हैं जब छात्र-उर्जा ने नैतिक रुप से साख गँवा चुकी हुकूमतों के ख़िलाफ़ प्रतिरोध की मुखर अभिव्यक्ति में निर्णायक हिस्सेदारी की। छात्र आंदोलन की ऐसी मिसालें युरोप, एशिया, अफ़्रीका तथा लातीनी अमेरिका के सर्वसत्तावादी देशों के साथ-साथ उदारतावादी उद्योगीकृत दुनिया में भी दिखायी पड़ती हैं, हालाँकि इसकी तीव्रता, तन्मयता व प्रभाव में क्षेत्र- दर-क्षेत्र अंतर देखा जा सकता है।

अमेरिकी महाद्वीपों के मुल्क़ों में छात्र आंदोलनों ने सामाजिक आंदोलन को गति देने वाले उत्प्रेरक की भूमिका अदा की है। जिस समय सामाजिक आंदोलन इन देशों की हुकूमतों द्वारा बुनियादी सेवाओं की उपलब्धता में नाकामी को चुनौती दे रहे थे, छात्र आंदोलनों ने अपनी ऊर्जा से राजनीतिक सक्रियता को एक नया आयाम दिया। अमेरिकी समाज-विज्ञान पहले छात्र-प्रतिरोध को मनोसामाजिक और घटाववादी नज़रिये से समझने की कोशिश करता था। लेकिन जल्दी ही इस दृष्टि की ख़ामियाँ साफ़ हो गयीं और छात्र-कार्रवायी के आईने में सामाजिक आंदोलन को पॉलिटिकल एक्शन कर सकने वाली राजनीतिक संरचना के रूप में देखने की शुरुआत हुई। युरोप में उत्तर-औद्योगिक समाज की

अवधारणा के इर्द-गिर्द नये सामाजिक आंदोलन की थीसिस सूत्रबद्ध की गयी जिसने साठ के दशक के उन छात्र-आंदोलनों को समझने में मदद की जिनके उभार ने पारम्परिक मार्क्सवादी समझ को चकरा दिया था।

साठ के दशक में विद्यार्थियों के उग्र विरोध पर विशेष रूप से ध्यान दिया गया। उस समय इसका संबंध वियतनाम में अमेरिका द्वारा किये गये फ़ौजी हस्तक्षेप से था। ख़ास बात यह है कि साठ के दशक में ही अमेरिका में छात्र आंदोलन की परिघटना मुख्य रूप से अफ़्रीकी-अमेरिकी नागरिक अधिकारों और सोशलिस्ट स्टुडेंट्स लीग फ़ॉर इंड्रस्ट्रियल डैमॉक्रैसी (जो कालांतर में स्टुडेंट्स फ़ॉर अ डैमॉक्रैटिक सोसाइटी बन गयी) के रूप में उभरी थी। छात्रों के इस संगठन ने 1964 में कैलिफ़ोर्निया विश्वविद्यालय, बर्कले में भाषण की स्वतंत्रता के मुद्दे पर रोष प्रकट किया था। इस घटना की अहमियत का अंदाज़ा इस बात से लगाया जा सकता है कि इसने अमेरिका तथा बाहरी दुनिया के बुद्धिजीवियों के मध्य छात्र आंदोलन और राजनीतिक ध्रुवीकरण के मुद्दे पर ख़ासी रुचि पैदा की। वियतनाम युद्ध का प्रतिरोध करने के कारण यह आंदोलन 1970 के वसंत तक अपनी पहचान राष्ट्रीय सीमाओं के बाहर स्थापित कर चुका था।

साठ के दशक में हुए छात्र आंदोलनों का व्यापक प्रभाव युरोपीय समाज पर भी देखा गया। इसका रैडिकल रूप मई, 1968 में देखने को मिला जब फ्रांस में विद्यार्थियों ने हुकूमत के उदारतावादी लोकतांत्रिक चरित्र में निहित उस राजनीतिक एजेंडे का विरोध किया जिसने आम लोगों के जीवन में ठहराव ला दिया था। इस आंदोलन के कारण फ्रांस का रोज़मर्रा का जन-जीवन अभूतपूर्व ढंग से प्रभावित हुआ। छात्र-ऊर्जा का राजनीतिक प्रभाव धीरे-धीरे विश्व के अन्य हिस्सों, मसलन ऑस्ट्रेलिया, एशिया तथा कम्युनिस्ट शासित पूर्वी युरोप के देशों में भी दिखा।

उल्लेखनीय है कि छात्र आंदोलन का उभार आधुनिक औद्योगिक समाज में उस वक़्त हुआ जब बहुत कम समय में उच्च शिक्षा में दाख़िलों की संख्या तिगुनी-चौगुनी हो गयी। इसके परिणामस्वरूप शिक्षण संस्थानों में विद्यार्थियों की संख्या इतनी ज़्यादा हो गयी कि उनके द्वारा किये जाने वाले आंदोलन अपने परिमाणात्मक प्रभाव में एक नयी दावेदारी की अभिव्यक्ति करने लगे। उच्च शिक्षा में बढ़ते हुए दाख़िलों के पीछे जनसंख्यामूलक दबाव प्रमुखता से काम कर रहे थे। विश्व-युद्ध के बाद आये 'बेबी बूम' के कारण चालीस से साठ के दशक में अमेरिका में जनसंख्या की अप्रत्याशित वृद्धि दर्ज की गयी थी। उच्च शिक्षा में संख्या प्रसार के पीछे कुछ राजनीतिक और बौद्धिक कारण भी थे। मानव-पूँजी की आवश्यकता पर ज़ोर देने वाले बुद्धिजीवियों का मानना था कि आर्थिक होड़ में बाज़ी मारने के लिए उच्च कार्यकुशलता से सम्पन्न कर्मचारियों की संख्या बढ़ाना ज़रूरी है। दूसरी तरफ़ अमेरिकी समाज में अभिभावक भी अपनी संतान के लिए रोज़गार-सुलभता के नज़रिये से उच्च शिक्षा की तरफ़ झुक रहे थे। इस सबके साथ-साथ उनका यह भी मानना था कि अपने जीवन के सर्वोत्तम काल में युवाओं के लिए विश्वविद्यालय एक आदर्श ज्ञान का मंदिर है। दूसरी तरफ़ आर्थिक ख़ुशहाली बढ़ने के कारण माता-पिता अपने वयस्क बच्चों को परिवार में आर्थिक योगदान से छूट देने में सक्षम होते जा रहे थे। एक युवक पहले के किसी भी समय के मुक़ाबले लम्बे अरसे तक छात्र बना रह सकता था। इन्हीं सब कारणों से विद्यार्थियों की संख्या बढ़ती चली गयी। विश्वविद्यालयों के प्रबंधन पर दबाव बढ़ा। कई देशों में विश्वविद्यालय छात्र-संख्या में हुए इस अचानक प्रसार का सामना करने के लिए तैयार नहीं थे। उनकी सुविधाएँ अपर्याप्त थीं। पाठ्यक्रम सुधारने में भी उन्हें देर लगी। इन कारणों से भी तनाव बढ़ा। विश्वविद्यालय प्रशासन और विद्यार्थी आमने-सामने आ गये। विद्यार्थियों का मानना था कि वे अब व्यस्क हो चुके हैं तथा अपने अधिकारों के प्रति अधिक सजग हैं, जबकि प्रशासन को हमेशा इस बात का ग़रूर था कि विद्यार्थियों के वे ही स्थानीय अभिभावक हैं।

छात्र आंदोलनों ने जो माँगें रखीं उन्होंने बृहद राजनीतिक संदर्भ में धरने व विरोध प्रदर्शन का रूप अख़्तियार कर लिया। छात्रों की समस्यायें नागरिक स्वतंत्रता के प्रश्न की तरह सूत्रीकृत होने लगीं। आंदोलन की तीव्रता इतनी अधिक थी इसके आगे विश्वविद्यालय प्रशासन खुद को असहाय महसूस करने लगा। फ्रांस में तो हालत यह थी कि विश्वविद्यालय के रेक्टर को विद्यार्थियों के डार्मिटरी से जुड़े क़ानून में फ़ेरबदल करने तक का अधिकार नहीं था। छात्र आंदोलनों के उभार व विकास ने राजनीतिक फलक पर भी शक्तिशाली उपस्थिति दर्ज की। विपक्षी राजनीतिक दलों ने भी सरकारी नीतियों के ख़िलाफ़ उनकी ऊर्जा का लाभ उठाने की योजना बनायी। पश्चिमी जर्मनी इसका एक महत्त्वपूर्ण उदाहरण है जहाँ सोशल डेमॉक्रैटिक पार्टी से निष्कासित समाजवादी विद्यार्थियों ने एक व्यापक गठबंधन बना कर संसद पर प्रभुत्व कर लिया। हायडलबर्ग, म्यूनिख अथवा रोम में छात्र आंदोलन की शुरुआत विश्वविद्यालय परिसर से बाहर हुई, बर्लिन, फ्रैंकफ़र्ट, टोरंटो में वामपंथी दलों की कमज़ोरी ने भी छात्र आंदोलन के उभार में भूमिका निभायी।

शुरुआत में छात्र-आंदोलनों को समाचार माध्यमों में काफ़ी जगह मिली। ख़ास तौर पर वियतनाम युद्ध के समय अमेरिकी हस्तक्षेप के ख़िलाफ़ जो उग्र छात्र आंदोलन भड़का उसे मास मीडिया ने हाथों-हाथ लिया। लेकिन कालांतर में इटली, जर्मनी तथा अमेरिका में छात्र आंदोलन ने जब हिंसक रुझान दिखाये और विद्यार्थियों के कुछ छोटे-छोटे समूह आतंकवाद में शामिल होने लगे तो मीडिया ने इसे महत्त्व देना

1968 में फ्रांस का रैडिकल छात्र आंदोलन

कम कर दिया। दूसरी तरफ़ अपनी उपेक्षा से आहत और काफ़ी रैडिकल हो चुके कुछ छात्र-समूहों ने मार्क्सवादी शैली में सर्वहारा वर्ग के क्रांतिकारीकरण की विफल कोशिशें भी कीं। इस घटनाक्रम ने छात्र आंदोलनों के सीमित चरित्र को भी रेखांकित किया।

जहाँ तक एशियाई समाजों में छात्र आंदोलन की भूमिका का सवाल है, इसकी प्रवृत्तियाँ अधिक स्पष्ट प्रतीत होती हैं। थाइलैण्ड, दक्षिण कोरिया, ताइवान तथा इंडोनेशिया में सर्वसत्तावादी शासन प्रणाली ने नागरिक अधिकारों तथा लोकतांत्रिक अधिकारों को दबाते हुए छात्र आंदोलनों को पनपने का मौक़ा ही नहीं दिया। बर्मा में तो सरकार ने आक्रामक रवैया अपनाते हुए छात्र आंदोलनों को दबा दिया। इस कड़ी में चीन का उदाहरण भी महत्त्वपूर्ण है जहाँ 1989 में पेइचिंग के त्यान-अन-मान चौराहे पर हो रहे आंदोलन को कुचल डाला गया। भारत में छात्र आंदोलन की व्यवस्थित बानगी सत्तर के दशक में जयप्रकाश नारायण आंदोलन के रूप में देखी जा सकती है जो मुख्यत: भ्रष्टाचार विरोधी आंदोलन था।

लातीनी अमेरिका के देश चिली में मई, 2011 के दौरान दोषपूर्ण शिक्षा व्यवस्था के ख़िलाफ़ आम विद्यार्थियों का ग़ुस्सा उबल पड़ा। उन्होंने शिक्षा-व्यवस्था की गुणवत्ता का सवाल उठाया और पूरी अर्थव्यवस्था में ही रद्दोबदल करने की ज़िद की। 14-19 जुलाई के बीच विद्यार्थियों ने 148 स्कूलों पर क़ब्ज़ा कर लिया।... कुछ विश्वविद्यालयों की गतिविधियाँ तो पूरी तरह से ठप्प हो गयीं। नतीजतन सरकार ने इक्कीस सूत्री प्रस्ताव पेश किया जिसमें विद्यार्थियों की कई माँगों को मान लिया गया। इनमें अच्छी शिक्षा सुलभ कराने के लिए संवैधानिक गारंटी, गर्वनेंस में विद्यार्थियों की भागीदारी, विश्वविद्यालय स्कॉलरशिप में बढ़ोतरी जैसी माँगें शामिल थीं। इसके बावजूद लगभग एक लाख विद्यार्थियों ने सेंटियागो की सड़कों पर आकर सरकारी प्रस्ताव का विरोध किया और कॉरपोरेट घरानों के दखलअंदाज़ी का विरोध करते हुए मुक्त, उच्च गुणवत्ता वाली लोक-शिक्षा की माँग की।

छात्र आंदोलनों के उभार के पीछे एक अहम कारण राजनीतिक विपक्ष और वामपंथी आंदोलन की कमज़ोरी का रहा है। युरोप में भी छात्रों के प्रतिरोध ने राजनीतिक प्रतिपक्ष द्वारा प्रदर्शित की जा रही कमज़ोरी की भरपाई ही की थी। दूसरे, विकसित उदारतावादी लोकतांत्रिक देशों में या भारत जैसे एशियायी लोकतांत्रिक छात्रों को थोड़े-बहुत दमन से ज़्यादा कुछ नहीं झेलना पड़ा। उन्हें प्रभु वर्ग के एक हिस्से ने समर्थन दिया जिसके कारण वे कुछ दिनों तक टिके रह सके। लेकिन इसके उलट पूर्वी युरोपीय देशों, चीन जैसे कम्युनिस्ट शासन वाले देशों में या अन्य सर्वसत्तावादी हुकूमतों में छात्र आंदोलन सरकारी दमन के मुक़ाबले टिकने में असमर्थ साबित हुए।

देखें : असम आंदोलन, जय प्रकाश नारायण, ज्याँ-पाल सार्त्र, भारतीय सामाजिक आंदोलन, समाजवादी वसंत-1, 2, 3, 4 और 5, सामाजिक आंदोलन।

संदर्भ

1. एम.ई. बोरेन (2001), *स्टुडेंट रज़िस्टेंस : अ हिस्ट्री ऑफ़ द अनरूली सब्जेक्ट,* रॉटलेज, न्यूयॉर्क.
2. डी.ई. बर्ग (1998), *इनसाइक्लोपीडिया ऑफ़ स्टुडेंट ऐंड यूथ मूवमेंट्स,* फ़ैक्ट्स ऑन फ़ाइल, न्यूयॉर्क.
3. एल. फ़्यूर (1969), *द कॉन्फ्लिक्ट ऑफ़ जेनरेशंस : द करेक्टर ऐंड सिग्नीफ़िकेंस ऑफ़ स्टुडेंट मूवमेंट्स,* बेसिक बुक्स, न्यूयॉर्क.
4. सी. रूट्स (1980), 'स्टुडेंट रैडिकलिज़्म : पॉलिटिक्स ऑफ़ मॉरल प्रोटेस्ट ऐंड लेजिटिमेशन प्रॉब्लम्स ऑफ़ द मॉडर्न कैपिटलिस्ट स्टेट्स', *थियरी ऐंड सोसाइटी,* खण्ड 9, अंक 3.

— पंकज कुमार झा

ज

जगजीवन राम

(Jagjivan Ram)

भारत में दलित आंदोलन तथा राजनीति की दो धाराएँ आज़ादी से पूर्व से ही समानांतर चलती रही हैं। एक धारा डॉ. आम्बेडकर की थी, और दूसरी धारा के शीर्ष पर बाबू जगजीवन राम (1908-1986) थे। दरअसल, इस धारा का उद्‌गम कांग्रेस में निहित था जिसे पहले गाँधी ने मज़बूत किया फिर उन्हीं के उत्तराधिकारी के तौर पर बाबू जगजीवन राम उसे आगे तक ले गये। बकौल वियोगी हरि नेहरू युग से इंदिरा गाँधी तक कितने ही राजनीतिज्ञ उभरे और विलीन हो गये, लेकिन इस लम्बे दौर में जगजीवन राम की उपस्थिति लगातार बनी रही। जगजीवन राम एक कुशल वक्ता, लेखक और प्रभावशाली प्रशासक थे। आज़ादी के बाद अपने राजनीतिक जीवन का अधिकतम समय उन्होंने सत्ता में गुज़ारा और इस दौरान देश के सर्वाधिक महत्त्वपूर्ण मंत्रालयों की ज़िम्मेदारी कुशलता से सँभाली। 1971 के ऐतिहासिक बांग्ला देश युद्ध के समय वे ही प्रतिरक्षा मंत्री थे। 1969 से 1971 के बीच के संकटकाल में जगजीवन राम ने अपनी सांगठनिक क्षमताओं का लोहा मनवाते हुए कांग्रेस के राष्ट्रीय अध्यक्ष का पद भी सँभाला। सारे जीवन कांग्रेस में रहने के बाद 1977 में आपातकाल उठते ही जगजीवन राम ने कांग्रेस छोड़ कर कांग्रेस फ़ॉर डेमॉक्रैसी का गठन किया। उनके इस क़दम ने तत्कालीन राजनीति को एक निर्णायक मोड़ दिया। वे केंद्र में ग़ैर-कांग्रेसी जनता पार्टी के शीर्ष नेताओं में से एक बने। चुनावों में कांग्रेस की पराजय के बाद जगजीवन राम प्रधानमंत्री बनने की दौड़ में सबसे आगे थे। लेकिन उनकी दावेदारी की उपेक्षा की गयी। उन्हें प्रधानमंत्री न बनाकर उप-प्रधानमंत्री बनाया गया। जगजीवन राम ने जनता पार्टी से नाराज़ होकर कांग्रेस (जे) का गठन किया। वे 1984 में पुन: कांग्रेस के सांसद बने। उन्होंने आठ बार लगातार सांसद रहने का रिकॉर्ड बनाया।

बिहार के भोजपुर जिले के चंदवा ग्राम में 5 अप्रैल, 1908 को पैदा हुए जगजीवन राम के पिता का नाम शोभीराम और माँ का बसंती देवी था। उनका बचपन बेहद ग़रीबी में बीता। जब वे केवल पाँच वर्ष के थे तो गाँव में आयी बाढ़ के कारण उनके परिवार को बेघर हो जाना पड़ा। 1914 में उन्हें प्राथमिक स्कूल में भरती किया गया, लेकिन इसी समय पिता का देहांत हो गया। लेकिन माँ बसंती देवी ने अपने बेटे को शिक्षित करने का भागीरथ प्रयास किया। अस्पृश्यता और जाति भेद का दंश झेलते हुए जगजीवन राम ने 1926 में प्रथम श्रेणी में मैट्रिक और 1931 में कलकत्ता विश्वविद्यालय से प्रथम श्रेणी में बीएससी परीक्षा पास की। साथ-साथ वे कलकत्ता में दलितों को संगठित करने का कार्य भी करते रहे। बिहार में उन्होंने अखिल भारतीय दलित वर्ग संघ के तत्वावधान में दलित जातियों को संगठित किया। यह संगठन 1937 के चुनाव में एक शक्तिशाली राजनीतिक दल के रूप में उभरा। पहले इसका कार्य क्षेत्र केवल बिहार था बाद में इसकी शाखाएँ देश भर में खुलनी शुरू हुईं। उत्तर प्रदेश में डॉ. धर्म प्रकाश ने दलित वर्ग संघ के गठन का नेतृत्व किया। दरअसल, जगजीवन राम को सत्ता में लाने तथा आगे तक सत्ता में बनाये रखने में इस संगठन की महत्त्वपूर्ण भूमिका रही। इस संगठन की सभाओं में विजय लक्ष्मी पण्डित, जवाहरलाल नेहरू, कृष्ण मेनन, मोरारजी देसाई तथा डी. संजीवैया जैसे नेता दलितों को सम्बोधित करने आते थे।

1932 में जगजीवन राम आरा नगर पालिका के सदस्य

जगजीवन राम (1908–1986)

हुए। एक तरह से यहीं से उनकी राजनीतिक यात्रा आरम्भ हुई और इसके बाद कांग्रेस में इनकी गतिविधियाँ बढ़ती गयीं। असहयोग आंदोलन में ज़ेल जाने वाले जगजीवन राम 1937 में बिहार विधान परिषद् के सदस्य बने और सरकार में संसदीय सचिव का पद सँभाला। 1939 में कांग्रेसी मंत्रिमण्डलों द्वारा अंग्रेज़ों की नीति के विरुद्ध इस्तीफ़ा देने वालों में जगजीवन राम भी शामिल थे। उन्होंने 1940 में बिहार प्रदेश कांग्रेस कमेटी के मंत्री का पद सँभाला और 1942 में मेरठ में अखिल भारतीय दलित वर्ग सम्मेलन का सभापतित्व किया। 10 सितम्बर, 1940 को व्यक्तिगत सत्याग्रह के कारण तथा 1942 में 'भारत छोड़ो' आंदोलन के समय उन्हें गिरफ़्तार किया गया। 1946 में केंद्र की अस्थायी सरकार में वे श्रम मंत्री बने। इसके बाद केंद्र में सर्वोच्च मंत्रालयों का कार्यभार सँभालने का जो सिलसिला शुरू हुआ, वह आख़िर तक नहीं थमा। 1952 के पहले आम चुनाव में जगजीवन राम सासाराम से सांसद बने और उसके बाद उन्होंने पीछे मुड़ कर नहीं देखा। उनके हाथ में आने वाला विभाग चमक उठता था। जगजीवन राम के हाथ में संचार मंत्री, परिवहन मंत्री, रेल मंत्री, खाद्य-कृषि सामुदायिक विकास मंत्री, श्रम-रोज़गार मंत्री और प्रतिरक्षा मंत्री का दायित्व रहा।

अक्सर यह पूछा जाता है कि जगजीवन राम गाँधी के दलित संबंधी विचारों से किस हद तक सहमत थे, और आम्बेडकर के विचारों से उनकी कितनी दूरी थी। इस सिलसिले में माता प्रसाद का विचार है कि जगजीवन राम गाँधी के अनुयायी ज़रूर थे पर अस्पृश्यता के सवाल पर उनसे अलग विचार रखते थे। गाँधी वर्ण-व्यवस्था बनाये रखते हुए अस्पृश्यता दूर करना चाहते थे। लेकिन जगजीवन राम का कहना था कि वर्ण-व्यवस्था और जाति-पाँति का विनाश आवश्यक है। समझा जाता है कि उन्होंने गाँधी द्वारा प्रयुक्त 'हरिजन' शब्द का प्रतिवाद करते हुए आम्बेडकर की सराहना भी की थी। पूना पैक्ट के सवाल पर भी उनकी राय आम्बेडकर के पक्ष में थी। लेकिन व्यावहारिक राजनीति में वे दलितों का नेतृत्व जीतने की कांग्रेसी परियोजना के मुख्य कर्ताधर्ता बन कर आम्बेडकर के नेतृत्व वाली राजनीतिक धारा के साथ होड़ करते रहे।

संचार मंत्री की हैसियत से जगजीवन राम ने पदोन्नतियों में भी आरक्षण लागू किया जिसे सुप्रीम कोर्ट तक ने उचित ठहराया। आरक्षण का विरोध करने वालों से उनका कहना था : आज ब्राह्मण आरक्षण का विरोध कर रहे हैं। लेकिन आरक्षण का रास्ता उन्होंने ही दिखाया है। मंदिर में पुजारी कौन होगा? ब्राह्मण के सुरक्षित रिजर्वेशन को हम भी तोड़ते हैं। फ़ैसला कर दो, मंदिर का पुजारी वही होगा जो सरकार द्वारा निर्धारित की गयी परीक्षा पास करेगा। सत्यनारायण की कथा कहने वाला ब्राह्मण ही क्यों? अगर किसी वाल्मीकि ने शास्त्री की परीक्षा पास कर ली है, तो वह सत्यनारायण की कथा क्यों नहीं कह सकता?' यह था समता और बराबरी लाने के लिए उनका दर्शन।

जगजीवन राम की संत रविदास पर असीम श्रद्धा थी। वाराणसी में राजघाट पर उन्होंने संत रविदास का विशाल मंदिर बनवाया। 1984 में भारतीय दलित साहित्य अकादमी के गठन की प्रेरणा भी उन्हीं से मिली। हिंदी साहित्य पर बाबू जगजीवन राम की अच्छी पकड़ थी। हिंदी साहित्य सम्मेलन, प्रयाग की अध्यक्षता करते समय उन्होंने जो सारगर्भित भाषण दिया था उसे आज भी लोग याद करते हैं। वे संत साहित्य के भी मर्मज्ञ थे। जगजीवन राम के भाषण विद्वत्तापूर्ण और तर्क-सम्मत होते थे। उन्होंने कई पुस्तकें लिखीं जिनमें प्रमुख हैं *भारत में जातिवाद और हरिजन समस्या* तथा *कास्ट चैलेंज इन इण्डिया*।

जगजीवन राम की गिनती भारत के सफलतम राजनेताओं में की जा सकती है। लेकिन 1977 में जनता पार्टी सरकार के पतन के बाद की राजनीति में उनके सितारे की चमक मंद होती चली गयी। 1980 के चुनाव में उनकी पार्टी कांग्रेस (जे) उन्हें प्रधानमंत्री बनाने की दावेदारी के साथ चुनाव लड़ी लेकिन वे इंदिरा गाँधी की सत्ता में वापसी नहीं रोक सके। उनकी समाधि अन्य राष्ट्रीय नेताओं की तरह ही राजघाट पर समता स्थल के रूप में बनायी गयी।

देखें : अनुसूचित जातियाँ, अस्मिता की भारतीय राजनीति, अन्य पिछड़े वर्ग, आयोतीदास पांडीतर, आयंकाली, आम्बेडकर-गाँधी विवाद, इरोड वेंकट रामस्वामी नायकर पेरियार, कांशी राम, गाड़गे बाबा, गोपाल बाबा वलंगकर, ज्योतिराव गोविंदराव फुले, जाति और जाति-व्यवस्था-1 से 4 तक, बहुजन समाज पार्टी-1 और 2, बाबू मंगूराम, भदंत आनंद कौसल्यायन, भीमराव रामजी आम्बेडकर, स्वामी अछूतानंद हरिहर।

संदर्भ

1. राजपाल सिंह राज (2007), *हृदय सम्राट बाबू जगजीवन राम*, श्री नटराज प्रकाशन, नयी दिल्ली.
2. माता प्रसाद (2006), *भारत में सामाजिक परिवर्तन के प्रेरणा-स्रोत*, सम्यक प्रकाशन, नयी दिल्ली.
3. कन्हैया लाल चंचरीक (2003), *आधुनिक भारत का दलित आंदोलन*, युनिवर्सिटी पब्लिकेशन, नयी दिल्ली.

— मोहन दास नैमिशराय

जन-हित याचिका

(Public Interest litigation)

जन-हित याचिका एक ऐसी न्यायिक परिघटना है जो साबित करती है कि भारत में न्याय का स्वरूप महज़ क़ानूनी न हो कर सामाजिक और आर्थिक भी है। आपातकाल के बाद भारतीय सर्वोच्च न्यायालय ने लोकस हिंदी शब्द भी आना चाहिए स्टेंडाई के प्रावधान को काफ़ी लचीला बनाते हुए व्यवस्था दी कि अगर कोई व्यक्ति अपने अधिकारों के हनन के बावजूद न्यायालय तक पहुँचने में सक्षम नहीं है तो कोई अन्य जागरूक व्यक्ति या संगठन (भले ही उसका मामले से संबंध न भी हो) न्यायालय को उस बारे में सूचित कर सकता है। न्यायालय इसे एक याचिका के रूप में ही विचारार्थ स्वीकार करेगा। सर्वोच्च न्यायालय के इस क़दम के बाद ग़रीबों, शोषितों एवं वंचित तबक़ों के अधिकारों के साथ-साथ पर्यावरणीय समस्याओं के प्रति कार्यपालिका की लापरवाही तथा सरकारी अधिकारियों के अवैधानिक कृत्यों को लेकर अदालत में अनेक याचिकाएँ दायर हुई तथा इसकी सुनवाई करते हुए न्यायालय ने प्रभावी दिशा-निर्देश जारी किये। इन्हीं याचिकाओं को जन-हित याचिका कहा जाता है। इससे भारतीय न्यायपालिका को काफ़ी प्रतिष्ठा मिली। ऐसा कहा जाने लगा कि भारतीय सर्वोच्च न्यायालय जन-हित याचिकाओं की शुरुआत कर भारतीयों के लिए सर्वोच्च न्यायालय में परिणत हो गया। उल्लेखनीय है कि भारत के संविधान में जन-हित याचिका का कोई लिखित प्रावधान नहीं है तथा न्यायालय ने संविधान की व्याख्या करके इस शक्ति को प्राप्त किया है। विरोधाभास यह है कि जन-हित याचिकाओं के ज़रिये न्यायालय ने कुछ इस तरह की व्याख्याएँ भी की हैं और निर्णय दिये हैं जिनसे सबसे ज़्यादा ग़रीबों एवं शोषितों के ही हित प्रभावित हुए हैं। इसलिए न्यायालय पर जन-हित याचिका को लेकर न्यायालय का दृष्टिकोण बदलने का आक्षेप भी लगाया जाने लगा है।

जन-हित याचिका के पद का प्रयोग सर्वप्रथम संयुक्त राज्य अमेरिका में किया गया, लेकिन भारत में अपनायी गयी जन-हित याचिका की पद्धति अमेरिकी परम्परा से काफ़ी अलग है। अमेरिका में जन-हित याचिकाओं के लिए धन की आपूर्ति सरकार एवं निजी प्रतिष्ठानों द्वारा की जाती है। इनमें राज्य के द्वारा होने वाले उत्पीड़न, सरकार के अवैधानिक कृत्यों एवं ग्रामीण ग़रीबों पर ज़्यादा ध्यान नहीं दिया जाता है। वहाँ किसी ख़ास वर्ग या समूह के हितों के बजाय उपभोक्तावाद एवं पर्यावरण से संबंधित 'समूह-विहीन हितों' पर और सरकारी नीति-निर्माण में नागरिकों की भागीदारी सुनिश्चित करने पर ज़्यादा ज़ोर दिया जाता हे। इसके विपरीत भारत में जन-हित याचिका के तीन मक़सद हैं। पहला, अपने अधिकारों से वंचित समाज के ग़रीब एवं उपेक्षित तबक़ों तक न्याय की पहुँच सुनिश्चित करना। दूसरा, व्यक्तियों एवं लोगों के समूहों को इस बात के लिए सक्षम बनाना कि वे भ्रष्ट एवं लचर शासन की वजह से सामान्य-जन की समस्याओं के ख़िलाफ़ आवाज़ उठा सकें और तीसरा, संवैधानिक निर्णयन की प्रक्रिया में लोगों की भागीदारी बढ़ाना। इस प्रकार से भारत में जन-हित याचिकाओं का मुख्य मक़सद ग़रीबों एवं शोषितों को न्याय दिलाने तथा राज्य की मशीनरी द्वारा होने वाले उत्पीड़न से उनकी रक्षा करना है। यही वजह है कि उपेंद्र बख़्शी इन याचिकाओं को जन-हित याचिका की जगह सार्वजनिक कार्यवाही याचिका क़रार देते हैं।

भारत में जन-हित याचिका की शुरुआत का श्रेय न्यायाधीश पी.एन. भगवती और वी.आर. कृष्ण अय्यर को जाता है। इन न्यायाधीशों ने लोकस स्टेंडाई के प्रावधान को लचीला बना कर न केवल जागरूक लोगों, सामाजिक कार्यकर्त्ताओं और संगठनों को विभिन्न क़ानूनों के उल्लंघन, ग़रीबों एवं वंचितों के शोषण, अपनी ज़िम्मेदारियों के प्रति बेपरवाह शासन एवं पर्यावरण प्रदूषण के ख़िलाफ़ न्यायालय में याचिका दायर करने में सक्षम बनाया, बल्कि यह भी व्यवस्था दी कि इस तरह के मामलों में महज़ एक पोस्टकार्ड या टेलीग्राम द्वारा भी न्यायालय को सूचित किया जा सकता है। इसे पत्र-विषयक न्यायिक क्षेत्राधिकार की संज्ञा दी जाती है। इतना ही नहीं न्यायालय ने यह भी व्यवस्था की कि यदि कोई व्यक्ति या संगठन न्यायालय को सूचित न भी करे तथा

समाचार पत्र या किसी अन्य माध्यम से भी न्यायालय को किसी घटना की जानकारी मिले तो अदालत उसका संज्ञान अपनी पहल से ले सकती है।

न्यायालय में जो भी जन-हित याचिका दायर की जाती है वह संविधान के अनुच्छेद 32 एवं 226 के अंतर्गत होती है। संविधान के अनुच्छेद 32 तथा 226 में क्रमश: सर्वोच्च न्यायालय एवं उच्च न्यायालयों को रिट जारी करने का अधिकार दिया गया है। सर्वोच्च न्यायालय को ये शक्तियाँ जहाँ मौलिक अधिकारों के संरक्षण के संदर्भ में दी गयी हैं, वहीं उच्च न्यायालयों को ये शक्तियाँ मौलिक अधिकारों के साथ-साथ अन्य दूसरे क़ानूनों के उल्लंघन के संदर्भ में भी प्राप्त हैं। जन-हित याचिका को एक व्यवस्थित स्वरूप प्रदान करने में केशवानन्द भारती बनाम केरल राज्य (1973) के मुक़दमे में न्यायालय द्वारा संविधान के मौलिक ढाँचे को लेकर दिये गये निर्णय की महत्त्वपूर्ण भूमिका रही है। मौलिक ढाँचे की अस्पष्टता की स्थिति में न्यायालय ने संविधान के भाग तीन में दिये गये मौलिक अधिकारों की विस्तृत व्याख्या करके संविधान के कई अलिखित प्रावधानों को न्यायिक निर्णय द्वारा एक लिखित स्वरूप प्रदान करने का प्रयास किया।

उदाहरण के लिए मेनका गाँधी बनाम भारत संघ के मुक़दमे में सर्वोच्च न्यायालय ने संविधान के अनुच्छेद 21 की व्याख्या करते हुए निर्णय दिया कि जीवित रहने का अधिकार केवल शारीरिक अस्तित्व तक ही सीमित नहीं है, बल्कि मानवीय गरिमा के साथ जीवित रहने का अधिकार भी उसके परिक्षेत्र में आता है। इस प्रकार विधि द्वारा स्थापित प्रक्रिया के सिद्धांत पर गठित न्यायपालिका ने प्राकृतिक न्याय की तरफ़दारी करते हुए विधि की समुचित प्रक्रिया का सिद्धांत अपना लिया। आगे चलकर न्यायालय ने इसी अनुच्छेद के आधार पर ज़ेल में बंद विचाराधीन क़ैदियों के अधिकारों को लेकर कई तरह के दिशा-निर्देश जारी किये। न्यायालय ने इसमें ज़मानत के अधिकार, तेज़ी से मुक़दमे की सुनवाई के अधिकार, हिरासत में मानवीय व्यवहार के अधिकार, निजता के अधिकार तथा ग़रीबों को विधिक सहायता उपलब्ध कराने का अधिकार भी सम्मिलित कर दिया। इसी अनुच्छेद की व्याख्या करके न्यायालय ने यह भी व्यवस्था दी कि जीने के अधिकार के तहत स्वच्छ हवा और पानी का अधिकार भी सन्निहित है और पर्यावरण की सुरक्षा के संदर्भ में कई दिशा-निर्देश दिये।

लोकस स्टेंडाई का प्रावधान उदार बना कर तथा मौलिक अधिकारों की विस्तृत व्याख्या कर न्यायालय ने मानव अधिकार, बाल अधिकार, दैनिक मजूदरों, बंधुआ मज़दूरी, महिला अधिकार, फुटपाथ पर रेहड़ी लगाने वालों, झुग्गी-झोपड़ी वासियों, विचाराधीन क़ैदियों के अधिकारों से लेकर पर्यावरण संरक्षण से संबंधित अनेक याचिकाओं को स्वीकार किया तथा कार्यपालिका को दिशा-निर्देश जारी किये। प्रथम जन-हित याचिका के रूप में सर्वोच्च न्यायालय के समक्ष हुस्सैनारा ख़ातून बनाम बिहार राज्य (1979) का मामला आया। न्यायालय ने जल्द से जल्द मुक़दमे की सुनवाई के अधिकार को संविधान के अनुच्छेद 21 में सन्निहित माना तथा बिहार की ज़ेलों में बंद तक़रीबन चालीस हज़ार विचाराधीन क़ैदियों की रिहाई के आदेश जारी किये। इसी प्रकार अनिल यादव बनाम बिहार राज्य (1981) के मुक़दमे में न्यायालय ने भागलपुर ज़ेल में बंद 33 संदिग्ध अपराधियों के आँखों में पुलिस द्वारा तेज़ाब डालकर नुक़सान पहुँचाने की घटना के जाँच के आदेश दिये तथा पीड़ितों का इलाज़ राज्य के ख़र्च पर दिल्ली में करवाने के निर्देश जारी किये।

1982 में पीपुल्स यूनियन फ़ॉर डेमॉक्रैटिक राइट्स बनाम भारत संघ के मुक़दमे में मज़दूरों के हितों से संबंधित याचिका की सुनवायी करते हुए न्यायालय ने मज़दूरों को न्यूनतम मज़दूरी न दिये जाने को बेगार की संज्ञा दी तथा इसे संविधान के अनुच्छेद 23 का उल्लंघन बताया। मुख्य न्यायाधीश भगवती ने स्पष्ट मत रखा कि लोकस स्टेंडाई की पारम्परिक व्यवस्था से निकल कर ऐसे उपाय करने चाहिए कि समाज के निम्नतम लोगों तक न्याय पहुँच सके। इसी प्रकार 1983 में बंधुआ मुक्ति मोर्चा बनाम भारत संघ के मुक़दमे में सर्वोच्च न्यायालय ने हरियाणा की पत्थर-खदानों में काम कर रहे सैकड़ों बँधुआ मज़दूरों को मुक्त करवाने एवं उनकी पहचान करवा कर पुनर्वास की व्यवस्था के लिए हरियाणा सरकार को निर्देश जारी किये। वकील एम.सी. मेहता ने कई याचिकाएँ दायर कीं जिन पर न्यायालय ने कई आदेश जारी किये। इस संदर्भ में मोटर-गाड़ियों से होने वाले प्रदूषण, कारख़ाने से ओलियम गैस के रिसाव, मथुरा रिफ़ाइनरी से ताजमहल को ख़तरा, दिल्ली के रिज क्षेत्र की अवनति, चर्म-शोधन शालाओं एवं रासायनिक उद्योगों से होने वाले जल एवं वायु प्रदूषण आदि को लेकर न्यायालय ने आवश्यक दिशा-निर्देश जारी किये।

जन-हित याचिकाओं का सबसे बड़ा योगदान यह रहा कि इसने कई तरह के नवीन अधिकारों को जन्म दिया। उदाहरण के लिए इसने तेज़ी से मुक़दमे की सुनवाई का अधिकार, हिरासती यातना के विरुद्ध अधिकार, दासता के विरुद्ध अधिकार, यौन-उत्पीड़न के विरुद्ध अधिकार, आश्रय एवं आवास का अधिकार, गरिमापूर्ण जीवन जीने का अधिकार, स्वच्छ पर्यावरण का अधिकार, शिक्षा का अधिकार, क़ानूनी सहायता प्राप्त करने का अधिकार, स्वास्थ्य सुरक्षा का अधिकार तथा ऐसे ही कई अन्य अधिकारों को स्थापित किया। उपेंद्र बख़्शी जैसे विद्वानों ने न्यायपालिका के इस योगदान को पुनर्लोकतंत्रीकरण की प्रक्रिया के रूप में

देखा। लेकिन इन जन-हित याचिकाओं के कारण कुछ समस्याएँ भी उत्पन्न हुईं। इसकी वजह से न्यायालय के ऊपर काम का बोझ काफ़ी बढ़ गया। दूसरी तरफ़ न्यायालय ने कई बार ऐसे आदेश पारित कर दिये जिन्हें पूरा कर पाना कार्यपालिका के लिए काफ़ी कठिन था। इसके अलावा न्यायालय की इस भूमिका को शक्ति के पृथक्करण सिद्धांत के विरुद्ध भी बताया गया। इतना ही नहीं कुछ लोगों एवं संगठनों ने समाज में तुरंत लोकप्रियता हासिल करने के लिए जन-हित याचिका दायर करने को अपना व्यवसाय बना लिया जिससे जन-हित याचिका के निजी-हित याचिका में बदलने का ख़तरा उत्पन्न हो गया।

पिछले कुछ वर्षों से जन-हित याचिका को लेकर एक नया विवाद शुरू हो गया है। जन-हित याचिकाओं की शुरुआत अशिक्षित, शोषित एवं वंचित तबक़ों के लिए की गयी थी जो साधनहीन होने के कारण न्यायालय में स्वयं याचिका दायर करने में अक्षम थे। लेकिन पिछले कुछ सालों में न्यायालय के कई ऐसे निर्णय आये हैं जिसका ग़रीबों एवं वंचितों के जीवन एवं जीविका पर प्रतिकूल प्रभाव पड़ा है। उदाहरण के लिए 1990 के दशक में टेहरी जल विद्युत परियोजना एवं कोंकण रेलवे तथा 2000 में नर्मदा घाटी परियोजना के मुक़दमों में न्यायालय ने न्यायिक आत्मसंयम का ही प्रयोग किया। दिसम्बर 2001 में बालको इम्पलॉयी यूनियन बनाम यूनियन ऑफ़ इण्डिया के केस में न्यायालय ने लोकस स्टेंडाई के प्रावधान को संकुचित करते हुए जन-हित याचिकाओं के लिए कई शर्तें निर्धारित कर दीं तथा सरकार की आर्थिक नीतियों में हस्तक्षेप करने से मना कर दिया। 2000 में एक जन-हित याचिका की सुनवाई करते हुए न्यायालय ने दिल्ली सरकार को सरकारी ज़मीन से झुग्गी-झोपड़ियों एवं अवैध कॉलोनियों को तथा वर्ष 2006 में यमुना किनारे बसे लोगों को हटाने के निर्देश जारी कर दिये। जबकि इससे पूर्व 1986 में ओल्गा टेलिस केस में न्यायालय ने सबको आवास मुहैया कराने को सरकार की ज़िम्मेवारी बतायी थी। इन्हीं कारणों से यह भी कहा जाने लगा है कि उदारीकरण के दौर में जन-हित याचिका को लेकर न्यायालय के दर्शन में काफ़ी बदलाव आ गया है।

देखें : नागरिकता, भारतीय संविधान-1 से 8 तक, भारत में नागर समाज और ग़ैर-दलीय राजनीति-1 से 3 तक, भारत में नागरिकता विमर्श-1 से 3 तक, संविधानवाद।

संदर्भ

1. एस.पी. साठे (2002), *जुडीशिल एक्टिविज़म इन इण्डिया : ट्रांसग्रेसिंग बॉर्डर्स ऐंड इनफ़ोर्सिंग लिमिट्स,* ऑक्सर्ड युनिवर्सिटी प्रेस, नयी दिल्ली.
2. उपेंद्र बख़्शी (1988), 'टेकिंग सफ़रिंग सीरियसली : सोशल एक्शन लिटिगेशन बिफ़ोर द सुप्रीम कोर्ट ऑफ़ इण्डिया', उपेंद्र बख़्शी (सम्पा.), *लॉ ऐंड पॉवर्टी : क्रिटीकल एसेज़,* त्रिपाठी प्रेस, बम्बई.
3. प्रशांत भूषण (2007), 'पब्लिक इन्ट्रेस्ट लिटिगेशन : सुप्रीम कोर्ट इन द ईरा ऑफ़ लिबरलाइज़ेशन', बी.डी. दुआ, एम.पी. सिंह एवं रेखा सक्सेना (सम्पा.), *इंडियन जुडिशियरी ऐंड पॉलिटिक्स : द चेंजिंग लैंडेस्केप,* मनोहर, नयी दिल्ली.
4. परमानंद सिंह (2008), 'पब्लिक इंटरेस्ट लिटिगेशन', उज्जवल सिंह वं कमला शंकरण (सम्पा.), *टूवर्ईस लीगल लिटरेसी : एन इंट्रोडक्शन टू लॉ इन इण्डिया,* ऑक्सफ़र्ड युनिवर्सिटी प्रेस, नयी दिल्ली.
5. अशोक एच. देसाई एवं एस. मुरलीधर (2000), 'पब्लिक इंटरेस्ट लिटिगेशन : पोटेंशियल ऐंड प्रॉब्लम्स', (सम्पा.), बी.एन. कृपाल वग़ैरह, *सुप्रीम बट नॉट इनफ़ालेबिल : एसेज़ इन ऑनर ऑफ़ सुप्रीम कोर्ट ऑफ़ इण्डिया,* ऑक्सफ़र्ड युनिवर्सिटी प्रेस, नयी दिल्ली.

— इन्द्रजीत कुमार झा

जनता दल और उसकी विरासत-1

(कांग्रेस और भाजपा विरोध का आधार)

(Janta Dal and its Legacy-1)

भारत की राजनीति में जनता दल अपने आप में एक अनूठा प्रयोग रहा है। अपने गठन के दो साल बाद ही यह पार्टी केंद्र में अपनी सरकार बनाने में कामयाब रही। लेकिन सरकार बनाने के एक साल के भीतर ही इसमें विभाजन की शुरूआत भी हो गयी। नब्बे के दशक के आख़िरी वर्षों तक 'जनता दल' नाम के किसी एकताबद्ध दल का भारतीय रानजीति में अस्तित्व नहीं रहा। लेकिन 2009 के लोकसभा चुनावों के समय भी इस प्रयोग की विरासत के वाहक समझे जा सकने वाले जनता दल (सेकुलर), जनता दल (यूनाइटेड), राष्ट्रीय जनता दल, बीजू जनता दल आदि जैसे कई दल चुनावी मैदान में थे। इन सभी का 1988 में गठित जनता दल से कोई-न-कोई जुड़ाव रहा है। इसके अलावा भारतीय राजनीति में कई दल भी हैं जिनके नाम के साथ जनता दल नहीं जुड़ा है, लेकिन ये भी जनता दल के विभाजित होने के बाद ही एक अलग राजनीतिक दल के रूप में उभर कर सामने आये। मसलन, हरियाणा में राष्ट्रीय लोकदल, उत्तर प्रदेश में समाजवादी पार्टी और बिहार में लोक जनशक्ति पार्टी। जनता दल प्रयोग ने भारतीय संसदीय राजनीति के जातिगत स्वरूप को बदलने और पिछड़ी जातियों के उभार में ज़बरदस्त भूमिका अदा की है। जनता दल का प्रयोग बताता है कि कैसे

एक राष्ट्रीय महत्त्वाकांक्षाओं वाला दल बिखर कर राष्ट्रीय राजनीति के क्षेत्रीयकरण में योगदान कर सकता है। दरअसल, जनता दल का निर्माण और विविध दलों के रूप में इसका बिखराव भारतीय राजनीति का एक महत्त्वपूर्ण अध्याय है। कांग्रेस और भाजपा का विरोध करने वाला यह प्रयोग तीसरे मोर्चे का स्थायी विकल्प देने में नाकाम रहा है। इससे अलग होकर बने अधिकांश दल उन समाजवादी मूल्यों का पालन करने में नाकाम रहे हैं जिन्हें वे अपना बुनियादी सिद्धांत घोषित करते रहे हैं। इसके अलावा अधिकांश मामलों में ये दल व्यक्ति-केंद्रित और परिवारवादी राजनीति का भी पर्याय बन गये हैं। फिर भी जनता दल और इससे टूटकर बने दलों ने राजनीति में पिछड़ी जातियों को नेतृत्व प्रदान करने की भूमिका निभायी है। इसके कारण राज्यों में कांग्रेस का प्रभाव ख़त्म हुआ और भाजपा को आगे बढ़ने से रोका जा सका।

आपातकाल के बाद 1977 में कुछ प्रमुख ग़ैर-कांग्रेसी दलों ने जनता पार्टी का गठन किया था। 1977 के चुनावों में इसे पूर्ण बहुमत मिला और इसने सरकार भी बनायी। लेकिन 1980 आते-आते यह प्रयोग पूरी तरह विफल हो गया और जनता पार्टी कई भागों में विभाजित हो गयी। 1980 के लोकसभा चुनावों में इंदिरा गाँधी के नेतृत्व में कांग्रेस की वापसी हई। 1984 में इंदिरा गाँधी की हत्या के बाद हुए चुनावों में कांग्रेस को ऐतिहासिक बहुमत मिला और राजीव गाँधी देश के प्रधानमंत्री बने। इन चुनावों में नाकामी के बाद विपक्षी दलों के हौसले काफ़ी पस्त थे। लेकिन 1987 आते-आते कांग्रेस सरकार की स्थिति ख़राब होने लगी। बोफ़ोर्स तोप सौदे में ख़ुद प्रधानमंत्री पर दलाली ख़ाने का आरोप लगा। राजीव गाँधी सरकार के वित्त मंत्री विश्वनाथ प्रताप सिंह ने सरकार से इस्तीफ़ा दे दिया। वे धीरे-धीरे ग़ैर-कांग्रेसी राजनीति की धुरी के रूप में उभरे। वी.पी. सिंह ने शुरुआत में जनमोर्चा का गठन किया। बाद में 11 अक्टूबर, 1988 को लोकदल, कांग्रेस (एस) और जनमोर्चा के विलय से जनता दल का गठन हुआ। इसमें एक ओर वी.पी. सिंह थे, तो दूसरी ओर देवीलाल और चंद्रशेखर जैसे नेता थे, जो लम्बे समय से ग़ैर-कांग्रेसवाद की राजनीति कर रहे थे। जनता दल के गठन के कुछ महीने पहले ही सात दलों ने मिलकर राष्ट्रीय मोर्चा का गठन किया। जनता दल के गठन के बाद वह राष्ट्रीय मोर्चा का सबसे व्यापक आधार वाला दल बन गया। एन.टी. रामाराव राष्ट्रीय मोर्चा के अध्यक्ष बने और वी.पी. सिंह संयोजक। ग़ैर-कांग्रेसवाद के नाम पर वामपंथी दलों और भाजपा ने राष्ट्रीय मोर्चे से मधुर संबंध रखे। भाजपा और जनता दल के बीच एक अघोषित समझौता हुआ। इन दोनों ने एक-दूसरे के ख़िलाफ़ 85 प्रतिशत ऐसे क्षेत्रों में उम्मीदवार खड़े नहीं किये जहाँ उन्हें लगा कि एक दूसरे के ख़िलाफ़ उम्मीदवार खड़ा करने से कांग्रेस को फ़ायदा होगा। राष्ट्रीय मोर्चे की वाम मोर्चे के साथ भी इसी तरह की चुनावी समझ क़ायम हुई।

1989 के लोकसभा चुनावों के बाद कांग्रेस ही सबसे बड़े दल के रूप में उभरी। उसे कुल 197 सीटों पर जीत मिली। जनता दल दूसरे सबसे बड़े दल के रूप में सामने आया। पूर्ण बहुमत न मिलने के कारण कांग्रेस ने सरकार बनाने से इनकार कर दिया जिससे यह मौक़ा जनता दल को मिला। उसके नेतृत्व वाले राष्ट्रीय मोर्चे ने भाजपा और वाम दलों के समर्थन से केंद्र में अपनी सरकार बनायी। प्रधानमंत्री पद के लिए जनता दल के भीतर काफ़ी खींचतान हुई। आख़िरकार देवीलाल के समर्थन से वी.पी. सिंह प्रधानमंत्री और देवीलाल उप-प्रधानमंत्री बने। लेकिन चंद्रशेखर ने शुरू में ही इस फ़ैसले के ख़िलाफ़ अपनी नाराज़गी ज़ाहिर कर दी। केंद्र में सरकार के अलावा बिहार और उत्तर प्रदेश जैसे राज्यों में भी जनता दल की सरकार बनी। बहरहाल, वी.पी. सिंह की सरकार शुरू से ही कई तरह की मुश्किलों से घिरी रही। लोकसभा चुनावों में अपने प्रदर्शन से ख़ुश भाजपा एक ओर राम मंदिर के मुद्दे को और ज़्यादा प्रमुखता से उठाना चाहती थी, वहीं पार्टी के भीतर देवीलाल का दबदबा वी.पी. सिंह के लिए परेशानी का सबब था। ऐसे में अगस्त 1990 में वी.पी. सिंह ने मण्डल आयोग की सिफ़ारिशों को लागू करने का फ़ैसला किया।

ग़ौरतलब है कि बिहार के पूर्व मख्यमंत्री बिंदेश्वरी प्रसाद मण्डल की अध्यक्षता वाले आयोग का गठन 1978 में जनता पार्टी की सरकार ने किया था। इसने सरकारी नौकरियों और शैक्षिक संस्थाओं में पिछड़ी जातियों के लिए साढ़े सत्ताईस प्रतिशत आरक्षण देने की सिफ़ारिश की थी। लेकिन 1980 में सत्ता में वापस आने पर इंदिरा गाँधी सरकार ने इस आयोग की सिफ़ारिशों को ठंडे बस्ते में डाल दिया। वी.पी. सिंह सरकार द्वारा सरकारी नौकरियों में इस आयोग की सिफ़ारिशों को लागू करने के फ़ैसले का ऊँची जाति के युवाओं ने तीखा विरोध किया। इस तरह के आरक्षण विरोधी आंदोलन ने पिछड़ी जातियों में भी अपने हक़ की चेतना बढ़ायी। इस बीच राम मंदिर बनाने के मुद्दे पर रथ-यात्रा पर निकले भाजपा नेता लालकृष्ण आडवाणी को बिहार में लालू प्रसाद सरकार ने गिरफ़्तार करने का फ़ैसला किया। इस कारण भाजपा ने वी.पी. सिंह सरकार से अपना समर्थन वापस ले लिया। दूसरी ओर चंद्रशेखर और उनके समर्थक सांसदों ने जनता दल से अपना नाता तोड़कर समाजवादी जनता पार्टी का गठन किया। कई राज्यों में जनता दल के प्रमुख नेता भी इसमें शामिल हो गये। उत्तर प्रदेश में जनता दल के मुख्यमंत्री मुलायम सिंह चंद्रशेखर की पार्टी में चले गये। लोकसभा में अल्पमत में आने के कारण वी.पी. सिंह सरकार का पतन हो गया और कांग्रेस के समर्थन से चंद्रशेखर ने अपनी सरकार

बनायी। यह सरकार तक़रीबन चार महीने तक ही चली। इसके बाद कांग्रेस द्वारा समर्थन वापस लेने के कारण 1991 में मध्यावधि चुनाव हुए। 1991 के इन चुनावों में जनता दल का प्रदर्शन काफ़ी ख़राब रहा और इसे 11.77 प्रतिशत वोटों के साथ 59 सीटों पर जीत मिली। ख़ास तौर पर, बिहार, ओडीशा और कर्नाटक जैसे राज्यों में ही इसकी उपस्थिति रह गयी। उल्लेखनीय है कि चंद्रशेखर की पार्टी का इन चुनावों में कोई ख़ास प्रदर्शन नहीं रहा।

चुनावों के बाद जनता दल और समाजवादी जनता पार्टी में बिखराव की शुरूआत हो गयी। मुलायम सिंह यादव ने चंद्रशेखर की पार्टी से अलग होकर 1992 में समाजवादी पार्टी की स्थापना की। जनता दल के टूटने की प्रक्रिया पहले से ही शुरू हो चुकी थी। गुजरात में जनता दल के नेता चिमनभाई पटेल मुख्यमंत्री थे। भाजपा द्वारा समर्थन वापस लेने के बाद उन्होंने 1990 में अपनी अलग पार्टी जतना दल (गुजरात) का गठन किया और आगे चल कर अपनी पूरी सरकार के साथ कांग्रेस में शामिल हो गये। 1995 में चरण सिंह के बेटे अजीत सिंह ने कई सांसदों के साथ अलग होकर जनता दल (अजीत) का गठन किया और केंद्र सरकार में मंत्री भी रहे। बाद में वे कांग्रेस में शामिल हुए और कई बार अपनी पार्टी बदली।

हरियाणा में चौधरी देवीलाल के बेटे ओम प्रकाश चौटाला ने भी समाजवादी जनता पार्टी से अलग होकर इण्डियन नैशनल लोक दल का निर्माण किया। इस पार्टी पर चौटाला परिवार का एकाधिकार है। यह हरियाणा में ग़ैर-कांग्रेसी राजनीति करती है और केंद्र में इसने राजग सरकार को भी अपना समर्थन दिया। इसी तरह, बिहार में लालू प्रसाद यादव की राजनीति का विरोध करते हुए जॉर्ज फ़र्नांडिस और नीतीश कुमार ने 1994 में एक अलग पार्टी समता पार्टी का निर्माण किया। यह दल पूरी तरह से बिहार की राजनीति पर केंद्रित था। 1995 के बिहार विधान चुनावों में इस पार्टी ने भारतीय कम्युनिस्ट पार्टी (मार्क्सवादी-लेनिनवादी) के साथ गठजोड़ करके चुनाव लड़ा। पर इसे ख़ास सफलता नहीं मिली। इसके बाद इस पार्टी ने बिहार में भाजपा से राजनीतिक गठजोड़ कर लिया। असल में बिहार में समता पार्टी का मुख्य रूप से कुर्मी-कोयरी और अन्य पिछड़ी जातियों में आधार था और भाजपा का ऊँची जातियों में प्रभाव था। इसलिए इस गठजोड़ से बिहार की राजनीति में दोनों को फ़ायदा हुआ। असल में सेकुलर विश्वसनीयता रखने वाले दलों में समता पार्टी ऐसा पहला दल था, जिसने भाजपा के साथ गठजोड़ किया। आगे चलकर यह पार्टी राष्ट्रीय जनतांत्रिक गठजोड़ में भी शामिल हुई और राजग सरकार में इसके नेता मंत्री भी बने।

देखें : कांग्रेस 'प्रणाली', ग़ैर-कांग्रेसवाद, गठजोड़ राजनीति, जनता दल और उसकी विरासत-2, तेलुगु देशम पार्टी, पार्टी-गठजोड़ की राजनीति, भारतीय कम्युनिस्ट पार्टी, भारतीय कम्युनिस्ट पार्टी (मार्क्सवादी), भारतीय जनता पार्टी-1 और 2, भारत में मतदान-व्यवहार-1, 2, 3, 4, 5 और 6, भारतीय राष्ट्रीय कांग्रेस-1 और 2, राष्ट्रीय जनतांत्रिक गठजोड़, वाम मोर्चा, शिव सेना, समाजवादी पार्टी, बहुजन समाज पार्टी-1 और 2, शिरोमणि अकाली दल, संयुक्त प्रगतिशील गठबंधन।

संदर्भ

1. योगेंद्र यादव (2002), 'कायापलट की कहानी : नया प्रयोग, नयी सम्भावनाएँ, नये अंदेशे', अभय कुमार दुबे (सम्पा), *लोकतंत्र के सात अध्याय,* सीएसडीएस-वाणी प्रकाशन, नयी दिल्ली.
2. संजय कुमार (1999), 'न्यू फ़ेज़ इन बैकवर्ड कास्ट पॉलिटिक्स इन बिहार : जनता दल ऑन द डिक्लाइन', *इकॉनॉमिक ऐंड पॉलिटिकल वीकली,* खण्ड 34, अंक 34-35.

— कमल नयन चौबे

जनता दल और उसकी विरासत-2

(क्षेत्रीयकरण और व्यक्तिवादी राजनीति)

(Janta Dal and its Legacy-2)

इन विभाजनों के बावजूद जनता दल बिहार, ओडीशा और कर्नाटक जैसे राज्यों में मज़बूत स्थिति में था। 1996 के लोकसभा चुनावों के बाद उसे कुल 46 सीटों पर जीत मिली। बहरहाल, इन चुनावों में किसी दल को बहुमत नहीं मिला। भाजपा सबसे बड़े दल के रूप में उभरी, लेकिन उसके पास अपने बलबूते पर सरकार बनाने का समर्थन नहीं था। इसलिए अटल बिहारी वाजपेयी के नेतृत्व में बनी भाजपा सरकार सिर्फ़ 13 दिनों तक ही शासन में रह पायी। इसके बाद, तीसरे मोर्चे की सरकार बनी, जिसे संयुक्त मोर्चा का नाम दिया गया। जनता दल के नेता और कर्नाटक के मुख्यमंत्री एच.डी. देवेगौड़ा इस सरकार में प्रधानमंत्री बने। कांग्रेस और माकपा ने इस सरकार को बाहर से समर्थन दिया। नौ महीने के भीतर कांग्रेस द्वारा समर्थन वापस ले लिए जाने के कारण यह सरकार गिर गयी। बाद में, कांग्रेस ने जनता दल नेता इंद्र कुमार गुजराल के नेतृत्व वाली सरकार को अपना समर्थन दिया। यह सरकार भी सात महीने तक ही चल पायी। इस सरकार के गिरने के बाद 1998 में लोकसभा के मध्यावधि चुनाव हुए और उसके बाद भाजपा के नेतृत्व में सरकार बनी। यह सरकार 13 महीने तक ही सत्ता में रह पायी। 1999 में एक बार फिर से लोकसभा का मध्यावधि चुनाव हुआ और

इसमें भाजपा के नेतृत्व वाली राजग की जीत हुई और अटल बिहारी वाजपेयी के नेतृत्व में सरकार बनी, जिसने अपना कार्यकाल पूरा किया।

असल में 1996-2004 तक का दौर जनता दल के लिए काफ़ी महत्त्वपूर्ण है। इस दौर में यह पार्टी बहुत से नय भागों में बँट गयी। ओडीसा (उस समय ओडीशा) में बीजू पटनायक जनता दल के कद्दावर नेता थे। 1990-95 के बीच उन्होंने यहाँ जनता दल की सरकार का नेतृत्व भी किया था। 1995 के विधानसभा चुनावों में जनता दल की हार हुई। 1997 में बीजू पटनायक की मृत्यु हो गयी। उनकी जगह उनके बेटे नवीन पटनायक अपने पिता के लोकसभा क्षेत्र से चुने गये। नवीन पटनायक ओडीशा में कांग्रेस को हराने के लिए भाजपा से गठजोड़ करना चाहते थे। लेकिन जनता दल के भीतर इसकी गुंजाइश न होने की स्थिति में उन्होंने 26 दिसम्बर, 1996 को बीजू जनता दल का गठन किया। बीजू जनता दल ने लोकसभा चुनावों में भाजपा से गठजोड़ किया और इस गठबंधन को अच्छी सफलता मिली। नवीन पटनायक केंद्र में खनन मंत्री भी रहे। 2000 में हुए राज्य विधानसभा चुनावों में इस गठजोड़ को बहुमत मिला और नवीन पटनायक राज्य के मुख्यमंत्री बने। इसके बाद इन्हें 2005 और 2010 के राज्य विधानसभा चुनावों में भी सफलता मिली। 2010 के राज्य विधानसभा चुनाव इसलिए महत्त्वपूर्ण माने जा सकते हैं क्योंकि यह चुनाव बीजू जनता दल ने मुख्य रूप से अपने बूते पर जीता। इसने कंधमाल में हुए ईसाई विरोधी दंगों के कारण भाजपा से गठबंधन तोड़ लिया और वामदलों से गठजोड़ क़ायम किया। स्पष्टतः बीजू जनता दल एक सशक्त क्षेत्रीय दल के रूप में अपनी पहचान बनाने में सफल रहा है। इसकी सफलता के पीछे बीजू पटनायक की विरासत और नवीन पटनायक की स्वच्छ छवि की भी काफ़ी भूमिका रही है। यह सच है कि नवीन पटनायक के शासन काल में आदिवासी क्षेत्रों में ज़बरन खनन, भूमि अधिग्रहरण और देशी-विदेशी कम्पनियों के प्रवेश के मुद्दे को लेकर बहुत से आंदोलन भी हुए हैं। इससे नवीन पटनायक की छवि को धक्का तो ज़रूर लगा है, लेकिन शासन के दूसरे आयामों में बेहतर प्रदर्शन और कमज़ोर विपक्ष होने के कारण राज्य में उनके राजनीतिक वर्चस्व को कोई ख़ास चुनौती नहीं मिली है।

देवेगौड़ा के प्रधानमंत्री बनने के बाद कर्नाटक जनता दल के भीतर संघर्ष भी बढ़ गया। इसका कारण यह था कि देवेगौड़ा राज्य की राजनीति में रामकृष्ण हेगड़े का वर्चस्व नहीं होने देना चाहते थे। हेगड़े काफ़ी वरिष्ठ नेता थे। उन्होंने इंदिरा गाँधी के दौर में राज्य में ग़ैर-कांग्रेसवाद की राजनीति की और कांग्रेस को सत्ता से बाहर किया और राज्य के मुख्यमंत्री (1983-85) बने। 1996 में देवेगौड़ा के कहने पर जनता दल के तत्कालीन अध्यक्ष लालू प्रसाद यादव ने हेगड़े को पार्टी से बर्ख़ास्त कर दिया। हेगड़े ने पार्टी से निकाले जाने के बाद लोक-शक्ति नामक पार्टी का गठन किया और भाजपा से गठबंधन करके 1998 को लोकसभा चुनावा लड़ा जिसमें इस गठजोड़ को अच्छी सफलता मिली। लेकिन बाद में 1999 में इस पार्टी का शरद यादव के नेतृत्व वाले जनता दल में विलय हो गया। 2003 में समता पार्टी से जनता दल के इस धड़े के विलय से जनता दल (एकीकृत) का गठन हुआ। 2004 में हेगड़े की मृत्यु के बाद उनके परिजन भाजपा में शामिल हो गये और उनकी राजनीतिक विरासत किसी स्वतंत्र पार्टी के रूप में क़ायम नहीं रह पायी।

1997 में जनता दल को एक अन्य विभाजन का सामना करना पड़ा। बिहार के मुख्यमंत्री लालू प्रसाद यादव पर 1996 में हज़ारों करोड़ रूपये के चारा घोटाले का आरोप लगा। लालू पार्टी अध्यक्ष थे। लेकिन पार्टी अध्यक्ष के चुनाव में शरद यादव से हार गये। लालू को यह लगा कि वे जनता दल के भीतर रह कर अपने राजनीतिक वज़न का सही इस्तेमाल नहीं कर पोयेंगे। इसलिए उन्होंने 1997 में राष्ट्रीय जनता दल (या राजद) का गठन किया। असल में, यह मुख्य रूप से लालू की व्यक्तिगत पार्टी ही रही है। दल में कोई नेता लालू की मर्ज़ी के ख़िलाफ़ काम नहीं कर सकता। इसके गठन से लेकर अब तक लालू ही इसके अध्यक्ष रहे हैं। असल में, अपना अलग दल बनाकर लालू राज्य की राजनीति में अपना नियंत्रण क़ायम रखना चाहते थे। चारा घोटाले में ज़ेल जाने की नौबत आने पर उन्होंने अपनी पत्नी राबड़ी देवी को मुख्यमंत्री बना दिया। 2000 के विधानसभा चुनावों के बाद भी राजद बिहार में अपनी सरकार बनाने में सफल रहा। इसे 2005 में राज्य की सत्ता से बाहर होना पड़ा और 2010 के विधानसभा चुनावों में इसकी हार हुई। लेकिन 2004 के लोकसभा चुनाव इसने कांग्रेस और रामविलास पासवान की पार्टी लोक-जनशक्ति पार्टी से मिल कर लड़ा। इसमें इसे अच्छी सफलता मिली और लालू पाँच वर्ष (2004-2009) तक रेल मंत्री रहे। बहरहाल, एक व्यक्ति या परिवार केंद्रित पार्टी होने के बावजूद लालू और राजद की बिहार की राजनीति में महत्त्वपूर्ण भूमिका रही है। उन्होंने साम्प्रदायिक राजनीति का लगातार विरोध किया और पिछड़ी जातियों और ग़रीबों में राजनीतिक चेतना भरने में महत्त्वपूर्ण भूमिका निभायी। दूसरी ओर बिहार के मुख्यमंत्री के रूप में प्रदेश के विकास और सुशासन पर ध्यान न दे पाने के कारण उनकी एक नकारात्मक छवि भी बनी है, जिसका लाभ नीतीश कुमार और उनके जनता दल (एकीकृत) को हुआ है।

जनता दल में 1999 में एक और विभाजन हुआ। कर्नाटक में तत्कालीन मुख्यमंत्री और जनता दल के नेता जे. एच. पटेल ने भारतीय जनता पार्टी के नेतृत्व वाले राष्ट्रीय जनतांत्रिक गठबंधन को समर्थन देने का फ़ैसला किया। ऐसे

में एच. डी. देवेगौड़ा ने अपने समर्थकों के साथ मिलकर जनता दल (सेकुलर) पार्टी का गठन किया। यह पार्टी भी मुख्य रूप से एक परिवार-केंद्रित ही है। इसमें देवेगौड़ा के परिवार का वर्चस्व है। इसका गठन भाजपा विरोधी दल के रूप में हुआ। लेकिन इसके नेता और एच.डी. देवेगौड़ा के पुत्र एच.डी. कुमारस्वामी भाजपा की मदद से राज्य के मुख्यमंत्री बने (3 फ़रवरी, 2006-9 अक्टूबर, 2007)। यह पार्टी अब भी कर्नाटक की राजनीति में मौजूद है और 2013 के विधानसभा चुनावों में यह दूसरे सबसे बड़े दल के रूप में उभरी है। 1999 में जनता (सेकुलर) के निर्माण के बाद जनता दल के शेष बचे हिस्से ने जनता दल के विभिन्न घटकों को जोड़ने की कोशिश की। आख़िरकार, समता पार्टी, जनता दल शेष बचे भाग और कर्नाटक की लोक शक्ति पार्टी ने मिलकर जनता दल (एकीकृत) या जद (यू) का गठन किया। रामविलास पासवान ने 2000 में जद (यू) से अलग होकर अपनी पार्टी लोक जनशक्ति पार्टी (लोजपा) का निर्माण किया। असल में राजद, जद (यू) और लोजपा- तीनों ही बिहार केंद्रित पार्टियाँ रही हैं और इन तीनों में क्रमशः लालू प्रसाद, नीतीश कुमार और रामविलास पासवान नेता हैं। ये तीनों बिहार के कद्दावर नेता हैं और एक तरह से नब्बे के बाद की बिहार की राजनीति में इनकी सबसे महत्त्वपूर्ण भूमिका रही। 2004 के लोकसभा चुनावों में राजद-लोजपा और कांग्रेस के बीच चुनावी गठजोड़ था। इन चुनावों में इस गठजोड़ को ख़ासी सफलता मिली। लेकिन अक्टूबर, 2005 में हुए चुनावों में नीतीश के नेतृत्व में जद (यू) को बहुमत मिला। 2010 में नीतीश की जीत का आँकड़ा और भी ज़्यादा बढ़ गया। मुख्य बात यह है कि एक ही पार्टी के भीतर राजनीति करने वाले इन नेताओं ने बिहार की राजनीति के पक्ष और प्रतिपक्ष दोनों ही आयामों पर अपना दबदबा क़ायम कर लिया है।

जनता दल प्रयोग और उससे अलग होकर बने दलों के बारे में कुछ बातें स्पष्ट रूप से रेखांकित की जा सकती हैं: पहला, भारतीय राजनीति में जनता दल प्रयोग ग़ैर-कांग्रेसी राजनीति की बुनियाद पर तैयार हुआ। जिन दलों और व्यक्तियों ने मिलकर जनता दल का निर्माण किया था, वे पहले से ही ग़ैर-कांग्रेसी थे या उनमें से कुछ ने कांग्रेस छोड़कर ग़ैर-कांग्रेसी राजनीति शुरू की थी। वी.पी. सिंह सरकार द्वारा मण्डल आयोग की सिफ़ारिशों को लागू करने और उसके बाद हुए राजनीतिक घटनाक्रमों के भारतीय राजनीति पर बहुत गहरे प्रभाव पड़े। इसने उत्तर भारत के कई राज्यों में पिछड़ी जातियों के उभार की प्रक्रिया को आगे बढ़ाया। राजनीति में लालू प्रसाद यादव, मुलायम सिंह यादव, नीतीश कुमार, शरद यादव जैसे नेता सिर्फ़ राज्यों में ही नहीं बल्कि केंद्र की राजनीति में प्रमुख भूमिका निभाने लगे। दूसरा, ग़ैर-कांग्रेसी राजनीति के कारण जनता दल ने 1989 के चुनावों के बाद केंद्र में भाजपा की मदद से सरकार बनायी। बाद में, जनता दल से बाहर निकले कई नेताओं ने भी भाजपा से राजनीतिक सहयोग किया। इसके बहुत से उदाहरण दिये जा सकते हैं। जॉर्ज फ़र्नांडिस, शरद यादव, ओमप्रकाश चौटाला, रामकृष्ण हेगड़े जैसे नेताओं ने भाजपा से चुनावी तालमेल किया और इनके दल भाजपा के नेतृत्व वाली केंद्र सरकार में भागीदार भी हुए। तीसरा, नब्बे के दशक में साम्प्रदायिकता एक बहुत बड़े मुद्दे के रूप में उभरकर सामने आयी। इसका एक नतीजा यह हुआ कि जनता दल से बाहर निकले कुछ दलों और नेताओं ने भाजपा की राजनीति का तीखा विरोध किया। इस तरह के नेताओं में लालू प्रसाद यादव और मुलायम सिंह यादव का नाम लिया जा सकता है। चौथा, आम तौर पर, जनता दल के टूटने के बाद बने अधिकांश दल किसी विशेष नेता और उसके परिवार के आस-पास केंद्रित हो कर रह गये। मसलन, राजद (लालू यादव), समाजवादी पार्टी (मुलायम सिंह यादव), जनता दल (सेकुलर) (एच.डी. देवेगौड़ा), बीजू जनता दल (नवीन पटनायक), लोक जनशक्ति पार्टी (रामविलास पासवान), इण्डियन नैशनल लोकदल (ओम प्रकाश चौटाला) जैसे दल अपने नेता और उसके परिवार की राजनीति तक केंद्रित है। जद (यू) स्पष्ट रूप से परिवार-केन्द्रित पार्टी नहीं है, लेकिन यह भी मुख्य रूप से नीतीश कुमार पर ही निर्भर है। चौथा, जतना दल से अलग होकर निकले तमाम दल मुख्य रूप से एक राज्य तक ही सीमित है। मसलन, बीजू जनता दल ओडीशा तक सीमित है, राजद बिहार तक और इण्डियन नैशनल लोकदल हरियाणा तक। दूसरे दलों के बारे में भी यही बात कही जा सकती है। समाजवादी पार्टी जैसे दल का महाराष्ट्र जैसी जगह पर भी थोड़ा बहुत प्रभाव है, लेकिन यह मुख्य रूप से उत्तर प्रदेश तक सीमित पार्टी ही है। पाँचवा, जनता दल से अलग होकर बने अधिकांश दलों ने ख़ुद को कांग्रेस या भाजपा जैसे दलों से जोड़ लिया है। बीजू जनता दल या समाजवादी पार्टी जैसे दलों ने अपने दम पर राजनीति करने की कोशिश की है, लेकिन ये तीसरे मोर्चे की गठन की दिशा में कोई ख़ास पहल करने में नाकाम रहे हैं। दूसरे राज्यों में इनका बहुत ज़्यादा प्रभाव नहीं है।

देखें : कांग्रेस 'प्रणाली', ग़ैर-कांग्रेसवाद, गठजोड़ राजनीति, जनता दल और उसकी विरासत-1, तेलुगु देशम पार्टी, पार्टी-गठजोड़ की राजनीति, भारतीय कम्युनिस्ट पार्टी, भारतीय कम्युनिस्ट पार्टी (मार्क्सवादी), भारतीय जनता पार्टी-1 और 2, भारत में मतदान-व्यवहार-1, 2, 3, 4, 5 और 6, भारतीय राष्ट्रीय कांग्रेस-1 और 2, राष्ट्रीय जनतांत्रिक गठजोड़, वाम मोर्चा, शिव सेना, समाजवादी पार्टी, बहुजन समाज पार्टी-1 और 2, शिरोमणि अकाली दल, संयुक्त प्रगतिशील गठबंधन।

संदर्भ

1. विपिन कुमार मेहता (2013), *जनता दल : उद्भव एवं पराभव*, राज पब्लिकेशंस, नयी दिल्ली.
2. कमल नयन चौबे (2008), *जातियों का राजनीतीकरण : बिहार में पिछड़ी जातियों के उभार की दास्तान*, वाणी प्रकाशन, नयी दिल्ली.

— कमल नयन चौबे

जम्मू और कश्मीर

(Jammu and Kashmir)

भारत के सबसे उत्तरी भाग में स्थित और हिमालय की पर्वत श्रृंखलाओं से घिरा हुआ जम्मू और कश्मीर राज्य ऐतिहासिक कारणों से भारतीय राजनीति की एक अनसुलझी समस्या बना हुआ है। भारतीय संविधान में अनुच्छेद 370 के अंतर्गत कश्मीर के लिए विशेष प्रावधान हैं। इसके अनुसार रक्षा संचार और विदेश मामलों के अलावा भारतीय संसद द्वारा बनाया गया कोई भी क़ानून जम्मू और कश्मीर की विधानसभा की पुष्टि के बिना इस राज्य पर लागू नहीं होगा। देश के दूसरे भागों के लोगों को यहाँ सम्पत्ति ख़रीदने या बसने की इजाजत नहीं है। इसके अलावा यह भारत का एकमात्र ऐसा राज्य है जिसका अपना झंडा और संविधान है। स्वतंत्र भारत में जम्मू और कश्मीर का इतिहास और राजनीति काफ़ी उथल-पुथल से भरी रही है। इसे दो भागों में बाँटकर अच्छी तरह समझा जा सकता है : पहला, 1947 से 1990 तक का दौर और दूसरा 1990 के बाद का दौर। ग़ौरतलब है कि मार्च, 1965 तक कश्मीर के शासक प्रमुख के लिए वज़ीरे-आज़म (या प्रधानमंत्री) शब्द का प्रयोग किया जाता था। बाद में मुख्यमंत्री शब्द का प्रयोग होने लगा। आज़ादी के बाद के दौर में भारत और पाकिस्तान के बीच कश्मीर एक निरंतर विवाद का विषय बना रहा है। इस कारण भारत और पाकिस्तान में 1947 के अलावा 1965 और 1999 में युद्ध भी हो चुका है।

हिंदू पुराणों में कश्मीर का उल्लेख मिलता है। व्यापारिक मार्ग से जुड़े होने के कारण यह एक समृद्ध क्षेत्र था। सम्राट अशोक और कनिष्क के दौर में यहाँ बौद्ध धर्म का प्रसार हुआ। मध्य एशिया और चीन में बौद्ध धर्म के प्रसार में कश्मीरियों की महत्त्वपूर्ण भूमिका रही। चौदहवीं सदी में कश्मीर में मुसलिम शासन स्थापित हुआ और अकबर के दौर में यह मुग़लों के अधीन आ गया। 1752 में कश्मीर अफ़ग़ानों के नियंत्रण में आया। 1819 में सिक्खों ने अफ़ग़ानों से कश्मीर को छीन लिया। 1846 में जम्मू के शासक गुलाब सिंह की मदद से अंग्रेज़ों ने कश्मीर को अपने क़ब्ज़े में ले लिया। गुलाब सिंह को यहाँ के शासन की ज़िम्मेदारी दे दी गयी और इस तरह यह अंग्रेजों का रजवाड़ा बन गया। भारत की आज़ादी के संघर्ष के दौरान यहाँ भी नैशनल कांफ्रेंस के नेतृत्व में राजा और अंग्रेज़ों के ख़िलाफ़ आंदोलन चला। नैशनल कांफ्रेंस का गठन 1932 में शेख़ अब्दल्ला और उनके कुछ राजनीतिक सहयोगियों द्वारा किया गया था। उस समय इसका नाम मुसलिम कांफ्रेंस था। 1938 में इसे बदल कर नैशनल कांफ्रेंस कर दिया गया। शेख़ अब्दुल्ला के कांग्रेस के नेताओं से नजदीकी संबंध थे।

आज़ादी और बँटवारे के बाद जम्मू और कश्मीर की स्थिति अनिश्चित बन गयी। 1947 में विभाजन के साथ यह शर्त भी जोड़ी गयी कि रजवाड़ों के शासकों को भारत या पाकिस्तान में मिलने या स्वतंत्र रहने की आज़ादी होगी। 1947 में इस राज्य की जनसंख्या का 77 प्रतिशत हिस्सा मुसलमानों का था। यहाँ के शासक हरी सिंह कश्मीर को एक स्वतंत्र राज्य बनाना चाहते थे। लेकिन पाकिस्तान की तरफ़ से हुए क़बायली हमले के कारण उन्होंने 25 अक्टूबर, 1947 को इस राज्य के भारत में विलय का फ़ैसला किया। हमले के कारण पाकिस्तान को कश्मीर के एक बड़े हिस्से पर क़ब्ज़ा करने का मौक़ा मिल गया। भारतीय सेनाओं ने उन्हें यहाँ से निकालने की कोशिश की, लेकिन ठंड का मौसम शुरू हो जाने के कारण वे अपने अभियान को पूरा नहीं कर पाये और यह हिस्सा पाकिस्तान के क़ब्ज़े में बना रहा। पाकिस्तान ने इस क्षेत्र को आज़ाद कश्मीर कहता है और भारत अधिकृत कश्मीर।

भारत इस मसले को संयुक्त राष्ट्र संघ में ले गया। संयुक्त राष्ट्र संघ ने दोनों देशों द्वारा यह क्षेत्र ख़ाली करने और वहाँ जनमत संग्रह कराने का प्रस्ताव पारित किया। लेकिन भारत या पाकिस्तान किसी ने भी अपनी सेना कश्मीर से नहीं हटायी। भारत ने शुरू में जनमत संग्रह का समर्थन किया। लेकिन फिर उसने इस प्रस्ताव को निरर्थक घोषित कर दिया। इसका कारण यह था कि 1952 में जम्मू और कश्मीर की चुनी हुई संविधान सभा ने कश्मीर के भारत में विलय की पुष्टि कर दी। इसके अलावा भारत की ओर से यह तर्क भी दिया गया कि पाकिस्तानी क़ब्ज़े वाले कश्मीर में पाकिस्तान के दूसरे भागों से लोग बस चुके हैं। इस कारण यहाँ की जनसंख्या की रूपरेखा बदल गयी है। इस समय औपनिवेशिक दौर के जम्मू और कश्मीर का साठ प्रतिशत हिस्सा भारत के पास है (जम्मू, कश्मीर घाटी और लद्दाख), 30 प्रतिशत पाकिस्तान के पास (गिलगिल-बाल्टिस्तान और आज़ाद कश्मीर) तथा 10 प्रतिशत चीन के पास है (अक्साईचिन)।

दक्षिण में जम्मू और कश्मीर की सीमाएँ पंजाब और हिमाचल प्रदेश से लगी हुई हैं। इसके उत्तर और पूर्व में चीन

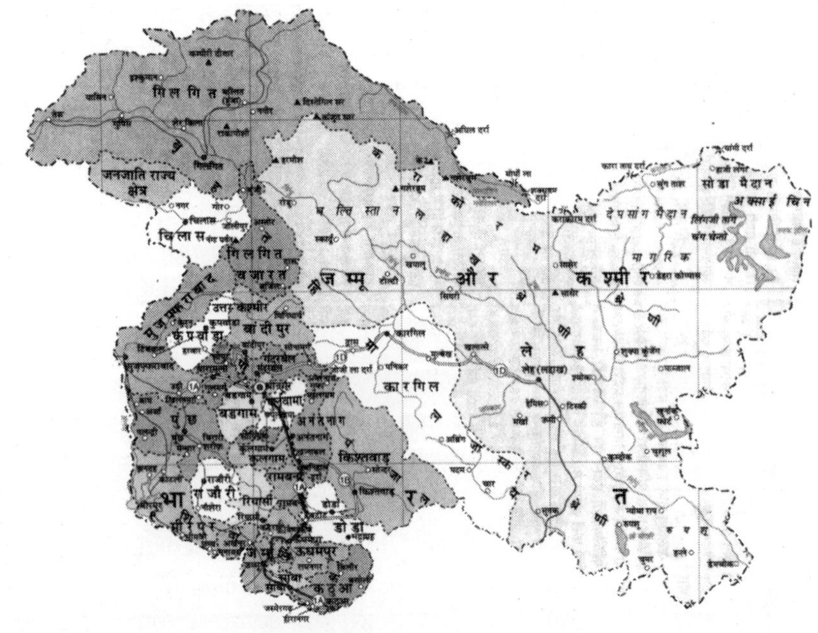

जम्मू और कश्मीर : संविधान के अनुच्छेद 370 के तहत विशेष दर्जा

स्थित है। पश्चिम और उत्तर-पश्चिम में क्रमशः पाकिस्तान प्रशासित 'आज़ाद' कश्मीर और गिलगित-बाल्टिस्तान स्थित हैं। जम्मू और कश्मीर तीन क्षेत्रों से मिलकर बना है : जम्मू, कश्मीर और लद्दाख। कश्मीर यहाँ की ग्रीष्मकालीन और जम्मू शीतकालीन राजधानी है। पहाड़ों के बीच बसी कश्मीर घाटी अपने प्राकृतिक सौंदर्य के लिए प्रसिद्ध है। जम्मू में बहुत सारे हिंदू धार्मिक स्थल है जो तीर्थ यात्रियों के लिए आकर्षण का केंद्र है। लद्दाख को 'छोटे तिब्बत' के रूप में जाना जाता है। यह बौद्ध संस्कृति के केंद्र के रूप में प्रसिद्ध है। जम्मू और कश्मीर का कुल क्षेत्रफल 2,22, 236 वर्ग किमी है। क्षेत्रफल के अनुसार यह भारत का सबसे बड़ा राज्य है। 2011 की जनगणना के अनुसार यहाँ की कुल जनसंख्या 12,548,926 है। इस हिसाब यह भारत का अठारहवाँ सबसे बड़ा राज्य है। यहाँ से लोकसभा के कुल छह और राज्यसभा के चार सदस्य चुने जाते हैं। 2011 की जनगणना के मुताबिक़ यहाँ कि साक्षरता दर 67.7 प्रतिशत है और साक्षरता के हिसाब से भारत में इसका इक्कीसवाँ स्थान है। यहाँ का उच्च न्यायालय श्रीनगर में स्थित है। उर्दू, कश्मीरी और डोगरी यहाँ की राजकीय भाषाएँ हैं।

कश्मीर के भारत में विलय के वक्त शेख़ अब्दुल्ला यहाँ सबसे लोकप्रिय नेता थे। लेकिन भारत के केंद्रीय नेताओं के साथ उनके संबंध बनते-बिगड़ते रहे। कई बार उनकी गतिविधियों को शक की निगाह से देखा गया। उन्हें लम्बे समय तक ज़ेल में या नज़रबंद भी रहना पड़ा। 1982 में अपने देहांत तक वे तीन बार राज्य के वज़ीरे-आज़म / मुख्यमंत्री रहे (मार्च, 1948-अगस्त 1953, फ़रवरी, 1975-मार्च, 1977, जुलाई, 1977-सितम्बर, 1982)। इस दौर में वे 1953-1964 तक ज़ेल में रहे, 1965-1968 तक उन्हें नज़रबंद रखा गया और फिर 1971 में 18 महीनों के उनके कश्मीर आने पर पाबंदी लगा दी गयी। दरअसल शेख़ अब्दुल्ला के विचारों में भी कई दफ़ा बदलाव आया और वे कश्मीर में जनमत संग्रह के समर्थक भी बन गये। इसी कारण उन्हें दिल्ली की कई सरकारों की नाराज़गी का सामना करना पड़ा। 1971 के भारत-पाकिस्तान युद्ध के बाद शेख़ अब्दुल्ला के नज़रिये में बदलाव आया। 1974 में उनके और इंदिरा गाँधी के बीच समझौता हुआ। इसके अनुसार अब्दुल्ला ने कश्मीर में जनमत संग्रह की माँग छोड़ दी और वे संसदीय राजनीति में शामिल हो गये। इसके बाद हुए वे दो बार राज्य के मुख्यमंत्री रहे। ग़ौरतलब है कि 1947-1982 के बीच शेख़ अब्दुल्ला के अलावा कांग्रेस के मेहरचंद महाजन (अक्टूबर, 1947-मार्च, 1948), ग़ुलाम मोहम्मद सादिक़ (मार्च, 1965-दिसम्बर, 1971) और सैयद मीर क़ासिम (दिसम्बर, 1971-फ़रवरी, 1975) तथा (नैशनल कांफ़्रेंस के बख़्शी ग़ुलाम मोहम्मद) (अगस्त, 1953-अक्टूबर, 1963), ख़्वाजा शम्सुद्दीन (अक्टूबर, 1963-फ़रवरी, 1964) जम्मू और कश्मीर के प्रधानमंत्री / मुख्यमंत्री रहे।

शेख़ अब्दुल्ला की मौत के बाद उनके बेटे फ़ारूक़ अब्दुल्ला राज्य के मुख्यमंत्री बने। 1984 में अब्दुल्ला की सरकार को बर्खास्त कर कांग्रेस समर्थक ग़ुलाम मोहम्मद शाह को मुख्यमंत्री बनाया गया। 1986 में अब्दुल्ला और कांग्रेस में गठजोड़ हो गया। इसलिए शाह की जगह अब्दुल्ला फिर से मुख्यमंत्री बन गये। 1987 में राज्य विधानसभा के चुनाव हुए। इसमें कांग्रेस-नैशनल कांफ़्रेंस नेतृत्व को जीत मिली। लेकिन विपक्षी दलों ने इन चुनावों में धाँधली के आरोप लगाये। इसने राज्य में व्यापक विरोध को जन्म दिया। इसी समय अलगाववादी आंदोलन की शुरुआत भी हुई। दरअसल, कांग्रेस के नेतृत्व वाली केंद्र सरकार द्वारा यहाँ की राजनीति में बार-बार ग़लत तरीक़े से हस्तक्षेप और जोड़-तोड़ से लोग तंग आ चुके थे। इसी कारण 1987 के चुनावों के बाद उन्होंने खुलकर दिल्ली के दख़ल का विरोध किया।

1990 के दशक के बाद की राजनीति जम्मू और कश्मीर में साम्प्रदायिक विभाजन, हिंसक और अहिंसक अलगाववादी आंदोलन तथा सेना की दमनकारी कार्रवाइयों की गवाह बनी। इस दौर में राज्य की राजनीति की प्रमुख

पहलुओं को इस प्रकार व्यक्त किया जा सकता है : पहला, संसदीय राजनीति में मुख्य रूप से नैशनल कांफ्रेंस, कांग्रेस और 1999 में गठित पीपुल्स डेमोक्रेटिक पार्टी का दबदबा रहा है। इस दौर में फ़ारूक़ अब्दुल्ला (अक्टूबर, 1996-अक्टूबर, 2002), मुफ़्ती मोहम्मद सईद (नवम्बर, 2002-नवम्बर, 2005) और ग़ुलाम नबी आज़ाद (नवम्बर, 2005-जुलाई, 2008) और उमर अब्दुल्ला (जनवरी, 2009) राज्य के मुख्यमंत्री रहे। इसके अलावा राज्य में अलगाववादी गतिविधियों (1990-1996) और राजनीतिक गतिरोध के कारण (18 अक्टूबर, 2002-2 नवंबर, 2002, 11 जुलाई, 2008-3 जनवरी, 2009) कई बार राष्ट्रपति शासन भी लागू रहा। दूसरा, राज्य में साम्प्रदायिक ध्रुवीकरण की राजनीति को भी बढ़ावा मिला। इसके कारण 1990 में कश्मीरी पण्डितों को श्रीनगर छोड़ना पड़ा। दूसरी ओर, भाजपा ने जम्मू में हिंदू ध्रुवीकरण की राजनीति को बढ़ावा दिया। कई बार धर्म के आधार पर राज्य को तीन भागों में बाँटने की भी माँग की गयी। तीसरा, राज्य में पाकिस्तान प्रायोजित समूहों के द्वारा हिंसक पृथकतावादी राजनीति को भी बढ़ावा दिया गया। ख़ासतौर पर 1990-96 के दौर में यह राजनीति अपने चरम पर रही। चौथा, राज्य में हुर्रियत कांफ्रेंस के नेतृत्व में ऐसी राजनीतिक शक्तियाँ एकजुट हुईं जो लोकतांत्रिक तरीक़े से भारत से अलग होने की माँग कर रही थीं। ऑल पार्टी हुर्रियत कांफ्रेंस का गठन 1992 में हुआ। बाद में, यह नरमपंथी और गरमपंथी धड़े में बँट गया। गरमपंथी धड़े का नेतृत्व सैयद अली शाह गिलानी के हाथों में है। वे इस्लामिक राष्ट्रवाद के आधार पर कश्मीर को भारत से अलग करना चाहते हैं। नरमपंथी धड़े का नेतृत्व मौलवी उमर फ़ारूक़ के हाथों में है। यह धड़ा भी स्वतंत्रता की माँग करता है लेकिन यह कई मध्यवर्ती उपायों की भूमिका को स्वीकार करता है।

कई बार यह कहा जाता है कि 1996 में लोकतांत्रिक प्रक्रिया शुरू हो जाने के बाद जम्मू और कश्मीर में आतंकवादियों की हिंसा में कमी आयी है। इस तर्क को स्वीकारने के बावजूद यह रेखांकित करने की ज़रूरत है कि अभी भी कश्मीर में अलगाववादी समूहों को बहुत ज़्यादा समर्थन प्राप्त है। सेना की ज़बरदस्त मौजूदगी, आर्म्ड फ़ोर्स स्पेशल पॉवर्स एक्ट (आफ़्सपा) लागू होने के कारण सेना द्वारा की जाने वाली ज़्यादतियों के ख़िलाफ़ लोगों का ग़ुस्सा कई मौक़ों पर सामने आ जाता है। मसलन, 2010 की गर्मियों में कश्मीर घाटी को इस तरह की हिंसा का सामना करना पड़ा था। कश्मीर की स्थिति एक ऐसे राज्य का प्रतिनिधित्व करती है जहाँ लोगों को अभी तक अपनी लोकतांत्रिक आंकक्षाओं को अभिव्यक्ति करने का मौक़ा नहीं मिला है। भारत में कश्मीर के विलय के बाद से ही दिल्ली ने यहाँ की राजनीति में लगातार दख़ल दिया है। यह दख़ल सेना को अनियंत्रित शक्ति देने से लेकर चुनावी धाँधली के रूप में सामने आया है। इसके कारण स्थानीय लोगों में अलगाव की भावना बढ़ी है, जिसे दूर करने के लिए बहुत कुछ किया जाना बाक़ी है।

देखें : अरुणाचल प्रदेश, असम, आंध्र प्रदेश, उत्तर प्रदेश, उत्तराखण्ड, ओडीशा, कर्नाटक, केरल, गोवा, छत्तीसगढ़, झाड़खण्ड, तमिलनाडु, त्रिपुरा, दिल्ली, नगालैण्ड, बिहार, पंजाब, पश्चिम बंग, मणिपुर, महाराष्ट्र, मध्य प्रदेश, मिज़ोरम, मेघालय, राजस्थान, हरियाणा।

संदर्भ

1. अरविंद मोहन (सम्पा.) (2009), *लोकतंत्र का नया लोक : चुनावी राजनीति में राज्यों का उभार*, वाणी प्रकाशन, नयी दिल्ली.
2. पृथ्वी नाथ कौल (1962), *अ हिस्ट्री ऑफ़ कश्मीर*, मेट्रोपॉलिटन, नयी दिल्ली.
3. गौतम नवलखा (2008), 'रिज़ेंटमेंट परसिस्ट इन कश्मीर', *इकॉनॉमिक ऐंड पॉलिटिकल वीकली*, खण्ड 43, अंक 6.

— कमल नयन चौबे

जय प्रकाश नारायण

(Jay Prakash Narayan)

उपनिवेशवाद विरोधी आंदोलन के प्रमुख योद्धाओं में से एक, भारत के समाजवादी आंदोलन के शीर्ष नेता और सिद्धांतकार जय प्रकाश नारायण (1902-1979) के विचारों और जीवन का अध्ययन किये बिना स्वातंत्र्योत्तर भारत का राजनीतिक-सामाजिक चित्र बनाना नामुमकिन है। जेपी अंग्रेज़ों के ख़िलाफ़ संघर्ष के दौरान कांग्रेस सोशलिस्ट पार्टी के नेताओं में से एक थे। शुरू में वे मार्क्सवाद से प्रभावित थे, और कुछ मसलों पर गाँधी की आलोचना करते थे, लेकिन बाद में उनके रुझान गाँधीवादी होते चले गये। 1942 के भारत छोड़ो आंदोलन में भूमिगत विद्रोही कार्रवाइयों के कारण जेपी अपने जीवन में ही किंवदंती बन गये। इस संघर्ष ने उन्हें जनता और कार्यकर्ताओं के बीच लोकनायक की उपाधि दिलवायी। स्वतंत्रता के बाद उन्होंने कांग्रेस छोड़ कर समाजवादी आंदोलन का नेतृत्व किया, हालाँकि वे ख़ुद कभी चुनाव नहीं लड़े। पचास के दशक में ही उन्होंने जनता की सीधी भागीदारी वाले लोकतंत्र और रैडिकल विकेंद्रीकरण के पक्ष में अपने सूत्रीकरण पेश किये जिनके ऊपर साठ के दशक में बुद्धिजीवियों के बीच बहसें हुईं। सक्रिय राजनीति से मोह-भंग हो जाने के बाद उन्होंने सर्वोदय का दामन थामा। जेपी के जुड़ाव का परिणाम यह निकला कि सर्वोदय के साथ कई

बुद्धिजीवी जुड़े। उन्होंने साठ के दशक में बनारस में गाँधी अध्ययन संस्थान की स्थापना की और 'स्माल इज़ ब्यूटीफुल' जैसा नारा देने वाले फ्रिट्ज़ शूमाकर को उसका निदेशक बनने के लिए निमंत्रित किया। हालाँकि शूमाकर भारत नहीं आ पाये, पर इस संस्थान के बहुअनुशासनीय अध्ययन कार्यक्रम पर उनकी छाप स्पष्ट रूप से देखी जा सकती थी।

बिहार के एक गाँव सिताबदियारा में 11 अक्टूबर, 1902 को पैदा हुए जय प्रकाश नारायण ने एक घटनाप्रद जीवन जिया। नौ साल की उम्र में उन्हें पटना के एक स्कूल में दाख़िल कराया गया जहाँ वे एक प्रतिभाशाली और परिश्रमी छात्र साबित हुए। 18 वर्ष की आयु में उनका विवाह प्रभावती से हुआ। उपनिवेशवादी आंदोलन के प्रभाव में उन्होंने पटना कॉलेज छोड़ कर कांग्रेस द्वारा स्थापित बिहार विद्यापीठ में पढ़ना पसंद किया। 1922 में अपनी पत्नी को गाँधीजी के आश्रम में छोड़ कर जेपी उच्च शिक्षा के लिए अमेरिका गये जहाँ उन्हें काफ़ी आर्थिक कठिनाइयों का सामना करना पड़ा। विसकोंसिन विश्वविद्यालय के प्रगतिशील माहौल में उन्होंने मार्क्स, लेनिन, ट्रॉट्स्की, प्लेखानोव और रोज़ा लक्सेमबर्ग की रचनाओं का गहन अध्ययन किया। अमेरिका में उन्हें एक स्नातकोत्तर छात्रवृत्ति भी मिली। मानवेंद्र नाथ राय का भारत संबंधी लेखन पढ़ने के बाद जेपी ख़ुद को मार्क्सवादी मानने लगे। सात साल अमेरिका में रहने के बाद जेपी 27 वर्ष की उम्र में भारत लौटे। इस बीच अपने आश्रम में रह रही प्रभावती को बापू ने ब्रह्मचर्य की शपथ दिला दी थी, जिसका भारत लौटने पर जेपी ने पूरा सम्मान किया।

गाँधी से मिलने वर्धा जाने पर जेपी की मुलाकात जवाहरलाल नेहरू से हुई। नेहरू ने उन्हें इलाहाबाद आ कर कांग्रेस के लेबर रिसर्च डिपार्टमेंट का चार्ज सँभालने के लिए कहा। हालाँकि जेपी मार्क्सवादी थे, और उस नाते गाँधी से उनकी काफ़ी असहमतियाँ थीं, लेकिन उन्हें उपनिवेशवाद विरोधी आंदोलन में कम्युनिस्टों की कांग्रेस विरोधी भूमिका पसंद नहीं आयी। उन्होंने कांग्रेस का साथ देने का निर्णय किया और राष्ट्रवादी आंदोलन में कूद पड़े। 1932 के दूसरे असहयोग आंदोलन में कांग्रेस के महामंत्री के रूप में उन्होंने उस समय सारे देश में संघर्ष का संचालन किया जब गाँधी और नेहरू समेत कई वरिष्ठ कांग्रेसी नेता ज़ेल में डाल दिये गये थे। आख़िर में जेपी भी गिरफ़्तार हुए और नासिक ज़ेल में उनकी मुलाकात मीनू मसानी, अच्युत पटवर्धन, एन.सी. गोरे, अशोक मेहता, एम.एच. दाँतवाला वग़ैरह से हुई। इन नेताओं से हुए विचार-विमर्श का परिणाम कांग्रेस के भीतर कांग्रेस सोशलिस्ट पार्टी के गठन में निकला।

1942 में जब गाँधी ने अंग्रेज़ो भारत छोड़ो का नारा दिया तो उस समय जेपी हजारीबाग ज़ेल में थे। वे ज़ेल की

जय प्रकाश नारायण (1902-1979)

दीवारें फाँद कर भाग निकले। गाँधी की रणनीति के विपरीत जेपी पहले भी उपनिवेशवाद विरोधी आंदोलन में हथियारों के इस्तेमाल के पूरी तरह से विरोधी नहीं थे। ज़ेल से भाग कर वे नेपाल पहुँचे और आज़ाद दस्ते का गठन किया। ब्रिटिश सरकार की मशीनरी ठप्प करने के लिए जेपी के नेतृत्व में कई क्रांतिकारी कार्रवाइयाँ की गयीं। उन्हें दोबारा सितम्बर, 1943 में पंजाब में एक चलती ट्रेन में पकड़ा गया। जेपी को लाहौर के किले में बंदी बना कर रखा गया और काफ़ी यातनाएँ दी गयीं। गाँधी ने कैबिनेट मिशन के सामने शर्त रखी कि जब तक जेपी और डॉ. लोहिया को रिहा नहीं किया जाएगा तब तक वे वार्ता शुरू नहीं करेंगे। अप्रैल, 1946 में जब ये दोनों रिहा हुए तो पराक्रमी नायकों की तरह उनका जन-अभिनंदन किया गया। आज़ादी के बाद जेपी ने सोशलिस्ट पार्टी की बागडोर सँभाली, लेकिन चुनावी राजनीति से जल्दी ही उनका मोह-भंग हो गया। इसके बाद वे कई वैचारिक मक़ामों से गुज़रे जिनका विश्लेषणात्मक वर्णन उन्होंने ख़ुद अपनी आत्मकथा *मेरी विचार-यात्रा* में किया है।

1970 की शुरुआत में जेपी ने मुसहरी (बिहार) में ग्रामदान का प्रयोग किया। रैडिकल वामपंथियों का आरोप है कि उनकी यह कार्रवायी नक्सलवादी आंदोलन का शमन करने के लिए की गयी थी। बहरहाल, उनका यही अनुभव

उन्हें सर्वोदय आंदोलन के राजनीतीकरण की तरफ़ ले गया जिससे एक तरफ़ तो सर्व सेवा संघ में विभाजन हो गया, और दूसरी तरफ़ जेपी की राजनीति में ऐतिहासिक वापिसी हुई। इसी दौरान चम्बल घाटी के दस्युओं से हथियार डलवा कर जेपी ने इतिहास बनाया। जीवन के अंतिम दौर में स्वास्थ्य ख़राब होने के बावजूद उन्होंने ग़ैर-कम्युनिस्ट व ग़ैर-कांग्रेसी राजनीतिक शक्तियों का नेतृत्व करते हुए राजनीतिक प्रणाली में आमूलचूल सुधार करने के लिए सम्पूर्ण क्रांति का नारा दिया। जेपी के नेतृत्व में चले बिहार आंदोलन के जुझारू तेवरों के कारण इंदिरा गाँधी को अपनी सरकार बचाने के लिए देश पर आपातकाल थोपना पड़ा।

सुंदर व्यक्तित्व और प्रभावशाली वक्तृता व लेखन के धनी जय प्रकाश नारायण का चिंतन हमेशा लोकतंत्र और राष्ट्रवाद से जुड़ी समस्याओं पर केंद्रित रहा। उनकी निगाह राष्ट्र और लोकतंत्र के बीच अन्योन्यक्रिया पर जमी रही। सरकार के कामकाज का मूल्यांकन उन्होंने हमेशा उसकी जन-वैधता के आईने में किया। प्रातिनिधिक लोकतंत्र का प्रचलित स्वरूप उनके लिए अपने आप में कभी पर्याप्त नहीं रहा। इसीलिए उनके राजनीतिक कार्यक्रम के केंद्र में लोकतांत्रिक जन-इच्छा साकार करने का उद्देश्य दिखाई देता है। छात्रों और नौजवानों को वे अपनी राजनीति के हरावल दस्ते की तरह देखते थे। 1977 में जेपी की देख-रेख में विपक्षी दलों ने एकताबद्ध होकर जनता पार्टी का निर्माण किया जो कांग्रेस को हरा कर दिल्ली में पहली ग़ैर-कांग्रेस सरकार बनायी। जेपी सत्ता परिवर्तन के वाहक तो बने, लेकिन उन्होंने जीवन भर ख़ुद को सत्ता और सरकार से दूर रखा। नेहरू ने उन्हें अपनी सरकार में शामिल होने का निमंत्रण दिया था, जिसे जेपी ने यह कह कर ठुकरा दिया था कि उनकी सरकार गाँधीवादी कार्यक्रम के प्रति संवेदनशीलन नहीं है।

एक समाजवादी चिंतक के रूप में जेपी के विचार न तो गाँधीवादी ख़ाने में डाले जा सकते हैं, न ही उन्हें उदारतावाद या मार्क्सवाद की श्रेणी में रखा जा सकता है। कांग्रेस सोशलिस्ट पार्टी के सिद्धांतकार के तौर पर 1936 में वे ख़ुद को कांग्रेस और गाँधी से अलग करते हुए नज़र आते हैं। चुनाव पर आधारित लोकतंत्र को वे जन-इच्छा का प्रतिबिम्ब नहीं मानते। चुने हुए प्रतिनिधियों के ज़रिये खड़े किये गये लोकतांत्रिक ढाँचे पर उन्हें यक़ीन नहीं है। वे आह्वान करते हैं कि सभी तरह की सत्ता सीधे-सीधे जनता के हाथों में होनी चाहिए। जनता से उनका तात्पर्य उन तमाम लोगों से है जो शारीरिक या बौद्धिक परिश्रम करके समाज के लिए उत्पादन की ज़िम्मेदारी निभाते हैं। इस मक़ाम पर जेपी 'कथित यूनानी लोकतंत्रों' के अनुभव को भी सही तौर पर जनोन्मुख मानने के लिए तैयार नहीं हैं। ज़ाहिर है कि प्रत्यक्ष लोकतंत्र की ये मिसालें भी जेपी को सीमित लगती हैं। उनके सामने प्रश्न यह है कि अंग्रेज़ों के जाने के बाद जनता के हाथों में सत्ता का 'वास्तविक' हस्तांतरण कैसे किया जाए। इसी मक़ाम पर वे कांग्रेसियों और तत्कालीन गाँधीवादियों से ही नहीं, मार्क्सवादियों से भी बहस करते हैं। इस दौर में जेपी के लेखन में 'बिना सामाजिक संबंधों को बदले हुए हृदय-परिवर्तन' की बात करने वाले गाँधी के ट्रस्टीशिप वाले सिद्धांत की आलोचना भी मिलती है। उनके विचार कुछ-कुछ अराजकतावादी समाजवादियों से मिलते-जुलते नज़र आते हैं। वे कम्युनिस्टों से पूछते हैं कि क्या राज्य को मेहनतकश जनता और बृहत्तर समाज का प्रतिनिधि माना जा सकता है?

1948 में समाजवादी एकता के आधारभूत सिद्धांतों की व्याख्या करते हुए जेपी ने क्रांतिकारी जन-इच्छा की धारणा सामने रखी जो उनकी लोकतंत्र संबंधी समझ का सारतत्त्व थी। अपने इन्हीं विचारों को आगे बढ़ाते हुए जेपी ने 1959 में भारतीय राज्य-व्यवस्था की पुनर्रचना की ज़रूरत पर बहस करते हुए सवाल उठाया कि क्या उत्पादन के साधनों और वितरण पर राज्य के नियोजित स्वामित्व को समाजवाद समझ लेने का आग्रह विफल नहीं हो चुका है? इस आस्था की जगह नयी आस्था की स्थापना के लिए समाजवादियों को मार्क्स-पूर्व आदर्शों और अराजकतावादियों की तरफ़ देखना होगा। उन्हें तॉल्स्तॉय, रस्किन, मोरिस, गाँधी और विनोबा के विचारों में झाँकना होगा। इस सिलसिले में जेपी ने फ्रांस और इज़रायल में हुए प्रयोगों के साथ-साथ भारत में हो रहे ग्रामदान के प्रयोगों की ओर ध्यान खींचा। अपने इस विमर्श में जेपी प्रातिनिधिक लोकतंत्र के विख्यात सिद्धांतकारों (मिल, लॉक और जेफ़र्सन वग़ैरह) से प्रभावित नज़र नहीं आते। यहाँ जेपी का आग्रह प्रतिनिधित्व के तुरंत और प्रत्यक्ष रूपों पर दिखाई देता है। वे कहते हैं कि प्रतिनिधित्व भू-क्षेत्रीय न हो कर पेशागत होना चाहिए। प्रतिनिधियों को हितों की नुमाइंदगी करनी चाहिए जो इलाक़ाई आधार पर न हो कर कामकाज और व्यवसाय के आधार पर बँटे हुए हैं।

आज़ादी के बाद जेपी ने भारतीय लोकतंत्र के लोकतांत्रिक होने की सीमाओं पर सोचना शुरू किया। इसी दौरान उन्होंने साधनों की पवित्रता और विकेंद्रीकरण के प्रश्नों पर अपना परिप्रेक्ष्य पेश किया। 1957 में लिखे अपने एक पर्चे 'फ्रॉम सोशलिज़म टू सर्वोदय' में उन्होंने समाजवादी सिद्धांत और कार्यक्रम की विस्तृत आलोचना की। इस मक़ाम पर उन्होंने लोकनीति को राजनीति से बेहतर बताया। उनका तर्क था कि स्वतंत्रता आंदोलन को लोकनीति के आईने में ही देखना चाहिए। जेपी के सामने स्पष्ट था कि आदर्श लोकतंत्र की सम्भावनाएँ भारत जैसे बड़े देश में साकार नहीं हो सकतीं, इसलिए उन्होंने विकेंद्रीकरण, सामुदायिक स्वायत्तता, ग्राम-सुधार जैसे कार्यक्रम पर ज़ोर दिया। वे इच्छाओं और

आवश्यकताओं पर स्वैच्छिक संयम लगाने, समतामूलक सामाजिक संस्थाओं की नींव डालने, और सामुदायिक जीवन को फिर से कल्पित करने के पक्ष में हो गये।

सर्वोदय आंदोलन के साथ काफ़ी दिन तक काम करने के बाद जेपी की सक्रिय राजनीति में वापिसी हुई, लेकिन उस दौरान भी प्रातिनिधिक लोकतंत्र और राज्य की संस्था के नेतृत्व में चलने वाले समाज-परिवर्तन पर उन्हें कभी विश्वास नहीं रहा। अपने ऊपर इंदिरा गाँधी द्वारा लगाये गये आरोपों के जबाव में उन्होंने तर्क दिया कि शासन करने की प्रक्रिया में ही कुछ ऐसा प्रदूषण निहित है जिससे मानवीय भाईचारे और मैत्री के मूल्यों का उल्लंघन होने लगता है। समुदाय टूट जाता है और व्यवस्था को जारी रखने का निहित-स्वार्थ भ्रष्टाचार को जन्म देता है। लोकतंत्र के नाम पर सुरक्षा-तंत्र स्थापित कर दिया जाता है। जब भी लोकतंत्र अपनी दावेदारी पेश करता है, राष्ट्र ख़तरे में है का नारा लगाया जाने लगता है।

1974 में जब जेपी ने बिहार और गुजरात में चल रहे जनांदोलनों का नेतृत्व सँभाला तो उन्होंने राजनीतिक तंत्र को सुधारने के लिए जन-कार्रवायी का आह्वान किया। इस लोकप्रिय आंदोलन के केंद्र में भ्रष्टाचार ख़त्म करने, चुनाव सुधार करने, महँगाई घटाने, शिक्षा व्यवस्था बदलने और बेरोज़गारी ख़त्म करने की माँगें थीं। हालाँकि इस आंदोलन में विपक्षी पार्टियों ने बड़े पैमाने पर भागीदारी की थी, लेकिन इसके मर्म में राजनीतिकृत छात्रों और नौजवानों का उभार था। इन युवकों ने जेपी द्वारा प्रवर्तित दलविहीन लोकतंत्र के सिद्धांत में गहरी लोकतांत्रिक सम्भावनाओं के दर्शन किये। जेपी की यह विरासत जनता पार्टी के प्रयोग के नाकाम रहने और उनके देहांत के बहुत बाद तक छात्र-युवा संघर्ष वाहिनी के रूप में देश के कई हिस्सों में ग़रीब जनता के संघर्षों का नेतृत्व करती रही।

देखें : अबुल क़लाम आज़ाद, एलमकुलम मनक्कर शंकरन नम्बूदिरीपाद, गोपाल कृष्ण गोखले, चरण सिंह, जवाहरलाल नेहरू, वल्लभभाई पटेल, बाल गंगाधर तिलक, मोहनदास कर्मचंद गाँधी-1 से 3 तक, राम मनोहर लोहिया।

संदर्भ

1. जय प्रकाश नारायण (1970), *कम्युनिटेरियन सोसाइटी ऐंड पंचायती राज*, ब्रह्मानंद (सम्पा.), वाराणसी.
2. जय प्रकाश नारायण (1980), *अ रेवोल्यूशनरीज़ क्वेस्ट—सिलेक्टिड राइटिंग्स ऑफ़ जय प्रकाश नारायण*, बिमल प्रसाद (सम्पा.), ऑक्सफ़र्ड युनिवर्सिटी प्रेस, नयी दिल्ली.
3. रणबीर समादार, 'जय प्रकाश नारायण ऐंड द प्रॉब्लम्स ऑफ़ रिप्रज़ेंटेटिव डेमॉक्रैसी', *इकॉनॉमिक ऐंड पॉलिटिकल वीकली*, खण्ड 43, अंक 31.
4. एस.सी. वर्मा (1975), 'जय प्रकाश नारायण्ज़ पॉलिटिक्स', *सोशल साइंटिस्ट*, खण्ड 3, अंक 11.

— अभय कुमार दुबे

जवाहरलाल नेहरू

(Jawaharlal Nehru)

उपनिवेशवाद विरोधी आंदोलन के शीर्ष नेताओं में से एक, इतिहासकार, वक्ता, गाँधी के घोषित उत्तराधिकारी, स्वप्न-दृष्टा, बुद्धिजीवी और करिश्माई जन-नेता जवाहरलाल नेहरू (1889-1964) स्वातंत्र्योत्तर भारत की सबसे अहम हस्ती थे। आधुनिकीकरण के प्रत्यय को राष्ट्रीय विचारधारा के मर्म में स्थापित करके उन्होंने सोलह साल तक भारत के पहले राजनीतिक केंद्र का नेतृत्व किया। प्रधानमंत्री के रूप में राष्ट्र-निर्माण की जिस परियोजना का सूत्रीकरण नेहरू ने किया उसे सात मुख्य आयामों की रोशनी में परिभाषित किया जा सकता है : राष्ट्रीय अखण्डता, संसदीय लोकतंत्र, उद्योगीकरण, समाजवाद, वैज्ञानिक मानस, सेकुलरवाद और गुट-निरपेक्षता। नेहरू का दावा था कि उनकी राष्ट्रीय विचारधारा निजी प्राथमिकताओं या विचारधारात्मक आग्रह का परिणाम न हो कर भारतीय इतिहास और संस्कृति का अभिन्न अंग समझी जानी चाहिए। नेहरू ने यह दलील भी दी कि इस विचारधारा का सूत्रीकरण सभी भारतवासियों की सहमति और स्वेच्छा पर आधारित है। इतिहास के तर्क का आसरा लेते हुए नेहरू ने कहा कि यह परियोजना एक राष्ट्र के रूप में भारत के बचे रहने के लिए अनिवार्य है, क्योंकि केवल इसी तरह से यह देश आर्थिक, राजनीतिक और अन्य समस्याएँ हल करके अपने बौद्धिक और नैतिक जीवन का जीर्णोद्धार कर सकता है। अपने 45 साल लम्बे सार्वजनिक जीवन में नेहरू ने राष्ट्रीय-जीवन को कितनी गहराई से प्रभावित किया इसका अंदाज़ा इस बात से लग सकता है कि उनके व्यक्तित्व और कृतित्व के बारे में बहस आज तक ख़त्म नहीं हुई है। न उनके प्रशंसकों की कमी है और न ही आलोचकों की।

जवाहरलाल नेहरू का जन्म 14 नवम्बर, 1889 को एक कश्मीरी पण्डित परिवार में हुआ था। उनके पिता मोतीलाल नेहरू एक स्थापित वकील और कांग्रेस के प्रभावशाली नेता थे। लंदन स्थित हैरो पब्लिक स्कूल और फिर ट्रिनिटी कॉलेज, केम्ब्रिज में अध्ययन करने के बाद 1912 में भारत लौटने पर नेहरू उपनिवेशवाद विरोधी आंदोलन में कूद पड़े। कांग्रेस में उनके पिता गोखले की नरमदली राजनीति के समर्थक थे, पर नेहरू को पूर्ण स्वराज का समर्थन करने वाले गरमदली धड़े से हमदर्दी थी। लेकिन कांग्रेस के भीतर नेहरू ने जिस पूर्ण स्वराज की वकालत की वह तिलक द्वारा प्रतिपादित सांस्कृतिक राष्ट्रवाद के धार्मिक पहलुओं पर निर्भर न हो कर पश्चिम की वामपंथी उदारतावादी विचारधाराओं से अनुप्राणित था। नेहरू के व्यक्तित्व में आम जनता को अपनी ओर खींचने की अद्भुत

जवाहरलाल नेहरू (1889-1964)

क्षमता थी। नेताओं की जिस तिकड़ी के ज़रिये कांग्रेस पर गाँधी का हुक्म चलता था, उसमें बल्लभभाई पटेल और राजेंद्र प्रसाद के साथ नेहरू भी शामिल थे। 15 जनवरी, 1941 को गाँधी ने उनके बारे में कहा था : 'कुछ लोग कहते हैं कि पण्डित नेहरू और मेरे बीच नाराज़गी है। लेकिन, हम दोनों को अलग करने के लिए केवल मतभेद काफ़ी नहीं हैं। जब से हमने साथ-साथ काम करना शुरू किया है, मतभेद तो हमारे बीच तभी से हैं। इसके बावजूद मैं पहले भी कहता रहा हूँ और अब फिर कहता हूँ कि राजाजी नहीं बल्कि जवाहरलाल ही मेरे उत्तराधिकारी होंगे।'

नेहरू को सभ्यतामूलक दृष्टि से भारत की महानता में कोई शंका नहीं थी। लेकिन अपनी विख्यात रचना *डिस्कवरी ऑफ़ इण्डिया* में उन्होंने समग्र भारत को एकसूत्र में बाँधने वाले केंद्रीय प्राधिकार की कमी को एक प्रमुख समस्या के रूप में चिह्नित किया। सत्ता की क्षेत्रीय और स्थानीय अभिव्यक्तियों के बारे में उनकी मान्यता थी कि इन लोगों ने आपसी हिसाब साफ़ करने के लिए विदेशी ताक़तों को निमंत्रित करने में भी संकोच नहीं किया। राष्ट्रीय अखण्डता के प्रति अपने सरोकारों के तहत ही प्रधानमंत्री के तौर पर उन्होंने शुरुआत में भाषाई आधार पर राज्यों के पुनर्गठन का विरोध किया। वे जातीयतावादी आधार पर नगाओं और सिक्खों के अलग राज्य से भी सहमत नहीं थे। हालाँकि नेहरू ने काफ़ी हद तक राष्ट्रीय अखण्डता को मज़बूती देने में कामयाबी हासिल की, लेकिन वे इस प्रक्रिया की धीमी गति के प्रति चिंतित बने रहे।

नेहरू के चिंतन का विरोधाभास यह था कि ऐतिहासिक स्मृति और भारतीय अवचेतन का गहरा बोध होने के बावजूद वे संस्कृति को अखण्डता के एक बुनियादी स्रोत के रूप में देखने के लिए तैयार नहीं थे। वे भारतीय संस्कृति के शास्त्रीय पहलुओं से तो परिचित थे, पर गाँधी की तरह उन्हें इस संस्कृति के लोक-रूपों पर महारत नहीं थी। एक तरह से उन्होंने भी इस प्राच्यवादी आग्रह को मान लिया था कि भारत की पारम्परिक संस्कृति आधुनिकीकृत राष्ट्र के अनुकूल नहीं बैठेगी। प्राचीन भारत की कुछ अवधियों को छोड़ कर वे परम्परा को पतन और क्षय का कारक ही मानते थे। इसलिए नेहरू ने जिस राष्ट्रीय एकजुटता को परिकल्पित किया उसमें अतीत और वर्तमान का जीवंत संयोग न होने के कारण सांस्कृतिक गहराई का अभाव लगता था। राष्ट्रीय एकजुटता को सांस्कृतिक आधार देने के लिए युरोप में प्राथमिक शिक्षा पर विशेष ज़ोर दिया गया था। लेकिन नेहरू ने एकजुट राष्ट्र बनाने के लिए तकनीकी कौशल में प्रशिक्षित लोगों की ज़रूरत पर ज़्यादा ज़ोर दिया। इसके लिए उन्होंने विश्वविद्यालयों, तकनीकी संस्थानों और उच्च शिक्षा की संस्थाओं का जाल फैलाया। लेकिन संसाधनों, सुविधाओं और नियोजन के लिहाज़ से प्राथमिक शिक्षा पर ध्यान नहीं दिया। स्कूलों में बच्चों के लिए पाठ्यक्रम तैयार करने में नेहरू की शिक्षा-नीति में इतिहास और संस्कृति की दृष्टि से किसी विशेष कल्पनाशीलता का परिचय नहीं मिलता।

एकजुटता का लक्ष्य हासिल करने के मुक़ाबले कहीं ज़्यादा सफलता नेहरू को संसदीय लोकतंत्र के विकास में मिली। उनका विचार था कि न केवल यह प्रणाली व्यक्ति की सत्ता का सम्मान करती है, बल्कि भारत जैसे विविधतामूलक और विशाल समाज को केवल इसी व्यवस्था के ज़रिये शासित किया जा सकता है। उन्हें यक़ीन था कि लोक सभा और विधान सभा के चुनावों से आम लोगों को सार्वजनिक जीवन के साथ जोड़ा जा सकता है। उन्हें उम्मीद थी कि उदारतावादी लोकतंत्र भारतीय मानस को जातिगत, ग्रामीण और अन्य संकीर्णताओं से मुक्त कर देगा। उन्होंने सारे जीवन इसी तरह के लोकतंत्र को पुष्ट करने वाली संस्थाओं की रचना और मज़बूती पर ज़ोर दिया। वे विवेकानंद, अरविंद या मानवेंद्र नाथ राय जैसे विचारकों द्वारा प्रतिपादित 'सामुदायिक' या 'सावयवी' लोकतंत्र के विचार को नज़रअंदाज़ करते रहे। उन्होंने गाँधी प्रदत्त एक ढीली-ढाली राज्यव्यवस्था के विचार को भी नहीं माना और मज़बूत केंद्र वाली संघात्मक व्यवस्था के लिए काम किया।

उन्हें पता था कि संसदीय लोकतंत्र मज़बूत विपक्ष की उपस्थिति के बिना विकसित नहीं हो सकता। उनके युग में विपक्ष बहुत कमज़ोर हालत में था, फिर भी वे उससे लगातार सलाह-मशविरा करते रहते थे। उन्होंने विपक्ष को सरकारी विभागों के कामकाज की निगरानी में शामिल करने में भी कोशिश की। वे पार्टी के भीतर बहसों को प्रोत्साहित करने, नेताओं को राष्ट्रीय परिप्रेक्ष्य में सोचने के लिए प्रेरित करने और असहमति का स्वागत करने के पक्ष में रहते थे। नेहरू ने कई मौक़ों पर विपक्ष की भूमिका निभाते हुए ख़ुद की और अपने ही साथियों की आलोचना की। प्रेस की आज़ादी का प्रबल समर्थक होने के कारण पत्रकारों की आवाज़ दबाने वाले मुख्यमंत्रियों को नेहरू की लताड़ सुननी पड़ती थी।

नेहरू की परियोजना का तीसरा पहलू था उद्योगीकरण। वे ग़रीबी और बेरोज़गारी हटाने के लिए कुटीर और छोटे उद्योगों की उपयोगिता मानते थे, पर समस्या का स्थायी हल उनकी निगाह में एक पूरी तरह से उद्योगीकृत, वैज्ञानिक और प्रौद्योगिक रूप से आगे बढ़ी हुई अर्थव्यवस्था ही थी। इस मामले में उनका गाँधी से सीधा मतभेद था। अपने युग के युरोपीय तजरुबे पर यक़ीन करते हुए नेहरू ने उद्योगीकरण को न केवल आर्थिक विकास की मुख्य चालक शक्ति के रूप में कल्पित किया, बल्कि उसे एक पारम्परिक भारतीय समाज के जीर्णोद्धार की शर्त भी माना। कृषि को वे आदिम और सांस्कृतिक रूप से कमतर गतिविधि मानते थे, एक ऐसी गतिविधि जो प्रकृति पर निर्भरता, भाग्यवाद, दकियानूसीपन को बढ़ावा दे कर मनुष्य के मानस को संकीर्णता के हवाले कर देती है। इसी विचार के अधीन पहली पंचवर्षीय योजना में उन्होंने खेती पर थोड़ा बहुत ज़ोर दिया भी, पर दूसरी पंचवर्षीय योजना में पूरा बल उद्योगीकरण पर ही रहा।

नेहरू के लिए समाजवाद एक तरफ़ उत्तम और वांछित समाज का मानक था जिससे उन्हें वर्गविहीन, लोकतांत्रिक और मानवीय सम्भावनाओं के समग्र प्रतिनिधित्व की गारंटी होती हुई लगती थी। दूसरी तरफ़ वे मानते थे कि सामाजिक विश्लेषण की वैज्ञानिक विधि भी समाजवाद के ही पास है। यह पद्धति आर्थिक कारक को प्रधान चालक-शक्ति मानने पर निर्भर थी। लेकिन जैसे-जैसे समय बीतता गया, आर्थिक विकास की प्रक्रिया ने समाज पर धार्मिक चेतना और उसके आधार पर होने वाले टकरावों को कम नहीं किया। नेहरू को यह देख कर काफ़ी उलझन होती थी कि आर्थिक माँगें भी धार्मिक राजनीति की भाषा में व्यक्त की जा रही हैं। हालाँकि वे बीस के दशक से ही ख़ुद को समाजवादी कहने लगे थे और कांग्रेस के लखनऊ अधिवेशन में व्यक्त उनकी समाजवादी महत्त्वाकांक्षाओं से घबड़ा कर कई लोगों ने कांग्रेस कार्यसमिति से इस्तीफ़ा तक दे दिया था, लेकिन चूँकि नेहरू पूँजीपति वर्ग को हिंसक तरीक़े से उखाड़ फेंकने के ख़िलाफ़ थे और न ही उन्हें सर्वहारा की तानाशाही में यक़ीन था, इसलिए उन्हें अपने समाजवादी आग्रहों को लोकतंत्र की सीमाओं के साथ समायोजित करना पड़ा। 1954 से लेकर 1964 में अपने निधन तक नेहरू के लिए समाजवाद का मतलब मुख्यत: पब्लिक सेक्टर के प्रभुत्व वाली नियोजन आधारित मिश्रित अर्थव्यवस्था ही रही।

अक्सर कहा जाता है कि नेहरू हर भारतवासी को वैज्ञानिक मानस से सम्पन्न देखना चाहते थे। उनके लिए वैज्ञानिक मानस का मतलब सीधा था : तथ्यों पर भरोसा, अंधविश्वासों से मुक्ति, बुद्धिसंगत व्यवहार और निर्णय-क्षमता। लेकिन इसका मतलब यह नहीं था कि नेहरू को विज्ञान की सीमाओं का एहसास नहीं था और वे प्रत्यक्षवाद के शिकार थे। वे वैज्ञानिक और प्रौद्योगिकीय विकास के नाम पर यांत्रिक समाज और मानस बनाने के हक़ में नहीं थे। इसके अलावा नेहरू यह भी मानते थे कि विज्ञान से अपनी उपलब्धियों का इस्तेमाल करने के बारे में कोई हिदायत नहीं मिलती। विज्ञान के बेजा इस्तेमाल को रोकने के लिए नेहरू 'आध्यात्मिक संयम' का रास्ता अपनाने के पक्ष में थे।

नेहरू को धर्म और राज्य के रिश्तों के संदर्भ में सेकुलरवाद की एक ख़ास समझ विकसित करने और उसे पश्चिमी शिक्षा में रँगे भारतीयों के गले उतारने का श्रेय भी दिया जाता है। दरअसल नेहरू धर्म के आध्यात्मिक पहलुओं के प्रति हमदर्दी रखते हुए उसके विचारधारात्मक व संस्थागत पहलुओं के कड़ाई से ख़िलाफ़ थे। यदा-कदा उन्होंने अद्वैतवादी तत्त्वमीमांसा का पक्ष ज़रूर लिया, लेकिन आम तौर पर आध्यात्म की उनकी तरफ़दारी अपरिभाषित ही रही। इसके बावजूद गोखले और गाँधी की तरह वे राजनीतिक जीवन में आध्यात्मिकता की भूमिका को स्वीकार करते थे। दूसरी तरफ़ नेहरू ने राजनीति में धर्म की संस्थागत या विचारधारात्मक भागीदारी का स्पष्ट विरोध करते हुए भारतीय राज्य को उससे निरपेक्ष रखने का पूरा प्रयास किया। उन्होंने धार्मिक राजनीतिक दलों पर प्रतिबंध तो नहीं लगाया, पर उनकी भर्त्सना की और न ही किसी धार्मिक नेता से कभी जुड़े। नेहरू ने राष्ट्रपति राजेंद्र प्रसाद को पुनर्निर्मित सोमनाथ मंदिर के उद्घाटन से रोकने की ज़बरदस्त लेकिन विफल चेष्टा की। उन्हें धार्मिक अर्थ-छवियों का वाहक होने के कारण 'वंदे मातरम' गीत पर आपत्ति थी।

राज्य और धर्म के संबंध को पूरी तरह से भंग कर देने की मंशा के बावजूद नेहरू ऐसा नहीं कर पाये। उन्होंने हिंदू कोड बिल तो पारित कराया, पर मुसलमानों की निजी संहिता में हस्तक्षेप करने का साहस वे नहीं जुटा पाये। इस तरह वे समान नागरिक संहिता बनाने का वायदा पूरा करने में विफल रहे। उनके ज़माने में भी भारतीय राज्य धार्मिक मौक़ों पर

छुट्टियाँ मनाता रहा। मुख्यमंत्रीगण धार्मिक उत्सवों में जाते रहे। नेहरू अलीगढ़ और बनारस विश्वविद्यालयों के नाम के आगे से मुसलिम और हिंदू भी नहीं हटा पाये। नेहरू के सेकुलरवाद को उनकी सरकार के सेकुलर आचरण की इन विसंगतियों के कारण आज भी आलोचना का सामना करना पड़ता है।

नेहरू की राष्ट्रीय परियोजना का सातवाँ आयाम गुट-निरपेक्षता थी। विदेश-नीति के सूत्रीकरण में निजी तौर पर दिलचस्पी लेते हुए नेहरू ने दुनिया को कैपिटलिज़म और कम्युनिज़म के प्रतीक दो शक्ति-केंद्रों में बँटते हुए देखा। उनकी मान्यता थी कि एक समझदार पूँजीवाद उदार क़िस्म के साम्यवाद के साथ सह-अस्तित्व में रह सकता है। वे भारतीय राष्ट्र को एक ऐसे ही वजूद की सम्भावनाओं की रोशनी में देखते थे। इसलिए उन्होंने आग्रह किया कि भारत न तो पूँजीवादी ख़ेमे में रहेगा और न ही साम्यवादी ख़ेमे में। इसके लिए उन्होंने तीन तर्क दिये : केवल इसी तरीक़े से भारत की स्वतंत्रता की गारंटी हो सकती है, भारत में मौजूद दोनों विचारधाराएँ एक मंच पर आ सकती हैं, और भारत अंतर्राष्ट्रीय व्यवस्था में स्वतंत्र भूमिका निभाते हुए तीसरी दुनिया के पक्ष में खड़ा हो सकता है। गुट-निरपेक्षता के प्रवक्ता के रूप में नेहरू ने भारत को एशियाई अस्मिता के वाहक की तरह भी देखा। उनकी नीति के कारण द्वितीय विश्व-युद्ध के बाद भारत को अंतर्राष्ट्रीय मामलों में दृश्यमानता मिली और वह एक विश्व-मामलों में रचनात्मक भूमिका निभा पाया।

भारत जैसे पारम्परिक समाज का आधुनिकीकरण एक बहुत कठिन लक्ष्य था। इसमें पूर्ण सफलता केवल एक चमत्कार के रूप में ही मिल सकती थी। नेहरू को भी इसमें आंशिक सफलता ही मिली। भारत के पड़ोसियों के प्रति उनका रुख बड़े भाई जैसा था। वे न तो उनके आक्रामक इरादों के प्रति सतर्क रहते थे, और न ही उनके साथ परस्पर समझदारी निकालने में उनकी रुचि थी। इसी कारण से उन्हें भारत-चीन सीमा विवाद का धक्का झेलना पड़ा। 1962 के युद्ध में अपमानजनक पराजय उनके अन्यथा चमकदार राजनीतिक जीवन पर काले साये की तरह मानी जाती है। लेकिन यह मानना पड़ेगा कि आख़िरी वक़्त में बीमारी और चीन-युद्ध की निराशाओं से जूझते हुए भी नेहरू ने अपने राजनीतिक उत्तराधिकार की समस्या को सराहनीय कौशल से निबटाया। उनके देहांत के बाद बिना किसी राजनीतिक कलह के लालबहादुर शास्त्री का प्रधानमंत्री बन जाना उनकी ही योजना का परिणाम था।

देखें : अबुल क़लाम आज़ाद, एलमकुलम मनक्कर शंकरन नम्बूदिरीपाद, गोपाल कृष्ण गोखले, चरण सिंह, जय प्रकाश नारायण, बल्लभभाई पटेल, बाल गंगाधर तिलक, मोहनदास कर्मचंद गाँधी-1 से 3 तक, राम मनोहर लोहिया।

संदर्भ

1. माइकेल ब्रेशर (1966), *नेहरू : अ कंटेम्परेरी एस्टीमेट,* ऑक्सफ़र्ड युनिवर्सिटी प्रेस, न्यूयॉर्क.
2. बी.एन. पांडेय (1977), *नेहरू,* मैकमिलन, लंदन.
3. सर्वपल्ली गोपाल (सम्पा.) (1980), *जवाहरलाल नेहरू : एन एंथोलॅजी,* ऑक्सफ़र्ड युनिवर्सिटी प्रेस, नयी दिल्ली.
4. बलदेव सिंह (सम्पा.), *जवाहरलाल नेहरू ऑन साइंस ऐंड सोसाइटी,* नेहरू म्यूज़ियम ऐंड लाइब्रेरी, नयी दिल्ली.
5. भीखू पारिख (1991), 'नेहरू ऐंड द नैशनल फिलॉसफ़ी ऑफ़ इण्डिया', *इकॉनॉमिक ऐंड पॉलिटिकल वीकली, खण्ड 26, अंक 1-2.*
6. जवाहरलाल नेहरू 91985), *डिस्कवरी ऑफ़ इण्डिया,* ऑक्सफ़र्ड युनिवर्सिटी प्रेस, नयी दिल्ली.
7. जवाहरलाल नेहरू (1958), *एन ऑटोबायोग्राफ़ी,* बोडली हेड, लंदन.

— अभय कुमार दुबे

जॉर्ज ज़िमेल

(George Simmel)

प्रसिद्ध जर्मन समाजशास्त्री तथा दार्शनिक जॉर्ज ज़िमेल (1858-1918) को नव-कांटवादी दार्शनिक चिंतन और औपचारिक समाजशास्त्र के विकास के लिए जाना जाता है। उनकी गणना समाजशास्त्र के सबसे आरम्भिक संस्थापकों में भी होती है। ज़िमेल का मैक्स वेबर जैसे प्रतिष्ठित समाजशास्त्री के साथ गहरा जुड़ाव था, पर इसके बावजूद अकादमिक जगत में स्वीकृति एवं विश्वविद्यालय में प्रोफ़ेसरी प्राप्त करने के मामले में उन्हें ख़ासी जद्दोजहद करनी पड़ी। उन्होंने अपने अध्ययन में विभिन्न सामाजिक संबंधों को नियंत्रित करने वाले रूपों (जैसे त्रयी व द्वयी संबंधों या अधीनता एवं नियंत्रणकारी संबंधों) पर विशेष, बल दिया। संबंधों के विभिन्न रूपों के अध्ययन के दौरान उन्होंने अलग-अलग सामाजिक भूमिकाओं तथा प्रातिनिधिकताओं का विवेचन किया जिसके अंतर्गत मनुष्य की श्रेणियाँ निर्मित होती हैं और उनकी गतिविधियों का संयोजन किया जाता है। इनमें अजनबी होने, दुस्साहसी होने, वेश्या या कंजूस होने जैसी श्रेणियाँ भी शामिल थीं। उन्होंने सामाजिक जीवन के विभिन्न रूपों जैसे फ़ैशन, महानगरीय जीवन और सेक्शुअलिटी आदि का भी समाजशास्त्रीय अध्ययन किया। समाजशास्त्र में प्रत्यक्षवाद विरोधी चिंतन की स्थापना के लिए ज़िमेल को विशेष तौर पर याद किया जाता है। ज़िमेल की प्रमुख पुस्तकें हैं : *द प्रॉब्लम्स ऑफ़ द फिलॉसफ़ी ऑफ़ हिस्ट्री* (1892),

द फिलासफ़ी ऑफ़ मनी (1907), *द मेट्रोपोलिस ऐंड मेंटल लाइफ़* (1903)।

ज़िमेल का ज़्यादातर लेखन बृहद पुस्तकीय योजना के बजाय निबंधों की शक्ल में रचा गया। इसलिए अपने समकालीन मैक्स वेबर और एमील दुर्खाइम जैसे समाजशास्त्रियों की तुलना में उनकी मूल स्थापनाओं पर ज़्यादा बहसें हुईं। अकादमिक जगत की स्वीकृति प्राप्त करने के लिए उन्हें अधिक संघर्ष करना पड़ा। प्रोफ़ेसर बनने के लिए उनका रास्ता अधिक चुनौतीपूर्ण साबित हुआ। जर्मनी के बर्लिन विश्वविद्यालय और स्त्रॉसबर्ग युनिवर्सिटी में उन्होंने अध्यापन किया, पर अकादमिक कॅरियर में तरह-तरह की बाधाएँ आती रहीं।

समाजशास्त्र के बारे में उनकी समस्त अवधारणाओं के मूल में मौजूद प्रश्न है : समाज कैसे सम्भव होता है ? सामान्य सत्य यह है कि समाज बड़ी संख्या में व्यक्तियों के योग से बना है और उनमें से प्रत्येक अपने निजी हितों और सरोकारों से जुड़ा हुआ है। प्रत्येक व्यक्ति अपने निजी पारिवारिक जीवन, मित्रों एवं परिचितों की दुनिया के बाहर दूसरे के हितों पर बहुत कम ध्यान देता है। इसके बावजूद व्यक्तियों की निजी क्रियाएँ बहुत संगठित, स्थिर और नियंत्रित बनी रहती हैं। वे पूर्वपेक्षा के अनुसार ही संचालित होती हैं। ज़िमेल इसी सामाजिक स्थिरता के कारणों की व्याख्या करने का प्रयास कर रहे थे। इसके लिए उन्होंने इमैनुएल कांट से प्रेरणा ग्रहण की जिन्होंने प्रकृति कैसे सम्भव होती है जैसे प्रश्न का सामना करने के लिए अपनी ओर से कुछ व्याख्याएँ प्रस्तुत कीं थीं। कांट ने अपनी किताब *क्रिटीक ऑफ़ प्योर रीज़न* में बताया था कि अपनी मानवीय संवेदनाओं की विशिष्टता के कारण हमें प्रकृति के विभिन्न अंग एकजुट प्रतीत होते हैं। यानी मानव मस्तिष्क की बनावट इस प्रकार की है कि प्रकृति के अलग-अलग हिस्से भी किसी व्यवस्था के अंतर्गत संचालित प्रतीत होते हैं। ज़िमेल का कहना है कि समाज की एकता किसी बाह्य प्रेक्षक पर निर्भर नहीं रहती है, बल्कि समाज की एकता समाज के सभी सदस्यों की सक्रिय प्रतिभागिता से ही सम्भव होती है। यानी ज़िमेल का मत है कि समाज का संगठन अभिजनों के किसी समूह के योजनाबद्ध क्रियाकलापों अथवा उनके द्वारा किये जा रहे षड्यंत्रों का परिणाम नहीं होता। इसलिए नौकरशाही भी समाज का बड़ा ग़ैर-प्रातिनिधिक संगठन होता है।

ज़िमेल के अनुसार समाज के निर्माणकारी तत्त्व और कोई नहीं बल्कि सजग और सृजनात्मक मानवीय इकाइयाँ होती हैं। मानव-इकाइयाँ चाहती हैं कि ऐसा समाज, जो कि ख़ास तौर पर उनके लिए निर्मित हुआ है, वहाँ व्यवस्था तथा स्थिरता बनी रहे। यहाँ तक कि उसका भविष्य भी उनके सामने स्पष्ट रहे। इसके अतिरिक्त मनुष्य सामाजिक संबंधों

जॉर्ज ज़िमेल (1858-1918)

की स्थापना से पूर्व स्वयं को भिन्न प्रकार के गुणों व अवधारणाओं से लैस करता है जो विभिन्न परिस्थितियों में सामंजस्य स्थापित करने तथा सामंजस्य पैदा करने में मददगार सिद्ध होती हैं। मनुष्य निरंतर कठोर श्रम करते हैं, हालाँकि वे स्वयं उसे लक्षित नहीं कर पाते, ताकि समाज में व्यवस्था पैदा कर सकें, और उसे बनाये रख सकें।

ज़िमेल ने समाज के बारे में मनुष्य के बोध और समाज के संचालन की स्थितियों के बीच संबंधों की विशेष तौर पर समीक्षा की। उन्होंने लिखा कि मनुष्यों में समाज का समग्र बोध नहीं होता है पर वे एक-दूसरे के संबंध में व्यवहार निर्धारित करने वाले नियमों तथा परम्पराओं के बारे में अवश्य ज्ञान रखते हैं। इसे स्पष्ट करने के लिए उन्होंने शतरंज के खेल का भी उदाहरण दिया। जो व्यक्ति शतरंज समझता नहीं, उसके लिए इस खेल के खिलाड़ियों की गतिविधियाँ बड़ी रहस्यपूर्ण होती हैं। वे संरचनाबद्ध तथा सामंजस्यपूर्ण लगती हैं, पर उनका कोई स्पष्ट अर्थ नहीं झलकता है। वह कोई रहस्यमय नृत्य हो सकता है, जिसकी नृत्य शैली का निर्धारण कोई तीसरा व्यक्ति कर रहा होता है। लेकिन, शतरंज खेल रहे खिलाड़ी के लिए खेल के दौरान उसकी क्रियाएँ न केवल सार्थक होती हैं बल्कि इसलिए भी अर्थपूर्ण होती हैं क्योंकि हर खिलाड़ी अपने प्रतिपक्षी का प्रत्युत्तर दे रहा होता है। स्पष्ट है कि ज़िमेल समाज के बारे

प्रतीकात्मक अंत:क्रियावाद और घटनाक्रियावादी नज़रिये के काफ़ी नज़दीक पहुँच गये थे।

ज़िमेल के अनुसार मनुष्य जिस समाज में रहता है और जिसे वह जन्म देता है उसमें स्वयं को पूरी तरह सहज नहीं अनुभव करता है। इसी संदर्भ में उन्होंने अत्यंत विचारोत्तेजक स्थापनाएँ प्रस्तुत कीं जिसे *सांस्कृतिक त्रासदी* (1968) के नाम से जाना गया। ज़िमेल के अनुसार संस्कृति ऐसा तंत्र है जिसमें मानव-मस्तिष्क की रचना किसी ऐसी बाहरी व्यवस्था (एजेंसी) से होती है जो इतिहास की प्रक्रिया में बहुत वस्तुगत रूप हासिल कर चुकी है। आरम्भ में सभी मनुष्यों की गतिविधियाँ नितांत व्यक्तिपरक होती हैं। वे ऐसे सभी अर्थों और इरादों से सम्पन्न होती हैं जिन्हें व्यक्ति उन गतिविधियों तथा घटनाओं पर आरोपित करता है। इस प्रकार अपने कार्यों तथा गतिविधियों को अर्थपूर्ण बनाते हुए और अन्य लोगों के साथ सामंजस्य स्थापित करते हुए व्यक्तिपरक चीज़ें किसी वस्तुपरक सत्य में रूपांतरित हो जाती हैं। विभिन्न मानवीय क्रियाओं से उत्पन्न चीज़ें (जैसे कृषि से पैदा होने वाले संस्कृति के विविध रूप) धीरे-धीरे स्वतंत्र होती चली जाती हैं और उनके विकास का अपना नया तर्क विकसित हो जाता है। मानव क्रियाओं तथा गतिविधियों से जो वस्तुएँ उत्पन्न होती हैं, वे मानव समाज की स्वतंत्रता को बाधित तथा नियंत्रित भी करने लगती हैं।

इस संबंध में ज़िमेल विभिन्न प्रकार के उदाहरण अपने प्रसिद्ध निबंध *द स्ट्रेंजर* में भी प्रस्तुत करते हैं। भावोन्माद के प्रथम चरण में कामोद्दीपक संबंध उनके बीच बनते हैं जो अपनी निजता को विशिष्ट समझते हैं और जिन्हें लगता है कि उनका अपना प्रेम तो ऐसा है जैसा पहले सृष्टि में किसी के मध्य कभी भी सम्भव नहीं हुआ होगा। पर धीरे-धीरे यह संबंध भी दैनंदिनता और नीरसता में समा जाता है। संबंधगत दूरी बढ़ने के साथ ही संबंध भी बहुत ख़ास और अनोखे प्रतीत नहीं होते और इस बिंदु पर संबंध में शामिल लोगों को अनुभव होता है कि अन्य लोग भी उनके बारे में ऐसी ही भावनाएँ रख सकते हैं। अर्थात् व्यवहार में हम सब इस विचार से भयभीत रहते हैं कि हम सभी का विकल्प है, न केवल नौकरी-कारोबार में हमारी जगह दूसरों को रखा जा सकता है, वरन् बहुत अंतरंग और भावना प्रधान संबंधों में हमारे स्थान पर अन्य लोग लाये जा सकते हैं।

इसलिए ज़िमेल के अनुसार एक सामाजिक प्राणी के रूप में मनुष्य कुछ भूमिकाओं को ग्रहण ही नहीं करता बल्कि उन्हें अर्थपूर्ण और निजता के साथ निभाता है। पर अंतत: वह विभाजित जीवन ही जी पाता है। ज़िमेल का यह कहना नहीं है कि जीवन में व्यक्ति की क्षमता केवल चंद सामाजिक भूमिकाओं के निर्वाह से ही समाप्त हो जाती है। उनका तो मानना है कि अपने को व्यक्ति मान लेने पर भी वैयक्तिकता स्वयं में एक अलग प्रवृत्ति या भूमिका में बदल जाती है। जिस संस्कृति में हम रहते हैं वह उसके द्वारा आरोपित सीमाओं के द्वारा बाधित भी होती है।

ज़िमेल ने गोपनीयता के अध्ययन में भी विशेष योगदान किया है। इस संबंध में उन्होंने विश्लेषण के जिन नये सूत्रों का प्रतिपादन किया था उनका प्रभाव आज तक बरक़रार है। उदाहरण के लिए उनका यह सूत्र आज भी उतना ही प्रासंगिक है कि जब कोई व्यक्ति दूसरे से झूठ बोलता है तो दूसरे व्यक्ति को सिर्फ़ धोखा ही नहीं दिया जाता बल्कि वह झूठ बोलने वाले की वास्तविक मंशा के बारे में भी भ्रांति का शिकार होता है। ऐसे भ्रम और मिथ्या धारणाएँ सरल समाजों में तो उतनी ख़तरनाक नहीं होती लेकिन आधुनिक अर्थव्यवस्था के लेन-देन में, जहाँ सभ्यता की पूरी संरचना ही व्यक्ति और उसकी मंशाओं की पूर्वधारणाओं पर निर्भर करने लगी हैं, वहाँ मिथ्या धारणाएँ एक अनियंत्रित खेल रच सकती हैं।

ज़िमेल ने विशिष्ट प्रकार की गतिविधियों जैसे राजनीतिक, आर्थिक और सौंदर्यगत गतिविधियों से सामाजिक अंत:क्रिया के विभिन्न रूपों को अलग करके देखा। उन्होंने प्राधिकार और आज्ञाकारिता की समस्या पर विशेष तौर पर ध्यान दिया। अपनी किताब *द फ़िलॉसफ़ी ऑफ़ मनी* (1978) में उन्होंने अर्थशास्त्र जैसे सामान्य विषय के आधार पर मानव व्यवहार के सामाजिक पहलुओं का अध्ययन किया। इसमें उन्होंने मुद्रा-अर्थव्यवस्था का विस्तार से विवेचन किया। इस व्यवस्था की सामाजिक गतिविधियों के विशिष्टीकरण तथा व्यक्ति व सामाजिक संबंधों के निर्वैयक्तिकरण में बड़ी भूमिका होती है। जीवन के अंतिम वर्षों में ज़िमेल ने तत्त्वमीमांसा तथा सौंदर्यशास्त्र में भी दिलचस्पी दिखाई। ज़िमेल ने अपने चिंतन से फ्रैंकफ़र्ट स्कूल के थिओडोर एडोर्नो तथा मैक्स हॉर्कहेमर आदि को भी काफ़ी प्रभावित किया।

देखें : अल्फ्रेड लुइस क्रोबर, ऑग्युस्त कॉम्त, क्लॉद लेवी-स्त्रॉस, क्लिफ़र्ड गीर्ट्ज़, गोपनीयता, टैलकॉट पार्संस, पिएर बोर्दियो, फ्रेंज़ उरी बोआस, मारग्रेट मीड, मारसेल मौज़, मार्गरेट मीड, मिल्टन सिंगर, मैक्स वेबर, रुथ बेनेडिक्ट।

संदर्भ

1. जॉर्ज ज़िमेल (1955), *द सोसियोलॅजी ऑफ़ जॉर्ज ज़िमेल*, (संकलन एवं अनुवाद : कर्ट वोल्फ़), फ्री प्रेस, ग्लैंको.
2. डेविड किम (सम्पा.) (2006), जॉर्ज *ज़िमेल इन ट्रांसलेशन : इंटरडिसिप्लिनरी बॉर्डर, क्रासिंग्ज़ इन कल्चर ऐंड मॉडर्निटी*, केम्ब्रिज स्कालर प्रेस, केम्ब्रिज.
3. जॉर्ज ज़िमेल (1955), *कॉन्फ़्लिक्ट ऐंड द वेब ऑफ़ ग्रुप एफ़िलिएशन*, फ्री प्रेस, ग्लैंको.

— **वैभव सिंह**

जातीयता

(Ethnicity)

समाजशास्त्र के लिहाज़ से जातीयता या एथ्निसिटी अपनी पहचान का एक ऐसा आत्म-सचेत दावा है जिसे समान उद्‌गम, समान देश और समान भाषा के सम्मिलित आधार या किन्हीं एक आधार पर किसी समूह के साथ जोड़ कर किया जाता है। हालाँकि यह विवादग्रस्त है, पर कहीं-कहीं धर्म और संस्कृति को भी जातीयता का आधार बनाया गया है। अंतर्राष्ट्रीय संबंधों के अनुशासन में एथ्निसिटि का अध्ययन उस समूहों के बीच के संबंधों के तौर पर किया जाता है जो अपने आप को सांस्कृतिक रूप से अलग मानते हैं। भारतीय संदर्भों में अक्सर एक सी ध्वनि देने वाले दो शब्दों, जातीयता और जाति, के बीच घालमेल हो जाता है। दरअसल, ये दोनों अलग-अलग अवधारणाएँ हैं। ब्राह्मण, क्षत्रिय, वैश्य, शूद्र और अंत्यज आदि जातियाँ हैं, पर तमिल होना, असमी होना, बंगाली होना, नगा या मिज़ो होना जातीयता का परिचायक है।

जातीयता या एथ्निसिटि शब्द की व्युत्पत्ति यूनानी भाषा के शब्द एथ्नॉस से हुई है। एथ्नॉस का स्रोत एथ्निकॉस में निहित है जिसका अर्थ होता है नेशन या राष्ट्र। इसीलिए जातीयता अक्सर राष्ट्रत्व का आधार बन जाती है। जातीयता के आधार पर सांस्कृतिक सीमाएँ तय होती हैं और उन सीमाओं को प्रतिमान मान कर 'हम' और 'वे' या अपने और पराये का फ़ैसला होता है। चौदहवीं सदी से अंग्रेज़ी में इस शब्द का इन्हीं अर्थों में प्रयोग होना शुरू हुआ। उन्नीसवीं सदी के मध्य से एथ्निसिटी का हवाला प्रजातीय या नस्ली लक्षणों के लिए दिया जाने लगा। द्वितीय विश्व-युद्ध के आसपास अमेरिका में यहूदियों, इतालवियों, आयरिशों आदि को एथ्निक ग्रुप्स के रूप में देखे जाने की शुरुआत हुई। इसके पीछे भावना यह थी कि ये लोग ग़ैर-ब्रिटिश उद्‌गम के होने के नाते कमतर क़िस्म के हैं।

आज भी एथ्निसिटि को अल्पसंख्यक मुद्दों और नस्लगत संबंधों से जोड़ कर देखने का चलन है। चूँकि आधुनिक जेनेटिक्स में पृथक और शुद्ध नस्लों के अस्तित्व को ख़ारिज कर दिया गया है, इसलिए युरोप के धरातल पर नस्ली संबंध जातीयता की भाषा में अभिव्यक्ति किये जाने लगे हैं। दूसरी तरफ़ उत्तरी अमेरिका में नस्ल की भाषा का इस्तेमाल जारी है। इसके पीछे मान्यता यह है कि नस्ल एक स्वीकृत सामाजिक संरचना है और नस्ली उद्‌गम किसी से छिपा हुआ नहीं है। जातीय समूहों को अल्पसंख्यक क़रार दे कर बहुसंख्यकवादी राजनीति उनके जातीय अनुभव को पारिवेशिक और अपने अनुभव को सार्वभौमिकता की भाषा में व्यक्त करने की कोशिश करती है।

आज दुनिया में अधिकतर हिंसक संघर्षों की प्रकृति आंतरिक है और उन्हें जातीय संघर्षों की श्रेणी में रखा जा सकता है। अहिंसक जातीय संघर्ष भी हैं, जैसे कनाडा का क्युबेक स्वतंत्रता आंदोलन। जातीय संघर्षों में किसी राष्ट्रीय संरचना को खण्ड-खण्ड कर देने की क्षमता होती है। मसलन, जो कभी सोवियत संघ था वह आज एक दर्जन से ज़्यादा जातीयता आधारित देशों में बदल चुका है। एक तरफ़ तो पश्चिमी युरोप आर्थिक, राजनीतिक और एक हद तक सांस्कृतिक एकीकरण की तरफ़ जा रहा है, लेकिन दूसरी तरफ़ राष्ट्रीय और जातीय अस्मिताएँ अहम बनी हुई हैं। बहुत से लोगों को डर है कि इस एकीकरण की प्रक्रिया के कारण वे अपनी अस्मिता खो बैठेंगे। कुछ ऐसे भी हैं जिन्हें इस सिलसिले के गर्भ से एक अखिल-युरोपीय अस्मिता के पैदा होने की उम्मीद है जो जातीय और राष्ट्रीय अस्मिताओं की जगह ले लेगी।

समाजशास्त्र में जातीयता और अस्मिता का संबंध काफ़ी पेचीदा माना जाता है। एक व्यक्ति कह सकता है कि वह वेल्श है, ब्रिटिश है या श्वेत है। इसी तरह एक व्यक्ति कह सकता है कि वह आर्य या द्रविड़ है, भारतीय है, तमिल या पंजाबी है। वह अलग-अलग परिस्थितियों में अपनी किसी एक जातीयता पर ज़ोर देना पसंद करेगा। यानी जातीयताओं का सह-अस्तित्व किसी व्यक्ति की समग्र अस्मिता की संरचना करता है। इसी कारण से किसी एक जातीयता के साथ व्यक्ति की आत्म-पहचान ज़रूरी नहीं कि स्थायी क़िस्म की ही हो। समूह के स्तर पर व्यक्तिगत जातीयता उस समूह के अन्य सदस्यों द्वारा की जाने वाली जातीय दावेदारी से जुड़ जाना पसंद करती है। इससे अलग जातीय समूह परिभाषित होता है।

यह पेचीदगी उस समय और बढ़ जाती है जब धर्म, संस्कृति, जातीयता और राष्ट्रत्व के बीच संबंधों की जाँच-पड़ताल होती है। क्या भारतीय मुसलमान अलग जातीयता का निर्माण करते हैं? अगर हाँ, तो क्या उनके बड़े-बड़े हिस्से तमिल या बंगाली जातीयता के अंग नहीं हैं? क्या धर्म जातीयता का आधार हो सकता है? अगर तमिल हिंदुओं और बंगाली हिंदुओं की जातीयता एक है तो क्या एक जातीयता में कई संस्कृतियाँ हो सकती हैं? क्या बम्बई में रहने वाले हिंदी भाषी उत्तर भारतियों को मराठी भाषी महाराष्ट्रियनों से अलग जातीयता के रूप में देखा जाना चाहिए? ये प्रश्न भारत ही नहीं, युरोप या दुनिया के अन्य देशों की ज़मीन पर भी उतने ही वैध हैं। मसलन, क्या ब्रिटेन में रहने वाले एक राष्ट्र हैं या वह कई उपराष्ट्रों से मिल कर बना हुआ एक राष्ट्र है? हालाँकि ये तमाम सवाल अभी काफ़ी हद तक अनुत्तरित पड़े हुए हैं, पर विद्वानों ने दुनिया में जातीय समूहों को मुख्य तौर

पर चार श्रेणियों में बाँटा है।

शहरी जातीय अल्पसंख्यक : श्रेणी में युरोपीय शहरों में रहने वाले ग़ैर-युरोपीय लोग, अमेरिका में रहने वाले हिस्पानी, अफ्रीका और अन्य जगहों के औद्योगिक शहरों में रहने वाले प्रवासी आते हैं। आप्रवासियों पर होने वाले अनुसंधानों में अक्सर स्थानीय संस्कृति को आत्मसात करने में होने वाली समस्याओं, स्थानीय लोगों द्वारा उनके साथ किये जाने वाले भेदभाव, नस्लवाद, अस्मिता-प्रबंधन और सांस्कृतिक परिवर्तनों से जुड़े विषयों पर ज़ोर दिया जाता है। शहरी जातीय अल्पसंख्यकों के राजनीतिक हित सुपरिभाषित होते हैं, पर इसके बावजूद वे राजनीतिक स्वतंत्रता या अलग राज्य प्राप्त करने की माँगें शायद ही कभी उठाते हों। उत्पादन और उपभोग का पूँजीवादी तंत्र इन जातीय अल्पसंख्यकों का शहरी आधुनिकता में विनियोग कर लेता है। भारत में इसका प्रमाण बम्बई में रहने वाले उत्तर प्रदेश और बिहार के कस्बाई और ग्रामीण इलाक़ों से आये लोग हैं जिनकी राजनीति महानगर के मराठीभाषियों की राजनीति से अलग है, पर वे अपने ख़िलाफ़ चलने वाली मुहिमों के बावजूद अलग राज्य की माँग कभी नहीं करते।

देशज समूह का सीधा अर्थ है जनजातीय या आदिवासी मूल के लोग जिन्हें एबोर्जिनल भी कहा जाता है। ये जिन क्षेत्रों में रहते हैं, वहाँ उनकी हैसियत कमोबेश राजनीतिक रूप से शक्तिहीन होती है। मुख्यधारा के साथ उनका एकीकरण ज़्यादा से ज़्यादा आंशिक ही हो पाता है। समझा जाता है कि देशज लोग ग़ैर-औद्योगिक उत्पादन विधियों से जुड़े होते हैं और उनकी राजनीतिक संरचनाओं के साथ प्राय: सुपरिभाषित राज्य का इतिहास नहीं जुड़ा होता।

जातीय-राष्ट्रवादी आंदोलन : प्रोटो-नैशनलिस्ट कहे जाने वाले इन समूहों की गतिविधियाँ समाचार माध्यमों में छायी रहती हैं। चाहे वे इराक़ के कुर्द हों, भारत के सिक्ख पृथकतावादी हों, अरब के फ़िलिस्तीनी हों या फिर श्रीलंका के तमिल हों, उनकी संख्या बढ़ती ही जा रही है। इनके राजनीतिक नेताओं का दावा है कि वे अलग राष्ट्र हैं और उन पर कोई और हुकूमत नहीं कर सकता। शहरी जातीय अल्पसंख्यकों या देशज समूहों से भिन्न इन आंदोलनों में ऐसे बहुत से लक्षण देखे जाते हैं जो उन्हें राष्ट्र की परिभाषा नज़दीक पहुँचा देते हैं। इनके पास परम्परागत रूप से एक भू-क्षेत्र होता है, वर्ग और शिक्षा के लिहाज़ से उनके बीच विभेदीकरण पाया जाता है, और संख्यात्मक शक्ति भी होती है। इन्हें बिना किसी राज्य के राष्ट्र की तरह भी देखा जा सकता है।

बहुलतामूलक समाजों के जातीय समूह : भारत सहस्राब्दियों से विभिन्न जातीय समूहों की बहुलता से सम्पन्न समाज है। लेकिन दुनिया में ऐसे राज्य भी हैं जिन्हें उपनिवेशवाद की डिज़ाइन के मुताबिक़ बहुलतामूलक समाज बनना पड़ा है। जैसे, केन्या, इंडोनेशिया और जमैका। कुल मिला कर आजकल तक़रीबन सभी समकालीन राज्य बहुलतामूलक ही कहे जाएँगे। हर बहुलतामूलक समाज में विभिन्न जातीय समूह एक समरूप राजनीतिक और आर्थिक प्रणाली में भागीदारी करने के लिए मजबूर हैं। आम तौर पर उन्हें पृथकता के दावे का अधिकार नहीं होता। कई बार उनकी परिस्थितियाँ भी ऐसी नहीं होतीं कि वे इस प्रकार का दावा कर सकें।

देखें : अभिजन, अभिरुचि, उन्मूलनवाद, एजेंसी, कर्मकाण्ड, कारागार, गोपनीयता, जादू, जाति और जाति-व्यवस्था-1 से 5 तक, टेलरवाद, फ़ुरसत, बचपन, बेगानगी, भीड़, विचलन।

संदर्भ

1. फ्रेड्रिख़ बार्थ (1969), *एथ्निक ग्रुप्स ऐंड बाउंडरीज़ : द सोशल ऑर्गनाइज़ेशन ऑफ़ कल्चर डिफ़रेंस,* एलन ऐंड अनविन, लंदन.
2. स्टीव फेंटन (1999), *एथ्निसिरेसिज़म, क्लास ऐंड कल्चर,* मैकमिलन, बेसिंग्स्टोक.
3. एम. गिबरनाउ और आर. जोंस (सम्पा.) (1997), *द एथ्निसिटि रीडर : नैशनलिज़म, मल्टीकल्चरिज़म ऐंड माइग्रेशन,* पॉलिटी प्रेस, केम्ब्रिज.
4. जे. हचिंनसन और ए. स्मिथ (सम्पा.) (1996), *एथ्निसिटी,* ओयूपी, ऑक्सफ़र्ड

— अभय कुमार दुबे

जाति और जाति-व्यवस्था-1

(परिभाषा की कठिनाइयाँ)

(Caste and Caste System-1)

जाति एक ऐसा समूह है जो प्रजाति या नस्ल से छोटा, जातीय समूह के समान और कई तरह से आदिजाति (आदिवासी समूह या जनजाति) से मिलता-जुलता है। यह एक ऐसा सामाजिक एकक है जिसका न्यूनतम अंतर्विवाही होना अनिवार्य है। यह भी आवश्यक है कि उस एकक के सदस्य जन्मना सदस्यता में बँधे हों, वे समान व्यवसाय करते हों और उनमें एक जाति पंचायत हो। अपना अलग नाम, उसके सदस्यों के नामकरण की कोई विशेषता और विशिष्ट वेशभूषा होने से भी उस एकक को अलग जाति के रूप में पहचान मिलती है। समाजशास्त्र की ज़्यादातर पाठ्यपुस्तकों में जाति को वर्ग की विपरीत श्रेणी में रख कर इसकी पुनरुक्तिकृत

परिभाषा दी जाती है। इस परिभाषा के अनुसार वर्ग एक खुली जाति है और जाति एक बंद वर्ग है। दरअसल, इस परिभाषा का मतलब केवल यह है कि दोनों एक जैसे ही हैं। अंतर है तो केवल इतना कि वर्ग की सदस्यता ज़्यादा लचीली होती है, जब कि वर्ग जैसी गतिशीलता की जाति में कोई सम्भावना नहीं होती। जो जिस जाति में जन्म लेता है वह आजन्म उसी का सदस्य रहता है, जबकि वर्गों के सदस्य ऊपर-नीचे आ-जा सकते हैं। उल्लेखनीय यह है कि किसी भी समाज में दोनों ही सामाजिक श्रेणियों में बहुलता होती है और इसीलिए सामाजिक संरचना में उनके गठन की अपनी विशिष्टताएँ हैं। अधिकांश समाजशास्त्रीय साहित्य में जाति को एक सांस्कृतिक परिघटना के रूप में लिया जाता है। एक ऐसी परिघटना के रूप में जो केवल हिंदुओं से जुड़ी है। दरअसल, समाजशास्त्रीय विश्लेषण में जाति को एक संरचनात्मक संज्ञा मानना चाहिए जिसका एक विशिष्ट उदाहरण हिंदू समुदाय है। इसीलिए आदिजाति, जाति, और वर्ग में भेद किया जाना चाहिए। जाति-व्यवस्था की चर्चा करते समय हम एक से अधिक जातियों वाले समुदाय या समाज की चर्चा करते हैं; अन्यथा जाति, आदिजाति तथा प्रजाति में भेद नहीं किया जा सकता।

वर्ग की सीमाओं के कोई द्वारपाल नहीं होते, इसलिए वर्गों के नामकरण भी नहीं किये जाते। यही कारण है कि उन्हें पहचानना सहज नहीं होता। यह सही है कि एक शिशु का जन्म उसके जन्मदाता के चिह्नित वर्ग में होता है, पर वह अपने कृत्यों और कर्मों से ऊपर उठ सकता है या नीचे गिर सकता है, या यथावत रह सकता है। उसकी यह सामाजिक स्थिति उसके परिवार के स्तर पर निर्धारित होती है। जहाँ तक जाति का प्रश्न है वहाँ ऐसी गतिशीलता सिद्धांतरूप में वर्जित हैं। व्यक्ति की सामाजिक स्थिति जाति के स्तर के हिसाब से तय होती है न कि परिवार के स्तर के हिसाब से। इस दृष्टि से जाति कई परिवारों से मिल कर बनती है। वर्ग और जाति परस्पर जुड़ी हुई अवधारणाएँ हैं। लेकिन समझने की दृष्टि से यहाँ उन पर अलग-अलग विचार किया जाएगा। ऐसा करते हुए इस बात पर भी बल दिया जाएगा कि वर्ग एक श्रेणी है जबकि समाजशास्त्रीय दृष्टि से जाति एक समूह है।

आदिजाति या जनजाति की परिभाषा पर आम सहमति नहीं बन पायी है क्योंकि सारे विश्व में फैले आदिजाति कहे जाने वाले समूहों में सांस्कृतिक सम्पर्कों के विभिन्न आयामों के कारण भारी परिवर्तन देखने को मिलते हैं। न तो आज की सभी आदिजातियाँ निरक्षर हैं न ही सभी सर्वात्मवाद या एनिमिज़्म की अनुसर्त्ता हैं। न ही इन्हें पुरातन अर्थव्यवस्था या प्रौद्योगिकी के स्तर पर एक समान माना जा सकता है। यह अवश्य है कि छोटे-छोटे और दूरस्थ बसे आदिवासी समूह अपने मूल स्थान से ही जुड़े हुए हैं और अंतर्विवाही हैं। ऐसे मूल निवासियों में भी भारी परिवर्तन आ रहे हैं जिन्हें अंग्रेज़ी में इंडीजिनस या एब्रोजिनल कहा जाता है (जिन्हें मलय तथा इंडोनेशिया की भाषा में 'ओरांग असली' कहते हैं)। ऐसी परिवर्तनशील समाज प्रणालियों के लिए सर्वमान्य परिभाषा देना असम्भव सा है। उन्नीसवीं शताब्दी में सांस्कृतिक सम्पर्क में आये इन आदिवासी समाजों को पश्चिमी विद्वानों और उपनिवेशवादी राज्यों ने 'ट्राइब' की संज्ञा दी थी जो आज तक उन पर चस्पाँ है। पर परिभाषा की अब भी तलाश है।

यह सही है कि अंतर्वैवाहिकता या ऐंडोगैमी ही एक ऐसा लक्षण है जो एक आदिजाति को जाति-तुल्य बनाता है। अंतर्वैवाहिकता ही जन्मना स्थिति की आधारशिला है। लेकिन जाति को आदिजाति से भिन्न करने वाला यह है कि सम्पूर्ण आदिवासी समुदाय अंतर्विवाही होता है पर जाति-व्यवस्था में अंतर्विवाही जातियों का बाहुल्य होता है और अंतर-जातीय संबंध उसे आदिजाति समूह से भिन्न कर देते हैं। दूसरे शब्दों में कहें तो जाति की अवधारणा के दो पक्ष हैं : एकक के रूप में जाति और ऐसे कई एककों की प्रणाली के रूप में प्रचलित जाति-व्यवस्था। दुर्भाग्य से भारतीय संदर्भ में इस अंतर को ठीक से नहीं समझा गया है। जिसकी निंदा होती रहती है वह है जाति-व्यवस्था अर्थात् जातियों के बीच के अंतर्संबंध, ख़ास कर इन समूहों को सोपानीकृत व्यवस्था के रूप में ढालना। लेकिन इस चक्कर कई विश्लेषक और जाति के आलोचक एकक के रूप में जाति को परिभाषित ही नहीं करते।

चूँकि भारत जाति-व्यवस्था का परम विकसित गढ़ माना जाता है, इसलिए यहाँ भारतीय संदर्भ में इन सब पक्षों पर विचार करते हुए जाति की सामाजिक-संरचनात्मक परिभाषा देने की चेष्टा की जाएगी।

भारत में जाति को ग़लत ढंग से समझा जाता रहा है। इस शब्द का प्रयोग न केवल आम आदमी बल्कि वैज्ञानिकों और पत्रकारों द्वारा भी अलग-अलग अर्थों में किया जाता रहा है। भ्रांति पैदा करने वाले तीन प्रयोग मुख्य हैं :

1. वर्ण : वर्ण हिंदू-समाज को मुख्यतः चार भागों में बाँटता है (चतुर्वर्ण)। ये वर्ण हैं ब्राह्मण, क्षत्रिय, वैश्य और शूद्र। भारत में पायी जाने वाली समस्त जातियाँ सिद्धांततः इन चार वर्णों में बँटी हैं। इस दृष्टि के मुताबिक़ वर्ण स्वयं जाति न होकर जातियों का समूह है। ऐसे ही नये समूह बन रहे हैं जैसे 'यादव' जो अखिल भारतीय संगठन बनाने में जुटे हैं पर जाति की दृष्टि से अब भी अपने-अपने प्रांतों और सांस्कृतिक उपक्षेत्रों तक ही सीमित हैं।

2. गोत्र : यह जाति के भीतर परिवारों को वर्गीकृत करता है। गोत्र एक बहिर्विवाही समूह है इसलिए एक ही गोत्र के लोग एक ही जाति के होते हुए भी आपस में विवाह नहीं

कर सकते। विवाह की दृष्टि से लोग अपनी ही जाति में किंतु अपने गोत्र से बाहर विवाह करते हैं। हरियाणा में होने वाली 'ऑनर किलिंग्ज़' के अधिकतर किस्से सजातीय विवाह के कारण न होकर सगोत्र विवाह के हैं। वहाँ एक ही गाँव में एक ही जाति के होने पर भी विभिन्न गोत्रों के लोगों में विवाह की मनाही होती है क्योंकि सामाजिक दृष्टि से, न कि जैविकीय दृष्टि से, वे भाई-बहन जैसा संबंध निभाते हैं। इसे गाँव-बहिर्विवाह कहा जाता है, जिसका उल्लेख मध्य प्रदेश और राजस्थान के ग्राम-अध्ययनों में भी मिलता है। गोत्र को जाति का पर्याय मानना ग़लत है।

3. कई बार लोगों की पारिवारिक उपाधि या जन्मस्थल से जुड़ी सम्बोधन-संज्ञा को भी जाति मान लिया जाता है। यह भ्रामक है : भंडारी, ख़ज़ांची, पडगाँवकर, मंगेशकर आदि पारिवारिक संदर्भ-संज्ञाएँ हैं, जाति-सूचक नहीं। ऐसे ही पंजाबी, बंगाली, मद्रासी आदि संज्ञाएँ उन क्षेत्रों की ओर इंगित करती है जहाँ से संदर्भित व्यक्ति आया है।

समाजशास्त्रीय दृष्टि से वर्ण, गोत्र, परिवार की उपाधि या क्षेत्र अथवा पेशे से जुड़ी संज्ञाओं को 'जाति' कहना ग़लत और भ्रामक है। वर्ण के स्तर पर भी कहा जा सकता है कि ब्राह्मण की शादी ब्राह्मण से ही होती है, इसलिए ब्राह्मण अंतर्वैवाहिकता की अर्हता के अनुकूल है। पर यह ग़लत है क्योंकि कई ब्राह्मण जातियाँ हैं और अंतर्वैवाहिकता उपजातियों तक ही सीमित है। यदि यह भेद ध्यान में न रखा गया तो हम 'भारतीय' को भी एक जाति मान लेंगे क्योंकि आम तौर से एक भारतीय की शादी एक भारतीय से ही होती है। समाजशास्त्रियों को चाहिए कि अंतर्वैवाहिकता को उस समूह पर निश्चित करें जिसके नीचे के समूह पर विवाह की सम्भावना न हो। उदाहरण के तौर पर यदि किसी जाति में गोत्र के भीतर ही विवाह होने लग जाएँ तो फिर वह गोत्र की परिभाषा से हट कर एक जाति बन जाएगा और उसके भीतर नये बहिर्विवाही गोत्रों का सृजन आवश्यक हो जाएगा। यही कारण है कि बढ़ती जनसंख्या के साथ आज ऋषि-गोत्र को लोग उतनी तरजीह नहीं देते और लौकिक गोत्र को बहिर्विवाही मानते हैं।

इसी प्रकार जाति से बाहर, पर अपने ही वर्ण के भीतर, विवाह भी होने लगे हैं। यह अंतर्जातीय है, क्योंकि इनमें जाति और वर्ण दोनों की अंतर्विवाहिता बनी रहती है। यदि चार वर्णों के भीतर ही अंतर्जातीय विवाहों की संख्या बढ़ती चली जाए तो हज़ारों जातियों के स्थान पर घट कर केवल चार जातियाँ ही रह जाएँगी और तब वर्ण का स्वरूप जाति का हो जाएगा। इसी प्रकार अंतर-वर्णीय विवाहों की वृद्धि से व्यवस्था के रूप में जाति की संस्था में आमूलचूल परिवर्तन आयेंगे। और यह सिलसिला शुरू हो गया है।

जाति को परिभाषित करने में कई बाधाएँ हैं। इनमें से मुख्य इस प्रकार हैं :

1. *कई प्रकार की जातियाँ होने के कारण उत्पन्न कठिनाइयाँ* : ध्यान रखना ज़रूरी है कि सभी जातियाँ एक ही प्रतिकृति के अनुसार नहीं ढली हैं। यह प्रणाली धीरे-धीरे विकसित हुई है और विभिन्न जातियों के उद्गम की विभिन्न कहानियाँ हैं। अलग-अलग प्रदेशों में, अलग-अलग जातियों की अपनी विशिष्ट कार्य-परम्परा है और एक ही प्रदेश में भी विभिन्न जातियों में एक से रीति-रिवाज़ नहीं होते।

2. *अन्य जातियों के बारे में जानकारी का अभाव या उनके प्रति उदासीनता के कारण उत्पन्न कठिनाइयाँ* : आम लोगों द्वारा वर्ण, जाति, गोत्र, उपजाति, धार्मिक समूह या प्रादेशिक समूह में भेद न कर पाने से जाति शब्द का इन विभिन्न समूहों के लिए प्रयोग होता रहता है।

3. *'आदर्श' और 'यथार्थ' के बीच अंतर से उपजी भ्रांतियाँ* : आज के संदर्भ में चतुर्वर्ण का आदर्श चरितार्थ नहीं होता क्योंकि समस्त जातियों के बारे में यह कहना कठिन है कि कौन-सी जाति किस वर्ण से उत्पन्न हुई है। कालांतर में जो नयी जातियाँ उभरी हैं उन्हें भी चतुर्वर्ण के सोपानक्रम में अवस्थित करना कठिन है।

जाति की लोचनीयता और परिवर्तनशीलता से उत्पन्न कठिनाइयाँ भी हैं जो जाति को परिभाषित करने में बाधक हैं। इस आम धारणा के बावजूद कि जाति बड़ी कठोर और अलोचनीय है, भारतीय समाज के अध्येताओं ने ऐसी कई प्रक्रियाओं का पता लगाया है जिनके प्रभाव में जाति की सीमा-रेखाएँ बदलती गयी हैं। ऐसे उदाहरण हैं जहाँ एक जैसे दीखने वाले समूह मिलकर एक हो गये हैं। ऐसे भी उदाहरण मिलते हैं जहाँ एक जाति बँट कर दो या अधिक जातियों को जन्म दे चुकी है। जाति से बहिष्कृत परिवारों द्वारा समुचित संख्या होने पर अपनी अलग जाति बनाने की मिसालें भी हैं।

यहाँ एक जैसा नाम होने से पैदा होने वाली कठिनाइयों का ज़िक्र भी ज़रूरी है। कुछ ऐसी जातियाँ हैं जो उसके सदस्यों द्वारा किये जाने वाले व्यवसाय के नाम से जानी जाती हैं। कुछ उस स्थान के नाम पर जानी जाती हैं जहाँ से उनके पूर्वज आये थे, या उस भाषा के आधार पर जानी जाती हैं जो वे बोलते हैं। इस संबंध में उदयपुर, राजस्थान के मोचियों का उदाहरण दृष्टव्य है। ये मोची गुजराती, मालवी और मेवाड़ी मोचियों में बँटे हुए हैं। उनमें आपस में बेटी-व्यवहार नहीं होता पर तीनों ही जूता बनाने के काम में लगे हुए हैं। एक और मज़ेदार बात यह है कि नया जूता बनाने वाले और पुराने जूतों को ठीक करने वाले दोनों ही मोची होते हुए भी दो भिन्न अंतर्विवाही समूहों के सदस्य हैं। अर्थात् वे एक ही जाति के नहीं है क्योंकि उनके बीच विवाह नहीं हो पाता और

वे भी ऊँचे-नीचे में स्तरीकृत होते हैं।

गत कई वर्षों में कुछ जातियों के श्रेष्ठि वर्ग अपनी जाति की कतिपय परम्पराओं से माँस, शराब, विधवा विवाह आदि को, और यहाँ तक कि अपने परम्परागत व्यवसाय को तज कर अपने जाति-नाम को भी बदलने में सक्षम साबित हुए हैं। जैसे उत्तर प्रदेश में नाई जाति को खवास भी कहा जाता था। पर जाति के कुछ सदस्यों ने उस शब्द का तत्सम रूप श्रीवास खोज निकाला और उसका प्रयोग करने लगे। यह नया नाम श्रीवास्तव से मिलता-जुलता है। इसलिए लोग श्रीवासों को कायस्थ भी मानने लगे। एम.एन. श्रीनिवास ने परिवर्तन की इसी धारा को संस्कृतीकरण का नाम दिया था जो मूलतः स्वतःस्फूर्त थी न कि ऊँची जातियों द्वारा थोपी गयी। अवश्य ही तथाकथित ऊँची जातियाँ ऐसी जातियों के संदर्भ समूह के तुल्य थीं।

देखें : इरावती कर्वे, जातियों का राजनीतिकरण, गोविंद सदाशिव घुर्ये, प्रभुत्वशाली जाति, भारतीय समाजशास्त्र-1 और 2, मैसूर नरसिम्हचार श्रीनिवास, देवकी जैन, धीरूभाई शेठ, धूर्जटि प्रसाद मुखर्जी, नीरा देसाई, योगेश अटल, राधा कमल मुखर्जी, वेरियर एलविन, संस्कृतीकरण, श्यामा चरण दुबे-1 और 2.

संदर्भ

1. योगेश अटल (1979), *द चेंजिंग फ्रंटियर्स ऑफ़ कास्ट*, नैशनल पब्लिशिंग हाउस, नयी दिल्ली.
2. जी.एस. घुर्ये (1957), *कास्ट ऐंड क्लास इन इण्डिया*, पॉपुलर बुक डिपो, बम्बई.
3. ई.आर. लीच (सम्पा.) (1960), *आस्पेक्ट्स ऑफ़ कास्ट इन साउथ इण्डिया*, केम्ब्रिज युनिवर्सिटी प्रेस, केम्ब्रिज.

— योगेश अटल

जाति और जाति-व्यवस्था-2

(तीन लक्षण)

(Caste and Caste System-2)

इन कठिनाइयों पर नज़र डालने से साफ़ हो जाता है कि जाति की भिन्न-भिन्न परिभाषाएँ क्यों पायी जाती हैं। राजनीतिक दल इन भ्रामक धारणाओं का लाभ उठाते हुए जाति की सीमाओं के विस्तार में लगे हुए हैं क्योंकि लोकतंत्र में संख्या का महत्त्व है। समाजशास्त्री भी कभी तो जाति की एकक के रूप में और कभी एक व्यवस्था के रूप में परिभाषा देते आये हैं। कई ऐसे हैं जो इन दोनों की मिली-जुली विशेषताओं को गिना कर रह जाते हैं। जी.एस. घुर्ये की परिभाषा भी कुछ ऐसी ही है— लक्षणों की सूची। जाति और वर्ण तथा जाति और उपजाति के लिए एक ही संज्ञा का उपयोग भी भ्रांत धारणाओं को प्रश्रय देता आया है। भारतीय भाषाओं में सब कास्ट के लिए कोई शब्द ही नहीं है। वर्ण को जाति और जाति को उपजाति मानना भयंकर भूल है।

जाति की एकक के रूप में परिभाषा एम.एस.एफ़. नाडेल के सुझाये तरीक़े से देना उचित होगा। नाडेल का कहना है कि प्रत्येक चिह्नित पद-स्थिति (जिसके लिए उन्होंने भूमिका या रोल शब्द का प्रयोग किया है) में तीन प्रकार के गुणों का स्तरण होता है। ये हैं परिधीय, समुचित-प्रासंगिक, तथा मूलभूत या धुरीय। परिधीय गुण या लक्षण वे हैं जिनके होने या न होने से या उनमें बदलाव आने पर भी भूमिका की प्रभावकारिता में कोई कमी नहीं आती। समुचित या पर्याप्त प्रासंगिक लक्षण वे होते हैं जिनके बदलने या अनुपस्थित होने पर भूमिका के अवबोधन और प्रभावकारिता में अंतर आता है और भूमिका का निर्वाह अपूर्ण सा रहता है। मूलभूत या धुरीय लक्षण वे होते हैं जिनके बदलने या न होने पर भूमिका की पहचान ही समाप्त हो जाती है। प्रचलित परिभाषाओं के वस्तु-विश्लेषण के आधार पर योगेश अटल ने एकक के रूप में जाति को इस प्रकार परिभाषित किया है : मूलभूत या धुरीय लक्षण के अनुसार किसी एकक का न्यूनतम अंतर्विवाही होना; समुचित-प्रासंगिक लक्षण के अनुसार उस एकक में जन्मना सदस्यता, समान व्यवसाय और जाति पंचायत होना; परिधीय लक्षण के रूप में एकक का अपना नाम, उसके सदस्यों के नामकरण की कोई विशेषता और विशिष्ट वेशभूषा होना।

इस परिभाषा के अनुसार समाज का वही समूह जाति कहा जा सकता है जो न्यूनतम स्तर पर अंतर्विवाही हो। 'न्यूनतम' उपसर्ग का इस परिभाषा के लिए महत्त्व है। जाति के स्तर के नीचे लोग जिन समूहों में बँटे होते हैं वे बहिर्विवाही होने चाहिए। इस विशेषता के बिना जाति का कोई महत्त्व ही नहीं रह जाता, क्योंकि जाति ऊपर के अन्य समूह भी अंतर्विवाही होते हैं पर उन्हें जाति की संज्ञा नहीं दी जा सकती। एक अन्य बिंदु की ओर ध्यान आकर्षित करना भी यहाँ आवश्यक है। किसी भी समूह को जब हम अंतर्विवाही कहते हैं तो उसका अर्थ यह होता है कि वह समूह यौन-साथी देने में समर्थ है; अर्थात् उस समूह के भीतर विवाह सम्भव ही नहीं वरन अपेक्षित भी होता है। किंतु इसका अर्थ यह नहीं कि इस समूह के बाहर विवाह नहीं हो सकते। जब एक जाति किसी कारण दो हिस्सों में बँट जाती है तो भी उनमें अंतर्विवाह हो सकते हैं। इसी प्रकार हिंदू समाज में अनुलोम और प्रतिलोम विवाहों का प्रचलन रहा है। अनुलोम विवाह वे होते हैं जिनमें ऊँची जाति का वर अपने से नीची जाति में

विवाह कर वधू लाता है। प्रतिलोम इसका ठीक विपरीत है जहाँ ऊँची जाति की कन्या नीची जाति के पुरुष से विवाह करती है और अपने पति की जाति में प्रवेश करती है। जिन स्थितियों में अणुलोम या प्रतिलोम विवाह की मनाही होती है और विवाह केवल जाति के भीतर ही सम्पन्न होते हैं उसे मैंने आइसोगैमी अर्थात् कठोर अंतर्वैवाहिकता की संज्ञा दी है। यह एक आदर्श स्थिति मानी जा सकती है। पर आज के दौर में जातिगत विवाहों के साथ ऐसे अंतरजातीय विवाह भी अधिकाधिक होने लगे हैं जहाँ अन्य जातियों से लायी गयी वधुएँ पति की जाति की सदस्य बन जाती हैं और उनकी संतानें पैतृक व्यवस्था के कारण पिता की ही जाति की जन्मजात सदस्य हो जाती हैं। न्यूनतम अंतर्विवाही कहने का अभिप्राय यह है कि जाति के स्तर के नीचे उस समूह में कोई अंतर्विवाही-एकक नहीं होते।

इस प्रकार जाति-एकक का मूलभूत लक्षण अंतर्वैवाहिकता है। समूह को न्यूनतम स्तर पर अंतर्विवाही होना आवश्यक है। इस लक्षण का कठोरता से पालन करने वाले समूह आइसोगैमस यानी समयुग्मी अथवा पृथक-विवाही हो जाता है। अतंर्विवाही समूह का एक अन्य पक्ष यह है कि यह बहिर्विवाही समूहों में बँटा होता है, जिसे गोत्र या क्लैन कहा जाता है।

एक जाति की दर्शनीयता तब बढ़ जाती है जब उसके सभी सदस्य जन्मजात हों, एक ही व्यवसाय में संलग्न हों, और उस जाति की अपनी एक पंचायत हो। यदि किसी जाति का कोई विशिष्ट नाम है (जो किसी अन्य समूह का नहीं है) और यदि उस जाति के लोगों की अपनी विशिष्ट वेशभूषा है, या नामकरण की कोई ख़ास पद्धत्ति है, या कोई अन्य रीति-रिवाज़ है तो उसके आधार पर उसे अन्य जातियों से अलग पहचानने में सहूलियत होती है। इस दृष्टि से हम कह सकते हैं कि अंतर्वैवाहिकता मूलभूत लक्षण है, दूसरे लक्षण समुचित-प्रासंगिक हैं क्योंकि उनकी उपस्थिति से समूह की पहचान सहज हो जाती है। पोशाक और नाम जैसे लक्षण परिधीय हैं जिनके होने से पहचान और भी स्पष्ट हो जाती है पर जिनके न होने पर भी जाति की एक समूह के रूप में स्वायत्तता बनी रहती है। समुचित-प्रासंगिक लक्षणों में से किसी एक लक्षण का भी लोप होने पर जाति समूह की पहचान में थोड़ी कठिनाई होने लगती है, हालाँकि वह समूह तब तक जाति बना रहता है जब तक कि उसमें न्यूनतम अंतर्वैवाहिकता का नियम निभाया जाता रहता हो।

समाजशास्त्रियों को उपजाति शब्द के प्रयोग में भी सावधानी बरतानी चाहिए। जो लोग अंग्रेज़ी शब्द कास्ट का उपयोग वर्ण के लिए करते हैं वे जातियों को उपजाति की संज्ञा देने लगते हैं। वस्तुतः वर्ण के लिए कास्ट शब्द का प्रयोग ग़लत है, क्योंकि वर्ण जातियों का गुच्छा है। इसी प्रकार उपजाति शब्द का प्रयोग जाति के भीतर के सभी समूहों के लिए भी नहीं किया जाना चाहिए। केवल उस स्थिति में जब जाति स्वयं विभक्त हो जाए तो मूल से टूटे हुए उस समूह के लिए (जो अंतर्विवाही हो सकता है या है) उपजाति की संज्ञा प्रयोग में लायी जाती है। जाति में विच्छेद कई कारणों से हो सकते हैं। जैसे उसका कोई भाग किसी अन्य व्यवसाय में जुट जाए, या अपने मूलस्थान को छोड़ कर अन्यत्र बस जाए उदाहरण के लिए दक्षिण-पूर्वी पंजाब और उत्तर प्रदेश की कई जिप्सी जातियाँ अंतर्विवाही समूहों में परिणत हो गयी हैं। यद्यपि वे पहले कभी एक ही सम्मिलित अंतर्विवाही समूह का अंग थीं।

1931 की जनगणना में खटीक जाति का उल्लेख है जो बेकन वाला (सूअरमार), राज गर, सोमबट्टा, और मेवाफ़रोश उपजातियाँ बन गयीं। ये उपजातियाँ कुछ काल तक तो आपस में विवाह करती रहीं पर बाद में अंतर-विवाहकम होते गये और उनका स्वतंत्र अस्तित्व बन गया। इसका एक अच्छा उदाहरण बंगाल की कैबर्त्ता जाति का है—जो उत्तर-प्रदेश के केवट जैसी जाति ही है। इसकी अंतर्विवाही सीमाएँ बंगाल तक ही थीं। हो सकता है कि ये समुदाय मूल रूप से आदिवासी हों पर अपने व्यवसाय के कारण और हिंदू गाँवों में रहने के कारण जाति की भाँति गिने जाने लगे हों। व्यवसाय की दृष्टि से ये दो भागों में बंटे थे : मछुआरे और कृषक। जो मछुआरे का काम करते थे उन्हें जलिया कैबर्त्ता कहा जाने लगा और जो हल चलाते थे उन्हें हलिया कैबर्त्ता। कृषि को उन्नत व्यवसाय मानने के कारण हलिया कैबर्त्ता अपनी लड़कियाँ ऊँचे वधू-मूल्य लेकर जलिया कैबर्त्ता में ब्याह देते थे, पर जलिया कैबर्त्ता की लड़कियाँ हलिया कैबर्त्ता को अस्वीकार थीं। इस प्रकार ये दो भाग प्रतिलोम विवाह-संबंध से जुड़े। धीरे-धीरे ऐसे अंतर-उपजातीय विवाह बंद हो गये और हलिया कैबर्त्ता ने अपना नाम बदल कर महिष्य रख लिया।

एकक के रूप में जाति किसी भी समाज या समुदाय का एक उपसमूह है। समाज या समुदाय के आर्थिक, राजनीतिक, सामाजिक और धार्मिक कामों में ऐसी प्रत्येक जाति अन्य जातियों के साथ मिलकर भाग लेती है। उनकी यह भागीदारी नियमों से संचालित होती है। इस प्रणाली को हम जाति-व्यवस्था कह सकते हैं।

जाति-व्यवस्था को भी हम तीन लक्षणों में बांट सकते हैं। मूलभूत/धुरीय लक्षण जिसके तहत एक समाज-संस्कृति में कार्यरत अंतर्विवाही समूहों का बाहुल्य होना चाहिए; समुचित-प्रासंगिक लक्षण जिनके मुताबिक़ इन जातियों का सोपानीकरण होना चाहिए; और परिधीय लक्षण जिनके अनुसार जाति से जुड़े व्यावसायिक विशेषीकरण के कारण श्रम-विभाजन होना चाहिए। जब ये तीनों ही लक्षण किसी

समाज-व्यवस्था में हों तो उसे जाति-व्यवस्था कहा जा सकता है। जाति शब्द का इस प्रकार प्रयोग करके उसे आदिजाति (जनजाति) से आसानी से अलग करके पहचाना जा सकता है। यह सही है कि एक आदिजाति में वे सब लक्षण पाये जाते हैं जो एकक के रूप में जाति में पाये जाते हैं। किंतु एक आदिजाति एक व्यवस्था के रूप में समझी जानी चाहिए क्योंकि उसके समुदाय में अन्य कोई जाति-समान एकक नहीं होते। दूसरे अर्थों में जाति-व्यवस्था के लक्षण उसमें नहीं पाये जाते। आदिवासी समाज जातियों में बँटा हुआ नहीं होता। लेकिन जब किसी आदिजाति के लोग पास के ग्रामीण क्षेत्रों में अन्य जातियों के साथ रहने लगते हैं तो फिर वे भी उस ग्राम-व्यवस्था या क्षेत्र-व्यवस्था में एक एकक बन कर रह जाते हैं और जाति ही गिने जाते हैं। अन्य अंतर्विवाही समूहों की भाँति गाँव में रहने वाले आदिवासी परिवार भी एक अंतर्विवाही समूह बने रहते हैं और इस प्रकार जाति का रूप धारण कर लेते हैं। वे जाति-व्यवस्था का उपांग बन जाते हैं। यही कारण है कि गाँवों में रहने वाले आदिवासी परिवार जैसे राजस्थान के गाँवों में भील और मीणा एवं मध्य प्रदेश में गोंड भी एक भिन्न जाति मान लिए जाते हैं। उनका आदिवासी होना उनका अतीत है। उनका वर्तमान अपने क्षेत्र की जाति-व्यवस्था के एकक के रूप में हो जाता है। इनमें से कई तो अपने को हिंदू कहते हैं (क्योंकि हिंदू जीवन-पद्धति में धर्म परिवर्तन की प्रथा ही नहीं है)। जो धर्मांतरण कर ईसाई हो गये हैं वे भी जाति जैसा ही बरताव करते हैं। चूँकि आदिवासियों के लिए संविधान में विशेष सुविधाएँ और प्रावधान दिये गये हैं इसलिए उनका अतीत फिर से जाग रहा है या बाहरी प्रभावों से जगाया जा रहा है। हालाँकि गाँवों की व्यवस्था में वे अब भी जाति की भाँति ही हैं। ढाँचागत दृष्टि से ऐसे समूह को ही आदिजाति या ट्राइब कहना चाहिए जिसमें केवल जाति-एकक के लक्षण हों न कि जाति-व्यवस्था के।

देखें : इरावती कर्वे, जातियों का राजनीतीकरण, गोविंद सदाशिव घुर्ये, प्रभुत्वशाली जाति, भारतीय समाजशास्त्र-1 और 2, मैसूर नरसिम्हचार श्रीनिवास, देवकी जैन, धीरूभाई शेठ, धूर्जटि प्रसाद मुखर्जी, नीरा देसाई, योगेश अटल, राधा कमल मुखर्जी, वेरियर एलविन, संस्कृतीकरण, श्यामा चरण दुबे-1 और 2.

संदर्भ

1. जे.एच. हटन (1961), *कास्ट इन इण्डिया,* ऑक्सफ़र्ड युनिवर्सिटी प्रेस, नयी दिल्ली,
2. योगेश अटल (2006), *चेंजिंग इण्डियन सोसाइटी,* रावत पब्लिकेशंस, जयपुर.

— **योगेश अटल**

जाति और जाति-व्यवस्था-3

(ग़ैर-हिंदुओं में जाति और छुआछूत और जातियों का सोपानीकरण)

(Caste and Caste System-3)

जाति व्यवस्था ढाँचागत दृष्टि से केवल हिंदुओं तक सीमित न होकर कई समाजों में पायी जाती है। कोरिया के पाइकचोंग और जापान के इता समूह भी शूद्रों की भाँति उन देशों में निम्न कोटि के माने जाते हैं और इस दृष्टि से वहाँ भी जाति-व्यवस्था के अंकुर देखने को मिलते हैं। इसी प्रकार संयुक्त राज्य अमेरिका के दक्षिण में श्वेत-अश्वेतों के बीच के संबंध भी जाति-व्यवस्था जैसे ही हैं। भारत में भी धर्म परिवर्तन के बावजूद जाति व्यवस्था बरक़रार है। ईसाइयत या इसलाम अपनाने वाले लोग अब भी अपनी जाति के नाम से जाने जाते हैं। यही कारण है कि अब इन धर्मों को अपनाने वाले भी अपने अतीत के दलित को फिर से जाग्रत कर उन सब सुविधाओं की माँग कर रहे हैं जो अनुसूचित जातियों को मिल रही हैं। कारण कुछ भी हो, यह सब इस बात का सूचक है कि ऊँचे-नीचे का भेदभाव केवल हिंदू समाज तक ही सीमित नहीं है। सिक्ख धर्म, जैन धर्म, और बौद्ध धर्म जो हिंदू धर्म की कट्टरपंथिता के विरोध में चलाए गये आंदोलन के परिणामस्वरूप अस्तित्व में आये वे भी जाति की भाँति ही बँटे हुए हैं। यही स्थिति इसलाम और ईसाई धर्म को अपनाने वाले भारतीय समूहों की भी है। समानता की दुहाई देने वाला ईसाई धर्म भी कई सम्प्रदायों में बँटा है। उनमें भी अंतर्विवाही समूह हैं जिनके सदस्यों के भीतर की अंतर्वैवाहिकता उनके जाति-एकक होने का लक्षण है। ढाँचागत दृष्टि से सर्वत्र बहिर्विवाह और अंतर्विवाह के नियम पाये जाते हैं। इसी प्रकार विवाह संबंधों के निषेध (निकटाभिगमन निषेध या इनसेस्ट संबंधी निषेध) भी प्रायः प्रत्येक समाज में पाये जाते हैं।

श्यामाचरण दुबे का कहना है कि ईसाइयों और मुसलमानों में वर्ण विभाजन इतना स्पष्ट तो नहीं है पर उनमें भी ऊँची जाति से और नीची जाति से धर्म-परिवर्तन कर आये समूहों में भेद किया जाता है— ब्राह्मण और नायर ईसाई या फिर राजपूत या त्यागी मुसलिम के सम्बोधन इसका प्रत्यक्ष प्रमाण हैं। ईसाई धर्म अपनाने वालों के बारे में दुबे का कहना है : 'भारतीय चर्च अब यह मानने लगा है कि एक करोड़ नब्बे लाख भारतीय ईसाइयों का 60 प्रतिशत भेदभाव से पीड़ित है और उन्हें द्वितीय श्रेणी के या उससे भी ओछा ईसाई माना जाता है। दक्षिण में, अनुसूचित जातियों से बने ईसाइयों को अलग बस्तियों में रहना पड़ता है और उनका चर्च भी अलग है। उनकी चेरी या बस्ती मुख्य आबादी से थोड़ी दूर

होती है और उनमें सामान्य नागरिक सुविधाएँ भी उपलब्ध नहीं होतीं। चर्च में उन्हें दक्षिणी पंक्ति में अलग से खड़ा होना होता है और सर्विस के समय उन्हें धार्मिक ग्रंथ नहीं पढ़ने दिये जाते और न ही वे चर्च के पादरी की कोई सहायता कर सकते हैं। बपतिस्मा, कन्फ़र्मेशन और विवाह के समय उन्हें पवित्र सेक्रामेंट्स सबसे बाद में दिये जाते हैं। नीची जातियों से धर्म परिवर्तन कर बने ईसाइयों के विवाह की बारात या शवयात्रा आबादी की मुख्य सड़कों से नहीं जा सकती। ईसाई बनी अनुसूचित जातियों का कब्रिस्तान भी अलग होता है। उनके मृतकों के लिए चर्च का घंटा नहीं बजता और पादरी भी मृतक के घर प्रार्थना करने नहीं जाता। अंतिम संस्कार से पूर्व मृत शरीर को चर्च में भी नहीं ले जाने दिया जाता। ऊँची जाति और नीची जाति के ईसाइयों के बीच न तो विवाह होते है और न ही ख़ान-पान के संबंध।' ईसाई और ग़ैर-ईसाइयों के बीच विवाह करने वालों का तो एक नया समूह एंग्लो-इण्डियन ही बन गया,जो अंग्रेज़ों से गिने जाने वाले मिश्रित ईसाई थे।

मुसलमानों में भी मूल (असली) और धर्मांतरित मुसलमानों में भेद किया जाता है। लोग उन्हें शरीफ़ ज़ात और अज़लाफ़ ज़ात कहते हैं। यह विभेद शादी और आपस में ख़ानपान पर भी लागू होता है। अजलाफ़ जात (अर्थात् जातियों) में जुलाहा, भिश्ती, तेली, और कलाल आते हैं; मुसलमानों में भी त्यागी और गूजर होते हैं। ऐसे ही सिक्खों में भी रमदासिया और मज़हबी नीची जाति के माने जाते हैं। यह बताना भी आवश्यक है कि शरीफ़ ज़ात मुसलमान भी चार भागों में बँटे है: सैयद, शेख़, मुग़ल और पठान। ये चारों ही अंतर्विवाही समूह हैं। एक तरह से देखा जाए तो मुसलमानों में अंतर्वैवाहिकता इतनी है कि वहाँ गोत्र जैसे बहिर्विवाही समूह होते ही नहीं। केवल नाभीय परिवार बहिर्विवाही होते हैं। चचेरे और मौसेरे भाई-बहनों में जिन्हें चचाज़ात भाई कहा जाता है, भी विवाह हो जाते हैं। फुफरे और ममेरे में विवाह तो आम है।

ग़ैर-हिंदुओं के बीच जाति और छुआछूत के बाद इस प्रविष्टि में जातियों के सोपानीकरण पर चर्चा की जाएगी। जातिगत समाज में होने वाले स्तरित विभाजन में अंतर्विवाही समूह (अर्थात् जाति) को एकक माना जाता है, किंतु यह विभाजन भी क्षेत्रीय स्तर पर होता है। भारत में भी तीन हज़ार से ऊपर गिनी जाने वाली जातियों को चतुर्वर्ण में वर्गीकृत करना आसान नहीं है।

जातियों का सोपानीकरण किसी भी समाजशास्त्री के लिए इतना सहज नहीं है। वर्णों में उनका विभाजन तो और भी कठिन है। स्थानीय स्तरों पर छुआछूत के प्रमाण ग्रामीण इलाक़ों में भले ही मिल जाएँ पर तेज़ी से शहरीकृत हो रहे भारत में यह सब कुछ तेज़ी से बदल रहा है। भारतविदों और विदेशी पर्यटकों के बरसों पहले लिखे वर्णन आज की व्यवस्था से कोसों दूर हैं। पुस्तकों के वर्णन तो प्रस्तावस्वरूप थे और शायद अतीत की वास्तविकता से भी उतने निकट नहीं थे। आज के संदर्भ में उन पर विश्वास कर भारत की समाजिक व्यवस्था का वस्तुगत परिचय नहीं दिया जा सकता।

जिन समाजशास्त्रियों ने गाँवों में जाकर वर्तमान की स्थिति का अध्ययन किया उन्होंने चतुर्वणी व्यवस्था का आधार लेकर धार्मिक संस्कारों के अनुरूप जातियों का सोपानीकरण करने की चेष्टा की है। ऐसा करने के लिए दो तरह के रवैये अख़्तियार किये गये। (1) श्रेणीकरण की लक्षणात्मक आधार भूमि, और (2) अंत:क्रिया आधृत श्रेणीकरण। इन दो सिद्धांतों के आधार पर मेक्किम मेरियट ने भारत और पाकिस्तान के पाँच क्षेत्रों में तुलनात्मक दृष्टि से जाति का श्रेणीकरण किया। मेरियट ने इन सिद्धांतों को परिकल्पना कहा। यह लक्षणात्मक परिकल्पना मान कर चलती है कि किसी जाति की स्थिति उसके व्यवहार या लक्षणों पर आधारित होती है। इसके अनुसार जातियों की सोपान में स्थिति इस बात पर निर्भर करती है कि उसकी भिन्न-भिन्न जातियों के साथ कैसी अत:क्रियाएँ होती हैं। उन्होंने धार्मिक क्षेत्र में दो मुख्य अंत:क्रियाओं का चयन किया। भोजन का सांस्कृतिक दृष्टि से आदान-प्रदान, और धार्मिक सेवाओं का आदान-प्रदान। मेरियट का यह मानना था कि दक्षिण भारत में जातियों का स्तरण अधिकांशत: लक्षणात्मक है, जबकि उत्तर भारत में अंत:क्रियात्मक।

राजस्थान और मध्यप्रदेश के गाँवों का अध्ययन करते समय योगेश अटल ने मेरियट द्वारा सुझायी दोनों विधियों का प्रयोग कर जातियों को सोपानीकृत करने में आंशिक सफलता प्राप्त की। किंतु यह स्तरीकरण धार्मिक क्षेत्र तक ही सीमित था। इस तरह के सोपानीकरण एकरेखीय नहीं हैं और वे वर्ण व्यवस्था के क्रम से मेल नहीं खाते। यहाँ यह बता देना भी आवश्यक है कि गाँव के संदर्भ में जातियों के स्तरीकरण की अपनी सीमाएँ हैं, क्योंकि किसी भी गाँव में, ख़ास कर छोटे गाँव में, प्रत्येक जाति के परिवारों की सीमित संख्या होती है और मुख्यतया ये परिवार एक ही वंश के होते हैं। इसी कारण गाँव के भीतर ही विवाह भी नहीं किये जा सकते। वस्तुत: एकक के रूप में जाति एक क्षैतिज समूह है जो संलग्न गाँवों तक फैला होता है। अंतर्जातीय संबंध इसी कारण गाँव और क्षेत्र तक फैले होते हैं। इसी कारण जाति का अध्ययन एक क्षेत्र के स्तर पर अधिक उपयोगी है ताकि जाति-एककों के बीच की पारस्परिक अंत: क्रियाओं को भी समझा जा सके।

वैसे सामान्य से बड़े गाँवों और क़स्बों में जाति-व्यवस्था का अध्ययन किया जा सकता है, क्योंकि उनमें बहिर्विवाही समूहों की लगभग हर जाति में बहुतायत होती है और जातियों के बीच पारस्परिक संबंध धार्मिक संस्कारों के

क्षेत्र में तथा आर्थिक संबंधों के क्षेत्र में आसानी से देखे जा सकते हैं। 1950-60 के दशक में गाँवों के अधिकांश अध्ययन एक हज़ार या उससे कम की जनसंख्या वाले गाँवों में हुए हैं इसलिए क्षेत्रीय स्तर पर जातिगत पंचायतों और अंतर्जातीय संबंधों पर अधिक जानकारी नहीं मिलती है। इसीलिए दुबे, चौहान और मजूमदार जैसे ग्राम-अध्येताओं ने यह स्वीकार किया है कि ग्राम के लघुसमुदायों में जातियों का न होकर जाति के कतिपय प्रतिनिधियों का जातिगत सोपानीकरण भी देखा जा सकता है। प्रत्येक ब्लॉक, या दायरे में कुछ जातियाँ ऊपर होती हैं तो कुछ नीचे, और कुछ समान स्तर की ही होती हैं। इसीलिए ब्राह्मण वर्ग की जातियों का क्रमांकन और नीची जातियों का क्रमांकन भी एक-सा नहीं होता। उदाहरण के लिए कई जातियाँ चमड़े के व्यवसाय से जुड़ी हैं पर सभी एक ही स्तर की नहीं है। उनमें भी ऊँच-नीच का विभेदीकरण पाया जाता है।

अस्पृश्यता भी इसी कारण एक सापेक्षिक संज्ञा है। किसी को रसोईघर में आने देना, कच्चा या पक्का भोजन किनसे लेना है या नहीं लेना है, कच्चे और पक्के भोजन की परिभाषा, जल-ग्रहण, और शारीरिक स्पर्श आदि में अस्पृश्यता के नियम चलते है। सही मायने में अपस्पृश्यता शारीरिक स्पर्श से जुड़ी है और उसका सीधा संबंध व्यवसाय से है। गाँधी जिस अस्पृश्यता निवारण की चर्चा करते थे वह अस्पृश्यता उन लोगों से जुड़ी थी जो शहर का मल-मूत्र उठाते थे। निश्चय ही इसमें स्वास्थय और सफ़ाई के विचार हावी थे। अन्य जातियों से शारीरिक स्पर्श उतना बुरा नहीं था। वहाँ अस्पृश्यता घर के भीतर प्रवेश की सीमा या भोजन के छूने तक सीमित थी। उसमें भी पक्का भोजन कम दूषित माना जाता था और उच्च जातियाँ निम्न जातियों से उसे स्वीकार करती थी। हलवायी का पेशा, जो पक्की रसोई का ही था, करने वाली जातियाँ मध्यम श्रेणी की ही हुआ करती थीं। इन सब में क्षेत्रीय भिन्नताएँ पायी जाती हैं। चरम सीमा पर ऐसे क्षेत्र भी थे जहाँ अस्पृश्यों को मार्ग में निकलने की छूट तभी दी जाती थी जब कि उनके शरीर की छाया अधिक दूर तक न पड़े। इसीलिए दोपहर का समय चुना जाता था। दक्षिण भारत में मंदिरों में प्रवेश की जातिगत सीमाएँ होती थीं जिसमें मूर्ति के सबसे निकट ब्राह्मण जाति के लोग ही जाते थे और उनकी पहचान मस्तक पर लगे तिलक और यज्ञोपवीत से होती थी।

ग्राम-शोध से पता चलता है कि समस्त नीची जातियों को 'अस्पृश्य' या 'दलित' कहना सही नहीं है, क्योंकि अस्पृश्यता और दलन (अथवा शोषण) के कई प्रकार हैं। यहाँ यह कहना भी उचित होगा कि अंग्रेज़ों ने अपनी 1921-1931 की जनगणनाओं में पहली बार 'दलित' या ऑप्रेस्ड शब्द का प्रयोग निम्न समझी जाने वाली जातियों के लिए किया था। कुछ राजनीतिक विश्लेषकों का मानना है कि यह प्रयोग उनकी 'चाल' का एक हिस्सा था। अपना वर्चस्व बनाये रखने के लिए उन्होंने निम्न जातियों को एक जुट होने के लिए प्रोत्साहित किया। जनगणना का सहारा लेकर जैनों और सिक्खों को अलग धर्म की दर्जा दिया गया पर ईसाइयों को प्रोटेस्टेंट/कैथॅलिक आदि में वर्गीकृत नहीं किया। ऐसा करना उनकी बाँटो और राज करो की कुख्यात रणनीति का एक अंग था जिसमें वे काफ़ी हद तक सफल हुए। देश छोड़ते समय न केवल उन्होंने भारत को खण्डित किया बल्कि भारतवासियों को जाति और वर्ण के सीख़चों में फिर से धकेल दिया। स्वतंत्र भारत उनकी ही नीति को आगे बढ़ाता रहा। फलस्वरूप आज भी जाति की जड़ें गहरी पैठी हुई हैं।

देखें : इरावती कर्वे, जातियों का राजनीतीकरण, गोविंद सदाशिव घुर्ये, प्रभुत्वशाली जाति, भारतीय समाजशास्त्र-1 और 2, मैसूर नरसिम्हचार श्रीनिवास, देवकी जैन, धीरूभाई शेठ, धूजटी प्रसाद मुखर्जी, नीरा देसाई, योगेश अटल, राधा कमल मुखर्जी, वेरियर एलविन, संस्कृतीकरण, श्यामा चरण दुबे-1 और 2.

संदर्भ

1. मेक्किम मेरियट (1960), 'इंटरएक्शनल ऐंड एट्रीब्युशनल थियरीज़ ऑफ़ कास्ट रैंकिंग', *मेन इन इण्डिया,* खण्ड 39, अंक 2.
2. जे.एच. हटन (1960), *कास्ट इन इण्डिया,* ऑक्सफ़र्ड युनिवर्सिटी प्रेस, नयी दिल्ली.
3. एम.एन. श्रीनिवास (2002), *सोशल चेंज इन मॉडर्न इण्डिया,* ओरियेंट लोंगमेन, नयी दिल्ली.
4. एम.एन. श्रीनिवास (1956), 'अ नोट ऑन संस्कृताइज़ेशन ऐंड वेस्टर्नाइज़ेशन', *.फ़ॉर ईस्टर्न क्वार्टरली,* खण्ड 15, संख्या 4.
5. श्यामा चरण दुबे (2000), भारतीय समाज, नैशनल बुक ट्रस्ट, नयी दिल्ली.

— योगेश अटल

जाति और जाति-व्यवस्था-4

(प्रभुत्वशाली जाति और वोट बैंक)

(Caste and Caste System-4)

समाजशास्त्रियों और सामाजिक मानवशास्त्रियों द्वारा किये गये ग्राम-शोध से यह पता चला कि गाँव के संदर्भ में धार्मिक सोपानीकरण और सम्प्रभुता के स्तरण में भेद किया जाना चाहिए। जो जातियाँ धार्मिक दृष्टि से ऊँची मानी जाती हैं वे सामाजिक और राजनीतिक दृष्टि से भी ऊँची या श्रेष्ठ हों यह आवश्यक नहीं है। बरसों से हम देखते आये हैं कि किसी भी राज्य की सत्ता क्षत्रियों या राजपूतों के पास रही है जो वर्ण की दृष्टि से ब्राह्मण से एक स्तर नीचा वर्ण माना गया है। बाहर से आये आक्रांता समूह भी किसी क्षेत्र विशेष पर विजय

प्राप्त करने पर शासक बन बैठे और स्वयं को राजपूत कहने लगे। गूजरों में बड़ गूजर और प्रतिहार इसका एक उदाहरण हैं। राजस्थान के मीणा लोग, जो एक आदिजाति समुदाय थे, इसी प्रक्रिया से जागीरदार और चौकीदार मीणा में विभाजित हो गये। यह तो स्वतंत्रता के बाद की राजनीति थी जिसके प्रभाव में मीणा लोग इस विभेद को समाप्त कर आदिवासी की श्रेणी में सम्मिलित कर लिए गये। अब गूजर भी उनकी देखा-देखी फिर से पीछे मुड़ कर अपना खोया अतीत जाग्रत करने की चेष्टा कर रहे हैं। यह क्रम रुका नहीं है।

इस महत्त्वपूर्ण विभेद को समझने के लिए एम.एन. श्रीनिवास ने 1959 में प्रभुत्वशाली जाति की अवधारणा प्रस्तावित की। उनका मानना था कि 'संख्या की ताक़त, आर्थिक और राजनीतिक शक्ति, धार्मिक क्षेत्र में स्थिति और पाश्चात्य शिक्षा एवं व्यवसाय किसी जाति-समूह की सम्प्रभुता के सबसे महत्त्वपूर्ण तत्त्व हैं। इसके अतिरिक्त श्रीनिवास ने कुछ अन्य संगत कारक भी गिनाये हैं, जैसे लड़ाई-झगड़े के लिए बाहुबलियों को अपनी ओर रखना, ज़ोर-ज़बरदस्ती के ज़रिये दहशत क़ायम करना, गाली बकना, मारपीट करना , कम पैसों पर काम करवाना और छोटी और कमज़ोर जातियों की स्त्रियों के साथ कामाचार करना। श्रीनिवास का कहना था कि ऐसी जातियाँ वोट बैंक का काम करती हैं। वोट बैंक की अवधारणा भी उन्हीं द्वारा स्थापित की गयी थी।

श्रीनिवास द्वारा सुझायी गयी दबंग जाति की अवधारणा वास्तव में लक्षणों की एक सूची मात्र है और यदि ये सारे के सारे गुण किसी भी जाति में पाये जाएँ तो निश्चित ही वह जाति इस विशेषण की हक़दार होगी। लेकिन ज़मीनी हक़ीक़त यह नहीं है। जिन्होंने श्रीनिवास की इस अवधारणा को गाँव की वास्तविक परिस्थिति में प्रयोग करना चाहा उन्होंने पाया कि संख्या की दृष्टि से प्रबल जाति सदैव ही धार्मिक धरातल पर ऊँची नहीं होती। दूसरी बात यह कि किसी भी जाति की संख्या सब गाँवों में एक-सी नहीं होती। कहीं कम परिवार होते हैं तो कहीं ज़्यादा। किसी भी गाँव में हम जिसे जाति कहते हैं वह वस्तुतः एक विस्तृत परिवार या एक वंश के परिवारों का समूह ही होता है। इसलिए दैनंदिन जीवन में किसी गाँव में जो घटता है वह उस पूरे क्षेत्र (जिसमें कि वह गाँव भी स्थित है) की राजनीति से बड़ा भिन्न होता है। लोकतांत्रिक व्यवस्था में संख्या का महत्त्व होता है न कि धार्मिक स्थिति या आर्थिक बल का। यह सही है कि ज़्यादा पैसे वाले या धार्मिक दृष्टि से ऊँचे लोग नेतृत्व सम्भाल लेते हैं और चुनाव जीतने के लिए दलों के टिकट पाने के लिए सौदेबाज़ी भी करते हैं, पर कोई जाति वोट बैंक है या नहीं, यह उसकी संख्या पर निर्भर करता है। ग्राम-शोध से यह भी पता चला है कि जो समूह संख्या में जितना अधिक बड़ा होगा वह गुटों में बँटा होगा और उसके राजनीतिक लगाव भी अलग-अलग होंगे। संख्या का आधिक्य समूह की सम्बद्धता को हानि पहुँचाता है।

श्रीनिवास की इस अवधारणा पर दुबे, अटल और उम्मन ने विस्तार से लिखा है। इन विद्वानों का विचार है कि इसके दायरे में गाँवों की वस्तुस्थिति नहीं समा सकती और यह तर्कसंगत भी नहीं है। टी.के. उम्मन का कहना है कि श्रीनिवास द्वारा सुलझायी ये चारों ही मान्यताएँ विवादास्पद हैं कि दबंग जाति एक सुगठित और एकमत समूह होती है, सत्ता किसी एक जाति में केंद्रित होती है, शक्ति केवल प्रदत्त लक्षण अर्थात् जन्मजात है और गाँव की शक्ति संरचना कभी बदलती नहीं है।

दुबे और अटल की आलोचना से सहमति जताते हुए उम्मन ने लिखा कि दबंग होने के लिए अपेक्षित साधनों के होते हुए भी जातियाँ परस्पर विरोधी गुटों में बंटी होती हैं और इस प्रकार उनके प्रभुत्व पर विपरीत प्रभाव पड़ता है। जाति-व्यवस्था का विभिन्न इकाइयों में बँटना प्रत्येक जाति को कुछ सीमा तक स्वायत्तता प्रदान करता है। इससे सत्ता का छितराव होता है। यही कारण है कि ऐसे लोग जो किसी दबंग जाति के सदस्य नहीं हैं पर जिनके व्यक्तित्व में नेतृत्व करने की क्षमता है वे सत्ता हथिया लेते हैं । उम्मन मानते हैं कि सत्ता की सम्प्रभुता वाला पक्ष मानव प्रकृति के बारे में ग़लत धारणाओं को प्रश्रय देता है और सत्ता के उपादेय पक्षों को उपेक्षा करता है। यह महत्त्वपूर्ण है कि भारत का गाँव अलग-थलग नहीं है। वह अन्य गाँवों से जुड़ा है। इसलिए किसी भी जाति के दबदबे को क्षेत्रीय या उपक्षेत्रीय परिप्रेक्ष्य में देखना चाहिए। जाति के विषय में लिखे पुराने विवरण, और तथाकथित दबंग जातियों द्वारा ढाये जाने वाले अत्याचार सारे क्षेत्र की कहानी होते हैं। एक गाँव में संख्या की दृष्टि से बहुतायत वाली जाति आवश्यक नहीं कि क्षेत्र विशेष में उतनी घनी आबादी वाली हो। इसी प्रकार क्षेत्र विशेष में घनी जनसंख्या वाली जाति किसी गाँव में अल्पसंख्यक भी हो सकती है। दक्षिण में द्रविड़ मुन्नेत्र कषगम का आंदोलन पूरे क्षेत्र के ब्राह्मणों के विरुद्ध था। इस प्रकार यह एक जाति पर आक्रमण न हो कर पूरे वर्ण के लोगों पर था।

जब राजनीतिक दल वोट बैंक या जति के राजनीतिक दबदबे की बात करते हैं तो वे कई गाँवों, क़स्बों या शहर के मोहल्लों तक फैले निर्वाचन क्षेत्र को ध्यान में रख कर यह चर्चा करते हैं न कि किसी एक गाँव या मोहल्ले को। जब वे जाति की संख्या का हवाला देते हैं तो वे जाति का नहीं, बल्कि एक-दूसरे से जुड़े जाति-समूहों के पूरे वोट, जैसे अनुसूचित जाति का वोट, राजपूत वोट, ब्राह्मण वोट या फिर मुसलिम वोट की बात करते हैं। समाजशास्त्रीय दृष्टि से देखे तो इनमें से किसी को अलग से जाति नहीं कहा जा सकता। कई समूहों की कोई समान लड़ी होने से वे जाति नहीं बन

जाते। श्रीनिवास ने भी उसी सादे अंदाज़ में जाति शब्द का प्रयोग किया है जिसे अनभिज्ञ लोग अपनी बोलचाल में जाति कहते हैं। जिस समय श्रीनिवास ने इस संज्ञा का उपयोग किया था, वे जाति संदर्भों से जुड़ी हिंसा, ज़मीदारों द्वारा ग़रीब और नीचे दर्जे के लोगों के शोषण और पीड़ा से प्रभावित थे। इसलिए वर्गीकरण की इन बारीक़ियों को शायद उन्होंने नज़र अंदाज़ किया होगा। एक प्रतिष्ठित समाजशास्त्री की द्य]लम से निकली ये अवधारणाएँ (दबंग/प्रभुत्वशाली जाति और वोट बैंक) लोगों ने आसानी से स्वीकार कर लीं और राजनीतिक विश्लेषण में एवं पत्रकारों द्वारा इनका निर्विवाद उपयोग किया जाता रहा। आज भी भारतीय राजनीति को जातियों की राजनीति और वोट बैंक की राजनीति मानने की ग़लती दुहरायी जा रही है।

राजनीतिक रणनीतिकारों और राजनीति का विश्लेषण करने वाले पत्रकारों ने ही नहीं वरन् कई समाजशास्त्रियों ने भी भारत की जटिल राजनीतिक संस्कृति को इन सरल और भ्रामक अवधारणाओं से समझने की और विश्लेषित करने की कोशिश की है। वस्तुपरक दृष्टि से देखें तो हमें अभीष्ट के लिए अपनायी गयी रणनीति और उसके प्रतिफल में अंतर करना होगा। ग़लत आधार पर जाति द्वारा चुनाव परिणामों का विश्लेषण करना और जाति को वोट बैंक की संज्ञा देना रणनीति का अंग हो सकता है पर चुनाव परिणामों की उचित व्याख्या नहीं। राजनीतिक क्षेत्र में परिधीय लक्षणों के आधार पर जाति की पहचान होने लगी है और उसके समुचित-प्रासंगिक लक्षण और मूल लक्षणों की बलि दी जा रही है। इन प्रयासों से जाति से ऊपर की संरचना के स्तर पर जाति की एकता स्थापित करने की चेष्टा हो रही है। जाति-कुलक की एकता जाति विशेष की एकता और उसकी विशिष्टता से भिन्न है। जाट वोट, यादव वोट या ब्राह्मण वोट की बात करते समय रणनीतिकार यह भूल जाते हैं कि ये जातियाँ नहीं, जातियों के वर्ण-सम कुलक हैं।

अपना मक़सद पूरा करने के लिए किसी समूह में एकता आरोपित करना, या कई समूहों को एक साथ जोड़ना राजनेताओं का काम है क्योंकि उन्हें चुनावों में संख्या की राजनीति खेलनी होती है। लेकिन ज़रूरी नहीं कि ऐसा बड़ा आरोपित समूह किसी राजनीतिक दल की इच्छा पूरी करे ही। समूह के समाजशास्त्र को यदि हम इस परिस्थिति में प्रयुक्त करें तो लगेगा कि वोट बैंक की राजनीति भ्रामक है। समूह के अध्येताओं ने यह पाया है कि जो समूह जितना ही बड़ा होगा वह उतना ही कम एकीकृत होगा। उसमें गुटबाज़ी होगी, छोटे-छोटे उप-समूह होंगे। कुछ बातों में वे सबके साथ होंगे तो कुछ अन्य बातों में उनमें मत-विभिन्नता होगी।

एक बात और है जब सभी राजनीतिक दल वोट बैंक की राजनीति करते हैं तो सभी के सभी संख्या की दृष्टि से बलवान समूह या जाति-कुलक की ओर आशा भरी दृष्टि से देखते हुए उसे अपनी ओर मिलाने का भरसक प्रयास करते हैं। स्पष्ट है कि इस प्रकार के प्रयासों से कोई भी बड़ा समूह टूट कर विभिन्न मात्राओं में विभिन्न दलों के साथ जुड़ जाएगा और इस प्रकार उसकी वोट संख्या कई दलों में विभक्त हो जाएगी। इस प्रकार वोट-संख्या की राजनीति वोट-तोड़ की राजनीति बन जाएगी। विभिन्न राजनीतिक दल किसी एक निर्वाचन क्षेत्र में संख्या-बहुल जाति-समूह से ही अपना उम्मीदवार चुनते हैं। स्पष्ट है कि एक ही जाति-समूह से आये कई उम्मीदवार अपनी-अपनी हैसियत के अनुसार उस समूह के मतों को अपनी-अपनी ओर खींचते हैं। ऐसी स्थिति में जीतने वाला भले ही बहुसंख्यक जाति का हो, उसकी जाति अन्य जातियों से उसे मिलने वाले वोटों पर निर्भर करेगी जो अपनी जाति से होने वाले घाटे की पूर्ति करेंगे। ऐसी स्थिति में किसी एक जाति विशेष के व्यक्ति की जीत का पूरा श्रेय जाति की बहुसंख्या को देना भ्रामक होगा।

इस सब में यह तो निश्चित है कि हम जाति की शब्दावली का उपयोग जात्येतर एकता को पुष्ट करने हेतु कर रहे हैं। इस दृष्टि के अनुसार जातियाँ अपने स्तर की जातियों से या नाम-साम्य वाली अन्य प्रादेशिक जातियों से मिल कर एक नयी पहचान बना रही हैं। उस दृष्टि से वे अपनी क्षेत्रीय एकता से टूट भी रही है और अंतर्वैवाहिकता के दायरे को भी बढ़ा रही हैं।

जाति के नाम पर बनने वाले प्रादेशिक या अखिल भारतीय संगठन वस्तुतः वर्ण के स्तर पर हैं और मुख्यतः राजनीति के आंगन में उनकी महत्ता है। गाँवों में जातियाँ अपनी सीमाओं में अब-भी धार्मिक कृत्य और विवाह की दृष्टि से एकरूपता बनाये हुए हैं। राष्ट्रीय स्तर पर समान सामाजिक स्तर की जातियों का किसी संगठन में आबद्ध होना प्रांतीय और क्षेत्रीय स्तर पर जाति के कमज़ोर पड़ने का परिचायक भी है और परिवर्तन का सूचक भी। हमें यह भी स्वीकार करना होगा कि जाति के भीतर स्तरण न केवल धार्मिक दायरे में होता है वरन् धन और शक्ति के आधार पर भी। इस दृष्टि से जाति भी वर्गीकृत हो रही है और एक ही वर्ग के लोग अंतर्जातीय स्तर पर नयी अंतःक्रियाओं में जुड़ने लगे हैं।

आज की जाति की समझ के लिए शास्त्रीय मीमां पाये उपयोगी नहीं हैं। मनु ने जो भी नियम सुझाये हों, उनके पठन-पाठन से आज की जाति-व्यवस्था को नहीं समझा जा सकता। जो दल कभी तिलक, तीर, तलवार को नष्ट कर बहुजन समाज की चर्चा करता था वही आज तिलक से जुड़े ब्राह्मण वर्ण की जातियों को अपनी राजनीति में भागीदार बना रहा है। राजनीति की भाषा और आलोचना की पद्धति अतशियोक्ति की है। समाजशास्त्रीय विवेचन वस्तुस्थिति के निरपेक्ष अध्ययन की माँग करता है।

देखें : इरावती कर्वे, जातियों का राजनीतीकरण, गोविंद सदाशिव घुर्ये, प्रभुत्वशाली जाति, भारतीय समाजशास्त्र-1 और 2, मैसूर नरसिम्हचार श्रीनिवास, देवकी जैन, धीरूभाई शेठ, धूजटी प्रसाद मुखर्जी, नीरा देसाई, योगेश अटल, राधा कमल मुखर्जी, वेरियर एलविन, संस्कृतीकरण, श्यामा चरण दुबे-1 और 2.

संदर्भ

1. एम.एन. श्रीनिवास (1959), 'द डोमिनेंट कास्ट इन रामपुरा', *अमेरिकन एंथ्रोपोलॉजिस्ट,* खण्ड 61, अंक 1.
2. श्यामा चरण दुबे (1968), 'कास्ट डोमिनेशन ऐंड फ़ेक्शनलिज़म', *कांट्रीब्युशन टू इण्डियन सोसियोलॅजी,* एन.सी., खण्ड 2, अंक 2.
3. टी.के. उम्मन (1970), 'द कांसेप्ट ऑफ़ डोमिनेंट कास्ट : सम क्वैरीज़', *कांट्रीब्युशंस टू इण्डियन सोसियोलॅजी,* एन.सी., खण्ड 4.

— योगेश अटल

जातिसंहार

(Genocide)

यूनानी भाषा के शब्द जीनो (नस्ल या क़बीला) और लैटिन भाषा के शब्द साइड (हत्या करना) से मिल कर बने इस शब्द का मतलब है किसी जातीय, प्रजातीय, धार्मिक या राष्ट्रीय समुदाय के सभी या अधिकतर सदस्यों का योजनाबद्ध संहार करना। पोलिश-यहूदी विद्वान राफ़एल लेमकिन ने इस पद की रचना की थी। प्रथम विश्व युद्ध के दौरान तुर्की की ओटोमन हुकूमत द्वारा अपनी ईसाई आबादी के संहार को देख कर लेमकिन ने इस दिशा में सोचना शुरू किया था। 1944 में कारनेगी इण्डाउमेंट फ़ॉर इंटरनेशनल पीस ने लेमकिन की रचन 'एक्सिस रूल इन ऑक्यूपाइड युरोप' का अमेरिका में प्रकाशन किया जिसमें नाज़ियों द्वारा की गयी जातिसंहारी कार्रवाइयों को अंतर्राष्ट्रीय क़ानून के ख़िलाफ़ अपराध की तरह परिभाषित किया गया था। लेमकिन की यही परिभाषा बाद में न्यूरेमबर्ग ट्रायल्स के दौरान 24 नाज़ी नेताओं को अपराधी ठहराने का आधार बनी। मानवीय इतिहास जातिसंहार की घटनाओं से भरा पड़ा है। लेकिन बीसवीं सदी ने इस परिघटना को नया आयाम दिया है। प्रथम विश्व-युद्ध से पहले तुर्की ने कई बार में आर्मीनियायी मूल के लोगों की हत्या की थी जिसके कारण आज भी इन लोगों का अधिकतर हिस्सा अमेरिका और अन्य युरोपीय देशों में रह रहा है। दरअसल, इस सदी में हुए जातिसंहार पैमाने के लिहाज़ से तो अभूतपूर्व हैं ही, हत्याओं के लिए अपनाये गये नियोजित और वैज्ञानिक तौर-तरीक़ों की भी गुज़रे हुए ज़माने में मिसाल नहीं मिलती।

समाज-विज्ञान के अन्य पदों की तरह जीनोसाइड का इस्तेमाल भी कई बार अपनी दलील में प्रभाव पैदा करने या किसी भी तरह की संहारात्मक प्रवृत्ति की तरफ़ इशारा करने के लिए किया जाता है। जैसे, कल्चरल जीनोसाइड जैसी अभिव्यक्तियाँ भी गढ़ ली गयी हैं। लेकिन, हर तरह के हत्याकाण्डों को जातिसंहार की संज्ञा नहीं दी जा सकती। जीनोसाइड की श्रेणी में आने के लिए हत्याओं का बहुत बड़े पैमाने पर होने के साथ-साथ उसके पीछे एक ख़ास तरह का इरादा होना ज़रूरी है। जीनोसाइड तब होता है जब कोई सरकार या अन्य संगठित ताक़त या तो किसी समुदाय का सफ़ाया करने पर तुल जाती है या फिर उसके विनाश की परिस्थितियाँ पैदा कर दी जाती हैं। कौन सा हत्याकाण्ड जीनोसाइड है और कौन सा नहीं, यह एक विवादास्पद मसला है। मसलन, नाज़ियों द्वारा यहूदियों के सफ़ाये (होलोकास्ट) को जातिसंहार मानने पर शायद ही किसी को शक हो। पर, विचित्र बात यह है कि कम्बोडिया में पोल पोट द्वारा सत्रह लाख लोगों की हत्या को संयुक्त राष्ट्र तकनीकी रूप से जीनोसाइड नहीं मानता। दरअसल, यूनाइटेड नेशंस कन्वेंशन ऑफ़ द पनिशमेंट ऐंड प्रिवेंशन ऑफ़ द क्राइम ऑफ़ जीनोसाइड के अनुच्छेद 2 में दर्ज पाँच तरह की जातिसंहारी कार्रवाइयों के दायरे में वर्गीय और राजनीतिक हिंसा को जगह नहीं दी गयी है। 1948 में पारित इस कन्वेंशन में राजनीतिक समूहों द्वारा की जाने वाली हिंसा को शामिल करने का विरोध सोवियत नेता जोसेफ़ स्तालिन ने किया था। इस लिहाज़ से ख़मेर रुज द्वारा ही नहीं, सोवियत संघ में स्तालिन युग में की गयी लाखों लोगों की 'पर्जिंग' या चीन में सांस्कृतिक क्रांति और लम्बी छलाँग के दौरान मारे गये लोग भी जातिसंहार की श्रेणी में नहीं आते।

कन्वेंशन पारित होने के बाद 1951 में संयुक्त राष्ट्र के अस्सी सदस्य देशों ने इसके प्रावधानों को अपनी विधि प्रणाली में शामिल कर लिया। इसके मुताबिक़ जीनोसाइड की कार्रवायी के ख़िलाफ़ इन देशों के म्युनिसिपल लॉ के तहत भी क़ानूनी कार्रवायी की जा सकती है।

संयुक्त राष्ट्र कन्वेंशन द्वारा परिभाषित की गयी जीनोसाइड की पाँच श्रेणियाँ इस प्रकार हैं : किसी समुदाय के सदस्यों की हत्या करना, किसी समुदाय के सदस्यों को गम्भीर क़िस्म की दैहिक या मानसिक हानि पहुँचाना, किसी समुदाय को जानबूझ कर कुछ ऐसी जीवन-स्थितियों के मातहत कर देना जिनके कारण उसका पूरा या आंशिक नाश हो जाए, किसी समुदाय में नयी पीढ़ी के जन्म को रोक देना, और किसी समुदाय के बच्चों को जबरिया दूसरे समुदाय में भेज देना। इस लिहाज़ से सामूहिक बलात्कार, जबरिया नसबंदी, मानसिक और शारीरिक यातना और एक जगह से दूसरी जगह जबरिया स्थानांतरण जैसी कार्रवाइयों को जातिसंहारीय नीतियों की संज्ञा दी जा सकती है।

जर्मन यातना शिविर में क़ैद यहूदी. न्यूरेम्बर्ग मुकद्दमे के दौरान 24 नाज़ी नेताओं को यहूदियों के जाति-संहार का दोषी पाया गया. जाति-संहार के इस भीषण प्रकरण को होलोकास्ट के नाम से भी जाना जाता है.

और उसी के बाद वह तय कर पाया कि वहाँ जीनोसाइड चल रहा है। इस बीच क़रीब आठ लाख टुट्सियों को योजनाबद्ध ढंग से क़त्ल कर दिया गया। अमेरिका के तत्कालीन राष्ट्रपति बिल क्लिंटन ने भी इस नाकामी को स्वीकार किया है। रवांडा के जातिसंहार और 1992 से 1995 के बीच हुए बोस्नियन मुसलमानों के जातिसंहार के अपराधियों में से कइयों को गिरफ़्तार किया गया है, पर उनमें से कुछ के ऊपर ही मुक़दमा चल पाया है, और बहुत कम लोगों को सज़ा मिल सकी है। विरोधाभास यह है कि अंतर्राष्ट्रीय क़ानून का एक पहलू ऐसे अपराधियों को सज़ा देने के लिए प्रतिबद्ध है, पर दूसरा पहलू उन्हीं अपराधियों को बच निकलने के रास्ते प्रदान कर देता है। राष्ट्रीय सम्प्रभुता की सर्वमान्य धारणा भी पोल पोट, सद्दाम हुसैन, रादोवान कैराद्ज़िक जैसे आरोपियों को कठघरे में आसानी से नहीं खड़ा होने देती। दस लाख से भी ज़्यादा अमेरिकी आर्मीनियायी आज भी तुर्की द्वारा किये गए कत्ले-आम को जीनोसाइड घोषित करवाने का संघर्ष चला रहे हैं, पर तुर्की नाटो का सदस्य है इसलिए ऐसा नहीं हो पा रहा है।

मानवता के ख़िलाफ़ जघन्यतम अपराध समझे जाने वाले जातिसंहार की तरफ़ द्वितीय विश्व युद्ध के बाद हुए न्यूरेमबर्ग मुक़दमों के दौरान विश्व-जनमत का ध्यान गया। आज जीनोसाइड की घटनाओं के प्रति विश्व-जनमत में अपेक्षाकृत अधिक चेतना देखी जाती है। अक्सर देखा गया है कि जातीय राष्ट्रवादी दुराग्रह, धार्मिक असहिष्णुता, विचारधारात्मक टकराव, राजसत्ता के लिए चलने वाले दीर्घकालीन संघर्ष जातिसंहार के कारण बनते हैं। कई मामलों में 'अन्य' की भीति पूरे के पूरे समुदायों के शारीरिक सफ़ाये का कारण बनी है। आर्थिक तकलीफ़ों, गृह युद्धों और राजनीतिक अस्थिरता के दौर में इस तरह की भीति राजनीतिक ताक़तों को जीनोसाइड की तरफ़ धकेल देती है। बीसवीं सदी के आख़िरी वर्षों में जीनोसाइड की परिस्थितियाँ बनाने वाली कार्रवाइयों को एक नया नाम भी मिला है 'एथ्निक क्लीनज़िंग'। युगोस्वाविया के बिखरने के बाद कोसोवो में 1991 के बाद मीडिया में 'जातीय रूप से शुद्ध भू-क्षेत्रों' का ज़िक्र होने लगा था, क्योंकि कोसोवो के अल्बानियनों ने अपने इलाक़े को सर्बियन अल्पसंख्यकों से साफ़ कर दिया था। 1992 से 1995 के बीच बोस्नियाई मुसलमानों के ख़िलाफ़ की गयी सफ़ायी की कार्रवायी में साफ़ तौर से जातिसंहारीय रुझान थे।

जीनोसाइड के ख़िलाफ़ राजनीतिक स्तर पर चेतना के अंतर्राष्ट्रीय प्रसार के बावजूद व्यावहारिक स्थिति यह है कि संयुक्त राष्ट्र कन्वेंशन पारित होने के बाद से आज तक होते हुए या हो सकने वाले जातिसंहार रोकने या उसके अपराधियों को सज़ा देने के मामले में अंतर्राष्ट्रीय समुदाय का रिकॉर्ड बहुत ख़राब है। उदाहरण के लिए 1994 में रवांडा के जातिसंहार पर संयुक्त राष्ट्र तीन महीने तक चर्चा करता रहा

जीनोसाइड के कई अध्येताओं के अनुसार संयुक्त राष्ट्र के कन्वेंशन की भाषा स्वयं में बताती है कि वह दस्तावेज़ किस तरह से एक राजनीतिक और राजनियक समझौते का परिणाम है। बड़े पैमाने पर संहार करने वाले राजनीतिक और सामाजिक संगठनों को जीनोसाइड की परिभाषा से बाहर रखने की भी काफ़ी आलोचना हुई है। सुझाव दिया गया है कि जातिसंहार के अपराधियों पर चलने वाले मुक़दमें अस्थायी क़िस्म के ट्रिब्युनलों में चलाने के बजाय इस काम के लिए एक स्थायी संस्था बनायी जानी चाहिए।

देखें : आदर्शवाद, आतंकवाद, अंतर्राष्ट्रीय मुद्रा कोष, इमैनुएल कांट, इतिहास का अंत, एडवर्ड हैलेट कार, तृतीय विश्व, द्वितीय विश्व-युद्ध, नस्लवाद, नव-उपनिवेशवाद, निर्भरता सिद्धांत, निरस्त्रीकरण, पेटेंट, प्रथम विश्व-युद्ध, प्रगति, बौद्धिक सम्पदा अधिकार, ब्रेटन वुड्स प्रणाली, भारत में पेटेंट क़ानून, रंगभेद, उपनिवेशवाद, यथार्थवाद, युद्ध, युरोपीय संघ, रचनात्मकतावाद, राजनय, विश्व व्यापार संगठन, विश्व बैंक, विश्व-सरकार, वि-उपनिवेशीकरण, सभ्यताओं का संघर्ष, सम्प्रभुता, संयुक्त राष्ट्र, साम्राज्यवाद, शक्ति-संतुलन, शांति, शांतिवाद, शस्त्र-नियंत्रण, हथियारों की होड़।

संदर्भ

1. जॉर्ज जे. आंद्रेपोउलस (सम्पा.) (1994), *जीनोसाइड :*

कंसेप्चुअल ऐंड हिस्टोरिकल डायमेंशंस, युनिवर्सिटी ऑफ़ पेंसिलवानिया प्रेस, कनेक्टीकट.

2. फ्रेंक चाक, कर्ट जोनासन (1990), *द हिस्ट्री ऐंड सोसियोलॅजी ऑफ़ जीनोसाइड : एनालैसिस ऐंड केस स्टडीज़,* येल युनिवर्सिटी प्रेस, 1990
3. इरविंग होरोविट्स (2001), *टेकिंग लाइव्ज़ : जीनोसाइड ऐंड स्टेट पॉवर,* ट्रांज़ेक्शन पब्लिशर्स, 2001
4. एरिक डी. वीट्ज़ (2003), *अ सेंचुरी ऑफ़ जीनोसाइड : यूटोपियाज़ ऑफ़ रेस ऐंड नेशन,* प्रिंसटन युनिवर्सिटी प्रेस, प्रिंसटन, एनजे.

— अभय कुमार दुबे

जातियों का राजनीतीकरण

(Politicisation of Castes)

जातियों की आधुनिक राजनीति में भूमिका हमेशा से विवादास्पद रही है। प्रचलित समझ यह है कि जब तक जातियाँ सार्वजनिक जीवन में पूरी तरह से प्रभावहीन नहीं होतीं, न तो भारतीय समाज का आधुनिकीकरण हो पायेगा और न ही सेकुलर राजनीति का विकास होगा। राजनीति के जातिवादीकरण की न जाने कितनी आलोचना हो चुकी है। लेकिन, रजनी कोठारी ने साठ के दशक में किये गये अपने एक संश्लिष्ट अध्ययन के ज़रिये राजनीति और जातियों की अन्योन्यक्रिया को समझने की वैकल्पिक दृष्टि का सूत्रीकरण किया है। वे कहते हैं कि 'राजनीति में जातिवाद' की परिघटना असल में 'जातियों का राजनीतीकरण' है। कोठारी का दावा है कि भारतीय जाति-प्रथा आधुनिक संसदीय राजनीति में भागीदारी करके समाज परिवर्तन की प्रक्रिया को अंजाम दे रही है। जाति और राजनीति के मेल के कारण बिना किसी भारी उथल-पुथल के समाज का सेकुलरीकरण जारी है। इसी वजह से लोकतंत्र में आम जनता सक्रिय हुई है और इस राज्य-व्यवस्था को उसकी विशिष्ट शक्ल मिल सकी है।

आधुनिकीकरण की परिघटना का भारतीय संदर्भ में अनूठा अध्ययन करने वाले रजनी कोठारी के अनुसार आधुनिकीकरण के मताग्रही बुद्धिजीवियों की दिलचस्पी यह देखने में ज़्यादा होती है कि जातियाँ विलुप्त हो रही हैं या नहीं। जबकि उन्हें देखना यह चाहिए कि आधुनिक राजनीति के दबाव में जाति क्या रूप ले रही है और जातिगत समाज में राजनीति की शक्ल कैसी बन रही है। दरअसल, राजनीति एक ऐसी स्पर्द्धात्मक कार्रवायी है जो पहले से मौजूद और नयी उभरती हुई निष्ठाओं की शिनाख़्त करके उनका अपने हक़ में इस्तेमाल करती है। जाति और राजनीति को नज़दीक लाते हुए इस प्रक्रिया ने दोनों के रूपों को बदला है। संगठन के दायरे में जाति को लाते हुए राजनीति ने उससे अपनी अभिव्यक्ति की सामग्री प्राप्त की है और उसे अपनी योजना के मुताबिक़ ढाला है। जबकि जाति-समूहों ने राजनीति को अपनी गतिविधियों का केंद्र बना कर अस्मिता का दावा पेश करने और राज्य-तंत्र में अपनी स्थिति सुधारने का मौक़ा हासिल किया है।

इस सूत्रीकरण में उन बुद्धिजीवियों की भी आलोचना की गयी है जिनकी निगाह में राजनीतिक संबंध सामाजिक संबंधों की प्रतिच्छाया से अधिक कुछ नहीं होते। अर्थात् इन लोगों की समझ यह होती है कि राजनीति के गर्भ से सामाजिक संबंधों का पुनरुत्पादन तो हो सकता है, पर राजनीति ख़ुद में समाज के मौजूदा अथवा बदलते हुए ढाँचे में कोई भूमिका नहीं निभाती। कोठारी यह भी मानने के लिए तैयार नहीं है कि भारतीय राजनीति में भागीदारी करके जाति का लोकतांत्रिक पुनर्जन्म हो गया है। वे कहते हैं कि सोचने के ये सभी तरीक़े जाति और राजनीति के प्रचलित 'अंतर्विरोध' से निकलने वाले द्विभाजन के शिकार हैं।

इस सिद्धांतीकरण में जाति के कुछ पहलुओं पर विशेष ध्यान दिया गया है। इनमें पहला है जाति द्वारा स्वयं अपनी सीमाओं को लाँघने वाला पहलू (जाति-उत्तर अथवा सेकुलर पहलू) जिसे वे समाज के जाति-निरपेक्ष विकास के लिए हर तरह से प्रासंगिक मानते हैं। इस पहलू का मतलब है सजातीय विवाह, छुआछूत और रीति-रिवाज़ से परे जा कर होने वाली जातिगत दलबंदियाँ, जातिगत विभेद, विभिन्न तबक़ों के बीच गठबंधन और सामाजिक प्रगति की लगातार कोशिशें। ये गतिविधियाँ जाति-उत्तर संगठनों के ज़रिये चलती हैं। इनका शासकीय पहलू जाति-पंचायतों, ग्रामीण पंच फ़ैसलों की प्रक्रिया के रूप में देखा जा सकता है। इसके राजनीतिक पहलू को जातिगत और अंतर्जातीय चौधराहट और सामाजिक दूरी से संबंधित विभेदों में देखा जा सकता है। राजनीतिक व्यवस्था के केंद्र के साथ स्थानीय प्रभु-वर्ग के प्राधिकारात्मक संबंधों के हिसाब से ये पहलू महत्त्वपूर्ण या महत्त्वहीन होते रहते हैं। कोठारी के अनुसार लोकतांत्रिक राजनीति न केवल वितरण और विग्रह की ओर ले जाती है, बल्कि सामूहिक कार्रवायी और सम्बद्धता को भी बढ़ावा देती है। जाति-प्रथा में भी ये दोनों पहलू हैं, पर उसके अध्ययनों में विभेदीकरण और विभाजन पर ज़्यादा ज़ोर देते हुए जुड़ाव और संघटन वाले पक्षों की उपेक्षा की जाती है। राजनीति जाति से जुड़ कर उसके दोनों पहलुओं को प्रभावित करती है। वह जाति के जोड़ने वाले आयाम को प्रभावी बनाती है और इसी प्रक्रिया

में निहित विग्रहकारी अंदेशों को भी एक व्यापक संदर्भ में उभार देती है।

कोठारी भारतीय लोकतांत्रिक राजनीति को मूलतः आवश्यकताओं की राजनीति के रूप में परिभाषित करते हैं। जाति-प्रथा ने राजनीतिक नेतृत्व को गोलबंदी के लिए संरचनात्मक आधार दिया जिससे राजनीति को विभिन्न तबक़ों के प्रतिनिधि संगठन मिले और पहचान का वह पैमाना मिला जिसके माध्यम से समर्थन को धरती पर उतारा जा सकता था। इसके बदले स्थानीय दावों के साथ नेतृत्व को रियायती सुलूक करना पड़ा। उनके बीच सत्ता की आकांक्षा को लेकर बनी सहमति को मान्यता देनी पड़ी। इस तरह जातियाँ आर्थिक और राजनीतिक उद्देश्यों के लिए संगठित हुईं। उन्होंने आधुनिक संस्थाओं के साथ एक चयनात्मक अन्योन्यक्रिया करनी शुरू की। इसने सबसे पहले जाति-प्रथा की सत्तामूलक संरचना को आधुनिकीकरण की धारा में खींचा। फ़िर आर्थिक लाभों के वितरण की बारी आयी। इन दोनों के बीच एक आंतरिक सूत्र था। इस प्रक्रिया का तीसरा कोण था जातिगत चेतना और पहचान का।

शुरू के दौर में केवल ऊँची जातियों के कुछ लोगों ने ही इस अन्योन्यक्रिया में भाग लिया। इस प्रक्रिया में पहले से जमी बैठी ऊँची जातियों का मुक़ाबला उदीयमान जातियों से हुआ। इससे जाति-राजनीति का द्विपक्षीय ढाँचा पैदा हुआ। इसके बाद आया दूसरा चरण। सत्ता की आकांक्षा और आर्थिक लाभों की माँग मौजूद संसाधनों से आगे बढ़ गयी। स्पर्धारत समूहों को अपने जनाधारों की ताक़त बढ़ानी पड़ी और सत्ताक्रम में जमे बैठे मुखर तबक़ों के भीतर भी होड़ शुरू हो गयी। इस दौर को जातियों के टूटने और दलबंदी का दौरभी कहा जा सकता है। वर्चस्ववाली जातियों के भीतर दलबंदी होते ही राजनीतिक संगठन का एक नया ढाँचा उभरा। नेतृत्व में दरारें पड़ने लगीं। बहुजातीय और बहुगुटीय गठजोड़ सामने आने लगे। उन जातियों को भी पटाया जाने लगा जो अभी तक सत्ता के ढाँचे से दूर रखी जाती थीं। इस परिघटना ने जाति-प्रथा का सत्तामूलक ढाँचा और पेचीदा बना दिया। उसमें अंतरसंबंधों का जाल पहले से कहीं बारीक़ हो गया।

उच्च स्तर पर विभिन्न वर्चस्व वाली जातियाँ आमने-सामने आ गयीं। आंध्र में कम्मा और रेड्डी, गुजरात में पट्टीदार और अन्नावल, मैसूर में लिंगायत और वोक्कलिगा, मद्रास में ज़िला और क्षेत्रीय स्तर की कई ताक़तवर जातियाँ, बिहार में रंग-रुतबे वाली जातियाँ राज्य स्तर पर एक-दूसरे के मुक़ाबले लामबंद हो गयीं। इस स्तर पर जाति को नये तरह के विखण्डन से गुजरना पड़ा। कहीं जाति-सभाओं के रूप में, कहीं जाति-सघों के रूप में और कहीं दलबंदियों के रूप में यह गुट विभाजन हुआ। यह बँटवारा वंशानुक्रम और पूजा-पद्धतियों के आधार पर चले आ रहे बँटवारे का अक्सर इस्तेमाल करता था लेकिन वह इससे परे भी जा चुका था। इसी कारण से राजनीति में व्यक्तियों और व्यक्तिगत संबंधों का महत्त्व बढ़ा। जनाधार विस्तृत करने के लिए निष्क्रिय पड़ी जातियों के नेताओं को अपनी ओर खींचने का सिलसिला शुरू हुआ। जैसे-जैसे अधिक विविध और जनाधारित राजनीति का जमाना आया, वैसे-वैसे अधिक विस्तृत जनाधार की ज़रूरत पड़ी। उसके लिए नये तरह की प्रबंधात्मक और सांगठनिक कौशल की ज़रूरत थी। यही कारण था कि ब्राह्मणों और प्रशासनिक कामकाज वाली जातियों के साथ-साथ व्यापारिक पेशों और भूमिधर जातियों के लोग राजनीति में ज़्यादा आने लगे। इन लोगों के पास व्यक्ति-प्रबंधन का संस्कार कहीं ज़्यादा गहरा था। व्यावहारिक रवैये वाले ये लोग समस्याओं को लेन-देन के ज़रिये निबटाने में यक़ीन रखते थे। वे अपनी जातियों में नवीन एकजुटता का आह्वान भी कर सकते थे। इसके लिए उन्हें अपनी पारम्परिक हैसियत का पुनः सूत्रीकरण करने और आकर्षक ब्राह्मण विरोधी सूत्रीकरणों का सहारा लेने में भी हिचक नहीं होती थी।

ये नये तत्त्व राजनीति के नये उद्यमी और आविष्कारक थे। ये अपने पूर्ववर्ती प्रभुवर्ग के मुक़ाबले कम 'आधुनिक', कम प्रशिक्षित, ग्रामीण पृष्ठभूमि में रमे हुए, अधिक सरलीकृत और परम्परागत मुहावरे को अपनाने वाले थे। लेकिन उनमें संगठन और समस्याओं के व्यावहारिक मूल्यांकन की क्षमता थी। वे जोखिम उठाने के लिए तैयार थे और प्रौद्योगिकी व संगठन के 'आधुनिक' माध्यमों का उपयोग करते थे। भारत में राजनीतिक आधुनिकीकरण के अध्ययन के लिए यह तथ्य सर्वाधिक महत्त्वपूर्ण है।

इस थीसिस के अनुसार राजनीति को जाति की जगह लेने वाले या उसे नष्ट करने वाले सेकुलर सामाजिक कारक की तरह न देख कर विकासशील समाज-व्यवस्था पर संघटन और विभाजन लागू करने वाले योजनागत आधार के रूप में देखा जाना उचित होगा। राजनीति के संसर्ग में जाति-अस्मिताओं ने स्वयं को नये रूपों में व्यक्त किया है। जाति का कर्मकाण्डीय और पूजा-पद्धति संबंधी महत्त्व घटा है। समाज व्यवस्था के नीतिगत मूल्य बदल गये हैं।

इस प्रतिपादन की यह कहकर आलोचना की जाती है कि चुनाव प्रणाली ने जाति अस्मिताओं को नया जीवन प्रदान कर दिया है। इसके जवाब में कोठारी कहते हैं कि यह एक नयी समझ है, पर इसका मतलब ग़लत निकाला गया है। जातिगत गणित का महत्त्व इसलिए बढ़ा है कि राजनीतिक सत्ता के एकमात्र आधार के रूप में जाति की वैधता का क्षय हो गया है। जातिगत गणित की उस समय ज़रूरत नहीं थी जब उच्च जातियों के लोग ही सत्ता के दावेदार थे। जाति

अपनी सर्वशक्तिमत्ता के कारण राजनीति के लिए अप्रासंगिक थी। आज वह सत्ता के लिए व्यावहारिक होड़ में अन्य तत्त्वों की भाँति राजनीति की दुनिया को प्रभावित करने वाला एक तत्त्व मात्र रह गयी है।

देखें : आशिस नंदी-1 और 2, आधुनिकीकरण, कांग्रेस 'प्रणाली', जातियों का राजनीतीकरण, जाति और जाति-व्यवस्था- 1 से 4 तक, धीरूभाई शेठ, परम्परा की आधुनिकता, पार्थ चटर्जी, रजनी कोठारी, राजनीतिक समाज, सुदीप्त कविराज।

संदर्भ

1. रजनी कोठारी (2003), 'जातियों का राजनीतीकरण', अभय कुमार दुबे (सम्पा.), *राजनीति की किताब : रजनी कोठारी का कृतित्व,* सीएसडीएस-वाणी, नयी दिल्ली.
2. लॉयड आई. रुडोल्फ़ (1965), 'दि मॉडर्निटी ऑफ़ ट्रेडिशन : द डेमॉक्रैटिक इनकारनेशन ऑफ़ कास्ट इन इण्डिया', *द अमेरिकन पॉलिटिकल साइंस रिव्यू,* खण्ड 61, अंक 4.
3. लॉयड आई. रुडोल्फ़ और सूज़न होवर रुडोल्फ़ (1960), 'दि पॉलिटिकल रोल ऑफ़ इण्डियाज़ कास्ट एसोसिएशंस', *पेसिफ़िक एफ़ेयर्स,* खण्ड xxxiii, अंक 1.
4. गोपाल कृष्ण (1967), 'इलेक्टोरल पार्टीसिपेशन ऐंड पॉलिटिकल इंटीग्रेशन', *ईपीडब्ल्यू,* सालाना विशेषांक, खण्ड 2.

—अभय कुमार दुबे

जादू

(Magic)

प्रचलित और सामान्य अर्थ में जादू एक ऐसा अनुष्ठान या कर्मकाण्ड है जिसके पीछे यह विश्वास होता है कि वह शब्द और कर्म के ज़रिये इच्छित की पूर्ति कर सकता है। इसलिए जादू की मान्यता में अनुष्ठान के अलावा विश्वासों की व्यवस्था भी महत्त्वपूर्ण भूमिका अदा करती है। आधुनिक समाजशास्त्र और मानवशास्त्र में जादू की अवधारणा पर कई सैद्धांतिक कोणों से विचार किया गया है। अध्येताओं ने जादू को विज्ञान के आद्य तथा धर्म के एक अपभ्रंश रूप, सामाजिक प्रकार्य तथा एक सार्वभौम संरचना के स्तर पर समझने का प्रयास किया है। उन्नीसवीं और बीसवीं सदी के प्रारम्भिक मानवशास्त्रियों टेलर तथा फ्रेज़र ने जादू की बौद्धिक परिप्रेक्ष्य में पड़ताल करने की कोशिश की थी। उनकी दिलचस्पी इस बात में थी कि क्या जादू को ज्ञान का एक रूप माना जा सकता है। वे इस बात की तह में जाना चाहते थे कि जादू यथार्थ को उसके प्रदत्त रूप के अलावा किसी अन्य रूप में प्रतिस्थापित करने का दावा क्यों और किस तरह करता है। साथ ही वे उसकी सांगठनिक संरचना को भी समझना चाहते थे।

टेलर और फ्रेज़र की स्थापनाओं का सामान्यीकरण किया जाए तो उनकी दृष्टि में जादू विश्व या अस्तित्व-बोध की छलपूर्ण व्यवस्था है जिसे वे सामान्यत: प्रगति की एक आदिम अवस्था के साथ जोड़कर देखते हैं, जो अज्ञानता के कारण युरोपीय समाज के निम्न वर्गों में अभी तक मौजूद है। उनकी नज़र में युरोप मनुष्य की प्रगति का केंद्र बिंदु था लिहाज़ा वे दुनिया के शेष समाजों का मूल्यांकन इसी आधार पर करते थे। फ्रेज़र मानवीय प्रगति को तीन चरणों जादू, धर्म तथा विज्ञान में बांटकर देखते हैं। उनके अनुसार जादू मानव प्रगति का पहला और आदिम चरण है जिसमें मनुष्य को यह लगता है कि वह प्रकृति की व्यवस्था में अपने शब्दों, पराक्रम और संकेतों से हस्तक्षेप कर सकता है। लेकिन जब उसे ये सभी प्रयास निष्फल लगने लगे और उसने पाया कि जादू की विधियों का प्रकृति पर कोई प्रभाव नहीं पड़ रहा तो उसे यक़ीन होने लगा कि प्रकृति असल में कुछ शक्तियों के अधीन काम करती है। इसके बाद उसने इन शक्तियों की उपासना करने या उनके साथ समझौता करने का रास्ता चुना। प्रार्थना और बलि की व्यवस्था उसके विचारों में आये इसी बदलाव की ओर इंगित करते हैं।

फ्रेज़र का क़यास है कि धर्म की उत्पत्ति इसी प्रक्रिया के तहत हुई होगी। विज्ञान को फ्रेज़र मानवीय प्रगति का तीसरा और अंतिम चरण मानते हैं जब मनुष्य ने यह समझना शुरू किया कि प्रकृति के नियमों की सही समझ हासिल करके उसकी व्यवस्था में बदलाव किया जा सकता है। फ्रेज़र जादू के तत्त्वों की विशद व्याख्या करते हुए बताते हैं कि जादू समरूपता और सम्पर्क के सिद्धांतों पर काम करता है। समरूपता से उनका अभिप्राय यह है कि दो समरूपी चीज़ें आपस में मिलकर जो रचती या पैदा करती हैं वह भी उन जैसा ही होता है। उदाहरण के लिए शत्रु को मारने के लिए उसके पुतले या छवि को मारना, वर्षा के लिए जल छिड़कना या अच्छी पैदावार के लिए खेत में गर्भवती स्त्री से बीज डलवाना आदि। सम्पर्क के नियम इस विश्वास पर आधारित हैं कि व्यक्ति जिन चीज़ों का इस्तेमाल करता है उनमें उस व्यक्ति का अंश रह जाता है। इसलिए अगर उस व्यक्ति की वस्तुओं— नाखून, कपड़ों तथा पदछाप आदि को जादू का उपकरण बनाया जाए तो संबंधित व्यक्ति पर वैसा ही असर पड़ता है।

फ्रेज़र का मानना है कि जादू के सिद्धांत और उसके व्यावहारिक रूप हर जगह और हर काल में एक जैसे रहते हैं। वह चाहे आधुनिक युरोप हो या प्राचीन मिस्र का समाज। फ्रेज़र जादू और धर्म को पृथक अवधारणाएँ मानते हैं। जादू

और विज्ञान की तुलना करते हुए वे प्रतिपादित करते हैं कि जादू में भी कार्य–कारण की प्रक्रिया अपनायी जाती है लेकिन वह विज्ञान से इस मायने में अलग होता है कि उसमें कारणों को ग़लत ढंग से लागू करने का प्रयास किया जाता है। मसलन जादू की प्रक्रिया इस धारणा पर आधारित होती है कि एक जैसी दिखने वाली वस्तुएँ वास्तव में समान होती हैं या फिर सम्पर्क में रही हुई वस्तुओं का व्यक्ति के साथ हमेशा एक ही तरह का संबंध बना रहता है। इन संबंधों में विचार करते हुए फ्रेज़र अंत में यह घोषणा करते हैं कि जादू विज्ञान की एक अवैध बहन है।

जादू के अकादमिक अध्ययन में फ्रेज़र का स्थायी योगदान इस तरह देखा जा सकता है कि बाद के अध्येताओं ने भले ही मानवीय प्रगति के समीकरण को उसी रूप में स्वीकार न किया हो लेकिन जादू और विज्ञान के अंत:संबंधों का उनका अध्ययन परवर्ती विद्वानों के लिए एक स्थायी संदर्भ साबित हुआ है। प्रतीकवादी मानवशास्त्रियों जैसे बैटी, विक्टर टर्नर तथा क्लिफ़र्ड गीट्र्ज़ आदि का मानना है कि जादू में निहित ज्ञान की दावेदारी को सत्य या असत्य की कसौटी पर न कस कर उसे एक प्रतीक–व्यवस्था के तौर पर देखा जाना चाहिए क्योंकि वह मनुष्य के अवचेतन के स्तर पर सामूहिक मूल्यों, सामाजिक टकरावों तथा अस्तित्व की समस्याओं को ज्ञापित करता है।

मानवशास्त्री विल्हेम शिमट जादू को मानव विकास का प्रारम्भिक क्षण न मानकर उसे मनुष्यता के एकदेववाद के पतन की परिघटना मानते हैं। लेकिन बाद के अध्येताओं के अनुसार शिमट का नज़रिया धार्मिक विश्वासों से रंजित था, और वे एक तरह से बाइबल की कहानियों को वैज्ञानिक आधार प्रदान करने की इच्छा से ज़्यादा प्रेरित थे। रुडोल्फ़ ऑटो तथा मर्चिया ऐलियाडे आदि जैसे विद्वान जादू को धर्म के संदर्भ में रखकर देखते हैं। उनका मानना है कि जादू और धर्म दोनों ही पवित्र सत्ता के साथ एक अस्तित्ववादी अनुभव की बात करते हैं। लेकिन इसी धारा के अन्य विद्वान जादू को धार्मिक जीवन के उच्चतम रूपों का एक आदिम क्षण भी मानते हैं और इसी आधार पर उसे धर्म की ड्योढ़ी के तौर पर भी परिभाषित करते हैं।

मानव प्रगति की धारा के विपरीत मैलिनोव्सकी जादू, धर्म तथा विज्ञान के अध्ययन के लिए एक अलग पद्धति अपनाते हैं। वे जादू को मानव प्रगतिवाद की तार्किक त्रुटि नहीं मानते और जादू, धर्म और विज्ञान को क्रमानुगत समीकरण के रूप में नहीं देखते। उनके अनुसार सामाजिक ताने–बाने में ये तीनों ही श्रेणियाँ एक साथ मौजूद रहती हैं और अपने–अपने ढंग से व्यक्ति और समाज की ज़रूरतों का पूरा करती हैं। मैलिनोव्सकी जादू को विज्ञान के दायरे में न रख कर उसे धर्म का अनुषंग मानते है लेकिन वे इस बात को लेकर भी सजग हैं कि जादू और धर्म के बीच की भिन्नताओं को अनदेखा नहीं किया जा सकता। उनके अनुसार जादू का इस्तेमाल प्रकट और विशिष्ट समस्याओं को हल करने के लिए किया जाता है जबकि धर्म एक ज़्यादा जटिल संरचना है जिसका जीवन की सार्वभौम समस्याओं और गूढ़ अर्थों को खोलने के लिए इस्तेमाल किया जाता है। लेकिन अगर दोनों की साझी उपयोगिता पर एक साथ विचार करें तो जादू और धर्म मनुष्य की चेतना का अंग तब बनते हैं जब मनुष्य ख़ुद को यथार्थ के सामने अक्षम पाता है। इस तरह जादू और धर्म चिंता और भावनात्मक तनाव की स्थिति में पैदा होते हैं लिहाज़ा उन्हें ऐसी स्थितियों से मुक़ाबला करने के उपाय के तौर पर भी देखा जा सकता है। मैलिनोव्सकी ने ट्रोब्रायंड द्वीपसमूह के मूलनिवासियों के अध्ययन में पाया था कि ये लोग तकनीकी और जादू में फ़र्क़ करना जानते थे। अपने अध्ययन से वह इस निष्कर्ष पर पहुँचे कि मूलवासी जादू की सहायता तभी लेते थे जब वे परिणामों को लेकर आशंकित रहते थे।

दुर्खाइम और मार्सेल मौज़ जैसे समाजशास्त्री जादू को एक सामाजिक परिघटना की तरह देखने का आग्रह करते हैं। उनके चिंतन में जादूगर और उसका जादू धर्म या धर्मसेवकों के समूह की तरह सामाजिक चेतना से ही पैदा होता है। धर्म की भांति जादू भी विश्वास और व्यवहार की एक ऐसी व्यवस्था है जो किसी भाव, वस्तु, विचार या सत्ता को पवित्र मानती है। मौज़ जादू के अंतर्निहित तत्वों— वैयक्तिकता, गोपनीयता, रहस्य तथा उसके मक़सद उपयोगितावाद, के आधार पर यह सम्भावना भी व्यक्त करते हैं कि विज्ञान की कई शाखाएँ जैसे औषधि विज्ञान और धातु विज्ञान आदि जादू की प्रक्रिया और व्यवहार से ही जन्मे होंगे। दुर्खाइम की राय में भी धर्म और जादू दो अलग–अलग क्षेत्र हैं। उनके अनुसार धर्म का चरित्र सार्वजनिक होता है और वह अमूर्तन व तत्त्ववाद की तरफ़ झुका होता है। इन्हीं कारणों से धर्म नैतिक आदर्शों में यक़ीन करने वाले एक समुदाय का निर्माण करता है जबकि जादू का कोई पवित्र स्थान चर्च, मंदिर या मसज़िद नहीं होता।

जादू के स्वयं–भूत औचित्य को नकारते हुए रैडक्लिफ़ ब्राउन तथा इवांस प्रिचार्ड जैसे मानवशास्त्री धर्म और जादू के युग्म को एक अनुपयोगी श्रेणी मानते हैं। उनकी दलील है कि जादू को सामाजिक संरचना के संदर्भ में परखना ज़्यादा श्रेयस्कर होगा। प्रिचार्ड ने सूडान के अजांडे समुदाय के अध्ययन में यह पाया था कि उनके रहस्यवादी विचार लौकिक जीवन के लिए पूरक का काम करते हैं। प्रिचार्ड मानते हैं कि जादू-टोना जीवन के दुर्भाग्य की ओर इंगित करता है जबकि जादू ऐसे दुर्भाग्य से निजात दिलाने वाले उपाय की तरह काम करता है। उनकी राय में जादू का तंत्र

एक ऐसा उपकरण है जो व्यवहार के नियंत्रण और समाज में आदर्शों के संतुलन की रक्षा के लिए इस्तेमाल किया जाता है।

वेबर ने अपने चिंतन में जादू, धर्म और अर्थव्यवस्था के अंतर्संबंधों की भी पड़ताल की है। धर्म की उत्पत्ति और विकास की तह में जाते हुए वेबर यह प्रतिपादित करते हैं कि धर्म का आद्य रूप मुख्यत: जादू का ही विस्तार था तथा उसका स्वरूप दमनकारी कर्मकाण्डों व दुनियावी इच्छाओं से संचालित था। वेबर के अनुसार यह बाद की घटना है कि धर्म में ऐसे नैतिक मूल्यों का संचार होना शुरू हुआ जिससे व्यक्ति और सामाजिक जीवन को एक स्थायी अर्थ मिलना सम्भव हुआ। इस संबंध में वेबर की एक अन्य स्थापना को देखना भी श्रेयस्कर होगा। वेबर मानते हैं कि संन्यास पर आधारित प्रोटेस्टेंटवाद में जादू के अतिक्रमण या दुनिया से मोहभंग की एक प्रबल प्रवृत्ति थी जो बाद में जाकर धर्म के व्यवहार तथा विश्वासों को विवेकपूर्ण और नैतिक बनाने में मददगार साबित हुई। वेबर की दृष्टि में जादू आर्थिक गतिविधियों को संगठित करने में बाधक था इसलिए जादू का प्रभाव घटने लगा और व्यवसायों को धर्म की सम्मति मिलने से आधुनिक पूँजीवादी अर्थव्यवस्था के विकास का मार्ग प्रशस्त हुआ।

दुर्ख़ाइम के अनुवीक्षण को बाद के समाजशास्त्रियों ने भी पुष्ट किया है। कीथ थॉमस ने अपने शोध में बताया है कि सत्रहवीं सदी के दौरान इंग्लैंड में होने वाला तकनीकी विकास और भौतिक परिस्थितियों में आया सुधार प्रोटेस्टेंटवाद की सफलता का परिणाम था। कीथ का मानना है कि उस समय लोगों का विज्ञान में विश्वास बढ़ रहा था जिसके कारण एक ऐसा बौद्धिक माहौल बनता जा रहा था जिसमें जादू का महत्त्व और उसकी विश्वसनीयता खत्म होने लगी थी।

एक अन्य मानवशास्त्री लेवी-स्त्रॉस जादू को मिथक और अनुष्ठान के साथ रखकर विचार करते हैं। लेवी-स्त्रॉस का मानना है कि जादू और विज्ञान यथार्थ को बूझने के दो अलग अलग तरीक़े हैं। जादू प्रत्यक्ष ज्ञान और पूर्व-अनुमान पर आधारित विचार है जो विश्व के अस्तित्व को पहले से तयशुदा मानकर चलता है। इसलिए उसे विज्ञान का आद्य रूप नहीं माना जा सकता, बल्कि वह ज्ञान का एक ऐसा रूप है जो अपने आप में पूर्ण है। दुर्ख़ाइम और मौज़ भी जादू की ज्ञानात्मक भूमिका पर बल देते हुए यह मान रहे थे कि जादू वर्गीकरण की दिशा में पहला क़दम हो सकता है जबकि लेवी-स्त्रॉस के अनसार जादू केवल आदिम समाजों तक सीमित नहीं है बल्कि वह मनुष्य की चेतना का सार्वभौमिक और स्थायी अंग है और वह आधुनिक मनुष्य के सामूहिक अवचेतन में भी विद्यमान रहता है।

इतालवी इतिहासकार अर्नेस्टो डी मार्तिनो के नज़रिये में जादू आदिम मनुष्य की उस जद्दोजहद की ओर इंगित करता है जिसके ज़रिये वह प्राकृतिक परिस्थितियों का अतिक्रमण करके अपनी मौजूदगी साबित करता है। मार्तिनो जादू को धर्म से सिर्फ़ इस अर्थ में अलग मानते हैं कि उसके द्वारा संचारित मूल्यों का दायरा संकरा होता है। मार्तिनो की दृष्टि में जादू का धर्म के साथ वैसा ही संबंध है जैसा गिनतारे का कैलकुलेटर के साथ। दोनों काम तो एक ही करते हैं लेकिन उनकी जटिलता का स्तर अलग-अलग होता है।

अंतत: यह देखना दिलचस्प है कि विज्ञानवादी दृष्टिकोण के बरक्स जादू और धर्म का प्रतीकवाद एक आंतरिक तर्क का इस्तेमाल करते हुए अपनी भूमिका को उपयोगी साबित करने की कोशिश करता है। इस तरह जादू को समझने की पहली ज़रूरत यह है कि तर्क और इतिहास के वर्चस्वादी विकल्पों के सामने आत्मसमर्पण न किया जाए। जादू अस्तित्व को जिस कोण से देखता है उसे समझते हुए उसके पेचों से सावधान रहना भी ज़रूरी है। जादू का अध्ययन करने वाले कई समाजशास्त्री इस नज़रिये को मध्यमार्गी स्थिति या क्रिटिकल एथनोसेंट्रिज़्म कहते हैं।

देखें : अभिजन, अभिरुचि, उन्मूलनवाद, एजेंसी, कर्मकाण्ड, कारागार, क्लॉद लेवी-स्त्रॉस, क्लिफ़र्ड गीर्ट्ज़, जादू, जीवन-शैली, टेलरवाद, डेविड एमील दुर्ख़ाइम, फ़ुरसत, बचपन, बेगानगी, भीड़, मार्सेल मौज़, मैक्स वेबर, विचलन।

संदर्भ

1. जी. कनिंघम (1999), *रिलीजन ऐंड मैजिक : एप्रोचेज़ ऐंड थियरीज़,* एडिनबरा युनिवर्सिटी प्रेस, एडिनबरा.
2. आर. किकेफ़र (1989), *मैजिक इन द मिडल ऐज,* केम्ब्रिज युनिवर्सिटी प्रेस, केम्ब्रिज.
3. बी. मैलिनोव्सकी (1982), *मैजिक, साइंस, ऐंड रिलीजन ऐंड अदर एसेज़,* सुवेनिर प्रेस, लंदन.
4. एस.जे. तांबैया (1985), *कल्चर, थॉट ऐंड सोशल एक्शन,* हार्वर्ड युनिवर्सिटी प्रेस, केम्ब्रिज.

— नरेश गोस्वामी

ज़ाक देरिदा

(Jacques Derrida)

विख्यात दार्शनिक ज़ाक देरिदा (1930-2004) विखण्डनवाद के प्रतिपादक माने जाते हैं। साठ के दशक के आख़िरी दौर और सत्तर के दशक एक मौलिक विचारक के रूप में देरिदा की ख्याति *ऑफ़ ग्रैमैटोलॉजी* (1967), *राइटिंग ऐंड डि.फ़रेंस* (1967) और *मार्जिंस ऑफ़ फिलॉसफ़ी* (1972) जैसी रचनाओं के आधार पर बननी शुरू हुई। सत्तर

के दशक के आख़िर में देरिदा ने विश्लेषणात्मक दर्शन के विद्वान जॉन सर्ल से जम कर बहस की। इस विवाद ने देरिदा को अलग तरह के परंतु विवादास्पद चिंतक के रूप में स्थापित कर दिया। देरिदा ने दार्शनिक जे.एल. ऑस्टिन की थियरी ऑफ़ स्पीच एक्ट पर लिखे गये अपने निबंध 'सिग्नेचर ईवेंट कांटेक्स्ट' में तर्क दिया था कि किसी पाठ के तात्पर्य का उद्भव न तो केवल रचियता के इरादे पर निर्भर होता है और न ही उसके द्वारा इस्तेमाल किये गये लफ़्ज़ों पर। जब तक पाठ में पुनरुक्ति के आयामों पर ध्यान नहीं दिया जाएगा तब तक तात्पर्य की सम्भावनाओं का पूरा उद्घाटन नहीं हो सकता। एक शब्द अपने होने के लिए कई बार दोहराये जाने और दोहराये जाने की सम्भावनाओं से युक्त रहने का माँग करता है। तब कहीं जाकर वह अर्थगर्भित होता है। सर्ल ने इस धारणा के विरोध में लेख लिखा, जिसका देरिदा ने जवाब दिया। इस विवाद ने एनालिटिकल फिलॉसफ़ी को कांटिनेंटल फिलॉसफ़ी के मुक़ाबले खड़ा कर दिया। इसके बाद विश्लेषणात्मक दर्शन के अनुयायियों ने देरिदा को कभी दार्शनिक नहीं माना।

लेकिन इसके बाद भी देरिदा दर्शन के क्षेत्र में स्थापित मान्यताओं को चुनौती देते रहे। सत्तर और अस्सी के दशक में देरिदा के विमर्श ने दर्शन का दायरा तोड़ कर साहित्य में दिलचस्पी रखने वाले पाठकों को बड़े पैमाने पर अपनी ओर आकर्षित किया। अमेरिका और ब्रिटेन के विश्वविद्यालयों के साहित्य-विभागों में वे लोकप्रिय होते चले गये। देरिदा ने संरचनावादी पद्धति की कथित वस्तुनिष्ठता पर हमला करते हुए 'फ़ोर्स ऐंड सिग्नीफ़िकेंस' जैसा निबंध लिखा जिसके कारण उनकी रचनाओं को अक्सर उत्तर-संरचनावाद की श्रेणी में रख कर देखा जाता है। 1960 के दशक के शुरुआती वर्षों में देरिदा ने हाइडेगर और लेविनास का गहराई से अध्ययन किया। 1964 में उन्होंने लेविनास के बारे में दो भागों में एक लंबा निबंध लिखा, जिसका शीर्षक था 'वायलेंस ऐंड मेटाफ़िजिक्स।' यह तय करना मुश्किल है कि देरिदा के शुरुआती निबंधों में कौन-सा निबंध सबसे महत्त्वपूर्ण है, लेकिन यह तय है कि 'वायलेंस ऐंड मेटाफ़िजिक्स' को इनके शुरुआती प्रभावशाली निबंधों में शामिल किया जाता है। 1967 में 37 साल की उम्र में देरिदा ने अभूतपूर्व क्षमता का प्रदर्शन करते हुए तीन रचनाओं का प्रकाशन किया। ये थीं *राइटिंग ऐंड डिफ़रेंस, स्पीच ऐंड फ़ेनोमेना* और *आफ़ ग्रैमैटोलॅजी*। इन तीनों में ही अपने विचारों को व्यक्त करने के लिए देरिदा ने एक ख़ास तरह की पद्धति का इस्तेमाल किया और उसे डिकंस्ट्रक्शन (या विखण्डनवाद) का नाम दिया। यह अभिव्यक्ति फौरन प्रसिद्ध हो गयी और इसका इस्तेमाल देरिदा के विचारों को सार-रूप में व्यक्त करने के लिए किया जाने लगा। ख़ास तौर पर अंग्रेज़ी-भाषी दुनिया में यह शब्द काफ़ी चर्चित रहा। इसे लेखन या चिंतन के एक ऐसे तरीक़े से जोड़ा जाता रहा है जो अतार्किक और अस्पष्ट है। यह सिर्फ़ साहित्यिक और दार्शनिक ग्रंथों की आलोचना का ही एक तरीक़ा नहीं है, बल्कि इसके द्वारा राजनीतिक संस्थाओं की भी आलोचना की जाती है।

देरिदा के लिए विखण्डनवाद दरअसल किसी पाठ को पढ़ने की एक विशिष्ट पद्धति थी जिसके तहत वे उस पाठ में मौजूद परस्पर विपरीत द्विभाजनों के परे जा कर तात्पर्य-निरूपण करने का आग्रह करते थे। उनकी इस पद्धति ने समकालीन साहित्य-सिद्धांत को गहराई से प्रभावित किया। विखण्डनवाद के बाद साहित्य-सिद्धांत परस्पर विपरीत द्विभाजन की किसी भी श्रेणी को परम मानने से इनकार करता है। देरिदा पहले तो यह दिखाते हैं कि पश्चिमी विचार के तहत द्विभाजन में जिस शब्द का पहले उल्लेख होता है उसे पदानुक्रम के ज़रिये बाद में आने वाले शब्द पर हावी कर दिया जाता है। इसके बाद देरिदा यह स्पष्ट करते हैं कि इस पदानुक्रमता के बावजूद शब्दों या पदों का कोई भी युग्म अपने अर्थ संबंधी परम मूल्यों को क़ायम रखने के बजाय किस तरह बिना रुके हुए विभिन्न अर्थों से बने हुए एक ढलान पर फिसलता चला जाता है। इस तरह दोनों श्रेणियों को बार-बार अर्थ संबंधी भिन्नताओं से दो-चार होना पड़ता है।

देरिदा ने कई बार विखण्डनवाद शब्द के मनमाने तरीक़े से प्रयोग पर अफ़सोस भी जताया। लेकिन सच्चाई यह है कि दर्शन, साहित्यिक आलोचना, साहित्यिक सिद्धांत, कला और ख़ासतौर पर स्थापत्य सिद्धांत और राजनीति सिद्धांत में उनकी इस पद्धति का व्यापक प्रभाव पड़ा है। जीवन के आख़िरी दो दशकों में तो उनकी स्थिति किसी फ़िल्म सितारे जैसी हो गयी थी। उन्हें सुनने के लिए सभागार में ज़बरदस्त भीड़ उमड़ती थी। फ़िल्म और टेलीविज़न के कार्यक्रम उन्हें समर्पित किये जाते थे। इस दौर में उनके चिंतन से जुड़ी बहुत सी किताबें और लेख प्रकाशित हुए।

देरिदा का जन्म अल्जीरिया की राजधानी अल्जीयर्स के उपनगर एल-बेयर में एक यहूदी परिवार में हुआ था। उस समय अल्जीरिया एक फ्रांसीसी उपनिवेश था। देरिदा ने अपनी किताब *मोनोलिंगुअलिज़्म ऐंड द अदर* (1998) में बताया है कि जब वे हाई स्कूल में थे तो तत्कालीन फ्रांसीसी हुकूमत ने अल्जीरिया की देशज भाषाओं पर पाबंदी लगा दी। इसके अलावा कई अन्य पाबंदियों के कारण भी देरिदा की हाई स्कूल की पढ़ाई में विघ्न पड़ा। द्वितीय विश्व-युद्ध के तुरंत बाद देरिदा ने दर्शन का अध्ययन करना शुरू कर दिया। 1949 में वे पेरिस चले गये जहाँ उन्होंने प्रतिष्ठित ईकोल नॉर्मले सुपीरियरे में दर्शन की पढ़ाई के लिए नामांकन परीक्षा की तैयारी की। पहली बार देरिदा को नाकामी मिली, लेकिन 1952 में की गयी दूसरी कोशिश में वे सफल हो गये। देरिदा

ज़ाक देरिदा (1930–2004)

ने ईकोल नॉर्मले में उस समय प्रवेश लिया, जब यहाँ दार्शनिकों और चिंतकों की एक प्रभावशाली पीढ़ी तैयार हो रही थी। इस विद्यालय में उस समय ज़ील डलज़, मिशेल फ़ूको, लुई अलथुसे, ज्याँ-फ्रांस्वाँ ल्योतर और रोलाँ बार्थ मौजूद थे। इसके अलावा मरली-पोंती, सार्त्र, सिमोन द बोउवार, लेवी-स्त्रॉस और लकाँ भी सक्रिय थे।

पचास के दशक के फ्रांस में विचारों की दुनिया पर घटनाक्रियाशास्त्र का वर्चस्व था। देरिदा ने इस समय एडमण्ड हसर का गहराई से अध्ययन किया। उन्होंने हसर के तब तक प्रकाशित लेखन के अलावा अभिलेखागार से निकलवा कर कुछ अप्रकाशित सामग्री का भी अध्ययन किया। इसी के आधार पर देरिदा ने 1953-54 में अपनी मास्टर थीसिस के रूप में *द प्रॉब्लम ऑफ़ जेनेसिस इन हसर्स फिलॉसफ़ी* की रचना की। यह रचना 1990 में प्रकाशित हुई। सबसे महत्त्वपूर्ण बात यह है कि यहाँ उन्होंने ज्याँ हिप्पोलाइट के साथ मिल कर हीगेल का भी अध्ययन किया। हिप्पोलाइट के साथ ही उन्हें *द आइडियलिटी ऑफ़ लिटरेरी ऑब्जेक्ट* विषय पर अपनी डॉक्टोरल थीसिस लिखनी थी। लेकिन वे कभी इसे पूरा नहीं कर पाये। उन्होंने हसर के *द ऑरिजिन ऑफ़ ज्यॉमिट्री* का फ्रेंच में अनुवाद किया और उसके साथ 150 पृष्ठों की अपनी प्रभावशाली प्रस्तावना भी प्रकाशित की।

साठ का दशक देरिदा की पीढ़ी के दार्शनिकों के लिए बड़ी उपलब्धियों का दशक था। 1961 में फ़ूको की क्लासिक कृति *मैडनेस ऐंड सिविलाइज़ेशन* प्रकाशित हुई। इसी समय देरिदा ने ऐसे सेमिनार में भागीदारी की जिसमें फ़ूको ने भी अपना वक्तव्य दिया। इसी के आधार पर देरिदा ने 1963 में 'कोजिटो ऐंड द हिस्ट्री ऑफ़ मैडनेस' लिखा, जिसमें उन्होंने फ़ूको के शुरुआती चिंतन की आलोचना की। ख़ास तौर पर उन्होंने फ़ूको द्वारा देकार्त की व्याख्या को आड़े हाथों लिया। देरिदा की इस रचना ने देरिदा और फ़ूको के बीच एक तरह के अलगाव को जन्म दिया जो पूरी तरह से कभी ख़त्म नहीं हो पाया।

देरिदा के संदर्भ में यह बात बहुत ही महत्त्वपूर्ण है कि उनकी जटिल लेखन-शैली ने उनकी लोकप्रियता में ख़ास योगदान नहीं किया, बल्कि इसके कारण बहुत से लोग उन्हें नापसंद करते थे। देरिदा ख़ुद मानते हैं कि सत्तर के दशक से उन्होंने एक ख़ास तरह की लेखन-शैली अपनानी शुरू की। इसका सबसे विख्यात या कुख्यात उदाहरण *ग्लास* (1974) है (जिसे अंग्रेज़ी में डेथ नेल और हिंदी में मौत का घंटा कहा जा सकता है)। इसमें देरिदा दो कॉलमों में लिखते नज़र आये। बायाँ कॉलम हीगेल के अध्ययन के प्रति समर्पित था और दायाँ फ्रेंच उपन्यासकार-नाटककार ज्याँ जेने के अध्ययन को। इसका एक अन्य उदाहरण 1980 में प्रकाशित उनकी रचना *पोस्टकार्ड फ्रॉम सोक्रेटीज़ टू फ्रॉयड ऐंड बियांड* है। इस किताब के शुरुआती दो सौ पृष्ठों में प्रेम-पत्र दर्ज हैं जो किसी व्यक्ति को सम्बोधित नहीं किये गये हैं।

समझा जाता है कि 1980 के दशक तक देरिदा काफ़ी हद तक रैखिक (लीनियर) और तार्किक (आर्ग्यूमेंटेटिव) शैली पर वापस लौट आये थे जो 1960 में उनके लेखन की मूल विशेषता थी। उनके आलोचक मानते हैं कि विखण्डनवाद या फिर पूरा उत्तर-आधुनिकतावादी स्कूल किसी तरह का राजनीतिक विकल्प नहीं देता। वह ज़्यादा-से-ज़्यादा आलोचना के रूप में होता है। लेकिन देरिदा ने अपने लेखन में एक निश्चित दिशा की ओर संकेत करने की कोशिश की। मसलन नब्बे के दशक में मार्क्सवाद पर अपने चिंतन में उन्होंने स्पष्ट किया कि विखण्डन के बाद सामने आने वाला मार्क्सवादी चिंतन ही भविष्य के लोकतंत्र की दिशा तय करेगा।

देखें : अस्तित्ववाद, आत्मनिष्ठता-वस्तुनिष्ठता, इयत्ता, इमैनुएल कांट, इंद्रियानुभववाद, ईसैया बर्लिन, उदारतावाद, कल्पित समुदाय, घटनाक्रियाशास्त्र और एडमण्ड हसर, चेतना, जॉन लॉक, ज़ाक लकाँ, ज्याँ-फ्रांस्वा ल्योतर, तत्त्वमीमांसा और अस्तित्वमीमांसा, तात्त्विकतावाद, द्वैतवाद, फ्रीड्रिख़ नीत्शे-1 और 2, बुद्धिवाद, भौतिकवाद, मनोविश्लेषण, मिशेल पॉल फ़ूको-1 और 2, युरोपीय पुनर्जागरण, युरोपीय ज्ञानोदय, रेने देकार्त, लुई अलथुसे, सोरेन आबी कीर्केगार्द, संरचनावाद और उत्तर-संरचनावाद, ज्ञानमीमांसा।

संदर्भ

1. रिचर्ड रोर्ती (1978), 'फिलॉसफ़ी एज़ अ काइंड ऑफ़ राइडिंग : एन एसे ऑन देरिदा', *न्यू लिटरेरी हिस्ट्री*, अंक 10.
2. सी. नोरिस (1987), *देरिदा*, फ़ोंटाना, लंदन.
3. जॉन डी.केप्युटो (1999) , *द प्रेयर्स ऐंड टीयर्स ऑफ़ ज़ाक देरिदा*, इण्डियाना युनिवर्सिटी प्रेस, न्यूयॉर्क.
4. फेंग चेह और सुजेन गुरलेट (सम्पा.), *देरिदा ऐंड द टाइम ऑफ़ द पॉलिटिकल*, युनवर्सिटी ऑफ़ नार्दर्न कैरोलिना प्रेस, न्यूयॉर्क.
5. वुड, डेविड (सम्पा.) (1994), *देरिदा : अ क्रिटिकल रीडर*, ब्लैकवेल, केम्ब्रिज.

— कमल नयन चौबे

ज़ाक मारी एमील लकाँ

(Jacques Marie Emile Lacan)

विख्यात फ्रांसीसी मनोविश्लेषक और संरचनावादी चिंतक ज़ाक मारी एमील लकाँ (1901-1981) के विचारों और सूत्रीकरणों ने सारी दुनिया में लेखकों, साहित्यालोचकों, सिनेमा के सिद्धांतकारों, नारीवादियों, दार्शनिकों, मानवशास्त्रियों और इतिहासकारों के सोच-विचार पर गहरा असर डाला है। लकाँ को मिरर स्टेज थियरी के लिए विशेष रूप से जाना जाता है जिसके आधार पर उन्होंने शिशु अवस्था में पड़ने वाली व्यक्ति की अस्मिता की नींव पर प्रकाश डाला है। उन्हें मनोविश्लेषण में बोली गयी भाषा के महत्त्व पर प्रकाश डालने वाले सूत्रीकरण के लिए भी जाना जाता है। ख़ुद को फ्रॉयड का अनुयायी मानने वाले (उन्होंने अपने अनुयायियों से कहा था कि अगर तुम ख़ुद को लकाँनियन मानते हो तो तुम जानो, मैं तो फ्रॉयडियन हूँ) लकाँ ने मनोविश्लेषण के सिद्धांत और आचरण-संहिता का विकास करके उसके भीतर छिपी बौद्धिक क्रांति की सम्भावनाओं को साकार किया। अपने रवैये को 'रिटर्न टू फ्रॉयड' की संज्ञा देने वाले इस विद्वान ने आधुनिक भाषाशास्त्र, चित्रकला, दर्शन और मानवशास्त्र के साथ मनोविश्लेषण को जोड़ सकने वाली शब्दावली का आविष्कार किया। दूसरे, उन्होंने अपने अत्यंत सक्रिय जीवन के एक बड़े हिस्से में मौखिक सेमिनारों की विधि अपना कर फ्रांस में मनोविश्लेषण को व्यापक मान्यता दिलायी। इसके लिए उन्होंने फ्रांस के बौद्धिक प्रतिष्ठान और अंतर्राष्ट्रीय मनोविश्लेषक एसोसिएशन से भी लोहा लिया। चूँकि वे मनोविश्लेषण के लिए प्रचलित पचास मिनट के सत्र को स्वीकार करने के बजाय कहीं छोटी अवधि के सत्र की ज़रूरत पर ज़ोर देते थे, इसलिए उन्हें अपना अलग स्कूल ही स्थापित करना पड़ा।

ज़ाक लकाँ का जन्म पेरिस में 13 अप्रैल, 1901 को हुआ था। उनकी शिक्षा-दीक्षा कॉलेज स्तानिस्लास और फ़ैकल्ती द मेदीसीन द पारिआ में हुई। 1932 में उन्होंने अपनी चिकितस्कीय डिग्री हासिल की जिसमें उन्होंने उन्माद की अवस्था में किये गये एक मशहूर अपराध के मामले पर प्रबंध लिखा। एक सिद्धांतशास्त्री और क्लिनिकल मनोविश्लेषक के तौर पर उनका कॅरियर पचास साल तक चला। द्वितीय विश्व-युद्ध के बाद फ्रांस में उनकी ख्याति एक बेहद विवादास्पद बुद्धिजीवी के तौर पर स्थापित होती चली गयी। उन्होंने अपने सतत प्रयासों से न केवल फ्रॉयड की प्रासंगिकता सिद्ध की, बल्कि मनोविश्लेषण के अनुशासन को समाज-विज्ञान और मानविकी के लिए उपयोगी साबित किया। वे लगातार दर्शन, कला और मानवशास्त्र के क्षेत्रों के साथ अन्योन्यक्रिया करके अपनी अंतदृष्टियों को समृद्ध करते रहते थे। इसलिए अक्सर उन्हें पढ़ने वालों को लगता था कि वे एक जगह नहीं ठहर रहे हैं। दूसरे, उनकी लेखन-शैली भी ख़ास तरह से जटिल थी।

विचारों के क्षेत्र में लकाँ को जिस बात के लिए हमेशा याद किया जाएगा, वह है मानवीय कर्ता की देकार्तवादी एकीकृत समझ को विखण्डित करना। रेने देकार्त ने कहा था— *कोजिटो अरगो सम* यानी मैं सोचता हूँ इसलिए मैं हूँ। दरअसल, इसके ज़रिये देकार्त ने एक ऐसे मुक़म्मल मानवीय कर्ता की संकल्पना की थी जो एक देह होने के साथ-साथ ख़ुद को सचेत चिंतन के ज़रिये जान सकने की क्षमताओं से लैस भी था। आगे चल कर देकार्त का यह विचार पश्चिमी चिंतन का आधार-स्तम्भ बन गया। लेकिन फ्रॉयड ने मनोविश्लेषण के ज़रिये जैसे ही मनुष्य के अवचेतन का प्रस्ताव किया, तो कर्ता के एकीकृत अस्तित्व का सम्पूर्ण ज्ञान नामुमकिन लगने लगे। लकाँ ने फ्रॉयड की अंतर्दृष्टियों का इस्तेमाल करके दिखाया कि मनुष्य का मानसिक और सेक्शुअल जीवन जैविक प्रक्रियाओं और उसकी नैसर्गिकता द्वारा नियंत्रित-संचालित नहीं होता। वह तो उन भाषाई प्रक्रियाओं द्वारा संचालित होता है जिनके माध्यम से वह तात्पर्य-ग्रहण करता है। यानी मानवीय व्यवहार का स्रोत उसके जैविक यथार्थ में निहित न हो कर उसके सामाजिक यथार्थ में निहित है।

लकाँ की विख्यात मिरर स्टेज थियरी छह महीने से डेढ़ साल के शिशु पर अपना ध्यान केंद्रित करती है। इस उम्र में पहुँच कर शिशु ख़ुद को आईने में देख कर पहचानना शुरू करते हैं, हालाँकि उनकी देह को संचालित करने वाली क्षमताएँ इस उम्र में पूरी तरह से विकसित नहीं होतीं। लकाँ ने मिरर स्टेज को द्वंद्वात्मक प्रक्रिया की तरह पेश किया है।

ज़ाक मारी एमील लकाँ (1901-1981)

बच्चा जब दर्पण में ख़ुद को देखता है तो उसे लगता है कि वह अपने बिम्ब के रूप में किसी अन्य को देख रहा है। छवि को अन्य समझते ही उसे अपने और दूसरे के बीच फ़र्क़ करना आता है। इस तरह उसके भीतर आत्म और अन्य की समझ बनती है।

एक तरफ़ बच्चा ख़ुद को खण्डित, अ-समन्वित और अ-संगठित पाता है, दूसरी तरफ़ उसे अपना बिम्ब कहीं सम्पूर्ण लगता है। इस तरह उस शिशु को उसका आदर्श अहं हासिल होता है जिसे हासिल करने के लिए एक कर्ता के रूप में प्रयासरत रहता है। मिरर इमेज व्यक्ति के अहं को विकसित करने के लिए अनिवार्य है, पर साथ में वह एक विभाजन की नुमाइंदगी भी करती है जिसके तहत कर्ता अपनी अस्मिता के लिए हमेशा एक अन्य पर, एक दर्पण पर निर्भर हो जाता है।

मिरर स्टेज के विकास के साथ ही एक ख़ास मक़ाम पर बच्चे के भीतर भाषा का अंकुर भी फूटता है। लकाँ कहते हैं कि बच्चे के क़दम एक सांकेतिक व्यवस्था में पड़ते हैं। यहाँ मातृ-मनोग्रंथि की थियरी का अपने ढंग से इस्तेमाल करते हुए लकाँ बताते हैं कि भाषा का औज़ार मिलने का मतलब है बच्चे का अपनी माँ की दुनिया से पृथक होना और समाज की दुनिया में प्रवेश करना। समाज की यह दुनिया पितृसत्तात्मक है, यानी वह पिता का संसार है। उस पिता का जो बच्चे की उस समय तक की ज़िंदगी में जैविक नहीं बल्कि सांकेतिक उपस्थिति ही रखता है। लकाँ कहते हैं माँ बच्चे के लिए सम्पूर्ण आनंद का स्रोत है। इसे वे *ज़ूसेंस* का नाम देते हैं, जबकि पिता सांकेतिक है जिसके सान्निध्य के कारण बच्चा *ज़ूसेंस* से वंचित हो जाता है। यह वंचन ही उसके भीतर यौन कामना की सृष्टि करता है।

लकाँ का विचार है कि मातृ-मनोग्रंथि के तहत पैदा होने वाला बधियाकरण का भय वास्तविक न हो कर सांकेतिक होता है। यह भय उस दुश्चिंता का परिणाम है जो बच्चे द्वारा माँ की दुनिया छोड़ कर पिता की दुनिया में प्रवेश से जन्मी है। माँ की दुनिया यानी एक सम्पूर्ण जगत, और पिता की दुनिया यानी भाषा द्वारा संचालित-नियंत्रित सांकेतिक जगत जहाँ पहुँच कर कर्ता विभाजित महसूस करता है। लकाँ के मुताबिक़ मिरर इमेज और भाषा का सांकेतिक दायरा ही समाज में कर्ता के रूप में व्यक्ति की अस्मिता का आधार है। इस तरह लकाँ के विमर्श में मानवीय कर्ता सांकेतिक, वास्तविक और काल्पनिक के तीन आयामों से मिल कर परिभाषित होता है।

कुल मिला कर लकाँ का अस्मिता-विमर्श एक ऐसी अस्मिता की तरफ़ इशारा करता है जो कभी सम्पूर्ण नहीं हो सकती। यह अलग बात है कि अस्मिता आधारित राजनीतिक आंदोलन अक्सर एक सम्पूर्ण अस्मिता का आश्वासन थमाते हैं। बहुसंख्यकवादी और बहिर्वेशनवादी राजनीति हमेशा दावा करती है कि आप्रवासी, अल्पसंख्यक और समलैंगिक ने अन्य के रूप में उस *ज़ूसेंस* को हड़प लिया है जो बहुसंख्यक कर्ता का जन्मसिद्ध अधिकार था।

फ्रॉयड पर स्त्री-द्वेषी होने का आरोप लगाने वाली नारीवादियों ने लकाँ के इस विमर्श पर भी स्त्री-द्वेषी होने का इलज़ाम लगाया। लेकिन कुछ अन्य विद्वानों ने इसका दूसरा अर्थ निकाला। लकाँ अपनी व्याख्या के दौरान जब कहते हैं कि स्त्री का वजूद नहीं है, तो वे सांकेतिक दायरे यानी पितृसत्तात्मक यथार्थ का हवाला दे रहे होते हैं। उनका मक़सद स्त्री की नामौजूदगी का समर्थन करना नहीं है। वे तो यह बताते हैं कि सांकेतिक दायरे में स्त्री का सार या उसकी प्रकृति पुरुष की कामनाओं और सांस्कृतिक निर्धारकों से तय होती है। दूसरे, लकाँ पुरुष के काम-तत्त्व के आधार की शिनाख़्त जैविक शिश्न के बजाय फ़ालस यानी लिंग में करके पुरुष की सेक्शुअलिटी को सीमित कर देते हैं। लकाँ ने दिखाया है कि लिंग के ज़रिये यौनानंद लेने का आग्रह पुरुष के आनंद उठाने की क्षमता कम कर देता है। जबकि स्त्री के पास *ज़ूसेंस* की बेशी सप्लाई होती है जिसके कारण वह यौनानंद कहीं ज़्यादा उठाने की क्षमता से लैस होती है। दरअसल, लकाँ ने फ्रॉयड से भी एक क़दम आगे जा कर स्त्री की मातृ-मनोग्रंथि के प्रश्न पर विचार किया और अपने बाद के जीवन में उन्होंने सेक्शुअल विभेद के रहस्यों को जानने में काफ़ी वक़्त लगाया। उनके इस अनुसंधान का आधार यह

धारणा थी कि जेंडर अस्मिता से अलग स्त्रीत्व का एक मूल-तत्त्व होता है जिसके माध्यम से स्त्री सांकेतिक जगत में अपने ऊपर थोपे गये आग्रहों का प्रतिरोध कर पाती है।

लकाँ ने दुनिया के उन तमाम बड़े बुद्धिजीवियों के साथ संवाद स्थापित किया जो मनोविश्लेषण की दुनिया के नहीं थे। मसलन, उन्होंने सांकेतिक व्यवस्था की धारणा लेवी-स्त्रॉस से ली जिन्होंने मिथकों, भाषा, कुटुम्ब और किसी संस्कृति में आर्थिक आदान-प्रदान के सांगठनिक सिद्धांत के लिए यह सूत्रीकरण किया था। लकाँ ने अन्य की अवधारणा को लेकर ज्याँ-पाल सार्त्र से बहस की और मर्ली-पोंती से देह के सवाल पर विवाद किया। लकाँ ने हाइडेगर के बाद के दिनों के लेखन का फ्रेंच में अनुवाद किया और उनके भाषा, दर्शन और कविता संबंधी कई विचारों से प्रेरणा प्राप्त की। लकाँ एक तरफ़ तो मनोविश्लेषण को एक नया विज्ञान मानते थे, और दूसरी तरफ़ उनका यह भी ख़याल था कि विज्ञान के प्रभुत्व से आक्रांत संस्कृति में मनोविश्लेषण के माध्यम से कई तरह रोगों का निदान किया जा सकता है। उनके पहले विचार ने अलथुसे को प्रभावित किया, और दूसरे ने फ़ूको और देरिदा जैसे फ्रांसीसी दार्शनिकों को। लकाँ ने उस जटिल क़िस्म के भाषाई विश्लेषण की तरफ़ भी ध्यान आकर्षित किया जिसका इस्तेमाल करते हुए फ्रॉयड ने अपनी व्याख्याएँ की थीं। भाषा और मनोविश्लेषण के बीच इस सूत्र ने लकाँ को साहित्यिक सिद्धांतकारों के बीच भी ख़ासी प्रतिष्ठा दिलायी।

देखें : एरिक फ्रॉम, कार्ल गुस्ताव युंग, मनोविज्ञान-1 और 2, मनोविश्लेषण, मनोविश्लेषण और नारीवाद, ज़िग्मण्ड फ्रॉयड-1 और 2.

संदर्भ

1. डी. इवांस (1997), *ऐन इंट्रोडक्टरी डिक्शनरी ऑफ़ लकाँनियन साइकोएनालिसिस,* रॉटलेज, लंदन.
2. ई. ग्रोज़ (1990), *ज़ाक लकाँ : अ फ़ेमिनिस्ट इंट्रोडक्शन,* रॉटलेज, लंदन.
3. एस. ज़िज़ेक (1991), *लुकिंग ऑरी : ऐन इंट्रोडक्शन टू ज़ाक लकाँ थ्रू पापुलर कल्चर,* एमआईटी प्रेस, बोस्टन.
4. जॉन पी. मुलर और विलियम जे. रिचर्डसन (1982), *लकाँ ऐंड लेंग्वेज : अ रीडर्स गाइड टू एक्रिट्स,* इंटरनैशनल युनिवर्सिटी प्रेस, न्यूयॉर्क.

— अभय कुमार दुबे

ज्याँ-फ्रांस्वा ल्योतर

(Jean-francois Lyotard)

उत्तर-आधुनिकतावाद को एक प्रभावशाली वैचारिक आंदोलन में बदल देने वाले फ्रांसीसी दार्शनिक और उत्तर-संरचनावादी चिंतक ज्याँ-फ्रांस्वा ल्योतर (1925-1998) किसी भी तरह के महा-आख्यान, महा-विचार और महा-सिद्धांत को गहराई से प्रश्नांकित करने के लिए जाने जाते हैं। उन्हें यक़ीन था कि इनसान का सामाजिक जीवन इस क़दर विविध और सृजनशील है कि उसे किसी एक विचार या सिद्धांत में नहीं समेटा जा सकता। ल्योतर के मुताबिक़ ऐसे बहुलतासम्पन्न सामाजिक जीवन पर अगर कोई सोशल इंजानियरिंग आरोपित की जाएगी, या ख़ास तरह की विकास-नीति या अर्थनीति अपना कर उस पर कोई परिवर्तन थोपा जाएगा, तो उसका नतीजा लाज़मी तौर पर सर्वसत्तावाद में निकलेगा। एक विचार के तौर पर उत्तर-आधुनिकतावाद की चर्चा ल्योतर से पहले भी होती रहती थी। न केवल यह पद कला और साहित्य की दुनिया में प्रचलित था, बल्कि इसके ज़रिये किये जाने वाले आक्षेपों से आधुनिकता को बचाने के लिए डेनियल बैल ने 1973 में इसकी कड़ी आलोचना भी की थी। लेकिन 1979 में ल्योतर की रचना *पोस्टमॉडर्न कंडीशन: अ रिपोर्ट ऑन नॉलेज* का फ्रांसीसी भाषा में प्रकाशन होते ही 'महा-आख्यानों के प्रति अविश्वास' एक प्रमुख वैचारिक फ़िकरा बन गया। 1984 में यह पुस्तक अंग्रेज़ी में अनूदित हुई जिसके बाद से एक सामाजिक-सांस्कृतिक सिद्धांत के रूप में उत्तर-आधुनिकता और उत्तर-आधुनिकतावाद के पैर ग्लोबल पैमाने पर जम गये।

ज्याँ-फ्रांस्वा ल्योतर का जन्म वरसाई, फ्रांस के एक साधारण परिवार में हुआ था। स्नातक की डिग्री हासिल करने के बाद उन्होंने अल्जीरिया से शुरू करके कई स्कूलों में दर्शन का अध्यापन किया। रैडिकल राजनीति में दीक्षित होने के बाद उन्होंने पेरिस के इर्द-गिर्द कई शिक्षा-संस्थाओं में दर्शन के प्रवक्ता और फिर प्रोफ़ेसर की भूमिका निभायी। *लिबिडनल इकॉनॉमी* लिखने के बाद विट्गेंस्टाइन और उत्तर-संरचनावादी चिंतक देरिदा से प्रभावित हो कर उनकी दिलचस्पी भाषा के विश्लेषण में हो गयी। 1984 में उनकी रचना द *डिफ़रेंड* प्रकाशित हुई। 1993 में उनके निबंधों का संकलन द *ड्राइव्ज़ ऐंड देयर एपरेटसिस* का प्रकाशन हुआ।

ल्योतर ने अपनी यह युग-प्रवर्तक कृति क्युबेक विश्वविद्यालय की एक परियोजना के तहत रची थी। विश्वविद्यालय विकसित देशों में ज्ञान के तत्कालीन स्तर की जाँच-पड़ताल करना चाहता था ताकि उसके आधार पर

ज्याँ-फ्रांस्वा ल्योतर (1925-1998)

भविष्य की विश्वविद्यालयीय नीतियों का सूत्रीकरण किया जा सके। *पोस्टमॉडर्न कंडीशन* में ल्योतर ने दावा किया कि युरोपीय ज्ञानोदय से निकले प्रगति के विचार और बुद्धिवाद के नेतृत्व में बना ज्ञान का ढाँचा, उसकी प्रकृति और स्थिति में परिवर्तन आ चुका है। नये हालात को उन्होंने उत्तर-आधुनिकता का नाम दिया, जिसके तहत सूचना प्रौद्योगिकी, दक्षता और परिणामवाद का बोलबाला हो चुका है। अपने विकास की प्रक्रिया में विज्ञान के विभिन्न अंगों में पहले की तरह परस्पर अनुरूपता नहीं रह गयी है और अब वैज्ञानिक एक-दूसरे से मिलती-जुलती भाषा भी नहीं बोलते। हालाँकि विज्ञान का दावा अभी भी वस्तुनिष्ठ व्याख्या प्रदान करने का है, पर उसके वजूद को तरह-तरह के महा-आख्यानों और महा-गाथाओं के दम पर जायज़ ठहराया जा रहा है। आधुनिकता ने सुख, समृद्धि और स्वतंत्रता का आश्वासन थमाया था, वह पूरा नहीं हो सका है। परिणामस्वरूप सार्वभौम आस्थाओं, विचारधाराओं, धर्मों, पूँजीवाद के लाभों और मनोविश्लेषण की विधियों से लोगों का मोह भंग हो गया है।

ल्योतर ने स्पष्ट रूप से कहा कि प्रौद्योगिकी ज्ञान को बदल रही है और ज्ञान के जो रूप प्रौद्योगिकी की भाषा में अनूदित होने के लिए तैयार नहीं है वह किसी न किसी रूप में हाशियाग्रस्त होने के लिए अभिशप्त हैं। इसी के मुताबिक़ भविष्य के अनुसंधान की दिशा भी उसके परिणामों के कम्प्यूटर की भाषा में अनूदित होने की सम्भावनाओं पर निर्भर होगी। लेकिन अगर ऐसा हुआ तो क्या उत्तर-आधुनिक युग में कम्प्यूटरों का वर्चस्व क़ायम नहीं हो जाएगा और क्या सोचने वाले कर्त्ता की जगह आधुनिक प्रौद्योगिकी की यांत्रिक प्रवृत्तियाँ नहीं ले लेंगी? इस प्रश्न के उत्तर में ल्योतर की थीसिस कहती है कि ज्ञान प्रौद्योगिकी के हाथों बदल कर विनिमय-मूल्य और बाह्य शक्तियों के खेल के मातहत हो जाएगा। इस तरह ल्योतर उत्तर-आधुनिक स्थिति की परिभाषा प्रौद्योगिकीय और वैज्ञानिक ज्ञान-रूपों के अंतर्भूत परिणामों के साथ-साथ ज्ञान-रूपों के वैकल्पिक आख्यानों के संदर्भ में भी करते हैं।

ल्योतर पोस्टमॉडर्न कंडीशन के तहत किसी भी विचार का सत्यापन करने के लिए पागान रवैये की वकालत करते हैं। चूँकि देश-काल की सीमाओं से परे सार्वभौम पैमाने पर लागू होने वाले सिद्धांतों के आधार पर मानक नहीं बनाये जा सकते, इसलिए ईमानदार तरीक़ा यही होगा कि हर घटना, हर विचार या हर मसले की जाँच उसकी विशिष्ट शर्तों के आधार पर की जाए। आकलन और मूल्यांकन करने के इस उसूल की पुष्टि अरस्तू के हवाले से करते हुए ल्योतर ने कहा कि पागान समाज यही तरीक़ा अपनाता था। ऐसे समाजों का सार्वजनिक जीवन मार्क्सवाद, कम्युनिज़्म, समाजवाद, फ़ासीवाद या पूँजीवाद जैसे महा-आख्यानों और महा-सिद्धांतों की बौद्धिक ग़ुलामी में नहीं फँस सकता था। पागान समाज राजनीतिक कार्रवायी की हर माँग और दावेदारी की जाँच पूर्व-निर्धारत मानकों के आधार पर न करके अलग-अलग तरीक़ों से करता था। इसका नतीजा अधिक न्यायपूर्ण सामाजिक संरचनाओं में निकलता। सोवियत शैली की सामाजिक-आर्थिक इंजीनियरिंग की जगर ल्योतर ने 'लघु आख्यानों' की सिफ़ारिश की। इसके उदाहरण के तौर पर उन्होंने 1968 के मज़दूर-छात्र गठजोड़ को आदर्श क़रार दिया जो पेरिस के विद्रोह के केंद्र में था। किसी दीर्घकालीन डिज़ाइन के विपरीत यह गठजोड़ एक सीमित और अल्पकालीन मक़सद हासिल करने के लिए बनाया गया था।

पोस्टमॉडर्न कंडीशन के प्रकाशन से पहले ल्योतर को उनकी रचना *लिबिडनल इकॉनॉमी* (1974) के लिए जाना जाता था जिसमें उन्होंने अवाँगार्द कला की फ़ितनागिरी का विश्लेषण किया था। लिबिडिनल इकॉनॉमी जैसे पद का इस्तेमाल उन्होंने मनुष्य के भीतर सक्रिय उन विविध प्रेरणाओं और चालक-शक्तियों के लिए किया जो तर्क और बुद्धि के मुताबिक़ चलने में रुकावट डालती हैं। फ्रॉयड की भाँति ल्योतर इन प्रवृत्तियों को केवल अवचेतन का अंग बता कर नहीं रह जाते, बल्कि उनके अराजक और सामाजिक व्यवस्था को बेतरतीब बना देने वाले प्रभाव को सकारात्मक दृष्टि से देखते हैं। इस जगह वे मार्क्सवाद की आलोचना करते हैं कि उसके सिद्धांतों में इन चालक शक्तियों के लिए कोई स्थान नहीं है। मार्क्सवाद इन शक्तियों और प्रेरणाओं को अनायास

और विवेकहीन कह कर ख़ारिज कर देता है। ल्योतर के मुताबिक़ यह मार्क्सवाद की वैचारिक तानाशाही है, क्योंकि इन प्रवृत्तियों को हमेशा के लिए नहीं दबाया जा सकता; अंत में वे किसी न किसी रूप में ख़ुद को व्यक्त करती ही हैं। ल्योतर ने उन्नीसवीं सदी की औद्योगिक क्रांति को भी मज़दूर वर्ग की लिबिडनल ऊर्जा के ज़बरदस्त विस्फोट की संज्ञा दी है। मार्क्सवादी इस क्रांतिं में महज़ मज़दूरों का शोषण देखते हैं, जबकि ल्योतर के मुताबिक़ स्वयं मज़दूर उस प्रक्रिया को उत्सुकता, विविधता और परिवर्तन के नज़रिये से देख रहे थे।

ल्योतर की यह रचना उस ज़माने में प्रकाशित हुई थी जब 1968 की घटनाओं के बाद कई फ्रांसीसी बुद्धिजीवी मार्क्सवाद से मोहभंग के दौर से गुज़र रहे थे। *लिबिडनल इकॉनॉमी* को मार्क्सवाद की दार्शनिक और सांस्कृतिक परियोजना के ऊपर सीधे हमले के रूप में देखा जाता है। अधिक सामान्य अर्थों में इसे दर्शन की बुद्धिवादी विरासत के प्रति उग्र नकार के रूप में भी ग्रहण किया जाता है। इसीलिए इस रचना को उत्तर-दार्शनिक और कभी-कभी उसके विरोधियों द्वारा दर्शन-विरोधी तक क़रार दिया जाता है।

ल्योतर ने अपने बौद्धिक जीवन की शुरुआत में फ्रॉयड और मार्क्स का संश्लेषण करने की कोशिशें की थीं। जल्दी ही उनका मनोविश्लेषण और मार्क्सवाद से मोह भंग हो गया। लेकिन इस दौरान निर्मित हुए बौद्धिक सरोकार किसी न किसी रूप में उनके साथ बने रहे। उनके ज़्यादातर राजनीतिक सिद्धांत विभिन्न प्रसंगों के इर्द-गिर्द रचे गये हैं। अल्जीरिया की आज़ादी के लिए हुए युद्ध ने उन्हें राजनीतिक चिंतन की प्रेरणा दी। उस समय वे अल्जीरिया में दर्शनशास्त्र का अध्यापन करते हुए एक रैडिकल ट्राट्स्कीवादी गुट के साथ *सोशलिज़्म ऑर बारबरिज़्म* नाम पत्रिका के साथ जुड़े हुए थे।

1968 में पेरिस की सड़कों पर हुए छात्र-मज़दूर विद्रोह के समय वे ख़ुद को मार्क्सवादी मानते थे, पर आंदोलनकारियों की पहलक़दमियों का लाभ उठाने में फ्रांसीसी कम्युनिस्ट पार्टी की विफलता से नाराज़ हो कर उन्होंने मार्क्सवादियों की निंदा की। उन्हें लगा कि उनकी आँखों के सामने ही मार्क्सवाद का महा-वृत्तांत धराशायी हो रहा है। इसी मक़ाम से उन्हें राजनीति में उत्तर-आधुनिकता का सूर्योदय होता हुआ दिखा।

ल्योतर के विचार जितने प्रभावशाली हैं, उन्हें प्रश्नांकित भी उसी शिद्दत से किया गया है। उनके आलोचकों का कहना है कि आधुनिकता की ताक़त को ख़ारिज करने भर से उसका सामाजिक कार्यक्रम ख़ारिज नहीं हो जाता। वे यह भी कहते हैं कि उत्तर-आधुनिकता किसी भी तरह से आधुनिकता का विकल्प नहीं बन पायी है। ल्योतर की उत्तर-आधुनिकता बिना किसी वैकल्पिक कार्यक्रम की तजवीज़ किये एक क़िस्म की आधुनिकता की ख़ामियों को खंगालती रहती है। इसके साथ ही उसे एक दूसरे तरह की आधुनिकता के आविष्कार की कोशिश करते हुए देखा जा सकता है। इस लिहाज़ से उत्तर-आधुनिकता अपने-आप में आधुनिकता के अंत के बजाय उसकी शुरुआत बनने के प्रयासों की तरह भी परिभाषित हो सकती है।

देखें : अस्तित्ववाद, आत्मनिष्ठता-वस्तुनिष्ठता, इयत्ता, इमैनुएल कांट, इंद्रियानुभववाद, ईसैया बर्लिन, उत्तर-आधुनिकतावाद, उदारतावाद, कल्पित समुदाय, घटनाक्रियाशास्त्र और एडमण्ड हसर, चेतना, जॉन लॉक, ज़ाक लकाँ, ज्याँ-पॉल सार्त्र, ज़ाक देरिदा, तत्त्वमीमांसा और अस्तित्वमीमांसा, तात्त्विकतावाद, द्वैतवाद, फ्रीड्रिख़ विल्हेल्म नीत्शे-1 और 2, बुद्धिवाद, भौतिकवाद, मनोविश्लेषण, मिशेल पॉल फ़ूको-1 और 2, युरोपीय पुनर्जागरण, युरोपीय ज्ञानोदय, रेने देकार्त, लुई अलथुसे, सोरेन कीर्केगार्द, संरचनावाद और उत्तर-संरचनावाद, ज्ञानमीमांसा।

संदर्भ

1. जी. बेनिंग्टन (1988), *ल्योतर : राइटिंग द ईवेंट,* कोलम्बिया युनिवर्सिटी प्रेस, न्यूयॉर्क.
2. ज्याँ-फ्रांस्वा ल्योतर (1984), *द पोस्टमॉडर्न कंडीशन : अ रिपोर्ट ऑन नॉलेज,* मैनचेस्टर युनिवर्सिटी प्रेस, मैनचेस्टर.
3. बी. रीडिंग्ज़ और के.पी. जीमैन (सम्पा.) (1993), *पॉलिटिकल राइटिंग्ज़,* यूसीएल प्रेस, लंदन.
4. जे. विलियम्स (1998), *ल्योतर : टुवर्ड्स अ पोस्टमॉडर्न फिलॉसफ़ी,* पॉलिटी प्रेस, केम्ब्रिज.

—अभय कुमार दुबे

ज्याँ-ज़ाक रूसो

(Jean-Jacques Rousseau)

फ्रांसीसी नवजागरण के प्रमुख विचारक, उपन्यासकार, संगीतशास्त्री, गीत-नाट्यकार और शिक्षाशास्त्री ज्याँ-ज़ाक रूसो (1712-1778) का कृतित्व आधुनिक राजनीतिक विचार के लिए केंद्रीय महत्त्व रखता है। यह रूसो के विमर्शों का ही प्रताप था कि अठारहवीं सदी में लोकतंत्र का सिद्धांत पहली बार आम जनता और भीड़तंत्र के भय से मुक्त हुआ। रूसो ने अपने प्रभावशाली लेखन के ज़रिये अपने युग के प्रचलित बौद्धिक रवैये के परे जाते हुए अभिजनों द्वारा अर्जित राजनीतिक, बौद्धिक और सांस्कृतिक उपलब्धियों के ऊपर साधारण व्यक्ति के गुणों, निष्ठा, देशभक्ति और सामुदायिक भावना को अहमियत दी। विषमता के ख़िलाफ़ समता का

विमर्श स्थापित करने वाले रूसो अपने युग के फ्रांसीसी बुद्धिजीवियों में सर्वाधिक लोकप्रिय थे। अपनी मृत्यु के सोलह वर्ष बाद 1789 की महान फ्रांसीसी क्रांति के मुख्य प्रणेता के तौर पर उन्हें फ्रांस के राष्ट्रीय नायक का दर्जा प्रदान किया गया।

रूसो प्रत्यक्ष लोकतंत्र के समर्थक थे, पर एथेंस के बौद्धिक रूप से चमकदार लोकतंत्र के मुक़ाबले स्पार्टा के दृढ़, जुझारू और बौद्धिकता को ख़ास महत्त्व न देने वाला लोकतंत्र उन्हें अधिक प्रिय था। उनकी लेखनी में अनूठी शक्ति थी। विचार मूलत: उनका अपना हो या अपने साथी विद्वानों से बातचीत के ज़रिये ग्रहण किया गया हो, वे हमेशा उसे मौलिक कोण से पेश करने में कामयाब रहते। रूसो के आलोचक भी मानते थे कि नवजागरण के दार्शनिकों के कई विचार रूसो के ज़रिये आम लोगों तक पहुँचने पर अधिक प्रभावी साबित हुए। समझा जाता है कि रूसो ने जिन विचारों के आधार पर अपना पूरा विमर्श खड़ा किया, उनके जनक मुख्यत: दिदेरो और बुफ़ों थे, पर आज दुनिया उन्हें रूसो की कृति मानती है।

1750 में प्रकाशित *अ डिस्कोर्स ऑन द आर्ट्स ऐंड साइंसेज़* का लेखन रूसो ने एक निबंध प्रतियोगिता जीतने के लिए किया था। उन्हें न केवल अपने फ़ौरी मक़सद में सफलता मिली, बल्कि इसके ज़रिये उन्होंने अपने ज़माने के उन प्रचलित विचारों को चुनौती भी दे डाली जिन्हें उन्हीं के मित्रों और सहयोगी दार्शनिकों से विकसित किया था। उस समय तक नवजागरण के चिंतक प्रगति के विचार का प्रतिपादन कर चुके थे। पर रूसो ने उन्हें यह कह कर भौंचक्का कर दिया कि जिन उपलब्धियों को सभ्यता का विकास समझा जा रहा है, वे बुद्धि और मानवीय सुख का प्रतिनिधित्व करने के बजाय इनसानों को भ्रष्ट, बेइमान और दुखी बना रही हैं। रूसो ने हर उस उपलब्धि को कमतर ठहराया जिसे नवजागरण के दार्शनिक कीमती मानते थे, फिर चाहे वह तर्कबुद्धि हो, विज्ञान हो, दर्शन, प्रगति या बौद्धिक परिष्कार हो। रूसो ने ईसाइयत द्वारा स्थापित 'मूल-पाप' (ओरिजिनल सिन) के सिद्धांत का खण्डन करते हुए मनुष्य की बुनियादी अच्छाई का दावा किया। उनका कहना था कि मनुष्यों को भ्रष्ट करने की ज़िम्मेदारी तो समाज की है।

अपने अन्य विमर्शों में भी रूसो ने इसी आधारभूत तर्क को और समृद्ध किया। 1755 में प्रकाशित *अ डिस्कोर्स ऑन द ओरिजिन ऑफ़ इनईक्वलिटी* में उन्होंने मनुष्य की प्रकृत अवस्था की अपनी व्याख्या करते हुए दावा किया कि अपने प्राकृतिक रूप में मनुष्य लाज़मी तौर पर बुद्धिसंगत और सामाजिक न हो कर अलग-अलग सक्रिय रहने वाला प्राणी था। उसमें कभी-कभी एक-दूसरे से अन्योन्यक्रिया करने के साथ-साथ स्व-हित को समझने और हमदर्दी महसूस करने की क्षमताएँ भी थीं। आबादी बढ़ने के दबाव में मनुष्य की यह प्राकृतिक स्वतंत्रता नष्ट हो गयी। निजी सम्पत्ति की शुरुआत के साथ ही शोषण, विषमता और सभी तरह की बुराइयों का आगमन हुआ। सामाजिक विषमता से अन्याय और नैतिक भ्रष्टाचार निकला। सतही तौर से देखने से लगता है कि रूसो के विमर्शों की निगाह में मानवता का भविष्य अंतिम रूप से अंधकारमय था। पर, रूसो यह भी साफ़ करते हैं कि मनुष्य में सुधार करते हुए सम्पूर्णता प्राप्त करने की क्षमता भी है।

इस निष्कर्ष पर पहुँचते ही रूसो दो तरह के प्रश्नों का सामना करते हैं : क्या व्यक्तिगत धरातल पर ऐसा जीवन जीना सम्भव है जिसे समाज ने भ्रष्ट न किया हो, और क्या भ्रष्ट न किया जा सकने वाला समाज बनाया जा सकता है? 1762 में दो पुस्तकों के ज़रिये रूसो ने इन प्रश्नों का उत्तर दिया। अपनी उपन्यासनुमा रचना *एमाइल* के पृष्ठों पर रूसो एमाइल नामक काल्पनिक बालक की कहानी कहते हैं कि उसे किस प्रकार समाज के दूषित प्रभाव से दूर प्राकृतिक रूप से शिक्षित किया गया। उन्होंने जिस शिक्षा संबंधी सिद्धांत का प्रतिपादन किया उसने बचपन, बच्चों के लालन-पालन और मातृत्व संबंधी युरोपियन समझ को पूरी तरह से बदल डाला। रूसो ने माताओं से आग्रह किया कि वे दाई के हवाले न करके अपने शिशु की ख़ुद देखभाल करें और उसे अपना दूध पिलाएँ। इसी प्रक्रिया में रूसो ने सार्वजनिक दायरे के बरक्स एक निजी दायरे की कल्पना की जिसमें छोटे आधुनिक बूर्ज्वा परिवार की आहटें थीं, लेकिन जिसके रख-रखाव की ज़िम्मेदारी स्त्री की अधीनता पर डाल दी गयी थी।

रूसो की दूसरी रचना *सोशल कांट्रेक्ट* भ्रष्टाचार से मुक्त समाज बनाने की तजवीज़ करती है। इसकी पहली पंक्ति जगत विख्यात हो चुकी है : 'मनुष्य स्वतंत्र पैदा होता है, पर हर जगह वह ज़ंजीरों में जकड़ा हुआ है।' दरअसल, *सोशल कांट्रेक्ट* आधुनिक राजनीतिक दर्शन को एकदम नया रूप दे देती है। उनका सामाजिक समझौता हॉब्स और लॉक के सामाजिक समझौते से अलग है। रूसो से पहले के दार्शनिकों का यक़ीन था कि मनुष्य अपनी बुद्धिगत क्षमताओं के कारण दूसरे प्राणियों से भिन्न है, जबकि रूसो मानते हैं कि इनसान नैतिक चुनाव की क्षमता के कारण अलग है। अगर उसे यह चुनाव करने की आज़ादी न दी जाए तो वह दास से अधिक कुछ नहीं रह जाएगा। चूँकि समाज तरह-तरह की अ-स्वतंत्रताओं से भरा हुआ है और मनुष्य अपनी प्राकृतिक स्वतंत्रता के शुरुआती संसार में नहीं लौट सकता, इसलिए रूसो तजवीज़ करते हैं कि उसे अपनी उस आज़ादी का विनिमय नागरिक स्वतंत्रता से करना चाहिए। इसके लिए मनुष्य को एक-दूसरे से मिल कर संगठन बनाना होगा, सामाजिक अस्तित्व रचना होगा जिसके तहत सभी लोग

अपने अधिकार त्याग देंगे और बदले में नागरिक के रूप में अधिकार प्राप्त करेंगे, एक सम्प्रभु के सदस्य के रूप में रहेंगे। अर्थात् एक संविधान बनाना पड़ेगा जिसके तहत हर व्यक्ति अधीन भी होगा और सहभागी नागरिक भी। केवल इसी तरह स्वतंत्रता की गारंटी की जा सकेगी। यह लोकतंत्र की अवधारणा थी, पर रूसो जनता के प्रतिनिधियों द्वारा चलाये जाने वाले लोकतंत्र या विधि-निर्माण से सहमत नहीं थे। प्राचीन यूनान के प्रत्यक्ष लोकतंत्र की तरह रूसो चाहते थे कि सभी नागरिक एक सार्वजनिक स्थान पर जमा हो कर विधि निर्माण करें। अल्पमत को बहुमत द्वारा लिए गये निर्णय के अधीन होने से बचाने के लिए रूसो ने सर्वसम्मति का पक्ष लिया जिसे कारगर बनाने के लिए उन्होंने अपने सबसे विख्यात सिद्धांत 'जन-इच्छा' (जनरल विल) का सूत्रीकरण किया। 'जन-इच्छा' के आधार पर रचे गये क़ानून के पालन का मतलब था स्वयं अपनी इच्छा का पालन करना।

ज्याँ-ज़ाक रूसो (1712-1778)

रूसो के ये प्रस्ताव असाधारण और विवादास्पद थे। उनकी इस असाधारणता का ताल्लुक़ उनके असाधारण जीवन से भी था। वे स्विट्ज़रलैण्ड के एक मध्यवित्त परिवार में पैदा हुए। जन्म देते हुए माँ की मृत्य हो गयी। उनके पिता एक घड़ीसाज़ होने के बावजूद पुस्तकों और अध्ययन के प्रेमी थे। पर वे अपने बेटे को कोई ख़ास औपचारिक शिक्षा नहीं दिला पाये। पिता के दूसरे विवाह के बाद रूसो किशोरवय में ही अकेले पड़ गये। इसके बाद उनके भटकने का सिलसिला शुरू हुआ। उन्हें फ्रांस और इटली के कुछ इलाक़ों में छोटी-मोटी नौकरियाँ करनी पड़ीं। स्नेह के अभाव और संकटग्रस्त जीवन ने उन्हें अति-संवेदनशील बना दिया। इसी अवधि में भाग्य ने उन्हें एक तलाक़शुदा 29 वर्षीय महिला द वारेन से मिलवाया जिन्हें कमसिन रूसो से प्रेम हो गया। द वारेन के प्रभाव में आकर रूसो ने कैल्विनवादी ईसाई आस्थाओं को छोड़ कर कैथॅलिक आस्थाओं का दामन थामा। द वारेन ने ही रूसो को संगीत की औपचारिक शिक्षा दिलवायी। उन्हीं के सान्निध्य में रूसो ने दर्शन और गणित का अध्ययन किया। 1742 में वे इटली से फ्रांस पहुँचे और संगीत के स्वरांकन की नयी प्रणाली ईज़ाद करने का दावा किया। ठुकराये जाने पर उन्होंने निष्कर्ष निकाला कि पेरिस इतालवी संगीत के प्रति दुराग्रहग्रस्त है। पेरिस में ही उनकी दोस्ती फ्रांसीसी दार्शनिक दिदेरो से हुई। दिदेरो और द'अलेम्बर्त द्वारा तैयार किये महाग्रंथ *इनसाइक्लोपीडिया* में संगीत संबंधी रचनाओं के अलावा रूसो ने 1755 में राजनीतिक अर्थशास्त्र पर एक विख्यात लेख का योगदान भी किया।

रूसो को आर्थिक दिक़्क़त रहती थी, पर इस दबाव में आ कर किसी पेशकश को मान लेना उनके स्वभाव में नहीं था। उन्होंने 1752 में लुई पंद्रहवें द्वारा दी गयी आजीवन पेंशन ठुकरा दी। लुई रूसो द्वारा रचित एक ऑपेरा देख कर अत्यंत प्रभावित हुए थे। रूसो ने ट्यूशन पढ़ाने के कई फ़ायदेमंद प्रस्ताव भी स्वीकार नहीं किये। *सोशल कांट्रेक्ट* लिखने से पहले 1961 में उन्होंने *ज़्यूली ऑर द न्यू हेलोइस* शीर्षक से आठ सौ पृष्ठ का एक बृहद उपन्यास लिखा। प्रेम संबंधों पर आधारित यह एक भावनाप्रवण कहानी थी, जिसने युरोप के गल्प-साहित्य में स्वच्छंतावाद के परवर्ती विकास के लिए आधार का काम किया।

स्थापित विचारों से खुल कर असहमति व्यक्त करने के कारण रूसो को चर्च और प्रशासनिक अधिकारियों का कोप झेलना पड़ा। जिनेवा और कई जगहों पर उनकी किताबों पर पाबंदी लगायी गयी। गिरफ़्तारी से बचने के लिए वे ख़ुफ़िया तौर पर फ्रांस से निकल गये और डेविड ह्यूम की मदद से इंग्लैण्ड में शरण ली। अलग-थलग पड़ जाने के कारण रूसो की मानसिक हालत अस्थिर होती चली गयी। 1767 में वे एक दूसरा नाम रख कर फ्रांस लौटे, जहाँ उन्हें पुस्तकें प्रकाशित करने के अधिकार से वंचित कर दिया गया। इसी दौर में उन्होंने अपनी आत्मकथा *कन्फ़ेशंस* लिखी जिससे युरोप में आत्मकथा साहित्य की परम्परा शुरू हुई। *कन्फ़ेशंस* का आंशिक प्रकाशन उनकी मृत्यु के चार साल बाद 1782 में ही हो सका।

रूसो के सिद्धांतों में 'जन-इच्छा' का सिद्धांत सर्वाधिक विवादास्पद है, क्योंकि वे स्वयं भी कभी इस प्रश्न का उत्तर नहीं दे पाये कि नागरिकों की आम सभा में व्यक्त की जाने वाली इच्छाओं में से 'जनरल-विल' कैसे निकलेगी। अंत में हार कर वे यह कहते हुए नज़र आये कि अगर 'जन-इच्छा' नहीं उपलब्ध हो पा रही है तो बहुमत की इच्छा को ही उसका पर्याय मान लिया जाना चाहिए। चूँकि रूसो ने ऐसे नागरिकों के सहज समुदाय की कल्पना की थी जो ऊँच-नीच के संबंधों से परे समता और एकता के वाहक होंगे, इसलिए उन्हें विश्वास था कि उनके बीच में 'जन-इच्छा' उपलब्ध करना आसान होगा। ईसाइयत को इस तरह के लोकतंत्र के

लिए पूरी तरह उपयुक्त न मानने के कारण रूसो ने एक नागरिक धर्म की संकल्पना भी की।

विक्षिप्तता के प्रभाव के कारण मशहूरी की बुलंदियों पर होने के बावजूद रूसो के जीवन के अंतिम दिन सुखी नहीं गुज़रे। 66 वर्ष की उम्र में मस्तिष्काघात से उनकी मृत्यु हो गयी।

रूसो के विचारों की आलोचना उनके जीवन में ही होनी शुरू हो गयी थी। यह सिलसिला बाद में भी जारी रहा। एडमण्ड बर्क ने कहा कि सांस्कृतिक-बौद्धिक उपलब्धियों को ख़ारिज करने का रूसो का निर्णय उनकी अपनी बौद्धिक हेकड़ी और नैतिक विफलता का द्योतक था। शुरुआती नारीवादी मैरी वोल्स्टनक्रॉफ्ट ने रूसो की आलोचना की कि उन्होंने स्त्री को मातृत्व और परिवार के दायरे में जकड़ देने कीए वकालत की है। रूसो के राजनीतिक सिद्धांतों की व्यावहारिकता को भी प्रश्नांकित किया गया कि यूनान के नगर-राज्यों के लिए जो प्रत्यक्ष लोकतंत्र व्यावहारिक था, वह फ्रांस जैसे विशाल आधुनिक राज्य के लिए कैसे कारगर होगा?

कार्ल गॉगर ने रूसो के विचारों को राष्ट्रवाद के नाम पर किये जाने वाले अनाचारों से जोड़ा है। जे.एल. टालमन ने 'जन-इच्छा' की अस्पष्टता के हवाले से रूसो पर यह आरोप लगाया है कि वे आधुनिक लोकतंत्र के पितामह होने के बजाय आधुनिक अधिनायकवाद के पितामह हैं। टालमन के अनुसार एक सम्पूर्णतावादी व्यक्ति या किसी पार्टी द्वारा कभी भी स्वयं में 'जन-इच्छा' मूर्तिमान होने का दावा करके तानाशाही थोपी जा सकती है। अपनी आज्ञा का उल्लंघन 'जन-इच्छा' का उल्लंघन क़रार देने की जुर्रत की जा सकती है। इस आलोचना की रोशनी में देखने पर फ्रांसीसी क्रांति के बाद रॉब्सपियरे और अन्य क्रांतिकारियों द्वारा की गयी ज़्यादतियों की ज़िम्मेदारी रूसो की लगती है। भले ही रूसो ने स्वयं कभी क्रांति की वकालत न की हो, पर इसमें कोई शक नहीं कि क्रांतिकालीन फ्रांस में रूसो के विचारों के इर्द-गिर्द उनका एक अतिवादी रैडिकल संस्करण विकसित हो गया था। ये तमाम क्रांतिकारी इसी तर्ज़ पर स्वयं को रूसो का अनुयायी मानते थे।

ऐसा लगता है कि रूसो ने अपनी इन आलोचनाओं का अंदाज़ पहले ही लगा लिया था। शायद इसीलिए अपनी पहली वार्ता की भूमिका में ही उन्होंने लिखा था : 'जो दृष्टिकोण मैंने अपनाया है उसके लिए मुझे सरलता से क्षमा प्रदान नहीं की जाएगी। वर्तमान समय में जिसकी सबसे अधिक प्रशंसा है उसका विरोध करके मैं अपने विरुद्ध बहुमुखी आलोचना के अलावा और क्या आशा कर सकता हूँ।'

देखें : अफ़लातून, अरस्तू, आग्युस्त कॉम्त, इमैनुएल कांट, ईसैया बर्लिन, कार्ल हाइनरिख़ मार्क्स-1, 2, 3 और 4, कार्ल रायमुंड पॉपर, ग्योर्ग विल्हेल्म फ्रीड्रिख़ हिगेल, चार्ल्स-लुई द सेकोंद मोंतेस्क्यू, निकोलो मैकियावेली, मार्सिलियस पाडुआ के, सुकरात, संत थॉमस एक्विना।

संदर्भ

1. मोतीलाल भार्गव (अनु.) (1934), *रूसो की तीन वार्ताएँ*, हिंदी समिति, सूचना विभाग, लखनऊ (उप्र).
2. एल.डी. कूपर)1999), *रूसो, नेचर ऐंड द प्रॉब्लम्स ऑफ़ द गुड लाइफ़*, पेंसिलवानिया स्टेट युनिवर्सिटी प्रेस, युनिवर्सिटी पार्क पीए.
3. जे.सी. हाल (1972), *रूसो : ऐन इंट्रोडक्शन टू हिज पॉलिटिकल फिलासफ़ी*, मैकमिलन, बैसिंगस्टोक.
4. डब्ल्यू. हेंडेल (1962), *ज्याँ-ज़ाक रूसो : मॉरलिस्ट*, लाइब्रेरी ऑफ़ द लिबरल आर्ट्स, न्यूयॉर्क.
5. जे.एल. टाल्मन (1970), *द ऑरिजिन ऑफ़ टोटेलिटेरियन डेमॉक्रैसी*, स्फ़ेयर बुक्स, लंदन.
6. आर. वोल्कर (2001), *रूसो*, ऑक्सफ़र्ड युनिवर्सिटी प्रेस, ऑक्सफ़र्ड.

— अभय कुमार दुबे

ज्याँ-पॉल सार्त्र

(Jean-Paul Sartre)

विख्यात अस्तित्ववादी दार्शनिक और फ्रेंच नाटककार, उपन्यासकार और साहित्यालोचक ज्याँ-पॉल सार्त्र (1905-1980) के कृतित्व में न केवल अस्तित्ववाद और मार्क्सवाद के साथ-साथ दर्शन और रचनात्मक साहित्य का असाधारण मेल दिखता है, बल्कि उनकी शख़्सियत राजनीतिक रूप से प्रतिबद्ध आधुनिक बुद्धिजीवी का बेहतरीन नमूना भी पेश करती है। किसी भी तरह के सरकारी सम्मानों से सदा दूर रहने वाले सार्त्र ने 1964 में साहित्य का नोबेल पुरस्कार स्वीकार करने से यह कह कर इनकार कर दिया था कि यह तो सड़े हुए आलुओं का एक बोरा भर है। वामपंथी रैडिकल चिंतन और राजनीति के लिए प्रासंगिक रहे सार्त्र कितने लोकप्रिय थे, इसका अंदाज़ा इस बात से लगाया जा सकता है कि उनकी शवयात्रा में भाग लेने के लिए पचास हज़ार से ज़्यादा लोग जमा हुए थे। एक दार्शनिक के रूप में उन्होंने अपनी शुरुआत एडमण्ड हसर के घटनाक्रियाशास्त्र का अध्ययन करके की थी। विशेष रूप से उन्होंने हसर द्वारा प्रतिपादित साभिप्राय और ज्ञानकृत चेतना के सूत्र में दिलचस्पी

दिखाई। सार्त्र के लिए इसका मतलब यह था कि मनुष्य किसी अनुभव को निष्क्रिय रूप से ग्रहण नहीं करता। उनका यही रुझान उनके शुरुआती दार्शनिक चिंतन में दिखाई दिया। उन्होंने मानवीय स्वतंत्रता का संधान करके उस कल्पनाशीलता को रेखांकित करने की कोशिश की जिसके तहत वह अपने जगत का आविष्कार कर सकता है। एक अस्तित्ववादी विचारक के रूप में अपनी सबसे बेहतर कृति *बीइंग ऐंड नथिंगनेस : अ फ़िनोमेनोजिकल ओंटोलॅजी* (1943) में सार्त्र के सरोकार इसी विचार के इर्द-गिर्द व्यक्त होते हैं। सार्त्र का राजनीतिक चिंतन काफ़ी रोचक है। रूसो के बाद वे फ्रांस के पहले चिंतक थे जिन्होंने बेहिचक व्यक्तिवादी और शुद्धतावादी विचार व्यक्त किये। उनके लेखन से हमें उस राजनीति की सीमा समझने का आधार भी मिलता है जिसमें मिलनसार क़िस्म की सामाजिकता की कोई संकल्पना न हो। इसके अलावा सार्त्र ने कमरे में बंद लेखक की छवि भी तोड़ी। उन्होंने विपुल साहित्य और दर्शन का सृजन किया, लेकिन इसके साथ ही उन्होंने ख़ुद को जनता और उनके मुद्दों से भी जोड़े रखा।

इक्कीसवीं सदी के चिंतन के लिए सार्त्र के बौद्धिक योगदान को पाँच दृष्टियों से देखा जा सकता है। पहली बात तो यह है कि सार्त्र कर्ता के रूप में मनुष्य की इयत्ता को देकार्त की भाँति रेखांकित करने के बजाय उसे 'इयत्ता के लिए मौजूद कर्ता' की तरह देखते हैं। सार्त्र का यह नवाचार इयत्ता से संबंधित कई वैकल्पिक सिद्धांतों को जन्म देने की सम्भावनाएँ खोल देता है। दूसरे, सार्त्र उत्तरदायित्व, मूल्य और उसूलों के बजाय प्रामाणिकता पर बल देने वाले विचारक हैं। इससे भी विचार की नयी सम्भावनाएँ खुलती हैं जिन्हें चार्ल्स टेलर जैसे चिंतकों ने स्वीकार किया है। तीसरे, सार्त्र ने दर्शन को एक अकादमीय अनुशासन के दायरे से निकाल कर एक जीवन-शैली के रूप में पेश किया। इससे एक्टिविस्ट फिलॉसफ़र की छवि बनी। चौथी बात यह है कि सार्त्र अपनी रचनाओं और चिंतन में नस्लगत शोषण और उत्पीड़न पर विशेष ध्यान देते हैं। उनके जीवन और कृतित्व का पाँचवा और बेहद महत्त्वपूर्ण पहलू है हमेशा और हर परिस्थिति में उत्पीड़ित का पक्ष लेना। हालाँकि ख़ुद उनकी भाषा सेक्सिज़्म के आरोप से मुक्त नहीं थी, पर उन्होंने अपनी साथी सिमोन को *द सेकण्ड सेक्स* जैसी क्लासिक रचना लिखने के लिए प्रोत्साहित करना जारी रखा। आगे चल कर यह रचना नारीवाद का शाहकार साबित हुई।

सार्त्र का जन्म पेरिस में हुआ था और उन्होंने अपना अधिकतर जीवन इसी शहर में गुज़ारा। 1929 में ईकोल नॉरमले सुपीरियोरे से स्नातक बनने के बाद 1931 से 1945 तक उन्होंने विभिन्न विश्वविद्यालयों में शिक्षा प्राप्त की। कुछ समय तक वे सेना में भी रहे और उन्हें एक छोटी सी अवधि तक युद्धबंदी के रूप में भी रहना पड़ा। सार्त्र का प्रसिद्ध नारीवादी चिंतक सिमोन द बोउवार के साथ सहजीवन का रिश्ता था। 1964 में इन्हें साहित्य का नोबेल पुरस्कार दिया गया। इन्होंने यह पुरस्कार लेने से मना कर दिया। शुरू में सार्त्र मानवीय आज़ादी के विचार के इर्द-गिर्द ही लेखन और चिंतन करते थे। सिमोन और रेमण्ड अरॉन के अनुसार द्वितीय विश्व-युद्ध से पहले सार्त्र की राजनीति में कोई रुचि नहीं थी। लेकिन 1945 के बाद उन्होंने सार्वजनिक मसलों में भी सक्रिय बौद्धिक भागीदारी शुरू की। उन्होंने नाटकों और उपन्यास-पाठ जैसी गतिविधियों के ज़रिये लोगों से अपना जुड़ाव क़ायम किया। बोउवार के साथ वे जीवन भर छोटे-बड़े संघर्षों से जुड़े रहे। इस रुझान ने उनके लेखन को भी गहरायी से प्रभावित किया। सार्त्र ने अपनी एक आँख बचपन में ही खो दी थी। जीवन के आख़िरी वर्षों में वे तक़रीबन पूरी तरह अंधे हो गये थे। लेकिन फ़िर भी टेप रिकार्डर की मदद से उन्होंने अपना लेखन जारी रखा। 1980 में अपने देहांत के समय तक वे काफ़ी सक्रिय रहे। उनके निधन के बाद फ्रांस के एक प्रमुख अख़बार ने लिखा कि फ्रांस ने अपना अंत:करण खो दिया है।

सार्त्र के शुरुआती दार्शनिक निबंध भावनाओं तथा इयत्ता (या सेल्फ़) की कल्पना और प्रकृति से संबंधित हैं। अपने उपन्यास *नौसिया* (1938) में उन्होंने इन्हीं मुद्दों को केंद्रस्थ किया है। इस कृति में बूर्ज्वा समाज की स्पष्ट और तीखी आलोचना सामने आती है। उपन्यास को दार्शनिक रूप में कैसे लिखा जा सकता है, यह रचना उसका एक नमूना थी। पाँच साल बाद जब *बीइंग ऐंड नथिंगनेस* का प्रकाशन हुआ तो पाठकों को समझ में आया कि इस उपन्यास का नायक किन अस्तित्ववादी विषय-वस्तुओं को सम्बोधित कर रहा था। हाइडेगर की तरह ही सार्त्र ने भी इस बात पर ज़ोर दिया कि अस्तित्व आकारहीन होता है और इसका कोई सार नहीं होता है। व्यक्ति खुद को आकस्मिकताओं की अराजकता के बीच पाता है और उसका मार्गदर्शन करने के लिए कोई वस्तुनिष्ठ नैतिक नियम नहीं होते हैं। इसी तरह पहले से अस्तित्वमान कोई मानवीय प्रकृति भी नहीं होती जो जीवन को दिशा दे सके। ऐसी स्थिति में दर्शन का काम हमें दुनिया जिस तरीक़े से महसूस होती है उसे स्पष्ट करना होता है। अस्तित्ववादी चिंतन का सबसे गहनतम पहलू आशंका, बेमतलब होने की (या नथिंगनेस) की भावना, दूसरे के डर और मौत के प्रति जागरूकता के विश्लेषण से संबंधित है। जिंदगी नथिंगनेस से जुड़ी हुई है।

1947 में सार्त्र ने अपने निबंधों का एक संकलन *व्हाट इज़ लिटरेचर* शीर्षक से तैयार किया। सार्त्र एक अनूठे जीवनी-लेखक भी थे। उन्होंने न केवल अपनी बहुचर्चित आत्मकथा *वर्डस* लिखी, बल्कि उनकी विशद रचना गुस्ताव

ज्याँ-पॉल सार्त्र (1905-1980)

फ़्लाबेयर की जीवनी *द फ़ैमिली इडियट* है। सार्त्र ने ज्याँ जेने की जीवनी भी लिखी। दरअसल, जेने और ख़ुद की जीवनी के अलावा उनकी लिखी गयी बाक़ी जीवनियाँ उन्नीसवीं सदी के साहित्यकारों की थीं। शायद इसीलिए फ़ूको ने एक बार उन्हें उन्नीसवीं सदी का एक ऐसा व्यक्ति क़रार दिया था जो बीसवीं सदी के बारे में सोचने की कोशिश करता है। उनकी विख्यात उपन्यास त्रयी (*एज ऑफ़ रीज़न, आयरन इन द सोल* और *द रिप्रीव*) में उनका एक्टिविस्ट रूप सामने आता है। इसका प्रमुख कारण द्वितीय विश्व युद्ध का प्रभाव था। इस दौर में उनके द्वारा लिखे गये नाटकों में भी उन्होंने अस्तित्ववाद से जुड़ी हुई दार्शनिक समस्याओं को उठाया।

राजनीति के बारे में उनका प्रमुख सैद्धांतिक काम *द क्रिटीक ऑफ़ डायलेक्टिकल रीज़न* है। इसके ज़रिये उन्होंने अस्तित्ववाद और मार्क्सवाद को मिलाने की कोशिश की। लेकिन इस पुस्तक को काफ़ी आलोचना का सामना करना पड़ा। यह कृति एक स्तर पर इतिहास के दर्शन के रूप में काम करती है। इसमें द्वंद्वात्मक तर्कबुद्धि की पेशकश है जिसकी मदद से हर व्यक्ति की योजना को इतिहास की पूर्णता के हिस्से के रूप में देखा जा सकता है। लेकिन सार्त्र ने इस रचना में जिस तरह से व्यक्तियों का विवरण दिया है, उससे पुस्तक का व्यापक लक्ष्य थोड़ा पीछे छूट जाता है। वे नीतिशास्त्र पर लिखी जाने वाली एक दूसरी किताब में इसका पूरा औचित्य बताना चाहते थे, लेकिन वह कृति वे पूरी नहीं कर पाये।

सार्त्र ने सीरीज़ और ग्रुप-इन-फ़्यूजन में रहने वाले व्यक्तियों के बीच अंतर किया है। सीरीज़ से सार्त्र का तात्पर्य रोज़मर्रा की ऐसी जिंदगी से है जिसमें कोई मक़सद या इच्छा शामिल नहीं होती है। इसमें लोग बुरी आस्था (बैड फ़ेथ) के शिकार होते रहते हैं। उद्देश्यों में आकस्मिक समानता होने के कारण ही लोग एक-दूसरे से जुड़े रहते हैं। इसे स्पष्ट करने के लिए सार्त्र ने ऐसे लोगों का उदाहरण दिया है जो बस में चढ़ने के लिए लाइन में खड़े होते हैं। सार्त्र ग्रुप-इन-फ़्यूजन में ऐसे क्रांतिकारी समूहों को शामिल करते हैं जिसके सदस्यों ने इतिहास बदलने की एक समान योजना में भागीदारी की, और इसके ज़रिये प्रामाणिक नैतिक आज़ादी हासिल की। रोचक बात यह है कि इस राजनीतिक सिद्धांत में ग़रीब और वंचित लोगों के लिए वास्तविक उपायों पर कम ध्यान दिया गया है। इसके बजाय उन्होंने अस्तित्व की समस्या पर ज़्यादा रोशनी डाली है। उनके इस तरह के तर्क के आधार पर हिंसा का औचित्य भी साबित किया जा सकता है।

देखें : अस्तित्ववाद, आत्मनिष्ठता वस्तुनिष्ठता, इयत्ता, इमैनुएल कांट, इंद्रियानुभववाद, ईसैया बर्लिन, उदारतावाद, कल्पित समुदाय, ग्योर्ग विल्हेल्म फ्रीड्रिख़ हिगेल, घटनाक्रियाशास्त्र और एडमण्ड हसर, चेतना, जॉन लॉक, ज़ाक लकाँ, ज्याँ-फ्रांस्वा ल्योतर, ज़ाक देरिदा, तत्त्वमीमांसा और अस्तित्वमीमांसा, तात्त्विकतावाद, द्वैतवाद, फ्रेड्रिख़ नीत्शे, बुद्धिवाद, भौतिकवाद, मनोविश्लेषण, मिशेल पॉल फ़ूको-1 और 2, युरोपीय पुनर्जागरण, युरोपीय ज्ञानोदय, रेने देकार्त, लुई अलथुसे, सोरेन आबी कीर्केगार्द, संरचनावाद और उत्तर-संरचनावाद, ज्ञानमीमांसा।

संदर्भ

1. क्रिस्टीना हॉवेल्स (सम्पा.) (1992), *केम्ब्रिज कम्पैनियन टू सार्त्र*, केम्ब्रिज युनिवर्सिटी प्रेस, केम्ब्रिज.
2. विलियम लियन मैकब्राइड (1991), *सार्त्रज़ पॉलिटिकल थियरी*, इण्डियाना युनिवर्सिटी प्रेस, ब्लूमिंगटन.
3. एस. जूलियन मर्फ़ी (1999), *फ़ेमिनिस्ट इंटरप्रिटेशन ऑफ़ ज्याँ-पॉल सार्त्र*, पेनसिलवानिया स्टेट युनिवर्सिटी प्रेस, युनिवर्सिटी प्रेस, पीए.
4. जोनाथन वेबर (सम्पा.) (2011), *रीडिंग सार्त्र : ऑन फ़िनॉमेनॉलॅजी ऐंड एग्ज़िस्टेंशियलिज़म*, रॉटलेज, लंदन.

— कमल नयन चौबे

जिहाद

(Jehad)

जिहाद शब्द अरबी भाषा के शब्द *जुअहद* से बना है जिसका शाब्दिक अर्थ है लगातार प्रयास करना, संघर्ष करना, मेहनत करना। इस शब्दार्थ की दृष्टि से किसी लक्ष्य की प्राप्ति के लिए अपनी सम्पूर्ण शक्ति लगा देने और हर सम्भव कोशिश का नाम जिहाद है। जिहाद का सर्वाधिक उल्लेख क़ुरान शरीफ़ में हुआ है जहाँ इसे मुसलमानों का धार्मिक कर्त्तव्य बतलाया गया है। जिहाद करने वाला मुजाहिद कहलाता है। इस्लामिक धर्मशास्त्र में जिहाद को अल्लाह के मार्ग में पवित्र युद्ध एवं ग़ैर-मुसलमानों के विरुद्ध एक रक्षात्मक संघर्ष के रूप में पेश किया गया है। जिहाद का लक्ष्य है दुनिया भर में लोगों को ख़ुदा के क़ानून की अधीनता में लाना। इसलामी क़ानून संसार को दो भागों में बाँट कर देखता है। पहला है दार-उल-इसलाम यानी इसलामी राज्य एवं दूसरा दार-उल-हर्ब यानी ग़ैर-इसलामी राज्य। जिहाद के संदर्भ में विद्वानों द्वारा क़ुरान की कई आयतों की यह व्याख्या की गयी है कि प्रत्येक मुसलमान का यह कर्त्तव्य है कि वह ग़ैर-मुसलिम को इसलाम की दावत दे और उनके देश को इसलामी राज्य बनाने के लिए युद्ध करे। क़ुरान, हदीस (पैग़म्बर के क्रियाकलापों और व्यक्तिगत बयानों का लेखा-जोखा जो क़ुरान के सिद्धांतों की व्याख्या के लिए प्रयुक्त होता है) एवं इसलामी फ़िक़ह (विधि जिसके चार प्रकार हैं-हनीफ़ी, मालिकी, शफ़ी और हमबाली) के अनुसार जिहाद एक आवश्यक धार्मिक कर्त्तव्य है जिसे विशेष रूप से इसलाम के प्रसार के लिए तथा मुसलमानों में व्याप्त बुराइयों को दूर करने के लिए निभाया जाता है।

जिहाद के अर्थ के संबंध में इसलामी फ़िरकों (शिया, सुन्नी, अहमदिया, वहाबी आदि) में मतभेद हैं। लेकिन इन मतभेदों के बावजूद इसलाम में जिहाद के महत्त्व को कोई नहीं नकारता। दरअसल, इसलाम के पाँच प्रमुख स्तंभों (अल्लाह, नमाज़, रोज़ा, हज और ज़कात) के बाद इसे इसलाम का छठा स्तंभ माना जाता है। जिहाद को ईश्वर पर ईमान लाने के बाद सभी मानवीय कर्मों में सबसे उच्च स्थान दिया गया है और जिहादी को ईश्वरीय अनुकम्पा एवं स्वर्ग में विशेष स्थान और सुविधाओं की प्राप्ति का आश्वासन दिया गया है।

जिहाद की अवधारणा समय-समय पर बदलती रही है। आरम्भिक दौर में जिहाद की व्याख्या आक्रामक एवं विस्तारवादी थी, पर बाद में इसकी सूफ़ी अवधारणा विकसित हुई जिसमें इसे व्यक्ति के आत्मविकास से जोड़ दिया गया। इसमें जिहाद बुराई के विरुद्ध एक आध्यात्मिक संघर्ष है। इसलाम के अधिकांश आधुनिक सम्प्रदाय आंतरिक या आध्यात्मिक जिहाद पर बल देते हैं जिसमें अपने अंदर मौजूद बुराइयों एवं समाज में प्रकट होने वाली बुराइयों से लड़ाई को जिहाद की संज्ञा दी जाती है। जिहाद की कट्टर व्याख्या इस सिद्धांत पर आधारित है कि इसलामी मत विश्व में सभी के लिए वैध है और उसे हथियारों का प्रयोग करके भी फ़ैलाना चाहिए। इस प्रकार के जिहाद का उद्देश्य सम्पूर्ण पृथ्वी पर मुसलिम आधिपत्य की स्थापना है। इस व्याख्या ने जिहाद के अहिंसक आधार को हिंसक, क्रूर एवं आक्रामक रूप में स्वीकार किया है। इसी व्याख्या के कारण जिहाद आतंकवाद के पर्याय के रूप में देखा जाने लगा है। जबकि जिहाद के लिए क़ुरान में पहले अहिंसात्मक और फिर हिंसात्मक साधनों के प्रयोग की अनुमति दी गयी है, साथ ही यह शर्त भी लगायी गयी है कि जिहाद तभी वैध है जब वह ईश्वरीय मार्ग में किया गया हो।

क़ुरान की आयतों की व्याख्या के आधार पर विद्वानों द्वारा जिहाद के दो प्रकार बताये गये हैं। पहला जिहाद-अल-अकबर या बड़ा जिहाद तथा दूसरा जिहाद-अल-असग़र या छोटा जिहाद। जिहाद-अल-अकबर स्व-सुधार से संबंधित हैं, जिसमें व्यक्ति अपने नकारात्मक सोच, इच्छाओं और क्रियाकलापों को दबाता या उन पर रोक लगाता है। जब मुसलमानों को उनके धार्मिक कर्त्तव्यों के पालन में बाधा पहुँचायी जाती है, उन पर अत्याचार किये जाते हैं तब इन ज़्यादतियों को रोकने की कोशिश करना जिहाद-अल-असगर है। यानी जिहाद-अल-असग़र का लक्ष्य इसलाम के संरक्षण के लिए संघर्ष करने से है। छोटे जिहाद की ग़लत व्याख्या के कारण ही आजकल जिहाद को आतंकवाद से जोड़ दिया जाता है। इस प्रकार जिहाद का एक प्रकार युद्धपरक है, जबकि दूसरा प्रकार नैतिक एवं आध्यात्मिक विकास से संबंधित है। इन दोनों प्रकार के जिहाद का पालन करने के चार साधन बताये गये हैं : मन, वाणी, कर्म एवं तलवार। मन द्वारा जिहाद का अर्थ मन से बुरे विचारों को निकालना एवं बुरी भावनाओं पर विजय प्राप्त करके आत्मशुद्धि करना है। वाणी द्वारा इसलाम का प्रचार करना दूसरा साधन है। उल्लेखनीय है कि इसलाम में प्रचारात्मक जिहाद का विशेष महत्त्व है। इसमें तर्क-वितर्क द्वारा विपक्ष को पराजित किया जाता है। अच्छे कर्म करते हुए बुरे कर्मों से दूर रहना कर्म द्वारा जिहाद है। जिहाद का अंतिम साधन है इसलाम की रक्षा हेतु तलवार उठाना।

ऐतिहासिक परिप्रेक्ष्य में देखा जाए तो जिस समय इसलाम एक धार्मिक विचारधारा के रूप में विकसित हो रहा था, उस समय अरब के समाज में अव्यवस्था का बोलबाला था। अन्य धर्मों की भाँति इसलाम धर्म भी सुख-शांति और

समानता स्थापित करने के मक़सद से उभरा। इसलाम स्वीकार करने से पूर्व मध्य एशिया के क़बीले बहुदेववादी थी। वे अनेक सामाजिक बुराइयों एवं परस्पर लड़ाई-झगड़े में लिप्त थे। इसलाम स्वीकार कर लेने के बाद इन क़बीलों ने आस-पास के समृद्ध इलाक़ों पर आक्रमण किया। उस समय इनका उद्देश्य लूटपाट करने के साथ विजित क्षेत्र में इसलाम का प्रचार-प्रसार करना भी होता था।

सबसे पहला जिहादी युद्ध अरब में स्थानीय लोगों, यहूदियों और ईसाइयों के विरुद्ध लड़ा गया। इसलाम के उद्भव काल में जिहाद का जो उद्देश्य इस्लामिक आस्था का विस्तार था वह कालांतर में मुसलिम सत्ता के विस्तार में बदल गया। इसी तरह प्रारम्भ में जिहाद सामाजिक अव्यवस्था को व्यवस्थित करने की एक कार्य प्रणाली थी लेकिन धीरे- धीरे उसे राज्य क्षेत्र के विस्तार के लिए प्रयोग किया जाने लगा।

देखें : अबू-अला मौदूदी, अल-किंदी, अल-ग़ज़ाली, इब्न ख़ाल्दून, प्रारम्भिक इसलाम, फलसिफ़ा और क़लाम, भारतीय इसलाम, मसजिद, मुहम्मद अली जिन्ना, मुहम्मद इक़बाल, हज़रत मुहम्मद-1 और 2, सैयद अहमद खाँ।

संदर्भ

1. नूर मुहम्मद (1985), 'द डॉक्ट्रिन ऑफ़ जिहाद : एन इंट्रोडक्शन', *जर्नल ऑफ़ लॉ ऐंड रिलीजन,* खण्ड 3, अंक 2.
2. रुडोल्फ़ पीटर्स (1996), *जिहाद इन क्लासिकल ऐंड मॉडर्न इसलाम,* मारकुस वाइनर, प्रिंसटन.

— प्रीति सागर

ज़िग्मण्ड फ्रॉयड-1

(शिशु सेक्शुअलिटी और मातृ मनोग्रंथि)

(Sigmund Freud-1)

मनोविश्लेषण के पितामह और आस्ट्रिया के तंत्रिकाविज्ञानी ज़िग्मण्ड स्कोमो फ्रॉयड (1856-1939) के विचारों और सूत्रीकरणों ने बीसवीं सदी में मनोविज्ञान, मानवशास्त्र, अर्थ-विज्ञान, सेक्शुअलिटी-अध्ययन, नारीवाद और कला संबंधी चिंतन को गहराई से प्रभावित किया है। समझा जाता है कि कार्ल मार्क्स के बाद सम्भवत: फ्रॉयड के सिद्धांतों को ही चिंतन-जगत में सर्वाधिक परिवर्तकारी हस्तक्षेप करने का श्रेय है। जिस तरह मार्क्स के संदर्भ में विचारों की दुनिया को उनके पक्ष और विपक्ष में बाँटा माना जाता है, वही स्थिति फ्रॉयड के संबंध में भी है। डॉक्टर ऑफ़ मेडिसिन और न्युरोपैथोलॅजी के प्रोफ़ेसर फ्रॉयड द्वारा ईज़ाद मनोविश्लेषण न सिर्फ़ मनोवैज्ञानिक समस्याओं के समाधान की एक नैदानिक पद्धति साबित हुई, बल्कि उसने इनसान के व्यक्तित्व और व्यवहार को उसकी गहनतम प्रेरणाओं की रोशनी में देखने रास्ता खोला। इस सिद्धांत ने व्यक्ति के मन और समाज के संबंध में जो विचार दिये उसने व्यक्ति के मानस की तितरफ़ा संरचना का उद्घाटन किया। फ्रॉयड ने सेक्शुअलिटी को नये सिरे से परिभाषित करते हुए उसे मनोविश्लेषण के केंद्र में स्थापित किया। उन्होंने सेक्शुअलिटी को शैशवकाल से जोड़ा और इस संदर्भ में विकसित ईडिस ग्रंथि (इडिपस कॉम्प्लेक्स) का सूत्रीकरण किया। मनोविश्लेषण की पद्धति में मानसिक रोग को पहचानने के लिए दमित इच्छाओं के रूप में सपनों की व्याख्या की जाती है। इनके अनुसार चेतन के स्तर पर मूलभूत इच्छाओं के दमन (रिप्रेशन) से अवचेतन (अनकांशस) बनता है। फ्रॉयड के मुताबिक़ यौनेच्छा (लिबिडो) वह मूलभूत कारक है जो सभी प्रकार की संलिप्तताओं (एटैचमेंट्स), जीवन, मृत्यु-बोध और मनोभावों का मूल है। फ्रॉयड के मनोविश्लेषण के गर्भ से धर्म और संस्कृति की नयी व्याख्याएँ सामने आयी हैं।

फ्रॉयड जर्मन भाषा के प्रचुर लेखक थे। उनकी रचनाओं का अंग्रेज़ी अनुवाद बेहद लोकप्रिय ढंग से सारे विश्व में पढ़ा जाता है। उनकी पुस्तकें फ़ुटपाथों पर भी आसानी से उपलब्ध हो जाती हैं। लेकिन उनके विचार अत्यंत जटिल हैं। उन्हें समझने के लिए उनकी पृष्ठभूमि समझना ज़रूरी है। उनकी शाहकार रचना *इंटरप्रिटेशन ऑफ़ ड्रीम्स* (1900) उस मानसिक संकट का फलितार्थ थी जो फ्रॉयड को अपने पिता की मृत्यु के कारण झेलना पड़ा था। इस दौरान फ्रॉयड को तरह-तरह के सपने आते थे जिनके ज़रिये उन्हें एहसास हुआ कि उन्हें अपने पिता से प्रेम भी था और एक तरह की नफ़रत भी। अपने इसी मिले-जुले लेकिन परस्पर विरोधी एहसास को फ्रॉयड ने एम्बिवलेंस या द्वैध क़रार दिया है। अपनी द्वैधवृत्ति का विश्लेषण करने पर उनके सामने अपनी उस स्वैर-कल्पना का उद्घाटन हुआ जिसके तहत उन्होंने कई बार चाहा था कि उनके पिता की मृत्यु हो जाए ताकि उनकी माँ के स्नेह का कोई दूसरा पात्र न हो। यानी वे माँ के प्यार के संदर्भ में अपने पिता को अपने प्रतियोगी के तौर पर देखते थे। अपनी इन अनुभूतियों को उन्होंने कई लक्षणों की कसौटी पर कस कर देखा और पाया कि इसकी व्याख्या एक ग्रंथि के तौर पर की जा सकती है। फ्रॉयड के इस तजरुबे ने आगे चल कर मातृ मनोग्रंथि के विख्यात सूत्रीकरण में उनकी मदद की।

1901 में फ्रॉयड की रचना *साइकोपैथी ऑफ़ एवरीडे लाइफ़* प्रकाशित हुई। 1905 में *थ्री एसेज़ ऑन द थियरी ऑफ़ सेक्शुअलिटी* सामने आयी। 1916 में *फ़ाइव लेक्चर्स*

ऑन साइकोएनालैसिस का प्रकाशन हुआ। 1923 में फ्रॉयड ने द *ईगो ऐंड द इड* की रचना की।

शिशु-सेक्शुअलिटी और मातृ मनोग्रंथि : शिशु-सेक्शुअलिटी का सूत्रीकरण करते समय फ्रॉयड अपने मित्र जोसेफ़ ब्रुअर की इस खोज से प्रभावित थे कि बचपन की तकलीफ़देह घटनाओं की याद वयस्क व्यक्ति के निर्माण में नकारात्मक भूमिका का निर्वाह करती हैं। इसी खोज के आधार पर यह सिद्धांत काम करता है कि बचपन के यौन-अनुभव बाद में शख़्सियत की रचना करते हैं। फ्रॉयड की मान्यता थी कि शिशु माँ के स्तनों को चूस कर जो सेक्शुअल आनंद प्राप्त करता है, उससे उनकी मानसिक ऊर्जा मुक्त होती है। इसे वे विकास के 'ओरल' चरण की संज्ञा देते हैं। विकास का दूसरा चरण 'एनल' है जो शिशुओं द्वारा शौच क्रिया के दौरान माँ द्वारा उनके मल-द्वार की सफ़ाई के समय उन्हें मिलने वाले सेक्शुअल आनंद से जुड़ा होता है। इसके बाद आता है 'फ़ैलिक' चरण जब शिशु अपने से विपरीत यौनिकता के प्रति गहरा आकर्षण महसूस करने लगता है।

ज़िग्मंड स्कोमो फ्रॉयड (1856-1939)

इसी मक़ाम पर मातृ मनोग्रंथि का सिद्धांत उभरता है जिसके अनुसार बालक-शिशु में माँ के प्रति एक यौनेच्छा (सेक्सुअल फ़ीलिंग) पैदा होती है जिसकी वजह से पिता के प्रति इर्ष्या का भाव होता है। बढ़ती हुई उम्र के साथ इस अनुभूति के दमन के क्रम में सेक्शुअल परिपक्वता के विभिन्न चरणों का विकास होता है। बालिका-शिशु में भी इसी प्रकार की भावना होती है जिसके तहत पिता के प्रति आकर्षण और माँ से प्रतियोगिता हो जाती है। इसे फ्रॉयड के समर्थक अन्य विद्वानों ने इलेक्ट्रा ग्रंथि (इलेक्ट्रा कॉम्प्लेक्स) का नाम दिया। यह ग्रंथि साइकोसोशल डिवेलपमेंट के एक चरण (फ़ैलिक स्टेज) में होती है जो तीन से पाँच वर्ष की उम्र में पनपता है। यह ग्रंथि इद का रूप है। एक स्वस्थ वयस्क के रूप में विकास के लिए बच्चे को अपने पिता या माता के साथ अपनी पहचान जोड़नी पड़ती है। इसी बिंदु पर अहम (ईगो) का विकास होता है। ईगो यथार्थवादी रूप से यह समझता है कि पिता/माता बहुत मज़बूत हैं। उन्हें समाप्त नहीं किया जा सकता। इसी बिंदु पर फ्रॉयड ने बधियाकरण संबंधी दुश्चिंता (कैस्ट्रेशन एंग्ज़ाइटी) की अवधारणा दी। इस द्वंद्व के समाधान के लिए अंततः लड़का पिता से और लड़की माँ से अपनी पहचान जोड़ने लगती है, जिससे सुपर ईगो का विकास होता है। सुपर ईगो पिता / माता की छवि के रूप में वह नैतिक सत्ता है जो इद का दमन करता है और ईगो जिसकी प्रेरणाओं के आधार पर काम करता है। फ्रॉयड ने टोटेम का मानवशास्त्रीय अध्ययन भी किया था। टोटेम जनजाति में इडिपस द्वंद्व को कर्मकाण्डीय तरीक़े से सुलझाने की विधि है। व्यक्ति का वयस्क-विकास सामान्य होगा या असामान्य—यह इस बात पर निर्भर है कि इडिपस द्वंद्व को वह कैसे सुलझाता है। फ्रॉयड के कुछ अनुयायियों की मान्यता है कि जब व्यक्ति माता-पिता में से अपनी ही लैंगिकता के साथ जुड़ने में अक्षम हो जाता है तो उसके भीतर समलैंगिकता के विकास की सम्भावनाएँ बनती हैं।

साइकिक एनर्जी : फ्रॉयड के ऊपर दूसरा सबसे बड़ा प्रभाव उन्नीसवीं सदी के उत्तरार्ध में विकसित हेमहोल्ज़ द्वारा प्रतिपादित उन सिद्धांतों का पड़ा जो यह साबित करते थे कि प्रत्येक शारीरिक प्रणाली दरअसल अपने भीतर मौजूद ऊर्जा की कुल मात्रा का पर्याय है। यह मात्रा आम तौर पर स्थिर रहती है और इसे बदला जा सकता है पर नष्ट नहीं किया जा सकता। इसी सिद्धांत के सहारे आगे चल कर थर्मोडायनामिक्स, इलेक्ट्रोमैग्नेटिज़्म और आणुविक भौतिकी के क्षेत्र में युगांतरकारी खोजें हुईं। फ्रॉयड ने 17 वर्ष की उम्र में वियना विश्वविद्यालय की मेडिकल फ़ैकल्टी में प्रवेश लिया। वहाँ उन्हें अंर्स्ट ब्रुक के साथ काम करने का मौक़ा मिला। ब्रुक 1874 में एक किताब लिख कर मनुष्य के ऊर्जा-प्रणाली होने के सिद्धांत का प्रतिपादन कर चुके थे। इसी सिद्धांत के सहारे फ्रॉयड अपनी इस बुनियादी प्रपत्ति पर पहुँचे कि मानव मस्तिष्क मूलतः एक जटिल क़िस्म की ऊर्जा-प्रणाली है। यही था वह रास्ता जिसने फ्रॉयड को साइकिक एनर्जी जैसी अवधारणा के सूत्रीकरण में मदद की।

वियना विश्वविद्यालय में उन्होंने उन्होंने दर्शन, शरीर-क्रिया विज्ञान और प्राणि-विज्ञान का अध्ययन किया और 1881 में एमडी की डिग्री ली। अगले साल उन्होंने वियना जनरल हॉस्पिटल के मनोचिकित्सा क्लिनिक में अपनी प्रैक्टिस शुरू की और 1886 में तंत्रिका-दोष (नर्वस डिसऑर्डर) के उपचार की विशेषज्ञता के साथ निजी प्रैक्टिस प्रारम्भ की। इसी साल उनका विवाह हुआ। फ्रॉयड पर ब्रेनटनो द्वारा प्रतिपादित संज्ञान (परसेप्शन) और अंतर्ज्ञान (इंट्रॉस्पेक्शन) संबंधी सिद्धांतों का; और थियोडोर लिप्स के अचेतन मस्तिष्क (अनकांशस माइंड) और अनुभूति (इम्पैथी) की अवधारणाओं का प्रभाव पड़ा।

फ्रॉयड के चिंतन पर चार्ल्स डार्विन की अवधारणाओं का भी ज़बरदस्त असर था। दरअसल डार्विन की रचना *ओरिजिंस ऑफ़ स्पीशीज़* से पहले मनुष्य को एक नश्वर आत्मा के स्वामी के तौर पर देखा जाता था। यह बौद्धिक रवैया मनुष्य की जाँच-पड़ताल में बाधक था। डार्विन ने जब मनुष्य के क्रम-विकास का उद्घाटन किया तो उसे प्राकृतिक जगत के एक ऐसे सदस्य के रूप में देखने का चलन बढ़ा जो अन्य जीवों से केवल संरचनात्मक रूप से ही भिन्न था। इस विचार ने मनुष्य को वैज्ञानिक खोजबीन का विषय बना दिया। फ्रॉयड को इस बात का एहसास था कि अगर डार्विन न होते तो शायद वे मनुष्य के मस्तिष्क में झाँक कर भीतर की थाह लेने की जुर्रत भी न कर पाते।

फ्रॉयड ने साइकोपैथोलॉजी की प्रैक्टिस में अपने प्रशिक्षणों के अनुसार सम्मोहन की पद्धति का उपयोग किया। 1896 तक वे अपनी उन अवधारणाओं, सिद्धांतों और पद्धतियों का विकास कर चुके थे जिन्हें उन्होंने मनोविश्लेषण (साइकोएनालिसिस) का नाम दिया। इस समय तक इन्होंने थियरी ऑफ़ फ्री एसोसिएशन का विकास भी कर लिया था और मानसिक समस्याओं के लक्षणों को देखकर और सपनों की व्याख्या के आधार पर संबंधित दमन की शिनाख़्त करने की शुरुआत भी कर दी थी। 1897 तक फ्रॉयड ने शैशवकालीन यौनेच्छा की अवधारणा विकसित कर ली जिसका विकास इडिपस ग्रंथि की अवधारणा में हुआ।

देखें : मनोविज्ञान-1 और 2, सामाजिक मनोविज्ञान, मनोविश्लेषण, कार्ल गुस्ताव युंग, ज़ाक लकाँ, एरिक फ्रॉम, एरिक एरिकसन, चेतना, इयत्ता, मनोविश्लेषण और नारीवाद।

संदर्भ

1. जे.बी. एब्रैम्सन (1984), *लिबरेशन ऐंड इट्स लिमिट्स : द मॉरल ऐंड पॉलिटिकल थॉट्स ऑफ़ फ्रॉयड,* फ्री प्रेस, न्यूयॉर्क.
2. एम. कैवेल (1993), *द साइकोएनालिटिक माइंड : फ्रॉम फ्रॉयड टू फ़िलॉसफ़ी,* हार्वर्ड युनिवर्सिटी प्रेस.

— राकेश श्रीवास्तव

ज़िग्मण्ड फ्रॉयड-2
(अवचेतन और सपने)

(Sigmund Freud-2)

फ्रॉयड द्वारा प्रतिपादितत अवचेतन की धारणा का चरित्र बेहद निर्धारणवादी था। वे पहले चिंतक थे जिसने दावा किया कि मानवीय व्यवहार को उसकी सभी क़िस्मों में व्याख्यायित करने के लिए उन मानसिक प्रक्रियाओं का उद्घाटन करना होगा जो आम तौर पर छिपी होती हैं। मानस की इसी गतिविधि से मानवीय व्यवहार निर्धारित होता है। इस सूत्रीकरण से पहले सदियों से यही मान्यता चली आ रही थी कि मस्तिष्क में जो कुछ घटित होता है उसकी व्याख्या नहीं हो सकती। लेकिन फ्रॉयड ने किसी बात पर ज़ुबान फ़िसलने या किसी तरह के सनकी व्यवहार या किसी क़िस्म के सपने जैसी परिघटनाओं के कारणों को व्यक्ति के मानस में निहित होने पर ज़ोर दिया। अवचेतन की इस धारणा का एक फलितार्थ तो यह हुआ कि मानवीय इच्छा या संकल्प की स्वतंत्रता का विचार पुष्ट हुआ। समझा गया कि अगर व्यक्ति द्वारा किया गया चयन उसके मानस में छिपी बैठी उसकी इच्छाओं से स्वतंत्र प्रक्रियाओं में निहित है, तो मनुष्य को बंधनमुक्त इच्छा या संकल्प का स्वामी माना जा सकता है। फ्रॉयड ने यह भी कहा कि अवचेतन का क्षेत्र चेतन मस्तिष्क के बाहर नहीं होता, बल्कि उसे मनोविश्लेषण की दीर्घकालीन प्रक्रिया के ज़रिये ही बाहर लाया जा सकता है। उन्होंने इसके लिए उस हिम-खण्ड की उपमा का इस्तेमाल किया जिसके मामूली से भाग को छोड़ कर ज़्यादातर हिस्सा पानी के नीचे ही रहता है।

फ्रॉयड ने पहले-पहल अवचेतन की चर्चा दमन (रिप्रेशन) की अवधारणा के संदर्भ में की थी। वे सम्मोहन के ज़रिये हिस्टिरिया के मरीज के मस्तिष्क में उन भावों को डालकर उनका इलाज करते थे जिनके प्रति मरीज़ चेतन रूप जागरूक नहीं होता है। दरअसल, अवचेतन की अवधारणा दमन के सिद्धांत पर ही आधारित है। मान्यता यह है कि विचार अपने दमन के उपरांत भी मस्तिष्क में बने रहते हैं। भले ही जागरूक रूप से उनके बारे में ध्यान न रह जाता हो, पर फिर विचार और भाव मस्तिष्क में जगह बनाये रखते हैं और अनुकूल परिस्थिति में फिर से उभर कर चेतन मस्तिष्क में आ सकते हैं। चेतन मस्तिष्क के बारे में हमें पता रहता है और उन विचारों के बारे में हम तर्कसंगत ढंग से सोचते और काम करते हैं। स्मृति की ऊपरी बातें आसानी से पुनः याद करके होशोहवास में उपयोग में लायी जा सकती हैं। साधारण स्मृति को फ्रॉयड ने प्री-कांशस क़रार दिया। अवचेतन में वे

सभी भावनाएँ, विचार, उद्वेग और स्मृतियाँ शामिल हैं जो दबी पड़ी हैं। अवचेतन के अधिकांश विचार दुखद होते हैं जैसे दुश्चिंता, द्वंद्व आदि। सपने और चुटकुले अवचेतन की मानसिक गतिविधियाँ हैं क्योंकि अवचेतन विचारों को घनीभूत कर या अन्योक्ति के माध्यम से प्रतीक बनाता है। इसलिए फ्रॉयड ने माना कि सुनिश्चित पद्धतियों के माध्यम से सपनों की व्याख्या की जा सकती है। प्रत्येक सपने का संबंध दैनंदिन के जीवन के किसी-न-किसी दमित भाव से है। सपनों के बारे में फ्रॉयड का कहना था कि ये पूरी तरह प्रतीकात्मक होते हैं जिनमें कोई ज़ाहिर अर्थ भी हो सकता है और अवचेतन में दबे पड़े विचारों की प्रतीकात्मकता भी हो सकती है। सपने हमारी आकांक्षाएँ का पता देते हैं जो पूरी नहीं हुईं और जिन्होंने अवचेतन में जगह घेर रखी है।

फ्रॉयड के मुताबिक़ मानसिक उर्जा (साइकिक एनर्जी) का मूल यौनेच्छा (लिबिडो) होती है। साइकोसोशल विकास के अलग- अलग चरणों में लिबिडो की आनंद चाहने वाली उर्जा शरीर के अलग-अलग भागों में केंद्रित रहती है और बाहर भी उसके ध्यान के केंद्र अलग-अलग होते हैं। बच्चा जब जन्म लेता है तो बाहर की कोई भी वस्तु उसके लिए आनंद का कारण हो सकती है। मौखिक-चरण (ओरल स्टेज), गुदा-चरण (एनल स्टेज), फ़ैलिक स्टेज, इडिपस स्टेज, लैटेंसी स्टेज, जेनाईटल स्टेज विकास के विभिन्न चरण होते हैं। व्यक्तित्व के स्वस्थ विकास के लिए प्रत्येक चरण की उर्जा को आनंद के अपने केंद्र पर मुक्त होना चाहिए। किसी भी चरण में जो द्वंद्व बचा रह जाता है वह संबंधित विशेष बिंदु पर अटका रह कर यह सनक (ऑब्सेशन) के रूप में जमा रह जाता है।

फ्रॉयड के मुताबिक़ मानस (साइक) के तीन भाग होते हैं : इड, ईगो और सुपर-ईगो। इड अवचेतन का संवेग है और यह विशुद्ध रूप से आनंद के सिद्धांत (प्लैज़र प्रिंसिपल) पर काम करता है। ईगो, इड के सामाजिक रूप से अस्वीकार्य व्यवहार को रोकता है और संवेगों और इच्छाओं को दबाता है। यह मानस का तार्किक भाग है जिसका संबंध वास्तविकता से है और जो सामाजिक रूप से स्वीकार्य तरीक़े से इड की इच्छाओं को पूरा करता है। सुपर-ईगो का तात्पर्य सामाजिक नैतिक और मान्यताओं से है जो मानस का अंग बन चुकी हैं। जब इड की आकांक्षाओं और सुपर-ईगो के निर्देशों के बीच द्वंद्व गहरा होता है और अहम का काम सामान्य तर्कों से नहीं चलता तो जो तरीक़े अपनाये जाते हैं उन्हें मानसिक प्रतिरक्षा के उपाय (डिफेंस मेकैनिज़्म) कहते हैं, जैसे नकार (डिनायल), दबाना (रिप्रेशन) और अतीतोन्मुखता (रिग्रेशन) आदि।

फ्रॉयड ने अवचेतन की चालक शक्तियों की शिनाख़्त संवेगों के रूप में की और उनकी दो क़िस्में बतायीं : पहले क़िस्म के संवेगों को उन्होंने इरोज़ या जीवन-वृत्ति की संज्ञा दी (जिनके ज़रिये व्यक्ति ख़ुद का संरक्षण करता है और जो व्यक्ति को यौनानंद और श्रांगारिकता की तरफ़ ले जाती हैं), और दूसरे क़िस्म के संवेगों को उन्होंने थानाटोज़ या मृत्य-वृत्ति क़रार दिया (जो उसकी आक्रामकता, विध्वंस और क्रूरता की नुमाइंदगी करती हैं)। स्वयं को हानि पहुँचाने वाले व्यवहार (सेल्फ़ डिस्ट्रक्टिव बिहेवियर) मृत्यु-वृत्ति की ही अभिव्यक्ति हैं। यही उर्जा जब बाहर की ओर होती है तो क्रोध (एग्रेशन) का रूप ले लेती है और जब अंदर की ओर तो अवसाद (डिप्रेशन) का।

फ्रॉयड ने अपना अधिकांश जीवन वियना में बिताया। 1880 के दशक के मध्य से उन्होंने वियना विश्वविद्यालय में व्याख्याता के तौर पर प्रति शनिवार एक छोटे से समूह के सामने व्याख्यान देना शुरू किया जो सिलसिला 1919 तक चलता रहा। 1902 से उन्होंने अपने घर पर ही वेडनस डे साइकोलॅजिकल सासाइटी की शुरुआत की। इसे ही वैश्विक मनोविश्लेषण आंदोलन का आरम्भ माना जाता है। इस समूह के एक महत्त्वपूर्ण सदस्य अल्फ्रेड एडलर थे जो मनोचिकित्सा में सामाजिक प्रभाव के अध्ययन के लिए जाने जाते हैं। 1906 तक चिकित्सा और मनोचिकित्सा जगत के सोलह अहम व्यक्ति वेडनस डे सासाइटी के सदस्य बन चुके थे। 1907 में फ्रॉयड से प्रभावित हो स्विट्ज़रलैण्ड के मनोचिकित्सक कार्ल युंग ने ज़ूरिख़ में एक छोटा सा मनोविश्लेषण समूह आरम्भ किया।

1908 में वेडनस डे समूह का नाम वियना साइकोएनालिटिकल सासाइटी हो गया। इसी साल फ्रॉयड के अनुयायियों की एक औपचारिक बैठक साल्ज़बर्ग में आरम्भ हुई जिसे प्रथम अंतर्राष्ट्रीय मनोविश्लेषण कांग्रेस का नाम दिया गया। 1910 की न्यूरेमबर्ग कांग्रेस में इंटरनैशनल एसोसिएशन ऑफ़ साइकोएनालिस्ट्स की शुरुआत हुई जिसके प्रथम अध्यक्ष युंग बनाये गये। फ्रॉयड ने अंग्रेज़ी-भाषी मेडिकल और अकादमिक संसार में मनोविश्लेषण आंदोलन को फैलाने के लिए ब्रिल और जोंस की मदद ली। फ्रॉयड ने 1909 में अमेरिका की यात्रा की जहां उन्होंने क्लार्क विश्वविद्यालय में भाषण दिये। यहीं फ्रॉयड को मानद डॉक्टरेट की उपाधि दी गयी और प्रेस ने इस कार्यक्रम को बहुत महत्त्व दिया। जल्द ही अमेरिका में फ्रॉयड के कार्यों को अत्यधिक मान्यता मिलने लगी। 1911 में अमेरिकन साइकोएनालिटिकल एसोसिएशन की स्थापना हुई। 1909 से ही फ्रॉयड के लेखन के बारे में ब्रिल द्वारा किये गये अंग्रेज़ी अनुवाद सामने आने लगे। जब न्युरोसिस (तंत्रिका रोग) जैसे विषय पर एडलर के विचार फ्रॉयड से बहुत अलग होने लगे तो एडलर ने फ्रॉयड के गुट से अलग होकर 1911 में

सासाइटी फ़ॉर इण्डिविजुअल सासाइटी की स्थापना की और इन्हें वैयक्तिक मनोविज्ञान (इनडिविजुअल साइकोलॅजी) का पुरोधा माना गया। 1912 से युंग का रास्ता भी फ्रॉयड से अलग हो गया और उन्होंने फ्रॉयड के मनोविश्लेषण से अलग विश्लेषणात्मक मनोविज्ञान (एनालिटिकल साइकोलॅजी) की नींव डाली।

बौद्धिक जगत में फ्रॉयड के जीनियस पर कभी किसी ने संदेह नहीं किया। उनके सूत्रीकरणों और सिद्धांतों के महत्त्व पर भी उँगली नहीं उठायी गयी। लेकिन, उनकी उपलब्धियों की प्रकृति विवादग्रस्त रही है। दिलचस्प बात यह है कि फ्रॉयड की सबसे मुखर आलोचना स्त्रीवादियों की तरफ़ से हुई। उन्होंने मनोविश्लेषण के पितामह पर पितृसत्तात्मक होने का आरोप लगाया जो पहली नज़र में सही जान पड़ता है। लेकिन दूसरी तरफ़ यह भी एक तथ्य है कि फ्रॉयड की कृतियों से सुराग ले कर कई नारीवादियों ने अपने विमर्श को और समृद्ध किया। नारीवादियों के अलावा अस्तित्ववादी आलोचकों ने भी कहा कि फ्रॉयड की पूरी विचार-पद्धति में पुरुष-केंद्रीयता अंतर्निहित है। उन्होंने मानवीय अस्तित्व के प्रश्न सेक्सुअलिटी के इर्द-गिर्द बुने पर उसके सामाजिक-सांस्कृतिक कारणों को अधिक गहराई से नहीं देख पाये। फ्रॉयड की आलोचना में यह भी कहा गया उनकी बातों में अति-व्याख्या (ओवरसाइट) होने के साथ-साथ तमाम दावों के बावजूद वैज्ञानिक अन्विति का अभाव है।

देखें : मनोविज्ञान-1 और 2, सामाजिक मनोविज्ञान, मनोविश्लेषण, कार्ल गुस्ताव युंग, ज़ाक लकाँ, एरिक फ्रॉम, एरिक एरिकसन, चेतना, इयत्ता, मनोविश्लेषण और नारीवाद।

संदर्भ

1. ई. जोंस (1953-1957), *ज़िग्मण्ड फ्रॉयड : लाइफ़ ऐंड वर्क्स* (तीन खण्ड), बेसिक बुक्स. लंदन.
2. एस. फ्रॉश (1987), *द पॉलिटिक्स ऑफ़ साइकोएनालिसिस : ऐन इंट्रोडक्शन टू फ्रॉयडियन ऐंड पोस्ट-फ्रॉयडियन थियरी,* येल युनिवर्सिटी प्रेस. कनेक्टीकट.

— राकेश श्रीवास्तव

जीवन-शैली

(Life-style)

जीवन-शैली का सहज अर्थ उन तौर-तरीक़ों से लिया जाता है जिनके तहत लोग समाज में उपलब्ध सेवाओं तथा वस्तुओं का उपयोग अपनी ज़िंदगी गुज़ारने के लिए करते हैं। गाँव तथा शहरों के बीच जीवन-शैली से संबंधित अंतर मुख्यत: सामाजिक एवं सांस्कृतिक क्षेत्र में रेखांकित किया जाता है। जीवन-शैली व्यक्ति की समाज में अवस्थिति को भी दर्शाती है, और उसके आईने में उसकी वर्गीय स्थिति को भी देखा जा सकता है। लेकिन, व्यक्तिगत धरातल पर जीवन-शैली का व्यापक तात्पर्य किसी व्यक्ति विशेष द्वारा शेष विश्व को देखने के उसके दृष्टिकोण तथा उससे संबंधित मूल्यों से भी लगाया जाता है। जीवन-शैली का एक अन्य अर्थ स्वयं की खोज और उसके मुताबिक़ सांस्कृतिक लक्षण पैदा करना भी होता है ताकि व्यक्तिगत स्तर पर अस्मिता की स्थापना की जा सके। अधिकांशत: असमानता जैसे विषयों के अध्ययन में जीवन-शैली की अवधारणा का प्रयोग होता है। विद्वानों की मान्यता है कि आपेक्षिक तौर पर जीवन-शैली का प्रारूप स्थायी होता है जिसका संबंध दिन-प्रति-दिन की जीवन-स्थितियों और उपलब्ध संसाधनों का उपभोग करने से जुड़ा होता है।

साठ और सत्तर के दशक में ब्रिटिश समाजशास्त्र ने सामाजिक स्तरीकरण के अंतर्गत सामाजिक समूहों, सामाजिक संबंधों के प्रारूपों, वस्तुओं की खपत तथा संस्कृति के अंतर को जीवन-शैली के तौर पर देखा था। मार्क्सवाद के अनुसार जीवन-शैली के ये प्रकार व्यक्ति के बूर्ज्वाकरण होने के दौरान और बाद में अपनाये जाते हैं। आय में बढ़ोतरी होने से व्यक्ति जीवन-शैली के मानकों पर वर्गांतरण करता हुआ दिख सकता है। निम्नवर्ग से मध्यमवर्ग में जाने की प्रक्रिया जीवन-शैली के स्तर पर घटित होती है। अमेरिकन समाजशास्त्र में जीवन-शैली की अवधारणा को ग्रामीण तथा नगरीय, नगरीय तथा उपनगरीय जैसे सामाजिक जीवन के प्रकारों के तौर पर विभाजित किया गया है। जॉर्ज ज़िमेल तथा लुईस वर्थ ने इस प्रकार की जीवन-शैली का अध्ययन करके प्रतिपादित किया कि नगरों में रहना भी एक प्रकार की जीवन-शैली का अंग है। इसे नगरीयता कहा जाता है। इसके अलावा नगरीय जीवन-शैली के दायरे में विभिन्न प्रकार के लोगों, जैसे युवा, बेरोज़गार, विचलित मानसिकता वाले व्यक्तियों आदि की अपनी अलग जीवन-शैली होती है। साधारणत: इस प्रकार की जीवन-शैली में मूल्यों तथा खपत के आधार पर जीवन जीने के तरीक़े का निर्धारण किया जाता है जिसे उन्नत पूँजीवादी

समाज के बढ़ते हुए मानकों के तौर पर समझा जा सकता है। व्यक्ति के जीवन में इसके आधार पर पड़ने वाले अंतरों के कुछ पहलुओं को काफ़ी पहले मैक्स वेबर ने प्रस्थिति समूहों की अवधारणा में विश्लेषित किया था। इसे सामाजिक-आर्थिक वर्ग-विभेद के सिद्धांत के तौर पर देखा जा सकता है। इसी तरह यह भी पाया गया है कि कुछ हद तक वर्ग के आधार पर भी जीवन-शैली का निर्धारण होता है। अध्ययन का यह तरीक़ा मैक्स वेबर, जॉर्ज ज़िमेल तथा थोर्स्टाइन वेबलन द्वारा किये गये जीवन-शैली संबंधी अध्ययन को ही आगे बढ़ाता है। इन विद्वानों ने जीवन-शैली की अवधारणा में सामाजिक वर्ग तथा सामाजिक क्रिया के बीच संबंध स्थापित किया और यह बताया कि लोग किस तरह छुट्टियाँ मनाते हैं और उस दौरान अपनी आय से अधिक व्यय करते हैं।

जीवन-शैली दो प्रकार के वातावरण में संचालित होती है यथा प्राकृतिक तथा सामाजिक। अपने घरों के पीछे खुले स्थान पर फूलों, सब्जियों या अन्य प्रकार के पेड़-पौधे लगाने वाले प्रकृति के अधिक से अधिक निकट रहने की जीवन-शैली अपनाने वाले माने जाते हैं। वहीं सामाजिक वातावरण की जीवन-शैली में व्यक्ति के जीवन जीने तथा कार्यस्थल की स्थितियों, आय का स्तर, शैक्षणिक योग्यता, सामुदायिक तथा धार्मिक विश्वास आदि को शामिल किया जाता है। सामाजिक वातावरण के अंतर्गत किसी व्यक्ति से तथा उसके आस-पास के लोगों से कुछ निश्चित अपेक्षाएँ होती हैं। यहाँ अपेक्षाओं से तात्पर्य है सफलता तथा बेहतर परिणाम देने की इच्छा। सफलता के साथ कुछ परेशानियाँ भी जुड़ी होती हैं। विफलता व्यक्ति को खिन्न बना देती है। इस तरह की कोई घटना न होने देने और व्यक्ति को विफलता तथा निराशा से बचाने के उद्देश्य से भी जीवन-शैली को नियोजित किया जाता है।

जीवन-शैली के सभी पहलू स्वैच्छिक नहीं होते। व्यक्ति के आस-पास का सामाजिक तथा सांस्कृतिक वातावरण जीवन-शैली को काफ़ी प्रभावित करता है। इन कारकों के आधार पर ही व्यक्ति किसी अन्य के सम्मुख अपनी पहचान प्रदर्शित करता है। किसी की व्यक्तिगत पहचान तथा उसके दिन-प्रति-दिन सम्पादित किये जाने वाले कार्य के बीच एक बारीक रेखा होती है जिसके उसकी विशेष जीवन-शैली का इशारा मिलता है। आधुनिकता और आधुनिकीकरण की प्रक्रिया का अध्ययन करने वाले विद्वानों ने जीवन-शैली के निर्माण की आधारशिला खाद्य पदार्थों की खपत के तौर पर निरूपित की है। यह खपत जीवन में विभिन्न अवसरों को पैदा करती है और पुन: व्यक्तिगत स्तर पर विभिन्न उत्पादों या सेवाओं के उपयोग के लिए जीवन के विभिन्न तरीक़ों का निर्माण करती है। संचार माध्यमों तथा पत्र-पत्रिकाओं ने भी जीवन-शैली को कई स्तरों पर प्रभावित किया है।

प्रौद्योगिकी जीवन-शैली को बड़ी हद तक परिवर्तित करती है। प्रौद्योगिकी का असर हमारे जीवन के प्रत्येक क्षेत्र में व्याप्त है। शुरू में प्रौद्योगिकी के कारण कृषि, उत्पादन, युद्ध, यातायात, सूचना, चिकित्सा, संचार जैसे क्षेत्रों में ही परिवर्तन दृष्टिगत होते थे, लेकिन आजकल जीवन का हर क्षेत्र इससे प्रभावित हो रहा है। एक तरफ़ प्रौद्योगिकी ने जीवन-शैली को आरामदेह बनाया है, और दूसरी तरफ़ इसका असर हमारे स्वास्थ्य पर नकारात्मक पड़ा है। प्रौद्योगिकी का अंधाधुंध उपयोग जहाँ पर्यावरण को प्रदूषित कर रहा है, वहीं यह लोगों की जीवन-शैली पर नकारात्मक असर भी डाल रहे हैं। इसे नगरीय और ग्रामीण जीवन-शैली के बीच अंतर के आधार पर आसानी से समझा जा सकता है। मीडिया द्वारा परोसी गयी छवियाँ और थमायी गयी सूचनाएँ जीवन-शैली को न केवल फ़ौरी तौर पर प्रभावित करती हैं, बल्कि धीरे-धीरे वे मानस का अंग बन जाती हैं और जीवन में उनकी स्थायी अभिव्यक्तियाँ देखी जा सकती हैं।

वैकल्पिक जीवन-शैली की अवधारणा मुख्यत: सांस्कृतिक नियमों के बाहर परिभाषित है। प्राय : यह किसी न किसी उप-संस्कृति (जैसे हिप्पी) से संबंधित होती है। कुछ लोगों की वैकल्पिक जीवन-शैली में विभिन्न उपसंस्कृतियों के तत्त्व शामिल होते हैं। वैकल्पिक जीवन-शैली का उद्‌गम बीस के दशक के फ़्लैपर आंदोलन से मना जा सकता है जब महिलाओं ने अपने बालों को कटवाया और छोटे प्रकार के स्कर्ट पहनने की शुरुआत की थी। इसी के बाद से स्त्रियों के विवाह पूर्व संबंधों और नृत्य आदि का चलन होने लगा। आधुनिकीकरण के अधिक बोलबाले वाले पश्चिमी देशों में यह नयी फ़्लैपर जीवन-शैली अधिक लोकप्रिय हुई है। आवश्यक नहीं है कि सभी वैकल्पिक जीवन-शैली स्थायी जीवन-शैली में परिवर्तित हो जाएँ। यह उस समाज के सांस्कृतिक परिवेश पर निर्भर करता है कि किसी वैकल्पिक जीवन-शैली को वह पूरी तरह से अपना ले या आंशिक रूप से अपनाये। भूमण्डलीकरण के दौर में जब विश्व-ग्राम की अवधारणा पर विचार किया जा रहा है, तो मानवीय भविष्य कई प्रकार की जीवन-शैली के सम्मिश्रण की सम्भावना से ओतप्रोत लगने लगा है।

देखें : अर्थव्यवस्था का समाजशास्त्र, अभिजन, अभिरुचि, आत्महत्या, उन्मूलनवाद, एजेंसी, कर्मकाण्ड, कारागार, जादू, टेलरवाद, फ़ुरसत, बचपन, बुज़ुर्गियत का समाजशास्त्र, बेगानगी, भीड़, भ्रष्टाचार का समाजशास्त्र-1 और 2, विचलन, ज्ञान का समाजशास्त्र।

संदर्भ

1. निकोलस एबरक्रोम्बिक, स्टीफ़न हिल और ब्रेयान एस. टर्नर (1994), *डिक्शनरी ऑफ़ सोसियोलॅजी,* पेंगुइन बुक्स, लंदन.
2. जे. कासकेला आइनो, ए. लहटी, एल. सारीकोसकी, एन. सुविनेन और ए. स्टोगार्ड (2009), 'फ़्यूचर ऑफ़ लिविंग', व. नियोवो

तथा स. यलोनिन (सम्पा.), *बिट बैंग— रेस टू द फ़्यूचर,* हेलसिंकी विश्वविद्यालय, फ़िनलैण्ड.

3. बोगेनहोल्ड डायटर (2001): 'सोशल इनईक्वालिटी ऐंड द सोसियोलॅजी ऑफ़ लाइफ़ स्टाइल : मैटेरियल ऐंड कल्चरल ऑसपेक्ट ऑफ़ स्ट्रैटटिफ़िकेशन', *अमेरिकन जर्नल ऑफ़ इकॉनॉमिक्स ऐंड सोसियोलॅजी,* खण्ड 60, अंक 4.
4. मार्शल गॉर्डन (सम्पा.) (1994), द *कन्साइज़ ऑक्सफ़र्ड डिक्शनरी ऑफ़ सोसियोलॅजी,* ऑक्सफ़र्ड युनिवर्सिटी प्रेस, ऑक्सफ़र्ड.

—मनीष मिश्रा

जेरेमी बेंथम

(Jeremy Bentham)

ब्रिटिश उपयोगितावादी दार्शनिक, न्यायविद् और सुधारक जेरेमी बेंथम (1748-1832) का आधुनिक राजनीतिक चिंतन के विकास में बेहद महत्त्वपूर्ण स्थान है। उनके लेखन को दर्शन, सरकार, क़ानून, समाजिक प्रशासन और अर्थशास्त्र के क्षेत्रों में बहुत ऊँचा दर्जा प्राप्त है। बेंथम की अपरिहार्यता का अंदाज़ा इस बात से लगाया जा सकता है कि उनके बाद के विचारकों में बहुत कम लोग उनके सिद्धांतों और तर्कों को नज़रअंदाज़ कर पाने में सफल हुए हैं। उन्होंने अपनी अध्ययन-प्रणाली में तार्किक विश्लेषण की व्यवस्थित शुरुआत की। सम्भवत: अरस्तू के बाद वे सबसे पहले चिंतक थे जिन्होंने अधिकतम विस्तार से अध्ययन करने पर ज़ोर दिया और विषयों के अध्ययन के तरीक़े में बदलाव करने में सफल भी रहे। उन्होंने अपने विचारों को व्यवहार के धरातल पर भी परखा। उन्होंने न सिर्फ़ बहुत सी परियोजनाओं में अपने विचारों को लागू करने की कोशिश की, बल्कि बेहद रैडिकल सुधारों की भी वकालत की। उनके सूत्रीकरणों ने दार्शनिक रैडिकलिज़म के आधार का काम किया। इस बात से शायद ही कोई इनकार करेगा कि विक्टोरियन दौर में हुए सुधारों पर बेंथम के विचारों की छाप थी। बेंथम ने पनोप्टिकॉन योजना के माध्यम से कारागार का एक मॉडल भी पेश किया। बेंथम के पिता ने बचपन में ही उनकी प्रतिभा को पहचान कर उन्हें सात वर्ष की उम्र में ही उन्हें वेस्टमिनस्टर स्कूल में पढ़ने के लिए भेज दिया था। 12 साल की उम्र में वे क्वींस कॉलेज, ऑक्सफ़र्ड में पहुँच गये। पिता उन्हें वकील बनाना चाहते थे इसलिए उनका बार में नामांकन भी करा दिया गया। लेकिन बेंथम ने वकालत न करके अपने पिता के सपनों को चूर-चूर कर दिया।

बेंथम ने जिस उपयोगितावादी दर्शन की स्थापना की उसे क्लासिकल उपयोगितावाद भी कहा जाता है। इस दर्शन को उसके तीन मुख्य पहलुओं की रोशनी में समझा जा सकता है। पहला, थॉमस हॉब्स की ही तरह बेंथम भी मनुष्य की इस मनोवैज्ञानिक इच्छा को अहमियत देते थे जिसके तहत हर व्यक्ति अपने आनंद को अधिकतम उपलब्ध करना चाहता है। बेंथम आनंद और ख़ुशी जैसे शब्दों को एक-दूसरे के पर्याय की तरह इस्तेमाल करते थे। दूसरा, बेंथम के लिए आनंद अपने आप में एक लक्ष्य था न कि कुछ और पाने का साधन। वे तरह-तरह के सुखों में अंतर करने के लिए तैयार नहीं थे। न ही उनका विचार ऊँचे और नीचे सुख में फ़र्क़ करता था। उनकी दिलचस्पी सुख की गुणवत्ता में नहीं बल्कि मात्रा में थी। तीसरा, चूँकि आनंद प्राप्त करने योग्य है इसलिए वह क्रिया सही है जो आनंद उपलब्ध कराती हो और दु:ख या कष्ट को कम से कम करती हो। इस तीसरे आयाम में बेंथम का उपयोगितावाद एक क्रियात्मक उसूल के रूप में सामने आता है।

इन व्यावहारिक सुधारों के अलावा बेंथम की मुख्य सफलता यह थी कि वे दार्शनिक और राजनीतिक विचारों की कल्पना करने और उन्हें व्यक्त करने के तरीक़े में बदलाव लाने में सफल हुए। अभी हाल तक बेंथम के योगदान को दूसरे माध्यमों से पढ़ा जाता रहा है : जॉन ऑस्टिन के माध्यम से न्याय-शास्त्र के दायरे में, जेम्स मिल के माध्यम से लोकतांत्रिक सिद्धांत में और जॉन स्टुअर्ट मिल के माध्यम से उपयोगितावादी सिद्धांत में। इस प्रवृत्ति का एक कारण यह भी रहा है कि बेंथम की अपनी शैली बहुत ही मुश्किल रही है, जिसके कारण उनके चिंतन के प्रति समर्पित विद्वानों के अलावा हर कोई उनसे दूर ही रहता रहा है। यह भी एक उल्लेखनीय तथ्य है कि उन्होंने शायद ही अपने किसी लेख को प्रकाशन के मक़सद से तैयार किया हो।

बेंथम ने अपने राजनीतिक चिंतन द्वारा उदारतावाद के विकास में तीन मुख्य योगदान दिये। पहला, उन्होंने लॉक, ह्यूम, मांतेस्क्यू और हेल्वेसियस से मिले विचारों का उपयोग प्रचलित लॉकवादी विचार पर हमला करने के लिए किया। बेंथम के बाद उदारतावादी चिंतन की सबसे जीवंत धारा उपयोगितावादी सिद्धांतों पर आधारित रही। दूसरा, 1820 के दशक में उन्होंने संवैधानिक सिद्धांत का एक नया दृष्टिकोण उपलब्ध कराया। इसने अमेरिकी और फ्रांसीसी क्रांतियों के समय के संवैधानिक चिंतन और व्यवहार को बढ़ावा दिया। बेंथम ने प्रशासनिक और न्यायिक संगठन और सत्ता के जवाबदेह प्रयोग पर भी नये सिरे से ज़ोर दिया। तीसरा, बेंथम ने कल्पना की कि क़ानून के लक्ष्यों में सुरक्षा, जीविका, पर्याप्तता और समानता शामिल होनी चाहिए। उन्होंने ऐसी राजनीतिक व्यवस्था की कल्पना की जो इन लक्ष्यों को बढ़ावा

दे। ऐसा करके बेंथम ने आधुनिक लोकतांत्रिक राज्य की ज़रूरत और आकांक्षाओं को अभिव्यक्त किया।

अट्ठारहवीं सदी में सत्तर के दशक के मध्य तक बेंथम दो मुख्य योजनाओं पर काम कर रहे थे। उनकी पहली प्राथमिकता थी दण्ड-विधि, ख़ासतौर पर अपराध और सज़ा का विश्लेषण करना। इस अध्ययन के फलस्वरूप उनकी सबसे प्रसिद्ध किताब *ऐन इंट्रोडक्शन टू द प्रिंसिपल्स ऑफ़ मॉरल्स ऐंड लेजिस्लेशन* (1780 में मुद्रित पर 1789 में प्रकाशित) सामने आयी। इस किताब का मक़सद एक व्यापक दण्ड संहिता की पेशकश करना था। इसी रचना की कड़ियों के रूप में उन्होंने दो अन्य किताबें भी लिखीं : *ऑन द लॉज़ इन जनरल* जो पहली बार 1945 में द *लिमिट्स ऑफ़ जुरिसप्रूडेंस डि.फ़ाइंड* शीर्षक से प्रकाशित हुई; और दूसरी *इनडायरेक्ट लेजिस्लेशन* जिसे सबसे पहले 1802 में प्रकाशित किया गया। ये तीनों किताबें बेंथम के शुरुआती न्याय-विमर्श के मुख्य भाग का प्रतिनिधित्व करती हैं।

जेरेमी बेंथम (1748–1832)

बेंथम ने अपने दूसरे प्रोजेक्ट में ब्लैकस्टोन की रचना *कॉमेंटरीज़ ऑन द लॉज़ ऑफ़ इंग्लैण्ड* की विशद समीक्षा की। इसका प्रकाशन पहली बार 1928 में जा कर हो पाया। लेकिन अपने इस शोध से पहले उन्होंने अपनी पहली प्रमुख कृति द *फ़्रैग्मेंट ऑन गवर्नमेंट* (1776) प्रकाशित की। इस किताब में ब्लैकस्टोन के संविधान संबंधी विचारों का आलोचनात्मक परीक्षण किया गया है। ब्लैकस्टोन ने लॉक के विचारों का अनुसरण करते हुए प्रकृत अवस्था, सामाजिक समझौता, सहमति, प्रभुसत्ता और मिश्रित संविधान जैसे लॉकवादी पदों का प्रयोग करते हुए इंग्लैण्ड के संविधान की समीक्षा की थी। यद्यपि बेंथम ने ब्लैकस्टोन के विचारों का कोई विकल्प पेश नहीं किया, लेकिन उन्होंने लॉकवादी अवधारणाओं की आलोचना की जिन्हें उन दिनों व्यापक स्वीकृति मिल चुकी थी। इन मुद्दों के अलावा उन्होंने आर्थिक प्रश्नों पर भी विचार करना शुरू किया। इस विषय पर उन्होंने सबसे पहले *डिफ़ेंस ऑफ़ यूज़री* (1787) की रचना की। इसमें ऐडम स्मिथ द्वारा *वेल्थ ऑफ़ नेशंस* में सूदख़ोरी की विवेचना की गयी थी।

फ़्रांसीसी क्रांति के दौर में बेंथम एक उदार छवि के विचारक की तरह स्थापित होने लगे थे। लॉर्ड लैंसडाउन से अपनी दोस्ती के कारण उन्होंने स्विस लेखक और सुधारक एटीनी दूमो से सम्पर्क किया और बाद में दोनों की बहुत गहरी दोस्ती भी हो गयी। दूमो ने बेंथम की कई किताबों का फ़्रांसीसी में अनुवाद किया जिससे बेंथम को विश्व-प्रसिद्धि मिली। बेंथम ने फ़्रांस की लोकतांत्रिक संस्थाओं के समर्थन में कई लेख लिखे। उन्होंने फ़्रांस की न्यायिक व्यवस्था में सुधार प्रस्तावित करने वाली एक पुस्तक *ड्रॉफ़्ट ऑफ़ अ न्यू प्लैन फ़ॉर द ऑर्गनाइज़ेशन ऑफ़ द जुडिशियल इस्टैब्लिशमेंट ऑफ़ फ़्रांस* भी रची जिसके कारण 1792 में उन्हें फ़्रांस की मानद नागरिकता दी गयी। बेंथम भी शुरुआत में फ़्रांसीसी क्राँति से हमदर्दी रखते थे, लेकिन बाद इसकी हिंसक और दमनकारी प्रवृत्ति को देख कर उनका इससे मोहभंग हो गया। उन्होंने डिक्लेरेशन ऑफ़ राइट्स (या अधिकारों के घोषणा-पत्र) में निहित अवधारणाओं का भी विरोध भी किया। उन्होंने अपनी रचना *अनार्कीकल फ़ैलेसीज़* में यह लिखा कि प्राकृतिक अधिकार की परिकल्पना पूरी तरह से बकवास है।। बेंथम मानते थे कि स्वतंत्रता केवल वहीं सुरक्षित रह सकती है जहाँ अधिकारों को क़ानूनी व्यवस्था द्वारा स्थापित किया गया हो।

1809-10 के दौरान बेंथम के विचारों में 'बदलाव' हुआ। उन्होंने 1817 में *प्लान फ़ॉर पार्लियामेंटरी रिफ़ॉर्म* के प्रकाशन के बाद सार्वभौम मताधिकार, गुप्त मतदान और वार्षिक संसद जैसे सुधारों के बारे में खुल कर चर्चा करनी शुरू की। 1809 के पहले बेंथम ने सिर्फ़ फ़्रांसीसी क्राँति से संबंधित कुछ राजनीतिक और संवैधानिक मुद्दों पर विचार किया था। इसके अलावा अमूमन वे इन विषयों पर उदासीन रहते थे। लेकिन ऐसा लगता है कि जेम्स मिल के प्रभाव और ्र सुधारों से संबंधित अपनी पनोप्टिकॉन सरीखी कल्पना की नाकामी से उनका यह विश्वास पुख़्ता हुआ कि विभिन्न सुधारों के बीच एक तरह का संबंध बनाने की ज़रूरत है। इसके अलावा स्पेन में दारवादी शासन की स्थापना ने भी उनके राजनीतिक चिंतन में बुनियादी बदलाव किये। इस बदलाव का नतीजा *कांस्टीट्यूशनल कोड* (1822-) के रूप में सामने आया जिसे वे पूरा नहीं कर पाये। अपनी इस कृति में उन्होंने विस्तार से संवैधानिक लोकतंत्र की अपनी यूटोपियन दृष्टि और वर्तमान राजनीतिक व्यवस्थाओं की तीखी समीक्षा पेश की। इसके बावजूद कभी भी ऐसा नहीं हुआ कि वे संवैधानिक या राजनीतिक मुद्दों में ही पूरी तरह से डूबे रहे हों। इस दौर में उन्होंने शिक्षा, तर्कशास्त्र, भाषा, साहित्यशास्त्र, अर्थव्यवस्था जैसे विविध विषयों पर भी अपने विचार व्यक्त किये।

1820 के दशक तक उनकी कई किताबें प्रकाशित हो चुकी थीं। दूमो के सम्पादन में उनकी कई किताबें फ्रेंच में भी छप चुकी थीं। इन सबने यूरोप, ब्रिटेन और लातीनी अमेरिका में उनकी प्रतिष्ठा स्थापित कर दी। बेंथम का बहुत से लोगों से पत्र-व्यवहार होता था। कई राजनीतिज्ञ और विद्वान क्वींस स्क्वायर प्लेस स्थित उनके घर आते-जाते रहते थे। बेंथम के बहुत से लेखन को दूसरों ने सम्पादित किया : जॉर्न स्टुअर्ट मिल ने *रैशनेल ऑफ़ ज्यूडिशियल एविडेंस* (1827), पेरेग्रीन बिंघम ने *बुक ऑफ़ फ़ैलेसीज़* (1824), फ्रैंसीस प्लेस ने *नॉट पॉल बट जीसस* (1823) और जॉर्ज ग्रोट ने एनालिसिस ऑफ़ द इंफ्लूएंस ऑफ़ नेचुरल रिलीजन (1822) का सम्पादन किया था। इन रचनाओं ने *एडिनबरा रिव्यू* द्वारा प्रतिपादित किये गये विग सिद्धांतों के विकल्प के रूप में दार्शनिक रैडिकलवाद की स्थापना की। 1820 के दशक में उन्होंने मुख्य रूप से क़ानून की पूर्ण संहिता तैयार करने में अपनी अधिकांश ऊर्जा लगायी। इसमें नागरिक, दण्डात्मक, प्रक्रियात्मक और संवैधानिक संहिताओं को शामिल किया जाना था। क़ानून को संहिताबद्ध करने की पहले की कोशिशों के बजाय इस बार कांस्टीट्यूशनल कोड (संवैधानिक संहिता) को मुख्य स्थान दिया गया। इसी मकाम पर बेंथम के प्रौढ़ राजनीतिक चिंतन का विकास हुआ। यह काम दार्शनिक से ज़्यादा क़ानूनी था, लेकिन स्वतंत्रता समानता, अधिकार, दायित्व और प्रभुसत्ता जैसे विषयों पर इस समय उनके द्वारा लिखी कई दूसरी रचनाओं से गहन अंतर्दृष्टियाँ हासिल की जा सकती हैं।

देखें : अधिकार, अधिकार : सैद्धांतिक यात्रा, अरस्तू, अफलातून, अनुदारतावाद, अराजकतावाद, अन्य-अन्यीकरण, उदारतावाद, उपयोगितावाद, एडमण्ड बर्क, क्रांति, ज्याँ-ज़ाक रूसो, जॉन लॉक, जॉन स्टुअर्ट मिल, जॉन रॉल्स, थॉमस हॉब्स, नागरिकता, नागरिकता : अन्य परिप्रेक्ष्य-1 और 2, नागर समाज, पनोप्टिकॉन, फ्रीड्रिख़ हायक, बुद्धिवाद, माइकेल जोसेफ़ ओकशॉट, मिशेल पॉल फ़ूको-1 और 2, यूटोपिया, राजनीतिक दर्शन के नारीवादी आयाम, रॉबर्ट नॉज़िक, राज्य-1 और 2, स्वतंत्रतावाद, सर्वसत्तावाद, सम्प्रभुता, समाजवाद, सरकारियत.

संदर्भ

1. आर. हैरिसन (1983), *बेंथम,* लंदन : रॉटलेज ऐंड कीगन पॉल, लंदन.
2. एच.एल.ए. हार्ट (1982), *एसेज़ ऑन बेंथम, जुरिसप्रुडेंस ऐंड पॉलिटिकल थियरी,* क्लेरेण्डन प्रेस, ऑक्सफ़र्ड.
3. एफ़. रोज़ेन (1983), *जेरेमी बेंथम ऐंड रिप्रेज़ेंटेटिव डेमोक्रेसी : अ स्टडी ऑफ़ कांस्टीट्युशनल कोड,* क्लेरेण्डन प्रेस, ऑक्सफ़र्ड.

— कमल नयन चौबे

जेंडर

(Gender)

नारीवाद द्वारा सत्तर के दशक में प्रवर्तित जेंडर की अवधारणा इस निष्कर्ष पर आधारित है कि स्त्री-पुरुष की सामाजिक असमानता का कारण केवल उनकी जैविक भिन्नता में ही नहीं देखा जाना चाहिए। इसीलिए नारीवाद सेक्स और जेंडर को अलग-अलग करके समझता है। उसकी मान्यता है कि जैविक भिन्नता के दैहिक और मानसिक प्रभावों को बढ़ा-चढ़ा कर पेश करना एक हथकण्डा है जिसके सहारे पितृसत्ता क़ायम रखी जाती है और स्त्रियों को समझा दिया जाता है कि उन्हें प्रकृति ने घरेलू भूमिकाओं के लिए ही बनाया है। उत्तर-औद्योगिक समाजों में तो स्त्री की सेक्स संबंधी दैहिक भिन्नता के फलितार्थ और भी कम प्रभावी रह गये हैं। गर्भ-निरोधकों, दर्द-निवारक औषधियों के कारण प्रजनन में होने वाली तकलीफ़ के लगातार घटते जाने और प्रजनन क्षमता ख़त्म हो जाने के बावजूद एक लम्बी और व्यक्तिगत-सामाजिक रूप से उपयोगी ज़िंदगी गुज़ारने की परिघटना ने स्त्री की परिस्थिति को पूरी तरह से बदल दिया है। 1972 में प्रकाशित एन. ओकली की विख्यात रचना *सेक्स, जेंडर ऐंड सोसाइटी* ने नारीवाद के लिए जेंडर को एक सामाजिक गढ़ंत के तौर पर देखने की बौद्धिक शुरुआत की। सिमोन द बोउवार ने 1949 में ही 'स्त्री जन्म नहीं लेती, बल्कि बनती या बना दी जाती है' की स्थापना देकर जेंडर के सिद्धांतीकरण की पूर्वपीठिका तैयार कर दी थी। यह बात अलग है कि स्त्री या पुरुष के 'सामाजिक' आयाम को 'जैविक' आयाम से अलग दिखाने के लिए उन्होंने जेंडर जैसे पद का प्रयोग नहीं किया था।

जेंडर का विचार नारीवाद की दूसरी लहर के केंद्र था। दरअसल, इस प्रश्न पर नारीवादी विदुषियों ने काफ़ी बारीक और बहुआयामी चिंतन किया है। सुलामिथ फ़ायस्टोन ने ओकली से भी दो साल पहले प्रकाशित अपनी पुस्तक *डायलेक्टिक ऑफ़ सेक्स* में दावा था किया कि स्त्री को अगर आधुनिक प्रौद्योगिकी की मदद से प्रजनन की ज़िम्मेदारी से छुटकारा मिल जाए और बच्चों के लालन-पालन का दायित्व ऐसे कम्यूनों को सौंप दिया जाए जहाँ एकनिष्ठ विवाह और छोटे परिवार के मानक का पालन न किया जाता हो, तो स्त्री-मुक्ति का रास्ता खुल सकता है। फ़ायरस्टोन के विचारों की आलोचना संस्कृति पर ज़ोर देने वाले नारीवादियों ने इस आधार पर की कि स्त्री-पुरुष की भिन्नता एक ऐसी मूल्यवत्ता को जन्म देती है जिसके तहत स्त्री के लिए बच्चों का लालन-पालन और परिवार की देखभाल करना एक विशिष्ट

सांस्कृतिक गुण का रूप ले लेता है जिसे ख़ारिज करने के बजाय सराहनापूर्वक स्वीकार किया जाना चाहिए। आगे चल कर मोरिया गैटेंस ने कुछ जीव-वैज्ञानिक अनुसंधानों के हवाले से यह दिखाया कि पुरुष और स्त्री की भिन्न-भिन्न जैविकताएँ दोनों की चेतना पर अलग-अलग असर भी डालती हैं। स्त्री की देह में कुछ ऐसी घटनाएँ और प्रक्रियाएँ चलती हैं जो पुरुष-देह के साथ कभी घटित होती ही नहीं : जैसे मासिक धर्म। इसलिए जेंडर की संरचना को पूरी तरह जैविकता से मुक्त भी नहीं माना जा सकता।

दरअसल, जेंडर की सामाजिक गढ़ंत और जैविक तात्त्विकतावाद के बीच बहस से नारीवादी शास्त्र भरा पड़ा है। स्त्री-पराधीनता को जैविक तात्त्विकतावाद के तार्किक घेरे से बाहर निकालने के लिए ही सत्तर के दशक के आरम्भ में दूसरी लहर के नारीवादियों ने जैविक भिन्नता के लिए सेक्स का और सामाजिक भिन्नता के लिए जेंडर का प्रयोग करना शुरू किया। उससे पहले जेंडर का प्रयोग संज्ञा-शब्दों को पुरुषवाचक और स्त्रीवाचक कोटियों में वर्गीकृत करने के लिए होता था। नारीवादियों ने जेंडर का प्रयोग यह ज़ाहिर करने के लिए अपनाया कि जिस तरह शब्दों का पुरुष और स्त्री की कोटियों में बाँटा जाना सामाजिक चलन का परिणाम है, उसी तरह व्यवहारों, मूल्यों आदि का पुरुष और स्त्री के लिए अलग-अलग आबंटन भी सामाजिक चलन का परिणाम है। ग़ौरतलब है कि इस आशय के साथ जेंडर का प्रयोग चिकित्सा विज्ञान के क्षेत्र में रॉबर्ट स्टॉलर नामक मनोविज्ञानी द्वारा अस्पष्ट जननांगों के साथ जन्मे शिशु के संदर्भ में पहले से किया जा चुका था। एन. ओकली ने स्टॉलर से ही प्रेरणा प्राप्त की थी। 1975 में गेल रूबिन अपने क्लासिक आलेख में सेक्स (जैविक) को प्राकृतिक और इसलिए अपरिवर्तनीय और जेंडर (सामाजिक) और इसलिए परिवर्तनीय के रूप में व्याख्यायित करते हुए 'सेक्स-जेंडर व्यवस्था' की धारणा प्रस्तुत की। इस प्रकार नारीवादियों के बीच इस धारणा ने ज़ोर पकड़ा कि जिस जैविक संरचना के साथ हम जन्म लेते हैं वह प्राकृतिक होने के कारण समाज और संस्कृति से निरपेक्ष है। यह वह आधार है जिस पर विभिन्न संस्कृतियाँ स्त्रीत्व और पुरुषत्व के जेंडर-ढाँचे खड़े करती हैं। लिंडा निकालसन ने इस धारणा को 'जैविक आधारवाद' कहा है।

अस्सी के दशक के शुरू होते-होते कुछ नारीवादियों ने 'जैविक आधारवाद' पर सवाल उठाने शुरू कर दिये। सेक्स अथवा शरीर को जेंडर से पृथक और अपरिवर्तनीय मान कर चलना उन्हें दिक़्क़ततलब लगा। एलिसन जैगर के मुताबिक़ शरीर संबंधी सामाजिक मान्यताएँ बदलती हैं तो शरीर की संरचना में भी उसी के मुताबिक़ बदलाव आते हैं। मसलन, स्त्रियों के शरीरिक तौर पर ताक़तवर होने को सामाजिक स्वीकृति मिलनी शुरू हुई, तो उनके एथलेटिक रिकॉर्डों में भी बढ़ोतरी होने लगी। नारीवादी मानवशास्त्रियों ने भी कुछ नृजातीय समूहों में स्त्री और पुरुषों की देह-रचना के बीच बेहद मामूली भेद पाया है। इसके अलावा, कई नारीवादी इस राय के साथ सामने आयीं कि सभी भिन्नताएँ, भले ही वे जैविक या प्राकृतिक ही क्यों न हों, किसी-न-किसी सैद्धांतिक नज़रिये की ही उपज होती हैं। इसकी पुष्टि थॉमस लैकर जैसे इतिहासकार के अनुसंधान ने भी की। लैकर ने यह दिखाया है कि स्त्री और पुरुष के शरीरों का दो भिन्न प्रकारों में वर्गीकरण 18 वीं सदी की परिघटना है। उससे पहले स्त्री का शरीर पुरुष के शरीर का अल्पविकसित रूप माना जाता था। सेक्शुअलिटी के इतिहास पर कार्य करने वाले मिशेल फ़ूको ने 18 वीं सदी के दौरान उभयलैंगिकता की धारणा के परिदृश्य से ही गायब होने की चर्चा की है। प्राक-आधुनिक भारतीय संस्कृति में भी विभिन्न यौन पहचानों के लिए कहीं ज़्यादा गुंजाइशें मौजूद रही हैं। उस ज़माने में हिजड़ों को जो सामाजिक स्वीकार्यता प्राप्त थी वह समकालीन समाज में नहीं है। सूफ़ी और भक्ति परम्पराएँ उभयलैंगिकता पर आधारित मानी जाती हैं।

जुडिथ बटलर का जेंडर संबंधी चिंतन बेहद चर्चित और परिष्कृत माना जाता है। बटलर ने जेंडर की भाँति सेक्स यानी देह को सामाजिक निर्मिति ही माना है। वे कहती हैं कि जेंडर की समझ से ही शरीर की समझ निर्धारित होती है। कुछ ऐसी भी नारीवादी चिंतक भी हैं जो सेक्स-जेंडर विभेद को स्त्री-मुक्ति के लिहाज़ से नकारात्मक मानती हैं। उनका मानना है कि यह विभेद मन/शरीर, संस्कृति/प्रकृति और तर्क/भावना जैसे द्विभाजनों जैसा ही प्रतीत होता है। इन्हीं द्विभाजनों का दोहन स्त्री-पराधीनता के लिए किया गया है। इन परस्पर-विरोधी जोड़ियों में एक का श्रेष्ठ तथा दूसरे का हीन के रूप में मूल्यांकन कर हीन को स्त्री के साथ चस्पाँ किया जाता रहा है। सेक्स/जेंडर का द्विभाजन ख़ासकर शरीर/मन के नज़दीक ठहरता है। निर्मिति होने के कारण जेंडर मन के दायरे में आ जाता है, और सेक्स तो शरीर के लिए ही प्रयुक्त होता ही है। शरीर/मन द्विभाजन में शरीर पक्ष के साथ स्त्री और मन के पक्ष के साथ पुरुष का तादात्म्य बैठाया जाता रहा है। नतीजतन, सेक्स/जेंडर में सेक्स स्त्री के हिस्से में चला जाता है, और जेंडर पुरुष के हिस्से में। यही वजह है ये नारीवादी इस विभेद को न केवल अनुपयोगी बल्कि अन्य द्विभाजनों की तरह स्त्री-मुक्ति की राह के रोड़े के रूप में देखती हैं।

एलिजाबेथ स्पीलमैन की दलील है कि जेंडर को सामाजिक निर्मिति मानने की धारणा के पैरोकार जाति, नस्ल, वर्ग, क्षेत्र आदि के तहत चलने वाली समाजीकरण की प्रक्रिया और उससे उपजने वाली अहम भूमिकाओं को नज़रअंदाज़ कर जाते हैं। यदि स्त्रीत्व और पुरुषत्व के निर्माण में इन कारकों की भूमिका न होती, तो सभी स्त्रियों का स्त्री होने और

सभी पुरुषों का पुरुष होने का अनुभव एक-सा होता। जब पश्चिम में अश्वेत महिलाओं और भारत में दलित-आदिवासी महिलाओं ने सभी स्त्रियों के एक ही धरातल पर स्थित होने की धारणा को चुनौती दी, तो नारीवादियों ने स्त्रियों के बीच विद्यमान भिन्नताओं पर गम्भीरता से विचार करना शुरू किया। भारतीय संदर्भ में ही दलित स्त्रियों की सेक्शुअलिटी और ऊँची जातियों की स्त्रियों की सेक्शुअलिटी में भेद रहा है। पितृसत्तात्मक निज़ाम के तहत दलित स्त्रियाँ ऊँची जातियों के पुरुषों के लिए उपलब्ध-सी मानी जाती रही है। पश्चिम की अश्वेत स्त्रियों का अनुभव भी दलित स्त्रियों जैसा ही है।

देखें : अश्वेत नारीवाद, आनंदीबाई जोशी, इस्लामिक नारीवाद, गायत्री चक्रवर्ती स्पिवाक, चिपको आंदोलन, जूडिथ बटलर, दलित नारीवाद, देवदासी, देवकी जैन, नारीवाद, नारीवाद की पहली लहर, नारीवाद की दूसरी लहर, नारीवाद की तीसरी लहर, नारीवादी दर्शन, नारीवाद और अर्थशास्त्र, नारीवादी फ़िल्म-सिद्धांत, नारीवादी इतिहास-लेखन, नारीवाद और अर्थशास्त्र, नारीवाद और साम्प्रदायिकता, नैंसी शोदॅरौ, पर्यावरणीय नारीवाद, पब्लिक-प्रायवेट, पण्डिता रमाबाई सरस्वती, पितृसत्ता, प्रेम, प्रेम-अध्ययन और नारीवादी दर्शन, भारत में स्त्री-आरक्षण-1 और 2, महादेवी वर्मा, मैरी वोल्सक्राफ़्ट, राजनीतिक दर्शन के नारीवादी आयाम, रमाबाई रानाडे, ल्यूस इरिगरे, स्त्री और साम्प्रदायिकता, स्त्री-श्रम, सम्पत्ति : नारीपादी परिप्रेक्ष्य, सिमोन द बोउवार, स्त्री-आरक्षण, हेलन सिचू।

संदर्भ

1. लिंडा निकालसन (1994), 'इंटरप्रिटिंग जेंडर', साइंस, खण्ड 20 अंक-1.
2. गेल रूबिन (1975), 'द ट्रैफ़िक इन वुमॅन : नोटस ऑन दी पॉलिटिकल इकॉनॉमी ऑफ़ सेक्स', संकलित : आर. टेटर (सम्पा.), *टुवर्ड्स एन एंथ्रोपॅलॅजी ऑफ़ वुमॅन*, मंथली रिव्यू प्रेस, न्यूयॉर्क.
3. थॉमस लैकर (1978), *मेकिंग सेक्स : बॉडी ऐंड जेंडर फ्रॉम द ग्रीक्स टू फ्रॉयड*, हार्वर्ड युनिवर्सिटी प्रेस, केम्ब्रिज, मैसाचुसेट्स.
4. एलिसन जैगर (1983), *फ़ेमिनिस्ट पॉलिटिक्स ऐंड ह्यूमन नेचर*, रोमन ऐंड एलेनहेल्ड, ससेक्स.
5. जुडिथ बटलर (1990), *जेंडर ट्रबुल*, राडलेन, लंदन, द्वितीय संस्करण.

— विजय कुमार झा

जैन दर्शन

(Jain Philosophy)

ईसा से छह सौ साल पहले ब्राह्मण-परम्परा और श्रमण-परम्परा भारतीय संस्कृति की दो प्रमुख धाराएँ थीं। पहली धारा यज्ञ तथा भौतिक सुखों की पक्षधर थी, तो दूसरी धारा निवृत्ति एवं मोक्ष की प्रबल समर्थक थी। जैन धर्म का संबंध श्रमण-परम्परा से है। जैन दर्शन प्राचीनता की दृष्टि से भारत की प्राचीनतम दार्शनिक प्रणालियों में से एक है। जैन शब्द की उत्पत्ति 'जिन' से हुई है। इसका अर्थ होता है जिसने राग-द्वेष पर विजय प्राप्त कर ली हो। ऐसे विजयी लोगों के अनुयाइयों को जैन कहा जाता है और ऐसे विजय प्राप्त मुक्त पुरुषों को वीतरागी माना जाता है। जैन धर्म को पूजनीय कहे जाने की वजह से इसे 'आहंदुर्भ' की संज्ञा दी जाती है और जैन धर्म को 'निग्रंथ' कहे जाने के पीछे कारण यह है कि जैन साधु कोई सम्पत्ति नहीं रखते कि वे गाँठ बाँध सकें। जैन-दर्शन वस्तुवादी है क्योंकि वह वाह्य-जगत के अस्तित्व को मानता है। वह बहुसत्तावादी है क्योंकि वह अनेक तत्त्वों को मानता है। वह अनीश्वरवादी है, क्योंकि वह ईश्वर के अस्तित्व को नहीं मानता। जैन धर्म ने वेद की प्रमाणिकता, पुरोहितवाद तथा कर्मकाण्ड का घोर विरोध किया। उसने घोषित किया कि ईश्वर विषयक अवधारणा त्याग करके भी ब्राह्मण के रहस्यों को जाना जा सकता है और पूर्णता हासिल की जा सकती है।

विरोधाभास यह है कि जैनियों ने ईश्वर की अवधारणा को तो ख़ारिज किया, लेकिन दूसरी ओर उन्होंने अपने आचार्यों यानी तीर्थंकरों को उसी स्थान पर पहुँचा दिया। जैन धर्म में तीर्थंकरों को वही स्थान प्राप्त है, जो दूसरी जगहों पर भगवान को। अंतर इस बात का है कि ब्राह्मण धर्म की तरह ईश्वर यहाँ स्वतंत्र और सर्वशक्तिमान नहीं है, बल्कि अनेक ईश्वर हैं। जैन धर्म में अर्हन्तपद और सिद्ध पद प्राप्त जीव ही 'ईश्वर' पद से अभिहित होता है। जैन धर्म के प्रथम तीर्थकर ऋषभदेव तथा अंतिम व चौबीसवें तीर्थंकर होने का श्रेय महावीर को है जो गौतम बुद्ध के समकालीन माने जाते हैं। जैन धर्म को मौजूदा स्वरूप देने और उसके प्रवर्तन का श्रेय भी उन्हीं को जाता है। उनका जीवन-काल छठी शताब्दी ईसा पूर्व माना गया है।

कालांतर में जैन धर्म सम्प्रदायों श्वेताम्बर और दिगम्बर में बँट गया। दिगम्बर आचार पालन में कुछ कठोर तथा श्वेताम्बर उदार हैं। दिगम्बर सम्प्रदाय में मुनि निर्वस्त्र रहते हैं तथा श्वेताम्बर सफ़ेद वस्त्र पहने रहते हैं, किंतु ये सिद्धांत सिर्फ़ जैन मुनियों तक ही सीमित हैं, गृहस्थ तथा श्रावकों के लिए नहीं। एक फ़र्क़ यह भी है कि दिगम्बर सम्प्रदाय स्त्री-

शरीर से मुक्ति सम्भव नहीं मानता, पर श्वेताम्बर सम्प्रदाय की यह मान्यता नहीं है।

चार्वाक दर्शन की तरह जैन दर्शन सिर्फ़ प्रत्यक्ष को प्रमाण मान कर अनुमान तथा शब्द को प्रमाण मानने से इनकार नहीं करता। चार्वाकों का तर्क हैं कि कभी-कभी अनुमान और शब्द यथार्थ ज्ञान का रूप नहीं ले पाते। जैन दार्शनिकों का कहना है कि इस आधार पर कहा जाए तो प्रत्यक्ष भी हमेशा प्रमाणिक नहीं होता। कभी-कभी प्रत्यक्ष भी भ्रमपूर्ण होता है। अगर ऐसा है तो उन्हें भी अनुमान और शब्द की तरह प्रमाण नहीं माना जा सकता। जैनियों का तर्क है कि चार्वाक विपक्षियों से वाद-विवाद के दौरान उनके शब्दों के ज़रिये ही उनके विचारों का अनुमान करते हैं, अन्यथा वाद-विवाद में वे समर्थ नहीं हो पाते। अत: चार्वाक का यह कहना कि 'प्रत्यक्ष ही एक मात्र प्रमाण है' युक्तियुक्त नहीं हैं। जैन दर्शन प्रत्यक्ष के साथ ही साथ अनुमान और शब्द को भी प्रामाणिक मानता है। विश्वसनीय पुरुषों के वाक्य-शब्द अपने आप में प्रमाण होते हैं। जैनों के अनुसार आध्यात्मिक विषयों का यथार्थ ज्ञान प्रारम्भ में प्रत्यक्ष तथा अनुमान द्वारा नहीं प्राप्त हो सकता। इनके लिए सर्वज्ञ तथा मुक्त जिनों या तीर्थंकरों के उपदेश ही प्रमाण हैं।

प्रत्यक्ष प्रमाण से द्रव्यों के बारे में ज्ञान मिलता है। जैन दर्शन भी चार्वाकों की तरह मानता है कि द्रव्य वायु, अग्नि, जल तथा पृथ्वी इन चार प्रकार के तत्त्वों से मिल कर बना हैं। अनुमान आकाश, काल, धर्म तथा अधर्म का ज्ञान कराता है। भौतिक द्रव्यों की स्थिति के लिए स्थान आवश्यक है। इससे आकाश का अस्तित्व साबित होता है। द्रव्यों की अवस्थाओं का क्रमिक परिवर्तन काल के बिना नहीं हो सकता। इस युक्ति से काल का अस्तित्व सिद्ध होता है। धर्म और अधर्म गति और स्थिति के कारण हैं। इनका अस्तित्व भी निर्विवाद है, क्योंकि किसी अनुकूल कारण के बिना द्रव्यों में गति या स्थिति नहीं आ सकती। भौतिक द्रव्य (पुद्‌गल) आकाश, काल, धर्म तथा अधर्म के अतिरिक्त और भी एक प्रकार का द्रव्य हैं। पुद्‌गल का प्रयोग सामान्यत: पृथ्वी आदि भूत द्रव्यों के अर्थों में किया जाता है। उन द्रव्यों को हम देखते है, छूते हैं, सुनते हैं तथा खाते हैं और पीते हैं। इनमें रूप, रस, गंध और स्पर्श चार प्रकार के गुण पाये जाते हैं। ये गुण परमाणुओं में भी देखे जा सकते हैं, किंतु कोई गुण पदार्थ के बिना मौजूद नहीं रह सकता।

जैन मतावलम्बी यह मानते थे कि वस्तुएँ मस्तिष्क से इतर यथार्थ हैं। वे इस तत्त्ववादी सिद्धांत का विरोध करते थे कि पदार्थ से स्वतंत्र रह कर भी गुणों के अस्तित्व की सम्भावना है। इस हद तक जैन मतावलम्बी भौतिकवादी थे। उनका मत था कि कोई भी वस्तु इंद्रिय-संवेदनों द्वारा, जो जीव अर्थात् चेतन के अवयव हैं, जानी जा सकती है। लेकिन वस्तु और इंद्रियों के बीच सम्पर्क हुए बिना इंद्रिय प्रत्यक्ष होना असम्भव है। जैन धर्म मस्तिष्क और पदार्थ की पारस्परिक सापेक्षता स्वीकार करता है। साथ ही वह ज्ञाता और ज्ञेय पदार्थ के बीच संबंध भी स्वीकार करता है।

जब व्यक्ति अपने सुख-दु:ख आदि का अनुभव करता है तो उसे जीव या आत्मा के प्रत्यक्ष ज्ञान का पता चलता है। चैतन्य पदार्थ की उत्पत्ति जड़ पदार्थ से नहीं होती। ऐसा एक भी प्रमाण नहीं है कि जड़ के संयोग से चैतन्य पदार्थ का प्रादुर्भाव हुआ हो। जैनियों का यह विचार चर्वाक दर्शन के विरुद्ध है। जैन-दर्शन की प्रस्थापना है कि जितने सजीव शरीर हैं उतने ही जीव हैं। मनुष्य, पशु-पक्षियों में ही नहीं बल्कि पेड़-पौधों व धूल-कणों में भी जीव हैं। सभी जीव चेतन है, पर समान प्रकार से नहीं। वनस्पतियों तथा मिट्टी के टुकड़ों में पाये जाने वाले जीव एकेंद्रिय होते हैं। उनका बोध स्पर्शेंद्रिय से ही सम्भव हो पाता है। कुछ जीव दो इंद्रिय, कुछ तीन या चार इंद्रिय वाले होते हैं तथा मनुष्य तथा उच्च वर्ग के जीव पाँच इंद्रिय वाले होते हैं। इन इंद्रियों के माध्यम से वस्तुज्ञान होता है। किंतु जीव की इंद्रिय चाहे जैसी हो उसका ज्ञान एक सीमा तक ही सीमित होता है। अत: वह विभिन्न दुखों से दुखी रहता है। लेकिन इसके साथ ही प्रत्येक जीव में अनंत दर्शन, अनंत ज्ञान, अनंत वीर्य और अनंत सुख प्राप्त करने की शक्ति निहित होती है। हर जीव के ये स्वाभाविक गुण होते हैं। जिस प्रकार बादलों से सूर्य ढँक जाता है उसी तरह से कर्मों के कारण जीव का आंतरिक स्वरूप छिप जाता है। जीव के कर्म तथा उसकी इच्छाएँ पुद्‌गल को अपनी ओर आकर्षित करती हैं। परिणामस्वरुप धूल-कणों से आच्छादित दीपक या सूर्य के प्रकाश की तरह जीव का स्वरूप पुद्‌गल के सम्पर्क में आने पर छिप जाता है। पुद्‌गल की वजह से जीव-बंधन में पड़ा होता है और कर्मों को हटा देने पर वह बंधन मुक्त हो कर अपने स्वाभाविक गुणों को प्रकाशित कर सकता है।

जैन दर्शन के मुताबिक़ तीर्थंकरों के जीवन तथा उनके उपदेश के ज़रिये मोक्ष-प्राप्त करना सम्भव है। जीव सम्यक दर्शन, सम्यक ज्ञान तथा सम्यक चरित्र अर्थात् अहिंसा, सत्य, अस्तेय, ब्रह्मचर्य तथा अपरिग्रह का पालन करते हुए बंधन मुक्त हो सकता है। इनके द्वारा वासनाओं पर नियंत्रण तथा कर्मों का नाश हो जाता है तथा इन विघ्नों के हटने पर जीवन के अनंत चतुष्ट अर्थात् अनंत दर्शन, अनंत ज्ञान, अनंत शक्ति तथा अनंत आनंद का प्रस्फुटन होता है। यही मोक्ष की अवस्था होती है।

जैन दर्शन अनेकांतवाद के सिद्धांत के लिए काफ़ी प्रशंसित रहा है। इसका तात्पर्य है कि किसी वस्तु का हमेशा एक ही रूप नहीं होता। दृष्टि-भेद से वही वस्तु किसी अन्य रूप में दीख सकती है। जैन दर्शन सत् और असत् जैसा कोई

भेद नहीं मानता। एक वस्तु सत् भी हो सकती है और वही किसी अन्य दृष्टि-भेद के कारण असत् भी हो सकती है। स्वरूप की अपेक्षा से वस्तु 'सत्' कही जाती है, वही प्रारूप की अपेक्षा से असत् भी कही जा सकती है। कहने का तात्पर्य यह है कि प्रत्येक वस्तु अलग-अलग स्वभाव की होती है और वह स्वभाव उसी वस्तु में रहता है, दूसरी वस्तु में नहीं। इसे एक दृष्टांत के ज़रिये कहा जाए तो घट में घटत्व रहता है और इसीलिए घट-स्वभाव दृष्टि में रख कर हम कहते हैं कि सामने दृष्टिगोचर होने वाला पदार्थ 'घट' है। परंतु घटत्व को दृष्टि में रखकर क्या हम कह सकते हैं कि यह घट है? यानी एक ही वस्तु सत् भी हुई और असत् भी हुई। अंतर महज़ वाक्यों, कल्पनाओं और दृष्टि-भेद का है। संसार की हर वस्तु 'है' भी और 'नहीं भी' है। कोई वस्तु सर्वथा सत् या असत् नहीं होती। इसे ही जैन-दर्शन में अनेकांतवाद कहा गया है।

इसे ही स्यादवाद सिद्धान्त भी कहा गया है। सामान्तः स्यादवाद को संदेहवाद का पर्याय समझा जाता है, क्योंकि स्याद शायद के अर्थ में लिया जाता है। जैन दार्शनिकों की दृष्टि से 'स्यात्' का तात्पर्य 'कथंचित' अर्थात् 'किसी अपेक्षा से है। इसी अपेक्षावाद का सूचक 'स्यादवाद' है जो अनेकांतवाद को समझने में सहायक है। इसकी तार्किक अभिव्यक्ति 'सप्तभंगी' नय के द्वारा की जाती है। सप्तभंगी नय का अर्थ है, किसी वस्तु के रूप को प्रकट करने के लिए सात प्रकार से कहने का ढंग : स्याद अस्ति, स्यान्नास्ति, स्यादस्ति च स्यान्नास्ति, स्याद् अव्यक्तम्, स्यादस्ति च स्याद् अव्यक्तव्यं च, स्यान्नास्ति च स्याद् अव्यक्तव्यं च और स्यादस्ति च स्यान्नास्ति च स्याद् अव्यक्तव्यं च।

अब यहाँ एक स्वाभाविक सवाल उठ खड़ा होता है कि कथन भी किया जाए और अवक्तव्य भी कहा जाए— ये तो दोनों परस्पर विरोधी बातें हुई। दरअसल जैन दर्शन वस्तु को अवक्तव्य नहीं मानता। वह अपेक्षा की दृष्टि से ही ऐसा मानता है। इसी बात को सूचित करने के लिए 'अवक्तव्यं' के पहले 'स्यात्' शब्द का प्रयोग किया गया है। अर्थात् वस्तु हमेशा अवक्तव्य नहीं बल्कि किसी दृष्टिकोण विशेष से ही वह अवक्तव्य है।

जैन दर्शन अन्य मतों के प्रति भी आदर भाव रखता है। वह कहता है कि प्रत्येक वस्तु अनंत धर्मक है। एक ही वस्तु एक दृष्टि से सत् है दूसरी दृष्टि से असत् है। दृष्टिगत आधार वस्तु बहुधर्मी है। उसकी सत्यता दृष्टि-विशेष पर निर्भर करती है। प्रत्येक व्यक्ति के ज्ञान और विचार सीमित होते हैं, उसकी एक सीमा होती है। अतः किसी व्यक्ति का किसी विषय के बारे में ज्ञान उस सीमा तक ही सत्य हो सकता है। उसके सिर्फ़ एक पक्ष को ही जाना जा सकता है। किसी वस्तु के बारे में कोई विचार देने के पहले 'स्याद' शब्द के इस्तेमाल कर लेने से यह स्पष्ट हो जाता है कि वह विचार सिर्फ़ एक पक्ष से ही सत्य है, दूसरे पक्ष से कुछ दूसरा ही सत्य हो सकता है। इस तरह से एक विरोधी मत को भी सम्मान प्राप्त हो जाता है। अतः विरोधी विचारों को भरपूर सम्मान देना जैन धर्म की विशेषता है।

जैन धर्म किसी भी धर्म से न तो विरोध रखता है और न किसी दार्शनिक दृष्टि का अलाप करता है। स्यादवाद समग्र सिद्धांतों में सामंजस्य का पक्षपाती है। उसमें त्याग तथा तपस्या के आचरण एवं अहिंसा पर ज़ोर दिया गया है। अहिंसा के अंतर्गत सिर्फ़ किसी का उत्पीड़न या प्राणनाश ही हिंसा नहीं माना गया है। बल्कि मनसा, वाचा और कर्मणा द्वारा हिंसा-निवृति का आग्रह व अनुपालन है। महावीर का स्पष्ट संदेश है— जब तक बुढ़ापा नहीं सताता, जब तक व्याधियाँ नहीं बढ़तीं, जब तक इंद्रियाँ हीन-अशक्त नहीं बनतीं, तब तक धर्म का आचरण कर लेना चाहिए। उसके बाद होता ही क्या है? यह संदेश व्यवहार्य रूप में सार्थक किया जा सकता है, क्योंकि बिना क्रिया के ज्ञान बोझ ही है।

देखें : आर्यभट्ट और *आर्यभटीय,* उपनिषद्, कपिल, *अर्थशास्त्र* और कौटिल्य, गोपीनाथ कविराज, गोविंद चंद्र पाण्डे, चैतन्य महाप्रभु, न्याय दर्शन, दया कृष्ण, नागार्जुन, पतंजलि और *योगसूत्र,* पाणिनि और *अष्टाध्यायी,* पुराण, पूर्व-मीमांसा दर्शन, बदरी नाथ शुक्ल, बादरायण, बौद्ध दर्शन, *भगवद्गीता,* भरत और *नाट्यशास्त्र,* मुकुंद लाठ, *भागवत पुराण, महाभारत,* यशदेव शल्य, योग दर्शन, रामानुजाचार्य, राम अवतार शर्मा, लोकायत, वात्स्यायन और *कामसूत्र,* वेदांत दर्शन, वैशेषिक दर्शन, शंकराचार्य, षड्-दर्शन-1 और 2, संस्कृत काव्यशास्त्र, स्मृति-साहित्य, सांख्य दर्शन-1 और 2, सिद्ध-नाथ परम्परा।

संदर्भ

1. वियोगी हरि (सम्पा.) (2011), *हमारी परम्परा .,* सस्ता साहित्य मण्डल, नयी दिल्ली.
2. चटर्जी एवं दत्त, *भारतीय दर्शन,* अनु. हरिमोहन झा एवं नित्यानंद मिश्र, पुस्तक भण्डार, पटना.
3. के. दमोदरन (2001), *भारतीय चिंतन परम्परा,* अनु. श्रीधरन, पीपुल्स पब्लिशिंग हाउस नयी दिल्ली.
4. बलदेव उपाध्याय (1999), *भारतीय दर्शन की रूपरेखा,* चौखम्भा पब्लिशर्स, वाराणसी.

—अजय कुमार पाण्डेय

जैवविविधता
(Biodiversity)

अगर हम पृथ्वी के भविष्य की रक्षा करना चाहते हैं तो उसके पर्यावरण और पारिस्थितिकी को बचाना ज़रूरी है। इसके लिए अपने ग्रह की जैवविविधता और लाखों वर्ष के दौरान विकसित हुए जीवन-रूपों का संरक्षण अनिवार्य है। प्रजातियों के नष्ट होने का मतलब होगा पृथ्वी की जैव-विरासत का क्षय जिसके परिणामस्वरूप भविष्य की पीढ़ियों को अपूरणीय नैतिक, व्यावहारिक और वैज्ञानिक क्षति का सामना करना होगा। पिछले दो दशकों से अंतर्राष्ट्रीय समुदाय ने अपनी यह ज़िम्मेदारी कुछ-कुछ समझी है, पर अब भी इस मोर्चे पर प्रगति की रफ़्तार धीमी ही कही जाएगी। जैवविविधता का संरक्षण करने वाले उष्णकटिबंधीय जंगलों को नष्ट करने की प्रक्रिया पूरी बीसवीं सदी में जारी रही है, पर उसके प्रति सरोकारों के तहत अंतर्राष्ट्रीय संस्थागत अनुक्रिया बहुत देर से हुई है। 1992 में हुई ऐतिहासिक रियो कांफ्रेंस के बाद अगले साल 155 देशों ने जैवविविधता बचाने के लिए की गयी संधि पर हस्ताक्षर किये हैं। इस कन्वेंशन के ज़रिये कुछ ऐसे नियमों की स्थापना की गयी है जिनके तहत जेनेटिक संसाधनों और जैव-प्रौद्योगिकियों के इस्तेमाल को विनियमित किया जाएगा। कन्वेंशन के सदस्य देशों ने शपथ ली है कि वे जैवविविधता को बचाने की योजनाएँ बनायेंगे और उनकी संबंधित रपटों की अंतर्राष्ट्रीय स्तर पर समीक्षा की जाएगी। लेकिन, दुर्भाग्य से जैवविविधता के संरक्षण के लिए उठाये गये ये क़दम भी अपर्याप्त हैं क्योंकि जो भी नियम-क़ानून बनाये गये हैं वे अस्पष्ट होने के साथ-साथ कई तरह की शर्तों के मातहत भी हैं।

ज़्यादातर लोग जैवविविधता को प्रजाति विविधता का पर्याय मान कर चलते हैं। लेकिन प्रजाति विविधता तो जैवविविधता की एक श्रेणी मात्र है। संरक्षण की दृष्टि से जैवविविधता को मुख्य तौर से तीन श्रेणियों में बाँट कर देखा जाता है : प्राकृतिक वास संबंधी विविधता यानी हैबिटेट डायवर्सिटी, आनुवंशिक विविधता यानी जेनेटिक डायवर्सिटी और प्रजातीय विविधता यानी स्पीशीज़ डायवर्सिटी।

हैबिटेट डायवर्सिटी : जैविविधिता की यह धारणा उन स्थानों से ताल्लुक़ रखती है जहाँ विभिन्न जीवन-रूपों का वास है। जैसे, मूँगे के द्वीप, अमेरिका के उत्तर-पश्चिम प्रशांत इलाक़े का वन-क्षेत्र, ऊँची घास से आच्छादित मैदान, नमी से समृद्ध तटीय इलाक़े, और ऐसे ही कई और स्थान। इस तरह के सभी क्षेत्रों में असंख्य प्रजातियाँ रहती हैं और उनका जीवन उनके इस प्राकृतिक वास पर पूरी तरह से निर्भर है। अगर ये इलाक़े नहीं रहे तो इनके साथ वे प्रजातियाँ भी ख़त्म हो जाएँगी। पारिस्थितिकी के प्रति गम्भीर सरोकारों की कमी होने के कारण होता यह है कि ये विशाल क्षेत्र पूरी तरह से तो नष्ट नहीं होते, पर उनका आकार घटता चला जाता है और अंत में उनके छोटे-छोटे टुकड़े भर रह जाते हैं। अमेरिका के पुराने वन-क्षेत्रों और नमी से समृद्ध तटीय धरती के साथ यही दुर्घटना घटी है। इसी तरह के क्षय का सामना दुनिया भर के उष्णकटिबंधीय वनों को करना पड़ रहा है। भारत में भी वन-क्षेत्र का काफ़ी क्षरण हो चुका है। इसका नतीजा यह हुआ है कि न केवल बहुत सी स्थानीय प्रजातियाँ लुप्त हो गयी हैं, बल्कि उन प्रजातियों के नष्ट होने का ख़तरा बढ़ गया है जिनकी उत्तरजीविता के लिए इन प्राकृतिक आवास क्षेत्रों की विशालता हमेशा से एक शर्त की तरह काम करती रही है।

जेनेटिक डायवर्सिटी : यह विशेष तरह का पद है जिसे तकनीकी तौर पर समझना आवश्यक है। जीव वैज्ञानिक जब प्रजातियों की आबादी का ज़िक्र करते हैं तो उसका मतलब होता है किसी एक ख़ास इलाक़े में रहने वाली वे प्रजातियाँ जो मोटे तौर पर आपस में ही सहवास करती हैं। उदाहरण के लिए अगर एक क्षेत्र में कौवों की आबादी है तो वे किसी दूसरे क्षेत्र के कौवों के बजाय अपने जोड़ों को अपने ही क्षेत्र और अपने ही समूह से चुनते हैं। इस तरह उनके बीच जींस की सहभागिता विकसित होती रहती है। जीव वैज्ञानिकों के लिए एक इलाक़े के पक्षियों की आबादी का अर्थ है उनकी आनुवंशिकी की अनूठी जानकारी। उस ख़ास इलाक़े में रहने वाली कौवों की आबादी साझे तौर पर एक ऐसी जेनेटिक इनफ़ॉर्मेशन की वाहक है जो कहीं और नहीं मिल सकती। सिद्धांत के तौर पर एक इलाक़े में रहने वाले कौवों को किसी दूसरे इलाक़े में रहने वाले कौवों के साथ समागम करना चाहिए। आख़िरकार हैं तो दोनों कौवे ही। पर, व्यवहार में ऐसा नहीं होता। उनके आवासों के भौगोलिक क्षेत्रों के बीच इतनी दूरी होती है कि वे ऐसा नहीं कर पाते।

दरअसल, प्रजातियों की विभिन्न आबादियाँ मिल कर जेनेटिनक डायवर्सिटी की रचना करती हैं। जिन प्रजातियों की केवल एक ही आबादी रह गयी है, उनकी आनुवंशिक विविधता भी बहुत घटी हुई मानी जाती है। मसलन, कैलिफ़ोर्निया के इलाक़े में रहने वाले गिद्धों की अब कोई और आबादी नहीं मिलती। इसका मतलब हुआ कि वैसे गिद्धों की आनुवंशिक विविधता का क्षय हो चुका है। भारत में भी गिद्धों की आबादियाँ लगातार कम होती जा रही हैं। इसके विपरीत उत्तरी अमेरिका के ज़्यादातर इलाक़ों में पायी जाने वाली गौरैयों की आबादियाँ अपनी आनुवंशिक विविधताओं को क़ायम रख पायी हैं। जीव वैज्ञानिकों की कोशिश होती है कि न केवल प्रजातियों की संख्या सुरक्षित रहे और बढ़े, बल्कि उनकी अलग-अलग आबादियाँ भी

क़ायम रहें। वैसे भी किसी प्रजाति का बचना उसका आबादी के बचने पर निर्भर करता है। अगर आबादी घटेगी या ख़त्म होगी तो प्रजातियों के पास विपरीत परिस्थितियों (जैसे ग्लोबल वार्मिंग) में बचे रहने के उपाय भी घटते चले जाएँगे। हर आबादी धीरे-धीरे कुछ ऐसी आनुवंशिकीय ख़ूबियों से सम्पन्न होती जाती है जिनके ज़रिये प्रजातियाँ नयी परिस्थितियों के साथ तालमेल बैठाने का प्रयास करती हैं।

स्पीशीज़ डायवर्सिटी : कहने के लिए दुनिया में क़रीब पंद्रह लाख प्रजातियाँ सूचीबद्ध हैं, लेकिन समझा जाता है कि पृथ्वी पर इनके अलावा भी असंख्य अनाम प्रजातियाँ पायी जाती हैं। एक अंदाज़े के मुताबिक़ हमारे ग्रह पर पचास लाख से डेढ़ करोड़ तक प्रजातियाँ होंगी। उष्णकटिबंधीय जगंलों में विभिन्न कीटों के बारे में किये गये अध्ययनों के ज़रिये इन अनाम प्रजातियों का पता चला है। उनके बचे रहने के लिए उष्णकटिबंधीय वनों का बने रहना ज़रूरी है। पृथ्वी के केवल दो फ़ीसदी हिस्से पर ही इस तरह के वन हैं, पर नब्बे फ़ीसदी से ज़्यादा प्रजातियों का निवास इन्हीं में है। इन जंगलों के नष्ट होने के कारण प्रजाति विविधता पर बहुत बड़ा संकट आ गया है। प्रजातियों के अन्य सम्भव प्राकृतिक वासों का अभी अध्ययन किया जाना बाक़ी है। सम्भावना यह है कि जैसे-जैसे हमारा जैव-ज्ञान आगे बढ़ेगा, ज्ञात प्रजातियों की संख्या बढ़ती चली जाएगी।

मुश्किल यह है कि पिछले कई दशकों से प्रत्येक वर्ष जैवविविधता को बनाये रखने के लिए अनिवार्य इन जंगलों का विस्तार कुछ न कुछ कम हो जाता है। मध्य और दक्षिण अमेरिका में मवेशी चराने के लिए या खेती के लिए इन जंगलों को जलाया गया। एशिया में इमारती लकड़ी के लिए ये जंगल काटे गये। अफ्रीका में जलावन की लकड़ी जमा करने की लम्बी प्रक्रिया के तहत वनों का क्षय हुआ। पिछली सदी में क़रीब एक चौथाई से लेकर आधे बरसाती वन नष्ट हो चुके हैं। अगर यह तबाही इसी तरह चलती रही तो इक्कीसवीं सदी के मध्य तक इन वनों के कुछ टुकड़े ही पृथ्वी पर शेष रह जाएँगे। जीव वैज्ञानिकों की मान्यता है कि 75 वर्ष में पृथ्वी क़रीब आधी या उससे ज़्यादा प्रजातियों को खो देगी। मनुष्य अपनी सर्वग्रासी जीवन-शैली के कारण इससे अगले पचास से सौ साल के बीच उतनी प्रजातियों को नष्ट कर देगा जितनी प्राकृतिक कारणों से दस करोड़ वर्षों में नष्ट होती हैं। कबूतर की एक नस्ल को नष्ट होने में केवल दस वर्ष लगते हैं, जबकि प्राकृतिक क्रम-विकास के तहत उसके विकसित होने के लिए एक सहस्राब्दी भी कम है।

देखें : *चिपको आंदोलन, जैवविविधता, पर्यावरणीय नारीवाद, पारिस्थितिकवाद, पारिस्थितिकीय दर्शन, पेटेंट, भारत में पेटेंट क़ानून।*

संदर्भ

1. ओ. ग्रीन (1999), 'एनवायरनमेंटल इशूज़', संकलित : जे. बायलिस और एस. स्मिथ (सम्पा.), *द ग्लोबलाइज़ेशन ऑफ़ वर्ल्ड पॉलिटिक्स,* ओयूपी, ऑक्सफ़र्ड
2. के. लिटफ़िन (1999), 'एनवायरनमेंटल सिक्यूरिटी इन द कमिंग सेंचुरी', संकलित : टी. पॉल और जे. हाल (सम्पा.), *इंटरनेशनल ऑर्डर ऐंड द फ़्यूचर ऑफ़ वर्ल्ड पॉलिटिक्स,* केम्ब्रिज युनिवर्सिटी प्रेस, केम्ब्रिज.
3. डी. पर्लमैन वग़ैरह (सम्पा.) (1997), *एक्सप्लोरिंग वेल्यूज़ ऐंड प्रायरिटीज़ इन कंज़रवेशन,* ब्लैकवेल साइंस, ऑक्सफ़र्ड
4. ओ. यंग (1995), *इंटरनेशनल गवर्नेंस : प्रोटेक्टिंग द एनवायरनमेंट इन अ स्टेटलैस सोसाइटी,* कॉरनेल युनिवर्सिटी प्रेस, इथाका, न्यूयॉर्क.

— अभय कुमार दुबे

जोआन रॉबिंसन

(Joan Robinson)

जोआन रॉबिंसन (1903-1983) उत्तर-कींसियन अर्थशास्त्र के संस्थापकों में से एक मानी जाती हैं। उन्होंने हमेशा यथार्थपरक आर्थिक गतिविधियों के अध्ययन पर ज़ोर दिया और ऐसे तमाम आर्थिक सिद्धांतों को आड़े हाथों लिया जिन पर अमल करना उनकी निगाह में मुमकिन नहीं था। रॉबिंसन का ज़िक्र होने पर यह चर्चा ज़रूर होती है कि अर्थशास्त्र की दुनिया में स्त्रियों की संख्या इतनी नगण्य क्यों है। दरअसल इस अनुशासन की गणितीय प्रकृति पर इसकी ज़िम्मेदारी नहीं डाली जा सकती, क्योंकि गणित और प्राकृतिक विज्ञानों में पीएचडी करने वाली स्त्रियों के मुक़ाबले भी अर्थशास्त्र में क़दम रखने वाली महिलाओं की संख्या बहुत कम होती है। समाज-विज्ञान के सर्वाधिक पुरुष प्रधान अनुशासन में अपनी चमकदार प्रतिभा के दम पर अंतर्राष्ट्रीय मान्यता प्राप्त करने वाली रॉबिंसन ने अपना कॅरियर आदर्श प्रतियोगिता और एकाधिकार के बीच स्थित बाज़ार के रूपों की गहरी पड़ताल करने से शुरू किया। उन्होंने बाज़ार में अपूर्ण प्रतियोगिता की स्थिति का अध्ययन करते हुए पता लगाया कि बड़ी-बड़ी कम्पनियाँ दामों, उत्पादन और रोज़गार संबंधी फ़ैसलों पर कैसे पहुँचती हैं। बाद में वे जान मेनार्ड कींस के सिद्धांतों की पैरोकार और विस्तार करने वाली विद्वान के रूप में उभरीं। रॉबिंसन द्वारा किये गये अंतर्राष्ट्रीय व्यापार के सूत्रीकरणों ने अर्थशास्त्रियों को यह समझने में मदद की कि अर्थव्यवस्थाओं का वास्तविक कामकाज कैसे चलता है। रॉबिंसन केम्ब्रिज

विश्वविद्यालय के अर्थशास्त्रियों के उस समूह की सदस्य भी थीं जिनके साथ होने वाले विचार-विमर्श के ज़रिये ही कींस ने अपनी क्लासिक रचना *जनरल थियरी* का विकास किया था।

जोआन रॉबिंसन का जन्म सरे, इंग्लैण्ड के एक उच्च-मध्यवर्गीय परिवार में हुआ था। उनके पिता एक फ़ौजी जनरल, लेखक और शिक्षाविद् थे। उनकी माँ केम्ब्रिज विश्वविद्यालय के एक प्रोफ़ेसर की बेटी थीं। उन दोनों ने अपनी बेटी जोआन मॉरिस को बेहतरीन शिक्षा दिलाई। केम्ब्रिज के जिरटन कॉलेज में उन्होंने अर्थशास्त्र का अध्ययन किया, क्योंकि वे ग़रीबी और बेरोज़गारी की समस्याओं का समाधान खोजना चाहती थीं। अर्थशास्त्री ऑस्टिन रॉबिंसन से विवाह के बाद वे मॉरिस से रॉबिंसन हो गयीं। रॉबिंसन ने अर्थशास्त्री के रूप में कुछ वर्ष अपने पति के साथ भारत में भी गुज़ारे। लेकिन, उनके ज़्यादातर वर्ष केम्ब्रिज में अर्थशास्त्र का अध्यापन और शोध करते हुए ही गुज़रे।

बीए की पढ़ाई के दौरान रॉबिंसन जब मार्शल की रचना *प्रिंसिपल्स ऑफ़ इकॉनॉमिक्स* का अध्ययन कर रही थीं तो उन्होंने पाया कि इस पाठ्य पुस्तक के निष्कर्ष बीस के दशक की ब्रिटिश अर्थव्यवस्था से मेल नहीं खाते। यह पुस्तक बता रही थी कि उत्पादक और उपभोक्ता दोनों मिल-जुल कर अपनी समृद्धि को ज़्यादा से ज़्यादा बढ़ाने की कोशिश करते हैं, जबकि उस ज़माने की अर्थव्यवस्था बेरोज़गारी से आक्रांत थी और कारख़ानों की उत्पादक क्षमता काफ़ी गिर चुकी थी। मार्शल को पढ़ते हुए रॉबिंसन इस बात से भी कुछ असंतुष्ट हुईं कि उन्होंने केवल आदर्श प्रतियोगिता और एकाधिकार की स्थितियों पर ही ग़ौर किया है। रॉबिंसन का ख़याल था कि अर्थव्यवस्थाओं की हक़ीक़त इन दो सिरों के बीच कहीं स्थित है। अपनी रचना द *इकॉनॉमिक्स ऑफ़ इम्परफ़ेक्ट कम्पटीशन* (1933) में रॉबिंसन ने दिखाया कि छोटी-छोटी फ़र्मों के बीच होने वाली प्रतियोगिता और केवल एक फ़र्म के एकाधिकार के बीच के अंतराल में कम्पनियों का वजूद किस तरह बिखरता रहता है।

कम्पनियों की निर्णय-प्रक्रिया समझने के लिए रॉबिंसन ने *सीमांत आमदनी* (मार्जिनल रेवेन्यू) की थियरी का इस्तेमाल किया। कोई फ़र्म सीमांत आमदनी तब कमाती है जब वह अपने सामान्य उत्पादन के अलावा अतिरिक्त उत्पादन करके बेचती है, और इसके लिए उसे न दाम गिराने पड़ते हैं और न ही माल की सेल लगानी पड़ती है। यह सीमांत आमदनी हमेशा उत्पादित वस्तु के दाम के बराबर ही बैठती है। चूँकि बाज़ार में आदर्श प्रतियोगिता की स्थिति नहीं होती इसलिए फ़र्में इस अतिरिक्त माल को कम दाम पर बेचने के लिए या उनकी सेल लगाने के लिए मजबूर होती हैं। इसी

जोआन रॉबिंसन (1903-1983)

अपूर्ण प्रतियोगिता के कारण सीमांत आमदनी शून्य से भी नीचे गिर कर ऋणात्मक तक हो सकती है। अब यह फ़र्म के अपने निर्णय पर निर्भर करता है कि वह सीमांत आमदनी न होने पर भी ज़्यादा उत्पादन करना पसंद करेगी या नहीं। या वह कम उत्पादन करेगी, कम बेचेगी पर दाम नहीं गिरायेगी।

रॉबिंसन ने दिखाया कि एक बड़ी फ़र्म कैसे कम उत्पादन करके और दाम बढ़ा कर अधिक आमदनी करने में कामयाब रहती है। चूँकि अर्थव्यवस्था को अपूर्ण प्रतियोगिता की स्थिति में काम करना पड़ता है इसलिए उत्पादन भी नाकाफ़ी होता है और क्षमता का भी पूरा दोहन नहीं हो पाता। अपूर्ण प्रतियोगिता के कारण ही मज़दूरों को उत्पादित वस्तु के मूल्य से कम मेहनताना मिलता है। सीमांत उत्पादकता की अहमियत घट जाती है। अपूर्ण प्रतियोगिता के कारण ही ताक़तवर फ़र्में श्रम का शोषण करने में कामयाब हो पाती हैं। अपनी दलील को समझाने के लिए रॉबिंसन ने *मोनोसोनी* के विचार का विकास किया। इसका मतलब हुआ : एक सेवायोजक के सामने रोज़गार चाहने वाले यानी मज़दूरों की सौदेबाज़ी की ताक़त का घट जाना। रॉबिंसन ने कहा कि आदर्श प्रतियोगिता की थियरी द्वारा नहीं बल्कि अपूर्ण प्रतियोगिता की थियरी द्वारा ही यह पता लगाया जा सकता है

कि बीस के दशक के इंग्लैण्ड में इस क़दर बेरोज़गारी क्यों थी और तीस के दशक की महामंदी का कारण क्या हो सकता है। अपूर्ण प्रतियोगिता के अर्थशास्त्र के ज़रिये रॉबिंसन ने पहली बार यह भी दिखाया कि बड़ी एकाधिकारी फ़र्में एक ही माल के दाम अलग-अलग लोगों से अलग-अलग क्यों और कैसे वसूल करती हैं। वे बाज़ार को दो हिस्सों में बाँट कर देखती हैं : एक हिस्से में ऐसे उपभोक्ता आते हैं जो ऊँचे दाम देने के लिए तैयार हैं, और दूसरे हिस्से में वे उपभोक्ता आते हैं जो दाम बढ़ने के प्रति संवेदनशील हैं। इसके बाद फ़र्में ऐसे तरीक़े तलाशती हैं जिनके तहत वे पहले क़िस्म के उपभोक्ताओं की जेब से पैसा निकाल सकें। वे एक बिक्री दिवस की विभिन्न अवधियों में अलग-अलग दाम पर अपना माल बेचती हैं। मसलन, टेलिफ़ोन कम्पनी अपनी सेवा रात के वक़्त सस्ती रख सकती है। दिन में व्यापारी लोग उसी सेवा को ऊँचे दामों पर ख़रीदते हैं, क्योंकि उन पर महँगाई का ज़्यादा असर नहीं होता और उन्हें उस सेवा की बहुत ज़रूरत भी होती है। नया माल बन कर जब बाज़ार में आता है तो उसे ऊँची कीमत देने के लिए तैयार उपभोक्ता ख़रीदते हैं, और उसी माल को बाद में सेल पर वे ख़रीदते हैं जो कम दाम अदा करना चाहते हैं। इस तरह रॉबिंसन को बाज़ार में कीमतों के विभेदीकरण के सिद्धांत का सुराग खोजने का श्रेय जाता है। आगे चल कर उत्तर-कींसियन अर्थशास्त्रियों ने इस सिद्धांत का विकास किया।

रॉबिंसन का विचार था कि आपूर्ति और माँग के विश्लेषण में संतुलनावस्था का विचार असंतोषजनक है। एक विकसित होती हुई और बदलती हुई अर्थव्यवस्था को इस सिद्धांत के तहत नहीं समझा जा सकता। उपभोक्ता और व्यापारी दामों के प्रति अर्थशास्त्र के मानक सिद्धांतों के तहत अनुक्रिया नहीं करते, बल्कि वे यह सोच कर अनुक्रिया करते हैं कि भविष्य में दामों की स्थिति क्या होगी। रॉबिंसन ने पूँजी की प्रकृति पर भी नये सिरे से विचार किया। अर्थशास्त्र की दुनिया में उस बहस की शुरुआत का श्रेय उन्हीं को जाता है जिसे *केम्ब्रिज विवाद* की संज्ञा दी जाती है। रॉबिंसन ने वितरण के उस सीमांत सिद्धांत की आलोचना की जिसके तहत माना जाता था कि मुनाफ़े की दर पूँजी की सीमांत उत्पादकता पर निर्भर करती है। रॉबिंसन ने एक सीधा सा लगने वाला सवाल उठाया कि सीमांत उत्पाद का पता लगाने के लिए पूँजी को कैसे मापा जाए? यानी अगर मुनाफ़े की दर का पता नहीं है तो फिर पूँजी को मापने की सम्भावना क्या होगी? रॉबिंसन को कींस के अर्थशास्त्र को अंतर्राष्ट्रीय व्यापार के क्षेत्र तक विकसित करने का श्रेय भी जाता है।

देखें : अर्थ-विज्ञान का समाजशास्त्र, आर्थिक जनसांख्यिकी, अल्फ्रेड मार्शल, अमर्त्य कुमार सेन, अंतर्राष्ट्रीय मुद्रा कोष, आधार और अधिरचना, ऑस्कर लांगे, ऐडम स्मिथ, करारोपण, कल्याणकारी अर्थशास्त्र, क्लासिकल अर्थशास्त्र, कार्ल हाइनरिख़ मार्क्स-3, कार्ल मेंगर, कींसियन अर्थशास्त्र, गुन्नार मिर्डाल, जॉन कैनेथ गालब्रेथ, जॉन मेनार्ड कींस, जॉन स्टुअर्ट मिल, जोसेफ़ शुमपीटर, जैव विविधता, ट्रस्टीशिप, डेविड रिकार्डो, ढाँचागत समायोजन कार्यक्रम, थॉमस मन और वणिकवाद, थॉमस रॉबर्ट माल्थस, दक्षता, धन, नियोक्लासिकल अर्थशास्त्र, नीतिशास्त्र और अर्थशास्त्र, निकोलस काल्दोर, नियोजन, नियोजन : मार्क्सवादी विमर्श, पण्य, पण्य-पूजा, पेटेंट, पॉल सेमुअलसन, पियरो स्राफ़ा, पूँजी, प्रतियोगिता, फ्रांस्वा केस्ने और प्रकृतिवाद, फ्रेड्रिख़ वॉन हायक, बहुराष्ट्रीय निगम, बाज़ार, बाज़ार की विफलताएँ, बाज़ार-समाजवाद, बौद्धिक सम्पदा अधिकार, ब्रेटन वुड्स प्रणाली, भारत में बहुराष्ट्रीय निगम, भारत में नियोजन, भारत में पेटेंट क़ानून, भारत में शेयर संस्कृति, भूमण्डलीकरण और पूँजी बाज़ार, भूमण्डलीकरण और वित्तीय पूँजी, भूमण्डलीकरण और वित्तीय उपकरण, मार्क्सवादी अर्थशास्त्र, मिल्टन फ्रीडमेन, मूल्य, राजकोषीय नीति और मौद्रिक नीति, रॉबर्ट ओवेन, विलफ्रेडो परेटो, विश्व व्यापार संगठन, विश्व बैंक, विलियम पेटी, विलियम स्टेनली जेवंस, वैकासिक अर्थशास्त्र, शोषण, साइमन कुज़्नेत्स।

संदर्भ

1. हार्वी ग्रैम और विवियन वाल्श (1983), 'जोआन रॉबिंसंस इकॉनॉमिक्स इन रिट्रोस्पेक्ट', *जर्नल ऑफ़ इकॉनॉमिक लिटरेचर,* खण्ड 21, अंक 2.
2. इनग्रिड रिमा (सम्पा.) (1991), *द जोआन रॉबिंसन लीगेसी,* एम.ई. शार्प, आरमोंक, न्यूयॉर्क.
3. मरज़ोरी टर्नर (1989), *जोआन रॉबिंसन ऐंड द अमेरिकंस,* एम.ई. शार्प, आरमोंक, न्यूयॉर्क.
4. शुलामित कान (1995), 'वुमॅन इन द इकॉनॉमिक्स प्रोफ़ेशन', *जर्नल ऑफ़ इकॉनॉमिक पर्सपेक्टिव्ज़,* खण्ड 9, अंक 4.

— **अभय कुमार दुबे**

जोसेफ़ चेल्लादुरै कुमारप्पा

(Joseph Chelladurai Kumarappa)

जोसेफ़ चेल्लादुरै कुमारप्पा (1892-1960) को भारत में गाँधीवादी अर्थशास्त्र का प्रथम गुरु माना जाता है। अपने जीवनकाल में कुमारप्पा ने गाँधीवादी अर्थशास्त्र से जुड़े विषयों पर न केवल विशद लेखन किया बल्कि एक पूर्णकालिक कार्यकर्ता के रूप में भारत के दूरस्थ स्थानों में अनेक आर्थिक सर्वेक्षण करके ग्रामीण अर्थव्यवस्था के कायाकल्प के लिए सार्थक कार्यनीति का प्रतिपादन भी किया। कुमारप्पा का अर्थशास्त्र स्वतंत्र भारत के हर व्यक्ति के लिए आर्थिक स्वायत्तता एवं सर्वांगीण विकास के अवसर देने के उसूल पर आधारित था। भारत की ग्रामीण अर्थव्यवस्था

और इसके प्राकृतिक स्वरूप को उन्नत करने के हिमायती कुमारप्पा ऐसे बिरले अर्थशास्त्री थे जो पर्यावरण संरक्षण को औद्योगिक-वाणिज्यिक उन्नति से कहीं अधिक लाभप्रद मानते थे। गाँधी के आर्थिक दर्शन से कांग्रेस पार्टी में उनके अपने सहयोगी भी पूर्णतः सहमत नहीं थे। इसीलिए स्वतंत्र भारत की आर्थिक नीतियों और गाँधीवादी आर्थिक नीतियों के बीच कोई समानता नहीं रही। परिणास्वरूप स्वतंत्र भारत ने पाश्चात्य अर्थव्यस्था के नमूने के अंधानुकरण की होड़ में कुमारप्पा को जल्दी ही विस्मृत कर दिया।

जोसेफ़ चेल्लादुरै कुमारप्पा (1892-1960)

कुमारप्पा का बचपन का नाम जोसफ़ चेल्लादुरै कॉर्नेलियस था। उनका जन्म तमिलनाडु के तंजावुर शहर में 4 जनवरी, 1892 में एक ईसाई परिवार में हुआ था। उन्होंने मद्रास से अपनी स्कूली शिक्षा पूरी करने के बाद लंदन जाकर लेखा-विधि (एकाउंटेंसी) में प्रशिक्षण प्राप्त किया और फिर वहीं लंदन में एकाउंटेंट के रूप में कुछ वर्षों तक काम भी किया। प्रथम विश्व-युद्ध की समाप्ति पर और अपनी माता के बुलाने पर वे भारत लौटे और बम्बई में कुछ समय तक एक ब्रिटिश कम्पनी में काम करने के बाद 1924 में अपना व्यवसाय शुरू किया। 1927 में वे उच्च अध्ययन के लिए अमेरिका गये और सायराक्रुज़ विश्वविद्यालय से वाणिज्य एवं व्यापार प्रबंधन में स्नातक की उपाधि प्राप्त की। इसके बाद उन्होंने कोलम्बिया विश्वविद्यालय में सार्वजनिक वित्त का अध्ययन करके अपने समय के प्रख्यात अर्थशास्त्री एडविन सेलिग्मन के मार्गदर्शन में 'सार्वजनिकवित्त एवं भारत की निर्धनता' पर शोध पत्र लिखा जिसमें भारत की आर्थिक दुर्दशा में ब्रिटिश औपनिवेशिक शासन की नीतियों से हुए नुक़सान का अध्ययन किया गया था। इस अध्ययन के दौरान ही कुमारप्पा ने पाया कि भारत की दयनीय आर्थिक स्थिति का मुख्य कारण ब्रिटिश औपनिवेशिक शासन की अनैतिक और शोषक नीतियाँ हैं। इसी बीच उन्होंने अपने मूल पारिवारिक नाम कुमारप्पा को अपने नाम के साथ जोड़ने का फ़ैसला किया।

स्वतंत्रता आंदोलन से जुड़े लोगों में भी अंग्रेज़ों द्वारा भारत के आर्थिक शोषण को लेकर बैचेनी थी। इस बेचैनी के केंद्र में था ब्रिटिश साम्राज्य पर चढ़ा वह सार्वजनिक ऋण जिसे वह भारत में शासन चलाने के नाम पर औपनिवेशक भारतीयों के मत्थे मढ़ना चाहती थी। कांग्रेस के 1922 के गया अधिवेशन और इसके बाद 1929 के लाहौर अधिवेशन में इस विषय पर चर्चा भी हुई थी। इसी बीच 1929 में अमेरिका से भारत लौटने के बाद कुमारप्पा भारतीय आर्थिक शोषण पर लिखे अपने लेख को प्रकाशित करने के संदर्भ में गाँधी से मिलने साबरमती आश्रम गये। गाँधी ने अपने पत्र *यंग इण्डिया* में इस लेख को प्रकाशित करने में रुचि भी दिखायी और कुमारप्पा से गुजरात के ग्रामीण क्षेत्रों में आर्थिक सर्वेक्षण करने का आग्रह किया। गाँधी के कहने पर कुमारप्पा गुजरात के खेड़ा जिले के मातर ताल्लुका में सर्वेक्षण करने गये। गुजरात का यह इलाक़ा पिछले कई सालों से कम वर्षा के कारण भीषण जल संकट से गुज़र रहा था लेकिन इसके बावजूद राजस्व वसूली के लिए सरकारी अमला बेहद सख़्ती दिखा रहा था। कुमारप्पा ने मातर ताल्लुका के 45 गाँवों के निवासियों का आर्थिक सर्वेक्षण करके लगान वसूली की दर और कृषि आधारित अर्थव्यवस्था के बीच जटिल संबंध को पहली बार सांख्यिकीय आँकड़ों के माध्यम से प्रदर्शित किया।

इसी दौरान *यंग इण्डिया* में कुमारप्पा के लेख 'सार्वजनिक वित्त और हमारी निर्धनता' का सिलसिलेवार प्रकाशन भी शुरू हो गया। साथ ही मातर ताल्लुका के आर्थिक सर्वेक्षण का प्रकाशन भी हो रहा था। इन प्रकाशनों के बीच गाँधी ने नमक सत्याग्रह के लिए दांडी यात्रा भी शुरू कर दी। नमक सत्याग्रह में भाग लेने के कारण जब ब्रिटिश प्रशासन ने गाँधी को गिरफ़्तार कर लिया तो *यंग इण्डिया* के संचालन की ज़िम्मेदारी कुमारप्पा पर आ गयी। इस पत्र में लेखन के कारण कुमारप्पा को भी गिरफ़्तार करके डेढ़ साल के लिए ज़ेल भेज दिया गया। 1931 में गाँधी-इरविन समझौते के बाद कुमारप्पा रिहा हुए और उन्हें लाहौर कांग्रेस अधिवेशन में ब्रिटिश सरकार और भारत के बीच के वित्तीय

लेन देन की समुचित पड़ताल करने के लिए गठित समिति का अध्यक्ष बनाया गया। इस कांग्रेस अधिवेशन के बाद गाँधी गोलमेज़ कांफ्रेंस में भाग लेने के लिए इंग्लैण्ड चले गये। गाँधी की अनुपस्थिति में कुमारप्पा ने *यंग इण्डिया* के सम्पादन की ज़िम्मेदारी फिर से उठायी और उनके आक्रामक लेखन के कारण ब्रिटिश सरकार ने उन्हें पुन: गिरफ़्तार करके ढाई साल के लिए ज़ेल भेज दिया।

1933 में ज़ेल से छूटने के बाद कुमारप्पा ने बिहार में विनाशकारी भूकम्प के राहत-कार्य के पैसे के लेन-देन का काम देखा। अत्यंत ईमानदार व समर्पित स्वयंसेवक की तरह कुमारप्पा ने इस राहत कार्य में हाथ बँटाने आये गाँधी को भी उनके आने-जाने का ख़र्चा देने से इनकार कर दिया। गाँधी ने 1934 में वर्धा आश्रम में कुमारप्पा के नेतृत्व में अखिल भारतीय ग्राम उद्योग संघ की स्थापना की जिसमें ग्रामीण अर्थव्यवस्था के अनुकूल उत्पादों के निर्माण, संरक्षण एवं प्रसार का अभियान चलाया गया। कुमारप्पा भारतीय अर्थव्यवस्था की मज़बूती में ग्रामीण आर्थिक स्थिति के योगदान को अच्छी तरह पहचानते थे और इसलिए उन्होंने इस ग्राम उद्योग संघ को कारगर बनाने में पूरा समय लगाया। अखिल भारतीय ग्राम उद्योग संघ में अपने इस अनुभव के आधार पर सन् 1936 में कुमारप्पा ने *ग्राम आंदोलन क्यों?* शीर्षक से एक पुस्तक प्रकाशित की जो गाँवों की आर्थिक उन्नति पर केंद्रित गाँधीवादी अर्थशास्त्र के सिद्धांतों के घोषणा पत्र के समान है।

1939-40 के दौरान कुमारप्पा ने मध्य प्रदेश और उत्तर पश्चिम सीमांत प्रदेश में व्यापक आर्थिक सर्वेक्षण किये। 1942 में जब ब्रिटिश सरकार द्वितीय विश्व-युद्ध का अधिकतर ख़र्च भारत पर डालना चाहती थी तोकुमारप्पा ने इसके विरोध में एक लेख 'स्टोन फ़ॉर ब्रेड' लिखा और जिसके प्रकाशन के बाद उन्हें एक बार फिर ज़ेल भेज दिया गया। कुमारप्पा ने अपने इस ज़ेल-प्रवास का सदुपयोग करते हुए *प्रैक्टिस ऐंड परसेप्ट्स ऑफ़ जीसस* एवं *इकॉनॉमी ऑफ़ पेरमानेंस* शीर्षक से दो पुस्तकें लिखीं। पहली पुस्तक *ईसा मसीह का अनुशीलन व ज्ञानबोध* में ईसाइयत के सच्चे आदर्शों के बारे में विवेचना थी। *निरंतरता का अर्थशास्त्र* में पर्यावरण संरक्षण के साथ मानव के आर्थिक विकास की परिकल्पना का प्रतिपादन किया गया है। इस पुस्तक को कुमारप्पा की सर्वश्रेष्ठ कृति माना जाता है।

30 जनवरी, 1960 को कुमारप्पा का निधन हुआ। उनकी स्मृति में कुमारप्पा इंस्टीट्यूट ऑफ़ ग्राम स्वराज की स्थापना की गयी।

देखें : अहिंसा-1 और 2, आशिस नंदी-1 और 2, आनंद केंटिश कुमारस्वामी, चेटपट वेंकटसुब्बन शेषाद्रि, ट्रस्टीशिप, धीरूभाई शेठ, मोहनदास कर्मचंद गाँधी-1 से 3 तक, रजनी कोठारी, सविनय अवज्ञा, हिंसा।

संदर्भ

1. मार्क लिंडली (2007), *जे.सी. कुमारप्पा : महात्मा गाँधीज़ इकॉनॉमिस्ट,* पॉपुलर प्रकाशन, मुम्बई.
2. बी. ज़करिया (1999), 'इंटरप्रेटिंग गाँधी : जे.सी. कुमारप्पा, मॉडर्निटी ऐंड द ईस्ट', टी. गुहाठाकुरता (सम्पा.), *कल्चर ऐंड डेमॉक्रैसी : पेपर्स फ़्रॉम द कल्चरल स्टडीज़ वर्कशॉप,* सेंटर फ़ॉर स्टडीज़ इन सोशल साइंसेज़, कलकत्ता.
3. जे.सी. कुमारप्पा (1945/1997), *इकॉनॉमी ऑफ़ परमानेंस,* सर्वसेव संघ प्रकाशन, वाराणसी.
4. जे.सी. कुमारप्पा (1949/1960), *व्हाई द विलेज मूवमेंट : अ प्ली फ़ॉर अ विलेज सेंटर्ड इकॉनॉमिक ऑर्डर फ़ॉर इण्डिया,* सर्वसेवा संघ, वर्धा.

— रवि दत्त वाजपेयी

जोगेंद्र नाथ मण्डल

(Jogendra Nath Mandal)

स्वतंत्रता संग्राम सेनानी, विधिवेत्ता और प्रशासक जोगेंद्र नाथ मण्डल (1904-1968) का अनूठा कृतित्व दो बातों के लिए हमेशा याद किया जाता रहेगा। पहली, उन्होंने आज़ादी से पहले की अवधि में अविभाजित बंगाल में दलितों के साथ होने वाले भेदभाव और शोषण के ख़िलाफ़ संघर्ष किया, और दूसरी उन्होंने बंगाल की राजनीति में मुसलिम लीग के साथ मिल कर पाकिस्तान की माँग ही नहीं उठायी बल्कि पाकिस्तान के पहले क़ानून मंत्री भी रहे। उन्होंने नवगठित पाकिस्तान की सरकार में श्रम मंत्रालय, राष्ट्रमण्डल और कश्मीरी मामलों के विभाग भी सँभाले। मण्डल को मुहम्मद अली जिन्ना के साथ पाकिस्तानी राज्य के संस्थापकों में से एक माना जाता है। 1947 से 1950 के बीच में मण्डल पाकिस्तानी संविधान सभा के अस्थायी अध्यक्ष भी थे। दरअसल, मण्डल का विचार था कि भारत का विभाजन होने से दलितों को लाभ होगा। लेकिन जब पाकिस्तानी शासकों के असली इरादे उनके सामने स्पष्ट हुए, उन्होंने तत्कालीन प्रधानमंत्री लियाक़त अली ख़ाँ को इस्तीफ़ा दे दिया और भारत लौट आये। उन्होंने आरोप लगाया कि पाकिस्तान में अल्पसंख्यकों के अधिकारों का हनन किया जा रहा है। वे मानते थे कि पाकिस्तानी नेताओं ने उन राजनीतिक मूल्यों को त्याग दिया है जिनकी पैरोकारी मुहम्मद अली जिन्ना करते थे। मण्डल की राजनीतिक गतिविधियाँ कुछ इस क़िस्म की थीं कि उनका असर सीमा के दोनों तरफ़ पड़ता था। 1946 में अविभाजित भारत की संविधान सभा के लिए डॉ. आम्बेडकर

को बंगाल से चुनवाने में उनकी प्रमुख भूमिका थी।

जोगेंद्र नाथ मण्डल का जन्म 29 जनवरी, 1904 को बारिसाल जिले के मैस्तरकण्डी खेड़े में नमोशूद्र जाति में हुआ था। उनकी माता संध्या देवी तथा पिता रामदयाल धार्मिक स्वभाव के थे। आर्थिक स्थिति अच्छी न होने के कारण उन्हें पढ़ाई के साथ ट्यूशन भी करनी पड़ती थी। ढाका विश्वविद्यालय से एमए करने के बाद वे कलकत्ता विश्वविद्यालय से 1934 में विधि स्नातक हुए। मण्डल जी की आरम्भ से ही यह लालसा थी कि वे अपनी पढ़ाई पूरी कर सामाजिक क्रांति के लिए जीवन भर कार्य करेंगे। प्रशासकीय नौकरी स्वीकार करने के स्थान पर उन्होंने वकील के रूप में कार्य करना पसंद किया। जिला न्यायालय में वकालत करने के दौरान न सिर्फ़ क़ानूनविद् के रूप में उनकी प्रतिभा जागी बल्कि सामाजिक सरोकारों में दिलचस्पी भी बढ़ी। उन्होंने इसी दौरान वे कलकत्ता के अन्य प्रभावशाली लोगों से सम्पर्क में आये। यह वही दौर था, जब उनकी मुलाक़ात सुभाष चंद्र बोस से हुई। कलकत्ता नगर पालिका में वे सुभाषबाबू की की मदद से चुने गये। राजनीति में यह उनका पहला क़दम था। इसी दौरान पूरे देश में कम्युनल अवॉर्ड की चर्चा ज़ोरों पर थी। आम्बेडकर और गाँधी के बीच सहमति और असहमति के कुछ बिंदुओं के कारण हिंदू समाज में ज़बरदस्त मंथन था। ऐसे वातावरण में मण्डल की मुलाकात डॉ. आम्बेडकर से भी हुई। राजनीतिक उथल-पुथल के इस दौर में पूरे देश में पहली बार लोकतांत्रिक आधार पर चुनाव कराने की योजना को 1935 के इण्डिया एक्ट के अनुसार अमली जामा पहनाने के शुरुआत हुई। 1937 में उन्होंने बंगाल विधानसभा के लिए चुनाव लड़ा और कांग्रेस के ज़मींदार उम्मीदवार को हरा कर विजयी हुए। दलितोद्धार के प्रश्न पर मण्डल का डॉ. आम्बेडकर से संवाद हुआ। जैसे-जैसे उनकी मुलाकातें हुईं, वैसे-वैसे बंगाल में उनके द्वारा आरम्भ किये गये कार्यक्रमों का विस्तार हुआ।

जुलाई, 1942 में जब डॉ. आम्बेडकर के नेतृत्व में नागपुर में अखिल भारतीय दलित वर्ग का सम्मेलन हुआ। उसमें बंगाल के प्रतिनिधि मण्डल मण्डल का नेतृत्व जोगेंद्रनाथ मण्डल ने किया था। इसी सम्मेलन में शेडयूल्ड कास्ट्स फ़ेडरेशन की स्थापना हुई थी। 1943 में वे बंगाल में ख़्वाजा नज़ीमुद्दीन सरकार में सहकारिता और अनुदान मंत्री बने। अपने कार्यकाल में उन्होंने शासकीय सेवा में दलितों के प्रवेश हेतु ज़मीन बनायी। इसी समय उन्होंने बैगयी हालदार पब्लिक अकादमी के माध्यम से एमए स्कूल आरम्भ किया ताकि दलितों में शिक्षा का प्रचार-प्रसार हो सके। मण्डल ने *जागरण* नामक साप्ताहिक अख़बार भी निकाला। अगस्त, 1944 में आम्बेडकर कलकत्ता गये जहाँ फ़ेडरेशन की तरफ़ से सियालदह रेलवे मेंशन में उनका भव्य स्वागत हुआ जिसमें मण्डल ने भी भागीदारी की। इसी के बाद वे फ़ेडरेशन के सदस्य बन गये। मार्च, 1945 में नज़ीमुद्दीन सरकार गिर गयी। अगले साथ फिर से विधानसभा के लिए चुनाव हुए। मण्डल आरक्षित के बजाय सामान्य निर्वाचन क्षेत्र बाकरगंज से खड़े हुए और जीते। अप्रैल, 1946 में एच.एस. सुहरावर्दी की मुसलिम लीग सरकार में मण्डल को मंत्री बनाया गया।

19 जुलाई, 1946 में संविधान सभा के चुनाव हुए। डॉ. आम्बेडकर का महाराष्ट्र के साथ अन्य हिंदी राज्यों से चुनाव जीतना लगभग असम्भव था। तब मण्डल ने ही उन्हें कलकत्ता से चुनाव लड़ने के लिए आमंत्रित किया था। इस जोखिम में वे सफल हुए। उस समय मण्डल विधायक थे। अन्य विधायकों की मदद से आम्बेडकर बंगाल विधि मण्डल से संविधान समिति के लिए चयनित हुए।

पाकिस्तान के संविधान-निर्माता और क़ानून मंत्री के रूप में उन्होंने देखा कि जिन्ना की सेकुलर दृष्टि के विपरीत किस तरह लियाक़त अली खाँ की सरकार इसलाम को नये राष्ट्र का आधिकारिक धर्म घोषित करने का जुगाड़ कर रही है। मण्डल ने उस प्रस्ताव का विरोध किया जो पाकिस्तान को एक राष्ट्र के रूप में इसलाम से जोड़ता था और जिसके कारण वहाँ के धार्मिक और जातीय अल्पसंख्यकों के अधिकारों का हनन होता था। 8 अक्टूबर, 1950 में प्रधानमंत्री को लिखे गये त्यागपत्र में उन्होंने विस्तार से व्याख्या की है कि पाकिस्तान किस तरह अल्पसंख्यक विरोधी राह पर जा रहा है। इसके बाद वे कलकत्ता चले आये। पश्चिम बंगाल के दलितों की समस्या के बारे में उन्होंने साठ के दशक में प्रधानमंत्री लाल बहादुर शास्त्री से संवाद स्थापित किया, और 1967 में बारासात निर्वाचन क्षेत्र से रिपब्लिकन पार्टी के टिकट पर चुनाव भी लड़े, लेकिन जीत नहीं सके।

देखें : अनुसूचित जातियाँ, अस्मिता की भारतीय राजनीति, अन्य पिछड़े वर्ग, आयोतीदास पांडीतर, आयंकाली, आम्बेडकर-गाँधी विवाद, इरोड वेंकट रामस्वामी नायकर पेरियार, कांशी राम, गाड़गे बाबा, गुरु घासीदास, गोपाल बाबा वलंगकर, जगजीवन राम, ज्योतिराव गोविंदराव फुले, जाति और जाति-व्यवस्था-1, 2, 3 और 4, बहुजन समाज पार्टी-1 और 2, बाबू मंगूराम, भदंत आनंद कौसल्यायन, भीमराव रामजी आम्बेडकर, भारतीय संविधान-1 से 8 तक, स्वामी अछूतानंद हरिहर।

संदर्भ

1. जुगल किशोर (2002), *भारत के अग्रणी समाज सुधारक,* सेंचुरी पब्लिकेशंस, नयी दिल्ली.
2. जेम्स हेवर्थ-डन (1952), *पाकिस्तान : द बर्थ ऑफ़ अ न्यू मुसलिम स्टेट,* रिनेसाँ बुकशॉप, युनिवर्सिटी ऑफ़ मिशिगन.
3. सलाहुद्दीन अहमद (2004), *बांग्लादेश : पास्ट ऐंड प्रज़ेंट,* एपीएच पब्लिशिंग कम्पनी, नयी दिल्ली.

— मोहन दास नैमिशराय

जोहान गॉटफ़्रीड हर्डर

(Johann Gottfried Herder)

अपने युग के सर्वाधिक प्रभावशाली और सृजनशील चिंतकों में अग्रणी जर्मन दार्शनिक जोहान गॉटफ़्रीड हर्डर (1744-1803) को राष्ट्रवाद का आदि-सिद्धांतकार माना जाता है। संस्कृतियों को एक विशिष्ट आंगिक इकाई के रूप में देखने के उनके आग्रह ने ही सांस्कृतिक इतिहास लेखन के अनुशासन को जन्म दिया। राष्ट्रवाद का प्रचलित संस्करण हर्डर द्वारा स्थापित सांस्कृतिक राष्ट्र के विचार और सम्प्रभुता की अवधारणा के संयोग का ही परिणाम है। विरोधाभास यह है कि उन्होंने जिस तरह के राष्ट्र की वकालत की, उसके केंद्र में न तो राज्य की संस्था थी और न ही सम्प्रभुता का विचार। दरअसल, हर्डर मानव समाज में राज्य की केंद्रीय भूमिका से असहमत थे। उनके राष्ट्रवाद को रोमांटिक नैशनलिज़म की संज्ञा दी जाती है। उन्होंने युरोपीय ज्ञानोदय द्वारा प्रतिपादित ज्ञान, क्रिया और सौंदर्य के कालातीत, सार्वभौम और बुद्धिवादी मानकों के प्रति-विचार की स्थापना करते हुए देश-काल के दायरे में विशिष्ट और पारिवेशिक के महत्त्व को रेखांकित किया। हर्डर के चिंतन से स्वच्छंदतावाद ने गहरी प्रेरणाएँ प्राप्त कीं और कला-साहित्य के संसार को एक नया दिगंत प्राप्त हुआ। उनके विमर्श में भाषा का केंद्रीय स्थान था। वे मानते थे कि विचार और भाषा अविभाज्य हैं। भाषा विचारों को व्यक्त ही नहीं करती, बल्कि विचारों की रचना भी करती है। सभी भाषाओं के साझा उद्गम को लिखित इतिहास में तलाशते हुए उन्होंने भाषा के महत्त्व की उपेक्षा करने के लिए अपने गुरु इमैनुएल कांट की आलोचना की। उनका दावा था कि भाषा ऐंद्रिक भी होती है और बौद्धिक भी। वह कविता के साथ मिल कर मानवीय सामूहिकता और सांस्कृतिक समुदाय की रचना करती है। हर्डर को लोक-गीतों के अध्ययन की परम्परा डालने का श्रेय भी दिया जाता है। युरोपीय चिंतन और सृजनशीलता पर हर्डर के क्रांतिकारी असर का अंदाज़ा इस बात से भी लगाया जा सकता है कि उन्होंने हीगेल जैसे दार्शनिक को भी प्रभावित किया और कवि गेटे को भी।

जोहान गॉटफ़्रीड हर्डर (1744-1803)

पूर्वी जर्मनी के एक पिछड़े इलाक़े में पैदा हुए हर्डर के पिता एक स्कूल में पढ़ाते थे। एक छात्र के रूप में उन्होंने कोनिग्सबर्ग विश्वविद्यालय में कांट के शैक्षणिक मार्गदर्शन में ज्ञानोदय के विमर्श का दार्शनिक अध्ययन किया। वहीं उनकी मुलाक़ात बुद्धिवाद विरोधी चिंतक जे.जी. हैमैन से हुई। दोनों के बीच जीवन-पर्यंत गहरी मित्रता रही। 1764 में हर्डर ने रिगा में अध्यापक की नौकरी की और अगले साल लूथर के उसूलों को मानने वाले पादरी का बाना धारण किया। चार साल बाद हर्डर ने यात्राओं का लम्बा सिलसिला शुरू किया। वे फ्रांस, हॉलैण्ड और जर्मनी में जम कर घूमे। वहीं उनकी मुलाक़ात गेटे से हुई। दोनों ने मिल कर जर्मन चरित्र और कला के ऊपर एक किताब भी रची। इसी मित्रता के कारण हर्डर को तत्कालीन वाइमर शासन में दरबार के पुरोहित का पद मिला जिस पर वे आजीवन आसीन रहे।

अपने बौद्धिक जीवन की शुरुआत में हर्डर युरोपीय ज्ञानोदय और उसके जर्मन अनुयायियों से प्रभावित थे। कोनिग्सबर्ग विश्वविद्यालय में कांट की देख-रेख में अध्ययन करते हुए उनका परिचय रूसो, ह्यूम और मोंतेस्क्यू के विचारों से हुआ। लेकिन जल्दी ही उनके चिंतन की दिशा बदल गयी। ज्ञानोदय के गर्भ से निकली ज्ञानमीमांसा को चुनौती देते हुए उन्होंने भौतिक प्रकृति के विज्ञान आधारित अध्ययन और स्वयं अपना विकास करने में सक्षम मनुष्य की प्रकृति के अध्ययन की पद्धतियों के बीच अंतर स्थापित किया। उनका तर्क था कि केवल विज्ञान की शरण में जाने से यथार्थ के सभी आयामों का अध्ययन नहीं किया जा सकता। मानवीय विचार और क्रिया की समझ हासिल करने के लिए विज्ञान का अध्ययन करने के बजाय इतिहास, साहित्य, कला और ख़ास तौर से भाषा का अध्ययन करना पड़ेगा। हर्डर के मुताबिक़ प्रत्येक मानवीय गतिविधि, दृष्टिकोण और संस्कृति का अध्ययन उसके अपने विशिष्ट उद्देश्यों और लक्ष्यों के अनुरूप ही होना चाहिए। हर्डर के इन विचारों ने युरोप में दर्शन, इतिहास, भाषाशास्त्र और राजनीतिक चिंतन के तौर-तरीक़ों पर निर्णायक असर डाला। स्वच्छंदतावाद के रूप में ज्ञानोदय का प्रति-विचार विकसित करने में उनकी भूमिका को नज़रअंदाज़ नहीं किया जा सकता।

हर्डर के राजनीतिक विचारों का आत्यंतिक संबंध उनके भाषा और संस्कृति संबंधी विमर्श से है। उनका कहना था कि मनुष्य का सामूहिक जीवन भाषा और कविता के हाथों रचा जाता है। इस संबंध में उनके कई कथन मशहूर हैं : 'भाषा किसी समूह का साझा अनुभव व्यक्त करती है', 'कवि राष्ट्र की रचना करता है' और 'हम उस दुनिया में रहते हैं जिसकी रचना हमने ख़ुद की है'। 1772 में प्रकाशित उनकी रचना *ट्रीटाइज़ ऑन द ओरिजिन ऑफ़ द लेंग्वेज* को उसकी

मौलिकता के लिए बर्लिन अकादमी द्वारा पुरस्कृत भी किया गया था। ज्ञानोदय की आलोचना करने वाले उनके विचार इसी ग्रंथ में दर्ज हैं। दो साल बाद उनकी एक और रचना यट *अनदर फिलॉसफ़ी ऑफ़ हिस्ट्री* का प्रकाशन हुआ जिसने ज्ञानोदय के आधारभूत दर्शन से उनकी दूरी और बढ़ा दी। 1784 से 1791 के बीच रचे गये विशद अध्ययन *आइडियाज़ फ़ॉर द फिलॉसफ़ी ऑफ़ द मैनकाइंड* को उनकी सबसे महान रचना माना जाता है।

हर्डर की राष्ट्र संबंधी प्रस्थापनाओं को सदुपयोग ही नहीं, बल्कि दुरुपयोग से भी गुज़रना पड़ा है। कालांतर में उनके विचारों का ऐसी दिशाओं में विकास किया गया, जिनसे वे कभी सहमत नहीं हो सकते थे। उनका कहना था कि राजनीतिक समुदाय और राजनीतिक अस्मिता का सच्चा आधार सांस्कृतिक राष्ट्र ही हो सकता है। उनका यह दावा ज्ञानोदय द्वारा प्रतिपादित इस विचार के विपरीत था कि राजनीतिक समुदाय की रचना सामाजिक समझौते के ज़रिये मिलने वाली सम्प्रभुता के आधार पर ही हो सकती है। ज्ञानोदय द्वारा रचे गये विमर्श के केंद्र में राज्य की संस्था थी। फ्रांसीसी क्रांति ने भी इसी राज्य-केंद्रीयता के आधार पर राष्ट्र के विचार का विकास किया था। हर्डर की मान्यता थी कि राज्य का एकात्मक चरित्र स्थानीय विभेदों को ख़त्म करके समाज पर समरूपता थोप देगा। दरअसल, उन्होंने नौकरशाही द्वारा नियंत्रित शासन-तंत्र और इनसान को प्रशासनिक मशीन का महज़ पुर्ज़ा भर बना देने से जुड़े बीसवीं सदी के कई अहम सरोकारों के बारे में पहले से ही अंदाज़ा लगा दिया था। हर्डर की निगाह में राज्य एक गढ़ी हुई कृत्रिम संरचना थी, और राष्ट्र के विचार का आधार आंगिक (ऑर्गनिक) इकाई पर विकसित हुए समाज पर टिका था। हर्डर को उम्मीद थी कि संस्कृति आधारित राष्ट्र की उनकी अवधारणा सामाजिक समझौते और सम्प्रभुता के विचारों को प्रतिस्थापित कर देगी। वे राजनीतिक प्राधिकार को प्रभावी तो बनाना चाहते थे, पर उनकी शर्त थी कि उसके बुनियादी चरित्र पर किसी क़िस्म की तरतमता और दमनकारी प्रवृत्तियाँ हावी न हों। हर्डर सामाजिक सत्ता को एक वृहत्तर राष्ट्र के तहत अलग-अलग लेकिन परस्पर निर्भर समुदायों के माध्यम से व्यक्त होते देखना चाहते थे। अभिव्यक्ति की स्वतंत्रता के प्रबल प्रवक्ता के रूप में उन्होंने बोलने-लिखने की आज़ादी के लिए अपने सांस्कृतिक राष्ट्र में शिक्षात्मक भूमिका निर्धारित की थी। उन्होंने परम्परा के महत्त्व को रेखांकित किया लेकिन उसे प्रगति की एंटी-थीसिस मानने से इनकार कर दिया। उनका विचार था कि ज्ञानोदय की प्रगति संबंधी अवधारणा सतही और सरलीकृत है, इसलिए प्रगति के विचार को उसकी जकड़ से मुक्त करना ज़रूरी है।

हर्डर के इस मुक्तिकामी विमर्श को अगर राष्ट्रवाद की परवर्ती संरचनाओं से मिलाया जाए तो आश्चर्य होता है कि उनके सिद्धांत को बहिर्वेशनकारी राष्ट्र के विचार का स्रोत कैसे बना लिया गया। फ़ासीवाद और नाज़ीवाद ने राज्य की संस्था को पूजा की वस्तु बना कर हर्डर द्वारा सांस्कृतिक राष्ट्र से जोड़ दिया। लेकिन सच्चाई तो यह है कि चाहे व्यक्ति हो या समुदाय, हर्डर सभी के अधिकारों के महान चैम्पियन थे। उन्होंने सारे जीवन किसी भी क़िस्म की बंदिशों और बौद्धिक बेड़ियों का विरोध किया।

देखें : अधिकार, अधिकार : सैद्धांतिक यात्रा, अरस्तू, अफलातून, अनुदारतावाद, अराजकतावाद, अन्य-अन्यीकरण, उदारतावाद, उपयोगितावाद, एडमण्ड बर्क, क्रांति, ज्याँ-ज़ाक रूसो, जॉन लॉक, जेरेमी बेंथम, जॉन स्टुअर्ट मिल, जॉन रॉल्स, , थॉमस हॉब्स, थॉमस पेन, न्याय, न्याय : नारीवादी आलोचना, न्याय : रॉल्स का सिद्धांत, नागरिकता, नागरिकता : अन्य परिप्रेक्ष्य-1 और 2, नागर समाज, पनोप्टिकॉन, फ्रेड्रिख़ वॉन हायक, बुद्धिवाद, माइकेल जोसेफ़ ओकशॉट, माइकिल वाल्ज़र, मिशेल पॉल फ़ूको-1 और 2, यूटोपिया, राजनीतिक दर्शन के नारीवादी आयाम, रॉबर्ट नॉज़िक, राज्य-1 और 2, विल किमलिका, स्वतंत्रतावाद, सर्वसत्तावाद, सम्प्रभुता, समाजवाद, सरकारियत.

संदर्भ

1. एच.एस. निस्बेत (1970), *हर्डर ऐंड द फ़िलॉसफ़ी ऐंड हिस्ट्री ऑफ़ साइंस,* मॉडर्न ह्यूमैनिटीज़ रिसर्च एसोसिएशन, केम्ब्रिज.
2. जी.ए. वेल्स (1959), *हर्डर ऐंड आफ़्टर,* द हेग, मौटन .
3. एफ़.एम. बर्नार्ड, *हर्डर्स सोशल ऐंड पॉलिटिकल थॉट : फ्रॉम एनलाइटेनमेंट टू नैशनलिज़म,* ऑक्सफ़र्ड युनिवर्सिटी प्रेस, ऑक्सफ़र्ड.
4. आर.ई. नॉर्टन (1991), *हर्डर्स एस्थेटिक्स ऐंड द युरोपियन एनलाइटेनमेंट,* कॉर्नेल युनिवर्सिटी प्रेस, इथाका, एनवाई.

— अभय कुमार दुबे

जॉन कैनेथ गालब्रेथ

(John Kenneth Galbraith)

अमेरिकी अर्थशास्त्री जॉन कैनेथ गालब्रेथ (1908-2005) अर्थशास्त्रियों द्वारा केवल भौतिक उत्पादन पर ज़ोर देने के ख़िलाफ़ थे। उनका विचार था कि उत्पादन उद्देश्य नहीं हो सकता, बल्कि उपभोग के लिए उत्पादन किया जाता है। केवल उत्पादन पर ज़ोर देने से प्रतियोगिता की तीव्रता बढ़ती है जिससे बड़ी फ़र्मों का बाज़ार पर नियंत्रण बहुत बढ़ जाता है। नतीजतन आर्थिक असमानताएँ बढ़ती हैं। उनकी मान्यता थी कि विशाल फ़र्में अपनी ज़बरदस्त ताक़त के कारण

जॉन कैनेथ गालब्रेथ (1908–2005)

आधुनिक अर्थव्यवस्थाओं पर बोलबाला क़ायम कर लेती हैं, उनकी इस शक्ति से प्रौद्योगिकीय विकास को बल मिलता है और आर्थिक ख़ुशहाली में बढ़ोतरी भी होती है। इसलिए, इस शक्ति को खण्डित करने के बजाय ट्रेड यूनियनों और छोटी-छोटी प्रतियोगी फ़र्मों को प्रोत्साहित किया जाना चाहिए ताकि निजी क्षेत्र में बड़ी फ़र्मों की कारगुज़ारियों को संयमित किया जा सके। गालब्रेथ का विचार था कि बड़े निगमों का मुक़ाबला करने के लिए सरकार को जनता के इस्तेमाल की चीज़ें सप्लाई करने की ज़िम्मेदारी उठानी चाहिए, पर्यावरण की रक्षा करने का प्रयास करना चाहिए, हथियारों की होड़ को थामना चाहिए, रोज़गार का आश्वासन देते हुए सभी मज़दूरों को ठीक-ठाक आमदनी मुहैया कराने और दामों को नियंत्रित करने के उपाय करने चाहिए। अर्थशास्त्र के हलकों में गालब्रेथ पारम्परिक आर्थिक सिद्धांत के आलोचक की तरह देखे जाते हैं। उन्होंने आदर्श प्रतियोगिता के सिद्धांत को कभी सही नहीं माना और राजनेताओं को आड़े हाथों लिया कि वे जन-हित में काम करने के बजाय बड़े कॉरपोरेशनों के सामने झुक जाते हैं। गालब्रेथ ने अपने आर्थिक विश्लेषण में सत्ता और सत्ता संबंधों के पहलू का समावेश किया और उन अर्थशास्त्रियों को 'बोदे विद्वानों' की संज्ञा दी जो पेचीदा गणितीय समीकरणों को तो समझ लेते हैं लेकिन अर्थव्यवस्थाओं की वास्तविक गतिविधियों को समझने में नाकाम रहते हैं।

जॉन कैनेथ गालब्रेथ का जन्म लेक एरी के उत्तरी तट पर स्थित एक छोटे से क़स्बे में हुआ था। उनका लालन-पालन सदर्न ओंटारियो, कनाडा में हुआ। खेतों में काम करने के कारण उनकी पढ़ाई-लिखाई में कई बार बाधा पड़ी। अर्थशास्त्र में उनकी शुरुआत बर्कले में कृषि आर्थिकी का अध्ययन करने से हुई। उनका ज़्यादातर अकादमीय जीवन हार्वर्ड विश्वविद्यालय में अध्यापन करते हुए बीता। बीच-बीच में वे राजनीति में भी भाग लेते रहे। पचास और साठ के दशक में वे अडलाई स्टीवेंसन और जॉन एफ़. कैनेडी की चुनावी मुहिमों के सलाहकार और भाषण-लेखक भी रहे। 1961 में उन्हें भारत का राजदूत बना कर भेजा गया। उनकी रचनाएँ *द एफ़्लुएंट सोसाइटी* (1958)और *द न्यू इंडस्ट्रियल स्टेट* (1967) अर्थशास्त्र से बाहर के हलकों में भी दिलचस्पी से पढ़ी जाती है। उन्होंने 1981 में अपनी आत्मकथा *अ लाइफ़ ऑफ़ अवर टाइम्स* भी लिखी।

गालब्रेथ ने 1967 में दलील दी थी कि अमेरिकी अर्थव्यवस्था का औद्योगिक क्षेत्र उस तरह काम नहीं करता जैसा पाठ्य पुस्तकों में वर्णित है। इस बाज़ार में न प्रतियोगिता है औरं न ही फ़र्में जन-इच्छा के अधीन सक्रिय हैं। दरअसल इस क्षेत्र पर बड़ी इजारेदाराना फ़र्मों का क़ब्ज़ा है जो शेयरधारकों का मुनाफ़ा बढ़ाने की कोशिश करने के बजाय अपने जोखिमों को कम से कम करने की कोशिश करने में लगी रहती हैं। चूँकि बाज़ार की प्रकृति अनिश्चित होती है इसलिए बड़ी फ़र्मों को नयी प्रौद्योगिकियों में किये जाने वाले अपने भारी निवेश से फ़ायदे की गारंटी करने के लिए बाज़ार की लगाम अपने हाथ में लेने का उपक्रम करना पड़ता है।

गालब्रेथ के मुताबिक़ बड़ी फ़र्मों की कोशिश रहती है कि वे सप्लाई के सभी स्रोतों को अपने क़ाबू में रखें और इतने तरह के उत्पाद बनायें कि उपभोक्ताओं की बदलती हुई रुचियों या किसी ख़ास उत्पाद में दिलचस्पी न रह जाने से भी उनकी बिक्री को कोई झटका न लगे। ये फ़र्में विज्ञापन मुहिमों के ज़रिये उपभोक्ताओं की अभिरुचियों को नियंत्रित भी करती हैं। उत्पादकों और सप्लायरों के बीच दीर्घकालीन क़रारों के ज़रिये बाज़ार में आने वाले अल्पावधि उतार-चढ़ावों को ये फ़र्में निष्प्रभावी कर देती हैं।

गालब्रेथ ने स्पष्ट किया कि फ़र्में मालिकों द्वारा नहीं बल्कि पेशेवर मैनेजरों द्वारा चलायी जाती हैं। मैनेजरों का 'टेक्नोस्ट्रक्चर' ही सारे फ़ैसले लेता है, और वही कॉरपोरेट सत्ता का केंद्र होता है। चूँकि एक आधुनिक और बड़ी फ़र्म का मालिक इंजीनियरिंग, गुणवत्ता नियंत्रण, श्रम-संबंधों और विपणन संबंधी विशेषज्ञताओं से लैस नहीं हो सकता, इसलिए आर्थिक सत्ता प्रशिक्षित मैनेजरों के हाथों में चली जाती है। लेकिन, मालिक की तरह इन मैनेजरों को मुनाफ़े में होने वाली बढ़ोतरी से सीधा फ़ायदा नहीं होता। इसलिए टेक्नोस्ट्रक्चर के सदस्यों की कोशिश रहती है कि वे अपनी

तकनीकी प्रवीणता बढ़ाते रहें, उनकी फ़र्म वृद्धि के ग्राफ़ पर ऊपर चढ़ती रहे, एक मैनेजर के रूप में वे बाज़ार में टिके रहें, उन्हें पदोन्नति मिले और उनकी प्रतिष्ठा बनी रहे।

1958 में गालब्रेथ ने उपभोक्ता-सम्प्रभुता की प्रचलित धारणा पर आक्रमण करते हुए दावा किया कि बड़ी फ़र्में अपनी ताक़त के दम पर उपभोक्ताओं के बीच अपने उत्पादों की माँग पैदा करती हैं। निजी क्षेत्र ऐसी बहुत सी अनावश्यक वस्तुएँ पैदा करता है जिन्हें सार्वजनिक इस्तेमाल के लिहाज़ से प्राथमिकता नहीं मिलनी चाहिए। स्थिति यह बनती है कि निजी क्षेत्र द्वारा उत्पादित जितनी ज़्यादा वस्तुओं का उपभोक्ता इस्तेमाल करते हैं, उतनी ही कम संतुष्टि उन्हें मिलती है। गालब्रेथ ने कहा कि निजी क्षेत्र द्वारा सार्वजनिक इस्तेमाल की आवश्यक चीज़ों के उत्पादन पर ज़ोर न देने के कारण ही समृद्धि के निजी दायरों के बरक्स सार्वजनिक गंदगी का विस्तार पनपता जाता है। चूँकि निजी क्षेत्र सार्वजनिक इस्तेमाल की आवश्यक वस्तुओं के निर्माण के लिए तैयार नहीं है इसलिए सरकार को यह काम अपने हाथ में लेना चाहिए, भले ही इसके लिए ज़्यादा टैक्स क्यों न लगाने पड़ें।

गालब्रेथ ने अमेरिकी इकॉनॉमिक एसोसिएशन के सामने अध्यक्षीय भाषण देते हुए कहा कि युद्ध, ग़ैर-बराबरी और पर्यावरणीय क्षय का स्रोत वह सत्ता संघर्ष है जो मुनाफ़ाखोरी में लगे हुए कारोपोरेशनों और सार्वजनिक सरोकारों के बीच होता है। इस सत्ता संघर्षों को नज़रअंदाज़ करके अर्थशास्त्र अपनी प्रासंगिकता खोता जा रहा है।

अपनी रचना *इकॉनॉमिक्स ऐंड पब्लिक परपज़* (1973) में गालब्रेथ ने तर्क दिया कि आर्थिक-सामाजिक मुद्दों पर दो शक्तियों के बीच होने वाली इस जद्दोजहद में राज्य की संस्था को सार्वजनिक सरोकारों का पक्ष लेना ही होगा। बड़ी फ़र्में दामों को अपने हिसाब से चलाती हैं, विज्ञापनों के ज़रिये साबित कर देती हैं कि लोगों की ख़ुशी उनके उत्पादों की पर्याय है और पर्यावरण की क्षति महज़ एक कपोलकल्पना है। इसके उलट छोटी फ़र्मों को बाज़ार के कहने पर चलना पड़ता है। वे जनमत और राजनीतिक प्रक्रियाओं को अपने हिसाब से तोड़ने-मरोड़ने की न तो हैसियत रखती हैं और न ही संसाधन। गालब्रेथ ने बड़ी फ़र्मों की कारगुज़ारियों को 'प्लानिंग सिस्टम' के रूप में श्रेणीबद्ध किया और छोटी फ़र्मों को 'बाज़ार' की तरह देखा। उन्होंने इन दोनों मक़ामों के बीच आमदनी के पुनर्वितरण का आग्रह किया।

गालब्रेथ मुद्रास्फ़ीति को क़ाबू में रखने के लिए वेतन और दामों पर नियंत्रण लगाने के पक्ष में थे। उनकी रचना *अ थियरी ऑफ़ प्राइस कंट्रोल* (1952)उनके इस सिद्धांत की विशद व्याख्या करती है। लेकिन, अर्थशास्त्रियों की जमात में गालब्रेथ को तकनीकी रूप से बहुत ऊँचा दर्जा प्राप्त नहीं है। उन्हें 'अर्थशास्त्रियों का अर्थशास्त्री' नहीं माना जाता। लेकिन, इसके बावजूद आर्थिक सत्ता का जैसा विश्लेषण उनकी रचनाओं में मिलता है, वह अन्यत्र दुर्लभ है।

देखें : अर्थ-विज्ञान का समाजशास्त्र, आर्थिक जनसांख्यिकी, अल्फ्रेड मार्शल, अमर्त्य कुमार सेन, अंतर्राष्ट्रीय मुद्रा कोष, आधार और अधिरचना, ऑस्कर रायज़ार्ड लांगे, ऐडम स्मिथ, करारोपण, कल्याणकारी अर्थशास्त्र, क्लासिकल अर्थशास्त्र, कार्ल हाइनरिख़ मार्क्स-3, कार्ल मेंगर, कींसियन अर्थशास्त्र, गुन्नार मिर्डाल, जोआन रोबिंसन, जॉन मेनार्ड कींस, जॉन स्टुअर्ट मिल, जोसेफ़ शुमपीटर, जैव विविधता, ट्रस्टीशिप, डेविड रिकार्डो, ढाँचागत समायोजन कार्यक्रम, थॉमस मन और वणिकवाद, थॉमस रॉबर्ट माल्थस, दक्षता, धन, नियोक्लासिकल अर्थशास्त्र, नीतिशास्त्र और अर्थशास्त्र, निकोलस काल्दोर, नियोजन, नियोजन : मार्क्सवादी विमर्श, पण्य, पण्य-पूजा, पेटेंट, पॉल सेमुअलसन, पियरो स्राफ़ा, पूँजी, प्रतियोगिता, फ्रांस्वा केस्ने और प्रकृतिवाद, फ्रीडिश वॉन हायक, बहुराष्ट्रीय निगम, बाज़ार, बाज़ार की विफलताएँ, बाज़ार-समाजवाद, बौद्धिक सम्पदा अधिकार, ब्रेटन वुड्स प्रणाली, भारत में बहुराष्ट्रीय निगम, भारत में नियोजन, भारत में पेटेंट क़ानून, भारत में शेयर संस्कृति, भूमण्डलीकरण और पूँजी बाज़ार, भूमण्डलीकरण और वित्तीय पूँजी, भूमण्डलीकरण और वित्तीय उपकरण, मार्क्सवादी अर्थशास्त्र, मिल्टन फ्रीडमेन, मूल्य, राजकोषीय नीति और मौद्रिक नीति, रॉबर्ट ओवेन, विलफ्रेडो परेटो, विश्व व्यापार संगठन, विश्व बैंक, विलियम पेटी, विलियम स्टेनली जेवंस, वैकासिक अर्थशास्त्र, शोषण, साइमन कुज़्नेत्स।

संदर्भ

1. चार्ल्स हेसियन (1972), *जॉन कैनेथ गालब्रेथ ऐंड हिज़ क्रिटिक्स,* न्यू अमेरिकन लाइब्रेरी, न्यूयॉर्क.
2. डेविड रीज़मेन (1980), *गालब्रेथ ऐंड मार्केट कैपिटलिज़म,* न्यूयॉर्क युनिवर्सिटी प्रेस, न्यूयॉर्क.
3. एम.ई. शार्प (1973), *जॉन कैनेथ गालब्रेथ ऐंड लोअर इकॉनॉमिक्स,* इंटरनेशनल आर्ट्स ऐंड साइंस प्रेस, व्हाइट प्लेंस.
4. जेम्स आर. स्टैनफ़ील्ड (1996), *जॉन कैनेथ गालब्रेथ,* सेंट मार्टिंस प्रेस, न्यूयॉर्क.

— अभय कुमार दुबे

जॉन लॉक

(John Locke)

ब्रिटिश अनुभववादी परम्परा के पहले हस्ताक्षर और युरोपीय नवजागरण के सर्वाधिक प्रभावशाली चिंतक जॉन लॉक (1632-1704) राजनीति विज्ञान और ज्ञानमीमांसा के क्षेत्र में अपने अप्रतिम योगदान के लिए पिछले तीन सौ साल से जाने जाते हैं। अमेरिकी संविधान और फ्रांसीसी क्रांतिकारियों की उद्घोषणाओं पर उनके विचारों की छाप स्पष्ट देखी जाती

जॉन लॉक (1632 1704)

सकती है। उनका सम्पत्ति संबंधी सिद्धांत आज तक राजनीतिक विचारकों के लिए प्रेरक बना हुआ है। लॉक ने आधुनिक राजनीतिक सिद्धांत को एक तरफ़ तो राजशाही समर्थकों द्वारा आरोपित दैवी इच्छा के आग्रह से, और दूसरी तरफ़ थॉमस हॉब्स द्वारा प्रवर्तित राज्य के प्रति सम्पूर्ण आज्ञापालन के आग्रह से मुक्त किया। लॉक के चिंतन में राज्य और चर्च की शक्तियों में पृथक्करण दिखाई देता है। वे अन्यायी और अक्षम शासक के ख़िलाफ़ नागरिकों को प्रतिरोध और क्रांति तक का संदेश देने से नहीं हिचकते। लॉक पहले दार्शनिक थे जिन्होंने देकार्तवादी या ईसाई दर्शन के विपरीत मस्तिष्क को एक 'कोरी स्लेट' बताते हुए कहा कि सहजात विचारों के बिना पैदा हो कर मनुष्य संवेदी बोध से ग्रहण किये गये अनुभवों के ज़रिये ज्ञान प्राप्त करता है। चेतना की निरंतरता के माध्यम से मनुष्य की इयत्ता या उसके आत्म को परिभाषित करने का श्रेय भी लॉक को जाता है।

राजनीतिक सिद्धांतकार के रूप में लॉक की प्रमुख रचना *टू ट्रीटाइज़ ऑन सिविल गवर्नमेंट* (1690) है। *फ़र्स्ट ट्रीटाइज़* में लॉक राजशाही समर्थक विद्वान सर रॉबर्ट फ़िल्मर के *ओल्ड टेस्टामेंट* आधारित इस सिद्धांत की धज्जियाँ उड़ा देते हैं कि ईश्वर-प्रदत्त होने के कारण राजा के प्राधिकार का विरोध नहीं किया जा सकता। वे कहते हैं कि ईश्वर ने किसी को शासन करने के लिए नियुक्त नहीं किया है। *सेकण्ड ट्रीटाइज़* राजनीतिशास्त्रियों के लिए कहीं ज़्यादा अहम है। इसमें लॉक 'एन एसे कंसर्निंग द ट्रू ओरिजिनल, एक्सटेंट ऐंड द ऐंड ऑफ़ द सिविल गवर्नमेंट' शीर्षक के तहत *फ़र्स्ट ट्रीटाइज़* के इस दावे से अपनी बात शुरू करते हैं कि प्राकृतिक या दैवी आदेश किसी को किसी का अधीनस्थ नहीं बनाता, सभी व्यक्ति समान पैदा होते हैं और हर कोई अपनी निजता में अपना सम्प्रभु शासक है। लॉक के मुताबिक़ हर व्यक्ति अपनी शख़्सियत के तहत एक 'सम्पत्ति' का धारक है। समाज में उसकी स्वाधीनता केवल लोगों द्वारा सामूहिक सहमति के आधार पर बनाये गये क़ानून के अलावा किसी और की अधीन नहीं हो सकती।

हॉब्स की तरह प्रकृत-अवस्था का हवाला देते हुए लॉक का दावा है कि प्रकृति ने मनुष्य को जीवन, स्वाधीनता और सम्पत्ति का अधिकार दिया है। निजी सम्पत्ति से उनका मतलब है भू-सम्पत्ति जो प्रकृति प्रदत्त है और जिसमें व्यक्ति अपने श्रम का योगदान करके मूल्य पैदा करता है। इस प्रक्रिया में सम्पत्ति व्यक्ति का अभिन्न हिस्सा बन जाती है। लेकिन, लॉक की निगाह में सम्पत्ति का बेहिसाब संचय भी प्रकृति के ख़िलाफ़ अपराध है क्योंकि उस सूरत में बहुत सी सम्पत्ति बेकार पड़ी रहेगी। इसी जगह धन (जिसमें लॉक सोने-चाँदी को भी शामिल करते हैं जिसका संचय करने वाले के हाथ में क्षय नहीं होता) की भूमिका सामने आती है जिसके ज़रिये असीमित संचय सम्भव होता है। लॉक की मान्यता है कि विषमता धन के प्रयोग के बारे में प्रच्छन्न समझौते का परिणाम है, न कि नागर समाज की स्थापना करने वाला सामाजिक समझौता या सम्पत्ति को विनियमित करने वाले क़ानून का।

लॉक का राजनीतिक सिद्धांत उस समय प्रतिरोध और क्रांति की गुंजाइशों की तरफ़ स्पष्ट इशारा करने लगता है जब वे कहते हैं कि सरकार तो मनुष्य के प्राकृतिक अधिकारों की रक्षा के लिए होती है। हम उसमें अपना विश्वास आरोपित करते हैं, पर उसके पक्ष में अपने अधिकार नहीं छोड़ते। अगर सरकार उन प्राकृतिक अधिकारों का हनन करती है तो उसे विश्वासघात का दोषी समझा जाना चाहिए। ऐसी सरकार का विरोध करना जायज़ है, भले ही उसके लिए हिंसा का सहारा लेना पड़े। क्रांति के जरिए लोग सरकार से वह अधिकार ले सकते हैं जो उन्होंने उसे दिया है। लॉक यह भी मानते हैं कि उनकी इस सिफ़ारिश का मतलब यह नहीं है कि मामूली सी बातों पर सरकारों को पलटा जाने लगे। दरअसल, लोग तब तक प्राधिकार का उल्लंघन करने के लिए तैयार नहीं होंगे जब तक सरकारी कार्रवाइयों के कारण उन्हें बड़े पैमाने पर नुक़सान नहीं होगा। 1667 में *एसे ऑन टोलरेशन* लिख कर लॉक ने निजी स्तर पर धार्मिक स्वतंत्रता की वकालत की और राज्य या क़ानून द्वारा उसमें दख़ल देने का विरोध किया। इस तरह उनके दर्शन से राज्य और धर्म के पार्थक्य का विचार निकला।

ज्ञानमीमांसा के क्षेत्र में लॉक ने मानवीय इयत्ता का सिद्धांत पेश किया। उनके अनुसार मानवीय इयत्ता आत्म-सचेत और आत्म-चिंतन करने वाली चेतना है जो देह में स्थित है। अर्थात् वे इयत्ता की रचना में देह की भूमिका को भी स्वीकार करते हैं। 1693 में लिखित *एन एसे कंसर्निंग ह्यूमन अंडरस्टेंडिंग* में लॉक चेतन मस्तिष्क के क्रमशः उद्घाटन की व्याख्या करते हैं। वे संत ऑगस्तीन के इस विचार से सहमत नहीं दिखते कि मनुष्य मूलतः पापमय है। न ही वे देकार्तवादी चिंतन के इस आग्रह के पक्ष में हैं कि मनुष्य बुनियादी तार्किक प्रस्तावों को सहजात रूप से समझता है। उनके विचार से मानव मस्तिष्क ख़ाली या कोरी स्लेट की तरह है। वह अनुभव के हाथों रचा जाता है। लॉक की यह थीसिस बारहवीं सदी के इस्लामिक दार्शनिक इब्न तुफ़ैल द्वारा रचित अरबी उपन्यास के लैटिन अनुवाद 'फिलोसफ़स ऑटोडिडेक्टस' से प्रभावित थी। इस रचना में इब्न तुफ़ैल समाज से अलग एक द्वीप पर एक बच्चे के वयस्क में विकसित होने का वर्णन करते हैं। बच्चा एक खाली स्लेट के समान है जिस पर अनुभव अपनी इबारतें लिख रहा है।

मानव मस्तिष्क की खाली स्लेट भरने हेतु शिक्षा की भूमिका पर ज़ोर देते हुए लॉक ने *सम थॉट्स ऑन कंसर्निंग एजुकेशन* की रचना की जिसने अठारहवीं सदी के शिक्षा सिद्धांत को 'एसोसिएशनिज़म' की थियरी दी। इसके मुताबिक़ बचपन में नकारात्मक क़िस्म के विचारों के 'एसोसिएशन' से बच्चे को बचाना ज़रूरी समझा जाने लगा। लॉक के मुताबिक़ विचारों का यही एसोसिएशन व्यक्ति की इयत्ता की बुनियाद डालता है।

जॉन लॉक का जन्म समरसेट, इंग्लैण्ड के एक प्यूरिटन परिवार में हुआ था। उनके पिता वकील थे और गृह युद्ध के दौरान घुड़सवार सेना के नायक के तौर पर संसद के पक्षधरों की तरफ़ से लड़ चुके थे। लॉक भी ऑक्सफ़र्ड के क्राइस्ट चर्च कॉलेज में पढ़ने गये, पर उन्हें तत्कालीन मध्ययुगीन वितण्डावादी पाठ्यक्रम पसंद नहीं आया। लेकिन हॉब्स की तरह उन्होंने पढ़ाई बीच में नहीं छोड़ी, न केवल एमए पूरा किया बल्कि औषधि विज्ञान की डिग्री भी प्राप्त की। हालाँकि उन्होंने डॉक्टरी कभी नहीं की, पर वे एक बार रॉयल सोसाइटी के सदस्य अवश्य चुने गये। शैफ़्ट्सबरी के पहले अर्ल के चिकित्सा सलाहकार के रूप में वे राजनीति के सम्पर्क में आये। शैफ़्ट्सबरी ने जेम्स द्वितीय की ताज़पोशी का कैथॅलिक होने के कारण विरोध किया जिसके नाकाम होने पर लॉक इंग्लैण्ड छोड़ कर हालैण्ड चले गये। उन्हें डर था कि जेम्स की हुकूमत में उन्हें सताया जा सकता है। उनकी स्वदेश वापसी तभी हुई जब हालैण्ड के शासक विलियम ऑफ़ ओरेंज की फ़ौजों ने जेम्स को अपदस्थ करके उस रक्तहीन क्रांति को अंजाम दिया जिसे इतिहास 'ग्लोरियस रेवोल्यूशन' के नाम से जानता है। नवजागरण के दो अन्य विख्यात चिंतकों डेविड ह्यूम और ऐडम स्मिथ की तरह लॉक भी आजीवन अविवाहित रहे, न ही उन्होंने किसी स्त्री से कोई संतान पैदा की।

लॉक के ऊपर सबसे बड़ा आरोप यह लगाया जाता है कि निजी जीवन में वे पाखण्डी थे। बताया जाता है कि मनुष्य की स्वतंत्रता की इस महान हिमायती ने रॉयल अफ़्रीका कम्पनी के ज़रिये अंग्रेज़ों द्वारा की जाने वाली ग़ुलामों की तिजारत में जम कर निवेश किया। शैफ़्ट्सबरी के सचिव के तौर पर उन्होंने *फ़ंडामेंटल कांस्टीट्यूशन ऑफ़ कैरोलिना* की रचना में भागीदारी की जिसके आधार पर दास प्रथा को स्वीकार करने वाले सामंती शासन की स्थापना हुई। अपने लेखन के ज़रिये कुलीन शासन और दासता का विरोध करने वाले लॉक पर आरोप है कि कौंसिल ऑफ़ ट्रेड ऐंड प्लांटेशन के सचिव और बोर्ड ऑफ़ ट्रेड के सदस्य के तौर पर लॉक उन आधे दर्जन लोगों में एक थे जिनके कंधों पर उपनिवेशों और उनकी अन्यायपूर्ण प्रणाली के रख-रखाव की ज़िम्मेदारी थी।

देखें : अधिकार, अधिकार : सैद्धांतिक यात्रा, अरस्तू, अफ़लातून, अनुदारतावाद, अराजकतावाद, अन्य-अन्यीकरण, उदारतावाद, उपयोगितावाद, एडमण्ड बर्क, क्रांति, ज्याँ-ज़ाक रूसो, जेरेमी बेंथम, जॉन स्टुअर्ट मिल, जॉन रॉल्स, जोहान गॉटफ़्रीड हर्डर, थॉमस हॉब्स, थॉमस पेन, न्याय, न्याय : नारीवादी आलोचना, न्याय : रॉल्स का सिद्धांत, नागरिकता, नागरिकता : अन्य परिप्रेक्ष्य-1 और 2, नागर समाज, पनोप्टिकॉन, फ्रेड्रिख़ वॉन हायक, बुद्धिवाद, माइकेल जोसेफ़ ओकशॉट, माइकिल वाल्ज़र, मिशेल पॉल फ़ूको-1 और 2, यूटोपिया, राजनीतिक दर्शन के नारीवादी आयाम, रॉबर्ट नॉज़िक, राज्य-1 और 2, विल किमलिका, स्वतंत्रतावाद, सर्वसत्तावाद, सम्प्रभुता, समाजवाद, सरकारियत.

संदर्भ

1. एम. क्रेंसटन (1957), *जॉन लॉक : अ बायोग्राफ़ी,* लोंगमेन, लंदन,
2. जॉन डन (1969), *द पॉलिटिकल थॉट ऑफ़ जॉन लॉक,* केम्ब्रिज युनिवर्सिटी प्रेस, केम्ब्रिज.
3. सी.बी. मेकफ़र्सन (1962), *द पॉलिटिकल थियरी ऑफ़ पज़ेसिव इनडिविजुअलिज़म,* ऑक्सफ़र्ड युनिवर्सिटी प्रेस, ऑक्सफ़र्ड.
4. जे.डब्ल्यू. गफ़ (1973), *जॉन लॉक्स पॉलिटिकल फिलॉसफ़ी,* क्लैरेंडन प्रेस, ऑक्सफ़र्ड.
5. रिचर्ड एशक्रॉफ्ट (1986), *रेवोल्यूशनरी पॉलिटिक्स ऐंड लॉक्स टू ट्रीटाइज़ ऑफ़ गवर्नमेंट,* प्रिंसटन युनिवर्सिटी प्रेस, प्रिंसटन.

— अभय कुमार दुबे

जॉन मेनार्ड कींस

(John Maynard Keynes)

आर्थिक विज्ञान को ही नहीं, बल्कि विश्व अर्थव्यवस्था को स्थायी रूप से प्रभावित करने के मामले में ऐडम स्मिथ और कार्ल मार्क्स के बाद जॉन मेनार्ड कींस (1883-1946) का नाम लिया जाता है। स्मिथ श्रम विभाजन, पूँजी निवेश और मुक्त बाज़ार के ज़रिये पूँजीवाद की स्थापना का मार्ग प्रशस्त करते हैं। मार्क्स ने पूँजीवाद की आलोचना करते हुए उसके आत्म-विनाश की भविष्यवाणी की है। पर, कींस पूँजीवाद के लाभों और हानियों पर एक साथ ग़ौर करते हैं और आर्थिक नीति के औज़ारों का इस्तेमाल करते हुए सलाह देते हैं कि सरकारें अगर बुद्धिमानी दिखाएँ तो पूँजीवाद के हानिकारक पक्षों से बचते हुए उसके सकारात्मक पक्षों का लाभ उठाया जा सकता है। उन्होंने सैद्धांतिक स्तर पर मैक्रोइकॉनॉमिक (समष्टिगत) विश्लेषण को नयी दिशा दी। दुनिया भर के कॉलेजों और विश्वविद्यालयों में आज भी कींस की मदद के बिना समष्टिगत अर्थशास्त्र नहीं पढ़ाया जाता। कींस का महत्त्व इससे भी स्पष्ट होता है कि मिल्टन फ्रीडमेन जैसे उनके सिद्धांतों के आलोचक भी कींस का हवाला दिये बिना अपनी बात शुरू नहीं कर पाते। नीतिगत स्तर पर दुनिया में कई सरकारें और उनके केंद्रीय बैंक (जैसे भारत का रिज़र्व बैंक) व्यापार चक्रों को नियंत्रण में रखने के लिए कींस के बताये उपायों का सहारा लेते हैं। व्यापार असंतुलन से निबटने के लिए अपनाये जाने वाले अंतर्राष्ट्रीय उपाय भी कींस की देन हैं। कींस द्वारा प्रतिपादित नीतियों के आधार पर ही ब्रेटन वुड्स प्रणाली की रचना हुई जिसने कम से कम पच्चीस साल तक विश्व की अर्थव्यवस्था को प्रभावित किया। कींस के प्रमुख आर्थिक सुझाव हैं : घाटे की वित्त-व्यवस्था, उपभोग में वृद्धि, मज़दूरी में कटौती का विरोध और तरलता पसंदगी। कींस के अनुयायियों ने बाद में उनके सिद्धांतों की स्वतंत्र व्याख्या करके आर्थिक विज्ञान में एक अलग कींसियन अर्थशास्त्र का प्रवर्तन किया है।

कींस का जन्म केम्ब्रिज में हुआ। उनके पिता केम्ब्रिज विश्वविद्यालय के रजिस्ट्रार, अर्थशास्त्री और प्रतिष्ठित दार्शनिक थे। उन्होंने इंग्लैण्ड के सर्वश्रेष्ठ स्कूलों में शिक्षा प्राप्त की। बताया जाता है कि कींस ने क्लासिक रचनाएँ और दर्शन का अध्ययन जी.ई. मूर के साथ, गणित का अध्ययन अल्फ्रेड नॉर्थ व्हाइटहेड के साथ और अर्थशास्त्र का अध्ययन अल्फ्रेड मार्शल के साथ किया। वे केम्ब्रिज के बुद्धिजीवियों के समूह ब्लूम्सबरी ग्रुप के सदस्य भी बने। इस समूह में वर्जीनिया वुल्फ़, ई.एम. फ़ोर्स्टर और लिटन स्ट्रैची जैसी हस्तियाँ भी शामिल थीं। सिविल सर्विस के इम्तहान में सबसे ज़्यादा अंक पाने वाले वे दूसरे नम्बर के परीक्षार्थी थे। दिलचस्प बात यह है कि वे पहले नम्बर पर आने से सिर्फ़ इसलिए चूक गये क्योंकि उनके अंक तर्कशास्त्र, राजनीतिशास्त्र, मनोविज्ञान और निबंध में तो सबसे अधिक थे, पर अर्थशास्त्र में कुछ कम रह गये थे। कींस ने इण्डिया ऑफ़िस में नौकरी शुरू की और ब्रिटेन के भारतीय हितों की देखरेख करने लगे। जल्दी ही वे इस काम से उकता गये और केम्ब्रिज लौट कर अर्थशास्त्र का अध्यापन करने लगे। तीन साल बाद उन्हें *इकॉनॉमिक जर्नल* का सम्पादन कार्य मिला जो अपने जमाने में आर्थिक विज्ञान की सबसे ज़्यादा प्रतिष्ठित पत्रिका थी।

कींस को पहली ख्याति प्रथम विश्व युद्ध के बाद लिखी गयी उनकी रचना द *इकॉनॉनिक कांसीक्वेंसिज़ ऑफ़ पीस* के ज़रिये मिली। युद्ध में पराजय के बाद जर्मनी पर लादी गयी ब्रिटिश और फ्रांसीसी माँगों का विश्लेषण करते हुए कींस ने भविष्यवाणी की कि इन माँगों को पूरा करने के चक्कर में जर्मन्नी आर्थिक रूप से तबाह हो जाएगा जिसके कारण जर्मन राष्ट्र में फ्रांस और ब्रिटेन के प्रति और शत्रुता पनपेगी। इसके परिणामस्वरूप भविष्य में जर्मनी और अधिक आक्रोशित और उग्र हो सकता है। कींस की यह भविष्यवाणी कितनी सही निकली, इसका अंदाज़ा द्वितीय विश्वयुद्ध की घटनाओं से लगाया जा सकता है।

अपनी एक अन्य रचना *ट्रैक्ट ऑन मोनेटरी रिफ़ॉर्म्स* में कींस ने मुद्रास्फ़ीति के ख़तरों की तरफ़ ध्यान खींचा। कींस ने केंद्रीय बैंक पर ज़िम्मेदारी डाली कि उसे बाज़ार में मुद्रा सप्लाई नियंत्रित करनी चाहिए जिससे दाम स्थिर रहें और मुद्रास्फ़ीति क़ाबू में रहे। यहाँ कींस उन अर्थशास्त्रियों की आलोचना करते नज़र आते हैं जो मानते थे कि मुद्रास्फ़ीति बिना किसी सरकारी हस्तक्षेप के अपने आप ठीक हो जाती है। कींस का मानना था कि अनिश्चित भविष्य के लिए इंतज़ार करने के बजाय नीतिगत हस्तक्षेप करके आर्थिक प्रगति की प्रक्रिया को मुद्रास्फ़ीति से बचाया जाना चाहिए।

बीस के दशक में जब ब्रिटेन की अर्थव्यवस्था आर्थिक ज्वार-भाटे और बेरोज़गारी की ऊँची दर से गुज़र रही थी, कींस ने *अ ट्रीटाइज़ ऑन मनी* में बचत और निवेश के संबंध को इस उतार-चढ़ाव का ज़िम्मेदार क़रार दिया। उन्होंने धन, क़ीमतों और बेरोज़गारी के बीच रिश्ते का गहन विश्लेषण किया। कींस के अनुसार जब लोगों द्वारा की जाने वाली बचत पूँजीपतियों द्वारा किये जाने वाले निवेश से आगे बढ़ जाती है तो उद्योगपति ज़्यादा माल बनाते हैं पर उसे ख़रीदने वाले बाज़ार में नहीं होते। जब निवेश बचत से ज़्यादा होता है तो उपभोक्ता बाज़ार में ख़र्च करता है। उद्योगपतियों को अधिक माल बनाने और नयी मशीनरी लगाने के लिए मज़दूरों की ज़रूरत पड़ती है। ख़र्चा बढ़ने पर वेतन भी बढ़ता है, और उत्पादन की लागत भी बढ़ती है और चीज़ों के दाम भी। परिणास्वरूप इस स्थिति से मुद्रास्फ़ीति बढ़ती है। असल में

जॉन मेनार्ड कींस (1883–1946)

बचत करने का फ़ैसला करने वाले और निवेश करने का फ़ैसला करने वाले अलग-अलग लोग होते हैं। दोनों का मक़सद एक हो, इसकी कोई गारंटी नहीं होती। यह सरकार के केंद्रीय बैंक की ज़िम्मेदारी है कि वह दोनों पक्षों को एक-दूसरे के ख़िलाफ़ न होने दे ताकि स्फ़ीति या मंदी से बचा जा सके। अगर बचत निवेश से बढ़ती है तो बैंक को ब्याज दरें कम कर देना चाहिए ताकि बचत हतोत्साहित हो सके और निवेश हेतु क़र्ज़ लेने की प्रवृति प्रोत्साहित की जा सके। अगर निवेश बचत से आगे जाता है तो बैंक को ब्याज दरें बढ़ाना चाहिए ताकि उद्योगपति कम उधार लें और लोगों की दिलचस्पी बचत में बढ़ सके।

कींस की सबसे महान रचना द *जनरल थियरी ऑफ़ एम्प्लायमेंट, इंटरेस्ट ऐंड मनी* (1936) मानी जाती है। बीसवीं सदी में अर्थशास्त्रियों के बीच सबसे ज़्यादा बहसें इसी किताब पर हुईं हैं, और इसे ही मैक्रोइकॉनॉमिक्स का जन्मदाता माना जाता है। इस रचना में कींस अपने से पहले के अर्थशास्त्रियों की आलोचना करते हुए किसी अर्थव्यवस्था में उत्पादन और रोज़गार की उचित मात्रा तय करते नज़र आते हैं। यह पुस्तक कोई नीतिगत सिफ़ारिश नहीं करती, पर इसके ज़रिये सरकारों को उन नीतियों का सैद्धांतिक आधार मिला जिन्हें अपना कर वे तीस के दशक में चल रही महामंदी की जकड़ से निकल पायीं।

कींस के पहले फ्रांसीसी अर्थशास्त्री ज्याँ बापतीस्त से द्वारा प्रवर्तित नियम का बोलबाला था जिसे 'से का नियम' कहा जाता है। से का कहना था कि अर्थव्यवस्था में उत्पादन की अधिकता कभी हो ही नहीं सकती, क्योंकि ख़रीदारी बिके हुए माल से होने वाली आमदनी से होती है। इस तरह से इस निष्कर्ष पर पहुँचे थे कि आपूर्ति अपनी माँग ख़ुद पैदा करती है। से का दावा यह भी था कि अर्थव्यवस्था अपना संतुलन ख़ुद प्राप्त करती है और इस प्रक्रिया में पूर्ण रोज़गार की स्थिति सम्भव है। से के इस सिद्धांत का खण्डन करने वाले कींस के विचार माँग की कमी, उत्पादन की अधिकता और बेरोज़गारी के प्रकोप से पैदा हुए महामंदी के दौर में काफ़ी उपयोगी साबित हुए। कींसियन अर्थशास्त्र के एक शुरुआती व्याख्याता लारेंस क्लीन कींस द्वारा प्रतिपादित प्रभावी माँग के सिद्धांत को आर्थिक विज्ञान में क्रांति का वाहक मानते हैं, क्योंकि इसके ज़रिये उत्पाद के सकल स्तर का निर्धारण किया जा सकता है। दरअसल, कींस के पहले अर्थव्यवस्था परिवारों और फ़र्मों के अध्ययन पर केंद्रित रहती थी, जबकि कींस के बाद समग्र राष्ट्रीय अर्थव्यवस्था के सकल आकलन पर ज़ोर दिया जाने लगा। कींस के बाद से यह भी माना जाने लगा कि रोज़गार के क्षेत्र में अर्थव्यवस्थाएँ लाज़मी तौर पर एक अस्थायी बेरोज़गारी का शिकार रहेंगी। कींस ने आर्थिक विज्ञान में समय के महत्त्व पर विशेष ज़ोर देते हुए व्यक्ति के उपभोग की प्रवृत्तियों का विश्लेषण किया और पता लगाने की कोशिश की कि वह किन आधारों पर भविष्य में उपभोग करने का निर्णय लेता है : व्यक्ति आगे चल कर अपनी चालू आमदनी में से ख़र्च करना चाहेगा या अपनी बचत में से।

कींस ज़ोर दे कर कहते हैं कि सरकारों को अधिक घरों, सड़कों, स्कूलों और अस्पतालों वग़ैरह का निर्माण करवाना चाहिए। उनकी निगाह में ख़ज़ाने में मुद्रा को सड़ाने से बेहतर था कि निवेश का सामाजिकीकरण कर दिया जाए। कींस पर आरोप लगाया जाता है कि वे व्यापारिक निवेश संबंधी फ़ैसलों को सरकारों द्वारा नियंत्रित करने के पक्षधर थे। दरअसल, उनकी तजवीज़ यह थी कि राष्ट्रीय अर्थव्यवस्था में सकल निवेश का स्तर नियंत्रित रहे। उनकी मान्यता थी कि उपभोक्ता का ख़र्च कमोबेश स्थिर रहता है, पर पूँजीपति अधिक मुनाफ़े की आशा में निवेश संबंधी फ़ैसले अनियंत्रित ढंग से कर सकते हैं। उनके ऐसे क़दमों का असर प्रत्याशा और विस्तार के ऐसे चक्र को जन्म दे सकता है जो अर्थव्यवस्था के संतुलन के लिए घातक होगा।

द्वितीय विश्व युद्ध ख़त्म होने पर कींस ने नये अंतर्राष्ट्रीय मौद्रिक बंदोबस्त पर काम करना शुरू किया और मुद्राओं के बीच अपेक्षाकृत स्थायी विनिमय दरों की तजवीज़ की। विश्व युद्ध जीतने वाली ताक़तें 1944 में इस प्रस्ताव पर राज़ी हो गयीं। उन्होंने न्यू हैमशायर की सैरगाह ब्रेटन वुड्स में हुई कांफ्रेंस में समझौता करके विश्व अर्थव्यवस्था का आधार तैयार किया। कींस की योजना के अनुसार ही इस

समझौते ने विश्व बैंक और अंतर्राष्ट्रीय मुद्रा कोष जैसी संस्थाओं को जन्म दिया। लेकिन, अमेरिका कींस की सभी सलाहों को मानने के लिए तैयार नहीं हुआ। कींस का विचार था कि 1930 की महामंदी व्यापार अधिशेष बढ़ाते चले जाने की अंतर्राष्ट्रीय होड़ का नतीजा है। इसलिए वे चाहते थे कि लगातार अधिशेष में रहने वाले देशों को दण्डित करने का प्रावधान भी समझौते में रखा जाए। पर अमेरिका को यक़ीन था कि युद्ध ने उसकी मैन्यूफ़ेक्चरिंग क्षमताओं को नष्ट नहीं किया है, इसलिए वह व्यापार के मामले में अपना बोलबाला क़ायम रख सकता है। कींस आख़िरी दम तक अमेरिकी प्रभाव के ख़िलाफ़ संघर्ष करते रहे। इसी तनाव में उन्हें दिल का दौरा पड़ा जिसके कारण उनका देहांत हो गया।

कींस और उनके अर्थशास्त्र की ज़्यादातर आलोचना मौद्रिकवादियों (मोनेटरिस्ट) स्कूल के अर्थशास्त्रियों ने की है। दरअसल, कींस के प्रभाव से पहले मुद्रा नीति के ज़रिये अर्थव्यवस्था को संचालित करने का चलन था। कींस ने राजकोषीय नीति के विवेकसम्मत इस्तेमाल से अर्थव्यवस्था को संचालित करने की विधि प्रचलित की। सत्तर के दशक में ब्रेटन वुड्स प्रणाली ख़त्म होने पर पश्चिमी देशों में मौद्रिकवाद की वापसी हुई, लोकोपकारी राज्य का बोलबाला ख़त्म हुआ और समष्टिगत आर्थिक (मैक्रोइकॉनॉमिक) विश्लेषण में कींस की नीतियों की आलोचना मुखर होने लगी। बदली हुई सामाजिक-आर्थिक परिस्थितियों में दक्षिणपंथियों ने ही नहीं बल्कि वामपंथियों ने भी इसकी आलोचना शुरू कर दी। दक्षिणपंथियों का कहना था कि आमदनी के पुनर्वितरण के लिए बनायी जाने वाली नीतियों ने व्यक्ति की स्वयं की उद्यमशीलता की प्रवृत्ति को नुक़सान पहुँचाया है जिससे राज्य का मुख़ापेक्षी होने की प्रवृत्ति पैदा हुई है। वामपंथियों ने कहा कि पूँजीवाद कल्याणकारी अर्थशास्त्र पर आधारित लोकोपकारी राज्य वर्ग, जेंडर और नस्लगत असमानताओं को ख़त्म करने में नाकाम रहा है।

देखें : अर्थ-विज्ञान का समाजशास्त्र, आर्थिक जनसांख्यिकी, अल्फ्रेड मार्शल, अमर्त्य कुमार सेन, अंतर्राष्ट्रीय मुद्रा कोष, आधार और अधिरचना, ऑस्कर रायज़ार्ड लांगे, ऐडम स्मिथ, करारोपण, कल्याणकारी अर्थशास्त्र, क्लासिकल अर्थशास्त्र, कार्ल हाइनरिख़ मार्क्स-3, कार्ल मेंगर, कींसियन अर्थशास्त्र, गुन्नार मिर्डाल, जोआन रोबिंसन, जॉन कैनेथ गालब्रेथ, जॉन स्टुअर्ट मिल, जोसेफ़ शुमपीटर, जैव विविधता, ट्रस्टीशिप, डेविड रिकार्डो, ढाँचागत समायोजन कार्यक्रम, थॉमस मन और वणिकवाद, थॉमस रॉबर्ट माल्थस, दक्षता, धन, नियोक्लासिकल अर्थशास्त्र, नीतिशास्त्र और अर्थशास्त्र, निकोलस काल्दोर, नियोजन, नियोजन : मार्क्सवादी विमर्श, पण्य, पण्य-पूजा, पेटेंट, पॉल सेमुअलसन, पियरो स्राफ़ा, पूँजी, प्रतियोगिता, फ्रांस्वा केस्ने और प्रकृतिवाद, फ्रीडिश वॉन हायक, बहुराष्ट्रीय निगम, बाज़ार, बाज़ार की विफलताएँ, बाज़ार-समाजवाद, बौद्धिक सम्पदा अधिकार, ब्रेटन वुड्स प्रणाली, भारत में बहुराष्ट्रीय निगम, भारत में नियोजन, भारत में पेटेंट क़ानून, भारत में शेयर संस्कृति, भूमण्डलीकरण और पूँजी बाज़ार, भूमण्डलीकरण और वित्तीय पूँजी, भूमण्डलीकरण और वित्तीय उपकरण, मार्क्सवादी अर्थशास्त्र, मिल्टन फ्रीडमेन, मूल्य, राजकोषीय नीति और मौद्रिक नीति, रॉबर्ट ओवेन, विलफ्रेडो परेटो, विश्व व्यापार संगठन, विश्व बैंक, विलियम पेटी, विलियम स्टेनली जेवंस, वैकासिक अर्थशास्त्र, शोषण, साइमन कुज़्नेत्स।

संदर्भ

1. डडले डिलार्ड (1948), *द इकॉनॉमिक्स ऑफ़ जे.एम. कींस*, प्रेंटिस हाल, न्यूयॉर्क.
2. एल्विन हैंसन (1953), *अ गाइड टू कींस*, मैकग्रा हिल, न्यूयॉर्क.
3. रॉय हैरड (1950), *द लाइफ़ ऑफ़ जॉन मेनार्ड कींस*, नॉर्टन, न्यूयॉर्क.
4. रॉबर्ट लेकाचमन (1966), *द एज ऑफ़ कींस*, रैंडम हाउस, न्यूयॉर्क.
5. रॉबर्ट स्किडेल्स्की (1983-1992), *जॉन मेनार्ड कींस*, दो खण्ड, वाइकिंग, न्यूयॉर्क.

—अभय कुमार दुबे

जॉन रॉल्स

(John Rawls)

अमेरिकी राजनीतिक विचारक जॉन रॉल्स (1921-2002) का शुमार नीतिशास्त्रीय तथा राजनीतिक दर्शन की प्रमुख हस्तियों में किया जाता है। 1971 में प्रकाशित रॉल्स की रचना *अ थियरी ऑफ़ जस्टिस* ने पिछले चालीस सालों में आंग्ल-अमेरिकी राजनीतिक दर्शन पर सबसे ज़्यादा प्रभाव डाला है। माना जाता है कि इस पुस्तक के प्रकाशन के पहले बौद्धिक हलकों में राजनीतिक दर्शन फ़ैशन से बाहर हो गया था। पर रॉल्स ने उसे उबार लिया। रॉल्स का मुख्य योगदान उपयोगितावाद के नैतिक सिद्धांत का विकल्प प्रस्तुत करने का है। राजनीतिक दृष्टि से रॉल्स द्वारा किये गये न्याय संबंधी सूत्रीकरण को अमेरिकी अर्थ में उदारतावाद की और यूरोपीय अर्थ में सामाजिक लोकतंत्र की तरफ़दारी के रूप में देखा जाता है। कई बार रॉल्स के सिद्धांत की व्याख्या राजनीतिक चिंतन में सामाजिक समझौते की परम्परा के पुन: उभार के रूप में की जाती है। लेकिन सच्चाई यह है कि उनकी दिलचस्पी और अपने चिंतन को आगे बढ़ाने की प्रणाली इस परम्परा की मुख्यधारा से अलग है। वे सीधे तौर पर राजनीतिक प्राधिकार का औचित्य सिद्ध नहीं करते। इसके बजाय उनका मुख्य मक़सद सामाजिक न्याय के सिद्धांतों को स्थापित करना है।

ऐसा करने के लिए रॉल्स एक प्रदत्त स्थिति की कल्पना करते हैं कि व्यक्ति 'मूल स्थिति' में और 'अज्ञान के पर्दे' के पीछे रह रहे हैं। इस पूरी तरह से काल्पनिक स्थिति में व्यक्तियों को अपनी प्रतिभा, क्षमता और समाज में स्थान के बारे में कोई जानकारी नहीं है। ऐसे लोगों से कहा जाता है कि वे अपने लिए वितरण का एक ऐसा सिद्धांत तैयार करें जिसके अनुसार उन्हें सामान्य समाज में शासित होना होगा। रॉल्स की काल्पनिक दुनिया के लोग यह तो नहीं जानते हैं कि जीवन में उनके विशिष्ट उद्देश्य क्या हैं, लेकिन वे यह जानते हैं कि अगर उनकी पास कई तरह की प्राथमिक वस्तुएँ होंगी तो यह उनके लिए बेहतर होगा। रॉल्स इन वस्तुओं में अधिकार और स्वतंत्रता, अवसर और शक्ति, आय और सम्पत्ति तथा आत्म-सम्मान के विभिन्न आधारों को शामिल करते हैं। उनकी कल्पना यह है कि हर व्यक्ति अपने लिए इन वस्तुओं को ज़्यादा-से-ज़्यादा चाहता है। रॉल्स के न्याय के सिद्धांत के दो भाग हैं। पहला सिद्धांत हर व्यक्ति के लिए विस्तृत स्वतंत्रता का प्रावधान करता है। दूसरे सिद्धांत को 'भेदमूलक सिद्धांत' भी कहा जाता है। इसमें यह प्रावधान किया गया है कि सामाजिक और आर्थिक विषमताओं को इस ढंग से व्यवस्थित किया जाएगा कि इससे हीनतम स्थिति वाले व्यक्ति को लाभ हो। इसके अलावा ये विषमताएँ उन पदों और स्थितियों से जुड़ी होनी चाहिए, जो अवसर के सिद्धांत के अंतर्गत हर किसी के लिए खुली हों। रॉल्स ने इन सिद्धांतों को विशेष पूर्वता-क्रम के अनुसार भी व्यवस्थित किया है। न्याय के सिद्धांत से संबंधित इस विख्यात रचना के प्रकाशन के पहले कई प्रसिद्ध जर्नलों में लिख कर रॉल्स ने इसकी विषयवस्तु पर प्रकाश डाला था। इसी सामग्री को ज़्यादा विस्तृत और संशोधित रूप से उन्होंने अपनी किताब में पेश किया।

रॉल्स का जन्म बॉल्टीमोर में हुआ था। उनकी स्कूली शिक्षा बॉल्टीमोर और केंट स्कूल में हुई। उन्होंने प्रिंसटन युनिवर्सिटी से ग्रेजुएशन किया। द्वितीय विश्व युद्ध के दौरान वे अमेरिकी सेना में थे। युद्ध ख़त्म होने के बाद ज़्यादा ऊँचे ओहदे का प्रस्ताव मिलने के बावजूद उन्होंने 1946 में सेना की नौकरी छोड़ दी। इसके फ़ौरन बाद वे नीतिशास्त्र में डॉक्टरेट करने के लिए प्रिंसटन चले गये। 1950 में पीएचडी करने के बाद उन्होंने 1952 तक वहीं पर पढ़ाया। फिर फुलब्राइट फ़ेलोशिप मिलने पर वे ऑक्सफ़र्ड चले गये जहाँ राजनीतिक सिद्धांतकार ईसैया बर्लिन और विधिक सिद्धांतकार एच.एल.ए. हार्ट ने उन्हें बहुत प्रभावित किया। 1962 मे वे कॉरनेल विश्वविद्यालय में ही राजनीतिक दर्शन के प्रोफ़ेसर बने और इसी वर्ष उनका हार्वर्ड युनिवर्सिटी में पदार्पण हुआ जहाँ उन्होंने चालीस साल तक पढ़ाया। रॉल्स ने शायद ही कभी इंटरव्यू दिया हो। वे सार्वजनिक सभाओं आदि में जाने से भी बचते थे। वे मुख्य रूप से अपने अकादमिक और पारिवारिक जीवन के प्रति ही समर्पित रहे।

रॉल्स की मान्यता है कि उनके समय में समाज में उपयोगितावाद का वर्चस्व था। इस दर्शन में कमी यह है कि वह सभी लोगों के पूरे कल्याण के लिए कुछ ख़ास व्यक्तियों या उनके हितों की क़ुर्बानी दे सकता है। उनका दावा था कि उनका न्याय-सिद्धांत उपयोगितावाद की कमियों से बचा सकता है। इसके साथ ही वे इस बात पर भी ज़ोर देते हैं कि 'निष्पक्षता के रूप में न्याय' का उनका सिद्धांत सिर्फ़ उन्हीं विश्वासों को व्यक्त करता जिन्हें हम गहनता से स्वीकार करते हैं। रॉल्स के दोनों दावों से कोई भी अविवादित नहीं है।

कुछ आलोचकों का तर्क है कि दरअसल उनकी कल्पित 'मूल स्थिति' के ज़रिये सामने आने वाला सिद्धांत एक तरह का उपयोगितावाद ही है। कुछ आलोचक यह मानते हैं कि रॉल्स मूल स्थिति से जिन सिद्धांतों के उत्पन्न होने का दावा करते हैं उनका हमारे कुछ बद्धमूल विश्वासों के साथ टकराव है। रॉल्स के न्याय के सिद्धांत की नारीवादियों ने भी आलोचना की। इनमें से समुदायवादियों द्वारा की गयी आलोचना महत्त्वपूर्ण है। रॉल्स ने 1993 में प्रकाशित अपनी दूसरी किताब *पॉलिटिकल लिबरलिज़्म* में समुदायवादियों की आलोचनाओं का जवाब देने की कोशिश की। माइकल सैंडल, एलस्डेयर मैकेंटायर, चार्ल्स टेलर और माइकल वॉल्ज़र जैसे समुदायवादियों ने उदारतावाद द्वारा व्यक्ति की अणुवादी परिकल्पना को आड़े हाथों लिया है। इनका मानना है कि रॉल्स समेत सभी उदारतावादियों के लेखन में व्यक्ति की इस तरह चर्चा की जाती है मानो इसका अपने परिवेश या समुदाय के मूल्यों से कोई लेना-देना न हो। इन विद्वानों ने इस बात पर ज़ोर दिया कि व्यक्तियों को पहले से क़ायम सामाजिक संगठनों के सदस्यों के रूप में ही देखा जा सकता है। इसका अर्थ यह है कि पुरुष और महिला जिस समाज या समुदाय के सदस्य होते है उन्हें उसी से अपने सभी विचार मिलते हैं। इन विद्वानों ने रॉल्स की 'मूल स्थिति' और 'अज्ञान के पर्दे' की आलोचना करते हुए कहा कि यह सोचना बेतुका है कि अपने सामाजिक, आर्थिक और सांस्कृतिक संदर्भों से पूरी तरह अनजान रहने वाले व्यक्ति अपने विकल्पों का चुनाव कर सकते हैं। इस आलोचना के अनुसार व्यक्तियों की सोच समुदायवादी संदर्भ से तय होती है।

रॉल्स ने समुदायवादियों की आलोचना स्वीकार करते हुए परस्परव्यापी आम-सहमति या ओवरलैपिंग कंसेसंस का सिद्धांत प्रस्तुत किया। उन्होंने अस्सी के दशक में समुदायवादियों की आलोचनाओं का जवाब देते हुए लिखे कई लेखों में इन विचारों का विकास किया। रॉल्स ने स्वीकार किया कि उदारतावादी समाज में समुदायों का अस्तित्व होता है, और उदारवादी राज्य इन समुदायों के अस्तित्व को न केवल मान्यता देता है बल्कि इनके आंतरिक मामलों में दख़ल

जॉन रॉल्स (1921-2002)

नहीं देता। बदले में, समाज के विभिन्न समुदाय उदारतावादी मूल्यों को स्वीकार करते हैं। इस तरह, एक ओवरलैपिंग कंसेंसस की स्थिति सामने आती है।

रॉल्स का कहना था कि उनकी रचना *पॉलिटिकल लिबरलिज़्म* में उनके मूल सिद्धांत के बुनियादी निष्कर्षों में कोई परिवर्तन नहीं हुआ है। इस कृति में भी वे न्याय के उन्हीं दो सिद्धांतों को अपनाते हैं। लेकिन रॉल्स ने इन दो सिद्धांतों, ख़ास तौर पर स्वतंत्रता के सिद्धांत के लिए अपने तर्क में तब्दीली की है। वे दिखाने की कोशिश करते हैं कि समाज के भीतर बुनियादी अधिकारों की हिफ़ाज़त के लिए बहुत सी अलग-अलग दलीलें हैं। इनमें से कुछ व्यक्ति की स्वायत्तता के मूल्य का आह्वान करते हैं, और कुछ ऐसा नहीं करते। इसका आख़िरी नतीजा एक परस्परव्यापी आमसहमति ही है।

इसका अर्थ यह निकलता है कि सभी व्यक्ति अलग-अलग कारणों से बुनियादी स्वतंत्रताओं की सुरक्षा के लिए सहमत होते हैं। इसे स्पष्ट करने के लिए रॉल्स अंत:करण की स्वतंत्रता के विचार का उदाहरण देते हैं। पहला, और सामान्य उदारतावादी तर्क यह है कि हर व्यक्ति के पास अपने विवेक के अनुसार अपने धार्मिक विश्वासों को चुनने या उसमें संशोधन करने के लिए अंत:करण की आज़ादी होनी चाहिए। दूसरे तर्क में यह कहा जाता है कि हमें धार्मिक विश्वास पहले से ही मिले हुए हैं और इसलिए वे गहराई से जड़ जमाये हुए हैं। इसमें यह माना जाता है कि हमें अंत:करण की आज़ादी की ज़रूरत इसलिए है क्योंकि समाज में विभिन्न तरह के संकल्पनाओं की बहुलता है। ये सभी संकल्पनाएँ हमारे धार्मिक विश्वासों की तरह ही ग़ैर-समझौताकारी हैं। यह दूसरा तर्क व्यक्ति के समुदायवादी दृष्टिकोण को स्वीकार करता है। लेकिन यह भी कहता है कि हम सभी अलग-अलग तरह के होड़रत धार्मिक समूहों के साथ पूरी तरह से जुड़े हुए हैं। इसलिए हमें अंत:करण की आज़ादी के रूप में धार्मिक स्वतंत्रता के सिद्धांत को स्वीकार करने की ज़रूरत है। रॉल्स मानते हैं कि परस्परव्यापी आम सहमति एक सैद्धांतिक सहमति होनी चाहिए न कि एक रणनीतिक समझौता। बहरहाल, विल किमलिका जैसे चिंतकों का मानना है कि परस्परव्यापी आम सहमति का सिद्धांत बहुत आगे तक नहीं जा सकता क्योंकि व्यक्तिगत स्वतंत्रताओं और समुदाय की स्वतंत्रता में टकराव होने का अंदेशा काफ़ी होता है।

रॉल्स की तीसरी रचना *द लॉ ऑफ़ पीपुल* (1999) में न्याय के सिद्धांतों को अंतर्राष्ट्रीय स्तर पर लागू करने के बारे में विचार व्यक्त किया है। इस किताब के प्रकाशन के पहले चार्ल्स बिट्ज (1979) और थॉमस पोगे (1989) जैसे सिद्धांतकारों ने रॉल्स के भेदमूलक सिद्धांत को भी अंतर्राष्ट्रीय स्तर पर लागू करने की बात की थी। लेकिन रॉल्स ने इसे नकार दिया। रॉल्स मानते थे कि नागरिकों के विपरीत राज्य अपने-आप में पर्याप्त सहयोगी उद्यम की तरह होते हैं। वे घरेलू समाज का निर्माण करते हैं। इसलिए यहाँ व्यक्तियों की तरह भेदमूलक सिद्धांत लागू करने की ज़रूरत नहीं है। इस कृति में उन्होंने दावा किया कि 'सुव्यवस्थित' पीपुल या लोग 'उदारतावादी' या 'मर्यादित' होते हैं। रॉल्स ने तर्क दिया कि एक उदारतावादी अंतर्राष्ट्रीय व्यवस्था की स्थिरता के लिए अनिवार्य है कि वह मर्यादित लोगों के प्रति सहनशीलता की नीति अपनाए। मर्यादित लोग उदारतावादी लोगों से इस अर्थ में अलग होते हैं कि ये एक राज्य के धर्म को स्वीकार कर सकते हैं। इसके अलावा वे अल्पसंख्यक धर्मों को मानने वाले लोगों को राज्य में कोई महत्त्वपूर्ण पद देने से मना कर सकते हैं और चुनावों की बजाय पदानुक्रम पर आधारित विचार-विमर्श द्वारा राजनीतिक भागीदारी को संगठित कर सकते हैं। जो लोग 'उदारतावादी' या 'मर्यादित' होने की कसौटी पर खरा उतरने में नाकाम रहते हैं, वे 'ग़ैर क़ानूनी राज्य', 'प्रतिकूल स्थितियों के बोझ से दबे समाज' या 'परोपकारी निरंकुशतावाद' के रूप में जाने जाते हैं। इन लोगों के पास उदारतावादी और मर्यादित लोगों की तरह परस्पर सम्मान या सहिष्णुता की भावना नहीं होती।

बहरहाल, रॉल्स ने तरफ़दारी की कि जो सरकारें आर्थिक कारणों से मानवाधिकारों की सुरक्षा नहीं कर पा रही

हैं उन्हें आर्थिक सहायता दी जानी चाहिए। लेकिन उन्होंने यह दावा किया कि इस तरह की आर्थिक सहायता का उद्देश्य यह नहीं होता कि आगे चलकर किसी तरत की वैश्विक समानता हासिल की जाए। इसकी बजाय इसका उद्देश्य यह सुनिश्चित करना होता है कि ये समाज उदारतावादी या मर्यादित क़िस्म की सामाजिक संस्थाएँ क़ायम कर पायें। अन्य बातों के अलावा रॉल्स ने इस बात पर भी ज़ोर दिया कि मेहनती जनसंख्या वाले लोगों के राष्ट्र द्वारा कम मेहनत करने वाले लोगों के राष्ट्र को मदद करने से एक नैतिक समस्या उत्पन्न हो सकती है। ऐसी मदद आसानी से मिल जाने के कारण कई सरकारें ग़ैर-जवाबदेह तरीक़े से काम करेंगी, क्योंकि उन्हें लगेगा कि ज़्यादा जवाबदेह तरीक़े से काम करने वाले राष्ट्रों द्वारा उन्हें इस समस्या से उबार लिया जाएगा।

देखें : अधिकार, अधिकार : सैद्धांतिक यात्रा, अरस्तू, अफ़लातून, अनुदारतावाद, अराजकतावाद, अन्य-अन्यीकरण, उदारतावाद, उपयोगितावाद, एडमण्ड बर्क, क्रांति, ज्याँ-ज़ाक रूसो, जॉन लॉक, जेरेमी बेंथम, जॉन स्टुअर्ट मिल, थॉमस हॉब्स, न्याय, न्याय : नारीवादी आलोचना, न्याय : रॉल्स का सिद्धांत, नागरिकता, नागरिकता : अन्य परिप्रेक्ष्य-1 और 2, नागर समाज, पनोप्टिकॉन, फ्रीड्रिश वॉन हायक, बुद्धिवाद, माइकेल जोसेफ़ ओकशॉट, मिशेल पॉल फ़ूको-1 और 2, यूटोपिया, राजनीतिक दर्शन के नारीवादी आयाम, रॉबर्ट नॉज़िक, राज्य-1 और 2, स्वतंत्रतावाद, सर्वसत्तावाद, सम्प्रभुता, समाजवाद, सरकारियत.

संदर्भ

1. जॉन रॉल्स (1971), *अ थियरी ऑफ़ जस्टिस,* हार्वर्ड युनिवर्सिटी प्रेस, केम्ब्रिज, मास.
2. एन. डेनियल्स, (सम्पा.) (1975), *रीडिंग रॉल्स,* ब्लैकवेल, ऑक्सफ़र्ड.
3. बी. बैरी (1973), *द लिबरल थियरी ऑफ़ जस्टिस,* क्लेरेण्डन प्रेस, ऑक्सफ़र्ड.
4. विल किमलिका (2008), *समकालीन राजनीति-दर्शन : एक परिचय,* अनुवाद : कमल नयन चौबे, पियर्सन, नयी दिल्ली.

— कमल नयन चौबे

झ

झाड़खण्ड

(Jharkhand)

भारत के पूर्वी भाग में स्थित आदिवासी बहुल झाड़खण्ड राज्य का गठन 15 नवम्बर, 2000 को बिहार के दक्षिणी भाग को अलग करके किया गया था। झाड़खण्ड की राजनीति को बहु-दलीय व्यवस्था का उदाहरण माना जा सकता है। यहाँ तीन दलों यानी कांग्रेस, भारतीय जनता पार्टी और झाड़खण्ड मुक्ति मोर्चा की स्थिति तुलनात्मक रूप से बेहतर है। लेकिन राज्य में आल झाड़खण्ड स्टूडेंड यूनियन, बाबूलाल मरांडी द्वारा 2006 में गठित झाड़खण्ड विकास मोर्चा की राजनीतिक स्थिति भी बहुत मज़बूत है। इसके अलावा, राष्ट्रीय जनता दल और जनता दल (एकीकृत) जैसे दलों का भी कुछ क्षेत्रों में प्रभाव है। दरअसल, इन दलों की मौजूदगी और विचारधारा या कार्यक्रम आधारित गठजोड़ न बन पाना ही राज्य की राजनीतिक अस्थिरता का मुख्य कारण है। प्राकृतिक संसाधनों से भरपूर होने के कारण झाड़खण्ड बहुराष्ट्रीय कम्पनियों के लिए आकर्षण का केंद्र रहा है। गठन के बाद यहाँ के अधिकतर मुख्यमंत्रियों ने इन कम्पनियों को राज्य में निवेश करने के लिए प्रोत्साहित किया। ऐसी कम्पनियों के साथ सौ से भी ज़्यादा समझौते किये गये। इससे दो तरह के नतीजे सामने आये हैं : पहला, राज्य की राजनीति में भ्रष्टाचार का बोलबाला हो गया। राज्य के पूर्व मुख्यमंत्री मधु कोडा द्वारा चार हज़ार करोड़ रुपये से भी ज्यादा की सम्पत्ति अर्जित करना इसी का एक उदाहरण है। दूसरा, राज्य में विस्थापन जैसे मुद्दों पर जनांदोलन में बढ़ोतरी हुई। झाड़खण्ड के कई ज़िलों में माओवादियों का भी प्रभाव है। राजनीतिक दलों द्वारा अपनी ज़िम्मेदारी सही तरीक़े से न निभाने के कारण ही माओवादियों को अपना प्रभाव बढ़ाने का मौक़ा मिला है। इसने कई जगहों पर विस्थापन के लिए संघर्ष कर रहे समूहों के लिए मददगार की भूमिका निभायी है, तो कई दूसरे जगहों पर इसके कारण लोगों को सरकार द्वारा चलायी जाने वाली ऑपरेशन ग्रीन हंट जैसी मुहिमों का सामना करना पड़ा है।

राँची झाड़खण्ड की राजधानी है। इसके उत्तर में बिहार, पश्चिम में उत्तर प्रदेश और छत्तीसगढ़, दक्षिण में ओडीशा और पूर्व में पश्चिम बंगाल स्थिति है। झाड़खण्ड का कुल भौगोलिक क्षेत्रफल 79,714 वर्ग किमी है। क्षेत्रफल के लिहाज़ से यह भारत का पंद्रहवाँ सबसे बड़ा राज्य है। 2011 की जनगणना के अनुसार यहाँ की जनसंख्या 3,29,66,238 है। इस लिहाज़ यह भारत का तेरहवाँ सबसे बड़ा राज्य है। यहाँ का जनसंख्या घनत्व 413.6 व्यक्ति प्रति वर्ग किमी है। झारखण्ड में कुल साक्षरता 67.63 प्रतिशत है और एक हज़ार पुरुषों पर 947 महिलाएँ हैं। यहाँ की विधानसभा में कुल 81 सदस्य होते हैं। यहाँ से लोकसभा के 14 और राज्यसभा के छह सदस्य चुने जाते हैं।

2001 की जनगणना के अनुसार, यहाँ 68.5 प्रतिशत हिंदू, 13.8 प्रतिशत मुसलमान, 13 प्रतिशत एनिमिस्टिक सरना धर्म को मानने वाले समुदाय रहते हैं। इसके अलावा, यहाँ की 4.1 प्रतिशत आबादी ईसाई धर्म की अनुयायी है। यहाँ 28 प्रतिशत अनुसूचित जनजाति, 12 प्रतिशत अनुसूचित जाति और 60 प्रतिशत अन्य लोग हैं। 1981 से जनसंख्या के आँकड़ों पर नज़र डालने से यह पता चलता है कि राज्य में आदिवासियों के जनसंख्या अनुपात में कमी आयी है और ग़ैर-आदिवासियों की जनसंख्या बढ़ी है। अमूमन यह माना जाता है कि आदिवासियों में जन्म-दर कम और मृत्यु-दर ज़्यादा होना, उद्योगीकरण और शहरीकरण के कारण इस क्षेत्र

झाड़खंड : 15 नवम्बर, 2000 को गठित

में ग़ैर-आदिवासी लोगों का बसने, आदिवासियों का दूसरे इलाक़ों में चले जाना आदि इसके प्रमुख कारण हैं। लेकिन बेशक अब भी जनसंख्या और राजनीतिक प्रभुत्व के लिहाज़ से आदिवासी इस क्षेत्र में मज़बूत स्थिति में हैं और झाड़खण्ड की पहचान आदिवासी क्षेत्र के रूप में ही है।

1765 में यह क्षेत्र अंग्रेज़ों के अधिकार में आ चुका था। इसी समय इसे उसके औपचारिक नाम झाड़खण्ड अर्थात् जंगल या वृक्ष-आच्छादित क्षेत्र के रूप में जाना गया। औपनिवेशिक दौर में अंग्रेज़ों ने अपने साम्राज्यवादी हित साधने के लिए यहाँ के संसाधनों का भरपूर दोहन किया। अंग्रेजों के ख़िलाफ़ इस क्षेत्र में आदिवासियों ने कई विद्रोह किये। दरअसल 1857 में भारत के पहले स्वतंत्रता संग्राम के तक़रीबन सौ साल पहले से ही ब्रिटिश शासन के ख़िलाफ़ बगावत की शुरूआत हो गयी थी। ये विद्रोह लगातार होते रहे। इस तरह का पहला विद्रोह संथाल नेता तिलका मांझी के नेतृत्व में हुआ था। इसी तरह के अन्य विद्रोहों में 1832 में हुआ कोल विद्रोह, 1855 में सिदो मूर्मू और कान्हू मुर्मू के नेतृत्व में हुआ संथाल विद्रोह और 1895 से लेकर 1900 तक चला बिरसा मुंडा का उलगुलान विद्रोह बहुत ही प्रसिद्ध है। बिरसा मुंडा के विद्रोह के बाद ही अंग्रेजों ने 1908 में छोटा-नागपुर टेनेंसी एक्ट (सीएनटीए) बनाया, जिसमें स्थानीय आदिवासियों के भूमि पर प्रथागत अधिकार को स्वीकार किया गया। आज़ादी के आंदोलन के समय में कांग्रेस और गाँधी का प्रभाव भी इस इलाक़े में था, लेकिन इसके साथ दूसरी कई धाराएँ भी मौजूद रहीं।

अलग झाड़खण्ड राज्य की माँग बहुत पुरानी है। 1928 में जब साइमन कमीशन पटना आया, तो छोटानागपुर उन्नति समाज ने अपना एक प्रतिनिधिमण्डल भेजकर झाड़खण्ड को एक अलग राज्य बनाने की माँग रखी थी। आज़ादी के बाद भी अलग झारखण्ड राज्य बनाने की माँग की जाती रही। इस संदर्भ में झाड़खण्ड पार्टी ने उल्लेखनीय भूमिका निभायी। इस पार्टी का गठन 5 मार्च, 1949 को राँची में किया गया। जयपाल सिंह इसके अध्यक्ष थे। दरअसल यह जयपाल सिंह द्वारा 1938 में गठित आदिवासी महासभा का ही नया रूप था। इस दौर में गठित कई आयोगों ने एक अलग आदिवासी राज्य की माँग को नकार दिया। मसलन 1947 में ठक्कर आयोग, 1948 में डार आयोग और 1955 में राज्य पुनर्गठन आयोग ने भी एक अलग झाड़खण्ड राज्य की माँग को नकारा।

झारखण्ड पार्टी बिहार में एक मज़बूत दल के रूप में उभरी। यहाँ दो विधानसभा चुनावों (1952 और 1957) में इसे 32 सीटों पर जीत मिली और वह विधानसभा में मुख्य विपक्षी दल भी रही। लेकिन 1963 में जयपाल सिंह कांग्रेस में शामिल हो गये। इसके बाद झाड़खण्ड पार्टी भी काफ़ी कमज़ोर हो गयी। तक़रीबन एक दशक तक झाड़खण्ड राज्य का मसला ठंडे बस्ते में पड़ा रहा। झाड़खण्ड पार्टी भी कई भागों में टूट गयी। इनमें से ही एक भाग बिहार झाड़खण्ड हूल प्रोग्रेसिव पार्टी के रूप में गठित हुआ। इसके नेता के रूप में शिबू सोरेन का उभार हुआ। 1972 में सोरेन ने झाड़खण्ड मुक्ति मोर्चा (जेएमएम) नामक नयी पार्टी का गठन किया। इस पार्टी और इससे अलग होकर बने ऑल झाड़खण्ड स्टूडेंट यूनियन (आजसू) जैसे संगठनों ने अलग झाड़खण्ड राज्य के मुद्दे पर रैडिकल आंदोलन की शुरूआत की। 1987 में राम

दयाल मुंडा के प्रयासों से झाड़खण्ड कोआर्डिनेशन कमेटी का गठन हुआ जिसमें 48 संगठन शामिल थे। नब्बे का दशक आते-आते झाड़खण्ड आंदोलन ने बहुत ज़ोर पकड़ लिया।

बिहार सरकार ने इस मुद्दे का तीख़ापन कम करने के लिए 1995 में झाड़खण्ड क्षेत्र स्वायत्तशासी परिषद् का गठन किया। इसमें केंद्र सरकार, बिहार सरकार और शिबू सोरेन की मुख्य भूमिका थी। लेकिन राज्य के दूसरे संगठनों ने इसका विरोध किया और वे अलग झाड़खण्ड राज्य की अपनी माँग पर डटे रहे। आख़िरकार, 15 नवम्बर 2000 को झाड़खण्ड राज्य का गठन हुआ।

झाड़खण्ड राज्य के गठन के बाद यह उम्मीद की गयी थी कि राज्य आदिवासियों की अपेक्षाओं को पूरा करेगा और उनका राजनीतिक और आर्थिक सशक्तीकरण होगा। लेकिन आम तौर से स्थिति इसके उलट ही रही है। अपने गठन के बाद से ही झाड़खण्ड राजनीतिक अस्थिरता, भ्रष्टाचार और हिंसक राजनीति का शिकार रहा है। नवम्बर, 2000 में राज्य का गठन होने के बाद यहाँ की विधानसभा में भारतीय जनता पार्टी की स्थिति मज़बूत होने के कारण इसके नेता बाबूलाल मरांडी राज्य के पहले मुख्यमंत्री बने। लेकिन भाजपा की आंतरिक उठा-पटक के कारण इन्हें 18 मार्च, 2003 को इस पद से इस्तीफ़ा देना पड़ा। इसके बाद भाजपा के ही अर्जुन मुंडा राज्य के मुख्यमंत्री बने और मार्च, 2005 में अगले विधानसभा चुनावों तक मुख्यमंत्री रहे। 2005 के विधानसभा चुनावों में किसी भी राजनीतिक दल को बहुमत नहीं मिला। भाजपा को 30 सीटें मिली और वह सबसे बड़े राजनीतिक दल के रूप में सामने आयी। इसके अलावा, कांग्रेस को नौ, झामुमो को 17, राजद को सात, जद (एकीकृत) को छह और अन्य छोटे दलों को 13 सीटों पर जीत मिली। चुनावों के बाद दस दिनों के लिए शिबू सोरेन मुख्यमंत्री बने लेकिन अपना बहुमत साबित न कर पाने के कारण उन्हें इस्तीफ़ा देना पड़ा। इसके बाद 12 मार्च, 2005 से 18 मार्च, 2006 तक अर्जुन मुंडा राज्य के मुख्यमंत्री रहे।

फिर कांग्रेस, राजद, झामुमो और राष्ट्रवादी कांग्रेस ने मिलकर एक निर्दलीय विधायक मधु कोडा को राज्य का मुख्यमंत्री बनवाया। 26 अगस्त, 2008 को मधु कोडा की जगह शिबू सोरेन राज्य के मुख्यमंत्री बने। सोरेन ने भाजपा के समर्थन से सरकार बनायी। लेकिन यह सरकार भी स्थिरता देने में नाकाम रही और 13 जनवरी, 2009 को उनकी सरकार गिर गयी। दिसम्बर 2009 में हुए विधानसभा चुनावों में भी किसी राजनीतिक दल को बहुमत नहीं मिला। कांग्रेस और उसके सहयोगियों को 25 तथा भाजपा और उसके सहयोगियों को 20 सीटों पर जीत मिली। झामुमो को 18 सीटें मिलीं और 18 सीटों पर छोटी पार्टियाँ और निर्दलीय विधायक जीते। चुनावों के बाद 30 दिसम्बर, 2009 को शिबू सोरेन राज्य के मुख्यमंत्री बने। लेकिन विधानसभा चुनाव जीतने में नाकाम रहने के कारण उन्हें 30 मई, 2010 को इस्तीफ़ा देना पड़ा। 10 सितम्बर तक राज्य में राष्ट्रपति शासन रहा। इसके बाद अर्जुन मुंडा के नेतृत्व में भाजपा की सरकार बनी। झामुमो और आजसू के नेता इस सरकार में उपमुख्यमंत्री हैं। झाड़खण्ड राज्य बनने के बाद के इस इतिहास पर सरसरी निगाह डालने से यह स्पष्ट है कि झाड़खण्ड अपने गठन के बाद से ही राजनीतिक अस्थिरता का शिकार रहा है।

झाड़खण्ड राज्य आदिवासियों के एक लम्बे संघर्ष का नतीजा है। प्राकृतिक संसाधनों का सही तरीक़े से उपयोग करने पर राज्य का भरपूर विकास किया जा सकता है। लेकिन अपने गठन के बाद से ही झाड़खण्ड राजनीतिक अस्थिरता और भ्रष्टाचार की जकड़बंदी में फँसा हुआ है। इसे ख़त्म किये बिना उन सपनों को पूरा नहीं किया जा सकता है जो झाड़खण्ड-संघर्ष के मूल प्रेरणा स्रोत थे।

देखें : असम, अरुणाचल प्रदेश, आदिवासी प्रश्न-1, 2 और 3, आंध्र प्रदेश, उत्तर प्रदेश, उत्तराखण्ड, ओडीशा, कर्नाटक, केरल, छत्तीसगढ़, जम्मू और कश्मीर, तमिलनाडु, त्रिपुरा, दिल्ली, नगालैण्ड, पश्चिम बंग, पंजाब, महाराष्ट्र, मध्य प्रदेश, मिज़ोरम, मेघालय, भारतीय संघवाद, बिहार, राजस्थान, राज्यों का पुनर्गठन-1, 2 और 3, राज्यों की राजनीति, संघवाद, हरियाणा।

संदर्भ

1. सजल बसु (1994), *झाड़खण्ड मूवमेंट : एथ्निसिटी ऐंड कल्चर ऑफ़ साइलेंस,* इंस्टीट्यूट ऑफ़ एडवांस्ड स्टडीज़, शिमला.
2. संजय कुमार और हरिश्वर दयाल (2002) 'झाड़खण्ड : रिवर्सल ऑफ़ पास्ट ट्रेंड्स', *इकॉनॉमिक ऐंड पॉलिटिकल वीकली,* खण्ड 39, अंक 51
3. संदीप शास्त्री, के.सी. सूरी और योगेंद्र यादव (सम्पा.) *इलेक्टोरल पॉलिटिक्स इन इंडियन स्टेट्स : लोकसभा इलेक्शंस इन 2004 ऐंड बियॉन्ड,* दिल्ली : ऑक्सफ़र्ड युनिवर्सिटी प्रेस, नयी दिल्ली.

—कमल नयन चौबे

ट

टीवी और सेक्शुअलिटी
(TV and Sexuality)

टेलिविज़न और सेक्स से संबंधित सार्वजनिक बहस का दायरा सामान्यत: टीवी पर 'क्या दिखाया जा सकता है और क्या नहीं' तक सीमित रहता है। राजनीतिक दल, कट्टरपंथी धार्मिक संगठन, सेंसरशिप विरोधी समूह और अश्लीलता के ख़िलाफ़ झंडा बुलंद करने वाले समूह टीवी कार्यक्रमों और विज्ञापनों में प्रसारित होने वाली सेक्शुअल छवियों के विषय में अपनी-अपनी विचारधारा और राजनीतिक आवश्यकताओं के मुताबिक़ मुद्राएँ ग्रहण करते या छोड़ते हैं जिस पर मीडिया और टीवी-अध्ययनों की अकादमीय दुनिया ज़्यादा ध्यान नहीं देती। वह इस प्रश्न पर अधिकतर दो दृष्टिकोणों से ग़ौर करती है : टीवी पर सेक्शुअलिटी किस तरह निरूपित (रिप्रज़ेंटिड) और संकेतित (सिग्नीफ़ाइड) है। वह अपनी ज़्यादातर सामग्री मनोविश्लेषण, नारीवाद और क्वीयर थियरी के विमर्श से लेती है। जहाँ तक पुरुष और स्त्री की सेक्शुअलिटी का प्रश्न है, इस विमर्श में स्त्री से संबंधित प्रश्नों पर अधिक ग़ौर किया गया है। पुरुष सेक्शुअलिटी पर विचार करने की परम्पराएँ कुछ देर से विकसित होनी शुरू हुई हैं। मीडिया ने आम तौर पर और टीवी ने ख़ास तौर से दोनों तरह की यौनिकताओं का विन्यास अलग-अलग ढंग से किया है। पर हर हालत में उनकी संरचनाओं पर इतरलैंगिक मानक हावी रहते हैं। टीवी वैकल्पिक यौनिकताओं को गुमराह सेक्शुअलिटी की तरह पेश करता है। इस लिहाज़ से टीवी अल्पसंख्यक सेक्शुअलिटी की 'प्रतीकात्मक हत्या' की नुमाइंदगी करता है। एक नया विकास यह हुआ है कि लोगों के अंतरंग जीवन में झाँकने वाले कार्यक्रम रियलिटी टीवी के उभार के बाद बनने लगे हैं। हालाँकि इन्हें प्राइम टाइम पर नहीं दिखाया जाता, पर देर रात का टीवी इस तरह के कार्यक्रमों को परोसता है। इनकी शुरुआत अमेरिका के प्लेबॉय और पेंटहाउस चैनलों ने की थी, पर अब भारत जैसे ग़ैर-पश्चिमी टीवी उद्योगों ने इनका स्थानीय तौर से निर्माण प्रारम्भ कर दिया है।

नारीवादी आलोचकों ने शुरुआती दौर से ही टीवी उद्योग पर इलज़ाम लगाया है कि वह स्त्री किरदारों को आम तौर पर औरतों के इतरलैंगिक (हेटरोसेक्शुअल) आकर्षण के आधार पर कल्पित करता है। इससे निकलने वाली छवि स्त्री को पुरुषों की 'चीज़' में घटा देती है। स्त्रियों का यौनिक वस्तुकरण मीडिया के सभी संस्करणों में पाया जाता है, पर टीवी स्क्रीन पर आकर उसकी चाक्षुषता एक दैनंदिन रूप ग्रहण कर लेती है। दूसरे, टीवी इस यौनिक वस्तुकरण को लोगों के अंतरंग और घरेलू जीवन में ले आता है, जबकि फ़िल्म के पर्दे पर चलने वाली यही प्रक्रिया इस तरह की भूमिका अदा नहीं कर पाती। नारीवादियों को सेक्शुअल तौर पर खुली हुई छवियों के निरूपण पर ज़्यादा ऐतराज नहीं है, बल्कि उन्हें आपत्ति इस बात पर है कि यह पूरी कारीगरी पुरुष प्रभुत्व में चलने वाले संस्थागत विन्यास के तहत होती है। स्त्रियों का इन छवियों के प्रक्षेपण पर किसी तरह का नियंत्रण नहीं होता। नारीवादियों की यह आलोचना उस समय काफ़ी हद तक सही लगने लगती है जब समाचार पढ़ने वाली स्त्रियों का चयन करते समय भी पारम्परिक सेक्शुअल आकर्षण का मानक बनाया जाता है। दूसरे, बहुतेरे टीवी कथानकों में स्त्री की यौनिकता कुछ इस अंदाज़ में चित्रित की जाती है जैसे कि वह किसी ख़तरे, जोखिम या रहस्य का प्रतिनिधित्व करती हो। स्त्री की सेक्शुअलिटी का यह दोहन वैसे तो

मीडिया के अन्य रूपों के लिए भी सही है, पर टीवी स्क्रीन की करामात उसे अधिक प्रभावी बना देने में निहित है।

दिलचस्प बात यह है कि टीवी धारावाहिकों (सोप ओपेरा) का विश्लेषण करने वाले विद्वान इस नारीवादी आलोचना से भिन्न नतीजों पर पहुँचे हैं। इन लोकप्रिय धारावाहिकों में स्त्री-पात्रों की स्थिति केंद्रीय होती है। उन्हें कमज़ोर दिखाने के बजाय मज़बूत शख़्सियत का मालिक दिखाया जाता है। धारावाहिक की नायिका या खलनायिका एक ही परिवार में रहते हुए कई-कई शादियाँ कर सकती है। चूँकि वह आर्थिक रूप से ताक़तवर दिखाई जाती है, इसलिए वह सेक्शुअली दबी हुई स्थिति में नहीं होती। धारावाहिकों के स्त्री-पात्र अपनी गतिविधियों से 'सक्रिय यौनिकता' की छवि प्रक्षेपित करती हैं। मँझोली उम्र के स्त्री-पात्रों का चित्रण भी यौनिक रूप से सक्रिय व्यक्ति के रूप में होता है। उनकी यौनिकता केवल पुरुष-कामना की वस्तु नहीं होती, बल्कि ख़ुद उनकी अपनी कामना उसका स्रोत होती है।

पुरुष सेक्शुअलिटी आम तौर पर मीडिया के पाठों से 'हवा की तरह अदृश्य' रही है। पुरुष यौनिकता के चित्रण के लिए सामान्यतः प्रतीकों का सहारा लिया जाता रहा है। पर्दे को चीरती हुई ट्रेन, भाप के इंजिन का आगे-पीछे चलता हुआ पिस्टन, बंदूकें, तलवारें और सिगार के माध्यम से पुरुष सेक्शुअलिटी की शिश्न-केंद्रित अभिव्यक्तियाँ रची जाती रही हैं। हाल के कुछ वर्षों में यह परम्परा टूटी है और पुरुष की देह का नियोजित यौनीकरण (सेक्शुअलाइज़ेशन) किया जाने लगा है। पहले केवल स्त्री को देखने वाली 'पुरुष की निगाह' ही चर्चा के केंद्र में रहती थी, पर पुरुष शरीर के यौनीकरण के बाद 'स्त्री की निगाह' भी शिनाख़्त के दायरे में आ गयी है जिसके सिद्धांतीकरण की विचारोत्तजक सम्भावनाएँ खुली हैं। जिमनेज़ियम में तराशी गयी पुरुष-देह के टीवी स्क्रीन पर प्रदर्शन ने समाज में पुरुषों के बीच अपनी देह को लेकरनयेसरोकारों को जन्म दिया है। पुरुषों की अपनी साज-सज्जा, दैहिक प्रस्तुतीकरण और अपने श्रृंगारिक निरूपण के आग्रहों में इसकी वजह से परिवर्तन आना शुरू हो गया है। भारतीय समाचार पत्रों के पेज-थ्री परिशिष्टों और रंगीन पत्रिकाओं के पृष्ठों पर होने वाली 'मेट्रोसेक्शुअल मैन' की चर्चा इसका प्रमाण है।

युरोप और अमेरिका में सामाजिक मर्यादाओं पर ईसाइयत के प्रभाव के कारण समलैंगिकता को पाप की संज्ञा दी जाती रही है। ऐसी ही सामाजिक और धार्मिक मर्यादाओं के प्रभाव में गढ़ी गयी 'सेक्शुअल करेक्टनेस' का पालन करने के लिए टीवी प्रोड्यूसर कम से कम साठ के दशक तक ऐसे किसी भी पाठ का चित्रांकन करने से कतराते रहे जो हेटरेसेक्शुअल मानकों का ज़रा सा भी उल्लंघन करता हो। जीवन के दूसरे क्षेत्रों में अदृश्यता के शिकार पुरुष और स्त्री समलैंगिकों को इस प्रक्रिया में निरूपण के लिहाज़ से भी हाशिए पर रहने के लिए मजबूर होना पड़ा। उनसे संबंधित किसी भी विषयवस्तु की प्रस्तुति हमेशा एक ऐसी कूट भाषा में की जाती रही जिसे समझना कभी-कभी तो समलैंगिकों के बस में भी नहीं होता था। वैकल्पिक सेक्शुअलिटी के आंदोलनों और विमर्श ने इस स्थिति को एक हद तक बदला। सेंसरशिप के नियम पहले के मुक़ाबले ढीले हुए, टीवी प्रसारण से सरकारों की जकड़ कमज़ोर हुई और लोगों की सोच में भी तब्दीली आयी। परिवर्तन के पहले दौर में पुरुष समलैंगिकों को आम तौर पर हास्य कार्यक्रमों में उपहास की वस्तु बना कर पेश किया गया। समलैंगिक स्त्रियाँ इस दौर में या तो पूरी तरह से अनुपस्थित रहीं, या फिर उन्हें बच/फ़ेमे द्विभाजन की रूढ़ छवियों के रूप में निरूपित होना पड़ा। लेकिन दूसरे चरण में पश्चिमी देशों में हुए क़ानूनी परिवर्तनों और जन-रुचि में आये परिवर्तनों के संयोग ने मीडिया (और टीवी) के रवैये को भी बदला। समलैंगिक-भीति से बचते हुए होमो-किरदारों को हमदर्दी से पेश किया जाने लगा। यह अलग बात है कि इस बदले हुए निरूपण का परिप्रेक्ष्य पूरी तरह से इतरलैंगिक ही बना रहा। आज यह परिप्रेक्ष्य भी परिवर्तित हो रहा है। टीवी व्यवसाय अपने कार्यक्रमों की लोकप्रियता के लिए 'गे-ऑडिएंस' का भी ध्यान रखता है। उसने 'दोहरी मार्केटिंग रणनीति' अपनायी है जिसके तहत कुछ ऐसी छवियाँ प्रसारित की जाती हैं जिन्हें इतरलैंगिक अपने तरीक़े से और समलैंगिक अपने तरीक़े से पढ़ सकते हैं। आज प्राइम टाइम टीवी पर पहले से कहीं ज़्यादा लेस्बियन किरदार दिखाई देते हैं, लेकिन उनका रवैया कुछ इस तरह का रखा जाता है कि वे इतरलैंगिक स्त्रियाँ भी न केवल उनके प्रति अरुचि महसूस नहीं कर पातीं, बल्कि उन्हें इतरलैंगिकों की ही तरह ही स्वीकार कर लेती हैं।

सेक्शुअलिटी और टीवी के संबंधों में एक नया आयाम पिछले डेढ़ दशक में यह आया है कि देर रात के प्रसारण में खुली सेक्शुअल विषयवस्तुएँ पेश की जाने लगी हैं। प्लेबॉय चैनल द्वारा 1998 से प्रसारित 'सेक्सटरा' एक टीवी न्यूज़मैग़ज़ीन थी जिसकी 80 कड़ियाँ दिखाई गयीं। इसमें काम-विषयक घटनाओं और प्रसंगों की रिपोर्टिंग होती थी और इसकी महिला एंकर अपनी प्रस्तुति करते हुए स्ट्रिपटीज़ तक कर डालती थीं। 1995 से 2007 तक प्लेबॉय टीवी ने ही 'नाइट काल्स' नामक कार्यक्रम प्रसारित किया जिसमें फ़ोन के ज़रिये दर्शकगण अपने सेक्शुअल मुद्दों के बारे में संवाद करते थे। इनमें ज़्यादातर बातें सेक्शुअल स्वैर-कल्पनाओं के बारे में होती थीं, और इस शो के प्रस्तुतिकर्ताओं को पोर्न फ़िल्मों के अभिनेता और अभिनेत्रियों में से छाँटा जाता था।

इस तरह के लेटनाइट शो की बारम्बारता धीरे-धीरे ग़ैर-पश्चिमी टीवी उद्योगों में बढ़ रही है। डिजिटल, केबल

और सेटेलाइट प्रोग्रामिंग के युग में भारत के ज़ूम टीवी ने 'सेक्शुअल एगॉनी आंट' कार्यक्रमों की शुरुआत करके इसकी बानगी कर दी है। इन कार्यक्रमों में दर्शकगण फ़ोन करके किसी कथित विशेषज्ञ से अपनी यौनिक समस्याओं के समाधान पूछते हैं। इसके अलावा सेक्शुअल कार्यक्रम प्रसारित करने वाले रूसी चैनलों को भी कई केबल टीवी ऑपरेटर देर रात में प्रसारित करने लगे हैं।

देखें : टीवी और टीवी अध्ययन, टीवी और समाचार, बाज़ारू संस्कृति, बहुसंस्कृतिवाद, युरोकेंद्रीयता, संस्कृति, संस्कृति-अध्ययन, संस्कृति : मार्क्सवादी परिप्रेक्ष्य, संस्कृति-उद्योग, सांस्कृतिक साम्राज्यवाद, सोप ओपेरा।

संदर्भ

1. जे. आर्थर्स (2004), *टेलिविज़न ऐंड सेक्शुअलिटी : रेगुलेशंस ऐंड द पॉलिटिक्स ऑफ़ टेस्ट*, ओपिन युनिवर्सिटी प्रेस, मेडिनहेड और न्यूयॉर्क.

— अभय कुमार दुबे

टीवी और टीवी-अध्ययन

(TV and TV Studies)

टेलिविज़न के आने से पहले मनोरंजन की दुनिया पर रेडियो और सिनेमा का दबदबा था। लेकिन बीस के दशक में इलेक्ट्रॉनिक स्कैनिंग की प्रौद्योगिकी विकसित होने के केवल दस साल बाद ही छवियों के सार्वजनिक प्रसारण के प्रयोग किये जाने लगे। इसके बाद टीवी ने प्रगति की छलाँगें मारते हुए जन-मानस को अपने मोहपाश में बाँध लिया। टीवी के साथ सबसे ज़्यादा अलग बात यह थी कि लोगों को उसके पास नहीं आना पड़ता था, बल्कि वह लोगों के पास जाता था। आज सिनेमा और रेडियो मनोरंजन के स्रोत के तौर पर टीवी से बहुत पीछे छूट चुके हैं। टीवी ने सूचना और विश्लेषण के स्रोत के तौर पर समाचार पत्रों और पत्रिकाओं के साथ भी होड़ की। इसका नतीजा यह हुआ कि अख़बारों को हरदम आगे रहने वाले टीवी के मुक़ाबले ख़ुद को आकर्षक और उपयोगी दिखाने के लिए मुद्रित पत्रकारिता में कई नये आयामों का समावेश करना पड़ा। आज घर-घर में तीन-तीन सौ चैनलों वाले टीवी हैं। डिजिटल, केबल और सैटेलाइट टीवी के प्रसारणों से जीवन के हर क्षेत्र को स्पर्श करने वाले चैनल प्राप्त किये जा सकते हैं। टीवी चैनल न केवल धारावाहिक सीरियल और फ़ीचर फ़िल्में दिखाते हैं, खेल-कूद का आँखों देखा हाल सुनाते हैं, चौबीसों घंटे समाचार प्रसारित करते हैं, बल्कि वे ख़ाना बनाने, घर को सजाने, कपड़े पहनने, निजी रिश्तों की समस्याएँ सुलझाने और यौन-क्रिया तक से संबंधित सुझाव भी देते हैं। चूँकि टीवी का इतिहास अभी ठीक से सौ साल पुराना भी नहीं हुआ है (भारत में ही नहीं अमेरिका और ब्रिटेन में भी पुरानी पीढ़ी के लोग एक चैनल वाले श्वेत-श्याम टीवी को याद करते हैं), इसलिए सांस्कृतिक जगत पर टीवी के प्रभुत्व की यह हक़ीक़त कभी-कभी यक़ीन से परे लगने लगती है। टीवी का प्रसार और पहुँच पश्चिमी जगत की सीमाओं को पार करके एशिया और अफ़्रीका के अभी तक अछूते पड़े हुए इलाक़ों तक हो रही है।

आधुनिक समाज को गहराई से प्रभावित करने वाले इस माध्यम को समझने की कोशिश समाज वैज्ञानिक साठ के दशक से ही कर रहे हैं। शुरुआत में यह विमर्श मीडिया और संस्कृति-अध्ययनों के अंग के तौर पर चला, क्योंकि पश्चिम में अकादमीय क्षेत्रों में टीवी का अलग से अध्ययन करने और उसकी डिग्री देने को लेकर शुरू में कुछ ऊहापोह था। सत्तर और अस्सी के दशक में सांस्कृतिक, आर्थिक और समाजशास्त्रीय आख्यानों के रूप में टीवी-अध्ययन का एक परिपक्व अनुशासन उभरा।

टीवी पर पहली उल्लेखनीय समाजवैज्ञानिक निगाह डालने का श्रेय रेमण्ड विलियम्स को है। मार्क्सवादी संस्कृति-सिद्धांत के दायरे में काम करते हुए विलियम्स ने आधार-अधिरचना आधारित विश्लेषण के ढर्रे पर चलने के बजाय नया दृष्टिकोण अपनाया। उन्होंने देखा कि टीवी की लोकप्रियता का कारण 'मोबाइल प्राइवेटिज़म' है। टीवी का प्रसारण सार्वजनिक है, पर उसका उपभोग घर के एकांत में किया जाता है। बाहर की दुनिया टीवी के ज़रिये घर में प्रवेश करके उसे नया रूप देती है। विलियम्स टीवी में संचार के लोकतांत्रिक रूपों की बढ़ती हुई सम्भावनाएँ देख रहे थे। इसी के साथ उन्होंने टीवी के अनुभव और विषय-वस्तु को भी अपना सरोकार बनाया। उनका ख़याल था कि टीवी कार्यक्रमों का विन्यास एक क्रमिक प्रवाह जैसा होता है। यह संरचना उसके दर्शकों पर सतही और क्षणिक प्रभाव डालती है जिसका नतीजा उनके मानस को निष्क्रिय करने में निकलता है। विलियम्स का तीसरा योगदान दर्शकों पर किये जाने वाले अनुसंधानों को प्रश्नांकित करना था। उनका ख़याल था कि हिंसा में बढ़ोतरी के एक कारण की तरह टीवी की शिनाख़्त करने से काम नहीं चलेगा। देखना यह होगा कि किन पेचीदा संस्थागत संरचनाओं के तहत टीवी का उत्पादन और उपभोग होता है।

संस्कृति-अध्ययन के प्रणेता स्टुअर्ट हाल ने विलियम्स की विरासत को और विकसित किया। उन्होंने कहा कि टीवी

कार्यक्रमों के निर्माण की प्रक्रिया बड़ी जटिल होती है। इसे उन्होंने इनकोडिंग की संज्ञा दी। इनकोडिंग करने वाले प्रोड्यूसर निर्माण के दौरान अपनी विचारधारा, उपलब्ध ज्ञान और सांस्कृतिक रुझानों का इस्तेमाल तो कर सकते हैं, पर वे यह तय नहीं कर सकते कि उनकी परोसी गयी सामग्री की डिकोडिंग दर्शकों द्वारा कैसे की जाएगी। दर्शक की पृष्ठभूमि भिन्न विचार, भिन्न संस्कृति और भिन्न अनुभव के आधार पर बने मानस की हो सकती है। हाल ने अंदाज़ा लगाया कि दर्शक तीन सम्भावित तरीक़ों से डिकोडिंग कर सकते हैं। समाचार से संबंधित कार्यक्रमों में ज़्यादा सम्भावना यही रहती है कि वे उसी विचारधारात्मक ढाँचे के तहत डिकोडिंग करे जिसके तहत उसकी इनकोडिंग की गयी है। दूसरी तरह के कार्यक्रमों में दर्शकों द्वारा कार्यक्रम के विचारधारात्मक संदेश की अपने तात्कालिक अनुभव के प्रभाव में आंशिक रूप से भिन्न पुनर्व्याख्या करने की सम्भावना रहती है। दर्शक द्वारा डिकोडिंग के तीसरे रूप को हाल ने 'प्रतिपक्षी' क़रार दिया जिसके तहत वह प्रस्तुत कार्यक्रम के आर-पार देख कर समझ जाता है कि इससे राष्ट्रीय हित सध रहा है या कोई ख़ास वर्गीय हित साधा जा रहा है।

टीवी-अध्ययन का दूसरा प्रयोग ग्लासगो विश्वविद्यालय के मीडिया ग्रुप द्वारा किया गया। उसने ब्रिटिश टेलिविज़न पर प्रसारित होने वाले समाचार-कार्यक्रमों के आनुभविक और लक्षण-वैज्ञानिक अध्ययन की परियोजना चलायी। कार्यक्रमों की वीडियोटेपिंग का विश्लेषण करके इस ग्रुप ने तथ्यात्मक प्रमाण प्रस्तुत किये कि किस तरह से समाचारों का प्रसारण पूँजीवाद और मध्यवर्ग के हितों को ध्यान में रख कर नियोजित किया जाता है।

स्टुअर्ट हाल और ग्लासगो ग्रुप के प्रयासों से टीवी कार्यक्रमों को एक पाठ की तरह विश्लेषित करने की परम्परा शुरू हुई। इसके तहत मनोरंजन के धारावाहिक कार्यक्रमों (सोप ओपेरा) का पाठालोचन हुआ। अमेरिकी सीरियल 'डलास' के अध्ययन से नतीजा निकाला गया कि इसमें दिखाई गयी परिस्थितियाँ तो दर्शकों की जीवन-स्थितियों से भिन्न होती हैं, पर उसमें व्यक्त किये जाने वाले मनोभाव उनसे मेल खाते हैं। एक निष्कर्ष यह भी निकला कि इस तरह के सीरियलों का दर्शकों पर प्रभाव समरूप नहीं होता। वे अपनी-अपनी परिस्थितियों के मुताबिक़ मनोरंजन के इन कार्यक्रमों का तात्पर्य ग्रहण करते हैं। इस अध्ययन को आधार बना कर नारीवादी सिद्धांतकारों ने मनोवैश्लेषिक सिद्धांत का इस्तेमाल करते हुए टीवी के उपभोग और जेंडरीकृत अस्मिता की रचना के बीच संबंधों पर सवालिया निशान लगाये। बाज़ारू संस्कृति के अंग के रूप में टीवी पर विचार करते हुए कुछ विद्वानों ने कार्यक्रम के व्यावसायिक उत्पादन और उसके सांस्कृतिक उत्पादन (व्याख्या) को अलग करके समझने पर ज़ोर दिया। टीवी-अध्ययन की इन उपलब्धियों का परिणाम बाज़ारू संस्कृति को समझने के दो परस्पर विपरीत नज़रियों में निकला। एक दृष्टिकोण का कहना था कि बाज़ारू संस्कृति का उपभोग समाज पर हावी सत्ता की प्रधान संरचनाओं को मौज-मज़े के भाव से देखते हुए अ-श्रद्धा के रवैये को जन्म देता है। इसके विपरीत दूसरा दृष्टिकोण बाज़ारू संस्कृति को सत्ता की संरचनाओं की पुष्टि का गुनहगार मानता है।

टीवी से संबंधित उत्तर-आधुनिक सिद्धांत के केंद्र में ज्याँ बौद्रीआ का विमर्श है। उन्होंने यथार्थ और कल्पना को एक-दूसरे के बरक्स समझने के बजाय अतियथार्थता (हायपर रियलिटी) और साइमुलेशन (अनुरूपण) की अवधारणाओं के ज़रिये टीवी की सर्वथा नयी व्याख्या पेश की। उनका कहना है कि मीडिया प्रौद्योगिकी अपने मौजूदा चरण में पहले से मौजूद यथार्थ का निरूपण न करके अपना अलग यथार्थ रचती है। हम जिस अनुभव का साक्षात्कार करते हैं उसकी रचना सिनेमा, टीवी, वीडियो, बाज़ारू संगीत आदि विभिन्न सांस्कृतिक माध्यमों की अंत:क्रिया के चलते होती है। साइमुलेशन की प्रक्रिया के यथार्थमूलक फलितार्थ होते हैं। अपने इसी विमर्श को आगे बढाते हुए बौद्रीया ने यह विचारोत्तेजक दावा भी किया कि खाड़ी युद्ध दरअसल एक हायपर रियलिटी और साइमुलेशन था। वे कहना यह चाहते थे कि यह युद्ध न केवल कैमरों की निगाह के तले लड़ा गया, बल्कि असल में यह कैमरों के लिए भी किया गया था। गाइडिड मिसाइलों में लगे हुए कैमरों के माध्यम से युद्ध को मृत्यु और विनाश दिखाने वाले एक प्रदर्शनीय नज़ारे का रूप दे दिया गया। इस तरह टीवी ने युद्ध की प्रकृति को ही बदल डाला।

देखें : टीवी और सेक्शुअलिटी, टीवी और समाचार, बाज़ारू संस्कृति, बहुसंस्कृतिवाद, युरोकेंद्रीयता, संस्कृति, संस्कृति-अध्ययन, संस्कृति : मार्क्सवादी परिप्रेक्ष्य, संस्कृति-उद्योग, सांस्कृतिक साम्राज्यवाद, सोप ओपेरा।

संदर्भ

1. रॉबर्ट एलन और एनेट हिल (सम्पा.) (2004), *द टेलिविज़न स्टडी रीडर*, रॉटलेज, न्यूयॉर्क.
2. जॉन कॉर्नर (1999), *क्रिटिकल आइडियाज़ इन टेलिविज़न स्टडीज़*, क्लैरंडन प्रेस, ऑक्सफ़र्ड.
3. स्टुअर्ट हाल (1997), *अर्ली राइटिंग ऑन टेलिविज़न*, रॉटलेज, लंदन.
4. रेमण्ड विलियम्स (1974), *टेलिविज़न, टेक्नॉलॉजी ऐंड कल्चरल फ़ॉर्म*, फ़ोंटाना, लंदन.

— अभय कुमार दुबे

टीवी समाचार

(TV News)

टीवी पर प्रसारित होने वाले समाचार बुलेटिनों और सार्वजनिक मुद्दों के विश्लेषण का सूचना समाज की रचना-प्रक्रिया में अहम योगदान है। सरकार के नियंत्रण में चलने वाले टीवी के समाचारों की प्रकृति काफ़ी-कुछ प्रोपेगंडे जैसी मानी जाती थी। डिजिटल, केबल और सैटेलाइट टीवी पर समाचार चैनलों द्वारा दी जाने वाली जानकारियों की साख जनमानस में कहीं बेहतर है। सबसे पहले ब्रिटिश ब्राडकास्टिंग कॉरपोरेशन (बीबीसी) और अमेरिकी चैनल सीएनएन ने चौबीसों घंटे चलने वाले न्यूज़ चैनल का प्रयोग किया था। आज न्यूज़ चैनलों की दुनिया कहीं अधिक विस्तृत और विविध हो चुकी है। व्यावसायिक जगत के समाचार देने वाले चैनल अलग से हैं। स्पोर्ट्स और मनोरंजन की दुनिया की जानकारी देने वाले चैनलों ने भी अपनी लोकप्रियता अलग से क़ायम की है। भारत के उपग्रहीय टीवी पर तो पिछले दस साल में तरह-तरह के न्यूज़ चैनलों की भरमार हो गयी है। मीडिया-अध्ययन के दायरे में टीवी न्यूज़ का मूल्यांकन उनकी प्रामाणिकता, सटीकता और निष्पक्षता के आधार पर तो किया ही जाता है, साथ ही यह भी देखा जाता है कि न्यूज़ बुलेटिनों द्वारा रचा जा रहा संसार किस तरह के राजनीतिक फलितार्थों की तरफ़ इशारा कर रहा है। टीवी के आने से पहले ख़बरों के सार्वजनिक प्रसारण का मुख्य ज़रिया रेडियो था। आज रेडियो की खबरें रंगीन टीवी स्क्रीन की जीवंतता के सामने फीकी पड़ चुकी हैं। यहाँ तक कि समाचार पत्रों की लोकप्रियता पर भी टीवी न्यूज़ चैनलों का असर हुआ है। टीवी के मुक़ाबले अपनी विशिष्टता बनाये रखना मुद्रित समाचारों के लिए बहुत बड़ी चुनौती है।

न्यूज़ चैनल भले ही दावा करते रहें कि उनके द्वारा प्रसारित समाचार वस्तुनिष्ठता की कसौटी पर खरे उतरते हैं, पर मीडिया-अध्ययन मान कर चलता है कि 'ऑब्जेक्टिविटी' हासिल करना नामुमकिन है। कोई भी समाचार यथार्थ के ठोस रूपों का सीधा और सहज प्रतिनिधित्व नहीं करता। वह यथार्थ को एक ख़ास निगाह से निरूपित करता है। एक समाचार के कई संस्करण हो सकते हैं जिनके पीछे अलग-अलग प्राथमिकताएँ हो सकती हैं। हर नज़रिये के निर्माण के पीछे ज्ञान और विचारधारा के थमाये हुए रूप तो होते ही हैं, समाचार के प्रोडक्शन के बँधे-बँधाये तौर-तरीक़ों की भी उनके उत्पादन में निर्णायक भूमिका होती है। समाचार तो हर रोज़ अनगिनत होते हैं, पर किसी समाचार का सार्वजनिक जीवन चैनल के सम्पादकीय विभाग के इस फ़ैसले पर निर्भर करता है कि कौन सी ख़बर बुलेटिन में डाली जाएगी, उसकी जगह क्या होगी, उसे कितनी देर तक प्रसारित किया जाएगा और क्या अगले दिन भी उस ख़बर का हवाला देते हुए घटनाक्रम का अगला विकास (फ़ॉलोअप स्टोरी) प्रसारित किया जाएगा?

टीवी न्यूज़ के कुछ विश्लेषकों की राय है कि सरकारी क़ब्ज़े से छूटने के बाद भी सूचनाओं के इस स्रोत पर सत्तारूढ़ अभिजनों की जकड़ ढीली नहीं हुई है। उन्होंने कॉरपोरेट जगत से मिल कर यह सुनिश्चित किया है कि न्यूज़ रिपोर्टिंग एक ख़ास तरह के वैचारिक रवैये के मुताबिक़ ही की जाए। विज्ञापन जगत (जिसका सीधा संबंध कॉरपोरेट जगत से है) की तरफ़ से पड़ने वाले दबावों की इसमें काफ़ी भूमिका रहती है। अमेरिकी साम्राज्यवाद के प्रमुख आलोचक नोआम चोमस्की ने इस प्रक्रिया को 'मैन्यूफ़ैक्चरिंग कंसेंट' की संज्ञा दी है। ब्रिटेन में ग्लासगो विश्वविद्यालय के मीडिया ग्रुप ने सत्तर के दशक में किये गये अध्ययनों के ज़रिये बताया था कि ख़बरों के चयन और प्रस्तुतीकरण में सत्तारूढ़ सामाजिक और आर्थिक हितों की प्रधानता रहती है। मसलन, किसी औद्योगिक विवाद को कवर करते समय टीवी वाले यूनियन के वक्तव्य को प्रबंधन की दावेदारियों के बीच में कहीं डाल देंगे, सड़क पर हो रहे विरोध प्रदर्शन का दृश्यांकन बैरिकेड के पुलिस-पक्ष की तरफ़ से किया जाएगा, घटना के वर्णन के लिए ऐसी भाषा का इस्तेमाल किया जाएगा जो सरकार और प्रबंधन का पक्ष लेती हो।

मीडिया-अध्ययन की एक उल्लेखनीय प्रवृत्ति उन विद्वानों से ताल्लुक़ रखती है जिनकी दृष्टि बहुलतावादी है। ये विश्लेषक 'मैन्यूफ़ैक्चरिंग कंसेंट' के विचार को बहुत हमदर्दी से नहीं देखते। बहुलतावादियों का दावा है कि न्यूज़ चैनल अभिजन और सत्तारूढ़ परिप्रेक्ष्य से बँधे रहने के लिए अभिशप्त नहीं हैं। बहुलतावादी विचार सत्ता को किसी केंद्र पर स्थित नहीं मानता, बल्कि उसकी निगाह में कई तरह के गुट सत्ता के लिए जद्दोजहद करते रहते हैं। टीवी न्यूज़ इस बहुलता की अभिव्यक्ति होते हैं। उन्हें दर्शकों की रुचि और दिलचस्पी का भी ध्यान रखना पड़ता है। साथ ही यह भी नहीं माना जा सकता कि उन पर लोकतांत्रिक आदर्शों और स्थापित पत्रकारीय मर्यादाओं का कोई असर होता ही नहीं है। बहुलतावादी न्यूज़ प्रसारित करने वाले संगठनों को विविधतापूर्ण संस्कृतियों के रूप में देखते हैं।

टीवी न्यूज़ के अध्येताओं के अनुसार न्यूज़ चैनलों के प्रबंधकों की लगातार कोशिश होती है कि समाचार हासिल करने और उनका प्रोडक्शन करने की लागत कैसे कम की जाए। इसके लिए वे स्वतंत्र रूप से जानकारियाँ जमा करने में होने वाले ज़बरदस्त ख़र्च से बचने के लिए एजेंसियों और 'अधिकारिक' (सरकारी) स्रोतों पर निर्भर रहना पसंद करते हैं। चूँकि उन्हें अपना चैनल चौबीस घंटे और साल में 365

दिन चलाना है इसलिए स्क्रीन को लगातार जिलाये रखने के लिए उनकी प्राथमिकता 'सर्वाधिक महत्त्वपूर्ण घटना' के बजाय विभिन्न स्रोतों से आसानी से उपलब्ध हो जाने वाली सामग्री के प्रसारण की रहती है। अक्सर जिस समाचार के लिए 'विज़ुअल फ़ुटेज' उपलब्ध है, वह बुलेटिन में जगह पा जाती है। मसलन, अगर किसी दूर-दराज़ देश में विमान दुर्घटना हुई है और उसका फ़ुटेज मिल गया है, तो वह कितनी भी ग़ैर-महत्त्वपूर्ण क्यों न हो, उसे ज़रूर प्रसारित किया जाएगा।

मीडिया सिद्धांतकारों ने 1981 में 'न्यूज़ वैल्यू' के विचार का सूत्रीकरण किया था। कौन सी ख़बर 'गुड स्टोरी' है और कौन सी नहीं, यह उसकी न्यूज़ वैल्यू पर निर्भर करता है। न्यूज़ वैल्यू की अवधारणा के विकास में कई विद्वानों ने योगदान किया है। मसलन, एक न्यूज़ बुलेटिन किसी फ़िल्म स्टार या जानी-मानी हस्ती की सनसनीखेज गतिविधियों की ख़बर को ज़्यादा प्राथमिकता देना पसंद करेगा बनिस्पत रक्षा बजट के तुलनात्मक अध्ययन से निकाले गये निष्कर्षों को। ये निष्कर्ष अगले दिन या देर से भी प्रसारित किये जा सकते हैं। इसी तरह किसी दीर्घकालीन प्रवृत्ति से जुड़े समाचार के मुक़ाबले किसी एक घटना के इर्द-गिर्द बनने वाली ख़बर पहले प्रसारित की जाएगी। अगर कोई दुर्घटना हुई है तो उसकी भीषणता और उसमें होने वाली मौतों की संख्या तय करेगी कि न्यूज़ बुलेटिन में उसकी जगह क्या होगी। इसी तरह न्यूज़ वैल्यू के लिए ज़रूरी है कि ख़बर किसी क्षेत्र या किसी राष्ट्र के वासियों के लिए सुपरिचित और प्रासंगिक भी होनी चाहिए। यह मानक ख़बर के चयन पर स्वजातिवादी (एथनोसेंट्रिक) आग्रह हावी कर देता है।

न्यूज़ वैल्यू की अवधारणा बताती है कि स्पर्धात्मक प्रकृति की खबरें काफ़ी प्राथमिकता पाती हैं। राजनीतिक या किसी भी तरह के चुनाव की ख़बरें या फिर युद्ध के समाचारों को इसीलिए पहले नम्बर पर रखा जाता है। नकारात्मकता पैदा करने वाले समाचारों को भी आकर्षक माना जाता है। इसके लिए एक कहावत भी गढ़ ली गयी है 'बैड न्यूज़ इज़ ऑफ़न गुड न्यूज़'। एक 'बैड न्यूज़' दिखाने के बाद ज़रूरी है कि उसे संतुलित करने के लिए कोई ख़ुशदिल ख़बर प्रसारित की जाए। समाज में अभिजनों (अमीर और ऊँचे लोग) की गतिविधियों को भी 'समाचार योग्य' समझा जाता है। इसी तरह 'ह्यूमन इंटरेस्ट' की भी एक कोटि है जिसमें आने वाली ख़बरें अक्सर बुलेटिनों में जगह प्राप्त करने में सफल हो जाती हैं। इन ख़बरों में निरूपित की जाने वाली सामाजिक समस्याओं में कैमरा संबंधित व्यक्तियों को स्क्रीन पर पेश करके वस्तुनिष्ठता और प्रामाणिकता उपलब्ध करने की कोशिश करता है।

जहाँ तक दर्शकों का संबंध है, न्यूज़ चैनलों के दर्शकों में पुरुषों की संख्या हमेशा ज़्यादा होती है। इसलिए टीवी के इस हिस्से को आम तौर पर पुरुष-केंद्रित माना जाता है। इसका मतलब यह नहीं है कि टीवी चैनलों में स्त्रियाँ काम नहीं करतीं। लेकिन, खबरें पढ़ने की ज़िम्मेदारी देते समय ध्यान रखा जाता है कि अधिकतर इतरलैंगिक दृष्टि से सुंदर, आकर्षक और युवा स्त्रियों को ही चुना जाए। शायद ही कभी किसी अधेड़ या वृद्ध महिला को यह काम दिया जाता हो।

देखें : टीवी और टीवी अध्ययन, टीवी और सेक्शुअलिटी, बाज़ारू संस्कृति, बहुसंस्कृतिवाद, युरोकेंद्रीयता, संस्कृति, संस्कृति-अध्ययन, संस्कृति : मार्क्सवादी परिप्रेक्ष्य, संस्कृति-उद्योग, सांस्कृतिक साम्राज्यवाद, सोप ओपेरा।

संदर्भ

1. जोहान गालटुंग और एम. रुज (1981), 'स्ट्रक्चरिंग ऐंड सिलेक्टिंग न्यूज़', एस. कोहेन और जे. यंग (सम्पा.), *द मैन्युफ़ैक्चरिंग ऑफ़ न्यूज़, सोशल प्रॉब्लम्स, डेविएंस ऐंड द मास मीडिया,* कांस्टेबिल, लंदन.
2. ए. बेल (1991), *लेंग्वेज ऑफ़ न्यूज़ मीडिया,* ब्लैकवेल, ऑक्सफ़र्ड.
2. जे. कुरन और जे. सीटिंग (2003), *पॉवर विदआउट रिस्पांसिबिलिटी : द प्रेस ऐंड ब्रॉडकास्टिंग इन ब्रिटेन,* रॉटलेज, लंदन और न्यूयॉर्क.
4. जे. एल्ड्रिज (सम्पा.) (1995), *न्यूज़ कंटेंट, लेंग्वेज ऐंड विज़ुअल्स, ग्लासगो युनिवर्सिटी मीडिया रीडर,* खण्ड 1, रॉटलेज, लंदन.

— अभय कुमार दुबे

टेलरवाद

(Taylorism)

टेलरवाद आधुनिक औद्योगिक प्रबंधन की एक ऐसी विचारधारा है जो श्रमिक की उत्पादन क्षमता को महत्तम स्तर पर ले जाने के लिए गढ़ी गयी थी। उत्पादन प्रबंधन के इस मॉडल के प्रणेता के फ्रेडरिक विनस्लो टेलर थे जिनका जन्म अमेरिका के एक सम्पन्न परिवार में हुआ था। उनके माता-पिता उन्हें उच्च शिक्षा के लिए हार्वर्ड भेजना चाहते थे लेकिन टेलर ने धातु के एक कारख़ाने में प्रशिक्षु बनने का फ़ैसला किया। यह अलग बात है कि अपनी सामाजिक हैसियत के ख़िलाफ़ जाकर ज़मीनी स्तर पर काम करने, सीखने और समझने के बावजूद टेलर का चिंतन मूलतः उच्चवर्गीय

आग्रहों से ग्रस्त रहा। प्रबंधन के मॉडल और तकनीक के तौर पर टेलरवाद उन्नीसवीं सदी के आठवें दशक में विकसित हुआ और बीसवीं सदी के दूसरे दशक तक वह अमेरिका सहित दुनिया के बाक़ी औद्योगिक देशों में वैज्ञानिक प्रबंधन के अन्य रूपों में प्रचलित और स्वीकृत हो गया। टेलरवाद की सफलता का सबसे बड़ा प्रमाण यह है कि सोवियत संघ में अक्टूबर क्रांति के बाद कारख़ानों के प्रबंधन को लेकर बोल्शेविकों के बीच होने वाली बहस में भी यह मुद्दा उठा था कि फ़ैक्ट्रियों के मज़दूर-प्रबंधन और टेलरवाद के बीच किसे चुना जाए इस बहस में लेनिन ने टेलरवाद का पक्ष लिया था। इसीलिए सोवियत कारख़ानों में टेलरिज़्म के मुताबिक़ 'वन मैन मैनेजमेंट सिस्टम' लागू किया गया। लेनिन ने उत्पादन वृद्धि को प्राथमिकता देते हुए शॉप फ़्लॉर पर मज़दूर-प्रबंधन पर आधारित लोकतंत्र के विचार को इसीलिए ख़ारिज कर दिया था।

हालाँकि आमतौर पर टेलरवाद को वैज्ञानिक प्रबंधन का समानार्थी माना जाता है। परंतु कई विद्वानों का मानना है कि टेलरवाद को वैज्ञानिक प्रबंधन की विचारधारा के एक शुरुआती चरण के रूप में ही देखा जाना चाहिए। शुरू में ख़ुद टेलर अपने काम के लिए शॉप मैनेजमेंट और प्रोसेस मैनेजमेंट जैसे पदों का इस्तेमाल करते थे। असल में वैज्ञानिक प्रबंधन की अवधारणा 1910 में जाकर स्थिर हुई जिसका श्रेय लुई ब्रैंडेई को जाता है। बाद में टेलर भी इसी पद का उपयोग करने लगे।

टेलरवाद का बुनियादी लक्ष्य आर्थिक दक्षता- ख़ास तौर पर श्रम की उत्पादकता में सुधार लाना था। इस अर्थ में टेलरवाद को आर्थिक दक्षता के उस वृहत्तर विमर्श के एक अनुषंग के तौर पर भी देखा जा सकता है जिसका मूल सरोकार मनुष्य की दक्षता बढ़ाना, अपव्यय कम करना तथा उत्पादन के पारम्परिक तरीक़ों की जगह ज़्यादा कारगर विधियों को प्रतिष्ठित करना था। इस तरह अपने आप में टेलरवाद प्रबंधन के क्षेत्र में वैज्ञानिक तथा इंजीनियरिंग के नियमों को लागू करने का पहला प्रयास था। हालाँकि तीस के दशक में प्रबंधन की तकनीक या मॉडल के तौर पर टेलरवाद का प्रभाव घटने लगा था परंतु कार्य की नीति संहिता तय करने, दक्षता को प्रोत्साहन देने, किसी भी तरह के अपव्यय को न्यूनतम स्तर पर लाने, उत्पादन की महत्तम विधि के निर्धारण तथा उत्पादन को विशाल स्तर पर संगठित करके उसे जन-सुलभ बनाने आदि जैसे पहलू आज भी औद्योगिक इंजीनियरिंग तथा प्रबंधकीय ढाँचे के अहम तत्त्व माने जाते हैं।

टेलरवाद की बुनियादी प्रस्थापनाओं के केंद्र में जन-कल्याण के बजाय पूँजी के हितों की चिंता प्रधान थी। टेलरवाद की वैचारिक निर्मिति सामाजिक डार्विनवाद तथा उपयोगितावाद पर टिकी है। टेलर जिस वैज्ञानिक प्रबंधन की बात करते हैं उसका विचारधारात्मक परिप्रेक्ष्य सामाजिक डार्विनवाद और उपयोगितावाद में मिलता है। इस तरह टेलरवाद का मूल विचार इस बात को महत्त्व देता है कि आर्थिक सफलता के पीछे उच्चतर योग्यताओं की भूमिका निर्णायक होती है। इसके अनुसार ऐसी योग्यताओं को अर्जित किया जा सकता है।

टेलरवाद की व्यावहारिकता बीसवीं सदी के दूसरे दशक में विकसित हुए राजनीतिक-क़ानूनी ढाँचे से जुड़ी है। इस समय व्यावसायिक उद्यमों के क्षेत्र में आधुनिक कॉरपोरेशन स्थापित हो चुके थे। 1880 तथा 1890 के दौर में अमेरिका के न्यू जर्सी तथा अन्य प्रांतो में औद्योगिक प्रतिष्ठानों के हक़ में व्यापक स्तर पर संस्थागत बदलाव किये गये थे। इन बदलावों के पेशे-नज़र किसी भी उद्यम को ज्वाइंट स्टॉक कम्पनी का रूप दिया जा सकता था। इन क़ानूनों के कारण छोटे और मँझोले उद्यमों का विलय करके विशालकाय कॉरपोरेशन बनाना आसान हो गया था। इस प्रक्रिया के कारण उद्योग जगत में केंद्रीकरण और एकीकरण की प्रवृत्ति मज़बूत होने लगी थी। जिसका परिणाम यह हुआ कि पूँजीपति वर्ग श्रम की प्रक्रिया को पूरी तरह अपने नियंत्रण में लेने लगा। इससे श्रमिकों के बीच व्यापक स्तर पर अशांति फैलने लगी। प्रबंधन के इन दमनकारी पैंतरों का प्रतिकार करने के लिए श्रमिक काम पर न जाने और हड़ताल करने जैसे उपाय आज़माने लगे। नतीजतन व्यावसायिक समूहों को औद्योगिक अशांति और अस्थिरता के इस दौर में टेलर की यह बात असामान्य रूप से लगने लगा कि अमेरिका को ज़्यादा दक्षता से काम करना चाहिए।

टेलर का दावा था कि अगर उनकी प्रबंधन तकनीक पर सही ढंग से अमल किया जाए तो उत्पादन की लागत में व्यापक कमी लाकर दक्षता का स्तर बढ़ाया जा सकता है। टेलर का यह भी मानना था कि उसका मॉडल श्रमिकों के लिए भी लाभप्रद होगा क्योंकि इसे अपनाने से श्रमिकों की कार्यकुशलता और दक्षता का स्तर बढ़ेगा जिससे लाभ की दर में भी इज़ाफ़ा होगा। लाभांश बढ़ने से पूँजीपति श्रमिकों को बेहतर वेतन दे पायेंगे और इस तरह श्रमिक अशांति को दूर किया जा सकेगा।

टेलरवाद का सरोकार इस बात से था कि किसी काम को करने का सबसे बेहतर ढंग क्या हो सकता है। टेलर ने इस दिशा में श्रमिकों के काम करने के तौर-तरीक़ों और दक्षता का लम्बे समय तक अवलोकन किया था और इस नतीजे पर पहुँचे थे कि अगर काम के दौरान श्रमिकों को एक निश्चित समय के बाद आराम करने का मौक़ा दिया जाए तो उत्पादन पर सकारात्मक असर पड़ता है। लेकिन टेलर के ये सूत्र उस दौर के पूँजीपतियों और फ़ोरमैन के लिए अबूझ साबित हुए।

श्रम की प्रक्रिया पर नियंत्रण बढ़ाने के लिए टेलर ने श्रमिकों के कार्य-व्यवहार का विशद अध्ययन करते हुए उनके बारे में विस्तृत सूचनाएँ जुटायीं। उनकी इस प्रबंधन योजना में श्रमिकों की कार्य-प्रणाली और उत्पादन की दक्षता से संबंधित सूचनाएँ एक केंद्रीकृत विभाग के पास रहती थी। जहाँ इंजीनियर इन सूचनाओं के आधार पर हर कार्य के निष्पादन में लगने वाले समय और उसके तरीक़े के संबंध में नियम बनाकर उत्पादन की प्रक्रिया को नियंत्रित कर सकते थे। इससे इंजीनियरों को इस बात का अंदाज़ा लगाने में सहूलियत मिलती थी कि किसी काम को करने का सबसे सही तरीक़ा क्या हो सकता है तथा किसी काम को करने में श्रमिक को कितना समय लगता है। ज़ाहिर है कि ऐसी सूचनाओं के आधार पर प्रबंधन श्रम और उत्पादन की प्रक्रिया पर निर्णायक नियंत्रण स्थापित कर सकता था।

टेलर की प्रबंधकीय अंतर्दृष्टि का प्रभाव एक समय इतना व्यापक था कि उससे सोवियत संघ जैसे समाजवादी देश भी अछूते नहीं रह सके। कई इतिहासकारों का कहना है कि लेनिन और ट्रॉट्स्की टेलरवाद के उत्पादन और दक्षता संबंधी पहलुओं से सहमत थे। नतीजतन सोवियत संघ में बीसवीं सदी के दूसरे और तीसरे दशकों में फ़ोर्डवाद और टेलरवाद के प्रति उत्साह और अनुमोदन का माहौल उभरा। जब सोवियत संघ में उद्योग का आधारभूत ढाँचा क़ायम किया जा रहा था तो सोवियत नेतृत्व अमेरिकी इंजीनियरों और परामर्शदाताओं को अपने यहाँ बुलाने में कोई हिचक महसूस नहीं कर रहा था। इतिहासकार थॉमस पी. ह्यूज ने स्तालिन को उद्धृत करते हुए कहा है कि स्तालिन रूसी क्रांतिकारी आदर्श और अमेरिका की प्रबंधकीय दक्षता के मेल को लेनिनवाद का सारतत्त्व कहने में भी गुरेज़ नहीं करते थे।

टेलरवाद में निहित बेगानेपन की अवधारणा पर ध्यान देते हुए कई विद्वानों ने कहा है कि प्रबंधन के एक दर्शन के तौर पर वह विचार और उसके क्रियान्वयन को अनावश्यक और अप्राकृतिक रूप से अलग करने का प्रयास करता है। वह श्रमिकों की सृजनात्मक क्षमताओं को अनुपयोगी मानकर उनकी मनुष्यता छीन लेता है। विचार और उसके क्रियान्वयन की इस पृथकता की विकटता तब प्रकट होती है जब इंजीनियर के रूप में उद्योग की नौकरशाही श्रमिक के ज्ञान को काम करने के नियम और मशीनों में बदल देती है। इस मॉडल में कौशल, हुनर या ज्ञान का केंद्रीकरण कर दिया जाता है। श्रमिकों की तरह उत्पादन की प्रक्रिया पर नज़र रखने वाले प्रबंधक भी अंततः केंद्रीकृत नियंत्रण से संचालित होने लगते हैं। लेकिन टेलरवाद के चलन के दौर में ऐसे प्रबंधकों का प्रबंधकीय प्रक्रिया पर अच्छा ख़ासा नियंत्रण रहता था। टेलर का यह प्रबंधन मॉडल पदानुक्रम पर आधारित था जिसमें प्रबंधकों का वेतन कम्पनी के कर्मचारी-तंत्र में उनके पद व अनुक्रम के आधार पर निर्धारित किया जाता था।

विद्वानों के अनुसार टेलरवाद का वर्ग संबंधों पर व्यापक और दीर्घकालिक असर पड़ा है। टेलरवाद का विचार श्रमिकों को प्रबंधकों से कमतर मानता है। यह धारणा श्रमिकों और प्रबंधकों के बीच स्थायी विवाद का स्रोत बनती गयी। दूसरे, संगठन के अंदर पदानुक्रम की व्यवस्था के विकास तथा टेलरवाद का असर यह हुआ कि प्रबंधक और इंजीनियर में श्रमिकों के हुनर और उनकी प्रतिभा को महत्त्वहीन मानने लगे। इसका मज़दूरों के काम की दक्षता पर नकारात्मक असर पड़ा है। तीसरे, टेलर द्वारा प्रतिपादित वेतन की व्यवस्था ने प्रबंधकों और श्रमिकों के बीच वेतन की विकट असमानता को बढ़ावा दिया की है। बीसवीं सदी के आख़िरी और इक्कीसवीं सदी के शुरुआती वर्षों में वेतन की यह असमानता अभूतपूर्व स्तर पर पहुँच चुकी है। कई देशों में तो यह श्रमिक और मुख्य कार्यकारी अधिकारी के वेतन का अंतर पांच सौ गुना तक पहुँच चुका है।

देखें : अभिजन, अभिरुचि, उन्मूलनवाद, एजेंसी, कर्मकाण्ड, कारागार, गोपनीयता, जादू, जीवन-शैली, पूँजीवाद, फ़ुरसत, बचपन, बेगानगी, भीड़, विचलन, सोवियत समाजवाद-1 और 2, व्लादिमिर इलीच लेनिन, स्तालिन और स्तालिनवाद।

संदर्भ

1. एच. ब्रेवरमैन (1974), *लेबर ऐंड मोनोपोली कैपिटल,* मंथली रिव्यू प्रेस, न्यूयॉर्क.
2. आर. एडरवर्ड (1979), *कंटेस्टेड टरेन,* बेसिक बुक्स, न्यूयॉर्क.
3. एच. प्रिचेल (2000), *बिग बिज़नेस ऐंड द स्टेट,* स्टेट युनिवर्सिटी ऑफ़ न्यूयॉर्क प्रेस, अलबनी.
4. एफ़.डब्ल्यू. टेलर (1967/1911), *द प्रिंसिपल ऑफ़ साइंटिफ़िक मैनेजमेंट,* डब्ल्यू.डब्ल्यू. नॉर्टन, न्यूयॉर्क.

— **नरेश गोस्वामी**

टैलकॉट पार्संस

(Talcott Parsons)

यहूदी मूल के अमेरिकी समाजशास्त्री टैलकॉट पार्संस (1902-1979) सामाजिक प्रकार्यवाद के सिद्धांत का प्रतिपादन करने के लिए विख्यात हैं। 1951 में प्रकाशित *द सोशल सिस्टम* में उन्होंने प्रकार्यवाद के सिद्धांत पर विस्तार से प्रकाश डाला। पार्संस सामाजिक प्रणाली और सामाजिक क्रिया संबंधी सिद्धांतों के प्रयोग के लिए भी जाने जाते हैं। पार्संस ने सामाजिक प्रकार्यवाद को मैलिनॉस्की और

रेडक्लिफ़ ब्राउन के मानवशास्त्र की सीमाओं से निकाल कर उसका प्रयोग आधुनिक व परम्परागत समाजों के संरचनागत अध्ययन के लिए किया। इससे पहले हरबर्ट स्पेंसर और दुर्ख़ाइम इसका आधुनिक पश्चिमी समाजों के विश्लेषण के लिए कर चुके थे, लेकिन बाद में इसका प्रयोग आदिम जातियों की समाज-संरचना के अध्ययन तक सीमित रह गया था। पार्सन्स ने समाजशास्त्र में सामान्य और सार्वजनिक रूप से लागू हो सकने वाले ऐसे सिद्धांतों के बारे में विचार किया जिन्हें किसी भी समाज पर लागू किया जा सके। इसके लिए उन्होंने संरचनात्मक-प्रकार्यवाद की विशेष सहायता ली। उन्हें महावृत्तांत या मैटानैरेटिव का ऐसा समर्थक माना जाता है जिसने प्रकार्यवाद व विकास के सार्वभौम तत्त्वों को सभी समाजों पर लागू होते देखा और उसी आधार पर उनके मूल्यांकन के प्रतिमान बनाये। 1937 में प्रकाशित अपनी पुस्तक *द स्ट्रक्चर ऑफ़ सोशल एक्शन* के कारण उन्हें काफ़ी प्रसिद्ध हासिल हुई थी। पार्सस ने लम्बे समय तक अमेरिका के हार्वर्ड विश्वविद्यालय में अध्यापन किया और वहाँ समाजशास्त्र के विभाग की स्थापना भी की।

प्रकार्यवाद के तहत माना जाता है कि व्यवस्था का एक भाग अन्य भागों से जुड़ा रहता है और इस प्रकार व्यवस्था के विभिन्न अंगों में परस्पर अंतर्निभरता आ जाती है। ये अंग विभिन्न कार्यों के माध्यम से व्यवस्था की आवश्यकताएँ पूरी करते रहते हैं और इस प्रकार उसका सुचारु संचालन-नियमन होता रहता है। पार्सस संरचनात्मक-प्रकार्यात्मक दृष्टिकोण के आधार पर मानते थे कि समाज-व्यवस्था को तब तक भली भाँति नहीं समझा जा सकता है जब तक उसका गठन करने वाली इकाइयों के प्रकार्यों को अच्छी तरह नहीं समझा जाता। पार्सस की इस आधार पर आलोचना भी की गयी है कि प्रकार्यवाद में मान कर चला जाता है कि समाज में व्यवस्था के सभी अंग सकारात्मक योगदान ही देते हैं। बाद में इन्हीं आलोचनाओं के निराकरण के लिए एक अन्य समाजशास्त्री राबर्ट के. मर्टन ने दुष्प्रकार्य की आवधारणा का प्रकार्यवाद के संबंध में विकास किया। पार्सन्स की अवधारणाओं पर मैक्स वेबर, एमील दुर्ख़ाइम, मैलिनास्की और परेटो के विमर्श का काफ़ी असर दिखता है।

पार्सस ने अपने समय में सामाजिक व्यवस्था की व्याख्या के लिए प्रचलित उपयोगितावादी और आदर्शवादी दृष्टिकोणों का खण्डन किया क्योंकि उनके अनुसार दोनों ही दृष्टिकोण पहले से मानकर चलते हैं कि समाज का गठन किन्हीं ख़ास मानवीय प्रेरणाओं के आधार पर हुआ है। उपयोगितावाद जहाँ मानवीय आवश्यकता पर अधिक बल देता है, वहीं आदर्शवाद कुछ नैतिक अंत:प्रेरणाओं व मूल्यों पर। पार्सस के अनुसार इस तरह के दृष्टिकोण सामाजिक अध्ययन को पूर्वग्रहग्रस्त बनाते हैं। पार्सस का मत है कि

टैलकॉट पार्सस (1902–1979)

सामाजिक व्यवस्था या संरचना के बने रहने के लिए कुछ प्रकार्यात्मक पूर्वापेक्षाएँ ज़िम्मेदार होती हैं। व्यवस्था अपने आत्म-नियमन के लिए मनुष्यों के समाजीकरण पर निर्भर करती हैं। व्यवस्था में स्थिरता भी समाज द्वारा अपने सदस्यों पर नियम-मर्यादा लागू करने या सरकार द्वारा लागू किये गये सामाजिक नियंत्रण के उपायों से ही नहीं, बल्कि समाजीकरण की प्रक्रिया के माध्यम से क़ायम की जाती है। इसके अलावा उसके लिए ऐसे विभिन्न प्रकार के प्रकार्य भी अनिवार्य होते हैं जिसके बिना सामाजिक प्रणाली जीवित नहीं रह सकती है। पार्सस ने चार क़िस्म की प्रकार्यात्मक पूर्वापेक्षाओं का उल्लेख किया है : अनुकूलन, लक्ष्य-प्राप्ति, एकीकरण, विन्यास-अनुरक्षण।

अनुकूलन के अंतर्गत सामाजिक प्रणाली के बाहर के तत्त्वों जैसे उत्पादन, आर्थिक संसाधनों का इस्तेमाल, वितरण को शामिल किया जाता है। लक्ष्य-प्राप्ति में तीन चीज़ों पर बल होता है। पहला, लक्ष्य का निर्धारण। दूसरा, लक्ष्य के लिए सामाजिक प्रणाली से सम्बंद्ध लोगों को प्रेरित करना। तीसरा, इन लक्ष्यों को प्राप्त करने के लिए सामाजिक प्रणाली के विभिन्न अंगों व सदस्यों की शक्तियाँ जुटाना। एकीकरण ऐसी प्रकार्यात्मक पूर्वापेक्षा है जिससे किसी प्रणाली के अंगों

को परस्पर जोड़ने और उनके बीच समन्वय में सहायता मिलती है। इसके लिए मुख्यत: विचारधारा, धर्म तथा सांस्कृतिक और नैतिक मूल्यों का प्रयोग किया जाता है। इस प्रकार्यात्मक पूर्वापेक्षा की प्रकृति व्यवस्था के लिए आंतरिक और प्रयोजनात्मक होती है। अंत में विन्यास-अनुरक्षण में परिवार, शिक्षा और समाजीकरण इत्यादि के ज़रिये सामाजिक प्रणाली का अनुरक्षण व संगठन सुनिश्चित किया जाता है। समाजीकरण और शिक्षा से विशिष्ट रुचियों, मूल्यों, प्रतीकों और मूल्यों का व्यक्तित्व में आभ्यंतरीकरण होता है।

प्रकार्यवाद का अनिवार्य तत्त्व सोद्देश्यवाद भी पार्संस की अवधारणा में मौजूद है जिसमें परिणाम को ही कारण के रूप में समझा जाता है। मसलन, नैतिक मूल्यों को धर्म जैसे कारण का परिणाम बताया जाता है, पर वास्तव में धर्म स्वयं नैतिक व्यवस्था की खोज का परिणाम हो सकता है।

पार्संस की समाजशास्त्रीय अवधारणाओं में सामाजिक क्रिया की धारणा का काफ़ी महत्त्व है। किसी गतिविधि को सामाजिक क्रिया का दर्ज़ा तब प्रदान किया जाता है उसके निष्पादन में ऊर्जा ख़र्च हो, वह एक विशिष्ट स्थिति में घटित हो और उसका मक़सद सामाजिक प्रतिमानों का पालन करते हुए कोई निर्धारित लक्ष्य प्राप्त करना हो। सामाजिक प्रणाली की धारणा और प्रकार्यवाद से प्रतीत होता है कि पार्संस समाज-परिवर्तन के विरोधी रूढ़िवादी विचारक थे। दरअसल, प्रकार्यात्मक समाजशास्त्रियों की मान्यता रही है कि समाज मौलिक मूल्यों, विश्वासों व सामाजिक कसौटियों के स्तर पर व्यापक सहमति की अवस्था में रहता है। लेकिन पार्संस ने अपने प्रकार्यवादी समाजशास्त्र में सामाजिक परिवर्तन के विषय को अलग से विवेचित किया है। पार्संस के अनुसार उद्देश्यों एवं मूल्यों का अभिविन्यास समाज में सामंजस्य एवं तनाव दोनों को जन्म देता है। सामंजस्य से व्यवस्था में स्थिरता आती है, और तनाव से परिवर्तन की स्थिति पैदा होती है। सामाजिक व्यवस्था की भीतरी प्रक्रियाओं से उभरने वाले परिवर्तन और सामाजिक व्यवस्था में आमूल परिवर्तन की प्रक्रियाएँ साथ-साथ चलती रहती हैं।

पार्संस ने सामूहिक प्रव्रजन, जन्म-मृत्यु दर में परिवर्तन, प्रकृति तथा जलवायु-परिवर्तन, जनसंख्या-परिवर्तन वनयेधार्मिक-राजनीतिक विचारों के उदय को परिवर्तन के मुख्य कारकों के रूप में देखा है। अपनी बाद की रचनाओं *द इवोल्यूशन ऑफ़ सासाइटीज़* (1977) और *सोसाइटीज़ : एवोल्यूशनरी ऐंड क़म्परेटिव पर्सपैक्टिव* (1966) में उन्होंने सामाजिक प्रणाली में परिवर्तन के विषय पर विचार किया है। उन्होंने कोशिश की है कि परिवर्तन की भी प्रकार्यवादी व्याख्या प्रस्तुत करें। परिवर्तन चाहे क्रमिक व धीमी गति के हों या क्रांतिकारी, दोनों के विषय में उनकी मान्यता यही है कि परिवर्तन की सभी प्रक्रियाएँ लम्बे समय तक प्रणाली को बनाये रखने के लिए विभेदीकरण और अनुकूलन के प्रति दबावों से उत्पन्न होती हैं।

क्रांतिकारी आंदोलनों के संदर्भ में उनका आकलन था कि ये भी अंतत: सामाजिक स्थिरता के उद्देश्य से अनुकूलन की प्रक्रिया को अपनाते हैं और इनका आरम्भ भले ही परम्परा के विरोध से होता हो, पर उनका अंत रूढ़िवाद में ही होता है। पार्संस ने परिवर्तन के महत्त्वपूर्ण कारक के रूप में विकासात्मक सार्विकीय तत्वों की अवधारणा विकसित की है। इसका अर्थ है कि हर समाज विकसित होने के लिए सामान्य चरणों से गुज़रता है। इसमें विकासात्मक चरणों के विश्व-स्तर पर ऐतिहासिक तथा तुलनात्मक विश्लेषण पर बल दिया जाता है। पार्संस ने ऐतिहासिक अध्ययन के आधार पर समाजों का विकासात्मक वर्गीकरण इस प्रकार किया है : आदिम तथा प्राचीन समाज, मध्यवर्ती समाज और आधुनिक समाज। पार्संस के अनुसार विकासात्मक प्रक्रिया यह सिद्ध करती है कि समाज प्रणालीगत आधुनिकता का लक्ष्य प्राप्त करने की दिशा में बढ़ता है। सभी समाजों को विकासात्मक सार्विकीय तत्वों के संस्थागत होने की प्रक्रिया से गुज़रना होता है और समय के साथ इन समाजों में सार्विकीय वैधानिक प्रतिमानों, धन एवं बैंकिंग प्रणाली, तर्कसंगत नौकरशाही और अंतत: लोकतंत्र की स्थापना होती है।

परिवर्तन के इन सिद्धांतों के बावजूद पार्संस को रूढ़िवादी विचारक माना जाता है जो समाज की वर्तमान व्यवस्था को अच्छा या बुरा बताने संबंधी मूल्य-निर्णय देने के स्थान पर उसे अवश्यम्भावी मानते हैं और प्राय: सामाजिक ग़ैरबराबरी को ग़लत नहीं मानते। उनकी मुख्य सैद्धांतिक प्रस्थापनाओं में परिवर्तन का मुद्दा गौण है, पर जहाँ भी उन्हें परिवर्तन का सिद्धांतीकरण करना होता है, वे कहते हैं कि समाजशास्त्रियों के लिए सम्पूर्ण सामाजिक व्यवस्था में परिवर्तन की प्रक्रियाओं की तुलना में सामाजिक व्यवस्था के भीतरी परिवर्तन का अध्ययन आसान है। पार्संस की एक आलोचना यह भी है कि उनके सिद्धांतों में असहमति व संघर्ष के पहलुओं की उपेक्षा और सामाजिक संस्थाओं तथा प्रणालियों पर सत्ता व प्रभुत्व की भूमिका को नज़रअंदाज़ किया गया है।

देखें : अल्फ्रेड लुइस क्रोबर, ऑग्युस्त कॉम्त, क्लॉद लेवी-स्त्रॉस, क्लिफ़र्ड गीर्ट्ज़, जॉर्ज ज़िमेल, पिएर बोर्दियो, फ्रेंज़ उरी बोआस, मारग्रेट मीड, मारसेल मौज़, मार्गरेट मीड, मिल्टन सिंगर, मैक्स वेबर, रुथ बेनेडिक्ट।

संदर्भ

1. टैलकॉट पार्संस (1937), *द स्ट्रक्चर ऑफ़ सोशल एक्शन,* मैकग्रा-हिल्स, न्यूयॉर्क.
2. टैलकॉट पार्संस (1951), *द सोशल सिस्टम,* द फ्री प्रेस, न्यूयॉर्क.

3. टैलकॉट पार्संस (1977), द *एवोल्यूशन ऑफ़ सासाइटीज* (प्रस्तावना और सम्पादन : जैक्सन टॉबी), प्रेंटिस हाल, इंगलवुड क्लिफ़.
4. पीटर हैमिल्टन (1983), *टैलकॉट पार्संस,* रॉटलेज, लंदन और न्यूयॉर्क.

— वैभव सिंह

ट्रस्टीशिप

(Trusteeship)

ट्रस्टीशिप गाँधीवादी अर्थशास्त्र का केंद्रीय सिद्धांत है। यह अर्थशास्त्र का अहिंसक विकल्प है जो नैतिकता की धुरी पर घूमता है। इस सूत्रीकरण के माध्यम से गाँधी ने भारत की आध्यात्मिक-सांस्कृतिक विरासत और समतामूलकता के आधुनिक विचार के बीच एक पुल बनाने की चेष्टा की है। गाँधी के अनुसार सम्पूर्ण सम्पत्ति समाज की धरोहर है जिस पर सबका समान अधिकार है। यह ठीक है कि सभी समान रूप से जन्म लेते हैं किंतु सबकी प्रतिभा, शक्ति और कार्यक्षमता अलग-अलग होती है। इसलिए सबके लिए अलग-अलग अभिक्रम एवं अवसर होते हैं। इस दृष्टि से ट्रस्टीशिप-सिद्धांत के अनुसार सम्पत्ति पर हमारा असीमित एवं निरपेक्ष अधिकार नहीं बनता। सारी सम्पत्ति अंततोगत्वा समाज की है। व्यक्ति उसका मात्र ट्रस्टीशिप या संरक्षक मात्र है। गाँधी की सामाजिक अर्थव्यवस्था में अपरिग्रह, संयम, त्याग, विकेंद्रीकरण, सर्वोदय, सत्याग्रह, स्वदेशी, स्वराज तथा ट्रस्टीशिप के उसूल व्यवहारिक रूप में सामने आते हैं। स्वतंत्र भारत में ट्रस्टीशिप की अवधारणा स्पष्ट करते हुए गाँधी का कहना था कि सभी उद्योगपतियों एवं धनपतियों को अपनी सम्पत्ति ट्रस्ट को दे देनी होगी। गाँधी निजी सम्पत्ति को ख़त्म करने और समानता आरोपित करने के समाजवादी विचार से सहमत नहीं थे। लेकिन वे यह ज़रूर चाहते थे कि धनपति किसी न किसी ट्रस्ट से जुड़ें। किसी कारण ऐसा न होने पर गाँधी राज्य से यह दरख़्वास्त करने को भी तैयार थे कि भले ज़बरदस्ती करनी पड़े राज्य यह काम ज़रूर अंजाम दे।

गाँधीवादी अर्थशास्त्री जे.डी. सेठी ने ट्रस्टीशिप की व्याख्या आर्थिक शक्ति के केंद्रीकरण को रोकने के लिहाज़ से की है। उन्होंने इस प्रक्रिया को तीन चरणों में चलाने का सुझाव दिया है : पहले चरण में बड़े औद्योगिक घरानों की सम्पत्तियों (कम्पनियों) का एक निश्चित प्रतिशत ट्रस्ट को हस्तांतरित किया जाए। इससे उन सम्पत्तियों पर उनका नियंत्रण समाप्त हो जाएगा लेकिन वे उसके मालिकाने में श्रमिकों, उपभोक्ताओं और सरकार के प्रतिनिधियों के साथ संयुक्त भागीदार हो सकेंगे। इन सभी चारों हितों की भूमिका ट्रस्टी की होगी। श्रमिक इन कम्पनियों द्वारा कमाये गये मुनाफ़े में हिस्सा बँटा सकेंगे, लेकिन बोनस जैसी राशियों को शेयर पूँजी में बदल कर पूँजी संचय बढ़ाया जा सकेगा। दूसरे चरण में छोटे और मँझोले उद्योगों को छोड़ कर बाक़ी सभी उद्योगों को ट्रस्टीशिप के दायरे में लाया जाना चाहिए। तीसरे, ट्रस्टीशिप के तहत चल रही फ़र्मों के लिए दाम तय करने, वितरण, वेतन, मुनाफ़े आदि के बुनियादी उसूल अलग से तय किये जाने चाहिए।

राजनीति का अध्यात्मीकरण करने के साथ-साथ गाँधी अर्थनीति के क्षेत्र में भी नैतिकता को अनिवार्यत: लागू करना चाहते थे। गाँधी जिस ट्रस्टीशिप की बात करते हैं वह पश्चिम प्रदत्त ट्रस्टीशिप से भिन्न है। पश्चिमी क़ानून के दृष्टिकोण से ट्रस्टीशिप में मुख्य तौर पर पाँच बातें आती हैं : सम्पत्ति का अस्तित्व, सम्पत्ति का क़ानूनी स्वामित्व, सम्पत्ति का उद्देश्य, सम्पत्ति का उपयोग, ट्रस्टियों की नियुक्ति एवं उनके अधिकारों एवं कर्त्तव्यों का निर्धारण। लेकिन गाँधी के लिए ट्रस्टीशिप एक नवीन समाज-व्यवस्था की जीवन शैली का अनिवार्य अंग है। गाँधी मानते हैं कि सारी सम्पत्ति ईश्वर या समाज की है और हम पर उसकी सुरक्षा, विनिमय और उपयोग का नैतिक दायित्व है। यानी हम सब उस सम्पत्ति के ट्रस्टी भर हैं। यदि इस तत्त्व को मानवीय व्यवहार में जगह मिल जाए तो सामाजिक असंतोष एवं कलह का ख़ात्मा हो सकता है। समाज का मूल प्रश्न है मानवीय संबंधों का निर्माण। इस लिहाज़ से ट्रस्टीशिप न केवल आर्थिक पक्ष बल्कि समग्र मानवीय जीवन को सफल बनाने का कारगर साधन हो सकता है।

गाँधी के लिए ट्रस्टीशिप की अवधारणा आध्यात्मिक और सामाजिक परिप्रेक्ष्य में है। उनका सम्पत्ति संबंधी विचार समाजवादी आग्रहों से भिन्न था। गाँधी जब अपरिग्रह की बात करते हैं तो उसका तात्पर्य स्वेच्छापूर्वक त्याग से है, ग़रीबी के जीवन से नहीं। ग़रीबी को गाँधी ने कभी अच्छा नहीं माना। उनके लिए असली महत्त्व संयम और त्याग का है। गाँधी ने ट्रस्टीशिप के विचार को चार आयाम दिये : सम-वितरण की अहिंसक प्रक्रिया, व्यावहारिक मनोविज्ञान पर आधारित अहिंसक सम-वितरण की श्रेष्ठता, ट्रस्टीशिप का प्रयोग अहिंसा के द्वारा ही सम्भव, अहिंसक समाजवादी परिवर्तन एवं सम्पत्ति के सम-वितरण का उपयोग।

गाँधी ने ट्रस्टीशिप की साधना का प्रारम्भ दक्षिण अफ़्रीका में कर दिया था। उनके फ़ीनिक्स और टॉल्स्टॉय आश्रम इन सिद्धांतों के व्यावहारिक रूप थे जहाँ किसी की

कोई निजी सम्पत्ति नहीं होती थी। इससे पहले ही गाँधी ट्रस्टीशिप के सिद्धांत को अपने निजी जीवन में व्यावहारिक रूप दे चुके थे। 1901 में दक्षिण अफ्रीका से सपरिवार लौटने पर उन्हें वहाँ के भारतीयों ने कई अमूल्य उपहार दिये थे। गाँधी उपहार लेना नहीं चाहते थे, और कस्तूरबा उन्हें छोड़ना नहीं चाहती थी। इस बात को लेकर दोनों में झगड़ा हुआ। यह विवाद गाँधी के इस आग्रह के साथ ख़त्म हुआ कि इन सब उपहारों से लोक-कल्याण के लिए एक ट्रस्ट बनेगा जिसमें इस सम्पत्ति का उपयोग ट्रस्टियों की इच्छा के अनुसार होगा।

हालाँकि गाँधी का कहना था कि उनके ट्रस्टीशिप के विचार के पीछे गीता का अध्ययन है, लेकिन इस विचार के सूत्रीकरण के लिए उन्होंने अंग्रेज़ी क़ानून का अध्ययन भी किया था। इंग्लिश क़ानून में कोर्ट ऑफ़ इक्विटी और कोर्ट ऑफ़ जस्टिस दो धाराएँ हैं। पहली में तो क़ानून का औचित्य ध्यान में रखा जाता है और दूसरे में क़ानून की व्याख्या का महत्त्व है। ट्रस्टीशिप कोर्ट ऑफ़ इक्विटी की परम्परा में आता है। स्नेल ने अपनी प्रसिद्ध पुस्तक *प्रिंसिपल्स ऑफ़ इक्विटी* में ट्रस्टीशिप की अच्छी तरह से व्याख्या की है। इसके अनुसार जब किसी सम्पत्ति के मालिक की अंतरात्मा यह कहे कि वह किसी सम्पत्ति को अपने पास नहीं रख सकता तब कोर्ट ऑफ़ चांसरी उसे क़ानूनन इस बात के लिए मजबूर कर सकता है कि वह दूसरे व्यक्ति के हित में वह सम्पत्ति अपने पास रखे।

गाँधी ने अर्थशास्त्र का क्रमबद्ध और व्यविस्थत अध्ययन नहीं किया था, लेकिन उनके विचारों में आर्थिक पक्ष के प्रति जागरूकता दिखाई देती है। गाँधी मनुष्य को एक नैतिक प्राणी मानते हैं और उपभोग में भी उससे नैतिक मूल्यों के निर्वहन की उपेक्षा करते हैं। जब वे कहते हैं कि शोषित श्रम द्वारा तैयार की गयी वस्तुओं को ख़रीदना और उनका इस्तेमाल करना पापयुक्त है, तब वे उपभोक्ता को भी एक सत्याग्रही बनने का आमंत्रण देते हैं क्योंकि शोषित श्रम से तैयार वस्तुओं का बहिष्कार भी शोषण के विरुद्ध एक कारगर अस्त्र प्रमाणित हो सकता है। जब वे उपभोक्ता को अपरिहग्रह का परामर्श देते हैं तब यह अपरिग्रह न केवल स्वयं उसे उपभोक्तावाद के विचारों से बचाता है बल्कि अनावश्यक उत्पादन और उपभोग के कारण हो रही प्राकृतिक संसाधनों की हिंसक बर्बादी और समाज में बढ़ रही विलासिता के कारण बढ़ रही अनावश्यक आर्थिक होड़ को भी नियंत्रित करता है। यदि मनुष्य एक नैतिक प्राणी है तो उसे उपभोग की वस्तुओं के परिगृह और सम्पत्ति के नैतिक प्रयोजन पर भी विचार करना चाहिए। इसीलिए गाँधी मानते हैं कि जो वस्तु अधिकांश लोगों को उपलब्ध नहीं है, उसका भोग करने से हमें दृढ़तापूर्वक इनकार कर देना चाहिए। ज़रूरत से अधिक संग्रह एक प्रकार की चोरी है क्योंकि वह किसी अन्य को उस वस्तु से वंचित रखना है।

देखें : अहिंसा-1 और 2, आशिस नंदी-1 और 2, चेटपट वेंकटसुब्बन शेषाद्रि, जय प्रकाश नारायण, जोसेफ़ चेल्लादुरै कुमारप्पा, धीरूभाई शेठ, रजनी कोठारी, राम मनोहर लोहिया, विनोबा भावे, सविनय अवज्ञा, सर्वोदय, हिंसा।

संदर्भ

1. आर.बी. उपाध्याय (1976), *सोशल रिस्पांसिबिलिटी ऑफ़ बिज़नेस ऐंड ट्रस्टीशिप थियरी ऑफ़ महात्मा गाँधी*, स्टर्लिंग पब्लिकेशंस, नयी दिल्ली.
2. नरेंद्र दुबे (1973), *ट्रस्टीशिप : सिद्धांत एवं व्यवहार*, सर्वसेवा संघ, वाराणसी.
3. तत्त्वमसि (2003), *महात्मा गाँधी का ट्रस्टीशिप का सिद्धांत*, राधा पब्लिकेशंस, नयी दिल्ली.
4. जे.डी. सेठी (1978), *गाँधी टुडे*, विकास पब्लिशिंग हाउस, नयी दिल्ली.

— मनहर चरण

ड

डायग्लॉसिया

(Diglossia)

डायग्लॉसिया का मतलब है भाषा-द्वैत। आम तौर पर किसी एक स्पीच कम्युनिटी में एक से अधिक भाषाएँ या किसी एक भाषा की अलग-अलग लगने वाली क़िस्में इस्तेमाल होती हैं। जब उस स्पीच कम्युनिटी के भीतर इन भाषाओं द्वारा सम्पन्न किये जाने वाले कार्य अलग-अलग निर्धारित कर दिये जाते हैं तो उसे डायग्लॉसिया की स्थिति कहा जाता है। मसलन, किसी एक भाषा का एक रूप साहित्यिक क़रार दे दिया जाता है, और दूसरे रूप को वह दर्जा नहीं मिलता तो वहाँ भाषा-द्वैत की स्थिति बन जाती है। उदाहरण के तौर पर उन्नीसवीं सदी में खड़ी बोली हिंदी को कविता लिखने लायक भाषा नहीं समझा जाता था। वह केवल गद्य की भाषा थी। ख़ुद भारतेंदु हरिश्चंद्र गद्य तो हिंदी में लिखते थे, पर उनकी कविताएँ ब्रज में होती थीं। आम तौर पर मान्यता थी कि ब्रज में जो काव्यात्मक लास्य है वह हिंदी में नहीं मिलता। हिंदी में कविता लिखना तो काफ़ी बाद में शुरू हुआ जब अयोध्या प्रसाद खत्री ने खड़ी बोली में पद्य रचने का आंदोलन चलाया। यह भाषा-द्वैत किसी भाषा या उसके रूप को श्रेष्ठतर और किसी दूसरे रूप को निम्नतर क़रार देने की हद तक भी जा सकता है। ऐसी स्थिति में डायग्लॉसिया प्रभु भाषा द्वारा मातहत भाषा के सांस्कृतिक उत्पीड़न का ज़रिया हो सकता है। अगर हिंदी, हिंदुस्तानी, उर्दू और पंजाबी बोलने वाले क्षेत्र को एक विशालकाय स्पीच कम्युनिटी माना लिया जाए तो कहा जा सकता है कि इस क्षेत्र में अंग्रेज़ी की उपस्थिति एक प्रभु भाषा के तौर पर है जिसमे बाक़ी सभी भाषाओं का लगातार सांस्कृतिक उत्पीड़न होता रहता है। इसी तरह जब एक ही भाषा के दो या दो से अधिक रूप कुछ व्यक्तियों द्वारा भिन्न-भिन्न परिस्थितियों में इस्तेमाल किये जाते हैं तो भी डायग्लॉसिया की परिस्थिति पैदा होती है। लिखित व्याकरण सम्मत भाषा को बेहतर और बोली को कमतर मानना भी एक डायग्लॉसिकल रवैया है।

डायग्लॉसिया शब्द फ्रांसीसी भाषा के 'डियग्लोसी' शब्द से बना है। सबसे पहले 1959 में चार्ल्स फ़र्ग्युसन ने इस शब्द का प्रयोग बोली-विज्ञान से संबंधित अपने लेख में किया था। फ़र्ग्युसन के अनुसार 'डायग्लॉसिया किसी भाषा के किसी ख़ास स्तर पर विकसित नहीं होता। यह कई स्रोतों से एवं कई भाषागत परिस्थितियों के कारण विकसित हो जाता है''। डायग्लॉसिया एक ऐसा भाषागत रवैया है जो शीघ्र परिवर्तित नहीं होता। कभी-कभी तो वह कई शताब्दियों तक ज़िंदा रहता है। डायग्लॉसिया का जन्म मुख्य तौर से तीन परिस्थितियों में होता है। पहला, विपुल साहित्य से जुड़ी हुई एक भाषा जो समुदाय की प्राकृतिक भाषा के अत्यधिक निकट हो और स्रोत के रूप में या समुदाय के कुछ मौलिक मूल्यों को सुदृढ़ करने के लिए विकसित हो जाये। इस परिस्थिति में भाषा-द्वैत पैदा हो सकता है। दूसरा, अगर किसी समुदाय में साक्षरता केवल विशिष्टजन तक ही सीमित होगी और अधिकांश लोग निरक्षर होंगे, तो वहाँ भी भाषा-द्वैत पैदा होगा। तीसरे, पहली एवं दूसरी स्थिति प्राप्त करने में बीतने वाली अवधि जो कई शताब्दियों की भी हो सकती है। डायग्लॉसिया की स्थिति तभी तक विद्यमान रहती है जब तक विभिन्न क्षेत्रीय एवं सामाजिक वर्गों में साक्षरता एवं सम्प्रेषण-क्षमता की कमी होती है और जब तक उस समाज के लोगों की इच्छा भाषा से संबंधित स्वायत्तता तथा स्वतंत्रता प्राप्त करके किसी राष्ट्रीय भाषा के निर्माण की नहीं हो जाती।

फ़र्ग्युसन ने डायग्लॉसिया की परिभाषा इस प्रकार दी है : 'डायग्लॉसिया भाषा की अपेक्षाकृत वह स्थायी स्थिति है जिसमें भाषा अपनी प्रारम्भिक बोली के अतिरिक्त विभिन्नता, सुव्यवस्था (प्रायः व्याकरणिक दृष्टि से अधिक संक्षिप्त) एवं विविधतायुक्त होती है तथा लिखित भाषा के सम्मानित स्वरूप की प्रारम्भिक अवधि किसी दूसरे भाषा-समुदाय का माध्यम होती है जो विधिवत (औपचारिक) शिक्षा द्वारा सीखी जाती है। यह अधिकांशतः लिखने व बोलने के उद्देश्य से प्रयुक्त की जाती है। लेकिन यह भाषा किसी समुदाय के विशेष वर्ग द्वारा साधारण बातचीत में प्रयुक्त नहीं होती। जैसे इतालवी या फ़ारसी में बहुत से लोग घर, परिवार या मित्रों के बीच में स्थानीय बोली का प्रयोग करते हैं।' हिंदी में यह स्थिति इसकी सभी बोलियों में मिलती है। जैसे मथुरा का ब्रजवासी किसी दूसरे ब्रजवासी से ब्रज में बोलना पसन्द करता है, जब कि अवधी या भोजपुरीभाषी से वह मानक हिन्दी में ही बोलेगा।

एक साथ एक ही भाषा के दो उपरूपों का प्रयोग किसी भी पूरी जनजाति में चलता है। मानक भाषा के रूप भी इसके साथ-साथ चलते हैं। फ़र्ग्युसन ने इसके लिए अरबी, आधुनिक ग्रीक, जर्मन, हैतियन क्रिओल आदि भाषाओं का उदाहरण दिया। चूँकि यह प्रवृत्ति पृथक-पृथक परिस्थितियों में विकसित होती है इसीलिए इसे किसी एक सर्वमान्य सिद्धांत के अंतर्गत सीमाबद्ध नहीं किया जा सकता।

भाषा विज्ञान परिभाषा कोश के अनुसार, 'किसी भाषायी समाज में जब विभिन्न परिस्थितियों में एक ही भाषा के दो भिन्न रूपों का प्रयोग होता है तो ऐसी स्थिति भाषा-द्वैत (डायग्लॉसिया) कहलाती है। दोनों रूपों का भिन्न-भिन्न सामाजिक कार्य होता है। यहाँ एक रूप (उच्च कोड) शिक्षा, राजनीति, साहित्यिक परिचर्चा इत्यादि में प्रयुक्त होता है, वहीं दूसरा रूप (निम्न कोड) अनौपचारिक बोलचाल की परिस्थितियों तक ही सीमित रहता है, किंतु दोनों ही रूप एक सीमा तक मानक रूप होते हैं। वक्ता प्रायः दोनों को विशिष्ट मान देता है उच्चबोली और निम्नबोली के रूप में। भाषा-द्वैत की यह स्थिति संसार के कई भाषा-परिवारों में पायी जाती है— जैसे अरबी, ग्रीक, जर्मनी इत्यादि विदेशी भाषाओं में तथा तमिल, तेलगू और बंगला इत्यादि भारतीय भाषाओं में। तमिल भाषा में भी दो रूप प्रचलित हैं : ग्रंथिका और व्यवहारिका। बांग्ला भाषा में भी दो रूप मिलते हैं : साधु भाषा और चलित भाषा।'

इस परिभाषा के मुताबिक़ भाषा के ये दोनों रूप प्रयोग की दृष्टि से परस्पर परिपूरक हैं। यानी एक ही व्यक्ति जीवन के कुछ संदर्भो में एक रूप का प्रयोग करता है और अन्य संदर्भों में दूसरे रूप का। इसे उच्च कोड और निम्न कोड की संज्ञा दी गयी है। उच्च कोड का प्रयोग सामान्य परिस्थितियों में किया जाता है। चर्च, व्यक्तिगत पत्र, संसद में राजनीतिक भाषण, विश्वविद्यालयों में पठन-पाठन के माध्यम, रेडियो से प्रसारण, समाचार पत्रों में विशेष रूप से सम्पादकीय, काव्य के माध्यम तथा अन्य रूपों में उच्च कोड का तथा कार्यालयों में कर्मचारियों, होटलों में बेयरों, परिवार के सदस्यों, मित्रों, साथियों के मध्य बातचीत में निम्न कोड का प्रयोग होता है।

ज़ाहिर है कि उच्च कोड सुसंस्कारित माना जाता है जिसका प्रयोग समाज का उच्च शिक्षित वर्ग प्रतिष्ठामूलक संदर्भो में करता है। उच्च कोड का ज्ञान व्यक्ति की प्रतिष्ठा में वृद्धि करता है जब कि निम्न कोड को कम प्रतिष्ठित माना जाता है। किसी भाषा के उच्च कोटि के साहित्य का लेखन प्रायः उच्च कोड में किया जाता है। निम्न कोड में प्रायः उसके लोक-साहित्य की ही रचनायें मिलती हैं। निम्न कोड प्रायः मातृभाषा होती है। इसलिए निम्न कोड को मातृभाषा के रूप में सीखा जाता है जब कि उच्च कोड को बाद में अर्जित किया जाता है। मानकीकरण प्रायः उच्च कोड का ही किया जाता है। उच्च कोड के व्याकरण लिखे ज़ाते हैं। शब्दकोश आदि का निर्माण होता है। पाठ्य-पुस्तकें प्रायः उच्च कोड में ही मिलती हैं जब कि निम्न कोड में लेखन का अभाव होता है। उच्च कोड में लिखित साहित्य होने से स्थायित्व होता है, जब कि निम्न कोड में अलिखित होने के कारण भाषा परिवर्तित होती रहती है।

देखें : अर्थ-विज्ञान, नोआम चोमस्की, परस्पर विपरीत द्विभाजन, फर्दिनैंद द सॅस्यूर, भाषा के मार्क्सवादी सिद्धांत, राष्ट्र-भाषा और राज-भाषा, लक्षण-विज्ञान, संरचनावाद और उत्तर-संरचनावाद, सम्पर्क-भाषा : हिंदी/अंग्रेज़ी-1 से 4 तक।

संदर्भ

1. चार्ल्स ए. फ़र्ग्युसन (1959), 'डायग्लॉसिया', *वर्ड*, अंक 15, पुनर्मुद्रित पिएक पाउलो गिग्लियोली (सम्पा.) (1972), *लेंग्वेज ऐंड सोशल कांटेक्ट*, पेंगुइन, लंदन.
2. जेनेट होम्स (1992), *एन इंट्रोडक्शन टू सोसियोलिंगुइस्टिक्स*, लोंगमेन, लंदन.
3. पीटर स्टॉकवेल (2002), *सोसियोलिंगुइस्टिक्स : अ रिसोर्सबुक फ़ॉर स्टुडेंट्स*, रॉटलेज, लंदन.

— श्यामा सिंह

डायसपोरा

(Diaspora)

यूनानी भाषा में डायसपोरा का मतलब है छितरा हुआ। किसी एक राष्ट्रीय या जातीय अस्मिता से सम्पन्न लोगों का समूह जब अपनी मूल ज़मीन से दूर किसी दूसरे भूगोल का स्थायी रूप से वासी बनता है तो उसके लिए डायसपोरा की संज्ञा का प्रयोग किया जाता है। सबसे पहले इस अभिव्यक्ति का इस्तेमाल ईसा से 607 साल पहले बेबीलोनियनों द्वारा फ़िलिस्तीन से और रोमनों द्वारा जूडिया से यहूदियों के निष्कासन के लिए किया गया था। इसके बाद काफ़ी समय तक डायसपोरा का व्यावहारिक मतलब यहूदी समाज से संबंधित अध्ययनों तक ही सीमित रहा। ज़्यादा से ज़्यादा इसका विस्तार अगर कभी होता था तो अमेरिकी समाज में आ बसने वाले आप्रवासियों की चर्चा भी इसमें शामिल हो जाती थी। लेकिन, आजकल समाज-विज्ञान में इसका प्रयोग चीनियों, कोरियाइयों, लातीनियों और भारतीयों की विशाल आबादियों के लिए किया जाता है जो अपने गृह-देशों से दूर दूसरी संस्कृतियों और सभ्यताओं के बीच रह रही हैं। डायसपोरा अध्ययनों में विद्वानों का ज़ोर यह पता लगाने पर रहता है कि अपनी ज़मीन से लम्बी अवधि तक दूर रहने के बावजूद इन आबादियों में सांस्कृतिक निरंतरता के कौन-कौन से तत्त्व मौजूद हैं, और उन्होंने अपनी रिहाइश वाली धरती के साथ कैसा रिश्ता क़ायम किया है। इस प्रक्रिया में डायसपोरा समाज काफ़ी-कुछ खोता और पाता है। चूँकि उनके हितों की संरचना स्थानीय मूल वासियों के हितों से अलग होती है, इसलिए उनकी राजनीति भी अध्येताओं के लिए विशेष आकर्षण का केंद्र है। ख़ास बात यह है कि डायसपोरा की राजनीति दोनों तरफ़ अपना असर छोड़ती है। वह न केवल अपनी रिहाइश वाले देश को प्रभावित करती है, बल्कि अपने गृह-देश की राजनीति में भी अलग-अलग ढंग से हस्तक्षेप करती है।

बड़े-बड़े जातीय समूहों द्वारा अपना वतन छोड़ कर हज़ारों मील दूर अजनबी प्रदेशों में बसने के पीछे या तो मजाबूरियों की भूमिका रही है या तिजारत और उपनिवेश बसाने की गतिविधियाँ रही हैं। युरोपियन डायसपोरा की शुरुआत यूनानियों द्वारा क़रीब चार सौ उपनिवेश बसाने के साथ जोड़ कर देखी जाती है। समझा जाता है कि यूनानी लोग कुछ-कुछ स्वेच्छा से और कुछ-कुछ वक़्त के प्रवाह में बह कर इन उपनिवेशों में रहने के लिए आये होंगे जिससे यूनानी सभ्यता और संस्कृति का दूर-दूर तक प्रसार हुआ। पंद्रहवीं से उन्नीसवीं सदी के बीच लाखों-लाख युरोपीय लोग अमेरिकी महाद्वीप में रहने के लिए गये ताकि उन क्षेत्रों की प्राकृतिक सम्पदा, सस्ते श्रम और उर्वर धरती का ज़्यादा से ज़्यादा दोहन किया जा सके। दूसरी तरफ़ उन्नीसवीं सदी में आयरलैण्ड के भीषण अकाल के कारण वहाँ की 45 से 85 फ़ीसदी के बीच आबादी ब्रिटेन, अमेरिका, कनाडा, अर्जेंटीना, ऑस्ट्रेलिया और न्यूज़ीलैण्ड में बसने के लिए चली गयी थी। अंग्रेज़ी भाषा में डायसपोरा शब्द का चलन इसी परिघटना का परिणाम है।

आधुनिकता से पहले की अवधि का सबसे बड़ा डायसपोरा अफ़्रीकियों को माना जाता है। इसकी शुरुआत सोलहवीं सदी से हुई जब अटलांटिक के आर-पार होने वाले दास-व्यापार के माध्यम से क़रीब सवा करोड़ अफ़्रीकी पश्चिमी दुनिया में पहुँचाए गये। आधुनिकता के दौर में चीनी डायसपोरा उस समय बना जब उन्नीसवीं सदी से 1949 के बीच चीन में बार-बार होने वाले युद्धों और भुखमरी के कारण चीनियों की बहुत बड़ी आबादी अपनी मातृभूमि छोड़ कर अमेरिका, ऑस्ट्रेलिया, दक्षिण अफ़्रीका, दक्षिण-पूर्व एशिया, मलाया जैसे इलाक़ों में रहने के लिए गयी। इस डायसपोरा के ज़्यादातर सदस्य कम शिक्षित किसान और शारीरिक श्रम करके गुज़र-बसर करने वाले कुली थे।

दक्षिण-पूर्व एशिया के बाहर सबसे बड़ा डायसपोरा भारतवंशियों का है। सारी दुनिया में फैले हुए इस डायसपोरा की संख्या क़रीब ढाई करोड़ कूती जाती है। इसके सदस्य विभिन्न धर्मों, भाषाओं, संस्कृतियों और जातीयताओं से आते हैं, पर उन्हें एक सूत्र में जोड़ने वाले मूल्यों को इनके बीच देसी या भारतीय की संज्ञा दी जाती है। उन्नीसवीं सदी के दौरान और ब्रिटिश राज के ख़ात्मे तक मॉरीशस, गुयाना, कैरिबिन द्वीपों और फ़ीजी में गिरमिटिया मज़दूरों के तौर पर ग़रीब भारतीय मज़दूरों को रबड़ और तम्बाकू के बागानों में कठोर परिश्रम करने के लिए ले जाया जाता रहा। आगे चल कर इन बँधुआ मज़दूरों ने मुक्त होने के बाद आधुनिक भारतीय डायसपोरा का आधार बनाया। यह मानना ग़लत होगा कि भारतवंशी लोग केवल इसी तरह की मजबूरियों के कारण ही डायसपोरा बने। बहुत से पढ़े-लिखे और प्रशिक्षित भारतीय ही नहीं, बेहतर आमदनी की खोज में मेहनतकश भारतीय लोग भी विदेशों में रहने गये हैं। युरोप, अमेरिका और खाड़ी के देशों में मिलने वाले ज़्यादातर भारतवंशी इसी क़िस्म के हैं। दुनिया के कई चर्चित डायसपोरा समाजों में जिप्सियों को भी गिना जाता है।

डायसपोरिक समाज कोई एक क़िस्म के नहीं होते। इसलिए उनकी कोई एक परिभाषा का सूत्रीकरण सम्भव नहीं है। दुनिया भर में कई तरह के डायसपोरा हैं जिनके बीच में फ़र्क़ करना ज़रूरी है। मोटे तौर पर डायसपोरा समाजों को तीन श्रेणियों में बाँट कर समझा जा सकता है। पहली श्रेणी उत्पीड़ित डायसपोरा की है जिसमें यहूदी, आर्मीनियायी, और

अफ़्रीकी आते हैं। इन डायसपोरिक समाजों का इतिहास बताता है कि उन्हें या तो भीषण उत्पीड़न के कारण अपनी धरती छोड़नी पड़ी या उन्हें ज़बरन अपने गृह-देश से विस्थापित किया गया। डायसपोरा की दूसरी श्रेणी मज़दूर और साम्राज्यवादी डायसपोरा की है। इनके उदाहरण भारतीय और ब्रिटिश डायसपोरा के रूप में देखे जा सकते हैं। साम्राज्यवाद और उपनिवेशवाद के कारण स्वेच्छा से या जबरिया आबादियों का एक जगह से दूसरी जगह पर स्थानांतरण होता रहा है। तीसरी श्रेणी तिजारती डायसपोरा की है। इस श्रेणी पर कुछ विवाद भी हो सकता है। मसलन, भारत पर मुसलमान आक्रमण होने से पहले मालाबार के तट पर व्यापार के इरादे से आये अरब व्यापारियों का एक बड़ा हिस्सा वहीं बस गया। ये मोपला मुसलमान भी डायसपोरा माने जा सकते हैं या नहीं, यह अभी तय नहीं है। लेकिन, चीनी और लेबनानी डायसपोरा का एक हिस्सा निश्चित रूप से तिजारती श्रेणी में आता है।

डायसपोरा किसी भी श्रेणी के हों, वे एक समान दुविधा में रहते हैं और वह है सांस्कृतिक अस्मिता की दुविधा। डायसपोरिक समाजों में ऐसे सदस्यों की संख्या बहुत है जिन्होंने अपने गृह-देश का मुँह कभी नहीं देखा है। वह गृह-देश उनकी कल्पनाओं में बसता है और इसीलिए उनके मानस और अस्मिता पर उस काल्पनिक चित्र की छाप किसी धार्मिक मिथक के असर जैसी होती है। दूसरी तरफ़ उन्हें अपनी रिहाइश वाले समाजों के साथ अपना सांस्कृतिक समायोजन करना पड़ता है जिससे अक्सर उनकी अस्मिता के कल्पित तत्त्व उसके यथार्थपरक तत्त्वों के अंतर्विरोध में चले जाते हैं। उनकी स्थिति त्रिशंकु जैसी हो जाती है, और वे किसी निर्धारित और निश्चित राष्ट्रीयता से वंचित हो कर सताये हुए मानस के शिकार हो जाते हैं।

देखें : उत्तर-औपनिवेशिकता, राष्ट्र-राज्य, संस्कृति।

संदर्भ

1. रोबिन कोहेन (1997), *ग्लोबल डायसपोराज़ : ऐन इंट्रोडक्शन*, युनिवर्सिटी ऑफ़ वाशिंगटन प्रेस, सिएटल.
2. योसी शाइन (2007), *किनशिप ऐंड डायसपोरा इन इंटरनेशनल पॉलिटिक्स*, मिशिगन युनिवर्सिटी प्रेस.
3. जी. ओंक (2007), *ग्लोबल इण्डियन डायसपोरा : ट्रैजेक्टरीज़ ऑफ़ माइग्रेशन ऐंड थियरी*, एमस्टर्डम युनिवर्सिटी प्रेस.
4. जाना इवांस ब्राज़ील (2008), *डायसपोरा : ऐन इंट्रोडक्शन*, ब्लैकवेल, माल्डेन, एमए.

— अभय कुमार दुबे

डार्विनिवाद और चार्ल्स रॉबर्ट डार्विन

(Darwinism and Charles Robert Darwin)

डार्विनवाद ब्रिटेन के विख्यात प्रकृति-वैज्ञानिक चार्ल्स राबर्ट डार्विन (1809-1882) की खोजों पर आधारित है। मानव इतिहास के सबसे प्रभावशाली विचारकों में से एक डार्विन द्वारा प्रतिपादित जैविक विकासवाद, योग्यतम के जीवित रहने, प्राकृतिक वरण और साझे पूर्वज होने के सिद्धांतों ने सामाजिक विचारधाराओं, जीव-विज्ञान तथा धर्म के क्षेत्रों में खलबली मचा दी थी। इसके बावजूद विरोधाभास यह है कि डार्विनवाद की स्थापना डार्विन द्वारा नहीं की गयी, क्योंकि उन्हें अपने अनुसंधानों के आधार पर किसी विचारधारा या वाद का शीराज़ा खड़ा करने में कोई दिलचस्पी नहीं थी। डार्विन अपने निष्कर्षों के सामाजिक प्रभाव पर भी कोई टिप्पणी करने से बचते थे। दरअसल, डार्विनवाद ऐसा पद है जो स्वयं डार्विन की स्थापनाओं से भिन्न राजनीतिक-सामाजिक अर्थों में इस्तेमाल होता रहा है। कई ढीले-ढाले वक्तव्यों, राजनीतिक पुस्तकों और लेखनों में इसका प्रयोग पूरी तरह तात्कालिक उद्देश्यों की पूर्ति के लिए भी होता है।

डार्विन ने पहली बार विस्तार से अपनी विश्व-विख्यात स्थापनाएँ 1859 में प्रकाशित कृति *ऑन द ओरिजिन ऑफ़ स्पीशीज* में पेश की थीं। उन्होंने बड़े पैमाने पर की गयी विभिन्न द्वीपों और सुदूर स्थलों की यात्राओं, कीड़ों व वनस्पतियों, जीवाश्म और वन्यजीवन के सूक्ष्म अध्ययन के बाद अपने निष्कर्ष निकाले थे। ख़ासतौर पर 1831-1836 के दौरान एच.एम.एस. बीगल नामक जहाज़ पर की गयी सुदूर यात्राओं, ख़ास कर दक्षिण अमेरिका के प्रशांत महासागरीय तट और उसके नज़दीकी सागर-द्वीपों की यात्रा ने उनके शोध और नतीजों को गहराई से प्रभावित किया। यात्रा के दौरान जीवाश्म के रूप में मिले कुछ स्तनधारी प्राणियों के संग्रह व उनके अध्ययन और इसी प्रजाति के आधुनिक प्राणियों से उनकी समानता के आधार पर उन्होंने देखा कि समय के साथ उनकी जैविक विशेषताओं और संरचना में अंतर आ गया है। डार्विन इस निष्कर्ष पर पहुँचे कि प्रकृति में ऊपर से स्थिरता और सामंजस्य प्रतीत होता है, पर उसके पीछे सतत संघर्ष और विकास की प्रक्रिया चलती रहती है। यात्रा के दौरान उन्होंने गालापगोज द्वीप जाकर भी बहुत सारी शोध-सामग्री एकत्र की। फिंच जैसी बड़ी चिड़ियों व विशाल कछुओं का अध्ययन के लिए ख़ासतौर पर संग्रहण किया।

डार्विन से पहले प्रकृति और समाज-रचना के पीछे दैवी योजना के सिद्धांत का दबदबा था जिसे डार्विन की

चार्ल्स राबर्ट डार्विन (1809–1882)

खोजों ने पूरी तरह ख़ारिज कर दिया। डार्विन ने यह दिखाया कि प्रकृति और जीवन कितने भी जटिल क्यों न हों, उनके कारणों की खोज करके उनकी वैज्ञानिक व्याख्या प्रस्तुत की जा सकती है। उन्होंने क्रम-विकास के सिद्धांत का प्रतिपादन किया जिसमें माना जाता है कि प्रकृति के सभी जीव-जंतुओं तथा वनस्पतियों में निरंतर परिवर्तन की धीमी प्रक्रिया चलती रहती है। अचानक किसी भिन्न प्रकार के प्राणी की उत्पत्ति नहीं होती, बल्कि यह बदलाव लाखों-करोड़ों वर्षों में सम्पन्न होता है। विकास के पीछे मुख्यत: प्राकृतिक वरण कार्य करता है। प्रकृति में उपस्थित करोड़ों वनस्पतियों और जीवों की प्रजातियाँ अपने समूह के अनुसार अत्यंत प्राचीन काल में एक ही जीव से विकसित हुई हैं जिसे स्पेसिएशेन कहा गया है। विभिन्न प्रजातियाँ व जीव परस्पर एक जैसे नहीं होते, बल्कि उनकी जैविक विशेषताओं में अंतर पाये जाते हैं। डार्विन के अनुसार प्राकृतिक चुनाव और प्रजातियों का विकास इस पर निर्भर करता है कि उसने पर्यावरण के अनुकूल ख़ुद को किस प्रकार ढाला है। जो जीव पर्यावरण के अनुकूल स्वयं को ढाल नहीं पाते, वे धीमी गति से चलने वाली लम्बी प्रक्रिया में नष्ट हो जाते हैं।

डार्विन के अनुसार जीव-जंतुओं में अपने पुनरुत्पादन की क्षमता संततियों के जीवित रहने योग्य सम्भावनाओं की तुलना में कई गुना अधिक होती है। क्रम-विकासवाद के सिद्धांत को स्पष्ट करने के लिए डार्विन ने विकास को दो हिस्सों में बाँट कर देखा : भिन्नताकारी विकास और समानताकारी विकास। भिन्नताकारी विकास वह होता है जिसमें पर्यावरण तथा आत्मरक्षा के दबाव में एक प्रजाति के जीवों में अलग-अलग जैविक लक्षण पैदा होते हैं, और समानताकारी विकास वह होता है जिसमें भिन्न प्रजाति के प्राणियों में एक जैसे लक्षण व गुण पाये जाने लगते हैं।

डार्विन ने इस दावे का खण्डन किया कि जैव-विकास किसी पूर्वनिर्धारित दिशा में होता है या इसका कोई पूर्वनिर्धारित लक्ष्य होता है। उनका मत था कि यह मात्र किसी प्रजाति से जुड़ा संयोग ही है कि उसके भीतर ख़ुद को पर्यावरण के मुताबिक़ ढाल पाने का गुण है या नहीं। डार्विन द्वारा प्रतिपादित योग्यतम के जीवित रहने के सिद्धांत की कई असंगत व्याख्याएं हुई हैं। इसे सर्वाधिक बलशाली, समर्थ, चतुर लोगों की अंतत: विजय के रूप में प्रस्तुत किया गया है। पर डार्विन की प्रस्थापना इस व्याख्या से भिन्न थी। डार्विन की विकासवादी धारणा केवल इतना कहती है कि सबसे योग्य वे होते हैं जिनकी जैव-संरचना में परिवर्तन के ऐसे पूर्व लक्षण मौजूद होते हैं जो उन्हें स्वयं को अनुकूलित करने व संतति उत्पादन में सहायक होते हैं। ऐसी प्रजातियाँ व जीव सम्भव है कि ऊपरी तौर पर शक्तिशाली प्रतीत होने वाले प्राणियों के मुक़ाबले कम समर्थ, कमज़ोर व छोटे हों। यानी संयोग का तत्त्व भी अनुकूलन व प्राकृतिक वरण में बड़ी भूमिका अदा करता है।

यह भी व्यापक भ्रम है कि *ऑन द ओरिजिन ऑफ़ स्पीशीज* में डार्विन ने मनुष्य के विकास पर लिखा है। सच यह है कि पुस्तक मुख्य रूप से ग़ैर-मानवीय प्रजातियों और उनके विकास के नियमों पर केंद्रित है। मानव-विकास पर डार्विन ने अपनी 1871 की पुस्तक *डिसेंट ऑफ़ मैन ऐंड सेलेक्शन इन रिलेशन टू सेक्स* में रोशनी डाली है। यहाँ यह भी स्पष्ट कर देना ज़रूरी है कि 'सरवाइवल ऑफ़ द फ़िटेस्ट' की पदावली का प्रयोग डार्विन ने नहीं बल्कि विकासवादी ब्रिटिश दार्शनिक हरबर्ट स्पेंसर ने किया था। स्पेंसर ने इसका प्रयोग पूरी दुनिया में युरोपीय साम्राज्यवाद को उपयोगी तथा तर्कसंगत ठहराने के लिए किया।

डार्विन ने *ओरिजिन ऑफ़ स्पीशीज* के पांचवें संस्करण में इसका इस्तेमाल प्राकृतिक वरण के पर्याय के रूप में करना आरम्भ कर दिया था। डार्विन के विचारों पर ब्रिटिश अर्थशास्त्री थॉमस माल्थस की पुस्तक *एसेज़ ऑन द प्रिंसिपल ऑफ़ पॉपुलेशन* का असर था। माल्थस की प्रस्थापना थी कि मानव-जाति में वृद्धि की रफ़्तार जीवन के संसाधनों जैसे भोजन, पानी की वृद्धि की तुलना में अधिक होती है और इसीलिए मनुष्य लगातार अस्तित्व की जद्दोजहद में लगा रहता है। डार्विन के क्रम-विकासवादी सिद्धांतों पर इसका प्रभाव दिखा।

डार्विन के विचारों ने सृष्टि-रचना की धार्मिक-योजना को हिला दिया। प्राचीन ग्रंथ इस बात पर ज़ोर देते रहे हैं कि

हर चर-अचर जीव की रचना के पीछे इश्वर का हाथ है और सृष्टि के आरम्भ से ही मनुष्य योग्य, सुंदर और बुद्धिमान रहा है। पर डार्विन के क्रम-विकासीय सिद्धांत ने इसके विपरीत साबित किया कि जैविक संरचना निरंतर विकासमान है और वर्तमान प्रजातियाँ लाखों-करोड़ों साल पहले आज जैसी न थीं। इसी तरह डार्विन द्वारा किये गये इस दावे ने भी चर्च की आस्थाओं पर आघात किया कि मनुष्य के पूर्वज वानरों जैसे थे। इसके जवाब में चर्च की ओर से भी क्रम-विकासीय धर्मशास्त्र गढ़ने की चेष्टा भी हुई जिसमें कहा गया कि ईश्वर ने ही क्रम-विकास और प्राकृतिक वरण संबंधी नियमों के माध्यम से मनुष्य-जाति का कल्याण किया है।

डार्विन के सिद्धांतों और डार्विनवाद को पिछले कुछ दशकों में नारीवादियों तथा अश्वेतों की ओर से आलोचना का सामना करना पड़ा है। नारीवादियों का आरोप है कि डार्विन ने प्राकृतिक चुनाव और क्रम-विकास के मामले में पुरुषों की जैविक-शारीरिक क्षमताओं को अधिक विकसित होते दिखाया है, जबकि स्त्रियों को उनकी तुलना में कमतर प्रदर्शित किया। 1875 यानी डार्विन के जीवनकाल में ही एंतोयनेत ब्लैकवेल नामक महिला ने *द सेक्सिज़ थ्रूआउट नेचर* नामक पुस्तक में डार्विन के पुरुषोन्मुखी क्रम-विकासवाद की तुलना में स्त्री-पुरुष की प्राकृतिक समानता के बारे में तर्क दिये थे। अश्वेतों की आलोचना यह है कि डार्विन के सिद्धांतों में बीज रूप में नस्लवाद छिपा है। ख़ासतौर पर पुरानी जनजातियों के प्रति उनका नज़रिया तिरस्कारपूर्ण है। डार्विन ने हालाँकि दास-प्रथा का पूरी तरह खण्डन किया पर बर्बर नस्लों और सभ्य नस्लों के मध्य अंतरों को उन्होंने ख़ास तौर पर स्थापित किया। अश्वेतों का आरोप है कि क्रम-विकासवाद बेहतर नस्ल व बेहतर मनुष्य के सिद्धांत की वकालत करता है जिसका परिणाम श्वेत नस्लों की तुलना में अश्वेतों के साथ ग़ैर-बराबरी व घृणा में व्यक्त होता है। इसने यूजेनिक्स को भी बढ़ावा दिया, जिसमें वैज्ञानिक तकनीक से जीन संबंधी दोषों वाले प्राणियों के जन्म को हतोत्साहित करने व उच्च गुणों से सम्पन्न जातियों के प्रजनन को बढ़ावा देने के दावे किये जाते हैं। ये आलोचनाएँ डार्विन के बाद विकसित विभिन्न सिद्धांतों, ख़ासतौर पर सामाजिक डार्विनवाद, पर विशेष रूप से हमला करती हैं।

देखें : अर्थव्यवस्था का समाजशास्त्र, अभिजन, अभिरुचि, आत्महत्या, उन्मूलनवाद, एजेंसी, कर्मकाण्ड, क़ानून, कारागार, गोपनीयता, गृहविहीनता, जाति और जाति-व्यवस्था-1 से 4 तक, जादू, जीवन-शैली, टेलरवाद, फ़ुरसत, बचपन, बुज़ुर्ग़ियत का समाजशास्त्र, बेगानगी, भीड़, भ्रष्टाचार का समाजशास्त्र-1 और 2, विचलन, ज्ञान का समाजशास्त्र।

संदर्भ

1. चार्ल्स डार्विन, *ऑन द ओरिजिन ऑफ़ स्पीशीज़,* जान मुरे, लंदन, 1859
2. चार्ल्स डार्विन, *ऑटोबायोग्राफ़ी ऑफ़ चार्ल्स डार्विन,* (सम्पा. फ्रांसिस डार्विन), 1887
3. जी. रेडिक और जे. हौज (सम्पा.), *द केम्ब्रिज कम्पेनियन टू डार्विन,* केम्ब्रिज युनिवर्सिटी प्रेस, 2003
4. जे. मूर और ए. डेसमण्ड, *डार्विन : द लाइफ़ ऑफ़ अ टॉरमेंटेड इवोल्यूशनिस्ट,* नार्टन, न्यूयॉर्क, 1992
5. डी. डेनेट, *डार्विन्स डेंजरस आइडिया : इवोल्यूशन ऐंड द मीनिंग ऑफ़ लाइफ़,* सिम्पसन ऐंड शस्टर, न्यूयॉर्क, 1995

— **वैभव सिंह**

डिजिटल डिवाइड

(Digital divide)

डिजिटल डिवाइड का मतलब है कम्प्यूटर और इंटरनेट इस्तेमाल करने और संसाधनों की कमी के कारण न कर सकने वालों के बीच का वह अंतर जिसके कारण एक व्यक्ति, समुदाय या राष्ट्र सूचना-समृद्ध हो जाता है और दूसरा सूचना-दरिद्र रह जाता है। ग्लोबल पैमाने पर दुनिया को एक तरह के लोकतांत्रिक प्रौद्योगिकीय यूटोपिया की तरफ़ ले जाने वाली परिघटना डिजिटल डिवाइड की हक़ीक़त से सवालिया निशानों में घिर जाती है। अगर यह मान लिया जाए कि कम्प्यूटर और इंटरनेट में हाशियाग्रस्त लोगों की रोज़ाना की ज़िंदगी बेहतर बनाते हुए अधिक सामाजिक समानता और सबलीकरण की सम्भावनाएँ हैं, तो आज के सूचना-युग में डिजिटल डिवाइड एक चिंताजनक स्थिति है। इसीलिए सूचना प्रौद्योगिकी से लाभांवित हो रहे और वंचित रह जाने वालों के बीच संख्यात्मक अंतराल का मतलब केवल यह नहीं रह गया है कि लोग नेटवर्क सोसाइटी में भागीदारी कर पा रहे हैं या नहीं, बल्कि डिजिटल डिवाइड को ग़रीबी और विषमता की निरंतरता जैसी व्यापक और जटिल समस्या के लक्षण के रूप में भी देखा जाने लगा है। इस लिहाज़ से डिजिटल डिवाइड के आईने में आर्थिक-सामाजिक हैसियत, आमदनी और शिक्षा के स्तर और नस्ली मूल के आधार पर बँटी हुई दुनिया को भी देखा जा सकता है। इस डिवाइड की शिनाख़्त किसी एक समुदाय और देश के भीतर भी की जा सकती है, और इसे एक ग्लोबल परिघटना के तौर पर भी देखा जा सकता है। जब तक डिजिटल डिवाइड रहेगा, तब तक इंटरनेट को ग्लोबल, लोकतांत्रिक और डिजिटल

डिवाइड की अवधारणा अमेरिकी में पारित किये गये 1991 के हाई परफ़ॉरमेंस कम्प्यूटिंग एक्ट के बाद प्रकाश में आयी। इसी क़ानून के तहत हाई-फ़ाइबर ऑप्टिक नेटवर्क में बड़े पैमाने पर धन का निवेश किया गया जिसका परिणाम इंटरनेट की परिघटना के विकास के रूप में सामने आया। इसके बाद व्यक्ति और कम्प्यूटर का संबंध पहले जैसा नहीं रह गया। अगर डिजिटल कनेक्टिविटी न होती तो कम्प्यूटरों से ज़्यादा से ज़्यादा टायपरायटरों, वर्डप्रोसेसरों या केलकुलेटरों का काम ही लिया जा सकता था। लेकिन इन कनेक्टिविटी ने कम्प्यूटर को व्यक्ति के जीवन के साथ अंतरंग रूप से जोड़ दिया। 1990 में अमेरिका में केवल तीन लाख लोगों के पास पर्सनल कम्प्यूटर थे जिनकी संख्या महज़ छह साल में एक करोड़ के पार चली गयी। मोज़ाइक और नेटस्केप जैसे इंटरनेट ब्राउज़र्स का इस्तेमाल होने लगा और 'नेटिज़ंस' 'साइबरस्पेस' में विचरण करने लगे। इसी के साथ ई-मेल का चलन तेज़ी से बढ़ा और उसने व्यावसायिक से लेकर व्यक्तिगत जीवन तक सम्पर्क के अन्य माध्यमों को पीछे धकेलना शुरू कर दिया।

इसी दौरान क्लिंटन प्रशासन ने इस प्रश्न पर ग़ौर करना शुरू किया कि सभी तरह के अमेरिकी नागरिकों को यह प्रौद्योगिकी समान रूप से उपलब्ध है या नहीं। पहले दौर में यह जाँच-पड़ताल केवल कुछ जातीय अल्पसंख्यक समूहों में कम लोगों के पास कम्प्यूटर होने या न होने तक ही सीमित थी। राष्ट्रपति बिल क्लिंटन और उपराष्ट्रपति अल गोर अपने भाषणों में डिजिटल डिवाइड का उल्लेख किया करते थे। अख़बारी विश्लेषणों में भी इसका प्रयोग किया जाने लगा। नैशनल टेलिकम्युनिकेशंस इनफ्रास्ट्रक्चर एडमिनिस्ट्रेशन (एनटीआईए) ने कई सर्वेक्षण किये जिनके आधार पर निकाले गये परिणामों के आधार पर इस डिवाइड को अधिक व्यापक नज़रिये से समझा जाने लगा। इन सर्वेक्षणों के बाद इस अवधारणा का मतलब हार्डवेयर के दायरे से निकल कर इंटरनेट (ख़ासकर ब्रॉडबेंड) की उपलब्धता में कमी के रूप में ग्रहण किया जाने लगा।

डिजिटल डिवाइड का संबंध शिक्षा के स्तर से भी जोड़ा जाता है। प्रौद्योगिकी के ज़रिये छात्रों के लिए कक्षा में होने वाले पठन-पाठन की सीमाओं से परे जा कर सीखने की सम्भावनाएँ पैदा होती हैं। इस लिहाज़ से शिक्षा का शुरुआती चरण भी दो भागों में बँट जाता है। एक तरफ़ वे स्कूल हैं जो अपने छात्रों को कम्प्यूटर और इंटरनेट की सुविधा प्रदान कर सकते हैं, और दूसरी तरफ़ यह सुविधा मुहैया न करा पाने वाले स्कूल हैं। समृद्ध और दरिद्र स्कूलों के बीच का यह अंतराल पाटने के लिए ही 1997 में अमेरिका में ई-रेट नामक कार्यक्रम चलाया गया था। हालाँकि इस कार्यक्रम के कुछ पहलुओं को सार्वजनिक आलोचना का सामना करना पड़ा, पर इसकी वजह से ही 2005 तक वहाँ 95 फ़ीसदी स्कूलों की कक्षाओं में इंटरनेट पहुँच चुका था, जबकि 1996 में यह प्रतिशत केवल 14 था।

डिजिटल डिवाइड को अलग-अलग नज़रियों से देखा जाता है। नियो-लिबरल ख़ेमे की निगाह में कम्प्यूटर और इंटरनेट से वंचित समुदाय बाज़ार आधारित नयी आर्थिक नीतियों का विरोधी साबित हो सकता है। वह तेज़ी से बढ़ते हुए ई-बिज़नेस के दायरे और मीडिया-मनोरंजन की इंटरएक्टिव दुनिया से अलग रहने के लिए मजबूर है। यह दृष्टिकोण डिजिटल डिवाइड की शिनाख़्त आधुनिक हो चुके और आधुनिकीकरण की प्रक्रिया में संलग्न समाजों में 'डेमौक्रेटिक डेफ़िसिट' के रूप में करता है। डिजिटल डिवाइड के कारण ऐसे लोग भूमण्डलीकरण विरोधी राजनीतिक ताक़तों के पक्ष में मतदान कर सकते हैं। दूसरी ओर मैनुएल कैसेल्स जैसे विद्वानों की मान्यता है कि दुनिया में प्रौद्योगिकी के प्रसार और छितराव की प्रक्रिया एक सोची-समझी रणनीति के तहत चलायी जाती है। सूचना और संचार प्रौद्योगिकी तक लोगों की कम या ज़्यादा पहुँच का सवाल मुख्य तौर पर राजनीतिक है। मसलन, अंतर्राष्ट्रीय एजेंसियाँ अपने मक़सदों के लिहाज़ से तय करती हैं कि वे किसी ख़ास क्षेत्र में सूचना-प्रसार का काम सिर्फ़ एचआईवी/एड्स की रोकथाम करने के लिए करेंगी या फिर लोगों को मौक़ा दिया जाएगा कि वे प्रौद्योगिकी का इस्तेमाल करने के ज़रिये अपना दैनंदिन जीवन बेहतर कर सकें। एक सवाल यह भी उठाया जाता है कि जिन लोगों के पास आहार और पानी जैसे बुनियादी संसाधनों की कमी है, उन्हें ऑन लाइन कनेक्टिविटी की क्या ज़रूरत है।

डिजिटल डिवाइड ऑर्गनाइज़ेशन का विचार है कि ग़रीबी के शिकार किसी क्षेत्र में इस प्रौद्योगिकी को लाने का मतलब केवल वहाँ हार्डवेयर और इंटरनेट कनेक्शन उपलब्ध करवा देना ही नहीं है। यह भी देखना पड़ेगा कि वहाँ के लोग इस प्रौद्योगिकी को सार्थक ढंग से इस्तेमाल करके अपनी तात्कालिक समस्याएँ कैसे सुलझाएँगे। जब तक डिजिटल डिवाइड रहेगा, ई-डेमक्रेसी और ई-गवर्नेंस की अवधारणाओं को धरती पर नहीं उतारा जा सकता। अगर नेट आधारित लोकतंत्र की सम्भवनाओं को उज्ज्वल बनाना है तो ग़रीबों तक यह प्रौद्योगिकी पहुँचाने की लागत काफ़ी हद तक घटानी पड़ेगी। एक अनुमान के मुताबिक़ 2007 में कम्प्यूटर और नेट कनेक्शन मुहैया कराने के लिए प्रति व्यक्ति 244 डॉलर यक्ति ख़र्च करने पड़ते थे, जबकि मैक्सिको की सबसे ग़रीब 20 फ़ीसदी आबादी को नेटसम्पन्न करने के लिए यह लागत घटा कर 35 डॉलर प्रति वर्ष लाने की ज़रूरत थी। ब्राज़ील के संदर्भ में यह आँकड़ा नौ डॉलर प्रति वर्ष था। इस लिहाज़ से देखा जा सकता है कि दुनिया के हर बच्चे को एक लैपटॉप

कम्प्यूटर देने की मुहिम में किस पैमाने के निवेश की ज़रूरत है। लातीनी अमेरिका की परिस्थितियों में कम्प्यूटर और नेट आज भी रोज़ाना की ज़रूरत के बजाय विलासिता की चीज़ माना जाता है।

कुछ ऐसे विद्वान भी हैं जो डिजिटल डिवाइड और उससे पैदा होने वाली दिक़्क़तों की गम्भीरता से सहमत नहीं हैं। बेंजामिन कम्पेन का विचार है कि डिजिटल डिवाइड को एक संकट के रूप में पेश करना एक मिथक को बढ़ावा देना है। प्रौद्योगिकी तक पहुँच का फ़र्क़ किसी भी तरह से स्थायी नहीं है। दुनिया के कम सम्पन्न हिस्सों में भी प्रौद्योगिकी का प्रसार बहुत कम समय में हुआ है। विकासशील देशों में मोबाइल फ़ोन की नेट कनेक्टिविटी के ज़रिये डिजिटल डिवाइड में तेज़ी से कमी आयी है। कम्पेन के मुताबिक़ धीरे-धीरे नेट कनेक्टिविटी के लिए कम्प्यूटर होना या कम्प्यूटर चलाने का प्रशिक्षण होना आवश्यक नहीं रह जाएगा।

देखें : अभिलेखागार, आख्यान, इंटरएक्टिविटी-प्रौद्योगिकीय विमर्श, इंटरएक्टिविटी-सामाजिक विमर्श, इंटरफ़ेस, एक्टर-नेटवर्क थियरी, दिन-प्रति दिन के अभिलेखागार, नया मीडिया, नेटवर्क, नेटवर्क सोसाइटी, बाज़ारू संस्कृति, भारत में संचार-क्रांति, भारतीय मीडिया-1, 2 और 3, भारतीय मीडिया स्फ़ेयर, मास मीडिया, मीडिया और सरकार, मीडिया-पक्षधरता, मीडिया-स्टडीज़, संचार, संचार-क्रांति, स्मृति और अभिलेखागार, सोशल नेटवर्क विश्लेषण, सूचना, सूचना-समाज, वैकल्पिक मीडिया।

संदर्भ

1. लिज़ा सरवन (2002), *ब्रिजिंग द डिजिटल डिवाइड : टेक्नॉलॉजी, कम्युनिटी, ऐंड पब्लिक पॉलिसी*, ब्लैकवेल, माल्डेन, एमए.
2. बेंजामिल एम. कंपेन (सम्पा.) (2001), *द डिजिटल डिवाइड : फ़ेसिंग अ क्राइसिस ऑर क्रिएटिंग अ मिथ?*, एमआईटी प्रेस, केम्ब्रिज, मेसाचुसेट्स.
3. ई. डेविसन और एस.आर. कॉटन (2003), 'कनेक्शन डिस्क्रिपेंसीज़ : अनमास्किंग फ़रदर लेयर्स ऑफ़ द डिजिटल डिवाइड', *फ़र्स्ट मनडे*, खण्ड 8, अंक 3.
4. एम. वारशौर (2004), *टेक्नॉलॉजी ऐंड सोशल इनक्ल्यूज़न : रिथिंकिंग द डिजिटल डिवाइड*, एमआईटी प्रेस, केम्ब्रिज, एमए.

— अभय कुमार दुबे

डेविड एमील दुर्ख़ाइम

(David Emile Durkheim)

डेविड एमील दुर्ख़ाइम (1858-1917) को आधुनिक समाजशास्त्र का संस्थापक और समाज-वैज्ञानिक शब्दावली में दुनिया का पहला अधिकारिक समाजशास्त्री माना जाता है। अध्ययन की विश्वविद्यालयी व्यवस्था में वे समाजशास्त्र के पहले प्रोफ़ेसर भी थे। अपने अकादमिक जीवन के तीन दशकों में उन्होंने समाजशास्त्र को न केवल एक विशिष्ट अनुशासन के रूप में स्थापित किया, बल्कि इस अनुशासन की सैद्धांतिक और पद्धतिगत ज़मीन भी तैयार की। दुर्ख़ाइम की समाजशास्त्रीय संकल्पना का विधेयक तत्त्व मनुष्य को सामाजिक संबंधों का परिणाम मानता है। इस कारण दुर्ख़ाइम का समाजशास्त्र अपने बुनियादी ढाँचे में व्यक्तिवाद के किसी भी रूप को मान्यता देने से इनकार करता है। मनुष्य की इयत्ता को समाज की उपज मानने के संदर्भ में दुर्ख़ाइम कॉम्त, मार्क्स, वेबर आदि सामाजिक चिंतकों के नज़दीक बैठते हैं। ग़ौरतलब है कि व्यक्ति को समाज का उत्पाद मानना और सामाजिक परिघटना को केंद्रीय महत्त्व देना ही समाजशास्त्र को अन्य अनुशासनों की तुलना में एक विशिष्ट स्वरूप प्रदान करता है। समाजशास्त्र की यह विशिष्टता दुर्ख़ाइम के बिना सम्भव नहीं थी। हालाँकि दुर्ख़ाइम ने मोंतेस्क्यू और रूसो जैसे विचारकों से लेकर व्यवहारवाद, समाजवाद तथा नैतिक शिक्षा जैसे मसलों पर भी सघन चिंतन किया है, परंतु समाजशास्त्र के क्षेत्र में उनकी चार रचनाओं— *द डिवीज़न ऑफ़ लेबर, द रूल्स ऑफ़ सोसिओलॉजिकल मैथड, सुइसाइड* तथा *द ऐलिमेंटरी फ़ॉर्म्स ऑफ़ द रिलीजस लाइफ़* को सबसे ज़्यादा महत्त्वपूर्ण माना जाता है।

डेविड एमील दुर्ख़ाइम का जन्म एपीनाल, लोरेन के एक फ्रांसीसी यहूदी परिवार में हुआ था। उनके पिता और दादा दोनों ही रब्बी (यहूदी पुरोहित) थे। उनकी शुरुआती शिक्षा भी एक धार्मिक स्कूल में हुई, लेकिन जीवन के शुरू में ही उन्होंने पूरी तरह से सेकुलर जीवन गुज़ारने का निश्चय किया। एक अध्यवसायी छात्र के रूप में उन्होंने विख्यात ईकोल नॉरमेल सुपीरियरे में दाखिला लिया और 1886 में अपनी डॉक्टरेट के अंश के रूप में उन्होंने *द डिवीज़न ऑफ़ लेबर इन सोसाइटी* की रचना की।

इस रचना में दुर्ख़ाइम आधुनिक और पारम्परिक समाजों का फ़र्क़ दिखाते हुए यह प्रतिपादित करते हैं कि आधुनिक समाज जहाँ श्रम के विशेषीकरण पर आधारित होता है वहीं पारम्परिक समाज साझे विश्वासों पर चलता है। उनके मुताबिक़ समाज के रूपों का यह अंतर नियमों की व्यवस्था

डेविड एमील दुर्ख़ाइम (1858-1917)

के अंतर को भी दर्शाता है। इस तरह आधुनिक समाज स्व-नियमन से संचालित होता है जबकि पारम्परिक समाज के नियम बाहरी विश्वासों और अनुमोदन पर टिके होते हैं। दुर्ख़ाइम के अनुसार चूँकि साझे विश्वास सर्वमान्य नैतिकता के प्राधिकार पर टिके होते हैं इसलिए इन विश्वासों पर आधारित व्यवस्था शक्ति और दबाव के जरिए ही क़ायम रह सकता है। जबकि स्वनियमकारी या आधुनिक समाज स्वतंत्रता, समानता तथा न्याय जैसे तत्त्वों के बिना संतुलित नहीं रह सकता। विद्वानों का मानना है कि सामाजिक रूपों की विविधता को नियमों के विशिष्ट ढाँचे से जोड़ कर देखने का यह सूत्रीकरण अपराध और क़ानून के समाजशास्त्रीय अध्ययनों के लिए बुनियादी प्रेरक तत्त्व रहा है। दुर्ख़ाइम मानते थे कि समाज के पारम्परिक और आधुनिक रूपों में विभ्रम के कारण तथा आधुनिक समाजों पर पारम्परिक क़ानून या नियम थोपने की प्रवृत्ति ही कई सामाजिक समस्याओं के लिए जिम्मेदार रही है। आधुनिक समाजों की यह व्याख्या दुर्ख़ाइम के कृतित्व की विशिष्ट उपलब्धि मानी जाती है। इस रचना में दुर्ख़ाइम व्यक्ति के सामाजिक साहचर्य या जुड़ाव का विश्लेषण करते हुए यह विचार भी रखते हैं कि व्यक्ति को ख़ास तरह की सामाजिक साहचर्य की ज़रूरत पड़ती है। दुर्ख़ाइम दिखाते हैं कि सामाजिक संस्थाओं के अंदर स्वत: ही एक संसक्ति का तत्त्व होता है जो अपने सहभागियों से एक निश्चित व्यवहार की मांग करता है। दुर्ख़ाइम इसीलिए इस बात पर ज़ोर देते थे कि व्यक्ति के बजाय सामाजिक प्रक्रियाओं का अध्ययन किया जाना चाहिए। उनके अनुसार इन सामाजिक प्रक्रियाओं का ठोस रूप संस्थाओं और व्यवहार में अभिव्यक्त होता है जिनका अनुवीक्षण के आधार पर भी अध्ययन किया जा सकता है। दुर्ख़ाइम इन प्रक्रियाओं को सोशल फ़ैक्ट्स या सामाजिक तथ्यों की संज्ञा देते हैं।

दुर्ख़ाइम को समाजशास्त्रीय अध्ययन में सांख्यिकी के सर्जनात्मक उपयोग करने का श्रेय भी जाता है। इस संबंध में उनकी रचना *सुइसाइड* एक मानक की तरह स्थापित है। इस कृति में दुर्ख़ाइम ने यह प्रतिपादित किया था कि आत्महत्या की अलग-अलग दरों की व्याख्या व्यक्ति के सामाजिक सम्बद्धता के स्तरों में प्रगट अंतर के आधार पर की जा सकती है। मसलन, उन्होंने दिखाया कि व्यक्ति की निजी प्रवृत्तियों के आधार पर इस बात का अंदाज़ा नहीं लगाया जा सकता कि उम्रदराज़ पुरुष ही क्यों आत्महत्या करते हैं। लेकिन अगर व्यक्ति की सामाजिक स्थिति के कारकों जैसे उसके अविवाहित होने या समाज से उसके अलगाव आदि पर ध्यान दिया जाए तो आत्महत्या के कारणों की शिनाख़्त की जा सकती है। दुर्ख़ाइम अपने अध्ययन में सांख्यिकी का इस्तेमाल सामाजिक तथ्यों जैसे किसी समूह के सदस्यों के आपसी साहचर्य के रूपों की ताक़त या चरित्र उजागर करने के लिए करते हैं। मसलन, अगर किसी समूह में आपसी साहचर्य की भावना कमज़ोर है तो उसके सदस्यों में नैतिक या मनोवैज्ञानिक समस्याएँ पाये जाने की सम्भावना ज़्यादा होगी। इसके उलट अगर किसी समूह में साहचर्य की भावना बहुत गहरी हो तो उसके सदस्य अपने समूह के लिए त्याग करने के लिए ज़्यादा तत्पर पाये जाएंगे।

दुर्ख़ाइम की अन्य कृति द *रूल्स ऑफ़ सोसियोलॅजिलकल मैथड* समाजशास्त्र में प्रयुक्त की जाने वाली पद्धतियों की आधारभूमि मानी जाती है। इस रचना में दुर्ख़ाइम स्पष्ट करते हैं कि समाजशास्त्र की केंद्रीय विषय-वस्तु सामाजिक व्यवस्था है, लिहाज़ा उसमें व्यक्ति के बजाय समाज के सांस्थानिक और व्यवस्थागत रूपों को प्रमुखता दी जानी चाहिए। इस रचना में दुर्ख़ाइम समाजशास्त्र को ऐसे ही सामाजिक तथ्यों का अध्ययन बताते हैं। उनके अनुसार इन सामाजिक तथ्यों के बीच एक ख़ास तरह की संगति होती है जिसे केवल उनके निर्माणकारी अंशों का संचित परिणाम नहीं कहा जा सकता। अपनी रचना *सुइसाइड* में दुर्ख़ाइम इसी बिंदु को स्पष्ट करना चाहते थे कि आत्महत्या जैसी निजी परिघटना को भी लोगों के साहचर्य-संबंधों तथा सामाजिक

बांडिंग के आधार पर व्याख्यायित किया जा सकता है। उनकी दलील थी कि व्यकितगत भावनाएं, मूल्य या विचार जैसी चीजें वास्तव में सामाजिक सहभागिता से ही उपजती हैं।

दुर्ख़ाइम की दो रचनाएँ *द डिवीजन ऑफ़ लेबर* तथा *द ऐलिमेंटरी फ़ॉर्म्स ऑफ़ द रिलीजस लाइफ़* तत्कालीन सामाजिक व्यवस्था की पड़ताल में आधुनिक उपागमों का इस्तेमाल करने के लिए जानी जाती है। आधुनिकता के समाजशास्त्रीय विमर्श में ये दोनों रचनाएँ अपने बारीक और सघन अध्ययन के कारण आज भी एक अनिवार्य संदर्भ बनी हुई हैं। दुर्ख़ाइम का चिंतन गहरे अर्थ में आधुनिक था। फ्रॉयड जैसे मनोविश्लेषक भी अपने समय के पूर्वाग्रहों से मुक्त नहीं हो पाये थे और अपनी कृति *टोटम ऐंड टैबू* में आदिम दिमाग़ की तुलना मानसिक रोगी से कर बैठे थे, जबकि दुर्ख़ाइम ने अपनी रचना *ऐलिमेंटरी फ़ॉर्म्स ऑफ़ द रिलीजस लाइफ़* में यह प्रतिपादित किया कि तर्कबुद्धि के लिहाज़ से आदिम क़बीलों की सामाजिक संरचनाएँ और विश्वास आधुनिक मनुष्य की तर्कबुद्धि से कमतर नहीं ठहराये जा सकते। दुर्ख़ाइम के समय में व्याप्त राजनीतिक दुराग्रहों को देखते हुए यह एक साहसिक विचार था। चूँकि दुर्ख़ाइम तर्कबुद्धि को सामाजिक उत्पाद मानते हैं इसीलिए मनुष्य को कमतर या श्रेष्ठतर साबित करने वाले विचार को वे सिरे से ख़ारिज कर देते हैं। दुर्ख़ाइम के इस हस्तक्षेप ने समाजशास्त्र को एक बुनियादी समतावाद से लैस किया है। उक्त रचना में धर्म की सामाजिक उपयोगिता पर विचार करते हुए दुर्ख़ाइम यह दलील पेश करते हैं कि मनुष्य धार्मिक रीति-रिवाज़ों तथा कर्मकाण्डों में भागीदारी के ज़रिये ही मानवीय तर्कबुद्धि के बुनियादी रूपों- स्पेस, समय, वर्गीकरण, शक्ति, कार्य-कारण की समझ तथा सम्पूर्णता का बोध अर्जित करता है। इस रचना में दुर्ख़ाइम यह विचार भी पेश करते हैं कि पवित्रता का सामाजिक अनुभव सामाजिक अंत:संबंधों को जन्म देता है। उनके मुताबिक़ सामाजिक व्यक्ति का जन्म तथा तर्कबुद्धि का विकास भी इसी प्रक्रिया से निरस्त होता है।

इस रचना में दुर्ख़ाइम यह भी कहते हैं कि समस्त अवधारणाओं की उत्पत्ति समाज से ही होती है। इसलिए तर्क, भाषा और अर्थ की समझ विकसित करने के लिए इस बात का अध्ययन किया जाना चाहिए कि शब्दों और अवधारणाओं का किन सामाजिक रूपों और संदर्भों में इस्तेमाल किया गया है। यहाँ दुर्ख़ाइम धर्म को समाज का प्रकार्य बताते हुए एक और अहम सूत्रीकरण करते हैं कि धर्म सामाजिक व्यवस्था को क़ायम रखने का माध्यम है। दुर्ख़ाइम धार्मिक विश्वासों की सत्यता को सीधे तो नहीं नकारते लेकिन उनके लिए धर्म का सत्य उसकी इस क्षमता से तय होता है कि वह कर्मकाण्डों को प्रोत्साहित कर सकता है या नहीं। उनके अनुसार संगठित धर्मों को केवल विश्वासों के आधार पर नहीं समझा जा सकता क्योंकि इस तरह के धर्म अक्सर समाज के पारम्परिक रूपों को अक्षुण्ण रखने के लिए व्यक्तिगत आस्था का दमन करते हुए भी पाये जाते हैं। आधुनिक और पारम्परिक समाजों में धर्म की भूमिका को लेकर दुर्ख़ाइम का यह सूत्र भी काबिले ग़ौर है कि समाज की इन दो अलग क़िस्मों में धर्म के प्रकार्य एक जैसे नहीं होते। पारम्परिक समाजों में तो धर्म सामाजिक नियंत्रण का औज़ार होता है जबकि आधुनिक समाजों में उसका यह प्रकार्य ग़ैर-ज़रूरी हो जाता है क्योंकि आधुनिक समाजों में वह ज्ञान-मीमांसा का प्रकार्य निभाने लगता है। इसीलिए सामाजिक व्यवस्था में उसकी भूमिका पहले जैसी नहीं रह जाती।

दुर्ख़ाइम की यह निष्पत्ति समाजशास्त्रीय चिंतन के लिहाज़ से एक उपलब्धि कही जाएगी कि मनुष्य के एक जैविक प्राणी से सामाजिक प्राणी में रूपांतरित होने की परिघटना को व्यक्ति की जैविक क्षमताओं या मनोविज्ञान के आधार पर व्याख्यायित नहीं किया जा सकता। उनकी दलील है कि जैविक का सामाजिक में रूपांतरण सामाजिक प्रक्रियाओं के माध्यम से सम्पन्न होता है। इसलिए दुर्ख़ाइम को लगता है कि मन और शरीर को दो अलग इयत्ता क़रार देने वाला मत केवल समाज की प्रक्रिया से बाहर खड़े जैविक अस्तित्व और सामाजिक प्राणी का अंतर दर्शाता है। उनके अनुसार पहली अवस्था के प्राणी को रैशनल मनुष्य नहीं कहा जा सकता। वे इस बात पर भी ज़ोर देते हैं कि मनुष्य में तर्कबुद्धि या व्यक्तित्व जैसी चीज़ें समाज की प्रक्रिया से ही पैदा होती हैं। दुर्ख़ाइम का मत था कि मनुष्य को एक सामाजिक प्राणी के रूप में बनाये रखने के लिए सामाजिक प्रक्रियाओं और साहचर्य के ख़ास रूपों की दरकार होती है। यानी सामाजिक मनुष्य को उसके निश्चित सामाजिक विन्यास और संदर्भ से अलग हटाकर नहीं देखा जा सकता। इसलिए दुर्ख़ाइम आगाह भी करते हैं कि अगर मनोविज्ञान, अर्थशास्त्र या दर्शनशास्त्र के अध्ययन की कोई पद्धति सामाजिक परिघटना को केवल व्यक्तियों की संचित गतिविधियों के आधार पर समझने का उपक्रम करती है तो उसे समाज जैसे सबसे महत्त्वपूर्ण पक्ष को दरकिनार करने का दोषी समझा जाना चाहिए।

दुर्ख़ाइम के चिंतन और कृतित्व में समतावाद की स्पष्ट प्रतिष्ठा के बावजूद नारीवादी विश्लेषकों का कहना है कि उन्होंने स्त्रियों के मुद्दे पर पर्याप्त ध्यान नहीं दिया है। एक हद तक यह बात सही है कि समाजशास्त्री के तौर पर दुर्ख़ाइम की कोई भी रचना स्त्री-पक्ष पर एकाग्र नहीं है। लेकिन उन्नीसवीं सदी के जिस दौर में दुर्ख़ाइम समाजशास्त्र को व्यवस्थित कर रहे थे उस समय स्त्रियों के प्रश्नों पर बहुत कम सामाजिक चिंतक विचार कर रहे थे। *सुइसाइड* में उन्होंने आत्महत्या की एक भाग्यवादी क़िस्म का ज़िक्र किया है जिसे

वे मुख्यत: स्त्रियों के साथ जोड़ कर देखते हैं। दुर्ख़ाइम का ख़याल यह भी था कि विवाह पुरूषों के लिए तो लाभकारी होता है लेकिन स्त्रियों के जीवन पर उसका नकारात्मक प्रभाव पड़ता है। द *डिवीज़न ऑफ़ लेबर* में दुर्ख़ाइम मूलवासियों के हवाले से बताते हैं कि ऐसे समुदायों में स्त्रियों की सामाजिक स्थिति पुरुषों के मुक़ाबले कमतर नहीं थीं जबकि इसके उलट आधुनिक समाजों में स्त्री की हैसियत कमज़ोर होती गयी है। तत्कालीन समाज की औसत प्रवृत्ति स्त्री को कोमल और कमज़ोर के रूप में चित्रित करती थी। इसे देखते हुए दुर्ख़ाइम की दृष्टि निश्चय ही अग्रगामी कही जाएगी।

दुर्ख़ाइम का अवदान समाजशास्त्रियों की कई पीढ़ियों के लिए प्रेरणा, प्रश्नांकन, समावेशन और जिरह का विषय रहा है। तीस के दशक में टैलकॉट पार्संस ने दुर्ख़ाइम के कृतित्व को संरचनात्मक प्रकार्यवाद में समेटने का प्रयास किया। इसका परिणाम यह हुआ कि अमेरिका में दुर्ख़ाइम के अवदान को प्रकार्यवाद और प्रत्यक्षतावाद के नजारिये से देखा जाने लगा। जबकि फ्रांस में उनकी दृष्टि का लेवी-स्त्रॉस जैसे मानवशास्त्रियों ने उपयोग किया जिनकी दिलचस्पी दुर्ख़ाइम द्वारा प्रतिपादित संकल्पनाओं, विचारों और समाज के अंतर्संबंधों के आधार पर एक प्रतीकवादी मानवशास्त्र रचने में थी। लेकिन दुर्ख़ाइम के विचारों को आधार बनाकर नयी व्याख्या करने का यह उपक्रम इस मायने में एकांगी साबित हुआ कि उसने दुर्ख़ाइम की मूल प्रस्तावनाओं के कुछ निश्चित हिस्सों का ही इस्तेमाल किया। मार्क्सवादी धारा के समाजशास्त्रियों ने अपने लेखन में दुर्ख़ाइम के चिंतन में निहित रैडिकल स्वरूप को महत्त्व देते हुए पार्संस के दृष्टिकोण को प्रतिसंतुलित करने का प्रयास किया है जो दुर्ख़ाइम को राजनीतिक रूप से रूढ़िवादी साबित करने पर ज़ोर देता है।

समाजशास्त्रियों के एक समूह का मानना है कि दुर्ख़ाइम का समाजशास्त्र व्यक्ति को गौण कर देता है। लेकिन ध्यान से देखें तो दुर्ख़ाइम ऐसा इरादतन करते हैं। उनकी दृष्टि समाज को मूलत: सामूहिकता में समझने का आग्रह करती है तथा इस बात पर ज़ोर देती है कि अगर सामाजिक सिद्धांतों की पड़ताल और समाजशास्त्र के व्यवहार में अंतर्विरोधों के अध्ययन को तवज्जो न देकर उसे व्यक्तिवाद का पर्याय बना दिया जाता है तो समाजशास्त्र का बुनियादी उद्देश्य निरस्त हो जाता है। दुर्ख़ाइम के तईं समाजशास्त्र का काम यह नहीं है कि वह दर्शनशास्त्रीय संधान के लिए कच्ची सामग्री मुहैया कराये और फिर इस बात का इंतज़ार करे कि दार्शनिकों का ख़ेमा अपने मूल्यांकन में क्या कहता है। इसके बरक्स, दुर्ख़ाइम यह इसरार करते हैं कि समाजशास्त्र को सामाजिक तथ्यों के अध्ययन संबंधी कसौटियों का निर्माण ख़ुद करना चाहिए। उन्होंने दर्शनशास्त्रियों की इस दलील को ख़ारिज कर दिया कि सामाजिक तथ्यों में आकस्मिकता का तत्त्व होता है। इस आलोचना का सुचिंतित जवाब देते हुए दुर्ख़ाइम ने कहा कि समाज की निरंतरता बनाये रखने के लिए कुछ ख़ास तरह के और स्थायी रूप ज़रूरी होते हैं।

देखें : अल्फ्रेड लुइस क्रोबर, ऑग्युस्त कॉम्त, क्लॉद लेवी-स्त्रॉस, क्लिफ़र्ड गीर्ट्ज़, जार्ज ज़िमेल, टैलकॉट पार्संस, पिएर बोर्दियो, फ्रेंज़ उरी बोआस, मारग्रेट मीड, मारसेल मौज़, मार्गरेट मीड, मिल्टन सिंगर, मैक्स वेबर, रुथ बेनेडिक्ट।

संदर्भ

1. आर. ए. जोंस (1986), *एमीली दुर्ख़ाइम : ऐन इंट्रोडक्शन टू फ़ोर मेजर वर्क्स,* सेज, बेवर्ली हिल्स.
2. एस. ल्यूक्स (1973), *एमील दुर्ख़ाइम, हिज़ लाइफ़ ऐंड वर्क्स : अ हिस्टोरिकल ऐंड क्रिटिकल स्टडी,* स्टैनफ़र्ड युनिवर्सिटी प्रेस, स्टैनफ़र्ड.
3. एस. मेस्त्रोविक (1988), *एमील दुर्ख़ाइम ऐंड द रिफ़ॉर्म ऑफ़ सोसिओलॅजी,* रॉमैन ऐंड लिटिलफ़ील्ड, लैनहम, एमडी.
4. जी. पोग्गी (2000), *दुर्ख़ाइम,* ऑक्सफ़र्ड युनिवर्सिटी प्रेस, ऑक्सफ़र्ड.

— नरेश गोस्वामी

डेविड रिकार्डो

(David Ricardo)

ऐडम स्मिथ और कार्ल मार्क्स के साथ मिल कर डेविड रिकार्डो (1772-1823) अट्ठारहवीं सदी के आख़िरी वर्षों से लेकर उन्नीसवीं सदी के आख़िरी वर्षों के बीच क्लासिकल अर्थशास्त्र की सर्वोच्च त्रयी की रचना करते हैं। रिकार्डो ने आर्थिक विज्ञान में कई महत्त्वपूर्ण और अविस्मरणीय योगदान किये जिनकी प्रासंगिकता आज तक बरक़रार है। मूल्य का श्रम सिद्धांत और तुलनात्मक लाभ का सिद्धांत प्रतिपादित करने के साथ रिकार्डो ने पहली बार वितरण के आर्थिक सिद्धांत का सूत्रीकरण किया और उसके फलितार्थों का अनुमान लगाया। रिकार्डो ने यह समझने का प्रयास किया कि आमदनी लगान, मज़दूरी और मुनाफ़े के बीच कैसे बँटती है। रिकार्डो की दिलचस्पी यह जानने में भी थी कि अर्थव्यवस्थाओं के उत्थान और पतन के प्रमुख कारण कौन-कौन से होते हैं। रिकार्डो ने मुक्त अंतर्राष्ट्रीय व्यापार को और अधिक समृद्धि की तरफ़ ले जाने वाला क़रार दिया। दूसरी तरफ़ उन्होंने पाया कि खेतिहर उत्पादन में लाभ का स्तर लगातार गिरता है जिससे आर्थिक वृद्धि की रफ़्तार धीमी हो जाती है। उन्होंने एक ऐसी आर्थिक प्रणाली कल्पित की

डेविड रिकार्डो (1772-1823)

जिसमें सापेक्षिक दाम केवल उत्पादन की लागत के आधार पर तय किये जा सकते हों और जिसमें माँग और उपयोगिता कम से कम भूमिका अदा करती हो। रिकार्डो की यही कल्पना आगे चल कर पियरो स्राफ़ा ने अपनायी और जो आर्थिक विचार के नव-रिकार्डोवादी स्कूल का आधार बनी।

लंदन के एक अमीर यहूदी परिवार में पैदा हुए डेविड रिकार्डो ने चौदह साल की उम्र में ही अपने पिता की दलाल-फ़र्म के कामकाज में भाग लेना शुरू कर दिया था। व्यापार में उनकी प्रतिभा का लोहा लोग शुरू से मानते थे। लेकिन विवाह के बाद ईसाई बन जाने के बाद पिता ने उनसे किसी भी तरह का नाता तोड़ दिया जिसके कारण उन्हें अपनी अलग दलाली-फ़र्म चलाने के लिए ऋण लेना पड़ा। लेकिन रिकार्डो ने धंधे में तेज़ी से कामयाबी हासिल की और 26 साल की उम्र में ही अमीरी हासिल कर ली। 1799 में ऐडम स्मिथ की रचना *वेल्थ ऑफ़ नेशंस* पढ़ने के बाद उनकी दिलचस्पी अर्थशास्त्र के अध्ययन में बढ़ी और वे जेम्स मिल, बेंथम और माल्थस जैसे अर्थशास्त्रियों के साथ नियमित सलाह-मशविरा करने लगे। 1819 में हाउस ऑफ़ कामंस की सदस्यता शुल्क के बदले प्राप्त करने के बाद उनका सांसद जीवन शुरू हुआ और उन्होंने वित्तीय मामलों के विशेषज्ञ की ख्याति प्राप्त की। अपनी धन-समृद्धि के कारण रिकार्डो को अर्थशास्त्र के इतिहास के सबसे अमीर अर्थशास्त्री की संज्ञा दी जाती है।

ऐडम स्मिथ ने अंतर्राष्ट्रीय व्यापार के संदर्भ में 'परम लाभ' का सिद्धांत प्रतिपादित किया था। इसका मतलब यह था कि अगर कोई देश कोई जिंस दूसरों से अधिक बनाता है तो वह उसके निर्यात के मामले में परम लाभ की स्थिति में चला जाता है। मसलन, अगर जापान अमेरिका के मुक़ाबले कारों और कम्प्यूटरों का अधिक उत्पादन करेगा तो उनका निर्यात करके अमेरिका जापान के मुक़ाबले व्यापार के घाटे का शिकार हो जाएगा। यह जापान का उस व्यापार के संदर्भ में परम लाभ होगा। लेकिन रिकार्डो ने कहा कि अगर कोई देश किसी जिंस के उत्पादन में कम दक्ष है तो भी दिक़्क़त की कोई बात नहीं, क्योंकि अंतर्राष्ट्रीय व्यापार परम लाभ के नहीं बल्कि 'तुलनात्मक लाभ' के सिद्धांत पर काम करता है। वह उन जिंसों का भी व्यापार करता है जिन्हें बनाने में उसे कम दक्षता प्राप्त है, और उनका भी जिनके निर्माण में वह सबसे आगे है। रिकार्डो का कहना है कि किसी एक निर्माण में अपनी सापेक्षिक रूप से बेहतर दक्षता के आधार पर विशेषज्ञता हासिल करके प्रत्येक देश विदेश व्यापार से अपनी समृद्धि में योगदान कर सकता है।

अगर जापान कार उत्पादन में विशेषज्ञता हासिल कर ले और अमेरिका चावल उत्पादन में तो कारों और चावल का कुल विश्व उत्पादन अतिरिक्त रूप से बढ़ जाएगा। रिकार्डो ने इस सवाल का भी जवाब दिया कि यह बढ़ा हुआ उत्पादन किसे मिलेगा। मान लीजिये कि जापान ने तीन सौ कारें उत्पादित की हैं और वह सौ टन चावल के बदले सौ कारें अमेरिका को बेच देता है तो उसके पास दो सौ कारें और सौ टन चावल बचते हैं। अमेरिका ने दो सौ टन चावल पैदा किये है और सौ टन के बदले उसने सौ कारें ले ली हैं, इसलिए उसके पास सौ टन चावल और सौ कारें रह जाती हैं। इस सूरत में विशेषज्ञीकरण और व्यापार का सारा लाभ जापान को जाएगा। लेकिन, अगर अमेरिका सौ टन चावल के बदले जापान से 150 कारें ख़रीदने में कामयाब हो जाए तो अमेरिका पचास कारों का अतिरिक्त लाभ प्राप्त कर सकता है। इस उदाहरण में रिकार्डो यह बताते नज़र आते हैं कि तुलनात्मक लाभ का सिद्धांत विदेश व्यापार में विशेषज्ञीकरण के साथ-साथ विनिमय दर पर भी आधारित है। अगर व्यापार एक टन चावल के बदले एक कार और एक टन चावल के बदले डेढ़ कार के दायरे में होता है तो कुल मिला कर दोनों देश लाभ मे रहेंगे। इसलिए दोनों का स्वार्थ विनियम दर इसी सीमा के भीतर रखने में होगा। रिकार्डो ने यह नहीं बताया कि विनिमय दर को इसी सीमा में बनाये रखने से होने वाले लाभ का बँटवारा दोनों देशों के बीच किस प्रकार होगा। यह व्याख्या बाद में जॉन स्टुअर्ट मिल ने की।

राष्ट्रीय आमदनी को लगान, मज़दूरी और मुनाफ़े के बीच बाँटने के सिद्धांत का प्रतिपादन रिकार्डो की दूसरी महत्त्वपूर्ण उपलब्धि थी। उन्होंने लगाने की एक सी दर के बजाय भू-खण्डों से होने वाली पैदावार के आधार पर लगान

की कम या ज़्यादा दर रखने का सुझाव दिया। उनकी मान्यता थी कि अच्छी पैदावार वाली ज़मीन का इस्तेमाल हो चुकने के बाद अपेक्षाकृत कम पैदावार वाली ज़मीनों पर खेती होगी जिन पर लगान कम से कम दिया जाएगा।

मज़दूरी निर्धारित करने के सवाल पर रिकार्डो ने जीवन-यापन की ज़रूरतों के आधार पर न्यूनतम मज़दूरी निर्धारित करने का सुझाव दिया। जीवन-यापन के प्रश्न पर भी रिकार्डो का रवैया स्मिथ के रवैये से भिन्न था। वे किसी एक भौतिक मानक के आधार पर नहीं बल्कि मज़दूरों की आदतों, अभ्यास और परम्परा के आधार पर उसके निर्धारण के पक्ष में थे। रिकार्डो के इस आग्रह से यह सिद्धांत निकला कि अगर मज़दूर किसी बदले हुए युग में बेहतर जीवन-शैली के अभ्यस्त हैं तो उनका न्यूनतम वेतन बढ़ा दिया जाना चाहिए। मसलन, उन्नीसवीं सदी का मज़दूर अपने घर में बाथरूम की ज़रूरत महसूस नहीं करता था, पर बीसवीं सदी के आख़िरी सालों में हर मज़दूर को घर में बाथरूम चाहिए। उसका वेतन उसी लिहाज़ से तय किया जाना चाहिए। इसी तरह रिकार्डो का यह भी आग्रह था कि अगर बाज़ार में खाद्य के दाम बढ़ गये हैं तो उसी के मुताबिक़ न्यूनतम वेतन भी बढ़ा दिया जाना चाहिए।

मुनाफ़े के मामले में रिकार्डो की मान्यता थी कि उसका स्तर हर उद्योग के लिए समान होना चाहिए। अगर किसी एक उद्योग में मुनाफ़े की दर ज़्यादा होगी तो अधिक पूँजीपति वही धंधा करना चाहेंगे और नतीजतन दाम और मुनाफ़े में गिरावट आयेगी। कम मुनाफ़े वाले उद्योगों से पूँजीपति बाहर निकल जाएँगे जिससे उस क्षेत्र में दाम और मुनाफ़ा बढ़ जाएगा।

रिकार्डो रोज़गार के संदर्भ में माल्थस जैसे ही निष्कर्षों पर पहुँचे कि बेहतर मशीनों से उत्पादकता और मुनाफ़े में वृद्धि होगी, पर प्रौद्योगिकीय बेरोज़गारी की परिघटना भी पैदा होगी। उन्होंने माना कि अर्थव्यवस्था लगातार ऊँची बेरोज़गारी की समस्या का शिकार रह सकती है।

श्रम का मूल्य सिद्धांत प्रतिपादित करते हुए रिकार्डो ने लागत के रूप में केवल श्रम को ही देखने का आग्रह किया। रिकार्डो का तर्क था कि उपयोगिता को किसी जिंस के विनिमय-मूल्य की अनिवार्य शर्त के रूप में देखा जाना चाहिए। दुर्लभ मूर्तियों या चित्रों के अपवादों को छोड़ कर रिकार्डो किसी चीज़ की अपेक्षाकृत दुर्लभता को उसके विनिमय-मूल्य का आधार बनाने के लिए तैयार नहीं थे। वे मानते थे कि अन्य सभी चीज़ों के मामले में उन्हें बनाने में किये गये श्रम के आधार पर उनका मूल्य तय किया जाना चाहिए। कौशल और श्रम की सघनता की अहमियत मानने से इनकार करते हुए रिकार्डो का आग्रह था कि जिंसों को बाज़ार में लाने में लगे वक़्त का फ़र्क़ उनके मूल्य पर छह से सात फ़ीसदी तक असर डाल सकता है। इसी वजह से रिकार्डो के मूल्य सिद्धांत को 'श्रम का 93 फ़ीसदी मूल्य सिद्धांत' भी कहा जा सकता है।

समझा जाता है कि कार्ल मार्क्स ने रिकार्डो के आर्थिक सिद्धांतों के आधार पर ही अपना अर्थशास्त्र खड़ा किया है। पर, स्वयं मार्क्स ने और फिर मार्क्सवादियों ने रिकार्डो की मिश्रित आलोचना की है। इस आलोचना की प्रकृति इस प्रकार की है कि रिकार्डो ने अपने वक़्त में क्या सोचा और क्या नहीं सोच पाया। लेकिन रिकार्डो की सबसे बड़ी आलोचना उनके अर्थशास्त्र की प्रकृति के बारे में की गयी है। कहा जाता है कि वे स्वयं भी भावनाओं से रहित व्यक्ति थे और उन्होंने वैसा ही अर्थशास्त्र रचा। वे अर्थव्यवस्था के अमूर्त मॉडल की खोज में रहते थे। उनका राजनीतिक अर्थशास्त्र भी निर्मम था। दरअसल, उन्होंने जिस संसार का वर्णन किया है, वह संसार भी आर्थिक लिहाज़ से बेरहम क़िस्म का था। पूँजीपतियों के लिए मज़दूर इनसानी मशीनों की तरह थे, और मशीनें उत्पादन करने वाले इनसानों की जगह ले सकती थीं। इस परिस्थिति में रचे गये रिकार्डो के अर्थशास्त्र को थॉमस कार्लाइल ने मनहूसियत के अर्थशास्त्र की संज्ञा दी थी। लेकिन, एक दूसरे नज़रिये से रिकार्डो के इस रवैये को उनकी वैज्ञानिकता और वस्तुनिष्ठता भी कहा जा सकता है।

देखें : अर्थ-विज्ञान का समाजशास्त्र, आर्थिक जनसांख्यिकी, अल्फ्रेड मार्शल, अमर्त्य कुमार सेन, अंतर्राष्ट्रीय मुद्रा कोष, आधार और अधिरचना, ऑस्कर रायज़ार्ड लांगे, ऐडम स्मिथ, करारोपण, कल्याणकारी अर्थशास्त्र, क्लासिकल अर्थशास्त्र, कार्ल हाइनरिख़ मार्क्स-3, कार्ल मेंगर, कींसियन अर्थशास्त्र, गुन्नार मिर्डाल, जोआन रोबिंसन, जॉन कैनेथ गालब्रेथ, जॉन मेनार्ड कींस, जॉन स्टुअर्ट मिल, जोसेफ़ शुमपीटर, जैव विविधता, ट्रस्टीशिप, ढाँचागत समायोजन कार्यक्रम, थॉमस मन और वणिकवाद, थॉमस रॉबर्ट माल्थस, दक्षता, धन, नियोक्लासिकल अर्थशास्त्र, नीतिशास्त्र और अर्थशास्त्र, निकोलस काल्दोर, नियोजन, नियोजन : मार्क्सवादी विमर्श, पण्य, पण्य-पूजा, पेटेंट, पॉल सेमुअलसन, पियरो स्राफ़ा, पूँजी, प्रतियोगिता, फ्रांस्वा केस्ने और प्रकृतिवाद, फ्रेड्रिख़ वॉन हायक, बहुराष्ट्रीय निगम, बाज़ार, बाज़ार की विफलताएँ, बाज़ार-समाजवाद, बौद्धिक सम्पदा अधिकार, ब्रेटन वुड्स प्रणाली, भारत में बहुराष्ट्रीय निगम, भारत में नियोजन, भारत में पेटेंट क़ानून, भारत में शेयर संस्कृति, भूमण्डलीकरण और पूँजी बाज़ार, भूमण्डलीकरण और वित्तीय पूँजी, भूमण्डलीकरण और वित्तीय उपकरण, मार्क्सवादी अर्थशास्त्र, मिल्टन फ्रीडमेन, मूल्य, राजकोषीय नीति और मौद्रिक नीति, रॉबर्ट ओवेन, विलफ्रेडो परेटो, विश्व व्यापार संगठन, विश्व बैंक, विलियम पेटी, विलियम स्टेनली जेवंस, वैकासिक अर्थशास्त्र, शोषण, साइमन कुज़्नेत्स।

संदर्भ

1. ए.वी. एनीकिन (1983), *आर्थिक विज्ञान का युवा काल : मार्क्स-पूर्व का अर्थशास्त्र*, अनुवाद : गिरीश मिश्र, पीपुल्स पब्लिशिंग

हाउस, नयी दिल्ली.
2. मार्क ब्लॉग (1958), *रिकार्डियन इकॉनॉमिक्स*, येल युनिवर्सिटी प्रेस, न्यू हैवन, कनेक्टीकट.
3. सेमुअल होलेंडर (1979), *द इकॉनॉमिक्स ऑफ़ डेविड रिकार्डो*, युनिवर्सिटी ऑफ़ टोरंटो प्रेस, टोरंटो.
4. पियरे स्राफ़ा (सम्पा.) (1950-51), *वर्क्स ऑफ़ डेविड रिकार्डो*, दस खण्ड, रॉयल इकॉनॉमिक सोसाइटी, केम्ब्रिज युनिवर्सिटी प्रेस, केम्ब्रिज.

— अभय कुमार दुबे

डेविड ह्यूम
(David Hume)

इतिहासकार, दार्शनिक और अर्थशास्त्री डेविड ह्यूम (1711-1776) स्काटिश नवजागरण की केंद्रीय हस्ती होने के साथ-साथ पश्चिमी राजनीतिक दर्शन की उदारतावादी परम्परा के सबसे महत्त्वपूर्ण इंद्रियानुभववादी चिंतकों में से एक हैं। ब्रिटेन के इतिहास पर एक महाग्रंथ की रचना के लिए ख्याति प्राप्त ह्यूम ने निबंध-शैली को मान्यता दिलाने में उल्लेखनीय योगदान किया। कहा जाता है कि अगर ऐडम स्मिथ ने ह्यूम द्वारा लिखित एक निबंध का अध्ययन न किया होता तो राजनीतिक अर्थशास्त्र के महाग्रंथ *वेल्थ ऑफ़ नेशंस* की रचना का रास्ता न खुलता। 1752 में प्रकाशित हुआ यह निबंध वणिकवाद के ख़िलाफ़ संघर्ष में क्लासिकी धारा की उपलब्धियों को सटीक ढंग से पेश करता था। कांट की भाषा में कहें तो ह्यूम की रचनाओं ने उन्हें 'जड़सूत्रवादी उनींदेपन' से जगाने की भूमिका निभायी। शॉपेनहॉवर मानते थे कि ह्यूम द्वारा लिखित प्रत्येक पृष्ठ से हीगेल, हरबर्ट और श्लीरमाकर के समग्र दार्शनिक वांगमय के मुक़ाबले अधिक सीखा जा सकता है। जेरेमी बेंथम, कार्ल पॉपर और नोआम चोमस्की ने भी स्वीकार किया है कि ह्यूम के दर्शन से उन्होंने काफ़ी-कुछ ग्रहण किया है।

एडिनबरा में एक कुलीन लेकिन आर्थिक रूप से उजड़ चुके परिवार के सबसे छोटे पुत्र के रूप में जन्मे डेविड ह्यूम को सारे जीवन अपने बेहतरीन लेखन पर निर्भर रहना पड़ा। अध्यवसाय और मितव्यता जैसे परम्परागत स्काटिश गुण उनमें कूट-कूट कर भरे हुए थे। उन्होंने क़ानून के अध्ययन से पढ़ाई शुरू की, पर जल्दी ही उनका रुझान साहित्य और दर्शन की तरफ़ हो गया। 26 साल की उम्र तक वे अपना सबसे महत्त्वपूर्ण ग्रंथ *ट्रीटाइज़ ऑफ़ ह्यूमन नेचर* लिख चुके थे। आज यह दर्शन की एक महान रचना मानी जाती है, पर शुरू में यह पुस्तक कामयाब नहीं हुई। विद्वानों को भी उनकी बातें जटिल और उलझी हुई लगीं। ह्यूम को मजबूरन इसका संक्षिप्त भाष्य लिखना पड़ा। 1744 में उनकी रचना *एसेज़, मॉरल ऐंड पॉलिटिकल* का प्रकाशन हुआ जिसके बाद उन्होंने एडिनबरा विश्वविद्यालय में नीतिशास्त्र के प्रोफ़ेसर की नौकरी का आवेदन किया। अपनी नास्तिक छवि के कारण ह्यूम को यह पद नहीं मिल सका। इसके बाद उन्होंने लाइब्रेरियन की नौकरी स्वीकार कर ली जिसमें वेतन तो बहुत कम था, पर उनके पढ़ने के लिए ढेर सारी पुस्तकें उपलब्ध थीं। इस अवसर का लाभ ह्यूम ने ब्रिटेन का इतिहास रचने के लिए किया। छह खण्डों में फैला हुआ महाग्रंथ *द हिस्ट्री ऑफ़ ग्रेट ब्रिटेन* लिखने में उन्होंने पंद्रह साल का समय लगाया। 1754 से 1762 के बीच प्रकाशित हुआ यह इतिहास अत्यंत सफल और लोकप्रिय साबित हुआ। जीवन के आख़िरी दौर में ह्यूम ने अपनी आत्मकथा *माई ओन लाइफ़* भी लिखी।

ह्यूम का दर्शन आगे चल कर अज्ञेयवाद के नाम से मशहूर हुआ। उनका दावा था कि मनुष्य की रचना मुख्यतः बुद्धि से न हो कर अनुभूति और संवेदना से हुई है। उनकी विख्यात कृति *ट्रीटाइज़ ऑफ़ ह्यूमन नेचर* का यह कथन दृष्टव्य है : 'बुद्धि को संवेदनाओं का आज्ञापालन करना ही होगा। वह किसी और अधिकारी की सेवा और अनुपालन का दिखावा तक नहीं कर सकती।' दरअसल, यह कह कर ह्यूम उस मान्यता को चुनौती देना चाहते थे जो मनुष्य की नैतिक आस्थाओं को बुद्धि आधारित या बुद्धि द्वारा प्रदर्शनीय मान कर चलती थी। जान लॉक को यह मान्यता प्रिय थी क्योंकि वे राजनीतिक प्राधिकार को स्वीकार करने से पहले उसे बुद्धिसंगत कसौटियों पर कसने का आग्रह करते थे। लॉक से प्रभावित होने के बावजूद ह्यूम का तर्क था कि बुद्धि और संवेदना के बीच कार्य-कारण संबंध ग़लत समझा जाता है। संवेदनाएँ एक ख़ास तरह के बुद्धिसंगत व्यवहार के कारण नहीं होतीं, बल्कि हमारा बुद्धिसंगत व्यवहार हमारी ख़ास तरह की संवेदनाओं के कारण होता है।

ह्यूम के इन विचारों के आधार पर शासन और राजनीति संबंधी दायित्वों की एक विशेष समझ बनती है। सामाजिक समझौता या प्राकृतिक नियम सरीखी किसी अमूर्त अवधारणा से बाँधने के बजाय वे शासन और राजनीति को उन व्यावहारिक मानवीय अनुक्रियाओं पर आधारित करने के पक्षधर हैं जिनका स्रोत मनुष्य की आवश्यकताएँ और कामनाएँ हैं। ह्यूम मान कर चलते हैं कि मनुष्य नैसर्गिक रूप से सामाजिक प्राणी तो है, लेकिन दूसरे के प्रति उसकी परोपकार-भावना एक लिहाज़ से सीमित है। वह पहले अपने और अपने परिवार का हित सोचेगा, फिर दूसरे के हित पर

विचार करेगा। चूँकि वह ऐसा करता है और इस जगत में संसाधन भी सीमित ही हैं, इसीलिए विवादों और टकरावों का जन्म होता है जिन्हें न्यूनतम रखने के लिए मनुष्य ने धीरे-धीरे 'न्याय के नियम' खोज निकाले हैं ताकि स्वामित्वों को सुरक्षित और अनुबंधों को क़ायम रखा जा सके। ये नियम किसी विधिकर्त्ता द्वारा पहले से सोच कर नहीं बनाये गये हैं, बल्कि इन्हें तो मानवीय विनिमय की प्रक्रिया में स्वत:स्फूर्त ढंग से विकसित किया गया है। न तो ये नियम प्राकृतिक हैं और न ही किसी अमूर्त बुद्धि की देन हैं। सोच और एहसास में मनुष्य कमोबेश एक सा ही है, इसलिए ये नियम भी काफ़ी-कुछ एक से होते हैं। इस विश्लेषण के बाद ह्यूम इस निष्कर्ष पर पहुँचते हैं कि पहले मनुष्य की व्यवहार-बुद्धि से ये नियम निकले, फिर उन्हें लागू करने के लिए सरकार का वजूद हुआ। इसका कारण था मनुष्य द्वारा अपने दूरगामी हितों को न समझ पाना, और केवल फ़ौरी हितों पर ज़ोर देते रहना। इसलिए जब मनुष्य ने ठंडे दिमाग़ से सोचा तो उसे लगा कि अपने सच्चे हित की ख़ातिर एक ऐसे राजनीतिक प्राधिकार को मान लेना चाहिए जो न्याय के नियमों को लागू कर सके।

डेविड ह्यूम (1711-1776)

सरकार और उसके प्राधिकार की मौजूदगी की वजह खोज लेने के बाद ह्यूम उसके उद्‌गम की ठीक-ठीक परिस्थितियाँ खोजने की चिंता में दुबले नहीं होते। वे कहते हैं कि यह एक बेकार की क़वायद है। यह जान लेना ही काफ़ी है कि सरकार का धीरे-धीरे विकास हुआ है और जिस काम के लिए वह बनी है उसे कामयाबी से अंजाम दे रही है। इन्हीं विचारों के आधार पर ह्यूम ऐसी सरकार को सबसे अच्छा और सबको ख़ुश रखने वाली मानते थे जो समरूप और सामान्य क़ानूनों के आधार पर काम करती हो। हालाँकि उनकी अपनी प्राथमिकता थी ब्रिटिश क़िस्म की सरकार जिसमें राजशाही और गणराज्य का मिश्रण हो और दोनों एक-दूसरे को संयमित करते रहें, पर सरकार के स्वरूप पर उनका इतना ज़ोर नहीं था। उनकी शर्त केवल यह थी कि सरकार परम्परा, रिवाज़ों और प्राधिकार पर आधारित होनी चाहिए। ह्यूम की मान्यता यह भी थी कि मनुष्य आदतन राजनीतिक होता है और अगर परिस्थितियाँ अनायास प्रभावित न करें तो उसे स्थापित सरकार और प्राधिकार का शांतिपूर्वक अनुपालन करने में कोई मुश्किल नहीं होती।

ह्यूम के आर्थिक विचारों ने क्लासिकी अर्थशास्त्र की बुनियाद डालने की भूमिका निभायी। उन्होंने उन समस्याओं की ओर ध्यान आकर्षित किया जो आज भी राजनीतिक अर्थशास्त्र के लिए अहम बनी हुई हैं। आज का अर्थशास्त्री भी इस बात पर ग़ौर करता है कि परिचालन के लिए आवश्यक मुद्रा के परिमाण का निर्धारण कैसे किया जाए या मुद्रा का परिमाण कीमतों को कैसे प्रभावित करता है या मुद्रा जब अपना मूल्य खो बैठती है तो कीमत-संरचना के लक्षण कौन से होते हैं। अठारहवीं सदी में ह्यूम ने ही यह पता लगाया था कि माल की तमाम क़ीमतों में श्रम की क़ीमत यानी मज़दूर की मज़दूरी सबसे बाद में बढ़ती है। इस केंद्रीय नियम ने उन सामाजिक और आर्थिक प्रक्रियाओं को समझने में सहायता दी जो क़ाग़ज़ी मुद्रा की बाढ़ होने के बाद उभरती हैं।

हालाँकि नास्तिक होने के आरोप में ह्यूम को प्रोफ़ेसरी से वंचित किया गया, पर उन्होंने ख़ुद को बाकायदा नास्तिक कभी घोषित नहीं किया। यह ज़रूर है कि वे धार्मिक विचारों को 'किसी रोगी के स्वप्न' से ज़्यादा अहमियत देने के लिए तैयार नहीं थे। उन्होंने भौतिकवाद और भाववाद के बीच कहीं स्थान बनाने का प्रयास किया। मार्क्सवादियों की मान्यता है कि धर्म संबंधी उनकी आलोचना ने एक ओर तो रूढ़िवाद के ख़िलाफ़ संघर्ष में महत्त्वपूर्ण योगदान किया, और दूसरी ओर विज्ञान और धर्म के बीच मेलमिलाप के लिए गुंजाइशें भी छोड़ दीं। ह्यूम के दर्शन को इंद्रियानुभववाद की श्रेणी में भी रखा जाता है। हाल ही तक उन्हें प्रत्यक्षतावाद के तर्क-बुद्धिवादी संस्करण के पुरोगामी के तौर पर भी देखा जाता था। लेकिन, अब कुछ विद्वान उनके विचारों को अर्थवैज्ञानिक (सीमेंटिक) नज़रिये के बजाय ज्ञानमीमांसक दृष्टिकोण से समझने पर ज़ोर देने लगे हैं।

देखें : अधिकार, अधिकार : सैद्धांतिक यात्रा, अरस्तू, अफ़लातून, अनुदारतावाद, अराजकतावाद, अन्य-अन्यीकरण, उदारतावाद, उपयोगितावाद, एडमण्ड बर्क, क्रांति, ज्याँ-ज़ाक रूसो, जॉन लॉक, जेरेमी बेंथम, जॉन स्टुअर्ट मिल, जॉन रॉल्स, जोहान गॉटफ्रीड हर्डर, थॉमस हॉब्स, थॉमस पेन, न्याय, न्याय : नारीवादी आलोचना, न्याय : रॉल्स का सिद्धांत, नागरिकता, नागरिकता : अन्य परिप्रेक्ष्य-1 और 2, नागर समाज, पनोप्टिकॉन, फ्रेड्रिख़ वॉन हायक, बुद्धिवाद, माइकिल ओकशॉट, माइकिल वाल्ज़र, मिशेल पॉल फ़ूको-1 और 2, यूटोपिया, राजनीतिक दर्शन के नारीवादी आयाम, रॉबर्ट नॉज़िक, राज्य-1 और 2, विल किमलिका, स्वतंत्रतावाद, सर्वसत्तावाद, सम्प्रभुता, समाजवाद, सरकारियत।

संदर्भ

1. ए.वी. एनिकिन (1983), *आर्थिक विज्ञान का युवा काल : मार्क्स-पूर्व का राजनीतिक अर्थशास्त्र*, अनु, गिरीश मिश्र, पीपुल्स पब्लिशिंग हाउस, नयी दिल्ली.
2. डी. फ़ोर्ब्स (1975), *ह्यूम्स फिलॉसॉफ़िकल पॉलिटिक्स*, केम्ब्रिज युनिवर्सिटी प्रेस, केम्ब्रिज.
3. डी. मिलर (1981), *फिलॉसफ़ी ऐंड आइडियोलॅजी इन ह्यूम्स पॉलिटिकल थॉट*, क्लैरेंडन प्रेस, ऑक्सफ़र्ड.
4. एफ़.जी. व्हेलन (1985), *ऑर्डर ऐंड आर्टीफ़ाइस इन ह्यूम्स पॉलिटिकल फिलॉसफ़ी*, प्रिंसटन युनिवर्सिटी प्रेस, प्रिंसटन.
5. अर्नेस्ट कैम्पबेल मोसनर (1980), *द लाइफ़ ऑफ़ डेविड ह्यूम*, ऑक्सपर्ड युनिवर्सिटी प्रेस, ऑक्सफ़र्ड.

— अभय कुमार दुबे

ढ

ढाँचागत समायोजन कार्यक्रम

(Structural Adjustment Programme)

विकासशील देशों की अर्थव्यवस्थाओं को बाज़ारवादी रास्ते पर चलाने के लिए ब्रेटन वुड्स संस्थाओं (अंतर्राष्ट्रीय मुद्रा कोष और विश्व बैंक) द्वारा तजवीज़ की जाने वाली नीतियाँ ढाँचागत समायोजन कार्यक्रम (एसएपी) के नाम से जानी जाती हैं। जैसे ही कोई विकासशील देश भुगतान अधिशेष के संकट में फँस कर इन संस्थाओं के पास क़र्ज़ लेने के लिए जाता है, उसके सामने अपनी अर्थव्यवस्था में समायोजन करने की शर्त रखी जाती है। यह संकट विदेशी मुद्रा कोष में आयी कमी से लेकर और भी कई तरह का हो सकता है। मुद्रा कोष इस ढाँचागत समायोजन को बचाव कार्यक्रम की संज्ञा देता है। अलग-अलग देशों के हिसाब से ये नीतियाँ कुछ अलग-अलग भी हो सकती हैं, पर आम तौर पर उनके कुछ पहलू समान होते हैं। मसलन, तक़रीबन सभी देशों से कहा जाता है कि वे सरकारी ख़र्चे में कमी लायें, स्थानीय उद्योगों को दी जाने वाली सबसिडी ख़त्म करें, सरकारी क्षेत्र के उद्योगों और अन्य संस्थाओं का निजीकरण करें, अपनी मुद्रा का मूल्य घटाएँ, लोक-कल्याण पर ख़र्च करने वाली रक़म को काफ़ी कम करें, विदेशी निवेश पर लगी पाबंदियाँ उठा लें, इस तरह के सुधार करें कि उत्पादकता-दक्षता-स्पर्धा में बढ़ोतरी हो।

आईएमएफ़ का दावा है कि अगर कोई देश उसके कहने पर ये सभी क़दम उठायेगा तो उसे विदेशी निवेश पाने में आसानी होगी, उपलब्ध वित्तीय संसाधनों के अनुपात में ही माँग संयोजित हो जाएगी और इस प्रकार दीर्घकालीन परिप्रेक्ष्य में आर्थिक वृद्धि हासिल की जा सकेगी। ढाँचागत समायोजन कार्यक्रमों का इतिहास बताता है कि उनका संबंध विश्व अर्थव्यवस्था में समय-समय पर आने वाले संकटों से है। सत्तर के दशक के बाद कभी तेल संकट, कभी ऋण संकट, कभी आर्थिक मंदी और कभी उत्पादन में जड़ता और मुद्रास्फीति के मिले-जुले असर के कारण विभिन्न देशों की अर्थव्यवस्थाओं में गहरे हस्तक्षेप की आवश्यकता महसूस की जाती रही है।

अस्सी के दशक के बाद से भारत, मैक्सिको, अर्जेंटीना, ब्राज़ील, नाइजीरिया, इंडोनेशिया जैसे देशों को विभिन्न कारणों और विभिन्न परिस्थितियों में समायोजन कार्यक्रम अपनाने पड़े हैं। दक्षिण कोरिया और थाईलैंड जैसे नवविकसित समझे जाने वाले देशों को भी नब्बे के दशक में आये मुद्रा संकट से बचने के लिए मुद्रा कोष की शरण में जाना पड़ा है। 1980 से पहले विश्व बैंक ने अपने कर्ज़े का बहुत कम प्रतिशत इन कार्यक्रमों के आधार पर आम्बटित किया था, लेकिन उसके बाद बैंक के आधे से ज़्यादा कर्ज़े इसी आधार पर दिये गये हैं।

भारतीय अर्थव्यवस्था के सामने भी मुद्रा कोष दो बार ढाँचागत समायोजन कार्यक्रम की शर्तें रख चुका है जिनके कारण भारतीय अर्थशास्त्रियों के बीच इस मुद्दे पर काफ़ी बहस हुई है। दरअसल, ये कार्यक्रम ख़ासे विवादास्पद हैं। न केवल वामपंथियों ने इनकी आलोचना की है, बल्कि इनकी प्रभावकारिता को नियोक्लासिकल अर्थशास्त्रियों ने भी आड़े हाथों लिया है। इसके मुख्य तौर से तीन कारण हैं : पहला, इन कार्यक्रमों की संरचना काफ़ी कड़े और ग़ैर-लचीले ढंग से की जाती है। भुगतान अधिशेष की समस्याओं से जूझते देशों की अलग-अलग परिस्थितियों और राजनीतिक आवश्यकताओं को पूरी तरह से नज़रअंदाज़ करके इन्हें

बनाया जाता है। कुछ विशेषज्ञों की राय है कि नब्बे के दशक के आख़िरी वर्षों में पैदा हुए एशियाई वित्तीय संकट को कम करने के बजाय मुद्रा कोष के बचाव कार्यक्रम ने और गहरा कर दिया था। दूसरा, फ़ौरी आर्थिक राहत मिलने की स्थिति में भी ये कार्यक्रम विकास के जिस रास्ते पर विकासशील देशों को डालते हैं, वे टिकाऊ विकास की कसौटियों पर खरे नहीं उतरते। विदेशी मुद्रा कमाने के लिए इन देशों से अपना हर सम्भव उत्पाद निर्यात करने के लिए कहा जाता है, भले ही इस निर्यातोन्मुख नीति का पर आगे चल कर पर्यावरण पर कितना भी नुक़सानदेह असर क्यों न पड़े। निर्यात की होड़ में जब एक से ज़्यादा देश एक ही क़िस्म का उत्पादन अंतर्राष्ट्रीय बाज़ार में बेच रहे हों, तो अक्सर उसके दाम गिर जाते हैं और इस चक्कर में कर्ज़दार देश को उत्तरोत्तर अपना माल अधिक से अधिक मात्रा में सस्ती दर पर बेचना पड़ता है। तीसरा, विदेशी मुद्रा कमाने के लिए बनायी गयी निर्यातोन्मुख नीतियों को कामयाब करने के लिए ये देश अपने अधिकांश संसाधन सामाजिक क्षेत्र से निकाल कर बिकाऊ माल के उत्पादन पर लगाने के लिए मजबूर हो जाते हैं। नतीजे के तौर पर स्वास्थ्य, शिक्षा, साफ़-सफ़ाई और स्थानीय उद्योग को दी जाने वाली आर्थिक सहायता में भारी कटौती करनी पड़ती है। इसका परिणाम स्थानीय समुदायों के और दरिद्रीकरण में निकलता है।

इसी तरह की आलोचनाओं के मद्देनज़र 2002 के बाद विश्व बैंक ने समायोजन कार्यक्रमों में एक नये पहलू का समावेश किया गया है। इसे पॉवर्टी रिडक्शन स्ट्रैटजी पेपर्स (पीआरएसपी) के नाम से जाना जाता है। बैंक का विचार था कि कई देश बहुत अनमने भाव से समायोजन कार्यक्रम चलाते हैं जिससे कई बार वह प्रभावी साबित नहीं हो पाता और राजकोषीय नीति में वांछित परिवर्तन नहीं हो पाते। अगर इन कार्यक्रमों को ग़रीबी उन्मूलन की नीतियों के रूप में पेश किया जाएगा तो इस कार्यक्रम की वैधता और लोकप्रियता में बढ़ोतरी होगी। ग़रीबी उन्मूलन की नीतियों के कारण कार्यक्रम पर अमल करने वाले देश निर्णय प्रक्रिया में ज़्यादा गहराई से शामिल महसूस करेंगे। दिलचस्प बात यह है कि पीआरएसपी और एसएपी के सार में विशेषज्ञों ने किसी ख़ास फ़र्क़ की शिनाख़्त नहीं की है। चाहे एसएपी हो या पीआरएसपी, निर्णय के सूत्र मोटे तौर पर उन्हीं देशों और संस्थाओं के हाथ में रहते हैं जिनके धन से क़र्ज़ का बंदोबस्त होता है।

ढाँचागत समायोजन कार्यक्रमों की आलोचना यहीं ख़त्म नहीं होती। विश्लेषकों ने कुछ बेहद संगीन और व्यापक मुद्दों की तरफ़ इशारा किया है जिनका ताल्लुक़ ग़रीब देशों की राजनीतिक सम्प्रभुता से है। सवाल यह है कि उस देश की सम्प्रभुता कितनी सुरक्षित मानी जाएगी जिसकी आर्थिक नीतियाँ किसी बाहरी संगठन के निर्देशों के तहत बनायी जाती हों, और उनका कार्यान्वयन भी उसी की देखरेख में होता हो? क्या यह एक हक़ीक़त नहीं है कि समायोजन कार्यक्रमों के प्रचलन के बाद ही विकासशील देशों में स्थानीय प्रशासन की अवहेलना करके आगे बढ़ोत्तरी वाले ग़ैर-सरकारी संगठनों की गतिविधियाँ बढ़ी हैं?

मुद्रा कोष और विश्व बैंक के दबाव में आ कर सरकारी क्षेत्र का निजीकरण करने के दुष्परिणाम कई देशों में सामने आ चुके हैं। बोलीविया में पानी सप्लाई और सब-सहारा अफ़्रीका में स्वास्थ्य प्रणाली के निजीकरण ने जल और स्वास्थ्य जैसी आवश्यकताओं को इतना महँगा कर दिया है कि ग़रीबों की उन तक पहुँच नहीं रह गयी है। दूसरी तरफ़ एसएपी द्वारा लादी गयी कृषि नीतियों और खाद्यान्न के व्यापारीकरण की नीतियों के कारण ग़रीब देशों में असंतुलित शहरीकरण को बढ़ावा मिला है। देहातों से बहुत बड़े पैमाने पर ग्रामीणों का शहरों की तरफ़ पलायन हो रहा है जिससे शहरी ग़रीबी और झुग्गी क्षेत्रों में अनाप-शनाप बढ़ोतरी हुई है। कुल घरेलू उत्पाद में बढ़ने के बावजूद विकासशील देशों के खेतिहर क्षेत्रों को समायोजन कार्यक्रमों से लाभ नहीं हुआ है।

देखें : अंतर्राष्ट्रीय मुद्रा कोष, ढाँचागत समायोजन कार्यक्रम, पेटेंट, ब्रेटन वुड्स प्रणाली, भारत का भूमण्डलीकरण, भारत में पेटेंट क़ानून, भारत में बहुराष्ट्रीय निगम, भारत में शेयर संस्कृति, भूमण्डलीकरण, भूमण्डलीकरण का इतिहास-1 और 2, भूमण्डलीकरण और बेरोज़गारी, भूमण्डलीकरण और ग़रीबी, भूमण्डलीकरण और पूँजी बाज़ार, भूमण्डलीकरण और लोकतंत्र, भूमण्डलीकरण और राज्य, भूमण्डलीकरण और राष्ट्रीय सम्प्रभुता, भूमण्डलीकरण और वित्तीय पूँजी, भूमण्डलीकरण और वित्तीय उपकरण, भूमण्डलीकरण के आलोचक, भूमण्डलीकरण के ख़िलाफ़ प्रतिरोध, विश्व बैंक, विश्व व्यापार संगठन।

संदर्भ

1. जी. मोहन ब्राउन (2000), बी. मिलवार्ड और ए.बी. ज़ैक-विलियम्स, *स्ट्रक्चरल एडजस्टमेंट : थियरी, प्रैक्टिस ऐंड इम्पैक्ट्स*, रॉटलेज, लंदन.
2. जयराज कार वग़ैरह (1995), *द सोशल इम्पैक्ट ऑफ़ एडजस्टमेंट ऑपरेशंस*, ऑपरेशंस इवैलुएशन प्रोग्राम, विश्व बैंक, वाशिंगटन, डीसी.
3. फ्रांसिस स्टीवर्ड (1995), *एडजस्टमेंट ऐंड पॉवर्टी : ऑप्शंस ऐंड चॉइसेज़*, रौटलेज, न्यूयॉर्क.
4. पॉल स्ट्रीटेन (1987), 'स्ट्रक्चरल एडजस्टमेंट : अ सर्वे ऑफ़ द इशूज़ ऐंड ओपीनियंस', *वर्ल्ड डिवेलपमेंट*, खण्ड 1, अंक 12.

— अभय कुमार दुबे

त

तात्त्विकतावाद

(Essentialism)

तात्त्विकतावाद के अनुसार वस्तुओं, व्यक्तियों, समूहों और समुदायों में कुछ ऐसे अनिवार्य तत्त्व निहित होते हैं जिनके आधार पर ही हर सम्भव परिस्थिति और देशकाल में उनके अस्तित्व के सार की रचना होती है। इन अनिवार्य तत्त्वों की अनायास तत्त्वों के मुक़ाबले वस्तुगत पहचान की जा सकती है। सत्रहवीं सदी में जॉन लॉक ने कहा था कि वस्तुओं के भीतर छिपा हुआ, ठोस और असली तत्त्व होता है जिससे बने 'न्यूनतम सार' के आधार पर हम उन्हें पहचानते और समझते हैं। लेकिन आगे चल कर तात्त्विकतावादियों की निगाह में अनिवार्यता का पहलू इतना प्रबल होता चला गया कि वे उस आधार पर बनायी गयी परिभाषा को अस्तित्त्व की पूर्व-शर्त मानने लगे। मसलन, अगर उन्होंने एक बार यह तय कर लिया कि एक ख़ास रंग, वज़न, कठोरता और द्रवणांक जैसे अनिवार्य तत्त्वों के आधार पर स्वर्ण नामक धातु की रचना होती है, तो उन अनिवार्य विशेषताओं से होने वाले ज़रा से भी विचलन के आधार पर वे किसी धातु को सोना मानने से इनकार कर सकते हैं। इस अवधारणा का इतिहास बताता है कि वस्तुओं में तात्त्विकता देखने का आग्रह शुरू में काफ़ी-कुछ सीमित क़िस्म का था। तात्त्विकतावाद की अवधारणा ने उत्तर-औपनिवेशिक विमर्श, नारीवादी विमर्श, साहित्य-सिद्धांत और संस्कृति-विमर्श में विचारोत्तेजक बहसों को जन्म दिया है।

उत्तर-औपनिवेशिक विमर्श तात्त्विकतावाद के आधार पर अस्मिता-निर्धारण का विरोध करता है। देरिदा, लकाँ और फ़ूको जैसे उत्तर-संरचनावादियों द्वारा प्रवर्तित सिद्धांतों का सहारा लेकर इस विमर्श ने दिखाया कि किस तरह तात्त्विकतावाद का सहारा ले कर उपनिवेशितों का अन्यीकरण किया गया ताकि उनके मुक़ाबले औपनिवेशिक संस्कृति की श्रेष्ठता साबित की जा सके। यह विमर्श केवल यहीं तक सीमित नहीं रहा, बल्कि उसने राष्ट्रवाद और नस्लवाद में तात्त्विकतावादी पहलुओं की आलोचना तक अपने तर्कों का विस्तार किया। साठ और सत्तर के दशक में राष्ट्रीय मुक्ति संग्रामों ने साम्राज्यवादी और औपनिवेशिक विमर्श द्वारा क्षतिग्रस्त की गयी स्थानीय अस्मिताओं की पुनर्स्थापना के लिए तात्त्विकतावाद का सहारा लिया। इन संघर्षों की कोशिश यह थी कि उपनिवेशित होने से पहले की संस्कृतियों की श्रेष्ठता प्रमाणित करके खोयी हुयी गरिमा और आत्म-सम्मान को फिर से प्राप्ति की जाए।

गायत्री चक्रवर्ती स्पिवाक ने इस प्रक्रिया को अपने विख्यात लेख 'कैन द सबाल्टर्न स्पीक ?' में प्रश्नांकित किया है। वे कहती हैं कि सबाल्टर्न यानी उत्पीड़ित का अपने उत्पीड़क के ख़िलाफ़ बोलना अपने-आप में इतनी सीधी-सादी प्रक्रिया नहीं है। उत्पीड़ित अपनी जिस अनिवार्य प्राक्-औपनिवेशिक अस्मिता का दावा करता है, उसकी रचना पर भी औपनिवेशिक विमर्शों का असर होता है। स्पिवाक के इस विश्लेषण का यह नतीजा भी निकाला गया कि अंतिम विश्लेषण में सबाल्टर्न के पास अपनी स्वतंत्र और सम्प्रभु वाणी प्राप्त करने का कोई तरीक़ा नहीं है। इस नकारात्मक व्याख्या की प्रतिक्रिया में स्पिवाक ने एक तरह के 'रणनीतिक तात्त्विकतावाद' की वकालत की ताकि औपनिवेशिक और नव-औपनिवेशिक उत्पीड़न के प्रभावों से छुटकारा पाने के एक अस्थायी तरीक़े के रूप में तात्त्विकतावाद का लाभ उठाया जा सके।

सिद्धांतकारों का ख़याल था कि उपनिवेशवादी वर्चस्व से छुटकारे का यह प्रयास उत्पीड़क और उत्पीड़ित की श्रेणियों के महज़ उलट-फ़ेर तक सीमित नहीं रहना चाहिए। इस द्विभाजन के बुनियादी तर्क को आलोचना का निशाना बनाना ज़रूरी है वरना ज़्यादा से ज़्यादा होगा यह कि औपनिवेशिक प्रभुओं की जगह नये देशज प्रभु बैठ जाएँगे जिनकी भूमिका नव-औपनिवेशिक कठपुतलियों जैसी होगी। उत्तर-औपनिवेशिक राज्यों के उदय पर टिप्पणी करते हुए एडवर्ड सईद ने दावा किया है कि फ्रांज़ फ़ानो जैसे उपनिवेशवाद विरोधी सिद्धांतकार कहीं न कहीं तात्त्विकतावादी श्रेणियों का प्रयोग करने में निहित ख़तरों से वाकिफ़ थे इसलिए उनके विमर्श में राष्ट्रवादी और नस्लवादी तात्त्विकतावाद की आलोचना भी मिलती है।

तात्त्विकतावाद के प्रश्न पर नारीवादी विमर्श के दायरे में भी जम कर विचार हुआ है। नारीवाद की दूसरी लहर के दौरान कई विद्वानों ने स्त्री और पुरुष के बीच लिंग-भेद की जीववैज्ञानिक व्याख्याओं को रेखांकित किया था। तात्त्विकतावाद नारीवाद के दो प्रमुख ध्रुवों में से एक है। दूसरा ध्रुव है सोशल कंस्ट्रक्टिविज़म या सामाजिक रचनावाद। तात्त्विकतावाद स्त्री को उसके अनिवार्य गुणों की रोशनी में ही देखना चाहता है। ज़ाहिर है कि इन अनिवार्य गुणों में से बहुत से गुण स्त्री की उस विशिष्ट जैविकता की देन हैं, जो पुरुष को नसीब नहीं हो सकती। इसलिए अक्सर इस तात्त्विकतावाद को बॉयलॅजीकल इसेंशियलिज़म भी कहा जाता है। सुलामिथ फ़ायरस्टोन ने सत्तर के दशक में दावा किया कि अगर स्त्रियाँ प्रजनन क्षमता के कारण अपने ऊपर थोपे गये उत्पीड़नों से बचना चाहती हैं तो उन्हें प्रजनन प्रौद्योगिकियों का सहारा लेकर मातृत्व की जंजीरों से ख़ुद को मुक्त करना चाहिए। दूसरी ओर मैरी डाली का कहना था कि जैविक स्त्रीत्व जैविक पुरुषत्व से अनिवार्यतः श्रेष्ठ है। इसलिए स्त्री के जैविक गुणों को ही उसके लैंगिक सार के रूप में ग्रहण किया जाना चाहिए। फ़ायरस्टोन और डाली के विमर्शों से ज़ाहिर है कि तात्त्विकतावाद का नारीवादी विमर्श पर काफ़ी अलग-अलग तरह का असर पड़ा है।

तात्त्विकतावाद कहता है कि स्त्री होती है। सामाजिक रचनावाद कहता है कि स्त्री होती नहीं समाज और परिस्थितियाँ उसे बनाते हैं। नारीवाद के इन दो ध्रुवों में आसान सा लगने वाला यह विभाजन काफ़ी नफ़ीस क़िस्म का और बड़ी हद तक परस्परव्यापी है। इसे सरलीकृत ढंग से लेने पर समझ की समस्याएँ पैदा हो सकती हैं। सामाजिक रचनावादी कभी भी तात्त्विकतावादी लग सकते हैं और तात्त्विकतावादी उनसे भी ज़्यादा बुलंद स्वर में कह सकते हैं कि औरत औरत होने के साथ बहुत कुछ और भी है।

इसमें कोई शक नहीं कि केवल स्त्री ही माँ बन सकती है। पुरुष सब कुछ हो सकता है, पर माँ नहीं बन सकता। मातृत्व दोनों लिंगों के बीच अंतिम और अनुलंघनीय जैविक विभाजन है। स्त्री की प्रजननकारी क्षमता ही वह मक़ाम है जहाँ पर पुरुष स्त्री की श्रेष्ठता स्वीकारने के लिए बाध्य है। लेकिन क्या स्त्री की ऐसी प्रकृतिप्रदत्त और निर्विवाद ख़ूबी उसे एक सत्तामूलक हस्ती बना सकती है? क्या माँ की सत्ता के नेतृत्व में पितृसत्ता के ख़िलाफ़ संघर्ष चलाया जा सकता है? इस सवाल का जवाब नारीवाद के दोनों ध्रुव अलग-अलग तरह से देते हैं। चूँकि मातृत्व के साथ लालन-पालन की ज़िम्मेदारियाँ भी अनिवार्य रूप से जुड़ी हैं (जिनके कारण स्त्री घर की चारदीवारी में, प्राइवेट दायरे में क़ैद हो जाती है), इसलिए नारीवादियों ने औरत की सबसे बड़ी जैविक विशेषता यानी मातृत्व को उसके उत्पीड़न का एक स्रोत भी बताया है। आख़िरकार पुरुषत्व और स्त्रीत्व की मौजूदा सामाजिक संरचनाएँ मातृत्व की सक्रिय हिस्सेदारी और उसके इर्द-गिर्द ही बनती हैं। इसीलिए सामाजिक रचनावादी विदुषियाँ स्त्री होने और माँ होने को अलग-अलग करके देखना पसंद करती हैं। हालाँकि तात्त्विकतावादी विदुषियों को 'मातृमूलक नैसर्गिकता' बहुत प्रिय है, पर ख़ासे अंदरूनी बहस-मुबाहिसे के बाद नारीवादी विद्वत्ता अब इस निष्कर्ष पर पहुँच गयी लगती है कि गर्भ धारण करने और बच्चा पैदा करने को अलग करके समझना चाहिए। लालन-पालन, उसके सामाजिक-सांस्कृतिक संदर्भ और अन्य संबंधित पारिवारिक गतिविधियों का आकलन अलग से किया जाना चाहिए। ऐसा करते ही मातृत्व का अनुभव उसके जैविक दायरे से निकल कर ऐतिहासिक, सांस्कृतिक और सामाजिक विविधता में प्रकट होने लगता है। वेश्या का मातृत्व, गृहिणी का मातृत्व, एक परम्परानिष्ठ स्त्री का मातृत्व, एक आधुनिक कामकाजी स्त्री का मातृत्व, समलैंगिक स्त्री का मातृत्व और गोद से बच्चा छिन जाने वाली स्त्री का मातृत्व एक ही श्रेणी में डाले जाने वाली चीज़ नहीं रह जाता। मातृत्व के महा-आख्यान का यह विखण्डन नारीवादी तात्त्विकतावाद की प्रभावकारिता को कमज़ोर कर देता है।

एद्रियाने रिच ने नारीवाद की इसी समस्या का सूत्रीकरण करते हुए कहा था कि 'पालक' की भूमिका स्त्री पर उसकी एक विशेष ख़ूबी के तौर पर सरलीकृत ढंग से चस्पाँ कर देना ख़तरनाक है। रिच कहती हैं कि पुरुष की बलात्कारी और योद्धा मानसिकता का प्रतिकार करने के लिए मातृमूलक ख़ूबियों पर ज़ोर देना अलग बात है, लेकिन यह तुलना उस समय तक बोझ बनी रहगी जब तक स्त्री के इस सर्वाधिक उदार और संवेदनशील आयाम को ही एक लीवर की तरह इस्तेमाल करके उसे नियंत्रित किया जाता रहेगा।

देखें : गायत्री चक्रवर्ती स्पिवाक, उत्तर-औपनिवेशिकता, ज़ाक देरिदा, ज़ाक लकाँ, नारीवाद, नारीवाद की पहली लहर, नारीवाद की दूसरी लहर, नारीवाद की तीसरी लहर, मिशले पॉल फ़ूको-1 और 2.

संदर्भ

1. डी. फ़ुस (1989), *इसेंशियली स्पीकिंग : फ़ेमिनिज़म, नेचर ऐंड डिफ़रेंस,* रॉटलेज, लंदन.
2. गायत्री चक्रवर्ती स्पिवाक (1988), *इन अदर वर्ल्ड्स : एसेज़ इन कल्चरल पॉलिटिक्स,* रॉटलेज, न्यूयॉर्क.
3. एस. क्रिप्के (1972), नेमिंग ऐंड नेसेसिटी, केम्ब्रिज यूविर्सिटी प्रेस, मैसाचुसेट्स.
4. एडवर्ड सईद (1993), *कल्चर ऐंड इम्पीरियलिज़म,* विंटेज, न्यूयॉर्क.

— अभय कुमार दुबे

तमिलनाडु

(Tamilnadu)

भारत के दक्षिणी भाग में स्थित राज्य तमिलनाडु को स्वतंत्रता से पहले मद्रास प्रेसीडेंसी के रूप में जाना जाता था। 1950 में मद्रास प्रेसीडेंसी भारतीय गणराज्य का मद्रास राज्य बन गयी और अपने वर्तमान रूप में इसका गठन 1956 में हुआ। उस समय भी इसका नाम मद्रास ही रखा गया जो 1969 में बदल कर तमिलनाडु हुआ। स्वतंत्रता प्राप्ति के बाद के दौर की तमिलनाडु की राजनीति को तीन भागों में बाँटकर समझा जा सकता है। पहला, 1952-1967 तक का दौर जिसमें कांग्रेस का वर्चस्व रहा। दूसरा, 1967-1987 तक का दौर जिसमें कांग्रेस के वर्चस्व की विदाई हुई और राज्य की राजनीति मुख्य रूप से के. करुणानिधि और एम.जी. रामचंद्रन के व्यक्तित्वों पर सिमटी रही। तीसरा, 1988 से आज तक की राजनीति जिसे मुख्य रूप से के. करुणानिधि बनाम जे. जयललिता की संज्ञा दी जा सकती है। दिलचस्प बात यह है कि तमिलनाडु की राजनीति में शुरू से लेकर अब तक फ़िल्मी हस्तियों का बोलबाला रहा है। राजनीति और फ़िल्मों की ऐसी अन्योन्यक्रिया कहीं और मिलनी मुश्किल है। तमिलनाडु एक ऐसा राज्य है जहाँ भारत में सबसे पहले और सबसे मज़बूती से 'ब्राह्मण विरोध' की राजनीति स्थापित हुई। यहाँ पिछड़ी जातियों को उत्तर के मुक़ाबले बहुत पहले ही आरक्षण दे दिया गया था। तमिलनाडु का महत्त्व इसलिए भी है क्योंकि शुरुआत में यहाँ भारत से अलग एक द्रविड़ राष्ट्र की माँग की गयी लेकिन लोकतांत्रिक राजनीति की प्रक्रिया में वह माँग धीरे-धीरे शांत हो गयी। 1980 और 1990 के दशक में श्रीलंका के तमिल आंदोलन के प्रति तमिलनाडु के कुछ दलों की सहानुभूति रही, लेकिन ये दल भी पृथकतावादी राजनीति को हवा नहीं दे पाये। सबसे पहले इसी राज्य में कांग्रेस का वर्चस्व तक़रीबन स्थायी रूप से ख़त्म हुआ। नब्बे के बाद के दौर में तमिलनाडु ने राष्ट्रीय स्तर की राजनीति में काफ़ी अहम भूमिका निभायी है।

चेन्नई राजधानी वाले इस राज्य के पश्चिम में केरल, उत्तर-पश्चिम में कर्नाटक, उत्तर में आंध्र प्रदेश, पूर्व में बंगाल की खाड़ी और केंद्र-शासित प्रदेश पांडिचेरी है। भारतीय प्रायद्वीप का सबसे दक्षिणी हिस्सा तमिलनाडु में ही स्थित है। इस बिंदु पर कन्याकुमारी शहर बसा हुआ है। यहाँ बंगाल की खाड़ी, अरब सागर और हिंद महासागर मिलते हैं। राज्य का कुल क्षेत्रफल 1,30,058 वर्ग किमी है। भारत के ग्यारहवें सबसे बड़े राज्य की 2011 की जनगणना के अनुसार कुल जनसंख्या 7,21,38,958 है और इस लिहाज़ से यह भारत का सातवाँ सबसे बड़ा राज्य है। यहाँ का जनसंख्या घनत्व 554.7 व्यक्ति प्रति किमी है। तमिलनाडु की साक्षरता दर 80.3 प्रतिशत है और इस हिसाब से भारत में इसका स्थान ग्यारहवाँ है। 1986 तक तमिलनाडु की विधायिका द्वि-सदनीय हुआ करती थी। लेकिन 1986 में यहाँ विधान परिषद ख़त्म कर दी गयी, और अब भारत के अधिकांश राज्यों की तरह तमिलनाडु की विधायिका भी एक-सदनीय ही है। विधानसभा में सदस्यों की कुल संख्या 235 है। यहाँ से लोकसभा के 39 और राज्यसभा के 18 सदस्य चुने जाते हैं। चेन्नई में तमिलनाडु का उच्च न्यायालय स्थित है। तमिलनाडु की सरकारी भाषा तमिल है। यहाँ के तक़रीबन नब्बे प्रतिशत लोग तमिलभाषी ही हैं। 2001 की जनगणना के अनुसार तमिलनाडु के 88.1 प्रतिशत लोग हिंदू हैं। यहाँ की जनसंख्या में ईसाई धर्म के लोगों का अनुपात 6.1 प्रतिशत और मुसलमामों को अनुपात 5.6 प्रतिशत है। यहाँ की जनसंख्या में अनुसूचित जातियों और अनुसूचित जनजातियों का अनुपात क्रमशः 19 प्रतिशत और एक प्रतिशत है।

आज़ादी से पहले तमिलनाडु ब्रिटिश औपनिवेशिक शासन के अंतर्गत मद्रास प्रेसीडेंसी का एक भाग था। उस समय कांग्रेस ही इस क्षेत्र का मुख्य राजनीतिक दल थी। लेकिन बीसवीं सदी के दूसरे दशक से ही राज्य में क्षेत्रीय दलों की दावेदारी की शुरुआत हो गयी थी। शुरुआती द्रविड़ पार्टियों में से एक साउथ एशियन वेलफ़ेयर एसोसिएशन का गठन 1916 में हुआ। बाद में इसे जस्टिस पार्टी के नाम से जाना गया। स्वतंत्रता आंदोलन के दौरान तमिलनाडु से कई प्रसिद्ध कांग्रेसी नेता हुए। इसमें चक्रवर्ती राजगोपालाचारी और नाडर कामराज के नाम मशहूर है। प्रसिद्ध कवि सुब्रह्मण्य भारती को

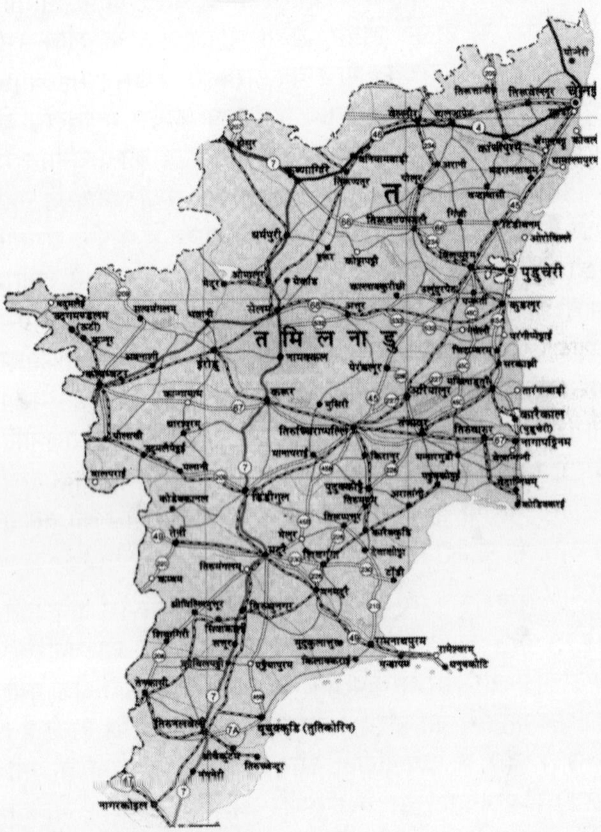

तमिलनाडु : द्रविड़ आंदोलन का केंद्र

भारतीय राष्ट्रवाद का तमिल गायक माना जाता है। आज़ादी से पहले मद्रास प्रेसीडेंसी के तमिलभाषी इलाक़ों में ई.वी. रामस्वामी नायकर पेरियार के नेतृत्व में जातिगत भेदभाव और ब्राह्मणों के ख़िलाफ़ जुझारू आत्मसम्मान आंदोलन चलाया गया। 1937 में बनी राजगोपालाचारी के नेतृत्व वाली कांग्रेस की प्रांतीय सरकार द्वारा हिंदी को बाध्यकारी बनाये जाने के फ़ैसले का भी पेरियार और जस्टिस पार्टी ने जबर्दस्त विरोध किया। दरअसल 'ब्राह्मण विरोध' और 'हिंदी विरोध' ने स्वतंत्रता प्राप्ति के बाद के दौर में तमिलनाडु की राजनीति में महत्त्वपूर्ण भूमिका निभायी। 1944 में पेरियार ने इस पार्टी का नाम बदलकर द्रविड़ कजगम कर लिया। द्रविड़ कजगम ने द्रविड़ों के लिए एक स्वतंत्र राष्ट्र द्रविड़नाडु की माँग की और मद्रास प्रेसीडेंसी के अंतर्गत आने वाले सभी क्षेत्रों को इसमें शामिल करने पर ज़ोर दिया। लेकिन पेरियार के साथ मतभेद हो जाने के कारण पार्टी के दूसरे महत्त्वपूर्ण नेता सी.एन. अन्नादुरै ने विभाजन करके द्रविड़ मुनेत्र कजगम (डीएमके) की स्थापना की।

1950 में जब भारत का संविधान लागू हुआ तो वर्तमान तमिलनाडु राज्य को मद्रास स्टेट के नाम से जाना जाता था। उस समय इसमें वर्तमान आंध्र प्रदेश, केरल और कर्नाटक के कुछ भाग भी शामिल थे। चूँकि इन राज्यों का गठन भाषाई आधार पर हुआ था इसलिए मद्रास राज्य के उन भागों को इन राज्यों को दे दिया गया जिनमें इनकी भाषा बोलने वालों की बहुतायत थी। मद्रास में सार्वभौम मताधिकार पर आधारित पहला विधानसभा चुनाव मार्च, 1952 में हुआ। इसमें कांग्रेस को जीत मिली। शुरुआती तीन विधानसभा चुनावों में कांग्रेस का ही वर्चस्व रहा। इस दौरान सी. राजगोपालाचारी (10 अप्रैल, 1952–13 अप्रैल, 1954), के. कामराज (13 अप्रैल, 1954–2 अक्टूबर, 1963) और एम. भक्तवत्सलम (2 अक्टूबर, 1963–6 मार्च, 1967) राज्य के मुख्यमंत्री रहे। ये तीनों ही नेता स्वतंत्रता आंदोलन से जुड़े हुए थे और राजनीति में इनकी काफ़ी प्रतिष्ठा थी। राजगोपालाचारी तो स्वतंत्र भारत के पहले भारतीय गवर्नर जनरल थे। कामराज ने 1963 में 'कामराज योजना' पेश करके कांग्रेस का पुनर्संस्कार किया था। इस योजना के मुताबिक़ मुख्यमंत्री और अन्य सरकारी पदों पर बैठे कांग्रेसी नेताओं को अपने पद छोड़ कर पार्टी के लिए लोगों के बीच काम करना पड़ा। इसी योजना के आधार पर ख़ुद कामराज ने अपना मुख्यमंत्री पद भी छोड़ा। कामराज 1964 में कांग्रेस के राष्ट्रीय अध्यक्ष बने और उन्होंने लाल बहादुर शास्त्री और इंदिरा गाँधी को प्रधानमंत्री बनवाने में महत्त्वपूर्ण भूमिका निभायी। लेकिन साठ के दशक के शुरुआती वर्षों से ही द्रमुक (या डीएमके) की राजनीति से कांग्रेस के वर्चस्व को चुनौती मिलनी शुरू हो गयी थी। द्रमुक की ब्राह्मण-विरोधी नीतियों ने पिछड़ी जातियों को राजनीतिक रूप से गोलबंद किया। एम.जी. रामचंद्रन जैसे लोकप्रिय अभिनेता का समर्थन मिलने से भी इसकी स्थिति मज़बूत हुई। आज़ादी के बाद एक दशक तक द्रमुक स्वतंत्र द्रविड़नाडु की माँग पर ज़ोर देती रही। लेकिन 1962 में चीन के हमले के समय राष्ट्रवादी भावनाओं का उफ़ान होने के कारण इसने पहले इस माँग को स्थगित किया और बाद में पूरी तरह से छोड़ दिया। इस कारण तमिलनाडु की राजनीति में इसकी स्वीकार्यता बढ़ी। 1965 में हुए हिंदी विरोधी आंदोलन में द्रमुक नेताओं ने काफ़ी नेतृत्वकारी भूमिका निभायी। 1959 में राजगोपालाचारी द्वारा कांग्रेस से अलग होकर स्वतंत्रत पार्टी बनाने का फ़ायदा भी द्रमुक को मिला क्योंकि इससे राज्य में कांग्रेस की स्थिति कमज़ोर हो गयी।

1967 में हुए विधानसभा चुनावों के बाद द्रमुक सत्ता में आयी और सी.एन. अन्नादुरै राज्य के पहले ग़ैर-कांग्रेसी मुख्यमंत्री बने। उन्होंने 14 जनवरी, 1969 को मद्रास राज्य का नाम बदलकर तमिलनाडु कर लिया। अन्नादुरै अपने निधन तक राज्य के मुख्यमंत्री रहे। इसके बाद द्रमुक में नेतृत्व के लिए संघर्ष शुरू हुआ और सात दिन के लिए वी.आर. नेंदुंचेज़ियन राज्य के कार्यवाहक मुख्यमंत्री रहे। इसके बाद सरकार की बागडोर करुणानिधि को मिली। लेकिन पार्टी के भीतर करुणानिधि और एम.जी. रामचंद्रन के बीच संघर्ष

चलता रहा। 1972 में रामचंद्रन ने अपनी अलग पार्टी ऑल इण्डिया अन्ना द्रविड़ मुनेत्र कजगम (अन्नाद्रमुक) का गठन किया। जब तक रामचंद्रन जीवित रहे तब तक वे और करुणानिधि ही यहाँ की राजनीति की धुरी बने रहे। इस तरह राज्य की राजनीति से कांग्रेस के वर्चस्व की विदाई हो गयी। 24 दिसम्बर, 1987 को एम.जी. रामचंद्रन के देहांत के बाद अन्नाद्रमुक में भी कुछ समय के लिए सत्ता-संघर्ष हुआ। एक बार फिर कुछ समय के लिए वी.आर. नेंदुंचेज़ियन कार्यवाहक मुख्यमंत्री रहे। फिर बहुत ही कम समय के लिए एम.जी. रामचंद्रन की पत्नी जानकी रामचंद्रन मुख्यमंत्री बनी। राजीव गाँधी सरकार द्वारा राज्य में राष्ट्रपति शासन लागू कर दिये जाने के कारण उनकी सरकार का पतन हो गया। धीरे-धीरे वे नेपथ्य में चली गयीं और अन्नाद्रमुक पूरी तरह से जे. जयललिता की पार्टी बन गयी। इसके बाद से लेकर अब तक की तमिलनाडु की राजनीति मुख्य रूप से दो व्यक्तित्वों अर्थात् करुणानिधि और जयललिता के आस-पास केंद्रित रही है। तमिलनाडु की राजनीति के इन दो सशक्त नेताओं ने इस दौर में केंद्र की राजनीति को भी बहुत गहराई से प्रभावित किया। करुणानिधि और उनकी पार्टी ने अस्सी के दशक के आख़िरी वर्षों और नब्बे के दशक में राष्ट्रीय स्तर की ग़ैर-कांग्रेसी राजनीति में महत्त्वपूर्ण भूमिका निभायी। वी.पी. सिंह के नेतृत्व में बनी राष्ट्रीय मोर्चे की सरकार और एच.डी. देवेगौड़ा और इंद्र कुमार गुज़राल के नेतृत्व में बनी संयुक्त मोर्चा सरकारों के गठन में द्रमुक ने महत्त्वपूर्ण भूमिका निभायी और वह इन सरकारों में शामिल भी रही। बाद में लोकसभा के मध्यावधि चुनावों के पहले गठित राष्ट्रीय जनतांत्रिक गठबंधन में भी द्रमुक शामिल रही। 2004 के लोकसभा चुनावों में इसने कांग्रेस से गठबंधन किया और यह गठबंधन 2009 के लोकसभा चुनावों के दौरान भी क़ायम रहा। इन चुनावों के बाद गठित संयुक्त प्रगतिशील मोर्चे (यूपीए) की सरकारों के संचालन में द्रमुक की प्रमुख भूमिका रही। द्रमुक की तरह ही जयललिता की अन्नाद्रमुक ने भी राष्ट्रीय राजनीति में दख़ल दिया। 1991 में इसने कांग्रेस से मिलकर चुनाव लड़ा और चुनावों के बाद उसकी सरकार को समर्थन दिया। 1998 के लोकसभा के मध्यावधि चुनावों के बाद जयललिता 'किंग मेकर' की भूमिका में आ गयीं और उनके समर्थन वापस लेने के कारण ही वाजपेयी सरकार का पतन हुआ।

लेकिन, इन दो नेताओं के वर्चस्व का अर्थ यह नहीं है कि यहाँ दूसरे राजनीतिक दलों या नेताओं की प्रभावशाली मौजूदगी नहीं रही है। नब्बे के बाद के दौर में राज्य स्तर पर तमिल मनीला कांग्रेस (टीएमसी), पट्टालि मक्कल काच्ची (पीएमके) और मल्लुमाराची द्रविड़ मुनेत्र कजगम (एमडीएमके) का उल्लेख प्रभावशाली राज्य स्तरीय दलों के रूप में किया जा सकता है। टीएमसी का गठन जी.के. मूपनार ने कांग्रेस से अलग होकर किया था। 1996 के लोकसभा चुनावों के बाद संयुक्त मोर्चे की सरकारों में इसने महत्त्वपूर्ण भूमिका निभायी। लेकिन बाद में इसका कांग्रेस में विलय हो गया। पीएमके और एमडीएमके अभी राज्य की राजनीति में सक्रिय हैं। तमिलनाडु में राष्ट्रीय दलों की स्थिति मज़बूत नहीं रही है। 1967 के बाद कांग्रेस कभी भी राज्य में अपनी सरकार नहीं बना पायी। 1991 में तमिलनाडु के श्रीपेरम्बदुर में राजीव गाँधी की हत्या हो जाने के कारण उसके बाद हुए चुनावों कांग्रेस को जबर्दस्त फ़ायदा हुआ था, लेकिन इसके बावजूद कांग्रेस राज्य में कभी भी अपने पैरों पर खडी नहीं हो पायी है। मुख्य तौर पर वह द्रमुक या अन्नाद्रमुक से गठजोड़ बनाकर राजनीति करती रही है। कांग्रेस के अलावा अन्य राष्ट्रीय राजनीतिक दलों मसलन भाजपा या वामपंथी दलों की स्थिति कांग्रेस की तुलना में और भी ज़्यादा ख़राब है।

मुख्य रूप से दो व्यक्तित्वों के आस-पास राजनीति केंद्रित होने के कारण राज्य की राजनीति में चाटुकारिता, भ्रष्टाचार और परिवारवाद का वर्चस्व बहुत ज़्यादा बढ़ गया है। करुणानिधि का परिवार द्रमुक की राजनीति पर हावी है। नब्बे के दौर में जयललिता और करुणानिधि, दोनों ही की सरकारों पर भ्रष्टाचार के गम्भीर आरोप लगे थे। लेकिन तमिलनाडु की राजनीति में कोई सशक्त विकल्प उभरकर सामने नहीं आया और इन्हीं दोनों के बीच सत्ता की अदला-बदली होती रही। 2011 के चुनावों में अन्नाद्रमुक की जीत हुई और जयललिता एक बार फिर मुख्यमंत्री बनीं।

देखें : अरुणाचल प्रदेश, असम, आत्मसम्मान आंदोलन, आंध्र प्रदेश, इरोड वेंकट रामस्वामी नायकर पेरियार, उत्तर प्रदेश, उत्तराखण्ड, ओडीशा, कर्नाटक, केरल, गोवा, छत्तीसगढ़, जम्मू और कश्मीर, झाड़खण्ड, तमिलनाडु, त्रिपुरा, दक्षिण भारतीय सिनेमा और राजनीति, दिल्ली, नगालैण्ड, बिहार, पंजाब, पश्चिम बंग, मणिपुर, महाराष्ट्र, मध्य प्रदेश, मिज़ोरम, मेघालय, राजस्थान, हरियाणा।

संदर्भ

1. नरेंद्र सुब्रह्मण्यम (2003), 'बियांड एथ्निसिटी ऐंड पॉपुलिज़्म? चेंजेज़ ऐंड कॉन्टिनुइटी इन तमिलनाडु इलेक्टोरल मैप', बॉब वैलेस और रामाश्रय रॉय (सम्पा.), *इण्डियाज़ 1999 इलेक्शंस ऐंड ट्वेंटिएथ सेंचुरी पॉलिटिक्स*, सेज, नयी दिल्ली.
2. डेविड वॉशरब्रुक (1989), 'कास्ट, क्लास ऐंड डॉमिनेंस इन मॉडर्न तमिलनाडु : नॉन ब्राह्मणिज़म, द्रविड़िज़म ऐंड तमिल नैशनलिज़्म', फ्रैंसीन फ्रैंकेल और एम.एस.ए. राव (सम्पा.), *डॉमिनेंस ऐंड स्टेट पावर इन मॉडर्न इण्डिया*, ऑक्सफ़र्ड युनिवर्सिटी प्रेस, दिल्ली और न्यूयॉर्क.
3. रॉबर्ट हार्डग्रेव, जूनियर (1973), 'पॉलिटिक्स ऐंड द फ़िल्म्स इन तमिलनाडु', *एशियन सर्वे*, खण्ड 13, अंक 3.

— कमल नयन चौबे

तीसरा सिनेमा

(Third Cinema)

साठ के दशक से शुरू हुआ यह सिनेमा आंदोलन मुख्यत: तीसरी दुनिया के देशों में सक्रिय फ़िल्मकारों की देन था। ये निर्देशक 'संस्कृति के वि-उपनिवेशीकरण' में यक़ीन करते थे। इसीलिए उन्होंने अपनी कृतियों को पहले सिनेमा (हॉलीवुड) और दूसरे सिनेमा (युरोपीय कला सिनेमा) से अलग एक तीसरे ध्रुव पर स्थित किया। अपनी स्वतंत्रता और स्वायत्तता के लिहाज़ से तीसरा सिनेमा सोवियत ख़ेमे के सिनेमा से भी अलग था, हालाँकि उसके सिद्धांतकार घोषित रूप से समाजवादी विचारधारा के साथ जुड़े हुए थे। यहाँ तीसरे सिनेमा और तीसरी दुनिया के सिनेमा के बीच अंतर स्पष्ट करना ज़रूरी है। तीसरी दुनिया के सिनेमा का एक बहुत बड़ा हिस्सा फ़िल्म-निर्माण के मामले में या तो हॉलीवुड के प्रारूप का पालन करता है, या फिर कला सिनेमा आंदोलन की विभिन्न प्रवृत्तियों को अपनाता है। तीसरी दुनिया के सिनेमा का मुख्य उद्देश्य मनोरंजन है, जबकि तीसरा सिनेमा अपने चरित्र में खुले तौर पर राजनीतिक था और फ़िल्म-निर्माण के ग़ैर-राजनीतिक रवैये और तौर-तरीक़ों को नापसंद करता था।

1969 में अर्जेंटीना के दो विमर्शकारों फ़र्नांडो सोलानास और ऑक्टावियो गेटिनो ने 'टुवर्ड्स अ थर्ड सिनेमा' शीर्षक से एक घोषणा पत्र तैयार किया जिससे इस आंदोलन की शुरुआत हुई। साठ के दशक के दौरान तीसरी दुनिया के आर्थिक रूप से पिछड़े हुए देशों में होने वाले राजनीतिक संघर्षों और क्रांतियों के आख्यान का इस घोषणा पत्र पर गहरा असर था। यही वह दौर था जब सामाजिक और राजनीतिक रूप से सजग फ़िल्मकारों ने वामपंथी विचारधारात्मक रुझानों की मदद ले कर तीसरी दुनिया में हो रहे परिवर्तनों की या तो खुली पैरोकारी की या विपक्षी भूमिका निभाते हुए उन्हें प्रश्नांकित किया। यह सिनेमा शैलीगत रूप से अमेरिका के प्रति-सिनेमा की तरह था। जिस तरह प्रति-सिनेमा फ़िल्म निर्माण के हॉलीवुडीय तौर-तरीकों की कड़ी आलोचना करते हुए विकसित हुआ था, उसी तरह से तीसरे सिनेमा के फ़िल्मकारों ने अपने-अपने देशों के संदर्भ में यही भूमिका निभायी। इन कलाकारों ने तीसरी दुनिया के दर्शकों के सामने अमेरिकी व्यावसायिक फ़िल्में और युरोपीय कला सिनेमा परोसने का भी विरोध किया।

ज़ाहिर है कि तीसरा सिनेमा आंदोलन के फ़िल्मकारों की भावभूमि पर उनके अपने देश के यथार्थ की गहरी छाप थी। इस लिहाज़ से ये फ़िल्मकार एक-दूसरे से उल्लेखनीय ढंग से अलग भी थे। लेकिन उनके बीच पाये जाने वाले समानता के बिंदु उन्हें सरोकारगत रूप से एक ख़ेमे में रख देते थे। मसलन, अफ़्रीका और भारत के फ़िल्मकारों का मक़सद उपनिवेशवाद के प्रभावों पर रोशनी डालना था। लातीनी अमेरिका के फ़िल्मकारों की रुचि नव-उपनिवेशवादी संरचनाओं को अनावृत्त करने की थी। कुल मिला कर अफ़्रीकी, एशियायी और दक्षिण अमेरिकी देशों के फ़िल्मकार इस आंदोलन के तहत बहिर्वेशन और उत्पीड़न के मक़ामों की शिनाख़्त करते हुए फ़िल्मों के ज़रिये राजनीतिक वक्तव्य देने के इच्छुक थे। इस प्रक्रिया में उन्होंने नयी सिनेमाई संहिताओं और परम्पराओं की रचना का दावा किया। वर्ग, नस्ल, संस्कृति, धर्म, सेक्स और राष्ट्रीय अखण्डता से जुड़े मुद्दों को सम्बोधित करते हुए इन नयी संहिताओं के मर्म में ग़रीब और अमीर का अंतर्विरोध था। लोकप्रिय स्वदेशी संस्कृतियों और उनके निरूपण के ज़रिये इन फ़िल्मकारों ने औपनिवेशिक और साम्राज्यवादी मूल्यों का समर्थन करने वाले शासक वर्गों का विरोध करने का फ़ैसला किया।

तीसरा सिनेमा : 'द बैटिल ऑफ़ अल्जियर्स' (2003)

दिलचस्प बात यह है कि अपने व्यवस्था विरोधी तेवर

को बुलंद करने के बावजूद तीसरे सिनेमा के बहुत से फ़िल्मकार अपने वित्त-पोषण के लिए सरकार पर निर्भर थे। भारत और क्यूबा में सरकारी पैसा इन फ़िल्मों के निर्माण में ख़र्च हुआ और अफ़्रीका के कुछ देशों (सेनेगल, ट्यूनीशिया, अल्जीरिया और मोरोक्को) के फ़िल्मकारों ने तो अपने पूर्व औपनिवेशिक प्रभुओं द्वारा दिया गया धन तक स्वीकार कर लिया। इस विरोधाभास के बावजूद यह संयोग विचारणीय है कि तीसरी दुनिया के अलग-अलग देशों में सक्रिय फ़िल्मकार अपने सामाजिक और राजनीतिक दायित्वों के बारे में एक ही निष्कर्ष तक कैसे पहुँचे। अफ़्रीकी फ़िल्मकारों ने 1969 में ही अल्जीयर्स में अपना अखिल अफ़्रीकी संगठन बना लिया था ताकि वे फ़िल्म-माध्यम का क्रांतिकारी इस्तेमाल करते हुए उपनिवेशवाद से मुक्त हो कर अफ़्रीकी एकता के लिए काम कर सकें। इसी साल से बरकिना फ़ासो में व्यवस्था विरोधी फ़िल्मों का एक द्वि-वर्षीय फ़िल्मोत्सव शुरू किया गया।

भारत में *तीसरे सिनेमा* की संहिताओं की अभिव्यक्ति मृणाल सेन ('भुवन शोम') और मणि कौल ('उसकी रोटी') की फ़िल्मों में हुई। इसकी पृष्ठभूमि में चालीस के दशक में चले भारतीय जननाट्य संघ (इप्टा) का रंगमंच और फ़िल्म आंदोलन था जिसने 1946 में ख़्वाज़ा अहमद अब्बास के निर्देशन में 'धरती के लाल' जैसी चर्चित फ़िल्म बनायी थी। इसके साथ ही तीसरे सिनेमा पर पचास और साठ के दशक की शुरुआत में बनायी गयी सत्यजीत राय ('पाथेर पांचाली', 'अपूर संसार', 'महानगर', 'चारुलता') और ऋत्विक घटक की फ़िल्मों का भी असर था। घटक ने 1952 में 'नागरिक' और 'अजांत्रिक' से शुरुआत की, पर इसके बाद उन्होंने 1943 में पड़े बंगाल के अकाल और 1947 में हुए भारत-विभाजन की त्रासदी के अपने आँखों देखे अनुभव के आधार पर गहरे राजनीतिक अर्थों से सम्पन्न फ़िल्म-त्रयी 'मेघे ढाके तारा' (1960), 'कोमल गांधार' (1961) और 'सुबणरिखा' (1962) का निर्माण किया।

लातीनी अमेरिका के तीसरे सिनेमा के केंद्र में सशस्त्र संघर्ष की विषयवस्तु थी। इस दौरान उभरे ब्राज़ीली सिनेमा की शिनाख़्त 'भूख अथवा हिंसा के सौंदर्यशास्त्र' के तौर पर की जाती है। अर्जेंटीना के क्रांतिकारी सिनेमा ने अवाँगार्द क़िस्म के जुझारू वृत्त-चित्रों का रूप ग्रहण किया। क्यूबाई सिनेमा के लिए भी यह अवधि उत्पादक साबित हुई। वहाँ एक ऐसा राजनीतिक सिनेमा सामने आया जिसके केंद्र में क्रांति को धरती पर उतारने में पैदा होने वाली कठिनाइयाँ थीं।

तीसरे सिनेमा के इर्द-गिर्द नब्बे के दशक तक जम कर बहस-मुबाहिसा जारी रहा। इसमें भाग लेने वालों ने एक अवधारणा के रूप में तृतीय विश्व और इस प्रकार के सिनेमा के बीच व्यावहारिक और सैद्धांतिक संबंधों का सूत्रीकरण करने का प्रयास किया। 1986 में यह सिनेमा विभिन्न देशों में रह रहे हाशियाकृत समूहों की समस्याओं पर रोशनी डालने वाली फ़िल्मों के रूप में सामने आया। अस्सी के दशक के अंत में ब्रिटेन में ब्लैक सिनेमा उभरा जिसके तत्त्वावधान में एडिनबरा (1986) और बरमिंघम (1988) में दो सम्मेलन आयोजित किये गये जिन्होंने इस बहस को अधिक व्यापक रूप दिया।

इन सम्मेलन में हुए विचार-विमर्श से तीसरे सिनेमा के कुछ पहलू ठोस रूप से सूत्रीकृत हुए। जैसे, तीसरा सिनेमा एक राष्ट्रीय सिनेमा है जिसकी जड़ें अपने देश की संस्कृति, राजनीति और सामाजिक अनुभव से जुड़ी हुई हैं। यह कई तरह का हो सकता है और इसकी प्रकृति निजी स्मृति पर आधारित है न कि इतिहास के आधिकारिक निरूपण पर। तीसरा सिनेमा फ़िल्मकार पर यह समझने की ज़िम्मेदारी डालता है कि शूटिंग करते समय वह किस मक़ाम पर खड़ा है और शूटिंग करते समय वह 'क्या' और 'क्यों' है। इन दोनों प्रश्नों के उत्तर पाने की प्रक्रिया में तीसरे सिनेमा की कृतियों की बेहतर समझ हासिल करने की सम्भावना बढ़ी। मसलन, इसके बाद यह देखना मुमकिन हो गया कि शुरुआती दौर में बने तीसरे सिनेमा से जेंडर का प्रश्न क्यों ग़ैरहाज़िर था।

देखें : अतिनाटकीयता, अनुपस्थिति-उपस्थिति, कला सिनेमा, अवाँगार्द और प्रति-सिनेमा, टीवी और समाचार, टीवी और सेक्शुअलिटी, टीवी और टीवी-अध्ययन, तीसरी दुनिया का सिनेमा, दक्षिण भारतीय सिनेमा और राजनीति, नारीवादी फ़िल्म-सिद्धांत, फ़िल्म और सेक्शुअलिटी, फ़िल्मांतरण, फ़िल्म-सिद्धांत, फ़्लैश-बैक, भारतीय सिनेमा-1, 2 और 3, भारतीय फ़िल्म-अध्ययन, भारतीय स्टार सिस्टम, रियलिटी टीवी, विचारधारा और हिंदी सिनेमा, वृत्त-चित्र, सेलेब्रिटी, सोप ओपेरा, सिनेमाई यथार्थवाद, नव-यथार्थवाद, सोवियत सिनेमा, स्टार, हिंदी सिनेमा का समाजशास्त्र।

संदर्भ

1. फ़र्नांडो सोलानास और ऑक्टावियो गेटिनो (1983), 'टुवर्ड्स अ थर्ड सिनेमा', संकलित : एम. चानन (सम्पा.), *ट्वेंटी फ़ाइव ईयर्स ऑफ़ न्यू लैटिन अमेरिकन सिनेमा,* ब्रिटिश फ़िल्म इंस्टीट्यूट पब्लिशिंग, लंदन.
2. टी. गैब्रियल (1989), 'थर्ड सिनेमा एज़ गार्जियन ऑफ़ पॉप्युलर मैमोरी : टुवर्ड्स अ थर्ड एस्थेटिक्स', संकलित : जे. पाइंस और पी. विलमेन (सम्पा.), *क्वेश्चंस ऑफ़ थर्ड सिनेमा,* ब्रिटिश फ़िल्म इंस्टीट्यूट पब्लिशिंग, लंदन.
3. सी. फुस्को (1989), 'एबाउट लोकेटिंग अवरसेल्व्ज़ ऐंड अवर रिप्रज़ेंटेशंस, बरमिंघम थर्ड स्पेस सेक्शन ऑफ़ द 1988 बरमिंघम फ़िल्म ऐंड टेलिविज़न फ़िल्म फ़ेस्टिवल', *फ़्रेमवर्क,* खण्ड 36.

— अभय कुमार दुबे

तीसरी दुनिया का सिनेमा

(Third World Cinema)

तीसरी दुनिया के सिनेमा का सीधा मतलब माना जाता है अफ़्रीका, मध्य-पूर्व, भारतीय उपमहाद्वीप, चीन, एशियाई देशों और लातीनी अमेरिका का सिनेमा। विविध सांस्कृतिक जड़ों और तरह-तरह की शैलियों के बावजूद इस सिनेमा का एक समान लक्षण यह है कि यह युरोकेंद्रित नहीं है। युरोप और अमेरिका के फ़िल्म बाज़ार में इन देशों के सिनेमा-उत्पादों के लिए कोई उत्सुकता नहीं पायी जाती, लेकिन अपने देशों की जनता के बीच असाधारण रूप से लोकप्रिय यह सिनेमा एक सांस्कृतिक शक्ति के रूप में ख़ुद को स्थापित कर चुका है। तीसरी दुनिया के समाज और राजनीति के साथ इस सिनेमा के संबंधों की व्याख्या के लिए युरोकेंद्रीय सिद्धांतों का उपयोगी नाकाफ़ी है। तीसरी दुनिया के सिनेमा के पास अपनी विमर्श-परम्पराएँ और अपने सिद्धांत हैं। भारतीय सिनेमा ने इस विमर्श में विशिष्ट योगदान किया है। 1948 में ही सत्यजीत राय और चिदानंद दासगुप्ता के लेखन ने सिनेमा-सिद्धांत से जूझते हुए स्वातंत्र्योत्तर भारतीय सिनेमा की राष्ट्र के संदर्भ में एकताकारी भूमिका पर ज़ोर देना शुरू कर दिया था। इसके बाद साठ और सत्तर के दशक में ऋत्विक घटक और कविता सरकार का लेखन सामने आया जिसके केंद्र में यथार्थवाद बनाम आधुनिकतावाद, आधुनिकतावाद बनाम अवाँगार्द और राष्ट्रीय सिनेमा बनाम क्षेत्रीय सिनेमा जैसी बहसें थीं। आज भारतीय सिनेमा अपने प्रसार, विविधता और संस्थागत मज़बूती में हुई ज़बरदस्त बढ़ोतरी के कारण एक भूमण्डलीय ताक़त में विकसित हो चुका है। इसलिए इस प्रविष्टि में केवल अफ़्रीकी, चीनी, लातीनी अमेरिकी और मध्य-पूर्व के सिनेमा की चर्चा की गयी है। भारतीय सिनेमा पर अलग से दो विस्तृत प्रविष्टियाँ दी गयी हैं।

अफ़्रीकी महाद्वीप में रचे गये अधिकतर सिनेमा को राष्ट्रीय चेतना के वाहक के तौर पर चिह्नित किया जा सकता है। इन फ़िल्मों ने या तो उपनिवेशवाद के प्रभावों की भर्त्सना की या परम्परा बनाम आधुनिकता के द्विभाजन को सम्बोधित किया। यह सिनेमा एक तरफ़ तो परम्परा के कुछ रूपों को स्थापित करता नज़र आया, तो दूसरी तरफ़ उसने परम्परा के अन्य रूपों की कठोर आलोचना की। इसी तरह उसने आधुनिकता के सकारात्मक और नकारात्मक रूपों की भी शिनाख़्त की। साठ और सत्तर के दशक में अफ़्रीकी फ़िल्म-रचना पर फ्रेंज़ फ़ानो के रैडिकल लेखन के गहरे प्रभाव के फलस्वरूप अफ़्रीकी सिनेमा अपने क्रांतिकारी और प्रतिरोधमूलक पक्ष के लिए भी जाना जाता है। इस सिनेमा ने लुई अलथूसे के विचारधारा संबंधी मार्क्सवादी विमर्श से भी प्रेरणा प्राप्त की। दरअसल, साठ के दशक में कई अफ़्रीकी फ़िल्मकार पेरिस में सक्रिय थे। जब वे स्वदेश लौटे तो अपने साथ वहाँ के रैडिकल चिंतन की सौगात भी साथ लाए।

अफ़्रीकन फ़िल्मकारों ने बरकिना फ़ासो में एक द्विवार्षिक फ़िल्मोत्सव भी शुरू किया। अखिल-अफ़्रीकी फ़िल्मों की नुमाइंदगी करने वाले इस कार्यक्रम को दुनिया का सबसे बड़ा फ़िल्म महोत्सव माना जाता है। अफ़्रीका में कुल मिला कर तीन महोत्सव होते हैं जिनके केंद्र में पैन-अफ़्रीकनिज़्म है जिसकी रोशनी में यह सिनेमा अपने तीन उद्देश्य प्राप्त करता है : राष्ट्रों के इतिहास और संस्कृतियों का आख्यान प्रस्तुत करना, समकालीन अफ़्रीका के सामाजिक-राजनीतिक अंतर्विरोधों को उजागर करना और शैलीगत धरातल पर युरोकेंद्रीयता से कतराते हुए वि-उपनिवेशीकरण के सौंदर्यशास्त्र की रचना करना। ये तीनों उद्देश्य परस्परव्यापी ढंग से अपनी अभिव्यक्ति करते हैं। अफ़्रीकी सिनेमा के लिए इतिहास का आख्यान बहुत महत्त्वपूर्ण है क्योंकि इस महाद्वीप के इतिहास की परम्परा अधिकांशतः वाचिक है जो फ़िल्म-माध्यम के अनुकूल है। उपनिवेशवाद की भर्त्सना करते हुए यह सिनेमा अफ़्रीका की खोयी हुयी विरासत और अस्मिता को सामने लाता है ताकि भविष्य निर्माण की क्रांतिकारी चेतना उभर सके। इन दोनों उद्देश्यों को पूरा करने में जिन फ़िल्मकारों की रचनाएँ सफल मानी जाती हैं उनमें जिब्रिल दियोप मैम्बेती प्रमुख हैं।

चीनी सिनेमा : चीन में सिनेमा के इतिहास को 1896 में हुई शुरुआत से 1949 तक और 1949 से आज तक के दो चरणों में बाँट कर समझा जा सकता है। पहला दौर चीनी ओपेरा के फ़िल्मांकन से लेकर अतिनाटकीय और कॉमेडी फ़िल्मों के निर्माण तक फैला हुआ है। इस अवधि में चीनी सिनेमा ने पश्चिमी साम्राज्यवाद का प्रतिरोध करने की प्रवृत्ति दिखाई देती है, पर संस्थागत रूप कमज़ोर होने के कारण उसे अमेरिकी और पश्चिमी सिनेमा के मुक़ाबले मुँह की ख़ानी पड़ती थी। 1931 में जापानी आक्रमण के ख़िलाफ़ राष्ट्रवादी और कम्युनिस्ट गठजोड़ से बने माहौल में वामपंथी बुद्धिजीवियों ने फ़िल्म उद्योग में पदार्पण किया और कम्युनिस्ट प्रकोष्ठों की स्थापना की। इसका नतीजा वामपंथी रुझान की फ़िल्मों के निर्माण में निकला। 1919 के चार मई आंदोलन से प्रभावित इस दौर को चीनी सिनेमा का पहला स्वर्ण युग कहा जाता है। राष्ट्रवादी और देशभक्त प्रवृत्तियों को अभिव्यक्त करने वाले इस सिनेमा का सिलसिला 1949 तक चलता रहा। 1946 से 49 के बीच कई वामपंथी फ़िल्मकारों ने शंघाई में कार्यरत फ़िल्म कम्पनियों को केंद्र बना कर जिस सिनेमा की रचना की उसे चीनी सिनेमा का दूसरा स्वर्ण युग

ईरानी सिनेमा : मोहसिन मख़म्बाफ़ (1957-)

कहा जाता है।

1949 में क्रांति के बाद सिनेमा का केंद्र पेइचिंग और चांगचुंग की तरफ़ खिसकना शुरू हुआ। माओ ने सत्तारूढ़ होने के कुछ समय बाद ही शंघाई में बनने वाले सिनेमा को ख़ारिज कर दिया और कहा कि इसकी शैली पर पश्चिमी प्रभाव कुछ ज़्यादा ही है। 1953 तक शंघाई के स्टूडियो राष्ट्रीयकृत कर दिये गये। इसके बाद हर तरह की फ़िल्मों के लिए माओ की कार्यदिशा अपनाना अनिवार्य हो गया। क्रांति के बाद 1966 तक बनने वाली फ़िल्में समाजवादी यथार्थवाद के सिद्धांत के तहत मज़दूर-किसानों के जीवन की विषयवस्तु पर केंद्रित थीं। इस दौर पर सोवियत सिनेमा का असर साफ़ देखा जा सकता था।

1956 के बाद चीनी सिनेमा ने नयी करवट ली। अब माओ की लाइन क्रांतिकारी यथार्थवाद और क्रांतिकारी स्वच्छंदतावाद पर ज़ोर देने की थी। यह एक दिलचस्प तथ्य है कि इस परिवर्तन का फ़ायदा उठा कर फ़िल्मकार चार मई आंदोलन की साहित्यिक परम्परा की तरफ़ लौटने लगे। 'सौ फूलों को खिलने दो' की नीति के तहत फ़िल्म-निर्माण पर लगी पाबंदियाँ उठा ली गयीं। फ़िल्मकारों को युरोपीय फ़िल्म महोत्सवों में जाने की इजाज़त मिलने लगी। नौकरशाही की आलोचना करने वाली फ़िल्मों को भी प्रदर्शित किया जाने लगा। यह खुलापन 1964 तक विभिन्न डिग्रियों में चला। कभी-कभी बूर्ज़्वा प्रवृत्तियों की रोकथाम के नाम पर इन फ़िल्मों को सेंसर भी किया जाता था।

1966 से 1972 के बीच हुई सांस्कृतिक क्रांति के दौरान क्रांतिकारी अभिरुचि को नये सिरे से परिभाषित किया गया। इस दौरान सीमित क़िस्म की क्रांतिकारी ओपेरा शैली में केवल दस फ़िल्में बनीं, क्योंकि मादाम माओ द्वारा जारी की गयी कड़ी हिदायतों के मुताबिक़ हर फ़िल्म में आदर्श सर्वहारा नायक और नायिका का केंद्र में होना ज़रूरी था। सांस्कृतिक क्रांति ने पेइचिंग स्थित फ़िल्म अकादमी पर ताला डाल दिया और कई फ़िल्मकारों को जेल की हवा ख़ानी पड़ी या उन्हें श्रम-शिविरों में भेज दिया गया। 1977-84 के बीच राजनीतिक परिवर्तनों का लाभ उठा कर चीनी फ़िल्मों ने सांस्कृतिक क्रांति के दौरान हुई ज़्यादतियों की आलोचना की। अस्सी के दशक के मध्य से चीनी सिनेमा में नयी लहर आयी जो आज तक जारी है। आज की फ़िल्में चीनी ऑपेरा के सांस्कृतिक दायरे और कम्युनिस्ट प्रोपेगंडे से बाहर रह कर सिनेमाई सौंदर्यशास्त्र के साथ अन्योन्यक्रिया के तहत बन रही हैं। पेइचिंग फ़िल्म अकादमी से निकले युवा फ़िल्मकारों ने ताइवान, हांगकांग और ब्रिटेन/जर्मनी से प्राप्त धन का इस्तेमाल करके 'रेड सोरगुम', 'दि स्टोरी ऑफ़ क्युइ जू', 'रेज़ द रेड लैंटर्न', 'शंघाई ट्रियाड', 'यलो अर्थ' और 'फ़ेयरवैल माई कोंक्यूबाइन' जैसी बेहतरीन फ़िल्में बनायी हैं जिन्हें अंतर्राष्ट्रीय मंचों पर पुरस्कृत किया गया है। झान यिमू और चेन केगी जैसे चीनी फ़िल्मकार इस समय सारी दुनिया में प्रतिष्ठित हैं।

लातीनी अमेरिकी सिनेमा : बीस के दशक में मध्य और दक्षिण अमेरिकी देशों के तक़रीबन अस्सी फ़ीसदी फ़िल्म बाज़ार पर अमेरिका का क़ब्ज़ा था। तीस के दशक तक केवल मेक्सिको, अर्जेंटीना और ब्राज़ील के पास ही फ़िल्म-निर्माण का स्वदेशी ढाँचा मौजूद था। ब्राज़ील प्रति वर्ष सौ फ़िल्में बनाता था जिनमें से ज़्यादातर ग्रामीण काऊबॉय पृष्ठभूमि की रोमानी फ़िल्में हुआ करती थीं। यह फ़िल्म शैली अर्जेंटीना में भी काफ़ी लोकप्रिय थी। मेक्सिको में ज़रूर कुछ ऐसी फ़िल्में बनती थीं जिनमें उत्तरी अमेरिकी में मेक्सिन मज़दूरों की दुर्दशा का चित्रण किया जाता था। ध्वनि के आगमन के बाद लातीनी अमेरिकी सिनेमा ने राष्ट्रीय संस्कृतियों को प्रोत्साहन देना शुरू किया और म्यूज़िकल फ़िल्म शैली की शुरुआत हुई।

तीस के दशक के मध्य में सबसे पहले मेक्सिन फ़िल्म उद्योग ने अपने क़दम जमाये। पचास के दशक तक की अवधि इस सिनेमा के लिए स्वर्णकाल मानी जाती है। इस दौर में हॉलीवुड से प्रशिक्षण और अनुभव प्राप्त करके आये निर्देशकों और तकनीशियनों का योगदान रहा। 1930-32 में सोवियत फ़िल्मकार सेर्गेई आइज़ेंस्टीन मेक्सिको की यात्रा पर आये जहाँ उन्होंने अपनी विख्यात फ़िल्म 'को वीवा मेक्सिको!' की शूटिंग की। स्थानीय फ़िल्मकारों ने आइज़ेंस्टीन से भी बहुत कुछ सीखा। लेकिन जिस समय मेक्सिको फ़िल्म-निर्माण के क्षेत्र में मज़बूत क़दम बढ़ा रहा था, अर्जेंटीना की सरकार के फ़ासीवादी समर्थक रुख के कारण वहाँ फ़िल्म-निर्माण को ज़बरदस्त धक्का लगा। अमेरिका ने वहाँ कच्ची फ़िल्म भेजने पर पाबंदी लगा दी। 1946 में पेरों सरकार के तत्त्वाधान में अर्जेंटीना में फिर से

फ़िल्म-निर्माण शुरू हुआ, पर सेंसर की पाबंदियों के कारण बूर्ज्वा मेलोड्रामा से भरी हुई 'सुरक्षित' फ़िल्में ही बनीं। इस दौरान बनी केवल एक फ़िल्म ही उल्लेखनीय कही जा सकती है जिसने पेरों की सर्वसत्तावादी हुकूमत के ख़िलाफ़ आवाज़ उठायी। यह थी लियोपोल्डो तोरे निल्सन की फ़िल्म 'द हैंड इन द ट्रैप' जिसे कान फ़िल्म महोत्सव में इंटरनेशनल प्रेस प्राइज़ से नवाज़ा गया।

लातीनी अमेरिकी सिनेमा की शैलीगत संरचनाओं पर मुख्यत: वाचिक आख्यान की परम्पराओं और स्थानीय संगीत का गहरा असर रहा है। चालीस और पचास के दशक का सिनेमा एक देश से दूसरे देश में सिनेमाई प्रतिभाओं के आवागमन से भी काफ़ी प्रभावित हुआ। युरोपीय और अमेरिकी फ़िल्मकारों ने लातीनी अमेरिका में आ कर काम किया, क्यूबाई फ़िल्मकारों ने मेक्सिकन और अर्जेंटीनियन फ़िल्मों में योगदान किया, अर्जेंटीना के फ़िल्मकार ब्राज़ील और वेनेज़ुएला गये। इस लिहाज़ से लातीनी अमेरिका सिनेमा को राष्ट्रेतर सिनेमा भी कहा जा सकता है। पचास से सत्तर के दशक के बीच में यह सिनेमा अपनी जुझारू और क्रांतिकारी फ़िल्मों के लिए जाना गया जिन्हें प्रति-सिनेमा की श्रेणी में रखा जाता है। इस सिनेमा का मुख्य विरोधाभास यह था कि इसमें सरकारी धन लगा हुआ था, पर शैली और विषयवस्तु के लिहाज़ से वह व्यवस्था विरोधी तेवर का वाहक था।

क्यूबा में होने वाले फ़िल्म-निर्माण की लगाम 1960 से अस्सी के दशक तक क्यूबन इंस्टीट्यूट ऑफ़ फ़िल्म आर्ट के हाथ में रही। इसने हर साल छह से दस के बीच में समाजावादी विषयवस्तुओं को लेकर प्रयोगधर्मी फ़िल्में बनायीं। इस दौरान वृत्त-चित्र शैली के लिए सांटियागो अल्वारेज़ का नाम उभरा और कथा-चित्र के लिए टॉमस गुइटरेज़ का। इन फ़िल्मकारों ने जानबूझ कर एक 'इम्परफ़ेक्ट' सिनेमा बनाने की कोशिश की जो अपने स्वभाव में प्रति-सिनेमा के शैलीगत विद्रोह से सम्पन्न था। कुल मिला कर सत्तर के दशक तक लातीनी अमेरिकी सिनेमा अपनी अलग प्रकृति के कारण विश्व भर में धाक जमा चुका था। अस्सी के दशक के बाद से लातीनी अमेरिका में भी टेलिविज़न एक सांस्कृतिक शक्ति के रूप में उभरा जिसके कारण दुनिया के अन्य देशों की तरह यहाँ भी फ़िल्म-निर्माण को तौर-तरीक़ों पर असर पड़ा। आज का ब्राज़ीली सिनेमा अंतर्राष्ट्रीय दर्शकों को अपनी ओर खींचने की कोशिश करता नज़र आता है। अस्सी और नब्बे के दशक में स्त्रियों का सिनेमा और समलैंगिकों का सिनेमा भी सामने आया है।

मध्यपूर्व के सिनेमा का व्यावहारिक मतलब है ईरानी, इज़रायली, फ़िलिस्तीनी और तुर्की के फ़िल्मकारों द्वारा बनाया गया सिनेमा। 1967 में सात-दिन के युद्ध में इज़रायल के हाथों मिस्र, जॉर्डन और सीरिया की पराजय फ़िलिस्तीनी डायस्पोरा के प्रयासों से इस राज्य-विहीन राष्ट्र का सिनेमा उभरा। फ़िलिस्तीन-इज़रायल संघर्ष का इस सिनेमा पर गहरा प्रभाव पड़ना लाज़मी था। इन फ़िल्मकारों ने वृत्त-चित्र और कथा-चित्र की मिश्रित शैली अपनायी। इज़रायली सिनेमा पर वैसे तो अरब राष्ट्रवादियों पर यहूदी राष्ट्र की श्रेष्ठता स्थापित करने के आग्रह छाये रहे, पर अस्सी के दशक के बाद वहाँ ऐसी फ़िल्में भी बनीं जो फ़िलिस्तीनी राष्ट्र की दावेदारियों पर हमदर्द निगाह डालती थीं। इज़रायल के दक्षिणपंथी ऐसी कोशिशों पर वामपंथी सिनेमा की श्रेणी चस्पाँ करते हैं, और दूसरी तरफ़ फ़िलिस्तीनियों द्वारा भी इन फ़िल्मों को संदेह की दृष्टि से देखा जाता है।

तुर्की मध्य-पूर्व का पहला ऐसा देश था जिसने बीसवीं सदी के दूसरे दशक से ही अपने स्वदेशी सिनेमा की शुरुआत कर दी थी। युरोपीय प्रभाव के कारण इस सिनेमा पर पश्चिमी शैली की छाप स्पष्ट दिखाई देती थी। पचास के दशक तक तुर्की में प्रति वर्ष डेढ़ से दो सौ फ़िल्में बननी शुरू हो चुकी थीं। इनमें मेलोड्रामा, ग्रामीण और शहर आधारित नाटकीय फ़िल्में, मारधाड़ वाली फ़िल्में और शहरी कामेडी फ़िल्में शामिल थीं। साठ के दशक में हुए फ़ौजी तख़्तापलट के बाद तुर्की सिनेमा कुछ अंतर्मुखी हुआ। इसके बाद राष्ट्रीय सिनेमा की दो धाराएं उभरीं। पहली धारा आधुनिक पश्चिमी मूल्यों और इसलामी पारम्परिक मूल्यों के बीच अंतर्विरोध को संबोधित करती थी, और दूसरी के केंद्र में केवल इस्लामिक विचारधारा थी। सत्ता परिवर्तन, राजनीतिक अस्थिरता और सेंसरशिप की समस्याओं से जूझता हुआ तुर्की सिनेमा नब्बे के दशक तक फ़िल्मकारों की नयी पीढ़ी से सम्पन्न हो चुका था। विशेष बात यह है कि इस पीढ़ी में महिला फ़िल्मकारों का ख़ासा अनुपात है।

ईरानी सिनेमा का पहला कथा-चित्र तीस के दशक में बना। उसकी पहली बोलती हुई फ़िल्म 'खोयी हुई लड़की' का फ़िल्मांकन भारत में आर्देशिर ईरानी के निर्देशन में हुआ। चालीस के दशक आख़िरी वर्षों में वहाँ पहला फ़िल्म स्टूडियो खुला। साठ के दशक में ईरानी फ़िल्म उद्योग को सरकार ने अपने हाथों में ले लिया। अमेरिका का ख़याल था कि इस तरीक़े से वह ईरान को बढ़ते हुए कम्युनिस्ट प्रभाव से बचा सकेगा। शाह की हुकूमत ईरान ने में पश्चिमोन्मुख सिनेमा को प्रोत्साहन दिया। 1969 में मसूद किमाई की फ़िल्म 'क़ैसर' और दरयुश मेहरजुई की फ़िल्म 'गाय' से ईरानी न्यू वेव की शुरुआत हुई जो 1978 की क्रांति तक चली।

क्रांति के पहले साल के दौरान तो सिनेमा पर प्रतिबंध लगा रहा। कई सिनेमा थिएटर जला दिये गये। कड़े इसलामी क़ानून के कारण स्त्रियों की फ़िल्मों में भागीदारी असम्भव हो गयी। कई फ़िल्मकारों ने ख़ुद को निष्कासित कर लिया और इस तरह ईरान का डायस्पोरिक सिनेमा सामने आया। 1983

में संस्कृति मंत्रालय ने फ़राबी सिनेमा फ़ाउंडेशन स्थापित किया। 1987 तक स्त्रियों को सिनेमा में भाग लेने की इजाज़त मिलने लगी। महिलाएँ फ़िल्म निर्देशन के क्षेत्र में भी आयीं। लेकिन जो भी फ़िल्में बनीं उन्हें इस्लामिक सेंसरशिप के पाँच स्तरों से गुज़रना पड़ता था। कड़ाई इतनी थी कि इस्लामिक विचारधारा में यक़ीन करने वाले फ़िल्मकारों की फ़िल्में भी प्रतिबंधित कर दी जाती थीं। सेंसरशिप के कारण स्थिति यह है कि आज ईरानी फ़िल्मकारों की कृतियाँ अंतर्राष्ट्रीय मंचों पर ज़्यादा सराही जाती हैं।

देखें : अतिनाटकीयता, अनुपस्थिति-उपस्थिति, कला सिनेमा, अवाँगार्द और प्रति-सिनेमा, टीवी और समाचार, टीवी और सेक्शुअलिटी, टीवी और टीवी-अध्ययन, तीसरी दुनिया का सिनेमा, दक्षिण भारतीय सिनेमा और राजनीति, नारीवादी फ़िल्म-सिद्धांत, फ़िल्म और सेक्शुअलिटी, फ़िल्मांतरण, फ़िल्म-सिद्धांत, फ़्लैश-बैक, भारतीय सिनेमा-1, 2 और 3, भारतीय फ़िल्म-अध्ययन, भारतीय स्टार सिस्टम, रियलिटी टीवी, विचारधारा और हिंदी सिनेमा, वृत्त-चित्र, सेलेब्रिटी, सोप ओपेरा, सिनेमाई यथार्थवाद, नव-यथार्थवाद, सोवियत सिनेमा, स्टार, हिंदी सिनेमा का समाजशास्त्र।

संदर्भ

1. डी. ऐंड्रू (1984), *कंसेप्ट्स इन फ़िल्म थियरी,* ऑक्सफ़र्ड युनिवर्सिटी प्रेस, न्यूयॉर्क और ऑक्सफ़र्ड.
2. जी. मास्ट, एम, कोहेन और एल. ब्रादी (सम्पा.) (1992), *फ़िल्म थियरी ऐंड क्रिटिसिज़म,* ऑक्सफ़र्ड युनिवर्सिटी प्रेस, न्यूयॉर्क और ऑक्सफ़र्ड.
3. जे. कॉगी (सम्पा.) (1981), *थियरीज़ ऑफ़ ऑथरशिप,* रॉटलेज ऐंड कीगन पॉल, लंदन.
4. एस. हीथ (1981), *क्वेश्चंस ऑफ़ सिनेमा,* मैकमिलन, लंदन.

— अभय कुमार दुबे

तेलुगु देशम पार्टी

(Telgu Desham Party)

तेलुगु देशम पार्टी (तेदेपा) दक्षिण भारतीय राज्य आंध्र प्रदेश का प्रमुख राजनीतिक दल है। इस पार्टी और इसके संस्थापक विख्यात सिने अभिनेता नंदमूरि तारक रामराव (1923-1996) ने अस्सी के दशक में न केवल आंध्र प्रदेश में कांग्रेस के वर्चस्व को ज़बरदस्त चुनौती दी, बल्कि लोकसभा में भी मुख्य विपक्षी दले के रूप में उभरी। बाद में, इस दशक के आख़िर में केंद्रीय स्तर पर ग़ैर-कांग्रेसवाद की राजनीति में भी देशम की महत्त्वपूर्ण भूमिका रही। नब्बे के दशक में गठित ग़ैर-कांग्रेसी सरकारों में उसने भागीदारी की। रामराव के जीवन में ही पार्टी में विभाजन करके उनके दामाद चंद्रबाबू नायडू पार्टी के नेता बने। नायडू आंध्र के मुख्यमंत्री के रूप में आर्थिक सुधारों के ज़ोरदार पैरोकार के रूप में सामने आये और इसके कारण उन्हें राष्ट्रीय और अंतर्राष्ट्रीय स्तर पर ख्याति भी मिली। उन्होंने सीईओ शैली में सरकार चला कर प्रशासन का एक नया मॉडल स्थापित करने की कोशिश की। यद्यपि 2004 के विधानसभा चुनावों के बाद यह पार्टी राज्य में सत्ता से बाहर है, लेकिन अब भी यह मुख्य विपक्षी दल के रूप में सत्ता की सबसे बड़ी दावेदार है। राष्ट्रीय स्तर पर ग़ैर-कांग्रेसवाद की राजनीति में इसकी उपेक्षा नहीं की जा सकती है। देशम के जनाधार की विशेषता यह है कि इसे प्रदेश के एक प्रमुख पिछड़े समुदाय कम्मा बिरादरी का एकनिष्ठ समर्थन हासिल है। मोटे तौर पर कांग्रेस को आंध्र प्रदेश में रेड्डियों की पहली पसंद माना जाता रहा है, और रेड्डियों से सामाजिक प्रगति की होड़ में संलग्न कम्मा रामराव की परम्परा में नायडू और देशम को अपने राजनीतिक प्रतिनिधि के तौर पर देखते हैं।

रामराव द्वारा 29 मार्च, 1982 को हैदराबाद में तेलुगु देशम पार्टी की स्थापना की गयी थी। रामराव तेलुगु फ़िल्मों के सबसे मशहूर और लोकप्रिय अभिनेता थे। उनकी पार्टी ने भारत के तेलुगुभाषी लोगों के राजनीतिक, सामाजिक, आर्थिक और सांस्कृतिक हितों की सुरक्षा को अपना लक्ष्य घोषित किया। आम तेलुगुभाषी लोगों को जीवन की बुनियादी सुविधाएँ उपलब्ध कराने, महिलाओं, युवकों ओर पिछड़े समूहों के लोगों का सशक्तीकरण करने का वायदा भी किया गया। रामराव ने ज़ोर दिया कि वे राजनीति में इसलिए आये ताकि आंध्र प्रदेश की जनता को कांग्रेस के भ्रष्ट और अक्षम शासन से मुक्ति दिला सकें।

1956 में आंध्र प्रदेश का गठन होने के बाद से लेकर राज्य में लगातार कांग्रेस की ही सरकार थी। यह एक दिलचस्प तथ्य है कि रामराव अपनी स्वतंत्र पार्टी बनाने से पहले कांग्रेस से राज्यसभा का टिकट माँग रहे थे। लेकिन, तत्कालीन कांग्रेस के महामंत्री के रूप में राजीव गाँधी ने उन्हें यह टिकट देने से मना कर दिया। दूसरी तरफ़, राज्य के कांग्रेसी नेताओं के बारे में यह बात भी प्रचलित थी कि कांग्रेस हाईकमान के सामने वे अपनी स्वतंत्र और स्वायत्त हैसियत बनाने में नाकाम रहे हैं। असल में कांग्रेस हाईकमान अपनी मनमर्ज़ी के हिसाब से राज्य के मुख्यमंत्री बदलता था। टिकट न पाने से आहत एन.टी. रामराव ने इसे आंध्र प्रदेश के स्वाभिमान से जोड़ा और 'तेलुगु बिड्डा' के रूप में उभरा। कम-से-कम आंध्र प्रदेश में तो रामराव का करिश्माई व्यक्तित्व प्रधानमंत्री इंदिरा गाँधी के व्यक्तित्व और लोकप्रियता को सीधी चुनौती देता ही था।

नंदमूरि तारक रामराव (1923-1996)

रामराव की बढ़ती राजनीतिक सक्रियता से सचेत होकर ही कांग्रेस ने राज्य में जल्द विधानसभा चुनाव कराने का फ़ैसला किया। राज्य में अगस्त, 1983 में चुनाव होने थे, लेकिन कांग्रेस सरकार ने जनवरी ,1983 में ही चुनाव करवाये। इसके पीछे रणनीति यह थी कि ऐसा करने से रामराव की नयी पार्टी को ज़मीनी स्तर पर अपना संगठन मज़बूत करने का मौक़ा नहीं मिलेगा। लेकिन रामराव ने जनता से सम्पर्क करने और अपने पार्टी का आधार मज़बूत करने के लिए नये तरीक़ों का प्रयोग किया। वे देश के पहले नेता थे जिन्होंने जनता से सम्पर्क करने के लिए रथ यात्रा का सहारा लिया। अपने चैतन्य रथम द्वारा उन्होंने राज्य में 75,000 किलोमीटर की यात्रा की। उनके स्वागत में जगह-जगह भीड़ उमड़ी और उन्होंने जनता के बीच अनगिनत भाषण दिये। रामराव ने तेलुगु लोगों के स्वाभिमान और आम लोगों तथा सरकार के बीच नज़दीकी संबंध क़ायम करने पर ज़ोर दिया। इन चुनावों में देशम ने राज्य के एक छोटे दल संजय विचार मंच से गठजोड़ क़ायम किया। चुनावों में देशम गठजोड़ को पूर्ण बहुमत मिला। 294 सदस्यी विधानसभा में देशम को 199 और इसके सहयोगी दल को तीन सीटें मिली। इस तरह, जनवरी 1983 में रामराव राज्य के पहले ग़ैर कांग्रेसी मुख्यमंत्री बने।

बहरहाल, 15 अगस्त 1984 को आंध्र प्रदेश के राज्यपाल रामलाल ने रामराव को मुख्यमंत्री पद से हटा दिया। उस समय रामराव अपने दिल की सर्जरी करवाने अमेरिका गये थे। राज्यपाल ने उनकी जगह देशम के असंतुष्ट नेता भास्कर राव को मुख्यमंत्री बनवा दिया जिनका दावा था कि उनके पास देशम के अधिकांश सदस्यों का समर्थन है। राव का यह दावा ग़लत था। वापस लौटने पर रामराव ने राज्यपाल के सामने अपने समर्थक विधायकों की परेड करवा दी। लेकिन राज्यपाल अपने निर्णय पर क़ायम रहे। राज्यपाल के निर्णय के ख़िलाफ़ रामराव ने एक बार फिर से चैतन्य रथम से अभियान शुरू कर दिया, उनके इस अभियान को ज़बरदस्त जन-समर्थन मिला। इसके साथ ही राष्ट्रीय स्तर पर अधिकतर ग़ैर-कांग्रेसी पार्टियों ने भी रामराव का समर्थन किया। जनता पार्टी, भारतीय जनता पार्टी, वाम मोर्चे और नैशनल कांफ्रेंस जैसे दलों ने राज्यपाल का विरोध करते हुए रामराव का समर्थन किया। आख़िरकार व्यापक विरोध के आगे झुकते हुए इंदिरा गाँधी ने रामलाल को हटा कर उनकी जगह शंकर दयाल शर्मा को आंध्र प्रदेश का राज्यपाल बनाया। शंकर दयाल शर्मा ने भास्कर राव को मुख्यमंत्री पद से हटाकर फिर से रामराव को मुख्यमंत्री बनाया।

अक्टूबर, 1984 में इंदिरा गाँधी की हत्या के बाद हुए चुनावों में पूरे देश में कांग्रेस को सहानुभूति लहर का फ़ायदा मिला और ज़बरदस्त जीत हासिल हुई। लेकिन आंध्र प्रदेश में कांग्रेस को बहुत ज़्यादा सफलता नहीं मिली। यहाँ तेलुगु देशम पार्टी ही जीती। 1984 के लोकसभा चुनावों के बाद तेलुगु देशम पार्टी लोकसभा में मुख्य विपक्षी दल बनी। यह भारत के संसदीय लोकतंत्र के इतिहास में एक अनूठी घटना थी, जब एक क्षेत्रीय दल मुख्य विपक्षी दल बना। लोकसभा चुनावों की जीत से उत्साहित होकर एन.टी. रामराव ने विधान सभा भंग कराकर नये चुनाव कराने का फ़ैसला किया। इन चुनावों में भी देशम को अच्छी-ख़ासी सफलता मिली। 294 सदस्यीय विधानसभा में इसे 208 सीटों पर जीत मिली। इस बार रामराव ने मुख्यमंत्री के रूप में पाँच साल का अपना कार्यकाल पूरा किया। लेकिन दिसम्बर, 1989 में हुए चुनावों में सत्ता विरोधी रुझान के कारण देशम को हार का सामना करना पड़ा। ख़ुद रामराव एक जगह से विधानसभा चुनाव हार गये। लेकिन इस दौर में रामराव ने राष्ट्रीय राजनीति में ग़ैर-कांग्रेसी दलों को एक मंच पर लाने की पुरज़ोर कोशिश की। वे विपक्षी दलों की गोष्ठियों के मुख्य प्रायोजक के तौर पर उभरे। इसी राजनीति के परिणामस्वरूप राष्ट्रीय मोर्चा गठित हुआ जिसने 1989 के लोकसभा चुनावों के बाद केंद्र में सरकार भी बनायी। यद्यपि राष्ट्रीय मोर्चे का प्रयोग सफल नहीं हुआ और विश्वनाथ प्रताप सिंह सिंह के नेतृत्व वाली राष्ट्रीय मोर्चे की सरकार एक साल के भीतर ही गिर गयी, लेकिन राष्ट्रीय मोर्चे की सरकार के पतन के बावजूद रामराव ग़ैर-कांग्रेसी विकल्प के लिए काम करते रहे।

दिसम्बर, 1994 में आंध्र प्रदेश विधानसभा के चुनावों में देशम ने वाम दलों के साथ गठजोड़ क़ायम किया। इन

चुनावों में रामराव ने जनता की बुनियादी ज़रूरतों से जुड़े मद्दों पर ज़ोर दिया। उन्होंने दो रुपये किलो चावल देने और शराबबंदी का वायदा किया। इन चुनावों में देशम और वाम दलों के गठजोड़ को ज़बरदस्त जीत मिली। उन्हें 294 सदस्यीय विधानसभा में कुल 250 सीटों पर जीत मिली। रामराव फिर से मुख्यमंत्री बने। लेकिन सिर्फ़ नौ महीने बाद ही उनके दामाद एन. चंद्रबाबू नायडू ने सरकार और पार्टी में उनका तख़्ता पलट दिया। नायडू ख़ुद पार्टी अध्यक्ष और मुख्यमंत्री बन गये। अधिकांश देशम विधायकों ने नायडू का समर्थन किया। नायडू ने तर्क दिया कि उन्हें यह क़दम उठाने पर इसलिए मजबूर होना पड़ा क्योंकि रामराव की दूसरी पत्नी लक्ष्मी पार्वती का पार्टी में हस्तक्षेप बहुत ज़्यादा बढ़ गया था। रामराव ने इस तख़्ता पलट का प्रतिरोध करने की कोशिश की पर वक़्त ने उनका साथ नहीं दिया। 18 जनवरी, 1996 को दिल का दौरा पड़ने से उनकी मौत हो गयी। इस तरह नायडू तेलुगु देशम के अविवादित नेता बन गये और रामराव की पूरी विरासत उन्हीं के हाथ लगी।

मुख्यमंत्री के रूप में नायडू ने नव-उदारतावादी नीतियों को आगे बढ़ाया। उन्होंने राज्य में पूँजी निवेश बढ़ाने और सब्सिडी हटाने पर जोर दिया। सीएनएन और टाइम जैसे अमेरिका मीडिया ने नायडू की कार्यशैली की ज़बरदस्त सराहना की और उन्हें आर्थिक सुधारों के आदर्श चेहरे के रूप में पेश किया। जहाँ मुख्यमंत्री के रूप में नायडू की कार्यशैली को अंतर्राष्ट्रीय स्तर पर सराहना मिली, वहीं 1996 के लोकसभा चुनावों के बाद राष्ट्रीय राजनीति में भी उनकी साख और सक्रियता बढ़ी। संयुक्त मोर्चे की सरकारों में देशम शामिल हुई और नायडू संयुक्त मोर्चे के समन्वयक बने। लेकिन 1999 आते-आते नायडू ने भाजपा के नेतृत्व वाले राष्ट्रीय जनतांत्रिक गठबंधन का दामन थाम लिया। 1999 के राज्य विधानसभा चुनावों में देशम को 185 सीटों के साथ पूर्ण बहुमत मिला। वहीं लोकसभा चुनावों में कुल 42 सीटों में से इसे 29 सीटों पर जीत मिली, जबकि उसकी सहयोगी भाजपा को आठ सीटें मिलीं।

नायडू की इन कामयाबियों के बावजूद उनके राज्य में ग़रीब जनता की स्थिति लगातार ख़राब होती गयी। नव-उदारतावादी नीतियों और प्राकृतिक संसाधनों को बड़ी कम्पनियों के हाथों में सौंपे जाने की नीति के कारण राज्य के एजेंसी एरिया (जंगवी और पहाड़ी क्षेत्र) में सक्रिय माओवादियों ने भी नायडू का ज़बरदस्त विरोध किया। उन्होंने 2003 में नायडू पर जानलेवा हमाला भी किया गया, जिसमें वे बाल-बाल बच गये। दूसरी ओर, कांग्रेस नेता वाई.एस. राजशेखर रेड्डी ने पूरे राज्य का दौरा कर किसानों और ग़रीबों के मुद्दों को उठाया। उन्होंने नायडू पर यह आरोप लगाया कि वे सिर्फ़ बड़े उद्यमियों और कुछ शहरों के विकास की ओर ही ध्यान दे रहे हैं। असल में, विपक्ष के तीखे अभियान और नायडू द्वारा ग्रामीण आंध्र प्रदेश की उपेक्षा के कारण तेलुगु देशम पार्टी को 2004 के विधानसभा चुनावों में करारी हार का सामना करना पड़ा। इसे सिर्फ़ 49 सीटों पर ही जीत मिली। इसके बाद तेलुगु देशम पार्टी ने फिर से ख़ुद को ग़रीबों के मुद्दों से जोड़ने की कोशिश की। इसने केंद्र की राष्ट्रीय जनतांत्रिक गठबंधन और भाजपा से नाता तोड़कर राज्य के मुसलिम मतदाताओं को अपनी ओर आकर्षित करने की कोशिश भी की। इस कारण 2009 के विधानसभा चुनावों में इसकी स्थिति में सुधार हुआ। इसे कुल 90 सीटों पर जीत मिली, लेकिन वह कांग्रेस को सत्ता से बाहर नहीं कर पायी।

तेलुगु देशम पार्टी एक ऐसे क्षेत्रीय दल का प्रतिनिधित्व करती है, जिसने राष्ट्रीय स्तर पर एक वैकल्पिक राजनीति बनाने की पुरज़ोर कोशिश की। लेकिन एन. टी. रामराव से चंद्रबाबू नायडू के दौर तक देशम की राजनीति में कुछ बदलावों को रेखांकित किया जा सकता है। मसलन, रामराव ने ग़रीब समर्थक लोकलुभावनवादी राजनीति को बढ़ावा दिया, वहीं नायडू ने आर्थिक सुधारों और नव-उदारतावादी नीतियों का सहारा लिया। सत्ता से बाहर होने के बाद नायडू ने फिर से ग़रीबों के मुद्दों से ख़ुद को जोड़ने का प्रयास किया है, लेकिन उन्हें इसका पर्याप्त फ़ायदा नहीं हुआ है। दूसरे, रामराव ने भाजपा को समर्थन देने से परहेज़ किया। कांग्रेस का विरोध करने के बावजूद उनका मुख्य ज़ोर तीसरे मोर्चे की राजनीति पर रहा। लेकिन चंद्रबाबू नायडू ने भाजपा की सरकार का समर्थन किया। 2004 में राजग की पराजय के बाद ही उन्होंने उससे अपना नाता तोड़ा। तीसरे, अधिकांश क्षेत्रीय दलों की तरह ही देशम भी परिवारवाद से ग्रस्त रही है। लेकिन यह ज़रूर है कि इसका परिवारवाद द्रमुक या शिवसेना जितना संकुचित नहीं है। इस पार्टी में ज़मीनी स्तर से जुड़े कार्यकर्ताओं को भी महत्त्व दिया गया है।

आजकल तेलुगु देशम पार्टी आंध्र प्रदेश में मुख्य विपक्षी दल है। लेकिन इसे तेलगांना क्षेत्र में तेलंगाना क्षेत्रीय समिति और राज्य के दूसरे भागों में राजशेखर रेड्डी के परिजनों द्वारा गठित पार्टी वाईएसआर कांग्रेस से ज़बरदस्त चुनौती का सामना करना पड़ रहा है। अर्थात् अब गारंटी से नहीं का जा सकता है कि आंध्र की राजनीति में कांग्रेस और तेलुगु देशम पार्टी ही दो मुख्य खिलाड़ी हैं।

देखें : कांग्रेस 'प्रणाली', ग़ैर-कांग्रेसवाद, गठजोड़ राजनीति, जनता दल और उसकी विरासत-1 और 2, पार्टी-गठजोड़ की राजनीति, बहुजन समाज पार्टी-1 और 2, भारत में गठजोड़ राजनीति, भारतीय जनता पार्टी-1 और 2, भारत में मतदान-व्यवहार-1, 2, 3, 4, 5 और 6, भारतीय राष्ट्रीय कांग्रेस-1 और 2, भारतीय कम्युनिस्ट पार्टी, भारतीय कम्युनिस्ट पार्टी (मार्क्सवादी), राष्ट्रीय जनतांत्रिक गठजोड़, वाम मोर्चा, शिरोमणि अकाली दल, शिव सेना, समाजवादी पार्टी, संयुक्त प्रगतिशील गठजोड़।

संदर्भ

1. कांचा आयलैया (1992), 'आंध्र प्रदेशेज़ एंटी-लिकर मूवमेंट', *इकॉनॉमिक ऐंड पॉलिटिकल वीकली,* खण्ड 27, अंक 45.
2. के. श्रीवांशुलु और प्रकाश सारंगी (1999), 'पॉलिटिकल रिअलाइंनमेंट्स इन पोस्ट-एनटीआर आंध्र प्रदेश', *इकॉनॉमिक ऐंड पॉलिटिकल वीकली,* खण्ड 34, अंक 34/35.
3. अतुल कोहली (1988), 'द एनटीआर फ़ेनोमेना ऑफ़ आंध्र प्रदेश : पॉलिटिकल चेंज इन अ साउथ एशियन स्टेट', *एशियन सर्वे,* खण्ड 28, अंक 10.
4. के. सी. सूरी (2004), 'आंध्र प्रदेश : फ़ॉल ऑफ़ द सीईओ इन ऐरीना ऑफ़ डेमॉक्रैसी', *इकॉनॉमिक ऐंड पॉलिटिकल वीकली,* खण्ड 39, अंक 51.

— कमल नयन चौबे

तृतीय विश्व

(Third World)

तृतीय विश्व या तीसरी दुनिया की अवधारणा शीतयुद्धीन राजनीति की देन है। इसके मुताबिक़ अमेरिकी केंद्र वाली पहली दुनिया अर्थात् पूँजीवादी विकसित देश और सोवियत केंद्र वाली दूसरी दुनिया यानी समाजवादी ख़ेमे से ख़ुद को अलग पेश करने वाले एशिया, अफ़्रीका और लीतीनी अमेरिका के विकासशील, अल्पविकसित और ग़रीब देशों की शिनाख़्त तीसरी दुनिया के रूप में की गयी थी। फ़्रांसीसी जनसंख्याविद्, मानवशास्त्री और इतिहासकार अल्फ्रेड सॉवी ने 14 अगस्त, 1952 में एक पत्रिका में प्रकाशित अपने लेख में पहली बार 'थर्ड वर्ल्ड' अभिव्यक्ति का प्रयोग फ़्रांसीसी क्रांति के दौरान उभरे थर्ड एस्तात के तर्ज़ पर किया था। थर्ड एस्तात का मतलब था जनसाधारण और उसी लिहाज़ से सॉवी ने लिखा था कि थर्ड एस्तात की तरह थर्ड वर्ल्ड की हस्ती भी नाकुछ है पर वह कुछ होना ज़रूर चाहती है। सॉवी का इशारा मध्य-पूर्व, दक्षिण एशिया, मध्य और दक्षिणी अमेरिका, अफ़्रीका और ओसियानिया के देशों की तरफ़ था। इसके बाद 1955 में हुए बांदुंग सम्मेलन में गुटनिरपेक्षता सूत्रबद्ध हुई और तृतीय विश्व जल्दी ही नव-वामपंथियों का प्रिय विचार बन गया। इस अवधारणा के रैडिकल वामपंथी पहलुओं को उस समय और उछाल मिला जब माओ त्से-तुंग ने 22 फ़रवरी, 1974 को ज़ाम्बिया के राष्ट्रपति कैनेथ कोंडा की मौजूदगी में 'तीन दुनिया का सिद्धांत' सूत्रबद्ध करके चीन को तीसरी दुनिया का देश घोषित कर दिया, हालाँकि चीन ने ख़ुद को गुटनिरपेक्ष देशों के दायरे से अलग रखा हुआ था। माओ ने कहा कि 'अमेरिका और सोवियत संघ पहले विश्व की श्रेणी में आता है। जापान, युरोप के विकसित देश, ऑस्ट्रेलिया और कनाडा दूसरे विश्व हैं। और, हम तीसरी दुनिया हैं।'

बांदुंग कान्फ़्रेंस के बाद ही तृतीय विश्व के विचारधारात्मक आयाम विकसित होने लगे थे। फ्रेंज़ फ़ानो, अहमद बेन बेला, गमाल अब्दल नासिर, आंद्रे गुंदर फ्रेंक, समीर अमीन और साइमन मैली तृतीय विश्व आंदोलन की आवाज़ बन कर उभरे। इस राजनीति ने पैन-अफ़्रीकनिज़म, पैन-अरबिज़म, माओवाद, पैन-स्लाविज़्म, अफ़्रीकी समाजवाद, अरब समाजवाद और कम्युनिज़्म के साथ अपने रिश्ते बनाये। 1968 के पेरिस में छात्रों और युवाओं के विद्रोह के विफल होने के बाद नव-वामपंथी समूहों ने ख़ुद को तृतीय विश्ववाद के साथ जोड़ लिया। *मंथली रिव्यू* जैसी पत्रिका उसकी प्रमुख प्रवक्ता के रूप में उभरी। माओ की उद्घोषणा के अलावा फिलस्तीनी मुक्ति संग्राम और अफ़्रीकी नैशनल कांग्रेस का रंगभेद विरोधी संघर्ष तृतीय विश्ववाद की प्रमुख अभिव्यक्तियों को रूप में देखा गया। भूमण्डलीकरण की परिघटना के बाद उसके प्रतिरोध में गठित हुए वर्ल्ड सोशल फ़ोरम को भी तृतीय विश्ववाद की ही एक अभिव्यक्ति माना जाता है।

बांदुग सम्मेलन में बनी सहमति के फलस्वरूप 1961 में गुटनिरपेक्ष देशों के आंदोलन की स्थापना हुई। इस आंदोलन के ज़्यादातर सदस्य देशों को द्वितीय विश्व-युद्ध के बाद चली विनिवेशीकरण की प्रक्रिया के परिणामस्वरूप राजनीतिक स्वतंत्रता और सम्प्रभुता मिली थी। इसके पीछे भारत के प्रधानमंत्री जवाहरलाल नेहरू, इंडोनेशिया के राष्ट्रपति सुकर्णो, मिस्र के राष्ट्रपति नासिर और अफ़्रीका के नव-स्वतंत्र देशों के नेता थे। इन नेताओं की मान्यता थी कि उनके और उन जैसे देशों का हित साधन तत्कालीन अंतर्राष्ट्रीय व्यवस्था में तभी हो सकता है जब वे अमेरिकी और सोवियत ख़ेमे में से किसी से न जुड़ें। उपनिवेशवाद से छुटकारा पाने के बाद ये राष्ट्र नव-उपनिवेशवाद के फेर में नहीं फँसना चाहते थे। यह दूसरी बात है कि ऐसा लक्ष्य बनाना आसान था, पर विश्व-प्रभुत्व की होड़ से बचते हुए उसे धरती पर उतारना बहुत मुश्किल। ख़ास तौर से तब जब ऐसा सोचने वाले देशों की अंतर्राष्ट्रीय मंच पर कोई साझा आवाज़ न हो। गुटनिरपेक्ष आंदोलन ने यही कमी पूरी की।

तृतीय विश्व के विचार ने अकादमीशियनों, ख़ास कर वैकासिक अर्थशास्त्र के विशेषज्ञों को आर्थिक विकास और अल्पविकास के मुद्दों पर सैद्धांतिक और नीतिगत काम करने के लिए प्रोत्साहित किया। इससे एक तरह के वैकल्पिक चिंतन की सम्भावना बनी, वरना उस समय ग़रीब देशों के विकास की समस्याओं के हल को अमेरिका और पश्चिमी

युरोप के देशों की ख़ुशहाली के आईने में तलाश करने का चलन था।

गुटनिरपेक्ष आंदोलन के कारण जिस तृतीय विश्ववाद का उभार हुआ, उसने दोनों महाशक्तियों की विश्व-प्रभुत्व की राजनीति के सामने एक नया कार्यभार प्रस्तुत कर दिया। उनकी विदेश नीतियों को अब निर्गुट देशों की विश्वास जीतने की कोशिश भी करनी थी। उन्हें दिखाना था कि वे विकासशील विश्व के लिए अपने प्रतिद्वंद्वी से ज़्यादा लाभकारी तजवीज़ें पेश कर सकते हैं। सोवियत शब्दावली अपने वामपंथी आडम्बर के कारण इस मक़सद में अमेरिका के मुक़ाबले ज़्यादा कामयाब हुई। इसका एक कारण यह भी था कि सोवियत प्रौद्योगिकी सहायता और अन्य आर्थिक सहायता का चरित्र पूँजीवादी देशों के विपरीत कहीं कम दोहनकारी प्रतीत होता था। कुल मिला कर तृतीय विश्ववाद जल्दी ही सोवियत रुझान दिखाने लगा। गुटनिरपेक्ष देशों के प्रमुख सदस्यों ने सोवियत सहायता लेने और उसके साथ संधियाँ वग़ैरह करने में अमेरिकी प्रस्तावों को मानने की तुलना में कम हिचक का प्रदर्शन किया। सोवियत संघ की इस कामयाबी को सत्तर के दशक में करारा झटका लगा जब चीन के अलग हो जाने से कम्युनिस्ट ख़ेमे में फूट पड़ गयी। इस घटनाक्रम में अमेरिकी विदेश मंत्री हेनरी किसिंजर की चीन जा कर माओ से मुलाक़ात की ख़ास भूमिका थी। इसी के बाद माओ ने न केवल तीन दुनिया के सिद्धांत का सूत्रीकरण किया बल्कि सोवियत संघ को विश्व-शांति के लिए अमेरिका से ज़्यादा बड़ा ख़तरा क़रार दिया। माओ ने अपने पूर्व-मित्र सोवियत संघ की सामाजिक साम्राज्यवादी कह कर भर्त्सना की। इसी के बाद तृतीय विश्ववाद व्यावहारिक रूप से एक पेचीदा क़िस्म की राजनीति में फँस गया। सोवियत संघ चाहता था कि अमेरिका के ख़िलाफ़ द्वितीय विश्व और तीसरे विश्व का मोर्चा बनाया जाए। चीन की कोशिश थी कि पेइचिंग को केंद्र बना कर तीसरी दुनिया की राजनीति चले। उसे अपने प्रयासों को अमेरिकी और पूँजीवादी द्वितीय विश्व के देशों का समर्थन मिलने की उम्मीद थी।

अस्सी के दशक में इस स्थिति में एक गुणात्मक परिवर्तन तब आता दिखा जब संयुक्त राष्ट्र की सदस्य संख्या 51 से बढ़ते-बढ़ते 156 तक पहुँच गयी। यह विनिवेशीकरण की जारी प्रक्रिया का संचित परिणाम था। नतीजा यह निकला कि संयुक्त राष्ट्र में तीसरी दुनिया का पलड़ा भारी हो गया। अमेरिका ने इस परिस्थिति को भाँपते हुए दो क़दम उठाए। उसने संयुक्त राष्ट्र और उसके संगठनों के प्रभाव को घटाने वाली नीतियाँ अख़्तियार कीं, और दूसरी तरफ़ सोवियत महाशक्ति के ख़िलाफ़ शीत युद्ध में तेज़ी लाते हुए 'स्टार वार' (अंतरिक्ष युद्ध) की सामरिक प्रौद्योगिकी लाने का नज़ारा पेश किया। अस्सी के दशक में चली हथियारों की भीषण होड़ ने सोवियत कम्युनिज़म के कमज़ोर आर्थिक आधार को इंगित किया। नब्बे के दशक की शुरुआत में हुआ सोवियत संघ का बिखराव और शीत-युद्ध का अचानक ख़ात्मा इसी प्रतियोगिता का अनपेक्षित परिणाम था।

सवाल यह है कि शीत-युद्ध ख़त्म होने, भूमण्डलीकरण की परिघटना के उभार और एकध्रुवीय विश्व के यथार्थ की रोशनी में तृतीय विश्ववाद की अब क्या उपयोगिता बची है ? इस सिलसिले में अर्थशास्त्री पीटर बाउर का एक प्रेक्षण उल्लेखनीय है। उन्होंने पूछा है कि जब किसी देश को तीसरे विश्व का सदस्य कहा जाता है, तो उसके पीछे कौन से राजनीतिक और आर्थिक मानक होते हैं ? ज़ाहिर है कि इन मानकों को परिभाषित करने के लिए ज़रूरी शीत-युद्ध की परिस्थिति इस समय मौजूद नहीं है। बाउर का कहना है कि इंडोनेशिया से अफ़ग़ानिस्तान तक ख़ुद को तीसरी दुनिया कहने वाले देशों में बेहद पिछड़ी से लेकर अत्याधुनिक तक तरह-तरह की अर्थव्यवस्थाएँ काम कर रही हैं। इसी तरह अंतर्राष्ट्रीय संबंधों के क्षेत्र में भी ये देश विकसित विश्व से भी जुड़े हुए हैं, विश्व व्यापार संगठन जैसे बाज़ारवादी समझे जाने वाले संगठनों के भी सदस्य हैं और साथ में समाजवादी शब्दाडम्बर का भी प्रयोग करते हैं। बाउर ने यह भी कहा कि इन देशों में एक ही समानता है कि उन्हें बिना किसी अपवाद के पश्चिमी आर्थिक सहायता मिलती है।

देखें : आदर्शवाद, आतंकवाद, अंतर्राष्ट्रीय मुद्रा कोष, इमैनुएल कांट, इतिहास का अंत, एडवर्ड हैलेट कार, जाति-संहार, द्वितीय विश्व-युद्ध, नस्लवाद, नव-उपनिवेशवाद, निर्भरता सिद्धांत, निरस्त्रीकरण, पेटेंट, प्रथम विश्व-युद्ध, प्रगति, बौद्धिक सम्पदा अधिकार, ब्रेटन वुड्स प्रणाली, भारत में पेटेंट क़ानून, रंगभेद, उपनिवेशवाद, यथार्थवाद, युद्ध, युरोपीय यूनियन, रचनात्मकतावाद, राजनय, विश्व व्यापार संगठन, विश्व बैंक, विश्व-सरकार, वि-उपनिवेशीकरण, सभ्यताओं का संघर्ष, सम्प्रभुता, संयुक्त राष्ट्र, साम्राज्यवाद, शक्ति-संतुलन, शांति, शांतिवाद, शस्त्र-नियंत्रण, हथियारों की होड़।

संदर्भ

1. आश नारायण राय (2000), *द थर्ड वर्ल्ड इन द एज ऑफ़ ग्लोबलाइज़ेशन : रेक्विम ऑर न्यू एजेंडा ?*, ज़ेड प्रेस, लंदन.
2. आरुतरो एस्कोबार (1995), *एनकरेजिंग डिवेलपमेंट : मेकिंग ऐंड अनमेकिंग ऑफ़ थर्ड वर्ल्ड*, प्रिंसटन युनिवर्सिटी प्रेस, प्रिंसटन, एनजे.
3. गैब्रियल कोल्को (1997), *क़नफ़्रंटिंग द थर्ड वर्ल्ड : यूनाइटिड स्टेट्स फ़ारेन पॉलिसी, 1945-1980*, वेस्टव्यू प्रेस, बोल्डर, सीओ.
4. आरिफ़ डिरलिक (1997), *द पोस्टकोलोनियल ऑरा : थर्ड वर्ल्ड क्रिटीसिज़्म इन द एज ऑफ़ ग्लोबल कैपिटलिज़म*, वेस्टव्यू प्रेस, बोल्डर, सीओ.

— अभय कुमार दुबे

थ

थॉमस हॉब्स

(Thomas Hobbes)

भौतिकवाद के दार्शनिक संस्थापकों में से एक थॉमस हॉब्स (1588–1679) को उनकी शाहकार रचना *लेवायथन* के कारण पश्चिमी राजनीतिक दर्शन की आधारशिला रखने का श्रेय दिया जाता है। पिछली तीन सदियों से राजनीति विज्ञान के छात्रों के लिए हॉब्स का अध्ययन अनिवार्य रहा है। मनुष्य की प्रकृति से संबंधित उनके सिद्धांत दार्शनिक मानवशास्त्र के क्षेत्र में आज तक प्रभावी माने जाते हैं। उनकी बुनियादी मान्यता यह थी कि मनुष्य अपनी विनाशकारी प्रवृत्तियों का दास है, इसलिए वह लम्बे समय तक और बड़ी संख्या में सामूहिक रूप से तभी रह सकता है जब उसकी इन प्रवृत्तियों को नियंत्रित कर सकने वाली मज़बूत सरकार का उस पर शासन हो। हॉब्स कहते हैं कि मनुष्य की मुक्ति इसी हक़ीक़त को समझ लेने में निहित है। *लेवायथन* के ज़रिये जैसे ही हॉब्स की यह थीसिस सामने आयी, उनकी प्रशंसा और निंदा का ताँता लग गया। दरअसल, वे बेहद साहसी चिंतक और अत्यंत प्रभावशाली लेखक थे। उन्होंने अपने विचारों के लिए कई बार अपनी जान पर आये ख़तरे की भी चिंता नहीं की। राजनीति और राजनीतिक व्यवहार से संबंधित दर्शन के सभी परवर्ती अध्ययन उनके ऋणी हैं।

विल्टशायर, इंग्लैंड में जन्मे हॉब्स की माँ का बचपन में ही देहांत हो गया। उनके पिता उन्हें अपने छोटे भाई के हवाले करके अपनी ज़िंदगी जीने में मशगूल हो गये। हॉब्स की प्रतिभा को उनके एक स्कूलमास्टर ने पहचाना। उन दिनों ऑक्सफ़र्ड जैसे विश्वविद्यालय में भी पाठ्यक्रम पर मध्यकालीन वितण्डावादी दर्शन छाया हुआ था। हॉब्स ने उसमें कोई दिलचस्पी नहीं दिखाई। उन्होंने बीए की डिग्री भी पूरी नहीं की, और कैवेंडिश परिवार के बेटे विलियम को ट्यूशन पढ़ाने की नौकरी करने लगे। विलियम के साथ ही उन्हें 1610 में युरोप का दौरा करने का मौक़ा मिला। इसी दौरान उन्होंने गैलीलियो से मुलाकात की। बेकन और देकार्त के सम्पर्क में आये। वैज्ञानिक और आलोचनात्मक पद्धतियों पर महारत हासिल की। क्लासिक ग्रीक और लैटिन लेखकों का अध्ययन किया। इसी के परिणामस्वरूप हॉब्स थ्युसिडाइडिस द्वारा रचित *हिस्ट्री ऑफ़ द पेलोपोनेशियन वार* का सीधे यूनानी पांडुलिपि से अंग्रेज़ी में अनुवाद कर पाये जो बहुत मशहूर हुआ। इसी दौरान हॉब्स ने द *एलीमेंट्स ऑफ़ लॉ नेचुरल ऐंड पॉलिटिक* की रचना की, और देकार्त के प्रोजेक्ट *मेडिटेशंस द प्रीमा फिलोसोफ़ीया* की आलोचना लिखी जो देकार्त के उत्तर के साथ 1637 में देकार्त की महान रचना *डिस्कोर्स द ला मैथड* में प्रकाशित हुई। अपनी ख़ास तरह की जीवन स्थितियों के कारण बौद्धिक विकास की डगर पर कुछ देर से अग्रसर हुए हॉब्स को इस समय तक विश्वास हो गया था कि वे अब ख़ुद को दार्शनिक और विद्वान कह सकते हैं। उन्होंने मानव समाज (*द साइव*), मानव देह (*द कोरपोर*) और मानव प्रकृति (*द होमाइन*) पर तीन पुस्तकें लिखीं जो एक ही रचना के तीन खण्ड थे।

हालाँकि हॉब्स ने कई पुस्तकें लिखीं, पर उनके विचार सर्वाधिक स्पष्टता और सम्पूर्णता में *लेवायथन* के ज़रिये ही सामने आये। इस रचना में व्यक्त राज्य और वैध शासन से संबंधित अवधारणाएँ सामाजिक समझौते के विचार पर आधारित हैं। यह समझना ज़रूरी है कि हॉब्स इंग्लैण्ड के गृह युद्ध और सत्रहवीं सदी की वैज्ञानिक क्रांति के युग में सक्रिय थे। इन दोनों बातों का उनके विचारों पर गहरा प्रभाव पड़ा।

थॉमस हॉब्स (1588-1679)

उन्होंने गैलीलियो, फ्रांसिस बेकन और रेने देकार्त से वैज्ञानिक पद्धति प्राप्त की। वे यूनानी ज्यामितिविद् युक्लिड की रचना *एलीमेंट्स* से भी बेहद प्रभावित थे। इंग्लिश गृह युद्ध ने उनके सामने राजनीतिक स्थिरता और शांति-व्यवस्था की चुनौती पेश की। हॉब्स का ख़याल था कि गणितीय और ज्यामितीय विधियों के आधार पर किया गया चिंतन एक स्थिर राज्य और शांतिपूर्ण समाज की गारंटी कर सकता है।

बेकन के प्रभाव में आकर हॉब्स 1630 तक मान चुके थे कि समग्र प्राकृतिक व्यवस्था को मस्तिष्क या चेतना जैसे हवालों के बिना केवल 'बॉडी' या देह के रूप में समझा जा सकता है। हर मनुष्य का शरीर एक घड़ी से मिलता-जुलता जटिल मैकेनिज़्म भर है जिसमें हृदय स्प्रिंग की और स्नायु तारों की भूमिका निभाते हैं। शरीर के जोड़ वे पहिये हैं जिनसे इस देह को गति मिलती है। संवेदी तत्रों के ज़रिये इस देह को बाह्य जगत के उद्दीपन प्राप्त होते हैं जिसके आधार पर उसका व्यवहार निर्धारित होता है। आनंददायक उद्दीपन कामनाएँ पैदा करते हैं और देह को प्राणदायक गति मिलती है। हॉब्स इसे 'फ़ेलिसिटी' (परमानंद) क़रार देते हैं जिसे और प्राप्त करने की इच्छा होती है। प्राणदायक गति को रोकने वाले उद्दीपन पीड़ाजनक होते हैं जिन्हें मनुष्य ग्रहण करने से बचता है। अच्छे और बुरे में यही अंतर है। बुद्धि का काम है अच्छे उद्दीपन को प्राप्त करने और बुरे उद्दीपन से बचने की युक्तियाँ करना। मृत्यु का अर्थ है 'फ़ेलिसिटी' का अंत।

इस समझ के आधार पर हॉब्स ने यह भौतिकवादी और आनंदवादी निष्कर्ष निकाला कि मनुष्य का उद्देश्य अधिकतम आनंद और कम से कम पीड़ा भोगना है। अगर दूसरे के आनंद में मनुष्य को सुख मिल सकता है, तो हॉब्स के अनुसार वह परोपकार के लिए भी सक्षम है। लेकिन, अगर संसाधन कम हुए या किसी क़िस्म का भय हुआ, तो मनुष्य आत्मकेंद्रित और तात्कालिक आग्रहों के अधीन हो कर परोपकार को मुल्तवी कर देगा। ऐसी स्थिति में उसे सरकार का नियंत्रण चाहिए, वरना वह अपने सुख को अधिकतम और दु:ख को न्यूनतम करने के अबाध प्रयास करते हुए सभ्यता और संस्कृति से हीन प्राकृतिक अवस्था में पहुँच जाएगा। जो कुछ उसके पास है, उसे खोने के डर से मनुष्य शक्ति के एक मक़ाम से दूसरे मक़ाम तक पहुँचने की कोशिशों में लगा रहेगा जिसका अंत केवल उसकी मृत्यु से ही हो सकेगा। अगर मज़बूत राज्य ने उसकी इन कोशिशों को संयमित न किया तो मानव जाति प्राकृतिक अवस्था में पहुँच जाएगी जहाँ हर व्यक्ति दूसरे के दुश्मन के रूप में परस्पर विनाशकारी गतिविधियों में लगा होगा। मनुष्य को नियंत्रित करने वाला यही परम शक्तिशाली और सर्वव्यापी राज्य हॉब्स के शब्दों में *लेवायथन* है। इस पुस्तक के पहले संस्करण के आवरण पर एक दैत्याकार मुकुटधारी व्यक्ति का चित्र उकेरा गया था जिसकी आकृति छोटी-छोटी मानवीय उँगलियों से बनी थी। इस दैत्याकार व्यक्ति के एक हाथ में तलवार थी, और दूसरे में राजदण्ड।

हॉब्स को कोई शक नहीं था कि अगर यह दैत्याकार हस्ती लेवायथन मनुष्य को शासित नहीं करेगा तो वह शांति और व्यवस्था हासिल करने के तर्कसंगत निर्णय पर नहीं पहुँच सकता। उस सूरत में मनुष्य एक-दूसरे को हानि न पहुँचाने के परस्पर अनुबंध पर भी नहीं पहुँच पायेगा। तर्कों की यह शृंखला हॉब्स को दिखाती है कि मनुष्य एक आपसी समझौते के तहत एक समाज रचता है जिसमें हर कोई अपना हित साधना चाहता है और इसीलिए दूसरों से क़रार करता है कि वह किसी दूसरे के हित पर चोट नहीं करेगा बशर्ते बदले में उसके हित पर चोट न की जाए।

हॉब्स का विचार था कि इस समझौते का उल्लंघन न हो, इसलिए एक सम्प्रभु सत्ता की ज़रूरत पड़ेगी ताकि सार्वजनिक शांति और सुरक्षा की गारंटी की जा सके। यह सम्प्रभु केवल ताक़त के डर से ही अपनी सत्ता लागू नहीं करेगा। हॉब्स ने *लेवायथन* के दूसरे अध्याय 'ऑफ़ द कॉमनवेल्थ' में कई तरह के सम्भव संवैधानिक रूपों की चर्चा की है। लेकिन, सिद्धांतत: हॉब्स अविभाजित सत्ता के पक्ष में नज़र आते हैं। इसके लिए उन्हें राजशाहीनुमा सत्ता की वकालत करने में भी कोई हर्ज नहीं लगता।

हॉब्स की निगाह में यह सम्प्रभु निरंकुश नहीं होगा क्योंकि स्वयं को क़ायम रखने लायक परिस्थितियाँ सुनिश्चित

करने के लिए उसे अपनी प्रजा को एक हद तक (आंतरिक ख़तरे और बाह्य अशांति से उसे सुरक्षित रखने के उद्देश्यों के मुताबिक़) आज़ादी भी देनी होगी। भौतिक जिंसों और समृद्धि का वितरण इस तरह सुनिश्चित करना होगा जिससे उस टकराव के अंदेशे हमेशा ठंडे होते रहें जो परस्पर लेन-देन की प्रक्रिया से अक्सर पैदा होते रहते है। हॉब्स का ख़याल था कि धर्म निजी मामला है, पर उसके सार्वजनिक पहलुओं को पूरी तरह राज्य के मुखिया के फ़ैसले पर छोड़ देना चाहिए। राज्य का मुखिया ही चर्च का मुखिया होना चाहिए। बाइबिल जिन मामलों में स्पष्ट निर्देश नहीं देती, वहाँ राज्य के मुखिया का निर्देश अंतिम समझा जाना चाहिए। अपने इन्हीं विचारों के कारण हॉब्स ने कैथॅलिक चर्च को अंधकार के साम्राज्य की संज्ञा दी, क्योंकि वह अपने अनुयायियों से राज्य के प्रति वफ़ादारी से भी परे जाने वाली वफ़ादारियों की माँग करता है। उन्होंने शुद्धतावादियों के ख़िलाफ़ आवाज़ उठायी जो अंत:करण के आधार पर राज्य के ख़िलाफ़ खड़े होने की अपील करते थे।

हॉब्स का मतलब साफ़ था कि अगर शांति-व्यवस्था के साथ रहना है तो राजकीय प्राधिकार के उल्लंघन से बाज़ आना होगा। ज़रूरी नहीं कि राज्य की सम्प्रभुता का प्रतीक कोई व्यक्ति ही हो। वह किसी सभा और किसी संसद की सम्प्रभुता भी हो सकती है। इस लिहाज़ से हॉब्स के सिद्धांत में संसदीय सम्प्रभुता के लिए भी गुंजाइश है।

1666 में हाउस ऑफ़ कामंस में नास्तिकता के ख़िलाफ़ विधेयक लाया गया जिस पर विचार करने के लिए बनी समिति को *लेवायथन* से संबंधित सूचनाएँ जमा करने का अधिकार देने पर चर्चा हुई। कुल मिला कर नतीजा यह हुआ कि उसके बाद हॉब्स का कोई ऐसा लेखन प्रकाशित नहीं हो पाया जिसका विषय मानवीय आचरण हो। लेकिन, एक दार्शनिक के रूप में उनकी प्रतिष्ठा फैलती चली गयी। पक्षाघात से हुई मृत्यु तक ज्ञान के देशी-विदेशी साधक उनके प्रति सम्मान व्यक्त करने के लिए उनसे भेंट करने आते रहे।

हॉब्स के विचार समाज-विज्ञान की दुनिया में हुई कई बहसों के केंद्र में हैं। उनके द्वारा वर्णित मनुष्य की 'प्रकृत अवस्था' को अक्सर आलोचना का निशाना बनाया जाता है। तर्क दिया जाता है कि अगर मनुष्य वास्तव में इसी अवस्था में होने के कारण 'सामाजिक समझौता' क़ायम करने की तरफ़ जाता है, तो ऐसे सामाजिक समझौते के विफल होने के अंदेशे ही अधिक हैं। और अगर प्रकृत अवस्था हॉब्स द्वारा किये गये वर्णन के मुताबिक़ नहीं है तो फिर सामाजिक समझौते की ज़रूरत ही क्या है। कई विद्वानों ने हॉब्स के विचारों को 'रैशनल चॉयस' या 'बुद्धिसंगत चयन' पर आधारित राजनीतिक समझ का मुख्य पुरोगामी क़रार दिया है। कुछ ने लेवायथन के मुख्य तर्कों को 'गेम थियरी' के आईने में देखने की कोशिश की है। हॉब्स द्वारा प्रवर्तित प्रजा और सम्प्रभु के संबंध (सम्प्रभु प्रजा के एजेंट है और वह जो कुछ करता है वह प्रजा के कहने और ज़रूरत पर करता है) की भी आलोचना हुई है। इस दावे के पहले हिस्से को स्वीकार करने में विद्वानों को दिक़्क़त नहीं है, पर दूसरे पर उन्हें शक है। हॉब्स यह सवाल तो उठाते हैं कि नागरिक अपने एजेंट की तरह काम करने वाली सरकार को कैसे नियंत्रित करेंगे, पर इस प्रश्न का संतोषजनक उत्तर मुहैया नहीं कराते।

देखें : अधिकार, अधिकार : सैद्धांतिक यात्रा, अरस्तू, अफलातून, अनुदारतावाद, अराजकतावाद, अन्य-अन्यीकरण, उदारतावाद, उपयोगितावाद, एडमण्ड बर्क, क्रांति, ज्याँ-ज़ाक रूसो, जॉन लॉक, जेरेमी बेंथम, जॉन स्टुअर्ट मिल, जॉन रॉल्स, जोहान गॉटफ्रीड हर्डर, डेविड ह्यूम, थॉमस पेन, न्याय, न्याय : नारीवादी आलोचना, न्याय : रॉल्स का सिद्धांत, नागरिकता, नागरिकता : अन्य परिप्रेक्ष्य-1 और 2, नागर समाज, पनोप्टिकॉन, फ्रेड्रिख़ वॉन हायक, बुद्धिवाद, माइकेल जोसेफ़ ओकशॉट, माइकिल वाल्ज़र, मिशेल पॉल फ़ूको-1 और 2, यूटोपिया, राजनीतिक दर्शन के नारीवादी आयाम, रॉबर्ट नॉज़िक, राज्य-1 और 2, विल किमलिका, स्वतंत्रतावाद, सर्वसत्तावाद, सम्प्रभुता, समाजवाद, सरकार और सरकारियत-1 और 2.

संदर्भ

1. डी.डी. राफ़ाएल (1977), *हॉब्स,* एलेन ऐंड अनविन, लंदन.
2. क्वेंटिन स्किनर (2002), *विज़ंस ऑफ़ पॉलिटिक्स,* खण्ड 3, *हॉब्स ऐंड सिविल साइंस,* केम्ब्रिज युनिवर्सिटी प्रेस, केम्ब्रिज.
3. क्वेंटिन स्किनर (1996), *रीज़न ऐंड रेटरिक इन द फिलॉसफ़ी ऑफ़ हॉब्स,* केम्ब्रिज युनिवर्सिटी प्रेस, केम्ब्रिज.
4. नोएल मैलकम (2002), *ऑस्पेक्स्ट्स ऑफ़ हॉब्स,* ओयूपी, न्यूयॉर्क.

— अभय कुमार दुबे

थॉमस पेन

(Thomas Paine)

रैडिकल-उदारतावादी राजनीतिक चिंतक और प्रचारक थॉमस पेन (1737–1809) *द राइट्स ऑफ़ मैन* और *कॉमन सेंस* जैसी महान कृतियों के रचियता थे। वे एक लोकप्रिय लेखक थे और उनकी पुस्तकें लाखों की संख्या में बिका करती थीं। गहन या मौलिक राजनीतिक चिंतक न होने के बावजूद उन्होंने अपने पसंदीदा विचारकों के सूत्रों की उदारतापूर्वक व्याख्या करते हुए उन्हें स्थापित किया। पेन ने अमेरिका में

थॉमस पेन (1737-1809)

उस समय स्वतंत्रता की वकालत की जब ख़ुद अमेरिकनों के बीच यह विचार लोकप्रिय नहीं हुआ था। वे लोकोपकारी राज्य की अवधारणा का सूत्रीकरण करने वाले पहले चिंतकों में से एक थे। लॉक के विचारों का अनुसरण करते हुए उन्होंने इस बात पर ज़ोर दिया कि मनुष्य के प्राकृतिक अधिकारों से सम्पन्न होता है और इन्हीं अधिकारों की सुरक्षा के लिए वह समाज में भागीदारी करता है। इसलिए सरकार को इन प्राकृतिक अधिकारों का उल्लंघन करने का कोई अधिकार नहीं है। सरकार का काम तो सिर्फ़ यह सुनिश्चित करना है कि लोग अपने जीवन, स्वतंत्रता और सम्पत्ति की सुरक्षा करने में समर्थ हो सकें। पेन का विचार था कि लोग समाज की रचना करने के लिए आपस में समझौता करते हैं और वे सामाजिक व्यवस्था क़ायम रखने के लिए सरकार को कुछ शक्तियाँ देते हैं। लेकिन प्रभुसत्ता हमेशा लोगों के पास ही रहनी चाहिए।

पेन का विचार था कि लोगों को सामूहिक रूप से यह फ़ैसला करने का अधिकार होना चाहिए कि वे जब चाहें शासन की की वर्तमान व्यवस्था हटा कर एक नयी व्यवस्था स्थापित कर सकें। पेन ने ऐडम स्मिथ की ही तरह इस बात पर भी ज़ोर दिया कि लोगों की आवश्यकताएँ उनमें टकराव उत्पन्न नहीं करती हैं, बल्कि उनकी आवश्यकताएँ स्वाभाविक रूप से उन्हें एक समाज के दायरे में ला कर उन्हें एक-दूसरे पर निर्भर बनाती हैं। वाणिज्य और 'अदृश्य हाथ' लोगों के हितों में सामंजस्य क़ायम करने का काम करते हैं। यह इस बात का प्रमाण है कि समाज व्यक्ति के लिए स्वाभाविक है। इस बात की पुष्टि इससे भी होती है कि प्रकृति ने व्यक्ति में सामाजिक जुड़ाव की ऐसी भावना भर दी है कि लोग सिर्फ़ समाज में ही ख़ुशी पा सकते हैं। दरअसल, पेन ने इस बात पर भी ज़ोर दिया कि समाज व्यक्ति के लिए इतना स्वाभाविक है कि उसके लिए सरकार की कोई ख़ास ज़रूरत नहीं है।

थॉमस पेन का जन्म ब्रिटेन में एक साधारण क्वेकर परिवार में हुआ था। उन्होंने कई तरह के पेशों में अपना हाथ आज़माया। उन्होंने नाविक, आबकारी विभाग के कर्मचारी के रूप में और दूकानदार के रूप में काम किया। एक आम उपदेशक और वाद-विवाद करने वाले व्यक्ति के रूप में उन्होंने बहुत सी दक्षताएँ विकसित कीं। उन्होंने पैंतीस साल की उम्र में अपना पहली पुस्तिका लिखी। यह आबकारी विभाग के कर्मचारियों का वेतन बढ़ाने से संबंधित थी। उन्होंने लंदन में इन कर्मचारियों के पक्ष में ये याचिकाएँ दायर करने में कई महीने बिताये। इस कारण उनका अपनी पत्नी से वैवाहिक संबंध टूट गया। उनकी नौकरी और दूकान भी उनके हाथ से चली गयी। 1775 में वे अमेरिका गये जहाँ उन्हें *पेंसिलवेनिया जर्नल* में नौकरी मिली। 1776 में उन्होंने *कॉमन सेंस* शीर्षक से एक पुस्तिका प्रकाशित की जिसमें उन्होंने उस समय अमेरिका की स्वतंत्रता की तरफ़दारी की जब बहुत कम अमेरिकी लोग खुल कर यह नीति को अपनाने के लिए तैयार थे। यह पुस्तिका बहुत सफल रही और इसके प्रकाशन वर्ष में ही इसके पच्चीस संस्करण छपे। बाद में, पेन पेनसिल्वेनिया के लिए उदारतावादी राज्य संविधान बनाने की प्रक्रिया में भी शामिल हुए। इस संविधान में सार्वभौम मताधिकार, वार्षिक चुनाव, लोकतांत्रिक प्रतिनिधित्व, एक-सदनीय विधायिका और पूर्ण धार्मिक स्वतंत्रता को शामिल किया गया था। इसके अलावा उन्होंने जॉर्ज वाशिंगटन की रेवोल्यूशनरी आर्मी में भी काम किया।

1787 में पेन ने युरोप की यात्रा की। दरअसल, वे फ्रांस और इंग्लैण्ड, दोनों ही देशों की राजनीतिक गतिविधियों में भाग लेते थे। जब एडमण्ड बर्क ने अपनी रचना *रिफ़्लेक्शंस इन द रेवोल्यूशन इन फ्रांस* में फ्रांस की क्रांति की आलोचना की, तो पेन फ्रांस के अपने रैडिकल दोस्तों की तरफ़दारी करते नज़र आये। पेन ने अपने द *राइट्स ऑफ़ मैन* (1791 और 1792) लिख कर वंशानुगत और राजतंत्रीय व्यवस्थाओं पर हमला किया। उन्होंने लोकप्रिय प्रभुसत्ता और व्यक्तिगत अधिकारों पर ज़ोर देते हुए बर्क के तर्कों की तीखी आलोचना की। इसीलिए जहाँ एक ओर ब्रिटिश सरकार ने पेन पर राजद्रोही विचार फैलाने के लिए मुक़दमा चलाया, वहीं फ्रांस में उन्हें नैशनल एसेम्बली का सदस्य चुना गया। पेन ने गणतंत्रवाद का ज़ोरदार समर्थन किया, लेकिन उन्होंने राजा को फाँसी दिये जाने की जैकोबिंस की माँग का विरोध भी किया। बाद में उन्हें भी गिरफ़्तार कर लिया गया और वे फाँसी

की सजा पाने से बाल-बाल बचे।

फ्रांस में अपने प्रवास के दौरान पेन ने अपनी प्रसिद्ध किताब *द ऐज ऑफ़ रीजन* (1784) का प्रकाशन करके धर्म की संस्था पर हमला किया। इसके कारण उन्हें सार्वजनिक रूप से निंदा का सामना करना पड़ा। अट्ठारहवीं सदी में व्यक्ति उनके इन विचारों को बीसवीं सदी में मान्यता मिलनी शुरू हुई। फ्रांस प्रवास के दौरान ही उन्होंने अपनी रैडिकल पुस्तिका *एग्रेरियन जस्टिस* (1796) की रचना की। आख़िरकार 1802 में पेन अमेरिका लौट गये जहाँ फ़ेडरलिस्ट प्रेस द्वारा अपनी झूठी निंदा का उन्हें सामना करना पड़ा। 1809 में अपनी मृत्यु तक वे सार्वजनिक जीवन में बिल्कुल अलग-थलग पड़ गये थे।

अट्ठारहवीं सदी के युरोप में क़ायम राजतंत्रीय और कुलीनतंत्रीय व्यवस्थाओं के पेन ज़बरदस्त आलोचक थे। उन्होंने इस बात पर ज़ोर दिया कि वंशानुगत शासन धोखाधड़ी से किया जाने वाला शासन है। यह लोगों की अज्ञानता और अंध-विश्वासों पर आधारित होता है : उनका कहना था कि 'वंशानुगत विधिकर्त्ता का विचार उतना ही बेतुका है ... जितना कि वंशानुगत गणितज्ञ या वंशानुगत बुद्धिमान व्यक्ति का विचार।' पेन का दावा था कि यह सिद्धांत अतार्किक है और इस तरह की सरकार के शासन में युद्ध और भ्रष्टाचार आदि का बोलबाला होता है। सिर्फ़ प्रतिनिधिमूलक लोकतांत्रिक व्यवस्था की सरकार ही इस तरह की बुराइयों से मुक्त होती है। यह व्यवस्था एक संविधान पर आधारित होती है जिसमें सभी लोगों की परम्पराओं को शामिल किया जाता है और वे लोग ही इस संविधान का अनुमोदन करते हैं। पेन ने अपने अमेरिकी अनुभवों के आधार पर इस तरह की सरकार की वकालत की। अपने बाद के लेखन में उन्होंने इंग्लैण्ड और फ्रांस के लोगों से यह अपील की कि वे अपने यहाँ की भ्रष्ट वंशानुगत व्यवस्थाओं को ख़त्म करें और इसकी जगह अमेरिका की भाँति गणतंत्रवादी सरकार की स्थापना करें। पेन मानते थे कि इस तरह की सरकार उनके अधिकारों की हिफ़ाज़त करेगी। यह सरकार जवाबदेह होगी और शांति तथा व्यवस्था क़ायम रखेगी। इस तरह की सरकार को अपने हर कदम व्याख्या लोगों के सामने करनी होगी। इसी कारण इसमें सबसे अच्छे और सबसे बुद्धिमान लोगों के चुने जाने की सम्भावना होगी।

द राइट्स ऑफ़ मैन के दूसरे भाग और *एग्रेरियन जस्टिस* को पेन का सबसे मौलिक लेखन माना जा सकता है। इन दोनों में ही वे न्यूनतम राज्य के स्वतंत्रतावादी विचार से आगे जाते हैं और एक कल्याणकारी राज्य की रूपरेखा और उसका औचित्य पेश करते हैं। *द राइट्स ऑफ़ मैन* के दूसरे भाग में वे ब्रिटेन में ग़रीबों को राहत देने, ग़रीबों की शिक्षा के लिए राज्य द्वारा वित्तीय सहायता देने, वृद्धावस्था पेंशन, मृत्यु और मातृत्व की स्थिति में मदद करने और ग़रीब लोगों के लिए आवास मुहैया कराने के बारे में एक राष्ट्रीय व्यवस्था बनाने का प्रस्ताव पेश करते हैं। वे इस बात पर ज़ोर देते हैं कि राजतंत्रीय सरकार को हटा कर गणतंत्रवादी सरकार स्थापित करने से पैसे की जो बचत होगी उसी से इस तरह की व्यवस्था स्थापित हो सकती है। इस व्यवस्था से ग़रीबों का बोझ कम होगा और अमीरों को इस बात के लिए प्रोत्साहन मिलेगा कि वे अपने बच्चों में अपनी सम्पत्ति का ज्यादा समान तरीक़े बँटवारा करें, जिससे ज्येष्ठाधिकार की अप्राकृतिक व्यवस्था ख़त्म हो सके।

एग्रेरियन जस्टिस में पेन ने पुनर्वितरण टैक्स लगाने और कल्याणकारी राज्य की सैद्धांतिक तरफ़दारी पेश की है। वे यह तर्क देते हैं कि हर व्यक्ति का जन्म इस प्राकृतिक अधिकार के साथ होता है कि वह धरती और इसके उत्पादों का प्रयोग करे। निश्चित रूप से अपने प्रयास से उत्पन्न की गयी वस्तुओं पर लोगों का अधिकार होता है; लेकिन वे अपने इस अधिकार का विस्तार उस ज़मीन पर नहीं कर सकते हैं, जिस पर वे काम करते हैं। यह ज़मीन सामान्य सम्पत्ति ही रहती है। इसके अलावा, व्यक्ति अपनी अधिकांश व्यक्तिगत सम्पत्ति अपने हाथों से नहीं कमाता, बल्कि समाज के माध्यम से अर्जित करता है। इसलिए हमें समाज को एक बुनियादी लागत और अपने संग्रहण का एक भाग देना चाहिए क्योंकि 'सारी चीज़ें वहीं से आती हैं'। पेन यह प्रस्तावित करते हैं कि मृत्यु-कर के रूप में एक सम्पत्ति कर लगाया जाना चाहिए। इसका उपयोग इक्कीस साल से ज्यादा उम्र के हर व्यक्ति को एकमुश्त राशि देने और पचास साल से ज्यादा उम्र के व्यक्तियों या अंधे और असहाय लोगों को एक सालाना पेमेंट लेने के लिए किया जाना चाहिए। इस तरह की व्यवस्था से किसी भी व्यक्ति को शुरुआत से ही नुक़सान का सामना नहीं करना पड़ेगा और जो लोग किसी कारण से वंचित स्थिति में हैं, उन्हें मदद मिलेगी।

देखें : अधिकार, अधिकार : सैद्धांतिक यात्रा, अरस्तू, अफलातून, अनुदारतावाद, अराजकतावाद, अन्य-अन्यीकरण, उदारतावाद, उपयोगितावाद, एडमण्ड बर्क, क्रांति, ज्याँ-ज़ाक रूसो, जॉन लॉक, जेरेमी बेंथम, जॉन स्टुअर्ट मिल, जॉन रॉल्स, थॉमस हॉब्स, न्याय, न्याय : नारीवादी आलोचना, न्याय : रॉल्स का सिद्धांत, नागरिकता, नागरिकता : अन्य परिप्रेक्ष्य-1 और 2, नागर समाज, पनोप्टिकॉन, फ्रेड्रिख़ वॉन हायक, बुद्धिवाद, माइकेल जोसेफ़ ओकशॉट, माइकिल वाल्ज़र, मिशेल पॉल फ़ूको-1 और 2, यूटोपिया, राजनीतिक दर्शन के नारीवादी आयाम, रॉबर्ट नॉज़िक, राज्य-1 और 2, विल किमलिका, स्वतंत्रतावाद, सर्वसत्तावाद, सम्प्रभुता, समाजवाद, सरकारियत।

संदर्भ

1. ए. विलियम्सन (1973), थॉमस पेन : हिज़ लाइफ़, वर्क ऐंड

टाइम, एलन ऐंड अनविन, लंदन.
2. थॉमस पेन (1948), *द लाइफ़ ऐंड मेजर राइटिंग्स ऑफ़ थॉमस पेन,* सम्पा. पी.एस. फ़ोनर, दो खण्ड, सिटेडल, सीकॉक्स, एनज.
3. इ. फ़ोनर (1976), टॉम पेन ऐंड रेवोल्यूशनरी अमेरिका. ऑक्सफ़र्ड युनिवर्सिटी प्रेस, न्यूयॉर्क.

— कमल नयन चौबे

थॉमस मन और वणिकवाद

(Thomas Mun and Mercantilism)

वणिकवाद आधुनिक अर्थशास्त्र की एक शुरुआती विचारधारा रही है। थॉमस मन (1571-1641) उसके सर्वाधिक प्रतिभाशाली और विख्यात पैरोकार थे। वणिकवाद उस ज़माने का विचार है जब मानवीय श्रम को हर तरह की समृद्धि का स्रोत समझने के विचार का सूत्रीकरण नहीं हुआ था। वणिकवाद का आग्रह था कि राष्ट्रों की समृद्धि वाणिज्य से होने वाली आमदनी पर निर्भर होती है, इसलिए हर देश को विदेश व्यापार के ज़रिये अपनी सम्पत्ति और ख़जाने में बढ़ोतरी करनी चाहिए। उसे चाहिए कि क़ीमतों की दृष्टि से वह दूसरों को अपनी चीज़ें ज़्यादा बेचे और उनकी चीज़ों का कम उपभोग करे। समझा जाता था कि ज़्यादा निर्यात और कम आयात के ज़रिये धनात्मक व्यापार-अधिशेष की स्थिति प्राप्त करना ही किसी देश की अमीरी का मुख्य कारण हो सकता है। थॉमस मन का कहना था कि जिस कारण से परिवारों की सम्पत्ति में वृद्धि होती है या उसका क्षय होता है, वही कारण राष्ट्रों की समृद्धि या दरिद्रता के होते हैं : अर्थात् किफ़ायत से रहो, कम ख़र्च करो और ज़्यादा कमाओ। मन के वणिकवादी सुझावों का मुख्य आधार इंग्लैण्ड और ईस्ट इण्डिया कम्पनी द्वारा किये जाने वाला व्यापार था। ईस्ट इण्डिया कम्पनी सुदूर-पूर्व में तिजारत करने वाली एक सनद-प्राप्त ज्वायंट स्टॉक फ़र्म थी जिसकी भारतीय गतिविधियों का मन ने ख़ास तौर से अध्ययन किया था। अन्य वणिकवादी अर्थशस्त्रियों की तरह मन स्वयं व्यापारी और ईस्ट इण्डिया कम्पनी के एक पदाधिकारी भी थे। वणिकवादी विचारों को अट्ठारहवीं सदी में पहले प्रकृतिवादियों द्वारा और फिर ऐडम स्मिथ और डेविड ह्यूम द्वारा कड़ी आलोचना का सामना करना पड़ा। बीसवीं सदी में वणिकवाद को एक बार फिर सकारात्मक निगाह से देखा गया जब जॉन मेनार्ड कींस ने व्यापार-अधिशेष के ज़रिये माँग बढ़ने के सिलसिले में उसकी प्रशंसा की। जापानी अर्थव्यवस्था द्वारा व्यापार-अधिशेष के ज़रिये लाभ उठाने के संबंध में भी वणिकवादी प्रस्थापनाओं की प्रासंगिकता का ज़िक्र किया जाता है। यह अलग बात है कि सभी राष्ट्र एक ही समय में धनात्मक व्यापार-अधिशेष हासिल नहीं कर सकते।

थॉमस मन के निजी जीवन के बारे में बहुत कम जानकारी उपलब्ध है। उनके दादा शाही टकसाल में काम करते थे और उनके पिता कपड़ा व्यापारी थे। बचपन में पिता का देहांत हो जाने के कारण मन का लालन-पालन सौतेले पिता की देखरेख में हुआ। सौतेले पिता की दुकान और दफ़्तर में प्रशिक्षण प्राप्त करने के बाद मन ने अपना कॅरियर तिजारत से शुरू किया, कई साल तक इटली में रहे, तुर्की और भूमध्यसागरीय देशों की यात्राएँ कीं और काफ़ी तेज़ी से मालदार होते चले गये। बाद में मन का संबंध ईस्ट इण्डिया कम्पनी से हुआ। 1615 में वे इस कम्पनी के निदेशक चुने गये और फिर बाक़ी जीवन इसी पद पर रहे। अमीरी और हैसियत हासिल कर लेने के बाद मन की कई ब्रिटिश कमेटियों और आयोगों में नियुक्ति हुई। वे वेस्टमिंस्टर और लंदन शहर के अत्यंत सम्माननीय व्यक्ति बन गये। उस ज़माने के कई आयोगों द्वारा जारी की गयी रपटों में कमेटी के सदस्य के रूप में मन का नाम दर्ज मिलता है। अर्थशास्त्र के इतिहास में मन की मुख्यत: दो रचनाएँ चर्चित हैं : *अ डिस्कोर्स ऑफ़ ट्रेड अनटू द ईस्ट-इंडीज़* (1621) जिसमें उनका मक़सद ईस्ट इण्डिया कम्पनी पर लगने वाले आरोपों का खण्डन करते हुए वणिकवाद की पैरोकारी करना है। दूसरी रचना *इंग्लैंड्स ट्रैज़र बाइ फ़ॉरेन ट्रेड* (1664) उनके देहांत के बाद प्रकाशित हुई जिसमें उन्होंने ईस्ट इण्डिया कम्पनी के बजाय समग्र राष्ट्र को अपने विचार के दायरे में लिया है।

अर्थशास्त्री के रूप में मन की भूमिका तब उभरी जब सत्रहवीं सदी में ईस्ट इण्डिया कम्पनी के भारत के साथ व्यापार को इंग्लैण्ड में कई तरह के आरोपों का सामना करना पड़ा। सोने और चाँदी के बदले भारत से मसाले ख़रीदने के कारण यह समझा जा रहा है कि इंग्लैण्ड का आर्थिक नुक़सान हो रहा है। मन ने कम्पनी के पक्ष में तर्क दिया कि वह वस्त्र, खाद्य और युद्ध-सामग्री का आयात कर रही है जिससे इंग्लैण्ड में लोगों की बेहतरी हो रही है। मन ने कम्पनी की तारीफ़ की कि वह विलासितापूर्ण वस्तुएँ आयात करने के बजाय केवल ज़रूरत की चीज़ें ही मँगा रही है। दूसरे, भारत के साथ व्यापार करने के ज़रिये कम्पनी इंग्लैण्ड का माल बेचने के लिए बाज़ार भी तैयार कर रही है। मन ने दिखाया कि अगर इन्हीं चीज़ों की तिजारत तुर्की से की जाए तो इंग्लैण्ड को ज़्यादा धन ख़र्च करना पड़ सकता है। अंत में मन ने दलील दी कि ऐसी विलासितापूर्ण चीज़ों का आयात भी किया जा सकता है जिनके पुन: निर्यात से मुनाफ़ा कमाया जा सके।

एक आर्थिक चिंतक के रूप में मन की ख्याति उनकी दूसरी रचना पर टिकी है। इसमें मन ने उन कारणों और

परिस्थितियों की जाँच की है जिनके कारण किसी देश को व्यापार-अधिशेष प्राप्त हो सकता है। मन का पहला फ़ार्मूला यह था कि व्यापार से होने वाली अतिरिक्त आमदनी का मतलब यहं नहीं होना चाहिए कि इंग्लैण्ड के लोग घरेलू बाज़ार से अपने लिए ज़्यादा चीज़ें ख़रीदना शुरू कर दें। बजाय इसके इस अधिशेष का निवेश के लिए प्रयोग किया जाना चाहिए ताकि निर्यात के लिए अधिक से अधिक माल का उत्पादन हो सके। इस प्रकार मन व्यापार-अधिशेष के रूप में उत्पादक पूँजी के संचय की धारणा ले कर सामने आये। मन ने निर्यात किये जाने वाले माल के लिए मूल्य नीति बनाने का सुझाव भी दिया। इसका मतलब था कि अगर किसी माल के बाज़ार पर इंग्लैण्ड की इजारेदारी या तक़रीबन इजारेदारी है तो उसे ऊँची से ऊँची कीमत पर बेचा जाना चाहिए। लेकिन, अगर विदेश व्यापार में उसे प्रतियोगिता का सामना करना पड़ रहा है तो वह नीचे से नीचे दामों पर बेच सकता है। इस रवैये से विदेशी प्रतियोगियों को पछाड़ा जा सकेगा। मन का कहना था कि एक बार जीत हासिल करने पर दाम बढ़ाये जा सकते हैं, पर इतने नहीं कि उसके कारण प्रतियोगियों को एक बार फिर बाज़ार में कूद पड़ने का प्रलोभन दिखने लगे।

थॉमस मन (1571-1641)

मन ने यह सिफ़ारिश भी की कि ब्रिटेन द्वारा बनाये गये माल की गुणवत्ता बहुत ऊँची होनी चाहिए ताकि दुनिया के पैमाने पर उसकी माँग बनी रहे और निर्यात लगातार बढ़ता रहे। उन्हें आयात घटाना समृद्धिकारक लगता था। इसके लिए उन्होंने ब्रिटिश सरकार को कारख़ानेदारों को विनियमित करने का सुझाव दिया। उन्होंने कहा कि सरकार को एक व्यापार परिषद् बनानी चाहिए (यही काम अमेरिका में वाणिज्य विभाग करता है) जो सरकार को वाणिज्य और औद्योगिक गतिविधियाँ विनियमित करने के लिए सुझाव देगी। मन गुणवत्ता के मामले में कारख़ानेदारों पर बहुत कड़ी पाबंदियाँ लगाने के पक्ष में थे।

मन ने व्यापार-अधिशेष बढ़ाने के लिए राष्ट्रीय कर नीति का इस्तेमाल करने का भी सुझाव दिया। अगर राष्ट्रीय हितों के विपरीत कोई फ़र्म विलासितापूर्ण चीज़ें आयात करना चाहती है तो करारोपण के ज़रिये निजी और राष्ट्रीय हितों को समरस किया जाना चाहिए। मन ने निर्यात शुल्क कम से कम रखने का सुझाव दिया ताकि ब्रिटिश माल विदेशों में महँगा न बेचना पड़े। उन्होंने कहा कि आयात शुल्क भी कम रखा जाए ताकि आयातित माल का फिर से निर्यात ऊँचे दामों पर न करना पड़े। मन की निगाह में उत्पाद शुल्क और बिक्री कर हानि रहित था।

अट्ठारहवीं और नौवीं सदी में मन के विचारों और वणिकवाद को ज़बरदस्त आलोचना का सामना करना पड़ा। डेविड ह्यूम ने दिखाया कि किस तरह व्यापार-अधिशेष में अपने-आप संशोधन हो जाता है। प्रकृतिवादी विद्वान फ्रांस्वा केस्ने और ऐडम स्मिथ ने तर्क दिया कि वणिकवादी सरकार द्वारा लगायी गयी पाबंदियों का नुक़सान समझ पाने में मन असमर्थ रहे हैं। सरकार काम-धंधे में जितना कम हस्तक्षेप करेगी, घरेलू उत्पादन उतनी ही तेज़ी से बढ़ेगा। डेविड रिकार्डो ने मुक्त व्यापार के पक्ष में मज़बूत तर्क पेश किये। इन आलोचनाओं के कारण आर्थिक चिंतन पर से वणिकवाद के प्रभाव का तेज़ी से क्षय हुआ। लेकिन, बीसवीं सदी मे कींस ने अपनी 1936 में प्रकाशित रचना *जनरल थियरी ऑफ़ एम्पलायमेंट, इंटरेस्ट ऐंड मनी* के 23वें अध्याय 'नोट्स ऑन मर्केंटलिज़म' में कहा कि व्यापार-अधिशेष की मदद से रोज़गार और माँग में बढ़ोतरी की जा सकती है। द्वितीय विश्व युद्ध के बाद जापानी अर्थव्यवस्था ने भी वणिकवादी फ़ार्मूलों का इस्तेमाल करके विश्व व्यापार में अपनी हैसियत बनायी। जापान ने अपने कारख़ानों में माल बनाया और दुनिया के बाज़ार में बेचा। आयात-निर्यात के इस विनिमय में जापान कई क्षेत्रों में अपनी तक़रीबन इजारेदारी क़ायम की और अपना अधिशेष बढ़ाने में कामयाबी हासिल की। आज आर्थिक हलकों में भले ही मन के सिद्धांतों की चर्चा न हो, पर इस हक़ीक़त से इनकार नहीं किया जा सकता कि निर्यातोन्मुख विकास की लोकप्रिय थीसिस की जड़ें उन्हीं के चिंतन में निहित हैं। निर्यात बढ़ा कर विदेश व्यापार के ज़रिये अधिशेष जमा करने के सूत्र को आर्थिक वृद्धि का केंद्रीय पहलू बनाना मन की ही सूझ-बूझ का परिणाम था।

देखें : फ्रांस्वा केस्ने और प्रकृतिवाद, डेविड ह्यूम, ऐडम स्मिथ, जॉन मेनार्ड कींस।

संदर्भ

1. ए.वी. एनीकिन (1983), *आर्थिक विज्ञान का युवा काल : मार्क्स-पूर्व का अर्थशास्त्र,* अनुवाद : गिरीश मिश्र, पीपुल्स पब्लिशिंग हाउस, नयी दिल्ली.
2. फ़िलिप डब्ल्यू. बक (1964), *द पॉलिटिक्स ऑफ़ मर्केंटलिज़म,* ऑक्टागन बुक्स, न्यूयॉर्क.
3. लार्स मैगनुसन (1994), *मर्केंटलिज़म : द शेपिंग ऑफ़ ऐन इकॉनॉमिक लेंग्वेज,* रॉटलेज, न्यूयॉर्क और लंदन.
4. चैल्मर्स जॉनसन (1982), *एमआईटीआई ऐंड द जापानीज़*

मिरैकिल : द ग्रोथ ऑफ़ इंडस्ट्रियल पॉलिसी, स्टैनफ़र्ड युनिवर्सिटी प्रेस.

5. ई.ए.जे. जॉनसन (1965), *प्रेडेसर्स ऑफ़ ऐडम स्मिथ : द ग्रोथ ऑफ़ ब्रिटिश इकॉनॉमिक थॉट*, ऑगस्ट एम. केली, न्यूयॉर्क.

—अभय कुमार दुबे

थॉमस रॉबर्ट माल्थस

(Thomas Robert Malthus)

जनसंख्या संबंधी सिद्धांत के प्रतिपादन के लिए मशहूर थॉमस रॉबर्ट माल्थस (1766–1834) अपने समकालीन अर्थशास्त्रियों के बीच सर्वाधिक विवादास्पद हस्ती थे। उन्होंने हमेशा अपने समय की प्रचलित धारणाओं से अलग हट कर चिंतन किया। एक अर्थशास्त्री के रूप में माल्थस को कई सैद्धांतिक योगदानों का श्रेय है। उन्हें कींसियन अर्थशास्त्र के पुरोगामी की संज्ञा भी दी जाती है। वे अर्थशास्त्र को निगमनात्मक के बजाय आनुभविक विज्ञान बनाने के पक्ष में थे। उनकी मान्यता थी कि अर्थव्यवस्थाएँ हमेशा ही ऊँची बेरोज़गारी के लम्बे दौरों में फँसने के अंदेशों की शिकार रहती हैं। नीतिगत लिहाज़ से वे मुक्त व्यापार के विरोधी होने के साथ-साथ सरकार द्वारा ग़रीबों की कोई भी मदद करने के तरफ़दार भी नहीं थे। दरअसल, अपने जनसंख्या संबंधी अध्ययनों के ज़रिये वे इस निष्कर्ष पर पहुँच चुके थे कि समाज में आम लोगों को आर्थिक रूप ख़ुशहाल बनाना या उनके जीवन-स्तर को उठाना नामुमकिन है। अगर लोगों का जीवन-स्तर बेहतर बनाया जाएगा तो परिणामस्वरूप वे और बच्चे पैदा करेंगे, जनसंख्या और बढ़ जाएगी जिसका आर्थिक वृद्धि पर विपरीत असर पड़ेगा। माल्थस का दृढ़ मत था कि नीतियाँ कोई भी हों और उनके पीछे कितना भी नेक इरादा क्यों न हो, उनका परिणाम लोगों के हालात ख़राब होने में ही निकलेगा। माल्थस का सिद्धांत स्पष्ट संदेश देता है कि समाज व्यवस्था कैसी भी हो, जनसंख्या वृद्धि की समस्या के कारण मानवता एक बंद गली में फँस चुकी है। न किसी क्रांति से काम चलेगा, और न ही किसी सुधार से। वे आर्थिक विकास और जनसंख्या वृद्धि के मामले में निराशाजनक दृष्टिकोण रखते थे।

माल्थस का जन्म सरे (इंग्लैण्ड) के एक ख़ुशहाल परिवार में हुआ था। बचपन में उन्हें घरेलू ट्यूशन और बेहतरीन प्राइवेट स्कूलों के ज़रिये अच्छी शिक्षा मिली। 18 वर्ष की आयु में उन्होंने केम्ब्रिज के जीसस कॉलेज में गणित और प्राकृतिक दर्शन का अध्ययन किया। माल्थस के पिता एक उत्साही और आशावादी व्यक्ति थे। पर, माल्थस की प्रवृत्तियाँ उनके विपरीत थीं। उनकी अपने पिता के साथ अक्सर दार्शनिक और सामाजिक विषयों पर तल्ख़ बहस होती रहती थी। अपने पिता की इच्छा के विपरीत माल्थस ने पादरी बनने का निर्णय लिया और 1788 में रिवरेंड माल्थस बन गये। जनसंख्या संबंधी सिद्धांत के प्रवर्तन के बाद वे लंदन के पास स्थित न्यू ईस्ट इण्डिया कॉलेज़ में इतिहास, राजनीति, वाणिज्य और वित्त के प्रोफ़ेसर नियुक्त हुए। अध्यापन से मिलने वाले काफ़ी समय का इस्तेमाल माल्थस ने अपने बुद्धिजीवी दोस्तों से मेल-मुलाक़ात में बिताया जिनमें डेविड रिकार्डो भी शामिल थे।

अट्ठारहवीं सदी के उत्तरार्ध में कई अर्थशास्त्रियों और विचारकों, ख़ास कर समाजवादी रुझान वाले चिंतकों, का विचार था कि औद्योगिक क्रांति के दौरान दरिद्रता और बदहाली के शिकार मज़दूरों और अन्य ग़रीब जनता को विभिन्न सुधार कार्यक्रम चला कर ग़रीबी के गर्त से निकाला जा सकता है। माल्थस के पिता भी इसी तर्ज़ पर सोचते थे, इसलिए एक दिन उनकी अपने बेटे के साथ इस मुद्दे पर गरमा-गर्म बहस हो गयी। इस विवाद ने माल्थस को संबंधित अध्ययन के लिए प्रेरित किया जिसका नतीजा 1798 में प्रकाशित उनकी रचना *एसे ऑन पॉपुलेशन* के रूप में सामने आया। इसकी वजह से माल्थस को ज़बरदस्त ख्याति और मान्यता मिली। जिस ज़माने में माल्थस अपने जनसंख्या सिद्धांत के ज़रिये लोगों के हालात में सुधार को नामुमकिन क़रार देने में लगे हुए थे, मार्क्विस द कोंदोर्स, रॉबर्ट ओवेन और विलियम गॉडविन जैसे विचारक मज़दूरों के लिए अधिक समानता और सुरक्षा की वकालत कर रहे थे। कोंदोर्स एक ऐसे सरकारी क़ानूनों के पक्ष में थे जिनसे ज़रूरतमंद परिवारों को निचली ब्याज दरों पर कर्ज़ मिल सके। ओवेन औद्योगिक शहरों में मज़दूरों के यूटोपियन समुदाय गठित करने की सलाह दे रहे थे ताकि उनके सामाजिक हालात बेहतर किये जा सकें। गॉडविन का तो और भी ज़ोरदार तरीके से प्रस्ताव यह था कि पूँजीपतियों की सम्पत्ति ज़ब्त करके दरिद्रों में वितरित की जानी चाहिए। माल्थस ने इसी तरह के विचारों के ख़िलाफ़ प्रतिक्रिया करते हुए अपना सिद्धांत दिया।

उनका मुख्य तर्क इस प्रकार था : स्त्री और पुरुष भोजन और सम्भोग के बिना नहीं रह सकते। अपनी इन्हीं कामनाओं को पूरा करने के लिए वे बच्चे भी पैदा करते हैं और खाद्य भी। लेकिन समस्या यह है कि आबादी में वृद्धि ज्यामितीय गति से (जैसे 1, 2, 4, 8, 16) होती है, जबकि खाद्य उत्पादन केवल अंकगणितीय रफ़्तार (जैसे 1, 2, 3, 4, 5) से बढ़ता है। खेती में पैदावार पहले के मुक़ाबले लगातार घटती रहती है। खेती के लिए ज़मीन का क्षेत्रफल बढ़ाने से

यह क्रम नहीं बदलता। नये भू-खण्ड पुराने भू-खण्डों के मुक़ाबले कम पैदावार देते हैं। चूँकि आबादी खाद्य की अपेक्षा तेज़ रफ़्तार से बढ़ेगी इसलिए एक समय ऐसा आयेगा जब उसका पेट भरने के लिए पर्याप्त भोजन उपलब्ध नहीं हो पायेगा। अगर आबादी की वृद्धि पर कोई और रोक नहीं लगायी गयी तो भुखमरी फैलेगी। *एसे ऑन पॉपुलेशन* के पहले संस्करण में माल्थस ने आबादी की वृद्धि रोकने के 'सकारात्मक कारणों' का ज़िक्र किया। यानी इस समय तक उनकी दिलचस्पी केवल मृत्यु दर बढ़ाने वाले कारकों में थी। उनका विचार था कि अकाल, कुदरती आफ़तों, प्लेग और युद्ध जैसे कारक आबादी को अपने आप कम करते रहते हैं। लेकिन, अपनी इसी रचना के अगले संस्करण में उन्होंने जन्म दर घटाने संबंधी उपायों पर ध्यान दिया जिनमें यौन संयम, जन्म नियंत्रण और देर से विवाह करने के सुझाव शामिल थे। इन सुझावों ने माल्थस की आर्थिक भविष्यवाणी के निराशाजनक पहलुओं को कुछ नर्म किया।

समाजवादी रुझानों से निकली दलीलों और सुझावों के ख़िलाफ़ माल्थस ने कहा कि अगर आमदनी का वितरण अधिक समतामूलक कर दिया गया और अगर सामाजिक सुधारों के ज़रिये मज़दूर वर्ग की हालत सुधार दी गयी तो मज़दूर और ज़्यादा बच्चे पैदा करना शुरू कर देंगे। नतीजतन उनकी ग़रीबी वैसी की वैसी ही बनी रहेगी। इसी तर्क के आधार पर माल्थस ने ग़रीबों को राहत देने के लिए क़ानून बनाने का विरोध किया। वे ग़रीबों को किसी भी तरह का अनुदान देने के विरोधी थे। कई साल बाद माल्थस ने *एन इनवेस्टीगेशन ऑफ़ द कॉज़ ऑफ़ द प्रज़ेंट हाई प्राइस ऑफ़ प्रॉवीज़न* शीर्षक से लेख लिख कर दावा किया कि ग़रीबों को दी जाने वाली राहत के कारण ही इंग्लैण्ड में मक्का के दाम बढ़ गये हैं। परिणामस्वरूप न केवल ग़रीबों की दिक़्क़तें बढ़ी हैं, बल्कि सभी ब्रिटिश नागरिक परेशानी में फँस गये हैं।

हालाँकि माल्थस की ख्याति (या बदनामी?) मुख्यत: उनके जनसंख्या सिद्धांत के कारण है, पर उन्होंने क्लासिकल अर्थशास्त्र में कुछ सैद्धांतिक योगदान भी किये हैं। मसलन, उन्होंने मुनाफ़े का सिद्धांत विकसित करके उस कमी को भरा है जिस पर ऐडम स्मिथ ने ध्यान नहीं दिया था। माल्थस का एक अन्य योगदान खेतिहर ज़मीन से होने वाली लगान की आमदनी से संबंधित भी है। कुल मिला कर उनका तर्क था कि पूँजीपति कारख़ाने में मशीनें और प्रौद्योगिकी उपलब्ध कराने के ज़रिये मज़दूरों की उत्पादकता बढ़ाता है जिसका बदला उसे मुनाफ़े के रूप में मिलना चाहिए। इसी तरह भू-स्वामी खेती योग्य ज़मीन की उत्पादकता में बढ़ोतरी करते हैं जिसका पुरस्कार उन्हें लगान के रूप में मिलना ज़रूरी है।

नीतिगत रूप से माल्थस ने चेतावनी दी कि अर्थव्यवस्था बीच-बीच में मंदी या आधिक्य की शिकार होती

थॉमस रॉबर्ट माल्थस (1766-1834)

रहेगी। कींस ने माना है कि माल्थस का यह प्रेक्षण व्यापार चक्रों के उनके सिद्धांत का पुरोगामी है।

अपनी जनसंख्या संबंधी प्रस्थापनाओं और निराशाजनक भविष्यवाणियों के लिए माल्थस को ज़बरदस्त आलोचना का सामना करना पड़ा। थॉमस कार्लाइल ने माल्थस जैसी भविष्यवाणियों के कारण ही अर्थशास्त्र को 'एक मनहूस विज्ञान' क़रार दिया। कार्लाइल की यह टिप्पणी आज तक अर्थशास्त्र के अनुशासन के साथ किसी न किसी रूप में चिपकी हुई है। मार्क्स ने भी मज़दूर वर्ग विरोधी विचारों और निराशाजनक रवैये के कारण उन्हें 'राजनीतिक अर्थशास्त्र के क्षमायाचक' की संज्ञा दी। ईसाई भी माल्थस के काफ़ी नाराज़ हुए। उनका तर्क था कि अगर भुखमरी की नौबत आयेगी तो ईश्वर अपने आप बच्चों की पैदाइश रोक देगा। कुछ विद्वानों ने यह तर्क भी दिया कि तकनीकी प्रगति जीवनयापन के साधनों को बहुत बढ़ा देगी। यह भी कहा गया कि जीवन-शैली में सुधार के लोभ के कारण होने वाले माता-पिता ख़ुद ही कम बच्चे पैदा करना पसंद करेंगे। कालांतर में माल्थस के अनुयायियों द्वारा जन्मदर घटाने संबंधी उपायों पर ज़ोर दिया जाने लगा।

देखें : अर्थ-विज्ञान का समाजशास्त्र, आर्थिक जनसांख्यिकी, अल्फ्रेड मार्शल, अमर्त्य कुमार सेन, अंतर्राष्ट्रीय मुद्रा कोष, आधार और अधिरचना, ऑस्कर रायज़ार्ड लांगे, ऐडम स्मिथ, क़रारोपण, कल्याणकारी अर्थशास्त्र, क्लासिकल अर्थशास्त्र, कार्ल हाइनरिख़ मार्क्स-3, कार्ल मेंगर, कींसियन अर्थशास्त्र, गुन्नार मिर्डाल, जोआन

रोबिंसन, जॉन कैनेथ गालब्रेथ, जॉन मेनार्ड कींस, जॉन स्टुअर्ट मिल, जोसेफ़ शुमपीटर, जैव विविधता, ट्रस्टीशिप, डेविड रिकार्डो, ढाँचागत समायोजन कार्यक्रम, थॉमस मन और वणिकवाद, दक्षता, धन, नियोक्लासिकल अर्थशास्त्र, नीतिशास्त्र और अर्थशास्त्र, निकोलस काल्दोर, नियोजन, नियोजन : मार्क्सवादी विमर्श, पण्य, पण्य-पूजा, पेटेंट, पॉल सेमुअलसन, पियरो स्राफ़ा, पूँजी, प्रतियोगिता, फ्रांस्वा केस्ने और प्रकृतिवाद, फ्रेड्रिख़ वॉन हायक, बहुराष्ट्रीय निगम, बाज़ार, बाज़ार की विफलताएँ, बाज़ार-समाजवाद, बौद्धिक सम्पदा अधिकार, ब्रेटन वुड्स प्रणाली, भारत में बहुराष्ट्रीय निगम, भारत में नियोजन, भारत में पेटेंट क़ानून, भारत में शेयर संस्कृति, भूमण्डलीकरण और पूँजी बाज़ार, भूमण्डलीकरण और वित्तीय पूँजी, भूमण्डलीकरण और वित्तीय उपकरण, मार्क्सवादी अर्थशास्त्र, मिल्टन फ्रीडमेन, मूल्य, राजकोषीय नीति और मौद्रिक नीति, रॉबर्ट ओवेन, विलफ्रेडो परेटो, विश्व व्यापार संगठन, विश्व बैंक, विलियम पेटी, विलियम स्टेनली जेवंस, वैकासिक अर्थशास्त्र, शोषण, साइमन कुज़्नेत्स।

संदर्भ

1. ए.वी. एनीकिन (1983), *आर्थिक विज्ञान का युवा काल : मार्क्स-पूर्व का अर्थशास्त्र,* अनुवाद : गिरीश मिश्र, पीपुल्स पब्लिशिंग हाउस, नयी दिल्ली.
2. जे.आर. बोनर (1966), *माल्थस ऐंड हिज़ वर्क,* ऑगस्त एम. केली, न्यूयॉर्क.
3. विलियम डी. ग्रैम्प (1974), 'माल्थस ऐंड हिज़ कंटेम्परेरीज़', *हिस्ट्री ऑफ़ पॉलिटिकल इकॉनॉमी,* खण्ड 6, अंक 3.
4. जॉन मेनार्ड कींस (1951), 'माल्थस', *एसेज़ इन बायोग्राफ़ी,* नॉर्टन, न्यूयॉर्क.

—अभय कुमार दुबे

थॉमस हिल ग्रीन

(Thomas Hill Green)

ब्रिटिश भाववादी दार्शनिक और सामाजिक-राजनीतिक सिद्धांतकार थॉमस हिल ग्रीन (1836-1882) ने उदारतावाद के शुरुआती संस्करण की सीमाएँ स्पष्ट करते हुए इस विचार को लोकोपकारी राज्य की सम्भावनाओं की तरफ़ मोड़ने की भूमिका निभायी। इस प्रक्रिया में उन्हें अ-हस्तक्षेपकारी राज्य के सिद्धांत, इंद्रियानुभववाद, उपयोगितावाद और सामाजिक डार्विनवाद से वैचारिक लोहा लेना पड़ा। स्वतंत्रता की अवधारणा को सकारात्मक और नकारात्मक स्वतंत्रताओं में बाँट कर समझने की शुरुआत ग्रीन ने ही की थी। ईसैया बर्लिन ने आगे चल कर इसी विमर्श को एक भिन्न नज़रिये से नयी ऊँचाइयों तक पहुँचाया। ग्रीन राजनीतिक दायित्व के सिद्धांतकार भी थे। उनके सूत्रीकरणों ने ब्रिटेन के विश्वविद्यालयों में राजनीतिशास्त्र के अध्ययन पर गहरा असर डाला। दरअसल उनके विचारों को उदारतावादी चिंतन के एक अलग स्कूल के रूप में भी देखा जाता है। राजनीतिक विचार के क्षेत्र में बीसवीं सदी के मध्य तक कई उल्लेखनीय विद्वान ख़ुद को उनसे प्रभावित बताते रहे जिनमें बरनार्ड बोसेनक्वेट, एल.टी. हॉबहाउस और जे.ए. हॉब्सन के नाम प्रमुख हैं। केवल 46 वर्ष तक जीवित रहने वाले ग्रीन की ज़्यादातर रचनाएँ उनके देहांत के बाद प्रकाशित हुईं। 1882 में प्रकाशित *लैक्चर्स ऑन द प्रिंसिपल्स ऑफ़ पॉलिटिकल ऑब्लिगेशन* और 1883 में प्रकाशित *प्रोलेगोमेना टू एथिक्स* उनकी प्रमुख कृतियाँ हैं।

थॉमस हिल ग्रीन का जन्म बरकिन, यॉर्कशायर में हुआ था। वे ख़ुद को ओलिवर क्रामवेल का वंशज मानते थे। ऑक्सफ़र्ड के बैलियल कॉलेज में उन्होंने शिक्षा प्राप्त की। ईसाई धर्म में गहरी आस्था रखने वाले ग्रीन ने बेउर द्वारा रचित *हिस्ट्री ऑफ़ द क्रिश्चियन चर्च* का अनुवाद भी किया, लेकिन इसी के साथ छात्रों के चर्च जाने की अनिवार्यता भी उन्होंने ही ख़त्म करायी। उदारतावादी राजनेता जॉन ब्राइट के प्रशंसक ग्रीन पर जर्मन दार्शनिकों कांट और हीगेल का प्रभाव था। चुनाव सुधारों के समर्थक ग्रीन को 1874 में नगर परिषद के चुनाव में हार का मुँह देखना पड़ा। उनकी पुस्तक लिबरल लेजिस्लेशन ऐंड फ्रीडम ऑफ़ कांट्रेक्ट में उन्होंने श्रम, स्वास्थ्य और शिक्षा के क्षेत्र में राज्य की भूमिका की वकालत की।

ग्रीन का ख़याल था कि अंतर्राष्ट्रीय राजनीति और घरेलू सार्वजनिक नीति के लिए दार्शनिक रूप से सक्षम ऐसे सिद्धांतों का प्रतिपादन किया जाना चाहिए जिनके आधार पर मतदान के अधिकार ज़्यादा से ज़्यादा लोगों को दिया जा सके, एवं शिक्षा और सामाजिक विधि-निर्माण का और विस्तार हो सके। लेकिन साथ में वे यह भी मानते थे कि उन्नीसवीं सदी के मध्य में दार्शनिक और राजनीतिक संकटों का एक साथ सामना कर रहे उदारतावाद के बस में यह नहीं है। दार्शनिक समस्याओं की जड़ में इंद्रियानुभववाद और उपयोगितावाद का दिवालियापन है। इंद्रियानुभववाद की परम्परा बुद्धिसंगत मानवीय आचरण का कोई विश्वस्त ब्योरा पेश करने में नाकाम रही है, इसलिए उससे ज्ञान का कोई सक्षम सिद्धांत नहीं निकलता। उपयोगितावाद का विरोध करते हुए ग्रीन ने कहा कि नागर समाज की संकल्पना केवल ऐसे लोगों के जमावड़े के तौर पर नहीं की जा सकती जिनकी दिलचस्पी केवल स्व-हित में हो और जो केवल अपने सुख की प्राप्ति में लगे हों। कांट और हीगेल से प्रभावित भाववादी नज़रिये के आधार पर ग्रीन ने मानवीय जीवन और उसके उद्देश्यों को नैतिक आवेश से सम्पन्न क़रार दिया। वे इस दावे को तथ्यात्मक रूप से ग़लत मानते थे कि मनुष्य उत्तम जीवन

थॉमस हिल ग्रीन (1836-1882)

की किसी निजी कसौटी के तहत सक्रिय रहते हुए संतोषजनक जीवन बिता सकता है। उनकी निगाह में यह प्रश्न निरर्थक था कि पहले व्यक्ति आता है या समाज? उनकी मान्यता थी कि व्यक्ति और समाज का संबंध काफ़ी पेचीदा है और जिस तरह व्यक्तियों के बिना समाज का अस्तित्व नहीं हो सकता, उसी तरह समाज के बिना व्यक्तियों का वजूद सम्भव नहीं है। ग्रीन ने दावा किया कि मनुष्य की इयत्ता एक सामाजिक इयत्ता है। मनुष्य अपनी पूर्णता और ख़ुशी समुदाय के अंग के तौर पर प्राप्त करता है, इसीलिए नागरिकता के समुचित सिद्धांत का स्रोत सदस्यता का विचार होना चाहिए, न कि समझौतापरक संस्थात्मकता। ग्रीन चाहते थे कि राजनीति में सहभागिता एक नागरिक-दायित्व की तरह होना चाहिए।

ग्रीन मानते थे कि राजनीति और नीतिशास्त्र का उद्देश्य एक ही है : नैतिक चरित्र से लैस व्यक्तियों का विकास। यही है वह कसौटी है जिस पर विभिन्न क़ानूनों और संस्थाओं का आकलन किया जाना चाहिए। अगर कोई बंदोबस्त नागरिकों के किसी भी हिस्से के नैतिक विकास में बाधा डाल रहा है तो व्यवस्था में सुधार करके उस रुकावट को दूर करना ज़रूरी है। अपनी पुस्तक *लैक्चर्स ऑन द प्रिंसिपल्स ऑफ़ पॉलिटिकल ऑब्लीगेशन* में भी ग्रीन ने स्पष्ट रूप से कहा कि क़ानून के ज़रिए व्यक्ति को कुछ ज़िम्मेदारियाँ पूरी करने के लिए मजबूर किया जा सकता है, लेकिन कोई भी क़ानून लोगों को नैतिक नहीं बना सकता। नैतिकता स्वेच्छा का ही परिणाम हो सकती है, इसलिए क़ानून का इस्तेमाल ऐसी परिस्थितियाँ बनाने के लिए किया जाना चाहिए जिनके तहत व्यक्ति अपनी उसी स्वेच्छा पर अमल कर सके। ऐसे क़ानून कम से कम होने चाहिए जो लोगों को कुछ करने से प्रतिबंधित करते हों। हाँ, उन कामों को क़ानून के ज़रिये ज़रूर रोका जाना चाहिए जो समाज के वजूद के लिए ही हानिकारक हों।

इसी मक़ाम पर ग्रीन स्वतंत्रता के नकारात्मक संस्करण से अलग हटते हुए सकारात्मक संस्करण पर ज़ोर देते नज़र आते हैं। उपयोगितावादी दार्शनिक जेरेमी बेंथम की मान्यता थी कि जो नियम व्यक्ति को अपनी मर्ज़ी पर चलने से रोकता है, वह अनिवार्यतः बुरा क़ानून है। ग्रीन का कहना था कि क़ानून की ऐसी समझ तो सरकार को उसके इच्छित उद्देश्य की सिद्धि ही नहीं करने देगी और नैतिक जीवन को प्रोत्साहित करने वाले सभी तरह के सकारात्मक सुधारों पर विराम लग जाएगा। ज़ाहिर है कि ग्रीन उदारतावादियों के इस यक़ीन से सहमत थे कि सरकार का मुख्य काम स्वतंत्रता के दायरे को अधिकतम करना है। इसका मतलब होगा बंदिशों को कम से कम करना। लेकिन क़ानून का काम केवल निषेधात्मक ही नहीं हो सकता। इस लिहाज़ से ग्रीन की स्वतंत्रता संबंधी धारणा ईसैया बर्लिन द्वारा की गयी नकारात्मक स्वतंत्रता की पैरोकारी से भिन्न है।

ग्रीन उपयोगितावाद के इस आग्रह से भी सहमत नहीं थे कि स्वतंत्र केवल वही व्यक्ति है जो बेपरवाह हो कर अपने सुखों की प्राप्ति में जुटा हुआ है। उनका कहना था कि ऐसा करने वाला देखने में स्वतंत्र लग सकता है, पर वह असल में अपने ही रुझानों और कामनाओं की दया पर निर्भर रहता है। स्वतंत्रता विवेकसम्मत ही हो सकती है। उन्होंने स्वतंत्रता की परिभाषा भी दी : 'उत्तम जीवन के साझा लक्ष्य के लिए सभी व्यक्तियों की शक्तियों को बंधन-रहित करना'।

ग्रीन अ-हस्तक्षेपकारी राज्य के उसूल को नापसंद करते थे, लेकिन इसका मतलब हस्तक्षेपकारी राज्य की पैरोकारी नहीं था। वे राज्य को सीमित हस्तक्षेप का अधिकार देने के पक्ष में थे, बशर्ते वह सकारात्मक हो। ग्रीन ने शराब पीने पर सीमाएँ आरोपित करने की तरफ़दारी की। वे शिक्षा और जन-स्वास्थ्य में सरकार की दख़लअंदाज़ी चाहते थे। ग्रीन ने राज्य के हस्तक्षेप का विस्तृत कार्यक्रम देने से परहेज़ किया जिसके कारण उनके विचारों में एक धुँधलापन बना रहा। लेकिन उन्होंने अपने विमर्श के ज़रिये दिखाया कि उदारतावाद का दायरा कितना विस्तृत हो सकता है और उसमें किस हद तक सामाजिक सरोकारों का समावेश सम्भव है। ग्रीन के कारण ही उदारतावाद को आगे चल कर संकीर्ण व्यक्तिवाद और स्वतंत्रता के नकारात्मक संस्करण से छुटकारा मिल सका। उन्होंने एक तरफ़ तो निजी अधिकारों और स्वतंत्रताओं का बचाव किया, और दूसरी तरफ़ उन्हें समानता और सामुदायिकता के साथ जोड़ा।

देखें : अधिकार, अधिकार : सैद्धांतिक यात्रा, अरस्तू, अफ़लातून, अनुदारतावाद, अराजकतावाद, अन्य-अन्यीकरण, उदारतावाद, उपयोगितावाद, एडमण्ड बर्क, क्रांति, ज्याँ-ज़ाक रूसो, जॉन लॉक, जेरेमी बेंथम, जॉन स्टुअर्ट मिल, जॉन रॉल्स, जोहान गॉटफ्रीड हर्डर, डेविड ह्यूम, थॉमस हॉब्स, थॉमस पेन, न्याय, न्याय : नारीवादी आलोचना, न्याय : रॉल्स का सिद्धांत, नागरिकता, नागरिकता : अन्य परिप्रेक्ष्य-1 और 2, नागर समाज, पनोप्टिकॉन, फ्रेड्रिख़ वॉन हायक, बुद्धिवाद, माइकेल जोसेफ़ ओकशॉट, माइकिल वाल्ज़र, मिशेल पॉल फ़ूको-1 और 2, यूटोपिया, राजनीतिक दर्शन के नारीवादी आयाम, रॉबर्ट नॉज़िक, राज्य-1 और 2, विल किमलिका, स्वतंत्रतावाद, सर्वसत्तावाद, सम्प्रभुता, समाजवाद, सरकार और सरकारियत-1 और 2.

संदर्भ

1. एम. रिचर (1983), *द पॉलिटिक्स ऑफ़ कांशेंस : टी.एच. ग्रीन ऐंड हिज़ एज,* युनिवर्सिटी प्रेस ऑफ़ अमेरिका, लैनहैम, एमडी.
2. आर.एल. नेटिलशिप (सम्पा.) (1985-88), *द वर्क्स ऑफ़ थॉमस हिल ग्रीन,* तीन खण्ड, लोंगमेंस, लंदन.
3. पी. निकल्सन (1989), *द पॉलिटिकल फ़िलॉसफ़ी ऑफ़ ब्रिटिश आइडियलिस्ट्स,* केम्ब्रिज युनिवर्सिटी प्रेस, केम्ब्रिज.

— अभय कुमार दुबे

थियोडोर लुडविग वीज़ेनग्रंड एडोर्नो

(Theodor Ludwig Wiessengrund Adorno)

दार्शनिक, समाजविज्ञानी और संगीत के प्रखर अध्येता थियोडोर लुडविग वीज़ेनग्रंड एडोर्नो (1903-1969) मार्क्सवादी विद्वत्ता और समाज-विज्ञान की अध्ययन पीठ फ्रैंकफ़र्ट स्कूल के विद्वान थे। अनुवाद के अभाव में एक समय तक उनका कृतित्व बाक़ी दुनिया भर के लिए अपरिचित बना रहा। लेकिन कार्ल पॉपर और मार्टिन हाइडेगर की दार्शनिक निष्पत्तियों की मर्मभेदी आलोचना के ज़रिये एडोर्नो साठ के दशक में ही पश्चिम के बौद्धिक जगत के लिए एक ज़रूरी संदर्भ बन चुके थे। एडोर्नो का विशद, बहुस्तरीय और विषयों की पारम्परिक चौहद्दी के आर-पार जाने वाला कृतित्व पश्चिम की दार्शनिक परम्पराओं, ज्ञान मीमांसा, पूँजीवाद की सामाजिक गतिकी तथा उसके सांस्कृतिक निहितार्थों को नये सिरे से देखने और उनके मूल प्रस्तावों को दुबारा खँगालने की तजवीज़ करता है। एडोर्नो अपने कृतित्व में एक अंतरविषयकता गढ़ते हुए प्रतिपाद्य के अनचीन्हे रेशों को अनावृत्त करते हैं। उनके अध्येताओं के अनुसार इस अर्थ में एडोर्नो महज़ समाज, संस्कृति के टीकाकार न रहकर विचार के ठीक उस धरातल तक पहुँचते हैं जहाँ उनके विषय की मूल अंतर्वस्तु स्थित होती है।

जर्मन-यहूदी घर में पैदा हुए थियोडोर एडोर्नो के पिता एक अमीर शराब व्यापारी थे। उन्होंने फ्रैंकफ़र्ट विश्वविद्यालय दर्शन, समाजशास्त्र और मनोविज्ञान की शिक्षा प्राप्त की। नाज़ी शासन के यहूदी-विद्वेष के कारण एडोर्नो को 1934 में देश छोड़ना पड़ा। विस्थापन के उस दौर में उन्होंने ऑक्सफ़र्ड और न्यूयॉर्क में प्रवास किया। इन्हीं जगहों पर रहते हुए उन्होंने ज्ञानमीमांसा और तत्त्वदर्शन के क्षेत्र में कालजयी योगदान करने वाली *डायलेक्टिक ऑफ़ एनलाइटनमेंट, फिलॉसफ़ी ऑफ़ न्यू म्यूजिक, द अथोरिटेरिअन पर्सनॅलिटी* तथा *मिनिमा मॉरेलिया* जैसी यशस्वी कृतियों की रचना की। इन्हीं वर्षों के दौरान उन्होंने बाजारू संस्कृति (मास कल्चर) और संस्कृति उद्योग का धारदार आलोचना शास्त्र विकसित किया। 1949 में जर्मनी लौटने के बाद एडोर्नो ने हसर के घटना-क्रियाशास्त्र से संवाद करते हुए *अगेंस्ट एपिस्टमोलॅजी* और साहित्य सिद्धांत के क्षेत्र में *नोट्स टू लिटरेचर* जैसी कृतियों की रचना की। जीवन के अंतिम दशक में उन्होंने संगीत की समीक्षा, साहित्य, हीगेल और अस्तित्ववादी दर्शन, समाजशास्त्र और सौंदर्यशास्त्र आदि पर सुगठित लेखन किया।

एडोर्नो के कृतित्व में *डायलेक्टिक ऑफ़ एनलाइटनमेंट* विशिष्ट स्थान रखती है। फ्रैंकफ़र्ट स्कूल के एक अन्य महत्त्वपूर्ण विद्वान मैक्स होर्ख़ाइमर के साथ संयुक्त परियोजना के रूप में लिखी गयी यह कृति उत्तर-आधुनिकतावाद के मुहावरे की प्राण-प्रतिष्ठा से बहुत पहले आधुनिक विज्ञान, चिकित्सा और उद्योग की संरचनाओं पर गहरे सवाल उठा चुकी थी। निर्वासन के दौरान लिखी गयी यह किताब दूसरे विश्व-युद्ध में भस्मीभूत हुए आधुनिक पश्चिम की नियति पर विचार करते हुए ज्ञानोदय की समूची परियोजना को प्रश्नांकित करती है।

एडोर्नो कहते हैं कि ज्ञानोदय के बारे में हमेशा यह माना जाता रहा कि वह मनुष्य को भय से मुक्ति दिलाकर उसे अपनी नियति का नियंता बना देगा, लेकिन ज्ञान के उदय से आभासित यह दुनिया विनाशलीला का पर्याय बन गयी है। होर्ख़ाइमर के साथ एडोर्नो इस बात की तह में जाते हैं कि लोगों को अज्ञान, बीमारियों और मशीनी काम से मुक्ति दिलाने का वादा करते-करते यह परियोजना आख़िर किस तरह एक ऐसी दुनिया के निर्माण में सहभागी बनती गयी जिसमें जनता अपनी मर्ज़ी से फ़ासीवाद, जनसंहार के तर्क और व्यापक विध्वंस करने वाले हथियारों के निर्माण में

थियोडोर लुडविग वीज़ेनग्रंड एडोर्नो (1903-1969)

शामिल होती चली गयी। एडोर्नो के मुताबिक़ यह सब तर्क की पराजय मात्र नहीं बल्कि उसका इरैशनल हो जाना है।

लेकिन एडोर्नो इसके लिए केवल आधुनिक विज्ञान या विज्ञानवाद को ज़िम्मेदार नहीं मानते। उनके मुताबिक़ तर्कबुद्धि पर आश्रित प्रगति का तर्कहीन अवनति या पश्च-प्रवाह में बदल जाना एक पुराना मर्ज़ है। एडोर्नो और होर्ख़ाइमर हिब्रू और यूनानी दार्शनिकों के हवाले से बताते हैं कि यह प्रवृत्ति बहुत पहले से मौजूद रही है। इसलिए यह देखना दिलचस्प है कि एडोर्नो जब आधुनिकता की आलोचना करते हैं तो वह प्राक्-आधुनिकता की भी आलोचना होती है। लिहाज़ा उत्तर-आधुनिकता का मतलब प्राक्-आधुनिकता के तौर-तरीक़ों की ओर लौटना नहीं हो सकता, क्योंकि इससे आधुनिकता की विकृतियाँ ख़त्म न हो कर कोई अलग शक्ल अख़्तियार कर लेती हैं। इसलिए एडोर्नो का ज़ोर इस बात पर है कि जब तक समूचे समाज का रूपांतरण नहीं होता तब तक ऐसी विकृतियाँ किसी न किसी रूप में मौजूद रहेंगी।

ज्ञानोदय की इस पीठिका पर विहंगम दृष्टि डालते हुए एडोर्नो यह सूत्रीकरण भी करते हैं कि समाज और संस्कृति आपस में मिलकर एक ऐतिहासिक सम्पूर्णता का निर्माण करती हैं। उनका समीकरण कुछ ऐसा है कि समाज में स्वतंत्रता का संधान संस्कृति में ज्ञानोदय की खोज से अलग नहीं किया जा सकता। इसे उल्टी तरफ़ से देखें तो यह भी कहा जा सकता है कि समाज, राजनीति, अर्थव्यवस्था और क़ानून की जिन संरचनाओं में मनुष्य जीता है उनमें स्वतंत्रता की अनुपस्थिति दर्शन, कलाओं, धर्म आदि के क्षेत्रों में भी व्यतिक्रम पैदा करती है। इस संदर्भ में एडोर्नो नाज़ियों के यातना-शिविरों को अचानक पैदा हो जाने वाली घटना न मानकर आधुनिक पश्चिम में घटित विपयर्य का प्रतीक मानते हैं।

आधुनिक पश्चिम के इस संकट के पीछे एडोर्नो आधिपत्य की उस संरचना को ज़िम्मेदार मानते हैं जिसमें मनुष्य एक तरफ़ प्रकृति के उपर हावी हो गया है, तो दूसरी तरफ़ मनुष्य की अपनी प्रकृति पर दूसरों का वर्चस्व क़ायम हो गया है। आधिपत्य की इस प्रक्रिया का अंतिम परिणाम यह हुआ है कि मनुष्यों के ही एक समूह ने समाज पर वर्चस्व क़ायम कर लिया है। एडोर्नो के मुताबिक़ आधिपत्य की यह त्रिआयामी संरचना इसलिए आसन्न हुई क्योंकि मनुष्य अज्ञात से उत्पन्न एक विवेकहीन भय में जीता है। वह इस भय से तभी मुक्त हो पाता है जब उसके लिए अज्ञात पूरी तरह निशेष हो जाए। इस तरह एडोर्नो एक चमत्कृत कर देने वाली निष्पत्ति पर पहुँचते हैं और ज्ञानोदय को मिथकीय भय का एक रैडिकल रूप साबित करते हैं। उनके अनुसार आधुनिक पश्चिम में विध्वंस के औज़ार पहले के मुक़ाबले चाहे कितने भी महीन और सटीक हो गये हों या कि शोषण के रूप दासता के नग्न रूपों से ज़्यादा बारीक़ हो गये हों, लेकिन सत्य यह है कि उनके पीछे भय से प्रेरित और उस पर टिकी आधिपत्य की यही संरचना काम करती है।

आधुनिकता की इस सर्वांग आलोचना को देखकर कई विद्वानों को यह लगा था कि जैसे एडोर्नो ज्ञानोदय की समूची परिघटना को सिरे से ख़ारिज कर रहे हैं। लेकिन आधुनिकता की इस नकारात्मक व्याख्या का लक्ष्य इतिहास के सार्वभौम पतन का महावृत्तांत पेश करना नहीं था। अपनी इस पड़ताल में एडोर्नो असल में दार्शनिक तर्कों, समाजशास्त्रीय चिंतन, साहित्य की समीक्षा तथा सांस्कृतिक टीकाओं को अनूठे ढंग से संयोजित करके पश्चिम के इतिहास का एक दोहरा परिप्रेक्ष्य रच रहे थे। दोहरे परिप्रेक्ष्य की मूल थीसिस यह है कि पहले जिसे मिथक मानकर ख़ारिज कर दिया गया था वह ज्ञानोदय की शक्ल में लगातार मौजूद था और ज्ञानोदय स्वयं मिथकशास्त्र की ओर क़दमताल कर था। पहली थीसिस के आधार पर एडोर्नो यह तजवीज़ करते हैं कि सेकुलरीकरण की ताक़तों द्वारा पुराने कर्मकाण्डों, धार्मिक रीतियों और दार्शनिक सूत्रों को ग़ैर-ज़रूरी तथा अवांछित क़रार देने के बावजूद ज्ञानोदय की प्रक्रिया में उनका एक निश्चित योगदान रहा है। उनकी दूसरी थीसिस उन्हें सेकुलरीकरण की आधुनिक शक्तियों में निहित वैचारिक व विध्वंसक प्रवृत्तियों की शिनाख़्त करने की गुंजाइश देती है। ग़ौरतलब है कि

एडोर्नो का यह दोहरा परिप्रेक्ष्य न तो उन्हें यह कहने की तरफ़ ले जाता है कि ये आधुनिक शक्तियाँ प्रगतिशील या ज्ञानमूलक नहीं है और न ही वह उन्हें यह कहने के लिए मजबूर करता है कि आधुनिकता की शक्तियों ने जिन पुरानी संकल्पनाओं को अपदस्थ किया है वे ख़ुद अनिवार्य रूप से वैचारिक और विध्वंसक नहीं थीं।

एडोर्नो परवर्ती पूँजीवाद (लेट-कैपिटलिज़म) की सामाजिक सैद्धांतिकी के निर्माण में मार्क्स की बुनियादी निष्पत्तियों को प्रस्थान बिंदु बनाते हैं। हालँकि एडोर्नो मार्क्स के पण्य-पूजा के सिद्धांत का समर्थन करते हैं लेकिन साथ ही उनका यह भी मानना है कि मार्क्स की यह आलोचना अपूर्ण रह जाती है। उनका कहना है कि पूँजीवाद की संरचना में मार्क्स के बाद कई महत्त्वपूर्ण बदलाव आये हैं जिन्हें उत्पादन-शक्तियों और उत्पादन-संबंधों, राज्य और अर्थव्यवस्था के आपसी संबंधों, वर्ग और वर्गीय चेतना के समाजशास्त्र, विचारधारा की प्रकृति तथा उसके प्रकार्यों आदि में लक्षित किया जा सकता है। लूकाच के चिंतन की अनुक्रिया और तीसरे व चौथे दशक में फ्रैंकफ़र्ट स्कूल से शुरू होने वाली अंतरविषयक परियोजनाओं व बहसों से प्रेरित एडोर्नो का यह विश्लेषण दरअसल इस बात की ओर संकेत करता है कि मनुष्य द्वारा निर्मित वस्तुओं और उसके द्वारा निर्धारित प्रक्रियाओं के एक स्वायत्त और स्वतंत्र शक्ति में बदल जाने की परिघटना पूँजीवाद के परवर्ती चरण में पहले से ज़्यादा गुम्फ़ित और ग्रंथित हो गयी है।

यहाँ बीसवीं सदी के दूसरे दशक में लूकाच के उस सूत्रीकरण पर दुबारा नज़र डालना मुनासिब होगा कि पूँजीवाद समाज के कई घटकों में सिर्फ़ एक घटक होने की स्थिति से बढ़ कर उसका सांगठनिक केंद्र बन गया है। यही पहलू वस्तुओं को समाज की सभी संस्थाओं में एक स्वतंत्र शक्ति के रूप में पैठने की सहूलियत प्रदान करता है। ग़ौरतलब है कि शुरुआती दौर में ख़ुद एडोर्नो इस प्रतिपादन को स्वीकार करते थे लेकिन वे लूकाच के इस आत्मविश्वास में सहभागी नहीं बने कि अंततः क्रांतिकारी मज़दूर वर्ग रीफ़िकेशन की इस नकारात्मक परिघटना का अतिक्रमण करने में सफल रहेगा।

एडोर्नो अपने समकालीन अर्थशास्त्री फ्रेड्रिख़ पोलॉक के इस सिद्धांत से सहमति जताते हैं कि राज्य ने आर्थिक सत्ता को अपने हाथों में लेकर राजकीय पूँजीवाद का एक नया रूप गढ़ दिया है जिसमें राजनीतिक और आर्थिक शक्ति पहले से ज़्यादा एकमेक हो गयी हैं। लेकिन एडोर्नो तमाम सहमति के बावजूद इस बात पर ज़ोर देते हैं कि राजसत्ता और अर्थसत्ता की इस निकटता से पूँजीवादी शोषण का आर्थिक चरित्र नहीं बदल जाता। उनके मुताबिक़ शोषण की यह प्रक्रिया मार्क्स के जमाने से कहीं ज़्यादा अमूर्त, व्यापक और तीक्ष्ण हो गयी है।

समाज-विज्ञानों के दायरे में एडोर्नो का संस्कृति-अध्ययन एक नयी प्रस्थापना की तरह देखा जाता है। उनका सांस्कृतिक अध्ययन इस बात की पड़ताल करता है कि परवर्ती पूँजीवाद ने संस्कृति के विभिन्न रूपों को किस तरह प्रभावित किया है। इस संबंध में *डायलेक्टिक ऑफ़ एनलाइटनमेंट* में संकलित उनका एक अध्याय द *कल्चर इंडस्ट्री* समाज-विज्ञानों के क्षेत्र में एक परिघटना की हैसियत हासिल कर चुका है। अपने इस अध्ययन में एडोर्नो प्रतिपादित करते हैं कि संस्कृति का उद्योग कला को कुछ इस तरह नियोजित करता है कि उसे पण्य का रूप दिया जा सके। एडोर्नो के अनुसार इस प्रक्रिया में कला की स्वायत्तता नष्ट हो जाती है। कला को बाज़ार के नज़रिये से देखने के कारण संस्कृति उद्योग उसे प्रयोजनमूलक बना देता है, जबकि कला की स्वायत्तता का केंद्रीय तत्त्व उसकी उन्मुक्तता है। एडोर्नो कहते हैं कि सांस्कृतिक वस्तुओं पर बाज़ार की माँग हावी होने से उनकी आंतरिक आर्थिक संरचना पूरी तरह बदल जाती है। ऐसे में कला समाज के हस्तक्षेप से मुक्त न रहकर अपनी नैसर्गिक उपयोगिता से हीन हो जाती है। इस तरह संस्कृति का उद्योग कला के विभिन्न रूपों को उनमें निहित उपयोगिता के मूल्य से रिक्त करके उन पर विनिमय मूल्य थोप देता है। उल्लेखनीय है कि कला के बाज़ारू रूपों और लोकप्रिय संस्कृति के अनेक पैरोकार एडोर्नो के इस विश्लेषण को शंका की दृष्टि से देखते रहे हैं। लेकिन एडोर्नो की मुख्य दलील यह है कि संस्कृति के क्षेत्र में पण्यीकरण की यह विराट प्रक्रिया महज़ वस्तुओं की संरचना में आये बदलावों को ही व्यक्त नहीं करती बल्कि पूँजीवाद की संरचना में उभर रहे बदलावों को भी ज़ाहिर करती है।

देखें : अस्तित्ववाद, आत्मनिष्ठता-वस्तुनिष्ठता, इयत्ता, इमैनुएल कांट, इंद्रियानुभववाद, ईसैया बर्लिन, उत्तर-आधुनिकतावाद, उदारतावाद, कल्पित समुदाय, घटनाक्रियाशास्त्र और एडमण्ड हसर, चेतना, जॉन लॉक, ज़ाक लकाँ, ज्याँ-फ्रांस्वा ल्योतर, ज्याँ-पॉल सार्त्र, ज़ाक देरिदा, तत्त्वमीमांसा और अस्तित्वमीमांसा, तात्त्विकतावाद, द्वैतवाद, फ्रेड्रिख़ नीत्शे-1 और 2, बुद्धिवाद, भौतिकवाद, मनोविश्लेषण, मिशेल पॉल फ़ूको-1 और 2, युरोपीय पुनर्जागरण, युरोपीय ज्ञानोदय, रेने देकार्त, लुई अलथुसे, सोरेन आबी कीर्केगार्द, संरचनावाद और उत्तर-संरचनावाद, ज्ञानमीमांसा।

संदर्भ

1. बी. ओकॉनर (सम्पा.), *द एडोर्नो रीडर,* ब्लैकवेल, ऑक्सफ़र्ड, 2000
2. एस. जारविस (1998), *एडोर्नो : अ क्रिटिकल इंट्रोडक्शन,* रॉटलेज, न्यूयॉर्क.
3. डी. कुक (सम्पा.) (1998), *थियोडोर एडोर्नो : की कंसेप्ट्स,* एक्यूमेन, डरहम.
4. ई. लन (1998), *मार्क्सिज़्म ऐंड मॉडर्निटी : एन हिस्टोरिकल स्टडी ऑफ़ लूकाच, ब्रेख़्त, बेंजामिन ऐंड एडोर्नो,* युनिवर्सिटी ऑफ़ कैलिफ़ोर्निया प्रेस, बर्कले, 1998

— नरेश गोस्वामी

द

दक्षिण भारतीय सिनेमा और राजनीति

(South Indian Cinema and Politics)

सिनेमा और मनोरंजन के क्षेत्र की हस्तियों द्वारा राजनीति में हस्तक्षेप करके उसके शिखर पर पहुँचने की परिघटना नयी नहीं है। अमेरिकी राष्ट्रपति के रूप में रोनाल्ड रेगन, कैलिफ़ोर्नियाई गवर्नर के रूप में अर्नोल्ड श्वार्ज़नेगर और श्रीलंका के राष्ट्रपति के रूप में राजपक्षे की शीर्ष भूमिका इसका प्रमाण है। भारतीय राजनीति में भी फ़िल्म स्टार अपनी लोकप्रियता का लाभ उठा कर स्वयं चुनाव जीतते हैं या किसी अन्य उम्मीदवार का प्रचार करके उसे चुनाव जिताने में मदद करते हैं। दक्षिण भारत में उन्होंने स्थापित पार्टियों की सदस्यता तो ग्रहण की ही है, साथ में अपने अलग दलों के गठन का रवैया भी अख़्तियार किया है ताकि सत्ता के समीकरणों को सीधे-सीधे प्रभावित किया जा सके। लेकिन सिनेमा और राजनीति का जैसा परस्पर-निर्भर संबंध तमिलनाडु में विकसित हुआ है वैसा दुनिया में और कहीं नहीं दिखता। तमिलनाडु के पिछले पाँच मुख्यमंत्री फ़िल्मों के एक्टर या लेखक रह चुके हैं। क़िसी भी समाज में सांस्कृतिक परिवर्तन के विचारधारात्मक एजेंट के रूप में सिनेमा की प्रभावशाली क्षमता पहले से ही जानी-मानी है, पर तमिलनाडु के द्रविड़ आंदोलन ने पिछले पचास साल में इस माध्यम का नियोजित प्रचारात्मक इस्तेमाल करके उसे एक प्रबल राजनीतिक-सामाजिक शक्ति का रूप दे दिया है। इस फ़िल्मी राजनीति से केंद्रीय और क्षेत्रीय राजनीति के समीकरण का एक प्रारूप भी निकला है जिसे तमिलनाडु मॉडल के नाम से जाना जाता है।

1931 में 'कालिदास' के निर्माण के साथ तमिल सवाक् फ़िल्मों की शुरुआत हुई। इससे पहले ही 1925 में पेरियार ई.वी. रामस्वामी नायकर द्रविड़ आंदोलन की स्थापना कर चुके थे। जाति आधारित सामाजिक कोटिक्रम के ख़िलाफ़ उनका आत्मसम्मान आंदोलन तेज़ी से लोकप्रियता प्राप्त कर रहा था। मूक सिनेमा की समाप्ति ने तमिल रंगमंच के एक्टरों के लिए फ़िल्मों में प्रवेश के लिए रास्ता साफ़ किया। तमिल सिनेमा पर पड़ा पहला राजनीतिक असर गाँधीवाद का था। के.बी. सुंदरम्बल जैसे फ़िल्मी सितारे कांग्रेस द्वारा अपनी सभाओं में यदा-कदा पेश किये जाते थे। लेकिन कांग्रेस की राजनीति और फ़िल्मों का रिश्ता इस मक़ाम से आगे नहीं बढ़ा। उसके प्रमुख नेताओं में इस माध्यम की उपयोगिता के बारे में संशय था जिसकी अभिव्यक्ति आगे चल कर चक्रवर्ती राजगोपालाचारी द्वारा फ़िल्मों को नैतिक भ्रष्टाचार का स्रोत बताने में हुई। यही वह समय था जब नाटकों द्वारा अपनी राजनीतिक-सामाजिक विचारधारा का प्रोपेगंडा करने में कुशल हो चुके द्रविड़ आंदोलन के नेताओं ने सेल्यूलाइड की प्रचारात्मक सम्भावनाओं की शिनाख़्त की (द्रविड़ आंदोलन का पहला दफ़्तर नाटकों के प्रदर्शन से जमा किये गये धन से ही ख़रीदा गया था)। आज़ादी के बाद कांग्रेस के राष्ट्रीय अध्यक्ष नाडर कामराज तो यह मानने के लिए तैयार ही नहीं हुए कि फ़िल्म एक्टर सरकार भी बना सकते हैं। लेकिन द्रविड़ मुनेत्र कषगम (द्रमुक) के संस्थापक सी.एन. अन्नादुरै का इरादा कुछ और था। जल्दी ही पेरियार की विचारधारा से प्रभावित गुरिल्ला-थिएटर के अभिनेता और लेखक सेल्यूलाइड पर तमिल-राष्ट्रवाद और ब्राह्मणवाद विरोध की विषयवस्तुओं का चित्रण करने लगे। इन फ़िल्मों में पार्टी का चिह्न दिखाते हुए स्वतंत्र द्रविणनाडु की दावेदारी खुल कर की

मदरूर गोपाल रामचंद्रन (1917-1987)

जाती थी। अन्नादुरै और उनके शिष्य एम. करुणानिधि ने अपनी पटकथाओं और संवाद लेखन के ज़रिये न केवल समाज सुधार के द्रविड़ आंदोलन से जुड़े विचारधारात्मक उद्देश्यों को रेखांकित किया, बल्कि तमिल भाषा को संस्कृत के शब्दों से मुक्त करने का नियोजित प्रयास भी किया ताकि उसे आर्य परिवार के बजाय द्रविड़ परिवार की भाषा के रूप में स्थापित किया जा सके। 1948 से 1957 के बीच बनी द्रविड़ फ़िल्में ज़मींदारी उन्मूलन और समाज सुधार के अन्य प्रश्नों को सम्बोधित करती थीं। 1951 में करुणानिधि के लेखन के आधार पर बनी फ़िल्म 'पराशक्ति' तमिल सिनेमा के लिए मील का पत्थर साबित हुई। क़ानून और संविधान की कई स्थापनाओं को कांग्रेस विरोधी तेवर के साथ चुनौती देने वाली इस फ़िल्म को शुरू में प्रतिबंधित कर दिया गया, पर 1952 में प्रदर्शित होते ही इसने लोकप्रियता के झंडे गाड़ दिये। 'पराशक्ति' की शुरुआत द्रविड़ संस्कृति की सराहना करने वाले गीत के साथ होती है। इसमें नायक की भूमिका शिवाजी गणेशन ने की थी जो तमिल मूल के थे। उनसे पहले तमिल फ़िल्मों में ज़्यादातर तेलुगु मूल के अभिनेता काम करते थे। 'पराशक्ति' के बाद बनायी गयी फ़िल्मों 'पनम' और 'थंगरत्नम' ने विधवा पुनर्विवाह, छुआछूत और धार्मिक पाखण्ड के ख़िलाफ़ आवाज़ बुलंद की।

समाज-वैज्ञानिकों ने सामाजिक समता के विचार के प्रबल पैरोकार द्रविड़ आंदोलन और फ़िल्म थिएटर में दर्शकों के बैठने के विन्यास के बीच अनुकूलता की शिनाख़्त की है। के. शिवथम्बी का अवलोकन है, 'सिनेमा हाल एक ऐसा पहला प्रदर्शन-केंद्र था जिसमें सभी तमिल एक ही छत के नीचे बैठते थे। बैठने का विन्यास किसी कोटिक्रम के मुताबिक़ नहीं था, बल्कि वह क्रय-शक्ति के आधार पर तय होता था। अगर कोई ऊँची दर का टिकट नहीं ख़रीद सकता था तो या तो उसे सिनेमा देखने से वंचित रहना होगा या फिर साधारण लोगों के साथ बैठना होगा।' द्रविड़ आंदोलन द्वारा प्रायोजित फ़िल्मों ने एक ऐसे विशाल दर्शक वर्ग को राजनीतिक आधार बनाने के लिए प्रस्तुत किया जो द्रमुक को अन्यथा नहीं मिल सकता था। शुरू में कांग्रेस सरकार ने पार्टी और फ़िल्मों के इस संयोग पर ध्यान नहीं दिया, पर द्रमुक की लोकप्रियता बढ़ने के साथ ही इन फ़िल्मों पर सेंसर की कड़ी निगाह पड़ने लगी। सेंसर करने वाले अधिकार इन फ़िल्मों की बेतहाशा कटाई-छँटाई करने लगे। ड्रैमैटिक लाइसेंसिंग एक्ट जैसे क़ानून का सहारा ले कर द्रमुक नेताओं द्वारा लिखे गये नाटकों पर भी पाबंदी लगायी जाने लगी। करुणानिधि द्वारा लिखे गये दो नाटक प्रतिबंधित कर दिये गये। सरकारी प्रकोप से बचने के लिए पटकथा लेखकों ने द्विअर्थी और राजनीतिक निहितार्थों वाले संवादों का सहारा लेना शुरू किया। इन्हें सेंसर नहीं किया जा सकता था और दर्शकों तक इच्छित मतलब आसानी से पहुँच जाता था।

लोकप्रिय फ़िल्म अभिनेताओं द्वारा द्रविड़ विचारधारा अपनाये जाने ने भी तमिल फ़िल्मों और राजनीति के अभूतपूर्व समीकरण को बल प्रदान किया। चालीस और पचास के दशक में प्रतिभाशाली अभिनेता और गायक के.आर. रामस्वामी न केवल द्रमुक के संस्थापक नेता थे, बल्कि उन्होंने आंदोलन को आर्थिक मदद देने में भी संकोच नहीं किया। हालाँकि तमिल फ़िल्म उद्योग पर ब्राह्मणों का वर्चस्व था, लेकिन ग़ैर-ब्राह्मण हास्य अभिनेता एन.एस. कृष्णन द्रमुक विचारधारा का प्रचार करने के लिए फ़िल्मों में नियमित रूप से एक मूर्ख ब्राह्मण की भूमिका करने के बाद इन्हीं भूमिकाओं को द्रमुक की जनसभाओं में भी मंच पर दोहराते थे। अन्नादुरै और करुणानिधि रंगमंच के स्थापित अभिनेता एम.आर. राधा के नाटक दल के सदस्य थे और समय-समय पर उनके नाटकों में अभिनय भी करते थे। द्रविड़ आंदोलन में विभाजन होने से पहले एम.आर. राधा की इन दोनों की राजनीति में प्रमुख भूमिका थी। एक अन्य अभिनेता एस.एस. राजेंद्रन भी द्रविड़ आंदोलन को ज़बरदस्त आर्थिक मदद देने के लिए जाने जाते हैं।

तमिल फ़िल्मों के आकाश पर शिवाजी गणेशन और मदरूर गोपाल रामचंद्रन (एमजीआर) के उदय का द्रविड़ आंदोलन के भविष्य से गहरा संबंध है। 'पराशक्ति' के हिट होते ही गणेशन द्रविड़ कषगम और द्रविड़ मुनेत्र कषगम से

जुड़ गये और सांगठनिक जिम्मेदारियाँ भी निभाने लगे। लेकिन गणेशन को जल्दी ही लगने लगा कि राजनीतिक व्यस्तता और उसके आधार पर बनी विचारधारात्मक छवि एक अभिनेता के रूप में उनके कॅरियर पर विपरीत असर डाल रही है। द्रविड़ आंदोलन के सदस्य के रूप में शिनाख़्त हो जाने के कारण धार्मिक आस्थाओं वाले दर्शक भी उनकी सिनेमाई शख़्सियत से दूर होते जा रहे थे। गणेशन द्वारा तिरुमला वेंकटेश्वर मंदिर में जा कर पूजा-अर्चना करने पर नास्तिकवाद का समर्थन करने वाली द्रमुक ने कड़ा रुख अपनाया। गणेशन ने पार्टी छोड़ दी और ई.वी.के. सम्पत की तमिल नैशनलिस्ट पार्टी में शामिल हो गये जिसके भंग हो जाने के बाद उन्होंने कांग्रेस की सदस्यता ग्रहण कर ली। 1967 में कांग्रेस की पराजय के बाद शिवाजी गणेशन के प्रशंसकों ने पार्टी को टिकाये रखने की भूमिका निभायी। 1989 में शिवाजी ने अपनी पार्टी तमिषगा मुनेत्र मुन्नानी का गठन किया जिसे 1991 के चुनाव में करारी हार का मुँह देखना पड़ा।

एमजीआर शिवाजी की तरह तमिल मूल के न हो कर केरल के रहने वाले थे। इसलिए द्रविड़ गौरव का तर्क स्वीकार करने में उन्हें थोड़ा समय लगा। शुरू में उनकी राजनीतिक महत्त्वाकांक्षाएँ उन्हें कांग्रेस के साथ ले गयीं। वे खादी के कपड़े पहनते और रुद्राक्ष की माला धारण करते। दर्शकों में उनकी लोकप्रियता का आधार केवल फ़िल्में ही न हो कर उनकी सामाजिक गतिविधियाँ भी थीं। नेता बनने से पहले ही एमजीआर ग़रीबों की उदारता से मदद करने वाली फ़िल्मी हस्ती के रूप में जम चुके थे। इसी लोकप्रियता का फ़ायदा उठाने के लिए अन्नादुरै ने पचास के दशक में उन्हें द्रमुक की फ़िल्मों में काम करने का आमंत्रण दिया। जल्दी ही एमजीआर का सितारा द्रमुक में चढ़ने लगा। गणेशन जैसे-जैसे पार्टी से दूर गये, एमजीआर नज़दीक आये। वे अपनी फ़िल्मों में एक ऐसे परोपकारी, पराक्रमी, ग़रीबों के दोस्त और फ़क्कड़ हीरो की भूमिका करते थे जिसे अंत में राजगद्दी मिल जाती थी। उन्हें अक्सर लाल और काली पोशाक पहनायी जाती थी जो द्रमुक के झंडे का रंग भी था। अन्नादुरै का मानना था कि एमजीआर का केवल चेहरा ही द्रमुक को चालीस हज़ार वोट दिलवाने की हैसियत रखता है, और अगर वे कुछ शब्द भी बोल दें तो वोटों की संख्या चार लाख तक हो जाती है।

1967 के चुनाव में द्रमुक की जीत के बाद अन्नादुरै मुख्यमंत्री बने। दो साल बाद हुई मृत्यु के बाद उनकी गद्दी करुणानिधि ने सँभाली। उन्होंने अपने बेटे एम.के. मुत्तु को फ़िल्मों और प्रकारांतर से पार्टी में जमाने के लिए एमजीआर की जगह बैठाने की कोशिश की। एमजीआर के प्रशंसकों के क्लबों को मुत्तु के प्रशंसकों के क्लबों में बदलने का प्रयास किया गया। इस विवाद का परिणाम यह हुआ कि 1975 में एमजीआर ने द्रमुक छोड़ कर अपनी पार्टी अन्नाद्रमुक बना ली जिसे करुणानिधि ने महज़ 'सौ दिन चलने वाली फ़िल्म' क़रार दिया। लेकिन उनका यह फ़िकरा ग़लत साबित हुआ। एमजीआर ने निचले तबक़े से आने वाले अपने प्रशंसकों और समर्थकों की मदद से 1977 का चुनाव जीत कर अपनी मृत्यु तक मुख्यमंत्री की गद्दी पर से क़ब्ज़ा नहीं छोड़ा। भारतीय राजनीति में एमजीआर का योगदान 'तमिलनाडु मॉडल' के नाम से जाना जाता है। करुणानिधि की तरह उन्होंने ग़ैर-कांग्रेसवाद की राजनीति नहीं की, और इंदिरा गाँधी से समझौता करके केंद्र में उन्हें समर्थन देना जारी रखा। बदले में कांग्रेस तमिलनाडु में उन्हें सीनियर पार्टनर मानती रही।

एमजीआर के निधन के बाद उनके राजनीतिक उत्तराधिकार पर हुए विवाद में उनकी पत्नी एस. जानकी को जयललिता जयराम से पराजित होना पड़ा। ये दोनों ही तमिल फ़िल्मों की अभिनेत्रियाँ थीं। जयललिता 1991-96 और 2001-06 के बीच राज्य की मुख्यमंत्री रह चुकी हैं।

इस समय तमिलनाडु के दो सबसे लोकप्रिय फ़िल्म कलाकार रजनीकांत और कमल हासन हैं। कमल हासन पेरियार की विचारधारा से तो सहमत हैं,पर सक्रिय राजनीति में उनकी कोई रुचि नहीं है। पर रजनीकांत द्रमुक और उनसे गठजोड़ करने वाली पार्टी तमिल मनीला कांग्रेस (टीएमसी) का समर्थन करते रहे हैं। 2004 के लोकसभा चुनाव में उन्होंने भाजपा का समर्थन किया था। हाल ही में एक और लोकप्रिय तमिल अभिनेता कांग्रेस समर्थक परिवार में पैदा हुए विजयकांत ने देसीय मुरपोक्कुम द्रविड़ कषगम (डीएमडीके) बना कर राजनीति को प्रभावित करने की कोशिश की है।

देखें : आत्म सम्मान आंदोलन, इरोड वेंकट रामस्वामी नायकर पेरियार, द्रविड़ आंदोलन, भारतीय सिनेमा-1, 2 और 3, भारतीय फ़िल्म-अध्ययन, भारतीय स्टार सिस्टम।

संदर्भ

1. एम. माधव प्रसाद (1999), 'सिने-पॉलिटिक्स : ऑन द पॉलिटिकल सिग्नीफ़िकेंस ऑफ़ सिनेमा इन साउथ इण्डिया', *जर्नल ऑफ़ मूविंग इमेज.*
2. सारा डिकी (1993), 'पॉलिटिक्स ऑफ़ एडुलेशन : सिनेमा ऐंड द प्रोडक्शन ऑफ़ पॉलिटीशियंस इन साउथ इण्डिया', द *जर्नल ऑफ़ एशियन स्टडीज़,* खण्ड 52, अंक 2.
3. रॉबर्ट एल. हार्डग्रेव (1993), जूनियर, 'पॉलिटिक्स ऐंड द फ़िल्म इन तमिलनाडु : द स्टार्स ऐंड द डीएमके', *एशियन सर्वे,* खण्ड 13, अंक 3.
4. एम. माधव प्रसाद (2006), 'फ़्रॉम वर्चुअल टू रियल पॉलिटिकल पॉवर : फ़िल्म स्टार एंटर इलेक्टोरल पॉलिटिक्स', वर्किंग पेपर : एशिया रिसर्च इंस्टीट्यूट, नैशनल युनिवर्सिटी ऑफ़ सिंगापुर.

— अभय कुमार दुबे

द्रविड़ आंदोलन

(Dravid Movement)

प्रथम विश्व-युद्ध के बाद से ही द्रविड़ आंदोलन और उसके गर्भ से उत्पन्न हुए राजनीतिक दलों ने तमिलभाषी क्षेत्र की राजनीति में महत्त्वपूर्ण भूमिका अदा की है। इस आंदोलन ने जाति और भाषा के सवाल को राजनीति में केंद्रस्थ किया और कुछ द्रविड़वादी संगठनों ने धर्म या उसके कुछ पहलुओं की तीखी आलोचना भी की। उपनिवेशवाद विरोधी आंदोलन के आख़िरी दौर में द्रविड़ आंदोलन ने दक्षिण भारतीयों, ख़ासतौर पर तमिलों के बीच हिंदी और उत्तर भारतीयों के वर्चस्व के ख़िलाफ़ आवाज़ उठायी। हालाँकि शुरुआत में इसका समर्थन समाज के कुछ तबक़ों तक की सीमित था, पर 1967 के बाद से तमिलनाडु पर इस आंदोलन के कारण सामने आये राजनीतिक दलों का ही शासन है। द्रविड़ पार्टियों का समर्थन आधार समाज के पिछड़े तबक़ों से बनता है। इसीलिए उन्होंने राज्य की सामाजिक नीतियों में इस तरह बदलाव किया कि मध्यम और निचले सामाजिक समूहों को ज़्यादा प्रतिनिधित्व और शक्ति मिली। द्रविड़ राजनीति ने जातीयता को जिस तरह से व्यक्त किया उससे अंततः लोकतंत्र को मज़बूती मिली, यद्यपि शुरू में ऐसा लगता था कि यह आंदोलन भारत में एक तरह के पृथकतावाद को जन्म देने जा रहा है।

उन्नीसवीं सदी के आख़िरी और बीसवीं सदी की शुरुआत में कुछ बौद्धिक और सांस्कृतिक धाराओं ने शुरुआती द्रविड़-विचारधारा पर असर डाला। कुछ युरोपीय प्राच्यवादी बुद्धिजीवियों ने, जो औपनिवेशिक नौकरशाही और मिशनरियों से जुड़े हुए थे, दक्षिण भारतीय भाषाओं को एक द्रविड़-परिवार के रूप में समूहबद्ध किया। इन लोगों ने दावा किया कि ब्राह्मणों के अलावा सभी दक्षिण भारतीय एक अलग द्रविड़ नस्ल के वंशज हैं। इसी के साथ तमिल पुनरुत्थानवादियों द्वारा तमिल भाषा के दो हज़ार साल पुराने इतिहास का दावा किया गया। इन लोगों ने तमिल की पुरानी साहित्यिक कृतियों को सामने लाने की मुहिम चलायी। द्रविड़ आंदोलन के बीसवीं सदी के शुरुआती चिंतकों ने इन प्राच्यवादी बुद्धिजीवियों और तमिल पुनरुत्थानवादियों के विचारों से प्रेरणा हासिल की।

इन प्रेरणाओं के आधार पर इन चिंतकों ने एक द्रविड़ समुदाय का विचार पेश किया जिसमें संस्कृत-रहित तमिल भाषा बोलने वाले दक्षिण भारतीयों को शामिल किया गया। इस बात पर भी ज़ोर दिया गया कि पहली सहस्राब्दी में ब्राह्मणों और हिंदू धर्म के आगमन से पहले इस समुदाय में किसी तरह का जातिगत विभेद मौजूद नहीं था। उन्होंने ब्राह्मणों, उत्तर भारतीयों और उनके ब्राह्मण-राष्ट्रवाद के ख़िलाफ़ एक समुदाय गठित करने की प्रक्रिया का सूत्रपात किया। पहले द्रविड़ संगठन द्रविड़ियन एसोसियशन ऐंड साउथ एशियन लिबरल फ़ेडेरेशन (यह संगठन जस्टिस पार्टी के नाम से प्रसिद्ध हुआ) का गठन 1917 में हुआ था। इसका मुख्य मक़सद पश्चिमी शिक्षा और नौकरियों में ग़ैर-ब्राह्मणों की हिस्सेदारी बढ़ाना था। इसके अलावा, इसने सीमित मताधिकार पर आधारित प्रांतीय चुनावों में भागीदारी भी की। इस पार्टी को उच्च ग़ैर-ब्राह्मण रजवाड़ों, ज़मींदारों और व्यापरियों ने अपना समर्थन प्रदान किया। 1920 के दशक के कुछ वर्षों में प्रांतीय विधायिका में इस पार्टी का वर्चस्व रहा। उस समय इसने जाति आधारित वरीयता-नीतियों को अपना समर्थन दिया।

1925 में कांग्रेस से अलग होकर सेल्फ़ रिस्पेक्ट एसोसिएशन (या आत्म-सम्मान संगठन) का उदय हुआ। यह ऐसा पहला द्रविड़ संगठन था जिसकी जनता में पैठ थी। इसकी स्थापना ई.वी. रामास्वामी नायकर पेरियार (1880-1974) ने की। पेरियार ने ब्राह्मणों और उत्तर भारतीयों के वर्चस्व की तीखी आलोचना की। उन्हें मध्यम और निम्न जातियों से समर्थन मिला। बहरहाल, धार्मिक आस्थाओं और व्यवहारों की निंदा पर अड़े रहने और राष्ट्रीय आंदोलन की लोकप्रियता के कारण आत्म-सम्मान आंदोलन का विस्तार तुलनात्मक रूप से सीमित ही रहा। जातिगत भेदभाव से रहित समाज बनाने का लक्ष्य पेश करने और वर्ग-जेंडर -आधारित भेदभाव -दूर करने पर भी ज़ोर देने के बावजूद पेरियार के आंदोलन से मुख्य रूप से मध्यम जातियों के लोग ही जुड़े। इस शुरुआती सीमित सफलता के बावजूद आगे चल कर उभरे निम्न जातियों के बहुत से संगठनों ने पेरियार को अपनी प्रेरणा के रूप में स्वीकार किया है।

1930 और 1940 के दशक में आत्म-सम्मान आंदोलन के बहुत से युवा कार्यकर्त्ताओं ने पेरियार के विचारों और रणनीति से अलग हटते हुए एक नये तरीक़े से आंदोलन के गठन का प्रस्ताव किया। इनमें पेरियार की छत्रछाया में ही पनपे अन्ना दुरै और करुणानिधि जैसे नेता शामिल थे। इन लोगों ने तमिल भाषा को ज़्यादा महत्त्व दिया, पॉपुलर कल्चर (जिसमें धर्म भी शामिल था) को स्वीकार किया और अपने राजनीतिक विचारों को लोगों तक पहुँचाने के लिए फ़िल्म और नाटक जैसे सांस्कृतिक माध्यमों का उपयोग किया। 1938 में कांग्रेस की प्रांतीय सरकार ने स्कूलों में हिंदी की पढ़ाई को अनिवार्य बनाने के कोशिश की तो इसके ख़िलाफ़ ज़बरदस्त आंदोलन छेड़ दिया गया। इस आंदोलन के दौरान पहली बार एक अलग द्रविड़नाडु या द्रविड़ राज्य की माँग सामने आयी। सी.एन. अन्नादुरै के नेतृत्व में एक गुट ने संगठन का नाम बदलकर द्रविड़ेर कजगम कर दिया। पेरियार

कांजीवरम नटराजन अन्नादुरै (1909–1969)

के विपरीत इस दल ने भारत की स्वतंत्रता का स्वागत किया। इस दल का मानना था कि भारत की आज़ादी के बाद स्थापित हुए संघीय लोकतंत्र ने उनके लिए नये अवसर पैदा किये हैं। ये लोग इस अवसर का फ़ायदा उठाना चाहते थे। इन लोगों ने 1949 में एक अलग पार्टी द्रविड़ मुनेत्र कषगम (द्रमुक) का गठन किया। 1950 और 1960 के दशक में द्रमुक का तेज़ी से विस्तार हुआ। 1967 के चुनावों के बाद राज्य में इसकी सरकार बनी। इसे मुख्य रूप से मध्यवर्ती और निम्न तमिल जातियों और वर्गों का समर्थन मिला।

द्रमुक ने अपने विस्तार के साथ कांग्रेस पार्टी से जुड़े अभिजनों की तीखी आलोचना की। कई मौक़ों पर इसने ब्राह्मणों और ग़ैर-तमिल भाषियों का भी विरोध किया। पचास के दशक में यह संगठन कई वर्षों तक पृथकतावादी रवैया अपनाये रहा। लेकिन जब इसके नेताओं को महसूस हुआ कि यह रवैया उनके जन-समर्थन बढ़ने की राह में एक बड़ी बाधा है, तो उन्होंने 1959 में यह माँग छोड़ दी। 1963 में उन्होंने अपने इस फ़ैसले को सार्वजनिक किया। 1960 के दशक में हुए भाषाई आंदोलन से भी इसका ज़बरदस्त जुड़ाव रहा। इसके अलावा इसने तमिल और मध्य जातियों की सांस्कृतिक पहचान को जम कर भुनाया जिससे इसकी राजनीतिक पकड़ बहुत मज़बूत हुई। फ़िल्म स्टार एम.जी. रामचंद्रन के साथ इस पार्टी के जुड़ाव ने भी बहुत से ऐसे लोगों को पार्टी की ओर खींचा जो आमतौर पर इसके सिद्धांतों का समर्थन नहीं करते थे।

द्रमुक की सरकार ने राज्य में आरक्षण का कोटा बढ़ा कर 41 प्रतिशत से 49 प्रतिशत कर दिया। इससे पिछड़ी जातियों में तुलनात्मक रूप से अच्छी स्थिति वाले लोगों को फ़ायदा हुआ। उल्लेखनीय है कि 1970 के दशक के शुरुआती वर्षों में द्रमुक सरकार ने बहुत सी ऐसी नीतियों को छोड़ दिया या उनमें कटौती की, जो ग़रीबों के लिए फ़ायदेमंद थीं। इसके अलावा बहुत से द्रमुक नेताओं के भ्रष्टाचार के मामले भी सामने आये। इस कारण एम.जी. रामचंद्रन ने द्रमुक नेतृत्व की आलोचना करनी शुरू कर दी। वे पार्टी में अपनी कमतर स्थिति को लेकर भी नाराज़ थे। 1972 में उन्होंने पार्टी में विभाजन करके अन्नाद्रमुक का गठन किया। इसमें 'अन्ना' शब्द उन्होंने द्रमुक के संस्थापक अन्ना दुरै के नाम से लिया। तमिलों के बीच रामचंद्रन बहुत लोकप्रिय थे। अपने गठन के तुरंत बाद यह पार्टी पूरे तमिलनाडु में फैल गयी। अन्नाद्रमुक ने मुख्यत: ग़रीबों और सबसे निचली जातियों से ख़ुद को जोड़ा। दूसरी और द्रमुक ने मध्यवर्ती जातियों में अपने पुराने आधार को क़ायम रखने की कोशिश की। अन्नाद्रमुक के उभार का ख़ामियाजा कांग्रेस को भुगतना पड़ा। वह राज्य की राजनीति में हाशिये पर चली गयी। 1976 में अन्नाद्रमुक ने अपने नाम के साथ 'अखिल भारतीय' शब्द भी जोड़ा। 1977 में तमिलनाडु में इस पार्टी की सरकार बनी। 1987 में रामचंद्रन का देहांत होने तक यह पार्टी सत्ता में बनी रही। इसने आरक्षण को 49 प्रतिशत से भी आगे बढ़ा कर 69 प्रतिशत कर दिया और ग़रीबों को फ़ायदा पहुँचाने वाले कई कार्यक्रम चलाये। स्कूलों में मुफ़्त भोजन देने का कार्यक्रम बेहद लोकप्रिय हुआ। रामचंद्रन के बाद उनके साथ फ़िल्मों में नायिका की भूमिका निभाने वाली जयललिता ने अन्नाद्रमुक पार्टी की कमान सँभाली।

1990 के बाद के दौर में भी तमिलनाडु की राजनीति मुख्यत: द्रमुक और अन्नाद्रमुक के आस-पास ही केंद्रित रही। राज्य स्तर पर कांग्रेस एक छोटी पार्टी के रूप में सिमट गयी। 1994 में द्रमुक के कुछ नेताओं ने अलग होकर मालुमराच्ची द्रविड़ मुनेत्र कषगम (एमडीएमके) का गठन किया। इसके पीछे तमिल जातीयता की भावना प्रमुख थी। श्रीलंका में तमिलों के साथ हो रहा बरताव इस पार्टी का मुख्य मुद्दा रहा है, लेकिन इसे सीमित सफलता ही मिली है। अभी राज्य की राजनीति में द्रविड़ आंदोलन से निकले दलों के बीच ही रस्साकशी चल रही है।

मौजूदा हालात में द्रविड़ पार्टियाँ अतीत के आंदोलन और मुद्दों से कट चुकी हैं। दोनों मुख्य दल द्रमुक और अन्नाद्रमुक भ्रष्टाचार और वंशवाद से ग्रस्त हैं। राष्ट्रीय स्तर

की राजनीति में ये दल मुद्दों या विचारधारा के बजाय व्यक्तिगत फ़ायदे के आधार पर किसी सरकार को समर्थन देते रहे हैं। इसके बावजूद हर एक या दो चुनावों के बाद इन्हीं के बीच सत्ता बदलती रहती है। यह दिखाता है कि तमिलनाडु की राजनीति में द्रविड़ राजनीति की प्रासंगिकता अभी तक किसी न किसी रूप में मौजूद है, हालाँकि समाज के पिछड़े तबक़ों में जागरूकता लाने और ग़रीबों की भलाई जैसे मुद्दे बहुत पीछे छूट चुके हैं। दूसरे शब्दों में, अपने शुरुआती दौर में जो द्रविड़ आंदोलन रैडिकल बदलाव की राजनीति का प्रतिनिधित्व करता था, वह अब जड़ता, भ्रष्टाचार, परिवारवाद और जातिवाद की राजनीति तक सिमट कर रह गया है।

देखें : आत्म-सम्मान आंदोलन, इरोड वेंकट रामस्वामी नायकर पेरियार, कांग्रेस 'प्रणाली', ग़ैर-कांग्रेसवाद, गठजोड़ राजनीति, जनता दल प्रयोग-1 और 2, तमिलनाडु, तेलुगु देशम पार्टी, पार्टी-गठजोड़ की राजनीति, भारतीय कम्युनिस्ट पार्टी, भारतीय कम्युनिस्ट पार्टी (मार्क्सवादी), भारतीय जनता पार्टी-1 और 2, भारत में मतदान-व्यवहार-1, 2, 3, 4, 5 और 6, भारतीय राष्ट्रीय कांग्रेस-1 और 2, राष्ट्रीय जनतांत्रिक गठजोड़, वाम मोर्चा, शिव सेना, समाजवादी पार्टी, बहुजन समाज पार्टी-1 और 2, शिरोमणि अकाली दल, संयुक्त प्रगतिशील गठबंधन, हिंदी विरोधी आंदोलन।

संदर्भ

1. के. नंबीअरूरन (1992), *तमिल रेनेसाँ ऐंड द्रविड़ियन नैशनलिज़म, 1905-1944,* सेज, नयी दिल्ली.
2. नरेंद्र सुब्रह्मण्यम (1999), *एथ्निसिटी ऐंड पॉपुलिस्ट मोबिलाइज़ेशन : पॉलिटिकल पार्टीज़, सिटिजंस ऐंड डेमॉक्रैसी इन साउथ एशिया,* ऑक्सफ़र्ड युनिवर्सिटी प्रेस, नयी दिल्ली.
3. डेविड एल. वॉशरब्रुक, 'कास्ट, क्लास ऐंड डॉमिनेंस इन मॉडर्न तमिलनाडु : नॉन ब्राह्मनिज़्म, द्रविडियनिज़्म ऐंड तमिल नैशनलिज़्म', संकलित, फ़्रैंसिन फ़्रैंकेल और एम.एस.ए. राव (सम्पा.), *डॉमिनेंस ऐंड स्टेट पावर इन मॉर्डर्न इण्डिया,* खण्ड 2, ऑक्सफ़र्ड युनिवर्सिटी प्रेस, दिल्ली और न्यूयॉर्क.

— कमल नयन चौबे

दया कृष्ण

(Daya Krishna)

समकालीन भारतीय दर्शन के क्षेत्र में दया कृष्ण (1924-2007) की गणना प्रथम कोटि के थोड़े से विचारकों में की जाती है, जिन्होंने अपनी प्रतिभा से अपने समय के दार्शनिक वातावरण को सर्वाधिक प्रभावित किया। दया कृष्ण ने सम्प्रदाय केंद्रित भारतीय दर्शनों की उपस्थापनाओं का खण्डन-मण्डन करने के बजाय भारतीय दर्शन के इतिहास की विचार-केंद्रित और विचारक-केंद्रित पुनर्रचना की। इससे ओरिएंटलिस्ट विद्वानों द्वारा भारतीय दर्शन की अन्यायपूर्ण छवि का पुरज़ोर प्रतिकार हुआ। साथ ही भारतीय दर्शन की ऐसी तस्वीर बनी जो स्थावर होने के बजाय उत्तरोत्तर विकासमान दिखाई देती है। दया कृष्ण का अध्यवसाय साज़िश भरे ऐतिहासिक एवं संरचनात्मक पूर्व-पक्ष और उसके प्रति हमारे स्मृति-भ्रंश के प्रत्युत्तर में एक बड़ी शुरुआत है। वे भारतीय दार्शनिक परम्परा को पुनर्गठित करने हेतु एक भाष्यधर्मी अभियान का आह्वान भी करते हैं। दया कृष्ण के दार्शनिक उद्यम ने इस भाष्यधर्मी अभियान की यथासम्भव रूपरेखा भी प्रस्तुत की है ताकि भारतीय बौद्धिक परम्पराओं के बहुलवादी स्वरूप को उसकी समग्रता में न केवल उद्घाटित किया जा सके बल्कि वर्तमान के आलोक में उसका वैश्विक औचित्य प्रमाणित भी हो सके। उनके इस दार्शनिक अभियान को यदि कोई नाम देना आवश्यक हो तो उसे वैकल्पिकता के तर्कशास्त्र पर आधारित 'बहुलवादी समग्रता का दर्शन' कहा जाना उचित होगा।

दया कृष्ण ने यह भी रेखांकित करने का प्रयास किया है कि हम अपनी दार्शनिक थाती को पूरे तौर से देख पाने और उसका समुचित रूप से आकलन कर पाने में असमर्थ क्यों हुए। उनके अनुसार पिछले डेढ़ सौ वर्षों में कुछ ऐसा घटित हुआ है कि हम इस भारतीय सभ्यता के ज्ञानात्मक अतीत की जातीय स्मृति से कट गये हैं। उस स्मृति से, जो आत्मचेतना के स्तर पर इस सभ्यता के होने की और उसके अस्तित्व की बुनियादी शर्त रही है। उपनिवेशवाद की योजना के अनुसार हिंदुस्तानियों के भीतर एक नया वर्ग पनपाया गया जो अपने मुल्क़ और अपने लम्बे अतीत से कहीं ज़्यादा पश्चिम के बारे में जानने में रुचि रखता है। ज्ञान के हर क्षेत्र में केवल वही जानने योग्य समझा जाता है जो पश्चिम ने उपजाया है— यूनानियों के वक़्त से आज तक। स्कूल, कॉलेज़ और विश्वविद्यालयों में भी हमारे दिमाग़ की की ढलाई इसी प्रकार होती है।

दया कृष्ण कहते हैं कि इस प्रकार एक ऐसी मानसिकता का निर्माण हुआ जो सारे ज्ञान की जड़ें पश्चिम में मानती है। उसके लिए भारतीय सभ्यता अथवा किसी भी अन्य पश्चिमेतर सभ्यता का अतीत विश्व-सभ्यता में योगदान की दृष्टि से शून्य है। समझा यह जाता है कि हमारे यहाँ उम्मीद के क़ाबिल केवल अध्यात्म या धर्म ही रह गया है। दया कृष्ण के अनुसार हमारी सभ्यता का यह सर्वग्रासी स्मृति-भ्रंश इतना गहरे जड़ पकड़ चुका है कि हम उन ज्ञानात्मक अभियानों से पूरी तरह अपरिचित हैं जिनसे गुज़र कर ही हम यहाँ पहुँच सके हैं। दया कृष्ण इस स्मृति-भ्रष्ट बदहाली को उस शिक्षा पद्धति की देन मानते हैं जो अंग्रेज़ों ने इस देश में रोपी और जिसकी परिणति एक तरह के रंगभेद

दया कृष्ण (1924–2007)

में हुई है। इसके तहत एक तरफ़ वे लोग हैं जो अब भी ज्ञान की परम्परागत पद्धतियों से चिपके हुए हैं, और दूसरी तरफ़ वे हैं जो उन विषयों का उस पद्धति से अध्ययन करते हैं जिसे 'आधुनिक' कहा जाता है। इन दो वर्गों के बीच किसी तरह के संवाद की गुंजाइश नहीं है। देश के सत्ताधारी 'अभिजन' के रूप में प्रतिष्ठित ये 'आधुनिक' अपने को इस सभ्यता का एकमात्र प्रतिनिधि समझते हैं। इससे सम्पूर्ण आत्म-विस्मृति और पूरी तरह से उजड़ जाने का ख़तरा पैदा हो गया है।

दया कृष्ण की प्रारम्भिक शिक्षा दिल्ली के एक सनातन धर्म स्कूल से शुरू हुई। उन्होंने हिंदू कॉलेज और दिल्ली विश्वविद्यालय से दर्शनशास्त्र में उच्च-अध्ययन किया। 1966 से 1984 तक राजस्थान विश्वविद्यालय, जयपुर से सम्बद्ध होकर उन्होंने न केवल अपनी प्रतिभा को अंतर्राष्ट्रीय स्तर पर विख्यात किया बल्कि उस विश्वविद्यालय के दर्शनशास्त्र विभाग को एक महत्त्वपूर्ण केंद्र के रूप में स्थापित भी किया। जयपुर में रहते हुए उन्होंने देश भर के सम्भावनावान आधुनिक एवं परम्परागत मनोवृत्ति के अध्येताओं को साथ ले कर भारतीय दर्शन की उन्नति का जो उपक्रम संचालित किया है उसे 'जयपुर प्रयोग' की संज्ञा भी दी जा सकती है। देशी-विदेशी विश्वविद्यालयों में अध्यापन-शोध करने वाले दया कृष्ण के चिंतन एवं विचार इतने बहुआयामी रहे हैं कि उन्हें किसी वाद या विशेष विचार-परम्परा की सीमा में बाँध कर नहीं देखा जा सकता। उन्होंने भारतीय एवं पाश्चात्य दर्शन के साथ-साथ समाजशास्त्र, अर्थशास्त्र, राजनीतिशास्त्र एवं भारत-विद्या पर भी बहुत कुछ लिखा है।

अपने दार्शनिक अध्यवसाय के प्रारम्भिक चरण में दया कृष्ण पाश्चात्य दर्शन के बड़े हिमायती थे। बाद में उनकी रुचि भारतीय दर्शन की ओर हुई। भारतीय दार्शनिक परम्पराओं को उनमें निहित तर्कणा की सरणियों की दृष्टि से समझने के प्रयास में उन्होंने भारतीय दर्शन की स्थापित मान्यताओं के संदर्भ में आधारभूत प्रश्न उठाये जिनसे उन पर नये ढंग से विचार करने की एक नयी दृष्टि प्राप्त हुई। *द नेचर ऑफ़ फ़िलॉसफ़ी* (1956) और *द आर्ट ऑफ़ कांसेप्चुअल* (1989) नामक दो कृतियों से पता चलता कि दर्शन उनके लिए विमर्शात्मक चेतना के धरातल पर जीवन और जगत् की सम्प्रत्ययात्मक समझ के लिए बुद्धि द्वारा स्वयं से किया गया संघर्ष है। उनकी निगाह में एक दार्शनिक का कर्म प्रकृति-वैज्ञानिक, गणितज्ञ एवं तर्कशास्त्री से भिन्न होता है। *सोशल फिलॉसफ़ी : पास्ट ऐंड फ़्यूचर* (1969), *कंसीडरेशंस टुवर्ड्स ए थियरी ऑफ़ सोशल चेंज* (1965) और *पॉलिटिकल डिवेलपमेंट : ए क्रिटिकल पर्सपेक्टिव* (1979) नामक कृतियाँ उनके सामाजिक, आर्थिक एवं राजनीतिक दर्शन से संबंधित हैं। *प्रोलेगोमेना टू ऐनी फ़्यूचर हिस्टोरियोग्राफ़ी ऑफ़ कल्चर ऐंड सिविलाइज़ेशन* (1997) में दया कृष्ण एक सभ्यता-विज्ञानी के रूप में सामने आते हैं।

दया कृष्ण की कई कृतियों में भारतीय दर्शन को पुन:संगठित और पुनर्रचित करने की कामना दिखाई पड़ती है। ऐसी कृतियाँ हैं *इण्डियाज़ इंटेलेक्चुअल ट्रैडिशन* (सम्पा. 1987), *संवाद : ए डायलॉग बिटवीन टु फ़िलॉसॅफ़िकल ट्रैडीशंस* (सम्पा. 1991), *इण्डियन फ़िलॉसफ़ी : अ काउंटर पर्सपेक्टिव* (1991), *न्यू पर्सपेक्टिव इन इण्डियन फ़िलॉसफ़ी* (2001), *भारतीय दर्शन : एक नवीन दृष्टि* (2000) तथा *डिस्कशन ऐंड डिबेट इन इण्डियन फ़िलॉसफ़ी* (2005)।

दया कृष्ण की भूमिका का समारम्भ उपनिवेशोत्तर भारत के ऐसे वातावरण में हुआ जब भारतीय विश्वविद्यालयों में पाश्चात्य दर्शन का प्रभुत्व था और भारतीय दर्शन परम्परा को 'दर्शन' पद से अभिहित होने योग्य ही नहीं माना जाता था। हीगेल से लेकर हसर तक यही प्रचारित किया जाता था कि भारतीय दर्शन में 'दर्शन' जैसी कोई चीज़ ही नहीं है। अधिक से अधिक इसे 'थियोलॉजी' के अंतर्गत रखा जा सकता है। दया कृष्ण ने भी अपने आरम्भिक दिनों में पाश्चात्य दर्शन के क्षेत्र में ही हस्तक्षेप दर्ज किये। उन्होंने अध्यास एवं सत् की समस्या पर, विरोध के नियम पर, संश्लेषणात्मक प्रागनुभविक ज्ञान की समस्या पर, भाषायी विश्लेषण, धार्मिक अनुभव एवं रहस्यवाद जैसे विषयों पर महत्त्वपूर्ण लेखन किया।

द्रष्टव्य है कि भारत के अध्येताओं ने पाश्चात्य दर्शन की चाहे जितनी सेवा की हो, और पाश्चात्य दर्शन के प्रभाव

में वे भारतीय दर्शन की आधुनिक व्याख्या करने का चाहे जितना भी दावा करें, उनके इस कृत्य को न तो पश्चिम में मान्यता मिली और न ही उन्हें भारतीय दर्शन के क्षेत्र में प्रतिष्ठापक आचार्य का स्वीकरण प्राप्त हुआ। अपवाद के तौर पर भारत के जिन कुछ एक अध्येताओं को यूरोप में मान्यता मिल सकी उनमें से जड़ावलाल मेहता, जितेंद्र नात मोहंती, बिमल कृष्ण मतिलाल, रिचर्ड सोराबजी, अकील बिलग्रामी और दया कृष्ण का नाम प्रमुखता से लिया जा सकता है। इनमें दया कृष्ण ने किसी दर्शन या दार्शनिक प्रवृत्ति-विशेष के व्याख्याकार के रूप में अपनी पहचान अर्जित नहीं की, बल्कि उन्हें अपनी स्वतंत्र दार्शनिक सृजनशीलता के कारण पहचान मिली। उनके लेखन को उस समय के स्थापित दार्शनिकों ने गम्भीरता से लिया और आलोचना-प्रत्यालोचना का दौर सा शुरू हो गया। डेले रीप ने अपनी पुस्तक *इण्डियन फिलॉसफ़ी सिंस इंडिपेंडेंस* (1978) में, तथा फ्रेड डलमायर ने अपनी दो प्रसिद्ध पुस्तकों *बियांड ओरिएंटलिज़म* (1994) तथा *इंटीग्रल प्लूरलिज़म : बियांड कल्चर वार* (2010) में दया कृष्ण के दर्शन और दार्शनिक हस्तक्षेप को संदर्भित करने का महत्त्वपूर्ण प्रयास किया है। डलमायर द्वारा दया कृष्ण को 'इंडियन ऑफ़ इंटीग्रल प्लूरलिज़म' की कोटि में संदर्भित करना उनके सम्पूर्ण दार्शनिक अध्यवसाय को समवेत रूप से एक शीर्षक के अंतर्गत समेट लेता है। विचारों की विविधता और दृष्टिकोणों की वैकल्पिकता दया कृष्ण के लिए मानो सौंदर्यबोध जैसी वस्तु थी।

पाश्चात्य दार्शनिक परम्परा में गहरी पैठ रखने वाले दया कृष्ण का भारतीय दर्शन की ओर मुड़ना किसी रागात्मक वृत्ति अथवा सांस्कृतिक निष्ठा के कारण नहीं बल्कि भारतीय दर्शन के उस स्वरूप के प्रति व्याख्यात्मक असंतोष के कारण हुआ जो अंग्रेजी माध्यम के द्वैतीयक लेखन द्वारा सामने आया था। इस असंतोष को उग्रता प्रदान करने का एक और हेतु बना भारतीय दर्शन के स्वरूप को मध्य युगीन पाश्चात्य दर्शन की तरह एक रेखीय प्रारूप में प्रस्तुत किया जाना। दया कृष्ण अपनी भारतीय दर्शन को बहुरेखीय कार्य-योजना के रूप में देखना चाहते थे। भारतीय दर्शन के प्रति निस्संदेह यह एक भिन्न नज़रिया था जिसके लिए भारतीय दर्शन परम्परा में पर्याप्त अवकाश भी है। इसीलिए भारतीय दर्शन पर उनका प्रारम्भिक लेखन उन सभी अवधारणाओं को विखण्डित करता है जो भारतीय दर्शन को एकरेखीय स्वरूप प्रदान करने में सहायक होते हैं। *इण्डियन फिलॉसफ़ी : ए काउंटर पर्सपेक्टिव* (1991) के सभी आलेख दया कृष्ण की इस दृष्टि के ही प्रस्तावक हैं।

अपने एक प्रसिद्ध आलेख 'थ्री कंसेप्शंस ऑफ़ इण्डियन फिलॉसफ़ी' के उपसंहारात्मक कथन में भारतीय दर्शन को केवल और केवल मोक्षशास्त्र मानने के रवैये को विरोध करते हुए दया कृष्ण कहते हैं कि भारतीय दर्शन की एकमात्र मोक्ष में ही रुचि नहीं है, और न यह उसका प्रमुखतम प्रश्न ही है। अनेक दार्शनिकों और सम्प्रदायों का इससे दूर का भी संबंध नहीं है। अनेक इससे केवल बाहरी वृत्त पर ही संबंधित हैं। बहुत कम दार्शनिकों के लिए यह एक प्रमुख प्रश्न है और यदि है भी तो उनकी रुचि इसमें विशुद्धतः दार्शनिक प्रकार की है। प्राचीन दार्शनिकों की केवल प्रचारात्मक अभ्युक्तियों ने, और यह देख पाने की असमर्थता ने कि मोक्ष का प्रश्न भी दार्शनिक समस्याओं को जन्म दे सकता है, इस भ्रांत धारणा को जन्म दिया कि भारतीय दर्शन आध्यात्मिक मुक्ति से आंतरिक और अभिन्न रूप से सम्बद्ध है और 'दार्शनिक' कही जाने वाली समस्याओं से नहीं। अब समय आ गया है कि हम इस सम्मोहन को त्याग दें और भारतीय दर्शन को मूलतः 'दर्शन' के रूप में देखें।

देखें : आर्यभट्ट और *आर्यभटीय,* उपनिषद्, कपिल, *अर्थशास्त्र* और कौटिल्य, गोपीनाथ कविराज, गोविंद चंद्र पाण्डे, चैतन्य महाप्रभु, जैन दर्शन, न्याय दर्शन, नागार्जुन, पतंजलि और *योगसूत्र,* पाणिनि और *अष्टाध्यायी,* पुराण, पूर्व-मीमांसा दर्शन, बदरी नाथ शुक्ल, बादरायण, बौद्ध दर्शन, *भगवद्गीता,* भरत और *नाट्यशास्त्र,* मुकुंद लाठ, *भागवत पुराण, महाभारत,* यशदेव शल्य, योग दर्शन, रामानुजाचार्य, राम अवतार शर्मा, लोकायत, वात्स्यायन और *कामसूत्र,* वेदांत दर्शन, वैशेषिक दर्शन, शंकराचार्य, षड्-दर्शन-1 और 2, संस्कृत काव्यशास्त्र, स्मृति-साहित्य, सांख्य दर्शन-1 और 2, सिद्ध-नाथ परम्परा।

संदर्भ

1. दया कृष्ण (2000), *भारतीय दर्शन : एक नयी दृष्टि,* रावत पब्लिकेशन, जयपुर.
2. भुवन चंदेल एवं के.एल. शर्मा (सम्पा.) (1996), द *फिलॉसफ़ी ऑफ़ दया कृष्ण,* भारतीय दार्शनिक अनुसंधान परिषद्, नयी दिल्ली.
3. फ्रीड डलमायर (1994), *बियॉन्ड ओरिएंटलिज़म,* स्टेट युनिवर्सिटी ऑफ़ न्यूयार्क प्रेस, न्यूयॉर्क.
4. योगेश गुप्त (सम्पा.) (2006), *भारतीय एवं पाश्चात्य दार्शनिक परम्पराएँ,* राजस्थान विश्वविद्यालय, जयपुर.

— अम्बिकादत्त शर्मा

दायित्व

(Obligation)

अगर किसी के पास कोई अधिकार है, तो वह तब तक उसका उपभोग नहीं कर सकता जब तक दूसरा एक दायित्व के रूप में उस अधिकार का आदर न करे। इस लिहाज़ से अधिकार और दायित्व एक ही सिक्के के दो पहलू हैं। व्यक्तिगत अधिकारों को तभी तक जारी रखा जा सकता है जब तक राज्य की संस्था उनकी सुरक्षा करने के गुरुतर दायित्व का पालन करने के लिए तैयार न हो। लेकिन अगर यह मान लिया जाए कि नागरिकों के हिस्से में केवल अधिकार आयेंगे और राज्य के हिस्से में केवल दायित्व, तो व्यवस्थित और शिष्ट नागरिक जीवन असम्भव हो जाएगा। इसीलिए नागरिकता की अवधारणा में दायित्वों और अधिकारों के मिश्रण की तजवीज़ की गयी है। इनमें सबसे ज़्यादा बुनियादी अवधारणा 'राजनीतिक दायित्व' की है जिसका संबंध नागरिक द्वारा राज्य के प्राधिकार को मानना और उसके क़ानूनों का पालन करने से है। अराजकतावादी चिंतक व्यक्ति की स्वायत्तता को किसी भी तरह के दायित्व के बंधन में नहीं बाँधना चाहते, पर उन्हें छोड़ कर बाक़ी सभी तरह के चिंतकों ने यह समझने में काफ़ी दिमाग़ खपाया है कि क्या व्यक्ति के राजनीतिक दायित्व होते हैं और अगर होते हैं तो उनका समुचित आधार क्या है। कुछ विद्वानों के मुताबिक़ 'सामाजिक समझौते' के तहत व्यक्ति को बुद्धिसंगत और नैतिक आधार पर राज्य के प्राधिकार का आदर करना चाहिए। कुछ अन्य विद्वान इससे भी आगे जा कर कहते हैं कि दायित्व, जिम्मेदारियाँ और कर्त्तव्य केवल किसी अनुबंध की देन न हो कर किसी भी स्थिर समाज के आत्यंतिक लक्षण होते हैं। विद्वानों में इस बात पर ख़ासा मतभेद है कि राजनीतिक दायित्वों की हद क्या होनी चाहिए। आख़िर किस बिंदु पर एक कर्त्तव्यनिष्ठ नागरिक राज्य के प्राधिकार का आदर करने के दायित्व से मुक्त महसूस कर सकता है? क्या ऐसा भी कोई बिंदु है जब वह सभी तरह के राजनीतिक दायित्वों को नज़रअंदाज़ करके विद्रोह करने के अधिकार का दावा कर सके?

राजनीतिक सिद्धांत के इतिहास में झाँकने पर प्लेटो की क़लम से उनके शिक्षक और मित्र सुकरात का प्रकरण सामने आता है। एथेंस के युवकों को भ्रष्ट करने का मुक़दमा चलने के बाद लगभग निश्चित मृत्यु-दण्ड की प्रतीक्षा कर रहे सुकरात अपने पुराने दोस्त क्रिटो को बताते हैं कि वे कारागार से भागने के लिए तैयार क्यों नहीं हैं। सुकरात की दलील है कि उन्होंने एथेंस में रहने का चुनाव किया और उसके नागरिक होने के नाते उपलब्ध विशेष सुविधाएँ भोगीं। इसी लिहाज़ से वे एथेंस के क़ानून के प्रति निष्ठावान होने से भी बँधे हुए हैं, और अपने इस आश्वासन को वे अपने प्राणों की क़ीमत पर भी पूरा करना चाहते हैं। सुकरात का प्रकरण बताता है कि किसी संगठित समुदाय में रहने के लाभों को भोगने के बदले राजनीतिक दायित्वों को निभाना पड़ता है। यहाँ सुकरात की राजनीतिक दायित्व संबंधी समझ उसके बिना शर्त पालन की है। यानी सुकरात संबंधित राज्य के चरित्र या उसकी प्रकृति की कोई जाँच नहीं करते। वे यह भी मान कर चलते हैं कि अगर कोई निवासी राज्य से असंतुष्ट है तो वह अपनी मर्ज़ी के मुताबिक़ किसी दूसरे राज्य में रहने के लिए जा सकता है। सुकरात का यह दृष्टिकोण कई तरह से समस्याग्रस्त है। मसलन, व्यावहारिक रूप से यह नागरिकों की इच्छा पर निर्भर नहीं होता कि वे किस राज्य में रहना पसंद करते हैं। पहली बात तो यह कि आर्थिक फँसाव उन्हें अपने राज्य को छोड़ने से रोकता है, दूसरे अगर राज्य न चाहे तो भी वे उसकी सीमा छोड़ कर नहीं जा सकते। दूसरे, जन्मना नागरिक राज्य से ऐसा कोई वायदा नहीं करता कि वह अमुक दायित्वों का पालन करेगा। हाँ, इस तरह का लिखित आश्वासन नागरिकता प्राप्त करने वाले को ज़रूर देना पड़ता है।

हॉब्स और लॉक जैसे चिंतकों ने अपने-अपने तरीक़े से राज्य द्वारा शासन करने के अधिकार को शासितों की सहमति पर आधारित बताया है। चूँकि बुद्धिसंगत व्यक्ति 'प्रकृत अवस्था' की बर्बर स्थिति में नहीं रहना चाहेगा, इसलिए वह स्वेच्छा से सामाजिक समझौते जैसे अनुबंध में उतरता है और शांति-व्यवस्था के तहत जीने के लिए राज्य के प्राधिकार का अनुपालन करने के लिए तैयार होता है। इन दोनों विद्वानों में हॉब्स के मुक़ाबले लॉक का विचार अधिक संतुलित प्रतीत होता है। हॉब्स के मुताबिक़ व्यक्ति के सामने कोई चारा ही नहीं है : उसे या तो राज्य के सर्वसत्तावादी प्राधिकार की मातहती स्वीकार करनी होगी, या फिर व्यक्तिगत हितों की निरंतर चलने वाली गलाकाटू होड़ में फँस कर नष्ट हो जाना होगा। लॉक राजनीतिक दायित्व की अवधारणा को एक नहीं, बल्कि दो समझौतों के साथ जोड़ते हैं। पहला अनुबंध सामाजिक समझौता है जिसके तहत समाज की रचना करने का परस्पर समझौता करना अनिवार्य है। इसके लिए वे अपनी-अपनी स्वतंत्रता का एक-एक हिस्सा तक क़ुर्बान करने के लिए तैयार रहेंगे ताकि एक राजनीतिक समुदाय की अधीनता में मिल सकने वाली स्थिरता और सुरक्षा प्राप्त कर सकें। दूसरा अनुबंध समाज और सरकार के बीच एक 'भरोसे' के रूप में होगा जिसके तहत सरकार नागरिकों को उनके प्राकृतिक अधिकारों की सुरक्षा का भरोसा थमायेगी। लॉक कहते हैं कि अगर राज्य निरंकुश या सर्वसत्तावादी हो जाता है तो व्यक्ति को उसके क़ानूनों के पालन के दायित्व को नज़रअंदाज़ करके उसके ख़िलाफ़ बग़ावत करने का अधिकार है। यहाँ लॉक स्पष्ट करते हैं कि

विद्रोह का मतलब सरकार को ख़त्म करके 'प्रकृत अवस्था' की तरफ़ लौटना नहीं हो सकता, बल्कि बेहतर सरकार की स्थापना ही हो सकता है।

सामाजिक समझौते के सिद्धांत की भिन्न व्याख्या करते हुए रूसो उसे अपने विख्यात सूत्रीकरण 'जन-इच्छा' के आईने में दिखाते हैं। अगर कोई नागरिक स्वेच्छा से किसी समाज का सदस्य है और वह उस समाज द्वारा प्रतिपादित जन-इच्छा का भी हिस्सा है तो उसके आधार पर उसे राजनीतिक दायित्व का पालन करना होगा। यहाँ जन-इच्छा का तात्पर्य है समाज के प्रत्येक सदस्य के वास्तविक हित का प्रतिनिधित्व। ज़ाहिर है कि रूसो की स्थापना दायित्व के सिद्धांत को सहमति आधारित शासन के आग्रह से दूर ले जाती है।

राजनीतिक दायित्व के सामाजिक समझौते संबंधी सिद्धांत के दो विकल्प भी सुझाये गये हैं। पहला विकल्प राजनीतिक दायित्व की प्रयोजनमूलक समझ पर टिका हुआ है। इसके मुताबिक़ नागरिक द्वारा राज्य के आदेशों का अनुपालन केवल उसी अनुपात में किया जा सकता है जिस अनुपात में राज्य उसे लाभ पहुँचा सकता हो या उसके प्रयोजन पूरे कर सकता हो। उपयोगितावाद एक ऐसी ही प्रयोजनमूलक थियरी है जिसके अनुसार नागरिकों को सरकार का आज्ञापालन इसलिए करना चाहिए कि वह लोगों की 'सर्वाधिक संख्या' को 'सर्वाधिक सुख' प्रदान करने का प्रयास करती है। दूसरा विकल्प यह मान कर चलता है कि व्यक्ति किसी समाज का 'स्वाभाविक' सदस्य होता है, इसलिए उसके राजनीतिक दायित्वों को भी 'स्वाभाविक' समझा जाना चाहिए। यह विचार कुछ-कुछ सुकरात की समझ से मिलता-जुलता है। अनुदारवादी चिंतकों ने इस विकल्प को ख़ास तौर पर पसंद किया है। अनुदारवादियों के अनुसार परिवार, चर्च और सरकार जैसी संस्थाएँ किसी व्यक्ति की इच्छा के आधार पर नहीं बल्कि समाज को नैरंतर्य देने की आवश्यकता के तहत रची गयी हैं। ये संस्थाएँ व्यक्ति को पालती-पोसती, शिक्षित करती और उसकी शख़्सियत का निर्माण करती हैं। इसलिए व्यक्ति को उनके प्रति दायित्व, कर्त्तव्य और जिम्मेदारियाँ महसूस करनी चाहिए। इसके लिए केवल क़ानून का पालन करना और दूसरों की स्वतंत्रता का आदर करना ही काफ़ी नहीं है, बल्कि व्यक्ति को प्राधिकार का सम्मान करते हुए ज़रूरत के मुताबिक़ सार्वजनिक पदों का जिम्मा भी उठाना चाहिए। इस तरह अनुदारपंथी चिंतक व्यक्ति के राजनीतिक दायित्वों को माता-पिता के प्रति उनकी संतानों के दायित्व का दर्जा दे देते हैं।

समाजवादियों और सामाजिक-जनवादियों ने दायित्वों के सामाजिक पहलू पर ज़ोर दिया है। इस लिहाज़ से वे उदारतावादियों के मुक़ाबले नागरिक पर गुरुतर दायित्व डालना चाहते हैं। वे चाहते हैं कि व्यक्ति समुदाय के लिए तो काम करे ही, उन लोगों के लिए भी काम करे जो ख़ुद किसी वजह से काम नहीं कर सकते। केवल अधिकारसम्पन्न और दायित्वहीन व्यक्तियों के समाज में मत्स्य-न्याय की स्थितियाँ हावी हो जाएँगी। समुदायवादी अराजकतावादी चिंतकों को इस तरह की दलील काफ़ी पसंद है। प्रूधों, बकूनिन और क्रोपाटकिन जैसे क्लासिकल अराजकतावादी राजनीतिक प्राधिकार को तो ख़ारिज करते हैं, पर उम्मीद करते हैं कि एक स्वस्थ समाज में लोग सामाजिकता, परस्पर सहयोग और शिष्ट व्यवहार की ख़ूबियों लैस होंगे।

मार्क्सवादियों ने राजनीतिक दायित्व की अवधारणा को पूरी तरह से ठुकरा दिया है, क्योंकि उनकी निगाह में राज्य की व्यक्ति के अधिकारों की सुरक्षा में कोई दिलचस्पी नहीं होती। वह तो वर्गीय शासन का औज़ार होता है। मार्क्सवादी सामाजिक समझौते के सिद्धांत को 'विचारधारात्मक' क़रार देते हैं। यानी उनके अनुसार इस सिद्धांत का मक़सद नागरिकों को शासक वर्ग की मातहती में लाना है।

लॉक की स्थापनाओं से स्पष्ट है कि राजनीतिक दायित्व की उनकी समझ से क्रांति का सिद्धांत भी निकलता है। 1776 की अमेरिकी क्रांति के दौरान 13 पूर्व ब्रिटिश उपनिवेशों द्वारा की गयी बग़ावत में शामिल क्रांतिकारियों ने लॉक की 1690 में प्रकाशित रचना *टू ट्रीटाइज़ ऑन सिविल गवर्नमेंट* में व्यक्त विचारों का काफ़ी इस्तेमाल किया था। इसी आधार पर लॉक ने स्टुअर्ट राजाओं के शासन के ख़िलाफ़ इंग्लैण्ड की 'ग्लोरियस रिवोल्यूशन' का समर्थन किया जिसके परिणामस्वरूप संवैधानिक राजतंत्र की स्थापना हुई और संसदीय लोकतंत्र के विकास का रास्ता खुला।

देखें : अधिकार, अधिकार : सैद्धांतिक यात्रा, अरस्तू, अफलातून, अनुदारतावाद, अराजकतावाद, अन्य-अन्यीकरण, उदारतावाद, उपयोगितावाद, एडमण्ड बर्क, क्रांति, ज्याँ-ज़ाक रूसो, जॉन लॉक, जेरेमी बेंथम, जॉन स्टुअर्ट मिल, जॉन रॉल्स, जोहान गॉटफ्रीड हर्डर, डेविड ह्यूम, थॉमस हॉब्स, थॉमस पेन, थॉमस हिल ग्रीन, न्याय, न्याय : नारीवादी आलोचना, न्याय : रॉल्स का सिद्धांत, नागरिकता, नागरिकता : अन्य परिप्रेक्ष्य-1 और 2, नागर समाज, पनोप्टिकॉन, फ्रेड्रिख़ वॉन हायक, बुद्धिवाद, माइकेल जोसेफ़ ओकशॉट, माइकिल वाल्ज़र, मिशेल पॉल फ़ूको-1 और 2, यूटोपिया, राजनीतिक दर्शन के नारीवादी आयाम, रॉबर्ट नॉज़िक, राज्य-1 और 2, विल किमलिका, स्वतंत्रतावाद, सर्वसत्तावाद, सम्प्रभुता, समाजवाद, सरकारियत।

संदर्भ

1. ऐंड्रू हेवुड, 'राइट्स, ऑब्लीगेशंस ऐंड सिटीज़नशिप', *पॉलिटिकल थियरी : ऐन इंट्रोडक्शन,* पालग्रेव मैकमिलन, न्यूयॉर्क, 2004, पृष्ठ 184-219
2. जे. होर्टन, *पॉलिटिकल ऑब्लीगेशन,* पालग्रेव मैकमिलन, बेसिंग्स्टोक, 1986

2. रिचर्ड एशक्रॉफ़्ट, *रेवोल्यूशनरी पॉलिटिक्स ऐंड लॉक्स टू ट्रीटाइज़ ऑफ़ गवर्नमेंट,* प्रिंसटन युनिवर्सिटी प्रेस, 1986
3. सी. पैटमैन, *द प्रॉब्लम ऑफ़ पॉलिटिकल ऑब्लीगेशन,* जॉन विली, न्यूयॉर्क, 1989

— अभय कुमार दुबे

दास प्रथा

(Slavery)

आज एक संस्था के रूप में दास प्रथा का अंत हो चुका है, पर मनुष्य द्वारा मनुष्य को अपना दास बनाने का इतिहास बहुत पुराना है। दरअसल, दास प्रथा को मानवीय उत्पीड़न का सबसे पुराना रूप माना जा सकता है। भारत समेत तक़रीबन सभी सभ्यताओं के प्राचीन ग्रंथों में दासों, सम्पत्ति की तरह उनके विनिमय और इस प्रथा के विभिन्न रूपों का उल्लेख मिलता है। युद्ध में पराजित हुए समुदायों को दास बना लेना आम बात थी। एक राजा किसी बड़े सम्राट को खिराज देते समय उसमें दास स्त्री-पुरुषों की बड़ी संख्या भी शामिल करता था। दास प्रथा का अर्थ है उत्पादन के अन्य साधनों की भाँति मनुष्य को भी ख़रीद-फ़रोख़्त के ज़रिये हासिल करना। एक बार दास के रूप में बिक जाने के बाद किसी व्यक्ति की अपनी इच्छा या अनिच्छा का कोई महत्त्व नहीं रह जाता। उसका जीवन-मरण उसके मालिक के हाथ में चला जाता है। दास प्रथा के अलग-अलग रूपों, जैसे बँधुआ मज़दूरी, भू-दास और ग़ुलाम, से जुड़ी हुई स्वामित्व की संरचनाएँ भी अलग-अलग होती हैं।

आधुनिक युग में दास प्रथा को नागरिक स्वतंत्रता के विलोम के रूप में देखा जाता है, लेकिन इस ऐतिहासिक हक़ीक़त से इनकार नहीं किया जा सकता। प्राचीन युरोपीय दर्शन दास और दास-मालिक के बीच के संबंधों का औचित्य प्रतिपादन करता है। प्लेटो के दर्शन में तीसरा वर्ग उत्पादकों का है जिनके लिए उन्होंने संयम रखते हुए पहले दोनों शासक वर्गों की मर्ज़ी के मुताबिक़ उत्पादक श्रम करने का उपदेश दिया है। युरोप को आधुनिक बनाने में भी दास प्रथा और ग़ुलामों की तिजारत की उल्लेखनीय भूमिका रही है। अमेरिकी स्थित युरोपीय उपनिवेशों में दासों द्वारा बनाये गये उत्पादों के आधार पर अर्थव्यवस्थाओं का विकास हुआ और मुनाफ़ा कमाया गया। इसी से मिलती-जुलती परिस्थितियाँ एशिया में भी एक हद तक दोहरायी गयीं। दास प्रथा की सबसे ज़्यादा मार अफ़्रीका को झेलनी पड़ी। अफ़्रीकी दास सारी दुनिया में ख़रीदे-बेचे गये। मार और मुनाफ़े के लालची उपनिवेशवादियों ने अफ़्रीकी दास श्रमिकों को चाय, काफ़ी, रबड़ और कपास के बाग़ानों में प्राणांतकश्रम करने को मजबूर किया। सदियों तक ग़ुलामी का जीवन व्यतीत करने की प्रक्रिया में अफ़्रीकियों की अपनी सांस्कृतिक पहचान कहीं गुम हो गयी। इसलिए उन्हें अपनी नयी संस्कृति, नया धर्म और सामुदायिकता की रचना करनी पड़ी। उनकी इन संरचनाओं को लगातार परिवर्तन के दौर से गुज़रना पड़ता था, क्योंकि हर बार ग़ुलामों की नयी खेप नये प्रभाव ले कर आती थी और उनके गोरे मालिकों की संस्कृति भी उन्हें अपने तरीक़े से गढ़ने की कोशिश करती थी।

यूनानी और रोमन ज़माने में ही दास प्रथा औपनिवेशिक विस्तार का अंग बन चुकी थी। लेकिन, ग़ुलामों का व्यापार अपने चरम पर पंद्रहवीं सदी में पहुँचा। 1492 में क्रिस्टोफ़र कोलम्बस द्वारा नयी दुनिया की खोज करते ही बहुत से युरोपीय दलों (जैसे स्पैनी कोंक्विस्टाडोर) ने ख़ज़ानों और लूट के लालच में इन इलाक़ों का रुख किया। जल्दी ही इस क्षेत्र में अंग्रेज़, फ्रांसीसी, स्पेनी, पुर्तगाली और डच उपनिवेश दिखने लगे। युरोपियनों को लगा कि अमेरिका का महाद्वीप उनके लिए समृद्धि की नयी सम्भावनाओं से भरा हुआ है। उन्होंने स्थानीय अमेर इण्डियनों को दास बनाने की कोशिश की। कई ने प्रतिरोध किया और पहाड़ों और जंगलों में शरण ली। ग़ुलाम बने बहुत से लोग युरोपीय बीमारियों के शिकार हो कर मारे गये, क्योंकि उनके शरीर में उन बीमारियों की प्रतिरोधक क्षमता नहीं थी। नयी दुनिया की धरती के दोहन के लिए कठोर श्रम की ज़रूरत थी और युरोपियनों की इसमें कोई दिलचस्पी नहीं थी। स्थानीय अमेरइण्डियन आबादी महामारियों की वजह से घटती जा रही थी, इसलिए भरपाई के लिए अफ़्रीकी श्रमिकों की ज़रूरत पड़ी। कोंकिस्टाडोर अपने साथ अफ़्रीकियों को भी श्रमिक के रूप में ले गये थे। इन काले दासों से उन्होंने चर्च बनवाये, ख़ानों और अंगूर के बाग़ानों में काम लिया और कैरेबियन द्वीपों में खेतिहर श्रम करवाया।

कैरेबिनय द्वीपों में डच उपनिवेशवादियों ने गन्ने की खेती शुरू की। इसी के बाद से इस क्षेत्र में अफ़्रीकी ग़ुलामों का माँग बढ़ गयी। तम्बाकू और चावल की खेती ने इसे और बढ़ाया। शुरू में अफ़्रीकी ग़ुलामों की सप्लाई मुख्यतः पुर्तगालियों के हाथों में थी। 1441 में ही पुर्तगाली कैप्टन अनातो गोंज़ाल्विस मॉरितानिया से लाये गये बारह अफ़्रीकी ग़ुलामों को प्रिंस हेनरी के सामने पेश करके दावा किया था कि अब पुर्तगाल किसी बाहरी एजेंसी से ख़रीदने के बजाय ख़ुद पश्चिमी अफ़्रीका से ग़ुलामों को हासिल कर सकता है। साल भर के भीतर ही पोप द्वारा पुर्तगाल को अफ़्रीकी महाद्वीप के अधिकार देने में कोई दिक़्क़त नहीं हुई, क्योंकि बाक़ी युरोप को उस समय तक ग़ुलामों के इस व्यापार में कोई दिलचस्पी नहीं थी। लेकिन धीरे-धीरे अटलांटिक के आर-

पार होने वाली इस तिजारत में दूसरे युरोपीय देशों ने भी हिस्सा बँटाना शुरू कर दिया।

ग़ुलामों की तिजारत के लिए उपनिवेशवादियों ने पूर्वी और पश्चिमी अफ़्रीकी तटों पर पहराबंद चौकियाँ बनायीं और अफ़्रीकी दलालों की मदद से सेनेगल से अंगोला तक फैली हुई तीन हज़ार मील लम्बी तटरेखा पर ग़ुलामों के क़रीब बीस मुख्य और बहुत से छोटे-छोटे बाज़ार विकसित किये। अफ़्रीकी रियासतों में होने वाले युद्धों के कारण उन्हें ग़ुलामों की कमी नहीं पड़ी। हारे हुए लोग विजेताओं द्वारा ग़ुलामों की तरह बेच दिये जाते थे। क़र्ज़दारों को ग़ुलाम बना लेना, अपहरितों और बंदियों को दासता की बेड़ियों में जकड़ देना आम बात थी। अकाल और सूखे की स्थितियाँ भी ग़ुलामों की सप्लाई आसान कर देती थीं। धीरे-धीरे ग़ुलामों की बिक्री युरोपीय किलों के भीतर भी होने लगी।

ट्रेडिंग कम्पनियाँ ग़ुलामों को अपने व्यापारिक चिह्नों से दागने के बाद पानी के जहाज़ों में अटलांटिक पार जाने के लिए चढ़ा देती थीं। ऐसी ही एक यात्रा मिडिल पैसेज के नाम से कुख्यात है जिसके ज़रिये क़रीब एक से डेढ़ करोड़ ग़ुलामों को ढोया गया। इन यात्राओं के दौरान बेहद ख़राब क़िस्म के जहाज़ों में निचले डेक के नीचे ग़ुलामों को निहायत अमानवीय स्थितियों में रखा जाता था जिसके कारण मंजिल पर पहुँचते-पहुँचते बहुतों की मृत्यु हो जाती थी। अटलांटिक ग़ुलाम व्यापार सोलहवीं से उन्नीसवीं सदी तक जारी रहा और इसकी निर्ममता ने लाखों-लाख दासों की जान ले ली। मिडिल पैसेज का अंत अमेरिका में होता था जहाँ दासों को सीधे उन व्यापारियों के पास ले जाया जाता था जो उनकी सप्लाई के लिए अग्रिम धनराशि का भुगतान कर चुके होते थे। इसके बात उनसे हफ़्ते में छह दिन दस से बारह की छोटी-छोटी टोलियों में मशक्कत करवायी जाती थी। कुछ मुट्ठी भर ग़ुलामों को कुशल मज़दूरों, दस्तकारों और घरेलू नौकरों की तरह काम करने का मौक़ा भी मिलता था। अट्ठारहवीं सदी तक आते-आते चीनी, चाय, काफ़ी, रबड़ और तम्बाकू के बाग़ानों में ग़ुलामों द्वारा किये जाने वाले श्रम की बदौलत अमेरिका के साधारण मध्यवर्गीय व्यापारी धन-कुबेरों में बदल चुके थे और अमेरिकी उपनिवेश विश्व वाणिज्य के सबसे ज़्यादा आकर्षक मक़ाम बन गये थे।

अट्ठारहवीं सदी के मध्य में ये हालात बदलने शुरू हुए। उभरते हुए पूँजीवाद को उजरती श्रम अधिक फ़ायदेमंद लगने लगा। दासों की तिजारत की अमानवीय कह कर निंदा की जाने लगी। विलियम विल्बरफ़ोर्स, लॉर्ड ग्रेनविले और चार्ल्स डि फ़ॉक्स जैसे लोगों ने ब्रिटिश हाउस ऑफ़ कामंस में दास प्रथा के विरोध का झण्डा उठाया और दास-श्रम द्वारा बनाये जाने वाले किसी भी उत्पाद के बहिष्कार की अपील की। औद्योगिक क्रांति के बाद ब्रिटिश उद्योगपतियों और निवेशकों को लग रहा था कि मुक्त श्रमिकों द्वारा ज़्यादा आसानी से सस्ते उत्पाद बना कर मुनाफ़ा खींचा जा सकता है। परिणामस्वरूप इंग्लैण्ड दास प्रथा के उन्मूलन आंदोलन का केंद्र बन गया जिसमें मानवतावादियों और व्यापारियों की समान भागीदारी थी। 25 मार्च, 1807 को ब्रिटिश संसद ने नये ग़ुलामों को ख़रीदने पर पाबंदी लगाने का क़ानून पारित किया। इस तरह जो ग़ुलाम बन चुके थे, उनकी स्थिति में कोई अंतर नहीं पड़ा। 1808 में अमेरिका में दास व्यापार प्रतिबंधित हो जाने का भी दास प्रथा पर कोई ख़ास विपरीत असर नहीं पड़ा। 1815 की वियना कांग्रेस में ब्रिटेन ने ग़ुलामों की तिजारत रोकने के लिए एक विशेष पुलिस फ़ोर्स बनाने का प्रस्ताव रखा जो पारित नहीं हो सका। इसके बाद ब्रिटिश नेवी ने अमेरिकी नेवी के सीमित समर्थन से ग़ुलामों को ग़ैरक़ानूनी रूप से ढोने वाले जहाज़ों को पकड़ना शुरू किया।

ब्रिटेन में ग्रैनविले शार्प, थॉमस क्लार्कसन और थॉमस फ़ॉवेल बक्सटन ने अपने क़ानूनी और आंदोलनकारी प्रयासों से ग़ुलामों के व्यापार की क्रूरता को स्पष्ट करने वाले प्रमाण जमा किये। दास प्रथा ख़त्म करने के लिए चली शांतिपूर्ण मुहिम आधुनिक युग का अपने क़िस्म का पहला आंदोलन था। दास प्रथा विरोधी ये सभी नेता गोरे थे। उन्होंने दास प्रथा के काले विरोधियों और पूर्व ग़ुलामों के साथ मिल कर काम किया और पूरे युरोप में इस मुहिम को फैलाने में कामयाबी हासिल की। 1834 में ब्रिटेन ने अपने सभी क्षेत्रों में दास प्रथा को ग़ैरक़ानूनी घोषित कर दिया। 1865 में संयुक्त राज्य अमेरिका ने दासों को मुक्त करने का संवैधानिक क़दम उठाया। स्पेन इस प्रथा को क्यूबा और प्यूर्टो रिको में 1873 और 1886 तक खींचता रहा। 1888 में दास प्रथा का उन्मूलन करने वाला आख़िरी देश ब्राज़ील था।

देखें : अफ़लातून, अमेरिकी क्रांति, उपनिवेशवाद।

संदर्भ

1. जे.एच. फ्रेंकलिन और ए.ए. मॉस जू. (2000), *फ्रॉम स्लैवरी टू फ्रीडम : अ हिस्ट्री ऑफ़ अफ़्रीकन अमेरिकंस,* मैकग्रा हिल, न्यूयॉर्क.
2. आई. बर्लिन (1998), *मैनी थाउज़ेंड्स गॉन : द फ़र्स्ट टू सेंचुरीज़ इन नॉर्थ अमेरिका,* बेलनैप प्रेस, केम्ब्रिज, एमए.
3. आर.डब्ल्यू. फ़ोगेल (1994), *विदआउट कंसेंट ऑर कांट्रैक्ट : द राइज़ ऐंड फ़ॉल ऑफ़ अमेरिकन स्लैवरी,* नॉर्टन, न्यूयॉर्क.
4. ई.डी. जेनोवेज़ (1976), *रोल, जॉर्डन, रोल : द वर्ल्ड द स्लेव्ज़ मेड,* रैंडम हाउस, न्यूयॉर्क.

— अभय कुमार दुबे

दिन-प्रतिदिन के अभिलेखागार
(Archives of Everyday)

इंटरनेट पर वेब 2.0 प्रौद्योगिकी का चलन हो जाने के बाद समाज-वैज्ञानिकों के बीच इस बात पर ज़बरदस्त बहस है कि यू ट्यूब, फ़्लिकर, फ़ेस बुक और ऐसी ही कई साइट्स पर उनके यूज़र्स द्वारा नित्य-प्रति बनाये-बिगाड़े जा रहे रोज़ाना की ज़िंदगी के अभिलेखागारों का क्या मतलब है। वर्चुअल जगत में हो रही इन गतिविधियों के कारण दैनंदिन जीवन की परिभाषाओं पर परिवर्तनकारी असर पड़ रहा है। लोग इन साइट्स पर अपनी तस्वीरें, वीडियो-क्लिप्स और टिप्पणियाँ पोस्ट करते हैं जिन्हें कीवर्ड्स या मेटा-टैग्स के हायपरलिंक सिस्टम के ज़रिये खोजना, अपनाना या ख़ारिज करना हर किसी के लिए मुमकिन हो गया है। मोबाइल फ़ोन से बनाये गये वीडियो, वेब-कैम के ब्लॉग्स, ध्वनि की रिकॉर्डिंग, डिजिटल फ़ोटोग्राफ़ों और होम वीडियो की मदद से रोज़मर्रा के जीवन की बातों, घटनाओं और अन्य गतिविधियों का दूर-दराज़ बैठे या अनजान लोगों से भी साझा किया जा सकता है। लोगों की अपनी निजी दिलचस्पियाँ, अभिरुचियाँ, राजनीतिक-सांस्कृतिक और धार्मिक टिप्पणियाँ या अन्य सोच-विचार भी इन अभिलेखागारीय व्यवहार के ज़रिये सार्वजनिक दायरे का अंग बन रहे हैं।

इंटरनेट को समकालीन दुनिया का सर्वाधिक अभूतपूर्व महा-अभिलेखागार माना जाता है। उसके जटिल स्थापत्य में कई तरह की पेचीदा अभिलेखागारीय प्रौद्योगिकियों का इस्तेमाल हुआ है। इन सभी तक तकनीकी रूप से अप्रशिक्षित साधारण नेट यूज़र्स की पहुँच नहीं है। लेकिन वेब 2.0 के आ जाने के बाद इस इंटरनेट यूज़र को कम से कम प्रौद्योगिकी की इतनी क़िस्में तो उपलब्ध हो ही गयी हैं कि वह किसी भी ऑन लाइन अभिलेखागार में जा कर उसके किसी हिस्से को अपनी मर्ज़ी से सम्पादित कर सकता है। इसी सुविधा का लाभ उठा कर ज्ञान के ऑन लाइन स्रोत के रूप में विकसित हुए विकीपीडिया जैसे आरकाइव में भी लोग अपनी मर्ज़ी से हस्तक्षेप करते हैं। ख़ास बात यह है कि ये प्रौद्योगिकियाँ उत्तरोत्तर परिष्कृत होती जा रही हैं और इनके प्रभाव के तहत ज्ञान और सूचनाओं के भंडारण का चरित्र केंद्रीकृत नहीं रह गया है। इन अभिलेखागारों की प्रकृति और उनका विस्तार उन्हें बनाने और रखरखाव करने वालों के हाथ से निकल कर उनका इस्तेमाल करने वालों के हाथ में पहुँच गया है।

समाज-वैज्ञानिकों का एक हिस्सा नये मीडिया की प्रौद्योगिकी पर आधारित इस क्रम-विकास को चिंता की निगाहों से देखता है। ज़िग्मंट बाउमन कहते हैं कि रोज़ाना के अभिलेखागारों का परिणाम वैयक्तिकीकरण की प्रक्रिया में निकला है। घर-बार के निजी सरोकार सार्वजनिक स्पेस और उन क्लासिकल दायरों में आ रहे हैं जिनका निजी और सार्वजनिक मुद्दों पर विचार करने के लिए इस्तेमाल होता रहा है। इसका ख़राब असर यह पड़ा है कि सार्वजनिक स्पेस और राजनीति का छुद्रीकरण होने लगा है। नागरिक (जिसका मानस सामूहिकता के प्रभाव से बनता है) सिमट कर उपभोक्ता (जो सिर्फ़ अपनी निजी ज़रूरतों और कामनाओं के बारे में सोचता है) रह गया है। बाउमन का यह विश्लेषण नेटवर्क सोसाइटी के प्रमुख सिद्धांतकार मैनुएल कैसेल्स की इस प्रस्थापना से मेल खाता है जिसमें वे सूचना-समाज को नज़दीकी बंधनों में बँधी हुई सामुदायिकता से हट कर 'मी-सेंटर्ड' नेटवर्कों की परिघटना क़रार देते हैं। एक अन्य विद्वान ऐंड्रू कीन और भी आक्रामक लहजे में कहते हैं कि वेब 2.0 प्रौद्योगिकी के कारण डिजिटल संसार में नाजानकारी, अज्ञान, अहंकार, भदेस रुचि और भीड़ की हुकूमत का मिश्रण तैयार हो गया है। इस दुनिया में 'सुचिंतित नागरिकता' अपने अंत की तरफ़ जा रही है। गली-मुहल्ले के लोगों और विशेषज्ञों के बीच का परम्परागत फ़र्क़ ख़त्म हो गया है। कीन यू ट्यूब से ख़ास तौर से नाराज़ हैं। उनका कहना है कि उसकी स्तरहीनता और बेहूदगी के सामने तो ब्लॉगिंग का घटियापन भी शर्मा जाता है। इस तरह की वेबसाइटें कीन के अनुसार 'हमारी संस्कृति को ख़त्म किये डाल रही हैं'। कोई भी माउस के एक क्लिक से किसी भी इबारत को कट-पेस्ट करके अपना बना सकता है जिसके नतीजे के तौर पर 'नैतिक अव्यवस्था' फैल रही है। रोज़ाना के अभिलेखागारों की यह आलोचना बीसवीं सदी के मध्य और आख़िरी सालों के संस्कृति-उद्योग (विशेषज्ञ, रिपोर्टर, टीवी-प्रोड्यूसर, न्यूज़ एंकर, सम्पादक, संगीत-कंपनियाँ, फ़िल्म-उद्योग, आदि) को 'नये और शौकिया वीडियोग्राफ़र बंदरों' के बोलबाले से बचाने की कोशिश लगती है।

इस आलोचना के विपरीत दूसरे क़िस्म के विद्वान रोज़ाना के अभिलेखागारों को केवल आत्म-प्रकाशन के लिए बेचैन लोगों के खेल-कूद का मैदान ही नहीं मानते। उनका कहना है कि इस ज़रिये इंटरनेट पर नये वर्चुअल समुदायों के उदय के साथ-साथ प्राइवेट-पब्लिक के मिलन और चर्चाओं का नया इलेक्ट्रॉनिक दायरा तैयार हो रहा है। इंटरनेट पर सार्वजनिक सरोकारों से प्रतिबद्ध व्यक्तियों और समूहों के सामूहिक सहयोग के बेहतरीन उदाहरण भी दिखाई देते हैं। इनमें मेडिकल सपोर्ट ग्रुप, मीडिया-एक्टिविज़म, भूमण्डलीकरण की आलोचना करने वाले समूह और न जाने कितनी ऐसी ही गतिविधियों की आसानी से शिनाख़्त की जा सकती है।

ज्ञान की राजनीति के संदर्भ में विकीपीडिया एक ऐसी ही बहुचर्चित साइट है जिसमें कोई भी यूज़र कुछ भी जोड़ सकता है और कुछ भी सम्पादित कर सकता है। इसे 'सामूहिक बुद्धि' की संज्ञा दी गयी है (ऐंड्रू कीन की मान्यता है कि इस तरह के दोनों सिरों पर खुले हुए अभिलेखागारों का मतिभ्रष्ट लोगों द्वारा कबाड़ा कर दिया जाता है, क्योंकि उनकी लगाम ज्ञान के विशेषज्ञ पहरेदारों के हाथ में नहीं होती)। दरअसल, कीन की यह आलोचना उन अनगिनत 'विकीज़ंस' के प्रयासों का अवमूल्यन लगती है जो न केवल बिना किसी स्वार्थ के सूचनाएँ और ज्ञान सार्वजनिक स्पेस के लिए मुहैया करा रहे हैं, बल्कि प्रविष्टियों में मनगढ़ंत जोड़-घटाव के ख़िलाफ़ सतर्क भी रहते हैं।

विकीपीडिया और रोज़ाना के अभिलेखागार एक ऐसी परिघटना का विधेयक आधार बनते जा रहे हैं जो पारम्परिक क़िस्म के समाजशास्त्रीय ज्ञान और विश्लेषण की सीमाओं को लाँघ कर ज्ञान की एक नयी राजनीति रचने की तरफ़ जा रही है। यूज़र्स ही इस तरह के इनसाइक्लोपीडिया को रचते हैं और उसका उपभोग करते हैं। जॉर्ज रिट्ज़र ने इसे कंज़्यूमर की जगह 'प्रोज़्यूमर' संस्कृति का नाम दिया है। रोज़ाना के अभिलेखागार राजसत्ता द्वारा ज्ञान के स्रोतों पर तैनात किये गये मजिस्ट्रेटों या संचालकों (देरिदा की भाषा में आरकंस) की निगरानी से सूचना को मुक्त करने की ज़िम्मेदारी निभा रहे हैं। बिटटोरेंट जैसी इंटरनेट का विकेंद्रीकरण कर देने वाली फ़ाइल-शेयरिंग प्रौद्योगिकी ने केंद्रीकृत नियंत्रण के हिसाब से चलने वाले परम्परागत सरकारी निज़ाम को एकदम निष्प्रभावी बना दिया है।

अर्जुन अप्पादुरै की मान्यता है कि निजी वेबसाइटों, तरह-तरह के समूहों द्वारा चलाये जा रहे सशुल्क और मुफ्त डिजिटल आरकाइवों, साइबरस्पेस में विशाल मात्रा में सूचना-सामग्री का भंडारण कर पाने के प्रावधानों, तस्वीरों-ध्वनियों-इबारतों को तेज़ रफ्तार से कहीं भी भेज पाने की प्रौद्योगिकीय सुविधाओं ने अभिलेखागार को राज्य और उसके अधिकारियों की कक्षा से बाहर निकालने की सम्भावनाएँ पैदा की हैं। दूसरे, इस नयी परिघटना ने निजी, व्यावसायिक और बौद्धिक के बीच की सीमाओं को धुँधला कर दिया है।

देखें : अभिलेखागार, आख्यान, इंटरएक्टिविटी-प्रौद्योगिकीय विमर्श, इंटरएक्टिविटी-सामाजिक विमर्श, इंटरफ़ेस, एक्टर-नेटवर्क थियरी, डिजिटल डिवायड, नया मीडिया, नेटवर्क, नेटवर्क सोसाइटी, बाज़ारू संस्कृति, भारत में संचार-क्रांति, भारतीय मीडिया-1, 2 और 3, भारतीय मीडिया स्फ़ेयर, मास मीडिया, मीडिया और सरकार, मीडिया-पक्षधरता, मीडिया-स्टडीज़, संचार, संचार-क्रांति, स्मृति और अभिलेखागार, सोशल नेटवर्क विश्लेषण, सूचना, सूचना-समाज, वैकल्पिक मीडिया।

संदर्भ

1. अर्जुन अप्पादुरै (2003), 'आरकाइव ऐंड इंस्पिरेशन', जे. ब्रौवर और ए. मुल्डर (सम्पा.), *इंफ़ॉर्मेशन इज़ एलाइव,* वी2/एनयेआई, रोटरडम.
2. ज़िग्मंट बाउमन (2000), *लिक्विड मॉडर्निटी,* पॉलिटी, केम्ब्रिज.
3. ऐंड्रू कीन (2007), *द कल्ट ऑफ़ द एमेच्यौर : हाउ टुडेज़ इंटरनेट इज़ किलिंग अवर कल्चर ऐंड एसाल्टिंग अवर इकॉनॉमी,* निकोलस ब्रियली, बोस्टन और लंदन.
4. जॉर्ज रिट्ज़र (2007), 'थियराइज़िंग वेब 2.0', *युनिवर्सिटी ऑफ़ यॉर्क्स में हुए सेमिनार में प्रस्तुत आलेख,* 6 सितंबर.

— अभय कुमार दुबे

दिल्ली
(Delhi)

दिल्ली को राष्ट्रीय राजधानी परिक्षेत्र (एनसीटी) के रूप में भी जाना जाता है। देश की राजधानी नयी दिल्ली का विशाल महानगर इस क्षेत्र का सबसे बड़ा और महत्त्वपूर्ण अंग है। अभी तक दिल्ली की राजनीति मुख्य रूप से द्वि-ध्रुवीय रही है। कांग्रेस और भाजपा शुरू से ही इस राजनीति के केंद्र में रहे हैं। दिल्ली की राजनीति इसलिए भी रोचक है क्योंकि यहाँ देश के दूसरे भागों से आये लोगों की आबादी की संख्या ज़्यादा है। बहुजन समाज पार्टी (बसपा) और आम आदमी पार्टी (आआपा) दिल्ली की राजनीति में तीसरे कोण की नुमाइंदगी करती हैं। बसपा पहले से सक्रिय है और आआपा का गठन इस राज्य के लिए एक ताज़ा घटना है। इसलिए सम्भावना है कि आने वाले समय में यहाँ की राजनीति द्वि-दलीय के बजाय बहुध्रुवीय हो जाए। दिल्ली का भौगोलिक आकार-प्रकार इतना बड़ा नहीं है कि यह मुल्क की राजनीति या लोकसभा के स्वरूप को ज़्यादा प्रभावित कर सके। पर दिल्ली की आबादी का गठन, उनके वोट डालने का रुझान, यहाँ की राजनीति का दो दलीय स्वरूप और यहाँ उठने वाले मुद्दे पूरे देश की राजनीति का पूर्वाभास देते हैं। यह भी सच है कि दिल्ली के एक छोटा प्रदेश होने के बावजूद यहाँ की राजनीति मे सक्रिय लोगों को केंद्र की राजनीति में काफ़ी महत्त्व मिलता रहता है। उल्लेखनीय है कि संविधान के 69वें संशोधन द्वारा दिल्ली को कुछ स्वायत्तता दी गयी और इसे सीमित अर्थों में राज्य का दर्जा दिया गया। यह प्रावधान किया गया कि दिल्ली की अपनी विधानसभा और मुख्यमंत्री होंगे। लेकिन दिल्ली सरकार को पुलिस और सुरक्षा व्यवस्था जैसे महत्त्वपूर्ण काम नहीं दिये गये। स्पष्टतः भारत के राज्यों में

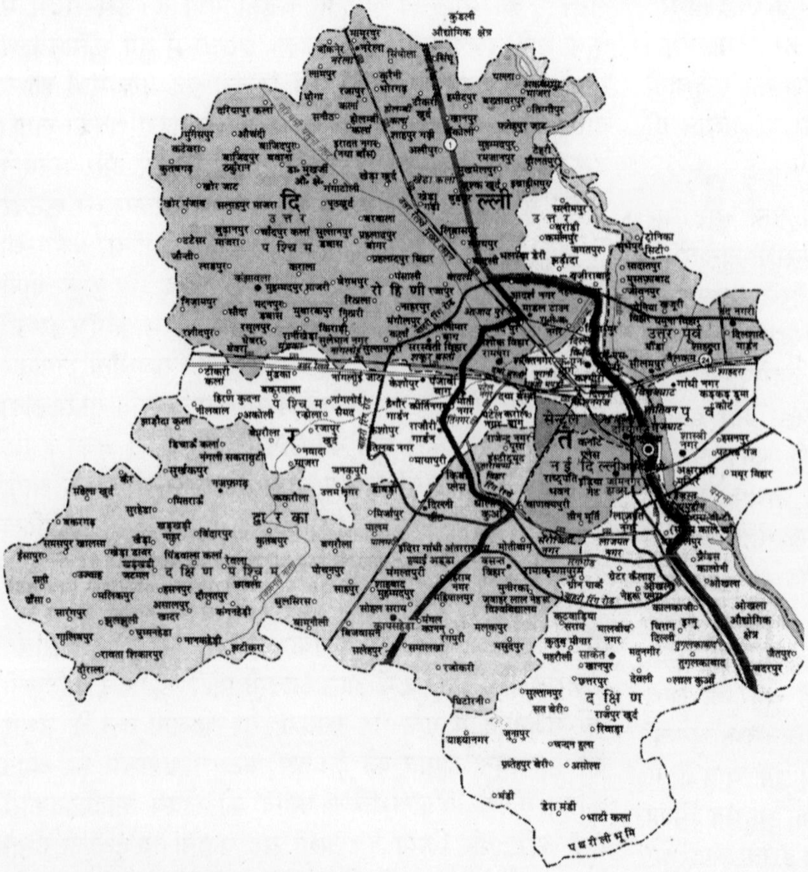

दिल्ली : विधानसभा, लेकिन पूर्ण राज्य नहीं

दिल्ली की विशिष्ट स्थिति है, क्योंकि राजनीतिक रूप से काफ़ी सक्रिय होने के बावजूद इसे बाक़ी राज्यों की तरह अधिकार नहीं मिले हैं।

दिल्ली का राज्य उत्तर, पश्चिम और दक्षिण में हरियाणा से और पूर्व में उत्तर प्रदेश से घिरा हुआ है। भौगोलिक विस्तार के आधार पर नयी दिल्ली भारत का सबसे बड़ा और जनसंख्या के लिहाज से मुम्बई के बाद भारत का दूसरा सबसे बड़ा शहर है। 1991 में संविधान के उनहत्तरवें संशोधन द्वारा एनसीटी और इसके शहरी क्षेत्रों में राष्ट्रीय राजधानी क्षेत्र (एनसीआर) का विशेष दर्जा दिया गया है। इसमें दिल्ली से लगे उत्तर प्रदेश और हरियाणा के कुछ शहरों को शामिल किया गया है। समय-समय पर इसमें नये क्षेत्रों को शामिल किया जाता रहा है। इसका मकसद दिल्ली के नजदीक बसे ऐसे क्षेत्रों का विकास करना है, जिससे दिल्ली पर जनसंख्या का बोझ ज़्यादा न बढ़े। इन संदर्भ में उल्लेखनीय है कि एनसीआर में शामिल किये गये उत्तर प्रदेश और हरियाणा के क्षेत्र राजनीतिक और प्रशासनिक रूप से अपने राज्य का ही भाग हैं। एनसीटी का कुल भौगोलिक क्षेत्र 1, 448 वर्ग किमी है और 2011 की जनगणना के अनुसार इसकी कुल जनसंख्या 12,565,901 है। दिल्ली का अपना उच्च न्यायालय है। इसके अलावा देश की राजधानी होने के कारण यहाँ सर्वोच्च न्यायालय, संसद, विभिन्न देशों के दूतावास, विभिन्न राज्यों के भवन आदि हैं। राजनीतिक रूप से दिल्ली के अंतर्गत जो क्षेत्र आते हैं, उन्हें सात लोकसभा क्षेत्रों में विभाजित किया गया है। दिल्ली का विधानमण्डल एकसदनीय है और यहाँ की विधानसभा में कुल 70 सदस्य चुने जाते हैं।

दिल्ली का इतिहास काफ़ी पुराना है। पांडवों से लेकर मुगलों के आने तक कई दिल्लियाँ बनती और उजड़ती रही हैं। मुगल शासन के दौर में भी यह राजधानी थी और राजनीति का केंद्र थी। अंग्रेजों ने शुरू में कलकत्ता को अपनी राजधानी बनाया था, लेकिन 1911 में उन्होंने भी दिल्ली को ही राजधानी घोषित किया। 1945-47 के दौर में बहुत सारे लोग पाकिस्तान से उजड़ कर दिल्ली आये। इससे शहर का चरित्र, संस्कृति और आबादी में काफ़ी बदलाव हुआ। 1941-1951 के बीच दिल्ली की आबादी तकरीबन दोगुनी हो गयी। 1990 तक दिल्ली में मुख्यत: दो समूहों का ही वर्चस्व था—पंजाबी और पुरानी दिल्ली के ब्राह्मण और बनिया। इसमें स्थानीय गाँवों के लोग ख़ासकर जात तीसरा कोण बनाने की कोशिश करते थे जिसमें कई मर्तबा उन्हें सफलता भी मिली। यहाँ के स्थानीय समाज में गूजरों की आबादी काफ़ी है, लेकिन संगठित न होने के कारण वे यहाँ राजनीति में कोई ख़ास दबदबा नहीं दिखा पाये। दिल्ली में दलितों और मुसलमानों की आबादी में ख़ासी है, लेकिन नब्बे के दशक के पहले ये दोनों ही समूह कांग्रेस समर्थक माने जाते थे। नब्बे के बाद दिल्ली की जनसंख्या में प्रवासियों के अनुपात में ख़ासी बढ़ोतरी हुई। आज दिल्ली की जनसंख्या में 40 फ़ीसदी से ज़्यादा लोग प्रवासी हैं। दूसरे शब्दों में उत्तर प्रदेश, बिहार और उत्तराखण्ड के लोग दिल्ली के चुनावों में प्रभाव डालने की स्थिति में आ गये हैं।

गौरतलब है कि आजादी के बाद के कुछ समय तक दिल्ली के पास अपनी विधानसभा और मुख्यमंत्री होते थे। इस दौर में चौधरी ब्रह्म प्रकाश (1952-1955) और जी. एन. सिंह (1955-56) राज्य के मुख्यमंत्री बने। लेकिन 1956 में

इस व्यवस्था को ख़त्म करके दिल्ली को एक केंद्रशासित प्रदेश के रूप में उप-राज्यपाल के अधीन कर दिया गया। इसका एक सबसे बड़ा यह मानना था कि देश की राजधानी होने के कारण इसे सीधे तौर पर केंद्र सरकार के अधीन ही रखा जाना चाहिए।

राज्य का दर्जा मिलने के यहाँ अभी तक चार बार विधानसभा चुनाव हुए हैं। 1993 में हुए लोकसभा चुनावों में भारतीय जनता पार्टी को पूर्ण बहुमत मिला और इसे कुल 49 सीटों पर जीत मिली। इसके नेता मदनलाल खुराना राज्य के मुख्यमंत्री बने। लेकिन 1996 में भ्रष्टाचार का आरोप लगने के कारण मदनलाल खुराना को इस्तीफ़ा देना पड़ा और इनकी जगह साहिब सिंह वर्मा राज्य के मुख्यमंत्री बने। लेकिन 1998 के विधानसभा चुनावों के ठीक पहले भाजपा ने वर्मा को हटाकर सुषमा स्वराज को राज्य का मुख्यमंत्री बनाया। ऐसा करने के पीछे एक महत्त्वपूर्ण कारण यह था कि राज्य में महँगाई में बेतहाशा वृद्धि होने के कारण भाजपा सरकार काफ़ी अलोकप्रिय हो गयी थी। सुषमा स्वराज को मुख्यमंत्री बनाकर भाजपा ने अगले चुनावों में एक नये चेहरे के साथ जाना चाहती थी। लेकिन 1998 के दिल्ली विधानसभा चुनावों में भाजपा को हार का सामना करना पड़ा। इन चुनावों में कांग्रेस 52 सीटों पर जीत के साथ कांग्रेस को बहुमत मिला और शीला दीक्षित राज्य की मुख्यमंत्री बनी। इसके बाद हुए दो विधानसभा चुनावों (अर्थात् 2003 और 2008) में भी शीला दीक्षित के नेतृत्व में कांग्रेस पार्टी को जीत मिली। 2003 में इसे 43 सीटों पर जीत मिली और 2008 में 41 सीटों पर जीत मिली। 1998 अब तक (2013 में होने वाले के चुनावों के पहले तक) शीला दीक्षित ही राज्य की मुख्यमंत्री हैं।

कांग्रेस की इन लगातार जीतों के पीछे कुछ कारणों को रेखांकित किया जा सकता है : पहला, इस बात से इनकार नहीं किया जा सकता है कि दिल्ली में लोगों के सामान्य जीवन से जुड़ी जरूरतों को पूरा करने में कांग्रेस सरकार का प्रदर्शन तुलनात्मक रूप से अच्छा रहा है। इसमें बहुत सारी चीजें इसलिए भी हुईं क्योंकि दिल्ली देश की राजधानी है, लेकिन चूँकि कांग्रेस सरकार में थी, इसलिए उसे इसका फ़ायदा मिला। दूसरा, दिल्ली की राजनीति के द्वि-ध्रुवीय होने का फ़ायदा भी कांग्रेस को मिला। बहुत सारे समूह जो भाजपा और कांग्रेस- दोनों को पसंद नहीं करते हैं, उनके लिए कांग्रेस एक छोटी बुराई के रूप में सामने आती है। मसलन, कोई तीसरा विकल्प न होने की स्थिति में दिल्ली का मुसलमान मतदाता कांग्रेस को ही वरीयता देता है, क्योंकि भाजपा के प्रति उसका संदेह बहुत गहरा है। तीसरा, भाजपा ने इन वर्षों में कभी भी आंदोलनकारी राजनीति अपना कर कांग्रेस को घेरने की कोशिश नहीं की। इसका फ़ायदा भी कांग्रेस को मिला।

दूसरी तरफ़ यह भी सच है कि 2008 के बाद कांग्रेस सरकार की मुश्किलें लगातार बढ़ती गयी हैं। इस संदर्भ में कुछ बातें उल्लेखनीय हैं : पहला, 2010 में हुए कॉमनवेल्थ खेलों के दौरान हुए घोटालों में दिल्ली की मुख्यमंत्री शीला दीक्षित का नाम आने से उनकी छवि को गहरा धक्का लगा। दूसरा, दिल्ली में बिजली की दरों के लगातार और मनमाने तरीक़े से होने वाली बढ़ोतरी न भी कांग्रेस सरकार को कटघरे में खड़ा किया है। तीसरा, यद्यपि दिल्ली की पुलिस-व्यवस्था राज्य सरकार के पास नहीं है। फिर भी, केंद्र और राज्य दोनों ही जगहों पर कांग्रेस की सरकार होने के कारण कांग्रेस इसकी जिम्मेदारी से पल्ला नहीं झाड़ सकती है। राजधानी लगातार बढ़ते अपराधों के कारण लोगों में सरकार के प्रति गुस्सा बढ़ा है। चौथा, ऊपर इस बात का उल्लेख किया जा चुका है कि राज्य की राजनीति में प्रवासी, ख़ासतौर पर पूर्वांचल के लोगों का महत्त्व काफ़ी बढ़ा है। ऐसे में, कई बार ख़ुद शीला दीक्षित के द्वारा इन क्षेत्रों से आये लोगों के ख़िलाफ़ नकारात्मक टिप्पणी ने भी उनकी छवि प्रवासी विरोधी की बना दी है। पाँचवा, ख़ास बात यह है कि नवम्बर, 2012 में अरविंद केजरीवाल के नेतृत्व में आम आदमी पार्टी के गठन ने दिल्ली की राजनीति में एक गैर-कांग्रेस, गैर-भाजपा दल के उभार की सम्भावना जाग्रत की है। इस पार्टी ने भ्रष्टाचार पर ध्यान केंद्रित करके बिजली बिलों आदि को लेकर आंदोलनकारी रुख अख़्तियार किया है। अभी यह कहना जल्दबाजी होगी कि चुनावों में इस पार्टी को कितनी सफलता मिलेगी या इसके चुनावी प्रदर्शन से कांग्रेस या भाजपा में से किसे ज़्यादा नुक़सान होगा।

देखें : अरुणाचल प्रदेश, असम, आंध्र प्रदेश, उत्तर प्रदेश, उत्तराखण्ड, ओडीशा, कर्नाटक, केरल, गोवा, छत्तीसगढ़, जम्मू और कश्मीर, झाड़खण्ड, तमिलनाडु, त्रिपुरा, दिल्ली, नगालैण्ड, पंजाब, पश्चिम बंग, बिहार, मणिपुर, महाराष्ट्र, मध्य प्रदेश, मिज़ोरम, मेघालय, राजस्थान, सिक्किम, हरियाणा।

संदर्भ

1. अरविंद मोहन (2009). 'दिल्ली : क़द से बड़ी राजनीति', अरविंद मोहन (सम्पा.), *लोकतंत्र का नया लोक : चुनावी राजनीति में राज्यों का उभार*,वाणी प्रकाशन-लोकनीति-सीएसडीएस, नयी दिल्ली.
2. संजय कुमार (2004), 'अ टेल ऑफ़ थ्री सिटीज़', सेमिनार 534, नयी दिल्ली.
3. संजय कुमार (2009). 'चेंजिंग फ़ेस ऑफ़ दिल्लीज पॉलिटिक्स', क्रिस्टॉफे जैफ्रेलॉ और संजय कुमार (सम्पा.), *राइज़ ऑफ़ प्लेबियंस*, रॉटलेज, नयी दिल्ली.

— कमल नयन चौबे

द्वितीय विश्व-युद्ध

(Second World War)

द्वितीय विश्व-युद्ध (1939-1945) बीसवीं सदी की एक ऐसी घटना थी जिसके परिणास्वरूप युरोपीय उपनिवेशवाद का अंत हो गया और वि-उपनिवेशीकरण की प्रक्रिया निर्णायक चरण में पहुँच गयी। द्वितीय विश्व-युद्ध के कारण ही विश्व की राजनीति पर अगले पैंतालीस साल के लिए दो महाशक्तियों का प्रभुत्व छा गया। संयुक्त राज्य अमेरिका और सोवियत संघ के बीच हुई होड़ से शीत-युद्ध का जन्म हुआ। भविष्य में इस प्रकार के ख़ूनी युद्धों से बचने के लिए संयुक्त राष्ट्र संघ की स्थापना की गयी। द्वितीय विश्व-युद्ध के फ़ौरी परिणामों से प्रभावित घटनाक्रम में चीन की कम्युनिस्ट क्रांति और गुटनिरपेक्ष आंदोलन के उभार को भी शुमार किया जा सकता है। विचारधारात्मक रूप से द्वितीय विश्व-युद्ध के परिणामों ने फ़ासीवादी विचारधारा को हाशिए पर धकेल दिया। 1945 के बाद राष्ट्रीय विकास के मॉडल के रूप में एक तरह का ध्रुवीकरण देखा गया। एक तरफ़ उदारतावादी लोकतंत्र और बाज़ारोन्मुख अर्थव्यवस्था का मॉडल रहा, और दूसरी तरफ़ ग़रीब और अविकसित देशों में विकास का सोवियत मॉडल कहीं पूरी तरह तो कहीं आंशिक रूप से अपनाया जाने लगा। फ़ासीवाद की पराजय में सोवियत संघ की उल्लेखनीय फ़ौजी भूमिका के कारण युद्ध के बाद सारी दुनिया में समाजवादी विचार और राजनीति को नये सिरे से वैधता प्राप्त हुई।

क़रीब छह करोड़ लोगों को मौत के घाट उतार देने वाला मानव इतिहास का यह सबसे ख़ौफ़नाक युद्ध दो फ़ौजी गठजोड़ों के बीच लड़ा गया था। एक तरफ़ मित्र राष्ट्र (ब्रिटेन, फ्रांस, संयुक्त राज्य अमेरिका, सोवियत संघ, पोलैण्ड, कनाडा, ऑस्ट्रेलिया, न्यूज़ीलैण्ड, दक्षिण अफ़्रीका, बेल्जियम, नीदरलैंड्स, यूनान, युगोस्लाविया और नार्वे) थे, और दूसरी तरफ़ धुरी राष्ट्र (जर्मनी, जापान, इटली, हंगरी, रोमानिया, फ़िनलैण्ड, थाईलैण्ड, बल्गारिया, क्रोशिया और स्लोवाकिया) थे। युद्ध की शुरुआत 1 सितम्बर, 1939 को हुई जब नाज़ी जर्मनी ने पोलैण्ड पर हमला किया। इसी के फ़ौरन बाद फ्रांस और ब्रिटिश साम्राज्य से जुड़े सभी देशों ने जर्मनी के ख़िलाफ़ युद्ध का एलान कर दिया। बाद में जर्मनों द्वारा सोवियत संघ पर किये गये हमले और जापानियों द्वारा प्रशांत महासागर में पर्ल हारबर पर तैनात अमेरिकी बेड़े पर बमबारी किये जाने पर अमेरिका और सोवियत संघ भी युद्ध में कूद पड़े। इस युद्ध में ग़ैर-फ़ौजी आबादी को बड़े पैमाने पर निशाना बनाया गया, होलोकास्ट के रूप में यहूदियों के जातिसंहार की भीषण परिघटना सामने आयी और आणुविक अस्त्रों का पहली (अभी तक अंतिम) बार इस्तेमाल किया गया। युद्ध का अंत 14 अगस्त, 1945 को धुरी राष्ट्रों की पराजय के साथ हुआ। इसी के अट्ठारह दिन बाद दो सितम्बर को अंतिम धुरी राष्ट्र जापान ने अमेरिकी एटम बमों की मार से कराहते हुए हथियार डाल दिये।

द्वितीय विश्व-युद्ध का प्रचलित इतिहास प्रमुख मित्र राष्ट्रों सोवियत संघ, अमेरिका और ब्रिटेन के बीच बनी सहमति और साझा हितों के आख्यान पर ज़्यादा ज़ोर देता है। पर असलियत यह थी कि इन ताक़तों के बीच शुरू से ही गहरे मतभेद थे जो युद्ध ख़त्म होते ही उभर कर सामने आ गये। दिलचस्प तथ्य यह है कि उन्नीसवीं सदी के दौरान अमेरिका और रूस ने अपने औपनिवेशिक साम्राज्य का काफ़ी विस्तार कर लिया था, पर बीसवीं सदी में ये दोनों ताक़तें बदले हुए रूप में उपनिवेशवाद विरोधी विचारधारा से लैस हो कर सामने आयी। इसका प्रभाव युरोपीय उपनिवेशवाद पर पड़ा। अमेरिकी नेतृत्व आत्मनिर्णय के सिद्धांत का प्रतिपादन प्रथम विश्व-युद्ध के बाद कर चुका था। सोवियत संघ ने भी इसका समर्थन किया। युरोप में फ़ासीवाद विरोधी राष्ट्रवाद के उभार और एशिया-अफ़्रीका में राष्ट्रीय मुक्ति आंदोलनों की दावेदारियों ने युद्ध के बाद विश्व की राजनीति को पूरी तरह से बदल डाला।

प्रथम विश्व-युद्ध की तरह द्वितीय विश्व-युद्ध में भी उपनिवेशों के संसाधनों और फ़ौजों की गोलबंदी निर्णायक साबित हुई। धुरी राष्ट्रों का प्रमुख सदस्य जर्मनी पहली बड़ी लड़ाई के परिणामस्वरूप पूर्वी और दक्षिण-पश्चिमी अफ़्रीका में अपने उपनिवेश खो चुका था। दूसरी बड़ी लड़ाई छेड़ कर वह अपने लिए 'लिविंग स्पेस' हासिल करना चाहता था। उधर जापान अपने सतत औद्योगिक विकास के लिए पूर्वी और दक्षिण-पूर्वी एशिया के संसाधनों पर निर्भर था। जर्मनी और जापान की ये मत्त्वाकांक्षाएँ युरोपीय उपनिवेशवाद के साथ सीधे टकराव में खड़ी थीं।

मई, 1940 में नाज़ी जर्मनी की फ़ौजों ने एक ही हल्ले में हालैण्ड और बेल्जियम पर क़ब्ज़ा किया और फिर जल्दी ही फ्रांस ने उसकी ताक़त के सामने घुटने टेक दिये। ब्रिटेन समुद्र से घिरा द्वीप होने के कारण जून से लेकर सितम्बर तक किसी न किसी प्रकार जर्मनों का प्रतिरोध करने में कामयाब रहा। इस दौरान उसे अपने विशाल औपनिवेशिक साम्राज्य के संसाधनों को अपने पक्ष में लामबंद करने का वह मौक़ा मिला जो अन्य युरोपीय औपनिवेशिक ताक़तों को अचानक पराजय के कारण नहीं मिल पाया था। जर्मन वायु सेना लुतवाफ़े इस ब्रिटिश रणनीति को कामयाब होने से नहीं रोक सकी।

एशिया में जब जापान ने ब्रिटिश मलय क्षेत्र और फिर सिंगापुर को हस्तगत किया तो ब्रिटिश भारत पर उसके हमले के अंदेशे मँडराने लगे। इससे स्पष्ट हो गया कि इस क्षेत्र में

युरोपीय ताक़तें बहुत मज़बूत स्थिति में नहीं हैं। ब्रिटेन के लिए लाज़मी हो गया कि वह अपनी रक्षा के लिए भारतीय सेना की मदद ले, पर इसके लिए उसे भारतीय स्वतंत्रता आंदोलन के नेताओं के साथ सौदेबाज़ी की राजनीति में उतरना पड़ा। दूसरी तरफ़ दक्षिण-पूर्व एशिया के संसाधनों के हाथ से निकल जाने के कारण अंग्रेज़ों ने अपने पश्चिम अफ़्रीकी उपनिवेशों से रबड़ और खाद्यान्न का अधिक दोहन करना शुरू कर दिया। नतीजतन अफ़्रीका में भी राष्ट्रवादी भावनाओं को नया उछाल मिला।

अमेरिका शुरू में युरोपीय उपनिवेशवादियों के युद्ध में हाथ डालने के लिए तैयार नहीं था। वह अलग-थलग रहने की 'आइसोलेशनिस्ट' नीति पर चल रहा था। हालाँकि उसके अपने इतिहास पर उपनिवेशवाद के दाग़ लगे हुए थे, लेकिन स्वतंत्रता के घोषणापत्र (1776), मुनरो डॉक्ट्रिन (1823) और फिर वुड्रो विल्सन के चौदह सूत्रों (1918) के कारण बीसवीं सदी के इस दौर में अमेरिकी राजनीति में उपनिवेशवाद विरोधी रुझान अहमियत हासिल कर चुके थे। 1941 में जापान द्वारा अपनी साम्राज्यिक महत्त्वाकांक्षाओं से प्रेरित पर्ल हार्बर पर हमला करने और अमेरिकी उपनिवेश फिलीपीन पर भी क़ब्ज़ा कर लेने के बाद अमेरिका को अपनी यह नीति त्यागनी पड़ी। ब्रिटेन को अमेरिकी मदद की ज़रूरत थी, और अमेरिका को लग रहा था कि ब्रिटेन द्वारा औपनिवेशिक संसाधनों की गोलबंदी के बिना यह युद्ध नहीं जीता जा सकता। युद्ध के बाद और शीत-युद्ध के दौरान सोवियत संघ से होड़ के ख़ातिर अमेरिका को औपनिवेशिक प्रणाली की अपनी आलोचना को नरम करना पड़ा।

द्वितीय विश्व-युद्ध ने सारी दुनिया में तरह-तरह की सामाजिक और राजनीतिक अपेक्षाओं को जन्म दिया जिनकी अभिव्यक्तियाँ युद्ध के दौरान और युद्ध के बाद देखने में आयीं। एरिक हॉब्सबॉम मानते हैं कि विंस्टन चर्चिल की चुनाव में युद्धोपरांत पराजय भी परिवर्तन की इन्हीं आकांक्षाओं का नतीजा थी। युद्ध के दौरान ही एशियायी राष्ट्रवादियों को जर्मनी और जापान के हाथों युरोपीय ताक़तों की पराजय देख कर विश्वास हो गया कि वे इस परिस्थिति का लाभ अपने पक्ष में उठा सकते हैं। भारत में सुभाष चंद्र बोस द्वारा जापानियों की मदद से आज़ाद हिंद फ़ौज का गठन, गाँधी द्वारा अंग्रेज़ों के ख़िलाफ़ भारत छोड़ो आंदोलन की शुरुआत, इंडो-चीन में हो ची मिन्ह द्वारा 1941 में वियतमिन्ह की स्थापना इसके सबूत के तौर पर देखी जा सकती है। एशियायी राष्ट्रवादी और उपनिवेशवाद विरोधी ताक़तों का विचार था कि अंग्रेज़ों की जगह जापानी क़ब्ज़ा उन्हें अपेक्षाकृत छूट दे सकता है। जापानी युद्ध प्रयास ज़्यादातर शहरों में केंद्रित थे, इसलिए राष्ट्रवादियों को लगा कि उनके आंदोलन गाँवों में अपना आधार अधिक सहजता के साथ विकसित कर सकते हैं।

युद्ध के बाद अमेरिका ने एक तरफ़ तो ध्वस्त पड़े युरोप के पुनर्निर्माण के लिए मार्शल प्लान जैसे कार्यक्रम चलाये, और दूसरी तरफ़ वि-उपनिवेशीकरण की रफ़्तार थामने के लिए संयुक्त राष्ट्र के तहत ट्रस्टीशिप प्रणाली की तजवीज़ के साथ सामने आया। दरअसल, पूँजीवादी देशों में सिर्फ़ अमेरिका ही ऐसा था जिसने युद्ध के दौरान सबसे कम नुक़सान उठाया था। अपनी फ़ौजी और औद्योगिक ताक़त के दम पर वह पश्चिमी युरोप के रक्षक की हैसियत प्राप्त करने में कामयाब रहा। विश्व-अर्थव्यवस्था का प्रबंधन करने के मक़सद से आयोजित किये गये ब्रेटन वुड्स सम्मेलन में अमेरिका ने कई ब्रिटिश प्रस्तावों को नकार कर दिखा दिया कि ब्रिटिश साम्राज्यवाद का सूरज वास्तव में ढल गया है। सोवियत संघ ने हर जगह अमेरिकी प्रभुत्व को प्रतिस्थापित करने के लिए रियायती आर्थिक और प्रौद्योगिकीय मदद देने में तत्परता दिखाई। अमेरिकी प्रभुत्व को शुरुआती चुनौती देने में मिली उसकी सफलताओं का सिलसिला सत्तर के दशक में टूटा जब माओ त्से-तुंग और निक्सन की जुगलबंदी के कारण चीन समाजवादी ख़ेमे से टूट कर अलग हो गया।

देखें : आदर्शवाद, आतंकवाद, अंतर्राष्ट्रीय मुद्रा कोष, इमैनुएल कांट, इतिहास का अंत, एडवर्ड हैलेट कार, जाति-संहार, तृतीय विश्व, नस्लवाद, नव-उपनिवेशवाद, निर्भरता सिद्धांत, निरस्त्रीकरण, पेटेंट, प्रथम विश्व-युद्ध, प्रगति, बौद्धिक सम्पदा अधिकार, ब्रेटन वुड्स प्रणाली, भारत में पेटेंट क़ानून, रंगभेद, उपनिवेशवाद, यथार्थवाद, युद्ध, युरोपीय यूनियन, रचनात्मकतावाद, राजनय, विश्व व्यापार संगठन, विश्व बैंक, विश्व-सरकार, वि-उपनिवेशीकरण, सभ्यताओं का संघर्ष, सम्प्रभुता, संयुक्त राष्ट्र, साम्राज्यवाद, शक्ति-संतुलन, शांति, शांतिवाद, शस्त्र-नियंत्रण, हथियारों की होड़।

संदर्भ

1. नॉर्मन डेवीस (2004), *युरोप एट वार 1939-1945 : नो सिम्पल विक्ट्री*, मैकमिलन, लंदन.
2. मार्क हैरिसन (2000), *द इकॉनॉमिक्स ऑफ़ वर्ल्ड वार सेकण्ड : सिक्स ग्रेट पावर्स इन इंटरनेशनल कम्पटीशन*, केम्ब्रिज युनिवर्सिटी प्रेस, केम्ब्रिज.
3. एंथनी पी. ऐडमथ्वाइट (1992), *द मेकिंग ऑफ़ द सेकण्ड वर्ल्ड वार*, रॉटलेज, न्यूयॉर्क.
4. एल. जेरहार्ड वाइनबर्ग (1995), *अ वर्ल्ड एट आर्म्स : अ ग्लोबल हिस्ट्री ऑफ़ वर्ल्ड वार सेकण्ड*, केम्ब्रिज युनिवर्सिटी प्रेस, केम्ब्रिज.

— अभय कुमार दुबे

दुर्गाबाई देशमुख

(Durgabai Deshmukh)

आंध्र महिला सभा की संस्थापक, स्वतंत्रता सेनानी और संविधान सभा की सक्रिय सदस्य दुर्गाबाई देशमुख (1909-1981) का संघर्षपूर्ण जीवन स्त्री-कल्याण के लिए समर्पित था। दुर्गाबाई उन स्त्रियों में से थीं जिनकी पृष्ठभूमि धनी-मानी राजनीतिकृत परिवारों की नहीं थी। स्वतंत्रता आंदोलन में अधिकतर कांग्रेस नेताओं और समाज के धनी-कुलीन प्रभावशाली परिवार की स्त्रियाँ ही हिस्सा लेती थीं। मध्यम या सामान्य वर्ग की स्त्रियाँ हिस्सा लेने के बावजूद भी प्रमुख भूमिका निभाने में असमर्थ रह जाती थीं। दुर्गाबाई इस नियम की अपवाद साबित हुईं। 1946 में दुर्गाबाई संविधान सभा की सदस्य चुनी गयीं। वे सभा की एक भी बैठक में अनुपस्थित नहीं हुईं। संविधान सभा में दुर्गाबाई ने 750 संशोधन पेश किये। डॉ. आम्बेडकर उन्हें अत्यधिक विचारशील स्त्री के लक़ब से पुकारते थे। हिंदू कोड बिल के निर्माण में भी दुर्गाबाई ने उल्लेखनीय योगदान दिया।

अपनी राष्ट्रव्यापी मुहिम के दौरान 1921 में गाँधी ने मद्रास प्रेसीडेंसी के गोदावरी जिले का दौरा किया। वहाँ दुव्वुरि सुब्बामम वे स्वतंत्रता आंदोलन के लिए स्थानीय स्त्रियों को साथ लेकर देवसेविका समूह बनाने का संकल्प लिया। इसके बाद गाँधी पास के शहर काकीनाडा जाने वाले थे। काकीनाडा की एक दृढ़संकल्पी लड़की दुर्गाबाई ने स्थानीय देवदासियों को गाँधी के शहर में आने के बारे में बताया। बाद में दुर्गाबाई ने कांग्रेस के स्थानीय नेताओं से पूछा क्या गाँधी की इन देवदासियों अलग से एक मुलाक़ात हो सकती है। कांग्रेस नेताओं ने मुलाक़ात को टालने के लिए कहा कि यदि गाँधी के अभियान के लिए दुर्गाबाई 5,000 रुपये का चंदा दे सकें तो गाँधी की देवदासियों से दस मिनट की संक्षिप्त मुलाक़ात सम्भव है। देवदासियों ने 5,000 रुपये की यह राशि इकट्ठा की और अगले दिन सुबह स्थानीय स्कूल के अहाते में गाँधी ने एक हज़ार स्त्रियों से एक घंटे तक बातें की जिसमें दुभाषिये का काम दुर्गाबाई ने किया। अपनी इस मुलाक़ात की समाप्ति पर देवदासियों ने अपने गहने भी उतार कर गाँधी को दे दिये। देवदासियों के इन गहनों का मूल्य उन दिनों करीब 20,000 रुपये था। दुर्गाबाई की संगठन-शैली, अनुवाद क्षमता और उद्बोधन से गाँधी इतने प्रभावित हुए कि पूरे क्षेत्र में अपने भाषणों के अनुवाद का काम उन्होंने दुर्गाबाई को ही सौंप दिया।

दुर्गाबाई का जन्म आंध्र प्रदेश के पूर्वी गोदावरी जिले के एक मध्यम वर्गीय परिवार में 15 जुलाई, 1909 को हुआ था। मात्र आठ वर्ष की आयु में उनका विवाह स्थानीय

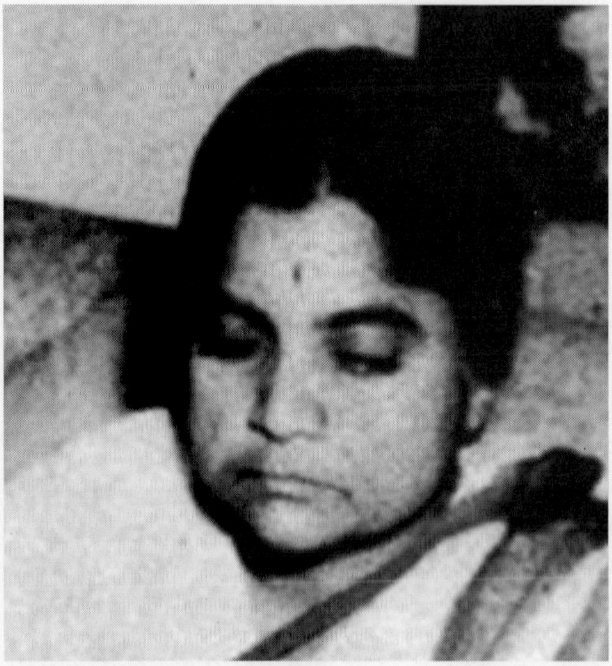

दुर्गाबाई देशमुख (1909-1981)

ज़मींदार के दत्तक पुत्र से कर दिया गया। चार साल बाद जब दुर्गाबाई ने अपने वैवाहिक जीवन की वास्तविक शुरुआत हुई तो उन्होंने इस संबंध में न रहने का निर्णय लिया। 12 वर्ष की अवस्था में ही दुर्गाबाई ने दक्षिण भारतीय हिंदी प्रचारिणी सभा की काकीनाडा शाखा में स्वयं हिंदी सीखने के दौरान ही अन्य लोगों को पढ़ाना शुरू कर दिया। इसके बाद उन्होंने अपने माता-पिता को अपने घर का एक भाग हिंदी स्कूल चलाने के लिए दान देने को तैयार किया। शहर में एक शराबी द्वारा अपनी पत्नी की पिटायी के विरोध में दुर्गाबाई ने ऐसे पतियों के ख़िलाफ़ एक जुलूस निकाला और ऐसे पुरुषों के सामाजिक बहिष्कार की माँग उठायी। गाँधी की देवदासियों से मुलाक़ात कराने के बाद दुर्गाबाई ने कांग्रेस सेविका के रूप में स्वतंत्रता आंदोलन में बढ़-चढ़ कर हिस्सा लिया। 1923 के काकीनाडा कांग्रेस अधिवेशन में दुर्गाबाई और उनके हिंदी पाठशाला के विद्यार्थियों ने स्वयं सेवकों के रूप में बेहद अहम भूमिका निभायी। इसी अधिवेशन के साथ आयोजित खादी प्रदर्शनी में दुर्गाबाई ने जवाहरलाल नेहरू को बिना टिकट प्रवेश करने से रोक दिया जिसके परिणामस्वरूप दुर्गाबाई को डाँट तो खानी पड़ी, लेकिन नेहरू उनकी कर्त्तव्य परायणता के कायल हो गये।

पिता की मृत्यु के बाद दुर्गाबाई का परिवार मद्रास चला आया। वहाँ नमक सत्याग्रह में भाग लेने के दौरान उन्हें गिरफ़्तार करके वेल्लोर जेल भेज दिया गया। अपनी तीन साल की ज़ेल यात्राओं में दुर्गाबाई ने अन्य स्त्रियों की दुर्दशा और उनकी अज्ञानता को बेहद पास से देखा-समझा। एक साल के मदुरै ज़ेल प्रवास के दौरान दुर्गाबाई को मृत्यु दण्ड की प्रतीक्षा कर रहे क़ैदियों के बगल में रखा गया था। यहाँ से रिहा होते-होते दुर्गाबाई बेहद अस्वस्थ हो गयीं। दुर्गाबाई गाँधी और

कस्तूरबा के साथ उनके आश्रम में कई बार रह चुकी थी लेकिन अब उन्होंने सक्रिय आंदोलन के स्थान पर अध्ययन करने का निर्णय लिया। मदन मोहन मालवीय की सलाह पर बनारस हिंदी विश्वविद्यालय से मैट्रिक की परीक्षा में सम्मिलित होने के लिए एक द्रुतगामी पाठ्यक्रम में नाम लिखाया। केवल नौ महीनों में दुर्गाबाई ने अपनी परीक्षा विशेष योग्यता के साथ उत्तीर्ण की। दुर्गाबाई ने बनारस हिंदू विश्वविद्यालय से राजनीतिशास्त्र में स्नातक की पढ़ाई करना चाहती थीं लेकिन मालवीय इसके पक्ष में नहीं थे। उनके अनुसार राजनीति शास्त्र की पढ़ाई लड़कियों के लिए उपयुक्त नहीं थी। दुर्गाबाई ने आंध्र विश्वविद्यालय से 1939 में राजनीति शास्त्र में बीए ऑनर्स किया जो उस समय एमए के समतुल्य था। वे उच्च अध्ययन के लिए लंदन स्कूल ऑफ़ इकॉनॉमिक्स जाना चाहती थीं लेकिन द्वितीय विश्व-युद्ध के कारण यह सम्भव नहीं हुआ और उन्होंने मद्रास विश्वविद्यालय में क़ानून की पढ़ाई शुरू कर दी।

क़ानून की पढ़ाई के पहले साल में ही दुर्गाबाई ने आंध्र स्त्री सभा के नाम से एक संस्था स्थापित की। दुर्गाबाई ने स्वयं एक संक्षिप्त पाठ्यक्रम से अपनी पढ़ाई की थी इसलिए उन्होंने अन्य वयस्क स्त्रियों को मैट्रिक की परीक्षा की तैयारी के लिए तीन साल का द्रुतगामी पाठ्यक्रम बनाया जिसके माध्यम से हजारों स्त्रियों को स्कूल तक की पढ़ाई की सुविधा प्राप्त हुई। इसी प्रकार उन्होंने सहायक परिचारिकाओं और दाइयों के प्रशिक्षण का भी एक पाठ्यक्रम चलाया और नर्सरी स्कूल तथा कामकाजी स्त्रियों के बच्चों की देखभाल केंद्र जैसी सुविधाएँ भी उपलब्ध करायीं। आंध्र स्त्री सभा ने औपचारिक व अनौचारिक शिक्षा द्वारा शहरी एवं ग्रामीण क्षेत्रों में स्त्री साक्षरता के लिए भारी योगदान दिया। भारत में परिवार कल्याण के क्षेत्र में भी आंध्र स्त्री सभा द्वारा प्रशिक्षित सहायक परिचारिकाओं ने बड़ी भूमिका निभायी थी। 1942 में दुर्गाबाई को वकील की उपाधि मिली। इसके बाद उन्होंने फ़ौजदारी की वकालत की जो उस समय के हिसाब से स्त्रियों के लिए बिल्कुल अनुपयुक्त समझी जाती थी।

1952 के आम चुनाव में दुर्गाबाई ने राजमुंदरी लोकसभा क्षेत्र से कांग्रेस प्रत्याशी के रूप में चुनाव लड़ा लेकिन वे हार गयीं। इसके बाद प्रधानमंत्री जवाहरलाल नेहरू ने उन्हें योजना आयोग के सदस्य के रूप में मनोनीत किया। आयोग में दुर्गाबाई को समाज कल्याण से संबंधित विषयों पर ध्यान केंद्रित करने के लिए कहा गया। अपने कार्यकाल के दौरान दुर्गाबाई का तत्कालीन वित्त मंत्री सी.डी. देशमुख से परिचय बढ़ा और दोनों ने विवाह करने का निर्णय लिया। इसी साल 1953 में दुर्गाबाई देशमुख को केंद्रीय समाज कल्याण बोर्ड का अध्यक्ष बनाया गया। इस संगठन का उद्देश्य स्वयंसेवक संगठनों और सरकारी विभागों के बीच में एक सेतु का काम करना था। दुर्गाबाई इस बोर्ड के अध्यक्ष पद पर दस सालों तक रहीं। राष्ट्रीय स्त्री शिक्षा समिति के अध्यक्ष के रूप में दुर्गाबाई देशमुख ने स्त्री-शिक्षा के प्रसार के लिए अनेकों महत्त्वपूर्ण नीतिगत सुझाव दिये।

इसी दौरान आंध्र स्त्री सभा की गतिविधियों में भी बहुत विस्तार हुआ। इसकी नयी शाखाएँ स्थापित हुईं और अस्पताल, नर्सिंग होम तथा स्त्रियों के लिए शैक्षणिक संस्थाएँ भी स्थापित की गयीं। दुर्गाबाई ने आंध्र स्त्री सभा के तत्वावधान में आंध्र एजुकेशनल सोसाइटी की स्थापना की। नयी दिल्ली का प्रसिद्ध श्रीवेंकटेश्वर कॉलेज इसी आंध्र एजुकेशनल सोसाइटी की देन है। साठ के दशक के आख़िरी सालों में दुर्गाबाई ने दिल्ली में नेत्रहीनों के कल्याण के लिए नेत्रहीन कल्याण संघ की स्थापना की। केंद्रीय समाज कल्याण बोर्ड के अध्यक्ष के तौर पर दुर्गाबाई ने जनसंख्या नियंत्रण पर क्षेत्रीय सम्मलेन आयोजित किये ताकि जनसंख्या नीति को समग्र आर्थिक विकास और जन-कल्याण के अभियान से जोड़ा जा सके। 1975-76 में दुर्गाबाई ने मधुमेह की बीमारी के कारण अपनी दृष्टि खो दी। 9 मई, 1981 को हैदराबाद में उनका देहांत हो गया।

देखें : अरुणा आसफ़ अली, आनंदीबाई जोशी, उपनिवेशवाद विरोधी आंदोलन में स्त्री-नेतृत्व-1 और 2, कमला देवी चट्टोपाध्याय, गृह-विज्ञान, दलित-नारीवाद, पण्डिता रमाबाई सरस्वती, महादेवी वर्मा, संतोष कुमारी देवी।

संदर्भ

1. दुर्गाबाई देशमुख (1980), *चिंतामन ऐंड आई,* अलाइड पब्लिशर्स, नयी दिल्ली.
2. सी.डी. देशमुख (1974), *कोर्स ऑफ़ माय लाइफ़,* ओरिएंट लांगमैन, बम्बई.
3. बी.एन. गांगुली (सम्पा.) (1977), *डेवलपमेंट एसेज़ इन द ऑनर ऑफ़ श्रीमती दुर्गाबाई देशमुख,* स्टर्लिंग पब्लिशर्स, नयी दिल्ली.

— रवि दत्त वाजपेयी

देवकी जैन

(Devaki Jain)

विकासशील देशों की प्रमुख नारीवादी अर्थशास्त्री देवकी जैन ने विकास की वैकल्पिक स्त्रियोन्मुख अवधारणा के विकास में न केवल उल्लेखनीय योगदान किया है, बल्कि संबंधित संस्थान-रचना के लिए भी पहलक़दमियाँ ली हैं। संयुक्त राष्ट्र संघ के दिशा-निर्देशों के तहत विकासशील और अविकसित देशों (ग्लोबल साउथ) की स्त्री संबंधी नीतियों की आलोचना प्रस्तुत करने वाली देवकी जैन के अनुसार यह

देवकी जैन (1933-)

परिपाटी नकारात्मक साबित होती है क्योंकि ग्लोबल साउथ के लिए विकसित देशों के नुस्खे प्रतिकूल सिद्ध होते हैं। आम आदमी के प्रचलित मुहावरे के स्थान पर आम औरत के मुहावरे की स्थापना करने वाली देवकी जैन ने 1984 में विकासशील देशों के प्रमुख विचारकों के साथ डॉन (डिवेलपमेंट ऑल्टरनेटिव्ज़ विद वूमॅन फ़ॉर अ न्यू ऐरा) की स्थापना की। यह ऐसे नारीवादी विद्वानों और शोधकर्ताओं का नेटवर्क है जो आर्थिक समानता, लैंगिक न्याय के साथ दीर्घकालिक लोकतांत्रिक विकास के क्षेत्र में काम कर रहा है। यह तीसरी दुनिया के विद्वानों को नारीवादी अनुसंधान और विश्लेषण के लिए एक मंच प्रदान करता है। इस मंच द्वारा वैश्विक आर्थिक, सामाजिक और राजनीतिक मुद्दों का, ग़रीब और हाशिये पर रह रही स्त्रियों की आजीविका, जीवन स्तर, उनके विकास की सम्भावनाओं पर प्रभाव आदि का अध्ययन किया जाता है। इसी तरह देवकी जैन ने अफ्रीका-दक्षिण अमेरिका-प्रशांत महासागरीय देशों के साथ मिलकर कासाब्लांका ड्रीम्स नाम से एक अंतर्राष्ट्रीय संस्था गठित की है जो तीसरी दुनिया की बहुत तेज़ी से ग़रीब हो रही स्त्रियों के सशक्तीकरण के संस्थागत विकल्प तलाशने का काम करती है।

मैसूर राज्य के दीवान रहे एक बंगलुरु स्थित परिवार में जन्मी देवकी जैन अपनी स्नातक की पढ़ाई पूरी करने के बाद उच्च अध्ययन के लिए ऑक्सफ़र्ड विश्वविद्यालय के रस्किन कॉलेज गयीं। किशोरावस्था में देवकी जैन न्युरो सर्जन बनना चाहती थीं, पर इंग्लैण्ड में अपनी पढ़ाई के दौरान देवकी जैन श्रमिक वर्ग के पुरुषों और स्त्रियों के साथ रहीं। इस सान्निध्य ने उनके अर्थशास्त्रीय दर्शन को बहुत प्रभावित किया। भारत लौट कर देवकी जैन ने भारतीय सहकारी आंदोलन के लिए काम करना शुरू किया। वे विनोबा भावे के भूदान आंदोलन में शामिल हो गयीं और पदयात्रा में भी भाग लिया। 1966 में देवकी ने प्रसिद्ध गाँधीवादी अर्थशास्त्री लक्ष्मी चंद जैन से विवाह किया।

अपने नारीवाद का स्पष्टीकरण देते हुए देवकी जैन का कहना है कि एक नारीवादी होने का अर्थ है स्त्रियों और उनके संघर्ष के साथ अपनी पहचान करना। 'मैं स्वयं को एक औरत के रूप में पहचानती हूँ; मैं हर उस स्थिति में जहाँ स्त्रियाँ उपेक्षित हो रही है, अपनी राजनीतिक सक्रियता देखती हूँ।' गाँधीवादी अर्थशास्त्र से प्रभावित देवकी जैन के अनुसार जहाँ समाजवाद उत्पादन के साधन के स्वामित्व में असमानता की बात करता है, वहीं गाँधी खपत में असमानता की बात कहते हैं। यदि लोगों में अतिशय उपभोग और अपव्यय के प्रति जागरूकता आये तो विश्व के विकास का ढाँचा ही बदल सकता है। 1968 में इतिहासकार रोमिला थापर ने दिल्ली स्कूल ऑफ़ इकॉनॉमिक्स में कार्यरत युवा प्राध्यापिका देवकी जैन से *सेमिनार* पत्रिका के लिए स्त्रियों की अवस्था पर एक लेख लिखने का आग्रह किया। इस लेख को पढ़ कर भारत सरकार के प्रकाशन विभाग की निदेशक ने देवकी जैन को अंतर्राष्ट्रीय स्त्री वर्ष के उपलक्ष्य में संयुक्त राष्ट्र सम्मेलन के लिए भारतीय स्त्रियों की स्थिति पर एक किताब लिखने का सुझाव दिया। किताब-लेखन के लिए किये गये शोध के दौरान उनका इस तथ्य से सामना हुआ कि पुरुष और स्त्रियों के बीच आर्थिक असमानता बनाये रखने के लिए क्या-क्या तरीक़े अपनाये जाते है। स्त्रियों को आर्थिक रूप से ग़रीब बनाये रखने के लिए समाज में रूढ़िवादी परम्पराओं का सहारा लिया जाता है। कार्यस्थल में कम मज़दूरी दी जाती है। उन पर घर, बच्चों और परिवार की ज़िम्मेदारी तो डाल दी जाती है। सरकारी आँकड़ों में झूठी जानकारी देने का व्यापक षड्यंत्र भी चलता रहता है।

यह जानकारी देवकी जैन को विचलित करने के लिए काफ़ी थी। इसी से प्रेरित होकर उन्होंने 1974 में इंस्टीट्यूट ऑफ़ सोशल स्टडीज़ ट्रस्ट स्थापित किया। यह एक ऐसा संस्थान है जो आर्थिक विपन्नता के दुष्चक्र में फँसी स्त्रियों के बारे में तथ्य एवं आँकड़ों पर आधारित शोध-कार्य करता है ताकि नीति-निर्धारण के लिए प्रभावकारी सुझाव दिये जा सकें। अपने सर्वेक्षणों के माध्यम से इस संस्थान ने भारत में पहली बार बीस से अधिक ऐसी व्यावसायिक गतिविधियों की सूची तैयार की जिसमें उत्पादन-चक्र में सबसे मुख्य भूमिका निभाने के बावजूद भी स्त्रियाँ बिल्कुल अदृश्य थीं। इस शोध के द्वारा इन अदृश्य भूमिकाओं में स्त्रियों के वेतन, कौशल-विकास और काम के दौरान होने वाले ख़तरों की रोकथाम के लिए कारगर उपाय ढूँढ़ना था। इसी वर्ष देवकी जैन इला भट्ट के संगठन सेवा (सेल्फ़ एम्प्लॉयड वुमॅन एसोसिएशन) से जुड़ीं।

1981 में देवकी जैन व प्रमुख स्त्री-विचारकों ने मिल कर भारत में स्त्रियों से संबंधित अध्ययन पर पहली बार एक राष्ट्रीय अधिवेशन आयोजित किया। इसमें स्त्री-अध्ययन को विश्वविद्यालयों के विषयों में समाहित करने तथा स्त्रियों की समस्याओं पर विश्वविद्यालयों में शोध, अनुसंधान, शिक्षण और संबंधित गतिविधियों में भागीदारी पर ज़ोर दिया गया। 1982 में इन्हीं उद्देश्यों की प्राप्ति के लिए इण्डियन एसोसिएशन ऑफ़ वुमंस स्टडीज़ या स्त्रियों से संबंधित अध्ययन का भारतीय संगठन) स्थापित हुआ। देवकी जैन 1984 में बंगलुरु में स्थापित सिंगाम्मा श्रीनिवास फ़ाउंडेशन की न्यासी हैं। इस फ़ाउंडेशन का उद्देश्य आर्थिक रूप से कमज़ोर स्त्रियों के सशक्तीकरण का प्रयास करना और इन स्त्रियों को विकासात्मक गतिविधियों से जोड़ना है। इसी तरह देवकी जैन ने 1991 में इंजीनियरों और वैज्ञानिकों का अंतर्राष्ट्रीय नेटवर्क स्थापित किया जो निरस्त्रीकरण और अंतरराष्ट्रीय शांति, विज्ञान में नैतिकता, तथा विज्ञान और प्रौद्योगिकी द्वारा न्याय और टिकाऊ विकास पर ध्यान केंद्रित करने का अभियान चलाता है।

संयुक्त राष्ट्र संघ की कई समितियों में देवकी ने अग्रणी भूमिका निभायी है लेकिन साथ में उन्होंने इस संगठन की कमियों को भी उजागर किया है। देवकी जैन का विचार है कि सम्प्रभुता के अभिभावक और महान उद्देश्यों की उर्वर भूमि होने के स्थान पर संयुक्त राष्ट्रसंघ केवल एक सामाजिक सेवा का संगठन बन कर रह गया है जिसका एकमात्र कार्य मानवीय सहायता बाँटना है। देवकी जैन संयुक्त राष्ट्र में कॉरपोरेट हितों के दबदबे की भी बड़ी आलोचक हैं। अमेरिका द्वारा इराक पर आक्रमण किये जाने पर इस संगठन की निष्क्रियता के ख़िलाफ़ उन्होंने अपना मुखर असंतोष व्यक्त किया। देवकी जैन का कहना था कि संयुक्त राष्ट्र संघ के महासचिव को इस आक्रमण के विरोध में इस्तीफ़ा दे देना चाहिए था।

देवकी जैन निर्धनता का नारीकरण करने की पक्षधर हैं। उनके अनुसार ग़रीब लोगों में स्त्रियों की संख्या पुरुषों से अधिक है। ग़रीबी का दंश पुरुषों के मुक़ाबले स्त्रियों को अधिक विकल करता है। स्त्रियों में निर्धनता बढ़ने का एक कारण दुनिया में ऐसे घरों की संख्या बढ़ना है जिनमें स्त्रियाँ मुखिया हैं। देवकी के अनुसार दुनिया में ग़रीबी घटाने के लिए दुनिया की सारी स्त्रियों को एक साथ जुटाना होगा। देवकी जैन आम आदमी की अवधारणा के समक्ष आम औरत को खड़ा करती हैं। देवकी के अनुसार व्यक्तिगत गरिमा व्यक्तिगत अर्थव्यवस्था पर निर्भर करती है। यह आम औरत हर जगह है लेकिन कहीं भी एक मज़बूत राजनीतिक शक्ति नहीं है। आम औरत की आर्थिक स्थिति स्थानीय सामाजिक रीति-रिवाज़, स्थानीय मौसम के बदलते मिज़ाज, और स्थानीय ज़मीन में पैदा होने वाले अनाज पर टिकी हुई है। देवकी जैन को यक़ीन है कि यह ज़िम्मेदार आम औरत विभाजित और असमान भारत को एक न्यायसंगत और प्रगतिशील समाज में बदल सकती है। वे सेवा का उदाहरण देती हैं जहाँ दस लाख असंगठित क्षेत्र की स्व-रोज़गार करने वाली स्त्रियों की अपनी यूनियन है। लिज्जत (पापड़ बेलने वाली औरतों की विभिन्न सहकारी समिति) में 42,000 स्त्रियाँ हैं। अमूल डेरी सहकारी समिति में स्त्रियों की संख्या 24.7 लाख है।

देवकी जैन का मानना है कि पुरुषों के लिए स्वयं को इस तरह संगठित कर पाना और रख पाना असम्भव है, क्योंकि स्त्रियों में अपने घरों को बनाये रखने की इच्छा और घर-परिवार के प्रति अपनी ज़िम्मेदारी समझने का सहज स्वभाव है जो उन्हें परस्पर सहयोग की संगठनात्मक शृंखला तोड़ने से रोकता है। उनके अनुसार यदि एक बार इस आम औरत को आज़मा कर देखा जाये तो वे महान परिवर्तन का शुभारम्भ कर सकती है। देवकी जैन इस आम औरत की ख़ास अर्थशास्त्री हैं।

देखें : संयुक्त राष्ट्र, इला भट्ट, ट्रस्टीशिप।

संदर्भ

1. देवकी जैन (2006), *वुमॅन, डिवेलपमेंट ऐंड द यू एन : अ सिक्सटी इयर क्वेस्ट फ़ॉर ईक्वलिटी ऐंड जस्टिस,* ओरिएंट लोंगमन, नयी दिल्ली.
2. देवकी जैन (2011), *हार्वेस्टिंग फ़ेमिनिस्ट नॉलेज फ़ॉर पब्लिक पॉलिसी,* सेज पब्लिकेशनस, नयी दिल्ली.
3. देवकी जैन और पैम राजपूत (सम्पा.)(2005) , *नैरेटिव्ज़ फ़्रॉम द वुमंस स्टडीज़, फ़ैमिली : रिक्रियेटिंग नॉलेज,* सेज पब्लिकेशंस, नयी दिल्ली.

— रवि दत्त वाजपेयी

देवदासी

(Devdasi)

देवदासी प्रथा के मर्म में धार्मिक वेश्यावृत्ति है। इसके पीछे सेक्स को आध्यात्मिक मिलन और सम्भोग को मोक्ष का मार्ग मानने की धारणाएँ हैं। इस प्रथा को जारी रखने में धार्मिक विश्वासों, जातिगत ऊँच-नीच, पुरुष-प्रभुत्व और ग़रीबी के मिले-जुले पहलुओं की भूमिका रही है। दक्षिण भारत, महाराष्ट्र और ओडीशा के कई क्षेत्रों में प्रचलित इस प्रथा के तहत निचली जातियों के परिवारों द्वारा अपनी बेटियों का विवाह उनके रजस्वला होने से पहले मंदिर में स्थापित मूर्ति

के साथ कर दिया जाता है। रजस्वला होने तक ये लड़कियाँ अपने माँ-बाप के पास रहती हैं और फिर उन्हें मंदिर के पुजारी को सौंप दिया जाता है। इसके बाद इनका जीवन मंदिर में नृत्य-संगीत करते हुए और पुरोहितों समेत ऊँची जाति के पुरुषों की अंकशायिनी बनते हुए गुज़रता है। दिलचस्प बात यह है कि प्राचीन और मध्यकाल की साहित्यिक और पुरालेखीय सामग्रियों में इन मंदिर-स्त्रियों के लिये सुले, सानी, भोगम और पात्रा जैसे शब्दों का प्रयोग हुआ है। कन्नड़ और तेलुगु में इनका अर्थ है वेश्या। इन दोनों ही भाषा-क्षेत्रों में इस प्रथा की पुष्टि करने वाले आरम्भिक स्रोतों में इन अभिव्यक्तियों का प्रयोग होते देखा जा सकता है। इस सिलसिले में अक्सर यह तथ्य भी नज़र से ओझल हो जाता है कि इन मंदिर-स्त्रियों के लिए प्रयुक्त होने वाला संस्कृतनिष्ठ शब्द देवदासी औपनिवेशिक काल की ही देन है। दरअसल, इसका इस्तेमाल धार्मिक वेश्यावृत्ति की पर्दापोशी करने के लिए किया जाता है। यह शब्द उन बुद्धिजीवियों ने गढ़ा और लोकप्रिय किया है जो अपने सचेत सुधारवादी कार्यक्रम के तहत मंदिर की वेश्याओं की अस्मिता की पुनर्रचना करने की परियोजना चला रहे थे।

शहरी भारत को थमायी गयी सांस्कृतिक छवि देख कर ऐसा लगता है कि देवदासी वह स्त्री है जो मंदिर में भरतनाट्यम और ओडिसी जैसे शास्त्रीय नृत्यों की साधना करके अपने आराध्य देव को प्रसन्न करती है। कुछ विख्यात नृत्यांगनाओं के इस प्रकार के वक्तव्यों से भी इस छवि को बल मिला है। लेकिन, देवदासियों या मंदिर-वेश्याओं का इतिहास इतना मनोरम नहीं है। उत्तरी कर्नाटक के बेलगाँव ज़िले के सौदत्ती (जो धारवाड़ के समीप है) और शिमोगा के चंद्रगुट्टी स्थलों पर हर साल बसंत की प्रथम पूर्णिमा के दिन अनेक लड़कियों का देवी येल्लम्मा के साथ विवाह कराया जाता था। विवाह के पश्चात रजस्वला होने तक वे अपने परिवार के साथ रहतीं थीं फिर मंदिर के पुजारी को सौंप दी जातीं थीं जो इनका प्रथम यौनिक उपभोग करता था। फिर इन लड़कियों को समाज के रंग-रुतबे वाले पुरुषों की काम पिपासा की पूर्ति के लिए भेजा जाता था या वेश्यावृत्ति के बाजार में बेच दिया जाता था। इन दलित/अछूत लड़कियों और उनके माता-पिता द्वारा सहजता से इस घृणित परम्परा को अपनाने के पीछे था देव/देवियों की मिथकीय संरचना का पुनर्सृजन। देवी येल्लम्मा का मिथक ऋषि जमदग्नि की पत्नी रेणुका के पुनर्जन्म से जुड़ता है जिसमें बताया गया है कि परशुराम द्वारा उनका सर काट लेने पर एक दलित मातंगी स्त्री का सर रेणुका के सर पर लगा कर ऋषि जमदग्नि ने उन्हें पुनर्जीवित कर दिया था। यहीं से येलम्मा दलितों और अछूतों की स्थानीय देवी के रूप में प्रकट होती हैं। उच्च जातीय पुरोहितों ने जातीय वर्चस्व की स्थापना के लिए इन्हीं स्थानीय मिथकों का हिंदूकरण कर उसे अपने पक्ष में पुनर्परिभाषित कर लिया है। कहा जाता है कि यदि कोई दलित स्त्री अपना जीवन येल्लम्मा को समर्पित कर देती है तो अगले जन्म में वह स्वयं तो ब्राह्मण जाति में जन्म लेगी लेकिन अपने परिवार के लिए वह इसी जन्म में सौभाग्यदात्री बनेगी। येल्लम्माके समान ही रेनुकाम्बा और खंडोबा (विशेषकर बाँझ स्त्री के सन्दर्भ में) के मिथकों का भी समाज पर व्यापक प्रभाव पड़ा है। नतीजा, देवदासी प्रथा का प्रसार समाज के हर वर्ग/जाति में हुआ, विशेषकर आंध्र प्रदेश और कर्नाटक में। तमिलनाडु में तो औपनिवेशिक सुधार प्रक्रिया के बाद भी यह प्रथा प्रचलन में रही है।

देवदासी को नित्यसुमंगली कहा जाता है क्योंकि वे कभी वैधव्य को प्राप्त नहीं होतीं और सुमंगली होने से वे समाज के लिए पूज्य और विशिष्ट हो जाती हैं। सौभाग्यदात्री विशिष्टता की इस प्रच्छन्न अवधारणा से भी देवदासी प्रथा को व्यापक स्वीकृति मिली है। राबर्ट बिफ्रो, जेम्स फ्रेज़र, जानकी नायर, ए. एसमैन, सस्किया केरसेनबुम स्टोरी, ए.बी.ए.जे. दुबोइ जैसे अनेक मानवशास्त्रियों और इतिहासकारों ने देवदासियों की सामाजिक, सांस्कृतिक और धार्मिक स्थितियों का विश्लेषण कर उनमें निहित छद्म, क्रूर और घृणित यौनाचार के वीभत्स रूपों का पर्दाफ़ाश किया है। दुबोइ ने 1792 से 1823 के बीच भारत-भ्रमण के संस्मरणों में लिखा है कि मंदिरों में संलग्न नृत्यांगनाएँ / वेश्याएँ मुख्य रूप से ब्राह्मण पुजारियों के उपभोग के लिए थीं जो वेश्यादर्शनम् पुण्यं पाप नाशनम् जैसे निकृष्ट श्लोकों का पाठ करते थे। इनका अर्थ है वेश्या के साथ समागम पुण्य कर्म है जो पाप का नाश करता है। देवदासी प्रथा का यह रूप धर्म के नाम पर की जाने वाली वेश्यावृत्ति की ओर इंगित करता है जिसे स्वयं विष्णु के विभिन्न रूपों (पुरी के जगन्नाथ, तिरुपति के बालाजी) और येल्लम्मा (रेणुका), दाईमव्वा या दुर्गाश्वा जैसे देव/देवी मिथकों के माध्यम से संरक्षित किया हुआ था।

देवदासी प्रथा प्रचलन के प्रथम साक्ष्य के रूप में छठी शताब्दी में बने ब्रह्मेश्वर मंदिर के निर्माण के समय केशरी राजवंश की रानी कोलावती द्वारा मंदिर को अनेक देवदासियाँ भेंट करने के अभिलेखों को देखा जा सकता है। जिस समय सुल्तान महमूद ने सोमनाथ के प्रसिद्ध मंदिर को तोड़ा था, उस समय मंदिर की सेवा में तीन सौ पचास नृत्यांगनाएँ संलग्न थीं। 1360 में सुल्तान शाह द्वारा पुरी के जगन्नाथ मंदिर पर आक्रमण के पश्चात मंदिर में देवदासियों के वेश्यावृत्ति में संलग्न होने के प्रमाण मिले थे। जब इस मंदिर का निर्माण करवाया गया था तब जगन्नाथ स्वामी की सेवा के लिए 36 कोटियों के सेवक नियुक्त किये गये थे। देवदासियाँ उनमें से एक थीं।

मार्गलिन फ्रेदरीक़ ने इन देवदासियों की स्थिति पर विचार करते हुए लिखा है कि ये देवदासियाँ जातिगत या अन्य विभाजनों के ताने बाने से मुक्त थीं। आरम्भ में देवदासियाँ नृत्य-संगीत से ही संबंधित थीं और देवालयों से लेकर राजदरबारों और कुलीनों के सम्मुख अपनी कला (देवदासियों द्वारा विकसित और संरक्षित नृत्य दासीआट्टम-भरतनाट्यम का पूर्वरूप एवं पूर्वनाम) का प्रदर्शन करतीं थीं। पर शीघ्र ही पितृसत्ता और जातीय पदानुक्रमता के वर्चस्व को बनाये रखने के ख़ातिर उनकी स्थिति में गिरावट आयी। इस आधार पर देवदासियों की भी दो कोटियाँ बनीं। एक तो गणिका और दूसरी वेश्या। देवदासियों को ज़बरन बल प्रयोग करके या धर्म का डर दिखाकर या बचपन से ही वेश्यावृत्ति के लिए मजबूर किया जाता रहा है। जिस लड़की ने वेश्यावृत्ति से इनकार किया उसे बेहद कठोर सज़ा दी जाती थी ताकि वह बाक़ी लड़कियों के वेश्यावृत्ति करते रहने का कारण बन जाए। जोगन शंकर ने अलग-अलग स्थानों पर प्रचलित देवदासियों के अनेक नामों की चर्चा की है। आंध्र प्रदेश में इन्हें विलासिनी, कलावंत भोगम पात्रा, नर्तकी और जोगिनी नामों से जाना जाता था। महाराष्ट्र के जेजुरी में मुराली, केरल में मराली, असम में नाटिस, कर्णाटक में जोगती (अधिक वयस्क देवदासी के लिए) और बैसवी (कम वयस्क देवदासी के लिए), गोवा में भवानी और कुदिकार, पश्चिमी इलाकों में भोगम बंधी, तमिलनाडु में देवरादियाल, कालांतर में देवरादिआल अर्थात् वेश्या। सम्भवत: देवदासी शब्द देवरादियाल शब्द का ही तत्सम रूपांतर है।

भारत के अतिरिक्त अन्य देशों में भी देवालयों में लड़कियों को अर्पित किये जाने और उनसे वेश्यावृत्ति करवाने के प्रमाण मिलते हैं। क़रीब ढाई हज़ार साल पहले प्राचीन यूनान, आर्मीनिया, ईरान, इस्फ़हान, फ़ोयेनीशिया में लोग अपनी लड़कियों को देवालयों में दे देते थे जो दर्शनार्थियों की वासना भी तृप्त करतीं थीं। कुछ समय पश्चात वे घर वापस आकर विवाह कर गृहिणी बन जाती थीं। यूनान की देवी अफ़्रोडाइट के मंदिर में एक समय एक हज़ार वेश्याएँ/देवदासी/देवदास नौकर थे।

अंग्रेज़ों के आने और शिक्षित मध्य वर्ग के उदय के फलस्वरूप देवदासी प्रथा की आड़ में पनपी वेश्यावृत्ति के उन्मूलन के प्रयास हुए। यह सुधार आंदोलन हमें कंदुकूरी विरसालिंगम से लेकर मुथुलक्ष्मी रेड्डी तक के प्रयासों में दिखता है। देवदासियों द्वारा राजदरबारों, कुलीनों और अंग्रेज़ अधिकारियों के सम्मुख प्रस्तुत नृत्य को नाच की संज्ञा दी गयी जो मंदिरों में प्रस्तुत नृत्य से किंचित् भिन्न अधिक कामुक या अश्लील होता था। सुधारवादियों ने इसी नाच की प्रतिक्रिया में एंटी-नाच आंदोलन चलाया इसमें विरसालिंगम की मुख्य भूमिका थी। इन आंदोलनों के कारण देवदासियों प्रथा को चलाये रखने के लिए मंदिरों/कुलीन जनों द्वारा प्रदत्त आर्थिक सहायता और सामाजिक स्वीकार्यता में कमी आयी। देवदासी निवारण क़ानून भी बने।

देवदासियों का एक रूप धार्मिक अनुष्ठानों की ज्ञाता के रूप में भी है। विवाह के समय नित्यसुमंगली समझी जाने का कारण उनकी स्थिति अतिविशिष्ट हो जाती थी। वे कई वैवाहिक कर्मकाण्डों को भी सम्पन्न करवातीं थीं। एंटी-नाच आंदोलन से धार्मिक वेश्यावृत्ति नहीं रोकी जा सकी। आज भी प्रतिवर्ष देवदासी उन्मूलन के अनेक क़ानूनों की धज्जियाँ उड़ाते हुए लड़कियों का विवाह येल्लम्मा, रेनुकाम्बा या खंडोबा से कराया जाता है। 1929 का मद्रास हिंदू धर्मादा एक्ट, 1934 का बम्बई देवदासी अधिनियम तथा 1947 का देवदासी उन्मूलन अधिनियम भी देवदासियों की वास्तविक स्थिति को सुधारने में मददगार नहीं हो सका। मंदिरों में वेश्यावृत्ति की सारी तोहमत देवदासियों पर आयी और आरोपी पुजारी या उच्च वर्ग के लोग बेदाग़ छूट गये।

देवदासी प्रथा पर चर्चा करते समय उसके एक और पहलू को सामने लाना आवश्यक है। यौन-शोषण की इस जघन्य कथा में उनके सांस्कृतिक अवदान के सकारात्मक आयाम भी शामिल हैं। एक समय ऐसा था जब कुछ उच्च जातीय/वर्गीय स्त्रियों के अतिरिक्त मात्र देवदासियाँ ही शिक्षित होतीं थीं। देवदासी मुड्डुपलानी (1739-1763) रचित तेलुगु भाषा कृति राधिका सांत्वनम एवं उन्हीं द्वारा सप्तपदी छंद में आंडाल केतिरुप्पावे की तेलुगु रूपांतरित कृति की वर्षों तक उपेक्षा सिर्फ़ इसलिए की गयी कि उन्हें एक वेश्या द्वारा रचा गया था। बंगलोर नागरत्नम्मा (1878-1952), जो स्वयं एक देवदासी थीं, ने इस पुस्तक को सम्पादित कर 10 मार्च, 1910 को प्रकाशित कराया जिस पर नैतिकतावादी सुधारकों, विशेष रूप से विरसालिंगम की तीव्र प्रतिक्रिया के कारण 1911 में रोक लगा दी गयी। नागरत्नम्मा के जुझारू प्रतिवाद के बाद 1952 में रोक हटा ली गयी और इसे अविकल पुनर्प्रकाशित कर दिया गया।

देखें : अश्वेत नारीवाद, आनंदीबाई जोशी, इस्लामिक नारीवाद, क़ानून और स्त्री, गायत्री चक्रवर्ती स्पिवाक, चिपको आंदोलन, जूडिथ बटलर, जेंडर, दलित नारीवाद, देवकी जैन, नारीवाद, नारीवादी दर्शन, नारीवाद की पहली लहर, नारीवाद की दूसरी लहर, नारीवाद की तीसरी लहर, नारीवादी दर्शन, नारीवाद और अर्थशास्त्र, नारीवादी फ़िल्म-सिद्धांत, नारीवादी इतिहास-लेखन, नारीवाद और अर्थशास्त्र, नारीवाद और साम्प्रदायिकता, नैंसी शोदॅरौ, पर्यावरणीय नारीवाद, पब्लिक-प्रायवेट, पण्डिता रमाबाई सरस्वती, पितृसत्ता, प्रेम, प्रेम-अध्ययन और नारीवादी दर्शन, भारत में स्त्री-आरक्षण-1 और 2, महादेवी वर्मा, मैरी वोल्सनक्रॉफ़्ट, राजनीतिक दर्शन के नारीवादी आयाम, रमाबाई रानाडे, ल्यूस इरिगरे, स्त्री और साम्प्रदायिकता, स्त्री-श्रम, सम्पत्ति : नारीवादी परिप्रेक्ष्य, सावित्रीबाई फुले, सिमोन द बोउवार, स्त्री-आरक्षण, हेलन सिचू।

संदर्भ

1. कल्पना कन्नाबिरन (1995), 'जुडिशियरी, सोशल रिफ़ॉर्म ऐंड डिबेट ऑन रिलीजस प्रॉस्टीट्यूशन इन कोलोनियल इण्डिया', *इकॉनॉमिक ऐंड पॉलिटिकल वीकली*, खण्ड 30, अंक 43.
2. प्रियदर्शिनी विजयश्री (2009), *देवदासी या धार्मिक वेश्या? : एक पुनर्विचार*, अनु. विजय कुमार झा, वाणी प्रकाशन, नयी दिल्ली.
3. अनघा ताम्बे (2009), 'रीडिंग देवदासी प्रैक्टिस थ्रू पॉपुलर मराठी लिट्रेचर', *इकॉनॉमिक ऐंड पॉलिटिकल वीकली*, खण्ड 44, अंक 17.
4. ए. फ्रेदरीक़ मार्गलिन (1985), *वाइव्ज़ ऑफ़ गॉड-किंग : द रिचुअल्स ऑफ़ द देवदासीज़ ऑफ़ पुरी*, ऑक्सफ़र्ड युनिवर्सिटी प्रेस, नयी दिल्ली.

— श्रुति

द्वैतवाद

(Dualism)

द्वैतवाद का दर्शन भारतीय और पश्चिमी संदर्भों में अलग-अलग तात्पर्य रखता है। पश्चिम में द्वैतवाद की स्थापना देकार्त ने सत्रहवीं सदी में की थी। उनसे चार सौ साल पहले तेरहवीं सदी में दक्षिण भारत में ब्रह्म सम्प्रदाय के संस्थापक मध्वाचार्य को द्वैतवाद की स्थापना का श्रेय जाता है। देकार्त और मध्वाचार्य के बीच केवल दो समानताएँ हैं। दोनों ही अपने-अपने युग में ज्ञान की स्थिति से असंतुष्ट थे और उसके विश्वसनीय आधार की खोज का प्रयास कर रहे थे। दूसरे, दोनों ही स्थापित मान्यताओं से संघर्ष करते हुए ईश्वर के अस्तित्व को प्रमाणित करने की चेष्टा में थे। लेकिन पश्चिमी द्वैतवाद की केंद्रीय समस्या मस्तिष्क और काया का अलग-अलग अस्तित्व और उनके बीच के संबंध की व्याख्या करना था। भारत में यह दर्शन अद्वैतवाद के साथ वैचारिक संघर्ष के दौरान विकसित हुआ। इसके तहत मुख्य तौर पर पाँच भेदों को रेखांकित किया गया : ईश्वर और जीव के बीच भेद, प्रकृति और ईश्वर के बीच भेद, जीव और जीव के बीच भेद, जीव और जड़ के बीच भेद एवं एक जड़ वस्तु और दूसरी जड़ वस्तु के बीच भेद।

देकार्त से पहले पश्चिम में काया और मस्तिष्क का आपसी संबंध आम तौर से एकतरफ़ा ही बताया जाता था। लेकिन देकार्त ने तर्क दिया कि सचेत विचार और अनुभव करने वाले कर्त्ता के रूप में वे महज़ एक पदार्थ नहीं हो सकते। उनकी प्रकृति में ऐसा कुछ ज़रूर होना चाहिए जो अ-भौतिक है। इसलिए देकार्त ने दावा किया कि उनकी काया से एक आत्मा जुड़ी हुई है। इस तरह उनकी दलील यह बनी कि चूँकि मस्तिष्क और काया के पृथक अस्तित्वों को कल्पित किया जा सकता है, तो यह भी माना जा सकता है कि ये दोनों एक जैसे नहीं हैं और एक-दूसरे के बिना भी रह सकते हैं। मृत्योपरांत प्रकाशित देकार्त की रचना *द डिस्क्रिप्शन ऑफ़ द ह्यूमन बॉडी* (1647) में दिखाया गया है कि शरीर मशीन की तरह काम करता है। भौतिकी के नियमों के अनुसार उसमें विस्तार और गति है। दूसरी तरफ़ मस्तिष्क भौतिकी के नियम नहीं मानता और पाइनियल ग्रंथि के स्तर पर काया के साथ उसकी अन्योन्यक्रिया होती है। यह एक द्वैत है जिसमें मस्तिष्क काया का नियंत्रक है, पर काया भी उस मस्तिष्क को प्रभावित कर सकती है जो बुद्धिसंगत होते हुए भी भावावेग के अधीन हो जाता है। चूँकि देकार्त पशुओं को मस्तिष्कविहीन और पाइनियल ग्रंथि से वंचित मानते थे इसलिए वे इस निष्कर्ष पर पहुँच गये कि मनुष्य के अलावा अन्य जीव पीड़ा की अनुभूति नहीं कर सकते। यह धारणा उन्हें जीवित पशुओं के अंगोच्छेदन पर आधारित प्रयोगों की तरफ़ ले गयी।

पश्चिमी दर्शन का जैसे-जैसे विकास हुआ, देकार्तियन द्वैतवाद द्वारा खड़ी की गयी इस समस्या का समाधान खोजने के कई प्रयास किये गये। वैज्ञानिक भौतिकवाद ने मस्तिष्क और मानस के बीच संबंध को पानी और एच-टु-ओ के बीच संबंध जैसा बताया। इसी के साथ द्विआयामी सिद्धांत प्रचलित हुआ जिसके अनुसार आत्मा भिन्न होते हुए भी काया से अलग नहीं है। अर्थात् एक व्यक्ति के भीतर दो आयाम होते हैं : मानसिक और कायिक। द्वैतवाद की एक क़िस्म तात्त्विक द्वैतवाद मानस को आत्मा का पर्याय बताते हुए उसे अपदार्थीय क़रार देता रहा। उसने दावा करना जारी रखा कि काया के अंत के बाद भी आत्मा का अस्तित्व रह सकता है। पश्चिमी व्यवहारवाद और भौतिकवाद की विभिन्न क़िस्मों ने अपने-अपने ढंग से यह साबित करने की कोशिश की है कि एक विशुद्ध भौतिक संसार में विचार, संवेदन, अनुभूतियाँ और मानस संबंधी अन्य परिघटनाओं के लिए गुंजाइश तलाशी जा सकती है। लेकिन ये तमाम प्रयास चेतना और उसकी आत्मनिष्ठताओं की पूरी तरह से विश्वसनीय व्याख्या नहीं कर सके हैं।

भारतीय द्वैत-दर्शन यथार्थवादी विचार परम्परा की श्रेणी में आता है और बहुलवाद की वकालत करता है। मध्वाचार्य की स्पष्ट मान्यता थी कि दिक् और काल में स्थित वस्तु के संदर्भ के बिना कोई ज्ञान नहीं हो सकता। यहाँ तक कि विभ्रम भी किसी न किसी यथार्थ का द्योतक होता है। रस्सी को साँप समझने वाला प्रेक्षक वास्तव में साँप को ही देखने की अनुभूति से ही गुज़र रहा होता है। उसके लिए वही उसका तत्कालीन यथार्थ है। भारतीय दर्शन की यह शाखा चूँकि वेदों को अपौरुषेय मान कर चलती है, इसलिए उसे

द्वैत-वेदांत की संज्ञा भी दी जाती है। यह दर्शन पश्चिम की तरह काया और मस्तिष्क के भेद में नहीं फँसता। ऊपर बताये गये पाँच भेदों का निर्धारण करते हुए भी वह स्पष्ट करता है कि भेद होते हुए भी उनके अस्तित्व पूरी तरह से स्वतंत्र नहीं हैं। परस्पर भिन्न होते हुए भी काया आत्मा पर निर्भर है और जगत ईश्वर पर। मध्वाचार्य ने यह मानने से इनकार कर दिया कि ईश्वर जगत का पार्थिव कारण है। उनका तर्क था कि जगत का पार्थिव कारण पदार्थ है और ऐसा न मानने से ईश्वर की लोकोत्तर सत्ता अक्षुण्ण नहीं रह पायेगी। सांख्य दर्शन की निगाह में भी सृष्टि-रचना इसी तरह हुई है। अंतर केवल यह है कि सांख्य दर्शन सत्त्व, रजस् और तमस् के तीन गुणों को पदार्थ का अंग न मान कर उनके पहले प्रभाव की तरह पेश करता है। इसके मुताबिक़ पार्थिव जगत के तीन मूलभूत गुण हैं : विशुद्ध, गतिज और स्थिर। वह प्रकृति अथवा पदार्थ को माया नहीं मानता। उसकी निगाह में प्रकृति यथार्थ और चिरंतन है जिसके माध्यम से ईश्वर की रचनात्मकता सक्रिय होती है।

मध्वाचार्य का संदेश था : जगत मिथ्या नहीं है, जीव को ब्रह्म का केवल आभास नहीं मानना चाहिए और ब्रह्म ही एक मात्र सत् नहीं है। यह प्रमाणित करने के लिए उन्होंने श्रुति और तर्क का सहारा लिया। उन्होंने पदार्थ के दस रूप बताने के साथ-साथ स्वतंत्र और अस्वतंत्र नामक दो तत्त्वों की पेशकश की। वे विष्णु के उपासक थे इसलिए उन्होंने इस देवता को दोषरहित और सम्पूर्ण क़रार दिया। जीव उनकी निगाह में अस्वतंत्र तत्त्व था। जीव और ईश्वर के भेद की व्याख्या करते हुए मध्वाचार्य ने अद्वैतवादियों के इस मत का खण्डन किया कि भगवान निर्गुण है। उन्होंने कहा कि ईश्वर सत्य, ज्ञान, आनंद और अनंत गुणों से परिपूर्ण है। वह एक हो कर भी अनेक रूप धारण करता है। मध्वाचार्य के इस मत में निहित एक और बहुल के समीकरण के कारण बहुदेववाद को बल मिला जिसके मुताबिक़ हर व्यक्ति के लिए अपना निजी इष्ट देव रखने की सम्भावनाएँ खुल गयीं।

मध्वाचार्य के मत का प्रसार कन्नड़भाषी जनता में काफ़ी देखा जा सकता है। इसके अलावा महाराष्ट्र, कर्नाटक, मैसूर और गोवा में भी उनके बहुत से अनुयायी मिलते हैं। हिंदी-क्षेत्र में मध्वाचार्य और द्वैतवाद का प्रभाव कम है।

देखें : अस्तित्ववाद, आत्मनिष्ठता-वस्तुनिष्ठता, इयत्ता, इमैनुएल कांट, इंद्रियानुभववाद, ईसैया बर्लिन, उत्तर-आधुनिकतावाद, उत्तर-औपनिवेशिकता, उदारतावाद, घटनाक्रियाशास्त्र और एडमण्ड हसर, चेतना, चार्ल्स-लुई द सेकोंद मोंतेस्क्यू, जॉन लॉक, ज़ाक लकाँ, ज्याँ-फ्रांस्वा ल्योतर, ज्याँ-पॉल सार्त्र, ज़ाक देरिदा, तत्त्वमीमांसा और अस्तित्वमीमांसा, तात्त्विकतावाद, थियोडोर लुडविग वीज़ेनग्रंड एडोर्नो, द्वैतवाद, फ्रेड्रिख़ नीत्शे-1 और 2,, बुद्धिवाद, भौतिकवाद, मनोविश्लेषण, मिशेल पॉल फ़ूको-1 और 2, युरोपीय पुनर्जागरण, युरोपीय ज्ञानोदय, रेने देकार्त, लुई अलथुसे, सोरेन आबी कीर्केगार्द, संरचनावाद और उत्तर-संरचनावाद, ज्ञानमीमांसा।

संदर्भ

1. बी. कार और आई. महालिंगम (सम्पा.) (1997), *कम्पैनियन इनसाइक्लोपीडिया ऑफ़ एशियन फिलॉसफ़ी,* रॉटलेज, लंदन.
2. ए. चक्रवर्ती (1996), *माइंड-बॉडी डुअलिज़्म,* डी.के. प्रिंटवर्ल्ड, नयी दिल्ली.
3. रेने देकार्त (1985), *द फिलॉसफ़िकल राइटिंग्ज़ ऑफ़ देकार्त,* दो खण्ड, (सम्पादित और अनूदित : जे. कोटिंघम, जे.आर. स्टूथॉफ़ और डी. मुरडोक़, केम्ब्रिज युनिवर्सिटी प्रेस, केम्ब्रिज.

— अभय कुमार दुबे

ध

धन

(Money)

अर्थशास्त्र की पुरानी पाठ्य पुस्तकों में धन यानी मनी के बारे में एक तुकबंद कहावत मिलती है : मनी इज़ अ मैटर ऑफ़ फ़ंक्शन फ़ोर / अ मीडियम, अ मेज़र, अ स्टैंडर्ड, अ स्टोर। इसका मतलब है कि धन लेन-देन का माध्यम है, हिसाब-किताब की इकाई है, आगे किये जाने वाले भुगतान का मानक और मूल्य का आगार है। लेकिन, आजकल की पाठ्य पुस्तकें धन के केवल तीन उपयोग ही बताती हैं। उन्होंने आगे किये जाने वाले भुगतान के मानक के तौर पर धन के उपयोग को बाक़ी तीन उपयोगों में निहित मान लिया है। अरस्तू की रचना *निकोमेकियन इथिक्स* के पाँचवें अध्याय में भी धन के यही तीन उपयोग दर्ज हैं। समकालीन विश्व में धन के सभी रूप क़ाग़जी मुद्रा (फ़िएट मनी) के रूप में हैं। कीमती धातुओं से बनी अशर्फ़ियों और गिन्नियों के विपरीत इसका अपने-आप में कोई मूल्य नहीं होता। सरकार एक लीगल टेंडर के ज़रिये उसके भीतर मूल्य का निवेश करती है। उसी के बाद क़ाग़जी मुद्रा उस देश की सीमा के भीतर सभी तरह के निजी अथवा सरकारी कर्ज़ों की अदायगी का ज़रिया बनती है।

अर्थशास्त्री धन के मायने और परिभाषा पर बहस करते रहे हैं। कुछ का कहना है कि लेन-देन के माध्यम के रूप में धन की परिभाषा मूल्य के आगार के रूप में उसकी भूमिका के ख़िलाफ़ चली जाती है। धन मूल्य का आगार तभी रह सकता है जब उसे ख़र्च करने के बजाय एक अवधि तक जमा किया जाए, जबकि विनिमय के माध्यम के रूप में उसकी भूमिका तभी क़ायम रह सकती है जब उसे लगातार ख़रीद-फ़रोख़्त के ज़रिये परिसंचरण में रखा जाए। कुछ दूसरे अर्थशास्त्रियों का तर्क है कि धन के मूल्य का आगार बनाने से विनिमय के माध्यम के रूप में उसकी उपयोगिता ख़त्म नहीं होती, केवल टल जाती है। हर हालत में धन दिक् और काल के आर-पार लेन-देन के मक़सद से भेजा और पाया जा सकता है। धन की हैसियत सर्वव्यापी करने में चेक, इलैक्ट्रॉनिक हस्तांतरण और प्लास्टिक के डेबिट, क्रेडिट और स्मार्ट कार्ड्स की महत्त्वपूर्ण भूमिका है।

विद्वानों के बीच इस बात पर भी विवाद है कि धन जारी करने का अधिकार केवल सरकार के पास होना चाहिए। फ्रेड्रिख़ हायक ऐसे चुनिंदा अर्थशास्त्रियों में से एक थे। हायक का विचार था कि सरकार की नोट छापने और उनके परिसंचरण पर इजारेदारी होती है इसलिए मुख्यत: सरकार ही मुद्रास्फीति की ज़िम्मेदार साबित होती है। अपने खर्चों और कर्ज़ों के भुगतान के लिए सरकार हमेशा नोट छापने के प्रलोभन में फँसती है। सरकार की इस प्रवृत्ति को रोकने के लिए हायक ने बड़ी निजी फ़र्मों और बड़े बैंकों को अपनी मुद्रा छापने का अधिकार देने का सुझाव दिया। वे मानते थे कि नोट जारी करने वाली निजी कम्पनियाँ अपनी मुद्रा की प्रतिष्ठा की फ़िक्र करेंगी और उनमें कम से कम धन जारी करने की प्रवृत्ति होगी।

वस्तुएँ धन से ख़रीदी जाती हैं, लेकिन वस्तुओं से धन नहीं ख़रीदा जा सकता। इस लिहाज़ से धन वस्तुओं से स्वतंत्र हो चुका है। धन से ख़रीदे गये बांड्स अगर बाज़ार में ले जाए जाएँ तो उनसे उनके मूल्य के बराबर वस्तुएँ नहीं ख़रीदी जा सकतीं। इसमें कोई शक नहीं कि धन के प्रयोग ने लेन-देन की प्रक्रिया को क्रांतिकारी रूप से प्रभावित किया है। लेकिन, मूल्य के आगार के रूप में उसकी कामयाबी उतनी चमकदार नहीं है। मसलन, बदलती हुई राजनीतिक-आर्थिक

परिस्थितियों के कारण नोटों की क़ीमत में ज़बरदस्त उछाल या गिरावट आती रहती है। 1923 में प्रथम विश्व-युद्ध के कारण हुई आर्थिक उथल-पुथल ने जर्मन मार्क की कीमत इतनी गिरा दी थी कि गृहिणियाँ घर में जलावन की जगह नोटों को जलाने लगी थीं। 1918 में जितना सामान एक मार्क से ख़रीदा जाता था, 1923 में उसी के लिए 726,000,000 मार्क देने पड़ते थे।

समझा जाता है कि धन के पहले लेन-देन वस्तुओं के बदले वस्तुओं के आदान-प्रदान से होता था। लेकिन आर्थिक जीवन के इतिहासकार यहाँ भी एकमत नहीं हैं। कइयों का ख़याल है कि मुख्य तौर से वस्तु-विनिमय पर आधारित समाजों या अर्थव्यवस्थाओं का ज़िक्र लिखित इतिहास में नहीं मिलता। धन के बोलबाले से पहले के समाज आम तौर से उपहारों की अर्थव्यवस्था से काम चलाते थे। वस्तु-विनिमय की नौबत या तो अजनबियों के बीच आती थी, या दुश्मनों के बीच। जो भी हो, चीन में नमक, सोलोमन आइलैण्ड में तम्बाकू और अफ़्रीका में हाथी के बालों को विनिमय के माध्यम की हैसियत प्राप्त थी। ईसा से ढाई हज़ार साल पहले मिस्र में सोने और चाँदी जैसी धातुओं को धन के रूप में इस्तेमाल किया जाता था। बाद में धातु के सिक्कों को धन की तरह प्रयोग किया जाने लगा। धातु जितनी क़ीमती होती थी, सिक्के का मूल्य उतना ही अधिक होता था।

क़ाग़ज के रुपए के चलन में आने के बाद धातु की कीमत से धन की अवधारणा अलग हुई। कागज़ की मुद्रा सम्भवत: 1282 में पहली बार इस्तेमाल हुई। कुबलई ख़ान ने शहतूत की छाल से बने क़ाग़ज के नोटों को जारी किया था। उन पर उसकी मुहर लगी थी और ख़ज़ांची के दस्तखत थे। 1368 और 1399 के बीच चीन के मिंग राजवंश द्वारा जारी मुद्रा कुआन सबसे पुराना क़ाग़ज का नोट माना जाता है। वियतनाम ने 1396 में पहली बार साओ के रूप में नोट जारी किये। पश्चिमी जगत में सबसे पहले नोटों का प्रयोग अट्ठारहवीं सदी के दौरान फ्रांस ने करना शुरू किया। 1518 में बोहीमिया की सेंट जोचिम घाटी की एक टकसाल में चाँदी का एक सिक्का ढाला गया था। इसे जोचिमस्थेलर का नाम दिया गया। इसी सिक्के को हालैण्ड में डॉलडर, स्कैंडेनेविया में डॉलेर और इंग्लैण्ड में डॉलर कहा गया। आज कल संयुक्त राज्य अमेरिका समेत दुनिया के 24 देश अपनी मुद्रा को डॉलर कहते हैं।

सवाल यह है कि धन ने उपहार-विनिमय या वस्तु-विनिमय की जगह क्यों ली? दरअसल, वस्तु-विनिमय के माध्यम से विभिन्न चीज़ों के मूल्य का पता लगाना मुश्किल था। धन के माध्यम से ही यह सम्भव हुआ कि इस्पात और सेव जैसी दो एकदम अलग-अलग चीज़ों का मूल्य एक ही मानक का प्रयोग करके प्राप्त किया जाने लगा। मौद्रिक इकाइयों के प्रचलन के बाद ही व्यापार का हिसाब-किताब रखना सम्भव हुआ। धन और पण्य का संबंध भी यहाँ उल्लेखनीय है। धन से जुड़ा हुआ पण्य और धन से अलग पण्य के बीच फ़र्क़ करने से ही मौद्रिक सिद्धांत का सूत्रीकरण सम्भव हुआ है। हिसाब-किताब की इकाई होने के कारण धन के माध्यम से व्यापारी आपस में अनुबंध कर पाये और इसी की वजह से राष्ट्रीय आय का नापजोख सम्भव हो पाया। वस्तु-विनिमय के मुक़ाबले धन के कारण अधिक पेचीदा क़िस्म की तिजारत मुमकिन हुई। धन के कारण वस्तुओं का व्यापार वर्तमान के साथ-साथ किसी भिन्न तारीख़ में किया जाने लगा।

धन अर्थव्यवस्था में कई तरह की भूमिकाएँ निभाता है। एक स्थिति में वह तटस्थ रहता है यानी उसकी मात्रा से वास्तविक अर्थव्यवस्था पर कोई असर नहीं पड़ता। लेकिन, दूसरी स्थिति में वह कभी एक विभ्रम की तरह तो कभी एक आड़ की तरह काम करता है। धन अपने कृत्रिम मूल्यांकन के कारण उपभोग में ख़र्च होने के बजाय निवेश की तरफ़ जाने लगता है, दूसरी तरफ़ उसकी सप्लाई में बढ़ोतरी होने से माल के दाम में तब्दीली आ जाती है जबकि उसका उत्पादन पहले जैसा ही रहता है। धन को एक लिहाज़ से निष्क्रिय भी समझा जाता है, यानी उसकी अपनी कोई गति नहीं होती और वह व्यापार की ज़रूरतों के लिहाज़ से फैलता या सिकुड़ता है।

धन को वास्तविक अर्थव्यवस्था से काट कर अलग से नहीं देखा जा सकता। उसके ऊपर होने वाली ज़्यादातर बहस उसकी माँग और आपूर्ति के इर्द-गिर्द चलती है। डेविड ह्यूम ने अपने लेख 'ऑफ़ इंटरेस्ट' में लिखा है कि धन की सप्लाई में होने वाली अल्पावधि वृद्धि एक कम रोज़गार वाली अर्थव्यवस्था के भीतर उत्पादन और रोज़गार में बढ़ोतरी कर सकती है। धन की मात्रा ब्याज की दर पर भी असर डालती है जिसका असर प्रकारांतर से निवेश के स्तर पर होता है। कींस ने धन की माँग को तीन श्रेणियों में बाँटा है : लेन-देन के लिए होने वाली धन की माँग, एहतियात के तौर पर की जाने वाली माँग, और सट्टेबाज़ी के लिए धन की माँग। ज़ाहिर है कि ये तीनों श्रेणियाँ धन के तीन विभिन्न उपयोगों से जुड़ी हैं।

देखें : अर्थ-विज्ञान का समाजशास्त्र, आर्थिक जनसांख्यिकी, अल्फ्रेड मार्शल, अमर्त्य कुमार सेन, अंतर्राष्ट्रीय मुद्रा कोष, आधार और अधिरचना, ऑस्कर रायज़ार्ड लांगे, ऐडम स्मिथ, करारोपण, कल्याणकारी अर्थशास्त्र, क्लासिकल अर्थशास्त्र, कार्ल हाइनरिख़ मार्क्स-3, कार्ल मेंगर, कींसियन अर्थशास्त्र, गुन्नार मिर्डाल, जोआन रोबिंसन, जान कैनेथ गालब्रेथ, जान मेनार्ड कींस, जान स्टुअर्ट मिल, जोसेफ़ शुमपीटर, जैव विविधता, ट्रस्टीशिप, डेविड रिकार्डो, ढाँचागत समायोजन कार्यक्रम, थॉमस मन और वणिकवाद, थॉमस रॉबर्ट माल्थस,

दक्षता, नियोक्लासिकल अर्थशास्त्र, नीतिशास्त्र और अर्थशास्त्र, निकोलस काल्दोर, नियोजन, नियोजन : मार्क्सवादी विमर्श, पण्य, पण्य-पूजा, पेटेंट, पॉल सेमुअलसन, पियरो स्राफ़ा, पूँजी, प्रतियोगिता, फ्रांस्वा केस्ने और प्रकृतिवाद, फ्रेड्रिख़ वॉन हायक, बहुराष्ट्रीय निगम, बाज़ार, बाज़ार की विफलताएँ, बाज़ार-समाजवाद, बौद्धिक सम्पदा अधिकार, ब्रेटन वुड्स प्रणाली, भारत में बहुराष्ट्रीय निगम, भारत में नियोजन, भारत में पेटेंट क़ानून, भारत में शेयर संस्कृति, भूमण्डलीकरण और पूँजी बाज़ार, भूमण्डलीकरण और वित्तीय पूँजी, भूमण्डलीकरण और वित्तीय उपकरण, मार्क्सवादी अर्थशास्त्र, मिल्टन फ्रीडमेन, मूल्य, राजकोषीय नीति और मौद्रिक नीति, रॉबर्ट ओवेन, विलफ्रेडो परेटो, विश्व व्यापार संगठन, विश्व बैंक, विलियम पेटी, विलियम स्टेनली जेवंस, वैकासिक अर्थशास्त्र, शोषण, साइमन कुज़्नेत्स।

संदर्भ

1. फ्रेड्रिख़ एस. मिश्किन (2007), *द इकॉनॉमिक्स ऑफ़ मनी, बैंकिंग ऐंड फ़ाइनेंशियल मार्केट्स,* एडिसन वेज़ली, बोस्टन.
2. टी.एच. ग्रेसो (2001), *मनी : अंडरस्टेंडिंग ऐंड क्रिएटिंग आल्टरनेटिव्ज़ टू द लीगल टेंडर,* चेलसी ग्रीन पब्लिशिंग, व्हाइट रिवर जंक्शन.
3. 'ऑन टू मनी / अ हिस्ट्री ऑफ़ मनी', एचटीटीपी://डब्ल्यूडब्ल्यू डब्ल्यू.पीबीएस.ऑर्ग/न्यूज़ऑफ़र/ऑन2/मनी/हिस्ट्री.एचटीएमएल
4. लुडविग वॉन माइजिज़ (1981), *द थियरी ऑफ़ मनी ऐंड क्रेडिट,* लिबर्टी फ़ंड इंक., इण्डियानापोलिस, आईएन.

— अभय कुमार दुबे

ध्यान

(Attention)

हमारी ज्ञानेंद्रियाँ अपने चारों ओर के सभी उद्दीपकों या उत्प्रेरकों पर एक साथ अनुक्रिया नहीं करती। यह कुछ उद्दीपकों को चुन लेती हैं और उन पर ही अनुक्रिया करती हैं। ध्यान ख़ास उद्दीपकों के प्रति चयनित अनुक्रिया है। ध्यान के माध्यम से ख़ास उद्दीपकों का चयन होता है और फिर मानसिक रूप से उन्हें व्यक्ति की चेतना (फ़ोकस ऑफ़ कांशसनेस) में लाया जाता है। ध्यान के चयनात्मक होने की विशेषता की कई प्रकार से व्याख्या की गयी है। ध्यान के चयनात्मक सिद्धांत के अनुसार विभिन्न उपस्थित उद्दीपकों में से मस्तिष्क कुछ निश्चित भौतिक विशेषताओं के आधार पर किसी उद्दीपक का चयन करता है। इस चयन के लिए मस्तिष्क के पास एक सेलेक्टिव फ़िल्टर होता है। चूँकि मस्तिष्क में सूचनाओं का संसाधन करने की क्षमता सीमित होती है, इसलिए वह सभी प्रकार के उद्दीपकों पर एक साथ ध्यान न देकर उन्हीं पर ध्यान देता है जो प्रोसेस होकर मस्तिष्क के संज्ञानात्मक फ्रेम के लिए तैयार होते हैं। मनोविज्ञान में ध्यान के अनेक प्रकार बताये गये हैं। ध्यान की ऐच्छिक क़िस्म में व्यक्ति अपनी इच्छा, आवश्यकता या लक्ष्य से अनुप्रेरित होकर कुछ उद्दीपकों पर चयनित रूप से अपना सायास मानसिक प्रयास लगा देता है। अनैच्छिक ध्यान वह होता है जहाँ व्यक्ति की इच्छा या प्रयास के कारण नहीं बल्कि उद्दीपक के गुणों के आधार पर उसकी ओर ध्यान चला जाता है। जैसे, ज़ोर का धमाका। ध्यान का एक प्रकार आदतन ध्यान (हैबिचुअल एटेंशन) भी है जिसमें आदत या अभ्यास की वजह से उद्दीपक की ओर ध्यान चला जाता है। उदाहरणस्वरूप, सिगरेट पीने वाले व्यक्ति का सिगरेट की दुकान की ओर ध्यान चला जाना।

ध्यान के मनोवैज्ञानिक अध्ययन के संदर्भ में मनोवैज्ञानिकों ने चयनात्मक ध्यान (सेलेक्टिव एटेंशन) का अध्ययन किया है। चयनात्मक ध्यान वह विधि है जिसमें व्यक्ति आवश्यकता से संबंधित उद्दीपक को छोड़ कर अन्य उद्दीपकों की ओर ध्यान नहीं देता। इसे ही व्यावहारिक संदर्भ में एकाग्रता कहते हैं। चयनात्मक ध्यान से कार्य का निष्पादन बढ़ जाता है। एकाग्रता के मनोवैज्ञानिक अध्ययन में यह देखा गया है कि किस प्रकार लक्ष्य उद्दीपक की ओर से ध्यान बनाये रखकर निष्पादन बढ़ाया जाए। इसके साथ ही यह भी अध्ययन किया गया है कि किस प्रकार जब एक से अधिक उद्दीपकों पर ध्यान देना आवश्यक हो तो गौण उद्दीपकों में विशेष विशेषताएँ उत्पन्न कर ली जाएँ या गौण उद्दीपकों के प्रति भी किस प्रकार मानसिक अभिरुचि पैदा की जाए। ध्यान के मनोवैज्ञानिक अध्ययन में एक और महत्त्वपूर्ण क्षेत्र सतत ध्यान (सस्टेंड एटेंशन) का अध्ययन है। सतत ध्यान वह स्थिति है जिसमें व्यक्ति अपने प्रत्यक्षण (परसेप्शन्स) को लम्बे समय तक लक्ष्य उद्दीपक की तरफ़ बनाये रखता है। मनोविज्ञान में सतत ध्यान का अध्ययन निगरानी (विजिलेंस) का कौशल बढ़ाने के संदर्भ में हुआ है।

ध्यान की क्रिया में शारीरिक सांमजस्य की क्रिया शामिल होती है। इसमें ज्ञानेंद्रियों और शारीरिक मुद्रा में अभियोजन शामिल है। ध्यान के साथ ही जुड़ी हुई अवधारणा है ध्यान का विस्तार। किसी दिये हुए समय में एक साथ जितने उद्दीपकों पर ध्यान दिया जा सकता है उसे स्पैन ऑफ़ एटेंशन या ध्यान का विस्तार कहते हैं। ध्यान के विस्तार को प्रभावित करने के कई कारक उद्दीपकों से संबंधित होते हैं, तो कई कारक व्यक्ति की जैविकता के किसी न किसी पहलू से संबंधित होते हैं। जैसे, उद्दीपक की तीव्रता अधिक होने से और उद्दीपक के व्यवस्थित होने से ध्यान का विस्तार अधिक होता है। ध्यान के विस्तार के संबंध में व्यक्ति से जुड़े कारकों में व्यक्ति की आवश्यकता, अभिरुचि, अभ्यास, प्रेरणा, थकान

जैसे कारक काम करते हैं। अर्थात् ध्यान को प्रभावित करने में बाह्य वातावरण से संबंधित कारकों के अलावा वैयक्तिक भिन्नता के कारक महत्त्वपूर्ण होते हैं।

ध्यान में विपर्यय या उतार-चढ़ाव होता है, जिसमें ध्यान, एक वस्तु के एक पहलू से दूसरे पहलू की ओर शिफ़्ट कर सकता है। ध्यान में परिवर्तन की क्रिया भी होती है जिसमें ध्यान एक वस्तु से दूसरी वस्तु की ओर भी शिफ़्ट करता है। ध्यान से संबंधित मनोवैज्ञानिक अध्ययन में ध्यान में विभाजन (डिवीज़न आफ़ एटेंशन) का भी महत्त्व है। दो अलग-अलग क्रियाओं पर एक ही साथ ध्यान केंद्रित करने की प्रक्रिया को ध्यान में विभाजन कहा जाता है। मनोवैज्ञानिकों ने ध्यान-विभाजन संबंधी अध्ययन में दिखाया है कि व्यक्ति दो या अधिक प्रकार के कार्यों पर ध्यान का विभाजन कर सकता है पर इससे कार्यों के परिणाम में परिशुद्धता (एकुरेसी) घटती है।

ध्यान से संबंधित मनोवैज्ञानिक अध्ययन में ध्यान में व्यवधान (डिस्ट्रैक्शन ऑफ़ एटेंशन) का महत्त्व है। ध्यान-भंग की स्थिति तब होती है जब व्यक्ति का ध्यान एक वस्तु पर लगा होता है पर उस दौरान ही दूसरा उद्दीपक अपनी विशेषताओं के कारण मानसिक अनुक्रिया को उत्तेजित कर ध्यान अपनी ओर खींच लेता है। ध्यान-भंग का मूल ध्यान पर कितना प्रभाव पड़ता है इस बारे में अनेक अध्ययन किये गये हैं। कुछ प्रयोगों में ध्यान-भंग से निष्पादन (परफ़ॉरमेंस) में कमी होती पायी गयी जबकि कुछ प्रयोगों में देखा गया कि निष्पादन पर निर्णायक असर नहीं पड़ता। मनोवैज्ञानिकों ने कई अध्ययनों में दिखाया है कि ध्यान में व्यवधान सिर्फ़ बाह्य उद्दीपकों (डिस्ट्रैक्शन) के कारण नहीं होता है, बल्कि आवश्यकता, आशा और प्रेरणा जैसे व्यक्तिगत कारकों की वजह से भी होता है।

व्यवधान कम करने से संबंधित अनेक अध्ययन किये गये हैं। व्यवधान कम करने से संबंधित क्रियाओं को दो भागों में बाँटा जाता है : मांसपेशीय प्रयास और अनुकूलन। मॉर्गन ने दिखलाया कि ध्यान में व्यवधान को कम करने के लिए व्यक्ति कुछ अतिरिक्त पेशीय ऊर्जा लगाता है। अनुकूलन वह क्रिया है जिसमें व्यक्ति इस प्रकार के व्यवधान के प्रति मानसिक स्वीकार विकसित कर उसके प्रति मानसिक अनुक्रिया को सायास रेगुलेट करने लगता है।

किसी वस्तु की ओर ध्यान जाने के वस्तुनिष्ठ कारक उद्दीपक से जुड़े होते हैं। दृश्य वस्तु सुनी गयी या लिखित की तुलना में अधिक ध्यान खींचती है। उद्दीपक के स्वरूप में अचानक परिवर्तन आ जाने से भी वह ध्यान खींचता है। जैसे चलती हुई ट्रेन का अचानक रुक जाना। इसी प्रकार, उद्दीपक एकाएक हमारे संज्ञान में नया कुछ जोड़ता है तो वह हमारा ध्यान खींचता है। कुछ उद्दीपक अपने भीतर विरोधी स्थितियों के संयोग की वजह से ध्यान खींचते हैं। किसी वस्तु की ओर ध्यान जाने के वैयक्तिक कारण होते हैं। इनमें आवश्यकता प्रधान कारक है। जैसे, व्यक्ति को अगर भूख लगी हो तो भोजन की ओर ध्यान जाना। इसी प्रकार, आदत और अभिरुचि भी प्रमुख वैयक्तिक कारक हैं। जैसे, क्रिकेट में दिलचस्पी रखने वाले व्यक्ति का ध्यान सड़क के किनारे दूकान में टेलिविज़न पर चल रहे क्रिकेट मैच पर बहुत जल्दी जाता है। उम्मीद भी ध्यान का प्रमुख कारक है। जैसे, किसी का इंतज़ार हो तो गेट से प्रवेश कर रहे हर व्यक्ति की ओर ध्यान चला जाना। उत्सुकता और मनोवृत्ति भी ध्यान के प्रमुख कारक हैं। जैसे, पहले दिन कॉलेज जाने वाले छात्र का कॉलेज की हर बात की ओर ध्यान जाना। जिस व्यक्ति या वस्तु की ओर हमारी प्रवृत्ति सकारात्मक होती है वह तेज़ी से ध्यान खींचता है और जिनके प्रति नकारात्मक रुझान होता है उस ओर ध्यान नहीं जाता है। ध्यान का एक वैयक्तिक आधार उद्दीपक में छिपा अर्थ भी होता है। बाज़ार से गुजरते हुए व्यक्ति का ध्यान उस भाषा की होर्डिंगों की ओर ही जाता है जिसकी उसे जानकारी है।

देखें : एरिक फ्रॉम, कार्ल गुस्ताव युंग, ज़ाक लकाँ, मनोविज्ञान-1 और 2, ज़िग्मण्ड फ्रॉयड-1 और 2, मनोविश्लेषण, मनोविश्लेषण और नारीवाद।

संदर्भ

1. आर. जॉन ऐंडरसन (2004). *कॉग्नेटिव साइकोलॅजी ऐंड इट्स इम्प्लीकेशंस,* वर्थ पब्लिशर्स, लंदन.
2. एडी ऑनसन (2004). *एटेंशन : थियरी ऐंड प्रेक्टिस, यूनाइटेड स्टेट्स ऑफ़ अमेरिका,* सेज, न्यूयॉर्क.
3. डी. डैगोबर्ट रयून्स (सम्पा.) (1972), *डिक्शनरी ऑफ़ फ़िलॉसफ़ी,* लिटलफ़ील्ड , ऐडम्स ऐंड कम्पनी, टोटोवा, एनजे.
4. आर. डी. राइट और एल. एम. वार्ड (2008). *ओरियेंटिंग ऑफ़ एटेंशन,* ऑक्सफ़र्ड युनिवर्सिटी प्रेस, लंदन.

— राकेश श्रीवास्तव

धार्मिक राष्ट्रवाद

(Religious Nationalism)

अट्ठारहवीं सदी के युरोप में उदित हुए राष्ट्रवाद के इतिहास पर नज़र डालने से साफ़ हो जाता है कि उसके पीछे धर्म के गिरते हुए प्रभाव की अहम भूमिका थी। दरअसल, वह राष्ट्रवाद पादरी वर्ग का विरोधी और लौकिक सत्ता का

पैरोकार था। लेकिन उसके बाद का घटनाक्रम बताता है कि पश्चिम की ज़मीन पर ही सेकुलर राष्ट्रवाद में क्रमश: धार्मिक आयामों का प्रवेश होता चला गया। बीसवीं सदी में द्वितीय विश्व-युद्ध के बाद पश्चिमी आधुनिकता के सेकुलर रूपों से प्रभावित राष्ट्रवाद अपने शिखर पर पहुँचा जिसके प्रमाण हमें भारत और मिस्र के सेकुलर राष्ट्रवाद के रूप में मिलते हैं। लेकिन, बाद के वर्षों में विकासशील विश्व की राजनीति में धर्म और धार्मिक विचारधाराओं ने सेकुलर राष्ट्रवाद की संकल्पना को चुनौती देनी शुरू कर दी। आज राष्ट्र-राज्य द्वारा अपनी सत्ता मज़बूत करने के लिए धार्मिक छवियों और अस्मिताओं का दोहन करना आम बात हो चुकी है। भूमण्डलीकृत और उत्तर-आधुनिक विश्व में धार्मिक विचारधाराएँ राष्ट्रवाद के उग्र रूपों का आधार बन चुकी हैं। कहीं जातीय-धर्मिक गोलबंदी ने प्रमुख रूप धारण किया है (जैसे श्रीलंका का सिंहली-बौद्ध राष्ट्रवाद) और कहीं विचारधारात्मक पहलू प्रधान हैं (जैसे भारत का हिंदुत्ववादी आंदोलन)। उग्र ज़ियनवाद पर आधारित इज़रायल का यहूदी राष्ट्रवाद धार्मिक, जातीय और विचारधारात्मक संयोग का सबूत है।

धर्मिक राष्ट्रवाद कई तरह से सेकुलर राष्ट्रवाद की आलोचना करता है। उसके एशियायी पैरोकारों का पहला आरोप यह है कि यह एक आयातित विचार है जिसे कृत्रिम रूप से पश्चिम से लाकर पूर्वी ज़मीन पर रोप दिया गया है। 1979 की सफल ईरानी क्रांति के शिया नेता अयातुल्ला खुमैनी ने अमेरिका समर्थित रज़ा शाह पहलवी की हुकूमत पर यही आरोप लगाया था। खुमैनी अमेरिका और पश्चिम के आर्थिक और सांस्कृतिक प्रभाव और उपनिवेशवाद के बीच कोई फ़र्क़ देखने के लिए तैयार नहीं थे। अल्जीरिया के इस्लामिक साल्वेशन फ्रंट ने 1991 के चुनाव में फ़ौजी शासकों द्वारा समर्थित सेकुलर नैशनलिज़्म को फ्रांस के औपनिवेशिक शासन का विस्तार क़रार दिया था। बीसवीं सदी के आख़िरी दो दशकों में इसी विचार की अनुगूँजें मिस्र, भारत, श्रीलंका के साथ-साथ अफ्रीका, एशिया और मध्य-पूर्व के देशों में सुनी गयीं।

पश्चिम की ज़मीन पर धार्मिक राष्ट्रवाद के पैरोकारों का मुख्य तर्क यह है कि सेकुलर राष्ट्रवाद धर्म के प्रति असहिष्णु है। अमेरिका, इज़रायल, ताजिकिस्तान, उज़्बेकिस्तान, अज़रबैजान और चेचेन्या के ईसाई और मुसलमान राष्ट्रवादियों ने आरोप लगाया कि सेकुलरिस्ट किसी भी धर्म आधारित राजनीतिक अस्मिता को बर्दाश्त नहीं करते। धार्मिक राष्ट्रवादियों के मुताबिक़ सेकुलरवादी भूमण्डलीय पैमाने पर सार्वभौम विश्व-व्यवस्था बनाने की कोशिश कर रहे हैं जिसका मक़सद अकेले केंद्रीय प्राधिकार वाले राजनीतिक केंद्र के तहत समरूप समाज और संस्कृति थोपना है। इस तरह धार्मिक राष्ट्रवाद ख़ुद को विविधता के पैरोकार की तरह पेश करता है। अखिल-इसलामवाद के गर्भ से निकले उग्रवादी अल क़ायदा आंदोलन ने इसी तर्क के आधार पर अपनी अमेरिका विरोधी गोलबंदी की है जिसका विस्तार राष्ट्रेतर है। अमेरिका के भीतर क्रिश्चियन आइडेंटिटी ऐंड क्रिश्चियन रिकंस्ट्रक्शन मूवमेंट भी अमेरिकी नेतृत्व के ख़िलाफ़ इसी तरह के अंदेशे व्यक्त कर चुका है। अंतर्राष्ट्रवाद और भूमण्डलीकरण के ख़िलाफ़ राष्ट्रीय अस्मिता की रक्षा करने करने के मामले में धार्मिक राष्ट्रवाद ख़ुद को सेकुलर राष्ट्रवाद से बेहतर मानता है।

हालाँकि धार्मिक राष्ट्रवाद राजनीतिक धरातल पर अपना एलान बीसवीं सदी के आख़िरी दशकों में ही दिखा पाया, पर उसका इतिहास पुराना है। आधुनिक इस्लामिक राष्ट्रवाद की शुरुआत मिस्र के हसन अल-बाना (जिन्होंने 1928 में इख़वान अल-मुसलमीन की स्थापना की थी) और पाकिस्तान के मौलाना मौदूदी (जिन्होंने 1941 में जमात-ए-इसलामी की स्थापना की थी) की रचनाओं से मानी जाती है। इन दोनों चिंतकों ने पश्चिमी साम्राज्यवाद को इस्लामिक समाज का दुश्मन क़रार देते हुए कहा कि इस्लामिक व्यवस्था तब तक क़ायम नहीं की जा सकती जब तक पश्चिमी प्रभाव का (ज़रूरी हो तो ताक़त का सहारा लेकर) अंत न कर दिया जाए। मिस्र की सरकार ने अल-बाना के उत्तराधिकारियों सैयद क़ुत्ब को 1965 में और अब्द अल-सलाम फ़राज़ को 1982 में मौत की सज़ा दी। फ़राज़ पर मिस्री राष्ट्रपति अनवर सादत की हत्या का इलज़ाम था। ईरान में अली शरियाती ने समाजवादी धारणाओं का इस्तेमाल करके शिया इस्लामिक राजनीतिक दर्शन का प्रतिपादन किया जिसके आधार पर खुमैनी ने शाह विरोधी क्रांति की। इराक में सद्दाम हुसैन के ख़िलाफ़ अमेरिकी युद्ध के बाद से शिया और सुन्नी राष्ट्रवाद को एक नया उछाल प्राप्त हुआ है। पाकिस्तान, इंडोनेशिया, मलेशिया, अल्जीरिया, मोरक्को, सूडान, क्रोशिया, बोस्निया-हरज़ेगोविना और चीन के सिक्यांग प्रांत में मुसलिम राष्ट्रवादियों की सक्रियता का राजनीतिक असर साफ़ तौर से देखा जा सकता है।

यहूदी राष्ट्रवाद का उद्गम 1948 में स्वतंत्र और सम्प्रभु इज़रायल की स्थापना से जोड़ा जाता है। इज़रायल-पूर्व फ़िलिस्तीन के मुख्य रब्बी अब्राहम यिज़्ताक हा-कोहेन कुक का कहना था कि इज़रायल का सेकुलर राज्य धार्मिक रूप से उपयोगी है। अगर इसका शुद्धीकरण कर दिया जाए तो मसीहा की वापसी हो सकती है और बाइबिल में उद्धृत राष्ट्र की रचना की जा सकती है।

ईसाई राष्ट्रवाद का इतिहास तो सबसे ज़्यादा पुराना है। ईसाइयत का राजनीतीकरण चौथी सदी में रोम के सम्राट

कांस्टेटाइन द्वारा ईसाइयत अपना लेने के बाद से शुरू हो गया था। सोलहवीं सदी में प्रोटेस्टेंट सुधारक जॉन कैल्विन द्वारा जिनेवा की ईसाई शहर-राज्य की स्थापना से ईसाई राष्ट्रवाद को नया उछाल मिला। अस्सी के दशक में अमेरिका के क्रिश्चियन रिकंस्ट्रक्शन मूवमेंट ने कैल्विन की शिक्षाओं को ही अपना आधार बनाया है।

भारत के राष्ट्रवादी आंदोलन में धार्मिक आयामों का समावेश उन्नीसवीं और बीसवीं सदी की सांस्कृतिक राजनीति के हाथों हुआ। विवेकानंद, बंकिम चंद्र चट्टोपाध्याय और अरविंद घोष ने भारतीय राष्ट्रवाद के साथ आध्यात्मिक पहलुओं को जोड़ा। विनायक दामोदर सावरकर द्वारा प्रतिपादित हिंदुत्व की राजनीतिक धारणा के आधार पर इन पहलुओं ने राजनीतिक करवट ली। 1925 में राष्ट्रीय स्वयंसेवक संघ की स्थापना हुई जिसके आधार में सावरकर की थीसिस के साथ वर्णाश्रमी मुहावरा भी था। सावरकर ने हिंदू धर्म के बजाय हिंदू संस्कृति को राष्ट्रीय अस्मिता का आधार बनाने की वकालत की थी। लेकिन, संघ ने अस्सी के दशक में रामजन्मभूमि आंदोलन चला कर हिंदुत्व की अवधारणा का धार्मिकीकरण कर दिया, हालाँकि संघ के पैरोकार इसे सांस्कृतिक राष्ट्रवाद का नाम देते हैं। 1992 में अयोध्या में बाबरी मसजिद का ध्वंस करने के बाद संघ के मार्गदर्शन और कोशिशों से 1998 में दिल्ली में जो गठजोड़ सरकार बनी उसकी बागडोर संघ द्वारा स्थापित भारतीय जनता पार्टी के ही हाथों में थी। भारत में धार्मिक राष्ट्रवाद के आधार पर पृथकतावाद के दो उदाहरण भी हैं : कश्मीर का संघर्ष और अलग सिक्ख राष्ट्र का खालिस्तानी आंदोलन। धार्मिक पृथकतावाद की इन दोनों धाराओं ने भारतीय राजनीति को गहराई से प्रभावित किया है।

थेरावादी बौद्ध परम्परा का राजनीति और धार्मिक युद्धों से पुराना ताल्लुक़ रहा है। थाइलैण्ड में बीसवीं सदी में हुए राजनीतिक सुधारों के पीछे यह परम्परा चालक शक्ति के रूप में विद्यमान रही है। श्रीलंका में बौद्ध राजवंश तीसरी सदी से ही हुकूमत करते रहे हैं। श्रीलंका की आज़ादी के आंदोलन में बौद्ध भिक्षुओं ने अगाऊ भूमिका निभायी। 1953 में प्रकाशित रचना *रिवोल्ट इन द टेम्पल* में सेकुलर राष्ट्रवाद पर आरोप लगाया गया कि उसके नेताओं ने बौद्ध धर्म के साथ धोखा किया है। बौद्ध पुजारी वर्ग और बौद्ध राजनीतिक विचारधारा के प्रभाव के कारण श्रीलंका का नेतृत्व तमिल पृथकतावाद की समस्या का समाधान कर पाने में नाकाम रहा है। चीन में महायान बौद्ध विचारधारा ने पारम्परिक चीनी विचारों और प्रोटेस्टेंट उग्रवाद के साथ घालमेल करके ताइपिंग विद्रोह का नेतृत्व किया। इसका मक़सद धर्म आधारित राजवंश स्थापित करना था। जापान में बौद्ध धर्म और शिंटो धर्म ने वहाँ के राष्ट्रवाद का न केवल द्वितीय विश्व-युद्ध के दौरान समर्थन किया, बल्कि अस्सी और नब्बे के दशक के दौरान नव-राष्ट्रवाद की मुहिमों को भी मज़बूती प्रदान की। तिब्बती बौद्ध धर्म के प्रमुख दलाई लामा को परम्परागत रूप से तिब्बती राज्य का प्रमुख भी माना जाता है। मंगोलिया में कम्युनिस्ट शासन ख़त्म होने के बाद तिब्बती बौद्ध संस्कृति का पुनरुत्थान हुआ है। मंगोलियन बुद्धिस्ट पार्टी का मक़सद बौद्ध धर्म को वहाँ की प्रमुख राजनीतिक विचारधारा के रूप में वैधता दिलाना है।

धार्मिक राष्ट्रवाद अपने उल्लेखनीय प्रसार के बावजूद कई बार राष्ट्रीय एकता और विकास का आधार बनने में विफल रहा है। इसलाम पाकिस्तान की एकता की बुनियाद नहीं बन पाया और 1971 में उसके दो टुकड़े हो गये। भारत और तुर्की में धार्मिक गोलबंदी करने वाली पार्टियों को राजनीतिक लाभ हुआ, पर वे उनकी निरंतरता क़ायम नहीं रख पाईं। धार्मिक समुदायों के भीतर इस प्रश्न पर भी ग़ौर हो रहा है कि क्या राजनीति में खुली भागीदारी से आध्यात्मिकता के पहलुओं को नुक़सान तो नहीं होता? कई यहूदी धार्मिक नेताओं ने इसी तरह की उलझनों के मद्देनज़र इज़रायली राजनीति में भाग लेने से इनकार कर दिया है। ईरान के प्रमुख धर्मशास्त्री अब्दुल करीम सौरूश ने नब्बे के दशक के मध्य में दावा किया कि इसलाम के राजनीतीकरण ने उसकी शुद्धता को भ्रष्ट कर दिया है। दूसरी तरफ़ अपने-अपने धर्मों को विश्वव्यापी बनाने की चाह रखने वाले विचारकों को राष्ट्रवाद अपने आप में एक सीमित विचार भी लगता है। अखिल-इसलामवाद के पैरोकार इसलाम को राष्ट्रीय सीमाओं में देखने के लिए तैयार नहीं हैं।

देखें : अधिकार, अधिकार : सैद्धांतिक यात्रा, अरस्तू, अफलातून, अनुदारतावाद, अराजकतावाद, अन्य-अन्यीकरण, उदारतावाद, उपयोगितावाद, एडमण्ड बर्क, क्रांति, ज्याँ-ज़ाक रूसो, जॉन लॉक, जेरेमी बेंथम, जॉन स्टुअर्ट मिल, जॉन रॉल्स, जोहान गॉटफ्रीड हर्डर, डेविड ह्यूम, थॉमस हॉब्स, थॉमस पेन, थॉमस हिल ग्रीन, दायित्व, न्याय, न्याय : नारीवादी आलोचना, न्याय : रॉल्स का सिद्धांत, नागरिकता, नागरिकता : अन्य परिप्रेक्ष्य-1 और 2, नागर समाज, पनोप्टिकॉन, फ्रेड्रिख़ वॉन हायक, बुद्धिवाद, माइकिल ओकशॉट, माइकिल वाल्ज़र, मिशेल पॉल फ़ूको-1 और 2, यूटोपिया, राजनीतिक दर्शन के नारीवादी आयाम, रॉबर्ट नॉजिक, राज्य-1 और 2, राष्ट्रवाद, राष्ट्रवाद का इतिहास, राष्ट्र : सांस्कृतिक या राजनीतिक, राष्ट्रवाद और नारीवाद, विल किमलिका, स्वतंत्रतावाद, सर्वसत्तावाद, सम्प्रभुता, समाजवाद, सरकारियत.

संदर्भ

1. जे. कासानोवा (1994), *पब्लिक रिलीजंस इन द मॉडर्न वर्ल्ड,* यूनिवर्सिटी ऑफ़ शिकागो प्रेस, शिकागो.
2. मार्क जुरगेंसमेयर (1993), *द न्यू कोल्ड वार : द रिलीजस नैशनलिज़म कंफ्रंट्स द सेकुलर स्टेट,* यूनिवर्सिटी ऑफ़

कैलिफ़ोर्निया प्रेस, बर्कले, सीए.

3. पीटर वान डर वीर (1994), *रिलीजस नैशनलिज़म : हिंदूज़ ऐंड मुस्लिम्स इन इण्डिया,* युनिवर्सिटी ऑफ़ कैलिफ़ोर्निया प्रेस, बर्कले, सीए.

4. डी. वेस्टरलुंड (सम्पा.) (1996), *क्वेश्चनिंग ऑफ़ सेकुलर स्टेट : द वर्ल्डवाइड रिसर्जेंस ऑफ़ रिलीजन इन पॉलिटिक्स,* हर्स्ट ऐंड कम्पनी, लंदन.

— अभय कुमार दुबे

धीरूभाई शेठ

(Dheerubhai Sheth)

भारत के प्रमुख राजनीतिक-समाजशास्त्री धीरूभाई शेठ (1936-) ने मुख्य तौर पर तीन धरातलों पर अपने विमर्श की रचना की है : सत्ता और समाज के बीच रिश्तों का अध्ययन करना, ज्ञान के स्रोतों और उसके सूत्रीकरण पर बहस चलाना, और समाज-विज्ञान को समाज के अनुभवों से जोड़ने का प्रयास करना। विकासशील समाज अध्ययन पीठ (सीएसडीएस) से आजीवन जुड़े रहे धीरूभाई ने समाज-विज्ञान और उसकी पद्धति की जो रचनात्मक आलोचना पेश की है उसका दायरा बहुत विस्तृत है। इसके एक सिरे पर भारत की राजनीतिक आधुनिकता और जाति-प्रथा के बीच लेन-देन का जायज़ा है, तो दूसरे सिरे पर उदारतावादी लोकतंत्र और भूमण्डलीकरण के बीच अंत:संबंधों की निष्पत्तियों का खुलासा है। इन दोनों सिरों के बीच धीरूभाई का प्रयास भारतीय राजनीति की वर्तमान संरचनाओं के विकल्पों को रेखांकित करने का रहा है। इसके लिए वे राष्ट्र-निर्माण की प्रक्रिया की विवेचना और सेकुलरवाद की व्यावहारिक राजनीति का सूत्रीकरण करने का प्रयास करते हैं। राष्ट्र-निर्माण के एक सिद्धांत के रूप में आरक्षण-नीति की अनिवार्यता और उसमें आयी विकृतियों की व्याख्या पर भी उन्होंने विशेष ध्यान दिया है। ग़ैर-पार्टी राजनीति, मानवाधिकार और भाषा के सवाल पर अपने विमर्श के लिए सुपरिचित प्रोफ़ेसर शेठ ने छुआछूत और दलित-प्रश्न पर भी चिंतन किया है। वे देश के कुछ गिने-चुने समाज-वैज्ञानिकों में से एक हैं जिन्होंने ज़मीनी स्तर पर काम कर रहे सामाजिक-राजनीतिक कार्यकर्ताओं को समाज-विज्ञान की दुनिया से जोड़ने के संस्थागत प्रयास किये। इस प्रक्रिया में उन्होंने समाज-विज्ञान की स्थापित विधियों में एक नयी विधि का समावेश किया। यह थी डायलॉग यानी संवाद की विधि।

धीरूभाई का जन्म 17 मार्च, 1936 को बड़ोदरा के बहादरपुर गाँव में एक वैश्य परिवार में हुआ था। बचपन से ही उनकी दिलचस्पी साहित्य में थी, और साहित्यिक भाषा बरतना उन्हें पसंद था। बड़ोदरा में उच्च-शिक्षा प्राप्त करते हुए धीरूभाई ने एम.एन. श्रीनिवासन और आई.पी. देसाई जैसे विद्वानों से समाजशास्त्र के सबक सीखे। बड़ोदा विश्वविद्यालय में सक्रिय रिनेसाँ क्लब में उन्हें रजनी कोठारी, भीखू पारिख और रावजीभाई पटेल जैसे लोगों का सान्निध्य मिला। इस माहौल का उनकी बौद्धिकता और व्यक्तित्व पर सकारात्मक असर पड़ा। धीरूभाई मानते हैं कि रिनेसाँ क्लब की सदस्यता ने उन्हें अपनी बौद्धिकता खोजने में मदद की। इसी दौरान उनका परिचय उदारतावादी दर्शन, गाँधीवाद और मानवेंद्र नाथ राय के रैडिकल मानवतावाद से हुआ। साठ के दशक के मध्य में वे रजनी कोठारी के निमंत्रण पर बड़ोदरा की नौकरी छोड़ कर विकासशील समाज अध्ययन पीठ चले आये।

धीरूभाई मानते हैं कि समाज-विज्ञानों पर ज्ञान का प्रत्यक्षवादी नज़रिया हावी है। इस दृष्टिकोण के तहत मान लिया जाता है कि यथार्थ एक ऐसी चीज़ है जिसका अवलोकन करके भौतिक जगत में उसका एक 'वस्तु' के तौर पर उसका वर्णन किया जा सकता है। इसके तहत यथार्थ अवलोकित तथ्यों के एक सिलसिले के रूप में सामने आता है। यानी जिसका अवलोकन सम्भव नहीं है, वह या तो ग़ैर-मौजूद मान लिया जाता है या फिर उसे केवल अवलोकित संदर्भ में जाना जा सकता है। धीरूभाई के अनुसार समाज-विज्ञान अपनी इस वैज्ञानिक-पद्धति पर इतना ज़ोर देता है कि उसकी यह पद्धति ही यथार्थ की वास्तविकता का प्रमाण बन जाती है। बजाय इसके कि ज्ञान की प्रक्रिया यथार्थ की सेवा करे, यथार्थ ज्ञान की इस प्रक्रिया की सेवा करते हुए नज़र आता है। 'वस्तुनिष्ठता' का आग्रह इतना प्रबल है कि अनुसंधानकर्ता से एक व्यक्ति या समूह के सदस्य के रूप में स्वयं को हितों, विचारधाराओं और मूल्यों के असर से पूरी तरह मुक्त रखने की अपेक्षा की जाती है। वैज्ञानिक पद्धति के दायरे में फ़िट न होने वाली कोई भी कार्रवायी यथार्थ के अवलोकन में बाधा क़रार दे दी जाती है। कार्रवायी या एक्शन के सामाजिक धरातल से आने वाली हर आवाज़ को शोरगुल के ख़ाने में डाल दिया जाता है। इस व्यर्थ के अराजक कोलाहल से छुटकारा पाना भी वैज्ञानिक पद्धति का अंग माना जाता है। इस तरह यथार्थ का एक रेडीमेड संस्करण तैयार होता है जिसके आईने में समाज को देख कर विद्वान समझते हैं कि उन्होंने अपनी समाज-विज्ञान संबंधी ज़िम्मेदारी पूरी कर ली है, जबकि वे यह नहीं जान पाते कि उनकी वैज्ञानिक पद्धति दरअसल अनुसंधानकर्ता और उसके 'विषय' की भूमिका निभा रहे लोगों के बीच संबंध का अमानवीकरण करती चली जा रही है।

धीरूभाई शेठ (1936-)

धीरूभाई कहते हैं कि समाज-विज्ञान में यथार्थ तब तक अपनी आवाज़ प्राप्त नहीं करता जब तक वैज्ञानिक पद्धति उसे ज़ुबान न दे। प्रोफ़ेसर शेठ के मुताबिक़ अंतिम विश्लेषण में ज्ञान की ताक़त का इस्तेमाल अनुसंधान के विषय बनाये गये मनुष्यों, समुदायों और समाजों के लिए न हो कर दमन, नियंत्रण और गोलबंदी के उन औज़ारों के लिए होता है जिनका मक़सद ज्ञान-प्रणाली के दायरे से बाहर सत्ता और व्यवस्था को टिकाये रखना है। धीरूभाई को इसमें कोई शक नहीं है कि समाज-विज्ञान की वर्तमान सैद्धांतिकी और पश्चिमी इतिहास और बौद्धिकता की उपज है, इसलिए वे इसके मुक़ाबले एक्सपीरियेंशल नॉलेज की धारणा पेश करते हैं। वे इसे अनुभवसिद्ध ज्ञान कहने के लिए तैयार नहीं हैं, क्योंकि अनुभव एक व्यक्ति का होता है जिसके आधार पर वह अपने परिप्रेक्ष्य की रचना करता है। धीरूभाई की दृष्टि समाज और समुदाय के अनुभव और इतिहास पर है। उनका कहना है भारत के जिस समाज-वैज्ञानिक ने थमाये गये सिद्धांतों के दायरे से निकल कर भारतीय समाज के अनुभवों और इतिहास पर ध्यान दिया है, वे उपयोगी सिद्धांतीकरण कर पाये हैं। फिर चाहे वह एम.एन. श्रीनिवासन द्वारा किया गया संस्कृतीकरण और प्रभुत्वशाली जाति का सूत्रीकरण हो, या फिर रजनी कोठारी द्वारा किया गया कांग्रेस सिस्टम का।

जीवन, समाज और राजनीति के तक़रीबन हर आयाम पर अपने विचार व्यक्त करने वाले धीरूभाई शेठ ने साठ के दशक में विकासशील समाज अध्ययन पीठ में क़दम रखा। यह दौर अध्ययन पीठ में पार्टी-पॉलिटिक्स और चुनावी अध्ययनों की आधारशिला रखने का था। भारतीय मतदाता मण्डल के राजनीतिक विकास ('पॉलिटिकल डिवेलपमेंट ऑफ़ इण्डियन इलेक्टोरेट') से लेकर धीरूभाई ने इस दशक में चुनावी राजनीति, राजनीतिक संकट और पार्टियों के सामाजिक आधार की गवेषणा की। 1975 में वे भारतीय रैडिकलिज़म की संरचनाओं का विश्लेषण लेकर सामने आये। 'स्ट्रक्चर ऑफ़ इंडियन रैडिकलिज़म' शीर्षक से लिखी गयी यह अनूठी कृति अध्ययन पीठ द्वारा 1971 के आम चुनाव के बाद किये गये एक राष्ट्रव्यापी सर्वेक्षण पर आधारित थी। इस अध्ययन में जो रैडिकलिज़म सामने आया वह न तो विचारधारात्मक क़िस्म का था और न ही किन्हीं रैडिकल अभिजनों की देन था। रैडिकलिज़म की यह खोज भारतीय जनता के मानस के आधार पर की गयी थी। इसी सिलसिले में धीरूभाई की एक और रचना 'पॉवर्टी, सोशल कांशसनेस ऐंड रैडिकलिज़म' भी शामिल की जा सकती है।

अस्सी के दशक में धीरूभाई ने अध्ययन पीठ के लिए लोकायन नाम के प्रोजेक्ट की शुरुआत की। इसके पीछे एक ख़ास तरह की समझ थी। आपातकाल के बाद उभरी जन-राजनीति की पृष्ठभूमि में धीरूभाई को लग रहा था कि दुनिया के स्तर पर विकास संबंधी राजनीति और उसका समाज-विज्ञानी सिद्धांतीकरण काफ़ी समस्याग्रस्त हो गया है। जिन समाजों को अविकसित या अल्पविकसित कहा जाता है, उनकी गतिशीलता को समझना विकास के सिद्धांत के बस की बात नहीं रह गयी है। वे इस नतीजे पर पहुँचे कि राज्य की संस्था को विकास के मुख्य एजेंट की तरह ग्रहण करने वाले प्रतिमान पर सवालिया निशान लगाने का वक़्त आ गया है। लोकायन के तहत उन्होंने समाज-वैज्ञानिकों और सामाजिक-राजनीतिक कार्यकर्ताओं के बीच कई संवाद आयोजित किये। अध्ययन पीठ पहले ही सर्वेक्षण की पद्धति का इस्तेमाल कर रही थी, अब इसके साथ संवाद की पद्धति भी जुड़ गयी। एक अलग तरह की अनुसंधान-शैली उभरी जिससे अध्ययन पीठ के विद्वान मुद्दों और समस्याओं के नज़दीक पहुँच पाये। इसके आधार पर सिद्धांत रचने की कोशिशें की गयीं जिनके केंद्र में सत्ता की प्रकृति समझने का सरोकार था। अध्ययन पीठ के विद्वानों ने आगे चल कर पब्लिक इंटलेक्चुअल की भूमिका जिस प्रकार निभानी शुरू की, उसकी पृष्ठभूमि में लोकायन का प्रयोग ही था। धीरूभाई के नेतृत्व में लोकायन ने संवाद के ज़रिये यह सम्भव बनाया कि लोग अपनी परिस्थितियों को स्वयं परिभाषित करें, न कि दूसरों द्वारा बनायी गयी परिभाषाएँ उन्हें थमा दी जाएँ।

लोकायन के प्रयोग से हुए अनुभवों के आधार पर

धीरूभाई ने 'आल्टरनेटिव डिवेलपमेंट एज़ प्रेक्टिस', 'ग्रासरूट्स इनीशेटिव इन इण्डिया' और 'ग्रासरूट्स स्टरिंग्ज़ ऐंड फ़्यूचर ऑफ़ पॉलिटिक्स इन इण्डिया' जैसे बहुचर्चित लेख लिखे। इसी दौरान धीरूभाई ने मानवाधिकार विमर्श में भी योगदान किया। अस्सी के दशक में ही धीरूभाई ने भाषा के प्रश्न पर अपना विख्यात लेख 'द ग्रेट लेंग्वेज डिबेट : पॉलिटिक्स ऑफ़ मैट्रोपोलिटन वर्सिस वर्नाकुलर इण्डिया' लिखा। उन्होंने सुझाव दिया कि हिंदी को राष्ट्र-भाषा बनाने की कोशिशें छोड़ कर उसका एक समृद्ध क्षेत्रीय भाषा के रूप में विकास करने की कोशिशों पर ज़ोर दिया जाना चाहिए।

जाति और राजनीति के अंत:संबंधों पर धीरूभाई ने अपनी विख्यात रचना 'नये मध्यवर्ग का उदय' में प्रकाश डाला। उन्होंने कहा कि शहरीकरण, उद्योगीकरण और आधुनिक शिक्षा के प्रसार ने धीरे-धीरे जातियों को उनके कर्मकाण्ड आधारित ऊँच-नीच की जकड़ से मुक्त कर दिया है। आधुनिक राजनीति के क्षैतिज धरातल पर जातियाँ सत्ता के लिए आपस में होड़ कर रही हैं। अब उनका अस्तित्व केवल कौटुम्बिक समुदाय के रूप में रह गया है। इसमें आरक्षण की नीति ने उल्लेखनीय भूमिका निभायी है। दरअसल, जाति और राजनीति के संबंधों पर धीरूभाई की महारत उन्हें राष्ट्रीय पिछड़ा वर्ग आयोग की सदस्यता तक ले गयी। वहाँ उनकी भूमिका समाज-वैज्ञानिक सदस्य की थी। आयोग में गुज़ारे गये समय के कारण वे आरक्षण पर चलने वाली बहस में सकारात्मक हस्तक्षेप कर सके। उन्होंने राष्ट्र-निर्माण की एक थीसिस के तौर पर आरक्षण की नीति का तर्कपूर्ण समर्थन किया और साथ-साथ उसकी विकृतियों की तरफ़ भी बेबाक़ी से ध्यान खींचा। 'इनेबिलिंग ईक्वल कम्पटीशन' में उन्होंने आरक्षण विरोधी तर्कों की बखिया उधेड़ी और सामाजिक न्याय की नीतियों के भारतीय परिप्रेक्ष्य की समग्र व्याख्या की। उन्होंने मुसलमानों को धर्म के आधार पर आरक्षण देने का विरोध करते हुए सेकुलर नीति के साम्प्रदायिकीकरण के अंदेशों के प्रति आगाह किया।

दलित आंदोलन के प्रश्न पर धीरूभाई ने दो उल्लेखनीय सूत्रीकरण किये। पहला, उन्होंने दलित समस्या को पश्चिम में प्रचलित नस्लवाद के समकक्ष ठहराने की बौद्धिक कोशिशों की आलोचना की और कहा कि ऐसा करने से दलित आंदोलन अपनी अभी तक की उपलब्धियों को खो देगा। साथ ही उन्होंने दिखाया कि ग़ैर-दलित समाज का रवैया भारतीय समाज की इस व्याधि का समग्र उपचार पेश नहीं करता। दूसरे, उन्होंने दलित राजनीति के भीतर चल रही प्रतिमान-परिवर्तन की उस प्रक्रिया की व्याख्या की जिसके तहत ब्राह्मणवाद विरोध मनुवाद विरोध में विकसित हो रहा था, और बहुजन का प्रतिमान सर्वजन में बदल रहा था।

भूमण्डलीकरण के संदर्भ में धीरूभाई ने उदारतावादी लोकतंत्र को लोकतंत्र के एकमात्र रूप की तरह सभी समाजों को थमाये जाने की आलोचना विकसित की। उनका कहना था कि पहले तो पश्चिमी विमर्श ने लोकतंत्र को केवल लिबरल डेमॉक्रैसी तक सीमित किया, और अब उसे बाज़ार आधारित व्यवस्था और राष्ट्रीय सुरक्षा तक सीमित रहने वाले राज्य की सीमाओं में क़ैद कर दिया गया है। लोकतंत्र का सिद्धांत अपनी विविधता खो कर आम लोगों के राजनीतीकरण का पहले की तरह वाहक नहीं रह गया है।

भूमण्डलीकरण के ज़माने में पनपी उपभोक्ता क्रांति के मौजूदा दौर के धीरूभाई आत्मनाशी तो नहीं, लेकिन ऐसी गतिविधि ज़रूर मानते हैं जिसका क्षरण अपने-आप होता रहता है। वे कहते हैं कि मनुष्य का उपभोक्ता होना किसी संतोषजनक अस्तित्व का प्रमाण नहीं है, क्योंकि मनुष्य अस्तित्वगत रूप से अपनी भौतिकता से परे भी कुछ है।

देखें : आशिस नंदी-1 और 2, इरावती कर्वे, जातियों का राजनीतीकरण, जाति और जाति-व्यवस्था-1, 2, 3 और 4, गोविंद सदाशिव घुर्ये, प्रभुत्वशाली जाति, भारतीय समाजशास्त्र-1 और 2, मैसूर नरसिम्हचार श्रीनिवास, देवकी जैन, धूर्जटि प्रसाद मुखर्जी, नीरा देसाई, योगेश अटल, रजनी कोठारी, राधा कमल मुखर्जी, वेरियर एलविन, संस्कृतीकरण, श्यामा चरण दुबे-1 और 2.

संदर्भ

1. अभय कुमार दुबे (सम्पा.), *सत्ता और समाज (धीरूभाई शेठ का कृतित्व)*, सीएसडीएस-वाणी, दिल्ली, 2009
2. धीरूभाई शेठ और गुरप्रीत महाजन (सम्पा.) (1999), *माइनॉरिटी आइडेंटिटीज़ ऐंड द नेशन-स्टेट*, ऑक्सफ़र्ड युनिवर्सिटी प्रेस, नयी दिल्ली.
3. डी.एल. शेठ और आशिस नंदी (सम्पा.) (1996), *द मल्टीवर्स ऑफ़ डेमॉक्रैसी*, ऑक्सफ़र्ड युनिवर्सिटी प्रेस, नयी दिल्ली.
4. डी.एल. शेठ (सम्पा.) (1975), *सिटीज़ंस ऐंड पार्टीज़ : आस्पेक्ट्स ऑफ़ कम्पटीटिव पॉलिटिक्स इन इण्डिया*, एलाइड, नयी दिल्ली.

— अभय कुमार दुबे

धूर्जटि प्रसाद मुखर्जी

(Dhoorjati Prasad Mukerji)

भारतीय समाजशास्त्र का विकास करने वाले आरम्भिक स्तंभों में से एक धूर्जटि प्रसाद मुखर्जी (1894-1968) की गणना उन मार्क्सवादी समाज-वैज्ञानिकों में की जाती है जिन्होंने भारतीय अतीत के अध्ययन के लिए द्वंद्वात्मक भौतिकवाद के सिद्धांत का इस्तेमाल किया। स्वयं को मार्क्सशास्त्री कहने वाले धूर्जटि प्रसाद ने परायेपन और उत्पादन-संबंध जैसी

अवधारणाओं को भारतीय समाज पर लागू किया, लेकिन वर्ग-संघर्ष को मान्यता प्रदान नहीं की। इरावती कर्वे और एम. एन. श्रीनिवास ने हिंदू धर्मशास्त्रों की व्याख्या के माध्यम से भारतीय समाज ख़ास कर वर्ण-व्यवस्था और जाति की बनावट का विश्लेषण किया है, लेकिन मुखर्जी ने भौतिकवाद का व्याख्या के मुख्य उपकरण के तौर पर इस्तेमाल किया। समाजशास्त्र के सैद्धांतिक पक्षों के साथ-साथ मुखर्जी ने विभिन्न विषयों पर फुटकर निबंध भी लिखे हैं। मार्क्स के विचारों को अत्यंत उपयोगी मानते हुए वे उन्हें भारतीय इतिहास व संस्कृति के अनुरूप ढालने के पक्ष में थे। भारतीय धर्म-संस्कृति के कई पहलुओं को यांत्रिक ढंग से ख़ारिज करने के स्थान पर मुखर्जी ने उनका उपयोग करते हुए अपनी समन्वयवादी दृष्टि विकसित करने की चेष्टा की। मुखर्जी ने इतिहास और अर्थशास्त्र की औपचारिक शिक्षा ग्रहण करने के बाद समाजशास्त्र में क़दम रखा था। उन्होंने कलकत्ता में शिक्षा प्राप्त की और बाद में लखनऊ विश्वविद्यालय में अध्यापन किया। उनकी प्रमुख कृतियाँ हैं : *पर्सनैलिटी ऐंड द सोशल साइंसेज़* (1924), *बेसिक कंसेप्ट्स* (1932), *मॉडर्न इण्डियन कल्चर* (1942), *प्रॉब्लम्स ऑफ़ इण्डियन यूथ* (1946)। मुखर्जी की गहरी रुचि कला-संगीत और साहित्य में भी थी। उन्होंने सगीत पर *इंट्रोडक्शन टू इण्डियन म्यूज़िक* (1946) और रवींद्रनाथ ठाकुर पर *टैगोर, अ स्टडी* (1943) जैसी पुस्तकें भी रची है। मुखर्जी का चिंतन और लेखन बहुआयामी था। उन्होंने ऐसे बुद्धिजीवी का आदर्श प्रस्तुत किया जो पूर्वग्रहों को कभी अपने बौद्धिक कर्म के आड़े नहीं आने देता।

मुखर्जी के समय का समाज मूलत: परम्पराचालित था, साथ ही उसमें आधुनिकता का भी प्रवेश हो रहा था। इसीलिए उनके लेखन में परम्परा व आधुनिकता के संबंधों पर काफ़ी विचार किया गया है। वे देख रहे थे समाज में गाँव-गाँव तक में परम्परा का गहरा प्रभाव है, इसीलिए उनकी मान्यता थी परम्पराओं से हटकर प्रगति का दावा भारतीय संदर्भों में उपयुक्त नहीं कहलायेगा। उन्होंने संश्लेषण का रवैया अपनाते हुए कहा कि भारत न तो पूरी तरह परम्पराओं को छोड़ सकता है और न पश्चिमीकरण, आधुनिकता तथा उद्योगीकरण को त्याग सकता है। उन्होंने पश्चिमी देशों द्वारा परिभाषित प्रगति के विचार की आलोचना भी की। विख्यात समाजशास्त्री त्रिलोकी नाथ मदन ने मुखर्जी पर टिप्पणी करते हुए लिखा है : मुखर्जी मार्क्सवाद, वेदान्त और पश्चिमी उदारतावाद का समन्वय करना चाहते थे। मार्क्सवाद से सहमति के बावजूद उन्होंने भारतीय अतीत में संस्कृति की भूमिका पर बल दिया और इतिहास को केवल वर्ग-संघर्ष के नज़रिये से नहीं बल्कि संस्कृति के नज़रिये से देखे जाने की वकालत भी की। भारतीय इतिहास को मुखर्जी सांस्कृतिक समन्वय का इतिहास बताते हैं।

परम्परा के विवेचन में मुखर्जी ने कहा कि परम्परा कोई स्थिर, ठहरी हुई और जड़ चीज़ नहीं है, बल्कि इसमें बदलाव की सतत प्रक्रिया चलती रहती है। व्यक्ति सामाजिक परम्पराओं के अनुसार अपने को ढालता और अनुकूलित करता है और इससे परम्परा का अस्तित्व बचा रहता है। उनका यह भी मत था कि कोई भी नयी संस्कृति या आधुनिकता नये सिरे से नहीं बनायी जा सकती। इसलिए परम्परा के साथ आधुनिकता का सामंजस्य करना ही पड़ेगा। मुखर्जी ने बदलाव दो कारणों से आते हैं। पहला, परम्परा के भीतर से ही बदलाव की आवाज़ उठना यानी जनमानस के दबाव से होने वाला परिवर्तन। दूसरा, परम्परा के बाहर से बदलाव के दबाव पैदा होना। जैसे, अग्रेजों के प्रभाव के कारण पुरानी भारतीय परम्परा और उसे बचाए रखने वाले वर्गों के चरित्र में हुआ परिवर्तन।

भारतीय परम्परा व समाज के संबंध में मुखर्जी का आकलन था कि परम्परा से व्यक्ति को दिशा-निर्देश मिलता है, लेकिन दूसरी ओर यह व्यक्ति के लिए भार स्वरूप भी बन जाती है। परम्परा के कारण व्यक्तिवाद का विकास नहीं होता है और लोगों में आलोचनात्मक दृष्टि का अभाव भी हो जाता है। इससे समाज में ठहराव आ जाता है। इन्हीं कारणों से मुखर्जी का प्रस्ताव ऐसी सामाजिक संस्कृति के विकास का था जिसमें वैयक्तिकता का विकास हो और साथ ही समाज के साथ उसका समंजन भी बना रहे। उन्होंने प्रत्यक्षवाद के सिद्धांत का विरोध किया क्योंकि वह सामाजिक परिवर्तन के मध्य व्यक्ति को जैविक इकाई के रूप में देख कर यांत्रिक भौतिकवाद संबंधी मूल्यों को महत्त्व देता था।

मुखर्जी व्यक्ति की स्वतंत्रता को परम्परा की सृजनात्मक अभिव्यक्ति से भी जोड़ते थे। वे पश्चिमी व्यक्तिवाद और संस्कृति, उसकी आक्रामकता और मानवतावाद के आलोचक थे। इसीलिए वे व्यक्तित्व व समाज के विकास के बारे में पश्चिमी मॉडल अपनाने के ख़िलाफ़ थे। पश्चिमी रवैये का आलोचक होने के कारण मुखर्जी ने भारतीय मध्यवर्ग का भी नकारात्मक चित्रण किया जो पश्चिमी मूल्यों को अपनाने के लिए अधिक आतुर था। वे उसे मूल्यों, राजनीतिक निर्णयों व जीवन-शैली के मामले में अवसरवादी तथा शरारती -मानते थे। उनका निष्कर्ष था कि मध्यवर्ग सामान्य जनता से अलग और अपनी परम्पराओं से उखड़ा हुआ है। ऐसे वर्ग पर भारत में वास्तविक आधुनिकता लाने की ज़िम्मेदारी डालना विवेकसंगत नहीं होगा। भारत के विभाजन के लिए भी मध्य वर्ग को ज़िम्मेदार बताया। उनका सुझाव था कि इससे पहले यह वर्ग देश को आधुनिक बनाये, इसमें सुधार लाना चाहिए।

डी.पी. मुखर्जी स्वतंत्रता से पूर्व तथा पश्चात कई महत्त्वपूर्ण संस्थाओं से जुड़े और उनके माध्यम से अपनी

बौद्धिक सक्रियता का परिचय दिया। 1937 के चुनावों में जब कांग्रेस की उत्तर प्रदेश में सरकार बनी तो उन्होंने सूचना निदेशक का पद सँभाला। वे आर्थिक और सांख्यिकी ब्युरो के संस्थापकों में से भी थे। 1947 में उन्हें उत्तर प्रदेश श्रमिक जाँच समिति का सदस्य भी बनाया गया। लखनऊ विश्वविद्यालय से सेवानिवृत्त होने के बाद 1953 में उन्हें अलीगढ़ में अर्थशास्त्र विभाग के अध्यक्ष पद के लिए आमंत्रित किया गया जहाँ वे पाँच वर्ष तक रहे। मुखर्जी पर राष्ट्रीय आंदोलन का गहरा असर था और वे जवाहरलाल नेहरू के विचारों से प्रेरित थे। 1961 में उनकी गले के कैंसर से मृत्यु हुयी।

अपनी किताब *मॉडर्न इण्डियन कल्चर* में उन्होंने भारत को बहुसांस्कृतिक देश बताया और उसमें सक्रिय समन्वय की प्रवृत्तियों तथा परम्पराओं का उल्लेख किया। उन्होंने मध्यकाल के दौरान हिंदू और मुसलिम संस्कृतियों के संबंधों पर भी विचार किया है। यह मानने के बावजूद कि हिंदू धर्म तथा इसलाम की विश्व-दृष्टियों में अंतर है, मुखर्जी ने दोनों के मध्य सांस्कृतिक अंत:क्रिया को ख़ासतौर पर रेखांकित किया। वे मानते थे इस्लामिक राज में दोनों धर्मों के शासक वर्गों में काफ़ी निकटता थी और उनके कई साझे हित विकसित हो गये थे। इसके बरक्स अंग्रेज़ों का भारतीय समाज में आगमन ज़्यादा मूलगामी बदलाव लाने वाला सिद्ध हुआ।

आधुनिक व मध्यकाल में हुए आर्थिक परिवर्तनों की व्याख्या मुखर्जी ने किसी परिपक्व अर्थशास्त्री की भाँति की है। मुखर्जी का कहना था कि अंग्रेज़ों ने कृषि, उद्योग-धंधों, दस्तकारी आदि सभी क्षेत्रों के परम्परागत ढाँचे को तहस-नहस कर दिया, भूमि-व्यवस्था की सामुदायिकता को तोड़ा और उसे लाभ और सम्पत्ति-उत्पादन के औज़ार में बदल दिया। मार्क्स ने भी भारत में ब्रिटिश शासन की इसी भूमिका का उल्लेख किया था। मुखर्जी पर इस विवेचन का असर दिखता है। उन्होंने भारत की अर्थव्यवस्था. को सामाजिक मूल्यों से नियंत्रित बताया और भारतीय जाति-प्रथा तथा पुरानी अर्थव्यवस्था के रिश्तों का भी विश्लेषण किया। उन्होंने बताया कि पुराने नातेदारी समूहों तथा जाति समूहों द्वारा व्यापार के अंतर्गत शहरी व ग्रामीण क्षेत्रों में सम्पर्क बनाये जाते थे, किंतु अंग्रेज़ों के राज में व्यापार व उद्योग में भारी बदलाव के कारण ये पुराने व्यापारिक समूह लोगों से ख़ुद को अलग मानने लगे और उनमें अपने ही लोगों के शोषण की प्रवृत्तियों का जन्म हुआ।

देखें : इरावती कर्वे, जातियों का राजनीतिकरण, जाति और जाति-व्यवस्था-1, 2, 3 और 4, गोविंद सदाशिव घुर्ये, प्रभुत्वशाली जाति, भारतीय समाजशास्त्र-1 और 2, मैसूर नरसिम्हचार श्रीनिवास, देवकी जैन, धीरूभाई शेठ, नीरा देसाई, योगेश अटल, राधा कमल मुखर्जी, वेरियर एलविन, संस्कृतीकरण, श्यामा चरण दुबे-1 और 2.

संदर्भ

1. धूर्जटि प्रसाद मुखर्जी (1948), *इण्डियन कल्चर : अ सोसियॉलॅजीकल स्टडी,* रूपा ऐंड कम्पनी, नयी दिल्ली.
2. टी.एन. मदन (1994), *पाथवेज़,* आक्सफ़र्ड युनिवर्सिटी प्रेस, दिल्ली,1994
3. एस.एल. दोषी (2009), *भारतीय सामाजिक विचारक,* रावत पब्लिकेशंस, नयी दिल्ली.
4. धूर्जटि प्रसाद मुखर्जी (1986), *डाइवर्सिटीज़,* पापुलर प्रकाशन, बम्बई, 1986
5. ए.के. सरन, 'डी.पी. मुखर्जी 1894-1961, एन ओबीचुअरी', द *ईस्टर्न एंथ्रोपलॉजिस्ट,* ऐन ओबीचुअरी, अंक 15.

— वैभव सिंह

धोंडो केशव कर्वे

(Dhondo Keshav Karve)

विधवा-विवाह और स्त्री-शिक्षा के लिए प्रयास करने वाले समाज-सुधारकों में महाराष्ट्र के धोंडो केशव कर्वे (1858-1962) का नाम अग्रणी है। समाज-सुधार का आजीवन प्रण लेने के कारण उन्हें महर्षि कर्वे की उपाधि से भी याद दिया जाता है। कर्वे की मान्यता थी कि स्त्रियों को सबल बनाने के लिए उनकी शिक्षा और व्यावहारिक प्रशिक्षण बेहद आवश्यक है। इस उद्देश्य के लिए धोंडो केशव कर्वे ने केवल स्त्रियों के लिए अनेक शैक्षणिक संस्थानों की स्थापना की, जिनमें भारत में स्त्रियों को उच्च शिक्षा प्रदान करने के लिए स्थापित एक स्त्री विश्वविद्यालय भी है। अपने समाज सेवा और संस्थानीकरण के इस अभियान के कारण ही उन्हें अण्णासाहब अर्थात् बड़े भाई के रूप में सम्बोधित किया गया। भारतीय समाज में विधवाओं की दुर्दशा से व्यथित कर्वे ने अपने पुनर्विवाह के लिए विधवा-विवाह करने का निर्णय लिया जो उस समय के दकियानूसीपन के संदर्भ में एक साहसिक क़दम था। कर्वे की दूसरी जीवन संगिनी भी उन्हीं की तरह सामाजिक रूढ़िवाद से जूझने को तैयार थीं। आठ वर्ष की आयु में बाल विधवा हुई गोपुबाई जोशी बीस वर्ष की आयु में पण्डिता रमाबाई के शारदा सदन में पढ़ने वाली पहली विधवा छात्रा थी। विवाहोपरांत उनका नाम बदल कर आनंदीबाई रखा गया। 1893 में हुए इस विवाह से नाराज़ हो कर कर्वे की जाति-बिरादरी के लोगों ने उनका सामाजिक बहिष्कार किया। लेकिन रूढ़िवादियों की इस प्रतिक्रिया ने कर्वे को सामाजिक कुरीतियों से और अधिक लड़ने की प्रेरणा दी। इसी साल कर्वे ने विधवा विवाह को प्रोत्साहन देने के

धोंडो केशव कर्वे (1858-1962)

लिए विधवाविवाहोत्तेजक मण्डली की स्थापना की। 1895 में इस संस्था का नाम बदल कर विधवा विवाह प्रतिबंध निवारक मण्डली कर दिया गया।

1896 में कर्वे ने हिंदू विधवा संगठन की स्थापना की और पुणे से बाहर स्थित एक गाँव हिंगने में विधवा स्त्रियों की आश्रय स्थली स्त्री-आश्रम बनायी। विधवा विवाह के प्रति तत्कालीन समाज का कठोर रुख देखते हुए कर्वे ने विधवा-विवाह से ज़्यादा इन स्त्रियों को रोज़गार के योग्य और स्वावलम्बी बनाने पर ध्यान केंद्रित किया। हिंगने स्थित इस स्त्री-आश्रम में उन्होंने एक ऐसा विद्यालय शुरू किया जिससे विधवाओं को रोज़गारोन्मुख शिक्षण-प्रशिक्षण दिया जा सके। पुणे के पुरातनपंथी लोगों को कर्वे बिलकुल नापसंद थे और इसी कारण उन्हें इस स्त्री-आश्रम को पुणे से दूर बनाना पड़ा। पैसों की कमी के कारण कर्वे अध्यापन कार्य करने इस गाँव से फ़र्ग्युसन कॉलेज तक पैदल ही जाते थे और बचे समय में वे पुणे के प्रगतिशील लोगों से सहयोग के लिए प्रयत्न भी करते थे। कर्वे अपनी सारी आमदनी इस स्त्री-आश्रम को चलाने में लगा देते थे। उन्होंने अपनी बीमा पॉलिसी के पाँच हज़ार रुपये भी इसी कार्य में लगा दिये थे। कर्वे की पत्नी आनंदीबाई ने अपना घर चलाने के लिए कर्वे के इसी स्कूल से मिडवाइफ़ का प्रशिक्षण लिया और अपनी कमाई से परिवार का भरण-पोषण किया।

आनंदीबाई की बड़ी बहन और स्वयं बाल विधवा पार्वतीबाई आठवले ने कर्वे के इस स्कूल में अध्यापन का काम किया। पार्वतीबाई एक परम्परानिष्ठ विधवा थीं। वे अपना सर मुँडा कर रखती थीं। वे विधवा-विवाह से अधिक विधवाओं के रोज़गार-नियोजन की समर्थक थी। ऐसा माना जाता है कि पार्वतीबाई के कारण ही कट्टरपंथी समाज ने बाद में कर्वे को भी स्वीकृति दे दी। हिंगने स्थित इस स्कूल की सफलता के बाद 1907 में सामान्य लड़कियों के लिए कर्वे ने एक स्त्री-विद्यालय भी आरम्भ किया। कर्वे के स्त्री-विद्यालय में लड़कियों को उनके सफल वैवाहिक जीवन के लिए प्रशिक्षित किया जाता था। उन्हें गृह कार्य और बच्चों के लालन-पालन जैसे विषय पढ़ाये जाते थे और विधवा स्त्रियों को रोज़गार दिलाने वाला प्रशिक्षण दिया जाता था। शायद समाज सुधारक कर्वे यह भी जानते थे कि भारतीय समाज में बदलाव की प्रक्रिया दीर्घकालीन है। 1908 में कर्वे ने निष्काम कर्म मठ की स्थापना की ताकि स्त्री विद्यालय और स्त्री-आश्रम के लिए उपयुक्त लोगों को प्रशिक्षण दिया जा सके।

स्त्री-शिक्षा के प्रति कर्वे का समर्पण असीमित था। उन्होंने पश्चिम में प्रचलित सह-शिक्षा विश्वविद्यालय के स्थान पर जापान में स्थापित स्त्री विश्वविद्यालय को भारतीय परिवेश के लिए अधिक उपयुक्त पाया। 1916 में कर्वे ने भारत में पहला स्त्री-विश्वविद्यालय स्थापित किया। 1920 में उद्योगपति विट्ठलदास ठाकरसी ने इसे चलाने के लिए कर्वे को 15 लाख रुपये का अनुदान दिया। तभी से इसे श्रीमती नाथीबाई दामोदर ठाकरसी (एस एन डी टी) विश्वविद्यालय के नाम से जाना जाता है। पाँच विद्यार्थियों से शुरू किया गया यह विश्वविद्यालय आज 36 विभिन्न कॉलेजों और 70,000 छात्राओं के साथ भारत में स्त्री-शिक्षा का प्रकाश-स्तम्भ है। यह दुनिया के ऐसे चुनिंदा उच्च शिक्षा संस्थानों में से है जिन्हें विरासत में स्कूल भी मिला और उन्होंने उस स्कूल को आज तक सहेज कर चालू हालत में रखा है। सन 1936 में कर्वे ने महाराष्ट्र के सुदूर गाँवों में प्राथमिक शिक्षा-व्यवस्था के लिए अपने ख़र्च पर पचास स्कूलों का निर्माण किया। समाज में व्याप्त जातिभेद और छुआछूत निवारण के लिए उन्होंने सन् 1944 में समता संघ की स्थापना की।

आधुनिक दृष्टिकोण के तहत कर्वे द्वारा बालिकाओं और विधवाओं की शिक्षा में अंतर करने को उनके पुरातनपंथी होने का प्रमाण माना जाता है। कर्वे का पहला सामाजिक कार्य अपने गाँव में लड़कों के लिए अंग्रेज़ी भाषा पढ़ाने की व्यवस्था करना था जबकि कर्वे अपने हिंगने स्थित स्त्री-आश्रम में विधवाओं और स्त्री-विद्यालय में लड़कियों को अंग्रेज़ी शिक्षा देने के ख़िलाफ़ थे। इस बात पर बहस है कि

कर्वे स्त्री की रोज़गारपरक शिक्षा के पक्षधर तो थे, लेकिन क्या वे उनके सशक्तीकरण के प्रति उदासीन थे?

धोंडो केशव कर्वे का जन्म 18 फ़रवरी, 1858 को महाराष्ट्र के रत्नागिरि जिले के मुरुदगाँव में एक परम्परानिष्ठ पर कठिन आर्थिक स्थिति से ग़ुज़र रहे चितपावन ब्राह्मण परिवार में हुआ था। कर्वे की प्रारम्भिक शिक्षा अपने घर के पास ही हुई थी लेकिन आर्थिक मुश्किलों के कारण उन्होंने सरकारी नौकरी करने का निर्णय लिया। एक नौकरी की परीक्षा में शामिल होने के लिए मानसून की भारी बारिश में चार दिन तक पैदल चल कर वे 110 किमी. दूर सतारा पहुँचे, लेकिन अधिकारियों ने कम आयु होने के कारण कर्वे को इस परीक्षा में सम्मिलित होने से रोक दिया। कर्वे ने इसके बाद अपना घर छोड़ दिया और बम्बई के एक मिशनरी विद्यालय रॉबर्ट मनी स्कूल में प्रवेश लिया। वहाँ कर्वे ने अंग्रेज़ी सीखने में भारी परिश्रम किया, अपनी स्कूली पढ़ाई के दौरान ही कर्वे ने अन्य छात्रों को गणित व अंग्रेज़ी की ट्यूशन पढ़ा कर अपना ख़र्च चलाया। कर्वे ने बम्बई में विल्सन कॉलेज और बाद में बम्बई के ही एल्फ़िंस्टन कॉलेज से गणित में स्नातक व स्नोतकोत्तर उपाधि प्राप्त की। 1887 में कर्वे ने कैथेड्रल बालिका उच्च विद्यालय में पढ़ाना शुरू किया और 1891 में वे गणित विभाग के एक अध्यापक के रूप में पुणे में डेक्कन शैक्षणिक संस्था (फ़र्ग्युसन कॉलेज) में पढ़ाने लगे। बम्बई में अपने विद्यार्थी जीवन और फिर अध्यापक जीवन में वे गोपाल गणेश आगरकर, हर्बर्ट स्पेंसर व इमैनुएल कांट के लेखन से प्रभावित हुए। कर्वे को विधवाओं की सामाजिक स्थिति में सुधार, स्त्री-शिक्षा और स्त्री-कल्याण के प्रति अपना जीवन समर्पित करने की दिशा में पण्डिता रमाबाई, ईश्वरचंद्र विद्यासागर एवं पण्डित विष्णु शास्त्री चिपलूणकर के काम ने प्रेरित किया।

जब कर्वे की आयु केवल चौदह वर्ष की थी तभी उनका विवाह एक आठ वर्षीय बालिका राधाबाई के साथ कर दिया गया था। 1891 में प्रसव की जटिलताओं के कारण सत्ताइस वर्ष की उम्र में पत्नी का निधन हो गया, हालाँकि उनके बेटे रघुनाथ कर्वे के प्राण बच गये। रघुनाथ बाद में एक प्रसिद्ध समाज सुधारक हुए। 1928 में कर्वे ने मराठी भाषा में अपनी आत्मकथा *आत्मवृत्तत्व* लिखी और फिर 1936 में एक और आत्मकथात्मक किताब *लुकिंग बैक* की रचना की। अपनी पहली पत्नी की मृत्यु के बाद उन्होंने एक बाल-विधवा से विवाह किया जो तत्कालीन समाज में एक क्रांतिकारी क़दम था। इसके लिए उन्हें काफ़ी विरोध का सामना करना पड़ा। 1958 में उनके जीवन की शताब्दी वर्ष में उन्हें मानव-सेवा, स्त्री-शिक्षा, समाज-सुधार के लिए भारत रत्न से भी सम्मानित किया गया।

देखें : औपनिवेशिक शिक्षा, गिजूभाई बधेका, वर्धा शिक्षा योजना।

संदर्भ

1. गणेश एल. चंदावरकर, *महर्षि कर्वे*, पॉपुलर प्रकाशन, बम्बई.
2. हिंगने स्त्री शिक्षा समिति (1963), *महर्षि कर्वे-हिज़ 105 इयर्स*, हिंगने स्त्री शिक्षा समिति, पुणे.

— रवि दत्त वाजपेयी

अनुक्रमणिका

अनुक्रमणिका में उल्लिखित रचनाओं (पुस्तकें, लेख, कविताएँ, नाटक और फ़िल्में) के शीर्षकों में ए, ऐन और द का प्रयोग मुख्य शीर्षक के बाद किया गया है। अभिनव गुप्त और मण्डन मिश्र जैसे क्लासिकल नाम प्रथम नाम में दिये गये हैं। चीनी नाम भी प्रथम नाम के रूप में ही हैं। जिन प्रविष्टियों के साथ भारतीय लगा है,उनकी स्वतंत्र प्रविष्टि बनायी गयी है, न कि मुख्य प्रविष्टि की उप-प्रविष्टि के रूप में। प्रविष्टियों के शीर्षक और उनकी पृष्ठ-संख्या विशेष रूप से उभारी गयी है।

अ

आ

इ

ई

उ

ऋ

ए

ऐ

ओ

औ

अं

क

ख

ग

घ

च

छ

ज

झ

ट

ठ

ड

ढ

त

थ

द

ध

न

प

फ

ब

भ

म

य

र

ल

व

श

ष

स

ह

क्ष

त्र

ज्ञ

समाज-विज्ञान

विश्वकोश

खण्ड 1

सम्पादक

अभय कुमार दुबे

फ़ेलो और निदेशक, भारतीय भाषा कार्यक्रम,
विकासशील समाज अध्ययन पीठ, नयी दिल्ली

सहायक-सम्पादक

बीर पाल सिंह यादव

असिस्टेंट प्रोफ़ेसर एवं प्रकाशन प्रभारी
महात्मा गांधी अंतरराष्ट्रीय हिंदी विश्वविद्यालय, वर्धा (महाराष्ट्र)

राजकमल प्रकाशन

ISBN : 978-81-267-2849-7

मूल्य : ₹ 3600 (छह जिल्दों में)

पहला संस्करण : 2013
दूसरा संस्करण : 2016
पहली आवृत्ति : 2023

प्रकाशक : राजकमल प्रकाशन प्रा.लि.
1-बी, नेताजी सुभाष मार्ग, दरियागंज
नई दिल्ली-110 002

शाखाएँ : अशोक राजपथ, साइंस कॉलेज के सामने, पटना-800 006
पहली मंज़िल, दरबारी बिल्डिंग, महात्मा गांधी मार्ग, प्रयागराज-211 001

वेबसाइट : www.rajkamalprakashan.com
ई-मेल : info@rajkamalprakashan.com

सम्पादकीय सहयोग
नरेश गोस्वामी, कमल नयन चौबे, सुमेल सिंह सिद्धू, मनोहर नायक, मनोज मोहन

डिज़ाइन : मृत्युंजय चटर्जी
अनुक्रमणिका : मंजू खन्ना
टंकण एवं अन्य सहयोग : चंदन शर्मा, संजय कुमार

मुद्रक : बी.के. ऑफसेट
नवीन शाहदरा, दिल्ली-110 032

SAMAJ-VIGYAN VISHWAKOSH-1
Edited by Abhay Kumar Dubey

खण्ड 1

सलाहकार-मण्डल

रविकांत
एसोसिएट फ़ेलो, विकासशील समाज अध्ययन पीठ, दिल्ली

राकेश पाण्डेय
एसोसिएट फ़ेलो, विकासशील समाज अध्ययन पीठ, दिल्ली

राजकुमार
प्रोफ़ेसर, हिंदी विभाग, बनारस हिंदू विश्वविद्यालय, वाराणसी (उप्र)

राजीव भार्गव
निदेशक और वरिष्ठ फ़ेलो, विकासशील समाज अध्ययन पीठ, दिल्ली

राधावल्लभ त्रिपाठी
प्रोफ़ेसर, डॉ. हरीसिंह गौर विश्वविद्यालय, सागर (मप्र)

विजय बहादुर सिंह
पूर्व निदेशक, विकासशील समाज अध्ययन पीठ, दिल्ली

शैल मायाराम
वरिष्ठ फ़ेलो, विकासशील समाज अध्ययन पीठ, दिल्ली

सौम्यव्रत चौधरी
वरिष्ठ फ़ेलो, सेंटर फॉर स्टडीज़ ऑफ़ सोशल साइंसेज़, कोलकाता (पश्चिम बंग)

सतीश देशपांडे
प्रोफ़ेसर, दिल्ली स्कूल ऑफ़ इकॉनॉमिक्स, नयी दिल्ली

स्मिता तिवारी जस्सल
विज़िटिंग फ़ेलो, विकासशील समाज अध्ययन पीठ, दिल्ली

सुधीश पचौरी
प्रोफ़ेसर और डीन, दिल्ली विश्वविद्यालय, दिल्ली

हिलाल अहमद
एसोसिएट फ़ेलो, विकासशील समाज अध्ययन पीठ, दिल्ली

लेखक-मण्डल

अभय कुमार दुबे
फ़ेलो और निदेशक, भारतीय भाषा कार्यक्रम,
विकासशील समाज अध्ययन पीठ, दिल्ली

अजय कुमार पांडेय
स्वतंत्र अध्येता, बलिया (उप्र)

अनामिका
फ़ेलो, नेहरू मेमोरियल म्यूज़ियम ऐंड लाइब्रेरी, नयी दिल्ली

अनुराग पांडेय
अनुसंधानकर्ता, राजनीतिशास्त्र विभाग, दिल्ली विश्वविद्यालय, दिल्ली

अनुष्का सिंह
अनुसंधानकर्ता, राजनीतिशास्त्र विभाग, दिल्ली विश्वविद्यालय, दिल्ली

अमितेश कुमार
अनुसंधानकर्ता, हिंदी विभाग, दिल्ली विश्वविद्यालय, दिल्ली

अम्बिका दत्त शर्मा
विभागाध्यक्ष, दर्शनशास्त्र विभाग, डॉ. हरीसिंह गौर विश्वविद्यालय,
सागर (मप्र)

अम्बरीष सक्सेना
मीडिया विशेषज्ञ, नयी दिल्ली

अविनाश कुमार
ऑक्सफ़ेम, नयी दिल्ली

अविनाश झा
पुस्तकालयाध्यक्ष,
विकासशील समाज अध्ययन पीठ, दिल्ली

आकांक्षा कुमारी
शोधार्थी, स्त्री-अध्ययन विभाग, महात्मा गांधी अंतरराष्ट्रीय
हिंदी विश्वविद्यालय, वर्धा (महाराष्ट्र)

आदित्य निगम
वरिष्ठ फ़ेलो, विकासशील समाज अध्ययन पीठ, दिल्ली

आलोक टंडन
स्वतंत्र अध्येता, समाज-दर्शन, हरदोई (उप्र)

इंद्रजीत कुमार झा
अनुसंधानकर्ता, राजनीतिशास्त्र विभाग,
दिल्ली विश्वविद्यालय, दिल्ली

उपासना पाण्डेय
असिस्टेंट प्रोफ़ेसर, राजनीतिशास्त्र विभाग,
वसंत महिला महाविद्यालय, वाराणसी (उप्र)

अंकिता पाण्डेय
असिस्टेंट प्रोफ़ेसर, इंद्रप्रस्थ कॉलेज,
दिल्ली विश्वविद्यालय, दिल्ली

कनक तिवारी
अध्यक्ष, छत्तीसगढ़ संस्कृति प्रतिष्ठान, रायपुर (छत्तीसगढ़)

कमल नयन चौबे
जूनियर फ़ेलो, नेहरू मेमोरियल म्यूज़ियम ऐंड लाइब्रेरी,
नयी दिल्ली

कविता रतूड़ी
अनुसंधानकर्ता, जवाहरलाल नेहरू विश्वविद्यालय, नयी दिल्ली

कृष्णदत्त पालीवाल
पूर्व विभागाध्यक्ष, हिंदी विभाग, दिल्ली विश्वविद्यालय, दिल्ली

गोपाल प्रधान
एसोसिएट प्रोफ़ेसर, भारतरत्न डॉ. भीमराव आम्बेडकर विश्वविद्यालय, दिल्ली

धीरूभाई शेठ
पूर्व निदेशक, विकासशील समाज अध्ययन पीठ, दिल्ली

नरेश गोस्वामी
अनुसंधानकर्ता, भारतीय भाषा कार्यक्रम, विकासशील समाज अध्ययन पीठ, दिल्ली

नवीन चंद्र
अनुसंधानकर्ता, दिल्ली विश्वविद्यालय, दिल्ली

निर्मल कुमार पाण्डेय
अनुसंधानकर्ता, भारतीय इतिहास अनुसंधान परिषद, नयी दिल्ली

पंकज कुमार झा
अनुसंधानकर्ता, राजनीतिशास्त्र विभाग, दिल्ली विश्वविद्यालय, दिल्ली

पुनीत कुमार
विभागाध्यक्ष, राजनीतिशास्त्र विभाग, गवर्नमेंट एस.एम.एस. पी.जी. कॉलेज, शिवपुरी (मप्र)

प्रियव्रत शुक्ल
प्रोफ़ेसर, रानी दुर्गावती विश्वविद्यालय, जबलपुर (मप्र)

प्रीति सागर
एसोसिएट प्रोफ़ेसर, साहित्य विभाग, महात्मा गांधी अंतरराष्ट्रीय हिंदी विश्वविद्यालय, वर्धा (महाराष्ट्र)

बालगोविंद सिंह
विभागाध्यक्ष, शिक्षा विभाग, रमेश झा महिला कॉलेज, सहरसा (बिहार)

बीर पाल सिंह यादव
असिस्टेंट प्रोफ़ेसर, साहित्य विभाग, महात्मा गांधी अंतरराष्ट्रीय हिंदी विश्वविद्यालय, वर्धा (महाराष्ट्र)

मनहर चरण
पूर्व शोधार्थी, अहिंसा एवं शांति विभाग, महात्मा गांधी अंतरराष्ट्रीय हिंदी विश्वविद्यालय, वर्धा (महाराष्ट्र)

मनीष मिश्र
पोस्ट-डॉक्टरल रिसर्च एसोसिएट, राजीव गाँधी समकालीन अध्ययन पीठ, बरकुतल्लाह विश्वविद्यालय, भोपाल (मप्र)

मीना मनरल
असिस्टेंट प्रोफ़ेसर, कुमायूँ विश्वविद्यालय, अल्मोड़ा (उत्तराखण्ड)

मोहन दास नैमिशराय
पूर्व फ़ेलो, उच्च अध्ययन संस्थान, शिमला (हिमाचल प्रदेश)

योगेश अटल
पूर्व निदेशक (समाज-विज्ञान), यूनेस्को

रवि दत्त वाजपेयी
स्वतंत्र लेखक, ऑस्ट्रेलिया

राकेश श्रीवास्तव
स्वतंत्र लेखक और अनुवादक, नयी दिल्ली

राजकुमार
प्रोफ़ेसर, हिंदी विभाग, बनारस हिंदू विश्वविद्यालय, वाराणसी (उप्र)

राधावल्लभ त्रिपाठी
प्रोफ़ेसर, डॉ. हरीसिंह गौर विश्वविद्यालय, सागर (मप्र)

रोहित मिश्र
समाज-कार्य विभाग, लखनऊ विश्वविद्यालय, लखनऊ (उप्र)

विकास कुमार
असिस्टेंट प्रोफ़ेसर, ज़ाकिर हुसैन कॉलेज, नयी दिल्ली

विजय कुमार झा
अनुसंधानकर्ता, सेंटर फ़ॉर वुमंस डिवेलपमेंट स्टडीज़, नयी दिल्ली

विवेक रत्न
असिस्टेंट प्रोफ़ेसर, राजनीतिशास्त्र विभाग, दिल्ली विश्वविद्यालय, दिल्ली

विश्वनाथ मिश्र
असिस्टेंट प्रोफ़ेसर, राजनीतिशास्त्र विभाग,
आर्य महिला पीजी कालेज, वाराणसी (उप्र)

वीरभारत तलवार
प्रोफ़ेसर, जवाहरलाल नेहरू विश्वविद्यालय, नयी दिल्ली

वैभव सिंह
असिस्टेंट प्रोफ़ेसर, हिंदी विभाग, दयाल सिंह कॉलेज, नयी दिल्ली

शम्भू जोशी
असिस्टेंट प्रोफ़ेसर, महात्मा गांधी अंतरराष्ट्रीय हिंदी विश्वविद्यालय, वर्धा (महाराष्ट्र)

श्यामा सिंह
रिसर्च एसोसिएट, सम्पूर्णानंद संस्कृत विश्वविद्यालय, वाराणसी (उप्र)

शिवानी चोपड़ा
फ़ेलो, उच्च अध्ययन संस्थान, शिमला (हिमाचल प्रदेश)

श्रुति
एसोसिएट प्रोफ़ेसर, हिंदी विभाग, लखनऊ
विश्वविद्यालय, लखनऊ (उप्र)

हिलाल अहमद
फ़ेलो, विकासशील समाज अध्ययन पीठ, दिल्ली

सुकेश लोहार
अनुसंधाकर्ता, हिंदी विभाग, बनारस हिंदू विश्वविद्यालय, वाराणसी (उप्र)

सुप्रिया पाठक
असिस्टेंट प्रोफ़ेसर, स्त्री-अध्ययन विभाग, महात्मा गांधी अंतरराष्ट्रीय हिंदी विश्वविद्यालय, वर्धा (महाराष्ट्र)

सुमेल सिंह सिद्धू
स्वतंत्र अध्येता और इतिहासकार, दिल्ली

सुनील कुमार,
अनुसंधानकर्ता, राजनीतिशास्त्र विभाग, दिल्ली विश्वविद्यालय, दिल्ली

संजय सिंह बघेल
एसोसिएट प्रोफ़ेसर, हिंदी पत्रकारिता, आत्माराम सनातन धर्म कॉलेज, साउथ कैम्पस, नयी दिल्ली

संजय कुमार
फ़ेलो, विकासशील समाज अध्ययन पीठ, दिल्ली

संदीप जोशी
निदेशक, मध्य प्रदेश समाज-विज्ञान अनुसंधान संस्थान, उज्जैन (मप्र)

दो शब्द

महात्मा गांधी अंतरराष्ट्रीय हिंदी विश्वविद्यालय, वर्धा की स्थापना जिन उद्देश्यों को लेकर हुई थी उनमें से एक हिंदी को विश्व-भाषा बन सकने के लिए आवश्यक संसाधन प्रदान करना भी था। 1975 में नागपुर में आयोजित प्रथम विश्व हिंदी सम्मेलन में पारित पहला प्रस्ताव ही इस महत्त्वाकांक्षी सदिच्छा से भरा हुआ था कि हिंदी को संयुक्त राष्ट्र की आधिकारिक भाषाओं में स्थान मिले। ज़ाहिर था कि कोई भाषा संयुक्त राष्ट्र की व्यवहृत भाषाओं में से एक तभी बन पायेगी जब उसमें ज्ञान के उच्चतर अनुशासनों का पठन-पाठन हो और उसके माध्यम से गम्भीर शोध भी हो सके। इसलिए यह स्वाभाविक ही था कि जब इसी सम्मेलन में पारित दूसरे प्रस्ताव के अनुसार वर्धा में हिंदी विश्वविद्यालय की स्थापना हुई तो उसके अधिनियम में उससे यही सारी अपेक्षाएँ भी की गयी थीं। विश्वविद्यालयों का काम सिर्फ़ डिग्रियाँ बाँटना नहीं होता, बल्कि उनका एक महत्त्वपूर्ण दायित्व ज्ञान का उत्पादन भी है। किसी भाषा-विश्वविद्यालय के लिए तो यह दायित्व गुरुतर हो जाता है, ख़ास तौर से तब जब उस भाषा में इन अनुशासनों के पठन-पाठन के लिए स्तरीय पाठ्य सामग्री का नितांत अभाव हो। हिंदी विश्वविद्यालय ने इस चुनौती को स्वीकार कर न सिर्फ़ कई अनुशासनों में एम.ए., एम.फ़िल और पी-एच.डी. कार्यक्रमों को हिंदी माध्यम से पढ़ना-पढ़ाना और शोध कराना शुरू किया है बल्कि इन अनुशासनों के लिए हिंदी में स्तरीय पाठ्य सामग्री का निर्माण भी अपनी गतिविधियों का एक महत्त्वपूर्ण अंग बना लिया है।

हिंदी विश्वविद्यालय इस समय सौ से अधिक खण्डों में समाजशास्त्र, स्त्री-अध्ययन, शांति, अहिंसा, मानवशास्त्र, डायस्पोरा-अध्ययन, फ़िल्म और नाटक, अनुवाद प्रौद्योगिकी तथा तुलनात्मक साहित्य जैसे अनुशासनों में पाठ्य सामग्री का निर्माण करा रहा है। इस महती परियोजना में मौलिक लेखन के साथ-साथ विभिन्न भाषाओं में उपलब्ध महत्त्वपूर्ण सामग्री का हिंदी में अनुवाद कराना भी शामिल है। इस पूरी कार्य-योजना का एक उद्देश्य यह भी स्पष्ट करना है कि किसी भाषा विश्वविद्यालय का काम सिर्फ़ कहानी-कविता पढ़ा कर नहीं चलेगा बल्कि उसे अपनी भाषा को इतना समृद्ध और समर्थ बनाना होगा कि समाज-विज्ञान जैसे क्षेत्रों में भी अभिव्यक्ति के लिए उसका इस्तेमाल हो सके। सौभाग्य से विश्वविद्यालय से जुड़े अकादमिक समुदाय ने यह बात भली-भाँति समझ ली है कि यदि हिंदी को विश्व-भाषा बनने के लिए तैयार करना है तो उन्हें विश्व-स्तरीय पाठ्य सामग्री तैयार करने की इस महत्त्वाकांक्षी परियोजना में प्राणपण से जुटना होगा। आशा है कि अगले दो-तीन वर्षों में सभी खण्ड छप कर पाठकों को उपलब्ध हो सकेंगे। हमारा मानना है कि ज्ञान सहज सुलभ हो इसलिए प्रयास यह भी होगा कि सारी सामग्री विश्वविद्यालय की वेबसाइट

www.hindivishwa.org
अथवा
www.hindisamay.org

पर विश्व भर के हिंदी पाठकों को निःशुल्क उपलब्ध हो सके।

स्तरीय पाठ्य सामग्री निर्माण की इस कड़ी में प्रस्तुत है छह खण्डों का **समाज विज्ञान विश्वकोश**। अभय कुमार दुबे के सम्पादन में यह विश्वकोश हिंदी में अपनी तरह का पहला और अनूठा प्रयास तो है ही, मुझे पूरा विश्वास है कि पाठक इसे विश्व की समृद्ध भाषाओं— अंग्रेज़ी, फ्रेंच, रूसी इत्यादि में प्रकाशित सामग्री से किसी भी मायने में कमतर नहीं पाएँगे।

—विभूति नारायण राय
कुलपति

भूमिका

महात्मा गांधी अंतरराष्ट्रीय हिंदी विश्वविद्यालय द्वारा प्रायोजित समाज-विज्ञान और मानविकी के छह खण्डीय विश्वकोश की रचना के पीछे मुख्य तौर पर चार उद्देश्य काम कर रहे हैं। पहला, हिंदी-क्षेत्र के छात्रों, अध्यापकों, पत्रकारों, साहित्यकारों, बुद्धिजीवियों और गम्भीर अध्ययन में रुचि रखने वाले अनगिनत पाठकों के लिए समाज-विज्ञान और मानविकी का एक संक्षिप्त परिचयात्मक स्रोत तैयार करना। दूसरा, इस तरह के ज्ञानकोशों के दायरे में भारत की वह मौजूदगी रेखांकित करना जो अभी तक कमोबेश अदृश्य रही है। तीसरा, समाज-विज्ञान और मानविकी की विभिन्न शाखाओं के विविध विषयों के बारे में अनुवाद का सहारा लिए बिना हिंदी में एक सामान्य सीमा तक पारदर्शी सम्प्रेषण सम्भव करके दिखाना। चौथा, समाज-विज्ञान (समाजशास्त्र, मानवशास्त्र, राजनीतिशास्त्र, अर्थशास्त्र, भाषाशास्त्र, मनोविज्ञान, स्त्री-अध्ययन, सेक्शुअलिटी-अध्ययन, संस्कृति-अध्ययन, अंतर्राष्ट्रीय संबंध-अध्ययन, फ़िल्म-अध्ययन, टीवी-अध्ययन आदि) और मानविकी (साहित्य, इतिहास और दर्शनशास्त्र) के बीच खड़ी की गयी कृत्रिम दीवार लाँघ कर अनुशासनगत सीमाओं का सम्मान करते हुए इन दोनों धाराओं का परस्पर-निर्भर और परस्परव्यापी चरित्र रेखांकित करना।

इक्कीसवीं सदी के दूसरे दशक में समाज-विज्ञान और मानविकी का क्षेत्र उन इंद्रियानुभववादी आग्रहों के परे जा चुका है जो अट्ठारहवीं सदी में रचे गये फ्रेंच *इनसाइक्लोपीदी* के मर्म में थे। इस क्षेत्र में वस्तुनिष्ठता की जकड़बंदी और प्रत्यक्षवादी दृष्टिकोण से पूरी तरह छुटकारा पाने की सचेत जद्दोजहद भी चल रही है। यह एक ऐसा संघर्ष है जिसके सकारात्मक परिणामों के सबूत के तौर पर ही पाठकों को समाज-विज्ञान और मानविकी से संबंधित प्रविष्टियाँ एक साथ एक जगह मिल रही हैं। मानवीय चिंतन की मूलभूत संरचनाओं में कोई हस्तक्षेप करने का इरादा रखने के बजाय इस कोश ने अपनी सामग्री के उत्पादन के लिए विभिन्न अनुशासनों के बीच परस्परव्यापी क्षेत्रों, अनुसंधान-रणनीतियों, पद्धतियों, बहसों और घटनात्मक विकासक्रम पर स्वयं को केंद्रित किया है। आकार में कहीं छोटा और महत्त्वाकांक्षा में कहीं सीमित यह कोश इनसाइक्लोपीडिया की स्थापित परम्परा में इसलिए भी आता है कि यह उस अंतरानुशासनिकता पर टिका हुआ है जो साइक्लोपीडिया या इनसाइक्लोपीडिया शब्द का अंतर्निहित तात्पर्य है।

पश्चिमी परम्परा में ज्ञान के कोश की अवधारणा यूनानियों के उस आग्रह की देन है जिसके मुताबिक़ वे ज्ञान की विभिन्न शाखाओं के ऐसे एकीकृत स्रोत की रचना करना चाहते थे जिसकी मदद से सभी नागरिक शिक्षित किये जा सकें। सर्वशिक्षा का यह विचार यथास्थिति के पोषकों को चौंकाने वाला था। वे शिक्षा को एक ऐसे फ़ितने की तरह देखते थे जो स्थापित परम्परा और व्यक्ति के बीच फ़ासला पैदा कर देती है। उन्हें डर था कि इससे सत्ता और प्राधिकार की संरचनाओं को चुनौती देने की एक स्थायी आधार-भूमि बन जाएगी। ज्ञानकोश के साथ जुड़ी हुई ये चिंताएँ उस समय और मुखर हो गयीं जब युरोपीय ज्ञानोदय के बाद अट्ठारहवीं सदी में सर्व-शिक्षा की यह महत्त्वाकांक्षा आधुनिकता की ज्ञान संबंधी राजनीति के आग़ोश में जा कर और अधिक रैडिकल हो

गयी। इस परिवर्तन का श्रेय *इनसाइक्लोपीदी* के सम्पादकों डेनिस दिदेरो और अ'लम्बर्त को जाता है। अक्टूबर, 1747 में जब इन दोनों महानुभावों ने प्रकाशक के साथ ज्ञानकोश तैयार करने का क़रार किया तो उनके पास काफ़ी-कुछ ऐसा था जिसका रैडिकलाइज़ेशन किया जा सकता था। मसलन, 1704 में जॉन हैरिस कृत *लेक्सिकॉन टेक्निकम, ऑर ऐन युनिवर्सल इंग्लिश डिक्शनरी ऑफ़ आर्ट्स ऐंड साइंसेज़, एक्सप्लेनिंग नॉट ओनली द टर्म्स ऑफ़ आर्ट्स बट, द आर्ट्स देमसेल्व्ज़* प्रकाशित हो चुका था। 1728 में हैरिस के अनुगामी के रूप में एफ्राइम चेम्बर्स अपना द्विखण्डीय कोश ले कर ज्ञान के बाज़ार में आ चुके थे। इसका नाम उन्होंने *साइक्लोपीडिया* रखा, जबकि इससे पहले साइक्लोपीडिया या इनसाइक्लोपीडिया शब्द का इस्तेमाल न के बराबर ही होता था। जब चेम्बर्स से पूछा गया कि उन्होंने डिक्शनरी के बजाय साइक्लोपीडिया शीर्षक क्यों चुना, तो उनका जवाब था कि यह शब्द कला और विज्ञान की विभिन्न शाखाओं के आपसी संबंधों को कहीं ज़्यादा बेहतर ढंग से व्यक्त करता है। चेम्बर्स के इस कोश की ख्याति तेज़ी के साथ सारे युरोप में फैलती चली गयी। दस साल के भीतर उसके कई संस्करण बिक चुके थे और इतालवी समेत युरोपीय भाषाओं में उसका अनुवाद होने लगा था। दरअसल, दिदेरो और अ'लम्बर्त भी पहले चैम्बर्स के साइक्लोपीडिया का फ्रांसीसी में अनुवाद ही करना चाहते थे, लेकिन कुछ दिनों में ही उन्होंने अपने इरादों का नये सिरे से सूत्रीकरण कर डाला।

दिदेरो और अ'लम्बर्त ने तय किया कि उनका *इनसाइक्लोपीदी* समस्त ज्ञान का दस्तावेज़ीकरण करेगा, सभी तरह की कलाओं और हस्तकौशल को गम्भीर अध्ययन का विषय मानते हुए उनके बारे में जानकारियाँ देगा, ज्ञान की विभिन्न शाखाओं के वर्गीकरण और उनके अंतर-संबंधों पर विशेष ध्यान देगा और ज्ञानोदय से उद्भूत विचारों की रोशनी में चिंतन-मनन की सामान्य विधियों को स्थायी रूप से बदलने का प्रयास करेगा। पहले तीनों लक्ष्य तो हैरिस और चेम्बर्स ने भी वेधने की कोशिश की थी लेकिन यह चौथा मक़सद कुछ ख़ास तरह का था। सम्पादक-द्वय चाहते थे कि मध्ययुगीन तत्त्वमीमांसा ख़ारिज करके इंद्रियानुभववाद की रोशनी में वैज्ञानिक चिंतन की अनिवार्यता स्थापित की जाए, ताकि भविष्य की पीढ़ियाँ नये तरह से सोचने के लिए मजबूर हो जाएँ। उनके लिए इंद्रियानुभववाद का सीधा मतलब था इंद्रियों को सभी तरह के ज्ञान का एकमात्र प्रामाणिक स्रोत मानना और तब तक किसी भी दावे को ज्ञान की संज्ञा न देना जब तक वह अनुभव और प्रयोग की कसौटी पर खरा न साबित हो जाए। पाँच इंद्रियों के माध्यम से प्राप्त अनुभव पर ज़ोर देने वाले इस सिद्धांत के मुताबिक़ ज्ञान की प्रमाण-पुष्टि भी इंद्रियजनित प्रेक्षणीय अनुभव से ही होनी चाहिए थी। इंद्रियानुभववाद की जड़ें इस विचार में निहित थीं कि यह जगत केवल उतना ही है जितना वह हमें अपने बारे में बताने के लिए तैयार है। इसलिए इस जगत का हमें तटस्थ रूप से बिना किसी राग-द्वेष के प्रेक्षण करना चाहिए। प्रेक्षणीय सूचना प्राप्त करने के रास्ते में डाली गयी कोई भी बाधा ज्ञान को विकृत करके उसे मनमानी कल्पना का शिकार बना देगी। इंद्रियानुभववाद के गर्भ से ही प्रेक्षण, अनुभव और प्रयोग के वे आग्रह निकले जिन्होंने आगे चल कर आगमनात्मक तर्कपद्धति को प्रमुखता देते हुए विज्ञान के दर्शन पर अमिट छाप छोड़ी।

मानवीय इंद्रियजनित अनुभव को ज्ञानमीमांसक प्राथमिकता मिलने के सामाजिक, राजनीतिक और नैतिक फलितार्थ होने लाज़मी थे। मनुष्य और उसके इहलौकिक संसार को सभी तरह के चिंतन और समझ के केंद्र में आ जाना था। *इनसाइक्लोपीदी* का पाठक उस जिज्ञासु के रूप में सामने आया जो दावा कर सकता था कि उसमें तथ्य को मिथ्या से अलग करके जाँचने-परखने की क्षमता है। यह पाठक अपने इस मूल्य-निर्णय के लिए किसी उच्चतर प्राधिकार द्वारा थमाये गये प्रमाण की आवश्यकता से इनकार करने वाला था। स्वाभाविक तौर पर *आँसिएँ रेज़ीम* की नुमाइंदगी करने वाली तत्कालीन सामाजिक और राजकीय व्यवस्था इस नये ज्ञान और उसके आधार पर बनने वाले नये व्यक्ति में निहित सम्भवानाओं के प्रति किसी क़िस्म की ग़फ़लत में नहीं रह सकती थी। उसने जल्दी ही भाँप लिया कि दिदेरो और अ'लम्बर्त जिस ज्ञानकोश का खण्ड दर खण्ड प्रकाशन करते जा रहे हैं, वह अंततः राजशाही की वैधता के क्षय का ख़ामोश औज़ार साबित होगा। इसी के परिणामस्वरूप केवल तीन साल के भीतर-भीतर 1751 में पेरिस के आर्कबिशप ने *इनसाइक्लोपीदी* की भर्त्सना की और अगले साल रॉयल कौंसिल ऑफ़ स्टेट ने उसके प्रकाशन को प्रतिबंधित कर दिया। 1759 में पेरिस की संसद ने भी ज्ञानकोश रचने की इस परियोजना की निंदा की और एक आदेश के ज़रिये वे तमाम सुविधाएँ वापस ले ली गयीं जो दिदेरो और द'अलम्बर्त को मिली हुई थीं। इस तरह 1766 तक कोश रचने का यह प्रोजेक्ट सरकारी दमन का शिकार हो कर ठप पड़ा रहा। जैसा कि हमें पता है कि इस कोश के लेखकों में रूसो और कोंदोर्स जैसी हस्तियाँ शामिल थीं। अंततः सत्रह खण्डों में पूरे हुए इस विशाल ज्ञानकोश ने फ्रांसीसी और अमेरिकी क्रांतियों की नेतृत्वकारी हस्तियों के चिंतन पर निर्णायक असर डाला। बेंजामिन फ्रैंकलिन, जॉन ऐडम्स और थॉमस जेफ़रसन ने न केवल व्यक्तिगत रूप से इस कोश को ख़रीदा, बल्कि अपने राजनीतिक-बौद्धिक दायरों में इसे पढ़ने की सिफ़ारिश भी की। अगले दो सौ साल तक *इनसाइक्लोपीदी* की आधारभूत अवधारणाओं ने समाज-विज्ञानों के विमर्श को अपनी गिरफ़्त में बनाये रखा। इसकी प्रतिक्रिया भी हुई। कोई बीस साल बाद स्कॉटलैण्ड में

इनसाइक्लोपीडिया ब्रिटैनिका का पहला संस्करण प्रकाशित हुआ, जो घोषित रूप से दिदेरो और अ'लम्बर्त के कोश को 'विधर्मी' और 'अप्रामाणिक' मान कर उसके जवाब के तौर पर रचा गया था। *इनसाइक्लोपीदी* को विधर्मी इसलिए कहा गया था कि वह मानवीय ज्ञान के स्रोतों की नयी परिभाषा करने में लगा हुआ था, और वह अप्रामाणिक इसलिए क़रार दिया गया कि दिदेरो और अ'लम्बर्त की लेखक-मण्डली फ्रांस की मशहूर बौद्धिक हस्तियों से बनी थी और सम्पादक-द्वय उनके द्वारा लिखी गयी लम्बी-लम्बी प्रविष्टियों में उल्लखित तथ्यों की सच्चाई सुनिश्चित करने के फेर में नहीं पड़े थे।

हिंदी में कोश-रचना परम्परा की अध्येता श्रुति के अनुसार भारत में पारम्परिक विद्वत्ता के दायरे में *महाभारत* को सबसे प्राचीन ज्ञानकोश माना गया है। कई विद्वान पुराणों को भी ज्ञानकोश की श्रेणी में रखते हैं। रामअवतार शर्मा जैसे दार्शनिक ने तो *अग्निपुराण* को स्पष्ट रूप से ज्ञानकोश माना है। इन आग्रहों की उपेक्षा न करते हुए भी यह मानना होगा कि पश्चिमी अर्थों में ज्ञानकोश रचने की परम्परा भारत में अपेक्षाकृत नयी है। इससे पहले संस्कृत साहित्य में बेहद कठिन वैदिक शब्दों के संकलन कश्यप रचित *निघण्टु* और ईसा पूर्व सातवीं सदी में यास्क और अन्य विद्वानों द्वारा रचित उसके भाष्य *निरुक्त* की परम्परा मिलती है। इस परम्परा के तहत विभिन्न विषयों के *निघण्टु* तैयार किये गये जिनमें धन्वंतरि रचित आयुर्वेद का *निघण्टु* भी शामिल था। इसके बाद संस्कृत और हिंदी में नाममाला कोशों का उद्भव और विकास दिखायी देता है। *निघण्टु* और *निरुक्त* के अलावा श्रीधर सेन कृत *कोश कल्पतरु,* राजा राधाकांत देव बहादुर की 1822 की कृति *शब्द कल्पद्रुम,* 1873 से 1883 के बीच प्रकाशित तारानाथ भट्टाचार्य वाचस्पति कृत *वाचस्पत्यम* जैसी रचनाओं को संभवतः ज्ञानकोश की कोटि में रखा जा सकता है। पाँचवीं-छठी से लेकर अट्ठारहवीं सदी तक की अवधि में रचे गये अनगिनत नाममाला कोशों में अमर सिंह द्वारा रचित *अमरकोश* का शीर्ष स्थान है। कोश रचना के इस पारम्परिक भारतीय उद्यम के केंद्र में शब्द और शब्द-रचना थी। शब्दों के तात्पर्य, उनके विभिन्न रूप, उनके पर्यायवाची, उनके मूल और विकास-प्रक्रिया पर प्रकाश डालने वाले ये कोश ज्ञान-रचना में तो सहायक थे, पर इन्हें ज्ञानकोश की श्रेणी में नहीं रखा जा सकता था।

बीसवीं सदी के शुरुआती वर्षों में आधुनिक अर्थों में ज्ञानकोश रचने का काम शुरू हुआ। काशी की नागरी प्रचारिणी सभा द्वारा बनवाया गया *हिंदी ज्ञानकोश* इस सिलिसिले में उल्लेखनीय है। बांग्ला में साहित्य वारिधि और शब्द रत्नाकर की उपाधियों से विभूषित नगेंद्र नाथ बसु ने एक विशाल ज्ञानकोश तैयार किया। उसी तर्ज़ पर कलकत्ता से ही बसु के अनुभव का लाभ उठाते हुए उन्हें हिंदी में एक विशद ज्ञानकोश तैयार करने की ज़िम्मेदारी सौंपी गयी। पच्चीस खण्डों का यह ज्ञानकोश 1917 में छपा। ख़ुद गाँधी ने इसे उपयोगी बताते हुए अपनी संस्तुति में लिखा कि यह भारत की 'लिंगुआ-फ्रैंका' हिंदी के विकास में सहायक होगा। बसु ने भी इसी पहलू पर ज़ोर देते हुए पहले खण्ड में छपी अपनी छोटी सी भूमिका में उम्मीद जतायी कि जिस भाषा को 'राष्ट्र-भाषा' बनाने का यत्न चल रहा है, वह आगे जाकर राष्ट्र-भाषा बन ही जाएगी। साथ ही उन्होंने यह भी लिखा कि हिंदी का ज्ञानकोश बांग्ला का अनुवाद नहीं है, बल्कि मूलतः हिंदी में ही लिखा गया है। इन कोशों के अलावा हरदेव बाहरी रचित *प्रसाद साहित्य कोश,* प्रेमनारायण टण्डन कृत *हिंदी सेवीसंसार* और ज्ञानमंडल द्वारा प्रकाशित *साहित्यकोश* उल्लेखनीय है।

ज़ाहिर है कि ये कोश समाज-विज्ञान से उद्भूत होने वाले विमर्श की आवश्यकताएँ न के बराबर ही पूरी कर सकते थे। इसीलिये आधुनिक विश्वविद्यालयीय शिक्षा की ज़रूरतों के मद्देनज़र स्वातंत्र्योत्तर भारत में विभिन्न अनुशासनों के अलग-अलग कोश तैयार करने के कई प्रयास हुए। मराठी और ओडिया में भी ज्ञानकोश रचने के उद्यम किये गये। समाज-विज्ञान के विभिन्न अनुशासनों (समाजशास्त्र, मानवशास्त्र, अर्थशास्त्र, राजनीतिशास्त्र, मनोविज्ञान, मानव-भूगोल, इतिहास-सामाजिक और पुरातत्त्व-विज्ञान) का प्रतिनिधित्व करने का दावा करने वाला हिंदी का एक कोश श्याम सिंह शशि के प्रधान सम्पादकत्व में 2008 से प्रकाशित होना शुरू हुआ। मानव संसाधन विकास मंत्रालय के अनुदान से रिसर्च फ़ाउंडेशन का यह पाँच खण्डों का यह प्रकाशन 2011 तक जारी रहा। डॉ. शशि की इच्छा तो यह थी कि वे 1930-1935 के बीच प्रकाशित सेलिगमैन और जॉनसन द्वारा सम्पादित बीस खण्डों के विशाल *इनसाइक्लोपीडिया ऑफ़ द सोशल साइंसेज़* जैसी एक कृति हिंदी में तैयार करें। लेकिन उन्हें कोश-रचना के लिए धन और बौद्धिक संसाधन जुटाने में बहुत दिक़्क़तों का सामना करना पड़ा। उन्होंने पहले खण्ड की भूमिका में इन परेशानियों का ब्योरा दिया है। धनाभाव के बाद उन्हें सबसे ज़्यादा दिक़्क़त जिस काम में आयी, वह था हिंदी में प्रविष्टियाँ लिखवाना।

हमारा यह कोश *इनसाइक्लोपीदी* द्वारा अपनायी गयी ज्ञान की रैडिकल परिवर्तनवादी राजनीति की नुमाइंदगी नहीं करना चाहता। न ही उसके प्रतिक्रियास्वरूप अंग्रेज़ी में रचे गये *इनसाइक्लोपीडिया ब्रिटैनिका* के परम्परानिष्ठ सरोकारों में

इसकी रुचि है। वैसे भी ज्ञान के सभी क्षेत्रों को अपने दायरे में समेटने के बजाय यह कोश केवल समाज-विज्ञान और मानविकी तक सीमित है। इस विश्वकोश के इरादे 'राष्ट्रभाषा हिंदी' का प्रचार करने की परियोजना से भी नहीं जुड़े हैं। हाँ, यह ज़रूर है कि इस विश्वकोश में नगेंद्र नाथ बसु द्वारा सम्पादित कोश की तरह भाषा-केंद्रीयता का एक पहलू अवश्य है। लेकिन यह हिंदी की उस आत्मछवि से असम्पृक्त है जो उसे एक 'बेख़याली की राष्ट्र-भाषा' की तरह परिभाषित करके एक वर्चुअल क़िस्म का राष्ट्रवादी सुख प्राप्त करती है। अपने समकालीन विकास के ठोस धरातल पर हिंदी को अब इस बेख़याल आत्मछवि की आवश्यकता नहीं रह गयी है। हिंदी राष्ट्र-निर्माण की राजनीति से बहुत दूर निकल चुकी है और तमाम ग़ैर-हिंदी इलाक़ों में अखिल भारतीय सम्पर्क भाषा के तौर पर उसका प्रसार हो रहा है। इस प्रसार में मुख्य तौर पर राजकीय प्रोत्साहन का हाथ न होकर बाज़ार, मीडिया और सामाजिक-सांस्कृतिक क्षेत्र की प्रधान भूमिका है। 1960 और उसके बाद हुई दशवार्षिकी जनगणनाओं के आँकड़े बताते हैं कि सम्पर्क भाषा बनने के मामले में वह केवल तमिलनाडु में अंग्रेज़ी से पीछे है, वरना शेष दक्षिण भारत और बंगाल में उसकी और अंग्रेज़ी की हैसियत कमोबेश समकक्षता तक पहुँच चुकी है। गुजरात, महाराष्ट्र, ओडीशा, असम वग़ैरह में तो हिंदी दूसरी सबसे पसंदीदा भाषा के तौर पर बहुत आगे है। लेकिन इन सफलताओं के बावजूद कुछ ऐतिहासिक वजहों से विश्वविद्यालयों और शोध संस्थानों के लिए हिंदी मुख्यत: अनुवाद की भाषा रही है। इस विश्वकोश की भाषा-केंद्रीयता का आग्रह उसे अनुवाद की आवश्यकता पर नये सिरे से ज़ोर डालते हुए लेकिन लगभग स्थायी होती जा रही उसकी जकड़ से निकाल कर हिंदी में ही समाज-विज्ञान और मानविकी का शास्त्र लिखने की तरफ़ ले जाने का है। इस कोश की एक उपादेयता विकिपीडिया जैसे निर्बंध और असंख्य-केंद्रीयता वाले कोश के लिए भी है। हिंदी में विकिपीडिया की उपस्थिति तो है लेकिन वह अभी तक दमदार नहीं बन पायी है। नेट पर उपलब्ध इस कोश के लिए प्रामाणिक ग्रंथों से संदर्भन का अभाव भी खटकता है। हिंदी विश्वविद्यालय की कोशिश होगी कि आगे चल कर इस कोश को ऑनलाइन मुहैया कराया जाए ताकि विकिपीडिया के उपभोक्ता इसका समुचित इस्तेमाल करते हुए उसकी प्रविष्टियों का संवर्द्धन, संशोधन और पल्लवन करते रह सकें।

इस विश्वकोश के निर्माण की कहानी 2009 में शुरू हुई थी। पहले लक्ष्य यह था कि सभी स्थापित अवधारणाओं, विद्वानों, बहसों, प्रवृत्तियों और अहम घटनाओं के ऊपरे डेढ़ हज़ार की शब्द-संख्या के इर्द-गिर्द परिचयात्मक चरित्र वाली पाँच सौ प्रविष्टियाँ लिखी जाएँ। लेकिन जल्दी ही समझ में आ गया कि यह संख्या बहुत कम है और इसमें विभिन्न अनुशासनों के बहुत से पहलू प्रतिनिधित्व पाने से रह जाएँगे। फिर यह संख्या एक हज़ार की गयी और अंत में प्रविष्टियाँ हज़ार से ऊपर चली गयीं। विश्वकोश को एक संतुलित और प्रातिनिधिक रूप देने के लिए संख्या में यह बढ़ोतरी आवश्यक थी। विश्वकोश के विकास के साथ शुरू से ही जुड़े रहे देश के विख्यात समाज-वैज्ञानिकों और अन्य विद्वानों के सलाहकार-मण्डल की भी यही राय थी। विश्वकोश की यह योजना अक्सर प्रकाशित होते रहने वाले तमाम कोशों से अलग इसलिए थी कि इसमें भारत के बारे में भी पर्याप्त संख्या में प्रविष्टियाँ देने का प्रावधान था। मसलन, अगर दो प्रविष्टियाँ लोकतंत्र और सेकुलरवाद पर होनी थीं, तो इसी के साथ-साथ भारतीय लोकतंत्र और भारतीय सेकुलरवाद और उससे जुड़ी महत्त्वपूर्ण बहसों पर भी प्रविष्टियाँ शामिल की जानी थीं। अगर कुछ प्रविष्टियाँ भूमण्डलीकरण, उसके आयामों और उसके इतिहास पर होनी थीं तो कुछ प्रविष्टियों में यह भी केंद्रस्थ किया जाना था कि भारत में भूमण्डलीकरण की यह परिघटना क्या गुल खिला रही है। हिंदी-क्षेत्र के सांस्कृतिक और बौद्धिक इतिहास के बारे में पर्याप्त सामग्री देना भी इस योजना का एक विशिष्ट पहलू था। इसी तरह जेंडर, दलित, अल्पसंख्यक और आदिवासी आयामों की समुचित नुमाइंदगी करने का आग्रह भी शुरू से इस योजना में शामिल था। कोश की रचना जैसे-जैसे आगे बढ़ी, सलाहकारों के सुझावों को ध्यान में रखते हुए नये सरोकार भी जोड़े गये। मसलन, राज्यों की राजनीति और राजनीतिक दलों के बारे में प्रविष्टियाँ लिखी गयीं। आख़िरी दौर में भारतीय धर्म-दर्शन से जुड़ी प्रविष्टियाँ तैयार हुईं। ख़ास तौर से उन दार्शनिकों, विचारकों और सिद्धांतकारों के बौद्धिक परिचय लिखवाये गये जिन्हें अंग्रेज़ी और पश्चिम द्वारा थमाये गये सिद्धांतों के प्रभाव में लगभग अदृश्य कर दिया गया है। एक अलग तरह का पहलू संस्थान-निर्माताओं और राजनीतिक-सांस्कृतिक अग्रदूतों का जोड़ा गया। इसके पीछे मान्यता यह थी कि विमर्श जिस व्यावहारिक धरातल पर स्वयं को विकसित करता है उसकी रचना तो विश्वविद्यालयों और शोध-संस्थानों में न हो कर बहुआयामी सक्रियताओं के मैदान में ही होती है। कुछ सरोकार ऐसे थे जिन्हें कोश में शामिल करने की कोशिश नाममात्र के लिए ही हो सकी। जैसे, शिक्षा सदृश्य महत्त्वपूर्ण विषय पर प्रविष्टियों का पूरा समुच्चय नहीं नियोजित किया जा सका। इसी तरह नृत्य, संगीत और कलाएँ भी कुल मिला कर छूट ही गयीं। सलाहकारों की राय थी कि ज़िलों और प्रांतों की परस्परव्यापी सीमाओं पर आज भी जीवंत देश के विविध सांस्कृतिक क्षेत्रों पर भी प्रविष्टियाँ लिखवायी जाएँ। लेकिन समय रहते इससे संबंधित उपयुक्त विद्वत्ता न खोज पाने के कारण यह नहीं हो पाया। यह कोश भारत से इतर दक्षिण एशियायी और व्यापक एशियायी विद्वत्ता भी अपने पृष्ठों पर अंकित नहीं कर पाया।

प्रत्येक प्रविष्टि को एक बार सम्पादित करके कम से

कम दो सलाहकार-विद्वानों के पास पूर्व-समीक्षा के लिए भेजा गया। किसी विद्वान को सलाहकार बनाने का मुख्य आधार यह था कि उन्हें विमर्शी-हिंदी पढ़ने का अभ्यास हो। यह देख कर आश्चर्यमिश्रित प्रसन्नता हुई कि ज़्यादातर सलाहकारों ने प्रविष्टियों को बारीकी से पढ़ा और उन पर विस्तार से टिप्पणियाँ कीं। इस प्रक्रिया में कई प्रविष्टियाँ ख़ारिज हो गयीं। बड़े पैमाने पर संशोधन तजवीज़ किये गये। ऐसा भी हुआ कि कुछ प्रविष्टियों को आंशिक संशोधन और कुछ को सम्पूर्ण पुनर्लेखन के दौर से गुज़रना पड़ा। छह खण्डों में विश्वकोश की डिज़ायन को अंतिम रूप देने तक लगातार प्रविष्टियों के पाठन और सुधार की प्रक्रिया चलती रही। तीन हज़ार से ज़्यादा पृष्ठों में फैले इस कोश में देशी-विदेशी नामों और अन्य शब्दों की वर्तनी संबंधी समरूपता सुनिश्चित करना एक कभी न सम्पूर्ण होने वाली प्रक्रिया साबित हुई। फिर भी कोशिश की गयी है कि एक हद तक पाठकों को समरूपता दिखायी पड़े।

कोश में प्रविष्टियों का क्रम भरसक अकारादि क्रम से है। कोश को पाठकों के लिए सहज उपयोगी बनाने के लिए हर खण्ड के शुरू और अंत में विस्तार से अनुक्रमणिकाएँ दी गयी हैं। शुरू की अनुक्रमणिकाएँ तीन हैं। सबसे पहले है प्रविष्टि-क्रम और फिर उसी प्रविष्टि-क्रम को अंग्रेज़ी में दिया गया है। तीसरी अनुक्रमणिका विषयानुसार है। इन्हें इस प्रकार बाँटा गया है : अर्थशास्त्र, इतिहास, अंतर्राष्ट्रीय संबंध, गाँधी विचार, दर्शन, भारत संबंधी प्रविष्टियाँ, मनोविज्ञान, मार्क्सवादी विमर्श, मीडिया-अध्ययन, फ़िल्म-अध्ययन, टीवी-अध्ययन, राजनीतिशास्त्र, व्यक्तित्व-कृतित्व, समाजशास्त्र, मानवशास्त्र, स्त्री-अध्ययन, सेक्शुअलिटी-अध्ययन, साहित्य-अध्ययन और भाषाशास्त्र। चूँकि ज्ञान का संसार अनुशासनों की सीमाओं में बँटा भी है और उन्हें सतत लाँघता भी रहता है, इसलिए एक प्रविष्टि एक से अधिक श्रेणी में रखे जाने की पात्रता रखती है।

यह विश्वकोश पचास से ज़्यादा लेखकों ने मिल कर लिखा है। इनमें एक प्रविष्टि लिखने वाले लेखक भी हैं, और सौ से ज़्यादा प्रविष्टियाँ लिखने वाले भी। हिंदी में हालाँकि तस्वीर धीरे-धीरे बदल रही है, फिर भी कुल मिला कर इस दुनिया की प्रधान गतिविधि आज भी रचनात्मक साहित्य और पत्रकारिता ही है। ज़्यादातर प्रतिभाएँ स्वांत:सुखाय लेखन की अभ्यस्त हैं। न्यूनतम शब्दों का प्रयोग करके कसा हुआ विमर्शी पाठ रचने के बजाय विशेषणों और अलंकारिक अभिव्यक्तियों से भरपूर शैली का प्रकोप है। आख्यानात्मक की बजाय व्याख्यानात्मक रवैया हावी है। हिंदी-क्षेत्र में हर समय जारी रहने वाली बेतहाशा सांस्कृतिक राजनीति का वॉटरमार्क भी इस लेखन पर लगा रहता है। इसलिए शुरू में तो डर लग रहा था कि पता नहीं एक ख़ास तरह के पाठक वर्ग की माँग पूरी करने वाली शैली और उसके लिए बनाये गये प्रारूप के अनुसार संक्षिप्त और ठोस विमर्शी लेखन करने वाले सक्षम लोग मिलेंगे भी या नहीं। प्रारम्भ के इन अंदेशों के दूर होने में समय लगा। लोग जुड़े लेकिन धीरे-धीरे, कारवाँ बना, भले ही देर से।

विश्वविद्यालयों में पढ़ाने वाले शिक्षकों, स्थापित प्रोफ़ेसरों, युवा अनुसंधानकर्ताओं, शोध संस्थानों से जुड़े विद्वानों, गम्भीर लेखन करने वाले पत्रकारों, साहित्यकारों और स्वतंत्र बुद्धिजीवियों से मिल कर बना यह लेखक-मण्डल हिंदी के विमर्शी संसार की आधार-शिला है। इसमें विदुषियाँ भी शामिल हैं, दलित बुद्धिजीवी और अल्पसंख्यक समाज से आये लेखक भी। यह जमात हिंदी-समाज के भीतरी लोकतंत्र का प्रमाण है। कहना न होगा कि ये लेखक बड़ी मुश्किल से मिले और कई बार संयोगवश ही कोश-लेखन में शामिल हो पाए। इनमें से कुछ को यह शिकायत होना स्वाभाविक है कि उनकी लिखी सभी प्रविष्टियों का इस्तेमाल नहीं हो पाया, बावजूद इसके कि उन्हें सघन सम्पादन के बाद कोश में शामिल किया जा सकता था। दरअसल, कोश की अंतिम तस्वीर आख़िरी आठ-नौ महीने में ही ज़्यादा साफ़ हुई और यह शिनाख़्त की जा सकी कि इस तरह के प्रयास के लिए श्रेयस्कर बौद्धिक और सामग्रीगत संतुलन कैसे हासिल किया जा सकता है। इस प्रक्रिया में भी कुछ लिखी जा चुकी प्रविष्टियाँ छँटाई की शिकार हुईं। अगर हमारे पास डेढ़ हज़ार प्रविष्टियाँ डालने का मौक़ा होता तो इन्हें भी लिया जा सकता था। ख़ुद मुझे अपनी लिखी हुई ऐसी कई प्रविष्टियाँ वापस लेनी पड़ीं जो शुरुआती दौर में लिखी गयी थीं। ऐसी प्रविष्टियाँ तो अनगिनत हैं जिनकी शक्ल सम्पादन की प्रक्रिया में तक़रीबन बदल गयी। अस्सी फ़ीसदी प्रविष्टियों का प्रारम्भिक हिस्सा पुनर्लेखन से गुज़रा। पाठकों को यह भी लगेगा कि ज़्यादातर प्रविष्टियों की शैली और ढाँचा काफ़ी-कुछ एक सा है। कोश के लिहाज़ से समरूपता की यह प्रतीति एक ख़ूबी मानी जा सकती है, भले ही शैलीगत और भाषागत विविधता के पैरोकारों को समरूपता के इस आरोपण से कुछ दिक़्क़त हो। यहाँ यह कहना ज़रूरी है कि सभी प्रविष्टियों को एक ही साँचे में ढालने की सम्पादकीय कोशिश एक सीमा तक ही सफल हो सकती थी। जैसे दर्शनशास्त्र की प्रविष्टियों के पाठ और उपनिवेशवाद विरोधी आंदोलन का ब्योरा देने वाली या राज्यों की राजनीति की जानकारी देने वाली प्रविष्टियों के पाठ में सघनता के स्तर पर काफ़ी अंतर मिलेगा। इसी तरह पश्चिमी राजनीतिक

सिद्धांत का परिचय देने वाली प्रविष्टियों और इतिहास संबंधी बहसों पर लिखी प्रविष्टियाँ भी अपना आपसी अंतर स्वयं रेखांकित करेंगी। ख़ास कर साहित्य से संबंधित प्रविष्टियों का लहज़ा कुछ अलग तरह का दिखेगा।

इनसाइक्लोपीडिया रचने का प्रशिक्षण कहीं नहीं मिलता। इस कला को तो कोश रचने की प्रक्रिया में ही सीखना पड़ता है। लम्बे अरसे तक परिश्रम, धीरज और नियोजन की मिली-जुली ख़ुराक पर गुज़र-बसर करनी पड़ती है। यह सहनशक्ति और टिकाऊपन की परीक्षा भी है। सम्पादक के साथ जुड़े विद्वानों और अन्य सहयोगियों को भी कमोबेश इसी प्रक्रिया से गुज़रना पड़ता है। इसलिए इस कोश के पूरे होने में सभी का श्रेय है। जो शुरू से आख़िर तक सक्रिय रहे, जो कुछ देर में शामिल हुए या जो अपना वायदा आंशिक रूप से ही पूरा कर पाये, उनका हिस्सा तो है ही— जिन्होंने सिर्फ़ राय दी वे भी किसी न किसी रूप में इसकी पूर्णता के भागीदार हैं। अपने सलाहकार-मण्डल के प्रतिष्ठित सदस्यों और लेखक-मण्डल के अध्यवसायी सदस्यों के साथ मैं ऐसे सभी साथियों का तहे-दिल से शुक्रगुज़ार हूँ।

मैं महात्मा गांधी अंतरराष्ट्रीय हिंदी विश्वविद्यालय के कुलपति विभूति नारायण राय का विशेष तौर पर आभारी हूँ जिन्होंने चार साल पहले मेरा यह प्रोजेक्ट स्वीकार किया और फिर इस लम्बे दौर में लगातार मेरे प्रयासों को पुष्ट करते रहे। उनके द्वारा किये गये निरंतर उत्साहवर्धन और वित्त-पोषण के कारण यह परियोजना बीच की एक अवधि के अपवाद को छोड़ कर चलती रही। वर्धा और दिल्ली में उनके साथ हुई बैठकों में हर बार कोश के बारे में उपयोगी चर्चा हुई और उनके कारगर सुझावों पर अमल करने से कोश की रचना-प्रक्रिया को सकारात्मक गति मिल सकी। यद्यपि इस कोश का विचार सबसे पहले मेरे एक प्रकाशक मित्र के दिमाग़ में आया था, पर विश्वविद्यालय की तरफ़ से यह कोश श्री राय का ही मानस-पुत्र है। उनकी दिलचस्पी और मार्गदर्शन के बिना इसकी कल्पना भी नहीं की जा सकती थी। विश्वविद्यालय के प्रकाशन विभाग के प्रभारी बीरपाल सिंह यादव भी इस लम्बे दौर में लगातार सहयोग करते रहे। मैं उनके प्रति भी आभारी हूँ।

हालाँकि यह कोश हिंदी विश्वविद्यालय का है, पर इसकी बौद्धिक और रचनागत तैयारी विकासशील समाज अध्ययन पीठ (सीएसडीएस), दिल्ली में हुई है। मैं इस संस्था के निदेशक प्रोफ़ेसर राजीव भार्गव के साथ-साथ अपने साथी-सहयोगी फ़ैकल्टी-सदस्यों का भी आभारी हूँ कि उनके द्वारा दी गयी सहायता, सुविधाओं, गुंजाइशों और छूट के कारण ही मैं यह काम कर पाया। अध्ययन पीठ के भारतीय भाषा केंद्र के सहयोगी विद्वान और मेरे मित्र आदित्य निगम, राकेश पाण्डेय और रविकांत ने क़दम-क़दम पर अपने उपयोगी और विशेषज्ञ-सुझावों से कोश की गुणवत्ता सुधारने में महत्त्वपूर्ण योगदान दिया। भारतीय भाषा कार्यक्रम के पितामह और देश के वरिष्ठ राजनीतिक समाजशास्त्री प्रोफ़ेसर धीरूभाई शेठ, चुनाव-अध्ययन के विशेषज्ञ प्रोफ़ेसर विजय बहादुर सिंह और विश्वविद्यालय द्वारा नियुक्त पुनरीक्षण समिति के अध्यक्ष प्रोफ़ेसर गंगा प्रसाद विमल ने अपनी पहलक़दमी से कोश को उस समय उबारा जब उसका काम ठप पड़ा हुआ था। भाषा कार्यक्रम के साथ जुड़े हुए युवा समाजशास्त्री नरेश गोस्वामी, इतिहासकार सुमेल सिंह सिद्धू और राजनीतिशास्त्री कमल नयन चौबे ने मुस्तैदी से अधिकतम प्रविष्टियाँ पढ़ कर सम्पादन की प्रक्रिया में मेरी बहुत मदद की। इसी तरह वरिष्ठ पत्रकार मनोहर नायक ने उत्सुकता और लगाव के साथ कोश की ग़लतियाँ निकालने और उन्हें दुरुस्त करने का मुश्किल काम अंजाम दिया। इस प्रक्रिया को और गति देने के लिए आख़िरी दौर में हमें मनोज मोहन का सहयोग भी मिला। कम्प्यूटर पर काम करने वाले चंदन और आखिरी दौर में जुड़े संजय के अध्यवसाय का उल्लेख करना भी आवश्यक है। कोश की अनुक्रमणिका बनाने वाली मंजू खन्ना और कोश के डिज़ाइनर मृत्युंजय चटर्जी के निर्णायक योगदान के बिना इस कोश को पाठकोपयोगी नहीं बनाया जा सकता था। कोश के प्रकाशक राजकमल प्रकाशन के प्रबंध निदेशक अशोक माहेश्वरी ने काम को गति देने के लिए आवश्यक सहयोग प्रदान किया। सीएसडीएस में अपने अध्ययन-कक्ष और घर में मौजूद डेक्सटॉप कम्प्यूटरों में भरी हुई प्रविष्टियों के बीच इधर से उधर दिन-रात दौड़ते हुए मैं अपनी तमाम बेचैनियों के बावजूद यह विराट काम कर पाया, इसमें मेरी पत्नी मीना तिवारी का अलिखित और मौन योगदान रेखांकित करना ज़रूरी है। मैं इन सभी मित्रों और सहयोगियों का बहुत-बहुत आभारी हूँ। इन सभी ने मिल कर न उबारा होता तो मैं हज़ार से ज़्यादा प्रविष्टियों के लाखों शब्दों के बोझ के नीचे दब कर फ़ना हो जाता।

इस कोश की रचना एक महा-यज्ञ की तरह थी जिसमें कुछ न कुछ आहुतियाँ हवन-कुंड के बाहर भी गिरी होंगी। इसलिए दिल्ली के उमस भरे बरसाती दिनों में लिखी गयी इस भूमिका के आख़िर में यह कहना एक बार फ़िर ज़रूरी है कि कोश की सफ़लता में सभी का साझा है। लेकिन इसकी कमियों का ज़िम्मेदार सिर्फ़ मैं हूँ।

— अभय कुमार दुबे

प्रविष्टि-क्रम

List of Entrees

विषयानुसार प्रविष्टि-क्रम

अर्थशास्त्र

इतिहास

अंतर्राष्ट्रीय संबंध

गाँधी-विचार

दर्शन

भारत संबंधी प्रविष्टियाँ

मनोविज्ञान

मार्क्सवादी विमर्श

मीडिया-अध्ययन, फ़िल्म-अध्ययन, टीवी-अध्ययन

राजनीतिशास्त्र

व्यक्तित्व-कृतित्व

समाजशास्त्र, मानवशास्त्र

स्त्री-अध्ययन, सेक्शुअलिटी-अध्ययन

साहित्य-अध्ययन, भाषाशास्त्र

प्रविष्टियाँ

अ

अतिक्रमण-1

(सामान्य और रुग्ण की द्वंद्वात्मकता)

(Transgression-1)

अतिक्रमण निषिद्ध की कामना से जुड़ा है। वास्तव में कामना पैदा ही इसलिए होती है क्योंकि किसी विचार या इच्छा पर प्रतिबंध लगा दिया जाता है। निषिद्ध की कामना के कारण ही किसी नियम या नैतिक सिद्धांत, आदर्श, स्वीकृत व्यवहार या सामाजिक सीमाओं का उल्लंघन या अतिक्रमण किया जाता है। इस पद का उपयोग सामान्यत: सामाजिक जीवन और सीमित अर्थ में विचलन के अध्ययन के लिए भी किया जाता है। सामाजिक जीवन में कई तरह के व्यवहारों जैसे विक्षिप्तता, हस्तमैथुन, समलैंगिकता, विवाहेतर रिश्तों तथा व्यभिचार आदि को सामाजिक इतिहास में अलग-अलग समय पर अतिक्रमण की श्रेणी में रखा जाता रहा है। लेकिन इसी जगह विचलन और अतिक्रमण के बीच फ़र्क़ करना भी ज़रूरी है। विचलन का अध्ययन अधिकांशत: व्यक्ति के स्तर पर किया जाता है, और अतिक्रमण का समाज के स्तर पर। इन दोनों के बीच का संबंध माइक्रो और मैक्रो जैसा है।

अतिक्रमण समझे जाने वाले कृत्यों को या तो आपराधिक माना जाता रहा है या फिर मानसिक रुग्णता का पर्याय। समाज में अक्सर नैतिकता के ख़ास मानक या आदर्श गढ़ने की कोशिश की जाती है और उनके आधार पर कुछ व्यवहारों को अतिक्रमण की श्रेणी में रखा जाता है। लेकिन एक समय के बाद ऐसे प्रयासों की व्यर्थता स्वत: साबित हो जाती है। ऐसे में इन बिंदुओं पर विचार करना वाकई दिलचस्प है कि समाज अतिक्रमण से कैसे निपटता है, और अगर लोग अतिक्रमण से बाज़ नहीं आते तो फिर समाज उन्हें कैसे दण्डित करता है। यहाँ अतिक्रमण के साथ कुछ और भी उप-प्रश्न जुड़े हैं। मसलन, कुछ लोग समाज के आदर्शीकृत व्यवहार का अतिक्रमण क्यों करना चाहते हैं। और अगर हम यह मानते हैं कि अतिक्रमण व्यक्तिगत कामना से उपजता है तो फिर ऐसा क्यों होता है कि अतिक्रमण की कुछ ख़ास घटनाओं पर किसी तरह का क़ानूनी प्रतिबंध न होते हुए भी समाज के व्यापक हिस्सों में उनकी भर्त्सना और निंदा की जाती है। मध्यकाल में अच्छे और बुरे की अवधारणाएँ मुख्यत: धर्म-चिंतन के दायरे में आती थीं। लेकिन युरोपीय ज्ञानोदय के बाद धर्म और विश्वास की सत्ता खंडित हुई तो ये अवधारणाएँ समाजशास्त्र का सरोकार बनने लगीं। समाज के आदर्शीकृत व्यवहार तथा नैतिक आदर्शों की कसौटियों पर धार्मिक चिंतकों से लेकर नीत्शे, दुर्ख़ाइम, फ्रॉयड, फ़ूको, जॉर्ज बॉते, विक्टर टर्नर और मैरी डगलस ने भी विचार किया है।

समाज द्वारा निर्धारित 'सामान्य' या 'रुग्ण' के बीच हमेशा एक द्वंद्वात्मक संबंध होता है। सही या ग़लत अथवा अच्छे या बुरे का आदर्शीकृत मानक असल में एक ऐसा इलाक़ा है, जिसमें विचारों और मतों को लेकर हमेशा एक तरह की जद्दोजहद चलती रहती है। इस इलाक़े की सीमाओं पर कुछ ताक़तवर लोग हमेशा मुस्तैद रहते हैं और वही तय करते हैं कि किस काम, व्यवहार, विचार या विश्वास को स्वीकार्य माना जाए। लेकिन इसके साथ यह भी सच है कि व्यवहार का यह नैतिक सीमांकन या हदबंदी ही लोगों में उसके उल्लंघन की कामना पैदा करती है। कई बार निषिद्ध का अतिक्रमण करना मज़ेदारी का पर्याय मान लिया जाता है।

आधुनिक विचार-परम्परा में नीत्शे पहले विचारक थे जिन्होंने दया, परोपकार और सज्जनता जैसी अच्छाइयों को आक्रोश की राजनीति कहा था। नीत्शे का मानना था कि यह

युरोप में ईस्टर से पहले होने वाले कार्निवालों में अतिक्रमण अस्वीकार्य नहीं था. बाख़्तिन ने इन कार्निवालों का अध्ययन करके बताया है कि इनमें भड़ैती, स्वाँग और उपहास के ज़रिये अभिजन समूहों की दमनकारी परम्पराओं पर तंज़ कसा जाता था.

कमज़ोरों, क्षुद्रों और दमितों यानी एक ऐसी बहुसंख्यक जमात की राजनीति होती है जिसका मक़सद ताक़तवर और श्रेष्ठि वर्ग की सत्ता-आकांक्षा को ध्वस्त करना होता है। ईसाइयत में ताबेदारी और इच्छाओं के दमन को उदात्त गुण माना जाता था, लेकिन आधुनिकता के उदय तथा ईश्वर के अस्तिव की संदिग्धता के साथ सत्य और सत्ता के आधुनिक रूपों ने इच्छाओं का दमन करना शुरू कर दिया। इसका प्रभाव यह भी हुआ कि व्यक्ति की वह क्षमता कुंठित होने लगी जिसके दम पर वह परम्परा की अनुगामिता और औसत प्रतिभा के दबावों से परे जा सकता था। नीत्शे का विचार है कि अतिक्रमण का आशय अप्रश्नेय को चुनौती देना है।

दुर्ख़ाइम के अनुसार एक नैतिक व्यवस्था के रूप में समाज की सामूहिक चेतना साझे लक्ष्यों, मूल्यों, कसौटियों, विश्वासों, कर्म और व्यवहार पर निर्भर करती है। यह सामूहिक चेतना कुछ चीज़ों को सामान्य और सही मानती है और जिन व्यवहारों को ग़लत या रुग्णता का प्रतीक मानती है उनके दमन और प्रतिबंध की बात करती है। इसके सबूत अपेक्षाकृत बंद और बँधे पारम्परिक समाजों से लेकर खुले और आधुनिक समाज के नियमों में देखे जा सकते हैं। समाज के ऐसे नियम एक ही साथ दमनकारी भी हो सकते हैं और किन्हीं मूल्यों को पुन: प्रतिष्ठित भी कर सकते हैं। लेकिन ऐसे समाज भी विचलन से सुरक्षित नहीं होते थे। दूसरे सिरे से कहा जाये तो विचलन के कारक इसी समाज के अंदर से पैदा होते थे। इसी तर्ज़ पर आधुनिक समाज भी अतिक्रमण को कुछ इस दृष्टि से प्रोत्साहित करता है ताकि समय-समय पर अतिक्रमण के प्रति एक सामूहिक क्षोभं संगठित किया जा सके। दुर्ख़ाइम के मुताबिक़ यह सामूहिक क्षोभ इस मायने में उपयोगी होता है कि इससे समाज की मान्यताओं और आदर्शों को पुन: मज़बूत होने का मौक़ा मिलता है। कर्मकाण्डों की नाटकीयता तथा उनका भावनापूर्ण आयोजन ऐसी ही भूमिका निभाते हैं। संतों और महात्माओं का समाज भी तब तक निरापद नहीं रह सकता जब तक उस समाज में पापी न हों। इससे अतिक्रमण से अछूते लोगों में सामाजिक नियमों और आदर्शों के प्रति आस्था मज़बूत होती है। आम धारणा यह है कि दण्ड से भले और अच्छे लोगों को एकजुट होने की प्रेरणा मिलती है। इसी तरह त्योहार जैसे ख़ास अवसरों पर किया जाने वाला असामान्य व्यवहार भी समाज के नियमों और बंधनों को नवीकृत करने का अवसर होता है। यह बात एक सीमित संदर्भ में उत्तर भारत में होली के त्योहार से समझी जा सकती है। इस दिन सम्मान और शिष्टाचार की सामान्य व्यवस्था स्थगित हो जाती है। जिन स्त्रियों के प्रति सामान्य दिनों में गरिमा और सम्मान का व्यवहार किया जाता है, इस दिन उनके साथ शिष्ट मज़ाक़ और थोड़ी बहुत शाब्दिक छेड़छाड़ का बुरा नहीं माना जाता।

अतिक्रमण से निपटने और उसके साथ सामंजस्य बिठाने के लिए समाज कई बार संक्रमण की एक संकरी और औपचारिक व्यवस्था भी विकसित करता है। एक विद्वान के अनुसार समाज की संरचनाएँ ख़ुद ही ऐसी प्रतिसंरचनाओं को प्रोत्साहन देती हैं ताकि अतिक्रमण की घटनाओं का असर समाज के केंद्रों के बाहर ही नि:शेष हो जाए। दमनकारी माने जाने वाले समाजों में भी अतिक्रमण एक कामना के रूप में उपस्थित रहता है। भारत में विवाह के आयोजन के दौरान एक ऐसा ही दृश्य उपस्थित होता है। बारात जाने वाले दिन रात के समय घर की स्त्रियाँ अनुपस्थित पुरुषों के बारे में ऐसी यौनिक चर्चा करती हैं जिसे सामान्य दिनों में अभद्र और मर्यादाहीन व्यवहार कहा जाएगा। गालियाँ गाने, खोड़िया तथा नकटौरा आदि के अलावा अन्य क्षेत्रीय नामों से प्रचलित यह प्रथा विवाह की संस्था में आये बदलावों के बावजूद अब भी किसी न किसी रूप में बनी हुई है। इसी तरह दुनिया के तमाम बड़े महानगरों में ऐसे तमाम गुप्त

ठिकाने होते हैं, जहां सेक्स और नशीली दवाएँ आसानी से उपलब्ध हो जाती हैं, क़ानूनी तौर पर यह सब अपराध की श्रेणी में आता है। लेकिन यह छोटा और गुप्त संसार एक छोटे स्तर पर हमेशा सक्रिय रहता है। शेष समाज के लिए वह तब तक कोई ख़बर नहीं बनता जब तक वह समाज की वृहत्तर और सम्मानित संस्थाओं को प्रभावित नहीं करने लगता।

युरोप में ईस्टर से पहले कार्निवाल भी एक ऐसा ही समय और अवसर होता था जब अतिक्रमण को अगर खुला प्रोत्साहन नहीं दिया जाता था तो उसे निरा अस्वीकार्य भी नहीं माना जाता था। बाख़्तिन ने मध्यकाल में होने वाले कार्निवालों का अध्ययन करके बताया है कि ऐसे लोकप्रिय आयोजन प्रहसन, उपहास, भड़ैती, स्वाँग और सामान्यतः असामान्य मानी जाने वाली हरकतों के ज़रिये समाज के वर्चस्वशाली और अभिजन समूहों की दमनकारी परम्पराओं पर तंज़ कसने का काम करते थे। कार्निवाल के तमाशे में चर्च के ऐन बगल में मैक़दा हो सकता था और एक गोलमटोल राजा मरियल से व्यक्ति के साथ युद्ध लड़ कर जीत का जश्न मना सकता था। इस अवसर पर किसान सामूहिक तौर पर शराब पी कर नाचते-नाचते गाते थे। इस दिन वे हर ऐसा काम करने को स्वतंत्र थे जो आम दिनों में वर्जित माना जाता था। इस तरह कार्निवाल रोज़मर्रा के जीवन का एक सांस्कृतिक शीर्षासन था जिसमें अतिक्रमण को न केवल बर्दाश्त किया जाता था बल्कि उसका जश्न मनाया जाता था। वह अभिजन संस्कृति, उसके सौंदर्यबोध और उसकी श्रेष्ठता का प्रतिपक्ष था। बाद में व्यापारी वर्ग के प्रसार और कॉफ़ी हाउस व शराबघरों का व्यापक प्रसार होने से धीरे-धीरे मेलों-ठेलों और कार्निवाल का अवसान होने लगा।

देखें : डेविड एमील दुर्ख़ाइम, फ्रेड्रिख़ नीत्शे-1 और 2, युरोपीय ज्ञानोदय, विचलन, सेक्शुअलिटी।

संदर्भ

1. सी. जेंक्स (2003), *ट्रांसग्रेशन,* रॉटलेज, लंदन.
2. सी. जारविस (1999), *ट्रांसग्रेसिंग द मॉडर्न : एक्सप्लोरेशंस इन द वेस्टर्न एक्सपीरिएंस ऑफ़ अदरनैस,* ब्लैकवेल, ऑक्सफ़र्ड.
3. एमील दुर्ख़ाइम (1984, 1893), *द डिवीज़न ऑफ़ लेबर इन सोसाइटी,* अनु. डब्ल्यू.डी. हाल्स, मैकमिलन, बेसिंगस्टोक.
4. पी. स्टायलब्रास और ए, व्हाइट (1986), *द पॉलिटिक्स ऐंड द पोयटिक्स ऑफ़ द ट्रांसग्रेशन,* कार्नेल युनिवर्सिटी प्रेस, इथाका, एनवाई.
5. फ्रेड्रिख़ विल्हेल्म नीत्शे (1989), *द जीनियोलॅजी ऑफ़ मॉरल्स,* विंटेज, न्यूयॉर्क.

—नरेश गोस्वामी

अतिक्रमण-2

(सामाजिक परिवर्तन की सम्भावना)

(Transgression-2)

अतिक्रमण के बारे में एक तथ्य यह भी उल्लेखनीय है कि नियमों और रीतियों की मुख़ालफ़त के ज़रिये वह सामाजिक परिवर्तन का कारक भी बन सकता है। सामाजिक परिवर्तन के ऐसे दौर में विचलन वास्तव में नवाचार तथा नयी नैतिक परिस्थितियों का आधार भी बन सकता है। इस तरह किसी युग विशेष में जिस व्यवहार को अतिक्रमण माना जाता है वही दूसरे दौर में स्वीकार्य होकर बाद में आदर्श भी बन सकता है। यह बात सेक्शुअलिटी की अवधारणाओं पर ख़ास तौर पर लागू होती है। उदाहरण के लिए एक समय समलैंगिकता, हस्तमैथुन करने या विवाह से पहले यौन-संबंध स्थापित करने को अपराध अथवा मानसिक रोग या दोनों ही माना जाता था।

मैरी डगलस ने पवित्रता के अध्ययन में कहा है कि दूषण को ऐसा अतिक्रमण माना जाता है जो अभिजनों की सत्ता और समाज की नैतिक संहिता के लिए ख़तरा पैदा करता है। इसलिए समाज के कुछ ख़ास तरह के लोगों और कार्यों को निषिद्ध घोषित कर दिया जाता है। भारत में जाति प्रथा का संरक्षण और जाति के सामाजिक संबंधों की मर्यादा ऐसे ही विधि-विधानों के ज़रिये स्थापित की गयी थी। पवित्रता की ऐसी निर्मितियों के दम पर ही वर्ग, जातीय श्रेष्ठता और जेंडर की सीमाएँ क़ायम की गयी थीं। संक्षेप में, समाज कुछ कार्यों या व्यक्ति को दूषित घोषित करके उनका बहिष्कार करने लगता है। यह सामाजिक कार्रवाई इसलिए की जाती है ताकि ऐसे लोग समाज की मर्यादाओं का उल्लंघन न कर पायें।

मिशेल फ़ूको ने अतिक्रमण की परिघटना पर अलग कोण से विचार किया है। फ़ूको के चिंतन में समाज की लघु संस्थाएँ और संरचनाएँ प्रमुख थीं। उनका मानना है कि कसौटियों का निर्माण तथा अतिक्रमण की परिभाषाएँ केवल सामूहिक फ़ैसलों का मामला नहीं होतीं। बल्कि गहराई से देखें तो समाज की उन संस्थाओं में पैबस्त उस स्थानीय ज्ञान/सत्ता का प्रतिबिम्ब होती हैं, जो स्वयं विशेषज्ञों द्वारा गढ़ी गयी अर्थ और परिभाषाओं की व्यवस्था से सम्पृक्त होती हैं। ऐसी किसी भी व्यवस्था में विशेषज्ञ ही यह तय करते हैं कि कौन सा व्यवहार या कार्य अतिक्रमण की श्रेणी में आता है और किस व्यवहार को ठीक या उचित माना जाए। मसलन, बुद्धिवाद और तर्क-बुद्धि के उदय के बाद युरोप के वाणिज्य, शासन, और संस्कृति में आत्मनियंत्रण और किसी भी कार्य को विधिवत तरीक़े से करने को महत्त्व दिया जाने लगा। इसका प्रभाव यह हुआ कि विक्षिप्त व्यक्ति के विचारों

भारत में होली के त्योहार पर सम्मान और शिष्टाचार की सामान्य व्यवस्था स्थगित हो जाती है. कई जगहों पर होली में जेंडर-समीकरण भी उलट जाता है. ब्रज प्रदेश में होने वाली बरसाने की होली में स्त्रियाँ पुरुषों के साथ लट्ठमार होली खेलती हैं.

और व्यवहार, अतार्किक तथा अनियंत्रित चीज़ को असामान्य और विचलनकारी घोषित किया जाने लगा। मनोचिकित्सा के विज्ञान को फ़ूको ज्ञान/सत्ता की इसी व्यवस्था की अभिव्यक्ति मानते हैं। फ़ूको के अनुसार ज्ञान की व्यवस्था में विशेषज्ञ ही सामान्य और असामान्य की कोटियाँ तय करने लगते हैं। इस तरह जो कार्य या व्यवहार विशेषज्ञों द्वारा निर्धारित कोटियों के अनुकूल नहीं बैठता उसे असामान्य या विचलन कहकर विवादास्पद बना दिया जाता है।

अतियथार्थवादी विचारक जॉर्ज बॉते ने भी अतिक्रमण के प्रश्न पर गहराई से विचार किया है। उन्होंने अतिक्रमण, अपराध और असामाजिक समझे जाने वाले व्यवहार को विकसित पूँजीवाद के अनिवार्य लक्षण मानते हुए दावा किया कि पूँजीवादी सभ्यता में ऐसी कोई बंदिश नहीं रह गयी है जिसका उल्लंघन न किया जा सके। बॉते ने कहा कि मनुष्य साथ-साथ चलने वाले दो मनोभावों से प्रभावित रहता है। एक तरफ़ वह त्रास से घबरा कर भागता है, और दूसरी तरफ़ उसमें उसी की तरफ़ खिंचने की प्रवृत्ति भी होती है। वह वर्जनाओं का पालन भी करता है और उनके उल्लंघन में भी लगा रहता है। बॉते अतिक्रमण में निहित 'आनंदपूर्ण त्रास' जैसे अंतरविरोध का स्रोत एक हद तक हिंसा और कामुकता में देखते हैं।

एक अन्य स्तर पर देखें तो आधुनिकता में सायास नियंत्रण और तार्किकता के तक़ाज़े भी अतिक्रमण को जन्म देते हैं। असल में अतार्किकता, विक्षिप्तता, आदिम की अनियंत्रित अन्यता और स्त्री, आधुनिकता के ऐसे स्याह पक्ष हैं जो सत्ता से लगातार बहस तलब रहते हैं। उनकी यह अन्यता सिर्फ़ भय को ही जन्म नहीं देती बल्कि प्रच्छन्न कामनाओं का भी सृजन करती हैं। इसी कारण उन्हें निषिद्ध क़रार दे दिया जाता है ताकि आधुनिकता की तार्किक मगर दमित पवित्रता को बचाया जा सके।

पूर्व-आधुनिक काल में अतिक्रमण के दोषी पाये जाने वाले लोगों को इस तरह बहिष्कार, भर्त्सना और सार्वजनिक उपहास का शिकार बनाया जाता था कि उनके लिए पूरा जीवन एक लम्बी पीड़ा और यातना बन जाता था। लेकिन आधुनिक काल में भी अतिक्रमण को दण्डित किया जाता है। इसके लिए कुछ महीन तरीक़े ईज़ाद किये गये हैं। संस्थाओं में विरोधी विचारधारा के लोगों के प्रवेश के रास्ते बंद करना एक ऐसा ही महीन तरीक़ा है। यह एक विडम्बना है कि इसके बावजूद समाज ही ऐसे विशेषज्ञों को संरक्षण देता है जो सामाजिक तौर पर उपजे अतिक्रमण को परिभाषित करते हैं और उससे निपटने के उपाय भी सुझाते हैं।

कई विद्वानों ने फ्रॉयड की मनोवैज्ञानिक दृष्टि और मार्क्स के सामाजिक दर्शन के औज़ारों से भी अतिक्रमण के आधुनिक रूपों को समझने का प्रयास किया है। एक विद्वान के अनुसार पूँजीवाद के आरम्भिक दौर में यौनिक दमन इसलिए वैध ठहराया जाता था क्योंकि तब वह कामगारों में पूँजीवादी व्यवस्था के प्रति अनुकूलन का भाव पैदा करता था। लेकिन द्वितीय विश्व-युद्ध के बाद उपभोक्ता समाज का विस्तार होने लगा तो दमन की पाबंदियों को ढीला करने की ज़रूरत महसूस की जाने लगी। इस प्रवृत्ति को इसलिए बढ़ावा दिया गया ताकि लोग पैसा बचाने के बजाय उसे खर्च करना सीखें। कई समाज-विज्ञानियों का तर्क है कि उपभोक्तावाद की मौलिक संचालक शक्ति उसके यौनिक प्रतीकों से समझी जा सकती है। उनकी दलील है कि उपभोक्तावाद को सेक्शुअलिटी से इसलिए जोड़ा गया क्योंकि सेक्स एक बिकाऊ उत्पाद है। यौन प्रतिबंधों में ढील देने का प्रभाव यह पड़ा कि लोगों में बचत और सादगी के मूल्य कमज़ोर पड़ने लगे। लेकिन समाज को इन यौनिक अतिक्रमणों को सामान्यता का दर्जा भी देना था लिहाज़ा उपभोक्तावाद के तहत यौनिक संतुष्टि की कल्पनाओं को किसी ख़ास उत्पाद के उपभोग के साथ नत्थी कर दिया गया। इस तरह उपभोक्तावादी समाज विवाह-पूर्व सेक्शुअलिटी को सहन करने की स्थिति में इसलिए आ सका क्योंकि उसके यौनिक दमन का उत्पादों में विरेचन कर दिया गया। इसे एक सर्व-वर्चस्वकारी संरचना में आभासी स्वतंत्रता के तौर पर बढ़ावा दिया गया।

इस तरह अतिक्रमण मनुष्य समाज का महज़ सार्वभौमिक पहलू ही नहीं है। वह इस तथ्य को समझने में भी मदद करता है कि भिन्न-भिन्न समाजों में विचलनकारी व्यवहार की धारणा और ज़मीन किस तरह गढ़ी जाती है और ऐसे व्यवहार को किस तरह नियंत्रित किया जाता है। हाल के वर्षों में एक तरफ़ पूँजीवाद से उपजे संकटों और दूसरी ओर उपभोक्ता-अर्थव्यवस्था के विस्तारमूलक दबावों के मद्देनज़र अतिक्रमण नामालूम हाशियों से उठकर मुख्यधारा में शामिल हो चुका है। अगर कपड़ों, साज-सिंगार, जीवन तथा संगीत शैली आदि पर ध्यान दें तो यह चिह्नित करना मुश्किल नहीं रह जाता कि नैतिकता और अतिक्रमण के बीच की विभाजक

सीमाएँ अब उतनी स्थिर नहीं रह गयी हैं। यह सही है कि अतिक्रमण कोई सुविधाजनक स्थिति या विचार नहीं होता लेकिन इसके साथ यह भी सत्य है कि यही अतिक्रमण समाज की आंतरिक संरचनाओं को उजागर करने के क्रम में उन्हें परिवर्तन के लिए भी तैयार करता है।

देखें : ज़िग्मंड फ्रॉयड-1 और 2, कार्ल हाइनरिख़ मार्क्स-1, 2, 3 और 4, मिशेल पॉल फ़ूको-1 और 2.

संदर्भ

1. मिशेल फ़ूको (1971), *मैडनैस ऐंड सिविलाइज़ेशन : अ हिस्ट्री इनसेनिटी इन द एज ऑफ़ रीज़न*, टेविस्टॉक, लंदन.
2. एम. प्रेस्डी (2001), *कल्चरल क्रिमिनोलॅजी ऐंड द कार्निवाल ऑफ़ क्राइम*, रॉटलेज, लंदन.
3. मैरी डगलस (1966), *प्योरिटी ऐंड डेंजर : ऐन ऐनालिसिस ऑफ़ द कंसेप्ट ऑफ़ पॉल्युशन ऐंड टैबू*, रॉटलेज ऐंड कीगन पॉल, लंदन.
4. मिख़ाइल बाख़्तिन (1968), *रैबिलियाज़ ऐंड हिज़ बल्र्ड*, अनु. एच. इस्वोल्स्की, एमआईटी प्रेस, केम्ब्रिज, एमए.

—नरेश गोस्वामी

अतिनाटकीय अभिव्यक्ति

(Melodrama)

फ़िल्म-अध्ययन ने कथांकन की एक महत्त्वपूर्ण विधि के रूप में अतिनाटकीयता या मेलोड्रामा पर विशेष रूप से ग़ौर किया है। ऐसे कला-समीक्षकों की कमी नहीं है जो मेलोड्रामा को अतिरंजना की उपज बता कर घटिया क़िस्म की कला के तौर पर ख़ारिज कर देते हैं। कला के अतिरिक्त अन्य क्षेत्रों में भी अतिनाटकीयता को सतहीपन और अ-गम्भीरता का परिचायिक माना जाता है। मसलन, 'मेलोड्रैमेटिक पॉलिटिक्स' एक ऐसा फ़िक़रा है जिसके साथ कोई गम्भीर राजनेता ख़ुद को जोड़ना पसंद नहीं करेगा। दूसरी तरफ़ हक़ीक़त यह है कि प्राचीन और मध्ययुगीन कला-रूपों की इस विरासत ने उन्नीसवीं सदी के दौरान आधुनिकता के विकास के साथ-साथ अपनी सामाजिक अहमियत स्पष्ट रूप से प्रमाणित करने में कामयाबी हासिल की है। अभिव्यक्ति के एक प्रभावशाली प्रकार के रूप में आधुनिकता ने उसका जम कर सामाजिक उपयोग किया है। हॉलीवुड में तीस से साठ के दशक की अवधि पर मेलोड्रामा का बोलबाला माना जाता है। सत्तर के दशक में कई अध्येताओं ने अतिनाटकीयता की व्याख्या के विद्वत्तापूर्ण प्रयास करके मेलोड्रामा को कला-अध्ययन की सम्मानजनक विषयवस्तु बना दिया है। भारतीय रंगमंच और सिनेमा में तो मेलोड्रामा शुरू से लेकर आज तक कथांकन की प्रधान विधि के रूप में जमा हुआ है। भारतीय फ़िल्म-अध्ययन का मेलोड्रामा के अध्ययन में विशेष योगदान है। रवि वासुदेवन को इस क्षेत्र का महारथी माना जाता है।

वैसे तो मेलोड्रामा में लगभग सभी कला-विधाओं और सिनेमा के सभी प्रकारों (जैसे ऐतिहासिक, धार्मिक और अपराध फ़िल्में) करते हुए पाया जा सकता है, पर उसका मुख्य क्षेत्र पारिवारिक और नैतिक मूल्यों का दायरा है। उन्नीसवीं सदी में पूँजीवाद के उभार के साथ जब निजी सम्पत्ति और उसके स्वामित्व की विरासत का प्रश्न उठा तो परिवार और उसे बचाने वाले मूल्यों की हिफ़ाज़त पूँजीवाद के बार-बार और लगातार पुनरुत्पादन की केंद्रीय भूमि बन गयी। औद्योगिक क्रांति के कारण परिवार पर दबाव बढ़ता जा रहा था। कारख़ाना आधारित श्रम पुरुषों को घर-बार से अलग कर देता था। मध्यवर्गीय स्त्रियाँ श्रम बाज़ार से क़दम खींचती जा रही थीं, और मज़दूर वर्गीय स्त्रियाँ और बच्चे उत्तरोत्तर उजरत कमाने की तरफ़ बढ़ रहे थे। इस प्रक्रिया ने सर्वहारा वर्ग का ज़बरदस्त शहरीकरण किया। शहर भीड़ भरे होने लगे। मध्यवर्ग ने चौंक कर देखा कि एक तरफ़ तो वह कुलीन वर्ग के तिरस्कार और उत्पीड़न का शिकार है और दूसरी तरफ़ ग़रीबों की भीड़ उसे त्रस्त कर रही है। इस अंतर्विरोधी परिस्थितियों में मेलोड्रामा युगीन दुविधाओं, पितृसत्ता और वर्ग-विभेद के कारण उपजी त्रासदियों का संदेश-वाहक बन गया।

पूँजीवाद के कारण मनुष्य के परायेपन और प्रौद्योगिकी द्वारा उस पर थोपे गये निर्वैयक्तीकरण के कारण उपजी दुश्चिंताओं के कारण मेलोड्रामा की सामाजिक उपयोगिता में ज़बरदस्त इज़ाफ़ा हुआ। उसने वर्ग-ध्रुवीकरण को व्यक्त करते हुए उसके मुक़ाबले नाटकीय समरसता का नज़ारा पेश किया। बूर्ज़्वा मूल्य उस समय तक पूरी तरह स्थापित नहीं हुए थे, इसलिए मेलोड्रामा द्वारा निर्वैयक्तीकरण की पीड़ाओं का प्रतिकार दैनंदिन जीवन के दायरे में व्यक्ति के नायकत्व की आभा से करवाया गया।

मेलोड्रामा ने घर और बाहर का भेद अपनी तरह से स्पष्ट किया। उसकी निगाह में स्त्री घर के भीतर अभिरुचियों की निर्धारक और आगार थी, और पुरुष घर के बाहर न्याय और नियंत्रण का वाहक था। इस प्रकार मेलोड्रामा ने सामाजिक परिवर्तन और आधुनिकीकरण की प्रक्रिया के दायरे में परिवार की स्थिति को परिभाषित करने की भूमिका निभायी। उसने स्त्री-दर्शकों को विशेष रूप से आकर्षित किया, क्योंकि मेलोड्रामा के ज़रिये स्त्री-पात्रों को लगता था कि उन्हें अपने हाशिये से निकलने का रास्ता मिल रहा है।

भारत में अतिनाटकीयता की परम्परा नौटंकी, लावनी, तमाशा और पारसी थिएटर से होते हुए फ़िल्म-संस्कृति में परिष्कृत ढंग से विकसित हुई है. भारतीय सिनेमा संवाद, संगीत, नृत्य, प्रहसन, रहस्य-रोमांच और चित्र-विचित्र का एक संगम होने के कारण अतिनाटकीयता के पारम्परिक रूपों को जीवित रख सका.

इसीलिए अतिनाटकीय अभिव्यक्ति के समाजशास्त्र की जाँच न केवल मार्क्सवादी और मनोवैश्लैषिक उपादानों से की गयी, बल्कि नारीवादी विद्वानों ने भी उसकी गवेषणा में काफ़ी ऊर्जा ख़र्च की। उन्होंने बताया कि परिवार के दायरे में पुरुष ख़ुद को एक विचित्र स्थिति में पाता है जिसमें घर के बाहर सम्पन्न होने वाले उत्पादन के बजाय प्रजनन की प्रमुखता होती है। यह क्षेत्र अ-सक्रिय क़िस्म का होने के नाते कुछ कम पौरुषपूर्ण होता है। पुरुष को कुछ न कुछ समझौते करने पड़ते हैं, लैंगिक विभेद कुछ नरम पड़ जाते हैं और मज़बूरन पारिवारिक मूल्यों की एक समझ बनानी पड़ती है। ये परिस्थितियाँ उसके भीतर छिपे हुए स्त्रीपन को कुछ और उभार देती हैं। स्त्री-दर्शकों को यह परिस्थिति अपने अनुकूल लगती है।

दूसरी तरफ़ वे पाती हैं कि पर्दे पर दिखाया जा रहा स्त्री-किरदार किस तरह परिवार के मूल्य और नैतिकताओं को बचाने के लिए यौन-दमन और दुस्साहसिक यौन-संतुष्टि के प्रयासों के बीच झूल रहा है। इससे उन्हें अपने ख़ुद के अनुभव साकार होते हुए दिखते हैं। भले ही उनके अपने घर की समस्याओं का समाधान न हुआ हो, पर स्क्रीन पर दिखाये जा रहे समाधान और उसमें पुरुष की अपेक्षाकृत सिर झुका कर की गयी भागीदारी उन्हें काफ़ी भाती है। नारीवादियों का मानना है कि परिवार के दायरे में स्त्री के दृष्टिकोण के बोलबाले से एक स्वैरकल्पना का जन्म होता है। इसलिए जिन फ़िल्मों के उपसंहार में स्त्री पराजित दिखायी जाती है, वे भी स्त्री-दर्शकों के लिए आनंद और संतोष का ज़रिया बन जाती हैं।

मेलोड्रामा की एक अन्य विशेषता यह है वह उत्पीड़ित पर रोशनी डाल कर ही सार्थक हो सकता है। वह उत्पीड़ित ज़मींदार द्वारा सताया गया किसान, किसी कुटिल खलनायिका द्वारा फँसाया गया नेक इनसान, किसी चरित्रहीन पुरुष द्वारा 'ख़राब' की गयी भोली-भाली बाला, या समाज व क़ानून की निष्ठुरताओं की मार खाने वाला अपराधी हो सकता है। मेलोड्रामा त्याग की मनोवृत्ति को बढ़ावा देने का औज़ार भी है। उसके प्रभाव में स्त्रियाँ तो त्याग करते हुए दिखायी जाती ही हैं, पुरुष-प्रधान मेलोड्रामा (जैसे अपराध फ़िल्में) में चरित्रका समाहार अक्सर पुरुष द्वारा दी गयी अपनी क़ुर्बानी के रूप में प्रदर्शित किया जाता है। मेलोड्रामा एक विरोधाभासी संरचना भी है, क्योंकि उसे नाटकीय गतिशीलता दिखानी पड़ती है और वह भी ज़्यादातर परिवार के स्थिर दायरे में। इसके लिए फ़िल्मकार को अक्सर फ़्लैशबैक का इस्तेमाल करके कथानक का चक्रीय निरूपण करना पड़ता है।

भारतीय संदर्भ में मेलोड्रामा के विविध स्रोत हैं। भारतीय फ़िल्मों को अतिनाटकीय अभिव्यक्ति की विरासत कई स्रोतों से प्राप्त हुई। एक तरफ़ नौटंकी, तमाशा और लावनी जैसे ग्रामीण लोकनाट्यों की स्थापित और लोकप्रिय अतिनाटकीयता थी, और दूसरी ओर थी पश्चिमी भारत में जन्मे पारसी थिएटर की शहरी अतिनाटकीयता। लखनऊ में फ़ारसी के मसनवी सरीखे रोमानी आख्यानों के साथ ब्रजभाषा से टँकी हुई संगीतात्मकता और नृत्य ने नाटकों की एक और परम्परा को जन्म दिया। लखनऊ में ही पनपी दास्तानगोई परम्परा की भी इसमें ख़ास भूमिका थी। दास्तान में रज़्म (युद्ध), बज़्म (नाच-गाने और फ़ँसाने की महफ़िल), तिलिस्म और ऐय्यारी का संयोग था। इस लिहाज़ से देखा जाए तो आग़ा हश्र कश्मीरी, राधेश्याम कथावाचक और नारायण प्रसाद बेताब जैसे नाटककार भारतीय अतिनाटकीयता के पुरोगामी थे। फ़िल्म-संस्कृति के विकास में पारसियों को गहरी दिलचस्पी थी (जे.एफ़. मदन, आर्देशिर ईरानी, वाडिया परिवार और सोहराब मोदी)। इन तमाम पहलुओं ने मिल कर भारतीय रंगमंच को अतिनाटकीयता से सम्पन्न किया। चारों तरफ़ से खुले हुए मंच की जगह जब केवल एक तरफ़ से खुले हुए मंच पर नाटक खेले गये तो भी उसके अभिनेता पहले की ही तरह दर्शकों की मुँह करके उससे सीधा संवाद करते रहे। उन्होंने दर्शकों और अपने बीच की अदृश्य दीवार के पीछे मंच को एक सीलबंद स्पेस मानने से इनकार कर दिया। पुरोदर्शन की यह विशिष्ट भारतीय परम्परा अतिनाटकीय अभिव्यक्ति

की संहिताओं के सर्वथा अनुकूल थी। इसके अलावा भारतीय सिनेमा संवाद, संगीत, नृत्य, प्रहसन, रहस्य-रोमांच और चित्र-विचित्र का कुछ ढीला-ढाला जमावड़ा था, इसलिए भी वह अतिनाटकीयता के पारम्परिक रूपों को जीवित रख सका।

देखें : अनुपस्थिति-उपस्थिति, कला सिनेमा, अवाँगार्द और प्रति-सिनेमा, टीवी और समाचार, टीवी और सेक्शुअलिटी, टीवी और टीवी-अध्ययन, तीसरा सिनेमा, तीसरी दुनिया का सिनेमा, दक्षिण भारतीय सिनेमा और राजनीति, नारीवादी फ़िल्म-सिद्धांत, फ़िल्म और सेक्शुअलिटी, फ़िल्मांतरण, फ़िल्म-सिद्धांत, फ़्लैश-बैक, भारतीय सिनेमा-1, 2 और 3, भारतीय फ़िल्म-अध्ययन, भारतीय स्टार सिस्टम, रियलिटी टीवी, विचारधारा और हिंदी सिनेमा, वृत्त-चित्र, सेलेब्रिटी, सोप ओपेरा, सिनेमाई यथार्थवाद, नव-यथार्थवाद, सोवियत सिनेमा, स्टार, हिंदी सिनेमा का समाजशास्त्र।

संदर्भ

1. रवि वासुदेवन (2010), *द मेलोड्रैमेटिक पब्लिक : फ़िल्म फ़ॉर्म ऐंड स्पेक्टेटरशिप इन इण्डियन सिनेमा,* परमानेंट ब्लैक, दिल्ली.
2. क्रिस्टियन ग्लैडहिल (सम्पा.) (1987), *होम इज़ व्हेयर हार्ट इज़ : स्टडीज़ इन मेलोड्रामा ऐंड द वुमॅन फ़िल्म्स,* ब्रिटिश फ़िल्म इंस्टीट्यूट, लंदन.
3. पीटर ब्रुक्स (1976), *द मेलोड्रैमेटिक इमेजिनेशन,* कोलम्बिया युनिवर्सिटी प्रेस, न्यूयॉर्क.
4. ई.ए. कप्लान (1992), *मदरहुड ऐंड रिप्रज़ेंटेशन : द मदर इन पॉप्युलर कल्चर ऐंड मेलोड्रामा,* रॉटलेज, लंदन और न्यूयॉर्क, 1992
5. लौरा मलवी (1975), 'नोट्स ऑन सिर्क ऐंड मेलोड्रामा', *मूवी,* अंक 25.

—अभय कुमार दुबे

अधिकार

(Rights)

कोई भी राजनीतिक बहस अधिकारों का हवाला दिये बिना नहीं हो सकती। रोज़मर्रा की ज़िंदगी भी अधिकारों की भाषा बोले बिना पूरी नहीं होती। राजनीति में अगर जीवन के अधिकार, काम के अधिकार, शिक्षा के अधिकार, गर्भपात के अधिकार, स्वतंत्र अभिव्यक्ति के अधिकार, समानता के अधिकार, सामाजिक न्याय के अधिकार और सम्पत्ति के अधिकार जैसी चर्चाएँ होती हैं, तो रोज़ाना की ज़िंदगी में नौजवान देर से घर लौटने और मन-मर्ज़ी के कपड़े पहनने के अधिकारों का दावा करते रहते हैं। इसके उलट माँ-बाप की तरफ़ से उनकी गतिविधियों को नियंत्रित करने का अधिकार बुलंद किया जाता है। अधिकारों की यह भाषा हमेशा से ही ऐसी नहीं थी। आधुनिकता से पहले के ज़मानों में अधिकार का मतलब होता था सत्ता या विशेष सुविधा, जिसे भोगने का हक़ सामंतों या पुरोहितों के पास था। राजा दैवी अधिकार से राज्य करता था। यहाँ तक कि यूनान के नगर-राज्यों के प्रत्यक्षलोकतंत्र में भी सिर्फ़ थोड़े-बहुत दास-मालिक पुरुषों को ही नागरिकता के अधिकार मिले हुए थे। भारतीय समाज में भी अधिकारों का पदानुक्रमवादी विन्यास प्रचलित रहा है। आधुनिकता ने अधिकारों के इस तात्पर्य और समीकरण को बदल दिया। सत्रहवीं सदी के युरोप में प्राकृतिक अधिकारों के सिद्धांत का प्रतिपादन हुआ। अट्ठारहवीं सदी में स्वतंत्रता के अमेरिकी घोषणा-पत्र ने कुछ अधिकारों को अविभाज्य क़रार दिया। इसके फ़ौरन बाद फ़्रांसीसी क्रांति ने मनुष्यों और नागरिकों के अधिकारों का युगप्रवर्तक सूत्रीकरण किया। उन्नीसवीं सदी में अधिकारों का दायरा मानवाधिकारों तक विस्तृत हुआ। बीसवीं सदी के उत्तरार्ध में अधिकारों का विचार आधुनिक समाज की पुनर्रचना का प्रमुख आधार बन कर उभरा।

आज अधिकार का मतलब है एक ख़ास तरह से सक्रिय रहने का हक़ या अपने साथ ख़ास सुलूक करवाने का हक। और, यह हक़ किसी ख़ास वर्ग या तबके के लिए नहीं, बल्कि सार्वभौम रूप से हर व्यक्ति के लिए उपलब्ध माना जाता है। मनुष्य के रूप में, नागरिक के रूप में, व्यक्ति के रूप में या किसी समूह के सदस्य के रूप में सभी को मतदान करने, अपनी राय देने या आर्थिक प्रगति करने का अधिकार है। ये अधिकार कर्त्तव्य से इस मायने में भिन्न हैं कि व्यक्ति जब चाहे इन्हें इस्तेमाल न करने का चुनाव कर सकता है। मसलन, मतदान कर्त्तव्य नहीं बल्कि अधिकार इसलिए है कि मतदाता वोट न डालने के लिए भी स्वतंत्र है। अधिकार एक ऐसा प्रत्यय है जिसमें दो लोग भागीदार होते हैं। एक वह जो अधिकार का धारक है, और दूसरा वह जो अधिकार का प्रेक्षक है। प्रेक्षक अधिकार के दावे को प्राप्त करने में धारक की या तो सकारात्मक मदद करता है या उसमें नकारात्मक बाधा डालता है।

दिलचस्प बात यह है कि अधिकार संबंधी अवधारणा तो सभी को स्वीकार्य है, पर इस बात पर वाद-विवाद होता रहता है कि कौन से अधिकार किसे मिलने चाहिए और उनका आधार कैसे तय किया जाए। इस बहस का रचनात्मक पक्ष यह है कि अधिकारों का दायरा लगातार बढ़ता जा रहा है : स्त्रियों के अधिकार, बच्चों के अधिकार, अल्पसंख्यकों के अधिकार, समलैंगिकों के अधिकार, विकलांगों के अधिकार और पशुओं के अधिकारों से लेकर अधिकारों की अवधारणा का विस्तार अपनी देह का अंत करने के अधिकार तक हो गया है। लेकिन, सभी समाज और राज्य अपने सभी वासियों को

ये सभी अधिकार सहजता से नहीं देते। अक्सर अधिकारों को प्राप्त करने के लिए संघर्ष करना पड़ता है, आंदोलन चलाये जाते हैं और कभी-कभी लम्बी लड़ाइयों के बावजूद अधिकार प्राप्त नहीं हो पाते। कभी-कभी अधिकार क़ानूनी रूप से मिल जाते हैं, पर उन्हें समाज के गले उतारने के लिए लम्बा इंतज़ार करना पड़ता है।

अधिकारों की भाषा में जाने पर कई तरह की पेचीदगियों का सामना भी करना पड़ता है। मसलन, क्या मनुष्य के जीवित रहने का अधिकार किसी भ्रूण को भी मिलना चाहिए? अगर हाँ, तो गर्भपात के अधिकार का क्या मतलब रह जाएगा? क्या अधिकार सामाजिक हैसियत और जैविक आवश्यकताओं के आधार पर भी दिये जा सकते हैं? क्या मानव की श्रेणी में न आने वाली प्रजातियों के अधिकारों की भी फ़िक्र की जानी चाहिए? अगर दो वयस्क स्त्री और पुरुष विवाह करने का फ़ैसला करते हैं और उनका यह मिलन उस समुदाय के सांस्कृतिक अधिकारों के लिहाज़ से आपत्तिजनक है तो उस सूरत में व्यक्ति के अधिकार को प्राथमिकता दी जानी चाहिए या समुदाय के अधिकार को?

अधिकारों की कुछ प्रमुख क़िस्में हैं : नकारात्मक और सकारात्मक अधिकार; नागरिक, राजनीतिक और सामाजिक अधिकार; वैधानिक और नैतिक अधिकार; मानवाधिकार।

समाज और राज्य के अ-हस्तक्षेप पर आधारित अधिकार नकारात्मक कहलाते हैं। उदाहरण के लिए समाज और राज्य से अपेक्षा की जाती है कि वे स्वतंत्रता, जीवन और सम्पत्ति के अधिकारों में दख़लअंदाज़ी नहीं करेंगे। जीवन के अधिकार के तहत कोई किसी की हत्या नहीं कर सकता, पर इसका मतलब यह भी नहीं निकाला जा सकता कि अहस्तक्षेप की यह बाध्यता किसी को जीवित रखने या ठीक से जीवित रहने में किसी की मदद का कर्त्तव्य भी आरोपित करती हो। इसके उलट जैसे ही सकारात्मक अधिकारों की बात आती है, वहाँ समाज के अन्य सदस्यों और राज्य के कर्त्तव्यों का प्रश्न सामने आ जाता है। मिसाल के लिए स्वास्थ्य का अधिकार, बुनियादी रोज़ी-रोटी का अधिकार और रोज़गार का अधिकार राज्य और समाज से माँग करता है कि इनकी पूर्ति के लिए अनुकूल परिस्थितियाँ बनायी जाएँगी।

बीसवीं सदी के मध्य तक नागरिक अधिकार और राजनीतिक अधिकारों को अलग-अलग माना जाता था। सम्पत्ति रखने, अनुबंध करने, अदालत में जाने, अपने धर्म में निष्ठा रखना, प्रेस और अभिव्यक्ति की आज़ादी जैसे अधिकार नागरिक अधिकारों की श्रेणी में आते थे। वोट देना और सरकारी पदों पर रहना राजनीतिक अधिकार थे, जिन्हें केवल वयस्क पुरुषों के लिए ही सुरक्षित रखा गया था। दोनों तरह के अधिकारों के बीच का यह अंतर नागरिकों को तरह-तरह की श्रेणियों में बाँट कर देखता था। इस विचार के तहत स्त्रियों को केवल सीमित अधिकार ही दिये जाते थे। इसी तरह गोरी चमड़ी से वंचित लोग भी नागरिकता के पूरे अधिकारों से वंचित थे। स्त्री अधिकार आंदोलन और फिर पचास और साठ के दशक में चले अफ़्रीकी मूल के अमेरिकनों क़े नागरिक अधिकार आंदोलन ने नागरिक और राजनीतिक अधिकारों के इस स्थापित अंतर को भंग कर दिया। धीरे-धीरे नागरिक, राजनीतिक और सामाजिक अधिकारों को अलग-अलग मानने की प्रवृत्तियों का व्यावहारिक रूप से अंत हो गया। इसमें अधिकारों की तीन श्रेणियों की भूमिका रही : अट्ठारहवीं सदी में जिन्हें नागरिक अधिकार (सम्पत्ति, अनुबंध, क़ानूनी मदद और धार्मिक निष्ठा) माना जाता था, उन्नीसवीं सदी में जिन्हें आर्थिक कल्याण के अधिकारों की संज्ञा दी जाती थी (आहार, आश्रय, स्वास्थ्य और रोज़गार) और बीसवीं सदी में जिसे सांस्कृतिक अधिकारों (भाषाई अधिकार, देशज लोगों के अधिकार, अल्पसंख्यक जातीयताओं का राजनीतिक स्वायत्तता का अधिकार) का नाम दिया गया।

अधिकारों की अवधारणा को समझने के लिए विधिक और नैतिक अधिकारों का फ़र्क़ साफ़ होना बहुत ज़रूरी है। विधिक अधिकार क़ानून सम्मत होते हैं और उन्हें अदालतों द्वारा लागू किया जा सकता है। इन अधिकारों के साथ दिक़्क़त यह है कि ऐसे कई अधिकार समाज की निगाहों में उचित नहीं माने जाते। जैसे, 1992 तक एक अंग्रेज़ पति क़ानूनन अपनी पत्नी के साथ बलात्कार कर सकता था, जबकि समाज द्वारा इस तरह के व्यवहार को भर्त्सना योग्य समझा जाता था। वेज़ली होफ़ेल्ड ने विधिक अधिकारों को चार श्रेणियों में बाँट कर परिभाषित करने का यत्न किया है : वे अधिकार जिनके साथ कोई कर्त्तव्य जुड़ा हुआ नहीं है, यानी जिन्हें भोगने या न भोगने के लिए व्यक्ति स्वतंत्र है, वे अधिकार जिनके साथ दावेदारी जुड़ी हुई है, यानी जो किसी दूसरे पर कर्त्तव्य आरोपित करते हैं, वे अधिकार जो क़ानूनी शक्तियाँ प्रदान करते हैं, और वे अधिकार जिनके ज़रिये व्यक्ति किन्हीं बाध्यताओं की अधीनता से बच सकता है।

नैतिक अधिकार क़ानूनी रूप से लागू नहीं किये जा सकते। व्यक्ति जब किसी दूसरे द्वारा किये गये आश्वासन की पूर्ति की अपेक्षा रखता है तो इसका मतलब यह हुआ कि वह अपने नैतिक अधिकार का दावा कर रहा है। वह मानता है कि उसे वह मिलना ही चाहिए जिसका उससे वायदा किया गया है। नैतिक अधिकारों के साथ दिक़्क़त यह है कि उनकी संरचना क़ानून से इतर और बेहद अस्पष्ट होती है। इसीलिए उपयोगितावादी दार्शनिक जेरेमी बेंथम नैतिक अधिकारों के विचार को ख़ारिज कर देते हैं। बेंथम का कहना था कि नैतिक अधिकार केवल उन विधिक अधिकारों की दावेदारी के अलावा कुछ नहीं है, जिनके बारे में माना जाता है कि उन्हें होना चाहिए।

अधिकारों का विचार आधुनिक युग की शुरुआत में विकसित हुए प्राकृतिक अधिकारों के सिद्धांत से विकसित हुआ है। इसकी समझ के लिए अधिकार की अवधारणा के सैद्धांतिक सफ़र पर एक निगाह डाली जा सकती है।

देखें : अधिकार : सैद्धांतिक यात्रा, अमेरिकी क्रांति, उपयोगितावाद, एडमण्ड बर्क, जॉन लॉक, जेरेमी बेंथम, जॉन स्टुअर्ट मिल, जॉन रॉल्स, फ्रांसीसी क्रांति, बहुसंस्कृतिवाद, भारत में मानवाधिकार, भारत में मानवाधिकार आंदोलन, मानवाधिकार, थॉमस हॉब्स, नागरिकता, नागरिकता : अन्य परिप्रेक्ष्य-1 और 2, नागर समाज, नागर समाज : भारतीय बहस, रॉबर्ट नॉज़िक।

संदर्भ

1. पपिया सेनगुप्ता तालुकदार (2008), 'राइट्स', संकलित : राजीव भार्गव और अशोक आचार्य (सम्पा.), *पॉलिटिकल थियरी : ऐन इंट्रोडक्शन,* पियर्सन एजुकेशन, नयी दिल्ली.
2. ऐंड्रू हेवुड (2004), 'राइट्स, ऑब्लीगेशंस ऐंड सिटीज़नशिप', *पॉलिटिकल थियरी : ऐन इंट्रोडक्शन,* पालग्रेव मैकमिलन, न्यूयॉर्क.
3. रोनाल्ड ड्वॉरकिन (1994), *टेकिंग राइट्स सीरियसली,* संशोधित संस्करण, डकवर्थ, लंदन.
4. आर. मार्टिन (1993), *अ सिस्टम ऑफ़ राइट्स,* क्लैरंडन प्रेस, ऑक्सफ़र्ड.

—अभय कुमार दुबे

अधिकार : सैद्धांतिक यात्रा

(Theories of Rights)

अधिकारों की आधुनिक अवधारणा के मर्म में सभी को समान अधिकारों का आग्रह निहित है। लेकिन इस मुक़ाम तक पहुँचने में राजनीतिक चिंतकों को बहुत लम्बा समय लगा है। प्राचीन काल से ही राज्य और व्यक्ति के बीच समुचित संबंधों पर विचार होता रहा है। यूनानी नगर-राज्यों में ये संबंध नागरिक होने या नागरिक न होने की स्थितियों पर आधारित थे। नागरिक का दर्जा प्राप्त होने का मतलब था समुदाय के राजनीतिक जीवन में सीधी भागीदारी और निर्वाचित होने पर शासन की ज़िम्मेदारियाँ निभाने का अधिकार। लेकिन अधिकारों का धारक होने की यह हैसियत केवल सम्पत्तिवान (दास-मालिक) पुरुषों को ही हासिल थी। बाक़ी सभी के अधिकार कमतर थे। यहाँ तक कि दास-मालिकों के परिवार की स्त्रियाँ भी नागरिक नहीं मानी जाती थीं। अधिकारों के इस विषम बँटवारे पर पहला सवालिया निशान प्राकृतिक अधिकारों के सिद्धांत के रूप में लगा जिसके प्रतिपादन का श्रेय थॉमस हॉब्स को जाता है। प्राकृतिक अधिकारों की इस थीसिस को 1690 में प्रकाशित जॉन लॉक ने *टू ट्रीटाइज़ ऑन सिविल गवर्नमेंट* में विकसित किया। अधिकारों की यह सैद्धांतिक यात्रा अट्ठारहवीं और उन्नीसवीं सदी में उपयोगितावादी विमर्श (जेरेमी बेंथम और जॉन स्टुअर्ट मिल) के रास्ते से गुज़री। बीसवीं सदी में जॉन रॉल्स ने अधिकारों का सिद्धांतीकरण लोकहितकारी समतामूलक राज्य की रोशनी में किया। रॉल्स के बाद रॉबर्ट नॉज़िक के स्वतंत्रतावाद और फिर बहुसंस्कृतिवादी चिंतन ने इस विमर्श में नये आयामों का योगदान किया।

सत्रहवीं सदी में प्रकाशित अपनी विख्यात रचना *लेवायथन* में हॉब्स ने 'प्रकृत अवस्था' की संकल्पना की है। वे मानते थे कि किसी संगठित राजनीतिक प्राधिकार और सरकार की ग़ैरमौजूदगी में हर व्यक्ति बिना किसी रोक-टोक के प्राकृतिक दायरे में अपने हितों की सिद्धि के लिए हर समय परस्पर युद्धरत रहने के लिए मजबूर है। इससे पहले कि मनुष्य इस प्राणांतक संघर्ष की भेंट चढ़ जाए, अपनी उत्तरजीविता के लिए वह स्वयं को राज्य के प्राधिकार के हवाले कर देता है। इसके लिए उसे प्रकृत अवस्था के अपने अधिकार स्वेच्छा से त्यागने पड़ते हैं। लेकिन, हॉब्स राज्य की आधीनता में भी प्रकृत अवस्था का एक अधिकार सुरक्षित रखने की सिफ़ारिश करते हैं और वह अधिकार है जीवन का अधिकार। अर्थात् राज्य द्वारा दिया गया आत्महत्या करने का आदेश मानने के लिए व्यक्ति बाध्य नहीं है।

जॉन लॉक 'प्रकृत अवस्था' की संकल्पना से तो सहमत हैं, पर वे यह नहीं मानते कि इस हालत में मनुष्य लगातार एक-दूसरे के ख़िलाफ़ युद्धरत रहने के लिए मजबूर है। हॉब्स के विपरीत उनकी मान्यता है कि प्रकृत अवस्था के तहत मनुष्य अपनी कार्रवाइयाँ और गतिविधियाँ अपने हिसाब से व्यवस्थित करने के लिए पूरी तरह स्वतंत्र है। वह केवल प्रकृति के नियमों के अधीन रहता है जहाँ सभी एक-दूसरे के समान हैं और सभी के पास एक सी सत्ता और एक सा न्याय-क्षेत्र है। प्रकृत अवस्था की यह परिभाषा करके लॉक इस निष्कर्ष पर पहुँचते हैं कि हर व्यक्ति को जीवन और स्वतंत्रता का प्राकृतिक अधिकार भोगने का हक़ है। वह जिस तरह चाहे अपनी सम्पत्ति का इस्तेमाल कर सकता है, बशर्ते उसकी वह कार्रवाई दूसरों के वैसे ही अधिकार में बाधा न डालती हो। प्राकृतिक अधिकारों के इस सिद्धांतीकरण ने एक तरफ़ तो अधिकारों की अवधारणा की बुनियाद रखी, और दूसरी तरफ़ इसकी आलोचनाओं के ज़रिये अट्ठारहवीं और उन्नीसवीं सदी में उपयोगितावादियों ने इसका आगे विकास किया।

लॉक की अवधारणा को 1776 के 'अमेरिकन डिक्लेरेशन ऑफ़ इण्डिपेंडेंस' में मूर्तिमान स्वरूप मिला। इसके मुताबिक़ जीवन, सम्पत्ति और सुख प्राप्त करने के

अधिकार की हिफ़ाज़त की ज़िम्मेदारी राज्य की संस्था पर डाली गयी। 1789 के 'फ्रेंच डिक्लेरेशन ऑफ़ राइट्स ऑफ़ मैन ऐंड सिटीज़ंस' ने इन तीन अधिकारों के साथ उत्पीड़न के मुक़ाबले सुरक्षा और प्रतिरोध का अधिकार भी जोड़ दिया।

प्राकृतिक अधिकारों के विचार को बर्क, मार्क्स और बेंथम की तरफ़ से आलोचना का सामना करना पड़ा। एडमण्ड बर्क का तर्क था कि प्राकृतिक अधिकारों का दावा एक निरर्थक और अमूर्त तत्त्वचिंतन के अलावा कुछ नहीं है। उन्होंने कहा कि मनुष्य के वास्तविक अधिकार प्राकृतिक न हो कर सामाजिक होते हैं। उन्होंने अधिकारों की सार्वभौम दावेदारी को भी यह कहते हुए आड़े हाथों लिया कि यह थियरी राष्ट्रीय और सांस्कृतिक विविधताओं की अनदेखी करती है। मार्क्स का असंतोष मुख्य तौर पर प्राकृतिक अधिकारों को व्यक्ति के स्तर पर परिभाषित करने से जुड़ा था। मार्क्स के मुताबिक़ यह व्याख्या मानव को न केवल समुदाय से काट कर देखती है, बल्कि प्रकृति से भी काट देती है जिसके साथ उसका आत्यंतिक रिश्ता है। इसलिए यह धारणा न तो प्राकृतिक है और न ही सार्वभौम। दरअसल, पूँजीवादी दर्शन द्वारा गढ़े गये *अपने अहं में डूबे व्यक्ति* को ही प्राकृतिक अधिकारों का सिद्धांत एक सार्वभौम श्रेणी की तरह पेश करना चाहता है।

जेरेमी बेंथम को अधिकारों के उपयोगितावादी सिद्धांत का प्रतिपादन करने का श्रेय जाता है। उनका विचार था कि प्राकृतिक अधिकारों की दावेदारी अस्पष्ट और बेमतलब है। इन अधिकारों पर होने वाले विवादों का निबटारा हिंसा से ही हो सकता है। इसलिए ज़रूरी है कि अधिकारों का एक बुद्धिसंगत सिद्धांत प्रतिपादित किया जाए। बेंथम ने कहा कि अधिकारों को संस्थागत रूप देने के लिए बनाये जाने वाले क़ानून उपयोगिता पर आधारित होने चाहिए ताकि समुदाय को उसका अधिकतम लाभ मिल सके। बजाय इसके कि केवल कुछ लोगों की ख़ुशी और सुख का ख़याल रखा जाए, अधिकतम लोगों के लिए सुख की उपलब्धि करने की कोशिश होनी चाहिए। बेंथम ने अपने इस आग्रह को वैज्ञानिक स्पर्श देने के लिए उपयोगिता नापने की एक गणितीय विधि भी तजवीज़ कर डाली। बेंथम का विचार राजनेताओं, नीति-निर्माताओं और सिद्धांतकारों के बीच काफ़ी लोकप्रिय हुआ। धीरे-धीरे इस उसूल को सार्वजनिक नैतिकता के मर्म अर्थात् मानव-कल्याण को मूर्तिमान करने वाले सिद्धांत के रूप में देखा जाने लगा।

उपयोगिता संबंधी बेंथम के दावे को चार भागों में बाँट कर समझा जा सकता है : पहला, हममें से हर व्यक्ति अपने सुख का आकलन करने में सक्षम है; दूसरा, सरकार के लिए नीति बनाने वाले भी इस सुख का आकलन कर सकते हैं; तीसरा, सुख के आकलन की प्रकृति मात्रात्मक है यानी सुख हम सभी के भीतर एक ऐसी चीज़ है जिसे एक संख्या में नापा जा सकता है; चौथा, एक व्यक्ति के भीतर का सुख किसी दूसरे व्यक्ति के भीतर के सुख में जोड़ा जा सकता है। अर्थात्, न केवल व्यक्तियों के सुखों की तुलना की जा सकती है, बल्कि उनका योगफल निकाल कर सम्पूर्ण सुख का पता लगाया जा सकता है। दरअसल, बेंथम की मान्यता थी कि सुख केवल आनंद की अनुभूति का पर्याय है, न कि बहुविधि अनुभवों और अनुभूतियों का। बेंथम के इस सूत्रीकरण की काफ़ी आलोचना हुई। यहाँ तक कि उनके दर्शन से प्रभावित हो कर स्वयं उपयोगितावादी बन जाने वाले जॉन स्टुअर्ट मिल ने भी माना कि आनंद की अनुभूति मात्रा में ही नहीं, बल्कि गुण में भी हर व्यक्ति के लिए अलग-अलग होती है।

उपयोगितावाद के समर्थकों ने बेंथम के सूत्रीकरण की ख़ामियाँ समझ कर उनके सिद्धांत की डिज़ाइन बदलने का भी प्रयास किया है। जॉन वॉन न्यूमान, ऑस्कर मोरगेस्टर्न और लियोनार्ड सेवेज द्वारा प्राथमिकताओं की संतुष्टि को आधार बना कर उपयोगिता को नापने की तजवीज़ की गयी है। इसके बावजूद उपयोगितावाद के आलोचकों का विचार है कि सम्पूर्ण उपयोगिता को अधिकतम करने की थीसिस अपने-आप में अन्याय को जन्म देने के अंदेशों से ग्रस्त है। वे कहते हैं कि अगर उपयोगिता को अधिकतम करने के लिए समाज के किसी एक हिस्से का दरिद्रीकरण भी करना पड़े, तो उपयोगितावाद उसका समर्थन करता नज़र आयेगा। बेंथम की थियरी की ऐसी ही समस्याओं के कारण समाज-विज्ञान के हलकों में उपयोगितावाद आजकल फ़ैशन से बाहर होता जा रहा है।

1971 में प्रकाशित अपनी विख्यात रचना *अ थियरी ऑफ़ जस्टिस* में जॉन रॉल्स ने सामाजिक समझौते की परिकल्पना की है। यह समझौता रॉल्स के अनुसार न्याय की उस अवधारणा के इर्द-गिर्द सम्पन्न होगा जिसके अनुसार समाज का संचालन होना चाहिए। रॉल्स का विचार है कि उनका सामाजिक समझौता उपयोगितावादियों के मुक़ाबले व्यक्ति को अधिक गम्भीरता से लेता है। उपयोगितावादी गणनाओं में व्यक्तियों की सीमाएँ एक-दूसरे में घुलमिल जाती हैं और उनके कल्याण का योगफल निकाला जाता है। रॉल्स अपने न्याय-सिद्धांत को समतामूलक राज्य की अवधारणा के तहत व्यक्ति की विशिष्टता पर पर्याप्त बल देने वाला मानते हैं। उनका विचार है कि अधिकारों की आवधारणा न्याय के इसी विचार पर आधारित होनी चाहिए।

रॉल्स की रचना के प्रकाशन के चार वर्ष बाद ही रॉबर्ट नॉज़िक की रचना *एनार्की, स्टेट ऐंड यूटोपिया* प्रकाशित हुई। अपने स्वतंत्रतावादी दर्शन के मुताबिक़ नॉज़िक ने प्रतिपादन किया कि हर व्यक्ति के पास सम्पत्ति के स्वामित्व के कुछ अधिकार होते हैं जिन्हें अपने आप में सम्पूर्ण और अविभाज्य समझा जाना चाहिए। समुदाय को होने वाले लाभों के नाम

पर व्यक्ति के इन अधिकारों में न तो कटौती की जानी चाहिए और न ही इनका किसी और तरह का उल्लंघन होना चाहिए। नॉज़िक न्याय की ऐसी किसी भी अवधारणा को ख़ारिज करते हैं जो व्यक्ति-स्वातंत्र्य में बाधक होती हो। उन्होंने न्याय की ऐतिहासिक धारणा का प्रवर्तन किया है जिसके मुताबिक़ अधिकारों का निर्धारण किया जाना चाहिए।

समुदायवादियों का तर्क है कि व्यक्ति को संसाधनों के वितरण की इकाई मानना उचित नहीं है। बजाय इसके 'समुदाय' या 'समूह' को आधार बना कर अधिकारों की संकल्पना की जानी चाहिए। एक श्रेणी के रूप में व्यक्ति किसी अमूर्त स्पेस में स्थित नहीं है, इसलिए उसकी ख़ुशहाली और स्वतंत्रता केवल समुदाय के दायरे के भीतर ही सम्भव है। हालाँकि समुदायवादी न्याय और अधिकारों की अवधारणा के महत्त्व को कम करके नहीं आँकते, पर अधिकारों की व्यक्ति आधारित व्याख्या की आलोचना करते हुए वे इस निष्कर्ष पर पहुँचते हैं कि अधिकारों की राजनीति की जगह सभी के समान हित की राजनीति पर ज़ोर दिया जाना चाहिए।

अधिकारों की व्यक्ति आधारित अवधारणा को बहुसंस्कृतिवादियों ने भी चुनौती दी है। उन्होंने उदारतावादी लोकतांत्रिक राज्य के भीतर सामाजिक और सांस्कृतिक विभेदों का प्रश्न उठाते हुए अल्पसंख्यकों के अधिकारों की रक्षा के मुद्दे की तरफ़ ध्यान खींचने में सफलता प्राप्त की है।

देखें : अधिकार, अमेरिकी क्रांति, उपयोगितावाद, एडमण्ड बर्क, जॉन लॉक, जेरेमी बेंथम, जॉन स्टुअर्ट मिल, जॉन रॉल्स, फ्रांसीसी क्रांति, बहुसंस्कृतिवाद, भारत में मानवाधिकार, भारत में मानवाधिकार आंदोलन, मानवाधिकार, थॉमस हॉब्स, नागरिकता, नागरिकता : अन्य परिप्रेक्ष्य-1 और 2, नागर समाज, नागर समाज : भारतीय बहस, रॉबर्ट नॉज़िक।

संदर्भ

1. थॉमस हॉब्स (1946), *लेवायथन,* बेसिल ब्लैकवेल, ऑक्सफ़र्ड, 1946.
2. जे. वाल्ड्रन (सम्पा.) (1984), *थियरीज़ ऑफ़ राइट्स,* ऑक्सफ़र्ड युनिवर्सिटी प्रेस, ऑक्सफ़र्ड, 1984.
3. जॉन स्टुअर्ट मिल (1972), 'यूटिलिटेरियनिज़म', संकलित : एच.बी. एक्टन, *यूटिलिटेरियनिज़म, लिबर्टी ऐंड रिप्रज़ेंटेटिव गवर्नमेंट,* ई.पी. डटन, न्यूयॉर्क.
4. जॉन रॉल्स (1971), *अ थियरी ऑफ़ जस्टिस,* हार्वर्ड युनिवर्सिटी प्रेस, केम्ब्रिज, एमए,
5. रॉबर्ट नॉज़िक (1974), *एनार्की, स्टेट ऐंड यूटोपिया,* बेसिक बुक्स, न्यूयॉर्क.
6. पापिया सेनगुप्ता तालुकदार (2008), 'राइट्स', संकलित : राजीव भार्गव और अशोक आचार्य (सम्पा.), *पॉलिटिकल थियरी : ऐन इंट्रोडक्शन,* पियर्सन एजुकेशन, नयी दिल्ली.

—अभय कुमार दुबे

अधिकारी-तंत्र

(Bureaucracy)

अधिकारी-तंत्र के लिए प्रयुक्त अंग्रेज़ी शब्द ब्यूरोक्रैसी से जो अर्थ निकलता है वह है कार्यालय का तंत्र या शासन। फ्रांसीसी भाषा के शब्द ब्यूरो का मतलब है कार्यालय और यूनानी शब्द क्रैसी का अर्थ है तंत्र अथवा शासन। अधिकारी-तंत्र या आधुनिक नौकरशाही के उदय के पीछे औद्योगिक क्रांति और उसके परिणामों की भूमिका है। बड़े पैमाने पर होने वाले उत्पादन-वितरण, नियोजन और राष्ट्रवाद के उदय ने ऐसी व्यवस्था की ज़रूरत पैदा की जो विभिन्न कार्यों के बीच समन्वय स्थापित करते हुए शासन का स्थायी ढाँचा मुहैया करा सके। यह सही है कि औद्योगिक क्रांति व आधुनिकता के उदय से पहले भी राजा-सामंत किसी न किसी रूप में अधिकारी-तंत्र का प्रयोग करते थे। प्राचीन मौर्य व गुप्त साम्राज्य, रोम, मिस्र, चीन और युरोप में राजाज्ञा का पालन करने और उसके नाम पर शासन करने वाला तंत्र रहता था। चीन में हान राजवंश के ज़माने में कनफ़्यूशसवादी अधिकारी-तंत्र भी इसका एक प्राचीन उदाहरण है। कौटिल्य रचित *अर्थशास्त्र* में विभिन्न कार्यों के लिए नियुक्त अधिकारियों के पद और कार्यों का उल्लेख मिलता है। लेकिन आधुनिक युग में इस तंत्र को भिन्न लक्ष्यों के लिए अधिक सुदृढ़ बना कर इसका अधिक सेकुलर रूप विकसित किया गया। इसकी स्थापना कुछ विशेष आधुनिक अवधारणाओं के आधार पर की गयी। निर्वैयक्तिकता, विशिष्टीकरण व अनुशासन जैसे गुणों के आधार पर इसका संचालन करने का प्रयास किया गया। क़ानूनी अधिकार और कर्त्तव्यों की स्पष्ट परिभाषा और सीमा तय की गयी।

समाजशास्त्र में नौकरशाही का आदर्श प्रारूप सर्वाधिक व्यवस्थित रूप से जर्मन समाजशास्त्री मैक्स वेबर ने दिया है। उन्होंने नौकरशाही की 15 विशेषताएँ रेखांकित की हैं : सत्ता पद में निहित होती है न कि पद धारण करने वाले में, प्राधिकार की सीमा संगठन के नियमों के मुताबिक़ तय होती है; संगठन निर्वैयक्तिक रूप से अधिकारिक नीतियाँ लागू करने के लिए कार्रवाई करता है; संगठन की कार्रवाइयाँ विभिन्न श्रेणियों में बँटी जानकारी पर आधारित होती हैं; नियमों को औपचारिक रूप से संहिताबद्ध किया जाता है; अमूर्त नियम और नजीरें कार्रवाई का आधार बनती हैं; विशेषज्ञीकरण को प्रोत्साहन दिया जाता है; वैधता की सीमाएँ नौकरशाहाना और विशेषीकृत कार्रवाइयों के बीच स्पष्ट सीमा-रेखा के आधार पर तय होती हैं; कार्यभार का विभाजन व्यावहारिक स्तर पर और प्राधिकार की संरचना औपचारिक होती है; पदानुक्रम

के लिहाज़ से अधिकारों का बँटवारा होता है; शक्तियाँ कर्त्तव्य, दायित्व, अधिकार और ज़िम्मेदारी की पदावली में तय होती हैं; संगठन में पदों के लिए योग्यताएँ उपलब्धियों की औपचारिक परिभाषा के आधार पर तय की जाती हैं; पदोन्नति या तो वरिष्ठता के आधार पर होती है या योग्यता के आधार पर; पदानुक्रम के अनुसार वेतन निर्धारित होता है; संगठन में संचार, समन्वय और नियंत्रण पूरी तरह से केंद्रीकृत होते हैं।

वेबर ने इसके कई व्यवस्थागत व ढाँचागत पक्षों का विश्लेषण करते हुए आदर्श स्थितियों में पायी जाने वाली इसकी विशिष्टताओं का विवेचन किया है। उन्होंने नौकरशाही को पश्चिमी समाजों में जारी तार्किकीकरण या रैशनलाइज़ेशन की प्रक्रिया का अहम हिस्सा बताया। यह सुसंगतीकरण का मुख्य तर्क नियमों व प्रक्रियाओं को महत्त्व देता है, न कि भावनाओं और पूर्वग्रहों को। इसीलिए वेबर ने इसकी कार्यशैली में निहित निर्वैयक्तिकता पर बार-बार बल दिया। अर्थात् नौकरशाही का काम निजी स्वार्थ, भावना, लगाव या व्यक्तिगत विचार से परे संगठन के ठोस वस्तुनिष्ठ लक्ष्यों को प्राप्त करना होता है। नौकरशाही में अधिकारियों की निरंकुशता और इच्छा को निरपेक्ष संहिताओं और नियमों से नियंत्रित किया जाता है। हालाँकि इसे प्राय: सरकार से जोड़कर देखा जाता है, लेकिन अधिकारी-तंत्र शासन, शिक्षा, उद्योग-व्यापार और अन्य विभिन्न प्रकार के संगठनों में मौजूद रहता है।

अधिकारी-तंत्र से अपेक्षा की जाती है कि वह एकजुट होकर संगठन के लक्ष्य को प्राप्त करने की चेष्टा करेगा। अधिकारियों को निश्चित आयु तक सेवाएँ प्रदान करने का अवसर दिया जाता है और उस दौरान अन्य कामों से लाभान्वित न होने की अपेक्षा की जाती है। कार्यालय का एक पदानुक्रम होता है जिसके माध्यम से विभिन्न कामों का विभाजन यानी श्रम-विभाजन किया जाता है। अधिकारियों की नियुक्ति खुली प्रतियोगिता के माध्यम से होती है और नियुक्ति के बाद उन्हें विशेष प्रशिक्षण भी प्रदान किया जाता है। वेतन पद के आधार पर दिया जाता है और निश्चित कालखण्ड के बाद पदोन्नति के अवसर भी मिलते हैं। अधिकारी-तंत्र अपनी कार्यशैली के लिए मुख्य रूप से लिखित संहिता व नियमों से निर्देश प्राप्त करता है। अधिकारियों का सारा काम और निर्णय पूर्णत: लिखित होते हैं और इसके लिए फ़ाइलें तैयार की जाती हैं।

अत्यधिक नियमनिष्ठता, फ़ाइलों के अम्बार और सुस्त ढंग से काम किये जाने के कारण अधिकारी-तंत्र की आलोचना होती है। चूँकि फ़ाइलें किसी ज़माने में लाल फ़ीते से बाँधी जाती थीं, इसलिए नौकरशाही को लालफ़ीताशाही कह कर उसकी कार्य-शैली पर कटाक्ष भी किया जाता है। माना जाता है कि अधिकारी से ऊँचा तंत्र यानी सिस्टम है। कार्यालय में लोग भले आते-जाते रहें, सेवानिवृत्त होते रहें, पर कार्यालय का काम नहीं रुकता है। इसकी एक ख़ासियत यह भी है कि अधिकारी-तंत्र के कामकाज से नाख़ुश लोग निचले स्तर के अधिकारियों की शिकायत उच्च अधिकारियों से अपील के रूप में कर सकते हैं। इन शिकायतों के परिणामस्वरूप होने वाली कार्रवाइयों के कारण लोगों का तंत्र पर यक़ीन बना रहता है।

वेबर अधिकारी-तंत्र के विकास को पूँजीवाद के तर्कसंगत विकास के अनिवार्य अंग के रूप में देखते थे। उन्होंने सुसंगतीकरण को मुक्त बाज़ार, नये क़ानून, अर्थव्यवस्था, उत्पादन-वितरण के उच्चतर तरीक़ों व स्वतंत्र श्रमिकों के लिए आवश्यक बताया। लेकिन वेबर ने इसके कई नकारात्मक पक्षों की चर्चा भी की है। उनका आकलन था कि इस तंत्र का गठन जिन प्रवृत्तियों और औपचारिक क़िस्म के व्यक्तिनिरपेक्ष नियमों के आधार पर होता है, उससे सृजनशीलता और साहसिकता की भावना समाप्त हो जाती है। अत्यधिक तर्कसंगति के कारण पूँजीवादी ढाँचा उदासीनता और विरक्ति को जन्म देता है। मानवीय रचनात्मकता के अभाव में जीवन मशीनी, पूर्वनिर्धारित, नियमबद्ध और आकर्षणहीन हो जाता है। यांत्रिक सोच व नीरसता को तोड़कर कुछ नया करने के लिए उत्साह नहीं रहता।

ख़ुद अधिकारी-तंत्र के भीतर ये समस्याएँ पैदा हो जाती हैं। मौलिक सृजन और रचनात्मक जोखिम से हीन सभ्यता को वेबर ने अपने ही बनाये लोहे के पिंजड़े में फँसा हुआ क़रार दिया है। वेबर ने पूँजीवादी और साम्यवादी व्यवस्थाओं में नौकरशाही के बीच कोई बड़ा अंतर स्वीकार नहीं किया और नौकरशाही पर नियंत्रण के लिए उसे संसदीय शासन के कड़े अंकुश में रखने की वकालत की। एक अन्य समाजशास्त्री राबर्ट के. मर्टन ने अधिकारी-तंत्र की सीमाओं की चर्चा की है। अपने निबंध *ब्यूरोक्रैटिक स्ट्रक्चर ऐंड पर्सनैलिटी* में उन्होंने लिखा है कि अधिकारियों की कार्य-पद्धति व प्रशिक्षण संगठन के लक्ष्यों में बाधक भी हो सकता है। उनसे हमेशा नियमों व पूर्वनिर्धारित तरीक़ों का स्पष्ट पालन करने को कहा जाता है, लेकिन जब ऐसी परिस्थिति पैदा हो जाती है जिसमें नियम नहीं लागू हो सकते तो भ्रम पैदा होने लगते हैं। अधिकारीगण लक्ष्यपूर्ति की चिंता करने के स्थान पर नियमों से चिपके रहते हैं, क्योंकि उनकी तरक़्क़ी व नौकरी उसी पर निर्भर होती है। मर्टन के मुताबिक़, इस प्रकार की लालफ़ीताशाही संगठन व आम जनता के लिए नुक़सानदेह सिद्ध होती है। उसकी निर्वैयक्तिकता से आम जनों व तंत्र में दूरी पैदा हो जाती है। लोगों को महसूस होता है कि नौकरशाह संवेदनहीन और अहंकारी हैं और जनता की सेवा में उनकी कोई दिलचस्पी नहीं है।

बुद्धिजीवियों, लेखकों, कलाकारों आदि सृजनशील व्यक्तियों में अधिकारी-तंत्र के बारे में नकारात्मक भाव रहता है। फ्रांस के प्रसिद्ध लेखक बाल्ज़ाक ने इस तंत्र के विषय में यह टिप्पणी की थी : नौकरशाही एक ऐसा दैत्याकार तंत्र है

जिसका संचालन छुटभैये करते हैं। मार्क्सवाद अधिकारी-तंत्र को शासक वर्ग का अंग मानता है जिसका प्रयोग शोषकों की सहायता के लिए होता है। पुराने जर्मन राज्य (आँसिएँ रेज़ीम) के अनुभवों के आधार पर मार्क्स का मानना था कि इसमें नौकरशाह अपने भौतिक हितों के लिए राज्य के लक्ष्य को अपना निजी लक्ष्य बना लेते हैं। 1871 के पेरिस कम्यून का विश्लेषण करते हुए मार्क्स ने उसकी प्रशंसा इस आधार पर भी की थी कि उस दौरान अधिकारियों का वेतन आम श्रमिक के बराबर कर अधिकारी-तंत्र की अहमियत घटाने का प्रयास किया गया था। मार्क्स प्रशासन को कुछ विशेषज्ञ अधिकारियों के हाथ में देने की जगह उसमें जनभागीदारी के पक्षधर थे। अपनी कृति *द एटींथ ब्रूमेर ऑफ़ लुई बोनापार्ट* में उन्होंने इसे एक ऐसा परजीवी संगठन क़रार दिया है जिसने फ्रेंच समाज को किसी जाल की तरह अपनी गिरफ़्त में ले रखा था जिससे परिवर्तन की सभी गुंजाइशें बंद हो गयी थीं।

मार्क्सवाद का क्रांति-उपरांत अंतिम लक्ष्य राज्य की संस्था और उसके साथ ही अधिकारी-तंत्र के वर्तमान रूपों का उन्मूलन रहा है। लेकिन विडम्बना यह है कि सोवियत संघ में उसे समाप्त न किया जा सका और क्रांति के नायक लेनिन अपने अंतिम दिनों में सोवियत संघ में अधिकारी-तंत्र के बढ़ते प्रसार को लेकर चिंता व्यक्त करते रहे। एक नये प्रकार की नौकरशाही वहाँ पर मज़बूत होती चली गयी जिसे पार्टी नौकरशाही के नाम से जाना गया। इस सोवियत नौकरशाही के चरित्र और उद्गम पर ट्रॉट्स्की ने अपनी रचनाओं में गहन विचार किया है।

भारत में नौकरशाही का इतिहास कम से कम डेढ़ सौ साल पुराना है। यहाँ औपनिवेशिक शासन द्वारा सबसे पहले 1861 के एक अधिनियम के अंतर्गत भारतीय प्रशासनिक सेवा (आईसीएस) का गठन किया गया गया जिसमें अफ़सरों की चयन के ज़रिये नियुक्ति आरम्भ की गयी। दिलचस्प तथ्य यह है कि ब्रिटिश महाप्रभुओं ने इस तरह की नौकरशाही खड़ी करने का यह प्रयोग ब्रिटेन में भी किया था, पर वहाँ उनके पास इस तरह का ढाँचा नहीं था। आरम्भ में भारतीयों को इसमें प्रवेश करने से रोकने के लिए इसकी परीक्षाएँ केवल लंदन में होती थीं। उपनिवेशवाद के दौर में स्टील फ्रेम के नाम से विख्यात हो चुके नौकरशाही के ढाँचे को स्वतंत्रता के पश्चात नाम बदल कर वैसा का वैसा ही अपना लिया गया। आज़ाद भारत के पहले गृह मंत्री वल्लभभाई पटेल विशेष रूप से इसके पक्ष में थे। उनका कहना था कि ऐसे अधिकारी-तंत्र के बग़ैर भारत में अराजकता की स्थिति पैदा हो सकती है जिससे उसकी राष्ट्रीय एकता पर विपरीत असर पड़ेगा। स्वतंत्रता के बाद भारतीय नौकरशाही (जिसे बाबूतंत्र भी कहा जाता है) को संसदीय राजनीति के माध्यम से गठित सरकारों का सहयोगी माना गया। नेता व उद्योगपतियों से साँठगाँठ के आधार पर इस तंत्र की प्रेस, मीडिया व इंटरनेट पर ख़ासी आलोचना होती है। आलोचना का अहम मुद्दा यह है कि जहाँ नेता व व्यापारी-उद्योगपति काले धन व ग़लत आचरण की सज़ा पा सकते हैं, वहीं अधिकारियों को संविधान की धारा 311 के तहत विशेष सुरक्षा मिली हुई है।

देखें : *अर्थशास्त्र* और कौटिल्य, मैक्स वेबर, कार्ल हाइनरिख़ मार्क्स-1, 2, 3 और 4, लियोन ट्रॉट्स्की, वल्लभभाई पटेल, व्लादिमिर इलीच लेनिन।

संदर्भ

1. जूलियन फ्राएंड (1968), *द सोसियोलॅजी ऑफ़ मैक्स वेबर,* रैंडम हाउस, न्यूयॉर्क.
2. ए.डब्ल्यू. गाउल्डनर (1954), *पैटर्न्स ऑफ़ इंडस्ट्रियल ब्यूरोक्रैसी,* द फ्री प्रेस, ग्लेंको.
3. डेविड लेन (1970), *पॉलिटिक्स ऐंड सोसाइटी इन यूएसएसआर,* वाइडनफ़ील्ड ऐंड निकोलसन, लंदन.
4. पी.एम. ब्लाऊ और एम. डब्ल्यू. मेयर (1971), *ब्यूरोक्रैसी इन मॉडर्न सोसाइटी,* रैंडम हाउस, न्यूयॉर्क.
5. एम. आलब्रो (1970), *ब्यूरोक्रैसी,* पाल माल प्रेस, लंदन.

—वैभव सिंह

अनाल स्कूल

(Annales School)

इतिहास-लेखन का अनाल स्कूल अतीत को 'व्यापक और अधिक मानवीय दृष्टि' से देखने का हिमायती रहा है। मानविकी के सभी अनुशासनों को एकजुट करने का स्वप्न देखने के साथ-साथ इस स्कूल के इतिहासकारों ने प्रयोगधर्मी रवैया अपनाते हुए इतिहास को प्राचीन, मध्ययुगीन और आधुनिक अवधियों में बाँटने का विरोध किया। दूसरी तरफ़ उन्होंने समाजों को आदिम और सभ्य में विभाजित करके देखने की प्रवृत्ति भी ख़ारिज की। उन्होंने न केवल इतिहास लेखन के रूढ़िबद्ध ढाँचे को प्रश्नांकित किया, बल्कि अपने कृतित्व से यह भी साबित किया कि विराट प्रक्रियाओं पर गहन, विशद और मौलिक शोध कैसे किया जाता है। इतिहास लेखन की इस धारा का सूत्रपात फ्रांस की इतिहासकार-त्रयी ल्यूसियाँ फ़ेब्र, मार्क ब्लॉक तथा फ़र्नैंद ब्रॉदेल ने किया था। वैसे अगर इस समूह के कुलगुरु का नाम लेना हो तो वह फ़ेब्र का ही होगा। अनाल समूह का स्थायी सरोकार एक ऐसे इतिहास का लेखन रहा है जो बीसवीं सदी की ज़रूरतों को पूरा कर सके।

अनाल पत्रिका के 1946 के अंक में सम्पादकीय घोषणा के तौर पर फ़ेब्र ने यह दावा किया था। इस पत्रिका की स्थापना 1929 में फ़ेब्र और ब्लॉक ने की थी।

अनाल समूह की एक बुनियादी प्रस्थापना यह भी रही है कि ऐतिहासिक शोध के विषयों का निर्धारण विश्वविद्यालय की समितियों द्वारा नहीं बल्कि मौजूदा दौर की ज़रूरतों से तय होना चाहिए। इस मामले में फ़ेब्र का दृष्टिकोण साफ़ था कि विद्वत्ता स्वांत:सुखाय कर्म नहीं होता। इतालवी दार्शनिक रांके के इस मत से अनाल के संस्थापक असहमत थे कि शोध की प्रक्रिया से प्रगट होने वाला हर नया तथ्य यथार्थ के उस भवन की ईंट होता है जो शोध-प्रकिया पूरी होने के बाद ही स्पष्ट आकार लेता है। इसके विपरीत उनका मानना था कि इतिहास की वास्तु-योजना शुरू से ही स्पष्ट होनी चाहिए। शायद यही आग्रह था कि अनाल का सम्पादक मण्डल अपनी पहल पर लेख का विषय तय करने के बाद विशेषज्ञ विद्वानों से सम्पर्क करता था। एक तरह से कहें तो अनाल प्रबंधित इतिहास पर ज़ोर देता था। अनाल इतिहासकारों का मानना था कि इतिहासकार को दस्तावेज़ों पर नज़र डालने से पहले विषय या समस्या को चिह्नित करना चाहिए। अनाल समूह के बारे में एक बात यह भी कही जा सकती है कि उससे जुड़े इतिहासकार प्रचलित फ़ॉर्मूलों में यक़ीन नहीं करते थे। लेकिन इसी के साथ नये सिद्धांतों के प्रतिपादन में भी उनकी कोई रुचि नहीं थी। बहुत से विद्वानों का मत है कि अनाल स्वयं एक ऐतिहासिक प्रयोग था, जो बाद के वर्षों में विषयों के चयन के मामले में निस्तेज़ होता चला गया।

ल्यूसियाँ फ़ेब्र अराजकतावादी थे। उन्हें उन्नीसवीं सदी के युरोप की सांस्कृतिक परम्पराएँ फ़र्ज़ी लगती थी। अपनी वैचारिक बनावट में वे मध्यवर्गीय मानस और उसकी संस्कृति के धुर ख़िलाफ़ थे। उन्हें पश्चिम का सांस्कृतिक माहौल चौकस, कायर और पस्त लगता था। इसी के चलते उनकी रुचि ग़ैर-पश्चिमी संस्कृतियों में बढ़ी। अपने समय की बौद्धिक और अकादमिक संस्कृति से वे इस क़दर चिढ़े हुए थे कि समकालीन इतिहासकार उनकी निगाह में प्रदत्त चीज़ों के संकलनकर्ता भर थे। उनका मानना था कि इतिहास को सम्पूर्ण तथा वैश्विक होना चाहिए। उन्होंने आजीवन इतिहास की इसी दृष्टि के लिए प्रहरी और संगठनकर्ता का काम किया। उन्हें लगता था कि बीसवीं सदी का इतिहास-लेखन अलग तरह का होना चाहिए। चूँकि इस सदी के इतिहासकार चिंतन और कृतित्व के लिहाज़ से आख़री पड़ाव पर पहुँच गये हैं, इसलिए उनका इतिहास लेखन बाहरी घटनाओं के विवरण-संकलन से आगे नहीं बढ़ पा रहा है। फ़ेब्र ने आग्रह किया कि इतिहासकार को घटनाओं के बाहरी निरूपण के बजाय उन अप्रकट कारकों और शक्तियों के विश्लेषण करने का प्रयास करना चाहिए जिनसे मनुष्य की नियति तय होती है। राजनीतिक घटनाओं को क्रमवार रूप से प्रस्तुत करना कुछ उसी तरह की क़वायद होती है जैसे भूगर्भीय शक्तियों के तंत्र को समझे बिना धरती के भौगोलिक लक्षणों को समझने का प्रयास करना। उनकी पुस्तक *अ जियोग्राफ़ीकल इंट्रोडक्शन टू हिस्ट्री* (1922) को इस बात का उदाहरण माना जाता है कि इतिहासकार भूगोल और भूगर्भशास्त्र का अपने लेखन में कैसे उपयोग कर सकते हैं। फ़ेब्र को लगता था कि इतिहास को अल्पदर्शी विशेषज्ञों के वर्चस्व से तभी मुक्त किया जा सकता है जब उसकी सीमाओं को बढ़ा कर उसमें भूगोलवेत्ताओं, समाजशास्त्रियों, मानवशास्त्रियों, अर्थशास्त्रियों, मिथकों का तुलनात्मक अध्ययन करने वाले विद्वानों और भाषाविदों को शामिल किया जाए। संयोगवश इन अनुशासनों में भी बहुत से विद्वान ऐसे थे जो फ़ेब्र की ही तरह घटनाओं के गहरे यथार्थ को दीर्घावधि में देखने के पक्षधर थे। इसी प्रश्नाकुलतावश फ़ेब्र 1920 के आसपास इस नतीजे पर पहुँचे कि वे बनी बनायी प्रस्थापनाओं के फ़ेर में नहीं पड़ेंगे और इतिहास की उस दृष्टि से बचेंगें जिसमें पूर्व-प्रदत्त प्रस्थापनाओं के आधार पर हर चीज़ की व्याख्या करने का दुस्साहस किया जाता है।

इतिहास-लेखन के पारम्परिक तरीक़ों को ख़ारिज करने के बाद अनाल समूह के सामने चुनौती यह थी कि अपनी दावेदारियों को ग्राह्य बनाने की कसौटी कैसे तैयार की जाए। यह काम दुश्कर इसलिए था कि फ़ेब्र और उनके सहयोगी जिस इतिहास-लेखन की पैरवी कर रहे थे वह अभी प्रयोग की अवस्था में था। तीस के दशक में अनाल इतिहासकारों ने आर्थिक और सामाजिक इतिहास पर ध्यान देना शुरू किया। पहली नज़र में यह बात किसी भी सिरे से विशिष्ट नहीं लगती। लेकिन फ़ेब्र के अनुसार आर्थिक और सामाजिक इतिहास एक अस्पष्ट पद था जिसे आसानी से परिभाषित नहीं किया जा सकता था। दरअसल, अनाल इतिहासकार जिस तरह का इतिहास लिखना चाह रहे थे वह उपलब्ध नहीं था बल्कि उसकी खोज की जानी थी।

एक रैडिकल पत्रिका के रूप में *अनाल* की प्रतिष्ठा का कारण उसका वैचारिक और शोधगत नयापन था। लेकिन अनाल के इतिहासकार किसी राजनीतिक एजेंडे के पक्ष या प्रभाव में काम नहीं कर रहे थे। मौटे तौर पर उसके सरोकार वामपंथी या प्रगतिशील ही थे, पर उनकी दृष्टि वर्तमान पर केंद्रित थी। उन्होंने कभी इस बात को छिपाने या गोलमोल करने की कोशिश भी नहीं की कि वे अपने समय की घटनाओं को प्रभावित करना चाहते हैं। लेकिन जहाँ तक मार्क्सवाद को एक सिद्धांत के तौर पर स्वीकार करने की बात थी तो अनाल समूह उससे दूरी बनाकर चलता था। द्वितीय विश्व-युद्ध के बाद फ़ेब्र ने फ़ासीवाद पर लिखे एक महत्त्वपूर्ण सम्पादकीय में कहा था कि यह एक पुरानी दुनिया का अंत और नयी दुनिया की शुरुआत है जिसे समझने और उसके ख़तरों से निपटने के लिए

मार्क्सवाद सहित अन्य सभी पुराने औज़ारों को बदलना होगा। अनाल इतिहासकारों के अनुसार नाज़ीवाद और फ़ासीवाद की पराजय के बाद युरोप को उन समस्याओं से जूझना था जो अफ़्रीका, एशिया तथा दक्षिण अमेरिका के उपनिवेशीकरण से पैदा हुई थीं। इसके बाद अनाल इतिहासकारों ने पहली बार युरोप के बाहर देखना शुरू किया। पाँचवें दशक में अनाल ने तीसरी दुनिया के देशों में जनसंख्या वृद्धि पर ध्यान केंद्रित किया।

अनाल पत्रिका में प्रकाशित लेख अपनी संकल्पना और दृष्टि के स्तर पर जितने टटके होते थे, उतनी ही उनमें गहनता भी होती थी। मसलन, 1960 के अंक में योरुबा समुदाय की खेती के तौर-तरीक़ों, बोस्निया की स्वर्णखदानों, रोमन काल में उत्तरी अफ़्रीका के ऊँटों, अट्ठारहवीं सदी में चिली की अर्थव्यवस्था,खेती के उपकरणों में तकनीकी बदलाव आदि विषयों पर सामग्री प्रकाशित की गयी थी। इसी अंक में ज़ाक ली गॉफ़ ने मध्यकाल में समय की संकल्पना पर अपने लेख का खाका पेश किया था, लेवी-स्त्रॉस ने इतिहास और मानवशास्त्र के अंतर्संबंधों की थाह ली थी, मंद्रौ ने स्थापत्य की बारीक शैली, एलेक्ज़ेंडर कोयरे ने न्यूटन, गैलीलिओ और प्लेटो के अवदान तथा रोलाँ बार्थ ने रासीन के महत्त्व पर चिंतन किया था। विद्वत्ता और शोध की गहनता का ऐसा संगम तब से लेकर आज तक दुर्लभ रहा है। इसी तरह 1970 का अंक भी ऐसा ही विलक्षण था। इसमें एक तरफ़ भारत के देवी-देवताओं, फ्रांस के समकालीन स्कूलों, पेरू के कैथेड्रलों, अल्जीरिया के देहातों पर लेख थे, तो दूसरी ओर सूडान के सोने, बदुई जनजाति, परीकथाओं, फ्रॉयड, जलवायु के इतिहास, मस्तिष्क की संरचना तथा मई, 1968 के छात्र आंदोलन पर लेख थे। इतने सारे अनुशासनों, महाद्वीपों, और संस्कृतियों को एक साथ भेदने वाली दृष्टि एक विरल उपलब्धि ही कही जाएगी।

अनाल स्कूल के अवदान को लेकर विद्वानों में विवाद है। कुछ उसे नया करने के दावे का ऐसा इंतज़ार मानते हैं जो कभी पूरा नहीं हुआ। उनके अनुसार अनाल ने केवल विराट दावे भर किये और दावों की तुलना में बहुत कम हासिल किया। पर कुछ विद्वानों ने उसका संतुलित आकलन भी किया है। इन विद्वानों का ख़याल है कि अपने संघर्षकाल में जब ये इतिहासकार किसी सांस्थानिक ढाँचे के अंग नहीं बने थे, तब का अनाल ज़्यादा रचनात्मक था। जो विद्वान इतिहास-दर्शन में अनाल के योगदान को बहुत बुनियादी और संरचनात्मक मानते हैं उनका आकलन अनाल के शुरुआती दौर पर ही आधारित है।

अनाल की आलोचना के तौर पर मुख्य तर्क यह दिया जाता है कि इस धारा के इतिहासकार एक स्थूल क़िस्म के प्रत्यक्षवाद से ग्रस्त थे। वे मानते थे कि केवल ऐसे विषयों का अध्ययन ही किया जाना चाहिए जिनके आँकड़े पेश किये जा सकें। यह बात एक सीमा तक ही ठीक कही जा सकती है। असल में साठवें दशक में अनाल इतिहासकार गणना पर कुछ ज़्यादा ही ज़ोर दे रहे थे। इस दौर में जनसंख्या अध्ययन से लेकर, खाद्यान्नों के दाम, अटलांटिक के बंदरगाहों से आने-जाने वाले माल की माप-तौल के आँकड़ों आदि पर ख़ासा ध्यान दिया गया। लेकिन जब इस तकनीक को धार्मिक उत्साह मापने जैसे मुद्दे पर थोपा जाता था तो यह रवैया समस्याग्रस्त हो जाता था। इस तरह अनाल इतिहासकारों द्वारा वैज्ञानिक इतिहास लिखने का आग्रह साठवें दशक में अतिरेक का शिकार होता चला गया। यह बात सही है कि जब अनाल इतिहासकार किसी युग की मानसिकता का विश्लेषण करने के लिए साक्ष्य जुटाते थे तो यह निस्संदेह उनकी दीर्घावधि का इतिहास लिखने की चेष्टा ही थी। पर इस तकनीक को हर जगह फ़िट नहीं किया जा सकता था। ख़ुद अनाल समूह भी इस असंतुलन या एकतरफ़ापन को लेकर सचेत हो रहा था। अपनी पत्रिका के पचावसें अंक के सम्पादकीय में उसकी यह आत्मालोचना क़ाबिले-ग़ौर है कि एक समूह के तौर पर हम पद्धतियों पर ज़रूरत से ज़्यादा ज़ोर देने लगे हैं और अपना बुनियादी मिशन छोड़कर फ़ैशनपरस्त होते गये हैं। 1972 में ब्रॉदेल *अनाल* के सम्पादकीय मण्डल से हट गये। उनका मानना था कि अनाल अपनी मूल दिशा से भटक गया है। उनके अनुसार अब वह मानक स्थापित करने की जगह प्रचलित विषयों को ज़्यादा तरजीह देने लगा है, जबकि अनाल समूह की स्थापना का लक्ष्य सामाजिक यथार्थ को पुनर्संयोजित करके एक सम्पूर्ण और वैश्विक इतिहास लिखना था।

लेकिन इन कथित भटकावों के बावजूद अनाल का इतिहास लेखन में महती योगदान है। इस समूह ने विषयों के बीच हदबंदी तोड़ कर उनकी सम्भावनाओं को प्रगट किया। समकालीन इतिहास लेखन में सामाजिक इतिहास और मानव शास्त्र के सम्मिलन से जो सामाजिक इतिहास उभरा है वह अनाल की पूर्वपीठिका के बिना सम्भव नहीं था।

देखें : ल्यूसियाँ फ़ेब्र, फ़र्नैंद ब्रॉदेल, मार्क्सवादी इतिहास-लेखन, मार्क ब्लॉक, इतिहास और आख्यान।

संदर्भ

1. पीटर बर्क (1990), *द फ्रेंच हिस्टोरिकल रेवोल्यूशन : द अनाल स्कूल, 1929-1989,* पॉलिटी प्रेस, केम्ब्रिज.
2. एस. क्लार्क (1999), द *अनाल स्कूल : क्रिटिकल एसेसमेंट,* चार खण्ड, रॉटलेज, लंदन.
3. बी. ल्योन और एम. ल्योन (1991), द *बर्थ ऑफ़ अनाल हिस्ट्री : द लेटर्स ऑफ़ ल्यूसियाँ फ़ेब्र ऐंड मार्क ब्लॉक टू हेनरी पिरेन,* कोम. रॉयल द हिस्तरी, ब्रुसेल्स.
4. जी. हुपर्ट (1997), 'द अनाल एक्सपेरीमेंट', एम. बेंटले (सम्पा.), *कम्पैनियन टू मॉडर्न हिस्टीरियोग्राफ़ी,* रॉटलेज, लंदन.

—नरेश गोस्वामी

अनुदारतावाद

(Conservatism)

अनुदारतावाद का दार्शनिक सार यह है कि मानवीय जीवन हमेशा एक ऐसे तनाव का शिकार रहता है जिसकी तीव्रता राजनीतिक कार्रवाई के ज़रिये कुछ मंद तो की जा सकती है, लेकिन जिसे पूरी तरह से ख़त्म नहीं किया जा सकता। अनुदारतावाद के मुताबिक़ मानवीय अस्तित्व दुष्टता और दु:ख का शिकार रहने के लिए अभिशप्त है, इसलिए अक़्लमंदी इसी में है कि किसी भारी-भरकम यूटोपियन योजना के ज़रिये बुनियादी परिवर्तन करने की कोशिश के बजाय इनके प्रभाव को न्यूनतम करने की तजवीज़ें की जाएँ। इसीलिए समाजवाद और उदारतावाद के विपरीत राजनीति के सीमित चरित्र की वकालत करते हुए अनुदारतावाद किसी क्रांतिकारी बदलाव या किसी बड़ी परिवर्तनकारी उथल-पुथल का समर्थन नहीं करता। दरअसल, अनुदारतावाद क्रांतिकारी राजनीति की आलोचना के ज़रिये ही विकसित हुआ है। उसके केंद्र में क्रमशः सुधार की धारणा है। वह चाहता है कि समाज की संरचनाएँ और संस्थाएँ पीढ़ी-दर-पीढ़ी धीरे-धीरे और स्थिर गति से विकसित हों। इसके दो फ़ायदे होंगे : पहला, व्यक्ति अपने अतीत से कटने के बजाय उससे जुड़ा हुआ महसूस करता रहेगा जिसके कारण उसके भीतर अपनी अस्मिता और संस्कृति की अनुभूति रची-बसी रहेगी। दूसरा, लम्बी अवधि में विकसित होने के कारण संस्थाएँ उनसे की जाने वाली अपेक्षाओं के तहत आकार ग्रहण करेंगी, क्योंकि इस दौरान उनकी ख़ामियों और अनपेक्षित परिणामों का पता चल जाएगा।

अनुदारतावाद क्रांतिकारी राजनीति की मुख्यत: चार आलोचनाएँ पेश करता है। सबसे पहले तो वह रूसो के इस दावे को ठुकराता है कि मनुष्य प्राकृतिक रूप से भला प्राणी है लेकिन दुष्ट सामाजिक और राजनीतिक संस्थाएँ उसे बुरा बनाती हैं। इसलिए इन संस्थाओं को नष्ट करके उनकी जगह बेहतर संस्थाएँ स्थापित कर दी जानी चाहिए। क्रांतिकारी राजनीति रूसो के इस प्रतिपादन में कट्टर यक़ीन रखती है। अनुदारतावाद कहता है कि इस विचार में ही बीसवीं सदी के तमाम विनाशकारी विचारधारात्मक संघर्षों की जड़ें छिपी हुई हैं।

दूसरे, अनुदारतावाद क्रांतिकारी राजनीति द्वारा प्रवर्तित बुद्धिवाद को ठुकराता है। बुद्धिवाद का मतलब है मानवीय बुद्धि की उत्कृष्टता में विश्वास और प्रकारांतर से यह मान्यता कि केवल मानवीय बुद्धि ही ऐसी संतोषजनक संस्थाएँ रच सकती है जो परम्पराओं और रीति-रिवाज़ों के बंधनों से आज़ाद होंगी। इसके लिए पहले से मौजूद जिन संस्थाओं को नष्ट करने की अपील की जाती है, वे उन लोगों द्वारा नहीं ठुकरायी जातीं जो उनके तहत जीवनयापन कर रहे होते हैं। बल्कि उन्हें ठुकराने का काम बुद्धिवादी सुधारक मनमाने ढंग से करते हैं। इन बुद्धिजीवियों ने मनुष्य के अधिकार, सबसे ज़्यादा लोगों की सबसे ज़्यादा ख़ुशी और सामाजिक न्याय जैसे अमूर्त विचार गढ़ लिए हैं जिनकी वेदी पर पहले से चली आ रही सामाजिक संस्थाओं को क़ुर्बान किया जाता है। अनुदारतावाद का आरोप है कि ऐसे मनमाने उसूलों से मनुष्य की मुक्ति नहीं होती, बल्कि जड़सूत्रवाद और अनन्यता का जन्म होता है। एडमण्ड बर्क से लेकर माइकेल ओकशॉट तक सभी अनुदारपंथियों का कहना है कि परम्परा और रीति-रिवाज़ों का तिरस्कार करने से उन स्वत:प्रेरित सामाजिक रिश्तों की अवहेलना होती है जिनके दम पर समाज टिका रहता है। नतीजे के तौर पर समाज की संरचनाएँ केवल दमन के सहारे चलाई जाती हैं। यही कारण है कि 1789 के बाद हुई सभी क्रांतियों का परिणाम तानाशाहियों में निकला है।

तीसरे, अनुदारतावाद मानवीय जीवट द्वारा मनुष्य के प्रारब्ध को गढ़ने का दावा करने वाले क्रांतिकारी सिद्धांत को भी आड़े हाथों लेता है। उसका कहना है कि इसी आशावाद का भीषण परिणाम राजनीतिक अतिवाद में निकला है। फ़ासीवाद इसी रवैये का परिणाम है।

चौथे, अनुदारतावाद चुनाव या जनमत संग्रह के ज़रिये हासिल की जाने वाली लोकप्रिय सम्प्रभुता की धारणा पर भी विश्वास नहीं करता। अगर कहीं लोकतंत्र की स्थापना हो गयी है तो अनुदारतावाद केवल इसी बात से संतुष्ट नहीं होता, क्योंकि उसकी निगाह में लोकतंत्र का होना ही अपने आप में स्वतंत्रता और सुशासन की गारंटी नहीं कर सकता। जनमत संग्रहों से अक्सर तानाशाहियाँ अपने लिए वैधता हासिल करती हैं।

कुछ आलोचकों द्वारा अनुदारतावाद को अक्सर दकियानूसी रँग कर पेश किया जाता है, मानो वह शोषितों की हकतलफ़ी के मुक़ाबले सुविधाभोगियों का समर्थक हो। कभी-कभी तो अनुदारतावाद को नाज़ियों से लेकर धार्मिक पुनरुत्थानवादियों तक से जोड़ दिया जाता है। आज के अनुदारतावाद की यह एक फूहड़ समझ है। असलियत यह है कि अनुदारतावाद किसी भी तरह के अतिवादी आंदोलन या विचार को पूरी तरह से ख़ारिज करता है। यह तो एक ऐसा आधुनिक विचार है जो राजनीति के सीमित चरित्र को बनाये रखने के लिए राजनीतिक समझौते, संतुलन और नरमदली रवैये को अपनाने पर ज़ोर देता है। मानवीय जीवन में राज्य की संस्था के सीमित हस्तक्षेप का पक्ष उदारतावाद भी लेता है, पर अनुदारतावाद उसकी तरह न तो व्यक्ति की अमूर्त अवधारणा में यक़ीन करता है, न ही मनुष्य के अधिकारों और सामाजिक समझौता के सिद्धांत में। अनुदारतावाद उपयोगितावाद और प्रगति के विचारों से भी सहमत नहीं है।

एडमण्ड बर्क को आधुनिक अनुदारतावाद का पितामह माना जाता है, यद्यपि इसका वैचारिक इतिहास अरस्तू और थॉमस हॉब्स की रचनाओं तक जाता है। बर्क ने यह विचार मुख्य तौर से फ्रांसीसी क्रांति की आलोचना करने के दौरान विकसित किया। उन्होंने दिखाया कि फ्रांस के क्रांतिकारी जनवादियों की योजनाएँ किस तरह नाकाम साबित हुईं और समाज को बड़े पैमाने पर अराजकता और हिंसा का सामना करना पड़ा। बर्क ने निष्कर्ष निकाला कि क्रांति करने के बजाय क़ानून का शासन, स्वतंत्र न्याय पालिका और प्रतिनिधित्वमूलक शासन की स्थापना करनी चाहिए। उन्होंने निजी सम्पत्ति की संस्थागत स्थापना का पक्ष लिया और राजनीतिक स्वतंत्रता की हिफ़ाज़त करने के लिए एक ऐसी विदेश नीति का सूत्रीकरण करने की वकालत की जिसके ज़रिये शक्ति-संतुलन क़ायम रखा जा सके। बर्क का विचार था कि शक्ति-संतुलन के माध्यम से ही अंतर्राष्ट्रीय शांति रखी जा सकती है। बर्क की इन सिफ़ारिशों से अंदाज़ा लगाया जा सकता है कि आधुनिक लोकतंत्र की मौजूदा शक्ल-सूरत बनाने में अनुदारतावाद की कितनी बड़ी भूमिका है।

अनुदारतावादी विचार की नकारात्मक छवि का कारण सम्भवतः फ्रांस, जर्मनी और ब्रिटेन की परिस्थितियों से जुड़े उसके प्रयोगों में निहित है। फ्रांस में इस दर्शन की नींव उन्नीसवीं सदी की प्रतिक्रियावादी परम्परा की है। आदम के जन्नत से निष्कासन और 'ओरिजिनल सिन' की अवधारणाओं के तहत ईसाइयत मानवीय प्रकृति को निराशावादी नज़रिये से देखती है। इसी दृष्टि के तहत फ्रांस में राजशाही और चर्च के पक्ष में तर्क गढ़े गये थे। दिलचस्प बात यह है कि जिस ईसाइयत ने एडमण्ड बर्क को सकारात्मक रूप से प्रेरित किया, उसी ने क्रांतियों के युग से पहले के संसार में फ्रांसीसी अनुदारतावादियों को एक प्रतिक्रियावादी यूटोपिया कल्पित करने की प्रेरणाएँ प्रदान कीं। चूँकि सीमित राजनीति की वकालत और यूटोपियायी कल्पनाएँ साथ-साथ नहीं चल सकती थीं, इसलिए यह परस्पर विपरीत समीकरण जल्दी ही निष्प्रभावी हो गया। इस फ्रांसीसी अनुभव के बरक्स जर्मनी में अनुदारतावाद धर्मशास्त्रीय भींच से तो बच निकला, पर इतिहास के सेकुलर दर्शन के चक्कर में फँस गया। इस दर्शन की मान्यता थी कि मनुष्य की मुक्ति का वाहक केवल एक सावयवी राज्य ही हो सकता है। इस आग्रह ने भी सीमित राजनीति के अनुदारतावादी उसूल को पुष्ट करने के बजाय कमज़ोर किया। जर्मन परम्परा प्रबल राष्ट्रवाद के आईने में ही स्वतंत्रता के विचार को कल्पित करने के लिए तैयार थी जिसके परिणामस्वरूप राजनीतिक उद्यम सांस्कृतिक एकता और नस्ली शुद्धता हासिल करने का पर्याय बन गया। फ्रांसीसी और जर्मन दुर्घटनाओं से आहत अनुदारतावाद को अपनी असली ज़मीन ब्रिटेन में मिली। उसका लचीला और संशयवादी रवैया ब्रिटेन के संविधान में अच्छी तरह से प्रतिबिम्बित हुआ।

आर्थिक प्रश्न पर अनुदारतावादी विचार का सर्वश्रेष्ठ प्रवक्ता फ्रेड्रिख़ हायक को माना जाता है। राज्य के हस्तक्षेप की आलोचना करने के लिए हायक ने कई दार्शनिक और मनोवैज्ञानिक अंतर्दृष्टियों का सहारा लिया। 1944 में प्रकाशित अपनी पुस्तक *द रोड टू सर्फ़डम* में उन्होंने कहा कि व्यक्ति हो या संस्था, मानवीय बुद्धि की एक सीमा है। एक समय में प्रचलित आर्थिक संबंधों की ठीक-ठीक समझ हासिल कर पाना मुश्किल होता है। दूसरे, लोग भौतिकशास्त्र के नियमों की तरह मनोवैज्ञानिक और आर्थिक नियमों का पालन नहीं करते, इसलिए समाज को नियंत्रित करने की सारी कोशिशें बुनियादी रूप से ग़लत होती हैं।

हायक के अनुसार महँगाई का मुक़ाबला करने के लिए बढ़ाई जाने वाली आमदनी का मतलब होता है अधिक नोट छापना, जबकि मुद्रास्फीति से निबटने के लिए मनी सप्लाई में कटौती की जानी चाहिए। चूँकि सरकार की नोट छापने और उनके परिसंचरण पर इजारेदारी होती है इसलिए मुख्यतः सरकार ही मुद्रास्फीति की ज़िम्मेदार होती है। अपने ख़र्चों और क़र्ज़ों के भुगतान के लिए सरकार हमेशा नोट छापने के प्रलोभन में फँसती है। सरकार की इस प्रवृत्ति को रोकने के लिए हायक ने बड़ी निजी फ़र्मों और बड़े बैंकों को अपनी मुद्रा छापने का अधिकार देने का सुझाव दिया। वे मानते थे कि नोट जारी करने वाली निजी कम्पनियाँ अपनी मुद्रा की प्रतिष्ठा की फ़िक्र करेंगी और उनमें कम से कम धन जारी करने की प्रवृत्ति होगी।

तीस और चालीस के दशक में आर्थिक नियोजन के पैरोकारों का दावा था कि अर्थव्यवस्था में सभी तरह की वस्तुओं की माँग और आपूर्ति का आकलन करके उसके मुताबिक़ दाम निर्धारित किये जा सकते हैं। नियोजन समर्थक यह भी कहते थे कि अर्थव्यवस्था इतनी जटिल होती है कि बाज़ार के अदृश्य हाथ पर छोड़ने के बजाय एक बेहतर गणितीय मॉडल के ज़रिये दाम अधिक सक्षमतापूर्वक निर्धारित किये जा सकते हैं। गालब्रेथ जैसे अर्थशास्त्रियों ने यह तर्क भी दिया कि बड़ी कम्पनियाँ एकाधिकारवादी हो कर बाज़ार की प्रतियोगिता को विकृत करती हैं। इसलिए सरकारी नियोजन द्वारा उनकी ताक़त को प्रति-संतुलित करना और ज़रूरी हो जाता है।

हायक ने अर्थव्यवस्था की जटिलता के तर्क को नियोजकों के ख़िलाफ़ इस्तेमाल करते हुए कहा कि माँग और आपूर्ति के सभी समीकरणों को कोई एक व्यक्ति या नियोजकगण नहीं समझ सकते। इसलिए नियोजन से केवल अयोग्यताएँ और दक्षताओं का ह्रास ही निकल सकता है। इसी तरह कींसियन शैली का समष्टिगत (मैक्रोइकॉनॉमिक) आर्थिक प्रबंधन भी दोषपूर्ण होने के लिए अभिशप्त है। वह बाज़ार की बारीक़ियों को नहीं समझ सकता। एकाधिकारी

पूँजी की ताक़त के सवाल पर उनका कहना था कि वह तो सरकारी क़दमों के कारण ही पैदा होती है। मसलन, घरेलू उत्पादन सरकार पर दबाव डालते हैं कि वह आयात हतोत्साहित करे और दूसरे उद्योगों को लाइसेंसिंग के ज़रिये रोके। हायक का विचार था कि अगर बड़ी फ़र्में ताक़तवर हो भी गयीं तो बाज़ार की प्रतियोगिता (नये प्रतिद्वंद्वियों का डर) उन्हें दक्षतापूर्वक काम करने के लिए मजबूर करेगी।

लेकिन हायक के इन तर्कों के बावजूद द्वितीय विश्व-युद्ध के बाद समाजवादी व्यवस्था और हस्तक्षेपकारी राज्य की कामयाबियों के कारण ब्रिटेन समेत सारी दुनिया के अनुदारतावादी अर्थव्यवस्था के प्रश्न को लेकर बहस में फँस गये। उनका एक पक्ष हस्तक्षेपकारी मध्यम मार्ग की पैरोकारी करने लगा, और दूसरा पक्ष उन्मुक्त पूँजीवादी व्यवस्था की वकालत करता नज़र आया। इसके परिणामस्वरूप लिबरल-कंज़रवेटिव थियरी का उदय हुआ जो इस समय अनुदारतावाद की व्यावहारिक राजनीतिक अभिव्यक्ति बनी हुई है।

देखें : अधिकार, अधिकार : सैद्धांतिक यात्रा, अरस्तू, अफ़लातून, अनुदारतावाद, उदारतावाद, उपयोगितावाद, एडमण्ड बर्क, क्रांति, ज्याँ-ज़ाक रूसो, जॉन लॉक, जेरेमी बेंथम, जॉन स्टुअर्ट मिल, जॉन रॉल्स, थॉमस हॉब्स, नागरिकता, नागरिकता : अन्य परिप्रेक्ष्य-1 और 2, नागर समाज, फ़्रांसीसी क्रांति, फ़्रेड्रिख़ वॉन हायक, बुद्धिवाद, माइकिल जोसेफ़ ओकशॉट, यूटोपिया, रॉबर्ट नॉज़िक, समाजवाद।

संदर्भ

1. एडमण्ड बर्क (1962), *ऐन अपील फ़्रॉम द न्यू टू द ओल्ड विग्ज़* (1791), बॉब्स-मेरिल, न्यूयॉर्क.
2. माइकिल जोसेफ़ ओकशॉट (1962), *रैशनलिज़्म इन पॉलिटिक्स*, मेथ्युन, लंदन.
3. एफ़.ए. हायक (1944), *द रोड टू सर्फ़डम*, रॉटलेज, लंदन.
4. एन. ओसुलिवान (1976), *कंज़रवेटिज़्म*, डेंट, लंदन.

—अभय कुमार दुबे

अनुपस्थिति/उपस्थिति

(Absence/Presence)

अनुपस्थिति/उपस्थिति की अवधारणा फ़िल्म-अध्ययन की देन है। सिनेमा जिस प्रौद्योगिकी से रचा जाता है, वह चुनिंदा बिम्बों और ध्वनियों की सहायता से विभ्रम को यथार्थ बना कर पेश करती है। दर्शक मानता है कि पर्दे पर वह जो कुछ देख रहा है, वह एक ऐसी हक़ीक़त है जिसकी उसे जानकारी है। इस तरह सिनेमा उसे उपस्थित कर देता है जो वास्तव में अनुपस्थित है। लेकिन, इस अवधारणा का एक दूसरा पहलू भी है जिसके मुताबिक़ सिनेमा का पर्दा उसे अनुपस्थित कर देता है जो उपस्थित है या जिसे उपस्थित होना चाहिए। एक पूरी की पूरी फ़िल्म-शैली (अमेरिकी वेस्टर्न) ऐसी है जिसमें स्त्रियाँ या तो ग़ायब रहती हैं या फिर उन्हें दृश्य-सज्जा के महत्त्वहीन अंश की तरह ही इस्तेमाल किया जाता है। भारत में ऐसी फ़िल्मों की तर्ज़ पर 'काला सोना', 'खोटे सिक्के' या 'चाइना गेट' जैसी फ़िल्में बन चुकी हैं। स्त्रियों की यह अनुपस्थिति इन फ़िल्मों को केवल पुरुष दृष्टिकोण का प्रतिनिधि बना देती है (हालाँकि स्त्री-प्रधान वेस्टर्न फ़िल्मों का निर्माण भी हुआ है)। भारतीय संदर्भ में अनुपस्थिति/उपस्थिति का यह समीकरण एक भिन्न सामाजिक-राजनीतिक के संदर्भ में सामने आता है। मुसलमान समाज पर बनने वाली फ़िल्मों की एक पूरी शैली ऐसी है जिसमें हिंदू पात्र आम तौर से ग़ैरहाज़िर होते हैं। इसके अलावा बम्बइया फ़ार्मूले की नुमाइंदगी करने वाली ऐसी अनगित लोकप्रिय फ़िल्में हैं जिनमें स्त्री की उपस्थिति दृश्य-सज्जा से कुछ ही अधिक मानी गयी है। अनुपस्थिति/उपस्थिति के सिद्धांत की रोशनी में ऐसी तमाम फ़िल्मों का अध्ययन अभी शेष है।

उपस्थित होते हुए भी अनुपस्थित रहने वाले की श्रेणी में फ़िल्म का दर्शक भी आता है। दिलचस्प बात यह है कि उसकी अनुपस्थिति एक तरह की सक्रियता के ज़रिये व्यक्त होती है। वह देखने और सुनने वाले कर्ता की भूमिका अख़्तियार करता है। यानी जो व्यक्ति (स्त्री या पुरुष) स्क्रीन पर अनुपस्थित है, उसका होना फ़िल्म के होने की भी शर्त है। दरअसल, इस दर्शक-कर्ता की रचना फ़िल्मिक पाठ का तात्पर्य करती है। इसी के साथ एक दूसरी प्रक्रिया भी चलती है जिसके तहत दर्शक कर्ता के रूप में गढ़े जाते हुए भी फ़िल्मिक पाठ के तात्पर्यों को अपने तरीक़े से ग्रहण करता है। सिनेमा केवल व्यक्तियों की अनुपस्थिति और उपस्थिति का प्रपंच ही नहीं रचता, बल्कि वह ऐसा खेल समय के साथ भी खेलता है। वह अनुपस्थित अतीत को वर्तमान की निगाह से गढ़ कर सामने लाता है। इसी मुक़ाम पर नॉस्टेल्जिया की भूमिका सामने आती है।

अनुपस्थिति/उपस्थिति की अवधारणा मुख्यत: स्क्रीन और दर्शक के बीच बनने वाले गतिशील संबंध पर किये गये चिंतन का परिणाम है जिसमें मनोविज्ञान के विमर्श ने केंद्रीय भूमिका निभायी है। इसके लिए सिद्धांतकारों ने ज़िग्मंड फ्रॉयड और ज़ाक लकाँ द्वारा प्रवर्तित सिद्धांतों का सहारा लिया है। फ़िल्म किस तरह अवचेतन के स्तर पर काम करती है, इसे आईने में अपना अक्स देखने वाले बच्चे के उदाहरण से समझा जा सकता है। यह प्रक्रिया दो चरणों में चलती है। पहला चरण: माँ बच्चे को आईना दिखाती है जिसमें झाँकते

आकिरा कुरोसावा की मशहूर फ़िल्म *सेविन समुराई* में गाँव को आतंकित करने वाला डाकुओं का गिरोह आम तौर पर ओझल रहते हुए भी अपनी दहशतनाक उपस्थिति दर्ज कराता रहता है.

हुए तादात्म्य के पहले क्षण में बच्चा माँ के साथ एकता कल्पित करता है। लेकिन यह क्षण जल्दी ही तिरोहित हो जाता है, क्योंकि इसके फ़ौरन बाद ही बच्चे को माँ के साथ अपने अंतर (अगर वह बालक है) या समानता (अगर वह बालिका है) की अनुभूति होती है। यह प्रक्रिया बालक या बालिका को अपनी इयत्ता के साथ एक आभासी तादात्म्य कल्पित करने का मौक़ा देती है। लेकिन इयत्ता की इस प्रतीति का परिणाम माँ के खोने या उसके साथ संबंध-भंग में निकलता है। प्रक्रिया के इस चरण को लकाँ इमेजिनरी या काल्पनिक क़रार देते हैं। दूसरा चरण: माँ को खोने की अनुभूति बच्चे में उसे पाने की कामना पैदा करती है। लेकिन यह कामना पिता के रूप में एक तीसरे पक्ष के हस्तक्षेप के कारण सेक्शुलाइज़ या यौनीकृत हो जाती है। अब दर्पण में तीन बिम्ब हैं : माँ, बच्चा और पिता। पिता बच्चे की माँ तक पहुँच नहीं होने देता। वह अपने प्राधिकार का इस्तेमाल करते हुए 'नहीं' या 'नो' के रूप में भाषिक निषेध करता है। इसके माध्यम से बच्चे के क़दम भाषा की प्रतीक-व्यवस्था में पड़ते हैं। अब बच्चे या बच्ची के लिए पिता के भाषिक निषेध या 'पिता के क़ानून' का पालन करना लाज़मी है। माँ के प्रति आकर्षण से गुँथी हुई समाजीकरण की यह प्रक्रिया बालक के किसी अन्य स्त्री के साथ संबंध के रूप में सम्पूर्णता की उपलब्धि के साथ पूरी होती है। इसी तरह पिता के प्रति बालिका का आकर्षण किसी अन्य पुरुष के प्रति कामना में फलीभूत होता है। प्रक्रिया के इस दूसरे चरण को लकाँ सिम्बॉलिक या प्रतीकात्मक क़रार देते हैं।

मनोविज्ञान के अनुशासन से यह सिद्धांत लेकर सिनेमा के सिद्धांतकारों ने इसे रुपहले पर्दे के उस दर्पण का स्थान दिया है जो माँ बच्चे को दिखाती है। दर्शक बच्चे की जगह लेता है। कमोबेश वैसी ही प्रक्रिया चलती है। पुरुष या स्त्री दर्शक रजतपट की छवियों और ध्वनियों के साथ एक क्षणिक तादात्म्य स्थापित करते हुए उसके साथ एकता के सूत्र में बँधे हुए महसूस करते हैं। इसी के फ़ौरन बाद उन्हें अपने और पर्दे पर निरूपित किये जा रहे बिम्ब के साथ अंतर का एहसास होता है जिसके ज़रिये उन्हें एहसास होता है कि वे क्या नहीं हैं या उनके पास किसका अभाव है। यह प्रक्रिया अंत में दर्शक को उस मुक़ाम तक ले जाती है जहाँ वह ख़ुद की शिनाख़्त देखने और सुनने वाले कर्ता के रूप में कर पाता है।

फ़िल्म-अध्ययन बताता है कि अवचेतन के धरातल पर चलने वाली यह प्रक्रिया अंत में दर्शक को उसकी इयत्ता या आत्मपरकता प्रदान करती है। इसके बाद बारी आती है उस चाक्षुष आनंद की जो दर्शक अपनी स्वायत्त इयत्ता प्राप्त करने के बाद देखने के ज़रिये हासिल करता है। लेकिन, यह चाक्षुष आनंद दूसरी तरफ़ से दर्शक के भीतर पर्दे पर हरकत करती छवियों को देखने वाली अपनी निगाह के प्रति लज्जा और संकोच का भाव भी पैदा करता है। फ्रॉयड के सिद्धांत के मुताबिक़ दर्शक यहाँ उस बच्चे की तरह है जो देख रहा है पर जिसे देखते हुए नहीं देखा जा रहा है। इस जगह दर्शक के साथ वही घटित हो रहा है जो अपने माता-पिता को संभोग करते हुए देखने वाले बच्चे के साथ घटित होता है।

अनुपस्थिति/उपस्थिति एक ऐसा सिद्धांत है जिसके माध्यम से फ़िल्म-अध्ययन ने पर्दे पर निरूपित किये जाने वाले चरित्रों को नायकत्व की आभा देने की फ़िल्मिक युक्ति को भी समझने की चेष्टा की है। पचास के दशक की फ़िल्मों में मारलन ब्रांडो ने ऐसे किरदारों को निभाया था जिनमें वे अनुपस्थित होते हैं, पर जिनके इर्द-गिर्द पूरा विमर्श चलता है। यह विधि ब्रांडो के किरदारों को एक अनूठी प्रभावोत्पादकता से सम्पन्न कर देती थी। ऐसी कई विख्यात फ़िल्मों के उदाहरण दिये जा सकते हैं जिनमें अनुपस्थिति की युक्ति से वह काम लिया गया है जो उपस्थिति से सम्भव नहीं था। मसलन, आकिरा कुरोसोवा की फ़िल्म *सेविन समुराई* में गाँव को आक्रांत करने वाला डाकुओं का गिरोह आम तौर पर

अनुपस्थित रहता है लेकिन उनके खलनायकत्व का आतंक दर्शकों तक अधिक असरदार तरीक़े से पहुँचता है।

देखें : अतिनाटकीयता, कला सिनेमा, अवाँगार्द और प्रति-सिनेमा, ज़ाक लकाँ, टीवी और समाचार, टीवी और सेक्शुअलिटी, टीवी और टीवी-अध्ययन, तीसरा सिनेमा, तीसरी दुनिया का सिनेमा, दक्षिण भारतीय सिनेमा और राजनीति, नारीवादी फ़िल्म-सिद्धांत, फ़िल्म और सेक्शुअलिटी, फ़िल्मांतरण, फ़िल्म-सिद्धांत, फ़्लैश-बैक, भारतीय सिनेमा-1, 2 और 3, भारतीय फ़िल्म-अध्ययन, भारतीय स्टार सिस्टम, रियलिटी टीवी, विचारधारा और हिंदी सिनेमा, वृत्त-चित्र, सेलेब्रिटी, सोप ओपेरा, सिनेमाई यथार्थवाद, नव-यथार्थवाद, ज़िग्मंड फ्रॉयड-1 और 2, सोवियत सिनेमा, स्टार, हिंदी सिनेमा का समाजशास्त्र।

संदर्भ

1. जे.एल. बॉद्री (1986), 'आइडियॉलॅजीकल इफ़ेक्ट्स ऑफ़ द बेसिक सिनेमैटिक एप्रेटस', संकलित : पी. रोज़ेन (सम्पा.), *नैरेटिव, एप्रेटस, आडियॉलॅजी,* कोलम्बिया युनिवर्सिटी प्रेस, न्यूयॉर्क.
2. सी. मेट्ज़ (1975), '*द इमेजिनरी सिग्नीफ़ॉयर', स्क्रीन,* खण्ड 16, अंक 3.
3. एल. मुलवी (1975), *विज़ुअल प्लेज़र ऐंड नैरेटिव सिनेमा,* स्क्रीन, खण्ड 19, अंक 3.

—अभय कुमार दुबे

अनुसूचित जनजातियाँ

(Scheduled Tribes)

एंथ्रोपोलॅजिकल सर्वे ऑफ़ इण्डिया के मुताबिक़ भारत में 461 जनजातीय समुदाय रहते हैं। 2001 की जनगणना के अनुसार देश की कुल आबादी में उनका हिस्सा 8.2 प्रतिशत है। पंजाब, हरियाणा, दिल्ली, जम्मू और कश्मीर, चंडीगढ़ और पांडिचेरी को छोड़ कर जनजातीय आबादी देश के प्रत्येक हिस्से में पायी जाती है। अधिकांशत: पहाड़ी और जंगली इलाक़ों में बसने वाले इन समुदायों में हिंदू, ईसाई, मुसलमान और देशज आदिवासी धर्मों का अनुपालन करने वाले क़बीले शामिल हैं। उत्तर-पूर्व के मिज़ोरम, नगालैण्ड, मेघालय और अरुणाचल प्रदेश में जनजातीय आबादी बहुसंख्यक है। इन जनजातीय राज्यों के साथ-साथ मध्य भारत के नवगठित झाड़खण्ड और छत्तीसगढ़ राज्य भी आबादी के लिहाज़ से जनजातीय क़रार दिये जा सकते हैं। झाड़खण्ड के गठन में तो जनजातीय संगठन झाड़खण्ड मुक्ति मोर्चे द्वारा चलाई गयी लम्बी मुहिम की निर्णायक भूमिका रही है। मध्य प्रदेश, ओडीसा, गुजरात, असम, राजस्थान, महाराष्ट्र, बिहार, आंध्र प्रदेश और अंडमान-नीकोबार में भी जनजातियों की उल्लेखनीय आबादी है।

संविधान ने पिछड़े वर्ग के व्यापक दायरे में इन समुदायों को पूर्व-अछूत जातियों, किसान, कामगार और दस्तकार जातियों के साथ रखते हुए अनुसूचित जनजाति की श्रेणी के तहत दर्ज किया है। पूर्व-अछूत जातियों की ही तरह जनजातियों के लिए भी उनकी आबादी के प्रतिशत के मुताबिक़ विशेष प्रोत्साहन का प्रावधान करते हुए संविधान ने उन्हें दो तरह के आरक्षण दिये हैं : सरकारी नौकरियों और शिक्षा संस्थानों में; और चुनावी राजनीति में अलग निर्वाचन क्षेत्रों के रूप में जहाँ से केवल जनजातीय उम्मीदवार ही चुनाव लड़ सकते हैं। संविधान की अनुसूची में इन्हें शामिल करने का मुख्य आधार है सामाजिक बहिर्वेशन यानी बाक़ी भारतीय समाज से उनका भौगोलिक और सांस्कृतिक अलगाव। संविधान प्रदत्त विशेष प्रोत्साहनों का लाभ जनजातीय समुदायों तक पहुँचाने की देख-रेख का काम पहले एक आयुक्त स्तर के अधिकारी के ज़िम्मे था, लेकिन अब यह ज़िम्मेदारी राष्ट्रीय अनुसूचित जनजाति आयोग के पास है।

अनुसूचित जनजातियों को आदिवासी भी कहा जाता है, पर इस शब्द के साथ जुड़ा मूलवासी होने का तात्पर्य विवादास्पद है। संविधान सभा में जनजातीय नेता जयपाल सिंह ने आदिवासी शब्द को वैधानिक दर्जा देने की माँग भी की थी। पर डॉ. आम्बेडकर ने इसका विरोध करते हुए तर्क दिया था कि शेड्यूल्ड ट्राइब्स या अनुसूचित जनजाति का प्रयोग करने से ही इन समुदायों के लिए तजवीज़ किये जाने वाले विशेष प्रोत्साहनकारी उपायों पर ठीक से अमल किया जा सकेगा। भारत सरकार भी संयुक्त राष्ट्र में जनजातियों को भारत का मूलवासी या आदिवासी मानने का अधिकारिक रूप से विरोध करती रही है। अल्पसंख्यकों के ख़िलाफ़ भेदभाव रोकने और और उनकी सुरक्षा के लिए बनाये गये संयुक्त राष्ट्र उपआयोग के अलावा देशज लोगों के लिए बनाये गये कार्यदल में भारत सरकार ने तर्क दिया है कि अगर जनजातियों को देशज माना जाएगा तो देश में कुछ ऐसी श्रेणियाँ भी हैं जो इस दर्जे पर अपना दावा ठोकने लगेंगी। दूसरे, भारत सरकार का अंतर्राष्ट्रीय मंचों पर यह भी कहना है कि 'ट्राइब' और 'इंडीजिनस' पर्यायवाची पद नहीं हैं। सरकारी दावे का समर्थन करने वालों की मान्यता है कि भारत की जनजातियों की स्थिति अमेरिका और ऑस्ट्रेलिया के मूलवासियों से भिन्न है। ईसा से हज़ारों साल पहले से भारत में तरह-तरह के समुदायों का आगमन होता रहा है। इसलिए यह तय कर पाना मुश्किल है कि कौन बाहर से आया है और कौन पहले से यहाँ रहता था। जनजातीय समझे जाने वाले कई समुदाय ऐसे हैं जो जनजातीय न समझे जाने वाले समुदायों के बाद आये हैं। इस संदर्भ में उत्तर-पूर्व के समुदायों, ख़ासकर मिज़ो समुदाय, का ज़िक्र किया जाता है। सरकारी तर्क का विरोध करने वाले कहते हैं कि जनजातीय लोगों को देशज मानना या न मानना

कोई अवधारणात्मक प्रश्न न हो कर मुख्यत: राजनीतिक है। अगर उनके मानवाधिकारों की रक्षा करनी है तो उन्हें देशज की श्रेणी में रखने से अंतर्राष्ट्रीय मंचों पर अधिक लाभ होगा और भारत सरकार पर भी अधिक दबाव बनाया जा सकेगा।

दरअसल, संविधान ने आदिवासियों के अनुसूचित जनजाति होने का जिस तरह निर्धारण किया, उसमें भी बहुत सी समस्याएँ हैं। कई ऐसे आदिवासी समुदाय अनुसूचित जनजाति की श्रेणी से बाहर रह गये हैं, जो अपने रहन-सहन और दूसरी कसौटियों के आधार पर इस श्रेणी में आने के हक़दार हैं। संविधान ने किसी जनजाति को इस श्रेणी में डालने के लिए भौगोलिक अलगाव, जीवन स्तर बहुत ही सरल होने के साथ ही सामान्य पिछड़ेपन से लेकर सर्वात्मवादी (एनिमिस्ट) व्यवहार को शामिल किया है। कई बार जनजातियों की भाषाओं और उनकी शारीरिक विशेषताओं पर भी ध्यान दिया गया है। वर्ज़ीनियस खाखा मानते हैं कि इन कसौटियों के साथ समस्या यह है कि न तो इन्हें सही तरह से तैयार किया गया और न ही व्यवस्थित रूप से लागू किया गया। इस संदर्भ में समाजशास्त्री आंद्रे बेते की राय है कि किसी जनजाति को अनुसूचित जनजाति की श्रेणी में शामिल करने में राजनीतिक तकाज़ों को ज़्यादा तरजीह दी गयी। इस कारण बहुत से समुदाय अनुसूचित जनजातियों में शामिल किये जाने के लिए आंदोलन चलाते रहते हैं। यहाँ तक कि सरकार के पास इस बात का कोई स्पष्ट आँकड़ा नहीं है कि कितनी जनजातियाँ इस श्रेणी से बाहर हैं। इसी तरह, अनुसूचित क्षेत्रों के विस्तार के बारे में भी किसी स्पष्ट नीति का अभाव है। कई क्षेत्रों में बहुत से समुदायों द्वारा अपने क्षेत्र को अनुसूचित क्षेत्र घोषित करने की माँग की जाती है, लेकिन अब एक तरह से अनुसूचित क्षेत्रों के बारे में यह मान लिया गया है कि इनके विस्तार की आवश्यकता नहीं है। संविधान की छठी अनुसूची के अंतर्गत आने वाले क्षेत्रों में स्वायत्त ज़िलों की व्यवस्था ने स्थानीय समुदायों को कुछ अधिकार दिये हैं, लेकिन पाँचवी अनुसूची के प्रावधान बहुत ज़्यादा प्रभावकारी नहीं हो पाये। अब तक किसी राज्यपाल ने इन क्षेत्रों में लागू होने वाले किसी क़ानून को पुनर्विचार के लिए नहीं भेजा है। राज्यों में गठित जनजाति सलाहकार परिषद् केवल एक कर्मकाण्ड बनकर ही रह गयी है।

जनजातीय समुदायों की पहचान से जुड़े इस विवाद का असर संविधान द्वारा उनकी शिनाख़्त करने की पद्धति पर बिल्कुल नहीं पड़ा है। संविधान किसी समुदाय की अनुसूचित जनजाति के रूप में तक़रीबन उसी तरह से शिनाख़्त करता है जिस तरह किसी अनुसूचित जाति की शिनाख़्त की जाती है। राष्ट्रपति राज्यों के राज्यपालों से सलाह-मशविरा करके तय करता है कि किसी राज्य में किस समुदाय को जनजातियों की अनुसूची में शामिल किया जाएगा। एक बार सूची बन जाने के बाद उसमें तब्दीली करने का अधिकार केवल संसद के पास है। सरकारी नीति के समर्थकों का दावा है कि पिछले साठ साल का अनुभव बताता है कि पिछड़े वर्ग के अन्य सदस्यों के मुक़ाबले जनजातियों की पहचान करना अधिक आसान और कम विवादास्पद रहा है।

अंग्रेज़ सरकार ने क़बीलाई लक्षणों वाले इन समुदायों को बाक़ी समाज के हस्तक्षेप और शोषण से बचाने के लिए अलग-थलग रखने की नीति बनायी थी। इन इलाक़ों पर सामान्य क़ानून भी लागू नहीं होता था। 1935 के गवर्नमेंट ऑफ़ इण्डिया एक्ट के तहत पहली बार प्रांतीय विधायिकाओं में 'पिछड़ी हुई जनजातियों' के लिए प्रतिनिधित्व का प्रावधान किया गया। 1936 में ऐसी जनजातियों की एक सूची जारी की गयी जिसमें पंजाब और बंगाल को छोड़ कर बाक़ी सभी प्रांतों के जनजातीय समुदाय दर्ज किये गये थे। 1950 में अनुसूचित क्षेत्रों और अनुसूचित जनजातियों की जो सूची जारी की, वह अंग्रेज़ों द्वारा बनायी गयी सूची का ही संशोधित रूप थी। उसमें बंगाल की कुछ अनुसूचित जातियों को भी जोड़ दिया गया था। 1956 में किये गये संशोधन के मुताबिक़ कुछ नये समुदाय इसमें जोड़े गये जो अन्य पिछड़े वर्ग की श्रेणी में अस्थायी रूप से पड़े हुए थे। इन नये समुदायों में अधिकतर राजस्थान और मध्य प्रदेश के थे। 1976 में एक बार फिर कुछ नये समुदायों को इस सूची में शामिल किया गया।

दरअसल, आज़ादी मिलने के बाद संविधान निर्माताओं ने अंग्रेज़ों द्वारा अपनाया गया यह दोहरा रवैया जारी रखा। इन समुदायों को दोनों तरह का आरक्षण तो अनुसूचित जातियों की ही तरह दिया गया, पर जनजातियों के लिए अनुसूचित क्षेत्रों पर प्रत्यक्ष प्रशासनिक नियंत्रण, प्रत्यक्ष केंद्रीय वित्तीय उत्तरदायित्व, राज्यपालों से राष्ट्रपति द्वारा वार्षिक रपटें मँगाने और अनुपयुक्त क़ानूनों के प्रभाव से इन इलाक़ों को बचाने की नीतियाँ भी अपनायी गयीं। संविधान की पाँचवी और छठी अनुसूचियों के तहत अनुसूचित क्षेत्रों और जनजातीय इलाक़ों में भूमि के हस्तांतरण और सूदखोरी को रोकने के लिए नियम-क़ानून बनाये गये। जनजातीय सलाहकार परिषदों और स्वायत्तशासी परिषदों का प्रावधान किया गया। जनजातियों के बारे में सरकार की नीति एक ख़ास तरह के संतुलन को उपलब्ध करने की कोशिश से जुड़ी हुई है। शासन चाहता है कि उनका विकास भी हो यानी उनकी जीवन-स्थितियों में सुधार दिखायी पड़े, पर साथ में उनकी सांस्कृतिक विशिष्टता भी बनी रहे और सामाजिक-राजनीतिक मामलों में वे स्वायत्तता का उपभोग भी करते रहें। शासन यह उम्मीद करता है कि जनजातियों के दिये जाने वाले विशेष प्रोत्साहन से उनका विकास उनकी अपनी दिशा और आवश्यकता के मुताबिक़ होगा। नब्बे के दशक से सरकार ने कल्याण और विकास के बजाय जनजातियों के सशक्तीकरण को प्राथमिकता देनी शुरू की है। 1993 में 73वें और 74वें संविधान संशोधनों और

फिर पंचायत्स (एक्सटेंशन टू द शेड्यूल्ड एरियाज़) एक्ट, 1996 के माध्यम से राज्य ने पंचायतों और ग्राम सभाओं के सहभागी विकास का रास्ता खोला, जनजातीय मामलों के लिए अलग से मंत्रालय का गठन किया गया और जनजातीय वित्त और विकास निगम की स्थापना की गयी।

जहाँ तक आरक्षण और अन्य कल्याणकारी योजनाओं के ज़रिये राजकीय प्रयासों की सफलता का प्रश्न है, आँकड़ों के सहारे एक मिली-जुली तस्वीर बनती है जिसमें कोई पहलू सकारात्मक और कोई नकारात्मक लगता है। लेकिन, जनजातियों के मामले में आँकड़ों से इतर इन क्षेत्रों में होने वाली राजनीति आज़ादी के बाद से ही लोकतंत्र के लिए बहुकोणीय चुनौतियाँ पेश करती रही है। उत्तर-पूर्व के असम, नगालैण्ड, मिज़ोरम, मेघालय और अरुणाचल प्रदेश में रहने वाले नगा, मिज़ो, और बोडो जैसे विशाल जनजातीय समुदायों द्वारा पृथकतावादी मुहिमें इतिहास में दर्ज हो चुकी हैं। दूसरी ओर पश्चिम बंगाल, मध्य प्रदेश, ओडीशा, गुजरात, बिहार, महाराष्ट्र, झाड़खण्ड और छत्तीसगढ़ के जनजातीय बाशिंदों के बीच साठ के दशक के आख़िरी वर्षों से ही नक्सलवादी आंदोलन पनपा है। आज इसी आंदोलन के गर्भ से निकला माओवाद पिछले बीस वर्ष से भारतीय राज्य को हिंसक तौर-तरीक़ों से उखाड़ने की रक्तरंजित मुहिम चला रहा है। जनजातियों के बीच माओवादियों के क़दम जमने का एक असंदिग्ध कारण है : वैकासिक लोकतंत्र की इन क्षेत्रों तक अपेक्षाकृत कम पहुँच। भारतीय राज्य और विभिन्न संसदीय शक्तियों ने आपस में विवादास्पद गठजोड़ करके माओवाद से निबटने के लिए छत्तीसगढ़ के दाँतेवाड़ा इलाक़े में माओवाद विरोधी सलवा जुडूम आंदोलन चला कर आदिवासी जनता को एक विनाशकारी गृहयुद्ध में फँसा दिया है। तीसरे, आदिवासी इलाक़ों में धर्मांतरण की राजनीति ने भी सामाजिक शांति पर बुरा असर डाला है। एक तरफ़ ईसाई मिशनरी सक्रिय हैं और दूसरी तरफ़ उनकी प्रतिक्रिया में हिंदुत्ववादी नेतृत्व में वनवासी आश्रमों की गतिविधियाँ चल रही हैं। कुल मिला कर संविधान प्रदत्त दर्जे और विशेष प्रोत्साहनों के बावजूद भारतीय राज्य और जनजातियों के बीच संबंध राजनीतिक और सामाजिक रूप से विवादास्पद बना हुआ है।

देखें : आरक्षण, आदिवासी प्रश्न-1, 2, 3 और 4, अन्य पिछड़े वर्ग, अनुसूचित जातियाँ, गोविंद सदाशिव घुर्ये, छत्तीसगढ़, झाड़खण्ड, सामाजिक बहिर्वेशन, भारत में किसान-संघर्ष-1, 2 और 4, भारतीय राज्य, भारतीय संविधान-1 से 8 तक, माओवाद और माओ विचार, वेरियर एलविन।

संदर्भ

1. सव्यसाची (1998), *ट्राइबल फ़ॉरेस्ट-ड्वेलर्स ऐंड सेल्फ़ रूल : द कांस्टीट्युएंट असेम्बली डिबेट ऑन द फ़िफ़्थ ऐंड सिक्थ शेड्यूल्स,* इण्डियन सोशल इंस्टीट्यूट, नयी दिल्ली.
2. अखिलेश्वर पाठक (1994), *कांटेस्टेड डोमेन्स : द स्टेट, पेजेंट्स ऐंड फ़ॉरेस्ट्स इन कंटेम्परारी इण्डिया,* सेज पब्लिकेशन्स, नयी दिल्ली.
3. पी. शंकर (1999), *यह जंगल हमारा है : दण्डकारण्य के क्रांतिकारी आंदोलन का इतिहास,* (अनु. : पासंदी निर्मला), न्यू विस्टाज़ पब्लिकेशंस, दिल्ली (हिंदी संस्करण 2006).
4. भारत सरकार (1989), *अनुसूचित जातियों और अनुसूचित जनजातियों के आयुक्त की रिपोर्ट,* उनतीसवीं रिपोर्ट. नयी दिल्ली.

—अभय कुमार दुबे

अनुसूचित जातियाँ

(Scheduled Castes)

अस्वच्छ पेशों के साथ जन्मगत बंधनों में जकड़े और छुआछूत का शिकार रहे समुदायों को संविधान ने अनुसूचित जाति की श्रेणी में रखा है। संविधान जिन समुदायों को बैकवर्ड क्लासेज़ या पिछड़े वर्ग के तहत मानता है (जिन्हें ब्रिटिश प्रशासन ने 'डिप्रेस्ड क्लासेज़' की संज्ञा दी थी) उनमें सर्वाधिक वंचित समझी जाने वाली ऐसी 1,108 जातियाँ पहली अनुसूची में दर्ज हैं। 2001 की जनगणना के अनुसार कुल आबादी का यह 16.23 फ़ीसदी हिस्सा सभी राज्यों में बिखरा हुआ है। कुछ राज्यों में इनका संकेंद्रण 25 फ़ीसदी तक है। नैशनल सेम्पल सर्वे ऑर्गनाइज़ेशन के 61वें चक्र के अनुसार हिंदुओं में 22.2 फ़ीसदी, बौद्धों में 89.5 फ़ीसदी, ईसाइयों में 9 फ़ीसदी और सिक्खों में 37 फ़ीसदी अनुसूचित जातियाँ हैं। इन सभी के लिए संविधान में उनकी आबादी के संख्यात्मक हिस्से के मुताबिक़ दो क़िस्म के आरक्षण का प्रावधान किया गया है : सरकारी नौकरियों और शिक्षा संस्थानों में; और राजनीति में अलग निर्वाचन क्षेत्रों के रूप में जहाँ से केवल अनुसूचित जातियों के उम्मीदवार ही चुनाव लड़ सकते हैं। 1950 में आरक्षण का यह प्रतिशत 12.5 था जो 1970 में बढ़ा कर 15 फ़ीसदी कर दिया गया।

संविधान के शुरुआती प्रावधान के अनुसार एक आयुक्त स्तर का अफ़सर यह देख-रेख करने के लिए नियुक्त किया गया था कि अनुसूचित जातियों को मिलने वाले लाभ उन तक पहुँच रहे हैं या नहीं। बाद में हुए दो संविधान संशोधनों के परिणामस्वरूप अब अलग से गठित अनुसूचित जाति आयोग यह ज़िम्मेदारी निभाता है। 1979 में तैयार की गयी अनुसूचित जाति उपयोजना (एससीएसपी) ने इन समुदायों के सामाजिक, आर्थिक और शैक्षिक विकास में उल्लेखनीय भूमिका निभायी है। इस योजना के तहत गारंटी की जाती है कि सभी राज्यों

और केंद्र शासित प्रदेशों की वार्षिक योजनाओं का कम से कम 16 फ़ीसदी धन इन समुदायों की जीवन-दशाएँ सुधारने के लिए ख़र्च किया जाए। हाल ही में अनुसूचित जातियों को निजी क्षेत्र के उद्योगों में विशेष प्रोत्साहन देने के लिए अमेरिका के तर्ज़ पर डायवर्सिटी नीति अपनाने के प्रस्तावों का सूत्रीकरण किया गया है जिनके कार्यान्वयन के तौर-तरीक़ों पर विचार किया जा रहा है।

देश में आरक्षण विरोधियों की मुखर लॉबी होने के बावजूद अनुसूचित जातियों को मिलने वाली विशेष सुविधाओं का आम तौर पर खुल कर विरोध नहीं होता। विभिन्न सामाजिक और राजनीतिक शक्तियाँ मोटे तौर पर सरकारी सेवाओं, शिक्षा संस्थानों और चुनावी राजनीति में विशेष प्रोत्साहन के माध्यम से अनुसूचित जातियों में पैदा हो रहे मध्यवर्ग की परिघटना को सकारात्मक दृष्टि से देखती हैं। इस मध्यवर्ग को ही कुछ विद्वानों ने 'हरिजन इलीट' की संज्ञा दी है। हालाँकि सरकारी कर्मचारियों को राजनीति में भागीदारी करने की इजाज़त नहीं होती, पर अधिकारी तंत्र में धीरे-धीरे इन जातियों से आये अफ़सरों और कर्मचारियों की मौजूदगी का एक स्पष्ट राजनीतिक आयाम भी है। इसके परिणामस्वरूप न केवल इन जातियों का प्रत्यक्ष प्रतिनिधित्व करने वाली ताक़तवर राजनीतिक पार्टियों का विकास हुआ है, बल्कि धीरे-धीरे ही सही पर निश्चित रूप से देश के कुछ हिस्सों, विशेषकर उत्तर प्रदेश में, इन जातियों का राजनीतिक समुदाय भी उभरने लगा है।

उपनिवेशवाद विरोधी आंदोलन के दौरान गाँधी ने तत्कालीन अछूत जातियों को 'हरिजन' की संज्ञा दी थी। लेकिन, आज़ादी के बाद पूर्व-अछूतों के राजनीतिक और सांस्कृतिक आंदोलन ने इस संज्ञा को ख़ारिज करके स्वयं को 'दलित' कहना पसंद किया। दलितों को मिले राजनीतिक आरक्षण का इतिहास बीसवीं सदी के शुरुआती दशकों के घटनाक्रम से उकेरा जा सकता है। डिप्रेस्ड क्लासेज़ के प्रतिनिधित्व के सवाल पर गाँधी और आम्बेडकर के बीच हुई ऐतिहासिक बहस, गोलमेज़ सम्मेलनों के वाद-विवाद और दोनों नेताओं के बीच हुए पूना-पैक्ट के परिणामस्वरूप तत्कालीन ब्रिटिश सरकार ने अलग मतदाता मण्डल की माँग मानने के बजाय सिर्फ़ अनुसूचित जातियों की उम्मीदवारी वाले निर्वाचन क्षेत्रों का प्रावधान किया। ध्यान रहे कि सिर्फ़ अनूसूचित जातियों के उम्मीदवारों वाले निर्वाचन क्षेत्रों की जगह डॉ. आम्बेडकर दलितों के लिए पृथक मतदाता मण्डलों की माँग कर रहे थे। आज़ादी मिलने के बाद संविधान निर्माताओं ने भी आरक्षित निर्वाचन क्षेत्रों के इस प्रावधान को जारी रखा। इसके ज़रिये दलित जातियों की उनकी आबादी के बराबर विधायिकाओं में प्रतिनिधित्व की गारंटी हो गयी।

राजनीतिक आधुनिकता के संदर्भ में इस उपलब्धि को दलितों के सशक्तीकरण के एक अत्यंत महत्त्वपूर्ण आयाम के रूप में चिह्नित किया जा सकता है। लेकिन, कुछ दलित बुद्धिजीवियों और राजनेताओं की दृष्टि में निर्वाचन क्षेत्रों के आरक्षण से दलित जन-प्रतिनिधियों को अपनी सफलता के लिए ऊँची जाति के वोटरों पर निर्भर होना पड़ता है। बहुजन समाज पार्टी के संस्थापक कांशी राम ने अपनी पुस्तिका *चमचा युग* में इसी तर्क के आधार पर राजनीतिक आरक्षण की कठोर आलोचना की है। कांशी राम ने तर्क दिया है कि अगर गाँधी द्वारा अनशन करते हुए प्राण त्याग देने की धमकी के आगे आम्बेडकर न झुकते और पृथक मतदाता मण्डल प्राप्त करके मानते तो उनके ज़रिये दलितों का आत्मनिर्भर और स्वतंत्र नेतृत्व विकसित होता। मतदाता मण्डल मिला-जुला रहने से दलित जनता ऊँची जाति के उम्मीदवारों से अपना प्रतिनिधित्व कराने के लिए मजबूर है, और दलित उम्मीदवार ऊँची जातियों के वोट माँगने पर विवश हैं। कांशी राम के अनुसार इस व्यवस्था से दलित राजनीति में ऊँची जातियों के चमचों का ही जन्म हुआ है।

आरक्षण-नीति का इतिहास बताता है कि 1934 में पहली बार ब्रिटिश सरकार ने डिप्रेस्ड क्लास को उचित प्रतिनिधित्व देने के निर्देश जारी किये थे। चूँकि इन प्रयासों के वांछित परिणाम नहीं निकले इसलिए इस प्रश्न की दोबारा समीक्षा की गयी और 1943 में इन समुदायों के लिए 8.33 फ़ीसदी नौकरियाँ आरक्षित करने का फ़ैसला किया गया। यह प्रतिशत 1946 में बढ़ा कर 12.5 फ़ीसदी कर दिया गया। अंग्रेज़ छुआछूत की गुणार्थक परिभाषा करने के ख़िलाफ़ थे। संविधान निर्माताओं ने भी इसी रवैये को अपनाते हुए आम तौर पर अछूत समझे जाने वाले समुदायों को अनुसूचित जाति का दर्जा देने की प्रक्रिया का प्रावधान करने पर ही ज़ोर दिया। अनुसूचित जाति की सूची बनाने के लिए हर प्रदेश में छुआछूत से पीड़ित समुदायों की शिनाख़्त करके उनकी गणना की गयी। राष्ट्रपति को अधिकार दिया गया कि वह केंद्र सरकार के ज़रिये किसी भी समुदाय को इस अनुसूची में शामिल करवा सकता है, लेकिन अगर किसी समुदाय को इस अनुसूची से निकालना है तो यह अधिकार केवल संसद के पास सुरक्षित किया गया। 1950 में जब राष्ट्रपति के दस्तख़तों से शड्यूल्ड कास्ट ऑर्डर जारी हुआ तो उसने अनुसूचित जातियों की कमोबेश उन्हीं सूचियों पर मुहर लगायी जो अंग्रेज़ों ने 1936 में तैयार की थीं। फ़र्क़ केवल यह था कि इनमें चार सिक्ख जातियाँ भी शामिल कर दी गयी थीं और कुछ ऐसे इलाक़ों (राजस्थान, ग्वालियर, मध्यभारत) को भी रखा गया था जो पहले नहीं थे। इन सूचियों को पहले 1951 में और फिर 1956 में दुरुस्त किया गया। संशोधित सूचियों के मुताबिक़ 1971 तक उत्तर प्रदेश, राजस्थान और सभी सिक्ख पूर्व-अछूतों को मिला कर अनुसूचित जातियों की संख्या आठ करोड़ तक पहुँच गयी।

चूँकि कर्मकाण्डीय बहिर्वेशन हिंदू समाज की ही परिघटना है इसलिए कुछ लोग यह समझ बैठते हैं कि आरक्षण धार्मिक आधार पर हिंदू समाज में चलाया जाने वाला एक सुधार कार्यक्रम है। दरअसल, अनुसूचित जाति की श्रेणी के ज़रिये आरक्षण के प्रावधान हिंदुओं की इस धार्मिक समस्या का हल धार्मिक आधार पर करने के बजाय उसका समाधान समाज और राजनीति की सेकुलर ज़मीन पर करते हैं। आजकल मुसलमानों के बीच भी अस्वच्छ पेशों में लगे लालबेगी और हलालखोर जैसे समुदायों को अनुसूचित जाति की श्रेणी में लाने की चर्चा चल रही है। यह इस बात का सबूत है कि यह श्रेणी धार्मिक आधार पर कल्पित नहीं की गयी है। दूसरे बौद्धों और सिक्खों के बीच मौजूद पूर्व-अछूतों को भी अनुसूचित जाति का दर्जा दिया गया है। अनुसूची में शामिल करने के लिए जिन मानकों का सहारा लिया गया उनमें जाति एकमात्र न हो कर प्रमुख थी। भू-क्षेत्र और धर्म को भी मानक माना गया। अगर कोई जाति एक राज्य, एक ज़िले या एक क्षेत्र में अनुसूचित जाति है, तो ज़रूरी नहीं कि वह पड़ोस के राज्य या ज़िले में भी अनिवार्य रूप से वैसी ही मानी जाएगी।

देखें : अन्य पिछड़े वर्ग, अस्मिता की भारतीय राजनीति, अनुसूचित जनजातियाँ, आयोतीदास पांडीतर, आयंकाली, आम्बेडकर-गाँधी विवाद, कांशी राम, किशन फ़ागूजी बनसोड़े, गाड़गे बाबा, गोपाल बाबा वलंगकर, ज्योतिराव गोविंदराव फुले, जाति और जाति-व्यवस्था-1, 2, 3 और 4, बहुजन समाज पार्टी-1 और 2, भदंत आनंद कौसल्यायन, भीमराव रामजी आम्बेडकर, भारतीय संविधान-1 से 8 तक, स्वामी अछूतानंद हरिहर।

संदर्भ

1. आंद्रे बेते (2000), 'दि शेड्यूल्ड कास्ट्स : ऐन इंटररीजनल पर्सपेक्टिव', *जर्नल ऑफ़ इण्डियन स्कूल ऑफ़ पॉलिटिकल इकॉनॉमी,* खण्ड 12, अंक 3-4.
2. कांशी राम (1998), *चमचा युग : द एज ऑफ़ साइकोफ़ेंट्स,* (अनु. रामगोपाल आज़ाद), समता प्रकाशन, नागपुर.
2. विजय बहादुर सिंह (2003), 'दलितों के अभिजन', अभय कुमार दुबे (सम्पा.), *आधुनिकता के आईने में दलित,* लोक-चिंतन ग्रंथमाला, सीएसडीएस-वाणी, दिल्ली.
3. मार्क गैलेंटर (1992), *कम्पीटिंग इक्वलिटीज़ : लॉ ऐंड बैकवर्ड क्लासेज़ इन इण्डिया,* ऑक्सफ़र्ड युनिवर्सिटी प्रेस, नयी दिल्ली.

—अभय कुमार दुबे

अन्य पिछड़े वर्ग

(Other Backward Classes)

अपनी पारम्परिक सामाजिक और शैक्षिक दुर्बलताओं के कारण विशेष प्रोत्साहन और आरक्षण के पात्र समझे जाने वाले समुदायों को संविधान समग्र रूप से पिछड़े वर्ग की श्रेणी में रखता है। इन्हीं पिछड़े वर्गों में अनुसूचित जाति और अनुसूचित जनजाति के अलावा एक तीसरी उपश्रेणी अन्य पिछड़े वर्गों की है। इसके तहत किसानी और दस्तकारी के स्वच्छ पेशों में लगी वे जातियाँ आती हैं जिन्हें वर्णक्रम में कर्मकाण्डीय दृष्टि से शूद्र माना जाता रहा है और जो ब्राह्मण, क्षत्रिय और वैश्य की तरह उपनयन संस्कार की अधिकारी अर्थात् द्विज नहीं मानी जातीं। ये जातियाँ छुआछूत का शिकार तो नहीं रही हैं, पर जन्म के आधार पर उनके साथ भेदभाव किया जाता रहा है। अन्य पिछड़े वर्ग की यह श्रेणी हिंदू समाज तक सीमित नहीं है। इस उपश्रेणी में मुसलमान, ईसाई और अन्य अल्पसंख्यक समुदायों की इसी से मिलती-जुलती सामाजिक स्थितियों वाली जातियों को भी शुमार किया गया है। ग़ौरतलब है कि संविधान ने 'वर्ग' की श्रेणी का इस्तेमाल मार्क्सवादी अर्थों में न करके एक सामाजिक वर्ग कल्पित किया है जिसमें वर्ग के पिछड़े होने की निशानी जाति प्रदत्त सामाजिक उपेक्षा को माना गया है। जिसके परिणाम इन समुदायों के आर्थिक और शैक्षिक रूप से वंचित होने में निकले हैं। जातियों के पिछड़ेपन को मानक बना कर एक वर्ग के रूप में कल्पित करना सेकुलर कल्पनाशीलता का प्रमाण था, लेकिन शूद्र वर्ण की जातियों के संदर्भ में संविधान द्वारा दी गयी पिछड़ेपन की यह जातिगत परिभाषा आगे चल कर बेहद विवादास्पद साबित हुई। सार्वजनिक जीवन पर आरक्षण बनाम योग्यता (मैरिट) और जातिगत पिछड़ापन बनाम आर्थिक पिछड़ापन की बहस सामने आयी।

राष्ट्रीय आबादी में अन्य पिछड़े वर्गों के प्रतिशत को लेकर विवाद है। मण्डल आयोग ने इनकी संख्या 52 प्रतिशत बतायी थी, पर राष्ट्रीय सर्वेक्षण (04-05) की अस्थायी रपट में यह संख्या घटा कर 41 फ़ीसदी कर दी गयी है। संख्या पर जारी इस मतभेद के बावजूद इस तथ्य में कोई संदेह नहीं है कि अन्य पिछड़ा वर्ग आबादी की दृष्टि से इस देश का सबसे बड़ा मिला-जुला समूह है। सरकार ने राष्ट्रीय पिछड़ा वर्ग आयोग और पिछड़ों के विकास में मदद करने के लिए राष्ट्रीय पिछड़ा वर्ग वित्त और विकास निगम का गठन किया है। आयोग द्वारा बनायी गयी इन समुदायों की सूची अपनी प्रकृति में गतिशील है अर्थात् बदलती हुई सामाजिक परिस्थितियों का ख़याल करके जातियों और समुदायों को इससे निकाला और

इसमें जोड़ा जा सकता है। पिछड़े वर्गों की प्रशासनिक देख-रेख गृह मंत्रालय के तहत काम करने वाले बैकवर्ड क्लासेज़ सेल द्वारा की जाती थी। 1985 में अलग से समाज कल्याण मंत्रालय का गठन किया, जिसे 1998 के बाद से सामाजिक न्याय और सशक्तीकरण मंत्रालय के नाम से जाना जाता है।

संविधान अन्य पिछड़े वर्गों को सरकारी नौकरियों और उच्च-शिक्षा में 27 फ़ीसदी आरक्षण देता है, पर अनुसूचित जातियों व जनजातियों की भाँति उन्हें किसी तरह का राजनीतिक आरक्षण प्राप्त नहीं है। सार्विक मताधिकार और भूमि सुधारों के मिले-जुले प्रभाव के तहत इन समुदायों की राजनीतिक धाक पहले से ही जमी हुई है। भू-स्वामी होने के कारण देश के कई इलाक़ों में ये प्रभुत्वशाली जातियों की तरह उभर आये हैं और उनकी हैसियत ऊँची जातियों से कम नहीं रह गयी है।संसद और विधायिकाओं में उनका प्रतिनिधित्व बढ़ता जा रहा है। चुनावी लोकतंत्र में सत्ता पाने की इच्छा रखने वाली कोई भी पार्टी उनकी उपेक्षा की जुर्रत नहीं कर सकती। न केवल अन्य पिछड़े वर्ग के दायरे में आने वाली कई बड़ी जातियों के प्रत्यक्ष नेतृत्व में चलने वाली पार्टियाँ प्रदेशों में सत्ता की दावेदार हैं, बल्कि राष्ट्रीय दलों में भी इन जातियों की लॉबी ज़बरदस्त है। लेकिन, इस असाधारण राजनीतिक सफलता के बावजूद शिक्षा से वंचित होने के कारण नौकरशाही और विभिन्न आधुनिक पेशों में इन जातियों की मौजूदगी उनकी सामाजिक उपस्थिति के मुक़ाबले काफ़ी कम है।

संविधान के अनुच्छेद 340 के तहत अपने दायित्व का निर्वहन करने के लिए सरकार ने इन समुदायों की स्थितियों की पड़ताल करने के लिए 1953 में काका कालेलकर के नेतृत्व में एक आयोग बनाया जिसकी रपट 1956 में तत्कालीन गृह मंत्री गोविंद बल्लभ पंत के ज्ञापन के साथ संसद में रखी गयी। आयोग ने 2399 समुदायों को पिछड़े वर्ग की श्रेणी में माना और उनमें से 837 को अति-पिछड़ा क़रार दिया था। आयोग की सिफ़ारिश थी कि प्रथम श्रेणी की सरकारी नौकरियों में इन पिछड़े समुदायों को 25 फ़ीसदी, द्वितीय श्रेणी की नौकरियों में 33.3 फ़ीसदी और तीसरी व चौथी श्रेणी की नौकरियों में 40 फ़ीसदी आरक्षण दिया जाना चाहिए। आयोग ने सभी तकनीकी और पेशेवर प्रशिक्षण देने वाले संस्थानों में पिछड़ों को 70 फ़ीसदी आरक्षण देने का सुझाव भी दिया था। इसके अलावा आयोग का कहना था कि 1961 की जनगणना का आधार जाति को बनाया जाना चाहिए और सभी स्त्रियों को पिछड़े वर्ग का सदस्य मान कर चलना चाहिए, भले ही उनका जन्म ऊँची जातियों में क्यों न हुआ हो।

गृह मंत्री के ज्ञापन में इन संस्तुतियों की आलोचना करते हुए कहा गया कि कुछ जातियों की पिछड़े के तौर पर शिनाख़्त से जाति संबंधी मौजूदा भेदभाव और मज़बूत होंगे जिससे एक जातिविहीन समतामूलक भारत की रचना में बाधा आयेगी। संसद ने न तो कालेलकर रपट पर चर्चा की और न ही उसके द्वारा किन्हीं वैकल्पिक मानकों की तजवीज़ की गयी। 1961 में केंद्र ने राज्यों को ज़रूर लिखा कि वे अगर चाहें तो पिछड़ेपन की परिभाषा अपने हिसाब से तय कर सकते हैं। लेकिन अगर वे जाति के बजाय आर्थिक मानक को अपनाएँगे तो बेहतर होगा। ज़ाहिर है कि केंद्र सरकार जाति को पिछड़ेपन का सबूत मानने के लिए तैयार नहीं थी।

केंद्र के इस क़दम का नतीजा यह हुआ कि दक्षिण भारतीय राज्यों में (जहाँ सामाजिक बराबरी के आंदोलन मज़बूत स्थिति में थे) पिछड़ों को आरक्षण का लाभ मिलने की स्थितियाँ बनीं। वैसे भी इन राज्यों में बीस के दशक से ही जाति आधारित आरक्षण का सिलसिला चल रहा था। वहाँ की सरकारों ने अन्य पिछड़े वर्गों की सूची में नयी जातियों को जोड़ा और आरक्षण का प्रतिशत बढ़ाया। लेकिन उत्तर भारतीय राज्यों में ऊँची जातियों के जारी दबदबे के तहत इस आवश्यकता पर ध्यान नहीं दिया गया। आरक्षण की भनक पड़ते ही बिहार में 1978 में और गुजरात में पहले 1980-81 में और फिर 1985 में इसके ख़िलाफ़ आंदोलन हुए। इसके विपरीत दक्षिण भारतीय राज्यों की आरक्षण समर्थक तत्परता ने विरोध में होने वाले आंदोलनों की सम्भावना को तरफ़दारी के आंदोलनों में बदल दिया।

जनता पार्टी के नेतृत्व में केंद्र की पहली ग़ैर-कांग्रेस सरकार ने अपने चुनावी आश्वासन के मुताबिक़ 1979 में बिंदेश्वरी प्रसाद मण्डल के नेतृत्व में दूसरा पिछड़ा वर्ग आयोग बनाया। इसने केवल हिंदू समाज में ही 3743 समुदायों को पिछड़ा क़रार दिया और उनके लिए 27 फ़ीसदी आरक्षण की सिफ़ारिश की। मण्डल आयोग की रपट की आम तौर पर केवल नौकरियों में आरक्षण के लिए चर्चा होती है, पर यह तो उस रपट का केवल एक पहलू था। मण्डल आयोग चाहता था कि पिछड़े वर्ग की सघन आबादी वाले चुने हुए इलाक़ों में प्रौढ़ शिक्षा के समयबद्ध कार्यक्रम चलाये जाने चाहिए, इन क्षेत्रों में पिछड़ेवर्ग के छात्रावासों से युक्त स्कूलों की स्थापना करके ग़रीब छात्रों के लिए हर तरह की सुविधाएँ मुहैया करायी जानी चाहिए, व्यावसायिक प्रशिक्षण देने पर ज़ोर दिया जाना चाहिए, सभी वैज्ञानिक, प्रौद्योगिकीय और पेशवर शिक्षा देने वाले संस्थानों में भी इन वर्गों को 27 फ़ीसदी आरक्षण मिलना चाहिए।

जब तक इस आयोग की रपट आती, जनता पार्टी की सरकार जा चुकी थी। दिलचस्प बात यह है कि 11 अगस्त, 1982 में जब यह रपट संसद में पेश की गयी तो सांसदों ने एक मत से इसका समर्थन किया। लेकिन, पहले इंदिरा गाँधी और फिर राजीव गाँधी के नेतृत्व में कांग्रेस सरकार ने इस रपट पर अमल टालते रहना मुनासिब समझा। सम्भवत: उनका तर्क भी वही था जो 1956 की कांग्रेस सरकार का था, कि इससे

जातिगत पहचानें मज़बूत होंगी और जाति–वर्ग विहीन समाज बनाने में अड़चन आयेगी।

सात अगस्त, 1990 को राष्ट्रीय मोर्चे की ग़ैर–कांग्रेसी सरकार ने विश्वनाथ प्रताप सिंह के प्रधानमंत्रित्व में मण्डल आयोग की सिफ़ारिशों को लागू करने का फ़ैसला किया और 13 अगस्त की इसकी अधिसूचना जारी कर दी। इसकी प्रतिक्रिया में उत्तर भारत में ज़बरदस्त आरक्षण विरोधी आंदोलन फूट पड़ा जिसके तहत शिक्षित युवकों द्वारा आत्मदाह जैसे भीषण अतिवादी क़दम तक उठाये गये। सुप्रीम कोर्ट ने 1 अक्टूबर को इस अधिसूचना पर स्थगन आदेश दिया। 1991 में हुए मध्यावधि चुनाव में ख़ुद को सामाजिक न्याय के मसीहा की तरह पेश करने की वी.पी. सिंह की रणनीति नाकाम रही और केंद्र में कांग्रेस की अल्पसंख्यक सरकार सत्तारूढ़ हुई। सुप्रीम कोर्ट ने इस सरकार से मण्डल रपट पर अपना रवैया साफ़ करने के लिए कहा। चूँकि इस सरकार को उपचुनावों का सामना करना था और उसके ख़ुद के बचे रहने पर सवालिया निशान लगा हुआ था, इसलिए मण्डल विरोध का रवैया छोड़ कर उसने समर्थन का नज़रिया अपनाया और 25 सितम्बर को नयी संशोधित अधिसूचना जारी की। इसके तहत अन्य पिछड़े वर्ग को 27 फ़ीसदी आरक्षण देने के साथ–साथ 10 फ़ीसदी आरक्षण आर्थिक रूप से पिछड़ी हुई ऊँची जातियों को भी दिया गया। 16 नवम्बर, 1992 को सुप्रीम कोर्ट ने फ़ैसला देते हुए अन्य पिछड़े वर्गों को 27 फ़ीसदी आरक्षण पर अपनी मुहर लगा दी। परिणामस्वरूप ओडीशा, राजस्थान, उत्तर प्रदेश और पश्चिम बंगाल में पहली बार पिछड़ों को आरक्षण मिला। गुजरात और पंजाब में उनके आरक्षण का प्रतिशत बढ़ गया।

मण्डल आयोग ने 27 फ़ीसदी प्रावधान पचास फ़ीसदी आरक्षण की सीमा को ध्यान में रखते हुए किया था। लेकिन 1991 से 1996 के बीच कांग्रेस की सरकार ने इस संवैधानिक सीमा का अतिक्रमण किया। उसने तमिलनाडु और कर्नाटक विधानसभाओं द्वारा भेजे गये उन विधेयकों को मंजूरी दे दी जिनके कारण कुल आरक्षण की सीमा पचास फ़ीसदी के ऊपर चली गयी। केंद्र सरकार ने इससे भी आगे जा कर तमिलनाडु के क़ानून को संविधान की नौवीं अनुसूची में शामिल करके उसकी न्यायिक समीक्षा की सम्भावना भी समाप्त कर दी।

मण्डल आयोग की रपट जिस अंदाज़ में लागू की गयी, उसने उसे पिछड़े वर्गों के लिए एक तरह की रोज़गार योजना और सामाजिक सशक्तीकरण की भूमिका निभायी। सुप्रीम कोर्ट ने अपने फ़ैसले में जिस मलाईदार परत (क्रीमी लेयर) की चर्चा की थी, उसे नज़रंदाज करना और पिछड़ी जातियों की सूची को बढ़ाते चले जाने के साथ पार्टियों के राजनीतिक निहित स्वार्थ जुड़ गये। अन्य पिछड़े वर्ग सामाजिक और संवैधानिक श्रेणी तो पहले से ही थे, मण्डल रपट ने उन्हें राजनीतिक और क़ानूनी श्रेणी में भी बदल दिया।

देखें : अस्मिता की भारतीय राजनीति, अनुसूचित जनजातियाँ, अनुसूचित जातियाँ, आयोतीदास पांडीतर, आयंकाली, आम्बेडकर–गाँधी विवाद, कांशी राम, किशन फ़ागूजी बनसोड़े, गाड़गे बाबा, गोपाल बाबा वलंगकर, ज्योतिराव गोविंदराव फुले, जाति और जाति–व्यवस्था–1, 2, 3 और 4, बहुजन समाज पार्टी–1 और 2, भदंत आनंद कौसल्यायन, भीमराव रामजी आम्बेडकर, भारतीय संविधान–1 से 8 तक, स्वामी अछूतानंद हरिहर।

संदर्भ

1. आंद्रे बेते (1992), *द बैक्वर्ड क्लासेज़ इन कंटेम्परेरी इण्डिया,* ऑक्सफ़र्ड युनिवर्सिटी प्रेस, नयी दिल्ली.
2. हिरण्मय कार्लेकर (1992), *इन द मिरर ऑफ़ मण्डल : सोशल जस्टिस, कास्ट, क्लास, ऐंड द इनडिविजुअल,* अजंता पब्लिकेशंस, नयी दिल्ली.
3. पी. राधाकृष्णन (1996), 'मण्डल कमीशन : अ सोसियोलॉजीकल क्रिटीक', एम.एन. श्रीनिवास (सम्पा.), *कास्ट, इट्स ट्वेंटियथ सेंचुरी अवतार,* पेंगुइन, नयी दिल्ली.
4. एस.एन. सिंह (1996), *रिज़र्वेशन पॉलिसी फ़ॉर बैक्वर्ड क्लासेज़,* रावत पब्लिकेशंस, नयी दिल्ली.
5. क्रिस्टॉफ़ जैफ़्रेलो (2003), *इण्डियाज़ साइलेंट रेवोल्यूशन : द राइज़ ऑफ़ लो कास्ट्स इन नॉर्थ इण्डियन पॉलिटिक्स,* परमानेंट ब्लैक, नयी दिल्ली.

—अभय कुमार दुबे

अन्य / अन्यीकरण

(Other/Otherisation)

किसी भी व्यक्ति के लिए उसकी इयत्ता से जो पृथक है वह उसके लिए अन्य की श्रेणी में आता है। अन्य अगर नहीं है तो उसे तरह–तरह के विमर्शों का सहारा लेकर गढ़ा जाता है या किसी का अन्यीकरण किया जाता है, ताकि उसके बरक्स अपने आप को और जगत में अपने स्थान को परिभाषित किया जा सके। इसी प्रक्रिया में अपना–पराया या हम–वे जैसे परस्पर–विपरीत द्विभाजन बनते हैं। उन्नीसवीं और बीसवीं सदी में उपनिवेशवाद को उचित और न्यायसंगत ठहराने के लिए अन्य को सबसे ज़्यादा गढ़ा गया ताकि उपनिवेशक के लिए 'सामान्य' और उपनिवेशित के लिए 'असामान्य' की श्रेणियाँ तय की जा सकें : सामान्य यानी बुद्धिसंगत, विज्ञान सम्मत, सभ्य, सुसंस्कृत, प्रगतिशील, आधुनिक, उद्यमी; असामान्य अर्थात् आदिम, अंधविश्वासी, अवैज्ञानिक, पिछड़ा, असभ्य, भावुक। उत्तर–औपनिवेशिक विमर्श ने ज़ाक लकाँ के मनोविश्लेषण का सहारा ले कर अन्य और अन्यीकरण

का विस्तार से उपयोग किया है। एडवर्ड सईद ने अन्य और अन्यीकरण के माध्यम से पूर्व के बारे में युरोपियन चिंतन की युग-प्रवर्तक आलोचना की है।

उपनिवेशवाद द्वारा अन्य की अवधारणा के इस भीषण दोहन के स्रोत पश्चिमी दर्शन में मिलते हैं। चूँकि देकार्त मनुष्य की निजता या 'मैं' को सर्वोच्च प्राथमिकता देते हैं इसलिए उनके दर्शन में उसकी हैसियत कमतर हो जाती है जो 'मैं' नहीं है या जो 'अन्य' है। हसर ने इसी आधार पर अन्य का सूत्रीकरण प्रति-अहं (आल्टर ईगो) के तौर पर किया। लेकिन लेविनास ने इस विचार को कमतर दर्जे से निकालने की कोशिश करते हुए दावा किया कि अन्य के माध्यम से जब अपने ही यक़ीन को चुनौती मिलती है तो नतीजे के तौर पर नीतिशास्त्रीय प्रश्न खड़े होते हैं। अन्य को मिलने वाली प्राथमिकता अपने आप में नीतिशास्त्र की सत्तामूलकता पर प्राथमिकता के समान हो जाती है। दरअसल, अन्य को जैसे ही लेविनास द्वारा दी गयी नीतिशास्त्रीय प्राथमिकता से वंचित किया जाता है, वैसे ही अन्य की अवधारणा के विनाशकारी राजनीतिक दोहन का अंदेशा पैदा हो जाता है।

अन्य संबंधी चिंतन की इस परम्परा को देरिदा ने आगे बढ़ाते हुए सवाल पूछा कि क्या अन्य का अन्यत्व शुरुआत से जोखिमग्रस्त नहीं है यानी क्या अन्य का जो अन्यत्व शुरू में था वह वैसा ही न रह कर बाद में कुछ और नहीं हो जाता। देरिदा द्वारा किये गये अन्य के इस विखण्डन से पहले सार्त्र के अस्तित्ववाद में इयत्ता और अन्य के बीच रिश्तों का संधान मिलता है। अपनी रचना *बीइंग ऐंड नथिंगनेस* में सार्त्र ने अन्य की अवधारणा का विस्तार से इस्तेमाल करते हुए आत्म-चेतना और अस्मिता संबंधी विचारों का सूत्रीकरण किया है।

उत्तर-औपनिवेशिक सिद्धांत में जिस अन्य का इस्तेमाल किया गया है कि उसके आधार में आत्मपरकता का विचार है। आत्मपरकता या सब्जेक्टिविटी का ख़याल फ्रॉयड द्वारा विकसित मनोविश्लेषण की देन है। फ्रॉयड के बाद मुख्य रूप से लकाँ के मनोवैश्लेषिक और संस्कृति संबंधी चिंतन में दो तरह के अन्य मौजूद हैं। इनके बीच का फ़र्क़ काफ़ी पेचीदगी पैदा करता है, पर उत्तर-औपनिवेशिक सिद्धांत के लिए ख़ासा उपयोगी है।

ज़ाक लकाँ का पहला अन्य वह है जिसके बरक्स व्यक्ति बचपन में अपनी इयत्ता पहचानने की शुरुआत करता है। बच्चे के पास देह है और अनुभूतियाँ हैं, पर दोनों के बीच आवश्यक समन्वय नहीं है। ऐसी हालत में जब बच्चा आईने में अपना अक्स देखता है तो उसे अपने पृथक अस्तित्व की अनुभूति होती है। अपनी ही छवि को देखने के इस मनोवैज्ञानिक खेल के दो अनिवार्य पहलू हैं। पहला, उसे अपनी छवि कम से कम इतनी तो अपने जैसी लगनी ही चाहिए कि वह उसमें ख़ुद को पहचान सके। दूसरा, लेकिन वह छवि उससे इतनी पृथक भी होनी चाहिए कि वह छवि के भीतर पहचानी गयी इयत्ता का स्वामी बनने का पूर्वानुमान लगा सके। अपनी ही इयत्ता हासिल करने के ख़याल से ही व्यक्ति के अहं को उसका आधार मिलता है, और उसकी यानी कर्ता की अस्मिता परिभाषित होती है। उत्तर-औपनिवेशिक सिद्धांत लकाँ द्वारा प्रतिपादित इस पहले अन्य का इस्तेमाल यह जानने में करता है कि उपनिवेशित की अन्यीकरण की प्रक्रिया कैसे चलती है। साम्राज्यवादी विमर्श द्वारा हाशिये पर धकेले जा चुके उपनिवेशितों की शिनाख़्त अपने उपनिवेशक मालिक की संस्कृति से भिन्नता और पृथकता के आधार पर की जाती है। उपनिवेशक अपने से अलग उपनिवेशित पर पूर्वानुमानित स्वामित्व के आधार पर अपने अहं की रचना करता है।

लकाँ का दूसरा अन्य पहले के मुक़ाबले बड़ा है। कर्ता को उसकी अस्मिता दिलाने में उसकी भूमिका कहीं अधिक है। दरअसल इस अन्य की निगाह में ख़ुद को देख कर अपनी अस्मिता का भान करता है। यह बड़ा अन्य दूसरे कर्ताओं, जैसे बच्चे के माँ-बाप, में मूर्तिमान हो जाता है। बच्चे से अलग होते ही या बच्चे के बरक्स अन्यत्व प्राप्त करते ही माँ उसकी कामना का पहला केंद्र बन जाती है। दूसरी तरफ़ इसी अन्य के प्रतीक-रूप में पिता की छवि उभरती है। उत्तर-औपनिवेशिक लकाँ के इस दूसरे अन्य को साम्राज्यिक केंद्र और औपनिवेशिक विमर्श के रूप में देखता है। इस विमर्श से वह शब्दावली और पदावली निकलती है जिसके आईने में लकाँ के छोटे अन्य यानी हाशिया-स्थित उपनिवेशित को उसकी अस्मिता दिखायी पड़ती है। साथ ही यह बड़ा अन्य एक ऐसा संदर्भ बिंदु भी है जिसे उपनिवेशित लगातार सम्बोधित करता रहता है। इस बड़े अन्य से ही वह विचारधारात्मक ढाँचा मिलता है जिसके तहत उपनिवेशित की दुनिया संबंधी समझ बनती है।

अन्यीकरण के विचार का सूत्रीकरण गायत्री चक्रवर्ती स्पिवाक ने किया है। उन्होंने अंग्रेज़ कैप्टन ज्योफ़री बिर्च और उसके अफ़सर मेजर-जनरल ऑक्टरलनी द्वारा लॉर्ड मोइरा के बीच में हुए पत्र-व्यवहार के अध्ययन के ज़रिये अन्यीकरण की तीन मिसालें पेश की हैं। पहली मिसाल में स्पिवाक दिखाती हैं कि भारत के देहात में कैप्टन बिर्च की घुड़सवार हस्ती एक अन्य के रूप किस तरह युरोप की नुमाइंदगी करते हुए अपनी शर्तों पर भारतवासियों की औपनिवेशिक आत्मपरकता को जन्म दे रही है। दूसरी मिसाल में जनरल ऑक्टरलनी की तरफ़ से गिरिजनों को कपटी, क्रूर और विश्वासघाती बताते हुए उनकी धरती ब्रिटिश राज के हवाले करने के अपने दायित्व पर बल दिया गया है। स्पिवाक के मुताबिक़ ऑक्टरलनी के इस विवरण में उपनिवेशित भारतवासी अन्य के रूप में साम्राज्यवाद के लक्ष्य की तरह उभरते हैं। तीसरी मिसाल लॉर्ड मोइरा द्वारा ऑक्टरलनी को लगायी गयी लताड़ की है। मोइरा

इस बात पर नाराज़ हैं कि ऑक्टरलनी ने आधी तनख़्वाह पाने वाले निचले तबके के भारतीयों को देशी रियासतों के नियमित फ़ौजियों के साथ काम करने की इजाज़त क्यों दी। स्पिवाक दिखाती हैं कि मोइरा के वृत्तांत में औपनिवेशिक सरकार और देशी रियासतों का पृथक्कीकरण किया गया है। तीनों अंग्रेज़ों द्वारा एक-दूसरे को लिखे गये ये पत्र साम्राज्य की अन्यता स्थापित करने के साथ-साथ देशी पहाड़ी रियासतों के 'सच्चे' इतिहास की रचना भी करते जाते हैं।

1978 में एडवर्ड सईद की रचना *ओरिएंटलिज़्म* के प्रकाशन ने पश्चिम के सांस्कृतिक साम्राज्यवाद पर पड़े विद्वत्ता के पर्दे को हटा कर दिखाया कि किस तरह युरोपीय लेखकों, साहित्यकारों और अनुसंधानकर्ताओं द्वारा किया गया अफ़्रीका, एशिया और मध्य-पूर्व का चित्रण तथ्यों पर आधारित न हो कर कुछ पूर्व-निर्धारित रूढ़ियों पर टिका हुआ है। प्राच्यवाद की यह बौद्धिक परियोजना सभी पूर्वी समाजों को तर्कबुद्धि से वंचित, दुर्बल और स्त्रैण 'अन्य' के रूप में पेश करती है, और पश्चिम को बुद्धिसंगत, बलवान और पौरुषपूर्ण दिखाया जाता है। पश्चिमी विद्वत्ता में तो यह दुराग्रह रचा-बसा है ही, साम्राज्यवादी प्रभुत्व के तहत बहुत से पूर्वी विद्वानों ने भी इसे आत्मसात कर लिया है। इस प्रक्रिया में पश्चिम सभ्यता का मानक बन गया है जिसमें 'एग्ज़ॉटिक' प्राच्य फ़िट नहीं हो सकता। इस प्रकार ऑक्सीडेंट (पश्चिम) अपने विपरीत ध्रुव की तरह ओरिएंट (पूर्व) को रचता है।

देखें : इयत्ता, परस्पर विपरीत द्विभाजन, उपनिवेशवाद, ज़ाक लकाँ, एडवर्ड विलियम सईद, रेने देकार्त, एडमण्ड हसर और घटनाक्रियाशास्त्र, ज़िग्मंड फ्रॉयड-1 और 2, मनोविश्लेषण, उत्तर-औपनिवेशिकता, ज्याँ-पाल सार्त्र, अस्तित्ववाद, ज़ाक देरिदा, गायत्री चक्रवर्ती स्पिवाक।

संदर्भ

1. एडवर्ड सईद (1979), *ओरिएंटलिज़्म,* विंटेज, न्यूयॉर्क.
2. लीला गाँधी (1988), *पोस्टकोलोनियल थियरी : अ क्रिटिकल इंट्रोडक्शन,* कोलम्बिया युनिवर्सिटी प्रेस, न्यूयॉर्क.
3. ज़ाक लकाँ (1968), *द लेंग्वेज ऑफ़ सेल्फ़ : द फ़ंक्शन ऑफ़ लेंग्वेज इन साइकोऐनालिसिस,* अनु. एंथनी विल्डेन, जॉन होपकिंस युनिवर्सिटी प्रेस, बाल्टीमोर, एमडी.
4. एम.सी. बूनग्राफ़ (1992), 'अदर/अदर', अनु. मार्गरेट व्हिटफ़र्ड, एलिज़ाबेथ राइट (सम्पा.), *फ़ेमिनिज़्म ऐंड साइकोऐनालिसिस : अ क्रिटिकल डिक्शनरी,* ब्लैकवेल, ऑक्सफ़र्ड.
5. गायत्री चक्रवर्ती स्पिवाक (1985), 'दि रानी ऑफ़ सिमूर', फ्रांसिस बार्कर वग़ैरह (सम्पा.), *युरोप ऐंड इट्स अदर्स, खण्ड 1, प्रोसीडिंग्ज़ ऑफ़ द इसेक्स कांफ्रेंस ऑन द सोसियोलॅजी ऑफ़ लिटरेचर,* युनिवर्सिटी ऑफ़ ससेक्स, कोलचेस्टर.

—अभय कुमार दुबे

अफ़लातून (प्लेटो)

(Plato)

मनुष्य की बौद्धिक संस्कृति, दार्शनिक और राजनीतिक चिंतन के इतिहास में प्राचीन एथेंस के विचारक अफ़लातून (427-347 ईसापूर्व) का योगदान सर्वोपरि है। पिछले ढाई हज़ार साल से उनके द्वारा प्रतिपादित विचार राजनीतिक सिद्धांतों का अभिन्न अंग बने हुए हैं। अफ़लातून (प्लेटो) ने ही पहली बार राजनीतिक-विधिक प्रश्नों के एक व्यापक समूह का दार्शनिक निरूपण किया। हालाँकि अपने ज़माने में उनका नज़रिया अभिजनतंत्र के पक्ष में था, लेकिन आदर्श राज्य की अफ़लातूनी संकल्पना जैसे ही उसके देश-काल से पृथक करके देखी जाती है, उसमें से मार्गदर्शक राजनीतिक सिद्धांत निकलने लगते हैं। प्लेटो की सृजनात्मक विरासत के नकारात्मक पहलू भी कोई कम शिक्षाप्रद नहीं हैं। जैसे ही कोई कहता है कि हम अफ़लातून के बताए हुए राज्य में नहीं रहना चाहेंगे, वैसे ही यह प्रश्न पैदा होता है कि तो फिर कैसा राज्य रहने योग्य है। अफ़लातून के चिंतन को यह श्रेय दिया जा सकता है कि उसके बाद इस सवाल का जवाब देना कहीं आसान हो गया। प्लेटो की रचना *रिपब्लिक* में उनका राजनीतिक दर्शन सर्वाधिक प्रखरता से व्यक्त हुआ है। इसके अतिरिक्त उनकी अन्य दो विख्यात रचनाएँ हैं *पॉलिटिक्स* या *स्टेट्समेन* और *लाज़।* उनके कई संवाद भी हैं, जैसे *क्रिटो, एपोलोजी* और *गोर्गियाज़* जिन्हें अहम राजनीतिक सिद्धांतों का स्रोत माना गया है। ख़ास तौर से *गोर्गियाज़* में अफ़लातून ने शक्ति (पावर) का असाधारण विवेचन किया है।

दिलचस्प बात यह है कि अफ़लातून ने अपनी सारी बातें सुकरात के मुँह से कहलायी हैं, जो उनके अध्यापक और मित्र थे। ज़ाहिर है कि यह समस्त लेखन संवादों के रूप में है, और इसमें सुकरात राजनीति और समाज के बारे में वे तमाम सिफ़ारिशें करते हुए दिखते हैं जो प्लेटो करना चाहते हैं। इस तरह से सुकरात का ऐतिहासिक व्यक्तित्व उनके शिष्य की कल्पनाओं के सुकरात से गड्डमड्ड हो जाता है। चूँकि सुकरात ने कभी कोई रचना नहीं लिखी (वे केवल मित्रों के बीच प्रश्नोत्तर की प्रक्रिया में अपनी द्वंद्वात्मक पद्धति के आधार पर दार्शनिक चर्चाएँ किया करते थे। कोई नया दर्शन रचने के बजाय उनका मक़सद तो लोगों को यह समझाना था कि वे जो जानते हैं उसे ज्ञान की संज्ञा नहीं दी जा सकती), इसलिए अफ़लातून की बातों में झाँक कर उनके अपने विचारों का पता भी लगाया जाता है।

रिपब्लिक का पहला अध्याय सुकरात और सोफ़ीवादी दार्शनिक थ्रेसीमेकस के बीच बहस के रूप में लिखा गया है।

अफ़लातून (प्लेटो) (427–347 ईसा पूर्व)

थ्रेसीमेकस की तरफ़ से मिली चुनौती में यह दावा निहित है कि न्याय का मतलब सिर्फ़ एक ही हो सकता है : सत्तारूढ़ का हित। अगर शासक द्वारा अपने फ़ायदे के लिए बनाये गये न्याय के नियमों से कोई असंतुष्ट है तो वह सत्तारूढ़ के कोप से बचने का कौशल दिखाते हुए अवज्ञा के ज़रिये अपना हित साध सकता है। थ्रेसीमेकस का कहना है कि महज़ न्यायसम्मत रहने से कुछ फ़ायदा नहीं होने वाला। अफ़लातून के सुकरात जवाब में साबित करते हैं कि थ्रेसीमेकस के तर्क के विपरीत न्यायसम्मत होना और न्याय के पक्ष में होना ही लाभकारी है। इसके लिए प्लेटो न्याय को व्यापक फलक पर परिभाषित करते हैं। वे न्यायप्रद राज्य की कसौटियाँ बनाते हैं और फिर देखते हैं कि क्या ये कसौटियाँ व्यक्ति के संदर्भ में भी लागू हो सकती हैं।

अफ़लातून की निगाह में हर तरह का राज्य आर्थिक आवश्यकताओं से उद्‌भूत है। अगर हर व्यक्ति अपनी क़ाबिलियत के मुताबिक़ ठीक से काम करे तो एक न्यूनतम राज्य शांति और समरसता के साथ काम कर सकेगा, जिसमें नागरिकों को फ़ुरसत की अवधि भी पर्याप्त रूप से मिलेगी। समय के साथ इस राज्य की संरचना धीरे-धीरे पेचीदा होती जाएगी और अंततः इसमें तीन वर्ग बन जाएँगे : संरक्षक या शासकों का वर्ग (गार्जियंस), फ़ौजी वर्ग और कार्यपालिका (ऑक्ज़ीलरीज़) और उत्पादक वर्ग (प्रोड्यूसर्स)। शासकों में राज्य की प्रज्ञा मूर्तिमान होगी, फ़ौजी वर्ग में साहस और पराक्रम तथा उत्पादकों में आत्मसंयम मूर्तिमान होगा, जिसके मुताबिक़ वे शासकों की मर्ज़ी से राज्य की आर्थिक आवश्यकताएँ पूरी करने के लिए उत्पादन करेंगे। न्याय एक अतिरिक्त ख़ूबी (प्रज्ञा, साहस और आत्मसंयम के अलावा) के रूप में नहीं होगा, बल्कि वह उन संबंधों के रूप में होगा जिनके मुताबिक़ फ़ौजी और उत्पादक वर्ग संरक्षकों द्वारा तय की गयी सीमाओं में रहेंगे। ज़ाहिर है कि न्याय का यह चरित्र पदानुक्रम पर आधारित है जिसमें गार्जियंस सबसे ऊपर हैं। लेकिन, यह न्याय तब उपलब्ध होगा जब ये तीनों वर्ग मिल-जुल कर काम करेंगे। यानी जब हर व्यक्ति अपनी क्षमता के मुताबिक़ बिना दूसरे के काम में दख़ल दिये हुए अपनी ज़िम्मेदारी पूरी करेगा तो एक न्यायप्रद आदर्श राज्य उपलब्ध हो सकता है।

अफ़लातून ने पाँच क़िस्म के राज्यों की चर्चा की है : अभिजाततंत्र, मान्यजनतंत्र (टाइमोक्रेसी), अल्पतंत्र, जनतंत्र और निरंकुशतंत्र। अभिजाततंत्र को छोड़ कर राज्य के बाक़ी सभी रूप उनकी निगाह में दोषपूर्ण हैं। अपने आदर्श राज्य में श्रेणी विभाजन बनाये रखने के लिए वे एक मिथक के प्रचार की सिफ़ारिश करते हैं, कि वैसे तो तीनों श्रेणियों के लोग आपस में भाई हैं (अर्थात् उनमें दास कोई नहीं है), पर उन्हें ध्यान रखना चाहिए कि जिस ईश्वर ने उन्हें गढ़ा है उसने शासन की योग्यता रखने वालों की आत्मा में स्वर्ण, उनके सहायकों की आत्मा में रजत और कृषकों व शिल्पियों की आत्मा में लोहा और ताँबा डाला था। इस प्रकार विषमता की औचित्य-स्थापना के बाद अफ़लातून यह अंदेशा भी व्यक्त करते हैं कि इसकी अपरिवर्तनीयता आवश्यक होते हुए भी स्वर्ण से रजत या लौह-ताम्र संतान भी पैदा हो सकती है। उनके मुताबिक़ इसके नतीजे राज्य के लिए विनाशकारी हो सकते हैं।

इस न्याय का व्यक्ति के लिए क्या महत्त्व होगा? अफ़लातून सुकरात से कहलवाते हैं कि व्यक्ति की आत्मा तीन हिस्सों में विभक्त है : बुद्धि, अभिलाषा और जीवट। आदर्श राज्य भी तीन भागों में बँटा था, और व्यक्ति की आत्मा भी। राज्य की ही तरह अभिलाषा और जीवट को बुद्धि के मार्गनिर्देशन में चलना है। इस तरह एक न्यायी राज्य और न्यायी व्यक्ति में कोई फ़र्क़ नहीं है। प्लेटो राज्य की उत्पत्ति के इतिहास पर प्रकाश डालते हुए अपनी पदानुक्रमागत व्यवस्था क़ायम रखने के लिए शिक्षा की आवश्यकता पर ज़ोर देते हैं। उनकी दिलचस्पी पहले दोनों वर्गों की शिक्षा और प्रशिक्षण में है। मसलन, 18 वर्ष की आयु तक ही सभी संरक्षकों और योद्धाओं को साहित्य, संगीत और खेल-कूद में समान निपुणता प्राप्त कर लेनी चाहिए। फिर दो साल की फ़ौजी ट्रेनिंग के बाद उनमें से कुछ को दर्शन और गणित की शिक्षा देनी चाहिए। फिर व्यावहारिक प्रशासन का अनुभव प्राप्त करने का नम्बर आयेगा। इनमें से पचास को चुन कर शासक बनाया जाना चाहिए। इस प्रकार प्लेटो 'फ़िलॉसफ़र किंग' की अवधारणा तक पहुँचते हैं। उनका आग्रह है कि दार्शनिकों को राजनीति और शासन में भाग लेने से परहेज़ नहीं करना चाहिए। उत्तम

और आदर्श राज्य तब तक स्थापित हो ही नहीं सकता जब तक राजा और दार्शनिक की मिली-जुली ख़ूबियाँ शासन नहीं करेंगी।

अफ़लातून कहते हैं कि दोनों वर्गों को मितव्यता और सामुदायिकता में यक़ीन रखना होगा ताकि वे सारा समय राज्य की हित-चिंता में लगा सकें। उनके लिए निजी सम्पत्ति और परिवार की संस्था का अस्तित्व भी नहीं होगा। दोनों वर्ग एक ही हॉल जैसे आवास में सम्मिलित जीवन गुज़ारेंगे। उनकी सभी भौतिक ज़रूरतें उत्पादक (कृषक और शिल्पी) वर्ग पूरा करेगा। उनके बच्चे एक सुव्यवस्थित कार्यक्रम के तहत पैदा किये जाएँगे और राज्य की नर्सरी में उनका लालन-पालन होगा। इन दोनों वर्गों के बच्चों को अपने माँ-बाप या भाई-बहिनों का पता नहीं होगा। वे सभी को अपने सम्भव नातेदार के रूप में देखेंगे। अफ़लातून इस मामले में स्पष्ट हैं कि इन दोनों वर्गों की स्त्रियों को पुरुषों जैसे अधिकार ही मिलेंगे : समान शिक्षा, समान ट्रेनिंग और शासन करने व युद्ध में भागीदारी की समान ज़िम्मेदारियाँ। अफ़लातूनी राज्य औसत सम्पन्नता को आदर्श मानता है।

अपनी दो अन्य रचनाओं *स्टेट्समेन* और *लॉज़* में प्लेटो उन परिस्थितियों पर विचार करते हैं जिनमें उनका आदर्श 'फ़िलॉसॅफ़र किंग' उपलब्ध नहीं होगा। ऐसे में वे दूसरे नम्बर की प्राथमिकता यानी उत्तम क़ानूनों की व्यवस्था पर ज़ोर देते हैं, जिनके ज़रिये स्थापित मर्यादाओं में रह कर शासक उत्तम शासन दे सकता है। *लॉज़* में प्लेटो ने जिस राज्य की संकल्पना पेश की है वह एक राजकीय धर्म की अतिरिक्त संकल्पना के बावजूद *रिपब्लिक* के आदर्श राज्य की अपेक्षा अधिक समतामूलक लगता है। दरअसल, इन कृतियों को रचने तक अफ़लातून को अपने राजनीतिक अनुभव से यह एहसास हो चुका था कि उनका कल्पित 'फ़िलॉसॅफ़र किंग' मिलना मुश्किल है, इसलिए वे एक प्रशिक्षित शासक के बुद्धिसंगत निर्णय की अपेक्षा औपचारिक क़ानूनों के तहत चलाये जाने वाले शासन पर अधिक भरोसा करने लगे थे।

अफ़लातून का जन्म एथेंस के एक कुलीन घराने में हुआ था। शुरु में वे राजनीति में प्रवेश करना चाहते थे, पर पेलोपोनेसियन युद्ध (431-404 ईसापूर्व) में एथेंस की पराजय के कारण पेरीक्लीज का लोकतांत्रिक संविधान उखाड़ दिया गया, और उसकी जगह तीस तानाशाहों की मण्डली ने ले ली। इस शासन की निर्ममता और अनैतिकता से उन्हें बेहद निराशा हुई। लेकिन जब थ्रेसीबुलुस के नेतृत्व में हुए तख़्तापलट के ज़रिये वहाँ फिर से लोकतंत्र स्थापित हुआ, तो कुछ ऐसी परिस्थितियाँ बनीं कि प्लेटो के मित्र और अध्यापक सुकरात को फ़र्ज़ी आरोप लगा कर मौत के घाट उतार दिया गया। अफ़लातून को इससे बहुत सदमा लगा, और उन्होंने अपना बाक़ी जीवन सुकरात की बौद्धिक शान दोबारा स्थापित करने में खपा दिया। हालाँकि प्लेटो पाइथागोरस, हीरेक्लाइटस, परमेनिडीज़, डेमॉक्रिटस और सोफ़ीवादियों के विचारों से परिचित थे, पर सुकरात के साथ गुज़ारे गये नौ वर्षों ने न केवल उनके दार्शनिक, नैतिक और राजनीतिक ज्ञान को गहनतर बनाया, वरन उसे एक स्वतंत्र विचारधारा का रूप देने में भी सहायता प्रदान की। अफ़लातून ने एथेंस के पास अकादेमिकस नामक एक रमणीक स्थल पर एक बाग़ ख़रीद कर अपना विद्यालय खोला। 'अकादमी' के नाम से मशहूर यह विद्यालय एक हज़ार साल तक चलता रहा। अरस्तू और कुछ जाने-माने विचारक इसी अकादमी की देन थे।

प्लेटो द्वारा प्रतिपादित शक्ति, न्याय, सामाजिक समस्वरता, शिक्षा और स्वाधीनता से संबंधित चिंतन ने नीत्शे, हीगेल, मिल और रूसो जैसे अलग-अलग तरह के विचारकों को प्रभावित किया है। उनके श्रम-विभाजन के सिद्धांत की मार्क्स और एंगेल्स ने प्रशंसा की है। इसी तरह सम्पत्ति, परिवार और स्त्रियों के बारे में उनके विचारों ने भी सिद्धांतकारों की कई पीढ़ियों का मार्गदर्शन किया है। *रिपब्लिक* के बारहवें अध्याय में की गयी निरंकुशतंत्र की उनकी आलोचना असाधारण मानी जाती है। दूसरी ओर, आलोचकों ने प्लेटो पर आरोप लगाया है कि उनका फ़िलॉसॅफ़र-किंग वास्तव में एक निरंकुश शासक होगा, क्योंकि जिन उत्पादकों पर उसका शासन होगा वे प्लेटो के मुताबिक़ बिना माई-बापनुमा सरकार के अपने जीवन और राज्य का संचालन करने में असमर्थ होंगे। आलोचकों का कहना है कि जिस प्रकार के ज्ञान को अफ़लातून द्वारा महत्त्व दिया गया है, वह दरअसल स्वाधीनता के बजाय अस्वाधीनता भी पैदा कर सकता है।

देखें : अरस्तू, *अर्थशास्त्र* और कौटिल्य, ग्योर्ग विल्हेल्म फ्रेड्रिख़ हीगेल, ज्याँ-ज़ाक रूसो, निकोलो मैकियावेली, नीतिशास्त्र और अर्थशास्त्र, मार्सिलियस पाडुआ के, राज्य, सुकरात, संत थॉमस एक्विना।

संदर्भ

1. *राजनीतिक सिद्धांतों का इतिहास* (1985), अनु. बुद्धिप्रसाद भट्ट, खण्ड-1, प्रगति प्रकाशन, मास्को.
2. जे. ऐनाज़ (1981), *ऐन इंट्रोडक्शन टू प्लेटोज़ रिपब्लिक,* क्लैरेंडन प्रेस, ऑक्सफ़र्ड.
3. जे. कोलमेन (2000), *अ हिस्ट्री ऑफ़ पॉलिटिकल थॉट,* खण्ड-1, ब्लैकवेल, ऑक्सफ़र्ड.
4. आर.सी. क्रॉस और ए.डी. वूज़ली (1964), *प्लेटोज़ रिपब्लिक : अ फ़िलॉसॅफ़िकल कमेंट्री,* मैकमिलन, लंदन.
5. जी. क्लोस्को (1986), *द डिवेलपमेंट ऑफ़ द प्लेटोज़ थियरी,* मेथ्यून, लंदन और न्यूयॉर्क.

—अभय कुमार दुबे

अब्दुल हमीद

(Abdul Hameed)

हक़ीम अब्दुल हमीद (1908-1999)

हक़ीम शब्द का भारत में प्रचलित अर्थ चिकित्सक है जबकि इसके अरबी मूल हिक्मा का मतलब है ज्ञान और विद्वत्ता। हक़ीम अब्दुल हमीद (1908 -1999) ने अपने कामों से साबित किया कि हक़ीम का वास्तविक अर्थ दूरदृष्टा, मनीषी और ज्ञानी होता है। अब्दुल हमीद को भारत में यूनानी चिकित्सा के वैज्ञानिक-नवजीवन का प्रणेता होने का श्रेय दिया जाता है। उन्होंने अपने जीवन काल में 25 बेहतरीन संस्थानों की रचना की। यूनानी चिकित्सा प्रणाली का जीर्णोद्धार करने के अलावा हक़ीम अब्दुल हमीद ने अपने कुछ मित्रों के साथ मिलकर इण्डियन इंस्टीटयूट ऑफ़ इसलामिक स्टडीज़ की स्थापना की थी, आज भारत में इसलामिक विषयों पर अध्ययन करने का एक प्रमुख केंद्र है। हक़ीम भारतीय भाषाओं के बहुत बड़े हिमायती थे। उन्होंने 1969 में ग़ालिब की सौवीं पुण्यतिथि पर ग़ालिब अकादमी की स्थापना की थी। भारत-पाक के बँटवारे से हक़ीम अब्दुल हमीद भी अछूते नहीं रहे। उनके छोटे भाई बँटवारे के बाद पाकिस्तान चले गये। शायद वे भारत-पाक समस्या का हल किसी लचीली संघीय व्यवस्था में देखते थे। इसीलिए उन्होंने जामिया हमदर्द में दक्षिण एशिया अध्ययन संस्थान और इण्डियन इंस्टीटयूट ऑफ़ फ़ेडरल स्टडीज़ की भी स्थापना की थी। हमदर्द फ़ार्मेसी भारत के अलावा बांग्लादेश व पाकिस्तान में भी है। एक तरह से हमदर्द उस बृहत् लचीली संघीय व्यवस्था का एक उदाहरण ही है।

1906 में उनके पिता हक़ीम हाफ़िज़ अब्दुल मज़ीद ने पुरानी दिल्ली की गलियों में एक छोटे से यूनानी दवाखाने की स्थापना की। इस दवाख़ाने को नाम दिया गया हमदर्द दवाखाना, जो इसके संस्थापक के बुनियादी फ़लसफ़े का प्रतिबिम्ब था। इस छोटे से दवाख़ाने का उद्देश्य सिर्फ़ कुछ रोगों का इलाज नहीं बल्कि रोगियों का दर्द बाँटना और प्राचीन यूनानी चिकित्सा प्रणाली में सुधार लाना था। हक़ीम साहब स्वयं एक कुशल यूनानी चिकित्सक और यूनानी पद्धति की दवाइयों के निपुण दवासाज़ भी थे। हक़ीम अब्दुल मज़ीद ने देखा कि हर यूनानी चिकित्सक अपनी दवाइयों को बेहद गोपनीयता से अपने ही नुस्ख़े से बनाता है जिसके चलते मरीज़ लम्बे समय तक एक ही हक़ीम पर निर्भर हो जाता है। उन्होंने यह भी देखा कि दवाओं के निर्माण का कोई निश्चित मापदण्ड भी नहीं है। हक़ीम अब्दुल मज़ीद ने यूनानी दवाओं को बनाने की इस पुरानी और रहस्यमय प्रक्रिया को बदलने का निश्चय किया ताकि इसका लाभ अधिक से अधिक लोगों को मिल सके। यूनानी चिकित्सा की लोकप्रियता बढ़ाने और इसकी दवाइयों के मानकीकरण के लिए हक़ीम साहब ने उनका बड़े पैमाने पर उत्पादन करने का निर्णय लिया। बहुत थोड़े ही समय में उनके हमदर्द दवाखाने में निर्मित दवाइयां, यूनानी चिकित्सा की शुद्धता एवं उच्च गुणवत्ता का पर्याय बन गयीं। दुर्भाग्यवश हक़ीम अब्दुल मज़ीद अपने ख़्वाब को पूरा करने से बहुत पहले ही इस दुनिया से रुख़सत हो गये।

1922 में पिता के इंतकाल के बाद मात्र 14 साल की उम्र में अब्दुल हमीद पर हमदर्द दवाख़ाने और अपने सारे परिवार की ज़िम्मेदारी आ गयी। उन्होंने तिब्बिया कॉलेज दिल्ली से यूनानी चिकित्सा की पढ़ाई पूरी की। एक यूनानी चिकित्सक के रूप में उन्होंने अपने पिता द्वारा स्थापित हमदर्द दवाखाने में ही अपना व्यवसाय शुरू किया। जहाँ अन्य हक़ीम पाठ्य पुस्तकों से अर्जित ज्ञान के आधार पर ही रोगियों का इलाज करते थे वहीं हक़ीम अब्दुल हमीद ने पाठ्य पुस्तकों के अलावा अन्य चिकित्सा ग्रंथों के अध्ययन, मर्ज़ और रोगी के लक्षणों की गहन पड़ताल अपनी प्रयोगशाला में किये अनुसंधानों के आधार पर करनी शुरू की। इस सबसे ऊपर उन्होंने इलाज तजवीज़ करने में हक़ीम के अंतर्बोध (इंट्यूशन) को भी अहमियत दी।

हक़ीम अब्दुल हमीद भली प्रकार से जानते थे कि दवाओं व चिकित्सा के मानकीकरण के बिना यूनानी चिकित्सा आधुनिक चिकित्सा विज्ञान के सामने कमतर ही साबित होगी। इसलिए उन्होंने यूनानी दवा-निर्माण प्रक्रिया को अटकलबाज़ी और टोटकों के स्थान पर प्रामाणिक, वैज्ञानिक पद्धति में बदलने की कमर कसी। लेकिन इन दवाओं के बड़े पैमाने पर उत्पादन

में अनेक कठिनाइयाँ भी थीं। सबसे पहले तो उन्हें निर्माण के लिए ऐसी दवाओं को चुनना था जो न केवल प्राचीन विद्या से मान्यता प्राप्त और वास्तविक हों बल्कि आधुनिक व्यक्ति की आदतों और स्वभाव के अनुरूप भी हों। यूनानी दवाओं के निर्माण में दूसरी बड़ी समस्या यह थी कि विभिन्न औषधि संग्रहों में एक ही दवा के लिए अलग-अलग सूत्र दिये गये थे। इसके अलावा प्रोसेसिंग की सही जानकारी प्राप्त करना भी बेहद मुश्किल था। इतनी सारी अड़चनों के बाद भी हक़ीम अब्दुल हमीद द्वारा स्थापित हमदर्द लेबोरेटरी ने यूनानी दवाओं के अन्वेषण, गुणवत्ता में सुधार और उन्नत उत्पादन तकनीक के नये मानदण्ड स्थापित किये। हमदर्द ने व्यापक रूप से मान्यता प्राप्त दवाओं की उत्पादन प्रक्रिया उनके रासायनिक संगठन जैसे तकनीकी ज्ञान को अनुसंधान एवं प्रयोगों के बाद हमदर्द भेषज विज्ञान (करब्दीनहमदर्द) के रूप में प्रकाशित किया है। इसी प्रकार हमदर्द की प्रयोगशालाओं द्वारा निरंतर अनुसंधान के परिणामस्वरूप कुछ पूरी तरह से नयी दवाओं को भी ईजाद किया गया है।

हक़ीम अब्दुल हमीद ने यूनानी चिकित्सा के प्रसार और सुधार के लिए कई नये चिकित्सकों को अपने संसाधनों से प्रशिक्षण दिया। इसके अलावा हक़ीम ने युवा हक़ीमों के प्रशिक्षण के लिए औपचारिक शिक्षा संस्थानों की शुरुआत की। यूनानी चिकित्सकीय ज्ञान और विद्या के प्रसार के लिए हक़ीम ने एक बेहद अनूठी स्वास्थय पत्रिका *हमदर्द-ए-सेहत* का प्रकाशन शुरू किया।

हक़ीम अब्दुल हमीद ने अपने सामजिक दायित्वों में शिक्षा और स्वास्थ्य को सर्वोपरि दर्जा दिया और इसके लिए उन्होंने हमदर्द नैशनल फ़ाउंडेशन की स्थापना की। 1962 में हक़ीम अब्दुल हमीद ने चिकित्सा शास्त्र के इतिहास एवं चिकित्सकीय शोध के लिए एक संस्थान की स्थापना की ताकि औषधीय अनुसंधान को बढ़ावा दिया जा सके। हक़ीम अब्दुल हमीद जानते थे कि आधुनिक चिकित्सा विज्ञान पारम्परिक चिकित्सा पद्धति को भ्रामक मानता है, लेकिन भारत जैसे विशाल देश के हर ग्राम में आधुनिक चिकित्सा, डॉक्टर, अस्पताल आदि पहुँचाना असम्भव है। इस संस्थान द्वारा हक़ीम अब्दुल हमीद यह साबित करना चाहते थे कि चिकित्सा शास्त्र की आधुनिक व यूनानी परम्परागत पद्धतियाँ एक ही स्रोत से निकली हैं। उन्होंने यूनानी चिकिस्ता के औपचारिक अध्यापन के लिए सेफ़िया हमीदिया तिब्बी कॉलेज, बुरहानपुर और पुरानी दिल्ली में हमदर्द तिब्बी कॉलेज की स्थापना भी की।

अपने बारे में हक़ीम अब्दुल हमीद ने कहा था कि उगते सूरज ने मुझे कभी बिस्तर में नहीं पाया। 22 जुलाई, 1999 को उगते सूरज ने उन्हें पहली बार बिस्तर में पाया, लेकिन उस समय वे चिरनिद्रा में लीन थे।

देखें : आर.के. तलवार, इला भट्ट, ई. श्रीधरन, उदारतावादी लोकतंत्र, कमला देवी चट्टोपाध्याय, गिजुभाई बधेका, ग़ैर-कांग्रेसवाद, पी.एस. वारियर, लोकतंत्र, देवकी जैन, धोंडो केशव कर्वे, नीरा देसाई, भारत में प्रातिनिधिक लोकतंत्र, भारत में सार्विक मताधिकार, भारतीय लोकतंत्र का संस्थानीकरण-1, 2 और 3, राज्यों का पुनर्गठन-1, 2 और 3, विक्रम साराभाई, वी.के.आर.वी. राव, विद्याबेन शाह, संस्था, संस्थान और संस्थानीकरण।

संदर्भ

1. डॉ. आबिद राडबेदार (2011), *अ रोल मॉडल फ़ॉर लीडर्स ऑफ़ चेंज इन इण्डिया ह.क़ीम अब्दुल हमीद एज़ सीन बाइ हिज़ कंटेम्परेरीज़,* एजुकेशनल पब्लिशिंग हाउस, नयी दिल्ली.
2. हदीब खान एवं डा. आबिद राडबेदार (सम्पा.) (2011), *तबीब नहीं, ह.क़ीम !,* एजुकेशनल पब्लिशिंग हाउस, नयी दिल्ली.
3. डॉ. आबिद राडबेदार (2011), *हयात-ए-हमीद,* एजुकेशनल पब्लिशिंग हाउस, नयी दिल्ली

—रवि दत्त वाजपेयी

अबू-अला मौदूदी

(Abu-Ala Moududi)

मौलाना अबू-अला-मौदूदी (1903-1979) को एक ओर जमात-ए-इसलामी हिंद और पाकिस्तान के संस्थापक, इसलामी विचारक और सक्रिय इसलामिक राजनीतिज्ञ के तौर पर जाना जाता है, वहीं उनकी एक दूसरी छवि उन्हें विवादस्पद चिंतक, कट्टर धार्मिक राजनीति के प्रवर्तक, दक्षिण एशिया में इसलामिक अलगाववाद के जनक और राजनीतिक इसलाम के मसीहा के रूप में पेश करती है। मौदूदी को उनकी इन स्थापित छवियों से अलग करके उनके विचारों की मौलिकता को राजनीतिक संदर्भ से जोड़ कर समझने की विधिवत कोशिशें बहुत ही कम हुई हैं। सेकुलरवाद बनाम इसलाम, आधुनिकता बनाम इसलाम, और लिबरल इसलाम बनाम रैडिकल इसलाम जैसी बहसों ने आज मौलाना मौदूदी के विचारों को पुनः प्रासंगिक कर दिया है। हाल के वर्षों में कुछ विश्लेषकों ने मौलाना मौदूदी के राजनीतिक विचारों और जमात-ए-इसलामी की बदलती राजनीति के बीच के फ़र्क़ को भी चिह्नित किया है। इस बदलते बौद्धिक विमर्श के नज़रिये से मौदूदी के विचारों पर नये सिरे से रोशनी डालना अब काफ़ी हद तक मुमकिन है।

मौदूदी का जन्म 1903 में औरंगाबाद के एक धार्मिक मुसलमान परिवार में हुआ। उनके पिता स्वयं एक मौलाना थे

और चिश्तिया फिरक़े से प्रभावित थे। मौदूदी की प्रारम्भिक शिक्षा उनके घर पर ही हुई। बाद में उन्होंने अंग्रेज़ी और अरबी भाषाएँ भी सीखी। उन्होंने अपने राजनीतिक लेखन की शुरुआत पत्रकारिता से की। वे *ताज, मुसलिम* और *अल-जमियत* जैसे मज़हबी-सियासी अख़बारों से जुड़े रहे। पत्रकारिता के इस अनुभव ने मौदूदी को अपने तंज़ीमी (संगठनात्मक) रुझानों को अमली जामा पहनाने की प्रेरणा दी। परिणामस्वरूप, वे पंजाब आ गये और 1941 में जमात-ए-इसलामी की स्थापना की। इस दौर में मौदूदी मुसलिम लीग के विरोधी थे। उनका मत था कि पाकिस्तान की माँग का आधार इसलामिक राज्य की अवधारणा होनी चाहिए, न कि मुसलिम राष्ट्रीयता।

विभाजन के बाद मौदूदी पाकिस्तान चले गये और पाकिस्तानी जमात-इ-इसलामी की स्थापन की। 1948 में मौदूदी ने शरीअत की स्थापना के लिए अपनी पहली सियासी तहरीक़ शुरू की। इसी दौर में उन्होंने कश्मीर में जिहाद का फ़तवा दिया और कादियानियों को ग़ैर-मुसलमान बताते हुए उन्हें इसलाम के लिए एक फ़ितना करार दे दिया। पाकिस्तान सरकार ने मौदूदी की इन राजनीतिक सरगर्मियों पर कड़ा क़दम उठाते हुए उन्हें गिरफ़्तार कर लिया। मौदूदी और पाकिस्तान सरकार के बीच यह जद्दोजहद लम्बे समय तक जारी रही। 1953 में उन्हें सज़ा-ए-मौत दी गयी जो बाद में उम्र क़ैद में तब्दील किये जाने के बाद फिर पूरी तरह से ख़त्म कर दी गयी। 1964 में मौदूदी को पुनः गिरफ़्तार कर लिया गया। 1965 में उन्हें रिहा किया गया और उनके नेतृत्व में जमात ने 1965 के भारत-पाक युद्ध में पाकिस्तानी सरकार का समर्थन किया। 1971 में मौदूदी में पाकिस्तान की एकता का आह्वान किया और बंगाली मुसलमानों को इसलाम के नाम पर पाकिस्तान के साथ जुड़े रहने की सलाह दी। यही कारण था कि पूर्वी पाकिस्तान की सूबाई जमात ने बांग्लादेश आंदोलन का सीधा विरोध किया। मौदूदी की यह कोशिश बेकार रही और 1971 में न सिर्फ़ बांग्लादेश बना बल्कि भारत की तर्ज़ पर बांग्लादेश की जमात-ए-इसलामी का भी जन्म हुआ। 1972 में अपने गिरते स्वाथ्य और सिमटती राजनीति के कारण मौदूदी ने जमात के अमीर के पद से इस्तीफा दे दिया। 1972 से 1979 तक वे एक लेखक के तौर पर सक्रिय रहे। 1979 में वे गुर्दे के इलाज के लिए अमेरिका गये, जहाँ उनका निधन हो गया। मौदूदी के शव को पाकिस्तान लाकर लाहौर में दफ़्न किया गया। मौदूदी की राजनीतिक ज़िंदगी की यह कहानी उनके राजनीतिक विचारों से जुड़ी हुई है। इसलिए यह जरूरी है कि मौदूदी के पुन: विश्लेषण के लिए उनकी राजनीति और विचारधारा के अंतर्संबंधों को देखा जाए। इस संदर्भ में तीन बिंदु उल्लेखनीय है।

मौदूदी के लिए राजनीति समाज का सबसे महत्त्वपूर्ण कार्यक्षेत्र है। राजनीति की यही केंद्रीयता उनकी इसलामिक समझ का मूल बिंदु है। मौदूदी के लिए राजनीतिक सक्रियता और धार्मिक विश्वास आपस में जुड़े हुए हैं। उनके लिए मुसलमान होने का मतलब धार्मिक तौर पर सक्रिय, राजनीतिक तौर पर जाग्रत और व्यावहारिक तौर पर कर्मशील होना है। यह प्रवृत्ति बीसवीं सदी के दक्षिण एशियाई राजनीतिक चिंतन का अभिन्न अंग रही है और मौदूदी इस का कोई अपवाद नहीं हैं।

मौलाना अबू-अला मौदूदी (1903-1979)

इस संबंध में मौदूदी की पुस्तक *इसलामिक लॉ ऐंड कांस्टीट्यूशन* (1960) उल्लेखनीय है। इस किताब में मौदूदी इसलामिक राज्य के सिद्धांत का विस्तार करते हैं। उनके अनुसार इसलामिक राजनीति की पहली बुनियाद अल्लाह की सम्प्रभुता है। उनके अनुसार मनुष्यों का मनुष्यों के लिए क़ानून बनाना अल्लाह की सत्ता को चुनौती देना है। इसी आधार पर वे पश्चिमी लोकतांत्रिक राज्य की आलोचना करते हैं। उनका मत है कि लोकतांत्रिक प्रभुसत्ता का विचार बहुसंख्यकवाद को जन्म देता है। इसके बरक्स इसलामिक राज्य अल्लाह के क़ानून पर आधारित होने के कारण सिद्धांतों की राजनीति स्थापित करता है। इसलामिक राज्य का मक़सद न केवल व्यक्ति की स्वतंत्रता, आर्थिक बराबरी और सामाजिक न्याय की स्थापना करना है, बल्कि ऐसी परिस्थितियों का निर्माण करना भी है जो व्यक्ति के सर्वांगीण सामाजिक और रूहानी विकास में सहायक हो सके।

मौदूदी के चिंतन का दूसरा पहलू उनके लेखन में मौजूद विशिष्ट आधुनिकता है। मौदूदी का इसलाम मुसलमानों को चौदह सौ साल पीछे ले जाने की अपील नहीं करता। इसके बिलकुल उलटे मौदूदी इसलाम को बीसवीं सदी की राजनीतिक आधुनिकता के संदर्भों में पुनः परिभाषित करने की परियोजना ले कर चलते हैं। इस उद्देश्य में वे इसलामी

इतिहास, मुसलिम आधुनिकता और भावी इसलामी राजनीतिक भविष्य का एक खाका पेश करते हैं। उल्लेखनीय बात यह है कि मौदूदी इसलाम के इतिहास और क़ुरान में स्थापित राजनीतिक आदर्शों के बीच फ़र्क़ करते है। ख़िलाफ़त का ज़िक्र करते हुए वे लिखते हैं : 'ख़िलाफ़त सिर्फ़ नाम की थी। वास्तव में यह राजशाही थी जिसका इसलाम से कोई वास्ता नहीं था। इसी का नतीजा यह हुआ कि सामाजिक और नैतिक पतन शुरू हो गया।'

मौदूदी जिस इसलामिक राज्य के सिद्धांत की रूपरेखा पेश करते हैं वह परम्परागत ऐतिहासिक ख़िलाफ़त राज्य नहीं है। मौदूदी का राज्य एक आधुनिक राज्य है जिसका मूल स्रोत आधुनिक इसलाम है। वह आधुनिक इसलाम जो महज़ धार्मिक रीति-रिवाज़ों का समुच्चय नहीं है, बल्कि एक आधुनिक राजनीतिक विचारधारा है। मौदूदी की मशहूर रचना *तह.फ़ीर-उल-क़ुरान* (कुरान की व्याख्या) इस तथ्य को साबित करती है। क़ुरान की इस व्याख्या में वे क़ुरान की आयतों को आधुनिक राजनीतिक चिंतन के नज़रिये से देखते हैं और क़ुरान की वर्तमान प्रासंगिकता को इंगित करते है।

मौदूदी के चिंतन की तीसरी विशेषता उनके लेखन का बदलता स्वरूप है। उनका 1947 से पहले का लेखन उनके 1960-70 के लेखन से भिन्न है। मौदूदी की राजनीतिक क्रियाशीलता और चिंतन में मौजूद तारतम्यता इसका एक महत्त्वपूर्ण कारण है। बदलते राजनीतिक परिवेश ने मौदूदी को अपने विचारों को पुनर्परिभाषित करने और यहाँ तक कि बदलने के लिए भी मजबूर किया। इस संबंध में दो उदाहरण दिये जा सकते है। मौदूदी का साठ के दशक का लेखन यह दर्शाता है कि इस समय में वे अपने राजनीतिक सिद्धांतों को तत्कालीन पाकिस्तान की व्यावहारिकता के संबंध में पुन: विकसित कर रहे थे।

उनका मशहूर लेख 'इसलामिक लॉ ऐंड इट्स इंट्रोडक्शन इन पाकिस्तान' (1963) इसका सटीक उदाहरण है। इस लेख में उन्होंने पाकिस्तान में इसलामिक राज्य की अनिवार्यता को शरीअत की व्यापक व्याख्या से साबित करने की कोशिश की है। दूसरा उदाहरण उनकी *तह.फ़ीर-उल-क़ुरान* का प्रस्तुतीकरण है। 1971 में जब जमात-इ-इसलामी हिंद ने इसका हिंदी अनुवाद प्रकाशित किया तो मौदूदी ने उसकी एक नयी भूमिका लिखी। इस भूमिका में उन्होंने हिंदी को भारत की राष्ट्रभाषा स्वीकार करते हुए हिंदी द्वारा क़ुरान के व्यापक प्रसार की बात कही। यह तथ्य इस बात को स्पष्ट करता है कि मौदूदी अपने बौद्धिक-राजनीतिक जीवन के अंतिम वर्षों में चालीस के दशक की उर्दू राजनीति से कहीं दूर जा चुके थे। बदलाव को समझने की यही ख़ूबी मौदूदी को विशुद्ध दक्षिण एशिया के राजनीतिक चिंतक के तौर पर स्थापित करती है।

मौदूदी की विचारधारा और राजनीति की आलोचना नितांत ज़रूरी है। यह सही है कि उनके विचार लोकप्रिय आंदोलनों और व्यापक लोकतांत्रिक प्रक्रियाओं पर इसलामवाद को आरोपित करते हैं और उनकी राजनीत दक्षिणपंथी है। लेकिन इस राजनीति और विचारधारा की विश्लेषणात्मक आलोचना के लिए आवश्यक है कि मौदूदी का गम्भीर अध्ययन किया जाए। शायद तभी साम्प्रदायिकता के विमर्श की राजनीति चिह्नित हो पायेगी।

देखें : अबुल क़लाम आज़ाद, आरक्षण और धर्म, प्रारम्भिक इसलाम, जवाहरलाल नेहरू, बांग्लादेश के लिए मुक्ति संग्राम, भारतीय इसलाम, उपनिवेशवाद, उपनिवेशवाद विरोधी आंदोलन-1, 2 और 3, उपनिवेशवाद विरोधी संघर्ष में स्त्री-नेतृत्व-1, मोहनदास कर्मचंद गाँधी-1, 2 और 3, मुहम्मद इक़बाल, मुहम्मद अली जिन्ना।

संदर्भ

1. अबू-अला मौदूदी (1960), द *कांस्टीट्यूशन ऐंड लॉ ऑफ़ इसलामिक स्टेट* (अनु. और सम्पा. ख़ुर्शीद अहमद), इसलामिक पब्लिकेशंस, लाहौर.
2. इरफ़ान अहमद (2009), 'जीनियालॉजी ऑफ़ द इसलामिक स्टेट : रिफ़्लेक्शंस ऑन मौदूदीज़ पॉलिटिकल थॉट ऐंड इस्लामिज़म', द *जर्नल ऑफ़ रॉयल एंथ्रोपोलॉजी इंस्टीट्यूट.*
3. अबू-अला मौदूदी (1963), *अ शॉर्ट हिस्ट्री ऑफ़ रिवाइवलिस्ट मूवमेंट इन इसलाम,* इसलामिक पब्लिकेशंस, लाहौर.

—हिलाल अहमद

अबुल क़लाम आज़ाद

(Abul Kalam Azad)

भारतीय स्वतंत्रता संग्राम के प्रमुख राष्ट्रवादी नेताओं में एक, स्वाधीन भारत के पहले शिक्षा मंत्री और इसलामिक धर्मशास्त्र के विद्वान अबुल क़लाम आज़ाद (1888-1958) आधुनिक भारत के सबसे प्रभावशाली बौद्धिकों में से एक थे। सेकुलर तथा लोकतांत्रिक राजनीति की पैरोकारी करते हुए आज़ाद ने सैयद अहमद द्वारा शुरू की गयी अलीगढ़ परम्परा को ख़ारिज किया जिसके केंद्र में ब्रिटिश राज के प्रति निष्ठा थी। उन्होंने राष्ट्रीय आंदोलन में मुसलमान समुदाय की एकता और भागीदारी के लिए एक इसलामिक कार्यक्रम पेश करने की कोशिश की जिस पर जमाल अल-दीन अफ़ग़ानी और शिबली नोमानी के विचारों का स्पष्ट प्रभाव था। इन दोनों से काफ़ी प्रभावित आज़ाद ने इसलाम के संदर्भ में भारतीय राजनीति

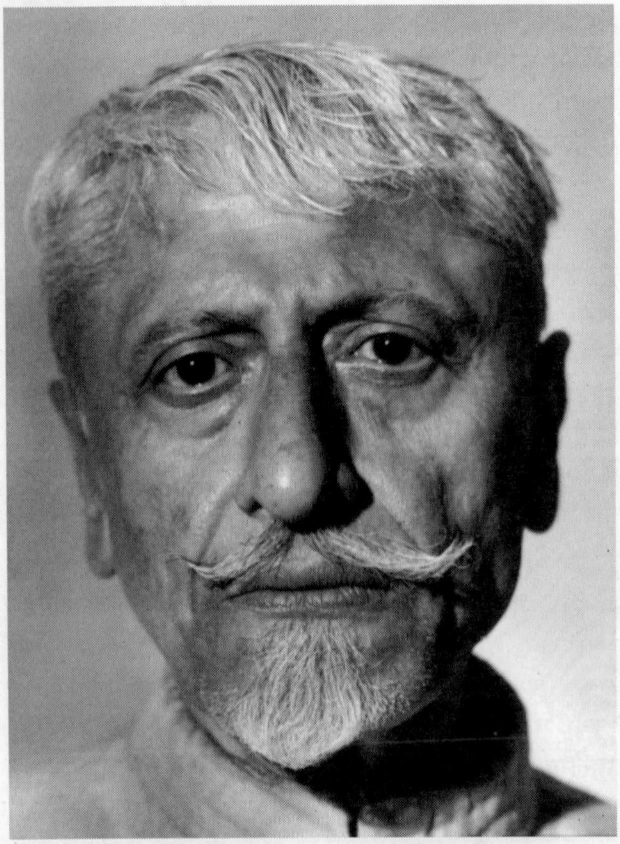

मौलाना अबुल क़लाम आज़ाद (1888–1958)

का विश्लेषण किया। उनके इसलामी दृष्टिकोण का भू-क्षेत्रीय राष्ट्रवाद, अखिल इसलामवाद और साम्राज्यवाद विरोध से कोई टकराव नहीं था। बंगाल विभाजन की समाप्ति, कानपुर मसजिद की घटना, जलियाँवाला बाग काण्ड और अंग्रेज़ी शासकों की मुस्लिम विरोधी नीति के कारण आज़ाद की यह स्पष्ट समझ बनी कि साम्राज्यवादी शासन लोकतांत्रिक नहीं हो सकता है। इसलिए उन्होंने भारतीय राष्ट्रीय कांग्रेस में शामिल होकर देश की आज़ादी के लिए लड़ने का फ़ैसला किया।

आज़ाद मानते थे कि एक राज्य प्रणाली के तौर पर ख़िलाफ़त के ख़त्म होने से मुसलमान राजनीति का रोमांटिक दौर ख़त्म हो गया है। उनके सामने यह भी साफ़ था कि देश की आज़ादी के लिए आध्यात्मिक राजनीति और अखिल-इसलामवाद के साधनों का प्रयोग बेमतलब है। इस समझ के कारण आज़ाद राष्ट्रवाद के क़रीब आये और एक मौलाना के रूप में उन्होंने घोषणा की कि इसलाम के पैग़म्बर ने मानवीय बंधुता के सत्य की उद्घोषणा की है। आज़ाद ने निष्कर्ष निकाला कि इसलाम साम्प्रदायिक और नस्ली पूर्वग्रहों को नकारता और राष्ट्रवाद को बढ़ावा देता है। इसलिए हर मुसलमान भारतीय राष्ट्र का सदस्य है। वे मानते थे कि धर्म के आधार पर मुसलमान ख़ुद को व्यापक भारतीय समाज से अलग करके एक पृथक राष्ट्र की माँग नहीं कर सकते क्योंकि वे भारतीय राष्ट्रीयता की अविभाज्य एकता का अंग हैं।

अपने बहुत से समकालीनों के विपरीत आज़ाद ने इस बात पर ज़ोर दिया कि हिंदुओं और मुसलमानों को अपनी स्थिति और हित पर हिंदुओं और मुसलमानों के रूप में विचार न करके उन्हें किसान या ज़मींदार, मज़दूर या पूँजीपति के रूप में विचार करना चाहिए। वे मानते थे कि वास्तविक आज़ादी तब तक नहीं आ सकती है जब तक हर व्यक्ति को अवसर की समानता और आर्थिक आज़ादी न मिले।

आज़ाद ने इसलाम को दासता का विरोध करने वाली ताक़त के रूप में देखा। इसलिए उन्होंने दावा किया कि इसलाम और लोकतंत्र के बीच कोई टकराव नहीं होना चाहिए। पैग़ंबर की सम्प्रभुता और ख़िलाफ़त की अवधारणा लोकतांत्रिक समानता के सिद्धांत के अनुरूप है। उन्होंने इस बात पर भी ज़ोर दिया कि लोगों को यह पूरा अधिकार है कि वे असत्य और अन्याय पर आधारित सरकार के ख़िलाफ़ बग़ावत करें। वे मानते थे कि हमारा युग बुनियादी रूप से एक लोकतांत्रिक युग है। इसने पूरी दुनिया में लोगों को समानता, स्वतंत्रता और बंधुता की भावना ने प्रेरित किया है। एशियाई देशों को इन मूल्यों के अनुसार अपने शासन और समाज का निर्माण करना चाहिए।

भारतीय राजनीति में आज़ाद की भूमिका और उनके राजनीतिक विचारों का वस्तुनिष्ठ और आलोचनात्मक विश्लेषण नहीं किया गया है। या तो उन्हें मुसलिम लीग के नेताओं की तरह ही ख़ारिज कर दिया गया, या फिर उन्हें बग़ैर किसी आलोचना के स्वीकार कर लिया गया। मोइन शाकिर का मानना है कि धर्म के एक बड़े विद्वान के रूप में आज़ाद की छवि और उनकी धर्म आधारित राजनीति किसी भी दूसरे नेता की तुलना में उच्च वर्ग के मुसलमानों के हितों के ज़्यादा अनुरूप थी। राष्ट्रवाद और लोकतंत्र की उनकी अवधारणा और समाज के बारे में उनका नज़रिया बूर्ज़्वा चेतना के अनुरूप था। लेकिन आज़ाद के नेतृत्व को मुसलमान समुदाय ने इसलिए स्वीकार नहीं किया, क योंकि मुसलिम लीग ने 'धर्म ख़तरे में है' जैसा नारा देते हुए 'इसलामिक राज्य' का वायदा किया। इन नारों और वायदों ने मुसलमान जनता को ज़्यादा आकृष्ट किया। इसके अलावा मुसलमानों के उच्च वर्ग को लगा कि जिन्ना एक अलग राज्य के निर्माण में सफल हो सकते हैं। आज़ाद का कांग्रेस के साथ बहुत गहरा जुड़ाव था। इस कारण से वे मुसलमानों के उच्च वर्ग में अलोकप्रिय भी हो गये थे।

असल में कांग्रेस ने आज़ाद को अपने मुसलमान चेहरे के तौर पर पेश किया। लेकिन वे मुसलिम लीग द्वारा की जाने वाली अस्मिता की राजनीति के आगे नहीं टिक पाये। आज़ाद की राजनीति का अध्ययन करने वाले विद्वानों ने यह भी देखा कि समानता की तरफ़दारी करने के बावजूद दरअसल उनका रुझान देश में बूर्ज़्वा वर्चस्व स्थापित करने की ओर ही था। मज़दूर-हितों के सवाल पर उन्होंने कोई रैडिकल रुख़ नहीं

अपनाया। असल में कई दफ़ा उन्होंने सरकार या पूँजीपतियों के हितों की ही तरफ़दारी की। उन्होंने 1946 में हुई कई मज़दूर हड़तालों की आलोचना की। मज़दूरों की एक प्रमुख शिकायत राशन में कटौती थी, लेकिन आज़ाद ने सार्वजनिक रूप से इसका स्वागत किया। आज़ाद ख़ुद पश्चिमी शिक्षा से अलग रहे थे। लेकिन भारत के शिक्षा मंत्री के रूप में वे वैकल्पिक शिक्षा की कोई रूपरेखा प्रस्तावित नहीं कर पाये।

इन आलोचनाओं के बावजूद इस बात में किसी शक की गुंजाइश नहीं है कि आज़ाद आधुनिक भारत के सबसे महत्त्वपूर्ण व्यक्तित्वों में से एक थे। उन्होंने इसलामिक मूल्यों और आधुनिक सामाजिक, राजनीतिक, आर्थिक चिंतन को क़रीब लाने में संजीदा भूमिका अदा की। उग्र इसलामिक राष्ट्रवाद के बजाय उन्होंने सर्वधर्म समभाव वाले सेकुलर राष्ट्रवाद की वकालत की। उन्होंने गाँधी के अहिंसक राजनीति के मूल्यों को आगे बढ़ाने में काफ़ी योगदान दिया। भारतीय संविधान के निर्माण और आज़ादी के बाद के शुरुआती दशक में शासन को स्थिर और मूल्यपरक बनाये रखने में भी उनकी ज़बरदस्त भूमिका रही।

आज़ाद का वास्तविक नाम मोहिउद्दीन अहमद था। उनका जन्म 1888 में मक्का में हुआ था। उनके पिता खैरुद्दीन देहलवी बहुत दिनों तक मक्का में रहे थे। वहीं उन्होंने एक अरब महिला से शादी की थी जो अबुल क़लाम की माँ थीं। आज़ाद के पिता एक सूफ़ी थे। उन्होंने आज़ाद को घर पर ही धर्मशास्त्र के साथ-ही-साथ अरबी, फ़ारसी और उर्दू की भी शिक्षा दी। बाद में आज़ाद ने अपना अधिकांश लेखन उर्दू में ही किया। उन्होंने उर्दू में क़ुरान पर एक टीका लिखी जिसे एक ऐतिहासिक योगदान माना जाता है। पारम्परिक इसलामिक ग्रंथों के अध्येता होने के साथ वे ज्ञान के दूसरे रूपों के अध्ययन में भी गहरी रुचि रखते थे। वे ऐसे पश्चिमी ज्ञान और मूल्य का स्वागत करते थे जो इसलाम की नैतिक शिक्षाओं के अनुरूप लगता था। वे बौद्धिक रूप से ख़ुद को मध्ययुगीन भारतीय विद्वान शेख अहमद सरहिंदी का अनुयायी मानते थे। सरहिंदी भारतीय इसलाम के एक सुधारक थे, लेकिन उन्होंने उस सूफ़ीवाद का विरोध किया जो इसलामिक रूढ़िवाद की बजाय हिंदू एकात्मवादी दर्शन के ज़्यादा क़रीब था। आज़ाद ने अपने लेखन में सैयद अहमद खाँ की भी काफ़ी तारीफ़ की है, हालाँकि वे उनके द्वारा अपनायी गयी अंग्रेज़-निष्ठा के आलोचक थे।

1912 में आज़ाद ने एक साप्ताहिक पत्रिका *अल-हिलाल* का प्रकाशन शुरू किया। फिर 1915 में उन्होंने *अल-बलाग़* पत्रिका प्रकाशित करनी शुरू की। इन पत्रिकाओं और अपनी दूसरी गतिविधियों द्वारा वे मुसलमानों में एक ऐसी धार्मिक भावना जगाना चाहते थे जिससे वे ख़ुद को भारतीय राष्ट्रवाद से जोड़ सकें। वे चाहते थे कि मुसलमान ज़्यादा से ज़्यादा संख्या में देश की आज़ादी के संघर्ष में शामिल हों। 1916 में अंग्रेज़ों ने उनके प्रेस को बंद करवा दिया। आज़ाद को उनकी गतिविधियों के लिए क़ैद करके जेल में डाल दिया गया। जेल में उन्होंने अपनी आत्मकथा *तज़किरा* लिखी।

अपनी राजनीतिक गतिविधियों और भारतीय राष्ट्रीय कांग्रेस की सदस्यता के कारण आज़ाद महात्मा गाँधी और जवाहरलाल नेहरू के सम्पर्क में आये। आज़ाद ने सबसे पहले असहयोग और ख़िलाफ़त आंदोलन के दौरान गाँधी के साथ काम किया। आज़ाद मुसलमानों और गाँधी के बीच जुड़ाव की एक मुख्य कड़ी बन गये, क्योंकि वे मुसलमानों के बीच अहिंसक राजनीतिक गतिविधियों का प्रसार करना चाहते थे। वे 1923 में भारतीय राष्ट्रीय कांग्रेस के सबसे युवा अध्यक्ष बने। बाद में वे 1940 से 1946 में कांग्रेस के अध्यक्ष रहे।

आज़ाद को मुख्य रूप से उनकी विद्वत्ता और मौलिकता के लिए याद किया जाता है। 1921-1923 के बीच जब उन्हें दूसरी बार गिरफ़्तार किया गया था, तो उन्होंने क़ुरान पर एक टीका लिखी। यह बाद में *तरजुमान अल-क़ुरान* शीर्षक से 1931 में प्रकाशित हुई। यह टीका अपूर्ण है, लेकिन अपने पहले खण्ड के लिए बहुत ही प्रसिद्ध है। यह पहला खण्ड पूरी तरह से कुरान के पहले अध्याय *अल-फ़ातिहा* पर केंद्रित है। उनकी एक और मशहूर आत्मकथात्मक किताब *इण्डिया विंस फ्रीडम* है, जिसकी पूरी पांडुलिपि उन्होंने राष्ट्रीय अभिलेखागार को इस हिदायत के साथ सौंप दी थी कि उनकी मृत्यु के तीस साल के बाद उसे प्रकाशित किया जाए। यह किताब अपने सम्पूर्ण रूप में 1988 में प्रकाशित हुई।

देखें : आरक्षण और धर्म, प्रारंभिक इसलाम, भारतीय इसलाम, उपनिवेशवाद, उपनिवेशवाद विरोधी आंदोलन-1, 2 और 3, उपनिवेशवाद विरोधी संघर्ष में स्त्री-नेतृत्व-1, मुसलिम राजनीतिक विचार, मोहनदास कर्मचंद गाँधी-1, 2 और 3, जवाहरलाल नेहरू, मुहम्मद इक़बाल, मुहम्मद अली जिन्ना, अबू-अला मौदूदी।

संदर्भ

1. इयान डगलस हेंडरसन (1988), *अबुल क़लाम आज़ाद : ऐन इंटेलेक्चुअल ऐंड रिलीजस बायोग्राफ़ी,* ऑक्सफ़र्ड युनिवर्सिटी प्रेस, नयी दिल्ली.
2. हुमायूँ कबीर (सम्पा.) (1959). *मौलाना अबुल क़लाम आज़ाद : अ मेमोरियल वोल्यूम,* एशिया पब्लिशिंग हाउस, नयी दिल्ली.
3. मोइन शाकिर (1986), 'डायनामिक्सि ऑफ़ मुसलिम पॉलिटिकल थॉट', संकलित, थॉमस पैंथम और केनेथ एल. ड्यूश (सम्पा.), *पॉलिटिकल थॉट इन मॉडर्न इण्डिया,* सेज पब्लिकेशंस, नयी दिल्ली.
4. अबुल क़लाम आज़ाद (2000), *इण्डिया विंस फ्रीडम,* ओरिएंट ब्लैकस्वान, नयी दिल्ली.

—कमल नयन चौबे

अभिजन

(Elite)

सामाजिक जीवन के किसी भी क्षेत्र में नियंत्रणकारी संरचनाओं के शीर्ष पर मौजूद छोटे से और अपेक्षाकृत समरूप समूह को अभिजन की संज्ञा दी जाती है। इसके समानार्थक लैटिन शब्द 'इलीट' का मतलब है चुना हुआ या सर्वश्रेष्ठ। इलीट बनने के लिए लिए सत्ता, सुविधा, योग्यता और संगठन और नेतृत्वकारी क्षमता होना अनिवार्य है। किसी भी व्यवस्था या प्रणाली को जारी रखने के लिए ज़रूरी समझा जाता है कि उसके संचालन की बागडोर कुछ सुयोग्य व्यक्तियों के समूह के हाथ में रहे और समय-समय पर उनकी जगह लेने के लिए वैसी ही क्षमताओं से लैस लोगों का चयन किया जाता रहे। यह आग्रह शीर्ष या नेतृत्व में अभिजन की निरंतरता की गारंटी करता है।

अभिजन सिद्धांत के प्रमुख व्याख्याकार विलफ्रेडो परेटो का कहना है कि इलीट में ख़ास तरह के मनोवैज्ञानिक गुण होते हैं जिनके आधार पर कुटिलता, छल, ताक़त और फ़ैसलाकुन पहल क़दमी का इस्तेमाल करते हुए वह सत्ता पर क़ाबिज़ रहता है। चूँकि अभिजनों का गुट छोटा सा होता है इसलिए उसे अधिक संगठित और सुसंगत रूप से कार्रवाई करने में आसानी होती है। उसके सदस्य आपस में लगातार सम्पर्क बनाये रखते हैं जिससे आपसी मतैक्य के आधार पर नीति-निर्माण की प्रक्रिया में बाधा नहीं पड़ती। ऐसी बात नहीं कि अभिजन हमेशा ही अपनी सत्ता बचाने में कामयाब रहते हों। उनकी विफलता का दोष आम तौर पर राजनीतिक कौशल या इच्छा-शक्ति के अभाव पर मढ़ा जाता है। समाज के साथ जीवंत सम्पर्क रखते हुए नये विचारों को ग्रहण करके अपना पुनर्संस्कार करते रहने वाले अभिजन लम्बे अरसे तक टिके रहते हैं। जो अभिजन ऐसा नहीं करते, उनका वक़्त जल्दी पूरा हो जाता है और उनके ख़िलाफ़ खड़ा हुआ प्रति-अभिजन किसी 'मास' या जनसमूह का नेतृत्व करता हुआ उनके हाथ से सत्ता छीन लेता है।

शुरू में अभिजन सिद्धांत एक लोकतंत्र विरोधी अवधारणा थी जिसका सूत्रीकरण शासकों के प्राधिकार को न्यायसंगत ठहराने के लिए किया गया था ताकि युरोप में विकसित हो रही लोकतांत्रिक शासन पद्धति की वैधता को चुनौती दी जा सके। आगे चल कर बीसवीं सदी के मध्य में इस सिद्धांत की अंतर्दृष्टियों से लोकतांत्रिक सिद्धांत को पुष्ट करने की चेष्टा की गयी। इसके पीछे मक़सद साम्यवादी या फ़ासीवादी नेतृत्व में चल रहे जनांदोलनों से उदारतावादी लोकतंत्र को बचाना था। लोकतंत्र में आवश्यक नहीं कि सारे अभिजन सत्ता में ही हों। आज की लोकतांत्रिक व्यवस्थाओं में अभिजनों के कई समूह सत्ता की बागडोर अपने हाथ में रखने के लिए आपस में प्रतियोगिता करते हुए देखे जा सकते हैं। पहले से जमे हुए अभिजन-समूह की सदस्यता ग्रहण करने के लिए लोकतंत्र के मंच पर नये अभिजनों का आगमन होता रहता है। शुरू में अभिजनों का चयन केवल उच्च वर्ग से ही किया जाता था, लेकिन अब निचले और वंचित समझे जाने वाले तबक़ों की नेतृत्वकारी शक्तियाँ भी अभिजनों की श्रेणी में शामिल कर ली जाती हैं। वह लोकतंत्र अधिक सफल और टिकाऊ समझा जाता है जिसके अभिजनों का आकार बढ़ता रहता है। इसके विपरीत जहाँ अभिजन अपना आकार बढ़ने के ख़िलाफ़ मोर्चाबंदी कर लेते हैं, उन लोकतंत्रों में व्यवस्था बार-बार संकटग्रस्त होती रहती है।

अभिजन सिद्धांत मूलतः इस प्राचीन विश्वास पर आधारित है कि प्रत्येक समाज मुट्ठी भर शासकों और बहुसंख्यक शासितों में बँटा होता है। प्लेटो ने शासन करने के लिए ऐसे लोगों की शिनाख़्त करने का सुझाव दिया था जिनके पास हुकूमत करने के लिए आवश्यक प्रकृति-प्रदत्त योग्यताएँ हों। इतिहास और राजनीति को समझने का यह एक प्रचलित तरीक़ा है कि उन अभिजनों का अध्ययन किया जाए जिनके पास समाज के विभिन्न क्षेत्रों के संचालन के लिए निर्णय लेने के अधिकार रहे हैं। बीसवीं सदी की शुरुआत में इतालवी समाजशास्त्रियों गेटानो मोस्का और विलफ्रेडो परेटो के साथ-साथ मोस्का के जर्मन अनुयायी रॉबर्ट मिचेल्स ने लोकतांत्रिक व्यवस्थाओं के विकास के ख़िलाफ़ प्रतिक्रिया करते हुए दावा किया कि अभिजनों का शासन मानवीय इतिहास का एक प्रमुख लक्षण है। यह सूत्रीकरण उन्नीसवीं सदी में मार्क्सवाद द्वारा प्रवर्तित और पुष्ट समतामूलक समाज के सिद्धांत के ख़िलाफ़ था। ये सिद्धांतकार मार्क्स से इस बारे में तो सहमत थे कि अतीत में समाजों का नेतृत्व अल्पसंख्यकों के हाथों में रहा है, पर उनका यह भी कहना था कि ये अल्पसंख्यक समूह अनिवार्य तौर पर उत्पादन के साधनों के स्वामी नहीं थे। उनके प्रभुत्व का स्रोत आर्थिक नहीं था, बल्कि उनकी सत्ता विविध स्रोतों से आती थी। यह अलग बात है कि अपने प्रभुत्व का लाभ उठा कर अभिजन बड़े पैमाने पर धन-सम्पत्ति जमा कर लेते थे। मोस्का और परेटो का यह भी कहना था कि भविष्य के समाजों के नेतृत्व (चाहे वे राजशाहियाँ हों, कुलीनतंत्र हों या लोकतंत्र) का पैटर्न भी ऐसा ही रहने वाला है। हालाँकि इन विद्वानों ने आग्रहपूर्वक कहा कि उनका समाज-विज्ञान किसी मूल्य से बँधा हुआ नहीं है, पर इटली में उभरते हुए फ़ासीवाद के प्रति उनकी हमदर्दी किसी से छिपी हुई नहीं थी। परेटो और मिचेल्स तो सीधे-सीधे फ़ासीवाद के समर्थक थे, और उदारपंथी मोस्का वामपंथ से अपनी नाराज़गी के कारण फ़ासीवाद को एक मजबूरी की तरह देखते थे। कुल मिला कर इन तीनों सिद्धांतकारों की कोशिश थी कि संसदीय व्यवस्था केवल उच्च और मध्यवर्ग की भागीदारी तक ही सीमित रहनी चाहिए। वे मज़दूरों और किसानों के प्रतिनिधित्व वाली संसद को तिरस्कारपूर्ण दृष्टि से देखते थे।

मार्क्सवादी सिद्धांतकारों और लोकतांत्रिक बहुलतावाद के पैरोकारों ने इस अभिजनवाद को कड़ी चुनौती दी। मार्क्सवादियों ने कहा कि यह सिद्धांत अभिजनों के प्रभुत्व के बुनियादी आधार की शिनाख़्त करने में नाकाम रहा है। अभिजन चाहे फ़ौजी हों, धार्मिक हों, राजनीतिक हों या सांस्कृतिक; उनके प्रभुत्व की बुनियाद आर्थिक वर्ग-संबंधों में देखी जानी चाहिए। बहुलतावादियों का तर्क था कि आधुनिक, विकसित और उदारपंथी समाजों में सत्ता और प्रभुत्व के लिए विविध हितों के बीच प्रतियोगिता होती है। इसलिए मुट्ठी भर अभिजनों का गुट सर्वांगीण प्रभुत्व कभी स्थापित नहीं कर पाता। निर्णय की प्रक्रिया का केंद्र सिर्फ़ एक ही नहीं होता। इस हक़ीक़त के विपरीत अभिजनवाद के पैरोकार उदारतावाद के आधार पर खड़े समाजों में सत्ता और उसके स्रोतों का अध्ययन करने के लिए त्रुटिपूर्ण पद्धति अपनाते हैं।

हालाँकि अभिजन सिद्धांत लोकतंत्र विरोधी था, पर बीसवीं सदी के मध्य में जोसेफ़ शुमपीटर ने लोकतांत्रिक सिद्धांत में अभिजन सिद्धांत का समावेश किया। उन्होंने कहा कि लोकतंत्र में भी शासन अभिजनों के हाथ में ही रहना चाहिए ताकि व्यवस्था को प्रभावी और स्थिर हुक्मरान लगातार मिलते रहें। बस शर्त यह है कि ऐसे अभिजनों का चयन लोकतांत्रिक प्रक्रियाओं के माध्यम से किया गया हो। यह वैचारिक इंजीनियरिंग करने के पीछे शुमपीटर का उद्देश्य उदारतावादी लोकतंत्र को फ़ासीवाद अथवा कम्युनिज़म का समर्थन करने वाले व्यवस्था-विरोधी अभिजनों के नेतृत्व में चलने वाले आंदोलनों से बचाना था।

बहुलतावादी सिद्धांत को आड़े हाथों लेते हुए शुमपीटर ने कहा कि सत्ता और निर्णय की बहुकेंद्रीयता का उदारतावादी दावा सही नहीं है। दरअसल प्रभुत्व के लिए आपस में होड़ करने वाले समूहों का नियंत्रण कुछ थोड़े से नेताओं के हाथ में रहता है जो आवश्यक नहीं कि अपने समूह के सदस्यों की इच्छाओं और ज़रूरतों के हिसाब से ही चलते हों। इसलिए समूहों के बीच की प्रतियोगिता उनके नेताओं के बीच की प्रतियोगिता बन जाती है। नतीजे के तौर पर बहुलतावादी लोकतंत्र अभिजनवादी लोकतंत्र में बदल जाता है। इस विचार के तहत लोकतंत्र का टिकाऊपन और विकास अपेक्षाकृत निष्क्रिय नागर समाज पर निर्भर न हो कर, उसके अभिजनों की सक्रियता और प्रतिबद्धता का ही परिणाम होता है।

लोकतांत्रिक व्यवस्था हो या निरंकुशता, अभिजनों के महत्त्व से पूरी तरह से इनकार करना मुश्किल है। कुछ विद्वानों का तर्क है कि उदारतावादी लोकतंत्र के व्याख्याकार ज़्यादा ध्यान जनसमूहों के प्रभाव में लिए जाने वाले फ़ैसलों पर देते हैं। इस तरह अभिजनों द्वारा ली गयी पहल क़दमियों की भूमिका पर पूरा प्रकाश नहीं पड़ पाता। इलीट-स्टडी में दिलचस्पी रखने वाले समाज-वैज्ञानिक सामाजिक जीवन के विभिन्न क्षेत्रों के नेताओं की सामाजिक और शैक्षिक पृष्ठभूमि की जाँच करके यह पता लगाने की कोशिश करते हैं कि किन कारकों के प्रभाव में उन्हें अभिजन-समूह में शामिल किया गया। अगर समाज के किसी हिस्से में एक से ज़्यादा अभिजन समूह सक्रिय हैं तो यह पता लगाया जाता है कि उनके बीच किस तरह का सामाजिक, राजनीतिक, आर्थिक और विचारधारात्मक अंतर्संबंध है; और उनमें एकीकृत होने की सम्भावनाएँ हैं या नहीं। इलीट-स्टडी का एक दूसरा आयाम अभिजनों और जनता के बीच संबंधों का अध्ययन है। इसमें यह जानने की कोशिश की जाती है कि ऊपर से नीचे और नीचे से ऊपर इस तरह के संबंध का संचार किस तरह होता है। इस संबध की ख़ामियाँ-ख़ूबियाँ तय करती हैं कि इलीट को प्रतिस्थापित करने की इच्छा रखने वाली ताक़तों की स्थिति क्या है। इस विश्लेषण से ही तय होता है कि किसी विशिष्ट अभिजन को हटाने के लिए शांतिपूर्ण या क्रांतिकारी तरीक़ों के पीछे क्या कारण काम कर रहे थे।

अमेरिकी अभिजन का अध्ययन करने वाले सी. राइट मिल्स ने 'पावर इलीट' की अवधारणा का सूत्रीकरण किया है। मिल्स के अनुसार संयुक्त राज्य अमेरिका में तीन तरह के अभिजन एकीकृत हो कर हुकूमत करते हैं। ये हैं औद्योगिक, राजनीतिक और फ़ौजी। दिलचस्प बात यह है कि अन्य सिद्धांतकारों के विपरीत मिल्स यह दिखाते हैं कि अभिजनों की इस तिकड़ी से मिल कर बनने वाला पावर इलीट लोकतंत्र के लिए किस तरह से नुक़सानदेह है।

अभिजन सिद्धांत ने संस्कृति-अध्ययन के क्षेत्र में भी हस्तक्षेप किया है। मास सोसाइटी के उभार की आलोचना करने वाले यह मान कर चलते हैं कि समकालीन मास मीडिया और उससे निकलने वाली लोकप्रिय जन-संस्कृति अभिजन संस्कृति की श्रेष्ठता के लिए घातक होती है।

देखें : अफ़लातून, विलफ्रेडो परेटो, कार्ल हाइनरिख़ मार्क्स-1, 2, 3 और 4, मार्क्सवाद, फ़ासीवाद, जोसेफ़ शुमपीटर।

संदर्भ

1. विलफ्रेडो परेटो (1935), *द माइंड ऐंड सोसाइटी* (1916), हारकोर्ट ब्रेस, न्यूयॉर्क; केप, लंदन.
2. जोसेफ़ शुमपीटर (1976), *कैपिटलिज़म, सोशलिज़म ऐंड डेमॉक्रैसी*, एलेन ऐंड अनविन, लंदन, पाँचवाँ संस्करण.
3. टॉम बॉटमोर (1966), *इलीट्स ऐंड सोसाइटी*, पेंगुइन, हार्मंड्सवर्थ.
4. जी.एल. फ़ील्ड और जे. हिगली (1980), *इलीटिसिज़म*, रॉटलेज ऐंड कीगन पॉल, लंदन.
5. जी. मोस्का (1939), *द रूलिंग क्लास* (1896), अनु, और सम्पा, : ए. लिविंग्स्टन, न्यूयॉर्क, मैकग्रा-हिल.

—अभय कुमार दुबे

अभिलेखागार

(Archive)

सूचना आधारित समाज के उदय से पहले अभिलेखागार का मतलब था शासन द्वारा वर्गीकृत इबारतों और दस्तावेज़ों का वह संकलन जो एक केंद्रीकृत बंदोबस्त के तहत किसी इमारत में रखा जाता है। आरकाइव की व्युत्पत्ति यूनानी भाषा के शब्द आरकी से हुई है जिसका एक मतलब है प्रारम्भ और दूसरा मतलब है नियमानुसार आदेश। यह व्युत्पत्ति बताती है कि अभिलेखागार ऐतिहासिक रूप से सरकारों, सत्ता और क़ानून की संरचनाओं द्वारा तय किये गये प्रबंधकताओं से क्यों बँधे रहे हैं। जिस जगह सरकार द्वारा दस्तावेज़ रखने का इंतज़ाम होता है, वह विशेष अधिकारों से घिरी होती है। इसमें एक ख़ास क्रम और नियम के अधीन सामग्री का भंडारण किया जाता है। यह प्रक्रिया अभिलेखागार को एक तरह की शारीरिकता और राजनीति से सम्पन्न कर देती है। अभिलेखागार का स्पेस कोई साधारण जगह नहीं होती। वह एक साथ पब्लिक स्पेस भी है, और प्राइवेट भी। प्राइवेट इसलिए कि इसे नियंत्रित और संचालित करने के लिए आरकंस यानी मजिस्ट्रेट या प्रबंधक नियुक्त किये जाते हैं, और पब्लिक इसलिए कि आरकाइव लोगों को अपने भीतर प्रवेश करने की इजाज़त भी देता है। डिजिटल प्रौद्योगिकी के चलन के बाद आरकाइव और उसके स्पेस का यह रिश्ता पूरी तरह से बदल गया है। आज भी लाइब्रेरियों और म्यूज़ियमों में अभिलेखागारों का रख-रखाव होता है, लेकिन आज के आरकाइव अधिकतर वर्चुअल स्पेस में बनाये और इस्तेमाल किये जाते हैं। यू ट्यूब, विकीपीडिया या फ़ेसबुक जैसे वेब 2.0 एप्लीकेशनों के कारण अभिलेखागारों का संस्थागत संदर्भ बदल गया है, जिसने सूचना, ज्ञान और सत्ता के समीकरण को नीचे से ऊपर तक बदल डाला है।

अभिलेखागारीय प्रौद्योगिकी और उसमें आये परिवर्तनों पर ज़ाक देरिदा और मिशेल फ़ूको ने गहन विचार किया है। दोनों का मक़सद अलग-अलग है। फ़ूको अपनी रचना *आर्कियालॅजी ऑफ़ नॉलेज* में रिनेसाँकालीन, क्लासिकल और आधुनिक युग की ज्ञानमीमांसाओं को संचालित करने वाले विमर्श संबंधी नियमों की शिनाख़्त करना चाहते हैं। इसलिए उन्होंने आरकाइव को सबसे पहले एक ऐसे नियम के रूप दिखाया है जो तय करता है कि किसी वक्तव्य में क्या कहा जा सकता है। फिर उन्होंने उसकी पहचान एक प्रणाली के रूप में की है जो वक्तव्यों को विलक्षण घटनाओं की तरह पेश करने और संचालित करने का काम अंजाम देती है। फ़ूको के विपरीत देरिदा ने 1994 में दिये गये एक भाषण *द कंसेप्ट ऑफ़ आरकाइव : अ फ्रायडियन इम्प्रेशन* में अभिलेखागार और मानवीय स्मृति के संबंधों की जाँच की है,। उनका प्रस्ताव है कि डिजिटल प्रणालियों के ज़रिये वर्चुअल स्पेस में सूचनाओं के भंडारण की अकूत क्षमता उपलब्ध हो जाने के बाद अभिलेखागार की अवधारणा पर दोबारा ग़ौर किया जाना चाहिए। आरकाइव के इतिहास में प्रवेश करते हुए देरिदा ध्यान दिलाते हैं कि यूनान में राजनीतिक सत्ता से लैस नागरिकों के पास क़ानून बनाने और उसकी नुमाइंदगी का अधिकार होता था। अपने इसी सार्वजनिक प्राधिकार के तहत उनके घरों पर अधिकारिक दस्तावेज़ों या अभिलेखों का भण्डारण किया जाता था। इस तरह एक सत्तारूढ़ व्यक्ति के अधिकार-क्षेत्र में अभिलेखागार रखने की शुरुआत हुई। एक विद्वान ने अभिलेखागार की तुलना देकार्तवादी मस्तिष्क से की है जिसका नियंत्रण उस देह के स्वामी के पास रहता है जिसमें उस मस्तिष्क का वास है। इसमें कोई शक नहीं कि प्राचीन यूनान द्वारा स्थापित अभिलेखागार संबंधी परम्पराओं ने आधुनिक युग में भी विमर्श और ज्ञान की राजनीति को प्रभावित करना जारी रखा। लेकिन, सूचना-समाज के आविर्भाव की घोषणा करने वाले डिजिटल युग ने इस स्थिति को उलट दिया है। आज के ज़माने में निजी ज़िंदगियाँ एक रुटीन के तौर पर सार्वजनिक स्पेसों में सजा कर दिखायी जाती हैं। ये स्पेस अक्सर सभी की आवाजाही के लिए खुले रहते हैं। इन्हें इस्तेमाल और संचालित करने वालों का इन पर काफ़ी ढीला-ढाला क़िस्म का नियंत्रण रहता है। इंटरनेट ने वर्गीकृत सामग्री तक एक आदमी की पहुँच आसान बना दी है। न केवल यह बल्कि वह साधारण व्यक्ति ख़ुद अपनी ज़िंदगी का अभिलेखागार बना कर दूसरों के लिए पेश कर सकता है। यू ट्यूब पर लोगों द्वारा पोस्ट किये गये जीवनीपरक वीडियो, सोशल नेटवर्किंग साइट्स पर चस्पाँ की गयी परिजनों की तस्वीरें और दर्ज किये गये अपने निजी ऊहापोह पहली नज़र में महत्त्वहीन लग सकते हैं। पर उनसे पता चलता है कि अभिलेखागार के आधारभूत सामाजिक या सांस्कृतिक ढाँचे में कितना बड़ा परिवर्तन आ गया है। जो परिघटना सरकारी और सार्वजनिक थी, अब उत्तरोत्तर निजीकृत होती जा रही है।

1967 में प्रकाशित अपनी रचना *राइटिंग ऐंड डिफ़रेंस* में देरिदा ने फ्रॉयड की इस बात के लिए आलोचना की थी कि वे ऐसी मशीनों की सम्भावना देख पाने में असमर्थ रहे जो मानवीय स्मृति की भाँति यादों का भंडारण कर सकती हैं। उसी आलोचना को आगे बढ़ाते हुए देरिदा अपने इस भाषण में कहते हैं कि मीडिया प्रौद्योगिकी में हुई प्रगति ने मानस की संरचना में तब्दीलियाँ की हैं और संस्कृति को भी बदल डाला है। अगर फ्रॉयड के ज़माने में ई-मेल की सुविधा होती तो मनोविश्लेषण भी कुछ और होता। ई-मेल सम्भव होने के बाद अब मनोविश्लेषण का भविष्य बदल जाएगा। देरिदा अपने इस

तर्क के ज़रिये यह कहते हुए प्रतीत होते हैं कि मीडिया की प्रौद्योगिकी किसी सामग्री के भंडारण की निष्क्रिय वाहक नहीं होतीं। बल्कि वह अभिलेखागार बनाने में सक्रिय भूमिका निभाती है। यहाँ तक कि उसके यूज़र को भी प्रभावित करती है। दिलचस्प बात यह है कि 1995 में जिस समय देरिदा यह व्याख्यान दे रहे थे, मीडिया प्रौद्योगिकी का विकास ई-मेल से बहुत आगे बढ़ चुका था। इंटरनेट अपने शुरुआती रूप में सामने आ चुका था। शब्दों, बिम्बों और ध्वनियों के हायपरटेक्स्चुअल अभिलेखागार के रूप में इंटरनेट की शिनाख़्त मुश्किल नहीं थी।

प्रौद्योगिकी में होने वाले परिवर्तनों और जीवन पर पड़ने वाले उनके प्रभाव को नज़रअंदाज़ करने के लिए देरिदा ही नहीं, बल्कि फ़ूको और फ्रॉयड को भी दोषी ठहराया जा सकता है। जिस तरह देरिदा केवल ई-मेल के मूल्यांकन तक ही रुक जाते हैं, उसी तरह कभी फ्रॉयड मिस्टिक पैड जैसी आदिम प्रौद्योगिकी पर ही विचार करके रह गये थे। फ़ूको तो अभिलेखागार की परिघटना पर चिंतन करते हुए 1850 के आसपास प्रचलित प्रौद्योगिकियों से आगे नहीं बढ़े। इन तीनों महान विद्वानों की मिसालों से लगता है कि शब्दों का लेखन और इबारत तैयार करने का आचरण उनके लिए कितना केंद्रीय था। दरअसल, मल्टीमीडिया प्रौद्योगिकी ने अभिलेखागार का लिखित शब्द के साथ रिश्ता पहले जैसा नहीं रहने दिया है। आज लफ़्ज़ों से बनी इबारतें ही नहीं, बल्कि ध्वनियाँ और बिम्बों के आरकाइव भी बनाये और क़ायम रखे जा सकते हैं।

अभिलेखागार संबंधी चिंतन में पिछले बीस वर्ष में काफ़ी प्रगति हुई है। देरिदा ने फ्रॉयड की रचनाओं का विश्लेषण करते हुए जो प्रश्न उठाये थे, वे अपनी सीमाओं के बावजूद प्रौद्योगिकीय विकास के आईने में भविष्य को देखने का आह्वान करते थे। वेब 2.0 नामक प्रौद्योगिकी ने आज हर व्यक्ति को किसी दूसरे द्वारा बनाये गये आरकाइव में दखलंदाजी करने, उसे समृद्ध करने और उसका रूप बदलने की इजाज़त दे दी है।

देखें : सूचना समाज, ज़ाक देरिदा, मिशेल पॉल फ़ूको-1 और 2, दिन-प्रतिदिन के अभिलेखागार, डिजिटल डिवाइड, इंटरनेट, ज़िग्मंड फ्रॉयड-1 और 2.

संदर्भ

1. ज़ाक देरिदा (2003), *आरकाइव फ़ीवर : अ फ्रॉयडियन इम्प्रेशन*, युनिवर्सिटी ऑफ़ शिकागो प्रेस, शिकागो.
2. माइक फ़ेदरस्टोन (2001), 'आरकाइविंग कल्चर्स', *ब्रिटिश जर्नल ऑफ़ सोसियोलॅजी*, खण्ड 51, अंक 1.
3. जोक ब्राउवर और अर्जुन मुल्डर (सम्पा.) (2003), *इनफ़ॉर्मेशन इज़ एलाइव : आर्ट ऐंड थियरी ऑन आरक़ाइविंग ऐंड रिट्रीविंग डेटा*, वी2/ऐनएआई, रोटरडम.
4. एम. दिलैंदा (2003), 'दि आरकाइव बिफ़ोर ऐंड आफ़्टर फ़ूको', संकलित : जोक ब्राउवर और अर्जुन मुल्डर (सम्पा.), *इनफ़ॉर्मेशन इज़ एलाइव : आर्ट ऐंड थियरी ऑन आरक़ाइविंग ऐंड रिट्रीविंग डेटा*, वी2/ऐनएआई, रोटरडम.

—अभय कुमार दुबे

अभिरुचि

(Taste)

अभिरुचि या टेस्ट समाजशास्त्र की केंद्रीय अवधारणाओं में से एक है। पहले अभिरुचि पर दार्शनिक रूप से सौंदर्यशास्त्र के तहत विचार किया जाता था। लेकिन आज अभिरुचि का मसला केवल क्लासिकल क़िस्म के दार्शनिक चिंतन या निजी पसंद-नापसंद तक ही सीमित नहीं रह गया है। उसके ज़रिये अच्छे और बुरे के बीच, आस्वादपूर्ण और आस्वादहीन के बीच, सुंदर और असुंदर के बीच फ़र्क़ ही नहीं किया जाता, बल्कि निजी प्राथमिकताओं और सामाजिक रूप से विकसित प्राथमिकताओं और आदतों के बीच एक सम्पर्क सूत्र भी बनाया जाता है। समाज में स्थापित अभिरुचि के मानक व्यक्तियों के बीच स्वत:स्फूर्त अनुक्रियाओं को जन्म देते हैं, जिनके आधार पर व्यक्तियों की व्यवहारशैलियाँ बनती हैं, या उनकी कसौटी पर कस कर दूसरों के आचरण की आलोचना या सराहना की जाती है। अभिरुचि के आधार पर लोगों का वर्ग या सामाजिक दर्जा तय होता है। अभिरुचि का ज़िक्र होते ही जिस विद्वान का नाम सामने आता है, वे हैं फ्रांसीसी समाजशास्त्री पिएर बोर्दियो। 1979 में फ्रेंच में प्रकाशित उनकी रचना *डिस्टिंक्शन : अ सोशल क्रिटीक ऑफ़ द जजमेंट ऑफ़ टेस्ट* ने अभिरुचि संबंधी समाजशास्त्रीय विमर्श को सर्वाधिक प्रभावित किया है। बोर्दियो ने यह किताब सौंदर्यमूलक परख के इमैनुएल कांट द्वारा किये गये विश्लेषण की आलोचना के रूप में लिखी थी। दरअसल, बोर्दियो कांट की आलोचना के माध्यम से दिखाना चाहते थे कि सौंदर्यशास्त्रीय दर्शन के तहत अभिरुचि के जिन मानकों को वस्तुनिष्ठ और वैध क़रार दिया जाता है उनका असली सामाजिक उद्‌गम क्या है।

किसी चीज़, आचरण, व्यवहार या किसी कृति को अच्छा-बुरा, सराहने लायक या उपेक्षणीय मानने के पीछे आम तौर पर एक़दम निजी पंसद या नापसंद की भूमिका होती है। रुचि का प्रश्न मुख्य तौर पर आत्मनिष्ठ समझा जाता है। लेकिन कांट ने अपनी रचना *द क्रिटीक ऑफ़ जजमेंट*

में यह दिखाया कि अपनी पसंद व्यक्त करते समय हम यह अपेक्षा रखते हैं कि दूसरे भी हमारी इस परख में सहभागी होंगे। इस तरह हम अपनी आत्मनिष्ठता को वस्तुनिष्ठता में बदलना चाहते हैं। जितने ज़्यादा लोग किसी एक परख में सहभागी होंगे, अभिरुचि का मानक उतना ही व्यापक और सार्वभौम होगा। इसी मुक़ाम पर आकर अभिरुचि का प्रश्न दार्शनिक न रह कर तथ्यगत बन जाता है। बावजूद इसके कि चीज़ों के बारे में लोगों की राय एक-दूसरे से अक्सर काफ़ी अलग होती है, मूल्यांकन के वे मानक अधिक प्रतिष्ठित और स्वीकार्य समझे जाते हैं जिन पर किसी समूह ने अपनी मुहर लगा दी हो। यह समूह ऊँचे लोगों का समाज, हाई सोसाइटी या उच्चवर्गीय माना जाता है। अभिरुचि के मामले में समाज की इसी ऊपरी परत को पूरे समाज की नुमाइंदगी दे दी जाती है। इसी के आधार अभिरुचि के सर्वस्वीकार्य मानक स्थापित किये जाते हैं।

समाज-विज्ञानियों और चिंतकों को यह जानने में हमेशा दिलचस्पी रही है कि अभिरुचि का कौन सा मानक नितांत निजी है, और कौन सा सामान्य। इंद्रियानुभववादी दार्शनिक डेविड ह्यूम ने अपने अभिरुचि संबंधी लेखन में यह सवाल उठाया था। वे यह जानने में तथ्यगत रूप से दिलचस्पी रखते थे कि किसी भी समाज या संस्कृति में अभिरुचि के मानक कितने लोगों को स्वीकार्य हैं। विमर्श की यही परम्परा उन समाजशास्त्रीय अध्ययनों की पूर्वपीठिका है जो आज यह पता लगाने का यत्न करते हैं कि जीवन-शैली के चुनाव और उपभोक्ता प्राथमिकताओं के पीछे दरअसल अभिरुचि के कौन से मानक काम कर रहे हैं। यह प्रश्न जितना संगीत, कला और साहित्य के क्षेत्र के लिए वैध है, उतना ही घर चुनने, पोशाक पसंद करने या खान-पान तय करने के लिए भी है। मार्केट रिसर्च का मक़सद एक ऐसे मार्गदर्शक उसूल का पता लगाना होता है जिसके जिसके आधार पर तय किया जा सके उपभोक्ताओं की रुचि के मुताबिक़ कौन सा उत्पादन किया जाना चाहिए, या विज्ञापन में कौन सा फ़िकरा इस्तेमाल करके उनकी रुचि को स्पर्श देना चाहिए।

व्यक्ति और उसके सामाजिक अस्तित्व के बीच संबंध के प्रश्न में समाजशास्त्रियों की दिलचस्पी शुरू से ही रही है। वे जानने की कोशिश करते रहे हैं कि आख़िर किसी समुदाय के सदस्यों को आपस में जोड़ने वाली बातें कौन सी होती हैं। इस क्षेत्र में जॉर्ज ज़िमेल का योगदान उल्लेखनीय है। ज़िमेल के मुताबिक़ अभिरुचि की समानता व्यक्तियों के बीच फ़ासलों और यहाँ तक कि विरोध को भी ख़त्म कर देती है। साझी अभिरुचि या व्यवहार-शैली या शिष्टता के माध्यम से लोग एक मुश्तरका सामाजिक समूह की सदस्यता घोषित करते हैं और साथ में उसी के माध्यम से अपने व्यक्तित्व की ख़ूबियों को भी सुरक्षित रखते हैं। चाहे कला हो या सामाजिक जीवन, अभिरुचि के माध्यम से लोग किसी एक शैली में साझेदार होते हुए भी अपनी निजता, शख़्सियत और विशिष्टता क़ायम रख सकते हैं।

ज़िमेल ने फ़ैशन को आधुनिकता की एक अहम परिघटना की तरह पढ़ने की कोशिश की है। फ़ैशन एक ऐसी शै है जो लगातार बदलती रहती है, जो क्षणभंगुर क़िस्म की है। फ़ैशन जब होता है तो ख़ूब होता है, पर अचानक वह नहीं रह जाता। फ़ैशन के ज़रिये दैनंदिन जीवन में साधारण लोग वह हासिल कर सकते हैं जिसे कांट ने अभिरुचि का अंतर्विरोध क़रार दिया था। फ़ैशन एक साथ किसी एक क्षण में सामाजिक रूप से स्वीकार्य शैलीगत प्राथमिकता की अभिव्यक्ति होने के साथ-साथ एक निजी वक्तव्य भी है। चूँकि वह नक़ल होने के साथ अपनी विशिष्टता का बयान भी है, इसलिए वह इस अंतर्विरोध को सफलतापूर्वक व्यक्त कर पाता है। फ़ैशनपरस्तों का समुदाय अभिरुचि का समुदाय भी माना जाता है।

अभिरुचि के मानक हमेशा ऊपर से नीचे की तरफ़ रिस-रिस कर पहुँचते हैं। इसे 'ट्रिकलडाउन इफ़ेक्ट' कहा जाता है। चाहे रहन-सहन की कोई शैली हो, खान-पान हो या फ़ैशन; सबसे पहले उसका चलन समाज की ऊपरी परतों में होता है। इस धारणा के दो मतलब हैं और दोनों एक-दूसरे के विपरीत हैं। पहला, निचले तबके ऊपरी तबक़ों के स्टाइल की नक़ल करते हैं, और उनकी कोई अलग विशिष्ट अभिरुचि नहीं होती। जब तक उच्च वर्गों का फ़ैशन निचले वर्गों तक आ पाता है, तब तक उच्च वर्ग किसी और फ़ैशन को अपना लेते हैं। दूसरा, बावजूद इसके कि अभिरुचि का सफ़र ऊपर से नीचे होता है और ऊपर व नीचे के बीच समय का अंतराल भी दिखता है, पर कुल मिला कर यह तथ्य ऊपरी परत और निचली परत की अभिरुचियों के एक समान होने का प्रमाण भी है। सामाजिक अनुकरण की यह प्रक्रिया एक तो माँग पर आधारित होती है, दूसरे ऊर्ध्वगामिता की इच्छा भी इसकी चालक शक्ति के तौर पर काम करती है।

थोर्स्टाइन वेबलन ने उपभोग और प्रदर्शनप्रियता का बेहतरीन अध्ययन किया है। इसके पीछे धारणा यह है कि आज के प्रौद्योगिकीय ज़माने में पहले की तरह श्रम और उसके फलितार्थ उतने दृश्यमान नहीं रह गये हैं। इसी तरह अमीरी और उसकी अभिव्यक्तियाँ भी उस तरह दृश्यमान नहीं है जिस तरह पहले के युगों में हुआ करती थीं। दो एक से फ़्लैटों में रहने वाले लोगों की अमीरी में ज़मीन-आसमान का अंतर हो सकता है। इसीलिए अपनी धन-सम्पत्ति का दिखावा करने की ज़रूरत पड़ती है। अभिरुचि का दिखावा भी इसी का हिस्सा है। एक ऐसी सुंदर या अनूठी वस्तु, जिसकी ज़ाहिरा तौर पर कोई उपयोगिता नहीं है, अपने मालिक को काफ़ी प्रतिष्ठा दिला सकती है। उस वस्तु के स्वामित्व के आईने में व्यक्ति

का सामाजिक दर्जा दिखायी देता है। इसी तरह पेरिस में होने वाले फ़ैशन शो का अध्ययन करके हरबर्ट ब्लूमर ने दिखाया है कि किस तरह फ़ैशन सामूहिक चुनाव के ज़रिये अभिरुचि का निर्धारक बन जाता है। ब्लूमर यह भी दिखाते हैं कि फ़ैशन डिज़ाइनर जब कई तरह की पोशाकों में से शो के लिए चुनते हैं तो कोई ज़रूरी नहीं कि उस समय वे किसी ताक़तवर या प्रतिष्ठामूलक समूह की प्राथमिकताओं का पालन कर रहे हों। ब्लूमर का अध्ययन इशारा करता है कि अभिरुचि का सामूहिक निर्माण जिस सामाजिक गतिशीलता के ज़रिये होता है, वह लाज़मी तौर पर उच्चता के बोध पर आधारित नहीं होती।

ख़ास बात यह है कि सामाजिक अभिरुचि के निर्माण के ये अध्ययन बोर्दियो द्वारा निकाले गये कुछ निष्कर्षों पर प्रश्न-चिह्न लगाते हैं। बोर्दियो का कहना था कि शासक वर्ग की या कुलीन वर्ग की अभिरुचि ही मानक बन जाती है। लेकिन दूसरे समाजशास्त्रियों ने शैक्षिक अवसरों के लोकतंत्रीकरण के बाद नतीजा निकाला है कि उच्च वर्गों की रुचि और साधारण वर्गों की रुचि के बीच विशिष्टता या नफ़ासत के आधार पर अंतर होने के बजाय एक तरह की समावेशी समानता पायी जाने लगी है। उत्तरी अमेरिका में संगीत संबंधी अभिरुचियों का अध्ययन बताता है कि ऊँचे और अभिजन शिक्षा संस्थानों में पढ़े हुए युवक और निचले स्तर से आने वाले युवकों की संगीत संबंधी पसंद एक सी होती है। इसी तरह बोर्दियो ने सामाजिक अभिरुचि के जेंडर संबंधी कोण पर भी ध्यान नहीं दिया था। परवर्ती अध्ययनों ने दिखाया है कि किस तरह जेंडर संबधी विभेद अभिरुचि के निर्माण में निर्णायक भूमिका अदा करते हैं। स्त्रियाँ विशेष तौर पर म्यूज़ियम जाना, कलादीर्घाओं में जाना, थिएटर जाना और क्लासिकल नृत्य देखना पसंद करती हैं। कोई ज़रूरी नहीं कि ऐसी स्त्रियाँ अमीर तबके की ही हों। मध्यवित्तीय स्त्रियाँ भी ऐसी सांस्कृतिक अभिरुचियों की वाहक होती हैं।

देखें : पिएर बोर्दियो, इमैनुएल कांट, सौंदर्यशास्त्र, डेविड ह्यूम, जॉर्ज ज़िमेल।

संदर्भ

1. जुक्का ग्रोनाव (1997), द *सोसियोलॅजी ऑफ़ टेस्ट,* रॉटलेज, न्यूयॉर्क.
2. पिएर बोर्दियो (1986), *डिस्टिंक्शन : अ सोशल क्रिटीक ऑफ़ द जजमेंट ऑफ़ टेस्ट,* रॉटलेज, लंदन.
3. आर.ए. पीटरसन और आर.एम. कर्न (1996), 'चेंजिंग हाईब्राउ टेस्ट : फ्रॉम स्नॉब टू ओमनीवोर', *अमेरिकन सोसियोलॅजिस्ट रिव्यू,* अंक 61.
4. थोर्स्टाइन वेबलेन (1999), द *थियरी ऑफ़ लेज़र क्लास,* रैंडम हाउस, न्यूयॉर्क.
5. जॉर्ज ज़िमेल (1997), *ज़िमेल ऑन कल्चर : सिलेक्टिड राइटिंग्स,* एम. फ़ेदरस्टोन और डी. फ़्रिस्बी (सम्पा.), सेज, लंदन.

—अभय कुमार दुबे

अमर्त्य कुमार सेन

(Amartya Kumar Sen)

बीसवीं सदी के आख़िरी दशकों में आर्थिक कर्ता के रूप में व्यक्ति की भूमिका को नये ढंग से परिभाषित करने का श्रेय भारतीय अर्थशास्त्री और दार्शनिक अमर्त्य कुमार सेन (1933-) को जाता है। वे भारत के एकमात्र अर्थशास्त्री हैं जिन्हें नोबेल पुरस्कार से सम्मानित किया गया है। कल्याणकारी अर्थशास्त्र और विकासवादी अर्थशास्त्र के दायरे में अपनी दार्शनिक अंतर्दृष्टियों का इस्तेमाल करते हुए अमर्त्य सेन ने दिखाया है कि मनुष्य केवल तर्कसंगत ढंग से उपयोगिता का अधिकतम दोहन करने वाला प्राणी ही नहीं होता, उसके भीतर एक तात्त्विक मूल्य निहित होता है। अमर्त्य सेन ने अपनी व्याख्याओं से आर्थिक प्रणाली के उद्देश्यों को बदलने का प्रयास भी किया। उनका आग्रह है कि किसी अर्थव्यवस्था के अच्छे होने की निशानी केवल यह नहीं है कि वह वस्तुएँ और सेवाएँ मुहैया करा पा रही है या नहीं। देखना यह चाहिए कि उसके तहत कितने लोगों का जीवन बेहतर हो पाया है। समकालीन अर्थशास्त्रियों में अमर्त्य सेन अकेले हैं जिन्होंने आर्थिक वृद्धि और आर्थिक विकास की धारणाओं को अलग-अलग परिभाषित करते हुए दावा किया कि वृद्धि का मतलब विकास नहीं होता। वृद्धि का पता प्रति व्यक्ति आमदनी बढ़ने से लगाया जा सकता है, पर विकास की कसौटी जीवन-प्रत्याशा, शिक्षा, स्वास्थ्य और साक्षरता है। सेन के विमर्श का केंद्रीय पहलू मानवीय सम्भावनाओं को साकार करने और मानवीय क्षमताओं की रचना और अभिवृद्धि रही है। वे मानते हैं कि केवल इसी के ज़रिये समाज और परिवार के भीतर व्यक्ति की ख़ुशहाली परवान चढ़ सकती है। मानवीय क्षमताओं के विकास को अर्थशास्त्र का असली मक़सद मानने वाले अमर्त्य सेन ने अल्पविकास के स्त्रियों पर पड़ने वाले विपरीत असर का भी अध्ययन किया है। उन्होंने विलफ़्रेडो परेटो द्वारा प्रतिपादित अनुकूलतम परिस्थिति के सिद्धांत की सुसंगत आलोचना भी की है।

शांतिनिकेतन, बंगाल के एक गाँव में पैदा हुए अमर्त्य सेन ने राजनीतिक दर्शन और अर्थशास्त्र की शिक्षा कोलकाता के प्रेसीडेंसी कॉलेज में प्राप्त की। 1943 में बंगाल के अकाल ने उनके मानस पर अमिट छाप छोड़ी और उसी की वजह से उनकी अर्थशास्त्र में रुचि बढ़ी। ट्रिनिटी कॉलेज, केम्ब्रिज से पियरो स्राफ़ा और जोआन रॉबिंसन के निर्देशन में पीएचडी करने के बाद उन्होंने कुछ दिन जादवपुर विश्वविद्यालय में पढ़ाया और फिर केम्ब्रिज चले गये। अमर्त्य सेन ने दिल्ली स्कूल ऑफ़ इकॉनॉमिक्स और फिर लंदन स्कूल ऑफ़ इकॉनॉमिक्स में भी अध्यापन किया। 1977 में उन्होंने ऑक्सफ़र्ड के

न्यूफ़ील्ड कॉलेज में पढ़ाया और फिर राजनीतिक अर्थशास्त्र के ड्रमंड प्रोफ़ेसर हो गये। उनसे पहले एजवर्थ और हिक्स जैसे विद्वान इस पद पर रह चुके थे। 1987 में अमर्त्य सेन को हार्वर्ड विश्वविद्यालय में दर्शन और अर्थशास्त्र का प्रोफ़ेसर बनया गया। 1998 में इंग्लैण्ड लौट कर वे ट्रिनिटी कॉलेज के प्रधानाध्यापक नियुक्त किये गये। 1994 में उन्हें अमेरिकन इकॉनॉमिक एसोसिएशन का अध्यक्ष चुना गया।

अमर्त्य सेन कल्याणकारी अर्थशास्त्र की इन पारम्परिक धारणाओं से सहमत नहीं हैं कि मुक्त विनिमय के ज़रिये बुद्धिसंगत व्यवहार करने वाले व्यक्तियों की खुशहाली में वृद्धि हो सकती है। अधिकतर अर्थशास्त्री इस मान्यता पर चलते हैं कि व्यक्ति आम तौर पर बुद्धिसंगत और तार्किक ढंग से व्यवहार करते हैं, इसलिए वे कई सम्भव क्रियाओं के परिणामों पर ग़ौर करके तय करते हैं कि उनके लिए सर्वाधिक लाभकारी क़दम कौन सा हो सकता है। अर्थशात्रियों का यह विश्वास ही उन्हें परेटो ऑप्टिमल (अनुकूलतम परिस्थिति) का पैरोकार बनाता है। सेन का तर्क है कि उपयोगिता का सही अर्थ बजाय व्यक्ति को वह करने की इजाज़त होनी चाहिए जो वह करना चाहता है, बशर्ते वह दूसरों को वह करने से न रोक रहा हो जो वे करना चाहते हैं। अर्थात् बहुमत की राय के आधार पर अल्पमत को मजबूर करना उदारतावाद नहीं हो सकता।

अमर्त्य सेन कहते हैं कि व्यक्ति के कल्याण का उपयोगितावादी विश्लेषण अपर्याप्त है इसलिए हमें किसी और परिप्रेक्ष्य की आवश्यकता है। उन्होंने क्षमताओं की समानता हासिल करने का विचार दिया है। वे आमदनी या संसाधनों की समता के बजाय लोगों की क्षमताओं को बराबर करने पर ज़ोर देते है। अमर्त्य सेन के मुताबिक़ अगर सामाजिक नीति इस तरह बनायी जाए कि उसके आधार पर लोग विभिन्न काम करने लायक क्षमताएँ विकसित कर सकें तो समता का आदर्श प्राप्त किया जा सकता है। मसलन, अगर किसी क्षेत्र में निरक्षरता है, तो संसाधनों की समता में यक़ीन करने वालों के लिए यह पर्याप्त होगा कि राज्य और समाज उपलब्ध संसाधन किताबों और शिक्षा संबंधी सेवाओं पर ख़र्च करें। पर, क्षमताओं की समता के पैरोकार चाहेंगे कि लोगों के भीतर शिक्षा नामक एक आंतरिक योग्यता पैदा करने की गारंटी की जाए। अमर्त्य सेन चाहते हैं कि विषमता का विश्लेषण करते समय मानवीय विविधता का पूरी बारीकी से ध्यान रखा जाना चाहिए। यह विविधता आंतरिक (उम्र, जेंडर, प्रतिभाएँ, स्वास्थ्य आदि) भी होती है और बाह्य (सम्पत्ति का स्वामित्व, सामाजिक पृष्ठभूमि, पर्यावरण स्थितियाँ आदि) भी। मसलन, वैसे तो हर स्त्री जेंडर संबंधी भेदभाव की शिकार होती है, पर दलित स्त्री और ऊँची जाति की स्त्री की परिस्थितियाँ एकदम अलग-अलग हो सकती हैं। इसी तरह दिल्ली की एक दलित

अमर्त्य कुमार सेन (1933-)

स्त्री और राजस्थान या हरियाणा की किसी सवर्ण विधवा की जीवन-स्थितियों के बीच फ़र्क़ का ध्यान रखा जाना चाहिए। सामाजिक नीतियाँ अगर इन अंतरों का ख़याल करके बनायी जाएँगी तो क्षमताओं की समता अधिक बेहतर ढंग से प्राप्त की जा सकेगी। अमर्त्य सेन मानते हैं कि आर्थिक वृद्धि और विकास एक साथ भी क़दम बढ़ाते हैं, पर ऐसा हमेशा हो यह ज़रूरी नहीं होता। चीन, श्रीलंका और कोस्टारिका के उदाहरण देते हुए उन्होंने बताया कि इन देशों में आर्थिक वृद्धि के आँकड़े बेहतर नहीं हैं, पर सही नीतियों के ज़रिये व्यक्ति की क्षमताओं का विकास कहीं बेहतर हुआ है। इसलिए विकासशील देशों को मानवीय क्षमताओं और सम्भावनाओं के विकास पर ज़्यादा ज़ोर देना चाहिए। उत्पादन और आमदनी के स्तर में वृद्धि से ज़्यादा महत्त्वपूर्ण है बढ़ती हुई साक्षरता दर और औसत आयु में बढ़ोतरी।

अकाल और भूख पर सेन द्वारा किये गये अध्ययनों से अर्थशास्त्रियों को इन समस्याओं के असली कारणों को समझने में मदद मिली है। 1981 में प्रकाशित अपनी रचना *पॉवर्टी ऐंड फ़ेमिन* में उन्होंने दिखाया कि लोकतांत्रिक व्यवस्थाओं में अकाल नहीं पड़ते। ज्याँ ड्रेज़ के साथ किया गया उनका अध्ययन कहता है कि भारत में 1943 के बाद से कोई अकाल नहीं पड़ा, लेकिन 1958 से 1961 के बीच चीन में एक ऐसा अकाल पड़ा जिसमें डेढ़ से तीन करोड़ लोगों की जान चली गयी, हालाँकि भारत के मुक़ाबले चीन ने भुखमरी को ज़्यादा नियंत्रित किया है। सेन के इस हस्तक्षेप से पहले विकासवादी अर्थशास्त्री मानते थे कि खाद्यान्न की कम उपज होने के कारण ही अकाल पड़ते हैं। सेन ने बताया कि खाद्यान्न की सप्लाई से ज़्यादा महत्त्वपूर्ण वितरण का प्रश्न है। देश के एक हिस्से में लोगों की क्रय क्षमता अधिक होने के कारण खाद्य की अधिक माँग हो सकती है, और दूसरे हिस्से में उसकी आपूर्ति अपर्याप्त

रह सकती है। यह स्थिति एक हिस्से में उसकी बहुतायत और दूसरे में अकाल पैदा कर सकती है।

देखें : अर्थ-विज्ञान का समाजशास्त्र, आर्थिक जनसांख्यिकी, अल्फ्रेड मार्शल, अंतर्राष्ट्रीय मुद्रा कोष, आधार और अधिरचना, ऑस्कर रायज़ार्ड लांगे, ऐडम स्मिथ, करारोपण, कल्याणकारी अर्थशास्त्र, क्लासिकल अर्थशास्त्र, कार्ल हाइनरिख़ मार्क्स-3, कार्ल मेंगर, कींसियन अर्थशास्त्र, गुन्नार मिर्डाल, जोआन रोबिंसन, जान कैनेथ गालब्रेथ, जान मेनार्ड कींस, जान स्टुअर्ट मिल, जोसेफ़ शुमपीटर, जैव विविधता, ट्रस्टीशिप, डेविड रिकार्डो, ढाँचागत समायोजन कार्यक्रम, थॉमस मन और वणिकवाद, थॉमस रॉबर्ट माल्थस, दक्षता, धन, नियोक्लासिकल अर्थशास्त्र, नीतिशास्त्र और अर्थशास्त्र, निकोलस काल्दोर, नियोजन, नियोजन : मार्क्सवादी विमर्श, पण्य, पण्य-पूजा, पेटेंट, पॉल सेमुअलसन, पियरो स्राफ़ा, पूँजी, प्रतियोगिता, फ्रांस्वा केस्ने और प्रकृतिवाद, फ्रेड्रिख़ वॉन हायक, बहुराष्ट्रीय निगम, बाज़ार, बाज़ार की विफलताएँ, बाज़ार-समाजवाद, बौद्धिक सम्पदा अधिकार, ब्रेटन वुड्स प्रणाली, भारत में बहुराष्ट्रीय निगम, भारत में नियोजन, भारत में पेटेंट क़ानून, भारत में शेयर संस्कृति, भूमण्डलीकरण और पूँजी बाज़ार, भूमण्डलीकरण और वित्तीय पूँजी, भूमण्डलीकरण और वित्तीय उपकरण, मार्क्सवादी अर्थशास्त्र, मिल्टन फ्रीडमेन, मूल्य, राजकोषीय नीति और मौद्रिक नीति, रॉबर्ट ओवेन, विलफ्रेडो परेटो, विश्व व्यापार संगठन, विश्व बैंक, विलियम पेटी, विलियम स्टेनली जेवंस, वैकासिक अर्थशास्त्र, शोषण, साइमन कुज़्नेत्स।

संदर्भ

1. आरजो क्लैमर (1989), 'अ कनवरज़ेशन विद् अमर्त्य सेन', *जर्नल ऑफ़ इकॉनॉमिक पर्सपेक्टिव्ज़*, खण्ड 3, अंक 1.
2. मिशेल मैकफ़र्सन, 'अमर्त्य सेन', वारेन जे. सेमुअल्स (सम्पा.), *न्यू हॉरिज़ंस इन इकॉनॉमिक थॉट : एप्रेज़ल्स ऑफ़ लीडिंग इकॉनॉमिस्ट्स*, एडवर्ड एल्गर, हांट्स, इंग्लैण्ड.
3. लुई पटरमैन (1992), 'अमर्त्य सेन (बॉर्न 1933)', अरेस्टिस और सॉयर (सम्पा.), *बॉयोग्राफ़िकल डिक्शनरी ऑफ़ डिसेंटिंग इकॉनॉमिस्ट्स*, एडवर्ड एल्गर, हांट्स, इंग्लैण्ड.

—अभय कुमार दुबे

अमेरिकीकरण

(Americanisation)

अमेरिकीकरण के विचार का प्रचलित अर्थ अमेरिकी मीडिया कम्पनियों के विश्व-प्रभुत्व की आलोचना की देन है। मोटे तौर पर इसे संस्कृति-उद्योग और सांस्कृतिक साम्राज्यवाद के परस्परव्यापी तात्पर्य या पर्याय की तरह भी देखा जाता है। लेकिन ऐसे भी कुछ पहलू हैं जो अमेरिकीकरण को इन दोनों से अलग करते हैं। इनमें प्रमुख है अमेरिकीकरण की अभिव्यक्ति का युरोपीय संस्कृतियों द्वारा प्रयोग। पश्चिमी युरोप के अमीर देश वैसे तो राजनीति, अर्थनीति और समरनीति में अमेरिका के अभिन्न सहयोगी हैं, पर संस्कृति के संदर्भ में वे इसके ज़रिये संयुक्त राज्य अमेरिका की संस्कृति के प्रसारवादी चरित्र पर आपत्ति करते हैं। इस लिहाज़ से अमेरिकीकरण पूँजीवादी सांस्कृतिक शिविर के अंतर्विरोधों का परिचायक भी है। फ्रांस, जर्मनी और इटली जैसे जी-सात देशों की मान्यता है कि अमेरिकी विचारधारा, जीवन-शैली और प्रवृत्तियाँ टेलिविज़न कार्यक्रमों, हॉलीवुड की फ़िल्मों, पॉप म्यूज़िक और खान-पान के माध्यम से उनके अपने सांस्कृतिक मूल्यों और परम्पराओं को पृष्ठभूमि में धकेले दे रही हैं। मसलन, इतालवी आलोचक यह देख कर चिंतित हैं कि उनकी जनता पास्ता की जगह हैमबर्गर और ऑपेरा की जगह माइकल जैक्सन सरीखी संगीत-नृत्य परम्परा को उत्तरोत्तर अपनाती जा रही है। इसी तरह अपनी भाषा को सबसे श्रेष्ठ मानने की खुराक पर पले फ्रांसीसियों और जर्मनों को यह देख कर सांस्कृतिक अंदेशे सताने लगे हैं कि अमेरिकी रुतबे के कारण अंग्रेज़ी का बौद्धिक और सांस्कृतिक प्रभाव बढ़ता जा रहा है। अमेरिकीकरण का यही अर्थ धीरे-धीरे एशियाई संस्कृतियों के पैरोकारों द्वारा भी भूमण्डलीकरण की आलोचना के एक अहम मुहावरे की तरह अपनाया जाने लगा है। भूमण्डलीकरण के आलोचकों के बीच कोकाकोलाइज़ेशन या मैकडनलाइज़ेशन जैसे मुहावरों का अक्सर इस्तेमाल होता है।

अमेरिकी संस्कृति के संक्रामक चरित्र के प्रति अंदेशे भूमण्डलीकरण की विश्वव्यापी प्रक्रिया शुरू होने के काफ़ी पहले से व्यक्त किये जा रहे हैं। मज़दूर वर्ग की संस्कृति के दृष्टिकोण से ब्रिटिश समाजशास्त्री और बरमिंघम सेंटर फ़ॉर द कल्चरल स्टडीज़ के संस्थापक रिचर्ड होगार्ट की 1957 में प्रकाशित रचना द *यूज़िज़ ऑफ़ लिटरेसी* ने अमेरिकीकरण की विस्तृत आलोचना पेश की थी। होगार्ट ने अमेरिकी और ब्रिटिश लोकप्रिय उपन्यासों की तुलना करते हुए आरोप लगाया था कि अमेरिकी उपन्यासों में सेक्स और हिंसा का संदर्भच्युत इस्तेमाल किया जाता है। पचास के दशक के ब्रिटिश 'मिल्क बारों' के विश्लेषण के ज़रिये होगार्ट ने अंग्रेज़ युवकों पर अमेरिका के असर की शिनाख़्त करते हुए दिखाया कि उनके बीच अमेरिकी शैली में 'मॉडर्न' और 'कूल' होना किस तरह तरह प्रचलित होता चला गया। होगार्ट को इस बात में कोई संदेह नहीं था कि अमेरिका से आ रही ये सांस्कृतिक हवाएँ 'जीवन-विरोधी' हैं। यह एक दिलचस्प तथ्य है कि अमेरिकीकरण की जिस प्रक्रिया पर युरोपीय देश आज आपत्ति कर रहे हैं, उसने अपना आधार द्वितीय विश्व-युद्ध के बाद और शीत-युद्ध के दौरान प्राप्त किया था। एक तरह से यह अमेरिकीकरण विश्व-युद्ध से जर्जर हो चुके युरोप की ज़रूरत था। यही वह दौर था जब अमेरिकी बिजनेस मॉडल ने युरोप

अमेरिकीकरण का एक नाम कोकाकोलाइज़ेशन भी है.

के स्थानीय व्यापारिक प्रारूपों को अपनी सफलता के कारण पीछे धकेल दिया। व्यवसाय प्रबंधन के लिए एमबीए की डिग्री मुख्यत:पहले केवल अमेरिका में दी जाती थी, लेकिन आज यह डिग्री युरोप समेत दुनिया भर में कुशल व्यवसाय-प्रबंधन का पर्याय मानी जाती है।

अमेरिका द्वारा प्रवर्तित 'दक्षता आंदोलन' युरोपीय देशों की आर्थिक और बौद्धिक संस्कृति (जिसमें उद्योगपति, सामाजिक जनवादी, इंजीनियर, वास्तुशिल्पी, शिक्षाविद्, अकादमीशियन, मध्यवर्ग, नारीवादी और सामाजिक कार्यकर्ता भी शामिल हैं) द्वारा कम से कम साठ-सत्तर साल पहले ही आत्मसात कर लिया गया था। इस आंदोलन के तहत हुए सुसंगतीकरण के दौरान युरोप में न केवल मशीनों और कारख़ानों के माध्यम से बढ़ी हुई उत्पादकता हासिल की गयी, बल्कि इससे मध्यवर्गीय और मज़दूरवर्गीय जनता के जीवन-स्तर में भी काफ़ी सुधार आया। इस आंदोलन को जर्मनी में नाज़ियों और युरोप के अन्य हिस्सों में कम्युनिस्टों द्वारा आक्रमण का निशाना बनाया गया, लेकिन उसकी सामाजिक स्वीकृति एक असंदिग्ध तथ्य बन चुकी है।

अमेरिका से व्यापारिक संस्कृति का प्रवाह किस तरह एकतरफ़ा रहा है, यह निवेश के आँकड़ों से स्पष्ट हो सकता है। 1950 से 1965 के बीच युरोप में अमेरिकी निवेश आठ सौ फ़ीसदी बढ़ा, जबकि इसी दौरान युरोप का अमेरिका में निवेश केवल 15 से 28 फ़ीसदी तक ही बढ़ सका। अमेरिकी निवेश में हुई ज़बरदस्त वृद्धि के पीछे अमेरिकी प्रौद्योगिकीय श्रेष्ठता की भूमिका भी रही है। शीत-युद्ध की समाप्ति के बाद अब पश्चिमी युरोप को सोवियत ख़ेमे की तरफ़ से किसी क़िस्म का फ़ौजी ख़तरा नहीं रह गया है। अर्थात् अपने रक्षक के रूप में अब उसे अमेरिका की ज़रूरत पहले की तरह नहीं है। युरोपीय संघ की रचना भी हो चुकी है, और युरोप एकीकृत आर्थिक संरचना के रूप में अमेरिका से होड़ कर रहा है। इस नयी स्थिति के परिणामस्वरूप आज अमेरिकी निवेश, अमेरिकी विज्ञापनों, व्यापारिक तौर-तरीक़ों, कर्मचारी संबंधी नीतियों और अमेरिकी कम्पनियों द्वारा अंग्रेज़ी भाषा के इस्तेमाल पर आपत्तियाँ होने लगी हैं। इसकी शुरुआत फ़्रांस से हुई थी जिसका प्रसार अब ग़ैर-अंग्रेज़ी भाषी युरोप में हो चुका है। युरोपीय आलोचकों को यह देख-सुन कर काफ़ी उलझन होती है कि अमेरिका ख़ुद को युरोपीय समाजों के राजनीतिक अभिजनवाद के मुक़ाबले कहीं अधिक लोकतांत्रिक, वर्गेतर और आधुनिक संस्कृति के रूप में पेश करता है। इसके जवाब में इन आलोचकों का दावा है कि अमेरिकी प्रभाव राजनीतिक और सांस्कृतिक दायरों में युरोपीय समाजों की अभिरुचियों को भ्रष्ट कर रहा है।

लेकिन, अमेरिकीकरण का मतलब हमेशा से ही नकारात्मक नहीं था। इसके सकारात्मक पहलुओं की शिनाख़्त बीसवीं सदी के पहले दशक से की जा सकती है। 1907 से ही अमेरिका के भीतर इसका हवाला दुनिया की दूसरी संस्कृतियों से वहाँ रहने आये समुदायों द्वारा अमेरिकी रीति-रिवाज़ों और प्रवृत्तियों को अपनाने की प्रक्रिया के रूप में दिया जाता रहा है। इस सिलसिले को 'मेल्टिंग पॉट' की परिघटना के तौर पर भी देखा जाता है। 1893 में इतिहासकार फ्रेड्रिक जैक्सन टर्नर ने एक लेख के ज़रिये पहली बार इस अवधारणा का प्रयोग यह दिखाने के लिए किया कि अमेरिकी संस्कृति और अन्य संस्थाएँ केवल एंग्लो-सेक्सन लोगों की देन नहीं हैं। उन्हें रचने में युरोप से अमेरिका में बसने आयी तरह-तरह की संस्कृतियों का योगदान है। इसके बाद धीरे-धीरे मेल्टिंग पॉट का मुहावरा सांस्कृतिक आत्मसातीकरण के पर्याय के तौर पर लोकप्रिय होता चला गया।

यहाँ यह उल्लेख करना आवश्यक है कि बौद्धिक क्षेत्रों में भी अमेरिकी संस्कृति के प्रभावों को सभी पक्षों द्वारा नकारात्मक दृष्टि से नहीं देखा जाता। संस्कृति-अध्ययन के क्षेत्र में सक्रिय कुछ विद्वानों का ख़याल है कि बाज़ारू संस्कृति को नीची निगाह से देखने के बजाय साधारण जनों द्वारा उसे आत्मसात करने के यथार्थ की सकारात्मक समीक्षा की जानी चाहिए। इनका दावा है कि अमेरिकी सांस्कृतिक उत्पादों से जन-मानस की मुठभेड़ एकांगी नहीं बल्कि विभेदीकृत और विविधतामूलक है। हेबडिगी ने अपनी 1979 में प्रकाशित रचना

में दिखाया है कि किस तरह ब्रिटिश मज़दूरवर्गीय युवकों ने अमेरिकी फ़ैशन और म्यूज़िक की मदद से अपनी अपेक्षाकृत शक्तिहीन और अधीनस्थ वर्गीय हैसियत में प्रतिरोध का समावेश किया है। अमेरिका ब्रिटिश युवकों के लिए एक आधुनिक, उन्मुक्त और रोमानी संस्कृति का आकर्षक नज़ारा पेश करता है, जिसके बरक्स शास्त्रीय युरोपीय संगीत और 'अच्छी' किताबों वाली पारम्परिक ब्रिटिश संस्कृति उन्हें ख़ारिज करने लायक लगती है।

संस्कृति-अध्ययन से निकले इस तरह के विद्वानों ने 'डलास' और 'डायनेस्टी' जैसे अमेरिकी टीवी सीरियलों का विश्लेषण करके पाया कि उन्हें देखते हुए लोग जिन निष्कर्षों पर पहुँचते हैं उन पर स्थानीय परिवेश का गहरा असर होता है। मसलन, 'डलास' देखने वाला अरब दर्शक उसे पश्चिमी पतनशीलता के उदाहरण के रूप में ग्रहण करता है, जबकि एक रूसी यहूदी उसे पूँजीवाद की आत्मालोचना मान कर चलता है। इन विद्वानों के अनुसार अमेरिका को एक प्रभुत्वशाली शक्ति मानने का मतलब यह नहीं है कि उसे दुनिया की सांस्कृतिक अस्मिता के ऊपर अपना अंतिम फ़ैसला थोपने वाली ताक़त भी मान लिया जाए। ये लोग सांस्कृतिक प्रवाहों को एकतरफ़ा नहीं मानते, बल्कि अमेरिकी हवाओं के मुक़ाबले भारत के बॉलीवुडीय मनोरंजन, लातीनी अमेरिका के 'टेलिनॉवेल' और जापानी टीवी उत्पादों का ज़िक्र करते हैं। इन विद्वानों ने यह तर्क भी दिया है कि सेटेलाइट लाइसेंसों के सस्ती दर पर उपलब्ध होने से टीवी कार्यक्रम बनाने की अंतर्निहित राजनीति में काफ़ी विविधता आयी है। पहले खाड़ी युद्ध के समय मीडिया जगत में 'गल्फ़ वार टीवी प्रोजेक्ट' ने सफलतापूर्वक युद्धविरोधी झंडा बुलंद किया था। हालाँकि अमेरिकी मीडिया में ये प्रवृत्तियाँ अभी हाशिये पर ही हैं, पर उन्होंने मुख्यधारा के माध्यमों को चुनौती देने की शुरुआत कर दी है।

देखें : टीवी और टीवी अध्ययन, बाज़ारू संस्कृति, बहुसंस्कृतिवाद, युरोकेंद्रीयता, संस्कृति, संस्कृति-अध्ययन, संस्कृति : मार्क्सवादी परिप्रेक्ष्य, संस्कृति-उद्योग, सांस्कृतिक साम्राज्यवाद, सोप ओपेरा।

संदर्भ

1. एम.एम. गॉर्डन (1964), *एसिमिलेशन इन अमेरिकन लाइफ़ : द रोल ऑफ़ रेस, रिलीजन ऐंड नैशनल ऑरिजन,* ऑक्सफ़र्ड युनिवर्सिटी प्रेस, ऑक्सफ़र्ड.
2. जे. प्लेंडर (2003), *गोइंग ऑफ़ द रेल : ग्लोबल कैपिटल ऐंड क्राइसिस ऑफ़ लेजिटिमेसी,* वाइली, चिशेस्टर.
3. यू. हैनेर्ज़ (1992), *कल्चरल कॉम्प्लेक्सिटी,* कोलम्बिया युनिवर्सिटी प्रेस, न्यूयॉर्क.

—अभय कुमार दुबे

अमेरिकी क्रांति

(American Revolution)

अठारहवीं सदी के उत्तरार्ध में उत्तर अमेरिका स्थित ब्रिटेन के तेरह उपनिवेशों द्वारा अपनी आज़ादी के लिए किया गया सफल राजनीतिक और फ़ौजी संघर्ष विश्व-इतिहास में अमेरिकी क्रांति के नाम से दर्ज है। इसके परिणामस्वरूप न केवल संयुक्त राज्य अमेरिका की स्थापना हुई, बल्कि उपनिवेशवाद विरोधी भावना का सारी दुनिया में प्रसार हुआ। अपनी सीमाओं के बावजूद राजशाही विरोधी इस क्रांति ने गणतांत्रिक संस्थाओं की स्थापना की। युरोपीय ज्ञानोदय के वैचारिक आदर्शों पर आधारित इस घटनाक्रम ने 1789 की युगप्रवर्तक फ्रांसीसी क्रांति का रास्ता साफ़ किया। पूरे युरोप में बदलाव की लहर चलने लगी और लातीनी अमेरिका के स्वतंत्रता आंदोलन को प्रेरणा प्राप्त हुई।

सत्रहवीं सदी की वैचारिक और राजनीतिक उथल-पुथल (जैसे, ग्लोरियस रेवोल्यूशन और ज्ञानोदय में स्काटलैण्ड और इंग्लैण्ड के विद्वानों की प्रमुख भागीदारी) के बावजूद अठारहवीं सदी के मध्य में ब्रिटिश समाज सामंती ऊँच-नीच के बंधनों में जकड़ा हुआ था। इसके विपरीत अटलांटिक के दूसरी तरफ़ उसी के उपनिवेशों में प्राधिकार विरोधी और व्यक्तिवाद को प्रोत्साहन देने वाली प्रवृत्तियाँ विकसित हो रही थीं। इसमें प्यूरिटनिज़्म, कुलीन वर्ग की ग़ैरमौजूदगी और अपेक्षाकृत आसानी से हासिल हो सकने वाले ज़मीन के मालिकाने की प्रमुख भूमिका थी। इन्हीं कारणों से अमेरिका की धरती सामाजिक गतिशीलता की उस परिघटना से दो-चार हो रही थी जिसके बारे में तत्कालीन युरोप सोच भी नहीं सकता था। शुरू में जिस चार्टर के आधार पर वहाँ उपनिवेश स्थापित किये गये थे उसके अनुसार ब्रिटिश प्रशासकों ने अमेरिका में बसने वाले अंग्रेज़ों को अपने मामलों का बंदोबस्त ख़ुद करने के लिए काफ़ी छूट दी। सदी के मध्य तक बहुत बड़ी संख्या में श्वेत वयस्क पुरुषों को वोट का अधिकार भी मिल चुका था। प्रेस की आज़ादी और धार्मिक स्वतंत्रता भी थी। इस प्रक्रिया में ये उपनिवेश मानस के स्तर पर अपने मातृ-देश से अलग होते चले गये। जो कभी अंग्रेज़ थे, इस समय तक ख़ुद को अमेरिकी के रूप में देखने लगे।

विद्रोह के हालात तब बनने शुरू हुए जब 1756 से 63 के बीच ब्रिटेन और फ्रांस के बीच सात वर्षीय युद्ध ख़त्म हुआ। ब्रिटिश राजनेताओं के सामने समस्या यह थी कि वे युद्ध के कारण जमा हो गये कर्ज़े के बोझ को कैसे उतारें, अपनी पश्चिमी सीमाओं की रक्षा कैसे करें और अमेरिकी उपनिवेशों के मूल निवासी इण्डियनों के साथ चलने वाले युद्ध

1776 में पाँच सदस्यीय कमेटी ने अमेरिकी स्वतंत्रता की घोषणा का मसविदा तैयार करके फ़िलाडेल्फ़िया में हुई दूसरी कांटिनेंटल कांग्रेस के सामने पेश किया. चित्र : जॉन टर्नबुल

के लिए संसाधनों का जुगाड़ कैसे करें। इन्हीं लक्ष्यों की पूर्ति के लिए ब्रिटेन ने नयी राजस्व नीति (1794 का सुगर एक्ट) बनायी जिसके परिणामस्वरूप अमेरिकी उपनिवेशों पर कई नये (जैसे, 1765 का स्टाम्प एक्ट और 1767 का टाउनशेंड एक्ट) कर थोप दिये गये। अमेरिकनों ने इस नीति का डट कर विरोध किया। उनका कहना था कि यह सुशासन के स्थापित नियमों के ख़िलाफ़ है, क्योंकि आज़ाद लोगों पर बिना उनकी मर्ज़ी या उनके प्रतिनिधियों की सहमति के बिना टैक्स नहीं लगाये जा सकते (अमेरिकनों का तर्क था कि ब्रिटिश संसद में उनका प्रतिनिधित्व नहीं है, जबकि ब्रिटेन का कहना था हाउस ऑफ़ कामंस में उनका 'वर्चुअल रिप्रेज़ेंटेशन' है)। उपनिवेशों ने टैक्स देने से इनकार कर दिया, विरोधस्वरूप रैलियाँ होने लगीं, अमेरिकी अख़बार विरोध की आवाज़ उठाने लगे और आर्थिक बहिष्कार शुरू हो गया।

शुरू में उपनिवेशों के पास संयुक्त प्रतिरोध की कोई योजना नहीं थी, पर 1774 में ब्रिटिश फ़ौजी न्यायाधिकार के तहत आने वाले बोस्टन के समर्थन में पहली कांटीनेंटल कांग्रेस हुई जिसने जीवन, स्वाधीनता और सम्पत्ति के अधिकारों का प्रश्न उठाया। इस तरह उपनिवेशों में रहने वाले अंग्रेज़ों के जायज़ अधिकारों पर ज़ोर देने से शुरू इस आंदोलन के केंद्र में धीरे-धीरे ज्ञानोदय द्वारा प्रवर्तित मनुष्य के अधिकारों की अवधारणा आ गयी। राजनीतिक और सामाजिक सुधारों की ऐसी माँगें होने लगीं जिनके लिए अमेरिकी अनुदारपंथी तैयार नहीं थे। लेकिन, उदारतावादियों और रैडिकलों के बहुमत के सामने उनकी नहीं चली। अप्रैल, 1775 में ब्रिटेन के ख़िलाफ़ सशस्त्र संघर्ष शुरू हुआ जिसे चलाने के लिए सभी उपनिवेशों ने एक राष्ट्र, एक फ़ौज, एक केंद्रीय विधायिका, एक कार्यपालिका और विदेश विभाग की स्थापना की। 1776 में स्वतंत्रता की औपचारिक घोषणा के ज़रिये उपनिवेशों ने ब्रिटेन से अपना नाता तोड़ दिया। ब्रिटेन से युद्ध में पराजित हो चुके फ्रांस और स्पेन ने भी ख़ुफ़िया तौर पर हथियारों, गोला-बारूद और अन्य आपूर्ति के ज़रिये क्रांतिकारियों का साथ देने का निर्णय किया। जॉर्ज वाशिंगटन के नेतृत्व में चले स्वतंत्रता युद्ध में पराजित होने के बाद 1783 की पेरिस संधि के जरिए ग्रेट ब्रिटेन को मजबूरन नये राष्ट्र को स्वीकार करना पड़ा। ब्रिटिश उपनिवेश प्रणाली में पड़ने वाली यह पहली दरार थी।

हालाँकि अमेरिकी क्रांति के कारणों में सम्पत्ति के अधिकारों के प्रश्न बहुत अहम था, पर आर्थिक न हो कर यह मुख्यत: एक राजनीतिक क्रांति थी जिसके मर्म में लोकतांत्रिक शासन का आग्रह विद्यमान था। इसके शीर्ष पर सेमुअल एडम्स, पैट्रिक हेनरी, जॉर्ज वाशिंगटन, थॉमस पेन, बेंजामिन फ्रेंकलिन, जॉन एडम्स, थॉमस जेफ़र्सन, जेम्स मेडिसन और एलेक्ज़ेंडर हेमिल्टन जैसी हस्तियाँ थीं, जिनके लिए गणतंत्रवादी आदर्श सर्वोपरि थे। 1776 में क्रांति की शुरुआत में प्रकाशित होते ही

बेहद लोकप्रिय होने वाली थॉमस पेन की कृति *कॉमन सेंस* में इन्हीं आदर्शों पर ज़ोर दिया गया था। प्यूरिटन, संघवादी, बैप्टिस्ट और प्रेसबिटेरियन ईसाई सम्प्रदायों ने भी क्रांति के पक्ष में प्रचार किया। धर्म, दर्शन और राजनीति की मिली-जुली शिक्षाओं ने क्रांति के विचार को ग़रीबों, अमीरों, स्त्रियों, पुरुषों, देहातों, शहरों, किसानों और व्यापारियों में समान रूप से लोकप्रिय कर दिया। क्रांतिकारी युद्ध ने जीवन के हर क्षेत्र को प्रभावित किया। युद्ध के बाद सभी राज्यों में लिखित संविधानों के ज़रिये नागरिक अधिकारों की गारंटी की गयी, चर्च और राज्य में पार्थक्य स्थापित किया गया, जनमत संग्रह की पद्धति और संवैधानिक उपायों के ज़रिये सत्ता पर जनता के अधिक नियंत्रण का बंदोबस्त किया गया। मतदान का अधिकार अधिक विस्तृत हुआ और कार्यपालिका को विधायिका का नियंत्रण स्वीकार करना पड़ा।

अपनी इन तमाम खूबियों के बावजूद अमेरिकी क्रांति ने घरेलू मोर्चे पर रैडिकल परिवर्तन अंजाम नहीं दिया। तत्कालीन आर्थिक और सामाजिक संरचनाओं को नये सिरे रचने की कोई कोशिश नहीं की गयी। इस लिहाज़ से उसके फ़ौरन बाद हुई फ्रांसीसी क्रांति और बीसवीं सदी की शुरुआत में हुई रूसी क्रांति कहीं अधिक रैडिकल थी। क्रांतिकारी युद्ध के बाद भी राजनीतिक और आर्थिक सत्ता उन्हीं हाथों में रही जिनके पास पहले थी। अमेरिका के मूल निवासियों के बड़े हिस्से ने तो क्रांति में भाग लेने के बजाय ब्रिटेन का साथ दिया था। अफ्रीकी-अमेरिकनों (अश्वेतों) ने क्रांतिकारी दावेदारियों में आज़ादी और बराबरी की भावना देख कर ब्रिटेन के ख़िलाफ़ युद्ध में भाग लिया, पर उनकी उम्मीदें पूरी नहीं हुईं। 1777 में उत्तरी हिस्से में दासता धीरे-धीरे ख़त्म की गयी, पर दक्षिणी हिस्से में दास प्रथा पर आधारित कपास की खेती में वृद्धि होती चली गयी।

देखें : क्रांति : मार्क्सवादी विमर्श, क्यूबा की क्रांति, चीन की कम्युनिस्ट क्रांति, थॉमस पेन, दास प्रथा, फ्रांसीसी क्रांति, बोल्शेविक क्रांति, युरोपीय पुनर्जागरण, युरोपीय ज्ञानोदय, सन् 1857 का संग्राम-1, 2, 3 और 4.

संदर्भ

1. ई.पी. डगलस (1955), *रिबेल्स ऐंड डेमॉक्रैट्स : द स्ट्रगल फ़ॉर ईक्वल पॉलिटिकल राइट्स ऐंड मैजोरिटी रूल ड्यूरिंग द अमेरिकन रेवोल्यूशन,* क्वाड्रेंगल पेपरबैक्स, शिकागो.
2. आई. बार्न्स (2000), द *हिस्टोरिकल एटलस ऑफ़ द अमेरिकन रेवोल्यूशन,* रॉटलेज, न्यूयॉर्क.
3. ई. कंट्रीमेन (1981), *अ पीपुल इन रेवोल्यूशन : द अमेरिकन रेवोल्यूशन ऐंड पॉलिटिकल सोसाइटी इन न्यूयॉर्क, 1760-1790,* जॉन हॉपकिंस युनिवर्सिटी प्रेस, बाल्टीमोर.

—अभय कुमार दुबे

अरस्तू

(Aristotle)

प्राचीन यूनान के महान चिंतक अरस्तू (384-322 ईसा पूर्व) पहले दार्शनिक थे जिन्होंने राजनीतिक जीवन की स्वाभाविकता और उपयुक्तता को अपनी अवधारणाओं का आधार बना कर घोषित किया कि मनुष्य प्राकृतिक रूप से एक राजनीतिक प्राणी है। अपने गुरु अफ़लातून (प्लेटो) से आगे जाते हुए अरस्तू ने कहा कि राज्य यानी *पोलिस* ही एकमात्र ऐसी व्यवस्था है जिसमें रह कर मनुष्य अपनी प्रकृति के अनुकूल जीवन उपलब्ध कर सकता है। अफ़लातून और अरस्तू का सम्मिलित योगदान भविष्य के राजनीतिशास्त्र की नींव डालने वाला साबित हुआ। अफ़लातून अगर आदर्श राज्य की कल्पना करते हैं तो अरस्तू वैज्ञानिक दृष्टिकोण अपनाते हुए उन तमाम प्रविधियों और तौर-तरीक़ों का तकनीकी विश्लेषण करते हैं जिनके ज़रिये राज्य को संगठित किया जा सकता है। अरस्तू विविध रुचियों और विद्वत्ताओं से सम्पन्न एक धुरंधर लेखक थे। उन्होंने राजनीति ही नहीं बल्कि भौतिकशास्त्र, तत्त्वचिंतन, तर्कशास्त्र, मनोविज्ञान, सौंदर्यशास्त्र और नीतिशास्त्र के क्षेत्र में भी प्रभावशाली रचनाएँ कीं। उनके राजनीति, राज्य और नीति संबंधी विचारों का सर्वश्रेष्ठ प्रतिनिधित्व उनकी विश्वविख्यात कृतियों *पॉलिटिक्स* और *निकोमेकियन इथिक्स* (निकोमेकस अरस्तू के बेटे का नाम था) में होता है।

अरस्तू ने अपने अध्ययन की शुरुआत जीवविज्ञान से की और उसी के आधार पर अपना बुनियादी दृष्टिकोण बनाया। विज्ञान को उन्होंने तीन मुख्य श्रेणियों में बाँटा : सैद्धांतिक, उत्पादक और व्यावहारिक। नीतिशास्त्र और राजनीतिशास्त्र उनकी निगाह में व्यावहारिक विज्ञान थे। उन्होंने दुनिया को प्रयोजनमूलक दृष्टि से देख कर दावा किया कि ब्रह्मांड में हर बात का एक विशिष्ट प्रयोजन होता है। अर्थात् कोई चीज़ तभी उत्तम मानी जा सकती है जब वह अपना *टेलोस* यानी प्रयोजन सफलतापूर्वक पूरा कर ले। मनुष्य का टेलोस है *इयुडाइमीनिया* हासिल करना। अरस्तू के लिए *इयुडाइमीनिया* अपने शाब्दिक अर्थ 'सुख' से परे जाता है। उनके सुख की मंजिल है आजीवन नैतिक स्वास्थ्य और उसे हासिल करने के लिए निरंतर सक्रियता। इसके ज़रिये मनुष्य अपनी ख़ास *डायनामिस* यानी वह क्षमता उपलब्ध करेगा जिसे प्राप्त करना केवल उसी के बस की बात है। केवल जीवित रहने से यह नहीं हो सकता, क्योंकि वनस्पतियाँ और अन्य प्राणी भी जीवित होते हैं। मनुष्य की ख़ास बात यह है कि उसके पास बुद्धि है जिसका प्रयोग करना वह जानता है, क्योंकि केवल बुद्धि होना काफ़ी नहीं है। अरस्तू की निगाह में केवल जानना ही काफ़ी नहीं है, बल्कि जानने को बेहतर तरीक़े से अंजाम

अरस्तू (348–322 ईसा पूर्व)

देना भी ज़रूरी है। मनुष्य तभी उत्तम बन सकता है जब वह बुद्धि को अच्छी तरह से सद्‌गुणों के मुताबिक़ प्रयुक्त कर सके। इस तरह अरस्तू प्रतिपादित करते हैं कि सद्‌गुणों के अनुसार बुद्धिसंगत गतिविधियाँ करके सुख की प्राप्ति करना ही वह प्रयोजन है जिसकी स्थापना प्रकृति ने मनुष्य में की है। वे सद्‌गुणों को दो अर्थों में समझते हैं : सामान्य नैतिक सद्‌गुणों और बौद्धिक सद्‌गुणों के संदर्भ में। बौद्धिक सद्‌गुणों में अरस्तू सैद्धांतिक प्रज्ञा की चर्चा करते हैं जो एक दार्शनिक गतिविधि है। भौतिक जगत की अनिश्चितताओं से सर्वथा मुक्त इस गतिविधि को अंजाम देते समय मनुष्य अनिवर्चनीय आनंद की प्राप्ति करते हुए पीड़ा या कामना से रहित हो कर चिरंतन अपरिवर्तनीय स्थिति में पहुँच सकता है। लेकिन, कोई भी व्यक्ति हमेशा इस तरह की परम उदात्त, अमूर्त और दैनंदिन जीवन से कटी हुई हालत में नहीं रह सकता। इसलिए उसे सुख की वह क़िस्म हासिल करनी होगी जिसका आजीवन एहसास किया जा सके। इसी जगह अरस्तू नैतिक सद्‌गुणों की आवश्यकता पर ज़ोर देते हैं जो अमूर्त बौद्धिकता में नहीं बल्कि रोज़मर्रा के उत्तम आचरण के ज़रिये हासिल हो सकती है। यह काम केवल राज्य और राजनीति के दायरे में हो सकता है जो एक स्वाभाविक संस्था है, सहज विकास का फल है और जिसमें परिवार व बस्ती जैसा सहज साहचर्य सम्भव है।

चूँकि नीतिशास्त्र की तरह राजनीति भी अरस्तू के लिए एक व्यावहारिक विज्ञान है इसलिए वे उसके अध्ययन का प्लेटो से भिन्न तथ्यगत और वर्गगत तरीक़ा अपनाते हैं। वे अपने छात्रों को राजनीतिक संरचनाओं और 158 संविधानों के इतिहास का अध्ययन करने का काम देते हैं। अरस्तू की रचना *पॉलिटिक्स* इसी वैचारिक परियोजना का परिणाम है। इसमें स्पार्टा, कार्थेज, क्रेट और एथेंस जैसे संविधानों की चर्चा है। इसमें अरस्तू प्लेटो समेत अन्य दार्शनिकों के काम की व्याख्या भी पेश करते हैं।

शासन के तीन प्रमुख तत्त्वों (विचारात्मक, कार्यपालिका संबंधी और विधि संबंधी) की चर्चा करते हुए वे कहते हैं कि नागरिक वही हो सकता है जो विचारात्मक और न्यायिक कामों में सक्रिय भागीदारी कर सके। इसके लिए उसे एक सीमा तक तर्क क्षमताओं, फ़ुरसत और शिक्षा से सम्पन्न होना होगा। यानी केवल स्वाधीन पैदा हुए, ग़ैर-दस्तकार पुरुष ही नागरिक बन सकते हैं। अरस्तू की मान्यता थी कि कुछ लोग केवल आदेश पालन करने लायक दास ही हो सकते हैं। वे स्वामी–दास संबंध को प्राकृतिक मानते थे। स्त्रियों के बारे में उनका कहना था कि वे भी दासों की तरह दूसरों के मार्गदर्शन में ख़ुश रहना चाहती हैं, हालाँकि उनमें बुद्धिगत क्षमताएँ होती हैं जिन्हें मनोभावों की अधीनता के कारण गौण हो जाना पड़ता है। दस्तकार और शारीरिक श्रम करने वालों के पास चूँकि फ़ुरसत का समय नहीं होता, इसलिए वे सक्रिय राजनीतिक भागीदारी करने लायक बौद्धिक विकास करने में अक्षम रहते हैं। अरस्तू *पोलिस* में बाहर से आये लोगों को भी राजनीतिक भागीदारी से वंचित करते हैं। इस तरह उनके राज्य में केवल थोड़े से लोगों को ही राजनीति में हिस्सा लेने का अधिकार रह जाता है।

पॉलिटिक्स के तीसरे और चौथे अध्याय में वर्गीकरण की पद्धति का सहारा ले कर अरस्तू संविधानों का अध्ययन पेश करते हैं। अरस्तू इन संविधानों की व्याख्या करते हुए बारीक़ियों में जाते हैं और अपने ही द्वारा उचित-अनुचित की परवाह किये बिना निष्पक्षता से विश्लेषण करते हैं। उनके सामने तकनीकी प्रश्न हैं स्थिरता और परिवर्तन के। वे उन तौर-तरीक़ों की तजवीज़ करते हैं जिनके सहारे बुरे या नाकारा संविधानों को भी कारगर और स्थिर बनाया जा सकता है। 'अल्पसंख्यता' और 'बहुसंख्यता' के बीच संतुलन क़ायम करने का सुझाव देते हुए वे कम से कम लोगों को बहिष्करण या अलगाव में डालने की तरकीब बताते हैं। यानी संविधान आधार के लिहाज़ से जितना व्यापक और उदार होगा, उतना ही स्थिर होगा। संविधान जितने 'शुद्ध' स्वरूप का आग्रह करेगा, उसके नतीजे लोगों के असंतोष में निकलेंगे। मसलन, अल्पतंत्र ग़रीबों और बहुसंख्यकों को नाराज़ करने के लिए अभिशप्त है, पर लोकतंत्र में अमीरों का असंतुष्ट होना लाज़मी है। इसीलिए अरस्तू सुझाव देते हैं कि अल्पतंत्रों को अधिसंख्य लोगों को सत्ता में हिस्सेदारी देने की कोशिश करनी चाहिए और लोकतंत्र को सम्पत्ति के पुनर्वितरण के बारे में संयमित रवैया अपनाते हुए अमीरों को

विभिन्न पदों पर बैठाना चाहिए। अरस्तू की निगाह में सबसे अच्छा संविधान वह है जिसमें राजसत्ता विशाल मध्यवर्ग पर आधारित होती है। मध्यवर्ग इतना अमीर नहीं होता कि लोगों में उसके ख़िलाफ़ नाराज़गी पैदा हो सके, पर वह इतना ग़रीब भी नहीं होता कि असंतुष्ट हो कर अमीरों से उनकी सम्पत्ति छीनने में जुट जाए। इसी जगह पर अरस्तू सिद्धांत के रूप में बीच के रास्ते के पैरोकार के रूप में उभरते हैं।

चूँकि अरस्तू राजनीति और नैतिकता में निकट का संबंध मानते हैं, इसलिए वे संविधान को एक नैतिक परिघटना के रूप में भी देखते हैं। अरस्तू के मुताबिक़ संविधान की नैतिक गुणवत्ता केवल उसके संगठन या उसकी स्थिरता में निहित नहीं होती, बल्कि वह उसमें इरादतन पैदा की जाती है। इसलिए संविधान की नैतिक योग्यता केवल कुछ ख़ास तरह के संविधानों में ही हो सकती है। उनकी निगाह में तीन तरह के संविधान (राजतंत्र, कुलीनतंत्र और 'पॉलिटी' यानी संयत जनतंत्र) उचित हैं; तीन अन्य तरह के संविधान (निरंकुशतंत्र, अल्पतंत्र और लोकतंत्र) अनुचित हैं।

अरस्तू का जन्म यूनान के स्टेगीरस नामक छोटे से नगर में हुआ था। उनके पिता मैसीडोनिया के राजा के दरबार में वैद्य थे। पिता की मृत्यु के बाद सत्रह साल की उम्र में वे एथेंस चले आये और प्लेटो की अकादमी में शिक्षा ग्रहण की और वहीं अध्यापन करने लगे। उन्हें उम्मीद थी कि प्लेटो की मृत्यु के बाद उन्हें ही अकादमी का मुखिया बनाया जाएगा, पर ऐसा न होने पर वे निराश हो कर यूनान के दूसरे नगरों में आसरा ढूँढ़ने निकल पड़े। तीन साल बाद उन्हें मैसीडोनिया के राजा फ़िलिप द्वितीय ने अपने बेटे सिकंदर (जो बाद में विश्व-विजेता बने) का शिक्षक नियुक्त किया। दो साल बाद वे फिर एथेंस लौट आये और अपना विद्यालय लाइसियस स्थापित किया। एथेंस में अरस्तू पर सिकंदर से संबंधों के कारण संदेह किया गया। ख़ुद को असुरक्षित मान कर (एथेंस में सुकरात को ईश्वर-विरोधी होने के फ़र्ज़ी आरोप में मृत्युदण्ड दिया जा चुका था) उन्होंने एथेंस छोड़ दिया जिसके कुछ महीने बाद ही अपनी माता की जन्मभूमि कैल्सियस में उनका देहांत हो गया। एथेंस छोड़ने का कारण बताते हुए अरस्तू ने व्यंग्य से कहा था कि वे एथेंसवासियों को दर्शन के ख़िलाफ़ एक और अपराध करने का मौक़ा नहीं देना चाहते थे।

राजनीतिशास्त्र में अरस्तू की वैचारिक विरासत की उपेक्षा करना असम्भव है। पोलीबियस और सिसेरो जैसे सिद्धांतशास्त्री उनसे बहुत प्रभावित थे। स्टोइकवादियों के ज़रिये उनकी कई प्रस्थापनाएँ ईसाई दर्शन में पहुँचीं। टामस एक्विना, दाँते, पाडुआ के मार्सिलियस, मैकियावेली, जाँ बोदाँ, रूसो और हीगेल ने अपने-अपने युगों में अपने-अपने तरीक़ों से अरस्तू की रचनाओं से बहुत कुछ सीखा। लेकिन, उनकी राज्य संबंधी धारणा को आलोचना का निशाना बनाया गया है। आलोचकों का कहना है कि उन्होंने राज्य को जिस तरह से एक परा-अस्तित्व के रूप में कल्पित किया है उससे वह सर्वसत्तावादी बन जाता है। उसके तहत रहने वाला व्यक्ति यानी नागरिक किसी स्वाधीन मूल्य से सम्पन्न न रह कर ख़ुद को पूरी तरह से राज्य के हवाले करने के लिए मजबूर है। इसी तरह स्त्रियों और दासों के बारे में उनके विचार *पॉलिटिक्स* के पहले अध्याय में व्यक्त उन विचारों के अंतर्विरोध में हैं जिनमें अरस्तू ने राज्य के विकास के परिवार की संस्था यानी घर के विकास (जो स्त्रियों और दासों के योगदान का फलितार्थ है) के साथ जोड़ा है।

देखें : अफ़लातून, *अर्थशास्त्र* और कौटिल्य, कार्ल हाइनरिख़ मार्क्स-1, 2, 3 और 4, ग्योर्ग विल्हेल्म फ्रेड्रिख़ हीगेल, ज्याँ-ज़ाक रूसो, चार्ल्स-लुई द सेकोंद मोंतेस्क्यू, निकोलो मैकियावेली, नीतिशास्त्र और अर्थशास्त्र, मार्सिलियस पाडुआ के, राज्य, सुकरात, संत थॉमस एक्विना।

संदर्भ

1. *राजनीतिक सिद्धांतों का इतिहास* (1985), अनु. बुद्धिप्रसाद भट्ट, खण्ड-1, प्रगति प्रकाशन, मास्को.
2. डब्ल्यू.एफ़.आर. हार्डी (1968), *अरिस्टोटल्स एथिक्ल थियरी,* ऑक्सफ़र्ड युनिवर्सिटी प्रेस, ऑक्सफ़र्ड.
3. एम. डेविस (1996), *द पॉलिटिक्स ऑफ़ फ़िलॉसफ़ी,* लैनहेम एमडी. राउमेन ऐंड लिटिलफ़ील्ड.
4. आर. क्राउट (1955), *अरिस्टोटल,* ऑक्सफ़र्ड युनिवर्सिटी प्रेस, ऑक्सफ़र्ड.
5. आर.जी. मुलगन (1977), *अरिस्टोटल्स पॉलिटिक्ल थियरी,* क्लैरंडन प्रेस. ऑक्सफ़र्ड.

—अभय कुमार दुबे

अरविंद घोष

(Aurobindo Ghosh)

श्री अरविंद के नाम से विख्यात अरविंद घोष (1872-1950) विख्यात राष्ट्रवादी क्रांतिकारी, स्वतंत्रता सेनानी, कवि और योगी होने के साथ-साथ भारतीय आध्यात्मिक दर्शन के अन्यतम प्रतिनिधि थे। उन्होंने तत्त्वचिंतन और कॉस्मिक प्रज्ञा को मानवता के सामाजिक-आर्थिक अस्तित्व से जोड़ने का अनूठा प्रस्ताव किया। उनका आग्रह था कि आध्यात्मिक उन्नति अलगाव में होने के बजाय एक सामुदायिक प्रक्रिया है। राबर्ट मेकडरमॅट ने लिखा है कि श्री अरविंद में राजनीति और आध्यात्मिकता का, राजनीति और योग का एवं पश्चिमी और भारतीय मूल्यों का परिपक्व संश्लेषण करने की असाधारण क्षमता थी। स्वतंत्रता आंदोलन के सबसे लोकप्रिय नेताओं में

एक अरविंद अपनी राजनीतिक वक्तृता और पत्रकारिता के लिए भी विख्यात थे। 1905 से 1910 तक उन्होंने अंग्रेज़ों के ख़िलाफ़ सशस्त्र क्रांतिकारी आंदोलन संगठित करने में अगुआ भूमिका निभायी। हालाँकि वायसराय लॉर्ड मिण्टो ने उन्हें ब्रिटिश साम्राज्य के लिए सर्वाधिक ख़तरनाक व्यक्ति क़रार दिया था, लेकिन वैचारिक स्तर पर उनके राष्ट्रवाद में आक्रामकता या तिक्तता का स्पर्श नहीं था। वे अपने राष्ट्रवाद को 'मानवीय एकात्मकता के आदर्श' के रूप में देखते थे। अलीपुर बम काण्ड में गिरफ़्तार होने के बाद जेल की तन्हाई में उन्हें गहन आध्यात्मिक अनुभूतियाँ हुईं। मुक़द्दमे का फ़ैसला अपने पक्ष में होने के बाद अरविंद ने जेल से निकल कर अपने जीवन का दूसरा अध्याय शुरू किया। वे फ्रेंच उपनिवेश पांडिचेरी (अब पुडुचेरी) चले गये और वहाँ एक आश्रम की स्थापना करके अपना बाक़ी जीवन (1910–50) राजनीतिक और आध्यात्मिक सम्पूर्णता की खोज में गुज़ारा।

उल्लेखनीय है कि बीसवीं सदी के हिंदू-राष्ट्रवादी अरविंद के राजनीतिक विचारों को अपने लिए प्रेरणा का स्रोत बताते हैं। सम्भवत: इसके पीछे अरविंद द्वारा कही गयी वे बातें हैं जिनमें वे भारतीय राष्ट्रवाद की परिभाषा 'अपने रुझानों और परम्परा में अधिकांशत: हिंदू' के रूप में करते हैं। मुसलिम लीग के गठन पर प्रतिक्रिया करते हुए अरविंद ने यह सवाल भी उठाया था कि मुसलमान अपनी राजनीतिक दावेदारी कैसे पेश करेंगे? एक भाई की तरह मज़बूती से हिंदुओं का हाथ थाम कर या किसी प्रतिद्वंद्वी पहलवान की तरह अखाड़े में अपनी जकड़बंदी के ज़रिये?

लेकिन, अरविंद के विचार का यह मुख्य पहलू नहीं था। उन्होंने पश्चिमी उदारतावाद और दर्शन की समग्र आलोचना की और कहा कि मनुष्य को स्वायत्त मस्तिष्क के रूप में देखने का विचार यानी तर्क-बुद्धिवाद जीवन का मानक नहीं बन सकता। वे मनुष्य को एक स्वयंप्रेरित प्रणाली मानने के लिए तैयार नहीं थे। उपयोगितावाद के इस राजनीतिक दर्शन की सम्भावनाओं को उन्होंने अहमियत देने से इनकार कर दिया कि अधिकतम लोगों को ख़ुशी पहुँचा कर समाज का कल्याण किया जा सकता है। उनकी मान्यता थी कि मनुष्य होना अपने आप में अंतिम न हो कर एक संक्रमणशील अवस्था है। जगत का क्रम-विकास जारी है जिसके तहत मानव अगले चरण में अतिमानव के रूप में विकसित होगा। उनका विश्वास था कि ऐसा हो कर रहेगा, क्योंकि यही प्रकृति की अंतर्चेतना और प्रक्रियाओं का तर्क है। अरविंद कहते थे कि केवल सरकारी मशीनरी और सामाजिक गतिविधियों के ज़रिये मनुष्य जाति अपने पर्यावरण को सम्पूर्णता प्रदान नहीं कर सकती। उसका बाह्य पर्यावरण तब तक यह उपलब्धि नहीं कर सकता जब तक उसके भीतर की आत्मा सम्पूर्णता प्राप्त नहीं करती।

कलकत्ता में जन्मे डॉ. के.डी. घोष और स्वर्णलता देवी

अरविंद घोष (1872–1950)

के तीसरे पुत्र का बचपन अपनी वय और वर्ग के अन्य बच्चों से अलग तरह का था। पश्चिमी मूल्यों और शिक्षा के प्रबल समर्थक होने के कारण डॉ. घोष का फ़ैसला था कि वे अपनी संतानों को किसी भी क़िस्म की भारतीय शिक्षा से वंचित रखेंगे। उन्होंने तीनों बेटों को मैनचेस्टर भेजा जहाँ एक पादरी उन्हें अलग से पढ़ाता था। पिता का निर्देश था कि पढ़ाई-लिखाई के दौरान भारत या उसकी संस्कृति का ज़िक्र तक नहीं होना चाहिए। वे तीनों को आईसीएस बनाना चाहते थे। लेकिन, छात्र जीवन में इतनी प्रतिभा केवल अरविंद ने प्रदर्शित की। आईसीएस की परीक्षा में उत्तीर्ण ढाई सौ प्रतियोगियों में उनका स्थान ग्यारहवाँ था। चूँकि वे अंग्रेज़ों की नौकरी करने के लिए तैयार नहीं थे, इसलिए उन्होंने इसके लिए अनिवार्य घुड़सवारी की प्रतियोगिता में जानबूझ का अनुपस्थित होने का तरीक़ा अपनाया। इंग्लैण्ड से लौटने के बाद उन्होंने महाराजा बड़ौदा के यहाँ नौकरी कर ली।

बड़ौदा में उन्हें भारतीय संस्कृति का गहन अध्ययन करने का मौक़ा मिला। उन्होंने हिंदुस्तानी, संस्कृत और बांग्ला का अध्ययन किया। इंग्लैण्ड में ज्ञान के जिन-जिन रूपों से उन्हें दूर रखा गया था, उन सभी से उनका सम्पर्क हुआ। तबादला होने पर उन्होंने बड़ौदा कॉलेज में फ्रांसीसी भाषा पढ़ाई। अध्यापन की अपनी रूढ़िमुक्त शैली के कारण अरविंद छात्रों में ख़ासे लोकप्रिय थे। इसी दौरान उनका पहला कविता संकलन प्रकाशित हुआ और उन्होंने स्वतंत्रता संग्राम में दिलचस्पी लेनी शुरू की। बड़ौदा में अंग्रेज़ विरोधी गतिविधियों

पर पाबंदी थी, इसलिए अरविंद ने बंगाल और मध्य प्रदेश में कार्यरत प्रतिरोध संगठनों से नाता जोड़ लिया। तिलक और भगिनी निवेदिता से उनका सम्पर्क हुआ। बड़ौदा में ही उन्होंने बाघा जतिन को फ़ौजी प्रशिक्षण दिला कर क्रांतिकारियों का संगठन करने बंगाल भेजा। उन दिनों कलकत्ता में अनुशीलन समिति के तहत काम कर रहे तीन समूहों में एक का नेतृत्व अरविंद के हाथ में था। अनुशीलन समिति के गर्भ से निकली अति-उग्रवादी युगांतर पार्टी की विचारधारात्मक बुनियाद अरविंद ने ही रखी। बंकिम के उपन्यास *आनंदमठ* से प्रभावित हो कर अपने भाई के साथ संन्यासी विद्रोह की तर्ज़ पर एक बगावत संगठित करने का विफल प्रयास भी उन्होंने किया। यही दौर था जब उन्होंने योगाभ्यास करना शुरू किया और 1904 तक प्रति दिन चार-पाँच घंटे योगासन करते हुए बिताने लगे। बंग भंग के ख़िलाफ़ उभरे जन-आक्रोश से प्रभावित हो कर वे कांग्रेस के गरम दल के साथ हो गये, और तिलक द्वारा की गयी पूर्ण स्वराज की दावेदारी में अपनी आवाज़ भी मिलाई। तिलक और अरविंद के विचारों ने कांग्रेस में हलचल मचा दी। बंगाल में विपिन चंद्र पाल ने इन्हीं विचारों के प्रचार के लिए *बंदेमातरम्* नामक पत्र प्रकाशित करना शुरू किया जिसमें अरविंद की उपनिवेशवाद विरोधी रचनाएँ नियमित रूप से प्रकाशित होने लगीं। इस क्रांतिकारी पत्रकारिता के फलस्वरूप उन्हें अंग्रेज़ों का कोपभाजन बनना पड़ा। अरविंद ने स्वयं गिरफ़्तारी दी और नक़द ज़मानत पर रिहा हुए। उनकी गिरफ़्तारी में निहित सनसनी ने उन्हें राष्ट्रीय नायक का दर्जा दिलाया। रवींद्रनाथ ठाकुर ने उनकी सराहना में एक कविता रची। 1907-8 के दौरान उन्होंने पुणे, बड़ौदा और मुम्बई की यात्राएँ कीं, भाषण दिये और विभिन्न संगठनों से सम्पर्क किया। मई, 1908 में उन्हें अलीपुर बम काण्ड (जिसमें ख़ुदीराम बोस को फाँसी की सज़ा हुई थी) में भागीदारी के आरोप में गिरफ़्तार कर लिया गया।

जेल जाने से पहले ही अरविंद की मुलाक़ात महाराष्ट्र के एक योगी विष्णु भास्कर लेले से हो चुकी थी। लेले की शिक्षाओं के आधार पर उन्होंने तीन दिन के एकांतवास में योगसाधना करके अपनी पहली आध्यात्मिक अनुभूति का साक्षात्कार भी कर लिया था। निर्वाण यानी सम्पूर्ण आंतरिक मौन की यही अनुभूति जेल की तन्हाई में और गहन हुई और अरविंद को लगा कि स्वयं स्वामी विवेकानंद उन्हें यौगिक शिक्षा दे रहे हैं। साल भर चलने के बाद सबूतों के अभाव में मुक़द्दमा छूट जाने के बाद अरविंद ने अपना विख्यात 'उत्तरपाड़ा व्याख्यान' दिया और सक्रिय राजनीति छोड़ कर चिंतन-मनन में लीन हो गये। 1910 में कभी न लौटने के लिए उनके क़दम पुडुचेरी में पड़े। अपने आश्रम में चार साल तक गहन यौगिक साधना करने के बाद उन्होंने 64 पृष्ठ की मासिक समीक्षा पत्रिका निकाली जिसमें उनका आध्यात्मिक चिंतन शृंखलाबद्ध हो कर प्रकाशित होता रहा। 1926 में वे अपनी सहयोगी श्री माँ (मीरा रिचर्ड) को आश्रम सौंप कर एकांतवास में चले गये। जीवन के इसी दौर में उन्होंने 24 हज़ार पंक्तियों का अपना महाकाव्य *सावित्री* रचा। तीस के दशक में अरविंद और उनके शिष्यों के बीच हुआ पत्र-व्यवहार उनके वैचारिक योगदान के लिहाज़ से बहुत मूल्यवान साबित हुआ। उनकी कई आध्यात्मिक शिक्षाएँ *लैटर्स ऑन योगा* में दर्ज हैं।

अरविंद ने पश्चिमी चिंतन ही नहीं, भारतीय चिंतन के भी कई आग्रहों को ख़ारिज किया। उनकी मुख्य दार्शनिक उपलब्धि थी क्रम-विकास की अवधारणा (जिसे डार्विन की देन समझा जाता है) को वेदांत के विचार में स्थापित करना। सांख्य दर्शन यह विचार कई सदी पहले पेश कर चुका था, पर अरविंद वेदांत और क्रम-विकास के अपने संश्लेषण को डार्विनवाद और सांख्य की भौतिकतावादी प्रवृत्तियों से मुक्त रखा। उन्होंने अस्तित्व (पदार्थ) और चेतना दोनों के साथ-साथ क्रम-विकास का प्रस्ताव किया। उनके मुताबिक़ चेतना का विकास अस्तित्व के साथ होता है, और अस्तित्व चेतना के परिणामस्वरूप विकसित होता है। सृष्टि की प्रक्रिया में दो केंद्रीय गतियों को रेखांकित करते हुए अरविंद ने सर्वव्याप्त ब्रह्म से चेतना के अंतर्वलयन (इनवोल्यूशन) और भौतिक स्वरूपों के क्रम-विकास (इवोल्यूशन) की ओर इंगित किया। अंतर्वलयन अर्थात् पदार्थ समेत जगत के विभिन्न स्वरूपों की अभिव्यक्ति और क्रम-विकास अर्थात् भौतिक स्वरूपों का जीवन, चेतना और मानस की तरफ़ उत्थान। इस प्रकार वे सच्चिदानंद (सत्-चित्-आनंद) की धारणा तक पहुँचे। उन्होंने अद्वैत वेदांत के मायावाद की सीमाओं को समझ कर ब्रह्म और जगत की विविधता के बीच सूत्र की उलझन हल करने के लिए उस समय तक संधान से परे रहने वाली चेतना के उच्चतर स्तर यानी सुपरमाइंड (सत्य चेतना) उपलब्ध करने का सुझाव दिया।

पचहत्तर वर्ष की उम्र में श्री अरविंद के देहांत के बाद श्री माँ ने उनके आदर्शों के आधार पर *ऑरोविलो* नामक अंतर्राष्ट्रीय नगर बसाने का प्रयोग किया। यह नगर आज भी पुडुचेरी स्थित अरविंद आश्रम से दस किमी. दूर अपने लगभग दो हज़ार वासियों के साथ जीवन और जगत के नये प्रयोगों में व्यस्त है।

श्री अरविंद का चिंतन बौद्धिक धरातल पर नयी ज़मीन तोड़ने वाला तो था, पर उसके आधार पर किसी भी सामाजिक आंदोलन की स्थापना नहीं हो सकी। उनके विचारों से प्रेरित हो कर 'एकात्मक बहुलवाद' का सिद्धांत रचने वाले राजनीतिक दार्शनिक वी.आर. मेहता ने कहा भी है कि श्री अरविंद का संदेश केवल उनकी दीक्षाप्राप्त छोटे से समूह तक ही सिमट कर रह गया। इसका कारण केवल यह नहीं है कि उस संदेश को पुरानी पड़ चुकी भाषा में व्यक्त किया गया था, बल्कि यह भी है कि उन्होंने इन आदर्शों की पूर्ति के लिए किसी ठोस

कार्ययोजना की तजवीज़ नहीं की।

देखें : आशिस नंदी-1 और 2, आज़ादी के लिए सशस्त्र संघर्ष-1, आनंद केंटिश कुमारस्वामी, उपयोगितावाद, जोसेफ़ चेल्लादुरै कुमारप्पा, बंकिम चंद्र चट्टोपाध्याय, मेघनाद साहा, यशदेव शल्य, रजनी कोठारी, वासुदेव शरण अग्रवाल, चेतपट वेंकटसुब्बन शेषाद्रि, विवेकानंद, हिंदुत्व।

संदर्भ

1. रामधारी सिंह 'दिनकर' (2008), *श्री अरविंद : मेरी दृष्टि में*, लोकभारती प्रकाशन, नयी दिल्ली.
2. डी.पी. चट्टोपाध्याय (1976), *हिस्ट्री, सोसाइटी ऐंड पॉलिटी : इंटीग्रल सोसियोलॅजी ऑफ़ श्री अरविंद*, मैकमिलन, नयी दिल्ली.
3. वी.पी. वर्मा (1976), *पॉलिटिकल फ़िलॉसफ़ी ऑफ़ श्री अरविंद*, मोतीलाल बनारसीदास, दिल्ली.
4. रॉबर्ट मैकडरमॅट (1971), अरविंद की रचना 'माइंड ऑफ़ लाइट' का परिचय, ई.पी. डटन, न्यूयॉर्क.
5. वी.आर. मेहता (1978), *बियांड मार्क्सिज़्म : टुवड्‌र्स ऐन आल्टरनेटिव पर्सपेक्टिव*, मनोहर, दिल्ली.
6. केनेथ एल. ड्यूश (1986), 'श्री अरविंद ऐंड द सर्च फ़ॉर पॉलिटिकल ऐंड स्पिरिचुअल परफ़ेक्शन', संकलित : थॉमस पेंथम और केनेथ एल. ड्यूश (सम्पा.), *पॉलिटिकल थॉट इन मॉडर्न इण्डिया*, सेज, नयी दिल्ली.

—अभय कुमार दुबे

अरनॉल्ड जोसेफ़ टॉयनबी

(Arnold Joseph Toynbee)

बीसवीं सदी में इतिहास-लेखन के अनुशासन को गहराई से प्रभावित करने वाले ब्रिटिश इतिहासकार अरनॉल्ड जोसेफ़ टॉयनबी (1889-1975) न केवल एक प्रचुर रचनाकार थे, बल्कि उनकी इतिहास-दृष्टि भी उनकी विशाल कृतियों की ही तरह सभी स्थानों और कालावधियों को अपने आगोश में समेटने की कोशिशों की नुमाइंदगी करती है। टॉयनबी ने प्राचीन से लेकर आधुनिक इतिहास पर तो अपनी क़लम चलाई ही, उन्होंने धर्म, समकालीन घटनाक्रम और इतिहास की प्रकृति पर भी जम कर लिखा। अपने इतिहास विषयक सिद्धांतों का प्रतिपादन उन्होंने अपनी किताब *अ स्टडी ऑफ़ हिस्ट्री* में किया है। विद्वानों ने इस रचना को ओसवाल्ड स्पेंगलर की कृति द *डिक्लाइन ऑफ़ द वेस्ट* जैसा माना है। दरअसल, स्पेंगलर और टॉयनबी समकालीन थे। स्पैंगलर ने अपनी यह कृति युवावस्था में लिखी थी और टॉयनबी ने प्रौढ़ावस्था में। दोनों में समानता इस बात को लेकर रही कि दोनों ने ही विश्व-इतिहास के अध्ययन में सभ्यता को केंद्र में रखा तथा अपने अध्ययन की विषय-वस्तु बनाया। दोनों ने ही सभ्यता रूपी इकाइयों को विभक्त किया। स्पेंगलर ने उनकी संख्या आठ बतायी जबकि टॉयनबी ने तेईस। स्पेंगलर के अनुसार सभ्यताएँ विभिन्न निश्चित अवस्थाओं से गुजरती हैं। टायनबी स्पैंगलर के इस विचार से भिन्न मत रखते हैं, पर दोनों इस बात से सहमत हैं कि पश्चिमी सभ्यता प्रश्नांकित होने के दौर से गुज़र रही है।

लंदन में जन्मे टॉयनबी ऑक्सफ़र्ड के विनचेस्टर कॉलेज और बल्लीओल कॉलेज में शिक्षा से ग्रहण की। एक छात्र के रूप में परिश्रमी और प्रतिभाशाली टॉयनबी शुरू से इतिहासकार बनना चाहते थे। उन्हें लगता था कि इतिहास के धरातल पर दुनिया में न जाने कितना काम करना अभी बाक़ी है। 1912 में उन्होंने बल्लीओल कॉलेज में एक शिक्षक के रूप काम करना शुरू किया। प्रथम विश्व-युद्ध के दौरान ब्रिटिश कार्यालय के राजनीतिक खुफ़िया विभाग के लिए तथा 1919 में पेरिस शांति सम्मेलन के लिए एक प्रतिनिधि के रूप में कार्य किया।

टॉयनबी का विचार है कि सभ्यताओं को अनुशासित अध्ययन के माध्यम से नहीं समझा जा सकता। वे अपने अध्ययन को अनुभवाश्रित बताते हैं। वे अपनी कृति के प्रारम्भिक भागों में अपनी बातें कहने के लिए मनोविज्ञान सहित विभिन्न सामाजिक विज्ञानों का उपयोग करते हैं। यह मानते हुए कि विभिन्न संस्कृतियाँ एक-दूसरे को प्रभावित करती हैं, टॉयनबी स्पेंगलर की यह मान्यता अस्वीकार करते हैं कि प्रत्येक सभ्यता अलग-अलग विकसित होती है और उसके बाद सभ्यताओं का अंत होता जाता है। उनका मूलभूत विचार है कि ऐतिहासिक अध्ययन की सबसे छोटी सुबोधगम्य इकाई सम्पूर्ण समाज होता है न कि एक पक्षीय रूप से निर्धारित उनके कुछ अंश जैसे आधुनिक युग के राष्ट्र-राज्य अथवा यूनानी-रोमन युग के नगर-राज्य। सभ्यता के संदर्भ में टॉयनबी का विचार है कि सभी सभ्यताओं का इतिहास कुछ निश्चित संदर्भों में समानान्तर और समसामायिक होता है। टॉयनबी ने सभ्यताओं की उत्पत्ति से जुड़ी अपनी अवधारणाओं की रोशनी में स्पेंगलर की दावेदारियों को मताग्रही करार दिया।

सभी सभ्यताओं के इतिहास को कुछ निश्चित संदर्भों में समानान्तर और सामयिक मानने की समझ टॉयनबी ने अपने विद्यार्थियों को थ्यूसिडाइडिस का इतिहास पढ़ाते हुए बनायी थी। थ्यूसिडाइडिस द्वारा 431 ईसा पूर्व रची गयी *हिस्ट्री ऑफ़ पेलोपोनीशियन वॉर* को टॉयनबी ने हेलेनिक समाज के विघटन का काल माना। टॉयनबी को पढ़ाते समय लगा कि जो अनुभव वे 1914 की घटनाओं से आधुनिक विश्व के परिदृश्य में कर रहे हैं, यही अनुभव थ्यूसिडाइडिस ने अपने ज़माने में कर लिया था। इस आधार टॉयनबी ने अपने युग

अरनॉल्ड जोसेफ़ टॉयनबी (1889-1975)

को आधुनिक तथा थ्यूसिडाइडिस के युग को प्राचीन क़रार देने जैसी अवधारणा को निरर्थक बताते हुए दोनों युगों की समकालीनता रेखांकित की। इसी समझ को आधार बनाकर टॉयनबी ने यूनानी-रोमन सभ्यताओं का अध्ययन किया तथा उनके इतिहास को सभ्यताओं के तुलनात्मक अध्ययन के प्रतिमान के रूप में ग्रहण किया।

टॉयनबी के आलोचकों के अनुसार सभ्यताओं का तुलनात्मक अध्ययन सिद्धांत रूप में तो सम्भव है लेकिन सामग्री की अनुपलब्धता के कारण यह व्यवहारत: असम्भव है। टॉयनबी ने अपनी इस आलोचना को स्वीकार करते हुए कहा कि यद्यपि कुछ स्थितियों में प्रत्येक 'घटना' विलक्षण और अतुलनीय है, लेकिन वह इस स्थिति में भी किसी वर्ग विशेष में आ सकती है। कोई भी दो जीवित शरीर-रचनाएँ एक जैसी नहीं होती (जैसे जानवर और पौधे) लेकिन इसके बावजूद प्राणी विज्ञान, वनस्पति विज्ञान तथा मानव जाति-विज्ञान की वैधता समाप्त नहीं होती। टॉयनबी ने अपने समर्थन में मानव जीवन की घटनाओं और अपने विचार बिंदुओं को समझने के लिए अरस्तू की तीन पद्धतियों का हवाला दिया : तथ्यों का सुनिश्चितीकरण और उनका संग्रह, तथ्यों के तुलनात्मक अध्ययन द्वारा कुछ सामान्य नियमों की व्याख्या, और 'कल्पना' के रूप में तथ्यों की कलात्मक पुनर्रचना।

टॉयनबी सभ्यताओं की उत्पत्ति और विकास के संबंध में भौतिक या भौगोलिक परिवेश के कारण नहीं मानते हैं। इसे वे एक अपरिभाष्य तत्त्व का परिणाम मानते हैं जो ऊपरी तौर से मनोवैज्ञानिक प्रकार का है। इसे स्पष्ट करते हुए टॉयनबी पुराणों का आश्रय लेते हैं और प्लेटो के हवाले से कहते हैं कि विज्ञान और मिथक दोनों का साथ-साथ प्रयोग अवांछनीय नहीं है। वे पुराणों की भाषा सुनने के लिए वैज्ञानिक-सिद्धांत से अपनी आँखें बंद कर लेने के लिए कहते हैं। उनके अनुसार सभ्यताओं की उत्पत्ति के अनेक कारण हैं। यह अपने आप में कोई अस्तित्व नहीं एक सम्बन्ध है। सृष्टि दो अलौकिक व्यक्तियों के मिलन और उनकी अन्त:क्रियाओं का परिणाम है। हर बार यह योजना एक पूर्ण भिन्न राज्य के रूप में फलीभूत होती हैं। इस आधार पर सभ्यता की उत्पत्ति का कारण एक अन्त:क्रिया है। सभ्यता के विकास के क्रम में टॉयनबी का कहना है कि व्यक्ति सामाजिक वर्ग के रूप में निरंतर आने वाली चुनौतियों का सामना करते हैं जिससे सभ्यता का विकास होता है और यह क्रम प्रक्रियात्मक रूप में निरंतर चलता रहता है। सभ्यता के विकास और लक्षण के संबंध में टॉयनबी सैनिक या सामाजिक शक्ति के विकास को सभ्यता के विकास के लक्षण के रूप में नहीं बल्कि सभ्यता के पतनोन्मुखी होने का संकेत मानते हैं। सामान्यत: भौतिक विकास को सभ्यता का लक्षण माने जाने की जगह वे आंतरिक प्रक्रिया को ही सभ्यता का विकास मान कर चलते हैं। उनके अनुसार इसके लिए आत्म-निश्चय ही अनिवार्य शर्त है। इसके विपरीत स्पेंगलर के अनुसार सभ्यता का विकास जैविकीय सिद्धांत पर आधारित होने के कारण उसका विघटन भी अनिवार्य हो जाता है। एक दूसरे मत के अनुसार प्रजातिगत वर्ण-संस्कार सभ्यता के विघटन का मूल कारण है। लेकिन टॉयनबी प्रजातियों से सभ्यता का कोई संबंध नहीं मानते। सभ्यता-विघटन के बारे एक सिद्धांत यह भी रहा है कि चूँकि सभ्यता का उत्थान हुआ है तो उसका विघटन और पतन भी निश्चित होगा है। टॉयनबी के अनुसार सभ्यताओं के पतन के आधार उनकी भावी कुण्डली बनायी जा सकती है। उनके अनुसार सभ्यता का विघटन उनका न तो एकभू-क्षेत्र में सीमित होने को वजह से होता है और न ही मानव जन्म या नैसर्गिक विपत्तियों की वजह से। सभ्यता का विघटन आत्मघात की वजह से होता है। उनकी मान्यता है कि व्यक्तियों में क्रियात्मक शक्ति का ह्रास ही सभ्यता के विघटन का मूल कारण है। इसे ही उन्होंने आत्मघात कहा है।

टॉयनबी का विचार है कि सभ्यता के विघटन के दौर में समाज सत्ताधारी अल्पसंख्यक, आंतरिक सर्वहारा और बाह्य सर्वहारा जैसे तीन भाँगों में बँट जाता है। स्पेंगलर के विपरीत टॉयनबी नहीं मानते कि विघटन के बाद सभ्यता समाप्त हो जाती है। उनके विचार से विघटन के बाद भी ये भाग उपलब्धि करना जारी रखते हैं। विघटन के समय तीनों भाग निस्सारता की स्थिति में नहीं होते बल्कि तीनों ही महत्त्वपूर्ण भूमिका निभाते हैं।

टॉयनबी मानते हैं कि सभ्यता के विघटन से मनुष्य जिन दुखों का अनुभव करता है, वे अनुभव ही प्रगति का कारक बनते हैं। अर्थात् कठिनाइयाँ ही आगे बढ़ना सिखाती हैं। वे सभ्यता और धर्म को एक रथ जैसा मानते हैं। उनके अनुसार रथ के पहियों की गति सभ्यता की गति है तथा रथ धर्मस्वरूप है। जिस प्रकार पहिये घूमते रहते हैं और रथ आगे बढ़ता रहता है वैसे ही समय की गति के साथ-साथ सभ्यता जन्म लेती है, विकसित होती हैं और उसका पतन होता है। इस आधार पर यह भी कहा जा सकता है कि टॉयनबी सभी सभ्यताओं को दार्शनिक आधार पर एक जैसा मानते हैं।

देखें : अनाल स्कूल, ओसवाल्ड स्पेंगलर, ल्यूसियाँ फ़ेब्र, फ़र्नँद ब्रॉदेल, मार्क्सवादी इतिहास-लेखन, मार्क ब्लॉक, इतिहास और आख्यान।

संदर्भ

1. गुरुदेव सिंह (2004), 'टॉयनबी की इतिहास मीमांसा', गोविंद चंद्र पाण्डेय (सम्पा.) *इतिहास : स्वरूप एवं सिद्धांत,* राजस्थान हिंदी ग्रंथ अकादमी, जयपुर.
2. फ्रैंक वान अल्स्ट (2004), 'बीसवीं शताब्दी : इतिहास लेखन की पाश्चात्य अवधारणाएँ' अनु. : विनय कुमार, गोविंद चंद्र पाण्डेय (सम्पा.) *इतिहास : स्वरूप एवं सिद्धांत,* राजस्थान हिंदी ग्रंथ अकादमी, जयपुर.

—अजय कुमार पाण्डेय

अराजकतावाद
(Anarchism)

राज्य के नियंत्रण से पूरी तरह स्वतंत्र समाज की पैरोकारी करने वाला विचार अराजकतावाद कहलाता है। यह अवधारणा किसी भी तरह के सरकारी, व्यापारिक, औद्योगिक, वाणिज्यिक, धार्मिक, शैक्षिक या पारिवारिक नियंत्रण को अस्वीकार करती है। अराजकतावाद का विश्वास है कि मानवीय प्रकृति स्वतंत्रता, न्याय और ख़ुशहाली के लिए ही बनी है। मानव-समाज बिना किसी बाहरी हस्तक्षेप के शांति, सहकार और उत्पादन के साथ रहने में सक्षम है; और मनुष्य अपना शासन स्वयं कर सकता है। अराजकतावादियों के मुताबिक़ ऐसा समाज बनाना कठिन नहीं है जिसमें व्यक्तिगत स्वतंत्रता अधिकतम होगी, भौतिक वस्तुओं का समान बँटवारा होगा और आपसी सलाह-सुमति के साथ सभी लोग व्यक्तिगत और सामाजिक ज़िम्मेदारियों को बाँट लेंगे। अराजकतावादी चिंतन का इतिहास प्राचीन

प्योत्र अलेक्सेईविच क्रोपाटकिन (1842-1921)

काल के यूनानी दार्शनिकों तक जाता है। स्टोइक चिंतक, ख़ास तौर से ज़ेनो (ईसा पूर्व 336-264) इसके लिए मशहूर हैं। आधुनिक युग में अराजकतावाद की सबसे महत्त्वपूर्ण व्याख्या करने का श्रेय विलियम गॉडविन की 1793 में प्रकाशित कृति *इन इनक्वारी कंसर्निंग पॉलिटिकल जस्टिस ऐंड इट्स इनफ़्लुएंस ऑन जनरल वर्चू ऐंड हैपीनैस* को जाता है। लेकिन ख़ुद को अराजकतावादी कहने वाले पहले दार्शनिक उन्नीसवीं सदी के पूर्वार्ध में सक्रिय रहे फ्रांसीसी चिंतक पिएर जोसेफ़ प्रूधों थे। जहाँ तक लक्ष्यों और कल्पनाशीलता का सवाल है, अराजकतावादियों में मतैक्य दिखता है। पर अपने ख़यालों की दुनिया को धरती पर उतारने के प्रश्न पर उनके बीच मतभेद पाये जाते हैं। मोटे तौर पर अराजकतावादियों की चार धाराएँ पायी जाती हैं : व्यक्तिवादी, परस्परतावादी, सामूहिकतावादी और साम्यवादी।

जर्मनी के निहिलिस्ट (नाशवादी) दार्शनिक मैक्स स्टर्नर को अराजकतावादी व्यक्तिवाद का प्रमुख चिंतक माना जाता है। इस विचार के मुताबिक़ व्यक्ति और उसकी सम्प्रभुता पूरी तरह से अनुलंघनीय रहनी चाहिए। स्टर्नर कहते हैं कि व्यक्ति को ईश्वर, राज्य या किसी भी नैतिकता की परवाह किये बिना अपनी मर्ज़ी से पहलक़दमी ले कर सक्रिय रहने का अधिकार दिया जाना अनिवार्य है। हालाँकि इस क़िस्म के अराजकतावादी लेन-देन और समझौता (कांट्रेक्ट) के ज़रिये सामाजिक संबंध बनाने की वकालत करते हैं, पर व्यक्ति की

पिएर-जोसेफ़ प्रूधों (1809-1865) और उनके बच्चे. चित्र : गुस्ताव कौरबे

निजता की बेतहाशा और अहंवादी पैरोकारी करने के कारण उनके कार्यक्रम की व्यावहारिकता काफ़ी कम हो जाती है। उन्नीसवीं सदी में अमेरिकी अराजकतावादी जोसैया वारेन ने इस तरह के अराजकतावाद के आर्थिक बंदोबस्त का एक खाका पेश करने की कोशिश की। उन्होंने मेहनत के घंटों का भंडार करने वाले 'टाइम स्टोर्स' की स्थापना की। उनकी तजवीज़ थी कि श्रम की मुद्रा के ज़रिये लोगों के बीच समतामूलक वाणिज्य हो सकता है। अमेरिकी अराजकतावादियों ने बाज़ार आधारित अर्थव्यवस्था की कड़ी आलोचना की। उन्होंने, विशेषकर लायसेंडर स्पूनर ने अमेरिकी संविधान पर ज़बरदस्त आक्रमण करते हुए उस समझौतापरक सिद्धांत की ख़ामियों को दिखाया जिसे राज्य की संस्था का आधार माना जाता है। व्यक्तिवादी अराजकतावाद की प्रेरणाएँ बीसवीं सदी में पनपे स्वतंत्रतावाद के विचार में ढूँढ़ी जा सकती हैं।

सामूहिकतावादी अराजकतावाद के प्रमुख चिंतक बकूनिन माने जाते हैं। सामूहिकतावादियों को न तो प्रूधों द्वारा की गयी छोटे किसानों और कारीगरों की तरफ़दारी पसंद थी, और न ही वे कार्ल मार्क्स द्वारा प्रवर्तित समाजवादी विचार के समर्थक थे। मार्क्स के कम्युनिज़म को अधिनायकवादी क़रार देने वाला यह विचार एक ऐसे भविष्य की कल्पना करता है जिसमें मज़दूर संगठित हो कर पूँजी को अपने हाथ में ले लेंगे। संगठित मज़दूरों के हाथ में ही उत्पादन के साधन रहेंगे। सामूहिक फ़ैसले के आधार पर आमदनी का वितरण होगा। जो जितना श्रम करेगा उसका हिस्सा भी उतना ही बड़ा होगा।

परस्परतावादी अराजकतावाद व्यक्तिवाद और सामूहिकतावाद के बीच का रास्ता था जिसके सूत्रीकरण का श्रेय प्रूधों को जाता है। प्रूधों ने सम्पत्ति और कम्युनिज़म के बीच तालमेल बैठाते हुए एक ऐसी आर्थिक प्रणाली की वकालत की जिसके तहत व्यक्ति को निजी या सामूहिक तौर पर अपने उत्पादन के साधनों (जैसे औज़ार, ज़मीन आदि) का मालिक होने का अधिकार तो होगा, पर उसे उजरत अपने श्रम के मुताबिक़ ही मिलेगी ताकि समाज में समानता क़ायम रखी जा सके। इस अर्थव्यवस्था में विनिमय इस नैतिक मूल्य पर आधारित था कि व्यक्ति केवल उतना ही माँगेगा जितना वह स्वयं देने के लिए तैयार हो। प्रूधों ने उत्पादकों को न्यूनतम ब्याज दर पर ऋण देने वाले बैंकों की स्थापना का प्रस्ताव भी किया। इसमें कोई शक नहीं कि प्रूधों के आर्थिक प्रयोग कामयाब नहीं हुए, पर उनके फ्रांसीसी अनुयायियों ने पहले कम्युनिस्ट इंटरनैशनल की शुरुआत पर अपना प्रभाव छोड़ा। बाद में सामूहिकतावादियों ने उन्हें किनारे धकेल दिया।

साम्यवादी अराजकतावाद यह मान कर चलता है कि कम्युनिज़म की स्थापना के लिए राज्य की संस्था अनावश्यक है। प्रिंस क्रोपाटकिन इस धारा के प्रमुख दार्शनिक थे। उनका कहना था कि मनुष्य परस्पर एकता और सहयोग के नैसर्गिक गुणों से सम्पन्न होता है जिनके प्रभाव में सम्पत्ति संबंध विभेद अपने-आप ख़त्म होते चले जाएँगे। समाज का हर व्यक्ति शामलाती संसाधनों का इस्तेमाल करेगा। मज़दूरों की स्वयंसेवी एसोसिएशनें आपूर्ति की ज़रूरतों के हिसाब से उत्पादन-प्रक्रिया का नियोजन करेंगी। कम्यून अपने सदस्यों की आवश्यकताओं की शिनाख़्त करेगा जिससे माँग तय होगी। कम्यूनों का आपसी महासंघ होगा जो सड़कें बनाने, रेलवे प्रणाली और अन्य सम्पर्क-संचार की सुविधाओं की फ़िक्र करेगा। लोगों को काम करने के लिए भौतिक प्रोत्साहन की आवश्यकता नहीं होगी। निजी सम्पत्ति की ग़ैर-मौजूदगी के तहत समाज में अपराधियों से निबटने के लिए अनौपचारिक तौर-तरीक़े अपनाये जाएँगे और क़ानून की दमनकारी मशीनरी की ज़रूरत नहीं पड़ेगी। साम्यवादी अराजकतावादियों का ख़याल था कि जब तक निजी सम्पत्ति पर आधारित विभेदों को ख़त्म करने लायक मानवीय एकता नहीं बन जाती, तब तक सामूहिकतावादी नज़रिया अपनाया जा सकता है।

उन्नीसवीं सदी का बौद्धिक-राजनीतिक इतिहास मार्क्सवादियों और अराजकतावादियों के बीच बहस से भरा हुआ है। अराजकतावादी चाहते थे कि राज्य की संस्था को फ़ौरन मंसूख करने की तजवीज़ की जानी चाहिए, पर मार्क्सवादी राज्य को ख़त्म करने के पक्षधर होते हुए भी पहले मज़दूरों के राज्य की स्थापना करना चाहते थे। अराजकतावादियों का कहना था कि सर्वहारा का राज्य भी कुल मिला कर विषमता और उत्पीड़न का माध्यम बन जाएगा। बकूनिन तो समाजवादी राज्य को एक फ़ौजी बैरक की संज्ञा देते थे जिसमें लोग नगाड़े की आवाज़ पर सोयेंगे, जागेंगे और श्रम करेंगे। यह एक ऐसा राज्य होगा जिसमें चालाक और शिक्षित लोग सरकारी सुविधाएँ भोगेंगे। 1846 में अपनी रचना *दर्शन की दरिद्रता* के ज़रिये मार्क्स ने प्रूधों की कड़ी आलोचना की। प्रथम कम्युनिस्ट इंटरनैशनल में जब बकूनिनपंथियों ने प्रूधों के अनुयायियों को

पराजित कर दिया तो उन्हें मार्क्स के अनुयायियों से लोहा लेना पड़ा। इस संघर्ष के परिणामस्वरूप 1872 में इंटरनैशनल टूट गया।

राज्य की संस्था की मुख़ालफ़त करने के कारण अराजकतावादी किसी भी तरह के संसदीय विचार के भी ख़िलाफ़ रहते हैं। वे चुनावों में भाग नहीं लेते। समाज के क्रांतिकारी रूपांतरण में विश्वास के कारण ज़्यादातर अराजकतावादी सभी तरह के प्राधिकार और आर्थिक संस्थाओं के ख़िलाफ़ जन-विद्रोह की अपील करने का कार्यक्रम पेश करते हैं। चूँकि उनकी योजना में किसी बड़े प्राधिकार की गुंजाइश नहीं है, इसलिए वे स्वत:स्फूर्त और स्थानीय स्तर की छोटी-छोटी बग़ावतों की रणनीति अपनाने की वकालत करते हैं। साम्यवादी अराजकतावाद ने उन्नीसवीं सदी के आख़िरी सालों में व्यक्तिगत स्तर पर आतंकवादी कार्रवाइयों की मुहिम भी चलाई जिसके तहत राजनेताओं और प्रमुख उद्योगपतियों की हत्याएँ भी की गयीं।

योहान कैस्पर श्मिड्ट उर्फ़ मैक्स स्टर्नर (1806-1856) : फ्रेड्रिख़ एंगेल्स द्वारा बनाया गया व्यंग्य चित्र.

उन्नीसवीं सदी में स्पेन, इटली, बेल्जियम और फ्रांस में अराजकतावादी काफ़ी सक्रिय थे। अमेरिका में 1905 में फ्रांस के अनारको-सिंडिकलिज़्म से प्रेरित ट्रेड यूनियन आंदोलन भी चला। बीसवीं सदी में साठ और सत्तर के दशक में बौद्धिक हलकों में अराजकतावादी विचार की साख बढ़ती हुई दिखायी दी। पॉल गुडमेन और डेनियल गुइरिन ने शिक्षा और सामुदायिकता के क्षेत्र में अराजकतावादी हस्तक्षेप किये। आजकल अराजकतावादी सिद्धांत का कोई विशेष प्रभाव नहीं दिखायी देता। लेकिन, इस सर्वसत्तावाद, अधिनायकवाद और निरंकुशता के आलोचकों के तर्कों में इस सिद्धांत की आहटें सुनी जा सकती हैं। समाजवादी विचार परम्परा में अराजकतावाद किसी न किसी रूप में हमेशा मौजूद रहता है। उदारतावादियों को अभिव्यक्ति की आज़ादी से संबंधित अपने ढुलमुलपन से मुक्त करने में भी अराजकतावाद की भूमिका से इनकार नहीं किया जा सकता। शांतिवाद के तहत सभी तरह की हिंसा से मुक्ति के आग्रह में भी इस विचार की प्रेरणाएँ रही हैं। स्वतंत्रतावाद के विचार पर तो अराजकतावाद की छाप स्पष्ट है ही, पर्यावरणवादी आंदोलन ने भी अपने कई आग्रह उससे प्राप्त किये हैं।

देखें : अधिकार, अधिकार : सैद्धांतिक यात्रा, अरस्तू, अफ़लातून, अनुदारतावाद, अन्य-अन्यीकरण, उदारतावाद, उपयोगितावाद, एडमण्ड बर्क, क्रांति, ज्याँ-ज़ाक रूसो, जॉन लॉक, जेरेमी बेंथम, जॉन स्टुअर्ट मिल, जॉन रॉल्स, थॉमस हॉब्स, नागरिकता, नागरिकता : अन्य परिप्रेक्ष्य-1 और 2, नागर समाज, फ्रेड्रिख़ वॉन हायक, बुद्धिवाद, माइकिल जोसेफ़ ओकशॉट, मिशेल पॉल फ़ूको-1 और 2, यूटोपिया, रॉबर्ट नॉज़िक, राज्य, स्वतंत्रतावाद, सर्वसत्तावाद, समाजवाद, सरकारियत।

संदर्भ

1. ए. कार्टर (1974), *द पॉलिटिकल थियरी ऑफ़ एनारकिज़्म,* वाइल्डवुड हाउस, लंदन.
2. एल.आई. क्रिमरमैन और एल. पैरी (सम्पा.) (1966), *पैटर्न्ज़ ऑफ़ एनार्की,* एंकर, न्यूयॉर्क.
3. डी. मिलर (1984), *एनारकिज़्म,* डेंट, लंदन.
4. एम. टेलर (1982), *कम्युनिटी, एनार्की ऐंड लिबर्टी,* केम्ब्रिज युनिवर्सिटी प्रेस, केम्ब्रिज.

—अभय कुमार दुबे

अरुणा आसफ़ अली

(Aruna Asaf Ali)

अरुणा आसफ़ अली (1909-1996) सन् 1942 के 'अंग्रेज़ो भारत छोड़ो' की जुझारू नेता, भारतीय मज़दूर आंदोलन और स्त्री-आंदोलन की प्रमुख हस्ती थीं। वे एक जागरूक और निर्भीक पत्रकार भी थीं। उन्होंने *लिंक* जैसी राजनीतिक पत्रिका और *पैट्रियट* जैसे दैनिक पत्र की स्थापना भी की। भारत छोड़ो आंदोलन में कांग्रेस के सभी प्रमुख नेताओं की गिरफ़्तारी हो जाने के बाद बहुत छोटी सी अवधि के लिए उपनिवेशवादी मुहिम का नेतृत्व स्त्रियों के हाथों में चला गया था। ख़ास बात यह है कि उन्हें यह नेतृत्व औपचारिक रूप से नहीं दिया गया था, बल्कि इन स्त्रियों ने आपातस्थिति में आगे बढ़ कर यह उत्तरदायित्व अपने ऊपर लिया था। लेकिन इसका परिणाम यह निकला कि अरुणा आसफ़ अली और उनकी सहयोगी महिला नेताओं की अगुआई में सविनय-अहिंसक-शिष्ट-संवैधानिक दायरे में चलने वाली सीमित विरोध प्रक्रिया आक्रामक और सीधे टकराव के प्रतिरोध में बदल गयी। इस परिवर्तन का स्त्रियों के राजनीतिककरण की प्रक्रिया पर असर पड़ना लाज़मी था। कांग्रेस तत्कालीन सामजिक-पारिवारिक व्यवस्था को चुनौती दिये बिना ही स्त्रियों को स्वतंत्रता आंदोलन में जोड़ना चाहती थी। स्त्री-अधिकारों की समानता के सवाल पर कांग्रेस का दृष्टिकोण घोर परम्परावादी था। अधिकतर स्त्रियाँ आंदोलन के प्रमुख व्यक्तियों के परिवारों की सदस्य थीं। उनमें से किसी को आंदोलन के नीतिगत और दूरगामी निर्णय लेने का अधिकार नहीं था। इसी रवैये के मुताबिक़ कांग्रेस के वरिष्ठ नेताओं, विशेषकर गाँधी ने कांग्रेस और भारत के स्वतंत्रता आंदोलन के लिए इन प्रवृत्तियों को बेहद ख़तरनाक माना। उन्होंने अति-उत्साही स्त्रियों को ऐसे आक्रामक अभियान से बचने का निर्देश दिया। अरुणा आसफ़ अली के हाथ में उपनिवेशवादी आंदोलन का नेतृत्व बहुत ही कम समय रहा, पर उन्होंने इसी बाच में परम्पराओं को तोड़ने की परम्परा बनायी और हर जगह उस समय के स्थापित ढर्रे को तोड़ कर जीने और काम करने का नया तरीक़ा बनाया।

अरुणा आसफ़ अली को अपनी विद्रोही तबीयत पारिवारिक पृष्ठभूमि से विरासत में मिली थी। 16 जुलाई, 1909 को तत्कालीन पंजाब (अब हरियाणा) के कालका में उपेंद्रनाथ गांगुली और अम्बालिका के घर में अरुणा गांगुली का जन्म हुआ। अरुणा के नाना त्रैलोक्यनाथ सान्याल पूर्वी बंगाल के बारीसाल के एक ज़मींदार परिवार के थे। युवावस्था में उन्होंने ब्रह्म समाज की सदस्यता ले ली थी जिसके कारण उन्हें व उनकी पत्नी को उनके पैतृक घर से निकाल दिया गया। इसी कारण सान्याल परिवार को गम्भीर आर्थिक संकट का सामना करना पड़ा। त्रैलोक्यनाथ ने भक्ति-गीत लिखने आरम्भ किये जो ब्रह्म समाज के संगीत का एक प्रमुख हिस्सा बने। अपने गीतों की अतिशय लोकप्रियता से त्रैलोक्यनाथ ने अपने आप को आर्थिक-सामजिक रूप से पुनर्स्थापित किया। अरुणा के दादा अर्थात् उपेंद्रनाथ गांगुली के पिता भी ब्रह्म समाज के अनुयायी थे और उन्होंने ब्राह्मण सजातीयों के सामजिक पूर्वग्रहों के बावजूद उपेंद्रनाथ को अमेरिका और इंग्लैंड में होटल व्यवसाय सीखने के लिए लिए भेजा था। उपेंद्र और अम्बालिका का विवाह दोनों परिवारों की सम्मति से दीवानी अदालत में पंजीकरण के बाद ब्रह्म समाज के मंदिर में हुआ था। बचपन में अरुणा और उनकी बहन पूर्णिमा को पढ़ने के लिए लाहौर के सेक्रेड हार्ट कॉन्वेंट में भेजा गया। अरुणा को ईसाई धर्म इतना भा गया कि उन्होंने ईसाई साध्वी बनने का विचार कर लिया। पता लगते ही घबड़ा कर उनकी माँ ने उन्हें नैनीताल के एक दूसरे स्कूल में स्थानांतरित कर दिया। स्कूली शिक्षा समाप्त करने के बाद अरुणा ने कोलकाता के गोखले स्मृति स्कूल में पढ़ाने का काम शुरू किया।

छुट्टियों में अरुणा अपनी बहन पूर्णिमा बनर्जी और उनके पति के पास इलाहाबाद गयीं। उसी समय प्रख्यात बैरिस्टर व कांग्रेस के सदस्य आसफ़ अली भी कोलकाता से दिल्ली के रास्ते में बनर्जी परिवार के घर पर रुके। यहीं आसफ़ अली और अरुणा की मुलाक़ात हुई। कुछ दिनों के बाद उन्होंने विवाह करने का निर्णय लिया। अरुणा के पिता इस विवाह के पूर्णतः ख़िलाफ़ थे इसलिए यह उपेंद्रनाथ गांगुली के निधन के बाद ही सम्भव हो पाया। सितम्बर, 1928 में यह विवाह नैनीताल में इसलामिक रीति से हुआ। अरुणा का नाम बदल कर कुलसुम ज़मानी रखा गया। 19 वर्षीय अरुणा और उनके पति आसफ़ अली में 22 साल का अंतर था। यह शादी उस समय की एक बेहद विवादास्पद घटना थी। विवाह के बाद अरुणा ने उर्दू सीखना आरम्भ किया ताकि वे अपने पति की उस शायरी को पढ़ सकें जो आसफ़ अली अपनी पत्नी के लिए लिखते थे। 1928 के नमक सत्याग्रह में भाग लेने के बाद आसफ़ अली को गिरफ़्तार कर लिया गया। इसके बाद अरुणा ने भी इस सत्याग्रह में हिस्सा लिया। चूँकि अरुणा ने निजी मुचलका भरने से इनकार कर दिया इसलिए उन्हें बिना किसी निश्चित पते और रोज़गार का व्यक्ति मानकर आवारागर्दी के जुर्म में लाहौर जेल भेज दिया गया।

1931 के गाँधी-इरविन समझौते के बाद जब सत्याग्रहियों को जेल से छोड़ने का निर्णय हुआ तो इससे अरुणा को कोई लाभ नहीं हुआ। अन्य क़ैदियों के विरोध के बाद ही अरुणा जेल से छूट पायीं। स्वतंत्रता आंदोलन में भागीदारी के दौरान 1932 में अरुणा को दोबारा गिरफ़्तार करके दिल्ली स्थित जेल भेजा गया। यहाँ अरुणा ने क़ैदियों

अरुणा आसफ़ अली (1909–1996)

के लिए बेहतर व्यवहार की माँग को लेकर भूख हड़ताल की। इससे क़ैदियों की दशा में कुछ सुधार तो किया गया लेकिन स्वयं अरुणा को यहाँ से अम्बाला जेल भेज दिया गया। अम्बाला की पुरुष-जेल में अरुणा को एकांतवास में रहना पड़ा। यहाँ अरुणा की भगत सिंह से मुलाक़ात हुई जिसके कारण उन्हें इस क्रांतिकारी नेता को क़रीब से जानने का मौक़ा मिला। मोतीलाल नेहरू, भूलाभाई देसाई और आसफ़ अली भगत सिंह, सुखदेव व राजगुरु के मुक़द्दमे में बचाव पक्ष के वकील थे।

1942 में अरुणा अपने पति आसफ़ अली के साथ कांग्रेस के मुम्बई अधिवेशन में भाग लेने के लिए आयीं। यहीं कांग्रेस ने ऐतिहासिक 'भारत छोड़ो' प्रस्ताव पारित किया। 9 अगस्त, 1942 की सुबह तक कांग्रेस के सभी प्रमुख नेताओं को जेल में डाल दिया गया। हुकूमत का मानना था कि नेतृत्वविहीन आंदोलन जल्दी ही समाप्त हो जाएगा। इस नेतृत्व-शून्यता के समय सैकड़ों पुलिस वालों के सामने अरुणा ने अदम्य साहस का प्रदर्शन करते हुए कांग्रेस अधिवेशन स्थल ग्वालियर टैंक मैदान पर तिरंगा झंडा फहराया। इसके बाद लाठी चार्ज, गिरफ़्तारियों और प्रशासनिक दमन का सिलसिला शुरू हो गया। अरुणा पुलिस से बचने के लिए भूमिगत हो गयीं। बदले में सरकार ने उनके दिल्ली के घर व गाड़ी को नीलाम करके उनकी गिरफ़्तारी पर पाँच हज़ार रुपये का इनाम घोषित कर दिया। उनके भूमिगत होने के इस दौर के बारे में कई किंवदंतियाँ प्रसिद्ध हैं कि उन्हें सरकारी अधिकारियों के घर पर भी शरण दी जाती थी। एक बूढ़ी अंग्रेज़ महिला के घर अरुणा मेहमान बन कर भी रहीं। इसी दौरान अरुणा समाजवादी आंदोलन के क़रीब आयीं। 1944 में अरुणा ने राममनोहर लोहिया के साथ मिल कर *इंक़िलाब* समाचार पत्र का सम्पादन भी किया। भूमिगत जीवन में गाँधी ने अरुणा के ख़राब स्वास्थ्य के बारे में जान कर उन्हें आत्मसमर्पण करने और इनाम की राशि को हरिजन कल्याण में लगाने का आग्रह किया। 1946 में अरुणा ने जब आत्म समर्पण किया तो उनके ऊपर लगे सारे अभियोग हटा लिए गये थे।

अरुणा आसफ़ अली ने कांग्रेस के प्रमुख नेताओं से ब्रिटिश शाही नौसेना में दुर्भावनापूर्ण व्यवहार और रंगभेद से पीड़ित भारतीय विद्रोही नौ-सैनिकों के साथ खड़े होने की माँग की जिसे कांगेस ने स्वीकार नहीं किया। अरुणा आसफ़ अली 1946 की अंतरिम सरकार बनाने के कांग्रेस के फ़ैसले के पक्ष में नहीं थीं। जब आसफ़ अली को अमेरिका का राजदूत बनाया गया तो भी अरुणा उनके साथ नहीं गयीं। 1948 में अरुणा ने सोशलिस्ट पार्टी की सदस्यता ली। 1952 वे भारतीय कम्युनिस्ट पार्टी की सदस्य बनीं। 1953 में बैरिस्टर आसफ़ अली का देहांत हुआ। अरुणा को भारतीय कम्युनिस्ट पार्टी की महिला शाखा नैशनल फ़ेडरेशन ऑफ़ वुमंस लीग का राष्ट्रीय प्रमुख नियुक्त किया गया। वे अखिल भारतीय महिला कांफ्रेंस की दिल्ली शाखा की अध्यक्ष भी रहीं।

अरुणा आसफ़ अली ने 1958 में एक साप्ताहिक पत्रिका *लिंक* और 1962 में एक दैनिक समाचार पत्र *पैट्रियट* की स्थापना भी की। उनके इस नये बौद्धिक अभियान में डॉ. ए.वी. बगिला और सम्पादक एदाता नारायण ने प्रमुख भूमिका निभायी। *लिंक* के सहयोगियों में तत्कालीन भारत के बेहद प्रभावशाली लोगों के नाम शामिल थे : फ़िरोज़ गाँधी, एम. चेलापति रवि, के.एम. पणिक्कर, वी.के. कृष्ण मेनन, के.डी. मालवीय और पोथेन जोसफ़। पत्रिका और अख़बार के लिए अरुणा ने अपना सारा समय लगा दिया। आरम्भिक दिनों में कांग्रेस सरकार ने भी इसे विज्ञापन और हर तरह का समर्थन प्रदान किया। लेकिन इंदिरा गाँधी की मृत्यु के बाद से इस प्रकाशन संस्था को सरकार की ओर से विज्ञापन देना बंद कर दिया गया। इसके बाद यह अख़बार आर्थिक रूप से कमज़ोर हो गया। कर्मचारियों के वेतन और भविष्य-निधि को लेकर शंकाएँ उठने लगीं।

ऐसी हालत में अरुणा ने अकेले ही अपने मित्रों और शुभचिंतकों से आर्थिक अनुदान लिया ताकि कर्मचारियों को समय पर भुगतान सुनिश्चित किया जा सके। उन्होंने कर्मचारियों को हर साल दीवाली बोनस भी दिया। अरुणा ने आर्थिक सहयोग के लिए संदिग्ध छवि के लोगों से भी परहेज़ नहीं किया। उनका कहना था कि लोग कहेंगे मैं कर चोरों से मदद ले रही हूँ, पर भीख के लिए फैलाया गया हाथ

यह नहीं देखता कि उसकी हथेली पर रखा पैसा किस रंग का है। प्रकाशन संस्था को चालू हालत में रखने के अपने तमाम प्रयासों के बावजूद पुराने दोस्तों और कम्पनी के साथी निदेशकों ने अरुणा को *लिंक* से अपने सारे संबंध तोड़ लेने के लिए मजबूर कर दिया। अरुणा के जानकार कहते हैं कि 1993 में इस बेदख़ली के बाद अरुणा ने बहादुरशाह ज़फ़र मार्ग स्थित लिंक हाउस में एक बार भी पैर नहीं रखा। अपने जीवन के आख़िरी दिनों में अरुणा बिस्तर पर ही रहीं और ख़राब स्वास्थ्य के चलते 29 जुलाई, 1996 को उनका निधन हो गया।

देखें : आनंदीबाई जोशी, उपनिवेशवाद विरोधी आंदोलन में स्त्री-नेतृत्व-1 और 2, ऐनी बेसेंट, कमला देवी चट्टोपाध्याय, पण्डिता रमाबाई सरस्वती, महादेवी वर्मा, दुर्गाबाई देशमुख, संतोष कुमारी देवी।

संदर्भ

1. जी.एन.एस. राघवन (2007), *अरुणा आसफ़ अली : एक संवेदनशील क्रांतिकारी,* नैशनल बुक ट्रस्ट , नयी दिल्ली.
2. मनमोहन कौर (1968), *रोल ऑफ़ वुमॅन इन फ्रीडम मूवमेंट 1857–1947,* स्टर्लिंग पब्लिशर्स, नयी दिल्ली.

—रवि दत्त वाजपेयी

अरुणाचल प्रदेश

(Arunachal Pradesh)

सूर्योदय का प्रदेश कहे जाने वाले उत्तर-पूर्वी राज्य अरुणाचल प्रदेश की राजधानी ईटानगर है। इस राज्य के उत्तर में चीन, दक्षिण में असम और नगालैण्ड राज्य हैं; तथा इसके पूर्व और पश्चिम में क्रमशः बर्मा और भूटान स्थित हैं। मुख्यतः जनजातीय आबादी वाले अरुणाचल प्रदेश का भौगोलिक क्षेत्रफल 83,743 वर्ग किमी है। इस लिहाज़ से यह भारत का चौदहवाँ सबसे बड़ा राज्य है। 2011 की जनगणना के अनुसार यहाँ की कुल जनसंख्या 1,382,611 है और इस लिहाज़ से भारत में इसका छब्बीसवाँ स्थान है। भारत के सबसे कम जनसंख्या घनत्व वाले इस राज्य में एक किलोमीटर में 16.5 व्यक्तियों का औसत है। यहाँ की साक्षरता दर 66.95 प्रतिशत है। अंग्रेज़ी यहाँ की सरकारी भाषा है। अरुणाचल की एकसदनीय विधायिका में कुल 60 सदस्य होते हैं। यहाँ से लोकसभा के दो और राज्यसभा का एक सदस्य चुना जाता है। गुवाहाटी उच्च न्यायालय ही अरुणाचल प्रदेश के उच्च न्यायालय की भी भूमिका निभाता है। अरुणाचल प्रदेश की संसदीय राजनीति बहुत ज़्यादा उथल-पुथल से भरी रही है। यहाँ की राजनीति में केंद्र से ज़्यादा स्थानीय मुद्दे हावी रहते हैं और अमूमन उत्तर-पूर्व के अन्य राज्यों की तरह यहाँ भी केंद्रीय राजनीति का बहुत सीधा प्रभाव नहीं पड़ता है। मुख्यतः यहाँ कांग्रेस का प्रभुत्व रहा है, पर व्यक्तिवाद के उभार के कारण इस पार्टी को एक बार मुँह की भी खानी पड़ी है और इसी चक्कर में थोड़े समय के लिए यहाँ भारतीय जनता पार्टी को भी सरकार बनाने का मौक़ा मिला है।

अरुणाचल प्रदेश के संदर्भ में एक उल्लेखनीय बात यह है कि चीन अभी इसे एक विवादास्पद क्षेत्र मानता है और कई मर्तबा किसी वरिष्ठ भारतीय मंत्री या अधिकारी द्वारा यहाँ यात्रा करने पर भी वह अपनी आपत्ति भी जताता है। लेकिन अरुणाचल प्रदेश में होने वाले लगातार चुनावों और उसमें लोगों की भागीदारी को देखते हुए यह कहा जा सकता है कि अरुणाचल प्रदेश के लोग उसे भारत का ही अभिन्न हिस्सा मानते हैं।

अरुणाचल प्रदेश में तक़रीबन बीस मुख्य जनजातियाँ हैं, जो बहुत सी उप-जनजातियों में बँटी हुई हैं। मुख्य रूप से मंगोल और तिब्बत-बर्मा मूल की जनजातियों में अडी, निशी, अपतानी, वांचो, सिंगपो, तंगशा, तगीन, मिशियम, मोनपा, अका, नोक्टे, मिरीस आदि मुख्य हैं। ये बीस से ज़्यादा भाषाएँ बोलती हैं, जिनमें से चौदह भाषाओं का उपयोग प्राथमिक शिक्षा में शिक्षा के माध्यम के रूप में किया जाता है। सामाजिक व्यवस्था के तौर पर ये जनजातियाँ पितृवंशीय हैं और इनमें उत्तराधिकार ज्येष्ठाधिकार आधारित होता है। 2001 की जनगणना के अनुसार यहाँ की जनसंख्या का 34.6 प्रतिशत हिंदू, 18.7 ईसाई, 13 प्रतिशत बौद्ध, 1.9 प्रतिशत मुसलमान और 30.7 प्रतिशत एनिमिस्ट धर्मावलम्बी है। यहाँ की जनजातियाँ झूम खेती भी करती हैं जिसके तहत एक ख़ास जगह पर जंगलों को जला कर वहाँ पर कुछ सालों तक खेती की जाती है और फिर उस जगह को छोड़ कर दूसरी जगह यही कार्रवाई की जाती है। चावल यहाँ की मुख्य फसल है। तक़रीबन 95 प्रतिशत जनसंख्या खेती पर निर्भर है लेकिन पहाड़ी इलाक़ा होने के कारण यहाँ खेती के लिए ज़मीन कम है। अक्सर यह राज्य अपने दम पर अपनी खाद्य-ज़रूरतें पूरा नहीं कर पाता है।

महाभारत और कालिका पुराण में इस राज्य का उल्लेख मिलता है। लेकिन इसके शुरुआती इतिहास के बारे में बहुत कम जानकारी है। 1826 में अंग्रेज़ों ने बर्मा (वर्तमान म्याँमार) के साथ यनाबो की संधि की और इसके परिणामस्वरूप ब्रह्मपुत्र घाटी पर उनका नियंत्रण हो गया। 1838 में अंग्रेज़ों ने इस पूरे क्षेत्र को अपने क़ब्ज़े में ले लिया और यहाँ के प्रशासन के लिए

अरुणाचल प्रदेश : कांग्रेस का प्रभुत्व और फिर वापसी

अपने एजेंट को नियुक्त किया। जनजातीय संस्कृति के विशिष्ट चरित्र और इस क्षेत्र का पिछड़ापन देखते हुए अंग्रेज़ों ने 1874 में शेड्यूल्ड डिस्ट्रिक्ट एक्ट (अनुसूचित ज़िला अधिनियम) और 1880 में असम फ्रंटियर ट्रैक्ट रेग्युलेशन लागू किया। 1913 में उन्होंने नॉर्थ ईस्ट फ्रंटियर एजेंसी (नेफ़ा) का गठन किया। लेकिन अंग्रेज़ों का इस क्षेत्र पर सीधा नियंत्रण काफ़ी सीमित ही रहा। अगले साल, यानी 1914 में तिब्बत से मिलने वाली 885 किमी लम्बी सीमा-रेखा को मैकमोहन लाइन क़रार देते हुए अंतर्राष्ट्रीय सीमा का दर्जा दिया गया। यह दूसरी बात है कि चीन ने कभी भी इस सीमा को स्वीकार नहीं किया। द्वितीय विश्व युद्ध के पहले तक यहाँ बाहरी लोगों के आने पर पाबंदी थी।

स्वतंत्रता प्राप्ति के बाद भारतीय संविधान में इस क्षेत्र को ज़िला परिषदों (डिस्ट्रिक कौंसिल्स) के अंतर्गत स्वायत्तशासी स्थिति प्रदान की गयी। 1954 में यह क्षेत्र नॉर्थ ईस्ट फ्रंटियर एरिया के रूप में असम के राज्यपाल के तहत आ गया। 1962 में चीन ने इसी इलाक़े की तरफ़ से भारत पर हमला किया। इससे भारत सरकार को यह अहसास हुआ कि उसकी उत्तरी सीमा बहुत ही असुरक्षित है। इसीलिए इस सीमा को मज़बूत बनाने की प्रक्रिया शुरू हुई। 20 जनवरी, 1972 को भारत सरकार ने इस क्षेत्र को एक केंद्रशासित प्रदेश का दर्जा दिया और इसका नाम अरुणाचल प्रदेश रख दिया गया। 20 फ़रवरी, 1987 को अरुणाचल प्रदेश को पूर्ण राज्य का दर्जा दिया मिला।

अरुणाचल प्रदेश के एक अलग राज्य बनने से पहले 1975 से ही यहाँ मुख्यमंत्री और विधानसभा का प्रावधान कर दिया गया था। कांग्रेस के पी.के. थुंगन (13 अगस्त, 1975–18 सितम्बर, 1979) यहाँ के पहले मुख्यमंत्री बने। उनके बाद पीपुल्स पार्टी ऑफ़ अरुणाचल प्रदेश के नेता टोमो रीबा कुछ समय के लिए मुख्यमंत्री रहे। जनवरी 1980 में फिर से कांग्रेस की सरकार बन गयी और गेगांग अपांग राज्य के मुख्यमंत्री बने। पूर्ण राज्य का दर्जा मिलने के बाद भी यहाँ की राजनीति पर कांग्रेस का क़ब्ज़ा बरकरार रहा। गेगांग अपांग लम्बे समय (18 जनवरी, 1980–19 जनवरी, 1999) तक राज्य के मुख्यमंत्री बने रहे । लेकिन सितम्बर, 1996 में इन्होंने कांग्रेस से बग़ावत करके अपनी अलग पार्टी अरुणाचल कांग्रेस बनायी। 1998 में यह पार्टी विभाजन के दौर से गुज़री। इस पार्टी के नेता मुकुट मिथी अपने साथ 40 विधायकों को तोड़ने में सफल रहे जो साठ सदस्यों वाली विधानसभा में पूर्ण बहुमत दिलाने वाली संख्या थी। मुकुट मिथी 19 जनवरी 1999 से 3 अगस्त 2003 तक राज्य के मुख्यमंत्री रहे।

शुरुआत में अरुणाचल कांग्रेस के इन दोनों धड़ों ने केंद्र के अटल बिहारी वाजपेयी सरकार का समर्थन किया। बाद में मुकुट मिथी ने अपनी पार्टी का विलय कांग्रेस में कर दिया। 2003 में गेगांग अपांग के कारण मुकुट मिथी की सरकार गिर गयी और 3 अगस्त, 2003 को गेगांग अपांग ही फिर से राज्य के मुख्यमंत्री बने। चूँकि उन्होंने अपनी पार्टी का भाजपा में विलय कर दिया जिससे पहली बार किसी उत्तर-पूर्वी राज्य में भाजपा की सरकार बनी। लेकिन 2004 के लोकसभा चुनावों में भाजपा की हार के बाद वे कांग्रेस में लौट गये। 2004 में कांग्रेस ने अरुणाचल की सत्ता में वापसी की और गेगांग अपांग ही राज्य के मुख्यमंत्री बने रहे। लेकिन 9 अप्रैल, 2007 को राज्य में कांग्रेसी विधायकों के दबाव के कारण उन्हें मुख्यमंत्री पद से इस्तीफ़ा देना पड़ा। उनके बाद दोरजी खांडू राज्य के मुख्यमंत्री (9 अप्रैल, 2007–30 अप्रैल ,2011) बने। इन्हीं के नेतृत्व में कांग्रेस ने 2009 में हुआ विधानसभा चुनाव जीता। लेकिन 30 अप्रैल, 2011 को हेलीकॉप्टर दुर्घटना में इनकी मौत हो गयी। इसके बाद नबम टुकी राज्य के मुख्यमंत्री बने जो 2013 तक इस पद पर क़ायम हैं।

अरुणाचल प्रदेश की राजनीति में कांग्रेस का वर्चस्व रहा है। लेकिन गेगांग अपांग के रूप में एक मज़बूत नेता के उभार ने पार्टी को पीछे करके व्यक्ति को उससे ज्यादा मज़बूत बना दिया। इसी कारण अपांग ने 1996 में अपनी पार्टी बनायी। उसके बाद कुछ समय तक राज्य में एक व्यक्ति आधारित राजनीति का दौर चला। इसका नतीजा 1998 में अपांग की पार्टी अरुणाचल कांग्रेस में विभाजन होने और अरुणाचल कांग्रेस (मिथी) के निर्माण के रूप में सामने आया। एक तरह से 1996 से 2004 तक के दौर को राज्य में ग़ैर-कांग्रेसी राजनीति का दौर माना जा सकता है। गेगांग अपांग 2003 में भाजपा शामिल हो गये और अरुणाचल प्रदेश में पहली बार भाजपा की सरकार बनी। लेकिन 2004 के लोकसभा चुनावों के बाद राज्य की राजनीति में कांग्रेस की वापसी हुई। लेकिन इस दफ़ा कांग्रेस में एक व्यक्ति पार्टी से ज़्यादा मज़बूत नहीं हो पाया। 2007 में अपांग को मुख्यमंत्री पद छोड़ना पड़ा। यद्यपि अगले मुख्यमंत्री दोरजी खांडू एक मज़बूत नेता थे, लेकिन वे पार्टी पर उस तरह हावी नहीं हुए थे जैसे नब्बे के दशक में अपांग हावी हो गये थे।

हाल ही में अरुणाचल प्रदेश में कुछ विद्रोही समूह भी काफ़ी सक्रिय हो गये हैं। इसमें नैशनल सोशलिस्ट कौंसिल ऑफ़ नगालैण्ड (एनएससीएन) प्रमुख है। माना जाता है कि अरुणाचल प्रदेश के दो ज़िलों चांगलांग और टिराप में इनका प्रभाव काफ़ी बढ़ गया है, हालाँकि इसके कारण अभी तक किसी तरह की विद्रोह या हिंसा की घटना नहीं हुई है।

देखें : असम, आंध्र प्रदेश, उत्तर प्रदेश, उत्तराखण्ड, ओडीशा, कर्नाटक, केरल, छत्तीसगढ़, जम्मू और कश्मीर, झाड़खण्ड, तमिलनाडु, त्रिपुरा, दिल्ली, नगालैण्ड, पश्चिम बंग, पंजाब, महाराष्ट्र, मध्य प्रदेश, मिज़ोरम, मेघालय, भारतीय संघवाद, बिहार, राजस्थान, राज्यों का पुनर्गठन-1, 2 और 3, राज्यों की राजनीति, संघवाद, हरियाणा।

संदर्भ

1. एस. दत्ता (1997) (सम्पा.), *स्टडीज़ इन द हिस्ट्री, इकॉनॉमी ऐंड कल्चर ऑफ़ अरुणाचल प्रदेश,* हिमालयन पब्लिशर्स, नयी दिल्ली.
2. दलविंदर सिंह ग्रेवाल (1997), *ट्राइब्स ऑफ़ अरुणाचल प्रदेश : आइडेंटिटी, कल्चर ऐंड लैंग्वेज* (दो खण्ड), साउथ एशिया पब्लिकेशंस, नयी दिल्ली.
3. चंद्रिका सिंह (1989), *इमरजेंस आफ़ अरुणाचल प्रदेश एज़ अ स्टेट,* मित्तल पब्लिकेशंस, नयी दिल्ली.

—कमल नयन चौबे

अर्थशास्त्र और कौटिल्य

(*Arthashastra* and Kautilya)

ईसा से तीन सौ वर्ष पूर्व रचा गया संस्कृत-ग्रंथ *अर्थशास्त्र* राजनीतिक सत्ता हासिल करने और उसे बनाये रखने के उपायों की विस्तृत संहिता है। 'अर्थ' को परिभाषित करते हुए कौटिल्य ने कहा है : 'अर्थः मनुष्यवती भूमिः।' मनुष्यों से बसी सारी धरती अर्थ है। अर्थशास्त्र इस धरती के पालन-संरक्षण का शास्त्र है। कौटिल्य राजनीतिक और आर्थिक सत्ता के संयोग से मिलने वाली सांसारिक सफलता पर विशेष ध्यान अवश्य देते हैं पर उनके लिए अर्थशास्त्र का तात्पर्य यही नहीं है। प्राचीन भारत की इस महान कृति की रचना का श्रेय उन कौटिल्य को है जिन्हें चाणक्य और विष्णगुप्त के नाम से भी जाना जाता है। पंद्रह अधिकरणों (खण्डों) में बँटी इस पुस्तक में 150 अध्याय हैं। ग्रंथ का काफ़ी हिस्सा राज्य के संचालन की विधियों, युद्ध व वैदेशिक मामलों की चर्चा करता है। इसके अलावा कौटिल्य ने इस रचना में विवाह, स्त्रीधन, दाय, ऋण, वास्तुशास्त्र, नगरनिवेश आदि विषयों का विस्तृत विवेचन भी किया है। बीसवीं सदी के पहले दशक में डॉ. शामशास्त्री द्वारा किये गये अंग्रेज़ी अनुवाद से कौटिल्य की इस रचना की तरफ़ दुनिया भर के विद्वानों का ध्यान गया। मैक्स वेबर ने अपने विख्यात लेख 'पॉलिटिक्स एज़ अ वोकेशन' में *अर्थशास्त्र* को 'रैडिकल मैकियावेलियनिज़्म' क़रार देते हुए कहा है कि इसके सामने सोलहवीं सदी में लिखी गयी मैकियावेली की रचना *द प्रिंस* की चमक फीकी पड़ जाती है। ऐतिहासिक प्रमाणों के अनुसार मैकियावेली की रचना में दर्ज सलाहों पर उनके युग के किसी शासक ने वास्तव में कभी अमल नहीं किया। इसके विपरीत *अर्थशास्त्र* में कौटिल्य द्वारा की गयी संस्तुतियाँ उनके युग की व्यावहारिक राजनीति और राज्यकौशल का प्रतिनिधित्व करती हैं। *अर्थशास्त्र* की तुलना चीनी विद्वान सुन ज़ू के ग्रंथ *आर्ट ऑफ़ वार* से भी की गयी है।

एक कृति के रूप में *अर्थशास्त्र* की प्राचीनता इस कालातीत ग्रंथ के रचनाकार के परिचय को विवादास्पद कर देती है। आचार्य कौटिल्य के निजी जीवन के बारे में बहुत कम प्रामाणिक जानकारी उपलब्ध है। इस कारण से भी कुछ विद्वानों की मान्यता है कि *अर्थशास्त्र* की उपलब्ध पांडुलिपि का लेखक कोई और रहा होगा। लेकिन ऐसा विवाद उठाने वाले विद्वान चाणक्य के अलावा किसी और को यह श्रेय दे पाने में समर्थ नहीं हो पाये हैं। दामोदर धर्मानंद कोसम्बी और रामशरण शर्मा जैसे प्राचीन भारत के प्रमुख इतिहासकारों ने *अर्थशास्त्र* की रचना का श्रेय कौटिल्य को ही दिया है।

प्राचीन भारत में राज्यतंत्र के विज्ञान यानी अर्थशास्त्र का अनुशासन धर्म और नीतिशास्त्र के अध्ययन से अलग

था। इस विज्ञान के अकादमीय विशेषज्ञ के तौर पर आचार्य कौटिल्य ने पूर्ववर्ती विद्वानों की रचनाओं को अपनी कृति का आधार बनाया। ऐतिहासिक परिस्थितियों ने उन्हें एक सक्रिय राजनीतिज्ञ के रूप में अपनी ही शिक्षाओं को व्यवहार में उतारने का मौक़ा भी दिया। ऐतिहासिक दृष्टांत के मुताबिक़ उन्होंने चंद्रगुप्त मौर्य (321-296 ईसा पूर्व) के शिक्षक और अमात्य (मंत्री) के रूप में मौर्य साम्राज्य की स्थापना में प्रमुख भूमिका निभायी। चाणक्य के बौद्धिक निर्देश के तहत चलाये गये अभियान में चंद्रगुप्त ने न केवल उत्तर-पश्चिम भारत में सिकंदर द्वारा विजित प्रदेशों को छल (यूनानी गवर्नरों की हत्या), राजनय (सिकंदर के उत्तराधिकारी सिल्यूकस से संधि) और बल (युद्ध में विजय) से हस्तगत किया, बल्कि कई तरह की राजनीतिक और कूटनीतिक चालों का इस्तेमाल करके नंद वंश से सत्ता छीनने में सफलता प्राप्त की। चाणक्य और चंद्रगुप्त ने मिल कर जिस साम्राज्य की स्थापना की उसकी राजधानी पाटलिपुत्र (आज का पटना) थी और उसकी प्रभुसत्ता के तहत दक्षिण भारत का एक छोटा सा धुर हिस्सा छोड़ कर बाक़ी पूरा भारत आता था।

अर्थशास्त्र की पृष्ठभूमि से स्पष्ट हो जाता है कि उसके रचनाकार के सरोकारों पर राज्य, उसकी राजनीतिक अखण्डता और प्रशासनिक व्यवस्था क़ायम रखने के आग्रह इतने हावी क्यों थे। नंदवंश का आख़िरी राजा महापद्म नंद अकुशल, विलासी, क्रूर और अलोकप्रिय था। सिकंदर की फ़ौजें सीमाओं का अतिक्रमण करके तत्कालीन भारतीय राज्यतंत्रों की अक्षमता साबित कर चुकी थीं। उन्हें पराजित करके यूनानी गवर्नरों के हाथों में विजित प्रदेश की बागडोर थमा कर वे वापिस जा चुकी थीं। बचे हुए भारतीय राज्यतंत्र आपसी युद्धों और भीषण अव्यवस्था के कारण आंतरिक अराजकता की तरफ़ जा रहे थे। इसीलिए *अर्थशास्त्र* प्लेटो की रचना *रिपब्लिक* की भाँति यह नहीं बताता कि राजनीति कैसी होनी चाहिए। बजाय इसके उसकी दिलचस्पी राजनीति के संसार पर यथार्थपरक निगाह डालने में है। कौटिल्य संसारिकता और बाह्य जगत के प्रति किसी भी तरह का निष्क्रिय दृष्टिकोण रखने, नियति में विश्वास करने या किसी अंधआस्था का पल्ला पकड़ने को मूर्खता क़रार देते हैं। वे राजा को सलाह देते हैं कि उसे धार्मिक चिंतन और राज्यकौशल से संबंधित विज्ञान को अलग-अलग रखना चाहिए। कौटिल्य को यक़ीन था कि विज्ञान का लक्ष्य सत्ता है और सत्ता न केवल शक्ति है, बल्कि उसके ज़रिये मानस को भी (बाह्य ही नहीं वरन् आंतरिक व्यवहार को भी) बदला जा सकता है।

अर्थशास्त्र का पहला अध्याय राज्यकौशल में शासक के प्रशिक्षण पर केंद्रित है। कौटिल्य की निगाह में आदर्श राजा वह है जिसे राजकाज के कामों में, याचिकाएँ सुनने में और विवादों को निबटाने में इतना व्यस्त रहना होगा कि उसे साढ़े चार घंटे से ज़्यादा सोने का समय नहीं मिलना चाहिए। वे सरकारी कर्मचारियों की नियुक्ति, तरह-तरह के जासूसों का इस्तेमाल करके उनकी निष्ठा की जाँच करने और राज्य में सक्रिय विभिन्न राजनीतिक शक्तियों (राज्य के दुश्मनों समेत) के कार्यकलाप की पूरी जानकारी रखने पर ज़ोर देते हैं। वही राजा कौटिल्य की निगाह में होशियार है जो असंतुष्ट राजकुमारों और रानियों से चौकन्ना रहता है, जिसके भोजन-पानी को विषमुक्त रखने के लिए लगातार जाँच होती रहती है और जो हमेशा विश्वस्त रक्षकों से घिरा रहता है।

दूसरे अध्याय में सरकारी विभागों के प्रमुखों के कर्त्तव्यों का विस्तृत वर्णन किया गया है। इस संदर्भ में कौटिल्य की निगाह में राजा अर्थव्यवस्था का प्रबंधक है जो हर तरह के उत्पाद पर टैक्स ही नहीं लगाता, बल्कि उत्पादन को बढ़ाने का प्रयास भी करता है। *अर्थशास्त्र* ने लगान देने वाले किसानों को देहात में बसाने, शहरों से लोगों को देहात भेजने, पड़ोसी राज्यों के किसानों को अपनी ओर खींचने, उन्हें ज़मीन-बीज-मवेशी वग़ैरह उपलब्ध कराने जैसे क़दमों के ज़रिये खेतिहर उत्पादन बढ़ाने की सिफ़ारिश की है ताकि पैदावार के सबसे बड़े हिस्से का अधिकारी होने के नाते राजा के ख़ज़ाने में बढ़ोतरी हो सके। दूसरा अध्याय बाज़ार पर पूरी निगरानी रखने और उसे विनियमित करने की सिफ़ारिश भी करता है ताकि जमाखोरी और मुनाफ़ाखोरी की प्रवृत्तियों पर अंकुश लगाया जा सके। कौटिल्य ने सभी तरह के वनोपज की सप्लाई की गारंटी करने की हिदायत भी दी है। वे जंगली हाथियों की गणना करने का सुझाव भी देते हैं ताकि वाणिज्य और सैनिक उद्देश्यों से हाथियों की कमी न पड़े। दूसरा अध्याय सरकारी कर्मचारियों द्वारा सरकारी धन के ग़बन और रिश्वत की समस्या से काफ़ी चिंतित नज़र आता है। भ्रष्ट कर्मचारियों को पकड़ने और सरकार के प्रति वफ़ादारों को पुरस्कृत करने के लिए कौटिल्य ने कई उपाय बताये हैं। तीसरा और चौथा अध्याय क़ानून पर केंद्रित है। इनमें कौटिल्य ने अट्ठारह क़िस्म के क़ानूनी विवादों को गिनाया है जो राजा या उसके द्वारा नियुक्त न्यायाधीशों के सामने सुनवाई के लिए आ सकते हैं। पाँचवाँ अध्याय राजा के गोपनीय आचरण के बारे में है जिसमें बताया गया है कि राजद्रोह की गतिविधियों का किस तरह से पता लगाया जाना चाहिए।

अर्थशास्त्र का छठा अध्याय मण्डल सिद्धांत का सूत्रीकरण करता है। यहाँ विदेश नीति के इस विख्यात सिद्धांत की सिफ़ारिश है कि सीमा से लगे राज्य को अपना प्राकृतिक शत्रु मानना चाहिए और उसकी सीमा से लगे राज्य को अपना सम्भावित सहयोगी। कौटिल्य कहते हैं कि शासक अगर अपने राज्य को पहला माने तो तीसरे, पाँचवें और सातवें राज्य को अपने मित्र के रूप में देख सकता है, और दूसरे, चौथे, छठे और आठवें राज्य को सम्भावित शत्रु के रूप में। सातवें अध्याय

के केंद्र में कौटिल्य की विदेश नीति का प्रमुख सिद्धांत 'युद्ध के लिए तैयारी, लेकिन शांति की उम्मीद' न हो कर 'युद्ध की तैयारी और विजय की योजना' है। भविष्य का विजेता ही *अर्थशास्त्र* की निगाह में बेहतर राजा है। राजनय को भी कौटिल्य ऐसी गतिविधियों की एक शृंखला के तौर पर देखते हैं जो अंततः युद्ध में विजय की ओर ले जाने के उद्देश्य से की जाती हैं। शांतिकाल के दौरान भी कौटिल्य की सिफ़ारिश है कि राजा को लगातार ख़ुफ़िया कार्रवाइयों के ज़रिये अपना विजय अभियान जारी रखना चाहिए। कई विद्वानों ने कौटिल्य की विदेशनीति की व्याख्या बीसवीं सदी में प्रचलित शक्ति-संतुलन के आधुनिक सिद्धांत के आधार पर करने की कोशिश भी की है।

आठवें अध्याय में राज्य पर आने वाली कुदरती आफ़तों की चर्चा है। नवें और दसवें अध्याय में युद्ध की तैयारी और विभिन्न व्यूह-रचनाओं का विवरण है। ग्यारहवाँ अध्याय गणों और गणसंघों के बारे में है। बारहवें अध्याय में बताया गया है कि अगर राजा कमज़ोर है तो उसे कैसी नीतियाँ अपनाना चाहिए। तेरहवाँ अध्याय बताता है कि एक किले में घिर जाने वाला शासक किस तरह की समस्याओं से जूझता है। चौदहवाँ अध्याय युद्ध में इस्तेमाल किये जाने वाले तरह-तरह के ख़ुफ़िया हथकंडों की जानकारी देता है। पंद्रहवाँ अध्याय तर्कपरक और सैद्धांतिक आधार पर किये गये राजकौशल के संक्षिप्त विश्लेषण पर केंद्रित है।

देखें : अफ़लातून, आर्यभट्ट और *आर्यभटीय*, उपनिषद्, कपिल, *अर्थशास्त्र* और कौटिल्य, *भगवद्गीता*, जैन दर्शन, न्याय दर्शन, नागार्जुन, निकोलो मैकियावेली, पतंजलि और *योगसूत्र*, पाणिनि और *अष्टाध्यायी*, पुराण, पूर्व-मीमांसा दर्शन, बादरायण, बौद्ध दर्शन, महाभारत, मैक्स वेबर, लोकायत, वात्स्यायन और *कामसूत्र*, शंकराचार्य, षड्-दर्शन-1 और 2.

संदर्भ

1. एम.वी. कृष्णाराव (1958), *स्टडीज़ इन कौटिल्य*, मुंशीराम मनोहरलाल, दिल्ली.
2. थॉमस आर. ट्रॉटमान (1971), *कौटिल्य ऐंड द अर्थशास्त्र : अ स्टेटिस्टीकल इनवेस्टिगेशन ऑफ़ द ऑथरशिप ऐंड इवोल्यूशन ऑफ़ द टेक्स्ट*, ई.जे. ब्रिल, लीडन.
3. जॉर्ज मोडेल्स्की (1964), 'कौटिल्य : फ़ोरेन पॉलिसी ऐंड इंटरनैशनल सिस्टम इन द ऐंशएंट हिंदू वर्ल्ड', *द अमेरिकन पॉलिटिकल साइंस रिव्यू*, खण्ड 58, अंक 3.
4. डी.डी. कोसम्बी (1994), द *कल्चर ऐंड सिविलाइज़ेशन ऑफ़ ऐंशएंट इण्डिया*, विकास पब्लिशिंग हाउस, नयी दिल्ली.
5. रामशरण शर्मा, (1991), *आस्पेक्ट्स ऑफ़ पॉलिटिकल आइडियाज़ ऐंड इंस्टीट्यूशन ऑफ़ ऐंशएंट इण्डिया*, मोतीलाल बनारसीदास, दिल्ली.

—अभय कुमार दुबे

अर्थ-विज्ञान

(Semantics)

भाषा के दायरे में शब्दों और वाक्यों के तात्पर्य का अध्ययन अर्थ-विज्ञान कहलाता है। उन्नीसवीं सदी के उत्तरार्ध से पहले अर्थ-विज्ञान को एक अलग अनुशासन के रूप में मान्यता नहीं थी। फ्रांसीसी भाषा-शास्त्री मिशेल ब्रील ने इस अनुशासन की स्थापना की और इसे सीमेंटिक्स का नाम दिया। बीसवीं सदी की शुरुआत में फ़र्दिनैंद द सॅस्यूर द्वारा प्रवर्तित भाषाई क्रांति के बाद से सीमेंटिक्स के पैर समाज-विज्ञान में जमते चले गये। सीमेंटिक्स का पहला काम है भाषाई श्रेणियों की शिनाख़्त करना और उन्हें उपयुक्त शब्दावली में व्याख्यायित करना। ऊपर से सहज पर भीतर से पेचीदा लगने वाली अर्थ-संबंधी क़वायदें सीमेंटिक्स की मदद के बिना नहीं हो सकतीं। उदाहरण के लिए 'नश्वर होते हैं लोग' और 'नश्वर थे गाँधी' के बीच अर्थ-ग्रहण के अंतर पर नज़र डाल कर सीमेंटिक्स की उपयोगिता का पता लगाया जा सकता है। दूसरे वाक्य का निहितार्थ यह है कि गाँधी को अमर माना जाता था या गाँधी जैसे लोग भी नश्वर होते हैं। सीमेंटिक्स यह पता लगाता है कि अर्थ-ग्रहण का यह अंतर पैदा करने में भाषा कैसे काम करती है।

विचित्र बात यह है कि अर्थ-विज्ञान पर शुरुआत में भाषा-शास्त्रियों के बजाय दार्शनिकों ने ज़्यादा गहरी नज़र डाली। साठ के दशक से भाषाविदों ने भाषाई अर्थों के दो बुनियादी प्रकारों को रेखांकित करना शुरू किया। माना गया कि अर्थ की पहली क़िस्म तो भाषाई रूप में ही सहजात होती है। दूसरी क़िस्म का ताल्लुक़ उस रूप के बोले जाने और उस अभिव्यक्ति के संदर्भ के बीच अन्योन्यक्रिया से होता है। सीमेंटिक्स के तहत अर्थ-निरूपण मुख्यतः तीन प्रकार के विभेदों के तहत किया जाता रहा है। इनमें पहला है बोध और संदर्भ के बीच का अंतर। दूसरा है शब्द के अर्थ और वाक्य के अर्थ का भेद। तीसरा है पाठ और संदर्भ के बीच का अंतर। इस तीसरे अंतर को अब सीमेंटिक्स से अलग करके भाषा-शास्त्रियों ने प्रैगमैटिक्स के रूप में नया अनुशासन बना दिया गया है। सीमेंटिक्स के तहत जिस भाषा का अध्ययन किया जाता है उसे लक्ष्य-भाषा (ऑब्जेक्ट लैंग्वेज) की संज्ञा दी जाती है और जिस भाषा में उसकी व्याख्या की जाती है उसे मैटालेंग्वेज कहते हैं। एक लक्ष्य-भाषा अपनी व्याख्या के लिए मैटालेंग्वेज की भूमिका भी अदा कर सकती है। भाषा-शास्त्र के इतिहास में अर्थ-ग्रहण संबंधी क़वायदें पहले शब्द-केंद्रित थीं, फिर वे वाक्य-केंद्रित हुईं और फिर वे पाठ-केंद्रित हो गयीं। इन तीनों प्रक्रियाओं ने मीडिया-अध्ययन,

साहित्यालोचना, व्याख्यात्मक समाजशास्त्र और संज्ञानात्मक विज्ञान के अनुशासनों को प्रभावित किया है। सीमेंटिक्स प्रश्न उठाता है कि किसी शब्द के अर्थ की शिनाख़्त भाषा के दायरे के भीतर ही की जाए या अर्थ-निरूपण के लिए उसके बाहरी दायरे से भी मदद ली जाए। मसलन, कुर्सी का मतलब हमें पता है, पर, यह अर्थ हम किस प्रकार हासिल करते हैं? हम कह सकते हैं कि कुर्सी पर बैठा जाता है। पर, भाषा के भीतर कुर्सी का अर्थ फ़र्नीचर, मेज़, सीट या बेंच जैसे अन्य अर्थों सहित उसके संबंध के साथ भी ग्रहण किया जाता है। इन शब्दों के साथ रख कर बैठने के लिए काम आने वाली कुर्सी का अर्थ-ग्रहण अलग हो जाता है। बोध और संदर्भ के बीच अंतर का एक और उदाहरण शुक्र ग्रह या वीनस है। इसे भोर का तारा भी कहा जाता है और सांध्य-तारा भी, क्योंकि इसकी चमक सुबह भी दिखायी पड़ती है और रात में भी। इस तरह शुक्र, भोर का तारा और सांध्य-तारा एक ही चीज़ के तीन नाम हैं। लेकिन संदर्भ एक ही होते हुए भी तीनों को अलग-अलग बोध के लिए इस्तेमाल किया जाता है।

सीमेंटिक्स का ज़ोर संदर्भ पर कम और बोध पर अधिक रहता है। चूँकि वह अर्थ-ग्रहण भाषा के भीतर ही करना चाहता है, इसलिए वह नतीजा निकलता है कि यथार्थ की समझ भी भाषा के ज़रिये ही हासिल हो सकती है, और उसके लिए संस्कृति, इतिहास और अन्य भौतिक प्रक्रियाओं का कोई महत्त्व नहीं है। भाषा के भीतर शब्दार्थ प्राप्त करने के लिए सीमेंटिक्स में तीन मुख्य संबंधों समानार्थक, विलोमार्थक और हायपोनॉमिकल का सहारा लिया जाता है हायपोनॉनिमकल श्रेणी में वे शब्द आते हैं जिनके अर्थ में दूसरे शब्द और अभिव्यक्तियाँ भी शामिल होती हैं। जैसे, कुत्ता किसी बिल्ली, बंदर, जिराफ़ या खरगोश की तरह एक पशु भी है और साथ में वह टेरियर, हाउंड, जर्मन शेफ़र्ड या रिट्रीवर भी हो सकता है। ध्यान देने के बात यह है कि ये तीनों रूप किसी सुपरिभाषित भाषाई प्रणाली के भीतर अर्थ रचने के काम ज़रूर आते हैं, लेकिन इसका मतलब यह नहीं है कि अर्थ-ग्रहण और अर्थ-रचना की सामाजिक और सामुदायिक प्रक्रियाएँ भी उनकी मोहताज होती हों। मसलन, कोई ऐसा समुदाय भी हो सकता है जो इन तीन संबंधों के बिना अर्थात् भाषा के दायरे के बाहर शब्दों की अर्थ-रचना करता हो। उत्तर अमेरिकी में होपी एक ऐसा क़बीला है जिसमें पक्षियों को छोड़ कर सभी उड़ने वाली चीज़ों के लिए अलग-अलग के बजाय एक ही शब्द का इस्तेमाल होता है। इस क़बीले के लोग मच्छर, गुब्बारा और हवाई जहाज़ या ऐसी ही किसी चीज़ को 'मसायताका' नाम देते हैं।

वाक्यों के माध्यम से शब्दार्थ ग्रहण करना भी सीमेंटिक्स के दायरे में आता है।'रमेश ने उमेश से मकान ख़रीदा' दरअसल 'उमेश ने रमेश को मक़ान बेचा' का समानार्थक है। इसी तरह का समानार्थक संबंध 'पुलिस ने आंदोलनकारियों को गिरफ़्तार कर लिया' का 'आंदोलनकारी पुलिस द्वारा गिरफ़्तार कर लिए गये' के बीच है। इसी तरह वाक्यों के बीच दूसरे अर्थ-संबंध बनते हैं। उदाहरण के लिए 'अमेरिकी कमांडो युनिट के हाथों ओसामा बिन लादेन मारा गया' और 'ओसामा बिन लादेन मारा गया' के बीच का अर्थ-संबंध देखा जा सकता है। अगर पहले वाक्य के मुताबिक़ अमेरिकी कमांडो युनिट ने ओसामा को वास्तव में मार डाला है, तो दूसरा वाक्य भी जिस यथार्थ का निरूपण करना चाहता है उसे सच मान लिया जाएगा। अर्थ के लिहाज़ से एक वाक्य की दूसरे पर निर्भरता के साथ-साथ वाक्य अपने अर्थ के लिए उसमें अंतर्निहित पूर्व-मान्यता पर भी निर्भर करते हैं। जैसे : 'रक्षा मंत्रालय के एक वक्तव्य के अनुसार भारत को उन शक्तियों का प्रयोग करना चाहिए जिनसे पाकिस्तान को सीमा-पार से होने वाले आंतकवाद को प्रोत्साहित करने से रोका जा सके'। इस वाक्य में दो पूर्व-मान्यताएँ निहित हैं : पहली, भारत के पास आवश्यक शक्तियाँ हैं और दूसरी, पाकिस्तान सीमा-पार आतंकवाद को प्रोत्साहित कर रहा है।

पिछले दस साल में सीमेंटिक्स और प्रैगमैटिक्स के क्षेत्रों में ज़बरदस्त भाषा-शास्त्रीय काम हुआ है। वाक्यों और शब्दों के अर्थों के बीच अंतर करने वाली ये सीमेंटिक क़वायदें ऊपर से देखने में बहुत मामूली लग सकती हैं, पर किसी इबारत में अंतर्निहित विचारधारात्मक तात्पर्यों और दावेदारियों को सामने लाने के लिए इनकी अहमियत से इनकार नहीं किया जा सकता। सीमेंटिक्स और प्रैगमैटिक्स का सहारा लेकर राजनीति-विज्ञान के कई पदों में हुए अर्थ संबंधी परिवर्तनों का अध्ययन भी किया जा सकता है। मसलन, लोकतंत्र का अर्थ अरस्तू के ज़माने से लेकर काफ़ी दिनों तक साधारण लोगों या उनकी भीड़ के तंत्र यानी अव्यवस्थित और अराजक प्रणाली के रूप में लगाया जाता रहा है। लेकिन आज लोकतंत्र एक व्यवस्थित क्रियाविधि के मुताबिक़ काम करने वाली व्यवस्था के अर्थ में रूढ़ हो गया है। इसलिए जैसे ही कोई माँग या आंदोलन लोकतंत्र की संस्थागत प्रक्रियाओं में सीधे जन-हस्तक्षेप की माँग करता है, उसे व्यवस्था के लिए ख़तरा क़रार दिया जाने लगता है। भारत में जयप्रकाश नारायण के नेतृत्व में चले सम्पूर्ण क्रांति आंदोलन ने प्रतिनिधि वापसी के अधिकार की माँग करके ऐसी ही अर्थ-संबंधी बेचैनियाँ पैदा की थीं। अण्णा हजारे के नेतृत्व में चले भ्रष्टाचार विरोधी आंदोलन ने भी लोकतंत्र से जुड़ी अर्थ-संबंधी समस्याओं को पेश किया है। अब यह भाषा-शास्त्रियों और लोकतंत्र के चिंतकों का काम है कि वे लोकतंत्र के अर्थ में आये इस परिवर्तन की अर्थ-वैज्ञानिक व्याख्या करें।

देखें : नोआम चोम्स्की, भाषा के मार्क्सवादी सिद्धांत।

संदर्भ

1. आर. कारनैप (1947), *इंट्रोडक्शन टू सीमेंटिक्स,* केम्ब्रिज, मैसाचुसेट्स.
2. जे. लियोंस (1977), *सीमेंटिक्स,* खण्ड 2, केम्ब्रिज युनिवर्सिटी प्रेस, केम्ब्रिज.
3. विलियम फ्राउले (1992), *लिंगुइस्टिक सीमेंटिक्स,* लॉरेंस एर्लबॉम, हिस्लडेल, एनजे.
4. थियो आर. हॉफ़मान (1993), *रेल्म्स ऑफ़ मीनिंग,* लांगमैन, लंदन.
5. जैकब एल. मी (सम्पा.) (2009), *कंसाइज़ इनसाइक्लोपीडिया ऑफ़ प्रैग्मैटिक्स,* एल्सवियर, ऑक्सफ़र्ड.

—अभय कुमार दुबे

अर्थव्यवस्था का समाजशास्त्र

(Sociology of Economy)

आर्थिक परिघटना के साथ समाज और व्यक्ति के संबंधों की व्यापक और बहुआयामी समझ हासिल करने के प्रयास उन्नीसवीं सदी से किये जा रहे हैं। इन कोशिशों की प्रकृति मुख्यत: विवादात्मक (पॉलिमिकल) रही है। बजाय इसके कि अर्थव्यवस्था की समाजशास्त्रीय व्याख्या के तहत अर्थशास्त्र और समाजशास्त्र का कोई जोड़ निकाला जाता, कार्ल मार्क्स, मैक्स वेबर, एमील दुर्खाइम, टैलकॉट पार्सस, एन.जे. स्मेल्सर और पिएर बोर्दियो जैसे विद्वानों ने अर्थव्यवस्था के प्रभावों पर समाजशास्त्रीय धारणाओं और सिद्धांतों का प्रयोग करके अपने निष्कर्ष निकाले हैं। कुल मिला कर अर्थव्यवस्था का समाजशास्त्र दो चरणों में विकसित हुआ। पहले चरण की शुरुआत मार्क्स द्वारा प्रतिपादित आधार और अधिरचना के विख्यात मॉडल से हुई। इसका पटाक्षेप मुख्यत: पार्सस और स्मेल्सर द्वारा प्रस्तावित मॉडल के साथ हुआ। इसके बाद दो दशकों तक यह समाजशास्त्र गतिविधियों के लिहाज़ से कुछ ठंडा रहा, पर अस्सी के दशक के मध्य से आर्थिक परिघटना की नयी समाजशास्त्रीय व्याख्याएँ प्रकाश में आने लगीं। इसके तहत यह मान कर चला गया कि आर्थिक क्रियाएँ सामाजिक और सांस्कृतिक संबंधों में सन्निहित होती हैं इसलिए उनकी व्याख्या समाज और संस्कृति की संरचनाओं के संदर्भ में की जानी चाहिए। इस नये समाजशास्त्र ने सोशल नेटवर्क और सामाजिक पूँजी जैसे विचारों की रोशनी में अध्ययनों की परम्परा डाली। ऐसे अध्ययन पहले भी हुआ करते थे, पर आर्थिकी के नये समाजशास्त्र ने इस तरह के तथ्यपरक और अनुभवजन्य (इम्पिरिकल) अध्ययनों पर विशेष ज़ोर दिया।

पहले चरण में विकसित हुआ मार्क्स का अर्थव्यवस्था संबंधी सामाजिक सिद्धांत आर्थिक परिघटना को केंद्रीय महत्त्व देने के आग्रह पर टिका है। उन्होंने आधार और अधिरचना का रूपक वास्तुशिल्प से लिया था। उनका मॉडल बताता है कि किसी इमारत के आकार और नाक-नक्श का उसकी नींव की गहराई और मज़बूती से क्या ताल्लुक़ होगा। आधार यानी नींव का मतलब है अर्थव्यवस्था। इस रूपक के मुताबिक़ अधिरचना अपने अस्तित्व के लिए आधार पर निर्भर रहती है, अर्थात् किसी भी समाज का आधार आर्थिक संबंधों से बनता है जिनकी रचना उत्पादन की शक्तियाँ और उत्पादन के संबंध मिल कर करते हैं। अधिरचना में समाज के क़ानून, राज्य की संस्था, संस्कृति, विचारधारा, कला, साहित्य, मीडिया, संस्कृति के विभिन्न रूप, शिक्षा, राजनीति, धर्म, परिवार की गिनती होती है। इनकी अपनी प्रकृति आधार की प्रकृति पर निर्भर करती है। यानी आधार बदलने के साथ पूरी अधिरचना में परिवर्तन आ जाता है। मार्क्स और एंगेल्स को इस बात का अंदेशा था कि आधार और अधिरचना के मॉडल के कारण उनके सिद्धांत पर आर्थिक पहलू कहीं बहुत ज़्यादा हावी न मान लिया जाए। इसलिए एंगेल्स ने एक जगह सफ़ाई भी दी है कि इतिहास की भौतिकवादी धारणा के अनुसार अंतिम विश्लेषण में इतिहास का निर्णायक तत्त्व वास्तविक जीवन में हो रहा उत्पादन और पुनरुत्पादन है। एंगेल्स का कहना था कि इससे अधिक न तो मार्क्स ने कुछ कहा है और न उन्होंने। इसलिए अगर कोई इसे तोड़-मरोड़ कर कहे कि आर्थिक तत्त्व ही एकमात्र निर्णायक तत्त्व है, तो वह हमारी प्रस्थापना को निरर्थक, अमूर्त और खोखली शब्दावली मात्र बना देता है। इस स्पष्टीकरण के साथ एंगेल्स ने यह प्रस्थापना भी दी है कि राजनीति, न्याय, दर्शन, धर्म, साहित्य, कला आदि का विकास आर्थिक विकास पर आश्रित ज़रूर होता है, पर ये सब एक-दूसरे को और आर्थिक आधार को भी प्रभावित करते हैं। एंगेल्स द्वारा बहुत बाद में दी गयी इस सफ़ाई के बावजूद यह मानना पड़ेगा कि मार्क्स की कई कृतियों और कथनों में आर्थिक आधार को जो प्राथमिकता दी गयी है, वह मार्क्सवाद को आर्थिक निर्धारणवाद की तरफ़ ले जाने के लिए काफ़ी थी।

मैक्स वेबर ने मार्क्स के इस निष्कर्ष को मानने से इनकार कर दिया कि सांस्कृतिक परिघटना आर्थिक और राजनीतिक संबंधों का अक्स भर होती है। वेबर ने धार्मिक विचारों के अनभिप्रेत फलितार्थ रेखांकित करते हुए दिखाया कि प्रोटेस्टेंट मूल्यों के उदय ने पश्चिमी पूँजीवाद की बुद्धिसंगत संरचनाओं के निर्माण में किस तरह केंद्रीय भूमिका निभायी है। 1904 में प्रकाशित *द प्रोटेस्टेंट इथिक ऐंड द स्पिरिट ऑफ़ कैपिटलिज़्म* में वेबर ने दिखाया कि ईसाई धार्मिक विचारों का यह संस्करण भौतिक जगत में आर्थिक सफलता पाने के साथ एक किफ़ायती

और साधक जैसी जीवन-शैली के संयोग का पक्षधर था। इस समीकरण ने बूर्ज़्वा वर्ग की रचना में बहुत बड़ योगदान दिया। धर्म के पैरोकारों को उस समय भी लगता था कि प्रोटेस्टेंटिज़्म की इन प्रवृत्तियों के कारण धार्मिकता के ऊपर भौतिकता हावी होती चली जाएगी। उनका डर सही निकला। बीसवीं सदी आते-आते पश्चिम के बुद्धिसंगत पूँजीवाद में किसी तरह के धर्म की ज़रूरत घटने लगी। अपने अध्ययनों में वेबर यहीं नहीं रुके। उन्होंने संस्कृति और अर्थव्यवस्था के बीच बेहद जटिल और परिवर्तनशील उभयपक्षी संबंधों की तरफ़ इशारा किया।

एमील दुर्खाइम ने वेबर से भी कुछ पहले 1893 में प्रकाशित अपनी रचना *द डिवीज़न ऑफ़ लेबर इन सोसाइटी* में ऐडम स्मिथ से मोर्चा लिया। अट्ठारहवीं सदी में स्मिथ द्वारा उत्पादकता बढ़ाने के मक़सद से श्रम-विभाजन की आर्थिक उपयोगिता बतायी जा चुकी थी। लेकिन, दुर्खाइम ने श्रम-विभाजन को आर्थिक दृष्टिकोण और उत्पादकता की सीमाओं से बाहर निकालते हुए सामाजिक एकीकरण के आईने में देखा। उन्होंने समाज की दो क़िस्में बतायीं : सहज और जटिल। इस विभाजन के अनुसार सरल क़िस्म के समाज वे होते हैं जिनमें श्रम का विभाजन काफ़ी कम होता है। ऐसे समाज मुख्यतः अपने सदस्यों की एक समान भावनाओं और विचारों के कारण एकीकृत रह पाते हैं। दूसरी तरफ़ जटिल संरचना वाले समाजों में श्रम विभाजन काफ़ी विस्तृत होता है। इन समाजों में एकता की प्रकृति आंगिक होती है। इसके सदस्य एक-दूसरे से काफ़ी अलग होते हुए भी बड़ी हद तक एक-दूसरे पर निर्भर होते हैं।

वेबर का ज़ोर अगर अर्थव्यवस्था और संस्कृति के संबंधों पर रोशनी डालना था, तो दुर्खाइम ने अर्थव्यवस्था और सामाजिक समुदाय के रिश्तों की जाँच की। इस सूत्रीकरण से टैलकट पार्संस के लिए रास्ता खुला और उन्होंने पूरी अर्थव्यवस्था को मानवीय गतिविधि और समाज के व्यापक विन्यास के आईने में देखने का प्रयास किया। इस विधि से पार्संस यह पता लगा पाये कि समाज में किस तरह का माहौल आर्थिक गतिविधियों को कितना प्रोत्साहन देता है और कितना सीमित करता है। पार्संस का यह रवैया क्रियात्मक संदर्भ और प्रकार्यवादी विश्लेषण पर आधारित था। पार्संस ने स्मेल्सर के साथ मिल कर *इकॉनॉमी ऐंड सोसाइटी* (1956) की रचना की। इसमें समस्याओं और उनके हल को प्रणालीगत मॉडल की तरह देखा गया। उन्होंने तजवीज़ की कि हर एक सामाजिक प्रणाली के लिये न केवल एक आर्थिकी होनी चाहिए, बल्कि एक राज्य-तंत्र, सामाजिक समुदाय और ट्रस्ट आधारित न्यासी व्यवस्था भी होनी चाहिए। इन तीनों से मिल कर ही अर्थव्यवस्था का सामाजिक पर्यावरण बन सकता है। इस प्रकार्यवादी मॉडल के अनुसार इस सामाजिक पर्यावरण की कुछ ख़ूबियाँ हो सकती हैं और कुछ ख़ामियाँ भी। जैसे, इसके पास एक मज़बूत या कमज़ोर राज्य हो सकता है, परिपक्व या अधकचरी विधिक परम्पराएँ हो सकती हैं, और एक ऐसी शिक्षा प्रणाली हो सकती है जो उत्पादक गतिविधियों में भागीदारी करने लायक क्षमता पैदा कर पाती हो या न कर पाती हो। ज़ाहिर है कि यहाँ यह मॉडल उन पहलुओं की चर्चा कर रहा है जिनकी वजह से उत्पादक गतिविधियों को या तो बढ़ावा मिलता है या उनमें जड़ता पैदा होती है।

प्रकार्यवादी विश्लेषणात्मक मॉडल मान कर चलता है कि पूरा समाज एक अर्थ में अर्थव्यवस्था का हिस्सा है। चाहे व्यक्तिगत हों या सामूहिक, उसकी सभी इकाइयाँ अर्थव्यवस्था में भागीदारी करती हैं। लेकिन इसके बावजूद विशुद्ध आर्थिक इकाइयाँ नहीं हैं, क्योंकि वे केवल अर्थव्यवस्था में ही हिस्सेदारी नहीं करतीं। चाहे स्कूल हो, कम्पनियाँ हों, या ऐसी ही दूसरी इकाइयाँ, सभी पूँजीवादी व्यवस्था में भाग लेते हुए व्यवस्था को पुष्ट करने वाले मूल्यों का उत्पादन करती हैं। इसीलिए आधुनिक पूँजीवाद को अपनी संस्कृति के पुनरुत्पादन के लिए धर्म की आवश्यकता नहीं पड़ती।

अर्थव्यवस्था के समाजशास्त्र ने ख़ुद को दूसरे चरण में अर्थव्यवस्था और सांस्कृतिक संरचनाओं के अंतर्संबंधों की पड़ताल पर ख़ुद को केंद्रित किया। इस पड़ताल की मुख्य विधि मानकीय विश्लेषण के साथ-साथ बड़े पैमाने पर किये गये अनुभवसिद्ध और तथ्यात्मक अध्ययनों की थी। अस्सी के दशक के मध्य में पिएर बोर्दियो सामाजिक पूँजी और सांस्कृतिक पूँजी की अवधारणाएँ ले कर आये। इससे पहले अर्थशास्त्री शैक्षिक प्रशिक्षण को मानवीय पूँजी की श्रेणी के तहत रखते थे। सामाजिक पूँजी और सांस्कृतिक पूँजी के विचार ने यह दिखाया कि एक सोशल नेटवर्क अपने सदस्य को कुछ ऐसे संसाधन मुहैया कराता है जिनके इस्तेमाल से वह अपने लक्ष्यों की दूसरे नेटवर्कों के सदस्यों के मुक़ाबले बेहतर प्राप्ति करने में कामयाब होता है। पूँजी का यह ख़ास रूप किसी न किसी कारण से बने सामाजिक संबंधों के उपउत्पाद की तरह अपनी उपयोगिता साबित करता है। ये सामाजिक संबंध किसी जाति के भीतर पैदा होने से जुड़े हो सकते हैं, किसी ख़ास स्कूल, कॉलेज या विश्वविद्यालय के पूर्व-छात्र होने से इस तरह की सामाजिक पूँजी हासिल हो सकती है, किसी विशेष क्लब की सदस्यता व्यक्ति के लिए प्रतिष्ठा और आमदनी के वे रास्ते खोल सकती है जो अन्यों के लिए आम तौर पर अप्राप्य रहते हैं। आजकल काले धन और राजनीतिक-सामाजिक निर्णय प्रक्रियाओं के बीच लम्बे समय से चल रहे उभयपक्षीय लाभदायक रिश्तों के चलते इन दोनों प्रभावशाली तबकों के बीच भी विशाल सामाजिक पूँजी निर्मित हो गयी है।

देखें : अमर्त्य कुमार सेन, अंतर्राष्ट्रीय मुद्रा कोष, आर्थिक जनसांख्यिकी, अल्फ्रेड मार्शल, आधार और अधिरचना, ऑस्कर रायज़ार्ड. लांगे, करारोपण, कल्याणकारी अर्थशास्त्र, कार्ल हाइनरिख़ मार्क्स-3, कार्ल मेंगर, कींसियन अर्थशास्त्र, गुन्नार मिर्डाल, जोआन रोबिंसन, जान कैनेथ गालब्रेथ, जान मेनार्ड कींस, जान स्टुअर्ट मिल, जोसेफ़ शुमपीटर, जैव विविधता, ट्रस्टीशिप,

डेविड रिकार्डो, डेविड एमील दुर्खाइम, ढाँचागत समायोजन कार्यक्रम, टैलकॉट पार्संस, थॉमस मन और वणिकवाद, थॉमस रॉबर्ट माल्थस, दक्षता, धन, नियोक्लासिकल अर्थशास्त्र, नीतिशास्त्र और अर्थशास्त्र, निकोलस काल्दोर, नियोजन, नियोजन : मार्क्सवादी विमर्श, पण्य, पण्य-पूजा, पिएर बोर्दियो, पेटेंट, पॉल सेमुअलसन, पियरो स्राफ़ा, पूँजी, प्रतियोगिता, फ्रांस्वा केस्ने और प्रकृतिवाद, फ्रेड्रिख़ वॉन हायक, बहुराष्ट्रीय निगम, बाज़ार, बाज़ार की विफलताएँ, बाज़ार-समाजवाद, बौद्धिक सम्पदा अधिकार, ब्रेटन वुड्स प्रणाली, भारत में बहुराष्ट्रीय निगम, भारत में नियोजन, भारत में पेटेंट क़ानून, भारत में शेयर संस्कृति, भूमण्डलीकरण और पूँजी बाज़ार, भूमण्डलीकरण और वित्तीय पूँजी, भूमण्डलीकरण और वित्तीय उपकरण, मार्क्सवादी अर्थशास्त्र, मिल्टन फ्रीडमेन, मूल्य, मैक्स वेबर, राजकोषीय नीति और मौद्रिक नीति, रॉबर्ट ओवेन, विलफ्रेडो परेटो।

संदर्भ

1. एन. स्मेल्सर और आर. स्वेदबर्ग (सम्पा.) (2003), *हैंडबुक ऑफ़ इकॉनॉमिक सोसियोलॅजी,* रसेल सेज फ़ाउंडेशन और प्रिंसटन युनिवर्सिटी प्रेस, प्रिंसटन.
2. आर. स्वेदबर्ग (2003), *प्रिंसिपल्स ऑफ़ इकॉनॉमिक सोसियोलॅजी,* प्रिंसटन युनिवर्सिटी प्रेस, प्रिंसटन.
3. जे.एस. कोलमैन (1990), *फ़ाउंडेशन ऑफ़ सोशल थियरी,* हार्वर्ड युनिवर्सिटी प्रेस, केम्ब्रिज, एमए.
4. पिएर बोर्दियो (1986), *डिस्टिंक्शन : अ सोशल क्रिटीक ऑफ़ द जजमेंट ऑफ़ टेस्ट,* रॉटलेज, लंदन.

—अभय कुमार दुबे

अर्नेस्टो 'चे' गुएवारा

(Ernesto 'Che' Guevara)

अर्जेंटीना में जन्मे अर्नेस्टो 'चे' गुएवारा (1928-1967) मार्क्सवादी विचारक, समर्पित क्रांतिकारी और छापामार युद्ध के सिद्धांतकार थे। फ़िदेल कास्त्रो के साथ मिल कर क्यूबा की बतिस्ता विरोधी क्रांति में निर्णायक भूमिका अदा करने के बाद चे ने तीसरी दुनिया, ख़ासकर लातीनी अमेरिकी परिस्थितियों में छापामार संघर्ष, क्रांतिकारी बलिदान और हथियारबंद कम्युनिस्टों की हरावल भूमिका पर ज़ोर दिया। बोलीविया में एक विफल क्रांतिकारी मुहिम के बाद सीआईए के एजेंटों द्वारा हत्या किये जाने के पैंतालीस साल बाद भी वे सारी दुनिया के वामपंथियों और विद्रोही नौजवानों के बीच रैडिकलिज़्म के प्रतीक बने हुए हैं। फ़ौजी कैप पहने और हल्की-बेगरी दाढ़ी वाली उनकी तस्वीर (जिसे एलेक्सिस कोर्डा ने खींचा था) क्रांति और विद्रोह की कालजयी छवि के रूप में सारी दुनिया में स्वीकार की जा चुकी है। क्यूबा में क्रांति करने के बाद चे निर्माणाधीन समाजवादी समाज और राज्य की केंद्रीय हस्ती बन कर उभरे, लेकिन जल्दी ही यह प्रक्रिया उनके क्रांतिकारी मिज़ाज को नाकाफ़ी लगने लगी। उन्होंने पूरे लातीनी अमेरिका में साम्राज्यवाद के ख़िलाफ़ कई नये मोर्चे खोलने का आह्वान किया। अप्रैल, 1960 में प्रकाशित अपनी पुस्तिका *गुरिल्ला वारफ़ेयर* में चे ने अनुशासन और आदेश पालन में पर ज़ोर दिया। आंतरिक लोकतंत्र के आधार पर समाजवाद की रचना करने के स्थान पर उनकी मान्यता थी कि आदेश और नियंत्रण के ज़रिये यह परियोजना पूरी की जा सकती है।

इसी वर्ष जून में प्रकाशित अपने लेख 'ऑन सेक्रीफ़ाइस एंड डेडिकेशन' में चे ने 'नये आदमी' का विचार पेश किया। नैतिक बल की खुराक पर चलने वाले इस नये आदमी के लिए छापामार युद्ध, समर्पण और फ़ौजी अनुशासन ही कम्युनिस्ट राजनीति का पर्याय था। चे शहरों में चलने वाले आंदोलनों और मज़दूर वर्ग की कार्रवाइयों को महत्त्व के लिहाज़ से दूसरे दर्जे का मानते थे। उनका विचार था कि क्रांतिकारी संघर्ष की बागडोर किसानों के हाथ में नहीं होनी चाहिए। बजाय इसके किसानों को इस संघर्ष का समर्थन करना चाहिए, और क्रांति के संचालन की ज़िम्मेदारी गुरिल्ला कम्युनिस्टों के पास रहनी चाहिए। इस विचार का तात्पर्य यह था कि क्रांतिकारी सामाजिक बदलावों में मुख्य भूमिका निभाते हैं न कि वे सामाजिक शक्तियाँ जिनका वे प्रतिनिधित्व करते हैं।

गुएवारा का जन्म 1928 में अर्जेंटीना के रोज़ारियो नामक स्थान पर हुआ था। बचपन में ही उन्हें दमा हो गया जिसके ख़िलाफ़ जद्दोजहद करते-करते उनके भीतर बाहरी बाधाओं से लड़ने की क्षमता का संचार हुआ। चे पर उनके माता-पिता का भी बहुत गहरा प्रभाव पड़ा। उनकी माँ सेलिया अर्जेंटीना कम्युनिस्ट पार्टी की सक्रिय सदस्य तो नहीं थीं, पर वे उसके साथ जुड़ी हुई थीं। चे के घर में अक्सर पार्टी की बैठकें हुआ करती थीं। इसने चे के विचारों को वामपंथी दिशा दी।

युवावस्था में चे अपने एक दोस्त के साथ मोटर साइकिल पर सवार हो कर लैटिन अमेरिका के देशों की यात्रा पर निकल गये। अपनी इस यात्रा के बारे में उन्होंने *मोटरसाइकिल डायरीज़* में लिखा है। 1952 में इस रोमांचक यात्रा की शुरुआत तो नये अनुभवों की तलाश के लिए हुई थी, लेकिन इस प्रक्रिया में गुएवारा का सामना लैटिन अमेरिका की क्रूर हक़ीक़त से भी हुआ। पेरू के मार्क्सवादी डॉक्टर ह्युगो पेस्के के दबाव में गुएवारा ने कड़ी मेहनत करके अपनी मेडिकल की पढ़ाई पूरी की। इसके तुरंत बाद 1953 में उन्होंने अपनी दूसरी यात्रा की शुरुआत की जो ग्वाटेमाला में ख़त्म हुई जहाँ गुएवारा ने अपने भीतर एक तरह का राजनीतिक बदलाव महसूस किया।

एलेक्सिस कोर्डा द्वारा खींचा गया चे गुएवारा का कालजयी चित्र.

चे दिसम्बर, 1953 में ग्वाटेमाला पहुँचे। इस समय यह देश व्यापक सामाजिक और राजनीतिक बदलाव के दौर से गुज़र रहा था। जैकोबो अरबेंज (1913–1971) की सरकार क्रांतिकारी तो नहीं थी, लेकिन उसने 1944 में शुरू हुए सुधार और आधुनिकीकरण की प्रक्रिया को जारी रखा था। अरबेंज ने मुख्य रूप से खेतिहर सुधार और ज़मीन के पुनर्वितरण की रणनीति अपनायी। इस वजह से उसका अमेरिकी बहुराष्ट्रीय निगम यूनाइटेड फ्रूट कम्पनी से टकराव हो गया। इस कम्पनी का ग्वाटेमाला की आधी राष्ट्रीय अर्थव्यवस्था पर प्रभुत्व था। यूनाइटेड फ्रूट के मालिकों में डलेस ब्रदर्स भी थे। इनमें एक अमेरिका विदेश मंत्री था और दूसरा एफ़बीआई का प्रमुख। इन लोगों ने यूनाइटेड फ्रूट के दूसरे संचालकों के साथ मिलकर अरबेंज के फ़ौजी तख़्ता-पलट की योजना बनायी। चे के यहाँ आने के छह महीने के बाद संयुक्त राज्य अमेरिका के सैनिकों ने ग्वाटेमाला में प्रवेश किया। एक हफ़्ते बाद अरबेंज ने इस्तीफ़ा दे दिया। चर्चा थी अरबेंज भी सैन्य कार्रवाई का जवाब देंगे। लेकिन ऐसा नहीं हुआ। ग्वाटेमाला के कम्युनिस्टों ने भी किसी तरह का प्रतिरोध संगठित करने के बजाय अरबेंज के फ़ैसले को स्वीकार कर लिया।

अरबेंज के पतन ने चे के सामने स्पष्ट कर दिया कि साम्राज्यवादी शक्तियाँ सुधार की किसी भी ऐसी प्रक्रिया को स्वीकार नहीं कर सकतीं जिससे इस क्षेत्र में अमेरिका के आर्थिक और राजनीतिक हितों को चुनौती मिलती हो। इसी दौर में लैटिन अमेरिका के प्रवासियों के बीच चलने वाले वाद-विवाद ने गुएवारा की व्यक्तिगत राजनीतिक शिक्षा को गहराई से प्रभावित किया। ग्वांटेमाला में ही चे की मुलाक़ात पेरू की कम्युनिस्ट हिल्डा गेडिया से हुई। इस समय तक वे किसी भी तरह की सैन्य या राजनीतिक कार्रवाई में शामिल नहीं थे। उन्होंने स्वयंसेवक के तौर पर लोगों का इलाज ज़रूर किया था। ग्वांटेमाला के अनुभवों के कारण चे ने बेहद निजी और अमूर्त क़िस्म के सवालों पर विचार करना शुरू किया। लेकिन उनके सामने यह सवाल बार-बार आता था कि अरबेंज ने संघर्ष क्यों नहीं किया? गुएवारा ने निष्कर्ष निकाला कि वामपंथी राजनीतिक नेतृत्व में इच्छा-शक्ति की कमी थी इसके कारण वह अमेरिकी पिट्ठुओं के हमले के ख़िलाफ़ संघर्ष करने के लिए लोगों को या सेना को संगठित नहीं कर पाया। इस समय तक चे की साम्यवाद में रुचि बढ़ चुकी थी।

ग्वाटेमाला से चे मैक्सिको सिटी गये और लातीनी अमेरिका के बहुत से प्रवासियों से मिले। जुलाई, 1955 में उनके एक क्यूबाई दोस्त ने उनकी मुलाक़ाल फ़िदेल कास्त्रो के भाई राउल कास्त्रो से करायी। ये दोनों इस बात पर सहमत थे कि इस क्षेत्र में सिर्फ़ सैन्य कार्रवाई द्वारा ही सत्ता हासिल की जा सकती है। चे ने ग्वाटेमाला के अपने अनुभवों से यही नतीजा निकाला था। कुछ हफ़्तों बाद चे की मुलाकात फ़िदेल से भी हुई और उनके बीच भी सैन्य कार्रवाई पर सहमति बनी। इस दौरान भी चे हिल्डा की प्रेरणा से मार्क्स का अध्ययन करते रहे। बाद में उन्होंने हिल्डा से शादी भी की। फ़िदेल से मिलने के बाद चे का उनके साथ एक तरफ़ तो गहरा राजनीतिक जुड़ाव क़ायम हुआ, लेकिन साथ में एक विचारधारात्मक अंतर भी बना रहा। फ़िदेल एक क्रांतिकारी राष्ट्रवादी थे जो अपनी प्रेरणाएँ क्यूबाई राष्ट्रवाद के जनक और सिद्धांतकार जोसे मार्ती (1853–1895) से लेते थे। लेकिन चे ख़ुद को कम्युनिस्ट घोषित करने के बाद राजनीति सिद्धांत की पड़ताल कर रहे थे। फ़िदेल के पास इन चीज़ों के लिए धैर्य नहीं था। लेकिन चे और फ़िदेल में मतैक्य था कि क्रांति में समर्पित क्रांतिकारियों की भूमिका बेहद अहम होती है। फ़िदेल क्यूबाई कम्युनिस्ट पार्टी और उसकी नीतियों पर अपने संदेह के कारण इस नतीजे पर पहुँचे थे, और चे ग्वाटेमाला के अनुभवों के कारण।

दो दिसम्बर, 1956 को चे और फ़िदेल 82 साथियों के दल के साथ गुपचुप क्यूबा पहुँचे। लेकिन वहाँ जे-26-एम (26 जुलाई आंदोलन) का सहयोग न मिल पाने के कारण ये लोग क्यूबा के शासक बतिस्ता के सैनिकों के हमले का शिकार हुए। नतीजतन इस दल के सिर्फ़ 19 सदस्य ही जीवित बच पाये। फ़िदेल और चे अपने बचे-खुचे साथियों के साथ अलग-अलग दिशाओं में जंगल की ओर भागे और पंद्रह दिन के बाद मिल कर नये सिरे से छापामार दस्ता तैयार करने का फ़ैसला किया।

चे गुएवारा के पास कोई फ़ौजी प्रशिक्षण नहीं था।

लेकिन अपने साहस और अनुशासन के कारण जल्दी ही उन्होंने केंद्रीय सैन्य भूमिका हासिल कर ली। 1957 के शुरुआती हफ़्तों में किसानों के जुड़ने के कारण इस विद्रोही सेना का विस्तार हुआ। ये वे लोग थे जो सियरा मेस्टेरा के क्षेत्र में रहे थे और जिन्होंने हिंसा का सामना किया था। लेकिन किसी जागरूक राजनीतिक अर्थ में ये लोग क्रांतिकारी नहीं थे। चे के लिए यह चिंता की बात थी। 1957 में फ़िदेल का अपने दल जे-26-एम पर नियंत्रण हो गया। इस संगठन ने गुरिल्ला युद्ध की रणनीति, जिसकी ज़ोरदार तरफ़दारी चे ने भी की थी, को अपना लिया। सेना संगठित करने और दूसरी जगहों से लोगों को गुरिल्ला दस्ते में शामिल करने में चे ने महत्त्वपूर्ण भूमिका निभायी। दिसम्बर, 1958 के आख़िरी दिनों में चे ने सेंटा कालरा शहर में केवल 350 छापामारों की मदद से बतिस्ता के चार हज़ार गार्डों को तीन दिन की लड़ाई के बाद हरा दिया। इसमें चे ने रणनीतिक कुशलता का परिचय देते हुए उस ट्रेन को शहर में आने से रोक दिया था जिसमें रक्षक दल के लिए हथियार आ रहे थे। सरकारी सेना हार गयी और इसके तीन बाद 31 दिसम्बर, 1958 को बतिस्ता देश छोड़कर भाग गया।

क्रांति के बाद क्यूबा में चे एक प्रमुख क्रांतिकारी नायक के रूप में उभरे। उन्हें अनुशासन, वचनबद्धता और साहस के प्रतीक के रूप में देखा गया। चे के ज़्यादा महत्त्वपूर्ण होने का एक कारण यह भी था कि प्रेक्षकों और विश्लेषकों ने क्यूबा की क्रांति को मुख्य रूप से एक फ़ौजी सफलता के रूप में देखा। इस तरह के विश्लेषण में बतिस्ता शासन के आंतरिक रूप से कमज़ोर होने और अमेरिका द्वारा उससे समर्थन वापस ले लेने आदि जैसे कारकों पर ध्यान नहीं दिया गया। नये क्रांतिकारी राज्य को मज़बूती देने के लिए चे को कई तरह की भूमिका निभानी पड़ी।

क्रांति के प्रति किसानों के समर्थन को सुनिश्चित करने के लिए चे ने खेतिहर सुधारों पर बहुत ज़्यादा ज़ोर दिया। वे ज़मीन का समाजीकरण भी करना चाहते थे। राजनीतिक रूप से चे की रुचि समाजवादी परम्परा में थी। शुरू से ही यह स्पष्ट था कि वे क्यूबा की क्रांति को समाजवादी प्रक्रिया के रूप में देखते थे। उनकी मान्यता थी कि विद्रोही सेना और उसके प्रमुख कैडर क्रांति के मुख्य कर्ता हैं। वे सेना को 'वैंगार्ड' या हरावल दस्ते के रूप में देखते थे, हालाँकि कम्युनिस्ट परम्परा में यह भूमिका क्रांतिकारी पार्टी को दी जाती है। चे अमेरिका की सरकार को स्पष्ट रूप से क्रांति का दुश्मन मानते थे। अमेरिका सरकार द्वारा क्यूबा की नाकाबंदी की आशंका पर फ़िदेल के कहने पर चे ने 14 देशों की यात्रा की और क्यूबा के लिए अंतर्राष्ट्रीय स्तर पर समर्थन जुटाया।

अक्टूबर, 1962 के मिसाइल संकट ने क्यूबा के प्रति सोवियत संघ के समर्थन को लेकर फ़िदेल और चे दोनों ही आशंका से भर उठे। चे ने सोवियत संघ पर निर्भरता और सोवियत संघ की कम्युनिस्ट पार्टी द्वारा समाजवाद की ओर संक्रमण की अर्थवादी व्याख्या का विरोध किया। उन्होंने दो स्तरीय कार्यक्रम अपनाने का सुझाव दिया : पहला, समाजवादी चेतना की बढ़ोत्तरी जिसमें भौतिक सुविधाओं के बजाय विचारों पर ज़्यादा ज़ोर देते हुए स्वैच्छिक श्रम की संस्कृति का विकास किया जाए; दूसरा, महाद्वीपीय स्तर पर किसानों के समर्थन के आधार पर गुरिल्ला संघर्ष छेड़ा जाए। लेकिन फ़िदेल ने व्यावहारिक राजनीति के लिहाज़ से सोवियत संघ से संबंध क़ायम रखा।

इससे निराश हो कर चे धीरे-धीरे क्यूबा की क्रांतिकारी सरकार में अकेले पड़ते गये। उन्होंने जनवरी, 1965 में अल्जीरिया में थर्ड वर्ल्ड सॉलिडैरिटी की बैठक में सोवियत यूनियन की तीखी आलोचना की। मार्च, 1965 में उन्होंने क्यूबा नैशनल बैंक की अध्यक्षता से इस्तीफ़ा दे दिया और वहाँ की नागरिकता त्याग दी। वे कांगो चले गये और वहाँ अंतर्राष्ट्रीय गुरिल्ला रणनीति तैयार करने की कोशिश की। कुछ समय बाद में वे बोलिविया गये और वहाँ गुरिल्ला फ़ोर्स तैयार करने की कोशिश की। अपने इस प्रयास में चे किसान जनता से कट जाने के कारण अकेले पड़ गये। अभी तक यह स्पष्ट नहीं हो पाया है कि चे ने बोलीविया जा कर अपना क्रांतिकारी प्रयोग करने का फ़ैसला किन कारणों और तर्कों के आधार पर किया था। कुल मिला कर कहा जा सकता है कि चे ने क्यूबा के अनुभव को हर जगह एक ही तरह से लागू करने की कोशिश की। यह कोशिश व्यावहारिक नहीं थी। बोलिविया में खेतिहर सुधारों के कारण किसानों ने चे की परियोजना में कोई रुचि नहीं दिखायी। वहाँ के संगठित श्रमिक आंदोलन ने भी उनका साथ नहीं दिया। इसके अलावा कम्युनिस्ट पार्टियों ने भी गुरिल्ला युद्ध की इस रणनीति का खुलकर समर्थन नहीं किया। 1967 में बोलीविया में ही सीआईए के एजेंटों ने चे को गिरफ़्तार कर लिया और ला इलेगेरा गाँव के एक स्कूल में उनकी हत्या कर दी गयी।

देखें : आधार और अधिरचना, ऑस्कर रायज़ार्ड लांगे, आंगिक और पारम्परिक बुद्धिजीवी, एंतोनियो ग्राम्शी, कार्ल हाइनरिख़ मार्क्स-1, 2. 3 और 4, क्यूबा की क्रांति, नयी सदी में मार्क्सवादी विमर्श-1, 2. 3,4 5, 6, 7, 8 और 9, निष्क्रिय क्रांति, फ्रेड्रिख़ एंगेल्स, भारत में किसान संघर्ष-2 और 4, भारतीय इतिहास लेखन, भाषा के मार्क्सवादी सिद्धांत, भ्रांत चेतना, बोल्शेविक क्रांति, फ्रांस्वा-चार्ल्स मारी फ़ूरिये, फ्रेंज़ फ़ानो, हिंसा-1 और 2, मानवेंद्र नाथ राय, माओ त्से-तुंग, माओवाद और माओ विचार, मार्क्सवाद-1, 2, 3, 4 और 5, मार्क्सवादी इतिहास-लेखन, मार्क्सवादी समाजशास्त्र, मार्क्सवाद और पारिस्थितिकी, मार्क्सवादी अर्थशास्त्र, समाजवादी वसंत-1, 2, 3, और 4, लेनिनवाद, लियोन ट्रॉट्स्की, लिबरेशन थियोलॅजी, सांस्कृतिक क्रांति, स्तालिन और स्तालिनवाद, सोवियत समाजवाद-1, 2 और 3, सोवियत सिनेमा, वर्चस्व, व्लादिमिर इलीच लेनिन।

संदर्भ

1. जे.एल. एंडरसन (1997), *चे गुएवारा : अ रेवोल्यूशनरी लाइफ़*, बेंटम बुक्स, लंदन.
2. एम. गोंजालेज़ (2004), *चे गुएवारा ऐंड द क्यूबन रेवोल्यूशन*, बुकमार्क्स, लंदन.
3. अर्नेस्टो गुएवारा (1961), *गुरिल्ला वारफ़ेयर*, मंथली रिव्यू प्रेस, न्यूयॉर्क.
4. अर्नेस्टो गुएवारा (1978), *मैन ऐंड सोशलिज़्म इन क्यूबा*, पाथफ़ाइंडर, न्यूयॉर्क.
5. एम. लोवी (1973), *द मार्क्सिज़्म ऑफ़ चे गुएवारा*, मंथली रिव्यू प्रेस, न्यूयॉर्क.

—कमल नयन चौबे

अलेक्सिस द टॉकवील

(Alexis de Tocqueville)

अलेक्सिस चार्ल्स हेनरी द टॉकवील (1805–1859)

फ्रांस के विख्यात राजनीतिक सिद्धांतकार, समाजशास्त्री और इतिहासकार अलेक्सिस चार्ल्स हेनरी द टॉकवील (1805–1859) ने उन्नीसवीं सदी के पूर्वार्ध में ही घोषित कर दिया था कि लोकतंत्र आने वाले समय की व्यवस्था है। टॉकवील की भविष्य-दृष्टि का कहना था कि युरोप की तत्कालीन कुलीन-तंत्र आधारित हुकूमतों के दिन गिने-चुने ही रह गये हैं। उन्होंने अपना यह ऐतिहासिक नतीजा 1831 से 1832 के बीच की गयी अमेरिकी यात्रा के परिणामस्वरूप निकाला था। टॉकवील के कृतित्व की दूसरी विशेषता थी एक व्यवस्था के रूप में लोकतंत्र के सामाजिक और राजनीतिक रूपों की व्याख्या और उसकी सम्भावनाओं और सीमाओं की स्पष्ट पहचान। वे मानते थे कि केवल लोकतंत्र के होने से ही सारी समस्याओं का हल नहीं हो जाएगा, क्योंकि लोकतंत्र में व्यक्तिगत स्वतंत्रता के हनन के अंदेशे भी छिपे हुए हैं। फ्रांसीसी और अमेरिकी इतिहास का यह अध्येता ख़ुद को 'नये क़िस्म का उदारतावादी' कहता था। उनकी यह आत्म-छवि एक तरह से सही भी थी, क्योंकि अन्य उदारतावादियों की तरह वे व्यक्तिवाद की सराहना करने के बजाय उसे एक हानिकारक परिघटना के रूप में देखते थे। टॉकवील की मान्यता थी कि लोकतंत्र के तहत पनपा व्यक्तिवाद एक ऐसी निरंकुशता को जन्म दे सकता है जिसमें दमन और उत्पीड़न तो नहीं होगा, पर जिसकी बागडोर हस्तक्षेपकारी क़िस्म के परोपकार के हाथ में होगी। इससे न केवल स्वतंत्रता की आधार-भूमि कमज़ोर होगी, बल्कि स्वतंत्रता की कामना पर भी विपरीत असर पड़ेगा। लोकतंत्र को बहुमत की तानाशाही से बचाने के लिए उन्होंने कई संस्थागत सिफ़ारिशें कीं। टॉकवील एक ऐसे चिंतक थे जिन्होंने जन-राजनीति से जुड़े अंदेशों को पहले से पढ़ लिया था, लेकिन उनकी निगाह लोकतांत्रिक व्यवस्था में निहित सकारात्मक अवसरों पर भी थी।

टॉकवील का जन्म 1805 में फ्रांस के एक कुलीन नार्मन घराने में हुआ था। उनके पिता बोह्रबों राजशाही में अधिकारी थे। 1827 में टॉकवील भी सरकारी सेवा के सदस्य बन गये। 1830 की क्रांति में पारिवारिक वफ़ादारियों के चलते वे नवस्थापित ओह्रलियों राजशाही का समर्थन नहीं कर सके, पर उनका विश्लेषण बता रहा था कि अब बोह्रबों राजवंश की फिर से स्थापना मुश्किल है। इस दुविधा से छुटकारा पाने के लिए वे अपने दोस्त गुस्ताव द बीमों के साथ अमेरिका की दण्ड-प्रणाली का अध्ययन करने के बहाने यात्रा पर निकल गये। इस भ्रमण के परिणामस्वरूप ही टॉकवील ने अपना मशहूर ग्रंथ *डेमॉक्रैसी इन अमेरिका* लिखा जिसका कई भाषाओं में अनुवाद हुआ। फ्रांस लौटने पर इसी ग्रंथ से मिली ख्याति के कारण उन्हें *अक़ादेमी फ्रांसाये* का सदस्य चुना गया। इसी के बाद वे राजनीति में भागीदारी करने लगे। 1848 की क्रांति के बाद उन्हें संविधान सभा का सदस्य चुना गया। अगले साल कुछ दिनों के लिए उन्होंने विदेश मंत्री की ज़िम्मेदारी भी निभायी। वे लुई नैपोलियन के ज़बरदस्त विरोधी थे इसलिए सत्ता पर उसके क़ब्ज़े के बाद ही उनका राजनीतिक करियर ख़त्म हो गया। टॉकवील का बाक़ी जीवन फ्रांसीसी क्रांति के इतिहास का अध्ययन करने में लगा।

समाज-विज्ञान की दुनिया में टॉकवील की धाक उनकी

दो रचनाओं के लिए है। इनमें पहली है *डेमॉक्रैसी इन अमेरिका* जिसका प्रकाशन दो भागों में 1835 और 1840 में हुआ था। इसके छपते ही उनकी बौद्धिक ख्याति चारों तरफ़ फैल गयी और उनका राजनीतिक कॅरियर चल निकला। उनकी दूसरी रचना *द ऑंसिएँ रेज़ीम ऐंड द रेवोल्यूशन* का प्रकाशन 1856 में हुआ। इसमें फ्रांस के क्रांतिकारी लोकतंत्र के उद्गम का विश्लेषण किया गया था। दरअसल, टॉकवील फ्रांसीसी क्रांति के प्रभावों पर एक विशद अध्ययन करना चाहते थे, पर ख़राब स्वास्थ्य के कारण उन्हें लम्बा जीवन नहीं मिला और उनकी यह रचना अधूरी रह गयी। इन दोनों रचनाओं के प्रत्यक्ष सरोकार अलग-अलग हैं और दोनों के रचना-काल में लम्बा अंतराल भी है। ख़ुद टॉकवील का राजनीतिक जीवन भी ख़ासा उथल-पुथल भरा था। पर इस सबके बावजूद इन रचनाओं के पृष्ठ विचारों के धरातल पर टॉकवील की निरंतरता का प्रमाण पेश करते हैं।

उनके लिए लोकतंत्र के दो मतलब थे : राजनीतिक लोकतंत्र अर्थात् मतदान के अधिकार पर आधारित प्रतिनिधित्वमूलक व्यवस्था; और सामाजिक लोकतंत्र अर्थात् एक ऐसा समाज जिसमें समानता को एक व्यापक और बुनियादी मूल्य के रूप में स्वीकार कर लिया गया हो। टॉकवील के अनुसार समानता के साथ प्रतिबद्धता रखने वाला समाज व्यक्तिवाद को जन्म देता है और परिणामस्वरूप व्यक्तिगत बुद्धि की दावेदारी शास्त्र-सम्मत बौद्धिकता के ख़िलाफ़ बग़ावत कर देती है। दार्शनिक स्तर पर टॉकवील ने इसे देकार्तवादी क्रांति का नतीजा बताया। उन्होंने देखा कि देकार्त के विचारों से तक़रीबन अनजान अमेरिकी समाज में हर क़िस्म के विचार को (चाहे वह कितना भी महान और प्रतिष्ठित क्यों न हो) व्यक्तिगत तर्क की कसौटी पर कसने की प्रवृत्ति है; और हर व्यक्ति विचारों की जाँच-पड़ताल करने की इस क्षमता से ख़ुद को लैस मानता है। इस रवैये ने अमेरिकी मानस को लोकतांत्रिक साँचे में ढाल दिया है। वहाँ के लोगों को यक़ीन हो गया है कि बौद्धिक रूप से वे समान हैं; और गरिमा व मूल्यवत्ता के लिहाज़ से कोई ऊँचा-नीचा नहीं है। अमेरिका के लोगों को लगता है कि ज्ञान और निर्णय करने की क्षमता हर किसी के लिए उपलब्ध है।

टॉकवील ने यह नतीजा भी निकाला कि लोकतांत्रिक व्यक्तिवाद ने व्यापक धरातल पर ख़ुदग़र्ज़ी को जन्म दिया है जिसके तहत लोग जन-सरोकारों से हट कर निजी और पारिवारिक हितों की पूर्ति में लग गये हैं। फलस्वरूप निजी महत्त्वाकांक्षाओं और होड़ में बढ़ोतरी हो गयी है। चूँकि जन्म के आधार पर ऊँच-नीच में यक़ीन न रखने वाले अमेरिकी समाज में सत्ता और स्वामित्व के अवसर सभी के लिए खुले हुए हैं या खुले हुए माने जाते हैं, इसलिए कामयाबी के लिए उनके बीच बेतहाशा संघर्ष होना स्वाभाविक ही है। नाकाम हो जाने वाले इस क़दर ग़रीबी के शिकार होने के लिए अभिशप्त हैं कि उनके लिए प्रगति की सभी सम्भावनाएँ ख़त्म सी हो जाती हैं। कामयाबों को इतनी ज़्यादा समृद्धि मिलती है कि ग़रीबों का उनके लिए कोई वजूद ही नहीं रह जाता।

टॉकवील ने एक दिलचस्प सवाल पूछा कि अमेरिका में कोई नास्तिक क्यों नहीं दिखता। जवाब मिला कि जो घोषित रूप से नास्तिक होगा उसे न तो रोज़गार मिलेगा और न ही ग्राहक मिलेंगे। लेकिन, टॉकवील ने देखा कि इसका एक कारण अमेरिकी मानस में भी निहित है। वैसे तो हर व्यक्ति ख़ुद को बराबर की बौद्धिक क्षमता का स्वामी समझता है, पर अपने जैसे ही लोगों के बहुमत की राय के सामने उसे शक्तिहीनता का एहसास भी है। चूँकि हर व्यक्ति अपनी गिनती में सिर्फ़ एक है और सत्य पर किसी दूसरे की दावेदारी मानने के लिए तैयार नही है, इसलिए उसे बहुमत की राय सही माननी पड़ती है। इसी कारण से बहुमत के ख़िलाफ़ असहमति का स्वर रखने वाले लोगों का अभाव दिखता है। असहमति से वंचित होने की यह प्रवृत्ति से लाज़मी तौर से व्यक्तिगत स्वायत्तता के लिए हननकारी बहुमत की निरंकुशता निकलनी थी। टॉकवील को यह भी लगता था कि इस तरह के लोकतंत्र में केंद्रीय सरकार की शक्तियाँ बढ़ती चली जाएँगी और सरकारी दायरे से स्वतंत्र दायरे ख़त्म हो जाएँगे। केंद्रीकरण सभी को समान करता चला जाएगा, विविधताओं को नुक़सान पहुँचेगा, निजी लाभों से चिपकने के कारण सार्वजनिक ज़िम्मेदारियों से मुँह चुराया जाएगा और राजनीति मोटे तौर पर नेताओं के लिए छोड़ दी जाएगी।

इस विश्लेषण से यह अंदाज़ा लगाना ग़लत होगा कि टॉकवील लोकतंत्र के प्रति पूरी तरह से निराश थे। बावजूद इसके कि उन्हें ऐतिहासिक अनिवार्यता के सिद्धांत में यक़ीन नहीं था, वे यह भी मानते थे कि अमेरिका में उन्होंने जिस लोकतंत्र की झलक देखी है, वही युरोप का भविष्य है। उनके विश्लेषण का मक़सद तो राजनीतिक सक्रियता को सीमित करने वाले तत्त्वों और प्रवृत्तियों का प्रतिकार करने की ज़रूरत पर बल देना था। टॉकवील ने अपने विमर्श में हमेशा नये क़िस्म की निरंकुशता के मुक़ाबले नये क़िस्म की लोकतांत्रिक स्वतंत्रता की सम्भावनाओं को पेश किया। इस लिहाज़ से भी वे अपने युग के उदारतावादियों में अनूठे थे।

टॉकवील ने लोकतंत्र को उसकी अंतर्निहित समस्याओं से छुटकारा दिलाने के लिए उसके सकारात्मक पहलुओं पर ज़ोर दिया। उनका कहना था कि लोकतंत्र के प्रतिनिधित्वमूलक संस्करण की भूमिका शिक्षात्मक होती है, वह लोगों को राजनीतिक जीवन की ओर ले जाता है, सार्वजनिक मुद्दों पर विचार-विमर्श को प्रोत्साहित करता है। उनकी राय थी कि अगर प्रशासनिक अधिकारों का बँटवारा किया जाए और स्थानीय स्व-शासन को बढ़ावा दिया जाए तो लोकतंत्र अधिक विस्तृत राजनीतिक जीवन की गारंटी कर सकता है। इसी

तरह टॉकवील ने संगठन बनाने की स्वतंत्रता की जम कर वकालत की और मध्यवर्ती क़िस्म के स्वत:प्रेरित संगठनों की आवश्यकता पर बल दिया।

टॉकवील के आलोचकों की मान्यता है कि उनके द्वारा की गयी लोकतंत्र की आलोचना में कोई नयी बात नहीं है। उनके प्रेक्षण भी अमेरिकी समाज के विस्तृत अध्ययन की देन नहीं हैं। उन्होंने तो केवल नौ महीने तक ही अमेरिका का भ्रमण किया था। व्यक्तिगत पहलक़दमी पर पड़ने वाले लोकतंत्र के प्रभाव के बारे में उन्होंने जो कुछ कहा वह तो अफ़लातून (प्लेटो) द्वारा पहले ही कहा जा चुका था। बहुमत की तानाशाही से संबंधित उनके अंदेशों को जॉन स्टुअर्ट मिल भी व्यक्त कर चुके थे।

देखें : अफ़लातून, अमेरिकी क्रांति, उदारतावाद, जान स्टुअर्ट मिल, रेने देकार्त, लोकतंत्र, लोकतंत्र की अलोचनाएँ, व्यक्तिवाद।

संदर्भ

1. अलैक्सिस द टॉकवील (1966), *डेमॉक्रैसी इन अमेरिका,* अनु. जी. लारेंस, सम्पादन : जे.पी. मेयर और एम. लर्नर, हार्पर, न्यूयॉर्क.
2. एच. ब्रोगन (1973), *टॉकवील,* फोटाना, लंदन.
3. जे. लाइवली (1962), द *सोशल ऐंड पॉलिटिकल थॉट ऑफ़ एलेक्सिस द टॉकवील,* क्लैरंडन प्रेस, ऑक्सफ़र्ड.
4. एम. ज़ेटरबॉम (1967), *टॉकवील ऐंड द प्रॉब्लम ऑफ़ डेमॉक्रैसी,* स्टेनफ़र्ड युनिवर्सिटी प्रेस, स्टेनफ़र्ड, कैलिफ़.

—अभय कुमार दुबे

अल्फ्रेड लुई क्रोबर

(Alfred Louis Kroeber)

बीसवीं सदी में दूसरे से लेकर चौथे दशक के बीच सांस्कृतिक मानवशास्त्र के अनुशासन को गहराई से प्रभावित करने वाले अल्फ्रेड लुई क्रोबर (1876-1960) का विचार था कि मानवशास्त्र विज्ञान कम और इतिहास ज़्यादा है। विज्ञान होने की आत्मछवि रखने वाले अनुशासन को इतिहास-प्रधान क़रार देने का उनका आग्रह उस ज़माने में अनूठा था। क्रोबर 1901 में कोलम्बिया विश्वविद्यालय से मानवशास्त्र में फ्रेंज़ बोआस की देखरख में पीएचडी करने वाले पहले छात्र थे। अपने अकादमीय जीवन में वे बोआस द्वारा स्थापित मानवशास्त्रीय परम्पराओं की ही नुमाइंदगी करते रहे, पर वे न तो ख़ुद अपनी निगाहों में 'बोआसनियन' थे और न ही बोआस ने उन्हें अपने अनुयायी की तरह देखा। उन्होंने अपनी धारणाओं का पक्ष लेते हुए बोआस से बहस भी की। कल्चरल डिफ़्यूज़न के प्रवर्तक क्लार्क विज़लर और रॉबर्ट लॉवी जैसे विद्वानोंकी तर्ज़ पर क्रोबर की धारणा थी कि संस्कृति की व्याख्या केवल संस्कृति के माध्यम से ही की जा सकती है, न कि उसे शरीरशास्त्र या मनोविज्ञान में घटा कर। यह विचार देखने में सांस्कृतिक निर्धारणवाद (संस्कृति अन्य सभी वस्तुओं की रचियता है, पर स्वयं उसकी रचना, विकास और संचालन कुछ आंतरिक नियमों के आधार पर होता है) जैसा लगता है। लेकिन, क्रोबर ने इस सिद्धांत को पराजैविक (सुपर ऑर्गनिक) क़रार देते हुए इसी के आधार पर उत्तरी अमेरिका के इण्डियनों का विशद अध्ययन किया।

अल्फ्रेड क्रोबर का जन्म होबोकेन, न्यू जर्सी में हुआ था। उन्होंने अपनी पढ़ाई कोलम्बिया कॉलेज में की और रोमानी नाटकों का स्नातकोत्तर अध्ययन किया। 1901 में उनके 28 पृष्ठीय प्रबंध ने उन्हें कोलम्बिया विश्वविद्यालय का पहला पीएचडी बनाया। क्रोबर के अकादमीय जीवन का अधिकतर हिस्सा युनिवर्सिटी ऑफ़ कैलिफ़ोर्निया, बर्कले में बीता। वे वहीं मानवशास्त्र के प्रोफ़ेसर और वहीं के संग्रहालय के निदेशक बने। इस विश्वविद्यालय के मानवशास्त्र विभाग की इमारत क्रोबर हाल के नाम से जानी जाती है।

1939 में प्रकाशित अपनी कृति *कल्चरल ऐंड नेचुरल एरियाज़ ऑफ़ नेटिव नॉर्थ अमेरिका* में उन्होंने अमेरिकी इण्डियनों को छह: मुख्य सांस्कृतिक और भाषाई क्षेत्रों में बाँटा। यह 'कल्चर एरिया' सिद्धांत की व्यावहारिक निष्पत्ति थी। इसके अलावा क्रोबर को 'कल्चरल कॉनफ़िगरेशन' और 'कल्चरल फ़टीग' जैसी अवधारणाओं के सूत्रीकरण का श्रेय भी जाता है। क्रोबर ने पुरातत्त्व के क्षेत्र में भी महत्त्वपूर्ण योगदान करते हुए मानवशास्त्र के साथ उसका संबंध स्थापित किया। उन्होंने न्यू मैक्सिको, मैक्सिको और पेरू में उत्खनन का नेतृत्व किया और अपने शिष्यों की मदद से अमेरिकी इण्डियनों के बारे में सांस्कृतिक तथ्य एकत्रित किये।

चालीस के दशक में क्रोबर द्वारा रचित पाठ्यपुस्तक 'एंथ्रोपोलॅजी' पढ़ना मानवशास्त्र के छात्रों के लिए अनिवार्य था। अपने समकालीनों पर उनके प्रभाव का अंदाज़ा इस बात से लगाया जा सकता है कि न केवल उनके विचारों से प्रेरणा ग्रहण की जाती थी, बल्कि उनकी दाढ़ी और मूँछें भी मानवशास्त्रियों के बीच फ़ैशन में थीं। उनके मानवशास्त्रीय प्रतिमानों के आधार पर उन्हें 'डीन ऑफ़ अमेरिकन एंथ्रोपोलॅजिस्ट' के नाम से भी जाना जाता था, और उनकी परम्परा पर चलने वाले 'क्रोबरियन' कहलाते थे।

क्रोबर अपने अध्ययनों में किसी संस्कृति के भौगोलिक

अल्फ्रेड लुई क्रोबर (1876–1960)

क्षेत्र पर बहुत ज़ोर देते थे। क्लार्क विज़लर द्वारा प्रतिपादित कल्चर एरिया (संस्कृति-क्षेत्र) की धारणा की रोशनी में उन्होंने देखा कि एक कल्चर एरिया में समान संस्कृतियों वाले कई सापेक्षिक रूप से स्वतंत्र समुदाय रहते हैं। ऐसे क्षेत्र में एक ख़ास संस्कृति का प्रसार आसानी और शीघ्रता से हो जाता है। इसी तरह क्रोबर ने कल्चर कॉनफ़िगरेशन (संस्कृति-समाकृति) के उसूल का भी इस्तेमाल किया। इसके मुताबिक़ माना जाता है कि एक संस्कृति के प्रत्येक बड़े सम्भाग की अपनी जीवन-शैली (या प्रतिमान) होती है। एक संस्कृति के तहत कई सम्भाग हो सकते हैं और उसके तहत कई जीवन-शैलियाँ और प्रतिमान हो सकते हैं। अलग-अलग प्रतिमानों के मिलने से एक विशाल प्रतिमान बन सकता है जिसे परम प्रतिमान या कॉनफ़िगरेशन की संज्ञा दी जा सकती है। क्रोबर की समकालीन मानवशास्त्री और 'बोआसनियन' विद्वान रुथ बेनेडिक्ट भी इस उसूल की प्रभावशाली प्रवक्ता थीं। यह धारणा संस्कृति को एक समष्टि के रूप में देखती है जिसके सभी अंग एक दूसरे से इस प्रकार गुँथे होते हैं कि एक अंग में हुआ बदलाव दूसरे पर लाज़मी तौर पर असर डालता है। एक समाकृति की रचना करने वाले तत्त्व एक-दूसरे को अनुप्राणित करते रहते हैं।

डिफ़्यूज़निस्ट (विसरणवादी) विमर्श की मान्यता है कि सांस्कृतिक तत्त्व एक संस्कृति से दूसरी में फैलते हैं और इसी प्रक्रिया में संस्कृतियाँ विकास और वृद्धि के दौर से गुज़रती हैं। क्रोबर के ज़माने में इस प्रसारवादी दृष्टिकोण के मुख्य प्रवक्ता रॉबर्ट लॉवी थे। लॉवी भी बोआस के शिष्य रह चुके थे। बर्कले विश्वविद्यालय में बोआस ने लम्बे अरसे तक उनकी सोहबत की और उनके सिद्धांतों से प्रभाव ग्रहण किया। अमेरिकी प्रसारवादियों का ख़याल था कि उपनिवेशवादियों के 'सम्पर्क' में आने से पहले उत्तर-अमेरिकी क्षेत्रों में इण्डियन आदिवासी और भाषाई समुदाय रहते थे। 'सम्पर्क' के प्रभाव में इन क्षेत्रों की पुनर्रचना हुई। 1904 में क्रोबर ने इस विचार का अपने अनुसंधान में प्रयोग करना प्रारम्भ किया।

प्रसारवादी धारणाओं का ही परिणाम था कि क्रोबर ने संस्कृति की बुनियादी इकाइयों के रूप में सांस्कृतिक लक्षणों (ट्रेट्स) की शिनाख़्त की। लॉवी के साथ मिल कर उन्होंने बर्कले में बड़े पैमाने पर 'कल्चर एलिमेंट सर्वे' करवाया। इसके तहत पीएचडी कर रहे मानवशास्त्र के बहुत से छात्रों को अध्ययन के लिए इण्डियन समुदायों में भेजा गया। इन छात्रों को सांस्कृतिक तत्त्वों की एक तयशुदा सूची दी गयी। उन्हें पता लगाना था कि ये तत्त्व किसी संस्कृति में आज हैं या पहले कभी मौजूद थे। इस सर्वेक्षण के आधार पर प्रकाशित ग्रंथ मानवशास्त्रीय पुस्तकालयों में तो मौजूद रहे, पर वे अनुसंधान के लिए ख़ास उपयोगी साबित नहीं हुए।

फ्रेंज़ बोआस अपने मानवशास्त्रीय अनुसंधान और विश्लेषण को वैज्ञानिक भी मानते थे, और ऐतिहासिक भी। लेकिन, उन्हें क्रोबर और प्रसारवादियों द्वारा इतिहास के पक्ष में विज्ञान को ख़ारिज करने पर आपत्ति थी। इसलिए उन्होंने 1905 के बाद प्रसारवादियों की पद्धति और उसके परिणामों की आलोचना शुरू की। 1937 में क्रोबर ने *हिस्ट्री ऐंड साइंस इन एंथ्रोपोलॉजी* लिख कर बोआस के मानवशास्त्र की समीक्षा की। उनका कहना था कि बोआस का शास्त्र वैज्ञानिक अवश्य है, पर इतिहास के नाम पर वह केवल इतिहास की तकनीक का इस्तेमाल करता है। यानी उसके पीछे ऐतिहासिक दृष्टिकोण नहीं है। बोआस जब किसी सामाजिक प्रक्रिया को दिखाने के लिए अपना प्रायोगिक विश्लेषण करते हैं तो उसमें कोई झोल नहीं होता, पर एक समयावधि के दौरान घटी प्रक्रिया को इतिहास नहीं माना जा सकता। किसी समग्र परिघटना के समेकित वर्णन के बिना इतिहास की उपलब्धि नहीं की जा सकती।

इस प्रत्युत्तर के ज़रिये क्रोबर यह साबित करना चाहते थे कि 'सम्पर्क' से पहले की इण्डियन संस्कृतियों की जो तस्वीर उन्होंने और उनके सहयोगियों ने पेश की हैं, वे बोआस के अनुसंधानों की तरह वैज्ञानिक न होने के बावजूद उसी तरह वैध हैं। उनकी वैधता का प्रमाण उनमें उभरने वाला पैटर्न है। ऐसा कहते हुए क्रोबर यह भी कहते हुए नज़र आ रहेथे कि ऐसे पैटर्न उभारना वैज्ञानिक पद्धति के बस की बात नहीं है। क्रोबर द्वारा छेड़ी गयी इस बहस के परिणामस्वरूप पचास के

दशक में आधुनिक मानवशास्त्र के संस्थापक बोआस द्वारा प्रतिपादित मर्यादाओं से परे जाने का प्रयास होने लगा ताकि मानव संस्कृतियों का वर्णन अधिक विशद और समृद्ध हो सके।

देखें : ऑग्युस्त कॉम्त, क्लॉद लेवी-स्त्रॉस, क्लिफ़र्ड गीर्ट्ज़, टैलकॉट पार्सस, डेविड एमील दुर्खाइम, पिएर बोर्दियो, फ्रेंज़ उरी बोआस, मारग्रेट मीड, मारसेल मौज़, मिल्टन सिंगर, मैक्स वेबर, रुथ बेनेडिक्ट।

संदर्भ

1. अल्फ्रेड एल. क्रोबर (1923), *एंथ्रोपोलॅजी,* हारकोर्ट ब्रेस, न्यूयॉर्क.
2. अल्फ्रेड एल. क्रोबर (1939), *कल्चर ऐंड नेचुरल एरियाज़ ऑफ़ नेटिव नॉर्थ अमेरिका,* युनिवर्सिटी ऑफ़ कैलिफ़ोर्निया प्रेस, बर्कले.
3. थियोडोरा क्रोबर (1973), *अल्फ्रेड क्रोबर :ए पर्सनल कॉनफ़िगरेशन,* युनिवर्सिटी ऑफ़ कैलिफ़ोर्निया प्रेस.
4. ए.एल. क्रोबर और सी. क्लुकहोन (1952), *कल्चर : अ क्रिटिकल रिव्यू ऑफ़ कंसेप्ट्स ऐंड डेफ़िनिशंस,* पीबॉडी यूज़ियम, केम्ब्रिज, एमए.

—अभय कुमार दुबे

अल्फ्रेड मार्शल

(Alfred Marshall)

अर्थशास्त्र को एक स्वतंत्र बौद्धिक अनुशासन के रूप में स्थापित करने का श्रेय अल्फ्रेड मार्शल (1842-1924) को जाता है। 1885 से पहले अर्थशास्त्र एक विषय के रूप में दर्शनशास्त्र और इतिहास के पाठ्यक्रम का अंग हुआ करता था। इतिहासकार और दार्शनिक अपनी डिग्री लेने की मजबूरी में इसका अध्ययन करते थे। पर मार्शल ने न केवल इसे एक स्वतंत्र संस्थागत आधार दिया, बल्कि इसके वैज्ञानिक मानकों को भौतिकी और जीव वैज्ञानिक स्तरों तक उठा दिया। 1903 में मार्शल की कोशिशों को उस समय कामयाबी मिली जब केम्ब्रिज विश्वविद्यालय में अर्थशास्त्र के अलग अध्ययन और डिग्री की शुरुआत हुई। जल्दी ही विश्व भर के अन्य अकादमिक संस्थानों ने अर्थशास्त्र को एक पृथक अनुशासन के रूप में स्वीकार कर लिया। अर्थशास्त्र में बहुत से नये विचारों को स्थापित करने और संस्थागत रूप से इस अनुशासन को एक नये धरातल पर ले जाने की उपलब्धि के लिए अल्फ्रेड मार्शल का नाम समाज-विज्ञान के इतिहास में शीर्ष स्थान का अधिकारी है। मार्शल ने आर्थिक धारणाओं को सहज ग्राफ़ों में अनूदित करके 'डायग्रामैटिक इकॉनॉमिक्स' का सूत्रपात किया। मार्शल की ख़ूबी यह थी कि उन्होंने अपनी धारणाओं की इन ग्राफ़ीय अभिव्यक्तियों को आर्थिक विश्लेषण का अंग बनाने में सफलता हासिल की। उन्होंने आर्थिक विज्ञान को व्यावहरिक बनाने का प्रयास किया ताकि उसकी मदद से सरकारी अधिकारी, राजनेता और व्यापारी अहम फ़ैसले ले सकें। 1890 में प्रकाशित अपनी विख्यात रचना *प्रिंसिपल्स ऑफ़ इकॉनॉमिक्स* में अल्फ्रेड मार्शल ने माँग और आपूर्ति का विस्तृत विश्लेषण करके नियोक्लासिकल पद्धति का ढाँचा तैयार किया। इस लिहाज़ से उन्हें नियोक्लासिकल अर्थशास्त्र के संस्थापक की संज्ञा भी दी जा सकती है।

लंदन के एक मज़दूरवर्गीय इलाक़े में पैदा हुए अल्फ्रेड मार्शल के पिता बैंक ऑफ़ इंग्लैण्ड में क्लर्क थे। साधारण परिवार के होने के बावजूद उनके पिता ने अपने बेटे को अच्छी शिक्षा दिलायी। वे चाहते थे कि मार्शल साहित्य का अध्ययन करें, पर उनकी दिलचस्पी गणित में थी। अपने चाचा की आर्थिक मदद से मार्शल ने केम्ब्रिज विश्वविद्यालय में गणित, दर्शनशास्त्र और राजनीतिक अर्थशास्त्र की पढ़ाई की। दर्शन की सभी क्लासिकी रचनाएँ पढ़ने के बावजूद उन्होंने अर्थशास्त्र में महारत हासिल करने का फ़ैसला किया। कहा जाता है कि ग़रीब बस्तियों की बुरी हालत देख कर उन्हें लगा कि अर्थशास्त्री बन कर वे ग़रीबी की समस्या पर बेहतर विचार कर पायेंगे।

मार्शल ने बाज़ारों के एक दूसरे पर पड़ने वाले प्रभाव को नजरअंदाज करते हुए उनका अलग-अलग अध्ययन किया, और *पार्शियल इक्विलीबिरियम ऐनालिसिस* (आंशिक संतुलन-अवस्था विश्लेषण) का प्रतिपादन किया। उन्होंने दिखाया कि जब दाम बढ़ते हैं और फ़र्में बाज़ार में और ज़्यादा जिंसों को लाती हैं। उन्होंने इसे आपूर्ति का नियम क़रार दिया। जब क़ीमतें गिरती हैं तो उपभोक्ता बड़ी मात्रा में वस्तुएँ ख़रीदते हैं। यह मार्शल की निगाह में माँग का नियम था। माँग और आपूर्ति की यह कैंची न केवल अपनी कतर-ब्योंत के ज़रिये प्रत्येक वस्तु का दाम तय करती है, बल्कि उसकी उत्पादित होने वाली मात्रा भी इसी के ज़रिये निर्धारित होती है। जेवंस के माँग-चालित रवैये और रिकार्डो के आपूर्ति-चालित रवैये के विपरीत मार्शल ने ज़ोर दिया कि माँग और आपूर्ति दोनों मिल कर क़ीमतों और उत्पादन का निर्धारण करते हैं। वे मानते थे कि बाज़ार की प्रतियोगिता वास्तविक क़ीमतों को संतुलनावस्था की तरफ़ ले जाएगी। अगर दाम संतुलनावस्था से ऊपर होंगे तो उत्पादक अपना माल नहीं बेच पायेगा और चीज़ें उसके गोदाम में जमा होने लगेंगी। तब उसे संदेश मिलेगा कि उसे दाम गिराने ही हैं। अगर क़ीमतें संतुलनावस्था से नीचे रखी गयीं तो चीज़ें इतनी ज़्यादा बिकेंगी कि गोदाम ख़ाली हो जाएँगे और कमी पड़ जाएगी। व्यापारी इसे दाम बढ़ाने के संदेश के रूप में ग्रहण करेंगे।

मार्शल ने माना कि माँग और आपूर्ति की यह कैंची

एक पेचीदा स्थापना है। इसलिए उन्होंने इसके दोनों फ़लकों का अलग-अलग विश्लेषण भी किया। उन्होंने देखा कि माँग किसी ख़ास वस्तु की उपयोगिता और उसके उपभोग से मिलने वाले संतोष से तय होती है। उपभोक्ता लगातार सर्वाधिक उपयोगिता की खोज में रहता है। अगर किसी जिंस के दाम ऊँचे होंगे तो वह उपयोगिता की तलाश में दूसरी जिंसों की तरफ़ चला जाएगा। उन्होंने माँग में होने वाले परिवर्तनों को उपभोक्ताओं द्वारा एक सी क़ीमत पर किसी एक वस्तु के ज़्यादा या कम ख़रीदे जाने के रूप में परिभाषित किया। डिमांड कर्व अगर बदलता है तो उसका कारण कई अन्य परिवर्तनों में तलाशा जा सकता है : समृद्धि के स्तर में बदलाव, आबादी में परिवर्तन, लोगों की अभिरुचियों में तब्दीली, अन्य वस्तुओं के दामों में उतार-चढ़ाव या भविष्य की क़ीमतों के बारे में बदली हुई प्रत्याशाएँ। इस लिहाज़ से ज़्यादा समृद्धि और बढ़ी हुई आबादी माँग बढ़ायेगी और क़ीमतें ऊपर जाएँगी। भविष्य में दाम बढ़ने का अंदेशा भी माँग बढ़ा सकता है। दूसरी चीज़ों के दाम बढ़ने से किसी चीज़ की माँग पर पड़ने वाले असर की व्याख्या मार्शल ने पूरक वस्तुओं (उपभोक्ताओं द्वारा एक साथ इस्तेमाल की जाने वाली चीज़ें) की धारणा का इस्तेमाल करके की। मसलन, अगर गैसोलिन के दाम बढ़ते हैं तो उससे जुड़ी हुई चीज़ों की माँग भी गिर जाएगी।

मार्शल ने दिखाया कि किस तरह आपूर्ति उत्पादन की लागत पर निर्भर करती है। उपभोक्ता अगर उपयोगिता और संतोष की तलाश में है तो उत्पादक मुनाफ़े को अधिकतम करने के फ़ेर में रहता है। यदि पैमाने के घटते हुए प्रतफल का नियम लागू किया जाए और कल-पुर्ज़ों और श्रम की क़ीमतें बढ़ रही हों तो उत्पादन की लागत भी बढ़ती है। ज़ाहिर है कि अगर व्यापारियों को बेहतर दाम नहीं मिलेंगे तो वे अधिक वस्तुओं का उत्पादन करने के लिए तैयार नहीं होंगे। दूसरे, उत्पादन कितना भी ज़्यादा हो रहा हो, अगर मज़दूरी ऐसी स्थिति मे उत्पादकों को क़ीमतें भी बढ़ानी पड़ेंगी। लेकिन अगर प्रौद्योगिकी बेहतर हो जाती है और प्रति इकाई श्रम कम ख़र्च करना पड़ता है तो आपूर्ति भी बढ़ेगी और दाम भी कम होंगे।

अधिकतर आर्थिक संबंध कार्य-कारण से बँधे होते हैं। मार्शल ने इस सिलसिले में *इलास्टिसिटी* या लोच की धारणा विकसित की। अगर किसी कारण या घटना का प्रभाव बहुत बड़ा पड़ता है तो वह संबंध इलास्टिक (लोचनीय) माना जाएगा, और अगर कम पड़ता है तो इनइलास्टिक (अलोचनीय)। मार्शल ने इलास्टिसिटी नापने का एक गणितीय फ़ार्मूला भी पेश किया। उनका मानना था कि अगर किसी वस्तु का विकल्प नहीं है और उपभोक्ता उसकी जगह किसी दूसरी का इस्तेमाल नहीं कर सकता तो वह वस्तु क़ीमतों के लिहाज़ से इनइलास्टिक रहेगी। दाम बढ़ने पर

अल्फ्रेड मार्शल (1842–1924)

भी उसकी बिक्री कम नहीं होगी। मार्शल ने यह भी दिखाया कि माँग की इलास्टिसिटी किस तरह दामों पर निर्भर करती है। नमक के पैकेट की क़ीमत काफ़ी कम होती है, इसलिए अगर उसके दामों में बड़ा परिवर्तन हो जाए तो भी नमक उपभोक्ताओं को नमक के दाम इतने ज़्यादा नहीं लगेंगे कि उसकी माँग पर असर पड़े। लेकिन अगर कार के दामों में या कॉलेज की फ़ीस में वृद्धि हो जाए तो उपभोक्ताओं को दिक़्क़त होने लगेगी। मार्शल ने माँग की इलास्टिसिटी तय करने में समय की भूमिका पर भी ध्यान दिया। जो माँग आज इलास्टिक नहीं है यानी दाम बढ़ने पर भी कम नहीं हो रही है, वह कल इलास्टिक हो सकती है। जैसे, पेट्रोल मँहगा होने पर भी कारें कम बिकनी शुरू नहीं हुई। पर आगे चल कम ईंधन में अधिक चलने वाली कारें बनीं, लोगों ने कार-पूल करनी शुरू की। इससे पेट्रोल की माँग पर फ़र्क़ पड़ा।

दिलचस्प बात यह है कि अर्थशास्त्र को नीतिशास्त्र और इतिहास से अलग करने वाले इस विद्वान को आय के वितरण और ग़रीबी की समस्या में काफ़ी रुचि थी। उन्होंने श्रम-बाज़ार का भी अध्ययन किया जिसमें व्यापारी उपभोक्ता होता है, माँग करता है और समाज व परिवार आपूर्ति करता है। मार्शल ने देखा कि अगर मज़दूरी बढ़ जाए तो अकुशल मज़दूरों की सप्लाई बढ़ जाती है, पर प्रौद्योगिकी बेहतर होने से अकुशल श्रम की माँग लगातार गिरती है। इससे अकुशल मज़दूर कम तनख़्वाह प्राप्त होने के कारण ग़रीबी में रहने

के लिए अभिशप्त हैं। ख़ास बात यह है कि इस निष्कर्ष पर पहुँचने के बावजूद मार्शल ने न तो न्यूनतम मज़दूरी बढ़ाने की सिफ़ारिश की, और न ही ग़रीबी कम करने के लिए कोई सुझाव दिया। उन्होंने केवल इतना सुझाव दिया कि अकुशल मज़दूरों को अपने परिवार का आकार सीमित रखना चाहिए।

मार्शल का ज़्यादातर योगदान माइक्रोइकॉनॉमिक (व्यष्टिगत) क़िस्म का है, पर उन्होंने कुछ मैक्रोइकॉनॉमिक (समष्टिगत) योगदान भी किया है। *क्रयशक्ति समता* एक ऐसा ही सिद्धांत है जिसके तहत दो देशों के बीच मुद्रा की विनिमय दर बाज़ार के धरातल पर तय होती है। मसलन, अगर एक बर्गर अमेरिका में एक डॉलर में बिकता है और जापान में सौ येन में तो बाज़ार में एक डॉलर और सौ येन की क्रयशक्ति बराबर हुई, भले ही मुद्रा बाज़ार में एक डॉलर दस येन के बराबर माना जाता रहे।

मार्शल द्वारा किये गये बाज़ारों के अध्ययन की पहली आलोचना तो यह की जाती है कि उन्होंने एक बाज़ार के दूसरे पर पड़ने वाले असर को नज़रअंदाज़ किया, इसलिए वे केवल आंशिक संतुलनावस्था के सिद्धांत तक पहुँच पाये। जबकि, लियोन वालरस ने बाज़ारों के अंतर्संबंधों का अध्ययन किया और सामान्य संतुलनावस्था का सिद्धांत प्रतिपादित करने में सफल रहे। मार्शल द्वारा किये गये ग़रीबी के कारणों के अध्ययन को भी आलोचनात्मक दृष्टि से देखा जाता है, क्योंकि वे अकुशल श्रमिकों की न्यूनतम मज़दूरी बढ़ाने की कोई सिफ़ारिश नहीं करते। अर्थशास्त्र को स्वतंत्र संस्थागत आधार देने के लिए उनकी प्रशंसा तो की जाती है, पर साथ ही यह भी कहा जाता है कि दर्शन, नैतिकता और सामाजिक सरोकारों से आर्थिक विज्ञान को अलग करने के परिणाम थॉमस कार्लाइल की भाषा में उसे उत्तरोत्तर एक 'मनहूस विज्ञान' बनाने की तरफ़ ले गये।

देखें : अर्थ-विज्ञान का समाजशास्त्र, आर्थिक जनसांख्यिकी, अमर्त्य कुमार सेन, अंतर्राष्ट्रीय मुद्रा कोष, आधार और अधिरचना, ऑस्कर रायज़र्ड लांगे, ऐडम स्मिथ, करारोपण, कल्याणकारी अर्थशास्त्र, क्लासिकल अर्थशास्त्र, कार्ल हाइनरिख़ मार्क्स-3, कार्ल मेंगर, कींसियन अर्थशास्त्र, गुन्नार मिर्डाल, जोआन रोबिंसन, जान कैनेथ गालब्रेथ, जान मेनार्ड कींस, जान स्टुअर्ट मिल, जोसेफ़ शुमपीटर, जैव विविधता, ट्रस्टीशिप, डेविड रिकार्डो, ढाँचागत समायोजन कार्यक्रम, थॉमस मन और वणिकवाद, थॉमस रॉबर्ट माल्थस, दक्षता, धन, नियोक्लासिकल अर्थशास्त्र, नीतिशास्त्र और अर्थशास्त्र, निकोलस काल्दोर, नियोजन, नियोजन : मार्क्सवादी विमर्श, पण्य, पण्य-पूजा, पेटेंट, पॉल सेमुअलसन, पियरो स्राफ़ा, पूँजी, प्रतियोगिता, फ्रांस्वा केस्ने और प्रकृतिवाद, फ्रेड्रिख़ वॉन हायक, बहुराष्ट्रीय निगम, बाज़ार, बाज़ार की विफलताएँ, बाज़ार-समाजवाद, बौद्धिक सम्पदा अधिकार, ब्रेटन वुड्स प्रणाली, भारत में बहुराष्ट्रीय निगम, भारत में नियोजन, भारत में पेटेंट क़ानून, भारत में शेयर संस्कृति, भूमण्डलीकरण और पूँजी बाज़ार, भूमण्डलीकरण और वित्तीय पूँजी, भूमण्डलीकरण और वित्तीय उपकरण, मार्क्सवादी अर्थशास्त्र, मिल्टन फ्रीडमेन, मूल्य, राजकोषीय नीति और मौद्रिक नीति, रॉबर्ट ओवेन, विलफ्रेडो परेटो, विश्व व्यापार संगठन, विश्व बैंक, विलियम पेटी, विलियम स्टेनली जेवंस, वैकासिक अर्थशास्त्र, शोषण, साइमन कुज़्नेत्स।

संदर्भ

1. पीटर ग्रोइनवेगन (1995), *अ सोरिंग ईगल : अल्फ्रेड मार्शल 1842–1924*, एडवर्ड एल्गर, ब्रुकफ़ील्ड, वरमोंट.
2. जॉन मेनार्ड कींस (1924), 'अल्फ्रेड मार्शल : 1842–1924', *इकॉनॉमिक जर्नल*, 34, सितम्बर.
3. डेविड रीज़मेन (1990), *द इकॉनॉमिक्स ऑफ़ अल्फ्रेड मार्शल*, सेंट मार्टिंस प्रेस, न्यूयॉर्क.
4. डेविड रीज़मेन (1990), *अल्फ्रेड मार्शल्स मिशन*, सेंट मार्टिंस प्रेस, न्यूयॉर्क.

—अभय कुमार दुबे

अल-ग़ज़ाली

(Al-Ghazali)

अबू हामिद इब्न मुहम्मद अल-तुसी अल-ग़ज़ाली (1058–1111) सुन्नी इसलाम के एक प्रमुख दार्शनिक, धर्मशास्त्री, विधिशास्त्री और रहस्यवादी थे। उनका आविर्भाव उस समय हुआ था जब सुन्नी धर्मशास्त्र की मज़बूती का दौर गुज़र चुका था और उसे शिया इस्माइली धर्मशास्त्र और अरस्तूवादी दर्शन की अरबी परम्परा (फ़लसिफ़ा) से प्रखर चुनौती मिल रही थी। अल-ग़ज़ाली ने फ़लसिफ़ा के महत्त्व को समझ कर उसके प्रति एक जटिल अनुक्रिया विकसित की जिसके आधार पर फ़लसिफ़ा की शिक्षाएँ ख़ारिज की जा सकती थीं। फ़लसिफ़ा एक आंदोलन था जो आठवीं से लेकर दसवीं शताब्दी के ग्रीक दर्शन और वैज्ञानिक साहित्य के अरबी में अनुवाद के कारण उभरा था। इन अनुवादों में अरस्तूवादी और नव-प्लेटोवादी दर्शन प्रमुख थे। यह दर्शन धीरे-धीरे मुसलिम धर्मशास्त्र और क़लाम परम्परा का स्वाभाविक अंग बनता जा रहा था। अल-ग़ज़ाली ने अपनी रचना *तहाफ़त अल-फ़लसिफ़ा (इनकोहेरेंस ऑफ़ द फ़िलॉसफ़र्स)* में फ़लसिफ़ा की बीस मान्यताओं का ज़िक्र करते हुए उसकी आलोचना प्रस्तुत की। उन्होंने फ़लसिफ़ा की मीमांसा के क्रम में जो विचार प्रस्तुत किया, वह न सिर्फ़ दर्शन के इतिहास में महत्त्वपूर्ण स्थान रखता है, बल्कि उसमें चौदहवीं सदी के उत्तरार्द्ध के युरोप में विकसित हुए अरस्तूवादी विज्ञान की आलोचना भी निहित है। ग़ज़ाली अपने समय के सर्वाधिक प्रतिष्ठित इसलामिक धर्मशास्त्री थे। उनके विचारों का असर दूरगामी और दीर्घकालीन साबित हुआ। उसने यहूदी और ईसाई विद्वत्ता को भी प्रभावित किया। आगे चल कर संत

अबू हामिद इब्न मुहम्मद अल-तुसी अल-ग़ज़ाली (1058-1111)

थॉमस एक्विना ने भी पश्चिम में चर्च के प्राधिकार की स्थापना के लिए उनसे काफ़ी-कुछ लिया।

अल-ग़ज़ाली का जन्म उत्तर-पूर्व ईरान के आधुनिक मेशाद शहर से पंद्रह मील उत्तर में तबरान-तुस में हुआ था। अपने भाई अहमद के साथ इसी शहर में उन्हें अपनी शुरुआती तालीम मिली। अहमद आगे चल कर मशहूर धर्मोपदेशक और सूफ़ी विद्वान बने। ग़ज़ाली को पास के निशापुर स्थित मशहूर मदरसे निज़ामैया में अध्ययन करने का मौक़ा मिला। यहीं वे सुल्तान मालिकशाह के वज़ीर निज़ाम अल-मुल्क़ के सम्पर्क में आये जिन्होंने उन्हें बग़दाद के निज़ामैया मदरसे का मुखिया बना दिया। इसी ज़रिये ग़ज़ाली बग़दाद के ख़लीफ़ा के नज़दीक आये। लेकिन सूफ़ी दर्शन के प्रभाव के कारण उन्होंने अपनी जीवन-शैली बदलनी शुरू की। 1095 में अचानक अपने सभी पदों को त्याग कर ग़ज़ाली ने धार्मिक जीवन अपनाना पसंद किया। वे दमिश्क और यरूशलम गये और इब्राहीम के मक़बरे पर जा कर क़सम खायी कि वे अब जीवन में कभी किसी हुक्मरान या राजनीतिज्ञ की नौकरी नहीं करेंगे और न ही वे किसी सरकारी विद्यालय में पढ़ाएँगे। वे निजी दान-दक्षिणा से चलने वाले छोटे-छोटे स्कूलों में अध्यापन करते रहे। 1106 में अल-ग़ज़ाली अपनी क़सम तोड़ कर फिर से बग़दाद लौटे और निशापुर के उसी मदरसे में पढ़ाना शुरू किया जहाँ वे ख़ुद भी छात्र रहे थे।

धर्म के पक्ष में अल-ग़ज़ाली की दलीलें इतनी प्रभावशाली हैं कि उन पर दर्शनशास्त्र का अहित करने का आरोप तक लगाया जाता है। मुसलिम स्पेन में इब्न-रश्द (जिन्हें एवारिस भी कहा जाता है) ने तो *तहाफ़त अल-फ़लसिफ़ा* का खण्डन करने के लिए अपनी क़लम उठायी थी। अरबी और इसलामिक जगत में उनकी स्वीकार्यता और प्रामाणिकता मुख्यतः उनके ज्ञानमीमांसा संबंधी उत्कृट विमर्श और अरस्तूवादी तर्क और तत्त्वमीमांसा की आलोचना के ही कारण है। तर्क-बुद्धि और इलहाम के माध्यम से हासिल किये गये धार्मिक मूल्यों के रहस्योद्घाटन के बीच अंतर्विरोध हल करने के उनके तरीक़े को लगभग सभी मुसलमान धर्मशास्त्रियों और दार्शनिकों द्वारा स्वीकार्यता मिली है।

ग़ज़ाली की मान्यता थी कि दर्शनशास्त्र को भी गणित और विज्ञान की तरह सटीक होना चाहिए। दिलचस्प बात यह है कि उन्होंने अरस्तू के तर्कशास्त्र और नव-प्लेटोवाद की प्रक्रियाओं का ही इस्तेमाल करके फ़लसिफ़ा की ख़ामियाँ खोज निकालीं। उन्होंने यह दिखाने के लिए ज़ोरदार तर्क-प्रणाली विकसित की कि तर्क-बुद्धि अपने-आप में परम सत्ता और अनंत की समझ में योगदान नहीं कर सकती।

अल-ग़ज़ाली की 1105 के आसपास कई रचनाएँ प्रकाशित हुईं जिसमें उन्होंने फ़लसिफ़ा और इस्माइली धर्मशास्त्र द्वारा प्रस्तुत की गयी चुनौतियों की मीमांसा की। हालाँकि फ़लसिफ़ा आंदोलन में मुसलमान, ईसाई और यहाँ तक कि ग़ैर-इसाई (मूर्तिपूजक) भी शामिल थे, परंतु ग़ज़ाली के विचार मुसलमान फ़लसिफ़ा पर केंद्रित थे। अपनी रचना *इनकोहेरेंस* में ग़ज़ाली ने फ़लसफ़ा के दार्शनिक इब्न सिना (जिन्हें एविसिना के नाम से भी याद किया जाता है) की तीन प्रमुख शिक्षाओं पर प्रहार किया। ये थीं : (अ) संसार का भूतकाल में कोई प्रारम्भ नहीं था और किसी काल विशेष में इसकी उत्पत्ति नहीं हुई है, (ब) ईश्वर का ज्ञान सिर्फ़ जीवों के वर्ग (सार्वभौमिकता) को जनता है और इस ज्ञान का विस्तार व्यक्तिगत स्तर पर जीवों और उनकी परिस्थितियों (विशिष्टता) तक नहीं किया जा सकता, और (स) मृत्यु के उपरांत मनुष्य की आत्मा उसके शरीर में वापस कभी नहीं लौट सकती। ग़ज़ाली ने फ़लसिफ़ा की इन तीनों मान्यताओं को धार्मिक क़ानून (शरिया) के विरुद्ध मानते हुए अपनी रचना *इनकोहेरेंस* के अंत में ऐसी मान्यता रखने वालों के विरुद्ध फ़तवा भी लिखा।

अल-ग़ज़ाली द्वारा फ़लसिफ़ा और इस्माइली विचार के खण्डन में राजनीतिक अवयव भी हैं। अपनी रचना *स्कैंडल्स ऑफ़ द इसोटेरिक्स* में अल ग़ज़ाली ने इस्माइलिते प्रचारकों द्वारा प्रतिपादित दो ईश्वर के अस्तित्व संबंधी विचारों का खण्डन भी किया है। इसी प्रकार एक अन्य रचना *द डिसाइसिव क्राइटेरियन फ़ॉर डिस्टिंग्युशिंग इसलाम फ़्रॉम क्लैंडेस्टाइन अनबिलीफ़* में वे इसलाम की परिधि को

परिभाषित करते हुए मुख्यत: तीन सिद्धांतों : एकेश्वरवाद, मुहम्मद की भविष्यवाणी और मृत्योपरांत जीवन के क़ुरान में दिये गये वर्णन पर बल देते हैं। अल-ग़ज़ाली के अनुसार प्रत्येक शिक्षा को अपने आप में परखा जाना चाहिए। जब वह ठोस लगे तथा धार्मिक ग्रंथों के अनुरूप हो तभी उसे स्वीकार किया जाना चाहिए। परंतु यह महत्त्वपूर्ण है कि तर्क और धार्मिक ग्रंथों में व्यक्त विचारों में अंतर्विरोध होने पर ग़ज़ाली तर्क को प्राथमिकता देते हैं। अपनी रचना *द रिवाइवल ऑफ़ द रिलीजस साइंसेज़* में ग़ज़ाली ने मुसलमानों के दिन-प्रतिदिन जीवन में नैतिक व्यवहार से संबंधित महत्त्वपूर्ण विचार पेश किये। इस रचना को चार वर्गों में विभाजित किया जा सकता है। प्रत्येक वर्ग में दस पुस्तकें हैं। पहले वर्ग में धार्मिक प्रचलनों (इबादत) का वर्णन है, तीसरे वर्ग में उन चीज़ों का वर्णन किया गया है जो नरक की ओर ले जाती हैं और जिनसे दूर रहना चाहिए तथा चौथे वर्ग में मुक्ति से संबंधित विचार रखे गये हैं। इस रचना में ग़ज़ाली सांसारिक जीवन के लालचों की निंदा करते हुए पाठकों को यह संदेश देते हैं कि मानव जीवन क़यामत के दिन तक पहुँचने का एक रास्ता भर है। ग़ज़ाली के अनुसार नैतिकता को चारित्रिक विशेषताओं के विकास पर आधारित होना चाहिए। वे पारम्परिक सुन्नी नैतिकता की भी यह कह कर आलोचना करते हैं कि यह धार्मिक नियमों (शरिया) और मुहम्मद साहब के रास्तों से पूर्णत: बँधी है।

ग़ज़ाली मनुष्य की स्वाभाविक ख़ामियों जैसे ग़ुस्सा और यौन सुख की कामना को अस्वाभाविक नहीं मानते। उनके अनुसार ये सब मानवीय गुण के ही अंश हैं जिनका पूरी तरह से परित्याग नहीं किया जा सकता है बल्कि आत्मा पर अनुशासन और विवेक द्वारा नियंत्रित अवश्य किया जा सकता है। ग़ज़ाली मानते थे कि मनुष्य की आत्मा को लगातार प्रशिक्षित और अनुशासित करने की आवश्यकता होती है। परंतु यहाँ यह भी महत्त्वपूर्ण है कि किसी भी स्थान पर ग़ज़ाली ने नैतिकता की दार्शनिक उत्पत्ति पर प्रकाश नहीं डाला है।

धर्म-विज्ञान से संबंधित परिचर्चा में अपनी अनिच्छा प्रकट करने के बावजूद भी अल-ग़ज़ाली ने मानवीय कृत्यों से संबंधित अनेकों दार्शनिक समस्याओं पर विवेचन किया है। *अल-ताहिद वा-अल तवक्कुल (बिलीफ़ इन डिवाइन युनिटी ऐंड ट्रस्ट इन गॉड*) में उन्होंने मानवीय क्रियाओं और इस जगत के निर्माता के रूप में ईश्वर की सर्वशक्तिमत्ता के संबंध का विवेचन किया है। उनके अनुसार इस जगत की ऐसी कोई भी घटना नहीं है जो ईश्वर की इच्छा के अनुरूप पूर्व-निर्धारित नहीं है। मानव जीवन के सभी व्यवहारिक पक्षों को ईश्वर कारणों की शृंखला के माध्यम से नियंत्रित करता है। ईश्वर इस जगत में एकमात्र 'कर्ता' और एकमात्र 'फ़लोत्पादक कारण' है। ईश्वर का ज्ञान और बोध मनुष्यों के विपरीत कालविहीन और अपनिवर्तनीय होता है। किसी वस्तु या जगत में परिवर्तन होने से यह नहीं बदलता है। मनुष्यों की प्रत्येक क्रियाएँ ईश्वर में शाश्वत रूप में विद्यमान रहती हैं। ग़ज़ाली के अनुसार इसके बावजूद भी मनुष्य में यह विचार रहता है कि उनमें संकल्प-स्वतंत्रता है जबकि उनकी प्रत्येक क्रिया आंतरिक और बाह्य दोनों कारणों से ईश्वर द्वारा निर्धारित कृत्य सम्पादित करने के लिए विवश है।

अल-ग़ज़ाली के इन विचारों से यह भी समझा जा सकता है कि मरणोपरांत किसी मनुष्य के लिए जन्नत और दोज़ख़ की संकल्पना भी निराधार है। यहाँ ग़ज़ाली के विचार फ़लसिफ़ा के विचारक इब्न सिना के काफ़ी निकट प्रतीत होते हैं। वस्तुत: यहाँ अल-ग़ज़ाली ने कॉस्मोलॉजी से संबंधित इन विचारों को सुन्नी शिक्षा में विद्यमान ईश्वर की सर्वशक्तिमत्ता और दैवीय पूर्व-निर्धारण की मान्यता को मुताजिलितिस और शैयत की आलोचना से बचाने के लिए गढ़ा है। ग़ज़ाली ने अपनी रचना *इनकोहेरेंस,* जिसमें उन्होंने फ़लसिफ़ा की तत्त्वमीमांसा की विवेचना की है, के सत्रहवें विवेचन में भी उन्होंने कारण-कार्य संबंध पर विचार प्रकट किया है। यहाँ वे किसी भी भौतिक प्रक्रिया की स्वीकार्यता के लिए कुछ पूर्व शर्त रखते हैं— (क) किसी भी कारण और उसके परिणाम में संबंध होना अनिवार्य नहीं है, (ख) कोई परिणाम किसी कारण के बिना भी अस्तित्व में आ सकता है, (ग) ईश्वर दो घटनाओं को एक के बाद एक प्रस्तुत करता है, (घ) ईश्वर की प्रत्येक उत्पत्ति एक पूर्व-निर्णय (तक़दीर) का अनुसरण करती है। यहाँ महत्त्वपूर्ण है कि अल-ग़ज़ाली द्वारा किसी घटना की इन पूर्व शर्तों की आलोचना भी की गयी है, जैसे उसकी तीसरी शर्त पर जिसमें कहा गया है कि ईश्वर प्रत्येक घटनाओं को एक के बाद एक के रूप में उत्पन्न करता है, काफ़ी विवादित है। लेकिन अल-ग़ज़ाली ने अपनी इन मान्यताओं को जीवन भर बनाये रखा।

देखें : अल-किंदी, इब्न ख़ाल्दून, इब्न रश्द, प्रारम्भिक इसलाम, जेहाद, फ़लसिफ़ा और क़लाम, भारतीय इसलाम, मसजिद, हज़रत मुहम्मद-1 और 2, मुहम्मद अली जिन्ना, मुहम्मद इक़बाल, अबू-अला मौदूदी, सैयद अहमद खाँ।

संदर्भ

1. एफ़. ग्रिफ़ेल (2004), 'अल-ग़ज़ालीज़ ऑफ़ प्रोफ़ेसी : द इंट्रोडक्शन ऑफ़ एविसिनन सायकोलॉजी इन टू असाराइट थियोलॉजी', *अरैबिक साइंसेज़ ऐंड फ़िलॉसफ़ी,* अंक 14.
2. एच.ए. डेविडसन (1987), *प्रूफ़ ऑफ़ इटर्निटी, क्रिएशन ऐंड द एग्ज़िस्टेंस ऑफ़ गॉड इन मिडीवल इसलामिक ऐंड ज्युइज़ फ़िलॉसफ़ी,* ऑक्सफ़र्ड युनिवर्सिटी प्रेस, न्यूयॉर्क, 1987
3. बी.डी. दत्तन (2001), 'अल गज़ाली ऑन पॉसिबिलिटी ऐंड द क्रिटीक ऑफ़ कॉज़ल्टी', *मिडीवल फ़िलॉसफ़ी ऐंड थियोलॉजी,* अंक 10.

—विवेक रत्न

अल-किंदी

(Al-Kindi)

अबू यूसुफ़ याक़ूब इब्न इसहाक अल-किंदी (800-870) ईरानी परम्परा के एक महान दार्शनिक, विधिवेत्ता, चिकित्साशास्त्र के ज्ञाता, गणितज्ञ और संगीतकार थे। उन्हें अपने भूगोल और खगोलशास्त्र संबंधी ज्ञान के लिए भी जाना जाता है। मध्ययुगीन विद्वत्ता उन्हें विश्व के बारह सर्वश्रेष्ठ मस्तिष्कों में से एक मानती थी। उन्होंने अरबी भाषा में अनुवाद करने वाले विद्वानों के एक समूह के साथ मिल कर अरस्तू, नव-प्लेटोवादियों, ग्रीक गणितज्ञों और वैज्ञानिकों के विचारों को अरबी में प्रस्तुत किया। अल-किंदी की कई महत्त्वपूर्ण रचनाएँ उसके इस अनुवाद की पृष्ठभूमि का परिणाम थीं। इनमें उनकी महत्त्वपूर्ण कृति *थियोलॅजी ऑफ़ एरिस्टॉटल* और प्लोटिनस एवं प्रोक्लस के कार्यों का अरबी में अनुवाद *बुक ऑफ़ कॉज़ेज* भी सम्मिलित हैं। अल-किंदी के दार्शनिक विचार नव-प्लेटोवाद के इर्द-गिर्द सूत्रबद्ध हुए थे, लेकिन मुख्य तौर पर उन्हें अरस्तू के दर्शन पर महारत हासिल थी। दार्शनिक विषयों पर उनकी सर्वाधिक महत्त्वपूर्ण रचना *फ़ि एल-फ़लसिफ़ा अल-उला* (ऑन फ़र्स्ट फ़िलॉसफ़ी) मानी जाती है, जिसमें उन्होंने दलील दी है कि यह संसार शाश्वत नहीं है और ईश्वर एक ऐकिक इकाई है। किंदी ने दूसरे दार्शनिक विषयों से संबंधित कई लेख लिखे, जिनमें मनोविज्ञान, कॉस्मोलॅजी से संबंधित लेख विशेष तौर पर प्रशंसनीय हैं। इसके अतिरिक्त अल-किंदी ने गणित, विज्ञान और ज्योतिषशास्त्र से संबंधित रचनाएँ भी लिखी हैं। किंदी के दार्शनिक विचार अब्बासी ख़लीफ़ाओं के समर्थन से चलाये जा रहे यूनानी दर्शन के अनुवाद-आंदोलन के इर्द-गिर्द केंद्रित हैं जिसे 'किंदी सर्किल' कहा जाता है। 'किंदी सर्किल' ने दर्शन एवं विज्ञान से संबंधित अनेकों ग्रंथों का यूनानी भाषा से अरबी में अनुवाद किया था।

अल-किंदी इसलाम के प्राचीन इतिहास में महत्त्वपूर्ण भूमिका निभाने वाली अरब की किंदा जनजाति के सदस्य थे। इसी वंशानुगत जुड़ाव के कारण उत्तरवर्ती लेखकों द्वारा उन्हें 'अरब का दार्शनिक' की उपाधि दी गयी। उनका जन्म बसरा में हुआ था लेकिन उनकी शिक्षा-दीक्षा बग़दाद में हुई। कुछ इतिहासकारों की मान्यता है कि अल-किंदी की मृत्यु 866 में हुई, लेकिन कुछ इसी सदी के सत्तर के दशक को उनके देहांत का मानते हैं। उनके जन्म के वर्ष का ठीक-ठीक पता लगाना और भी मुश्किल है। लेकिन इतना तय है कि उन्होंने विद्वान के बतौर ख़लीफ़ा अल-मैमून की नौकरी की थी। मैमून की हकूमत 833 में ख़त्म हो गयी और अल-किंदी

अबू यूसुफ़ याक़ूब इब्न इसहाक अल-किंदी (800-870)

अगले ख़लीफ़ा अल-मुतस्सिम की सेवा में चले गये। यहीं उनका दार्शनिक रूप सबसे ज़्यादा निखरा। यहीं उन्होंने अपने सबसे विख्यात ग्रंथ *ऑन फ़र्स्ट फ़िलासफ़ी* की रचना भी की। वे ख़लीफ़ा के बेटे अहमद को पढ़ाते भी थे।

अल-किंदी ने प्रचुर मात्रा में साहित्य रचा। उनकी कुल 241 पुस्तकों में 16 खगोलशास्त्र पर, 11 अंकगणित पर, 32 ज़्यामिति पर, 22 औषधिशास्त्र पर, 12 भौतिकशास्त्र पर, 22 दर्शनशास्त्र पर, नौ तर्कशास्त्र पर, पाँच मनोविज्ञान पर और सात कला व संगीत पर हैं। गणित पर लिखी वे चार पुस्तकें काफ़ी विख्यात हैं जो मुख्यत: अंक प्रणाली पर हैं। हालाँकि अरबी की अंक प्रणाली विकसित करने का श्रेय अल-ख़्वारिज़्मी को जाता है, विद्वानों का मत है कि अल-किंदी की इन रचनाओं का भी आधुनिक गणित की आधारशिला रखने में महत्त्वपूर्ण योगदान है। अपने खगोलशास्त्रीय अध्ययन को पुष्ट करने के लिए उन्होंने ज़्यामिति के वृत्त संबंधी पहलुओं पर विशेष चिंतन किया। रसायनशास्त्र के क्षेत्र में अल-किंदी ने उन तमाम दावेदारियों का विरोध किया जिनके मुताबिक़ कहा जाता था कि किसी आधारभूत धातु को क़ीमती धातुओं में बदला जा सकता है। ज़ाहिर है कि वे कीमियागीरी से जुड़े हुए आग्रहों के ख़िलाफ़ थे। उन्होंने ज़ोर दे कर कहा कि रासायनिक प्रतिक्रियाओं के दम पर किसी तत्त्व में बुनियादी परिवर्तन नहीं किया जा सकता। भौतिकशास्त्र में उनका योगदान भी उल्लेखनीय है। ज़्यामितीय प्रकाश-विज्ञान पर लिखी गयी उनकी किताब ने आगे चल कर रोजर बेकन जैसे वैज्ञानिक को नये चिंतन की प्रेरणा दी। औषधि-विज्ञान के क्षेत्र में अल-किंदी की विशेषता यह थी कि उन्होंने अपने ज़माने में उपलब्ध सभी दवाओं की खुराकें तय करने की प्रणाली तैयार

की। इसका परिणाम यह निकला कि चिकित्सकों के बीच इस संबंध में होने वाले विवाद समाप्त हो गये। अल-किंदी के युग में संगीत पर किसी भी वैज्ञानिक चिंतन का अभाव था। उन्होंने बताया कि आपस में मिल कर स्वर-संगम बनाने वाले सुरों का तारत्व अलग-अलग और विशिष्ट होता है। किसी भी सुर का तारत्व बदल जाने से स्वर-संगम का बदलना लाज़मी है।

किंदी ने दर्शन और विज्ञान जैसे विषयों से संबंधित सौ से अधिक लेख लिखे हैं, परंतु वे मुख्य रूप से अपनी प्रसिद्ध रचना *ऑन फ़र्स्ट फ़िलॉसफ़ी* के लिए जाने जाते हैं। हालाँकि यह पूरा ग्रंथ उपलब्ध नहीं है और इसका प्रथम भाग ही मिलता है। यह चार खण्डों में विभाजित है। इसके प्रथम खण्ड में ग्रीक दार्शनिकों के विवेक की महिमा का आख्यान दिया गया है। इसके दूसरे खण्ड में अल-किंदी के शाश्वत विश्व से संबंधित विचारों का वर्णन है जिसके लिए वे विश्वप्रसिद्ध हैं। इसके तीसरे और चौथे खण्ड में उन्होंने 'परम सत्य' अर्थात् ईश्वर की सत्ता से संबंधित विचार व्यक्त किये हैं। इस पुस्तक के तीसरे खण्ड में उन्होंने यह दिखाने का प्रयास किया है कि अपनी स्वयं की अनेकता का कोई एक कारण नहीं होता तथा प्रत्येक एकता में भी अनेकता समाहित होती है। उदाहरण के लिए एक जाति के रूप में मनुष्य विभिन्न व्यक्तियों से मिल कर बना है, परंतु दूसरी तरफ़ प्रत्येक व्यक्ति भी शरीर के कई अंगों से मिल कर बना है। वस्तुत: किंदी के अनुसार विश्व की प्रत्येक वस्तु में एकता और अनेकता दोनों समाहित है। इस पुस्तक के चौथे खण्ड में वे यह दलील देते हैं कि परम-सत्य पर दुनिया का कोई भी गुण लागू नहीं होता। उनके अनुसार परम-सत्य कोई भी द्रव्य, आकार, मात्रा, गुण या संबंध धारण नहीं करता। इसका किसी भी दूसरे माध्यम से वर्णन नहीं किया जा सकता। अत: वह विशुद्ध एकता है। अल-किंदी के परम-सत्य संबंधी विचारों की उनके समकालीन धर्मशास्त्री मुताज़िल्त्स से तुलना की जाती है।

किंदी के परम-सत्य से संबंधित विचार उनके दैवी कारण संबंधी विचारों का एक अंश मात्र हैं। व्यक्तिगत तौर पर उन्हें यक़ीन था कि ईश्वर एक कर्ता या फलोत्पादक कारण है। अपने जीवन के उत्तरार्द्ध में अल-किंदी ने यह तर्क दिया कि यह संसार शाश्वत नहीं है। उस समय के अधिकांश दार्शनिक अरस्तू और स्टोइक दर्शन से प्रभावित थे जिसके मुताबिक़ माना जाता था कि यह संसार शाश्वत है। लोगों द्वारा संसार को शाश्वत मानने का कारण सिर्फ़ यह नहीं था कि यह विश्व अनंतकाल तक बना रहेगा बल्कि वे यह भी मानते थे कि यह विश्व अनंतकाल से विद्यमान भी है। परंतु अल-किंदी के अनुसार इस विश्व रूपी शरीर का विस्तार अनंत तक नहीं हो सकता। चूँकि इस ब्रह्मांड के विस्तार की सीमा है इसलिए इसका कोई भी विधेय अथवा गुण भी अनंत नहीं हो सकता।

अल-किंदी की कुछ अन्य प्रमुख रचनाओं में *डिस्कोर्स ऑन द सोल* और *दैट देयर आर इनकॉरपोरियल सब्सटैंसेस* मनुष्य की आत्मा की अस्तित्वमीमांसा से संबंधित है। *इनकॉरपोरियल सब्सटैंसेस* में वे यह दिखाते हैं कि आत्मा एक द्रव्य है जो अभौतिक है, लेकिन अपनी दूसरी पुस्तक *डिस्कोर्स ऑन द सोल* में वे यह दलील देते हैं कि आत्मा एक 'साधारण द्रव्य' है जो शरीर से पृथक है। इसी प्रकार एक अन्य रचना *ऑन डिस्पैलिंग सैडनेस* में वे नैतिकता संबंधी विचार रखते हैं। अल-किंदी ने विज्ञान और कॉस्मोलॅजी के संबंध में भी गहन मीमांसा की है। उनकी पुस्तक *ऑन रेज़* गणित और कोस्मोलॅजी से संबंधित एक महत्त्वपूर्ण रचना है। उन्होंने ज्योतिषशास्त्र की भी गहन मीमांसा की है। हालाँकि दसवीं शताब्दी के बाद के अरबी विद्वानों के लेखन में अल-किंदी को बहुत ही कम उद्धृत किया गया है लेकिन मध्यकालीन लैटिन विद्वान उनकी रचनाओं से अत्यंत प्रभावित थे। इन लोगों के लिए किंदी की सबसे प्रभावशाली रचना ज्योतिषशास्त्र से संबंधित थी। परंतु इसके साथ ही *ऑन फ़र्स्ट फ़िलॉसफ़ी* का भी अनुवाद किया गया और इसलामिक जगत में भी उनके दर्शन का प्रभाव और वैधता बनी रही। यहाँ सबसे महत्त्वपूर्ण यह है कि किंदी सर्किल के द्वारा किये गये अनुवाद को शताब्दियों से एक मानक दार्शनिक ग्रंथ का दर्जा मिला हुआ है। हालाँकि उनके दर्शन में कई स्थानों पर अंतर्विरोध भी देखे जा सकते हैं और इसके आधार पर उसकी आलोचना भी की जाती है परंतु उनकी रचनाएँ दार्शनिक जगत के लिए आज भी प्रासंगिक हैं।

देखें : अल-ग़ज़ाली, इब्न ख़ाल्दून, इब्न रश्द, प्रारम्भिक इसलाम, फ़लसिफ़ा और क़लाम, भारतीय इसलाम, मसजिद, हज़रत मुहम्मद-1 और 2, मुहम्मद अली जिन्ना, मुहम्मद इक़बाल, मुहम्मद मौदूदी, सैयद अहमद ख़ाँ।

संदर्भ

1. अल-किंदी (1950), *रासा इल अल-क़िंदी अल-फ़लसफ़िय्या,* (अनु. अबु रिदा), दो खण्ड, दर अल-फ़िक्र अल-अरबी, काहिरा.
2. पी. अण्डमान और पी.ई. पोरमन (2010), द *फ़िलॉसॅफ़िकल वर्क्स ऑफ़ अल-क़िंदी,* ऑक्सफ़र्ड युनिवर्सिटी प्रेस, कराँची.
3. पी. अण्डमान (2002), 'बिफ़ोर एसेंस ऐंड एक्ज़िसस्टेंस : अल किंदीज़ कॉन्सेप्शन ऑफ़ बीइंग', *द जर्नल ऑफ़ द हिस्ट्री ऑफ़ फ़िलॉसफ़ी,* अंक 40.
4. जी.एन. अतिया (1966), *अल-क़िंदी : द फ़िलॉसफ़र ऑफ़ द अरब्स,* इसलामिक रिसर्च इंस्टीट्यूट, रावलपिंडी.
5. पी. अण्डमान (2005), 'अल-किंदी ऐंड द रिशेप्सन ऑफ़ ग्रीक फ़िलॉसफ़ी', पी. ऐडमसन ऐंड आर.सी. टेलर (सम्पा.) द *केम्ब्रिज कॉम्पेनियन टू अरैबिक फ़िलॉसफ़ी,* केम्ब्रिज.

—विवेक रत्न

असग़र अली इंजीनियर

(Asghar Ali Engineer)

असग़र अली इंजीनियर (1939-2013) को समाज-विज्ञान और जनांदोलनों की दुनिया में अलग-अलग संदर्भों में जाना जाता है। कुछ लोग उन्हें इसलामी धर्म-सुधारक मानते हैं, कुछ के लिए वे सेकुलरवादी हैं, कुछ के लिए इसलाम के स्थापित विद्वान हैं, तो कुछ उन्हें एक कर्मठ एक्टिविस्ट के तौर पर देखते हैं। इंजीनियर की ये सारी छवियाँ उनके व्यक्तित्व और लेखन से उपजी हैं। सत्तर के दशक में उन्होंने मुसलिम बोहरा समाज के भीतर इसलाम के नाम पर होने वाले सामाजिक और आर्थिक दमन का विरोध किया। इसी वजह से बोहरा धर्म गुरु सेयादना ने उनका और उनके परिवार का हुक़्क़ा-पानी बंद कर दिया। दूसरी तरफ़ साम्प्रदायिकता का विरोध और साम्प्रदायिक दंगों का विश्लेषण इंजीनियर के लेखन का केंद्र-बिंदु रहा। इसी वजह से उन्हें सेकुलर विद्वान के तौर पर जाना गया। यही बात उनके इसलाम और जनांदोलनों संबंधित लेखन के विषय में भी कही जा सकती है। वे सामाजिक सरोकारों से जुड़े हर ज्वलंत मुद्दे पर लिखते रहे और साथ ही साथ सामाजिक आंदोलनों का हिस्सा भी बने रहे। इंजीनियर की तक़रीबन पचास पुस्तकें और उर्दू, हिंदी, अंग्रेज़ी में असंख्य लेख, रपटें और टिप्पणियाँ यह साबित करने के लिए काफ़ी हैं कि वे एक मँजे हुए लेखक थे। उनकी बौद्धिक योग्यताओं का सम्मान करते हुए कोलकाता विश्वविद्यालय ने उन्हें डॉक्टरेट की मानद उपाधि से सम्मानित किया। 1997 में उन्हें राष्ट्रीय एकता पुरस्कार और 2004 में अंतर्राष्ट्रीय राइट लाइवली हुड अवार्ड (जिसे वैकल्पिक नोबल पुरस्कार भी कहा जाता है) प्रदान किया गया।

इंजीनियर का जीवन और लेखन इतना रोचक है कि यदि इसे आत्मविश्वास, संघर्ष और राजनीतिक सक्रियता की जीवंत कहानी कहा जाए तो कोई अतिशयोक्ति नहीं होगी। लेकिन यह कहानी दोहराने से इंजीनियर जैसे सृजनात्मक लेखक की व्यक्ति-पूजा तो सम्भव है, लेकिन उनके व्यापक योगदान की विशेषता उजागर करना मुश्किल हो जाएगा। यह सही है कि वे अपनी मृत्यु के दिन तक सामाजिक आंदोलनों की राजनीति में सक्रिय रहे और लेखन भी जारी रहा; परंतु यह भी सही है कि उन्होंने न केवल लेखन और राजनीतिक सक्रियता की स्थापित व्याख्याओं से हट कर एक विशिष्ट बौद्धिक राजनीति की मान्यता क़ायम की, बल्कि उस पर अमल करके भी दिखाया। इंजीनियर को जानने का सबसे अच्छा तरीक़ा यही होगा कि उनकी बौद्धिक राजनीति की अवधारणा का विश्लेषण किया जाए ताकि उसकी विशिष्टताओं के विभिन्न पहलुओं पर चर्चा हो सके।

इंजीनियर के कृतित्व के दो ऐसे पहलू हैं जिन पर विस्तार से चर्चा नहीं हुई है। इनमें एक है उनके द्वारा अपनाया गया राजनीतिक व्याख्या-शास्त्र जिसके तहत उन्होंने विवेचना का एक ख़ास तरह का सिद्धांत विकसित किया ताकि धार्मिक ग्रंथों और समुदायों के सामाजिक गठन के इतिहास की ग़ैर-रूढ़िवादी और उन्मुक्त व्याख्या की जा सके। दूसरा पहलू है तर्क प्रस्तुत करने की उनकी विशिष्ट तकनीक जिसके ज़रिये वे एक ऐसे खुले तार्किक विमर्श की प्रस्तुति कर पाते थे जो राजनीतिक तौर पर प्रतिबद्ध तो था लेकिन जिसमें सामाजिक परिवर्तनों को आत्मसात करने की क्षमता भी थी।

इंजीनियर का शुरुआती लेखन दिखाता है कि जहाँ एक ओर वे इसलाम को महज़ धार्मिक रीति-रिवाज़ में लिप्त परम्परा नहीं मानना चाहते थे, वहीं वे साठ और सत्तर के दशक के समाज-वैज्ञानिक विमर्श से भी नाख़ुश थे। उस समय तक धर्म को समाज का ज्ञान ग्रहण करने की वैध और व्यवस्थित श्रेणी के तौर पर नहीं देखा जाता था। यह मान्यता थी कि विज्ञान और प्रगति से जाति और धर्म के बंधन ढीले होंगे, व्यक्ति स्वायत्त होता चला जाएगा और परिणामस्वरूप धर्म स्वतः विलुप्त हो जाएगा। यही कारण था कि तत्कालीन भारतीय मार्क्सवाद 'धर्म केवल अफ़ीम है' का नारा लगा कर उसकी मार्क्सवादी व्याख्या से बचता था। वहीं आधुनिकतावादी उदारतावादियों के लिए धर्म व्यक्ति को स्वायत्त बनाने से रोकने में सबसे बड़ी रुकावट थी। इस परिस्थिति का नतीजा यह निकलता था कि धर्म का विमर्श पूरी तरह से ख़ुद को धार्मिक कहने वाले रूढ़िवादियों के नियंत्रण में चला जाता था।

इंजीनियर ने इन दोनों स्थापित विमर्शों से परे जा कर धर्म को एक सामाजिक परिघटना के तौर पर समझने की कोशिश की। उल्लेखनीय है कि इस प्रयास में इंजीनियर ने मार्क्सवाद का सहारा लिया। लेकिन मार्क्सवाद का यह इस्तेमाल न तो क्रांति के किसी तयशुदा अर्थ को निकालने का प्रयास था और न ही किसी तरह की बौद्धिक इंजीनियरिंग। यह एक ऐसी जद्दोजहद थी जिसके ज़रिये इंजीनियर इसलाम को समझने का एक दृष्टिकोण विकसित करना चाहते थे। यह कोशिश महज़ किताबी नहीं थी। उनके लिए हिंदुस्तानी मुसलमानों के मुद्दे इसलाम की आज़ाद समझ से जुड़े हुए थे। 1975 से 1980 तक का उनका लेखन, ख़ासकर उनकी पुस्तक *इसलाम, मुसलिम, इण्डिया* (1975) इस तथ्य का परिचायक है।

इंजीनियर की यह तलाश उन्हें लिबेरशन थियोलॉजी के सिद्धांत तक ले गयी। इंजीनियर का कहना था कि धर्म की मौजूदा समझ मूलतः वर्चस्ववादी वर्ग के हितों और उद्देश्यों की रक्षा करने का एक माध्यम भर है। यह कोई नयी बात नहीं थी। प्रचलित मार्क्सवाद काफ़ी पहले से धर्म को अफ़ीम बताता चला आ रहा था। मार्क्सवादी होने का सबसे पहला और स्थापित अर्थ नास्तिक होना बन चुका था। अपने को

असग़र अली इंजीनियर (1939–2013)

मार्क्सवादी कहने वाले लोग, ख़ासकर अंग्रेज़ीदाँ मध्यवर्गीय मार्क्सवादी, इस आत्मविश्वास से परिपूर्ण थे कि उन्होंने धर्म का सवाल हल कर लिया है। लेकिन इंजीनियर के लिए धर्म कोई गणितीय सवाल या वैज्ञानिक दुविधा नहीं थी जिसे मार्क्स द्वारा प्रतिपादित किसी प्रमेय से हल कर लिया जाएगा। उनके लिए धर्म एक सामाजिक-ऐतिहासिक परिघटना थी और मार्क्सवाद एक सृजनात्मक दर्शन, जिसके ज़रिये धर्म की समतामूलक समझ विकसित की जा सकती थी।

इंजीनियर ने अपनी पुस्तक *इसलाम ऐंड लिबरेशन थियोलॅजी* (1990) में यह दर्शाने की कोशिश की कि यदि धर्म को उसके ऐतिहासिक संदर्भ में समझा जाए तो यह स्पष्ट हो जाता है कि वह अपने शुरुआती दौर में एक सामाजिक आंदोलन ही होता है। पैग़म्बर मुहम्मद के जिस धर्म को इसलाम कहा गया, वह दासों, महिलाओं और ग़रीबों पर होने वाले अत्याचारों के ख़िलाफ़ लोकप्रिय जनाक्रोश की सामूहिक अभिव्यक्ति थी। यही कारण है कि क़ुरान, ज़ालिम का विरोध करने और मज़लूम का पक्ष लेने को ईमान की पहली शर्त बताता है। लेकिन एक समय के बाद इसलाम एक व्यवस्थित धर्म बन गया। इसका कारण यह था कि वर्चस्ववादी वर्ग ने इसलाम को स्वीकार कर लिया और जिन कुरीतियों का विरोध पैग़म्बर कर रहे थे वे सब इसलाम के नाम पर स्थापित कर दी गयी। इंजीनियर का मत है इस सब के बावजूद वर्चस्ववादी वर्ग क़ुरान के समानता के संदेश को मिटा नहीं सका जिस कारण अपने वर्तमान स्वरूप में भी इसलाम सामाजिक बराबरी का पक्षधर नज़र आता है। इसलाम के इसी रैडिकल मूलतत्त्व को इंजीनियर सामाजिक परिवर्तन के लिए अनिवार्य शर्त मानते हैं। दूसरे शब्दों में इंजिनियर की लिबरेशन थियोलॅजी न तो यह कहती है कि इसलाम एक ऐसी जीवन पद्धति है जिसमें इनसानी ज़िंदगी के हर सवाल का अर्थ छिपा है और न ही इस बात को मानने को तैयार है कि इसलाम एक रूढ़िवादी-कट्टरपंथी मज़हब है, जिसमें आज़ादी और सामाजिक बराबरी के लिए कोई स्थान नहीं है।

यही कारण है कि इंजीनियर का राजनीतिक व्याख्या-शास्त्र क़ुरान की समकालीन व्याख्या तक सीमित नहीं रहा। उन्होंने अपनी इस पद्धति को केंद्र में रख कर हिंदुस्तानी मुसलमान समुदायों की आंतरिक शक्ति-संरचना का विश्लेषण प्रस्तुत किया। मुसलिम पर्सनल लॉ और शाहबानो के मुद्दे पर उपलब्ध उनके लेखन से यह तर्क निकला कि इसलाम की एक स्त्रीवादी समझ भी सम्भव है। मुसलमानों के लिए आरक्षण के सवाल को उन्होंने मुसलिम जाति व्यवस्था विशेषकर दलित मुसलिम से मुद्दे के जोड़ा और मुसलमानों के आर्थिक-शैक्षणिक पिछड़ेपन के प्रश्न को भूमण्डलीकरण के संदर्भ में समझने पर बल देते रहे।

इंजीनियर का साम्प्रदायिकता-विरोध, मुसलमान अभिजन की उनकी आलोचना और यहाँ तक कि उनका रूढ़िवादी मार्क्सवाद के प्रति असंतोष एकतरफ़ा नहीं था। उनकी आलोचना लफ़्फ़ाजी पर नहीं टिकी थी। इसके बरक्स, उनकी दिलचस्पी अपने विरोधी तर्क की आंतरिक संरचना को समझने में थी ताकि न केवल तर्क समझा जा सके बल्कि उसके समर्थन में दिये जाने वाले प्रमाणों का औचित्य भी स्पष्ट हो सके। उदाहरण के लिए उत्तर-औपनिवेशिक मुसलिम राजनीति की उनकी आलोचना केवल सेकुलरवाद के गुणगान पर नहीं टिकी हुई है; अपितु वे यह साबित करने की कोशिश करते हैं कि जिन आधारों पर मुसलमान अभिजन धर्म की राजनीति कर रहा है, वे इसलामसम्मत नहीं हैं।

यह तर्क-पद्धति दो तरह से सामने आती है। पहला, अपने तर्क को स्थापित करने के लिए तथ्यपरक प्रमाणों को प्रस्तुत करना; और दूसरे, एक ऐसा साफ़ रुख लेना जो राजनीतिक तौर पर कटिबद्ध तो हो पर उसे वक़्त और हालात के अनुरूप ढाला जा सके। दंगों पर इंजीनियर का लेखन उनकी तर्क-पद्धति की पहली ख़ासियत उजागर करता है। अन्य सेकुलर राजनीतिक पण्डितों की तरह इंजीनियर भी यह कहते हैं कि साम्प्रदायिक दंगों का कारण हिंदू-मुसलमान का धार्मिक होना नहीं है बल्कि वे स्थानीय मुद्दे और द्वंद्व हैं जो साम्प्रदायिक हिंसा का स्वरूप ले लेते हैं। लेकिन यह महज़ नैतिक दावेदारी नहीं थी। इंजीनियर ने अपने जीवन का एक बड़ा हिस्सा साम्प्रदायिक दंगों के स्थानीय कारणों को सूचीबद्ध

करने में लगाया ताकि साबित किया जा सके कि जो तर्क वे दे रहे हैं, वह लफ़्फ़ाजी नहीं है। इंजीनियर की यही अनुभव परकता हमें उनकी तर्क-पद्धति को दूसरी विशिष्टता की ओर ले जाती है। उन्होंने अपने लेखन में विचारधारा की पूजा करने के बजाय सामाजिक मुद्दों की जटिलता को केंद्र में रखा। बदलते सामाजिक विरोधाभासों के अध्ययन ने उन्हें एक स्पष्ट राजनीतिक पोजीशन दी, पर साथ ही उन्हें किसी भी विचारधारा का ग़ुलाम होने से भी बचाया। परिणामस्वरूप, इंजीनियर ऐसा मार्क्सवाद रच पाये जिसमें उनकी इसलामिक समझ के लिए जगह थी। वे मुसलमानों के लिए आरक्षण का ऐसा तर्क दे सके जिसके ज़रिये भूमण्डलीकरण की आलोचना सम्भव थी। साथ ही वे बिना यह कहे कि इसलाम में सब कुछ है, उसके दायरे में स्त्री-अधिकारों की मौजूदगी साबित कर सके।

देखें : अबुल क़लाम आज़ाद, आरक्षण और धर्म, इसलाम, भारतीय इसलाम, उपनिवेशवाद, उपनिवेशवाद विरोधी आंदोलन-1, 2 और 3, उपनिवेशवाद विरोधी संघर्ष में स्त्री-नेतृत्व-1, मोहनदास कर्मचंद गाँधी-1, 2 और 3, जवाहरलाल नेहरू, मुसलिम राजनीतिक विचार, मुहम्मद इक़बाल, मुहम्मद अली जिन्ना, अबू-अला मौदूदी, साम्प्रदायिकता, स्त्री और साम्प्रदायिकता।

संदर्भ

1. शरद पाटिल (1976), 'अ मार्क्सिस्ट एक्सपोज़ीशन ऑफ़ इसलाम', *सोशल साइंटिस्ट,* खण्ड 4, अंक 10.
2. असग़र अली इंजीनियर (1990), *इसलाम ऐंड लिबरेशन थियोलॉजी,* स्टर्लिंग पब्लिशर्स, नयी दिल्ली.
3. असग़र अली इंजीनियर (1975), इसलाम, मुस्लिम्स, इण्डिया, लोकवांगमय गृह, मुम्बई.
4. असग़र अली इंजीनियर (2011), *अ लिविंग फ़ेथ : माई क्वेस्ट फ़ॉर पीस, हारमॅनी ऐंड सोशल चेंज,* ओरिएंटल ब्लैक स्वान, नयी दिल्ली.

—हिलाल अहमद

असम

(Assam)

असम का शाब्दिक अर्थ है जिसकी बराबरी कोई नहीं कर सकता। भारत के उत्तर-पूर्वी इलाक़े के सबसे बड़े राज्य असम को प्राचीन काल में कामरूप देश या प्राग्ज्योतिषपुर कहा जाता था। तेरहवीं सदी की शुरुआत से पुरे छह सौ वर्ष तक इस प्रदेश पर अहॅम समुदाय के शासकों ने हुकूमत की। आज़ादी के बाद इस राज्य की राजनीति जातीय पहचानों की प्रयोगशाला के तौर पर उभरी। अस्सी के दशक की शुरुआत में बहिरागत-विरोधी आंदोलन के तहत इस राज्य की जनता ने केंद्र की कांग्रेस सरकार द्वारा थोपे गये 1982 के विधान सभा चुनाव का ऐतिहासिक बहिष्कार करके लोकतांत्रिक संघर्ष का अनूठा उदाहरण पेश किया। अखिल असम छात्र संगठन (आसू) द्वारा चलाये गये इस आंदोलन के पीछे असमी समाज में बंगाल के सांस्कृतिक प्रभुत्व के ख़िलाफ़ नाराज़गी की भूमिका भी थी। इस मुहिम के कारण प्रदेश में राजनीतीकरण की नयी लहर आयी जिसका नतीजा आज़ादी के बाद से लगातार चले आ रहे कांग्रेस के वर्चस्व की समाप्ति में निकला। नयी क्षेत्रीय राजनीतिक शक्तियों का उदय हुआ और पहले से मौजूद जातीयतावादी ताक़तें मज़बूत हुईं। ये शक्तियाँ लोकतांत्रिक (असम गण परिषद) भी थीं, और पृथकतावाद का झंडा उठाने वाली हथियारबंद ताक़तें (यूनाइटेड लिबरेशन फ्रंट ऑफ़ असम और नैशनल डेमॉक्रैटिक फ्रंट ऑफ़ बोडोलैंड) भी। नयी सहस्राब्दी में असम की राजनीति में मुसलमान मतदाताओं की गोलबंदी पर आधारित आल इण्डिया यूनाइटेड डेमॉक्रैटिक फ्रंट ने अपनी मज़बूत दावेदारी पेश करके राष्ट्रीय राजनीति में मुसलमानों की अलग लोकतांत्रिक पार्टी बनाने की सम्भावनाओं का सूत्रपात कर दिया।

भारत के उत्तर-पूर्वी क्षेत्र को पृथकतावादी आंदोलनों के लिए भी जाना जाता है। असमी समाज और राजनीति की पेचीदगियाँ इसके लिए ज़िम्मेदार हैं। हिंदू बनाम मुसलमान, असमी बनाम बंगाली, मैदान के वासी बनाम पहाड़ी आदिवासी, ग़ैर-आदिवासी बनाम आदिवासी जनता, बहिरागत आबादी बनाम स्थानीय जनता जैसे टकराव असम की राजनीति को सताते रहे हैं। आज़ादी के बाद अगर असम की सरकार ने नगा हिल डिस्ट्रिक्ट के बारे में हुए समझौते का उल्लंघन न किया होता और नगा नैशनल कौंसिल को इस इलाक़े की प्रमुख राजनीतिक ताक़त की मान्यता दे दी होती तो शायद नगा समस्या विस्फोटक स्वरूप ग्रहण न करती। इसी तरह पचास के दशक के उत्तरार्ध में पड़े अकाल के दौरान अगर असम सरकार ने मिज़ो इलाक़ों को पर्याप्त राहत दी होती तो मिज़ो अलगाववाद में भी ऐसी बढ़ोतरी न होती। असम के बोडो इलाक़ों द्वारा की जाने वाली पृथकता की रक्तरंजित माँग का परिणाम भी अंततः बोडोलैण्ड टेरिटोरियल ऑटोनॉमस कौंसिल के रूप में निकला है।

पूर्वी हिमालय के दक्षिणी भाग में स्थित असम एक मिली-जुली जनसंख्या वाला राज्य है। इसकी राजधानी दिसपुर राज्य के सबसे बड़े शहर गुवाहाटी के ठीक बाहर स्थित है। 18 24-26 में हुए प्रथम आंग्ल-बर्मा युद्ध के बाद अंग्रेज़ों ने इस क्षेत्र पर क़ब्ज़ा करके इसे अपने साम्राज्य का हिस्सा बना लिया था। मौजूदा असम ब्रह्मपुत्र और बराक नदी घाटियों के साथ ही साथ करबी आंगलौंग और उत्तरी कछार पहाड़ी क्षेत्र से मिल कर

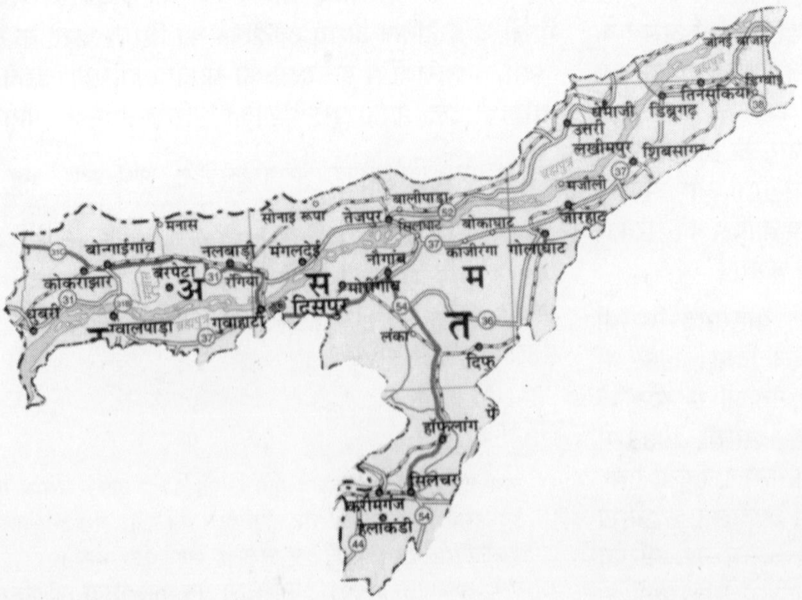

असम : बहिरागत विरोधी राजनीति

बना है। कुल भौगोलिक क्षेत्र 78,438 वर्ग किलोमीटर वाला यह राज्य अरुणाचल प्रदेश, मणिपुर, नगालैण्ड, मिजोरम और मेघालय से घिरा हुआ है। इसकी सीमाएँ भूटान और बांग्लादेश से भी जुड़ी हुई हैं। असम देश के दूसरे भागों से एक बहुत ही सकरे रास्ते से जुड़ा हुआ है। पश्चिम बंगाल से गुजरने वाले इस रास्ते को 'सिलीगुड़ी कॉरीडोर' या 'चिकंस नेक' कहा जाता है। असम की स्थिति सामरिक दृष्टि से महत्त्वपूर्ण हैं। 2001 की जनगणना के अनुसार राज्य की आबादी 2 करोड़ 60 लाख है और जनसंख्या का घनत्व 340 व्यक्ति प्रति किलोमीटर है। असमी और बोडो यहाँ के लोगों की मूल भाषा है और इन्हें सरकारी भाषा का दर्जा भी हासिल है। इसके अलावा, तीन ज़िलों में बांग्ला को भी आधिकारिक भाषा का दर्जा दिया गया है। असम चाय, खनिज पदार्थों और समृद्ध जैव-विविधता के लिए भी जाना जाता है।

असम के सामाजिक ताने-बाने को दो ऐतिहासिक तथ्यों ने बहुत प्रभावित किया है। एक, राज्य की जनसंख्या में बाहर से आये लोगों की विशेष भूमिका। दूसरे, बाहर से आये इन लोगों की जातीय और सांस्कृतिक विविधता। औपनिवेशिक दौर से ही यहाँ बाहर से काम करने के लिए मज़दूर आने लगे। कम आबादी वाले ज़िलों और उपजाऊ ज़मीन पर इन लोगों का बसना शुरू हुआ। असम चाय कम्पनी की स्थापना के पीछे औपनिवेशिक शासकों की योजना थी कि परती ज़मीन कर क़ब्ज़ा जमाकर उसमें विदेशी पूँजी का निवेश किया जाए। असम की आप्रवासी जनसंख्या में इन चाय मज़दूरों का समूह सबसे बड़ा है। असम में आप्रवासियों की नयी लहर पूर्वी बंगाल के ज़िलों से आयी। इनमें 85-90 प्रतिशत मुसलमान थे। ग्रामीण क्षेत्रों में होने वाले इस आप्रवासन का सिलसिला 1901 से 1947 तक चलता रहा। इसके कारण बीसवीं शताब्दी के मध्य तक असम घाटी में मूलवासियों की जनसंख्या का प्रतिशत काफ़ी गिर गया। आप्रवासियों ने बेकार पड़ी ज़मीन को खेती योग्य बनाकर अर्थव्यवस्था में योगदान तो दिया, लेकिन उनके आने से सामाजिक और सांस्कृतिक जीवन पर प्रतिकूल प्रभाव भी पड़ा। आज़ादी के बाद तत्कालीन पूर्वी पाकिस्तान से शरणार्थियों के लगातार आने से ख़ासी, गारो और बोडो जैसे आदिवासी समूहों में पहचान की चेतना भी मज़बूत होने लगी।

असम की जनसंख्या सांस्कृतिक, भाषिक और धार्मिक अर्थों में विविधतापूर्ण है। हिंदू 67 और मुसलमान 28.3 प्रतिशत हैं। अनुसूचित जाति और अनुसूचित जनजातियों का प्रतिशत क्रमश: 7.4 और 12.1 है। जनसंख्या का विभाजन बाहर से आये मुसलमानों, हिंदू, नेपाली और चाय बागानों में काम करने वाले मज़दूरों की विभिन्न श्रेणियों के रूप में भी किया गया है। आबादी की इस बनावट के कारण किसी भी राजनीतिक दल के लिए एक निर्वाचन क्षेत्र के प्रमुख समूहों के बीच आधार बनाये बिना चुनाव जीतना बेहद मुश्किल होता है। यही नहीं, यह भाषिक, धार्मिक और जातीय विविधता राजनीतिक ध्रुवीकरण के लिए भी दरवाजे खोलती है। चुनावों में अक्सर अल्पसंख्यकों के वोट निर्णायक साबित होते हैं।

स्वतंत्रता से पहले कांग्रेस असमिया भाषा और संस्कृति और 'असम की राष्ट्रीय पहचान' का समर्थन करती थी। शायद यही कारण है कि कांग्रेस 1952 से 1978 तक लगातार सत्ता में बनी रही। लेकिन कांग्रेस के शासन की कमी यह थी कि विभिन्न तबक़ों के आर्थिक विकास या उनकी राजनीतिक आकांक्षाओं को पूरा करने के बजाय उसने कामचलाऊ ढंग से इन समस्याओं को हल करने की कोशिश की। इसके कारण हालात पेचीदा हो गये। असमिया मध्यवर्ग के तेवर भी उग्र हो गये। सरकारी भाषा, शिक्षा के माध्यम और तेलशोधक कारख़ानों की स्थापना के मुद्दों को हल करना आसान नहीं था। लेकिन कांग्रेस का केंद्रीय नेतृत्व समस्याओं को लेकर असंवेदनशील बना रहा। इसके बावजूद 1977 में

जब कांग्रेस को आपातकाल की ज़्यादतियों के कारण देश के ज़्यादातर हिस्सों में हार का मुँह देखना पड़ा, तब भी असम के मतदाताओं ने उसे 14 में 10 सीटों पर जीत दिलाई थी। केंद्र में जनता पार्टी के सत्ता पर जनता पार्टी क़ाबिज़ होने बाद 1978 में हुए विधान सभा चुनावों में कांग्रेस को हार का सामना करना पड़ा। इस चुनाव के बाद राजनीतिक अस्थिरता और अशांति का बोलबाला हो गया। थोड़े समय के लिए कांग्रेस की सरकार बनी, लेकिन इसी दौर में पृथकतावाद भी उभरा।

1979 से 1985 तक चलने वाले बहिरागत-विरोधी आंदोलन ने राजनीति को पूरी तरह बदल दिया। 1985 में राजीव गाँधी सरकार ने असम आंदोलन नेताओं से समझौते की बातचीत की। इसी समझौते के तहत दिसम्बर 1985 में नये सिरे से विधान सभा चुनाव कराने का फ़ैसला किया गया, जिसमें लोगों ने भारी शिरकत की। असम आंदोलन के प्रमुख नेताओं ने मिलकर एक राजनीतिक दल असम गण परिषद् (अगप) का गठन किया। अगप ने चुनावों में बहिरागतों के कारण असमिया पहचान पर उत्पन्न हुए ख़तरे को मुख्य मुद्दा बनाया और सत्ता पर क़ब्ज़ा करने में सफल हो गयी।

कांग्रेस का एकदलीय वर्चस्व ख़त्म होने के बावजूद असम में दो दलीय प्रणाली की शुरुआत नहीं हुई। कांग्रेस और अगप के वोटों का कुल योग भी 60 प्रतिशत तक नहीं पहुँचा। अशांति के कारण अगले विधान सभा चुनाव 1991 में हुए जिसमें कांग्रेस को स्पष्ट बहुमत मिला। कारण यह था कि असमिया राष्ट्रवाद के समर्थक अगप में विभाजन हो गया था। इसके अलावा भाजपा को भी इस चुनाव में 6.4 प्रतिशत वोट और 10 सीटें मिली। उसने अगप और उससे अलग हुए धड़े नूतन असम गण परिषद् के वोटों में सेंध लगायी। इसके बाद 1996 के लोकसभा और विधानसभा चुनावों में अगप को सफलता मिली। इसके दो प्रमुख कारण थे। अगप और नूअगप आपसी मतभेद भुलाकर मिल गये थे, और कांग्रेस के प्रति लोगों में बहुत नाराज़गी थी। इसके बाद 2001 और 2006 के चुनावों में कांग्रेस की वापसी हुई। इस सफलता के बावजूद उसे असम के प्रभुत्वशाली समुदाय का समर्थन हासिल नहीं हुआ। इसी दबाव में कांग्रेस को राज्य के विभिन्न 'अल्पसंख्यक' समूहों के साथ गठजोड़ बनाना पड़ा।

लेकिन असम की राजनीति में आये इस बदलाव को एक पार्टी के वर्चस्व की प्रणाली से राजनीतिक और जातीय विखण्डन के सफ़र में समेट देना अनुचित होगा। इस रूपांतरण को अनेक गठजोड़ों के पुनर्गठन के रूप में देखना बेहतर होगा। असम में सामाजिक समुदायों की सीमाएँ या तो ख़ुद बदलती रही हैं, या सामाजिक विभाजनों को राजनीतिक रंग देने के प्रयास चलते रहे हैं। मुसलमानों के बहुत सारे आंतरिक विभाजनों का अचानक राजनीतिक रूप से महत्त्वपूर्ण हो जाना इसी प्रक्रिया का उदाहरण हैं। पहचान की राजनीति के उभार के कारण वामपंथी दलों के प्रभाव में बहुत गिरावट आयी है। 1978 के चुनावों में वामपंथियों को ज़बरदस्त सफलता मिली थी। लेकिन असम आंदोलन का विरोध करने के कारण 1985 के चुनावों में इन दलों का सफ़ाया हो गया। इसके बाद वामपंथी दल अपनी पुरानी शक्ति हासिल नहीं कर पाये।

देखें : असम गण परिषद, अरुणाचल प्रदेश, आंध्र प्रदेश, उत्तर प्रदेश, उत्तराखण्ड, ओडीशा, कर्नाटक, केरल, छत्तीसगढ़, जम्मू और कश्मीर, झाड़खण्ड, तमिलनाडु, त्रिपुरा, दिल्ली, नगालैण्ड, पश्चिम बंग, पंजाब, महाराष्ट्र, मध्य प्रदेश, मिज़ोरम, मेघालय, भारत में पृथकतावाद, भारतीय संघवाद, बिहार, राजस्थान, राज्यों का पुनर्गठन-1, 2 और 3, राज्यों की राजनीति, संघवाद, हरियाणा।

संदर्भ

1. केया दासगुप्त और अमलेंदु गुहा (198 5), '1983 असेम्बली पोल इन असम : ऐन ऐनालिसिस ऑफ़ इट्स बैकग्रांउड ऐंड इम्पलीकेशंस', *इकॉनॉमिक ऐंड पॉलिटिकल वीकली,* खण्ड 25, अंक 19.
2. एच. श्रीकांत, (2000), 'मिलिटेंसी ऐंड आइडेंटिटी पॉलिटिक्स इन असम', *इकॉनॉमिक ऐंड पॉलिटिकल वीकली,* खण्ड 35, अंक 47.
3. संध्या गोस्वामी (2009), 'असम : अ फ्रैक्चर्ड वर्डिक्ट', इकॉनॉमिक ऐंड पॉलिटिकल वीकली, खण्ड 44,अंक 39.

—कमल नयन चौबे

असम आंदोलन

(Assam Movement)

भारतीय राजनीति में असम आंदोलन क्षेत्रीय और जातीय अस्मिता से जुड़े आंदोलनों में महत्त्वपूर्ण स्थान रखता है। इस आंदोलन के दौरान असम के भू-क्षेत्र में बाहरी लोगों, खास तौर पर बांग्लादेश से आये लोगों को असम से बाहर निकालने के लिए ज़बरदस्त गोलबंदी हुई। इस आंदोलन की एक विशिष्टिता यह भी थी कि इसे कई स्थानों पर ग़ैर-असमिया लोगों का भी समर्थन मिला। इसने राष्ट्रीय स्तर पर बहिरागतों केकारण स्थानीय समुदायों को होने वाली मुश्किलों और असुरक्षा-बोध के मसले पर रोशनी डाली। लेकिन इसके साथ ही इसने इस ख़तरे को भी रेखांकित किया कि भाषाई और सांस्कृतिक अस्मिता की परिभाषा जितनी संकुचित होती है, दूसरी भाषाओं और संस्कृतियों को अन्य या बाहरी घोषित करने की प्रवृत्ति मज़बूत होती चली जाती है।

असम में बाहरी लोगों के आने का एक लम्बा इतिहास रहा है। औपनिवेशिक प्रशासन ने हज़ारों बिहारियों और बंगालियों को यहाँ आकर बसने, यहाँ के चाय बागानों में काम करने और

ख़ाली पड़ी ज़मीन पर खेती करने के लिए प्रोत्साहित किया। उस समय असम की जनसंख्या बहुत कम थी। ऐसे में असम के भूमिपतियों ने बंगाली जोतदारों और बिहारी मज़दूरों का खुलकर स्वागत किया। 1939 से 1947 के बीच मुसलमान साम्प्रदायिक शक्तियों ने भी बंगाली मुसलमानों को प्रोत्साहित किया कि वे असम में जाकर बसें। उन्हें लगता था कि ऐसा करने से देश विभाजन की स्थिति में वे बेहतर सौदेबाज़ी कर सकेंगे। विभाजन के बाद नये बने पूर्वी पाकिस्तान से पश्चिम बंगाल और त्रिपुरा के साथ-ही-साथ असम में भी बड़ी संख्या में बंगाली लोग आये। 1971 में पूर्वी पाकिस्तान (बाद में बांग्लादेश) में मुसलमान बंगालियों के ख़िलाफ़ पश्चिमी पाकिस्तानी सेना की हिंसक कार्रवाई के कारण वहाँ के तक़रीबन दस लाख लोगों ने असम में शरण ली। बांग्लादेश बनने के बाद इनमें से अधिकतर लौट गये, लेकिन तक़रीबन एक लाख लोग वहीं रह गये। 1971 के बाद भी बड़े पैमाने पर बांग्लादेशियों का असम में आना जारी रहा। ऐसे में असम के किसानों और मूलवासियों को यह डर सताने लगा कि उनकी ज़मीन-जायदाद पर बांग्लादेश से आये लोगों का क़ब्ज़ा हो जाएगा। जनसंख्या में होने वाले इस बदलाव ने मूलवासियों में भाषाई, सांस्कृतिक और राजनीतिक असुरक्षा की भावना पैदा कर दी। इसने असम के लोगों और ख़ास तौर पर वहाँ के युवाओं को भावनात्मक रूप से उद्वेलित किया। असम के लोगों को लगने लगा कि बाहरी लोगों, ख़ास तौर पर बांग्लादेशियों के कारण वे अपने ही राज्य में अल्पसंख्यक बन जाएँगे जिससे राज्य की अर्थव्यवस्था और राजनीति पर उनकी कोई पकड़ नहीं रह जाएगी। लोगों का यह डर पूरी तरह ग़लत भी नहीं था। 1971 की जनगणना में असम में असमिया भाषा बोलने वाले सिर्फ़ 59 प्रतिशत लोग ही थे। इसमें भी बहुत से बंगाली शामिल थे जिन्होंने एक पीढ़ी से ज़्यादा समय से यहाँ रहने के कारण यह भाषा सीख ली थी। इन्हीं कारणों से 1980 के दशक में ग़ैर-क़ानूनी बहिरागतों के ख़िलाफ़ असम में एक ज़ोरदार आंदोलन चला।

उल्लेखनीय है कि उन्नीसवीं सदी और खासतौर पर आज़ादी के बाद यह क्षेत्र ख़ास तरह के राजनीतिक पुनर्जागरण के दौर से गुज़रा जिसने असम के लोगों में अपनी भाषा, संस्कृति, साहित्य, लोक कला और संगीत के प्रति गर्व की भावना पैदा की। राज्य की सांस्कृतिक, भाषाई और धार्मिक विविधता को देखते हुए यह एक जटिल प्रक्रिया थी। एकीकृत असमिया संस्कृति की तरफ़दारी करने वाले बहुत से लोगों को यह भी मानना रहा है कि आदिवासी इलाक़ों को अलग से विशेष अधिकार देकर या मेघालय, मिजोरम, नगालैण्ड और अरुणाचल प्रदेश जैसे अलग राज्यों को निर्माण करके केंद्र सरकार ने एक व्यापक असमिया पहचान के निर्माण में रुकावट डालने का काम किया है। इसीलिए असम के युवाओं में केंद्र के प्रति एक नकारात्मकता और आक्रोश की भावना रही है।

पचास के दशक से ही ग़ैर-क़ानूनी रूप से बाहरी लोगों का असम में आना एक राजनीतिक मुद्दा बनने लगा था, लेकिन 1979 में यह एक प्रमुख मुद्दे के रूप में सामने आया, जब बड़ी संख्या में बांग्लादेश से आने वाले लोगों को राज्य की मतदाता सूची में शामिल कर लिया गया। 1978 में मांगलोडी लोकसभा क्षेत्र के सांसद की मृत्यु के बाद उपचुनाव की घोषणा हुई। चुनाव अधिकारी ने पाया कि मतदाताओं की संख्या में अचानक ज़बरदस्त इज़ाफ़ा हो गया है। इसने स्थानीय स्तर पर लोगों में आक्रोश पैदा किया। यह माना गया कि बाहरी लोगों, विशेष रूप से बांग्लादेशियों के आने के कारण ही इस क्षेत्र में मतदाताओं की संख्या में ज़बरदस्त बढ़ोतरी हुई है। ऑल असम स्टूडेंट यूनियन (आसू) और क्षेत्रीय राजनीतिक, साहित्यिक और सांस्कृतिक संगठनों से मिलकर बनी असम गण संग्राम परिषद ने बहिरागतों के ख़िलाफ़ आंदोलन छेड़ दिया। गौरतलब है कि एक छात्र संगठन के रूप में आसू अंग्रेज़ों के ज़माने से ही अस्तित्व में था। उस समय उसका नाम था अहोम छात्र सम्मिलन। लेकिन 1940 में यह संगठन विभाजित हुआ और 1967 में इन दोनों धड़ों का फिर से विलय हो गया और संगठन का नाम ऑल असम स्टूडेंट्स एसोसिएशन रखा गया। लेकिन फिर इसका नाम बदलकर ऑल असम स्टूडेंट यूनियन या आसू कर दिया गया।

आसू द्वारा चलाये गये आंदोलन को असमिया भाषा बोलने वाले हिंदुओं, मुसलिमों और बहुत से बंगालियों ने भी खुल कर समर्थन दिया। आंदोलन के नेताओं ने यह दावा किया कि राज्य की जनसंख्या का 31 से 34 प्रतिशत भाग बाहर से ग़ैर-क़ानूनी रूप से आये लोगों का है। उन्होंने केंद्र सरकार से माँग की कि वह बाहरी लोगों को असम आने से रोकने के लिए यहाँ की सीमाओं को सील कर दे, ग़ैर-क़ानूनी बाहरी लोगों की

राजीव गाँधी सरकार और अखिल असम स्टूडेंट यूनियन के नेतृत्व के बीच 15 अगस्त, 1985 को हुए समझौते से छह साल पुराने असम आंदोलन का पटाक्षेप हुआ.

पहचान करे और उनके नाम को मतदाता सूची से हटाये और जब तक ऐसा न हो असम में कोई चुनाव न कराये। आंदोलन ने यह माँग भी रखी कि 1961 के बाद राज्य में आने वाले लोगों को उनके मूल राज्य में वापस भेजा जाए या कहीं दूसरी जगह बसाया जाए। इस आंदोलन को इतना ज़ोरदार समर्थन मिला कि 1984 में यहाँ के सोलह संसदीय क्षेत्रों से 14 संसदीय क्षेत्रों में चुनाव नहीं हो पाया। 1979 से 1985 के बीच राज्य में राजनीतिक अस्थिरता रही। राष्ट्रपति शासन भी लागू हुआ। लगातार आंदोलन होते रहे और कई दफ़ा इन आंदोलनों ने हिंसक रूप अख़्तियार किया। राज्य में अभूतपूर्व जातीय हिंसा की स्थिति पैदा हो गयी। लम्बे समय तक समझौता-वार्ता चलने के बावजूद आंदोलन के नेताओं और केंद्र सरकार के बीच कोई सहमति नहीं बन सकी ,क्योंकि यह बहुत ही जटिल मुद्दा था। यह तय करना आसान नहीं था कि कौन 'बाहरी' या विदेशी है और ऐसे लोगों को कहाँ भेजा जाना चाहिए।

केंद्र सरकार ने 1983 में असम में विधानसभा चुनाव कराने का फ़ैसला किया। लेकिन आंदोलन से जुड़े संगठनों ने इसका बहिष्कार किया। इन चुनावों में बहुत कम वोट डाले गये। जिन क्षेत्रों में असमिया भाषी लोगों का बहुमत था, वहाँ तीन प्रतिशत से भी कम वोट पड़े। राज्य में आदिवासी, भाषाई और साम्प्रदायिक पहचानों के नाम पर ज़बरदस्त हिंसा हुई जिसमें तीन हज़ार से भी ज़्यादा लोग मारे गये। चुनावों के बाद कांग्रेस पार्टी की सरकार ज़रूर बनी, लेकिन इसे कोई लोकतांत्रिक वैधता हासिल नहीं थी। 1983 की हिंसा के बाद दोनों पक्षों में फिर से समझौता-वार्ता शुरू हुई। 15 अगस्त, 1985 को केंद्र की राजीव गाँधी सरकार और आंदोलन के नेताओं के बीच समझौता हुआ जिसे असम समझौते के नाम से जाना गया। इसके तहत 1951 से 1961 के बीच आये सभी लोगों को पूर्ण नागरिकता और वोट देने का अधिकार देने का फ़ैसला किया गया। तय किया कि जो लोग 1971 के बाद असम में आये थे, उन्हें वापस भेज दिया जाएगा। 196 1 से 1971 के बीच आने वाले लोगों को वोट का अधिकार नहीं दिया गया, लेकिन उन्हें नागरिकता के अन्य सभी अधिकार दिये गये। असम के आर्थिक विकास के लिए पैकेज की भी घोषणा की गयी और यहाँ ऑयल रिफ़ाइनरी, पेपर मिल और तकनीक संस्थान स्थापित करने का फ़ैसला किया गया। केंद्र सरकार ने यह भी फ़ैसला किया कि वह असमिया-भाषी लोगों के सांस्कृतिक, सामाजिक और भाषाई पहचान की सुरक्षा के लिए विशेष क़ानून और प्रशासनिक उपाय करेगी। इसके बाद, इस समझौते के आधार पर मतदाता-सूची में संशोधन किया गया। विधानसभा को भंग करके 1985 में ही चुनाव कराए गये, जिसमें नवगठित असम गण परिषद को बहुमत मिला। पार्टी के नेता प्रफुल्ल कुमार महंत, जो कि आसू के अध्यक्ष भी थे, मुख्यमंत्री बने। उस समय उनकी उम्र केवल 32 वर्ष की थी। असम-समझौते से वहाँ लम्बे समय से चल रही राजनीतिक अस्थिरता का अंत हुआ। लेकिन 1985 के बाद भी यहाँ एक अलग बोडो राज्य के लिए आंदोलन चलता रहा। इसी तरह भारत से अलग होकर असमिया लोगों के लिए एक अलग राष्ट्र की माँग को लेकर उल्फा का सक्रिय, भूमिगत और हिंसक आंदोलन भी चलता रहा।

असम आंदोलन और असम समझौते के अनुभव से पता चलता है कि बाहरी लोगों को ग़ैर-क़ानूनी रूप से कहीं बसने से रोकना तो आवश्यक है, लेकिन एक बार जो बस गया उसे हटाना एक बहुत मुश्किल काम है। इसके अलावा पिछली कई पीढ़ियों से राज्य में बस चुके लोगों को सिर्फ़ उनकी धार्मिक या भाषाई पहचान के आधार पर विदेशी का दर्जा देने से एक तरह की कट्टरता को ही प्रोत्साहन मिलता है। असम आंदोलन के दौरान भी राष्ट्रीय स्वयंसेवक संघ ने इसे मुसलमानों के ख़िलाफ़ अभियान का रंग देने की कोशिश की थी। उल्लेखनीय है कि जिस मुद्दे को लेकर असम आंदोलन शुरू हुआ था, वह मुद्दा और उससे जुड़ी शिकायतें अभी तक पूरी तरह दूर नहीं हो पायी हैं। इसके अलावा असम के समाज में दूसरी पहचानों के प्रति असहिष्णुता की भावना बढ़ी है। ऐसा सिर्फ़ 'मुसलमान बंगालियों' के संदर्भ में ही नहीं हुआ है, बल्कि आदिवासी लोगों की माँगों के ख़िलाफ़ भी एक तरह की कट्टरता पनपी है।

देखें : अरुणाचल प्रदेश, असम, आंध्र प्रदेश, उत्तर प्रदेश, उत्तराखण्ड, ओडीशा, कर्नाटक, केरल, छत्तीसगढ़, जम्मू और कश्मीर, झाड़खण्ड, तमिलनाडु, त्रिपुरा, दिल्ली, नगालैण्ड, पश्चिम बंग, पंजाब, महाराष्ट्र, मध्य प्रदेश, मिज़ोरम, मेघालय, भारत में पृथकतावाद, भारतीय संघवाद, बिहार, राजस्थान, राज्यों का पुनर्गठन-1, 2 और 3, राज्यों की राजनीति, संघवाद, हरियाणा।

संदर्भ

1. दिलीप कुमार चट्टोपाध्याय (1990), *हिस्ट्री ऑफ़ असमीज़ मूवमेंट सिंस 1947*, मिनर्वा पब्लिकेशंस, कोलकाता.
2. मुनीरुल हुसैन (1993), द *असम मूवमेंट : क्लास, आइडियॉलॅजी ऐंड आइडेंटिटी*, मानक पब्लिकेशंस, दिल्ली.
4. के.एम. शर्मा (1980) 'द असम क्वेश्चन : अ हिस्टोरिकल पर्सपेक्टिव', *इकॉनॉमिक ऐंड पॉलिटिकल वीकली*, खण्ड 15, अंक 31.
5. संजीव बरुआ (1999), *इण्डिया अगेंस्ट इटसेल्फ़ : असम ऐंड द पॉलिटिक्स ऑफ़ नेशनलिटी*, युनिवर्सिटी ऑफ़ पेन्नसिल्वानिया प्रेस, फ़िलाडेल्फ़िया.

—कमल नयन चौबे

अस्मिता

(Identity)

समाज-विज्ञान के विभिन्न अनुशासनों में अस्मिता या पहचान का पद अक्सर मनुष्य की वैयक्तिकता या समुदाय/समूह के साथ उसके रिश्तों को व्यक्त करने के लिए इस्तेमाल किया जाता है। यह अवधारणा समाजशास्त्र, संस्कृति-अध्ययन, राजनीति-विज्ञान और मनोविश्लेषण के लिए महत्त्वपूर्ण है। हालाँकि ये सभी अनुशासन अस्मिता की परिभाषा अलग-अलग तरीक़े से संसाधित करते हैं, पर इनसे निकली समझ एक हद तक परस्परव्यापी भी है। युरोपीय दर्शन सत्रहवीं सदी से ही मानवीय इयत्ता और उस पर आधारित अस्मिता की रचना-प्रक्रिया समझने की कोशिश कर रहा है। संस्कृति-अध्ययन इसी सामग्री के आधार पर अस्मिता को समझने की कोशिश करता है। राजनीति-विज्ञान के लिए अस्मिता का अर्थ उन हाशियाकृत समूहों से है जो सांस्कृतिक, सामाजिक या जातीय आधार पर अलग समुदाय बना कर अपनी राजनीतिक दावेदारी पेश करते हैं। इससे अस्मिता की राजनीति का जन्म होता है। मनोविश्लेषण के अनुशासन में अस्मिता के प्रश्न पर फ्रॉयड, लकाँ और एरिकसन जैसे मनोवैज्ञानिकों ने ईगो (अहं), इद (पशुत्व) और सुपरईगो (पराअहं) के संदर्भ में विचार किया है।

सत्रहवीं सदी में रेने देकार्त ने कहा था कि केवल एक बात ऐसी है जिस पर वे शक नहीं कर सकते, और वह है उनका अपना वजूद। देकार्त यह भी मानते थे कि मनुष्य के इस अस्तित्व ने 'एक चिंतनशील सार' का रूप ग्रहण कर लिया है। देकार्त के इस विचार के फलस्वरूप न केवल दर्शन के क्षेत्र में बल्कि राजनीतिक सोच-विचार और मनोविज्ञान के दायरे में मनुष्य को एक ऐसे स्वायत्त कर्ता के रूप में देखने का रास्ता खुला जो अपने अपनी अस्मिता के बारे में निश्चित है और उसकी यह अस्मिता जीवन भर उसके साथ रहती है। अठारहवीं सदी में डेविड ह्यूम ने देकार्त के साथ बहस करते हुए मनुष्य की इयत्ता के प्रश्न पर नये सिरे से ग़ौर किया और इस नतीजे पर पहुँचे कि मनुष्य के मानस में हर उस चीज़ के बारे में कई तरह की अनुभूतियाँ और छवियाँ होती हैं जिस बारे में वह सोचता है। लेकिन ऐसी कोई एक इयत्ता नहीं होती जो सोचने और याद करने का काम कर रही हो। ह्यूम ने इयत्ता की 'बंडल थियरी' का सूत्रीकरण किया जिसके मुताबिक़ मनुष्य की इयत्ता उसकी संवेदी अनुभूतियों के बंडल के अलावा कुछ नहीं है। जैसे-जैसे व्यक्ति नये अनुभवों से गुज़रता है या पुराने अनुभवों को याद करता है, उसके इस बंडल में परिवर्तन होता रहता है। उसकी इयत्ता और उस पर आधारित अस्मिता

जॉर्ज हरबर्ट मीड (1863-1931)

बदलती रहती है। देकार्त अस्मिता को निर्धारित मानते थे, पर ह्यूम ने उसे तरल क़रार दिया।

उन्नीसवीं सदी के उत्तरार्ध में डेविड एमील दुर्ख़ाइम ने उदारतावादी व्यक्तिवाद द्वारा प्रवर्तित व्यक्ति को सर्वोच्च प्राथमिकता देने के आग्रह को चुनौती दी। उन्होंने कहा कि समाज व्यक्तियों से मिल कर नहीं बना है, बल्कि व्यक्ति समाज की पैदाइश हैं। आधुनिक समाज में व्यक्ति अपनी इयत्ता का अर्थ-ग्रहण एक विशिष्ट संस्कृति के संदर्भ में ही कर पाता है। प्राक्-औद्योगिक समाजों में ज़्यादातर लोग मूल्यों और मानकों के संदर्भ में एक जैसे ही होते थे, क्योंकि उन समाजों में आर्थिक आधार पर श्रम का विभाजन बहुत कम या न के बराबर ही था। एक तरह की समरूपता (यांत्रिक एकजुटता) इन समाजों के एक सूत्र में बाँधे रहती थी। लेकिन औद्योगिक समाजों में यह तस्वीर बदल गयी। काम के अलग-अलग विशिष्ट दायरों के कारण व्यक्तियों के अनुभवों में विविधता आयी। इस विश्लेषण के आधार पर दुर्ख़ाइम ने नतीजा निकाला कि व्यक्ति की अस्मिता अपने-आप में प्राथमिक न हो कर आर्थिक विन्यास की उपज है।

इयत्ता और अस्मिता के आपसी संबंधों पर यह चिंतन यहीं नहीं रुका। जॉर्ज हरबर्ट मीड ने इस पर वैकल्पिक दृष्टि से विचार किया। उनका कहना था कि इयत्ता की रचना दूसरों से संबंध के तहत होती है। उन्होंने 'आई' और 'मी' में फ़र्क़ करते हुए कहा कि 'आई' का मतलब है व्यक्ति का दूसरों

के प्रति रवैया, और 'मी' का अर्थ है दूसरों का वह रवैया जो व्यक्ति ग्रहण कर लेता है। अर्थात् व्यक्ति की इयत्ता दूसरों के दृष्टिकोण को आत्मसात करने पर निर्भर करती है। व्यक्ति उतनी ही हद तक आत्मसचेत होता है जितना वह समझ पाता है कि दूसरे उसे किस रूप में देख रहे हैं। मीड के इस चिंतन से समाजशास्त्र में सिम्बोलिक इंटरेक्शनिस्ट नामक नज़रिये की बुनियाद पड़ी जिसे इरविंग गॉफ़मेन ने और आगे बढ़ाया।

मनोविज्ञान के क्षेत्र में ज़िग्मंड फ्रॉयड ने भी मानवीय अस्मिता के स्थिर होने पर सवालिया निशान लगाया। उनका विचार था कि बच्चे की अस्मिता अपने आस-पास के लोगों के रवैये और नज़रियों को ग्रहण करने के ज़रिये बनती है। उन्होंने इयत्ता को ईगो (अहं), इड और सुपरईगो (पराअहं) के आपसी संबंधों का परिणाम बताया। फ्रॉयड के चिंतन के आधार पर एरिक एरिकसन ने सायकोडायनामिक थियरी का सूत्रीकरण किया जिसके मुताबिक़ व्यक्ति की अस्मिता उसकी व्यक्तिगत पहचान और सामुदायिक संस्कृति से प्राप्त पहचान के बीच मौजूद रहती है। एरिकसन ने ही चालीस के दशक में पहली बार 'अस्मिता का संकट' जैसा फ़िकरा ईजाद किया। इसके ज़रिये उन्होंने एक ऐसा व्यक्ति परिभाषित करने की कोशिश की जो अपने भीतर निजी स्तर पर ऐतिहासिक निरंतरता का अभाव महसूस कर रहा हो। एरिकसन का इशारा अपनी संस्कृति से अलगाव में पड़ गये लोगों की तरफ़ था जो इसी कारण से अपनी इयत्ता के संदर्भ में सुसंगति का अभाव महसूस करने लगते हैं। आगे चल कर एरिकसन का यह फ़िकरा युवाओं के मनोवैज्ञानिक विकास के एक निश्चित चरण के लिए इस्तेमाल किया जाने लगा।

मानवीय अस्मिता के बारे में लकाँ, अलथुसे और फ़ूको के योगदान पर ग़ौर करना भी ज़रूरी है। लकाँ ने फ्रॉयड द्वारा दी गयी अस्मिता की परिभाषा पर गहराई से ग़ौर करते हुए दिखाया कि बचपन में छह से अट्ठारह महीने की उम्र (मिरर स्टेज) के दौरान व्यक्ति में आत्म-चेतना का जन्म होता है। इसी मुक़ाम पर शिशु अपने बिम्ब को बिम्ब की तरह देखना सीखता है। यानी वह ख़ुद को जानना शुरू करता है, पर प्रत्यक्ष रूप से नहीं बल्कि दर्पण में अपनी छवि के माध्यम से। माँ से अलगाव होते ही बच्चा एक तरह के बिखराव का सामना करता है जिससे उपजे हालात पर नियंत्रण करने की प्रक्रिया में उसकी इयत्ता जन्म लेती है। फ्रॉयड की मान्यता थी कि पुरुष बालक की अस्मिता उसकी माँ की अस्मिता पर निर्भर होती है। यह बच्चा भाषा के संसार में अपने पिता द्वारा बनाये गये नियम-क़ानूनों के प्रभाव में क़दम रखता है। पिता द्वारा आरोपित 'निषेध' के तहत ही वह माँ के साथ कौटुम्बिक अभिगमन (इनसेस्ट) जैसे संबंध नहीं बना पाता। पिता की अवज्ञा करने की इच्छा के बावजूद बच्चे को माँ के साथ अपनी एकात्मकता उपलब्ध करने की कामना का दमन करना ही पड़ता है। फ्रॉयड के इसी विश्लेषण के आधार पर लकाँ इस निष्कर्ष पर पहुँचे कि मनुष्य के अवचेतन की संरचना भाषा की तरह होती है।

फ्रांसीसी चिंतक अलथुसे ने मार्क्सवाद के संरचनावादी संस्करण के तहत एक कर्ता के रूप में मनुष्य को विचारधारा का उत्पाद क़रार दिया। उन्होंने कहा कि चर्च, शिक्षा व्यवस्था, पुलिस, परिवार और मास मीडिया जैसी सामाजिक संस्थाएँ कर्ता के रूप में व्यक्ति के साथ अन्योन्यक्रिया करते हुए या तो उसे प्रश्नांकित करती हैं या उसके रवैये को सही ठहराती हैं। कुल मिला कर समाज में कर्ता की स्थिति तय करने में इन संस्थाओं की निर्णायक भूमिका होती है।

फ़ूको ने अपनी शुरुआती रचनाओं में विक्षिप्तता की परिघटना पर ग़ौर करते हुए दिखाया कि किस तरह विभिन्न युगों में पागलपन को अलग-अलग तरह से समझा गया है। रिनेसाँ के दौरान विक्षिप्तता अपने-आप में बुद्धि का ही एक रूप थी, जबकि सत्रहवीं सदी में उभरे तर्कणावाद के प्रभाव में पागलों को समाज से बहिष्कृत किया जाने लगा। अट्ठारहवीं सदी तक आते-आते पागलों को अन्य की श्रेणी रख कर उनके बरक्स संतुलित और सामान्य की परिभाषा होने लगी। विक्षिप्तता के बारे में फ़ूको के इस विमर्श से व्यक्ति की अस्मिता की एक अलग परिभाषा निकली जिसके अनुसार प्रभुत्वशाली समूह समाज में अपनी अस्मिता की रचना अपने 'अन्य' के आईने में करते हैं। आगे चल कर फ़ूको ने इयत्ता की रचना की शिनाख़्त विमर्शों के दायरे में की। उन्होंने कहा कि मनुष्य अपने बारे में लिखते या बोलते समय जिन अवधारणात्मक और बौद्धिक संसाधनों का इस्तेमाल करता है, उन्हीं के ज़रिये उसकी इयत्ता बनती है।

देखें : अस्मिता की राजनीति, अस्मिता की भारतीय राजनीति, इयत्ता, ज़िग्मंड फ्रॉयड-1 और 2, ज़ाक लकाँ, डेविड ह्यूम, डेविड एमील दुर्ख़ाइम, मिशेल प़ॉल फूको-1 और 2, रेने देकार्त, लुई अलथुसे, एरिक एरिकसन।

संदर्भ

1. जी.एच. मीड (1934), *माइंड, सेल्फ़ ऐंड सोसाइटी,* शिकागो युनिवर्सिटी प्रेस, शिकागो, आईएल.
2. एमील दुर्ख़ाइम (1984, 1893), *द डिवीज़न ऑफ़ लेबर इन सोसाइटी,* अनु. डब्ल्यू.डी. हाल्स, मैकमिलन, बेसिंगस्टोक.
3. एरिक एरिकसन (1968), *आइडेंटिटी : यूथ ऐंड क्राइसिस,* फ़ेबर ऐंड फ़ेबर, लंदन.
4. ज़िग्मंड फ्रॉयड (1908), 'ऑन द सेक्शुअल थियरीज़ ऑफ़ चिल्ड्रन', *द स्टेंडर्ड एडीशन ऑफ़ द कम्प्लीट साइकोलॉजीकल वर्क्स ऑफ़ ज़िग्मंड फ्रॉयड,* अनु. जे. स्ट्रैची, खण्ड 11, होगार्ट प्रेस और इंस्टीट्यूट ऑफ़ साइकोऐनालिसिस, लंदन.
5. मिशेल फ़ूको (1971), *मैडनैस ऐंड सिविलाइज़ेशन : अ हिस्ट्री ऑफ़ इनसेनिटी इन द एज ऑफ़ रीज़न,* टेविस्टॉक, लंदन.

—अभय कुमार दुबे

अस्मिता की राजनीति

(Identity Politics)

उदारतावादी लोकतांत्रिक प्रणाली में स्वयं को हाशियाकृत समझने वाले समुदायों द्वारा अपने सबलीकरण, प्रतिनिधित्व और मान्यता के लिए किये जाने वाले संघर्ष को अस्मिता की राजनीति की संज्ञा दी जाती है। इस राजनीति के केंद्र में भाषा, संस्कृति, नस्ल, धर्म, जातीयता, जाति, जेंडर या सेक्शुअलिटी आधारित दावेदारियाँ होती हैं। विद्वानों की मान्यता है कि आधुनिक संसार मनुष्य को एक तरह की निर्वैयक्तिकता के दायरे में रहने के लिए मजबूर करता है, इसलिए अपने अनाम अस्तित्व के मुक़ाबले उसे किसी न किसी जुड़ाव की ज़रूरत महसूस होती है। अस्मिता की राजनीति के ज़रिये आधुनिक मनुष्य अपनी यह आवश्यकता पूरी करता है। लेकिन कोई ज़रूरी नहीं कि राजनीतिक मक़सद से ओढ़ी हुई यह अस्मिता अपने-आप में उसकी प्रामाणिक इयत्ता की निशानी ही हो। यही कारण है कि अस्मिता की राजनीति में भाग लेते हुए भी व्यक्ति अपनी दूसरी अस्मिताओं को पूरी तरह से नहीं छोड़ता और अक्सर उनके साथ सह-अस्तित्व में रहता है। किसी विशेष समय और परिस्थिति में कोई एक अस्मिता तत्कालीन राजनीति में गोलबंदी का माध्यम बनती है जो कालांतर में बदल भी सकती है। मिसाल के लिए साठ के दशक में शिव सेना केवल मराठीपन के आधार पर अपनी राजनीति करती थी, पर अस्सी के दशक में वह हिंदुत्ववादी अस्मिता की राजनीति करने लगी। इसी तरह से आज द्रविड़ अस्मिता की राजनीति का आधार भी पहले जैसा नहीं रहा है।

लोकतांत्रिक तौर-तरीक़ों और मर्यादाओं के दायरे में चलने वाली अस्मिता की राजनीति प्रतिनिधित्वमूलक लोकतंत्र को गहराई और विस्तार प्रदान करने की भूमिका निभाती है। लेकिन उग्र और आक्रामक तेवर ग्रहण कर लेने के बाद यह राजनीति व्यवस्था को बिखराव की दिशा में भी धकेल सकती है। दरअसल, सत्तारूढ़ शक्तियों के रवैये पर भी निर्भर करता है कि अस्मिता की राजनीति का चरित्र कैसा होगा। जिन समाजों का राजनीतिक-सांस्कृतिक प्रभु वर्ग हाशियाकृत या उपेक्षित पड़ी हुई पहचानों को थोड़े बहुत आंदोलन के बाद अपने दायरे में जगह देने के लिए तैयार हो जाता है, वहाँ अस्मिता की राजनीति अलगाववाद से दूर रहते हुए अंततः व्यवस्था को पुष्ट करने का काम करती है। बहुसंस्कृतिवाद की राजनीतिक अवधारणा ने अस्मिता के आंदोलनों को नये सिरे से वैधता प्रदान की है। धीरे-धीरे इसके दायरे में विकलांगों, युवकों और पर्यावरण से जुड़े सवाल भी आने लगे हैं। कला और संस्कृति के क्षेत्र में भी अस्मिता का प्रश्न उभरने लगा है। हिप-हॉप, स्किनहेड और पंक उपसंस्कृतियाँ अपने ख़ास तरह के संगीत के सहारे युरोप के कुछ हिस्सों में मज़दूरवर्गीय गौरव और नस्ली एकता के दावे करने लगी हैं।

अस्मिता की राजनीति के लिए की जाने वाली गोलबंदी मान्यता की राजनीति की तरफ़ ले जाती है। इसका आग्रह होता है कि न केवल मुख्यधारा से अलग दिखने वाली पहचान को पूरी तरह से मान्यता दी जाए बल्कि अस्मिता के आधार पर उसकी पृथकता का सम्मान भी हो। यह गोलबंदी सामुदायिक, उत्तर-आधुनिक, नारीवादी, राष्ट्रवादी और बहुसंस्कृतिवादी तर्कों के आधार पर की जाती है। लेकिन, इस राजनीति को उदारतावादियों और मार्क्सवादियों की तरफ़ से कड़ी आलोचना का सामना करना पड़ा है।

समाज-विज्ञान की एक अवधारणा के रूप में अस्मिता की राजनीति का प्रयोग पहली बार साठ के दशक में अमेरिकी नागरिक अधिकार आंदोलन की प्रमुख शक्ति स्टूडेंड नॉनवायलेंट कोआर्डिनेशन कमेटी (एसएनसीसी) के संदर्भ में एल.ए. कॉफ़मेन ने किया था। लेकिन, बीसवीं सदी की शुरुआत में युरोप की ज़मीन पर स्त्री संगठनों द्वारा मताधिकार की माँग के लिए की गयी गोलबंदी को अस्मिता की राजनीति के पहले उदाहरण के रूप में देखा जाता है। सफ़्रागेट नामक इस आंदोलन ने मिसाल पेश की कि किसी एक राजनीतिक ध्येय के लिए विभिन्न तबक़ों से आये हुए लोग एक साझा अस्मिता के तहत संगठित हो सकते हैं। इसके अलावा बीसवीं सदी के पहले हिस्से में ब्रिटिश, फ्रांसीसी और अन्य युरोपीय साम्राज्यों के ख़िलाफ़ हुए उपनिवेशवाद विरोधी संघर्षों के दौरान भी अस्मिता की राजनीति का विकास हुआ। साठ के दशक में विकसित देशों की राजनीतिक उथल-पुथल के पीछे भी अस्मिता की राजनीति ही थी। नस्ली भेदभाव के ख़िलाफ़ हुए कालों के नागरिक अधिकार आंदोलन के अलावा नारीवादी विचारधारा के तहत स्त्री आंदोलन की विभिन्न लहरों को भी पहचान की ऐसी ही दावेदारी की श्रेणी में रखा जाता है। भाषाई और सांस्कृतिक आंदोलनों के दबाव में भारत जैसे नव-स्वतंत्र देशों की राजनीति और प्रशासनिक संरचना पर गहरा प्रभाव पड़ा है।

हालाँकि अस्मिता की राजनीति आम तौर पर उपेक्षा और उत्पीड़न के शिकार समूहों के लोकतांकि औज़ार की तरह काम करती रही है, पर ज़रूरी नहीं कि वह हमेशा प्रगतिशील और रैडिकल ही हो। इसका एक स्पष्ट उदाहरण नारीवादी आंदोलन की प्रतिक्रिया में चलने वाला पुरुषों का आंदोलन है। निस्संदेह पुरुष अस्मिता से जुड़े मुद्दों के आधार पर संगठनों को अपनी आवाज़ बुलंद करने का अधिकार है, पर जब वे ख़ुद को 'मार्जिनल' बताने लगते हैं तो ऐसा लगता है कि जैसे हाशियाकृत समूहों की चुनौती की प्रतिक्रिया में इस तरह का पैंतरा लिया जा रहा है। अस्मिता की राजनीति का एक और नकारात्मक पक्ष उस समय सामने आता है जब

किसी समुदाय का प्रभु वर्ग अपने हितों की पूर्ति करने वाली माँगों को पूरे समुदाय की माँगों के रूप में रख कर लोगों की भावनाएँ भड़काता है। अस्मिता की राजनीति के इन्हीं पहलुओं से निबटने की ख़ातिर पचास और साठ के दशक में भारतीय राज्य ने भाषावार राज्य बनाने की माँगों के लोकप्रिय स्वरूप को परखने के लिए एक अलिखित नियम बनाया था जिसके अनुसार वह अलग राज्य की माँग पर तब तक सहानुभूतिपूर्वक विचार करने के लिए तैयार नहीं होती थी जब तक उसके पक्ष में लोकप्रिय जन–उभार के प्रमाण न मिल जाएँ।

उदारतावादी राजनीतिक सिद्धांत ने बहुसंस्कृतिवाद के सूत्रीकरण के बाद अस्मिता की राजनीति को अधिक सकारात्मक नज़रिये से देखना शुरू किया है। लेकिन इससे पहले उदारतावाद के पारम्परिक संस्करण से निकली विद्वत्ता मुख्यत: इस राजनीति के नकारात्मक पक्षों पर ही ज़ोर देती थी। मसलन, इतिहासकार आर्थर श्लेसिंगर जूनियर ने अपनी रचना *द डिसयूनाइटिंग ऑफ़ अमेरिका* में हाशियाकृत समूहों की राजनीति की कड़ी आलोचना की है। उनकी मान्यताएँ इस विचार पर आधारित हैं कि उदारतावादी लोकतंत्र उस समय तक ठीक से नहीं चल सकता जब तक संस्कृति और समाज के आधार सबके लिए समान न हों। जैसे ही कोई समुदाय अपने लिए अलग से अधिकार की माँग करता है वैसे ही उसके हाशियाकरण को ख़त्म करने के वास्तविक अवसरों की सम्भावनाएँ कमज़ोर पड़ जाती हैं। श्लेसिंगर के अनुसार इन समुदायों को विशिष्ट और अलग होने को मान्यता देने के बजाय उन्हें मुख्यधारा में आत्मसात किये जाने लायक परिस्थितियाँ बनाने की कोशिश की जानी चाहिए।

सेक्शुअल अस्मिता के आधार पर पहचान की राजनीति करने वाले समूहों के बीच भी इस सवाल पर बहस है। एक पक्ष वैकल्पिक सेक्शुअलिटी को सामान्य जीवन में स्वाभाविक स्थान दिलाने का पक्षधर है, पर दूसरा पक्ष अपनी विशिष्टता को रेखांकित करते हुए तथाकथित मुख्यधारा से अलग रहने की वकालत करता है। दोनों एक–दूसरे की आलोचना करते हैं। पहला पक्ष कहता है कि अस्मिता की विशिष्टता के लिए की जाने वाली दावेदारी कुल मिला कर नुक़सानदेह साबित होगी और उससे समलैंगिकों के साथ होने वाले भेदभाव को ही बढ़ावा मिलेगा। दूसरा पक्ष आरोप लगाता है कि अपनी अस्मिता को तिरोहित करके अंतत: वैकल्पिक यौनिकताएँ सुविधाभोगियों की क़तार में खड़ी हो जाएँगी।

पृथक अस्मिता के लिए संघर्षरत समूहों का कहना है कि मुख्यधारा जिस समरूपता की वकालत करती है, वह दरअसल भिन्नता के नकार पर आधारित है। ऐसी मुख्यधारा में उत्पीड़ित और उपेक्षित पहचानों को पूरी तरह से कभी स्वीकार नहीं किया जा सकता। इसलिए ख़ुद को मुख्यधारा में आत्मसात करने के बजाय उन्हें बहुसांस्कृतिक बहुलवाद का रास्ता अपनाना चाहिए। लेकिन, अस्मिता की राजनीति के आलोचक जवाब में कहते हैं कि यह रवैया तात्त्विकतावाद की तरफ़ ले जाता है। अर्थात् इसके पैरोकार जेंडर, नस्ल और अन्य लक्षणों को जैविक रूप से निर्धारित मान कर चलते हैं।

एक अन्य आलोचना के अनुसार वर्ग से इतर साझा अस्मिताएँ (जैसे धार्मिक और सांस्कृतिक) पूँजीवादी समाजों में चलने वाले वर्ग संघर्ष जैसे अनिवार्य और बुनियादी अंतर्विरोधों की तरफ़ से ध्यान हटा देती हैं। एरिक हॉब्सबॉम और रिचर्ड रोर्ती जैसे मार्क्सवादी चिंतक अस्मिता की राजनीति के प्रमुख आलोचक बन कर उभरे हैं। हॉब्सबाम ने प्रथम विश्व युद्ध के बाद उभरे राष्ट्रीय आत्मनिर्णय के उसूल तक की आलोचना करते हुए अस्मिता की विभिन्न दावेदारियों को बूर्ज्वा नेशनलिज़म की श्रेणी में रखा है।

देखें : इयत्ता, अस्मिता, अस्मिता की भारतीय राजनीति, बहुसंस्कृतिवाद, नारीवाद, नारीवाद की पहली लहर, सेक्शुअलिटी।

संदर्भ

1. सिनिसा मैलिसेविच (2006), *आइडेंटिटी एज़ आइडियॉलॅजी,* पालग्रेव, न्यूयॉर्क.
2. एस. कैसेल्स. एम. कैलेंज़िस, बी. कोप और एम. मॉरिसे (1988), मिस्टेकिन *आइडेंटिटी : मल्टीकल्चरलिज़म ऐंड द डिमाइस ऑफ़ नेशनलिज़म इन ऑस्ट्रेलिया,* प्लूटो प्रेस, सिडनी.
3. स्टुअर्ट हाल (1994), 'दि क्वेश्चन ऑफ़ कल्चरल आइडेंटिटी', द *पॉलिटी रीडर इन कल्चरल थियरी,* पॉलिटी प्रेस, केम्ब्रिज.
4. स्टुअर्ट हाल (1992), 'न्यू एथ्निसिटीज़', *आइडेंटिटी : द रियल मी,* इंस्टीट्यूट फ़ॉर कंटेम्परेरी आर्ट्स डॉक्युमेंट 6, लंदन.

—अभय कुमार दुबे

अस्मिता की भारतीय राजनीति

(Politics of Identity in India)

भारत में होने वाली अस्मिता की राजनीति का आधार उसके संविधान में निहित है। पश्चिम के उदारतावादी संविधानों से भिन्न भारतीय संविधान न केवल व्यक्ति को प्राथमिकता देने वाले उदारतावादी मूल्यों की गारंटी करता है, बल्कि वह सामुदायिक चेतना को भी मान्यता देता है। व्यक्ति और समुदाय के इस समीकरण ने राजनीति के धरातल पर कई तरह के स्वायत्त और मोटे तौर पर स्वशासी क़िस्म के समुदायों को पनपने का मौक़ा दिया है। चूँकि संविधान व्यक्ति के साथ–

साथ समुदायों को भी अधिकारों के वाहक की तरह मान्यता देता है, इसलिए कई विद्वानों की मान्यता है कि ऐसे संविधान पर आधारित भारतीय राज्य की प्रक्रियाओं में ही अस्मिता की राजनीति का स्रोत छिपा है। आज़ादी के बाद से ही इस तरह की राजनीति ने आधुनिक भारत की रचना को अपने साँचे में ढालने की भूमिका निभायी है। हालाँकि इस राजनीति की क़िस्में बहुत सी हैं, पर उनमें सर्वाधिक प्रमुख हैं भाषा, धर्म, जाति और जातीयता की अस्मिताएँ। यह राजनीति उस समय काफ़ी पेचीदा हो जाती है जब ये अस्मिताएँ स्वतंत्र रूप से अपने अलग-अलग स्वायत्त दायरे में विकसित न हो कर एक-दूसरे के साथ परस्परव्यापी ढंग से सक्रिय दिखती हैं। मसलन, अगर कोई एक समरूप प्रतीत होने वाला समूह भाषाई आधार पर अपनी अलग अस्मिता का राजनीतिक दावा कर रहा है तो ऐसा करते समय उसके भीतर विभिन्न जातिगत और धार्मिक वफ़ादारियाँ भी अपनी-अपनी माँगों के साथ मौजूद रहती हैं। इस प्रकार की परस्परव्यापी संरचनाओं का प्रभाव यह पड़ता है कि सार्वजनिक जीवन में अस्मिता की राजनीति एकबारगी पूरे ज़ोर-शोर से बनती है, पर इसके बाद ऐसे मौक़े भी आते हैं जब वह अस्मितागत चेतना अपने ही भीतरी अंतर्विरोधों के चलते बिखराव के कगार पर पहुँचने के लिए भी मजबूर हो जाती है। उल्लेखनीय है कि नारीवादी आंदोलन की पुरानी परम्पराओं और विधायिकाओं में स्त्रियों के आरक्षण की मुखर माँग के बावजूद अभी तक देश में स्त्री का प्रश्न अस्मिता की राजनीति के केंद्र में नहीं आया है।

अस्मिता की राजनीति का एक अन्य कारण उपनिवेशवाद विरोधी आंदोलन की विशिष्ट भारतीय प्रकृति में भी देखा जाता है। अंग्रेज़ों से पहले का भारत 21 प्रशासनिक इकाइयों (सूबों) में बँटा हुआ था। इनमें से कई सूबों की सांस्कृतिक पहचान सुस्पष्ट थी और कुछ में संस्कृतियों का मिश्रण था। लेकिन भारत को अपना उपनिवेश बनाने के बाद अंग्रेज़ों ने प्रशासनिक सुविधा का ख़याल करते हुए मनमाने तरीक़े से भारत को नये सिरे से बड़े-बड़े प्रांतों में बाँटा। एक भाषा बोलने वालों की भू-क्षेत्रीय समरसता पूरी तरह भंग कर दी गयी। बहुभाषी व बहुजातीय प्रांत बनाये गये। इतिहासकारों की मान्यता है कि भले ही इन प्रांतों को 'फूट डालो और राज करो' के हथकंडे का इस्तेमाल करके नहीं बनाया गया था, पर उनमें अपनी सत्ता टिकाने के लिए अंग्रेज़ों ने इस फ़ार्मूले का जम कर उपयोग किया। उपनिवेशवाद विरोधी आंदोलन का पहला दौर अंग्रेज़ी हुकूमत के इस प्रशासनिक तरीक़े पर अपनी आपत्ति दर्ज करने में नाकाम रहा। लेकिन, बीस के दशक में जैसे ही गाँधी के हाथ में कांग्रेस का नेतृत्व आया, आज़ादी के आंदोलन की अगुआई करने वाले अभिजनों को लगा कि जातीय-भाषाई अस्मिताओं पर ज़ोर दे कर वे उपनिवेशवाद विरोधी मुहिम को एक लोकप्रिय जनाधार दे सकते हैं। गाँधी की यह योजना बेहद कामयाब रही। भाषाई आधार पर पुनर्गठित कांग्रेस के संगठन ने बीस के दशक में ब्रिटिश हुकूमत से असहयोग की घोषणा की, जिसे बड़े पैमाने पर देशवासियों का समर्थन मिला। कांग्रेस ने हर तरह से भाषाई अस्मिताओं को आश्वासन दिया कि आज़ाद भारत में उन्हें पूरी तरह से मान्यता मिलेगी। 1947 में आज़ादी मिलते ही भाषा आधारित अस्मिताओं ने अपनी दावेदारियाँ शुरू कर दीं। लेकिन तब तक भारत-विभाजन की त्रासदी से निकली दुश्चिंताएँ कांग्रेस के नेतृत्व पर इस क़दर हावी हो चुकी थीं कि जो नेतृत्व अंग्रेज़ों के ख़िलाफ़ आंदोलन करते समय भाषाई अस्मिताओं का सकारात्मक इस्तेमाल कर रहा था, उसी ने इन अस्मिताओं को देश की एकता-अखण्डता के लिए नुक़सानदेह मान लिया। इस तरह अस्मिता की स्वातंत्र्योत्तर राजनीति वैधता के लिहाज़ से अपने पहले दौर में ही संदिग्ध हो गयी।

राष्ट्रीय नेतृत्व द्वारा दिखाये गये हीले-हवाले के बावजूद कांग्रेस की 'जेवीपी' (जवाहरलाल नेहरू, वल्लभभाई पटेल और पट्टाभि सीतारमैया) कमेटी को यह मानना पड़ा कि अगर जनता की भावनाएँ पूरी तरह से और बिना किसी अपवाद के किसी भाषावार प्रांत की रचना के पक्ष में हैं तो उस सूरत में ऐसी माँग मानी जा सकती है। कांग्रेस द्वारा दी गयी इस 'रियायत' के फलस्वरूप पचास के दशक की शुरुआत में तत्कालीन मद्रास के तेलुगुभाषी इलाक़ों को लेकर आंध्र प्रदेश की रचना की गयी। इस के बाद से अब तक अस्मिताओं की राजनीति के आधार पर नये प्रांतों की रचना का सिलसिला रुका नहीं है। नयी-नयी माँगें विभिन्न तर्कों और तथ्यों के आधार उठायी जा रही हैं। दिक़्क़त यह है कि जो नये प्रांत बनते हैं वे भी पूरी तरह से समरूप जातीयता के नहीं होते। उनकी रचना संख्यात्मक रूप से ताक़तवर अल्पसंख्यक समुदायों के बिना नहीं हो पाती। इसलिए अस्मिता की राजनीति के भीतर अस्मिता की राजनीति होती रहती है। समीक्षात्मक दृष्टि से देखा जाए तो इसमें कोई शक नहीं लगता कि भाषावार प्रांतों की रचना राष्ट्रीय एकता-अखण्डता के लिए नुक़सानदेह नहीं साबित हुई है। एक तरह से उसने एकजुटता के पहलुओं को मज़बूत ही किया है। दूसरी तरफ़ भाषावार प्रांतों की रचना ने क्षेत्रीयता की राजनीति को भी जन्म दिया है। इस राजनीति के भी दो पक्ष हैं। पहला, यह महाराष्ट्र मराठियों के लिए और गुजरात गुजरातियों के लिए जैसे संकीर्ण प्रांतीयतावादी नारों और संघर्षों को जन्म देती है, पर दूसरी तरफ़ इस राजनीति के ज़रिये उसक्षेत्रीय प्रभुवर्ग को केंद्रीय सत्ता में सीधी हिस्सेदारी का मौक़ा भी मिला है, जिसने लोकतांत्रिक व्यवस्था को कहीं अधिक प्रतिनिधित्वमूलक बनाया है।

अस्मिता की भारतीय राजनीति का दूसरा महत्त्वपूर्ण आयाम है, जातिगत अस्मिताएँ।भारत के संसदीय चुनावों में इन अस्मिताओं के आधार पर खुल कर वोट की राजनीति होती है। इसका स्रोत भी संविधान में देखा जा सकता है। प्रगति के अवसरों से वंचित और सामाजिक व शैक्षिक रूप से पिछड़ी

हुई जातियों को विशेष प्रोत्साहन देने के लिए संविधान में भारतीय समाज के साठ फ़ीसदी से ज़्यादा हिस्से को समाहित करते हुए अनुसूचित जाति, अनुसूचित जनजाति और अन्य पिछड़ा वर्ग जैसी श्रेणियों का प्रावधान किया गया है। यहाँ प्रश्न उठता है कि क्या इसे संविधानप्रदत्त जातिवाद की संज्ञा दी जाएगी? दरअसल, संविधान-निर्माताओं को पिछड़ापन नापने के सामान्य मानकों की तलाश थी। उन्होंने जाति को पिछड़ेपन के पैमाने के रूप में ग्रहण किया। इस सेकुलर नीति के परिणामस्वरूप चुनावी मक़सद से की जाने वाली गोलबंदी के जातिगत रूपों की प्रमुखता स्थापित होती चली गयी।

अनुसूचित जातियों ने आरक्षण के माध्यम से मिलने वाली विशेष सुविधाओं का लाभ उठाते हुए राजनीति का एक पैटर्न विकसित किया जिससे दलित अस्मिता निकली। इस अस्मिता ने राष्ट्रीय पैमाने पर न केवल वोट के मोर्चे पर प्रभाव डाला, बल्कि देश भर में एक ख़ास तरह के सांस्कृतिक आंदोलन को भी जन्म दिया। दूसरी तरफ़ पिछड़ी जातियों ने ओबीसी (अन्य पिछड़ा वर्ग) की श्रेणी में आरक्षण मिलने से बहुत पहले ही संख्याबल के आधार पर राजनीति में अपना महत्त्व स्थापित कर लिया।1989 में मण्डल आयोग की सिफ़ारिशों के आधार पर 27 फ़ीसदी आरक्षण मिलने के बाद से तो उनके बीच अस्मिता की राजनीति का मुहावरा और भी प्रचलित हो गया है। इन जातिगत गोलबंदियों की प्रतिक्रिया में ऊँची जातियों को भी उनकी अलग-अलग अस्मिता के आधार पर गोलबंद करने की कोशिशें होती रहती हैं, हालाँकि अभी तक ऐसे किसी प्रयास को परवान चढ़ते नहीं देखा गया है।

धार्मिक अस्मिताओं की राजनीति की सर्वाधिक उल्लेखनीय अभिव्यक्ति हिंदुत्ववादी अस्मिता के आधार पर हिंदू राष्ट्र की स्थापना की संगठित कोशिश के रूप में देखी जा सकती है। इसे राजनीति में बहुसंख्यवाद के उभार की संज्ञा भी दी जाती है। इस अस्मिता की सर्वाधिक संगठित अभिव्यक्ति अस्सी से नब्बे के दशक तक चले रामजन्मभूमि आंदोलन के रूप में देखी जा सकती है।

लेकिन धार्मिक अस्मिताओं की राजनीति केवल हिंदुओं तक ही सीमित नहीं है। पंजाब में अकाली दल भी इसी तरह की अस्मिता की राजनीतिक अभिव्यक्ति का उदाहरण है। आनंदपुर साहब प्रस्ताव के ज़रिये केंद्र-राज्य संबंधों के प्रश्न उठाने की पहल को पटरी से उतारने के लिए चरमपंथी तत्त्वों को बढ़ावा देने की राजनीतिक परिणति सिक्ख आतंकवाद, उसका दमन करने के लिए ऑपरेशन ब्लू स्टार, तत्कालीन प्रधानमंत्री इंदिरा गाँधी की हत्या और फिर उसकी प्रतिक्रिया में सारे देश में निर्दोष सिक्खों के ख़िलाफ़ भीषण हिंसा में हो चुकी है। अस्सी के दशक का वह दौर सम्भवत: भारतीय राजनीति के लिए सर्वाधिक विषम था। केंद्र सरकार अकाली दल से समझौता करके ही इससे उबर पाने में कामयाब हो पायी। इससे यह भी ज़ाहिर होता है कि अगर किसी धार्मिक समुदाय में प्रत्यक्ष राजनीतिक महत्त्वाकांक्षाएँ हैं और अगर उन्हें राजनीतिक तिकड़म के ज़रिये स्थानीय स्तर पर सत्तारूढ़ होने से रोका जाता है, तो उस समुदाय के भीतर सक्रिय नरमपंथियों पर उसके कट्टरपंथी तत्त्व हावी हो सकते हैं। अगर कांग्रेस पार्टी का तत्कालीन नेतृत्व पंजाब की राजनीति पर क़ाबिज़ होने के लिए नरमपंथी अकालियों से राजनीतिक पहल छीनने के मक़सद से सिक्ख राजनीति में धार्मिक पुनरुत्थानवादियों को हवा न देती तो पंजाब के हालात न बिगड़ते।

इसलाम के अनुयायियों के पास हिंदुत्ववादियों या अकालियों की तरह किसी प्रभावी पार्टी का अभाव ज़रूर है, पर मुसलमान मतदाताओं द्वारा 'रणनीतिक मतदान' का रवैया उनकी धार्मिक अस्मिता की राजनीतिक अभिव्यक्ति बन जाता है। अस्मिता का प्रश्न धर्मांतरण के मुद्दे से भी जुड़ा हुआ है। तमिलनाडु के मीनाक्षीपुरम में दलित जातियों के एक समूह को इसलाम में धर्मांतरित करने की घटना से अरसे से ख़ामोश पड़ी विश्व हिंदू परिषद् ने अपने उभार के लिए वैधता हासिल करनी चाही थी। जातीय अस्मिता की राजनीति धार्मिक अस्मिता की ही तरह भारतीय राज्य और लोकतंत्र के लिए संकट का कारण बनी हुई है। आज़ादी के फ़ौरन बाद द्रविड़ राष्ट्रीयता का आंदोलन और उत्तर-पूर्व में नगा व मिज़ो जनजातीय समुदायों की उपराष्ट्रीय दावेदारियों के कारण राष्ट्रीय एकता संकटग्रस्त हो गयी थी। द्रविड़ों के राजनीतिक प्रतिनिधियों को संसदीय राजनीति में स्थान दे कर संतुष्ट किया गया। उत्तर-पूर्व के आदिवासी अस्मिता आधारित आंदोलनों को पहले दौर में सख़्ती से कुचलने के बाद उन्हें क्षेत्रीय स्वायत्तता के उसूल के तहत राजनीति की मुख्यधारा में लाने के कमोबेश सफल उपक्रम किये गये।

देखें : अस्मिता, अस्मिता की राजनीति, भारतीय संविधान-1 से 8 तक, राज्यों का पुनर्गनठन-1 से 3 तक, बहुसंख्यकवाद, रामजन्मभूमि आंदोलन-1 से 3 तक, आरक्षण, द्रविड़ आंदोलन।

संदर्भ

1. कंचन चंद्रा (2003), *व्हाई एथ्निक पार्टीज़ सक्सीड,* केम्ब्रिज युनिवर्सिटी प्रेस, केम्ब्रिज.
2. ज्योतिंद्र दासगुप्ता (1970), *लेंग्वेज कांफ्लिक्ट ऐंड नैशनल डिवेलपमेंट,* युनिवर्सिटी ऑफ़ कैलिफ़ोर्निया प्रेस, बर्कले.
3. आशुतोष वार्ष्णेय (2002), *एथ्निक कांफ्लिक्ट ऐंड सिविल लाइफ़ : हिंदूज़ ऐंड मुसलिम इन इण्डिया,* येल युनिवर्सिटी प्रेस, न्यू हैविन, कनेक्टीकट.
4. डी. रॉबर्ट किंग (1997), *नेहरू ऐंड द लेंग्वेज पॉलिटिक्स ऑफ़ इण्डिया,* ऑक्सफ़र्ड युनिवर्सिटी प्रेस, नयी दिल्ली.

—अभय कुमार दुबे

अस्तित्ववाद

(Existentialism)

आधुनिक विचार और रचनात्मकता को गहराई से प्रभावित करने वाला अस्तित्ववाद उन्नीसवीं और बीसवीं सदी में विकसित हुआ एक ऐसा प्रभावशाली दार्शनिक आंदोलन है जो विचारों, नैतिक मूल्यों और मान्यताओं के बजाय मानवीय स्थिति पर सत्तामीमांसा के दृष्टिकोण से विचार करता है। अच्छे और बुरे के मूल्य-निर्णय से बेपरवाह अस्तित्ववाद मानवीय सत्ता और अस्तित्व को अपने आप में एक असीमित और अथाह संसार के रूप में देखते हुए उसकी स्वतंत्रता और इच्छा को सर्वोपरि मानता है। अस्तित्ववाद का दर्शन उस युग की उपज है जब उन्नीसवीं सदी में औद्योगिक क्रांति के प्रभाव में युरोप ने मास सोसाइटी (जन-पुंज समाज) की तरफ़ बढ़ना शुरू किया था। पश्चिमी समाज अपने सामंती अतीत को त्याग कर पूँजीवादी वर्तमान में प्रवेश कर रहा था। शिक्षा के प्रसार और देहात से शहरों की तरफ़ जाते हुए किसानों के कारण एक तरफ़ तो बड़े पैमाने पर सामाजिक बेचैनियाँ पैदा हो रही थीं, और दूसरी तरफ़ सामाजिक ऊँच-नीच की स्तम्भीय या लम्बवत संरचनाओं की जगह क्षैतिज संरचनाओं का उदय हो रहा था। समाज-परिवर्तन की इस प्रक्रिया पर टिप्पणी करते हुए अस्तित्ववादी दार्शनिकों ने 'भीड़' या 'समूह' के मुक़ाबले 'एकल व्यक्ति' की आत्मनिष्ठता का झण्डा बुलंद किया। उन्हें डर था कि रूढ़ छवियों के सामाजिक उत्पादन के बोझ तले मनुष्य अपनी सच्ची इयत्ता खोजने की सम्भावना से वंचित हो जाएगा।

बायें से दायें : सोरेन आबी कीर्केगार्द (1813-1855), फ़्योदोर मिखायलोविच दोस्तोयेव्स्की (1821-1881), ज्याँ-पाल सार्त्र (1905-1980) और फ्रेड्रिख़ विल्हेल्म नीत्शे (1844-1900).

इन दार्शनिकों में सबसे पहले थे डेनिश दार्शनिक सोरेन कीर्केगार्द। उन्नीसवीं सदी के पूर्वार्ध में सक्रिय रहे कीर्केगार्द को यह देख कर चिंता हो रही थी कि व्यक्ति अनासक्त चिंतन की क्षमता खोता जा रहा है। कीर्केगार्द ने सम्प्रेषण का एक ऐसा प्रारूप गढ़ने का प्रयास किया जिससे औद्योगिक उत्पादन के असर के कारण समाज में स्टीरियो टाइप या रूढ़बद्ध अस्मिताएँ न पैदा हों। बल्कि, लोग अपनी निजी सत्ता में निहित संसाधनों पर भरोसा करते हुए अपनी अस्तित्वगत ज़िम्मेदारियाँ ख़ुद उठाने के लिए आगे बढ़ें। कीर्केगार्द का ख़याल था कि केवल इसी प्रकार लोग समाज द्वारा थोपी गयी पहचानों से बचते हुए वह हो पायेंगे जो वह हो सकते हैं या जो उन्हें होना चाहिए। कीर्केगार्द के अलावा अस्तित्ववादी दार्शनिक परम्परा को समृद्ध करने का श्रेय मार्टिन हाइडेगर, फ्रेड्रिख़ विल्हेल्म नीत्शे, ज्याँ-पाल सार्त्र, सिमोन द बोउवार और अल्बैर कैमियो को जाता है।

मार्टिन हाइडेगर की सबसे प्रसिद्ध किताब *बीइंग ऐंड टाइम* (1927) और सार्त्र की रचना *बीइंग एंड नथिंगनेस* (1943) को बीसवीं सदी में अस्तित्ववाद के प्रतिपादन के लिए जाना जाता है। इन दानों रचनाओं के आधार पर अस्तित्ववाद के मुख्य घटकों को इस प्रकार व्यक्त किया जा सकता है : अस्तित्व आकारहीन होता है, इसका कोई निर्धारित सार नहीं होता, व्यक्ति ख़ुद को आकस्मिकताओं की अराजकता के बीच पाता है और उसका मार्गदर्शन करने के लिए किसी तरह के वस्तुनिष्ठ नैतिक नियम नहीं होते। इसी तरह पहले से अस्तित्वमान मानवीय प्रकृति भी नहीं होती है जिससे जीवन को कोई दिशा मिल सके। ऐसी स्थिति में दर्शन का काम यह है कि वह दुनिया जिस तरीक़े से हमें महसूस होती है, उसे स्पष्ट करे। अस्तित्ववादी चिंतन का सबसे गहनतम पहलू आशंका, बेमतलब होने की भावना, दूसरों के डर और मौत के प्रति जागरूकता के विश्लेषण से संबंधित है।

अस्तित्ववादी दर्शन ने कला, साहित्य, सिनेमा और मनोविज्ञान पर गहरा असर डाला है। बीसवीं सदी के शुरू में जर्मनी में शुरू हुए कलात्मक आंदोलन अभिव्यंजनावाद पर अस्तित्ववाद की छाप साफ़ तौर पर देखी जा सकती है।

अल्बैर कैमियो (1913-1960)

अभिव्यंजनावाद का दावा था कि आधुनिक मनुष्य की मानसिक समस्याओं और दुश्चिंताओं की अभिव्यक्ति यथार्थवादी कला से नहीं हो सकती। इसके लिए आत्मगत अनुभवों, मनोव्यथा और गहन मनोभावों पर ज़ोर देना होगा। अभिव्यंजनावाद आंदोलन से जुड़े कई कलाकार नीत्शे की रचनाओं का जम कर अध्ययन करते थे। उन्हें नीत्शे का यह सुझाव अच्छा लगता था कि व्यक्ति को वैकल्पिक जीवन-शैलियों का प्रयोग करते हुए मूल्यों को उनकी कसौटी पर कस कर देखना चाहिए। प्रथम विश्व-युद्ध के इर्द-गिर्द पनपा अभिव्यंजनावाद का यह रुझान कलाकारों के बीच चालीस के दशक तक जारी रहा। इसने युरोप की सीमा पार करके अमेरिकी कला-क्षेत्रों तक दस्तक दी। 1946 में सार्त्र ने अमेरिका का दौर करके जगह-जगह व्याख्यान दिये। उनका नाटक *नो एग्ज़िट* न्यूयॉर्क में खेला गया। इससे प्रभावित हो कर अमेरिकी संस्कृतकर्मियों ने अस्तित्ववाद को अपने मार्गदर्शक सिद्धांत की तरह अपना लिया। जर्मन अभिव्यंजनावाद ने सिनेमा की दुनिया में भी महत्त्वपूर्ण परिवर्तनों की ज़मीन साफ़ की। दरअसल सिनेमा के कारण ही अभिव्यंजनावाद एक वैश्विक कला परिघटना बन पाया। इंगमार बर्गमैन और जाँ-लुक गोदार जैसे युरोपीय निर्देशकों ने अपनी अस्तित्ववादी फ़िल्मों के ज़रिये मानवीय स्वतंत्रता की प्रकृति की जाँच-पड़ताल की। बाद में यह सिनेमाई प्रवृत्ति हॉलीवुड तक पहुँची और आज भी मुख्यधारा के व्यवसायिक सिनेमा में इसका असर देखा जा सकता है। वुडी एलन, रिचर्ड लिंकलेटर, चार्ली कॉफ़मॅन और क्रिस्टोफ़र नोलन जैसे मशहूर और सफल फ़िल्मकार मनुष्य के जीवन पर सामाजिक और निजी परिस्थितियों के दबाव के तहत उसकी स्वतंत्रता पर पड़ने वाले प्रभाव का संधान करने वाली फ़िल्मों के लिए जाने जाते हैं।

चूँकि अस्तित्ववाद के दो प्रमुख प्रवक्ता सार्त्र और कैमियो दार्शनिक बाद में और उपन्यासकार और नाटककार पहले थे, इसलिए स्वाभाविक ही था कि साहित्य पर भी इस दार्शनिक आंदोलन का असर पड़ता। लेकिन साहित्य पर कैमियो और सार्त्र के पहले भी अस्तित्वादी छाप देखी जा सकती है। आलोचकों का कहना है कि फ़्योदोर दोस्तोएव्स्की, फ्रेंज़ काफ़्का और इब्सन की रचनाएँ भी मानवीय अस्तित्व के उन्हीं पहलुओं को रेखांकित करती हैं जिन पर दर्शन के क्षेत्र में कीर्केगार्द और नीत्शे ने उँगली रखी थी। 1880 में रचा गया दोस्तोएव्स्की का पात्र इवान कर्माज़ोव कहता है कि अगर ईश्वर मर चुका है तो फिर सब कुछ जायज़ है और करने योग्य है। नीत्शे और सार्त्र ने दोस्तोएव्स्की की रचनाशीलता के इन पहलुओं की उल्लेखनीय चर्चा की है। अस्तित्ववाद ने एब्सर्ड थिएटर और सेमुअल बेकेट को तो प्रभावित किया ही, उसका असर पिंटर जैसे आज के लेखकों पर भी देखा जा सकता है। मनोविज्ञान के दायरों में अस्तित्ववादी मनोचिकित्सा का आंदोलन दावा करता है कि मनोविज्ञान की अन्य धाराएँ मानवीय प्रकृति को समझने में नाकाम रही हैं।

हिंदी साहित्य पर भी अस्तित्ववाद का असर रंगमंच के ज़रिये पड़ना शुरू हुआ। भुवनेश्वर का विख्यात नाटक *ताँबे के कीड़े* एब्सर्ड थिएटर का उदाहरण माना जाता है। नयी कविता आंदोलन पर भी अस्तित्ववाद का असर स्पष्ट है। हिंदी आलोचना की पारिभाषिक शब्दावली का कोश रचने वाले अमरनाथ के अनुसार 'धर्मवीर भारती, दुष्यंत कुमार, भारत भूषण अग्रवाल, कुँवर नारायण, अज्ञेय आदि कवियों में अनास्था, अस्तित्व-बोध, मृत्यु-बोध, वैयक्तिक स्वच्छंदता, पीड़ा, निराशा, उन्मुक्त भोग आदि अस्तित्ववादी प्रवृत्तियों की अनुगूँज पायी जाती हैं। अज्ञेय की *अपने-अपने अजनबी* और कुँवर नारायण की *आत्मजयी* में अस्तित्ववाद का गहरा प्रभाव देखा जा सकता है।'

राजनीति और अस्तित्ववाद के बीच पेचीदा संबंध है। एक नज़रिये से विचार करने पर ऐसा लगता है कि एक प्रामाणिक नैतिक जीवन की खोज के कारण अस्तित्ववाद को राजनीतिक रूप से वामपंथी ख़ेमे में रखा जा सकता है। साथ ही यह भी माना जा सकता है कि यह दर्शन मनुष्यों की आज़ादी और मुक्ति का समर्थन करता है। कई अस्तित्ववादी दावेदारियाँ इस नज़रिये से मेल खाती हैं। लेकिन इन बातों से इस बात की कोई गारंटी नहीं मिलती कि अस्तित्ववाद ख़ुद को लोकतांत्रिक राजनीति से ही जोड़ेगा। अस्तित्ववाद के आलोचकों ने यह दावा भी किया है कि इस विचार ने जिस

ज्याँ-पाल सार्त्र और सिमोन द बोउवार.

तरह का माहौल तैयार किया या जिस तरह के सोच को बढ़ावा दिया, उसका भी नाज़ीवाद के उभार में थोड़ा-बहुत योगदान रहा। इस संदर्भ में उल्लेख किया जा सकता है कि हाइडेगर कुछ समय तक नैशनल सोशलिस्टों या नाज़ियों का समर्थन करते रहे थे। बाद में उन्होंने ख़ुद को नाज़ीवादियों से दूर कर लिया था। लेकिन इसके बाद भी उन्होंने एक ख़ास तरह की नैतिकवादी राजनीति की खोज नहीं छोड़ी। गुंटर ग्रास ने अपनी प्रसिद्ध रचना *डॉग इयर्स* (1963) में इसकी आलोचना की है। उन्होंने इस बात पर ज़ोर दिया किया कि इस तरह की राजनीति करने वालों ने अपने बारे में ज़ोर-शोर से प्रचार किया, लेकिन यह राजनीति पूरी तरह से सारहीन और तत्त्वमीमांसीय थी। थियोडोर एडोर्नो ने भी हाइडेगर के दर्शन को आड़े हाथों लिया है। दरअसल, जर्मन अस्तित्ववादी राजनीति के मुक़ाबले फ्रांसीसी अस्तित्ववाद ज़्यादा स्पष्ट रूप से वामपंथ से जुड़ा हुआ था। इसका कारण था कि फ्रांसीसी बौद्धिक जीवन में मार्क्सवाद की अहम हैसियत होना। मरली-पोंती और सार्त्र ने सर्वोच्च व्यक्तिवादी नैतिकता और मार्क्सवाद द्वारा प्रतिपादित समूहवादी भावना के बीच के संबंधों पर गम्भीरता से विचार किया था। सार्त्र की कृति द *क्रिटीक ऑफ़ डायलेक्टिक रीज़न* (1960) इन दोनों के बीच मेल-मिलाप का प्रतिनिधित्व करती है।

देखें : आधुनिकतावाद, आत्मनिष्ठता-वस्तुनिष्ठता, इयत्ता, इमैनुएल कांट, इंद्रियानुभववाद, उदारतावाद, कल्पित समुदाय, घटनाक्रियाशास्त्र और एडमण्ड हसर, चेतना, ज्याँ-पाल सार्त्र, तत्त्वमीमांसा और अस्तित्वमीमांसा, तात्त्विकतावाद, द्वैतवाद, फ्रेड्रिख़ नीत्शे-1 और 2, बुद्धिवाद, भौतिकवाद, मनोविश्लेषण, मिशेल पॉल फ़ूको-1 और 2, युरोपीय पुनर्जागरण, युरोपीय ज्ञानोदय, संरचनावाद और उत्तर-संरचनावाद, सोरेन आबी कीर्केगार्द, ज्ञानमीमांसा।

संदर्भ

1. वारनॉक मैरी (1970), *एग्ज़िस्टेंशियलिज़्म,* ऑक्सफ़र्ड युनिवर्सिटी प्रेस, ऑक्सफ़र्ड.
2. पॉल एस. मैकडोनाल्ड (2000), द *एग्ज़िस्टेंशियलिस्ट रीडर : ऐन एंथोलॉजी ऑफ़ की टेक्स्ट्स,* एडिनबरा युनिवर्सिटी प्रेस, एडिनबरा.
3. मार्टिन हाइडेगर (1962), *बीइंग ऐंड टाइम,* ब्लैकवेल, ऑक्सफ़र्ड.
4. ज्याँ-पाल सार्त्र (2003), *बीइंग ऐंड नथिंगनेस,* रॉटलेज, लंदन और न्यूयॉर्क.
5. रामविलास शर्मा (1978), *नयी कविता और अस्तित्ववाद,* राजकमल प्रकाशन, नयी दिल्ली.
6. डॉ. अमरनाथ (2009), 'अस्तित्ववाद', *हिंदी आलोचना की पारिभाषिक शब्दावली,* राजकमल प्रकाशन, नयी दिल्ली.

—कमल नयन चौबे

अष्टछाप

(Ashtachhap)

कृष्ण काव्य की भक्ति परम्परा में अष्टछाप के कवियों की अविस्मरणीय भूमिका रही है। आचार्यों की छाप लगी आठ वीणाओं का स्वर भक्तिकाल में माधुर्य-भक्ति, सख्य-भक्ति, वात्सल्य-भाव के साथ गूँजा। पुष्टिमार्ग के संस्थापक महाप्रभु वल्लभाचार्य के चार और उनके पुत्र विट्ठलनाथ के चार प्रधान शिष्य क्रमश : कुम्भनदास (1468-1582), सूरदास (1478-1580-85 के बीच), कृष्णदास (1495-1575-81), परमानंददास (1491-1583), गोविंद दास (1505-158 5),छीतस्वामी (1581-1585), नंददास (1533-1586), तथा चतुर्भुजदास (1540-1585) 'अष्टछाप' के नाम से प्रसिद्ध हैं। ये कवि प्रेमाभक्ति में अनुरक्त होकर सखा भाव से सम्प्रदाय के इष्टदेव श्रीनाथजी (कृष्ण के ही एक रूप) के कीर्तन-भजन में तन्मय रहते थे। विशेष बात यह है कि लोक-मान्यता में इन आठों भक्त कवियों को श्रीनाथजी का अष्ट सखा भी कहा जाता है। इन सभी का रचनाकाल, जो भक्ति का लोकजागरण काल भी है, 1500 से 1586 तक रहा। हालाँकि भारत में सामंतवाद की अपनी अभिव्यक्तियाँ युरोप

से अलग थीं, पर उसके कोल्हू में पिसते समाज में जनता का जीना दूभर था। ऐसे कठोर समय में इन कवियों ने भक्ति-रस द्वारा जनता की निराशा दूर करने के साथ जीवन जीने की नयी चाह पैदा की।

दृष्टांत है कि गोवर्धन पर्वत पर श्रीनाथजी का प्राकट्य हुआ था। इसीलिए शुद्धाद्वैतवाद के महाप्रभु वल्लभाचार्य ने ब्रज में पहली बार आकर गोवर्धन के एक छोटे से मंदिर में उन्हें प्रतिष्ठित किया। उसी समय संयोगवश प्रभुनावती गाँव के भक्त और गोरखा क्षत्रिय कुम्भनदास महाप्रभु वल्लभाचार्य की शरण में आये। महाप्रभु ने उन्हें पुष्टिमार्ग की दीक्षा देकर भजन-कीर्तन-अर्चना-आराधना के लिए नियुक्त किया। वल्लभाचार्य जब दूसरी बार ब्रज में आये तो अम्बाला के सेठ पूरनमल के दान से 1499 में श्रीनाथ जी के मंदिर की नींव रख दी गयी। अपनी अविस्मरणीय तीसरी ब्रज यात्रा में वल्लभाचार्य ने आगरा और मथुरा के बीच गऊघाट पर संन्यासी वेश में रहने वाले सूरदास नामक भक्त को अपनी शरण में लिया। सूरदास की भक्ति और काव्य प्रतिभा को पहचान कर वल्लभाचार्य उन्हें परम आदर के साथ स्वयं श्रीनाथजी के मंदिर में ले गये और भजन-कीर्तन की सेवा में लगाया। इसी अवसर पर 1509 में श्रीनाथजी की नवीन मूर्ति मंदिर में स्थापित की गयी और गुजरात के एक ग्रामीण शूद्र कृष्णदास भी मंदिर में कीर्तन तथा रक्षक के रूप में नियुक्त किये गये। उन्हें आज भी कृष्णदास अधिकारी के नाम से स्मरण किया जाता है। नये मंदिर में कीर्तन सेवा का पूरा दायित्व कुम्भनदास को ही सौंपा गया। प्रसिद्ध है श्रीजगन्नाथपुरी की यात्रा में महाप्रभु चैतन्य से भेंट करने के बाद वल्लभाचार्य कान्यकुब्ज परमानंददास को दीक्षा देकर मंदिर में कवि-कीर्तनकार के रूप में लाये।

वल्लभाचार्य का 1530 में देहांत हुआ। उस समय उनके पुत्र गोपीनाथ पुष्टिमार्ग के आचार्य पद पर प्रतिष्ठित हुए। परंतु सात-आठ वर्ष बाद उनका भी देहांत हो गया। इस स्थिति में उनके छोटे भाई विट्ठलनाथ को आचार्य पद पर प्रतिष्ठित किया गया। उन्होंने तन-मन-धन लगा कर श्रीनाथ के मंदिर तथा पुष्टिमार्ग के सम्प्रदाय का संगठन किया। 1566 में वे अड़ैत गाँव छोड़ कर ब्रज में स्थायी रूप से रहने लगे। इसी वर्ष सम्राट अकबर ने एक फ़रमान भेज कर उन्हें गोकुल की भूमि माफ़ी में प्रदान की। इस भूमि के धन से विट्ठलनाथ ने श्रीनाथजी के मंदिर की सेवा-व्यवस्था की परम्परा को पुख़्ता किया। इसके बाद भक्तों को निर्भयपूर्वक बसने, गायें चराने तथा पूजनीय पशु-पक्षियों की हत्या के निषेध के कई फ़रमान प्राप्त हुए। उन्होंने निश्‍चिंत भाव से 'अष्ट याम' की उपासना, आठ सेवाओं की दैनिक गतिविधि, वार्षिक-व्रतों, उत्सवों, पर्वों, त्योहारों की व्यवस्था के साथ पुष्टिमार्ग के सम्प्रदाय प्रचार तथा साहित्य, संगीत एवं अन्य कलाओं की उन्नति का मार्ग खोल दिया। आठ परम शिष्यों को 'अष्टछाप' नाम देकर कलाओं की उन्नति को आगे बढ़ाया।

इन अष्टछाप के कवियों ने भक्ति-साहित्य के पुष्टिमार्गीय आधार को दृढ़ किया। इनकी ओर पूरे समाज के विभिन्न तबक़े उमंग-उत्साह से आये। इनमें सभी जातियों-वर्णों के लोग थे। भेद-भाव न होने के कारण हिंदू-मुसलमान, राजा-रंक, गृहस्थ-संन्यासी, नर-नारी सभी इनकी ओर आकृष्ट हुए। अष्टछाप भक्ति आंदोलन का प्रतीक बन गया। इसी पावनताजनित विवेक ने मीरां जैसी राजस्थान की राजकुमारी को ब्रज की ओर खींचा। मीरां ने कहा भी है कि मुझे वृंदावन में बहुत अच्छा लगता है। सार-संक्षेप यह कि पुष्टिमार्ग से भक्ति का जितना प्रचार-प्रसार हुआ उतना किसी अन्य मार्ग से नहीं। देश भर के बड़े-बड़े भक्त और आचार्य सभी प्रांतों से आकर ब्रज में निवास करने लगे। इस तरह अष्टछाप के कवियों ने समाज में एक बड़े और व्यापक सांस्कृतिक-सामाजिक नवजागरण को साकार किया।

दरअसल अष्टछाप के भक्त कवि विभिन्न प्रदेशों तथा जातियों-वर्णों-वर्गों के थे। कुम्भन कृषक थे, परमानंददास ब्राह्मण और कृष्णदास अधिकारी शूद्र। सूरदास की जाति एवं जीवन के विषय में कुछ भी प्रामाणिक रूप से ज्ञात नहीं है। चतुर्भजदास कुम्भनदास के पुत्र थे और खेती करके परिवार का भरण-पोषण करते थे। गोविंददास ब्राह्मण थ और छीतस्वामी मथुरा के पुरोहित चौबे। नंददास ब्राह्मण थे और गहरे दार्शनिक भक्त। भक्ति-मार्ग में ऊँच-नीच के लिए कोई जगह नहीं थी और जाति को लेकर सभी भक्तों में उदासीनता रहती थी। अष्टछाप के कवियों ने भक्ति-मार्ग को हर तरह की साम्प्रदायिकता-क्षेत्रीयता से मुक्त रखा। आज भी *चौरासी वैष्णवन की वार्ता* तथा *दो सौ वैष्णवन की वार्ता* से भक्त कवियों के जीवन-प्रश्नों की जानकारी मिलती है। पुष्टिमार्ग में आने से पूर्व ज़्यादातर भक्त दीन-दुनिया में फँसे हुए थे। प्रसिद्ध है कि सूरदास किसी स्त्री पर आसक्त होकर भटक रहे थे और यही गति नंददास की थी। कृष्णदास अधिकारी अपराधी क़िस्म के थे और ब्रज पहुँचने पर वल्लभाचार्य ने उन्हें प्रबंधक का पद देकर भक्ति का प्रकाश दिया। उन्होंने अपने बल-कौशल से मंदिर में किसी एक प्रदेश का वर्चस्व स्थापित नहीं होने दिया और निष्ठा उनकी ऐसी थी कि एक बार उन्होंने विट्ठलनाथ से भी मंदिर की सेवा का अधिकार छीन लिया था।

इन भक्तों की पुष्टिमार्गीय सेवा से वल्लभाचार्य प्रसन्न थे और इनकी कवि-प्रतिभा, संगीत-कला, कीर्तन-भजन पूजा पर मुग्ध थे। सूरदास को घिघियाते पाकर वल्लभ ने 'हरिभजन' का मार्ग दिखा कर नया व्यक्तित्व—पुनर्नवा रूप दिया। वल्लभ ने ही सूरदास को भागवत सम्पूर्ण अनुक्रमणिका सुनाकर उसका भाष्य समझाया। वल्लभ की *सुबोधिनी* टीका इसी दौर में लिखी गयी। सूरदास के सूरसागर को ही भक्ति-

शास्त्र का अथाह सागर माना जाता है। श्रीनाथजी के मंदिर में जिस भक्त की सबसे ऊँची रागिनी उठी वह प्रेम-गायक सूरदास की थी। पता नहीं सूरदास जन्मांध थे या बाद में अंधे हो गये थे, या भगवान को देख कर उन्होंने ऊपर की आँखें बंद करके भीतर की खोल लीं थीं।

सूरदास ने सूरसागर को रस-सागर तो बनाया लेकिन शुद्धाद्वैतवादी मुक्तिमार्गी दार्शनिकता से बोझिल नहीं किया। दर्शन को अनुभूति बनाने में सूरदास जैसा प्रवीण कवि हिंदी में कोई दूसरा नहीं है। वात्सल्य और शृंगार का सर्वाधिक उद्घाटन सूर ने अपनी बंद आँखों से किया, उन्हें 'रसराज' बनाया। इन रस-क्षेत्रों का वे कोना-कोना झाँक आये। निर्गुण-निराकार का खण्डन और प्रबल पुष्ट तर्कों से सगुण-लीलाब्रह्म की स्थापना ही उनका लक्ष्य था। उन्होंने कहा कि निर्गुण समझ में नहीं आता—'सब विधि अगम विचारै ताते, सूर सगुण लीला-पद गावै।' उन्होंने लोक परम्परा से आती गीत-परम्परा को नया रूप दिया। परमानंददास ने *परमानंद सागर* रच कर सूरदास की तरह काव्य की उत्कृष्टता का परिचय दिया। परिमाण एवं गुण में परमानंद दास की रचना सूरदास से टक्कर लेती है। गोविंददास गृहस्थ होकर भी भक्ति में रम गये और भक्तों में गोविंद स्वामी कहलाने लगे। विट्ठलनाथ उनके पदों पर मुग्ध रहते थे और उनकी काव्यात्मक रमणीयता के कायल थे। भक्तिमार्ग में कर्मकाण्ड का पथ गोविंद स्वामी ने ही दिखाया और चलाया। नंददास का लौकिक-प्रेम कृष्ण-भक्ति का दार्शनिक स्पर्श पा कर चमक उठा। नंददास का *भँवरगीत* भ्रमरगीत परम्परा की दार्शनिक मणिमाला के रूप में ग्रहण किया जाता है।

अष्टछाप के सभी कवियों के व्यक्तित्व में सांस्कृतिक मोहमाया से विरक्ति के साथ निस्पृहता थी। सूरदास को सम्राट अकबर ने कृष्ण-कीर्तन-गायन या नवधा भक्ति के रागानुराग-भक्ति पद सुन कर अपार-आदर दिया। लेकिन वे आदर-सम्मान पाकर भी भक्ति-भाव के पद से विचलित नहीं हुए। उन्होंने अकबर से यह भी कहा कि वे तो भगवान के लिए गायन-भजन करते हैं, किसी अन्य के लिए नहीं। कृष्ण में उनकी अनन्या-भक्ति एक अद्भुत आदर्श रही है। कुम्भनदास की निस्पृहता तथा व्यक्तित्व की अखण्ड गरिमा का एक बड़ा उदाहरण मिलता है। वे एक बड़े परिवार का भरण-पोषण किसानी से करते थे। स्वाभिमानी ऐसे कि सम्राट अकबर के बुलाने पर फ़तेहपुर सीकरी पैदल गये। सम्राट की भेजी सवारी को अस्वीकार किया और सम्राट के हाल-चाल पूछने पर पद गाया 'संतन कहाँ सीकरी सो काम, आवत जात पनहिया टूटीं, बिसरि गयो हरिनाम / जिनको मुख देखत दुःख उपजत तिनको करनो पड़ो सलाम।' अर्थात् भक्तों को वैभव से भरी सीकरी से लेना-देना क्या और क्यों? रास्ते में जूते फ़ट गये और थोड़ी देर के लिए हरिनाम का विस्मरण हो गया। जिसका मुख देखने से दुःख उपजता है— उस वैभव के मुख को सलाम करना पड़ा, यह सब अच्छा नहीं हुआ। कहते हैं अकबर संत कुम्भनदास का यह पद सुनकर निरुत्तर रह गये थे। सोचने की बात है कि सत्तावाद को सत्ता-स्वामी के सामने ललकारने का एक संत का साहस क्या था!

अष्टछाप में 'पोषणं तद्अनुग्रहा:' की परम्परा है—अर्थात् भगवान का अनुग्रह प्राप्त करने के लिए 'अष्टयाम' की पूजा-उपासना। एक याम तीन घण्टे का होता है, अष्टयाम यानी रात-दिन। हर याम के बाद भगवान श्रीनाथजी को नहलाना-धुलाना, वस्त्र पहनाकर शृंगार करना, फिर आरती पूजा-प्रसाद-फूल चढ़ाना। यह सब बड़ी साधना का काम है। आलसियों के वश का यह तप नहीं है। इस दृष्टि से 'अष्टयाम' की पूजा का यह विधान बड़ा व्रत है। कवि तथा भक्त होने के साथ-साथ ये सभी भक्त शास्त्रीय संगीत के समर्पित गायक थे। सूरदास-परमानंददास-कुम्भनदास की गायन कला का दूर-दूर तक यश था। कहते हैं कि प्रसिद्ध गायन तानसेन इनसे संगीत सीखने आते थे। छीतस्वामी का संगीत सुनने के लिए स्वयं अकबर वेश बदलकर आया करते थे। इस तरह अष्टछाप के कवियों के काव्य और संगीत ने कृष्ण भक्ति आंदोलन को लोक-हृदयों तक पहुँचाने का कार्य किया। इस संगीत-यज्ञ ने कृष्ण भक्ति आंदोलन को लोक जागरण की एक नवीन भूमि दी जिसने स्त्री एवं शूद्र दोनों को जागरण का गान सुना कर मूलधारा में खड़ा कर दिया—मुरझाये मनों को सींचा और जीवन को नया अर्थ-संदर्भ दिया। ये सभी लोग सामाजिक शक्ति के अंग बने और नारी को नर के बराबर खड़े होने का अवसर मिला। इन कवियों की रचना नर-नारी के लोकमन को इतना प्रभवित कर सकी कि समाज की उदासीनता झड़ गयी। चारों ओर से 'छबीले मुरली नेकु बजाउ' की आवाज़ उठने लगीं। यही पुकार चैतन्य महाप्रभु के शिष्यों, रूपगोस्वामी तथा जीवगोस्वामी को ब्रज वृंदावन खींच लायी तथा इन दोनों ने भक्ति-काव्य का भक्ति-शास्त्र *उज्जवल नीलमणि* तथा *भक्ति रसामृत सिंधु* नाम से तैयार किया।

अष्टछाप के इन कवियों का साहित्यिक योगदान अविस्मरणीय है। काल और कला का अमृत निचोड़कर इन कवियों ने ब्रजभाषा की कविता को अमर कर दिया। अष्टछाप के इन कवियों की भावधारा ही रूप बदलकर रीतिकाल तथा आधुनिक काल में निरंतर प्रवाहित रही। काव्य और कला के क्षेत्रों में इन कृष्णभक्त कवियों ने मनुष्यता की एक ऐसी उदात्त भूमि प्रदान की जिसकी मूल्यचेतना में संकीर्णता का नाम तक नहीं है।

देखें : 'अंग्रेज़ी हटाओ' आंदोलन, छायावाद, नंद दुलारे वाजपेयी, नगेंद्र और सैद्धांतिक आलोचना, प्रेमचंद, प्रयोगवाद, प्रगतिवाद, भक्ति आंदोलन-1 और 2, भक्ति-काव्य-1 और 2, भारतेंदु हरिश्चंद्र, भारतेंदु युग-1 और 2, भाषा नियोजन-1, 2, 3 और 4, भाषा के मार्क्सवादी सिद्धांत, महावीर प्रसाद द्विवेदी, महादेवी वर्मा, मीरांबाई और प्रेमाभक्ति, रामानुजाचार्य, रामानंद,

रामचंद्र शुक्ल-1 और 2, रामविलास शर्मा, रीतिकाल-1 और 2, वैष्णव धर्म, श्याम सुंदर दास, सम्पर्क भाषा-1, 2, 3 और 4, संविधान सभा में भाषा-विवाद-1, 2 और 3, संत-काव्य, सिद्ध-नाथ परम्परा, सूफ़ीयत और प्रेमाख्यान, हजारी प्रसाद द्विवेदी-1 और 2, हिंदी विरोधी आंदोलन, हिंदी जाति-1, 2 और 3, हिंदी साहित्य का आदिकाल, हिंदी साहित्य का इतिहास, हिंदी साहित्य का इतिहास : नए परिप्रेक्ष्य, हिंदी-जगत और 'लोकप्रिय'-1 और 2, हिंदी नवजागरण।

संदर्भ

1. रामचंद्र शुक्ल (1940), *हिंदी साहित्य का इतिहास,* काशी नागरी प्रचारिणी सभा, काशी.
2. रामचंद्र शुक्ल (1940), *भ्रमरगीत सार की भूमिका,* काशी नागरी प्रचारिणी सभा, काशी.
3. हजारी प्रसाद द्विवेदी (1981), *हजारी प्रसाद द्विवेदी ग्रंथावली,* भाग-4, राजकमल प्रकाशन, दिल्ली.
4. दीनदयाल गुप्त (1954), *अष्टछाप और वल्लभ सम्प्रदाय,* काशी नागरी प्रचारिणी सभा, काशी.
5. बल्देव उपाध्याय (1958), *भागवत सम्प्रदाय,* काशी नागरी प्रचारिणी सभा, काशी.
8. मुंशीराम शर्मा (1958), *भक्ति का विकास,* चौखम्भा विद्याभवन, वाराणसी.

—कृष्णदत्त पालीवाल

अश्वेत नारीवाद

(REI Feminism)

अश्वेत नारीवाद को अंग्रेज़ी में आरईआई फ़ेमिनिज़म भी कहा जाता है। आरईआई का मतलब है रेस, एथ्निसिटि और इम्पीरियलिज़म। ज़ाहिर है कि अश्वेत नारीवाद पश्चिम केंद्रित गौरांग स्त्रियों के सामाजिक-सांस्कृतिक और राजनीतिक अनुभव से भिन्न धारा है। इसके तहत अफ्रो-अमेरिकी मूल की काली औरतों के साथ-साथ एशियाई समेत अन्य सभी जातीयताओं और राष्ट्रीयताओं की नारीवादी दावेदारियाँ आती हैं। नारीवाद का यह संस्करण उत्तर-औपनिवेशिक विमर्श का सहारा ले कर साम्राज्यवादी रवैये के तहत तीसरी दुनिया पर थोपे गये सांस्कृतिक और वैचारिक प्रभुत्व को भी प्रश्नांकित करता है। कुल मिलाकर यह नारीवाद गौरांग स्त्रियों द्वारा विकसित किये गये विमर्श को स्त्री का सार्वभौम विमर्श मानने से इनकार करते हुए तर्क देता है कि शोषण की वर्गीय, नस्लीय तथा लैंगिक क़िस्में अंतरसंबंधित हैं। अश्वेत नारीवाद के उभार से पहले नारीवाद की प्रचलित धाराएँ लैंगिक शोषण पर बात करते हुए शोषण के नस्ल और वर्ग आधारित रूपों को लगातार नज़रअंदाज़ करती थीं। सत्तर के दशक के मध्य में में कॉमबाहो रिवर कलेक्टिव ने यह तर्क प्रस्तुत किया कि अश्वेत स्त्री की मुक्ति के पश्चात् ही सम्पूर्ण मानव-समाज की मुक्ति सम्भव है। अश्वेत नारीवादी आंदोलन की आधारभूमि तैयार करने में एलिस वॉकर द्वारा प्रतिपादित वुमॅनिज़म के सिद्धान्त का महत्त्वपूर्ण योगदान है। बेल हुक्स ने अपने लेखन और चिंतन से इसके ब्लैक फ़ेमिनिज़म वाले पहलू को और समृद्ध किया है। गायत्री चक्रवर्ती स्पिवाक के उत्तर-औपनिवेशिक चिंतन ने आरईआई धारा में साम्राज्यवाद विरोध के पहलू जोड़े हैं।

एलिस वाकर और उनकी हम ख़याल नारीवादियों ने अपने विमर्श द्वारा दिखाया है कि अश्वेत स्त्री के जीवनानुभव श्वेत और मध्यवर्गीय स्त्रियों की अपेक्षा न सिर्फ़ भिन्न हैं, बल्कि उसके शोषण की परिस्थितियाँ भी अधिक जटिल हैं। पेट्रीशिय हिल कॉलिंस ने 1991 में प्रकाशित अपनी महत्त्वपूर्ण कृति *फ़ेमिनिस्ट थॉट* में कहा है कि इस नारीवाद की सैद्धांतिकी रचने वाली विदुषियों ने साधारण अश्वेत स्त्री के अनुभवों तथा उसके विचारों के आधार पर अलग क़िस्म की दृष्टि प्रदान की है। अश्वेत नारीवाद का वैचारिक संबंध उत्तर-औपनिवेशिक नारीवादियों के साथ तथा तीसरी दुनिया के दलित नारीवाद सरीखी परिघटनाओं के साथ भी है। इन नारीवादी धाराओं ने न केवल पुरुष-प्रधान संस्कृति के ख़िलाफ़ संघर्ष किया, बल्कि पाश्चात्य नारीवादी ख़ेमे की युरोकेंद्रीयता से भी लोहा लिया।

आरईआई फ़ेमिनिज़म की कई प्रस्थापनाएँ समाज-विज्ञान के दायरों में समस्याग्रस्त भी हैं। मसलन, समाजशास्त्रियों के बीच नस्ल की अवधारणा के प्रति व्यापक अस्वीकार है। लेकिन, चमड़ी के रंग के कारण अमेरिका और युरोप के अन्य देशों में काली स्त्रियों के साथ होने वाले भेदभाव ने नस्ल के पहलू को गोलबंदी का पक्का आधार बना दिया है। इसी तरह अंतर्राष्ट्रीय संबंधों के अनुशासनों द्वारा प्रतिपादित तीसरी दुनिया की अवधारणा भी विवादग्रस्त मानी जाती है। ग़रीब और अविकसित समझे जाने वाले कई देश धीरे-धीरे इस श्रेणी से निकलते जा रहे हैं। सवाल उठाया जाता है कि क्या भारत और चीन जैसे देशों की स्त्रियों को तीसरी दुनिया का माना

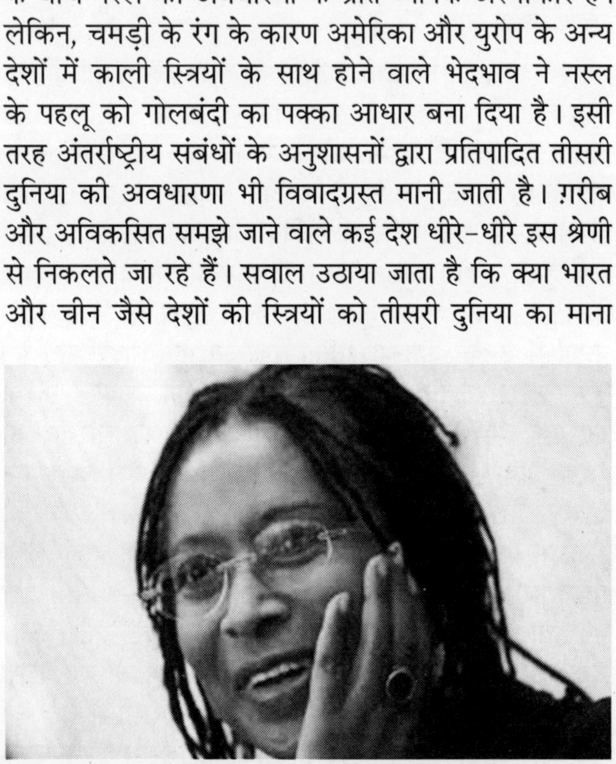

एलिस मेल्सेनियर वाकर (1944-)

जाता रहेगा? इन प्रश्नों के बावजूद पश्चिम के मुक़ाबले रखने पर नारीवादी आंदोलन में तीसरी दुनिया का विमर्श आज भी साम्राज्यवाद विरोध या नव-उपनिवेशवाद विरोध का स्रोत बना हुआ है। अश्वेत नारीवादी संगठनों का उदय सत्तर के दशक में हुआ। नैशनल ब्लैक फ़ेमिनिस्ट ऑर्गनाइज़ेशन की स्थापना 1973 में हुई। इसके परचम के तले अफ़्रीकी तथा अमेरिका की अश्वेत स्त्रियों द्वारा झेली जा रही हिंसा और उत्पीड़नकारी परिस्थितियों के विरुद्ध कमर कसी। 1977 आते-आते विभिन्न कारणों से इस संगठन का कामकाज ठप्प हो गया। लेकिन द कॉमबाहो रिवर कलेक्टिव अश्वेत समाजवादी नारीवादियों का महत्त्वपूर्ण संगठन बना रहा।

साठ और सत्तर के दशक के नागरिक अधिकार आंदोलनों के साथ-साथ नारीवादी आंदोलन की मुख्य समस्या यह थी कि उसने काली और अश्वेत स्त्रियों के मुद्दों को अपनी माँगों में अलग से स्थान देने से इनकार कर दिया था। अश्वेत नारीवाद की प्रबल समर्थक मैरी एन. वेदर ने 1969 में रैडिकल नारीवादियों की पत्रिका *नो मोर फ़न ऐंड गेम्स : अ जर्नल ऑफ़ फ़ीमेल लिबरेशन* में लिखा कि दुनिया की सभी स्त्रियाँ शोषण की शिकार हैं, यहाँ तक कि श्वेत स्त्री भी। लेकिन भारत, मैक्सिको, प्यूरिटोरिको और अफ़्रो-अमेरिकी मूल की अश्वेत स्त्रियाँ, तिहरे शोषण की शिकार है। मैरी एन. वेदर ने पूछा कि अगर शोषण को एक सामान्य परिभाषा के तहत समझ कर उसकी विशिष्टताओं को दर्ज नहीं किया गया तो इन विभिन्न मूल की स्त्रियों के साथ संवाद कैसे स्थापित होगा।

अश्वेत नारीवाद द्वारा दर्ज किया गया प्रतिरोध वस्तुतः दो दृष्टिकोणों का परिणाम है। पहला दृष्टिकोण यह मानता है कि अगर शोषित समूह स्वयं को शक्तिशाली समूहों के साथ जोड़ कर देखता है तो उसके पास अपने ख़ुद के शोषण की कोई वैध व्याख्या नहीं रह जाएगी। दूसरा दृष्टिकोण यह मानता है कि शोषित समूह अपने शोषकों की अपेक्षा स्वयं को कमतर मनुष्य मानते हैं इसलिए उनमें अपना दृष्टिकोण रखने की क्षमता विकसित नहीं हो पाती। शोषित समूहों में राजनीतिक कार्यक्षमता इसलिए मज़बूती से नहीं उभर पाती। इसी के साथ एक दूसरा पहलू भी है जिसके मुताबिक़ अधीनस्थ समूह न सिर्फ़ अपने शोषक समूह की अपेक्षा एक भिन्न यथार्थ का अनुभव करता है, बल्कि उस भिन्न यथार्थ को वर्चस्वशाली समूहों की अपेक्षा अलग ढंग से व्याख्यायित भी करता है। अश्वेत स्त्रियों की राजनीतिक एवं आर्थिक परिस्थितियाँ उन्हें एक भिन्न जीवन-अनुभव प्रदान करती है। उनका भौतिक यथार्थ उन्हें दुनिया समझने की अलग नज़र देता है।

अपनी ज्ञान परम्परा को वैधता दिलाने के क्रम में अश्वेत नारीवादी सिद्धांत को तीन स्तर पर चुनौतियों का सामना करना पड़ा है। पहला है साधारण अश्वेत स्त्रियों के बीच अपने सिद्धान्तों के प्रति यक़ीन पैदा करना। दूसरा है अश्वेत विदुषियों, जो सामान्यतः नारीवादी नहीं हैं, के बीच अपनी स्वीकार्यता हासिल करना। तीसरा है अकादमिक जगत में युरोकेंद्रित पुरुषवादी रवैये के ख़िलाफ़ राजनीतिक और ज्ञानमीमांसक मुठभेड़ करना। अश्वेत नारीवादी सिद्धांत इस दावे के साथ सामने आता है कि अश्वेत स्त्रियाँ अपने विशिष्ट ज्ञान का उत्पादन कर सकती हैं। अश्वेत नारीवाद को असहमति के विमर्श तथा भिन्न स्वर के रूप में तरजीह दिये जाने के साथ-साथ नारीवादी विमर्श को आलोचना का सामना भी करना पड़ रहा है। आलोचकों का कहना है कि अश्वेत स्त्री द्वारा स्वयं को सिर्फ़ अश्वेत समूह की तरह देखने की प्रवृति के कारण यह नस्ली पूर्वग्रहों में फँस गया है जिसके कारण इसके तार्किक आयाम कमज़ोर हुए हैं। नस्ली भेदभाव के विरोधियों का मानना है कि अश्वेत स्त्री सिर्फ़ अश्वेत होने के कारण शोषित नहीं है, बल्कि स्त्री होने के साथ-साथ वह अश्वेत भी है और यही उसके दोहरे उत्पीड़न का प्रमुख कारण है। चूँकि अश्वेत नारीवाद ख़ुद को अश्वेत स्त्रियों का एकमात्र हितचिंतक क़रार देता है इसलिए उसका यह दावा महिला आंदोलन के साथ उसके अटूट रिश्ते को कमज़ोर करता है। सारा ध्यान नस्ल के सवालों पर केंद्रित करने के कारण यह अन्य सामाजिक-सांस्कृतिक, राजनीतिक एवं आर्थिक पहलुओं की अनदेखी करने की तरफ़ चला जाता है।

देखें : आनंदीबाई जोशी, इसलामिक नारीवाद, गायत्री चक्रवर्ती स्पिवाक, चिपको आंदोलन, जूडिथ बटलर, जेंडर, दलित नारीवाद, देवदासी, देवकी जैन, नारीवाद, नारीवाद की पहली लहर, नारीवाद की दूसरी लहर, नारीवाद की तीसरी लहर, नारीवादी दर्शन, नारीवादी फ़िल्म-सिद्धांत, नारीवादी इतिहास-लेखन, नारीवाद और अर्थशास्त्र, नारीवाद और साम्प्रदायिकता, नैंसी शोदेरौ, पर्यावरणीय नारीवाद, पब्लिक-प्रायवेट, पण्डिता रमाबाई सरस्वती, पितृसत्ता, प्रेम, प्रेम-अध्ययन और नारीवादी दर्शन, भारत में स्त्री-आरक्षण-1 और 2, महादेवी वर्मा, मैरी वोल्सनक्राफ़्ट, राजनीतिक दर्शन के नारीवादी आयाम, रमाबाई रानाडे, ल्यूस इरिगरे, सम्पत्ति : नारीवादी परिप्रेक्ष्य, सिमोन द बोउवार, स्त्री-आरक्षण, हेलन सिचू।

संदर्भ

1. बेल हुक्स (1981), *एंट आई अ वुमॅन : ब्लैक वुमॅन ऐंड फ़ेमिनिज़म,* साउथ ऐंड प्रेस, बोस्टन, एमए, 1981.
2. आर. लेविन (2000), 'फ़ेमिनिज़म ऐंड ओरिएंटलिज़म', *फ़ेमिनिस्ट थियरी,* खण्ड 3, अक 2.
3. एच. मिर्ज़ा (1997), *ब्लैक ब्रिटिश फ़ेमिनिज़म : अ रीडर,* रॉटलेज, लंदन.
4. गायत्री चक्रवर्ती स्पिवाक (1987), 'फ़ेमिनिज़म ऐंड क्रिटिकल थियरी', संकलित : स्पिवाक, *इन अदर वल्ड्‌र्स : एसेज़ इन कल्चरल पॉलिटिक्स,* मेथ्युन, लंदन और न्यूयॉर्क.

—सुप्रिया पाठक

अहिंसा-1

(धर्म, शांति, सविनय अवज्ञा)

(Nonviolence-1)

अहिंसा का आग्रह न केवल किसी को शारीरिक क्षति पहुँचाने से रोकता है, बल्कि किसी को मानसिक ठेस पहुँचाने या किसी की आज़ादी छीनने तक का निषेध करता है। एक विचार के तौर पर अहिंसा को मुख्य रूप से तीन श्रेणियों के तहत समझा जा सकता है। मानकीय दर्शन के रूप में, प्रतिरोध की एक सामाजिक-राजनीतिक रणनीति के तौर पर और सामाजिक रूपांतरण के बुनियादी सिद्धांत के रूप में। मानकीय दर्शन के तौर पर अहिंसा का प्रत्यय प्राचीन काल से ही भारतीय दर्शन का उल्लेखनीय अंग रहा है। बौद्ध दर्शन और जैन दर्शन ने इसे न केवल अपने प्रमुख मानक की तरह स्थापित किया बल्कि व्यक्तिगत जीवन और समाज-रचना के दायरों में इसे एक व्यावहारिक उपादान की हैसियत प्रदान की। लेकिन हिंदू दर्शन के दायरे में *महाभारत* और स्मृति साहित्य से इस विचार के प्रति कुछ जटिल क़िस्म की अनुक्रिया का संकेत मिलता है। पश्चिमी दर्शन अहिंसा के मानकीय स्वरूपों के बारे में विशेष रूप से चिंतित नहीं मिलता। फ़िलॉसफ़ी के विभिन्न कोशों में हिंसा और उसके विविध रूपों पर प्रविष्टियाँ तो हैं, पर अहिंसा पर चर्चा नहीं मिलती। आधुनिक विचार में एक बहुमुखी सिद्धांत के तौर पर अहिंसा की स्थापना का श्रेय गाँधी को जाता है। बीसवीं सदी में गाँधी ने ही दर्शन और राजनीतिक कार्रवाई के एक-दूसरे से गुँथे रूपों में इसका दोहरा सूत्रीकरण किया। गाँधी का आग्रह था कि अहिंसा न केवल व्यक्तिगत और सामाजिक स्तर पर राजनीतिक-आर्थिक सफल देती है, बल्कि मनुष्य की आत्मिक मुक्ति का उत्तम साधन भी है। उन्होंने अहिंसा को नीतिशास्त्र का सबसे श्रेष्ठ स्वरूप क़रार दिया। उनके लिए अहिंसा स्वराज से भी पहले थी। एक राजनीतिक रणनीति के तौर पर अहिंसा के प्रयोग को दक्षिण अफ़्रीका में गाँधी द्वारा अहिंसक प्रतिरोध और उसके बाद भारत के उपनिवेशवाद विरोधी आंदोलन में अहिंसक रणनीति के इस्तेमाल तक सीमित मानना उचित नहीं होगा। दरअसल, द्वितीय विश्व-युद्ध से पहले और बाद में अहिंसा का पल्ला पकड़ने वाली बहुत सी क्रांतियों और आंदोलनों को सफलता मिली है। आज दर्शन से कहीं ज़्यादा राजनीतिशास्त्र में अहिंसा पर विचार होता है। योहान गाल्टुंग और ज्याँ शार्प जैसे विद्वानों ने इस विषय में उल्लेखनीय समाज-वैज्ञानिक विमर्श विकसित किया है।

दुनिया में कोई भी धर्म ऐसा नहीं है जिसने अहिंसा की विलोम हिंसा को एक बुनियादी सिद्धांत बनाया हो। लेकिन अहिंसा को बुनियादी सिद्धांत बनाने वाले धर्म कुल मिला कर दो हैं। श्रमण परम्परा के बौद्ध और जैन धर्म। बौद्ध और जैन दर्शनों द्वारा अहिंसा को मिली प्राथमिकता ने प्राचीन काल से ही भारतीय समाज पर विरोधाभासी प्रभाव डाले हैं। इसके कारण बलि देने की प्रथा संयमित हुई, लेकिन दूसरी प्राण लेने का काम करने वालों या मृत देह (चाहे वह मनुष्य की देह हो या पशु की) के संसर्ग में रहने वालों का सामाजिक और कर्मकाण्डीय दर्जा नीचे गिर गया। इसका तीसरा असर यह हुआ कि हिंदुओं के बीच बड़े पैमाने पर शाकाहारी भोजन का आग्रह बढ़ा। इसीलिए भारतीय समाज दुनिया में सबसे ज़्यादा निरामिष माना जाता है। इन प्रकट प्रभावों के बावजूद कुछ विद्वानों की मान्यता है कि प्राचीन भारतीय दर्शन में अहिंसा को अपने आप में सम्पूर्ण और आद्योपांत विचार के रूप में स्वायत्तता प्राप्त नहीं है। अहिंसा के दर्शन को अलग से विकसित न करके उसे धर्मों की वैचारिक संरचना का हिस्सा बनाया गया है। बौद्ध दर्शन भी अहिंसा को शील अर्थात् आचरण का हिस्सा मानते हुए उसे करुणा और मैत्री से दर्जे में नीचे रखता है। अशोक के युग में बौद्ध धर्म जब राज-धर्म बना, तो उसके तहत व्यक्तिगत जीवन और खान-पान में अहिंसक आचरण पर बल कम हो गया था। जैन दर्शन में अहिंसा का विचार बौद्धों के मुक़ाबले अधिक केंद्रीय है। जैन दार्शनिकों ने इसे एक नीतिशास्त्रीय सिद्धांत के तौर पर अपनाया और अपने श्रद्धालुओं के बीच अहिंसक आचरण को उसकी सर्वोच्च निष्पत्ति तक ले गये। जैन दर्शन अपने अनुयायियों से पाँच महाव्रतों के पालन की अपेक्षा करता है : ये हैं अहिंसा का पालन करना, सत्य बोलना, किसी की दी हुई चीज़ न लेना, ब्रह्मचर्य का पालन करना और अपरिग्रह। इन व्रतों का क्रम बताता है कि इनमें अहिंसा को सर्वोच्च महत्त्व दिया गया है। जैन तीर्थंकर महावीर का वचन है : 'समस्त प्राण, भूत जीव और सत्त्वों का हनन नहीं करना, उन पर शासन नहीं करना, ग़ुलाम नहीं बनाना, परितापित नहीं करना, उद्विग्न और दुखी नहीं करना, यही अहिंसा धर्म, नित्य और शाश्वत है।' अहिंसा की ऐसी सर्वांगीण अभिव्यक्ति किसी और दर्शन में नहीं मिलती।

हिंदू विचार इस मामले में अलग है। उपनिषद् साहित्य में अहिंसा का प्रतिपादन है। छांदोग्य उपनिषद् में कहा गया है कि तप, दान, आर्जव, अहिंसा और सत्य वचन मनुष्य के आत्मयज्ञ की दक्षिणा हैं। लेकिन अहिंसा के विचार की यह प्रतिष्ठा जीवन में मांसाहार, यज्ञों में मनुष्य और पशुओं की बलि, शिकार आदि से समाज को बरजने लायक साबित नहीं हुई। कुल मिला कर हिंदू दायरे में धर्म की स्थापना अनिवार्य रूप से अहिंसक परियोजना के तौर पर नहीं उभरती। *महाभारत* में युद्ध के प्रारम्भ होने से ठीक पहले अर्जुन द्वारा कृष्ण के सामने पेश की गयी शंकाओं का समाधान अहिंसा को

प्रोत्साहित करने वाला नहीं है। दूसरी तरफ़ युद्ध के बाद उसमें हुए भीषण रक्तपात पर युद्धिष्ठिर द्वारा अर्जुन के सामने व्यक्त किये गया अफ़सोस अंतिम विश्लेषण में हिंसा की व्यर्थता और अहिंसा की उपयोगिता रेखांकित करता है। कुल मिला कर हिंदू विचार अहिंसा को धर्म के सामान्य आचरण का अंग मानता है, लेकिन असामान्य परिस्थितियों में अहिंसा का सिद्धांत त्याग कर हिंसा की शरण में जाना नीतिगत उल्लंघन नहीं माना जाता।

आम तौर पर अहिंसा को शांति, शांतिवाद और सविनय अवज्ञा का पर्यायवाची मान लिया जाता है। शायद इसलिए कि सविनय अवज्ञा आंदोलन शांतिपूर्ण और अहिंसक होते हैं। लेकिन इन तीनों धारणाओं के बीच अनिवार्य मानकीय संबंध नहीं है। मसलन, अपने शाब्दिक अर्थों में इसलाम शांति का धर्म है। ख़ुदाई हुकूमत का मक़सद है न्याय की स्थापना। माना जाता है कि इसका परिणाम शांति में निकलना चाहिए। लेकिन इसलामिक धर्मशास्त्र और दर्शन अनिवार्यत: अहिंसक तौर-तरीक़ों से न्याय की स्थापना करने की कोई हिदायत नहीं देता। इसके उलट इसलाम के तहत आध्यात्मिक का राजनीतिक के साथ और व्यक्ति का सामाजिक के साथ समेकन करने में हिंसा के उपयोग को न केवल उचित माना जाता है, बल्कि कुछ स्थितियों में उसके माध्यम से गहन आध्यात्मिकता की उपलब्धि की अपेक्षा भी रहती है। इसलामिक थियरी में न्यायपूर्ण युद्ध की संकल्पना तो है ही, जेहाद के व्यावहारिक फलितार्थों के कारण कई ग़ैर-इसलामिक समुदाय हिंसा और बहिर्वेशन के शिकार होते हैं।

पश्चिम में शांति की समझ ईसाइयत की शुरुआती वैचारिक संरचनाओं से निकली है जो न्यू टेस्टामेंट की इस शिक्षा पर आधारित थीं कि अगर कोई एक गाल पर थप्पड़ मारे तो उसके सामने दूसरा गाल भी कर देना चाहिए। इसी के मुताबिक़ ईसाइयों ने रोम की शाही सेनाओं में भर्ती होने से इनकार कर दिया। लेकिन बाद में धीरे-धीरे ईसाई चर्च ने न्यायपूर्ण युद्ध का सिद्धांत विकसित कर लिया जिसके आधार पर ईसाई सरकारें ज़रूरत पड़ने पर युद्ध करने लगीं। इसके बावजूद ईसाइयत में क्वैकर, मेनोनाइट, दुखोबार और यहोवाज़ विटनेस जैसे सम्प्रदाय शांतिवादी बने रहे। ईसाई धर्म में 'सरमन ऑन द माउंट' शांति का एक प्रभावशाली पाठ रहा है। चर्च की भ्रष्ट नीतियों के चंगुल में आने से पूर्व कई ईसाई समुदाय इस अप्रतिरोध परम्परा का पालन करते थे। दुखोबार समुदाय की शांतिवादी परम्परा का लेव तॉल्स्तॉय ने विस्तार से ज़िक्र किया है। लेकिन, ये शांतिवादी परम्पराएँ कोई ज़रूरी नहीं कि अहिंसा को एक आधारभूत सिद्धांत के तौर पर अपनाती हों।

आधुनिक और सेकुलर अर्थों में भी शांति युद्ध या हिंसक संघर्ष की ग़ैर-मौजूदगी की तरह परिभाषित होती है, न कि अहिंसा के पर्याय के रूप में। इस तरह शांति को नकारात्मक रूपों में समझा और महसूस किया जाता रहा है। अंतर्राष्ट्रीय संबंधों के क्षेत्र में हथियारबंद टकराव की ग़ैरमौजूदगी शांति के रूप में पेश की जाती है। चूँकि युद्ध प्रेक्षणीय है, उसे नापा जा सकता है और उसके प्रभावों की प्रत्यक्ष अनुभूति की जा सकती है, इसलिए शांति उसका वांछनीय विलोम बन जाती है।

ऊपर बताये गये पारम्परिक शांतिवाद से कुछ हट कर आधुनिक शांतिवाद ने ख़ुद को नकारात्मक के बजाय सकारात्मक रोशनी में पेश करने की शुरुआत की है। उसका नैतिक आधार इस अवधारणा में निहित है कि किसी भी प्रकार की हत्या अनैतिक है। शांतिवादी सैन्य-सेवा का विरोध करते हैं। अपने व्यापक अर्थों में शांतिवाद ऐसी राजनीतिक-सामाजिक-आर्थिक व्यवस्था का भी विरोधी है जो युद्ध और हिंसा को प्रोत्साहित करती हो। शांतिवाद अहिंसा को आधार बना कर जीवन में मैत्री, प्रेम, क्षमा, करुणा इत्यादि मूल्यों को पल्लवित किये जाने का पक्षधर है। शांतिवाद निष्क्रियता न हो कर किसी भी हिंसा के प्रति अहिंसक प्रतिरोध है। वह सशस्त्र-शांति को अस्वीकार करता है। वह अहिंसक साधनों से मानव जीवन की आधारभूत सुविधाएँ सम्मानजनक तरह से उपलब्ध कराने का पक्षधर है। वह मानवाधिकारों और निरस्त्रीकरण का समर्थक है। वह ऐसी अंतरराष्ट्रीय संस्थाओं की स्थापना की पहल करता है जो अंतर्राष्ट्रीय विवादों के शांतिपूर्ण समाधान को बढ़ावा दे।

जहाँ तक सविनय अवज्ञा का सवाल है, अहिंसा के आधार पर की गयी प्रत्येक राजनीतिक कार्रवाई सविनय अवज्ञा की श्रेणी में नहीं आती। कई अहिंसक कार्रवाइयाँ अपने चरित्र में 'सिविल' या सविनय नहीं होतीं। उनकी प्रकृति काफ़ी-कुछ क्रांतिकारी क़िस्म की होती है। वे क़ानून तोड़ने के कारण मिलने वाली सज़ा को स्वीकार करने के उसूल पर नहीं चलतीं। जबकि किसी अवज्ञा के सविनय होने के लिए इस शर्त का पालन आवश्यक है। विद्वानों ने सविनय अवज्ञा आंदोलन के ऐसे रूपों के बारे में चर्चा की है जिनमें निर्जीव वस्तुओं के ख़िलाफ़ हिंसा हो सकती है। दूसरे, कभी-कभी सविनय अवज्ञा आंदोलन सीधी और अचानक कार्रवाई के रूप में भी आयोजित किये जाते हैं। ऐसे आंदोलनों में हिंसा के अंदेशे धड़कते रहते हैं।

देखें : आतंकवाद, आशिस नंदी-1 और 2, क्रांति, जैन दर्शन, फ़्रेंज़ फ़ानो, बौद्ध दर्शन, मोहनदास कर्मचंद गाँधी-1, 2 और 3, शांति, शांतिवाद, सविनय अवज्ञा, हिंसा-2, संरचनागत हिंसा।

संदर्भ

1. एम.के. गाँधी (1942-1949), *नॉनवायलेंस इन पीस ऐंड वार,* खण्ड 2, नवजीवन प्रकाशन, अहमदाबाद.
2. सी. चैपल (1993), *नॉनवायलेंस टू ऐनिमल्स, अर्थ, ऐंड सेल्फ़ इन*

एशियन ट्रेडिशंस, स्टेट युनिवर्सिटी ऑफ़ न्यूयॉर्क प्रेस, अल्बैनी.

3. बेरेल लैंग (1970), 'सिविल डिसओबीडिएंस ऐंड नॉनवायलेंस : अ डिस्टिंक्शन विद् अ डिफ़रेंस', *इथिक्स,* खण्ड 80, अंक 2.
4. लियो टॉल्स्टॉय, *लेटर टु अ हिंदू* (1908), संकलित : पी. मेयर (सम्पा.), *द पेसिफ़िस्टि कांशेंस,* पेंगुइन, हारमंड्सवर्थ, 1966.

—अभय कुमार दुबे

अहिंसा-2

(राजनीतिक-सामाजिक कार्यक्रम)

(Nonviolence-2)

भारत में उपनिवेशवाद के ख़िलाफ़ संघर्ष में अहिंसक प्रतिरोध की कामयाबी का दुनिया भर में राजनीतिक कल्पनाशीलता पर रैडिकल असर पड़ा। साठ के दशक में अमेरिका में रेवरेंड मार्टिन लूथर किंग और उनके अनुयायियों ने अफ़्रीकी मूल के अमेरिकनों के ख़िलाफ़ होने वाले भेदभाव का प्रतिरोध करने के लिए गाँधीवादी रास्ते का सफल इस्तेमाल किया जिसने नस्लवादी आक्रामकता को राजनीतिक और सामाजिक रूप से अलगाव में धकेल दिया। इसके बाद से एक लम्बा सिलसिला शुरू हुआ जिसमें बार-बार राजनीतिक कार्रवाई के अहिंसक रूपों का प्रयोग करके सफलताएँ हासिल की गयीं। इन कामयाबियों में 1986 में फ़िलीपीन का पीपुल्स पॉवर आंदोलन, अस्सी के दशक के आख़िरी दौर में मध्य और पूर्वी युरोपीय देशों में हुई वेल्वेट रैवोल्यूशन, अस्सी और नब्बे के दशक में चिली और अन्य लातीनी अमेरिकी देशों में लोकतंत्र के लिए किये गये अहिंसक प्रयास, 2000 में सर्बिया में स्लोबोदोन मिलोसेविच का तख़्तापलट, 2004 में यूक्रेन की ओरेंज रैवोल्यूशन और 2006 के अप्रैल में नेपाल की राजशाही का तख़्तापलट उल्लेखनीय है।

व्यावहारिक राजनीति में हुए इस परिवर्तन के पीछे निर्विवाद रूप से गाँधी का दर्शन है, जिसे उन्हीं के विख्यात शब्दों में बड़ी स्पष्टता से समझाया जा सकता है : 'अहिंसा का पाठ ऐसे व्यक्ति को नहीं पढ़ाया जा सकता जो मृत्यु से डरता है और जिसमें प्रतिरोध की क्षमता नहीं है। वह अहिंसा को समझे, इससे पहले ज़रूरी है कि उसे मज़बूती से अपने सिद्धांतों की रक्षा करना सिखाया जाए, और तब उस आक्रामक से जो उसे पराजित करने को कटिबद्ध हो, वह अपनी रक्षा करता हुआ अपने प्राण देना भी सीख सकेगा। दूसरा कोई भी रास्ता उसकी कायरता को ही मज़बूत बनाना और उसे अहिंसा से दूर हटा ले जाना होगा। यह हो सकता है कि मैं किसी को जवाबी हमला बोलने में मदद न कर सकूँ, लेकिन मुझे किसी बुज़दिल को तथाकथित अहिंसा के पीछे आश्रय देना नहीं है। ... अहिंसा का अर्थ बुरा काम करने वाले के सामने घुटने टेक देना नहीं है। इसका अर्थ है, अत्याचारी के विरुद्ध अपनी समूची आत्मा का बल लगा देना। अपने अस्तित्व के इस नियम के अंतर्गत काम करते हुए किसी भी अकेले व्यक्ति के लिए सम्भव है कि वह एक अन्यायपूर्ण साम्राज्य की समूची शक्ति और बल को चुनौती दे सके।' अहिंसा के पक्ष में गाँधी के ऐसे ही और भी कथनों का उल्लेख किया जा सकता है। ध्यान देने की बात यह है गाँधी अहिंसा और निर्भयता का यह अनूठा गठजोड़ इसलिए बना पाये कि वे इस विचार को महज़ रणनीति नहीं मानते थे। उनका कहना था, 'सत्य का पूर्ण दर्शन अहिंसा को पूर्णत: प्राप्त करने से ही हो सकता है। ... मेरे लिए अहिंसा स्वराज से भी पहले है। ... जब अहिंसा की बात की जाती है तो उसे हर चीज़ से पहले आना चाहिए। तब ही वह इतनी शक्तिशाली हो सकती है कि उसे कोई पराजित न कर सके।' ज़ाहिर है कि गाँधी की निगाह में अहिंसा कायर और कमज़ोर का विकल्प न हो कर शक्तिशाली और निडर का विकल्प है।

अहिंसा के प्रयोगों से संबंधित गाँधी की सफलताएँ असंदिग्ध हैं। लेकिन ज़रूरी नहीं कि यह राजनीतिक रणनीति हर जगह सफल ही हुई हो। 1989 में चीन में तियनअनमेन चौक में लोकतंत्र की अहिंसक दावेदारी कर रहे छात्र चीनी कम्युनिस्ट पार्टी और सरकार पर नैतिक दबाव डालने में नाकाम रहे। उनका बुरी तरह से दमन कर दिया गया। इसी तरह सर्बिया के कोसोवो क्षेत्र में अहिंसक प्रतिरोध विफल हो गया। म्यांमार में लोकतंत्र के लिए चलने वाला अहिंसक संघर्ष अब भी कामयाबी से बहुत दूर है। इन विफलताओं की रोशनी में अहिंसा की रणनीति की एक आलोचना भी उभरी है। कहा गया है कि एक दम हिंसक और दमन करने के लिए आमादा दुश्मन के मुक़ाबले इसे नाकाम होना पड़ता है। यानी सफल होने के लिए अहिंसा को एक ऐसा विरोधी चाहिए जिसकी नैतिकता को एक शुरुआती सीमा तक दमन और उत्पीड़न के मुक़ाबले कष्ट सह कर स्पर्श किया जा सके। एक पार्टी की तानाशाहियों और सैनिक जुंता की ताक़त के सामने अहिंसक प्रतिरोध सफल नहीं हो सकता।

अहिंसक प्रतिरोध की रणनीति के आलोचकों का तर्क है कि गाँधी का आदर्श मानव से अमानवीय क़िस्म की अपेक्षाओं के आधार पर खड़ा हुआ है। यह व्यक्ति से अलौकिकता की माँग करता है। जॉर्ज ऑरवेल का कहना था कि हमें मनुष्य और भगवान में से किसी एक को चुनना है। गाँधी की शिक्षाएँ मनुष्य को हर चीज की कसौटी मानने के उसूल पर खरी नहीं उतरतीं। उपनिवेशवाद विरोधी आंदोलन

के दौरान ही बाल गंगाधर तिलक ने भी कुछ इसी तरह की बात कही थी कि राजनीति को नैतिकता से आवेशित करने की गाँधी की परियोजना लौकिक संदर्भों के लिए उचित नहीं है। उन्होंने गाँधी को पत्र लिख कर कहा था कि राजनीति मनुष्यों का खेल है, साधुओं का नहीं। इसलिए राजनीति के प्रति बुद्ध के मुक़ाबले कृष्ण का दृष्टिकोण अधिक उचित है। तिलक के पत्र के उत्तर में गाँधी ने दावा किया था कि उनकी अहिंसा आध्यात्मिक नहीं बल्कि सांसारिक उद्देश्यों के लिए ही है। इसी उत्तर में गाँधी ने अपनी कल्पनाशीलता की झलक देते हुए लिखा था कि अहिंसा का आचरण करना बहुत मुश्किल है, लेकिन इसके बावजूद वे एक ऐसे समाज का सपना देखते हैं जो मुख्य रूप से अहिंसक होगा। गाँधी ने माना कि कोई भी सरकार पूरी तरह से अहिंसक नहीं हो सकती, क्योंकि वह सभी तरह के लोगों की प्रतिनिधि होती है। गाँधी ने दावा किया कि राज्य की संस्था की इस सीमा के बावजूद वे एक अहिंसक समाज के लिए काम करना जारी रखेंगे।

गाँधी और और उनके राजनीतिक दर्शन के आलोचकों के बीच अहिंसा संबंधी इस विचारोत्तेजक बहस के बावजूद अध्येताओं का मानना है कि सफलताओं और विफलताओं के इस समीकरण में कामयाबी का पलड़ा बहुत भारी है। क़ुल मिला कर एक सामाजिक-राजनीतिक कार्यक्रम के तौर पर अहिंसा सारी दुनिया में तीसरे रास्ते के तौर पर उभरी है। अब लोग अन्याय और निरंकुशता के विरुद्ध निष्क्रियता और हिंसक संघर्ष से हटते हुए व्यावहारिक रूप से अहिंसक प्रतिरोध को चुन सकते हैं।

मारिया जे. स्टीफ़न और एरिका चेनोवेथ ने एक विशाल तथ्यात्मक अध्ययन के ज़रिये इस रणनीति के असरकारी पहलुओं को उभारा है। इन दोनों विदुषियों ने पिछले सौ साल में हुई 323 प्रतिरोध मुहिमों का अध्ययन करके अपने निष्कर्षों का 2008 में प्रकाशन किया। इनमें से कई प्रतिरोध मुहिमें सामाजिक-राजनीतिक आंदोलनों के तौर पर कई-कई साल तक चलती रहीं। उन्होंने कई मुद्दों पर सरकारों को झुकाने में सफलता प्राप्त की। यह अध्ययन बताता है कि हिंसक साधनों का उपयोग करके मिलने वाली सफलता का प्रतिशत केवल 26 है, जबकि अहिंसक साधनों से 53 फ़ीसदी सफलता मिली। यानी दोगुने से भी अधिक। इस अध्ययन में एक ख़ास बात और निकल कर आयी कि अहिंसक साधनों से मिलने वाली कामयाबियों के कारण लोकतंत्र और स्वाधीनता के राजनीतिक पहलुओं का विस्तार होता है। एड्रियन करेंचिकी और पीटर एकमैन का एक और अध्ययन बताता है कि अगर राजनीतिक रूपांतरण की क्रिस्म अहिंसक है तो राजनीतिक स्वतंत्रता में बढ़ोतरी की सम्भावनाएँ तीन गुना बढ़ जाती हैं। फ्रीडम हाउस द्वारा कराये गये इस अध्ययन ने बीसवीं सदी के आख़िरी दौर में हुए 67 राजनीतिक बदलावों की परीक्षा की थी।

इन अध्ययनों के अनुसार अहिंसक कार्रवाई अगर अनुशासित तरीक़े से की जाए तो बिना हथियारों का इस्तेमाल किये हुये सरकारों के उत्पीड़न के सामने डटा रहा जा सकता है। जब अहिंसक प्रतिरोधों के ऊपर सरकारें अन्यायपूर्ण क्रूरता बरपाती हैं तो अहिंसक प्रतिरोधियों को जनता की पहले से ज़्यादा सहानुभूति मिलती है। सरकारें अलगाव में पड़ जाती हैं। यहाँ तक कि उन्हें समर्थन देने वाली ताक़तें भी सोचने लगती हैं कि एक अलोकप्रिय होती जा रही हुकूमत पर वे कब तक अपना दाँव लगा सकती हैं। इसी प्रक्रिया में न केवल राजनीतिक रियायतें मिलती हैं, बल्कि पूरी की पूरी हुकूमतें ही बदल जाती हैं।

योहान गाल्टुंग और ज्याँ शार्प ने इन प्रक्रियाओं के सैद्धांतिक आधार का सूत्रीकरण किया है। गाल्टुंग ने अपनी रचना *ऑन द मीनिंग ऑफ़ नॉनवायलेंस* में दिखाया है कि किस तरह अहिंसा की रणनीति दो तरह से काम कर सकती है। एक तरफ़ तो वह सकारात्मक कार्रवाई (अहिंसात्मक प्रतिरोध की पहलक़दमियाँ) को प्रोत्साहित करके परिस्थिति पर निर्णायक असर डालती है, और दूसरी तरफ़ वह नकारात्मक क़दमों (दमन के साथ जुड़ी मुश्किलें) को हतोत्साहित करके हालात को अपनी ओर मोड़ती है। ज्याँ शार्प का विचार है कि अहिंसक प्रतिरोध की निरंतरता ही उन ताक़तों (इन्हें शार्प ने थर्ड पार्टी की संज्ञा दी है) को अपनी स्थिति पर पुनर्विचार करने के लिए मजबूर कर देती है जिनका हाथ सरकार की पीठ पर रहता है। इसकी वजह से भ्रष्ट और उत्पीड़नकारी हुकूमत का आधार हिल जाता है।

देखें : आतंकवाद, आशिस नंदी-1 और 2, क्रांति, जैन दर्शन, फ्रेंज़ फ़ानो, बौद्ध दर्शन, मोहनदास कर्मचंद गाँधी-1, 2 और 3, शांति, शांतिवाद, सविनय अवज्ञा, हिंसा-1 और 2, संरचनागत हिंसा।

संदर्भ

1. योहान गालटुंग (1965), 'ऑन द मीनिंग ऑफ़ नॉनवायलेंस', *जर्नल ऑफ़ पीस रिसर्च*, खण्ड 2, अंक 3.
2. जोआन वी. बोंदुरेंट (1958), *कांक्वेस्ट ऑफ़ वायलेंस, द गाँधियन फ़िलॉसफ़ी ऑफ़ कांफ़्लिक्ट*, प्रिंसटन युनिवर्सिटी प्रेस, प्रिंसटन.
3. पी. मेयर (सम्पा.), *द पेसिफ़िस्ट कांशेंस*, पेंगुइन, हारमंड्सवर्थ, 1966
4. ज्याँ शार्प, *द पॉलिटिक्स ऑफ़ नॉनवायलेंट एक्शन*, पोर्टर सार्जेंट, बोस्टन, 1973
5. मारिया जे. स्टीफ़न और एरिका चेनोवेथ (2008), 'व्हाई सिविल रज़िस्टेंस वर्क्स ?', *इंटरनैशनल सिक्यूरिटी*, खण्ड 33, अंक 1.
6. एड्रियन करेंचिकी और पीटर एकमैन (2005), 'हाउ फ्रीडम इज़ वॅन : फ्रॉम सिविक रज़िस्टेंस टू ड्यूरेबिल डेमॉक्रैसी', *इंटरनैशनल जर्नल फ़ॉर नॉट फ़ॉर प्रोफ़िट ला*, खण्ड 7, अंक 3.

—अभय कुमार दुबे

आ

आख्यान

(Narrative)

आख्यान वह भाषाई या चाक्षुष संरचना है जिसके ज़रिये कोई वास्तविक या काल्पनिक प्रसंग व्यवस्थित और परस्पर जुड़े हुए ढंग से निरूपित होता है। लेकिन प्रत्येक निरूपण आख्यान नहीं माना जाता। इसके लिए आवश्यक है कि वह स्वयं को किसी न किसी प्रकार काल के सापेक्ष परिभाषित करता हो। चूँकि महज़ समय के क्रम को कालवाचिकता नहीं कहा जा सकता, इसलिए आख्यान की हैसियत उस विवरण को दी जाती है जो कार्य-कारण संबंध के माध्यम से कुछ इस तरह जुड़ा हुआ हो कि उसमें दर्ज प्रत्येक घटना अपने अलग विवरण से कहीं ज़्यादा अर्थ दे रही हो। इसी व्यापक श्रेणी में आने वाले विवरणों की तरह-तरह के आख्यानों के रूप में शिनाख़्त की जाती है। ये आख्यान ऐतिहासिक, औपन्यासिक, समाजशास्त्रीय, मानवशास्त्रीय या राजनीतिक हो सकते हैं। मीडिया द्वारा रचे गये सभी पाठ आख्यान आधारित होते हैं, चाहे वह मीडिया सिनेमा हो या टीवी। लोकप्रिय संस्कृति के दायरे में होने वाले मनोरंजन की दुनिया तो आख्यान के इस्तेमाल के बिना सम्भव ही नहीं है। आख्यान की अग्रगति दर्शक के आनंद-ग्रहण का मुख्य स्रोत होती है। आख्यान की अवधारणा में न केवल साहित्यशास्त्रियों ने दिलचस्पी ली है, बल्कि समाज-वैज्ञानिकों और दार्शनिकों ने भी उस पर ग़ौर किया है। दार्शनिकों के बीच विवाद है कि क्या मानवीय जीवन को एक समग्र और एकीकृत आख्यान की तरह देखा जा सकता है ? कुछ विचारकों ने इस प्रश्न का उत्तर हाँ में दिया है। लेकिन कुछ दूसरे विचारक कहते हैं कि मानवीय जीवन की कुछ बुनियादी क्रियाओं को व्यवहार की श्रेणी में रखा जाना चाहिए, लेकिन किसी ख़ास इरादे से की गयी क्रियाएँ जीवन के आख्यान की तरह ग्रहण की जा सकती हैं।

संरचनावाद ने आख्यान की परिभाषा देने का दावा किया है। उसके मुताबिक़ किसी विवरण या रपट को उस समय तक आख्यान की हैसियत नहीं दी जा सकती जब तक उसमें कम से कम पाँच मुख्य विशेषताएँ न हों : घटनाओं का सिलसिला, उनके घटने का ऐतिहासिक क्रम, कालवाचिकता, वर्णन-कर्ता का परिप्रेक्ष्य और स्वर, वर्णन-कर्ता और उसके दर्शक या पाठक के बीच का संबंध और आख्यान प्रस्तुति की क्रिया। दरअसल, आख्यान का अध्ययन एक पेचीदा क़वायद है। इसके तहत एक विश्लेषणात्मक समझ के आधार पर तय करना पड़ता है कि आख्यान को उसका आकार-प्रकार क्यों और कैसे मिला, आख़िरकार उसकी समग्रता में कुछ घटनाएँ दूसरों की अपेक्षा अधिक अहम कैसे बन गयीं, कुछ घटनाओं को दिये गये विशेष रूप में आख्यान-कर्ता या आख्यान-क्रिया की भूमिका क्या है ? आख्यान की संरचना, उसके औपचारिक या कालवाचिक आयामों के अध्ययन का अनुशासन नैरेटोलॉजी के नाम से जाना जाता है।

आख्यान पर होने वाली ज़्यादातर बहसें संरचनावाद द्वारा की गयी उसकी परिभाषा के इर्द-गिर्द हुई हैं। साहित्य-अध्ययन के विद्वानों, दार्शनिकों, उत्तर-आधुनिकता और नारीवाद के पैरोकारों ने अपने-अपने ढंग से निरूपण की एक विधि के रूप में आख्यान को प्रश्नांकित किया है। रोलाँ बार्थ ने सबसे पहले संरचनावाद की परिभाषा से हटते हुए आख्यान के अर्थ-ग्रहण में पाठक की भूमिका को रेखांकित किया। दूसरी तरफ़ ज्याँ-फ्रांस्वा ल्योतर ने अपनी विख्यात रचना द *पोस्टमॉडर्न कंडीशन* में आख्यान के महा-आख्यान में बदलने की प्रवृत्ति की आलोचना की। कुछ आख्यान अपने सार्वभौम होने के दावे के साथ सामने आते हैं। इस दृष्टिकोण

से मार्क्सवाद एक ऐसा ही महा-आख्यान है, जो आग्रहपूर्वक कहता है कि उसने मानवीय इतिहास का सार समझ लिया है। उसने द्वंद्वात्मक भौतिकवाद और वर्गों के बीच संघर्ष के सिद्धांत को अंतिम सत्य बना कर अन्य सभी व्याख्याओं की वैधता को हाशिये पर धकेल दिया है। इसी तरह सभी धर्म भी अपने-अपने महा-आख्यानों के रूप में सामने आते हैं। ल्योतर ने महा-आख्यान को सर्वसत्तावादी बताते हुए उसके मुक़ाबले छोटे-छोटे आख्यानों को खड़ा करने पर बल दिया।

महा-आख्यान के ख़िलाफ़ एक भीतरी बग़ावत करने का एक उपक्रम प्रति-आख्यान के रूप में सामने आया है। महा-आख्यान जब सांस्कृतिक या वैचारिक दायरे से निकल कर राजनीतिक और सामाजिक संरचनाओं का आधार बनने लगता है तो उसके आधार को संस्कृति के जगत में विचलित करने के लिए प्रति-आख्यानों की रचना की जाती है। राष्ट्रवाद एक ऐसा ही महा-आख्यान है जो छोटी-छोटी पहचानों की दावेदारी को दबा देता है। उपराष्ट्रीयताओं के संघर्ष, उपेक्षित भाषाओं और संस्कृतियों की जद्दोजहद, वंचित तबक़ों की आवाज़ें इन प्रति-आख्यानों का केंद्र बनती हैं। मिशेल फ़ूको की मान्यता थी कि प्रति-आख्यानों के ज़रिये महा-आख्यानों के प्रच्छन्न पक्षपात, अपर्याप्तता और अस्थायित्व को रेखांकित करके उनके आधारभूत सत्ता-संबंधों को स्पष्ट किया जा सकता है।

समाजशास्त्र की मान्यता है कि निजी और सामूहिक जीवन का अध्ययन करने के लिए समाज-वैज्ञानिकों को आख्यान की गहराई से पड़ताल करने में माहिर होना चाहिए। एक समाज-वैज्ञानिक के लिए अफ़वाह, तारीख़वार ब्योरा, प्रोपेगंडा, आत्मकथा, इतिहास, कानाफूसी जैसे सभी रूप आख्यान के ही संस्करण हैं। ऐसे आख्यानों की तहों में जाकर ही उसे मानवीय जीवन की इयत्ता, अस्मिता, परिवार की संरचना, राजनीतिक विन्यास की स्थिति, सामाजिक वर्ग, प्रजाति, जेंडर, समाज-परिवर्तन, स्वास्थ्य संबंधी पक्षों का संधान करने का मौक़ा मिलता है।

नारीवादी साहित्य-सिद्धांत ने आख्यान को साहित्यिक पाठ का पितृसत्तात्मक संस्करण रचने की रणनीति के रूप में देखा है। उसके अनुसार आख्यान मुख्यत: ज्ञान संगठित करने और उसे पाठक को थमाने की एक ऐसी विधि है जिसे रैखिक प्रगति के तर्ज़ पर नियोजित किया जाता है। उसका प्रयोजन पहले से तय रहता है। उसकी एक शुरुआत होती है, एक मध्य भाग रहता है और वह अनिवार्यत: एक पूर्व-निर्धारित अंत की तरफ़ बढ़ता है। नारीवादी उपन्यासकार द्वारा गल्प रचने की प्रक्रिया में ज्ञान की इस संरचना को संदेह की नज़र से देखा जाता है। लेकिन उसकी मुख्य समस्या यह है कि वह कथांकन की इस पद्धति को ख़ारिज करने की स्थिति में नहीं है (क्योंकि अंतत: स्त्री को अपनी कहानी भी तो कहनी है)। इसलिए उसके ढाँचे का लिंग बदलने के लिए उसे शिल्पगत इंजीनियरिंग की जटिल प्रक्रिया से गुज़रना पड़ता है ताकि आख्यान को प्रयोजनमूलकता की भींच से निकाला जा सके।

फ़िल्म-अध्ययन के अनुशासन ने नैरेटिव-सिनेमा के रूप में फ़िल्मों की एक अलग श्रेणी चिह्नित की है। नैरेटिव-सिनेमा का मक़सद वास्तविक या काल्पनिक घटनाओं का विवरण देने के बजाय उनकी कहानी कहना होता है। कथांकन की संहिताओं, तौर-तरीक़ों और परम्पराओं के ज़रिये फ़िल्म की कथा-संरचना तैयार होती है। रुपहले पर्दे पर कैमरे की मदद से फ़िल्म दर्शक के लिए एक ऐसा 'वास्तविक' प्रतीत होने वाला संसार प्रस्तुत करती है जिसके साथ वह या तो अपना तादात्म्य स्थापित कर लेता है, या फिर मान कर चलता है कि फ़िल्म द्वारा दिखायी जा रही दुनिया एक मुमकिन दुनिया है। नैरेटिव सिनेमा की कोशिश होती है कि कथानक में कुछ भी अस्पष्ट, धुँधला या अनेकार्थक न रहे; इसलिए वह व्याख्या की भूमिका भी निभाते हुए दर्शक को हाथ पकड़ कर कथा के क्लाइमेक्स तक ले जाता है।

देखें : इतिहास और आख्यान, उत्तर-आधुनिकतावाद, ज्याँ-फ्रांस्वा ल्योतर, नारीवादी फ़िल्म-सिद्धांत, फ़िल्मांतरण, फ़िल्म-सिद्धांत, भारतीय फ़िल्म-अध्ययन, मार्क्सवाद-1 से 5 तक, राष्ट्रवाद।

संदर्भ

1. जी. जेने (1980), *नैरेटिव डिस्कोर्स : एन.एसे ऑन मैथड,* ब्लैकवेल, ऑक्सफ़र्ड.
2. एलियट मिशलर (1995), 'मॉडल्स ऑफ़ नैरेटिव एन.लिसिस : अ टायपोलॅजी', *जर्नल ऑफ़ नैरेटिव ऐंड लाइफ़ हिस्ट्री,* अंक 5.
3. पॉल रिकूर (1984-88), *टाइम ऐंड नैरेटिव,* अनु. के. ब्लैमी वग़ैरह, तीन खण्ड, शिकागो.
4. रोलाँ बार्थ (1977), 'इंट्रोडक्शन टू द स्ट्रक्चरल एन.लिसिस ऑफ़ नैरेटिव्ज़', *इमेज, यूज़िक, टेक्स्ट,* फ़ोंटाना, लंदन.
5. ज्याँ-फ्रांस्वा ल्योतर (1984) , द *पोस्टमॉडर्न कंडीशन,* मैनचेस्टर युनिवर्सिटी प्रेस, लंदन.

—अभय कुमार दुबे

आंगिक और पारम्परिक बुद्धिजीवी

(Organic and Traditional Intellectual)

आंगिक यानी ऑर्गनिक और पारम्परिक यानी ट्रैडिशनल बुद्धिजीवियों की धारणाएँ इतालवी मार्क्सवादी चिंतक और नेता एंतोनियो ग्राम्शी की देन हैं। उन्होंने पूँजीवादी समाज और समाजवाद की संक्रमणकालीन अवस्था के दौरान बुद्धिजीवियों की भूमिका पर विचार करने के क्रम में इन धारणाओं का विकास किया था। बुद्धिजीवियों के संबंध में ग्राम्शी कितने संजीदा थे, इसका अंदाज़ा जेल से भेजे उनके उस पत्र से लगाया जा सकता है जिसमें उन्होंने इतालवी बुद्धिजीवियों का शोधपरक इतिहास लिखने की इच्छा जतायी थी। यह और बात है कि जब उन्हें जेल में लेखन की अनुमति मिली तब उनका ज़्यादा ध्यान राज्य, नागर समाज, वर्चस्व जैसे विषयों पर केंद्रित होता चला गया। लेकिन इसके बावजूद ग्राम्शी ऐसे चुनिंदा सिद्धांतकारों में से एक हैं जिन्होंने बुद्धिजीवियों के प्रश्न पर सुचिंतित सूत्रीकरण करने की चेष्टा की है।

ग्राम्शी सबसे पहले तो बुद्धिजीवियों को सामाजिक वर्गों से स्वायत्त एक विशिष्ट समूह की तरह देखे जाने की स्थापित एवं सहजबोधीय धारणा का खण्डन करते हैं। इसके साथ ही वे बुद्धिजीवी की प्रचलित परिभाषा को भी रद्द करते हैं जिसके मुताबिक़ बुद्धि का प्रयोग करने वाले चिंतक, विचारक, कलाकार आदि बुद्धिजीवी की श्रेणी में रखे जाते रहे हैं। वे इस दावे से सहमत नहीं थे कि बुद्धि का प्रयोग यानी सोचने का काम करने के आधार पर ही किसी को बुद्धिजीवी मान लिया जाए। *प्रिज़न नोटबुक* के बुद्धिजीवियों से संबंधित अध्याय में वे पूछते हैं कि अगर कोई क़मीज़ में बटन टाँक लेता है तो क्या इस आधार पर उसे दर्जी माना जा सकता है, या अगर कोई व्यक्ति ऑमलेट बना लेता है तो क्या केवल इस क्षमता के आधार पर उसे रसोइये की संज्ञा दी सकती है।

ग्राम्शी ने बुद्धिजीवी की हस्ती को सामाजिक भूमिका के आधार पर परिभाषित किया है। उनके मुताबिक़ बुद्धिजीवी की श्रेणी में वे सब आते हैं जो समाज के आर्थिक, राजनीतिक, सामाजिक, सांस्कृतिक दायरों में व्यवस्थापक या संगठनकर्ता की भूमिका निभाते हैं। ग्राम्शी के मुताबिक़ न केवल चिंतक, विद्वान, कलाकार और पत्रकार, बल्कि अफ़सर, नेता, इंजीनियर, मैनेजर और तकनीशियन भी बुद्धिजीवी की श्रेणी में आते हैं। ग्राम्शी का विचार था कि आर्थिक उत्पादन के बुनियादी धरातल पर उभरता हुआ वर्ग अपने साथ बुद्धिजीवियों का एक या उससे अधिक समूह भी उत्पन्न करता है। बुद्धिजीवियों का यह समूह इस वर्ग को आर्थिक दायरे के साथ-साथ सामाजिक, राजनीतिक और सांस्कृतिक दायरों में भी एकरूपता प्रदान करते हुए उन्हें अपनी भूमिका के प्रति सचेत करता है। ग्राम्शी इन बुद्धिजीवियों को दो हिस्सों में बाँट कर देखते हैं : आंगिक यानी ऑर्गनिक और पारम्परिक यानी ट्रैडिशनल। वे कहते हैं कि डॉक्टर, इंजीनियर और प्रबंधक जैसे लोग अपने विषय और काम में पारंगत होने के बावजूद समाज के विकास पर सीमित असर ही डाल पाते हैं। उनकी भूमिका नेतृत्वकारी नहीं होती। ऐसे बुद्धिजीवियों को उन्होंने पारम्परिक या इनऑर्गनिक श्रेणी में रखा है। इसके मुक़ाबले राजनेताओं, चिंतकों, पत्रकारों और जनमत बनाने वाले बुद्धिजीवियों को उन्होंने आंगिक यानी ऑर्गनिक क़रार दिया, क्योंकि वे अपने वर्ग का अंग-सा होते हैं।

आंगिक बुद्धिजीवियों की धारणा के विश्लेषण के क्रम में ग्राम्शी इतालवी एकीकरण में मॉडरेटों द्वारा निभायी गयी भूमिका का ठोस उदाहरण पेश करते हैं। अपने समय के इटली या आधुनिक पूँजीवादी समाज के संदर्भ में वे अपनी इस धारणा का स्पष्ट विवेचन नहीं करते। *प्रिज़न नोटबुक* में बिखरे वक्तव्यों से यही स्पष्ट होता है कि ग्राम्शी पूँजीवादी वर्ग के आंगिक बुद्धिजीवियों की प्रमुख भूमिका नागर समाज में उसका वर्चस्व स्थापित करने और राज्य के उपांगों के माध्यम से दमन का बंदोबस्त करने वाले 'एजेंट' की मानते थे। रोजर साइमन के मुताबिक़ यदि ग्राम्शी बीसवीं सदी के पूँजीपति वर्ग के आंगिक बुद्धिजीवियों की सूची बनाते तो वह कुछ इस तरह से होती : (अ) उत्पादन के दायरे में : मैनेजर, इंजीनियर, तकनीकीशियन आदि; (ब) नागर समाज में : राजनीतिज्ञ, लेखक और अकादमीशियन, पत्रकार, चैनलों के मालिक आदि; (स) राज्य के उपांगों में : सरकारी अफ़सर, फ़ौज के अधिकारी, जज और मजिस्ट्रेट आदि।

लेकिन इसके साथ ही रोजर साइमन यह भी कहते हैं कि ग्राम्शी के ज़माने के मुक़ाबले पूँजीवाद के विकसित होते जाने के साथ-साथ स्कूल और विश्वविद्यालय के शिक्षकों, वैज्ञानिकों, इंजीनियरों, कनिष्ठ मैनेजरों, पत्रकारों, लेखकों, कलाकारों की संख्या में भारी वृद्धि हुई है। इन्हें ट्रेड-यूनियनों, श्रमिक आंदोलनों और वंचितों के संघर्ष में शामिल होते हुए पाया जा सकता है। लेकिन केवल इसीलिए इन्हें ग्राम्शी की आंगिक-बुद्धिजीवी श्रेणी में नहीं रखा जा सकता। साइमन के मुताबिक़ इन सबको पूँजीपति वर्ग के आंगिक बुद्धिजीवी की श्रेणी में न रख कर उसी हैसियत और भूमिका तक सीमित रखना चाहिए जो पूँजीपति वर्ग से संबद्ध आंगिकता की धारणा के अनुकूल ठहरता हो। उदाहरण के लिए, कोई बड़ा चिंतक और लेखक (जैसे क्रोचे, जिनके प्रभाव का ज़िक्र ख़ुद ग्राम्शी ने कई बार किया है), सिविल सेवा के वरिष्ठ अधिकारीगण, फ़ौज के शीर्षस्थ अधिकारी, न्यायाधीश आदि।

पारम्परिक बुद्धिजीवी की श्रेणी का प्रयोग ग्राम्शी ने उनके लिए किया है जो पुरानी पड़ चुकी या पड़ती जा रही उत्पादन-प्रणाली के बुद्धिजीवी होते हैं। नयी उत्पादन-प्रणाली के साथ उदित हो रहे नये वर्ग को इनका सामना करना पड़ता है। ये लोग ऐतिहासिक निरंतरता का हिस्सा-सा प्रतीत होते हैं और जो ख़ुद को शासक-वर्ग से स्वायत्त के रूप में प्रस्तुत करते हैं। पूँजीपति वर्ग को सामंती एवं पेटी-बूर्ज़्वा उत्पादन-प्रणाली वाली समाज-व्यवस्था के आंगिक बुद्धिजीवियों का सामना करना पड़ा था।

ग्राम्शी का विचार था कि अपनी निम्नवर्गीय स्थिति से मुक्त हो कर नेतृत्वकारी एवं वर्चस्व की स्थिति में आने के लिए मज़दूर-वर्ग को अपने आंगिक बुद्धिजीवी उत्पन्न करने होंगे। यह नया बुद्धिजीवी पूँजीपति वर्ग के बुद्धिजीवी से नितांत भिन्न होगा। महज़ समझ-भर के दायरे से मुक्त हो इसे जनानुभूति के दायरे में उतरना होगा। साथ ही, बूर्ज़्वा बुद्धिजीवी की भाँति क्षणिक उत्तेजना और भावोद्वेलन पैदा करने वाले भाषण अथवा लेखन की जगह इसे सक्रिय जन-भागीदारी करनी होगी। ग्राम्शी इसकी ज़िम्मेदारी क्रांतिकारी पार्टी पर डालते हैं, यानी मज़दूर-वर्ग के लिए आंगिक बुद्धिजीवी की भूमिका पार्टी अदा करेगी, जिसे उन्होंने मॉडर्न प्रिंस की संज्ञा दी। इसका अर्थ यह नहीं कि केवल क्रांतिकारी पार्टी ही मज़दूर वर्ग की आंगिक बुद्धिजीवी हो सकती है। ग्राम्शी के मुताबिक़ पार्टी के प्रत्येक सदस्य को आंगिक बुद्धिजीवी समझा जाना चाहिए, न कि मज़दूर वर्ग के प्रत्येक आंगिक बुद्धिजीवी को पार्टी का सदस्य होना चाहिए। उनकी मान्यता थी कि नये समाज के निर्माण में ऐसे बुद्धिजीवियों की बहुत बड़ी भूमिका है जो पार्टी के सदस्य तो नहीं बनते लेकिन मार्क्सवादी दृष्टिकोण अपनाकर अपना योगदान देते हैं।

देखें : आधार और अधिरचना, एंतोनियो ग्राम्शी, कार्ल हाइनरिख़ मार्क्स-1, 2. 3 और 4, फ्रेड्रिख़ एंगेल्स, भारतीय इतिहास लेखन-4 और 5, भाषा के मार्क्सवादी सिद्धांत, भ्रांत चेतना, वर्चस्व।

संदर्भ

1. एंतोनियो ग्राम्शी (1966), *सिलेक्शन फ्रॉम प्रिज़न नोटबुक्स,* सम्पादक : होएर और स्मिथ, ओरिएंट लांगमैन, चेन्नई.
2. एंतोनियो ग्राम्शी (1975), *लेटर्स फ्रॉम प्रिज़न,* लीन लनर (सम्पा.), लंदन, जोनाथन केप.
3. रोजर साइमन (1999), *ग्राम्शीज़ पॉलिटिकल थॉट : ऐन इंट्रोडक्शन,* एलेक बुक, लंदन.

—विजय कुमार झा

आज़ादी के लिए सशस्त्र संघर्ष-1

क्रांतिकारी राष्ट्रवाद (1896-1934)

(Armed Struggle for Freedom-1)

सन् सत्तावन के युद्ध में पराजय के बाद मुश्किल से पंद्रह साल ही गुज़रे होंगे कि भारतीय जनता के जागरूक तबक़ों ने ब्रिटिश उपनिवेशवाद को उखाड़ फेंकने के प्रयास एक बार फिर शुरू कर दिये। हथियारबंद लड़ाई के दम पर आज़ादी हासिल करने में यक़ीन रखने वाला क्रांतिकारी राष्ट्रवाद पश्चिमी शिक्षा के परिणामस्वरूप उभर रहे उस नये राजनीतिक नेतृत्व को तिरस्कार की दृष्टि से देखता था जो ब्रिटिश हुकूमत के प्रति वफ़ादारी का दावा करते हुए क़ानूनी सुधारों की प्रतिवेदनपरक राजनीति कर रहा था। क्रांतिकारी राष्ट्रवाद के पैरोकारों का आदर्श दुनिया के पैमाने पर घटी उथल-पुथल भरी वे घटनाएँ थीं जिनसे आमूलचूल परिवर्तन की प्रेरणा मिलती थी। इस परिघटना में वामपंथी रुझान भी थे, और दक्षिणपंथी भी। बंगाल और महाराष्ट्र में पनप रहे हिंदू पुनरुत्थान के कारण भी इस मध्यवर्ग को राजनीतिक गतिशीलता मिल रही थी। इसे फ्रांसीसी क्रांति, अमेरिका में स्वतंत्रता युद्ध और मेज़िनी के यंग इटली आंदोलन ने भी प्रभावित किया था।

लेकिन इस राष्ट्रवाद की सीमा यह थी कि आम जनता को हथियारबंद बग़ावत के लिए तैयार करने के बजाय इसके दावेदार मुख्य तौर पर दमन-उत्पीड़न करने वाले ब्रिटिश अधिकारियों की हत्या करने, सरकारी ख़ज़ाना या बैंक लूटने और सेना में घुसपैठ करके तख़्तापलट का षड्यंत्र करने में दिलचस्पी रखते थे। इसीलिए भारतीय राष्ट्रवाद का यह रूप न तो चीन की तरह किसान-युद्ध को जन्म दे पाया, और न ही पेरिस की तरह मज़दूरों के संघर्ष को। अंग्रेज़ इन राष्ट्रवादियों को आतंकवादी क़रार देते थे, लेकिन भारतीय जनता उन्हें क्रांतिकारी कहती थी। अपनी ख़ामियों के बावजूद ये क्रांतिकारी कम से कम आधी सदी तक उपनिवेशवादियों को चुनौती देते रहे। उन्होंने ब्रिटिश सत्ता को कभी चैन से नहीं बैठने दिया। एक मान्यता यह भी है कि गाँधी और कांग्रेस द्वारा चलाये गये अहिंसक जनांदोलन को भी क्रांतिकारी कार्रवाइयों के कारण अप्रत्यक्ष लाभ होता था। अंग्रेज़ों को हमेशा लगता रहता था कि अगर गाँधी की माँगों पर उन्होंने कान नहीं दिया तो भारतीय जनता बड़े पैमाने पर हिंसक राष्ट्रवादी गतिविधियों की तरफ़ मुड़ सकती है।

उन्नीसवीं सदी में सत्तर के दशक से ही बंगाल में युवाओं-छात्रों के भूमिगत संगठन बनने लगे थे। उस समय कोलकाता ब्रिटिश भारत की राजधानी थी। 1876 के आर्म्स एक्ट के ज़रिये ब्रिटिश शासन ने आम जनता को निःशस्त्र

इण्डियन सोसियोलॅजिस्ट के 8 सितम्बर, 1908 के अंक में (ऊपर बायें से) मदन लाल ढींगरा, वी.वी.एस. अय्यर, विनायक दामोदर सावरकर और अन्य क्रांतिकारियों के चित्र.

रखने की गारंटी कर ली थी। ये गोपनीय संगठन राष्ट्रवादी प्रचार करते, व्यायाम संस्कृति को बढ़ावा देते और हथियार चलाने का प्रशिक्षण देते थे। इस तरह की गतिविधियों का दूसरा केंद्र बॉम्बे प्रेसीडेंसी था। पहली हिंसक क्रांतिकारी कार्रवाई 1897 में बॉम्बे प्रेसीडेंसी में ही हुई। दामोदर चापेकर और बालकृष्ण चापेकर ने रैंड नामक अंग्रेज़ अफ़सर की हत्या की। चापेकर बंधुओं की निगाह में रैंड ने पुणे में प्लेग संबंधी क़ानून लागू करने के दौरान ज़्यादतियाँ तो की ही थीं, उसके कारण हिंदुओं को धार्मिक ठेस भी लगी थी। कोलकाता और मुम्बई में क्रांतिकारी राष्ट्रवादियों को वैचारिक और सांगठनिक उछाल देने के लिए पर्याप्त सामग्री उपलब्ध थी : बंगाल में बंकिम चंद्र चट्टोपाध्याय का उपन्यास *आनंद मठ*, स्वामी विवेकानंद द्वारा शिकागो की धर्म संसद में दिया गया भाषण, मुम्बई में बाल गंगाधर तिलक द्वारा किया गया राष्ट्रवाद का आह्वान, सावरकर बंधुओं द्वारा गठित मित्र मेला और अरविंद घोष द्वारा प्रतिवेदनपरक राजनीति की आलोचना करने वाले लेख।

1902 में बैरिस्टर प्रमथनाथ मित्र के नेतृत्व में अनुशीलन समिति का गठन हुआ। अरविंद घोष और चितरंजन दास को इसका उपाध्यक्ष बनाया गया। इस समिति में सुरेंद्रनाथ ठाकुर, जतिंद्रनाथ मुखर्जी (बाघा जतिन), भूपेंद्रनाथ दत्त (विवेकानंद के भाई), शचींद्र नाथ सान्याल, रासबिहारी बोस और वारींद्र कुमार घोष जैसे क्रांतिकारी सक्रिय थे। लॉर्ड कर्ज़न द्वारा किये गये बंगाल के विभाजन ने क्रांतिकारी राष्ट्रवाद को ज़बरदस्त उछाल दिया। संघर्ष की आग में कूद पड़ने के लिए नौजवानों का आह्वान किया जाने लगा। यह भूमिका ब्रह्मबांधव उपाध्याय द्वारा सम्पादित *संध्या* के साथ-साथ *युगांतर* ने निभायी जिसका संचालन अनुशीलन समिति के भीतर सक्रिय गुट के हाथ में था। युगांतर गुट चाहता था कि अनुशीलन समिति लाठी, तलवार और व्यायाम वग़ैरह के परे जा कर आधुनिक हथियारों का इस्तेमाल करने की शुरुआत करे। यही वह समय था जब बंग-भंग के ख़िलाफ़ विपिन चंद्र पाल के ढाका-व्याख्यान ने बंगाल के पूर्वी हिस्से में कई नौजवानों के रोंगटे खड़े कर दिये थे। कोलकाता की अनुशीलन समिति के अलावा पुलिनबिहारी दास की पहल पर ढाका में भी अनुशीलन समिति गठित हो गयी। दोनों शाखाओं के तहत क्रांतिकारी युवक फ़ौजी प्रशिक्षण लेने लगे। ब्रिटिश उच्चाधिकारियों के सफ़ाये की योजनाएँ बनायी जाने लगीं। इन कार्रवाइयों में ख़र्च होने वाला धन जमा करने के लिए समिति ने उन लोगों के घरों को लूटा, जो पैसे वाले थे और जिन्हें सरकार का तरफ़दार माना जाता था।

6 दिसम्बर, 1907 को पूर्वी बंगाल और असम के लेफ़्टीनेंट-गवर्नर फुलर की ट्रेन बम से उड़ाने की नाकाम कोशिश की गयी। इसके बाद 23 तारीख़ को ढाका के पूर्व ज़िलाधिकारी एलेन को मारने का विफल प्रयास किया गया। 30 अप्रैल, 1908 को मुज़फ़्फ़रपुर, बिहार में एक अत्याचारी मजिस्ट्रेट किंग्सफ़र्ड की हत्या करने गये ख़ुदीराम बोस और प्रफुल्ल चाकी ने ग़लती से किसी और कार पर बम फेंक दिया। इस घटना में दो निर्दोष अंग्रेज़ स्त्रियों को जान से हाथ धोना पड़ा। चाकी ने पकड़े जाने से पहले ख़ुद को गोली मार ली, पर ख़ुदीराम को गिरफ़्तार करके मुक़द्दमा चलाया गया और फाँसी दे दी गयी। मृत्यु दण्ड से पहले ख़ुदीराम को क्रूर यातनाएँ दी गयीं। ख़ुदीराम की शहादत ने बंगाल के नौजवानों को बहुत प्रेरणा दी। इसी दौरान अलीपुर षड्यंत्र केस में अरविंद घोष वग़ैरह को गिरफ़्तार किया गया।

कलकत्ता अनुशीलन समिति के एक महत्त्वपूर्ण सदस्य बाघा जतिन ने क्रांतिकारियों के बीच समन्वय स्थापित करके फ़ौज में विद्रोह कराने की योजना बनायी। हथियार जमा करने की उनकी योजना उस समय कामयाब हुई जब उन्हें कोलकाता की एक कम्पनी के ज़रिये पचास माउज़र पिस्तौलें और 46,000 कारतूस मिल गये। बाघा जतिन रेल संचार भंग करने के साथ-साथ सोलहवीं राजपूत राइफ़ल्स में अपने सम्पर्कों की मदद से कोलकाता के फ़ोर्ट विलियम पर क़ब्ज़ा करना चाहते थे। इसी के साथ उन्होंने जर्मनी से और हथियार मँगाने के लिए अपने साथी नरेंद्रनाथ भट्टाचार्य को

जावा भेजा। वे अपने साथियों के साथ सुंदरबन में दस दिन तक इंतज़ार करते रहे लेकिन हथियार लाने वाला जर्मन पोत मैवरिक भारत की तरफ़ चला ही नहीं। बाद में उन लोगों को ओडीशा भागना पड़ा, जहाँ ख़बरियों की निशानदेही पर अंग्रेज़ों ने उन्हें बालासोर के पास घेर लिया। क्रांतिकारियों ने बहादुरी से लोहा लिया, लेकिन सुरक्षा बलों की संख्या बहुत थी। 9 सितम्बर, 1915 को चित्तप्रिय राय लड़ते हुए शहीद हो गये। बाघा जतिन बुरी तरह घायल हो गये। उन्होंने अगले दिन प्राण छोड़े। बाघा जतिन जिस मुठभेड़ में शहीद हुए, वह कोई सामान्य घटना नहीं थी। दरअसल, उनकी योजना सारे देश में एक नियोजित सशस्त्र विद्रोह करने की थी। उसके पीछे अमेरिका की ग़दर पार्टी के साथ ताल्लुक़ रखने वाले रासबिहारी बोस और सचिन सान्ख़याल थे। ग़दर पार्टी के पीछे लाला हरदयाल का दिमाग़ था। लाला हरदयाल ने बंगाली क्रांतिकारियों के साथ मिल कर इण्डियन इंडिपेंडेंस कमेटी का गठन भी किया था जिसे बर्लिन कमेटी के नाम से भी जाना जाता है। जर्मन विदेश मंत्रालय ने इस कमेटी को मदद देने का वायदा किया था, जिसके मुताबिक़ दो समुद्री जहाज़ों में भर कर जर्मन हथियार भारत लाये जाने थे। राजा महेंद्र प्रताप और उनके साथियों को अफ़ग़ानिस्तान के रास्ते भारत पर आक्रमण करना था। उन्होंने ओबेदुल्ला सिंधी और मौलवी बरकतुल्ला से मिल कर काबुल में भारत की अस्थायी सरकार भी बना ली थी। अगर यह साज़िश (भारत-जर्मन षड्यंत्र केस) कामयाब हो जाती तो 21 फ़रबरी, 1915 को मियाँ मीर (लाहौर), जलंधर, फ़िरोज़पुर, झेलम, रावलपिंडी, मरदान, कोहाट, बन्नू, अम्बाला, मेरठ, कानपुर और आगरा छावनियों में एक साथ सैनिक विद्रोह हो जाने थे। लेकिन गद्दारी हो जाने के कारण सब कुछ नाकाम हो गया। रासबिहारी को जापान भागना पड़ा। अंग्रेज़ों ने ज़बरदस्त दमन किया। हावड़ा षड्यंत्र केस के तहत नौ मुक़द्दमे चले जिनमें 42 को फाँसी की सज़ा हुई। 114 क्रांतिकारियों को उम्र क़ैद मिली।

ढाका की अनुशीलन समिति ने पुलिनबिहारी दास के नेतृत्व में नौजवानों और छात्रों के बीच प्रभाव बढ़ाता रहा। धीरे-धीरे पाँच सौ शाखाओं के साथ उसका एक बड़ा नेटवर्क तैयार हो गया। पुलिनबिहारी की गिरफ़्तारी के बाद भी इस काम में शिथिलता नहीं आयी क्योंकि त्रैलोक्य चक्रवर्ती, अमृतलाल हाज़रा और प्रतुल गागुंली जैसे अगुवा क्रांतिकारी थे। ढाका अनुशीलन समिति की आख़िरी बड़ी हथियारबंद कार्रवाई चटगाँव के दो शस्त्रागारों पर हमला था जिसका नेतृत्व मास्टर सूर्यसेन ने किया था। 18 अप्रैल, 1930 को हुए इस रक्तरंजित क्रांतिकारी प्रकरण में क्रांतिकारियों के पहले दस्ते ने पुलिस आर्मरी पर क़ब्ज़ा कर लिया। अपनी योजना के मुताबिक़ क्रांतिकारियों ने रेल संचार भी भंग कर दिया। चार दिन बाद जलालाबाद हिल पर क्रांतिकारियों की अंग्रेज़ों से भिड़ंत हुई जिसमें 12 विद्रोही और 83 पुलिस वाले मारे गये। क्रांतिकारियों के साथ दो बहादुर महिलाएँ प्रीतिलता और कल्पना दत्त भी शामिल थीं। प्रीतिलता ने 1932 में युरोपियन क्लब पर हमले की अगुआई करने के बाद स्वयं के जीवन का अंत कर लिया। सूर्यसेन के दल में मुसलमान क्रांतिकारियों ने भी भागीदारी की थी। क्रांतिकारियों ने चार साल तक अंग्रेज़ों के ख़िलाफ़ छापामार संघर्ष चलाया। 1933 में चले मुक़द्दमे में सूर्यसेन और तारकेश्वर दस्तीदार को फाँसी दी गयी और कल्पना दत्त को उम्र क़ैद।

बंगाल के साथ-साथ देश के अन्य हिस्सों में भी ब्रिटिश विरोधी गतिविधियाँ जारी थीं। महाराष्ट्र में विनायक दामोदर सावरकर ने 'अभिनव भारत' का गठन किया जिसने मध्य और पश्चिमी भारत में काम कर रहे ख़ुफ़िया संगठनों के बीच तालमेल किया और बम बनाने का कारख़ाना शुरू किया। इसका परिणाम कोल्हापुर बम केस के रूप में सामने आया जिसमें कई क्रांतिकारियों को लम्बी-लम्बी सज़ाएँ हुईं। क्रांतिकारी गतिविधियों में पंजाब भी पीछे नहीं था। 1909 के आसपास सरदार अजीत सिंह (सरदार भगत सिंह के चाचा), अम्बा प्रसाद और लाला हरदयाल वहाँ क्रांतिकारियों को गोलबंद कर रहे थे। अजीत सिंह ने लाला लाजपत राय के साथ मिल कर भारत माता सोसाइटी का गठन किया था। पंजाब के किसानों में लगान बढ़ जाने से सरकार के ख़िलाफ़ रोष था और वहाँ के क्रांतिकारियों के एजेंडे पर किसानों की माँगें भी थीं।

1905 से ही ऑक्सफ़र्ड के प्रोफ़ेसर श्यामजी कृष्ण वर्मा ने वहाँ भारतीय छात्रों का एक केंद्र इण्डिया हाउस बना रखा था। ये लोग क्रांतिकारी प्रचार करने के लिए इण्डियन सोशलिस्ट नामक अख़बार भी निकालते थे। बाद में गिरफ़्तारी से बचने के लिए वर्मा को पेरिस और फिर स्विट्ज़रलैण्ड जाना पड़ा। लंदन और पेरिस से मैडम भीकाजी कामा तस्करी के ज़रिये भारतीय क्रांतिकारियों के लिए हथियार भेजती थीं। 1906 में सावरकर की योजना के तहत ही मदन लाल ढींगरा ने इंग्लैण्ड में सर जॉन कर्ज़न वाइली की हत्या की। ढींगरा को 1909 में फाँसी पर लटका दिया गया।

संयुक्त राज्य अमेरिका और कनाडा में बसे पंजाब के सिक्ख, हिंदुओं और मुसलमानों ने अपने साथ हो रहे नस्लवादी सुलूक, भेदभावपूर्ण सरकारी नीतियों के चलन के ख़िलाफ़ वहाँ रह रहे आयरिश राष्ट्रवादियों के संसर्ग का लाभ उठा कर गोलबंदी की। लाला हरदयाल के नेतृत्व में चल रही भारतीय विद्यार्थियों की गतिविधियों के समांतर यह प्रक्रिया भी चल रही थी। इसके नेता सोहन सिंह भकना और बाबा ज्वाला सिंह थे। मार्च-अप्रैल, 1913 में इन दोनों प्रवृत्तियों ने मिल कर हिंदी एसोसिएशन ऑफ़ पेसिफ़िक कोस्ट का गठन

किया। जिसका मुखपत्र *ग़दर* 1 नवम्बर, 1913 से प्रकाशित होना शुरू हुआ। इस पत्र पर लिखा रहता था : अंग्रेज़ी राज का दुश्मन। ग़दर पार्टी को अपनी विचारधारात्मक प्रेरणा रूसी अराजकतावाद, 1912 की चीनी क्रांति और अमेरिका में होने वाले ब्रिटिश विरोधी प्रोपेगंडे से मिली थी।

विदेशों में रह रहे पंजाबी जापानी जहाज़ कोमागाटा मारू में बैठ कर वेंकूवर जाने वाले 376 मुसाफिरों (340 सिक्ख, 12 हिंदू और 24 मुसलमान) के दुखद हश्र से बहुत क्षुब्ध थे। जब कोमागाटा मारू कनाडा पहुँचा तो उसके यात्रियों को दो महीने तक अनिश्चितता और तकलीफ़ें झेलनी पड़ीं, लेकिन उन्हें उतरने नहीं दिया गया। मजबूरन ये सभी यात्री भारत लौटे तो कोलकाता के बजबज घाट पर उनके साथ बदसलूकी हुई। परिणामस्वरूप दंगा हुआ जिसमें दसियों यात्री मारे गये। इस घटना के बाद न जाने कितने पंजाबियों और सिक्खों ने अपनी ज़मीनें और धंधे बेच कर मुल्क़ की आज़ादी के लिए समर्पित होने का निश्चय किया।

ग़दर पार्टी के 61 क्रांतिकारी ज्वाला सिंह के नेतृत्व में सैन फ्रांसिस्को से कोरिया, केंटन और सिंगापुर होते हुए भारत चले ताकि हथियारबंद विद्रोह की शुरुआत की जा सके। लेकिन ब्रिटिश जासूसों ने उन्हें बीच में ही गिरफ़्तार करवा दिया। ग़दर पार्टी की गतिविधियों के कारण ही 1915 में ब्रिटिश सरकार ने पहला लाहौर षड्यंत्र केस चलाया जिसमें करतार सिंह सराभा (जो केवल 19 वर्ष के थे) समेत 24 लोगों को फाँसी हुई। लाहौर षड्यंत्र केस के क्रांतिकारियों की क़ुर्बानी बेकार नहीं गयी। ग़दर पार्टी के कुछ क्रांतिकारियों ने मास्को से वापसी करके नयी पीढ़ी के क्रांतिकारियों को कम्युनिस्ट विचारधारा का स्पर्श दिया। ये नयी प्रेरणाएँ थीं जिनके आधार पर अगली पीढ़ी ने क्रांतिकारी आंदोलन को एक नयी शक्ल देने की कोशिश की जिसमें हथियारबंद लड़ाई और षड्यंत्र के साथ-साथ जुझारू जन-कार्रवाइयों की सम्भावनाएँ भी थीं। इस पीढ़ी के शीर्ष पर सरदार भगत सिंह की बौद्धिकता और चंद्रशेखर आज़ाद का सेनापतित्व था।

देखें : अरविंद घोष, अमेरिकी क्रांति, आर्थिक राष्ट्रवाद-1 और 2, उपनिवेशवाद, उपनिवेशवाद विरोधी आंदोलन-1, 2 और 3, उपनिवेशवाद विरोधी संघर्ष में स्त्री-नेतृत्व-1 और 2, जवाहरलाल नेहरू, फ्रांसीसी क्रांति, फ़ासीवाद, बंकिम चंद्र चट्टोपाध्याय, बाल गंगाधर तिलक, बोल्शेविक क्रांति, मोहनदास कर्मचंद गाँधी-1, 2 और 3, राष्ट्रवाद, भारतीय राष्ट्रवाद, स्वामी विवेकानंद, सन् 1857 का संग्राम-1, 2, 3 और 4, विनायक दामोदर सावरकर, वि-उपनिवेशवाद, समाजवाद, साम्राज्यवाद।

संदर्भ

1. सोहन सिंह जोश (1978), *हिंदुस्तान ग़दर पार्टी : अ शॉर्ट हिस्ट्री,* दो खण्ड, पीपुल्स पब्लिशिंग हाउस, नयी दिल्ली.
2. पी.डब्ल्यू. फे (1994), द *फ़ोरगॉटिन आर्मी : इण्डियाज़ आर्म्ड स्ट्रगल फ़ॉर इंडिपेंडेंस,* रूपा, कोलकाता.
3. पी. हीस (1994), द *बॉम्बे इन बेंगाल : द राइज़ ऑफ़ रेवोल्यूशनरी टेररिज़्म इन इण्डिया,* 1900-10, ऑक्सफ़र्ड युनिवर्सिटी प्रेस, न्यूयॉर्क.
4. कुणाल चट्टपाध्याय (2009), 'इण्डिया, आर्म्ड स्ट्रगल इन द इंडिपेंडेंस मूवमेंट', इमैनुएल नेस (सम्पा.), द *इंटरनैशनल इनसाइक्लोपीडिया ऑफ़ रेवोल्यूशन ऐंड प्रोटेस्ट : 1500 टू प्रज़ेंट, विली-ब्लैकवेल,* यूके, पृष्ठ 1673-1679.
5. हरीश पुरी (198 3), *ग़दर मूवमेंट, आइडियॉलॅजी, ऑर्गनाइज़ेशन, ऐंड स्ट्रैटजी,* गुरुनानक देव युनिवर्सिटी, अमृतसर.

—अभय कुमार दुबे

आज़ादी के लिए सशस्त्र संघर्ष-2

भगत सिंह की वामपंथी विरासत

(Armed Struggle for Freedom-2)

क्रांतिकारी राष्ट्रवाद के क्षितिज पर भगत सिंह (1907-1931) के उदय से पहले क्रांति का मतलब मुख्यत: बम, पिस्तौल, हत्या, षड्यंत्र और अंततः बलिदान ही था। भगत सिंह और उनके साथियों द्वारा बनाये गये दो संगठनों नौजवान भारत सभा और हिंदुस्तान समाजवादी प्रजातांत्रिक एसोसिएशन ने इस स्थापित समझ में दो बड़े परिवर्तन किये। पहला, आतंकवादी कार्रवाइयाँ जारी रखते हुए भी क्रांतिकारियों की नयी पीढ़ी ने उसके बुनियादी मुहावरे और नारों को अधिक सेकुलर और जनोन्मुख बनाया गया। 'वंदे मातरम' की जगह 'इंक़िलाब ज़िंदाबाद' और 'डाउन विद् इम्पीरियलिज़्म' जैसे नारों ने ले ली। दूसरा, राष्ट्रवाद के इस संस्करण को सुचिंतित रूप से किसानों, मज़दूरों और छात्रों के साथ जोड़ने का प्रयास किया गया। यह अलग बात है कि अपने दूसरे लक्ष्य में वे एक सीमा तक ही सफल हो पाये, लेकिन उनकी गतिविधियों और बेमिसाल क़ुर्बानी ने उन्हें उपनिवेशवाद विरोधी आंदोलन की समांतर धारा के रूप में एक अनूठी पहचान दिलायी जो आज तक क़ायम है। सरकारी तौर पर शहीद दिवस उस दिन मनाया जाता है जब गाँधी की हत्या की गयी थी। लेकिन आम जनता के मानस में शहीद शब्द सुनते ही केवल एक ही चेहरा उभरता है, और वह है भगत सिंह का।

भगत सिंह को केवल तेईस साल की ज़िंदगी मिली लेकिन इस छोटे से घटनाप्रद जीवन में वे क्रांतिकारी आंदोलन के मुख्य सिद्धांतकार बन कर उभरे। उन्होंने सारी दुनिया के क्रांतिकारी आंदोलनों का भरसक अध्ययन किया। ख़ास कर उन्होंने सोवियत अनुभव पर गहरी निगाह डाली और दो नतीजों पर पहुँचे : भारत की मुक्ति साम्राज्यवाद से मुक्ति के साथ अभिन्न रूप से जुड़ी हुई है, और केवल अंग्रेज़ों को भगाना

भगत सिंह (1907-1931)

ही काफ़ी नहीं है बल्कि ज़रूरत एक सोशलिस्ट एजेंडे की है। वे हिंदी, पंजाबी और अंग्रेज़ी में लिखते थे। उनकी रचनाओं के शीर्षक ही बताते हैं कि उनके मुख्य बौद्धिक रुझान क्या थे : *विश्व प्रेम, व्हाई आयी एम एन.एथीस्ट, कम्युनलिज़्म ऐंड इट्स सोल्यूशन, प्रॉब्लम ऑफ़ अनटचेबिलिटी, रिलीजन ऐंड अवर फ्रीडम स्ट्रगल, द आइडियल ऑफ़ सोशलिज़्म, हिस्ट्री ऑफ़ रेवोल्यूशनरी मूवमेंट्स इन इण्डिया, एट द डोर ऑफ़ डेथ।*

प्रथम विश्व-युद्ध के बाद ब्रिटिश हुक्मरानों ने अपने ख़िलाफ़ राष्ट्रवादी असंतोष से निबटने के लिए एक तरफ़ तो संवैधानिक रियायतों की नीति अपनायी और दूसरी तरफ़ रौलट एक्ट के ज़रिये राजद्रोह को क़ानूनी सुनवाई के परे कर दिया। 1922 में गोरखपुर के चौरी चौरा में हुई हिंसा से आहत हो कर गाँधी द्वारा असहयोग आंदोलन वापस ले लेने की उन आदर्शवादी और देशभक्त युवकों में तीखी प्रतिक्रिया हुई जो अंग्रेज़ों के ख़िलाफ़ कुछ कर गुज़रने के लिए बेचैन थे। इस आंदोलन में भाग लेने वाले कई युवकों ने क्रांतिकारी राष्ट्रवाद का रास्ता अपनाने का फ़ैसला किया। चंद्रशेखर आज़ाद, भगत सिंह, सुखदेव, यशपाल, जतिन दास, भगवती चरण वोहरा, मन्मथनाथ गुप्त और शिव वर्मा चौरी चौरा के बाद असहयोगी और सत्याग्रही नहीं रह गये। उधर बंगाल में 1923 से ही 'देशभक्त डकैतियों' का सिलसिला शुरू हो गया। पुलिस सुपरिंटेंडेंट चार्ल्स टैगार्ट ने क्रांतिकारियों के दमन की मुहिम चलाई। उसे जवाब देने के लिए विनय और बादल ने राइटर्स बिल्डिंग पर हमला करके अपनी क़ुर्बानी दी। इधर उत्तर भारत में शचींद्रनाथ सान्खयाल द्वारा हिंदुस्तान रिपब्लिकन एसोसिएशन का गठन किया गया। सान्खयाल अंडमान से सज़ा काट कर आ रहे थे। उनकी रचना *बंदी जीवन* उस समय तक प्रकाशित हो चुकी थी। एसोसिएशन में रामप्रसाद बिस्मिल, अशफ़ाक उल्ला खाँ, राजेंद्र लाहिड़ी, चंद्रशेखर आज़ाद और रोशन लाल भी सक्रिय थे। अगस्त, 1925 में इन क्रांतिकारियों ने ट्रेन में जा रहे सरकारी ख़ज़ाने को लखनऊ के पास काकोरी में लूट लिया। काकोरी ट्रेन डकैती काण्ड में बिस्मिल, लाहिड़ी, रोशन लाल और अशफ़ाक को फाँसी की सज़ा हुई। शचींद्रनाथ सान्खयाल, जोगेशचंद्र चटर्जी और तीन अन्य को उम्र क़ैद सुनायी गयी। आज़ाद को पकड़ा नहीं जा सका। वरिष्ठ क्रांतिकारियों के जेल चले जाने पर एसोसिएशन का नेतृत्व मुख्यत: चंद्रशेखर आज़ाद के हाथ में चला गया।

मार्च, 1926 में भगत सिंह ने लाहौर में एक जुझारू युवक संगठन नौजवान भारत सभा का गठन किया। इस संगठन के अध्यक्ष राम किशन थे। महामंत्री पद की ज़िम्मेदारी ख़ुद भगत सिंह ने सँभाली। भगवती चरण वोहरा सभा के प्रचार मंत्री बने। इस राजनीतिक गतिविधि में भगत सिंह का साथ सुखदेव, धनवंतरी और एहसान इलाही ने भी दिया। सभा के साथ सैफ़ुद्दीन किचलू, सत्यपाल, केदार नाथ सहगल, लाला पिंडी दास और लाला लाल चंद फ़लक जैसे वामपंथी रुझान के कांग्रेस नेताओं की हमदर्दी और समर्थन था। सभा का एजेंडा सामाजिक भी था और राजनीतिक भी। वह सारे भारत में मेहनतकशों और किसानों का पूरी तरह से स्वतंत्र गणराज्य स्थापित करना चाहती थी। इसके लिए उसने मज़दूरों और किसानों को गोलबंद करने का कार्यक्रम दिया। इसके अलावा सभा का मक़सद स्वदेशी वस्तुओं का प्रचार करते हुए सादा जीवन के आदर्श, नियमित व्यायाम के ज़रिये स्वस्थ और शक्तिशाली शरीर बनाने, भाईचारे की भावना पैदा करने, भारतीय भाषाओं और सभ्यता के प्रति समर्पण प्रोत्साहित करना था। सभा का दृष्टिकोण सेकुलर था। वह किसी भी क़िस्म की धार्मिक गोलबंदी को अच्छी निगाहों से नहीं देखती थी। जब गरमदली राष्ट्रवाद के प्रमुख नेता लाला लाजपत राय ने हिंदू महासभा के साथ समझौता किया तो सभा ने उनकी कड़ी आलोचना की। लाहौर में अपनी एक साल की गतिविधियों से ही सभा अंग्रेज़ों की आँख की किरकिरी बन गयी। जुलाई, 1927 में भगत सिंह को एक फ़र्ज़ी इलज़ाम में गिरफ़्तार कर लिया गया। लेकिन सरकार को उन्हें जल्दी ही ज़मानत पर छोड़ना पड़ा। इसी दौरान भगत सिंह ग़दर पार्टी के क्रांतिकारी और समाजवाद के तरफ़ झुक चुके सोहन सिंह जोश के सम्पर्क में आये। इस प्रक्रिया में वे वर्कर्स ऐंड पीज़ेंट पार्टी की पंजाबी पत्रिका *क़िर्ती* से जुड़ गये। 1927 से 1928 तक भगत सिंह ने इस पत्रिका में बब्बर अकाली आंदोलन, काकोरी काण्ड और दिल्ली बम केस के साथ-साथ कई क्रांतिकारियों के बारे में लेखन किया। 1928 तक उन्होंने

अराजकतावाद और मार्क्सवाद के बीच तुलना करने की दृष्टि विकसित करते हुए समझ लिया था कि हिंसा-अहिंसा की बहस में पड़ना व्यर्थ है।

लाहौर में राजनीतिक काम शुरू करने से पहले भगत सिंह 1923 में संयुक्त प्रांत में सक्रिय हिंदुस्तान रिपब्लिकन एसोसिएशन के क्रांतिकारियों के सम्पर्क में रह चुके थे। उन्होंने कानपुर में गणेश शंकर विद्यार्थी के राष्ट्रवादी अख़बार *प्रताप* में भी काम किया था। कानपुर में ही विजय कुमार सिन्हा, शिव वर्मा, जयदेव कपूर, बटुकेश्वर दत्त और अजय घोष से उनका सम्पर्क हुआ था। 1928 में भगत सिंह उत्तर भारत लौटे। इसी वर्ष दिल्ली के फिरोज़ शाह कोटला मैदान में ख़ासे गम्भीर विचार-विमर्श के बाद उन्होंने अपने साथियों के साथ हिंदुस्तान रिपब्लिकन एसोसिएशन के नाम में सोशलिस्ट शब्द जोड़ने का फ़ैसला किया। इस नये संगठन में एक ओर तो भगत सिंह और सुखदेव जैसे युवक थे, दूसरी ओर इसे चंद्रशेखर आज़ाद जैसे वरिष्ठ क्रांतिकारी का सहयोग भी मिला। आज़ाद हथियारबंद कार्रवाइयों की योजना बनाने, भेस बदलने और अपनी माउज़र पिस्तौल से अचूक निशाना लगाने में माहिर थे। भगत सिंह इस संगठन के मस्तिष्क थे, और आज़ाद उसके सेनापति। नामांतरित एसोसिएशन और नौजवान भारत सभा की गतिविधियों के माध्यम से इन युवक क्रांतिकारियों ने देश के बड़े औद्योगिक शहरों में मज़दूर वर्ग के आंदोलनों के साथ समन्वय स्थापित करने का प्रयास किया। पूरे उत्तर भारत में एसोसिएशन की शाखाएँ खोली गयीं।

28 अक्टूबर, 1928 को लाहौर में साइमन कमीशन का विरोध करने वाले एक जुलूस पर पुलिस ने बर्बर लाठीचार्ज किया। जुलूस के आगे-आगे चल रहे लाला लाजपत राय को पुलिस के डिप्टी सुपरिंटेंडेंट सांडर्स ने ख़ुद लाठियाँ मारीं जिससे वे बुरी तरह से घायल हो गये। 17 नवम्बर पंजाब के शेर कहे जाने वाले लालाजी का निधन हो गया। इस समय तक भगत सिंह हिंसक गतिविधियों का वैचारिक स्तर पर त्याग कर चुके थे। फिर भी भगत सिंह और उनके साथियों ने इसका बदला लेने का निश्चय किया। आज़ाद, राजगुरु, जयगोपाल और भगत सिंह ने एक क्रांतिकार एक्शन में सांडर्स को मार गिराया। इस हत्याकाण्ड के बाद एसोसिएशन के नेताओं को भूमिगत हो जाना पड़ा। भगत सिंह भगवती चरण वोहरा (जो एक बम के परीक्षण में दुर्घटनावश शहीद हो चुके थे) की पत्नी और क्रांतिकारी आंदोलन में सहयोगी दुर्गा भाभी की मदद से पुलिस को चकमा दे कर कोलकाता की तरफ़ निकल जाने में कामयाब हो गये।

अप्रैल, 1929 को सेंट्रल लेजिस्लेटिव एसेम्बली में जिस समय ट्रेड डिस्प्यूट बिल पर चर्चा हो रही थी, भगत सिंह और उनके साथ बटुकेश्वर दत्त ने दर्शक दीर्घा से नीचे हाल में दो हानिरहित बम फेंके जिनसे ज़बरदस्त धमाके की आवाज़ें हुईं। दोनों युवक 'इंक़िलाब ज़िंदाबाद' और 'डाउन विद् इम्पीरियलिज़म' के नारे लगाते रहे। उन्होंने पर्चे भी फेंके जिनमें फ्रांसीसी क्रांतिकारी वेलाँ का फ़िकरा 'बहरों को सुनाने के लिए धमाके की ज़रूरत होती है' दर्ज था। वे चाहते तो आसानी से फ़रार हो सकते थे, क्योंकि एसेंबली में सभी लोग डर के मारे दुबके हुए थे। वे चाहते तो बारूदी बम चला कर न जाने कितनी जानें ले सकते थे। लेकिन उन्होंने यह सब कुछ एक योजना के तहत किया था। भगत सिंह की योजना थी बलिदान के ज़रिये क्रांति की आवश्यकता का प्रचार-प्रसार। वे अदालत के कठघरे से बयान देना चाहते थे कि भारतवासियों को क्यों पूर्ण स्वतंत्रता और समाजवाद की ज़रूरत है। यह योजना हिंदुस्तान समाजवादी प्रजातांत्रिक एसोसिएशन की केंद्रीय कमेटी ने काफ़ी विचार-विमर्श के बाद तैयार की थी। एसोसिएशन का कोई भी सदस्य भगत सिंह को खोना नहीं चाहता था। पर भगत सिंह ऐसे अनोखे क्रांतिकारी और हुतात्मा थे जिन्होंने अपने बलिदान पर ख़ुद अपने हाथ से मुहर लगायी थी। उन जैसा योग्य, प्रतिभाशाली और अनूठा क्रांतिकारी उपनिवेशवाद विरोधी आंदोलन के इतिहास में पहले कभी नहीं हुआ था। एसेम्बली बम केस में भगत सिंह को उम्र क़ैद हुई, और सांडर्स हत्याकाण्ड में लाहौर षड्यंत्र केस के तहत उन्हें राजगुरु और सुखदेव के साथ फाँसी की सज़ा सुनायी गयी।

जेल में भगत सिंह ने राजनीतिक क़ैदी का दर्जा पाने के लिए एक और बेमिसाल संघर्ष किया। क्रांतिकारियों ने लम्बी भूख हड़ताल आयोजित की जिसमें यतींद्र दास ने 64 दिन तक अनशन करने के बाद प्राण त्यागे। भगत सिंह ने अपने मुक़द्दमे के दौरान अपने वक्तव्य में स्पष्ट किया कि क्रांति का मतलब बम और पिस्तौल न हो कर सामाजिक रूपांतरण है जिसका अंतिम लक्ष्य मज़ूदर वर्ग का शासन ही हो सकता है। 23 मार्च, 1931 को भगत सिंह, राजगुरु और सुखदेव को फाँसी पर चढ़ा दिया गया। उस समय भगत सिंह देश की जनता में गाँधी से कम लोकप्रिय नहीं थे। उन्हें दी गयी फाँसी की सज़ा पर सारे देश में रोष की लहर दौड़ गयी। गाँधी ने गोलमेज़ कांफ्रेंस के दौरान हालात का लाभ उठाते हुए अंग्रेज़ों को चेतावनी दी कि अगर उनकी नहीं सुनी गयी तो फिर हुकूमत को क्रांतिकारी आतंकवादियों से निबटना पड़ेगा। उपनिवेशवाद विरोधी आंदोलन के इतिहासकारों में इस बात पर विवाद है कि गाँधी ने भगत सिंह को दी गयी फाँसी की सज़ा उम्र क़ैद में बदलवाने के लिए पर्याप्त प्रयास किया था या नहीं।

इलाहाबाद के अल्फ्रेड पार्क में एक पुलिस एनकाउंटर में चंद्रशेखर आज़ाद के शहीद हो जाने के बाद उत्तर भारत में क्रांतिकारी गतिविधियाँ काफ़ी कमज़ोर हो गयीं। लेकिन भगत सिंह की विरासत वामपंथी राजनीति के रूप में बनी रही। उनके संगठन के कई सदस्य भारतीय कम्युनिस्ट पार्टी में

चले गये, और कुछ ने क्रांतिकारी सोशलिस्ट पार्टी की स्थापना की, जो तीस के दशक के उत्तरार्द्ध में बनने वाली ऐसी सबसे बड़ी पार्टी थी जिसके ऊपर स्तालिन द्वारा प्रवर्तित मार्क्सवाद का असर नहीं था।

देखें : अरविंद घोष, अमेरिकी क्रांति, आर्थिक राष्ट्रवाद-1 और 2, उपनिवेशवाद, उपनिवेशवाद विरोधी आंदोलन-1, 2 और 3, उपनिवेशवाद विरोधी संघर्ष में स्त्री-नेतृत्व-1 और 2, जवाहरलाल नेहरू, फ्रांसीसी क्रांति, फ़ासीवाद, बंकिम चंद्र चट्टोपाध्याय, बाल गंगाधर तिलक, बोल्शेविक क्रांति, मोहनदास कर्मचंद गाँधी-1, 2 और 3, राष्ट्रवाद, भारतीय राष्ट्रवाद, स्वामी विवेकानंद, सन् 1857 का संग्राम-1, 2, 3 और 4, विनायक दामोदर सावरकर, वि-उपनिवेशवाद, समाजवाद, साम्राज्यवाद।

संदर्भ

1. यशपाल (1964), *सिंहावलोकन,* विप्लव कार्यालय, लखनऊ.
2. वीरेंद्र सिंधु (1968), *युगद्रष्टा भगत सिंह,* भारतीय ज्ञानपीठ प्रकाशन, नयी दिल्ली.
3. सोहन सिंह जोश (1976), *माई मीटिंग्ज़ विद् भगत सिंह ऐंड अदर अर्ली रेवोल्यूशनरीज़,* नयी दिल्ली.
4. एस.के. मित्तल और इरफ़ान हबीब (1979), *टुवर्ड्स इंडिपेंडेंस ऐंड सोशलिस्ट रिपब्लिक : नौजवान भारत सभा,* दो भाग, सोशल साइंटिस्ट, खण्ड 8, अंक 2 और 3.
5. चमन लाल (2007), *रेवोल्यूशनरी लीगेसी ऑफ़ भगत सिंह, इकॉनॉमिक ऐंड पॉलिटिकल वीकली,* खण्ड 42, अंक 37.
6. कुलदीप नैयर (2000), *द मार्ट्यर : भगत सिंह एक्सपेरिमेंट इन रेवोल्यूशन,* हर-आनंद पब्लिकेशन, नयी दिल्ली.

—अभय कुमार दुबे

आज़ादी के लिए सशस्त्र संघर्ष-3

सुभाष चंद्र बोस और आज़ाद हिंद फ़ौज

(Armed Struggle for Freedom-3)

सुभाष चंद्र बोस आज़ाद हिंद फ़ौज के तीन प्रमुख अधिकारियों के साथ.

गाँधी के नेतृत्व में चले उपनिवेशवाद विरोधी आंदोलन की मुख्य रणनीति अहिंसक नागरिक प्रतिरोध और सविनय अवज्ञा के उसूल पर टिकी हुई थी। भगत सिंह और उनके साथियों द्वारा अगर इस रणनीति को कांग्रेस के बाहर से चुनौती दी गयी, तो सुभाष चंद्र बोस (1897-1945) ने गाँधी का नेतृत्व स्वीकार करते हुए भी पार्टी के भीतर रह कर अहिंसक के बजाय जुझारू राष्ट्रवाद की दावेदारी पेश की। जवाहरलाल नेहरू के साथ कांग्रेस के युवा और वामपंथी चेहरे की नुमाइंदगी करने वाले सुभाष चंद्र बोस करिश्माई संगठनकर्ता होने के साथ-साथ ओजस्वी व्यक्तित्व और प्रखर वक्तृता के धनी थे। हिंदुस्तानी में दिये गये उनके भाषण लोगों को सम्मोहित कर लेते थे। कार्यकर्ताओं और आम जनता में बेहद लोकप्रिय होने के कारण उत्तर भारत समेत सारा देश उन्हें नेताजी कह कर सम्बोधित करता था। वे एकमात्र ऐसे राष्ट्रीय नेता थे जिन्होंने कांग्रेस की भीतरी राजनीति में गाँधी के निर्देशों का उल्लंघन करके उनकी मर्ज़ी के बिना अध्यक्ष का चुनाव जीत कर दिखाया। बोस और गाँधी का टकराव राष्ट्रीय आंदोलन का एक ऐसा अध्याय है जिस पर चर्चा करने से गाँधीवादी अक्सर बचते हैं।

1940 में कांग्रेस से निष्कासित होने के बाद बोस अंग्रेज़ों की नज़रबंदी तोड़ कर विदेश गये, ब्रिटिश विरोधी ताक़तों से मदद पाने के प्रयास किये और आज़ाद हिंद फ़ौज का गठन करके द्वितीय विश्व-युद्ध के दौरान बर्मा की तरफ़ से भारत पर हमला बोला ताकि ब्रिटिश सेना को पराजित करके भारत को आज़ाद कर सकें। 1857 के विद्रोह के बाद आज़ाद हिंद फ़ौज का अभियान आज़ादी के लिए किया गया सबसे गम्भीर, नियोजित और प्रभावी सशस्त्र संघर्ष था। युद्ध के बाद आज़ाद हिंद फ़ौज के सैनिकों के ख़िलाफ़ चलाये गये मुक़द्दमे के ख़िलाफ़ सारे देश में राष्ट्रवादी भावनाओं की ज़बरदस्त लहर फैल गयी। बोस की सेना पराजित ज़रूर हुई, पर यह उसका पराक्रम ही था जिसके कारण 1945 से 1951 के बीच

ब्रिटेन के प्रधानमंत्री रहे क्लीमेंट एटली को मानना पड़ा कि गाँधी के सत्याग्रह से कहीं ज़्यादा इस फ़ौजी अभियान ने अंग्रेज़ों को भारत छोड़ने के लिए तत्पर किया। भारत से बोस की फ़रारी और फिर इस फ़ौज के सेनापतित्व ने उन्हें एक किंवदंती में बदल दिया जिसके प्रति आज भी देशवासियों में गहरी श्रद्धा है। आज भी न जाने कितने ऐसे लोग हैं जो यह मानते हैं कि 1945 में हुई विमान दुर्घटना में सुभाष चंद्र बोस का निधन नहीं हुआ था और वे काफ़ी दिनों तक ख़ुफ़िया जीवन गुज़ारते हुए देश के हालात पर निगाह रखे रहे।

सुभाष चंद्र बोस पर अक्सर आरोप लगाया जाता है कि अगर द्वितीय विश्व-युद्ध में जर्मनी-इटली-जापान की धुरी जीत जाती तो उनकी भूमिका भारत में जापानियों की कठपुतली जैसी होती। बोस के फ़ासीवाद के प्रति रुझान पर भी सवालिया निशान लगाये जाते हैं। दरअसल, फ़ासीवाद के बारे में बोस का रवैया नेहरू से भिन्न था। नेहरू फ़ासीवाद को मार्क्सवादी निगाह से नापसंद करते थे, जबकि बोस मुख्यत: ब्रिटेन विरोधी दृष्टिकोण से हर उस ताक़त का साथ लेने के लिए तैयार थे जो अंग्रज़ों के ख़िलाफ़ थी, चाहे वह जर्मनी, इटली, जापान या फिर सोवियत संघ हो। दूसरी तरफ़ इसमें भी कोई शक नहीं है कि बोस फ़ासीवाद प्रवर्तित कठोर राज्य और अनुशासित समाज की अवधारणा के पक्षधर थे। 23 सितम्बर, 1930 को कोलकाता के मेयर के रूप में शपथ लेते समय बोस ने कहा था कि भारत को न्याय, समानता, समाजवाद से प्रेम और फ़ासीवाद जैसे अनुशासन की ज़रूरत है। 1933 से 1936 के बीच बोस को युरोप में रहना पड़ा। इसी दौरान उन्होंने मुसोलिनी से मुलाक़ात करके फ़ासीवादी राज्य की सक्षमता की प्रशंसा की। जब ब्रिटिश कम्युनिस्ट पार्टी के नेता रजनी पाम दत्त ने 1938 में इस पर सवाल उठाया तो बोस की सफ़ाई यह थी कि जिस समय उन्होंने ऐसा किया उस समय तक फ़ासीवाद ने अपनी साम्राज्यवादी महत्त्वाकांक्षाओं का खुलासा नहीं किया था। दूसरे, वे एक मज़बूत और अनुशासित राज्य के समर्थक होने के नाते भारत में भी ऐसा ही राज्य स्थापित करना चाहते हैं।

फ़ासीवाद के प्रति इन रुझानों के बावजूद आगे चल कर बोस ने कई मौक़ों पर फ़ासीवादी कार्रवाइयों की आलोचना की। उन्होंने अबीसीनिया पर इतालवी हमले का विरोध किया और हिटलर के भारत विरोधी वक्तव्यों को आड़े हाथों लिया। आज़ाद हिंद फ़ौज के सेनापति के तौर पर बोस ने जापानियों के मुक़ाबले अपनी स्वायत्तता का हमेशा ख़याल रखा। जापानी चाहते थे कि बोस की फ़ौज छोटी-छोटी इकाइयों में बँट कर जापानी सेना का ही अंग बन जाए। पर बोस ने आज़ाद हिंद फ़ौज को बटालियनों में गठित करके उसका जापानियों से अलग अस्तित्व रखना पसंद किया। उन्होंने अंग्रेज़ी फ़ौज के अलावा किसी और के ख़िलाफ़ लड़ने से लगातार इनकार किया। बर्मा में जब आँग सान के नेतृत्व में विद्रोह हुआ तो उन्होंने विद्रोही सिपाहियों के ख़िलाफ़ जापानियों को अपनी फ़ौज का दोहन करने की इजाज़त नहीं दी।

एक उच्च-मध्य वर्गीय बंगाली कायस्थ परिवार में जनवरी, 1897 को जन्मे सुभाष चंद्र बोस के वकील पिता उन्हें आईसीएस बनाना चाहते थे। पढ़ाई-लिखाई में बेहद परिश्रमी और प्रतिभाशाली सुभाष ने अपने पिता की यह इच्छा तो पूरी की, लेकिन गहरे राष्ट्रवादी रुझानों के कारण 1921 में इण्डियन सिविल सर्विस से इस्तीफ़ा दे दिया। इंग्लैण्ड से लौट कर उन्होंने गाँधी से मुलाक़ात की। गाँधी के प्रति गहन आदर-भाव होने के बावजूद वे क्रांतिकारियों से जुड़े राष्ट्रवादी नेता चित्तरंजन दास से अधिक प्रभावित थे। उपनिवेशवाद विरोधी आंदोलन में उनकी भागीदारी की शुरुआत प्रिंस ऑफ़ वेल्स के भारत आगमन के ख़िलाफ़ कोलकाता में हुए प्रदर्शनों से हुई। कांग्रेस स्वयंसेवकों के इंचार्ज के तौर पर बोस ने मुक़म्मल हड़ताल का सफल आह्वान किया, और अपनी गिरफ़्तारी के बाद रातों-रात बंगाल के उभरते हुए नेता बन गये। अगले साल गाँधी द्वारा असहयोग आंदोलन वापस लेने के बाद बोस ने स्वराज पार्टी की राजनीति में मुसलमानों के लिए नौकरियों में आरक्षण का समर्थन किया ताकि बंगाल में हिंदू-मुसलमान एकता क़ायम हो सके। 1924 में उन्हें क्रांतिकारी गतिविधियों में संलग्न होने के संदेह में गिरफ़्तार करके चार साल के लिए बर्मा की मांडले जेल भेज दिया गया। 1926 में उन्होंने जेल में क़ैदियों के साथ बदसलूकी के ख़िलाफ़ लम्बी भूख हड़ताल की, जिसके दबाव में जेल अधिकारियों को उनकी कई माँगें माननी पड़ीं।

1928 में कांग्रेस के कोलकाता अधिवेशन में बोस और नेहरू ने पूर्ण स्वाधीनता का प्रस्ताव पारित करने की कोशिश की पर गाँधी ने इन दोनों युवा वामपंथियों को कामयाब नहीं होने दिया। इस अधिवेशन में लाल झंडा धारी पचास हज़ार स्वयंसेवकों ने भी हिस्सा लिया। भारतीय कम्युनिस्ट पार्टी द्वारा भेजे गये इन स्वयंसेवकों से प्रभावित बोस का कम्युनिस्टों के साथ सहयोग का सिलसिला चल निकला। साइमन कमीशन के ख़िलाफ़ एक लाख लोगों का प्रदर्शन बोस और भाकपा के गठजोड़ का ही नतीजा था। इसके बाद बोस कांग्रेस के भीतर वामपंथी धड़े की प्रमुख आवाज़ बन गये। लाहौर अधिवेशन में गाँधी ने उन्हें और उनके सहयोगी श्रीनिवास आयंगार को कांग्रेस कार्यसमिति से बाहर रखा। 26 जनवरी, 1931 को उन्हें कोलकाता मैदान में राष्ट्रीय झंडा फहराते हुए गिरफ़्तार कर लिया गया और छह महीने की सज़ा दी गयी। बोस ने गाँधी-इरविन समझौते की आलोचना की, लेकिन साथ में युवकों से यह भी कहा कि संघर्ष के बीचो-बीच संघर्ष के सिपहसालार (गाँधी) को ठुकराना ठीक नहीं है। इसी दलील के आधार पर बोस ने कांग्रेस अधिवेशन की विषय समिति में समझौते का

विरोध किया और अधिवेशन के मुख्य सत्र में उसका समर्थन। 1932 में बोस को अंग्रेज़ों ने फिर से जेल में डाल दिया जहाँ उन्हें क्षय रोग हो गया। अंग्रेज़ों ने उन्हें इस शर्त पर रिहा किया कि उन्हें भारत छोड़ना होगा।

जनवरी, 1938 में बोस को इंग्लैण्ड में पता चला कि वे अपनी अनुपस्थिति में कांग्रेस के अध्यक्ष चुन लिए गये हैं। इस समय तक गाँधी उनके साथ थे, और उन्होंने 1936 और 1937 में जवाहरलाल नेहरू की अध्यक्षता के उत्तराधिकारी के रूप में बोस को चुना था। कांग्रेस अध्यक्ष के रूप में सुभाष चंद्र बोस को पार्टी के भीतर स्वतंत्र भारत में सोवियत तर्ज़ पर नियोजित आर्थिक विकास पर चर्चा करने का श्रेय जाता है। अगले साल गाँधी की मर्ज़ी के विपरीत कांग्रेस के वामपंथियों ने उन्हें अपने उम्मीदवार के रूप में पेश किया। गाँधी पट्टाभि सीतारमैया के पक्ष में थे जो कांग्रेस के दक्षिणपंथियों की पसंद थे। बोस ने सीतारमैया को हरा दिया जिसे गाँधी ने अपनी निजी पराजय क़रार दिया। गाँधी के कहने पर नेहरू समेत कांग्रेस की कार्यसमिति ने नये अध्यक्ष से सहयोग करने के बजाय इस्तीफ़ा दे दिया। कांग्रेस के त्रिपुरी अधिवेशन में एक प्रस्ताव पारित करके बोस से कहा गया कि वे गाँधी की मर्ज़ी के मुताबिक़ कांग्रेस कार्यसमिति का गठन करें। कांग्रेस सोशलस्टि पार्टी के नेताओं के तटस्थ हो जाने और नेहरू द्वारा गाँधी का विरोध न करने का फ़ैसला करने के कारण बोस का पक्ष पराजित हो गया। अध्यक्ष पद से इस्तीफ़ा देने के बाद बोस ने कांग्रेस के भीतर काम करने के लिए फ़ारवर्ड ब्लॉक की स्थापना की। उपनिवेशवाद विरोधी आंदोलन में विभाजन के डर से वामपंथी और कम्युनिस्ट ताक़तें फ़ारवर्ड ब्लॉक से नहीं जुड़ीं। दूसरी तरफ़, कांग्रेस आलाकमान ने बोस की एक नहीं चलने दी। जब उन्होंने वाम दिवस मनाना चाहा तो उन्हें बंगाल कांग्रेस कमेटी के अध्यक्ष पद से हटा दिया गया।

द्वितीय विश्व-युद्ध शुरू होते ही कांग्रेस कार्यसमिति ने ब्रिटिश युद्ध प्रयासों का विरोध करके दबाव डालने का फ़ैसला किया ताकि लड़ाई ख़त्म होने पर भारत को आज़ाद करने का आश्वासन प्राप्त किया जा सके। लेकिन, बोस इससे भी आगे जा कर अंग्रेज़ों पर हथियारबंद संघर्ष के ज़रिये अंतिम प्रहार करने के पक्ष में थे ताकि उपनिवेशवादियों की संकटग्रस्तता का पूरा लाभ उठाया जा सके। इसलिए बोस ने 1940 के रामगढ़ अधिवेशन के समांतर समझौता विरोधी सम्मेलन किया जिसमें लाखों किसानों ने स्वामी सहजानंद सरस्वती के नेतृत्व में भाग लिया। सहजानंद नाज़ियों का समर्थन किये बिना अंग्रेज़ों के ख़िलाफ़ उनकी मदद लेने के पक्ष में थे। इसके बाद बोस को गिरफ़्तार कर लिया गया जिसके विरोध में वे भूख हड़ताल पर चले गये। अंग्रेज़ों को उन्हें घरेलू नज़रबंदी में रखना पड़ा जहाँ से बोस पेशावर के युवा कम्युनिस्ट भगतराम तलवार की मदद से भाग निकले। भेस बदल कर वे अफ़ग़ानिस्तान पहुँचे।

बोस ने देखा कि सोवियत संघ उनकी मदद करने के लिए इतना तत्पर नहीं है जितना इटली, जर्मनी और जापान। साथ ही उन्हें यह भी एहसास हुआ कि जर्मनी की दिलचस्पी भारत को आज़ाद कराने में न हो कर अंग्रेज़ों के विरुद्ध उनका इस्तेमाल करने में है। इसी से मिलता-जुलता रवैया इतालवी फ़ासिस्टों का था। बोस ने सोवियत संघ पर जर्मन हमले की भर्त्सना की और उसे साम्राज्यवादी कार्रवाई क़रार दिया। 1942 ख़त्म होते-होते जापान ने मित्र राष्ट्रों के ख़िलाफ़ लड़ाई शुरू कर दी। 1943 में बोस एक पनडुब्बी में बैठ कर जापान पहुँचे जहाँ उनकी प्रधानमंत्री तोजो से मुलाक़ात हुई और उन्हें जापानी संसद में भी निमंत्रित किया गया। जापान में रह रहे वरिष्ठ क्रांतिकारी रासबिहारी बोस ने सुभाष में अपना उत्तराधिकारी देखा। सिंगापुर में कैप्टन मोहन सिंह द्वारा संगठित भारतीय युद्धबंदियों की सेना का नेतृत्व सँभालने के बाद अक्टूबर, 1943 में बोस ने आज़ाद हिंद फ़ौज और आज़ाद हिंद सरकार के गठन की सार्वजनिक घोषणा की। पूरी तरह से सेकुलर आधार पर गठित की गयी इस सेना में झाँसी की रानी लक्ष्मी बाई के नाम पर स्त्रियों की भी एक रेजिमेंट शामिल थी।

आज़ाद हिंद फ़ौज ने मणिपुर की तरफ़ से ब्रिटिश भारत पर हमला किया। ब्रिटिश लेखकों के कुप्रचार के विपरीत यह एक हक़ीक़त है कि बोस के सैनिक हथियारों, गोलाबारूद और रसद की कमी के बावजूद बहादुरी से लड़े और कोहिमा तक पहुँच गये जहाँ तिरंगा झंडा फहराया गया। युद्ध में जापानियों की हार का सिलसिला शुरू होने के बावजूद आज़ाद हिंद फ़ौज ने हिम्मत नहीं हारी। वह अंग्रेज़ों को क़रारी टक्कर देती रही। उसके कई सैनिक और अफ़सर शहीद हो गये। जापानियों के आत्मसमर्पण के बाद सुभाष चंद्र बोस ने मंचूरिया जा कर सोवियत सेना से सम्पर्क करने की कोशिश की लेकिन विमान दुर्घटना में उनका निधन हो गया।

देखें : अरविंद घोष, अमेरिकी क्रांति, आर्थिक राष्ट्रवाद-1 और 2, उपनिवेशवाद, उपनिवेशवाद विरोधी आंदोलन-1, 2 और 3, उपनिवेशवाद विरोधी संघर्ष में स्त्री-नेतृत्व-1 और 2, जवाहरलाल नेहरू, फ्रांसीसी क्रांति, फ़ासीवाद, बंकिम चंद्र चट्टोपाध्याय, बाल गंगाधर तिलक, बोल्शेविक क्रांति, मोहनदास कर्मचंद गाँधी-1, 2 और 3, राष्ट्रवाद, भारतीय राष्ट्रवाद, स्वामी विवेकानंद, सन् 1857 का संग्राम-1, 2, 3 और 4, विनायक दामोदर सावरकर, वि-उपनिवेशवाद, समाजवाद, साम्राज्यवाद।

संदर्भ

1. सुभाष चंद्र बोस (1965), *एन.इण्डियन पिलग्रिम : एन.अनफ़िनिश्ड बायोग्राफ़ी ऐंड क्लेक्टिड लेटर्स, 1897-1921,* एशिया पब्लिशिंग हाउस, मुम्बई.
2. सुभाष चंद्र बोस (1980-81), *नेताजी : क्लेक्टिड वर्क्स,* दो खण्ड, एस.के. बोस (सम्पा.), नेताजी रिसर्च ब्युरो, कोलकाता.
3. एस.के. बोस, ए. वेर्थ और एस.ए. अय्यर (सम्पा.) (1973),

अ बीकन एक्रॉस एशिया : अ बायोग्राफ़ी ऑफ़ सुभाष चंद्र बोस, ओरिएंट लोंगमेन, नयी दिल्ली.

4. रॉबर्ट एन. कीरनी (1983), 'हिस्ट्री, लाइफ़ मिशन, ऐंड द पॉलिटिकल करियर : नोट्स ऑन द अर्ली लाइफ़ ऑफ़ सुभाष चंद्र बोस', *पॉलिटिकल साइकोलॅजी,* खण्ड 4, अंक 4.
5. कुणाल चट्टोपाध्याय (2009), 'बोस, सुभाष चंद्र (1897-1945', इमैनुएल नेस (सम्पा.), द *इंटरनैशनल इनसाइक्लोपीडिया ऑफ़ रेवोल्यूशन ऐंड प्रोटेस्ट : 1500 टू प्रज़ेंट, विली-ब्लैकवेल,* यूके.

—अभय कुमार दुबे

आत्महत्या

(Suicide)

आत्महत्या अर्थात् व्यक्ति द्वारा अपने जीवन का जान-बूझकर अंत। समाजशास्त्र, मनोविज्ञान तथा मनश्चिकित्सा के अनुशासनों ने आत्महत्या की परिघटना का गहन अध्ययन किया है। आत्महत्या का प्रचलन उस समय से माना जाता है जब से समाज और राज्य का अस्तित्व है। प्लेटो ने आत्महत्या करने के विरोध में फैइडो तथा लॉस का प्रयोग करते हुए तर्क दिया है। फैइडो पाइथागोरियन दर्शन से संबंधित है। इसमें कहा गया है कि आत्महत्या करना हमेशा अनुचित है। ऐसा करके हम ईश्वर द्वारा दी गयी सज़ा से अपनी आत्मा को मुक्त कर देते हैं, जबकि ईश्वर ने सज़ा के तौर पर आत्मा को हमारे शरीर में रहने का ही हुक्म दिया है। लॉस के अंतर्गत प्लेटो ने दावा किया है कि आत्महत्या करना शर्मनाक है और आत्महत्या करने वाले अपराधियों को बिना किसी निशान वाली कब्र में दफ़्न किया जाना चाहिए। हालाँकि प्लेटो ने चार ऐसी स्थितियाँ भी बतायी हैं जहाँ आत्महत्या पर फैइडो और लॉस का उसूल लागू नहीं होता : (1) जब किसी का मस्तिष्क नैतिक रूप से भ्रष्ट हो तथा उसके चरित्र को ठीक न किया जा सकता हो, (2) किसी न्यायिक आदेश द्वारा जब कोई अपने आप को मार ले, (3) जब कोई अतिवादिता तथा व्यक्तिगत दुर्भाग्य के कारण अपने आप को मार ले, और (4) जब कोई किसी अन्यायपूर्ण कार्य में भागीदार होने पर ग्लानिवश अपने को समाप्त कर ले। इन परिस्थितियों के अतिरिक्त यदि कोई व्यक्ति आत्महत्या करता है तो प्लेटो के अनुसार वह व्यक्ति डरपोक तथा आलसी प्रवृत्ति का होता है।

आत्महत्या के संबंध में एमील दुर्ख़ाइम की कृति *सुइसाइड* (1897) विख्यात है। दुर्ख़ाइम के मुताबिक़ आत्महत्या का कारण केवल मनोवैज्ञानिक नहीं होता, अपितु सामाजिक तथा सांस्कृतिक भी होता है। आत्महत्या की घटना मरने वाले की सकारात्मक या नकारात्मक क्रिया का प्रत्यक्ष या अप्रत्यक्ष परिणाम होती है। वह व्यक्ति उन क्रियाओं के भावी परिणाम (मृत्यु) को जानता है। आत्महत्या की भावना किसी व्यक्ति विशेष के भौतिक वातावरण के मनोविज्ञान पर निर्भर नहीं करती अपितु उस व्यक्ति के समाज से संबंधों की प्रकृति पर निर्भर करती है। आत्महत्या की दर तथा सामाजिक संदर्भों के विभिन्न प्रकार परस्पर अंत:संबंधित होते हैं। साथ ही आत्महत्या सामाजिक एकीकरण के स्तर से भी संबंधित होती है। समाज में जैसे-जैसे विभेदीकरण बढ़ता है, वैसे-वैसे लोगों में आत्महत्या की प्रवृत्ति बढ़ती है। इसके अतिरिक्त दुर्ख़ाइम आत्महत्या के संदर्भ में तीन और अन्य बातों की तरफ़ ध्यान दिलाते हैं : (1) आत्महत्या करने वाले किसी व्यक्ति विशेष की कार्रवाई तथा उसके उद्देश्य के बजाय आत्महत्या की कुल दर के बारे में जानना; (2) सकारात्मक दृष्टिकोण अपनाना जिससे कि आत्महत्या की दर के बाह्य चर को उसके उद्देश्य के साथ संबंधित किया जा सके; (3) आत्महत्या की दर की वास्तविक संख्या के लिए सरकारी आँकड़ों को स्रोत के तौर पर प्रयोग करना।

आत्महत्या किसी व्यक्ति में सामाजिक संसक्ति की भावना की कमी तथा सामाजिक बंधनों के क्षय को दर्शाती है। दुर्ख़ाइम ने आत्महत्या को कारणों के आधार पर चार वर्गों में विभाजित किया है : अहंवादी, परार्थवादी, आदर्शहीन तथा दैववादी आत्महत्या। अहंवादी तथा परार्थवादी आत्महत्या व्यक्ति के सामाजिक आदर्शों तथा उद्देश्यों का परिणाम होती है। परार्थवादी आत्महत्या दूसरों के लिए की जाती है। चूँकि इस प्रकार की आत्महत्या कर्त्तव्य समझ कर की जाती है इसलिए इसे परार्थवादी आत्महत्या कहते हैं। इस प्रकार की आत्महत्या में व्यक्ति समाज के साथ काफ़ी जुड़ा होता है, अर्थात् यदि समाज चाहे तो उस व्यक्ति को जीवन समाप्त करने की तरफ़ भी ले जा सकता है। इस प्रकार की आत्महत्या के अंतर्गत हम भारत की सती प्रथा को रख सकते हैं। परार्थवादी आत्महत्या को दुर्ख़ाइम ने पुनः तीन भागों में विभाजित किया है। कर्त्तव्य-प्रधान परार्थवादी आत्महत्या के ठीक विपरीत अहंवादी आत्महत्या में व्यक्ति समाज से अपने आपको पृथक महसूस करता है। समाज में संगठन एवं एकीकरण का अभाव होने की सूरत में व्यक्ति ख़ुद को समाज से कटा हुआ महसूस करने लगता है। व्यक्ति पर समाज का नियंत्रण शिथिल पड़ जाता है। इस प्रकार की स्थिति में की जाने वाली आत्महत्या अहंवादी होती है।

तीसरे प्रकार की आत्महत्या अर्थात् आदर्शहीन आत्महत्या के अंतर्गत समाज में रहने वाले व्यक्तियों के जीवन में सामाजिक नियम-संयम का प्रभाव कमज़ोर पड़ जाता है। लोग मनमाने ढंग से अपनी आवश्यकताओं, इच्छाओं तथा

आकांक्षाओं की पूर्ति करने लगते हैं। समाज में अव्यवस्था फैल जाती है। व्यक्ति के सम्मुख इस अव्यवस्था के कारण कुछ नयी परिस्थितियाँ पैदा हो जाती हैं जिनसे सामंजस्य बैठाने में नाकाम हो कर व्यक्ति तनाव का शिकार हो जाता है। इस स्थिति को दुर्ख़ाइम ने आदर्शहीनता (एनोमी) क़रार दिया है। आदर्शहीनता की स्थिति में व्यक्ति विचलन का शिकार हो कर आत्महत्या के मुक़ाम तक पहुँच जाता है। इसे ही आदर्शहीन आत्महत्या कहा जाता है।

दुर्ख़ाइम द्वारा प्रतिपादित आदर्शहीनता की स्थिति को राबर्ट के. मर्टन ने आगे बढ़ाया तथा इस स्थिति के आधार पर विचलित व्यवहार के सामान्य सिद्धांत का प्रतिपादन किया। दुर्ख़ाइम ने एक चौथे प्रकार की आत्महत्या की श्रेणी भी प्रतिपादित की जिसे दैववादी आत्महत्या कहा जाता है। इस प्रकार की आत्महत्या में व्यक्ति अपने जीवन की विषम परिस्थितियों से हार कर आत्महत्या करता है। दैववादी आत्महत्या के अंतर्गत अपाहिज द्वारा अपने असहाय जीवन से त्रस्त होकर की जाने वाली आत्महत्या या असाध्य रोगी द्वारा की जाने वाली आत्महत्या रखी जाती है।

तीस के दशक में हाल्बवॉश ने दुर्ख़ाइम द्वारा प्रतिपादित सामाजिक जटिलता और आत्महत्या की दर के बीच के संबंधों को और अधिक सरल ढंग से विश्लेषित करने में सफलता प्राप्त की। उन्होंने बताया कि शहरों की तुलना में ग्रामों का जीवन अपेक्षाकृत काफ़ी सरल होता है, इसलिए वहाँ आत्महत्या की दर काफ़ी कम होती है। मनोवैज्ञानिक सिद्धांत के तहत आत्महत्या का कारण सामाजिक-आर्थिक स्थिति में तेज़ी से हो रहे बदलाव को भी माना गया है। दुर्ख़ाइम ने किसी व्यक्ति द्वारा की गयी आत्महत्या को विश्लेषित करने के लिए कई मनोवैज्ञानिक कारकों की चर्चा की है। दुर्ख़ाइम द्वारा प्रतिपादित आत्महत्या के सिद्धांतों की परम्परा के विपरीत कॉवन ने 1928 में प्रकाशित अपनी कृति में वातावरण के साथ-साथ सामाजिक विघटन को आत्महत्या का प्रमुख कारण माना है। कॉवन के अनुसार सामाजिक विघटन के अंतर्गत सामाजिक गतिशीलता तथा सामाजिक जटिलता की दर बढ़ जाने पर सामाजिक मूल्यों का प्रभाव क्षीण हो जाता है जिससे व्यक्ति आत्महत्या करने की ओर अग्रसर होता है।

दुर्ख़ाइम द्वारा प्रतिपादित आत्महत्या के विश्लेषण की कई आधारों पर आलोचना की गयी है। आलोचकों ने उनके द्वारा दी गयी आत्महत्या की परिभाषा तथा आत्महत्या के आँकड़ों के बीच काफ़ी असमानता देखी और उनके द्वारा किये गये आत्महत्या के वर्गीकरण में भी ख़ामियाँ पायीं। दुर्ख़ाइम के आत्महत्या-सिद्धांत की आलोचना करते हुए 1967 में डॉगलस ने कहा कि इस सिद्धांत का आधार ही कमज़ोर नहीं है, बल्कि यह भ्रमित करने वाला भी है। सामाजिक विघटन से आत्महत्या को जोड़ने वाले आँकड़े ग़लत तथा पूर्वग्रहग्रस्त हैं। डॉगलस का कहना था कि शहरों की तुलना में गाँवों में आत्महत्या के कारणों की जानकारी बेहतर ढंग से मिलती है। उन्होंने इस बात पर भी प्रकाश डाला कि आत्महत्या करने के कारण सांस्कृतिक आधार पर बदलते रहते हैं; अर्थात् एक समान परिस्थिति में की गयी आत्महत्या का कारण दो संस्कृतियों में भिन्न-भिन्न हो सकता है। इस कारण आत्महत्या के आँकड़ों को विश्लेषित करने के लिए कोई सामाजिक मूल्य निर्धारित नहीं किया जा सकता। लेकिन इसके बावजूद आत्महत्या के आँकड़ों के सामाजिक तथा सांस्कृतिक कारकों के साथ-साथ आत्महत्या करने वाले व्यक्ति की भावना को भी विश्लेषित किया जाना चाहिए।

दुर्ख़ाइम के सिद्धांतों की इस आलोचना के बावजूद आत्महत्या के क्षेत्र में किये गये उनके योगदान को कम करके नहीं आँका जा सकता। दुर्ख़ाइम ने अपने सिद्धांतों का प्रतिपादन कई आनुभविक अध्ययनों के आधार पर किया है और इन सिद्धांतों में सामाजिक कारकों (जैसे बेरोज़गारी) के प्रभाव को काफ़ी गहनता के साथ समझाया भी है। दुर्ख़ाइम के आत्महत्या के सिद्धांतों तथा आनुभविक तथ्यों को व्हिटनी पोप ने अपनी 1976 में प्रकाशित कृति *दुरख़ाईम्स सुइसाइड* में काफ़ी विस्तारपूर्वक समझाया है।

आत्महत्या की सफलता तथा विफलता पर अकादमिक अध्ययन में काफ़ी चर्चा की गयी है। सफल तथा विफल आत्महत्या के प्रयासों में तथ्यों पर ध्यान देना महत्त्वपूर्ण है। हालाँकि कुछ समाज-विज्ञानियों ने सफल आत्महत्या और विफल आत्महत्या के बीच आकस्मिकता के पहलू को रेखांकित किया है, लेकिन विफल आत्महत्या के मामलों को वैज्ञानिक विश्लेषण, सामाजशास्त्रीय या मनोवैज्ञानिक, दोनों से परे रखना उचित नहीं होगा। आत्महत्या अध्ययन का ऐसा क्षेत्र है जहाँ आधुनिकता, विज्ञान तथा दर्शन एक-दूसरे को काटते हुए दिखते हैं। दार्शनिक तथा अन्य विचारक यह जानने की कोशिश करते रहते हैं कि ऐसी कौन-सी कठिनाई है जो मानव को अपना जीवन समाप्त करने की तरफ़ ले जाती है। साथ ही उस कठिनाई से निजात पाने या उसे कम करने के क्या उपाय हो सकते हैं। इन सभी बिंदुओं का अध्ययन किया जाना आवश्यक है।

भूमण्डलीकरण के इस युग में व्यक्तिवाद के साथ-साथ लोगों में अवसाद की स्थिति भी बढ़ रही है। इसकी चरम परिणिति आत्महत्या में होती है। भूमण्डलीकरण की प्रक्रिया के कारण नगरीकरण में तेज़ी से बढ़ोतरी हो रही है। चूँकि कई अध्ययनों में पाया गया है कि ग्रामों की तुलना में नगरों में आत्महत्या की दर अधिक होती है, इसलिए नगरीकरण के संदर्भ में इस बात का ध्यान रखा जाना चाहिए कि सामाजिक विघटन के प्रभाव कम से कम किये जाएँ ताकि आत्महत्या जैसी सामाजिक व्याधि की रोकथाम की जा सके।

देखें : अर्थव्यवस्था का समाजशास्त्र, अभिजन, अभिरुचि, आत्महत्या, उन्मूलनवाद, एजेंसी, कर्मकाण्ड, कारागार, जादू, जीवन-शैली, टेलरवाद, डेविड एमील दुर्ख़ाइम, प्लेटो, फ़ुरसत, बचपन, बुजुर्गियत का समाजशास्त्र, बेगानगी, भीड़, भ्रष्टाचार का समाजशास्त्र-1 और 2, विचलन, ज्ञान का समाजशास्त्र।

संदर्भ

1. एबरक्रोम्बिक निकोलस, स्टीफ़न हिल तथा ब्रेयान एस. टर्नर (1994), *डिक्शनरी ऑफ़ सोसियोलॅजी,* पेंगुइन बुक्स, लंदन.
2. आर. कॉवन (1928), *सुइसाइड,* शिकागो युनिवर्सिटी प्रेस, शिकागो.
3. जे.एम. कूपर (1989),'ग्रीक फ़िलॉसफ़र्स ऑन सुइसाइड ऐंड इथुआनसिया', बी. ब्रॉडी (सम्पा.) *सुइसाइड ऐंड इथुआनसिया : हिस्टोरिकल ऐंड कन्टेम्परेरी थीम्स,* क्लुवर, डारड्रेचट्थ.
4. जे.बी. डॉगलस (1967), *द सोशल मीनिंग ऑफ़ सुइसाइड,* प्रिंसटन युनिवर्सिटी प्रेस, प्रिंसटन.
5. मॉर्शल गोर्डन (सम्पा.) (1994), *द कंसाइस ऑक्सफ़र्ड डिक्शनरी ऑफ़ सोसियोलॅजी,* आक्सफ़र्ड युनिवर्सिटी प्रेस, ऑक्सफ़र्ड.
6. एम. हॉल्बवाश (1930), *ल कॉज़ेज़ द्यु सुइसाइड पारिया,* एल्कन, पेरिस.

—मनीष मिश्रा

आतंकवाद

(Terrorism)

किसी भी राजनीतिक, विचारधारात्मक और धार्मिक लक्ष्य की सिद्धि के लिए अचानक लेकिन पूर्वनियोजित रूप से की गयी हिंसक कार्रवाइयों को आतंकवाद की संज्ञा दी जाती है। ईस्वी 996 में फ़िलिस्तीन से रोमनों को भगाने के लिए ज़ीलोट कहे जाने वालों के संगठन ने आतंक बरपाया था। इस प्राचीन घटना के बाद से ही आतंकवादी मुहिमें राजनीति का अनिवार्य औज़ार बनी हुई हैं। आजकल आतंकवादी कार्रवाइयाँ हवाई जहाज़ों के अपहरण, लोगों को बंधक बनाने, सार्वजनिक जगहों पर बम विस्फ़ोट करने, आत्मघाती हमले करने, जल-स्रोतों में ज़हर मिला देने, प्रमुख हस्तियों की हत्याएँ करने और निर्दोष लोगों पर गोलियाँ बरसाने के रूप में की जाती हैं। आतंकवादियों द्वारा इस्तेमाल किये जाने वाले हिंसात्मक तरीक़ों और उनके मक़सद के बीच एक अंतर्संबंध देखा गया है। उनकी कार्रवाई जितनी चौंका देने वाली और हाहाकारी होती है, उतना ही ध्यान वे अपनी माँगों की तरफ़ खींचने में कामयाब होते हैं। कुछ बेघरबार ग़रीबों को बंधक बनाने के बजाय आतंकवादी किसी विमान के यात्रियों या किसी पाँच सितारा होटल में आने वाले लोगों को बंधक बनाना पसंद करेंगे। ज़ाहिर है कि आतंकवादी कार्रवाइयाँ मनोवैज्ञानिक लाभ उठाने की दृष्टि से नियोजित की जाती हैं।

आतंकवादी हिंसा और हिंसक राजनीति हमेशा ही एक-दूसरे के पर्याय नहीं होते। हिंसक विद्रोह की रणनीति में विश्वास करने वाली कई क्रांतिकारी पार्टियाँ आतंकवादी तौर-तरीक़ों से दूर रहने की कोशिश करती हैं। आतंकवाद न सिर्फ़ उन्हें अपने समर्थन-आधार से काट देता है, बल्कि आम लोगों के हाथ से राजनीतिक पहलक़दमी छीन कर हिंसा करने के लिए प्रशिक्षित कुछ जुनूनी व्यक्तियों और दस्तों के हवाले कर देता है। आतंकवादी हिंसा को युद्ध की हिंसा के समकक्ष भी नहीं ठहराया जा सकता, क्योंकि आतंकवाद के ख़ुफ़िया चरित्र के मुक़ाबले युद्ध एक खुली कार्रवाई है जिसे घोषित रूप से प्रशिक्षित और क़ानूनी रूप से मान्यता प्राप्त सैनिकों द्वारा कुछ साझा नियमों के मुताबिक़ लड़ा जाता है।

अंतर्राष्ट्रीय संबंधों के अध्ययन के तहत आधुनिक आतंकवाद को मोटे तौर पर चार क़िस्मों में बाँट कर देखा जाता है : पहली क़िस्म संगठित अपराधी गिरोहों द्वारा राष्ट्रों की सीमाओं के आर-पार की जाने वाली आतंकवादी कार्रवाइयों की है। इनके उदाहरण नशे के तस्कर गिरोहों और इतालवी माफ़िया की गतिविधियों के रूप में देखे जा सकते हैं। दूसरी क़िस्म राज्य द्वारा प्रायोजित आतंकवाद की तरह परिभाषित की जाती है। अफ़ग़ानिस्तान, लीबिया, इराक़ और पाकिस्तान की सरकारों द्वारा अपनी ज़मीन से आतंकवाद को दिया जाने वाला प्रोत्साहन इसका प्रमाण है। तीसरे क़िस्म के आतंकवाद की शिनाख़्त उसके राष्ट्रवादी चरित्र के साथ की जाती है। राष्ट्रवादी आतंकवाद उपनिवेशवाद विरोधी भी हो सकता है और पृथकतावादी भी। चौथा आतंकवाद विचारधारात्मक माना जाता है जिसका मक़सद नया समाज बनाने के लिए संघर्ष करने से लेकर किसी ख़ास नीति को बदलवाने का दबाव डलवाने तक हो सकता है।

उपनिवेशवाद विरोधी आंदोलनों के शुरुआती दौर में इस्तेमाल की गयी राष्ट्रवादी हिंसा ने आतंकवादी हिंसा को क्रांतिकारी और शहीदाना रंग में पेश किया था। भारत में ही उपनिवेशवाद विरोधी संघर्ष के दौरान आतंकवादी हिंसा करने वाले युवकों को क्रांतिकारी और शहीद का सम्मानित दर्जा मिलता रहा है। स्वतंत्र फ़िलस्तीन के लिए संघर्ष करने वाले छापामारों को भी विश्व-जनमत के एक हिस्से द्वारा नायक की तरह देखा जाता था। किसी राज्य से पृथक होने की मंशा रखने वाले अलगाववादी संगठनों से सहानुभूति रखने वाले भी आतंकवाद को सकारात्मक नज़रिये से देखते हैं। दरअसल, आतंकवाद राजनीतिक और भावनात्मक रूप से आवेशित शब्द है। एक आतंकवादी कृत्य एक समाज, समुदाय, देश या पार्टी के लिए घिनौना, अमानवीय और कायरतापूर्ण हो सकता है।

किसी विमान का पहला हवाहरण (हाईजैकिंग) फ़िलस्तीनी मुक्ति संगठन की सदस्य लैला ख़ालिद (1944-) ने 29 अगस्त, 1969 को किया था.

लेकिन कोई दूसरा संगठन उसी कृत्य का अपने राष्ट्रवादी, देशभक्त या विचारधारात्मक नज़रिये से अभिनंदन भी कर सकता है। रंगभेद विरोधी योद्धा नेलसन मंडेला को पश्चिमी सरकारें आतंकवादी क़रार देती थीं, पर रंगभेद की पराजय के बाद उन्हीं को विश्व-राजनीति की एक प्रमुख हस्ती की तरह सम्मानित किया जाता है। हाल ही में विकीलीक्स के संस्थापक जूलियन असाँज को अमेरिकी राजनेताओं साराह पालिन और जो बिडेन द्वारा 'आतंकवादी' की संज्ञा दी गयी थी। आतंकवाद को शक्तिशाली के ख़िलाफ़ शक्तिहीन के हथियार की तरह भी देखा जाता रहा है। लेकिन अमेरिका के वर्ल्ड ट्रेड सेंटर और युद्ध मंत्रालय की इमारत पेंटागन पर हुए आत्मघाती हमले के बाद दुनिया भर में आतंकवाद की छवि निर्विवाद रूप से नकारात्मक हो गयी है। आतंकवादी मुहिमों को राज्यों के ख़िलाफ़ उनका तख़्ता पलटने के लिए भी चलाया जाता है, और राज्य भी अपने नागरिकों को डराने के लिए सुरक्षा एजेंसियों की मदद से उनके ख़िलाफ़ आतंकवादी गतिविधियाँ करते हैं। एक देश की सरकार भी किसी दूसरे देश के ख़िलाफ़ आतंकवादी हिंसा को प्रायोजित करती है।

बीसवीं सदी को एक तरह से आतंकवादी राजनीति की सदी भी कहा जा सकता है। बीस के दशक में ब्रिटेन के ख़िलाफ़ उसके सबसे पुराने उपनिवेश उत्तरी आयरलैण्ड में आज़ादी की माँग करते हुए आतंकवादी संघर्ष शुरू हुआ जो क़रीब चालीस साल तक चलता रहा। द्वितीय विश्व-युद्ध के बाद इटली, जर्मनी, स्पेन और रूस में आतंकवादी संगठनों की गतिविधियाँ बढ़ गयीं। साठ के दशक में अरब-इज़राइली टकराव ने एक लम्बे और अभी तक जारी आतंकवादी सिलसिले को जन्म दिया। भारत में भी आतंकवादी राजनीति के कई उल्लेखनीय उदाहरण मिलते हैं : खालिस्तान की माँग को लेकर चलाई गयी सिक्ख आतंकवादी मुहिम, कश्मीर का पाकिस्तान समर्थित आतंकवाद, नगा और मिज़ो पृथकतावाद से निकला आतंकवाद, असमी और बोडो आतंकवादियों की गतिविधियाँ। कुछ ऐसे उदाहरण भी हैं (जैसे, श्रीलंका मे एलटीटीई और अफ़ग़ानिस्तान में तालिबान) जो बताते हैं कि आतंकवादी जमातें कुछ ख़ास परिस्थितियों में नियमित सेना का रूप रख कर बाक़ायदा पारम्परिक युद्ध लड़ने पर उतर आती हैं।

आजकल आतंकवादी हमले ज़्यादातर पर्यटकों, दूतावासों और उनके कर्मचारियों, सहायता एजेंसियों के कारकुनों, बहुराष्ट्रीय कम्पनियों में काम करने वालों के साथ-साथ भीड़ भरे सार्वजनिक स्थानों पर मौजूद निर्दोष लोगों को अपना निशाना बनाते हैं। लेकिन आतंकवादी कार्रवाइयाँ सार्वजनिक सम्पत्ति और प्राकृतिक संसाधनों को नष्ट करने से भी नहीं चूकतीं। राष्ट्रीय के साथ-साथ आतंकवाद की राष्ट्रेतर संरचनाएँ (जैसे अल क़ायदा) भी हैं जिनकी वजह से अंतर्राष्ट्रीय शांति और शक्ति-संतुलन साँसत में पड़ गये हैं। दुनिया के लगभग सभी देश और संयुक्त राष्ट्र संघ अब राष्ट्रीय और अंतर्राष्ट्रीय स्तर पर आतंकवादी संरचनाओं को विश्व-शांति के लिए भारी ख़तरे के रूप में चिह्नित करने लगे हैं। विश्व-संस्थाओं और अंतर्राष्ट्रीय नेतृत्व को डर है कि ग्लोबल आतंकवादी संगठनों को कहीं सामूहिक विनाश के हथियार न मिल जाएँ। आजकल रासायनिक और जैविक हथियार बनाना बहुत सस्ता और आसान हो गया है। अल क़ायदा जैसे संगठन इन हथियारों की मदद से हज़ारों-लाखों लोगों की जान लेने के साथ-साथ अंतर्राष्ट्रीय ब्लैकमेल की राजनीति भी कर सकते हैं।

अंतर्राष्ट्रीय संस्थाएँ आतंकवादी वारदातों को कम से कम करने की कोशिश में लगी हुई हैं। लेकिन उनके इन प्रयासों की साख को अमेरिका के बुश प्रशासन द्वारा घोषित किये गये 'वार ऑन टेरर' और इराक़ पर किये गये हमले की राजनीतिक विफलताओं ने काफ़ी नुक़सान पहुँचाया है। दरअसल, 'ग्लोबल टेररिज़म' को को रोकने के नाम पर की गई अमेरिकी कार्रवाइयों ने उसके प्रसार को बढ़ाया दिया है।

देखें : आदर्शवाद, अंतर्राष्ट्रीय मुद्रा कोष, इमैनुएल कांट, इतिहास का अंत, एडवर्ड हैलेट कार, जाति-संहार, तृतीय विश्व, द्वितीय विश्व-युद्ध, नस्लवाद, नव-उपनिवेशवाद, निर्भरता सिद्धांत, निरस्त्रीकरण, पेटेंट, प्रथम विश्व-युद्ध, प्रगति, बौद्धिक सम्पदा अधिकार, ब्रेटन वुड्स प्रणाली, भारत में पेटेंट क़ानून, रंगभेद, उपनिवेशवाद, यथार्थवाद, युद्ध, युरोपीय यूनियन, रचनात्मकतावाद, राजनय, विश्व व्यापार संगठन, विश्व बैंक, विश्व-सरकार, वि-उपनिवेशीकरण, सभ्यताओं का संघर्ष, सम्प्रभुता, संयुक्त राष्ट्र, साम्राज्यवाद, शक्ति-संतुलन, शांति, शांतिवाद, शस्त्र-नियंत्रण।

संदर्भ

1. डब्ल्यू. लैकर (1977), *टेररिज़म,* वीडनफ़ील्ड ऐंड निकल्सन, लंदन.
2. पी. विल्किंसन (1986), *टेररिज़म ऐंड द लिबरल स्टेट,* मैकमिलन, लंदन.
3. सी. हरमन (2000), *टेररिज़म टुडे,* फ्रैंक कैस, लंदन.
4. एम. टेलर और जे. होरगन (सम्पा.) (2000), *द फ़्यूचर ऑफ़ टेररिज़म,* फ्रैंक कैस, लंदन.

—अभय कुमार दुबे

आत्म-निर्णय

(Self-Determination)

बीसवीं सदी के राजनीतिक इतिहास पर आत्म-निर्णय के विचार ने बहुआयामी प्रभाव डाला है। उदारतावादी और लोकतांत्रिक मूल्यों के लिहाज़ से यह सिद्धांत राष्ट्रवाद के मुख्य तर्क के रूप में स्थापित हो चुका है। एक निश्चित भू-क्षेत्र में रहने वाले लोगों द्वारा अपनी राजनीतिक हैसियत ख़ुद तय करने और किसी बाहरी ताक़त के हस्तक्षेप के बिना अपने देश का शासन करने के अधिकार के लिए बार-बार आत्म-निर्णय की दुहाई दी जाती रही है। एक बहुजातीय राज्य में क्रांति करने की समस्याओं का समाधान करने के लिए लेनिन ने भी राष्ट्रीयताओं को आत्म-निर्णय (यानी पृथक राज्य क़ायम करने) का अधिकार देने की वकालत की थी। उन्हें लग रहा था कि अगर वे ग़ैर-रूसी जातीयताओं के लिए आत्म-निर्णय के दरवाज़े खुले नहीं रखेंगे, तो उन्हें बोल्शेविक क्रांति की प्रक्रिया में खींचना मुश्किल हो जाएगा। लेनिन के इस सूत्रीकरण के बाद से मार्क्सवादी भी आत्म-निर्णय के क़ायल हो गये। द्वितीय विश्व-युद्ध के बाद संयुक्त राष्ट्र संघ के मुख्य उसूल के तौर पर आत्म-निर्णय ने वि-उपनिवेशीकरण की प्रक्रिया में निर्णायक योगदान किया। आज भी आत्म-निर्णय के आधार पर कई जातीय समुदाय अपना अलग राज्य स्थापित करने की मुहिम चला रहे हैं। तुर्की, इराक़, सीरिया और ईरान में फैले हुए कुर्दों के आंदोलन, कनाडा में कूबेकियों के आंदोलन, फ्रांस और स्पेन की सीमा पर संघर्षरत बास्क राष्ट्रवादी, फ़िलस्तीनी, तिब्बती और श्रीलंका के तमिल राष्ट्रवादियों की मुहिम को किसी न किसी हद तक अंतर्राष्ट्रीय समुदाय का समर्थन भी हासिल है।

दूसरी तरफ़ आत्म-निर्णय के आग्रह ने विश्व-इतिहास में नकारात्मक भूमिका भी अदा की है। संयुक्त राज्य अमेरिका ने शुरू से ही अपने विस्तारवादी इरादों को न्यायोचित ठहराने के लिए आत्म-निर्णय के तर्क का इस्तेमाल किया है। नेपोलियन के विजय-अभियान के पीछे और हिटलर द्वारा अपनाये गये 'बृहत्तर जर्मनी' के विस्तारवादी कार्यक्रम के आधार में भी आत्म-निर्णय की दलील ही थी।

अट्ठारहवीं सदी के उत्तरार्ध में उत्तरी अमेरिकी के अंग्रेज़ अधिवासियों द्वारा ब्रिटिश सत्ता के ख़िलाफ़ बग़ावत के परिणामस्वरूप हुई अमेरिकी क्रांति की प्रक्रिया में आत्म-निर्णय का सिद्धांत उभरा। मनुष्य के प्राकृतिक अधिकारों के सिद्धांत का सहारा ले कर जनता की इच्छा को सर्वोच्च क़रार दिया गया। इस सूत्रीकरण के पीछे पिछली सदी में विकसित हुआ जॉन लॉक का विमर्श था। इसके कुछ वर्ष बाद ही हुई फ्रांसीसी क्रांति ने आत्म-निर्णय के विचार को युरोप की ज़मीन पर भी वैधता प्रदान कर दी। उन्नीसवीं सदी की शुरुआत में लातीनी अमेरिका के ज़्यादातर राष्ट्र स्पेन के औपनिवेशिक शासन से आज़ाद हो गये। इस प्रक्रिया का ब्रिटिश उपनिवेशवाद के ख़िलाफ़ स्वतंत्रता युद्ध लड़ चुके संयुक्त राज्य अमेरिका ने समर्थन किया। अमेरिका ने आधिकारिक सरकारी नीति न होते हुए भी 1821-29 के बीच हुए यूनानी स्वतंत्रता संघर्ष और 1848 में हंगरी के क्रांतिकारियों का भी साथ दिया। लेकिन, अमेरिकी गृह युद्ध के बाद अमेरिका की नीति बदल गयी। आत्म-निर्णय का समर्थन करने के बजाय वह ख़ुद ही उपनिवेशवादी रास्ते पर चलने लगा।

प्रथम विश्व-युद्ध के दौरान वुड्रो विल्सन ने आत्म-निर्णय के प्रति अमेरिकी प्रतिबद्धता को पुनः जीवित किया। 1918 में उन्होंने अपने चौदह सूत्र जारी किये जिन्हें बीसवीं सदी में आत्म-निर्णय की पहली लेकिन युरोपीय दायरे में सीमित दावेदारी की मान्यता दी जाती है। युरोपीय उपनिवेशवाद की कमज़ोर होती हुई स्थिति अमेरिकी पलड़े के उसके ख़िलाफ़ झुक जाने से और कमज़ोर हो गयी। बीस और तीस के दशक में आत्म-निर्णय के उसूल के आधार पर कनाडा, न्यूज़ीलैण्ड, न्यूफ़ाउंडलैण्ड, आइरिश फ्री स्टेट, कॉमनवेल्थ ऑफ़ ऑस्ट्रेलिया और यूनियन ऑफ़ साउथ अफ्रीका को स्वतंत्रता मिली। मिस्र, अफ़ग़ानिस्तान और इराक़ को ब्रिटेन से एवं लेबनान को फ्रांस से आज़ादी मिली। 1947 में भारत ब्रिटेन के उपनिवेशवादी शासन से मुक्त हुआ।

संयुक्त राष्ट्र महासभा का प्रस्ताव संख्या 1514 साफ़ तौर पर आत्म-निर्णय के राष्ट्रवादी उसूल की ताईद करता है। चूँकि आधुनिक राष्ट्र-राज्य व्यावहारिक तौर पर जातीय बहुलता से बनी संरचना है, इसलिए आत्म-निर्णय का यह अधिकार अपने व्यावहारिक अर्थों में अलगाव के अधिकार में बदल जाता है। शीत-युद्ध ख़त्म होने के बाद पृथक होने के इस अधिकार का इस्तेमाल आत्म-निर्णय के नाम पर कई बार किया गया जिससे स्थापित राष्ट्रों के टूटने-बिखरने की प्रक्रिया चली। सोवियत संघ, युगोस्लाविया और चेकोस्लोवाकिया के

विखण्डन इसका सबूत है। आम तौर पर पृथकतावाद का ताल्लुक अपनी अलग पहचान सुरक्षित रखने के लिए व्याकुल अल्पसंख्यक समूहों की राजनीति से जोड़ा जाता है। लेकिन ज़रूरी नहीं कि हर बार ऐसा ही हो। बहुसंख्यक लोग भी अलगाववाद की माँग उठाते हैं। स्वाभाविक तौर पर उनकी दावेदारी राज्य के अधिकतर हिस्से पर होती है। पृथकतावाद के पक्ष में सबसे प्रभावशाली तर्क वही है जो आत्म-निर्णय के मर्म में है कि हर तरह के जन-गणों को अपना अलग राज्य बनाने का हक़ है, और वे दावा कर सकते हैं कि उनके राज्य की सांस्कृतिक और राजनीतिक सीमाएँ एक ही होनी चाहिए।

दिलचस्प बात यह है कि 1945 से पहले अंतर्राष्ट्रीय क़ानून में भी आत्म-निर्णय के किसी विशिष्ट अधिकार का ज़िक्र नहीं था। आत्म-निर्णय के अधिकार के लिए संयुक्त राष्ट्र के जिस चार्टर का ज़िक्र किया जाता है, उसमें इस अभिव्यक्ति का ज़िक्र केवल दो बार आया है। अगर पूरे दस्तावेज़ को ध्यान से पढ़ा जाए तो यह चार्टर आत्म-निर्णय के अधिकार का सीधा समर्थन करता नज़र नहीं आता। दरअसल, चार्टर इस अधिकार को स्पष्ट रूप से इस शर्त के साथ पेश करता है कि इसके लिए ताक़त का इस्तेमाल नहीं किया जाएगा। इसके अलावा यह अधिकार अनुच्छेद-2 में उल्लिखित भू-क्षेत्रीय अखण्डता और शांति-सुरक्षा क़ायम रखने के आग्रह के मातहत भी है। बहरहाल, अंतर्राष्ट्रीय क़ानून कुछ भी कहता रहे, आत्म-निर्णय की माँग करने वाले समूहों की व्यावहारिक सफलता उनके द्वारा संगठित हिंसा करने की क्षमता पर निर्भर मानी जाती है। साठ के दशक में जब अफ़्रीकी और एशियाई देशों ने संयुक्त राष्ट्र में अपनी स्थिति मज़बूत की तो विश्व-संस्था की महासभा ने उपनिवेशवाद से पीड़ित देशों और जनगणों को स्वतंत्र करने से संबंधित एक ऐसी उद्घोषणा पारित की जिससे आत्म-निर्णय को एक तरह की वैधानिक हैसियत मिल गयी। सत्तर के दशक में संयुक्त राष्ट्र ने मित्रतापूर्ण संबंधों की उद्घोषणा पारित की जिसने इस वैधानिक हैसियत को और पुष्ट कर दिया। इन दोनों प्रस्तावों के कारण आत्म-निर्णय वि-उपनिवेशीकरण का मुख्य औज़ार बन गया। उल्लेखनीय है कि आत्म-निर्णय का यह अधिकार किसी तरह के 'आंतरिक आत्म-निर्णय' की माँग को मान्यता नहीं देता; अर्थात् इसके आधार पर किसी राष्ट्र के भीतर प्रतिनिधित्वमूलक शासन की माँग नहीं की जा सकती।

अंतर्राष्ट्रीय संबंधों के अनुशासन में यथार्थवाद के पैरोकारों की मान्यता है कि भू-क्षेत्रीय सम्प्रभुता को राष्ट्रीय आत्म-निर्णय के उसूल के ऊपर प्राथमिकता मिलनी चाहिए। शीत-युद्ध के दौरान बड़ी ताक़तों ने आम तौर पर इसी नज़रिये को अपनाया। वैसे भी वि-उपनिवेशीकरण की प्रक्रिया अब समाप्त हो चुकी है। जिन सिद्धांतों के आधार पर नयी राजसत्ताओं की रचना हुई थी, वे निष्प्रभावी हो चुके हैं। आत्म-निर्णय का सिद्धांत अपनी पहले जैसी पारिभाषिक स्पष्टता और उपयोगिता खो चुका है। स्वायत्तता, लोकतंत्र, मानवाधिकारों और आत्म-निर्णय के अधिकार के बीच एक अधिक उदार और विस्तृत समीकरण की ज़रूरत महसूस की जा रही है, ताकि भू-क्षेत्रीय सीमाओं के बार-बार निर्धारण के कारण होने वाली उथल-पुथल, हिंसा और मानवीय त्रासदियों से बचा जा सके। अल्पसंख्यक अधिकारों को बढ़ावा देने, अधिकारों के बँटवारे, संघवाद और सांस्कृतिक आत्माभिव्यक्ति के लिए गुंजाइशें देने की प्रक्रिया आत्म-निर्णय की पर्याय बनती जा रही है। इसी तरह व्यक्तिगत अधिकारों की क़ीमत पर समूह-अधिकारों को मान्यता देने के रुझानों ने भी आत्म-निर्णय की माँग के आकर्षण को कम किया है।

देखें : कार्ल हाइनरिख़ मार्क्स-1 से 4 तक, फ्रेड्रिख़ एंगेल्स, पार्थ चटर्जी, पृथकतावाद, व्लादिमिर इलीच लेनिन, वि-उपनिवेशीकरण, राष्ट्रवाद, राष्ट्र-राज्य, रामविलास शर्मा, साम्राज्यवाद, स्तालिन और स्तालिनवाद, संयुक्त राष्ट्र, हिंदी जाति-1 से 3 तक।

संदर्भ

1. एलेन बुकानन (1997), *जस्टिस, लेजिटिमेसी, ऐंड सेल्फ़-डिटरमिनेशन : मॉरल फ़ाउंडेशंस फ़ॉर इंटरनैशनल लॉ,* ऑक्सफ़र्ड युनिवर्सिटी प्रेस, यूएसए.
2. हर्स्ट हैनुम (1996), *ऑटोनॉमी, सोवरिनटी, ऐंड सेल्फ़-डिटरमिनेशन : द एकमोडेशन ऑफ़ कॉन्फ़्लिक्टिंग राइट्स,* युनिवर्सिटी ऑफ़ पेंसिलवानिया प्रेस, कनेक्टीकट.
3. डेविड राइक (2002), 'स्टेटहुड ऐंड द लॉ ऑफ़ सेल्फ़-डिटरमिनेशन', *डिवेलपमेंट इन इंटरनैशनल लॉ,* खण्ड 43, बसंत अंक.
4. मार्क वेलर (2007), *ऑटोनॉमी, सेल्फ़ गवर्नेंस ऐंड कॉन्फ़्लिक्ट रिज़ोल्यूशन,* टेलर ऐंड फ्रांसिस, न्यूयॉर्क.

—अभय कुमार दुबे

आत्मनिष्ठता / वस्तुनिष्ठता

(Subjectivity/Objectivity)

आत्मनिष्ठता का प्रचलित अर्थ है ऐसी निजी अनुभूतियाँ और मत जिन्हें तर्क और प्रमाण की कसौटी पर नहीं कसा जा सकता। इसके विपरीत वस्तुनिष्ठता का अर्थ है तथ्यगत और विज्ञानसम्मत होना। पश्चिमी दर्शन सत्रहवीं सदी से ही इस सवाल के साथ जूझता रहा है कि क्या सत्य आत्मनिष्ठ भी हो सकता है, या उसका वस्तुनिष्ठ होना ज़रूरी है ? संशयवादियों के इस दावे के जवाब में कि निश्चय के साथ कुछ भी जानना

असम्भव है, देकार्त ने कहा था कि 'मैं सोचता हूँ, इसीलिए मैं हूँ'। इस विख्यात कथन का मतलब था कि प्रत्येक ज्ञान में निश्चयात्मकता का एक पहलू अवश्य होता है, भले ही उसके दूसरे आयाम संदिग्ध हों। देकार्त के इसी कथन से कर्ता (सब्जेक्ट) यानी मैं और उसकी आत्मनिष्ठता के विचार का जन्म हुआ। कर्ता उसे माना गया जो सोच सके और सोचने की प्रक्रिया से संबंधित कुछ ख़ूबियों के आधार पर उसे परिभाषित किया जा सके। दो कर्ताओं के बीच इंटरसब्जेक्टिविटी का अर्थ यह निकाला गया कि दोनों न केवल एक-दूसरे के अस्तित्व से वाक़िफ़ हैं, बल्कि दोनों परस्पर संवाद करना चाहते हैं। इंटरसब्जेक्टिविटी की ख़ूबी यह मानी जाती है कि अगर संवाद की प्रक्रिया में दोनों कर्ताओं के बीच सहमति हो सकती है तो उसके परिणाम इतने वस्तुनिष्ठ होंगे कि उन पर आत्मनिष्ठता की छाया नहीं होगी।

आत्मनिष्ठता के विचार को स्थापित करने में सोरेन कीर्केगार्द का विशेष योगदान है। उन्होंने धर्म के संदर्भ में मानवीय विश्वास और प्रतिबद्धता को आत्मनिष्ठ सत्य की संज्ञा दी। सत्य की यह क़िस्म विज्ञान द्वारा तथ्यगत रूप से प्रमाणित किये जा सकने वाले वस्तुनिष्ठ सत्य के मुक़ाबले खड़ी थी। ज़ाहिर है कि आत्मनिष्ठता के पास विज्ञान सम्मत होने का कोई दावा नहीं था, इसलिए प्रत्यक्षवाद के पैरोकारों ने उसे निरर्थक और तर्कहीन क़रार दे कर उसे ख़ारिज करने की कोशिश की। उन्होंने मज़ाक उड़ाते हुए कहा कि सत्य और आत्मनिष्ठता अपने आप में एक विरोधाभासी पद है। लेकिन असलियत यह थी कि प्रत्यक्षवादियों के इस रवैये के बावजूद हर बात प्रमाणित नहीं की जा सकती थी। इस लिहाज़ से वस्तुनिष्ठता की सीमाएँ स्पष्ट थीं। दूसरे, व्यक्ति और उसकी निजी सत्ता का महत्त्व उत्तरोत्तर रेखांकित होता जा रहा था, इसलिए मनुष्य की निजी आस्थाओं, विश्वासों, कामनाओं, मनोभावों और परिप्रेक्ष्यों की उपेक्षा नहीं की जा सकती थी। परिणामस्वरूप कर्ता और उसकी आत्मनिष्ठता का प्रश्न आधुनिक दर्शन के लिए महत्त्वपूर्ण होता चला गया।

ज्ञानमीमांसा के क्षेत्र में लॉक, कांट, हीगेल और हसर ने कर्ता और उसकी आत्मनिष्ठता विषय पर विचार करते हुए आत्मनिष्ठता और वस्तुनिष्ठता के अलग-अलग समीकरण प्रतिपादित किये। कांट ने अपनी रचना *क्रिटीक ऑफ़ प्योर रीज़न* में 'अनुभवातीत कर्ता' जैसे पद का प्रयोग किया। इसका मतलब था कि चिंतन करते हुए 'मैं' के रूप में कर्ता एक भौतिक वजूद के बजाय लाज़मी तौर पर एक पराभौतिक तथ्य बन जाता है। उसका 'मैं' सभी तरह के चिंतन की संरचनागत पूर्वशर्त है। सोचने की प्रक्रिया के हर चरण में यही 'मैं' सोचने वाले का प्रतिनिधित्व करता चलता है। इसीलिए सारे विचार सोचने वाले के हो जाते हैं और कर्ता आत्म-चेतना का स्रोत बन जाता है।

इसके बाद उदारतावाद, अस्तित्ववाद, मनोविश्लेषण, संरचनावाद और उत्तर-संरचनावाद से जुड़े चिंतकों ने कर्ता और उसकी कारगुज़ारियों की प्रकृति के विश्लेषण में काफ़ी दिमाग़ खपाया। लकाँ ने अपने मनोविश्लेषण में कर्ता को 'अहं' के बरक्स रखा। क्लासिकल उदारतावाद से जुड़े चिंतकों ने आत्मनिष्ठता के विचार को आम तौर पर समाज अथवा भाषा के साथ रख कर देखा। इस सोच से 'राजनीतिक कर्ता' के विचार का जन्म हुआ। इस कर्ता की राजनीतिक हैसियत कुछ ऐसे गुणों (जैसे, नागरिकता) से सम्पन्न मानी गयी जिन्हें दो तरह से समझा जा सकता था। इन गुणों को या तो किसी सामाजिक-राजनीतिक संस्थागत विन्यास का परिणाम माना गया या फिर उन्हें इस तरह के बंदोबस्त से स्वतंत्र की संज्ञा दी गयी।

अस्तित्ववादी ज्याँ-पॉल सार्त्र ने आत्मनिष्ठता को चेतना का दर्जा दिया और देकार्त के रास्ते पर चलते हुए आग्रह किया कि आत्मनिष्ठता जितनी मुक्त होगी, कर्ता के रूप में मनुष्य के अस्तित्व की सत्तामूलकता उतनी ही प्रबल होती चली जाएगी। संरचनावाद में हस्तक्षेप करने वाले मार्क्सवादी विचारक लुई अलथुसे ने मुक्त आत्मनिष्ठता की पैरोकारी से हटते हुए साफ़ तौर पर कहा कि कर्ता असल में विचारधारा का उत्पादन है। उत्तर-संरचनावादी मिशेल फ़ूको ने सार्त्र की प्रस्थापना के ख़िलाफ़ बग़ावत कर दी। उन्होंने 'कर्ता' की अवधारणा को ही पूरी तरह से ख़ारिज करते हुए दावा किया कि उसके नाम पर जो कुछ कहा जा रहा है वह राजनीति, भाषा और संस्कृति के औज़ारों द्वारा की गयी गढ़ंत है। फ़ूको ने कर्ता की केंद्रीयता को प्रश्नांकित करने के लिए नीत्शे के विचारों का इस्तेमाल करते हुए यह भी कहा कि कर्ता के बनने में तत्कालीन सत्ता-संबंधी स्थितियाँ निर्णायक भूमिका निभाती हैं। ज़ाहिरा तौर पर कर्ता की केंद्रीयता से प्रभावित होने से इनकार करने वाले इन सभी विचारों में एक बात समान है कि वे आत्मनिष्ठता की रचना को राजनीतिक, सामाजिक और सांस्कृतिक कारकों पर निर्भर मानते हैं।

कर्ता की हैसियत को मिली इस चुनौती का असर साहित्य-अध्ययन पर भी पड़ा है। इस क्षेत्र के विद्वानों ने कर्ता, उसकी स्थिति और आत्मनिष्ठता पर काफ़ी विचार किया है। उन्होंने साहित्यिक पाठ के भीतर कर्ता के रूप में मनुष्य के मुक़ाम या उसके द्वारा ग्रहण की गयी स्थिति को उसकी 'आवाज़' के तौर पर मान्यता दी है। कर्ता को उसकी इयत्ता भाषा के ज़रिये मिलती है जिसे हासिल करने और व्यक्त करने की प्रक्रिया आत्मनिष्ठता के नाम से जानी जाती है। इस पूरे सिलसिले में कर्ता की इयत्ता का मुक़ाम पाठ के भीतर निर्धारित करने में कई तरह के सांस्कृतिक, ज्ञानमीमांसात्मक, विचारधारात्मक और इसके साथ-साथ सामाजिक विमर्शों और संस्थाओं की भूमिका समझी जाती है। आत्मनिष्ठता की

रचना में भाषा की भूमिका पर भी अलग से ग़ौर किया गया है। ल्योतर का तर्क है कि आत्मनिष्ठता भाषा के रूपों से स्वतंत्र नहीं होती, बल्कि वह तो उसके भीतर और बोलने के तरीक़ों के ज़रिये गढ़ी जाती है।

प्राकृतिक विज्ञानों (जैसे, भौतिकी) का काम वस्तुनिष्ठता की अवधारणा के बिना नहीं चल सकता। वस्तुनिष्ठता मान कर चलती है कि हमारे ज्ञान के दायरे के बाहर एक वास्तविक बाहरी दुनिया मौजूद है जिसका सटीक वर्णन किया जा सकता है। इसी आधार पर वस्तुनिष्ठता के पैरोकार मानते हैं कि सच्चा ज्ञान मूल्य-तटस्थ होता है और उसका अस्तित्व व्यक्ति के अनुभवों और अनुभूतियों के दायरे बाहर है। विज्ञान और वैज्ञानिक पद्धति के समर्थक पूरे यक़ीन के साथ कहते हैं कि यथार्थ को जानने के नियमों का सूत्रीकरण किया जा सकता है। प्रत्यक्षवाद इसी वैचारिक आग्रह का एक संस्करण है। नीत्शे ने इसकी आलोचना करते हुए कहा है कि मूल्यगत पूर्वमान्यता के बिना कोई ज्ञान नहीं होता; अर्थात् मूल्य-तटस्थता की आकांक्षा भी अपने-आप में एक ऐतिहासिक और सांस्कृतिक उत्पाद है। नीत्शे के इस विचार से फ़ूको भी सहमत हैं।

देखें : अस्तित्ववाद, इयत्ता, इमैनुएल कांट, इंद्रियानुभववाद, ईसैया बर्लिन, उदारतावाद, घटनाक्रियाशास्त्र और एडमण्ड हसर, चेतना, जॉन लॉक, ज़ाक लकाँ, ज्याँ-फ्रांस्वा ल्योतर, तत्त्वमीमांसा और अस्तित्वमीमांसा, तात्त्विकतावाद, द्वैतवाद, प्रत्यक्षवाद, फ्रेड्रिख़ नीत्शे-1 और 2, बुद्धिवाद, भौतिकवाद, मनोविश्लेषण, मिशेल पॉल फ़ूको-1 और 2, युरोपीय पुनर्जागरण, युरोपीय ज्ञानोदय, रेने देकार्त, सोरेन आबी कीर्केगार्द, संरचनावाद और उत्तर-संरचनावाद, ज्ञानमीमांसा।

संदर्भ

1. एफ़.आर. डालमेयर (1981), *ट्वायलाइट ऑफ़ सब्जेक्टिविटी : कंट्रीब्यूशन टू अ पोस्ट-इंडिविजुअलिस्ट थियरी ऑफ़ पॉलिटिक्स*, युनिवर्सिटी ऑफ़ मेसाचुसेट्स प्रेस, एमहर्स्ट, एमए.
2. एन. ब्लॉक वग़ैरह (सम्पा.) (1997), *द नेचर ऑफ़ कांशसनेस : फ़िलॉसफ़िकल डिबेट्स*, एमआईटी प्रेस, केम्ब्रिज, एमए.
3. ओ. बोवी (1990), *एस्थेटिक्स ऐंड सब्जेक्टिविटी : फ्रॉम कांट टू नीत्शे*, मैनचेस्टर युनिवर्सिटी प्रेस, मैनचेस्टर.
4. एफ़.बी. फ़ैरेल (1994), *सब्जेक्टिविटी, रियलिज़्म, ऐंड पोस्ट-मॉडर्निज़ : द रिकवरी ऑफ़ वर्ल्ड*, केम्ब्रिज युनिवर्सिटी प्रेस, केम्ब्रिज ऐंड न्यूयॉर्क.

—अभय कुमार दुबे

आत्मसम्मान आंदोलन

(Self-Respect Movement)

ग़ैर-द्विज जातियों के सामाजिक-राजनीतिक आधुनिकीकरण में उल्लेखनीय योगदान करने वाले आत्मसम्मान आंदोलन (सुयमरीयताई इयक्कम) की शुरुआत 1926 में ई.वी. रामस्वामी नायकर पेरियार द्वारा मद्रास प्रांत (आज का तमिलनाडु) में की गयी थी। आर्थिक, लैंगिक और जाति-धर्म-वर्ण संबंधी विभेदों के ख़िलाफ़ आह्वान करने वाली समाज-सुधार की इस रैडिकल मुहिम के परिणामस्वरूप ही आज़ादी के बाद तमिलनाडु में द्रविड़ राजनीतिक और सांस्कृतिक आंदोलन का प्रसार हुआ। आत्मसम्मान आंदोलन ने अपने प्रभाव के इलाक़ों में ब्राह्मण-वर्चस्व को कड़ी चुनौती दी और धर्म, जातिवाद और ईश्वर की अवधारणा का विरोध करते हुए बुद्धिवादी आधार पर समाज की पुनर्रचना का प्रस्ताव किया। भाषा के क्षेत्र में आत्मसम्मान आंदोलन ने संस्कृत के प्रभुत्व का विरोध करते हुए उसकी जगह तमिल के महत्त्व की स्थापना का आग्रह किया। आंदोलन ने अपने उछाल के दिनों में बड़े पैमाने पर निचली जातियों के युवकों और स्त्रियों को ब्राह्मण-विरोध के झंडे तले सामाजिक संघर्ष में उतारा। आंदोलन और उसके नेता पेरियार की लोकप्रियता का मद्रास प्रांत के तमिलभाषी क्षेत्रों में कोई सानी नहीं था। आंदोलन की मान्यता थी कि जिस व्यक्ति में आत्मसम्मान विकसित हो जाता है, उसका राजनीतिक दोहन कोई नहीं कर सकता। आत्मसम्मान विकसित होने की शर्त के रूप में आंदोलन का दावा था कि पहले ऊँची और नीची जाति का भेदभाव ख़त्म होना होगा। पेरियार को यह कहने में भी कोई हिचक नहीं थी कि केवल आत्मसम्मान आंदोलन ही वास्तविक आज़ादी दिला सकता है, इसलिए वे कांग्रेस के नेतृत्व में चल रहे उपनिवेशवाद विरोधी आंदोलन करने वाले स्वतंत्रता-सेनानियों को 'तथाकथित' क़रार देते थे। उन्होंने 'स्वराज' की अवधारणा के विपरीत 'आरिवू विदुतालाई इयक्कम' अर्थात् बौद्धिक मुक्ति के आंदोलन की तजवीज़ की।

बीसवीं सदी की शुरुआत में मद्रास प्रेसीडेंसी की आबादी में ब्राह्मणों की संख्या महज़ तीन फ़ीसदी के आसपास थी, पर ज्ञान और प्रशासन के लगभग सभी क्षेत्रों में सिर्फ़ उन्हीं का एकाधिकार था। एक राजनीतिक दल के रूप में उन दिनों कांग्रेस के एजेंडे पर जाति-भेद उन्मूलन का कार्यक्रम नहीं था। बीस के दशक में जब कांग्रेस ने असहयोग आंदोलन छेड़ा, उस समय भी उसने जाति के प्रश्न को स्पर्श करना मुनासिब नहीं समझा। 1916 में उच्च-वर्ग के ग़ैर-ब्राह्मण हिस्सों द्वारा इस विप्र-वर्चस्व के ख़िलाफ़ जस्टिस पार्टी की स्थापना की गयी। उसका मक़सद विधान परिषद, सिविल

आत्मसम्मान आंदोलन के नेता पेरियार मुहम्मद अली जिन्ना और डॉ. आम्बेडकर के साथ.

सर्विस और अदालतों में ग़ैर-ब्राह्मणों को प्रतिनिधित्व दिलाना था। अंग्रेज़ों के साथ वफ़ादारी क़ायम रखते हुए जस्टिस पार्टी कमोबेश अपने मक़सद में कामयाब रही। चालीस के दशक तक उसका प्रभाव तिरोहित होने लगा, लेकिन उसी के मंच का इस्तेमाल करके बीस के दशक में पेरियार ने इस आंदोलन से निकली सामाजिक शक्तियों को एक रैडिकल मोड़ दे दिया। आत्मसम्मान आंदोलन का संदेश बिना किसी हीले-हवाले के एकदम साफ़ था : लम्बे अरसे से दासता की बेड़ियों में जकड़ा ग़ैर-ब्राह्मण तभी आत्मसम्मान हासिल कर सकता है जब वह ब्राह्मण से नफ़रत करेगा, क्योंकि ब्राह्मण ही उसे उसके आत्मसम्मान से वंचित करने का ज़िम्मेदार है। आंदोलन का दूसरा संदेश यह था कि ब्राह्मण के ख़िलाफ़ संघर्ष केवल अंग्रेज़ों से दोस्ती करके ही किया जा सकता है इसलिए ब्रिटिश राज ब्राह्मण राज से बेहतर है।

राजनीतिक रूप से जस्टिस पार्टी और आत्मसम्मान आंदोलन का मक़सद एक जैसा लगता था और दोनों एक-दूसरे के साथ एक मंच पर नज़र भी आते थे, पर वैचारिक और सामाजिक रूप से दोनों के बीच काफ़ी फ़र्क़ था। आत्मसम्मान आंदोलन ने एक तरफ़ तो जस्टिस पार्टी की ही तरह आर्य-प्रभुत्व के मुक़ाबले द्रविड़-विकल्प की वकालत की, और दूसरी तरफ़ जस्टिस पार्टी से अलग हटते हुए हिंदू धर्म की चातुर्वर्ण्य व्यवस्था को निशाना बनाते हुए धार्मिक-सामाजिक दकियानूसीपन के ख़िलाफ़ अनीश्वरवाद और भौतिकवाद की दावेदारी पेश की। आंदोलन का दूसरा पक्ष उत्तरोत्तर मज़बूत होता चला गया। उसने जाति-प्रथा, अंधविश्वास, कर्मकाण्ड, मनुस्मृति, मिथकों, मंदिर-पूजा और कुल मिला कर हिंदू धर्म के ख़िलाफ़ ज़बरदस्त हमला बोला। इस मुहिम ने समाज-सुधार आंदोलन का रूप धारण करके दावा किया कि मंदिरों के ख़ज़ाने का इस्तेमाल ग़ैर-धार्मिक मक़सदों से किया जाना चाहिए। विवाह को स्त्री-पुरुष के बीच परस्पर बुद्धिसंगत सहमति के आधार पर आयोजित करने का आग्रह करते हुए आंदोलन ने ब्राह्मण पुरोहित और कर्मकाण्डों के बिना विवाह कराने का सिलसिला शुरू किया। इन विवाहों में अक्सर पेरियार ख़ुद मौजूद रहा करते थे। आंदोलन ने नामों से जातिसूचक उपनाम हटाने का आग्रह किया और स्त्रियों के उत्थान पर विशेष रूप से ज़ोर दिया। हिंदू धर्मशास्त्रों और देवी-देवताओं की खिल्ली उड़ाने और निरीश्वरवाद को बढ़ावा देने वाले कार्यक्रम आयोजित करना या वक्तव्य देना आत्मसम्मान आंदोलन की मुख्य गतिविधियों का अंग था।

1930 में आत्मसम्मान आंदोलन के सालाना जलसे में उत्पीड़ित वर्गों और स्त्रियों के लिए समान अधिकारों की वकालत की गयी। इस सम्मेलन ने समाज में सम्पत्ति के पुनर्वितरण की माँग भी की। इस आंदोलन ने मद्रास प्रांत के उन शहरों में गहरी जड़ें जमा लीं जो आर्थिक परिवर्तन की तत्कालीन प्रक्रिया के कारण सामाजिक बेचैनियों का सामना कर रहे थे। आंदोलन का मुख्यालय इरोड में था और इसके प्रभाव के इलाक़े में मदुरै, कोइम्बटूर, सलेम, तिरुचिरापल्ली, तूतीकोरन, रामनाड, विरुदनगर और पेरुम्बूर आते थे। तीस के दशक की शुरुआत में युरोप और सोवियत संघ की यात्रा करके लौटने पर पेरियार ने आंदोलन में सामंती और अर्ध-सामंती भूमि संबंधों के ख़िलाफ़ सरोकारों को भी जोड़ा। सूदखोरों और ज़मींदारों के ख़िलाफ़ गतिविधियाँ शुरू हुईं। इस दौर में आंदोलन ने क्रांति की भाषा बोलनी शुरू की। कोइम्बटूर के सम्मेलन में एक 'स्तालिन हॉल' बनाया गया। अंधविश्वास, जातिगत भेदभाव और छुआछूत के साथ-साथ पूँजीवाद को भी जड़मूल से नष्ट करने के संकल्प लिए जाने लगे।

यही वह दौर था जब ब्रिटिश राज को ब्राह्मण राज से बेहतर बताने वाले आत्मसम्मान आंदोलन पर औपनिवेशिक सरकार ने सख़्तियाँ करनी शुरू कीं। 1934 में पेरियार को एक राजद्रोहात्मक लेख लिखने के आरोप में गिरफ़्तार कर लिया गया। इसके बाद एक क्रांतिकारी पर्चा लिखने के इल्ज़ाम में उन्हें दोबारा जेल भेजा गया। 1935 में बोल्शेविक विचारों का दमन करने के लिए चलाई गयी मुहिम के दौरान भी आत्मसम्मान आंदोलन को सरकार का कोपभाजन होना पड़ा। इस सरकारी दबाव के कारण आंदोलन का वामपंथी रुझान जल्दी ही ठंडा पड़ गया, और उसका रुझान उत्तरोत्तर अंग्रेज़ हुक्मरानों के साथ सहयोग की तरफ़ होता चला गया। 1937 में हुए मद्रास विधान परिषद् के चुनावों में कांग्रेस ने जस्टिस पार्टी का पूरी तरह से सफ़ाया कर दिया। उसके सभी नेता हार गये। इसके बाद पेरियार ने पार्टी की बागडोर सँभाली।

द्वितीय विश्व-युद्ध की शुरुआत से पहले तक पेरियार के नेतृत्व में जस्टिस पार्टी और आत्मसम्मान आंदोलन तमिलों के लिए तमिलनाडु का नारा देता हुआ नज़र आया। यह वही दौर था जब देश के अधिकतर हिस्सों में मज़दूर आंदोलनों और किसान आंदोलनों के साथ-साथ बड़े पैमाने उपनिवेशवाद विरोधी आंदोलन की लहर आयी हुई थी।1939 में युद्ध की शुरुआत होने के फ़ौरन बाद जस्टिस पार्टी और आत्मसम्मान आंदोलन ने ब्रिटिश सरकार के युद्ध-प्रयासों का साथ देने का फ़ैसला किया। उन्होंने मुसलिम लीग द्वारा अलग पाकिस्तान की माँग का भी समर्थन किया और एक बार फिर अलग द्रविड़नाडु की माँग पेश की। इसी दौरान राजगोपालाचारी सरकार द्वारा हिंदी को स्कूलों में अनिवार्य बनाने के फ़ैसले ने पेरियार को हिंदी विरोधी मुहिम चलाने का मौक़ा दे दिया। आत्मसम्मान आंदोलन ने आंदोलन की उन्हीं विधियों का इस्तेमाल कांग्रेस की प्रांतीय सरकार के ख़िलाफ़ किया, जिनका प्रयोग वह अंग्रेज़ों के ख़िलाफ़ करती थी। इस आंदोलन के दौरान अलग द्रविड़िस्तान की माँग और पुष्ट हुई। इस प्रक्रिया ने सुयमरीयताई इयक्कम को व्यावहारिक रूप से द्रविड़ार इयक्कम में बदल दिया।

1940 में जब पेरियार ने मद्रास के गवर्नर को सामुदायिक प्रतिनिधित्व की माँग करते हुए ज्ञापन दिया, तो उनके अनुयायी और दूसरे नम्बर के नेता सी.एन. अन्नादुरै और उनके बीच मतभेद हो गये। अन्नादुरै साफ़ देख रहे थे कि ब्रिटिश समर्थन की राजनीति करने के कारण आत्मसम्मान आंदोलन और जस्टिस पार्टी के बहुत से कार्यकर्ता और नेता धीरे-धीरे कांग्रेस का दामन थामते जा रहे हैं। 1944 में जस्टिस पार्टी के सलेम सम्मेलन में अन्नादुरै ने चार प्रस्ताव रखे जिनका मक़सद अंग्रेज़ों की तरफ़दारी वाला रवैया त्याग कर आंदोलन को नया रुख देना था। इन्हीं में से एक प्रस्ताव साउथ इण्डिया लिबरल फ़ेडरेशन या जस्टिस पार्टी का नाम बदल कर द्रविड़ कषगम करना भी था। इसी के बाद अन्नादुरै (उपनिवेशवाद विरोधी आंदोलन से सहकार और आर्य के मुक़ाबले द्रविड़ की दावेदारी) और पेरियार (अंग्रेज़ों से सहकार और ब्राह्मण-राज का विरोध) की कार्यदिशाओं में संघर्ष शुरू हो गया। बाद में सत्तर वर्षीय पेरियार द्वारा एक 19 वर्षीय महिला से विवाह करने से पैदा हुए विवाद के बहाने आंदोलन में विभाजन हो गया। अन्नादुरै ने अलग राजनीतिक पार्टी द्रविड़ मुनेत्र कषगम का गठन कर लिया। पेरियार के नेतृत्व में बची हुई द्रविड़ कषगम पार्टी राजनीति से कटती चली गयी और कुल मिला कर एक निष्प्रभावी क़िस्म के समाज सुधार आंदोलन के रूप में रह गयी।

देखें : असहयोग आंदोलन, हिंदी विरोधी आंदोलन, अनुसूचित जातियाँ, अस्मिता की भारतीय राजनीति, आयोतीदास पांडीतर, आयंकाली, आम्बेडकर-गाँधी विवाद, ई.वी. रामस्वामी नायकर पेरियार, कांशी राम, गाड़गे बाबा, गोपाल बाबा वलंगकर, ज्योतिराव गोविंदराव फुले, जाति और जाति-व्यवस्था-1 से 4 तक, बहुजन समाज पार्टी-1 और 2, बाबू मंगूराम, भदंत आनंद कौसल्यायन, भीमराव रामजी आम्बेडकर, भारतीय संविधान-1 से 8 तक, द्रविड़ आंदोलन, स्वामी अछूतानंद हरिहर।

संदर्भ

1. एन. राम (1979), 'द्रविड़ियन मूवमेंट इन इट्स प्रि-इंडिपेंडेंस फेज़िज़', *इकॉनॉमिक ऐंड पॉलिटिकल वीकली, खण्ड 14, अंक 7/8.*
2. वी. गीता और एस.वी. राजादुरै (1998), *टुवड्र्स अ नॉन-ब्राह्मन मिलेनियम : फ़्रॉम इयोती दास टू पेरियार*, साम्य, कलकत्ता.
3. लॉयड आई. रुडोल्फ़ (1961), 'अरबन लाइफ़ ऐंड पॉपुलिस्ट रैडिकलिज़म : द्रविड़ियन पॉलिटिक्स इन मद्रास', *द जर्नल ऑफ़ एशियन स्टडीज़*, खण्ड 20, अंक 3.
4. एम.एस.एस. पांडियन (1993), ''नेशन' इन ई.वी. रामस्वामीज़ पॉलिटिकल डिस्कोर्स', *इकॉनॉमिक ऐंड पॉलिटिकल वीकली, खण्ड 28, अंक 42.*

—अभय कुमार दुबे

आदर्शवाद

(अंतर्राष्ट्रीय संबंध)

(Idealism/International Relations)

आदर्शवाद उदार-अंतर्राष्ट्रवाद का दूसरा नाम है। एक सिद्धांत के तौर पर इसका उभार प्रथम विश्व-युद्ध के रक्तपात की अनुक्रिया में हुआ। इस विचार की बुनियादी मान्यता यह है कि विभाजित करने वाले पहलुओं के मुक़ाबले जोड़ने वाली ताक़तें मनुष्य के लिए अधिक महत्त्वपूर्ण हैं। आदर्शवाद के समर्थक समुदायवादियों और यथार्थवादियों के इस दावे को मानने के लिए तैयार नहीं थे कि राज्य की संस्था अपने आप में मनुष्यों के लिए एक नैतिक मूल्य का स्रोत हो सकती है। इसके विपरीत उन्होंने सार्वदेशिक नैतिक मूल्यों की पैरोकारी की और लोगों को अंतर्राष्ट्रीय व्यवस्था में सुधार की ज़रूरतों के प्रति सचेत करने की मुहिम चलाई। आदर्शवादी मानवीय प्रगति के विचार में विश्वास करते थे। उनका ख़याल था कि अंतर्राष्ट्रीय राजनय को संसदीय लोकतंत्र के तौर-तरीक़ों और क़ानून सम्मत विचार-विमर्श की प्रक्रिया के हिसाब से चलाना चाहिए। इसीलिए उन्होंने अंतर्राष्ट्रीय क़ानून को मज़बूत करने पर ज़ोर दिया। दोनों विश्व-युद्धों के बीच की अवधि में विकसित हुआ यह विचार एक बौद्धिक आंदोलन होने के साथ-साथ एक राजनीतिक आंदोलन भी था।

प्रथम विश्व-युद्ध के दौरान बुद्धिजीवियों और नीति-निर्माताओं का ख़याल था कि युरोप की बड़ी ताक़तों द्वारा खेली गयी निर्मम राजनीति के परिणामस्वरूप मानवता को विश्व-युद्ध के घाव लगे हैं। इसलिए उन्होंने युद्ध के उन्मूलन को अपना मुख्य लक्ष्य बनाया और अंतर्राष्ट्रीय राजनीति पर उसी के मुताबिक़ सोचना शुरू किया। ऐंड्रू कारनेगी जैसे फ़िलेंथ्रॉपिस्ट ने युद्ध की समस्या के अध्ययन के लिए आर्थिक अनुदान मुहैया कराया। शांति के आग्रह को सामने रख कर संगठनों का गठन शुरू हुआ। विश्वविद्यालयों ने इसी दृष्टिकोण से अंतर्राष्ट्रीय संबंधों का अध्यापन प्रारम्भ किया और बहुत से बुद्धिजीवियों ने आम लोगों को अंतर्राष्ट्रीय नज़रिये से सोचने की ख़ूबियों से परिचित कराने की मुहिम चलाई। इन तमाम प्रयासों के गर्भ से ही अंतर्राष्ट्रीय संबंधों का अनुशासन निकला। वुड्रो विल्सन ने दिसम्बर, 1918 में हुए वरसाई शांति सम्मेलन में जिन चौदह उसूलों को पेश किया, वे आदर्शवादी चिंतन का सार माने गये। इसी दस्तावेज़ के आधार पर विश्व-युद्ध के ख़ात्मे की रूपरेखा बनी और लीग ऑफ़ नेशंस की स्थापना हुई। विल्सन के अलावा इमैनुएल कांट, रिचर्ड कॉब्डेन, जॉन हॉब्सन, नॉर्मन एंजेल और अल्फ्रेड ज़िमर्न को आदर्शवादी धारा का प्रमुख विद्वान माना जाता है।

दिलचस्प बात यह है कि उदार-अंतर्राष्ट्रवाद को आदर्शवाद की संज्ञा उन विद्वानों ने दी जो उसके आलोचक थे। यह भूमिका यथार्थवाद के पैराकारों ने निभायी और उदार-अंतर्राष्ट्रवाद पर आरोप लगाया कि वे हक़ीक़त की दुनिया को नज़रअंदाज़ करके भविष्यवादियों की तरह एक परम आदर्श संसार की कल्पना में रमे हुए हैं। दरअसल, आदर्शवाद की प्रतिष्ठा को सबसे बड़ा धक्का उस समय लगा जब लीग ऑफ़ नेशंस द्वितीय विश्व-युद्ध रोकने के प्रयासों में नाकाम हो गयी। आदर्शवादियों को उम्मीद थी कि युरोपीय शक्तियों द्वारा अपने-अपने राष्ट्रीय हितों की गलाकाट प्रतियोगिता को लीग ऑफ़ नेशंस द्वारा प्रतिस्थापित किया जा सकेगा। जब ऐसा नहीं हो सका तो उनके रवैये को बड़े पैमाने पर निंदात्मक आलोचना का सामना करना पड़ा।

आदर्शवाद के बोलबाले को ख़त्म करके यथार्थवादी दृष्टिकोण की स्थापना में ब्रिटिश मार्क्सवादी इतिहासकार ई.एच. कार और हैंस जे. मोरगेंथाउ की मुख्य भूमिका रही। इन विद्वानों ने दोनों युद्धों के बीच की अवधि में अपनाये जाने वाले आदर्शवादियों के दावों का खण्डन करते हुए कहा कि विभिन्न देशों के हितों के बीच किसी तरह की स्वाभाविक समरसता की कल्पना करना भी उचित नहीं है। इसलिए यह उम्मीद भी नहीं करना चाहिए कि अंतर्राष्ट्रीय क़ानून, लोकतंत्रीकरण और अंतर्राष्ट्रीय व्यापार जैसी प्रक्रियाओं से उनके बीच होने वाला शक्ति-संघर्ष मंद किया जा सकता है। इन दोनों ने एक सैद्धांतिक अभिव्यक्ति के रूप में 'आदर्शवाद' के बरक्स 'यथार्थवाद' का पहली बार प्रयोग किया। कार और मोरगेंथाउ ने लीग ऑफ़ नेशंस की नाकामी का उदाहरण देते हुए कहा कि आदर्शवादी नज़रिये की नाकामी का नतीजा ही है कि यह संस्था द्वितीय विश्व-युद्ध रोक पाने में नाकाम रही और हिटलर को युरोप-विजय से नहीं रोका जा सका।

1946 में प्रकाशित एडवर्ड हैलेट कार की रचना *द ट्वेंटी इयर्स क्राइसिस* ने आदर्शवाद की बौद्धिक साख को सबसे ज़्यादा नुक़सान पहुँचाया। इस पुस्तक में कार ने तर्क दिया कि आदर्शवाद अपने प्रभुत्व और सत्ता से संतुष्ट हो जाने वाली महाशक्तियों के राजनीतिक दर्शन की नुमाइंदगी करने वाला सिद्धांत है। उसके आधार में सार्वभौम लक्ष्यों से प्रेरित किसी तरह की चिरंतन नैतिक संहिता देखने की कोशिश बेकार है। उसका जन्म तो एक ख़ास तरह के सामाजिक, ऐतिहासिक और राजनीतिक हालात से हुआ था। कार ने यह भी कहा कि आदर्शवादी अंतर्राष्ट्रीय संबंधों में शक्ति और प्रभुत्व की भूमिका के प्रति बचकाना रवैया अख़्तियार करते रहे हैं। जो देश अंतर्राष्ट्रीय व्यवस्था के शीर्ष पर हैं, उनकी भाषा शांति की होती है, और जो अपना प्रभुत्व क़ायम करना चाहते हैं, वे कुछ और चाहते हैं। कार के अनुसार अंतर्राष्ट्रीय संबंधों का अध्ययन स्वप्नदर्शिता को परे रख कर ज़मीनी हक़ीक़त के निर्मम विश्लेषण के बिना नहीं हो सकता।

द्वितीय विश्व-युद्ध की हक़ीक़त और उसके बाद शुरू हुई शीत-युद्ध की राजनीति ने आदर्शवादी चिंतन को पूरी तरह पृष्ठभूमि में धकेल दिया। उसे नीतिगत नाकामी और सैद्धांतिक बचकानेपन का उदाहरण माना जाने लगा। लेकिन, नब्बे के दशक में सोवियत ख़ेमे के बिखराव और परिणामस्वरूप शीत-युद्ध के ख़ात्मे के बाद अंतर्राष्ट्रीय संबंधों के अनुशासन में आदर्शवाद की वापसी की प्रक्रिया शुरू होने लगी। तीस के दशक के आख़िरी और चालीस के दशक के शुरुआती दौर में जिन तर्कों के आधार पर यथार्थवादियों ने आदर्शवाद को ख़ारिज किया था, उनमें संशोधन करने की ज़रूरत महसूस की जाने लगी है। इस तरह एक बार फिर उदारतावादी चिंतन की साख बढ़ने लगी। ख़ास कर भूमण्डलीकरण के दौर में परस्पर निर्भरता के आर्थिक और संस्थागत आयामों का विकास होने के कारण परिस्थितियाँ आदर्शवादी आग्रहों के अधिक अनुकूल समझी जाने लगी हैं। आदर्शवाद को सकारात्मक निगाह से देखने वाले यथार्थवाद के समर्थकों से पूछ रहे हैं कि आज जब सम्प्रभु राज्यों के बीच होने वाले युद्धों की जगह राज्यों के भीतर होने वाले संघर्ष लेते जा रहे हैं तो उनके सिद्धांत की क्या प्रासंगिकता है? कुल मिला कर यथार्थवाद और आदर्शवाद के बीच बहस में नया आवेग आ चुका है।

देखें : अंतर्राष्ट्रीय मुद्रा कोष, आतंकवाद, इमैनुएल कांट, इतिहास का अंत, एडवर्ड हैलेट कार, जाति-संहार, तृतीय विश्व, द्वितीय विश्व-युद्ध, नस्लवाद, नव-उपनिवेशवाद, निर्भरता सिद्धांत, निरस्त्रीकरण, पेटेंट, प्रथम

विश्व-युद्ध, प्रगति, बौद्धिक सम्पदा अधिकार, ब्रेटन वुड्स प्रणाली, रंगभेद, उपनिवेशवाद, यथार्थवाद, युद्ध, युरोपीय यूनियन, रचनात्मकतावाद, राजनय, विश्व व्यापार संगठन, विश्व बैंक, विश्व-सरकार, वि-उपनिवेशीकरण, सभ्यताओं का संघर्ष, सम्प्रभुता, संयुक्त राष्ट्र, साम्राज्यवाद, शक्ति-संतुलन, शांति, शांतिवाद, शस्त्र-नियंत्रण।

संदर्भ

1. एस. कोबर (1990), 'आइडियलपॉलिटिक', *फ़ॉरेन पॉलिसी,* अंक 79.
2. डी. लोंग और पी. विल्सन (1995), *थिंकर्स ऑफ़ द 'ट्वेंटी इयर्स' क्राइसिस,* क्लैरेंडन प्रेस, ऑक्सफ़र्ड.
3. ई.एच. कार (1946), *द ट्वेंटी इयर्स क्राइसिस 1919-1939,* दूसरा संस्करण, मैकमिलन, लंदन.
4. एम. ग्रिफ़िथ (1995), *रियलिज़म, आइडलिज़म ऐंड इंटरनैशनल पॉलिटिक्स,* रॉटलेज, लंदन.

—अभय कुमार दुबे

आदिवासी-प्रश्न-1
(व्यापक समाज के साथ रिश्ते का प्रश्न)
(Tribal Question-1)

समाज-वैज्ञानिकों के बीच इस प्रश्न पर तक़रीबन सहमति है कि उत्तर-औपनिवेशिक भारतीय राज्य आदिवासी-प्रश्न सुलझाने में नाकाम रहा है। अगर एक तरफ़ 2008 में गूजरों द्वारा ख़ुद को अनुसूचित जनजाति की श्रेणी में शामिल करने का जुझारू आंदोलन चलाने से आदिवासी होने की संवैधानिक परिभाषा विवादित हुई है, तो दूसरी ओर माओवादी हथियारबंद बग़ावत को आदिवासी समाज द्वारा मिली हमदर्दी ने भारतीय राज्य द्वारा उनके बीच किये गये वैकासिक प्रयासों पर सवालिया निशान लगा दिया है। कुल मिला कर यह एक ऐसा अनुत्तरित प्रश्न है जिसकी उलझनें लगातार बनी हुई हैं।

आदिवासियों से संबंधित समाज-वैज्ञानिक विमर्श भी कम पेचीदा नहीं है। भारत में जनजातियों की अलग से पहचान करने की शुरुआत औपनिवेशिक शासन के समय से ही शुरू हुई। सुदीप्त कविराज मानते हैं कि औपनिवेशिक शासन ने सार्वजनिक विमर्श में अपना वर्चस्व क़ायम करने के लिए नयी कोटियों का निर्माण किया। इसने इस सिद्धांत को स्थापित किया कि राज्य को सार्वजनिक व्यवस्था में हस्तक्षेप करने का प्राधिकार है। इसी मक़सद से इसने नयी पहचानों को बढ़ावा दिया। अंग्रेज़ों ने भारत में दस वर्षों के अंतराल पर जनगणना की शुरुआत की। इसमें सिर्फ़ लोगों की गिनती ही शामिल नहीं थी, बल्कि इसके द्वारा जनसंख्या को विभिन्न श्रेणियों में भी बाँटा गया। इसीलिए निकोलस बी. डिर्क्स ने औपनिवेशिक राज्य को 'एथ्नोग्राफ़िक स्टेट' (नृजातिवर्णन-आधारित राज्य) की संज्ञा दी है। दूसरी ओर, आंद्रे बेते मानते हैं कि दुनिया के कुछ भागों में औपनिवेशिक शासन ने पुरानी पहचानें ख़त्म करने के लिए नयी श्रेणियाँ रचीं। लेकिन यह नहीं कहा जा सकता है कि जनजातियों की श्रेणी पूरी तरह से औपनिवेशिक दौर की देन है। बेते के अनुसार दुनिया के अधिकांश भागों में जनजातियों और सभ्यता के बीच में कई सदियों से पारस्परिक अंत:क्रिया चलती रही है। फिर भी, अंग्रेज़ी शासन के दौरान ही जनजातियाँ स्पष्ट रूप से पृथक श्रेणी के रूप में सामने आयीं। अंग्रेज़ों ने इस श्रेणी की मदद से अपनी नीतियों को आगे बढ़ाया।

आदिवासियों के बारे में समाज-वैज्ञानिक विमर्श की पेचीदगी उस समय और बढ़ जाती है जब हम ब्रिटिश और भारतीय विद्वानों के रवैये पर तुलनात्मक नज़र डालते हैं। जनजातियों के बारे में विचार करते हुए ब्रिटिश मानवशास्त्रियों ने उनके व्यापक भारतीय समाज से अलगाव पर ज़्यादा ज़ोर दिया। उन्होंने जाति और जनजाति को बिल्कुल अलग-अलग श्रेणियों के रूप में पेश किया। उन्होंने साबित करने की कोशिश की कि जनजातियाँ समाज की शेष जनसंख्या से पूरी तरह से अलग-थलग होकर रहती हैं। इसके विपरीत भारतीय मानवशास्त्रियों या समाजशास्त्रियों ने जनजातियों के व्यापक समाज से जुड़ाव और उसकी सम्भावनाओं को रेखांकित किया। जनजातियों और व्यापक भारतीय समाज के बीच ज़्यादा गहरे अंतर पर रोशनी डालते हुए भारतीय विद्वानों ने इन्हें अलग-अलग प्रकारों (या 'टाइप') के रूप में माना और कहा कि जनजातियों का व्यापक भारतीय समाज से सांस्कृतिक-संक्रमण हो रहा है। इस प्रक्रिया के फलस्वरूप होने वाले बदलावों को विभिन्न विद्वानों ने अलग-अलग तरीक़े से देखा। मसलन, एन.के. बोस ने इसे 'जनजातियों को अपने में मिलाने की हिंदू पद्धति' की संज्ञा दी। उनके अनुसार, जनजातियों के हिंदू जातियों से नज़दीकी संबंध थे और जनजातियों का हिंदू जातियों में बदलाव होता रहता था। जनजातियों और शेष समाज के बीच एक तरह का सहजीवी आर्थिक संबंध होने के कारण दोनों को फ़ायदा होता रहा है। डी.डी. कोसम्बी ने इसे व्यापक भारतीय समाज के प्रसार के रूप में देखा। एफ़.जी. बेली मानते हैं कि किसी समूह को 'सिर्फ़ जाति' या 'सिर्फ़ जनजाति' के रूप में नहीं देखना चाहिए। उन्होंने इन्हें कॉन्टिनम के रूप में देखने की सलाह दी; अर्थात् हम यह नहीं कह सकते कि कोई जनजाति पूरी तरह से जाति-व्यवस्था में ढल चुकी है या नहीं। हम यह बात सिर्फ़ डिग्री या स्तर के रूप में ही कर सकते हैं।

यह भी एक रोचक तथ्य है कि शुरू में जाति और जनजाति के बीच अंतर करने का कोई स्पष्ट आधार नहीं था।

1931 की जनगणना के बाद से जनजातियों और जातियों को स्पष्ट रूप से अलग किया जाने लगा। जिस समूह के धार्मिक विश्वास और व्यवहार 'हिंदू' के रूप में थे, उसे जाति माना गया। दूसरी ओर, यदि कोई समूह जड़वादी (या एनिमिस्ट) था, तो उसे जनजाति माना गया। ज्ञातव्य हो कि गोविंद सदाशिव घुर्ये ने जनजातियों को एक प्रकार मानने की जगह इन्हें 'पिछड़े हिंदुओं' की संज्ञा दी थी। इसके उलट वर्जीनियस खाखा इस बात को नकारते हैं कि भारत की जनजातियों को हिंदू माना सकता था, क्योंकि जनजातियों के 'प्राकृतिक धर्म' की हिंदू धर्म के साथ कुछ समानता हो सकती है। चूँकि कुछ मायनों में इनका धर्म अमेरिका और अफ़्रीका की जनजातियों के व्यवहारों से भी मिलता-जुलता है, इसलिए इन्हें हिंदू की संज्ञा नहीं दी जा सकती है। खाखा के अनुसार घुर्ये के विचारों को दक्षिणपंथियों ने अपना लिया जिसका नतीजा ईसाई धर्म अपनाने वाले आदिवासियों की आलोचना में निकला है। खाखा मानते हैं कि भारत में समाजशास्त्रियों और मानवशास्त्रियों का ज़ोर इस बात पर रहा है कि किसी ग़ैर-जनजाति समाज से तुलना करते हुए ही जनजातियों का अध्ययन किया जाए। इसमें भी अंततः इस बात पर ध्यान दिया जाता है कि किस सीमा तक किसी जनजाति का जाति में रूपांतरण हो रहा है? या जनजातियाँ किस सीमा तक खेतिहर सभ्यता के नज़दीक हैं, आदि। जनजातियों को एक अलग समुदाय मानते हुए इन पर विचार नहीं किया जाता है। ज़ाहिर है कि विद्वानों में इस बात पर कोई सहमति नहीं है कि जनजातियों और हिंदुओं के बीच के संबंध को कैसे देखा जाए। इन्हें हिंदू तो नहीं ही माना जा सकता है, पर यह ज़रूर है कि कई क्षेत्रों में इन पर हिंदू या ईसाई धर्मों का प्रभाव पड़ा है।

औपनिवेशिक शासन ने भारत के जंगलों और इसके आस-पास रहने वाले समुदायों पर अभूतपूर्व प्रभाव डाला। अंग्रेज़ों के आने से पहले भी शासक जंगलों में हस्तक्षेप करते थे, लेकिन औपनिवेशिक शासन के दौरान यह हस्तक्षेप बहुत ज़्यादा बढ़ गया। भारत के जंगलों और वहाँ रहने वाले लोगों पर अंग्रेज़ी शासन के प्रभावों के बारे में विद्वानों के बीच बहुत गहरा वाद-विवाद रहा है। औपनिवेशिक इतिहासकारों ने इस बात पर ज़ोर दिया है कि अंग्रेज़ों ने भारत में 'क़ानून का शासन' स्थापित किया और उन्होंने भारत के जंगलों को बर्बाद होने से बचा लिया। इसके विपरीत, बहुत से भारतीय विचारकों ने इस तर्क को नकारा है कि अंग्रेज़ों ने भारत में 'क़ानून का शासन' स्थापित किया। इनका मानना है कि अंग्रेज़ों ने अपने हितों के हिसाब से बहुत ज़्यादा और कई बार उल्टे रूप में क़ानूनों में बदलाव किया। अस्सी के दशक में अपने बेहतरीन शोध द्वारा रामचंद्र गुहा और माधव गाडगिल ने यह साबित करने की कोशिश की कि अंग्रेज़ों ने अपने साम्राज्यवादी हित पूरे करने के लिए ही जंगलों के बारे में अपनी नीतियाँ बनायीं। बाद में, रिचर्ड ग्रोव ने अपने शोध द्वारा यह बताया कि दरअसल अंग्रेज़ी शासन के शुरुआती दौर में इकोलॅजी के सवालों पर भी गहरा चिंतन हो रहा था। इनका मानना है कि गुहा और गाडगिल जैसे इतिहासकार इस बात की उपेक्षा करते हैं। ग्रोव का शोध मुख्य तौर पर 1850 के दशक के पहले के घटनाक्रमों पर ध्यान देता है, जबकि गुहा और गाडगिल 1850 के बाद की स्थिति पर ध्यान देते हैं। बहरहाल, अमूमन इतिहासकारों में, जिनमें रिचर्ड ग्रोव भी शामिल हैं, इस बात पर सहमति है कि 1850 के बाद के दौर में अंग्रेज़ों की वन नीति के केंद्र में उनका साम्राज्यवादी हित ही था।

दरअसल, औपनिवेशिक शासन के दौरान दो-स्तरीय प्रक्रियाएँ चलीं। एक ओर, अंग्रेज़ों ने जनजातियों की अलग कोटि बनायी और उनके लिए कुछ अलग क़ानून भी बनाये। मसलन, उन्होंने 1874 में द शेड्यूल्ड डिस्ट्रिक्ट एक्ट लागू किया। इसमें बहुत से ज़िलों को 'अनुसूचित ज़िलों' का दर्जा दिया गया और उन्हें 'बहिर्वेशित' और 'आंशिक रूप से बहिर्वेशित' क्षेत्रों में बाँटा गया। 'बहिष्कृत' क्षेत्रों में उत्तर-पूर्व के क्षेत्र शामिल किये गये, जबकि 'आंशिक रूप से बहिर्वेशित क्षेत्रों' में देश के दूसरे भागों के आदिवासी इलाक़े शामिल किये गये। औपनिवेशिक शासकों ने इस तरह की व्यवस्था के लिए 'जनजातियों की भलाई' के तर्क का प्रयोग किया। दरअसल, इस तरह की व्यवस्था ने उन्हें इन क्षेत्रों पर अपना नियंत्रण क़ायम रखने में मदद दी। दूसरी ओर, अपने साम्राज्यवादी हितों को बढ़ावा देने के लिए उन्होंने जंगलों पर अपना एकाधिकार क़ायम करने की नीति अपनायी। इसके लिए उन्होंने 'एमिनेंट डोमेन' के सिद्धांत का सहारा लिया। जंगलों के दोहन के मक़सद से ही 1864 में वन विभाग की स्थापना की गयी। इसके बाद 1865 में वन अधिनियम बनाया गया। इस अधिनियम की कमियाँ दूर करने और इसे ज़्यादा प्रभावकारी बनाने के लिए 1878 का अधिनियम लाया गया। बाद में, इसमें स्पष्टता लाने के लिए 1927 का वन अधिनियम बनाया गया। इसकी 84 धाराओं में से 81 धाराएँ 1878 के क़ानून से ही ली गयी थीं। इन क़ानूनों द्वारा अंग्रेज़ों ने जंगल और इसके संसाधनों पर अपना प्रभुत्त्व स्थापित करने की कोशिश की। 1878 के वन अधिनियम में प्रावधान किया गया कि किसी स्थान को 'जंगल' घोषित करने के बाद वहाँ पर रहने वाले लोगों के सम्पत्ति अधिकार को मान्यता दी जाएगी। लेकिन इसके लिए यह ज़रूरी था कि दावा करने वाले लोग अपने इस दावे के पक्ष में कोई लिखित प्रमाण पेश करें। ऐसा न होने पर उन्हें इस ज़मीन का 'अतिक्रमक' घोषित कर दिया गया। बहुत सी जगहों को जंगल घोषित करते वक़्त लोगों के अधिकार सही तरीक़े से तय नहीं किये गये। इस कारण उनके सारे 'अधिकार' ख़त्म हो गये। ऐसे लोग अपने क्षेत्र के वन अधिकारी की मनमर्ज़ी पर निर्भर हो गये। इस क़ानून द्वारा जंगलों और उसके संसाधनों पर इनके अधिकार 'छूट' में तब्दील कर दिये गये।

शुरुआत में अंग्रेज़ों ने मुख्य तौर पर नौकाओं और रेलवे के स्लीपरों के लिए जंगलों का दोहन किया। लेकिन बाद में उन्होंने अपना मुनाफ़ा बढ़ाने के लिए जंगलों का दोहन बहुत ज़्यादा बढ़ा दिया। ऐसा भी नहीं था कि यह पूरी तरह से इकतरफ़ा प्रक्रिया थी। इस दौर में आदिवासियों ने औपनिवेशिक शासन के दख़ल के ख़िलाफ़ बहुत ज़्यादा विद्रोह किये। इन विद्रोहों के कारण अंग्रेज़ों को इन इलाक़ों के लिए कई प्रगतिशील क़ानून बनाने पड़े। 1908 में बना छोटानागपुर टेनेंसी एक्ट ऐसे ही क़ानून का उदाहरण है। इसके पीछे मुख्य मक़सद यह था कि बिरसा मुंडा की बग़ावत के प्रभावों को ख़त्म किया जाए। इसमें अन्य बातों के अलावा यह प्रावधान भी किया गया कि जनजातीय समुदायों की ज़मीन ग़ैर-जनजातीय लोगों को न दी जाए। इसी तरह, 1910 में बस्तर में आदिवासियों के विद्रोह के बाद अंग्रेज़ों ने आरक्षित किये जाने वाले जंगल के रकबे में काफ़ी कमी की।

देखें : अनुसूचित जनजातियाँ, गोविंद सदाशिव घुर्ये, छत्तीसगढ़, झाड़खण्ड, भारत में किसान-संघर्ष-1, 2 और 4, भारतीय राज्य, भारतीय संविधान-1 से 8 तक, माओवाद और माओ विचार, सामाजिक बहिर्वेशन, सुदीप्त कविराज, वेरियर एलविन।

संदर्भ

1. बेला भाटिया (2005), 'कम्पीटिंग कंसर्न्स', *इकॉनॉमिक ऐंड पॉलिटिकल वीकली,* खण्ड 40, अंक 47.
2. बेला भाटिया, नंदिनी सुंदर और वर्जीनीयस खाखा (2005), 'शेड्यूल्ड ट्राइब्स बिल 2005', *इकॉनॉमिक ऐंड पॉलिटिकल वीकली,* खण्ड 40, अंक 43.
3. माधव गाडगिल और रामचंद्र गुहा (1992), *दिस फ़िशर्ड लैण्ड : एन.इकोलॉजिकल हिस्ट्री ऑफ़ इण्डिया,* ऑक्सफ़र्ड युनिवर्सिटी प्रेस, नयी दिल्ली.
4. अखिलेश्वर पाठक (1994), *कंटेस्टिड डोमेंस : द स्टेट, पीज़ेंट्स ऐंड .फ़ॉरेस्ट्स इन कंटेम्परेरी इण्डिया,* सेज पब्लिकेशंस, नयी दिल्ली.

—कमल नयन चौबे

आदिवासी-प्रश्न-2

(वन अधिकार क़ानून के लिए संघर्ष)

(Tribal Question-2)

स्वतंत्रता प्राप्ति के बाद भी दो समानांतर प्रक्रियाएँ चलीं। संविधान की छठी अनुसूची के अंतर्गत उत्तर-पूर्व के राज्यों के चुनिंदा क्षेत्रों के लिए विशेष प्रावधान किये गये। इसी तरह देश के दूसरे भागों के आदिवासी बहुल क्षेत्रों के लिए पाँचवीं अनुसूची के अंतर्गत कुछ ख़ास संवैधानिक सुरक्षाएँ दी गयीं। इन क्षेत्रों के विकास के लिए सरकार ने भी कई कार्यक्रम शुरू किये। छठी अनुसूची के अंतर्गत आने वाले क्षेत्रों में स्वायत्त ज़िला परिषदों की व्यवस्था की गयी। इस कारण इन्हें कुछ स्वायत्तता मिली। लेकिन पाँचवीं अनुसूची के क्षेत्रों की स्थिति में कोई ख़ास बदलाव नहीं हुआ। इसके प्रावधानों को गम्भीरता से लागू करने की कोशिश भी नहीं की गयी। मसलन, पाँचवीं अनुसूची की धारा 5 (1) के अनुसार, राज्यों के राज्यपाल संसद या विधानसभा द्वारा पारित किसी क़ानून को पाँचवीं अनुसूची के क्षेत्रों में लागू करने से मना कर सकते हैं; या वे यह निर्देश दे सकते हैं कि ज़रूरी संशोधनों के बाद ही इन्हें इन क्षेत्रों में लागू किया जा सकता है। लेकिन स्वतंत्र भारत के इतिहास में कभी भी किसी राज्यपाल ने इस संवैधानिक प्रावधान का उपयोग नहीं किया। इस कारण केन्द्र और राज्य के सभी क़ानून पाँचवीं अनुसूची में आने वाले क्षेत्रों में भी लागू होते गये। किसी ने इस बात की परवाह नहीं की कि ये क़ानून इन क्षेत्रों के लिए किस सीमा तक उपयुक्त हैं। इसके साथ ही 1927 के वन अधिनियम और इसके अंतर्गत राज्य को मिले 'एमिनेंट डोमेन' का अधिकार भी क़ायम रखा गया। देश के दूसरे भागों में भूमि सुधार कार्यक्रम लागू किये गये, लेकिन जंगल में या जंगल की ज़मीन पर बसे गाँवों में इस तरह के भूमि सुधार लागू करने की कोशिश नहीं की गयी। 1952 की वन नीति में राष्ट्रीय विकास के लिए जंगलों के उपयोग करने का फ़ैसला किया गया। इसमें यह कहा गया कि कोई गाँव जंगल के संसाधनों पर सिर्फ़ इसलिए अपना दावा नहीं कर सकता है क्योंकि वह वहाँ बसा हुआ है।

दरअसल, उत्तर-औपनिवेशिक दौर में वन-निवासी समुदायों के लिए मुश्किलें काफ़ी बढ़ गयीं। इस संदर्भ में पहली बात तो यह हुई कि बड़े पैमाने पर नये जंगल बनाये गये। लेकिन इन क्षेत्रों में लोगों के अधिकार तय नहीं किये गये। दूसरा, वन विभाग का बहुत ज़्यादा विस्तार हुआ। इससे इन क्षेत्रों में रहने वाले आदिवासियों की गतिविधियों पर इसका नियंत्रण बहुत ज़्यादा बढ़ गया। तीसरा, राष्ट्रीय विकास के नाम पर जंगलों का अंधाधुंध दोहन किया गया। स्वतंत्र भारत की सरकार ने अंग्रेज़ों की 'वैज्ञानिक वानिकी' (साइंटिफ़िक फ़ॉरेस्ट्री) की नीति जारी रखी। इसने भी मिश्रित जंगलों की जगह उद्योगों के लिए फ़ायदेमंद पेड़ लगाने पर ज़ोर दिया। इससे जंगल और वन्य जीव— दोनों को ही बहुत ज़्यादा नुक़सान का सामना करना पड़ा। चौथा, जंगलों और वन्य जीवों की स्थिति बेहतर बनाने के लिए 1970 के बाद के वर्षों में कई ऐसे क़ानून बने, जिनके कारण वन निवासियों की ज़िंदगी पर राज्य का नियंत्रण और भी सख़्त हो गया। 1972 में वन्य जीव (संरक्षण) अधिनियम पारित हुआ। इसमें राज्यों को संरक्षित क्षेत्र अर्थात् नैशनल पार्क और अभयारण्य

बनाने का अधिकार दिया गया। ख़ासतौर पर नैशनल पार्कों में स्थानीय समुदायों की गतिविधियों पर पाबंदी लगायी गयी और उन्हें दूसरी जगह बसाने का प्रावधान किया गया। 1980 में वन संरक्षण अधिनियम पारित हुआ। इसमें केन्द्र सरकार की इजाज़त के बग़ैर जंगल की ज़मीन के ग़ैर-वनीय उपयोग के लिए 'डायवर्ज़न' (या बदलाव) करने पर पाबंदी लगायी गयी। इन क़ानूनों की मदद से स्थानीय समुदायों की गतिविधियों पर तो पाबंदी लगायी गयी, लेकिन क़ानून के सभी प्रावधानों को सही तरीक़े से लागू नहीं किया गया। मसलन, नैशनल पार्कों से बहुत कम लोगों का दूसरी जगहों पर पुनर्वास किया गया। इसके अलावा, औद्योगिक हित पूरा करने के लिए बहुत बड़े पैमाने पर जंगल की ज़मीन का 'डायवर्ज़न' किया गया।

बहरहाल, 1970 के दशक से, ख़ासतौर पर आपातकाल के बाद, देश के दूसरे भागों की तरह ही इन क्षेत्रों में भी लोगों के भीतर राजनीतिक जागरूकता बढ़ी। इस दौर में स्थानीय स्तर पर बहुत से संगठनों का उभार हुआ और उन्होंने राज्य द्वारा ऊपर से थोपे गये 'विकास के मॉडल' का विरोध करना शुरू किया। इस तरह के बहुत से आंदोलनों में पर्यावरणीय चिंता और संसाधनों पर स्थानीय समूहों के हक़ की माँग— दोनों ही शामिल रही है। 1973 में शुरू हुआ 'चिपको आंदोलन' या 1980 के दशक का 'नर्मदा बचाओ आंदोलन' इसी तरह के प्रतिरोध के उदाहरण थे। रजनी कोठारी ने इस तरह की गतिविधियों के लिए 'ग़ैर-दलीय राजनीतिक प्रक्रिया' शब्द का इस्तेमाल किया है। इसके अलावा, 1980 के दशक में इन क्षेत्रों में माओवादियों की गतिविधियाँ बढ़ने से भी यहाँ के लोगों की राजनीतिक जागरूकता बढ़ी।

इन सब कारकों का प्रभाव भारत की वन नीति पर भी दिखा। 1988 में भारत सरकार द्वारा पेश की गयी वन नीति में एक बुनियादी बदलाव आया। अब जगंलों के प्रबंधन में स्थानीय समुदायों को भूमिका देने की बात स्वीकार की गयी। दरअसल, इस बदलाव में स्थानीय स्तर पर शुरू हुए आंदोलनों की सबसे बड़ी भूमिका थी। दरअसल, इन्हीं आंदोलनों ने पेसा या वन अधिकार क़ानून के निर्माण की नींव रखी।

इस वर्णन से यह बात स्पष्ट है कि पाँचवीं अनुसूची के प्रावधानों को गम्भीरता या ईमानदारी से लागू नहीं किया गया। पूरे देश में लागू होने वाले क़ानून इन इलाक़ों में भी लागू कर दिये गये। इस बात की परवाह नहीं की गयी कि ये क़ानून किस सीमा तक इन क्षेत्रों के लोगों की परम्पराओं के अनुकूल हैं। एक तरह से इन क्षेत्रों में रहने वाले सभी लोगों का अपराधीकरण हो गया। इन जगहों पर उनकी उपस्थिति, उनकी परम्पराएँ और उनके द्वारा अपनी जीविका कमाने के लिए जंगलों के संसाधनों का उपयोग आदि सभी काम ग़ैरक़ानूनी बन गये। यह संविधान की मूल भावना के विपरीत था। अब राज्य कभी भी उनकी किसी गतिविधि को 'अपने क़ानून' के हिसाब से ग़लत ठहरा सकता था। यही कारण था कि 1970 और 1980 के दशक में स्थानीय स्तर पर सामने आये आंदोलनों में यह माँग ज़ोर-शोर से उठायी गयी कि स्थानीय समुदायों का उनके संसाधनों पर हक़ होना चाहिए। पेसा के लिए चलने वाले आंदोलनों में भी यही माँग थी।

अस्सी के दशक में ऊपर से थोपे गये विकास और मनमाने क़ानूनों के ख़िलाफ़ आदिवासियों का विरोध कई रूपों में सामने आने लगा था। इस संदर्भ में 'नाटे ना राज आंदोलन' बहुत ही महत्त्वपूर्ण है। बस्तर के सुदूर घने जंगलों के बीच संगम गाँव में 8 से 10 नवम्बर 1988 को 'ग्राम-स्वराज' सम्मेलन सम्पन्न हुआ। इस संदर्भ में आगे चलकर 2 नवम्बर 1991 को भारत जन आंदोलन की स्थापना हुई। दरअसल, यह आदिवासी इलाक़ों में काम करने वाले कई संगठनों और आंदोलनों के एक संयुक्त मोर्चे के रूप में सामने आया। डॉ. ब्रह्मदेव शर्मा ने इस संगठन को वैचारिक दिशा देने का काम किया। वे आदिवासियों के हितैषी प्रशासक के रूप में प्रसिद्ध रहे हैं। उन्होंने अनुसूचित जातियों और अनुसूचित जनजातियों के आयुक्त के रूप में भी काम किया। इस रूप में उनके द्वारा तैयार की गयी रिपोर्टों में आदिवासियों के हितों से संबंधित कई बुनियादी सवाल उठाये गये। अनुसूचित जाति और अनुसूचित जनजाति के आयुक्त की उनतीसवीं रिपोर्ट में उन्होंने सिफ़ारिश की कि कम-से-कम आदिवासी इलाक़ों में पूरी तरह स्वशासी व्यवस्था क़ायम की जाए। उन्होंने इस बात पर भी ज़ोर दिया कि इन इलाक़ों में स्थानीय समाज को सभी संसाधनों के रखरखाव और उपयोग का पूरा अधिकार होना चाहिए। भारत जन आंदोलन ने भी आदिवासी इलाक़ों में चलाये जाने वाले अपने विभिन्न आंदोलनों के माध्यम से संसाधनों पर स्थानीय समुदायों की हक़दारी पर ज़ोर दिया। इसने यह माँग रखी कि विकास कार्यक्रमों के बारे में स्थानीय लोगों से सहमति ली जानी चाहिए।

इस बीच संसद ने 73 वें और 74वें संविधान संशोधन द्वारा संविधान में भाग 9 (पंचायत) और भाग 9क (नगरपालिकाओं) जोड़ा। राजीव गाँधी सरकार द्वारा तैयार किये गये पहले विधेयक की तरह ही अब अनुसूचित क्षेत्रों को इससे बाहर रखने की व्यवस्था की गयी। साथ ही, यह प्रावधान किया गया कि संसद इन भागों के लिए स्थानीय परिस्थितियों के अनुसार अलग से क़ानून बनायेगी। लेकिन बहुत से राज्यों ने इस पहलू पर ध्यान दिये बग़ैर ही अपने पंचायत अधिनियम बना दिये। कई राज्यों में इन अधिनियमों के अनुसार चुनाव भी हो गये। मसलन, मध्य प्रदेश और ओडीशा में पंचायत राज क़ानून के प्रावधानों की उपेक्षा करते हुए अनुसूचित क्षेत्रों में भी चुनाव करा दिये गये। लेकिन भारत जन आंदोलन ने आदिवासी स्वशासन के लिए अपना दबाव बनाये रखा। इस संदर्भ में इसकी पहल पर आदिवासी

स्वशासन के लिए राष्ट्रीय मोर्चे का भी गठन हुआ। आंदोलन के दबाव के कारण आख़िरकार केन्द्र सरकार ने जून 1994 में कांग्रेस सांसद दिलीप सिंह भूरिया की अध्यक्षता में सांसदों और विशेषज्ञों की एक 22 सदस्यीय समिति का गठन किया। इसका काम पाँचवीं अनुसूची के क्षेत्रों में पंचायती व्यवस्था के बारे में सिफ़ारिश देना था। भारत जन आंदोलन के नेता ब्रह्म देव शर्मा भी इस समिति में शामिल थे। पेसा के लिए गठित इस समिति की कुछ मुख्य सिफ़ारिशें इस प्रकार थीं :

पहला, आदिवासी इलाक़े की प्रत्येक बस्ती (हैमलेट) को, चाहे उसकी आबादी कितनी भी क्यों न हो, ग्राम सभा का दर्जा दिया जाना चाहिए। दूसरा, आदिवासी क्षेत्रों में युगों से चले आ रहे पारम्परिक रीति-रिवाज़ों और व्यवस्थाओं का आदर किया जाना चाहिए। उन्हें जारी रखा जाना चाहिए और आधुनिक व्यवस्था से उनका तालमेल होना चाहिए। तीसरा, ग्राम सभा के अधिकार क्षेत्र में वे सभी काम आने चाहिए जो लोगों की आम ज़िंदगी से संबंधित हैं। इनमें जल, जंगल, ज़मीन सहित प्राकृतिक संसाधनों पर समाज के परम्परागत अधिकार की रक्षा और उनकी देखरेख विशेष रूप से उल्लेखनीय हैं। आरक्षित या दूसरे वनों से 'निस्तार' (वनोपजों के संग्रह आदि) की पूरी व्यवस्था ग्राम सभा ही करेगी। चौथा, ग्राम सभा के पास गाँव स्तर पर विकास का काम करने का अधिकार होना चाहिए। सरकार को विकास और दूसरे कामों के लिए आबंटित पूरी धनराशि ग्राम सभा को दे देनी चाहिए। पाँचवा, ग्राम सभा को सभी तरह के फ़ौजदारी मामले और दीवानी मामलों पर विचार करने और उन पर फ़ैसला करने का अधिकार होना चाहिए। लेकिन हत्या और डकैती जैसे जघन्य अपराधों के बारे में पुलिस ही उचित कार्रवाई करेगी। छठा, ग्राम सभा की सहमति के बग़ैर किसी तरह का भूमि अधिग्रहण नहीं किया जाए। उसे भूमि अधिग्रहण के प्रस्तावों पर विचार करने, भूमि अधिग्रहण से प्रभावित लोगों के लिए पुनर्वास योजनाओं का अनुमोदन करने और उन्हें लागू करने का अधिकार होना चाहिए। सातवाँ, छठी अनुसूची की तरह ही पाँचवीं अनुसूची के क्षेत्रों में भी स्वायत्तशासी ज़िला परिषदों की व्यवस्था लागू की जानी चाहिए। समिति ने अपने विचार-विमर्श में यह भी स्वीकार किया कि स्थानीय समुदायों को अधिकार न मिलने के कारण इन क्षेत्रों के लोगों में ज़बरदस्त असंतोष मौजूद है और इससे माओवादी आंदोलन को ठोस आधार मिला है।

ऊपर के वर्णन से स्पष्ट है कि भूरिया समिति ने ग्राम सभा को बहुत ही मज़बूत बनाने की सिफ़ारिश की। एक तरह से इसने स्थानीय स्तर पर चलने वाले आंदोलनों की माँगें ही आगे बढ़ायीं। दरअसल, भूरिया समिति ने दो रिपोर्ट दी थीं। इसने अपनी पहली रिपोर्ट 17 जनवरी 1995 को पेश की। यह अनुसूचित क्षेत्रों में पंचायत ख़ासतौर पर ग्राम सभा से संबंधित थी। 15 जुलाई 1995 को इसने अपनी दूसरी रिपोर्ट पेश की। इसमें पाँचवीं अनुसूची के क्षेत्रों में नगरपालिकाओं के बारे में बहुत-सी सिफ़ारिशें की गयी थीं। इसमें इस क्षेत्र में नगरपालिकाओं को ज़्यादा स्वायत्त बनाने पर ज़ोर दिया गया था। बहरहाल, भारत जन आंदोलन और दूसरे जन-संगठनों ने पहले पंचायत से संबंधित मामलों पर ध्यान देने का फ़ैसला किया। दरअसल, उन्होंने यह महसूस किया कि गाँवों में स्थानीय समुदायों को हक़ दिलाना ज़्यादा महत्त्वपूर्ण है और शहरी क्षेत्रों पर बाद में ध्यान दिया जा सकता है।

देखें : अनुसूचित जनजातियाँ, गोविंद सदाशिव घुर्ये, छत्तीसगढ़, झाड़खण्ड, भारत में किसान-संघर्ष-1, 2 और 4, भारतीय राज्य, भारतीय संविधान-1 से 8 तक, माओवाद और माओ विचार, सामाजिक बहिर्वेशन, सुदीप्त कविराज, वेरियर एलविन।

संदर्भ

1. अखिलेश्वर पाठक (2002), *लॉ, स्ट्रेटजीज़ ऐंड आइडियॉलॅजीज़ : लेजिस्लेटिंग फ़ॉरेस्ट्स इन कोलोनियल इण्डिया,* ऑक्सफ़र्ड युनिवर्सिटी प्रेस, नयी दिल्ली.
2. अमरीन रोसेनक्राँन और शरद चंद्र लेले (2008), 'सुप्रीम कोर्ट ऐंड इण्डियाज़ फ़ॉरेस्ट', *इकॉनॉमिक ऐंड पॉलिटिकल वीकली,* खण्ड 43, अंक 5.
3. अमिता बाविस्कर (1993), *इन बैली ऑफ़ द रिवर : ट्राइबल कॉन्फ़्लिक्ट ओवर डिवेलपमेंट इन नर्मदा वैली,* ऑक्सफ़र्ड युनिवर्सिटी प्रेस, नयी दिल्ली.
4. के. शिवरामकृष्णन (1995), 'कोलोनियलिज़म ऐंड फ़ॉरेस्ट्री इन इण्डिया : इमेजिनिंग द पास्ट इन प्रज़ेंट पॉलिटिक्स', *कॉम्पेरेटिव स्टडीज़ इन सोसाइटी ऐंड हिस्ट्री,* खण्ड 37, अंक 1.

—कमल नयन चौबे

आदिवासी-प्रश्न-3

(नये क़ानून की विशेषताएँ और सीमाएँ)

(Tribal Question-3)

तिहत्तरवें संविधान संशोधन के बाद कई राज्यों ने पंचायत अधिनियम तैयार करके अपने यहाँ के अनुसूचित क्षेत्रों में भी चुनाव करा लिए थे। जब ये चुनाव हो रहे थे तो इन्हें चुनौती नहीं दी गयी, क्योंकि उस समय वैकल्पिक क़ानून की कोई रूपरेखा नहीं थी। भूरिया समिति की रिपोर्ट ने यह कमी पूरी कर दी थी। रिपोर्ट आने के दो दिन बाद आंध्र प्रदेश में चुनाव हो रहे थे। लेकिन वहाँ के उच्च न्यायालय ने इन चुनावों पर रोक लगा दी। बिहार उच्च न्यायालय ने भी यह व्यवस्था

दी कि पंचायत क़ानूनों को ज्यों-का-त्यों अनुसूचित क्षेत्रों पर लागू करना संविधान का उल्लंघन है। इसके बाद भारत जन आंदोलन ने भूरिया समिति की सिफ़ारिशों के आधार पर क़ानून बनाने की माँग को लेकर अपना आंदोलन तेज़ कर दिया। ऊपर इस बात का उल्लेख किया गया है कि भारत जन आंदोलन का गठन ब्रह्मदेव शर्मा की प्रेरणा से हुआ। इस संगठन ने ख़ासतौर पर, तत्कालीन मध्य प्रदेश और बिहार में (2000 में इससे अलग होकर क्रमश: छत्तीसगढ़ और झाड़खण्ड राज्य बने)। आदिवासियों के भीतर ग्राम स्वराज की भावना भरने में महत्त्वपूर्ण भूमिका अदा की।

वैसे इस संगठन का नेतृत्व डॉ. शर्मा के हाथों में था, लेकिन संगठन की गतिविधियों के बारे में फ़ैसला करने वाले लोगों में बहुत से आदिवासी भी शामिल थे। इन लोगों ने अपने क्षेत्र में गाँव के स्तर पर दूसरे आदिवासियों को संगठित किया। इन इलाक़ों में प्रस्तावित क़ानून को 'हमारा क़ानून' का दर्जा दिया गया। यानी लोगों में यह भावना भरने की कोशिश की गयी कि यह क़ानून उनका अपना क़ानून है। इसने 2 अक्टूबर, 1995 से पूरे आदिवासी क्षेत्र में सिविल नाफ़रमानी की घोषणा की। 16 नवम्बर, 1995 को खरगौन मध्य प्रदेश में पचास हज़ार आदिवासियों की एक बड़ी रैली हुई जिसमें 'हमारे गाँव में हमारा राज' नारा बुलंद किया गया। फिर 15 फ़रवरी, 1996 को दिल्ली में राजघाट पर नया क़ानून बनाने के लिए अनिश्चितकालीन उपवास शुरू हुआ। आख़िरकार, दस दिन बाद सरकार से समझौता हुआ। इसमें सरकार ने यह मंजूर किया कि वह संसद के आगामी सत्र में नये क़ानून के लिए विधेयक पेश करेगी। इस उपवास के दौरान विभिन्न राजनीतिक दलों के सदस्यों ने भी इस आंदोलन को अपना समर्थन दिया। आंदोलनकारियों ने सरकार पर दबाव बनाये रखा। स्थानीय स्तर पर इस क़ानून के लिए जागरूकता अभियान चलाने के साथ ही दिल्ली में धरने-प्रदर्शन का सिलसिला चलता रहा। दिल्ली में 2 अक्टूबर 1996 को आदिवासियों की एक रैली हुई। इसमें नये क़ानून को जल्द-से-जल्द पारित करने की माँग की गयी। आख़िरकार अनुसूचित क्षेत्रों के लिए स्वशासी व्यवस्था करने से संबंधित विधेयक 1996 में संसद के शीतकालीन सत्र में एकमत से पारित हो गया और राष्ट्रपति ने 24 दिसम्बर को अनुमोदित कर दिया। इसमें यह स्पष्ट प्रावधान किया गया कि राज्य स्तर के जो भी क़ानून पेसा से टकराते हैं उन्हें एक साल के भीतर सुधार लिया जाना चाहिए, नहीं तो वे अप्रभावकारी हो जाएँगे।

पेसा के लिए आंदोलन करने वाले जन संगठनों ने इसे ऐतिहासिक क़ानून का दर्जा दिया। उन्होंने यह दावा किया कि यह ग्राम-स्वराज्य का लक्ष्य वास्तविक रूप में लागू करता है। यह स्थानीय समुदायों को अपनी परम्पराओं और सामुदायिक प्रथाओं के अनुरूप जीवन के फ़ैसले लेने और संसाधनों का उपयोग करने में समर्थ बनाता है। पेसा में ग्राम सभा को अधिकार देने के बारे में भूरिया समिति की सिफ़ारिशें स्वीकार की गयीं। इसमें गाँव को टोला या बस्ती के आधार पर परिभाषित किया गया। इसमें यह प्रावधान भी किया गया कि पंचायतों से संबंधित किसी भी क़ानून में स्थानीय समुदायों की प्रथाओं, सामाजिक और धार्मिक पद्धतियों और सामुदायिक सम्पदाओं की परम्परागत प्रबंध पद्धतियों का ध्यान रखा जाएगा। इसमें उन सभी समूहों के लिए आरक्षण का प्रावधान किया गया, जिनके लिए संविधान में आरक्षण की व्यवस्था की गयी है। लेकिन इसमें एक विशेष प्रावधान यह भी किया गया कि अनुसूचित जनजातियों के लिए कम-से-कम आधे स्थान आरक्षित होंगे और सभी स्तरों पर अध्यक्ष का पद अनुसूचित जनजातियों के लिए आरक्षित होगा।

पेसा की तीन स्तरों पर आलोचना की गयी। पहला, क़ानून के लिए आंदोलन करने वाले संगठनों और भूरिया समिति ने क़ानून का जो प्रारूप पेश किया था, उसे स्वीकार नहीं किया गया। भूरिया समिति ने नगरपालिकाओं के लिए अलग से रिपोर्ट दी थी, लेकिन उस पर कोई कार्रवाई नहीं हुई। इसी तरह, उसने पाँचवीं अनुसूची के क्षेत्रों में स्वायत्तशासी ज़िला परिषद् स्थापित करने की सिफ़ारिश की थी। लेकिन पेसा में इसके बारे में कोई स्पष्ट प्रावधान नहीं किया गया। इसमें बहुत ही गोल-मोल भाषा का इस्तेमाल किया गया है। दूसरा, नंदिनी सुंदर के अनुसार, पेसा में क़ानून लागू करने के लिए प्रभावकारी तंत्र का प्रावधान नहीं किया गया है। क़ानून में यह प्रावधान भी नहीं किया गया है कि इसे पुलिस और वन विभाग की तुलना में प्राथमिकता या पूर्वता दी जाएगी; ऐसी स्थिति में क्या होगा जब प्रथागत क़ानून या विवाद के निपटारे के पारम्परिक तरीक़े से किसी व्यक्ति के संवैधानिक व्यक्तिगत अधिकारों का उल्लंघन हो। इसके अलावा, पेसा विकास परियोजनाओं के लिए भूमि अधिग्रहण के मसले पर आदिवासियों को सिर्फ़ सलाह-मशविरे के अधिकार देता है। तीसरा, बी.के. रॉयबर्मन ने पेसा की आलोचना करते हुए यह तर्क दिया कि इसमें आदिवासी समाज की विभिन्नताओं पर ध्यान नहीं दिया गया है।

पेसा के लिए चले आंदोलन, आंदोलन से निकलकर आये क़ानून की रूपरेखा और संसद द्वारा पारित क़ानून का विश्लेषण करने से यह बात स्पष्ट होती है कि इसमें भारत जन आंदोलन द्वारा चलाये जा रहे आंदोलन की बेहद महत्त्वपूर्ण भूमिका थी। दरअसल, राज्य ने आंदोलन के दबाव और संवैधानिक बाध्यता के कारण यह क़ानून लाने का फ़ैसला किया। यहाँ संवैधानिक बाध्यता की तुलना में आंदोलन का दबाव ज़्यादा महत्त्वपूर्ण था। इसका एक प्रमाण यह है कि आंदोलन का दबाव कम होने के कारण ही राज्य नगरपालिकाओं के संबंध में संवैधानिक प्रावधानों का पूरी तरह उल्लंघन करता रहा है। इसी कारण वह

राज्य ग्राम सभाओं के बारे में भी भूरिया समिति के कुछ ज़्यादा महत्त्वपूर्ण प्रावधानों की उपेक्षा करने में सफल रहा। लेकिन इससे यह भी स्पष्ट है कि राज्य ने आंदोलन का आदर्श क़ानून स्वीकार नहीं किया। यहाँ आंदोलन के दबाव और क़ानून के स्वरूप में एक स्पष्ट संबंध दिखता है।

औपनिवेशिक क़ानूनों के कारण कई पीढ़ियों से जंगल की ज़मीन पर रहने वाले लोग 'अतिक्रमणकारी' में तब्दील हो गये। स्वतंत्रता प्राप्ति के बाद भी सरकार ने कभी इस समस्या को पूरी तरह हल करने की कोशिश नहीं की। यह ज़रूर हुआ कि कुछ राज्यों में चुनावों के वक़्त कुछ लोगों को ज़मीन का पट्टा दे दिया जाता था। आज़ादी के बाद विकास का जो मॉडल अपनाया गया, उसके कारण बहुत से लोग विस्थापित हुए; नये क्षेत्रों को जंगल घोषित किया गया लेकिन वहाँ रहने वाले लोगों के अधिकार तय नहीं किये गये। आज़ादी के बाद अपनाये गये विकास मॉडल के कारण लाखों लोग विस्थापित हुए। इन विस्थापित लोगों में आदिवासियों की संख्या सबसे ज़्यादा थी। अधिकांश विस्थापित लोगों के पुनर्वास की व्यवस्था नहीं की गयी। इस कारण बहुत से लोग जंगल की ज़मीन पर बस गये। इससे जंगल की ज़मीन पर 'अतिक्रमण' की समस्या बढ़ी। जंगल के नज़दीक बसे गाँवों में बहुत से लोगों ने जीविका के साधन के रूप में जंगल की थोड़ी बहुत ज़मीन पर ग़लत तरीक़े से क़ब्ज़ा कर लिया। जंगल और इसके नज़दीकी क्षेत्रों में लोगों के जीवन में राज्य और इन इलाक़ों में उसकी प्रतिनिधि संस्था के रूप में वन विभाग का बहुत ज़्यादा नियंत्रण रहा है। इन लोगों की जंगल में आवाजाही पर वन विभाग द्वारा मनमानी पाबंदियाँ लगायी जाती रही हैं। बहरहाल, स्थानीय स्तर पर लोगों में जागरूकता बढ़ने के साथ ही 'अतिक्रमण' को मान्यता देने और जंगल से वन विभाग के एकाधिकार और मनमानेपन को ख़त्म करने की माँगें भी उठती रहीं। इस संदर्भ में 1990 में पर्यावरण और वन मंत्रालय ने एक सर्कुलर भी जारी किया, लेकिन उस संदर्भ में कुछ ठोस कार्रवाई नहीं हुई। बहरहाल, स्थानीय स्तर पर अपनी 'ग़ैरक़ानूनी' स्थिति और वन विभाग के मनमानेपन से त्रस्त लोगों ने इस तरह के क़ानून की माँग करना जारी रखा।

2002 में गोदावर्मन केस में सर्वोच्च न्यायालय के एक आदेश की ग़लत व्याख्या करते हुए वन विभाग ने हज़ारों वन निवासियों के घर उजाड़ दिये। सर्वोच्च न्यायालय ने केवल 'अतिक्रमण' को मान्यता देने पर रोक लगायी थी। लेकिन वन विभाग ने इसकी आड़ में हज़ारों आदिवासियों को उनके घरों से बेदख़ल कर दिया। इस घटना ने वन अधिकार क़ानून के आंदोलन में तात्कालिक कारण की भूमिका अदा की। इस घटना के कारण जंगल की ज़मीन और इसके संसाधनों पर आदिवासियों के अधिकारों को मान्यता देने की माँग ने बहुत ज़ोर पकड़ा। 2004 के लोकसभा चुनावों में सभी प्रमुख राजनीतिक दलों ने आदिवासियों के जंगल की ज़मीन और उसके संसाधनों पर अधिकार देने का वायदा किया। चुनावों के बाद संयुक्त प्रगतिशील गठबंधन (या यूपीए) सरकार ने आदिवासी अधिकारों को मान्यता देने के लिए क़ानून बनाने की प्रक्रिया शुरू की।

जनवरी, 2005 को प्रधानमंत्री ने जनजातीय मामलों के मंत्रालय को यह निर्देश दिया कि वह जंगल की ज़मीन पर आदिवासियों के अधिकार के संबंध में एक विधेयक तैयार करे। विधेयक बनाने की प्रक्रिया से आदिवासी मामलों के विद्वान और कार्यकर्ता भी जुड़े हुए थे। अप्रैल 2005 में विचार-विमर्श के लिए जारी विधेयक के पहले प्रारूप को 'अनुसूचित जनजाति (वन अधिकारों की मान्यता) विधेयक, 2005' शीर्षक दिया गया। विधेयक के उद्देश्यों में यह स्पष्ट किया गया कि यह औपनिवेशिक काल और आज़ादी के बाद जनजातियों के साथ हुए ऐतिहासिक अन्याय को दूर करना चाहता है; और यह जंगल में रहने वाली जनजातियों और जंगलों के बीच सहजीवी संबंधों को मान्यता देता है।

इसमें यह प्रस्तावित किया गया कि वन निवासी अनुसूचित जनजातियों के हर न्यूक्लीयर परिवार को जंगल की ज़मीन पर उसके 'अतिक्रमण की जमीन' के लिए पट्टा दिया जाएगा। लेकिन अधिकतम 2.5 हेक्टेयर ज़मीन का ही पट्टा दिया जाएगा और यह पट्टा पति-पत्नी दोनों के नाम से होगा। इन लोगों को लघुवनोपजों और जंगल के संसाधनों पर स्वामित्व का अधिकार भी दिया गया। इसमें वन गाँवों को राजस्व गाँवों में बदलने का प्रावधान भी किया गया। विधेयक के इस प्रारूप में यह तय किया गया कि इन अधिकारों के लिए 'कट ऑफ़ डेट' 24 अक्टूबर 1980 होगी। अर्थात् अधिकारों का दावा करने के लिए हर व्यक्ति को यह साबित करना था कि वह इस तारीख़ से पहले उस ज़मीन पर रह रहा है। इस विधेयक में इकोलॉजी या वन्य जीवों की सुरक्षा के लिए भी प्रावधान किये गये। लोग अपनी ज़मीन बेच नहीं सकते थे, यह सिर्फ़ उनके बच्चों को मिल सकती थी; वे व्यावसायिक हितों के लिए इसका प्रयोग नहीं करते थे। विधेयक के इस प्रारूप में शिकार या वन्य जीवों को नुक़सान पहुँचाने पर भी पाबंदी लगायी गयी।

अप्रैल 2005 में जनजातीय मामलों के मंत्रालय द्वारा इस विधेयक को सार्वजनिक विचार-विमर्श के लिए जारी किया गया। इसके बाद इस पर तीखा वाद-विवाद शुरू हो गया। विधेयक के संबंध में मुख्य रूप से दो तरह की प्रतिक्रियाएँ सामने आयीं। पहले स्तर पर, संरक्षणवादियों के एक तबक़े ने इसे जंगल और जंगली जीवों के लिए बहुत ही ख़तरनाक घोषित किया। इन्होंने इस बात पर ज़ोर दिया कि जंगली जानवरों को बचाने के लिए ज़रूरी है कि उन्हें मानवीय हस्तक्षेप से दूर रखा जाए। दूसरा, विधेयक के

समर्थकों ने विधेयक के पक्ष में अपने तर्क पेश किये। विधेयक के समर्थकों में आदिवासी संगठनों के अलावा विश्वविद्यालयों के प्रोफ़ेसर, वकील और दूसरे कई प्रबुद्ध नागरिक शामिल थे। इन्होंने प्रस्तावित विधेयक पर संरक्षणवादियों के संदेहों को ख़ारिज किया। इनके अनुसार, वन-निवासियों को अधिकार दिये जाने से जंगल के बर्बाद होने और जंगली जीवों के ख़तरे में पड़ने का तर्क भी सही नहीं है, क्योंकि आदिवासियों ने ही जंगल और जंगली जीवों की रक्षा की है। भारतीय संदर्भ में जंगली जानवरों के लिए मानवरहित क्षेत्र की बात करना प्रासंगिक नहीं है, क्योंकि यहाँ आदिवासी और जंगलों के बीच में सहजीवी संबंध रहा है।

देखें : अनुसूचित जनजातियाँ, गोविंद सदाशिव घुर्ये, छत्तीसगढ़, झाड़खण्ड, भारत में किसान-संघर्ष-1, 2 और 4, भारतीय राज्य, भारतीय संविधान-1 से 8 तक, माओवाद और माओ विचार, सामाजिक बहिर्वेशन, सुदीप्त कविराज, वेरियर एलविन।

संदर्भ

1. एम.डी. मधुसूदन (2005), 'ऑफ़ राइट्स ऐंड रांग्स : वाइल्ड लाइफ़ कंज़रवेशन ऐंड द ट्राइबल बिल', *इकॉनॉमिक ऐंड पॉलिटिकल वीकली,* खण्ड 40, अंक 47.
2. एल.के. झा (1992), *इण्डियाज़ फ़ॉरेस्ट पॉलिसीज़,* नयी दिल्ली, आशीष.
3. कमल नयन चौबे (2010), *भारत में आदिवासियों के वन भूमि अधिकारों का अध्ययन,* अप्रकाशित पीएचडी शोध-प्रबंध, राजनीति विभाग, दिल्ली विश्वविद्यालय, दिल्ली.
4. केरॅल उपध्या (2009), 'लॉ कस्टम ऐंड आइडेंटिटी : पॉलिटिक्स ऑफ़ लैण्ड राइट्स इन छोटा नागपुर', संकलित, नंदिनी सुंदर (सम्पा.), *लीगल ग्राउंड्स : नेचुरल रिसोर्सिज़, आइडेंटिटी ऐंड लॉ इन झाड़खण्ड,* ऑक्सफ़र्ड युनिवर्सिटी प्रेस, नयी दिल्ली.

—कमल नयन चौबे

आदिवासी-प्रश्न-4

(जन-संगठनों की भूमिका)

(Tribal Question-4)

आदिवासी जन-संगठनों द्वारा और अकादमिक स्तर पर चलने वाले वाद-विवाद में इस विधेयक में कई संशोधन करने की माँग की गयी। मोटे तौर पर इसमें तीन बातों पर ज़ोर दिया गया : पहला, ग़ैर अनुसूचित जनजाति वनवासी समुदाय भी विधेयक में शामिल किये जाने चाहिए। दूसरा, अधिकारों को मान्यता देने की आख़िरी तारीख़ या 'कट ऑफ़ डेट' को 1980 तक रखना ग़लत है। इसे और आगे बढ़ाया जाना चाहिए क्योंकि उसके बाद भी बहुत से परिवार विस्थापित हुए हैं। तीसरा, अधिकार तय करने की प्रक्रिया में ग्राम सभा को प्राथमिकता मिलनी चाहिए। चौथा, गाँवों की परिभाषा पेसा क़ानून में दी गयी परिभाषा के अनुसार होनी चाहिए।

आदिवासी संगठनों ने इस क़ानून के पक्ष में सन् 2002 से ही लोगों को गोलबंद करना शुरू कर दिया था। इसी कारण, क़ानून बनने की प्रक्रिया की भी शुरुआत हुई। अप्रैल 2005 में विधेयक का प्रारूप सामने आने पर इसके लिए व्यापक आंदोलन की शुरुआत हुई। इस क़ानून के लिए चलने वाले आंदोलन में कई स्तरों पर विभिन्न संगठनों ने हिस्सेदारी की। पहला, आंदोलन के राष्ट्रीय मोर्चे के रूप में 'इज़्ज़त से जीने का अधिकार अभियान' (कैम्पेन फ़ॉर सर्वाइवल विद् डिग्निटी) की काफ़ी महत्त्वपूर्ण भूमिका रही। इससे बहुत से राज्य स्तरीय आदिवासी संगठन जुड़े हुए थे। फिर ये राज्य स्तरीय संगठन अपने राज्य के कई छोटे संगठनों से जुड़े हुए थे। दूसरा, बहुत से संगठनों ने स्वतंत्र रूप से भी काम किया। इन्होंने स्थानीय स्तर पर आदिवासियों को विधेयक के पक्ष में गोलबंद करने की कोशिश की। 'राष्ट्रीय वन जन श्रमजीवी मंच' और दूसरे कई संगठनों ने भी इस क़ानून के पक्ष में अभियान चलाने में महत्त्वपूर्ण भूमिका अदा की। तीसरा, इस तरह के अभियानों ने संसदीय राजनीति से जुड़े दलों के कार्यकर्ताओं को भी इस विधेयक का समर्थन करने के लिए प्रेरित किया। वामपंथी दलों ने विधेयक में आदिवासी संगठनों द्वारा सुझाये गये संशोधनों का समर्थन किया।

आदिवासियों के आंदोलनों एवं वामपंथी दलों के दबाव के कारण मजबूर होकर यूपीए सरकार ने 13 दिसम्बर, 2005 को संसद में यह विधेयक पेश किया। यह विधेयक अप्रैल 2005 में सार्वजनिक बहस के लिए जारी किये गये विधेयक से काफ़ी मिलता-जुलता था। लेकिन इसमें संरक्षणवादियों की चिंता को दूर करने के लिए 'मुख्य क्षेत्र' का विचार शामिल किया गया। यह प्रावधान अप्रैल 2005 के विधेयक में मौजूद नहीं था। इसमें संरक्षित क्षेत्रों के वन्य जीवों के लिए महत्त्वपूर्ण 'मुख्य क्षेत्र' से लोगों के दूसरी जगहों पर बसाने का प्रावधान किया गया था। इसके अलावा, इसमें बहुत कम बदलाव किये गये थे। इसमें आदिवासी आंदोलनों द्वारा सुझाया गया कोई संशोधन शामिल नहीं किया गया था। विधेयक की विवादपूर्ण स्थिति और दूरगामी प्रभाव को देखते हुए सरकार ने इसे लोक सभा में पेश करने के बाद संयुक्त संसदीय समिति (संसंस) को सौंप दिया। संसंस को विधेयक के सभी पहलुओं पर विचार करके यह बताना था कि इसे किस रूप में पारित किया जाना चाहिए।

संसंस ने मई, 2006 में अपनी रिपोर्ट पेश की। इसमें आदिवासी आंदोलनों की ओर से सामने आयी तक़रीबन सभी

प्रमुख माँगों को स्वीकार कर लिया। पहला, विधेयक में 'ग़ैर-अनुसूचित जनजाति वन-निवासी' लोगों की एक नयी श्रेणी बनायी गयी। इसमें ग़ैर-अनुसूचित जनजाति समूहों के उन लोगों को शामिल करने का प्रस्ताव किया गया, जो जंगल की ज़मीन पर तीन पीढ़ियों से रह रहे हों। दूसरा, अधिकारों को मान्यता देने की आख़िरी तारीख़ या 'कट ऑफ़ डेट' बढ़ाकर 13 दिसम्बर, 2005 कर दी गयी। तीसरा, अधिकार तय करने में ग्राम सभा को आख़िरी प्राधिकार दिया गया। इसमें पेसा में दी गयी गाँव की परिभाषा स्वीकार की गयी। चौथा, आदिवासियों को दी जाने वाली ज़मीन पर कोई अधिकतम सीमा नहीं लगायी। जेपीसी ने विधेयक में एक नयी धारा जोड़ते हुए प्रावधान यह भी किया कि सरकार स्थानीय समुदायों की सहमति और स्वीकृति से ही ज़मीन का अधिग्रहण या स्थानान्तरण कर सकती है। लेकिन इसने 1927 के वन अधिनियम की सर्वोच्चता ख़त्म करने की सिफ़ारिश नहीं की। जेपीसी ने संरक्षणवादियों की चिंताओं को कोई महत्त्व नहीं दिया। संरक्षणवादियों ने जेपीसी की सिफ़ारिशों की आलोचना की। ख़ासतौर पर, नैशनल पार्कों में भी स्थानीय समुदायों के अधिकार देने को ग़लत माना गया।

संसंस की सिफ़ारिशों ने इस विधेयक की राजनीतिक वैधता बढ़ायी। लेकिन सरकार के लिए जेपीसी की सिफ़ारिशें स्वीकार करना आसान नहीं था। इसका एक स्पष्ट कारण संरक्षणवादियों का विरोध था। दूसरा कारण यह था कि संसंस की सिफ़ारिशें क्रांतिकारी थीं। इन्हें लागू करने का मतलब यह था कि राज्य अपनी बहुत सी शक्तियाँ ग्राम सभा और स्थानीय समुदायों को दे दे। राज्य के लिए ऐसा करना बहुत ही मुश्किल था। इसलिए सरकार टालमटोल का रवैया अपनाती रही। आदिवासी संगठनों ने संसंस की सिफ़ारिशों के साथ वन अधिकार विधेयक को संसद से पारित करने की माँग की और उन्होंने अपना संघर्ष तेज़ कर दिया। ज़िला और राज्य स्तर पर चलाये जा रहे आंदोलनों के साथ ही साथ दिल्ली में भी कई लम्बे धरने और बड़ी रैलियों का आयोजन किया गया। दिल्ली में होने वाले धरने में सभी राजनीतिक दलों के प्रतिनिधियों ने शिरकत की और इस क़ानून के प्रति अपना समर्थन जताया।

व्यापक जन आंदोलन और राजनीतिक दलों के दबाव के कारण सरकार ने वन अधिकार विधेयक संसद में पेश किया। 15 दिसम्बर को लोकसभा और 17 दिसम्बर को राज्यसभा ने यह क़ानून पारित कर दिया। 29 दिसम्बर को राष्ट्रपति ने इस पर अपने दस्तख़त कर दिये। आदिवासी संगठनों ने इसे एक ऐतिहासिक जीत माना। लेकिन उन्होंने संसद से पारित अधिनियम से नाख़ुशी भी ज़ाहिर की क्योंकि इसमें से जेपीसी रिपोर्ट की कई सिफ़ारिशें हटा दी गयी थीं। मसलन, पहला, इसमें जेपीसी की रिपोर्ट के विपरीत हर एकल परिवार के लिए चार हेक्टेयर ज़मीन तय की गयी। दूसरा, अधिकार तय करने की प्रक्रिया में ग्राम सभा को आख़िरी प्राधिकार (या अथॉरिटी) नहीं माना गया। इसी तरह, सिर्फ़ पाँचवीं अनुसूची के गाँवों के लिए ही पेसा के गाँव की परिभाषा स्वीकार की गयी। तीसरा, ग़ैरअनुसूचित जनजाति लोगों के लिए यह प्रावधान किया गया कि उन्हें यह साबित करना होगा कि वे जिस ज़मीन पर पट्टे की माँग कर रहे हैं, उस पर पिछले 75 सालों से रह रहे हैं। इसके अलावा, क़ानून में कई शब्दों की परिभाषाएँ स्पष्ट नहीं की गयीं। इस क़ानून द्वारा 1927 का वन अधिनियम ख़त्म किया गया। दूसरी ओर, संरक्षणवादियों ने अपनी पुरानी आलोचनाएँ क़ायम रखीं। इनकी आलोचना के कारण ही इस क़ानून को लम्बे समय तक अधिसूचित (या नोटिफ़ाई) नहीं किया गया। आख़िरकार 'कैम्पेन' द्वारा चलाये जा रहे आंदोलनों और वामपंथी दलों के दबाव के कारण इस क़ानून को एक जनवरी, 2008 को अधिसूचित किया।

स्पष्ट तौर पर, आदिवासी संगठनों ने अपनी गोलबंदी के माध्यम से संसद से वन अधिकार क़ानून पारित करवाया। साथ ही, इन्होंने इसमें कुछ महत्त्वपूर्ण बदलाव हासिल करवाने में भी सफलता पायी। मसलन, विधेयक का पहला प्रारूप सिर्फ़ अनुसूचित जनजातियों से संबंधित था; संसद से पारित क़ानून में 'अन्य पारम्परिक वन निवासियों' के रूप में एक नयी श्रेणी शामिल की गयी। इसी तरह, पहले प्रारूप में 'कट ऑफ़ डेट' 1980 थी और हर न्यूक्लीयर परिवार के लिए 2.5 हेक्टेयर ज़मीन का पट्टा देने का प्रावधान था; लेकिन संसद से पारित क़ानून में 'कट ऑफ़ डेट' 13 दिसम्बर 2005 हो गयी। इसमें यह प्रावधान है कि हर न्यूक्लीयर परिवार को अधिकतम 4 हेक्टेयर ज़मीन का पट्टा दिया जाएगा। लेकिन यह भी सच है कि राज्य ने उनकी सभी माँगें स्वीकार नहीं कीं। क़ानून में कई ऐसे प्रावधान हैं जो राज्य के दख़ल और नियंत्रण बहुत ज़्यादा बढ़ा सकते हैं। मसलन, अगर 'अन्य पारम्परिक वन निवासियों' की श्रेणी में आने वाले परिवार यह साबित नहीं कर पाते हैं कि वे एक स्थान पर तीन पीढ़ियों यानी 75 सालों से रह रहे हैं, तो उन्हें इस क़ानून के तहत अधिकार नहीं मिलेगा। उन्हें अपनी ज़मीन से बेदख़ल भी होना पड़ सकता है।

इस वर्णन से यह स्पष्ट है कि पेसा और वन अधिकार क़ानून—दोनों में ही आदिवासियों और आदिवासी इलाक़ों में काम करने वाले जन संगठनों की बहुत महत्त्वपूर्ण भूमिका रही। पेसा जहाँ पाँचवीं अनुसूची के क्षेत्रों में ग्राम सभा को मज़बूत बनाकर लोगों को उनके संसाधनों पर हक़ देने का प्रावधान करता है, वहीं वन अधिकार क़ानून पूरे देश के जंगलों पर लागू होता है। यह क़ानून लोगों को जंगल की ज़मीन पर निजी और सामुदायिक सम्पत्ति का अधिकार देता है। वन अधिकार क़ानून का दायरा पेसा की तुलना में ज़्यादा व्यापक है। बहरहाल, कई बार यह तर्क दिया जाता है और काफ़ी हद

तक यह सच भी है कि पेसा की पूरी तरह उपेक्षा की गयी है और अधिकांश मौक़ों पर इसका उल्लंघन किया गया है। यह भी कहा जाता है कि असल में वन अधिकार क़ानून जंगल के क्षेत्र को ज़्यादा स्पष्ट या 'लेजिबल' बनाने की कोशिश है और इसके पीछे नव-उदारवादी एजेंडा काम कर रहा है। कई बार इसका वर्णन सत्ताधारी पार्टी की पॉपुलिस्ट नीति के रूप में किया जाता है, या इसे माओवादियों के ख़िलाफ़ राज्य द्वारा वैधता हासिल करने की कोशिश के रूप में भी देखा जाता है। दूसरी ओर, आदिवासी संगठन इन क़ानूनों को अपनी जीत के रूप में पेश करते रहे हैं। ये दोनों ही नज़रिये अतिवादी प्रतीत होते हैं और इसमें क़ानून बनने की प्रक्रिया की अपनी जटिलता की भी भूमिका है।

आदिवासी क्षेत्रों में काम करने वाले अधिकांश संगठनों में नेतृत्व के स्तर पर ग़ैर-आदिवासियों की संख्या ज़्यादा है। पिछले दो दशकों में इसमें आदिवासियों की संख्या में भी बढ़ोतरी हुई है। इन संगठनों में नेतृत्व के स्तर पर काम करने वाले आदिवासी या ग़ैर-आदिवासी— दोनों की ही पृष्ठभूमि ऐसी है कि इन्हें मध्य वर्ग और नागर समाज के सदस्य के रूप में रेखांकित किया जा सकता है। पेसा के लिए संघर्ष में महत्त्वपूर्ण भूमिका निभाने वाले भारत जन आंदोलन में नेतृत्व करने वाले ऐसे ही लोग थे। मसलन, डॉ. बी. डी. शर्मा ख़ुद एक सेवानिवृत्त नौकरशाह हैं। इसी तरह, वन अधिकार क़ानून के लिए संघर्ष करने वाले समूहों में 'कैम्पेन' या 'राष्ट्रीय वन जन श्रमजीवी मंच' से जुड़े सदस्य भी नागर समाज की श्रेणी में रखे जा सकते हैं। कई क्षेत्रों में माओवादियों ने भी इस तरह की जागरूकता लाने में महत्त्वपूर्ण भूमिका अदा की है। इसमें भी नेतृत्व के स्तर पर उन लोगों की महत्त्वपूर्ण भूमिका रही है, जो अमूमन 'बाहरी' होते हैं और जिन्हें अपनी शिक्षा और आर्थिक पृष्ठभूमि के आधार पर मध्य वर्ग या नागर समाज का सदस्य माना जा सकता है। बहरहाल, माओवादी क़ानून के लिए संघर्ष या क़ानून द्वारा संघर्ष को बहुत ही नकारात्मक तरीक़े से देखते हैं। इस कारण इन्हें हाशिया समाज से अलग किया जा सकता है, क्योंकि इसका एक प्रमुख आधार क़ानून के प्रति जागरूकता और इसके लिए या इसके माध्यम से संघर्ष करने की प्रवृत्ति है।

तीसरा, इस समाज के लोगों में क़ानून के बारे में जागरूकता काफ़ी बढ़ी है। वन-विभाग की मौजूदगी और लोगों के ख़िलाफ़ मनमाने तरीक़े से क़ानूनों के उपयोग, और ज़मीनी स्तर पर काम करने वाले संगठनों की गतिविधियों के कारण लोग क़ानून, इसके दुरुपयोग और इसकी सम्भावनाओं के बारे में सचेत हुए हैं। इसका यह अर्थ नहीं है कि इस समाज से जुड़े अधिकांश लोग क़ानूनों के विशेषज्ञ हो गये हैं। लेकिन यह ज़रूर है कि वे अपनी ज़िंदगी में क़ानूनों की भूमिका के बारे में जागरूक हुए हैं। इस लिहाज़ से बेहतर क़ानूनों के लिए संघर्ष और बुरे क़ानूनों के विरोध की प्रवृत्ति भी बढ़ी है। वन अधिकार क़ानून के निर्माण में इनकी भागीदारी इसी जागरूकता को दर्शाती है। फ़ील्ड-वर्क़ के दौरान यह पाया गया है कि लोगों को पेसा या वन अधिकार क़ानूनों के प्रावधानों की मोटे तौर पर समझ है और वे इसके आधार पर अपने हक़ की भी माँग कर रहे हैं। दरअसल, क़ानूनों के महत्त्व के प्रति जागरूकता और बेहतर क़ानूनों के लिए संघर्ष या इन क़ानूनों के राज्य के ख़िलाफ़ प्रयोग ने 'ज़मीनी स्तर से क़ानूनवाद' (या लीगलिज़म फ्रॉम बिलो) की स्थिति पैदा की है।

चौथा, राज्य इन्हें उन समूहों के साथ जोड़ता है जो सरकारियत के दायरे से बाहर हैं। इस तरह के जुड़ाव या इसके अंदेशे ने इनकी माँगों के माने जाने में एक महत्त्वपूर्ण भूमिका अदा की है। मसलन, वन अधिकार क़ानून (और इसके पहले पेसा) के पारित होने के पीछे माओवादियों के बढ़ते प्रभाव का डर भी एक संजीदा कारक था। दरअसल, भारत में पिछले कुछ वर्षों में माओवादी आंदोलन का फैलाव हुआ है। ख़ासतौर पर, जंगल के क्षेत्रों में उनका ज़्यादा तेज़ी से प्रसार हुआ है। एक समूह के रूप में नक्सलवादियों को सरकारियत के दायरे के बाहर पड़े समूहों के रूप में देखा जा सकता है। पेसा और वन अधिकार अधिनियम जैसे क़ानूनों के पीछे राज्य की यह मंशा भी रही है कि जंगल और इसके आस-पास के इलाक़ों में रहने वाले और इसके संसाधनों पर निर्भर आदिवासियों के बीच में उसकी वैधता क़ायम रहे। स्पष्टत: इन क़ानूनों के पारित होने का एक प्रमुख कारण यह भी था कि राज्य यह नहीं चाहता था कि आदिवासी इलाक़ों में नक्सलवादियों का प्रभाव बढ़े।

पाँचवाँ, राज्य गवर्नमेंटैलिटी पर इनके दावों पर 'लेन-देन' का रुख अपनाता है। अर्थात् राज्य हाशिया समाज की गोलबंदी के आधार पर ही इसकी माँगें स्वीकार करता है। दूसरे शब्दों में यह अपनी गोलबंदी द्वारा राज्य को इस बात के लिए मजबूर करता है कि वे उसे कुछ निश्चित अधिकार दें। यदि इसकी गोलबंदी कम है, तो राज्य इसकी माँगों की उपेक्षा कर सकता है। इस संदर्भ में यह बात भी उल्लेखनीय है कि इस समाज में लोग सिर्फ़ सरकार से तदर्थ छूटों की माँग नहीं करते हैं, बल्कि वे 'उत्तम-जीवन' की एक संकल्पना के साथ जीते हैं।

इसलिए लोकतांत्रिक गतिविधियों, कई जन-संगठनों या माओवादियों की गतिविधियों और रोज़मर्रा के जीवन में क़ानून का सामना होने कारण जंगल में या इसके क़रीब रहने वाले लोगों में क़ानून और अपने अधिकारों के बारे में एक जागरूकता आयी है। आदिवासी इलाक़ों में ज़मीनी स्तर से उभरे क़ानूनवाद ने ही लोगों को पेसा और वन अधिकार क़ानून जैसे प्रगतिशील क़ानूनों की माँग करने के लिए प्रेरित किया

है। यहाँ यह ध्यान देने की ज़रूरत है कि ये क़ानून आंदोलनों की इच्छा के अनुसार सामने नहीं आये। दोनों ही क़ानूनों में राज्य ने काफ़ी कटौतियाँ कीं। इन कटौतियों का मुख्य कारण यह है कि हाशिया समाज की गोलबंदी तुलनात्मक रूप से सीमित थी। अर्थात् लोगों में गोलबंदी कम होने के कारण वे अपनी माँगों के हिसाब से क़ानून नहीं बनवा पाये। इससे यह भी स्पष्ट है कि जंगल के पूरे इलाक़े में 'हाशिया समाज' का उभार नहीं हुआ। यह उभार उन्हीं क्षेत्रों में हुआ जहाँ आदिवासी संगठनों ने लोगों के साथ जुड़कर काम किया।

कई अध्ययनों से यह बात सामने आयी है कि राज्य ख़ुद ही इन दो क़ानूनों का उल्लंघन कर रहा है। पेसा की तक़रीबन पूरी तरह से उपेक्षा की गयी है। पाँचवीं अनुसूची के क्षेत्रों में इसे औपचारिक तौर पर लागू किया गया है। लेकिन राज्य ने भूमि अधिग्रहण के लिए ग्राम सभा के परामर्श जैसे इसके प्रावधानों का उल्लंघन किया है। इन इलाक़ों में अधिकांश मौकों पर राज्य ने कॉरपोरेट पूँजीपतियों का रास्ता आसान बनाने के लिए पेसा की उपेक्षा की गयी है। वन अधिकार क़ानून में मिले व्यक्तिगत वन अधिकार आंशिक रूप से लागू किये गये हैं, लेकिन इसके सामुदायिक वन अधिकारों की उपेक्षा ही हुई है। कई जगहों पर वन विभाग ने इसके लागू होने में रोड़े अटकाये हैं। इसके अलावा, कॉरपोरेट पूँजी की मदद के लिए जंगल के इलाक़ों में राज्य ने आदिवासियों के ख़िलाफ़ 'सलवा जुडूम' और 'ऑपरेशन ग्रीन हंट' जैसे क़दमों का सहारा भी लिया है। इन सब बातों से अक्सर यह तर्क सामने आता है कि दरअसल 'प्रगतिशील' क़ानूनों की बात निरर्थक है, और राज्य अपने क्रूर रूप में आदिवासियों का दमन कर रहा है। तर्क यह भी है कि इन क़ानूनों की उपेक्षा या इन्हें आंशिक रूप से लागू किये जाने के आधार पर इनके लिए चलने वाले संघर्षों को ख़ारिज नहीं किया जाना चाहिए।

दरअसल, इन क़ानूनों के लिए संघर्ष ने लोगों में राजनीतिक जागरूकता और अपने हक़ की समझ को बढ़ाया है। इसी कारण, बहुत सी जगहों पर लोग इन क़ानूनों को आधार बनाकर अपने हक़ के लिए संघर्ष कर रहे हैं (मसलन पोस्को प्रतिरोध); कई जगहों (मसलन नियमगिरी) से उन्होंने बहुराष्ट्रीय कम्पनियों को वापस जाने के लिए मजबूर किया है। इसके अलावा, ये इन क़ानूनों को सही तरीक़े से लागू करने के लिए भी संघर्ष कर रहे हैं। दूसरे शब्दों में इन क़ानूनों ने वनवासी लोगों को 'ज़मीनी स्तर से क़ानूनवाद' के लिए सक्रिय किया है और ये जीविका और उत्तम जीवन के उनके संघर्ष का साधन भी बने हैं। स्पष्ट तौर पर, इन समूहों ने सिर्फ़ 'प्रगतिशील' क़ानूनों के लिए संघर्ष ही नहीं किया, बल्कि अब वे इन क़ानूनों का उपयोग राज्य की मनमानी नीतियों के ख़िलाफ़ भी कर रहे हैं।

देखें : अनुसूचित जनजातियाँ, गोविंद सदाशिव घुर्ये, छत्तीसगढ़, झाड़खण्ड, भारत में किसान-संघर्ष-1, 2 और 4, भारतीय राज्य, भारतीय संविधान-1 से 8 तक, माओवाद और माओ विचार, सामाजिक बहिर्वेशन, सुदीप्त कविराज, वेरियर एलविन।

संदर्भ

1. के.बी. सक्सेना (2008), 'डिवेलपमेंट, डिस्प्लेसमेंट ऐंड रज़िस्टेंस : द लॉ ऐंड द पॉलिसी ऑफ़ लैण्ड एक्विज़ीशन', *सोशल चेंज : जर्नल ऑफ़ कौंसिल फ़ॉर सोशल डिवेलपमेंट,* खण्ड 38, अंक 3.
2. कैम्पेन फ़ॉर सर्वाइवल ऐंड डिग्निटी (कैम्पेन) (2004), *इंडेंजर्ड सिम्बायोसिस : इविक्शंस ऐंड इण्डियाज़ फ़ॉरेस्ट कम्युनिटीज़,* रिपोर्ट ऑफ़ द जन सुनवाई, जुलाई 19-20, 2003, नयी दिल्ली.
3. कोऑर्डिनेशन ऑफ़ डेमॉक्रैटिक राइट्स ऑर्गनाइज़ेशंस (सीडीआरओ) (2011), *लूट ऑफ़ द लैण्ड, लाइवली हुड ऐंड लाइफ़ : अ ज्वाइंट फ़ैक्ट फ़ाइंडिंग इन द इनसिडेंट ऑफ़ क्राइम अगेंस्ट पीपुल ऑफ़ ओडीशा,* दिल्ली, अक्टूबर.
4. कौंसिल फ़ॉर सोशल डिवेलपमेंट (2010), *रिपोर्ट ऑन द नैशनल सेमिनार ऑन द शेड्यूल्ड ट्राइब्स ऐंड ट्रेडिशनल फ़ॉरेस्ट ड्वैलर्स (रेकॅग्निशन ऑफ़ फ़ॉरेस्ट राइट्स) एक्ट 2006 : प्रॉब्लम्स एन. उंटर्ड ऐंड वेज़ टू ओवरकम देम,* अप्रैल 26-27.
5. जूलिया एकर्ट (2006), 'फ्रॉम सब्जेक्ट्स टू सिटीज़ंस : लीगलिज़म फ्रॉम बिलो ऐंड द होमोजनाइज़ेशन ऑफ़ लीगल स्फ़ियर', *जर्नल ऑफ़ लीगल प्लूरलिज़म,* अंक 53-54.
6. जेपीसी की रिपोर्ट (2006), *ज्वाइंट कमिटी ऑन द शेड्यूल्ड ट्राइब्स (रिकॅग्निशन ऑफ़ फ़ॉरेस्ट राइट्स) बिल, 2005 : रिपोर्ट ऑफ़ द ज्वाइंट कमिटी,* लोकसभा सेक्रेटेरियट, नयी दिल्ली.

—कमल नयन चौबे

आधार और अधिरचना

(Base and Superstructure)

मार्क्सवादी सामाजिक सिद्धांत आधार और अधिरचना के रूपक पर टिका है। वास्तुशिल्प से लिए गये इस रूपक से तय होता है कि किसी इमारत के आकार और नाक-नक़्श का उसकी नींव की गहराई से क्या ताल्लुक होगा। इस रूपक का आग्रह है कि अधिरचना अपने अस्तित्व के लिए आधार पर निर्भर रहती है। मार्क्सवाद ने इस रूपक के ज़रिये यह दिखाया है कि किसी भी समाज का आधार आर्थिक संबंधों से बनता है जिनकी रचना उत्पादन की शक्तियाँ और उत्पादन के संबंध मिल कर करते हैं। अधिरचना में समाज के क़ानून, राज्य की संस्था, संस्कृति, विचारधारा, कला, साहित्य, मीडिया, संस्कृति के विभिन्न रूप, शिक्षा, राजनीति, धर्म, परिवार की गिनती होती है। इनकी अपनी प्रकृति आधार की प्रकृति पर

निर्भर करती है। यानी आधार बदलने के साथ पूरी अधिरचना में परिवर्तन आ जाता है। सामाजिक विकास के इसी सिद्धांत के कारण मार्क्सवाद को आर्थिक निर्धारणवाद अपनाने के आक्षेप का सामना करना पड़ा है। स्वयं मार्क्स और एंगेल्स को भी इस बात का अंदेशा भी था कि आधार और अधिरचना के मॉडल के कारण आर्थिक पहलू को कहीं बहुत ज़्यादा हावी न मान लिया जाए। इसलिए एंगेल्स ने एक जगह सफ़ाई भी दी है कि इतिहास की भौतिकवादी धारणा के अनुसार अंतिम विश्लेषण में ही इतिहास का निर्णायक तत्त्व वास्तविक जीवन में हो रहा उत्पादन और पुनरुत्पादन है। एंगेल्स का कहना था कि इससे अधिक न तो मार्क्स ने कुछ कहा है और न उन्होंने। इसलिए अगर कोई इसे तोड़-मरोड़ कर कहे कि आर्थिक तत्त्व ही एकमात्र निर्णायक तत्त्व हैं, तो वह हमारी प्रस्थापना को निरर्थक, अमूर्त और खोखली शब्दावली मात्र बना देता है। इस स्पष्टीकरण के साथ एंगेल्स ने यह प्रस्थापना भी दी है कि राजनीति, न्याय, दर्शन, धर्म, साहित्य, कला आदि का विकास आर्थिक विकास पर आश्रित ज़रूर होता है, पर ये सब एक-दूसरे को और आर्थिक आधार को भी प्रभावित करते हैं।

एंगेल्स द्वारा बहुत बाद में दी गयी इस सफ़ाई के बावजूद यह मानना पड़ेगा कि मार्क्स की कई कृतियों और कथनों में आर्थिक आधार को जो प्राथमिकता दी गयी है, वह मार्क्सवाद को आर्थिक निर्धारणवाद की तरफ़ ले जाने के लिए काफ़ी थी। मोटे तौर पर मार्क्सवादियों ने इस मॉडल का इस्तेमाल दो तरह से किया : कड़ाई से और लचीले ढंग से। आर्थिक पहलू को सर्वोच्च प्राथमिकता देने वाले अधिरचनात्मक अभिव्यक्तियों को किसी तरह की स्वायत्तता देने के लिए तैयार नहीं होते। दूसरी तरफ़ लचीला रवैया अपनाने वाले मानते हैं कि अधिरचनात्मक क्षेत्र प्रभुत्वशाली वर्ग के फ़ौरी और खुले हितों से स्वतंत्र हो कर भी विकसित हो सकता है। इस तरह आधार और अधिरचना की सीमाओं का स्पष्ट निर्धारण आसान नहीं रहा है। इसका सबसे बड़ा उदाहरण क़ानून है जो है तो अधिरचनात्मक क्षेत्र की संरचना लेकिन श्रम-क़ानून और ऐसे अन्य क़ानूनों के ज़रिये आधार पर सीधा असर डालती है।

मार्क्स की कृति *जर्मन आडियॉलॅजी* (1844) में इस धारणा के बीज मौजूद हैं। इसमें उन्होंने कहा है कि जीवन में सर्वप्रथम भोजन, पानी, आवास, वस्त्र और कई अन्य बुनियादी चीज़ों की आवश्यकता पड़ती है। इसलिए मानव अस्तित्व की रक्षा और निरंतरता इतिहास निर्माण की मूलभूत शर्त है। यानी भौतिक जीवन और उत्पादन ही हर चीज़ का आधार है। अपनी एक अन्य कृति *अ कंट्रीब्यूशन टू द क्रिटीक ऑफ़ पॉलिटिकल इकॉनॉमी* (1859) में वे कहते हैं कि मनुष्य की चेतना उसके अस्तित्व को निर्धारित नहीं करती, उल्टे उनका सामाजिक अस्तित्व उनकी चेतना निर्धारित करता है। यहाँ सामाजिक अस्तित्व मुख्य रूप से भौतिक उत्पादन और उत्पादन संबंधों से बनता है। मार्क्स ने यह भी लिखा है कि आर्थिक बुनियाद बदलने के साथ विशाल ऊपरी ढाँचा भी कमोबेश तेज़ी से बदल जाता है। ऐसे बदलावों पर विचार करते हुए एक अंतर ध्यान में रखना चाहिए। एक ओर प्रकृति में विज्ञान की शक्ति से प्रभावित उत्पादन के भौतिक स्वरूपों का रूपांतरण होता है। दूसरी ओर क़ानूनी, राजनीतिक, धार्मिक, सौंदर्यमूलक या दार्शनिक, संक्षेप में विचारधारात्मक दायरे में मनुष्य विभिन्न परिवर्तनों और द्वंद्वों का अनुभव करते हैं। लेकिन जैसे किसी व्यक्ति के बारे में राय इससे तय नहीं होती कि वह अपने बारे में क्या सोचता है, उसी तरह बदलावों के बारे में उस युग की अपनी समझ के आधार पर नहीं बल्कि भौतिक जीवन यानी उत्पादक शक्तियों और उत्पादन-संबंधों के टकराव के आधार पर ही इस चेतना की व्याख्या की जानी चाहिए।

मार्क्स के इस दृष्टिकोण का गहरा संबंध इतिहास की भौतिकवादी व्याख्या से है। इसके अनुसार प्रकृति की शक्तियों पर नियंत्रण और उत्पादन के विकास को ही इतिहास कहा जा सकता है। ऐतिहासिक भौतिकवाद वर्तमान सामाजिक यथार्थ और इतिहास की व्याख्या करने की पद्धति तो है ही, साथ ही अन्य पद्धतियों को समझने का एक दृष्टिकोण भी है। इसमें मार्क्स भौतिक उत्पादन के आधार पर विभिन्न प्रकार के समाजों का विभाजन करते हैं। ये समाज व्यवस्थाएँ हैं : एशियाई उत्पादन प्रणाली, दास-श्रम पर आधारित प्राचीन उत्पादन प्रणाली, सामंतवादी उत्पादन प्रणाली तथा पूँजीवादी उत्पादन प्रणाली। मार्क्स ने इनमें सबसे उत्कृष्ट सामाजिक अवस्था की कल्पना साम्यवाद के रूप में की थी जो वर्ग-संघर्ष के बाद उत्पादन के साधनों पर सामुदायिक नियंत्रण और सर्वहारा के अधिनायकत्व के बाद का चरण होगा। वे मानते थे कि इस व्यवस्था तक पहुँचते-पहुँचते मानव द्वारा मानव के शोषण का अंत हो जाएगा।

अपनी एक अन्य कृति *पॉवर्टी आफ़ फ़िलॉसफ़ी* में मार्क्स ने लिखा है कि सामाजिक संबंध बहुत निकटता से उत्पादक शक्तियों से जुड़े हुए हैं। नयी उत्पादक शक्तियाँ हासिल होने पर मनुष्य अपने उत्पादन का तौर-तरीक़ा बदल देते हैं। उत्पादन-पद्धति बदलने यानी जीविकोपार्जन की पद्धति बदलने से वे अपने सभी सामाजिक संबंध बदल देते हैं। हाथ की चक्की से सामंती मालिक वाला समाज बनता है और भाप की शक्ति के प्रयोग से औद्योगिक पूँजीपति वाला समाज अस्तित्व में आता है। मार्क्स के अनुसार शासक वर्ग अधिरचना के जगत की ग़ैर-आर्थिक संरचनाओं का इस प्रकार इस्तेमाल करता है ताकि उसके भौतिक-आर्थिक हित सुरक्षित रहें।

आधार-अधिरचना के मार्क्सवादी सिद्धांत से जुड़ी कई जटिल बहसें हैं जिनका संबंध सामाजिक परिवर्तन में मनुष्य के निजी हस्तक्षेप की भूमिका और प्रासंगिकता को लेकर

भी है। स्वयं मार्क्स ने परिवर्तन में वस्तुनिष्ठ के साथ-साथ आत्मनिष्ठ कारकों का भी ज़िक्र किया। ख़ासतौर पर बदलाव की स्थितियों के परिपक्व होने पर आत्मनिष्ठ कारकों की बड़ी भूमिका होती है। लेकिन मार्क्सवादी चिंतकों की एक धारा भौतिक स्थितियों के आगे व्यक्ति की भूमिका नगण्य मानती रही है। प्लेख़ानोव ने *द रोल ऑफ़ इंडिविजुअल इन हिस्ट्री* में लिखा है कि प्रतिभाशाली लोग घटनाओं के निजी पक्ष को कुछ तो प्रभावित कर सकते हैं, पर वे उसके सामान्य रूप पर असर नहीं डाल सकते हैं। इसी संदर्भ में दूसरे अंतर्राष्ट्रीय के विचारकों को भी रखा जा सकता है और स्तालिनी-सोवियत विश्लेषकों को भी।

लेकिन सभी मार्क्सवादी चिंतकों का रवैया प्लेखानोव जैसा नहीं रहा। इटली के कम्युनिस्ट नेता और सिद्धांतकार एंतोनियो ग्राम्शी ने अपना वर्चस्व संबंधी सिद्धांत इसी आधार पर विकसित किया है। ग्राम्शी के योगदान के सबसे बड़ी विशेषता यह है कि उन्होंने आर्थिक प्रश्न को दिये जाने वाले अत्यधिक महत्त्व को ख़ारिज करते हुए आग्रहपूर्वक कहा कि संघर्ष का असली अखाड़ा तो संस्कृति का क्षेत्र यानी अधिरचना होती है। ब्रिटेन के मार्क्सवादी विचारक रेमंड विलियम्स ने अपनी पुस्तक *मार्क्सिज़म ऐंड लिटरेचर* में ग्राम्शी की धारणाओं पर विस्तार से लिखा और कहा कि वर्चस्व के स्वरूप स्थिर नहीं रहते, बल्कि उनका निरंतर नवीकरण, सुधार व नवनिर्माण चलता रहता है।

आधार-अधिरचना की अवधारणा का इस्तेमाल करके फ्रैंकफ़र्ट स्कूल के बुद्धिजीवियों ने संस्कृति व जन-संचार के क्षेत्र में व्यापक अध्ययन प्रस्तुत किये हैं। मार्क्स की इस सैद्धांतिकी का प्रयोग फ्रांस के विचारक लुई अलथुसे ने भी किया है। 1970 में प्रकाशित अपने विख्यात निबंध *आइडियॉलॉजी ऐंड आइडियॉलॉजिकल स्टेट अपरेटस* में उन्होंने आधार-अधिरचना के सिद्धांत पर विचार किया है। उन्होंने वर्गीय प्रभुत्व को केवल शक्ति के इस्तेमाल पर निर्भर न बताकर यह कहा कि प्रभुत्व की संरचनाएँ शासक वर्ग की विचारधारा के निरंतर पुनरुत्पादन पर टिकी होती हैं। उन्होंने कहा कि शिक्षा, चर्च और सेना द्वारा प्रभुत्वशाली विचारधारा का प्रसार किया जाता है। इसके असर से न केवल मज़दूर की क्षमताएँ पैदा होती हैं, बल्कि शासकवर्गीय विचारधारा के समक्ष उसमें समर्पण का भाव भी पैदा होता है। शिक्षा जैसे अधिरचना के क्षेत्र का प्रयोग प्राकृतिक-सामाजिक संसाधनों यानी आधार पर वर्चस्व बनाये रखने के लिए किया जाता है।

जर्मन समाजशास्त्री मैक्स वेबर मार्क्स के विचारों से असहमत थे। वे धार्मिक मूल्यों (जिन्हें अधिरचना का हिस्सा माना जा सकता है) का अर्थव्यवस्था यानी आधार पर निर्णायक प्रभाव पड़ता दिखाते हैं। अपनी पुस्तक *द प्रोटेस्टेंट एथिक्स ऐंड द स्पिरिट ऑफ़ कैपिटलिज़म* में उन्होंने मार्क्स के ऐतिहासिक भौतिकवाद के विपरीत यह सिद्ध किया कि ईसाईयत के प्रोटेस्टेंट सम्प्रदाय की एक विशेष धार्मिक संस्कृति का प्रभाव पूँजीवाद के विकास के लिए निर्णायक साबित हुआ।

देखें : अर्नेस्टो चे ग्वेवारा, ऑस्कर रायज़ार्ड. लांगे, एंतोनियो ग्राम्शी, कार्ल हाइनरिख़ मार्क्स-1, 2. 3 और 4, फ्रेड्रिख़ एंगेल्स, फ्रैंकफ़र्ट स्कूल, भाषा का मार्क्सवादी सिद्धांत, भ्रांत चेतना, माओ त्से-तुंग, माओवाद और माओ विचार, मार्क्सवाद-1, 2, 3, 4 और 5, मार्क्सवादी इतिहास-लेखन, मार्क्सवादी समाजशास्त्र, मार्क्सवाद और पारिस्थितिकी, मार्क्सवादी अर्थशास्त्र, लेनिनवाद, लियोन ट्रॉट्स्की, लिबरेशन थियोलॅजी, नयी सदी में मार्क्सवादी विमर्श-1, 2, 3, 4 5, 6, 7, 8 और 9, समाजवादी वसंत-1, 2, 3, और 4, स्तालिन और स्तालिनवाद, सोवियत समाजवाद-1, 2 और 3, सोवियत सिनेमा, व्लादिमिर इलीच लेनिन।

संदर्भ

1. कार्ल मार्क्स (1978), *अ कंट्रीब्यूशन टू द क्रिटीक ऑफ़ पॉलिटिकल इकॉनॉमी*, प्रोग्रेस पब्लिशर्स, मास्को.
2. टाम बॉटमोर (1975), *मार्क्सवादी समाजशास्त्र*, मैकमिलन, नयी दिल्ली.
3. ऐलेक्स कैलिनिकौस (1983), *द रिवोल्यूशनरी आइडियाज़ ऑफ़ कार्ल मार्क्स*, बुकमार्क्स, लंदन.
4. टेरी ईगलटन (2011), *वाई मार्क्स वाज़ राइट*, येल युनिवर्सिटी प्रेस.
5. रामविलास शर्मा (1986), *मार्क्स और पिछड़े हुए समाज*, राजकमल प्रकाशन, दिल्ली.

—वैभव सिंह

आधुनिकता

(Modernity)

लैटिन शब्द 'मोडो' का अर्थ है 'जो आज का है' और जो अतीत जैसा नहीं है। 'मोडो' से 'मॉडर्नस' बना जिससे मॉडर्निटी या आधुनिकता की व्युत्पत्ति हुई। समाज-विज्ञान के विभिन्न अनुशासनों ने अपनी आवश्यकताओं के लिहाज़ से आधुनिकता को परिभाषित करते समय उसके विभिन्न पहलुओं को रेखांकित किया है। विचार के तौर पर आधुनिकता का अर्थ है : जीवन के लगभग हर क्षेत्र में समकालीन को परम्परागत से अलग समझना, परम्परा को भी परम्परागत के दायरे से निकाल कर ग्रहण करना, इस जगत को मानवीय हस्तक्षेप के ज़रिये रूपांतरण के लिए उपलब्ध समझना, नवाचार, प्रगति और परिवर्तन के आग्रहों को प्राचीन, शास्त्रीय और पारम्परिक के मुक़ाबले अनिवार्य बना देना। संगठन के तौर पर आधुनिकता

जटिल क़िस्म के आर्थिक (औद्योगिक उत्पादन और बाज़ार अर्थव्यवस्था) एवं राजनीतिक (राष्ट्र-राज्य और लोकतंत्र) संस्थाओं की प्रमुखता स्थापित करती है। इन्हीं तमाम कारणों के मिले-जुले प्रभाव से आधुनिक व्यवस्था अपने चरित्र में अतीत की किसी भी समाज व्यवस्था की अपेक्षा अधिक गतिशील, निरंतर बदलती हुई, हमेशा आज और आने वाले कल पर ज़ोर देती हुई निरंतर संक्रमणशील रहती है। ऐतिहासिक रूप से आधुनिकता के उद्भव और विकास का संबंध उस नयी सभ्यता से जोड़ा जाता है जो पिछली कुछ सदियों में युरोप और उत्तरी अमेरिका की धरती पर विकसित हुई और बीसवीं सदी तक आते-आते एक सावभौम युगीन प्रवृत्ति के रूप में पूरी तरह दृश्यमान हो कर स्थापित हो गयी।

समाजशास्त्रीय अवधारणा के रूप में आधुनिकता मुख्य तौर से स्वयं को उद्योगीकरण, सेकुलरीकरण, अधिकारीतंत्र और शहरी सभ्यता के बोलबाले के रूप में व्यक्त करती है। समाजशास्त्र की निगाह में जो आधुनिक नहीं है, वह प्राक्-आधुनिक है। उसे या तो मानवशास्त्रीय अध्ययन की श्रेणी में रखा जाना चाहिए या फिर ऐतिहासिक अध्ययन की। एमील दुर्खाइम मानते हैं कि आधुनिकता समाज को एकजुटता के यांत्रिक से आंगिक (ऑर्गनिक) रूपों की तरफ़ ले जाती है। ऐसा होना श्रम-विभाजन पर निर्भर है जिसे दुर्खाइम आधुनिक जीवन की समाजशास्त्रीय कुंजी क़रार देते हैं। एक अन्य विचार के अनुसार आधुनिकता सामुदायिकता पर आधारित अंतर-वैयक्तिक संबंधों की जगह अनाम वैयक्तिकता के आधार पर रचे गये समाज की तरफ़ ले जाती है। मैक्स वेबर आधुनिकता को बुद्धिवाद के बोलबाले और मोहभंग की सामान्य प्रक्रिया के रूप में देखते हैं। ज़िमेल के लिए आधुनिकता का मतलब है आधुनिक संस्कृति का वस्तुकरण जिसकी बानगी धन के रूप में देखी जा सकती है, धन जो आधुनिक जीवन की उस आत्मपरकता के मर्म में है जो बेगानेपन से ग्रस्त है। मार्क्स का विचार है कि पूँजी संचय की गतिकी के परिणामस्वरूप आधुनिकता निरंतर नवीकरण और परिवर्तन की तरफ़ जाती रहती है। मार्क्स समाजशास्त्र में प्रचलित आधुनिक/प्राक्-आधुनिक के सहज द्विभाजन को नहीं मानते, बल्कि उत्पादन की विधियों के आधार पर इतिहास को विभिन्न अवधियों में बाँटते हैं।

आधुनिकता को प्राय: पश्चिम की एक ऐसी सांस्कृतिक परियोजना के रूप में भी देखा जाता है जो ग़ैर-पश्चिमी जगत को एक सार्वभौम आग्रह के तौर पर थमायी जाती है। यह समझना ज़रूरी है कि पश्चिम ने यह आत्म-छवि कैसे प्राप्त की। उसका यह आग्रह प्राचीन युग, मध्य युग और आधुनिक युग की एक विशिष्ट द्वंद्वात्मकता की उपज है। पाँचवीं सदी में रोमन साम्राज्य के पतन के बाद ही पुराने के मुक़ाबले नये को ग्रहण करने के लिए और प्राचीनकाल की सभ्यताओं के मुक़ाबले नवीन के आगमन को परिभाषित करने के लिए 'मॉडर्नस' का इस्तेमाल होने लगा था। मोटे तौर पर इसे मध्य युग मान सकते हैं। कहा जाता है कि बारहवीं सदी पहला और फिर पंद्रहवीं सदी में इसी के आधार पर दूसरा रिनेसाँ या पुनर्जागरण हुआ। लेकिन अब इसे एक सतत प्रक्रिया के तौर पर देखा जाने लगा है। इसने पुराने यूनान और रोम को 'प्राचीन' घोषित करके उसकी श्रेष्ठता स्थापित की। अब एक तरफ़ प्राचीन था, और दूसरी तरफ़ नवीन। दोनों के बीच निरंतरता देखी गयी। मध्य युग पृष्ठभूमि में चला गया। चूँकि रिनेसाँ के तहत आधुनिक ख़ुद को प्राचीन के आईने में देख रहा था, इसलिए उसके और मध्य युग के बीच विच्छिन्नता पैदा हो गयी। सोलहवीं सदी से गुज़रते हुए सत्रहवीं सदी के अंत तक पुनर्जागरण और ईसाई धर्म-सुधार के युगों को एक सम्पूर्ण हो चुकी ऐतिहासिक अवधि के तौर पर देखा जाने लगा। परिणामस्वरूप एक ऐसी अभिव्यक्ति की ज़रूरत महसूस हुई जिससे मध्य युग के बाद शुरू हुए दौर को नामांकित किया जा सके। इस मुक़ाम पर 'मॉडर्नस' का उपयोग ऐतिहासिक रूप से गुज़र चुके या ख़त्म हो चुके 'कल' के मुक़ाबले सर्वथा नवीन 'आज' की तरह किया गया। रिनेसाँ ने प्राचीनता की विचारसम्पन्नता के औज़ारों से चर्च के प्राधिकार पर आक्रमण किया था, पर इस नवीन 'आज' के तत्त्वावधान में प्राचीन की आलोचना की जाने लगी जिसे इतिहास में 'क्वैरल ऑफ़ द ऐंडशएंट ऐंड द मॉडर्न' की संज्ञा दी जाती है।

इसके बाद ज्ञानोदय और उसके तुरंत प्रभाव का दौर शुरु हुआ जिसमें गुज़रे हुए समय के बरक्स समकालीनता की गुणात्मक नवीनता पूरी तरह से स्थापित हुई। इसे सम्भव बनाया दो बातों ने : ईसाइयत के बदले हुए मिज़ाज ने जो अब कयामत का इंतज़ार करने के मूड में नहीं थी (अर्थात् भविष्य को सम्भव समझा जाने लगा), और वैज्ञानिक प्रगति के आधार पर पैदा हुई नयी चेतना ने (जिसके ज़रिये भविष्य-रचना संकल्पित की जा सकती थी)। इस तरह जिसे 'नवीन' कहा जा रहा था, उसे अब भविष्य (जो ख़ाली था, कोरी स्लेट था) में निरंतर और सीमाहीन ढंग से प्रक्षेपित किया जा सकता था। इस बिंदु पर आ कर आधुनिकता की ऐतिहासिक काल-चेतना निर्मित होनी शुरू हुई। यह दो घटकों से मिल कर बनी थी : काल की ईसाई अवधारणा की स्वीकारोक्ति कि समय का क़ाफ़िला कभी उल्टे पाँव नहीं लौटता, और चिरंतनता की ईसाई अवधारणा का नकार।

अट्ठारहवीं सदी के अंत तक इसके फलितार्थ दिखायी देने लगे। ज्ञानोदय काल में विकसित हुए विचारों, अमेरिकी क्रांति, फ्रांसीसी क्रांति और औद्योगिक क्रांति के प्रभाव में क्रांति, परिवर्तन, प्रगति, विकास, संकट, युग और इतिहास जैसे शब्दों को उनके वर्तमान तात्पर्य मिले। काल इतिहासों के घटित होने का माध्यम भर नहीं रह गया, बल्कि अपने आप में एक गतिशील और ऐतिहासिक शक्ति बन गया। उन्नीसवीं सदी के मध्य तक नवीन होना और फ़ैशन में होना आधुनिकता द्वारा

प्रक्षेपित एक सौंदर्यबोधक तर्क के रूप में स्थापित होने लगा। एक ऐतिहासिक चेतना के रूप में आधुनिकता सामाजिक अनुभव का सामान्य प्रारूप बन गयी।

आधुनिकता की सांस्कृतिक परियोजना ने मनुष्य की स्वायत्तता पर बल दिया। शुरुआत में यह स्वायत्त मनुष्य सिर्फ़ पुरुष था। बाद के चरण में इसे पुरुष/स्त्री के तौर पर कल्पित किया गया। आधुनिकता ने इस स्वायत्त मनुष्य से उम्मीद की कि वह परम्परागत राजनीति और संस्कृति की बेड़ियों से ख़ुद को मुक्त करेगा, निजी और संस्थागत आज़ादी व सक्रियता का लगातार विस्तार करता रहेगा, चिंतन और वैज्ञानिक अनुसंधान की प्रक्रिया के ज़रिये प्रकृति और मानवीय प्रकृति की अपने हिसाब से पुनर्रचना करेगा। इस प्रक्रिया में बनने वाले समाज का हर सदस्य उसके बंदोबस्त में सक्रिय और सचेत सहभागी होगा। हर सदस्य की इस व्यवस्था और उसके केंद्रों तक समान पहुँच होगी।

आधुनिकता की इस सांस्कृतिक परियोजना का उद्‌गम और प्रयोग स्थल चूँकि पश्चिमी जगत था, इसलिए अक्सर पश्चिमीकरण और आधुनिकीकरण को एक दूसरे का पर्याय भी समझा जाता रहा है। बहरहाल, यह परियोजना अब कम से कम डेढ़ सौ साल पुरानी तो हो ही चुकी है। पश्चिम भी यह पूरे दावे के साथ नहीं कह सकता कि विज्ञान, तर्कबुद्धि, व्यक्तिवाद, स्वाधीनता, सत्य और सामाजिक प्रगति के इस संयोग ने वांछित नतीजे दिये हैं। यह अधूरापन जब ग़ैर-पश्चिमी दुनिया में आधुनिकता के परिणामों (और दुष्परिणामों) के साथ जुड़ कर इस परियोजना को संशयग्रस्त कर देता है। आलोचक कहते हैं कि इस परियोजना के गर्भ से जातीय और वर्गीय प्रभुत्व की संरचनाएँ निकली हैं, युरोपीय श्रेष्ठता के दुराग्रह और युरोपीय साम्राज्यवाद का जन्म हुआ है। इसके परिणामस्वरूप बड़े पैमाने पर प्रकृति, सामुदायिकता और परम्परा का विनाश हुआ है। इसी परियोजना के चलते आज का इनसान बेगानगी से पीड़ित है। उसकी व्यक्तिपरकता का विलयन व्यवस्था के तंत्र में हो गया है। अर्थात् आधुनिकता के लाभ उसकी हानियों से प्रतिसंतुलित हो गये हैं।

आज स्थिति यह है कि न तो आधुनिकता का विकल्प है, और न ही उससे पैदा हुए क्षोभ का कोई समाधान। भविष्य के जिस ख़ाली चित्रपट पर आधुनिकता अपनी आत्म-छवि प्रक्षेपित करती रही है, उसकी अनिर्धारित रूपरेखा कहती है कि पश्चिम ने जो सांस्कृतिक परियोजना उन्नीसवीं सदी के मध्य में दुनिया को थमायी थी, वह अपूर्ण रहने के लिए अभिशप्त है।

लेकिन अगर आधुनिकता को एक समरूप परियोजना के रूप में न देखा जाए, तो उसकी सम्भावनाएँ अधिक आशाजनक प्रतीत होती हैं। इस संदर्भ में एस.एन. आइज़ेनस्टैड द्वारा प्रवर्तित एकाधिक आधुनिकताओं की धारणा विचारणीय है। इस धारणा के आधार में आधुनिकता की एक मूल प्रवृत्ति उसकी अनिवार्य चिंतनशीलता है। इसी कारण से एक समाज की आधुनिकता किसी दूसरे समाज की प्रतिकृति नहीं बन सकती। आइज़ेनस्टैड कहते हैं कि आधुनिकता को पश्चिमीकरण का पर्याय समझना एक भूल है, क्योंकि द्वितीय विश्व युद्ध के बाद आधुनिकता का इतिहास उसे एक आंतरिक बहुलता से सम्पन्न परिघटना के रूप में स्थापित करता जा रहा है। आज दुनिया को सही तरीक़े से समझने के लिए ज़रूरी है कि उसे एकांगी आधुनिकता के नहीं बल्कि एकाधिक आधुनिकताओं के आईने में देखा जाए।

देखें : आधुनिकीकरण, आधुनिकतावाद, उत्तर-आधुनिकता, एकाधिक आधुनिकताएँ, औद्योगिक क्रांति-1 और 2, भारतीय आधुनिकता, आशिस नंदी-1 और 2, परम्परा की आधुनिकता, युरोपीय रिनेसाँ, युरोपीय ज्ञानोदय, व्यापारिक पूँजी, प्राक्-आधुनिकता और भारत-1, 2 और 3.

संदर्भ

1. लारेंस कैहून (1997) (सम्पा.), *फ्रॉम मॉडर्निज़्म टू पोस्टमॉडर्निज़्म : ऐन एंथोलॅजी*, ब्लैकवेल, ऑक्सफ़र्ड.
2. एंथनी गिडेंस (1997), *कनवरज़ेशंस विद् एंथनी गिडेंस : मेकिंग सेंस ऑफ़ मॉडर्निटी*, स्टैनफ़र्ड, कैलिफ़, स्टैनफ़र्ड युनिवर्सिटी प्रेस.
3. क्रिस्टोफ़र नॉरिस (1995), 'मॉडर्निज़्म', *ऑक्सफ़र्ड कम्पेनियन टू फ़िलॉसफ़ी*, सम्पा. : टेड होंडेरिक, ऑक्सफ़र्ड युनिवर्सिटी प्रेस, ऑक्सफ़र्ड और न्यूयॉर्क.
4. मार्शल बर्मन (1982), *आल दैट इज़ सोलिड मेल्ट्स इनटु एअर : द एक्सपीरियेंस ऑफ़ मॉडर्निटी*, साइमन ऐंड शुस्टर, न्यूयॉर्क.
5. एस.एन. आइज़ेनस्टैड (2000), 'मल्टीपल मॉडर्निटीज़', *डेडलस*, विशेषांक : मल्टीपल मॉडर्निटीज़, शरद, खण्ड 129.

—अभय कुमार दुबे

आधुनिकतावाद

(Modernism)

आधुनिकतावाद का सामान्य अर्थ है आधुनिक युग का दर्शन और संस्कृति। लेकिन, इस दर्शन और संस्कृति की अभिव्यक्ति सभी क्षेत्रों में एक सी नहीं हुई। कलाओं के क्षेत्र में इसकी अभिव्यक्ति अपनी द्वंद्वात्मक गति के कारण बेहद जटिल है। उसके भीतर आधुनिकता की आलोचना के उल्लेखनीय पहलू हैं। समाज, राजनीति और आर्थिक क्षेत्र में इसकी अभिव्यक्तियों की गति रैखिकीय प्रतीत होती है, पर उसके परिणाम द्वंद्वात्मक निकलते हैं।

सौंदर्यशास्त्रीय आधुनिकतावाद : आधुनिकतावाद 1850 से 1950 के बीच चले कला संबंधी आंदोलनों को दी गयी संज्ञा के रूप में लोकप्रिय हुआ। उन्नीसवीं सदी के मध्य से बीसवीं सदी के मध्य तक की अवधि कलाओं के क्षेत्र में अभूतपूर्व प्रयोगधर्मिता की थी। इसी दौर में चित्रकला में यथार्थवाद (जैसे, गुस्ताव काउरबे), अनुभववाद (जैसे, क्लोद मोने) और अमूर्तन (जैसे, जैक्सन पोलक) के आंदोलन चले। इसी दौरान साहित्य यथार्थवाद के दायरे में पनपे वस्तुनिष्ठ कथानक से परे गया (जैसे, वर्जीनिया वुल्फ़ और जेम्स जॉयस)। उसने विषयवस्तु के आदर्शीकृत निर्वहन की सीमाओं को भी भंग कर दिया (जैसे, अर्नेस्ट हेमिंग्वे)। संगीत की दुनिया में यह अवधि अ-तानीयता (जैसे, अर्नोल्ड शोनबर्ग और एलबान बर्ग), ध्वनिवैषम्य और असांगीतिक संरचनाओं (जैसे, इगोर स्त्राविंस्की) को मिली स्वीकारोक्ति के लिए जानी जाती है। वास्तुशिल्प में ला कोरबूज़िए, लुडविग मीज़ वानडर रो और वाल्टर ग्रुपियज़ आधुनिकतावाद के उल्लेखनीय वाहक साबित हुए।

कलाओं के क्षेत्र में इस आधुनिकतावाद की विशेषता यह थी कि इसके कई प्रमुख हस्ताक्षरों को आधुनिकता के ख़िलाफ़ विद्रोह के लिए भी जाना जाता है। इन कलाकारों का उद्देश्य आधुनिकतावाद की पैरोकारी करना तो कतई नहीं था। उनकी रचनाशीलता ही आधुनिकता के स्वयंसिद्ध समझे जाने वाले मूल्यों के साथ द्वंद्वात्मकता की देन थी। इसके तहत आम तौर पर ज्ञानोदय-आरोपित निश्चितताओं को ख़ारिज किया गया और उसी के साथ सर्वशक्तिमान और करुणामय सृष्टिकर्ता का विचार पुराना पड़ गया। लेकिन इसका मतलब यह नहीं निकाला जाना चाहिए कि इन रचनाकारों ने ज्ञानोदय के सभी आयामों को छोड़ दिया था या धर्म से पूरी तरह मुक्ति प्राप्त कर ली थी। दरअसल, सामाजिक आधुनिकता के बिना न तो उनकी कृतियाँ कल्पित की जा सकती थीं और न ही उनकी आधारभूत प्रवृत्तियाँ पनपने की सम्भावना थी। इस संदर्भ में आधुनिकतावाद एक ऐसा पद बन कर उभरा जिसके तहत एक व्यापक और बहुआयामी सौंदर्यशास्त्र ने ख़ुद को परिभाषित किया। यह उस सामाजिक-आर्थिक और सांस्कृतिक जीवन की देन था जिसे आधुनिकता के विभिन्न प्रभावों ने आमूलचूल बदल दिया था।

यहाँ प्रश्न उठता है कि सौंदर्यशास्त्रीय आधुनिकतावाद की निगाह में आधुनिकता क्या थी? 1864 में 'पेंटर ऑफ़ मॉडर्न लाइफ़' लिखते हुए चार्ल्स बोदलेयर ने आधुनिकता को एक अनित्य, क्षणभंगुर और प्रासंगिक शै क़रार दिया। इसी प्रवृत्ति के दूसरे सिरे पर खड़े एज़रा पाउंड ने 'मेक इट न्यू!' का प्रतिमानमूलक फ़िकरा गढ़ कर संकेत दिया कि यह सौंदर्यशास्त्र आधुनिकता से अपना नाता पूरी तरह कभी नहीं तोड़ना चाहता था। टी.एस. एलियट ने अतीत से समकालीनता के इसी विरोधाभासी रिश्ते की व्याख्या करते हुए कहा कि कवि की रचना के न केवल सर्वश्रेष्ठ बल्कि सबसे ज़्यादा निजी हिस्से सम्भवतः वे होते हैं जिनमें मृत कवियों के साथ उसके पूर्वज सर्वाधिक ऊर्जा के साथ अपने अमरत्व का दावा करते हैं।

चार्ल्स पिएर बोदलेयर (1821-1867) चित्र : एमील दोरॉय

आधुनिकतावाद के इर्द-गिर्द मार्क्सवादियों के बीच कई तरह की जटिल बहसें हुई हैं। 'एक्सप्रेशनिज़म डिबेट' इनमें सबसे ज़्यादा चर्चित है। तीस के दशक में हुई इस बहस के दौरान ग्योर्गी लूकाच ने आधुनिकतावाद की यह कह कर भर्त्सना की कि उसने विचारपूर्ण ज्ञानमीमांसा को त्याग कर रूपवाद को अपना लिया है। लूकाच का कहना था कि आधुनिकतावादी कलाकार निजी मानस और गहन आंतरिक अनुभूतियों पर कुछ ज़्यादा ही बल देते हैं। वे समाज के बीच संघर्ष कर रहे मनुष्य के यथार्थवादी चित्रण से कतराते हैं और उनका बल इतिहास के बजाय मिथकीयता पर अधिक होता है। लूकाच की यह मान्यता मार्क्सवादी विद्वत्ता की मुख्यधारा का प्रतिनिधित्व करती थी। इसके उलट वाल्टर बेंजामिन, बर्तोल्त ब्रेख़्त और थियोडोर एडोर्नो जैसे जैसे मार्क्सवादियों ने आधुनिकतावाद के प्रभावों का अपने-अपने ढंग से स्वागत किया। इन लोगों के विचार आधुनिकतावादी मार्क्सवाद की श्रेणी में रख कर देखे जाते हैं।

समाज-रचना और आधुनिकतावाद : राजनीतिक दृष्टि से देखें तो आधुनिकता की पश्चिम प्रदत्त सांस्कृतिक परियोजना के आधार पर समाज-रचना की कोशिश को आधुनिकतावाद समझा जाता है। ये कोशिशें राष्ट्र-राज्य के तंत्र द्वारा किये जाने वाले वैकासिक नियोजन से भी परवान चढ़ती हैं, और नागरिक स्तर पर किये जाने वाले राज्येतर समाज सुधार आंदोलनों के ज़रिये भी आगे बढ़ती हैं। इनका नेतृत्व

'छाते वाली लड़की' : ज्याँ मेट्ज़िंगर (1913). यह कृति नाज़ियों द्वारा ज़ब्त कर ली गयी थी.

करने वाले राजनीतिक-सांस्कृतिक अभिजन आधुनिकतावादी कहलाते हैं। इन प्रयासों के तहत सामाजिक प्रगति में विश्वास करने वाली ऐसी वैचारिक प्रवृत्तियाँ पनपीं जिनकी मान्यता थी कि मनुष्य प्रयोगधर्मिता, वैज्ञानिक ज्ञान और प्रौद्योगिकी का इस्तेमाल करके अपने पर्यावरण की पुनर्रचना कर सकता है। यह परिप्रेक्ष्य अस्तित्व के हर रूप की छानबीन करने की तरफ़ ले गया। दर्शन से लेकर वाणिज्य तक नयी कसौटियों पर कस कर यह पता लगाने की कोशिश की गयी कि प्रगति के रास्ते कौन-कौन सी बाधाएँ हैं और उन्हें प्रगति के अनुकूल संरचनाओं से कैसे प्रतिस्थापित किया जा सकता है।

ग़ैर-पश्चिमी देशों और संस्कृतियों के संदर्भ में इस प्रवृत्ति ने सबसे ज़्यादा सवालिया निशानों का सामना किया। मसलन, भारतीय अभिजनों ने उन्नीसवीं सदी के उत्तरार्ध में उपनिवेशवाद से जद्दोजहद करते हुए राष्ट्र-राज्य के विचार को उत्साह से अपनाया, लेकिन बीसवीं सदी के दूसरे दशक तक उनके राष्ट्रवाद संबंधी आग्रह अंतर्विरोधों में फँसे हुए दिखने लगे। राष्ट्रवाद और उस पर आधारित राष्ट्र-राज्य, जो आधुनिकतावादी सांस्कृतिक परियोजना का सबसे महत्त्वपूर्ण उपादान था, राजनीतिक-सांस्कृतिक अभिजनों के बीच बहस का विषय बन गया। एक तरफ़ राष्ट्रवादी भावनाओं का अंग्रेज़ी राज के ख़िलाफ़ संघर्ष में इस्तेमाल किया गया, और दूसरी ओर भविष्य के संदर्भ में राष्ट्रवाद संशयग्रस्त हो गया। इस बौद्धिक ऊहापोह के परिणामस्वरूप आधुनिकता और राष्ट्रवाद की जो भारतीय शक्ल-सूरत बनी, वह काफ़ी भिन्न थी। यह भिन्नता पश्चिम के प्रेक्षकों को 1950 के बाद भी कई वर्ष तक परेशान करती रही। उपनिवेशवाद द्वारा थमाये गये प्रारूप और विचारों के आईने में देखने पर उन्हें लगता रहा कि यह न तो आधुनिकता है, और न ही राष्ट्र-राज्य। नतीजे के तौर पर पश्चिमी प्रेक्षकों ने पश्चिम-ग्रस्त दृष्टि का प्रयोग करके भारतीय राष्ट्र-राज्य और लोकतंत्र के ख़ात्मे की भयावह भविष्यवाणियाँ कीं। आज ये सभी भविष्यवाणियाँ ग़लत साबित हो चुकी हैं।

तो क्या भारतीय अनुभव को आधुनिकतावाद की पराजय के रूप में देखा जाना चाहिए? या आधुनिकतावाद के नये संस्करण (एशियाई) के रूप में? इन प्रश्नों के उत्तर आसान नहीं हैं, क्योंकि समाज-विज्ञान के क्षेत्र में अभी इन्हें केंद्र में रख कर अनुसंधान नहीं हुए हैं। कुल मिला कर व्यावहारिक स्थिति यह है कि भारतीय परियोजना ग़लती करने और प्रयोग करने के सिलसिले के ज़रिये राष्ट्र-राज्य और राष्ट्रवाद के अपने मॉडल की खोज करती हुई लगती है। यह मॉडल राष्ट्रवाद के पश्चिमी मॉडल में निहित समरूपतावादी आग्रहों से अलग हट कर सांस्कृतिक विविधताओं और बहुलताओं के आधार पर रचा गया है और लगातार रचा जा रहा है। पश्चिम जिस बहुसंस्कृतिवाद को अब समझ रहा है, वह भारतीय आधुनिकतावाद की संरचना में नैसर्गिक रूप से निहित है।

देखें : आधुनिकता, एकाधिक आधुनिकताएँ, औद्योगिक क्रांति-1 और 2, औद्योगिक क्रांति-1 और 2, भारतीय आधुनिकता, आशिस नंदी-1 और 2, परम्परा की आधुनिकता, युरोपीय रिनेसाँ, युरोपीय ज्ञानोदय, व्यापारिक पूँजी, प्राक्-आधुनिकता और भारत-1, 2 और 3. सौंदर्यशास्त्र, बहुसंस्कृतिवाद, ग्योर्गी लूकाच, थियोडोर एडोर्नो।

संदर्भ

1. चार्ल्स बोदलेयर (1964), *द पेंटर ऑफ़ मॉडर्न लाइफ़ ऐंड अदर एसेज़,* अनुवाद और सम्पादन : जोनाथन मायने, फ़ाइदन प्रेस, लंदन.
2. सुदीप्त कविराज (2000), 'मॉडर्निटी ऐंड पॉलिटिक्स इन इण्डिया', *डेडलस,* खण्ड 129, अंक 1, एमआईटी प्रेस, अमेरिकन एकेडमी ऑफ़ आर्ट्स ऐंड साइंसेज़.
3. नॉरिस क्रिस्टोफ़र (1995), 'मॉडर्निज़म', *ऑक्सफ़र्ड कम्पेनियन टू फ़िलॉसफ़ी,* सम्पा : टेड होंडेरिक, ऑक्सफ़र्ड युनिवर्सिटी प्रेस, ऑक्सफ़र्ड ऐंड न्यूयॉर्क.
4. रेमंड विलियम्स (1989), *द पॉलिटिक्स ऑफ़ मॉडर्निज़्म : अगेंस्ट द न्यू कंफ़र्मिस्ट्स,* सम्पा. टोनी पिंकनी, वरसो, लंदन.
5. यूजेन लन (1985), *मार्क्सिज़्म ऐंड मॉडर्निज़्म : ऐन हिस्टोरिकल स्टडी ऑफ़ लूकाच, ब्रेख़्त, बेंजामिन, ऐंड एडोर्नो,* वरसो, लंदन.

—अभय कुमार दुबे

आधुनिकीकरण

(Modernisation)

द्वितीय विश्व युद्ध के बाद अमेरिका द्वारा प्रचलित सामाजिक और आर्थिक विकास के मॉडल के मर्म में आधुनिकीकरण का सिद्धांत है। इसी आधार पर पूँजीवाद के पश्चिमी इतिहास द्वारा थमाये गये मॉडल के मुताबिक़ समाज-रचना का फ़ार्मूला गढ़ा गया है। ग़ैर-पश्चिमी दुनिया के कई देशों के अभिजनों ने इसे लागू करने में सक्रिय सहभागिता की है। आधुनिकीकरण के इस सिद्धांत की निगाह में आधुनिकता की अवधारणा तरलता और विरोधाभास से रहित निश्चित और निर्धारित है। उसके मुताबिक़ प्रत्येक समाज को लाज़मी तौर से बर्बरता की स्थिति से विकास और सभ्यता के उच्चतम स्तर तक जाना चाहिए। यहाँ विकास और सभ्यता का मतलब है पश्चिमी देशों द्वारा उपलब्ध विकास और सभ्यता के मानक। जो देश जितना आधुनिक होगा, उतना ही अमीर होगा, उतना ही शक्तिशाली होगा, उसके नागरिक उतने ही स्वाधीन होंगे और उतना ही उच्चतर जीवन-स्तर भोगेंगे। आधुनिकीकृत होने का इन अनिवार्य कसौटियों पर जो समाज खरा नहीं उतर पाता उसे विफल समझा जाएगा।

एक सिद्धांत के तौर आधुनिकीकरण की नींव युरोपीय ज्ञानोदय की अवधि में रखी गयी। 1790 में आंत्वाँ द कोंदोर्स ने पहली बार प्रौद्यौगिकीय प्रगति को सांस्कृतिक प्रगति के साथ जोड़ने का सिद्धांत प्रतिपादित किया। उनका कहना था कि टेक्नॉलॅजी के क़दम बढ़ने से आर्थिक प्रगति होती है और असर अनिवार्य तौर पर लोगों के नैतिक जीवन पर पड़ता है। इसी सिद्धांत का आगे चल कर दो भिन्न प्रस्थान-बिंदुओं के तहत ऐडम स्मिथ और कार्ल मार्क्स द्वारा विकास किया गया। स्मिथ को इसके पूँजीवादी संस्करण और मार्क्स को इसके साम्यवादी संस्करण का प्रणेता होने का श्रेय दिया जाता है। विचारों की दुनिया में आधुनिकीकरण द्वारा लाये जाने वाले परिवर्तनों को नकारात्मक और पतनशील मानने वाले विद्वान भी कम नहीं हैं। अनुदारतावादी चिंतक एडमण्ड बर्क ने फ्रांसीसी क्रांति की आलोचना करते हुए और थॉमस माल्थस ने जनसंख्यामूलक विनाश के वैज्ञानिक सिद्धांत का प्रतिपादन करते हुए आधुनिकीकरण का प्रति-विचार विकसित किया है।

अर्थशास्त्रियों के लिए आधुनिकीकरण श्रम विभाजन, प्रबंधन की तकनीकों के प्रयोग, उन्नत प्रौद्योगिकी और व्यापारिक सुविधाओं के विस्तार का पर्याय है। राजनीतिशास्त्री मानते हैं कि राजनीतिक दल, संसद, वयस्क मताधिकार और गुप्त मतदान आधुनिकीकरण के लक्षण हैं। संस्कृति के सिद्धांतकार इसके लिए सेकुलरीकरण और राष्ट्रीय विचारधारा को बढ़ावा देना ज़रूरी मानते हैं। आधुनिकीकरण के सामाजिक पहलू का मतलब है साक्षरता का उत्तरोत्तर विकास, बढ़ता हुआ नगरीकरण और परम्परा के प्रभाव में ह्रास।

सामाजिक सिद्धांतकार आधुनिकीकरण को दो नज़रियों से देखते हैं : प्रक्रिया के रूप में और नियोजित प्रयास के रूप में। इनके आधार में आधुनिकीकरण और मानवीय प्रयास का संबंध है। प्रक्रिया का मतलब यह है कि विकास और प्रौद्योगिकी का आगे बढ़ता हुआ क़ाफ़िला मानवीय अन्योन्यक्रिया की सीमाएँ तय करता है। नियोजित प्रयास का तात्पर्य है कि आधुनिकीकरण मानवीय नियोजन और सक्रियता का परिणाम है। अर्थात् प्रक्रिया के तौर पर आधुनिकीकरण की आलोचना मुश्किल है, क्योंकि उसमें मानवीय एजेंसी की भूमिका गौण है, जबकि मानवीय नियोजन के तौर पर आधुनिकीकरण की आलोचना की जा सकती है और उसकी दिशा बदली भी जा सकती है।

आधुनिकीकरण के पैरोकार दो हिस्सों में बँटे हुए हैं। इसके आशावादी समर्थक मानते हैं कि आधुनिकीकरण के रास्ते में आने वाली बाधाएँ अस्थायी क़िस्म की हैं। मसलन, वे कहेंगे कि ईरान की इसलामिक क्रांति या लेबनान की अशांति के बावजूद उन क्षेत्रों में आधुनिकीकरण की सम्भावनाएँ ख़त्म नहीं हुई हैं। इसके उलट निराशावादी समर्थक ऐसी घटनाओं के कारण इन क्षेत्रों को ग़ैर-आधुनिक या आधुनिक होने में अक्षम क़रार देते हैं।

कुछ सिद्धांतकारों ने आधुनिकीकरण को चरणबद्ध रूप से आगे बढ़ता दिखाया है। प्रतिवर्ती (रिफ़्लेक्सिव) आधुनिकीकरण एक ऐसा ही सिद्धांत है। इसके मुताबिक़ आधुनिक विकास के पहले चरण में परम्परा और आधुनिकता के बीच एक तरह का घालमेल रहता है। आधुनिकता के तीव्र विकास के कारण परम्परा और आधुनिकता के बीच सामंजस्य के इस चरण का ख़ात्मा होने की नौबत आ जाती है। इस परिस्थिति में औद्योगिक समाज का पहला स्वरूप एक रचनात्मक आत्मविनाश की सम्भावनाओं का साक्षात्कार करता है। आधुनिकता का नवीन संस्करण इन सम्भावनाओं के तहत विद्यमान औद्योगिक समाज की जगह नये औद्योगिक समाज के रूपों का प्रत्यारोपण करने की तरफ़ जाता है। उस समय तक हुई प्रगति अपना नाश ख़ुद करती है यानी एक प्रकार का आधुनिकीकरण अपनी जड़ें काट कर दूसरे प्रकार के आधुनिकीकरण में बदल जाता है।

आधुनिकीकरण को पश्चिमीकरण के पर्याय की तरह ग़ैर-पश्चिमी दुनिया के गले उतारने के प्रयास समाज-विज्ञान की दुनिया में काफ़ी विवादास्पद हैं। इन्हें युरोकेंद्रीय और स्वजातिवादी क़रार दिया जाता है। इस विवाद के संदर्भ में जापान और भारत जैसे पारम्परिक एशियाई समाजों के उदाहरणों पर ग़ौर करना विषयानुकूल रहेगा। जापान ने आधुनिक प्रौद्योगिकी,

कारख़ाना उत्पादन और ग्लोबल तिजारत के रास्ते पर उत्साह से चलते हुए अपना आधुनिकीकरण किया है। पश्चिमीकरण के आलोचक कहते हैं कि देखिए जापान जैसा ग़ैर-पश्चिमी देश भी अपने तरीक़े से आधुनिक जीवन-शैली में समरस हो सकता है। इसका उलट तर्क यह है कि पश्चिमीकरण के कारण ही जापान जैसा पारम्परिक देश पश्चिमी देशों से भी अधिक पश्चिमीकृत हो गया है।

भारत का अनुभव अलग है। राजनीतिशास्त्रियों की एक पीढ़ी मानती रही है कि इस पाँच हज़ार साल पुराने समाज का आधुनिकीकरण राजनीतीकरण की प्रक्रिया का परिणाम है। चुनावी राजनीति में भाग लेते-लेते जातिगत संरचनाओं में लम्बवत ढंग से गठित समाज धीरे-धीरे क्षैतिज संरचनाओं में गठित होता जा रहा है। जातियाँ बची हुई हैं, पर उनका सामाजिक स्वरूप कर्मकाण्डीय से बदल कर सामुदायिक होता जा रहा है। आधुनिकीकरण का यह भारतीय सिद्धांत परम्परा के आधुनिकीकरण पर बल देता है। लेकिन, इसका उलट तर्क यह है कि आधुनिकीकरण की शुरुआत में परम्परा और आधुनिकता का जो सकारात्मक संश्रय हुआ था, वह भूमण्डलीकरण के दौर में आधुनिकता के नये रूपों के दबाव में नष्ट होता जा रहा है। यह तर्क देने वाले कहते हैं कि भारत पश्चिमीकरण ही नहीं, बल्कि उसके भी संकीर्ण रूप अमेरिकीकरण का शिकार होने की तरफ़ बढ़ रहा है।

दरअसल, एशियाई देशों और युरोपीय देशों के आधुनिकीकरण संबंधी अनुभवों की भिन्नता भी इस विवाद की जड़ में है। युरोप में आधुनिकता और उसके मूल्यों (जैसे, बुद्धिवाद और मनुष्य की स्वायत्तता) का आगमन पहले हुआ, पर आधुनिकीकरण की प्रक्रिया बाद में चली। अर्थात् उसका मन पहले बदला, शरीर बाद में। भारत और एशिया के देशों की इच्छा रही है कि उसका शरीर तो युरोप जैसा हो जाए पर मन न बदले। उनकी यह इच्छा अब मानसिक प्रवृत्तियों के धीरे-धीरे ही सही पर निश्चित रूप से हो रहे परिवर्तन के सामने हार मान रही है।

देखें : आधुनिकता, आधुनिकतावाद, उत्तर-आधुनिकता, एकाधिक आधुनिकताएँ, औद्योगिक क्रांति-1 और 2, भारतीय आधुनिकता, आशिस नंदी-1 और 2, परम्परा की आधुनिकता, युरोपीय रिनेसाँ, युरोपीय ज्ञानोदय, व्यापारिक पूँजी, प्राक्-आधुनिकता और भारत-1, 2 और 3.

संदर्भ

1. आर. इंगलहार्ट और डब्ल्यू.ई. बेकर (2005), *मॉडर्नाइज़ेशन, कल्चरल चेंज, ऐंड डेमॉक्रैसी,* केम्ब्रिज युनिवर्सिटी प्रेस, न्यूयॉर्क.
2. एडमण्ड बर्क (1999/1790), *रिफ्लेक्शंस ऑन द रेवोल्यूशन इन फ्रांस,* ऑक्सफ़र्ड युनिवर्सिटी प्रेस, ऑक्सफ़र्ड.
3. आंत्वाँ द कोंदोर्स (1989/1795), *स्केच फ़ॉर अ हिस्टोरिकल पिक्चर ऑफ़ ह्यूमन माइंड,* हायपेरियन प्रेस, वेस्टपोर्ट, सीटी.
4. रजनी कोठारी (2005), *भारत में राजनीति : कल और आज,* सम्पादन और प्रस्तुति : अभय कुमार दुबे, वाणी प्रकाशन, नयी दिल्ली.
5. जावीद आलम (1999), *इण्डिया : लिविंग विद् मॉडर्निटी,* ऑक्सफ़र्ड युनिवर्सिटी प्रेस, नयी दिल्ली.
6. लॉयड आई. रुडोल्फ़ (1965), 'दि मॉडर्निटी ऑफ़ ट्रेडिशन : द डेमाक्रैटिक इनकार्नेशन ऑफ़ कास्ट इन इण्डिया', द *अमेरिकन पॉलिटिकल साइंस रिव्यू,* खण्ड 59, अंक 4, दिसंबर.

—अभय कुमार दुबे

आधुनिक हिंदी-रंगमंच-1

(भारतेंदु, माधव शुक्ल, प्रसाद, इप्टा और पृथ्वी थिएटर)

(Modern Hindi Theatre-1)

औपनिवेशिक भारत में अंग्रेज़ों द्वारा अपने मनोरंजन की ज़रूरतों के लिए आयातित रंगमंच के अनुकरण से भारतीय भाषाओं में आधुनिक रगमंच का विकास हुआ। हिंदी में आधुनिक रंगमंच का उद्भव भी इसी की कड़ी है। भारतेंदु हरिश्चंद्र ने *जानकी मंगल* को हिंदी का पहला मंचित नाटक घोषित करके क्षोभ प्रकट किया है कि 'पश्चिमोत्तर देश में ठीक नियम पर चलने वाला कोई आर्य शिष्ट जन का नाटक-समाज नहीं है।' अधिकतर विद्वान इसी मंचन से आधुनिक हिंदी रंगमंच का सूत्रपात मानते हैं, लेकिन इससे पहले 26 नवम्बर, 18 53 को विष्णुदास भावे द्वारा आधुनिक रीतियों के अनुसार ही *राजा गोपीचंद* की हिंदुस्तानी भाषा में प्रस्तुति हो चुकी थी। लेकिन ध्यान रखने की बात यह है कि हिंदी-रंगमंच के साथ आधुनिक लक़ब जुड़ने से पहले इस क्षेत्र में लिखित नाटकों और उनके मंचन की सूचना के साथ साथ लोक-भाषाओं के समृद्ध रंगमंच की विस्तृत परम्परा मिलती है। अवध के नवाब वाजिद अली शाह के दरबार, झाँसी के दरबार, मिथिला राज्य और नेपाल राज्य में दरबार द्वारा संरक्षित रंगमंच के साक्ष्य मिलते हैं जिनमें हिंदी की उपस्थिति की सूचना दर्ज है। इसके साथ ही नौटंकी, ख़याल, भगत, नाचा, नाच, माच, नक़ल, स्वांग इत्यादि जैसे पारम्परिक शैलियों के रंगमंच हैं जिनका विस्तार हिंदी प्रदेश के इलाक़ों में अलग-अलग है। लिखित नौटंकी भी हिंदी के पहले आधुनिक लिखित नाटक से पहले मिलने लगती है। अंग्रेज़ों के भारत-आगमन से महत्त्वपूर्ण परिवर्तन यह हुआ कि अब प्रदर्शन करने वाले अभिनेता सामाजिक संरचना का हिस्सा न रह कर एक अलग समूह

पृथ्वीराज कपूर द्वारा स्थापित पृथ्वी थिएटर की आधुनिक हिंदी रंगमंच के विकास में उल्लेखनीय भूमिका रही.

के रूप में संगठित होने लगे। रंगमंच मंदिरों, सामंतों और राज्याश्रयों के सरंक्षण से निकल गया। उसे देखने के लिए टिकट ख़रीद कर दर्शक बनना ज़रूरी हो गया।

पारसी रंगमंच भारत में उस रंगमंच को कहा गया जिसके मालिक शुरुआती दौर में पारसी थे। औपनिवेशिक प्रभाव में विक्टोरियन शैली और शेक्सपीरियन सरंचना वाले इस रंगमंच की शुरुआत व्यवसाय के लिए हुई थी। पारसी रंगमंच की आय के स्रोत दर्शक थे इसलिए उसे रिझाने के लिए उन्हें तमाम लटकों-झटकों का सहारा लेना पड़ता था। दर्शकों की संख्या बढ़ाने के लिए गुजराती भाषा में शुरू हुए इस रंगमंच ने धीरे-धीरे अन्य भाषाओं मे भी विस्तार लिया। उर्दू से होते हुए हिंदुस्तानी और हिंदी भाषा के ज़रिये यह हिंदी प्रदेशों में पहुँचा। हिंदी प्रदेश में पारसी शैली की रंग मंडलियाँ भी बनीं जो घूम-घूम कर नाटकों का प्रदर्शन करती थीं। दर्शकों को आकर्षित करने के लिए रंगीन पर्दे, नृत्य, प्रहसन, गायन, शेरो-शायरी, चमत्कारिक दृश्यों का संयोजन किया जाता था। पारसी रंगमंच ने अपना आकर्षण बनाये रखने के लिए पारम्परिक रंग-तत्त्वों का सहारा भी लिया। लेकिन आकर्षण बनाये रखने के दबाव में इसके कथ्य और मूल्यों में परिवर्तन होता चला गया। भारतेंदु ने इसकी व्याख्या इस तरह की कि पारसी रंगमंच कालिदास के गले पर छुरी फेर रहा था। लेकिन इसके साथ ही भारतेंदु ने इसके ज़रिये नाटक की लोकप्रियता और प्रभाव को भी देखा। संचार माध्यमों के अभाव के उस दौर में नाटक जनसंचार का बड़ा माध्यम था। भारतेंदु ने हिंदी में नाट्य-आंदोलन का सूत्रपात किया और *विद्यासुंदरी, अँधेर नगरी, नीलदेवी, भारत दुर्दशा* जैसे नाटकों से हिंदी रंगमंच को समृद्ध किया। इसके साथ ही उन्होंने संस्कृत और पाश्चात्य नाटकों का हिंदी अनुवाद भी किया। उनकी प्रेरणा से बनारस में रंग मंडलियाँ स्थापित हुई। 'नाटक व दृश्य काव्य' जैसा निंबध लिख कर उन्होंने नाट्यकला की सैद्धांतिकी भी विकसित की। देश-वत्सलता और समाज सुधार को उन्होंने नाटकों का मुख्य उद्देश्य बताया। भारतेंदु मण्डल के विद्वानों ने उनके कार्य को आगे बढ़ाया। पारसी रंगमंच के समांतर साहित्यिक मूल्यों का रंगमंच निर्मित करने की कोशिश में उसके कुछ तत्त्वों का आश्रय लिया गया लेकिन संस्कृत और अंग्रेज़ी की परम्परा से जुड़ने के लिए पारम्परिक रंगमंच और पारसी रंगमंच से स्पष्ट तौर पर दूरी बरती गयी। राष्ट्रनिर्माण, समाज-सुधार और हिंदी भाषा की समृद्धि इस युग के रंगमंच का मुख्य उद्देश्य था जिसके इर्द-गिर्द रचनाएँ घूमती रहीं।

बाद में महावीर प्रसाद द्विवेदी के प्रभाव के कारण नाटक-रचना थोड़ी मंद पड़ी, हिंदी भाषा को साहित्य और समाज-विज्ञान की अन्य विधाओं में समृद्ध करने का कार्य आरम्भ हुआ। रंगमंच की मंद गति को कुछ तेज़ करने का उल्लेखनीय प्रयास माधव शुक्ल ने किया। वे भी भारतेंदु के तरह अभिनेता, नाटककार और संगठनकर्ता थे। उन्होंने अपने प्रयासों से हिंदी की तीन महत्त्वपूर्ण अव्यावसायिक नाट्य मंडलियाँ प्रयाग और कोलकाता में बनायीं। माधव शुक्ल नाटकों को हिंदी प्रचार का सर्वाधिक सशक्त माध्यम तो मानते ही थे, साथ ही राजनीति और समाज-सुधार का अमोघ साधन भी क़रार देते थे। राष्ट्रभक्ति उनके नाट्यकर्म की मूल प्रेरणा थी। और इस रूप में वे रंगमंच पर भारतेंदु के काम को ही आगे बढ़ा रहे थे। अपने रंगकर्म को समकालीन राजनीतिक चेतना से जोड़ कर जनता को जागरूक करने की उनकी कोशिशों के कारण ही उनके खेले गये नाटकों में से *महाराणा प्रताप* (राधाकृष्ण दास), *महाभारत पूर्वार्द्ध* (माधव शुक्ल) और *मेवाड़ पतन* (द्विजेंद्र लाल राय) को अंग्रेज़ी सरकार ने ज़ब्त कर लिया था।

जयशंकर प्रसाद की उपस्थिति रंगमंच की दुनिया में एक ऐसे ऐतिहासिक समय में दर्ज हुई जब पारसी रंगमंच का प्रभाव और पतनशीलता चरम पर थी। इसकी प्रतिक्रिया में प्रसाद ने अपने मानसिक रंगमंच की कल्पना कर हिंदी में काव्यात्मक नाटकों के ज़रिये रस और द्वंद्व के समन्वय से इतिहास के बहाने वर्तमान की कथा कही। उनका नाटक यथार्थवादी रंगमंच के लिए अबूझ था, यद्यपि उसे खेलने के प्रयास हुए लेकिन उसकी सम्भावनाएँ पूरी शक्ति से मंच पर नहीं आयीं। उनके नाटकों में मंचीयता की सीमा के अलावा पारसी रंग-शैली का भी असर भी देखा जा सकता है। इन सीमाओं को पहचान कर उन्होंने बाद में *ध्रुवस्वामिनी* लिखा जो रंगमंच के व्याकरण के अनुकूल था। प्रसाद ने हिंदी रंगमंच की कमियों का अवलोकन किया और एक आदर्श रंगमंच की स्थापना चाही। रवींद्र नाथ ठाकुर ने भी ऐसा प्रयास बांग्ला में किया था। उन्होंने अपने नाटक स्वयं मंचित किये, लेकिन प्रसाद के नाटक को अनभिनेय बता कर पाठ्य-नाटक घोषित कर दिया गया। प्रसाद ने पहली बार नाटक को दृश्य-काव्य बनाने की पहल की जिसकी सम्भावना को हिंदी रंगमंच में

बहुत बाद में खोजा गया। प्रसाद ने यह कल्पना की कि नाटककार स्पष्ट दृष्टिगोचर होने वाले माहौल की रचना करके पाठक की कल्पना को इस तरह उद्दीपित कर सकता है कि उसे रंगमंच की अनुपस्थति का बोध न हो। इसने एक पाठ्य-नाटक की श्रेणी विकसित कर दी जिससे हिंदी-रंगमंच के विकास में बाधा पड़ी। इस प्रवृत्ति के गर्भ से लक्ष्मीनारायण मिश्र, सेठ गोविंद दास और हरिकृष्ण प्रेमी जैसे पाठ्य-नाटककार निकले और हिंदी रंगमंच को एकांकी का सहारा लेना पड़ा जो शिक्षण संस्थानों तक सीमित रहा।

हिंदी-रंगमंच बांग्ला और मराठी के रंगमंच की तरह विकसित नहीं हो सका। हिंदी प्रदेश में मुम्बई और कोलकाता जैसे महानगरों की अनुपस्थिति के कारण हिंदी रंगमंच का आधुनिक विधियों से इसका सीधा परिचय नहीं हो सका था। हिंदी में लोक-भाषाओं में रंगमंच उपस्थित था जिससे जनता परिचित थी। राष्ट्रीय चेतना और आधुनिकता के असर से पारम्परिक रंगमंच भी प्रभावित हुआ। बनती हुई हिंदी भाषा और आधुनिक रंगमंच की शैली से आम जनता का परिचय नहीं था। आधुनिक रंगमंच नवशिक्षित मध्य वर्ग की निर्मिति थी। पारसी थिएटर फला-फूला, क्योंकि उसने लोक-शैलियों का तत्त्व लिया जिसके कारण वह आम जनता में लोकप्रिय हुआ। राष्ट्रीय चेतना और तत्कालीन स्थितियों का प्रभाव पारसी रंगमंच पर पड़ा। आग़ा हश्र कश्मीरी, राधेश्याम कथावाचक और नारायण प्रसाद 'बेताब' जैसे नाटककारों ने इस रंगमंच पर साहित्यिक मूल्यों के निर्वाह की कोशिश की। सवाक् सिनेमा के आगमन के बाद पारसी रंगमंच का पतन हो गया।

इसके बाद रंगमंच के शून्य को इण्डियन पीपुल्स थिएटर एसोसिएशन और पृथ्वी थिएटर ने रंगमंच के शून्य को भरा। पृथ्वी थिएटर हिंदी फ़िल्मों के प्रसिद्ध अभिनेता पृथ्वीराज कपूर द्वारा संचालित पारसी शैली की अर्ध-व्यावसायिक नाट्य मण्डली थी। यह नाट्यकर्मियों का एक घुमंतू दल था। *पठान, आहुति, पैसा, दीवार, किसान* जैसे देश प्रेम, एकता, भाईचारे के संदेश से भरे नाटकों से इसने लोकप्रियता अर्जित की लेकिन आर्थिक अभाव के कारण यह मण्डली बंद हो गयी। बीसवीं सदी के चौथे दशक में किसानों, लेखकों, छात्रों, मज़दूरों के अनेक संगठन बने जिन्होंने जन आंदोलनों को नया मोड़ दिया। 1936 में प्रगतिशील लेखक संघ की स्थापना, बंगाल कल्चरल स्क्वैड, मुम्बई के कल्चरल स्क्वैड और बंगलुरु की सांस्कृतिक इकाई की सफलता के बाद एक राष्ट्रीय मंच की आवश्यकता पूरी करने के लिए 25 मई, 1943 को इण्डियन पीपुल्स थिएटर एसोसिएशन (इप्टा) का गठन किया गया। ब्रिटिश साम्राज्य, अंतर्राष्ट्रीय फ़ासीवाद और भारतीय सामंतवाद के खिलाफ़ संघर्ष में आम जनता के वैचारिक पहलुओं को दिशा देने के लिए प्रदर्शनकारी कला के प्रयोजन के महत्त्व को समझा गया। इप्टा ने गीत, संगीत, नृत्य-रचना आदि द्वारा समय के यथार्थ को प्रदर्शनकारी रूपों में व्यक्त करने की आवश्यकता रेखांकित की। इसमें लेखक, कलाकार, नर्तक, अभिनेता आदि शामिल हुए। विभिन्न भारतीय भाषाओं में इसकी शाखाएँ बनी। मुम्बई का सेंट्रल ट्रुप इसका सबसे समृद्ध दल था। *नवान्न, भारत की आत्मा* और *अमर भारत* जैसी अविस्मरणीय प्रस्तुतियाँ हुईं। भारतीय कम्युनिस्ट पार्टी के नेतृत्व में परिवर्तन, स्वातंत्र्योत्तर सत्ता के साथ टकराव और लेखकों, कलाकारों, रंगकर्मियों के पार्टी से मतभेद के कारण आज़ादी के बाद इप्टा में बिखराव आ गया। कई महत्त्वपूर्ण लोग इससे अलग हो गये। संगठन के तौर पर यह बना रहा लेकिन वह उत्साह नहीं रहा। जो भी हो, इप्टा ने सांस्कृतिक आंदोलन और भारतीय रंगमंच को एक नयी दिशा दी। आज़ादी के बाद भारतीय रंगमंच में जो महत्त्वपूर्ण निर्मित हुआ उसमें इप्टा की अहम भूमिका थी।

देखें : प्रगतिवाद, बर्तोल्त ब्रेख़्ट, कोंस्तांतिन सेर्गेइविच स्तालिनाव्स्की, भारतीय रंगमंच।

संदर्भ

1. महेश आनंद (1978), 'भारतेंदुयुगीन हिंदी रंगमंच', नेमिचंद जैन (सम्पा.), *आधुनिक हिंदी नाटक और रंगमंच,* मैकमिलन, नयी दिल्ली.
2. कैथरीन हैनसेन (1992), *ग्राउंड्स फ़ार प्ले,* मनोहर पब्लिशर्स, नयी दिल्ली,
3. जगदीश चंद्र माथुर (1969), *परम्पराशील नाट्य,* बिहार राष्ट्रभाषा परिषद, पटना,
4. दशरथ ओझा (2008), *हिंदी नाटक : उद्‌भव और विकास,* राजपाल ऐंड संज़, दिल्ली.
5. रामनारायण अग्रवाल (1976), *संगीत : एक लोक-नाट्य परम्परा,* राजपाल ऐंड संज़, दिल्ली.
6. सोमनाथ गुप्त (1981), *पारसी थिएटर : उद्‌भव और विकास,* लोकभारती प्रकाशन, इलाहाबाद और नयी दिल्ली.
7. लक्ष्मीनारायण लाल (1973), *पारसी-हिंदी रंगमंच,* राजपाल ऐंड संज़, दिल्ली.
8. महेश आनंद (2010), *जयशंकर प्रसाद : रंग-दृष्टि,* राष्ट्रीय नाट्य विद्यालय, नयी दिल्ली.
9. रुस्तम भड़ूचा (1983), *रिहर्सल आफ़ रैवोल्यूशन,* सीगल बुक्स, कोलकाता.

—अमितेश कुमार

आधुनिक हिंदी-रंगमंच-2
(राष्ट्रीय रंगमंच : विविध प्रस्तुतियाँ)

(Modern Hindi Theatre-2)

बीसवीं शताब्दी के पाँचवें दशक से भारतीय रंगमंच में एक नयी गतिशीलता आयी। हिंदी-रंगमंच इसके केंद्र में था। इसमें एक तरफ़ भारतीय राज्य ने संगीत नाटक अकादेमी (सनाअ) और राष्ट्रीय नाट्य विद्यालय (रानावि) जैसे संस्थान स्थापित करके राष्ट्रीय रंगमंच की स्थापना की पहल की, वहीं स्वतंत्र रूप से नाटककारों, निर्देशकों और अभिनेताओं का आगमन हुआ। इस दोहरी प्रक्रिया ने रंगमंच को गति दी और सत्तर के दशक तक इसने रंगांदोलन की शक्ल ले ली। टेलिविज़न के आने के बाद यह धारा मंद ज़रूर पड़ी, लेकिन इक्कीसवीं सदी के पहले दशक में स्थिति फिर बदली और एक नया रंगमंच उभरता हुआ दिखा। स्वतंत्रता प्राप्ति के बाद रंगमंच में पहला दौर नाटककारों का था जो रंगमंच के सूत्रधार थे। निर्देशक इन नाटकों के व्याख्याकार और अभिनेता अनुकर्ता थे। मोहन राकेश, धर्मवीर भारती, जगदीशचंद्र माथुर जैसे नाटककारों ने हिंदी में *आधे अधूरे, आषाढ़ का एक दिन, लहरों का राजहंस, अंधा युग, कोणार्क, पहला राजा* जैसे नाटकों से साहित्यिक नाटक और मंचीय नाटक के भेद को पाट दिया। रंगमंच को भी गति मिली। इन नाटककारों ने सुरेंद्र वर्मा, शंकर शेष, सर्वेश्वर दयाल सक्सेना, लक्ष्मी नारायण लाल, मणि मधुकर, असग़र वजाहत, नंदकिशोर आचार्य जैसे नाटककारों की भावी पीढ़ी को प्रेरित किया।

भारतीय रंगमंच में राष्ट्रीय रंगमंच की स्थापना की जो मुहिम चली उसमें हिंदी केंद्रीय भाषा बनी। हिंदी में विभिन्न भारतीय भाषाओं के नाटक मंचित हुए। यहाँ तक कि मूल भाषा से पहले हिंदी में नाटक मंचित हुए। विजय तेंदुलकर, गिरिश कार्नाड, बादल सरकार, महेश एलकुंचवार, गोविंद पुरुषोत्तम देशपांडे, चंद्रशेखर कम्बार, आद्य रंगाचार्य, सतीश आलेकर जैसे विविधभाषी नाटककारों के नाटक हिंदी में खेले गये। भारतीय भाषाओं के अतिरिक्त विदेशी नाटकों का भी हिंदी में मंचन हुआ। ब्रेख़्त, मौलियर, शेक्सपीयर, बैकेट, सोफ़ोक्लीज़, युरिपीडिज़, इब्सन, चेखव, गोर्की, कामू इत्यादि नाटककारों के मंचन ने हिंदी रंगमंच को समृद्ध करने के साथ इसे वैचारिक ऊर्जा दी। साथ में यह बहस भी चलती रही कि हिंदी रंगमंच हिंदी के मौलिक नाटकों से समृद्ध होगा या हिंदी में मंचन से।

सत्तर के दशक में अनुभव किया गया कि नाट्यलेखन का ढर्रा पश्चिमी है और भारतीय रंगमंच में भारतीयता की खोज इसकी पारम्परिक जड़ों से जुड़ कर होगी। इससे जड़ों के रंगमंच (थिएटर ऑफ़ रूट्स) का मुहावरा सामने आया। नाट्य लेखन और मंचन में पारम्परिक रंग भाषा की तलाश होने लगी। इस तलाश के लिए सनाअ ने युवा रंगकर्मियों को प्रोत्साहित किया, उत्सवों का आयोजन करके इन प्रयोगों को मंच भी दिया। हिंदी क्षेत्र में नौटंकी (*आला अफ़सर, बकरी, हरिश्चंदर की लड़ाई* जैसे नाटकों में) नाचा (हबीब तनवीर के नाटकों में), बिदेसिया (*अमली, माटी गाड़ी, बिदेसिया* में), तमाशा (*घासीराम कोतवाल*) इत्यादि शैली के रंग-तत्त्वों का इस्तेमाल हुआ। लेकिन जड़ों के रंगमंच का मुहावरा धीरे-धीरे एक आलंकारिक सज्जा में बदलता गया, जिसका शहरी रंगमंच ने अपनी दृश्यात्मकता बढ़ाने में उपयोग किया। पारम्परिक रंगमंच के सरंक्षण का कोई हल इससे नहीं निकल सका। हबीब तनवीर ही एक थे जिन्होंने लोक-शैली के अभिनेताओं के साथ अपना रंगमंच विकसित किया। उन्होंने लोक-शैली का केवल शिल्पगत प्रयोग न करके उसे कथ्य का अनिवार्य हिस्सा बनाया और रंगमंच की कई शैलियों को सरंक्षित किया। इस आंदोलन के संबंध में यह आशंका भी जतायी गयी कि वह आधुनिक मूल्यों को रंगमंच से विस्थापित कर पुनरुत्थानवाद और धार्मिकता को प्रतिष्ठित करेगा। यह भी कहा गया कि इसका उपयोग राजनीतिक रंगमंच को दिग्भ्रमित करने के लिए किया जाएगा। कुल मिला कर शहर और देहात के रंगमंच को यह क़रीब न ला सका। दूरी वैसी ही बनी रही और अंततः अनुदान प्रायोजित इस रंगमंच का अवसान हो गया।

आज़ादी के बाद से नब्बे के दशक तक हिंदी में रंगमंच की कई वैचारिक धाराएँ और प्रवृतियाँ सक्रिय रही हैं। एक तरफ़ आधुनिक मुहावरे से प्रेरित रंगमंच था जिसमें नाटककार ही रंगमंच का प्रस्तावक था। पाठ की अपनी व्याख्या करके निर्देशक अभिनेता से मंच पर अनुकृति कराते थे। इस मंच पर सब कुछ नियमबद्ध और यंत्रचालित था। यह दर्शकों को यथार्थ के घटने का भी भ्रम कराता था। मोहन राकेश के नाटक आधुनिक रंग मुहावरे और पाश्चात्य प्रभाव के नाटक

विजय तेंदुलकर (1928-2008) कृत *घासीराम कोतवाल* का एक मंचन.

थे। इब्राहिम अल्काज़ी की निर्देशन शैली आधुनिक मुहावरे में ही थी। यद्यपि उन्होंने रंगमंच को प्रोसीनियम थिएटर की सीमाओं से बाहर निकाल कर नये स्पेस में भी स्थापित किया। इसमें अभिनेताओं द्वारा निर्मित मंच और पुराना क़िला जैसे ऐतिहासिक स्थल भी शामिल थे। दूसरी तरह का रंगमंच वह था जिसमें नाटक का प्रस्तावक अभिनेता, कथा या कोई विचार होता था और नाटक, अभिनेता और निर्देशक के संयुक्त उपक्रम से विकसित होता था । हबीब तनवीर के नाटक इसके प्रतिनिधि उदाहरण हैं। एक धारा ब्रेख़्त के रंगमंच से प्रभावित रही जिसमें ब्रेख़्त के कई नाटकों को हिंदी की विभिन्न बोलियों में खेला गया और नाटक के यथार्थवादी भ्रम को तोड़ा गया। जड़ों का रंगमंच भी इस ब्रेख़्तियन शैली के निकट था जिसमें गीत, संगीत और नृत्य द्वारा महाकाव्यात्मक रंगमंच खड़ा किया गया। संस्कृत नाटकों की भी आधुनिक संदर्भ में प्रस्तुति हिंदी रंगमंच पर हुई। नुक्कड़ नाटकों की भी अच्छी परम्परा रही। सत्तर के दशक के बाद इसने ज़ोर पकड़ा और कई महत्त्वपूर्ण निर्देशकों ने प्रोसीनियम से बाहर निकल कर सड़कों पर नाटक किये। इप्टा के ज़माने के बाद फिर से राजनीतिक मुहावरे के रंगमंच को जनता के बीच ले जाया गया। इस पर बादल सरकार के तीसरे रंगमंच की स्पष्ट छाप थी। हिंदी में एक धारा कहानी के रंगमंच की भी चली जिसके सूत्रधार देवेंद्र राज अंकुर थे। इस धारा में कहानी को उसके मूल आख्यान के साथ ही मंच पर प्रस्तुत किया गया इसमें कहानी सुनने और देखने का अनुभव एक साथ होता था।

विषय की दृष्टि से भी हिंदी रंगमंच में पर्याप्त विविधता है। इसमें एक तरफ़ मिथक और इतिहास के बहाने आधुनिक मनुष्य की समस्याओं को मंच पर उतारा गया, साथ ही आज़ादी के बाद राष्ट्रीय इयत्ता की खोज की रंगमंचीय पहल भी हुई। *महाभारत* और पौराणिक स्रोत से लिखे नाटक इसके आधार बने। *हयवदन, ययाति, तुगलक़* (गिरीश कार्नाड) *अंधा युग* (धर्मवीर भारती), *कोणार्क* (जगदीश चंद्र माथुर) *आषाढ़ का एक दिन* (मोहन राकेश) जैसे नाटकों में इतिहास और मिथक की पड़ताल हुई। दूसरी तरफ़ आधुनिक मध्यवर्गीय जीवन भी यथार्थवादी रंगमंच के ज़रिये प्रस्तुत हुआ। आधुनिकता के प्रभाव में बदलते मानवीय रिश्तों और नियति से जुझते हुए मनुष्यों को नाटककारों ने अपना विषय बनाया। *आधे-अधूरे* इसका प्रतिनिधि उदाहरण है। तीसरे नाटक वे हैं जिनका आधार लोक-कथा या लोकाख्यान है। हबीब तनवीर के नाटक को इस श्रेणी में रखा जा सकता है। कुल मिला कर आधुनिक हिंदी रंगमंच का स्वरूप शहरी, संभ्रांत और मध्यवर्गीय है। हबीब तनवीर इसे विस्तार देते हैं और इसे निम्न तबके और कस्बों तक ले जाते हैं। वे क़स्बाई कलाकारों को आधुनिक रंगमंच पर उपस्थित करते हैं।

नब्बे के दशक के बाद हिंदी रंगमंच में महिला निर्देशक का काम उभरता है। अनुराधा कपूर, त्रिपुरारी शर्मा, माया राव, अनामिका हक्सर, अमाल अल्लाना, नीलम मान सिंह चौधरी, कीर्ति जैन इत्यादि ने इस दौर में उल्लेखनीय काम किया। ख़ासकर जेंडर का मसला जो इनकी प्रस्तुतियों में देखने को मिला, अन्यत्र दुर्लभ है। ऐसी प्रस्तुतियों के लिए इन्होंने प्रस्तुति के फ़ॉर्म में बदलाव किया। महिला निर्देशक जेंडर के जिन प्रश्नों को मंच पर लायीं उन्हें आधुनिक प्रदर्शनों में अब तक सम्बोधित ही नहीं किया गया था। इस रचनाशीलता से दो बातें सामने आयीं। पहली तो यह कि इस विषय पर इस तरह से विचार किया गया कि जैसे इन अनुभवों का अधिकांश हिस्सा अब तक अदृश्य रहा हो। दूसरे, इन अनुभवों को कुछ इस तरह प्रस्तुत किया गया जिससे प्रदर्शन के प्रचलित आख्यान को विस्थापित हो जाना पड़ा।

नब्बे के दशक के बाद रंगमंच में नाटककार की स्थिति हाशिये पर जाते दिखी। आलेख और निर्देशक केंद्र में आया। प्रस्तुति को अपनी निजी अभिव्यक्ति बनाने के लिए निर्देशक ने प्रस्तुति आलेख लिखे या लिखवाये। इसका एक कारण यह था कि जिन मसलों पर वह प्रस्तुति करना चाहता था उन पर आलेख ही नहीं थे : जैसे भूमण्डलीकरण के प्रभाव पर, अस्मिताओं के उदय पर या किसी ऐतिहासिक तथ्य को सामने लाने के लिए। इस दौरान रंगमंच को तकनीक ने सबसे अधिक प्रभावित किया। ध्वनि और प्रकाश उपकरणों के साथ वीडियो और डिजिटल तकनीक ने मंच पर अपना प्रभाव बढ़ाया जिसके उत्साहजनक परिणाम निकले। विफलता भी मिली और संयमजनित सफलता भी। वैसे परम्परागत रंगकर्म इस दौर में भी सक्रिय रहा। रंजीत कपूर, हबीब तनवीर, देवेंद्र राज अंकुर, राजेंद्रनाथ जैसे निर्देशक तकनीक से अप्रभावित रह कर अपनी प्रस्तुति करते रहे।

इक्कीसवीं सदी के आरम्भ में रंगमंचीय सक्रियता तो बढ़ी है लेकिन रंगमंच करने के पीछे विचार और दृष्टि का अभाव दिखता है। सरकारी अनुदान लपकने और व्यक्तिगत महत्त्वाकांक्षा से वशीभूत रंगकर्म अधिक है। प्रस्तुतियों की भरमार के बीच उल्लेखनीय प्रस्तुतियों का अभाव है। भारत रंग महोत्सव जैसे महत्त्वाकांक्षी उत्सवों में हिंदी की गुणवत्तापूर्ण उपस्थिति नहीं है। रंगकर्म का विस्तार अपेक्षाकृत छोटे शहरों में हो रहा है। महोत्सव अधिक संख्या में होने लगे हैं। सिनेमा, टेलिविज़न से जुड़ने के लिए शुरुआती मंच के रूप में नये अभिनेता इससे जुड़ रहे हैं वहीं इन माध्यमों से ऊबे दर्शक भी रंगमंच की तरफ़ आ रहे हैं।

आधुनिक हिंदी रंगमंच के विकास में दिशांतर, रानावि रंगमण्डल, अस्मिता, एक्ट-वन, नया थिएटर, अभियान, सम्भव (दिल्ली) इप्टा, कला संगम, निर्माण कला मंच (पटना) रंग विदूषक, म.प्र. रंगमण्डल (भोपाल), दर्पण (उत्तर प्रदेश में विभिन्न शाखाएँ) थिएटर यूनिट, अपर्णा (मुम्बई) अनामिका, पदातिक (कोलकाता) जैसी रंगमंडलियों और इनैक्ट (सम्पा.

राजेंद्र पाल) और नटरंग (सम्पा. नेमिचंद्र जैन) जैसी पत्रिकाओं का भी योगदान है। इनका समुचित मूल्यांकन होना अभी शेष है।

देखें : प्रगतिवाद, बर्तोल्त ब्रेख़्ट, कोंस्तांतिन सेर्गेइविच स्तालिनाव्स्की, भारतीय रंगमंच।

संदर्भ

1. जगदीश चंद्र माथुर, (1956), *हिंदी ड्रामा ऐंड थिएटर इण्डियन ड्रामा,* पब्लिकेशन डिविज़न, सूचना एवं प्रसारण मंत्रालय, भारत सरकार.
2. नेमिचंद्र जैन (1996), *रंग परम्परा : भारतीय नाट्य में निरंतरता और बदलाव,* वाणी प्रकाशन, नयी दिल्ली.
3. नेमिचंद्र जैन (2010), *रंग दर्शन,* राजकमल प्रकाशन, नयी दिल्ली.
4. वसुधा डालमिया (2006), *पोएटिक्स, प्लेज़ ऐंड परफ़रमेंस : द पालिटिक्स ऑफ़ मॉडर्न इण्डियन थिएटर,* ऑक्सफ़र्ड युनिवर्सिटी प्रेस, नयी दिल्ली.
5. जयदेव तनेजा (1978), *समकालीन हिंदी नाटक और रंगमंच,* तक्षशिला प्रकाशन, नयी दिल्ली.
6. बी.मी. एरिन (2008), *थिएटर ऑफ़ रूट्स,* सीगल, कोलकाता.
7. अपर्णा भार्गव धारवड़कर (2008), *थियेटर्स ऑफ़ इण्डिपेंडेंस,* ऑक्सफ़र्ड युनिवर्सिटी प्रेस, नयी दिल्ली.
8. नंदी भाटिया (सम्पा.) (2009), *मॉडर्न इण्डियन थिएटर,* ऑक्सफ़र्ड युनिवर्सिटी प्रेस, नयी दिल्ली.

—अमितेश कुमार

आनंद केंटिश कुमारस्वामी

(Anand Kentish Coomaraswami)

बीसवीं सदी के महान कला-इतिहासकार, सौंदर्यशास्त्री और तत्त्वमीमांसक आनंद केंटिश कुमारस्वामी (1877-1947) को तुलनात्मक धार्मिक विचार के परम्परावादी स्कूल का प्रमुख हस्ताक्षर माना जाता है। कुमारस्वामी ने चित्रकला, मूर्तिकला, साहित्य, भाषा, लोकगाथाओं, मिथकों, प्रतीकों और शिल्पकारी का गहन अध्ययन करते हुए मौलिक अंतर्दृष्टियों से सम्पन्न विपुल साहित्य की रचना की। भारतीय साहित्य और कला के साथ-साथ वे इस्लामिक कला, मध्ययुगीन कला, संगीत और भू-विज्ञान के विद्वान भी थे। कुमारस्वामी के पास कला और सौंदर्य के उद्गम तक पहुँचने और उस प्रक्रिया में किये गये अपने अवलोकन को साहसिक स्पष्टता के साथ व्यक्त करने की अपूर्व क्षमता थी। नये सिद्धांतों की रचना करने के बजाय उन्होंने अपनी ऊर्जा सांस्कृतिक सत्य के पुनराविष्कार में लगायी। कुमारस्वामी ने उन सिद्धांतों का नये सिरे से उद्घाटन किया जिनके आधार पर सभ्यताओं का उत्थान और पतन होता है। कुमारस्वामी को विशेष रूप से 1934 में प्रकाशित उनकी रचना द *ट्रांसफ़ॉर्मेशन ऑफ़ नेचर इन आर्ट* के लिए और राजपूत चित्रकला की खोज के लिए भी जाना जाता है।

आनंद केंटिश कुमारस्वामी का जन्म कोलम्बो, सिलोन में 22 अगस्त, 1877 को हुआ था। उनके पिता सर मुत्थु कुमारस्वामी श्रीलंकाई तमिल थे, और माँ अंग्रेज़। बचपन में ही पिता का देहांत हो जाने के कारण माँ उन्हें इंग्लैण्ड ले गयीं जहाँ उनकी शिक्षा-दीक्षा हुई जिसमें विज्ञान और गणित के अध्ययन की प्रधानता थी। भू-विज्ञान में डॉक्टरेट हासिल कर लेने के बाद और 25 वर्ष की उम्र में ही सिलोन के मिनरोलॉजीकल सर्वे का निदेशक बन जाने के बाद भी कुमारस्वामी ने एक वैज्ञानिक के रूप में अपना कॅरियर आगे नहीं बढ़ाया। डॉक्टरेट का फ़ील्ड-वर्क करते समय ही उनकी दिलचस्पी लंका की पारम्परिक कला और शिल्प में हो गयी थी। लेकिन इस संबंध में भी उनकी विज्ञान-संबंधी ट्रेनिंग महत्त्वपूर्ण साबित हुई। उन्होंने क्रमबद्ध रूप से कला-वस्तुओं को सहेजना शुरू किया और उनके विस्तृत विवरण तैयार किये। 1916 में वे बोस्टन के ललित कला संग्रहालय के सदस्य हो गये। इस संग्रहालय से उनका रिश्ता जीवनपर्यंत चलता रहा।

एक विचारक के रूप में कुमारस्वामी उद्योगवादी नज़रिये की मुखर आलोचना करने वाली उस परम्परा के प्रतिनिधि हैं जिसके शिखर पर विलियम ब्लेक, जॉन रस्किन और विलियम मॉरिस थे। कुमारस्वामी रस्किन के इस फ़िकरे का अक्सर इस्तेमाल करते थे : 'कला के बिना उद्योग एक बर्बरता है।' कुमारस्वामी को ठीक से न जानने वालों को अक्सर यह भ्रम हो जाता है कि वे कलावादी रहे होंगे। दरअसल, चाहे एक साधारण बर्तन हो, हिंदू मंदिरों की मूर्ति कला हो या मुग़ल या राजपूत चित्रकला हो, उनकी दिलचस्पियाँ हमेशा इस आस्था पर टिकी होती थीं कि आधुनिकतावाद की प्रदूषक बाढ़ में किसी कला-वस्तु को नष्ट होने से कैसे बचाया जा सकता है। उनके हाथों में पहुँच कर कला-वस्तुएँ न केवल संरक्षित होती थीं, वरन वे उनके गहन तात्पर्यों का अपने लेखन के ज़रिये विश्लेषण भी करते थे। आज अगर हम सारी दुनिया में जगह-जगह नटराज के ताम्र-शिल्प की प्रतिकृतियाँ देखते हैं, तो उसका श्रेय भी कुमारस्वामी के 1918 में प्रकाशित विख्यात लेख 'दि डांस ऑफ़ शिवा' को जाता है। युरोप और अमेरिका में भारतीय कला के अध्ययन के प्रति पायी जाने वाली दिलचस्पी का श्रेय भी कुमारस्वामी के साहित्य को दिया जाना चाहिए। कुमारस्वामी से पहले एशियाई कला के प्रति पश्चिमी रवैया ख़ासा तिरस्कारपूर्ण था। भारतीय और सिंहली कला को अक्सर दोयम दर्जे का या कमतर क़रार दिया जाता था। कुमारस्वामी की व्याख्याओं ने अध्ययन के इस पूरे क्षेत्र की प्रतिष्ठा में रैडिकल तब्दीली कर दी। 1917

आनंद केंटिश कुमारस्वामी (1877-1947)

में बोस्टन म्यूज़ियम का क्यूरेटर बनने के बाद उन्होंने अथक परिश्रम करके पौर्वात्य कला की सहस्रों वस्तुओं के वर्गीकरण और कैटलॉगिंग का कार्यभार पूरा किया। अपने लेखन और व्याख्यानों के माध्यम से उन्होंने कला के इतिहास-लेखन पर अमिट छाप छोड़ी।

कुमारस्वामी का शुरुआती प्रशिक्षण इंग्लैण्ड में वनस्पतिशास्त्र और भू-विज्ञान में हुआ था। डॉक्टरेट करने के लिए उन्होंने अपने गृह-देश सिलोन (आज का श्रीलंका) का वैज्ञानिक खनिज-सर्वेक्षण किया। अपने फ़ील्ड-वर्क के दौरान ही उन्हें लंका की पारम्परिक कला और शिल्प पर गहरी निगाह डालने का मौक़ा मिला। साथ ही उन्हें इस कला के उत्पादन की सामाजिक परिस्थितियों की जानकारी भी हासिल करनी पड़ी। इस प्रक्रिया में उन्हें पहली बार ब्रिटिश उपनिवेशवाद के क्षयकारी प्रभाव का तीखा एहसास हुआ। 1906 में उन्होंने सिलोन सोशल रिफ़ॉर्म सोसाइटी की स्थापना की। इस संस्था का उद्देश्य न केवल पारम्परिक कलाओं और शिल्पों का संरक्षण करना था, बल्कि उन सामाजिक मूल्यों और रीति-रिवाज़ों को बचाना भी था जिनके कारण ये कला-रूप परवान चढ़े थे। सोसाइटी ने बिना सोचे-समझे एशियाई माहौल के प्रतिकूल युरोपीय आदतें और तौर-तरीक़े अपनाने का रवैया हतोत्साहित करने के कार्यक्रम भी शुरू किये। कुमारस्वामी ने लंकाई अतीत और सांस्कृतिक विरासत में गर्व महसूस करने का आह्वान किया। उल्लेखनीय है कि कुमारस्वामी की माँ अंग्रेज़ थीं, और वे बचपन से ही इंग्लैण्ड में पले-बढ़े थे, इसके बावजूद भारत और लंका में ब्रिटिश मौजूदगी के कारण राष्ट्रीय जीवन को हो रहे नुक़सान के प्रति उनका सरोकार असाधारण था।

बीसवीं सदी के पहले 13 साल उन्होंने भारत, सिलोन और इंग्लैण्ड के बीच आवाजाही करते हुए बिताये। भारत में रवींद्र नाथ ठाकुर के परिवार के साथ घनिष्ठ संबंधों के कारण उन्होंने साहित्यिक पुनर्जागरण और स्वदेशी आंदोलन में भागीदारी की। इस दौरान वे लगातार कला संबंधी इतिहास पर अनुसंधान करते रहे, कलाओं और शिल्पों की उन्होंने गहरी जाँच की। उन्होंने दरबारी कला और धार्मिक कला के विस्मृत और उपेक्षित रूपों पर पड़ा आवरण हटाया। इसी दौरान उन्होंने इंग्लैण्ड में इण्डिया सोसाइटी की स्थापना भी की। 1917 के बाद कुमारस्वामी ने मुख्यत: तीन तरह की गतिविधियों में अपनी ऊर्जा लगायी। उनका पहला काम था युरोपियनों और एशियनों, दोनों के सामने एशियाई कला की अहमियत साबित करना। उनका दूसरा काम था ललित कलाओं के बोस्टन म्यूज़ियम के भारतीय सम्भाग के क्यूरेटर के तौर पर अनगिनत विद्वत्तापूर्ण कृतियों का सृजन करना। उनका तीसरा काम था कला के पारम्परिक दृष्टिकोण में निहित दर्शन, धर्म और तत्त्वमीमांसा की व्याख्या करना। इस प्रक्रिया में कुमारस्वामी ने पहले लंका और भारत की कला-विरासत और फिर एशिया के अन्य स्थानों की कला-विरासत की युरोप के साथ समकक्षता सुचिंतित रूप से प्रमाणित की।

बीस के दशक में कुमारस्वामी के चिंतन ने नयी करवट ली। विशुद्ध अकादमीय विद्वत्ता से उकता जाने के बाद उन्होंने आध्यात्मिक और तत्त्वमीमांसक प्रश्नों पर सोचना शुरू किया। उन्होंने भारत की शास्त्रीय विचार परम्परा और रिनेसाँ-पूर्व युरोप के चिंतन पर अपना ध्यान केंद्रित किया। इसके बाद उनकी रचनाओं पर प्लेटो, प्लोटिनस, ऑगस्तीन, एक्विना, शंकराचार्य, लाओ त्से और नागार्जुन का दर्शन छाता चला गया। उन्होंने लोकगाथाओं और मिथकों को टटोल कर उनके छिपे हुए अर्थों का संधान किया। इस संदर्भ में जिस चिंतक का उनके ऊपर सबसे ज़्यादा प्रभाव पड़ा, वे रेने गुएन‍ॅन थे। अपने जीवन के इस आख़िरी दौर में उनकी उल्लेखनीय रचनाएँ थीं *क्रिश्चियन ऐंड ओरिऐंटल फ़िलॉसफ़ी ऑफ़ आर्ट* (1939), *हिंदुइज़्म ऐंड बुद्धिज़्म* (1943) और *टाइम ऐंड इटर्निटी* (1947)। उनकी रचनाएँ उनके देहांत के बाद भी छपती रहीं। कुमारस्वामी के विचारोत्तेजक निबंधों के दो संकलन अस्सी के दशक में प्रकाशित हुए : *सोर्सिज़ ऑफ़ विज़डम* (1981) और *व्हाट इज़ सिविलाइज़ेशन ?* (1989)। कुमारस्वामी के विशद और गहन रचना-संसार की शुरुआती जानकारी हासिल करने के लिए ये दो निबंध संकलन अत्यंत उपयोगी हैं।

कुमारस्वामी का जीवन अपने अध्यवसाय और अहर्निश श्रम के लिए भी जाना जाता है। उनका दिन सुबह साढ़े पाँच बजे शुरू हो जाता था। नौ बजे वे म्यूज़ियम पहुँच जाते थे। घर पर भी वे लगातार अध्ययन और लेखन करते रहते। शाम को वे अपने बाग में काम करने जाते जहाँ एक वनस्पतिशास्त्री

के रूप में उनकी व्यावहारिक प्रतिभा का उपयोग होता। इसके बाद वे फिर अपने टाइपरायटर और किताबों की तरफ़ लौटते। दस बजे रात को उनका दिन ख़त्म होता। कुमारस्वामी जीवन के अंतिम वर्ष भारत में व्यतीत करना चाहते थे, पर उनकी यह इच्छा पूरी नहीं हुई। 9 सितम्बर, 1947 को नीढम, मैसाचुसेट्स में उनका अचानक देहांत हो गया। उनकी अस्थियाँ काशी लाकर गंगा में प्रवाहित की गयीं।

देखें : रवींद्रनाथ ठाकुर, वासुदेव शरण अग्रवाल।

संदर्भ

1. रामा पी. कुमारस्वामी (सम्पा.) (2003), *द इसेंशियल आनंद के. कुमारस्वामी,* वर्ल्ड विज़डम्स, *ब्लूमिंग्टन,* आईएन.
2. पी.एस. शास्त्री (1974), *आनंद के. कुमारस्वामी,* आर्नोल्ड हाइनमेन (इण्डिया), नयी दिल्ली.
3. रोजर लिपसी (1977), *हिज़ लाइफ़ ऐंड वर्क,* प्रिंसटन युनिवर्सिटी प्रेस, प्रिंसटन.

—अभय कुमार दुबे

आनंदीबाई गोपाल जोशी

(Anandibai Gopal Joshi)

आनंदीबाई गोपाल जोशी (1865–1887)

उन्नीसवीं सदी में मेडिकल शिक्षा के लिए अमेरिका जा कर पेन्सिल्वेनिया महिला चिकित्सा महाविद्यालय से स्नातक की उपाधि प्राप्त करके भारत की पहली महिला डॉक्टर बनने वाली आनंदीबाई गोपाल जोशी (1865–1887) का प्रेरक जीवन भारतीय नारीवाद की पुराकथा है। करीब सवा सौ वर्षों के बाद आज भी उनका जीवन-संघर्ष भारतीय युवतियों के लिए प्रेरणा स्रोत बना हुआ है। पितृसत्तात्मक परिवार, बाल विवाह और समाज की उत्पीड़नकारी स्थितियों से निरंतर टकराने वाली आनंदीबाई की कहानी बताती है कि परिस्थिति कैसी भी दुर्गम क्यों न हो, उनका सामना करने वाली लड़कियों के लिए सपने देखना और उन सपनों को हासिल करना सम्भव है।

आनंदीबाई का जीवन काफ़ी छोटा लेकिन घटनापूर्ण था। एक रूढ़िवादी ब्राह्मण परिवार में जन्म लेने के बाद नौ वर्ष की आयु में उनका विवाह एक विधुर गोपाल राव जोशी से कर दिया गया। शुरू में उनका नाम यमुना था जो विवाहोपरांत आनंदी हो गया। सामाजिक विरोध के बावजूद पति आनंदीबाई को शिक्षित करने के पक्ष में थे। अट्ठारह वर्ष की आयु में वे भारत से अमेरिका जाने वाली पहली हिंदू महिला बनीं। उन्होंने एक़दम अनजान स्थान, सभ्यता और परिवेश में चिकित्सा शास्त्र जैसे जटिल विषय का अध्ययन किया और इक्कीस वर्ष की आयु में अमेरिका से डॉक्टर की उपाधि प्राप्त करके वापस भारत लौटीं। भारत वापसी के कुछ महीनों के भीतर ही उनका निधन हो गया। इतने छोटे से जीवन में भी आनंदीबाई ने एक किंवदंती का रूप ले लिया और इस किंवदंती का आकर्षण आज तक बना हुआ है। अदम्य साहस, अनजान ख़तरों से निपटने का जीवट, मेडिकल पढ़ कर भारत में औरतों के लिए डॉक्टर बनाने की अभिलाषा ने उनके चरित्र को एक मनमोहक आभा प्रदान कर दी।

गोपालराव जोशी का सुधारवादी विचारों से थोड़ा परिचय था। और वे स्वयं किसी विधवा से विवाह करना चाहते थे। यमुना से रिश्ते के लिए वे केवल इसी शर्त पर तैयार हुए कि विवाह के बाद उन्हें पत्नी को शिक्षा देने पर रोक नहीं होगी। चौदह वर्ष की कम आयु में ही आनंदी बाई ने एक बालक को जन्म दिया। इस कमसिनी में आनंदी शारीरिक और मानसिक तौर पर मातृत्व का बोझ उठाने में असमर्थ थी। ऊपर से समुचित चिकित्सा न मिलने के कारण उनका नवजात शिशु मात्र दस दिन तक ही जीवित रहा। आनंदीबाई को भी अपार शारीरिक व मानसिक कष्ट झेलना पड़ा। इस समय को याद करते हुए आनंदीबाई ने एक पत्र में लिखा था कि बच्चे की मौत का पिता पर कोई असर नहीं पड़ता, जबकि उसकी माँ ऐसा कभी नहीं होने देना चाहती।

गोपालराव जोशी को अपनी पत्नी को शिक्षित करने में विशेष परिश्रम नहीं करना पड़ा। कुशाग्र बुद्धि आनंदीबाई

ने मराठी, संस्कृत और अंग्रेज़ी बहुत जल्दी ही सीखना शुरू कर दिया। आनंदीबाई की पढ़ाई पर ध्यान केंद्रित करने के उद्देश्य से गोपालराव जोशी ने अपना तबादला कोंकण के अलीबाग नामक स्थान पर करा लिया। लेकिन छोटे से शहर में गोपालराव जोशी का अपनी पत्नी को पढ़ाना और शाम को दोनों का एक साथ टहलना जोशी दम्पति व स्थानीय रूढ़िवादी समाज के बीच टकराव का कारण बन गया। अपने इस सामाजिक अलगाव और उत्पीड़न से व्यथित और अपनी पत्नी के लिए बेहतर शिक्षा के अवसरों की चाह में गोपालराव ने अपने अगले स्थानांतरण मुम्बई और फिर कोल्हापुर कराये। दोनों स्थानों पर ईसाई मिशनरी स्कूलों से उन्हें आनंदीबाई की पढाई के लिए कोई विशेष सहायता नहीं मिली। गोपालराव अपनी पत्नी को पढ़ाने के समय कई बार बुरी तरह से पीट भी देते थे। अमेरिका प्रवास के दौरान पति को लिखे पत्रों में आनंदीबाई ने इस बारे में विस्तृत रूप से लिखा भी है।

इसके बाद गोपालराव ने अमेरिकी मिशनरियों से अपनी पत्नी की शिक्षा में सहयोग के लिए गुहार की। सितम्बर, 1878 में प्रिंसटन, न्यू जर्सी के पादरी वाइल्डर से मदद के लिए गुहार करते हुए उन्होंने स्वयं को एक ऐसे प्रगतिशील ब्राह्मण की तरह दिखाया जो पत्नी को शिक्षित करना चाहता है, लेकिन जातिगत उत्पीड़न के कारण ऐसा नहीं कर पा रहा है। जोशी ने यह भी कहा कि वे और उनकी पत्नी ईसा मसीह के संदेश को स्वीकारने के लिए तैयार हैं। पादरी ने जोशी को निरुत्साहित करते हुए भारत में ही रह कर अपनी पत्नी को पढ़ाने की सलाह दी। संयोगवश श्रीमती कारपेंटर नामक एक महिला की निगाह भी इस पत्रिका पर पड़ी और वे आनंदीबाई की अभिलाषा से बहुत प्रभावित हुईं। श्रीमती कारपेंटर ने गोपालराव को कोल्हापुर के पते पर पत्र भेजा जिसमें लिखा था कि मैं आपकी पत्नी को उनकी पढ़ाई के दौरान अपने घर में रखने के किये तैयार हूँ। यहीं से आनंदीबाई जोशी और श्रीमती कारपेंटर के बीच पत्रों के माध्यम से एक रिश्ता बन गया। आनंदीबाई श्रीमती कारपेंटर को मौसी कह कर सम्बोधित करती थीं।

इसी बीच गोपालराव स्थानांतरण करवा कर कोलकाता आ गये। उन्हें आशा थी कि बंगाल प्रेसीडेंसी के डाक विभाग में महिलाओं को रोज़गार मिल सकता है। लेकिन कोलकाता में आनंदीबाई को लैंगिक सामजिक उत्पीड़न की इंतिहा भुगतनी पड़ी। बंगाली समाज में ज़नाना नामक प्रथा थी जिसके कारण आनंदीबाई का स्कूल जाना, यहाँ तक कि सड़क पर चलना भी दूभर हो गया। हर कोई (भारतीय या युरोपियन) उन्हें अजीब ढंग से घूरता, उनकी हँसी उड़ाता या सीधे अपमान करता था। अमेरिका जाने की तैयारी के दौरान आनंदीबाई और गोपाल राव सिरामपुर में रह रहे थे। उसी दौरान आनंदीबाई को कुछ दिन के लिए अपनी दूर की बहन पण्डिता रमाबाई का भी सान्निध्य मिला जो उस समय रूढ़िवादी समाज से जद्दोजहद कर रही थीं।

कुछ समय बाद ही आनंदीबाई को श्रीमती कारपेंटर की मदद से एक अमेरिकी चिकित्सा कॉलेज में प्रवेश मिल गया। चूँकि गोपाल राव को अमेरिका में कोई काम नहीं मिला और धन के अभाव में वे अपने दम पर अमेरिका की यात्रा नहीं कर सकते थे, इसलिए मजबूरन आनंदीबाई को अकेले ही अमेरिका भेजने की योजना बनानी पड़ी। समूचे सिरामपुर में एक ऊँची जाति की हिंदू महिला की विदेश यात्रा की ख़बर ने तूफ़ान खड़ा कर दिया। हिंदू विशेषकर ब्राह्मण समाज ने आनंदीबाई की भर्त्सना की, तो युरोपियन व भारतीय ईसाई समाज उनके ईसाई बने बग़ैर ही विदेश यात्रा का अवसर मिलने से नाराज़ हो गया। जोशी के घर के आस-पास भारी संख्या में लोग जमा हो कर उनकी मुखर निंदा करने लगे। नतीजतन आनंदीबाई ने फ़रवरी, 1883 में सिरामपोर कॉलेज में एक सार्वजनिक व्याख्यान दिया जिसका शीर्षक *भविष्य में मेरी अमेरिका यात्रा* था। इस कार्यक्रम में आनंदीबाई से कई सवाल भी किये गये जिनका उन्होंने सफलतापूर्वक जवाब दिया।

आनंदीबाई ने कहा, 'मैं अमेरिका क्यों जा रही हूँ? भारत में अनेक महिलायें बड़ी से बड़ी बीमारी झेल लेंगी लेकिन किसी पुरुष डॉक्टर के पास नहीं जाएँगी। भारत में कुछ युरोपियन महिला डॉक्टर हैं लेकिन भारत की सभ्यता-संस्कृति से ये युरोपियन इतने अनजान हैं कि हिंदू महिलाओं के लिए उनकी कोई उपयोगिता नहीं है। भारत जैसा दूसरा जाहिल / जंगली देश नहीं है जो न तो अपनी ज़रूरतों को पहचानता है और न ही अपने पैरों पर खड़े होने का प्रयास करता है। क्या भारत में पढ़ने के कोई साधन नहीं है? भारत में सही पढ़ाई की सुविधा नहीं है। पुरुष अध्यापक महिला विद्यार्थियों के प्रति असहिष्णु-ईर्ष्यालु हैं। मैं ईसाई धर्म या ब्राम्ह समाज की नहीं हूँ और एक हिंदू महिला को पढ़ने जाते देख कर लोग मुझे बहुत ज़्यादा तंग करते हैं। भद्दे सवाल पूछते हैं।'

सात अप्रैल, 1883 को आनंदीबाई अमेरिकी मिशनरी महिलाओं के संरक्षण में कोलकाता से अमेरिका रवाना हुईं। अपनी अमेरिकी मौसी (श्रीमती कारपेंटर) के साथ उनके घर पर रहने के बाद अक्टूबर, 1883 में उन्होंने महिलाओं के पेन्सिल्वेनिया मेडिकल कॉलेज में दाख़िला लिया और अगले तीन वर्षों के दौरान चिकित्सा की उपाधि के लिए पढ़ाई की। इस बीच आनंदीबाई लगातार बीमार रहीं। ठंडी जलवायु, हीटर में बहुत ज़्यादा धुआँ देने वाले एंथ्रेसाइट कोयले और चिकित्सा अध्ययन के लिए अहर्निश परिश्रम से उनका स्वास्थ्य बहुत ख़राब रहने लगा। पढ़ाई ख़त्म करते-करते वे तपेदिक का शिकार हो गयीं। 11 मार्च, 1886 को एक शानदार समारोह में आनंदीबाई को स्नातक की उपाधि से सम्मानित

किया गया। इस अवसर पर पण्डिता रमाबाई सम्माननीय अतिथि के रूप में शामिल हुईं। उनके पति गोपाल राव भी भारत से अमेरिका आये। अपने ख़राब स्वास्थ्य के चलते आनंदीबाई ने अमेरिका में एक साल का प्रशिक्षण लेने की योजना निरस्त करके वापस भारत आने का विचार किया और कोल्हापुर रियासत में एक महिला चिकित्सक बनने का प्रस्ताव स्वीकार कर लिया। वापसी की समुद्री यात्रा में आनंदीबाई का स्वस्थ्य बेहद बिगड़ गया। गोपाल राव के अनुसार जहाज़ के चिकित्सकों ने एक भारतीय महिला का इलाज करने से इनकार कर दिया।

भारत वापसी पर आनंदीबाई व गोपालराव का भव्य स्वागत हुआ। लेकिन आनंदीबाई की तबीयत जवाब देती जा रही थी। 26 फ़रवरी, 1887 को आनंदीबाई ने अंतिम साँस ली। उनका अंतिम संस्कार पुणे में किया गया लेकिन उनकी अस्थियों को श्रीमती कारपेंटर के पास अमेरिका भेज दिया गया।

देखें : अरुणा आसफ़ अली, उपनिवेशवाद विरोधी आंदोलन में स्त्री-नेतृत्व-1 और 2, ऐनी बेसेंट, कमला देवी चट्टोपाध्याय, पण्डिता रमाबाई सरस्वती, महादेवी वर्मा, महाराष्ट्र में सुधारणा-1, 2, 3, 4 और 5, दुर्गाबाई देशमुख, विजय लक्ष्मी पण्डित, संतोष कुमारी देवी।

संदर्भ

1. कैरोलिन वेल्स हेअली डाल (1888), *द लाइफ़ ऑफ़ डॉ. आनंदीबाई जोशी : अ किन्स वुमॅन ऑफ़ पण्डिता रमाबाई,* रॉबर्ट्स ब्रदर्स, मेसेचुसेट्स.
2. काशीबाई कानितकर (1912), *डॉ.आनंदीबाई जोशी वांचे चरित्र व पत्रे,* मनोरंजन ग्रंथ प्रसारक मण्डली, मुम्बई.
3. मीरा कोसम्बी, 'आनंदीबाई जोशी : रिट्रीविंग अ फ्रैग्मेंटिड फ़ेमिनिस्ट इमेज', *इकॉनॉमिक ऐंड पॉलिटिकल वीकली,* खण्ड 31, अंक 49.
4. मीरा कोसम्बी, 'ए प्रिज़मेटिक प्रेजेंस : द मल्टीपल आइकॅनाइज़ेशन ऐंड द पॉलिटिक्स ऑफ़ लाइफ़-राइटिंग', *ऑस्ट्रेलियन फ़ेमिनिस्ट स्टडीज़,* खण्ड 16 , अंक 35.

—रवि दत्त वाजपेयी

आम्बेडकर-गाँधी विवाद

(Ambedkar-Gandhi Debate)

कांग्रेस के नेतृत्व में चले ब्रिटिश विरोधी आंदोलन के नेता गाँधी और अछूत समझे जाने वाले समुदायों के नेता डॉ. भीम राव आम्बेडकर के बीच बीसवीं सदी के पूर्वार्ध में हुई सामाजिक-राजनीतिक बहस भारतीय उपनिवेशवाद विरोधी आंदोलन का सर्वाधिक विचारोत्तेजक प्रकरण है। इस विवाद के मुख्यतः चार आयाम थे : भारतीय परम्परा और हिंदू धर्म की प्रकृति, जाति-व्यवस्था की व्याख्या, ब्रिटिश हुकूमत की भूमिका और स्वतंत्रता मिलने के बाद बनने वाले भारतीय राज्य और समाज का प्रश्न। दोनों नेताओं के बीच इन मुद्दों पर तीखे मतभेद थे जो अछूतों के लिए अलग मतदाता-मण्डलों की माँग के इर्द-गिर्द चरम पर पहुँचे। 1919 में आम्बेडकर ने यह माँग पहली बार उठायी। दोनों के बीच ऐतिहासिक संघर्ष गोलमेज सम्मेलनों से होता हुआ पूना पैक्ट तक पहुँचा। यह विवादास्पद समझौता 1932 में गाँधी द्वारा अनशन का अस्त्र चला कर किया गया था। बाबासाहेब को लग रहा था कि अगर उपवास के कारण गाँधी की मृत्यु हो गयी तो अछूतों के ख़िलाफ़ हिंसक दंगे भड़क उठेंगे। इसी डर से उन्हें पृथक निर्वाचन क्षेत्रों के प्रावधान पर समझौता करना पड़ा, हालाँकि आम्बेडकर को इसका आजीवन अफ़सोस रहा। 1945 में बाबासाहेब ने यह माँग फिर से उठाई लेकिन तब तक काफ़ी देर हो चुकी थी। सार्वजनिक जीवन और समाज-विज्ञान में इस विवाद का कई तरह से मूल्यांकन किया गया है। इस विमर्श का अधिकतर हिस्सा आम्बेडकर और गाँधी को ऐसे राजनीतिक प्रतिद्वंद्वियों की तरह ही देखता है जिनके बीच समानता और सहमति के पहलू न के बराबर ही थे। लेकिन, विद्वत्ता की एक छोटी लेकिन उल्लेखनीय परम्परा ऐसी भी है जो आम्बेडकर और गाँधी के बीच न केवल समानता के पहलुओं की खोज करती है, बल्कि उसका यह दावा भी है कि ये दोनों नेता आपस में भिड़ते हुए एक-दूसरे को प्रभावित भी कर रहे थे। अर्थात् आम्बेडकर-गाँधी विवाद प्रकारांतर से एक-दूसरे को रूपांतरित करने का अनभिप्रेत उद्यम भी था।

गाँधी की मान्यता थी कि परम्परा का अध्ययन और मूल्यांकन जिज्ञासु की तरह किया जाना चाहिए, भले ही दृष्टिकोण में बुनियादी अंतर क्यों न हो। उनका विचार था कि परम्परा को जिस नैतिक रुझान से देखा जाएगा, नतीजा उसी के मुताबिक़ निकलेगा। अर्थात् अगर परम्परा को विरोधी नज़रिये से परखने की कोशिश की जाएगी तो उसकी समझ पूर्वग्रह की शिकार हो जाएगी। इसके उलट आम्बेडकर का ज़ोर आलोचनात्मक जाँच-पड़ताल करते हुए वैज्ञानिक समझ विकसित करने के पक्ष में था। केवल नैतिक रुझान या मनोवृत्ति का सहारा लेने का परिणाम वही निकलेगा जो किसी अंधे द्वारा अंधे का मार्गदर्शन करने से निकलता है। गाँधी अंश की ख़ामियों के आधार पर पूर्ण को ख़ारिज करने का विरोध करते हुए हिंदू धर्मशास्त्रों को उनकी समग्रता में मानवता के लिए कल्याणकारी मानते थे। उनका ज़ोर धार्मिक संदेश की वर्तमान संदर्भ और आवश्यकता के मुताबिक़ व्याख्या पर था।

इसके विपरीत आम्बेडकर का कहना था कि ऐसा करने का मतलब विवादित विचार को पहले से ही सही मान कर चलना होगा। वे यह जानना चाहते थे कि आख़िर हिंदू धर्म की ख़ामियाँ इतनी भीषण क्यों हैं और वह क्या वजह है जो उनके निवारण की नैतिक प्रेरणाओं को इतना दुर्बल कर देती है। आम्बेडकर ने आधुनिक राजनीति के संदर्भ में धर्म की नकारात्मक भूमिका के ख़िलाफ़ चेतावनी भी दी थी।

गाँधी चाहते थे कि किसी भी रचना, जैसे *भगवद्गीता,* पर विचार करते समय उसके शिल्पगत रूप को नज़रअंदाज़ नहीं किया जाना चाहिए। चूँकि वह कविता है इसलिए उसकी बदलते हुए समय के साथ व्याख्याएँ होनी चाहिए। आम्बेडकर को इस बात पर आपत्ति नहीं थी, पर वे कहते थे कि आख़िर उस पाठ का केंद्रीय तर्क कैसे नज़रअंदाज़ किया जा सकता है जो अपने-आप में अपरिवर्तनीय रहता है। यह तो देखना ही होगा कि उसमें क्या छोड़ा गया है, कहाँ पर बल दिया गया है और उसका बुनियादी रुझान क्या है। जैसे मनु के धर्मशास्त्र की संस्तुतियों के अध्ययन को केवल उसके शिल्पगत रूप में सीमित नहीं किया जा सकता।

गाँधी की अपनी ज्ञानमीमांसा में नैतिक मूल्यों को प्राथमिकता दी गयी थी और इसी लिहाज़ से वे मानते थे कि बुनियादी मतभेदों के बावजूद दूसरों के साथ संवाद और समर्थन का रिश्ता रखना चाहिए। आम्बेडकर का तर्क था कि विपक्षी के साथ संवाद क़ायम रखना तो ठीक है, पर संवाद की शर्तें तय करने में पिछले अनुभव, ऐतिहासिक और भौतिक आयामों का ख़याल रखना पड़ेगा। यह भी देखना पड़ेगा कि विपक्षी आपको समान हैसियत देता है या नहीं। या उसका रवैया तर्कपूर्ण है या नहीं। दूसरे, नैतिक मूल्यों की आड़ में पक्षपात भी किया जा सकता है। आम्बेडकर का आरोप था कि गाँधी ख़ुद भी इस समस्या के शिकार हैं। गाँधी श्रुति, स्मृति, आचार और सद्विप्र के पारम्परिक तरीक़ों में केवल चौथे (जिसे वे सद्विवेक कहते थे) के आधार पर समझ बनाने के पक्ष में थे। पर आम्बेडकर का प्रश्न था कि आख़िर अंत:करण या विवेक के पवित्र होने की गारंटी कैसे दी जाएगी? भारत में तो शास्त्रों के आधार पर ही सद्विवेक परिभाषित किया जाता है, जब कि वह वास्तव में धार्मिक कट्टरता का ही कुछ झाड़ा-पोंछा रूप होता है। आम्बेडकर ऐसे किसी अतीत में यक़ीन नहीं करते थे जो वर्तमान से पूरी तरह स्वतंत्र हो। इसलिए उनका लेखन वर्तमान की आवश्यकताओं के मुताबिक़ अतीत से खोजे गये प्रमाणों से भरा हुआ है।

गाँधी किसी शास्त्र की व्याख्या करते समय धर्म के सार्वभौम अनिवार्य सार और उसके आधार पर तैयार किये गये आवश्यकतानुसार सामाजिक बंदोबस्त के बीच फ़र्क़ करने के पक्ष में थे। आम्बेडकर भी मोटे तौर पर यही मानते थे (जैसा कि उनकी रचना *द बुद्धा ऐंड हिज़ धम्मा* से ज़ाहिर भी है), पर साथ में उन्होंने इसे प्रश्नांकित भी किया है। वे पूछते हैं कि किसी प्राधिकार की ग़ैर-मौजूदगी में सार की अनिवार्यता और अअनिवार्यता में फ़र्क़ कैसे किया जाएगा, और सामाजिक बंदोबस्त अगर आवश्यकतानुसार न रह कर स्थायित्व प्राप्त कर ले (जैसे कि छुआछूत) तो उसे अनिवार्य सार से अलग कैसे देखा जाएगा? गाँधी कहते थे कि हिंदू धर्म के बुनियादी आधार 'सत्यमेव जयते' और 'अहिंसा परमो धर्म:' जैसे उसूल हैं। आम्बेडकर जानना चाहते थे कि आख़िर कितने हिंदू गाँधी के इन मानकों को स्वीकार करते हैं?

आम्बेडकर का विचार था कि गाँधी जिस तरह से हिंदू धर्म के सम्पूर्ण परिप्रेक्ष्य को पेश करते हैं, उससे उन परम्पराओं को बदलने में मदद नहीं मिलेगी जो दूषित और मानवता विरोधी हैं। गाँधी का दावा था कि छुआछूत का हिंदू शास्त्रों में कोई आधार नहीं है, और यह धर्म ऐसी घिनौनी प्रथा को न पैदा कर सकता है और न ही उनकी स्वीकृति दे सकता है। आम्बेडकर भी कहते थे कि छुआछूत का शास्त्रों में आधार नहीं है, पर उन्होंने अस्पृश्यता के संदर्भगत, परिस्थितिजन्य और तुलनात्मक प्रमाण खोज निकाले थे। वे कहते थे कि जाति प्रथा के केंद्र में पवित्रता और अपवित्रता की अवधारणाएँ हैं जिनके बिना छुआछूत की प्रथा ख़त्म नहीं की जा सकती।

दरअसल, गाँधी और आम्बेडकर के परिप्रेक्ष्यों के बीच बुनियादी अंतर छुआछूत के प्रश्न को लेकर की जाने वाली राजनीति से संबंधित था। गाँधी द्विज जातियों के बीच 'आत्म-शुद्धि' की तजवीज़ लेकर जाते थे। छुआछूत उनके लिए हिंदुओं का एक अंदरूनी और धार्मिक सवाल था। इसके विपरीत आम्बेडकर अपने साथी अछूतों के बीच 'आत्मसम्मान' का संदेश फैलाते थे। इस अंतर के कारण आम्बेडकर की मान्यता थी कि गाँधी और कांग्रेस ने अछूतों के लिए कुछ नहीं किया। इसी शीर्षक से लिखी अपनी एक रचना में बाबासाहेब ने दावा किया था कि गाँधी द्विज जातियों को आत्म-शुद्धि के लिए तैयार नहीं कर सकते। केवल छुआछूत के निवारण से ही काम नहीं चलेगा, बल्कि पूरी जाति प्रथा को ही समाप्त करना पड़ेगा। जबकि जाति-प्रथा को ईश्वरीय मानने वाले गाँधी का ज़ोर केवल छुआछूत के उन्मूलन पर ही था।

आम्बेडकर महात्मा फुले की इस थीसिस के समर्थक थे कि ब्रिटिश शासन भारत में धार्मिक रूप से तटस्थ भूमिका निभा रहा है। इसलिए वे गाँधी के नेतृत्व में अंग्रेज़ों को खदेड़ने के उपनिवेशवाद विरोधी आंदोलन के साथ जाने के लिए वे तैयार नहीं थे। आम्बेडकर का मत था कि आज़ादी के आंदोलन मे सारा देश एक साथ है, पर जाति-विरोधी आंदोलन सारे देश के ख़िलाफ़ होने के कारण ज़्यादा मुश्किल है।

अपने इन मतभेदों के बावजूद जीवन के आख़िरी दौर में गाँधी और आम्बेडकर एक-दूसरे के कई तर्कों को मानते नज़र आये। बाबासाहेब ने अस्पृश्यता के मसले को धार्मिक मानने का विरोध किया था, पर बाद में उन्होंने धर्मांतरण का कार्यक्रम दे कर धर्म के महत्त्व को स्वीकारा। इसी तरह गाँधी ने अछूत जातियों के आर्थिक उत्थान पर ज़ोर दिया जो बुनियादी तौर पर आम्बेडकर का विचार था। जाति-प्रथा के प्रति गाँधी को अपनी नरम स्वीकृति छोड़नी पड़ी और उन्होंने

16 नवंबर, 1935 के *हरिजन* में स्वीकार किया कि जाति को समाप्त होना ही होगा। उन्होंने अंतर्जातीय विवाहों और अंतर्जातीय भोजों पर पाबंदियों की भी आलोचना की।

देखें : अनुसूचित जातियाँ, अस्मिता की भारतीय राजनीति, आयोतीदास पांडीतर, आयंकाली, कांशी राम, किसन फ़ागूजी बनसोंडे, गाड़गे बाबा, गोपाल बाबा वलंगकर, गुरु घासीदास, चंद्रिका प्रसाद जिज्ञासु, जगजीवन राम, ज्योतिराव गोविंदराव फुले, जाति और जाति-व्यवस्था-1 से 4 तक, बहुजन समाज पार्टी-1 और 2, बाबू मंगूराम, भदंत आनंद कौसल्यायन, भीमराव रामजी आम्बेडकर, भारतीय संविधान-1 से 8 तक, स्वामी अछूतानंद हरिहर।

संदर्भ

1. डी.आर. नागराज (2003), 'आत्मशुद्धि बनाम आत्मसम्मान', अनु. अमिताभ, अभय कुमार दुबे (सम्पा.), *आधुनिकता के आईने में दलित*, लोक-चिंतन ग्रंथमाला, सीएसडीएस-वाणी, नयी दिल्ली.
2. वलेरियन रॉड्रिग्ज़ (2011), 'रीडिंग टेक्स्ट्स ऐंड ट्रेडिशंस : द आम्बेडकर-गाँधी डिबेट', *इकॉनॉमिक ऐंड पॉलिटिकल वीकली, खण्ड 46, अंक 2.*
3. इलियनियर ज़िलियट (1972), 'गाँधी ऐंड आम्बेडकर : अ स्टडी इन लीडरशिप', जे. मिशेल महार (सम्पा.), *द अनटचेबिल्स इन कंटेम्परेरी इण्डिया,* द युनिवर्सिटी ऑफ़ ऑरिजोना प्रेस, टस्कन.
4. रविंदर कुमार (1995), *गाँधी, आम्बेडकर ऐंड द पूना पैक्ट,* नयी दिल्ली.

—अभय कुमार दुबे

आरक्षण

(Reservation)

परम्परागत भेदभाव और विषमता के शिकार समुदायों और क्षेत्रों को इंसाफ़ दिलाने के लिए किये गये संविधानगत प्रावधान भारत में आरक्षण के नाम से जाने जाते हैं। इसी से मिलती-जुलती नीतियों को संयुक्त राज्य अमेरिका में एफ़र्मेटिव एक्शन का नाम दिया गया है, लेकिन भारत में लागू आरक्षण से संबंधित नीतियों और इसके बीच कुछ उल्लेखनीय अंतर भी हैं। कुछ अन्य पश्चिमी देशों में ऐसी आरक्षण नीतियाँ लागू हैं जिनकी संरचना भारत या अमेरिका से भिन्न है। दक्षिण एशिया के पाकिस्तान, श्रीलंका और नेपाल जैसे देशों में भी इस तरह की नीतियों के ज़रिये राष्ट्र-निर्माण की समस्याओं को सुलझाने के प्रयास किये गये हैं। हमारे देश की विशेष परिस्थितियों के अनुसार विकसित धार्मिक और जातिगत निरपेक्षता से सम्पन्न यह एक ऐसी नीति है जिसके प्रभाव से हमारा समाज पहले से अधिक समावेशनकारी हुआ है। इनकी शुरुआत सबसे पहले बीसवीं सदी के पहले दशक में महाराष्ट्र की कोल्हापुर रियासत के महाराज छत्रपति शाहूजी महाराज द्वारा कमज़ोर वर्गों को विशेष प्रोत्साहन देने के लिए की गयी थी।

संविधान सभा की बहस पर नज़र डालने से साफ़ हो जाता है कि हमारे संविधान-निर्माता इन नीतियों के ज़रिये सामाजिक समानता के सिद्धांत पर आधारित सभी भारतवासियों का एकजुट राजनीतिक समुदाय बनाने के लिए प्रतिबद्ध थे। 1950 में पारित हमारा संविधान ऐसी नीतियों के व्यापक पैकेज को एक विधिक हैसियत प्रदान करता है। शुरुआत में आरक्षण का प्रावधान केवल दस साल के लिए किया गया था। इस अवधि को नियमित रूप से बढ़ाया जाता रहा है। सर्वोच्च न्यायालय के आदेशानुसार आरक्षण का कुल प्रतिशत देश की आबादी के पचास फ़ीसदी से ज़्यादा नहीं हो सकता ताकि सबको समान पहुँच के संविधान प्रदत्त उसूल का उल्लंघन न हो सके। लेकिन, कुछ राज्य सरकारों ने अपने क़ानूनों के तहत इस सीमा को पार कर दिया है। मसलन, तमिलनाडु में आरक्षण का कुल प्रतिशत 69 फ़ीसदी तक पहुँच गया है जो राज्य की 87 फ़ीसदी जनता पर लागू है। राजस्थान की सरकार 68 फ़ीसदी आरक्षण (जिसमें ऊँची जातियों को दिया गया 14 फ़ीसदी आरक्षण भी शामिल है) देती है। इस तरह के मामले सुप्रीम कोर्ट में मामले विचाराधीन हैं। लैंगिक आधार पर भी आरक्षण का प्रावधान किया जाता है। अभी तक केवल पंचायती राज संस्थाओं में स्त्रियों के लिए स्थान सुरक्षित किये गये हैं। केंद्रीय और प्रांतीय विधायिकाओं में उन्हें आरक्षण देने का प्रस्ताव विचाराधीन है।

विशेष अवसरों के सिद्धांत पर आधारित आरक्षण की नीतियाँ एक विस्तृत पैकेज के रूप में पिछले साठ साल से धीरे-धीरे लगातार विकसित हो रही हैं। इनके तहत उन तबक़ों को हर स्तर पर विधायिकाओं में, सरकारी नौकरियों में और सरकारी मदद से चलने वाले शिक्षा संस्थानों में आरक्षण का प्रावधान है जो सामाजिक और सांस्कृतिक रूप से हाशिये पर हैं। इन्हें सामाजिक और राजनीतिक रूप से मज़बूत करने और उनके लिए आर्थिक अवसर बढ़ाने के लिए इसी नीतिगत आग्रह ने कई क़ानूनों, सुधार कार्यक्रमों और प्राथमिकता देने वाली योजनाओं को जन्म दिया है। इन पर राज्य सरकारें भी अमल करती हैं और केंद्र सरकार भी।

आरक्षण को अक्सर अनभिज्ञता के तहत जातिगत समझ लिया जाता है। असलियत यह है कि संविधान न तो किसी को जाति के आधार पर आरक्षण देता है, न धर्म के आधार

पर। उसने तो सामाजिक और धार्मिक दुर्बलताओं को ख़त्म करने के लिए जाति और धर्म से परे जा कर अनुसूचित जाति, अनुसूचित जनजाति और अन्य पिछड़े वर्गों की तीन मुख्य सेकुलर श्रेणियाँ बनायी हैं। इनमें पहली दो श्रेणियों को दिये गये आरक्षण का प्रतिशत उनकी जनसंख्या के मुताबिक़ है। ख़ास बात यह है कि पूर्व-अछूतों और आदिवासियों को दिया जाने वाले आरक्षण का एक पहलू राजनीतिक भी है। नौकरियों और शिक्षा संस्थाओं में कोटे निर्धारित करने के साथ-साथ आबादी कम होने के कारण उन्हें आरक्षित निर्वाचन क्षेत्रों के रूप में राजनीतिक आरक्षण भी दिया गया है ताकि उन्हें संसदीय प्रणाली में पर्याप्त प्रतिनिधित्व की गारंटी दी जा सके।

अनुसूचित जाति एक ऐसी श्रेणी है जिसमें छुआछूत का शिकार रहे और अस्वच्छ पेशों में संलग्न वे समुदाय शामिल हैं जिनका कर्मकाण्डीय बहिर्वेशन थोप कर हाशियाकरण कर दिया गया था। अनुसूचित जाति की सूची बनाने के लिए हर प्रदेश में छुआछूत से पीड़ित समुदायों की शिनाख़्त करके उनकी गणना की गयी। राष्ट्रपति को अधिकार दिया गया कि वह केंद्र सरकार के ज़रिये किसी भी समुदाय को इस अनुसूची में शामिल करवा सकता है, लेकिन अगर किसी समुदाय को इस अनुसूची से निकालना है तो यह अधिकार केवल संसद के पास है। सूची में हिंदू, सिक्ख और बौद्ध शामिल हैं जिनकी संख्या देश की कुल आबादी के सोलह फ़ीसदी के आसपास है। संविधान इसी अनुपात में उन्हें आरक्षण देता है।

चूँकि कर्मकाण्डीय बहिर्वेशन हिंदू समाज की ही परिघटना है इसलिए कुछ लोग यह समझ बैठते हैं कि आरक्षण धार्मिक आधार पर हिंदू समाज में चलाया जाने वाला एक सुधार कार्यक्रम है। दरअसल, अनुसूचित जाति की श्रेणी के ज़रिये आरक्षण के प्रावधान हिंदुओं की इस धार्मिक समस्या का हल धार्मिक आधार पर करने के बजाय उसका समाधान समाज और राजनीति की सेकुलर ज़मीन पर करते हैं। आजकल मुसलमानों के बीच भी अस्वच्छ पेशों में लगे लालबेगी और हलालखोर जैसे समुदायों को भी अनुसूचित जाति की श्रेणी में लाने की चर्चा चल रही है। यह इस बात का सबूत है कि यह श्रेणी धार्मिक आधार पर कल्पित नहीं की गयी है।

अनुसूचित जनजाति की श्रेणी में आदिवासियों को शामिल किया गया है। भौगोलिक और सामाजिक बहिर्वेशन के शिकार आदिवासियों की संख्या देश की कुल आबादी का आठ फ़ीसदी है जिसके मुताबिक़ उन्हें आरक्षण प्राप्त है। संविधान की अनुसूची में इन्हें जोड़ने का मुख्य आधार है उनका शारीरिक और सांस्कृतिक अलगाव। ये समुदाय हमेशा से पहाड़ी और जंगली इलाक़ों में बसे रहे हैं। अनुसूचित जनजातियों में कई धर्मों के लोग हैं। इनमें हिंदू, ईसाई, मुसलमान और देशज आदिवासी धर्मों का अनुपालन करने वाले समुदाय भी शामिल हैं।

अन्य पिछड़े वर्ग की श्रेणी के माध्यम से खेतिहर और दस्तकार समुदायों को विशेष अवसर मुहैया कराये गये हैं। ध्यान रहे कि इन वर्गों को क़ानूनन किसी तरह का राजनीतिक आरक्षण नहीं दिया गया है, क्योंकि वे संख्यात्मक रूप से ताक़तवर हैं और आरक्षण के बिना ही स्पर्धामूलक राजनीति के ज़रिये उन्होंने राजसत्ता में अपना हिस्सा प्राप्त करना शुरू कर दिया है। उन्हें केवल शिक्षा संस्थाओं और सरकारी नौकरी में प्राथमिकता देने के प्रावधान हैं। हालाँकि पिछड़े वर्गों की आबादी कहीं ज़्यादा है, लेकिन उनके लिए केवल 27 फ़ीसदी आरक्षण का ही प्रावधान है। संविधान स्पष्ट करता है कि पिछड़ेपन का आधार न तो आर्थिक होगा और न ही धार्मिक। उसने पिछड़ेपन के सामाजिक और शैक्षिक रूप को ही मान्यता दी है, और इसका पता लगाने के लिए भारतीय समाज की विशेष परिस्थितियों में जाति को एक कसौटी के रूप में माना है। पिछड़े वर्गों को मिले आरक्षण के दायरे में बहुत सी मुसलमान जातियाँ, ईसाई धर्मावलम्बी और सिक्ख जातियाँ भी आती हैं।

आरक्षण की नीति का एक और पहलू क़ानून बनाने के ज़रिये और कार्यपालिका द्वारा आदेश जारी करके सामाजिक अन्याय और शोषण से छुटकारे की गारंटी करना भी है। मसलन, छुआछूत के ख़िलाफ़ कड़े दण्ड की व्यवस्था करने वाले 1955 के छुआछूत अपराध अधिनियम, 1976 के नागरिक अधिकार सुरक्षा क़ानून और 1989 के अत्याचार निवारक क़ानूनों को इसी तरह की पहलक़दमियों के नमूने के तौर पर देखा जा सकता है। इसी तरह 1952 के अपराधी जनजाति क़ानून को संशोधित किया गया है ताकि कथित अपराधी जनजातियों की क़ानूनी दुर्बलताएँ ख़त्म की जा सकें और बेगार प्रथा समाप्त की जा सके। ऐसे क़ानून भी पारित किये गये हैं जो आदिवासियों से ग़ैर-आदिवासियों को ज़मीन हस्तांरित करने पर रोक लगाते हैं। सूदखोरी को विनियमित किया गया है। कमज़ोर वर्गों के लिए ऋण-राहत और क़ानूनी सहायता के प्रावधान करने में मदद मिली है। पिछड़े समुदायों को शारीरिक सुरक्षा और व्यवसायगत गतिशीलता प्रदान करने के लिए ज़मीनों का आबंटन, आवासन, छात्रवृत्तियों, आर्थिक रियायतों और कर्जों की व्यवस्था की गयी है। कुछ ख़ास क्षेत्रों में आदिवासियों के लिए स्व-शासन के विशेष क़ानून बनाये गये हैं।

हालाँकि इस नीति पर अमल काफ़ी धीमी गति से हुआ है, और इस प्रक्रिया में राजनीतिक और प्रशासनिक हलकों द्वारा कई तरह की बेइमानियाँ भी की गयी हैं, पर कुल मिला कर इसके कारण न केवल दलितों, आदिवासियों और पिछड़ों को बल्कि पूरे राष्ट्र को लाभ पहुँचा है। आरक्षण के कारण भारतीय मध्यवर्ग की पूरी प्रकृति और संरचना बदल गयी है। अब निचली जातियों को प्रगति करने के लिए संस्कृतीकरण की ज़रूरत नहीं पड़ती। राजनीतिक व्यवस्था पर इसका गहरा

और स्थायी असर पड़ा है। दूसरी तरफ़, इन सफलताओं के बावजूद कुछ निहित स्वार्थों ने इस नीति में घुसपैठ भी कर ली है जिसके कारण आज़ादी के बाद से आरक्षण की प्रक्रिया में कुछ विकृतियाँ घर कर गयी हैं। परिणामस्वरूप आरक्षण संबंधी बहस एक तरह के वाक्-युद्ध में बदल गयी है जिसमें कोई किसी की बात मानने के लिए तैयार नहीं है।

देखें : अनुसूचित जातियाँ, अनुसूचित जनजातियाँ, अन्य पिछड़े वर्ग, आरक्षण और धर्म, आरक्षण : एक इतिहास, आरक्षण : एक बहस, आरक्षण और लोकतंत्र, एफ़र्मेटिव एक्शन, जान रॉल्स, रॉल्स का न्याय-सिद्धांत, अरस्तू, भारत में स्त्री-आरक्षण-1 और 2, भारतीय संविधान-1 से 8 तक, स्त्री-आरक्षण, सामाजिक न्याय।

संदर्भ

1. धीरूभाई शेठ (2009), 'आरक्षण के पचास साल', संकलित : अभय कुमार दुबे (सम्पा.), *सत्ता और समाज : धीरूभाई शेठ का कृतित्व*, लोक-चिंतक ग्रंथमाला, सीएसडीएस-वाणी, नयी दिल्ली.
2. राजीव धवन (2008), *रिज़र्व्ड : हाऊ पार्लियामेंट डिबेटिड रिज़र्वेशंस 1995-2007*, रूपा, नयी दिल्ली.
3. मार्क गैलेंटर (1984), *कॉम्पीटिंग ईक्वलिटीज़ : लॉ ऐंड द बैकवर्ड क्लासिज़ इन इण्डिया*, ऑक्सफ़र्ड युनिवर्सिटी प्रेस, नयी दिल्ली.
4. फ्रेंक द श्वार्त (2000), 'दि लॉजिक ऑफ़ एफर्मेटिव एक्शन : कास्ट, क्लास ऐंड कोटाज़ इन इण्डिया', *एक्टा सोसियोलॉजिका*, खण्ड 43, अंक 3.

—अभय कुमार दुबे

आरक्षण : एक इतिहास

(History of Reservation)

बीसवीं सदी के आरम्भिक वर्षों में ही देश के कई हिस्सों में निचली समझी जाने वाली जातियों को आरक्षण देने की शुरुआत हो गयी थी। इस संबंध में पहलक़दमी लेने वाले क्षेत्र विंध्याचल के दक्षिण में स्थित देशी रियासतें और प्रेसीडेंसी इलाक़े थे। 1902 में महाराष्ट्र स्थित कोल्हापुर रियासत के महाराजा छत्रपति शाहूजी ने पिछड़े वर्गों को आरक्षण दिया ताकि उन्हें ग़रीबी से छुटकारा मिल सके और वे राज्य के प्रशासन में अपना वाजिब हिस्सा प्राप्त कर सकें। कोल्हापुर राज्य द्वारा 1902 में जारी की गयी पिछड़े वर्गों और जातियों को पचास फ़ीसदी आरक्षण देने की अधिसूचना इस तरह का पहला सरकारी आदेश थी। उससे पहले बड़ोदरा और मैसूर राज्य द्वारा नौकरियों में आरक्षण की शुरुआत की जा चुकी थी, लेकिन कोल्हापुर के आरक्षण का चरित्र सामाजिक न्याय के उसूल के मुताबिक़ था।

छुआछूत की प्रथा देश के सभी राज्यों में समान नहीं थी इसलिए उत्पीड़ित वर्गों की शिनाख़्त करना आसान नहीं था। दक्षिणी हिस्सों में इसका स्वरूप अधिक संकेंद्रित और मुखर था, जबकि उत्तरी हिस्सों में यह अपेक्षाकृत बिखरी हुई थी। एक अतिरिक्त पेचीदगी यह थी कि कुछ जातियाँ और समुदाय किसी क्षेत्र में तो अस्पर्श्य थे, पर किसी अन्य क्षेत्र में उन्हें छुआछूत का सामना नहीं करना पड़ता था। दूसरे, हिंदू ही नहीं बल्कि ग़ैर-हिंदू दायरों में भी समान परम्परागत पेशों में लगी जातियाँ मौजूद थीं। जातियों को सूचीबद्ध करने की परम्परा बहुत पहले से चली आ रही थी। प्राचीन इतिहास में यही उद्यम मनु ने किया था जिसके आधार पर उनकी संहिता की रचना हुई थी। मध्य युग में भी ऐसे विवरणिकाएँ तैयार की गयी थीं जिनमें देश के विभिन्न हिस्सों में रहने वाली जातियों का ब्योरा दर्ज किया जाता था। औपनिवेशिक अवधि की शुरुआत होने पर 1806 में अंग्रेज़ों द्वारा बड़े पैमाने पर जातियों को अधिसूचित करने की परियोजना चलाई गयी। 1881 से 1931 के बीच की गयी गणनाओं में इस प्रक्रिया ने और गति पकड़ी।

यही वह दौर था जब देश के दक्षिणी हिस्सों में कमज़ोर जातियों और समुदायों ने अपने खोये हुए हक़ों और सम्मान की प्राप्ति के लिए सामाजिक आंदोलनों की शुरुआत की। तमिलनाडु में इसकी पहली अनुगूँज सुनी गयी। ई.वी. रामास्वामी नायकर पेरियार और आयोतीदास के नेतृत्व में आत्म-सम्मान आंदोलन चला। महाराष्ट्र में इसकी कमान महात्मा ज्योतिबा फुले, छत्रपति शाहूजी महाराज और डॉ. भीम राव आम्बेडकर के हाथों में थी।

1882 में अंग्रेज़ों द्वारा नियुक्त हंटर कमीशन के सामने गवाही देते हुए ज्योतिबा फुले ने माँग की कि सभी कमज़ोर वर्गों को अनिवार्य और मु त शिक्षा प्रदान की जाए और साथ में सरकारी नौकरियों में प्रतिनिधित्व देने के लिए उन्हें आनुपातिक आरक्षण भी मिले। 1909 में इण्डियन कौंसिल्स एक्ट के तहत मोर्ले-मिंटो सुधारों के ज़रिये अंग्रेज़ों ने भारत में आंशिक स्व-शासन की शुरुआत की। मोंटेग्यू-चेम्सफ़र्ड रिपोर्ट के बाद इस प्रक्रिया ने 1921 के गवर्नमेंट ऑफ़ इण्डिया एक्ट के तहत गति पकड़ी। 1921 में ही मद्रास प्रेसीडेंसी ने एक कम्युनल जनरल ऑर्डर जारी किया जिसके तहत 44 फ़ीसदी ग़ैर-ब्राह्मणों, 16 फ़ीसदी ब्राह्मणों, 16 फ़ीसदी मुसलमानों, 16 फ़ीसदी एंग्लो-इण्डियनों/ईसाइयों और आठ फ़ीसदी अनुसूचित जातियों के लिए आरक्षण का प्रावधान किया गया।

देशी रियासतों में दिये जाने वाले आरक्षण के पीछे अगर समाज सुधार आंदोलनों और वहाँ के हुक्मरानों का व्यक्तिगत रवैया और सोच था, तो ब्रिटिश नियंत्रण के अधीन इलाक़ों में आरक्षण के पीछे एक ख़ास तरह का राजनीतिक दृष्टिकोण काम

कर रहा था। उपनिवेशवाद विरोधी शक्तियों के विपरीत अंग्रेज़ भारत को एक राष्ट्रीय इकाई मानने के लिए तैयार नहीं थे। इसका एक मतलब यह भी था कि वे भारत में कोई ऐसा मतदाता मण्डल नहीं देखते थे जो बहुसंख्यकों और अल्पसंख्यकों में न बँटा हो। उनका मानना था कि किसी क़िस्म के लोकतांत्रिक सुधार तब तक कामयाब नहीं हो सकते जब तक बहुसंख्यकों द्वारा अल्पसंख्यकों पर संख्या बल के आधार पर छा जाने के ख़तरे से बचने की गारंटी न कर दी जाए।

अंग्रेज़ों के इस आग्रह के तहत क्रमशः दो तरह के अल्पसंख्यकों की शिनाख़्त की गयी। हिंदू बहुसंख्यकों के बरक्स मुसलमान अल्पसंख्यक माने गये, और हिंदू बहुसंख्यकों के भीतर ऊँची जातियों के बरक्स अछूत समुदायों को प्रमुख अल्पसंख्यक श्रेणी के रूप में देखा गया। ब्रिटिश सरकार ने इन अल्पसंख्यकों के रक्षक के रूप में ख़ुद को देखना शुरू किया। विद्वानों के एक हिस्से की मान्यता है कि मुसलमान अल्पसंख्यकों के संदर्भ में जो राजनीति चली, उसका नतीजा आगे चल कर भारत विभाजन में निकला। पर, अछूत समुदायों के संदर्भ में यही राजनीति एफ़र्मेटिव एक्शन जैसी नीतियों में विकसित हुई।

अछूत समुदायों और निचली जातियों के सामाजिक उत्थान की ज़रूरत पर विशेष ध्यान दिये बिना राष्ट्रत्व का भारतीय स्वरूप विकसित नहीं हो सकता था। कम से कम तीन ऐसे ज़रिये थे जो इस ओर ध्यान खींच रहे थे : उन्नीसवीं और बीसवीं सदी में हिंदू समाज सुधारकों के प्रयास, अछूत समुदायों और निचली जातियों द्वारा विशेष तौर से दक्षिण में चलाये गये रैडिकल आंदोलनों की परम्परा और अंग्रेज़ों द्वारा इन समुदायों के रक्षक की भूमिका में आ जाना।

शाहूजी महाराज कोल्हापुर में कमज़ोर वर्गों के लिए आरक्षण का उदाहरण पेश कर ही चुके थे। अंग्रेज़ों ने जब इसी नियम को राजनीतिक क्षेत्र में लागू करना चाहा तो राष्ट्रवादियों ने उसे उनकी 'फूट डालो और राज करो' की नीति के रूप में देखा। 1932 कम्युनल एवार्ड के तहत जब मुसलमानों की भाँति अछूतों के लिए भी पृथक निर्वाचन क्षेत्रों का प्रावधान किया गया तो गाँधी इसके ख़िलाफ़ आमरण अनशन पर चले गये। इस संघर्ष का परिणाम अछूतों के नेता डॉ. आम्बेडकर और गाँधी के बीच पूना समझौते के रूप में निकला। गाँधी का जीवन बचाने के लिए आम्बेडकर पृथक निर्वाचन क्षेत्रों के बजाय विधायिकाओं में अस्पृश्यों के लिए अधिक सीटों के आरक्षण के लिए तैयार हो गये।

पूना पैक्ट से अछूत समुदायों को लाभ हुआ या नुक़सान, यह बात आज तक विवाद का विषय बनी हुई है। बहुजन समाज पार्टी के संस्थापक कांशी राम ने इस पैक्ट के ख़िलाफ़ 'एज ऑफ़ साइकोफेंट्स' (चमचा युग) जैसी एक आक्रामक पुस्तिका भी लिखी है। उनका तर्क है कि पूना पैक्ट में अगर डॉ. आम्बेडकर गाँधी के सामने नहीं झुकते तो अस्पृश्य समुदायों में स्वतंत्र राजनीतिक नेतृत्व का उदय होता, जबकि अनुसूचित जातियों के लिए सुरक्षित मिले-जुले मतदाता मण्डल वाले निर्वाचन क्षेत्रों के कारण दलित नेतृत्व ऊँची जातियों के वोटों पर निर्भर हो गया। इसके परिणामस्वरूप जो प्रक्रिया चली उससे केवल ऊँची जातियों के हितों की सेवा करने वाले नेता निकले।

बहरहाल, भारत को आज़ादी मिलने के बाद संविधान सभा ने आरक्षण के प्रश्न पर जम कर बहस की और निर्णय लिया कि अस्पृश्यता के शिकार और अस्वच्छ पेशों में लगे हुए लोगों को सरकारी नौकरियों और सरकार की मदद से चलने वाले शिक्षा संस्थानों में उनकी आबादी के मुताबिक़ प्रतिशत (15 फ़ीसदी) आरक्षण दिया जाए। इसी तरह का निर्णय अनुसूचित जनजातियों (आदिवासियों) के लिए भी लिया गया। उन्हें भी उनकी आबादी के मुताबिक़ 7.5 फ़ीसदी आरक्षण प्रदान किया गया। शुरू में इन प्रावधानों पर दस साल के बाद पुनर्विचार किया जाना था। लेकिन, इसके बार कई बाद इनकी अवधि बढ़ायी जा चुकी है।

इसी के साथ-साथ अन्य पिछड़े वर्गों को आरक्षण देने का विचार भी पनपता रहा। 1953 में सर्वोदयी नेता काका कालेलकर के नेतृत्व में सामाजिक और शैक्षिक रूप से पिछड़े वर्ग की स्थिति के आकलन के लिए एक आयोग बैठाया गया। इस आयोग की रपट का वह हिस्सा स्वीकार कर लिया गया जो अनुसूचित जातियों और जनजातियों के बारे में था, पर पिछड़े वर्गों से संबंधित सिफ़ारिशें अस्वीकार कर दी गयीं। इसके बाद 1956 और फिर 1976 में कालेलकर रपट के मुताबिक़ अनुसूचियों को संशोधित किया गया। 1979 में पिछड़े वर्गों के आरक्षण पर विचार करने के लिए बिंदेश्वरी प्रसाद मण्डल की अध्यक्षता में एक आयोग गठित हुआ जिसने 1930 की जनगणना को आधार बनाते हुए 1257 समुदायों को अन्य पिछड़े वर्गों (ओबीसी) की श्रेणी में जोड़ दिया। मण्डल आयोग ने देश में पिछड़े वर्गों की आबादी 52 फ़ीसदी निश्चित की। 1980 में जारी अपनी रपट में आयोग ने सिफ़ारिश की कि आरक्षण का मौजूदा प्रतिशत (22.5=15+7.5) बढ़ा कर 49.5 कर दिया जाए।

1990 में विश्वनाथ प्रताप सिंह के नेतृत्व वाली राष्ट्रीय मोर्चा सरकार ने मण्डल आयोग की रपट स्वीकार करके अन्य पिछड़े वर्गों को 27 फ़ीसदी आरक्षण देने की घोषणा की। इसके ख़िलाफ़ तीखी राजनीतिक-सामाजिक प्रतिक्रिया हुई और आरक्षण विरोधी आंदोलन फूट पड़ा। दिलचस्प बात यह है कि जिस समय उत्तर भारत में आरक्षण विरोधी छात्रों द्वारा किये जाने वाले आत्मदाह के कारण यह आंदोलन शिखर पर था, दक्षिण भारत अपेक्षाकृत शांत रहा। ख़ासकर तमिलनाडु में तो आरक्षण के समर्थन में शांतिपूर्ण प्रदर्शन आयोजित किये

गये। 1992 में सुप्रीम कोर्ट ने इंदर सॉहनी बनाम यूनियन ऑफ़ इण्डिया मामले की सुनवाई करते हुए केंद्र सरकार की नौकरियों में पिछड़े वर्गों को आरक्षण देने के प्रावधानों पर न्यायिक मुहर लगा दी। कोर्ट के कहने पर ही भारत सरकार ने पिछड़ा वर्ग आयोग गठित किया। इस फ़ैसले के बाद काफ़ी समय तक ऐसा लगता रहा कि पिछड़े वर्गों को आरक्षण देने का प्रश्न विवादों से परे हो गया है। लेकिन नयी सदी में जैसे ही उच्च शिक्षा के संस्थानों में पिछड़े वर्गों के लिए सीटें आरक्षित करने की नीति बनायी गयी, वैसे ही यह विवाद एक बार फिर ताज़ा हो गया।

आरक्षण विवाद में न्यायपालिका ने हस्तक्षेप करते हुए 'क्रीमी लेयर' या मलाईदार परत की अवधारणा पेश की। अदालत ने स्पष्ट रूप से कहा कि आरक्षण के जिन लाभार्थियों की पारिवारिक आमदनी ढाई लाख से ज़्यादा है उन्हें निकास नीति (एग्ज़िट पॉलिसी) के तहत आरक्षण के लाभों से वंचित कर दिया जाना चाहिए। इसी तरह डॉक्टरों, इंजीनियरों, चार्टर्ड एकाउंटेंटों, अभिनेताओं, कंसल्टेंटों, मीडिया प्रोफ़ेशनलों, लेखकों, नौकरशाहों, कर्नल और उसके बराबर रैंक के फ़ौजी अफ़सरों, हाई कोर्ट और सुप्रीम कोर्ट के जजों, केंद्र और राज्य सरकारों के अ और ब वर्ग के अफ़सरों के बेटों को भी आरक्षण के लाभ नहीं मिलने चाहिए। अदालत ने सांसदों और विधायकों की संतानों को भी क्रीमी लेयर में मान कर आरक्षण से बाहर रखने का अनुरोध किया।

भारत में आरक्षण के इतिहास का कोई भी ब्योरा उस समय तक अधूरा रहेगा जब तक दक्षिण भारत और तमिलनाडु में इन नीतियों के भिन्न कार्यान्वयन का लेखा-जोखा न ले लिया जाए। संविधान पारित होने के बाद जब सारे देश में आरक्षण का प्रतिशत 22.5 फ़ीसदी और उसका दायरा केवल अनुसूचित जातियों और जनजातियों तक ही सीमित था, तमिलनाडु में 1951 में ही आरक्षण 41 फ़ीसदी तक पहुँच चुका था। इसमें अनुसूचित जातियों और जनजातियों को 16 फ़ीसदी और पिछड़े वर्गों को 25 फ़ीसदी आरक्षण शामिल था। आज भी दक्षिण भारत के कर्नाटक और तमिलनाडु राज्यों में पिछड़े वर्गों को पचास-पचास फ़ीसदी आरक्षण मिला हुआ है, केरल में यह आरक्षण चालीस फ़ीसदी और आंध्र प्रदेश में 25 फ़ीसदी है।

देखें : आयोतीदास पांडीतर, अनुसूचित जातियाँ, अनुसूचित जनजातियाँ, अन्य पिछड़े वर्ग, आरक्षण, आरक्षण और धर्म, आरक्षण : एक बहस, आरक्षण और लोकतंत्र, आत्मसम्मान आंदोलन, आम्बेडकर-गाँधी विवाद, एफ़र्मेटिव एक्शन, कांशी राम, ज्योतिराव गोविंदराव फुले, जान रॉल्स, अरस्तू, भारत में स्त्री-आरक्षण-1 और 2, भारतीय संविधान-1 से 8 तक, भीमराव रामजी आम्बेडकर, रॉल्स का न्याय-सिद्धांत, इरोड वेंकट रामस्वामी नायकर पेरियार, सामाजिक न्याय, स्त्री-आरक्षण।

संदर्भ

1. अरविंद शर्मा (2005), *रिज़र्वेशन ऐंड एफ़र्मेटिव एक्शन : मॉडल्स ऑफ़ सोशल इंटीग्रेशन*, सेज, नयी दिल्ली.
2. डी.एल. शेठ (1998), 'रिज़र्वेशन पॉलिसी रिविज़िटेड', संकलित : गुरप्रीत महाजन (सम्पा.), *डेमौक्रेसी, डिफ़रेंस ऐंड सोशल जस्टिस*, ओयूपी, नयी दिल्ली.
3. काका कालेलकर (1998), 'बैकवर्डनेस, कास्ट ऐंड क्वेश्चन ऑफ़ रिज़र्वेशंस', संकलित : गुरप्रीत महाजन (सम्पा.), *डेमौक्रेसी, डिफ़रेंस ऐंड सोशल जस्टिस*, ऑक्सफ़र्ड युनिवर्सिटी प्रेस, नयी दिल्ली.

—अभय कुमार दुबे

आरक्षण और धर्म

(Reservation and Religion)

भारतीय संविधान में आरक्षण और धर्म का आपसी रिश्ता नकारात्मक है। वह न तो धर्म के आधार पर किसी तरह के आरक्षण की इजाज़त देता है और न ही धर्म को सामाजिक-शैक्षिक पिछड़ेपन का आधार मानता है। संविधान की निगाह में एक सामाजिक इकाई के रूप में जातिगत संरचनाएँ पिछड़ेपन की द्योतक हैं। ये संरचनाएँ हिंदुओं के साथ-साथ इस देश में पाये जाने वाले प्रत्येक धार्मिक समुदाय में पायी जाती हैं। चूँकि आरक्षण की नीति का बुनियादी चरित्र सेकुलर है, इसलिए अनुसूचित जातियों, अनुसूचित जनजातियों और अन्य पिछड़े वर्गों की सूची में विभिन्न धर्मावलम्बी समुदाय शामिल हैं। देश के कुल ईसाइयों में से एक-तिहाई आदिवासी होने के कारण आरक्षण के हक़दार हैं और बाक़ी दो-तिहाई के सत्तर फ़ीसदी अन्य पिछड़े वर्ग में शुमार होने के कारण आरक्षण से लाभान्वित हो रहे हैं। इसी तरह मुसलमान समाज का क़रीब चालीस फ़ीसदी हिस्सा अन्य पिछड़े वर्ग की श्रेणी में आता है और तदनुसार आरक्षण का अधिकारी है। अनुसूचित जातियों में पहले केवल चार सिक्ख समुदायों (कबीरपंथी, रामदसिया, सिकलीगर और मज़हबी) की भी गिनती होती थी। 1956 में सिक्ख धर्म अपना लेने वाले सभी पूर्व-अछूतों को आरक्षण का लाभ देने का फ़ैसला किया गया। 1990 से बौद्ध बन जाने वाले पूर्व-अछूतों को भी अनुसूचित जातियों में शुमार किया जाने लगा। इस लिहाज़ से देखा जाए तो विभिन्न धार्मिक समुदायों के वंचित हिस्सों को उनकी धार्मिक अस्मिता पर ज़ोर दिये बिना विशेष अवसर मुहैया कराने के प्रावधानों की कमी नहीं है, बल्कि समस्या तो आरक्षण के लाभों को उन समुदायों तक पहुँचाने का ठीक-ठीक बंदोबस्त करने की है।

लेकिन धर्म और आरक्षण के इस संविधानगत रिश्ते को लेकर राजनीतिक शक्तियों के बीच मतैक्य नहीं है। समय-समय पर न केवल विभिन्न समुदायों को (ख़ासकर अल्पसंख्यकों की तरफ़ से) उनकी धार्मिक पहचान के आधार पर विशेष अवसर देने की माँगें उठती रहती हैं, बल्कि विभिन्न सरकारें उनके लिए आरक्षण के प्रावधान करके संवैधानिक और क़ानूनी विवाद पैदा करती रहती हैं। मुसलमानों को आरक्षण देने की माँग बहुत पुरानी है। 2006 में आयी सच्चर आयोग की रपट और 2007 में पेश की गयी रंगनाथ मिश्रा आयोग की रपट के बाद इसे एक नया उछाल मिला है। इससे पहले 2004 में आंध्र प्रदेश की कांग्रेस सरकार ने नौकरियों और शिक्षा संस्थानों में बेहद ग़रीब और अशिक्षित मुसलमानों के लिए पाँच प्रतिशत कोटा निर्धारित किया था। इसके लिए अन्य पिछड़े वर्गों की पहले से मौजूद ए, बी, सी और डी श्रेणियों के साथ ई श्रेणी बनायी गयी थी। भारतीय जनता पार्टी को छोड़ कर बाक़ी सभी राजनीतिक दलों ने इस क़दम का स्वागत किया था, लेकिन अदालत के स्थगन आदेश के कारण इसे कार्यान्वित नहीं किया जा सका। 2010 में पश्चिम बंगाल की वाम मोर्चा सरकार भी ने सामाजिक और शैक्षिक रूप से पिछड़े मुसलमानों के लिए नौकरियों में अलग से दस फ़ीसदी आरक्षण की व्यवस्था की है। यह प्रावधान रंगनाथ मिश्रा आयोग की सिफ़ारिशों के मुताबिक़ किया गया है, हालाँकि पश्चिम बंगाल की अन्य पिछड़े वर्गों की सूची में 12 मुसलमान समुदाय पहले से ही शामिल हैं जिसके तहत क़रीब सत्रह लाख लोगों को आरक्षण के लाभ मुहैया कराये जा सकते हैं।

हमारी राजनीति के स्वातंत्र्य-पूर्व इतिहास में धर्म-आधारित आरक्षण के प्रकरण मौजूद हैं। तीस के दशक में त्रावणकोर की देशी रियासत द्वारा दिये गये इसी तरह के आरक्षण का एक अध्ययन बताता है कि इसके परिणामस्वरूप धार्मिक समुदायों के बीच तो आरक्षण के फ़ायदे लेने की होड़ मच ही गयी थी, समुदायों के भीतर विभिन्न उप-समुदायों के बीच भी उन लाभों पर ज़्यादा से ज़्यादा क़ब्ज़ा जमा लेने की राजनीति शुरू हो गयी थी। त्रावणकोर रियासत की ख़ास बात यह थी कि वैसे तो इसका कामकाज एक दीवान के नेतृत्व में स्थानीय नौकरशाही चलाती थी, पर इसके सभी फ़ैसलों पर ब्रिटिश रेज़ीडेंट की मुहर लगवानी पड़ती थी। ज़ाहिर है कि धार्मिक समुदायों को दिये गये आरक्षण से ब्रिटिश हुक्मरान भी सहमत थे।

दरअसल, अंग्रेज़ों ने धार्मिक आधार पर आरक्षण की परम्परा बीसवीं सदी के पहले दशक से ही डाल दी थी। मुसलमान अल्पसंख्यकों को पूर्व शासक समुदाय के रूप में देखते हुए औपनिवेशिक हुक्मरानों की मान्यता थी कि वे आधुनिक शिक्षा प्राप्त करने में हिंदू बहुसंख्यकों से पिछड़ गये हैं, इसलिए उन्हें विशेष अवसरों की आवश्यकता है। इसी आधार पर उन्हें 1909 में राजनीतिक आरक्षण दिया गया। 1926 में मुसलमानों के लिए पृथक मतदातामण्डलों की व्यवस्था की गयी और साथ में उनकी 24 फ़ीसदी आबादी के हिसाब से सरकारी नौकरियों में उन्हें 25 फ़ीसदी आरक्षण दिया गया। 1935 में कम्युनल एवार्ड की व्यापक नीति के तहत मुसलमानों, ईसाइयों, पारसियों, मराठाओं, युरोपियनों, एंग्लो-इण्डियनों और सिक्खों के लिए पृथक मतदातामण्डल के प्रावधान किये गये। इतिहासकारों के बीच इस सवाल पर कोई मतभेद नहीं है कि अंग्रेज़ों के इस क़दम के पीछे सरकारी फ़ायदों के लिए एक समुदाय को दूसरे समुदाय के बीच होड़ में उतारने की मंशा थी ताकि ब्रिटिश साम्राज्य के ख़िलाफ़ किसी तरह की राजनीतिक एकता न हो पाये। इतिहासकार कम्युनल एवार्ड में भारत-विभाजन का उद्गम भी देखते हैं।

अल्पसंख्यकों और बुनियादी अधिकारों पर विचार करने के लिए बनी संविधान सभा की सलाहकार समिति ने अपनी विभाजन-पूर्व रपट में अल्पसंख्यकों के लिए पृथक मतदातामण्डलों के बजाय विधायिकाओं में सीटें आरक्षित करने की सिफ़ारिश की थी। लेकिन विभाजन की दुखद घटनाओं के कारण परिस्थिति पूरी तरह बदल गयी और कमेटी के बचे हुए मुसलमान सदस्यों (पटना के तजामुल हुसैन और लखनऊ की बेगम ऐज़ाज़ रसूल) ने इस आरक्षण की माँग पर ज़ोर न देने का फ़ैसला किया। संविधान सभा ने अगस्त, 1947 में धार्मिक अल्पसंख्यकों के अधिकारों की सुरक्षा के प्रश्न पर विचार करते हुए केंद्रीय और प्रांतीय विधायिकाओं में अंग्रेज़ों द्वारा मुसलमानों, सिक्खों और ईसाइयों के लिए सीटें आरक्षित करने के प्रावधान पर विचार किया। इसके बाद यह मसला सरदार पटेल के नेतृत्व में बनी एक कमेटी के हवाले कर दिया गया जिसके सदस्य डॉ. आम्बेडकर, डॉ. श्यामा प्रसाद मुखर्जी, मौलाना अबुल कलाम आज़ाद, डॉ. के.एम. मुंशी, पुरुषोत्तम दास टंडन, गोविंद बल्लभ पंत और गोपीनाथ बोर्डोलोई थे। इस कमेटी ने संविधान सभा के सामने धार्मिक आधार पर विधायिकाओं में आरक्षण को समाप्त करने की सिफ़ारिश पेश की जिस पर लम्बी चर्चा हुई। इस बहस के इतिहासकारों ने स्पष्ट रूप से दर्ज किया है कि सभा के ईसाई, मुसलमान, सिक्ख और हिंदू सदस्यों ने एकमत से इस प्रस्ताव का समर्थन किया।

आज़ादी के बाद पूरे मुसमलान समुदाय को पिछड़ा मानते हुए धार्मिक आधार पर नौकरियों और शिक्षा-संस्थाओं में (विधायिकाओं में नहीं) आरक्षण देने की माँग सबसे पहले 1994 में उठी। जनता दल के तत्कालीन सांसद सैयद शहाबुद्दीन, अलीगढ़ मुसलिम विश्वविद्यालय के पूर्व-उपकुलपति सैयद हामिद, मुसलिम लीग के सांसद इब्राहीम सुलेमान सेट और मुसलिम मजलिस-ए-मशावरात के मौलाना मुहम्मद शफ़ी

मूनिस ने मिल कर एक संगठन बनाया जिसके तत्त्वावधान में इसी साल नौ अक्टूबर को एक सम्मेलन किया गया। सम्मेलन के मंच से कांग्रेस सरकार के कल्याण मंत्री सीताराम केसरी ने आर्थिक, सामाजिक और शैक्षिक पिछड़ेपन का तर्क देते हुए मुसलमानों के लिए आरक्षण का समर्थन किया।

पूरे मुसलमान समुदाय को पिछड़ा मान लेने की इस माँग के विरोध में संघ परिवार से जुड़े हिंदुत्ववादी संगठनों द्वारा आवाज़ उठाना स्वाभाविक ही था। लेकिन नब्बे के दशक में ही बिहार और उत्तर प्रदेश के पिछड़े और दलित मुसलमानों के आंदोलन (पसमांदा मुसलिम महाज़) की तरफ़ से भी इस माँग का विरोध हुआ है। पसमांदा मुसलमानों के प्रतिनिधियों का तर्क है कि सामाजिक और शैक्षिक रूप से पिछड़ी मुसलमान बिरादरियों को अन्य पिछड़े वर्ग की सूची के मुताबिक़ ही आरक्षण मिलना चाहिए। अगर पूरे समुदाय को पिछड़ा मान लिया गया तो आरक्षण के लाभ अशराफ़ यानी उच्चवर्गीय मुसलमानों द्वारा हड़प लिए जाएँगे।

देखें : अनुसूचित जातियाँ, अनुसूचित जनजातियाँ, अन्य पिछड़े वर्ग, आरक्षण, आरक्षण : एक इतिहास, आरक्षण : एक बहस, आरक्षण और लोकतंत्र, एफ़र्मेटिव एक्शन, जान रॉल्स, रॉल्स का न्याय-सिद्धांत, अरस्तू, भारत में स्त्री-आरक्षण-1 और 2, भारतीय संविधान-1 से 8 तक, स्त्री-आरक्षण, सामाजिक न्याय।

संदर्भ

1. थियोडोर पी. राइट (1997), 'ए न्यू डिमांड फ़ार मुसलिम रिज़र्वेशन इन इण्डिया', *एशियन सर्वे*, खण्ड 37, अंक 9.
2. भगवान दास (2000), 'मोमेंट्स इन अ हिस्ट्री ऑफ़ रिज़र्वेशन', *इकॉनॉमिक ऐंड पॉलिटिकल वीकली*, खण्ड , अंक .
3. डिक कूईमान (1993), 'पॉलिटिकल राइवलिरी एमंग रिलीजस कम्युनिटीज़ : एक केस स्टडी ऑफ़ कम्युनल रिज़र्वेशंस इन इण्डिया', *इकॉनॉमिक ऐंड पॉलिटिकल वीकली*, खण्ड , अंक .
4. असग़र अली इंजीनियर (2004), 'रिज़र्वेशन फ़ॉर मुस्लि स', *इकॉनॉमिक ऐंड पॉलिटिकल वीकली*, खण्ड , अंक .

—अभय कुमार दुबे

आरक्षण और लोकतंत्र

(Reservation and Democracy)

किसी भी राष्ट्रीय सरकार या राष्ट्रीय अभिजनों के हाथ में आरक्षण की नीति एक ऐसा औज़ार है जिसके ज़रिये वे अपने समाज की लोकतांत्रिक पुनर्रचना कर सकते हैं। आरक्षण की दीर्घकालीन परियोजना के माध्यम से न केवल सामाजिक ग़ैर-बराबरी घटाई जा सकती है, बल्कि समाज को जातिगत और जातीय टकराव से भी बचाया जा सकता है। भारतीय समाज और लोकतंत्र का संबंध इसका उदाहरण है। पिछले पचास सालों में आरक्षण के प्रभाव के कारण भारत में राजनीतिक सत्ता की सामाजिक संरचना ख़ासी बदल गयी है। अंग्रेज़ी शिक्षित द्विजों का राजनीतिक वर्चस्व पहले के मुक़ाबले कम हुआ है। शैक्षिक और व्यवसायगत अवसरों का लाभ उठा कर उत्पीड़ित समुदाय सत्ता और विकास में हिस्सेदारी प्राप्त करने में कामयाब रहे हैं। इसका परिणाम लोकतंत्र की जन-वैधता के प्रसार और गहनता में निकला है। लेकिन, अगर इसी नीति का ग़ैर-लोकतांत्रिक इरादों से इस्तेमाल किया जाए तो परिणाम समाज और व्यवस्था दोनों के लिए नुक़सानदेह होते हैं। भारतीय उदाहरण के अलावा अगर अमेरिकी और दक्षिण एशियाई मिसालों (पाकिस्तान, बांग्लादेश, श्रीलंका और नेपाल) पर तुलनात्मक विचार किया जाए तो आरक्षण की नीति के लोकतांत्रिक और अलोकतांत्रिक नतीजों की शिनाख़्त की जा सकती है।

अमेरिका के संदर्भ में आरक्षण नीति को एफ़र्मेटिव एक्शन के नाम से जाना जाता है। इसका सूत्रीकरण नस्ली अल्पसंख्यकों, स्त्रियों, विकलांगों और ऐतिहासिक रूप से वंचित रहे तबक़ों के ख़िलाफ़ होने वाले भेदभाव को मिटाने के लिए किया गया था। एफ़र्मेटिव एक्शन कार्यक्रम के पैरोकारों का तर्क था कि केवल क़ानून पारित कर देने से शिक्षा, रोज़गार और मानवीय गतिविधियों के अन्य क्षेत्रों में होने वाला पक्षपात ख़त्म नहीं किया जा सकता। क़ानून बनाने से मदद मिलती है और सुधारों की ज़मीन तैयार होती है, पर अगर जनता के वंचित तबक़ों को कुछ ढंग की रफ़्तार से प्रगति के रास्ते पर चलाना है तो उन्हें विशेष सुविधा देने के उपाय अलग से करने होंगे। सत्तर के दशक में स्थिति यह थी कि पहले के मुक़ाबले अधिक संख्या में अश्वेत अमेरिकी उच्च शिक्षा प्राप्त कर पा रहे थे, पर उनकी कुल 12 फ़ीसदी आबादी के लिहाज़ से केवल 2.2 फ़ीसदी अश्वेत ही डॉक्टर बन सके थे और केवल 2.8 फ़ीसदी अश्वेत ही आयुर्विज्ञान की पढ़ाई करने की स्थिति में आ सके थे। कैलिफ़ोर्निया विश्वविद्यालय के मेडिकल स्कूल में एफ़र्मेटिव एक्शन की नीति के तहत सौ में से सोलह स्थान अश्वेतों और अन्य अल्पसंख्यकों के लिए आरक्षित किये गये। एक श्वेत छात्र एलन बेक को ज़्यादा नम्बर होने के बावजूद दाख़िला नहीं मिला। उसने अदालत की शरण ली। मामला अमेरिकी सुप्रीम कोर्ट के पास पहुँचा। अदालत ने अमेरिका संविधान के चौदहवें संशोधन के हवाले से बेक को दाख़िला देने का निर्देश तो दिया, पर साथ में यह भी कहा कि दाख़िले का फ़ैसला करते समय नस्ली विशिष्टताओं का ख़याल रखना अपने-आप में संवैधानिक रूप से दुरुस्त है।

अमेरिकी प्रशासन आरक्षण की नीतियों को और भी आगे ले जाने में कामयाब रहा है। इसी से मिलते-जुलते आधारों पर उसने 'डायवर्सिटी' की विख्यात नीति बनायी है जिसके अनुसार अर्थव्यवस्था और समाज के अन्य क्षेत्रों में अल्पसंख्यकों की मौजूदगी सुनिश्चित करने का प्रावधान है। भारत में कुछ दलित बुद्धिजीवियों ने इस नीति से प्रेरणा ले कर आर्थिक जीवन में पूर्व-अछूतों को प्रोत्साहन देने का कार्यक्रम पेश किया है। भारत सरकार का रुख इस बारे में सकारात्मक है, पर अभी निजी क्षेत्र ने अपने दायरों में इस तरह के आरक्षण का उत्साहपूर्वक समर्थन नहीं किया है।

अमेरिकी और भारतीय समाज को मिले इन लाभों के मुक़ाबले अगर पाकिस्तान और श्रीलंका के उदाहरणों पर ग़ौर करें तो तस्वीर का दूसरा रुख सामने आता है। ये दोनों मिसालें बताती हैं कि अगर इस नीति के कार्यान्वयन के पीछे इरादे जातीय-बहुसंख्यकवादी क़िस्म के हों तो समाज में ग़ैर-बराबरी ख़त्म होने के बजाय और बढ़ती है। साथ ही राष्ट्र की एकता-अखण्डता के लिए ख़तरा भी पैदा हो जाता है।

पाकिस्तान में यह नीति आर्थिक और सांस्कृतिक क़िस्म के क्षेत्रीय असंतुलन को दूर करने के लिए बनायी गयी थी। इसके साथ इसका मक़सद किसी एक क्षेत्र (जैसे सिंध के देहाती इलाक़े) के बहुसंख्यकों की सांस्कृतिक और आर्थिक बदहाली को सुधारना भी था। इसके तहत पिछड़े इलाक़ों के बाशिंदों को सरकारी नौकरियों में थोड़ा साम्प्रतिनिधित्व देने का प्रावधान किया गया। इन इलाक़ों में जातीय-भाषाई अल्पसंख्यक रहते हैं। इसी तरह का प्रावधान पूर्वी पाकिस्तान में बंगाली बहुसंख्यक मुसलमानों के लिए भी किया गया। इस प्रक्रिया में समस्या उस समय आयी जब पाकिस्तानी राज्य ने अपनी जातीय-बहुसंख्यक प्रकृति के कारण सांस्कृतिक भिन्नताएँ स्वीकार करने के बजाय उन्हें दबाया और नज़रअंदाज़ किया। इन नीतियों के लाभार्थियों की शिनाख़्त करने के लिए उसने भौगोलिक पैमाना अपनाने पर ज़ोर दिया। असलियत यह थी कि एक बृहत्तर इस्लामिक आगोश में लिपटे हुए पाकिस्तान के समुदाय जातीय-सांस्कृतिक और सामंती भेदभाव के शिकार थे। परिणामस्वरूप इस नीति का आधे मन से और टुकड़ों में ही कार्यान्वयन हो सका। लाभार्थी लगातार असंतुष्ट बने रहे। सबसे ज़्यादा नाराज़गी सिंधी, बलूच, बंगाली और पाकिस्तानी कश्मीरियों में पनपी। बंगालियों ने तो सबसे ज़्यादा बुरा माना। वे देश के पूर्वी हिस्से में बहुसंख्यक थे, पर उन्हें सत्ता के पश्चिम स्थित केंद्र से दूर रखा जा रहा था। आख़िरकार उन्होंने आंदोलन किया और एक ऐतिहासिक घटनाक्रम के बाद अपना अलग राष्ट्र बना लिया। पश्चिमी पाकिस्तान में पंजाबियों और उर्दूभाषी मुहाजिरों ने आरक्षण का जम कर विरोध किया। सत्ताधारियों ने भी इस नीति का कबाड़ा करने में कोई कसर नहीं छोड़ी। पिछड़े इलाक़ों के ग़ैर-पिछड़े बाशिंदों को फ़र्ज़ी आवासन प्रमाणपत्र जारी किये गये।

इसलाम राजकीय धर्म था जिसके तहत पाकिस्तान में सांस्कृतिक और धार्मिक अस्मिताओं को मान्यता नहीं मिली, पर प्रतिक्रिया में भेदभाव से नाराज लोगों के बीच उनकी जातीय पहचान और मुखर होती चली गयी। अमल का तरीक़ा ऐसा था कि नीति के विरोध में खड़े ख़ुशहाल समूह ही अंत में उसके लाभार्थी साबित हुए। इस नीति के कारण कुछ अलगाववादी आंदोलन (जैसे 'जीये सिंध') मंद हुए, पर मुहाजिरों और बंगालियों के अलगावाद को हवा मिली। कई तरह के फिरकापरस्त और संकीर्णतावादी आंदोलन शुरू हो गये।

श्रीलंका में सिंहली-बौद्धों के जातीय-बहुसंख्यकवादी धार्मिक आंदोलन की पृष्ठभूमि में यह नीति अपनायी गयी। इसका मक़सद था शहरी-देहाती और जातीय असंतुलन दूर करना ताकि इसका फ़ायदा तमिल अल्पसंख्यकों और ऊँचे तबक़े के सिंहलियों को न मिल सके। व्यवहार में यह नीति तमिल अल्पसंख्यकों के हितों को निशाना बनाने वाली दुष्टतापूर्ण नीति साबित हुई। इससे जातीय संघर्ष भड़का और जातीय ध्रुवीकरण को प्रोत्साहन मिला।

बांग्ला देश एक ऐसा उदाहरण है जहाँ 1973 से 1993 के बीच इस नीति पर प्रभावी अमल हुआ और नीतिगत उद्देश्य भी हल हुए। नेपाल में भी अभिजनों ने आरक्षण नीति का इस्तेमाल करने की योजना बनायी है। बहुन, क्षेत्री और नेवार जैसे इलाक़ों में पारम्परिक ऊँचे तबक़े के अभिजन हावी हैं। माओवादी आंदोलन की पृष्ठभूमि में उन्होंने अदृश्य और दमित रखे गये जातीय अल्पसंख्यकों और अछूत समुदायों पर ध्यान देना शुरू किया है। अभी यह नहीं कहा जा सकता कि नेपाली समाज को समतामूलक बनाने में आरक्षण वहाँ क्या भूमिका निभायेगा।

देखें : अनुसूचित जातियाँ, अनुसूचित जनजातियाँ, अन्य पिछड़े वर्ग, आरक्षण, आरक्षणऔर धर्म, आरक्षण : एक इतिहास, आरक्षण : एक बहस, एफ़र्मेटिव एक्शन, जान रॉल्स, रॉल्स का न्याय-सिद्धांत, अरस्तू, भारत में स्त्री-आरक्षण-1 और 2, भारतीय संविधान-1 से 8 तक, स्त्री-आरक्षण, सामाजिक न्याय।

संदर्भ

1. डेविड एल. फ़ेदरमेन वग़ैरह (सम्पा.) (2009), *द नेक्स्ट ट्वेंटी फ़ाइव इयर्स : एफ़र्मेटिव एक्शन इन हायर एजुकेशन इन द यूनाइडेड स्टेट्स ऐंड साउथ अफ़्रीका*, युनिवर्सिटी ऑफ़ मिशिगन प्रेस, एन.आरबर.
2. धीरूभाई शेठ (2009), 'आरक्षण के पचास साल', संकलित : अभय कुमार दुबे (सम्पा.), *सत्ता और समाज : धीरूभाई शेठ का कृतित्व*, लोक-चिंतक ग्रंथमाला, सीएसडीएस-वाणी, नयी दिल्ली,.
3. फ़्रांसिस जे. बेकविद् और ई. टॉड जोंस (सम्पा.) (1997), *एफ़र्मेटिव एक्शन : सोशल जस्टिस ऑर रिवर्स डिसक्रिमिनेशन ?*, प्रोमिथियस बुक्स, एमहर्स्ट, न्यूयॉर्क.

—अभय कुमार दुबे

आरक्षण : एक बहस

(Reservation Debate)

आरक्षण की नीतियाँ भारतीय राजनीति में ज़बरदस्त विवाद का केंद्र रही हैं। 1950 में जब संविधान द्वारा अनुसूचित जातियों और जनजातियों की श्रेणी के तहत दलित (पूर्व-अछूत) जातियों और आदिवासी समुदायों को आरक्षण दिया गया, तो इन प्रावधानों को कुछ दबे स्वर में की गयी आपत्तियों के साथ आम तौर पर सामाजिक और राजनीतिक हलक़ों में स्वीकार कर लिया गया। लेकिन अन्य पिछड़ा वर्ग श्रेणी के तहत मध्य जातियों को आरक्षण देने की चर्चा होने के साथ ही सामाजिक-राजनीतिक संघर्ष की स्थितियाँ बनने लगीं। सत्तर के दशक के आख़िरी वर्षों में बिहार में आरक्षण विरोधी आंदोलन हुआ और देश के दूसरे हिस्सों में फैलता चला गया। गुजरात की राजनीति भी आरक्षण विरोधी भावनाओं से प्रभावित हुई। 1990 में मण्डल आयोग की सिफ़ारिशों पर अमल की घोषणा से तो एक तरह का राजनीतिक भूचाल ही आ गया। इसके बाद चले घटनाक्रम ने राजनीतिक और बौद्धिक विमर्श पर अमिट छाप छोड़ी। प्रचलित भाषा में इसे मण्डलीकरण की संज्ञा दी जाती है।

आरक्षण के आलोचकों का तर्क है कि दलितों और आदिवासियों को आरक्षण देते समय संविधान निर्माता राष्ट्रनिर्माण की नैतिकतापूर्ण प्रेरणाओं के आधार पर क़दम उठा रहे थे, पर अन्य पिछड़े वर्गों को आरक्षण देने के पीछे सत्ताकांक्षी नेताओं और पार्टियों की राजनीतिक महत्त्वाकांक्षाएँ काम कर रही थीं। दूसरी तरफ़ आरक्षण समर्थकों का कहना है कि केवल राजनीतिक और आर्थिक प्रगति पिछड़े समुदायों की सामाजिक प्रतिष्ठा को द्विज जातियों के समकक्ष लाने की गारंटी नहीं कर सकती। जब तक नौकरशाही और उच्च-शिक्षा के संस्थानों में जगह पाने के लिए पिछड़े समाज के युवकों को विशेष प्रोत्साहन नहीं दिया जाएगा तब तक न तो ऊँची जातियों की प्रशासन और उच्च शिक्षा पर इजारेदारी टूटेगी, और न ही मँझोली जातियों को वह सामाजिक प्रतिष्ठा प्राप्त हो पायेगी जो समतामूलक समाज बनाने के लिए आवश्यक है। बहस के इस पहलू के साथ 'मैरिट' का सवाल गुँथा हुआ है। विरोधियों का कहना है कि कम अंक प्राप्त करने वाले आरक्षित प्रतियोगियों को प्राथमिकता देने से कई तकनीकी और विशेषज्ञता वाले पेशों में योग्यता का स्तर गिरेगा। समर्थकों ने इसी दलील को सिर के बल खड़ा करते हुए कहा है कि ऊँची जातियों का अगर शिक्षा पर एकाधिकार न रहा होता तो ऐसी स्थिति आती ही क्यों।

आरक्षण विरोधियों का दूसरा तर्क है कि जाति को पिछड़ेपन की कसौटी बनाना आज के हालात में उचित नहीं है। संविधान पारित होने के पचास साल बाद भारतीय समाज में कई ऐसे परिवर्तन हुए हैं जिनके कारण परम्परागत रूप से पिछड़े समझे जाने वाले समुदायों का सामाजिक दर्जा बढ़ा है। यहाँ तक कुछ पिछड़ी पर रंग-रुतबे वाली जातियाँ अपने-अपने प्रभाव के इलाक़ों में ऊँची जातियों सरीखी हैसियत प्राप्त कर चुकी हैं। दूसरी ओर कर्मकाण्डीय दृष्टि से ऊँची समझी जाने वाली जातियों की आर्थिक-सामाजिक हैसियत में गिरावट आयी है। इसलिए जाति के आधार पर आरक्षण देने के बजाय अब पिछड़ेपन की कसौटी में आर्थिक स्थिति भी शामिल की जानी चाहिए।

आरक्षण समर्थकों का जवाबी तर्क है कि सामाजिक न्याय की अवधारणा ग़रीबी हटाने या रोज़गार प्रदान करने वाले कार्यक्रम का रूप नहीं ले सकती। शुरुआती दौर में इस तरह के आग्रह का जवाब देते हुए जवाहरलाल नेहरू ने भी कहा था कि भारत में पिछड़ेपन की प्रकृति आर्थिक न हो कर सामाजिक है, इसलिए सामाजिक पिछड़ेपन को आर्थिक पिछड़ेपन से प्रतिस्थापित नहीं किया जा सकता। ज़रूरत इस बात की है कि आरक्षण के दायरे में आने वाले समुदायों के बीच उसके लाभों के वाजिब बँटवारे को सुनिश्चित किया जाए। इसके लिए आरक्षण के लाभों के साथ जुड़ गये निहित स्वार्थों से मुक्ति पाने के उपाय खोजे जाने चाहिए। इस संदर्भ में क्रीमी लेयर या मलाईदार परत की अवधारणा चर्चाओं के केंद्र में है। इसका मतलब यह है कि जिन समुदायों, व्यक्तियों या परिवारों ने आरक्षण का फ़ायदा उठा कर पर्याप्त प्रगति कर ली है उनके लिए एक निकास-नीति बनायी जाए ताकि जो लाभ उन्हें मिल रहे हैं वे दलितों में दलित और पिछड़ों में भी पिछड़ों को मिल सकें।

कुल मिला कर आरक्षण पर हो रही बहस में मुख्य तौर पर पाँच तरह के रवैये देखने को मिलते हैं : पहला, किसी भी तरह का आरक्षण अवांछित है। आरक्षण न तो जाति के आधार पर होना चाहिए, न वर्ग के आधार पर और न ही लिंग के आधार पर। दूसरा, आरक्षण अपने-आप में ख़ारिज करने योग्य नहीं है। पर उसका आधार जाति न हो कर वर्ग होना चाहिए। तीसरा, दलितों और आदिवासियों को आरक्षण देना तो ठीक है पर पिछड़ी जातियों को आरक्षण के लाभ किसी क़ीमत पर नहीं मिलने चाहिए। चौथा, भारत के विशिष्ट सामाजिक-ऐतिहासिक संदर्भ को ध्यान में रखते हुए आरक्षण आवश्यक है और उसके लाभार्थियों को सामाजिक आधार यानी जाति के मुताबिक़ ही तय करते हुए यह सुविधा पिछड़े वर्गों को भी मिलनी चाहिए ताकि समतामूलक समाज बनाया जा सके। पाँचवाँ, जातिगत आधार पर पिछड़ेपन की कसौटी बना कर आरक्षण दिया जाना चाहिए, क्योंकि इससे हिंदू समाज के भीतर विभेदीकरण कम होगा और हिंदू एकता बनाने में आसानी होगी।

समाज-विज्ञान के हलक़े भी इस बहस से अछूते नहीं हैं। समाजशास्त्रियों, राजनीतिशास्त्रियों और राजनीतिक दर्शन

पर महारत रखने वालों के बीच 1990 के बाद से इस प्रश्न पर एक तरह का ध्रुवीकरण सा हो गया है। कोई समाज-विज्ञानी आरक्षणविरोधी के लक़ब से जाना जाता है, तो किसी की पहचान आरक्षण समर्थक की बन चुकी है। आई.पी. देसाई, आंद्रे बेते और उपेंद्र बख़्शी जैसे विद्वानों का विचार है कि जाति आधारित आरक्षण सामाजिक प्रगति और परिवर्तन में बाधक है। इसलिए आर्थिक पहलुओं को आरक्षण का आधार बनाया जाना चाहिए।

आंद्रे बेते ने उपयोगितावादी दृष्टिकोण अपनाते हुए तर्क दिया है कि यह नीति कुछ इस तरह लागू की जानी चाहिए जिससे व्यवस्था के संस्थागत स्वास्थ्य पर विपरीत असर न पड़े। इसके लिए उन्होंने अवसरों की समानता के उसूल के बजाय 'ईक्वलिटी ऑफ़ लाइफ़-चांसेज़' की धारणा सूत्रबद्ध की है। दूसरी और समाजशास्त्री दीपंकर गुप्ता का आग्रह है कि अगर आरक्षण के प्रावधानों को सैद्धांतिक रूप से अधिकारों की भाषा में सूत्रबद्ध किया जाएगा तो सामाजिक भाईचारे की भावना आहत नहीं होगी।

राजनीति-समाजशास्त्री धीरूभाई शेठ ने आरक्षण के प्रश्न पर व्यावहारिक राजनीति की ज़मीन पर विचार किया है। आरक्षण विरोधियों के तर्कों की गहराई में जाते हुए प्रोफ़ेसर शेठ ने देखा कि जब मण्डल आयोग की सिफ़ारिशों पर विवाद चल रहा था तो वे नौकरियों के बजाय पिछड़ों को शिक्षा में प्रोत्साहन देने की दलील दे रहे थे। लेकिन जब शिक्षा संस्थानों में सीटें आरक्षित करने की बात आयी तो वे उसके विरोध में भी खड़े हो गये। धीरूभाई का कहना है कि प्राथमिक शिक्षा के बजाय उच्च शिक्षा पर ज़ोर देने वाली नीतियाँ द्विज जातियों से आये बुद्धिजीवियों और हुक्मरानों की ही देन हैं। इसीलिए ऐसी स्थिति बनी है कि बहुत सी पिछड़ी जातियों के सदस्यों के पास आरक्षण का लाभ उठाने लायक योग्यताओं तक का अभाव है। देश में प्रौद्योगिकी विशेषज्ञों की बहुतायत होती चली गयी जिनका बहुलांश द्विज जातियों में से आया है। द्विज जातियों को एक ख़ास तरह के सामाजिक दर्जे और नाते-रिश्तेदारों के नेटवर्कों का फ़ायदा भी मिलता है। एक अदेखा-अघोषित आरक्षण लगतार चलता रहता है। देश में एक ऐसा राष्ट्रीयकृत बैंक भी है जिसमें अभी कुछ दिन पहले तक केवल ब्राह्मणों और बनियों को ही नौकरी मिलती थी। दिल्ली के अखिल भारतीय आयुर्विज्ञान संस्थान में पढ़ने वाले मेडिकल छात्रों को वहाँ प्रतिष्ठित स्नातकोत्तर पाठ्यक्रमों में पच्चीस फ़ीसदी तक आरक्षण मिलता है। पहले तो यह आरक्षण तैंतीस फ़ीसदी तक था। बीस-बाईस फ़ीसदी अंक पाने वालों को पीजी कोर्सिज़ में सीटें मिल जाती हैं, जबकि बाहर से साठ फ़ीसदी अंक लेकर आने वाले दलित और आदिवासी छात्र रह जाते हैं। यह संस्थागत आरक्षण हर तरह से संविधानेतर है। धीरुभाई यह भी मानने के लिए तैयार नहीं हैं कि जाति को पिछड़ेपन की कसौटी बनाने से समाज टूटता है, उसकी समरसता टूटती है, जाति-द्वेष बढ़ता है और जाति-चेतना कमज़ोर होने के बजाय मज़बूत होती है। वे कहते हैं कि समाज का विखण्डन एक चीज़ है और उसकी बहुलता दूसरी। विखण्डन हिंसा और लम्पटीकरण के लिए ज़मीन मुहैया कराता है, बहुलता लोकतांत्रिक पहलुओं को मज़बूत करती है। धीरूभाई आरक्षण नीति पर होने वाली बहस को आरक्षण विरोधियों के वाग्जाल से निकाल कर उसके नीतिगत और व्यावहारिक पुन:संस्कार की आवश्यकता को रेखांकित करते हैं, ताकि उसका राजनीतिक स्वार्थों के लिए दोहन न किया जा सके।

देखें : अनुसूचित जातियाँ, अनुसूचित जनजातियाँ, अन्य पिछड़े वर्ग, आरक्षण, आरक्षण और धर्म, आरक्षण : एक इतिहास, आरक्षण और लोकतंत्र, एफ़र्मेटिव एक्शन, जान रॉल्स, रॉल्स का न्याय-सिद्धांत, अरस्तू, भारत में स्त्री-आरक्षण-1 और 2, भारतीय संविधान-1 से 8 तक, स्त्री-आरक्षण, सामाजिक न्याय।

संदर्भ

1. आंद्रे बेते (1998), 'डिस्ट्रीब्यूटिव जस्टिस ऐंड इंस्टीट्यूशनल वेलबीइंग', संकलित : गुरप्रीत महाजन (सम्पा.), *डेमौक्रेसी, डिफ़रेंस ऐंड सोशल जस्टिस,* ऑक्सफ़र्ड युनिवर्सिटी प्रेस, नयी दिल्ली.
3. दीपंकर गुप्ता (1998), 'रिकास्टिंग रिज़र्वेशंस इन द लेंग्वेज ऑफ़ राइट्स', संकलित : गुरप्रीत महाजन (सम्पा.), *डेमौक्रेसी, डिफ़रेंस ऐंड सोशल जस्टिस,* ऑक्सफ़र्ड युनिवर्सिटी प्रेस, नयी दिल्ली.
3. धीरूभाई शेठ (2009), 'आरक्षण विरोधियों के तर्कों की असलियत', संकलित : अभय कुमार दुबे (सम्पा.), *सत्ता और समाज : धीरूभाई शेठ का कृतित्व,* लोक-चिंतक ग्रंथमाला, सीएसडीएस-वाणी, नयी दिल्ली.

—अभय कुमार दुबे

आर्थिक राष्ट्रवाद-1
(ग्योर्ग फ्रेड्रिख़ लिस्ट का योगदान)
(Economic Nationalism-1)

आर्थिक राष्ट्रवाद उन्नीसवीं सदी के मध्य उभरी आर्थिक विज्ञान की एक प्रमुख प्रवृत्ति है। राजनीतिक अर्थशास्त्र के तीन प्रधान स्कूलों में से एक होने के बावजूद बीसवीं सदी में इसके अध्ययन को काफ़ी-कुछ उपेक्षा का शिकार होना पड़ा है। आर्थिक उदारतावाद और आर्थिक समाजवाद पर विद्वानों और नीति-निर्माताओं ने ज़्यादा ध्यान दिया, लेकिन आर्थिक राष्ट्रवाद को नज़रअंदाज़ किया गया। हक़ीक़त यह है कि

अपनी इस उपेक्षा के बावजूद आर्थिक राष्ट्रवाद के बुनियादी सिद्धांत आज तक प्रासंगिक बने हुए हैं। कम्युनिस्ट शासनों के विफल हो जाने के बाद अध्येताओं ने आर्थिक राष्ट्रवाद पर भी निगाह डालनी शुरू की है। 1991 में प्रकाशित हुई रॉबर्ट रीश की रचना द *वर्क ऑफ़ नेशंस : प्रिपेयरिंग अवरसेल्व्ज़ फ़ॉर 21स्ट सेंचुरी कैपिटलिज़्म* इसका प्रमाण है। इसके अलावा भी पिछले पंद्रह साल में आर्थिक राष्ट्रवाद के परिप्रेक्ष्य के तहत कई उल्लेखनीय अध्ययनों का प्रकाशन हुआ है।

आर्थिक राष्ट्रवाद के हाशियाकरण के पीछे दो प्रमुख कारण काम कर रहे थे। पहला, ऐडम स्मिथ द्वारा की गयी वणिकवाद की आलोचना। दरअसल, वणिकवाद के साथ-साथ आर्थिक राष्ट्रवाद भी यह मानने के लिए तैयार नहीं था कि बाज़ार की ताक़तों को मुक्त करने के ज़रिये सामूहिक कल्याण की उच्चतम अवस्था प्राप्त की जा सकती है। यह अलग बात है कि वणिकवाद उन सर्वसत्तावादी हुकूमतों के गर्भ से निकला था जो राजकीय महाप्रभुओं को लाभ पहुँचाने वाली नीतियों के सूत्रीकरण में दिलचस्पी रखती थीं। जबकि, आर्थिक राष्ट्रवाद उन राष्ट्रीय क्रांतियों का फलितार्थ था, जिन्होंने उन्नीसवीं सदी में युरोपीय राजनीति और समाज पर गहरा परिवर्तनकारी असर डाला था। आर्थिक राष्ट्रवाद के हाशियाकरण का दूसरा प्रमुख कारण था फ़ासीवादी राजनीतिक अर्थशास्त्र का उभार जिसकी अभिव्यक्ति बीसवीं सदी में हिटलर और मुसोलिनी की आर्थिक नीतियों में हुई। अमेरिका में पैट्रिक बुकानन जैसे दक्षिणपंथी अतिवादियों के कारण भी यह विचार बदनाम हुआ। लेकिन आर्थिक राष्ट्रवाद के नये व्याख्याताओं ने उसके उदारमना संस्करण को रेखांकित किया है।

जिस जमाने में स्मिथ और रिकार्डो राष्ट्रों के बीच हितों की समरसता का तर्क दे रहे थे, आर्थिक राष्ट्रवाद के प्रमुख प्रवक्ता ग्योर्ग फ्रेड्रिख़ लिस्ट (1789-1846) ने 1841 में प्रकाशित अपनी रचना द *नैशनल सिस्टम ऑफ़ पॉलिटिकल इकॉनॉमी* में दावा किया कि राष्ट्रों के बीच सत्ता और सम्पत्ति के लिए सहयोग के बजाय होड़ के पहलू अधिक प्रमुख हैं। आर्थिक राष्ट्रवाद पर लिस्ट के विचार अपने ज़माने में ही कितने महत्त्वपूर्ण थे इसका अंदाज़ा इस बात से लगाया जा सकता है कि कार्ल मार्क्स ने भी उनके ऊपर एक लेख लिखा था।

लिस्ट का कहना था कि आर्थिक हितों की चर्चा करते समय सही परिप्रेक्ष्य भूमण्डलीय, अंतर्राष्ट्रीय या वर्गीय होने के बजाय राष्ट्रीय होना चाहिए। कोई भी राष्ट्र तभी शक्तिशाली बन सकता है जब वह सम्पत्ति जमा करके अपनी ताक़त बढ़ा ले, वरना वह प्रतियोगिता में पिट जाएगा। प्रत्येक राष्ट्र को अपनी आर्थिक शक्ति बढ़ाने का प्रयास करना ही होगा, अन्यथा अनिवार्यतः साम्राज्यवादी प्रभुत्व के तहत काम

ग्योर्ग फ्रेड्रिख़ लिस्ट (1789-1846)

करने वाली अंतर्राष्ट्रीय अर्थव्यवस्था की मातहती में जा कर पहलक़दमी खो देगा। लिस्ट का विचार था कि परस्पर लाभों या कुल जमा लाभों पर ज़ोर देने के बजाय किसी राष्ट्र को आपेक्षिक लाभ पर अधिक बल देना चाहिए। लिस्ट ने राष्ट्रीय अर्थव्यवस्था के केंद्र में उद्योगीकरण को यह कह कर स्थापित किया कि एक ताक़तवर औद्योगिक क्षेत्र पूरी अर्थव्यवस्था को प्रभावित करता है। उससे न केवल देश आत्मनिर्भर बनता है, बल्कि उसे फ़ौजी ताक़त का आधार भी बनाया जा सकता है। लिस्ट एक जर्मन अर्थशास्त्री थे और उनका मक़सद था जर्मनी को आर्थिक रूप से ताक़तवर आधुनिक राष्ट्र कैसे बनाया जाए।

लिस्ट का ग्रंथ चार भागों में बँटा हुआ था। पहले हिस्से में उन्होंने मध्ययुगीन और रिनेसाँ युग के युरोपीय देशों समेत उन्नीसवीं सदी के उत्तरी अमेरिका का ऐतिहासिक अध्ययन पेश किया। दूसरे हिस्से में उन्होंने आर्थिक राष्ट्रवाद के अपने सिद्धांतों का प्रतिपादन किया। तीसरे हिस्से में उन्होंने ऐडम स्मिथ और उनके अनुयायियों की कड़ी आलोचना की और चौथे हिस्से में अंतर्राष्ट्रीय आर्थिक संबंधों का विश्लेषण पर ध्यान दिया। दरअसल, इस रचना के प्रकाशन से काफ़ी पहले 1827 में लिस्ट ने *आउटलाइंस ऑफ़ अमेरिकन पॉलिटिकल इकॉनॉमी* में पूँजी के तीन प्रकारों की परिभाषा दे कर अपने इरादे साफ़ कर दिये थे। उन्होंने कहा था कि प्राकृतिक पूँजी का मतलब होता है धरती, समुद्र, नदियाँ और खनिज संसाधन। भौतिक पूँजी का अर्थ है उत्पादन की प्रक्रिया में इस्तेमाल होने वाली मशीनें और कच्चा माल समेत अन्य आनुषंगिक

सामग्री। मानसिक पूँजी का मतलब है कौशल, प्रशिक्षण और उद्यमशीलता। लिस्ट ने मानसिक पूँजी की श्रेणी में फ़ौजों, नौसेना और सरकार को भी रखा। पूँजी के इन तीन प्रकारों को परिभाषित करने के बाद उन्होंने निष्कर्ष निकाला कि उत्पादक शक्तियाँ न तो समृद्धि का कारण होती हैं और न ही समृद्धि का स्रोत। वे तो पूँजी के इन तीन प्रकारों के संयोग से बनती हैं। लिस्ट की मान्यता थी कि मानसिक पूँजी का महत्त्व बाक़ी दोनों पूँजियों से अधिक है। उन्होंने आर्थिक वृद्धि और शिक्षा के प्रसार के बीच के संबंध पर विशेष रूप से ज़ोर दिया। आज के ज़माने में जब मानवीय पूँजी की अवधारणा का सूत्रीकरण हो चुका है, तब लिस्ट की यह मान्यता पुरानी सी लग सकती है। लेकिन यह तो मानना ही पड़ेगा कि क़रीब एक सदी तक क्लासिकल अर्थशास्त्र के सिद्धांतों के प्रभाव में इस धारणा को नज़रअंदाज़ किया जाता रहा। यही था वह आधार जिस पर खड़े हो कर लिस्ट द्वारा ऐडम स्मिथ द्वारा प्रतिपादित औद्योगिक श्रम के भौतिकवादी विचार की आलोचना विकसित की गयी।

लिस्ट समेत आर्थिक राष्ट्रवाद के सिद्धांतकारों ने उदारतावादी अर्थशास्त्र के पैरोकारों की इस धारणा का जम कर खण्डन किया कि स्व-हित (सेल्फ़-इंटरेस्ट) को आर्थिक-सामाजिक व्यवस्था का मूलाधार बनाया जाना चाहिए। लिस्ट कहते थे कि स्व-हित का विचार एक ऐसी अनाप-शनाप सार्वदेशिकता (कॉस्मोपॅलिटिनज़िम) को बढ़ावा देता है जो राष्ट्रीयता के सिद्धांत का क्षय करती है। साथ ही इससे एक तरह के प्राणहीन भौतिकवाद को बढ़ावा मिलता है जिसके तहत मानसिक और राजनीतिक पहलुओं पर ध्यान दिये बिना केवल वस्तुओं के विनिमय-मूल्य पर ही ग़ौर होता रहता है। यह प्राणहीन भौतिकवाद वर्तमान और भविष्य के हितों की भी ध्यान नहीं रखता और राष्ट्रों की उत्पादक शक्तियों की तो पूरी तरह से उपेक्षा कर देता है। लिस्ट ने स्व-हित की धारणा पर यह आरोप भी लगाया कि इससे व्यक्तिवाद को बेइंतिहा बढ़ावा मिलने केकारण सामाजिक श्रम के विचार को नुक़सान पहुँचता है।

फ्रेड्रिख़ लिस्ट का जन्म दक्षिण जर्मनी के रुलिंगजन में हुआ था। उनके पिता वर्टेमबर्ग की रियासत में सरकारी नौकरी करते थे। 1817 में लिस्ट ट्यूबिंजन विश्वविद्यालय में प्रशासन के प्रोफ़ेसर नियुक्त हुए। जर्मनी में लगने वाले आंतरिक टैक्सों के ख़ात्मे के लिए होने आंदोलन में भाग लेने के बाद उन्हें वर्टेमबर्ग संसद की सदस्यता मिली। लेकिन, दूसरी तरफ़ लगातार असहमति का स्वर बुलंद करते रहने के कारण उन्हें विश्वविद्यालय से निष्कासित कर दिया गया। इसके बाद उन्हें राजद्रोह के आरोप में संसद से भी बाहर होना पड़ा। लिस्ट को दस महीने के सश्रम कारावास की सज़ा हुई लेकिन उन्हें इस शर्त पर छह महीने बाद ही छोड़ दिया गया कि वे जर्मनी छोड़ कर अमेरिका चले जाएँगे। अमेरिकी में वे 1825 से 1830 तक रहे। वहाँ से उन्हें अमेरिकी कौंसिल के रूप में लाइपज़िग भेजा गया जहाँ रह कर उन्होंने जर्मनी के आर्थिक और राजनीतिक एकीकरण के लिए काम किया। लिस्ट को अपने जीवन में वह मान्यता नहीं मिली जिसके वे हक़दार थे। उन्हें लगातार आर्थिक मुश्किलों में अपना जीवन गुज़ारना पड़ा जिसके कारण अवसाद का शिकार हो कर उन्होंने आत्महत्या कर ली। मृत्यु के बाद लिस्ट के विचारों का प्रभाव दूर-दूर तक फैला। आज उन्हें उन्नीसवीं सदी के सबसे महत्त्वपूर्ण जर्मन अर्थशास्त्रियों के रूप में जाना जाता है।

देखें : ऐडम स्मिथ, क्लासिकल अर्थशास्त्र, कार्ल हाइनरिख़ मार्क्स-3 (पूँजीवादी का विश्लेषण), डेविड रिकार्डो, बिपन चंद्र-1 और 2, थॉमस मन और वणिकवाद, दादाभाई नौरोजी, रमेश चंद्र दत्त, रामविलास शर्मा, राष्ट्रवाद, व्यापारिक पूँजी, प्राक्-आधुनिकता और भारत-1, 2 और 3.

संदर्भ

1. डेविड लेवी-फ़ॉर (1997), 'इकॉनॉमिक नैशनलिज़्म : फ्रॉम फ्रेड्रिख़ लिस्ट टू रॉबर्ट रीश', *रिव्यू ऑफ़ इंटरनैशनल स्टडीज़*, अंक 23.
2. आर. स्जपोरलक (1988), *कम्युनिज़्म ऐंड नैशनलिज़्म : कार्ल मार्क्स वर्सेस फ्रेड्रिख़ लिस्ट*, ऑक्सफ़र्ड युनिवर्सिटी प्रेस, ऑक्सफ़र्ड.
3. फ्रेड्रिख़ लिस्ट (1841/1991), *द नैशनल सिस्टम ऑफ़ पॉलिटिकल इकॉनॉमी*, ऑगस्टस एम. केली, न्यूयॉर्क.
4. बी. रॉबर्ट रीश (1991), *द वर्क ऑफ़ नेशंस : प्रिपेयरिंग अवरसेल्व्ज़ फ़ॉर द 21स्ट सेंचुरी कैपिटलिज़्म*, साइमन ऐंड शुस्टर, हेमल हेम्पस्टीड.

—अभय कुमार दुबे

आर्थिक राष्ट्रवाद-2

(वि-उद्योगीकरण की थीसिस)

(Economic Nationalism-2)

आर्थिक राष्ट्रवाद के भारतीय संस्करण का जन्म भी उसी दौर में हुआ जब उन्नीसवीं सदी में फ्रेड्रिख़ लिस्ट ऐडम स्मिथ से लोहा ले रहे थे। आर्थिक राष्ट्रवाद की इस पश्चिमी भूमि के अलावा इसका एक और संस्करण है जिसे इसके उपनिवेशवाद विरोधी संस्करण के रूप में देखा जाना चाहिए। विशेष तौर से भारत जैसे देशों के उपनिवेशवाद विरोधी संघर्ष के लिए इस प्रवृत्ति का विशेष महत्त्व है। उन्नीसवीं सदी में जिस समय फ्रेड्रिख़ लिस्ट अंतर्राष्ट्रीय अर्थव्यवस्था के चरित्र को मूलत: साम्राज्यवादी बता रहे थे, उसी के इर्द-गिर्द भारत में ईस्ट इण्डिया कम्पनी द्वारा किये जाने वाले आर्थिक दोहन की

आलोचना शुरू हुई। उन्नीसवीं सदी में भारतीय राष्ट्रवाद की अभिव्यक्तियाँ जिस आधार पर खड़ी हुई थीं, उसकी रचना 'ड्रेन ऑफ़ वेल्थ थियरी' (निचोड़ने का सिद्धांत) के आधार पर हुई थी। महाराष्ट्र के कुछ बुद्धिजीवियों ने उन्नीसवीं सदी की चौथी दहाई में ही ब्रिटिश सरकार की उन नीतियों की कड़ी आलोचना करनी शुरू कर दी थी जिनके कारण भारतीय अर्थव्यवस्था बर्बाद होती जा रही थी। मराठी और अंग्रेज़ी में लिखने वाले इन बुद्धिजीवियों में भास्कर पांडुरंग तारखड़कर, गोविंद विट्ठल कुंते और रामकृष्ण विश्वनाथ प्रमुख थे। एलफिंस्टन इंस्टीट्यूट में भारतीय राष्ट्रवाद के पितामह समझे जाने वाले दादाभाई नौरोजी ने इन्हीं विद्वानों की सोहबत में ड्रेन थियरी का सूत्रीकरण किया। स्वयं दादाभाई ने अपनी रचनाओं में इन लोगों को याद किया है। आगे चल कर रमेश चंद्र दत्त और विलियम डिग्बी वग़ैरह ने दादाभाई के काम को आगे बढ़ाया। समकालीन आर्थिक इतिहासकारों में बिपन चंद्र का नाम विशेष रूप से उल्लेखनीय है जिनकी रचना *राइज़ ऑफ़ इकॉनॉमिक नैशनलिज़्म इन इण्डिया* इस विचार के भारतीय अध्याय का विस्तृत ब्योरा पेश करती है।

हिंदी-क्षेत्र में रामविलास शर्मा ने अपनी लोकप्रिय द्विखण्डीय रचना *भारत में अंग्रेज़ी राज और मार्क्सवाद* में इन विचारों का इस्तेमाल किया है। वे अंग्रेज़ों को भारतीय आधुनिकता के विकास का कोई श्रेय देने के लिए तैयार नहीं हैं। मार्क्स के निष्कर्षों (ब्रिटिश साम्राज्य की अनभिप्रेत प्रगतिशील भूमिका) को ख़ारिज करने और 'अंग्रेज़ी ज़माने में भारत का देहातीकरण हुआ' का दावा करने की प्रक्रिया में रामविलास शर्मा ने ख़ुद को उस विद्वत्ता से जोड़ लिया है जिसने विस्तृत शोध करके दिखाया है कि उन्नीसवीं सदी से ही भारत का विउद्योगीकरण शुरू हो गया था जो 1931 तक चलता रहा।

वि-उद्योगीकरण की अवधारणा से जुड़ा विवाद बीसवीं सदी के शुरुआती सालों में आर्थिक इतिहासकार रमेश चंद्र दत्त और विलियम डिग्बी की रचनाओं से शुरू हुआ था। दत्त ने विस्तार से आँकड़े देते हुए दिखाया था कि ब्रिटिश आर्थिक नीति के परिणामस्वरूप भारत के दस्तकारी उत्पादन में ज़बरदस्त गिरावट आयी और उसकी भरपाई के रूप में औद्योगिक उत्पादन में बढ़ोतरी नहीं हुई। इसका नतीजा यह हुआ कि भारतीय अर्थव्यवस्था पहले से कहीं ज़्यादा खेती पर निर्भर होने के लिए मजबूर हो गयी। ब्रिटिश शासन से जुड़े जिन इतिहासकारों ने इस स्थापना का विरोध किया, उनसे बिपन चंद्र वग़ैरह ने साठ के दशक में मोर्चा लिया। इसके बाद डैनियल थॉर्नर ने 1881 से 1931 के बीच जनगणना के आँकड़ों का सहारा लेकर भारत में औद्योगिक श्रम-शक्ति की तत्कालीन स्थिति की जाँच करते हुए वि-उद्योगीकरण की थीसिस का विरोध किया। उन्होंने यह दिखाने की कोशिश की कि अर्थव्यवस्था का देहातीकरण अगर कभी हुआ भी था जो वह अवधि 1815 और 1880 के बीच की रही होगी। थॉर्नर साम्राज्यवाद के पक्षपोषक तो नहीं ही थे, पर उनकी मार्क्सवादी निष्ठाएँ स्पष्ट थीं। उन्हें पहला जवाब जे. कृष्णमूर्ति ने यह कह कर दिया कि भले ही औद्योगिक श्रम-शक्ति न घटी हो, लेकिन प्रति-व्यक्ति उत्पादन में आयी गिरावट वि-उद्योगीकरण की स्थापना को सही ठहराती है।

1975 में राघवेंद्र चट्टोपाध्याय ने थॉर्नर की दावेदारियों और कृष्णमूर्ति द्वारा उन्हें दिये गये जवाब का विधिवत अध्ययन करके थॉर्नर की पद्धति की ख़ामियाँ बतायीं और कृष्णमूर्ति के तर्क को भी अपर्याप्त ठहराया। उन्होंने एक वैकल्पिक कसौटी तैयार करके विस्तार से दिखाया कि अंग्रेज़ी शासन के तहत न केवल कुल श्रम-शक्ति और औद्योगिक श्रम-शक्ति में गिरावट आयी, बल्कि भारत की राष्ट्रीय आमदनी भी कतई नहीं बढ़ी। न ही मज़दूरों के वेतन में कोई वृद्धि हुई। यानी बीस और तीस के दशक में जिस समय गाँधी ने उपनिवेशवाद विरोधी आंदोलन चलाया, उस समय तक अंग्रेज़ी हुकूमत के परिणामस्वरूप भारतीय अर्थव्यवस्था खेतिहर उत्पादन पर निर्भर रहते हुए पूरी तरह से जड़ता की शिकार हो चुकी थी।

दादाभाई नौरोजी द्वारा प्रतिपादित ड्रेन थियरी के सिद्धांत ने भारतीय समाज के पढ़े-लिखे हिस्सों को यक़ीन दिला दिया था कि जब तक अंग्रेज़ों के हाथ में शासन रहेगा, तब तक वे इस देश की आर्थिक ऊर्जा चूसते रहेंगे। स्व-शासन के लिए उठी माँग और उसके लिए दिये जाने वाले प्रतिवेदनों के पीछे यही समझ थी। अंग्रेज़ों को जल्दी ही यह एहसास हो गया कि दादाभाई के आर्थिक विचार उनकी हुकूमत की वैधता को कितनी गहराई से चुनौती दे रहे हैं। इसलिए साम्राज्य के तरफ़दार दादाभाई के दावों का खण्डन करने में जुट गये। उनके आँकड़ों और विश्लेषण को ग़लत क़रार दिया गया, लेकिन दादाभाई के सामने कोई नहीं टिक पाया। उनकी पुस्तक *पॉवर्टी ऐंड अनब्रिटिश रूल इन इण्डिया* एक राष्ट्रवादी क्लासिक बन गयी। दादाभाई पश्चिमी विचारों, दर्शन और विद्वत्ता से प्रभावित थे। उनकी मान्यता थी कि अंग्रेज़ शासन से कुल मिला कर भारतीय समाज का कल्याण हो रहा है और अगर ब्रिटिश हुकूमत अपने स्थापित मानकों और नैतिकता का पालन करे तो बहुत कुछ हो सकता है। इसलिए उनका लहज़ा हमेशा अंग्रेज़ों को भारत के प्रति उनके दायित्वों का एहसास दिलाने का रहता था।

1901 में इस कृति के प्रकाशन के बाद दादाभाई ने अपना पूरा जीवन अपने इसी सिद्धांत के प्रचार-प्रसार में लगा दिया। उन्होंने न जाने कितने भाषण दिये, ब्रिटिश अख़बारों में पत्र लिखे, पत्रिकाओं में लेख लिखे, अधिकारियों के साथ ख़तो-क़िताबत की, सरकारी आयोगों के सामने गवाहियाँ दीं। जन-संचार के हर उपलब्ध साधन का इस्तेमाल करते हुए

उन्होंने सार्वजनिक जीवन और अधिकारियों का ध्यान इस ओर खींचा। शुरू में दादाभाई की भाषा अंग्रेज़ों की आलोचना करते समय नम्र रहती थी और वे कहते थे कि चूँकि शासन विदेशी है इसलिए भारत को उसका कुछ न कुछ हरजाना तो उठाना ही पड़ेगा। लेकिन, जैसे-जैसे उनकी मुहिम आगे बढ़ी, उनकी अभिव्यक्ति उत्तरोत्तर रोषपूर्ण होती चली गयी। वे ब्रिटिश शासन को निरंकुश, अनुचित, लुटेरू, अप्राकृतिक, विनाशकारी वग़ैरह कहने लगे।

ब्रिटिश हुकूमत की वज़ह से हो रही भारत की बर्बादी पर रोशनी डालने के लिए दादाभाई ने डब्ल्यू.सी. बनर्जी के साथ मिल कर लंदन में इण्डियन सोसाइटी नामक संस्था की शुरुआत की। अंग्रेज़ अफ़सरों के सहयोग से दादाभाई ने एक दूसरी संस्था ईस्ट इण्डिया एसोसिएशन बनायी जिसका मक़सद था भारत के हितों की खुल कर पैरवी करना और उसके लिए हर उचित उपाय का सहारा लेना। 2 मई, 1867 को दादाभाई ने इसकी पहली बैठक में ही 'भारत में इंग्लैण्ड के कर्त्तव्य' शीर्षक से अपना एक निबंध पढ़ा। इसी साल नवम्बर में दादाभाई ने 'अबीसीनिया की लड़ाई का ख़र्च' नामक लेख पढ़ा। पहला लेख साफ़तौर से बताता है कि भारत में इंग्लैण्ड अपने कर्त्तव्यों की पूर्ति नहीं कर रहा है। दूसरे लेख में उन्होंने माँग की कि ब्रिटिश साम्राज्य के हितों के लिए लड़ी जाने वाली लड़ाइयों का ख़र्च भारत से नहीं वसूला जाना चाहिए। इसके बाद अगले तीन साल तक यह एसोसिएशन भारतीय अर्थव्यवस्था संबंधी बहस का अड्डा बन गयी। इन बहसों में दादाभाई के साथ-साथ आर्थर कॉटन, आई.टी. प्रिचर्ड, बार्टल फ्रेयर और जार्ज बर्डवुड ने भी अपना रचनाओं के साथ भाग लिया। बहस में मुख्यत: चार विषयों पर ज़ोर दिया गया : भारतीय वित्त, भारत में सार्वजनिक कार्य, राजनीतिक और औद्योगिक विकास और भारत में मानचेस्टर के असली हित।

1902 में रमेश चंद्र दत्त के ग्रंथ द *इकॉनॉमिक हिस्ट्री ऑफ़ ब्रिटिश इण्डिया* का पहला खण्ड प्रकाशित हुआ। इसे ब्रिटिश हुकूमत पर लिखे गये सबसे बेहतरीन ग्रंथ की संज्ञा दी जाती है। इसमें 1757 में अंग्रेज़ों की सत्ता की स्थापना से लेकर साम्राज्ञी की हुकूमत लागू होने तक का आर्थिक इतिहास पेश किया गया था। इसमें ईस्ट इण्डिया कम्पनी के तहत खेती और भूमि बंदोबस्त संबंधी नीतियों, व्यापार और कारख़ाना उत्पादन संबंधी नीतियों के साथ-साथ वित्त और प्रशासन संबंधी नीतियों का विश्लेषणात्मक विवरण था। इसकी निष्पक्षता और गहराई का पुस्तक के ब्रिटिश समीक्षकों ने भी लोहा माना। 1904 में इस महाग्रंथ का दूसरा खण्ड प्रकाशित हुआ। उन्होंने प्रामाणिक तथ्यों के आधार पर दावा किया कि ब्रिटिश शासन के प्रारम्भिक वर्षों में अपनायी गयी स्वार्थपूर्ण नीतियाँ भारतीय उद्योगों के पतन के लिए ज़िम्मेदार रही हैं।

दत्त ने भारत में ग़रीबी के कारणों पर प्रकाश डालते हुए साबित किया कि अंग्रेज़ों की नीति के कारण देशी उद्योग और हस्तकलाओं को तबाह हो जाना पड़ा। लाखों लोग बेरोज़गार हो गये जिससे जीवनयापन के लिए उनके सामने खेती के अलावा कोई और चारा नहीं रह गया। इस तरह खेती के भरोसे जीवित रहने वालों की संख्या हद से ज़्यादा बढ़ गयी और सभी के रहन-सहन का स्तर गिर गया। इसके साथ-साथ अंग्रेज़ भारत पर हुकूमत करने के लिए भारी धन ख़र्च करते रहे जिसका मुल्क को कोई फ़ायदा नहीं पहुँचा। राजकोषीय नीति और भू-राजस्व प्रणाली कुछ इस तरह की बनायी गयी कि किसान के पास सिर्फ़ जिंदा बचे रहने लायक संसाधन ही रह गये। दत्त के पास इन समस्याओं का इलाज करने का नुस्खा भी था। उन्होंने सिफ़ारिश की कि भारतीय मिल उद्योग से उत्पादन शुल्क हटा लिया जाए, नीची दरों के नरम लगान के अलावा बाक़ी सभी टैक्सों से किसानों को छुटकारा दिया जाए, इंग्लैण्ड में होने वाली फ़ौजी और शाही ख़र्च भारत से नहीं वसूले जाने चाहिए और भारत में भी फ़ौजी ख़र्च घटाये जाने चाहिए। दत्त ने जैसे ही ये सुझाव दिये, ब्रिटिश हुकूमत और उसके हिमायतियों ने उनकी चौतरफ़ा आलोचना शुरू कर दी। उनके तथ्यों और विश्लेषण को ख़ारिज करने की कोशिश की गयी। ध्यान रहे कि दत्त इण्डियन सिविल सर्विसेज़ के वरिष्ठ अधिकारी थे और ब्रिटिश शासन की सेवा करने के दायित्व से बँधे हुए थे। लेकिन, अपनी बात पर जमे रह कर उन्होंने अपने विरोधियों के साथ बहस की और सरकार से लगातार अनुरोध किया कि वह भारत की आर्थिक दशा में सुधार के लिए नीतियाँ बदले।

देखें : ऐडम स्मिथ, क्लासिकल अर्थशास्त्र, कार्ल हाइनरिख़ मार्क्स-3 (पूँजीवादी का विश्लेषण), डेविड रिकार्डो, बिपन चंद्र-1 और 2, थॉमस मन और वणिकवाद, दादाभाई नौरोजी, रमेश चंद्र दत्त, रामविलास शर्मा, राष्ट्रवाद, व्यापारिक पूँजी, प्राक्-आधुनिकता और भारत-1, 2 और 3.

संदर्भ

1. बिपन चंद्र, *द राइज़ ऐंड ग्रोथ ऑफ़ इकॉनॉमिक नैशनलिज़्म इन इण्डिया,* देखें, अध्याय आठवाँ अध्याय 'दि ड्रेन', पीपुल्स पब्लिशिंग हाउस, दिल्ली, 1966
2. बी.एन. गांगुली, *दादाभाई नौरोजी ऐंड द ड्रेन थियरी,* एशिया पब्लिशिंग हाउस, न्यूयॉर्क, 1965
2. पी.डी. हजेला, *इकॉनॉमिक थॉट्स ऑफ़ दादाभाई नौरोजी,* दीप ऐंड दीप, नयी दिल्ली, 2001
3. पी.के. गोपालकृष्णन, *भारत में अर्थशास्त्र संबंधी विचारों का विकास,* पीपुल्स पब्लिशिंग हाउस, नयी दिल्ली, 1980
4. मुन्नी रावल, *दादाभाई नौरोजी, प्रोफ़ेट ऑफ़ इण्डियन नैशनलिज़्म, 1855-1900,* अनमोल पब्लिकेशंस, नयी दिल्ली, 1989

—अभय कुमार दुबे

आर्थर लेवेलिन बाशम

(Arthur Lewellyn Basham)

आर्थर लेवेलिन बाशम (1914–1986)

इंग्लैंड में पैदा हुए और पले-बढ़े विख्यात भारत-विद्याविद् आर्थर लेवेलिन बाशम (1914–1986) को मुख्यतः प्राचीन भारत की संस्कृति पर लिखी उनकी अत्यंत लोकप्रिय और कालजयी रचना *द वंडर दैट वाज़ इण्डिया : अ सर्वे ऑफ़ कल्चर ऑफ़ इण्डियन सब-कांटिनेंट बिफ़ोर द कमिंग ऑफ़ द मुस्लिम्स* (1954) के लिए जाना जाता है। इतिहास-लेखन में वस्तुनिष्ठता के पैरोकार बाशम ने किसी ऐतिहासिक निर्णय पर पहुँचने के पूर्व इतिहासकार के लिए आवश्यक दृष्टि पर प्रकाश डालते हुए अपने एक लेख में सुझाया है कि अपनी अभिधारणा सिद्ध करने के लिए इतिहासकार को बड़े पैमाने पर स्रोतों का प्रयोग करना चाहिए। लेकिन साथ ही उसे एक ऐसे बैरिस्टर की भूमिका से बचना भी चाहिए जिसका मक़सद सिर्फ़ अपने पक्ष में फ़ैसला करवाना होता है। बाशम हर ऐसी बात पर बल देने के पक्ष में नहीं थे जो इतिहासकार के तर्क को मज़बूत बनाती हो या सर्वाधिक सकारात्मक आलोक में इसकी व्याख्या करती हो। न ही वे दूसरे पक्ष के सभी साक्ष्यों को दरकिनार करने की कोशिश करते थे। दरअसल, बाशम इस मान्यता में विश्वास रखते थे कि इतिहासकार की दृष्टि बैरिस्टर की नहीं जज की तरह होनी चाहिए, एक ऐसे जज की जो अपना निर्णय सुनाने से पहले सभी पक्षों को नज़र में रखते हुए बिना किसी पक्षपात के एक वस्तुनिष्ठ निष्कर्ष पर पहुँचता है।

बाशम का जन्म 24 मई, 1914 को इंग्लैंड में वेल्स स्टोक स्थित एसेक्स के लॉटन नामक स्थान पर हुआ था। पेशे से पत्रकार उनके पिता एडवर्ड आर्थर अब्राहम बाशम प्रथम विश्व-युद्ध के दौरान भारतीय सेना में वालंटियर के तौर पर शिमला के निकट कसौली में रह चुके थे। सम्भवतः अपने पिता द्वारा भारत की बातें, कहानियाँ और चर्चाएँ सुनकर बाशम की रुचि भारतीय संस्कृति में हुई। ऐंडग्लकन ईसाइयत में गहरी आस्था रखने वाली बाशम की माँ मरिया जेन थाम्पसन भी पत्रकार थीं और लघु कथाएँ लिखती थीं। भाषा और साहित्य से उनका गहरा लगाव था। सम्भवतः इन दोनों ही गुणों ने बाशम के व्यक्तित्व और कृतित्व में विस्तार पाया। इसकी मिसाल बाशम द्वारा किये गये संस्कृत, पाली और तमिल उद्धरणों के उत्तम अनुवाद और विभिन्न भाषाओं और कविताओं के प्रति उनके अनुराग में देखी जा सकती है।

बाशम की पहली भारत-विषयक पुस्तक *हिस्ट्री ऐंड डॉक्टरिंस ऑफ़ द आजीवकाज़ : अ वैनिश्ड इण्डियन रिलीजन* थी। यह मूलतः उनके पीएचडी शोध-प्रबंध का ही किताबीकरण था। आजीवकों पर किया गया यह पहला अनुसंधान था और आज भी उतना ही प्रासंगिक है। इसमें बाशम ने बौद्धों और ब्राह्मणवादी रचनाओं के अन्वेषण द्वारा आजीवकों के बारे में स्रोत जमा किये। उनकी दिक़्क़त यह थी कि तब तक आजीवक सम्प्रदाय का इतिहास बताने वाला कोई भी ग्रंथ उपलब्ध नहीं था। आजीवक भौतिकवाद के प्रचारक होने के साथ-साथ बौद्धों और ब्राह्मणवादियों के प्रतिद्वंद्वी भी थे। प्रतिद्वंद्वी सम्प्रदाय को हेय दिखाने के लिए बौद्ध और ब्राह्मण साहित्य में आजीवकों के दुर्गुणों और बुरे रिवाज़ों की चर्चाएँ मिलती हैं। बाशम को निंदा-साहित्य के बीच सावधानी से ऐसे स्रोतों का संचय और विश्लेषण करना पड़ा जिनके आधार पर आजीवकों के इतिहास की रचना सम्भव थी। बाशम के इस अनुसंधान के कारण ही आजीवकों को प्राचीन भारत के इतिहास में उचित स्थान मिल सका।

बाशम की दूसरी पुस्तक *द वंडर दैट वाज़ इण्डिया* ने उन्हें अंतर्राष्ट्रीय स्तर पर ऐसे भारतविद् के तौर पर स्थापित किया जिसकी प्रतिष्ठा विलियम जोंस और मैक्समूलर जैसी है। इसी पुस्तक के कारण उनकी छवि आज भी भारतीय बौद्धिक मानस में अंकित है। मुख्यतः पश्चिम के पाठक वर्ग के लिए लिखी गयी इस पुस्तक की गणना आर.सी. मजूमदार द्वारा रचित बहुखण्डीय *हिस्ट्री ऐंड कल्चर ऑफ़ इण्डियन पीपुल* के साथ की जाती है। इससे पहले औपनिवेशिक इतिहासकारों का तर्क यह था कि अपने इतिहास में भारत सबसे ज़्यादा ख़ुशहाल और संतुष्ट अंग्रेज़ों के शासनकाल में ही रहा। बाशम और मजूमदार को श्रेय जाता है कि उन्होंने अपने-अपने तरीक़े से भारत के प्राचीन इतिहास का वि-औपनिवेशीकरण करते हुए जेम्स मिल, थॉमस मैकाले और विंसेंट स्मिथ द्वारा गढ़ी गयी नकारात्मक रूढ़ छवियों को ध्वस्त किया। दस अध्यायों में बँटी यह रचना मुख्यतः भारत संबंधी पाँच विषय-वस्तुओं को

सम्बोधित है : इतिहास और प्राक्-इतिहास, राज्य-सामाजिक व्यवस्था-दैनंदिन जीवन, धर्म, कला और भाषा व साहित्य। समीक्षकों के अनुसार पुस्तक का सर्वाधिक सफल अध्याय राज्य, समाज-व्यवस्था और दैनंदिन जीवन से संबंधित है।

बाशम अपनी इस विख्यात पुस्तक की शुरुआत करते हैं 662 ईस्वी में लिखे गये एक कथन के ज़रिये जो सीरियन ज्योतिषी और भिक्षु सेवेरस सेबोकीट का था : 'मैं हिंदुओं के ज्ञान के बारे में बात नहीं करूँगा ... न ही ग्रीक और बेबीलोनवासियों से बेहतर ज्योतिष-विज्ञान के क्षेत्र में किये गये उनके कुशाग्र अन्वेषणों के बारे में, न ही गणित की तर्कपरक व्यवस्था का या फिर गणना करने के तरीक़ों का। मैं तो यह कहना चाहता हूँ कि इसके लिए नौ चिह्नों के प्रतीकों का इस्तेमाल अत्यधिक प्रशंसा का पात्र है। यदि कोई यह सोचे कि वह विज्ञान के क्षेत्र का उस्ताद केवल इसलिए है कि वह ग्रीक बोलता है, तो देर-सबेर उसे यह भान हो जाएगा कि ग्रीक से इतर ज़ुबान बोलने वाला भी उसके समकक्ष ही ठहरता है।' दरअसल इसी निष्पक्ष दृष्टि द्वारा प्राचीन भारतीय सभ्यता और संस्कृति पर किये गये उनके कार्यों ने आज भी बाशम को उन लोगों के लिए प्रासंगिक बना रखा है जिनकी थोड़ी सी भी रुचि भारत, भारतीय संस्कृति और सभ्यता में है।

प्राचीन भारतीय सभ्यता और संस्कृति पर किये गये अपने इस कार्य को *द वंडर दैट वाज़ इण्डिया* जैसे अलंकृत शीर्षक के तहत प्रस्तुत करने के पीछे वे एडगर एलन पो का हाथ मानते हैं। पो की कविता 'टु हेलेन' की पंक्तियों 'द ग्लोरी दैट वाज़ ग्रीस, ऐंड द ग्रैंडियर दैट वाज़ रोम' की तर्ज़ पर प्रकाशकों ने इस पुस्तक का भड़कीला, अलंकृत किंतु आकर्षक नामकरण किया। इसका हिंदी अनुवाद *अद्‌भुत भारत* नाम से अनुदित और प्रकाशित हुआ। प्राक्-इतिहास, प्राचीन साम्राज्यों का इतिहास, राज्य-व्यवस्था, समाज, नगर और ग्राम का दैनिक जीवन, धर्म और उसके सिद्धांत, वास्तुविद्या, मूर्तिकला, चित्रकला, संगीत और नृत्य, भाषा साहित्य, भारतीय विरासत और उसके प्रति विश्व का ऋण जैसे विषयों का संघटन *द वंडर दैट वाज़ इण्डिया* को प्राचीन भारतीय सभ्यता का एक ख़रा विश्वकोश बना देता है। इस पुस्तक ने भारतीय इतिहास और संस्कृति के विद्यार्थियों की एक पूरी पीढ़ी के लिए मूल पाठ का काम किया है।

1947 के बाद तीन राष्ट्रों की शक्ल में अवतरित हुए भारत, पाकिस्तान और श्रीलंका की सभ्यता और संस्कृति को शामिल करता यह ग्रंथ भौगोलिक भारत या यूँ कहें तो भारतीय उपमहाद्वीप की उस सभ्यता के आविर्भाव और विकासक्रम का प्रतिबिम्बन है जो प्रागैतिहासिक काल से शुरू हो मुसलमानों के आगमन के पूर्व तक यहाँ फली-फूली। बाशम ने संस्कृत, पाली और प्राकृत के उप-भाषीय और स्थानीय शब्दों का अनुवाद इस प्रकार किया है कि संबंधित अभिव्यक्तियाँ उच्चारण और अर्थों की अपनी मौलिकता को छोड़े बिना मूर्त, प्रभावशाली और प्रवाहमान बनी रहें।

भारतीयों द्वारा विश्व को दिये गये सांस्कृतिक अवदान की चर्चा करते हुए बाशम ने इस कृति में दिखाया है कि कैसे सम्पूर्ण दक्षिण-पूर्व एशिया को अपनी अधिकांश संस्कृति भारत से प्राप्त हुई, जिसका प्रतिबिम्बन जावा के बोरोबुदूर के बौद्ध स्तूप और कम्बोडिया में अंग्कोरवाट के शैव मंदिर में परिलक्षित होता है। बृहत्तर भारत के संदर्भ में चर्चा करते हुए कुछ भारतीय राष्ट्रवादी इतिहासकार इस क्षेत्र में बौद्ध और ब्राह्मण धर्म के लक्षणों का सांस्कृतिक विस्तार पाते हैं। लेकिन बाशम ने दिखाया है कि यद्यपि दक्षिण-पूर्व एशिया की भाँति चीन ने भारतीय विचारों को उनकी संस्कृति के प्रत्येक रूप में आत्मसात नहीं किया, फिर भी सम्पूर्ण सुदूर-पूर्व बौद्ध धर्म के लिए भारत का ऋणी है। इसने चीन, कोरिया, जापान और तिब्बत की विशिष्ट सभ्यताओं के निर्माण में सहायता प्रदान की है। भारत ने बौद्ध धर्म के रूप में एशिया को विशेष उपहार देने के अलावा सारे संसार को जिन व्यवहारात्मक अवदानों द्वारा अभिसिंचित किया हैं, बाशम उन्हें, चावल, कपास, गन्ना, कुछ मसालों, कुक्कुट पालन, शतरंज का खेल और सबसे महत्त्वपूर्ण-संख्या संबंधी अंक-विद्या की दशमलव प्रणाली के रूप में चिह्नित करते हैं।

दर्शन के क्षेत्र में प्राचीन बहसों में पड़े बिना बाशम ने पिछली दो शताब्दियों में युरोप और अमेरिका पर भारतीय अध्यात्म, धर्म-दर्शन और अहिंसा की नीति के प्रभाव को स्पष्ट रूप से दर्शाया है। इस पुस्तक के बारे में केनेथ बैलाचेट कहते हैं कि यह रचना भारतीय संस्कृति को सजीव और अनुप्राणित करने वाली बौद्धिक और उदार प्रवृत्ति के संश्लेषण का एक मास्टरपीस है। भारतीय महाद्वीप के बँटवारे के तुरंत बाद आयी यह पुस्तक सहानुभूति, समन्वय और परस्पर समभाव के मूलभाव से अनुप्राणित औपनिवेशिकोत्तर काल की पांडित्यपूर्ण कृति साबित हुई। ब्रिटेन में अपने प्रकाशन के फ़ौरन बाद इसका अमेरिका में ग्रोव प्रकाशन से पुनर्मुद्रण हुआ। इसके पेपरबैक संस्करणों ने इसे अमेरिकी बुकस्टोरों की शान बना दिया। फ्रेंच, पोलिश, तमिल, सिंहलीज़ और हिंदी में अनुवाद के साथ भारत और इंग्लैंड में भी इसके पेपरबैक संस्करण आये। मुख्यत: औपनिवेशिक ढंग से लिखे विंसेंट स्मिथ के ग्रंथ *ऑक्सफ़र्ड हिस्ट्री ऑफ़ इण्डिया* का संशोधित रूप में सम्पादन बाशम ने ही किया। इस पुस्तक में बाशम स्मिथ द्वारा भारतीय सभ्यता की प्रस्तुति में सहानुभूतिपरक दृष्टिकोण की आलोचना करते हुए बताते हैं की कैसे अलग-अलग संस्कृतियों में रुचि संबंधी मानदण्डों का भेद समझ पाने की अपनी असमर्थता के कारण स्मिथ इस निर्णय पर पहुँचते हैं कि राजपूत महाकाव्य रुक्ष और रसात्मक दृष्टि से निकृष्टतम है। इसके विपरीत बाशम ने सिद्ध किया कि दरअसल ऐसा नहीं है।

बाशम ने अपने अकादमीय जीवन में सौ से ज़्यादा शोधार्थियों की पीएचडी का निर्देशन किया। ये विद्वान आगे चल कर विश्व के विभिन्न विश्वविद्यालयों में अकादमिक पदों पर आसीन हुए। इनमें रामशरण शर्मा और रोमिला थापर जैसे प्राचीन भारत के विख्यात इतिहासकार भी शामिल हैं। मार्क्सवादी इतिहास-लेखन परम्परा के इन दो प्रमुख पैरोकारों का गुरु होने के बावजूद बाशम स्वयं इस परम्परा के समर्थक नहीं थे। भारतीय इतिहास की मार्क्सवादी व्याख्याओं को वे अपर्याप्त मानते थे, ख़ास तौर से भौतिकवादी दृष्टि को अत्यधिक रेखांकित करने पर उन्हें आपत्ति थी। लेकिन इसके बावजूद बाशम मार्क्सवादी इतिहासकारों द्वारा भारतीय इतिहास के अनुसंधान में नयी विषय-वस्तुओं के संधान का हमेशा समर्थन करते रहे। मतभेदों के बावजूद उनकी डी.डी. कोसम्बी से मित्रता रही। कोसम्बी के सूत्रीकरणों में निहित अंतर्दृष्टियों के प्रति उनमें सराहनाभाव था। इसी कारण उन्होंने पचास के दशक के मध्य में लंदन विश्वविद्यालय में आयोजित हिंदू धर्म पर एक व्याख्यानमाला में बोलने के लिए कोसम्बी को निमंत्रित किया। यह उस ज़माने की बात है जब कोसम्बी को व्याख्यान देने के लिए भारतीय विश्वविद्यालयों में भी नहीं बुलाया जाता था।

बाशम के सम्पादन में आयी *अ कल्चरल हिस्ट्री ऑफ़ इण्डिया* एक ऐसी रचना थी जिसने गैरेट की रचना *लीगेसी ऑफ़ इण्डिया* को प्रतिस्थापित कर दिया। 1960 में कुषाणों के कालक्रम पर आयोजित कांफ्रेंस में प्रस्तुत पर्चों का सम्पादन करके बाशम ने उसे *पेपर्स आन द डेट ऑफ़ कनिष्क* नाम से पुस्तक रूप में प्रकाशित कराया। इस सम्पादित कृति में प्राचीन भारतीय राज्य-व्यवस्था, धर्म, साहित्य, कला और चिकित्सा विज्ञान पर भी संक्षिप्त टिप्पणियाँ शामिल हैं। अमेरिकन कौंसिल ऑफ़ लर्नेड सोसाइटीज़ के तत्वाधान में 1984-85 के दौरान बाशम ने 'फ़ार्मेशन ऑफ़ क्लासिकल हिंदुइज़्म' विषय पर विभिन्न विश्वविद्यालयों में दिये गये व्याख्यानों का केनेथ जी. जिस्क के साथ मिलकर सम्पादन किया जो *द ओरिजिंस ऐंड डिवेलपमेंट ऑफ़ क्लासिकल हिंदुइज़्म* के रूप में प्रकाशित हुई।

प्राच्य-विषयक विशिष्टता के कारण बाशम को अंतर्राष्टीय स्तर पर कई पुरस्कारों और पदवियों से नवाज़ा गया। वे रॉयल एशियाटिक सोसाइटी और सोसाइटी ऑफ़ एंटीक्वेरीज के फेलो रहे। 1964-65 के दौरान उन्होंने रॉयल एशियाटिक सोसाइटी के निदेशक पद पर भी काम किया।

देखें : आनंद केंटिश कुमारस्वामी, आर्य-अवधारणा विवाद, आर्थर लेवेलिन बाशम, काशी प्रसाद जायसवाल, बिपन चंद्र-1 और 2, भारतीय इतिहास-लेखन-1, 2, 3 और 4, दामोदर धर्मानंद कोसम्बी-1 और 2, रमेश चंद्र दत्त, रमेश चंद्र मजूमदार, रणजीत गुहा, रामकृष्ण गोपाल भंडारकर, रामशरण शर्मा, रोमिला थापर, वासुदेव शरण अग्रवाल, पांडुरंग वामन काणे, विश्वनाथ काशीनाथ राजवाड़े।

संदर्भ

1. शचींद्र कुमार मैती (1997), *ए.एल. बाशम ऐंड प्राब्लम्स ऐंड पर्सपेक्टिव्स ऑफ़ ऐंडशयंट इण्डियन हिस्ट्री ऐंड कल्चर,* अभिनव पब्लिकेशन, नयी दिल्ली.
2. ए.एल. बाशम (1954), *द वंडर दैट वाज़ इण्डिया : अ सर्वे ऑफ़ कल्चर ऑफ़ इण्डियन सब-कॉन्टिनेंट बिफ़ोर द कमिंग ऑफ़ द मुस्लिम्स,* ग्रोव प्रेस, न्यूयॉर्क.
3. जे.टी.एफ़. जॉर्डंस (2007), 'बाशम, आर्थर लेवेलिन (1914-1986)', डॉयन लोंगमोर, डेरिल बेन (सम्पा.) (2007), *ऑस्ट्रेलियन डिक्शनरी ऑफ़ बायोग्राफ़ी, खण्ड 17,* मिगुन्याह प्रेस, ऑस्ट्रेलिया.
4. ए.एल. बाशम (1961), *मॉडर्न हिस्टोरियंस ऑफ़ ऐंडशयंट इण्डिया,* सी.एच. फ़िलिप (सम्पा.) *हिस्टोरियंस ऑफ़ इण्डिया, पाकिस्तान ऐंड सीलोन,* ऑक्सफ़र्ड युनिवर्सिटी प्रेस, लंदन.
5. थॉमस आर. ट्राटमैन (1997), *आर्यंस ऐंड ब्रिटिश इण्डिया,* युनिवर्सिटी ऑफ़ कैलिफ़ोर्निया प्रेस, कैलिफ़ोर्निया.

—निर्मल कुमार पाण्डेय

आर्य समाज और स्वामी दयानंद सरस्वती-1

(आर्यों के स्वर्ण युग की कल्पना)

(Arya Samaj and Swami Dayanand Saraswati-1)

उन्नीसवीं सदी के सर्वाधिक प्रभावशाली हिंदू धर्म-सुधार आंदोलन आर्य समाज की स्थापना स्वामी दयानंद सरस्वती (1824-1883) ने 7 अप्रैल, 1875 को मुम्बई में की थी। हालाँकि दयानंद दो साल पहले बंगाल में राजा राममोहन राय द्वारा स्थापित ब्रह्म समाज आंदोलन के सम्पर्क में आ चुके थे, लेकिन उन्होंने जिन सामाजिक-धार्मिक स्थापनाओं के आधार पर आर्य समाज की नींव रखी वह ब्रह्म समाज से काफ़ी अलग थीं। दयानंद का दावा था कि चार वेद ईश्वर प्रदत्त हैं और एक विशुद्ध आर्य धर्म की स्थापना का स्रोत केवल इन्हीं चार ग्रंथों में निहित है। उन्होंने शंकराचार्य के अद्वैतवाद (जिसके अनुसार संसार एक माया है, आत्मा-परमात्मा का ही भाग है और इसके अतिरिक्त सब मिथ्या है) को शुद्ध वैदिक परम्परा के विपरीत बताया। उनका दर्शन विशिष्टाद्वैत द्वारा प्रतिपादित एकेश्वरवाद के अधिक निकट प्रतीत होता है।

दयानंद के अनुसार प्रकृति सत् है, आत्मा सत् है और परमात्मा सद्चित और आनन्द है। ये तीनों ही अनादि और अनंत हैं। उनका कहना था कि प्रत्येक व्यक्ति को शाश्वत मानव धर्म के अनुसार आचरण करके मोक्ष प्राप्त करना चाहिए।

यह सही है कि योग और न्याय जैसे दार्शनिक विचार-पंथों ने भी वेदों को शाश्वत ज्ञान का स्रोत क़रार दिया है। लेकिन दयानंद ने इससे भी आगे जा कर केवल वेदों की ऋचाओं के अध्ययन पर बल दिया और बाक़ी वैदिक साहित्य की उपेक्षा की। इस तरह उन्होंने वेदों को उसी तरह ईश्वर द्वारा उद्घाटित सत्य की मान्यता दी जिस तरह बाइबिल और क़ुरान को ईसाइयत और इसलाम में इलहाम द्वारा हासिल माना जाता है। दयानंद ने 'वेदों की ओर लौटो' लोकप्रिय नारा दिया जिसे आधुनिकीकरण की प्रक्रिया से दो-चार हो रहे हिंदुओं के एक प्रभावशाली हिस्से ने उत्सुकता से अपनाया। इसीलिए आर्य समाज को बहुदेववादी हिंदू धर्म के सामीकरण की कोशिश के रूप में भी देखी जाता है। दयानंद से पहले हिंदुओं में धर्मांतरण के प्रति कभी कोई रुचि नहीं देखी गयी थी। लेकिन दयानंद ने *शुद्धि* के विचार और युक्ति के माध्यम से हिंदुओं के बीच धर्मांतरण की स्थापना की।

दयानंद ने संहिताओं की अपने ढंग से व्याख्या करते हुए सृष्टि की रचना के बारे में अपना सिद्धांत पेश करते हुए महाभारत से पहले के युग में मौजूद एक समतामूलक और सार्वभौम स्वर्ण युग की कल्पना की। इस कल्पनाशीलता के परिणामस्वरूप वे हिंदू समाज में व्याप्त कई तरह के सामाजिक रीति-रिवाज़ों, मूर्तिपूजा, बहुदेववाद, जाति-पाँति, छुआछूत, बाल विवाह और कर्मकाण्डों के ख़िलाफ़ खड़े हो गये। इस प्रक्रिया में उन्होंने एक नये राष्ट्रीय और सामुदायिक जागरण की सामाजिक ज़मीन तैयार की। आर्य समाज ने समाज-सुधारों के लिए क़ानून बनाने की माँग भी की। 1929 का बाल विवाह निरोधक क़ानून, 1937 का आर्य विवाह वैधता क़ानून और 1928 का नायक बालिका संरक्षा अधिनियम आर्य समाज के प्रयासों का ही परिणाम था।

उपनिवेशवाद विरोधी आंदोलन के कई नेता दयानंद के विचारों से प्रभावित हुए। दरअसल, भारतीय राष्ट्रवाद की बौद्धिक संरचना में दयानंद और आर्य समाज का उल्लेखनीय योगदान रहा। आर्य समाज की लोकप्रियता का अंदाज़ा इस तथ्य से लगाया जा सकता है कि अपनी स्थापना के बाद बहुत जल्दी ही इसके सदस्यों की संख्या बढ़ती चली गयी। बीसवीं सदी के शुरुआती सालों में क़रीब बीस लाख लोग आर्य समाज में शामिल हो चुके थे। इनमें राजनीति, समाज-सुधार और अकादमीय जगत से संबंधित महत्त्वपूर्ण हस्तियाँ शामिल थीं। दयानंद और आर्य समाज के हिंदू समाज पर पड़े प्रभाव की प्रकृति एक हद तक विवादास्पद भी है। उसके इतिहास में ऐसे उदाहरण भी मिलते हैं जहाँ स्वामी श्रद्धानंद जैसे प्रमुख

स्वामी दयानंद सरस्वती (1824-1883)

आर्य समाजी नेता दिल्ली की जामा मसजिद से हिंदुओं और मुसलमानों की मिली-जुली सभा को सम्बोधित करते हैं, वहीं दूसरी ओर आर्य समाज की परवर्ती गतिविधियाँ (विशेष तौर से उत्तर भारत में) राष्ट्रवाद के हिंदू संस्करण में योगदान करती हुई नज़र आती हैं। चूँकि दयानंद का संगठन ईसाइयत और इसलाम की तरह धर्मप्रचारवादी था इसलिए उन्होंने *शुद्धि* पर बल दिया। अर्थात् अपनी *शुद्धि* करने के ज़रिये किसी भी धर्म का सदस्य आर्य धर्म में दीक्षित हो सकता था। *शुद्धि* आंदोलन ने बीसवीं सदी में ज़ोर पकड़ा। इसके ज़रिये आर्य समाजियों ने ईसाई मिशनरी गतिविधियों का मुक़ाबला करते हुए धर्मांतरण करने वाले हिंदुओं को दुबारा हिंदू बनाने की मुहिम चलाई।

संस्कृत और वेदों के उद्भट विद्वान दयानंद ने विपुल साहित्य की रचना की। उनकी सत्तर से ज़्यादा रचनाओं में छह वेदांगों की व्याख्या करने वाले 14 खण्डों के अलावा ऋग्वेद भाष्य के नौ खण्ड और युजर्वेद भाष्य के चार खण्ड भी शामिल हैं। *ऋग्वेद भाष्यम* और *यजुर्वेद भाष्यम* के अतिरिक्त दयानंद रचित *सत्यार्थ प्रकाश* और *संस्कारविधि* आर्यसमाजियों के बीच सर्वाधिक लोकप्रिय है। *सत्यार्थ प्रकाश* के ऊपर आरोप लगाया जाता है कि उसमें जैन धर्म, इसलाम, ईसाइयत और खालसा पंथ की कठोर निंदा की गयी है। स्वयं गाँधी ने जब *सत्यार्थ प्रकाश* पढ़ा तो उन्हें यह देख कर बड़ी निराशा हुई थी। लेकिन आर्य समाज का ऐतिहासिक अध्ययन करने वाले

कुछ विद्वानों का यह भी कहना है कि अगर उस ज़माने की परिस्थितियों और विवादों की रोशनी में दयानंद की दावेदारियों को पढ़ा जाए तो वह साम्प्रदायिक कम और 'यथास्थिति के धर्म' के मुक़ाबले 'प्रतिरोध के धर्म' के रूप में ज़्यादा उभरता है। इन विद्वानों की मान्यता है कि *सत्यार्थ प्रकाश* में दयानंद का दूसरे धर्मों के प्रति आक्रामक रवैया उस धार्मिक प्रतियोगिता की देन था जो उस ज़माने में भारत में चल रही थी। इस प्रतियोगिता के दो अन्य खिलाड़ी थे उपनिवेशवाद के समर्थन पर टिके ईसाई धर्मप्रचारवादी और ब्रिटिश समर्थन के आग्रही मुसलमान कट्टरपंथी उलेमा।

लेकिन, दयानंद को केवल इन्हीं दो प्रतियोगियों से लोहा नहीं लेना पड़ा। उनके कर्मकाण्ड और जाति विरोधी विचारों की उत्तरोत्तर बढ़ती लोकप्रियता के कारण कट्टरपंथी हिंदू अभिजनों ने ख़ुद को ख़तरे में महसूस किया। दयानंद ने वेदों का हिंदी में अनुवाद किया ताकि वे सभी को सुलभ हो सकें। उन्नीसवीं सदी के लिहाज़ से यह एक बेहद रैडिकल बौद्धिक कार्रवाई थी। ऐसे कामों के लिए कट्टरपंथी हिंदू पैरोकारों ने दयानंद की कठोर भर्त्सना की और उन्हें वेदों का अपमान करने वाला क़रार दिया। लेकिन, दयानंद अपने रास्ते से ज़रा भी नहीं डिगे। वे हर जगह गये, अपनी पाखण्डखंडिनी पताका गाड़ी, शास्त्रार्थ किये और हर बार शक्तिशाली तर्क दिये। दयानंद जाति का खण्डन करते थे और वर्ण का समर्थन करते थे जो उनके ख़याल से एक सेकुलर श्रेणी थी। भारत के सामाजिक इतिहास में वे पहले सुधारक थे जिन्होंने शूद्र तथा स्त्री को वेद पढ़ने तथा ऊँची शिक्षा प्राप्त करने, यज्ञोपवीत धारण करने तथा अन्य सभी पक्षों से ऊँची जाति तथा पुरुषों के बराबर अधिकार प्राप्त करने से जुड़ा आंदोलन शुरू किया। वर्ण-व्यवस्था के संबंध में उनका मानना था कि वर्ण जन्म से नहीं होता अर्थात् कोई जन्म से ब्राह्मण क्षत्रिय, वैश्य और शूद्र नहीं हो सकता। वे यह भी कहते थे कि चारों वर्ण समान हैं। इनमें कोई भी अस्पर्श्य नहीं है।

यह देखना दिलचस्प होगा कि दयानंद और आर्य समाज के पीछे भारतीय अभिजनों का कौन सा हिस्सा था। समझा जाता है कि दयानंद का साथ देने वाले भारतीय बुद्धिजीवी तत्कालीन बौद्धिक दायरों की मुख्यधारा के हाशिये पर रहने वाले थे। पारम्परिक अभिजन के जिस हिस्से ने दयानंद का समर्थन किया वह औपनिवेशिक हुकूमत की नीतियों के कारण ख़ुद को सताया हुआ महसूस करता था। लेकिन जिन प्रभावशाली लोगों ने दयानंद के विचारों को हाथों-हाथ लिया और आर्य समाज की गतिविधियों को प्रश्रय दिया वे मुख्यत: तत्कालीन उच्च-मध्यवर्ग से निकल कर आये थे। आधुनिकीकरण के लाभों से वाक़िफ़ ये लोग हिंदू समाज के रीति-रिवाज़ों में सुधार की कोशिशों के प्रशंसक थे। आर्य समाज के अध्येताओं ने दिखाया है कि मुम्बई में इस संगठन के संस्थापक सदस्य ज़्यादातर व्यापारी जातियों के होने के साथ-साथ नवधनाढ्य थे। उन्होंने सूत के उद्योग-व्यापार से नामा कमाया था। शुरुआत में आर्य समाज में ब्राह्मणों की कमी नहीं थी, पर उनमें से ज़्यादातर स्कूलों के अध्यापक और क्लर्क क़िस्म के लोग थे। धीरे-धीरे ब्राह्मण सदस्यों की संख्या घटती गयी और बाद में जब दयानंद ने अपनी गतिविधियों को पंजाब में केंद्रित किया तो उनके समर्थकों का ज़्यादातर हिस्सा खत्री हिंदू समाज तक सीमित हो गया।

दयानंद सरस्वती का जन्म एक गुजराती ब्राह्मण परिवार में हुआ था। उनके पिता मोरवी रियासत (जो बाद में गुजरात में मिल गयी) के अधिकारी और ज़मीदार होने के साथ-साथ वेदों के विद्वान भी थे। उन्होंने अपने बेटे को वैदिक वांगमय और न्याय-दर्शन की शिक्षा दी। दयानंद की जिज्ञासा उन्हें योगाभ्यास करने की तरफ़ ले गयी। उन्होंने अविवाहित रहने का संकल्प लिया और पाणिनि की परम्परा में संस्कृत व्याकरण का अध्ययन किया। घर त्याग कर वे पंद्रह साल तक जगह-जगह घूमते रहे। इक्कीस साल की उम्र में संन्यास ग्रहण करने के बाद 1860 में वे मथुरा पहुँचे और स्वामी विरजानंद के शिष्यत्व में वेदों के शुद्ध अर्थ का ज्ञान प्राप्त किया। वैदिक धर्म के प्रति अगाध श्रद्धा से प्रेरित हो कर 18 63 में दयानंद ने झूठे धार्मिक क्रियाकलापों का खण्डन करने के लिए पाखण्ड खंडिनी पताका लहरायी। मुम्बई में स्थापना के बाद दयानंद ने लाहौर में आर्य समाज की स्थापना की। इसके बाद आर्य समाज के प्रसार में ख़ासी तेज़ी आयी। आर्य समाज ने जन-संचार के लिए नयी तकनीकों का प्रयोग किया। जिसके अंतर्गत दयानंद द्वारा ग्रंथीय संशोधनवाद का प्रचार करने के लिए बहुत सारे पर्चों के माध्यम से उनकी पुस्तक *सत्यार्थ प्रकाश* का प्रकाशन किया गया।

देखें : जाति और जाति-व्यवस्था-1 से 4 तक, न्याय दर्शन, बंगाल में पुनर्जागरण, योग दर्शन, राजा राममोहन राय, वेद, हिंदू राष्ट्रवाद, शंकराचार्य, साम्प्रदायिकता।

संदर्भ

1. जे.टी.एफ़. जॉर्डंस (1981), *दयानंद सरस्वती : हिज़ लाइफ़ ऐंड वर्क्स,* ऑक्सफ़र्ड युनिवर्सिटी प्रेस, दिल्ली.
2. सुवीरा जायसवाल (1991), *सेमिटाइज़िंग हिंदुइज़्म : चेंजिंग पैराडाइम्स ऑफ़ ब्राह्मनिकल इंटीग्रेशन,* सोशल साइंटिस्ट, खण्ड 19, अंक 12.
3. गौरी शंकर भट्ट (1968), *ब्रह्म समाज, आर्य समाज, ऐंड द चर्च-सेक्ट टायपोलॅजी, रिव्यू ऑफ़ रिलीजस रिसर्च,* खण्ड 10, अंक 1.
4. इंदिरा वी. वाचस्पति (1957), *आर्य समाज का इतिहास : प्रथम भाग,* सार्वदेशिक आर्य प्रतिनिधि सभा, दिल्ली.
5. दयानंद सरस्वती (1976), *द लाइट ऑफ़ ट्रुथ* (*सत्यार्थ प्रकाश* का अंग्रेज़ी अनुवाद), सार्वदेशिक आर्य प्रतिनिधि सभा, नयी दिल्ली.

—पंकज कुमार झा

आर्य समाज और स्वामी दयानंद सरस्वती-2

(अंतर्विरोध और विवाद)

(Arya Samaj and Swami Dayanand Saraswati-2)

स्वामी दयानंद के विचारों और परियोजना में देशभक्ति और राष्ट्रवाद के तत्त्वों की कोई कमी नहीं है, लेकिन उनकी देशभक्ति की प्रकृति क्या थी, इस पर विवाद है। वे निर्विवाद रूप से परम्पराभंजक थे, लेकिन उन्होंने वैदिक परम्परा के कट्टर पालन का आह्वान भी किया। दूसरी तरफ़ वैदिक समाज द्वारा गोरक्षा और शाकाहार में कोई दिलचस्पी न दिखाने के बावजूद आर्य समाज ने इन दोनों के लिए अभियान चलाये। दयानंद ने हिंदू समाज पर इसलाम और ईसाइयत के प्रभाव के ख़िलाफ़ संग्राम छेड़ा, लेकिन इन दोनों धर्मों की सांगठनिक संरचना से उन्होंने बहुत कुछ लिया भी। वे चाहते थे कि हिंदू धर्म की विविध परम्पराओं और बहुलता को वैदिक समरूपता के साँचे में ढाल दिया जाए ताकि सभी के लिए एक राष्ट्रीय आर्य धर्म का तयशुदा रूप स्थिर किया जा सके। ईसाई और इसलामी धर्मप्रचारवादी जिन-जिन मुद्दों पर हिंदू परम्परा को अपना निशाना बनाते थे, दयानंद ने उन्हीं परम्पराओं से हिंदू समाज को छुटकारा दिलाने का अभियान चलाया। दयानंद ने स्त्रियों को शिक्षा का अधिकार देने की वकालत की, लेकिन वे सह-शिक्षा के हामी नहीं थे। वे नियोग की प्रथा के पक्षधर थे, लेकिन तलाक़ के नहीं। वे विवाह कराने के लिए स्वयंवर को एक श्रेष्ठ विधि मानते थे, लेकिन इसके लिए उन्होंने प्रेम विवाह को उचित नहीं माना और स्वयंवर में माता-पिता और गुरु की सहमति पर बल दिया।

इस प्रक्रिया में उनका विचार-पंथ और उसकी सांगठनिक अभिव्यक्ति एक शुद्धतावादी, सादगीपसंद, कर्मकाण्ड विरोधी, अत्यंत जुझारू और धर्मप्रचारवादी संरचना के रूप में उभरी। दिलचस्प बात यह है कि आर्य समाज ने ब्रिटिश राज का यह कह कर स्वागत किया कि उसके तहत उसे ईसाइयत और इसलाम के मुक़ाबले अपना प्रचार करने का मौक़ा मिल रहा है। दूसरी तरफ़ उसने विदेशी सरकार की सम्प्रभुता का उल्लंघन न करते हुए भी स्वशासन को किसी भी तरह के विदेशी शासन से बेहतर बताया। उसने स्वधर्म, स्वराज और स्वभाषा पर बल दिया। आर्य समाज ने हिंदी को राष्ट्र-भाषा बनाने के अभियान में उत्साहपूर्वक भाग लिया।

हालाँकि दयानंद के विचारों और आर्य समाज की गतिविधियों ने उपनिवेशवाद विरोधी राजनीति पर भी अपनी छाप छोड़ी, लेकिन उसका बेहद टिकाऊ सामाजिक प्रभाव शिक्षा, समाज-सुधार और सेवा क्षेत्र में देखने को मिला। दयानंद के अनुयायियों ने शिक्षा तथा ज्ञान के प्रसार पर बहुत बल दिया। आर्य समान ने शिक्षा की दो तरह की प्रणाली चलाई। एक प्राचीन गुरुकुल प्रणाली पर आधारित थी और दूसरी एंग्लो-वैदिक प्रणाली थी। 1883 में दयानंद के निधन के बाद 1886 में लाहौर में दयानंद ऐंग्लो-वैदिक हाई स्कूल की स्थापना की गयी जो कालांतर में शैक्षणिक संस्थाओं के सफलतम नेटवर्क में तब्दील हो गयी। आरम्भिक चरण में आर्य समाज की महत्त्वपूर्ण शक्ति उसका प्रभावशाली संगठन, तेज़ी से बढ़ता हुआ कोष तथा प्रचार थे। उन्होंने अपनी प्रचार-प्रसार की तकनीक काफ़ी-कुछ ईसाइयों मिशनरियों से ली। उन्होंने अंग्रेज़ी भाषा तथा ज्ञान भी अपनाया अर्थात् प्राच्य तथा पाश्चात्य का समन्वय करने का प्रयास किया।

आर्य समाज से पहले ब्रह्म समाज तथा थिओसिफ़िकल सोसाइटी वाले पाश्चात्य विचारों के महत्त्व को काफ़ी रेखांकित करते थे। स्वामी दयानंद के रवैये में सामीवाद का रुझान तो देखा जा सकता है, पर प्रत्यक्षतः उन्होंने पाश्चात्य दर्शन, शिक्षा तथा समाज से कुछ नहीं लिया। उन्होंने केवल यही कहा कि वेद से परे कुछ नहीं है और जिन-जिन रीति-रिवाज़ों, परम्पराओं, कर्मकाण्ड अथवा सामाजिक कार्यकलापों की वेद में अनुमति नहीं, वे सभी त्याज्य हैं। दयानंद ने ब्राह्मण होने के बावजूद पुरोहितों द्वारा किये जाने वाले धार्मिक तथा सामाजिक सर्वोच्चता के दावों को भी चुनौती दी। उन्होंने ब्राह्मणों के इस कथन का उपहास किया कि वे शेष मनुष्यों तथा ईश्वर के बीच एक मध्यस्थ हैं। उनका कहना था कि प्रत्येक व्यक्ति को वेद पढ़ने तथा अपने तर्कों के अनुसार उनका पालन करने का अधिकार है।

आंदोलन के पहले चरण में आर्य समाज ने स्थानीय स्तर पर प्राथमिक इकाइयाँ गठित कीं। इनकी सदस्यता दो तरह की थी : अस्थायी तथा स्थायी। हर सदस्य को अपनी आमदनी का एक फ़ीसदी संगठन को देने का नियम था। इकाइयों के गठन के लिए चुनाव संबंधी नियम लागू होते थे। हर सप्ताह आर्य समाजी एकत्रीकरण के ज़रिये सभा आयोजित करते थे। ग्यारह महीने की अस्थायी सदस्यता के बाद जब कोई सदस्य स्थायी बनता था तो उसे वोट देने का अधिकार मिलता था और उससे उम्मीद की जाती थी कि वह *सत्यार्थ प्रकाश* में दर्ज दयानंद की शिक्षाओं के मुताबिक़ अपना जीवन ढालने का प्रयास करेगा। आर्य समाज के सिद्धांतों तथा नियमों का सूत्रीकरण 1877 में मुम्बई तथा लाहौर में किया गया। इनके मुताबिक़ सभी सत्य विद्या से प्राप्त होते हैं और जो पदार्थ विद्या से जाने जाते हैं उन सबका आदि मूल परमेश्वर है। वेद सभी सत्य विद्याओं की पुस्तक है। वेद पढ़ना, सुनना सभी आर्यों का परम-धर्म है। सत्य ग्रहण करने तथा असत्य

स्वामी श्रद्धानंद (1856-1926)

त्यागने के लिए लगातार प्रयत्नशील रहना चाहिए। सभी काम सत्य और असत्य का विचार करके करना चाहिए। संसार का उपकार करना आर्य समाज का मुख्य उद्देश्य है। सबसे स्नेह पूर्वक धर्मानुसार योग्य बात करनी चाहिए। अविद्या का नाश और विद्या की वृद्धि करनी चाहिए। प्रत्येक को अपनी ही उन्नति में संतुष्ट नहीं रहना चाहिए, बल्कि सब की उन्नति में अपनी उन्नति समझनी चाहिए। सभी मनुष्य स्वतंत्र हैं, लेकिन उन्हें सामाजिक सर्वहितकारी नियमों के अधीन रहना चाहिए।

आंदोलन का दूसरा चरण दयानंद के देहांत के बाद 1886 में शुरू हुआ जिसमें प्रांतीय स्तर पर आर्य प्रतिनिधि सभाएँ गठित हुईं। स्थानीय इकाइयाँ इन सभाओं की घटक बनीं। वे अपनी कुल आमदनी का दस फ़ीसदी प्रतिनिधि सभाओं को देती थीं और उन्हें तीन साल की अवधि के लिए प्रत्येक दस सदस्यों पर एक प्रतिनिधि भेजने का अधिकार था। 1908 में सार्वदेशिक प्रतिनिधि सभा गठित की गयी जो एक अंतर्राष्ट्रीय संस्था थी। 1928 में धर्म आर्य सभा बनायी गयी जिसका मक़सद संगठन की विचारधारा से संबंधित मुद्दों पर फ़ैसला देना था। दयानंद अपने जीवन-काल में ही एक परोकारिणी सभा का गठन कर गये थे, जो एक ट्रस्ट था। सभा का काम था आर्य समाज का संदेश फैलाना, वैदिक शिक्षा का प्रसार करना, वैदिक साहित्य का प्रकाशन करना और ग़रीबों की सेवा करना।

1893 में आर्य समाज में विभाजन हो गया तथा स्वामी श्रद्धानंद (1857-1926) का उदय इस आंदोलन के दूसरे करिश्माई नेता के रूप में हुआ। दोनों गुट राजनीतिक रूप से काफ़ी सक्रिय हो गये। कुछ प्रभावशाली नेता (जैसे लाला लाजपत राय) भारतीय राष्ट्रीय कांग्रेस में शामिल हो कर राष्ट्रीय आंदोलन के अंग बन गये। इसके बावजूद आर्य समाज एक संगठन के तौर पर कांग्रेस को आलोचना-भाव से देखता रहा। ख़िलाफ़त आंदोलन के सवाल पर आर्य समाज ने कांग्रेस और गाँधी को आड़े हाथों लिया, और *शुद्धि* के प्रश्न पर मुसलिम असंतोष की परवाह नहीं की। गाँधी ने आर्य समाज पर साम्प्रदायिक तनाव फैलाने का आरोप भी लगाया। श्रद्धानंद तथा उनके अनुयायी विकासमूलक राष्ट्रवाद के पैरोकार की तरह सामने आये। *शुद्धि* के ज़रिये आर्य समाज ने ईसाई या मुसलमान बन गये हिंदुओं की वापसी का प्रयास किया। इस मुहिम के कारण लगभग साठ हज़ार मलकाने राजपूतों और उन हिंदुओं को, जिन्हें 1923 में हुए मोपला विद्रोह के दिनों में अथवा 1947 में भारत विभाजन के समय बलपूर्वक मुसलमान बना लिया गया था, पुनः हिन्दू धर्म में लौटने का अवसर मिला। *शुद्धि* के ज़रिये पुनः हिंदू बनने वाले व्यक्ति को आर्य समाज द्विज घोषित करता था, जनेऊ पहनाता था और उसे पुरोहित बनने का अधिकार भी होता था, भले ही धर्मांतरण से पहले उसकी कोई भी जाति रही हो। आर्य समाज ने इस सिलसिले में एक सामाजिक-आर्थिक कार्यक्रम भी बनाया, जिसके मुताबिक़ शुद्धि के ज़रिये आर्य बने लोगों को गाँव के कुओं से पानी भरने का अधिकार दिलाया जाता था और उन्हें बेगार प्रथा से मुक्ति दिलाने का प्रयास किया जाता था। आर्य समाज का यह कार्यक्रम गाँधी द्वारा चलाये जाने वाले हरिजनोद्धार और आदिवासी उत्थान कार्यक्रम का पुरोगामी था। आर्य समाजियों ने अकाल और भूकम्प जैसी आपदाओं के समय किये जाने वाले राहत कार्यों में विशेष उत्साह से भाग लिया। विधवाओं और अनाथों के लिए मुफ़्त इलाज की व्यवस्था की ताकि वे लोग ईसाई मिशनरियों के चक्कर में न फँस जाएँ। लखनऊ के पास आर्य समाज ने अपराधी जनजातियों के लिए एक बस्ती बसायी ताकि ईसाई संस्थाएँ उनके बीच अपनी पैठ न कर सकें। 1927 में आर्य समाज ने आर्य वीर दल की स्थापना की। स्वयंसेवकों की इस संगठन ने 1939 में हैदराबाद में और 1945 में सिंध में काफ़ी सक्रियता दिखायी।

अपनी प्रकट सफलताओं के बावूजद आर्य समाज सम्पूर्ण रूप से अखिल भारतीय आंदोलन कभी नहीं बन पाया। वह मुख्यतः पंजाब, उत्तर प्रदेश, कश्मीर, बिहार, ओडीशा और राजस्थान में ही केंद्रित रहा। इस सीमा का एक कारण सम्भवतः दयानंद की भौगोलिक कल्पनाशीलता में भी था। वे जिस आर्यावर्त की कल्पना करते थे, उसकी दृष्टि विंध्याचल के उस पार नहीं जाती थी। दूसरे, आर्य समाज उत्तर भारत के मुख्य रूप से सनातनी हिंदू समाज को केवल आंशिक रूप से

ही प्रभावित कर पाया। ख़ास कर ब्राह्मणों ने दयानंद की बातों पर विशेष ध्यान नहीं दिया। इसलिए उनके समर्थन में ऊँची जातियों का एक ग़ैर-ब्राह्मण हिस्सा ही आया। दयानंद ने अपने जीवन का एक अच्छा-ख़ासा हिस्सा काशी में इस उद्देश्य से बिताया था कि अगर वे वहाँ के सनातनी धर्मशास्त्रियों को तर्क के दम पर अपनी ओर कर लेंगे तो हिंदुओं के बीच उनकी दिग्विजय आसान हो जाएगी। लेकिन दयानंद को काशी में अपेक्षित सफलता नहीं मिली। शास्त्रार्थ में अक्सर विजयी होने के अभ्यस्त दयानंद बनारस के पण्डितों के मानस को स्पर्श नहीं कर पाये।

देखें : जाति और जाति-व्यवस्था-1 से 4 तक, न्याय दर्शन, बंगाल में पुनर्जागरण, योग दर्शन, राजा राममोहन राय, वेद, हिंदू राष्ट्रवाद, शंकराचार्य, साम्प्रदायिकता।

संदर्भ

1. योगिंदर सिकंद और मंजरी काटजू (1994), 'मास कन्वर्ज़ंस टू हिंदुइज़म एमंग इण्डियन मुस्लिम्स', *इकॉनॉमिक ऐंड पॉलिटिकल वीकली,* खण्ड 29, अंक 34.
2. कैनेथ डब्ल्यू. जोंस (1976), *आर्य धर्म : हिंदू कांशसनेस इन नाइंटींथ सेंचुरी पंजाब,* मनोहर, नयी दिल्ली.
3. उर्सुणा शर्मा (1976), 'स्टेटस एड्राइबिंग ऐंड स्ट्राइविंग टू एबोलिश स्टेट्स : द आर्य समाज ऐंड द लो कास्ट्स', *सोशल एक्शन,* खण्ड 26, जुलाई-सितम्बर.
4. जे.टी.एफ़. जॉर्डंस (1981), *स्वामी श्रद्धानंद : हिज़ लाइफ़ ऐंड कॉज़,* ऑक्सफ़र्ड युनिवर्सिटी प्रेस, दिल्ली.

—पंकज कुमार झा

आर्यभट्ट और *आर्यभटीय*

(Aaryabhatt and *Aryabhatiya*)

प्राचीन भारत के महान ज्योतिर्विद और गणितज्ञ आर्यभट्ट के ग्रंथ *आर्यभटीय* में ज्योतिष (खगोल विज्ञान) और गणित की अनेक मूल्यवान जानकारियाँ एवं मौलिक प्रस्थापनाएँ मौजूद हैं। इनसे ज्योतिष, गणित और भूगोल के क्षेत्र में समृद्ध भारतीय परम्परा का परिचय मिलता है। आर्यभट्ट ने भारत सहित दुनिया की गणितीय और ज्योतिष परम्परा को गहराई से प्रभावित किया है। केरल प्रदेश की ज्योतिष परम्परा पर उनके प्रभाव से बने पांचांग दक्षिण भारत के वैष्णव धर्मावलम्बियों में आज भी प्रचलित हैं। पायी का जो मान आर्यभट्ट ने निकाला था वह आज भी मान्य है। पृथ्वी की परिधि, पृथ्वी की अवधि तथा पृथ्वी के वर्ष की अवधि का उनके द्वारा निकाला गया मान थोड़ी-बहुत त्रुटि के बावजूद उस समय के हिसाब से सही था। उनके शोध कार्य ने इस्लामिक देशों को भी प्रभावित किया और उनकी रचनाओं का अनुवाद अरबी तथा लैटिन भाषा में किया गया। इस्लामिक विद्वान अल-ख़्वारिज़्मी तथा अल-बरूनी ने भी उन्हें संदर्भित किया है। गणित का साइन शब्द आर्यभट्ट द्वारा प्रयुक्त शब्द ज्या का बदला रूप है। भारतीय इतिहास में गुप्तकाल का विशेष महत्त्व है। उस समय साहित्य, कला और विज्ञान के विभिन्न क्षेत्रों में भारत ने काफ़ी उन्नति की थी। नालंदा विश्वविद्यालय उस समय विद्या का प्रमुख केंद्र था जहाँ देश-विदेश से छात्र अध्ययन के लिए आते थे। आर्यभट्ट उस विश्वविद्यालय के कुलपति नियुक्त किये गये थे। वहाँ खगोलशास्त्र के लिए एक विशेष पीठ स्थापित थी। आर्यभट्ट के ज्योतिष संबंधी सिद्धांतों का भारत सहित दुनिया के कई देशों तक असर रहा। उन्होंने भारत में केरल की ज्योतिष परम्परा का प्रचार किया, और इस्लामिक दुनिया को जलाली तिथि पत्र के लिए आधार प्रदान किया जिसकी रचना उमर ख़य्याम आदि कुछ खगोलविद् ने की। इसी का संशोधित रूप आज ईरान और अफ़गानिस्तान में राष्ट्रीय कैलेंडर के रूप में इस्तेमाल किया जाता है।

आर्यभट्ट के अभूतपूर्व योगदान को मान्यता देते हुए भारत के प्रथम उपग्रह का नाम आर्यभट्ट रखा गया। भारत सरकार द्वारा नैनीताल के निकट स्थित आर्यभट्ट प्रेक्षण विज्ञान संस्थान की स्थापना, अंत:स्कूल आर्यभट्ट गणित प्रतियोगिता तथा 2009 में प्राप्त एक बैक्टीरिया प्रजाति का नाम इसरो वैज्ञानिकों द्वारा बैसिलस आर्यभट्ट रखना आर्यभट्ट की युगांतरकारी उपलब्धियों को श्रद्धांजलि के रूप में देखा जा सकता है।

आर्यभटीय के दसवें श्लोक में आर्यभट्ट का जन्म-स्थान कुसुमपुर और जन्मकाल शक संवत् 398 का उल्लेख है। इसके बावजूद उनके जन्म के वर्ष को छोड़ कर वास्तविक जन्म स्थान को लेकर मतभेद है। कुछ लोग नर्मदा और गोदावरी के मध्य स्थित प्रदेश अश्माका को उनका जन्म स्थान मानते हैं। इसकी पहचान मध्य भारत से होती है और इस क्षेत्र में महाराष्ट्र और मध्य प्रदेश शामिल है। शुरुआती बौद्ध ग्रंथ अश्माका को दक्षिण में दक्षिणापथ या दक्खन के रूप में वर्णित करते रहे हैं, जबकि अन्य ग्रंथों के मुताबिक़ अगर अश्माका के लोग सिकंदर से लड़े होंगे, तो उसे उत्तर की तरफ़ और आगे होना चाहिए। कुछ विद्वान आर्यभट्ट को केरल के चाम्रवत्तम का मानते हैं। चाम्रवत्तम श्रावणबेलगोला के चारों तरफ़ फैले हुए एक जैन बहुल प्रदेश अश्माका का हिस्सा था। तत्कालीन जैन प्रभाव क्षेत्र वाले कुसुमपुर स्थित एक विश्वविद्यालय से भी आर्यभट्ट का संबंध रहा। बहरहाल, आर्यभट्ट के जन्म स्थान की भौगोलिकता जो भी रही हो, उसका नाम कुसुमपुर ही है। प्राचीन भारत के एक और गणितज्ञ भास्कर (621

ई.) ने पाटलिपुत्र (आज का पटना) को कुसुमपुर बताया है। ऐतिहासिक दृष्टि से यह भारत का स्वर्णकाल कहे जाने वाले गुप्त साम्राज्य के अंतिम दौर का समय था। गुप्त साम्राज्य कमज़ोर हो चला था और उत्तर-पूर्व में हूणों का आक्रमण शुरू हो गया था। आर्यभट्ट अपनी खगोलीय प्रणालियों के लिए संदर्भ के रूप में श्रीलंका का उपयोग करते हैं। *आर्यभटीय* में अनेक स्थलों पर उन्होंने श्रीलंका का उल्लेख किया है। इस आधार पर दक्षिण भारत से उनके निकट संबंध होने की प्रबल सम्भावना बनती है।

आर्यभट्ट के लिखे तीन ग्रंथ बताये जाते हैं—*दशगीतिका, आर्यभटीय* और *तंत्र*। इसके अलावा एक और ग्रंथ *आर्यभट्टसिद्धांत* भी उनका लिखा बताया जाता है, जिसके मात्र 34 श्लोक ही पाये जाते हैं। *आर्यभट्टसिद्धांत* का पता आर्यभट्ट के समकालीन ज्योतिषविद् वराहमिहिर के लेखों तथा उनके पश्चातवर्ती गणितज्ञों और टिप्पणीकारों, ब्रह्मगुप्त तथा भास्कर के ज़रिये चलता है। ऐसा माना जाता है कि ये कार्य पुराने सूर्य सिद्धांत पर आधारित और आर्यभट्टीय के सूर्योदय की अपेक्षा मध्यरात्रि-दिवस-गणना का उपयोग किया गया है। आर्यभट्ट का विश्वविख्यात और चर्चित ग्रंथ 'आर्यभटीय है। इसमें वर्गमूल, घनमूल, समानांतर श्रेणी तथा विभिन्न समीकरणों को शामिल किया गया है। यह मुख्य रूप से गणित और खगोल विज्ञान का संग्रह है। इसके गणितीय भाग में अंकगणित, बीजगणित, सरल त्रिकोणमिति और गोलीय त्रिकोणमिति संकलित है। इसमें निरंतर भिन्न, द्विघात समीकरण, घात शृंखला के योग और जीवाओं की तालिका दी गयी है। उनके गणितीय और विज्ञान विषयक कार्यों की जानकारी इस ग्रंथ से होती है। इसका 'आर्यभटीय' नाम स्वयं आर्यभट्ट ने नहीं बल्कि बाद के टीकाकारों ने, इसमें 108 छंदों के शामिल होने की वजह से, रखा। *आर्यभटीय* को 'आर्य-शत-अष्ट' भी कहा गया है। श्लोकों के अलावा इसमें 13 परिचयात्मक श्लोक आर्याछंद में दिये गये हैं जिसे चार अध्यायों में विभाजित किया गया है :

पहला अध्याय गीतिकपाद सबसे छोटा केवल 13 श्लोकों का है। इस अध्याय के पहले श्लोक में ब्रह्मा और परब्रह्मा की वंदना की गयी है और दूसरे में संख्याओं को अक्षरों से सूचित करने की रीति बतायी गयी है। ये दोनों ही श्लोक प्रस्तावना रूप में हैं। इसके बाद श्लोकों की क्रमसंख्या 1 से शुरू होती है। श्लोक संख्या-1 में सूर्य, चंद्रमा, पृथ्वी, शनि, गुरु, मंगल, शुक्र और बुध के महायुगीन भगणों की संख्याएँ दी गयी हैं। एक महायुग में पृथ्वी की घूर्णन-संख्या भी बतायी गयी है। इसके तीसरे श्लोक में बताया गया है कि ब्रह्मा के एक दिन यानी एक कल्प में कितने मन्वंतर और युग होते हैं और वर्तमान कल्प की शुरुआत से लेकर महाभारत के युद्ध की समाप्ति वाले दिन तक कितने युग और युगपाद बीत

आर्यभट्ट (शक संवत 398)

चुके थे। इसके अतिरिक्त सात श्लोकों में राशि, अंश, कला, आदि का संबंध, आकाशकक्षा का विस्तार, पृथ्वी का व्यास तथा सूर्य, चंद्रमा और ग्रहों के बिम्बों के व्यास के परिणाम, ग्रहों की क्रांति और विक्षेप, उनके पातों और मंदोच्चों के स्थान, उनकी मंदपरिधियों और शीघ्रपरिधियों के परिणाम तथा 345 कलाओं के अंतर पर ज़्याखण्डों के मानों की सारणी है।

बत्तीस श्लोकों वाले दूसरे अध्याय गणितपाद में अंकगणित, बीजगणित और रेखागणित के सूत्रों का संकलन है। इस अध्याय में दशमलव पद्धति के साथ-साथ वर्गक्षेत्र, घन, वर्गमूल, घनमूल, त्रिभुज का क्षेत्रफल, त्रिभुजाकर शंकु का घनफल, वृत का क्षेत्रफल तथा सभी प्रकार के क्षेत्रों की माध्यम लम्बाई और चौड़ाई ज्ञात कर क्षेत्रफल निकालने के साधारण नियम प्रस्तुत किये गये हैं। आर्यभट्ट ने एक श्लोक में बताया है कि परिधि की छठे भाग की ज्या उसकी त्रिज्या के बराबर होती है। और वृत्त का व्यास 20,000 होने पर उसकी परिधि 62,832 होती है। इससे परिधि और व्यास का संबंध चौथे दमलव स्थान तक शुद्ध आता है। आगे के श्लोकों में वृत, त्रिभुज, और चतुर्भुज खींचने की रीति, किसी ऊँचे स्थान पर रखे हुए दीपक के प्रकाश के कारण बनी हुई शंकु की छाया की लम्बाई जानने की रीति, समतल धरातल को परखने की रीति, ऊर्ध्वाधर के परखने की रीति, शंकु और छाया से

छायाकर्ण जानने की रीति, एक ही रेखा पर स्थित दीपक और दो शंकुओं के संबंध के प्रश्न की गणना करने की रीति, समकोण त्रिभुज के कर्ण और अन्य दो भुजाओं के वर्गों का संबंध, वृत की जीवा और शरों का संबंध, दो श्लोकों में श्रेणी गणित के कई नियम, एक श्लोक में एक-एक बढ़ती हुई संख्याओं के वर्गों और घनों का योगफल जानने का नियम, दो राशियों का गुणनफल और अंतर जानकर राशियों को अलग-अलग करने की रीति, ब्याज की दर जानने का एक नियम जो वर्ग समीकरण का उदाहरण है, त्रैराशिक का नियम, भिन्नों को एकहर करने की रीति, बीज गणित के सरल समीकरण और एक विशेष प्रकार के युगपत समीकरणों पर आधारित प्रश्नों को हल करने के नियम, दो ग्रहों का युतिकाल जानने का नियम और कुट्टक नियम बताये गये हैं।

कालक्रियापाद नाम के तीसरे अध्याय के 25 श्लोकों में कालविभाग और काल के आधार पर ज्योतिष संबंधी गणना सिद्धांतों की जानकारी दी गयी है। काल और कोण की इकाइयों का संबंध, योग, व्यतीपात, केंद्र भगण, बार्हस्पत्य वर्षों की परिभाषा, अनेक प्रकार के मासों, वर्षों और युगों का संबंध बताया गया है। नवें श्लोक में इस बात का ज़िक्र है कि युग का प्रथमार्ध उत्सर्पिणी और उत्तरार्द्ध अवसर्पिणी काल है और इनका विचार चंद्रोच्च से किया जाता है। चैत्र शुक्ल प्रतिपदा से युग, वर्ष, मास और दिवस की गणना का आरम्भ बताया गया है तथा 20 श्लोकों में ग्रहों की मध्यम और स्पष्ट गति संबंधी नियम दिये गये हैं।'

चौथा और अंतिम अध्याय गोलपाद पचास श्लोकों का है, जिसमें खगोलीय क्षेत्र के ज़्यामितिक/त्रिकोणमितीय पहलू, क्रांतिवृत्त, आवासीय भूमध्य रेखा, आसंभि, पृथ्वी के आकार, दिन और रात के कारण, क्षितिज पर राशिचक्रीय संकेतों का बढ़ना आदि की विशेषताएँ बतायी गयी हैं। आर्यभट्ट कहते हैं कि मेष के आदि से कन्या के अंत तक अपमण्डल उत्तर की ओर हटा रहता है और तुला के आदि से मीन के अंत तक दक्षिण की ओर। ग्रहों के पात और पृथ्वी की छाया का भ्रमण क्रांतिवृत्त पर होता है। चौथे श्लोक में बताया गया है कि सूर्य से कितने अंतर पर चंद्रमा, मंगल, बुध आदि दृश्य होते हैं। पाँचवें श्लोक में है कि पृथ्वी, ग्रहों और नक्षत्रों का आधा गोला अपनी छाया से प्रकाशित है तथा आधा सूर्य के सामने होने से। इस अध्याय में ज्योतिष और खगोलविद्या से संबंधित जानकारियाँ भरी पड़ी हैं।

आर्यभट्ट का भारत के ज्योतिषविदों एवं गणितज्ञों में सबसे महत्त्वपूर्ण स्थान है। उन्होंने आर्किमिडीज़ से बहुत पहले ही पायी का शुद्ध मान निकाल लिया था। उन्होंने ही सबसे पहले उदाहरण के साथ घोषित किया कि पृथ्वी अपनी धुरी पर घूमती है। आर्यभट्ट के अनुसार एक कल्प में 14 मन्वंतर और एक मन्वंतर में 72 महायुग (चतुर्युग) तथा एक चतुर्युग में सतयुग, द्वापर, त्रेता और कलियुग समान होते हैं। उन्होंने बड़ी-बड़ी संख्याओं को अक्षरों के समूह से निरूपित करने की अत्यंत वैज्ञानिक विधि विकसित की, और ब्राह्मी अंकों का प्रयोग न करके संख्या निरूपण के लिए वैदिक काल से प्रचलित परम्परा के अंतर्गत वर्णमाला के अक्षरों का प्रयोग किया एवं मात्राओं को स्मरक रूप में रखा।

आर्यभट्ट ने त्रिकोण के क्षेत्रफल को अर्ध-पक्ष के साथ लम्ब का परिणाम कहा। उन्होंने द्विज्या की चर्चा करते हुए उसे अर्ध-ज्या नाम दिया जिसे लोगों ने आसानी की वजह से ज्या कहना शुरु कर दिया। अरबी लेखकों ने अपने अनुवाद के ज़रिये उसे संक्षिप्त रूप देकर ज़्ब कर दिया। बाद के लेखकों ने उसे पुनः जिबा कहना शुरू किया, जिसका अर्थ होता है 'खोह' या 'खाई'। जब जिबा का लैटिन अनुवाद होने को हुआ तो 'खोह' या 'खाई' को समानार्थी शब्द 'नाइनस' नाम दे दिया गया और नाइनस अंग्रेज़ी में साइन हो गया। गणित के क्षेत्र में आर्यभट्ट की कुट्टक विधि भी काफ़ी चर्चित है, जो डायोफैंटाइन समीकरणों को हल करने के लिए मानक पद्धति है।

ग्रहण के विषय में आर्यभट्ट ने बताया कि ग्रह और चंद्रमा सूर्य के परावर्तित प्रकाश से प्रकाशित हैं तथा पृथ्वी की छाया में चाँद के आ जाने से ग्रहण लगता है। उन्होंने पृथ्वी की परिधि 39,968.0582 किलोमीटर बतायी जो वास्तविक मान 40,075,0167 किलोमीटर से दो प्रतिशत ही कम है। समय की आधुनिक इकाइयों की दृष्टि से आर्यभट्ट की गणना के अनुसार पृथ्वी की अवधि 23 घण्टे 56 मिनट और 4.1 सैकेंड थी जबकि आधुनिक समय 2 घण्टे 56 मिनट व 4. 091 सैकेंड है। पृथ्वी के वर्ष की अवधि 365 दिन 9 घण्टे 12 मिनट 30 सैकेंड और आधुनिक गणना के अनुसार इसमें 3 मिनट 20 सैकेंड की त्रुटि है।

देखें : उपनिषद्, कपिल, कौटिल्य और *अर्थशास्त्र*, जैन दर्शन, न्याय दर्शन, पुराण, पतंजलि और *योगसूत्र*, पूर्व-मीमांसा दर्शन, बादरायण, बौद्ध दर्शन, योग दर्शन, रामानंद, रामानुजाचार्य, लोकायत, वात्स्यायन और *कामसूत्र*, वेद, वैशेषिक दर्शन, वैदिक संस्कृति, शंकराचार्य, षड्-दर्शन-1 और 2, सिद्ध-नाथ परम्परा।

संदर्भ

1. के.वी. शर्मा (2001), 'आर्यभट्ट : हिज़ नेम, टाइम ऐंड प्रोवेनैंस' *इण्डियन जर्नल ऑफ़ हिस्ट्री ऐंड साइंस*, खण्ड 36, अंक 4.
2. कृपा शंकर शुक्ल (1976), *भारतीय गणितज्ञ और खगोलविद्*, भारतीय राष्ट्रीय विज्ञान अकादमी, नयी दिल्ली.
3. विभूतिभूषण दत्त और अवधेश नारायण सिंह (1962), *हिस्ट्री ऑफ़ हिंदू मैथमेटिक्स*, एशिया पब्लिशिंग हाउस, मुम्बई.
4. एस.एम.आर. अंसारी (1977), 'आर्यभट्ट 1, हिज़ लाइफ़ ऐंड हिज़ कंट्रीब्यूशन', *बुलेटिन ऑफ़ एस्ट्रोनोमिकल सोसाइटी ऑफ़ इण्डिया*, खण्ड 5, अंक 1.

—**अजय कुमार पांडेय**

आर्य-अवधारणा

(Aryans: Concept and Debate)

पिछली दो सदियों से आर्य-अवधारणा संबंधी प्रश्नों पर अकादमिक दुनिया दो परस्पर विरोधी ख़ेमों में बँटी हुई है। एक पक्ष (जिसमें ज़्यादातर पाश्चात्य तथा कुछ भारतीय विद्वान शामिल हैं) मानता है कि वैदिक आर्यों का भारत में बाहर से आगमन हुआ था। उन्होंने ही 1200 से 1000 ईसा पूर्व के मध्य ऋग्वेद की रचना की थी। दूसरा पक्ष (जिसमें ज़्यादातर भारतीय और केवल कुछ पाश्चात्य विद्वान शामिल हैं। इस बात पर क़ायम है कि आर्य मूलत: भारतीय थे और वे यहीं से विभिन्न पश्चिमी क्षेत्रों में गये। यह ख़ेमा ऋग्वेद का रचना काल ईसा पूर्व 5000 निर्धारित करता है। यह विवाद अपनी जगह है पर उपलब्ध भाषाशास्त्रीय और पुरातात्विक साक्ष्यों के आधार पर अभी किसी ठोस और सर्वस्वीकृत निष्कर्ष पर नहीं पहुँचा जा सका है। उन्नीसवीं सदी के उत्तरार्द्ध में, विशेष रूप से 1857 के विद्रोह के बाद, ब्रिटिश प्रशासकों ने भारत को समझने की तीव्र जिज्ञासा के तहत आर्य जाति संबंधी नस्ली अवधारणा को जन्म दिया।

रॉबर्ट माइल्स के मुताबिक़ नस्लें राजनीतिक और सामाजिक नियामकों के संदर्भ में गढ़ी जाती हैं और इसीलिए वे मूलत: राजनीतिक संरचना हैं। आर्य नस्ल की गढ़ंत भी एक ऐसा ही प्रयास है। उन्नीसवीं सदी में वैदिक अध्ययन के क्षेत्र में भाषाशास्त्र के महारथियों की प्रधानता थी लेकिन बीसवीं सदी में पुरातत्त्वविदों ने इस क्षेत्र में हस्तक्षेप करना शुरू किया। गॉर्डन चाइल्ड की आर्य विषयक कृति द *आर्यंस* (1926) प्रकाशित हुई। इसके बाद से एक लम्बा सिलसिला शुरू हुआ जिसके तहत विभिन्न दृष्टिकोणों का प्रतिनिधित्व करने वाली अनगिनत संबंधित रचनाएँ प्रकाशित हो चुकी हैं।

आर्य शब्द की उत्पत्ति प्राचीन इरानी जरथुस्त्रवादी ग्रंथ अवेस्ता से मानी जाती है। संस्कृत में आर्य सजातीय रूप से वर्णित है। आर्य अवधारणा अनजाने तरीक़े से पहली बार उभर कर तब सामने आयी जब 1584 में इटली का एक व्यापारी फिलिप्पो सेसेट्टी गोवा की यात्रा पर आया। उसने कुछ संस्कृत सीखी और इस भाषा को कुछ-कुछ यूनानी और लैटिन के समकक्ष पाया। लेकिन सही मायने में विलियम जोंस द्वारा स्थापित एशियाटिक सोसाइटी ऑफ़ बंगाल (1784) और उनके कालिदास कृत *अभिज्ञान शाकुंतलम* के अनुवाद ने तुलनात्मक रूप से एक बृहद भाषाशास्त्रीय विमर्श खड़ा किया जो युरोपीय और भारतीय संस्कृति के मूल से संबंधित कई सिद्धांतों का आधार बना। उन्नीसवीं सदी के दौरान जे.ए. गोबिन्यु की रचना द *मॉरल ऐंड इंटलेक्चुअल डाइवर्सिटी ऑफ़ रेसेज़* (18 56) ने आर्य जाति के विचार का विस्तार किया। गोबिन्यु ने आर्य जाति की पहचान युरोपीय अभिजात वर्ग के रूप में की और यह तर्क भी दिया कि गोरी जातियाँ ही प्रभावशाली थीं क्योंकि वे मुख्यत: दूसरों को अधीन बना कर संस्कृति का निर्माण करने और उसे फैलाने का माध्यम बनने में सक्षम थीं। श्वेतांगों की विजयों ने उन्हें नये क्षेत्रों में बसने का विकल्प उपलब्ध कराया फलस्वरूप जातियों का मिश्रण हुआ जिससे नस्लीय अवनति का रास्ता खुला। गोबिन्यु के इस नज़रिये से निकले नस्ली सिद्धांत ने बीसवीं सदी के जर्मनी को गहराई से प्रभावित किया। भगवान सिंह ने अपनी रचना *कोसम्बी : कल्पना से यथार्थ* में आरोप लगाया है कि कोसम्बी की कृति *कल्चर ऐंड सिविलाइज़ेशन इन साउथ एशिया* में रंग संबंधी यह अवधारणा भारतीय संदर्भ में इस्तेमाल की गयी है। भगवान सिंह बताते हैं कि कैसे कोसम्बी भी ब्राह्मणों में दो नस्लें मानते थे : गौरांग-नीलाक्ष जन और कृष्णत्वक श्यामक्ष जन।

कुछ युरोपीय विद्वानों ने आर्य नस्ल को उन्नीसवीं सदी के एक मिथक के तौर पर व्याख्यायित किया है। भारतीय इतिहासकार रोमिला थापर अपनी रचना *द थियरी ऑफ़ आर्यन रेस ऐंड इण्डिया* में मानती हैं कि आर्य जाति के सिद्धांत का उदय युरोपीय पूर्वग्रहों और पूर्व-धारणाओं से हुआ है। थापर के अनुसार अतीत के भारतीय विचारों में इसकी जड़ें नहीं हैं, फिर भी इसे स्वीकार किया जाता रहा है। तुलनात्मक भाषाशास्त्र का इस्तेमाल करते हुए एक ही साझी मूल भाषा हिंद-युरोपीय को परस्पर संबंधित भाषाओं के उस समूह का स्रोत बतलाया जाता है जिसमें संस्कृत, प्राचीन ईरानी, यूनानी, लैटिन, सेल्टिक और दूसरी युरोपीय भाषाएँ शामिल थीं। पहले तुलनात्मक भाषाशास्त्र के ज़रिये एक साझी भाषा पेश की जाती है और बाद में इसे एक साझी जाति के रूप में अभिव्यक्त किया जाता है।

जर्मन रोमांटिक लेखन और हर्डर और सीगल की कृतियों ने मानव इतिहास की शुरुआत के संकेतों को संस्कृत पाठ्यों के पारम्भिक उद्धरणों में खोजने की कोशिश की थी। जबकि इसके उलट हिस्ट्री ऑफ़ ब्रिटिश इण्डिया में जेम्स मिल ने भारत की व्याख्या एक पिछड़े और जड़ समाज के रूप में करते हुए दिखाया था कि हिंदू सभ्यता प्रगति-पथ पर न चल सकने वाली सभ्यता थी। दूसरी ओर ए. बनोफ़ और ऍफ़. बॉप जैसे तुलनात्मक भाषाशास्त्रियों ने पारिभाषिक पक्ष पर प्रारम्भिक ज़ोर देते हुए बताया कि शुरू में वैदिक संस्कृत की प्रमुखता थी जिसने एक साझी संस्कृति के किसी एक पूर्वज के होने की धारणा को जन्म दिया। यह एकपूर्वजवाद इंडो-जर्मन या भारोपीय साझी भाषा के विचार को मज़बूत करने वाला साबित हुआ। इस प्रक्रिया में उन्नीसवीं सदी के उत्तरार्द्ध ने भाषा, संस्कृति और नस्ल सम्बन्धी चर्चा को आगे ला खड़ा किया।

तुलनात्मक भाषाशास्त्रियों और वेदों पर कार्य करने वाले प्राच्यविदों ने आर्य शब्द को जातीय अर्थ में लिया।

इसी राह पर चलते हुए मैक्समूलर *(लेक्चर्स ऑन द साइंस, बायोग्राफ़ीज़ ऑफ़ वर्ड्स ऐंड द होम ऑफ़ आर्यंस, इण्डिया व्हाट कैन इट टीच अस ?, चिप्स फ़्रॉम अ जर्मन वर्कशॉप)* ने अपनी विवेचनाओं में इस सिद्धांत का प्रतिपादन किया कि एक श्रेष्ठ आर्य-जाति हीन श्रेणी की देशज जातियों को पराजित करके भारत में बस गयी। यह बात दीगर है कि बाद में जब उन्होंने भाषा और जाति को अलग-अलग बताने पर ज़ोर दिया, लेकिन तब तक आर्य जाति संबंधी अवधारणा प्राचीन भारतीय इतिहास की ढेरों संकल्पनाओं की व्याख्या के रूप में स्थापित हो चुकी थी और उन्हें अलग-अलग करना मुश्किल हो गया था। भाषा समूह जातियों से जोड़े जाने लगे थे, और न सिर्फ़ आर्य बल्कि द्रविड़ और ऑस्ट्रो-एशियाई जातियों का भी उल्लेख किया जाने लगा था।

आर्य जाति के सिद्धांत का सबसे अधिक प्रभाव प्राचीन भारतीय इतिहास की पुनर्रचना पर पड़ा जिसमें तर्क दिया गया कि आर्यों के आगमन ने भारतीय सभ्यता की नींव रखी थी। यह माना जाने लगा कि आर्यों ने उत्तरी भारत पर विजय प्राप्त करके प्रायद्वीप में प्रवेश किया, द्रविड़ों को दक्षिण की ओर खदेड़ा, मगर ऑस्ट्रो-एशियाई समूहों को मध्य भारत में बने रहने दिया। इस तरह इस उप-महाद्वीप में आर्य जाति का विस्तार और निवास सांस्कृतिक इतिहास का आधार बना दिया गया।

शुरू-शुरू में आर्य शब्द का प्रयोग वैदिक और बौद्ध ग्रंथों में सम्माननीय और प्रतिष्ठित व्यक्ति के रूप में हुआ था जो परवर्तीकाल में संस्कृत भाषा बोलने और वर्ण-व्यवस्था के नियमों का पालन करने वालों के लिए होने लगा। उन्नीसवीं शताब्दी में यह दास के विपरीत अर्थ में प्रयुक्त हुआ जिसके बाद से आर्य शब्द ने जातीय अलगाव को अपना गुण-धर्म बना लिया। चूँकि दास दूसरी विशेषताओं के अलावा शारीरिक भिन्नताओं के कारण भी दूसरों से अलग किया जाता था, इसलिए इस तुलना ने आर्य को जाति के तौर पर व्याख्यायित किया। आर्यों के वर्चस्व की व्याख्या उनके विजेता की स्थिति के संदर्भ में की गयी। मैक्समूलर जैसे विद्वान ने भारतीय समाज का चित्रण उन सुंदर ग्राम समुदायों के रूप में किया जिनकी विशेषताएँ लड़ाकूपन से इतर सौहार्द्रता में निहित थीं। आदर्श ग्राम समुदायों के इस चित्रण का आंशिक कारण सम्भवत: यह था कि ये ग्राम समुदाय उन ग्राम समुदायों के समान ही समझे जा रहे थे जहाँ से युरोप के लोग आये थे। इस तरह भारतीय वर्तमान युरोप के शैशव की अभिव्यक्ति बन गया। साथ ही प्राचीन भारत का इतिहास मानव एवं संस्कृति के उद्भव के संबंध में युरोपीय विचारधारा के प्रचार का माध्यम बन गया। यह प्राच्य-विद्या का दृष्टिकोण था जिसमें ज्ञान के उपयोग को शक्ति का एक स्वरूप समझने का सिद्धांत अंतर्निहित था। इसे ही एडवर्ड सईद ने *ओरिएंटलिज़्म* में उपनिवेश की संस्कृति की पुनर्रचना और प्राच्यविद् प्रतिमानों के संदर्भ में अपने प्रतिरूप को देखने की कोशिश की तरह पेश किया है। सईद का कहना है कि औपनिवेशिक सत्ता के लिए ये सब नियंत्रण स्थापित करने के तरीक़े थे।

प्राचीन भारत का एक विस्तृत अध्ययन वैसे तो अतीत के अनेक पहलुओं की खोज का एक वैध साधन है, मगर यह काम अधिकतर उन लोगों द्वारा किया गया जो या तो ईस्ट इण्डिया कम्पनी (जिनमें विलियम जोंस, जेम्स मिल, एच.टी. कोलब्रुक, एच.एच. विल्सन और जेम्स प्रिंसेप शामिल थे) के मुलाज़िम थे या ब्रिटिश सम्राज्ञी की सरकार (जिनमे एलेक्ज़ेंडर कनिंघम और विंसेट स्मिथ शामिल थे) के कर्मचारी के तौर पर सक्रिय थे। इसीलिए आर्य नस्ल की अवधारणा के युरोपीय झुकाव पर सवाल नहीं खड़े किये गये। शुरू में राष्ट्रवादी इतिहासकारों द्वारा जब कुछ औपनिवेशिक प्रतिमानों पर सवाल खड़े किये गये उस समय भी आर्य जाति का सिद्धांत इन प्रतिमानों में शामिल नहीं था। रोमिला थापर इसके पीछे राष्ट्रवादी भारतीय इतिहासकारों में ब्राह्मण, क्षत्रिय और कायस्थ जैसी उच्च जातियों और मध्यमवर्गीय प्रतिनिधित्व को उत्तरदायी ठहराती हैं। उनके अनुसार इस वर्ग को यह लगा होगा कि इस सिद्धांत से उनकी सामाजिक श्रेष्ठता का समर्थन होता है। साथ ही उन्हें यह लगा होगा कि संस्कृतमय भारतीय संस्कृति और औपनिवेशिक शक्तियों के उद्गम में कोई अंतर नहीं है। केशव चंद्र सेन के अनुसार अंग्रेज़ों का भारत आना बिछड़े हुए संबंधियों का मिलन था। यहाँ तक कि वर्चस्ववादी आर्य अवधारणा की व्याख्याओं का विरोध करने वालों ने भी अपने हित में इस सिद्धांत का इस्तेमाल किया जिसे ग़ैर-ब्राह्मण आंदोलनों के इस दावे में देखा जा सकता है, जिसमें उन्होंने ख़ुद को भारत का मूल-निवासी माना है।

नये प्रमाणों और विश्लेषण के नये तरीक़ों ने आर्य-अवधारणा पर सवाल खड़ा किया है। पुरातत्वशास्त्रियों ने सिंधु घाटी की सभ्यता खोज निकाली है। ईसा-पूर्व तीसरी से दूसरी सहस्राब्दी तक फैली इस सभ्यता का कालक्रम इसे उन वैदिक ग्रंथों से भी पहले ले जाता है जो की सामान्यत: ईसा-पूर्व दूसरी सहस्राब्दी के मध्य से पहली सहस्राब्दी के मध्य तक के माने जाते हैं। पुरातात्त्विक और साहित्यिक साक्ष्यों के आधार पर सिंधु घाटी की सभ्यता और वैदिक सभ्यता का तुलनात्मक अध्ययन दर्शाता है कि कैसे सिंधु घाटी की सभ्यता नगरीय थी, वहाँ एक लिपि का प्रयोग होता था, तांबे की तकनीक थी, उन्हें घोड़े का ज्ञान नहीं था और न सिर्फ़ मध्य-एशिया, अफ़ग़ानिस्तान और पूर्वी इरान से बल्कि खाड़ी के देशों तथा मेसोपोटामिया से भी उसके व्यापारिक संबंध थे। सिंधु घाटी की इन विशेषताओं के उलट वैदिक समाज पशुपालक और कृषि प्रधान था, शहरी केंद्रों और व्यवसाय से अपरिचित था,

किसी भी लिपि से अनभिज्ञ था और सम्भवत: लौह तकनीक का प्रयोग करता था, घोड़े को कार्यात्मक और धार्मिक महत्त्व देता था और उसके ज़्यादातर संबंध अफगानिस्तान, पूर्वी ईरान और मध्य एशिया तक सीमित थे।

दूसरी तरफ़ यह बात भी इतनी ही महत्त्वपूर्ण है कि अगर आर्यों का कोई आक्रमण हुआ होता तो पुरातात्त्विक प्रमाणों में वह अवश्य दिखायी देता। आर्य-अवधारणा में आर्यों में बाह्य आगमन के सिद्धांत की पुष्टि नहीं होती। ऐसा तर्क रखने वाले मानते हैं कि ऋग्वेद और अवेस्ता के बीच भाषागत समानता पर विवाद नहीं है, परंतु इस प्रकार की समानता यह नहीं दर्शाती कि विशाल स्तर पर लोग भारतीय उपमहाद्वीप में स्थानांतरित हुए। दूसरी तरफ़ भारत में ताम्र-पाषाण शिल्प अवशेषों और पश्चिम एशिया में पाये गये शिल्पों के बीच कम ही समानता पायी जाती है। यहाँ भी विशाल स्तर पर लोगों का स्थानांतरण नहीं दर्शाता। आर्य-अवधारणा की न तो किसी मृद-भांडीय संस्कृति की शैली के आधार पर पहचान की जा सकती है, न ही इसका नस्लीय या जातीय आधार पर कोई महत्त्व है।

शुरुआती विद्वानों का मानना था कि इंडो-आर्य हड़प्पा सभ्यता के पतन के कारण थे। उन्होंने ही हड़प्पा के नगरों का विनाश किया। इन विद्वानों ऋग्वेद के उन श्लोकों को उद्धृत किया है जिसमें इंद्र को घर-मकान नष्ट करने वाला बताया है। मार्टिमर व्हीलर ने इसे एक वाक्यांश में प्रस्तुत किया है कि इसका अभियुक्त इंद्र है। पुरातात्त्विक साक्ष्य अब इस तथ्य की पुष्टि नहीं करते कि हड़प्पा संस्कृति का पतन इसलिए हुआ कि किसी बाह्य शक्ति ने कोई व्यापक आक्रमण किया था। न ही शहरों के पतन का अब कोई एक कारण माना जाता है, क्योंकि उन सबका पतन एक साथ नहीं हुआ था। दूसरी तरफ़ स्लेटी बर्तनों की विशेषता वाले चित्रित धूसर मृदभांडों की संस्कृति को आर्यों से जोड़ने के प्रयासों का भी कोई पुरातात्त्विक प्रमाण नहीं मिलता। अगर मृद-भांड संस्कृतियाँ आर्यों के विषय में सूचित करती हैं तो आर्य आक्रमण की अवधारणा के हिसाब से उन्हें बहावलपुर तथा पंजाब में मिलना चाहिए क्योंकि आर्यों के स्थानांतरण का यही रास्ता माना गया है। लेकिन उनकी प्राप्ति हरियाणा, उत्तरी गंगा के थाल और पूर्वी राजस्थान से होती है।

अपनी कृति *द वैदिक हड़प्पन* (1995) में भगवान सिंह ने दर्शाया है कि कैसे आर्य-अवधारणा में उद्धृत आर्य कहीं बाहर से नहीं आये थे। वे यहीं भारत के मूल निवासी थे। भगवान सिंह ने सिंधु घाटी सभ्यता के अध्ययन द्वारा आर्य आक्रमण के सिद्धांत की कड़ी आलोचना की और वैदिक ग्रंथों और साहित्य में वर्णित भौतिक संस्कृति और आर्थिक आँकड़ों तथा हड़प्पा सभ्यता के शहरों के पुरातात्त्विक साक्ष्यों के आधार पर दिखाया कि कैसे दोनों में निरंतरता विद्यमान है। भगवान सिंह प्राचीन इतिहास के स्रोतों का विस्तार करते हुए वेदों की शब्द सम्पदा का विस्तृत अध्ययन करते हैं और तत्कालीन सामाजिक, आर्थिक, धार्मिक और राजनीतिक इतिहास की सामग्री पेश करते हैं। वे भाषाओं, बोलियों, व्यक्ति-नामों, जाति-नामों का अध्ययन करके उन्हें भी इतिहास के स्रोत के रूप में परिगणित करते हैं। वे हड़प्पा को वैदिक सभ्यता का केंद्र सिद्ध करते हैं। भगवान सिंह सम्पूर्ण हड़प्पीय पारिस्थितिकी को ऋग्वेद में देखते हैं और भारतीय उपमहाद्वीपीय इतिहास को ईसा पूर्व 7000 से निरंतर कालक्रम का मानते हैं। वे यह सवाल भी खड़ा करते हैं कि कैसे कोई इतिहासकार किसी पुरातात्विक संस्कृति की साहित्यिक संस्कृति से साम्य दिखाने की जहमत नहीं उठाना चाहता। वे इसे इतिहास-लेखन की विडम्बना मानते हैं। भगवान सिंह का निष्कर्ष है कि वैदिक आर्य ही हड़प्पन सभ्यता के रचयिता थे।

देखें : आनंद केंटिश कुमारस्वामी, आर्थर लेवेलिन बाशम, काशी प्रसाद जायसवाल, बिपन चंद्र-1 और 2, भारतीय इतिहास-लेखन-1, 2, 3 और 4, दामोदर धर्मानंद कोसम्बी-1 और 2, रमेश चंद्र दत्त, रमेश चंद्र मजूमदार, रणजीत गुहा, रामकृष्ण गोपाल भंडारकर, रामशरण शर्मा, रोमिला थापर, वासुदेव शरण अग्रवाल, पांडुरंग वामन काणे, विश्वनाथ काशीनाथ राजवाड़े।

संदर्भ

1. रोमिला थापर (1996), 'द थियरी ऑफ़ आर्यन रेस ऐंड इण्डिया', *सोशल साइंटिस्ट,* जनवरी-मार्च.
2. भगवान सिंह (1995), *द वैदिक हड़प्पंस,* आदित्य पब्लिकेशन, नयी दिल्ली.
3. गॉर्डन वी. चाइल्ड (1926), *द आर्यंस,* पॉल पब्लिकेशन, लंदन.
4. रामशरण शर्मा (1995), *लुकिंग फॉर द आर्यंस,* ओरिएंट लोंगमैंस, मद्रास.
5. रामशरण शर्मा (1999), *एडवेंट ऑफ़ द आर्यंस इन इण्डिया,* मनोहर, नयी दिल्ली.
6. एम.के. धवलीकर (2006), *आर्कियालॅजी ऑफ़ द आर्यंस,* एनल्स ऑफ़ द भंडारकर ओरिएंटल रिसर्च इंस्टीट्यूट, भाग 87.

—निर्मल कुमार पाण्डेय

आयंकाली

(Ayyankali)

उन्नीसवीं सदी के केरल में छुआछूत के शिकार दलित खेत-मज़दूरों को न्याय दिलाने के लिए संघर्ष करने वाले समाज-सुधारकों में आयंकाली (1863-1941) का नाम उल्लेखनीय

है। स्वयं अछूत समाज के भूमि-पुत्र आयंकाली ने 1905 में साधू जन परिपालना योगम नाम से दलितों का संगठन बनाया। इसका उद्देश्य दलितों को आत्मविश्वास से लैस करते हुए अमानवीय परम्पराओं और प्रथाओं के ख़िलाफ़ लड़ना था। इसी दौरान आयंकाली ने साधू जन परिपालना योगम अदालत शुरू की जहाँ वे स्वयं फ़ैसला करते थे। उनके इस कार्य में केशवन (जो लेखक थे) तथा कुंजन कृष्णन ने सहायक की भूमिका निभायी। आयंकाली ने दलितों के लिए स्कूल खोले, दलित स्त्री-पुरुषों के लिए सम्मानजनक ढंग से कपड़े पहनने का अधिकार बुलंद किया और उन्हें मंदिर प्रवेश का अधिकार दिलाया। दलितों के लिए शिक्षा और सम्मान का संघर्ष जैसे-जैसे आगे बढ़ा, वैसे-वैसे सम्पूर्ण केरल राज्य में उनकी प्रसिद्धि होने लगी। दलितों में जागरूकता आने लगी थी। आयंकाली का हिंदू धर्म में विश्वास था, लेकिन वे एक सुधरे और बदले हुए हिंदू धर्म के पक्ष में थे। उन्होंने दलित समाज के लोगों के ईसाई बनने का विरोध किया। आयंकाली का जन्म तिरुवनंतपुरम के न्यािट्टकारा के वेंगनूर गाँव में 28 अगस्त को हुआ था। वे पुलिया जाति से थे उनके पिता अय्यन खेत मजूदर थे। दलित होने के कारण उन्हें कोई स्कूली शिक्षा नहीं मिली। उन्होंने चेल्लम्मा नाम की महिला से विवाह किया।

आयंकाली के समय में दलित जाति के खेतिहर मज़दूरों की स्थिति इतनी विकट थी कि उन्हें जब चाहे बेचा और जान से मारा जा सकता था। इण्डियन पैनल कोड का अस्तित्व था, लेकिन देशी रजवाड़ों में हिंदू क़ानून ही अमल में लाया जाता था। अछूतों का समाज में कोई अस्तित्व नहीं थां। सुबह उन्हें खेतों पर ले जाया जाता और सारा दिन काम करने के बदले मुट्ठी भर चावल दे दिये जाते जिनसे उनकी भूख नहीं मिट पाती थी। उनके रहने की जगह भी बहुत गंदी होती थी। उन्हें शरीर पर कपड़े पहनने तक की मनाही थी जिससे वे सर्दी में ठिठुरते रहते थे। अछूतों का सड़क पर चलना मुश्किल था। जब भी द्विज जाति का आदमी गुज़रता हो, तो उन्हें तीस फ़ीट की दूरी से ही आवाज़ देकर बताना पड़ता था ताकि वह व्यक्ति उनके नज़दीक से गुज़रते हुए प्रदूषित न हो जाए। ऐसी द्विजों की मान्यता थी। इसी मानसिकता के ख़िलाफ़ 1893 की एक सुबह आयंकाली उन्हीं सड़कों पर एक बैलगाड़ी लेकर निकल पड़े जिन सड़कों पर दलितों को आने-जाने की मनाही थी। रास्ते में उन्हें तथाकथित ऊँची जातियों के लोगों ने रोकने के प्रयास किये लेकिन वे नाकाम रहे। इस पहलक़दमी में आयंकाली के साथ-साथ उनके भाई भी थे। इस घटना ने केरल के दलितों में ज़बरदस्त आत्मविश्वास का संचार किया।

आयंकाली के जीवन के आरम्भिक दिन बहुत कशमकश में बीते। सामाजिक विषमता को लेकर उनके भीतर गहरा आक्रोश था। पर उस आक्रोश की आवाज़ सुनने वाला कोई न था। न सवर्ण और न ही अवर्ण। द्विज अगर

आयंकाली (1863-1941) के जन्म-दिन पर केरल में निकलने वाली एक शोभा-यात्रा

सत्ता के मद में चूर थे, तो हाशिये पर रहने वाली जातियों के लोगों को सदियों की ग़ुलामी ने मूक और बधिर बना दिया था। ऐसी परिस्थितियों में आयंकाली अपने ही समाज से अलग-थलग होते चले गये। लेकिन एकांत में रहते हुए भी वे सामाजिक उत्पीड़न और भेदभाव के बारे में बराबर चिंतित रहते। सामाजिक अन्याय को बर्दाश्त करना उनके विद्रोही मन के लिए उत्तरोत्तर कठिन होता जा रहा था। किसी भी तरह के सहयोग और सलाह-मशविरे के अभाव में भी उन्होंने हिम्मत नहीं हारी और अकेले ही इन समस्याओं से जूझने के लिए निकल पड़े। 1904 में उन्होंने वेंगानूर में पहला स्कूल आरम्भ किया जिसे सवर्णों ने तत्काल जला दिया। पर उन्होंने हिम्मत नहीं हारी। उन्होंने वहीं दूसरा स्कूल शुरू करके विषमतावादी ताक़तों को मुँहतोड़ जवाब दिया।

आयंकाली केरल में अछूत समाज से आने वाले पहले व्यक्ति थे, जिन्होंने इस राज्य से छुआछूत ख़त्म करने का प्रयास किया। उन्होंने उन तमाम लोगों को उजाले में लाने के लिए समता और सम्मान की लड़ाई छेड़ी जो अँधेरे में भटक रहे थे। धीरे-धीरे कुछ लोग उनसे जुड़े और उन सभी ने अछूतों को सामाजिक न्याय का संदेश देना शुरू किया। 1905 साधू जन परिपालना योगम की लोकप्रियता की जानकारी जब त्रावणकोर के राजा को मिली तो वे भी उनसे प्रभावित हुए बिना नहीं रह सके। 1912 में महाराजा ने उन्हें श्री मूलम प्रजा सभा (विधान सभा) का सदस्य मनोनीत किया। 1912 से लेकर 1941 तक आयंकाली इस सभा के सदस्य रहे। उन्हें मनोनीत किये जाने का एक सुखद परिणाम यह हुआ कि महाराजा ने दलितों के लिए स्कूल आरम्भ करने हेतु एक हज़ार एकड़ ज़मीन आयंकाली को भेंट की। आयंकाली ने सफलतापूर्वक यह कार्य किया जिससे दलितों में धीरे-धीरे शिक्षा का प्रचार-प्रसार होने लगा। उन्होंने बच्चों को दोपहर का भोजन देने और फ़ीस में रियायत प्रदान करने के लिए भी राजा से अपील की जिसे सहर्ष स्वीकार कर लिया गया।

आयंकाली ने न सिर्फ़ दलितों के अधिकारों के लिए संघर्ष किया, बल्कि वे मज़दूरों के अधिकारों के लिए भी लड़े। जून, 1913 में हुई खेतिहर मज़दूरों की ऐतिहासिक हड़ताल का नेतृत्व उन्होंने ही किया था। उल्लेखनीय है कि केरल रियासत को हिला कर रख देने वाली यह हड़ताल 1917 की बोल्शेविक क्रांति के पहले घटित हुई थी। इसी के दबाव में सरकार को मई, 1914 में उनसे समझौता करना पड़ा। इस तरह कहा जा सकता है कि वे केरल में ट्रेड यूनियन आंदोलन के जनक थे, जो उनके नेतृत्व में 1920 तक जारी रहा।

बचपन से ही आयंकाली ने अपने समुदाय के स्त्री-पुरुषों को अर्धनग्न ग़ुलामी में देखा था। दलित स्त्रियों को अपना शरीर कमर के ऊपर नंगा रखना पड़ता था। यह प्रथा आदि शंकर द्वारा नौवी सदी में वैदिक व्यवस्था पुनर्जीवित करने के कारण शुरू हुई थी। शंकराचार्य द्वारा चलाया गया बौद्ध विरोधी अभियान भी इसके लिए ज़िम्मेदार था। परिणामस्वरूप अछूत स्त्रियों की अस्मत जरा भी सुरक्षित नहीं थी। जैसे ही दलित महिलाएँ अपने शरीर ढँकने के प्रयास करतीं, वैसे ही सर्वण परम्परा के नाम पर ज़ोर-ज़बरदस्ती करके उनके कपड़े उतरवा देते। इस प्रथा के ख़िलाफ़ आयंकाली ने संघर्ष किया। जनवरी 1937 में जब गाँधी केरल के दौरे पर आये तब उन्होंने आयंकाली से पूछा कि वे क्या चाहते हैं। आयंकाली ने जवाब दिया कि वे अपने लिए कुछ नहीं चाहते लेकिन दलित समाज में कम से कम दस ग्रेजुएट हों ऐसी उनकी इच्छा है। आयंकाली कभी न थकने वाले और साहस से भरे हुए थे। घुटनों तक लटकता काला कुर्ता तथा धोती पहने, सर पर सुनहरी किनारी की पगड़ी लगाये छह फुट लम्बे शरीर के मालिक आयंकाली का व्यक्तित्व प्रभावपूर्ण था। शारीरिक रूप से वे बहुत मज़बूत और मार्शल आर्ट में निपुण थे। ऐसे आयंकाली आज तक केरल के सार्वजनिक जीवन में अपनी उपस्थिति दर्ज किये हुए हैं। 10 नवम्बर, 1980 को तिरुवनंतपुरम में आयंकाली की प्रतिमा का अनावरण किया गया।

देखें : अनुसूचित जातियाँ, अस्मिता की भारतीय राजनीति, आयोतीदास पांडीतर, आम्बेडकर-गाँधी विवाद, ई.वी. रामस्वामी नायकर पेरियार, कांशी राम, किसन फ़ागूजी बनसोंडे, गाड़गे बाबा, गोपाल बाबा वलंगकर, गुरु घासीदास, चंद्रिका प्रसाद जिज्ञासु, जगजीवन राम, ज्योतिराव गोविंदराव फुले, जाति और जाति-व्यवस्था-1 से 4 तक, बहुजन समाज पार्टी-1 और 2, बाबू मंगूराम, भदंत आनंद कौसल्यायन, भीमराव रामजी आम्बेडकर, भारतीय संविधान-1 से 8 तक, स्वामी अछूतानंद हरिहर।

संदर्भ

1. आर.के. क्षीरसागर (1994), *दलित मूवमेंट इन इण्डिया ऐंड इट्स लीडर्स,* प्रिंट्स इण्डिया, नयी दिल्ली.
2. जे. किशोर और पी.सी. राय (2001), द *पायनियरिंग सोशल रिफ़ॉर्मर्स ऑफ़ इण्डिया,* विज़डम पब्लिकेशंस, नयी दिल्ली.

—मोहनदास नैमिशराय

आयोतीदास पांडीतर

(Aayothidas Pandithar)

दक्षिण भारत में ब्राह्मणवाद विरोधी चिंतन और आंदोलन के शिखर पुरुषों में से एक आयोतीदास पांडीतर (1845-1914) ने उन्नीसवीं सदी में बुद्ध धर्म के जीर्णोद्धार की भूमिका निभाने के साथ-साथ द्रविड़ इयत्ता की नींव डाली। हालाँकि तमिलनाडु के राजनीतिक-सांस्कृतिक इतिहास में आयोतीदास को लगभग विस्मृत कर दिया गया है, पर उनका योगदान इतना बहुमुखी और प्रभावी है कि वे एक तरह से ग़ैर-ब्राह्मण अस्मिता के प्रमुख सूत्रधार के रूप में उभरते हैं। दलित समाज के लिए बुद्ध धर्म के विकल्प पर ज़ोर देने की शुरुआत उन्होंने ही की। उनका जीवन और कृतित्व बताता है कि ग़ैर-ब्राह्मण राजनीति के संदर्भ में वे पेरियार, फुले और आम्बेडकर के पुरोगामी थे। संस्कृत, तमिल और पाली के विद्वान होने के साथ-साथ आयोतीदास एक विख्यात चिकित्सक भी थे। दलितों के पहले आधुनिक बौद्ध कहे जाने वाले आयोतीदास ने मद्रास में बुद्धिस्ट मैडिकल हाल नाम से एक चिकित्सालय भी शुरू किया जहाँ ग़रीब मरीज़ों को मुफ़्त दवाई सुलभ करायी जाती थी। धर्म और जाति की समस्याओं से जद्दोजहद करते हुए उन्होंने ईसाई, जैन तथा बुद्ध धर्म का गहन अध्ययन किया। इसी दौरान उन्हें हिंदू धर्म से विरक्ति होने लगी और बुद्ध के विचारों के प्रति आकर्षण बढ़ता चला गया। इसका कारण था बौद्ध-दर्शन में निहित स्वतंत्रता, समानता और बंधुता के आदर्श।

आयोतीदास का जन्म 1845 में हुआ था। उनके पिता का नाम कंदास्वामी था जो आदि द्रविड़ थे। 1891 में अपने साथियों के साथ वे कर्नल एच.एस. आलकॉट से मिले और इस धर्म के पुनर्जागरण हेतु मदद माँगी। कर्नल उन्हें श्रीलंका ले गये जहाँ भंते सुमंगला महानायक ने आयोतीदास को श्रीलंका के विद्योदम कॉलेज में प्रधानाचार्य नियुक्त किया। कर्नल आलकॉट, मादाम ब्लाड्स्की और भंते अनागरिक धर्मपाल की प्रेरणा से उन्होंने 1898 में मद्रास में साउथ इण्डियन शाक्य बुद्धिस्ट एसोसिएशन की स्थापना की। बहुत कम समय में ही दलित समाज के बीच बौद्ध विचार और आंदोलन का असर दिखायी देने लगा। चिंगलपेट, मद्रास, आरकोर, कोलार, बंगलुरु और हुबली में बौद्ध प्रभाव देखा जाने लगा। यही नहीं आयोतीदास के प्रयासों से बर्मा, श्रीलंका, फ़िज़ी, मलेशिया और दक्षिण अफ्रीका में भी बौद्ध आंदोलन के प्रचार-प्रसार में इजाफ़ा हुआ। आयोतीदास की तमिल-रचनाओं में भारतीय समाज पर ब्राह्मणी वर्चस्व और उसके द्वारा किये गये शोषण का उल्लेख मिलता है। उनकी तमिल पुस्तकों में *बुद्धार आदिवेदम, थिरूवल्लवर आराची, कुराल*

कादवुल वाझथू, अंबिकाय अम्मन तथा *इंदीरार देशा सारीत्रम* शामिल हैं। इन सभी में ब्राह्मणों की कथित श्रेष्ठता के कारण उपजी सामाजिक विषमता को रेखांकित किया गया है। उत्पीड़ितों में चेतना लाने के लिए उन्होंने 1907 में मद्रास से एक साप्ताहिक *ओरु पैसा तमिझन (एक पैसा तमिलियन)* प्रकाशित करना शुरू किया। साल भर बाद पाठकों की माँग पर इस पत्र के नाम से *ओरु पैसा* हटा दिया गया। इस पत्र का प्रकाशन आयोतीदास की मृत्यु के बाद भी होता रहा। पहले उनके बेटे पट्टाभिरमन ने इसकी ज़िम्मेदारी उठायी और फिर उनके अनुयायी जी. अप्पादुरैर ने। आयोतीदास सामाजिक समस्याओं पर *लंदन टाइम्स* में भी लेख लिखा करते थे जिनमें दलितों की समस्याओं के साथ कांग्रेस से संबंधित कार्यक्रमों तथा उनकी योजनाओं का उल्लेख होता था।

कोयम्बटूर ज़िले के एक गाँव में अछूत परिवार में पैदा हुए आयोतीदास का नाम कार्तवारायन था, लेकिन बाद में उन्होंने अपने विद्वान अध्यापक आयोतीदास कविराज पांडीतर का नाम अपना लिया। युवावस्था में वे अद्वैत वेदांत की तरफ़ आकर्षित हुए और 1870 में अद्वैतानंद सभा की स्थापना की। उनके जीवन का शुरुआती दौर इस संगठन के लिए काम करते बीता। इस दौर में उन्होंने सभा के तहत नीलगिरी क्षेत्र के आदिवासियों को गोलबंद किया ताकि वहाँ चल रही ईसाई धर्मांतरण की मुहिम का प्रतिकार किया जा सके। 1881 में आयोतीदास ने द्रविड़ महाजन संघम की नींव डाली। इस संगठन की तरफ़ से आयोतीदास ने अंग्रेज़ सरकार को प्रतिवेदन दिया कि जनगणना में उत्पीड़ित वर्गों (ख़ासकर अछूतों) को 'पूर्व तमिझर' की श्रेणी में दर्ज किया जाना चाहिए।

संघम के पहले सम्मेलन में एक दस सूत्रीय माँगपत्र पेश किया गया जिस पर नज़र डालते ही पता चल जाता है कि यह भविष्य के दलित आंदोलन की पूर्व-घोषणा जैसा था। संघम ने माँग की कि उत्पीड़ित वर्गों को 'पारिया' (अंत्यज या अछूत) कह कर अपमानित करने वालों को कड़ी सज़ा देने वाला क़ानून बने, उत्पीड़ितों के बच्चों को शिक्षित करने के लिए अलग से स्कूल खोले जाएँ और उनकी आधी फ़ीस माफ़ की जाए, मैट्रिक पास करने वाले ऐसे छात्रों में से हर साल तीन छात्र चुने जाएँ जिन्हें सरकारी वज़ीफे के आधार पर स्नातक स्तर तक की पढ़ाई का मौक़ा मिले, मैट्रिक तक पढ़ने वाले हर उत्पाड़ित वर्ग के युवक को सरकारी नौकरी की गारंटी प्राप्त हो, सरकारी सेवाओं में उत्पीड़ित वर्ग के प्रार्थियों को नौकरी प्राप्त करने में किसी क़िस्म की बाधा न डाली जाए, नौकरी देने का आधार टैक्स देने की क्षमता न हो कर शिक्षा और उपयुक्त आचरण होना चाहिए, गाँवों में उत्पीड़ित वर्ग के प्रतिनिधियों को नियुक्त किया जाए ताकि इस तबक़े की शिकायतों और ज़रूरतों की जानकारी सरकार को मिलती रहे, जेल क़ानून में संशोधन किया जाए ताकि जेलों में निचले वर्ग के क़ैदियों से केवल अस्वच्छ काम लिए जाने का चलन बंद हो सके, सार्वजनिक तालाबों और कुओं से निचले वर्ग को लोगों को पानी लेने का अधिकार हो, अदालतों और दफ़्तरों में अछूतों के प्रवेश और बैठने पर लगी पाबंदी ख़त्म की जाए, निचले तबक़ों से योग्य लोगों को छाँट कर गाँव का मुंसिफ़ बनाया जाए और जब कलक्टर गाँव का दौरा करे तो उसके सामने दलितों को अपनी शिकायतें रखने का मौक़ा मिलना चाहिए। यह माँग पत्र महाजन संघ की तरफ़ से भारतीय राष्ट्रीय कांग्रेस के महामंत्री वीरराघवाचेरियर को भेजा गया लेकिन उनकी तरफ़ से कोई जवाब नहीं आया। दिलचस्प बात यह है कि यह माँगपत्र 1881 में मुसलमान संगठनों के पास भी भेजा गया था, लेकिन उनकी तरफ़ से भी कोई प्रतिक्रिया नहीं हुई। आयोतीदास कांग्रेस के नेतृत्व में चल रही राष्ट्रवादी परियोजना के आलोचक थे। वे यह मानने के लिए तैयार नहीं थे कि अंग्रेज़ी हुकूमत के मुक़ाबले स्व-शासन बेहतर होगा। उनकी निगाह में कांग्रेस मुख्य तौर पर ब्राह्मणों की पार्टी थी और ब्रिटिश हुकूमत के कारण ही पहली बार अंत्यजों को मनुष्य की तरह देखने की गुंजाइश पैदा हो सकी थी। 1906 की सूरत कांग्रेस में जब नरमदलियों और गरमदलियों के बीच टकराव हुआ तो आयोतीदास ने उसे आड़े हाथों लेते हुए कहा कि ये लोग तो ख़ुद को शिक्षित और ज्ञानी कहते हैं। उन्होंने पूछा कि क्या स्व-शासन के दौरान कांग्रेसी अछूतों को गवर्नर और ब्राह्मणों को फ़ौज का कमांडर बनायेंगे? नहीं, वे कहेंगे कि अछूतों को शासन करना नहीं आता और ब्राह्मण युद्धकला में प्रशिक्षित नहीं होते। आयोतीदास का कहना था कि सच्चा स्व-शासन तो तब क़ायम होगा जब ब्राह्मण और अछूत भाई-

आयोतीदास पांडीतर (1845-1914)

भाई की स्थिति में होंगे और ऐसा केवल बौद्ध धर्म अपनाने से ही हो सकता है। 1890 में आयोतीदास ने बौद्ध धर्म ग्रहण किया और आजीवन उसी विचार से जुड़े रहे। औपनिवेशिक युग में हज़ारों उत्पीड़ितों ने उनका बताया हुआ रास्ता पकड़ा और उनके विचार का प्रचार-प्रचार किया। सिर्फ़ दलित और पिछड़े नहीं, बल्कि उनके अनुयायी समाज की हर जाति तथा वर्ग से आये थे। ख़ास तौर से उनका संदेश वहाँ ज़्यादा तेज़ी से फैला जहाँ उत्पीड़न सघन था। चैन्नई, कोलाद और बंगलुरु जैसी जगहों में उनके विचारों के इर्द-गिर्द गोष्ठियाँ होने लगीं। बहसें शुरू हुईं।

आयोतीदास की मान्यता थी कि ब्राह्मणवादियों के साथ-साथ ईसाई समुदाय के लोगों ने भी दलितों के साथ आपत्तिजनक व्यवहार किया है। ईश्वर के अस्तित्व पर हिंदुओं और ईसाइयों के बीच की सहमति उनके सामने स्पष्ट थी। वे नहीं चाहते थे कि उत्पीड़ित समुदाय हिंदुओं और ईसाइयों के विश्वासों और आस्थाओं में उलझे रहें। दरअसल, द्विज जिस धर्म में धर्मांतरण करके गये थे, वहाँ वे अपनी जाति-व्यवस्था भी साथ लेते गए। यही इसलाम के साथ भी हुआ। इसीलिए इसलाम और ईसाइयत में भी जातिगत भेदभाव व्याप्त हो गया। औपनिवेशिक युग में आयोतीदास ने अपने अनुयायियों को धार्मिक और सामाजिक द्वंद्वों से बाहर आने को प्रेरित किया और तमिल बौद्धों के लिए आधुनिक बुद्ध के रूप में उभरे। आयोतीदास ने जीवन के हर क्षेत्र में विकास की सम्भावनाओं पर बल दिया। कर्नल आलकॉट के सहयोग से मद्रास में पाँच स्कूल शुरू किये। शिक्षा को अज्ञानता दूर करने की औषधि के रूप में स्थापित किया। इसे उन्होंने तमिल सिद्ध मेडिशन का नाम दिया। इस अभियान में उन्होंने सवर्ण विद्वज्जनों से भी सहयोग लिया और उनकी प्रशंसा की।

देखें : अनुसूचित जातियाँ, अस्मिता की भारतीय राजनीति, अन्य पिछड़े वर्ग, आयंकाली, आम्बेडकर-गाँधी विवाद, इरोड वेंकट रामस्वामी नायकर पेरियार, कांशी राम, गाड़गे बाबा, गोपाल बाबा वलंगकर, ज्योतिराव गोविंदराव फुले, जाति और जाति-व्यवस्था-1 से 4 तक, बहुजन समाज पार्टी-1 और 2, बाबू मंगूराम, भदंत आनंद कौसल्यायन, भीमराव रामजी आम्बेडकर, भारतीय संविधान-1 से 8 तक, स्वामी अछूतानंद हरिहर।

संदर्भ

1. वी. गीता और एस.वी. राजादुरै (1993), 'दलित्स ऐंड नॉन-ब्राह्मिंस कांशसनेस इन कोलोनियल तमिलनाडु', *इकॉनॉमिक ऐंड पॉलिटिकल वीकली*, खण्ड 28, अंक 39.
2. वी. गीता और एस.वी. राजदुरै (1998), *टुवर्ड्स अ नॉन-ब्राह्मिन मिलेनियम : आयोतीदास टू पेरियार*, साम्य, कोलकाता.
3. काशीनाथ कावलेकर (1979), *नॉन-ब्राह्मिन मूवमेंट इन साउथ इण्डिया*, शिवाजी युनिवर्सिटी प्रेस, कोल्हापुर.

—मोहनदास नैमिशराय

आशिस नंदी-1

(पश्चिम का अनूठा विकल्प : अंतरंग अरि)

(Ashis Nandy-1)

राजनीतिक-मनोविज्ञान के विद्वान आशिस नंदी (1937-) ने आधुनिकता, राष्ट्रवाद और सेकुलरवाद के प्रखर आलोचक के तौर पर अंतर्राष्ट्रीय ख्याति अर्जित की है। सारे जीवन विकासशील समाज अध्ययन पीठ (सीएसडीएस) से जुड़े रहे नंदी की 1983 में प्रकाशित रचना द *इंटीमेट एन.मी : लॉस ऐंड रिक्वरी ऑफ़ सेल्फ़ अंडर कोलोनियलिज़्म* भारतीय समाज-विज्ञान की सर्वश्रेष्ठ उपलब्धियों में से एक है। अस्सी और नब्बे के दशकों में हुए सेकुलरवाद संबंधी विमर्श के केंद्र में नंदी का ही एक विचारोत्तेजक निबंध 'एंटी-सेकुलरिस्ट मेनीफ़ेस्टो' था। असाधारण चिंतक, प्रचुर लेखक, पब्लिक इंटलेक्चुअल, भविष्यवादी विचारक और मानवाधिकार कार्यकर्ता के रूप में नंदी ने भारत ही नहीं बल्कि पूरे दक्षिण एशिया के सार्वजनिक जीवन को वैचारिक रूप से उत्प्रेरित किया है। पश्चिम द्वारा स्थापित ज्ञान की राजनीति के मुक़ाबले सांस्कृतिक और राजनीतिक असहमति के प्रवक्ता के तौर पर नंदी की आवाज़ सारी दुनिया के बौद्धिक हलकों में बड़े ध्यान से सुनी जाती है। उनकी रचनाओं, गतिविधियों और शख़्सियत ने भारत और तीसरी दुनिया के अन्य देशों के बीच बौद्धिक संवाद की ज़मीन मुहैया कराने में अभूतपूर्व योगदान किया है। ज्ञान के आधुनिक विमर्श में पारंगत होने के बावजूद नंदी की रचनाएँ अकादमीय ज्ञान की अनुशासनबद्ध सीमाओं में बँधने से इनकार करती हैं। पारम्परिक हों या आधुनिक, प्रच्छन्न हों या प्रत्यक्ष और धार्मिक हों या बुद्धिवादी, उनके लिए ज्ञान के सभी स्रोत वैध हैं। वैकल्पिक राजनीतिक और चिंतन के पैरोकारों के बीच उनके विचारों और सूत्रीकरणों को हाथों-हाथ लिया जाता है।

आशिस नंदी का जन्म 1937 में एक बंगाली प्रोटेस्टेंट ईसाई परिवार में हुआ था। जन्म के समय उनका परिवार भागलपुर (बिहार) में था जो बाद में कोलकाता चला आया। उनकी माँ प्रफुल्ल नलिनी ल मार्टिनियर स्कूल में पढ़ाती थीं। नागपुर के मेडिकल कॉलेज में दाख़िला लेने वाले नंदी का जल्दी ही डॉक्टरी की पढ़ाई से जी भर गया। इसलिए बीच में ही उन्होंने वहीं के हिसलॉप कॉलेज में समाजशास्त्र का अध्ययन शुरू कर दिया। उन्होंने अपनी पीएचडी गुजरात विश्वविद्यालय, अहमदाबाद से की। सत्तर के दशक में वे विकासशील समाज अध्ययन पीठ (सीएसडीएस) में आये और 1978 में उनकी पहली पुस्तक रेमंड ली ओवेंस के साथ प्रकाशित हुई। इसके बाद चिंतन और लेखन का एक लम्बा

सिलसिला शुरू हुआ जो आज तक जारी है। उनकी आज तक बीस से ज़्यादा पुस्तकें और अनगिनत शोध-आलेख प्रकाशित हो चुके हैं। एक रैडिकल बुद्धिजीवी के तौर पर मीडिया में उनकी सार्वजनिक उपस्थिति सटीक और विचारोत्तेजक टिप्पणियों के रूप में सामने आती रहती है।

बौद्धिक जगत में नंदी ने अपना पहला उल्लेखनीय हस्तक्षेप 1980 में किया जब उनकी दो पुस्तकें *एट द एज्ज ऑफ़ साइकोलॅजी : एसेज़ इन पॉलिटिक्स ऐंड क्लचर* और *आल्टरनेटिव साइंसिज़ : क्रिएटिविटी ऐंड ऑथेंटिसिटी इन टू इण्डियन साइंटिस्ट्स* प्रकाशित हुईं। *आल्टरनेटिव साइंसिज़* में विख्यात वनस्पतिशास्त्री जगदीश चंद्र बोस और असाधारण प्रतिभा के धनी भारतीय गणितज्ञ श्रीनिवास रामानुजन के जीवन और कृतित्व का विश्लेषण करते हुए नंदी ने दिखाया कि आधुनिक और पारम्परिक भारत ने पश्चिम द्वारा स्थापित विज्ञान की संस्कृति के साथ लेन-देन करते हुए किस प्रकार अपनी नयी आत्म-परिभाषा खोजने का यत्न किया। बोस और रामानुजन की वैज्ञानिक परियोजनाओं की आलोचना करते हुए नंदी ने सवाल उठाया कि क्या पश्चिम को ही संदर्भ-बिंदु बना कर पश्चिम का सच्चा विकल्प गढ़ा जा सकता है?

नंदी की विचार-यात्रा अधिकांशत: उनके इस सूत्रीकरण पर टिकी हुई है कि पश्चिम का ज्ञान-प्रतिमान अ-मनुष्य या उपमनुष्य पर मनुष्य की सम्पूर्ण श्रेष्ठता स्थापित करता है, वह स्त्रीत्व के ऊपर पुरुषत्व की बेहतरी थोपता है, बालक को वयस्क के मातहत कर देता है, ऐतिहासिक के मुक़ाबले अनैतिहासिक को कमतर बताता है और आधुनिक-प्रगतिशील को पारम्परिक की अपेक्षा प्राथमिक समझता है। पश्चिम के ज्ञान-काण्ड को नंदी ने एक ऐसे संसार की रचना के प्रयास के रूप में देखा जो पूरी तरह से समरूपीकृत, प्रौद्योगिकीय रूप से नियंत्रित और नीचे से ऊपर तक श्रेणीबद्ध होगा। यह संसार ख़ुद को सेकुलर, मोक्ष, प्रगति और अति-पुरुषत्व की विचारधाराओं पर आधारित करेगा। नंदी ने यह भी देखा कि पश्चिमी आस्थाएँ आधुनिक और आदिम, सेकुलर-ग़ैर-सेकुलर, वैज्ञानिक और अवैज्ञानिक, विशेषज्ञ और जन-साधारण, सामान्य और विकृत, विकसित और अविकसित, नेता और अनुयायी, मुक्त और मुक्त करने योग्य जैसे द्विभाजनों पर टिकी हुई हैं।

नंदी को इसमें कोई शक नहीं है कि ऐसे पश्चिम का विकल्प खोजना होगा। लेकिन वह विकल्प कैसा होगा? क्या यह पश्चिम का तिरस्कार करके बनाया जा सकता है? नंदी की मान्यता है कि ऐसा नहीं हो सकता, क्योंकि पश्चिम अब केवल भौगोलिक अस्तित्व नहीं रह गया है। वह एक मनोवैज्ञानिक श्रेणी है। वह विचार-प्रक्रियाओं में स्थान बना चुका है। वह न केवल उत्पीड़नकारी संरचनाओं का हिस्सा है, बल्कि उत्पीड़ितों के साथ भी उसका हेल-मेल है। इसलिए पश्चिम विरोधी होने में पश्चिम-समर्थक होना भी निहित है।

इसीलिए उपनिवेशवाद का विरोध करने वाले अपने मानस के उपनिवेशीकरण के लिए क्षमायाचना करते हुए से लगते हैं।

चिंतन के इसी मुक़ाम पर नंदी अपने वांछित विकल्प को न केवल पश्चिम/प्रति-पश्चिम के द्विभाजन के परे स्थित करते हैं, बल्कि वे आधुनिक और पारम्परिक की देशज गढ़ंत से भी सहमत नहीं हैं। वे चाहते हैं कि ऐसा पश्चिम गढ़ा जाना चाहिए जिसके आधार में उत्पीड़ित का नज़रिया हो। केवल ऐसा पश्चिम ही ग़ैर-पश्चिम को उसकी पीड़ा की रोशनी में समझ पायेगा। यानी, नंदी पश्चिम के विकल्प के साथ-साथ वैकल्पिक पश्चिम भी चाहते हैं। नंदी की मान्यता है कि उत्पीड़न की आधुनिक संरचनाओं को शासक बनाम शासित या शोषित बनाम शोषक के संदर्भ में नहीं समझा जा सकता। विकल्प ऐसा होना चाहिए कि जैसे ही उसके दायरे में उत्पीड़क प्रगट हो, उसका उद्‌घाटन एक अत्यधिक मनोवैज्ञानिक क्षरण के शिकार उत्पीड़ित के रूप में हो सके। अगर उत्पीड़ित अपने नज़रिये पर आधारित वैकल्पिक पश्चिम गढ़ लेंगे तो उन्हें उसके साथ रहने में सुविधा होगी और दूसरी तरफ़ वे प्रभुत्वशाली पश्चिम के लुभावने आगोश के ख़िलाफ़ प्रतिरोध भी करते रहेंगे।

उपनिवेशित और उपनिवेशक के बीच इसी जटिल संबंध का बेहतरीन संधान नंदी ने *इंटीमेट एनेमी* में किया। क़रीब सौ पृष्ठ की इस रचना ने उन्हें भारत ही नहीं दुनिया भर में प्रतिष्ठित कर दिया। नंदी के अनुसार पश्चिम का उपनिवेशक ख़ुद को आक्रामक, पौरुषपूर्ण और सभ्य के रूप में देखता था। वह मान कर चलता था कि ग़ैर-पश्चिम के उपनिवेशित की संस्कृति आदिम और बालसुलभ है। क्लीव, स्त्रैण, कमज़ोर और निष्क्रिय उपनिवेशित भला वयस्क, पुरुष और वीर्यवान उपनिवेशक को क्या सिखा सकता है? कुछ नहीं। सिखाने की ज़िम्मेदारी तो उपनिवेशक की है। नंदी का कहना है कि उपनिवेशिक ताक़तों की इस आत्म-छवि ने उसके प्रति असहमति बुलंद करने वालों के भीतर अपनी ही प्रति-छवि स्थापित कर दी। दूसरी तरफ़ उपनिवेशवाद की बुराइयों के ख़िलाफ़ बोलने वाले युरोपीय बुद्धिजीवियों ने राजनीतिक अर्थशास्त्र का नज़रिया अपनाते हुए पश्चिम को होने वाले भौतिक लाभों को ही रेखांकित किया। लेकिन वे भूल गये कि उपनिवेशवाद की उक्त विचारधारा ने ख़ुद उपनिवेशकों पर भी उतना ही हानिकारक असर डाला। उपनिवेशित की जितनी दुर्गति उपनिवेशवाद ने की, उतना ही अमानवीकरण उसने उपनिवेशक का किया। दोनों के बीच का यह संबंध परिवार के उस अत्याचारी मुखिया जैसा था जो अपने परिजनों पर जितना सितम ढाता है, उतना ही अधिक उसकी अपना मानवता घटती जाती है और साथ ही एकीकृत परिवार भी उत्पीड़ितों के गुटों में विखण्डित होता जाता है।

इंटीमेट एनेमी के ज़रिये नंदी ने दिखाया कि युरोपीय ताक़तों ने अपने उपनिवेशों में जो कुछ किया वह उनके अपने गृह-देशों में नयी राजनीतिक और सार्वजनिक संस्कृति के रूप में वापिस आया। उपनिवेशवाद ने ब्रिटेन को सांस्कृतिक दृष्टि से रूपांतरित कर दिया। ब्रिटेन में कोमलता, मीमांसात्मक चिंतन और आत्म-निरीक्षण को स्त्रैण क़रार दे दिया गया। परिणामस्वरूप सार्वजनिक जीवन पर ब्रिटिश औपनिवेशिक जीवन के सर्वाधिक पाशविक और मर्दाने तत्त्व हावी हो गये। समाज में स्त्रियों और निम्नवर्गों की भूमिका सीमित और महज़ यांत्रिक क़िस्म की रह गयी। इस प्रकार उपनिवेशवाद अंग्रेज़ स्त्रियों, बच्चों, मज़दूर वर्ग और अन्य निचले तबक़ों की त्रासदी में बदल गया। उपनिवेशों में दण्डित करने, अनुशासित करने, उत्पादनकारी कामों में झोंकने और अधीनस्थ करने की जो संहिताएँ अपनायी गयी थीं, उन्हें गृह-देश में हिंसा के संस्थागत और सामाजिक-डार्विनवाद का क्रूर रूपों को प्रोत्साहित करने के लिए अपनाया गया।

नंदी ने निष्कर्ष निकाला कि सदियों तक चले औपनिवेशिक शासन की पीड़ा ने साम्राज्यवादियों के शिकारों को ही नहीं बल्कि ख़ुद साम्राज्यवादियों की संस्कृति और मानस को विकृत कर डाला। धीरे-धीरे यह विकृति एक स्वाभाविक स्थिति में बदल गयी। उपनिवेशित और उपनिवेशक एक परस्पर बंधन में बँध गये। उपनिवेशवाद अपने विरोधी का केवल अरि ही नहीं था, वह उसका अंतरंग अरि बन गया।

आधुनिक ज्ञान-परम्परा और विज्ञान के प्रभुत्व के नंदी द्वारा प्रस्तावित जिस विकल्प की ऊपर चर्चा की गयी है उसके जेंडर संबंधी कोण का उल्लेख किये बिना नंदी के विमर्श की कहानी पूरी नहीं हो सकती। नंदी बताते हैं कि पारम्परिक तौर पर भारतीय विचार पुरुषत्व के ऊपर नारीत्व और क्लीवत्व (अर्धनारीत्व या उभयलैंगिकता) को प्राथमिकता देता रहा है। लेकिन उपनिवेशवादियों के प्रभाव में भारत ने अपने लैंगिक चेतना में रैडिकल तब्दीली कर ली। नतीजा यह हुआ कि नारीत्व और क्लीवत्व को पुरुषत्व को नकारने वाले रोग की संज्ञा दी जाने लगी। उभयलैंगिकता के सभी रूपों को बेलौस पुरुषत्व की ख़तरनाक एंटीथीसिस क़रार दे दिया गया। दिलचस्प बात यह है कि इंटीमेट एन.मी की पृष्ठों पर उभरने वाले लगभग सभी किरदार (गाँधी, ऑस्कर वाइल्ड, रुडयार्ड किपलिंग, सी.एफ़. ऐंड्रूज़ और अरविंद) अपनी उस सेक्शुअलिटी के लिए जाने जाते हैं जो स्पष्ट रूप से केवल और केवल पुरुषत्व नहीं है। लेकिन, इसका मतलब यह नहीं निकाला जा सकता कि नंदी स्त्रीत्व के अंधाधुंध समर्थक हैं। दरअसल, वे इंदिरा गाँधी और मार्गरेट थैचर जैसी शख़्सियतों के हवाले से यह भी बताते हैं कि स्त्रीत्व के कुछ रूप पुरुषत्व की अनुकृति भी हो सकते हैं।

देखें : आनंद केंटिश कुमारस्वामी, जोसेफ़ चेल्लादुरै कुमारप्पा, धीरूभाई शेठ, यशदेव शल्य, रजनी कोठारी, वासुदेव शरण अग्रवाल, चेतपट वेंकटसुब्बन शेषाद्रि.

संदर्भ

1. ज़ियाउद्दीन सरदार, 'दि ए, बी, सी, डी (ऐंड ई) ऑफ़ आशिस नंदी', *रिटर्न फ्रॉम एग्ज़ाइल,* ऑक्सफ़र्ड युनिवर्सिटी प्रेस,
2. आशिस नंदी, *आल्टरनेटिव साइंसेज़ : क्रिएटिविटी ऐंड एथांटिसिटी इन टू इण्डियन साइंटिस्ट्स,* एलाइड, नयी दिल्ली, ऑक्सफ़र्ड युनिवर्सिटी प्रेस, नयी दिल्ली, 1995
3. आशिस नंदी, *द इंटीमेट एनमी : लॉस ऐंड रिकवरी ऑफ़ सेल्फ़ अंडर कोलोनियलिज़्म,* ऑक्सफ़र्ड युनिवर्सिटी प्रेस, दिल्ली, 1983
4. आशिस नंदी, *देशभक्ति बनाम राष्ट्रवाद : रवींद्रनाथ ठाकुर और इयत्ता की राजनीति,* अनु. अभय कुमार दुबे, वाणी प्रकाशन, दिल्ली,

—अभय कुमार दुबे

आशिस नंदी-2

(सेकुलरवाद के विरुद्ध घोषणा-पत्र)

(Ashis Nandy-2)

आशिस नंदी (1937-)

इंटीमेट एनेमी जैसी युग-प्रवर्तक रचना के प्रकाशन के केवल दो साल बाद नंदी ने 1985 में 'सेमिनार' पत्रिका के लिए एक लेख लिखा जिसका शीर्षक था 'एंटी-सेकुलरिस्ट मेनिफ़ेस्टो'। इस बेहद दिलचस्प लेख का शीर्षक भड़काऊ ज़रूर था, पर उसका विश्लेषण काफ़ी पेचीदा और नफ़ीस साबित हुआ। इस घोषणा-पत्र में नंदी ने एक तालिका के ज़रिये सेकुलरवाद की डिग्रियाँ पेश कीं। तालिका के अनुसार कोई निजी जीवन में धार्मिक हो कर भी सार्वजनिक जीवन में सेकुलर हो सकता है, और कोई इसका ठीक उलट। कोई ख़ुफ़िया तौर पर धार्मिक या सेकुलर हो सकता है, तो कोई खुला धार्मिक या सेकुलर। कोई निजी और सार्वजनिक यानी दोनों दायरों में धार्मिक या सेकुलर हो सकता है। नंदी ने आधुनिक राष्ट्र द्वारा आरोपित धार्मिक और सेकुलर का द्विभाजन दिखाते हुए सेकुलरवाद के दो रूपों के बीच फ़र्क़ भी किया। उनके अनुसार एक रूप धर्म को राजनीति से अलग करने में दिलचस्पी रखने वाला पश्चिमीकृत आधुनिकतावादी क़िस्म का है, दूसरा धर्म का विरोधी न हो कर युरोकेंद्रीयता, विदेशी-द्वेष और कट्टरपंथ का विरोधी है। नंदी ने दावा किया कि सेकुलरवाद के दूसरे रूप की भूमिका भारत में गौण हो चुकी है। पहले क़िस्म के सेकुलरवाद के आधुनिकतावादी और राज्यवादी दुराग्रह के कारण धर्म आधारित राजनीति का प्रभाव बढ़ता चला जा रहा है।

नंदी ने धर्म के दो रूपों के बीच भी फ़र्क़ करते हुए दिखाया कि धर्म की एक निर्मिति आधुनिकतावादी और विचारधारात्मक क़िस्म की है, जिसके साथ तादात्म्य स्थापित करने में पश्चिमीकृत सेकुलरवाद को कोई दिक़्क़त नहीं होती। लेकिन उसकी दूसरी निर्मिति दैनंदिन जीवन की आध्यात्मिकता से जुड़ी है, जिसे सेकुलरीकरण ख़त्म कर देना चाहता है। नंदी ने अपनी बात साबित करने के लिए ठोस राजनीतिक प्रेक्षण भी किये। जैसे, उन्होंने तर्क दिया कि आज़ादी के बाद शुरू में राजनीतिक गोलबंदी का दायरा शहरों तक ही सीमित था, इसलिए सेकुलरीकरण की प्रक्रिया कामयाबी से चली। पर जैसे ही लोकतांत्रिक सहभागिता का विस्तार हुआ, सेकुलरवाद की सीमाएँ साफ़ होने लगीं। धर्म के राजनीति से बहिष्करण का नतीजा यह हुआ कि धर्म की बुराइयाँ तो राजनीति में व्यक्त होने लगीं, लेकिन उसकी अच्छाइयाँ सार्वजनिक जीवन के भ्रष्टाचार और हिंसा को संयमित करने के लिए उपलब्ध नहीं रह गयीं। आधुनिकतावादी आग्रहों ने धार्मिक और जातीय अल्पसंख्यकों के प्रति प्रबंधकीय रवैया अख़्तियार कर लिया जिसका पतन बहुसंख्यकवाद के मुताबिक़ लिए निर्णयों में होना ही था। भारतीय राष्ट्र-राज्य को मिलने वाली जातीय और धार्मिक चुनौतियाँ इन्हीं हालात की पैदाइश थीं। नंदी के मुताबिक़ सेकुलरवादी व्यवहार ने कट्टरपंथी राजनीति को जन्म दिया। सार रूप में दोनों ही आधुनिकता के प्रत्यय की उपज थे। दोनों ही साधारण धर्मावलम्बियों से नफ़रत करते पाये गये। धार्मिक जज़्बात नहीं, बल्कि साम्प्रदायिकता का सेकुलर इस्तेमाल ही दंगों का कारण बना। नंदी ने दावा किया कि नतीजे के तौर पर दक्षिण एशियाई समाजों में धार्मिक सहिष्णुता के आयामों का प्रयोग किये बिना एक सहिष्णु समाज बनाने के तजरुबे के तौर पर सेकुलरवाद आज नाकाम हो चुका है।

नंदी के विमर्श का एक संस्करण भविष्यवादी भी है। लेकिन वे डैनियल बेल और हरमन कान जैसे भविष्यवादी नहीं हैं जिन्होंने भविष्य-अध्ययन को एक औपचारिक क़िस्म के सीमाबंद अनुशासन में बदल दिया है। नंदी का आग्रह है कि भविष्य-अध्ययन की सीमाओं को दोनों सिरों पर खुला रखना चाहिए। वे आने वाले वक़्त को एक बहुलवादी भविष्य की अभिव्यक्ति के तौर पर देखते हैं। उनकी चिंता यह है कि आधुनिकता, विज्ञान, प्रगति और बुद्धिवाद के खाँचे में फ़िट न होने वाली संस्कृतियों का क्या हश्र होगा। उनका सुझाव है कि मानवीय प्रारब्ध को जब तक बहुलवादी दृष्टि से नहीं देखा

जाएगा तब तक इन संस्कृतियों का भविष्य अंदेशों का शिकार बना रहेगा। नंदी का ख़याल है कि राजनीति चाहे अतीत की हो या वर्तमान की, वह वर्तमान को गढ़ने की कोशिश करती है। इस चक्कर में होता यह है कि एक उत्पीड़ित न करने वाला वर्तमान पाने या एक न्यायप्रद और टिकाऊ भविष्य हासिल करने की परियोजनाएँ अक्सर उत्पीड़न की नयी प्रविधियों में पतित हो जाती हैं। नंदी चाहते हैं कि बौद्धिक अनुशासनों, संस्कृतियों, जेंडरों, भविष्यों और विकल्पों की चौहद्दियाँ बहुत स्पष्ट रूप से रेखांकित न रहें। उनमें कुछ अस्पष्टता रहे, वे कुछ न कुछ परस्परव्यापी बनी रहें। केवल तभी बहुलवादी दृष्टि पनप सकती है। इसी तरह वे उच्चभ्रू संस्कृति और निम्नवर्गीय संस्कृति के भी परस्पर सम्मिलन के पक्ष में हैं। नंदी के इन विचारों से कभी-कभी यह भ्रम भी होता है कि शायद वे उत्तर-आधुनिकतावादी है। लेकिन ऐसा है नहीं।

उत्तर-आधुनिकतावाद से नंदी को कुछ नफ़ीस क़िस्म की दिक़्क़तें हैं। जैसे, उत्तर-आधुनिकतावाद विभेदों को रेखांकित करता है। नंदी भी विभेदों का स्वागत करते हैं लेकिन साथ में यह भी नहीं चाहते कि विभेदों को क़ायम रखने वाली सीमाएँ संस्कृतियों को शुद्धतावाद, रूढ़िवाद या राष्ट्रवाद की संकीर्णताओं का शिकार बना दें। इसलिए उत्तर-आधुनिक लेखकों के विपरीत नंदी जातीयता जैसी श्रेणी को नापसंद करते हैं। उन्हें लगता है कि जातीयता प्रामाणिक अंतर्वासियों के मुक़ाबले एक बर्हिवासी अन्य को गढ़ती है। यह प्रक्रिया दोतरफ़ा है। मसलन, अमेरिका में जातीय समूहों के रूप में यहूदी, यूनानी, आइरिश, हिस्पानिक और एशियाई हैं। उनका संबंध एंग्लो-सेक्सन बहुसंख्यक जातीयता से अन्यीकरण का है। इसी से मिलती-जुलती स्थिति भारत में है। जातीयता को एक श्रेणी के रूप में न स्वीकार कर नंदी ने सभ्यता और संस्कृति को अपने विश्लेषण की श्रेणी के रूप में अपनाया है। उनके विमर्श में ये दोनों श्रेणियाँ तक़रीबन एक महा-आख्यान की शक्ल ग्रहण करती चली जाती हैं।

आशिस नंदी जैसे विचारोत्तेजक और सीमाबद्ध होने से इनकार करने वाले चिंतक के साथ विवाद न जुड़े हों, यह हो ही नहीं सकता। उनके सती-प्रथा संबंधी विमर्श ने नारीवादियों की आपत्तियों का सामना किया, और उनके सेकुलरवाद विरोधी विमर्श ने नेहरूपंथियों और मार्क्सवादियों के आक्रमणों का सामना किया। उन पर तरह-तरह के आरोप लगाये गये। नंदी ने इन बौद्धिक संघर्षों से कभी मुँह नहीं फेरा, और हर आलोचना का सुचिंतित उत्तर दिया।

दिलचस्प बात यह है कि नंदी के चिंतन-जगत की कुछ सीमाओं की तरफ़ उनके प्रशंसकों ने भी ध्यान खींचा है। डी.आर. नागराज ने नंदी की रचनाओं के संकलन की भूमिका में लिखा है कि आधुनिकता की आलोचना करने के लिए नंदी ने जिन औज़ारों का सहारा लिया है वे दरअसल आधुनिकता की फ़ैक्ट्री में ही गढ़े गये हैं। फिर चाहे वह राजनीतिक-मनोविज्ञान का अनुशासन हो, भविष्य-अध्ययन हो या फिर संस्कृति-अध्ययन हो। दूसरे, कुल मिला कर नंदी आधुनिकतावादी अनुशासनों और बुद्धि के रूपों की सीमाएँ नहीं लाँघ पाते। इसीलिए उनका आलोचनात्मक विवेक और कल्पनाशीलता अंतत:कहीं न कहीं सीमित रह जाती है। लेखन और अभिव्यक्ति की उनकी प्रविधियाँ और विधियाँ आधुनिक विद्वत्ता के दायरों से ही ली गयी हैं। वे ठेठ देसी क़िस्म के अभिव्यक्ति रूपों, जैसे दृष्टांत, को अपनाने से बचते हैं। हालाँकि उनके लेखन और चिंतन ने प्रमुख कार्यकर्ता समूहों और विकल्पवादी आंदोलनों को प्रभावित किया है, पर वे उस भारतीय बुद्धि की नुमाइंदगी नहीं करते जिसकी अभिव्यक्ति नागार्जुन और शंकर जैसे दार्शनिकों में होती है।

नागराज का विचार है कि उपनिवेशवाद और आधुनिकता की नंदी द्वारा प्रस्तुत आलोचना आधुनिकता से पहले के भारतीय अतीत में मौजूद अन्याय, हिंसा और उत्पीड़न की संरचनाओं को नज़रअंदाज़ करती है। हालाँकि वे कभी साफ़ तौर पर नहीं कहते, पर उनमें प्राक्-आधुनिक भारत को एक ऐसे समाज के रूप में देखने का आग्रह झलकता है जो पूरी तरह से एकीकृत हो। इसीलिए उपनिवेशवाद, आधुनिकता, राष्ट्रवाद और सेकुलरवाद के आख्यानों की रचना में ऊँची जातियों की भूमिका को वे कभी रेखांकित नहीं करते। यह दूसरी बात है कि ये पहलू उनकी अन्य रचनाओं में घुमा-फिरा कर आ जाते हैं। जैसे, गाँधी की हत्या से जुड़ी सांस्कृतिक राजनीति की चर्चा करते हुए वे आधुनिकता की निचली जातियों के दृष्टिकोण से सम्भव आलोचना की तरफ़ इशारा करते हैं।

देखें : आनंद केंटिश कुमारस्वामी, जोसेफ़ चेल्लादुरै कुमारप्पा, मेघनाद साहा, धीरूभाई शेठ, यशदेव शल्य, रजनी कोठारी, वासुदेव शरण अग्रवाल, चेतपट वेंकटसुब्बन शेषाद्रि.

संदर्भ

1. डी.आर. नागराज, 'इंट्रोडक्शन', *एग्ज़ाइल्ड एट होम,* ऑक्सफ़र्ड युनिवर्सिटी प्रेस,
2. आशिस नंदी (सम्पा.), *साइंस, हेजेमनी ऐंड वायलेंस : अ रेक्विम फ़ॉर द मॉडर्निटी,* ऑक्सफ़र्ड युनिवर्सिटी प्रेस, नयी दिल्ली, 1990
3. आशिस नंदी, *द ताओ ऑफ़ क्रिकेट : ऑन गेम्ज़ ऑफ़ डेस्टिनी ऐंड डेस्टिनी ऑफ़ गेम्ज़,* वाइकिंग, नयी दिल्ली, 1989
4. आशिस नंदी, शैल मायाराम, अच्युत यान्निक और शिखा त्रिवेदी, *राष्ट्रवाद का अयोध्या काण्ड : रामजन्मभूमि आंदोलन और फ़ियर ऑफ़ सेल्फ़,* अनु. अभय कुमार दुबे, वाणी प्रकाशन, दिल्ली, 2006

—अभय कुमार दुबे

आंध्र प्रदेश

(Andhra Pradesh)

आज़ाद भारत में एक पूर्ण राज्य के रूप में आंध्र प्रदेश की रचना 1956 में तेलंगाना किसान संघर्ष के दौरान विकसित हुई राजनीति और उसके बाद राज्यों के भाषाई पुनर्गठन की माँग के संयोग से हुई थी। इस प्रदेश का राजनीतिक इतिहास बताता है कि कांग्रेस जैसी राष्ट्रीय पार्टी के मुक़ाबले किसी क्षेत्र की जातीय-सांस्कृतिक पहचान किस तरह ख़ुद को स्थापित करती है। विडम्बना यह है कि जिस तेलंगाना संघर्ष के कारण आंध्र प्रदेश के गठन की ज़मीन तैयार हुई, आज उसी तेलंगाना को अलग प्रांत बनाने की माँग के कारण इस राज्य का विभाजन महज़ औपचारिकता रह गया है। अगस्त, 2013 में केंद्र सरकार अलग तेलंगाना राज्य बनाने की घोषणा कर चुकी है। आंध्र की राजनीति पर लम्बे अरसे से रेड्डियों और कम्मा समुदायों की आपसी प्रतियोगिता हावी रही है। मुख्य रूप से भू-स्वामी और किसानी के पेशे से जुड़ी रही ये जातियाँ किसी ज़माने में भले ही पिछड़ी रही हों, लेकिन अब इनकी स्थिति राज्य में प्रभुत्वशाली जातियों की हो चुकी है। रेड्डी मोटे तौर से कांग्रेस के साथ रहते हैं, और कम्मा तेलुगु देशम पार्टी के साथ। देशम की कांग्रेस विरोधी राजनीति के कारण इसके नेतृत्व ने केंद्र की में ग़ैर-भाजपा बनाने और टिकाने की भूमिका भी निभायी है, और भाजपा नेतृत्व में बनी सरकार को सत्ता में रखने का काम भी इसी पार्टी ने किया है। राज्य के पैमाने पर भी देशम मार्क्सवादी कम्युनिस्ट पार्टी के साथ गठजोड़ कर चुकी है, और भाजपा के साथ भी। देशम की राजनीति का यह विचारधारात्मक लचीलापन बताता है कि क्षेत्रीय शक्तियाँ किस प्रकार व्यावहारिक और परिणामवादी रवैया अपनाने में यक़ीन करती हैं।

आंध्र प्रदेश दक्षिण भारत का एक राज्य है। 2001 की जनगणना के अनुसार इसकी कुल जनसंख्या 18 करोड़ के आसपास और कुल भौगोलिक क्षेत्र 2,75,000 वर्ग किमी. है। इसकी राजधानी हैदराबाद है। द्रविड़ भाषा-परिवार की तेलुगु यहाँ की मुख्य भाषा है। मद्रास प्रेसीडेंसी के तेलुगु भाषी इलाक़ों में हैदराबाद की देशी रियासत का विलय करने से इस राज्य को उसका वर्तमान भूगोल मिला है। मद्रास प्रेसीडेंसी एक बहुभाषाई प्रांत था। इसमें तमिलभाषियों का वर्चस्व होने के कारण तेलुगु बोलने वाले लोग ख़ुद को उपेक्षित महसूस करते थे। इसलिए आज़ादी के आंदोलन के दौरान तेलुगुभाषियों ने ख़ुद को आंध्र (सातवाहन) वंश से जोड़ते हुए ऐतिहासिक भाषाई पहचान पर ज़ोर दिया, जिसके परिणामस्वरूप विशाल आध्र आंदोलन शुरू हुआ।

1920 में महात्मा गाँधी की पहल पर अखिल भारतीय राष्ट्रीय कांग्रेस में भाषाई आधार पर प्रांतीय समितियाँ गठित करने का फ़ैसला किया गया। तेलुगुभाषियों ने भी यह माँग की कि उनकी भी एक प्रांतीय कमेटी होनी चाहिए। बहरहाल, कांग्रेस की इस शाखा की गतिविधियाँ सिर्फ़ ब्रिटिश प्रभुत्व वाले इलाक़े तक ही सीमित रहीं, क्योंकि उस समय हैदराबाद में निज़ामशाही थी। 1947 में भारत ब्रिटिश शासन से आज़ाद हो गया। इसके बाद अधिकांश रजवाड़ों ने भारतीय गणतंत्र में विलय का फ़ैसला किया, लेकिन हैदराबाद के निज़ाम ने ऐसा करने से मना कर दिया। वह हैदराबाद को एक स्वतंत्र राज्य बनाना चाहता था। उसे उम्मीद थी कि उसके राज्य का आकार बहुत बड़ा होने के कारण अंग्रेज़ भी उसका समर्थन करेंगे। लेकिन हैदराबाद की अधिकांश जनसंख्या भारत में विलय चाहती थी। इसी विशेष परिस्थिति में भारत सरकार ने सितम्बर 1948 में हथियारबंद कार्रवाई करके हैदराबाद को भारत में मिला लिया। दिलचस्प बात यह है कि नेहरू सरकार ने इस कार्रवाई में इस्तेमाल तो सेना का किया था, लेकिन उसे नाम 'पुलिस-कार्रवाई' का ही दिया गया।

1946 से 1951 तक हैदराबाद राज्य के तेलगांना क्षेत्र में जुझारू किसान संघर्ष चला जिसकी बागडोर कम्युनिस्टों के हाथ में थी। भारतीय राज्य के दमन के कारण यह आंदोलन 1951 में ख़त्म हो गया। इस बीच तटीय क्षेत्रों के तेलुगुभाषियों ने एक अलग राज्य के लिए अपना आंदोलन तेज़ कर दिया। 1953 में इस आंदोलन के एक महत्त्वपूर्ण नेता पोट्टी श्रीरामुलु ने आंध्र के गठन की माँग करते हुए आमरण अनशन करके अपने जीवन का बलिदान दे दिया। मज़बूरन प्रधानमंत्री जवाहरलाल नेहरू को भाषाई आधार पर अलग आंध्र प्रदेश बनाने की माँग स्वीकार करनी पड़ी। ग़ौरतलब है कि इसके पहले नेहरू भाषाई राज्यों की मुख़ालफ़त कर रहे थे, क्योंकि वे इस तरह के राज्यों को राष्ट्रीय एकता के लिए ख़तरे की तरह देखते थे। इस तरह आंध्र प्रदेश देश का पहला भाषाई राज्य बना और इसके बाद ही इस तर्ज़ पर दूसरे कई राज्य गठित हुए।

आंध्र प्रदेश में 1953 से लेकर 1983 के बीच हुए सारे चुनावों में कांग्रेस पार्टी का वर्चस्व रहा। आंध्र के एक कांग्रेसी नेता पी.वी. नरसिंह राव देश के प्रधानमंत्री (1991-96) बनने वाले पहले दक्षिण भारतीय नेता थे। 1980 के दशक में राज्य की राजनीति में कांग्रेस के प्रभुत्व को क्षेत्रीय तेलुगु देशम पार्टी से चुनौती मिली। इसका गठन करिश्माई फ़िल्म अभिनेता नंदमूरि तारक रामराव ने किया था। रामराव कम्मा समुदाय के थे, इसलिए उनकी पार्टी के इर्द-गिर्द इस समुदाय की राजनीतिक महत्त्वाकांक्षाएँ आसानी से गोलबंद हो गयीं। कम्माओं को इस बात की नाराज़गी थी कि कांग्रेस में रेड्डियों को ज़्यादा अहमियत मिलती है।

रामराव का राजनीतिक उदय एक परीकथा जैसा लगता है। एक फ़िल्म अभिनेता के तौर पर वे पहले तेलुगुभाषी थे जिन्होंने आंध्र की फ़िल्मों पर तमिलभाषी अभिनेताओं का

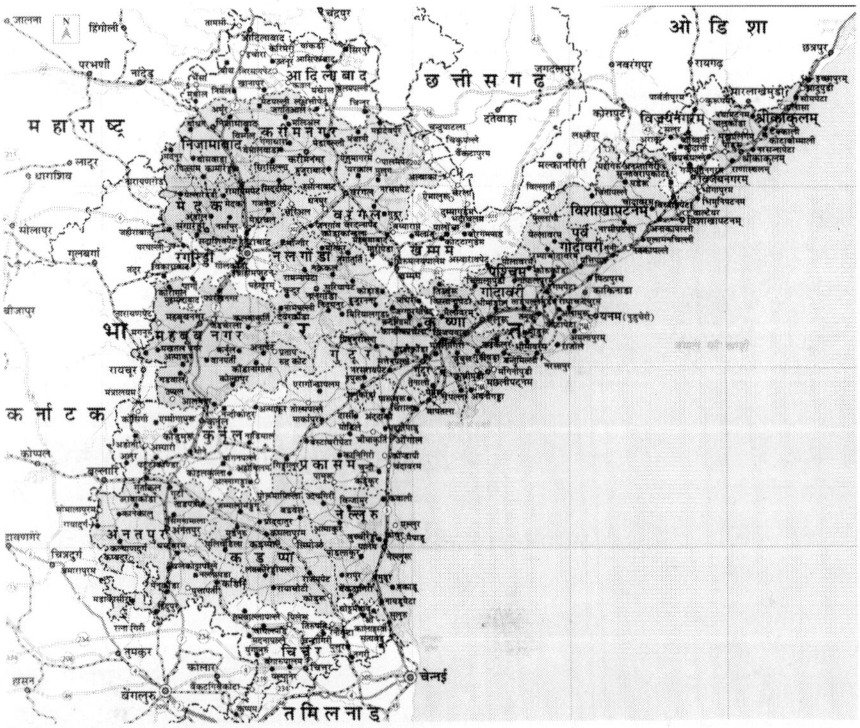

आंध्र प्रदेश : राजनीतिक शक्तियों का बदलता विन्यास

प्रभुत्व तोड़ा। उनकी फ़िल्मी सफलता बेमिसाल थी। अस्सी के दशक में उनमें कुछ राजनीतिक महत्त्वाकांक्षाएँ जागीं, लेकिन वे बेहद सीमित क़िस्म की थीं। उन्होंने कांग्रेस आलाकमान के सामने राज्य सभा की सदस्यता के लिए आवेदन किया। उस समय राजीव गाँधी कांग्रेस महामंत्री के रूप में आंध्र के इंचार्ज थे। उन्होंने तत्कालीन कांग्रेसी मुख्यमंत्री टी. अंजैया के साथ मिल कर रामराव को टिकट न देने का फ़ैसला किया। इससे रामराव चिढ़ गये। उसी समय एक विचित्र घटना घटी जिसका मतलब राजीव गाँधी द्वारा टी. अंजैया के अपमान के रूप में निकाला गया। रामराव ने इसी मुद्दे को उठाया। इसे तेलुगु अस्मिता के अपमान की संज्ञा देते हुए ख़ुद को 'तेलुगु-बिड्डा' के रूप पेश किया। तेलुगु-अस्मिता की आवाज़ ने आंध्र प्रदेश की जनता को गहराई से स्पर्श किया, और देखते-देखते सिर्फ़ कम्माओं के जनाधार वाली नवगठित पार्टी ने 1983 के विधानसभा चुनावों में पहले से जमी हुई कांग्रेस को हरा दिया।

इसके बाद हुए विधानसभा चुनावों में कांग्रेस ने वापसी की। लेकिन 1994 में हुए विधानसभा चुनावों में देशम ने आम जनता की भलाई को चुनावी मुद्दा बनाया। इसने ग़रीबों को दो रुपये किलो के हिसाब से चावल देने का वादा किया। इन चुनावी घोषणाओं और रामराव के करिश्माई व्यक्तित्व के कारण 1990 के दशक में यह देशम भारी बहुमत के साथ सत्ता में वापस आयी। लेकिन कुछ ही समय बाद रामराव की बीमारी का लाभ उठा कर उन्हीं के दामाद और देशम के मुख्य संगठन मंत्री एन. चंद्रबाबू नायडू ने पार्टी और सरकार की कमान अपने हाथों में ले ली। उन्होंने ख़ुद को आंध्र प्रदेश का मुख्य कार्यकारी अधिकारी घोषित किया। नायडू का शासन नव-उदारवादी अभिशासन का सबसे बेहतरीन नमूना माना गया। अपनी इस छवि के आधार पर नायडू आंध्र प्रदेश में सबसे लम्बे समय कार्यकाल वाले मुख्यमंत्री बने। लेकिन उनके शासन में आंध्र प्रदेश के ग़रीब किसानों की उपेक्षा हुई। इस कारण 2004 के विधानसभा चुनावों में उन्हें क़रारी हार का सामना करना पड़ा। इन चुनावों में कांग्रेस ने किसानों और ग़रीबों की बुरी स्थिति को प्रमुख मुद्दा बनाया था। राज्य के माओवादी संगठनों ने भी कांग्रेस का समर्थन किया। लेकिन मुख्यमंत्री बनने के बाद राजशेखर रेड्डी ने उनका सफ़ाया करने की नीति अपनायी।

आंध्र प्रदेश की राजनीति में तेलंगाना को एक अलग राज्य बनाने के सवाल ने पिछले दिनों बेहद महत्त्वपूर्ण आयाम ग्रहण कर लिया है। आंध्र प्रदेश में हैदराबाद का विलय हो जाने के बाद राज्य की राजनीति का केंद्र तटीय क्षेत्रों से हटकर पश्चिमी क्षेत्रों में केंद्रित हो गया। राज्य के उत्तर-पश्चिमी क्षेत्र को तेलंगाना कहा जाता है और राजधानी हैदराबाद भी इसी में शामिल है। तेलंगाना क्षेत्र के बहुत से लोग हमेशा से महसूस करते रहे हैं कि तटीय क्षेत्रों के ज़्यादा धनी और प्रभावकारी लोगों के कारण उनकी हमेशा उपेक्षा हुई है। तेलंगाना आंदोलन साठ के दशक के आख़िरी वर्षों में ही शुरू हो चुका था। इस क्षेत्र के अधिकारी और बेरोज़गार युवा महसूस करते थे कि तटीय क्षेत्र द्वारा उनका शोषण किया जा रहा है। नतीजा यह हुआ कि जनवरी 1969 में खम्मम ज़िले में बहुत से छात्र इस स्थिति के ख़िलाफ़ भूख हड़ताल पर चले गये। इन्होंने तेलंगाना के हितों की सुरक्षा के लिए विशेष उपायों माँग की। धीरे-धीरे आंदोलन हैदराबाद और तेलंगाना के दूसरे क्षेत्रों में भी फैल गया। बाद में एक अलग तेलंगाना राज्य की माँग की जाने लगी। इस आंदोलन को ज़्यादा मज़बूती तब मिली जब तेलगांना क्षेत्र से चुने जाने वाले कांग्रेस विधायकों ने भी इसका समर्थन कर दिया। कांग्रेसी नेता चेन्ना रेड्डी के नेतृत्व में तेलंगाना प्रजा समिति का भी गठन हुआ। लेकिन नवम्बर 1969 में इस संगठन का विभाजन हो जाने के कारण अलग तेलंगाना राज्य का आंदोलन बहुत धीमा पड़ गया।

1990 के दशक में भारतीय जनता पार्टी ने एक अलग तेलंगाना राज्य का समर्थन किया। 2000 में इसने झारखण्ड,

छत्तीसगढ़ और उत्तरांचल (बाद में उत्तराखण्ड) नाम के तीन नये राज्य बनाये। लेकिन तेलंगाना राज्य नहीं बनाया क्योंकि तेलुगु देशम पार्टी इसका विरोध कर रही थी और भाजपा के नेतृत्व वाली केंद्र सरकार उसके समर्थन पर निर्भर थी। हाल के दिनों यह माँग एक बार फिर बहुत ज़ोरदार तरीक़े से उठी। 2004 के विधानसभा चुनावों में इसी आधार पर बनी एक नयी पार्टी तेलांगना राष्ट्रीय समिति को ज़बरदस्त सफलता मिली। इसी साल हुए लोकसभा चुनावों में भी इस पार्टी का प्रदर्शन अच्छा रहा। फ़रवरी, 2009 में राज्य सरकार ने यह घोषणा की कि उसे सिद्धांत रूप में अलग तेलंगाना राज्य के गठन से कोई दिक़्क़त नहीं हैं। 2009 के लोकसभा और विधानसभा चुनावों के पहले सभी प्रमुख राजनीतिक दलों ने अलग तेलंगाना राज्य की माँग का समर्थन किया। लेकिन कांग्रेस के मुख्यमंत्री रेड्डी ने राजनीतिक कौशल दिखाते हुए इस माँग को ठंडे बस्ते में डाल दिया। रेड्डी की एक हवाई दुर्घटना में मृत्यु हो जाने के बाद कांग्रेस का नया नेतृत्व इस माँग को दोबारा उभरने से नहीं रोक पाया। इस समय राज्य में कांग्रेस की सरकार है जो रेड्डी के बेटे जगन मोहन रेड्डी के विद्रोह के कारण कमज़ोर हो चुकी है। प्रेक्षकों को लगता है कि कांग्रेस तेलंगाना राज्य बना कर अपने विरोधियों को शह देने और अपनी स्थिति सुधारने की जुगाड़ कर रही है।

देखें : अरुणाचल प्रदेश, असम, उत्तर प्रदेश, उत्तराखण्ड, ओडीशा, कर्नाटक, केरल, गोवा, छत्तीसगढ़, जम्मू और कश्मीर, झाड़खण्ड, तमिलनाडु, त्रिपुरा, दिल्ली, नगालैण्ड, बिहार, पंजाब, पश्चिम बंग, भारत में किसान संघर्ष-2, मणिपुर, महाराष्ट्र, मध्य प्रदेश, मिज़ोरम, मेघालय, राजस्थान, राज्यों का पुनर्गठन-2 (संघवाद का भाषाई आधार), हरियाणा।

संदर्भ

1. मोहन राम (1973), 'तेलंगाना पीज़ेंट आर्म्ड स्ट्रगल, 1946-51', *इकॉनॉमिक ऐंड पॉलिटिकल वीकली,* खण्ड 8, अंक 23.
2. पी. सुंदरैया (1972), *तेलंगानाज़ पीपुल्स स्ट्रगल ऐंड इट्स लैसंस,* सीपीआई(एम), कोलकाता.
3. के.सी. सूरी (2009), 'आंध्र प्रदेश : लोकलुभावन राजनीति से परिणामवाद तक का सफ़र', अरविंद मोहन (सम्पा.), *लोकतंत्र का नया लोक : चुनावी राजनीति मे राज्यों का उभार,* लोकनीति-सीएसडीएस-वाणी प्रकाशन, नयी दिल्ली.
4. ह्यू ग्रे (1974), 'फ़ेल्यौर ऑफ़ द डिमांड फ़ॉर अ सेपरेट आंध्रा स्टेट', *एशियन सर्वे,* खण्ड 14, अंक 4.

—कमल नयन चौबे

ऑग्युस्त कॉम्त
(Auguste Comte)

आधुनिक समाजशास्त्र के अग्रदूत और फ्रांसीसी राजनीतिक दार्शनिक इसीडोरे ऑग्युस्त मारी फ्रांस्वा ज़ेवियर कॉम्त (1798-1857) प्रत्यक्षवादी दर्शन के संस्थापक थे। काल्पनिक समाजवादी चिंतक सैं-सिमो की सोहबत में लम्बे अरसे तक रहने के बाद उनके विचारों से प्रभावित हो कर कॉम्त ने भी समाज-रचना के लिए वैज्ञानिकता को आधार बना कर जो प्रस्ताव रखे उनमें भविष्य के औद्योगिक समाज का स्पष्ट चित्र उभरता है। उनकी मान्यता थी कि वैज्ञानिक, औद्योगिक और राजनीतिक क्रांतियों ने एक ऐसी सामाजिक प्रणाली का रास्ता साफ़ कर दिया है जिसके तहत लोगों पर हुकूमत करने की कोई ज़रूरत नहीं रह जाएगी। केवल लोगों के मुश्तरका हितों को विनियमित करने के तंत्र की आवश्यकता होगी। कॉम्त ने भविष्यवाणी की कि नये औद्योगिक समाज को वैज्ञानिक कौशल से लैस लोगों के साथ-साथ संसाधनों पर क़ाबिज़ बैंकर और उद्योगपति मिल कर चलाएँगे। सबसे पहले कॉम्त ने ही 1838 में समाजशास्त्र शब्द का प्रयोग अपनी कृति *द कोर्स इन पॉज़िटिव फ़िलासफ़ी* में किया था। हालाँकि पहले उन्होंने राजनीतिक-विज्ञान शब्द का प्रयोग किया था। बाद में उन्हें सामाजिक भौतिकी शब्द पसंद आने लगा। लेकिन इस शब्द का सांख्यिकी में इस्तेमाल होने के कारण उन्होंने इसे त्याग कर समाजशास्त्र शब्द अपनाया।

ऑग्यूस्त कॉम्त का जन्म 19 जनवरी, 1798 को फ्रांस के मौटपेलियर नामक स्थान पर एक कैथॅलिक परिवार में हुआ था। परिवार परम्परागत रूप से शाही सत्ता का समर्थक था, पर शिक्षा-दीक्षा और संवेदनशीलता के प्रभाव से कॉम्त उदार विचारों के समर्थक बन गये। कॉम्त के जीवन का अध्ययन करने वालों ने पाया है कि उनके विचारों में हुए भारी परिवर्तन का संबंध निजी ज़िंदगी में मिले आघातों से भी था। 1825 में कॉम्त ने एक वेश्या से विवाह किया। 1826 में वह महिला परिवार चलाने के लिए दोबारा देह के धंधे में लौट गयी। इस घटनाक्रम से कॉम्त को गहरी ठेस लगी और वे विक्षिप्तता के शिकार हो गये। 1845 में कॉम्त की मुलाक़ात क्लोतिल्दे द वॉ नामक महिला से हुई। पर क्लोतिल्दे की क्षय रोग से अकस्मात मृत्यु हो गयी। इस आघात ने कॉम्त को हिला कर रख दिया। वे रहस्यवाद और धर्म की ओर उन्मुख हो गये। इसका असर उनके विमर्श पर भी दिखने लगा।

कॉम्त का चिंतन उस दौर की उपज था जब औद्योगिक क्रांति, ज्ञानोदय से उद्भूत विचार और फ्रांसीसी क्रांति की उथल-पुथल की रोशनी में समाज के राजनीतिक और

सामाजिक पुनर्गठन की आवश्यकता अनुभव की जा रही थी। प्राकृतिक विज्ञानों और गणित के क्षेत्र में मानवता की शानदार उपलब्धियों का प्रभाव सामाजिक अध्ययनों पर भी पड़ने लगा था। प्राकृतिक विज्ञानों की ठेठ वस्तुनिष्ठता, सूक्ष्म तर्क प्रणाली और कठोर प्रेक्षण-पद्धति के जरिए मानव-समाज के वैज्ञानिक अध्ययन के बारे में उत्सुकताएँ पनपने लगी थीं। न्यूटन द्वारा प्रतिपादित गुरुत्वाकर्षण के नियम, डच वैज्ञानिक निकोलस कॉपरनिकस के सूर्य-केंद्रित सिद्धांत (यह धारणा की सूर्य स्थिर है, और पृथ्वी व अन्य ग्रह उसके चारों ओर घूमते हैं) और शरीर-रचना सिद्धांत (एनाटॅमी) की प्रगति के कारण लोग मानने लगे थे कि तर्क, प्रेक्षण व वस्तुनिष्ठता पर आधारित नये बौद्धिक वातावरण में समाज का भी नये प्रकार से अध्ययन हो सकता है। कॉम्त ने भी सामाजिक अध्ययन के लिए प्राकृतिक विज्ञान की इन्हीं पद्धतियों के प्रयोग की वकालत की जो प्रत्यक्षवाद के नाम से जानी गयी। कॉम्त अपनी युवावस्था में तत्कालीन काल्पनिक समाजवादी विचारक सैं-सिमो के काफ़ी नज़दीक थे। वे उनके सचिव भी रहे। नैतिक व आध्यात्मिक आधार पर समाज के पुनर्गठन के पीछे सैं-सिमो की प्रेरणाएँ भी काम कर रही थीं। लेकिन दोनों का साथ 1817 से 1824 तक ही चला। कॉम्त की मानसिक बनावट पर फ्राँस के प्रसिद्ध ईकोल पोलीतैकनीक विद्यालय का भी गहरा प्रभाव पड़ा। वहाँ रहकर उन्होंने कुछ वर्ष पढ़ाई की थी और आंदोलन में शामिल होने के कारण निकाले भी गये थे।

कॉम्त की धारणाओं का एक प्रमुख उद्देश्य समाज में तेजी से विघटित हो रही पुरानी सामाजिक संरचनाओं और बदलावों से पैदा अव्यवस्था के बीच व्यवस्था पैदा करना और एक बेचैन समाज को स्थिरता के ठोस मूल्यगत आधार उपलब्ध कराना भी था। यह भी कह सकते हैं कि कॉम्त की रचनाएँ आधुनिक औद्योगिक समाज के अनुरूप सामाजिक पुनर्रचना के लक्ष्य से प्रेरित थीं। उनकी प्रमुख कृतियों में छह खण्डों वाली द *कोर्स इन पॉज़िटिव फिलासफी* (1830-42) और चार खण्डों वाली द *सिस्टम ऑफ़ पॉज़िटिव पॉलिटी* (1851-54) को गिना जाता है। पहली कृति में ही उन्होंने अपनी दो प्रमुख अवधारणाओं समाज के ऐतिहासिक विकास की तीन अवस्थाओं और समाजशास्त्र की विज्ञान संबंधी धारणा प्रस्तुत की।

हालाँकि बाद में कॉम्त स्वयं वैज्ञानिकता और वस्तुनिष्ठता के अपने ही दावे पर टिके नहीं रह सके। बाद की रचना द *सिस्टम ऑफ़ पॉजिटिव पॉलिटिक्स* नामक में वैज्ञानिकता पर आधारित प्रत्यक्षवाद के स्थान पर वे धर्म, रहस्यवाद और वैयक्तिक आग्रहों पर आधारित मानवता के धर्म (रिलीजन ऑफ़ ह्यूमैनिटी) का पक्ष लेने लगे। उन्होंने एक ऐसे समाज की कल्पना की जो मानव के बौद्धिक और नैतिक स्तर का विकास कर सके। कॉम्त इस मानव धर्म को ईसाई धर्म से भिन्न बताते थे, पर उन्होंने ईसाई धर्म के भी कुछ आधारों को सम्मिलित कर लिया था। यहाँ तक कि ईसाई धर्म के पादरियों को भी स्थान दे दिया था, बस अंतर यह था कि वे पादरी भय या अनुशासन के जरिए नहीं बल्कि लोगों को समझा-बुझाकर इस धर्म के रास्ते पर चलने के लिए प्रेरित करने वाले थे। कॉम्त के मानव धर्म की कट्टर ईसाइयों ने यह कहकर आलोचना की कि यह कैथॅलिक धर्म के साथ विज्ञान के घालमेल का प्रयास है। वैज्ञानिक विचारधारा के समर्थकों का मत था कि कैथॅलिक धर्म में से ईसाइयत को हटा देने से जो बचता है, वही कॉम्त का मानव-धर्म है। कॉम्त की इस अवधारणा में सेकुलर मानववाद के बीज भी छिपे हुए हैं।

इसीडोरे ऑग्युस्त मारी फ्रांस्वा ज़ेवियर कॉम्त (1778-1857)

कॉम्त के विचारों में परिवर्तन का कड़ा विरोध उनके अपने बौद्धिक मित्रों, जैसे जान स्टुअर्ट मिल, आदि ने ही किया। उन्होंने अच्छे कॉम्त और बुरे कॉम्त के रूप में कॉम्त का विभाजन किया। अच्छा कॉम्त वह था जो सामाजिक अध्ययन की वैज्ञानिक पद्धतियों का पालन करता था, और बुरा कॉम्त वह था जो इससे विचलित होकर धर्म-रहस्यवाद की शरण में चला गया था। बौद्धिक जीवन के आरम्भिक काल में ही मानव इतिहास की प्रगति की तीन अवस्थाओं के नियम का प्रतिपादन किया था। उसके इन नियमों पर विकासवाद और एक-रेखीय प्रगति के सिद्धांतों का साफ़ असर देखा जा सकता है। कॉम्त के अनुसार मानव-इतिहास धर्मशास्त्रीय

अवस्था, तत्त्वमीमांसीय अवस्था और प्रत्यक्षवादी अवस्था के क्रम में विक्सित होता है। कॉम्त के मुताबिक़ धर्मशास्त्रीय अवस्था वह अवस्था है जिसमें मानव मस्तिष्क यह मानता है कि सभी घटनाएँ और सृष्टि-चक्र अलौकिक घटनाओं व शक्तियों से प्रेरित हैं। नियतिवाद, देवताओं का प्रकोप और भय इस अवस्था की प्रमुख विशेषताएँ हैं। बच्चों का चिंतन-स्तर भी इसी से मिलता-जुलता है। तत्त्वमीमांसीय अवस्था में मानव अपने समान किसी अमूर्त अस्तित्व की कल्पना करता है और उसी में जीवन के सार और आदर्श आरोपित करता है। इस अवस्था में अमूर्त इश्वर की संकल्पना के रूप में सृष्टि को परिभाषित करने का प्रयास किया जाता है। यह नहीं माना जाता है कि प्रत्येक जीव व वस्तु के पीछे एक मूर्त ईश्वर है। तीसरी यानी प्रत्यक्षवादी अवस्था एक आधुनिक-काल की स्थिति है जिसमें लौकिक नियमों की खोज और समालोचना के माध्यम से मनुष्य सामाजिक जीवन को नियमित करने की चेष्टा करता है। इस अवस्था में किसी अलौकिक या पारलौकिक शक्ति के रूप में सृष्टि की नियति और संचालन की व्याख्या करने के प्रयास के बजाय सामने उपलब्ध तथ्यों और उनके मध्य संबंधों के आधार पर सामाजिक सत्य तक पहुँचने की चेष्टा की जाती है।

ठोस रूप में देखा जाए तो कॉम्त के अनुसार धर्मशास्त्रीय अवस्था में राजनीति धर्म द्वारा संचालित होती है। तत्त्वमीमांसीय अवस्था में पादरी और वकीलों का वर्ग प्रधान हो जाता है। प्रत्यक्षवादी अवस्था में विज्ञान से जुड़े विद्वानों और उद्योग से संबंधित प्रशासकों का प्रभुत्व स्थापित होता है। यह प्रगति क्रमश: परिवार से राज्य और फिर राज्य से विशाल मानव जाति में परिवर्तन को सूचित करती है।

एक से दूसरी सामाजिक अवस्था में परिवर्तन के पीछे कॉम्त ने मुख्यत: दो कारकों को जिम्मेदार बताया है। पहला मानव के बौद्धिक चिंतन का निरंतर विकास और दूसरा जनसंख्या वृद्धि के परिणामस्वरूप बढ़ता हुआ श्रम-विभाजन। जनसंख्या बढ़ने से श्रम-विभाजन बढ़ता है और समाज का विकास होता है। आगे चलकर एक समाजशास्त्री एमील दुर्खाइम ने भी श्रम विभाजन के विचार के आधार पर एक व्यापक सिद्धांत विकसित किया। कॉम्त के तीन अवस्थाओं के नियम को राजनीति और समाजशास्त्र में अधिक स्वीकार किया नहीं गया, क्योंकि ये अत्यधिक सामान्यीकृत थे। मार्क्स के इतिहास-दर्शन ने भौतिक उत्पादन और आर्थिक संबंधों में परिवर्तन के आधार पर मानव जीवन के बदलावों की जो व्यापक रूपरेखा प्रस्तुत की, उसके समक्ष कॉम्त के विचार बड़े सरलीकृत और अस्पष्ट प्रतीत होने लगे।

कॉम्त ने विज्ञानों के श्रेणीक्रम का सिद्धांत भी प्रतिपादित किया जिसमें जटिलता की ओर विकास की दृष्टि से विभिन्न ज्ञानानुशासनों की रूपरेखा प्रस्तुत की गयी। उन्होंने जटिलताओं के आधार पर विज्ञानों का क्रम इस प्रकार निश्चित किया : गणित, रसायन विज्ञान, खगोलिकी, भौतिकी, जैविकी, समाजशास्त्र और नैतिक मूल्य। चूँकि गणित सबसे बुनियादी और सरल विषय है, इसलिए इसकी उत्पत्ति सबसे पहले हुई है। कॉम्त के मुताबिक़ हर परवर्ती विज्ञान अपने पूर्ववर्ती विज्ञान की तुलना में अधिक जटिल होता है। इसमें समाजशास्त्र अन्य विज्ञानों की तुलना में इसलिए सबसे जटिल है, क्योंकि वह बाद में आता है और समाज जैसी नितांत जटिल वस्तु को अपने अध्ययन का विषय बनाता है। इस अर्थ में कॉम्त ने समाजशास्त्र को विज्ञानों में सर्वोच्च दर्जा प्रदान किया। कॉम्त ने समाजशास्त्र को स्थैतिक और गतिशील में भी बाँटा। स्थैतिक समाजशास्त्र में समाज के विभिन्न रूपों, संरचनाओं और संस्थाओं का अध्ययन किया जाता है, जबकि गतिशील समाजशास्त्र में उसकी गतिशीलता यानी विभिन्न अवस्थाओं और उनके परिवर्तन के पीछे कार्यरत नियमों का अध्ययन किया जाता है।

कॉम्त के परवर्ती चिंतन में नैतिकता को केंद्रीय महत्त्व दिया गया और इसके जरिए समाज की सभी समस्याओं का समाधान तलाशने पर बल दिया गया। मिसाल के लिए कॉम्त ने वर्ग-संघर्ष, पूँजीपतियों पर कर थोपने या उनकी शक्ति नियंत्रित करने के स्थान पर औद्योगिक नैतिकता की बात कही जिसके तहत उद्योगपतियों से संपूर्ण समाज के हित में धन का उपयोग करने की उम्मीद की गयी थी। कॉम्त सर्वसाधारण के लोकतंत्र के स्थान पर समाज की कमान औद्योगिक वर्ग को सौंपने को ज़्यादा अच्छा मानते थे और उच्च आध्यात्मिक शक्ति से चालित सरकार के हस्तक्षेप को भी उतना ही अनिवार्य बताते थे। इसी प्रकार कॉम्त द्वारा कट्टरता और रूढ़ियों से ऊपर उठे पुरोहितों और प्रेम व सदगुणों के प्रचार की दृष्टि से स्त्रियों की भी भूमिका की सराहना की गयी है।

देखें : औद्योगिक क्रांति-1 और 2, उद्योगीकरण-1 और 2, डेविड एमील दुर्खाइम, फ्राँसीसी क्रांति, युरोपीय पुनर्जागरण, युरोपीय ज्ञानोदय, समाज-विज्ञान, सैं-सिमों, मार्क्सवाद-1, 2, 3, 4 और 5.

संदर्भ

1. एच.एस. जोन्स (सम्पा.) (1998), *कॉम्त : अर्ली पॉलिटिकल राइटिंग्ज़,* केम्ब्रिज युनिवर्सिटी प्रेस.
2. जी. लेंजर (सम्पा.) (1975), *ऑग्युस्त कॉम्त ऐंड पाज़िटिविज़्म : द इसेंशियल राइटिंग्ज,* हार्पर, न्यूयार्क.
3. ओ. हॉक (सम्पा.) (1995), *द करस्पांडेंस ऑफ़ जान स्टुअर्ट मिल ऐंड ऑग्युस्त कॉम्त,* ट्रांजेक्शन पब्लिशर्स, लंदन.
4. आर. प्लेचर (सम्पा.) (1875), *द क्राइसिस ऑफ़ इंडस्ट्रियल सिविलाइज़ेशन : द अर्ली एसेज़ ऑफ़ ऑग्यूस्त कॉम्त,* हेनमैन, लंदन.
5. जे.एस.मिल (1865), *ऑग्युस्त कॉम्त ऐंड पाज़िटिविज़्म,* ट्रबनेर, लंदन.

—वैभव सिंह

ऑस्कर रायज़ार्ड लांगे

(Oskar R. Lange)

ऑस्कर रायज़ार्ड लांगे (1904-1965) बाज़ार-समाजवाद की थीसिस का प्रतिपादन करने वाले पहले अर्थशास्त्री थे। उनका दावा था कि अगर आर्थिक निर्णय-प्रक्रिया का विकेंद्रीकरण कर दिया जाए तो केंद्रीकृत प्लानिंग बोर्ड द्वारा किया गया संसाधनों का आबंटन बाज़ार की शक्तियों की अपेक्षा बेहतर परिणाम दे सकता है। लांगे ने नियोक्लासिकल अर्थशास्त्र और कींसियन सूत्रीकरणों को समाजवादी उसूलों के साथ जोड़ कर एक नया राजनीतिक अर्थशास्त्र रचने का प्रयास किया। लांगे द्वारा किये गये अध्ययनों से प्रेरित हो कर ही द्वितीय विश्व-युद्ध के बाद भारत समेत कई विकासशील देश नियोजन के ज़रिये तेज़ विकास का रास्ता अपनाने में कामयाब रहे। समाजवाद की श्रेष्ठता में परम आस्था रखने वाले इस अर्थशास्त्री ने अधिकारीतंत्र के नेतृत्व में केंद्रीकृत नियोजन का समर्थन तो किया, पर साथ में आर्थिक जीवन के नौकरशाहीकरण के अंदेशे के ख़िलाफ़ चेतावनी भी दी। उनकी मान्यता थी कि समाजवाद पूँजीवाद का निषेध न हो कर उसका विस्तार है। सोवियत अर्थव्यवस्था की कड़ी आलोचना करते हुए उन्होंने कहा कि यह एक ऐसी अधिनायकवादी अर्थव्यवस्था है जो समाजवादी उसूलों से प्रतिबद्ध न हो कर कुछ अलग तरह के राजनीतिक उद्देश्यों को साधने की कोशिश कर रही है। समाजवाद को आर्थिक रूप से दक्ष बनाने की सलाहों के साथ-साथ लांगे का दूसरा योगदान पूँजीवादी अर्थव्यवस्थाओं में नियमित रूप से घटित होने वाले व्यापारिक उतार-चढ़ावों का अध्ययन था। इसके ज़रिये उन्होंने दिखाया कि पूँजीवाद के तहत बेरोज़गारी की ऊँची दर से निबटने में नाकाम रहने वाली नीतियों में किस तरह की ख़ामियाँ होती हैं। लांगे की स्थापनाओं को एक तरफ़ तो बाज़ारवादियों के आक्रमणों का निशाना बनना पड़ा, दूसरी तरफ़ मार्क्सवादी सिद्धांतकारों ने उन पर संशोधनवादी होने का आरोप लगाया।

पश्चिमी पोलैण्ड के एक छोटे शहर में जन्मे ऑस्कर लांगे के पिता जर्मन मूल के कपड़ा मिल मालिक थे, जिनका माल पूर्वी युरोप में बिकता था। लांगे का लालन-पालन मध्यवर्गीय ख़ुशहाली में हुआ, पर प्रथम विश्व-युद्ध के पहले व्यापार को झटका लगने से उनके परिवार की माली हालत ख़राब हो गयी। एक छात्र के रूप में उनकी दिलचस्पी शुरू से गणित, जीवविज्ञान और समाज-विज्ञानों में थी। क्राकओ विश्वविद्यालय से सांख्यकी और अर्थशास्त्र का अध्ययन करने के बाद उन्होंने 1928 में पोलैण्ड के व्यापार चक्रों पर डॉक्टरेट की। तीस के दशक और चालीस के शुरुआती वर्षों में वे इंग्लैण्ड और अमेरिका गये। हार्वर्ड में जोसेफ़ शुमपीटर के साथ अध्ययन करने के बाद वे अमेरिकी विश्वविद्यालयों में अध्यापन करने लगे। द्वितीय विश्व-युद्ध के बाद लांगे अमेरिका में पोलैण्ड के राजदूत नियुक्त किये गये। वे पोलिश वर्कर्स पार्टी की केंद्रीय समिति के सदस्य भी रहे। 1948 में उन्होंने अकादमीय क्षेत्र में वापसी की और वारसा के सेंट्रल स्कूल ऑफ़ प्लानिंग ऐंड स्टेटिस्टिक्स में अध्यापन करने लगे। उन्होंने वारसा विश्वविद्यालय में भी पढ़ाया।

लांगे के आर्थिक चिंतन की ख़ास बात यह थी कि वे एक तरफ़ तो मार्क्सवादी अर्थव्यवस्था को सामाजिक विकास के बेहतरीन रास्ते की तरह देखते थे, और दूसरी ओर नियोक्लासिकल अर्थशास्त्र के तहत प्रतिपादित 'सामान्य संतुलन' (जनरल इक्विलिबिरियम) जैसे सिद्धांत भी उन्हें उपयोगी लगते थे। आर्थिक जगत में कींस की प्रस्थापनाओं का बोलबाला क़ायम हो जाने के बाद बने बौद्धिक माहौल ने लांगे को इन दोनों के संयोग से कुछ नयी प्रस्थापनाएँ करने का मौक़ा दिया। उनकी दलील यह थी कि पूँजीवाद के तहत इजारेदारियों और राज्य के हस्तक्षेप के कारण मुक्त प्रतियोगिता की परिस्थितियाँ नष्ट होती जा रही हैं, इसलिए जनरल इक्विलिबिरियम की स्थिति हासिल की ही नहीं जा सकती। बाज़ार वह भूमिका अदा नहीं करता, जिसकी उम्मीद उदारतावादी आर्थिक सिद्धांत उससे करता है। इसलिए कल्याणकारी अर्थशास्त्र के सिद्धांतों का प्रयोग किसी पूँजीवादी अर्थव्यवस्था के बजाय समाजवादी अर्थव्यवस्था के कामकाज को समझने के लिए किया जाना चाहिए।

एक अर्थशास्त्री के रूप में लांगे को सर्वाधिक ख्याति तीस के दशक में चली उस बहस से मिली जिसमें पाले के दूसरी तरफ़ से फ्रेड्रिख़ हायक दलीलें दे रहे थे। हॉयक ने 1920 में छप चुके लुडविग वॉन माइज़िज़ के एक लेख 'इकॉनॉमिक केलकुलेशन इन अ सोशलिस्ट इकॉनॉमी' का दोबारा प्रकाशन करके दावा किया कि एक अर्थव्यवस्था का तर्कसंगत विन्यास तभी सम्भव है जब बाज़ार के ज़रिये उत्पादन के दाम निर्धारित किये जाएँ और साथ में निजी स्वामित्व की व्यवस्था भी हो। हायक और उनके साथी लियोनल रॉबिंस की दलील थी कि समाजवादी अर्थव्यवस्था केवल सिद्धांत में सम्भव है, व्यवहार में नहीं। हर निर्णय पर पहुँचने से पहले नियोजन बोर्ड को बहुत बड़े पैमाने पर सूचनाएँ जमा करनी पड़ेंगी और लाखों-लाख गणनाएँ करके न जाने कितने समीकरण हल करने होंगे। जब तक यह पूरी गणितीय क़वायद पूरी होगी, तब तक बाज़ार बदल चुका होगा और वे सूचनाएँ पुरानी पड़ चुकी होंगी जिनके आधार पर वह जोड़-बाक़ी किया गया था। इस तरह नियोजक कभी भी आर्थिक यथार्थ के साथ नहीं चल पायेंगे।

हायक और रॉबिंस का यह आक्रमण इतालवी अर्थशास्त्री एन.रको बैरन द्वारा 1908 में दी गयी इस प्रस्थापना की प्रतिक्रिया में था कि बाज़ार लाज़मी तौर पर सही

ऑस्कर रायज़ार्ड लांगे (1904–1965)

आर्थिक दक्षता के वाहक नहीं होते। पर इसका जवाब 1938 में लांगे ने इस दावे के साथ दिया कि कि आज के ज़माने की पूँजीवादी अर्थव्यवस्थाओं के मुक़ाबले सरकारी स्वामित्व वाली अर्थव्यवस्था में प्रतियोगिता का बेहतर उपयोग किया जा सकता है। लांगे ने जो मॉडल पेश किया उसमें बाज़ार के दो घटक थे : वास्तविक और अवास्तविक। वास्तविक बाज़ार यानी रोज़ाना के इस्तेमाल में आने वाली जिंसें और श्रम। अवास्तविक बाज़ार यानी पूँजीगत या मशीनी माल। एक केंद्रीय नियोजन बोर्ड इस मशीनी माल के दाम तय करेगा और 'ग़लती करने और सुधारने' की पद्धति पर आधारित प्रबंधन अपनाते हुए उपभोक्ताओं की प्राथमिकताओं का ध्यान रखेगा। समाजवादी फ़र्मों के प्रबंधकों को बोर्ड द्वारा बनाये गये दो नियमों पर चलना होगा : क़ीमतों और सीमांत लागत (एआर और एमसी) के बीच फ़र्क़ न रह जाने की सीमा तक उत्पादन करना, और औसत लागत को न्यूनतम करने की कोशिश करना। कोई ज़रूरी नहीं है कि नियोजक हर तरह की सूचना जमा करें या लाखों समीकरण हल करने के फेर में पड़ें। जब अर्थव्यवस्था में किल्लत होगी तो नियोजक दाम बढ़ा देंगे, और जब उत्पादन बेशी हो जाएगा तो दाम घटा दिये जाएँगे। हर हालत में नियोजक के पास किसी पूँजीवादी कॉरपोरेशन के मैनेजर या मालिक के मुक़ाबले अधिक सूचनाएँ होंगी। वह संसाधनों का आबंटन अधिक दक्षता से कर सकेगा और बाज़ार की विकृतियों से मुक्त एक श्रेष्ठतर अर्थव्यवस्था खड़ी की जा सकेगी।

लांगे का यह मॉडल इस उम्मीद पर खड़ा था कि प्रबंधकों से लोकतांत्रिक नियंत्रण के तहत काम करवाया जाएगा जिससे आर्थिक जीवन नौकरशाहीकरण के अंदेशे से बच निकलेगा। इसके विपरीत निजी कारपोरेशनों के मालिक और मैनेजर किसी के प्रति जवाबदेह नहीं होते। इस मॉडल को लांगे-लर्नर मॉडल के नाम से भी जाना जाता है, क्योंकि ए. लर्नर के सुझावों पर लांगे ने इसें कई संशोधन किये थे।

लांगे के इन प्रस्तावों के इर्द-गिर्द जम कर बहस हुई। उदारतावादी अर्थशास्त्रियों ने तर्क दिया कि केंद्रीय नियोजन बोर्ड को बहुत ज़्यादा अधिकार देने के कारण दाम तय करने की प्रक्रिया में बाज़ार से आने वाले संकेतों का ध्यान रखना मुश्किल हो जाएगा। परिणामस्वरूप राष्ट्रीय अर्थव्यवस्था ग़ैर-लचीली होती चली जाएगी। दूसरी तरफ़ समाजवादी अर्थशास्त्रयों ने आक्षेप लगाया कि लांगे की विधि नियोजन की पद्धति का इस्तेमाल करने से हिचकती है। दिलचस्प बात यह है कि लांगे ने इन दोनों तरह की आलोचनाओं से काफ़ी-कुछ ग्रहण किया। उन्होंने केंद्रीकरण और विकेंद्रीकरण के बीच आदर्श संतुलन उपलब्ध करने और समाजवादी उद्यमों के प्रबंधकों को प्रेरित व प्रोत्साहित करने के तरीक़ों पर गहन विचार किया। चालीस के दशक में उन्होंने मिश्रित बाज़ार अर्थव्यवस्था के पक्ष में विचार व्यक्त किये जिसके तहत कुछ प्रमुख उद्योगों का ही सरकारीकरण किया जाना था। उन्होंने केंद्रीय नियोजन बोर्ड को मशीनी माल के दाम तय करने का अधिकार देने का प्रस्ताव भी वापिस ले लिया। अमेरिकी विश्वविद्यालयों में दस साल तक अध्यापन करने के बाद जब वे अपने गृह-देश पोलैण्ड वापिस गये तो वहाँ उनकी प्रतिभा का इस्तेमाल एक ऐसे मॉडल के सिद्धांतकार के रूप में किया गया जिसमें केंद्रीकृत नियोजन का बोलबाला था, और साथ में बाज़ार और मज़दूरों की भागीदारी की सीमित भूमिका भी थी।

यद्यपि लांगे की मान्यता थी कि भारी उद्योगीकरण के ज़रिये समाजवाद की रचना की जा सकती है और उसके परिणामस्वरूप आगे चल कर समाजवादी बुद्धिजीवी वर्ग का विकास हो सकता है, पर वे सोवियत शैली में किये जा रहे क्रियान्वयन से सहमत नहीं थे। उनका विश्लेषण था कि सोवियत संघ की दिलचस्पी समाजवादी सिद्धांत में है ही नहीं। वह तो दुनिया का सबसे बड़ा उद्योगीकृत देश बनना चाहता है और उसके ज़रिये अपनी प्रतिरक्षा की संरचना पर अधिक से अधिक ख़र्च करना उसका मक़सद है। बड़े पैमाने के कारख़ाना-उत्पादन में अधिक निवेश करने के लिए सोवियत संघ को अन्य क्षेत्रों में वस्तुओं की उपलब्धता घटानी पड़ रही है। इसीलिए उपभोक्ताओं को ज़रूरत की चीज़ें मिलती ही नहीं। वे घंटों लाइन में खड़े रहते हैं। खेतिहर क्षेत्र की भी उपेक्षा हो रही है। नियोजकों द्वारा उत्पादन की मात्रा पर ज़ोर दिया जाता है, पर गुणवत्ता पर नहीं। फिर भी आपूर्ति में कमी पड़ जाती है जिसके कारण वस्तुएँ घटिया होने पर भी नागरिकों द्वारा ख़रीद ली जाती हैं।

पोलैण्ड में आर्थिक सुधारों की सम्भावनाओं के प्रति निराश हो जाने के बाद लांगे ने अपना बाक़ी जीवन इकॉनॉमेट्रिक्स, इकॉनॉमिक साइबरनेटिक्स, लीनियर प्रोग्रामिंग जैसे नये अनुशासनों को स्थापित करने में लगा दिया। पचास के दशक के आख़िरी वर्षों में लांगे ने लेनिन की व्याख्याओं को आधार बना कर पश्चिमी अर्थशास्त्र की सभी उपलब्धियों का सार-संकलन करते हुए तीन खण्डों में 'पॉलिटिकल इकॉनॉमी' शीर्षक से एक ग्रंथ लिखना शुरू किया। पर मृत्यु से पहले वे उसका पहला खण्ड ही पूरा कर पाये।

देखें : अर्थ-विज्ञान का समाजशास्त्र, आर्थिक जनसांख्यिकी, अल्फ्रेड मार्शल, अमर्त्य कुमार सेन, अंतर्राष्ट्रीय मुद्रा कोष, आधार और अधिरचना, ऐडम स्मिथ, करारोपण, कल्याणकारी अर्थशास्त्र, क्लासिकल अर्थशास्त्र, कार्ल हाइनरिख़ मार्क्स-3, कार्ल मेंगर, कींसियन अर्थशास्त्र, गुन्नार मिर्डाल, जोआन रोबिंसन, जान कैनेथ गालब्रेथ, जान मेनार्ड कींस, जान स्टुअर्ट मिल, जोसेफ़ शुमपीटर, जैव विविधता, ट्रस्टीशिप, डेविड रिकार्डो, ढाँचागत समायोजन कार्यक्रम, थॉमस मन और वणिकवाद, थॉमस रॉबर्ट माल्थस, दक्षता, धन, नियोक्लासिकल अर्थशास्त्र, नीतिशास्त्र और अर्थशास्त्र, निकोलस काल्दोर, नियोजन, नियोजन : मार्क्सवादी विमर्श, पण्य, पण्य-पूजा, पेटेंट, पॉल सेमुअलसन, पियरो स्राफ़ा, पूँजी, प्रतियोगिता, फ्रांस्वा केस्ने और प्रकृतिवाद, फ्रेड्रिख़ वॉन हायक, बहुराष्ट्रीय निगम, बाज़ार, बाज़ार की विफलताएँ, बाज़ार-समाजवाद, बौद्धिक सम्पदा अधिकार, ब्रेटन वुड्स प्रणाली, भारत में बहुराष्ट्रीय निगम, भारत में नियोजन, भारत में पेटेंट क़ानून, भारत में शेयर संस्कृति, भूमण्डलीकरण और पूँजी बाज़ार, भूमण्डलीकरण और वित्तीय पूँजी, भूमण्डलीकरण और वित्तीय उपकरण, मार्क्सवादी अर्थशास्त्र, मिल्टन फ्रीडमेन, मूल्य, राजकोषीय नीति और मौद्रिक नीति, रॉबर्ट ओवेन, विलफ्रेडो परेटो, विश्व व्यापार संगठन, विश्व बैंक, विलियम पेटी, विलियम स्टेनली जेवंस, वैकासिक अर्थशास्त्र, शोषण, साइमन कुज़्नेत्स।

संदर्भ

1. ऑस्कर आर. लांगे (1994), *इकॉनॉमिक थियरी ऐंड मार्केट सोशलिज़म : सिलेक्टिड एसेज़ ऑफ़ ऑस्कर आर. लांगे*, सम्पा. : तादेयूश कोवालिक, एडवर्ड एल्गर, हांट्स.
2. ऑस्कर लांगे (1944), *वर्किंग प्रिंसिपल्स ऑफ़ सोवियत इकॉनॉमी*, रिसर्च ब्यूरो फ़ॉर पोस्टवार इकॉनॉमिक्स, न्यूयॉर्क.
3. जार्ज आर.फ़ीवेल (1972), 'ऑन द इकॉनॉमिक थियरी ऑफ़ सोशलिज़म : सम रिफ़्लेक्शंस ऑन लांगेज़ कंट्रिब्यूशन' *क्रिक्लोज़, खण्ड 25, अंक 3.*
4. तादेयूश कोवालिक (1991), 'ऑस्कर लांगेज़ मार्केट सोशलिज़म', *डिसेंट, खण्ड* 38, अंक 1.

—अभय कुमार दुबे

इ

इतिहास और आख्यान

(History and Narrative)

इतिहास-लेखन में आख्यान के औचित्य को लेकर इतिहासकारों और समाज-विज्ञान के विद्वानों के बीच एक स्थायी जिरह चलती रही है। विद्वानों के एक वर्ग की मान्यता है कि अतीत को समझने के लिए यह ज़रूरी नहीं है कि उसे समय की सीधी रेखा पर रख कर देखा जाए। ये विद्वान नहीं मानते कि इतिहास में समय अतीत से सीधे चलते हुए वर्तमान तक पहुँचता है। बीसवीं सदी में इतिहास लेखन की एक प्रमुख धारा- अनाल्स स्कूल के तेजस्वी प्रवक्ता फ़र्नैंद ब्रॉदेल का तर्क तो यह था कि इतिहास लेखन में घटनाओं की संरचना ज़्यादा महत्त्वपूर्ण होती है, न कि घटनाओं का आवधिक विवरण। अपने महाग्रंथ *मेडिटरेरिअन ऐंड द मेडिटरेरियन वर्ल्ड इन द एज ऑफ़ फ़िलिप 2* में ब्रॉदेल घटनाओं का महत्त्व तीन आधारों पर तय करते हैं। उनके अनुसार इतिहास में कुछ कारण दीर्घावधि के होते हैं, कुछ मध्यावधि और बाक़ी अल्पावधि के। अत: उनके अनुसार इतिहास-लेखन में समय की अग्रगामी गति का महत्त्व उतना नहीं है जितना उन संरचनाओं का, जिनकी बहुविध प्रक्रियाओं से घटनाएँ उपजती हैं। ब्रॉदेल की यह प्रस्थापना बीसवीं सदी के इतिहास लेखन में एक कसौटी की तरह मौजूद रही है। इससे प्रभावित इतिहासकारों के बीच इतिहास की घटनाओं को क्रमबद्ध प्रवाह की तरह न देखकर इतिहास के किसी निश्चित कालखण्ड की संरचनाओं और उनके अंत:सूत्रों की पड़ताल पर ज़ोर दिया जाता रहा है। लेकिन इसके बरक्स इतिहास-चिंतकों का एक अन्य समूह यह मानता है कि अतीत को घटनाओं के ढेर की तरह नहीं बल्कि घटनाओं की एक सुव्यवस्थित श्रृंखला के तौर पर देखा जाना चाहिए। उनका मानना है कि इतिहासकार जिन घटनाओं का विश्लेषण करता है, उनके पीछे कारण और परिणाम की एक कड़ी मौजूद होती है। उनके अनुसार अगर इतिहास के समय को घटनाओं से बाहर निकाल दिया जाए तो फिर घटनाओं के कारणों को समझना मुश्किल हो जाता है। इसलिए समय की प्रकृति देखते हुए आख्यान ही वह उपाय बचता है जिसे इतिहास/अतीत के सार्थक चित्रण के लिए इस्तेमाल किया जा सकता है।

ऐतिहासिक आख्यान के प्रवक्ता ब्रॉदेल की इतिहास-दृष्टि की आलोचना इस आधार पर करते हैं कि वे घटनाओं को जिन तीन श्रेणियों में बाँटकर देखते हैं उनके बीच कारणों का संबंध स्थापित नहीं करते। उनका मत है कि ब्रॉदेल घटनाओं के पीछे काम कर रही जिस संरचना के अध्ययन को इतिहासकार का मुख्य काम मानते हैं वह ख़ुद भी समय से मुक्त या निरपेक्ष नहीं हो सकती। ऐसे में ब्रॉदेल की संरचना भी कारणों में बद्ध आख्यान के बिना अर्थवान नहीं हो सकती। इन विद्वानों का तर्क है कि आख्यान की संरचना और अतीत के साथ उसके संबंध पर पर्याप्त चिंतन नहीं किया गया है। इस कारण ज़्यादातर आधुनिक इतिहासकार आख्यान को इतिहास लेखन में ग़ैर-ज़रूरी तत्त्व मानने लगे हैं, जबकि हक़ीक़त यह है कि समय की प्रकृति को देखते हुए आख्यान ही एक ऐसा उपाय है जो अतीत के वास्तविक चित्रण में सक्षम है। उनका दावा है कि इतिहासकार आख्यान के बिना अपने अध्ययन को अर्थ नहीं दे सकता।

लेकिन आख्यान की संरचना पर बात करते हुए यह याद रखा जाना चाहिए कि अतीत को इतिहासकार उस रूप में नहीं जान सकता जिस रूप में वह घटित हुआ है। दूसरे शब्दों में, इतिहासकार के सामने अतीत लिखित या कथा के रूप

में आता है। एकबारगी यह बात सरल लग सकती है लेकिन मीमांसा के स्तर पर इतिहासकार के लिए अतीत स्वयं में और उसकी प्रस्तुति दो बिल्कुल भिन्न बातें हैं। यानी समस्या यह नहीं है कि हम अतीत की स्मृति को पूरी तरह आयत्त नहीं कर सकते, या कि हमारे पास अतीत के वे सारे दस्तावेज़ नहीं हैं जो हमें यह बता सकें कि घटनाओं का वास्तविक स्वरूप क्या था और उनके पीछे कौन से कारण थे। असल समस्या तो यह है कि अतीत के किसी कालखण्ड में जीवित रहे लोग भी अपने काल की घटनाओं को उनकी सम्पूर्णता में नहीं समझ पाते। ऐसे में यह नहीं माना जा सकता है कि उन्होंने जो सुना और देखा होगा वह उस दौर का प्रतिनिधि सत्य होगा। संक्षेप में, किसी काल विशेष के लोगों की धारणा को भी पूरी तरह यथातथ्य नहीं माना जा सकता। इसलिए इतिहास लेखन की चुनौती केवल यह नहीं है कि इतिहासकार अतीत के सभी तथ्यों को नहीं जुटा पाता बल्कि उसकी बुनियादी चुनौती यह होती है कि वह अतीत के सूचनादाताओं के कथित अनुभवों, धारणाओं को आधुनिक निर्मितियों में या आधुनिक निर्मितियों को अतीत के संदर्भ में कैसे पेश करे।

एक बार अगर इस जटिलता के सूत्रों को खोल लिया जाए तो फिर प्राथमिक स्रोत (अतीत के ऐसे दस्तावेज़ और अवशेष जिन्हें बाद की सूचनाओं से ज़्यादा प्रामाणिक माना जाता है), और द्वितीयक स्रोतों (इतिहासकारों द्वारा संकलित और लिखी गयी सामग्री) का द्वंद्व ख़त्म हो जाता है।

अतीत की घटनाओं का अज्ञेय और अपरिचित हिस्सा कुछ कथाओं को जन्म देता है जिन्हें धीरे-धीरे तथ्य की तरह देखा जाने लगता है। लेकिन कथा अंततः एक कृत्रिम निर्मिति होती है। उसे घटना के सारतत्त्व का चित्र नहीं माना जा सकता। इस नाते यह भी कहा जा सकता है कि इतिहासकार अतीत के बारे में जो कथा गढ़ता है वह उसकी मनगढ़ंत निर्मिति होती है। इस बात को रूसो और सिमोन स्कामा की तरह खींचकर यूँ भी कहा जा सकता है कि अतीत अंततः कुछ और नहीं बल्कि दंतकथा होता है जिसे लोगबाग पता नहीं किन अनजान कारणों से यथार्थ मान लेते हैं। इसी सारतत्त्व की अज्ञेयता के कारण वाइडल और स्कामा उपन्यास और इतिहास का अंतर ही मिटा देते हैं।

लेकिन अगर हम आख्यान की संरचना को धैर्य से देखना शुरू करें तो फिर ऐसे फ़ौरी निष्कर्षों का आकर्षण बहुत देर नहीं टिक पाता। आख्यान बेशक एक कृत्रिम निर्मिति हो, लेकिन वह पूरी तरह स्वेच्छाचारी गढ़ंत नहीं होती। इतिहासकार अपनी मर्ज़ी के मुताबिक़ आख्यान नहीं गढ़ सकता। अर्थात् अगर इतिहास का सारतत्त्व अनाकार और सीमाहीन होता है तथा घटनाएँ एक दूसरे के भीतर से पैदा होती रहती हैं तो फिर हमें उन तथ्यों के नज़दीक जाकर देखना होगा, जिन्हें आख्यान की कच्ची सामग्री माना जाता है। यहाँ हम इस धारणा से शुरू करते हैं कि इतिहास के तथ्यों का कोई निश्चित आकार नहीं होता तथा इतिहासकार तथ्य के जिस आकार का चयन करता है वह सारतत्त्व द्वारा तय नहीं होता। लेकिन इस बीच बौद्धिक विडम्बना यह हुई है कि इस बात को उत्तर-आधुनिकतावादी इतिहासकारों ने हड़प लिया है जो यह मानते हैं कि किसी भी तरह का तथ्य मूलतः इतिहासकार का विचार या निर्मिति होती है और अपने आप में उसका कोई तात्त्विक औचित्य नहीं होता। उत्तर-आधुनिकतावादियों के इस आक्रमण के कारण आधुनिक इतिहासकार यह रट लगाये रहते हैं कि इतिहास ठोस तथ्यों पर आधारित होता है और इतिहासकार का मूल काम यही होता है कि वह उन कथित ठोस तथ्यों को खोज निकाले। परंतु आख्यान के महत्त्व को समझने के लिए यह ज़रूरी है कि इन दोनों अतिवादी स्थितियों से अलग हटकर सोचा जाए।

तथ्य का आकार इतिहासकार तय करता है इसलिए कालक्रम की दृष्टि से तथ्यों को एक दूसरे से सटा हुआ नहीं माना जा सकता। इस तरह आख्यान तथ्यों की कालक्रमिक निकटता को इंगित नहीं करता। दूसरी तरह कहें तो आख्यान में यह निहित नहीं होता कि उसमें आये तथ्य एक दूसरे की तर्ज़ पर घटित हुए हैं, क्योंकि किसी भी तथ्य को अन्य कई सारे उप-तथ्यों में तोड़ा जा सकता है और जो तथ्य हमें काल के क्रम में एक दूसरे से सम्बद्ध नज़र आते हैं ख़ुद उन्हीं के बीच अन्य तथ्यों को रखा जा सकता है। ज़ाहिर है कि इसे एक अंतहीन प्रक्रिया बनाया जा सकता है और जो अंत में एक निरर्थक क़वायद साबित होती है। लिहाज़ा इस तर्क का कार्यकारी पक्ष यह है कि तथ्यों की कोई एकाश्मिक इयत्ता नहीं होती। और इसी से यह निष्पत्ति निकलती है कि आख्यान कोई भी हो उसकी संरचना घटनाओं की कालक्रमानुणिकता से तय नहीं होती।

तथ्य और कथा को एक दूसरे से पूरी तरह निरपेक्ष नहीं माना जा सकता। वहाँ अगर कोई चीज़ महत्त्व रखती है तो यह कि कथा के निर्माणकारी घटकों यानी मौलिक तथ्यों का आकार क्या है और कथा या विवरण में ऐसे तथ्यों का उल्लेख विशेष रूप से किया गया है या नहीं। अगर मौलिक तथ्यों का उल्लेख स्वतंत्र रूप से और स्पष्ट ढंग से किया गया है तो उसे कथा या आख्यान कहा जा सकता है। इसके विपरीत, अगर इन तथ्यों का निरूपण स्वतंत्र व स्पष्ट ढंग से नहीं किया गया है तो फिर हम एकल तथ्य की धारणा की बात कर रहे होते हैं। इसके बाद यह आसानी से देखा जा सकता है कि आख्यान कोई ऐसी रचना नहीं है जिसे तथ्यों के आधार पर तैयार किया जाता है, क्योंकि कोई भी तथ्य अपने आप में पूर्वप्रदत्त नहीं होता। इस प्रकार हर तथ्य एक लघु-आख्यान होता है और हर आख्यान को संक्षेप में तथ्य कहा जा सकता है। इस तरह तथ्यों को, जिन्हें लघु-आख्यान भी कहा जा

सकता है; और वास्तविक आख्यान, जिन्हें दूसरे अर्थ में बड़े और महत्त्वपूर्ण तथ्यों की श्रेणी में रखा जा सकता है; अंततः एक कृत्रिम प्रक्रिया है जिसका प्रारम्भिक औचित्य इस बात से निर्धारित होता है कि उनकी संगति उन कथाओं से बैठ पाती है या नहीं जिन्हें इतिहासकार अतीत के संधान में स्रोत की तरह देखता है।

उन्नीसवीं और काफ़ी हद तक बीसवीं सदी के इतिहास-लेखन में यह धारणा ख़ासी मज़बूत रही है कि इतिहास के नियामक तथ्यों को प्राथमिक स्रोतों से जाना जा सकता है तथा आख्यान इन तथ्यों के क्रमागत विन्यास का परिणाम होता है। लेकिन जब इस धारणा का खण्डन करते हुए यह विश्लेषण सामने आया कि आख्यान प्राथमिक स्रोतों से जुटाये गये तथ्यों का संकलन नहीं होता तो उत्तर-आधुनिकतावादी चिंतकों ने यह कहना शुरू कर दिया कि प्राथमिक स्रोतों से हासिल तथ्यों में कोई विवरणात्मक तत्त्व नहीं होता। इसलिए अतीत या इतिहास का कोई भी विवरण अंततः इतिहासकार द्वारा गढ़ंत होता है। इतिहास लेखन के इस दृष्टिकोण में केवल इतिहासकार और कथा की बात की जाती है और घटना के अस्तित्व को दरकिनार कर दिया जाता है। इतिहास-लेखन की इस उत्तर आधुनिक दृष्टि को शुरुआती सफलता इस आधार पर मिली कि इतिहास अतीत की घटनाओं की नकल न होकर इतिहासकार द्वारा प्रस्तुत कथा होता है। लेकिन अगर कथा के निर्माण की प्रक्रिया की पड़ताल की जाए तो यह बात बख़ूबी समझी जा सकती है कि इतिहासकार निश्चित सीमाओं के अंदर और दबावों के तहत ही काम कर सकता है। यानी अगर एक रचना के स्तर पर इतिहास को कृत्रिम निर्मिति भी मान लिया जाए तो भी इतिहासकार इस संबंध में स्वेच्छाचारी नहीं हो सकता।

असल में, इतिहासकार की सीमा और चुनौती यह होती है कि वह चाहे जिस तथ्य का चयन कर ले अंततः उसे अगले तथ्य को पहले तथ्य से जोड़ना पड़ता है। और, इसके लिए उसे साधारणीकरण का सहारा लेना पड़ता है। इतिहासकार इसकी जगह अगर केवल तथ्यों को उनके कालक्रम रखना चाहे तो आख्यान नहीं बन सकता। जब तक वह अपने तथ्यों को कारण और परिणाम की श्रृंखला में नहीं रखता तब तक वह आख्यान की बुनियादी शर्तें पूरी नहीं कर सकता। इसलिए आख्यान के संबंध में यह बात पूरी स्पष्टता के साथ समझी जानी चाहिए कि साधारणीकरण की प्रक्रिया में कारण और परिणाम आपेक्षिक होते हैं। यानी जिसे हम कारण कहते हैं वह साधारणीकरण के संदर्भ में ही कारण है। अगर इस विन्यास से साधारणीकरण को हटा दिया जाए तो फिर कोई घटना विशेष अन्य घटनाओं का कारण नहीं मानी जा सकती।

इतिहास लेखन के क्षेत्र में आख्यान की संरचना के संबंध में कार्य, कारण और साधारणीकरण पर काम करने का श्रेय कार्ल हेम्पेल को जाता है। इसके बाद विलियम ड्रे ने इसे कवरिंग लॉ मॉडल के नाम से प्रतिपादित किया। ड्रे के अनुसार किसी भी आख्यान की न्यूनतम इकाई में तीन तत्त्व होने चाहिए। एक साधारणीकरण और दो ऐसे प्रस्ताव जो साधारीकरण के लिहाज़ से कारण और परिणाम के रूप में स्थित हों। इस सिद्धांत के आलोचकों का कहना है कि समाज-विज्ञानों में सामान्य या सार्वभौम सिद्धांत लागू नहीं किये जा सकते। लेकिन साधारणीकरण के संबंध में यह बात याद रखी जानी चाहिए कि वह सामान्य नियम या निश्चयात्मकता की ओर इंगित करने के बजाय प्रवृत्ति और सम्भावनाओं की ओर इशारा करता है।

इतिहास-लेखन में आख्यान के औचित्य पर विचार करते हुए यह तर्क ओझल नहीं होना चाहिए कि साधारणीकरण के ज़रिये गढ़ा गया यह आख्यान उसमें वर्णित काल का पोर्ट्रेट नहीं होता। एक तरह से यह बात इतिहासकारों के प्रत्यक्षवादी (पॉज़िटिविस्ट) समूह पर भी लागू होती है जो इतिहास-लेखन को अतीत की घटनाओं का यथातथ्य चित्रण मानते थे। इसी तरह उत्तर-आधुनिकतावादियों का यह निष्कर्ष भी बहुत देर नहीं ठहरता कि आख्यान अपने काल का प्रतिनिधित्व नहीं करता और उससे केवल इतिहासकार के मत या विचार का ही पता चलता है। इसके विपरीत, किसी आख्यान के साधारणीकरण को उस सीमा तक जायज़ और सही माना जा सकता है जिस सीमा तक वह इतिहास में वर्णित लोगों के साधारणीकरण से मेल खाता है। और अगर कोई आख्यान व्याख्यापरक हो तो उससे इतिहास की संकरी और स्वयंसेवी सीमाओं का अतिक्रमण करने का अवसर मिलता है।

देखें : अनाल स्कूल, आख्यान, उत्तर-आधुनिकता, फ़र्नैंद ब्रॉदेल, मार्क ब्लाक, मार्क्सवादी इतिहास-लेखन, भारतीय इतिहास-लेखन-1 से 4 तक, ल्यूसियाँ फ़ेब्र।

संदर्भ

1. पीटर बुर्के (1991), *न्यू पर्सपेक्टिव ऑन हिस्टोरिकल राइटिंग्स,* केम्ब्रिज युनिवर्सिटी प्रेस, केम्ब्रिज.
2. जे. ब्रूनर (1990), *एक्ट्स ऑफ़ मीनिंग,* केम्ब्रिज युनिवर्सिटी प्रेस, केम्ब्रिज, एम.ए.
3. सी बेनिंगटन वग़ैरह (सम्पा.) (1987), *पोस्ट-स्ट्रक्चरलिज़म ऐंड द क्वेश्चन ऑफ़ हिस्ट्री,* केम्ब्रिज युनिवर्सिटी प्रेस, केम्ब्रिज.
4. पॉल रिकूर (1984-88), *टाइम ऐंड नैरेटिव,* अनु. के. ब्लैमी वग़ैरह, तीन खण्ड, शिकागो.
5. रोलाँ बार्थ (1977), 'इंट्रोडक्शन टू द स्ट्रक्चरल ऐनालिसिस ऑफ़ नैरेटिव्ज़', *इमेज, म्यूज़िक, टेक्स्ट,* फ़ोंटाना, लंदन.
6. ज्याँ फ्रांस्वा ल्योतर (1984) , *द पोस्टमॉडर्न कंडीशन,* मैनचेस्टर युनिवर्सिटी प्रेस, लंदन.

—नरेश गोस्वामी

इतिहास का अंत

(End of History)

फ़्रांसिस फ़ुकुयामा (1952-)

'इतिहास का अंत' उस अवधारणात्मक संज्ञा का नाम है जो शीत-युद्ध ख़त्म होने की अवधि के लिए समाज-विज्ञानियों द्वारा किसी संबंधित तर्क के पक्ष या विपक्ष में अक्सर प्रयुक्त की जाती है। इसे गढ़ने का श्रेय फ़्रांसिस फ़ुकुयामा को जाता है। सोवियत ख़ेमे के पराभव के बाद 1992 में उनकी रचना *द ऐंड ऑफ़ हिस्ट्री ऐंड द लास्ट मैन* का प्रकाशन हुआ। इसने फ़ुकुयामा को रातों-रात बौद्धिक सेलेब्रिटी बना दिया, वरना इससे पहले समाज-विज्ञान के क्षेत्र में उनकी कोई ख़ास पूछ नहीं थी। पुस्तक प्रकाशित होते ही पूँजीवाद के आलोचकों और ख़ास कर अमेरिकी प्रभुत्व को विश्व के लिए हानिकारक मानने वालों और फ़ुकुयामा के समर्थकों के बीच एक ज़बरदस्त बहस छिड़ गयी। फ़ुकुयामा की इस थियरी का ज़िक्र कुछ इस अंदाज़ में किया जाने लगा कि जैसे कि वह अमेरिका द्वारा प्रोत्साहित किया जाने वाला कोई प्रोपेगंडा हो या उसके ज़रिये पूँजीवाद की साम्यवाद पर जीत का समारोह मनाया गया हो। इसमें कोई शक नहीं कि फ़ुकुयामा की किताब पूँजीवाद की श्रेष्ठता की पैरोकारी करती है, पर उसकी प्रकृति प्रचारात्मक न हो कर भविष्यात्मक है। बहस की इस प्रकृति का परिणाम यह हुआ कि फ़ुकुयामा की वास्तविक दलील और उसकी बारीक़ियाँ पृष्ठभूमि में चली गयीं। आलोचकगण आम तौर पर सेमुअल हटिंग्टन द्वारा प्रतिपादित 'सभ्यताओं के संघर्ष' के साथ ही फ़ुकुयामा की थियरी को भी रख देते हैं। असलियत यह है कि फ़ुकुयामा की विश्लेषण पद्धति और विचार-श्रेणियाँ अलग क़िस्म की हैं। हटिंग्टन दुनिया को दस प्रमुख सभ्यता-समूहों में बाँट कर देखते हैं, पर फ़ुकुयामा की मुख्य चिंता मानवीय प्रकृति है। वे मानकीय राजनीतिक सिद्धांतशास्त्र का प्रयोग करते हैं। उन्होंने राजनीतिक दर्शन, ऐतिहासिक विश्लेषण और भविष्य-चिंतन के मिले-जुले औज़ारों का सहारा लिया है।

फ़ुकुयामा जब 'इतिहास' के अंत की घोषणा करते हैं तो इसका मतलब यह नहीं है कि शीत-युद्ध की समाप्ति के साथ ही राजनीति, युद्ध और संघर्ष का अंत हो गया है। न ही वे यह कहते हैं कि सोवियत कम्युनिज़म के ख़ात्मे के साथ ही दुनिया के सभी देश उदारतावादी लोकतंत्रों में बदल जाएँगे। फ़ुकुयामा के लिए 'इतिहास के अंत' का मतलब है उस प्रणालीबद्ध चिंतन के इतिहास का अंत जिससे राजनीतिक और सामाजिक संगठन के प्राथमिक उसूल निकलते हुए माने जाते रहे हैं। वे कहते हैं कि बीसवीं सदी के आख़िरी वर्षों ने उदारतावादी लोकतंत्र और पूँजीवाद के संयोग को किसी भी वैकल्पिक राजनीतिक या आर्थिक प्रणाली के मुक़ाबले वास्तविक और नैतिक रूप से बेहतर साबित किया है। इसका कारण यह है कि लोकतंत्र और पूँजीवाद के जोड़ में मानवीय प्रकृति की बुनियादी चालक शक्तियों को संतुष्ट करने की क्षमता है। लेकिन साथ में फ़ुकुयामा चेतावनी भी दर्ज कराते हैं कि एक मानकीय मॉडल के रूप में उदारतावादी लोकतंत्र की अन्य मॉडलों पर विजय के बावजूद एक ऐसी स्थिति आ सकती है कि उदारतावादी लोकतंत्र ऊर्जाहीन हो कर मौत का शिकार हो सकता है। कुल मिला कर उनकी रचना के अंत में भविष्य की निराशाजनक तस्वीर ही उभरती है।

अपने निष्कर्षों पर पहुँचने के लिए फ़ुकुयामा सबसे पहले मानवीय प्रकृति की जाँच करते हैं जो उनकी निगाह में दो बुनियादी अभिलाषाओं से मिल कर बनी है : भौतिक समृद्धि की कामना, और व्यक्ति की यह इच्छा कि इनसान की हैसियत से उसके मूल्य को लोग समझें। पूँजीवाद के तहत होने वाली आर्थिक वृद्धि, वैज्ञानिक और प्रौद्योगिकीय विकास की मदद से पहली कामना पूरी हो जाती है। दूसरी इच्छा की पूर्ति की चर्चा करते हुए फ़ुकुयामा जर्मन दार्शनिक हीगेल द्वारा प्रतिपादित *मान्यता* के सिद्धांत का सहारा लेते हैं। उदारतावादी लोकतंत्र की वैकल्पिक विचारों पर श्रेष्ठता साबित करने के

लिए भी वे हीगेल द्वारा विकसित प्रयोजनमूलक इतिहास के सिद्धांत का इस्तेमाल करते हैं। आर्थिक विकास तो साम्यवाद और फ़ासीवाद जैसी ग़ैर-पूँजीवादी व्यवस्थाओं में भी हासिल किया जा सकता है। पर मनुष्य द्वारा मान्यता, राजनीतिक स्वतंत्रता और समानता की चाह केवल उदारतावादी लोकतंत्र से ही पूरी हो सकती है। दरअसल, इतिहास के अंत की चर्चा सबसे पहले हीगेल ने ही की थी। उन्होंने कहा था कि मनुष्य की बुनियादी अभिलाषाओं को पूरा करने वाली सभ्यता की उपलब्धता के साथ ही इतिहास की ज़रूरत नहीं रह जाएगी। यह सभ्यता एक संविधानसम्मत राज्य के रूप में उभरेगी। हीगेल ने अंदाज़ा लगाया था कि उन्नीसवीं सदी के शुरुआत में नेपोलियन इस तरह की सभ्यता का वाहक साबित होगा।

फ़ुकुयामा कहते हैं कि हमें हीगेल के दार्शनिक आदर्शवाद का पल्ला फिर से थामना चाहिए, और मार्क्स व उनके अनुयायियों के दार्शनिक भौतिकवाद से छुटकारा प्राप्त करना चाहिए। फ़ुकुयामा को लगता है कि मानवीय प्रकृति की हीगेल की समझ थॉमस हॉब्स और जॉन लॉक से भी ज़्यादा गहन है। हॉब्स और लॉक मानते हैं कि मनुष्य के लिए *मान्यता* से भी अधिक अहमियत *स्व-संरक्षण* की है।

अपने सिद्धांत के प्रतिपादन के लिए फ़ुकुयामा प्लेटो की भी मदद लेते हुए थिमोस (जीवट, साहस, अभिलाषा) की धारणा का इस्तेमाल करते हैं। स्तालिन और सीज़र जैसे लोगों में थिमोस का ही एक आयाम मेगालोथिमिया होता है जिसके कारण ऐसे लोग इतिहास की रचना कर पाते हैं। इसके विपरीत थिमोस का एक और आयाम होता है, आइसोथिमिया, जिसके तहत सामान्य व्यक्ति श्रेष्ठता के बजाय समानता के आधार पर मान्यता की माँग करता है। फ़ुकुयामा के अनुसार इतिहास थिमोस के इन दो पहलुओं के बीच संघर्ष का ही नाम है। इसी तरह मालिक और दास के बीच का द्वंद्व एक कभी न ख़त्म होने वाला सिलसिला और इतिहास की चालक शक्ति है। दास मालिक के प्रभुत्व के ख़िलाफ़ विद्रोह करते ही रहेंगे। उदारतावादी लोकतंत्र का अनूठापन यह है कि वह इन दोनों आवेगों के बीच होने वाले संघर्ष को राजनीतिक स्वतंत्रता और समानता के आग्रहों के ज़रिये संयमित और मर्यादित करता रहता है। जिन्हें अपनी श्रेष्ठता की तीव्र और सघन अनुभूति है उन्हें उदारतावादी लोकतंत्र सम्पत्ति हासिल करके अपनी नैसर्गिक प्रवृत्तियों को संतुष्ट करने की छूट देता है।

फ़ुकुयामा रूस के निर्वासित राजनीतिक दार्शनिक अलेक्सांद्र कोजेव द्वारा की गयी हीगेल की व्याख्या का भी हवाला देते हैं। कोजेव ने चालीस के दशक में लिखा था कि लोकोपकारी राज्य ने पूँजीवाद की उन समस्याओं का समाधान कर दिया है जिनकी शिनाख़्त कार्ल मार्क्स ने की थी। अब पूँजीवाद अपने भीतरी अंतर्विरोधों को दबाने में कामयाब हो चुका है। वह न केवल आर्थिक समृद्धि उपलब्ध कराता है, बल्कि उसमें विचारों और मूल्यों का समरूपीकरण करने की क्षमता भी है। इसी कारण से ही पूँजीवाद के तहत युद्ध का ख़तरा काफ़ी कम हो गया है। कोजेव और फ़ुकुयामा दोनों का ही तर्क है कि युद्ध भले ही पूरी तरह ख़त्म न हों, पर बड़ी ताक़तों के बीच विचारों की समरूपता किसी क़िस्म का संघर्ष नहीं होने देगी, और यही बड़ी ताक़तें ही अंततः अहम साबित होंगी।

फ़ुकुयामा ने अपने दार्शनिक निष्कर्षों को व्यावहारिक जामा पहनाने की कोशिश भी की है। वे विस्तार से दिखाते हैं कि न केवल पश्चिमी युरोप में बल्कि दक्षिणी युरोप, लातीनी अमेरिका, एशिया के बड़े हिस्सों और पूर्वी युरोप में मुक्त बाज़ार पर आधारित अर्थव्यवस्था और उदारतावादी लोकतंत्र का प्रसार होता जा रहा है। 1940 में केवल 13 देश उदारतावादी लोकतंत्र थे, 1960 में उनकी संख्या 37 और 1990 में 62 हो चुकी है। लोकतांत्रिक राज्यों के बीच युद्ध भी पहले के मुक़ाबले कम होता है।

फ़ुकुयामा को डर है कि उदारतावादी लोकतंत्रों में राजनीतिक समानता और आर्थिक ख़ुशहाली की बहुतायत एक बेहतर स्थिति तो है, पर उसके कारण एक गड़बड़ भी हो सकती है। हो सकता है कि ऐसे समाज थिमोस के मेगालोथिमिया वाले आवेगों को संतुष्ट करने लायक़ न रह जाएँ। हो सकता है कि इन समाजों में ऐसे मुद्दे ही न रहें। ऊर्जा की कमी लोगों को बेचैन कर सकती है। उनका सवाल है कि हर तरह का मनुष्य केवल भौतिक ख़ुशहाली और समान अधिकारों के दम पर पूर्णता की अनुभूति नहीं कर सकता। ऐसा व्यक्ति हमेशा इन संतुष्ट समाजों को विद्रोह की तरफ़ धकेलेगा। लोग उसी व्यवस्था को उखाड़ फेंकने पर आमादा हो सकते हैं जिसने उन्हें शांति और सुरक्षा दी होगी।

देखें : अफ़लातून, उदारतावादी लोकतंत्र, कार्ल हाइनरिख़ मार्क्स-1, 2, 3 और 4, कल्याणकारी अर्थशास्त्र, जॉन लॉक, जॉर्ज विल्हेल्म फ्रेड्रिख़ हीगेल, थॉमस हॉब्स, पूँजीवाद।

संदर्भ

1. फ्रांसिस फ़ुकुयामा (1992), *द ऐंड ऑफ़ हिस्ट्री ऐंड द लास्ट मैन,* हैमिश हैमिल्टन, लंदन.
2. पी. ऐंडरसन (1992), *अ ज़ोन ऑफ़ एंगेजमेंट,* वरसो, लंदन.
3. सी. ब्राउन (1999), 'हिस्ट्री ऐंड्स, वर्ल्ड्स कोलाइड', रिव्यू ऑफ़ इंटरनैशनल स्टडीज़, अंक 25.
4. एस. ड्री (1992-93), 'द ऐंड ऑफ़ हिस्ट्री ऐंड द न्यू वर्ल्ड ऑर्डर', *इंटरनैशनल जर्नल,* अंक 48.

—अभय कुमार दुबे

इब्न ख़ाल्दून

(Ibn Khaldun)

अबू ज़ायद अब्दुर्रहमान बिन मुहम्मद बिन ख़ाल्दून अल-हद्रामी (1332-1406)

अरबी इतिहासकार और चिंतक अबू ज़ायद अब्दुर्रहमान बिन मुहम्मद बिन ख़ाल्दून अल-हद्रामी (1332-1406) ने चौदहवीं सदी के उस दौर में अपने इतिहास-लेखन का लक्ष्य सभ्यता, शहरीकरण और सामाजिक संगठन की बुनियादी प्रवृत्तियों की व्याख्या करने के इर्द-गिर्द निर्धारित किया, जब अधिकतर इतिहास पक्षपोषण, ख़ेमेबंदी और मताग्रहों की नुमाइंदगी कर रहा था। कुछ विद्वान उनकी कृति *मु.क़द्दिमा* को इतिहास की सर्वकालिक महानतम कृति मानते हैं। ख़ाल्दून चाहते थे कि उनके इतिहास के ज़रिये पाठक के सामने इन परिघटनाओं के निर्माण की प्रक्रिया, निरंतरता और उनके मौजूदा स्वरूप के कारण स्पष्ट हो सकें। आधुनिक ज्ञानशास्त्र के तहत प्राय: मध्यकालीन विद्वत्ता को पुरातनपंथी, अतार्किक, विवेक-विमुख तथा अवधारणात्मक के बजाय इतिवृत्तात्मक मान लिया जाता है। पर इब्न ख़ाल्दून का इतिहास आधुनिक ज्ञानशास्त्र के ऐसे पूर्वग्रहों को तोड़ता नज़र आता है। उन्होंने इतिहास-लेखन की कसौटियों का इस समग्रता के साथ निर्वाह किया है कि वे हमें हर नज़रिये से एक समकालीन इतिहासकार दिखायी देते हैं।

इब्न ख़ाल्दून का जन्म ट्यूनिस में हुआ था। उत्तर पश्चिमी अफ़्रीका में बसने से पहले उसके पूर्वज स्पेन के मूर शासन काल में उच्च पदों पर रहे थे। ख़ाल्दून के पिता ने उनके लिए क़ुरआन, हदीस और अरब साहित्य की शिक्षा का प्रबंध कराया। ख़ाल्दून के एक शिक्षक अबेली थे जिन्हें उस ज़माने का प्रभावशाली दार्शनिक माना जाता था। ख़ाल्दून का जीवन राजनीतिक उतार-चढ़ाव से भरा था। उन्होंने ट्यूनिस में मेरिनी सुल्तान के सचिव के तौर पर सात साल काम किया, लेकिन एक घटना में उनकी भूमिका संदेहास्पद मानी गयी तो उन्हें पदच्युत कर जेल में डाल दिया गया। रिहा होने पर वे स्पेन चले गये जहाँ उन्होंने कास्तील के शासक पेड्रो की राजसभा में एक शांति अभियान का नेतृत्व किया। पर यहाँ भी उनका क़याम लम्बा नहीं रहा। और वे एक बार फिर अफ़्रीका लौट आये और हफ़्सी शासन के प्रधानमंत्री बन गये। लेकिन यहाँ भी राजनीतिक संकटों ने उनका पीछा नहीं छोड़ा। नतीजतन उन्हें अपने परिवार के साथ एक गाँव में शरण लेनी पड़ी। इब्न ख़ाल्दून ने अपनी कालजयी कृति *किताब-अल- इबार* की इब्तिदा यहीं रहते हुए की। बाद में काहिरा प्रवास के दौरान उन्हें अकादमिक पद के साथ मुंसिफ़ी से भी नवाज़ा गया। इस पद पर उन्हें पाँच बार नियुक्त और बर्खास्त किया गया। दमिश्क पर तैमूर लंग के आक्रमण के बाद उन्हें शांति वार्तालाप के लिए भेजा गया। इस तमाम गहमागहमी और उठा-पटक के बावजूद ख़ाल्दून अपनी किताब पर काम करते रहे। ख़ाल्दून के व्यक्तिगत जीवन में यह अस्थिरता एक वृहत्तर परिघटना का परिणाम थी। ख़ाल्दून के दौर में इसलाम की राजनीतिक सत्ता लगातार बिखरती जा रही थी। उसका कोई एक केंद्र नहीं रह गया था। ख़ाल्दून के जीवन में पलायन और पुनर्वास का यह सिलसिला एक तरह से इस चौतरफ़ा विखण्डन को ही दर्शाता है।

किताब-अल-इबार को तीन पुस्तकों का संकलन माना जाता है। इस त्रयी की पहली किताब में ख़ाल्दून ने इतिहास और समाज की प्रकृति पर विचार किया है। दूसरी अरबों और तीसरी किताब बर्बरों के इतिहास से संबंधित है। इनमें पहली किताब के प्राक्कथन यानी *मु.क़द्दिमा* में इब्न ख़ाल्दून अपने इतिहास-लेखन की योजना स्पष्ट करते हैं। आधुनिक समाजशास्त्रियों और इतिहास चिंतकों की दिलचस्पी संकलन के इसी खण्ड में रही है। ख़ाल्दून दावा करते हैं कि उनके इतिहास लेखन का लक्ष्य सभ्यता, शहरीकरण और सामाजिक संगठन की बुनियादी प्रवृत्तियों की व्याख्या करना है ताकि पाठक के सामने इन परिघटनाओं के निर्माण की प्रक्रिया, निरंतरता उनके मौजूदा स्वरूप के कारण स्पष्ट हो सकें।

एकबारगी विनम्रता को मुँह चिढ़ाता यह दावा दम्भपूर्ण लग सकता है लेकिन अगर *मु.क़द्दिमा* को उस दौर के इतिहास

लेखन के बरक्स रखकर तौला जाए तो इब्न ख़ाल्दून का दावा बेजा नहीं लगता। *मुक़द्दिमा* का पाठक भावुक या चमत्कृत नहीं होता। यह कृति न प्रवचन की मुद्रा अख़्तियार करती है, न पाठक को किसी ख़ास बात या विचार के लिए राजी करने की कोशिश करती है और न ही उसमें प्रशासन या सरकार की हिमायत करने की दबी-छिपी ख्वाहिश दिखायी देती है। ख़ाल्दून अपने दौर के इतिहास लेखन को पक्षपोषण, मताग्रहों और खेमेबंदी, दूसरों के कहे पर अति निर्भरता, सत्य के संबंध में अपुष्ट धारणाओं तथा सत्ताधारियों की चरण-वंदना से ग्रस्त बताते हैं।

समकालीन इतिहासकारों से ख़ाल्दून इस मायने में भी अलग ठहरते हैं, क्योंकि अपने इतिहास लेखन में वे फंतासी और कल्पना के बजाय आर्थिक विचारों, भूगोल, जनांकिकी, सैन्य रणनीतियों और सत्ता के दांव-पेचों को अहमियत देते हैं। उदाहरण के लिए ख़ाल्दून मूसा के इस दावे का कई कोणों से खण्डन करते हैं कि इज़रायल की सेना में छह लाख सैनिक थे। ख़ाल्दून के मुताबिक़ इज़रायल जैसा छोटा सा देश इतनी विशाल सेना का भरण-पोषण नहीं कर सकता था। दूसरे, इतनी बड़ी सेना को युद्ध में आसानी से नियंत्रित भी नहीं किया जा सकता था। और तीसरे जनांकिकी के लिहाज़ से भी ऐसी सेना को संगठित करना असम्भव था।

इब्न ख़ाल्दून कहते हैं कि अपने पूर्ववर्तियों की नकल करने वाले इतिहासकार कभी सार्थक और गम्भीर काम नहीं कर सकते क्योंकि वे इस तथ्य के प्रति सचेत नहीं रहते कि समय के साथ देश और समुदायों की परिस्थितियाँ बदल जाती हैं। नतीजा यह होता है कि इतिहासकार अतीत के जिन शासकों और घटनाओं के बारे में सूचनाएँ जुटाता हैं वे महज़ आवरण रह जाती हैं और उनका तत्त्व ग़ायब हो जाता है। ख़ाल्दून के मुताबिक़ इस तरह का इतिहास ज्ञान नहीं बल्कि अज्ञानता का वाहक होता है क्योंकि उससे यह पता नहीं चलता कि उसमें मूल कितना और मिलावट कितनी है।

ख़ाल्दून का मानना था कि इतिहासकार को इतिहास लेखन के लक्ष्य को लेकर चौकस रहना चाहिए। इस लक्ष्य को परिभाषित करते हुए वे इतिहासकार के लिए यह ज़िम्मेदारी तय करते हैं कि उसे ऐतिहासिक घटनाओं के आंतरिक अर्थ का संधान करना चाहिए। अर्थ के इस अन्वेषण में ख़ाल्दून क़यास, मौजूदा चीज़ों के उद्‌भव के कारणों की महीन व्याख्या और घटनाओं की प्रक्रिया व उन्हें आसन्न बनाने वाली परिस्थितियों के सघन ज्ञान पर विशेष ज़ोर देते हैं। इन पहलुओं की निशानदेही करते हुए ख़ाल्दून इस निष्कर्ष पर पहुँचते हैं कि इतिहास दर्शनशास्त्र के धरातल पर खड़ा होता है। लिहाज़ा उसे दर्शनशास्त्र की शाखा माना जाना चाहिए।

इतिहासकार के दायित्व की इस चर्चा में ख़ाल्दून यह तजवीज़ भी करते हैं कि सत्य के उद्‌घाटन में उसे सामाजिक, राजनीतिक, आर्थिक, सांस्कृतिक तथा भौगोलिक परिस्थितियों की पड़ताल करनी चाहिए क्योंकि यही कारक आपस में मिलकर किसी सभ्यता का आकार गढ़ते हैं। उनके अनुसार इतिहासकार जब सभ्यता को इस कोण से देखते हैं तो इतिहास विज्ञान का दर्जा हासिल कर लेता है। ख़ाल्दून इतिहास को विज्ञान ठहराने के लिए इसलामी चिंतकों द्वारा निर्धारित तीन पूर्वशर्तों का ज़िक्र करते हैं : इतिहास विज्ञान इसलिए है क्योंकि उसका लक्ष्य मानव समाज होता है। उसके सामने ऐतिहासिक घटनाक्रमों से उपजी एक ख़ास समस्या होती है और घटनाओं के आंतरिक अर्थ की खोज के लिए एक लक्ष्य होता है।

इतिहासकार के तौर पर इब्न ख़ाल्दून ने मध्यकालीन मग़रिब की सभ्यता के विभिन्न पहलुओं का विश्लेषण किया है। मग़रिब के क्षेत्र में त्रिपोलितानिया, दक्षिणी ट्यूनिशिया तथा दक्षिणी मोरक्को के इलाक़े शामिल किये जाते हैं। इतिहास लेखन की प्रक्रिया में ख़ाल्दून सबसे पहले इस बात की तह में जाते हैं कि किसी क्षेत्र की घटनाओं पर वहाँ के भौतिक पर्यावरण का क्या असर रहा है। इसके बाद वे क्षेत्र के निवासियों की सामाजिक प्रवृत्ति, समाज के आदिम संगठनों व उसके विकसित रूपों के बीच स्थित संबंधों का जायज़ा लेते हैं। समाज के विभिन्न स्तरों और रूपों का विवरण देकर ख़ाल्दून नेतृत्व और सरकार की प्रकृति पर विचार करते हैं और इस क्रम में यह दर्शाते हैं कि आदिम समुदाय किस तरह जटिल सामाजिक संगठन की ओर बढ़ते हुए एक समय बाद पतन का शिकार हो जाते हैं। मग़रिब के इस इतिहास में इब्न ख़ाल्दून समाज की प्रकृति और सामाजिक बदलाव संबंधी विचारों को एक पृष्ठभूमि की तरह नियोजित करते हैं। इसकी अग्रभूमि में वे ग्रामीण अथवा घुमंतु (उमरान बदावी) तथा शहरी व स्थायी समुदायों (उमरान हादिरी) की विशिष्टताओं का खाका खींचते हैं। सभ्यता के इस चक्रीय विश्लेषण में ख़ाल्दून ग्रामीण और घूमंतु जीवनशैली को सभ्यता का पहला चरण और शहरी, स्थिर या विकसित समाज का आधार स्तम्भ मानते हैं। इस ग्रामीण और घुमंतु सामुदायिकता के भीतर भी ख़ाल्दून रेगिस्तान में ऊँटों का इस्तेमाल करने वाले घूमंतू क़बीलों, अर्ध-घूमंतू और एक जगह टिक कर खेती करने वाले समुदायों को चिह्नत करते हैं। इसी तर्ज़ पर वे शहरी और स्थायी समुदायों के अंदर भी ख़ास शहर में रहने वाले और शहर की परिधि पर रहने वाले लोगों में अंतर करते हैं। ख़ाल्दून की योजना में ये अलग-अलग समूह विकास के भिन्न-भिन्न स्तरों की नुमाइंदगी करते हैं। ख़ाल्दून के अनुसार शहरी और टिकाऊ समाज यानी उमरान हादिरी का ज़ोर संस्कृति और ऐश्वर्य पर रहता है। लेकिन अंत में यही इस सभ्यता के पतन का कारण बन जाते हैं।

सभ्यता के पतन का यह विश्लेषण इस अर्थ में विलक्षण

है कि ख़ाल्दून इसके लिए प्राकृतिक कारणों को ज़िम्मेदार नहीं मानते। उनके अनुसार उच्चतर सभ्यता का ध्वंस ऐसे लोगों द्वारा किया जाता है जो अपने भीतर उमरान बदावी यानी ग्रामीण और घुमंतू सभ्यता के तत्त्वों को समेटे रहते हैं। ऐसे समुदाय एक नये राज्य की स्थापना करते हैं। इस क्रम में वे पुनः उमरान हादिरी या उच्चतर सभ्यता का निर्माण करते हैं लेकिन इसके कई लक्षण पूर्ववर्ती सभ्यता का ही विस्तार होते हैं जो अंत में उसके अवसान की भूमिका बन जाते हैं। इस तरह सभ्यता का उत्थान और पतन एक चक्रीय प्रक्रिया बन जाती है।

ख़ाल्दून के इतिहास लेखन में असबिया नामक अवधारणा केंद्रीय महत्त्व रखती है। वह एक ऐसा पद है जिसका हर विद्वान ने अलग-अलग अर्थ लगाया है। कोई इसे क़बीलाई एकता के अर्थ में ग्रहण करता है तो कोई उसे राज्य की सक्रिय उपस्थिति, देशभक्ति, राष्ट्रीय चेतना या सामाजिक एकता आदि के तौर पर व्याख्यायित करता है। बहुत से विद्वान इसे उनके चक्रीय विश्लेषण का उत्स मानते हैं। ख़ाल्दून के मुताबिक़ असबिया मूलतः ग्रामीण और घुमंतू सभ्यता का लक्षण होती है। शहरी सभ्यता या उमरान हादिरी के चरण में वह क्षीण होते होते निष्प्राण हो जाती है। ख़ाल्दून के अनुसार असबिया का अवसान ही राज्य के पतन में परिणत होता है।

एक सीमा तक इन सारे आशयों को ठीक माना जा सकता है। लेकिन ध्यान से देखें तो अर्थ की यह बहुलता इस बात की ओर इशारा करती है कि ख़ाल्दून के लिए असबिया कई तत्त्वों से मिलकर बना कोई संयुक्त विचार है। किताब की पाठ्य वस्तु से यह बात भी साफ़ हो जाती है कि असबिया अमूर्त और ग़ैर-ऐतिहासिक धारणा नहीं है। ख़ाल्दून उसका मग़रिब के ख़ास संदर्भ में इस्तेमाल करते हैं। किताब में असबिया का उल्लेख युद्ध की स्थितियों में आता है : मसलन, अगर किसी समूह में युद्ध करने की प्रवृत्ति घटने लगती है तो वह असबिया से हीन हो जाता है। ख़ाल्दून के तईं असबिया एक ऐसी अनिवार्यता है जिसके बिना कोई समूह या ताक़तवर परिवार अपनी वास्तविक सत्ता (रिआसा) स्थापित नहीं कर सकता। ख़ाल्दून के अनुसार समूह पर अपना इक़बाल क़ायम करने के लिए मुखिया व्यापार और युद्धों से अर्जित लूट का इस्तेमाल करते हैं। जब समूह के मुखिया अपनी सम्पदा पर एकाधिकार करने लगते हैं तो उनकी सत्ता का तो विस्तार होता है लेकिन उनकी सेना में बराबरी का तत्त्व घटने लगता है। ऐसे में समूह की एकता बनाये रखने के लिए अन्य समूहों के साथ लगातार युद्ध की स्थिति तैयार की जाती है। एकता की इस भावना और लूट में मिलने वाली हिस्सेदारी के कारण समूह के सदस्य अपने मुखिया का समर्थन करते रहते हैं और इस तथ्य से बेपरवाह रहते हैं कि मुखिया उनका नेता नहीं बल्कि स्वामी बन गया है। युद्ध से प्राप्त सम्पदा और करों के ज़रिये जब मुखिया की स्थिति सर्वोच्च होती जाती है तो धीरे-धीरे समूह के सदस्य अपनी अधीनस्थ स्थिति या असमानता के प्रति सचेत होने लगते हैं। इस क्रम में जब मुखिया अपने दरबारी वर्ग के साथ कस्बों या शहरों में बसने लगता है तो उसका समूह के सदस्यों से सम्पर्क टूटने लगता है। समूह जब इन हालात को समझने लगता है तो फिर वह मुखिया की सत्ता का प्रतिकार करने लगता है। ऐसे में मुखिया अपनी सत्ता को अक्षुण्ण रखने के लिए अपने कृपा-पात्रों, भाड़े के सैनिकों और ग़ुलामों से समर्थन व एकता की अपील करता है। लेकिन जिस मूल समूह के समर्थन के आधार पर मुखिया ने सत्ता हासिल की थी वह उसका शत्रु बन जाता है। इस आंतरिक फूट के कारण सभ्यता जर्जर होने लगती है और अंत में उस पर कोई ऐसा समूह अपना वर्चस्व क़ायम कर लेता है जिसमें असबिया का तत्त्व प्रबल होता है।

ख़ाल्दून के इतिहास-चिंतन में असबिया की केंद्रीयता को देखते हुए कई विद्वानों ने ये सवाल भी उठाए हैं कि ख़ाल्दून सेकुलर दार्शनिक थे या धार्मिक चिंतक। मुक़द्दमा में ख़ाल्दून क़ुरआन से उद्धरण ज़रूर लेते हैं लेकिन इसलाम में असबिया का प्रयोग नकारात्मक अर्थ में किया गया है। इसलामी चिंतन में असबिया की जगह धर्मनिष्ठा और भलमनसाहत (अल-तक़्वा) को सत्ता व नेतृत्व का औचित्य माना गया है। इससे ज़ाहिर होता है कि ख़ाल्दून इसलामी परम्परा का अनुकरण न करके उसका सर्जनात्मक उपयोग कर रहे थे। इस आधार पर बहुत से विद्वानों को ख़ाल्दून में ईश-निंदा की प्रवृत्ति भी दिखायी देती है और वे इस निष्कर्ष पर पहुंचते हैं कि ख़ाल्दून इतिहास की धार्मिक व्याख्या नहीं कर रहे थे।

देखें : अबू-अला मौदूदी, अल-किंदी, अल-ग़ज़ाली, इब्न रश्द, प्रारम्भिक इसलाम, इसलामिक नारीवाद, जिहाद, फ़लसिफ़ा और कलाम, भारतीय इसलाम, मसजिद, हज़रत मुहम्मद-1 और 2, मुहम्मद अली जिन्ना, मुहम्मद इक़बाल, सैयद अहमद ख़ाँ।

संदर्भ

1. एच. सिमोन (1978), *इब्न खाल्दूंस साइंस ऑफ़ ह्यूमन कल्चर,* अनु. एफ़. बाली, *मुहम्मद अशरफ़,* लाहौर.
2. एम. महदी (1957), *इब्न खाल्दूंस फ़िलॉसफ़ी ऑफ़ हिस्ट्री,* जी. ऐलन ऐंड अनविन, लंदन.
3. ए. अजमेह (1990), *इब्न ख़ाल्दून : ऐन ऐसे इन रिइंटरप्रेटेशन,* रॉटलेज़, लंदन.

—नरेश गोस्वामी

इब्न रश्द

(Ibn Rushd)

अबू अल-वालिद मुहम्मद इब्न अहमद इब्न रश्द (1126-1198)

धर्म और दर्शन के बीच तनाव के रूढ़िमुक्त व्याख्याता, मूरों (मुसलमानों) वाले स्पेन के दार्शनिक और चिकित्सा-विज्ञानी अबू अल-वालिद मुहम्मद इब्न अहमद इब्न रश्द (1126-1198) के चिंतन ने पश्चिम की दार्शनिक परम्परा पर स्थायी प्रभाव डाला है। बारहवीं से सोलहवीं सदी के बीच यानी आधुनिक दर्शन और प्रयोग-आधारित विज्ञान के उदय से पहले पश्चिमी दर्शन में इब्न रश्द के विचारों की तूती बोलती थी। रश्द अरबी भाषा के प्रचुर लेखक थे। उनकी रचनाएँ क़रीब बीस हज़ार पृष्ठों में फैली हुई हैं और दुनिया की लगभग सभी भाषाओं में उनका अनुवाद हो चुका है। अरस्तू की रचनाओं पर इब्न रश्द की टीकाओं के कारण ही पश्चिम में विद्वानों का ध्यान एक बार फिर से प्राचीन यूनानी दर्शन की तरफ़ गया जो छठी सदी से ही उपेक्षित पड़ा हुआ था। रश्द ने तर्कशास्त्र, औषधि-विज्ञान, संगीत और न्यायिक चिंतन के क्षेत्र में असाधारण योगदान किया। उनकी रचना *तुहाफ़ुत अल-तुहाफ़ुत* में सुन्नी परम्परा के इस आग्रह का खण्डन है कि इसलाम में दार्शनिकों की कोई जगह नहीं है। रश्द के विचारों से प्रभावित होकर तेरहवीं और चौदहवीं सदी में यहूदी और ईसाई विचारकों ने अपनी परम्पराओं की भी फिर से जाँच की और इस प्रक्रिया से विद्वानों का जो सिलसिला पैदा हुआ उसने स्वयं को ऐवेरॅइस्ट कहा। पश्चिम में इब्न रश्द को एवेरॅस के नाम से ही जाना जाता है।

रश्द की मान्यता थी कि मनुष्य न तो अपने प्रारब्ध को पूरी तरह से नियंत्रित करता है, और न ही उसका अस्तित्व प्रारब्ध द्वारा सौ फ़ीसदी पूर्व-निर्धारित है। उन्होंने क़ुरान की प्रमुख आयतों की व्याख्या करके दिखाया कि धार्मिक सत्य की उपलब्धि के सभी रास्तों में से सबसे अच्छा रास्ता दर्शन ही है। इसलिए इसलाम के तहत दर्शन के अध्ययन की पूरी छूट होनी चाहिए। रश्द ने आशारी, मुताज़िलाह, सूफ़ी और दैवी ग्रंथ की अक्षरशः व्याख्या करने वाली परम्पराओं को आड़े हाथों लेते हुए दावा किया कि अगर आलोचनात्मक और दार्शनिक दृष्टि से धर्म की समीक्षा नहीं की जाएगी तो न उसके गहन अर्थों का संधान हो पायेगा और न ही ईश्वर और जगत के होने से संबंधित भ्रामक अर्थग्रहण से बचा जा सकेगा।

इब्न रश्द की बौद्धिक गतिविधियाँ उस ज़माने में परवान चढ़ीं जब मुसलमान देशों में दार्शनिक और धर्मशास्त्रीय चिंतन को अहमियत नहीं मिल रही थी। लेकिन दूसरी तरफ़ लातीनी ईसाइयत के तहत इन क्षेत्रों में उछाल दिखायी पड़ रहा था। इसलामिक दर्शन के तहत विकसित हुए नव-अफ़लातूनी चिंतन पर अनुदार दृष्टिकोण से ज़बरदस्त आक्रमण करने वाले अल-ग़ज़ाली का डंका उनकी मृत्यु के बाद भी बज रहा था। इब्न सिना द्वारा किये गये ग़ज़ाली के खण्डन के बावजूद फ़लसिफ़ाई परम्परा हाशिये पर ही थी। ऐसी विपरीत परिस्थितियों में स्पेन के मुसलमान दार्शनिकों का एक सिलसिला उभरा जिसके शीर्ष पर इब्न रश्द या ऐवेरॅस थे। दरअसल ज्ञान की इस परम्परा का श्रेय स्पेन के उमैयद ख़लीफ़ा अल-हाकम को दिया जाना चाहिए जिन्होंने पाँच लाख किताबों का एक शानदार पुस्तकालय कोरदोवा में बनवाया। अल-हाकम ख़ुद भी अध्ययन के बड़े शौक़ीन थे और अपना ख़ासा वक़्त इस लाइब्रेरी में गुज़ारते थे। ग्रंथों के इस असाधारण संकलन ने कोरदोवा और उसके इर्द-गिर्द ज्ञान की आराधना का माहौल तैयार किया जो लम्बे अरसे तक जारी रहा। इब्न रश्द का जन्म भी इसी अल-हाकम के बाद दो सदियाँ गुज़र जाने के उपरांत कोरदोवा में ही हुआ।

मध्ययुगीन इसलामिक जगत में बढ़ती जा रही अनुदारता और दर्शन विरोधी प्रवृत्तियों के बीच विविध व्याख्याओं से सम्पन्न उदार परम्परा की वकालत आसान नहीं थी। लेकिन रश्द ने यह चुनौती क़बूल की। सबसे पहले उन्होंने यह दिखाया कि निरूपणात्मक सत्य और क़ुरान के बीच कोई टकराव नहीं है। अगर इसलाम ख़ुद में परम सत्य है तो दर्शन का काम भी सत्य की खोज करना ही है। अगर किसी बात पर दर्शन और क़ुरान की राय में अंतर निकलता है तो उस सूरत में धार्मिक किताब की लाक्षणिक या रूपकात्मक व्याख्या होनी चाहिए। रश्द ने दावा किया कि धर्मग्रंथ की रूपकात्मक व्याख्या करने की परम्परा मुसलमानों के बीच पुरानी है। दार्शनिकों और वकीलों के साथ-साथ स्वयं धर्मशास्त्री यह तरीक़ा अपनाते रहे हैं। मतभेद केवल इस बात पर रहा है कि इसका सहारा लेना किस हद तक उचित है। ऐवेरॅस का कहना था कि अल्लाह ने ही विभिन्न अर्थों और व्याख्याओं का सृजन किया है जो

प्रत्यक्ष भी हैं और प्रच्छन्न भी ताकि मानवीय बुद्धि के प्रत्येक रूप को संतुष्ट किया जा सके।

इसी तर्क को आगे बढ़ाते हुए इब्न रश्द का कहना था कि इसलाम का दीर्घकालीन अंतर्राष्ट्रीय विकास-क्रम बहुत विविध है, और इसलिए भी क़ुरान की बहुत सी आयतों के तात्पर्यों पर मतैक्य नहीं है। कोई भी व्यक्ति सभी युगों के सभी विद्वानों के मत की जानकारी रखने का दावा नहीं कर सकता। चूँकि मतैक्य नहीं है, इसलिए अलग-अलग व्याख्याएँ हो ही सकती हैं। रश्द ने नतीजा निकाला कि इसी वजह से ग़ज़ाली द्वारा दूसरे दार्शनिकों पर काफ़िर होने का आरोप लगाना अनुचित है। जगत के चिरस्थायी होने या दैहिक पुनरुज्जीवन से और विभिन्न मताग्रहों से संबंधित वाद-विवाद पहले से चले आ रहे हैं। दार्शनिकों को अल्लाह ने यह क्षमता प्रदान की है कि वे ज्ञान और युक्तियों के अनूठे रूपों का इस्तेमाल करते हुए निरूपणात्मक दलीलों के माध्यम से अपनी आस्थाओं को पुष्ट करें और रूपकात्मक व्याख्याओं से उन्हें सम्प्रेषित करें।

इब्न रश्द ने दलील दी कि इन्हीं सब वजहों से दार्शनिक और धर्मशास्त्री एक-दूसरे कोई बहुत ज़्यादा भिन्न नहीं होते। उन्हें एक-दूसरे को अधार्मिक क़रार नहीं देना चाहिए। आख़िरकार दार्शनिकों की ही भाँति धर्मशास्त्री भी कई बार रूपकात्मक व्याख्याओं का सहारा लेते हैं जिन्हें किसी भी तरह से अंतिम नहीं माना जा सकता। मसलन, धर्मशास्त्री कहते हैं कि क़यामत के बाद कुछ नहीं बचा रहेगा, पर उनका यह दावा क़ुरान के प्रकट अर्थों पर भी खरा नहीं उतरता। इस सिलसिले में रश्द ने क़ुरान की उन आयतों को रेखांकित किया जिनका निहितार्थ यह है कि जल और धुआँ जैसी शै इस जगत की सृष्टि से पहले भी थीं और क़यामत के बाद भी बनी रहेंगी। रश्द का सुझाव था कि सामान्य जनता को धर्मग्रंथ के केवल प्रकट अर्थों की शिक्षा दी जानी चाहिए, जबकि शिक्षित और सोच-विचार में दीक्षित लोगों को उसके उच्चतर और गहनतर तात्पर्य बताये जाने चाहिए। सामान्य जनता को द्वंद्वात्मक या निरूपणात्मक व्याख्याएँ समझाने की कोशिशें उनकी आस्थाओं के संसार के लिए हानिकारक हो सकती हैं। ज्ञान के सम्प्रेषण से जुड़े अपने इसी क्रम को निगाह में रख कर इब्न रश्द ने अरस्तू की रचनाओं पर तीन अहम टीकाएँ लिखीं। इनमें सबसे छोटी है *जामी* जिसे अरस्तू के विचारों की संक्षिप्त प्रस्तुति माना जाता है। यह सामान्य लोगों के पढ़ने के लिए है। इससे बड़े कलेवर की *तालिख़स* है जो इस विषय से परिचित छात्रों के काम की है। और, सबसे बड़ी और गहन है *ताफ़्सिर* जिसे विद्वानों के पढ़ने के लिए लिखा गया है। इसमें क़ुरान की आयतों और अवधारणाओं का मौलिक विश्लेषण पेश किया गया है।

संगीत के क्षेत्र में इब्न रश्द ने अरस्तू की कृति *डि एनिमा* का सार-संक्षेप तैयार किया जिसका बाद में लैटिन में अनुवाद हुआ। औषधि-विज्ञान के क्षेत्र में इब्न-रश्द ने बीस पुस्तकें लिखीं जिनमें *क़िताब अल-कुल्लियत फ़ि अल-तिब्ब* (1162) को बहुत ऊँचा दर्जा प्राप्त है। इस ग्रंथ का लैटिन में अनुवाद *कॉलिजेत* शीर्षक से हुआ। हालाँकि यह पुस्तक इब्न सिना द्वारा रचित *अल-.क़नुन* की परम्परा में ही है, पर इसमें रश्द ने दवाओं, निदान, उपचार और रोगों के होने से पहले उन्हें रोकने से संबंधित समस्याओं पर मौलिक चिंतन किया है। विधिशास्त्र पर इब्न रश्द की रचना *बिदायत अल-मुज्तहिद वा-निहायत-अल-मुक़्तासिद* को मालिकी स्कूल के विचारों का प्रतिनिधित्व करने वाली सर्वश्रेष्ठ रचना माना जाता है। खगोलशास्त्र के क्षेत्र में इब्न रश्द की कृति *क़िताब फ़ि-हरकत अल-.फ़लक* के पृष्ठों पर वृत्त की गति पर मौलिक प्रबंध दर्ज है। दर्शन पर उनकी अधिकांश रचनाएँ हिब्रू अनुवादों के रूप में सुरक्षित हैं। कुछ के मूल अरबी पाठ भी उपलब्ध हैं। हालाँकि रश्द की कुछ पुस्तकें लुप्त हो चुकी हैं, पर अब भी 87 कृतियाँ मिलती हैं।

इब्न रश्द का जन्म 1126 ईस्वी में स्पेन के कोरदोवा में हुआ था। उनके पिता और बाबा न्यायाधीश थे। बाबा की ख़ास बात यह भी थी कि वे जज होने के साथ-साथ इसलामिक विधि के मालिकी स्कूल के विद्वान तथा कोरदोवा की जामिया मसजिद के इमाम भी थे। रश्द का बचपन शांति से विद्या-अध्ययन करते बीता। उन्होंने दर्शन और विधि की शिक्षा अबू जफ़र हारून से ली और इब्न बाजा से औषधि-विज्ञान सीखा। जैसे ही उनकी विद्वत्ता की चर्चाएँ फैलीं, मोरक्को के ख़लीफ़ा अबू याक़ूब ने उन्हें अपने दरबार में निमंत्रित किया और वे इब्न तुफ़ैल की जगह शाही हक़ीम तैनात किये गये। याक़ूब के बेटे याक़ूब अल-मंसूर ने भी रश्द का रुतबा क़ायम रखा, लेकिन कुछ समय बाद ही नये ख़लीफ़ा से उनकी ठन गयी। मंसूर को रश्द के धर्मशास्त्रीय और दार्शनिक विचार कुछ ज़्यादा ही रैडिकल लग रहे थे। ख़लीफ़ा का कोपभाजन बनने के बाद उन्हें निर्वासित कर दिया गया, और वे कोरदोवा के पास एक यहूदी गाँव लुसिना में रहने के लिए मजबूर कर दिये गये। मंसूर ने उनकी विज्ञान संबंधी तकनीकी कृतियों को छोड़ बाक़ी सभी किताबें जलवा डालीं। क़रीब चार साल बाद इस क्षेत्र के प्रमुख विद्वानों ने इब्न रश्द और ख़लीफ़ा के बीच सुलह कराने की कोशिश की। मंसूर ने उन्हें माफ़ कर दिया और वे फिर से मोरक्को रहने के लिए चले गये। लेकिन 1198 में जिस साल इब्न रश्द की वापसी हुई, उसी वर्ष उनका देहांत हो गया।

देखें : अल-किंदी, अल-ग़ज़ाली, इब्न ख़ाल्दून, प्रारम्भिक इसलाम, इसलामिक नारीवाद, जिहाद, फ़लसिफ़ा और कलाम, भारतीय इसलाम, मसजिद, हज़रत मुहम्मद-1 और 2, मुहम्मद अली जिन्ना, मुहम्मद इक़बाल, अबू-अला मौदूदी, सैयद अहमद ख़ाँ।

संदर्भ

1. डी. उरवॉय (1991), इब्न रश्द, रॉटलेज, लंदन.
2. ओलिवर लीमैन (1985), *ऐन इंट्रोडक्शन ऑफ़ मेडिवल इसलामिक फ़िलॉसफ़ी*, केम्ब्रिज युनिवर्सिटी प्रेस, केम्ब्रिज.
3. ओलिवर लीमैन और एच.एस. नस्र (सम्पा.) (1998), *द रॉटलेज हिस्ट्री ऑफ़ इसलामिक फ़िलॉसफ़ी*, लंदन.
4. आर. अर्नाल्डेज़ (1998), *इब्न रश्द : अ रैशनलिस्ट इन इसलाम*, युनिवर्सिटी ऑफ़ नॉत्रेदम प्रेस, नॉत्रेदम, आईएन.

—अभय कुमार दुबे

इमैनुएल कांट

(Immanuel Kant)

आदर्शवादी जर्मन दार्शनिक इमैनुएल कांट (1724-1804) तत्त्वचिंतन, ज्ञानमीमांसा और नीतिशास्त्र के क्षेत्र में युगप्रवर्तक योगदान के लिए जाने जाते हैं। उनकी मान्यता थी कि ज्ञानमीमांसा के ज़रिये तत्त्वचिंतन का परिष्कार किया जा सकता है। वे ख़ुद को अनुभववादी दार्शनिक परम्परा और बुद्धिवाद के बीच सूत्र के रूप में भी देखते थे। हालाँकि उन्होंने राजनीति पर सीधे कोई रचना नहीं लिखी, लेकिन उनकी कृतियाँ समृद्ध राजनीतिक विचारों और सूत्रीकरणों से भरी पड़ी हैं। किसी सुविकसित राजनीतिक सिद्धांत की ग़ैरमौजूदगी के बावजूद अगर कांट के चिंतन को अलग कर दिया जाए तो आज का राजनीतिक सिद्धांतशास्त्र दरिद्र हो जाएगा। 1795 में प्रकाशित अपनी रचना *परपैचुअल पीस* में ही कांट ने 'लीग ऑफ़ नेशंस' जैसा एक संगठन बनाने के पक्ष में तर्क दे दिया था ताकि एक प्राकृतिक, बुद्धिसंगत और अंतर्राष्ट्रीय क़ानून सारी दुनिया पर लागू किया जा सके। इस तजवीज़ के पीछे उनकी भविष्य-दृष्टि थी कि दुनिया के विभिन्न राज्यों की सत्ता कमज़ोर होने वाली है जिसके कारण एक सार्वभौम प्राधिकार स्थापित करने की ज़रूरत पड़ेगी।

कांट का निजी जीवन अपनी घटनाहीनता के लिए जाना जाता है। प्रशिया के प्रांतीय नगर कोइंसबर्गर में एक साधारण कारीगर के घर में उनका जन्म हुआ। वहीं के विश्वविद्यालय में वे प्रवक्ता बने और वहीं प्रोफ़ेसरी की। आस-पास के इलाक़ों को छोड़ कर वे कभी बाहर नहीं गये और एक अलग-थलग सा जीवन जीते रहे। पर वे किसी भी तरह से कूपमंडूक नहीं थे। उन्हें दुनिया भर में हो रहे घटनाक्रम और ज्ञान के क्षेत्र में हो रहे विकासों की पूरी जानकारी रहती थी। हालाँकि उनका जीवन एक निरंकुश और सर्वसत्तावादी हुकूमत में बीता, लेकिन जीवन-स्थितियों के लिहाज़ से उनकी धारणाएँ बहुत रैडिकल थीं।

कांट युरोपीय ज्ञानोदय की अवधि में सक्रिय रहे और 1782 में *आंसर टू द क्वेश्चन : व्हाट इज़ ऐनलाइटेनमेंट?* जैसा बहुचर्चित निबंध लिख कर ज्ञानोदय के बुनियादी मूल्यों की लोकप्रिय व्याख्या भी की। कांट ने लिखा, 'ज्ञानोदय मनुष्य को उस नादानी से मुक्त करता है जो उसने स्वयं अपने ऊपर लाद रखी है। नादानी के कारण ही व्यक्ति अपनी समझ को दूसरे के मार्गनिर्देशन के बिना इस्तेमाल करने में अक्षम रहता है।' कांट कहते हैं कि ऐसी नादानी क़ाबिलियत के अभाव का द्योतक नहीं होती, और 'जानने की जुर्रत' के ज़रिये इसे ज्ञानोदय में बदला जा सकता है।

उनकी रचनाएँ ज्ञानोदय के आदर्शों से आलोकित भी हैं, पर कुल मिला कर उनकी बौद्धिक परियोजना कुछ अलग क़िस्म की थी। उस ज़माने में फ्रांस और इंग्लैण्ड के दार्शनिकों द्वारा प्रतिपादित फलितार्थवादी और सुखवादी सिद्धांतों के आईने में कांट के दर्शन को नहीं देखा जा सकता। *क्रिटीक ऑफ़ प्योर रीज़न* (1781), *ग्राउंडवर्क ऑफ़ द मेटाफ़िज़िक्स ऑफ़ मोरल्स* (1785), *क्रिटीक ऑफ़ प्रेक्टीकल रीज़न* (1788) और *क्रिटीक ऑफ़ जजमेंट* (1788) जैसी विख्यात रचनाओं में कांट की दिलचस्पी इस बात में दिखती है कि परम्परा से चले आ रहे सिद्धांतों को नयी बुद्धिवादी कसौटियों के मुताबिक़ कैसे पुनः रचा जाए।

अपने बौद्धिक जीवन के शुरुआती दौर में कांट न्यूटन के विज्ञान संबंधी विचारों से बहुत प्रभावित थे। उनकी समझ थी कि डेविड ह्यूम का संदेहवादी दर्शन विज्ञान की बुनियाद और निश्चितता के दावे को ही प्रश्नांकित करता है। ह्यूम का कहना था कि विज्ञान के कार्य-कारण संबंधी नियमों का कोई ठोस तथ्यगत आधार नहीं है। कांट ने इसके उत्तर में मनुष्य को एक बुद्धिवादी और स्वायत्त एजेंट की तरह पेश किया। जगत को समझने के वैज्ञानिक दृष्टिकोण का समर्थन करते हुए उन्होंने दावा किया कि विज्ञान के कुछ प्रस्तावों को हमें स्वीकार करना ही होगा। हमारी यह स्वीकारोक्ति उन प्रस्तावों की तर्कपरक अनिवार्यता या उनके प्रेक्षणीय सत्य होने की शर्त पर निर्भर नहीं होनी चाहिए। दरअसल, इन प्रस्तावों को माने बिना हम एक ख़ास तरह का बुद्धिवादी विमर्श स्थापित कर ही नहीं सकते। मसलन, अगर हम विज्ञान का अस्तित्व चाहते हैं तो हमें कार्य-कारण संबंध मानने होंगे, और अगर हम नैतिक तर्क देना चाहते हैं तो हमें कुछ सार्वभौम नियमों को भी मान कर चलना होगा।

कांट ने अपने इस विज्ञान-दर्शन से कर्त्तव्यनिष्ठा और भलाई के सिद्धांत निकाले। उन्होंने पशुओं और मनुष्यों समेत दैनंदिन संसार के इंद्रियगत अस्तित्व को 'परिघटनात्मक जगत'

इमैनुएल कांट (1734-1804)

क़रार देते हुए कहा कि यह पूरी तरह से कार्य-कारण नियम से संचालित है। कांट को इसमें कोई संदेह नहीं है कि अपना निजी हित पूरा करते समय हमारी कामनाओं और उनकी पूर्ति के लिए उठाए जाने वाले क़दमों के पीछे भी यही नियम काम करते हैं। इस प्रक्रिया में इस्तेमाल की जाने वाली बुद्धि हमें पशुओं से अलग नहीं करती, बल्कि पशुओं के मुक़ाबले हमें एक अतिरिक्त उपादान दे देती है। कांट के अनुसार मनुष्य भिन्न इसलिए हैं कि उनमें परिघटनात्मक जगत के परे जाने की क्षमता होती है। वह नैतिक आधार पर अपनी सक्रियता के ज़रिये परासत्ता के दायरे में भागीदारी कर सकता है। वह नैतिक कर्त्तव्य के अधीन हो कर निजी हित के ख़िलाफ़ जा सकता है, और इस तरह से पूरी तरह से स्वाधीन व सम्पूर्ण मानव बन सकता है।

यहाँ कांट का विचार रूसो की अवधारणाओं से मिलता-जुलता लेकिन कुछ अलग तरह का है। वे रूसो की भाँति नैतिक चयन की ख़ूबी के कारण मानव को अलग ठहराते हैं, पर स्वाधीनता की उनकी अवधारणा राजनीतिक रूप से अधिक पारम्परिक है। साथ ही वे पूरी तरह से व्यक्तिवादी आधारों पर नैतिक चयन के पक्ष में हैं। उनके लिए हर व्यक्ति अपने नैतिक नियम बनाने के लिए स्वतंत्र है और उसके लिए 'सुस्पष्ट अनिवार्यता' के अमूर्त नियम का सहारा ले सकता है। अर्थात् व्यक्ति दूसरे लोगों को साध्य की भाँति देखे, न कि साधन की भाँति। चूँकि हर व्यक्ति स्वयं को अपने नैतिक नियम दे सकता है, इसलिए हर व्यक्ति एक असीमित नैतिक मूल्य से सम्पन्न है। इसी लिहाज़ से उसे स्वाधीनता और स्वायत्तता का अधिकार है।

कांट के पास इस सवाल का जवाब भी है कि ऐसे स्वाधीन और स्वायत्त लोगों के समाज के लिए सरकार का कौन सा रूप उचित होगा। वे गणतांत्रिक सरकार के समर्थक हैं और *क्रिटीक ऑफ़ प्योर रीज़न* में उसकी रूपरेखा पेश करते हैं। गणतांत्रिक सरकार से कांट का मतलब है संविधानसम्मत शासन जिसके तहत सभी को ऐसी अधिकतम स्वाधीनता मिलनी चाहिए जो दूसरों की स्वाधीनता को बाधित न करती हो। इस प्रकार की सरकार हासिल करने के प्रयास को कांट एक नैतिक कर्त्तव्य की संज्ञा देते हैं।

उत्तम शासन की कांट की अवधारणा उदारतावादी चिंतन के मुताबिक़ है। उसमें नागरिक अधिकारों, संवैधानिक राजशाही और एक व्यापक मताधिकार (सार्वभौम नहीं, क्योंकि कांट परनिर्भरों को वोट का अधिकार देने के पक्ष में नहीं थे) के आधार पर चुनी गयी विधायिका की संकल्पना है। कांट को अगाध विश्वास था कि इस तरह की गणतांत्रिक सरकार सभी युद्ध, अपराध और अन्य बुराइयों को भी बहुत कम कर सकती है। उनके मुताबिक़ लोगों को पूरी तरह से स्वाधीन होना ही होगा। मामूली सा संरक्षण या माई-बाप रवैया भी उनके नैतिक विकास में बाधक बन जाता है और दुनिया को तरह-तरह की बुराइयाँ झेलनी पड़ती हैं। गणतांत्रिक सरकार के कारण लोग अधिक परिपक्व, उत्तरदायी और बुद्धिसंगत बनेंगे।

ज्ञानोदय के चिंतक मानते थे कि बुद्धिवाद और शिक्षा का क्रमशः प्रसार मानवता का भविष्य सँवार सकता है। कांट का विश्वास था कि मनुष्य की प्रगति तो प्रकृति द्वारा सुनिश्चित कर दी गयी है। 1784 में प्रकाशित *आइडिया फ़ार अ युनिवर्सल हिस्ट्री विद् अ कॉस्मोपालिटन परपज़* में उन्होंने दावा किया था कि प्रकृति अपनी प्रच्छन्न योजना के आधार पर मनुष्य को एक सम्पूर्ण रूप उत्तम संविधान की तरफ़ ले जा रही है। और, यह इसलिए हो रहा है कि प्रकृति ने मानवता को एक ख़ास तरह की 'असामाजिक क़िस्म की सामाजिकता' से सम्पन्न कर रखा है।

हालाँकि बहुत से आधुनिक चिंतक ख़ुद को नव-कांटवादी कहना पसंद करते हैं, पर विद्वानों ने कांट के नैतिक दर्शन की आलोचना भी की है और उनके आशावाद की भी। बुराई को ख़त्म करने की मानवीय क्षमता में उनके अगाध विश्वास पर पिछली कुछ सदियों के अनुभव के आधार पर सवालिया निशान लगाये गये हैं। कांट के नीतिशास्त्र के प्रशंसक बहुत हैं, पर सुस्पष्ट अनिवार्यता के सिद्धांत के बारे में सवाल पूछे जाते हैं कि अगर हर व्यक्ति पूरी तरह से बुद्धिसंगत होगा तो क्या सभी लोग एक तरह के नैतिक निष्कर्षों पर

पहुँच जाएँगे। हीगेल ने कांट को आड़े हाथों लेते हुए कहा है कि कांट ने एक ऐसा फ़ार्मूला दिया है जिसमें सारतत्त्व का अभाव है। ऐसे फ़ार्मूले के आधार पर तो किसी भी काम को न्यायसंगत ठहराया जा सकता है।

देखें : अफ़लातून, अरस्तू, कार्ल हाइनरिख़ मार्क्स-1, 2, 3 और 4, ज्याँ-ज़ाक रूसो, चार्ल्स-लुई द सेकोंद मोंतेस्क्यू, जॉर्ज विल्हेल्म फ्रेड्रिख़ हीगेल, निकोलो मैकियावेली, मार्सिलियस पाडुआ के, सुकरात, संत थॉमस एक्विना।

संदर्भ

1. एच. सैनर (1973), *कांट्स पॉलिटिकल थॉट,* आईएल, शिकागो यूनिवर्सिटी प्रेस, शिकागो.
2. पी. गेयर (1992), द *केम्ब्रिज कम्पेनियन टू कांट,* केम्ब्रिज युनिवर्सिटी प्रेस, केम्ब्रिज.
3. एच. रीज़ (सम्पा.) (1971), *कांट्स पॉलिटिकल राइटिंग्स,* केम्ब्रिज युनिवर्सिटी प्रेस, केम्ब्रिज.
4. एच. विलियम्स (1983), *कांट्स पॉलिटिकल फ़िलॉसफ़ी,* ऑक्सफ़र्ड, ब्लैकवेल.
5. सेबास्टियन गार्डनर (1999), *कांट ऐंड द क्रिटीक ऑफ़ द प्योर रीज़न,* रॉटलेज, लंदन.

—अभय कुमार दुबे

इयत्ता

(Self)

ख़ुद को 'मैं' कह कर पुकारते हुए कोई भी व्यक्ति अपनी इयत्ता (ख़ुदी या आत्म) का हवाला दे रहा होता है। इयत्ता यानी चेतना के स्तर पर सक्रिय देह और मानस से मिल कर बनने वाला अस्तित्व। किन्हीं ख़ास परिस्थितियों में अपनी ही लौकिक शख़्सियत के ख़िलाफ़ खड़ा हो कर मनुष्य का यह आत्म उसके अंतर्द्वंद्व का कारण बन कर ऊहापोह को जन्म देता है। इयत्ता स्थिर नहीं होती। कोशिशों के ज़रिये इनसान अपनी ख़ुदी को बुलंद करते हुए सामान्य पैमानों से परे भी जा सकता है। लेकिन यहीं सवाल उठता है कि क्या हर व्यक्ति के पास 'मैं' के रूप में केवल एक ही इयत्ता होती है? दरअसल, इयत्ता काफ़ी लचीली अवधारणा है और अस्मिता से जुड़ी होने के कारण यह संदर्भ के मुताबिक़ बदल भी सकती है। एक व्यक्ति की कई इयत्ताएँ हो सकती हैं। मनोविज्ञान, ज्ञानमीमांसा, व्यक्तिवाद और उदारतावाद के दायरों में इस पद का जम कर इस्तेमाल होता है। दूसरी तरफ़ समकालीन सामाजिक सिद्धांत के लिए सामाजिक शक्तियों और प्रक्रियाओं के संदर्भ में की जाने वाली इयत्ता की समाजशास्त्रीय व्याख्या बेहद महत्त्वपूर्ण समझी जाती है। यह अनुशासन इयत्ता को केवल एक निजी और आंतरिक 'मैं' के रूप में ही नहीं ग्रहण करता, बल्कि उसके ज़रिये व्यक्तियों और उनके समाज के बीच रिश्तों का संधान भी करता है। मनोविज्ञान द्वारा अगर इयत्ता की शिनाख़्त मानवीय व्यक्तित्व के अनिवार्य मर्म के तौर पर की जाती है, तो समाजशास्त्र उसे सामाजीकरण, अन्योन्यक्रिया और जीवनीपरक अस्मिता-रचना के ज़रिये बनते और प्रबंधित होते हुए देखता है।

देह और मानस के संबंधों पर दार्शनिक प्राचीन काल से ही विचार कर रहे हैं। प्लेटो की मान्यता थी कि आत्मा या मानस और देह न केवल अलग-अलग हैं बल्कि आत्मा का अस्तित्व देह से पहले है। प्लेटो का यह तर्क सुकरात के शब्दों में इस प्रकार सामने आता है : शरीर दिखता है और परिवर्तनशील है, पर आत्मा अदृश्य, अपरिवर्तनीय, अमर और अविनाशी है। चूँकि आत्मा हमेशा रहती है, इसलिए व्यक्ति की इयत्ता उसके कभी नष्ट न होने वाले अनिवार्य तत्त्व का रूप ले लेती है, जिसका क्षय दैहिक मृत्यु के बाद भी नहीं होता। यूनानी क्लासिकल दर्शन की इन व्याख्याओं से देह और आत्मा के आपसी संबंधों की द्वंद्व-अवधारणा की ओर ध्यान आना स्वाभाविक ही है।

लेकिन पश्चिमी दर्शन में इयत्ता की अवधारणा प्लेटो और सुकरात तक ही सीमित नहीं है। सत्रहवीं सदी में देकार्त ने 'कोजिटो अरगो सम' (मैं सोचता हूँ, इसलिए मैं हूँ) का दावा करते हुए प्रश्न उठाया कि यह सोचने वाला 'मैं' कौन है? देकार्त ने उसे दो भागों में बाँट कर देखा : मानवीय देह का यांत्रिक ढाँचा, और आत्मा अथवा मानस की गतिविधियाँ। देह रूपी यंत्र को अपने-आप चलाते रहने की शक्ति शरीर में निहित न मान कर देकार्त ने ज्ञेय और स्पर्श्य देह को संशय के दायरे में रखा, पर सोचने वाले 'मैं' पर संदेह करने से इनकार कर दिया। लेकिन अगली सदी में ही डेविड ह्यूम ने अपनी रचना *ट्रीटाइज़ ऑफ़ ह्यूमन नेचर* में दावा किया कि मनुष्य की इयत्ता उसके विचारों और अनुभूतियों से परे नहीं होती। जब कोई अपने 'मैं' के बारे में बोलता है तो उसका एक निश्चित संदर्भ होता है, इसलिए इयत्ता को उसी रोशनी में समझा जाना चाहिए। ह्यूम के अनुसार चूँकि मनुष्य का 'मैं' संवेदनों का एक पुंज है इसलिए उसकी इयत्ता देह द्वारा उत्पादित संवेदी अनुभूतियों से स्वतंत्र नहीं हो सकती। अत: देह की तरह इयत्ता भी नश्वर है। इयत्ता ज़्यादा से ज़्यादा दैहिक संवेदनों की एक व्याख्या ही हो सकती है। नीत्शे ने भी अपनी रचना *बियांड गुड ऐंड ईविल* में देकार्त का खण्डन करते हुए यह मानने से इनकार किया कि चिंतन और इयत्ता के बीच कोई अनिवार्य कार्य-कारण संबंध होता है। नीत्शे के

जॉर्ज हरबर्ट मीड (1863–1931)

मुताबिक़ यह बात यक़ीनी तौर पर नहीं कही जा सकती कि सोचने की क्रिया इयत्ता द्वारा ही संचालित होती है। ह्यूम की तरह नीत्शे भी यह मानते थे कि इयत्ता हमेशा ही संदर्भगत होती है और उसे मानवीय संस्कृति की पैदाइश के तौर पर देखा जाना चाहिए। ज़ाहिर है कि ह्यूम और नीत्शे इयत्ता की अवधारणा को सत्तामूलक दर्जा देने से इनकार करते हुए उसे अनुभव और उसके नतीजे के तौर पर ज्ञान का आधार मानने के लिए तैयार नहीं थे।

उन्नीसवीं सदी के उत्तरार्ध में एमील दुर्खाइम ने समाजशास्त्रीय दृष्टिकोण के आधार पर कहा कि समाज व्यक्तियों से मिल कर नहीं बना है, बल्कि व्यक्ति समाज की पैदाइश हैं। आधुनिक समाज में व्यक्ति अपनी इयत्ता का अर्थ–ग्रहण एक विशिष्ट संस्कृति के संदर्भ में ही कर पाता है। प्राक् –औद्योगिक समाजों में ज़्यादातर लोग मूल्यों और मानकों के संदर्भ में एक जैसे ही होते थे, क्योंकि उन समाजों में आर्थिक आधार पर श्रम का विभाजन बहुत कम या न के बराबर ही था। एक तरह की समरूपता (यांत्रिक एकजुटता) इन समाजों को एक सूत्र में बाँधे रहती थी। लेकिन औद्योगिक समाजों में यह तस्वीर बदल गयी। काम के अलग–अलग विशिष्ट दायरों के कारण व्यक्तियों के अनुभवों में विविधता आयी। इस विश्लेषण के आधार पर दुर्खाइम इस निष्कर्ष पर पहुँचे कि व्यक्ति की अस्मिता अपने–आप में प्राथमिक न हो कर आर्थिक विन्यास की उपज है।

इयत्ता और अस्मिता के आपसी संबंधों पर यह चिंतन यहीं नहीं रुका। जॉर्ज हरबर्ट मीड ने इस पर वैकल्पिक दृष्टि से विचार किया। उनका कहना था कि अन्य जीवों की तरह मनुष्य अपने माहौल के प्रति निष्क्रिय अनुक्रिया नहीं करते, बल्कि उसके साथ सक्रिय संवाद करते हुए अपना सामाजिक संसार रचते हैं। उसकी रोज़मर्रा की ज़िंदगी उन 'सामाजिक क्रियाओं' की सामग्री से बनती है जो उसके इर्द–गिर्द मौजूद 'सामाजिक वस्तुओं' का तात्पर्य ग्रहण करने के आधार पर की जाती हैं। मनुष्य इन सामाजिक वस्तुओं में अन्य लोगों को भी शामिल मानता है। इयत्ता की रचना इन्हीं अन्य लोगों से संबंध के तहत होती है। उन्होंने 'आई' और 'मी' में फ़र्क़ करते हुए कहा कि आयी का मतलब है व्यक्ति का दूसरों के प्रति रवैया, और मी का अर्थ है दूसरों का वह रवैया जो व्यक्ति ग्रहण कर लेता है। अर्थात् व्यक्ति की इयत्ता दूसरों के दृष्टिकोण को आत्मसात करने पर निर्भर करती है। व्यक्ति उतनी ही हद तक आत्मसचेत होता है जितना वह समझ पाता है कि दूसरे उसे किस रूप में देख रहे हैं। मीड के इस चिंतन से समाजशास्त्र में सिम्बोलिक इंटरेक्शनिस्ट नामक नज़रिये की बुनियाद पड़ी जिसे इरविंग गॉफ़मेन ने और आगे बढ़ाया।

हाल के वर्षों में समाजशास्त्रियों ने इयत्ता की नियति पर एक ऐसे संदर्भ में सोचना शुरू किया है जो सामाजिक–आर्थिक और राजनीतिक लिहाज़ से परिवर्तन की तेज़ प्रक्रिया से गुज़र रहा है। भूमण्डलीकरण और संचार क्रांति ने व्यक्ति की सामाजिक अस्मिता की अहमियत को कमतर कर दिया है। इसलिए लोग कहीं अधिक अंतर्मुखी होने लगे हैं और उनके लिए निजी रिश्तों का महत्त्व और बढ़ गया है। एंथनी गिडेंस मानवीय इयत्ता को एक ऐसी चिंतनशील परियोजना के तौर पर देखते हैं। व्यक्ति इसे सम्पूर्णता देने की कोशिश में लगातार लगा हुआ है। इसी प्रक्रिया में देह, स्वास्थ्य, सौंदर्य से संबंधित आयामों और उनके विवरणों के माध्यम से 'इयत्ता की कहानियाँ' सामने आती हैं।

बीसवीं सदी में मनोविश्लेषण के अनुशासन ने इयत्ता की नयी व्याख्याओं को जन्म दिया। ज़िग्मंड फ्रॉयड ने मानवीय इयत्ता को ईगो (अहं), इद (पशुत्व) और सुपरईगो (पराअहं) के आपसी संबंधों का परिणाम बताया। फ्रॉयड के चिंतन के आधार पर एरिकसन ने 'अस्मिता के संकट' का हवाला देते हुए एक ऐसे व्यक्ति को परिभाषित करने की कोशिश की जो अपने भीतर निजी स्तर पर ऐतिहासिक निरंतरता का अभाव महसूस कर रहा हो। एरिकसन का इशारा अपनी संस्कृति से अलगाव में पड़ गये लोगों की तरफ़ था जो इसी कारण से अपनी इयत्ता के संदर्भ में सुसंगति का अभाव महसूस करने लगते हैं।

मनोविज्ञान में इयत्ता की प्रस्तुति और इयत्ता–संवर्धन की अवधारणाओं का महत्त्व है। हम दूसरों के सामने अपनी

सबसे ज़्यादा पसंदीदा इयत्ता प्रस्तुत करने का प्रयास करते हैं। कई मनोवैज्ञानिक शोधों से यह स्थापित हुआ है कि हम उन लोगों का साथ सबसे अधिक पसंद करते हैं जो हमारी उसी इयत्ता को स्पर्श करते हैं जो हमारी भी वरीयता है। अनुसंधानों ने यह भी स्पष्ट किया है कि अपनी इयत्ता के प्रति दूसरों का आदर सुनिश्चित करने के लिए हममें यह प्रवृत्ति पायी जाती है कि किसी सामाजिक अंतर्क्रिया में हम वही इयत्ता प्रोजेक्ट करें जो उस संदर्भ में दूसरों को पसंद आये। अपने प्रति दूसरों का आदर सुनिश्चित करने के लिए हम दूसरों को आदर देते हैं। सामाजिक अंतर्क्रियाओं में दोनों ही पक्ष परस्पर उपयोगिता को देखते हुए भी अपनी-अपनी इयत्ता सामने लाते हैं। इससे स्पष्ट होता है कि इयत्ता के प्रस्तुतीकरण में धोखा (डिसेप्शन) या भ्रम भी पूर्णत: या अंशत: एक तत्त्व हो सकता है।

इंटरनेट पर सोशल मीडिया में इयत्ता की प्रस्तुति के संबंध में अनेक अध्ययन हुए हैं। वेब पर दूसरों की नज़र में इयत्ता की प्रस्तुति की प्रक्रिया पर हमारा नियंत्रण अधिक होता है। मार्क्यूज, मैसीलेक और स्कूज ने अपने अध्ययन में बताया है कि वेब पर सामाजिक अंतर्क्रिया में इयत्ता और अन्य के मध्य समझौते का तत्त्व अधिक स्पष्ट होता है। वेब पर अपनी निश्चित इयत्ता प्रस्तुत करना और नतीजे में दूसरे की निश्चित इयत्ता के प्रति अनुक्रिया करने में इयत्ता और अन्य के मध्य समझौते का तत्त्व अधिक स्पष्ट होता है। ऑनलाइन अंतर्क्रिया के बारे में अनेक अध्ययनों ने यह भी स्थापित किया है कि यह माध्यम अपनी बेहतर इयत्ता के बारे में जागरूक और अभिव्यक्ति-कुशल होने का मौक़ा देता है। वर्चुअल और रीयल सामाजिक अंतर्क्रिया में अंतर के अध्ययन में स्त्रिज, गुएन और डर्कीन ने दिखाया है कि शर्मीले इयत्ताभाव के लोग ऑनलाइन माध्यम में अपनी इयत्ता का प्रस्तुतीकरण बेहतर तरीक़े से कर लेते हैं क्योंकि इस प्रकार की अंतर्क्रिया में आमने-सामने की अंतर्क्रिया की तरह वैसे मौखिक और फ़ीडबैक की ज़रूरत नहीं होती जिससे शर्मीले लोग असहज होते हैं। ऑनलाइन अंतर्क्रिया के संबंध में अनेक शोधों से यह स्पष्ट होता है कि इयत्ता के प्रस्तुतीकरण में धोखा (डिसेप्शन) संबंधी कारक इस प्रकार की अंतर्क्रिया में अधिक फ़ंक्शनल रहता है।

इंटरनेट के इस्तेमाल के बारे में कैपलान के अध्ययन में दर्शाया गया कि आमने-सामने की अंतर्क्रिया में इयत्ता के प्रस्तुतीकरण में कमज़ोर होने वाले लोगों में ऑनलाइन माध्यमों पर निर्भरता विकसित कर लेने की प्रवृत्ति अधिक होती है। इस निर्भरता के बढ़ जाने से वास्तविक सामाजिक जीवन में इयत्ता के प्रस्तुतीकरण संबंधी कौशल का और क्षय होने का ख़तरा रहता है।

देखें : अस्मिता, अफ़लातून, उदारतावाद, एमील दुर्खाइम, डेविड ह्यूम, फ़्रेड्रिख़ नीत्शे-1 और 2, मनोविज्ञान-1 और 2, रेने देकार्त, व्यक्तिवाद, समाजीकरण, ज़िग्मंड फ्रॉयड-1 और 2, सुकरात, ज्ञानमीमांसा।

संदर्भ

1. एंथनी गिडेंस (1991), *मॉडर्निटी ऐंड द सेल्फ़ आइडेंटिटी,* पॉलिटी प्रेस, केम्ब्रिज.
2. इरविंग गॉफ़मेन (1959), *द प्रज़ेंटेशन ऑफ़ सेल्फ़ इन एवरीडे लाइफ़,* पेंगुइन, हारमंड्सवर्थ.
3. जी.एच. मीड (1934), *माइंड, सेल्फ़ ऐंड सोसाइटी,* शिकागो युनिवर्सिटी प्रेस, शिकागो, आईएल.
4. एमील दुर्खाइम (1984/1993), *द डिवीज़न ऑफ़ लेबर इन सोसाइटी,* अनु. डब्ल्यू.डी. हाल्स, मैकमिलन, बेसिंगस्टोक.
5. एरिक एरिकसन (1968), *आइडेंटिटी : यूथ ऐंड क्राइसिस,* फेबर ऐंड फेबर, लंदन.
6. डी.टी. गिलबर्ट और टी. डी. विलसन (2000), *फ़ीलिंग ऐंड थिंकिंग : द रोल ऑफ़ एफ़ैक्ट इन सोशल कॉग्निशन,* केम्ब्रिज युनिवर्सिटी प्रेस, न्यूयॉर्क.
7. जे.एस. एडम्स (1965), *एडवांसज़ इन एक्सपेरिमेंटल सोशल साइकोलॅजी,* एकेडमिक प्रेस, न्यूयॉर्क.

—अभय कुमार दुबे और राकेश श्रीवास्तव

इरावती कर्वे

(Irawati Karve)

भारतीय विश्वविद्यालयों में समाजशास्त्र और मानव-विज्ञान को एक स्वतंत्र विषय की तरह स्थापित करने में अग्रणी भूमिका निभाने वालों में एक नाम इरावती कर्वे (1905-1970) का भी है। भारत की प्रथम महिला समाजशास्त्री और मानवविज्ञानी के रूप में इरावती कर्वे ने अनुसंधान के क्षेत्र में पुस्तकीय अध्ययन-विश्लेषण को ज़मीनी स्तर के सर्वेक्षणों के साथ जोड़ने की परम्परा को समृद्ध किया। इरावती का सबसे बड़ा योगदान मानवशास्त्र के क्षेत्र में है, जहाँ उन्होंने नये अनुसंधान, वैज्ञानिक पद्धति से शोध एवं विश्लेषण के प्रयोग किये और तत्कालीन भारत और उसके वर्तमान के परिप्रेक्ष्य में प्राचीन भारतीय परम्परा का विस्तृत अध्ययन किया। मानवविज्ञानी के रूप में इरावती कर्वे के कृतित्व पर चार तरह के प्रभाव स्पष्ट दिखायी पड़ते हैं। पहला प्रभाव भारत विद्या यानी इंडोलॅजी का है जो एमए में उनके शिक्षक जी.एस. घुर्ये की देन थी। दूसरा प्रभाव नृजातिविवरण की विसरण संबंधी परम्परा का है जिसे डिफ़्यूज़निज़म का नाम दिया गया है। तीसरा प्रभाव जर्मनी की उन मानववैज्ञानिक परम्पराओं का है जो विभिन्न नस्लों की वंशानुगत विशिष्टताओं के अध्ययन को अहमियत देती रही

हैं। चौथा प्रभाव इरावती कर्वे की निजी जिज्ञासु प्रवृत्ति का है, जिसके कारण उन्होंने भारत में अनेक सामजिक-आर्थिक सर्वेक्षण किये और अपने व्यक्तिगत प्रयासों से पुरातात्त्विक अन्वेषणों का प्रयास किया। मानवविज्ञान के क्षेत्र में इरावती कर्वे ने जिन प्रश्नों का उत्तर खोजने की कोशिश की है, वे कुछ इस तरह के थे : भारतीय कौन लोग हैं, या भारतीय ऐसे ही हैं तो आख़िर ऐसे क्यों हैं ? इसके साथ ही उन्होंने भारतीय सभ्यता-संस्कृति का प्रागैतिहासिक-ऐतिहासिक विकास-क्रम, भारतीय समाज में जाति की अवधारणा और भारतीय समाज में एक ही जाति के लोगों के बीच उपस्थित भिन्नताओं जैसे विषयों का विश्लेषण किया।

इरावती कर्वे का एक प्रमुख योगदान भारतीय सभ्यता व समाज में जाति की व्याख्या से जुड़ा है। उन्होंने भारतीय समाज में जाति को आदिम जनजातीय पहचान के बराबर ठहराते हुए इसे धार्मिक पहचान से अधिक मौलिक पहचान माना। इरावती की मान्यता थी कि इसलाम व ईसाइयत ने भारत में जाति हटाने का काम नहीं किया बल्कि इन धर्मों ने हर जाति के भीतर ही अपने धर्मावलम्बियों व विधर्मियों का एक और नया विभाजन कर दिया। इरावती ने भारत में व्यक्ति, परिवार एवं समाज में सजातीयता की व्याख्या के लिए प्राचीन वैदिक ग्रंथों, महाभारत और पुराणों का विशद अध्ययन किया। इसके साथ ही उन्होंने गुजरात, कर्नाटक, ओडीशा, केरल, तमिलनाडु और उत्तर प्रदेश में अनेक सर्वेक्षण भी किये। अपने अध्ययन और ज़मीनी सर्वेक्षणों के आधार पर इरावती ने 1953 में *किनशिप आर्गनाइज़ेशन इन इण्डिया* जैसे ग्रंथ की रचना की जो आज भी सांस्कृतिक मानवशास्त्र का प्रामाणिक संदर्भ ग्रंथ माना जाता है।

इरावती कर्वे ने जाति की अवधारणा को आर्यों के माध्यम से आयातित व्यवस्था मानने से इनकार कर दिया। उनके अनुसार भारत में आर्यों के आने से पहले ही जातिप्रथा का बोलबाला था। कालांतर में आर्यों की वर्ण-व्यवस्था और स्थानीय जाति व्यवस्था के संगम से समाज में क्षेत्र, वर्ग, जाति, व्यवसाय आधारित अनेक वर्गीकरण हुए। इरावती ने मानव शरीर की नाप से संबंधित आँकड़ों (एंथ्रोप्रोमेट्रिक मैज़रमेंट्स), रक्त के नमूने, आँखों की पुतलियों के रंग आदि के आधार पर यह सिद्ध करने का प्रयास किया कि महाराष्ट्रियन ब्राह्मण अपने आप में एक सम्पूर्ण जाति नहीं हैं बल्कि यह अनेक जातियों का एक समूह है। इसमें शामिल चितपावन, देशस्थ, ऋग्वेदी, करहाडे, गौड़, सारस्वत, माध्यंदिन आदि उपजातियाँ नहीं बल्कि अपने आप में विशिष्ट जातियाँ हैं। परम्परा के अनुसार इन ब्राह्मण समुदायों में आपस में विवाह निषिद्ध है। इरावती ने इन समूहों की शारीरिक बनावट व लक्षणों के आधार पर यह सिद्ध किया कि ब्राह्मणों के ये समूह आपस में नस्ली तौर पर भी अलग हैं। जैसे माध्यंदिन ब्राह्मणों की शारीरिक बनावट अन्य ब्राह्मणों के बजाय स्थानीय मराठा लोगों से ज़्यादा मिलती है। इसी प्रकार इरावती कर्वे ने अन्य जाति व वर्ग समूहों जैसे कुणबी, मराठा और कुम्हार आदि के साथ भी इस प्रकार के आँकड़े एकत्रित किये और इन तथाकथित सजातीय लोगों के बीच भी अनेक भिन्नताओं के प्रमाण प्रस्तुत किये। इरावती के अनुसार भारतीय समाज में जाति व्यक्तियों का एक ऐसा समूह है जो विवाह संबंध अपने समूह के भीतर ही स्थापित करता है, किसी एक विशिष्ट भौगोलिक क्षेत्र या भाषाई क्षेत्र से संबंधित होता है, एकाधिक पारम्परिक व्यवसायों से संबंधित होता है, अन्य जातियों के सापेक्ष अपनी सामाजिक स्थिति को परिभाषित करता है और अन्य जातियों से इनका व्यवहार परम्पराओं के मुताबिक़ निर्धारित होता है। इरावती कर्वे ने जातिगत भेदभाव, उच्च व निम्न जातियों के बीच सामजिक असंतुलन के अध्ययन की जगह अपना सारा ध्यान भारतीय समाज के निर्माण और विकास में जाति की एक सामाजिक व्यवस्था के रूप में भूमिका के विश्लेषण पर केंद्रित किया।

इरावती कर्वे (1905-1970)

इरावती कर्वे का जन्म 1905 में बर्मा में हुआ, जहाँ इनके पिता गणेश हरिकर्माकर एक सूत मिल में इंजीनियर थे। उन्होंने इरावाडी नदी के नाम पर अपनी पुत्री का नाम इरावती रखा। सात वर्ष की आयु में इरावती ने अपनी स्कूली शिक्षा के लिए पुणे के हुजुर पागा आवासीय बालिका विद्यालय में प्रवेश लिया। वहाँ उसकी मित्रता केम्ब्रिज विश्वविद्यालय

के प्रथम भारतीय रैंगलर और फ़र्गुसन कॉलेज के प्राचार्य रघुनाथ पुरुषोत्तम परांजपे की पुत्री से हो गयी। परांजपे ने इरावती को अपनी दूसरी पुत्री के समान ही स्नेह दिया जिसके परिणामस्वरूप इरावती को बचपन में ही परांजपे परिवार का बौद्धिक परिवेश मिला जिसमें पुस्तकों और विचारवान लोगों का सान्निध्य भी शामिल था। इरावती के इन्हीं बौद्धिक सम्पर्कों में से एक न्यायाधीश बालकराम भी थे जिनकी मानवशास्त्र में बहुत रुचि थी। इसी सम्पर्क ने इरावती को मानवशास्त्र की ओर आकर्षित किया।

इरावती ने 1926 में फ़र्गुसन कॉलेज पुणे से दर्शनशास्त्र में स्नातक की उपाधि प्राप्त की और इसके बाद प्रख्यात समाजविज्ञानी जी.एस. घुर्ये की देख-रेख में बॉम्बे विश्वविद्यालय में उच्च अध्ययन किया। इसी दौरान इरावती ने भारत में नारी शिक्षा के अग्रणी धोंडो केशव कर्वे के पुत्र दिनकर कर्वे से विवाह किया। इरावती के पिता अपनी पुत्री द्वारा एक सामान्य व्यक्ति से विवाह के निर्णय से बेहद दुखी हुए क्योंकि वे इरावती का संबंध किसी राज परिवार में करना चाहते थे।

बॉम्बे विश्वविद्यालय से स्नातकोत्तर उपाधि लेने के पश्चात उच्चतर शिक्षा के लिए इरावती कर्वे को उनके पति दिनकर जर्मनी भेजना चाहते थे, लेकिन महिला शिक्षा के हिमायती और इरावती के ससुर धोंडो केशव कर्वे इसके सख्त ख़िलाफ़ निकले। धोंडो केशव कर्वे के अनुसार इस पढ़ाई में बहुत ज़्यादा ख़र्चा होना था और बिना उच्चतर अध्ययन के भी इरावती को महिला विश्वविद्यालय में पढ़ाने का काम आसानी से मिल सकता था। दिनकर कर्वे ने अपने पिता के विरोध के बावजूद भी इरावती को विदेश यात्रा पर भेजने का निर्णय लिया और इरावती के सुखद भविष्य के लिए आशीर्वाद माँगा तो धोंडो केशव कर्वे ने आशीष देने से साफ़ इनकार कर दिया। इरावती कर्वे के अनुसार एक समाज सुधारक के रूप में धोंडो केशव कर्वे अपने संस्थानों व आदर्शों के लिए पूर्णतः समर्पित थे और अपने परिवार के अन्य सदस्यों के लिए उनके आदर्शवादी सिद्धांत बेहद सख़्त और निष्ठुर थे। दिनकर कर्वे ने अपने पिता की अनिच्छा के बावजूद एक गुजराती कांग्रेस नेता जीवराज मेहता से धन उधार लेकर 1928 में इरावती को अध्ययन के लिए अकेले ही जर्मनी भेजा। इरावती कर्वे ने बर्लिन स्थित कैसर विल्हेम मानव-विज्ञान संस्थान में प्रोफ़ेसर यूजेन फ़िशर के निर्देश में डॉक्टरेट की उपाधि हासिल की। जर्मनी से लौट कर इरावती कर्वे ने एसएनडीटी महिला विश्वविद्यालय में रजिस्ट्रार का कार्य किया, लेकिन अपने विषय में अध्ययन-अध्यापन व अनुसंधान की उत्कट इच्छा के कारण उन्होंने डेक्कन कॉलेज के स्नातकोत्तर विभाग में अध्यापक का पद स्वीकार किया। उस समय पूरे संस्थान की अकेली समाजशास्त्री के रूप में उन्हें इस विषय की सारी कक्षाएँ पढ़ाने का दायित्व भी उठाना पड़ा। अपनी नौकरी को अनुबंधित समय से पहले छोड़ने के कारण दण्डस्वरूप इरावती कर्वे को आर्थिक हर्जाना भी भरना पड़ा, जबकि ऐसी ही स्थिति में एक अन्य शिक्षिका को बिना किसी आर्थिक दण्ड के जाने दिया गया था। इरावती के अनुसार धोंडो केशव कर्वे की अपने परिवार के प्रति कठोरता के कारण ही उन्हें अपने विवाह में मिली चूड़ियों को बेच कर इस धन की व्यवस्था करनी पड़ी।

इरावती और दिनकर का वैवाहिक जीवन अपने समय के पारम्परिक समाज के लिहाज़ से अनूठा था। उन्होंने अपने पति का नाम अपने नाम के साथ नहीं जोड़ा, कभी भी विवाहित स्त्री के प्रतीक चिह्नों जैसे कुमकुम या मंगलसूत्र धारण नहीं किया। वे अपने पति को सार्वजनिक रूप से दीनू कह कर सम्बोधित करती थीं। वे पुणे में स्कूटर चलाने वाली पहली महिला भी बनीं। दिनकर कर्वे स्वयं भी रसायनशास्त्र के प्राध्यापक थे और फ़र्गुसन कॉलेज के प्राचार्य भी हुए। लेकिन दिनकर ने हमेशा इरावती को अध्ययन-अध्यापन के लिए प्रेरित किया और विवाह के आरम्भिक दिनों से ही इरावती के बौद्धिक कार्यों में पूरा सहयोग दिया। इरावती को निर्बाध समय देने के लिए दिनकर ने घर-गृहस्थी की अधिकतर ज़िम्मेदारी का निर्वाह स्वयं किया। इरावती और उनके पति ने अपने परिवार की समाज सेवा परम्परा निभाने के स्थान पर अध्ययन-अध्यापन-अनुसंधान को अपना क्षेत्र चुना और इरावती कर्वे ने एसएनडीटी विश्वविद्यालय में काम करने के बाद 1939 में डेक्कन कॉलेज पुणे में अध्यापन शुरू किया।

इरावती कर्वे ने अपने जीवन-काल में अंग्रेज़ी में कुल 102 लेख और पुस्तकों की रचना की। इसके अलवा उन्होंने मराठी में भी आठ पुस्तकें लिखीं। मराठी में लिखी पुस्तकों में पंढरपुर तीर्थ यात्रा पर लिखी किताब को महाराष्ट्रीय संस्कृति के धार्मिक पक्ष की व्याख्या से संबंधित महत्त्वपूर्ण कृति माना जाता है। इसी प्रकार *महाभारत* पर आधारित मराठी भाषा की पुस्तक *युगांत* को साहित्य अकादेमी का पुरस्कार दिया गया। इस कृति में पौराणिक पृष्ठभूमि के विभिन्न चरित्रों की इरावती कर्वे ने एक आलोचक की तरह विवेचना की थी। तत्कालीन समाज में उसे एक विवादस्पद पुस्तक भी माना गया था। इरावती कर्वे ने महाराष्ट्र के साप्ताहिक बाज़ारों और बांधों के निर्माण में विस्थापित लोगों के सामजिक-आर्थिक सर्वेक्षण भी किये।

इरावती कर्वे ने भारत जैसे बहुसांस्कृतिक, बहुधार्मिक, बहुभाषी, बहुजातीय समाज को राज्य-राष्ट्र के रूप में समझने के लिए नये तरीक़े तलाश किये और इस विविधतापूर्ण समाज में विभिन्न समूहों के पारस्परिक संबंधों के बारे में एक नयी अवधारणा प्रस्तुत की। उनका निधन 11 अगस्त, 1970 को हुआ।

देखें : जाति और जाति-व्यवस्था-1, 2, 3 और 4, गोविंद सदाशिव घुर्ये, प्रभुत्वशाली जाति, भारतीय समाजशास्त्र-1 और 2, मैसूर नरसिम्हचार श्रीनिवास, देवकी जैन, धीरूभाई शेठ, धोंडो केशव कर्वे, धूर्जटि प्रसाद मुखर्जी, नीरा देसाई, राधा कमल मुखर्जी, वेरियर एलविन, संस्कृतीकरण, श्यामाचरण दुबे-1 और 2.

संदर्भ

1. नंदिनी सुंदर (2007), 'इन द कॉज़ ऑफ़ एंथ्रोपोलॅजी : द लाइफ़ ऐंड वर्क ऑफ़ इरावती कर्वे', पेट्रिशिया ओबेरॉय, सतीश देशपांडे और नंदिनी सुंदर (सम्पा.), *एंथ्रोपोलॅजी इन द ईस्ट : द फ़ाउंडर्स ऑफ़ इण्डियन सोसियोलॅजी ऐंड एंथ्रोपोलॅजी,* परमानेंट ब्लैक, नयी दिल्ली.
2. डी.डी. कर्वे, एलेन ई. मेक्डोनाल्ड (196 3), *द न्यू ब्राह्मनाज़ : फ़ाइव महाराष्ट्रियन फ़ैमिलीज़,* युनिवर्सिटी ऑफ़ कैलिफ़ोर्निया प्रेस, बर्कले.
3. एस.आर. वालिम्बे, पी.पी. जोगलेकर, किशोर के. बासा (सम्पा.) (2005), *एंथ्रोपोलॅजी फ़ॉर आर्कियोलॅजी : प्रोसीडिंग्ज़ ऑफ़ द प्रोफ़ेसर इरावती कर्वे बर्थ सेंटेनरी सेमिनार,* डेक्कन कॉलेज पोस्ट ग्रेजुएट ऐंड रिसर्च इंस्टिट्यूट, पुणे.

—रवि दत्त वाजपेयी

इरोड वेंकट रामस्वामी नायकर पेरियार

(Erod Venkat Ramaswamy Nayakar Periyar)

बीसवीं सदी में सामाजिक समता के लिए संघर्ष करने वाली प्रमुख भारतीय हस्तियों में से एक इरोड वेंकट रामस्वामी नायकर (1879-1973) ग़ैर-ब्राह्मणवादी विमर्श और राजनीति के प्रमुख प्रणेता थे। आम जनता में पेरियार (महान हस्ती) के नाम से मशहूर ई.वी.आर. ने स्वातंत्र्य-पूर्व मद्रास प्रांत में आत्मसम्मान आंदोलन चलाते हुए समाज की बुद्धिवादी पुनर्रचना का प्रस्ताव किया। तमिल ग़ौरव का प्रश्न उठा कर उन्होंने अलग द्रविड़नाडु की माँग उठायी। प्रखर वक्ता, संगठक और अहर्निश आंदोलनकारी पेरियार ने ईश्वरवाद, धार्मिक अंधविश्वासों, पूजा-पाठ, जातिगत ऊँच-नीच और स्त्री-पुरुष भेद के उन्मूलन का आक्रामक अभियान चलाया। उन्होंने संस्कृत की जगह तमिल भाषा के महत्त्व की स्थापना का आग्रह किया। तमिलनाडु पर पिछले पचास साल से हुकूमत कर रही द्रविड़ पार्टियों का उद्‌गम इसी राजनीति के साथ जुड़ा हुआ है। ब्रिटिश राज को ब्राह्मण राज से बेहतर बताने वाले पेरियार को सारे जीवन राष्ट्रविरोधी होने के लांछन का सामना करना पड़ा। लेकिन, समाज-वैज्ञानिकों ने पेरियार को औपनिवेशिक बनाम राष्ट्रीय के द्विभाजन में फ़िट करने के बजाय उनके जीवन और कृतित्व में राष्ट्र की एक ऐसी कल्पना की ओर इशारा किया है जो अतीत के 'राष्ट्रीयकरण' के बजाय अतीत से विच्छिन्नता पर आधारित है।

पेरियार का जन्म मद्रास प्रेसीडेंसी के शहर इरोड के एक समृद्ध व्यापारी परिवार में हुआ था। 1904 में काशी की तीर्थयात्रा के दौरान विश्वनाथ मंदिर के आसपास भिखारियों की गतिविधियों और गंगा में तैरते शवों को देख कर उन्हें काफ़ी निराशा हुई। एक पूजास्थल पर उन्हें ब्राह्मण न होने के कारण भोजन देने से इनकार कर दिया गया। भूख से व्यथित हो कर पेरियार ने ब्राह्मण की तरह जनेऊ पहन कर भोजन पाने की चेष्टा की, पर उनकी मूँछें देख कर मंदिर के चौकीदार ने उन्हें ब्राह्मण मानने से इनकार करते हुए धक्का दे कर बाहर निकाल दिया। पेरियार को बाहर पड़ी जूठन खा कर क्षुधा शांत करनी पड़ी। पेरियार के इन शुरुआती अनुभवों ने उनके मानस पर अमिट छाप डाली। उनके तीखे ग़ैर-ब्राह्मणवाद का उद्‌गम इन घटनाओं में देखा जा सकता है।

पेरियार ने अपना राजनीतिक जीवन कांग्रेस कार्यकर्ता के रूप में शुरू किया। 1920 में असहयोग आंदोलन के दौरान वे पार्टी में शामिल हुए। खादी के प्रचार-प्रसार और शराबबंदी जैसी मुहिमों में उन्होंने व्यक्तिगत स्तर पर समय, धन और ऊर्जा का जम कर निवेश किया। लेकिन कांग्रेस के उपनिवेशवाद विरोधी राजनीतिक कार्यक्रम के साथ-साथ उन्होंने शुरू से ही ऐसे सामाजिक प्रश्नों को भी उठाना जारी रखा जिनका संबंध नागरिकता की अवधारणा और भविष्य के राष्ट्र की सम्भावनाओं से था। उन्होंने वायकम के महादेवर मंदिर के सामने सत्याग्रह किया ताकि निचली जातियों को मंदिर की तरफ़ जाने वाली सड़क पर चलने का मौक़ा मिल सके। उनके इस प्रयास ने उन्हें 'वायकम वीरार' की उपमा से विभूषित कराया। पेरियार ने तमिलनाडु कांग्रेस कमेटी की आर्थिक सहायता से चलने वाले शेरमादेवी गुरुकुलम में ब्राह्मण और ग़ैर-ब्राह्मण छात्रों के लिए अलग-अलग भोजन व्यवस्था का विरोध किया। उन्होंने सरकारी नौकरियों और विधायिकाओं में निचली जातियों के लिए 'सामुदायिक प्रतिनिधित्व' के पक्ष में बहस चलाई। उनके ये काम तत्कालीन राष्ट्रवादियों के गले नहीं उतरे। तमिलनाडु कांग्रेस की कांचीपुरम काफ्रेंस में उन्हें आरक्षण संबंधी प्रस्ताव नहीं रखने दिये गये। पेरियार ने 1925 में कांग्रेस छोड़ दी क्योंकि वे जिस रास्ते पर चल रहे थे वह कांग्रेस के नेतृत्व पर क़ाबिज़ ब्राह्मण अभिजनों को कभी रास नहीं आ सकता था। पार्टी छोड़ने के बाद पेरियार ने अपना लक्ष्य घोषित किया जो ईश्वर, धर्म, गाँधी, कांग्रेस और ब्राह्मण के सम्पूर्ण निषेध पर आधारित था। ग़ैर-ब्राह्मण उच्च-वर्गों की जस्टिस पार्टी के मंच पर सक्रिय रहने के साथ-साथ 1926

इरोड वेंकट रामस्वामी नायकर पेरियार (1879–1973) : एक क्रांतिकारी जीवन के दो रूप

में पेरियार ने ब्राह्मणवाद के ख़िलाफ़ निचली जातियों के पक्ष में आत्मसम्मान आंदोलन की शुरुआत की। 1927 में गाँधी ने तमिलनाड़ की ज़मीन पर ही ब्राह्मणों को हिंदू धर्म और मानवता की सर्वश्रेष्ठ उपलब्धि क़रार देते हुए ग़ैर-ब्राह्मणों को झिड़का कि वे ब्राह्मण से उसकी सुगंध और सुंदरता छीनने का प्रयास न करें। एक ज़माने में गाँधी के कट्टर अनुयायी रहे पेरियार के सामने इस कथन ने स्पष्ट कर दिया कि ईश्वर, धर्म, गाँधी और कांग्रेस का समीकरण शूद्रों, दलितों और स्त्रियों समेत अधीनस्थ सामाजिक समूहों के रास्ते की सबसे बड़ी बाधा है।

पेरियार का कहना था कि स्वराज की राष्ट्रवादी माँग स्थानीय प्रभुओं की साज़िश है। इस षड्यंत्र को वे प्रसंगाधीन शैली में परिभाषित करते थे : जैसे, शूद्रों के ख़िलाफ़ ब्राह्मण, तमिलों के ख़िलाफ़ मारवाड़ी और स्त्रियों के ख़िलाफ़ पुरुष। एक बार स्वराज को साज़िश क़रार देने के बाद स्वाभाविक ही था कि वे ब्रिटिश राज को सकारात्मक दृष्टि से देखते। अपने इसी रवैये के तहत पेरियार ने 1857 के सिपाही विद्रोह को पहले स्वतंत्रता संग्राम का दर्जा देने से इनकार करते हुए कहा कि वह लड़ाई तो वैदिक आदर्शों, दकियानूसीपन और धर्मांधता की हिफ़ाजत के लिए की गयी थी। उन्होंने बार-बार कहा कि अंग्रेज़ी हुकूमत की जगह स्वराज लाने का मतलब कमज़ोर तबक़ों के लिए ख़ुदकुशी के बराबर होगा। लेकिन, वे अंग्रेज़ों की इस बात के लिए आलोचना भी करते थे कि उन्होंने अपने देश यानी इंग्लैण्ड की भाँति भारत में भी मानव-धर्म की स्थापना क्यों नहीं की है और यहाँ वे मनु-धर्म पर क्यों चल रहे हैं? पेरियार ने इस प्रश्न का उत्तर भी दिया कि कुछ तो राष्ट्रवादियों द्वारा किये जाने वाले विरोध के कारण और कुछ स्थानीय प्रभुओं का समर्थन पाने की ख़ातिर अंग्रेज़ भारत में मानव-धर्म की स्थापना नहीं कर पा रहे हैं। उन दिनों मद्रास के तमिलभाषी इलाक़ों में विधिनिर्माण के ज़रिये सामाजिक रीति-रिवाज़ों में हस्तक्षेप करने का कांग्रेसी राष्ट्रवादियों द्वारा विशेष रूप से मुखर विरोध किया जा रहा था। चाहे वह देवदासी उन्मूलन क़ानून हो, बाल-विवाह रोकने का क़ानून हो या हिंदू धर्मादा क़ानून हो। पेरियार ने कहा कि राष्ट्रवादी नेता क़ानून के ज़रिये सामाजिक बदलाव लाने के ख़िलाफ़ हैं और ये क़ानून 'राष्ट्र के गद्दारों' और 'सरकार के दासों' के प्रयासों से ही पारित हो सके हैं।

यह दृष्टिकोण पेरियार को राष्ट्रवाद के प्रचलित ढाँचे से निकाल कर वैकल्पिक चिंतन की तरफ़ ले गया। एक तरफ़ तो उन्होंने भारत के 'स्वर्णिम अतीत' का राष्ट्रीयकरण करने के उद्यम से ख़ुद को अलग रखा, और दूसरी तरफ़ अंग्रेज़ों द्वारा भारतवासियों को बर्बर और असभ्य बताने को भी ख़ारिज किया। पेरियार ने हज़ारों साल के भारतीय इतिहास को ब्राह्मणी हिंदू धर्म और वर्णाश्रम धर्म के अधीनस्थ वर्गों पर वर्चस्व के आईने में देखा। उन्होंने बौद्ध धर्म का उदाहरण देते हुए कहा कि जब वर्णाश्रम के समर्थक यातनाओं के माध्यम से बौद्धों को नहीं तोड़ पाये तो फिर उन्होंने इस धर्म को शैव और वैष्णव की ही तरह हिंदू धर्म के एक सम्प्रदाय के रूप में स्वीकार करने के हथकंडे का इस्तेमाल किया। न केवल ब्राह्मणों ने बुद्ध को विष्णु का दसवाँ अवतार घोषित कर दिया, बल्कि वर्णाश्रम का विरोध करने वाले निचली जाति के लोगों को क्षत्रिय का दर्जा देकर अपने दायरे में बनाये रखा। अतीत की इस व्याख्या को पेरियार ने तत्कालीन सामाजिक अंतर्विरोधों को परिभाषित करने के लिए इस्तेमाल किया।

1937 में मद्रास की कांग्रेस नेतृत्व वाली सरकार द्वारा स्कूलों में हिंदी अनिवार्य करने के ख़िलाफ़ आंदोलन का झंडा बुलंद करते हुए पेरियार ने पृथक तमिलनाडु की माँग उठायी जो धीरे-धीरे पृथक द्रविड़नाडु की माँग में बदल गयी। पेरियार ने पहले तो भारत को एकजुट राष्ट्र मानने से इनकार किया और कहा कि यह तो तरह-तरह की जातियों और धर्मों का अजायबघर है। इसके बाद उन्होंने अखिल भारतीय अतीत के विषमतामूलक चरित्र के मुक़ाबले तमिल अतीत के अपेक्षाकृत समतामूलक चरित्र को गढ़ना शुरू किया। प्राचीन तमिल साहित्यिक कृतियों को अपना आधार बनाते हुए उन्होंने दावा किया कि तमिल अतीत में न ग़ैर-ब्राह्मणों की और न ही स्त्रियों की उपेक्षा होती थी। दिलचस्प बात यह है कि पेरियार ने तमिल अतीत की सराहना समतामूलकता के इस पहलू से आगे जा कर नहीं की। अन्य सभी संदर्भों में वे प्राचीन तमिल शासकों और महाकाव्यों की भी धज्जियाँ बिखेरते रहे। कुल मिला कर तमिल अतीत के एक पहलू का यशोगान करने के बाद उन्होंने उसके राष्ट्रीयकरण से भी ख़ुद को अलग कर लिया।

उपनिवेशवाद विरोधी आंदोलन का साथ न दे कर पेरियार ने निचली जातियों के लिए आत्मसम्मान पर आधारित वैकल्पिक नागरिकता का सूत्रीकरण करने का प्रयास किया। वे आम लोगों में ज़बरदस्त रूप से लोकप्रिय थे। उनके नेतृत्व में निचली जातियों के युवकों और स्त्रियों ने बड़े पैमाने पर समाज-सुधार की रैडिकल राजनीति में भाग लिया। भगत सिंह के जीवन पर भी पेरियार ने अपना आलेख लिखा और उनकी रैडिकल राजनीति और नास्तिकता का यशोगान किया। पेरियार की मान्यता थी कि जिस व्यक्ति में आत्मसम्मान विकसित हो जाता है, उसका राजनीतिक दोहन कोई नहीं कर सकता। उन्होंने 'स्वराज' की अवधारणा के विपरीत 'आरिवू विदुतालाई इयक्कम' अर्थात् बौद्धिक मुक्ति के आंदोलन की तजवीज़ की। इस मुहिम ने समाज-सुधार आंदोलन का रूप धारण करके दावा किया कि मंदिरों के ख़ज़ाने का इस्तेमाल ग़ैर-धार्मिक मक़सदों से किया जाना चाहिए। विवाह को स्त्री-पुरुष के बीच परस्पर बुद्धिसंगत सहमति के आधार पर आयोजित करने का आग्रह करते हुए आत्मसम्मान आंदोलन ने बिना ब्राह्मण पुरोहित और कर्मकाण्डों के विवाह कराने का सिलसिला शुरू किया। इन विवाहों में अक्सर पेरियार ख़ुद मौजूद रहा करते थे। पेरियार ने नामों से जातिसूचक उपनाम हटाने का आग्रह किया और स्त्रियों के उत्थान पर विशेष रूप से ज़ोर दिया। हिंदू धर्मशास्त्रों और देवी-देवताओं की खिल्ली उड़ाने और निरीश्वरवाद को बढ़ावा देने वाले कार्यक्रम करने या वक्तव्य देना उनके आत्मसम्मान आंदोलन की मुख्य गतिविधियों का अंग था।

तीस के दशक की शुरुआत में युरोप और सोवियत संघ की यात्रा करके लौटने पर पेरियार ने आंदोलन को सामंती और अर्ध-सामंती भूमि संबंधों के ख़िलाफ़ दिशा दी। सूदखोरों और ज़मीदारों के ख़िलाफ़ गतिविधियाँ शुरू हुईं। यही वह दौर था जब ब्रिटिश राज को ब्राह्मण राज से बेहतर बताने वाले आत्मसम्मान आंदोलन पर औपनिवेशिक सरकार ने सख़्तियाँ करनी शुरू कीं। 1934 में पेरियार को एक राजद्रोहात्मक लेख लिखने के आरोप में गिरफ़्तार कर लिया गया। इसके बाद एक क्रांतिकारी पर्चा लिखने के इलज़ाम में उन्हें दोबारा जेल भेजा गया। 1935 में बोल्शेविक विचारों का दमन करने के लिए चलाई गयी मुहिम के दौरान भी आत्मसम्मान आंदोलन को सरकार का कोपभाजन होना पड़ा। इस सरकारी दबाव के कारण आंदोलन का वामपंथी रुझान जल्दी ही ठंडा पड़ गया, और वह उत्तरोत्तर अंग्रेज़ हुक्मरानों के साथ सहयोग की तरफ़ झुकता चला गया। 1937 में हुए मद्रास विधान परिषद् के चुनावों में कांग्रेस ने जस्टिस पार्टी का पूरी तरह से सफ़ाया कर दिया। उसके सभी नेता हार गये। इसके बाद पेरियार ने पार्टी की बागडोर सँभाली।

द्वितीय विश्व-युद्ध की शुरुआत से पहले देश के अधिकतर हिस्सों में मज़दूर आंदोलनों और किसान आंदोलनों के साथ-साथ बड़े पैमाने पर उपनिवेशवाद विरोधी आंदोलन की लहर आयी हुई थी। 1939 में युद्ध की शुरुआत होने के फ़ौरन बाद पेरियार के नेतृत्व में जस्टिस पार्टी और आत्मसम्मान आंदोलन ने ब्रिटिश सरकार के युद्ध-प्रयासों का साथ देने का फ़ैसला किया। उन्होंने मुसलिम लीग द्वारा अलग पाकिस्तान की माँग का भी समर्थन किया और एक बार फिर अलग द्रविड़नाडु की माँग पेश की। 1940 में जब पेरियार ने मद्रास के गवर्नर को सामुदायिक प्रतिनिधित्व की माँग करते हुए ज्ञापन दिया, तो उनके अनुयायी और दूसरे नम्बर के नेता सी.एन. अन्नादुरै और उनके बीच मतभेद हो गये। 1944 में जस्टिस पार्टी के सलेम सम्मेलन में उसका नाम बदल कर द्रविड़ कषगम कर दिया गया। आंदोलन की कार्यदिशा को लेकर अन्नादुरै से उनके मतभेद बढ़ते गये। अन्नादुरै ने राष्ट्रवादी दायरे में आर्य के मुक़ाबले द्रविड़ की दावेदारी पेश की, जबकि पेरियार अंग्रेज़ों से सहकार की नीति से हटने के लिए तैयार नहीं थे। बाद में सत्तर वर्षीय पेरियार द्वारा एक 19 वर्षीय महिला से विवाह करने से पैदा हुए विवाद के बहाने आंदोलन में विभाजन हो गया। अन्नादुरै ने अलग राजनीतिक पार्टी द्रविड़ मुनेत्र कषगम का गठन कर लिया। इस घटनाक्रम ने जीवन के अंतिम दौर में पेरियार और उनके नेतृत्व को अप्रासंगिक बना दिया।

देखें : अनुसूचित जातियाँ, अस्मिता की भारतीय राजनीति, अन्य पिछड़े वर्ग, आयोतीदास पांडीतर, आयंकाली, आम्बेडकर-गाँधी विवाद, कांशी राम-1 और 2, गाड़गे बाबा, गोपाल बाबा वलंगकर, ज्योतिराव गोविंदराव फुले, जाति और जाति-व्यवस्था-1, 2, 3 और 4, बहुजन समाज पार्टी-1

और 2, भदंत आनंद कौसल्यायन, भीमराव रामजी आम्बेडकर, भारतीय संविधान- 1 से 8 तक, स्वामी अछूतानंद हरिहर।

संदर्भ

1. वी. गीता और एस.वी. राजादुरै (1998), *टुवड्‌र्स अ नॉन ब्राह्मन मिलेनियम : फ्रॉम इयोथी दास टू पेरियार*, साम्य, कलकत्ता.
2. एम.एस.एस. पांडियन (1993), ''नेशन' इन ई.वी. रामस्वामीज़ पॉलिटिकल डिस्कोर्स', *ईपीडब्ल्यू*, 16 अक्टूबर.
3. के. वीरामणि (2005), *कलेक्टिड वर्क्स ऑफ़ पेरियार, ई.वी.आर.*, तीसरा संस्करण, पेरियार सेल्फ़-रिस्पेक्ट प्रोपेगंडा इंस्टीट्यूट, चेन्नई.

—अभय कुमार दुबे

इला भट्ट

(Ila Bhatt)

देश के पहले मज़दूर संगठन कपड़ा कामगार संघ के महिला प्रकोष्ठ के नेतृत्व से 1968 में अपने सार्वजनिक जीवन की शुरुआत करने वाली इला भट्ट (1933-)ने अनौपचारिक क्षेत्र में श्रम करने वाली ग़रीब स्त्रियों को सम्पूर्ण रोज़गार दिलाने के स्वयंसेवी प्रयासों का आज़ादी के बाद किये गये संस्थानीकरण की कोशिशों में अनूठा स्थान है। सेल्फ़ इम्पलॉयड वुमॅन एसोसिएशन (सेवा) की शुरुआत इला भट्ट ने 1971 में केवल सात सदस्यों के साथ की थी। आज इसके साथ तेरह लाख से ज़्यादा स्त्रियाँ जुड़ी हैं। यह संगठन अनपढ़ कामगार महिलाओं का अपना बैंक चलाता है जिसके ज़रिये औरतों को स्वरोज़गार के लिए पूँजी मुहैया करायी जाती है। यह नारी आंदोलन, मज़दूर आंदोलन और सहकारिता आंदोलन का एक संगम है।

7 सितम्बर, 1933 को अहमदाबाद में जन्मी इला भट्ट का बचपन सूरत शहर में बीता जहाँ इनके पिता सुमत भट्ट एक सफल वकील थे। माँ वनलीला व्यास महिलाओं के आंदोलन में सक्रिय थीं। भारत के स्वाधीनता संग्राम में इला भट्ट के परिवार के सदस्यों ने भी भाग लिया था। उनके नाना महात्मा गाँधी के नमक सत्याग्रह में शामिल थे और इसके लिए जेल भी गये थे। 1952 में इला सूरत के एमटीबी महाविद्यालय से कला में स्नातक हुईं और फिर अहमदाबाद से 1954 में क़ानून की पढ़ाई पूरी की जहाँ उन्हें हिंदू क़ानून पर अपने काम के लिए स्वर्ण पदक भी दिया गया। कुछ दिनों के लिए उन्होंने श्रीमती नाथीबाई दामोदर ठाकरे महिला विश्वविद्यालय, मुम्बई में अंग्रेज़ी पढ़ाने का काम किया। अपनी स्नातक उपाधि की पढ़ाई के दौरान इला की मुलाक़ात एक निडर छात्र नेता रमेश भट्ट से हुई। 1951 मे भारत की पहली जनगणना के दौरान मैली-कुचैली बस्तियों में रहने वाले परिवारों का विवरण दर्ज करने के लिए रमेश भट्ट ने इला को अपने साथ काम करने के लिए आमंत्रित किया तो इला ने बहुत संकोच से इसके लिए सहमत हुईं। उन्हें पता था कि उनके माता-पिता अपनी बेटी को एक अनजान युवक के साथ गंदी बस्तियों में भटकते देखना हरगिज़ पसंद नहीं करेंगे। बाद में जब इला ने रमेश भट्ट से शादी करने का निश्चय किया तो माता-पिता ने विरोध किया। उन्हें डर था कि उनकी बेटी आजीवन ग़रीबी में ही रहेगी। इतने विरोध के बावजूद भी इला ने सन् 1955 में रमेश भट्ट से विवाह किया। 1955 में इला भट्ट अहमदाबाद के कपड़ा कामगार संघ के क़ानूनी विभाग में शामिल हुईं।

भारत के श्रमिक आंदोलन और मज़दूर संघों पर आज पुरुषों का एकाधिकार बना हुआ है। लेकिन भारत में पहला मज़दूर संघ स्थापित करने वाली भी एक महिला अनसुइया साराभाई थीं। इसी कपड़ा कामगार संघ के 1954 में स्थापित महिला प्रकोष्ठ का नेतृत्व 1968 में इला भट्ट ने सँभाला।

1971 में अहमदाबाद कपड़ा बाज़ार में हाथगाड़ी खींचने वाली और सर पर बोझा ढोने वाली प्रवासी महिला कुलियों ने अपने सिर पर छत की तलाश में इला भट्ट से मदद माँगी। इला भट्ट ने देखा कि ये सारी महिलाएँ खुली सड़क पर रहने को मजबूर हैं और इनकी मज़दूरी बेहद कम है। उन्होंने इस विषय पर स्थानीय अख़बारों में लिखा। कपड़ा व्यापारियों ने जवाबी लेख प्रकाशित करके इला भट्ट के सारे आरोपों को ख़ारिज कर दिया और महिला कुलियों को उचित मज़दूरी देने का दावा किया। इला भट्ट ने व्यापारियों वाले लेख की अनेक प्रतियाँ बनवायीं और महिला कुलियों में बाँट दीं ताकि वे व्यापारियों से अख़बार में छपी मज़दूरी की ही माँग करें। इला भट्ट की इस युक्ति से कपड़ा व्यापारियों की हेकड़ी निकल गयी। उन्होंने इला भट्ट से वार्ता की पेशकश की। दिसम्बर, 1971 में इसी बैठक के लिए सौ महिला मज़दूर जुटीं और सेवा संगठन (सेल्फ़ एम्प्लॉयड वुमॅन एसोसिएशन) का जन्म हुआ।

जब सेवा को एक मज़दूर संगठन के रूप में पंजीकृत करने का विचार हुआ तो श्रम विभाग ने साफ़ इनकार कर दिया। तर्क यह था कि श्रमिक संगठन बनाना है तो पहले मालिक का नाम बताया जाए जहाँ ये लोग नौकरी पर है। सेवा के सारी सदस्याएं असंगठित महिला मज़दूर थीं। इनके पास कोई नियमित नौकरी नहीं थी। लम्बी बहस के बाद ही सेवा एक पंजीकृत मज़दूर संगठन बन पाया। 1981 में आरक्षण के विरोध में उच्च जातियों ने पिछड़ी जाति के लोगों के साथ मारपीट की। सेवा ने पिछड़ी व अनुसूचित जातियों पर हो रही हिंसा का पुरज़ोर विरोध किया जबकि कपड़ा कामगार संघ

इला भट्ट (1933-)

मौन रहा। इला भट्ट द्वारा असंगठित महिला मज़दूरों के लिए लड़ने, पिछड़ी जातियों का समर्थन करने जैसे कार्यों से कपड़ा कामगार संघ का पुरुषवादी, जातिवादी नेतृत्व इतना क्षुब्ध हो गया कि उन्होंने सेवा को अपने संगठन से ही निष्कासित कर दिया। इला भट्ट के अनुसार यह निष्कासन एक वरदान सिद्ध हुआ। इसके बाद सेवा नारी आंदोलन, मज़दूर आंदोलन व सहकारिता आंदोलन का संगम बन गयी।

इला भट्ट के संगठन सेवा का मुख्य लक्ष्य महिलाओं को सम्पूर्ण रोज़गार से जोड़ना है। सम्पूर्ण रोज़गार का मतलब केवल नौकरी नहीं; बल्कि नौकरी के साथ खाद्य-सुरक्षा और सामाजिक सुरक्षा भी है। इसका मतलब है कामगारों को इस तरह की गतिविधियों में लगाना जो उन्हें आत्म-निर्भर बनाती हों। सेवा का ध्यान तीन मुख्य बातों पर केंद्रित रहा है : आजीविका का निर्माण, मौजूदा आजीविका की सुरक्षा और प्रगति के लिए कार्यकुशलता में वृद्धि। सेवा अपने सदस्यों को आवास, बचत और ऋण, पेंशन तथा बीमा जैसी सहायक सेवा भी प्रदान करती है। इसके अलावा बच्चों की देखभाल तथा क़ानूनी सहायता भी देती है।

सेवा ने व्यवस्था परिवर्तन के कई उदाहरण पेश किये हैं। जैसे, गुजरात के मेहसाणा ज़िले में भूमिहीन दलित स्त्रियों की कृषि समिति वनलक्ष्मी। इस समिति की स्त्रियाँ प्लास्टिक की चादर से ढँके तालाब में बरसाती पानी का संग्रहण करती हैं ताकि गर्मी के दिनों में भी सिंचाई की जा सके। ये महिलाएँ पावर टिलर भी चलाती हैं। आस-पास के गाँवों से किसान वनलक्ष्मी में देखने-सीखने आते हैं। इसी तरह बनासकाँठा के सूखे रेगिस्तानी इलाक़े में स्त्रियों का ज़मीन पर अधिकार नहीं था। इसके लिए उन्हें कई दशकों तक संघर्ष करना पड़ सकता था। लेकिन श्रमजीवी स्त्रियों के संगठन द्वारा निर्मित महिला पानी पंचायत ने स्त्रियों को पानी का मालिक बनाया। इसी पानी की मिल्कियत के चलते वे ज़मीन की मालिक भी बनती चली गयीं। पानी के माध्यम से मिले नियंत्रण के कारण गाँव के पुरुष प्रधान सत्ता संबंधों में भी बदलाव आया। इस सिलसिले में सबसे बड़ी उपलब्धियाँ पर्यावरण के क्षेत्र में हुई हैं जिसके तहत पैंतीस लाख पेड़ लगा कर रेगिस्तान के प्रसार को रोका गया। पहले स्थानीय लोग यहाँ से बाहर जा कर रोटी-रोज़ी की जुगाड़ करने को मजबूर थे, लेकिन अब हालात बदल गये हैं।

देखें : अब्दुल हमीद, आर.के. तलवार, एलाट्टुवलापिल श्रीधरन, उदारतावादी लोकतंत्र, कमला देवी चट्टोपाध्याय, गिजुभाई बधेका, ग़ैर-कांग्रेसवाद, पी.एस. वारियर, लोकतंत्र, देवकी जैन, धोंडो केशव कर्वे, नीरा देसाई, भारत में प्रातिनिधिक लोकतंत्र, भारत में सार्विक मताधिकार, भारतीय लोकतंत्र का संस्थानीकरण-1, 2 और 3, राज्यों का पुनर्गठन-1, 2 और 3, विक्रम साराभाई, वी.के.आर.वी. राव, विद्याबेन शाह, संस्था, संस्थान और संस्थानीकरण।

संदर्भ

1. इला आर. भट्ट (2007), *वी आर पूअर बट सो मैनी : द स्टोरी ऑफ़ सेल्फ़-एम्प्लॉयड वुमॅन इन इण्डिया,* ऑक्सफ़र्ड युनिवर्सिटी प्रेस, नयी दिल्ली.
2. मृणाल पाण्डे (2008), *स्त्री : देह की राजनीति से देश की राजनीति तक,* राधाकृष्णन प्रकाशन, नयी दिल्ली.
3. कमिला रोज (1992), *वेयर वुमॅन आर लीडर्स : द सेवा मूवमेंट इन इण्डिया,* ज़ेड बुक्स, लंदन.

—रवि दत्त वाजपेयी

इसलामिक नारीवाद

(Islamic Feminism)

नब्बे के दशक से चर्चित हुआ इसलामिक नारीवाद एक ऐसा विमर्श है जिसकी सैद्धांतिक और व्यावहारिक संरचना क़ुरान शरीफ़ पर आधारित है। मुसलमान देशों की राजनीति में स्त्रियों की तरफ़ से समानता और भागीदारी की दावेदारियाँ बढ़ती

जा रही हैं। इस रोशनी में इसलाम के प्रति निष्ठा रखने वाली विदुषियों और सेकुलर चरित्र वाली नारीवादियों ने धार्मिक और सांस्कृतिक स्तर पर व्यावहारिक और ज्ञान की राजनीति में उल्लेखनीय हस्तक्षेप किये हैं। इन नारीवादियों ने मुख्य तौर पर इज्तिहाद (धार्मिक स्रोतों की स्वतंत्र पड़ताल) और तफ़सिर (क़ुरान की व्याख्या) की इसलामिक पद्धतियों का सहारा लिया है। साथ में भाषाशास्त्र, इतिहास, साहित्यिक आलोचना, समाजशास्त्र, मानवशास्त्र जैसे अनुशासनों से मिलने वाले औज़ारों की मदद से इसलामिक नारीवाद की बौद्धिक इमारत खड़ी की गयी है। इन नारीवादियों का दावा है कि क्लासिकल इसलामिक ज़माने में हुई व्याख्याओं और उसके बाद इसलाम को समझने के प्रयासों के केंद्र में पुरुष का अनुभव ही रहा है। इस संबंध में जो भी प्रश्न उठाये गये हैं उनका सूत्रीकरण पितृसत्तात्मक समाज के प्रभाव में किया गया है। स्त्री के अनुभव को प्रस्थानबिंदु बना कर इसलाम की व्याख्याएँ तो हुई ही नहीं हैं। इसलामिक नारीवादियों के एक हिस्से ने, ख़ास तौर से ईरान में, अपने विमर्श के लिए उत्तर-आधुनिक अवधारणाओं का भी सहारा लिया है। उनका कहना है कि इसलामिक क़ानून और धर्मग्रंथों के दायरे में जेंडर-उन्मुख चिंतन किया जा सकता है। यह इसलिए और भी सम्भव है कि इन देशों में इसलाम प्रतिपक्ष में न होकर सत्तारूढ़ है। वस्तुस्थिति यह है कि धर्मतंत्रीय राज्य होने के बावजूद ईरानी गणराज्य के अधिकतर धार्मिक नेता उद्योगीकरण, विदेशी निवेश और आर्थिक वृद्धि के तरफ़दार हैं। ऐसे हुक्मरानों के लिए ज़रूरी होता जा रहा है कि वे ख़ुद को आधुनिकता के आईने में देखें और इस प्रक्रिया में इसलाम में निर्देशित परिवार और स्त्री के ऊँचे रुतबे को बुलंद करते हुए उसे आधुनिकता के समकक्ष ठहरायें।

इसलामिक नारीवाद के लिए यह एक पूर्व-शर्त है कि वह इसलाम के वैचारिक और व्यावहारिक दायरे के भीतर ही सुधारों की माँग करे। चूँकि यह इसलाम का परिवर्तनकारी रूप विकसित करने का प्रयास करता है इसलिए इसे केवल किसी एक राष्ट्र विशेष के संदर्भ में नहीं समझा जा सकता। इसलामिक नारीवाद की सीमाएँ हैं कि वह इसलाम के भीतर ही विश्लेषणात्मक और आलोचनात्मक संवाद क़ायम करता है और धर्म का संस्थानीकरण तोड़ नहीं पाता। इसलिए स्त्रियों का एक एजेंसी के रूप में विकास इसलामिक संदर्भ में विरोधाभास उत्पन्न करता है। वैश्विक पूँजीवाद की प्रतिक्रिया स्वरूप इसलामी कट्टरपंथ को मिले बढ़ावे ने भी इसलामिक नारीवाद के सामने मुश्किलें खड़ी की हैं। भूमण्डलीकरण के प्रचार-प्रसार का प्रतिकार करने के लिए इसलाम ने क़ानून-व्यवस्था और विधि को अपनी नीतियों के अनुसार बनाने की प्रक्रिया को तेज़ कर दिया जिससे मुसलमान स्त्रियों पर कई तरह की पाबंदियाँ लग गयीं। इसकी अनुक्रिया में इसलामिक नारीवाद इसलाम के आध्यात्मिक-धार्मिक चरित्र और एक राजनीतिक व्यवस्था के रूप में उसके साथ अंतर करने में भी असमर्थ रहा है।

मध्य-पूर्व के राष्ट्रों में इसे स्त्री-मुक्ति का आंदोलन माना जा रहा है जिसके तहत इसलाम में सुधार के माध्यम से स्त्री -मुक्ति की चेतना का प्रचार-प्रसार किया जा सकता है। पश्चिमी जगत में आम तौर पर मध्य-पूर्व की राष्ट्रीयताओं को आधुनिक पहचान से वंचित और विचारहीन मुसलमान समुदायों के रूप में देखा जाता है। माना जाता है कि धार्मिक जकड़बंदी और कट्टरता के कारण ये समुदाय पिछड़े हुए हैं। इस पृष्ठभूमि में एक तरफ़ तो पश्चिमी मीडिया नब्बे के दशक से ही इसलामिक नारीवाद को बढ़ावा देता रहा है, वहीं दूसरी ओर इसलामी राष्ट्र-राज्यों में यह बहस का विषय रहा है कि अपनी भाषा और धर्म के आधार पर किस तरह नारीवाद की सम्भावनाओं और सामर्थ्य को विकरित किया जा सकता है। लोकतांत्रिक और सेकुलर वैचारिक पृष्ठभूमि से जुड़े आंदोलनों का समर्थन करने वाले समीक्षकों ने इसलामिक नारीवाद को व्यापक परिधि वाले आंदोलन से उपजा ऐसा विमर्श माना है जो कई राष्ट्रीय, स्थानीय व क्षेत्रीय आंदोलनों से मिलकर लैंगिक भेदभाव और स्त्रियों के सवाल को उठाता है। विभिन्न आंदोलनों से वैचारिक विभेद होने के बावजूद कई मुसलमान नारीवादी आंदोलन इसलामिक नारीवाद की सम्भावनाओं व क्षमताओं का हिस्सा बने हैं। भारत और विश्व स्तर पर मुसलमान औरतों के आंदोलनों व स्त्रियों की उदीयमान आत्मनिष्ठता को बढ़ावा देने में यह आंदोलन सहायक हुआ है।

इसलामिक नारीवाद ने विश्व स्तर पर सेकुलर नारीवादी आंदोलनों के साथ कई अवसरों पर लैंगिक समानता के लिए वैचारिक साझापन दिखाया है। दूसरी तरफ़ कुछ विचारकों ने इसे एक आंदोलन न मानकर केवल एक विमर्श के रूप में देखना पसंद किया है। उनका तर्क है कि एक धार्मिक ग्रंथ पर आधारित होने के कारण इस विमर्श की कार्यनीति और उसका कार्यान्वयन इसलाम तक सीमित है। इस लिहाज़ से इसका असफल होना निश्चित है। लेकिन अपने स्तर पर यह विमर्श पश्चिमी संस्कृति और पूँजीवाद का विरोध करते हुए इसलामी कट्टरपंथ और रूढ़िवादिता से भी बहस करता है। इसलामिक नारीवाद पूँजीवादी लोकतांत्रिक विकल्प अपनाने से इनकार करता रहा है। अपनी इसी ख़ूबी के कारण इसलामिक नारीवाद न केवल कई स्थानीय और राष्ट्रीय आंदोलनों से जुड़ा बल्कि उसे स्त्रियों के अधिकारों की माँग करने वाले विभिन्न कार्यकर्ताओं द्वारा भी अपनाया गया।

जमात-ए-इसलामी हिंद जैसे संगठन पर इसका प्रभाव इस बात का उदाहरण है। भारत और विश्व-स्तर पर कई ऐसे आंदोलन इसलामिक नारीवाद से जुड़े तो हुए हैं पर स्थानीय

राजनीति और भिन्न भौगोलिक-सामाजिक-आर्थिक स्थितियों के कारण इनमें वैचारिक विभाजन है। इन विभिन्न आंदोलनों के पास न तो कोई साझा राजनीतिक एजेंडा है और न ही ये परस्पर एक दूसरे से सहयोग या तारतम्य क़ायम करने का प्रयास करते हैं। इसीलिए इसलामिक नारीवाद को विश्व स्तर का राजनीतिक-सामाजिक आंदोलन न मानते हुए एक ऐसी विस्तृत और व्यापक कार्यनीति की तरह देखने का भी रुझान है जिसे विभिन्न मुसलमान समाजों के पढ़े-लिखे मध्यवर्ग और स्त्रियों ने अपनाया है।

इस विमर्श की लोकप्रियता के बावजूद मुसलमान महिलाओं के अधिकारों की रक्षा के लिए काम करने वाले कई कार्यकर्ताओं ने इसलामिक नारीवाद का लेबल अपनाने से मना कर दिया है। उनका मानना है कि इस तरह के नामकरण नकारात्मक और ग़ैर-पश्चिमी संदर्भों में कुछ ज़्याादा ही रैडिकल लगते हैं। असगर अली इंजीनियर और ज़रीना भट्टी के अनुसार भारत में इसलामिक नारीवाद के विकास के लिए दो पूर्व-शर्तें आवश्यक हैं— एक, क़ुरान शरीफ़ की सही-सही व्याख्या ताकि लैंगिक समानता को स्पष्ट रूप से सामने रखा जा सके। दूसरे, स्त्री-आंदोलन व स्त्री अध्ययन संस्थानों में मुसलमान स्त्री के सवालों का समावेश।

मध्य और दक्षिण एशियाई समाजों में मुसलमान स्त्री को उत्पीड़न, ग़रीबी और कई स्तरों पर अन्याय का सामना करना पड़ता है। इसका मुख्य कारण इसलाम का पितृसत्तात्मक स्वरूप और सामाजिक संरचना है। साहित्य और इतिहास में मुसलमान स्त्री के बारे में लिखा जाता रहा है, परंतु कई प्रयासों के बावजूद आज भी मुसलमान स्त्री की छवि रूढ़िवादी और निष्क्रिय पीड़िता के रूप में ही बनी हुई है। अन्य समुदायों की स्त्रियों से तुलना करने पर मुसलमान स्त्री अधिक कमज़ोर व दयनीय और अपने अधिकारों के लिए लड़ने में असमर्थ प्रतीत होती है। इसलामिक नारीवादी विमर्श या आंदोलन तीन बिंदुओं पर अपना ध्यान केंद्रित करता है : तीन तलाक़ वाली कुख्यात प्रथा का परित्याग, चार शादियों की प्रथा का परित्याग और पर्दा या बुर्क़े की पाबंदी ख़त्म करना। भारतीय मुसलमानों के संदर्भ में इन समस्याओं से निजात पाना और भी मुश्किल है क्योंकि वे अपनी पहचान धर्म की प्रकृति के अनुसार ढालने तक सीमित रखते हैं। इसलिए इसलामिक नारीवाद भारत की मुसलमान औरतों को अन्य स्त्रियों की अपेक्षा पिछड़ेपन और उत्पीड़न का अधिक शिकार बताता है।

भारतीय राज्य ने भी मुसलमान समुदाय के आधुनिकीकरण की समस्याओं को अनदेखा किया है। इसका उदाहरण मुसलमान पर्सनल लॉ के रूप में देखा जा सकता है। राज्य ने स्त्री की सामाजिक स्थिति सुधारने के मक़सद से दखल देने के बजाय उल्टी भूमिका निभायी है। भारत जैसे बहुसांस्कृतिक और धार्मिक विविधता वाले राष्ट्र में समान विवाह संहिता होनी चाहिए या नहीं— यह बहस चरम सीमा पर तब पहुँची जब अस्सी के दशक में शाह बानो का मामला सामने आया। इसमें एक पति अपनी पत्नी व तीन बच्चों को बिना कोई भत्ता या मुआवज़ा दिये आसानी से तीन बार तलाक़ बोल कर अलग हो जाता है और दूसरा विवाह कर लेता है। भारत की तत्कालीन सरकार ने संसद में बहुमत का दुरुपयोग करते हुए संविधान में संशोधन किया। सर्वोच्च न्यायलय के निर्णय को पलटते हुए इस मामले को मुसलमान पर्सनल लॉ के अनुसार कर दिया गया। इससे तलाक़ के बाद निर्वाह भत्ते के मामले (राष्ट्रीय) क़ानून की परिधि से बाहर हो गये।

शाह बानो केस के बाद मुसलमान स्त्री-अधिकार आंदोलनों ने मुसलमान वुमॅन बिल की माँग सामने रखी जिसे उत्तर-औपनिवेशिक भारत के मुसलमान समाज में एक नयी शुरुआत माना गया। हालाँकि इसे इसलामिक नारीवाद से जोड़ा गया पर उसके एजेंडे का प्रचार करने के स्थान पर इन मुसलमान स्त्रीवादी आंदोलनों का मुख्य उद्देश्य क़ानून संबंधी सुधारों को लागू करना है। मुम्बई में आवाज़-ए-निसवाँ नामक संगठन ग़रीब, उत्पीड़ित और अशिक्षित मुसलमान महिलाओं को आत्मनिर्भर बनाने के लिए काम करता है। इस तरह के संगठनों की गतिविधियाँ धार्मिक कट्टरपंथियों पर सवाल उठाती हैं और उन्हें चुनौती देती हैं। तीन मुद्दों को उठाने में इन संगठनों की महत्त्वपूर्ण भूमिका रही है। एक, इसलामिक ढाँचे के भीतर ही क़ानून संबंधी सुधारों की माँग। दो, स्त्रियों के लिए मसजिदों का निर्माण ताकि वे उन्हें पब्लिक स्पेस की तरह प्रयोग कर सकें। तीन, यह धारणा विकसित करना कि इसलाम स्त्रियों के प्रति भेदभाव की शिक्षा नहीं देता बल्कि पितृसत्तात्मक व्यवस्था क़ुरान के उपदेशों व नीतियों की ग़लत व्याख्या करती है।

इसी तरह आल इण्डिया मुसलमान वुमॅन राइट्स नेटवर्क की स्थापना 1999 में हुइ। इसे आवाज़-ए-निसवाँ के कुछ कार्यकर्ताओं ने मुम्बई के वुमॅन रिसर्च ऐंड एक्शन ग्रुप के साथ मिल कर गठित किया था। इन्होंने भारतीय मुसलमान परिवारों को क़ानूनी जानकारी देने की शुरुआत की और अपने शोध के माध्यम से इस तथ्य को सामने रखा कि मुसलमान पर्सनल लॉ के प्रावधान सभी मुसलमान परिवारों पर एक समान रूप से लागू नहीं होते। वैश्विक स्तर पर इसलामिक नारीवाद से प्रेरणा लेते हुए दक्षिण भारत में 1987 में दाऊद शरीफ़ ने तमिलनाडु में दक्षिण भारतीय महिला संगठन की स्थापना की। यह संगठन राष्ट्रीय और क्षेत्रीय दोनों स्तरों पर काम करता है। इस तरह के संगठन विवाह, दहेज, तलाक़, घरेलू हिंसा, घर-खर्च और मुआवज़े, बाल-शोषण आदि समस्याओं को हल करने के लिए इसलामिक न्याय-प्रणाली में शोध व अध्ययन तथा आवश्यक सुधारों को लाने का काम करते हैं। इन्हें उलेमा और दूसरे संकीर्ण मुसलमान संगठनों

का विरोध भी झेलना पड़ता है। भारत में इसलामिक नारीवाद की सामाजिक उपयोगिता का विशेष महत्त्व है, परंतु मुसलमान पर्सनल लॉ में सुधार किये बिना यहाँ लैंगिक समानता के लक्ष्य को प्राप्त करना सम्भव नहीं। इन्हीं आंदोलनों के परिणाम स्वरूप भारत में अखिल भारतीय मुसलमान महिला पर्सनल लॉ बोर्ड की स्थापना के प्रयास आरम्भ हुए हैं।

देखें : अश्वेत नारीवाद, आनंदीबाई जोशी, गायत्री चक्रवर्ती स्पिवाक, चिपको आंदोलन, जूडिथ बटलर, जेंडर, दलित नारीवाद, देवदासी, देवकी जैन, नारीवाद, नारीवाद की पहली लहर, नारीवाद की दूसरी लहर, नारीवाद की तीसरी लहर, नारीवादी दर्शन, नारीवादी फ़िल्म-सिद्धांत, नारीवादी इतिहास-लेखन, नारीवाद और अर्थशास्त्र, नारीवाद और साम्प्रदायिकता, नैंसी शोदॅरौ, पर्यावरणीय नारीवाद, पब्लिक-प्रायवेट, पण्डिता रमाबाई सरस्वती, पितृसत्ता, प्रेम, प्रेम-अध्ययन और नारीवादी दर्शन, भारत में स्त्री-आरक्षण-1 और 2, महादेवी वर्मा, मैरी वोल्सनक्रॉफ़्ट, राजनीतिक दर्शन के नारीवादी आयाम, रमाबाई रानाडे, ल्यूस इरिगरे, स्त्री और साम्प्रदायिकता, स्त्री-श्रम, सम्पत्ति : नारीवाद परिप्रेक्ष्य, सावित्रीबाई फुले, सिमोन द बोउवार, स्त्री-आरक्षण, हेलन सिचू।

संदर्भ

1. एल. अहमद (1992), *वुमॅन ऐंड जेंडर इन इसलाम : हिस्टोरिकल रूट्स ऑफ़ अ मॉडर्न डिबेट,* येल युनिवर्सिटी प्रेस, प्रिंसटन.
2. असगर अली इंजीनियर (2006), 'इशूज़ इन इसलामिक फ़ेमिनिज़म', *इंसटीट्यूट ऑफ़ इसलामिक स्टडीज़,* फ़रवरी.
3. अज़रा असगर अली (2000), *द इमरजेंस ऑफ़ फ़ेमिनिज़्म अमंग इण्डियन मुसलिम वुमॅन,* ऑक्सफ़र्ड युनिवर्सिटी प्रेस, नयी दिल्ली.
4. ज़रीना भट्टी (2003), फ़ेमिनिस्ट ऑर रिफ़र्मिस्ट?, *द हिंदू,* 16 मार्च.
5. ज़िबा मीर-हुसैनी (2006), 'मुसलिम वुमंस क्वेस्ट फ़ॉर ईक्वलिटी : बिटवीन लॉ ऐंड फ़ेमिनिज़', *क्रिटिकल इनक्वैरी,* अंक 32, ग्रीष्म.
6. शाहर्जाद मोज़ाब (2001), 'थियराइज़िंग द पॉलिटिक्स ऑफ़ इसलामिक फ़ेमिनिज़म', *फ़ेमिनिस्ट रिव्यू,* खण्ड 69, अंक 1.

—शिवानी चोपड़ा

इंटरएक्टिविटी -1

(सामाजिक विमर्श)

(Social Discourse of Interactivity)

इंटरएक्टिविटी एक व्यापक अवधारणा है जिसे मनुष्य और मनुष्य के बीच, मनुष्य और मशीन के बीच और मशीन और मशीन के बीच होने वाली अन्योन्यक्रिया पर लागू किया जाता है। इंटरनेट के चरित्र में रैडिकल परिवर्तन कर देने वाली 'वेब 2.0' प्रौद्योगिकी (फ़ेसबुक, यू ट्यूब, विकीपीडिया वग़ैरह) के कारण इंटरएक्टिविटी का प्रवेश जीवन के उन निजी और अंतरंग दायरों में भी हो गया है जहाँ पहले उसकी कल्पना करना भी मुश्किल था। नये मीडिया से संबंधित अधिकतर अध्ययनों में इंटरएक्टिविटी को दो व्यक्तियों के बीच होने वाली निजी बातचीत जैसी सुविधा मुहैया कराने वाली प्रक्रिया की तरह पेश किया जाता है। इसमें टेक्नॉलॅजी पर मानवीकरण आरोपित करने का रुझान पढ़ा जा सकता है। ज़ाहिर है कि तकनीकी रूप से इस विचार का चलन कम्प्यूटरों के सर्वसुलभ होने के साथ हुआ, लेकिन प्रौद्योगिकीय अर्थों के साथ-साथ इसके सामाजिक और मनोवैज्ञानिक तात्पर्य भी कम महत्त्वपूर्ण नहीं हैं। मान्यता है कि नये मीडिया और पुराने मीडिया के बीच इंटरएक्टिविटी एक बुनियादी अंतर की नुमाइंदगी करती है। लेकिन मीडिया विशेषज्ञों का अध्ययन बताता है कि पुराना मीडिया (ऐनालॉग प्रौद्योगिकी) नये मीडिया (डिजिटल प्रौद्योगिकी) से ज़्यादा या कम इंटरएक्टिव नहीं था। दोनों की प्रकृति ज़रूर अलग-अलग है, और इसीलिए डिजिटल इंटरएक्टिविटी के न केवल सामाजिक प्रभाव भिन्न हैं, बल्कि उसके ज़रिये पूँजीवादी बाज़ार अपना मूल्यवर्धन भी कर पाता है।

समाज-वैज्ञानिकों की मान्यता है कि इंटरएक्टिविटी ने मनुष्य और मशीन के बीच क़ायम उस रिश्ते को बदल दिया है जो औद्योगिक क्रांति के दौरान बना था। मीडिया विशेषज्ञ मार्शल मैकलुहन ने साठ के दशक में ही ऑटोमेशन (स्वचालीकरण) पर गहरी नज़र डालते हुए इन सम्भावनाओं को देख लिया था। मैकलुहन ने बताया था कि ऑटोमेशन को मेकैनिकल उसूल (जो किसी भी प्रक्रिया का संचालन विखण्डन और पृथक्करण के ज़रिये करता है) का महज़ विस्तार मानना उचित नहीं होगा। बिजली के भीतर एक तरह की तात्क्षणिक ख़ूबी है जिसके ज़रिये वह मेकैनिकल जगत में आक्रामक हस्तक्षेप करके उसके सभी पहलुओं को पलक झपकते अपने आगोश में ले लेती है जिससे पुर्ज़ों-पुर्ज़ों में बँटी यांत्रिकता स्वचालन में बदल जाती है। यह परिवर्तन प्रौद्योगिकी को मनुष्य के सबलीकरण का स्रोत बना देता है। उत्पादन में व्यक्ति की भागीदारी की नयी सम्भावनाएँ पैदा होती हैं। मैकलुहन के इन अवलोकनों और ऑटोमेशन के अध्येता एल. बेगरिट की स्थापनाओं के आधार पर कहा जा सकता है कि व्यक्ति और कम्प्यूटर के बीच होने वाले स्वचालित विनिमय के परिणामस्वरूप मनुष्य की हैसियत केवल मशीनों की देख-रेख करने वाली 'आया' से बढ़ कर नेवीगेटर्स, ऐंड-यूज़र्स और सर्फ़र्स की हो गयी है। प्रौद्योगिकी उन्हें जिस रास्ते पर ले जा रही है, उसका नियंत्रण अब यूज़र के हाथ में है। यूज़र अपने चुनाव और अपनी हिकमत के माध्यम से प्रौद्योगिकीय प्रक्रिया में कहीं ज़्यादा रचनात्मक हस्तक्षेप कर सकता है। इस लिहाज़ से इंटरएक्टिविटी औद्योगिक क्रांति के बाद मानव समाज पर छा गये कारखानों की प्रति-भाषा बन कर उभरी है।

कारख़ानों की दुनिया में मनुष्य ख़ुद को मशीन की ज़रूरतों के हिसाब से ढालने के लिए मजबूर था। चूँकि डिजिटल इंटरएक्टिविटी के संसार में वह अपने हिसाब से रचनाशील हो सकता है, इसलिए प्रौद्योगिकी के पुनः मानवीकरण की सम्भावनाएँ प्रबल हो जाती हैं।

मनो-समाजशास्त्रीय नज़रिये से इंटरएक्टिविटी की जाँच करने वाले स्प्रियो कियोसिस इस प्रश्न पर ग़ौर करते हैं कि क्या इंटरएक्टिविटी का चरित्र प्रौद्योगिकीय होने के साथ-साथ मानवीय भी है ? वे पूछते हैं कि इंटरएक्टिविटी को महज़ एक तकनीकी प्रणाली के परिणाम की तरह देखने के बजाय यूज़र की उस समझ की रोशनी में क्यों नहीं देखा जाना चाहिए जिसके तहत वह किसी इंटरएक्शन या अन्योन्यक्रिया को ग्रहण कर रहा है। इसी एहसास और अर्थ-ग्रहण के तहत यूज़र तय करता है कि वह अपनी मशीन से कौन साम्प्रभाव पैदा करना चाहता है। कियोसिस चाहते हैं कि इंटरएक्टिविटी घटित करने वाले विभिन्न प्रौद्योगिकीय चरों (वेरियेबिल्स) के साथ-साथ मानवीय चर की भूमिका को भी रेखांकित किया जाए। उनके मुताबिक़ किसी भी संचार प्रणाली में इंटरएक्टिविटी का स्तर दो कारणों से घटता-बढ़ता है : उस प्रणाली की प्रौद्योगिकीय खूबियों में तब्दीली होने से, और उस माध्यम का इस्तेमाल कर रहे लोगों की अपनी समझ के आधार पर।

ऐंड्रू बैरी ने 2001 में प्रकाशित अपनी रचना *पॉलिटिकल मशीन* में इंटरएक्टिविटी को सक्रिय नागरिकता के राजनीतिक आदर्श की रोशनी में समझने की कोशिश की है। बैरी का कहना है कि आज के ज़माने में हर व्यक्ति से वैज्ञानिक और प्रौद्योगिकीय मसलों पर अपनी राय देने की अपेक्षा बढ़ती जा रही है। व्यक्ति (चाहे वे स्त्री हों या पुरुष) स्वयं भी इस तरह का मत बनाने और व्यक्त करने की अपेक्षा रखते हैं। इस लिहाज़ से प्रौद्योगिकियों और वस्तुओं की अहमियत उनकी नागरिकता को भिन्न आयाम प्रदान कर देती है। बैरी की राय है कि सरकारी अधिकारियों के मार्फ़त नागरिकों को अपनी हिदायतों पर चलाने के बजाय उदारतावाद का ताज़ा संस्करण ऐसी परिस्थितियाँ बनाने की कोशिश करने की तरफ़ जा रहा है जिनके तहत व्यक्ति ख़ुद को शासित करने के सक्रिय और उत्तरदायी एजेंट बन सकें। इस परियोजना में इंटरएक्टिविटी को बढ़ावा देने वाले उपकरणों की भारी अहमियत है। उनके ज़रिये व्यक्ति में एजेंसी, प्रयोगधर्मिता और उद्यमशीलता का अविर्भाव हो सकता है। व्यक्ति के भीतर स्व-शासन की क्षमताओं की वृद्धि हो सकती है।

बैरी का इशारा एक ऐसी राजनीतिक संस्कृति की तरफ़ है जो अनुशासन थोपने के माध्यम से नहीं बल्कि इंटरएक्टिविटी के माध्यम से शासन करेगी। वे कहते हैं कि इंटरएक्टिव संसार का ज़ोर 'सिखाने' और 'ऐसा करना चाहिए' के बजाय 'खोजने' और 'तुम ऐसा कर सकते हो' पर होगा। बैरी के मुताबिक़ इंटरएक्टिविटी का मॉडल दिखाता है कि किस तरह वस्तुओं का इस्तेमाल कर्ताओं को पैदा करने के लिए किया जा सकता है। यह मॉडल कर्ताओं को अनुशासित करने के बजाय 'अनुमति-सम्पन्न' करता है।

सकारात्मक सम्भावनाओं से भरे इंटरएक्टिविटी के इस मॉडल से सभी समाजवैज्ञानिक सहमत नहीं हैं। कई विद्वानों ने सचेत किया है कि इंटरएक्टिविटी की मुक्तिकामी सम्भावनाएँ व्यावसायिकता के चुंगल में फँस कर बहुत कम हो गयी हैं। नयी प्रौद्योगिकी का प्रयोग लोकतांत्रिक आदर्शों को साकार करने के लिए करने के बजाय पूँजीवादी बाज़ार द्वारा ज़्यादा से ज़्यादा मुनाफ़ा कमाने के लिए किया जा रहा है। इसी मुक़ाम पर सवाल उठता है कि क्या बाज़ार और लोकतंत्र दोनों एक साथ अपना मूल्य-वर्धन नहीं कर सकते? इन आलोचकों का तर्क है कि प्रौद्योगिकी का विकास करने की ज़िम्मेदारी अधिकांशतः बाज़ार के हाथ में छोड़ दी गयी है इसलिए यह सम्भावना भी उत्तरोत्तर कमज़ोर होती जा रही है।

देखें : अभिलेखागार, आख्यान, इंटरएक्टिविटी-प्रौद्योगिकीय विमर्श, इंटरफ़ेस, एक्टर-नेटवर्क थियरी, डिजिटल डिवायड, दिन-प्रति दिन के अभिलेखागार, नया मीडिया, नेटवर्क, नेटवर्क सोसाइटी, बाज़ारू संस्कृति, भारत में संचार-क्रांति, भारतीय मीडिया-1, 2 और 3, भारतीय मीडिया स्फ़ेयर, मास मीडिया, मीडिया और सरकार, मीडिया-पक्षधरता, मीडिया-स्टडीज़, संचार, संचार-क्रांति, स्मृति और अभिलेखागार, सोशल नेटवर्क विश्लेषण, सूचना, सूचना-समाज, वैकल्पिक मीडिया।

संदर्भ

1. मार्शल मैकलुहन (1964), *अंडरस्टेंडिंग मीडिया : द एक्सटेंशन ऑफ़ मेन,* रौटलेज, लंदन.
2. एल. बेगरिट (2001), *द एज ऑफ़ ऑटोमेशन,* पेंगुइन, हारमंड्सवर्थ.
3. ऐंड्रू बैरी (2001), *पॉलिटिकल मशीन : गवर्निंग अ टेक्नॉलॉजीकल सोसाइटी,* एथलन, लंदन.
4. एस. कियोसिस (2002), 'इंटरएक्टिविटी : अ कंसेप्ट एक्सप्लिकेशन', *न्यू मीडिया ऐंड सोसाइटी,* खण्ड 4, अंक 3.
5. टी. शुल्ज (2000), 'मास मीडिया ऐंड द कंसेप्ट ऑफ़ इंटरएक्टिविटी : ऐन एक्सप्लोरेटरी स्टडी ऑफ़ ऑनलाइन फ़ोरम ऐंड रीडर ईमेल', *न्यू मीडिया ऐंड सोसाइटी,* खण्ड 22, अंक 2.

—अभय कुमार दुबे

इंटरएक्टिविटी -2
(प्रौद्योगिकीय विमर्श)
(Techonlogical discourse of Interactivity)

डिजिटल प्रौद्योगिकी के पैरोकारों का दावा है कि उसके कारण विकसित हुई इंटरएक्टिविटी मनुष्य के जीवन पर दो तरह के प्रभाव डालेगी। पहला, लोग देर में रिटायर होंगे यानी उनकी कामकाजी उम्र में बढ़ोतरी हो जाएगी। दूसरा, लम्बा कामकाजी जीवन गुज़ारने के बावजूद उनके पास फ़ुरसत का वक़्त भी ख़ूब रहेगा। इन पैरोकारों ने यह दावा भी किया है कि डिजिटल क्रांति ने मशीनों को 'अक्लमंद' बना दिया है जिसके कारण उन्हें इस्तेमाल करने वाले नये तरह की आज़ादी हासिल कर सकते हैं। दरअसल, नब्बे के दशक की शुरुआत में इंटरनेट सृजनात्मक क्रियाशीलता और सामाजिकता की अनंत सम्भावनाओं से लैस परिघटना के रूप में उभरा था। लोग कम्प्यूटर और नेट के रिश्ते को चौंधियायी हुई आँखों से देख रहे थे। इस दौर के बीस साल बाद यानी नयी सदी के पहले दशक के उपरांत स्थिति यह है कि मोबाइल यंत्रों के व्यापक चलन ने इंटरएक्टिविटी द्वारा प्रदत्त प्रौद्योगिकीय आश्वासन को और पुष्ट किया है। डिजिटल मीडिया के प्रभाव में यक़ीन रखने वाले कह रहे हैं कि मोबाइल यंत्रों ने संचार की भौतिक और स्थानिक सीमाओं से मनुष्य को मुक्त कर दिया है। इंटरएक्टिविटी के संदर्भ में 'कहीं भी-कभी भी-कुछ भी' करने का सपना पूरा होने की नौबत आ गयी है, क्योंकि मशीनों और मनुष्य के बीच किसी भी परिस्थितिजन्य विन्यास में असीमित अन्योन्यक्रिया हो सकती है। इन दावेदारियों पर समाज-वैज्ञानिकों ने गहरी आलोचनात्मक दृष्टि डालते हुए यह पता लगाने की कोशिश की है कि इनमें हक़ीक़त कितनी है, और 'हायपरबोल' के तर्ज़ पर 'सायबरबोल' का प्रतिशत कितना है।

इंटरएक्टिविटी का अध्ययन करने वाले विद्वान स्टीफ़न ग्राहम इन दावेदारियों पर विचार करते हुए इस निष्कर्ष पर पहुँचे हैं कि डिजिटल प्रौद्योगिकी ने जिस तरह के स्वप्निल आश्वासन दिये थे, वे उसी अंदाज़ में पूरे नहीं हुए हैं। बजाय इसके कि वह मानव और उसके समाज को अपने ही दैहिक भूगोल के परे जाने का मौक़ा देकर चमत्कारी परिवर्तन कर डालती, वह रोज़ाना की ज़िंदगी का अभिन्न अंग बन गयी है। उसने कार्यस्थल, घर, बाज़ार और ऐसे दैनंदिन स्थानों पर मनुष्य की भूमिका को तो प्रभावित किया है, पर वह इन भौगोलिक स्पेसों का अतिक्रमण कर पाने में नाकाम है। इस तरह ग्राहम इंटरएक्टिविटी को एक अनुभवातीत स्वप्न के बजाय सामान्य जीवन को नये ढंग से उत्तरोत्तर गढ़ने वाली शक्ति के रूप में देखना पसंद करते हैं।

ग्राहम की तरह लेव मानोविच भी यह मानने के लिए तैयार नहीं हैं कि नयी प्रौद्योगिकी से जन्मी नये तरह की इंटरएक्टिविटी ने मनुष्य की दैहिक और सामाजिक सीमाओं का अतिक्रमण करने की परिस्थितियाँ मुहैया करा दी हैं। अपनी विख्यात रचना *द लेंग्वेज ऑफ़ न्यू मीडिया* में मानोविच इंटरएक्टिविटी के नये पन पर सवालिया निशान लगाते हुए पूछते हैं कि आख़िर इसका चरित्र ऐनॉलॉग मीडिया द्वारा मुहैया करायी जाने वाली इंटरएक्टिविटी से किस प्रकार भिन्न है? मानोविच के मुताबिक़ यह प्रक्रिया कोई नयी चीज़ नहीं है, बल्कि पुराने मीडिया के ज़माने से चली आ रही है। नया मीडिया (कम्प्यूटर, पामटॉप, मोबाइल फ़ोन) सिनेमा (जो पुराने मीडिया की श्रेणी में आता है) द्वारा पहली बार पेश की गयी स्क्रीन के साथ बँधा हुआ है। अर्थात् पुराना मीडिया नये मीडिया की प्रौद्योगिकी के दायरे में ही पुनर्जन्म ले रहा है।

मानोविच का चिंतन मार्शल मैकलुहन के इस विचार से अलग है कि यांत्रिकता में हुए विद्युत के समावेश के बाद प्रौद्योगिकी के माध्यम से अधिक मात्रा में और नये तरह की इंटरएक्टिविटी सुलभ होने लगी है। मैकलुहन के मुताबिक़ किताबें, सिनेमा और रेडियो जैसे मीडिया रूप पाठक, दर्शक या श्रोता से अपनी सारवस्तु के साथ एक तरह का मानसिक जुड़ाव माँगते हैं। इस जुड़ाव के आधार में इन रूपों से ग्रहण किया जाने वाला एकल तात्पर्य होता है। ध्यान रहे कि मैकलुहन का लेखन साठ के दशक में सामने आया था। उस समय टेलिविज़न एक नया मीडिया-रूप था। मैकलुहन कहते हैं कि टेलिविज़न बिम्बात्मक सम्प्रेषण के कारण अपने दर्शक से इस तरह के एकल तात्पर्य आधारित मानसिक जुड़ाव की माँग नहीं करता। इसलिए उसके साथ अधिक इंटरएक्टिविटी की ज़रूरत पड़ती है। दूसरी तरफ़ टेलिफ़ोन जैसा मीडिया का नया रूप अपने प्रयोगकर्ता को मौखिक संवाद करने की तरफ़ ले जाता है जिससे इंटरएक्टिविटी एकल तात्पर्य वाले संदेश की तरह नहीं रह जाती।

इक्कीसवीं सदी के पहले दशक में मानोविच मैकलुहन द्वारा साठ के दशक में दिये गये तर्क को पलट देते हैं। वे कहते हैं कि किताबें, सिनेमा और रेडियो जैसे पुराने मीडिया-रूप कम नहीं बल्कि अधिक इंटरएक्टिविटी की माँग करते हैं। उनकी कामयाबी इस बात में है कि वे हमारे बोध को उच्च-स्तरीय या सूचना के मुक़म्मल रूप से वंचित करके एक खाली जगह पैदा कर देते हैं। फिर वह खाली जगह मीडिया प्रदत्त चाक्षुष या श्रव्य आख्यान से भरी जाती है जिसके आधार पर हम अपने बिम्बों, संवादों और अपनी संबंधित समझ बनाते हैं। फ़िल्म सम्पादन की मोंटाज तकनीक का हवाला देते हुए मानोविच दिखाते हैं कि मोंटाज देखने वाला दर्शक परस्पर असंबंधित बिम्बों के कारण पैदा हुए मानसिक अंतराल को

तेज़ी से भरने के लिए मजबूर होता है। इस तरह ग़ैर-इलेक्ट्रॉनिक मीडिया अधिक इंटरएक्टिव होता है। मानोविच की इस परिभाषा के मुताबिक़ शिल्प, चित्र या स्थापत्य को भी इंटरएक्टिव मीडिया की परिभाषा के तहत माना जा सकता है।

अपनी इसी व्याख्या के निष्कर्ष के तौर पर मानोविच चेतावनी देते हैं कि इंटरएक्टिविटी के नये रूपों (मनुष्य और कम्प्यूटर का इंटरफ़ेस यानी एचसीआई) की संरचना को सावधानी से समझने की ज़रूरत है। यह इंटरएक्टिविटी असीमित नहीं है, बल्कि कम्प्यूटर द्वारा उपलब्ध कराये गये मेन्यू और ऐसी ही अन्य सीमाओं में बँधी हुई है।

देखें : अभिलेखागार, आख्यान, इंटरएक्टिविटी-सामाजिक विमर्श, इंटरफ़ेस, एक्टर-नेटवर्क थियरी, डिजिटल डिवायड, दिन-प्रतिदिन के अभिलेखागार, नया मीडिया, नेटवर्क, नेटवर्क सोसाइटी, बाज़ारू संस्कृति, भारत में संचार-क्रांति, भारतीय मीडिया-1, 2 और 3, भारतीय मीडिया स्फ़ेयर, मास मीडिया, मीडिया और सरकार, मीडिया-पक्षधरता, मीडिया-स्टडीज़, संचार, संचार-क्रांति, स्मृति और अभिलेखागार, सोशल नेटवर्क विश्लेषण, सूचना, सूचना-समाज, वैकल्पिक मीडिया।

संदर्भ

1. मार्शल मैकलुहन (1964), *अंडरस्टेंडिंग मीडिया : द एक्सटेंशन ऑफ़ मेन,* रॉटलेज, लंदन.
2. लेव मानोविच (2001), *द लेंग्वेज ऑफ़ न्यू मीडिया,* एमआईटी प्रेस, केम्ब्रिज, एमए.
3. स्टीफ़न ग्राहम (2004), 'फ्रॉम ड्रीम्स ऑफ़ ट्रांसेडेंस टू द रिमीडिएशन ऑफ़ अरबन लाइफ़', एस. ग्राहम (सम्पा.), *द सायबरनेटिक्स रीडर,* रॉटलेज, लंदन.

—अभय कुमार दुबे

इंटरफ़ेस

(Interface)

इंटरफ़ेस एक प्रौद्योगिकीय पद है जिसके तहत दो या दो से अधिक पक्षों, मशीनों या प्रणालियों के बीच क़ायम किये गये एक ख़ास तरह के कनेक्शन के कारण उनकी सीमाएँ परस्परव्यापी हो जाती हैं। यूज़र और कम्प्यूटर के बीच होने वाली अन्योन्यक्रिया की रूपरेखा तय करने वाले सॉफ़्टवेयर के रूप में भी इंटरफ़ेस को देखा जा सकता है। इस लिहाज़ से इंटरफ़ेस दो पक्षों के बीच मध्यस्थता करने वाले अनुवादक की तरह है जिसकी मदद से एक पक्ष दूसरे का अर्थ-ग्रहण करता है। अर्थ-विषयक (सीमेंटिक) होने के नाते इंटरफ़ेस का चरित्र शारीरिक होने के बजाय तात्पर्यमूलक और अभिव्यक्तिपरक हो जाता है। समाज-विज्ञान में पिछले दिनों इंटरफ़ेस को प्रौद्योगिकी के दायरे से उठा कर एक अवधारणा के रूप में विकसित करने की कोशिश की गयी है। विचारकों की कोशिश है कि इंटरफ़ेस को एक विश्लेषणात्मक औज़ार के रूप में इस्तेमाल करते हुए मनुष्य और मशीन के बीच, दो अलग-अलग संस्कृतियों के बीच और दो अलग-अलग संसारों के बीच सीवनरहित आवाजाही और उनके सीमांतों पर एक साझा ज़मीन तैयार होने की प्रक्रियाओं की जाँच-पड़ताल की जाए। इस तरह इंटरफ़ेस एक नये तरह के रिश्ते की संकल्पना है जो मनुष्य और मशीन के बीच एक ऐसी झिल्ली की तरह रहेगा जो दोनों को बाँटने के साथ-साथ जोड़ेगी भी। आख़िरकार मनुष्य और मशीन विजातीय होने के बावजूद एक-दूसरे पर निर्भर संसारों की नुमाइंदगी करते हैं।

समाज-विज्ञान इंटरफ़ेस को एक संज्ञा के रूप में भी देखता है और एक क्रिया के रूप में भी। इंटरफ़ेस के ज़रिये सोच सकने वाली प्रौद्योगिकी कल्पित की जा रही है और मनुष्य के हमेशा 'स्विच्ड ऑन' रहने की परिस्थितियों पर ग़ौर किया जा रहा है। इंटरफ़ेस संबंधी चिंतन नये मीडिया से संबंधित अध्ययन में प्रचलित कुछ द्विभाजनों (हार्डवेयर-सॉफ़्टवेयर, फ़िज़ीकल-वर्चुअल) से परे जाने का मौक़ा भी देता है।

इंटरफ़ेस के माध्यम से नेटवर्क बनते हैं। इसलिए उसे सिर्फ़ नये मीडिया की डिजिटल प्रौद्योगिकी तक सीमित नहीं माना जा सकता। रोज़ाना की ज़िंदगी तरह-तरह के इंटरफ़ेसों से भरी हुई है। 2001 में प्रकाशित अपनी रचना *द लेंग्वेज ऑफ़ न्यू मीडिया* में लेव मानोविच कहते हैं कि पुराने मीडिया (किताबें, पत्रिकाएँ) के साथ उनके पाठक लिखित आख्यानों अथवा कहानियों के माध्यम से इंटरफ़ेस करते हैं। सिनेमा हाल के ख़ास स्थापत्यमूलक विन्यास, उसमें दिखायी जाने वाली फ़िल्म और उसके दर्शक के बीच एक इंटरफ़ेस कल्पित किया जा सकता है। मानोविच के अनुसार सिनेमाहाल का अहाता, उसका सूचना बोर्ड, उसका प्रेक्षागृह, स्क्रीन और स्पीकर अलग-अलग इंटरफ़ेस हैं, जिनसे फ़िल्म का अनुभव अपनी शक्ल-सूरत ग्रहण करता है।

विचारकों का प्रस्ताव है कि मानवीय देह और विभिन्न क़िस्म की मीडिया-मशीनों के बीच सूचनाओं का प्रवाह सम्भव करने के कारण इंटरफ़ेसों को उन प्रणालियों के भीतर कम से कम एकहद तक मूर्त तो समझा ही जाना चाहिए। यह तर्क हमें इंटरफ़ेस में विभिन्न स्तरों पर एजेंसी कल्पित करने की तरफ़ ले जाता है। कहीं इंटरफ़ेस केवल एक मध्यस्थ या झिल्ली का काम करता हुआ दिखायी देगा, तो कहीं वह एक सतत और अक्सर प्रच्छन्न शक्ति से सम्पन्न मिलेगा। कहीं

इंटरफ़ेस की भूमिका से यथार्थ की रूपरेखा प्रभावित हो रही होगी।

मानोविच ने कम्प्यूटर को एक ऐसे फ़िल्टर की तरह देखा है जिससे तक़रीबन हर संस्कृति को गुज़रना पड़ता है। कम्प्यूटर इस्तेमाल करते हुए हम केवल एक मशीन के साथ ही नहीं बल्कि एक संस्कृति के साथ इंटरफ़ेस कर रहे होते हैं। इंटरफ़ेस के ज़रिये ही हर संस्कृति का व्यक्ति मीडिया-वस्तुओं का मतलब समझ पाता है। इस प्रक्रिया में यूज़र के ऊपर इंटरफ़ेस का तर्क हावी हो जाता है। कम्प्यूटर-डेटा को अपने तरीक़े से संगठित करके इंटरफ़ेस यूज़र को इस संसार का वह मॉडल थमा देता है जो उसने तैयार किया है। यूज़र वेब-साइट, सीडी-रोम, डीवीडी फ़िल्म, मल्टीमीडिया इनसाइक्लोपीडिया, ऑन लाइन म्यूज़ियम और पत्रिकाओं और तरह-तरह के खेलों के साथ डिजिटल के ज़रिये जुड़ कर हर बार एक न एक नयी संस्कृति के साथ इंटरफ़ेस करता है। मानोविच का दावा है कि इंटरफ़ेस की यह प्रक्रिया कोई नयी चीज़ नहीं है, बल्कि पुराने मीडिया के ज़माने से चली आ रही है। नया मीडिया (कम्प्यूटर, पामटॉप, मोबाइल फ़ोन) सिनेमा द्वारा पेश की गयी स्क्रीन के साथ बँधा हुआ है। पुराना मीडिया, जैसे सिनेमा, नये मीडिया की प्रौद्योगिकी के दायरे में पुनर्जन्म ले रहा है। पहले वह कई तरह की सांस्कृतिक भाषाओं में से एक था, अब वह सांस्कृतिक इंटरफ़ेस बन गया है जो अधिकांशतः पहले से ही परिचित सांस्कृतिक रूपों में निहित तत्त्वों से मिल कर ही बनती है। मानोविच को इस प्रक्रिया में एक सांस्कृतिक महा-भाषा तो दिखायी पड़ती है, पर उन्हें सांस्कृतिक समरूपीकरण का ख़तरा नहीं सताता। वे मानकीकरण और मौलिकता के बीच, नियंत्रण और खुलेपन के बीच एक तरह का मिश्रण देखते हैं।

इंटरफ़ेस के माध्यम से रोज़ाना की ज़िंदगी में व्याप्त सामाजिक और सांस्कृतिक गतिकी की समझ बनाने का पूर्वानुमान नारीवादी चिंतक डोना हारावे ने 1985 में पहली बार प्रकाशित अपनी विख्यात रचना *सायबर्ग मेनिफ़ेस्टो* में लगा लिया था। हारावे ने कहा था कि चाहे घर हो, काम करने की जगह हो, बाज़ार, सार्वजनिक दायरा हो, यहाँ तक कि चाहे वह मनुष्य की देह हो, ये सभी चीज़ें एक साथ छितरा सकती हैं और अनंत रूपों में इंटरफ़ेस कर सकती हैं। हारावे के बाद की पीढ़ी ने देखा है कि किस तरह पूँजीवादी बाज़ार ने अपने मुनाफ़े के मक़सद से इंटरफ़ेस के अनंत बहुरूपों को घटने से रोक लिया। आज एक मोबाइल फ़ोन का सिम कार्ड नेटवर्क उपलब्ध कराने वाली कम्पनी के साथ ही बँधा होता है। लेकिन दूसरी तरफ़ इस पीढ़ी ने यह भी देखा है कि किस तरह नये और दोनों सिरों पर खुले नेटवर्क और अभिलेखागार उभर रहे हैं जिनमें बड़ी पूँजी की दख़लअंदाज़ी नहीं है।

हारावे ने माइक्रोइलेक्ट्रॉनिक यंत्रों के चारों तरफ़ अदृश्य रूप से मौजूद होने की चर्चा भी की है। वे रेखांकित करती हैं कि ये यंत्र पोर्टेबिल हैं। आज नयी प्रौद्योगिकी ने नये मीडिया-यंत्रों का आकार इतना छोटा कर दिया है कि एक नज़र में उनकी शिनाख़्त और उनका एहसास भी नहीं होता। यह प्रक्रिया ऐसे इंटरफ़ेसों को जन्म दे सकती है, जिसके तहत लोगों के वस्त्रों में सरकिट बुन दिया जाएगा ताकि वे कम्प्यूटेशनली एक्टिव हो सकें। इससे होगा यह है कि इंटरफ़ेस की अदृश्यता बहुत बढ़ जाएगी। परिणामस्वरूप रोज़मर्रा की ज़िंदगी में मानवीय देह शहरों में मौजूद कंक्रीट से बने हुए स्पेसों के साथ इस तरह गुँथ जाएगी कि स्थानीय भूगोल बेमानी हो जाएगा।

देह, वस्तुओं और स्थानों के बीच इंटरफ़ेस के ज़रिये जो अंतरगुम्फ़न होगा, उसकी परिव्याप्ति मनुष्य और मशीन के बीच एक सीवनरहित रिश्ता बना देगी। डब्ल्यू.जे. मिचेल अपनी रचना *एमई++* में दावा करते हैं कि इन परिस्थितियों में इंटरफ़ेस एक तरह का उपांग हो जाएगा जिसे नागर स्पेस की सूचनात्मक अधिरचना के साथ समेकित कर दिया जाएगा। इंटरफ़ेस के भीतर इंटरफ़ेस अंतर्निहित होंगे। परिणामस्वरूप उनकी अलग से शिनाख़्त करना नामुमकिन हो जाएगा।

देखें : अभिलेखागार, आख्यान, इंटरएक्टिविटी-प्रौद्योगिकीय विमर्श, इंटरएक्टिविटी-सामाजिक विमर्श, एक्टर-नेटवर्क थियरी, डिजिटल डिवायड, दिन-प्रतिदिन के अभिलेखागार, नया मीडिया, नेटवर्क, नेटवर्क सोसाइटी, बाज़ारू संस्कृति, भारत में संचार-क्रांति, भारतीय मीडिया-1, 2 और 3, भारतीय मीडिया स्फ़ेयर, मास मीडिया, मीडिया और सरकार, मीडिया-पक्षधरता, मीडिया-स्टडीज़, संचार, संचार-क्रांति, स्मृति और अभिलेखागार, सोशल नेटवर्क विश्लेषण, सूचना, सूचना-समाज, वैकल्पिक मीडिया।

संदर्भ

1. स्टीवन जानसन (1997), *इंटरफ़ेस कल्चर : हाऊ न्यू टेक्नॉलॉजी ट्रांसफ़ॉर्म्स द वे वी क्रिएट ऐंड कम्युनिकेट,* बेसिक बुक्स, न्यूयॉर्क.
2. डोना हारावे (1991), *सिमियंस, सायबर्ग्स ऐंड वुमॅन : द रिइन्वेंशन ऑफ़ नेचर,* फ्री एसोसिएशन, लंदन.
3. विल्बर्ट गैलिट्ज़ (2007), *द इसेंशियल गाइड टू यूज़र इंटरफ़ेस डिज़ाइन : ऐन इंट्रोडक्शन टू जीयूआई डिज़ाइन प्रिंसिपल्स ऐंड टेक्नीक्स,* विली, होबोकेन, एनजे.
4. शेरी टुरकल (सम्पा.) (2007), *इवोकेटिव ऑब्जेक्ट्स : थिंग्स वी थिंक विद,* एमआईटी प्रेस, एमए.

—अभय कुमार दुबे

इंद्रियानुभववाद

(Empiricism)

आधुनिक मानस का निर्माण करने में जितनी उल्लेखनीय भूमिका बुद्धिवाद की है, उतना ही महत्त्व इंद्रियानुभववाद का है। ज्ञानमीमांसा के दो प्रमुख रूपों में से एक इस दर्शन की मान्यता है कि ज्ञान इंद्रियगत संवेदों, अनुभवों और अनुभूतियों की देन होता है। पाँच इंद्रियों के माध्यम से प्राप्त अनुभव पर ज़ोर देने वाले इस सिद्धांत के मुताबिक़ ज्ञान की प्रमाण-पुष्टि भी इंद्रियजनित प्रेक्षणीय अनुभव से ही होनी चाहिए। इंद्रियानुभववाद की जड़ें इस विचार में निहित हैं कि यह जगत केवल उतना ही है जितना वह हमें अपने बारे में बताने के लिए तैयार है। इसलिए इस जगत का हमें तटस्थ रूप से बिना किसी राग-द्वेष के प्रेक्षण करना चाहिए। प्रेक्षणीय सूचना प्राप्त करने के रास्ते में डाली गयी कोई भी बाधा ज्ञान को विकृत करके उसे मनमानी कल्पना का शिकार बना देगी। इंद्रियानुभववाद के गर्भ से ही प्रेक्षण, अनुभव और प्रयोग के वे आग्रह निकले जिन्होंने आगे चल कर आगमनात्मक तर्कपद्धति को प्रमुखता देते हुए विज्ञान के दर्शन पर अमिट छाप छोड़ी। समाज-विज्ञान में व्यवहारवाद के प्रचलन का श्रेय भी इंद्रियानुभववाद को जाता है।

यूनानी शब्द *इम्पेरिया* के आधार पर गढ़े गये *इम्पेरिसिज़्म* ने अपना दार्शनिक अर्थ इसके लैटिन अनुवाद *एक्सपेरिंशिया* से प्राप्त किया है, जिसका मतलब होता है अनुभव। मुख्यत: व्यावहारिक अनुभव पर यक़ीन करने वाले डॉक्टर को भी इम्पिरिक कहा जाता है। पश्चिमी दर्शन में इंद्रियानुभववाद की परम्परा बहुत पुरानी है। हालाँकि अरस्तू के विमर्श में बुद्धिवादी तत्त्व भी उल्लेखनीय हैं, पर कहीं-कहीं उन्हें इंद्रियानुभववाद के संस्थापक के रूप में भी देखा जाता है। मसलन, तेरहवीं सदी के विचारक सेंट थॉमस एक्विना ने अरस्तू का अध्ययन करके ही यह मतलब निकाला था कि बुद्धि जो कुछ भी समझती है उसमें ऐसा कुछ नहीं होता जिसका पहले से इंद्रियगत अस्तित्व न हो। ईसा-पूर्व 341-270 के बीच सक्रिय रहे यूनानी दार्शनिक इपीक्यूरस ने भी ज्ञान के जिस सिद्धांत की व्याख्या की है वह इंद्रियों के अनुभव की सर्वप्रमुखता पर आधारित है। इपीक्यूरस के अनुयायी विद्वानों ने वस्तुओं के कारण पैदा हुई अनुभूतियों के बड़े नफ़ीस ब्योरे पेश किये हैं जिनमें यह भी बताया गया है कि इन संवेदी अनुभवों को ग्रहण करने के दौरान किस-किस तरह की त्रुटियाँ हो जाती हैं। भारतीय दर्शन में इंद्रियानुभववाद से मिलती-जुलती थीसिस लोकायत के सिद्धांत में मिलती है। लोकायत के प्रवक्ता चार्वाकों की मान्यता थी कि इंद्रियजनित बोध ही ज्ञान का एकमात्र वैध स्रोत है। उल्लेखनीय है कि पश्चिम में विकसित इंद्रियानुभववाद की एक प्रमुख निष्पत्ति 'टेबुला रसा' (कोरी स्लेट) का सिद्धांत पूर्वी दर्शन से लिया गया है। बारहवीं सदी में अरब दार्शनिक और उपन्यासकार इब्न तुफ़ैल ने अपनी एक औपन्यासिक रचना में एक ऐसे बच्चे का ज़िक्र किया है जो दुनिया से कटे एक रेगिस्तानी द्वीप पर बड़ा होता है। इब्न तुफ़ैल इस बच्चे के मस्तिष्क को कोरी स्लेट क़रार देते हैं। तेरहवीं सदी में अरब धर्मशास्त्री और चिकित्सक इब्न अल-नफ़ीस द्वारा रचित उपन्यास में भी ऐसे ही बच्चे की कल्पना की गयी है। लेकिन तुफ़ैल के मुक़ाबले नफ़ीस ने उस बच्चे को समाज के सम्पर्क में दिखाया है। 1671 में तुफ़ैल के उपन्यास का ब्रिटेन में प्रकाशन हुआ जिससे प्रभावित हो कर जॉन लॉक ने इंद्रियानुभववाद में केंद्रस्थ 'टेबुला रसा' थियरी का प्रतिपादन किया।

दर्शनशास्त्र की इस शाखा का आधुनिक विकास बुद्धिवाद की दावेदारियों को ख़ारिज करते हुए हुआ है। बुद्धिवाद ज्ञान को अनुभव-पूर्व, अनुभव-स्वतंत्र और निगमनात्मक विधि से प्राप्त मानता है। प्लेटो, देकार्त, लीबिनिज़ और स्पिनोज़ा इसी बुद्धिवादी परम्परा के प्रवक्ता हैं। प्लेटो इंद्रियों को ज्ञान का स्रोत मानने के लिए तैयार नहीं थे। उनका तर्क था कि भौतिक जगत लगातार परिवर्तनशील है इसलिए उसका ज्ञान तो किया ही नहीं जा सकता। हाँ, रूपों और गुणों (जैसे, सफ़ेद रंग, न्याय, सौंदर्य) का एक ग़ैर-भौतिक जगत अवश्य है, लेकिन उनका ज्ञान केवल बुद्धि के माध्यम से ही सम्भव है।

इन दोनों वादों के बीच तीखी बहस और परस्पर सामंजस्य बैठाने की कोशिशों का इतिहास बहुत पुराना है। सोलहवीं सदी के विचारक फ्रांसिस बेकन ने आधुनिक विज्ञान की सैद्धांतिक आधारशिला रखते हुए अनुभव, प्रयोग और प्रेक्षण को केंद्रीय महत्त्व दिया। सत्रहवीं सदी से उन्नीसवीं सदी के बीच ब्रिटेन में इंद्रियानुभववावादी दार्शनिकों की समृद्ध परम्परा पनपी जो बेकन के विचारों से बहुत प्रभावित थी। इन चिंतकों में जॉन लॉक, जॉर्ज बर्कले, डेविड ह्यूम और जॉन स्टुअर्ट मिल उल्लेखनीय हैं। बेकन समेत इन विद्वानों ने देकार्त और उनके अनुयायियों द्वारा प्रवर्तित इस बुद्धिवादी आग्रह का विरोध किया कि मनुष्य के मस्तिष्क में कुछ सहजात विचार होते हैं जिनके आधार पर अनुभव से स्वतंत्र ज्ञान की प्राप्ति हो सकती है। इस धारणा के विपरीत लॉक ने मस्तिष्क को 'टेबुला रसा' (कोरी स्लेट) क़रार दिया जिस पर आगे चल कर अनुभव की क़लम से सत्य का अंकन होता है। बुद्धिवाद जहाँ ज्ञान-प्राप्ति का अपना मॉडल गणित से प्राप्त करता है, वहीं इंद्रियानुभववाद का मॉडल प्रयोग आधारित विज्ञान पर टिका है। बर्कले के विमर्श में इंद्रियानुभववाद लॉक से भी अधिक स्पष्टता के साथ उभर कर आता है। ज्ञान के ग़ैर-अनुभवपरक रूपों के उद्‌घाटन के बारे में ज्यामितिशास्त्र की

दावेदारियों का खण्डन करते हुए उन्होंने कहा कि ईश्वर के होने और ख़ुद अपने होने के विचार के अलावा ज्ञान का ऐसा कोई और रूप नहीं है जो संवेदी अनुभूतियों पर आधारित न हो।

स्कॉटिश चिंतक ह्यूम ने लॉक और बर्कले के काम को आगे बढ़ाते हुए संवेदों और विचारों के बीच अंतर किया। उन्होंने कहा कि मस्तिष्क संवेदी अनुभूतियों का क्षेत्र है, जबकि विचार कल्पनाजगत की उत्पत्तियाँ हैं। इसके बाद उन्होंने विचारों को भी दो भागों में बाँट दिया : बोध-आधारित और चिंतन-आधारित। ह्यूम यहीं नहीं रुके। उन्होंने विचारों को एक बार फिर दो भागों में बाँटा : सरल और जटिल। आख़िर में वे इस नतीजे पर पहुँचे कि हर सरल विचार किसी न किसी इंद्रियगत बोध की प्रतिलिपि होता है। इसी आधार पर उन्होंने अपने विमर्श में कई स्थापित धारणाओं का खण्डन किया। उन्होंने कार्य-कारण संबंध को मानने से इनकार करते हुए कहा कि यह सिद्धांत किसी प्रेक्षण से प्रमाणित होने के बजाय आदत और रिवाज़ पर ज़्यादा आधारित है। ह्यूम के नक़्शे-क़दम पर चलते हुए मिल ने अपनी रचना *सिस्टम ऑफ़ नॉलेज* (1843) में इंद्रियानुभववाद के दर्शन और निष्कर्षों को पूरी तरह से संहिताबद्ध कर दिया।

इंद्रियानुभववाद उस समय अपनी अतियों को छू लेता है जब वह इंद्रियजनित अनुभव के दायरे से परे बाह्य जगत को जानने का कोई भी दावा ख़ारिज कर देता है। तब वह कहने लगता है कि बाह्य जगत की कोई भी तस्वीर दरअसल हमारे दिमाग़ों द्वारा बनायी गयी गढ़ंत भर है। इंद्रियानुभववाद की इसी ज़्यादती के ख़िलाफ़ प्रतिक्रिया करते हुए इमैनुएल कांट ने उसका बुद्धिवाद के साथ तालमेल बैठाने का प्रयास किया। इस प्रक्रिया में भावातीत आदर्शवाद का सिद्धांत सामने आया। बीसवीं सदी में लुडविग विट्गेंस्टाइन के विमर्श में भी इंद्रियानुभववाद की इन्हीं अतियों को संतुलित करने कोशिश दिखती है।

बीसवीं सदी में तर्कपरक प्रत्यक्षवाद ने इसी आधार पर दावा किया कि ऐसी कोई प्रपत्ति नहीं मानी जा सकती जो प्रेक्षणीय न हो, भले ही वह नीतिशास्त्र के तहत की गयी हो, सौंदर्यशास्त्र के तहत हो या फिर धर्मशास्त्र के तहत। ह्यूम और कांट का हवाला देते हुए तर्कपरक प्रत्यक्षवादियों ने इंद्रियानुभववाद समेत ज्ञान की सभी पारम्परिक समस्याओं को भाषा से संबंधित क़रार दिया। उन्होंने सभी सार्थक वक्तव्यों को दो भागों में बाँटा : विश्लेषणात्मक अर्थात् वे जो अपने आप में स्वयंसिद्ध होते है और संश्लेषणात्मक अर्थात् वे जो जगत के बारे में कोई तात्त्विक जानकारी देने का दावा करते हुए अपनी पुष्टि के लिए प्रस्तुत रहते हैं। इन प्रत्यक्षवादियों ने कहा कि बाक़ी सभी वक्तव्य निरर्थक होने के लिए अभिशप्त हैं। उनका कोई संज्ञानात्मक मूल्य नहीं होता क्योंकि वे जगत के बारे में कोई तथ्यात्मक सूचना नहीं देते। इस श्रेणी में उन्होंने मूल्यगत, नीतिगत, धर्मगत, राजनीतिक, सौंदर्यशास्त्रीय और नैतिकतावादी वक्तव्यों को रखा।

इंद्रियानुभववाद की एक आलोचना मार्क्सवाद की तरफ़ से भी पेश की गयी है। 1917 की रूसी बोल्शेविक क्रांति के जनक लेनिन ने 1909 में लिखी अपनी पुस्तक *मैटीरियलिज़्म ऐंड इम्पेरियो-क्रिटिसिज़्म* में ऑस्ट्रियायी भौतिकशास्त्री अंर्स्ट माक और जर्मन प्रत्यक्षवादी विचारक रिचर्ड अवेनैरियस के विचारों का समर्थन करने वाले अपने साथी बोग्दोनोव के साथ बहस करते हुए भौतिकवाद की श्रेष्ठता साबित करने की कोशिश की। बोग्दोनोव इन दोनों के इस सूत्रीकरण से प्रभावित थे कि यह जगत पूरी तरह से इंद्रियगत संवेदों की ही रचना है, और ऐसे सभी वैज्ञानिक विचार निरर्थक हैं जिनकी बोधगम्य अनुभवों द्वारा पुष्टि नहीं हो सकती। इस समय तक लेनिन का दार्शनिक ज्ञान मुख्यत: एंगेल्स के परवर्ती लेखन पर आधारित था। आम तौर पर दार्शनिकों को लेनिन द्वारा की गयी इंद्रियानुभववाद की यह आलोचना और उसके मुक़ाबले भौतिकवाद के प्रतिपादन में कोई ख़ास नफ़ासत नहीं लगती। लेकिन 1929 में उनकी मृत्यु के उपरांत प्रकाशित *फ़िलॉसॅफ़िकल नोटबुक्स* में लेनिन का कहीं परिपक्व भौतिकवाद संबंधी विमर्श दर्ज है। इस रचना से मार्क्सवाद की हीगेलपंथी जड़ों पर रोशनी पड़ती है।

समाज-विज्ञान पर भी इंद्रियानुभववाद का गहन प्रभाव व्यवहारवाद के रूप में पड़ा। द्वितीय विश्व-युद्ध के बाद पचास और साठ के दशक में नयी पीढ़ी के समाज-वैज्ञानिकों ने तर्कपरक प्रत्यक्षवादियों की दलीलें मानते हुए कहा कि राजनीति की समझ बनाने के लिए औपचारिक संस्थाओं की सत्ता और प्राधिकार पर विचार करने या राजनीतिक विचारों के इतिहास के खंगालने के बजाय 'तथ्यों के अध्ययन' पर ज़ोर दिया जाए। इसके तहत आग्रह किया गया कि राजनीति का विज्ञानसम्मत अध्ययन तभी सम्भव है जब किसी भी तरह के नीतिगत, निजी या आस्थागत रुझान से साफ़ बचते हुए सिर्फ़ तथ्यों और आँकड़ों के दम पर राजनीति और समाज को समझने के मॉडल बनाये जाएँ। औपचारिक संस्थाओं की जगह मतदाताओं, हित-समूहों, राजनीतिक दलों और अन्य राजनीतिक कर्ताओं के व्यवहार पर रोशनी डाली जाए। इसी के साथ औपचारिक पदों पर बैठे विधिकर्ताओं, अधिकारियों और न्यायाधीशों वग़ैरह के तौर-तरीक़ों की जाँच की जाए। इस व्यवहारवादी समाज-विज्ञान के राजनीतिक दर्शन की उपयोगिता को एक़दम ठुकरा दिया और सभी तरह के मानकीय प्रश्नों और विचार-विमर्श से किनारा कर लिया। यह दृष्टि बहुत कुछ प्राकृतिक विज्ञानों से ली गयी थी। अमेरिकी समाज-विज्ञान अपने इम्पेरिकल रुझानों के लिए ख़ास तौर से जाना जाता है। भारतीय समाज-विज्ञान पर भी साठ और सत्तर के दशक में इस प्रवृत्ति का असर दिखायी पड़ता है।

देखें : अरस्तू, अफ़लातून, जॉन लॉक, जॉन स्टुअर्ट मिल, डेविड ह्यूम, फ्रेड्रिख़ एंगेल्स, बुद्धिवाद, रेने देकार्त, लोकायत, व्यवहारवाद, व्लादिमिर इलीच लेनिन, संत थॉमस एक्विना, ज्ञानमीमांसा।

संदर्भ

1. एस. प्रीस्ट (1990), *द ब्रिटिश इम्पेरिसिस्ट्स : हॉब्स टू आयेर*, पेंगुइन, लंदन.
2. ए. केनी (1986), *रैशनलिज़म, इम्पेरसिज़म ऐंड आइडियलिज़म*, ऑक्सफ़र्ड युनिवर्सिटी प्रेस, ऑक्सफ़र्ड.
3. डेविड ह्यूम (1955), *ऐन इनक्वैरी कंसर्निंग ह्यूमन अंडरस्टैंडिंग (1748)*, बॉब्समेरिल, इण्डियानापोलिस, इन.
4. जॉन लॉक (1997), *ऐन एसे ऑन ह्यूमन अंडरस्टैंडिंग (1690)*, सम्पा. रोजर वुडहाउस, पेंगुइन बुक्स, लंदन.
5. ए, ब्रुस (1970), *रैशनलिज़म, इम्पेरिसिज़म ऐंड प्रैगमैटिज़म*, रैंडम हाउस, न्यूयॉर्क.
6. वी.आई. लेनिन (1964), *मैटीरियलिज़म ऐंड इम्पेरियो-क्रिटिसिज़म*, प्रोग्रेस पब्लिकेशन, मास्को.
7. डेविड ईस्टन (1969), 'दि न्यू रेवोल्यूशन इन पॉलिटिकल साइंस', *अमेरिकन पॉलिटिकल साइंस रिव्यू, खण्ड* 63, अंक 4.

—अभय कुमार दुबे

ई

ईश्वरवाद, अनीश्वरवाद और अज्ञेयवाद

(Theism, Atheism and Agnosticism)

ईसाई, यहूदी और इसलाम धर्म ईश्वर को परम यथार्थ मानने की बुनियादी अवधारणा पर टिके हुए हैं। ईश्वरवाद का दार्शनिक स्रोत यही है। पाँच सौ से एक हज़ार ईस्वी के बीच ईश्वर की विराटता और महानता का वर्णन मानवीय भाषा के सामर्थ्य के बाहर माना जाता था। अर्थात् इनसानी लफ़्ज़ नहीं बता सकते थे कि ईश्वर क्या है। वे ज़्यादा से ज़्यादा यह बता सकते थे कि ईश्वर क्या नहीं है। जैसे कि वह दुष्ट या मूर्ख नहीं है। ज़ाहिर है ईश्वरवाद परम यथार्थ के इस अत्यंत सीमित और नकारात्मक विवरण पर ही आधारित नहीं रह सकता था। इसीलिए इस अवधि के बाद धर्मशास्त्रियों और दार्शनिकों ने ईश्वर का वर्णन करने के लिए उसे सर्वशक्तिमान, सर्वव्यापी, सर्वज्ञाता, शाश्वत, पूरी तरह से मुक्त, सृष्टिकर्ता, पालनहार और श्रेष्ठतम नैतिकता का उद्‌गम क़रार देना शुरू किया। तब कहीं जा कर ईश्वर पूजा योग्य हो पाया। अनीश्वरवाद या नास्तिकता का दर्शन ईश्वर के होने का ही खण्डन करता है। लेकिन इसका विकास मुख्यतः यहूदी–ईसाई विचार परम्परा द्वारा विकसित ईश्वर की अवधारणा के सापेक्ष हुआ है। इसलिए दुनिया की अन्य संस्कृतियों और धर्मों में प्रचलित क़िस्म–क़िस्म के ईश्वरों के लिए यह विचार अधिकांशतः प्रासंगिक नहीं है। भारतीय दर्शन में तो वेदों की सत्ता मानने से इनकार करने वाली विचार परम्पराएँ नास्तिक मानी जाती हैं। जैसे, लोकायत, बौद्ध और जैन। हिंदुओं के पास तो ईश्वर के बजाय बहुत से देवता हैं जिन्हें सीमित क़िस्म की भूमिकाएँ दी गयी हैं। अज्ञेयवाद ईश्वर के अस्तित्व का खण्डन करने के बजाय उसके पक्ष या विपक्ष में कोई भी महत्त्वाकांक्षी दावा करने का विरोधी है। उसका कहना है कि न तो ईश्वर को साबित करने वाले प्रमाण उपलब्ध हैं और न ही उसके वजूद को पूरी तरह से ग़लत बताने वाले सबूत। एक तरह से अज्ञेयवाद ईश्वर संबंधी एक निजी वक्तव्य का प्रतिनिधित्व करता है। अनीश्वरवादियों का उन लोगों के साथ सहअस्तित्व मुश्किल होता है जो ईश्वर में आस्था रखते हैं, पर अज्ञेयवादी दोनों के साथ रह सकते हैं।

यूनानी दार्शनिक प्लेटो और अरस्तू जिन ईश्वरों में विश्वास करते थे, ब्रह्मांड में उनकी भूमिका ईसाइयों और यहूदियों के ईश्वर की तरह केंद्रीय नहीं थी। संत ऑगस्तीन, सेंट थॉमस एक्विना, सेंट एंसलम ऑफ़ केंटरबरी, विलियम ऑफ़ ओकहैम और माइमोनिडस जैसे ईसाई और यहूदी धर्मशास्त्रियों के विमर्शों से यह धारणा बलवती हुई कि यह जगत और ब्रह्मांड हमेशा से नहीं था, बल्कि उसे एक विशुद्ध आध्यात्मिक शक्ति ने रचा है। वही शक्ति यानी ईश्वर न केवल इस जीवन और जगत की सृष्टा है, बल्कि सारे क़ुदरती कारोबार की लगाम उसी के हाथ में रहती है। ईश्वरवाद की यह यहूदी–ईसाई परम्परा जैसे–जैसे आगे बढ़ी, उसके धर्मशास्त्री यह दावा भी करने लगे कि उनके पास ईश्वर के होने के अकाट्य प्रमाण हैं।

पिछले तीन सौ साल का पश्चिमी दर्शन इसी यहूदी–ईसाई परम्परा की आलोचना से भरा हुआ है। आधुनिक दर्शन के दो बड़े महारथियों देकार्त और लीब्निज़ ने पारम्परिक ईश्वरवाद के पक्ष में दलीलें ज़रूर दी हैं, पर स्पिनोज़ा, ह्यूम, कांट और वॉल्तेयर स्पष्ट रूप से ईश्वरवाद का विरोध करते नज़र आते हैं। वॉल्तेयर और उनके साथी बाइबिल में दर्ज

ईश्वरीय इलहाम की धारणा में विश्वास नहीं करते थे। ह्यूम अज्ञेयवादी थे। उन्होंने *डॉयलॉग कंसर्निंग नेचुरल रिलीजन* लिख कर ईश्वरवाद के ब्रह्मांडीय और प्रयोजनमूलक दावों की कड़ी आलोचना की। कांट ने *क्रिटीक ऑफ़ प्योर रीज़न* लिख कर ईश्वरवाद को बेहद कठोर कसौटियों पर कसा। कीर्केगार्द ने तो यह तक कहा कि ईश्वर का अस्तित्व सिद्ध करने की कोशिश करने वाले लोग सच्ची आस्था के ही शत्रु हैं।

अट्ठारहवीं सदी के फ्रांस में अनीश्वरवाद की खुली वकालत करने वालों का उल्लेखनीय सिलसिला मिलता है। दिदेरो, होलबाश, ल मेतरी और अ'लम्बर्त जैसे विद्वान न केवल नास्तिक थे, बल्कि भौतिकवादी भी थे। लेकिन अनीश्वरवाद लाज़मी तौर पर भौतिकवाद का हमजोली नहीं साबित हुआ। शॉपेनहॉवर सरीखे दार्शनिक नास्तिक होने के साथ-साथ अधिभूतवादी आदर्शवाद की पैरोकारी भी करते थे। ईश्वर के मामले में हीगेल का पक्ष स्पष्ट नहीं था। उन्हें 'परम विचार' में यक़ीन था। उनके दक्षिणपंथी अनुयायी इस परम विचार को ईश्वर के रूप में देखते थे, पर उनसे प्रभावित कई वामपंथी हीगेलियन (जैसे, मार्क्स, एंगेल्स, फ़ायरबाख़, ब्रूनो बाउर और डी.एफ़. स्ट्रॉस) ख़ुद को अनीश्वरवादी मान कर चलते थे। अनीश्वरवादी होने के कारण ह्यूम समेत कई दार्शनिकों को अपने जीवन में कई तरह की तकलीफ़ें भी उठानी पड़ीं।

उन्नीसवीं सदी में फ्रेड्रिख़ विल्हेल्म नीत्शे का विमर्श अपने अनीश्वरवाद के कारण मशहूर हुआ। ईश्वर और अमरता को ख़ारिज करते हुए उन्होंने कहा कि ईश्वर के पक्ष में तर्क देकर ईसाई नैतिकतावादी सांसारिक सुख और अन्य सेकुलर मूल्यों को कमतर साबित करने पर तुले रहते हैं। नीत्शे ने साफ़ कहा कि ईश्वर की अवधारणा का आविष्कार जीवन की अवधारणा के विरोध में हुआ है।

बर्ट्रेंड रसेल बीसवीं सदी में एंग्लो-सेक्सन दुनिया के सबसे प्रभावशाली अनीश्वरवादियों में से थे। उन्होंने न केवल ईसाइयत द्वारा प्रवर्तित ईश्वर और आत्मा संबंधी पारम्परिक विचारों का खण्डन किया, बल्कि यौन नैतिकता संबंधी ईसाई शिक्षाओं से भी असहमति व्यक्त की। तीस के दशक में तर्कपरक प्रत्यक्षवाद के पैरोकारों ने ईश्वरवाद पर यह कह कर आक्रमण किया कि उसकी दावेदारियाँ उस समय तक निरर्थक हैं जब तक उनके समर्थन में सिद्धांततः पुष्ट करने लायक प्रमाण न पेश कर दिये जाएँ। बीसवीं सदी में ही फ्रांस के दो अस्तित्ववादी चिंतकों और साहित्यकारों ज्याँ-पॉल सार्त्र और अल्बैर कैमियो द्वारा अनीश्वरवाद का मुखर समर्थन किया गया।

देखें : अफ़लातून, अरस्तू, इमैनुएल कांट, कार्ल हाइनरिख़ मार्क्स-1, 2, 3 और 4, ईसैया बर्लिन, जैन दर्शन, ज्याँ-ज़ाक रूसो, चार्ल्स-लुई द सेकोंद मोंतेस्क्यू, जार्ज विल्हेल्म फ्रेड्रिख़ हीगेल, ज्याँ-पाल सार्त्र, डेविड ह्यूम, निकोलो मैकियावेली, फ्रेड्रिख़ नीत्शे-1 और 2, बौद्ध दर्शन, मार्सिलियस पाडुआ के, लोकायत, सुकरात, संत थॉमस एक्विना, संत ऑगस्तीन।

संदर्भ

1. इमैनुएल कांट (1976), *क्रिटीक ऑफ़ प्योर रीज़न, ऐंड अदर राइटिंग्स इन मॉरल फ़िलॉसफ़ी,* अनु. और सं. एल. व्हाइट बेक, गारलैण्ड, न्यूयॉर्क.
2. एफ़.डब्ल्यू. नीत्शे (1968), *बेसिक राइटिंग्स ऑफ़ नीत्शे,* सम्पा. और अनु. डब्ल्यू. कॉफ़मान, बेसिक बुक्स, न्यूयॉर्क.
3. बरट्रेंड रसेल (1980), *व्हाई आई एम नॉट अ क्रिश्चियन,* न्यूयॉर्क.
3. डेविड ह्यूम (1980), *डॉयलॉग्ज़ कंसर्निंग नेचुरल रिलीजन,* सम्पा. आर.एच. पॉपकिन, हैकेट, इण्डियानापोलिस, आईएन.
5. ज्याँ-पॉल सार्त्र (1943), *बीइंग ऐंड नथिंगनेस,* अनु. एच बार्न्स, मेथ्युन, लंदन.

—**अभय कुमार दुबे**

ईसाई धर्म-सुधार और मार्टिन लूथर

(Christian Reformation and Martin Luther)

पंद्रहवीं और सोलहवीं सदी में हुए ईसाई धर्म-सुधार और प्रोटेस्टेंटवाद के उदय ने आधुनिक विचार, आधुनिक राज्य, पूँजीवाद और सेकुलरवाद के विकास में ऐतिहासिक भूमिका निभायी है। इस प्रक्रिया के केंद्र में जर्मन धर्मशास्त्री, ईसाई भिक्षु और दार्शनिक मार्टिन लूथर (1483-1546) का व्यक्तित्व और कृतित्व था। ईज़लबेन, जर्मनी के एक किसान परिवार में पैदा हुए मार्टिन लूथर के पिता खेती छोड़ कर खनन का पेशा करने लगे थे। लेकिन, उन्होंने अपने बेटे को शिक्षित करके वकील बनाने का फ़ैसला किया। 1501 में लूथर ने व्याकरण, तर्कशास्त्र और तत्त्वमीमांसा में स्नातकोत्तर उपाधि ग्रहण की। लेकिन इसी के चार साल बाद वे अचानक एक भयानक तूफ़ान में फँस गये। उन्होंने अपने प्राण बचाने के लिए खनिकों के मान्य संत ऐन का आह्वान करते हुए यह कह कर गुहार की कि अगर उनके जीवन की रक्षा हो गयी तो वे ईसाई भिक्षु बन जाएँगे। यह घटना लूथर के जीवन के लिए निर्णायक साबित हुई। लूथर के पिता उनके इस फ़ैसले से काफ़ी नाराज़ हुए। लेकिन उनके बेटे ने संत ऐन से किये हुए वायदे को निभाते हुए एक ईसाई मठ में रहना शुरू कर दिया।

मार्टिन लूथर (1483-1546)

27 साल की उम्र में लूथर कैथॅलिक पुरोहितों के एक सम्मेलन में भाग लेने के लिए रोम भेजे गये। वेटिकन में फैले भ्रष्टाचार और अनैतिकता को देख कर उन्हें बड़ी निराशा हुई। लौट कर लूथर ने विटेनबर्ग विश्वविद्यालय से डॉक्टरेट की और वहीं धर्मशास्त्र के प्रोफ़ेसर हो गये। कहा जाता है कि इसी दौरान बाइबिल का अध्ययन करते हुए उन्हें ईश्वरीय संदेश मिला जिसके आधार पर उन्होंने प्रोटेस्टेंटिज़्म का झंडा बुलंद किया।

ईसाई धर्म-सुधारों ने विज्ञान के विचार के साथ मिल कर आधुनिक युरोपीय विश्व-दृष्टि की रचना की। एक पश्चिमी ईसाई धार्मिक विचार-श्रेणी के तौर पर सेकुलर का उदय हुआ। यह एक दिलचस्प विरोधाभास है कि आधुनिकता के 'सेकुलर' संस्करण ने ही अपने प्रति-विचार के रूप में 'धार्मिक' की श्रेणी को रेखांकित किया। मुख्यत: एक धार्मिक परिघटना होने के बावजूद धर्म-सुधारों के कारण रोमन कैथॅलिक चर्च से उसकी सामाजिक, आर्थिक और राजनीतिक सत्ता छिन गयी। ईश्वर और व्यक्ति के बीच में चर्च की मध्यस्थता के बिना सीधी घनिष्ठता स्थापित हुई, धर्म पुरोहितों की जकड़ से निकला, श्रद्धालुओं की भावना को प्रमुखता मिली और व्यक्ति की स्वायत्तता स्थापित होने का रास्ता साफ़ हुआ। राज्य चर्च के प्रभाव से मुक्त होने लगा। चर्च के कमज़ोर होते हुए प्राधिकार का लाभ उठा कर सोलहवीं सदी में ही इंग्लैंड के राजा हेनरी अष्टम ने रोम से नाता तोड़ कर चर्च की सम्पत्ति ज़ब्त कर ली। प्रोटेस्टेंटों ने धर्म-सुधार के ज़रिये जिन नये मूल्यों की स्थापना की, उन्होंने युरोपीय ज्ञानोदय द्वारा प्रवर्तित व्यक्तिवाद पर निर्णायक असर डाला। धर्म को पूरी तरह से ख़ारिज किये बिना उसे तर्क-बुद्धि की सीमाओं में क़ैद करने की परिस्थितियाँ बनीं। अपनी सत्ता छिनते देख कर कैथॅलिकों ने कड़ी प्रतिक्रिया की। लेकिन, युरोप में तीस साल तक चले धार्मिक युद्धों के समापन पर चर्च की सम्पत्ति पूरी तरह से राजाओं के हाथ में चली गयी। एक तरफ़ तो धार्मिक युद्धों और हिंसा के लम्बे दौर ने लाखो-लाख लोगों के प्राणों का हनन किया या उन्हें ग़ुलाम बनाया गया, दूसरी ओर आधुनिकता और सेकुलरवाद के उदय के लिए आधार-भूमि तैयार हुई। धर्म-सुधारों के कारण ही युरोप में क्लासिकल भाषाओं की जगह स्थानीय भाषाओं में लेखन का चलन हुआ। लूथर और कैथॅलिक चर्च के बीच हुए संघर्ष को राष्ट्रीय अस्मिता के विकास का रास्ता साफ़ करने का श्रेय भी दिया जा सकता है।

मैक्स वेबर ने अपनी सबसे मशहूर रचना *द प्रोटेस्टेंट इथिक्स ऐंड द स्पिरिट ऑफ़ कैपिटलिज़्म* (1905) में कहा है कि पूँजीवाद केवल आर्थिक कारकों या प्रौद्योगिकीय विकास की देन नहीं हो सकता। उसकी सफलता के पीछे प्रोटेस्टेंट मत द्वारा प्रतिपादित नैतिकताओं और मूल्यों की भूमिका है। वेबर का विचार था कि प्रोटेस्टेंट धर्म अपने कुछ आयामों में अन्य धर्मों से अलग था। वह सेकुलर दायरे को स्पष्ट रूप से रेखांकित करते हुए दुनियावी कामयाबियों को अहमियत देता था। कैल्विनिस्ट आस्थाओं के मुताबिक़ व्यक्ति को मोक्ष मिलेगा या नहीं, यह पहले ही तय हो चुका होता है। चूँकि भौतिक जगत में उसके द्वारा की गयी गतिविधियों से इस फ़ैसले पर कोई फ़र्क़ नहीं पड़ता, इसलिए धर्मभीरु लोग मोक्ष संबंधी व्यग्रताओं का शिकार रहते थे, जिनसे अपना ध्यान हटाने के लिए कठोर और निरंतर परिश्रम करते हुए वे उन संकेतों को टटोलते रहते थे जिनके ज़रिये ईश्वरीय दण्ड से बचना मुमकिन हो सकता हो। कठोर श्रम के माध्यम से कमाये गये मुनाफ़े का आनंद उठाने के बजाय उसका पुन: निवेश कैल्विनिस्ट आस्थाओं के मुताबिक़ एक ऐसा ही तरीक़ा था। वेबर के अनुसार प्रोटेस्टेंट चिंतन के इसी कैल्विनिस्ट पहलू ने पूँजी संचय की शुरुआत की जो प्रकारांतर से स्वयं का पुनरुत्पादन करने वाली प्रक्रिया में बदल गयी। वेबर ने कहा कि प्रोटेस्टेंट मत द्वारा प्रदत्त इस ग़ैर-आर्थिक आवेग के बिना पूँजीवाद घटित नहीं हो सकता था। शुरुआती पूँजीपतियों के लिए ज़रूरी था कि वे आर्थिक लाभों के लिए प्रयास करते हुए भी स्वयं सादगी और किफ़ायत का जीवन जिएँ, अनुशासित रहें और वक़्त की बचत करें। वेबर का ख़याल था कि ईसाई शुद्धतावाद के प्रभाव में ये प्रवृत्तियाँ मज़बूत हुईं और पूँजीवाद के उभार की परिस्थितियाँ बनीं।

लूथर द्वारा प्रतिपादित मत की कामयाबी के पीछे ईसाइयत के भीतर चल रही सुधारवादी परम्परा की भूमिका भी उल्लेखनीय है। चौदहवीं सदी में एक यायावर धर्म-सुधारक जैन हस ने कैथॅलिक चर्च की शान-शौकत को चुनौती दी थी।

हस के अनुयायियों को हसाइट्स के रूप में जाना जाता था। चर्च ने उन सभी को विधर्मी क़रार दे कर मौत की सज़ा दी। लूथर के ज़माने में ही डेसीडेरियस इरास्मस ईसाइयत के भीतर मानवतावाद के बौद्धिक आंदोलन का झंडा ले कर उभरे। इरास्मस की मान्यता थी कि ज्ञानवान बनने की प्रक्रिया और अंधविश्वासों से मुक्ति के ज़रिये व्यक्ति प्रकृति और ईश्वर के साथ समरस हो सकता है। हालाँकि इरास्मस और लूथर में कई मतभेद थे, लेकिन अंतिम विश्लेषण में दोनों ने ही धर्म-सुधारों में योगदान दिया।

कैथॅलिक चर्च का विरोध करते हुए लूथर ने कई रैडिकल विचारों का प्रतिपादन किया। ईसाइयत का लोकतंत्रीकरण करते हुए उन्होंने कहा कि जिस व्यक्ति का बपतिस्मा हो गया है, एक ईसाई के रूप में उसकी हैसियत पुरोहित, बिशप और पोप जैसी ही है। इस प्रस्थापना के ज़रिये लूथर ने न केवल कैथॅलिक चर्च द्वारा क़ायम की गयी पदानुक्रमता को उखाड़ फेंका, बल्कि उसके द्वारा आरोपित कई कर्मकाण्डों को ख़ारिज करते हुए केवल बपतिस्मा और यूखारिस्त जैसी धर्म-विधियों को ही क़ायम रखने की सिफ़ारिश की। उन्होंने केवल आस्थावान होने को ही मुक्ति के लिए पर्याप्त बताते हुए कहा कि 'ईश्वर को पसंद आने वाले उत्तम आचरण और प्रायश्चित' के फेर में फँसने की आवश्यकता नहीं है। लूथर का यह विचार मूलभूत रूप से रैडिकल था कि मनुष्य की मुक्ति न तो उसके अपने नेक कामों या आध्यात्मिक प्रयासों का परिणाम होती है और न ही कोई पोप या पादरी इसमें उसकी मदद कर सकता है। नैसर्गिक रूप से पापी मनुष्य को मुक्ति केवल क्राइस्ट की कृपा से ही मिल सकती है। ईसा मसीह यह अनुग्रह करने लायक लोगों को ख़ुद चुनते हैं। इन विचारों ने लूथर को जर्मन किसानों के बीच लोकप्रिय कर दिया। इसका नतीजा 1524-25 के बीच हुए किसानों के विद्रोह में निकला। यह एक दिलचस्प तथ्य है कि इस विद्रोह की शुरुआत लूथर के अनुयायी ऐनेबैप्टिस्ट्स ने की थी। पर राजशाही के विरोध में खड़ी इस बग़ावत को ख़ुद लूथर ने समर्थन नहीं दिया। उन्होंने ख़ुद को राजा के साथ जोड़ा और ऐनेबैप्टिस्टों की निंदा करते हुए उन्हें पागल कुत्तों की मौत देने का आह्वान किया। इस विद्रोह को कुचल ज़रूर दिया गया, पर इससे शुरू हुए धार्मिक परिवर्तन के सलसिले को लूथर के इस रवैये के बावजूद नहीं रोका जा सका।

लूथर और कैथॅलिक चर्च के बीच टकराव की शुरुआत 13 अक्टूबर, 1517 को हुई जब लोगों ने देखा कि विटेनबर्ग के किले के चर्च के दरवाजे पर कील से 'नाइंटी फ़ाइव थीसिस ऑन इंडलजेंसिस' गड़ी हुई है। यह लूथर का सूत्रीकरण था जिसमें चर्च द्वारा अपने अनुग्रह के बदले शुल्क लेने की कड़ी भर्त्सना की गयी थी। उन दिनों प्रथा थी कि कोई भी ईसाई अपने या अपने प्रियजनों के पापों को माफ़ करवाने के लिए चर्च का अनुग्रह ख़रीद सकता था। यह रक़म चर्चों के निर्माण पर ख़र्च की जाती थी। रोमन कैथॅलिक चर्च ने इस जुर्रत पर लूथर के ख़िलाफ़ क़ानूनी कार्रवाई की। उन्हें 3 जनवरी, 1521 को निष्कासित कर दिया गया। इसी साल अप्रैल में होली रोमन अम्परर चार्ल्स-पंचम ने उन पर अपने विचारों की निंदा करने का दबाव डलवाया। लूथर के इनकार करने पर चर्च ने पूरे युरोप में उनके लेखन की आधिकारिक भर्त्सना जारी की। चर्च के कोप से बचने के लिए लूथर को भूमिगत होना पड़ा। भूमिगत स्थिति में ही उन्होंने कैथॅलिक चर्च की आलोचना जारी रखी। लूथर का आरोप था कि पादरी वर्ग और पोप ने श्रद्धालुओं के बीच मूर्ति-पूजा और अंधविश्वास का बोलबाला कर रखा है। पुरोहित वर्ग अपनी सत्ता क़ायम रखने के लिए भ्रष्टाचरण और आपत्तिजनक कामों पर उतर आया है।

लूथर ने जर्मन भाषा में विपुल लेखन किया। 1500 से 1530 के बीच जर्मन में प्रकाशित साहित्य का बीस फ़ीसदी अकेले लूथर का लिखा हुआ था। भूमिगत जीवन के दौरान ही उन्होंने बाइबिल का अनुवाद जर्मन भाषा में किया। ईसाई धर्म के लोकतंत्रीकरण की दिशा में यह एक और अहम क़दम था। लूथर ने बहुत सोच-समझ कर किसानों द्वारा बोले जाने वाले जर्मन शब्दों का अनुवाद के लिए चुनाव किया। उनकी इस असाधारण भाषाई उपलब्धि के कारण लूथर को आधुनिक जर्मन का संस्थापक भी माना जाता है। अनुवाद का पहला हिस्सा 1522 में छपा और उसका पूरा प्रकाशन 1534 में हुआ। लूथर के संदेश की लोकप्रियता के पीछे गुटेनबर्ग में बने पहले छापेखाने की बहुत बड़ी भूमिका थी। हालाँकि उन दिनों जर्मनी में अशिक्षा का बोलबाला था, पर उनकी रचनाएँ छापेख़ाने के आविष्कार के बाद प्रकाशित होने वाली पहली 'बेस्ट सेलर' मानी जाती हैं। छपे हुए शब्द के माध्यम से सुधार आंदोलन का तेज़ी से प्रसार हुआ। पोप और चार्ल्स-पंचम की कोशिशों के बावजूद ज़ूरिख और जिनेवा में भी सुधारों के केंद्र स्थापित हो गये। नये धर्म-सुधारकों ने लूथर से भी आगे बढ़ कर रैडिकल मुद्रा अपनायी। बाइबिल के एक-एक शब्द पर नये सिरे से बहस होने लगी। इसी प्रक्रिया में धर्म-सुधारकों के बीच 1549 में एक समझौता हुआ जिसके परिणामस्वरूप लूथर के बाद उभरी सुधार-धाराओं के मेल से प्रोटेस्टेंट धर्म की स्थापना हुई। इन सुधार-धाराओं के शीर्ष पर हुलर्डिश ज़्विंगली, कोनराड ग्रेबेल का ऐनेबैप्टिस्ट आंदोलन और जॉन कैल्विन के नेतृत्व में उभरा कैल्विनवाद था। धर्म-सुधारों की मिली-जुली धाराओं से बने प्रोटेस्टेंट धर्म का प्रभाव तेज़ी से फैला और देखते-देखते उसने युरोप के बड़े हिस्से को अपनी आगोश में ले लिया।

धर्म-सुधारों ने युरोपीय मानस पर कई तरह से असर डाला। उन्होंने ईसा मसीह के अर्धनारीश्वर कल्पना की जगह पितृसत्तात्मक ईश्वर की स्थापना की। सोलहवीं सदी की प्रोटेस्टेंट और कैल्विनिस्ट कला ने वयस्क पुरुष को ईश्वर की

सर्वश्रेष्ठ कृति के तौर पर प्रस्तुत किया। धार्मिक स्वतंत्रता का विचार भी प्रोटेस्टेंटवाद की ही देन माना जाता है।

देखें : आधुनिकता, पूँजीवाद, मैक्स वेबर, व्यक्तिवाद, युरोपीय ज्ञानोदय।

संदर्भ

1. एम.यू. एडवर्ड जूनियर (1994), *प्रिंटिंग, प्रोपेगंडा, ऐंड मार्टिन लूथर*, युनिवर्सिटी ऑफ़ कैलिफ़ोर्निया प्रेस, बर्कले.
2. एस. ओज़मेंट (1992), *प्रोटेस्टेंट : द बर्थ ऑफ़ अ रेवोल्यूशन*, डबलडे, न्यूयॉर्क.
3. आर. मैरियस (1999), *मार्टिन लूथर : द क्रिश्चियन बिटवीन गॉड ऐंड अर्थ*, बेल्कनैप प्रेस, केम्ब्रिज, एमए.
4. जे.एम. पोर्टर (1981), 'लूथर ऐंड पॉलिटिकल मिलेनेरियनिज़म : द केस ऑफ़ पीज़ेंट्स वार', *जर्नल ऑफ़ द हिस्ट्री ऑफ़ आइडियाज़*, खण्ड 42, अंक 3.

—अभय कुमार दुबे

ईसैया मेंदलेविच बर्लिन

(Isaiah Mendalevich Berlin)

दार्शनिक और राजनीतिक सिद्धांतकार ईसैया मेंदलेविच बर्लिन (1909-1997) उदारतावाद के एक बहुलवादी संस्करण की स्थापना के लिए जाने जाते हैं। उनके इस विचार के मूल में मान्यता यह है कि अपनी विविधता और बहुलता के कारण मानवीय जीवन को लक्ष्यों और मूल्यों के टकराव से गुज़रना ही पड़ता है। बर्लिन की इस प्रस्थापना का सूत्रीकरण युरोपीय ज्ञानोदय के प्रति-विचार की रोशनी में हुआ था। वे युरोप की उस चिंतन-परम्परा के अंग थे जो बुद्धिवाद की आलोचना करते हुए स्वच्छंदतावाद के नज़दीक बैठती थी। उन्होंने विचारों के इतिहास में गहरी दिलचस्पी ली और हर्डर के नक़्शे-क़दम पर चलते हुए कहा कि उत्तम जीवन की अवधारणा किसी एक सार्वभौम विचार या मानक के ज़रिये परिभाषित नहीं की जा सकती। बर्लिन ने अपने विख्यात निबंध 'टू कंसेप्ट्स ऑफ़ लिबर्टी' में स्वतंत्रता की व्याख्या उसके सकारात्मक और नकारात्मक पहलुओं के रूप में की और नकारात्मक आयाम का पक्ष लिया। उनका तर्क था कि स्वतंत्रता का सकारात्मक संस्करण अपने साथ इकहरेपन और अधिनायकवाद के फलितार्थ लेकर भी आता है। बर्लिन ने विज्ञान के दर्शन का अध्ययन भी किया था । तर्कणावादी

ईसैया मेंदलेविच बर्लिन (1909-1997)

प्रत्यक्षवाद की आलोचना करते हुए उन्होंने दलील दी कि प्रमाणीकरण की वैज्ञानिक विधियों के ज़रिये हर क़िस्म के वक्तव्य की सच्चाई और तात्पर्य की जाँच नहीं की जा सकती।

ईसैया मेंदलेविच बर्लिन का जन्म रिगा, लातविया में हुआ था। उनके पिता लकड़ी के व्यापारी थे। 1915 में रिगा पर हुए जर्मन हमले के कारण उनके परिवार को रूस से भागना पड़ा। 1920 में बर्लिन परिवार समेत लंदन पहुँचे और वहीं बस गये। बर्लिन की शिक्षा-दीक्षा बेहतरीन स्कूलों में हुई और कॉर्पस क्रिस्टी कॉलेज, ऑक्सफ़र्ड से उन्होंने दर्शन, राजनीति और अर्थशास्त्र की डिग्रियाँ प्राप्त कीं। इसके बाद वे न्यू कॉलेज में प्रवक्ता हो गये। द्वितीय विश्व-युद्ध के दौरान बर्लिन ने ब्रिटिश सूचना सेवा के लिए भी काम किया। उनकी अनगिनत छोटी-बड़ी रचनाओं का संकलन उनके जीवन में ही प्रकाशित हुआ जिसके सम्पादक हेनरी हार्डी थे। बर्लिन यरूशलम के हिब्रू विश्वविद्यालय के गवर्नर रहे और संगीत में गहरी रुचि के कारण उन्होंने कोवेंट गार्डन के रॉयल ऑपेरा हाउस के निदेशक की भूमिका भी निभायी।

1932 से 36 के बीच दर्शनशास्त्र का अध्ययन करने के बाद बर्लिन ने 1939 में मार्क्स की जीवनी *कार्ल मार्क्स : हिज़ लाइफ़ ऐंड ऐनवायरनमेंट* की रचना की। इसके बाद बर्लिन का ज़्यादातर लेखन निबंधों की शक्ल में हुआ। बर्लिन ने संगीत और दर्शन पर भी काफ़ी लिखा है, लेकिन उन्हें विचारों के इतिहास पर किये गये शोध के लिए विशेष रूप से जाना जाता है। 1953 में उनकी पुस्तक द *हेजहोग ऐंड द फ़ॉक्स : ऐन एसे ऑन टॉल्स्टॉयज़ व्यू ऑन हिस्ट्री* का प्रकाशन हुआ। अगले साल उन्होंने ऐतिहासिक अपरिहार्यता से जुड़ी दावेदारियों पर कई व्याख्यान दिये जिसमें युरोपीय ज्ञानोदय से निकले विमर्श की आलोचना की गयी थी। 1957 में वे आल सोल्स कॉलेज में सामाजिक और राजनीतिक सैद्धांतिकी के चिशेले प्रोफ़ेसर

नियुक्त किये गये। राजनीतिक विचार के अध्येताओं के बीच बर्लिन की रचना 'टू कंसेप्ट्स ऑफ़ लिबर्टी' काफ़ी लोकप्रिय है। 1969 में प्रकाशित उनकी पुस्तक *फ़ोर एसेज़ ऑन लिबर्टी* में संकलित यह निबंध चिशेले प्रोफ़ेसर के तौर पर दिये गये पहले व्याख्यान की शक्ल में दिया गया था।

बर्लिन जिस तरह के उदारतावाद के पैरोकार थे, उसकी प्रस्थापना इस निबंध में खुल कर सामने आती है। उनसे पहले टी.एच. ग्रीन स्वतंत्रता को सकारात्मक और नकारात्मक में बाँट कर व्याख्यायित कर चुके थे। लेकिन बर्लिन ने इन पदों का इस्तेमाल कुछ इस अंदाज़ में किया कि आज उन्हीं को इनका प्रणेता माना जाता है। इन विचारों के प्रकाशित होते ही बर्लिन के निष्कर्षों पर ज़बरदस्त बहस छिड़ गयी। उनके लिए सकारात्मक स्वतंत्रता का मतलब है उसके ज़रिये मनुष्य द्वारा अपने-आपको प्राप्त करना। बर्लिन को इसमें कोई शक नहीं लगता कि यह आत्म-सिद्धि किसी के लिए भी एक उपलब्ध करने लायक लक्ष्य है। आख़िरकार केवल इसी तरीक़े से इनसान उत्तरोत्तर विकास करते हुए अपनी सर्वोच्च सम्भावनाओं को साकार कर सकता है। लेकिन इस व्यक्तिगत संदर्भ को सामूहिक, सामुदायिक, सामाजिक और राष्ट्रीय संदर्भों पर लागू करते ही स्वतंत्रता की सकारात्मक अवधारणा समस्याग्रस्त हो जाती है। बीसवीं सदी के इतिहास का हवाला देते हुए बर्लिन दिखाते हैं कि किसी एक लक्ष्य को सर्वोच्च प्राथमिकता देते हुए समग्र जन-समुदाय को उसकी प्राप्ति के अभियान में लगा देने के नतीजे किस तरह विनाशकारी निकले हैं। इस मुक़ाम पर बर्लिन उस दार्शनिक अवधारणा की आलोचना करते हैं जिसके मुताबिक़ हर व्यक्ति की इयत्ता दो भागों में बँटी होती है : उसका एक हिस्सा आध्यात्मिक और उच्चतर होता है; उसका दूसरा हिस्सा इंद्रियानुभव से निर्मित और निम्नतर होता है। इस अवधारणा का आग्रह है कि अपनी इयत्ता के उच्चतर आयाम को पूरी तरह से बंधन-मुक्त करने के लिए व्यक्ति को निम्नतर आयाम का दमन करना चाहिए। यह विचार ब्रिटिश भाववादी दार्शनिक बर्नार्ड बोसेनक्वैट ने प्रतिपादित किया था। बर्लिन के मुताबिक़ स्वतंत्रता की सही समझ केवल तभी हासिल हो सकती है जब व्यक्ति द्वारा किये जाने वाले नैतिक चयन की उस प्रकृति को पहचान लिया जाए जिसके आधार में उसकी निजता होती है न कि तर्क-बुद्धि। इस लिहाज़ से बर्लिन स्वतंत्रता की नकारात्मक अवधारणा का पक्ष लेते हैं। इन अर्थों में स्वतंत्र होने का मतलब है व्यक्ति की स्वतंत्रता में किसी दूसरे के हस्तक्षेप का निषेध। हस्तक्षेप निषेध का दायरा जितना बड़ा होगा, स्वतंत्रता उतनी ही विशद होगी।

बर्लिन की मान्यता थी कि जिस दुनिया के हम वासी हैं, वह अपनी विविधता में अनगिनत मूल्यों से सम्पन्न है। ये मूल्य परस्पर अनुरूप भी नहीं हैं। उनमें से किसी एक मूल्य या मानक को प्राथमिकता देने का मतलब होगा अन्य मूल्यों का दमन जो नैतिक ज्ञानमीमांसा के उसूलों पर खरा नहीं उतर सकता। इस हक़ीक़त का वजूद व्यक्तिगत स्तर पर ही नहीं, बल्कि समाज, राष्ट्र या संस्कृति के स्तर पर भी स्वीकार किया जाना चाहिए। बर्लिन के अनुसार ऐसा कोई विवेकसम्मत मानदण्ड नहीं हो सकता जिसके अनुसार उत्तम जीवन के किसी एक मानक को दूसरे मानकों से बेहतर ठहराया जा सके। इसी तरह तर्क-बुद्धि का प्रयोग करके मानवीय जीवन के विविध लक्ष्यों में से किसी एक की श्रेष्ठता साबित नहीं की जा सकती। नैतिकता से सम्पन्न मनुष्यों के रूप में हमें अक्सर तकलीफ़देह चुनाव करने पड़ते हैं। किसी आयाम को पाने के लिए दूसरे आयाम छोड़ने पड़ते हैं। इसलिए हो सकता है कि स्वतंत्रता पाने के लिए हमें कभी समानता को नज़रअंदाज़ करना पड़े, न्याय की वेदी पर दया की बलि चढ़ानी पड़े और स्पष्टवादी होने के लिए उदारता का त्याग करना पड़े। चूँकि हमारी नैतिक आस्थाएँ अंततः निजी धरातल पर तर्क-बुद्धि का इस्तेमाल किये बिना निर्धारित होती हैं, इसलिए भले ही उनके प्रति कितने भी जज़्बाती क्यों न हों हम उन्हें दूसरों पर नहीं थोप सकते। इस विश्लेषण के आधार पर बर्लिन ने निष्कर्ष निकाला कि हमारी समस्याओं का समाधान किसी एक विचार या किसी एक विचार-प्रणाली के पास नहीं हो सकता। जब भी किसी एक समाधान को सर्वोच्च मान कर हल करने की कोशिश की जाएगी तो नतीजे कष्टकारी निकलेंगे।

1957 में उन्हें सर की उपाधि मिली और 1971 में उनकी सराहना करते हुए कहा गया कि ईश्वर और सुकरात की तरह उनकी भी पुस्तकें नहीं छपतीं, लेकिन वे काफ़ी-कुछ सोचते और कहते हैं, जिसकी हमारे समय पर गहरी छाप पड़ी है। अपनी इस सार्वजनिक छवि के विपरीत बर्लिन ने ख़ुद को कभी महान विचारकों की श्रेणी में नहीं रखा। उन्होंने किसी तरह की विचार-प्रणाली रचने की चेष्टा नहीं की।

देखें : अफ़लातून, अरस्तू, इमैनुएल कांट, कार्ल हाइनरिख़ मार्क्स-1, 2, 3 और 4, ज्याँ-ज़ाक रूसो, चार्ल्स-लुई द सेकोंद मोंतेस्क्यू, जार्ज विल्हेल्म फ्रेड्रिख़ हीगेल, निकोलो मैकियावेली, मार्सिलियस पाडुआ के, सुकरात, संत थॉमस एक्विना।

संदर्भ

1. जे. ग्रे (1995), *ईसैया बर्लिन,* हार्पर कोलिंस, लंदन.
2. सी.जे. गैलीपियू (1994), *ईसैया बर्लिंस लिबरलिज़्म,* क्लैरंडन प्रेस, ऑक्सफ़र्ड.
3. ईसैया बर्लिन (1969), *फ़ोर एसेज़ ऑन लिबर्टी,* ऑक्सफ़र्ड युनिवर्सिटी प्रेस, ऑक्सफ़र्ड.
4. ईसैया बर्लिन (1979), *अगेंस्ट द करेंट : एसेज़ इन द हिस्ट्री ऑफ़ आइडियाज़,* होगार्थ प्रेस, लंदन.

—अभय कुमार दुबे

उ

उत्तर-आधुनिकतावाद

(Post-modernism)

उत्तर-आधुनिकतावाद का दर्शन जीवन के हर क्षेत्र में आधुनिकतावाद की दावेदारियों की कड़ी आलोचना करता है। इसके मुताबिक़ विज्ञान और बुद्धिवाद के आधार पर जीवन और जगत का निश्चित ज्ञान प्राप्त करने की कोशिशें नाकाम हो चुकी हैं। मार्क्सवाद, उपयोगितावाद, फ्रॉयड के मनोविश्लेषण और अस्तित्ववाद जैसे महावृत्तांत मानवता की प्रगति की गारंटी करने में विफल रहे हैं। उत्तर-आधुनिकतावाद दरअसल आधुनिकता के अंत की घोषणा करने के बजाय तर्क देता है कि आधुनिकता का सामाजिक, राजनीतिक और सांस्कृतिक संगठन तात्त्विक रूप से बदल चुका है या बदल रहा है। यह बात प्रत्येक विषय-वस्तु पर लागू होती है, चाहे वह सामाजिक, सांस्कृतिक, कलात्मक या सैद्धांतिक हो। यह दावा करने के बाद उत्तर-आधुनिकतावाद को यह कहने की ज़रूरत नहीं रह जाती कि आधुनिकता ग़लत थी या है। पद्धति के तौर पर उत्तर-आधुनिकतावाद उन तमाम दार्शनिक अंतरों को प्रश्नांकित करता है जो यथार्थ और आदर्श के बीच, वस्तुनिष्ठ और आत्मनिष्ठ के बीच, वास्तविकता और आभास के बीच एवं तथ्य और सिद्धांत के बीच किये जाते हैं।

मोटे तौर पर कहें तो उत्तर-आधुनिकतावाद सत्य और मुक्ति संबंधी महावृत्तांतों को कारगर मानने से इनकार करता है। इसलिए उसका कहना है कि एकात्मकता की जगह बहुलता पर, एकता की जगह विभेद पर, उपस्थित (जो प्रस्तुत है) की जगह प्रतिनिधित्व पर, उद्‌गम की जगह परिघटना पर और मानकों की सार्वभौमिकता की जगह उनकी अंतर्भूति पर ज़ोर दिया जाना चाहिए। इस विचार के मुताबिक़ ज्ञान के सभी दावे केवल आंशिक या स्थानीय ही हो सकते हैं। उत्तर-आधुनिकतावाद की इस जटिलता को कुछ मिसालों के ज़रिये समझना बेहतर होगा।

मार्क्सवाद के ज़रिये आधुनिकतावाद की प्रचलित स्थापना है कि सत्ता एकीकृत और समरूप है जिसे राज्य की संस्था में मूर्तिमान माना जा सकता है। नतीजतन, राज्य को बदल देने से सत्ता में भी परिवर्तन किया जा सकता है। उत्तर-आधुनिकतावाद इसका खंडन करते हुए कहता है कि सत्ता एक केंद्रीकृत परिघटना नहीं है, इसलिए उसके ख़िलाफ़ प्रतिरोध भी विकेंद्रीकृत और स्थानीय प्रकृति का होना चाहिए। दूसरा उदाहरण न्याय के विचार का है। आधुनिकतावादी दार्शनिक चाहेंगे कि किसी समाज व्यवस्था की उपयुक्तता जाँचने के लिए न्याय की कसौटी इस्तेमाल की जाए। लेकिन, उत्तर-आधुनिकतावादी कहेंगे कि न्याय का विचार ख़ुद ही उन सामाजिक संबंधों की देन है जिन्हें वह अपनी कसौटी पर कसना चाहता है। अर्थात्, न्याय का विचार एक निश्चित समय और स्थान में रचा गया है, वह कुछ निश्चित हितों की सेवा करता है, और कुछ निश्चित बौद्धिक और सामाजिक संदर्भों पर आधारित है। दरअसल, किसी भी मानक को सार्वभौम न मानने का आग्रह उत्तर-आधुनिकतावाद के लिए केंद्रीय है। सत्य, भलाई, सुंदरता, तार्किकता या ऐसे ही मानक उन प्रक्रियाओं से स्वतंत्र नहीं होते जिनका संचालन करने या जाँच करने का वे दावा करते हैं। बजाय इसके ये सभी मानक उन्हीं प्रक्रियाओं के उत्पाद और उनमें अंतर्भूत होते हैं।

तीसरा उदाहरण प्रामाणिकता का है। मार्क्सवाद, अस्तित्ववाद, फ्रॉयड के मनोविश्लेषण और घटनाक्रियाशास्त्र जैसे आधुनिकतावादी दर्शन इयत्ता का मूल खोजने का प्रयास करते हैं ताकि प्रामाणिकता हासिल करने के रास्ते पर चला

जा सके। इसके उलट उत्तर-आधुनिकतावाद ऐसी किसी भी सम्भावना से इनकार करता है कि उद्‌गम का ज्ञान प्राप्त किया जा सकता है या किसी तरह से उसकी नुमाइंदगी भी की जा सकती है। इसी धारणा के तहत वह चीज़ों की ऊपरी परत या घटना को अपने गम्भीर विश्लेषण का लक्ष्य बनाता है, और उनके मूल में जा कर उनके बुनियादी कारणों की शिनाख़्त करने की कोशिश नहीं करता। मसलन, उत्तर-आधुनिकतावाद अपने इस कथन के लिए मशहूर है कि हर लेखक एक मृत लेखक है। इसका मतलब यह हुआ कि किसी रचना या उसके पाठ का तात्पर्य उसके लेखक के इरादों के हवाले से नहीं ग्रहण किया जा सकता। उस पाठ का उद्‌गम उसे रचने वाले के इरादे में नहीं छिपा होता, इसलिए उस इरादे को किसी अन्य कारक के ऊपर प्राथमिकता नहीं दी जा सकती।

बौद्धिक उद्यम के हर क्षेत्र में उत्तर-आधुनिकतावाद द्वारा एकीकृत अवधारणा की जगह बहुलता को रेखांकित करने का रुझान काफ़ी हद तक संरचनावाद की देन है। सॅस्यूर द्वारा स्थापित यह चिंतन-विधि शब्दों, अर्थों, अनुभवों, मानवीय इयत्ताओं और समाजों को दूसरे तत्त्वों के सापेक्ष समझने की कोशिश करती है। चूँकि हर चीज़ की विधेयकता दूसरी चीज़ों के सापेक्ष है, इसलिए कोई भी चीज़ सहज, तात्कालिक या पूर्णत: उपस्थित नहीं हो सकती। इसीलिए किसी चीज़ का विश्लेषण कभी पूर्ण या अंतिम नहीं हो सकता। यही कारण है कि एक पाठ अनगिनत तरीक़ों से पढ़ा जा सकता है और उनमें से कोई भी उसका आख़िरी तौर से सच्चा मतलब बताने का दावा नहीं कर सकता। इसी भाँति मानवीय इयत्ता भी सहज रूप से एकात्मक, पदानुक्रम के मुताबिक़ संरचित, ठोस और आत्म-नियंत्रित नहीं हो सकती। बजाय इसके वह तो एकाधिक शक्तियों या तत्त्वों की संरचना होती है। उत्तर-आधुनिकता का यह दावा मानवीय इयत्ता के बारे में हमें इस वक्तव्य की तरफ़ ले जाता है कि मैं किसी एक इयत्ता का नहीं बल्कि इयत्ताओं का मालिक हूँ।

उत्तर-आधुनिकतावाद के ज़्यादातर रूप *विधेयक अन्यता* की पद्धति के ज़रिये सांस्कृतिक अस्तित्वों का विश्लेषण करना पसंद करते हैं। इसके मुताबिक़ चाहे मनुष्य हों, शब्द हों, तात्पर्य हों, विचार हों, दार्शनिक प्रणालियाँ हों या सामाजिक संगठन हों, सभी तरह की सांस्कृतिक इकाइयाँ अपनी प्रकट एकात्मकता *अन्य* के बहिर्वेशन, विरोध और उसे पदानुक्रम के मुताबिक़ रचने की सक्रिय प्रक्रिया के ज़रिये क़ायम रख पाती हैं। हर इकाई लाज़मी तौर पर विजातीय अथवा अन्य को ऊँच-नीच के द्वैत से गुज़ार कर ख़ुद को श्रेष्ठ और उस अन्य को हीन क़रार देती है। मसलन, सुविधाभोगी समूहों के लिए ज़रूरी है कि वे विचार, साहित्य, कला और क़ानून के क्षेत्र में ख़ुद को कुछ ऐसे गुणों से सम्पन्न बताएँ जो उनके मुताबिक़ वंचितों के समूहों को प्राप्त नहीं हैं।

सुविधाभोगियों के इसी उद्यम को ज़ाहिर करने के लिए उत्तर-आधुनिकतावाद के पैरोकार कहते हैं कि जो हाशिया है वही पाठ का विधेयक है। इसलिए वे किसी भी प्रणाली या पाठ में उन तत्त्वों को उभारेंगे या रेखांकित करेंगे जिन्हें हाशियाग्रस्त बना दिया गया है। वे खुल कर जाने-माने आयामों से अलग हटने का एलान करेंगे और पाठ की ऐसी विषय-वस्तुओं को सामने लायेंगे जिनका शायद ही कभी ज़िक्र किया जाता हो, जिनकी हैसियत अनुपस्थित की हो और जिनका प्रत्यक्ष या प्रच्छन्न अवमूल्यन किया जाता रहा हो। इस लिहाज़ से उत्तर-आधुनिकतावादियों के लिए उपस्थिति असल में अनुपस्थिति के ज़रिये, वास्तविकता आभास के ज़रिये और आदर्श दैनंदिन के ज़रिये विधेयकता प्राप्त करता है। यह उत्तर-आधुनिक नियम न केवल पाठ या रचना के उल्लिखित संदेश या तात्पर्य पर लागू होता है, बल्कि उसकी शैली को भी इसी तरह से समझने की कोशिश होती है। जिन रूपकों या भाषाई उपादानों को अन्य पाठक कम अहम मान कर छोड़ देंगे, उत्तर-आधुनिक विवेचक उन्हें उस पाठ का तात्पर्य निकालने के लिए इस्तेमाल करते हुए पाये जाएँगे।

अभिव्यक्ति के रूप में उत्तर-आधुनिकतावाद का सबसे पहला प्रयोग जर्मन दार्शनिक रुडोल्फ़ पैनवित्ज़ ने बीसवीं सदी की पश्चिमी संस्कृति के निहिलिज़्म (नाशवादी) के संदर्भ में फ्रेड्रिख़ नीत्शे से प्रभावित हो कर किया था। इसके बाद 1934 में स्पानी के साहित्यालोचक फेदरीको द ओनिस ने इस पद का इस्तेमाल साहित्यिक आधुनिकतावाद के ऊपर हो रहे पलटवार के लिए किया। इसके बाद अंग्रेज़ी में उत्तर-आधुनिकतावाद का इस्तेमाल दो अलग-अलग मक़सदों से किया गया : धर्मशास्त्री बर्नार्ड इडिंग बेल द्वारा सेकुलर आधुनिकतावाद की विफलता के संदर्भ में धर्म का झंडा फिर से बुलंद करने के लिए, और इतिहासकार अरनॉल्ड टॉयनबी द्वारा पहले विश्व युद्ध के बाद हुए मास सोसाइटी (जन-समाज) के उदय के संदर्भ में जिसके कारण मज़दूर वर्ग का महत्त्व पूँजीवादी वर्ग के मुक़ाबले बढ़ता चला गया।

पचास और साठ के दशक में साहित्य के सिद्धांतकारों ने आधुनिकतावादी सौंदर्यशास्त्र के ख़िलाफ़ इस अभिव्यक्ति का ख़ूब प्रयोग किया। सत्तर के दशक में वास्तुशिल्प के आधुनिकतावाद की आलोचना करने के लिए इसका इस्तेमाल हुआ। इसी दशक में इहाब हसन उत्तर-आधुनिकतावाद के सबसे जाने-माने प्रवक्ता बन कर उभरे। उन्होंने साहित्य, दर्शन और अन्य क्षेत्रों को इस दृष्टिकोण के तहत आपस में जोड़ दिया। 1976 में डेनियल बेल ने उत्तर-आधुनिकतावाद की कठोर आलोचना की, पर इसी के बाद तीन किताबों के प्रकाशन ने इसे एक वैचारिक आंदोलन के रूप में खड़ा कर दिया। ये पुस्तकें थीं : चार्ल्स जेंक्स की द *लेंग्वेज ऑफ़ पोस्टमॉडर्न आर्कीटेक्चर*, ज्याँ-फ्रांस्वा ल्योतर की द

पोस्टमॉडर्न कंडिशन : अ रिपोर्ट ऑन नॉलेज और रिचर्ड रोर्ती की *फ़िलॉसफ़ी ऐंड द मिरर ऑफ़ नेचर*। अस्सी के दशक में ज़ील डलज़, ल्योतर, फ़ूको, ज़ाक देरिदा आदि फ्रांस के उत्तर-संरचनावादी दार्शनिकों ने इसका झंडा उठा कर बुद्धिवाद और यूटोपियनवाद पर हमला बोला। उन्होंने प्लेटो से लेकर देकार्त तक, देकार्त से लेकर मार्क्स तक और मार्क्स से लेकर सार्त्र तक ज्ञान और विवेक उपलब्ध करने के संदर्भ में सभी तरह की बुनियादपरस्ती का विरोध किया।

ये दार्शनिक उत्तर-संरचनावादी इसलिए कहलाये क्योंकि उन्होंने इयत्ता के बोलबाले को नकारने के संरचनावादी रवैये को तो अपनाया, पर संरचनावाद द्वारा ख़ुद को विज्ञान बताने का समर्थन करने के लिए तैयार नहीं हुए। उन्होंने देखा कि जब मनुष्य अपने बारे में वस्तुनिष्ठ होने की कोशिश करता है तो कई तरह की गहन दार्शनिक समस्याएँ पैदा हो जाती हैं। उन्होंने मनुष्य के संरचनावादी-सांस्कृतिक विश्लेषण का मानव विज्ञानों पर भी प्रयोग किया और कहा कि आख़िरकार ये सभी विज्ञान अंततः मनुष्य को सांस्कृतिक रूप से गढ़ने का प्रयास ही तो हैं।

उत्तर-आधुनिकों के बारे में सिर्फ़ यह कहना अपर्याप्त है कि वे आधुनिक दर्शन और समाज को ख़ारिज करते हैं। दरअसल उनके बारे में यह कहना अधिक उचित होगा कि वे आधुनिकता पर रैडिकल सवाल चस्पाँ करते हुए बिना विकल्प बताये उसके अनुपयोगी होने की चर्चा करते हैं। इसी तरह यह कहना भी उचित नहीं है कि उत्तर-आधुनिकतावादी दार्शनिकों का यक़ीन पश्चिमी विचार को पूरी तरह से अस्वीकार करने में है। देरिदा ने तो स्पष्ट रूप से कहा है कि पश्चिमी विचार की पारम्परिक बुनियादपरस्ती अथवा 'लोगोसेंट्रिज़्म' का कोई विकल्प नहीं है। बौद्धिक जगत में उत्तर-आधुनिक नज़रिये का बोलबाला होने के बाद से इस चलन के साथ ख़ुद को जोड़ने वाले बुद्धिजीवियों की संख्या काफ़ी बढ़ चुकी है। पिछले दिनों इस विचार पद्धति से बहुसंस्कृतिवाद और नारीवाद भी काफ़ी प्रभावित हुआ है। इन दोनों विचार पद्धतियों के कई प्रभावशाली पैरोकार ख़ुद को उत्तर-आधुनिक ख़ेमे का सदस्य मानते हैं। विभिन्न अनुशासनों से आने के कारण बुद्धिजीवियों के बीच उत्तर-आधुनिक पद्धति के प्रयोग के बारे में मतभेद हैं। कई तत्त्वचिंतकों ने ईश्वर और ब्रह्माण्ड की बुनियादी अवधारणाओं का पुनर्सूत्रीकरण करने के लिए उत्तर-आधुनिकतावाद द्वारा की गयी आलोचना का इस्तेमाल किया है, बावजूद इसके कि उनका यह उद्यम उत्तर-संरचनावाद और बुनियादपरस्त विरोधी नज़रिये के ख़िलाफ़ जाता है। हालाँकि उत्तर-आधुनिकतावाद अतीत की किसी भी तरह की पुनर्स्थापना से परहेज़ करता है, फिर भी वास्तुशिल्प में इसकी पैरोकारी करने वालों ने बहुलता के नाम पर आधुनिकतावाद और प्राक्-आधुनिकतावाद के कई तत्त्वों को अपनाया है। परम्परा का सम्मान करना और सभी परम्पराओं से कुछ न कुछ लेना उनके लिए आधुनिक और सार्वदेशिक होना है।

उत्तर-आधुनिकतावाद के राजनीतिक फलितार्थों को लेकर काफ़ी विवाद है। ख़ासकर मार्क्सवादियों ने इसे जम कर आड़े हाथों लिया है, क्योंकि इसके कारण किसी भी तरह की व्यापक वर्गीय एकता की सम्भावना का खण्डन होता है और राज्य पर क़ब्ज़ा करके क्रांति करने का विचार पटरी से उतर जाता है। क्रांति के विचार में आस्था रखने वालों ने उत्तर-आधुनिकतावादियों पर यथास्थितिवाद का पोषक होने का आरोप लगाया है। युरगन हैबरमास ने इसी लिहाज़ से उन्हें युवा अनुदारवादियों की श्रेणी में रखा था। मार्क्सवादियों को यह दिक़्क़त इसलिए भी है कि अधिकतर उत्तर-संरचनावादी वामपंथी ख़ेमे से जुड़े हुए हैं, सम्भवतः रिचर्ड रोर्ती जैसे कुछ लोगों को छोड़ कर। रोर्ती ने ख़ुद को उत्तर-आधुनिक बूर्ज्वा उदारतावादी क़रार दिया था।

कुल मिला कर यह कहा जा सकता है कि उत्तर-आधुनिकतावाद भले ही किसी निश्चित राजनीतिक दिशा में न ले जाता हो, पर उसकी उपयोगिता स्थापित प्राधिकार की आलोचना करने के लिए निश्चित रूप से है।

देखें : अराजकतावाद, अस्तित्ववाद, आत्मनिष्ठता-वस्तुनिष्ठता, इयत्ता, इमैनुएल कांट, इंद्रियानुभववाद, उपयोगितावाद, उत्तर-संरचनावाद, उदारतावाद, घटनाक्रियाशास्त्र और एडमण्ड हसर, ज़ाक देरिदा, ज्याँ-फ्रांस्वा ल्योतर, ज्याँ-पाल सार्त्र, चेतना, तत्त्वमीमांसा और अस्तित्वमीमांसा, तात्त्विकतावाद, द्वैतवाद, परिणामवाद, प्रत्यक्षवाद और उसका समाज-विज्ञान पर प्रभाव, बुद्धिवाद, भौतिकवाद, मनोविश्लेषण, मार्क्सवाद-1 से 5 तक, युरोपीय पुनर्जागरण, युरोपीय ज्ञानोदय, यूटोपिया, रेने देकार्त, संरचनावाद और उत्तर-संरचनावाद, ज्ञानमीमांसा।

संदर्भ

1. लारेंस कैहून (सम्पा.) (1997), *फ्रॉम मॉडर्निज़्म टू पोस्टमॉडर्निज़्म : ऐन एंथोलॅजी*, ब्लैकवेल, मेसाचुसेट्स.
2. इहाब हसन (1975), 'पोस्टमॉडर्निज़्म : अ पैराक्रिटिकल बिबिलियोग्राफ़ी', *पैराक्रिटिसिज़्म : सेविन स्पेकुलेशंस ऑफ़ टाइम्स*, युनिवर्सिटी ऑफ़ इलिनॉय प्रेस, अरबाना.
3. फ्रेड्रिक जेमसन (1984), *पोस्टमॉडर्निज़्म ऑर द कल्चरल लॉजिक ऑफ़ लेट कैपिटलिज़्म*, ड्यूक युनिवर्सिटी प्रेस, डरहम.
4. युरगन हैबरमास (1987), *फ़िलॉसॅफ़िकल डिस्कोर्स ऑफ़ मॉडर्निटी*, एमआईटी प्रेस, केम्ब्रिज.

—अभय कुमार दुबे

उत्तर-औपनिवेशिकता

(Post-coloniality)

संस्कृतियों और समाजों पर उपनिवेशवाद के प्रत्यक्ष-प्रच्छन्न प्रभावों का अध्ययन करने की प्रक्रिया में जन्मे विमर्श को उत्तर-औपनिवेशिक सिद्धांत या उत्तर-औपनिवेशिकता की संज्ञा दी गयी है। हालाँकि द्वितीय विश्व-युद्ध के बाद से ही विचारों के क्षेत्र में साम्राज्यवाद की जकड़ से आज़ाद हुए उत्तर-औपनिवेशिक राज्य का तात्पर्य-निरूपण करने का प्रयास होने लगा था, लेकिन पहले साठ के दशक में फ्रेंज़ फ़ानो और फिर सत्तर के दशक में एडवर्ड सईद की रचनाओं के प्रभाव ने औपनिवेशिकता से ग्रस्त और उत्पीड़ित कर्ता की मनोवैज्ञानिक, सांस्कृतिक और राजनीतिक संरचना खोलने की आवश्यकता को रेखांकित किया। इस प्रक्रिया में कोलोनियल डिस्कोर्स थियरी उभरी। बाद में उत्तर-संरचनावाद से प्रभावित साहित्य-सिद्धांतकारों गायत्री चक्रवर्ती स्पिवाक और होमी के. भाभा ने इस डिस्कोर्स थियरी से ख़ुद को विशिष्ट साबित करने के लिए औपनिवेशिक से पहले उत्तर शब्द जोड़ा। दिलचस्प बात यह है कि इन लेखकों की शुरुआती रचनाओं में एक संज्ञा के रूप में उत्तर-औपनिवेशिकता का इस्तेमाल उन अर्थों में नहीं मिलता जिन अर्थों में इसे आज समझा जाता है। उस समय तक उत्तर-औपनिवेशिकता का मतलब था राष्ट्रमण्डलीय देशों के साहित्य का अध्ययन या नव-स्वतंत्र देशों के साहित्यों के बीच होने वाली अन्योन्यक्रिया। लेकिन 1990 में प्रकाशित अपने एक निबंध संग्रह *द पोस्ट-कोलोनियल क्रिटिक* में स्पिवाक ने जिस तरह इस पद का प्रयोग किया गया, उसके बाद से इसका मतलब बदल गया। आज उत्तर-औपनिवेशिक सिद्धांत के दायरे में युरोपीय उपनिवेशवाद से राजनीतिक मुक्ति प्राप्त करने वाले समाजों और संस्कृतियों के राजनीतिक, भाषाई और सांस्कृतिक अनुभवों के इर्द-गिर्द चलने वाले विमर्श आते हैं। यहाँ स्पष्ट कर देना ज़रूरी है कि उत्तर-औपनिवेशिक अध्ययन मुख्यतः पश्चिमी अकादमिक क्षेत्रों में विकसित हुआ विमर्श है, हालाँकि तीसरी दुनिया के बुद्धिजीवियों में भी इसके ग्राहकों की कमी नहीं है।

फ्रेंज़ फ़ानो का तर्क यह था कि साम्राज्यवाद की अधीनता में रहते-रहते उपनिवेशितों ने स्वयं को राजनीतिक, आर्थिक और सांस्कृतिक दृष्टि से हेय समझने की मानसिकता को कुछ इस तरह से आत्मसात कर लिया है कि बाहरी रूपों में उसका पता नहीं लगता। इस प्रक्रिया में पूर्व-उपनिवेशितों की अपनी अस्मिता पर उपनिवेशवाद की अमिट छाप लग गयी है। एक प्रजातीय और सांस्कृतिक कमतरी का एहसास उनके मानस पर छा गया है। फ़ानो ने इस सिलसिले में भाषा की भूमिका रेखांकित की है कि किस तरह फ्रेंच उपनिवेशवाद के तहत क्रियोल भाषा को हीन और फ्राँसीसी को श्रेष्ठता आभा मिली। उपनिवेशितों को मजबूरन अपने शासकों की भाषा बोलनी-लिखनी पड़ी।

फ़ानो के इस विमर्श ने बुनियाद का काम किया। इसके बाद एडवर्ड सईद ने अपनी विख्यात रचना *ओरिएंटलिज़्म* में पश्चिम के सांस्कृतिक साम्राज्यवाद पर पड़े विद्वत्ता के पर्दे को हटा कर दिखाया कि किस तरह युरोपीय लेखकों, साहित्यकारों और अनुसंधानकर्ताओं द्वारा किया गया अफ़्रीका, एशिया और मध्य-पूर्व का चित्रण तथ्यों पर आधारित न हो कर कुछ पूर्व-निर्धारित रूढ़ियों पर टिका हुआ है। सईद ने युरोकेंद्रीयता के उद्गम की शिनाख़्त की और बताया कि किस तरह प्राधिकार की परिभाषा बदल दी गयी और सामी भाषाओं और 'प्राच्य' का अवमूल्मन हुआ। युरोकेंद्रीयता के स्रोतों की खोज करने के बाद सईद ने साबित किया कि किस तरह प्राच्य दरअसल पश्चिमी विमर्श की गढ़ंत है और इस गढ़ंत का मक़सद है अरब और इसलामिक दुनिया पर अपना प्रभुत्व न्यायसंगत सिद्ध करना। इसके लिए सईद ने ब्रिटिश, फ्राँसीसी और अमेरिकी आधुनिक इतिहास द्वारा इसलामिक विश्व के साथ किये गये सुलूक की जाँच-पड़ताल की।

कोलोनियलिज़म शब्द के साथ पोस्ट (उत्तर) लगाने के निहितार्थों को लेकर उत्तर-औपनिवेशिकता के समर्थकों और विरोधियों के बीच काफ़ी बहसें रही हैं। बौद्धिकों के एक तबक़े की मान्यता है कि पोस्ट से मतलब निकालना चाहिए उपनिवेशवाद के ख़ात्मे के बाद की परिस्थिति। लेकिन इस सहज अर्थ-निरूपण से असहमत विद्वान पोस्ट शब्द को वि-उपनिवेशीकरण की असमाप्त प्रक्रिया और नव-उपनिवेशीकरण की चालू प्रक्रिया के संकेतक के तौर पर देखना पसंद करते हैं। चूँकि पोस्ट-कोलोनियलियज़्म मुख्यतः पश्चिमी विद्वत्ता (भले ही इसके कुछ प्रमुख नाम भारतीय हों) की देन है, इसलिए इसके कुछ आलोचकों ने ध्यान दिलाया है कि इस विमर्श में कई तरह की विभिन्नताओं और विविधताओं को ख़ामोश कर देने की प्रवृत्ति है। जैसे, यह तीसरी दुनिया के देशों और संस्कृतियों के बीच अहम अंतरों की उपेक्षा करता है। यह एशियाई, अफ़्रीकी और कैरेबियन संस्कृतियों को एक ही ख़ाने में डाल देता है। इसी तरह यह विमर्श आंतरिक उपनिवेशवाद से ग्रस्त युरोपीय समुदायों (जैसे आयरिश, वेल्स) को पूरी तरह से अदृश्य कर देता है। तीसरे, उत्तर-औपनिवेशिक विमर्श तीसरी दुनिया के देशों के आपसी संबंधों को नज़रअंदाज़ करते हुए औपनिवेशिक ताक़तों से उनके संबंधों पर ही ग़ौर करता रह जाता है। चौथी आलोचना यह है कि उत्तर-औपनिवेशिक विमर्श में साम्राज्यवाद की ताक़त को बढ़ा-चढ़ा कर आँकने की प्रवृत्ति है।

उत्तर-औपनिवेशिकता का एक अहम सिरा डायसपोरा अध्ययन के साथ भी जुड़ा हुआ है। इस क्षेत्र के विद्वानों का

ज़ोर यह पता लगाने पर रहता है कि औपनिवेशिक तिजारत और उत्पादन के हित साधने के लिए हुए जबरन आव्रजन से पैदा हुई डायस्पोरिक आबादियों का सांस्कृतिक मानस किस तरह से बन है। अपनी ज़मीन से लम्बी अवधि तक दूर रहने के बावजूद इन आबादियों में सांस्कृतिक निरंतरता के कौन-कौन से तत्त्व मौजूद हैं, और उन्होंने अपनी रिहाइश वाली धरती के साथ कैसा रिश्ता क़ायम किया है। इस प्रक्रिया में डायसपोरा समाज काफ़ी-कुछ खोता और पाता है। चूँकि उनके हितों की संरचना स्थानीय मूल वासियों के हितों से अलग होती है, इसलिए उनकी राजनीति भी अध्येताओं के लिए विशेष आकर्षण का केंद्र है। ख़ास बात यह है कि डायसपोरा की राजनीति दोनों तरफ़ अपना असर छोड़ती है। वह न केवल अपनी रिहाइश वाले देश को प्रभावित करती है, बल्कि अपने गृह-देश की राजनीति में भी अलग-अलग ढंग से हस्तक्षेप करती है।

उत्तर-औपनिवेशिक अध्ययन में मुख्यत: तीन प्रवृत्तियाँ पायी जाती हैं : मार्क्सवादी, मनोवैश्लेषिक और उत्तर-संरचनावादी। दिलचस्प बात यह है कि तीसरी दुनिया के नारीवादियों ने इन तीनों रुझानों में जम कर हस्तक्षेप किया है। उनका मानना है कि इससे उन्हें जेंडर, सेक्शुअलिटी और पितृसत्ता के विविध विमर्शों को एक बृहत्तर ज़मीन पर सम्बोधित करने में मदद मिलती है।

मार्क्सवादियों और मार्क्सवाद से प्रभावित नारीवादियों ने उन संस्थागत ज़रियों को प्रश्नांकित किया है जिनके तहत उत्तर-औपनिवेशिक सांस्कृतिक पाठ रचे गये हैं और प्रसारित हुए हैं। इन विद्वानों ने यह देखने की कोशिश की है कि किस तरह स्थानीय लोकप्रिय संस्कृतियों पर उच्च-भ्रू सौंदर्यशास्त्रीय अभिरुचियों का वर्चस्व क़ायम किया गया है, और इसी प्रक्रिया में उत्तर-औपनिवेशिक बुद्धिजीवी आम आदमी का सांस्कृतिक नेतृत्व करने वाले हरावल की भूमिका ग्रहण कर लेता है। ख़ास तौर से नारीवादी विदुषियों ने संस्कृति के उत्पादन में जेंडर और सेक्शुअलिटी की भूमिका पर रोशनी डाली है। मार्क्सवाद और उत्तर-औपनिवेशिकता की इस अन्योन्यक्रिया में यह भी सामने आया है कि कई बार तीसरी दुनिया को पहली दुनिया (पश्चिमी विश्व) के गुज़रे ज़माने की तरह पढ़ने की प्रवृत्ति भी दिखायी पड़ी है। इसी प्रवृत्ति को समझ कर फ़ानो ने ज्याँ-पाल सार्त्र की आलोचना की थी। यहाँ तक कि ख़ुद मार्क्स में भी सईद ने यह रुझान देखा है। लेकिन ब्रायन एस. टर्नर ने सईद की मार्क्स के बारे में इस धारणा को चुनौती दी है। इसी तरह इरफ़ान हबीब ने भी प्रतिनिधित्व के सवाल को उसके ऐतिहासिक संदर्भ में देखने का आग्रह करते हुए सईद द्वारा इसे मार्क्स के एक बुनियादी वक्तव्य के रूप में मानने की आलोचना की है। हाल ही में माधव प्रसाद ने भी फ्रेड्रिक जेमसन को इसी वजह से आड़े हाथों लिया है।

मनोविश्लेषण की युक्तियों का असर फ़ानो, होमी भाभा, ट्रिन्ह टी मिन्ह हा और रे चाउ पर देखा जा सकता है। सत्ता और प्रतिरोध के प्रयोजनमूलक मार्क्सवादी आख्यानों की सहजता से परे जाने में मनोविश्लेषण की भूमिका महत्त्वपूर्ण रही है। मनोविश्लेषण की मदद लेने वालों की मान्यता है कि भाषा के दायरे में अस्मिताएँ कामना और भावनागत निवेश के संदर्भों में रचा जाती हैं, लेकिन रचे जाने के बावजूद वे स्थावर और प्रदत्त नहीं होतीं, बल्कि लगातार एक तरह के प्रदर्शन और मंचन की प्रक्रिया से गुज़रती रहती हैं। भाभा ने फ्रॉयड और लकाँ के प्रतिपादनों से प्रेरणा ग्रहण करके दिखाया है कि किस तरह उत्तर-औपनिवेशिक कर्ता किसी एक चेतना में स्थिर नहीं रहता। तीसरी दुनिया के नारीवादियों ने मनोवैश्लेषिक युक्तियों के इस्तेमाल को सकारात्मक दृष्टि से देखा है, पर वे उन तमाम जगहों पर उँगली भी रखती हैं जहाँ-जहाँ फ़ानो जैसे सिद्धांतकार भी जेंडर, सेक्शुअलिटी और यौनिक रुझानों की शिनाख़्त कर पाने में असमर्थ रहते हैं।

देरिदा द्वारा प्रतिपादित विखण्डन की युक्तियों का इस्तेमाल करके उत्तर-औपनिवेशिक सिद्धांतकारों ने पश्चिम प्रदत्त सार्वभौम मानववाद और औपनिवेशिक विमर्श की आलोचना की है। यह प्रभाव स्पिवाक और अनुवाद की सिद्धांतकार तेजस्विनी निरंजना की रचनाओं पर देखा जा सकता है। स्पिवाक की मान्यता है कि विखण्डन किसी भी पाठ का तात्पर्य-निरूपण करने की एक ऐसी रणनीति है जिसके ज़रिये पाठक उन्हीं वैचारिक संरचनाओं में अपनी छिपी हुई भागीदारी के प्रति सचेत हो सकता है जो उसके लिए आलोच्य हैं।

देखें : एडवर्ड विलियम सईद, गायत्री चक्रवर्ती स्पिवाक, ज़िग्मंड फ्रॉयड-1 और 2, ज़ाक मारी लकाँ, ज़ाक देरिदा, फ्रेंज़ फ़ानो।

संदर्भ

1. लीला गाँधी (1998), *पोस्टकोलोनियल थियरी : अ क्रिटिकल इंट्रोडक्शन,* ऑक्सफ़र्ड युनिवर्सिटी प्रेस, नयी दिल्ली.
2. फ्रेंज़ फ़ानो (1967), *ब्लैक स्किन, व्हाइट मास्क्स,* अनु. चार्ल्स लैम मार्कमैन, ग्रोव प्रेस, न्यूयॉर्क.
3. एडवर्ड विलियम सईद (1978), *ओरिएंटलिज़्म : वेस्टर्न कंसेप्शंस ऑफ़ ओरिएंट,* पेंगुइन, हारमंड्सवर्थ.
4. होमी के. भाभा (1990), *नेशन ऐंड नैरेशन,* रॉटलेज, लंदन.
5. होमी के. भाभा (1994), *द लोकेशन ऑफ़ कल्चर,* रॉटलेज, लंदन.
6. गायत्री चक्रवर्ती स्पिवाक (1990), *द पोस्टकोलोनियल क्रिटिक : इंटरव्यूज़, स्ट्रैट्जीज़, डायलॉग्ज़,* साराह हैरैसिम (सम्पा.), रॉटलेज, न्यूयार्क.

—अभय कुमार दुबे

उत्तरदायित्व

(Accountability)

राजनीतिक और प्रशासनिक उत्तरदायित्व या जवाबदेही के सिद्धांत का सूत्रीकरण राजनेताओं, राज्य, उसकी संस्थाओं और अधिकारीतंत्र को उसके द्वारा जन-हित में लिए गये निर्णयों, की गयी कार्रवाइयों, किये गये वायदों और सार्वजनिक जीवन में किये गये आचरणों के लिए ज़िम्मेदार ठहराने के लिए किया गया है। अस्सी के दशक से पहले राजनीतिशास्त्र में उत्तरदायित्व अंग्रेज़ी के शब्द *रिस्पांसिबिलिटी* का पर्याय था। लेकिन सार्वजनिक चयन के सिद्धांत और प्रबंधन-सिद्धांतों से प्रभावित होने के बाद लोकतांत्रिक सिद्धांत और सार्वजनिक प्रशासन से जुड़े विमर्श में इसकी जगह *एकांउटेबिलिटी* ने ले ली। उत्तरदायित्व का मतलब है किसी राजनीतिक या प्रशासनिक अभिकर्ता द्वारा लगाये गये आरोपों को स्वीकार करना और उसके साथ-साथ एक सुनिश्चित दायरे में अपने तत्संबंधित आचरण को समुचित ठहराते हुए उसका पूरा ब्योरा पेश करने की ज़िम्मेदारी उठाना। इस सिद्धांत के अनुसार अभिकर्ता का उत्तरदायित्व केवल यहीं ख़त्म नहीं होता, बल्कि उसे अपनी ज़िम्मेदारी पूरी न कर पाने की सूरत में दण्ड भोगने के लिए भी तैयार रहना होता है। इस तरह उत्तरदायित्व ज़िम्मेदारी निभाने वाले जवाबदेह और उससे जवाब माँगने वाले के बीच का संबंध है। अ यदि ब के प्रति जवाबदेह है तो ब को उसके आचरण की निगरानी करने का अधिकार मिल जाता है। न केवल यह, अ को अपने आचरण का ब के सामने औचित्य प्रतिपादन भी करना होगा, और ऐसा न कर पाने की शक्ल में ब उसे नियमानुसार आचरण करने को मजबूर कर सकेगा। अ एक राजनेता या अधिकारी हो सकता है, और ब एक मतदाता या विभागाध्यक्ष हो सकता है। ज़ाहिर है कि एकांउटेबिलिटी थियरी उद्योग-व्यापार के क्षेत्र में भी काम करती है, और लोकतांत्रिक राज्य के दायरे में भी।

लोकतांत्रिक सिद्धांत एक तरफ़ अगर अधिकार और दायित्व के स्तम्भों पर टिका है, तो दूसरी तरफ़ उत्तरदायित्व का सिद्धांत भी उसे पुष्ट करता है। जिस समाज में नागरिक अपने ऊपर शासन करने वाले राज्य से जवाब माँगने में नाकाम रहते हैं, उसमें निरंकुशता का बोलबाला हो जाता है। अट्ठारहवीं और उन्नीसवीं सदी में जॉन स्टुअर्ट मिल समेत कई राजनीतिक दार्शनिकों ने दावा किया था कि प्रतिनिधिक लोकतंत्र के ज़रिये एक उत्तरदायी और कारगर शासन प्राप्त हो सकता है। लोकतंत्र में नागरिक या मतदाता 'प्रिंसिपल' या नियुक्तकर्ता की भूमिका में होते हैं, और उनके प्रतिनिधि और अधिकारीतंत्र के सदस्य अभिकर्ता की स्थिति में। इन अभिकर्ताओं के आचरण की निगरानी नीति-निर्माण और नीति-कार्यान्वयन के क्षेत्र में होती है। लोकतांत्रिक व्यवस्था अपने अभिकर्ताओं को नियमित रूप से होने वाले स्वतंत्र और निष्पक्ष चुनावों, नागरिक स्वतंत्रता और मानवाधिकारों से संबंधित संवैधानिक प्रावधानों और विधायिका के माध्यम से ज़िम्मेदार ठहराती है। मीडिया समेत नागर समाज की संस्थाएँ भी निगरानी की इस प्रक्रिया में महत्त्वपूर्ण भूमिका निभाती हैं।

जहाँ तक सिद्धांत और उसके प्रावधानों का सवाल है, चुनाव प्रक्रिया को उत्तरदायित्व की निगरानी के मामले में एक प्रभावी तंत्र का काम करना चाहिए। चुनाव के दौरान सत्तारूढ़ नेताओं और पार्टियों को अपने कार्यकाल का पूरा ब्योरा पेश करते हुए उसका बचाव करके अगले कार्यकाल के लिए मतदाताओं का समर्थन माँगना चाहिए। ऐसा होता भी है, लेकिन जवाबदेही के इस उपकरण की प्रभावकारिता हमेशा कारगर साबित नहीं होती। कई बार ऐसा भी होता है कि मतदाता मौजूदा सरकार और उसके राजनीतिक कारकुनों को कम सक्षम और अलोकप्रिय मानते हुए भी उन्हें ही दोबारा चुनने की दलीलों से सहमत हो जाते हैं। चुनाव प्रचार के दौरान उन्हें यक़ीन दिला दिया जाता है कि वैकल्पिक राजनीतिक नेतृत्व और भी घटिया साबित होगा। इस तरह वोटरों के पास अपेक्षाकृत कम अक्षम प्रतिनिधियों को चुनने का ही विकल्प होता है। वोटर नेता की शख़्सियत और पार्टी की गुणवत्ता के बीच फ़र्क़ करने में चूक करते हैं। कई बार एक पार्टी अपनी प्रतिगामी नीतियों और तंत्र का ठीक से संचालन न कर पाने के बावजूद अपने नेता के लोकलुभावन व्यक्तित्व के कारण सत्ता में वापसी कर लेती है। दूसरे, चुनाव अक्सर सम्पूर्ण हुकूमत के बारे में मोटे तौर पर बनी एक छवि के आधार पर लड़ा जाता है। इस सूरत में वोटरों के सामने महत्त्वपूर्ण मुद्दों और उन पर की गयी कार्रवाई के बारे में बारीकी से परखा गया निर्णय देने का मौक़ा ही नहीं होता। न ही उनके पास ऐसे स्वतंत्र अभिकर्ता होते हैं जो राजनीतिक पक्ष-विपक्ष के आग्रहों से परे जा कर उन्हें सूचना-सम्पन्न कर सकें। ज़ाहिर है कि आम चुनाव को उत्तरदायित्व की निगरानी करने के सर्वाधिक सक्षम और एकमात्र उपकरण के रूप में देखने पर राजनीतिशास्त्र में विवाद है। रॉबर्ट डाह्ल जैसे सिद्धांतकार मानते हैं कि जो चुनावी लोकतंत्र सूचनाओं और नागरिक स्वतंत्रताओं के वैकल्पिक स्रोतों और संस्थाओं की गारंटी नहीं करता, वह उत्तरदायित्व के सिद्धांत का पालन करने में असमर्थ हो जाता है।

दो चुनावों के बीच उत्तरदायित्व की गारंटी करने का काम लोकतांत्रिक व्यवस्था में विधायिकाओं, अदालतों और संवैधानिक संस्थाओं के हाथ में होता है। कार्यपालिका मुख्यत: दो हिस्सों में चलती है। राजनीतिक अंग और अधिकारीतंत्र या नौकरशाही। राजनीतिक अंग चुना हुआ होता है जिसे निश्चित अवधि के बाद चुनाव के ज़रिये वापसी करनी पड़ती है।

पर नौकरशाही में नियुक्तियाँ होती हैं और उसके कारकुनों का कार्यकाल लम्बा और स्थायी होता है। इसीलिए यह भी कहा जाता है कि घुमा-फिरा कर लोकतंत्रों में अफ़सर ही स्थायी शासक की भूमिका निभाते हैं। दोनों तरह के कार्यकारी अधिकारियों से जवाबतलब करने की ज़िम्मेदारी दो मोर्चों पर निभायी जाती है। पहला मोर्चा विधायिकाओं का है जहाँ सदन के भीतर सभी सरकारी एजेंसियों और अधिकारियों को समय-समय पर अपने कामकाज की रपट देनी पड़ती है। सदन के पटल पर रखी गयी ये जानकारियाँ सार्वजनिक जीवन की सम्पत्ति हो जाती हैं और उनके ऊपर सदन के बाहर मीडिया और नागर समाज में बहस होने लगती है। वेस्टमिंस्टर मॉडल की सरकारों में मंत्रियों को अपने विभागों और मंत्रालयों के कामकाज का ब्योरा देना होता है। उनके तहत काम करने वाले अफ़सरों से बड़ी ग़लतियाँ होने पर विपक्ष 'नैतिक उत्तरदायित्व' के नाम पर मंत्रियों से इस्तीफे की माँग करता है। कभी-कभी नैतिकता का यह दबाव काम भी करता है और मंत्रीगण आत्मा की पुकार पर त्यागपत्र भी दे देते हैं। भारत में रेल मंत्रियों के रूप में लाल बहादुर शास्त्री और भोला पासवान शास्त्री रेल दुर्घटनाओं की निजी जवाबदेही मान कर पद छोड़ने की मिसालें पेश कर चुके हैं। लेकिन जब पक्ष-विपक्ष में कड़वे संबंधों के कारण इस तरह की माँगें अक्सर होने लगती हैं तो धीरे-धीरे इन्हें गम्भीरता से लेना बंद कर दिया जाता है। दरअसल, मंत्रियों के इस्तीफे की माँग उसी समय जायज़ लगती है जब वे सदन को गुमराह करते हुए पाये जाएँ या किसी अनियमितता में उनका निजी तौर पर हाथ हो।

ज़ाहिर है कि मंत्रियों द्वारा अपने मातहतों के कामकाज की निजी ज़िम्मेदारी लेना ज़रूरी नहीं है, पर उनके लिए माँगे जाने पर पूरा विवरण देना और उसका औचित्य प्रस्तुत करना लाज़मी है। इस प्रक्रिया का एक दूसरा पक्ष भी है कि ग़लती करने वाले विभागीय कर्मचारियों और अधिकारियों का चेहरा मंत्री द्वारा दिये गये ब्योरों में अक्सर छिप जाता है, और नौकरशाही विधायिका द्वारा की जा सकने वाली निगरानी से बच जाती है। वैसे भी नौकरशाही ऐसे मंत्रियों को बेहतर नेता मानती है जो अपने मातहतों को बचाने में विश्वास करते हों। अफ़सरों को निगरानी और जाँच-पड़ताल से बचने से रोकने के लिए सांसद विधायी कमेटियों का इस्तेमाल करते हैं जिनके ज़रिये उनसे सीधी जवाबदेही की जा सकती है। इस सूरत में अफ़सरशाही मंत्रियों के पीछे नहीं छिप सकती। अमेरिकी कांग्रेस में कमेटियों द्वारा अधिकारीतंत्र की गतिविधियों पर निगाह रखने की प्रणाली ख़ासी विकसित है।

उत्तरदायित्व तय करने का दूसरा मोर्चा नागर समाज के मुक़ाम पर चलता है जिसमें ग़ैर-सरकारी संस्थाओं, जन-हित समूहों और ख़ुद को स्वयंसेवी मानने वाले संगठनों द्वारा आयोजित जन-सुनवाइयों, सलाहकार परिषदों और परामर्श देने वाले ग़ैर-सरकारी सलाहकारों की प्रमुख भूमिका होती है। भारत में अस्सी के दशक के बाद स्वयंसेवी संगठनों का उल्लेखनीय विस्तार हुआ है। इससे पहले विपक्ष की राजनीति यह काम सड़कों पर होने वाले आंदोलनों, धरनों, प्रदर्शनों और रैलियों के ज़रिये किया जाता था। आज विभिन्न कारणों से इस राजनीति की संरचनाएँ कमज़ोर हो गयी हैं, और यह ज़िम्मेदारी एनजीओ कहे जाने वाली संस्थाओं के पास चली गयी है। एनजीओ सेक्टर ने पिछले दिनों सूचना के अधिकार का क़ानून बनाने में प्रमुख भूमिका का निर्वाह किया है जिससे उत्तरदायित्व के सिद्धांत की व्यावहारिकता बढ़ी है। सूचना के अधिकार के बाद अब नौकरशाह और सत्तारूढ़ नेता किसी नीति-निर्माण और उसके कार्यान्वयन की प्रक्रिया से संबंधित तथ्यों को छिपाने में पहले की तरह कामयाब नहीं रह गये हैं।

उत्तरदायित्व के अदालती पहलुओं का भी लोकतंत्र में काफ़ी महत्त्व है। सरकारों को अक्सर यह साबित करना होता है कि वे क़ानूनी दायरे में रह कर काम कर रही हैं। सरकारी कामकाज और नीति-निर्माण न्यायिक समीक्षा से गुज़रता रहता है। जागरूक नागरिक व्यक्तिगत रूप से और ग़ैर-सरकारी संस्थाएँ जन-हित याचिका दायर करके अदालतों में सरकारी एजेंसियों को जवाब देने पर मजबूर करती हैं। कई मामलों में न्यायिक उत्तरदायित्व का औज़ार प्रभावी साबित हुआ है। लेकिन यह उपकरण महँगा और आम जनता की पहुँच के बाहर होने के साथ-साथ न्यायिक प्रक्रिया के अनिवार्य रूप में मंद चरित्र के कारण हमेशा उपयोगी नहीं हो पाता। न्यायिक प्रक्रिया के अलावा सरकारी विभागों का नियमित रूप से होने वाला ऑडिट भी उत्तरदायित्व के पालन की भूमिका निभाता है। पिछले दिनों भारत में सरकारी भ्रष्टाचार के कई मामले महालेखा परीक्षक की रपटों से उजागर हुए हैं।

देखें : अधिकार, अधिकार : सैद्धांतिक यात्रा, अधिकारीतंत्र, जन-हित याचिका, जॉन स्टुअर्ट मिल, प्रशासन और सुशासन, सरकारियत, सामाजिक चयन का सिद्धांत, दायित्व, प्रतिनिधित्व।

संदर्भ

1. एफ़. फ़्लिंडर्स (2002), *द पॉलिटिक्स ऑफ़ एकाउंटेबिलिटी इन मॉडर्न स्टेट्स*, ऐशगेट, एल्डरशॉट, यूके.
2. एम. फ़िल्प (1999), 'डिलिमिटिंग डेमॉक्रैटिक एकाउंटेबिलिटी', *पॉलिटिकल स्टडीज़*, खण्ड 57.
3. आंद्रियास शेडलर (1999), 'कंसेप्चुअलाइज़िंग एकाउंटेबिलिटी', ए. शेडलर, एल. डायमंड और एम.एफ़, प्लैटनर (सम्पा.), *द सेल्फ़ रिस्ट्रेनिंग स्टेट*, लिन रीनर, बोल्डर, सीओ.
4. जॉन फ़ेरेजॉन (1999), 'एकाउंटेबिलिटी ऐंड एथॉरिटी : टुवड्र्स अ थियरी ऑफ़ पॉलिटिकल एकाउंटेबिलिटी', ऐडम प्रेज़ोवोर्स्की, सूज़न सी. स्टोक्स और बर्नार्ड मैनिन (स पा.), *डेमॉक्रैसी, एकाउंटेबिलिटी ऐंड रिप्रज़ेंटेशन*, केम्ब्रिज युनिवर्सिटी प्रेस, न्यूयॉर्क.

—अभय कुमार दुबे

उत्तर प्रदेश

(Uttar Pradesh)

जनसंख्या और प्रशासन की दृष्टि से भारत के सबसे बड़े राज्य उत्तर प्रदेश के बारे में आम तौर से माना जाता है कि जो इस प्रदेश को चुनाव में जीत लेगा, उसे ही दिल्ली पर हुकूमत करने का मौक़ा मिलेगा। राजनीतिक इतिहास से भी यही समझ पुष्ट होती है। लोक सभा के सबसे ज़्यादा निर्वाचन क्षेत्रों (पहले 85 और उत्तराखण्ड का नया राज्य बन जाने के बाद 80) वाले इस राज्य पर जब तक कांग्रेस का दबदबा रहा, वह केंद्र में हुकूमत करती रही। भारतीय जनता पार्टी केंद्र में गठजोड़ सरकार का नेतृत्व कर पाने की स्थिति में तभी आ पायी जब उसने उत्तर प्रदेश की राजनीति कांग्रेस से छीन ली। आज कांग्रेस और भाजपा उत्तर प्रदेश में पराभव के दौर से गुज़र रही हैं। एक पार्टी के रूप में कांग्रेस का राष्ट्रीय वर्चस्व जिन कारणों से तिरोहित हुआ, उसमें इस राज्य में उसके राजनीतिक ग्राफ़ में आयी तक़रीबन स्थायी गिरावट का स्थान सर्वोपरि है। इसी तरह भाजपा के हाथ से केंद्र की सत्ता निकल जाने के पीछे भी यही कारण माना जाता है। उत्तर प्रदेश का एक बार विभाजन उत्तराखण्ड के रूप में हो चुका है। अब उसे हरित प्रदेश, बुंदेलखण्ड और पूर्वांचल और मध्य-देश मे बाँटने की माँग की जा रही है।

औपनिवेशिक हुकूमत ने 1937 में जिन उत्तरी इलाक़ों को संयुक्त प्रांत या यूनाइटेड प्रॉविंसेज़ का नाम दिया था, उन्हीं को आज उत्तर प्रदेशे नाम से जाना जाता है। यह राज्य अगर एक अलग देश होता तो जनसंख्या (17 करोड़) के आधार पर विश्व का पाँचवा सबसे बड़ा (क्षेत्रफल 2,43,286 वर्ग किमी.) देश होता। नवम्बर 2000 में इसके धुर उत्तरी हिस्से को एक अलग राज्य बनाया गया। इस नये राज्य को पहले उत्तरांचल और बाद में उत्तराखण्ड नाम दिया गया। उत्तराखण्ड राज्य के गठन से पहले इस राज्य में कुल 85 संसदीय क्षेत्र और 425 विधान सभा क्षेत्र थे। उत्तराखण्ड के अलग हो जाने के बाद राज्य में कुल 80 लोक सभा सीटें और 403 विधान सभा सीटें हैं। राज्य में छह प्रमुख धार्मिक समुदाय हैं : हिन्दू 81.74 प्रतिशत, मुसलमान 17.33 प्रतिशत, सिक्ख 0.45 प्रतिशत, ईसाई 0.14 प्रतिशत, पारसी और बौद्ध 0.16 प्रतिशत। लगभग 60 प्रतिशत जनता गाँवों में रहती है और उसका मुख्य व्यवसाय खेती हैं। ऊँची जातियाँ तक़रीबन 22 प्रतिशत हैं जिनमें सबसे ज़्यादा संख्या ब्राह्मणों की नौ फ़ीसदी है। पिछड़ी जातियाँ तक़रीबन 35.3 प्रतिशत हैं जिनमें आबादी के लिहाज़ से यादव 10.6 फ़ीसदी हैं और उनका राजनीतिक प्रभाव भी सबसे ज़्यादा है। अनुसूचित जातियाँ या दलित 21.4 प्रतिशत हैं, जिनमें जनसंख्या के लिहाज़ से चमारों (14 प्रतिशत) की स्थिति सबसे मज़बूत है। मुसलमान भी कई जातियों में बँटे हुए हैं, जिनमें सैयद, शेख़, पठान, अंसारी व जुलाहा जातियाँ प्रमुख हैं।

समाज-विज्ञानियों की मान्यता है कि उत्तर प्रदेश की राजनीतिक प्रवृत्ति समूहन के बजाय बिखराव की अधिक है। शायद इसीलिए यह प्रदेश कई उल्लेखनीय गठजोड़ रणनीतियों की प्रयोगशाला रहा है। कांग्रेस ने ऊँची जातियों, दलितों और मुसलमानों के वोटों की तिकड़ी का सफल प्रयोग इसी प्रदेश को केंद्र बना कर किया। भारतीय जनता पार्टी और उसके पूर्व-संस्करण जनसंघ ने ऊँची जातियों और ग़ैर-यादव पिछड़ी जातियों की राजनीतिक इंजीनियरिंग इसी प्रदेश में की। साठ के दशक में शक्तिशाली रहे समाजवादी आंदोलन के दौरान राजनीतिकृत हुए पिछड़े समुदायों के एक बड़े हिस्से ने मुसलमान समुदाय के साथ मिल कर एक ताक़तवर राजनीतिक समर्थन आधार बनाने का प्रयास भी किया है। इस समय भी उत्तर प्रदेश में बहुजन समाज पार्टी के नेतृत्व में दलित राजनीति समुदाय के वर्चस्व के तले ऊँची जातियों और मुसलमानों का मिला-जुला समर्थन आधार तैयार करने की 'सर्वजन' रणनीति आज़माई जा रही है। इसके अलावा नब्बे के दशक में संघ परिवार द्वारा चलाये गये रामजन्मभूमि आंदोलन का केंद्र भी उत्तर प्रदेश ही रहा है। देश को पाँच प्रधानमंत्री देने वाले इस राज्य की राजनीति को मोटे तौर पर तीन काल-खण्डों में बाँट कर देखा जा सकता है : पहला, पहले आम चुनाव से 1967 तक का काल; दूसरा, 1967 से 1989 तक का काल; और तीसरा, 1989 से अब तक।

1952 से 1967 तक की अवधि को अगर उत्तर प्रदेश के लिए पहले कालखण्ड के रूप में देखा जाए तो इस दौरान राज्य में कांग्रेस और नेहरूवादी राजनीति की स्थिति बहुत मज़बूत रही। कांग्रेस के जिन नेताओं ने इस दौर में सत्ता सँभाली वे स्वतंत्रता आंदोलन की देन थे और इसीलिए कांग्रेस की वैधता ज़्यादा थी। विपक्षी पार्टियों की स्थिति मज़बूत नहीं थी। इस दौर में एक उल्लेखनीय बात यह हुई कि भारत की पहली महिला मुख्यमंत्री के रूप में सुचेता कृपलानी उत्तर प्रदेश की मुख्यमंत्री (1963-1967) बनीं। इस दौर को लोकतंत्र के विस्तार और कांग्रेस की शक्ति में कमी आने के दौर के रूप में भी देखा जा सकता है। शुरुआती चार चुनावों में कांग्रेस विजयी रही, लेकिन उसकी शक्ति लगातार कमज़ोर होती गयी। कांग्रेसी शासन की सबसे बड़ी कमी यह थी कि इसके नेतृत्व पर ऊँची जातियों का क़ब्ज़ा होने के कारण पिछड़ी जातियों या दलितों का पर्याप्त प्रतिनिधित्व नहीं था।

इसके विपरीत समाजवादियों ने पिछड़ी जातियों को राजनीतिक रूप से जागरूक और एकजुट करने की रणनीति का सहारा लिया। 1967 के चुनावों के समय लोहियावादियों

उत्तर प्रदेश : दिल्ली की हुकूमत का रास्ता

ने यह नारा दिया कि 'सोशलिस्टों ने बाँधी गाँठ, पिछड़ा पावे सौ में साठ।' आरक्षण के इस नारे ने पिछड़ों को एक मंच पर लाने की भूमिका तैयार की। आपसी फूट के कारण समाजवादी ज़्यादा सफल नहीं हो पाये। लेकिन कांग्रेस विरोधी शक्तियाँ सिर्फ़ समाजवादियों के रूप में ही सामने नहीं आयीं, बल्कि राज्य में जनसंघ ने भी अपनी स्थिति मज़बूत की। दीनदयाल उपाध्याय के रणनीतिक नेतृत्व में जनसंघ लगातार पिछड़ों और ऊँची जातियों को अपनी ओर खींचने की मुहिम चलाता रहा। चूँकि यादव समुदाय के भीतर समाजवादी नेतृत्व उभर चुका था, इसलिए जनसंघ उन्हें तो अपनी ओर आकर्षित नहीं कर पाया, लेकिन ग़ैर-यादव मतदाताओं, ख़ास कर लोधियों और शाक्यों, में उसने ख़ासी पैठ बना ली। कांग्रेस को सबसे बड़ा झटका तब लगा जब 1967 में कांग्रेस छोड़ कर चौधरी चरण सिंह ने संयुक्त विधायक दल का नेतृत्व किया और उप्र में पहली बार ग़ैर-कांग्रेसी सरकार बनायी। चरण सिंह पचास के दशक में नेहरू की कृषि नीति का विरोध करके एक अलग तरह के राजनीतिक चिंतन का संकेत दे चुके थे। यह अलग बात है कि ग़ैर-कांग्रेसी सरकार आपसी फूट के कारण ज़्यादा समय तक नहीं चल पायी। 1967 के बाद चरण सिंह ने भारतीय क्रांति दल नामक पार्टी का गठन किया जिसे सम्पन्न जाट किसानों और पिछड़ी जातियों का समर्थन मिला।

1968 से उत्तर प्रदेश की राजनीति का दूसरा कालखण्ड शुरू हुआ जब समाजवादी नेता डॉ. राम मनोहर लोहिया का निधन हो जाने के बाद समाजवादियों का पिछड़ा जनाधार धीरे-धीरे कृषि-प्रश्न पर ज़ोर देने वाले चरण सिंह की तरफ़ मुड़ने लगा और वे धीरे-धीरे पिछड़ी जातियों के नेता भी बनते चले गये। दरअसल, यही वह दौर था जब पिछड़ी जातियाँ चरण सिंह के नेतृत्व में सक्रिय पूर्व समाजवादियों और जनसंघ के बीच बँट गयीं। 1969 के चुनावों से कांग्रेस की वापसी हुई। 1970 में चरण सिंह कुछ समय के लिए फिर से राज्य के मुख्यमंत्री बने, लेकिन इसके बाद 1977 तक राज्य में कांग्रेसी सरकारें ही रहीं। 1975 में लागू हुए आपातकाल (1975-77) के कारण कांग्रेस को बहुत ज़्यादा नुक़सान का सामना करना पड़ा। 1977 में हुए लोकसभा चुनावों में ऐतिहासिक सफ़ाया होने के बाद विधान सभा चुनावों में भी कांग्रेस को भारी हार का सामना करना पड़ा। जनता पार्टी के विधायक दल के नेता के रूप में रामनरेश यादव राज्य के मुख्यमंत्री बने। लेकिन जब 1979 में राष्ट्रीय स्तर पर जनता पार्टी में दरार आनी शुरू हुई तो रामनरेश यादव की सरकार का पतन हो गया और बनारसी दास कुछ दिनों के लिए राज्य के मुख्यमंत्री बने। जनता पार्टी की फूट के कारण हुए लोकसभा चुनाव में कांग्रेस को जीत मिली और केंद्र में कांग्रेस की वापसी हुई। इसके बाद उत्तर प्रदेश में राष्ट्रपति शासन लागू करके यहाँ भी चुनाव कराया गया। राज्य की सत्ता में भी कांग्रेस की वापसी हुई। 1980-89 तक राज्य में कांग्रेस का शासन रहा। इस दौर में राज्य में जितने मुख्यमंत्री हुए, वे सभी ऊँची जातियों के थे। मसलन, विश्वनाथ प्रताप सिंह (1980-82) (राजपूत), श्रीपति मिश्रा (1982-84) (ब्राह्मण), नारायण दत्त तिवारी (1985 और 1988-89)(ब्राह्मण) और वीर बहादुर सिंह (1985-88) (राजपूत)। इससे एक बात स्पष्ट है कि कांग्रेस पिछड़ी जातियों की राजनीतिक आकांक्षाओं को समायोजित करने में पूरी तरह नाकाम रही। दूसरी ओर, शाहबानो प्रकरण और अयोध्या में बाबरी मसजिद का ताला खुलवाने की घटना ने राज्य में साम्प्रदायिक राजनीति का माहौल भी गरमा दिया। ख़ासतौर पर बाबरी मसजिद का ताला खुलवाकर वहाँ राजीव गाँधी द्वारा राम मन्दिर का शिलान्यास करवाने की घटना ने मुसलमानों को कांग्रेस से दूर कर दिया।

इन सबका राज्य की राजनीति के तीसरे दौर पर महत्त्वपूर्ण असर पड़ा। पहला, इस दौर में राज्य में धुर दक्षिणपंथी दल अर्थात् भाजपा का राजनीतिक उभार हुआ जिसका मुख्य कारण राम मन्दिर आंदोलन और ग़ैर-यादव पिछड़ी जातियों का ऊँची जातियों से चुनावी संश्रय था। 1991 के राज्य विधानसभा चुनावों में उसे पूर्ण बहुमत मिला और लोधी समुदाय से आने वाले कल्याण सिंह राज्य के मुख्यमंत्री बने। कुछ विश्लेषकों का यह भी मानना है कि

राज्य में भाजपा के इस उभार के पीछे 1990 में मुलायम सिंह सरकार द्वारा अयोध्या के कारसेवकों पर गोली चलाने की घटना भी ज़िम्मेदार थी। बहरहाल, भाजपा सरकार के शासन में 6 दिसम्बर, 1992 को बाबरी मसजिद गिरा दी गयी जिसका नतीजा इस सरकार की बर्ख़ास्तगी में निकला।

उत्तर प्रदेश में इस समय समाजवादी आंदोलन का बचा हुआ नेतृत्व मुलायम सिंह यादव के हाथों में था। चरण सिंह के निधन के बाद पिछड़े वर्ग की सेकुलर राजनीति की उनकी विरासत मुलायम सिंह के पास ही थी। मुलायम सिंह के अलावा कल्याण सिंह (लोध) और सोने लाल पटेल (कुर्मी) जैसे नेता भी पिछड़ी जातियों की राजनीतिक आकांक्षाओं को अभिव्यक्ति दे रहे थे। लेकिन, 1989 के चुनावों के बाद मुलायम सिंह ही मुख्यमंत्री बने। इनकी सरकार भाजपा के समर्थन पर टिकी थी, पर उन्होंने भाजपा की साम्प्रदायिक राजनीति की जमकर मुख़ालफ़त की। इसी समय अगस्त 1990 में विश्वनाथ प्रताप सरकार ने पिछड़ी जातियों के आरक्षण के संबंध में मंडल आयोग की सिफ़ारिशें लागू की। इसके विरोध और समर्थन में हुए आंदोलनों ने पिछड़ी जातियों में राजनीतिक जागरूकता बढ़ी। अक्टूबर 1990 में मसजिद पर हमला कर रहे कारसेवकों की अनियंत्रित भीड़ पर गोली चलवाने के कारण भाजपा ने मुलायम सिंह की सरकार से समर्थन वापस ले लिया और उनकी सरकार गिर गयी। जनता दल में विभाजन के बाद उन्होंने अपनी समाजवादी पार्टी बनायी। अन्य पिछड़ी जातियाँ और मुसलिमों के बीच समाजवादी पार्टी ने मज़बूत आधार बनाया। मुसलमान मतदाता उन्हें मसजिद-रक्षक के तौर पर देख रहे थे। उन्होंने समझ-बूझ के साथ दलित नेता कांशी राम के साथ गठजोड़ किया जिसके परिणाम भाजपा के लिए बेहद नुक़सानदेह निकले। बाबरी-ध्वंस के बाद हुए चुनावों में भाजपा की बजाय समाजवादी पार्टी और बहुजन समाज पार्टी (बसपा) के गठबंधन की सरकार बनी। लेकिन बसपा द्वारा समर्थन वापस लेने के कारण जून 1995 में उनकी सरकार का पतन हो गया। मुलायम सिंह यादव केन्द्र में बनी संयुक्त मोर्चा सरकारों में भी मंत्री रहे। 2003 में मुलायम सिंह फिर से राज्य के मुख्यमंत्री बने और 2007 तक इस पद पर रहे।

1993 की पराजय के बाद हुए सभी चुनावों में भाजपा की स्थिति लगातार कमज़ोर ही होती गयी। 1991 में इसे 221 सीटें, 1993 में 177 सीटें, 1996 में 175 सीटें, 2002 में 88 सीटें और 2007 में 50 सीटों पर जीत मिली। 1996 में इसने बसपा के साथ मिलकर 6-6 महीने के लिए दोनों पार्टियों का मुख्यमंत्री बनाने के फ़ॉर्मूले के आधार पर सरकार बनायी। बाद में, उसने बसपा में विभाजन करवा कर विधानसभा में पूर्ण बहुमत हासिल कर लिया। लेकिन इस दौरान भाजपा के पिछड़े नेताओं और ऊँची जाति के, ख़ास कर ब्राह्मण, नेताओं में कलह छिड़ गयी जिसका परिणाम उस समर्थन आधार के विभाजन में निकला जिसकी रचना दीनदयाल उपाध्याय के नेतृत्व में की गयी थी। उत्तर प्रदेश में भाजपा के पराभव का यह मुख्य कारण रहा। इस पूरी प्रक्रिया का एक पहलू था, बसपा का उभार। 1993 के बाद बसपा लगातार मज़बूत होती गयी और वह एक महत्त्वपूर्ण राजनीतिक शक्ति के रूप में उभर कर सामने आयी इस दौरान उत्तर प्रदेश विधानसभा चुनावों में उसका प्रदर्शन लगातार सुधरता गया। 1989 में 13, 1991 में 12, 1993 में 67, 2002 में 98 और 2007 में 206 सीटों पर उसे जीत मिली। बसपा ने दलितों में सत्ता की चाह और आत्म-सम्मान की भावना भरने के साथ दो-स्तरीय रणनीति अपनाई। पहली, उसने सत्ता पर क़ब्ज़ा करने के लिए हर तरह के गठजोड़ का सहारा लिया। भाजपा से गठजोड़ करके मायावती तीन बार मुख्यमंत्री बनीं (1995, 1996, 2002)। दूसरी, 1990 के दशक में आख़िरी वर्षों में उसने बहुजन की बजाय सर्वजन की राजनीति पर ज़ोर देना शुरू किया। इस रणनीति का सार दलित नेतृत्व में ब्राह्मणों और दूसरी ऊँची जातियों को समायोजित करना था। 2007 के विधानसभा चुनावों में उसकी जीत का यह एक प्रमुख कारण था।

1989 के बाद कांग्रेस की स्थिति लगातार कमज़ोर होती गयी है। इसका प्रमुख कारण यह था कि जिन समूहों को कांग्रेस का आधार वोट माना जाता था, वे कांग्रेस से दूर हो गयी। मसलन, ऊँची जातियाँ भाजपा से जुड़ी, मुसलिम सपा से जुड़े और दलितों के वोट पर बसपा ने क़ब्ज़ा जमा लिया। इसके अलावा, कांग्रेस पिछड़ी जातियों के हितों को समायोजित करने में नाकाम रही। बहरहाल, 2009 के लोकसभा चुनावों में कांग्रेस को अच्छी-ख़ासी सफलता मिली। इन चुनावों में उसे 18.25 प्रतिशत वोट और 21 सीटों पर जीत मिली। इससे राज्य की राजनीति में कांग्रेस के पुन: उभार के क़यास लगाये जाने लगे। लेकिन कांग्रेस की अस्थिर राजनीतिक हालत का सबूत 2012 के विधानसभा चुनावों में मिला जब वह तीसरे-चौथे नम्बर की लड़ाई में भाजपा से भिड़ती नज़र आयी। सपा और बसपा का मुक़ाबला करना उसके लिए लगभग असम्भव हो गया। इन चुनावों की ख़ास बात यह रही कि इसमें समाजवादी पार्टी ने अपनी दम पर पूर्ण बहुमत प्राप्त किया। बहुजन समाज पार्टी ने जिस राजनीतिक-सोशल इंजीनियरिंग के आधार पर 2007 में सत्ता हासिल की थी, वह न तो अपने जिताऊ सामाजिक समीकरण को टिका पायी, और न ही भ्रष्टाचार मुक्त स्वस्थ प्रशासन दे पायी। समाजवादी पार्टी के नेता मुलायम सिंह यादव ने अपनी वृद्धावस्था और ख़राब स्वास्थ्य को देखते हुए अपने चुनावी मुहिम का नेतृत्व करने वाले युवा पुत्र अखिलेश यादव के हाथ में मुख्यमंत्री पद की बागडोर सौंपी।

ज़ाहिर है कि उत्तर प्रदेश की राजनीति में 1989 के बाद बहुत गहरे बदलाव हुए हैं। लेकिन इस पूरी राजनीतिक

प्रक्रिया की कुछ सीमाएँ स्पष्ट हैं : पिछड़ी जातियों और दलितों में वे जातियाँ ही मज़बूत होकर सामने आयी हैं, जो तुलनात्मक रूप से पहले ही मज़बूत स्थिति में थीं। अति-पिछड़ों और महा-दलितों की स्थिति अभी दयनीय ही है। दूसरे, इन राजनीतिक बदलावों से आर्थिक संबंधों में बदलाव की कोई गुंजाइश नहीं दिखती है। न तो सपा और न ही बसपा ने कोई रैडिकल आर्थिक कार्यक्रम प्रस्तावित किया। मुसलमानों की सामाजिक-आर्थिक स्थिति में सुधार के लिए भी कोई स्पष्ट कार्यक्रम प्रस्तावित नहीं किया गया है। देश के दूसरे हिस्सों की तरह उत्तर प्रदेश में भी भ्रष्टाचार, भाई-भतीजावाद और परिवारवाद की प्रवृत्ति गहरे रूप से जड़ जमा चुकी है, जिससे बाहर निकलने के लिए एक गहरे राजनीतिक संघर्ष की ज़रूरत नकारी नहीं जा सकती।

देखें : असम, अरुणाचल प्रदेश, आंध्र प्रदेश, उत्तराखण्ड, ओडीशा, कर्नाटक, कांशीराम, केरल, चरण सिंह, छत्तीसगढ़, जम्मू और कश्मीर, झाड़खण्ड, तमिलनाडु, त्रिपुरा, दिल्ली, नगालैण्ड, पश्चिम बंग, पंजाब, बहुजन समाज पार्टी-1 और 2, महाराष्ट्र, मध्य प्रदेश, मिज़ोरम, मेघालय, भारतीय संघवाद, बिहार, रामजन्मभूमि आंदोलन-1, 2, 3 और 4, राजस्थान, राज्यों का पुनर्गठन-1, 2 और 3, राज्यों की राजनीति, समाजवादी पार्टी, संघवाद, हरियाणा।

संदर्भ

1. ज़ोया हसन (1998), *क्वेस्ट फ़ॉर पावर, ऑपोज़ीशनल मूवमेंट्स ऐंड पोस्ट कांग्रेस पॉलिटिक्स इन उत्तर प्रदेश,* ऑक्सफ़र्ड युनिवर्सिटी प्रेस, नयी दिल्ली.
2. ए.के. वर्मा (2009), 'तितरफ़ा होड़ और समावेशी राजनीति', संकलित : अरविंद मोहन (सम्पा.), *लोकतंत्र का नया लोक : चुनावी राजनीति में राज्यों का उभार,* वाणी प्रकाशन-लोकनीति, नयी दिल्ली.
3. अभय कुमार दुबे (1996), *मुलायम सिंह यादव : एक राजनीतिक अध्ययन,* राजकमल प्रकाशन, नयी दिल्ली.
4. अभय कुमार दुबे (2003), 'बहुजन समाज पार्टी और गुरु किल्ली', अभय कुमार दुबे (सम्पा.), *आधुनिकता के आईने में दलित,* लोक-चिंतन ग्रंथमाला, सीएसडीएस-वाणी, नयी दिल्ली.

—कमल नयन चौबे

उत्तराखण्ड

(Uttarakhand)

भारत के उत्तरी भाग में स्थित उत्तराखण्ड राज्य का गठन नौ नवम्बर, 2000 को उत्तर प्रदेश के उत्तर-पश्चिम में स्थिति और हिमालय से लगे ज़िलों को अलग करके किया गया था। इसके पीछे नब्बे के दशक में अलग उत्तराखण्ड राज्य के लिए चलाये गये आंदोलन की मुख्य भूमिका थी। 1994 में जुझारू लेकिन शांतिपूर्ण और अहिंसक तरीक़े से अलग राज्य की माँग उठाने के लिए दिल्ली जा रही स्त्रियों के साथ कुछ पुलिसवालों द्वारा बलात्कार किये जाने की घटना ने इस आंदोलन को एक नयी धार प्रदान की। आंदोलन की एक विशेषता यह भी थी कि इसमें मुख्यधारा के राजनीतिक दल तक़रीबन ग़ायब थे। इसका नेतृत्व उत्तराखण्डी जनता की राजनीतिक आकांक्षाओं का प्रतिनिधित्व करने वाले ग़ैर-संसदीय लोकतांत्रिक संगठनों के हाथों में था। आंदोलन की सफलता इस बात में निहित थी कि उसके कारण अलग राज्य का प्रश्न इस क्षेत्र की चुनावी राजनीति में एक प्रमुख मुद्दा बन गया। नतीजतन 24 सितम्बर, 1998 को उत्तर प्रदेश विधानसभा ने एक प्रस्ताव पारित कर केंद्र सरकार से उत्तराखण्ड राज्य बनाने की सिफ़ारिश की।

गठन के बाद से उत्तराखण्ड में राजनीतिक प्रतियोगिता मुख्य रूप से कांग्रेस और भारतीय जनता पार्टी के बीच है। तुलनात्मक रूप से यहाँ की राजनीति को स्थिर कहा जा सकता है। कांग्रेस के शासन में नारायण दत्त तिवारी पाँच साल के लिए मुख्यमंत्री रहे। भाजपा ने अपने शासन के दौरान मुख्यमंत्रियों को बदला, लेकिन पार्टी के भीतर इस तरह के बदलावों ने किसी अस्थिरता को जन्म नहीं दिया। उत्तराखण्ड के साथ ही गठित हुए दो अन्य राज्य छत्तीसगढ़ और झाड़खण्ड अस्थिरता (झाड़खण्ड) और राजनीतिक हिंसा (छत्तीसगढ़ और झाड़खण्ड) का सामना कर रहे हैं। लेकिन उत्तराखण्ड को ऐसी किसी समस्या का सामना नहीं करना पड़ रहा है। इस राज्य की समस्या तो पहाड़ी क्षेत्र में हो रही पर्यावरण और पारिस्थितिकी की अभूतपूर्व क्षति है। दरअसल, पर्यावरण और विकास के बीच रचनात्मक सामंजस्य बिठाने में यह राज्य बुरी तरह से नाकाम रहा है। 2013 के जून महीने में बारिश, बाढ़ और बादल फटने से हुआ भीषण विनाश इसी विफलता का परिणाम माना जा रहा है।

उत्तराखण्ड भारत का सत्ताइसवाँ राज्य है। इसके उत्तर में तिब्बत स्वायत्तशासी क्षेत्र, पूरब में नेपाल, दक्षिण में उत्तर प्रदेश, पश्चिम में हरियाणा और उत्तर-पश्चिम हिमाचल प्रदेश है। उत्तराखण्ड का कुल भौगोलिक क्षेत्रफल 53,56 6 वर्ग किमी है। 2011 की जनगणना के अनुसार यहाँ की जनसंख्या 10,116 ,752 है। इन दोनों पैमानों पर यह भारत का अट्ठारहवाँ और उन्नीसवाँ सबसे बड़ा राज्य है। 188.9 व्यक्ति वर्ग कि.मी. की जनसंख्या घनत्व वाले उत्तराखण्ड की साक्षरता दर 72 प्रतिशत है और लैंगिक अनुपात 96 4 है। हिंदी और संस्कृत यहाँ की राजकीय भाषाएँ हैं। एकसदनीय विधायिका में कुल 71 सदस्य होते हैं जिनमें से एक आंग्ल-भारतीय मनोनीत सदस्य होता है। यहाँ से लोकसभा के कुल 5 और राज्यसभा के 3 सदस्य चुने जाते हैं। इसकी राजधानी

उत्तराखण्ड : भग्न जनांकाक्षाएँ

देहरादून है और इसका उच्च न्यायालय नैनीताल में स्थित है।

उत्तराखण्ड में हिंदू धर्म के बहुत से तीर्थस्थान हैं। इसके कारण इसे देव-भूमि भी कहा जाता है। मध्य युग में इस क्षेत्र के पश्चिमी भाग में गढ़वाल राज्य और पूर्वी भाग में कुमाऊँ राज्य स्थित था। नेपाल के गोरखा साम्राज्य ने 1791 में कुमाऊँ राज्य को और 1803 में गढ़वाल राज्य को अपने अधिकार में ले लिया। 1816 के आंग्ल-नेपाल युद्ध के बाद टिहरी में गढ़वाल राज्य का एक छोटा हिस्सा फिर से स्थापित हुआ; और सुगौली की संधि के अनुसार पूर्वी ब्रिटिश गढ़वाल और कुमाऊँ ब्रिटिश राज्य में मिला दिये गये। आबादी के लिहाज़ से राज्य में हिंदू 85 प्रतिशत, मुसलमान 10.5 प्रतिशत, सिक्ख 2.5 प्रतिशत और ईसाई, बौद्ध तथा जैन जैसे समुदाय 0.5 प्रतिशत हैं। उत्तराखण्ड में ऊँची जातियों, ख़ास तौर पर ब्राह्मणों का वर्चस्व है। एक अध्ययन के मुताबिक़ यहाँ की कुल जनसंख्या का तक़रीबन 20 प्रतिशत ब्राह्मण हैं।

स्वतंत्रता प्राप्ति के बाद के दौर में इस पूरे क्षेत्र को उत्तर प्रदेश में मिला दिया गया था। धीरे-धीरे इस इलाक़े पिछड़ेपन, उपेक्षा और बुनियादी सुविधाओं के अभाव और सुशासन की कमी के कारण लोगों में असंतोष पनपा। कई समूहों ने इलाक़े की अलग पहचान पर ज़ोर देना शुरू कर दिया। इसमें 1979 में स्थापित उत्तराखण्ड क्रांति दल की सबसे महत्त्वपूर्ण भूमिका थी। दरअसल, इस क्षेत्र में जनांदोलनों का एक लम्बा इतिहास रहा है। औपनिवेशिक दौर में यहाँ के लोगों द्वारा चलाया गया कुली बेगार आंदोलन, किसानों के विद्रोह और वन आंदोलन इसके उदाहरण हैं। इन आंदोलनों द्वारा लोगों ने औपनिवेशिक शासकों के ख़िलाफ़ अपना विरोध दर्ज कराया। स्वतंत्र भारत में भी इस क्षेत्र के लोगों ने कई आंदोलन चलाए। इसमें चमोली-गढ़वाल क्षेत्र की महिलाओं द्वारा किया चिपको आंदोलन और शराबबंदी का आंदोलन बहुत प्रसिद्ध है। इन आंदोलनों की सबसे बड़ी विशेषता यह थी कि लोग इससे स्वत:स्फूर्त तरीक़े से जुड़े क्योंकि ये प्रश्न लोगों की जीविका और अस्तित्व से जुड़े हुए थे।

जब तक यह क्षेत्र उत्तर प्रदेश का भाग था, तो यहाँ के कुछ राजनीतिज्ञों ने प्रदेश और एक हद तक पूरे देश की राजनीति को प्रभावित किया। इस संदर्भ में गोविंद बल्लभ पंत, उनके बेटे कृष्ण चंद्र पंत, हेमवतीनंदन बहुगुणा और नारायण दत्त तिवारी के नाम उल्लेखनीय हैं। जनसंख्या में पिछड़ी जातियों की हिस्सेदारी तुलनात्मक रूप से कम होने के कारण 1990 के दशक में उत्तर प्रदेश में हुए 'पिछड़ी जातियों के उभार' का यहाँ कोई ख़ास असर नहीं हुआ। नब्बे के दशक में यहाँ की राजनीति में मुख्य मुक़ाबला कांग्रेस और भाजपा के बीच ही रहा, जिसमें भाजपा की स्थिति मज़बूत रही।

जब उत्तराखण्ड राज्य बना तो यहाँ की विधानसभा में भारतीय जनता पार्टी का बहुमत था। भाजपा के नेता नित्यानंद स्वामी राज्य के पहले मुख्यमंत्री बने। वे 9 नवम्बर, 2000 से 29 अक्तूबर, 2001 तक इस पद पर रहे। इसके बाद, भाजपा ने चुनावी रणनीति के तहत इनकी जगह भगत सिंह कोशियारी को मुख्यमंत्री बनाया जो 30 अक्टूबर, 2001 से एक मार्च, 2002 तक राज्य के मुख्यमंत्री रहे। 2002 के विधानसभा चुनावों में कांग्रेस को 36 और भाजपा को 19 सीटों पर जीत मिली थी। कांग्रेस ने अपने बूते पर सरकार बनायी और इसके नेता नारायण दत्त तिवारी पाँच साल तक मुख्यमंत्री रहे। 2007 में हुए चुनावों में भाजपा को 34, कांग्रेस को 31, बसपा को 8 तथा निर्दलीय और अन्य को छह सीटें मिलीं। इन चुनावों के बाद भाजपा की सरकार बनी। भाजपा ने शुरुआती दो वर्षों के लिए (मार्च, 2007-जून, 2009) तक के लिए भुवन चन्द्र खंडूरी को मुख्यमंत्री बनाया, इसके बाद रमेश चंद्र पोखरियाल दो वर्षों से कुछ ज़्यादा समय के लिए (जून, 2009-सितम्बर, 2011) मुख्यमंत्री रहे। इसके बाद, चुनाव को देखते हुए भाजपा हाईकमान ने फिर से भुवन चंद्र खंडूरी को ही राज्य का नेतृत्व सौंपा। पोखरियाल के विपरीत खंडूरी की छवि एक ईमानदार प्रशासक की थी। इसलिए वे भाजपा सरकार के ख़िलाफ़ जमा होते जा रहे जन-रोष का काफ़ी हद तक मुक़ाबला कर पाये। पार्टी की अंदरूनी गुटबाजी के कारण खंडूरी ख़ुद तो चुनाव हार गये पर उन्होंने पार्टी को उबार लिया

जिसके कारण कांग्रेस मुश्किल से अपनी सरकार बना पायी और कांग्रेस आला कमान ने विजय बहुगुणा को मुख्यमंत्री की कुर्सी पर बैठाया।

2004 लोकसभा चुनावों में भाजपा को तीन, कांग्रेस को एक और सपा को एक सीट पर जीत मिली थी। यद्यपि सपा को एक सीट पर जीत मिली लेकिन वह पूरे राज्य में चुनावों को तिकोना बनाने में नाकाम रही। मुख्य मुक़ाबला कांग्रेस और भाजपा के बीच ही रहा। 2009 के चुनावों में पाँचों सीटों पर कांग्रेस को जीत मिली। अलग उत्तराखण्ड राज्य के लिए आंदोलन चलाने वाले उत्तराखण्ड क्रांति दल को राज्य के विधानसभा चुनावों में अब तक कोई ख़ास सफलता नहीं मिल पायी है। 2007 के विधानसभा चुनावों में बसपा को आठ सीटों पर जीत मिली है, लेकिन राज्य में मुख्य राजनीतिक दल के रूप में उभरने के लिए इसे एक लम्बी दूरी तय करनी है। तीसरा, यहाँ भाजपा ने अपनी 'उग्र हिंदुत्ववादी' राजनीति का सहारा नहीं लिया।

एक लम्बे और गहरे संघर्ष का नतीजा होने और तुलनात्मक रूप से राजनीतिक स्थिरता के बावजूद उत्तराखण्ड के लोगों के जीवन में कोई ख़ास बदलाव नहीं हुआ है। राज्य के मैदानी इलाक़े के लोगों में इस बात की नाराजगी देखी जा सकती है कि सत्ता पर पहाड़ी लोगों का वर्चस्व है। राज्य में पहाड़ी और मैदानी लोगों के बीच संतुलन क़ायम करने की भी ज़रूरत है। उत्तराखण्ड को अपने नागरिकों की आकांक्षाओं का पूरा करने की दिशा में एक लम्बी दूरी तय करनी है।

देखें : असम, अरुणाचल प्रदेश, आंध्र प्रदेश, उत्तर प्रदेश, ओडीशा, कर्नाटक, केरल, छत्तीसगढ़, जम्मू और कश्मीर, झाड़खण्ड, तमिलनाडु, त्रिपुरा, दिल्ली, नगालैण्ड, पश्चिम बंग, पंजाब, महाराष्ट्र, मध्य प्रदेश, मिज़ोरम, मेघालय, भारतीय संघवाद, बिहार, राजस्थान, राज्यों का पुनर्गठन-1, 2 और 3, राज्यों की राजनीति, संघवाद, हरियाणा।

संदर्भ

1. संजय कुमार और अनुपमा नौटियाल (2009), उत्तराखण्ड : द स्टोरी बिहाइंड मार्जिनल डिफरेंसेज, संदीप शास्त्री, के.सी. सूरी और योगेंद्र यादव (सम्पा.), *इलेक्टोरल पॉलिटिक्स इन इण्डियन स्टेट्स : लोकसभा इलेक्शंस इन 2004 ऐंड बियांड,* ऑक्सफ़र्ड युनिवर्सिटी प्रेस, नयी दिल्ली.
2. चार्ल्स एस. मेयर (1994), 'डेमॉक्रैसी ऐंड इट्स डिसकंटेंट', *फॉरेन अफ़ेयर्स,* खण्ड 73, अंक 4.

—कमल नयन चौबे

उदारतावाद

(Liberalism)

उदारतावाद एक राजनीतिक विचारधारा है; लेकिन, समाजवाद, फ़ासीवाद या राष्ट्रवाद जैसी राजनीतिक विचारधाराओं की तरह इसका दायरा सीमित और ग़ैर-लचीला नहीं है। सहिष्णुता और स्वाधीनता की अवधारणाओं के साथ प्रतिबद्धता के कारण उदारतावाद अन्य विचारधाराओं के साथ सहअस्तित्व में रह सकता है। यही नहीं, उदारतावाद ने अपने तीन सौ साल के इतिहास में प्रतिद्वंद्वी विचारधाराओं के अंशों को अपनाते हुए लगातार अपना नवीकरण और विकास करने की प्रवृत्ति का परिचय दिया है। इसी कारण इसका स्वरूप एकाश्म नहीं रह गया है।

दरअसल, उदारतावाद एक नहीं बल्कि कई हैं जिन्हें एक सूत्र में बाँधने का काम मनुष्य और समाज की एक निश्चित अवधारणा करती है। किसी भी सामाजिक समूह के मुक़ाबले व्यक्ति की नैतिक श्रेष्ठता में यक़ीन करने के कारण उदारतावाद व्यक्विादी रवैये को बढ़ावा देता है। सभी व्यक्तियों को समान नैतिक हैसियत देने के कारण उदारतावाद समतामूलक आस्था की पैरोकारी करता है। सभी मनुष्यों की नैतिक एकता पर ज़ोर देने के कारण यह विचारधारा सार्वभौमिकता के आयाम प्राप्त कर लेती है। सामाजिक संस्थाओं और राजनीतिक व्यवस्थाओं को बेहतर बनाने की सम्भावना में विश्वास रखने के कारण उदारतावाद सुधारवादी या उन्नयनवादी बन जाता है। उदारतावाद खुले समाज में यक़ीन रखता है जिसमें हर व्यक्ति और समूह को बिना किसी उत्पीड़न के पनपने के पूरे अवसर मिल सकें। खुले समाज का मतलब है ऐसे ग़ैर-पदानुक्रमवादी बहुलवाद में विश्वास करना जो किसी भी तरह के भेदभाव, उत्पीड़न या प्रभुत्व को अस्वीकार करते हुए सभी व्यक्तियों और समूहों को पनपने के समान अवसर मुहैया कराता हो।

अन्य राजनीतिक विचारधाराओं के मुक़ाबले उदारतावाद का इतिहास कहीं पुराना है। शुरुआती उदारतावादियों में उन प्रोटेस्टेंट सुधारकों को शामिल किया जाता है जिन्होंने सोलहवीं सदी में कैथॅलिक चर्च की धार्मिक पदानुक्रमता और परम्परानिष्ठता को चुनौती दी थी। इन सुधारकों ने सच्चे धर्म की भिन्न व्याख्या की और मनुष्य और ईश्वर के बीच सीधी घनिष्ठता पर ज़ोर दिया, धर्म को पुरोहितों की जकड़ से निकाला, श्रद्धालुओं की भावना को प्रमुखता दी और इस प्रक्रिया में व्यक्ति की स्वायत्तता स्थापित करने का रास्ता खोला। व्यक्ति की स्वायत्तता के इस बुनियादी नैतिक स्रोत से ही आगे चल कर उदारतावादी सिद्धांत निकला। चूँकि प्रोटेस्टेंट सुधारकों ने पुरोहितों के प्राधिकार को प्रश्नांकित

कर ही दिया था, इसलिए राजा के प्राधिकार पर सवालिया निशान लगाने का रास्ता खुल गया। जो बात साधारण व्यक्तियों द्वारा अपने मोक्ष का रास्ता ख़ुद चुनने से शुरू हुई थी, वह जल्दी ही लौकिक और सेकुलर मामलों के बारे में उसकी निर्णय क्षमता तक पहुँच गयी। परिणामस्वरूप राजा के दैवी अधिकार और जन्मना कुलीन होने के कारण सामंतों के विशेषाधिकारों पर सवाल उठने लगे। पदानुक्रम आधारित हर तरह के सामाजिक और राजनीतिक संबंध के ख़िलाफ़ सतत संघर्षों की प्रक्रिया में उदारतावादी विचार का विकास होता चला गया। उदारतावाद पर विचार करते समय उसकी तीन प्रमुख धाराओं की चर्चा अनिवार्य है : क्लासिकल, आधुनिक और समकालीन उदारतावाद।

क्लासिकल उदारतावाद का मतलब है सीमित सरकार और क़ानून के शासन का विचार, निजी सम्पत्ति के अधिकार की अनुलंघनीयता, किसी भी क़िस्म का अनुबंध करने और उसे क़ायम रखने की आज़ादी और व्यक्तियों द्वारा अपनी नियति का निर्णय स्वयं करने का अधिकार। इसकी सर्वश्रेष्ठ अभिव्यक्ति जॉन लॉक के विचारों में मिलती है। लॉक के सिद्धांत की सबसे ख़ास बात यह थी कि उन्होंने सरकार के प्राधिकार को सशर्त बताया। उन्होंने कहा कि शासन को नागरिकों पर अपने प्राधिकार का औचित्य साबित करना होगा, और इसके लिए सरकार को नागरिकों के जान-माल और अधिकारों की रक्षा करने का दायित्व निभाना होगा। लॉक की संस्तुति थी कि जो सरकार यह ज़िम्मेदारी पूरी नहीं कर सकती, उसके ख़िलाफ़ नागरिकों को बग़ावत करने का पूरा हक़ है। लॉक मानते थे कि नागर समाज तभी बन सकता है जब प्राकृतिक अधिकारों को विधेयक स्थिति में रखा जाए और प्राकृतिक क़ानूनों के ज़रिये उनकी रक्षा की जाए। ऐसा करने के लिए सरकार को क़ानून द्वारा परिभाषित एक न्याय प्रणाली बनानी होगी। सभी नागरिक ऐसी सरकार का प्राधिकार समान रूप से मानेंगे क्योंकि उस प्राधिकार के ज़रिये उनके जान-माल और आज़ादी की हिफ़ाज़त की गारंटी मिलेगी।

लॉक के अलावा ऐडम स्मिथ और थॉमस पेन ने भी क्लासिकल उदारतावाद की धारा में अहम योगदान किया है। बीसवीं सदी के कुछ चिंतकों (फ्रेड्रिख़ वॉन हॉयक, रॉबर्ट नॉज़िक और मिल्टन फ्रीडमेन) ने इस अवधारणा का पक्ष लेते हुए उन प्रगतिशील, लोकतांत्रिक और रैडिकल सिद्धांतों की आलोचना की है जिनके आधार पर समतामूलक न्याय और लोकहितकारी राज्य का प्रवर्तन हुआ। ये विद्वान इन आधारों पर राज्य को सीमा से अधिक अधिकार देने के पक्ष में नहीं हैं।

क्लासिक धारा के साथ आधुनिक उदारतावाद की यह धारा भी निरंकुश सत्ता के विरोध में खड़ी है, यह राजनीतिक प्राधिकार पर अविश्वास करती है और स्वाधीनता व मानवीय स्वायत्तता के विचार में दृढ़ता से यक़ीन करती है। फ़र्क़ यह है कि आधुनिक उदारतावाद स्वाधीनता और मानवीय प्रगति के बीच एक ख़ास तरह का सकारात्मक संबंध स्थापित करता है। वह मान कर चलता है कि मनुष्य आत्मविकास की असीमित सम्भावनाओं से सम्पन्न एक प्रगतिशील प्राणी है और वह अपना यह विकास दूसरों की वैसी ही सम्भावनाओं को नुक़सान पहुँचाए बिना कर सकता है। यह धारा निजी सम्पत्ति के अधिकार को सशर्त करती हुई मानती है कि राज्य की संस्था को इससे जुड़ी हुई सामाजिक और आर्थिक बुराइयाँ दूर करना चाहिए। हालाँकि, ऐसी सिफ़ारिश करते समय आधुनिक उदारतावाद राज्य को अपने क्लासिकल संस्करण द्वारा दिये गये अधिकारों से ज़्यादा शक्तियाँ देने के लिए तैयार नहीं है, पर इस प्रक्रिया में वह समतामूलक न्याय और लोकहितकारी राज्य जैसे प्रयोग करने का रास्ता खोल देता है। ज्ञानोदय द्वारा प्रवर्तित विचारों के आधार पर आधुनिक उदारतावाद मानता है कि मनुष्य और उदारतावादी राज्य को बुद्धि और प्रगति में यक़ीन के ज़रिये उत्तरोत्तर सम्पूर्ण बनाया जा सकता है।

यह धारा मनुष्य द्वारा सार्थक चयन किये जाने और उनकी ज़िम्मेदारी स्वीकार करने की सामर्थ्य पर गहरा विश्वास करती है। मनुष्य की स्वायत्ता में इस आस्था का प्रतिपादन इमैनुएल कांट ने किया था। रूसो के विचारों से प्रभावित हो कर कांट का दावा था कि सभी मनुष्य स्वायत्त होने की क्षमता में समान हैं और इसीलिए समान आदर के पात्र हैं। मनुष्य के इस स्वाभाविक अधिकार का उल्लंघन सार्वभौम नैतिकता को नकारना है। जॉन स्टुअर्ट मिल और भी आगे जा कर कहते हैं कि अगर किसी व्यक्ति के काम दूसरे को नुक़सान नहीं पहुँचा रहे हैं तो उसकी ऐसी कार्रवाइयों में भी हस्तक्षेप नहीं किया जाना चाहिए जो बुद्धिसंगत न हो कर भावना के अधीन की गयी हों। मिल व्यक्ति का हित-साधन करने के लिए उसके जीवन में सरकार द्वारा माई-बाप छाप हस्तक्षेप करने के पक्ष में भी नहीं थे।

उदारतावाद की समकालीन धारा राज्य से माँग करती है कि उसकी ज़िम्मेदारी सभी नागरिकों को समान रूप से मतदान का अधिकार और अभिव्यक्ति-धर्म-संगठन की आज़ादी मुहैया कराना ही नहीं है, बल्कि उसे सबसे कम ख़ुशहाल लोगों के लिए जहाँ तक हो सके उत्तम जीवन सुनिश्चित करना चाहिए। इसी के साथ यह धारा सतर्क भी करती है कि स्वाधीनता के सिद्धांत को किसी भी क़ीमत पर छोड़ा नहीं जाना चाहिए। इस प्रकार यह विचारधारा उदारतावादी राज्य द्वारा किये जाने वाले पुनर्वितरणकारी अनुभवों का स्वागत करते हुए उदारतावाद की समतामूलक रूपरेखा पेश करती है।

उदारतावाद के सबसे ताज़ा संस्करण की सर्वश्रेष्ठ अभिव्यक्ति जॉन रॉल्स की दो रचनाओं 1971 में प्रकाशित *अ थियरी ऑफ़ जस्टिस* और 1993 में प्रकाशित *पॉलिटिकल लिबरलिज़्म* में हुई है। इनके ज़रिये रॉल्स ने लॉक, रूसो और

कांट द्वारा स्थापित सामाजिक समझौता की परम्पराओं को पुनः जीवंत किया, खुले समाज में मिल द्वारा प्रतिपादित स्वाधीनता के आग्रह को सुदृढ़ता प्रदान की और उपयोगितावाद से निकले उन विचारों की आलोचना की जो सामूहिक कल्याण के लिए व्यक्तियों को साधन की तरह देखते हैं। रॉल्स का कहना है कि एक खुले समाज में व्यक्ति अपने लिए उत्तम जीवन की धारणा स्वयं चुनने और उसके मुताबिक़ जीवित रहने के लिए स्वतंत्र होना चाहिए। राज्य या किसी अन्य संस्था को यह अधिकार नहीं है कि वह उत्तम जीवन के मूल्य किसी पर थोपे। उत्तम जीवन की विभिन्न धारणाओं के बीच राज्य को तटस्थ भूमिका निभानी चाहिए। रॉल्स उचित और न्यायपूर्ण के विचार को उत्तम और लाभकारी के विचार के बोझ से मुक्त करने के लिए उचित को उत्तम के ऊपर प्राथमिकता देते हैं। नागरिक अधिकारों को परिभाषित करने के लिए वे न्याय का सिद्धांत पेश करते हैं।

रॉल्स के सिद्धांतों की चार्ल्स टेलर और माइकल वाल्ज़र जैसे समुदायवादियों द्वारा आलोचना भी की गयी है। दरअसल, रॉल्स का उदारतावाद जातिगत, समुदायगत, जातीयतागत, भाषाई और अन्य अस्मिताओं में बँटे समाज में हर समय मौजूद रहने वाले नैतिक मतभेदों का इलाज पेश करने में नाकाम है। समुदायवादियों के अनुसार रॉल्स ने इस हक़ीक़त को नज़रअंदाज़ किया है कि लोगों की अस्मिता अधिकांशतः उनकी सामुदायिक सदस्यता से बनती है। उन्होंने साझे मूल्यों के महत्त्व को कम करके आँका है, और व्यक्तिवाद व सार्वभौमिकता के उन आग्रहों पर हद से ज़्यादा ज़ोर दिया है जो या तो खोखले हैं या जिन्हें हासिल करना नामुमकिन है।

समुदायवाद के साथ हुई इस बहस ने भी उदारतावादी सिद्धांत को समृद्ध किया है। आज के उदारतावादी अस्मिता और सांस्कृतिक बहुलता के मुद्दों के प्रति अधिक संवेदनशीलता दिखाते हैं। उदारतावादी सिद्धांतशास्त्र का अवधारणात्मक दायरा और व्यापक हुआ है। जो उदारतावाद अपने पहले दौर में केवल स्वाधीनता और न्यूनतम राज्य के सिद्धांतों के इर्द-गिर्द ही सोचता था, वह अब अधिकारों, समता, पुनर्वितरणकारी न्याय और बहुलता जैसे प्रश्नों पर भी सकारात्मक ढंग से विचार करता है।

देखें : इमैनुएल कांट, ईसाई धर्म-सुधार और मार्टिन लूथर, उदारतावादी राज्य, ऐडम स्मिथ, क्लासिकल अर्थशास्त्र, ज्याँ-ज़ाक रूसो, जॉन स्टुअर्ट मिल, जॉन रॉल्स, जॉन लॉक, रॉबर्ट नॉज़िक, फ्रेड्रिख़ वॉन हायक, बहुसंस्कृतिवाद, मिल्टन फ्रीडमैन, थॉमस हिल ग्रीन, थॉमस पेन, शीत-युद्ध, समुदायवाद, समतावाद, स्वतंत्रतावाद।

संदर्भ

1. अशोक आचार्य (2008), 'लिबरलिज़म', राजीव भार्गव और अशोक आचार्य (सम्पा.), *पॉलिटिकल थियरी : ऐन इंट्रोडक्शन,* पियर्सन लोंगमेन, नयी दिल्ली.
2. बेंजामिन कांस्टेंट (1988), *पॉलिटिकल राइटिंग्स,* केम्ब्रिज युनिवर्सिटी प्रेस, केम्ब्रिज, यूके.
3. भीखू पारेख (1994), 'डिकोलोनाइज़िंग लिबरलिज़म', संकलित : अलेक्ज़ेंड्राज़ स्ट्रोमास (सम्पा.), *द ऐंड ऑफ़ इज़्म्स? रिफ़्लेक्शंस ऑन द फ़ेट ऑफ़ आइडियोलॉजिकल पॉलिटिक्स आफ़्टर कम्युनिज़्म्स कलेप्स,* ब्लैकवेल, ऑक्सफ़र्ड.
4. जॉन ग्रे (1989), *लिबरलिज़म : एसेज़ इन पॉलिटिकल फ़िलॉसफ़ी,* रॉटलेज, लंदन और न्यूयॉर्क.

—अभय कुमार दुबे

उदारतावादी राज्य

(Liberal State)

उदारतावाद के राजनीतिक दर्शन में राज्य की भूमिका के बारे में कई तरह की बहसें रही हैं। उदारतावाद व्यक्ति को एक स्वायत्त हस्ती की तरह देखता है। इसके मुताबिक़ व्यक्ति इतना स्वायत्त होता है कि वह अपने लिए उत्तम जीवन की संकल्पना का चुनाव कर सके। कोई भी सामाजिक या धार्मिक परम्परा या संस्था व्यक्ति की इस स्वायत्तता को उससे नहीं छीन सकती। व्यक्ति की यही स्वायत्तता क़ायम रखने या उसे इस स्वायत्तता को हासिल करने में समर्थ बनाने के तर्क के आधार पर उदारतावादी राज्य के विविध रूपों का विकास हुआ है। उदारतावाद के विविध चरणों के आधार पर ही उदारतावादी राज्य के विविध रूपों की व्याख्या की जा सकती है : ये रूप हैं क्लासिकल उदारतावाद, आधुनिक उदारतावाद, स्वतंत्रतावाद, समतावाद, और बहुसांस्कृतिक उदारतावादी राज्य।

पश्चिम में उदारतावाद का उभार सामंतवाद की जकड़बंदी से मुक्त हो कर स्वतंत्र आर्थिक गतिविधियों की चाह रखने वाले बूर्ज्वा वर्ग के उभार के साथ हुआ। इसमें राज्य को एक तटस्थ संस्था के रूप में देखा गया। ऐडम स्मिथ ने 'अदृश्य हाथ' की संकल्पना पेश की। इसके मुताबिक़ यदि व्यक्तियों को अपनी आर्थिक गतिविधियाँ चलाने के लिए खुला छोड़ दिया जाए, तो कुछ समय बाद अपने-आप उनकी गतिविधियों में एक व्यवस्था आ जाती है। ऐसा लगता है मानो किसी अदृश्य हाथ द्वारा उनकी गतिविधियों को नियंत्रित किया जा रहा हो। इसी आधार पर स्मिथ ने एक सीमित राज्य की संकल्पना की। इस उदारतावादी राज्य का काम सिर्फ़ सामान्य क़ानून-व्यवस्था बनाये रखना था। यह लोगों की गतिविधियों

में तभी दख़ल दे सकता था, जब कोई व्यक्ति किसी दूसरे को धोखा दे रहा हो। क्लासिकल उदारतावाद के एक दूसरे सबसे प्रमुख प्रतिपादक जॉन लॉक ने यह स्पष्ट किया कि राज्य का काम व्यक्ति के 'जीवन, स्वतंत्रता और सम्पत्ति' की रक्षा करना है। उन्होंने इस बात पर भी ज़ोर दिया कि जो राज्य ऐसा करने में नाकाम रहता है, उसके ख़िलाफ़ विद्रोह तक किया जा सकता है। इस रूप में जो राज्य उभर कर सामने आया उसमें व्यक्तियों के मूल अधिकारों की सुरक्षा की गारंटी, शासन के विविध अंगों के बीच शक्ति-पृथक्करण तथा नियंत्रण और संतुलन का सिद्धांत अपनाया गया।

ग़ौरतलब है कि उदारतावादी राज्य के दो रूप विकसित हुए। पहला ब्रिटेन में और दूसरा अमेरिका में। ब्रिटेन में उदारतावादी राज्य और उसकी विविध संस्थाओं से जुड़े पहलू परम्पराओं और रिवाज़ों के रूप में विकसित हुए। यहाँ संसद की सर्वोच्चता का सिद्धांत मज़बूती से उभर कर सामने आया। लेकिन मूल रूप से यहाँ भी व्यक्ति की स्वतंत्रता को क़ायम रखा गया। दूसरी ओर अमेरिका में लिखित संविधान और शक्तियों के पृथक्करण का सिद्धांत अपनाया गया। बाद में बहुत से राज्यों ने उदारतावादी शासन अंगीकार किया। आम तौर पर इन राज्यों में लिखित संविधान के माध्यम से राज्य की विविध संस्थाओं की भूमिका स्पष्ट करने की कोशिश की गयी। भारत ने भी औपनिवेशिक शासन के बाद उदारतावादी राज्य ही स्थापित किया। ब्रिटेन की कई संस्थाओं को अपनाने के बावजूद भारत के लिखित संविधान में राज्य की विविध संस्थाओं की भूमिका स्पष्ट रूप से रेखांकित की गयी है।

आर्थिक गतिविधियों के संदर्भ में राज्य के अहस्तक्षेप की नीति और सीमित राज्य की संकल्पना के नतीजे जल्दी ही सामने आने लगे। इसे अपनाने वाले समाजों में व्यापक असमानता फैल गयी क्योंकि जिन लोगों का उत्पादन के साधनों पर क़ब्ज़ा था, उन्होंने ख़ूब आर्थिक तरक़्क़ी की। लेकिन जो लोग पहले से ही हाशिये पर थे, उनकी स्थिति और भी ख़राब हो गयी। आधुनिक उदारतावादियों ने इसीलिए क्लासिकल उदारतावादी राज्य की सीमाओं को रेखांकित किया। इन्होंने इस बात पर ज़ोर दिया कि क्लासिक उदारतावाद में जिस तरह के राज्य की रूपरेखा पेश की गयी है, उससे उन व्यक्तियों का कोई भला नहीं हो सकता है जो उत्पादन की प्रक्रिया में हाशिये पर रह जाते हैं। इसलिए आधुनिक उदारतावादियों ने व्यक्ति की वास्तविक स्वतंत्रता सुनिश्चित करने के लिए राज्य द्वारा हस्तक्षेप करने का समर्थन किया। जॉन स्टुअर्ट मिल और थॉमस हिल ग्रीन जैसे चिंतकों को उन आधुनिक उदारतावादियों की श्रेणी में रखा जाता है जिन्होंने सीमित राज्य और राज्य के अ-हस्तक्षेप की जगह हाशिये पर पड़े समूहों की मदद करने वाले पहलक़दमी से युक्त राज्य का समर्थन किया। इनके अनुसार राज्य को सम्पत्तिशाली वर्ग पर टैक्स लगाना चाहिए और सम्पत्तिहीन और कमज़ोर तबक़ों के लोगों की भलाई के लिए कल्याणकारी काम करना चाहिए।

राज्य द्वारा हाशिये पर पड़े लोगों की भलाई के लिए किये जाने वाले काम की बीसवीं सदी के चौथे दशक से कड़ी आलोचना की जाने लगी। यह मुख्य रूप से दो स्तरों पर की गयी : पहला, यह राज्य अपनी मेहनत से सम्पत्ति अर्जित करने वाले लोगों पर टैक्स लगाता है। इससे उनकी आर्थिक गतिविधियों की आज़ादी सीमित होती है। दूसरा, यह तर्क भी दिया गया कि राज्य द्वारा समाज में कमज़ोर तबक़ों की मदद करने से व्यक्तियों के परजीवी समूह का निर्माण होता है। यह समूह अपनी आवश्यकताएँ पूरा करने के लिए काम करने के बजाय राज्य की मदद की राह देखता है। मिल्टन फ्रीडमैन और हायक जैसे विचारकों ने राज्य द्वारा लोगों की आर्थिक गतिविधियों में हस्तक्षेप को जम कर आड़े हाथों लिया और आर्थिक गतिविधियों के क्षेत्र में फिर से अहस्तेक्षप की नीति अपनाने की माँग की। 1973 में राबर्ट नॉज़िक ने अपनी प्रसिद्ध किताब *एनार्की, स्टेट ऐंड यूटोपिया* के माध्यम से स्वतंत्रतावादी राज्य की तरफ़दारी की। उन्होंने दलील पेश की कि दरअसल कल्याणकारी राज्यों द्वारा लगाया जाने वाला टैक्स लोगों के आत्म-स्वामित्व (सेल्फ़-ऑनरशिप) का उल्लंघन है। यानी यह लोगों की सबसे बुनियादी आज़ादी का उल्लंघन है। इसलिए उन्होंने एक सीमित उदारतावादी राज्य की वकालत की। दूसरी ओर जॉन रॉल्स और रोनॉल्ड ड्वॉर्किन जैसे सिद्धांतकारों ने अपने दार्शनिक तर्कों द्वारा एक ऐसे उदारतावादी राज्य का औचित्य साबित करने की कोशिश की, जिसे समाज के वंचित तबक़ों के लिए कल्याणकारी काम करने चाहिए।

बहरहाल, 1980 के बाद के दौर में उदारतावादी राज्य से संबंधित वाद-विवाद मुख्य रूप से दो दिशाओं में आगे बढ़ा। पहला, मार्गरेट थैचर और रोनॉल्ड रेगन द्वारा क्रमशः ब्रिटेन और अमेरिका में नव-उदारतावादी नीतियों को बढ़ावा दिया गया और राज्य की भूमिका में कटौती करने की कोशिश की गयी। 1990 में सोवियत संघ के विघटन ने एक शासन प्रणाली के रूप में उदारतावादी लोकतंत्र और आर्थिक व्यवस्था के रूप में नव-उदारतावादी व्यवस्था का वर्चस्व क़ायम कर दिया। नव-उदारतावाद की नीतियों ने वैश्वीकरण को बढ़ावा दिया और दुनिया के अधिकांश देशों में आर्थिक मामलों में राज्य का नियंत्रण कम करने की प्रवृत्ति बढ़ायी। दूसरा, अस्सी के दशक में समुदायवादी चिंतकों का एक स्कूल सामने आया। इसमें माइकल सैंडल, ऐलस्डेयर मैकेंटायर और चार्ल्स टेलर जैसे विद्वान प्रमुख थे। मौटे तौर पर इन्होंने रॉल्स द्वारा प्रतिपादित न्याय के सिद्धांत को आधार बनाते हुए उदारतावाद की आलोचना की। इनकी आलोचना का मुख्य आधार यह था कि उदारतावाद व्यक्ति की अणुवादी कल्पना करता है और वह समुदायों के अस्तित्व को नकारता है। अस्सी के दशक के आख़िरी वर्षों और

नब्बे के दशक में उदारवादियों ने समुदायवादियों की आलोचना को गम्भीरता से लेते हुए उनके विचारों को उदारतावाद के भीतर समायोजित करने की कोशिश की। नतीजतन एक विचार-सम्प्रदाय के रूप में बहुसंस्कृतिवाद का उभार हुआ।

बहुसंस्कृतिवाद में इस बात को स्वीकार किया गया कि उदारतावादी राज्य द्वारा सभी नागरिकों को सार्वभौमिक रूप से एक समान मानना ही काफ़ी नहीं है। इसके बजाय विभिन्न समूहों की विभेदपूर्ण स्थिति को भी स्वीकारने की आवश्यकता है। इसके अंतर्गत पश्चिम में दूसरे देशों से आये आप्रवासियों के अधिकारों को मान्यता देने पर ज़ोर दिया गया। इसके अलावा मूल निवासियों, भाषाई और दूसरे अल्पसंख्यकों के लिए विशेष प्रावधान करने पर ज़ोर दिया गया।

ज़ाहिर है कि उदारतावादी राज्य की अवधारणा में बहुत से बदलाव आये हैं और इसने ख़ुद को इन बदलावों के मुताबिक़ ढालने की भी कोशिश की है। इसका एक अन्य उदाहरण नारीवादियों द्वारा की गयी आलोचनाओं को समायोजित करने की कोशिश भी है। कई उदारतावादी राज्यों ने महिलाओं को समान अधिकार देने के लिए कई महत्त्वपूर्ण क़दम उठाए हैं। उल्लेखनीय है कि वैश्वीकरण के साथ राज्य की भूमिका के कम होने का तर्क भी सामने आया है। यह तर्क काफ़ी हद तक सही भी है। अधिकतर उदारतावादी देशों में आर्थिक मामलों में उदारीकरण की नीति अपनाई गयी है। लेकिन यह नहीं कहा जा सकता कि राज्य ने आर्थिक मामलों से पूरी तरह से हाथ खींच लिया है। उदारतावादी लोकतंत्रों के भीतर राज्य को लोगों की लोकतांत्रिक आकांक्षाओं पर अब भी ध्यान देना पड़ रहा है। इसलिए अमेरिका जैसे देशों में अभी किसानों को सब्सिडी देने की व्यवस्था क़ायम है। दूसरी ओर भारत जैसे देशों में राज्य ने नव-उदारतावादी नीति अपनाने के बावजूद ग़रीबों की भलाई के लिए कई कार्यक्रम बनाये हैं।

यह रेखांकित करने की आवश्यकता भी है कि मार्क्सवाद के भीतर उदारतावादी राज्य को बूर्ज्वा हितों का प्रतिनिधित्व करने वाली संस्था का दर्जा दिया गया है। उदारतावादी राज्य द्वारा चलाये जाने वाले कल्याणकारी कार्यक्रमों की बहुत से मार्क्सवादी सिद्धांतकारों ने आलोचना की है। इस आलोचना का मुख्य आधार यह है कि इसमें सामाजिक-आर्थिक असमानता के बुनियादी कारण अर्थात् पूँजीवादी व्यवस्था ख़त्म करने की कोई कोशिश नहीं की जाती है। बल्कि पूँजीवाद द्वारा किये जा रहे शोषण पर पर्दा डालने का काम किया जाता है। इसी तरह, समाजवादी और रैडिकल नारीवादियों ने उदारतावादी राज्य द्वारा महिलाओं की भलाई के लिए किये जाने वाले तथाकथित क़ानूनी सुधारों को सीमित सुधार की संज्ञा दी है। असल में, उदारतावादी राज्य अपनी कई बुनियादी कमियों का भी शिकार है। मसलन, उदारतावादी राजनीतिक संस्थाओं को अपनाने वाले राज्यों में कई बार शक्ति के पृथक्करण, नियंत्रण और संतुलन के सिद्धांत का सही तरह से पालन नहीं हो पाता है। इससे राज्य की कोई एक संस्था ज़्यादा मज़बूत हो जाती है। इससे उदारतावादी राज्य का बुनियादी तत्त्व कमज़ोर होता है। इसके अलावा, अधिकतर उदारतावादी राज्यों में असाधारण क़ानून भी मौजूद हैं जिसकी मदद से कई मौक़ों पर उदारतावादी राज्य असहिष्णु और सर्वाधिकारवादी राज्य की तरह व्यवहार करता है। यहाँ तक कि भारत, अमेरिका और ब्रिटेन जैसे देशों में भी कई अल्पसंख्यक समूहों को राज्य के भेदभाव का शिकार होना पड़ता है।

बहरहाल, इस बात में किसी शक की गुंजाइश नहीं है कि उदारतावाद ने अपने सामने आयी समस्याओं को सैद्धांतिक स्तर पर विचार और वाद-विवाद के माध्यम से निपटने की कोशिश की है। इससे उदारतावादी राज्य के स्वरूप में भी कई बार बदलाव आया है। अभी उदारतावादी राज्य अपने सामने आने वाली चुनौतियों के हिसाब से ख़ुद में बदलाव कर रहा है। लेकिन इसकी मुख्य चुनौती यह है कि वह बेवजह नियंत्रण, केंद्रीकरण, वंचित तबक़ों की उपेक्षा, पूँजीपतियों को बेलगाम समर्थन और संस्थागत शक्ति असंतुलन की ओर न बढ़े।

देखें : उदारतावाद, ऐडम स्मिथ, क्लासिकल अर्थशास्त्र, जॉन स्टुअर्ट मिल, जॉन रॉल्स, जॉन लॉक, रॉबर्ट नॉज़िक, पैटी-बूर्ज्वा, फ्रेड्रिख़ वॉन हायक, बहुसंस्कृतिवाद, भारतीय संविधान-1 से 8 तक, मिल्टन फ्रीडमैन, थॉमस हिल ग्रीन, समतावाद, स्वतंत्रतावाद।

संदर्भ

1. जॉर्ज सोरेंसन (2004), *द ट्रांसफ़ॉरमेशन ऑफ़ द स्टेट : बियांड द मिथ ऑफ़ द रिट्रीट*, पालग्रेव-मैकमिलन, हैमशायर.
2. डेविड हेल्ड (1998), *पॉलिटिकल थियरी ऐंड द मॉडर्न स्टेट*, वर्ल्ड व्यू-माया पॉलिटी, नयी दिल्ली.
3. ग्रेम गिल (2003), *द नेचर ऐंड डिवेलपमेंट ऑफ़ मॉडर्न स्टेट*, पेलग्रेव-मैकमिलन, हैमशायर.
4. विल किमलिका (2009), *समकालीन राजनीति-दर्शन : एक परिचय* (अनुवाद : कमल नयन चौबे), पेंगुइन, नयी दिल्ली.

—कमल नयन चौबे

उदारतावादी लोकतंत्र

(Liberal Democracy)

आजकल सारी दुनिया में लोकतंत्र के उदारतावादी संस्करण का ही बोलबाला है। लेकिन इसका मतलब यह नहीं है कि सभी देशों में इस संस्करण की एक ही क़िस्म प्रचलित है। दरअसल, उदारतावादी मूल्यों को अपनाने वाले लोकतंत्रों में सत्ता की संरचनाएँ और उसका संस्थागत विन्यास अलग-अलग देशों और समाजों की अपनी परिस्थितियों और इतिहास पर निर्भर करता है। मसलन, अमेरिका, ब्रिटेन, फ्रांस और भारत के लोकतंत्रों को उदारतावादी कहा जाएगा, क्योंकि चारों के मर्म में व्यक्ति के अधिकारों की सुरक्षा और सत्ता के दुरुपयोग पर नियंत्रण की अवधारणाएँ हैं। लेकिन इसके बावजूद उनके बीच प्रणालीगत विभिन्नताएँ हैं, जिसके आधार में उदारतावाद के दर्शन और लोकतांत्रिक पद्धति की भिन्न अन्योन्यक्रिया दिखायी पड़ती है। हर लोकतंत्र का ऐतिहासिक अनुभव दूसरे से अलग है, जिसकी प्रक्रियाओं ने धीरे-धीरे उनके उदारतावाद की अपनी अलग शक्ल-सूरत बना दी है। समाज-विज्ञान के हलकों में अगर कहीं ब्रिटिश उदारतावाद, अमेरिकी उदारतावाद या भारतीय उदारतावाद की चर्चा सुनायी दे, तो उसके आधार में लोकतंत्र की विभिन्नताओं को ही देखा जाना चाहिए।

उदारतावादी दर्शन आधुनिक लोकतांत्रिक मूल्यों के परवान चढ़ने से पहले ही स्थापित हो चुका था। इसलिए यह कहा जा सकता है कि इस दर्शन के तत्त्वों ने ही लोकतंत्र को गढ़ने में प्रमुख भूमिका निभायी है। सोलहवीं सदी और उसके बाद सामंतवाद से पूँजीवाद में संक्रमण की प्रक्रिया में उभरे पूँजीवादी / मध्य वर्ग ने युरोपियन राज्यों की राजशाहियों और कुलीन वर्ग की निरंकुश सत्ता को सीमित करने का प्रयास किया। इन कोशिशों के गर्भ से व्यक्तिवाद का चिंतन निकला जिसके तहत न केवल यह मान्यता बनी कि हर व्यक्ति स्वतंत्र, स्वायत्त और अपनी क़िस्मत का ख़ुद मालिक है, बल्कि यह भी माना गया कि व्यक्ति मुख्यतः बुद्धिसंगत, अपनी इयत्ता की अनुभूति सम्पन्न और अपने लक्ष्यों और कामनाओं को निर्धारित कर सकने वाला प्राणी है। उसके पास अपनी अलग प्राथमिकताएँ, मूल्य और उत्तम जीवन की अपनी दृष्टि विकसित करने की सामर्थ्य है। अपने स्व-निर्धारित लक्ष्यों की प्राप्ति के लिए उसे जिन बुनियादी और अनुलंघनीय परिस्थितियों की आवश्यकता पड़ती है, उदारतावादी उन्हें जीवन, स्वतंत्रता और सम्पत्ति संबंधी अधिकारों के रूप में देखते हैं।

ज़ाहिरा तौर पर अपने इन्हीं वैचारिक आग्रहों के कारण उदारतावादियों के लिए ज़रूरी था कि वे शासन और सरकार के भिन्न स्वरूप की कल्पना करते। उन्होंने जिस तंत्र को कल्पित किया उसके अधिकार सीमित ज़रूर थे ताकि वह व्यक्तिगत स्वतंत्रता में खलल न डाल सके, लेकिन वह एक कमज़ोर सरकार नहीं थी। इसके लिए उन्होंने राज्य के दायरे और नागरिकों के दायरे के बीच फ़र्क़ किया और इस तरह नागर समाज की नींव डाली। राज्य के सार्वजनिक दायरे में राजनीतिक गतिविधियाँ आयीं जिनके अंतर्गत सामूहिक निर्णय लेने की ज़िम्मेदारी निभायी जानी थी। नागर समाज में अर्थव्यवस्था, परिवार और सभा-समिति-संगठन का शुमार हुआ। यह व्यक्तियों की हित आधारित अन्योन्यक्रिया का क्षेत्र माना गया। उनकी आपसी होड़, टकराव या सहयोग इसी दायरे में घटित होने लगा। इसे विनियमित करने के लिए सरकार की भूमिका सामने आयी जिसने व्यक्तिगत अधिकारों की एक प्रणाली तैयार की, और राज्य की दमनकारी शक्ति कल्पित की गयी ताकि लोग एक-दूसरे के अधिकारों का अतिक्रमण न कर सकें। राज्य की हैसियत एक तटस्थ पंच की रखी गयी ताकि वह नागर समाज की गतिविधियों में हस्तक्षेप न कर सके। सिद्धांततः सरकार उत्तम जीवन की किसी दृष्टि की पैरोकारी नहीं कर सकती थी, क्योंकि उदारतावादी सिद्धांत के अनुसार व्यक्ति उत्तम जीवन की अपनी-अपनी दृष्टियों के मुताबिक़ जीवनयापन करने के लिए स्वतंत्र समझे गये थे।

उदारतावादी प्रातिनिधिक लोकतंत्र की वकालत करते हैं। मताधिकार आधारित प्रतियोगितामूलक चुनावों के ज़रिये प्रतिनिधि चुने जाते हैं और उनके बहुमत के आधार पर सरकार बनायी जाती है। एक निश्चित अवधि के बाद चुनाव फिर से करवाये जाते हैं। इस प्रकार मतदाता अपने प्रतिनिधियों को बदल सकते हैं, उन्हें नियंत्रित कर सकते हैं। वे सरकार चलाने में विशेषज्ञता की आवश्यकता से इनकार नहीं करते, पर उनका ज़ोर सत्ता की जवाबदेही पर रहता है। उनके लिए राजनीतिक सहभागिता अपने आप में कोई लक्ष्य नहीं होती, बल्कि उसका मक़सद सरकार को नियंत्रित करना और निजी स्वतंत्रताओं की हिफ़ाज़त करना समझा जाता है। सरकार के अधिकार और कार्यभार संविधान पारित करके परिभाषित किये जाते हैं। संविधान शक्तियों के विभाजन का प्रावधान करता है, जिसके तहत कार्यपालिका, न्यायपालिका और विधायिका के दायरे एक-दूसरे पर संतुलनकारी नियंत्रण रखते हैं।

उदारतावादी लोकतंत्र में मताधिकार के विकास का भी एक इतिहास है। शुरुआत के उदारतावादी चिंतक न केवल राजसत्ता की निरंकुशता के प्रति भयग्रस्त थे, बल्कि जनता के शासन की अराजकता से भी डरे रहते थे। जॉन लॉक, जेम्स मिल, जेम्स मेडिसन और मोंतेस्क्यू जैसे उदारतावादियों ने समानता के सिद्धांत का समर्थन करते हुए भी सार्विक मताधिकार का विरोध किया था। लॉक सहमति के जिस सक्रिय विचार की पैरोकारी करते हैं वह असल में सम्पत्ति के स्वामियों की सहमति है जिसके आधार पर मान लिया जाता है कि

सम्पत्तिहीनों की सहमति भी उसी में निहित है। वे सम्पत्ति के प्राकृतिक अधिकार की हिफ़ाज़त करने के लिए उसके असमान बँटवारे के पक्ष में भी खड़े हैं। जेम्स मिल का कहना था कि राजनीतिक गतिविधियों में भागीदारी में समय लगाने से व्यक्ति के स्व-हित की प्राप्ति में खलल पड़ता है, इसलिए सभी के लिए मताधिकार की आवश्यकता नहीं है। उन्होंने न केवल स्त्रियों को वोट के अधिकार से बाहर रखने की वकालत की, बल्कि चालीस साल से नीचे के पुरुषों को भी इस काबिल नहीं समझा। सार्विक वयस्क मताधिकार का समर्थन करने वाले और स्त्रियों को मताधिकार देने के पहले पैरोकार जेम्स मिल के विख्यात पुत्र जॉन स्टुअर्ट मिल का कहना था कि जिनके पास बुनियादी शिक्षा नहीं है उन्हें मताधिकार नहीं मिलना चाहिए और जो ज़्यादा शिक्षित हैं उन्हें अतिरिक्त वोट देने का अधिकार होना चाहिए। फ्रांसीसी क्रांति और अमेरिकी क्रांति के वैचारिक प्रभावों के तहत उन्नीसवीं और बीसवीं सदी में मज़दूर वर्ग, अफ़्रीकी मूल के अमेरिकनों और स्त्रियों के संघर्ष उभरे। इन आंदोलनों ने व्यक्तिवाद के उसी उसूल के आधार पर राजनीतिक समानता की माँग की जिसके नाम पर सम्पत्तिशाली श्वेतांग पुरुष ने कभी राजशाहियों और सामंतों के सामने अपनी समानता का दावा किया था। इन संघर्षों की सफलता ने व्यक्तिवाद, अधिकारों और समानता के विमर्श को पूर्णता प्रदान की और उदारतावादी लोकतंत्र को अपने वर्तमान रूप में पहुँचाया।

जॉन स्टुअर्ट मिल ने उदारतावादी प्रतिनिधिक लोकतंत्र का सैद्धांतिक प्रतिपादन करने में महत्त्वपूर्ण योगदान किया है। वे मानते हैं कि वोटर को केवल वोट देने के अधिकार तक ही सीमित नहीं किया जाना चाहिए बल्कि शासन में लोगों की भागीदारी के दायरे अधिकाधिक विस्तृत किये जाने चाहिए ताकि लोकतांत्रिक सहभागिता के ज़रिये इनसान की शख़्सियत का विकास हो सके।

उदारतावादी प्रतिनिधिक लोकतंत्र में नीति-निर्माण को दो नज़रियों से देखा जाता है। पहला, लोग वोट दें और उनके निर्वाचित प्रतिनिधि बहुमत के उसूल के मुताबिक़ सरकार बनायें। वोटरों को प्रतिनिधि चुनने या राजनीतिक दल चुनने या ख़ारिज करने का अधिकार हो, पर नीति-निर्माण में कोई हस्तक्षेप न किया जाए। वह सरकार के स्तर पर होता रहे। दूसरा, उपयोगितावाद के बेंथम और जेम्स मिल जैसे प्रवर्तकों ने न्यूनतम शासन और मुक्त बाज़ार की वकालत करते हुए भी अर्थव्यवस्था की कुछ गतिविधियों (जैसे, शिक्षा, मज़दूरी की दरें तय करना आदि) में सरकारी हस्तक्षेप का समर्थन किया, क्योंकि वे 'अधिकतम लोगों के अधिकतम सुख' के उपयोगितावादी सिद्धांत को धरती पर उतारना चाहते थे। इस दूसरे नज़रिये को पुष्ट करने में बहुमत के आधारभूत उसूल का निर्णायक योगदान रहा। चूँकि लोकतंत्र की वैधता बहुमत की कुल जमा राय की नुमाइंदगी करने पर निर्भर थी, इसलिए ज़्यादा से ज़्यादा लोगों के कल्याण पर ज़ोर देने वाले लोकहितकारी राज्य के आधार पर लोकतंत्र के मॉडल का रास्ता खुला। इसमें सरकार के हस्तक्षेप का दायरा बढ़ता चला गया।

नीति-निर्माण की प्रक्रिया को प्रभावित करने के बारे में बहुलवादी दृष्टि भी विकसित हुई है, जिसका श्रेय रॉबर्ट डाहल को जाता है। वैसे तो उनका प्रतिपादन अमेरिकी अनुभव पर आधारित है लेकिन उसकी छवियाँ भारतीय लोकतंत्र में भी देखी जा सकती हैं। अभिजनोन्मुखी और मार्क्सवादी अवधारणाएँ मानती हैं कि सत्ता किसी एक वर्ग में केंद्रित होती है, पर बहुलवादी विचार सत्ता को पूरे समाज में फैला हुआ देखता है। किसान सभाएँ, अध्यापक और छात्र संघ, मज़दूर संघ, फ़िक्की और एसोचेम जैसे उद्योगपतियों के संगठन जब बाज़ार जैसे नीति-निर्माण के क्षेत्र में अपने-अपने हितों के लिए प्रतियोगिता करेंगे तो नीतियाँ पूर्व-निर्धारित नहीं रह जाएँगी। टकराव की प्रक्रिया के ज़रिये एक संतुलन उभरेगा। लेन-देन और पाने-छोड़ने के ज़रिये राजनीतिक निर्णयों पर पहुँचा जाएगा। हित-समूहों की जीवंत सक्रियता सत्ता के पक्षपातपूर्ण इस्तेमाल को क़ाबू में रखेगी। अपने बाद के लेखन में डाहल ने माना है कि अपनी पहले से चली आ रही दुर्बलताओं के कारण कुछ हित-समूह बाज़ार के दायरे में होने वाली प्रतियोगिता में पिछड़ जाने के लिए अभिशप्त होते हैं। उदारतावादी लोकतंत्र नीति-निर्माण की प्रक्रिया को प्रभावित करने वाली होड़ के समान नतीजे सुनिश्चित करने में नाकाम रहा है।

कम्युनिस्ट ख़ेमे के ढहने के बाद उदारतावादी लोकतंत्र आज अपने शिखर पर है। लेकिन एक मॉडल के तौर पर उसकी लगभग सार्वभौम स्वीकृति भी मार्क्सवादियों, नारीवादियों, बहु-संस्कृतिवादियों और विचारात्मक लोकतंत्र के पैरोकारों द्वारा की गयी आलोचनाओं को संतुष्ट नहीं कर पायी है। अगली प्रविष्टि में हम लोकतंत्र के इस प्रधान मॉडल की आलोचनाओं पर ग़ौर करेंगे।

देखें : अमेरिकी क्रांति, इमैनुएल कांट, ईसाई धर्म-सुधार और मार्टिन लूथर, उदारतावादी राज्य, ऐडम स्मिथ, क्लासिकल अर्थशास्त्र, चार्ल्स-लुई द सेकोंद मोंतेस्क्यू, जेरेमी बेंथम, ज्याँ-ज़ाक रूसो, जॉन स्टुअर्ट मिल, जॉन रॉल्स, जॉन लॉक, पूँजीवाद, प्रतिनिधित्व, फ्रांसीसी क्रांति, फ्रेड्रिख़ वॉन हायक, बहुसंस्कृतिवाद, मिल्टन फ्रीडमैन, थॉमस हिल ग्रीन, थॉमस पेन, नागर समाज, रॉबर्ट नॉज़िक, राज्य-1 और 2, व्यक्तिवाद, शीत-युद्ध, सम्पत्ति, समुदायवाद, समतावाद, स्वतंत्रता, स्वतंत्रतावाद, सामंतवाद।

संदर्भ

1. भीखू पारेख (1992), 'दि कल्चरल पर्टीकुलरिटी ऑफ़ लिबरल डेमॉक्रैसी', *पॉलिटिकल स्टडीज़,* विशेषांक.
1. सत्यपाल गौतम (2001), *समाज दर्शन,* देखें 'लोकतंत्र' पर अध्याय, हरियाणा साहित्य अकादमी, 2001.
2. जानकी श्रीनिवासन (2008), 'डेमॉक्रैसी', राजीव भार्गव और अशोक

आचार्य (सम्पा.), *पॉलिटिकल थियरी : ऐन इंट्रोडक्शन,* पियर्सन लोंगमेन, नयी दिल्ली.

3. एंथनी अलबास्टर (1994), *डेमॉक्रैसी : कंसेप्ट्स इन द सोशल साइंसिज़,* न्यूयॉर्क, ओपन युनिवर्सिटी प्रेस.
4. फ्रैंक कनिंघम (2002), *थियरीज़ ऑफ़ डेमॉक्रैसी : अ क्रिटिकल इंट्रोडक्शन,* लंदन, न्यूयॉर्क, रॉटलेज.

—अभय कुमार दुबे

उदारतावादी लोकतंत्र, अन्य परिप्रेक्ष्य

(Liberal Democracy, Other Perspectives)

उदारतावादी लोकतंत्र की बुनियादी अवधारणाओं को गम्भीर वैचारिक चुनौतियाँ देने में समाजवादी, मार्क्सवादी, नारीवादी, बहुसंस्कृतिवादी और विचारात्मक परिप्रेक्ष्य ने प्रमुख भूमिका अदा की है। इन आलोचनाओं के प्रभाव में उदारतावादी लोकतंत्र ने ख़ुद को और समृद्ध किया है। समाजवादी और मार्क्सवादी आलोचनाओं के दबाव में बाज़ार अर्थव्यवस्था द्वारा पैदा की जाने वाली असमानताओं में संशोधनकारी हस्तक्षेप की नीतियाँ बनी हैं। नारीवादियों ने लोकतंत्र के भीतर सशक्तीकरण की अवधारणा का समावेश करते हुए विभेदों को समानता के विचार के लिए हानिकारक न समझने का सूत्रीकरण पेश किया है। बहुसंस्कृतवादियों ने अल्पसंख्यकों और अन्य विविध समूहों के लिए स्व-शासन के अधिकारों, आनुपातिक प्रतिनिधित्व और आरक्षण जैसे उपायों की पैरोकारी की है। विचारात्मक लोकतंत्र के समर्थक संवाद की प्रक्रिया को लोकतांत्रिक सहभागिता की कुंजी के रूप में पेश करते हैं।

मार्क्सवादी और समाजवादी यह तो मानते हैं कि उदारतावाद ने पदानुक्रम को ख़ारिज करके और सभी व्यक्तियों को समानता का दर्जा दे कर मुक्ति की राह खोली है, पर इस दर्शन की कई प्रस्थापनाओं से वे असहमत भी हैं। मार्क्स का कहना था कि व्यक्ति आधारित अधिकारों की संकल्पना एक ऐसा व्यक्ति रचती है जो अहम्वादी होता है, अपने समुदाय से कटा रहता है और हर दूसरे व्यक्ति को प्रतियोगी और अपने लिए ख़तरे की तरह देखता है। जबकि होना यह चाहिए कि हर व्यक्ति का विकास सभी के विकास की अनुकूलता में हो। मार्क्सवादी समानता पर आधारित लोकतंत्र के विचार और सम्पत्ति के अधिकार पर आधारित पूँजीवाद व बाज़ार अर्थव्यवस्था के विचार की परस्पर प्रतिकूलता को रेखांकित करते हैं। बाज़ार के दायरे में ज्ञान, सूचना और आर्थिक संसाधनों तक लोगों की पहुँच कम या ज़्यादा होती है। इस ऊँच-नीच के कारण वे अपनी राजनीतिक स्वतंत्रताओं पर प्रभावी अमल नहीं कर पाते। उदारतावाद राज्य की संस्था को तटस्थ मानता है, जबकि मार्क्सवाद राज्य और उसकी संस्थाओं को प्रभुत्वशाली वर्ग के औज़ार की तरह देखता है। मतदान आधारित लोकतंत्र के तहत राज्य की अपेक्षाकृत स्वायत्तता मार्क्स की निगाह में सिर्फ़ एक अल्पकालिक स्थिति है। इसके तहत राज्य ज़्यादा से ज़्यादा बाज़ार में कुछ संशोधन भर कर सकता है, पर पूँजी के दूरगामी हितों के ख़िलाफ़ नहीं जा सकता। वोट के ज़रिये न तो व्यवस्था बदली जा सकती है, और न ही असमानता के संरचनागत कारणों का समाधान किया जा सकता है। उदारतावाद द्वारा राज्य और नागर समाज में किये गये सार्वजनिक और निजी दायरे के भेद से भी मार्क्सवादी असहमत हैं। अर्थव्यवस्था को नागर समाज के निजी दायरे में लाने का मतलब उनकी निगाह में उसे राजनीतिक निर्णय के सार्वजनिक दायरे से बाहर कर देना है जिसके परिणामस्वरूप राजनीतिक समानता निष्प्रभावी हो जाती है। टॉकवील द्वारा व्यक्त किये गये बहुमत की निरंकुशता के डर को ख़ारिज करते हुए मार्क्सवादी मानते हैं कि विचारधारात्मक और सांस्कृतिक वर्चस्व के ज़रिये पूँजीवादी अपनी हुकूमत के लिए मज़दूर वर्ग की सहमति हासिल कर लेते हैं। इस तरह उदारतावादी लोकतंत्र समानता का विचारधारात्मक ढोंग करके पूँजीवाद और उनके मुट्ठी भर एजेंटों के लिए वैधता अर्जित करता है, जबकि वास्तविक लोकतंत्र समाजवाद की तरफ़ ले जाने वाला होना चाहिए।

नारीवाद की मान्यता है कि उदारतावादी लोकतंत्र परिवार और घर के दायरे को लोकतंत्रीकरण की प्रक्रिया के बाहर रखता है, जबकि इस दायरे में श्रम विभाजन से लेकर सत्ता संबंध तक असमान हैं। परिवार और घर को निजी दायरे में डाल देने से वह क्षेत्र राजनीति से अलग पड़ जाता है जिसके कारण उसका लोकतंत्रीकरण सम्भव ही नहीं रह जाता। सार्वजनिक और निजी का बँटवारा भी कुछ इस तरह से किया जाता है कि घरेलू कामकाज और बच्चों के लालन-पालन में स्त्रियों द्वारा किये जाने वाले श्रम का अवमूल्यन हो जाता है। स्त्री-श्रम के अवमूल्यन की यह प्रवृत्ति अन्य क्षेत्रों में भी जारी रहती है। नारीवादियों ने समानता की उदारतावादी अवधारणा की इस दृष्टि से भी आलोचना की है कि उसके कारण पुरुषों का लैंगिक वर्चस्व और पुष्ट होता है। समानता का मतलब अगर विभेदों को ख़त्म करना है तो असमान सत्ता संबंधों की परिस्थितियों में इसका परिणाम पहले से हावी पक्ष के प्रभुत्व के सुदृढ़ होने में निकलना लाज़मी है। स्त्री और पुरुष के बीच विभेद ख़त्म करने का मतलब हक़ीक़त में पौरुष संबंधी मानकों को ही स्त्रियों के लिए कसौटी मान लेना ही

हो सकता है। नारीवादियों का दावा है कि अगर लोकतांत्रिक सिद्धांत को वास्तव में समानतामूलक बनाना है तो उसके भीतर विभदों की मान्यता और स्वीकारोक्ति के साथ समतामूलकता के आग्रह का समावेश करना होगा। नारीवादी लोकतंत्र में प्राथमिकताओं और हितों को स्वाभाविक रूप से प्रदत्त मानने के भी ख़िलाफ़ हैं। उसकी जगह वे सशक्तीकरण के विचार को स्थापित करने की तजवीज़ करती हैं ताकि उसके ज़रिये वे शोषण के प्रति सजग हो सकें, आत्मविश्वास हासिल करते हुए अपनी परिस्थितियों को बदलने की सक्रिय पहलक़दमी कर सकें। ऐसा करने के लिए ज़रूरी है कि स्त्रियाँ लोकतांत्रिक गतिविधियों में अधिक भागीदारी करें, पर ऐसा तभी हो सकता है जब उदारतावादी लोकतंत्र सहभागिता सीमित रखने के अपने रवैये में संशोधन करे।

नारीवादियों द्वारा विभेदों को मान्यता देने के आग्रह की गूँज बहुसंस्कृतिवाद के परिप्रेक्ष्य में भी सुनी जा सकती है। वे कहते हैं कि सांस्कृतिक बहुलता से सम्पन्न समाजों में सभी तरह के विभेदों को नुक़सानदेह मानने का नतीजा पहले से हावी समूहों की सांस्कृतिक मान्यताओं पर मुहर लगाने जैसा होता है। अधिकतर समकालीन समाज प्रवासियों, देशज लोगों और नस्ली अल्पसंख्यकों से भरे हुए हैं। भारतीय समाज तो हमेशा से ही बहुधार्मिक, बहुभाषी और बहुसांस्कृतिक है। यहाँ आदिवासी समाज भी बड़े स्तर पर मौजूद है। ये समुदाय न केवल सामाजिक और सांस्कृतिक रूप से भिन्न हैं, बल्कि एक-दूसरे के साथ उनके संबंध प्रभुत्व और अधीनस्थता के भी हैं। उदारतावाद विविधता को मान्यता देता है, पर केवल व्यक्ति के स्तर पर। समुदाय के स्तर पर नहीं। जबकि वह जिस स्वतंत्र और स्वायत्त व्यक्ति की अमूर्त कल्पना करता है, वह अपने सांस्कृतिक समुदाय से स्वतंत्र नहीं हो सकता। उदारतावादी लोकतंत्र उत्तम जीवन की समझ व्यक्ति के ऊपर छोड़ता है, पर व्यवहार में वह समझ बहुसंख्यक समाज की सांस्कृतिक समझ ही होती है। इसी समझ के बोलबाले के तहत अन्य समूहों की सांस्कृतिक मान्यताओं का मूल्यांकन किया जाता है जिससे समरूपता और बहुसंख्यक दायरे में विविधताओं के आत्मसातीकरण की परिस्थितियाँ पैदा होती हैं। बहुसंस्कृतिवादी सुझाव देते हैं कि विविधताओं की रक्षा के लिए उत्पीड़ित समूहों को आनुपातिक प्रतिनिधित्व और आरक्षण देने के प्रावधान किये जाने चाहिए। उनके विकास के लिए सरकारों को निवेश करना चाहिए, और नीति संबंधी फ़ैसले लेते वक़्त उनके साथ सलाह-मशविरे की प्रक्रिया चलानी चाहिए। इसी सिलसिले में विल किमलिका ने देशज समूहों के लिए स्व-शासन और जातीय समूहों के लिए अलग सांस्कृतिक अधिकारों के प्रावधान की वकालत की है।

चौथा और महत्त्वपूर्ण परिप्रेक्ष्य विचारात्मक लोकतंत्र के पैरोकारों का है। उदारतावादी लोकतंत्र मानता है कि लोग बुनियादी रूप से स्वतंत्र और स्वायत्त हैं इसलिए उनके पास प्राथमिकताएँ पहले से होती हैं जिनके आधार पर वे लोकतंत्र की निर्णयकारी प्रक्रिया में भागीदारी करते हैं। इसके विपरीत विचारात्मक लोकतंत्र के पैरोकार कहते हैं कि लोगों की प्राथमिकताएँ राजनीतिक प्रक्रिया के दौरान बनती हैं, न कि उसके पहले। राजनीतिक प्रक्रिया में भागीदारी करते समय लोग बहस-मुबाहिसा करते हुए तर्कसंगत रूप से लेन-देन और पाने-छोड़ने की प्रक्रिया में उन सूचनाओं और परिप्रेक्ष्यों से अवगत होते हैं जो उनके पास पहले से नहीं होतीं। इसके ज़रिये उनके हित और प्राथमिकताओं का स्वरूप बनता है जिनके आधार पर वे सहमति आधारित समझौते पर पहुँचते हैं। इस प्रकार विचारात्मक लोकतंत्र संवाद की प्रक्रिया को सर्वप्रमुख और सहभागिता की कुंजी मानता है।

देखें : अलैक्सिस द टॉकवील, उदारतावाद, उदारतावादी राज्य, उदारतावादी लोकतंत्र, नारीवाद, नागर समाज, बहुसंस्कृतिवाद, मार्क्सवाद-1 से 5 तक, वर्चस्व, विल किमलिका।

संदर्भ

1. कार्ल मार्क्स (2002), *कम्युनिस्ट मेनिफेस्टो*, पेंगुइन, लंदन.
2. गुरप्रीत महाजन (सम्पा.) (1998), *डेमॉक्रैसी, डिफ़रेंस ऐंड सोशल जस्टिस*, ऑक्सफ़र्ड युनिवर्सिटी प्रेस, नयी दिल्ली.
3. एन. फ़िलिप्स (1991), *इनजेंडरिंग डेमॉक्रैसी*, पॉलिटी प्रेस, केम्ब्रिज.
4. भीखू पारेख (1992), 'दि कल्चरल पर्टीकुलरिटी ऑफ़ लिबरल डेमॉक्रैसी', *पॉलिटिकल स्टडीज़*, विशेषांक.
5. सत्यपाल गौतम (2001), *समाज दर्शन*, देखें 'लोकतंत्र' पर अध्याय, हरियाणा साहित्य अकादमी, चंडीगढ़.
6. जानकी श्रीनिवासन (2008), 'डेमॉक्रैसी', राजीव भार्गव और अशोक आचार्य (सम्पा.), *पॉलिटिकल थियरी : ऐन इंट्रोडक्शन*, पियर्सन लोंगमेन, दिल्ली.

—अभय कुमार दुबे

उद्योगीकरण-1

(प्रगति का विचार और आलोचना)

(Industrialisation-1)

इंग्लैण्ड से शुरू हुई औद्योगिक क्रांति के बाद गुज़रे ढाई सौ वर्षों में उद्योगीकरण की जटिल और लगातार जारी परिघटना ने दुनिया के सभी राष्ट्रों को किसी भी अन्य प्रक्रिया के मुक़ाबले सबसे ज़्यादा प्रभावित किया है। मोटे तौर पर उद्योगीकरण सामाजिक तथा आर्थिक परिवर्तन के उन पहलुओं को रेखांकित करता है जिनके कारण आर्थिक उत्पादन कृषि आधारित होने

उद्योगीकरण : शुरुआती दौर का एक रैखिक निरूपण.

के बजाय फैक्ट्री आधारित हो जाता है। इसके ज़रिये होने वाले सामाजिक परिवर्तन और आर्थिक विकास का सिलसिला प्रौद्योगिकीय नवाचार पर आधारित रहता है और इसमें विनिर्माण (मैन्युफ़ैक्चरिंग) के उद्देश्य से आर्थिक गतिविधियों का विस्तृत संगठन किया जाता है। हालाँकि उद्योगीकरण के ये पहलू दुनिया के सभी देशों के लिए समान हैं, लेकिन उनके परिणाम भिन्न-भिन्न निकले हैं। इसका कारण यह है कि उद्योगीकरण पश्चिम के कुछ देशों में पहले शुरू हुआ। एशिया, अफ़्रीका और लातीनी अमेरिका में इसके क़दम बाद में पड़े। चूँकि इन देशों के सामाजिक, सांस्कृतिक और राजनीतिक हालात पश्चिम से बहुत अलग थे, इसलिए इन्होंने उद्योगीकरण के भिन्न फलितार्थों का सामना किया। संयुक्त राष्ट्र द्वारा किये गये एक वर्गीकरण के अनुसार युरोप, उत्तरी अमेरिका (मैक्सिको के अलावा), जापान, ऑस्ट्रेलिया और न्यूज़ीलैण्ड को एमडीसी यानी मोर डिवेलप्ड कंट्रीज़ की श्रेणी में माना जाता है। दक्षिण कोरिया, सिंगापुर, हांगकांग, ताइवान और इज़रायल जैसे देश एनडीसी यानी न्यूली डिवेलप्ड कंट्रीज़ समझे जाते हैं। बाक़ी सभी देश एलडीसी यानी लीस्ट डिवेलप्ड कंट्रीज़ हैं। हाल ही में भारत और चीन में हुई तेज़ आर्थिक प्रगति ने इस वर्गीकरण को चुनौती दी है। किसी ज़माने में सोवियत ख़ेमे के समझे जाने वाले पूर्वी युरोपीय देशों का उद्योगीकरण भी इस वर्गीकरण में ठीक से फ़िट नहीं होता।

उद्योगीकरण के मानकों के मुताबिक़ अत्यधिक विकसित देशों में एक-तिहाई श्रम-शक्ति उद्योगों में लगी हुई है। उसका तीन बटा पाँच हिस्सा सेवा क्षेत्र में है। इन देशों के सकल घरेलू उत्पाद के एक चौथाई विनिर्माण से आता है। यहाँ ऊर्जा की खपत की दर बहुत ऊँची है। कुल मिला कर इन देशों में औद्योगिक गतिविधियाँ और सेवाएँ आर्थिक जीवन की मुख्य चालक शक्ति हैं। प्रचलित मान्यता के अनुसार किसी भी देश के सफल और व्यापक उद्योगीकरण का परिणाम उत्पादकता में तेज़ बढ़ोतरी के रूप में निकलता है। इससे वहाँ की जनता के जीवन-स्तर में सुधार होता है और कुल मिला कर राष्ट्रीय व व्यक्तिगत आमदनी बढ़ जाती है। उदाहरण के लिए उद्योगीकरण की प्रक्रिया में ब्रिटेन की आमदनी में 1801 से 1901 के बीच में छह सौ फ़ीसदी की वृद्धि दर्ज की गयी। 1850 तक औद्योगिक देशों के मज़दूर ग़ैर-औद्योगिक देशों के मज़दूरों के मुक़ाबले ग्यारह गुना ज़्यादा कमा रहे थे। उद्योगीकरण के इन लाभों के मुक़ाबले न्यूनतम विकास वाले देशों इन प्रचलित मानकों के आधार पर बहुत पीछे हैं। इन्हें ग़रीब देश की श्रेणी में रखा जाता है। इस तरह के देशों में उद्योगीकरण के स्तर को समझने के लिए तीन श्रेणियाँ बनायी गयी हैं : एनआईसी या नवविकसित देशों की संख्या बहुत कम है। इनमें मुख्य तौर से पूर्वी एशिया (दक्षिणकोरिया, मलेशिया, थाइलैण्ड, इंडोनेशिया) और लातीनी अमेरिका (मैक्सिको, ब्राज़ील, अर्जेंटीना और वेनेज़ुएला) यानी कुल मिला कर आठ देश रखे गये हैं। सिंगापुर, हांगकांग और ताइवान को जोड़ कर इनकी संख्या ज़्यादा से ज़्यादा ग्यारह तक पहुँच पाती है। बीसवीं सदी के आख़िरी वर्षों तक भारत और चीन को इस श्रेणी में नहीं माना जाता था। इस श्रेणी में तेल का निर्यात करने वाले देश (संयुक्त अरब अमीरात, क़तर, बहरीन, क़ुवैत और सऊदी अरब) भी आते हैं। तेल की तिजारत ने इन देशों को अमीर बना दिया है, लेकिन इनका अपना विनिर्माण-आधार बहुत कमज़ोर है।

चीन और भारत को हाल तक दूसरी श्रेणी में रखा जाता रहा है जिनका औद्योगिक आधार तो बेहतर है, पर जिनकी आर्थिक गतिविधियों की चालक शक्ति उद्योगों के साथ-साथ कृषि पर भी निर्भर है। मध्य और दक्षिण अमेरिका के साथ-साथ भूमध्यसागरीय देशों की बड़ी संख्या इसी श्रेणी में है। ये देश वस्त्र, जूते, कपड़ा और इलेक्ट्रॉनिक्स का ऐसा सामान बनाने के लिए जाने जाते हैं जो श्रम-सघनता पर आधारित होने के कारण न केवल उनके अपने घरेलू बाज़ार में खप जाता है बल्कि अंतर्राष्ट्रीय बाज़ार में भी कम क़ीमत के कारण हाथों-हाथ लिया जाता है। ये देश अपने प्राकृतिक संसाधनों और कृषि-उत्पादों का भी निर्यात करते हैं। न्यूनतम विकसित देशों की आख़िरी श्रेणी ऐसे देश शामिल किये जाते हैं जिनकी दस फ़ीसदी से भी कम श्रम-शक्ति उद्योगों में लगी हुई है और जिनकी राष्ट्रीय आमदनी में विनिर्माण का हिस्सा केवल बीस फ़ीसदी के आस-पास है। एमडीसी और एलडीसी के बीच की खाई लगातार बढ़ती जा रही है। इसे 'नॉर्थ-साउथ डिवाइड' के रूप में परिभाषित किया जाता है। यहाँ नॉर्थ का मतलब है मुट्ठी भर अमीर देश और साउथ का अर्थ है ग़रीब देशों की विशाल दुनिया।

समाज-विज्ञानियों की ख़ास दिलचस्पी उद्योगीकरण के कारणों, परस्पर संबंध तथा परिणामों की तफ़्तीश करने में रही है ताकि यह पता लग सके कि इसके कारण घटित सामाजिक रूपांतरण के गर्भ से आधुनिक औद्योगिक समाज

का प्रादुर्भाव किस तरह हो रहा है। नयी तकनीकों के व्यापक विकास, जटिल श्रम-विभाजन, शहरीकरण, शहर आधारित राजनीति और मानस के विकास पर आधारित इस रूपांतरण को कई विचारकों ने मानव-इतिहास के प्रगतिशील विकास की तरह देखा है। ऐडम स्मिथ ने उद्योगीकरण की प्रक्रिया को सकारात्मक दृष्टि से देखते हुए समाज में श्रम-विभाजन की विशिष्टता पर ज़ोर दिया है। उनकी मान्यता है कि इससे राष्ट्रों की सम्पदा में काफ़ी इज़ाफ़ा होता है। स्मिथ इस पूरी प्रक्रिया में राज्य द्वारा अ-हस्तक्षेप का पक्ष लेते हैं। जॉन लाक सरीखे उदारतावादी विचारकों ने भी उद्योगीकरण की प्रक्रिया का स्वागत किया है।

लेकिन इस उदारतावादी चिंतन से बाद के विचारों की पीढ़ी पूरी तरह से सहमत साबित नहीं हुई। दुर्ख़ाइम, वेबर तथा ख़ास तौर पर मार्क्स के बीच इस पहलू पर तो सहमति है कि उद्योगीकरण मानव-इतिहास की प्रगति का सबूत है, लेकिन प्रगति के विचार के प्रति इस आस्था के परे जाते ही इन चिंतकों में उद्योगीकरण के परिणामों के प्रति मतभेद शुरू हो जाते हैं।

मार्क्स ने भी उद्योगीकरण के प्रभावों की सांगोपांग आलोचना की है। उद्योगीकरण को पूँजीवादी उत्पादन प्रणाली के ऐतिहासिक विकास के भीतर स्थान देते हुए मार्क्स ने कहा है कि इसके अंतर्गत हुए विस्तृत श्रम-विभाजन में मज़दूरों को अधीनस्थ व रोज़गार से बेदख़ल होना पड़ता है। उद्योगीकरण एक तरफ़ तेज़ तकनीकी परिवर्तन को बढ़ावा देता है और दूसरी ओर ग़रीबों और वंचितों के लिए संकट पैदा करता है। मार्क्स के अनुसार नयी तकनीक का प्रगतिशील विस्तार पूँजी की होड़ का उत्पाद है। मुनाफ़ा बढ़ाने के लिए पूँजीपतियों के बीच होने वाली आपसी प्रतिस्पर्धा से सर्वहारा वर्ग के शोषण में वृद्धि होती है। उन्हें अपने द्वारा उत्पादित वस्तुओं के बाज़ार मूल्य की तुलना में बहुत कम वेतन मिलता है। मार्क्स के अनुसार बाज़ार का प्रभुत्व बढ़ता जाता है जिसके तहत मज़दूरों की दक्षता या श्रम का कोई मोल नहीं होता बल्कि मज़दूरों द्वारा उत्पादित वस्तुओं के बाज़ार मूल्य का महत्त्व होता है। मार्क्स की मान्यता है कि इससे वस्तुओं की जड़-पूजा या पण्य-पूजा के रुझान पैदा होते हैं। दूसरे, इस तरह का उद्योगीकरण मज़दूर को मानस के स्तर पर परायेपन के एहसास का शिकार बना देता है। अपने इसी तर्क को आगे बढ़ाते हुए मार्क्स कहते हैं कि पूँजीवादी उद्योगीकरण के तहत जिस तकनीक का विकास हुआ है वह दरअसल सामाजिक विध्वंस को बढ़ावा देने वाली है।

बाद के समाजशास्त्रियों ने मार्क्स के उद्योगीकरण संबंधी रैडिकल विचारों से असहमति व्यक्त की और उद्योगीकरण को सुधारवादी दृष्टिकोण से देखने का प्रयास किया। दुर्ख़ाइम और वेबर के चिंतन ने उद्योगीकरण संबंधी परवर्ती विमर्श को बहुत प्रभावित किया है। दुर्ख़ाइम ने उद्योगीकरण के कारण समाजिक अव्यवस्था का अंदेशा जताया है। वेबर को लगता है कि उद्योगीकरण समाज पर एकआयामी औपचारिक बुद्धिवाद थोप देगा, एक ऐसा बुद्धिवाद जो गुणवत्ता से अधिक मात्रात्मकता की प्रतिष्ठा स्थापित करेगा। वेबर ने पूँजीवाद और उद्योगीकरण के समीकरण को श्रेय प्रोटेस्टेंट नैतिकता के प्रभाव को दिया है। उन्होंने अपने विस्तृत विश्लेषण में दिखाया है कि किस प्रकार सांस्कृतिक, राजनीतिक तथा आर्थिक कारक बुद्धिवाद पर आधारित पूँजीवाद को जन्म देने तथा उसके साथ अंत:क्रिया करने में योगदान देते हैं।

देखें : आधुनिकता, आधुनिकीकरण, आधुनिकतावाद, एकाधिक आधुनिकताएँ, उद्योगीकरण-2, कार्ल हाइनरिख़ मार्क्स-1, 2, 3, और 4, प्रौद्योगिकी, पूँजीवाद, पैटी-बूर्ज़्वा, मैक्स वेबर, सर्वहारा, आशिस नंदी-1 और 2, युरोपीय रिनेसाँ, युरोपीय ज्ञानोदय।

संदर्भ

1. जान डनलप वग़ैरह (1975), *इंडस्ट्रियलिज़म ऐंड इंडस्ट्रियल मैन रिकंसीडर्ड*, इंटर-युनिवर्सिटी स्टडी ऑफ़ ह्यूमन रिसोर्सिज़ इन नैशनल डिवेलपमेंट, प्रिंसटन, एन.जे.
2. ब्रांट रिपोर्ट (1980), *नॉर्थ-साउथ : अ प्रोग्राम फ़ॉर सरवाइवल, रिपोर्ट ऑफ़ द इंडिपेंडेंट कमीशन ऑन इंटरनैशनल डिवेलपमेंट इशूज़*, एमआईटी प्रेस, केम्ब्रिज, मैसाचुसेट्स.
3. जी. जेरेफ़ी और डी.एल. विमैन (सम्पा.) (1990), *मैन्युफ़ैक्चरिंग मिरैकल्स : पाथ्स ऑफ़ इंडस्ट्रियलाइज़ेशन इन लैटिन अमेरिका ऐंड ईस्ट एशिया*, प्रिंसटन युनिवर्सिटी प्रेस, प्रिंसटन.
4. सी. केर, जे.टी. डनलप, एफ़. हारबिसन और सी.ए. मेयर्स (1973), *इंडस्ट्रियलाइज़ेशन ऐंड इंडस्ट्रियल मैन*, पेंगुइन, लंदन.

—पंकज कुमार झा

उद्योगीकरण-2

(औद्योगिक समाजशास्त्र की भूमिका)

(Industrialisation-2)

उद्योगीकरण के विमर्श को आर्थिक नज़रिये की सीमाओं से मुक्त करने का श्रेय अमेरिकी समाज-विज्ञानियों को जाता है। इससे पहले अर्थशास्त्रियों का विचार था कि अगर सही मात्रा और समय पर संसाधन उपलब्ध कराये जाएँ तो कोई भी औद्योगिक संगठन कुछ बुनियादी शर्तों का पालन करते हुए अपनी उत्पादकता बढ़ा सकता है। लेकिन समाजशास्त्रियों ने औद्योगिक संगठन को अपने आप में एक सामाजिक संगठन

की तरह देखने का आग्रह किया। उन्होंने बिजली का सामान बनाने वाले उद्योगों, एयरफ्रेम उद्योग, कार उद्योग, इस्पात उद्योग और ऐसे ही कुछ अन्य अहम उद्योगों पर इसी दृष्टि से अनुसंधान किया। शिकागो स्कूल के विद्वानों ने सामाजिक समस्याओं के अध्ययन तथा औद्योगिक नगरों के भीतर संगठन के रूप का अध्ययन करने पर ज़ोर दे कर उद्योगीकरण की पड़ताल के क्षेत्र में नयी ज़मीन तोड़ी। प्रथम विश्व-युद्ध के बाद विशेष रूप से औद्योगिक समाजशास्त्र के अनुशासन ने गति पकड़ी जिसके तहत संस्थागत अर्थशास्त्र के साथ-साथ मानव-संबंधों के सिद्धांतों का वर्णन औद्योगिक संगठनों तथा कार्यस्थलों में संबंधों तथा समूहों को रेखांकित करने के लिए किया गया। औद्योगिक समाजशास्त्र ने विकास, कारोबार, स्तरीकरण और संगठन के साथ-साथ श्रम बाज़ार को भी अपने सरोकारों में शामिल किया।

प्रथम विश्व-युद्ध के बाद औद्योगिक समाजशास्त्रियों ने व्यापार चक्रों के सकारात्मक और नकारात्मक प्रभावों (बूम और बस्ट) पर ग़ौर करना शुरू किया। उन्होंने देखा कि 'बस्ट' के दौर में पैदा होने वाली मंदी के कारण आर्थिक वृद्धि में गिरावट आती है, बेरोज़गारी बढ़ती है, जीवन-स्तर घटता है और इस सबके प्रभाव में नागरिकों के सोच-विचार और व्यवहार में भी परिवर्तन आता है। अनुसंधानकर्ताओं ने तीस के दशक की महामंदी (ग्रेट डिप्रेशन) पर ख़ास तौर से ध्यान देते हुए पता लगाया कि पश्चिमी लोकतंत्रों में दैत्याकार कॉरपोरेशनों के विकास के वास्तविक मायने क्या हैं। उन्होंने वस्तुओं के बाज़ार मूल्य में होने वाली आक्रामक प्रतिस्पर्द्धा, मज़दूर यूनियनों की गतिविधियों, निजी हाथों में आर्थिक-राजनीतिक सत्ता के केंद्रीकरण के मुक़ाबले हस्तक्षेपकारी राज्य की दख़लंदाजी के पहलुओं पर भी ग़ौर किया। यही वह दौर था जब अमेरिकी समाज-विज्ञान युरोप में फ़ासीवादी राज्य के उभार से चिंतित था। साथ ही अक्टूबर क्रांति के परिणामस्वरूप सोवियत समाजवाद की दावेदारियाँ भी अमेरिकी मॉडल को चुनौती दे रही थीं। ऐसी परिस्थितियों में उनके लिए स्वाभाविक ही था कि वे बड़े कॉरपोरेशनों के बुरे प्रभावों को कम करके आँकते, और राज्य आधारित विकास के मॉडल को संशय की निगाह से देखते। इस दौरान अंतर्राष्ट्रीय व्यापार पर राष्ट्रीय नीतियों द्वारा लगायी जाने वाली सीमाओं के अध्ययन भी किये गये जो प्रकारांतर से ग्लोबल इकॉनॉमी के सूत्रीकरण की तरफ़ जाने के उपक्रम थे।

द्वितीय विश्व-युद्ध के तुरंत बाद औद्योगिक समाजशास्त्र ने फ़ासीवादी सर्वसत्तावादी राज्य के उदय के पीछे जर्मनी और इतालवी पूँजी और उसके बड़े मालिकों की भूमिका की जाँच की। इतिहासकारों ने भी इस पड़ताल में योगदान किया। उनके सामने सवाल यह था कि क्या दक्षिणपंथी सर्वसत्तावाद के बीज पश्चिम की औद्योगिक ज़मीन में ही निहित थे। इन समाजशास्त्रीय अध्ययनों से यह निष्कर्ष निकला कि लम्बे समय तक चलने वाली आर्थिक मंदियों के कारण नागरिकों और समाजों का विश्वास उदारतावादी लोकतंत्र में हिल गया था जिसके कारण दक्षिणपंथी राजनीति पर आधारित सर्वसत्तावादी विचार को पनपने की गुंजाइश मिली। समाजशास्त्रियों ने समाज के भीतर आमदनी संबंधी ऊँच-नीच बढ़ने के सिलसिले पर भी ध्यान दिया। इन विद्वानों ने देखा कि उद्योगीकरण की सामाजिक विफलताओं का ठीकरा केवल लोगों में कठोर परिश्रम की प्रवृत्ति और महत्त्वकांक्षा के क्षय पर नहीं फोड़ा जा सकता। समस्या की जड़ में अवसरों की असमानता भी है। उन्होंने दिखाया कि किस प्रकार अमेरिकी सेवायोजकों ने बेहतर शिक्षा प्राप्त कर्मचारियों को अधिक उत्पादक माना और उन पर होने वाले अधिक व्यय की वसूली उपभोक्ताओं से की।

इन अध्ययनों में पता लगाने की कोशिश की गयी कि उत्पादन संबंधी निर्णयों में मज़दूरों की भागीदारी का उत्पादन और उत्पादकता पर क्या असर पड़ता है। अनुसंधानकर्ताओं ने पाया कि जिस अवधि में मज़दूरों की माँग अधिक होती है उस दौरान अमेरिकी मैनेजर निर्णयकारी प्रक्रिया में उनकी भागीदारी का ख़ास तौर से ध्यान रखते हैं, लेकिन उनकी माँग घटते ही भागीदारी पर दिया जाने वाला यह ज़ोर कम हो जाता है। द्वितीय विश्व-युद्ध के बाद उभरी अर्थव्यवस्थाओं में जापान का उदाहरण एशिया में पूँजीवाद के विकास को लेकर काफ़ी शिक्षाप्रद साबित हुआ। जापान में परम्पराप्रदत्त निष्ठाओं का इस्तेमाल करते हुए औद्योगिक नेतृत्व के प्रति मज़दूरों की वफ़ादारी का विनियोग किया गया। कॉरपोरेशन के प्रति श्रमिक की निष्ठा के प्रश्न को जापानी नियोजकों ने बहुत महत्त्व दिया। यह अमेरिकी और युरोपीय मॉडल से भिन्न रवैया था। जापान के आर्थिक चमत्कार में औद्योगिक समाजशास्त्र ने गहरी दिलचस्पी दिखाते हुए रेखांकित किया कि पश्चिमी नमूने और एशियाई नमूने के बीच क्या-क्या फ़र्क़ हैं।

1960 तथा 1970 के दशक में आर्थिक इतिहास की नवीन धारा ने औद्योगिक क्रांति की प्रचलित छवि को चुनौती देते हुए समष्टिगत आर्थिकप्रक्रियाओं पर अपना ध्यान केंद्रित किया। इसमें विद्वानों द्वारा राष्ट्रीय आय, वृद्धि तथा श्रम-शक्ति के संगठन का बारीक विश्लेषण किया गया। नव-मार्क्सवादियों ने पश्चिम के उद्योगीकरण पर पुनः चर्चा करते हुए कहा कि पूँजीवाद की प्रकृति ने न केवल कामगार वर्ग के दुख को और बढ़ाया, बल्कि कारख़ानों में कामों को छोटे-छोटे हिस्सों में विभाजित करके कामगारों के कौशल को भी नष्ट कर दिया। निर्भरता-सिद्धांत और विश्व-व्यवस्था सिद्धांतकारों ने प्रस्तावित किया कि उन्नत देशों के बीच असामान्य संबंधों के कारण ग़रीब देशों का विकास प्रभावित

हुआ है। सत्तर और अस्सी के दशकों में पूर्वी एशिया में राज्य निर्देशित उद्योगीकरण की सफलता पर भी अनुसंधानकर्ताओं का ध्यान गया। दक्षिण कोरिया, ताइवान, हांगकांग तथा सिंगापुर (जिन्हें एशियन टाईगर कहा गया) की आर्थिक सफलताओं ने विकासवादी राज्य के एक भिन्न मॉडल की तरफ़ इशारा किया।

औद्योगिक समाजशास्त्र के समकालीन संस्करणों में मज़दूरों और कर्मचारियों की शिक्षा और प्रशिक्षण पर विशेष ध्यान दिया जा रहा है ताकि उद्योगीकरण के कारण पैदा हुई अवसरों की असमानता को कुछ दुरुस्त किया जा सके। इसके अलावा विभिन्न स्तरों के उद्योगीकृत बाज़ारों का उनकी अपनी परिस्थितियों की रोशनी में अध्ययन करने का रुझान भी सामने आया है। इसके तहत अध्ययनकर्ता अत्यधिक विकसित पर्यावरण में प्रबंधकों और मज़दूरों के रिश्ते को अलग निगाह से देखते हैं और कम तनख़्वाह और पूँजी वाले माहौल में बनने वाले संबंधों की अलग ढंग से व्याख्या करते हैं। समाजशास्त्रियों ने उद्योगीकरण की प्रक्रिया में स्त्रियों और अल्पसंख्यकों के साथ होने वाले भेदभाव को भी रेखांकित करना शुरू कर दिया है। इसके साथ ही 'अंडरक्लास' अर्थात् श्रम-शक्ति के सुपरिभाषित दायरों में सम्मिलित होने से रह गये तबक़ों की समस्याओं की विवेचना भी की जाती है। नये ज़माने के औद्योगिक समाजशास्त्री अपने अध्ययन के दौरान सांस्कृतिक, राजनीतिक, आस्थागत और संविधानगत पहलुओं पर भी नज़र डालते हैं।

पिछले चालीस वर्षों में औद्योगिक समाजशास्त्र का अनुशासन अधिकाधिक विशेषज्ञीकृत होता गया है। विद्वानों के एक हिस्से ने औद्योगिक संगठनों के विश्लेषण पर महारत हासिल की है। आज उनके पास इस बात की गहरी और विस्तृत जानकारियाँ हैं कि जापान में चलने वाली फ़ैक्ट्री और ब्रिटेन में चलने वाली कोयला की खदान की संचालन पद्धतियों के बीच किस तरह के अंतर हैं। इन समाजशास्त्रियों ने दुनिया के विभिन्न देशों और विभिन्न परिस्थितियों में संगठनों के प्रदर्शन का अध्ययन करके औद्योगिक संबंधों पर गहन रोशनी डाली है। औद्यौगिक समाजशास्त्रियों के अन्य समूहों ने श्रमिकों के संतोष, असंतोष और काम संबंधी अनुभवों का विश्लेषण करके इस अनुशासन को और समृद्ध किया है। इसके लिए सर्वे रिसर्च डिज़ाइन का इस्तेमाल किया गया है।

शुरू में लग रहा था कि सूचना प्रौद्योगिकी और सेवा क्षेत्र में हुई बढ़ोतरी के कारण औद्योगिक समाजशास्त्र का अनुशासन पहले की तरह उपयोगी नहीं रह जाएगा। लेकिन ग्लोबल अर्थव्यवस्था की संरचनाओं में हुई वृद्धि ने उनके लिए नये कार्यभार प्रस्तुत कर दिये हैं। अब वे साझा मुद्राओं, बहुपक्षीय क्षेत्रीय समझौतों, क़ानूनों और समष्टिगत अर्थनीतियों के प्रभाव का अध्ययन करने के लिए कमर कस रहे हैं।

देखें : आधुनिकता, आधुनिकीकरण, आधुनिकतावाद, आशिस नंदी-1 और 2, एकाधिक आधुनिकताएँ, उद्योगीकरण-1, कार्ल हाइनरिख़ मार्क्स-1, 2, 3, और 4, प्रौद्योगिकी, पूँजीवाद, पैटी-बूर्ज्वा, बेगानगी, मैक्स वेबर, निर्भरता सिद्धांत, सर्वहारा, युरोपीय रिनेसाँ, युरोपीय ज्ञानोदय, विश्व-व्यवस्था।

संदर्भ

1. रॉय जे. एडम्स (सम्पा.) (1991), *कम्परेटिव इंडस्ट्रियल रिलेशंस : कंटेम्परेरी रिसर्च ऐंड थियरी,* हारपर ऐंड कोलिंस एकैडेमिक, लंदन.
2. इवार बर्ग (1970), *एजुकेशन ऐंड जॉब्स : द ग्रेट ट्रेनिंग रॉबरी,* प्रेजर, न्यूयॉर्क.
3. रिचर्ड हाल (1987), *ऑर्गनाइज़ेशंस : स्ट्रक्चर्स, प्रोसेस ऐंड आउटकम्स,* प्रेंटिस-हाल, एंगिलवुड्स क्लिफ़्स, एनजे.
4. एलेक्स इंकेलिस और डेविड एच. स्मिथ (1974), *बिकमिंग मॉडर्न: इंडस्ट्रियल चेंज इन सिक्स डिवेलपिंग कंट्रीज़,* हार्वर्ड युनिवर्सिटी प्रेस, केम्ब्रिज, मैसाचुसेट्स.

—पंकज कुमार झा

उन्मूलनवाद

(Abolitionism)

समाज-विज्ञानों में उन्मूलनवाद का आशय उसके भाषिक पर्याय से अलग अर्थ रखता है। इसका शाब्दिक अर्थ किसी विचार या सामाजिक-राजनीतिक प्रवृत्ति को पूर्णत: मिटा देना होता है, लेकिन समाज-वैज्ञानिक संदर्भ में इसका अपराध और दण्ड की व्यवस्था के ख़ास अर्थ में इस्तेमाल किया जाता है। उन्मूलनवादी अपराध की रोकथाम या उसे नियंत्रित करने के लिए दण्डात्मक कार्रवाई की जगह विवाद के निपटारे, समाधान और सामाजिक न्याय की व्यवस्था क़ायम करने का तर्क पेश करते हैं। एक सामान्य ऐतिहासिक संदर्भ में बात करें तो उन्मूलनवादी राज्य को एक ग़ैरज़रूरी और अनावश्यक संस्था मानते हैं। उन्मूलनवादी विचार के तहत दासता, यातना, वेश्यावृत्ति, मृत्युदण्ड, कारावास तथा दण्ड आदि के ख़िलाफ़ भी आंदोलन संगठित किये गये हैं। उन्मूलनवादी चिंतन में नकारवादी और सकारात्मक दोनों तरह के चरण मौजूद रहे हैं। इस धारा के चिंतकों ने दण्ड व्यवस्था की ख़ामियों का नकारात्मक विश्लेषण करते हुए यह तर्क पेश किया है कि उससे सामाजिक न्याय का लक्ष्य हासिल नहीं किया जा सकता। लिहाज़ा अपराध की समस्या की रोकथाम के लिए सामाजिक उपायों पर ज़्यादा ज़ोर दिया जाना चाहिए। इसके नकारवादी आयाम में अपराध के लिए दण्ड की व्यवस्था तथा

ख़ास तरह की सामाजिक समस्याओं को अपराध की कोटि में रखने की प्रवृत्ति को भी प्रश्नांकित किया गया है। विद्वानों का एक समूह उन्मूलनवाद के संरचनाविरोधी तत्त्वों में कारावास के ख़ात्मे, संस्थाओं से दूरी, कोटियों के निर्माण का विरोध, राज्य द्वारा क़ानून के निर्माण का प्रतिरोध तथा क़ानूनों को विशेषज्ञों के हवाले करने जैसे मुद्दों को विशेष महत्त्व देता है।

अपराध-विज्ञान के संदर्भ में उन्मूलनवाद का समकालीन अर्थ या बोध उत्तरी अमेरिका में सातवें दशक में उभरे कारावास विरोधी आंदोलन से लिया जाता है। इस आंदोलन में क्वेकर समुदाय की महती भूमिका थी, जो एक बुनियादी सिद्धांत के तहत दासता को ख़त्म करना अपना ऐतिहासिक दायित्व मानता था। क्वेकर समूह कारागार की व्यवस्था को मौजूदा दौर में दासता का ही विस्तार मानता है। इस आंदोलन को लेकर उनकी दलील यह थी कि वर्तमान में जेल की सामाजिक भूमिका वही है जो उन्नीसवीं सदी में दासता की होती थी। उनके अनुसार तब दासता का मक़सद मुख्यतः अश्वेत लोगों को अनुशासित रखना था।

उन्मूलनवाद के अमेरिकी विचार और युरोपीय विचार में एक तात्त्विक अंतर है। अमेरिकी उन्मूलनवाद की मूल प्रेरणा धर्म से आती है जबकि युरोप में वह इस बात से जिरह करता दिखता है कि अपराध से निपटने की मौजूदा न्याय व्यवस्था सकारात्मक होने के बजाय अपराध की घटनाओं पर उल्टा असर डालती है। दोनों के बीच का यह अंतर इस बात से भी स्पष्ट होता है कि युरोप के सामाजिक आंदोलनों में उन्मूलनवादी विचार क़ैदियों के संगठन स्थापित करने तथा दण्ड की व्यवस्था को सुधारने के लिए एक रेडिकल बौद्धिक कार्यक्रम पर ज़ोर देता था। अकादमिक उन्मूलनवाद की जड़ें मिशेल फ़ूको के कारावास और अनुशासन से संबंधित चिंतन में निहित हैं। उसे फ़ूको के प्रतीकों तथा समाज के पुनर्निर्माण की पक्षधर दृष्टि का मिश्रण या योग कहा जा सकता है।

उन्मूलनवादियों की दलील यह नहीं है कि पुलिस या अदालतों को ख़त्म कर दिया जाना चाहिए। इसके बजाय उनका ज़ोर इस बात पर है कि अपराध को अन्य सामाजिक समस्याओं से अलग करके नहीं देखा जाना चाहिए, क्योंकि अपराधियों को समाज से अलग करके कारावास में डालने या क़ानून के ज़रिए उनका सामाजिक बहिष्करण करने से अपराध की समस्या दूर नहीं की जा सकती। उन्मूलनवादी मानते हैं कि दण्ड की व्यवस्था समाधान नही सुझा सकती, क्योंकि वह ख़ुद में एक सामाजिक समस्या है। वे दण्ड को न्याय की कार्रवाई नहीं मानते। उन्मूलनवादी राज्य की उन दण्डकारी शक्तियों के नैतिक औचित्य पर भी सवाल करते हैं जिसके तहत लोगों का सायास और सचेत ढंग से उत्पीड़न किया जाता है। इस मामले में उनकी ख़ास दलील यह रही है कि अपराध के नियमन और नियंत्रण के लिए राज्य द्वारा निर्धारित लक्ष्यों को तथ्यों के आधार पर सही साबित नहीं किया जा सकता। लिहाज़ा, उनकी दृष्टि में दण्ड की समूची व्यवस्था ही संदेहास्पद हो जाती है।

उन्मूलनवाद के सकारात्मक चरण की बात करते हुए उसे अपराध और दण्ड को समझने की एक विचारधारा तथा दण्ड व्यवस्था को बदलने की एक रैडिकल कार्रवाई के दोहरे रूप में देखना होगा। सामाजिक चिंतन के एक विशिष्ट रूप या विचारधारा के तौर पर उन्मूलनवाद को प्रतिस्थापन के विमर्श का उदाहरण माना जा सकता है, जबकि व्यावहारिक गतिविधियों या कार्रवाइयों के लिहाज़ से उसे एक ऐसा कार्यक्रम माना जा सकता है जो अपराध विज्ञान को शांति और समाधान की तरफ़ ले जाता है। इस स्तर पर वह राज्य, न्याय तथा दण्ड की स्थापित संरचनाओं को पूरी तरह ख़ारिज करने के दावों तथा सामुदायिकता के पुनर्निर्माण के दावे करने के बजाय सामाजिक नियंत्रण के नियमों का संधान करने पर ज़्यादा ध्यान देता है।

अपने शुरुआती दौर में उन्मूलनवाद कारावास की व्यवस्था पर प्रहार करने के लिए जाना जाता था। आठवें दशक के आसपास इस प्रवृत्ति में एक बदलाव आया जिसके बाद हिरासत के पक्ष विपक्ष तथा विकल्पों पर विचार किया जाने लगा। इस संदर्भ में एक प्रभावशाली विचार यह रहा है कि कारावास के विकल्पों को कोई निश्चित शक्ल नहीं दी जानी चाहिए क्योंकि जैसे ही किसी विकल्प को अंतिम घोषित कर दिया जाता है तो वह दण्ड के औचित्य में समाहित होने लगता है। इस विचार में यह भी प्रतिपादित किया गया है कि सकारात्मक सुधार अंततः दण्ड व्यवस्था को मज़बूत करने का काम करते हैं जबकि नकारात्मक सुधार कारावास के उन्मूलन की दिशा में माहौल तैयार करते हैं।

उन्मूलनवाद के कुछ विचारकों ने दण्ड की प्रक्रिया पर भी विचार किया है। अपराध विज्ञान के एक विद्वान ने दण्ड व्यवस्था के एक नये मॉडल की तजवीज़ में कहा है कि अगर किसी अपराध या विवाद में प्रत्यक्ष तौर पर शामिल पक्ष किसी समाधान पर राज़ी हो जाते हैं तो उसे दण्डात्मक व्यवस्था का स्थानापन्न मान लिया जाना चाहिए। ग़ौरतलब है कि अपराध-क़ानून के सहमति और असहमति पर आधारित मॉडलों में तथ्यों को लेकर लड़ाई लड़ी जाती है जबकि इस मॉडल में केवल इस पक्ष को अहमियत दी जाती है कि समाधान के लिए सम्यक और आगे की कार्रवाई की जाए। इस विचार में विवाद या द्वंद्व तथा फ़ंक्शनलिस्ट समाजशास्त्र की दलीलों को भी ख़ारिज किया गया है।

उन्मूलनवादियों का दण्डात्मक हस्तक्षेप के विरुद्ध तर्क गढ़ने पर भी ज़ोर रहा है। इस संबंध में उनकी एक प्रभावशाली दलील यह रही है कि अपराधीकरण की प्रक्रिया को ख़त्म करने के लिए किसी रेडिकल राजनीतिक सुधार या

संरचनात्मक विश्लेषण का इंतज़ार नहीं किया जाना चाहिए क्योंकि यह ज़िम्मेदारी दण्ड व्यवस्था की है कि वह अपनी वैधता साबित करे, जबकि दण्ड का विकल्प ख़त्म करने के लिए किसी वैधता की दरकार नहीं होती। यह व्यावहारिक दृष्टि ऐसे बौद्धिक संदेहवादियों के लिए एक बड़ी चुनौती के रूप में उभरी है जो दण्ड व्यवस्था में आमूल बदलाव की बात तो करते रहे हैं लेकिन उसके लिए जरूरी संरचनात्मक उपायों के सामने बेबस होकर यह कहने लगते हैं कि इससे आगे कुछ नहीं किया जा सकता। दण्डात्मक हस्तक्षेप के इस प्रतितर्क का आधार यह है कि दण्ड का औचित्य-निर्धारण और उसमें सुधार का विचार हमेशा ऊपर से तय होता है। इसलिए दण्ड व्यवस्था का रूपांतरण नीचे से किया जाना चाहिए और उसकी भाषा वास्तविक जीवन-संसार से प्रेरित होनी चाहिए।

अकादमिक जगत की सामयिक बहसों में आजकल उन्मूलनवाद को इक्कीसवीं सदी के आलोचनात्मक अपराध विज्ञान के बहुपरती समुच्चय के एक अहम अंग के तौर पर स्वीकार किया जाता है। अपराध अध्ययन के मौजूदा परिप्रेक्ष्यों में भी उन्मूलनवाद की कई प्रस्थानाओं को शामिल किया गया है। उल्लेखनीय है कि अपराध विज्ञान के एक महत्त्वपूर्ण सिद्धांत का केंद्रीय सूत्र यह है कि अपराध और उसके नियंत्रण को उसके संरचनात्मक तथा सांस्कृतिक संदर्भों से काटकर नहीं देखा जा सकता। इस तरह उन्मूलनवाद का महत्त्व इस बात में भी निहित है कि वह अपराध और न्याय के बारे में एक सर्वथा नयी और मूल दृष्टि पेश करता है। यही नहीं उसका मीमांसा शास्त्र भी दण्ड और सामाजिक नियंत्रण की व्यवस्था के रचनात्मक और अनुभवनिष्ठ शोध के लिए एक बेहद सार्थक आधार मुहैया कराता है।

भारत के सामाजिक आंदोलनों पर भी उन्मूलनवाद के विचार का प्रभाव देखा जा सकता है। क़ानून की लोकचर्चा में मृत्युदण्ड के प्रावधान को समाप्त करने की बात यदाकदा उठती रहती है। हालाँकि इसे लेकर कोई सतत और संगठित प्रयास नहीं दिखायी देता। लेकिन शराबबंदी को लेकर देश के विभिन्न क्षेत्रों में चलाये गये आंदोलनों को उन्मूलनवाद का लगभग निपट उदाहरण माना जा सकता है। इसी तरह आजादी के संघर्ष के दौरान और स्वतंत्रता के बाद भारत के प्रगतिशील, समाजवादी शिविरों और दलित राजनीतिक चेतना में जाति प्रथा के प्रति लगभग उन्मूलनवादी रवैया ही रहा है। इसे जाति विरोधी चेतना और आंदोलन का परिणाम ही कहा जाएगा कि आज जाति प्रथा के पक्ष में कोई तर्क नहीं दिया जा सकता। भारतीय समाज और राजनीति में सती प्रथा का प्रश्न दो-तीन दशक पहले अचानक चर्चित हुआ था। राजस्थान के रूपकँवर सती प्रकरण के बाद देश के बौद्धिक जगत और मीडिया के दायरों में इस मसले को लेकर एक आवेशपूर्ण चर्चा उठ खड़ी हुई थी। मौजूदा समय में बालश्रम भी एक ऐसा मसला है जिसे लेकर ग़ैर-सरकारी संगठन और सरकारी निकाय भी एक उन्मूलनवादी रवैये से ही लैस दिखते हैं। परंतु भारतीय समाज की बहुलता और वर्गीय दुराग्रहों के कारण उपर्युक्त सारे मामलों में उन्मूलन का कोई स्पष्ट कार्यक्रम दिखायी नहीं देता।

देखें : अभिजन, अभिरुचि, कर्मकाण्ड, कारागार, जादू, जीवन-शैली, टेलरवाद, फ़ुर्सत, बचपन, बेगानगी, भीड़, विचलन।

संदर्भ

1. एच. बियांची (1994), *जस्टिस एज़ सैंक्चुरी : टुवर्ड अ न्यू सिस्टम ऑफ़ क्राइम ऐंड कंट्रोल,* इण्डियाना युनिवर्सिटी प्रेस, ब्लूमिंगटन.
2. एस. कोहेन (1988), *एगेंस्ट क्रिमनॉलॅजी,* न्यू ब्रंसविक, एनजे.
3. डब्ल्यू.डी. हान (1990), *द पॉलिटिक्स ऑफ़ रिड्रेस : क्राइम, पनिशमेंट ऐंड पीनल एबॉलिशन,* अनविन हाइमन, लंदन.
4. एच. बियांची और आर. वान स्वानिनजेन (सम्पा.) (1986), *एबोलिशनिज़म : टुवर्ड अ नॉन रिप्रेसिव एप्रोच टू क्राइम,* फ्री युनिवर्सिटी प्रेस, एम्सटर्डम.

—नरेश गोस्वामी

उपनिवेशवाद

(Colonialism)

लैटिन भाषा के शब्द *कोलोनिया* का मतलब है एक ऐसी जायदाद जिसे योजनाबद्ध ढंग से विदेशियों के बीच क़ायम किया गया हो। भूमध्यसागरीय क्षेत्र और मध्ययुगीन युरोप में इस तरह का उपनिवेशीकरण एक आम परिघटना थी। इसका उदाहरण मध्ययुग और आधुनिक युग की शुरुआती अवधि में इंग्लैण्ड की हुकूमत द्वारा वेल्स और आयरलैण्ड को उपनिवेश बनाने के रूप में दिया जाता है। लेकिन, जिस आधुनिक उपनिवेशवाद की यहाँ चर्चा की जा रही है उसका मतलब है युरोपीय और अमेरिकी ताक़तों द्वारा ग़ैर-पश्चिमी संस्कृतियों और राष्ट्रों पर ज़बरन क़ब्ज़ा करके वहाँ के राज-काज, प्रशासन, पर्यावरण, पारिस्थितिकी, शिक्षा, भाषा, कला-साहित्य, धर्म, समाज-व्यवस्था और जीवन-शैली पर अपने विजातीय मूल्यों और संरचनाओं को थोपने की दीर्घकालीन प्रक्रिया। इस तरह के उपनिवेशवाद का एक स्रोत कोलम्बस और वास्कोडिगामा की यात्राओं को भी माना जाता है। उपनिवेशवाद के इतिहासकारों ने पंद्रहवीं सदी में युरोपीय ताक़तों द्वारा शुरू किये गये साम्राज्यवादी विस्तार की परिघटना के विकास की शिनाख़्त अट्ठारहवीं और उन्नीसवीं सदी में उपनिवेशवाद के रूप में की है। औद्योगिक क्रांति से पैदा हुए हालात ने उपनिवेशवादी दोहन को अपने चरम पर पहुँचाया। यह सिलसिला बीसवीं सदी के

मध्य तक चला जब वि-उपनिवेशीकरण की प्रक्रिया के तहत राष्ट्रीय मुक्ति संग्रामों और क्रांतियों की लहर ने इसका अंत कर दिया। इस परिघटना की वैचारिक जड़ें वणिकवादी पूँजीवाद के विस्तार और उसके साथ-साथ विकसित हुई उदारतावादी व्यक्तिवाद की विचारधारा में देखी जा सकती हैं। किसी दूसरी धरती को अपना उपनिवेश बना लेने और स्वामित्व के भूखे व्यक्तिवाद में एक ही तरह की मूल प्रवृत्तियाँ निहित होती हैं। नस्लवाद, युरोकेंद्रीयता और विदेशी-द्वेष जैसी विकृतियाँ उपनिवेशवाद की ही देन हैं।

उपनिवेशवाद और साम्राज्यवाद अलग-अलग होते हुए भी काफ़ी-कुछ परस्परव्यापी और परस्पर-निर्भर पद हैं। साम्राज्यवाद के लिए ज़रूरी नहीं है कि किसी देश पर क़ब्ज़ा किया जाए और वहाँ क़ब्ज़ा करने वाले अपने लोगों को भेज कर अपना प्रशासन क़ायम करें। इसके बिना भी साम्राज्यवादी केंद्र के प्रति अधीनस्थता के संबंध क़ायम किये जा सकते हैं। पर, उपनिवेशवाद के लिए ज़रूरी है कि विजित देश में अपनी कॉलोनी बसायी जाए, अल्पसंख्यक आक्रामक विजेताओं की अल्पसंख्या विजितों की बहुसंख्या पर प्रत्यक्ष हुकूमत के ज़रिये ख़ुद को श्रेष्ठ मानते हुए अपने क़ानून और फ़ैसले आरोपित करें। ऐसा करने के लिए साम्राज्यवादी विस्तार को एक ख़ास विचारधारा का तर्क हासिल करना आवश्यक था।

यह भूमिका सत्रहवीं सदी में प्रतिपादित जॉन लॉक के दर्शन ने निभायी। लॉक की स्थापनाओं में ब्रिटेन द्वारा भेजे गये अधिवासियों द्वारा अमेरिका की धरती पर क़ब्ज़ा कर लेने की कार्रवाई को न्यायसंगत ठहराने की दलीलें मौजूद थीं। उनकी रचना *टू ट्रीटाइज़ ऑन सिविल गवर्नमेंट* (1690) की दूसरी थीसिस 'प्रकृत अवस्था' में व्यक्ति द्वारा अपने अधिकारों की दावेदारी के बारे में है। वे ऐसी जगहों पर नागरिक शासन स्थापित करने और व्यक्तिगत प्रयास द्वारा हथियायी गयी सम्पदा को अपने लाभ के लिए विकसित करने को जायज़ क़रार देते हैं। यही थीसिस आगे चल कर धरती के असमान स्वामित्व को उचित मानने का आधार बनी। लॉक की मान्यता थी कि अमेरिका में अनाप-शनाप ज़मीन बेकार पड़ी हुई है और वहाँ के मूलवासी यानी इण्डियन इस धरती का सदुपयोग करने की योग्यता से वंचित हैं। लॉक ने हिसाब लगाया कि युरोप की एक एकड़ ज़मीन अगर अपने स्वामी को पाँच शिलिंग प्रति वर्ष का मुनाफ़ा देती है, तो उसके मुक़ाबले अमेरिकी की ज़मीन से उस पर बसे इण्डियन को होने वाला कुल मुनाफ़ा एक पेनी से भी बहुत कम है। चूँकि अमेरिकी इण्डियन बाक़ी मानवता में प्रचलित धन-आधारित विनिमय-प्रणाली अपनाने में नाकाम रहे हैं, इसलिए 'सम्पत्ति के अधिकार' के मुताबिक़ उनकी धरती को अधिग्रहीत करके उस पर मानवीय श्रम का निवेश किया जाना चाहिए। लॉक की इसी थीसिस में एशियाई और अमेरिकी महाद्वीप की सभ्यता और संस्कृति पर युरोपीय श्रेष्ठता की ग्रंथि के बीज थे जिसके आधार पर आगे चल कर उपनिवेशवादी संरचनाओं का शीराज़ा खड़ा किया गया।

उपनिवेशों की मुख्यत: दो क़िस्में थीं। एक तरफ़ अमेरिका, ऑस्ट्रेलिया और न्यूज़ीलैण्ड जैसे उपनिवेश थे जिनकी आबो-हवा युरोपियनों के लिए सुविधाजनक थी। इन इलाक़ों में सफ़ेद चमड़ी के लोग बहुत बड़े पैमाने पर बसाये गये। उन्होंने वहाँ की स्थानीय आबादी के संहार और दमन की भीषण परियोजनाएँ चला कर वहाँ न केवल पूरी तरह अपना क़ब्ज़ा जमा लिया, बल्कि वे देश उनके अपने 'स्वदेश' में बदल गये। जन-संहार से बच गयी देशज जनता को उन्होंने अलग-थलग पड़े इलाक़ों में धकेल दिया। दूसरी तरफ़ वे उपनिवेश थे जिनका हवा-पानी युरोपीयनों के लिए प्रतिकूल था (जैसे भारत और नाइजीरिया)। इन देशों पर क़ब्ज़ा करने के बाद युरोपियन थोड़ी संख्या में ही वहाँ बसे और मुख्यत: आर्थिक शोषण और दोहन के लिए उन धरतियों का इस्तेमाल किया। न्यू इंग्लैण्ड सरीखे थोड़े-बहुत ऐसे उपनिवेश भी थे जिनकी स्थापना युरोपीय ईसाइयों ने धार्मिक आज़ादी की खोज में की।

उपनिवेशवाद का इतिहास साम्राज्यवाद के इतिहास के साथ अनिवार्य रूप से जुड़ा हुआ है। सन् 1500 के आसपास स्पेन, पुर्तगाल, ब्रिटेन, फ्रांस और हालैण्ड की विस्तारवादी कार्रवाइयों को युरोपीय साम्राज्यवाद का पहला दौर माना जाता है। इसका दूसरा दौर 1870 के आसपास शुरू हुआ जब मुख्य तौर पर ब्रिटेन साम्राज्यवादी विस्तार के शीर्ष पर था। अगली सदी में जर्मनी और संयुक्त राज्य अमेरिका उसके प्रतियोगी के तौर पर उभरे। इन ताक़तों ने दुनिया के विभिन्न हिस्सों में जीत हासिल करके अपने उपनिवेश क़ायम करने के ज़रिये शक्ति, प्रतिष्ठा, सामरिक लाभ, सस्ता श्रम, प्राकृतिक संसाधन और नये बाज़ार हासिल किये। साम्राज्यवादी विजेताओं ने अपने अधिवासियों को एशिया और अफ़्रीका में फैले उपनिवेशों में बसाया और मिशनरियों को भेज कर ईसाइयत का प्रसार किया। ब्रिटेन के साथ फ्रांस, जापान और अमेरिका की साम्राज्यवादी होड़ के तहत उपनिवेशों की स्थापना दुनिया के पैमाने पर प्रतिष्ठा और आर्थिक लाभ का स्रोत बन गया। यही वह दौर था जब युरोपियनों ने अपनी सांस्कृतिक श्रेष्ठता के दम्भ के तहत साम्राज्यवादी विस्तार को एक सभ्यता के वाहक के तौर पर देखना शुरू किया।

साम्राज्यवाद की दूसरी लहर ने सबसे पहले अफ़्रीका को अपना शिकार बनाया। इस महाद्वीप की हुकूमतें युरोपियन फ़ौजों के सामने आसानी से परास्त हो गयीं। बेल्जियम के लिए हेनरी स्टेनली ने कोंगो नदी घाटी पर क़ब्ज़ा कर लिया, फ्रांस ने अल्जीरिया को हस्तगत करके स्वेज नहर का निर्माण किया और उसके जवाब में ब्रिटेन ने मिस्र पर क़ब्ज़ा करके इस नहर पर नियंत्रण कर लिया ताकि एशिया की तरफ़ जाने

वाले समुद्री रास्तों पर उसका प्रभुत्व स्थापित हो सके। इसी के बाद फ्रांस ने ट्यूनीशिया और मोरक्को को अपना उपनिवेश बनाया। इटली ने लीबिया को हड़प लिया। लातीनी और दक्षिणी अमेरिका में मुख्य तौर पर स्पेन के उपनिवेश रहे। इन क्षेत्रों की कई अर्थव्यवस्थाओं की लगाम अमेरिका और युरोपीय ताक़तों के हाथों में रही।

एक तरफ़ उन्नीसवीं सदी में अफ़्रीका के लिए साम्राज्यवादी होड़ चल रही थी, और दूसरी ओर दक्षिण एशिया पर प्रभुत्व ज़माने की प्रतियोगिता भी जारी थी। उन्नीसवीं सदी के मध्य तक ब्रिटेन ईस्ट इण्डिया कम्पनी के ज़रिये भारत के बड़े हिस्से का उपनिवेशीकरण करके बेशक़ीमती मसालों और कच्चे माल की प्राप्ति शुरू कर चुका था। फ्रांसीसी और डच भी उपनिवेशवादी प्रतियोगिता में जम कर हिस्सा ले रहे थे।

उपनिवेशवाद के विकास में औद्योगिक क्रांति की भी अहम भूमिका रही है। अट्ठारहवीं सदी के आख़िरी दौर में हुई इस क्रांति ने उपनिवेशवाद के केंद्र यानी ब्रिटेन और उसकी परिधि यानी उपनिवेशित क्षेत्रों के बीच के रिश्तों को आमूलचूल बदल दिया। उपनिवेशित समाजों में और गहरी पैठ के अवसरों का लाभ उठा कर उद्योगपतियों और उनके व्यापारिक सहयोगियों ने ग़ुलाम जनता के श्रम का भीषण दोहन शुरू किया। अटलांटिक के आर-पार होने वाला ग़ुलामों का व्यापार भी उनके काम आया। उपनिवेशों के प्राकृतिक और मानवीय संसाधनों के शोषण से औद्योगिक क्रांति को छलांग लगा कर आगे बढ़ने की सुविधा मिली। उपनिवेश इस क्रांति के लिए कच्चे माल के सस्ते स्रोत बन गये।

उपनिवेशवाद की मार्क्सवादी व्याख्याएँ भी यह दावा करती हैं कि उन्नीसवीं सदी की अमेरिकी और युरोपियन औद्योगिक पूँजीवादी अर्थव्यवस्थाओं के विकास के लिए ग़ैर-पूँजीवादी समाजों का प्रत्यक्ष राजनीतिक नियंत्रण आवश्यक था। इस लिहाज़ से मार्क्सवादी विद्वान पूँजीवाद के उभार के पहले और बाद के उपनिवेशवाद के बीच फ़र्क़ करते हैं। मार्क्स ने अपनी भारत संबंधी रचनाओं में उपनिवेशवाद पर ख़ास तौर से विचार किया है। मार्क्स और एंगेल्स का विचार था कि उपनिवेशों पर नियंत्रण करना न केवल बाज़ारों और कच्चे माल के स्रोतों को हथियाने के लिए ज़रूरी था, बल्कि प्रतिद्वंद्वी औद्योगिक देशों से होड़ में आगे निकलने के लिए भी आवश्यक था। उपनिवेशवाद संबंधी मार्क्सवादी विचारों को आगे विकसित करने का श्रेय रोज़ा लक्ज़ेमबर्ग और लेनिन को जाता है।

मार्क्सवादी परिप्रेक्ष्य को आलोचना का सामना भी करना पड़ा है। आलोचकों का कहना है कि मार्क्स, रोज़ा और लेनिन ने अपनी थीसिस के पक्ष में जो प्रमाण पेश किये हैं वे नाकाफ़ी हैं, क्योंकि उनसे औद्योगिक क्रांति व पूँजीवाद के विकास के लिए उपनिवेशवाद की अनिवार्यता साबित नहीं होती। दूसरे, मार्क्सवादी विश्लेषण के पास उपनिवेशित समाजों का पर्याप्त अध्ययन और समझ मौजूद नहीं है। मार्क्स जिस एशियाई उत्पादन प्रणाली की चर्चा करते हैं और रोज़ा जिस तरह की श्रेणियों को एशियाई समाजों पर आरोपित करती हैं, उन्हें इन समाजों के इतिहास के गहन अध्ययन के आधार पर बहुत दूर तक नहीं खींचा जा सकता।

द्वितीय विश्व-युद्ध के बाद उपनिवेशवाद का प्रभाव तेज़ी से घटा। कुछ विद्वानों की मान्यता है कि अक्टूबर क्रांति के बाद से ही औपनिवेशिक प्रणाली दरकने की शुरुआत हो गयी थी। 1945 के बाद स्पष्ट हो गया कि अंतर्राष्ट्रीय समुदाय पर उपनिवेशवाद विरोधी रुझान हावी हो चुके हैं। अमेरिका और सोवियत संघ ने इस दौर में पुराने क़िस्म के उपनिवेशवाद का जम कर विरोध किया और आत्म-निर्णय के उसूल का पक्ष लिया। युरोप की हालत इस समय तक बेहद कमज़ोर हो चली थी। वह दूर-दराज़ क्षेत्रों में फैले हुए उपनिवेशों की आर्थिक लागत उठाने की हालत में नहीं था। नवगठित संयुक्त राष्ट्र उपनिवेशों में चल रहे राष्ट्रवादी आंदोलनों के प्रभाव में वि-उपनिवेशीकरण की प्रक्रिया को प्रोत्साहित कर रहा था। नतीजे के तौर पर 1947 से 1980 के बीच में ब्रिटेन को क्रमशः भारत, बर्मा, घाना, मलाया और ज़िम्बाब्वे का क़ब्ज़ा छोड़ना पड़ा। इसी सिलसिले में आगे डच साम्राज्यवादियों को 1949 में इण्डोनेशिया से जाना पड़ा और अफ़्रीका में आख़िरी औपनिवेशिक ताक़त के रूप में पुर्तगाल ने अपने उपनिवेशों को 1974-75 में आज़ाद कर दिया। 1954 में इंडो-चीन क्षेत्र और 1962 में अल्जीरिया के रक्तरंजित संघर्ष के सामने फ्रांस को घुटने टेकने पड़े। साठ के दशक में ही भारत के प्रांत गोवा से पुर्तगाल ने अपना बोरिया-बिस्तर समेट लिया।

देखें : आत्म-निर्णय, नव-उपनिवेशवाद, मार्क्सवाद-1 से 5 तक, युरोकेंद्रीयता, रोज़ा लक्ज़ेमबर्ग, व्लादिमिर इलीच लेनिन, वि-उपनिवेशवाद, विदेशी-द्वेष, स्वजातिवाद, साम्राज्यवाद, सांस्कृतिक साम्राज्यवाद।

संदर्भ

1. एरिक हॉब्सबॉम (1987), *द एज ऑफ़ एम्पायर, 1875-1914*, वीडनफ़ील्ड ऐंड निकल्सन, लंदन.
2. विलियम जे. पॉमरॉय (1790), *अमेरिकन न्यू-कोलोनियलिज़्म*, इंटरनैशनल पब्लिशर्स, न्यूयॉर्क.
3. जॉन जी. टेलर (2000), 'कोलोनियलिज़्म', संकलित : टॉम बॉटमोर वग़ैरह (सम्पा.), *अ डिक्शनरी ऑफ़ मार्क्सिस्ट थॉट*, माया ब्लैकवेल, नयी दिल्ली.
4. मार्क फ़ेरो (1997), *कोलोनाइज़ेशन : अ ग्लोबल हिस्ट्री*, रॉटलेज, लंदन.
5. युरगन ऑस्टरहेमिल (1997), *कोलोनियलिज़्म*, मारकुस वाइनर, प्रिंसटन, एनजे.

—अभय कुमार दुबे

उपनिवेशवाद विरोधी आंदोलन-1

(नरम दल बनाम गरम दल)

(Anti-colonial Movement-1)

बीसवीं सदी का पहला दशक भारतीय राजनीति के लिए राष्ट्रवादी भावनाओं के उफान का था। उपनिवेशवाद विरोधी भावनाओं और निरंतर बलवती होती स्वतंत्रता की भारतीय उत्कंठा को देखते हुए ब्रिटिश उपनिवेशवादियों ने नयी सदी में इस घोषणा के साथ प्रवेश किया कि उनका मक़सद कांग्रेस पार्टी का अंत करना है जिसके नेतृत्व के भीतर राष्ट्रवाद के दो संस्करणों के बीच जद्दोजहद चल रही थी। भारत के नये वायसराय लॉर्ड कर्ज़न ने 1903 में स्पष्ट रूप से कहा कि भारत प्रवास के दौरान वे राष्ट्रवाद के इस मंच को नष्ट कर देंगे। 1857 की राज्य-क्रांति से सबक सीख कर अंग्रेज़ों ने उपनिवेशितों के विक्षोभ को निकालने के लिए एक 'सेफ़्टी वाल्व' की तरह कांग्रेस का गठन किया था। लेकिन अब यह संगठन पहले की तरह ब्रिटिश राज के लिए निरापद नहीं रह गया था। कांग्रेस के राष्ट्रवादी नेतृत्व का एक हिस्सा (नरम दल) तो ज्ञापनों, प्रतिवेदनों और धीरे-धीरे आगे बढ़ने वाले सांविधिक सुधारों के ज़रिये स्व-शासन का सीमित मॉडल उपलब्ध करने के पक्ष में था, लेकिन उसके नेतृत्व का दूसरा और जनता के बीच कहीं ज़्यादा लोकप्रिय हिस्सा (गरम दल) पूर्ण स्वराज की माँग उठाने की आवश्यकता रेखांकित कर रहा था। पार्टी के इन दोनों धड़ों के बीच पहला बड़ा विभाजन 1907 के सूरत अधिवेशन में हुआ।

1907 से पहले माना जाता था कि कांग्रेस सुसभ्य वकीलों, शिक्षकों और बुद्धिजीवियों का एक ऐसा संगठन है जिसका जनता से सीधा सम्पर्क नहीं है। आम धारणा यह थी कि राजनीतिक चेतना जगाने और उपनिवेशवाद की आलोचना विकसित करने के बावजूद ब्रिटिश राज की शक्ति पर प्रहार करना उसके बूते की बात नहीं है। दादाभाई नौरोजी, गोपाल कृष्ण गोखले, फ़ीरोजशाह मेहता आदि नरमपंथी नेता सुधारवादी दृष्टि के साथ बँधे होने के कारण नये समय की वास्तविकता नहीं पहचान रहे थे। इतिहासकार बिपन चंद्र के अनुसार नरमपंथियों की विफलता का मुख्य कारण यह था कि वे विकसित होते हुए राजनीतिक घटनाक्रम के अनुरूप अपनी रणनीति में आवश्यक फेरबदल नहीं कर पाते थे। उन्हें यह एहसास नहीं हो पा रहा था कि कि उनकी ख़ुद की उपलब्धियों ने ही उनकी राजनीति को अव्यावहारिक बना दिया था। ऐसे संक्रमणकालीन समय में नरमपंथ-गरमपंथ के ध्रुवीकरण ने उपनिवेशवाद विरोधी स्वाधीनता आंदोलन को एक नये मुक़ाम पर पहुँचा दिया।

यह एक दिलचस्प तथ्य है कि गरमदली कांग्रेसियों ने राष्ट्रवाद की जिन भावनाओं के हवाले से अपनी दावेदारियाँ की थीं, उन्हें परवान चढ़ाने में गरमदलियों की भूमिका को नकारा नहीं जा सकता था। यह सही है कि नरमपंथी राजनीति सरकार से सीधे टकराव मोल लेने के स्थान पर उससे संवैधानिक रियायतों की माँग करने, सरकार की नीतियों पर बौद्धिक बहसें करने और शासन में उसका सहयोग करते हुए ही हिस्सेदारी की माँग करने जैसी नीतियों पर आधारित थी। ब्रिटिश राज के समय आधुनिक शिक्षा व प्रशासन के फलस्वरूप विकसित संस्थागत सार्वजनिक क्षेत्र के राजनीतिक इस्तेमाल को लेकर नरमदलियों में गहरा आग्रह था। लेकिन उनकी इसी राजनीति के दौरान ब्रिटिश लोकतांत्रिक परम्पराओं से ग्रहण की गयी नागरिकता, सिविल सोसाइटी, क़ानून के समक्ष सभी की समानता, मानवाधिकार और सामाजिक न्याय की अवधारणाओं का प्रयोग उपनिवेशवाद की आलोचना के लिए किया गया। इसी आलोचना के गर्भ में भारतीयता और भारतीय राष्ट्रवाद के बीज पनपे, और स्वतंत्रता की आकांक्षा प्रबल हुई। ज़ाहिर है कि आधुनिक भारतीय राष्ट्रवाद को मंच पर लाने में इन्हीं आरम्भिक कांग्रेसी नेताओं और ऐसे ही दूसरे संगठनों का अहम योगदान था।

1905 में ब्रिटिश सरकार ने स्वाधीनता आंदोलन में फूट डालने, साम्प्रदायिकता की भावनाएँ भड़काने और अपनी दमनकारी शक्तियों से जनता के मन में ख़ौफ़ पैदा करने के लिए बंगाल के दो टुकड़े कर दिये। अंग्रेज़ों के इस हथकंडे ने राष्ट्रवाद की चिंगारी को और भड़का दिया। परिणामस्वरूप कांग्रेस के भीतर गरमपंथी नेताओं को अधिक आक्रामक होने का मौक़ा मिला। ब्रिटिश सामानों का बहिष्कार, स्वदेशी का प्रचार और अंग्रेज़ी प्रशासन-सरकार से असहयोग का कार्यक्रम नयी आंदोलनकारी रणनीतियों के रूप में विकसित होने लगा। कांग्रेस के पुराने नरमपंथी नेता आंदोलन के इन नये रूपों के प्रति बहुत सहज न थे। उन्हें लगता था कि इससे सरकार को दमन के नये बहाने मिलेंगे और स्वाधीनता आंदोलन छिन्न-भिन्न हो जाएगा। बंग-भंग का हथकंडा चलाने वाले लार्ड कर्ज़न जैसे सख़्त और कठोर साम्राज्यवादी प्रशासक के सामने नरमपंथियों की समझौतावादी तथा कोमल राजनीति की सफलता की सम्भावनाएँ लगातार कम पड़ती जा रही थीं।

दूसरी तरफ़ राष्ट्रीय राजनीति में बाल गंगाधर तिलक, विपिनचंद्र पाल, लाला लाजपत राय और अरविंद घोष जैसे नेता निरंतर जुझारू संघर्ष का आह्वान कर रहे थे क्योंकि उनका मानना था कि नरमपंथी नेता न तो जनता की शक्ति ठीक से आँक पा रहे हैं और न ही उसकी जागरूकता का सही मूल्यांकन कर पा रहे हैं। गरमपंथी समझे जाने वाले नेताओं ने

नरमपंथियों की भिखारीपन की राजनीति का जम कर विरोध किया। पर उनकी राजनीति की एक विडम्बना यह भी थी कि उसके केंद्र में हिंदू प्रतीकों, मिथकों तथा एक तरह से हिंदू क़िस्म की इतिहास-दृष्टि मौजूद थी। इसके बावजूद गरमपंथ की कांग्रेस के भीतर लोकप्रियता तेज़ी से बढ़ रही थी क्योंकि शिक्षा के विकास, स्वदेशी वस्त्र कम्पनियों तथा भारतीयों द्वारा नये उद्योग-धंधों की स्थापना ने वह भौतिक आधार तैयार कर दिया था जिस पर खड़े हो कर भारतीय राष्ट्रवाद ब्रिटिश शासन को चुनौती दे सकता था।

नरमपंथ-गरमपंथ के बीच टकराव में राष्ट्रीय नेताओं के मतभेदों को ही नहीं बल्कि अंग्रेज़ी हुकूमत की रणनीतियों को भी ज़िम्मेदार माना जाता है। अंग्रेज़ी हुकूमत उपनिवेशवाद विरोधियों को एकजुट होने का मौक़ा न दे कर उन्हें परस्पर लड़ाते रहना चाहती थी। इसी के तहत वह गरमपंथियों के दमन और नरमपंथियों की कुछ माँगें मानकर उन्हें अपने साथ जोड़ने की नीति भी अपना रही थी। उपनिवेशवादी चाहते थे कि दोनों धड़े एक दूसरे के ख़िलाफ़ बने रहें और यह सिद्ध करना आसान हो जाए कि राष्ट्रीय आंदोलन दिशाहीन तथा कलह ग्रस्त है। सरकार युवाओं को भी कांग्रेस से दूर रखना चाहती थी। कलह ग्रस्त कांग्रेस से उन युवाओं का मोहभंग स्वाभाविक था जो नरमपंथी राजनीति को पहले ही लफ़्फ़ाजी मानने लगे थे। इन्हीं भावनाओं के तहत युवाओं में नरमपंथ या गरमपंथ के स्थान पर क्रांतिकारी आतंकवाद के प्रति आकर्षण बढ़ा और देश भर में गुप्त संगठन तैयार होने लगे।

नरमपंथियों तथा गरमपंथियों के बीच मतभेद बनाये रखने और उन्हें अलग-थलग रखने की अंग्रेज़ों की नीति को व्यापक सफलता मिली। 1906 में कांग्रेस के कोलकाता अधिवेशन में टकराव लगभग उस हद तक पहुँच चुका था कि दोनों धड़े कांग्रेस के विभाजन पर तैयार हो गये थे। ऐसी सूरत में दादाभाई नौरोजी को अध्यक्ष पद प्रदान कर यह विभाजन टाल दिया गया। माना गया कि नौरोजी की सबको जोड़ने वाली क्षमता आगे भी दोनों धड़ों में एकता क़ायम रखने में कामयाब हो सकेगी। पर अगले वर्ष तक दोनों खेमों में कटुता और बढ़ गयी क्योंकि स्वदेशी, बहिष्कार आंदोलन, राष्ट्रीय शिक्षा तथा स्वशासन के विषय पर तक़रार होती रही। पत्र-पत्रिकाओं में परस्पर विरोधी स्वर सामने आते रहे। नौरोजी, तिलक तथा गोखले जैसे परिपक्व नेता भी कांग्रेस के अन्य नेताओं के बीच बीच मिल-जुल कर काम करने की संस्कृति का विकास नहीं कर पा रहे थे। नतीजा यह हुआ कि 1907 तक आते-आते तय हो गया कि कांग्रेस में विभाजन हो कर रहेगा।

गरमपंथी नेतृत्व को लगता था कि नरमपंथी नेता अपने संविधानवादी रुख के कारण अंग्रेज़ों के ख़िलाफ़ संघर्ष को सायास धीमा कर रहे हैं, जबकि नरमपंथियों को लगता था कि उन्होंने निरंतर संवाद, दबाव तथा वार्तालाप के माध्यम से अंग्रेज़ हुकूमत को जिन माँगों को स्वीकार करने के लिए तैयार कर लिया है, वे गरमपंथियों के अतिवादी रवैये के कारण पूरी नहीं हो सकेंगी। वे बार-बार दमन का भय दिखा रहे थे जबकि गरमपंथी इसे सुविधावादी और कायरता की राजनीति मानते थे। गुजरात के सूरत में 26 दिसंबर, 1907 को कांग्रेस अधिवेशन से पहले दोनों पक्षों द्वारा एक-दूसरे की खिल्ली उड़ाने, छींटाकशी करने तथा आरोप लगाने से राजनीतिक माहौल काफ़ी तनावग्रस्त हो चुका था। अधिवेशन के दौरान गरमपंथी नेता स्वदेशी और बहिष्कार की नीति पर बार-बार नरमपंथियों से स्पष्ट प्रतिबद्धता की माँग करते रहे। टकराव बढ़ता गया और अंत में कांग्रेस अधिवेशन ज़बरदस्त हंगामे, तक़रार तथा शोर के बीच पुलिस-दख़ल के साथ ख़त्म हुआ।

कांग्रेस के भीतर राष्ट्रीय आंदोलन की कार्यनीति को लेकर जारी बहस इस तरह ख़त्म होगी, इसके बारे में किसी ने सोचा तक नहीं था। दोनों गुट बिखर गये और कांग्रेस संगठन के तौर पर कमज़ोर पड़ती दिखने लगी। तिलक जेल चले गये, लाजपत राय विदेश रवाना हो गये और अरविंद घोष ने संन्यास का रास्ता पकड़ लिया। इतिहासकारों ने इसे राष्ट्रीय आंदोलन की क्षति के रूप में भी देखा है पर वस्तुतः यह क्षति नहीं बल्कि आंदोलन के अंतर्विरोध का परिणाम था जिसमें नयी स्थितियों में कांग्रेस अपना वैचारिक कायाकल्प नहीं कर पा रही थी और विभिन्न मतभेदों के कारण उसका सांगठनिक ढाँचा दरकना उसकी नियति बन चुका था। पर इस मतभेद के पीछे का यथार्थ यह भी है कि नरमपंथियों ने जहाँ उपनिवेशवाद के विरोध में राजनीतिक चेतना को ख़ास मंजिल तक पहुँचाया, वहीं गरमपंथियों ने उत्कट बलिदानों, कष्ट सहने की क्षमता और जुझारूपन की मिसाल प्रस्तुत कर जनता के बीच राजनेताओं की नयी उज्ज्वल छवि का निर्माण किया।

समाज और देश में उपनिवेशवाद विरोधी राजनेताओं को नायकत्व का दर्जा मिलना शुरू हो गया था। सूरत अधिवेशन में कांग्रेस के विभाजन के बाद अंग्रेज़ सरकार ने बल प्रयोग के साथ-साथ राजनीतिक हथकंडों का प्रयोग भी तेज़ कर दिया। मार्ले-मिंटो सुधारों के खोखलेपन से साफ़ होता जा रहा था कि नयी कौंसिलों में भारतीयों की संख्या तो बढ़ायी जा सकती है पर इससे उन्हें अधिकार-सम्पन्न नहीं बनाया जा सकता। इसी प्रकार मुसलिम साम्प्रदायिकता को शह देने के लिए मुसलमानों के लिए पृथक निर्वाचन क्षेत्रों का प्रावधान किया गया।

पहली नज़र में लगता है कि नरमपंथ-गरमपंथ के तीख़े ध्रुवीकरण का अगर किसी ने सबसे अधिक लाभ उठाया तो वह अंग्रेज़ी राज ही था। लेकिन यह परिस्थिति एक नये उपनिवेशवाद विरोधी नेतृत्व की माँग भी कर रही थी। एक ऐसे नेतृत्व की जिसके तहत नरमपंथ और गरमपंथ की सकारात्मक प्रवृत्तियों का रचनात्मक संश्रय हो सके। यह

ज़रूरत बीसवीं सदी के अगले दशक में उस समय पैदा हुई जब कांग्रेस का नेतृत्व गाँधी के हाथ में गया जिन्होंने इस पार्टी को एक राष्ट्रव्यापी जनांदोलन में बदल दिया। इसकी पहली संगठित अभिव्यक्ति असहयोग आंदोलन में हुई।

देखें : उपनिवेशवाद विरोधी आंदोलन-2 और 3, भारत में सशस्त्र संघर्ष-1, 2 और 3, प्रथम विश्व-युद्ध, बिपन चंद्र-1 और 2, मोहनदास कर्मचंद गाँधी-1 और 2, उपनिवेशवाद, सविनय अवज्ञा, अबुल कलाम आज़ाद, मुसलिम राजनीतिक विचार।

संदर्भ

1. सुमित सरकार (1973), द *स्वदेशी मूवमेंट इन बंगाल, 1903-1908* , पीपुल्स पब्लिशिंग हाउस, नयी दिल्ली.
2. मोईन ज़ैदी और गुफ़रान ज़ैदी (1987), द *इनसाइक्लोपीडिया ऑफ़ इण्डियन नैशनल कांग्रेस,* इण्डियन इंस्टिट्यूट ऑफ़ एप्लाइड पॉलिटिकल रिसर्च, एस. चाँद, नयी दिल्ली.
3. जे.आर. मैकलेन (1977), *इण्डियन नैशनलिज़म ऐंड द अर्ली कांग्रेस,* प्रिंसटन युनिवर्सिटी प्रेस, प्रिंसटन.

—वैभव सिंह

उपनिवेशवाद विरोधी आंदोलन-2

(असहयोग आंदोलन)

(Anti-colonial Movement-2)

बीसवीं सदी में ब्रिटिश शासन के ख़िलाफ़ चली पहली राष्ट्रव्यापी मुहिम असहयोग आंदोलन (1920-1922) दुनिया भर के उपनिवेशवाद विरोधी संघर्षों में अनूठी थी। सिद्धांत और रणनीति के तौर पर इसके केंद्र में सत्याग्रह का विचार था। आंदोलन के नेता गाँधी इससे पहले चम्पारण, खेड़ा और अहमदाबाद में सत्याग्रह आधारित राजनीति के प्रयोग कर चुके थे। अंग्रेज़ों की सत्ता से असहयोग व्यक्त करने के इरादे से चलाये गये इस आंदोलन ने भारतीय जनता की मुक्तिकांक्षा को जगाया, निखारा और व्यक्त किया। इस संघर्ष ने भारतीय जनता और ब्रिटिश साम्राज्य के बीच के अंतर्विरोध को सर्वाधिक मुखर ढंग से व्यक्त किया। जिस उत्साह और आत्मोसर्ग की भावना से जनता के विभिन्न तबक़ों ने एकजुट हो कर इस आंदोलन के ज़रिये पूर्ण स्वतंत्रता की माँग की, उससे तय हो गया कि अंग्रेज़ों द्वारा चलाये जा रहे सीमित संवैधानिक सुधार पूर्ण-स्वतंत्रता की माँग की जगह नहीं ले सकते।

आंदोलन की राजनीतिक और सामाजिक पृष्ठभूमि में प्रथम विश्व-युद्ध और उसके राजनीतिक-आर्थिक फलितार्थ मौजूद थे। विश्व-युद्ध के कारण 1913 से 1920 के बीच मुद्रास्फीति दोगुनी हो चुकी थी। किसानों का जीवन-स्तर गिरता जा रहा था। कारख़ाना और बाग़ान मज़दूरों में गहरा असंतोष था जिसकी अभिव्यक्ति सारे देश में हो रही हड़तालों में हो रही थी। ब्रिटिश आर्थिक नीतियों के कारण दस्तकारी उद्योग का पतन हो रहा था, भारतीय धन-सम्पत्ति का निर्यात जारी था और अंग्रेज़ों की फ़ौज में शामिल अनगिनत भारतवासियों को अपनी क़ुर्बानी देनी पड़ी थी। युद्ध के दौरान अंग्रेज़ों ने भारतीय नेताओं तथा जनता से वादे किये थे कि वे उनकी दशा में सुधार के लिए ठोस फ़ैसले लेंगे। पर युद्ध के बाद हालात में कोई उल्लेखनीय परिवर्तन होना तो दूर कई और ऐसे अत्याचारों का सिलसिला चला जिनसे भारतीय जनता में आक्रोश गहराता चला गया।

मार्च, 1919 में रौलट एक्ट लागू कर दिया जिसके अनुसार किसी को भी मात्र संदेह के आधार पर गिरफ़्तार कर मुक़दमा चलाया जा सकता था और सज़ा दी जा सकती थी। इसे बिना अपील, बिना वकील और बिना दलील का क़ानून भी कहा गया। इसी के विरोध में अमृतसर के जलियाँवाला बाग़ में 13 अप्रैल, 1919 को बैसाखी के मौक़े पर आयोजित सभा में जनरल डायर ने निहत्थों पर गोलियाँ चलाकर भयंकर जनसंहार किया। पंजाब में मार्शल ला जैसे कठोर क़दम उठा कर भी सरकार ने निरंकुशता का परिचय दिया। ब्रिटिश हुकूमत के इस कठोर, तर्कहीन और तानाशाही रवैये से वे भारतीय नेता भी निराश हो गये जो मानते थे अंग्रेज़ वायसराय से बातचीत या समझौते के ज़रिये वे भारतीयों की वाजिब माँगों को पूरा करा सकेंगे। अंग्रेज़ों के दमन-चक्र और बार-बार की धोखाधड़ी ने संवैधानिक रास्तों से भारतीय-हितों की पूर्ति के विकल्पों को लगभग समाप्त कर दिया। कांग्रेस की बैठकों में ब्रिटिश राज के ख़िलाफ़ ज़्यादा बड़ा आंदोलन खड़ा करने के पक्ष में राय पक्की होने लगी। बीस के दशक में मुसलमान नेताओं में तुर्की संबंधी ब्रिटिश नीति के कारण आक्रोश पनपा। अपने वायदों के विपरीत अंग्रेज़ों ने तुर्की का विभाजन करके वहाँ के ख़लीफ़ा को सत्ताच्युत कर दिया था। इन्हीं ख़िलाफ़त नेताओं का सहयोग लेकर गाँधी ने अंग्रेज़ों के ख़िलाफ़ व्यापक असहयोग आंदोलन की रणनीति तैयार की जिसमें मुद्रास्फीति, खाद्यान्न की कमी, महँगाई, प्लेग-महामारी से जूझ रहे किसानों-मज़दूरों को राष्ट्रीय राजनीति में रचनात्मक भूमिका निभाने के लिए तैयार किया गया। गाँधी इससे पहले वायसराय को सम्बोधित पत्र में कह चुके थे कि कुशासन से सहयोग से इनकार करने का अधिकार प्रत्येक व्यक्ति को है।

असहयोग आंदोलन को सितम्बर, 1920 में कोलकाता के कांग्रेस अधिवेशन में औपचारिक स्वीकृति प्रदान की गयी।

असहयोग आंदोलन : उपनिवेशवाद विरोधी गोलबंदी

गाँधी ने उस अधिवेशन में कहा कि अंग्रेज़ सरकार शैतान है जिसके साथ अब कोई सहयोग सम्भव नहीं है, हालाँकि असहयोग का प्रस्ताव स्वीकृत कराने से पहले गाँधी को काफ़ी विरोध का सामना भी करना पड़ा। मोहम्मद अली जिन्ना, ऐनी बेसेंट, विपिन चंद्र पाल आदि नेताओं ने इस प्रस्ताव का सख़्त विरोध किया। मोतीलाल नेहरू, सुरेंद्रनाथ बनर्जी, मदनमोहन मालवीय, चितरंजन दास आदि ने भी गाँधी के इस क़दम की मुख़ालफ़त की। लेकिन काफ़ी जहस-मुबाहिरो के बाद अंततः कांग्रेस को व्यापक स्वरूप देने तथा जनांदोलन के हित में गाँधी के विरोधियों ने भी अपने को संयत कर लिया।

असहयोग की रणनीति प्रस्तावित करते हुए गाँधी ने इसे पूरी तरह से अहिंसात्मक बनाने की अपील की और इस तरह आंदोलन के साथ ही एक प्रकार से भारतीय राजनीति में गाँधी युग की शुरुआत हो गयी। दिसम्बर के नागपुर कांग्रेस अधिवेशन में पारित असहयोग के प्रस्तावों में जनता से ये अपीलें की गयीं— सरकारी स्कूलों, कॉलेजों, अदालतों का बहिष्कार करना, विदेशी वस्त्रों को त्यागना, सरकारी उपाधियाँ तथा प्रशस्तिपत्र लौटाना, हथकरघे को प्रोत्साहन, हिंदू-मुसलिम एकता को बढ़ावा देना, छुआछूत मिटाना, अहिंसा का पालन और आगे चलकर नमक कर अदायगी से इनकार इत्यादि। गाँधी देश की जनता में विश्वास की भावना जगाये रखना चाहते थे ताकि वह बड़ी क़ुर्बानियों के लिए तैयार रह सके। उन्होंने जनता को यक़ीन दिलाया कि इन प्रस्तावों पर अमल करने तथा अंग्रेज़ सरकार से असहयोग करने से देश को एक साल के भीतर आज़ादी प्राप्त हो जाएगी। आंदोलन के माध्यम से कांग्रेस का व्यापक सांगठनिक विस्तार हुआ। दूरदराज़ के क्षेत्रों में कांग्रेस समितियों का गठन, पार्टी सदस्यता के लिए चवन्नी का शुल्क, विकेंद्रीकरण एवं सम्पर्क भाषा के तौर पर हिंदी का प्रयोग करने जैसे क़दम उठाए गये। गाँधी ने असहयोग और ख़िलाफ़त आंदोलन का समन्वय कर हिंदू-मुसलिम समुदायों को जोड़ कर अंग्रेज़ों के ख़िलाफ़ साम्प्रदायिक एकता का नमूना पेश किया। उन्होंने ख़िलाफ़त आंदोलन का नेतृत्व कर रहे अली भाइयों के साथ मिलकर देश भर में सभाएँ कीं और लोगों को स्वतंत्रता के महत्त्व के बारे में सचेत किया। लम्बी दासता के कारण उदासीन हो चुकी भारतीय जनता में असहयोग के ज़रिये संघर्ष की नयी चेतना का संचार हुआ।

अपने प्रभाव की दृष्टि से आंदोलन को अभूतपूर्व सफलता मिली। आंदोलन 1 अगस्त, 1920 को आरम्भ हुआ और उसी दिन विख्यात राष्ट्रवादी नेता बाल गंगाधर तिलक के निधन की खबर भी मिली। उनकी मृत्यु के बाद आयोजित शोकसभाएँ तथा प्रदर्शनियाँ असहयोग आंदोलन की हड़तालों तथा धरना-प्रदर्शनों के साथ घुलमिल गयीं। पहले महीने में ही एक लाख के क़रीब छात्रों ने सरकारी स्कूल छोड़ दिये और वे राष्ट्रीय-स्कूल कॉलेजों में दाखिल हो गये। बंगाल, आंध्र, उत्तर प्रदेश, पंजाब आदि प्रांतों में वकीलों ने भी बड़ी संख्या में सरकारी अदालतों में जाना बंद कर दिया। चक्रवर्ती राजगोपालाचारी, मोतीलाल नेहरू, चितरंजन दास जैसे प्रतिष्ठित राष्ट्रवादी वकीलों द्वारा न्यायालयों के बहिष्कार से भी आंदोलन के पक्ष में सकारात्मक प्रभाव पड़ा। विदेशी वस्त्रों के दहन के कार्यक्रमों को देश भर में सबसे अधिक सफलता मिली और विदेशी वस्त्र बेचने वाली दुकानें भी धरनों के कारण नुक़सान में चली गयीं। आँकड़ों के अनुसार 1920-21 में जहाँ लगभग एक अरब दो करोड़ रुपये के विदेशी वस्त्रों का आयात हुआ, वहीं साल भर बाद यह घट कर 57 करोड़ रुपये रह गया। 17 नवंबर, 1921 को प्रिंस ऑफ़ वेल्स जब भारत यात्रा पर आये तो पूरे भारत में उन्हें विरोध-प्रदर्शन, हड़तालों और बंद का सामना करना पड़ा। सरकार आरम्भ में इस आंदोलन को नज़रअंदाज़ करने की नीति पर चल रही थी पर जब इसकी उग्रता बढ़ने लगी तो उसने हड़ताल-प्रदर्शनों पर पाबंदी लगायी और व्यापक तौर पर छापामारी कर आंदोलनकारियों को गिरफ़्तार कर लिया। लगभग तीस हज़ार लोग जेल में डाल दिये गये।

लेकिन असहयोग आंदोलन का प्रभाव पूरे भारतीय जनमानस पर पड़ा। चाय-बाग़ान तथा स्टीमर पर काम करने वाले मज़दूरों, काश्तकारों, वन-क़ानून से पीड़ित लोगों, गुरुद्वारों के भ्रष्ट महंतों से पीड़ित पंजाब के अकालियों आदि विभिन्न तबक़ों में नयी ऊर्जा का संचार हुआ। वे असहयोग के उद्देश्य को आत्मसात कर अपनी-अपनी मांगों के लिए आंदोलन करने लगे। इतिहासकार बिपन चंद्र के अनुसार- असहयोग आंदोलन ने तमाम स्थानीय आंदोलनों को जन्म दिया, जिससे पहले से चल रही मुहिमों को बल मिला। यह बात दीगर है कि ये आंदोलन कहीं-कहीं असहयोग आंदोलन की नीतियों और अहिंसा के सिद्धांतों से मेल नहीं खाते थे।

आंदोलन को मिली शुरुआती सफलता के बावजूद इसका अंत काफ़ी विवादास्पद ढंग से हुआ। चौरीचौरा (उत्तर

प्रदेश के गोरखपुर ज़िले का कस्बा) में हुई हिंसा के बाद गाँधी ने अकस्मात ही आंदोलन वापस लेने का ऐलान कर दिया। चौरीचौरा में 5 फ़रवरी, 1922 को स्थानीय स्तर पर असहयोग एवं ख़िलाफ़त के पक्ष में लोग अनुशासित तरीक़े से जुलूस निकाल रहे थे। पुलिस ने उनका रास्ता रोकने तथा बल प्रयोग का प्रयास किया। जुलूस में सम्मिलित लोगों ने पुलिस पर पलट कर हमला बोला। सिपाहियों ने थाने में घुस कर जब बचाव का प्रयास किया तो भीड़ ने थाने में आग लगा दी जिसमें क़रीब 22 पुलिस वालों की मृत्यु हो गयी। गाँधी ने इस घटना को असहयोग आंदोलन की मूल अहिंसा-नीति से विचलन क़रार दे कर आंदोलन समाप्त करने की घोषणा कर दी। गाँधी का यह निर्णय जवाहरलाल नेहरू, चितरंजन दास या सुभाषचंद बोस जैसे उनके सहयोगियों को पसंद नहीं आया। पर गाँधी ने इसे अंहिसा की मूल परीक्षा का विषय क़रार दिया।

वामपंथी इतिहासकारों ने इसे अमीरों-ज़मींदारों के हितों की रक्षा के पक्ष में लिए गये फ़ैसले के रूप में देखा और माना है कि गाँधी जनता को उस सीमा तक जुझारू नहीं बनाना चाहते थे कि वह ज़मींदारी-पूँजीपतियों की सत्ता के विरुद्ध हो जाए। ऐसा होने पर देश की परम्परागत संरचना ध्वस्त हो सकती थी। इन आलोचकों की मान्यता है कि गाँधी स्वयं भी परम्परा समर्थक होने के कारण भारतीय समाज-रचना को बचाना चाहते थे। इस मत के विपरीत बिपन चंद्र जैसे इतिहासकारों की मान्यता है कि तत्कालीन परिस्थिति में ऐसी कोई जुझारू या लड़ाकू ताक़तें नहीं थीं जिनके कारण गाँधी को असहयोग आंदोलन वापस लेने के लिए मजबूर होना पड़ा। बिपन चंद्र के अनुसार अंग्रेज़ों की दमनात्मक कार्रवाई से जनता के हौसले को टूटने से बचाने, अंग्रेज़ों के अड़ियलपन को भाँप लेने, आंदोलन में शामिल छात्रों-व्यापारियों-वकीलों में बढ़ती निष्क्रियता, अहिंसा को स्वतंत्रता आंदोलन की मूल नीति के रूप में स्वीकृति दिलाने आदि कारणों से आंदोलन को गाँधी ने वापस लिया। कुल मिला कर इस आंदोलन ने भारतीय स्वतंत्रता संग्राम पर अमिट छाप छोड़ी। इसने सिद्ध कर दिया कि भारतीय राष्ट्रवाद अब अधिक जुझारू अवस्था में प्रवेश कर रहा है और जिस जनता को अंग्रेज़ संघर्ष-भावना से रहित, उदासीन तथा निरपेक्ष मानते थे, वह अधिक मुखर व सजग हो चली है।

देखें : भारत में सशस्त्र संघर्ष-1, 2 और 3, ख़िलाफ़त आंदोलन, प्रथम विश्व-युद्ध, मोहनदास कर्मचंद गाँधी-1 और 2, उपनिवेशवाद, सविनय अवज्ञा, अबुल कलाम आज़ाद, मुसलिम राजनीतिक विचार, विनायक दामोदर सावरकर, रमेश चंद्र मजूमदार।

संदर्भ

1. बिपन चंद्र (1990), *भारत का स्वतंत्रता संघर्ष*, हिंदी माध्यम कार्यान्वय निदेशालय, दिल्ली विश्वविद्यालय, दिल्ली.
2. जूडिथ एम. ब्राउन (1974), *गाँधीज़ राइज़ टू पावर : इण्डियन पालिटिक्स 1915-22*, केम्ब्रिज युनिवर्सिटी प्रेस, केम्ब्रिज.
3. ऐडम राबटर्स् और टिमोथी गार्टन (सम्पा) (2009), *सिविल रिज़िस्टेंस ऐंड पावर पॉलिटिक्स : द एक्सपीरियेंस ऑफ़ नॉन-वायलेंट एक्शन फ्रॉम गाँधी टू प्रज़ेंट*, ऑक्सफ़र्ड युनिवर्सिटी प्रेस, नयी दिल्ली.
4. पीटर हीथ्ज़ (1998), *इण्डियाज़ फ्रीडम स्ट्रगल : अ शार्ट हिस्ट्री*, ऑक्सफ़र्ड युनिवर्सिटी प्रेस, दिल्ली.
5. सुमित सरकार (1983), *मॉडर्न इण्डिया, 18 8 5-1947*, मैकमिलन, नयी दिल्ली.
6. जी. मिनॉल्ट (1982), *द ख़िलाफ़त मूवमेंट : रिलीजस सिम्बॉलिज़म ऐंड पॉलिटिकल मोबिलाइज़ेशन इन इण्डिया*, ऑक्सफ़र्ड युनिवर्सिटी प्रेस, नयी दिल्ली.
7. शाहिद अमीन (1995), *ईवेंट, मैटाफ़र, मेमॅरी : चौरी चौरा, 1922-1992*, ऑक्सफ़र्ड युनिवर्सिटी प्रेस, नयी दिल्ली.

— वैभव सिंह

उपनिवेशवाद विरोधी आंदोलन-3

(भारत छोड़ो आंदोलन)

(Anti-colonial Movement-3)

असहयोग और सविनय अवज्ञा आंदोलन के बाद 1942 से 45 तक चलने वाला भारत छोड़ो आंदोलन भारतीय स्वाधीनता संग्राम का सबसे ऊर्जावान और व्यापक प्रभाव वाला आंदोलन सिद्ध हुआ। दूसरे विश्व-युद्ध के साये में हुए इस आंदोलन ने अंग्रेज़ सरकार की नींव हिला कर रख दी। आरम्भ में महात्मा गाँधी ऐसे विशाल आंदोलन की कल्पना नहीं कर पा रहे थे क्योंकि जर्मनी-इटली और जापान जैसे फ़ासिस्ट देशों से ब्रिटेन युद्ध में उलझा हुआ था। इसलिए उन्होंने अंग्रेज़ों के साथ विश्व-युद्ध के दौरान भी बातचीत के रास्ते को बेहतर समझा। पर अंग्रेज़ों के मन में इस विश्व-युद्ध के दौरान भी भारतीय नेताओं, जनता तथा आंदोलनों के प्रति साम्राज्यवादी नफ़रत में कोई कमी नहीं आयी थी। इसीलिए मार्च, 1942 के क्रिप्स मिशन के प्रस्तावों को ब्रिटेन के तत्कालीन प्रधानमंत्री विंस्टन चर्चिल ने अंतर्राष्ट्रीय दबावों में इस तरह से तैयार करवाया था कि भारतीयों-अंग्रेज़ों में कोई ठोस समझौता न हो सके। इसमें युद्ध में भारत के समर्थन के बदले युद्धोपरांत भारत को स्वशासन प्रदान करने तथा संविधान निर्मात्री परिषद् के गठन का प्रस्ताव रखा गया था। इसमें भारतीयों को सब कुछ युद्ध के बाद ही मिलना था और वह

साइमन कमीशन : अहिंसक, लेकिन जुझारू विरोध

भी सुनिश्चित नहीं था। समझौते के इन प्रस्तावों पर नेहरू ने मायूसी जताई और गाँधी ने कहा कि यह दिवालिया होते बैंक का पोस्ट डेटेड चेक है। प्रस्ताव में मुसलिम लीग की माँगों के मद्देनज़र विभाजन तथा संविधान परिषद् में रियासत के लोगों द्वारा नामांकित लोगों को शामिल करने जैसे आपत्तिजनक प्रस्ताव भी थे जिनका कांग्रेस ने कड़ा प्रतिरोध किया।

एक ओर क्रिप्स मिशन के प्रस्तावों को लेकर क्षोभ और निराशा थी, तो दूसरी ओर विश्व-युद्ध के कारण देश के हालात असंतुलित होते जा रहे थे। ज़रूरी वस्तुओं की क़ीमतें आसमान छू रही थीं और व्यापारियों को जलमार्ग से व्यापार करने में सैकड़ों बाधाओं का सामना करना पड़ रहा था। सुमित सरकार के मुताबिक़ संयुक्त प्रांत और बिहार जहाँ से सबसे ज़्यादा मज़दूर एवं व्यापारी दक्षिण एशिया जाते थे, वहाँ पर भी युद्ध के कारण संकट पैदा हो गया था। इस परिस्थिति ने व्यापारी समुदाय के मन में भी ब्रिटिश सरकार के प्रति धारणा को बदल दिया। ब्रिटिश सेना में शामिल भारतीयों की मृत्यु के समाचार भी आग में घी डालने का काम कर रहे थे। युद्ध के कारण अनाज की जमाखोरी, बैंकों से पैसा निकालने और कोलकाता में जापानी सेना द्वारा बमबारी से पलायन की घटनाएँ हो रही थीं। जनता के बीच यह एहसास फैल रहा था कि युद्ध में ब्रिटेन कमज़ोर स्थिति में है। सिंगापुर एवं रंगून पर जापान द्वारा आधिपत्य स्थापित कर लेने के बाद यह अफ़वाह और तेज़ी से फैलने लगी। ऐसे हालात में कांग्रेस भी आंदोलन के पक्ष में जनदबाव को महसूस करने लगी थी। अस्थिरता की इन्हीं चौतरफ़ा स्थितियों में गाँधी ने आंदोलन का फ़ैसला किया। कांग्रेस के भीतर से होने वाले इस फ़ैसले के सम्भावित विरोध पर उन्होंने अपना प्रसिद्ध बयान दिया : मैं देश की बालू से ही कांग्रेस से भी बड़ा आंदोलन खड़ा कर दूँगा।

आंदोलन संबंधी निर्णय पर विचार के लिए वर्धा में 14 जुलाई, 1942 को कांग्रेस कार्यसमिति की बैठक भी हुई जिसमें आंदोलन के प्रस्ताव को स्वीकृति प्रदान कर दी गयी। इसके बाद मुम्बई के ग्वालिया टैंक में कांग्रेस अधिवेशन हुआ जहाँ जनता की भारी उपस्थिति के बीच गाँधी ने अपना ऐतिहासिक नारा दिया : करो या मरो। इस आंदोलन में ब्रिटिश सत्ता के बहिष्कार की अपील की गयी और स्वयं को स्वतंत्र अनुभव करने के लिए प्रेरित किया गया। उस समय तक देशी रियासतों का ब्रिटिश इण्डिया से अलग दर्जा था जहाँ कांग्रेस का संगठन एवं आंदोलन भी कमज़ोर था। गाँधी ने रियासतों की जनता को भी आंदोलन में सम्मिलित होने के लिए कहा और राजाओं एवं ज़मींदारों को भारतीय जनता की प्रभुसत्ता को मंजूर करने के लिए चेतावनी भी दी। उधर, सरकार की नीति अधिकाधिक लोगों को जेल में डालने की थी ताकि आंदोलन पूरी तरह से नेतृत्वहीन हो जाए।

नौ अगस्त को सवेरे ही गाँधीजी समेत कांग्रेस के कई बड़े नेता गिरफ़्तार कर लिए गये और उन्हे अलग-अलग जेलों में भेज दिया गया। पर सरकार की यह फुर्ती उसी के विरोध में चली गयी क्योंकि आंदोलन में लोगों की जो भागीदारी धीरे-धीरे बढ़ती वह अचानक बढ़ने लगी। देशभर में उथल-पुथल सी मच गयी और मुम्बई, अहमदाबाद, पूना, दिल्ली, कानपुर, इलाहाबाद, वाराणसी और पटना आदि शहरों में जुलूस, हड़ताल, प्रदर्शन और प्रतिरोध फैल गया। सरकार ने समाचार पत्रों और पत्रिकाओं पर भी प्रहार करना शुरू कर दिया। उनके लाइसेंस रद्द कर दिये या पुलिस को आदेश दिये गये कि समाचार पत्रों को सवेरे ही ज़ब्त कर लिया जाए ताकि वे वितरित न हो सकें। पहले के आंदोलन की तुलना में इस बार गाँधी जी जेल में थे और जनता पर बार-बार हिंसा न करने का दबाव भी था। जेल में बंद गाँधी से जब सरकार ने कहा कि वह प्रदर्शनकारियों से हिंसा न करने के लिए अपील जारी करें, तो गाँधी ने स्वयं ही इससे इनकार कर दिया। पहले जहाँ वे हिंसा के लिए आंदोलनकारियों को उत्तरदायी मानते थे, वहीं इस बार उन्होंने कहा कि हिंसा के लिए सरकारी दमन ज़िम्मेदार है, न कि आंदोलनकारी। इसीलिए देश में कई जगहों पर आंदोलन के दौरान सत्याग्रह से आगे जाकर जनता ने ब्रिटिश शासन के प्रतीकों जैसे रेल, डाकख़ाने, सरकारी इमारतों. कचहरियों आदि को निशाना बनाया और उनमें तोड़फोड़ की। रेल पटरियाँ और टेलिफ़ोन-तार की लाइनें सबसे अधिक निशाना बनीं।

अगस्त के मध्य में ही यह आंदोलन शहरों से निकलकर गाँव-कस्बों में जा पहुँचा। मुम्बई, कोलकाता, अहमदाबाद और जमशेदपुर, जहाँ बड़े मिल-कारख़ाने थे, वहाँ पर भी मज़दूर हड़ताल पर चले गये। कांग्रेस के बड़े नेता जेल में थे लेकिन भूमिगत संगठनों के ज़रिये नया नेतृत्व तैयार हो गया था जिसमें जय प्रकाश नारायण, राम मनोहर लोहिया, अरुणा आसफ़ अली, अच्युत पटवर्धन, बीजू पटनायक और सुचेता कृपलानी जैसे महत्त्वपूर्ण नेता शामिल थे। आंदोलन के दौरान

एक समय ऐसा भी आया कि कई जगहों पर अंग्रेज़ी शासन पूरी तरह से निष्प्रभावी हो गया। बलिया में चित्तू पांडे की अगुवाई में सरकार बनी, तो बंगाल के मिदनापुर ज़िले की तमालुक तहसील में जातीय सरकार बनी। सतारा (महाराष्ट्र) में भी समानांतर सरकारें बनीं जिन्होंने सुधार और शिक्षा के कार्यों पर बल दिया तथा छुआछूत मिटाने जैसी योजनाएँ लागू कीं। जब गाँधी ने देखा कि पूरे देश में आंदोलन चरम पर जा पहुँचा है तब उन्होंने सरकार पर नैतिक-राजनीतिक दबाव बढ़ाने के लिए आगा खाँ पैलेस की जेल में ही 10 फ़रवरी, 1943 से 21 दिन का उपवास करना आरम्भ कर दिया। इस, उपवास ने व्यापक प्रभाव पैदा किया और देश व दुनिया के संगठनों तथा संस्थाओं का ध्यान आंदोलन की तरफ़ आकृष्ट हुआ।

लेकिन सरकार बार-बार युद्ध का बहाना बनाकर भारतीयों की मांगों की उपेक्षा कर रही थी। गाँधी के 21 दिनों के उपवास को भी सरकार ने हल्के में लिया और उनकी मृत्यु से उपजने वाले हालात के लिए भी कमर कस ली। उनकी शवयात्रा से जुड़े इंतज़ामों की समीक्षा की जाने लगी। पर गाँधी ने अपना उपवास पूरा किया और आंदोलन भी सतत रूप से जारी रहा। भारतीय कम्युनिस्ट पार्टी आधिकारिक रूप से इस आंदोलन में सम्मिलित नहीं थी क्योंकि उसका मत था कि इस समय फ़ासीवादी सरकारों के ख़िलाफ़ विश्वयुद्ध चल रहा है जिसमें जर्मनी, इटली एवं जापान फ़ासीवादी समूह की विजय से भारत समेत पूरी दुनिया नये संकट से घिर जाएगी और भारत को स्वतंत्रता मिलने के स्थान पर वह ज़्यादा बर्बर साम्राज्यवादी शक्तियों का ग़ुलाम हो जाएगा। कुछ सीमा तक यह तर्क सही भी था क्योंकि आज़ाद हिंद फ़ौज का जो हश्र जापानी सेनाओं ने किया, वह आँख खोलने वाला था। आज़ाद हिंद फ़ौज के सिपाहियों को संगठित होने से रोकने, उनके साथ दुर्व्यवहार करने एवं उन्हें निम्नतम श्रेणी की सेवाओं तक सीमित रखने जैसे काम वह जापानी सेना कर रही थी जिसने सुभाष चंद्र बोस को वचन दिया था कि जापान की सेना भारत पर क़ब्ज़ा नहीं करेगी। पर कम्युनिस्टों ने स्थानीय स्तर पर आंदोलन का खुल कर साथ भी दिया। जिन्ना के नेतृत्व में मुसलिम लीग और हिंदू महासभा जैसे साम्प्रदायिक विचारधारा वाले दलों ने आंदोलन से स्वयं को पूरी तरह अलग रखा। आंदोलन स्वत:स्फूर्त था अथवा सांगठनिक नेतृत्व के अनुशासन से बँधा हुआ— उस सवाल पर बिपन चंद्र का कहना है : इसमें संदेह नहीं कि पूर्ववर्ती आंदोलनों की तुलना में 1942 के आंदोलन में स्वत:स्फूर्तता का तत्त्व ज़्यादा था, यद्यपि 1919-22, 1930-31 और 1931-32 में भी कांग्रेस नेतृत्व ने जनता की पहल और स्वत:स्फूर्त उभारों के लिए काफ़ी गुंजाइश छोड़ी थी। इस आंदोलन ने जनता को अहसास दिला दिया कि आज़ादी का दिन अब दूर नहीं है और अंग्रेज़ों के लिए अब कूटनीतिक समझौतों का वक्त भी समाप्त हो गया। गाँधी को सरकार ने क़रीब पौने दो साल जेल में रखा और 6 मई, 1944 को तब रिहा किया जब बीमारी के कारण उनका स्वास्थ्य काफ़ी ख़राब हो चुका था। देश में आंदोलन चल रहा था और कांग्रेस अपने संगठन को नये-नये नामों से देश के विभिन्न हिस्सों में फैला रही थी। अंतत: सरकार ने वेवल प्रस्ताव, जिसे शिमला सम्मेलन भी कहा गया, प्रस्तुत किया। जून 1945 में शिमला सम्मेलन के साथ ही तीन साल पुराना यह ऐतिहासिक आंदोलन ब्रिटिश राज की बुनियाद पर क़रारा आघात कर समाप्त हो गया।

देखें : भारत में सशस्त्र संघर्ष-1 और 2, ख़िलाफ़त आंदोलन, प्रथम विश्व-युद्ध, मोहनदास कर्मचंद गाँधी-1 और 2, उपनिवेशवाद, सविनय अवज्ञा, अबुल कलाम आज़ाद, मुसलिम राजनीतिक विचार, विनायक दामोदर सावरकर, रमेश चंद्र मजूमदार।

संदर्भ

1. हचिंस फ्रांसिस (1971), *स्पांटेनियस रेवोल्यूशंस, द क्विट इण्डिया मूवमेंट,* मनोहर बुक्स, नयी दिल्ली.
2. हचिंस फ्रांसिस (1973), *इण्डियाज़ रिवोल्यूशंस, गाँधी ऐंड द क्विट इण्डिया मूवमेंट,* हार्वर्ड युनिवर्सिटी प्रेस, केम्ब्रिज.
3. विद्युत चक्रवर्ती (1992), 'पॉलिटिकल मोबिलाइज़ेशंस इन द लोकैलिटीज, द 1942 क्विट इण्डिया मूवमेंट इन मिदनापुर', *मॉडर्न एशियन स्टडीज़,* खण्ड 26 , अंक 4.
4. स्टेनली वोलपर्ट (2006), *शेमफुल फ़्लाइट, द लास्ट ईयर्स ऑफ़ द ब्रिटिश एम्पायर इन इण्डिया,* ऑक्सफ़र्ड युनिवर्सिटी प्रेस, न्यूयॉर्क.
5. ज्ञानेंद पाण्डेय (1988), *द इण्डियन नेशन इन 1942,* सेंटर फ़ार द स्टडीज़ ऑफ़ सोशल साइंसेज़, कोलकाता और के.पी.बागची.

— वैभव सिंह

उपनिवेशवाद विरोधी आंदोलन में स्त्री-नेतृत्व-1

(शुरुआती आयाम : एकता और संघर्ष)

(Women Leadership in Anti-colonial Movement-1)

ईस्ट इण्डिया कम्पनी की हुकूमत के ख़िलाफ़ 1857 में हुए विद्रोह से लेकर 1947 तक चले उपनिवेशवाद विरोधी संघर्ष में भारतीय स्त्रियों की भूमिका काफ़ी अहम रही है। हालाँकि इतिहास में स्त्रियों के इस योगदान को समुचित महत्त्व नहीं दिया, लेकिन उपनिवेशवाद के ख़िलाफ़ संग्राम में उनकी भागीदारी 9 मई, 1857 को ही शुरू हो गयी थी जब मेरठ में भारतीय सिपाहियों को विद्रोह करने के जुर्म में गिरफ़्तार करके जेल में डाल दिया गया था। शाम को जब कुछ सिपाही बाज़ार में घूमने निकले तो शहर की स्त्रियों ने उन्हें आड़े हाथों लेते हुए कहा : 'छि:! तुम्हारे भाई जेलख़ाने में हैं और तुम यहाँ बाज़ार में मक्खियाँ मार रहे हो। तुम्हारे जीने पर धिक्कार है।' अगले ही दिन 10 मई को जेलख़ाना तोड़ कर सभी क़ैदी सिपाहियों को छुड़ा लिया गया और सारे विद्रोही सिपाही उसी रात दिल्ली की ओर प्रस्थान कर गये। इसी के बाद 1857 का विद्रोह व्यापक तौर पर फैला। सन् सत्तावन की राज्य-क्रांति में लखनऊ की बेगम हज़रत महल, झाँसी की रानी लक्ष्मीबाई और झलकारी बाई जैसी वीरांगनाओं का नाम प्रमुखता से लिया जाता है। लेकिन इससे भी पहले 1824 में कित्तूर (कर्नाटक) की रानी चेनम्मा ने अंग्रेज़ों को भारत से बाहर निकालने के लिए 'फ़िरंगियो भारत छोड़ो' का नारा बुलंद करके कम्पनी की सेनाओं के ख़िलाफ़ साहस के साथ युद्ध किया था। बीसवीं सदी में भारतीय राष्ट्रीय कांग्रेस की राजनीतिक गतिविधियों में स्त्रियों की भागीदारी का आरम्भ 1890 में उस समय हुआ जब कांग्रेस अधिवेशन में स्वर्णकुमारी घोषाल और कादम्बरी गांगुली ने प्रतिनिधि के रूप में भाग लिया। इंग्लैंड से भारत आकर ऐनी बेसेंट ने थियोसोफ़िकल सोसाइटी के माध्यम से भारत में समाज सुधार और कांग्रेस के माध्यम से राजनीतिक अधिकारों के आंदोलनों में अग्रणी भूमिका निभायी थी। इसके बाद उपनिवेशवाद विरोधी आंदोलनों में स्त्री-भागीदारी का सिलसिला बढ़ता चला गया।

चाहे समाज-सुधार का क्षेत्र हो या सीधे-सीधे उपनिवेशवाद विरोधी राजनीति का, स्त्रियाँ पीछे नहीं रहीं। तत्कालीन पितृसत्तात्मक समाज के दबावों और व्यापक स्त्री-अशिक्षा के बावजूद उन्होंने उदीयमान भारतीय राष्ट्रवाद से एकता और संघर्ष का द्वंद्वात्मक रिश्ता क़ायम करते हुए न केवल राष्ट्र की परिकल्पना में योगदान दिया, बल्कि अपने अधिकारों की दावेदारी भी की। इस रणनीति की पहली सुव्यवस्थित अभिव्यक्ति उस समय दिखायी दी जब भारतीय नारीवादियों और उनके संगठनों (वुमंस इण्डियन एसोसिएशन, आल-इण्डिया वुमंस कांफ्रेंस और नैशनल कौंसिल फ़ॉर वूमॅन) ने बीसवीं सदी के तीसरे दशक में अपनी सरगर्मियों से राष्ट्रवाद पर दबाव डालने में कमोबेश कामयाबी हासिल की। यह मौक़ा उन्हें नस्लवादी और उपनिवेशवाद समर्थक रुझानों के लिए शोहरतयाफ़्ता अमेरिकी पत्रकार कैथरीन मेयो की कुख्यात पुस्तक *मदर इण्डिया* ने दिया। इस पुस्तक का प्रतिकार करने के लिए गाँधी के उपनिवेशवाद विरोधी आंदोलन को स्त्रियों की विशेष पहलक़दमी की ज़रूरत पड़ी। एक ब्रिटिश ख़ुफ़िया अधिकारी द्वारा सुझायी गयी विषयवस्तु को केंद्र बना कर मेयो ने *मदर इण्डिया* में यह दिखाने की कोशिश की थी कि जिस देश में स्त्रियों की हालत इतनी ख़राब हो उसकी जनता को स्व-शासन माँगने का कोई अधिकार नहीं है। मेयो की इस पॉलिमिक्स के ज़रिये अंग्रेज़ राष्ट्रवादियों की उस चुनौती का जवाब भी देना चाहते थे जिसके प्रभाव में भारत का आधुनिकीकरण करने की उनकी दावेदारियाँ लगातार आहत होती जा रही थीं।

मेयो के आरोपों में एक हद तक तथ्यात्मक सच्चाई भी थी, पर उन्होंने ब्राह्मणवादी पितृसत्ता के साथ अंग्रेज़ महाप्रभुओं की साठगाँठ को पूरी तरह से छिपा लिया था। आज़ादी के आंदोलन के साथ सक्रिय नारीवादी संगठनों ने मेयो के आरोपों पर लीपापोती करने के बजाय इस मौक़े का फ़ायदा उठा कर स्त्री-प्रश्न को पूरी ज़ोरदारी के साथ केंद्रित किया। उन्हीं की कोशिशों से बाल-विवाह का निषेध करने वाला शारदा एक्ट प्रस्तावित हुआ। मेयो द्वारा किये गये आक्रमण का परिणाम यह निकला कि राष्ट्रवाद के परम्परानिष्ठ प्रवक्ताओं को भी हिचक के साथ ही सही, पर शारदा एक्ट का समर्थन करना पड़ा। हालाँकि शारदा एक्ट भी एक सीमित सुधार ही था, पर उसकी राजनीति ने भारतीय नारीवाद द्वारा भविष्य में अपनाये जाने वाले रास्ते की रूपरेखा बना दी। इसके बाद नारीवाद और राष्ट्रवाद के बीच एकता और संघर्ष के रिश्ते बनते चले गये।

उपनिवेशवाद विरोधी राजनीति में स्त्रियों की नेतृत्वकारी भागीदारी को समझने के लिए हमें उन्हें कम से कम दो चरणों और तीन भागों में बाँट कर देखना होगा। पहला चरण वह था जब 1857 के स्वाधीनता संग्राम में राजघरानों और रजवाड़ों की स्त्रियों ने ही इस अभियान में प्रमुखता से हिस्सा लिया। दूसरा चरण तब आता है जब भारत में आये सांस्कृतिक पुनर्जागरण ने समाज के प्रगतिशील परिवारों की स्त्रियों को भी राजनीतिक-सामजिक संघर्ष में भाग लेने को प्रेरित किया। बंगाल और इसके बाद महाराष्ट्र में चले समाज-सुधार आंदोलनों ने स्वतंत्रता आंदोलन में स्त्रियों की भागीदारी

को बढ़ावा दिया जिसके परिणामस्वरूप 1905 में बंगाल के विभाजन के विरुद्ध छेड़े गये आंदोलन में शायद पहली बार स्त्रियों ने भारी संख्या में हिस्सेदारी की। दूसरे चरण में स्त्री-नेतृत्व के विकास पर दो भागों में नज़र डाली जा सकती है। पहला हिस्सा उन स्त्री-नेताओं का है जो उपनिवेशवाद विरोधी आंदोलन के पुरुष नेताओं के परिवारों से संबंधित थीं। उनकी पत्नी, बहिन या बेटी के तौर पर इन स्त्रियों को राजनीति में आगे आने का मौक़ा मिला। भारत के सम्पन्न-प्रगतिशील परिवारों की स्त्रियाँ भी आज़ादी की लड़ाई में कूदीं। 1922 के कांग्रेस अधिवेशन में भाग लेने वाली 16 स्त्रियों में से नौ कांग्रेस के स्थापित नेताओं के परिवार की ही थीं। दूसरा हिस्सा उन स्त्री-नेताओं का है जिन्होंने इस तरह की पारिवारिक पृष्ठभूमि के बिना उपनिवेशवाद विरोधी राजनीति में अपनी जगह बनायी। पहली श्रेणी में अगर कस्तूरबा गाँधी, कमला नेहरू, विजय लक्ष्मी पण्डित, प्रभावती देवी और सुचेता कृपलानी के नाम प्रमुखता से लिए जा सकते हैं तो दूसरी श्रेणी में पण्डिता रमाबाई सरस्वती, ऐनी बेसेंट, सरोजिनी नायडू, संतोष कुमारी देवी, अरुणा आसफ़ अली, मीरा बेन, कमला देवी चट्टोपाध्याय, दुर्गाबाई देशमुख और लक्ष्मी सहगल जैसी हस्तियों का उल्लेख किया जा सकता है। कमला देवी चट्टोपाध्याय ने 1921 के असहयोग आंदोलन में बढ़-चढ़ कर भाग लिया और बर्लिन शहर में आयोजित अंतर्राष्ट्रीय महिला सम्मेलन में भारत का प्रतिनिधित्व कर तिरंगा झंडा भी फ़हराया। इसी प्रकार 1925 में कानपुर में हुये कांग्रेस अधिवेशन की अध्यक्षता करने वाली सरोजिनी नायडू को कांग्रेस की प्रथम भारतीय महिला अध्यक्ष बनने का ग़ौरव प्राप्त हुआ।

कस्तूरबा मोहनदास गाँधी (1896-1944)

कमला कौल नेहरू (1899-1936)

प्रभावती देवी (1906-1973)

आज़ादी के आंदोलन में घर के भीतर और बाहर स्त्री-भागीदारी के कई रूप थे। मसलन, घर में वे सूत कात कर और खादी बुन कर गाँधीवादी राष्ट्रवाद में योगदान करती थीं। घर से बाहर वे कक्षाएँ आयोजित करके न केवल अन्य स्त्रियों को शिक्षित करती थीं, बल्कि लेखों, कविताओं और अन्य प्रचार सामग्री की शक्ल में राष्ट्रवादी साहित्य की रचना में योगदान करती थीं। स्त्रियों ने अहिंसक आंदोलन की एक युक्ति के तौर पर देशभक्ति की भावना जगाने वाली प्रभातफेरियाँ निकालने की गतिविधि में बड़े पैमाने पर हिस्सा लिया। इन कार्यक्रमों में सभी जातियों और वर्गों की स्त्रियों ने भागीदारी की। घर के भीतर राष्ट्रवादी स्त्रियों ने ब्रिटिश हुकूमत से छिप रहे नेताओं को शरण दी, बीमार पड़ने पर उनका इलाज किया और सेवा की। स्त्रियों ने सभाओं, प्रदर्शनों और सत्याग्रह की गतिविधियों में उत्साह से हिस्सा लिया। शराब और विदेशी वस्त्रों के ख़िलाफ़ धरना देने में उनकी भूमिका विशेष रूप से उल्लेखनीय है। उन्होंने ब्रिटिश पुलिस के दमन का भी बहादुरी से सामना किया, लाठियाँ खायीं और जेल गयीं। सबसे बड़ी बात तो यह है कि राष्ट्रीय नेतृत्व की नज़रबंदी या कारावास के दौरान स्त्रियों ने आंदोलन का संचालन अपने हाथों में लिया और आज़ादी की अलख जगाये रखी।

आम तौर पर कहा जाता है कि उपनिवेशवाद विरोधी राजनीति करने वाली स्त्रियाँ मध्यवर्गीय पृष्ठभूमि से आयीं थीं। लेकिन यह पूरी सच्चाई नहीं है। इस पृष्ठभूमि की स्त्रियों में भी आयु और धर्म के हिसाब से विभेद थे और उसी के मुताबिक़ उनकी चेतना के स्तर में भी फ़र्क़ था। स्त्रियों की भागीदारी का लाभ उठा कर उपनिवेशवाद विरोधी नेतृत्व एकीकृत राष्ट्र की छवि पेश कर पाने में समर्थ रहा। इसी छवि के प्रस्तुतीकरण के लिए मातृत्व और स्त्रीत्व की अवधारणाओं के प्रचलित राजनीतिक विचारधारा के मुताबिक़ संशोधित संस्करण तैयार किये गये। जो नयी औरत गढ़ी गयी उसका आधार मिथकों, साहित्य और इतिहास को बनाया गया। स्त्री को अर्धांगिनी के साथ-साथ सहधर्मिणी के रूप में पेश करने से राजनीतिक परिवारों की औरतों का सार्वजनिक जीवन में भाग लेने का रास्ता खुल गया।

देखें : उपनिवेशवाद विरोधी आंदोलन-2 और 3, भारत में सशस्त्र संघर्ष-1, 2 और 3, मोहनदास कर्मचंद गाँधी, उपनिवेशवाद, सविनय अवज्ञा, विजय लक्ष्मी पण्डित, पण्डिता रमाबाई सरस्वती, ऐनी बेसेंट, संतोष कुमारी देवी, अरुणा आसफ़ अली, मीरा बेन, कमला देवी चट्टोपाध्याय, दुर्गाबाई देशमुख।

संदर्भ

1. विजय एग्न्यू (1979), *इलीट वुमॅन इन इण्डियन पॉलिटिक्स,* विकास

पब्लिकेशंस, नयी दिल्ली.

2. अभय कुमार दुबे (2012), 'पटरी से उतरी हुई औरतों का यूटोपिया और राष्ट्रवाद का प्रति-आख्यान', *प्रतिमान समय समाज संस्कृति,* प्रवेशांक.

3. मृणालिनी सिन्हा (2000), 'रिफ़ेशनिंग मदर इण्डिया : फ़ेमिनिज़म ऐंड नैशनलिज़म इन लेट-कोलोनियल इण्डिया', *फ़ेमिनिस्ट स्टडीज़,* खण्ड 26, अंक 3, पाइंट्स आफ़ डिपार्चर : इण्डिया ऐंड साउथ एशियन डायस्पोरा.

4. पार्थ चटर्जी (1999), 'द नैशनलिस्ट रिज़ोल्यूशन ऑफ़ वुमंस क्वेश्चन', कुमकुम संगारी और सुदेश वैद (सं.), *रिकास्टिंग वुमॅन : एसेज़ इन कोलोनियल हिस्ट्री,* काली फ़ॉर वुमॅन प्रेस.

— रवि दत्त वाजपेयी

उपनिवेशवाद विरोधी आंदोलन में स्त्री-नेतृत्व-2

(गाँधी की निर्णायक भूमिका)

(Women Leadership in Anti-colonial Movement-2)

ऐनी बेसेंट द्वारा स्थापित होम रूल लीग द्वारा आहूत स्वराज्य आंदोलन में स्त्रियों ने पूरे उत्साह से हिस्सा लिया। आगे चल कर ऐनी बेसेंट ने भारतीय राष्ट्रीय कांग्रेस के अध्यक्ष पद का दायित्व भी सँभाला। स्त्रियों के लिए समान मताधिकार के अभियान को एक प्रकार से स्वतंत्रता आंदोलन से अलग ही रखा गया था, लेकिन मार्गरेट कज़िन, कमलादेवी चट्टोपाध्याय और ऐनी बेसेंट जैसी महिला नेत्रियों ने इस आंदोलन को स्त्री-अधिकारों के संघर्ष के तौर पर चलाया।

आंदोलन में स्त्री-भागीदारी का नया आयाम गाँधी के उद्भव के साथ खुला। गाँधी ने इस आंदोलन के साथ स्त्रियों को जोड़ने की अनूठी नीति अपनायी जिसके अंतर्गत उन्होंने उस समय के प्रचलित पुरुष प्रधान सामजिक व्यवस्था में पुरुषों के महत्त्व व अहंकार को ठेस न पहुँचाते हुए भी स्त्रियों के लिए आंदोलन में स्थान बनाया। स्त्रियों के प्रति भारतीय समाज के पारम्परिक दृष्टिकोण के अनुरूप ही गाँधी ने भारतीय स्त्रियों के स्त्रियोचित गुणों व आचरण को स्वतंत्रता आंदोलन के सार्वजनिक अभियान के साथ जोड़ने का असम्भव सा काम कर दिखाया। गाँधी ने स्त्रियों के लिए अपने परिवार के प्रति आत्म-बलिदान और निःस्वार्थ समर्पण के गुणों को स्वतंत्रता आंदोलन के कार्यकर्ताओं के लिए अनिवार्य लक्षण घोषित किया और साथ में दावा किया कि भारतीय स्त्रियों का स्वाभाविक आचरण अहिंसा और सत्याग्रह जैसे सिद्धांतों के साथ कार्य करने के लिए अत्यधिक उपयुक्त है।

गाँधी के स्वावलम्बन अभियान एवं खादी के प्रचार-प्रसार की मुहिम में भारतीय स्त्रियों के लिए एक आदर्श भूमिका निर्धारित की गयी थी। इसके कारण पारम्परिक भारतीय परिवार की स्त्रियों को सड़क पर या सार्वजनिक तौर पर आंदोलनकारी बनना ज़रूरी नहीं रह गया। ये स्त्रियाँ घर पर रह कर भी खादी की कताई-बुनाई द्वारा स्वतंत्रता आंदोलन में सक्रिय सहयोग दे सकती थी। ज़ाहिर है कि यह रणनीति स्त्रियों को घर की दहलीज़ से बाहर निकालने वाली नहीं थी। सवाल तो यह था कि सम्भ्रांत परिवार की कुछ स्त्रियों के अलावा व्यापक समाज के हर वर्ग से स्त्रियों को इस स्वतंत्रता संग्राम में सार्वजनिक तौर पर बढ़-चढ़ कर हिस्सा लेने के रास्ता कैसे खोला जाए। जहाँ तक गाँधी का सवाल था, वे शुरू में स्त्रियों द्वारा सड़कों पर उतर कर सत्याग्रह करने के ख़िलाफ़ थे।

स्वतंत्रता आंदोलन में महिला कार्यकर्ताओं की बड़ी संख्या में भागीदारी के दो प्रमुख उदाहरण 1930 का नमक सत्याग्रह और 1942 का भारत छोड़ो आंदोलन है। गाँधी नमक सत्याग्रह अभियान में स्त्रियों की सक्रिय और सार्वजनिक भागीदारी नहीं चाहते थे। सत्याग्रह से पहले गाँधी ने स्त्रियों को इस आंदोलन से अलग रखने के लिए दलील दी थी कि जिस प्रकार हिंदू लोग गाय पर आक्रमण नहीं करते हैं ठीक उसी तरह अंग्रेज़ प्रशासन स्त्रियों पर हिंसा करने से परहेज़ करता है। जिस प्रकार हिंदुओं के लिए युद्ध भूमि में गाय को साथ लेकर जाना कायरता की पहचान है वैसे ही किसी आंदोलन में स्त्रियों को साथ लेकर जाना भी कायरता होगी। नमक सत्याग्रह की सबसे विख्यात दांडी यात्रा के लिए चुने गये सत्तर सत्याग्रहियों में से एक भी महिला शामिल नहीं थी। लेकिन सरोजिनी नायडू, मृदुला साराभाई और दादाभाई नौरोजी की पौत्री ख़ुर्शीदबेन ने गाँधी से स्त्रियों को इस अभियान में शामिल करने के लिए माँग करते हुए कहा कि भारत की किसी भी समस्या के समाधान में स्त्रियों की उपस्थिति के बिना सम्मेलन या संगठन का आयोजन व्यर्थ है। भारत की स्वतंत्रता के लिए आयोजित किसी भी यात्रा, प्रदर्शन या जेल भरो आंदोलन में स्त्रियों की भागीदारी रोकना भी अनुचित है।

सरोजिनी नायडू ने दांडी यात्रा में भाग लेकर नमक सत्याग्रह में भारत की सारी स्त्रियों की भागीदारी का रास्ता खोल दिया। सारे भारत में नमक सत्याग्रह के अभियान में लगभग 80,000 लोग गिरफ़्तार हुए जिनमें 17,000 महिलायें थीं। नमक सत्याग्रह के साथ ही सविनय अवज्ञा आंदोलन और स्वदेशी आंदोलन में आम भारतीय स्त्रियों ने बड़ी संख्या में भाग लिया और प्रभात फेरी, शराब व विदेशी वस्तुओं की दुकानों का घेराव, विदेशी वस्तुओं की होली जलाने जैसी

सरोजिनी नायडू (1879-1949)

गतिविधियों में शिरकत की। यह अलग बात है कि स्त्रियों की भागीदारी का प्रश्न कांग्रेस के नेताओं के लिए बीच-बीच में दुविधाएँ पैदा करता रहा। मसलन, तीस के दशक में कानपुर की वेश्याओं ने जब आंदोलन में भाग लेना चाहा तो ज़िला कांग्रेस कमेटी ने उन्हें ऐसा करने से रोक दिया। स्वयं गाँधी ने वेश्याओं को कांग्रेस का सदस्य बनाने के लिए शर्त रखी थी कि उन्हें अपना 'गंदा' पेशा छोड़ना होगा।

1942 के भारत छोड़ो आंदोलन को भारतीय स्वतंत्रता आंदोलन में स्त्रियों की भागीदारी का शिखर-बिंदु भी माना जाता है। जब इस आंदोलन को रोकने के लिए ब्रिटिश प्रशासन ने कांग्रेस के सभी प्रमुख नेताओं को गिरफ़्तार कर लिया तो आंदोलन का नेतृत्व करने के लिए महिलायें ही आगे आयीं। अरुणा आसफ़ अली ने इस आंदोलन को आक्रामक रूप देने के लिए कांग्रेस के अधिवेशन स्थल पर तिरंगा झंडा फ़हराया और गिरफ़्तारी से बचने के लिए भूमिगत हो गयीं। गाँधी अरुणा आसफ़ अली और सुचेता कृपलानी जैसी स्त्रियों के इस आक्रामक रवैये के सख़्त ख़िलाफ़ थे। इस घटना के बाद भारत के स्वतंत्रता आंदोलन में स्त्रियों को कभी भी मुख्य नेतृत्व की भूमिका नहीं दी गयी। भारत में सीमित स्वशासन के प्रयोगों में भी प्रांतीय विधान सभाओं और सरकारों में स्त्रियों की भूमिका अत्यंत सीमित एवं पुरुषों के अधीन ही रखी गयी।

स्वतंत्रता के लिए किये गये सशस्त्र आंदोलन में स्त्रियों की संख्या भले ही कम रही हो, लेकिन उनमें वीरता और आत्मोत्सर्ग की भावना कतई कम नहीं थी। इस सूची में कई ऐतिहासिक नाम जुड़े हुए हैं। 1912-1914 में बिहार की जनजातियों ने जतरा भगत के नेतृत्व में टाना आंदोलन चलाया था। जतरा भगत की गिरफ़्तारी के बाद एक स्त्री देवमनियाँ उरांइन ने इस आंदोलन का नेतृत्व किया। इसी प्रकार 1931-32 के कोल आंदोलन में भी आदिवासी स्त्रियों ने सक्रिय भूमिका निभायी। 1930-32 में मणिपुर में नागा रानी गुइंदाल्यू ने अंग्रेज़ों के विरुद्ध सशस्त्र संघर्ष का नेतृत्व किया। 1930 में बंगाल में मास्टर सूर्यसेन के नेतृत्व में हुये चटगाँव विद्रोह में युवा स्त्रियों ने पहली बार क्रांतिकारी आंदोलनों में सीधी भागीदारी की। क्रांतिकारियों के साथ दो बहादुर महिलाएँ प्रीतिलता और कल्पना दत्त भी शामिल थीं। प्रीतिलता ने युरोपियन क्लब पर हमले की अगुआई करने के बाद स्वयं के जीवन का अंत कर लिया। चंद्रशेखर आज़ाद और भगत सिंह की अगुआई में सक्रिय हिंदुस्तान समाजवादी प्रजातांत्रिक सेना द्वारा आयोजित सांडर्स हत्याकाण्ड के बाद भगत सिंह को पुलिस की गिरफ़्तारी से बचाने में दुर्गा भाभी ने अविस्मरणीय भूमिका निभायी थी। दुर्गा देवी वोहरा चंद्रशेखर आज़ाद के अनुरोध पर 'दि फ़िलॉसाफ़ी ऑफ़ बम' जैसे दस्तावेज़ तैयार करने वाले क्रांतिकारी भगवतीचरण वोहरा (जो एक बम के परीक्षण में दुर्घटनावश शहीद हो चुके थे) की पत्नी थीं। उन्हीं की मदद से भगत सिंह पुलिस को चकमा दे कर कोलकाता की तरफ़ निकल जाने में कामयाब हो सके थे। सुभाष चंद्र बोस के नेतृत्व में पूर्वी मोर्चे पर अंग्रेज़ों से लड़ने वाली आज़ाद हिंद फ़ौज की महिला सैन्य दल की प्रमुख कप्तान लक्ष्मी सहगल का नाम भी इस सूची में प्रमुखता से लिया जाता है। पूरी तरह से सेकुलर आधार पर गठित की गयी इस सेना में झाँसी की रानी लक्ष्मीबाई के नाम पर स्त्रियों की भी एक रेजिमेंट शामिल थी।

उपनिवेशवाद विरोधी आंदोलन में कार्यकर्ता के रूप में औपचारिक-सार्वजनिक तौर पर जितनी महिलाएँ जुड़ी थीं उससे कई गुना अधिक स्त्रियाँ निजी व अनौपचारिक रूप में जुड़ी हुई थीं। कांग्रेस व गाँधी को आर्थिक सहयोग देने ले लिए अनेक सामान्य गृहिणियों ने अपने क़ीमती गहने, वस्त्र और अन्य उपहार दान में दे दिये थे। गाँधी के व्यक्तित्व और स्वतंत्रता के उद्देश्य से प्रभावित होकर समाज के हाशिये पर धकेली गयी दक्षिण की देवदासियों और उत्तर भारत की तवायफ़ों ने भी गाँधी के अभियान को अपना सहयोग दिया था।

देखें : उपनिवेशवाद विरोधी आंदोलन-1 और 3, भारत में सशस्त्र संघर्ष-1, 2 और 3, मोहनदास कर्मचंद गाँधी, उपनिवेशवाद, सविनय अवज्ञा, विजय लक्ष्मी पण्डित, पण्डिता रमाबाई सरस्वती, ऐनी बेसेंट, सरोजिनी नायडू, संतोष कुमारी देवी, अरुणा आसफ़ अली, मीरा बेन, कमला देवी चट्टोपाध्याय, दुर्गाबाई देशमुख।

संदर्भ

1. मनमोहन कौर (1968), *रोल ऑफ़ वुमॅन इन फ्रीडम मूवमेंट 1857-1947*, स्टर्लिंग पब्लिशर्स, दिल्ली.

2. सुरुचि थापर ब्रोकेर्ट (2006), *वुमॅन इन नैशनल मूवमेंट : अनसीन फ़ेसेज़ ऐंड अनहेयर्ड वायसेज़, 1932–42,* सेज पब्लिकेशंस, नयी दिल्ली.

3. राधा कुमार (2002), *हिस्ट्री ऑफ़ डूइंग : ऐन इलस्ट्रेटेड अकाउंट ऑफ़ मूवमेंट्स फ़ॉर वुमेंस राइट्स ऐंड फ़ेमिनिज़म इन इण्डिया,* 1800–1990, काली फ़ॉर वुमॅन , नयी दिल्ली।

— रवि दत्त वाजपेयी

उपयोगितावाद

(Utilitarianism)

उपयोगितावाद एक नैतिक और राजनीतिक सिद्धांत है जो किसी व्यक्ति या संस्था के काम या फ़ैसले का इस आधार पर मूल्यांकन करता है कि उसके कारण व्यक्तियों के सुख और ख़ुशी को किस सीमा तक बढ़ावा मिलता है। किसी तत्त्वमीमांसीय या अलौकिक सत्ता पर निर्भर न हो कर उपयोगितावाद यह मान कर चलता है कि समाज में हर कोई समान है। इसलिए गानन-कल्याण का प्रावधान हर किसी के लिए होना चाहिए। दैवी सिद्धांत या वर्गीय विशेषाधिकार का विचार ख़ारिज करने वाले उपयोगितावाद की दूसरी महत्त्वपूर्ण विशेषता परिणामवाद है। इसके तहत उपयोगितावाद किसी कार्य या नीति पर विचार करते वक़्त यह जानने के लिए ज़ोर देता है कि क्या उससे किसी शिनाख़्त करने लायक ख़ुशी, भलाई या कल्याण को बढ़ावा मिलता है या नहीं। इसका अर्थ यह हुआ कि किसी भी कार्य (मसलन, समलैंगिकता या जुआ खेलना, शराब पीना) को ग़लत कहने के लिए यह ज़रूरी है कि हम उस कार्य से होने वाले नकारात्मक प्रभावों या नुक़सानों को स्पष्ट करें। आधुनिक उपयोगितावाद का विकास अट्ठारहवीं और उन्नीसवीं सदी के ब्रिटिश विचारकों द्वारा किया गया जिनमें डेविड ह्यूम, जेरेमी बेंथम, जेम्स मिल और जॉन स्टुअर्ट मिल का नाम प्रमुख है। हेनरी सिजविक, आर.एम. हेयर और जे.जे. सी. स्मार्ट जैसे चिंतकों ने उपयोगितावादी विचारों की परम्परा बनाये रखी है। पीटर सिंगर ने दुनिया में पशुओं के अधिकारों के बारे में संवेदनशीलता बढ़ाने के लिए उपयोगितावाद के तर्क का इस्तेमाल किया है। सिंगर दलील देते हैं कि दर्द या आनंद का अनुभव करने वाले हर जीव के 'हित' की चिंता करनी चाहिए। मोटे तौर पर यहाँ हित से उनका मतलब जीवों को उनकी पूरी ज़िंदगी जीने का अवसर देने से है।

बेंथम के अनुसार उपयोगितावाद एक ऐसी स्थिति हासिल करना चाहता है जिसमें समुदाय की उपयोगिता में ज़्यादा-से-ज़्यादा बढ़ोतरी हो। सरकार की नीतियाँ इस तरह की होनी चाहिए कि उनसे सिर्फ़ कुछ लोगों की ख़ुशी को ही बढ़ावा न मिले, बल्कि समुदाय की ख़ुशी में ज़्यादा-से-ज़्यादा बढ़ोतरी हो। बेंथम ने अपने सिद्धांत को वैज्ञानिक प्रामाणिकता देने के लिए उपयोगिता की मात्रा निर्धारित करने वाली एक गणितीय विधि भी पेश की। उन्होंने ख़ुशी या आनंद के विभिन्न रूपों में अन्तर न करते हुए ख़ुशी के मात्रात्मक स्वरूप पर ज़ोर दिया। दरअसल, बेंथम के इस विचार के पीछे यह मान्यता छिपी हुई है कि ख़ुशी एक ऐसी वस्तु है जो हमें एक निश्चित मात्रा में मिलती है और इसके अलग-अलग रूप नहीं होते। बेंथम इस बात पर ज़ोर देते हैं कि ख़ुशी कोई ऐसा शब्द नहीं है जो मनुष्यों के बहुआयामीय अनुभवों या भावनाओं को अभिव्यक्त करे। ख़ुशी सिर्फ़ एक तरह की भावना व्यक्त करती है जिसे आनंद की भावना कहा जा सकता है। लेकिन उपयोगितावाद के दूसरे प्रमुख सिद्धांतकार जॉन स्टुअर्ट मिल ने बेंथम द्वारा ख़ुशी या आनंद की मात्रात्मक कसौटी तय करने की आलोचना की है। उनके अनुसार 'आनंद' का अनुभव सिर्फ़ मात्रा के आधार पर ही नहीं होता, बल्कि गुणवत्ता के आधार पर भी होता है।

उपयोगितावाद के संदर्भ में अहम यह है कि शुरुआती उपयोगितावादियों से लेकर हाल के उपयोगितावादी विचारकों तक सभी ने यह तो गाना है कि उपयोगितावाद का मूल लक्ष्य दुनिया में उपयोगिता को ज़्यादा से ज़्यादा बढ़ाना है, लेकिन उपयोगिता की परिभाषा में तब से अब तक काफ़ी बदलाव आ गया है। बेंथम के लिए उपयोगिता हर व्यक्ति की ख़ुशी थी। जे.एस. मिल ने ख़ुशी के गुणात्मक पहलू को उपयोगिता के रूप में परिभाषित किया। लेकिन हाल के उपयोगितावादी विचारक, जैसे आर.एम. हेयर, उपयोगिता को सूचित वरीयताओं की संतुष्टि की रूप में परिभाषित करते हैं। बेंथम की तरह ही समकालीन उपयोगितावादी सिद्धांतकार यह मानते हैं कि उपयोगिता की गणना में हर किसी का स्थान बराबर होना चाहिए। अर्थात् किसी भी व्यक्ति की वरीयता को ज़्यादा महत्त्व देने की ज़रूरत नहीं है। इसके साथ ही, उपयोगितावाद को कार्य-उपयोगितावाद और नियम-उपयोगितावाद के प्रकारों में बाँटा गया है। बेंथम का संस्करण व्यक्तियों के कार्यों के बारे में इस आधार पर फ़ैसला करता है कि इससे ख़ुशी में ज़्यादा-से-ज़्यादा बढ़ोतरी और इससे दु:ख में ज़्यादा-से-ज़्यादा कमी होती है या नहीं। इसे कार्य-उपयोगितावाद कहा जाता है। इसकी जगह उपयोगितावाद के ज़्यादा परिष्कृत संस्करण नियम-उपयोगितावाद ने ली है जिसके दो चरण हैं :

पहला, सम्भावित नियमों के बारे में इस उपयोगितावादी आधार पर फ़ैसला किया जाता है कि वे ख़ुशी को अधिक-से-अधिक बढ़ाएँ और दु:ख को कम-से-कम करें। जो नियम इस कसौटी पर खरे उतरते हैं उन्हें ही चुना जाता है। दूसरा,

इसी नियम के आधार पर व्यक्तियों के कार्यों को सही या ग़लत माना जाता है। इस बात पर ध्यान नहीं दिया जाता है कि दुनिया में ख़ुशी या दुःख के संदर्भ में किसी कार्य का क्या सीधा प्रभाव पड़ता है।

उपयोगितावाद के आलोचकों की मान्यता है कि समकालीन उपयोगितावादियों की थीसिस समस्याग्रस्त है। मसलन, हर किसी की वरीयता को समान महत्त्व देने से व्यक्ति अपने विशेष संबंधों को तरजीह नहीं दे पाएँगे। नतीजा यह होगा कि किसी के काम पर उसके परिवार का जितना हक़ होगा उतना ही किसी अनजान व्यक्ति का। इसी तरह किसी व्यक्ति के संसाधनों पर यह कहते हुए दूसरों द्वारा क़ब्ज़ा जमा लिया जाएगा इससे कुल वरीयता में बढ़ोतरी होती है। इसी आधार पर समाज के हाशिये पर पड़े समूहों का बहिष्करण भी किया जा सकता है।

इन आलोचकों से बहस करते हुए बहुत से लोगों ने यह तर्क दिया है कि हमें वरीयता-आधारित उपयोगितावाद का विचार पूरी तरह छोड़ने की ज़रूरत नहीं है। ज़रूरत इस सिद्धांत को नया रूप देने की है। मानव-कल्याण के ज़्यादा बेहतर तरीक़े को पहचानने की ज़रूरत जिसके तहत कल्याण की गणना हो सके, उसे मापा जा सके और उसका कुल योग निकाला जा सके। जॉन वॉन न्यूमान, ऑस्कर मोरगेस्टर्न और लियोनार्ड सेवेज जैसे विचारकों ने समकालीन उपयोगिता-सिद्धांत का विकास किया है। एक ऐसे तरीक़े की खोज की है जिससे वरीयताओं की संतुष्टि को काफ़ी हद तक 'मापा' जा सके। इससे हम किसी व्यक्ति की ज़रूरतों की गहनता मापते हुए वास्तविक रूप से इस बात की जानकारी हासिल कर सकते हैं कि किसी व्यक्ति को अपनी इच्छा के अनुरूप कितनी वस्तुएँ मिली हैं। लेकिन उपयोगिता के सिद्धांत के अनुरूप इन 'मापन संख्याओं' को एक साथ नहीं जोड़ा जा सकता है।

आलोचकों ने जवाबी तर्क दिया है कि यदि उपयोगिता के इस सिद्धांत को कल्याण की अवधारणा की बुनियाद के रूप में स्वीकार किया गया तो इसका दुरुपयोग होने की बहुत सम्भावना है। यदि इन बुनियादी मान्यताओं को मान लिया गया तो बनने वाली नीतियों में बहुत समस्याएँ होंगी। मसलन, इस सिद्धांत के अनुसार ख़ुशी की कुल मात्रा को ज़्यादा-से-ज़्यादा बढ़ाने के लिए उपयोगिता का सिद्धांत समाज के कुछ लोगों की क़ुर्बानी देने के लिए भी कह सकता है। रॉल्स ने भी अपने न्याय के सिद्धांत में उपयोगितावाद की इसी आधार पर आलोचना की है।

दो सदी पहले उपयोगितावाद का उभार एक सचेत राजनीतिक और दार्शनिक आंदोलन की तरह हुआ था। उपयोगितावादियों की शुरुआती पीढ़ी का चिंतन रैडिकल था। इंग्लैंड के हालात पर गहराई से पुनर्विचार करते हुए उपयोगितावाद एक प्रगतिशील और सुधारवादी विचारधारा के रूप में सामने आया। लेकिन लोकतंत्र का एक सीमा तक विकास हो जाने के बाद उसके बुनियादी राजनीतिक सवाल काफ़ी अलग हो गये हैं। बहुमत का शासन और बुनियादी राजनीतिक अधिकार हासिल किये एक लम्बा अरसा गुज़र चुका है। पचास और साठ के दशक में शुरू हुए ज़्यादातर राजनीतिक और नागरिक अधिकार आंदोलन अल्पसंख्यक-अधिकारों के आस-पास केंद्रित हैं। ऐसे में उपयोगितावाद की दिशा स्पष्ट नहीं दिखती। कार्य या नियम-उपयोगितावाद के आधार पर काम करने पर ज़्यादा सम्भावना इसी बात की है कि समाज की कुल उपयोगिता में तभी ज़्यादा-से-ज़्यादा बढ़ोतरी हो सकेगी जब समलैंगिकों या मूल निवासियों के अधिकारों की उपेक्षा की जाए। अधिकतर मामलों में इनके अधिकारों का विरोध करने वाले लोगों की संख्या बहुत ज़्यादा रहेगी। जब विशेषाधिकार रखने वाले छोटे अभिजन समूह के ख़िलाफ़ शोषित बहुमत के अधिकारों का सवाल आता है तो उपयोगितावाद हमें एक साफ़ और प्रगतिशील जवाब देता है, लेकिन जब एक बड़े विशेषाधिकार वाले बहुमत के ख़िलाफ़ शोषित अलपसंख्यक की सुरक्षा का सवाल हो तो उपयोगितावाद हमें धुँधला और आपस में टकराने वाला जवाब देता है। ज़ाहिर है कि अपनी रैडिकल परम्परा के बावजूद आधुनिक उपयोगितावाद एक स्पष्ट प्रगतिशील राजनीतिक नज़रिया पेश करने में नाकाम रहा है।

देखें : अराजकतावाद, अस्तित्ववाद, आत्मनिष्ठता-वस्तुनिष्ठता, इयत्ता, इमैनुएल कांट, इंद्रियानुभववाद, ईसैया बर्लिन, उत्तर-संरचनावाद, उदारतावाद, घटनाक्रियाशास्त्र और एडमण्ड हसर, चेतना, जॉन रॉल्स, जॉन स्टुअर्ट मिल, जेरेमी बेंथम, डेविड ह्यूम, तत्त्वमीमांसा और अस्तित्वमीमांसा, तात्त्विकतावाद, द्वैतवाद, परिणामवाद, प्रत्यक्षवाद और उसका समाज-विज्ञान पर प्रभाव, फ्रेड्रिख़ नीत्शे- 1 और 2, बुद्धिवाद, भौतिकवाद, मनोविश्लेषण, युरोपीय पुनर्जागरण, युरोपीय ज्ञानोदय, यूटोपिया, संरचनावाद और उत्तर-संरचनावाद, मार्क्सवाद-1 से 5 तक, ज्ञानमीमांसा।

संदर्भ

1. विल किमलिका (2009), *समकालीन राजनीति-दर्शन : एक परिचय* (दूसरा संस्करण), अनुवाद : कमल नयन चौबे, पियर्सन लांगमैन, नयी दिल्ली.
2. पीटर सिंगर (1999), 'ऑल ऐनिमल्स आर ईक्वल : द यूटिलिटेरियन केस', मार्क जे. स्मिथ (सम्पा.), *थिंकिंग थ्रू द ऐनवायरनमेंट,* रॉटलेज, लंदन और न्यूयॉर्क.
3. रॉबर्ट गुडिन (1995), *यूटिलिटेरियनिज़्म एज़ अ पब्लिक फ़िलॉसफ़ी,* केम्ब्रिज युनिवर्सिटी प्रेस, केम्ब्रिज.

— कमल नयन चौबे

उपनिषद्

(Upnishad)

वैदिक युग के अंतिम साहित्य के तौर पर उपनिषदों का भारतीय दार्शनिक परम्परा के विकास में महत्त्वपूर्ण स्थान है। अध्ययन के विचार से भी इनकी बारी अंत में आती थी। उपनिषदों का विकास आरण्यक-साहित्य से हुआ है। उपनिषदों को कुछ लोग वेद का अंत यानी वेदांत भी मानते हैं, क्योंकि वेदों में निहित विचारों का परिपक्व रूप उपनिषदों में मिलता है। उपनिषद् काल तक लगभग सारे वेद अस्तित्व में आ गये थे। उपनिषदों का दार्शनिक महत्त्व इस बात से समझा जा सकता है कि छांदोग्य-उपनिषद् यह दावा करता है कि वेद-वेदांग आदि सभी शास्त्रों का अध्ययन कर लेने पर भी मनुष्य का ज्ञान तब तक पूर्ण नहीं होता जब तक वह उपनिषदों की शिक्षा प्राप्त नहीं करता। उपनिषद्, उप+नि+सद् का संयुक्त रूप है, जिसमें सद् धातु का अर्थ है बैठना। उप का अर्थ निकट है। गुरु के निकट बैठ कर जो चर्चा-प्रश्न आदि किये जाएँ वे उपनिषद् हैं। उपनिषदों को वेद का गूढ़ रहस्य समझा जाता था, इसलिए उन्हें 'वेदोपनिषद्' भी कहा जाता था। सभी उपनिषदों की रचना और संकलन एक ही काल में नहीं हो गया था। कहीं-कहीं तो यह भी देखने को मिलता है कि उपनिषद् अलग-अलग विचारकों के भाव प्रकट करते हैं। उनमें प्राय: भिन्न प्रकार के, और कभी-कभी तो परस्पर विरोधी, विचार भी पाये जाते हैं जो दर्शन की एक ही तर्कसंगत, शृंखलाबद्ध और सुनियोजित प्रणाली में नहीं रखे जा सकते। उपनिषदों की संख्या दो सौ से अधिक मानी जाती है, हालाँकि उनकी परम्परागत संख्या 108 है। इनमें से सिर्फ़, ईश, छंदोग्य, मुंडक, बृहदारण्यक, ऐतरेय, तैत्तरीय, प्रश्न, केन, कठ, मांडूक्य, श्वेताश्वर, मैत्रेय और कौषितकी नाम के तेरह उपनिषद् ही दार्शनिक महत्त्व के हैं। बाद के बहुत से दार्शनिक सिद्धांत मुख्यत: इन्हीं उपनिषदों पर आधारित है।

कुछ लोग वेदों को वास्तविक अर्थों में दार्शनिक ग्रंथ न मानकर उपनिषदों को मानते हैं। उनके विचार से ऋग्वेद में दर्शन के बहुतेरे महत्त्वपूर्ण तथ्य विद्यमान हैं तथापि वे काव्य के रूप में हैं। ऋषिगण किस प्रणाली से उन तथ्यों पर पहुँचे या किन युक्तियों के आधार पर उन्हें मानते थे, इसका कहीं उल्लेख नहीं है। इस लिहाज़ से सबसे पहले दार्शनिक विचार उपनिषदों में पाये जाते हैं। उनमें आत्मा, ब्रह्म और जगत को लेकर दार्शनिक जिज्ञासाएँ मिलती हैं। किंतु उनमें तर्कयुक्ति बहुत कम दिखती है। कुछ उपनिषद् छंदोबद्ध हैं और ऋग्वेद की तरह दार्शनिक तथ्यों पर कवित्वपूर्ण उद्गार हैं। कुछ गद्यमय उपनिषद् भी ऐसे ही हैं। केवल कुछ ही ऐसे उपनिषद् हैं जिनमें प्रश्नोत्तर के रूप में शंका-समाधान करते हुए किसी सिद्धांत पर पहुँचा गया है।

परंतु कठोर तर्क-प्रणाली का अभाव होते हुए भी उपनिषदों में एक असाधारण आकर्षण है। इसका कारण है उनमें विचारों की उच्चता, अनुभूति की गम्भीरता, मनुष्य में निहित सत्य-शिव-सुंदर की अनुप्रेरणा और भाषा की व्यंजना शक्ति। उपनिषदों का संबंध वेदों की संहिताओं से है। इन पारम्परिक मान्य उपनिषदों में दस उपनिषदों का संबंध ऋग्वेद से है, उन्नीस का शुक्ल यजुर्वेद से, तैंतीस का कृष्ण यजुर्वेद से, सोलह का सामवेद से तथा इकत्तीस का अथर्ववेद से। अड्यार (मद्रास) की थिओसिफ़िकल सोसाइटी ने लगभग साठ उपनिषदों का प्रकाशन कराया है, जो काफ़ी समय तक प्रकाशित नहीं हो पाये थे, उनमें से कुछ का अनुवाद सत्रहवीं शती में दाराशिकोह ने फ़ारसी भाषा में किया था। उन्हीं उपनिषदों के फ़ारसी से हुए लैटिन अनुवाद पढ़कर युरोप के दार्शनिकों का ध्यान इन ग्रंथों की गम्भीरता तथा गौरव की तरफ़ आकृष्ट हुआ।

उपनिषद् उस काल के द्योतक हैं जब विभिन्न वर्णों का उदय हो रहा था और क़बीलों को संगठित करके राज्यों का निर्माण किया जा रहा था। राज्यों के निर्माण में क्षत्रियों ने प्रमुख भूमिका अदा की थी, हालाँकि उन्हें इस काम में ब्राह्मणों का भी समर्थन प्राप्त था। उपनिषद् काल के बहुत से राजा दार्शनिकों के मित्रों और संरक्षकों के रूप में सामने आते हैं। विदेह के राजा जनक की याज्ञवल्क्य से, जो बृहदारण्यक उपनिषद् के एक महत्त्वपूर्ण दार्शनिक थे, गहरी मित्रता थी। राजा जनक दार्शनिक गोष्ठियों की अध्यक्षता भी करते थे। काशी के राजा अजातशत्रु ब्राह्मण पुरोहित बालाकि से दार्शनिक वाद-विवाद करते हैं और अंतत: उसे अपना शिष्य बना लेते हैं। छांदोग्य उपनिषद् से पता लगता है कि कितने ही विद्वान ब्राह्मण अश्वपति कैकेय नामक राजा के पास आते हैं और उनके शिष्य बन जाते हैं। यही वह समय था जब प्राचीन आर्यों की बहुदेववादी अवधारणा का स्थान एकेश्वरवाद का विचार ले रहा था। एक ही राजा के शासन के अंतर्गत क्षेत्रीय राज्य के उदय होने के साथ एकेश्वरवाद, अथवा एक ही ईश्वर में विश्वास, का भी प्रचलन हुआ। उपनिषद् काल में आध्यात्मिक एकता की भावना और विविधता में एकता का विचार, विभिन्न क़बीलों के क्षेत्रीय राज्यों में संयुक्त होने की प्रक्रिया के द्योतक थे।

उपनिषद् जिन प्रश्नों पर विचार करते हैं उनका उल्लेख इस प्रकार किया जा सकता है : वह मूल तत्त्व क्या है जिससे सब कुछ उत्पन्न होता है, जिसमें सब कुछ स्थित रहता है और जिसमें सब कुछ विलीन हो जाता है ? वह कौन-सा सत्य है जिसे जानने से सभी कुछ ज्ञात हो जाता है ? वह क्या है जिसके ज्ञान से अज्ञात ज्ञात हो जाता है ? किस तत्त्व को जान लेने से अमरत्व प्राप्त हो जाता ? ब्रह्म क्या है ? आत्मा क्या है ? उपनिषदों के

रचयिताओं का दृढ़ विश्वास था कि एक सर्वव्यापी सत्ता है जिससे सभी वस्तुएँ उत्पन्न होती हैं, जिसमें वस्तुएँ स्थित हैं, जिसमें सभी वस्तुएँ विलीन हो जाती हैं, और इस तत्त्व के ज्ञान से अमरत्व प्राप्त हो सकता है। इसी तत्त्व को कभी 'ब्रह्म' कभी 'आत्मा' और कभी 'सत्' कहा गया है। उपनिषदों के विचार-केंद्र में आत्मा है। आत्मा शुद्ध चैतन्य स्वरूप है। किसी विषय का ज्ञान इसी चैतन्य का सीमित प्रकाश है। शुद्ध चैतन्य किसी विषय की सीमा से बद्ध नहीं होने के कारण अनंत या अविनाशी है। यही आत्मा है। और यही सभी भूतों में है; अतएव आत्मा परमात्मा एक ही है। उपनिषदों में आत्मज्ञान या आत्मविद्या को सर्वश्रेष्ठ या परा विद्या कहा गया है। और सभी विद्याएँ अपरा विद्या यानी-न्यून-कोटि की हैं। काम, क्रोध आदि वृत्तियों का दमन, श्रवण, मनन एवं निदिध्यासन आत्मज्ञान का साधन है। आत्मज्ञान के ज़रिये संस्कारों के लोप होने के बाद आत्म-साक्षात्कार होता है।

उपनिषदों में ब्रह्म को सत् और चित् के साथ-साथ आनंद भी माना गया है। संसार के सारे आनंद उसके ही क्षुद्रकण हैं। जो आत्म-साक्षात्कार कर सकता है वह ब्रह्म के साथ तादात्म्य स्थापित कर मुक्ति प्राप्त कर सकते हैं। आत्मा अपने शुद्ध रूप में आनंदमय है। आत्म-साक्षात्कार करना अनंत, अमृत, आनंदमय ब्रह्म में मिल जाना है। यही ब्रह्मानंद है। ब्रह्म और जगत के संबंध के विषय में सभी उपनिषदों की एक राय है कि आत्मा ही जगत का निमित्त और उपादान कारण है। सृष्टि के आदि के विषय में अधिकांश उपनिषद् मानते हैं कि 'सबसे पहले (आदि) आत्मा था।' उसमें संकल्प हुआ— 'मैं एक से अनेक होऊँ। मैं सृष्टि रचना करूँ।' इसके बाद सृष्टि-क्रम को लेकर उपनिषदों के बीच मतभेद हैं। कुछ उपनिषद् कहते हैं कि आत्मा से पहले सूक्ष्मतम भूत आकाश की उत्पत्ति हुई और इसके बाद स्थूल भूत उत्पन्न हुए। उपनिषदों में कई तरह के दूसरे वर्णन भी पाये जाते हैं। इन्हीं भिन्नताओं के कारण उपनिषदों की वजह से सृष्टि की सत्यता पर भी कई सवाल खड़े हो गये जिनका समाधान बादरायण ने अपने *ब्रह्मसूत्र* में किया जो उपनिषदों का सर्वाधिक विख्यात आदर्शवादी भाष्य है।

ऐसा माना जाता है कि उपनिषद् कर्मकाण्डों के विरोधी हैं और उनका स्पष्ट मत है कि कर्मकाण्डों के ज़रिये जीवन के परम पुरुषार्थ-अमरत्व की प्राप्ति नहीं हो सकती। मुंडकोपनिषद् में कहा गया है कि ये कर्म क्षुद्र नौकाओं के समान हैं जिनसे भवसागर को पार नहीं किया जा सकता। उपनिषदों के कर्मकाण्ड विरोधी होने के पीछे यह तर्क दिया जाता है कि उपनिषदों के आविर्भाव के साथ ही ब्राह्मणों और यज्ञों का युग समाप्त हो गया। छांदोग्य उपनिषद् में तो कर्मकाण्ड का दुरुपयोग करने वाले और खाने-पीने पर आसक्त ऋत्त्विजों पर तीखा व्यंग्य किया गया है। एक यज्ञ में कुत्तों को ऋत्त्विजों के समान चलते हुए और 'ओम् हम खाते हैं', 'ओम् हम पीते हैं' इस प्रकार गाते हुए दिखाया गया है। किंतु इतने भर से यह सिद्ध नहीं होता कि उपनिषद् कर्मकाण्ड विरोधी हैं। दरअसल, इस प्रकार के आक्षेप कर्मकाण्ड के दुरुपयोग पर हैं, सविधि यज्ञादि की प्रक्रिया पर नहीं। वैदिक कर्मकाण्ड को गौण माना गया है, निरर्थक नहीं। यहीं नहीं, जनक जैसा दार्शनिक राजा वैदिक यज्ञों को सम्पन्न कराने के लिए पुरोहित नियुक्त करता था। इस तरह के और भी उदाहरण मिल जाएँगे जो मोक्ष और अमरत्व प्राप्ति हेतु यज्ञ की आवश्यकता पर बल देते हैं।

कई उपनिषद् आदर्शवाद से सराबोर हैं। तो भी, उनमें हम भौतिक जगत की वास्तविकताओं की ठोस और स्वस्थ स्वीकृति देखते हैं। हम ऐसे अवतरण बार-बार देखते हैं जिनमें मानव क्रिया-कलापों के महत्त्व पर ज़ोर दिया गया है। सबसे बढ़कर यह कि उपनिषदों में यह माना गया है कि यह जगत निरंतर परिवर्तन और रूपांतरण की प्रक्रिया से गुज़रता रहा है।

उपनिषदों के दार्शनिक अपने परिवेश द्वारा प्रस्तुत सीमाओं को तोड़कर आगे बढ़ने में संलग्न थे। एक अधिक बोधगम्य तथा आनंदमय संसार में जीवन की पूर्णता प्राप्त करने के लिए प्रयत्नशील थे। उनकी शिक्षाएँ सम्पूर्णता की ओर बढ़ने की मनुष्य की अभिलाषा परिलक्षित करती थीं। वे यह भी दर्शाती थीं कि मनुष्य अपने क्षणभंगुर व्यक्तिवाद को मानवता की सामूहिकता के सार में विलय करके, स्वयं इस संसार में विलय करके, 'मैं' से आगे बढ़े और उससे कुछ अधिक बने। पूर्णता और सम्पूर्ति के लिए यह आकांक्षा निम्नालिखित उपनिषदीय पंक्तियों में भलीभाँति प्रकट हुई है :

असत्य से मुझे सत्य की ओर ले चलो!
अंधकार से मुझे प्रकाश की ओर ले चलो!
मृत्यु से मुझे अमरत्व की ओर ले चलो!

देखें : आर्यभट्ट और *आर्यभटीय,* उपनिषद्, उत्तर-मीमांसा दर्शन, कपिल, *अर्थशास्त्र* और कौटिल्य, *भगवद्गीता,* जैन दर्शन, न्याय दर्शन, नागार्जुन, पतंजलि और *योगसूत्र,* पाणिनि और *अष्टाध्यायी,* पुराण, पूर्व-मीमांसा दर्शन, बादरायण, बौद्ध दर्शन, भागवत पुराण, महाभारत, योग दर्शन, लोकायत, वात्स्यायन और *कामसूत्र,* शंकराचार्य, षड्-दर्शन-1 और 2.

संदर्भ

1. चंद्रधर शर्मा (1991), *भारतीय दर्शन : आलोचन और अनुशीलन,* मोतीलाल बनारसीदास, दिल्ली.
2. एस. राधाकृष्ण (2012), *भारतीय दर्शन,* खण्ड 1-2, अध्याय 7, राजपाल ऐंड संज़, दिल्ली.
3. के. दामोदरन (1982), *भारतीय चिंतन परम्परा,* पीपुल्स पब्लिशिंग हाउस, नयी दिल्ली.
4. सतीशचंद्र चट्टोपाध्याय और वीरेंद्र मोहन दत्त, *भारतीय दर्शन,* पुस्तक भण्डार, पटना.
5. आचार्य बलदेव उपाध्याय (1999), *भारतीय दर्शन की रूपरेखा,* चौखम्भा प्रकाशन, वाराणसी.

— अजय कुमार पाण्डेय

ए

एक्टर-नेटवर्क थियरी

(Actor Network Theory)

नेटवर्क की अवधारणा के इर्द-गिर्द हुआ चिंतन अभी तक प्रौद्योगिकीय और सामाजिक के बीच संबंध-सूत्र क़ायम करने की समस्या का संतोषजनक हल नहीं खोज पाया है। एक्टर-नेटवर्क थियरी इसी समाधान का प्रयास करती है। विज्ञान और प्रौद्योगिकी संबंधी अध्ययन के विद्वान ब्रूनो लातूर और मिशेल कैलन ने समाजशास्त्री जॉन लॉक की मदद से इसका प्रतिपादन किया है। तकनीकी रूप से इसे 'मैटीरियल-सीमियोटिक' पद्धति का नाम दिया जाता है। अर्थात् इस सिद्धांत के ज़रिये वस्तुओं के बीच संबंधों का अध्ययन तो किया ही जाता है, यह अवधारणाओं के बीच संबंधों की समझ बनाने में भी मदद करता है। यह थियरी मान कर चलती है कि कई संबंध एक साथ भौतिक (मैटीरियल) और संकेतमूलक (सीमियोटिक) होते हैं। मसलन, किसी बैंक में व्यक्तियों, उनके विचारों और प्रौद्योगिकी के बीच तितरफ़ा अन्योन्यक्रिया होती है। नतीजे के तौर पर एक ऐसा नेटवर्क बनता है जो एकल अस्तित्व के रूप में 'एक्ट' करते हुए विभिन्न तत्त्वों के साथ अपना सूत्र क़ायम करता है ताकि स्वयं में सुसंगत और सम्पूर्ण हो सके। एक्टर-नेटवर्क थियरी के मुताबिक़ इस तरह के नेटवर्क लगातार बनते-बिगड़ते रहते हैं। ऐसे नेटवर्कों में संबंधों को लगातार और बार-बार 'परफ़ॉर्म' करना पड़ता है, वरना नेटवर्क बिखर जाता है। इस नेटवर्क को सुसंगत बनाये रखने के लिए ज़रूरी है कि उसके सदस्यों के बीच द्वंद्व कम से कम हो (श्रम-संबंध दुरुस्त रहें या कम्प्यूटर सॉफ़्टवेयरों के बीच समरसता रहे)।

फ़्रांसीसी दार्शनिक ज़ील डलज़ और फ़ेलिक्स गुआतारी के चिंतन से प्रेरणा लेने वाली इस थियरी की दिलचस्पी यह बताने में है कि एक्टर-नेटवर्क कैसे बनता है, कैसे ख़ुद को क़ायम रखता है और कैसे बिखर जाता है। लेकिन इसके ज़रिये यह पता नहीं चलता कि नेटवर्क अपना प्रकट रूप कैसे ग्रहण करता है। नेटवर्क की अवधारणा के प्रति द्वैध के बावजूद इस सिद्धांत के कारण मोबिलिटी और कनेक्टिविटी संबंधी प्रश्नों पर नवीन चिंतन की गुंजाइशें निकली हैं।

जॉन लॉक और जॉन हैसर्ड द्वारा सम्पादित ग्रंथ *एक्टर नेटवर्क थियरी ऐंड ऑफ़्टर* में इस सिद्धांत की विशेषताओं, उपलब्धियों और सीमाओं का एक कारगर ख़ाका मिलता है। लॉक के मुताबिक़ यह थियरी 'भौतिकता के लक्षणशास्त्र' या 'संबंधात्मक भौतिकता' ज़ोर देती है। इसका तात्पर्य यह हुआ कि यह सिद्धांत लक्षणशास्त्र के दायरे से ली गयी संकेतों की संबंधात्मकता के औज़ार से भौतिक रूपों का विश्लेषण करता है। इन भौतिक रूपों में रोज़ाना की ज़िंदगी से जुड़ी वस्तुएँ भी हो सकती हैं। एक्टर-नेटवर्क थियरी अपनी इसी ख़ूबी के कारण सोशल नेटवर्क विश्लेषण से अलग हो जाती है। लक्षण-विज्ञान एक भाषाशास्त्रीय उपकरण है, पर यह सिद्धांत उसकी अंतर्दृष्टियों का इस्तेमाल करके तत्त्वों की संबंधात्मकता की टोह लेता है और फिर उसके ज़रिये बेहिचक होकर हर तरह की सामग्री का विश्लेषण कर डालता है। नारीवादी चिंतक डोना हारावे ने भी नब्बे के दशक में भौतिक और सांकेतिक के बीच संबंधों की थाह लेने के लिए ऐसे तत्त्वों का अध्ययन किया था जो भौतिक रूप में होने के बावजूद नये तरह की बौद्धिक सम्पदा की तरफ़ इशारा करती थीं।

लॉक के अनुसार एक्टर-नेटवर्क थियरी का दूसरा अहम पहलू है परफ़ॉर्मेटिविटी यानी क्रियात्मकता। इसके माध्यम से यह पद्धति पता लगाती है कि दूसरे तत्त्वों के साथ अपनी संबंधात्मकता के कारण मानवीय या ग़ैर-मानवीय तत्त्वों पर क्या असर पड़ता है। एक-दूसरे के साथ ताल्लुक़ातों

के तहत चीज़ें अपनी या दूसरों की क्रियात्मकता से गुज़रती हैं। इसी मुक़ाम पर लॉक पूछते हैं कि इस क्रियात्मकता और संबंधों की अपेक्षाकृत स्थिरता और स्थानिकता के बीच क्या संबंध है ? इसके जवाब में लॉ एक वैकल्पिक स्थान-वैज्ञानिक (टोपोलॅजीकल प्रणाली) के रूप में नेटवर्क के विचार को पेश करते हैं। यानी एक नेटवर्क के तहत अपनी आपसी सूत्रों या संबंधों के आधार पर विभिन्न तत्त्व अपने स्थानिक अखण्डता क़ायम रख पाते हैं। सोशल नेटवर्क विश्लेषण के महारथी जिस नेटवर्क की चर्चा करते हैं, वह नेटवर्क यह नहीं है। उनके लिए तो नेटवर्क एक अपेक्षाकृत तटस्थ और वर्णनात्मक पद है। जॉन लॉक के लिए नेटवर्क अपने-आप में स्थानिकता का एक स्वरूप या स्वरूपों का एक समुच्चय है। नेटवर्क की यह ख़ूबी किसी भी तरह की टोपोलॅजीकल सम्भावना पर अपनी तरफ़ से कड़ी सीमाएँ आरोपित करती है। वह नेटवर्क के भीतर काम कर रहे सूत्रों का समरूपीकरण नहीं होने देती। न ही सम्भव संबंधों का समरूपीकरण हो पाता है। परिणामस्वरूप सम्भव तत्त्वों के चरित्र का भी समरूपीकरण नहीं होता।

इसी मुक़ाम पर एक्टर-नेटवर्क थियरी की सीमाएँ सामने आती हैं। लॉक को नेटवर्क की अवधारणा के साथ पहली मुश्किल यह लगती है कि उसके ज़रिये एक सीमा तक ही विश्लेषण किया जा सकता है। इसकी वजह यह है कि नेटवर्क पहले से ही एक ख़ास रूप ग्रहण कर चुका है। एक ऐसा रूप जो अपनी पहुँच के सभी जुड़ सकने वाले तत्त्वों के साथ एक जैसा ही सुलूक करता है। लॉक को आपत्ति इस बात पर है कि इस रवैये के कारण नेटवर्क के भीतर और नेटवर्कों के बीच बनने वाले सूत्रों के बारे में पूरी जानकारी नहीं मिलती। इसी कारण से तत्त्वों के बारे में भी पता नहीं चल पाता कि उन्होंने अपना मौजूदा रूप कैसे प्राप्त किया। लॉक की मान्यता है कि जब तक यह थियरी नेटवर्क के विचार के परे जा कर तत्त्वों की नानाविध बहुलता पर ज़ोर नहीं देगी, और संबंधों की जटिलता को फिर से रेखांकित नहीं करेगी तब तक यह समस्या हल नहीं हो सकती।

दिलचस्प बात यह है कि एक्टर-नेटवर्क थियरी के प्रमुख प्रतिपादक ब्रूनो लातूर ने भी बाद में इसकी कड़ी आलोचना की। लातूर का कहना था कि इस सिद्धांत में चार चीज़ें कारगर नहीं हैं। न एक्टर शब्द कारगर है, न नेटवर्क, न थियरी और न ही एक्टर और नेटवर्क के बीच लगा हायफ़न। उनका तर्क यह था कि बीस साल पहले नेटवर्क के विचार और रूपक का इस्तेमाल करने.पर वह समाज और राष्ट्र-राज्य जैसे स्थापित विचारों के परे जाने की गुंजाइश प्रदान करता था, पर आज वर्ल्ड वाइड वेब का वजूद क़ायम हो चुका है और तक़रीबन हर कोई नेटवर्क का मोटा-मोटा मतलब समझता है। दरअसल, अपनी ही थियरी को ख़ारिज करने के पीछे लातूर की मंशा यह कहने की थी आज के ज़माने में नेटवर्क के विचार का इस्तेमाल संस्थागत रूपों के विश्लेषण से कतराते हुए लचीलेपन और प्रवाहों पर ज़ोर देने के लिए ही किया जाता है। इस चक्कर में होता यह है कि स्थानिकता का प्रश्न विश्लेषण से छूट जाता है और संस्थागत रूप आलोचना से साफ़ बच निकलते हैं या उन पर आलोचना का कोई असर नहीं होता। दूसरे, यह आलोचना करते हुए लातूर को यह चिंता भी सता रही थी कि आजकल समाज-विज्ञान में नेटवर्क पद का अंधाधुंध इस्तेमाल होने लगा है, जबकि यह मुख्यत: तकनीकी शै है जिसकी नफ़ासत और पेचीदगी को नज़रअंदाज़ नहीं किया जाना चाहिए।

आलोचना के इस मुक़ाम पर लातूर को डलज़ और गुआतारी द्वारा सुझाये गये ऋजमो (जड़ों की जटिल प्रणाली जिसकी शाखाएँ एक-दूसरे से क्षैतिज सूत्रों में जुड़ती हैं) के विचार में गुंजाइश नज़र आती है। ऋजमो की ख़ास बात यह है कि वह किसी सुपरिभाषित भू-क्षेत्रीयता के बिना ही अपनी शाखाओं के संबंध-सूत्रों के कारण प्रणालीगत गुणों को व्यक्त करता है। डलज़ और गुआतारी कहते हैं कि ऋजमो की परिभाषा संबंध-सूत्रों और विषमांगता के आधार पर होती है। वह किसी के साथ किसी भी समय संबंध क़ायम कर सकता है। ऋजमो के तर्ज़ पर लातूर कहते हैं कि नेटवर्क को एक ऐसे रूप की तरह ग्रहण किया जाना चाहिए जो लगातार बनता-बिगड़ता रहता है, और जो संबंध-सूत्रों की अभूतपूर्व सम्भावना पेश करता है। यह आलोचना करते-करते लातूर इस निष्कर्ष पर पहुँचे कि नेटवर्क कहने के बजाय अब वर्क-नेट की अभिव्यक्ति का प्रयोग किया जाना चाहिए। उनके अनुसार नेटवर्क में सबसे महत्त्वपूर्ण हिस्सा 'वर्क' का ही है। संबंध-सूत्र क़ायम करने के लिए 'वर्क' करना, क्रियात्मकता या परफ़ॉर्मेटिविटी ज़रूरी है।

देखें : अभिलेखागार, आख्यान, इंटरएक्टिविटी-प्रौद्योगिकीय विमर्श, इंटरएक्टिविटी-सामाजिक विमर्श, इंटरफ़ेस, डिजिटल डिवायड, दिन-प्रति दिन के अभिलेखागार, नया मीडिया, नेटवर्क, नेटवर्क सोसाइटी, बाज़ारू संस्कृति, भारत में संचार-क्रांति, भारतीय मीडिया-1, 2 और 3, भारतीय मीडिया स्फ़ेयर, मास मीडिया, मीडिया और सरकार, मीडिया-पक्षधरता, मीडिया-स्टडीज़, संचार, संचार-क्रांति, स्मृति और अभिलेखागार, सोशल नेटवर्क विश्लेषण, सूचना, सूचना-समाज, वैकल्पिक मीडिया।

संदर्भ

1. ब्रूनो लातूर (2005), *रिएसेम्बलिंग द सोशल : ऐन इंट्रोडक्शन टू एक्टर-नेटवर्क थियरी*, ऑक्सफ़र्ड युनिवर्सिटी प्रेस, ऑक्सफ़र्ड.
2. जॉन लॉक और जॉन हैसर्ड (सम्पा.) (1999), *एक्टर नेटवर्क थियरी ऐंड आफ़्टर*, ब्लैकवेल, ऑक्सफ़र्ड.
3. ज़ील डलज़ और फ़ेलिक्स गुआतारी (1987), *अ थाउज़ेंड प्लेट्यूज़ : कैपिटलिज़म ऐंड स्क्रीजोफ्रेनिया*, युनिवर्सिटी ऑफ़ मिनेसोटा प्रेस, मिनेपोलिस.
4. डोना हारावे (2004), द *हारावे रीडर*, रॉटलेज, लंदन.

—अभय कुमार दुबे

एकाधिक आधुनिकताएँ

(Multiple Modernities)

एकाधिक आधुनिकताओं की अवधारणा इस मान्यता पर आधारित है कि आधुनिकता एक विचार और परिघटना के रूप में पश्चिम द्वारा गढ़ी गयी एकांगी सांस्कृतिक परियोजना का इतिहासबद्ध परिणाम नहीं है। चालीस और पचास के दशक में प्रचलित आधुनिकीकरण के सिद्धांत को नकारते हुए यह अवधारणा कहती है कि आधुनिकता एक ऐसी आंतरिक बहुलता से सम्पन्न है जो किसी विशिष्ट ऐतिहासिक परिस्थिति की देन न हो कर आधुनिक सभ्यता की संरचना में अंतर्भूत गुण की तरह समाहित है। अगर आधुनिकता के हाथों हुए रूपांतरणों पर ग़ौर किया जाए तो युरोपीय आधुनिकता के इतिहास का अध्ययन भी इसी दिशा में ले जाता है। उद्योगीकरण, वर्ग-रचना, वैयक्तियन और सेकुलरीकरण की प्रक्रियाओं ने पश्चिम में आधुनिक समाज का निर्माण किया, पर हर जगह उनके संयोग से सामाजिक जीवन का एक ही रूप नहीं निकला। इसीलिए आधुनिक कहे जाने वाले युरोपीय समाजों के बीच आज भारी फ़र्क़ देखा जाता है। एकाधिक आधुनिकता का सूत्रीकरण करने का श्रेय मुख्य तौर से एस.एन. आइज़ेनस्टैड को जाता है। बाद में उनकी इस थीसिस को अर्जुन अप्पादुरै और चार्ल्स टेलर जैसे विद्वानों ने भी अपना समर्थन दिया। *पब्लिक कल्चर* पत्रिका के इर्द-गिर्द सक्रिय विद्वानों के समूह ने अप्पादुरै की अगुआई में सामाजिक कल्पनाशीलता का इस्तेमाल करते हुए समकालीन भूमण्डलीकरण की प्रक्रिया को एकाधिक आधुनिकताओं की आपसी जद्दोजहद की तरह देखने का प्रस्ताव किया है।

आधुनिकता के दबावों ने इंग्लैण्ड-फ्रांस, जर्मनी-इटली और रूस-पूर्वी युरोप को अलग-अलग ढंग से बदला है। चाहे चित्रकला और कविता जैसे सांस्कृतिक क्षेत्र हों, या राजनीति का अनुभव हो, आधुनिकता का अंतर्निहित तर्क युरोप को विविधता और बहुलता की तरफ़ ले गया है। अर्थात्, जब पश्चिमी देशों में ही आधुनिकता का एकांगी मॉडल अपनी प्रतिकृतियाँ तैयार नहीं कर पाया तो दुनिया के दूसरे हिस्सों में वह कामयाब हो ही नहीं सकता था। ग़ैर-युरोपीय दुनिया के लिए तो एकाधिक आधुनिकताओं का तर्क और भी प्रभावी ढंग से कारगर हुआ है। एशियाई आधुनिकताएँ (चीन की कनफ़्यूशियसवादी आधुनिकता और भारत की राजनीतिक आधुनिकता) या इसलामिक आधुनिकताएँ या कम्युनिस्ट आधुनिकताएँ युरोप के मुक़ाबले उल्लेखनीय भिन्नता रखती हैं।

एकाधिक आधुनिकता की अवधारणा के मुख्य पैरोकार आइज़ेनस्टैड कहते हैं कि आधुनिकता और पश्चिमीकरण को एक-दूसरे के पर्यायवाची समझना एक भूल है। हालाँकि

एस.एन. आइज़ेनस्टैड (1923-2010)

आधुनिकता के पश्चिमी स्वरूप ऐतिहासिक लिहाज़ से पहले उभरे, और स्वाभाविक रूप से ग़ैर-आधुनिक दुनिया के लिए संदर्भ बिंदु बन गये, पर इन्हें आधुनिकता का प्रामाणिक स्वरूप नहीं समझा जा सकता। समकालीन जगत को समझने का सबसे बेहतर तरीक़ा और आधुनिकता के इतिहास की सबसे माक़ूल व्याख्या यही है कि उसे किसी एक सांस्कृतिक परियोजना के रूप में देखने के बजाय सांस्कृतिक परियोजनाओं की बहुलता के रूप में देखा जाए। आइज़ेनस्टैड के अलावा कई भारतीय विद्वानों ने भी इस अवधारणा की बेहतरीन व्याख्याएँ पेश की हैं। मसलन, सुदीप्त कविराज के अनुसार कम से कम तीन कारण ऐसे हैं जिनके आधार पर सारी दुनिया में आधुनिकता के समरूप परिणाम निकलने की अपेक्षा नहीं की जानी चाहिए।

कविराज के मुताबिक़ पहली बात तो यह है कि आधुनिकता ने अपनी इबारतें पूरी तरह से साफ़ स्लेट पर कभी नहीं लिखीं। उसे हर जगह परम्परा के पहले से मौजूद अनुकूल तत्त्वों के साथ एक सकारात्मक रिश्ता निकालना पड़ा। उसके आगमन ने राज्य, आर्थिक उत्पादन, शिक्षा, विज्ञान और धर्म के क्षेत्रों में आमूल-चूल परिवर्तन किया। यहाँ तक कि अतीत से विच्छिन्नता का एहसास भी हुआ। पर ये परिवर्तन ऐसे नहीं थे जिनके सभी रूपों और एक हद तक उनके सार से प्राक्-आधुनिक समाज पूरी तरह से अपरिचित हों। आधुनिकता के प्रकार्यों और पहले से मौजूद प्रकार्यों के बीच रैडिकल भिन्नता भी थी, और उनके कई तत्त्व उन समाजों में पहले से मौजूद भी थे।

दूसरी बात यह है कि आधुनिकता किसी एक प्रधान कारण की उपलब्धि नहीं होती। जिस ऐतिहासिक संयोग ने

आधुनिकता का गठन किया है, वह समरूप नहीं बल्कि विविध प्रक्रियाओं की देन है। इस विविधता को एकांगी प्रक्रिया की तरह सूत्रीकृत करने के लिए कई तरह की बौद्धिक रणनीतियाँ अपनायी जाती रही हैं। मसलन, कहा जाता है कि आधुनिकता के तहत जीवन के सभी दायरों का बुद्धिसंगतीकरण होना लाज़मी है, और इस तर्कणावाद का बौद्धिक स्रोत युरोपीय ज्ञानोदय है। दूसरा दावा कहता है कि आधुनिक जीवन के विभिन्न दायरों के बीच एक प्रकार्यात्मक सूत्र देखा जाना चाहिए। इस व्याख्या के पीछे मार्क्सवादियों का भारी हाथ है। वे उत्पादन के पूँजीवादी संबंधों को सर्वोच्च महत्त्व देते हुए मानते हैं कि उनके कारण ही जीवन का हर क्षेत्र सर्वथा नया रूप ग्रहण कर लेता है। वैसे आधुनिकता को किसी एक प्रधान कारण का परिणाम मानने का यह रवैया पुराना है। अलैक्सिस द टॉकवील ने अमेरिकी आधुनिकता के अपने विख्यात अध्ययन में लोकतंत्र को आधुनिकता के वाहक के रूप में प्रधान स्थान दिया है। ऐतिहासिक दृष्टिकोण से देखने पर आधुनिकता का प्रधान कारण तलाश करने का यह रवैया सही नहीं ठहरता। भारत, चीन और पूर्वी एशिया के देशों में आधुनिकता का आगमन लोकतंत्र के खाते में नहीं डाला जा सकता। भारत में पूँजीवादी अर्थव्यवस्था समेत आधुनिक सामाजिक संबंधों के विकास में लोकतांत्रिक राजनीति की भूमिका स्वयंसिद्ध है। चीन ने अपनी आधुनिकता बाज़ार अर्थव्यवस्था के ज़रिये नहीं, बल्कि राजकीय समाजवाद के दीर्घकालीन प्रयोगों के रास्ते हासिल की। पूर्वी एशियाई देशों का पूँजीवादी उछाल वहाँ के अधिनायकवादी राज्य-तंत्र की देन है। उनकी आधुनिकता लोकतंत्र की ग़ैर-मौजूदगी से निकली प्रतीत होती है।

तीसरी बात यह है कि आधुनिकता का इतिहास बताता है कि चिंतनशीलता की प्रवृत्ति उसके विकास के लिए लाज़मी है। यहाँ तक कि चिंतनशीलता आधुनिकता का विधेयक सिद्धांत बन चुकी है। इसी कारण से एक समाज की आधुनिकता किसी दूसरे समाज की प्रतिकृति नहीं बन सकती। आधुनिकता समाज और उसके राजनीतिक तंत्र को सुचिंतित और सुनिर्देशित सामूहिक क्रियाशीलता की तरफ़ ले जाती है। इसके लिए एक प्रशिक्षित अधिकारी-तंत्र तैयार करना पड़ता है, आधुनिक सेनाएँ खड़ी करनी पड़ती हैं और राष्ट्रवाद जैसी सामूहिक चेतना निर्मित करनी होती है। तीनों को मिला कर बनी लोकतांत्रिक मशीनरी के ज़रिये समाज एक सामूहिक संकल्प से लैस हो कर आगे बढ़ता है। ऐसी स्थिति में कहा जाता है कि सरकार समाज के नाम पर क़दम उठा रही है या नीतियाँ बना कर उन्हें लागू कर रही है। सामूहिक संकल्प की रचना करने वाली युक्तियाँ केवल किसी 'अन्य' को ही सम्बोधित नहीं होतीं, बल्कि अपने समाज को भी सम्बोधित करती हैं। इसीलिए उन्हें अपनी प्रभावकारिता पर लगातार कड़ी निगरानी रखनी पड़ती है और नाकामियों के अंदेशों से बचने के लिए निरंतर सुधारते रहना होता है या अधिक प्रभावी समाधान खोजते रहने पड़ते हैं। अर्थात् आधुनिक होने की प्रक्रिया में जुटे समाजों के लिए अनिवार्य है कि वे चिंतन के स्तर पर दोनों सिरों पर खुले रहें। अपने विश्लेषण से सीखें और दूसरों के अनुभव से सबक हासिल करें। आधुनिक संस्थागत स्वरूपों के मर्म में यही तार्किकता निहित है, जिसके कारण वे कभी किसी दूसरे समाज द्वारा विकसित रूपों की अनुकृति नहीं बन सकते।

देखें : आधुनिकता, आधुनिकीकरण, उद्योगीकरण-1 और 2, अलेक्सिस द टॉकवील, बुद्धिवाद, युरोपीय ज्ञानोदय, सुदीप्त कविराज, सेकुलरवाद।

संदर्भ

1. एस.एन. आइज़ेनस्टैड (2003), *कम्पैरेटिव सिविलाइज़ेशंस ऐंड मल्टीपिल मॉडर्निटीज़,* आईआई लीडन, ईजे ब्रिल.
2. सुदीप्त कविराज (2000), 'मॉडर्निटी ऐंड पॉलिटिक्स इन इण्डिया', *डेडलस,* विशेषांक : मल्टीपल मॉडर्निटीज़, शरद, खण्ड 129, शरद.
3. एस.एन. आइज़ेनस्टैड (2000), 'मल्टीपल मॉडर्निटीज़', *डेडलस,* विशेषांक : मल्टीपल मॉडर्निटीज़, शरद, खण्ड 129, शरद.

—अभय कुमार दुबे

एजेंसी

(Agency)

एजेंसी का अर्थ है कर्म की योग्यता या क्षमता। इसे व्यक्ति में निहित काम करने के इरादे और उसे कर सकने की क्षमता से जोड़ कर देखा जाता है। एजेंसी होने की क्षमता या इरादा मनुष्य के मस्तिष्क में होता है। उससे संबंधित चिंतन और विचार वहीं जन्म लेते हैं। कर्म करने से पहले व्यक्ति सम्भावनाओं और विकल्पों का पूर्वाभ्यास भी करता है। उसके दिमाग़ में व्यक्ति के रूप में अपनी एक आत्म-पहचान भी मौजूद होती है। मनुष्य का दिमाग़ और उसकी इयत्ता कर्म के स्रोत होते हैं। कर्म प्रेरित तो होता है लेकिन ऐसा नहीं कहा जा सकता कि वह इरादों से पैदा होता हो। एजेंसी का आशय स्पष्ट करने के लिए कर्ता के कर्म तथा उसकी मंशा की व्याख्या करना ज़रूरी होता है। परंतु ऐसा कर पाना इसलिए मुश्किल होता है क्योंकि कर्म की मंशा और अर्थ मूलत: एक मानसिक स्थिति होती है, जिसे प्रकट व्यवहार की तरह बाहर से नहीं देखा जा सकता। व्यक्ति ज़्यादा से ज़्यादा अपने इरादों का अंतरावलोकन कर सकता है लेकिन दूसरों के दिमाग़ में क्या चल रहा है इसे जानने का उसके पास कोई उपाय नहीं होता। फ्रॉयड की मानें तो हमें ख़ुद ही यह पता नहीं होता कि हमारे दिमाग़ में क्या चल रहा है और अक्सर हम ख़ुद को लगातार धोखे में बनाये रखते हैं।

मनुष्य के अलावा बाक़ी के जीव-जगत में कर्म के बजाय व्यवहार ज़्यादा प्रमुख घटना होती है। व्यवहार मुख्यत: अनुबंधित प्रतिक्रिया या सहज-वृत्ति से संचालित होता है। जीवों का व्यवहार ऐसी शक्तियों से निर्धारित होता है जिन पर उनका वश नहीं चलता या जिन्हें वे न केवल नियंत्रित नहीं कर सकते बल्कि उनके बारे में कोई पूर्वानुमान भी नहीं लगा सकते। उनके बरक्स एक कर्ता के रूप में मनुष्य स्व, बाहरी दुनिया तथा अपने जैसे अन्य कर्ताओं को लेकर सचेत रहता है। एक हद तक यह बात मनुष्य के हाथ में होती है कि वह इच्छित कर्म कैसे और किस तरह करता है। उसके सामने एक बड़ा संसार होता है। वह सिर्फ़ स्थानीय परिवेश के दबावों से ही संचालित नहीं होता। व्यक्ति की पहचान शुरू से ही स्थिर नहीं होती। उसकी इस बात में बड़ी भूमिका होती है कि वह ख़ुद को क्या बनाना चाहता है। यही वजह है कि कर्म के बारे में कोई पूर्वघोषणा अगर असम्भव नहीं तो मुश्किल ज़रूर होती है। इस तरह कर्म परिस्थितिजन्य, इरादतन और आकस्मिक होता है। जबकि व्यवहार को आवश्यकता की तरह देखा जा सकता है। कर्ता अगर चाहे तो कर्म कर सकता है, और न चाहे तो उसे स्थगित भी कर सकता है, या उसी कर्म को भिन्न ढंग से काम कर सकता है। यह ठीक है कि कर्ता अपने किसी कर्म विशेष के लिए कुछ कारणों का हवाला दे सकता है लेकिन ये कारण कर्म को ठीक उस तरह से निर्धारित नहीं करते जिस तरह प्राकृतिक शक्तियाँ व्यवहार को निर्धारित करती हैं।

समाज-विज्ञानों तथा मानविकी के अध्ययन में एजेंसी एक बुनियादी और रैडिकल अवधारणा ज़रूर है, लेकिन यह एक ऐसी अवधारणा भी है जो स्वयं किसी स्पष्ट अर्थ का वाहक होने के बजाय अन्य विषयों और विमर्शों में अधिक विन्यस्त दिखती है। इसका तात्पर्य-निरूपण करने के लिए कई सिद्धांत गढ़े गये, लेकिन कोई आम सहमति बनने से पहले ही नयी बहसें शुरू हो गयीं। विद्वानों में सहमति केवल इस हद तक बन पायी कि एजेंसी, कर्म और कर्ता एक अर्थ में मूलगामी पद हैं, लेकिन इन अवधारणाओं की परिभाषा, विस्तार और व्याख्या से जुड़े मसले वाद-विवाद से बाहर नहीं आ सके। एजेंसी इसलिए भी एक विवादमूलक अवधारणा है क्योंकि वह तत्त्व-मीमांसा, दर्शनशास्त्र और नीतिशास्त्र के शाश्वत प्रश्नों, जैसे निर्बंध इच्छा, नैतिक दायित्व, व्यक्तित्व, और आत्मपरक अधिकारों आदि के साथ गहराई से जुड़ी है। एजेंसी के विचार में उदार मानवतावाद की विरासत भी निहित है जिसे लोकतांत्रिक नागरिकता का केंद्रीय अंग समझा जाता है। इन्हीं स्थायी मत-मतांतरों के कारण समाजशास्त्र के अनुशासन में एजेंसी की श्रेणी कई तरह के सैद्धांतिक विभाजनों से घिरी रही है। एजेंसी बनाम संरचना, सूक्ष्म बनाम बृहद तथा वैयक्तिकता बनाम सम्पूर्णतावाद आदि इसी विभाजन की ओर संकेत करते हैं। सूक्ष्मता के पक्षधरों का तर्क है कि केवल कर्ता और कर्म ही वास्तविक होते हैं इसलिए जीवन के अन्य सभी सामाजिक पहलुओं की केवल एजेंसी के अर्थ और संदर्भ में ही व्याख्या की जानी चाहिए। जबकि बृहद के पैरोकारों का मानना है कि समाज की व्यापक और विशाल संरचनाओं, जैसे संगठनों, राज्य और सामाजिक संरचनाओं आदि, को इस तरह नहीं छाँटा जा सकता कि वे एजेंसी के पर्याय भर रह जाएँ।

एजेंसी के संदर्भ में यह देखना बहुत महत्त्वपूर्ण है कि उसका मूल तत्त्व किस तरह विकसित होता है। इस संबंध में बुद्धिसंगत चयन तथा और विनिमय का सिद्धांत दिया जाता है। इसके तहत यह प्रतिपादित किया जाता है कि व्यक्ति, उसका इरादा और कर्म स्थिर होते हैं। ज्ञान की इस परम्परा में एजेंसी को कोई बड़ा मसला नहीं माना जाता, क्योंकि उसकी जगह आदेश द्वारा तय कर दी जाती है। यह परम्परा कर्ता को एक ऐसी विवेकपूर्ण इयत्ता के रूप में देखता है जो अपने स्वहित को लेकर सचेत ढंग से फ़ैसला करता है। विवेकवान कर्ता बहुसूचित और ज्ञान से लैस होते हैं। उन्हें पता होता है कि उन्हें क्या चाहिए और कि उन्हें सबसे ज़्यादा किस चीज़ की ज़रूरत है। उन्हें यह पता होता है कि इच्छित हित हासिल करने के लिए सबसे प्रभावशाली और बेहतर तरीक़ा क्या हो सकता है। इस इच्छित को पाने के लिए उन्हें अन्य कर्ताओं से प्रतिस्पर्द्धा करनी पड़ती है जो ठीक वही चीज़ चाहते हैं। अगर एक कर्ता के पास कोई ऐसी चीज़ है जो दूसरे के पास नहीं है तो ऐसी स्थिति में दोनों के बीच विनिमय हो सकता है। विनिमय के ऐसे रूप बाज़ार में सम्पन्न होते हैं। इस तरह हर तरह का सामाजिक कर्म बाज़ार में होने वाले विनिमय का रूप धारण करता है। ऐसी स्थिति में जब एक कर्ता को किसी चीज़ की सख़्त ज़रूरत होती है और वह उसे दूसरे कर्ता से प्राप्त नहीं कर पाता तो इसका मतलब यह होता है कि दूसरे कर्ता के पास पहले कर्ता से ज़्यादा ताक़त है। दूसरे शब्दों में सत्ता निर्भरता से पैदा होती है।

एजेंसी के इस उपयोगितावादी और तार्किक सिद्धांत के बरक्स एक और सिद्धांत है जो एजेंसी के प्रतीकात्मक अंतरक्रियावाद पर ज़ोर देता है। यह विचार अमेरिकी व्यवहारवाद से लिया गया है। इस परम्परा में एजेंसी को ज़्यादा आकस्मिक और दोनों सिरों पर खुली अवधारणा माना गया है। यानी कर्म और कर्ताओं के बारे में पहले से कुछ नहीं कहा जा सकता। इसे बाहरी प्रेक्षक निर्धारित नहीं कर सकता क्योंकि वह सामाजिक जीवन के व्यवहार से पैदा होती है। व्यक्ति का स्व कोई ऐसी इयत्ता नहीं है जिसे एकसार उपयोगिता के खाँचे में डाला जा सके। वह एक जटिल और बहुआयामी धारणा है। स्व के एक बहुचर्चित सिद्धांत में हरबर्ट मीड स्व को तीन ऐसे हिस्सों में बाँटकर देखते हैं जो हमेशा एक दूसरे के साथ संवादरत रहते हैं। इस तरह एजेंसी की योग्यता पूर्व-निर्मित न होकर सामाजिक निर्माण और पुनर्निर्माण की प्रक्रिया से

जन्म लेती है। सामाजिक अंतर्क्रिया असल में किसी स्थिति की परिभाषाओं को लेकर एक सौदेबाज़ी की तरह होती है। यथार्थ सामाजिक रूप से गढ़ा जाता है। कर्ता अपने बारे में एक विचार गढ़ता है और दूसरों के सामने अपने एक ख़ास हिस्से को ही ज़ाहिर करता है। दोहरी आकस्मिकता की समस्या से निपटने के लिए कर्ता एक दूसरे की भूमिका ओढ़ लेते हैं। वे ख़ुद को दूसरों की धारणाओं- ख़ास तौर पर ऐसे लोगों की धारणाओं के अनुसार देखने लगते हैं जिन्हें वे महत्त्वपूर्ण मानते हैं।

एजेंसी के सारतत्त्व को समझने के लिए कर्ता के दृष्टिकोण के अलावा उसकी दुनिया को उसी के परिप्रेक्ष्य में देखना ज़रूरी होता है। मसलन, भारत में दलित राजनीति का उभार एक ऐसा ही प्रश्न है। पारम्परिक वामपंथी सिद्धांतकार इस बात को लेकर कुपित रहे हैं कि दलित जातियों ने वर्ग-संघर्ष के विचार को सहज भाव से क्यों स्वीकार नहीं किया। उनके मुताबिक़ इन जातियों के शोषण और सामाजिक पदानुक्रम में उनकी हीन स्थिति देखते हुए उन्हें वामपंथी राजनीति करनी चाहिए थी। जबकि पिछले दो दशकों में दलित राजनीति सम्मान, गरिमा और सत्ता में सीधी भागीदारी के लिए लड़ती रही है। ग़ौर से देखें तो इसकी वजह शायद यह रही है कि दलित राजनीति को मुख्यधारा के विमर्श में लम्बे समय तक स्वतंत्र एजेंसी मानने से इनकार किया गया। दलित नेतृत्व राजनीति और सामाजिक वर्चस्व की लड़ाई में जिस तत्त्व को बुनियादी मानता था वह अन्य सिद्धांतकारों को गौण लगता था।

बहरहाल, कर्म की संरचना प्रतीकात्मक होती है और वह भाषा व संस्कृति के ज़रिये अभिव्यक्त होती है। इसीलिए एजेंसी और कर्म को समझने की सही चाबी यह है कि उसे समझाने के बजाय उसकी व्याख्या की जाए। एजेंसी को समझना एक तरह से पाठ की व्याख्या करने जैसा है। इस तरह सामाजिक कर्म और अंतर-कर्म की व्याख्या का मुख्य तरीक़ा सहभागी प्रेक्षण ही हो सकता है, क्योंकि समाजशास्त्री लोगों पर अपनी संकल्पनाएँ नहीं थोप सकते। इसके बजाय उन्हें लक्षित विषय को समझने के लिए कर्ता की अपनी समझदारी पर ज़्यादा भरोसा करना चाहिए।

एजेंसी को अंतर्क्रियात्मक प्रतीक मानने की यह धारणा बहुत कुछ जर्मन आदर्शवाद से मेल खाती है, जिसमें कर्ता को सम्प्रभु और स्थिति का नियंत्रक माना गया है। इस मत के अनुसार कर्ता विश्व का निर्माता और सर्जक होता है। इस तरह संसार को कर्ता की इच्छा का चित्रण माना जा सकता है। लेकिन एजेंसी के एक अन्य सिद्धांत में माना गया है कि कर्ता सामाजिक जीवन को नियंत्रित करने की स्थिति में नहीं होता। कर्ता विषय नहीं बल्कि सदस्य होता है। कर्ता किसी चीज़ को लेकर किस हद तक सचेत हो सकता है या वह किसी स्थिति को किस सीमा तक परिभाषित या पुनःपरिभाषित कर सकता है—यह सब बेहद सँकरी और सीमित ज़मीन पर घटित होता है। सामाजिक जीवन की प्रथाएँ सदस्यों के ज़रिये निरंतरता और पुष्टि हासिल करती हैं। प्रसंगवश, बोर्दियो इसे हैबिटस का नाम देते हैं जिसे सामूहिक अवचेतन कहा जा सकता है। सदस्य इन प्रथाओं या दस्तूरों के सृजक न होकर उनके परिणाम होते हैं। समाज के लिए उसके सदस्य एक साधन की तरह होते हैं जिनके माध्यम से वह अपने अस्तित्व को बरक़रार रखता है। सामाजिक व्यवहारों को सदस्य अपनी इच्छा से परिभाषित नहीं कर सकते। अनिश्चितता, आकस्मिकता और चिंता के परिवेश में सामाजिक व्यवहार एक तरह की तथ्यात्मकता और सामान्य रूढ़ि का दर्जा हासिल कर लेते हैं।

इन व्यवहारों को जानने का तरीक़ा यह होता है कि उन्हें खण्डित कर दिया जाए और फिर यह देखा जाए कि तथ्यात्मकता का अहसास किस तरह ख़ुद को पुनःस्थापित कर लेता है। कोई भी सामाजिक व्यवस्था एक स्थानीय उपलब्धि होती है। लेकिन इसे कर्ता और एजेंसी की उपलब्धि नहीं माना जा सकता। इसके विपरीत, सामाजिक व्यवस्था अपने सदस्यों के बल पर ही अस्तित्व ग्रहण करती हैं और ख़ुद को अक्षुण्ण बनाये रखती है।

एजेंसी, कर्म तथा कर्ता को समाज-विज्ञान की बुनियादी प्रस्थापना स्वीकार करने में अहम दिक़्क़त यह है कि कर्ता अनंत हैं और वे भिन्न ढंग से काम करते हैं और उनके कार्यों के पीछे बेशुमार कारण हो सकते हैं। ऐसे में उन्हें लेकर कोई एक राय या धारणा बनाना मुश्किल है। कर्ता की इच्छा और कारण उसके दिमाग़ में होते हैं। अगर किसी तरह कारणों को जान भी लिया जाए तो भी इस बात को लेकर आश्वस्त नहीं हुआ जा सकता कि अमुक कर्ता ने जो कारण बताये हैं वही वास्तविक कारण हैं। कर्ता के मत से आधुनिक विश्व व्यवस्था को समझने का भी कोई सूत्र नहीं निकलता। इस तरह समाज को व्यक्तियों या कर्ताओं का जीवन-वृत्त नहीं माना जा सकता। एक ही कर्ता का कर्म कई बार उसकी अपनी मंशा से आगे बढ़कर ऐसे परिणाम पैदा कर सकता है जिसके बारे में वह ख़ुद भी सचेत नहीं होता।

ऐसी दुरूहताओं का समाधान खोजने के लिए एजेंसी के संबंध में एक और सिद्धांत प्रस्तुत किया गया है जिसे फ़ौरी तौर पर निर्माणवाद कहा जा सकता है। इस मत के तहत एजेंसी को किसी व्यक्ति की योग्यता न मानकर उसे एक ख़ास तरह का गुणधर्म माना जाता है। जो व्यक्ति के पास हो भी सकता है और वह उससे भी रहित भी हो सकता है। इसे हम एक विशेषाधिकार की तरह भी देख सकते हैं जिसे

किसी को दिया भी जा सकता है और वापस भी लिया जा सकता है। ऐसे अधिकारों को हर समाज और संस्कृति अपने अपने ढंग से निर्धारित और आवंटित करती है। आदिवासी समुदाय आध्यात्मिक शक्तियों को एजेंसी प्रदान करती हैं जबकि आधुनिक विज्ञान ऐसी शक्तियों को भौतिक नियमों से संचालित निर्जीव वस्तुओं से ज़्यादा कुछ नहीं मानता। ऐतिहासिक समाजशास्त्र को ध्यान से देखें तो पता चलता है कि अलग अलग समाजों में एजेंसी प्रदान करने और इस नाते ज़िम्मेदारी और जवाबदेही तय करने के ढंग अलग अलग रहे हैं। यह बात इस तरह भी देखी जा सकती है कि वयस्कों और बच्चों की ज़िम्मेदारियों में फ़र्क़ होता है। इस तरह हम सभी जीवित मनुष्यों को एक तरह की एजेंसी देते हैं लेकिन विक्षिप्त और बेहोशी में डूबे व्यक्ति को उससे बाहर मानते हैं

इस तरह एजेंसी का यह निर्माणवादी मत एजेंसी के गुणधर्म में विभिन्नताओं को प्रमुख तत्त्व मानता है। इस विन्यास में एजेंसी प्राकृतिक या सारभूत तत्त्व न होकर किन्ही स्थितियों से पैदा होने वाली निर्मिति बन जाती है। ऐसी भिन्ताएँ ही एजेंसी को अनुभवसिद्ध या वस्तुनिष्ठ शोध के दायरे में स्थापित कर सकती हैं। वर्ना अभी तक तो एजेंसी का पूरा विमर्श संकल्पनाओं और भाषाई विश्लेषण की अंतहीन और सहमतिविहीन बारीकियों में उलझा रहा है।

देखें : तत्त्व-मीमांसा और आस्तित्व-मीमांसा, पिएर बोर्दियो, बुद्धिसंगत चयन, व्यवहारवाद।

संदर्भ

1. एम. एमिरबेयर और ए. मिशे (1998), 'व्हाट इज़ एजेंसी ?', *अमेरिकन जर्नल ऑफ़ सोसियोलॅजी*, खण्ड 104, अंक 962.
2. जी.एच. मीड (1967), *माइंड, सेल्फ़, ऐंड सोसाइटी*, युनिवर्सिटी ऑफ़ शिकागो, शिकागो.
3. पिएर बोर्दियो (1990), *द लॉजिक ऑफ़ प्रैक्टिस*, पॉलिटी प्रेस, केम्ब्रिज.
4. एंथनी गिडेंस (1984), द *कांस्टीट्यूशन ऑफ़ सोसाइटी*, पॉलिटी प्रेस, केम्ब्रिज.

—नरेश गोस्वामी

एडमण्ड बर्क

(Edmund Burke)

अनुदारतावाद के संस्थापक आइरिश सिद्धांतकार एडमण्ड बर्क (1729-1797) को राजनीतिक रैडिकलिज़म और क्रांति के विचार का प्रमुख आलोचक माना जाता है। 1790 में प्रकाशित उनकी सर्वश्रेष्ठ रचना *रिफ़्लेक्शंस ऑन द रेवोल्यूशन इन फ़्रांस* ने समाज, राज्य और व्यक्ति के आपसी संबंधों की एक ऐसी समझ को जन्म दिया जिसे अनुदारतावाद के विरोधी भी आज किसी न किसी रूप में अपनाने के लिए मजबूर हैं। बर्क ने अपने राजनीतिक सिद्धांतों का ढाँचा अमूर्त चिंतन की व्यावहारिक उपयोगिता के प्रति अविश्वास के आधार पर खड़ा किया। उन्होंने बुद्धिवाद में आस्था को पूरी तरह से नकारा और क्रांतिकारी उपायों के प्रति तिरस्कारपूर्ण रवैया अपनाते हुए उनकी कड़ी आलोचना की। बर्क ने सामाजिक समझौते के विचार, प्राकृतिक क़ानून और मनुष्य के अधिकार जैसे सिद्धांतों का विरोध किया। उनकी सामाजिक-राजनीतिक थीसिस सीधी और साफ़ थी कि मौजूदा परिस्थितियाँ हमेशा ही गुज़र चुके घटनाक्रम का योगफल होती हैं। मनुष्य अपनी बुद्धि के दम पर उनकी जटिल संरचना को नहीं समझ सकता। इसलिए उनके साथ किन्हीं अमूर्त विचारों के आधार पर किसी भी तरह की रैडिकल छेड़-छाड़ करने के बजाय मंद गति से किये गये सुधारों के रास्ते पर चलना चाहिए ताकि किसी भी तरह की सामाजिक या व्यवस्थागत बेचैनी पैदा न हो सके। बर्क का यह फ़ार्मूला आगे चल कर अनुदारतावाद का मूल मंत्र बना। उनके विचार उनकी मृत्यु के दो सौ साल बाद आज भी राजनीतिक चिंतकों को प्रभावित कर रहे हैं। बीसवीं सदी के कई प्रमुख चिंतकों, जैसे कार्ल पॉपर, माइकेल ओकशॉट और फ्रेड्रिख़ हायक, के विचारों पर बर्क की स्पष्ट छाप देखी जा सकती है।

डबलिन, आयरलैण्ड में जन्मे एडमण्ड बर्क ने 1743 से 1748 के बीच ट्रिनिटी कॉलेज में शिक्षा प्राप्त की और फिर वकालत पढ़ने के लिए लंदन गये। लेकिन अपने समकालीन डेविड ह्यूम की ही भाँति उन्होंने क़ानून का अध्ययन बीच में ही छोड़ दिया। उनका रुझान साहित्य-रचना की ओर था। 1756 में *अ विंडीकेशन ऑफ़ नेचुरल सोसाइटी* शीर्षक से उनकी एक व्यंग्य रचना प्रकाशित हुई। अगले ही साल उनकी सौंदर्यशास्त्र संबंधी रचना *अ फ़िलॉसफ़ीकल इनक्वैरी इनटु द ओरिजिंस ऑफ़ अवर आइडियाज़ ऑफ़ द सबलाइम ऐंड ब्यूटीफुल* के प्रकाशन ने उनकी धाक जमा दी। 1765 से उनके जीवन ने राजनीतिक करवट लेनी शुरू की। हाउस ऑफ़ कामंस के लिए चुने जाने के बाद वे लॉर्ड रॉकिंघम के सचिव बन गये। इसके बाद एक बार थोड़े से अंतराल के अलावा वे जीवन भर सांसद

एडमण्ड बर्क (1729-1797).

रहे। जॉर्ज-तृतीय की उपनिवेश संबंधी नीति की आलोचना करते हुए उन्होंने विग संसद सदस्य के रूप में कई उल्लेखनीय भाषण दिये। 1790 में उनकी महान रचना *रिफ़्लेक्शंस ऑन द रेवोल्यूशन इन फ्रांस* का प्रकाशन हुआ जिसने उनके विग साथियों को भी चौंका दिया। अपने जीवन के आख़िरी सात वर्ष बर्क ने अपने आलोचकों को जवाब देते हुए बिताये। इस दौर में उनकी तीन रचनाएँ *ऐन अपील टू द न्यू टू द ओल्ड विग्ज़* (1791), *थॉट्स ऑन द फ्रेंच एफ़ेयर्स* (1791) और *लेटर्स ऑन द रेजिसाइड पीस* (1796-97) प्रकाशित हुईं।

राजनेता और विचारक बनने से पहले इंग्लैण्ड के स्थापित साहित्यकारों में से एक होने के कारण बर्क का राजनीतिक लेखन अपनी साहित्यिक शैली के लिए भी जाना जाता है। समझा जाता है कि उन्होंने अपना जीवन मुख्यतः पाँच तरह के लक्ष्यों के लिए समर्पित किया। उनका पहला लक्ष्य था ब्रिटिश संसद हाउस ऑफ़ कामंस को जॉर्ज-तृतीय और उनके सलाहकारों के प्रभाव से मुक्त करना। उनका दूसरा मक़सद अमेरिका स्थिति इंग्लैण्ड के उपनिवेशों को उनका वाजिब अधिकार दिलाने का था। बर्क का तीसरा लक्ष्य था आयरलैण्ड की मुक्ति, और चौथा लक्ष्य ईस्ट इण्डिया कम्पनी के लुटेरू कुशासन से इंग्लैण्ड के भारत स्थित उपनिवेश को छुटकारा दिलाना था। उनका पाँचवा लक्ष्य था फ्रांसीसी क्रांति द्वारा अपनाये गये निरीश्वरवादी और हिंसक जैकोबिन रवैये का कड़ा विरोध करना।

हालाँकि बर्क क्रांतिकारी कार्रवाई के ज़रिये मौजूदा व्यवस्था को नष्ट करके नया समाज बनाने की दावेदारियों के विरोधी थे, लेकिन उन्होंने इंग्लैण्ड की ग्लोरियस रेवोल्यूशन का समर्थन किया और अमेरिकी क्रांति का भी पक्ष लिया। इस विरोधाभास का कारण भी उनके वैचारिक आग्रहों में ही निहित था। बर्क का ख़याल था कि ग्लोरियस रेवोल्यूशन ने तत्कालीन सामाजिक-राजनीतिक और प्रशासनिक ढाँचे को अनछुआ छोड़ दिया था। दूसरे, अमेरिका में उपनिवेश बना कर रह रहे अंग्रेज़ों का यह दावा उन्हें जायज़ लगता था कि उनके ऊपर टैक्स लगाने का फ़ैसला करते समय ब्रिटिश सम्राट को उनके संसदीय प्रतिनिधित्व की पूरी गारंटी करनी चाहिए।

1770 से अमेरिकी क्रांति होने तक बर्क ने अपने संसदीय भाषणों और पत्रों के ज़रिये संसद से लगातार अनुरोध किया कि उसे अमेरिकी उपनिवेशकों के प्रति नरम रवैया अपनाना चाहिए ताकि साम्राज्य और उनके बीच के रिश्ते न टूटें। साम्राज्य की वित्तीय स्थिति सुधारने की कोशिश करते हुए बर्क ने बंगाल के गवर्नर के रूप में वारेन हेस्टिंग्ज़ की कारगुज़ारियों पर कड़ी आपत्ति करते हुए उनके ऊपर महाभियोग के लिए सात साल तक चलने वाली कार्रवाई की शुरुआत की। ईस्ट इण्डिया कम्पनी के ख़िलाफ़ भारतीय जनता की तरफ़दारी को बर्क अपनी बहुत बड़ी राजनीतिक उपलब्धि मानते थे। लेकिन उनके आलोचकों का कहना था कि बर्क को भारतीय परिस्थितियों की ऐतिहासिक जानकारी न के बराबर थी और इसीलिए वे एक अजनबी समाज-व्यवस्था के तहत हेस्टिंग्ज़ के भारतीय कार्यकाल की मजबूरियों को समझ पाने में नाकाम रहे।

माइकेल ओकशॉट के अनुसार बर्क के राजनीतिक सिद्धांत के केंद्र में बुद्धिवाद का नकार है। बर्क यह मानने के लिए तैयार नहीं थे कि राजनीति मानवीय बुद्धि से निकले किसी ऐसे उसूल की रोशनी में चलाई जा सकती है जिसकी जड़ें अतीत के अनुभवों और रीति-रिवाज़ों में न हों। उनकी मान्यता थी कि लोग जिस बंदोबस्त के तहत रहते आये हैं, वह लम्बी इनसानी आज़माइश का नतीजा है। ये व्यवस्थाएँ धीमी गति से चलने वाली प्रक्रियाओं के दौरान विकसित हुई हैं और इन्हीं के कारण बदलते हालात के साथ तालमेल बैठाना मुमकिन हो पाया है। अगर कोई व्यवस्था लम्बे अरसे से टिकी हुई है, तो यही उसकी वैधता का सबूत है।

बर्क ने सामाजिक समझौते के सिद्धांत को तरजीह देने से इनकार करते हुए कहा कि समाज कुछ व्यक्तियों या कुछ समूहों के बीच हुए किसी समझौते या बनाये गये स्वैच्छिक संगठन का परिणाम नहीं है। वह किसी एक पीढ़ी द्वारा चलाई गयी किसी परियोजना का नतीजा भी नहीं हो सकता। समाज का ढाँचा तो इतना जटिल है कि कोई एक व्यक्ति या समूह उसे समझ ही नहीं सकता। इसलिए उसे नष्ट करके उसके खँडहरों पर कोई नयी इमारत खड़ा करने

का आग्रह किसी क़ीमत पर स्वीकार नहीं किया जा सकता। अपने इसी तर्क के आधार पर बर्क ने फ्रांसीसी क्रांति की आलोचना की। उन्होंने रूसो द्वारा प्रवर्तित सिद्धांतों को ठुकराते हुए कहा कि एक लम्बे और पेचीदा इतिहास के गर्भ से निकले समाज और उसकी व्यवस्था को ख़ारिज करने का अधिकार किसी सिद्धांतकार को नहीं होना चाहिए। फ्रांसीसी क्रांति के आधारभूत सिद्धांतों को ख़ारिज करने के कारण बर्क को उपयोगितावाद के पैरोकारों की आलोचना झेलनी पड़ी। थॉमस पेन, जेरेमी बेंथम और जेम्स मिल ने उन पर आरोप लगाया कि ऐसा करके वे राजनीतिक स्वतंत्रता के पक्षधर नहीं रह गये हैं।

लेकिन क्या वास्तव में बर्क स्वतंत्रता के सैद्धांतिक समर्थक नहीं रह गये थे? दरअसल क्रांतिकारी परिवर्तन का विरोध करने के नाम पर उन्होंने कभी ग़ैर-संसदीय, अकुशल और निरंकुश सरकार का समर्थन नहीं किया। नारीवाद की प्रथम प्रवक्ता मैरी वोल्सनक्रॉफ़्ट का तो विचार यह था कि अगर बर्क फ्रांसीसी होते तो वहाँ की परिस्थितियों में क्रांति का ही पक्ष लेना पसंद करते। बर्क राजनीतिक सुधारों के पक्ष में थे, पर वे यह नहीं चाहते थे कि उन्हें किसी अमूर्त राजनीतिक मतवाद के प्रभाव में अंजाम दिया जाए। बर्क का कहना था कि सुधार बदलते वक़्त की ज़रूरतें पूरी करने के लिए सामाजिक संस्थाओं और निज़ाम को बरक़रार रखते हुए किये जाने चाहिए। हालाँकि बर्क धार्मिक सहिष्णुता के समर्थक थे, पर अपने इन्हीं विचारों के कारण उन्होंने चर्च की तरफ़दारी भी की। ख़ुद भूस्वामी कुलीन वर्ग के सदस्य न होते हुए भी बर्क का ख़याल था कि सम्पत्तिशाली वर्ग और उसकी फ़ुरसत अभिजन जीवन-शैली समाज की संकुल बनावट को बनाये रखने के लिए ज़रूरी है। संसद सदस्य के रूप में बर्क का विचार था कि सांसद अपने निर्वाचन-क्षेत्र के हितों की पूर्ति के लिए नहीं चुने जाते। उन्हें बृहत्तर समुदाय के दीर्घकालीन हितों के लिए जन-प्रतिनिधि की भूमिका निभानी चाहिए।

देखें : अनुदारतावाद, अमेरिकी क्रांति, उदारतावाद, उपयोगितावाद, एडमण्ड बर्क, कार्ल पॉपर, क्रांति, ज्याँ-ज़ाक रूसो, जॉन लॉक, जेरेमी बेंथम, जॉन स्टुअर्ट मिल, फ्रांसीसी क्रांति, फ्रेड्रिख़ वॉन हायक, बुद्धिवाद, माइकिल जोसेफ़ ओकशॉट, मैरी वूल्सनक्रॉफ्ट, रॉबर्ट नॉज़िक, सामाजिक समझौता।

संदर्भ

1. एम. फ्रीमैन (1980), *बर्क ऐंड द क्रिटीक ऑफ़ पॉलिटिकल रैडिकलिज़म,* ब्लैकवेल, ऑक्सफ़र्ड.
2. सी.बी. मैकफ़र्सन (1982), *बर्क,* ऑक्सफ़र्ड युनिवर्सिटी प्रेस, ऑक्सफ़र्ड.
3. बी.डब्ल्यू. हिल (संकलन और सम्पादन) (1975), *एडमण्ड बर्क ऑन गवर्नमेंट, पॉलिटिक्स ऐंड सोसाइटी,* फ़ोंटाना, लंदन.
4. एडमण्ड बर्क (1968), *रिफ़्लेक्शंस ऑन द रेवोल्यूशन इन फ्रांस,* सी.सी. ओब्रायन (सम्पा.), पेंगुइन, हार्मंड्सवथ.

—अभय कुमार दुबे

एडवर्ड हैलेट कार

(Edward Hallett Carr)

आधुनिक इतिहास-चिंतन और लेखन के क्षेत्र में एडवर्ड हैलेट कार (1892-1982) को पुराने और पारम्परिक विमर्शों को नये नज़रिये से देखने, सोवियत संघ के इतिहास की एक बृहद परियोजना पर सफलतापूर्वक काम करने और अंतर्राष्ट्रीय संबंधों के अनुशासन को दिशा देने वाले वाले विद्वान के रूप में देखा जाता है। 1916 से 1936 के बीच इंग्लैंड के विदेश विभाग में काम करने वाले कार ने इंग्लैंड के शिष्टमण्डल के सदस्य के रूप में पेरिस शांति वार्ता में भाग लिया और लीग ऑफ़ नेशंस के सलाहकार भी रहे। पहले महायुद्ध से ही इंग्लैंड की राजनयिक सेवा में शामिल रहने के नाते उन्हें अंतर्राष्ट्रीय संबंधों की कूटनीति, सत्ता और वर्चस्व की राजनीति को नज़दीक से देखने का अनुभव भी था। 1920 के दशक में कार को पूर्वी युरोप में नियुक्त किया गया। जहाँ वे रूसी संस्कृति, साहित्य और इतिहास के सम्पर्क में आये। कार के दृष्टिकोण में पश्चिमी उदारतावाद के प्रति संशय और आलोचना का भाव इसी दौर की देन है। 1931 से 1937 के बीच कार ने दोस्तोएव्स्की, कार्ल मार्क्स तथा बकूनिन के लेखन और अवदान पर कार्य किया। कार को 1936 में वुड्रो विल्सन के नाम से गठित अंतर्राष्ट्रीय राजनीति की पीठ में प्रोफ़ेसर नियुक्त किया गया। इस दौरान उन्होंने *द ट्वेंटी ईयर्स क्राइसिस, 1919-1939, कंडीशंस ऑफ़ पीस* तथा *नैशनलिज़्म ऐंड आफ़्टर* पुस्तकों की रचना की। अंतर्राष्ट्रीय संबंधों के उदीयमान अनुशासन का ढाँचा निर्धारित करने में इन पुस्तकों का योगदान बेहद अहम माना जाता है।

दूसरे विश्व-युद्ध के दौरान कार एक समर्थ पत्रकार के रूप में सक्रिय रहे। वे रोज़मर्रा की घटनाओं पर सम्पादकीय लिखने में भी माहिर थे। युद्ध समाप्त होने पर वे फिर अकादमिक जगत में लौट आये और जीवनपर्यंत ट्रिनिटी कॉलेज, ऑक्सफ़र्ड में रहते हुए *अ हिस्ट्री ऑफ़ सोवियत रशिया* जैसी चौदह खण्डों में फैली विशालकाय और *व्हाट इज़ हिस्ट्री* जैसी क्षिप्र लेकिन विचारोत्तेजक पुस्तकों की रचना की। कार अंतर्राष्ट्रीय संबंधों और कूटनीति के बीहड़ से इतिहास लेखन और दर्शन की ओर आये थे। इसलिए उनके इतिहास चिंतन में अमूर्तन के बजाय राजनीतिक चालों, कपट, राष्ट्रीय हितों और स्वार्थों के टकराव से उपजे ठोस संदर्भों की उपस्थिति मिलती है।

कार ने अपने संस्मरणों में लिखा है कि आधुनिक इतिहास में उनकी रुचि अपने दौर की गहमागहमियों और अंतर्विरोधों से उपजी थी। वे अपने दौर की घटनाओं की पारम्परिक व्याख्या से सहमत नहीं हो पाते थे। इतिहास की

तरफ़ आने में उनके लिए रूसी क्रांति की निर्णायक भूमिका थी। उनके तईं 1917 की रूसी क्रांति कोई आकस्मिक घटना न होकर एक ऐसा बुनियादी बदलाव था जिसने विश्व-व्यवस्था को आमूल बदल डाला था। कार मानते हैं कि इतिहास के अध्ययन में उनकी रुचि रूसी क्रांति के कारण पैदा हुई और यह इसी का प्रभाव था जिसने उनके भीतर एक इतिहासकार को जन्म दिया ।

दूसरे विश्व-युद्ध के दौरान रूस ने एक देश के रूप में विलक्षण आर्थिक और सामरिक शक्ति का परिचय दिया था। ई.एच. कार रूस के इस रूपांतरण को समझना चाहते थे। इसलिए 1944 में उन्होंने अक्टूबर क्रांति के बाद उभरे रूस की आर्थिक, सामाजिक व राजनीतिक व्यवस्था का इतिहास लिखने का निर्णय लिया । इस बृहद इतिहास में कार रूस में कृषि आधारित अर्थव्यवस्था के औद्योगिक अर्थव्यवस्था में रूपांतरित होने की प्रक्रिया को चिह्नित करते हैं और साथ ही उन नीतियों और फ़ैसलों का विस्तार से ज़िक्र करते हैं जिनकी बिना पर रूस विश्व की प्रमुख पूँजीवादी ताक़तों के सामने न केवल अडिग रहा बल्कि 1929 की विश्वव्यापी मंदी के प्रभावों से भी बचा रहा। रूस के इस चामत्कारिक औद्योगिक विकास की पड़ताल करते हुए कार उन प्रयत्नों का हवाला भी देते हैं जिनके ज़रिये रूसी नेतृत्व ने पूँजी जुटायी थी। कार बताते हैं कि क्रांति के बाद रूस में आर्थिक शक्ति को उत्पादन की विशाल इकाइयों में केंद्रित करने की मुहिम छेड़ी गयी। बुनियादी वस्तुओं और सेवाओं को या तो मुफ़्त दिया जाने लगा या उनका एक निश्चित मूल्य तय कर दिया गया। कई मामलों में मौद्रिक लेन-देन के बजाय वस्तु-विनिमय का भी सहारा लिया गया। औद्योगिक विकास के लिए दूसरा उपाय नयी आर्थिक नीति के रूप में सामने आया जिसके तहत किसानों को यह अनुमति दी गयी कि वे अपने उत्पादन का एक निश्चित हिस्सा राज्य को देकर शेष उत्पादन बाज़ार में बेच सकते हैं। इसी के साथ उद्योगपतियों को इस बात के लिए प्रोत्साहित किया गया कि वे किसानों के उपयोग में आने वाली वस्तुओं का उत्पादन करें। इन प्रयासों के कारण कृषि और हल्के पैमाने के उपभोक्ता उद्योग पटरी पर लौटने लगे। विकास की इस प्रक्रिया में कार स्तालिन की नीतियों— उत्पादन और विकास के लक्ष्यों पर केंद्र के नियंत्रण, खेती के जबरिया समूहीकरण और पंचवर्षीय योजनाओं को रूस की बढ़ती ताक़त के अहम कारक मानते हैं।

कार के अनुसार 1917-1929 के बीच रूस में घटित होने वाले इस रूपांतरण को शीर्ष सत्ता में आये बदलाव के संदर्भ में भी समझा जा सकता है। उल्लेखनीय है कि इस काल में सत्ता लेनिन के हाथों से निकल कर स्तालिन के हाथों में केंद्रित हो गयी थी। लेनिन ख़ुद को एक प्रतिबद्ध क्रांतिकारी समझते थे। उनके सामने ज़्यादा बड़ा सरोकार जनता को अधिकारों से लैस करना और विश्व-क्रांति के लिए काम करना था। इसके उलट स्तालिन नीतियों को शीर्ष से आरोपित करने में यक़ीन रखते थे। उन्हें विश्व-क्रांति के स्वप्न में कोई दिलचस्पी नहीं थी। उनका ज़्यादा ज़ोर इस बात पर था कि रूस को आत्मनिर्भर कैसे बनाया जाए। इन प्राथमिकताओं के कारण स्तालिन समाजवाद के वैश्विक प्रसार की परियोजना से विमुख होते गये और उनका समाजवाद रूसी राष्ट्रवाद का पर्याय बनकर रह गया। लेकिन कार इस बात पर ज़ोर देते हैं कि रूस को विश्व की प्रमुख औद्योगिक शक्ति बनाने के पीछे मुख्यतः स्तालिन की ही भूमिका थी। कार के इस ग्रंथ को लेकर उनके समकालीन इतिहासकारों की राय प्रशंसा और भर्त्सना की रही है। कुछ इतिहासकारों ने कार के काम को आधुनिक इतिहास लेखन में मील का पत्थर बताया, तो कई लोगों को कार स्तालिन के अंधभक्त नज़र आये। लेकिन कार ने इस आलोचना का जवाब देते हुए कहा कि शीत-युद्ध के माहौल में उनकी रचना पर सोवियत राजनीति की हिमायत करने का आरोप स्वाभाविक ही था। पर साथ ही उन्होंने यह भी कहा था कि समकालीन मूल्यांकन के बजाय उनकी रुचि इस बात में है कि आज से पचास या सौ साल बाद पाठक उनकी रचना को कैसे देखेंगे। इतिहासकारों का एक ख़ेमा स्तालिन के प्रति कार के सहानुभूति और प्रच्छन्न प्रशंसा से भरे रवैये पर आज भी सवाल उठाता है लेकिन इतिहास-लेखन के मानकों के लिहाज़ से कार का सोवियत इतिहास संतुलित और पक्षपात से मुक्त माना जाता है।

कार ने सोवियत संघ का इतिहास लिख कर जहाँ यह साबित किया कि तथ्यों और व्याख्या, समकालीन ब्योरों तथा दीर्घकालिक परिप्रेक्ष्य को कैसे एक साथ साधा जाता हैं वहीं *व्हाट इज़ हिस्ट्री* के ज़रिये यह भी दर्शाया कि इतिहास दर्शन को पूर्वाग्रहों और अतिवादी रुझान से कैसे बचाया जा सकता है। अपने इतिहास चिंतन में कार किसी भी तरह के अतिवाद से बचते हुए बीच का रास्ता चुनते हैं। वे इतिहास को न तथ्यों का वस्तुनिष्ठ संकलन मानते हैं न व्याख्या के बरक्स तथ्यों को तरजीह देने की वकालत करते हैं। उनकी राय में इतिहासकार को अपने व्यक्तिगत आग्रहों के प्रति सावधान रहना चाहिए ताकि उसकी व्याख्या तथ्यों को सर्वोपरि ठहराने का औज़ार न बन जाए। कार इतिहास लेखन की उस प्रवृत्ति को भी स्वीकार नहीं करते जिसमें इतिहास का केंद्र या तो अतीत में स्थापित किया जाता है या फिर उसे वर्तमान की चौहद्दी से बाहर ही नहीं जाने दिया जाता। उनके अनुसार तथ्य न तो ख़ुद बोलते हैं और न उन्हें केवल इतिहासकार की निरी कल्पना माना जा सकता है। इस जटिलता की तह खोलते हुए कार प्रतिपादित करते हैं कि तथ्य इतिहासकार से स्वतंत्र होते हैं लेकिन उनकी ऐतिहासिकता इतिहासकार की चयन-दृष्टि और व्याख्या से निर्धारित होती है। इतिहासकार अपनी अभिरुचि और अनुभवों के लिहाज़ से तथ्यों के चयन, व्याख्या और प्रस्तुति का काम करता है लेकिन कई बार ये तथ्य ही उसे अपना दृष्टिकोण

एडवर्ड हैलेट कार (1892–1982)

बदलने के लिए भी प्रेरित करते हैं। इस तरह इतिहासकार अतीत और वर्तमान के बीच निरंतर आवाजाही करता है।

कार के मुताबिक़ अतीत और वर्तमान के साथ इतिहासकार का यह रिश्ता बहुत कुछ वैसा ही है जैसा व्यक्ति और समाज के बीच होता है। लोगों की आकांक्षाओं और कार्यों के निर्धारण में भाषा और पर्यावरण की महती भूमिका होती है लेकिन साथ ही मनुष्य में ख़ुद भी यह कुव्वत होती है कि वह अपने और दूसरों के नज़रिये के प्रति जागरूक रहे।

अपने इतिहास-चिंतन में कार निश्चयवाद का समर्थन करते प्रतीत होते हैं, लेकिन उनका निश्चयवाद दैवी तत्त्वों से आक्रांत नहीं है। उनका मानना है कि किसी घटना के निश्चित कारण होते हैं और उन कारणों में थोड़ी सी फेरबदल ही घटना के समूचे विन्यास को बदल सकती है। जबकि पारम्परिक निश्चयवाद में यह माना जाता है कि ऐतिहासिक घटनाएँ मनुष्य के इरादों या इच्छाओं से तय नहीं होती। कार इतिहास में संयोग की भूमिका को स्वीकार नहीं करते। उनके अनुसार संयोग को अतिरिक्त महत्त्व देने वाले इतिहासकार इतिहास लेखन के मूल उद्देश्य को नहीं समझते। कार का मानना है कि इतिहासकार को घटनाओं की पड़ताल में बुद्धिसंगत कारणों पर ज़ोर देना चाहिए क्योंकि यही वह चीज़ है जो हमें अतीत को वर्तमान के संदर्भ में और वर्तमान को अतीत की रोशनी में देखने की समझदारी मुहैया कराती है। कार के तईं ऐसा कोई भी तत्त्व जो इस मक़सद से भटकाता है वह इतिहासकार के लिए किसी काम का नहीं होता। अनेक विद्वानों को कार के बुद्धिसंगत कारणों की यह दलील वस्तुनिष्ठता के पारम्परिक नज़रिये को पुष्ट करती नज़र आती है। उन्हें लगता है कि तार्किकता के आग्रह में कार किसी भी तरह के संदेह और आपेक्षिकता को दरकिनार कर देते हैं। लेकिन कार की दृष्टि में वस्तुनिष्ठता का मतलब यह नहीं होता कि अतीत के पुख़्ता समझे जाने वाले तथ्यों को हूबहू पेश कर दिया जाए। वस्तुनिष्ठता से उनका आशय यह है कि इतिहासकार का लेखन अतीत को देखने के उन तरीक़ों से मेल खाता हो जो सामाजिक तौर पर स्वीकृत हो गये हैं। इस लिहाज़ से अतीत के कुछ विवरण दूसरों से ज़्यादा पर्याप्त या सही होते हैं। कार जब किसी विवरण को सामाजिक तौर पर स्वीकार्य होने की बात करते हैं तो उनका अभिप्राय यह होता है कि इतिहासकार को अपने युग की आकांक्षा और उद्देश्यों को ज़ाहिर करने में समर्थ होना चाहिए। हालाँकि कार समाज की गति और उसके उद्देश्यों को जानने का दावा नहीं करते लेकिन उनका मानना है कि समाज निरंतर प्रगति कर रहा है। कार के अनुसार समाज के उद्देश्यों को उनके होने की प्रक्रिया में ही परिभाषित किया जा सकता है व उनके औचित्य की जाँच भी इसी आधार पर की जा सकती है।

कार ने इतिहास के अनुशासन की इस स्थायी बहस में भी हस्तक्षेप किया था कि इतिहास को कला माना जाए या विज्ञान। प्रसंगवश, इतिहास को विज्ञान न मानने के पीछे मुख्यतः यह दलील दी जाती है कि इतिहास से घटनाओं का सामान्यीकरण करने में मदद नहीं मिलती। दूसरे, उससे कोई निष्कर्ष या सबक नहीं मिलता। तीसरे, वह आगे की घटनाओं का अनुमान लगाने में सक्षम नहीं होता, तथा धार्मिक और नैतिकता संबंधी प्रश्नों के कारण अनिवार्यतः आत्मपरक होता है। कार इन तर्कों की पड़ताल करते हुए एक विस्तृत विमर्श खड़ा करते हैं। सामान्यीकरण की दलील को भाषा के कोण से पकड़ते हुए कार यह प्रतिपादित करते हैं कि इतिहासकार के भाषा प्रयोग में यह तथ्य पूर्वनिहित होता है कि लोगबाग उस भाषा को समझते हैं। यही नहीं अगर इतिहासकार यह चाहता है कि लोग उसकी बात को समझें तो उसे कुछ साझी अवधारणाओं का सहारा लेना पड़ता है। इतिहासकार किसी भी ऐसे शब्द या अवधारणा का इस्तेमाल नहीं कर सकता जिसे लोग पहले से न जानते हों। इस क्रम में कार आगे यह कहते हैं कि इतिहासकार सामान्यीकरण करते हुए जाने अनजाने अन्य घटनाओं का संदर्भ लेकर चलते हैं जो इस बात का सुबूत होता है कि इतिहास का वास्ता केवल अद्वितीय घटनाओं से ही नहीं होता।

कार के मुताबिक़ इतिहासकार भले ही किसी ख़ास घटना की सम्भाव्यता के बारे में सटीक भविष्यवाणी न कर पाये परंतु वे भविष्य के लिए सामान्यीकृत निर्देश ज़रूर दे सकते

हैं और घटनाओं के कारणों, उनकी प्रक्रिया और परिणामों के बारे में पाठक की समझदारी का विस्तार कर सकते हैं। कार यह भी कहते हैं कि इतिहासकार और वैज्ञानिक अपने-अपने विषयों से दोतरफ़ा संबंध में बँधे होते हैं। अंत में कार यह दलील देते हैं कि इतिहासकार या वैज्ञानिक के लिए किसी दैवीय सत्ता या अंतिम माने जाने वाले नैतिक मानकों में यक़ीन करना अनिवार्य नहीं होता।

इतिहास में मूल्य-निर्णय की चर्चा करते हुए कार यह दावा करते हैं कि मनुष्य के कार्य या उसकी गतिविधियों को जाँचने की कोई सार्वभौमिक कसौटी नहीं हो सकती। उन्हें ऐसी किसी कसौटी की खोज इतिहासेतर और उसके मर्म के खिलाफ़ जाती लगती है। इतिहासकार को अगर किसी व्यक्ति के कार्यों का मूल्यांकन करना ज़रूरी लगता है तो इसके लिए उस काल विशेष की मान्यताओं का ध्यान रखा जाना चाहिए। लेकिन कार की राय यह है कि इतिहासकार को व्यक्ति के बजाय घटनाओं, नीतियों तथा संस्थाओं के मूल्यांकन पर ज़ोर देना चाहिए।

इतिहासकार और चिंतक के तौर पर कार की बहुत सी मान्यताओं, निष्पत्तियों और निष्कर्षों से सहमत नहीं हुआ जा सकता और शायद ऐसा करना ज़रूरी भी नहीं है। इस चर्चा में हमने इस बात की कई जगहों पर निशानदेही की है कि कार में प्रचलित धारा के खिलाफ़ जाने का साहस था। मसलन, पश्चिमी जगत के उदारवादी बौद्धिक दायरों में जब सोवियत संघ को अछूत माना जाता था तो उन्होंने सोवियत इतिहास लिखने का हौसला दिखलाया। और जिस दौर में स्तालिन को सिर्फ़ क्रूर तानाशाह के तौर पर पेश किया जा रहा था तो कार ने यह भी बताया कि स्तालिन के योगदान के बिना सोवियत संघ आधुनिक और औद्योगिक देश नहीं बन सकता था। इसी तरह दूसरे विश्व-युद्ध के बाद जब इंग्लैंड ने अमेरिकी मदद स्वीकार की तो कार ने उसका विरोध करते हुए कहा कि यह ऋण लेकर इंग्लैंड अपनी आर्थिक नियति को अमेरिका के हाथों में सौंप रहा है। इस प्रसंग में उन्होंने यह भी कहा था कि ऋण के ज़रिये अमेरिका इंग्लैंड के सार्वजनिक जीवन में चुपके-चुपके घुसपैठ कर रहा है।

कार के कृतित्व और चिंतन के तमाम सूत्रों पर समग्रता से विचार करें तो वे एक आशावादी और भविष्योन्मुखी इतिहासकार सिद्ध होते हैं। उनके जीवनकाल में जब अधिकांश इतिहासकार इतिहास का एक निराशाजनक विमर्श गढ़ रहे थे तो कार इतिहास को मनुष्य की प्रगति का हमसफ़र कह रहे थे। वे इतिहासकारों से इसरार कर रहे थे कि उन्हें मौजूदा स्थितियों के सीमित फ़लक से बाहर जाकर अपने दौर की जनाकांक्षा और लक्ष्यों को अभिव्यक्ति देनी चाहिए।

देखें : कार्ल हाइनरिख़ मार्क्स-1, 2, 3 और 4, बोल्शेविक क्रांति, व्लादिमिर इलीच लेनिन, सोवियत समाजवाद : उत्थान और पतन-1, 2 और 3, स्तालिन और स्तालिनवाद।

संदर्भ

1. माइकेल कॉक्स (सम्पा.) (2000), *ई.एच. कार, अ क्रिटिकल अप्रेज़ल,* पैलग्रेव, लंदन.
2. जे. बैरिल, अब्रैमस्की, शिमेन और विलियम्स (1974), *एसेज़ इन ऑनर ऑफ़ ई.एच. कार,* मैकमिलन, लंदन.
3. जॉन बारबर (1991), *ग्रेट हिस्टोरिअंस ऑफ़ द मॉडर्न एज* (सम्पा.), ल्युसिअन बोईया, ग्रीनवुड प्रेस, न्यूयॉर्क.
4. मार्टिन ग्रिफ़िंस (2000), *फ़िफ़्टी की थिंकर्स इन इंटरनैशनल रिलेशंस,* रॉटलेज, लंदन.
5. ई.एच. कार (1986), *व्हाट इज़ हिस्ट्री,* संशोधित संस्करण, हारमंड्सवर्थ, पेंग्विन.

—नरेश गोस्वामी

एडवर्ड विलियम सईद

(Edward William Said)

साहित्यशास्त्री और सांस्कृतिक सिद्धांतकार एडवर्ड विलियम सईद (1935-2003) को मुख्यतौर पर पश्चिमी प्राच्यवाद की प्रखर आलोचना के लिए जाना जाता है। कोलम्बिया विश्वविद्यालय में अंग्रेज़ी और तुलनात्मक साहित्य के इस प्रोफ़ेसर ने सारे जीवन फ़िलस्तीनी आज़ादी के आंदोलन की पैरोकारी भी की। उनकी शख़्सियत का यह पहलू उन्हें राजनीतिक तौर पर प्रतिबद्ध बुद्धिजीवी के नमूने की तरह पेश करता है। सईद द्वारा प्रवर्तित प्राच्यवाद की आलोचना का सकारात्मक उपयोग इतिहास-लेखन, संस्कृति-अध्ययन और साहित्य-सिद्धांत के क्षेत्रों में काम करने वाले विद्वानों द्वारा युरोकेंद्रीयता का प्रतिरोध रचने और पूर्वी सभ्यता व विचार की स्वायत्त दावेदारियों के लिए किया जाता है। प्राच्यवाद विरोधी विमर्श उत्तर-औपनिवेशिक सिद्धांत के आधारभूत प्रतिपादनों में से एक है। सईद की प्रस्थापनाएँ सबाल्टर्न इतिहासकारों को भी प्रिय हैं।

पश्चिम की प्राच्यवादी विचारधारा की आलोचना के मुक़ाम तक पहुँचने के लिए सईद द्वारा की गयी वैचारिक और रचनात्मक यात्रा पर एक नज़र डालना बेहद अहम है। 1966 में प्रकाशित अपनी पहली रचना *जोसेफ़ कोनराड ऐंड द फ़िक्शन ऑफ़ ऑटोबायोग्राफ़ी* के बाद से ही एडवर्ड सईद का चिंतन और रचनाकर्म मुख्यत: तीन व्यापक सरोकारों के इर्द-गिर्द गोलबंद होने लगा। उनका पहला सरोकार था संस्कृति के प्रश्न

को प्रमुखता दे कर बुद्धिजीवी और आलोचक के कार्यभार की रूपरेखा प्रस्तुत करना। उन दिनों अमेरिका में संरचनावाद और उत्तर-संरचनावाद के प्रभाव में साहित्य पाठालोचन के अंधाधुंध दौर से गुज़र रहा था। सईद ने पाया कि इस प्रक्रिया में साहित्य की आलोचना अपने विविध संदर्भों से कटती जा रही है। सईद के इस सरोकार के फलस्वरूप अस्सी के दशक में उभरे नवीन इतिहास-लेखन को गतिशीलता मिली। उनका दूसरा सरोकार पूर्व और ख़ास तौर से इसलाम के बारे में पश्चिम के विमर्शों की जाँच करना था जिसके गर्भ से *ओरिएंटलिज़म* जैसी रचना निकली। तीसरा सरोकार उनके सांस्कृतिक और जातीय उद्गम से जुड़ा था जिसने उन्हें फ़िलिस्तीनी अधिकारों का आजीवन पैरोकार बनाया।

1975 में प्रकाशित अपनी रचना *बिगनिंग्स* में सईद ने इतालवी दार्शनिक गियामबतिस्ता विको की अट्ठारहवीं सदी की कृति *न्यू साइंस* से प्रेरणा ले कर 'उद्गम' और 'प्रारम्भ' से जुड़ी हुई अवधारणाओं की अलग-अलग व्याख्या की। उन्होंने उद्गम को दैवी, मिथकीय और विशिष्ट के रूप में पेश किया। दूसरी तरफ़ प्रारम्भ को सेकुलर और मानव-उत्पादित दिखाते हुए उसे आधुनिक विचार से जोड़ा और दिखाया कि किस तरह यह परिघटना तात्पर्य का इरादतन निरूपण करती है और इस तरह पहले से मौजूद परम्परा के साथ अंतर उभरता है। अर्थात् प्रारम्भ अपनी फ़ितनाग़री के ज़रिये उद्गम को भीतर से पलट सकता है। सईद ने कई पश्चिमी चिंतकों की प्रस्थापनाओं का इस्तेमाल करते हुए दावा किया कि एक विधा की तरह उपन्यास पश्चिमी साहित्यिक संस्कृति में प्रारम्भ की नुमाइंदगी करता है। उत्तर-आधुनिक साहित्य में यह साहित्यिक विधा 'हिंसक अतिक्रमण की भाषा' का प्रयोग करते हुए एक ज्ञान और कला की उपलब्धि का प्रयास करती है। लेवी-स्त्रॉस से बहस करते हुए सईद ने यह मानने से इनकार किया कि भाषा का कोई केंद्र होता है, बजाय इसके उनका दावा था कि प्रकट होने वाले तात्पर्य राजनीतिक और सांस्कृतिक सत्ता संरचनाओं के तहत निकलते हैं। सईद का यह भी कहना था कि आलोचना में प्रारम्भ का निरंतर पुनः अनुभव कराने की सामर्थ्य होनी चाहिए। प्राधिकार की संरचनाएँ बनाने के बजाय उसके ज़रिये ग़ैर-दमनात्मक और सामुदायिक गतिविधियों को प्रोत्साहन मिलना चाहिए।

सईद ने 1983 में प्रकाशित अपनी रचना *द वर्ल्ड, द टेक्स्ट, ऐंड द क्रिटिक* में दावा किया कि रेगनोमिक्स के प्रभाव तले आलोचना और ज्ञान के क्षेत्र राजनीतिक रूप से अप्रासंगिक होते जा रहे हैं। प्रोफ़ेशनलिज़म और अहस्तक्षेप की आड़ में युरोकेंद्रित, प्रभुत्वशाली और अभिजनोन्मुखी संस्कृति को बढ़ावा दिया जा रहा है। उन्होंने 'टेक्स्ट' को दोबारा परिभाषित करते हुए उसे ज़मीनी राजनीतिक और सामाजिक स्थितियों का उत्पाद क़रार दिया। ये परिस्थितियाँ

एडवर्ड विलियम सईद (1935-2003)

ही सईद की निगाह में टेक्स्ट को तात्पर्य निरूपण की क्षमता से सम्पन्न बना रही थीं। सईद एक तरफ़ टेक्स्ट को नये ढंग से परिभाषित कर रहे थे, तो दूसरी तरफ़ उन्होंने संस्कृति को नैसर्गिक रूप से पदानुक्रमानुसार रचा गया बताया। फ़ूको के चिंतन का सहारा लेते हुए सईद ने संस्कृति को एक ऐसी संस्था के रूप में पेश किया जो अपने से बाह्य के विभेदीकरण या पालतूकरण के ज़रिये स्वयं को पुष्ट करती है।

समाज-विज्ञान की दुनिया में चर्चित होने से पहले ओरिएंटलिज़म यानी प्राच्यवाद का मतलब था पश्चिमी विश्व के लेखकों, डिज़ाइनरों और कलाकारों द्वारा पूर्वी देशों की संस्कृतियों का वर्णन और अध्ययन। लेकिन, 1978 में *ओरिएंटलिज़म* के प्रकाशन ने प्राच्यवाद के इस निर्दोष प्रतीत होने वाले अर्थ को पूरी तरह बदल दिया। इस पुस्तक ने पश्चिम के सांस्कृतिक साम्राज्यवाद पर पड़े विद्वत्ता के पर्दे को हटा कर दिखाया कि किस तरह युरोपीय लेखकों, साहित्यकारों और अनुसंधानकर्ताओं द्वारा किया गया अफ़्रीका, एशिया और मध्य-पूर्व का चित्रण तथ्यों पर आधारित न हो कर कुछ पूर्व-निर्धारित रूढ़ियों पर टिका हुआ है। प्राच्यवाद की यह बौद्धिक परियोजना सभी पूर्वी समाजों को तर्कबुद्धि से वंचित, दुर्बल और स्त्रैण 'अन्य' के रूप में पेश करती है, और पश्चिम को बुद्धिसंगत, बलवान और पौरुषपूर्ण दिखाया जाता है। पश्चिमी विद्वत्ता में तो यह दुराग्रह रचा-बसा है ही, साम्राज्यवादी प्रभुत्व के तहत बहुत से पूर्वी विद्वानों ने भी इसे आत्मसात कर लिया

है। इस प्रक्रिया में पश्चिम सभ्यता का मानक बन गया है, जिसमें 'एग्ज़ॉटिक' प्राच्य फ़िट नहीं हो सकता। इस प्रकार ऑक्सीडेंट (पश्चिम) अपने विपरीत ध्रुव की तरह ओरिएंट (पूर्व) को रचता है।

समाज-विज्ञान को गहराई से प्रभावित करने वाली प्राच्यवाद की यह अवधारणा तुलनात्मक साहित्य के औज़ारों से गढ़ी गयी है। इसके लिए फ़ूको द्वारा प्रवर्तित सत्ता और ज्ञान के अंतर्संबंधों के साथ-साथ एंतोनियो ग्राम्शी द्वारा विकसित वर्चस्व की अवधारणा का इस्तेमाल किया गया है। अंर्स्ट रेनन (जिनकी रचनाओं पर नस्लवाद का प्रभाव माना जाता है) का अध्ययन करते समय सईद युरोकेंद्रीयता के उद्गम की शिनाख़्त करने में कामयाब रहे। उन्होंने देखा कि रेनन ने किस तरह प्राधिकार की परिभाषा बदल दी और दैवी समझे जाने वाले ग्रंथों के बजाय उसका आधार पश्चिम की श्रेष्ठता पर बल देने वाले भाषाशास्त्रीय तर्क में तलाशा। परिणामस्वरूप सामी भाषाओं और 'प्राच्य' का अवमूल्मन हुआ। युरोकेंद्रीयता के स्रोतों की खोज करने के बाद सईद ने साबित किया कि किस तरह प्राच्य दरअसल पश्चिमी विमर्श की गढ़ंत है और इस गढ़ंत का मक़सद है अरब और इसलामिक दुनिया पर अपना प्रभुत्व न्यायसंगत सिद्ध करना। इसके लिए सईद ने ब्रिटिश, फ्रांसीसी और अमेरिकी आधुनिक इतिहास द्वारा इसलामिक विश्व के साथ किये गये सुलूक की जाँच-पड़ताल की। उन्होंने प्राचीन यूनानी दुखांत नाटक द *पर्शियंस* से लेकर मैकाले, रेनन और मार्क्स तक के उदाहरण दिये। उन्होंने गुस्ताव वॉन ग्रुनबाउम और *केम्ब्रिज हिस्ट्री ऑफ़ इसलाम* का सहारा लेकर दिखाया कि इसलाम और पूर्व को किस तरह से विकृतियों और रूढ़ छवियों में गढ़ा गया है। सईद ने दिखाया कि प्राच्यवादी विचारधारा ने इसलाम को ईसाइयत की विधर्मी प्रतिकृति क़रार दिया और पूर्व की स्त्रियों की यौनिकता को लुभावने रंगों में रँग डाला। इसलाम को एक ऐसी विलक्षण एकात्मक परिघटना और संस्कृति के रूप में पेश किया गया जिसमें किसी तरह के नवाचार की कोई गुंजाइश नहीं थी। सईद द्वारा प्रवर्तित प्राच्यवाद की आलोचना यह भी कहती है कि पश्चिम का यह विमर्श उन्नीसवीं सदी के साथ ख़त्म नहीं हुआ और आज भी जारी है। तीसरी दुनिया के देशों के बारे में पश्चिम की समझ इसी आधार पर गढ़ी गयी है।

ख़ुद को प्राच्यवादी कहने वाले विद्वानों ने तर्क दिया है कि पश्चिम की समग्र प्राच्यवादी बौद्धिकता को एक ही ख़ाने में रख कर सईद ने ग़लती की है। एक वास्तविक और सकारात्मक प्राच्यवाद है जिसकी नुमाइंदगी सर विलियम जोंस, सेमुअल जानसन, विलियम बेकफ़र्ड और लॉर्ड बायरन जैसे लोग करते हैं। यह प्राच्यवाद मानवतावाद से उपजा है, न कि साम्राज्यवाद से। इसने धार्मिक जड़सूत्रवाद को ख़ारिज करते हुए इसलाम का अध्ययन किया है जिससे वैकल्पिक संस्कृतियों की खोज का रास्ता खुला है। प्राच्यवाद की दूसरी प्रवृत्ति धार्मिक और राजनीतिक मक़सदों से किये गये भ्रांत और प्रचारात्मक साहित्य की है। इतिहासकार बर्नार्ड लेविस के मुताबिक़ सईद ने ज्ञानोदय और विक्टोरियायी दौर में पश्चिमी विद्वानों द्वारा किये गये पूर्व की संस्कृतियों के कई बेहतरीन अध्ययनों को नज़रअंदाज़ किया है। उनकी व्याख्या यह नहीं बताती कि सोलहवीं और सत्रहवीं सदी में फ्रांसीसी और ब्रिटिश अध्येताओं द्वारा इसलाम का अध्ययन क्यों किया गया था, जबकि उस समय तो दूर-दूर तक मध्य-पूर्व पर उनके साम्राज्यवाद की कोई सम्भावना नहीं दिख रही थी। इसी तरह सईद इतालवी, डच और जर्मन विद्वानों के ज़बरदस्त योगदान पर भी ध्यान नहीं देते, जबकि इस बौद्धिक परियोजना के साथ किसी भी तरह का साम्राज्यवादी इरादा नहीं जुड़ा हुआ था।

सईद के समर्थकों का जवाबी तर्क है कि ये आलोचनाएँ सही होते हुए भी प्राच्यवाद की बुनियादी थीसिस को ख़ारिज नहीं करतीं। पश्चिमी मीडिया, साहित्य और फ़िल्मों में उन्नीसवीं और बीसवीं सदी के दौरान हुआ पूर्व का निरूपण इसका प्रमाण है। *ओरिएंटलिज़म* के एक परवर्ती संस्करण में सईद ने यह तो स्वीकार कर लिया कि जर्मन विद्वत्ता उनकी थीसिस के दायरे से बाहर रह गयी, लेकिन प्राच्यवाद की उनकी समझ का दूसरा चरण 1993 में प्रकाशित रचना *कल्चर ऐंड इम्पीरियलिज़म* के साथ सामने आया। उन्होंने तर्क दिया कि बीसवीं सदी का इलेक्ट्रॉनिक और उत्तर-आधुनिक अमेरिका अरबों और इसलाम के अमानवीय बिम्बों को पुष्ट करता है। अपने विश्लेषण को आगे बढ़ाते हुए वे अफ्रीका, भारत और सुदूर पूर्व तक गये और साम्राज्यवादी सांस्कृतिक परियोजना के दायरे में जोसेफ़ कोनराड, जेन आस्टिन और अल्बैर कैमियो जैसे रचनाकारों को भी समेट लिया।

देखें : उत्तर-औपनिवेशिकता, उत्तर-संरचनावाद, एंतोनियो ग्राम्शी, क्लॉद लेवी-स्त्रॉस, गायत्री चक्रवर्ती स्पिवाक, प्राधिकार, भारतीय इतिहास-लेखन-5, मिशेल पॉल फ़ूको-1 और 2, रणजीत गुहा, वर्चस्व, संरचनावाद।

संदर्भ

1. एंड्रू एन. रूबिन (सम्पा.) (2005), *ह्यूमनिज़्म, फ्रीडम, ऐंड द क्रिटिक : एडवर्ड डब्ल्यू. सईद ऐंड आफ़्टर*, जॉर्जटाउन युनिवर्सिटी प्रेस, वाशिंगटन डीसी.
2. एडवर्ड सईद (1978), *ओरिएंटलिज़म*, विंटेज, न्यूयॉर्क.
3. एडवर्ड सईद (1993), *कल्चर ऐंड इम्पीरियलिज़म*, विंटेज, न्यूयॉर्क.
4. बर्नार्ड लेविस (1993), *इसलाम ऐंड द वेस्ट*, ऑक्सफ़र्ड युनिवर्सिटी प्रेस, लंदन.
5. जे.एम. मेकेंज़ी (1995), *ओरिएंटलिज़म : हिस्ट्री, थियरी ऐंड आर्ट्स*, मेंचेस्टर, मेंचेस्टर युनिवर्सिटी प्रेस.
6. रोनाल्ड इंडेन (1986), 'ओरिएंटलिस्ट कंस्ट्रक्शंस ऑफ़ इण्डिया', *मॉडर्न एशियन स्टडीज़*, खण्ड 20, अंक 3.

—अभय कुमार दुबे

एंतोनियो ग्राम्शी

(Antonio Gramsci)

इतालवी कम्युनिस्ट पार्टी के संस्थापकों में से एक एंतोनियो ग्राम्शी (1891-1937) के चिंतन ने मार्क्सवादी विमर्श को 'आर्थिक निर्धारणवाद' और 'इतिहास के अनिवार्य नियमों' की गिरफ़्त से निकालने की भूमिका निभायी है। ग्राम्शी ने किसी ऐतिहासिक या प्राकृतिक नियम के बजाय मानवीय चेतना पर ज़ोर देते हुए समाज, संस्कृति और इतिहास में उसके स्थान के महत्त्व को रेखांकित किया। ग्राम्शी के इन विचारों के कारण ही ऐतिहासिक विकास में मानवीय कृतित्व की भूमिका की महत्ता स्थापित हुई और मार्क्सवाद को मानववादी चेहरा मिला। उन्होंने कहा कि अपने मनुष्य अपने सामाजिक व्यवहार और गतिविधियों के माध्यम से न केवल इतिहास का निर्माता है, बल्कि लगातार मानवीय प्रकृति की नये सिरे से रचना भी करता रहता है। ग्राम्शी के इस चिंतन ने दो बातें रेखांकित कीं। पहला, आर्थिक पहलू सीधे-सीधे समाज और व्यक्ति की प्रकृति निर्धारित नहीं करते; दूसरा, क्रांति होना अवश्यम्भावी नहीं है। ग्राम्शी का तात्पर्य था कि अगर क्रांति करनी है तो वर्ग-शक्तियों के अंतर्विरोधों और उत्पादन धों पर निर्भर रहने के बजाय उत्पीड़ित वर्गों की चेतना का विकास करने की परियोजना चलानी होगी।

ग्राम्शी ने मार्क्सवाद को विज्ञान और वस्तुनिष्ठ समझने की प्रवृत्ति पर भी आपत्ति की। उन्होंने आधार और अधिरचना के प्रचलित मार्क्सवादी फ़ार्मूले में से अधिरचना समझे जाने वाले अवयवों (विधि व्यवस्था, राज्य, संस्कृति, विचारधारा, मूल्य, आस्थाएँ) की हस्तक्षेपकारी और निर्णायक भूमिकाओं का उद्घाटन किया। ग्राम्शी से पहले यह माना जाता था कि आधार यानी उत्पादन के साधन और उत्पादन के संबंध ही इतिहास का इंजन है, और अधिरचना आधार का प्रतिबिम्ब भर है। ग्राम्शी ने वर्चस्व की धारणा का सूत्रीकरण करते हुए यह मत प्रस्तुत किया कि शासकों और शासितों के बीच वर्चस्व और प्रतिरोध का वास्तविक संघर्ष अधिरचना के दायरे में होता है। अधिरचना को उन्होंने नागर समाज और राजनीतिक समाज-दो स्तरों में बाँटा और कहा व्यवस्थाएँ बल-प्रयोग और सहमति दोनों के संयुक्ताधार पर टिकी होती हैं। राजनीतिक समाज यानी राज्य और उसके तमाम अंग बल-प्रयोग का स्थल हैं, जबकि नागर समाज (परिवार, धर्म-संस्थान, शिक्षा-संस्थान, संस्कृति आदि तमाम ग़ैर-राजनीतिक और ग़ैर-आर्थिक इकाइयाँ) सहमति का मुक़ाम हैं। ग्राम्शी के इसी विचार से उनकी निष्क्रिय क्रांति या पैसिव रेवोल्यूशन की थीसिस निकलती है।

एंतोनियो ग्राम्शी का जन्म 22 जनवरी, 1891 को दक्षिण इटली के पिछड़े इलाक़ों में से एक सार्दिनिया द्वीप के एलिस में हुआ था। पिता के सरकारी नौकरी में होने के कारण परिवार की स्थिति निम्न-मध्यवर्गीय थी। किसी साज़िश की वजह से पिता को भ्रष्टाचार के आरोप में कारावास की सज़ा मिलने के कारण ग्राम्शी का परिवार ग़रीबी की चपेट में आ ही गया। नतीजतन प्रतिभाशाली होने के बावजूद ग्राम्शी को पढ़ाई छोड़ 11 वर्ष की अल्पायु में ही कई छोटे-मोटे काम करने पड़ गये। पिता की रिहाई के बाद परिवार की स्थिति तनिक सुधरी तो ग्राम्शी माध्यमिक शिक्षा के लिए सार्दिनिया की राजधानी कैगलियरी भेजे गये। वहाँ वे बड़े भाई जेन्नारो के साथ ठहरे जो समाजवादी थे। भाई के सान्निध्य में ग्राम्शी को समाजवादी पत्र-पत्रिकाएँ पढ़ने का मौक़ा तो मिला लेकिन उनकी चेतना दक्षिण इटली के बुद्धिजीवियों से लेकर जनसामान्य तक में जड़ जमाये उस प्रांतीय नज़रिये से ऊपर नहीं उठ पायी जिसके मुताबिक़ दक्षिण के पिछड़ेपन के लिए उत्तर (मुख्य-भूमि) को ज़िम्मेदार माना जाता था।

1911 में ग्राम्शी त्युरिन विश्वविद्यालय में उच्च शिक्षा के लिए छात्रवृत्ति प्राप्त करने में सफल रहे। लेकिन छात्रवृत्ति की रक़म उनकी बुनियादी ज़रूरतें पूरी करने के लिए भी नाकाफ़ी थी। ग़रीबी के कारण घर से किसी तरह की मदद की उम्मीद नहीं थी। ऊपर से ग्राम्शी को बचपन से ही शारीरिक और मानसिक रोगों का प्रकोप सताने लगा था। इन विकट परिस्थितियों से हार कर ग्राम्शी ने 1915 में पढ़ाई छोड़ दी। बहरहाल, 1911-15 की अवधि ग्राम्शी के बौद्धिक विकास के लिहाज़ से अत्यंत फलदायी साबित हुई। विश्वविद्यालय में वे इतालवी भाववादी दार्शनिक बेनेडेतो क्रोचे के चिंतन से प्रभावित हुए। ग्राम्शी ने ख़ुद ही माना है कि जैसा रिश्ता मार्क्स का हीगेल से था, वैसा ही रिश्ता उनका क्रोचे से है। जिस तरह मार्क्स ने हीगेल की दार्शनिक पद्धति का उपयोग कर अपने दर्शन की इमारत खड़ी की, उसी तरह ग्राम्शी ने क्रोचे की चिंतन-प्रणाली से अधिभौतिक तत्त्वों को छाँट उसका उपयोग मार्क्सवाद को प्रत्यक्षवाद के पाश से मुक्त करके उसकी जड़ता तोड़ने में किया। ग्राम्शी के बौद्धिक विकास में मैकियावेली, क्रोचे, एंतोनियो लेंब्रियोला, जियोवेन्ती जेंताईल और रोडोल्फ़ो मोंडोल्फ़ो की रचनाओं की भी भूमिका थी।

ग्राम्शी 1913 में ही समाजवादी पार्टी के सदस्य बन गये थे और समाजवादी पत्रिकाओं *इल ग्रिडो डेल पोपोलो* और *अवांती* में लिखना शुरू कर दिया था। पढ़ाई छोड़ने के बाद वे राजनीति में पूरी तरह सक्रिय हो गये। उनकी चेतना पर छायी प्रांतवादी धुंध छँट चुकी थी और वे दक्षिण के पिछड़ेपन का समाधान समाजवादी क्रांति में देख रहे थे। उनका ख़याल था कि क्रांति की सफलता के लिए उत्तर के मज़दूर-वर्ग को दक्षिण के किसानों के हितों का ख़याल रखते हुए एक राष्ट्रीय

एंतोनियो ग्राम्शी (1891–1937)

और लोकप्रिय कार्यक्रम तैयार करना चाहिए।

त्युरिन के राजनीतिक और सामाजिक जीवन का कोई भी पहलू ग्राम्शी की आलोचनात्मक लेखनी से नहीं बच पाया। 1917 में हुई बोल्शेविक क्रांति के संदर्भ में ग्राम्शी ने अपने आलेख 'रिवोल्यूशन अगेंस्ट कैपिटल' में लिखा कि समाजवादी क्रांति के लिए उत्पादन-प्रणाली का अतिविकसित पूँजीवादी रूप लेने की मार्क्सवादी मान्यता को रूसी क्रांति ने झुठला दिया है। 1917 में ही त्युरिन में समाजवादी नेताओं की गिरफ़्तारी के कारण ग्राम्शी को समाजवादी पार्टी की त्युरिन शाखा के सचिव पद के साथ-साथ समाजवादी पत्र *इल ग्रिडो डेल पोपोलो* का सम्पादन करने का अवसर भी मिला। 1919 में ग्राम्शी ने अपने मित्रों पामिरो तोगलियत्ती, अ बर्तो तेरासिनी और एंजेलो तास्का के साथ मिलकर समाजवादी साप्ताहिक पत्र *एल आर्दाइन न्यूवो* की शुरुआत की। इसका मक़सद रूसी क्रांति की तर्ज़ पर इटली में क्रांति की सम्भावना पर गम्भीरतापूर्वक सोच-विचार करना था। ग्राम्शी का मानना था कि त्युरिन के कारख़ानों में विद्यमान 'कमिशन इंटरना' (काउंसिल) रूसी सोवियत की तरह क्रांति के सम्भावित स्थल साबित हो सकते हैं। इस विचार को फ़ैक्ट्री काउंसिल आंदोलन की उत्तरोत्तर बढ़ती तीव्रता ने भी बल प्रदान किया। *एल आर्दाइन न्यूवो* पत्रिका शीघ्र ही फ़ैक्ट्री काउंसिल आंदोलन का मुखपत्र बन गयी। इस आंदोलन के प्रति ग्राम्शी के अति उत्साह का कारण जॉर्ज सोरेल भी थे। वैसे तो ग्राम्शी सोरेल से असहमत थे लेकिन उत्पादन के दायरे को नयी सभ्यता की ज़मीन मानने के सोरेल के विचार ने उन्हें प्रभावित किया था।

युरोप का सबसे बड़ा सर्वहारा आंदोलन होने के बावजूद फ़ैक्ट्री काउंसिल आंदोलन पराजित हो गया। समाजवादी पार्टी के उदासीन रुख को इस पराजय के कारणों में सबसे बड़ा मान कर ग्राम्शी और उनके साथियों ने जनवरी 1921 में अलग हो कम्युनिस्ट पार्टी की स्थापना की। हालाँकि ग्राम्शी ने इसे तेज़ी से वर्चस्व हासिल कर रहे फ़ासीवादियों की जीत कह खेद भी व्यक्त किया।

1922 से 1924 तक ग्राम्शी इतालवी कम्युनिस्ट पार्टी के प्रतिनिधि के रूप में कम्युनिस्ट इंटरनैशनल (कमिंटर्न) की विचार गोष्ठियों में भाग लेने के लिए मास्को और वियना में रहे। मास्को में ही उनकी मुलाक़ात जुलिया शुकत से हुई, जिसका नतीजा शीघ्र ही प्रेम और विवाह में निकला। इसी बीच इटली में मुसोलिनी ने नेतृत्व में फ़ासीवादी पार्टी सत्ता पर क़ाबिज़ हो गयी। विपक्ष (कम्युनिस्ट और समाजवादी) को मिटाने के फ़ासीवादी अभियान में सारे महत्त्वपूर्ण कम्युनिस्टों की गिरफ़्तारी के कारण पार्टी की कमान ग्राम्शी के हाथों में आ गयी। 1924 के चुनाव में सांसद चुने जाने की वजह से ग्राम्शी गिरफ़्तार नहीं किये जा सकते थे। पार्टी का कामकाज सँभालने के लिए वे मई 1925 में इटली लौटे। उन्हें पार्टी को अलगाववादी और शुद्धतावादी नीति से निज़ात दिलाने और व्यापक जनाधार बटोरने के अभियान में जुट जाना पड़ा। बहरहाल, संसदीय सुरक्षा कवच से लैस होने के बावजूद ग्राम्शी छह नवम्बर, 1926 को गिरफ़्तार कर लिए गये। उन पर वर्ग-द्वेष और सिविल युद्ध को हवा देने का आरोप लगाते हुए सरकारी वकील ने सुनवाई के दौरान यह ऐतिहासिक बयान दिया : 'हमें इस दिमाग़ को बीस साल तक के लिए काम करने से रोक देना चाहिए।' ग्राम्शी के लिए जेल की सज़ा मृत्युदंड से कम नहीं थी। रोगी शरीर जेल के अधिकारियों की उदासीनता के कारण लगातार दुर्बल होता गया। अंतत: 1935 में फ़ासीवादी सरकार उन्हें अस्पताल में भर्ती करने पर सहमत हो गयी। लेकिन तब तक बहुत देर हो चुकी थी। दो साल तक मृत्यु से लड़ते-लड़ते ग्राम्शी ने 1937 में अंतिम साँस ली।

जेल की कोठरी ग्राम्शी के दिमाग़ पर लगाम लगा पाने में सफल नहीं हो पायी। अपने जेल-पूर्व लेखन को सतही बताते हुए ग्राम्शी ने एक पत्र में यह दृढ़ निश्चय व्यक्त किया कि जेल में वे तटस्थता बरतते हुए ऐसा व्यवस्थित अध्ययन और लेखन करेंगे जो कालजयी साबित होगा। विश्वविद्यालय के दिनों के मित्र रहे केम्ब्रिज अर्थशास्त्री पियरो स्राफ़ा ने ज़रूरी किताबें और पत्रिकाएँ मुहैया करने की व्यवस्था की और साली तातियाना ने बाहरी दुनिया से सम्पर्क का एकमात्र जरिया बन कर हर सम्भव मदद की। ग्राम्शी द्वारा रची गयी *प्रिज़न नोटबुक* मार्क्सवादी चिंतन परम्परा में नया अध्याय जोड़ देने वाली क्लासिक कृति साबित हुई।

जेल में ग्राम्शी को कड़ी निगरानी में लिखना पड़ा। इसलिए उन्होंने मार्क्सवाद अथवा समाजवाद संबंधी प्रचलित शब्दों के प्रयोग से बचने का प्रयास किया, क्योंकि कम्युनिस्ट विरोधी फ़ासीवादी सरकार आपत्ति दर्ज कर उनका पढ़ना-लिखना बंद करवा सकती थी। इसके अलावा, एक व्यवस्थित और समृद्ध पुस्तकालय के अभाव में उस तरह का शोधपरक सैद्धांतिक चिंतन भी सम्भव नहीं था जिसकी आकांक्षा ग्राम्शी पाले हुए थे।

ग्राम्शी के जीवन और चिंतन की व्याख्या पर इतालवी कम्युनिस्ट पार्टी का ही एकाधिकार बना रहा। उनके जेल जाने के बाद पार्टी की कमान सँभालने वाले पामिरो तोगलियत्ती विश्वविद्यालय के दिनों से ही ग्राम्शी के निकट मित्र रहे थे, इसलिए उन्होंने ग्राम्शी की जो तस्वीर प्रस्तुत की वह प्रामाणिक मानी गयी। तोगलियत्ती ने ग्राम्शी को इटली का पहला बोल्शेविक, लेनिनवादी, मज़दूर वर्ग में जन्मा मज़दूरों का नेता, राजनीतिक कार्यकर्ता और फ़ासीवाद का शहीद क़रार दिया। ग़ौरतलब है कि ग्राम्शी पर होने वाले अध्ययनों में सबसे ज़्यादा बहस इसी बात पर होती रही है कि ग्राम्शी लेनिनवादी थे, अथवा इससे जुदा ग्राम्शीवाद जैसे किसी सिद्धांत के निर्माता।

आधार के बरक्स अधिरचना पर बल प्रदान करने के विमर्श को कुछ व्याख्याकारों ने आर्थिक-निर्धारणवाद से एक प्रकार का विच्छेद माना है, वहीं दूसरों ने इसे मार्क्स की परियोजना का सम्पूरक क़रार दिया है। लेकिन, ग्राम्शी को लेनिनवादी घोषित करने वालों पर आपत्ति जताते हुए निकोला बदालोनी का कहना है कि विकसित औद्योगिक समाजों में समाजवादी क्रांति की विफलता की तफ़तीश और क्रांति के लिए ज़रूरी उपायों पर विचार करने के क्रम में ग्राम्शी ने वर्चस्व, आंगिक और पारम्परिक बुद्धिजीवी, निष्क्रिय क्रांति आदि की जो धारणाएँ विकसित कीं, उन्हें लेनिन के अनुसरण के बजाय उस इतालवी बौद्धिकता के परिप्रेक्ष्य में देखना चाहिए जो मैकियावेली, क्रोचे, सोरेल, लेंब्रियोला आदि से प्रवाहित होकर ग्राम्शी की बौद्धिक चेतना में रच-बस गये थे। ये मैकियावेली ही थे जिन्होंने कहा था कि एक सफल शासक के लिए एक साथ बल-प्रयोग करने और जन-सहमति हासिल में सक्षम होना ज़रूरी है। यही ध्वनि ग्राम्शी के लेखन से भी निकलती है। वर्चस्व की धारणा में भी जहाँ लेनिन का ज़ोर राजनीतिक पक्ष पर रहा, वहीं ग्राम्शी का ज़ोर सांस्कृतिक और नैतिक पक्षों पर था, जो क्रोचे के लेखन में भी दिखायी देता है। इसलिए ग्राम्शी द्वारा प्रतिपादित वर्चस्व की धारणा के स्रोत के रूप में भी लेनिन का नाम लिया जाना उचित नहीं है।

देखें : अर्नेस्टो चे ग्वेवारा, आधार और अधिरचना, ऑस्कर रायज़ार्ड लांगे, आंगिक और पारम्परिक बुद्धिजीवी, कार्ल हाइनरिख़ मार्क्स-1, 2. 3 और 4, नयी सदी में मार्क्सवादी विमर्श-1, 2. 3,4 5, 6, 7, 8 और 9, निष्क्रिय क्रांति, निकोलो मैकियावेली, फ्रेड्रिख़ एंगेल्स, भारत में किसान संघर्ष-2 और 4, कम्युनिस्ट पार्टियाँ-1, 2 और 3, फ़ासीवाद, भारतीय इतिहास लेखन-4 और 5, भाषा के मार्क्सवादी सिद्धांत, भ्रांत चेतना, बोल्शेविक क्रांति, फ्रांस्वा-चार्ल्स मारी फ़ूरिये, क्यूबा की क्रांति, फ्रेंज़ फ़ानो, हिंसा-1 और 2, मानवेंद्र नाथ राय, माओ त्से-तुंग, माओवाद और माओ विचार, मार्क्सवाद-1, 2, 3, 4 और 5, मार्क्सवादी इतिहास-लेखन, मार्क्सवादी समाजशास्त्र, मार्क्सवाद और पारिस्थितिकी, मार्क्सवादी अर्थशास्त्र, समाजवादी वसंत-1, 2, 3, और 4, लेनिनवाद, लियोन ट्रॉट्स्की, लिबरेशन थियोलॅजी, सांस्कृतिक क्रांति, स्तालिन और स्तालिनवाद, सोवियत समाजवाद-1, 2 और 3, सोवियत सिनेमा, वर्चस्व, व्लादिमिर इलीच लेनिन।

संदर्भ

1. जी. फ़ियोरी (1970), *एंतोनियो ग्राम्शी : लाइफ़ ऑफ़ अ रेवोल्यूशनरी*, वरसो, लंदन.
2. एंतोनियो ग्राम्शी (1973), *लेटर्स फ्रॉम प्रिज़न*, लाइन लनर (सम्पा.), हार्पर एंड रो, न्यूयॉर्क.
3. एलिस्टेयर बी. डेविडसन (1972), 'दी वेरीइंग सीज़न ऑफ़ ग्राम्शियन स्टडीज़', *पॉलिटिकल स्टडीज़*, खण्ड 20, अंक 4.
4. क्विंटिन होएर और जियोफ़री नॉवेल स्मिथ (सम्पा. और अनुवाद) (1971/1978), *सेलेक्शन्स फ्रॉम दी प्रिज़न नोटबुक्स ऑफ़ एंतोनियो ग्राम्शी*, इंटरनैशनल पब्लिशर्स, न्यूयॉर्क.

—विजय कुमार झा

एफ़र्मेटिव एक्शन

(Affirmative action)

संयुक्त राज्य अमेरिका में नस्ल, जेंडर और जातीयता के आधार पर विशेष प्रोत्साहन का प्रावधान करने वाली नीतियों को एफ़र्मेटिव एक्शन कहा जाता है। स्त्रियों और प्रगति की दौड़ में पिछड़ गये तबक़ों और वर्गों का सार्वजनिक जीवन में प्रतिनिधित्व बढ़ाना इन प्रगतिशील और समतामूलक नीतियों का मुख्य उद्देश्य रहा है। सामाजिक और शैक्षिक रूप से पिछड़े तबक़ों के लिए बनायी गयी ऐसी ही नीतियों को भारत में आरक्षण का नाम दिया गया है। ध्यान रहे कि भारत में ये नीतियाँ 1950 में पारित संविधान से ही कार्यान्वित की जा रही हैं, जबकि अमेरिका में एफ़र्मेटिव एक्शन की परिघटना साठ के दशक में चले नागरिक अधिकार आंदोलन की देन है। इस अभिव्यक्ति का चलन 1964 के नागरिक अधिकार क़ानून के प्रावधानों का उल्लंघन करने वालों पर संघीय अदालतों द्वारा आरोपित बाध्यताओं को एफ़र्मेटिव एक्शन का नाम देने से हुआ। इसे 1965 के बाद राष्ट्रपति लिंडन बी. जॉनसन द्वारा जारी किये गये एक सरकारी आदेश से भी बल मिला। राष्ट्रपति का यह आदेश संघीय सरकार द्वारा दिये गये सभी ठेकों में रोज़गार के मामले में किसी भी तरह का भेदभाव न

होने की गारंटी करता है।

दरअसल, यही वह समय था जब एक तरफ़ तो अदालतों ने कड़ाई से विशेष प्रोत्साहन की इन नीतियों को लागू करने के लिए फ़ैसले दिये, और दूसरी तरफ़ अमेरिकी सरकार के श्रम विभाग ने सार्वजनिक निर्माण में लगी फ़र्मों को हर तरह से मजबूर किया कि वे नौकरियाँ देने में नस्ली और जेंडर संबंधी अनुपात का ध्यान रखें। सरकार ने क्षेत्रीय स्तर पर इस तरह की नौकरियाँ देने के लिए संख्यात्मक कोटे तय किये थे, जिन्हें पूरा करना अनिवार्य था। शुरू में इस कार्यक्रम ने ज़्यादा विवाद पैदा नहीं किया। लेकिन जैसे ही सत्तर के दशक में सरकारी आदेश नम्बर चार (जिसे बाद में संशोधित करके और व्यापक बना दिया गया) के माध्यम से इसका दायरा बढ़ाया गया, और इसके तहत स्कूल-कॉलेज-विश्वविद्यालय समेत हज़ारों छोटी-बड़ी अमेरिकी संस्थाएँ (अस्पताल, बैंक, ट्रकिंग कम्पनियाँ, इस्पात कारख़ाने, छापेख़ाने, एयरलाइंस वग़ैरह) आ गयीं, वैसे ही एफ़र्मेटिव एक्शन तीखी बहसों और विवादों का स्रोत बन गया।

विवादों का पहला दौर 1972 से 1980 के बीच चला, जिसके केंद्र में जेंडर और नस्ल दोनों का प्रश्न था। कारख़ाने हों, कम्पनियाँ हों या विश्वविद्यालय और कॉलेज हों, सभी जगहों पर एफ़र्मेटिव एक्शन के तहत आरक्षण पर बौद्धिक, सरकारी और क़ानूनी हलक़ों में जम कर बहस हुई। नयी सदी में यह बहस फिर से उभरी। 2003 में अमेरिकी सर्वोच्च न्यायालय ने एफ़र्मेटिव एक्शन के कुछ आयामों पर अपनी मुहर लगायी। इस बार इसके केंद्र में चुनिंदा कॉलेजों में दाख़िले का मुद्दा था। चूँकि कॉलेजों में स्त्रियों को प्रवेश लेने में कोई दिक़्क़त नहीं रह गयी थी, इसलिए इस मुक़ाम पर आ कर एफ़र्मेटिव एक्शन का व्यावहारिक ताल्लुक केवल अफ्रो-अमेरिकन मूल के नागरिकों और हिस्पानी अल्पसंख्यकों तक रह गया।

सत्तर के दशक में पहले तो विश्वविद्यालयों को लगा कि इस सरकारी आदेश का उनके ऊपर कोई ख़ास संरचनात्मक असर नहीं पड़ेगा। पीएचडी करने वाले काले अमेरिकनों की संख्या न के बराबर होती थी। इसलिए इस संबंध में उन्हें थमाये गये कोटों को पूरा कर पाना व्यावहारिक रूप से असम्भव था। लेकिन जेंडर के संदर्भ में बात ऐसी नहीं थी। स्त्रियाँ बड़े पैमाने पर डिग्रियाँ हासिल कर रही थीं। इस आदेश ने उनके लिए निर्धारित किये गये कोटे पूरा करना लाज़मी कर दिया।

अमेरिकी सार्वजनिक जीवन में एफ़र्मेटिव एक्शन के कारण आये गहरे परिवर्तन का अंदाज़ा इस बात से भी लगाया जा सकता है कि इसी दौरान एंग्लो-अमेरिकी चिंतन ने एक बहुत बड़ी करवट ली। इससे पहले यह दर्शन नैतिक और राजनीतिक मुद्दों से सीधी मुठभेड़ करने से बचता रहता था। न्याय जैसे सवालों पर अवधारणात्मक चर्चाएँ तो बहुत होती थीं, पर उनकी व्याख्या राजनीतिक सिद्धांतों, संवैधानिक व्यवस्थाओं अथवा सामाजिक नीतियों की शक्ल में नहीं की जाती थी। 1971 में जान रॉल्स की रचना *अ थियरी ऑफ़ जस्टिस* के प्रकाशन ने यह सूरत बदल डाली। इसी वर्ष प्रिंसटन युनिवर्सिटी ने *फ़िलॉसफ़ी ऐंड पब्लिक एफ़ेयर्स* का प्रकाशन शुरू किया। ऐसी ही एक पत्रिका *सोशल थियरी ऐंड प्रेक्टिस* भी इसी समय छपनी प्रारम्भ हुई और *इथिक्स* नामक एक पुरानी पत्रिका का दोबारा प्रकाशन होने लगा। समाज-वैज्ञानिक चिंतन की इन पत्रिकाओं में जिस तरह की रचनाएँ प्रकाशित हुईं, उनसे भी एफ़र्मेटिव एक्शन को मोटे तौर पर बल मिला। लेकिन, इस चिंतन ने इन नीतियों के सामाजिक विकास संबंधी सम्भव फलितार्थों पर भी गम्भीरता से ग़ौर करते हुए विपुल समाज-वैज्ञानिक साहित्य को जन्म दिया।

मसलन, थॉमस नैजेल ने अपनी रचना *ईक्वल ट्रीटमेंट ऐंड कम्पेंसेटरी जस्टिस* और जूडिथ जारविस थॉमसन ने *प्रिफ़रेंशियल हाइरिंग* में माना कि स्त्रियों और अफ्रो-अमेरिकनों को सार्वजनिक जीवन में कामकाज से और विश्वविद्यालयों में शिक्षा से वंचित रखा गया है। लेकिन इस सहमति के बाद इन दोनों विद्वानों की राय अलग-अलग हो गयी। थॉमसन का दावा था कि नौकरियों और दाख़िलों में विशेष प्रोत्साहन देना एक तरह की इंसाफ़ संबंधी भरपाई मानी जानी चाहिए। दूसरी तरफ़ मैरिट तय करने के प्रचलित तौर-तरीक़ों को छोड़ने का समर्थन करते हुए भी नैजेल का कहना था कि प्राथमिकता देना अतीत की नाइंसाफ़ियों की भरपाई नहीं है, बल्कि वर्तमान में सामाजिक न्याय का प्रयास है। थॉमसन के भरपाई वाले तर्क को अन्य समाज-वैज्ञानिकों ने भी आड़े हाथों लिया। उनका कहना था कि गुज़रे ज़माने की नाइंसाफ़ियों के लिए मौजूदा श्वेतांग युवकों को सज़ा नहीं दी जा सकती, क्योंकि वे उसके दोषी नहीं हैं। इस तर्क के आधार पर कई विद्वानों ने निष्कर्ष निकाला कि विशेष प्रोत्साहन की नीतियाँ इंसाफ़ करने के नाम पर अधिकारों के उल्लंघन का कारण बनती हैं। इनके कारण मैरिट और चाल-चलन को नस्ल के आईने में देखा जाने लगता है। इसके जवाब में एफ़र्मेटिव एक्शन के समर्थक विद्वानों ने कहा कि पुरुषों को नौकरियों में और अन्य क्षेत्रों में जेंडर के आधार पर स्त्रियों की हक़तलफ़ी का लाभ होता रहा है। अगर स्त्रियों को उनके जेंडर के आधार पर विशेष लाभ नहीं दिया जाएगा तो आगे भी उनकी हक़तलफ़ी होती रहेगी। इसी से मिलता-जुलता तर्क जातीय आधार पर दिये जाने वाले विशेष प्रोत्साहन के लिए दिया गया कि श्वेतांगों को कालों की क़ीमत पर लाभ मिलता रहा है। श्वेतांगों के पास बेहतर डिग्रियाँ हैं और कालों के पास कमतर, लेकिन इसका कारण यह है कि गोरों को कालों की तरह सामाजिक-आर्थिक बाधाओं का सामना नहीं करना पड़ा है।

एफ़र्मेटिव एक्शन पर हुई इस बहस में उल्टे भेदभाव (रिवर्स डिसक्रिमिनैशन) का सवाल भी उठा। सत्तर के दशक में यह तर्क दिया गया था कि श्वेतांग पुरुष एफ़र्मेटिव एक्शन के कारण उतना ही खोता है जितना उसने नाजायज़ रूप से भेदभाव वाली नीतियों की वजह से हासिल किया था; और स्त्रियाँ व अफ्रो-अमेरिकी उतना ही पाते हैं जितना उन्होंने इन नीतियों के कारण खोया था। लेकिन, 1994-95 तक आते-आते ज़मीनी हालात बदल गये। राष्ट्रपति क्लिंटन के ज़माने में जब एफ़र्मेटिव एक्शन की समीक्षा होनी शुरू हुई, तो सवाल कुछ इस तरह से उठा : क्या एक गोरे ख़ान मज़दूर के बेटे को विश्वविद्यालय में केवल इसलिए दाख़िला नहीं मिलना चाहिए कि एक ऐसे अफ्रो-अमेरिकी छात्र ने भी प्रवेश के लिए अर्ज़ी दी है जिसका पिता न्युरोसर्जन है? क्या उस काले छात्र को गोरे छात्र के मुक़ाबले कहीं ज़्यादा सुविधाएँ और आरामदेह ज़िंदगी नहीं मिली है? क्या यह रिवर्स डिस्क्रिमिनैशन नहीं है?

उल्टे भेदभाव का विरोध करने वाले अरस्तू के इस कथन का उल्लेख करते हैं कि जो समान हैं उनके साथ समान व्यवहार किया जाना चाहिए। इसी जगह रॉल्स द्वारा प्रतिपादित न्याय के सिद्धांत की भूमिका सामने आती है। रॉल्स के तर्क इस बुनियादी अवधारणा पर टिके हैं कि अगर समाज के सबसे ज़्यादा कमज़ोर लोगों के लिए न्याय हासिल करना है तो समानता के कुछ मानकों से हटने के सुचिंतित उपाय करने पड़ेंगे। औपचारिक समानता के कुछ पहलुओं को छोड़ने वाले प्रावधान करने होंगे ताकि ऐतिहासिक रूप से वंचित समूहों को लाभान्वित करने की परिस्थितियाँ पैदा की जा सकें। एफ़र्मेटिव एक्शन की नीति एक ऐसा ही उपाय है।

जातीय और नस्ली अल्पसंख्यकों को दी जा रही विशेष प्राथमिकताओं के इर्द-गिर्द चल रही इस बहस में एक तर्क यह भी दिया जा रहा है कि अगर हमें भविष्य की चिंता है और हम चाहते हैं कि आने वाला समय किसी भी तरह के नस्ली या लैंगिक भेदभाव से मुक्त रहे तो यह रिवर्स डिसक्रिमिनैशन हमें झेल लेना चाहिए। ज़ाहिर है कि सिद्धांत और नैतिकता के आग्रहों से व्यावहारिक और तात्कालिक अंतर्विरोधों और विरोधाभासों को ठंडे बस्ते में नहीं डाला जा सकता। इसलिए अमेरिका में एफ़र्मेटिव एक्शन पर सत्तर के दशक में जो बहस चली थी, वह आज भी पूरे ज़ोर-शोर के साथ जारी है।

देखें : अनुसूचित जातियाँ, अनुसूचित जनजातियाँ, अन्य पिछड़े वर्ग, आरक्षण, आरक्षण और धर्म, आरक्षण : एक इतिहास, आरक्षण : एक बहस, आरक्षण और लोकतंत्र, जान रॉल्स, रॉल्स का न्याय-सिद्धांत, अरस्तू, भारत में स्त्री-आरक्षण-1 और 2, भारतीय संविधान-1 से 8 तक, स्त्री-आरक्षण, सामाजिक न्याय।

संदर्भ

1. बारबरा आर. बर्गमैन (सम्पा.) (1996), *इन डिफेंस ऑफ़ एफ़र्मेटिव एक्शन,* बेसिक बुक्स, न्यूयॉर्क.
2. एम. स्टीवन कान (सम्पा.) (1993), *एफ़र्मेटिव एक्शन ऐंड द युनिवर्सिटी : अ फ़िलॉसॉफ़िकल इनक्वैरी,* टेम्पिल युनिवर्सिटी प्रेस, फ़िलाडेल्फ़िया.
3. फ्रांसिस जे. बेकविद् और ई. टॉड जोंस (सम्पा.) (1997), *एफ़र्मेटिव एक्शन : सोशल जस्टिस ऑर रिवर्स डिसक्रिमिनैशन?,* प्रोमिथियस बुक्स, एमहर्स्ट, न्यूयॉर्क.
4. थॉमस नैजेल (1973), 'ईक्वल ट्रीटमेंट ऐंड कम्पेंसेटरी डिसक्रिमिनैशन', *फ़िलॉसफ़ी ऐंड पब्लिक एफेयर्स,* अंक 2 (ग्रीष्म).
5. जूडिथ जारविस थॉमसन (1973), 'प्रिफ़रेंशियल हायरिंग', *फ़िलॉसफ़ी ऐंड पब्लिक एफेयर्स,* अंक 2 (ग्रीष्म).

—अभय कुमार दुबे

एरिक हॉब्सबॉम-1

(क्रांतियाँ, पूँजी और साम्राज्य)

(Eric Hobsbawm-1)

एरिक हॉब्सबॉम (1917-2012) को जनपक्षधर वैचारिक आग्रहों, अभिलेखों के उपयोग और इतिहास के अनुशासन को एकांत साधना की गुफ़ा से निकाल कर लोकप्रिय विमर्श की तरह स्थापित करने वाला इतिहासकार माना जाता है। एक बहुकृतिक इतिहासकार के रूप में उनका लेखन औद्योगिक, राजनीतिक क्रांतियों से लेकर सोवियत संघ के पतन को दर्ज करते हुए वैश्वीकरण, लोकतंत्र व आतंकवाद जैसे विषयों की पड़ताल तक फैला हुआ है। उन्होंने मज़दूरों और वंचित वर्गों के बारे में लेबर्स *टर्निंग पाइंट, लेबरिंग मैन* तथा *वर्ल्ड ऑफ़ लेबर* जैसी शोधपरक रचनाएँ दीं, तो छद्म नाम से संगीत की जैज़ शैली में निहित विद्रोह और प्रतिरोध के स्वरों का भी विश्लेषण किया। पर इतिहास-लेखन में उनकी ख्याति उन्नीसवीं और बीसवीं सदी की क्रांतियों, साम्राज्य के विस्तार, पूँजी के प्रसार तथा अतिवादी प्रवृत्तियों के गहन और व्यापक विवरणों पर टिकी हैं। इस संबंध में उनकी चार कृतियाँ *द एज ऑफ़ रैवोल्यूशन : युरोप 1785-1848, द एज ऑफ़ कैपिटल 1848-1875,* द *एज ऑफ़ एम्पायर 1875-1914,* तथा *एज ऑफ़ एक्स्ट्रीम्स : द शॉर्ट ट्वेंटियथ सेंचुरी 1914-1991* सबसे उल्लेखनीय मानी जाती हैं।

एरिक हॉब्सबॉम के पिता अंग्रेज़ और माँ ऑस्ट्रियन थीं। उनका जन्म एलेक्ज़ेंड्रिया में हुआ और दो साल बाद

एरिक हॉब्सबॉम (1917-2012)

उनका परिवार वियना चला आया जहाँ उसे मुद्रास्फीति और बेरोज़गारी का सामना करना पड़ा। 1929 में पिता चल बसे और दो साल बाद माँ। हॉब्सबॉम का बचपन रिश्तेदारों के साथ गुज़रा। उन्होंने किंग्स कॉलेज, केम्ब्रिज की छात्रवृत्ति हासिल करने बाद 1951 में पीएचडी की। जीवन के आख़िरी दिनों में हॉब्सबॉम की विशालकाय किताब *हाउ टू चेंज द वर्ल्ड* (2011) प्रकाशित हुई। पुस्तक का उपशीर्षक है *टेल्स ऑफ़ मार्क्स ऐंड मार्क्सिज़म।* साफ़ है कि इसमें मार्क्स और मार्क्सवाद की कहानी कही गयी है। कुल दो खण्डों की इस किताब के पहले खण्ड में मार्क्स और एंगेल्स के लेखन की विशेषताओं को आठ अध्यायों में विवेचित किया गया है। दूसरे खण्ड के आठ अध्यायों में मार्क्स-एंगेल्स की मृत्यु के बाद की मार्क्सवाद की विकास यात्रा को निरूपित किया गया है।

हॉब्सबॉम में इस बात का गहरा बोध था कि इतिहासकार अपने समय और जगह की धारणाओं में गहरे धँसा होता है। लेकिन वे यह भी मानते थे कि उसका मूल काम इन धारणाओं को प्रश्नांकित करना और यह देखना होता है कि ऐसी धारणाओं में तथ्यों और कल्पना का मिश्रण कितना है। वैसे यह दिलचस्प है कि इतिहास-लेखन में प्रतिबद्धताओं को ज़रूरी मानने के बावजूद हॉब्सबॉम इतिहास-दर्शन के सिद्धांतों और बहसों को फ़िजूल मानते थे। उनका कहना था कि अभिलेखागारों को खँगाले बिना इतिहास के किसी पहलू या ख़ुद मार्क्सवादी इतिहास पर चिंतन करना एक व्यर्थ की कार्रवाई है। हॉब्सबॉम के अवदान पर समग्रता में विचार किया जाए तो वे एक ऐसे इतिहासकार हैं जो विचारों की ख़ेमेबंदी में नहीं बल्कि प्रतिबद्धताओं में यक़ीन करते हैं। विचारधारा के लिहाज़ से उन्हें इंग्लैंड के मार्क्सवादी इतिहास लेखन की धारा में रखा जाता है। उनकी आत्मकथा *इंटरेस्टिंग टाइम्स* तथा *ऑन हिस्ट्री* जैसी परवर्ती रचनाओं में उनका यह वैचारिक रुझान स्पष्टता से देखा जा सकता है, जहाँ वे वर्ग-चेतना और सामाजिक द्वंद्व के सांस्कृतिक पहलुओं की बारीक़ निशानदेही करते हैं। लेकिन ख़ुद उनकी राय में मार्क्सवादी इतिहास कोई अलग ध्रुव नहीं है और उसे ऐतिहासिक चिंतन व शोध की विरासत से अलग करके नहीं देखा जा सकता। हॉब्सबॉम यह कहने में हिचकते नहीं थे कि ऐतिहासिक शोध के क्षेत्र में मार्क्स को अंतिम आदर्श की तरह नहीं बल्कि एक प्रस्थान बिंदु के तौर पर देखा जाना चाहिए। हॉब्सबॉम अगर अपनी सबसे नज़दीकी विचारधारा के बारे में इतना खुला रवैया अख़्तियार कर सकते हैं तो इससे यही ज़ाहिर होता है कि वे विचारधारा का चकाचौंध पैदा करने के लिए नहीं बल्कि परिघटनाओं और प्रवृत्तियों को ज़्यादा सुग्राह्य बनाने के लिए उपयोग करते हैं। तथ्यों के प्रति उनमें एक निस्संग निष्ठा है जिसे वे अपने वैचारिक रुझान पर हावी नहीं होने देते। उन्हें मार्क्स का इतिहास को देखने का भौतिकवादी नज़रिया इसलिए महत्त्वपूर्ण लगता है, क्योंकि उसके बिना मध्य युग के बाद होने वाले रूपांतरण को सही ढंग से नहीं समझा जा सकता। लेकिन अगर उन्हें मार्क्स में कुछ भी अप्रासंगिक या कमतर लगता है तो वे ठिठकने के बजाय आगे बढ़ जाते हैं। कुछ इसी तरह बीसवीं सदी के इतिहास में वे अमेरिका को ज़्यादा बड़ी भूमिका नहीं देते। इतिहास लेखन में उन्होंने एक अलग दृष्टि अपनाई जो तथ्यों को सर्वोच्च मानती है लेकिन उनके प्रभावों को तात्कालिकता तक सीमित नहीं रखती। वे अपनी पक्षधरता को ज़ाहिर करने में छल या संकोच नहीं करते परंतु उन्हें पूर्वाग्रही नहीं कहा जा सकता।

द एज ऑफ़ रैवोल्यूशन में हॉब्सबॉम दलील देते हैं कि इस काल में घटी क्रांतियों ने उद्योग की जगह पूँजीवादी उद्योग, स्वतंत्रता और समानता के बजाय मध्यवर्ग या बूर्ज्वाज़ी के उदय का मार्ग प्रशस्त किया। इसी तरह इन क्रांतियों के मंथन से निकली आधुनिक अर्थव्यवस्था और राज्य की संरचनाएँ अंत में युरोप और उत्तरी अमेरिका में जाकर सिमट गयीं। इन बदलावों का नेतृत्व इंग्लैंड कर रहा था जहाँ खेती पहले ही बाज़ार से जुड़ चुकी थी और निर्माण उद्योग गाँव-देहात तक फैल गया था। वैचारिक अनुकूलन के लिहाज़ से इंग्लैंड का समाज एक ऐसी स्थिति में खड़ा था जिसमें निजी मुनाफ़े और आर्थिक विकास को राज्य की नीतियों का उच्चतम लक्ष्य मान लिया गया था। खेती की जोत का बड़ा हिस्सा चंद ज़मींदारों के हाथ में आ गया था जिस पर भूमिहीन किसान बँटाईदार के रूप में काम करते थे। खेतों में मज़दूरी करने वाले ये किसान अब खाद्यान्न का उत्पादन जीवन-निर्वाह के बजाय शहरों के बढ़ते बाज़ारों में बिक्री के लिए करने लगे थे। किसानों की आबादी का वह हिस्सा जो खेत-मजदूरी में नहीं खप पा रहा था, ग़ैर-खेतिहर काम ढूँढने के लिए कहीं भी जाने को तैयार रहता था। शुरुआती दौर में खेती से उजड़े ऐसे किसान शहर के व्यापारियों की दुकानों या घरों में काम करते थे। लेकिन नयी तकनीक के आगमन तथा निर्यात व घरेलू बाज़ार के फैलाव से मज़दूरों की एक बड़ी संख्या फ़ैक्ट्रियों में केंद्रित होने लगी थी।

हॉब्सबॉम कहते हैं कि औद्योगिक क्रांति के कारण

ग़रीब-मज़दूरों और औद्योगिक सर्वहारा के सामने जीवन जीने के ये तीन विकल्प बच गये थे कि वे मध्यवर्ग की सोच को अपना लें; अपनी नियति को स्वीकार कर लें या फिर विद्रोह की राह पर जाएँ। पर आम स्थिति ऐसी बन गयी थी कि जिसमें अंतत: विद्रोह ही अनिवार्य लगने लगा था। 1848 में फ्रांस, ऑस्ट्रिया, प्रशिया, हंगरी और इटली के कुछ हिस्सों में मज़दूरों, समाजवादी आंदोलन और क्रांतियों का उभार इसी परिघटना की ओर इशारा करता है। पर क्रांतियों का यह विस्फ़ोट अंतत: निष्फल सिद्ध हुआ।

प्रतिरोध और क्रांतियों के अवसान की इस समीक्षा हॉब्सबॉम अपनी अगली रचना द *एज ऑफ़ कैपिटल* में भी जारी रखते हैं और यह प्रतिपादित करते हैं कि पूँजी की प्रधानता का यह काल एक प्रवृत्ति के तौर पर क्रांति और बदलाव के पक्ष में न होकर उदार बूर्ज़्वाज़ी की विजय के पक्ष में खड़ा था। क्रांतियों से वंचितों और मज़दूरों को तो कुछ हासिल हुआ नहीं अलबत्ता उसके उलट अर्थव्यवस्था, संस्थाओं और संस्कृति के क्षेत्र में पूँजीवाद का वर्चस्व क़ायम हो गया। इस तरह हॉब्सबॉम यह दलील पेश करते हैं कि उदार बूर्ज़्वाज़ी के इस वर्चस्व के लिए इंग्लैंड की औद्योगिक और फ्रांस की राजनीतिक क्रांति ने ही ज़मीन तैयार की थी। इसमें फ्रांसीसी क्रांति की विशिष्ट भूमिका यह थी कि दरबारी वर्ग के विशेषाधिकारों तथा रोमन कैथॅलिक चर्च की राजनीतिक सत्ता के विरुद्ध बूर्ज़्वाज़ी में एक आम सहमति बन गयी थी। यह वर्ग सेकुलर राज्य और नागरिक स्वतंत्रताओं की हिमायत करता था और चाहता था कि सरकार निजी उद्यमों, करदाताओं तथा सम्पत्तिशाली वर्ग को सुरक्षा की गारंटी दे। इन प्रवृत्तियों की बारीक़ छानबीन के आधार पर ही हॉब्सबॉम यह सूत्रीकरण करते हैं कि पूँजीवाद की वैश्विक विजय को इंग्लैंड और फ्रांस की क्रांतियों ने ही सम्भव बनाया था।

लेकिन शृंखला की अन्य पुस्तक द *एज ऑफ़ एम्पायर* में हॉब्सबॉम यह दिखाते हैं कि उदारवादी बूर्ज़्वाज़ी द्वारा गढ़ी गयी इस व्यवस्था को उन्नीसवीं सदी के आख़िरी तीन दशकों में चुनौती मिलने लगी थी। कुलीन वर्ग और बूर्ज़्वाज़ी दोनों ही यह समझने लगे थे कि समाज का निम्न वर्ग अब आगे उनका समर्थन नहीं करेगा। इस काल में एक तरफ़ निजी उद्यमशीलता को मिली बेलगाम छूट का दायरा सिकुड़ने के साथ उद्योगों पर इंग्लैंड का एकाधिकार भी टूटने लगा था तो दूसरी तरफ़ व्यावसायिक मामलों में सरकारें फिर दख़ल करने लगी थीं और छोटे तथा मँझोले व्यवसायों की जगह भीमकाय निगम लेने लगे थे। बढ़ते उत्पादन और उपभोग के बीच इंग्लैंड, जर्मनी और अमेरिका की राष्ट्रीय अर्थव्यवस्थाएँ प्रचंड प्रतिस्पर्द्धा में फँस कर एक दूसरे के विरुद्ध खड़ी होने लगी थीं। यह होड़, प्रतिस्पर्द्धा और उनसे उपजी कटुता अंतत: पहले विश्वयुद्ध का बुनियादी कारण बनी। हॉब्सबॉम की अगली किताब द *एज ऑफ़ एक्सट्रीम्स* वैश्विक ध्वंस की इस पहली घटना से शुरू होकर सोवियत संघ के औपचारिक पतन पर जाकर ख़त्म होती है। गणना करें तो इसमें कुल पचासी वर्षों का लेखा-जोखा है लेकिन हॉब्सबॉम इसे शॉर्ट सेंचुरी का नाम देते हैं। एक ऐसी सदी जो अपनी तयशुदा मियाद से पहले ही ख़त्म हो गयी।

इस रचना में हॉब्सबॉम घटनाओं के विवरण में जाने के बजाय बीसवीं सदी की वृहत्तर प्रवृत्तियों को अनावृत्त करते हैं। मसलन, उन्होंने यहाँ इस बात पर विचार किया है कि साम्यवाद और फ़ासीवाद की चुनौतियों का मुक़ाबला करने के लिए पूँजीवाद को अपने वैचारिक और व्यावहारिक ढाँचे में क्या-क्या बदलाव करने पड़े। उनके अनुसार रूस की अक्टूबर क्रांति और फ़ासीवाद के दबावों के कारण पूँजीवाद को सामाजिक प्रतिबद्धताओं पर ध्यान देना पड़ा। वैश्विक बदलावों को निरूपित करने के इस क्रम में हॉब्सबॉम विश्व-व्यवस्था पर युरोपीय प्रभुत्व के अवसान को एक महत्त्वपूर्ण विभाजक रेखा मानते हैं। उनकी नज़र में यह काम इसलिए सम्भव हुआ था क्योंकि उद्योग-धंधों का प्रसार एक विश्व-व्यापी घटना बन चुकी थी। ध्यान से देखें तो यह पुस्तक-शृंखला इस प्रक्रिया के रूपक की तरह खुलती है। मिसाल के तौर पर शृंखला की पहली पुस्तक द *एज ऑफ़ रेवल्यूशन* जहाँ मुख्यत: इंग्लैंड और फ्रांस की घटनाओं पर केंद्रित है वहीं इस चौथी रचना का फ़ोकस वैश्विक संदर्भों पर है।

देखें : अनाल्स स्कूल, इब्न ख़ाल्दून, एडवर्ड हैलेट कार, एरिक हॉब्सबॉम-1 और 2, ल्यूसियाँ फ़ेब्र, फ़र्नैंद ब्रॉदेल, मार्क्सवादी इतिहास-लेखन, मार्क ब्लॉक, इतिहास और आख्यान।

संदर्भ

1. जे. क्रोनिन (1979), 'क्रियेटिंग अ मार्क्सिस्ट हिस्टीरियोग्राफ़ी : द कंट्रीब्यूशन ऑफ़ हॉब्सबॉम', *रैडिकल हिस्ट्री रिव्यू*, अंक 19.
2. पी. थेन, जी. क्रॉसिक और आर. क्लाउड (सम्पा.) (1984), द *पॉवर ऑफ़ द पास्ट : एसेज़ फ़ॉर एरिक हॉब्सबॉम*, केम्ब्रिज युनिवर्सिटी प्रेस, केम्ब्रिज.
3. एरिक हॉब्सबॉम, द *एज ऑफ़ रैवोल्यूशन : युरोप 1785-1848* (1962), द *एज ऑफ़ कैपिटल 1848-1875* (1975), द *एज ऑफ़ एम्पायर 1875-1914*, तथा *एज ऑफ़ एक्सट्रीम्स : द शॉर्ट ट्वेंटियथ सैंचुरी 1914-1991* (1994), वीडनफ़ील्ड ऐंड निकल्सन, लंदन.

—नरेश गोस्वामी

एरिक हॉब्सबॉम-2

(मार्क्स और मार्क्सवाद की कहानी)

(Eric Hobsbawm-2)

एरिक हॉब्सबॉम का मानना है कि बीसवीं सदी में संचार और परिवहन की सुविधाओं ने दुनिया को मोटे तौर पर काम की एक एकल इकाई में तो तब्दील कर दिया है किंतु उसकी सामाजिक नैतिकता खण्डित हो गयी है। ग़ौरतलब है कि हॉब्सबॉम यहाँ वर्जनाओं के लोप पर अफ़सोस नहीं जता रहे है। उनका आशय ज्ञानोदय के मूल्यों के विखण्डन से है। कई विद्वानों को ज्ञानोदय की समूची परियोजना गौरांग अभिजनों की मर्दवादी आकांक्षा से ज़्यादा कुछ नहीं लगती परंतु हॉब्सबॉम ज्ञानोदय के मूल्यों को मानवीय समाज की रचना के लिए अनिवार्य मानते हैं। उन्हें लगता है कि इन मूल्यों के बिना व्यक्ति अपने मनुष्योचित अधिकारों को हासिल नहीं कर सकता। हॉब्सबॉम के मुताबिक़ बीसवीं सदी के अत्याचारों और अमानवीयताओं से यह साबित हो चुका है कि इन मूल्यों का अभाव मनुष्यता को एक निर्बंध और पाशविक संसार की ओर ठेल देता है। इसलिए वे इतिहास लेखन को मूल्य-निरपेक्ष कर्म नहीं मानते। उनका कहना है इतिहास लेखन में मूल्यों के प्रति चौकस रहना इसलिए ज़रूरी है क्योंकि लोग अपनी राष्ट्रीयता, जातीयता और कट्टरपंथी योजनाओं को जायज़ ठहराने के लिए अतीत का इस्तेमाल कर सकते हैं। लिहाज़ा इतिहासकार को तथ्यों की हिफ़ाजत और इतिहास के राजनीतिक-वैचारिक दुरुपयोग के विरुद्ध मुस्तैद रहना चाहिए।

हॉब्सबॉम अपने इतिहास-लेखन में व्यक्तिगत अनुभवों को जिस तरह विन्यस्त करते हैं वह कई विद्वानों को अनुकरण करने लायक उदाहरण लगता है। उनके लेखन का मूल्यांकन करने वाले कई समीक्षकों के मुताबिक़ हॉब्सबॉम का यह हुनर उनकी आत्मकथा *इंटरेस्टिंग टाइम्स* को ऐतिहासिक रचना बना देता है। अपने रुझान और आग्रहों को घटनाओं के विश्लेषण में गूँथने की यह प्रवृत्ति हॉब्सबॉम की अन्य रचनाओं में भी देखी जा सकती है। उदाहरण के लिए *द एज ऑफ़ कैपिटल* की प्रस्तावना में वे बेलाग ढंग से दर्ज करते हैं कि इस काल की कई बातें उन्हें नापसंद रही हैं। इस क्रम में आगे चल कर वे पूरी साफ़गोई से कहते हैं कि उनकी सहानुभूति उन लोगों के साथ है जिन्हें एक सदी पहले कोई तवज्जो नहीं दी जाती थी। लेकिन अपनी समस्त पक्षधरता के बावजूद हॉब्सबॉम वंचित और मज़दूर वर्ग के विद्रोह का रूमानीकरण करने से बचते हैं। इंग्लैंड में औद्योगिक क्रांति से जन्मी असमानताओं के विरुद्ध उभरे कई स्थानीय विद्रोहों को हॉब्सबॉम क्रांतिकारी राजनीति का पर्याय न मानकर उन्हें पूरी तरह विध्वंसात्मक और आतंकी कार्रवाई मानते हैं। *प्रिमिटिव रिबैल्स* नामक अपनी एक रचना में हॉब्सबॉम उन्नीसवीं और बीसवीं सदी के कई सामाजिक आंदोलनों को मूलतः सुधारवादी मुहिम कहते हैं। उनके अनुसार इन आंदोलनों का नेतृत्व नये समाज का निर्माण करने के बजाय बीते हुए दौर के कुछ ख़ास मूल्यों और प्रथाओं को प्रतिष्ठित करना चाहता था। रॉबिनहुड जैसे चरित्रों की कथित सामाजिक सदाशयता का विश्लेषण करते हुए हॉब्सबॉम इस बात की ओर इशारा करते हैं कि ऐसे चरित्र दमन और ग़रीबी के विरुद्ध किसानों की प्रतिक्रिया की नुमाइंदगी करते थे। इन चरित्रों में सम्पन्नों और उत्पीड़कों से प्रतिशोध लेने की भावना असल में ऐसे तत्त्वों की स्वेच्छाचारिता पर अंकुश लगाने की कार्रवाई थी। हॉब्सबॉम के अनुसार ऐसे चरित्रों और आंदोलनों का एजेंडा बहुत सीमित था। उनका लक्ष्य एक नयी और साफ़-सुथरी दुनिया का निर्माण करना नहीं था। उनकी कुल ख्वाहिश एक ऐसी पारम्परिक व्यवस्था में लौट जाने की थी जिसमें लोगों के साथ ठीक बर्ताव किया जाता हो। इस तरह ऐसे चरित्रों और आंदोलनों के पास न संगठन था और न ही कोई स्पष्ट विचारधारा। लिहाज़ा, हॉब्सबॉम इस निष्कर्ष पर पहुँचते हैं कि उनसे आधुनिक समय के सामाजिक आंदोलन कोई सीख नहीं ले सकते।

हाउ टू चेंज द वर्ल्ड (2011) में 1956 से 2009 तक लेखक द्वारा मार्क्सवाद के सिलसिले में लिखे गये लेखों को थोड़ा बदल कर और कुछ को विस्तारित करके शामिल किया गया है। इसमें मार्क्स-एंगेल्स और मार्क्सवाद की शास्त्रीय परम्परा के लेखकों के अलावा सिर्फ़ ग्राम्शी को शामिल किया गया है। पुस्तक को पढ़ते हुए यह तथ्य दिमाग़ में रखना उपयोगी होगा कि हॉब्सबॉम मार्क्सवाद की लेनिनीय और चीनी परम्परा के प्रति ज़्यादा ही आलोचनात्मक रवैया रखते हैं।

उनकी मान्यता है कि मार्क्सवाद के विकास का 1929 से 1945 तक दौर फ़ासीवाद के विरोध से निर्मित है। इस दौर में पश्चिमी युरोप और अंग्रेज़ी भाषी इलाक़ों में मार्क्सवाद गम्भीर बौद्धिक ताक़त के रूप में उभरा। 1920 में क्रांति की लहर के सुस्त पड़ते ही तीसरे इंटरनैशनल का मार्क्सवाद पश्चिमी बौद्धिकों के लिए उतना आकर्षक नहीं रह गया। उसके मुक़ाबले त्रात्सकीवाद का ज़्यादा आकर्षण दिखायी पड़ा, लेकिन इसका वास्तविक आंदोलन की दुनिया में कोई ख़ास दख़ल नहीं बना। कम्युनिस्ट पार्टियाँ ज़्यादातर तीसरे इंटरनैशनल से प्रभावित थीं और उनके बुद्धिजीवी सदस्य इस स्थिति से असहज महसूस करते थे। इसी कारण पश्चिम में मार्क्सवाद का विकास बहुत कुछ उसकी मुख्य परम्परा से हटकर हुआ। सिर्फ़ साहित्य और कला के क्षेत्र में एक तरह का वामपंथी अंतर्राष्ट्रीय सहकार मौजूद रहा क्योंकि उसमें सैद्धांतिक प्रश्नों से इतर उस समय के आंदोलनों के प्रति भावनात्मक प्रतिबद्धता अभिव्यक्त हुई। इस क्षेत्र में

आधुनिकता को लेकर बहस में आधिकारिक वाम के सामने बौद्धिकों ने समर्पण नहीं किया। अपनी देशी बौद्धिकता से कटे बग़ैर ये बुद्धिजीवी अंतर्राष्ट्रीय वाम संस्कृति के सहभागी बने। फ़ासीवाद विरोध एक ऐसा बिंदु था जिसने दुनिया भर में वामपंथी लेखकों-कलाकारों को एकजुट किया और उनकी स्वीकार्यता बढ़ायी। इसका बड़ा कारण इस दौर की महामंदी (1929-1933) भी थी। पूँजीवादी संकट के मुक़ाबले नियोजित समाजवादी उद्योगीकरण ने सोवियत संघ की लोकप्रियता में इज़ाफ़ा किया और हिटलर को लेकर पूँजीवादी मुल्कों के संदिग्ध रुख के मुक़ाबले उसकी पराजय में रूस की भूमिका ने तो और भी बड़े पैमाने पर उसके प्रशंसक पैदा किये। 1936 में स्पेनी गणतंत्र के समर्थन में उठी लहर न होती तो वह लड़ाई अनजानी ही रह जाती। फ़ासीवाद के विरोध में कम्युनिस्टों की अग्रणी भूमिका ने उन्हें विश्व शांति आंदोलन में अगुआ बना दिया। इसी दौर में मार्क्सवाद का प्रसार पिछड़े मुल्कों ख़ासकर चीन और भारत में हुआ जो आगामी विकास के लिहाज़ से महत्त्वपूर्ण था।

मार्क्सवाद के प्रभाव का आख़िरी दौर हॉब्सबॉम के अनुसार 1945 से 1973 तक है। इस दौर के आते-आते अधिकांश युरोप में समाजवादी और मज़दूर आंदोलनों में मार्क्स के विचार सबसे बड़े प्रेरणा स्रोत हो गये और लेनिन तथा रूसी क्रांति की मार्फ़त बीसवीं सदी की सामाजिक क्रांतियों के लिए चीन से पेरू तक अंतर्राष्ट्रीय दिशा निर्देशक हो गये। दुनिया की एक तिहाई आबादी उन देशों में रहती थी जिनकी सरकारें मार्क्स के विचारों को अपना आधिकारिक मत घोषित करती थीं। इसके अलावा बाक़ी दुनिया में राजनीतिक आंदोलनों के ज़रिये ढेर सारे लोग मार्क्सवाद से जुड़े हुए थे। मानवता को प्रभावित करने के मामले में यह हैसियत पहले सिर्फ़ महान धर्मों के संस्थापकों को प्राप्त थी। इस क्रम में उनके विचारों में काफ़ी बदलाव भी किये गये लेकिन उनके मूल निश्चय ही मार्क्स के चिंतन में मौजूद थे। मज़े की बात यह है कि उनके नाम पर स्थापित सभी शासन उदार लोकतंत्र के विपरीत लक्षणों से युक्त थे। लेकिन मानवता के इतिहास में यह कोई नयी बात नहीं है। बदलाव के सभी प्रस्तोताओं के विचार समय के साथ बदलते हैं। कहने की ज़रूरत नहीं कि ईसाइयत या इसलाम के नाम पर चल रहे शासन इनके विचारों से कितना दूर हैं। आज के ऐडम स्मिथ भी 1886 के ऐडम स्मिथ नहीं हैं। मार्क्स के विचारों का यह दबदबा सौ सालों के व्यापक आंदोलनों का नतीजा है। उनके विचारों का यह प्रभाव पूर्व सामाजिक जनवादी पार्टियों द्वारा उनके प्रभाव से इनकार, सोवियत संघ की बदनामी और स्तालिन के विरुद्ध रूस में ही शासन द्वारा संचालित अभियान के बावजूद बना हुआ है।

हॉब्सबॉम मार्क्सवाद की इस स्थिति के तीन सम्भव कारण गिनाते हैं। पहला यह कि मार्क्स की मृत्यु के बाद से ही यह यथास्थिति के लिए ख़तरनाक मज़बूत राजनीतिक आंदोलनों के साथ और 1917 के बाद ख़तरनाक मानी जाने वाले सत्ताओं के साथ किसी न किसी तरह से जुड़ा रहा है। दूसरे कि मार्क्सवाद यथास्थिति का विरोध करते हुए भी एक बौद्धिक आंदोलन रहा है और सत्तर दशक के बाद यथास्थिति का विरोध करके उसकी जगह नया समाज या कोई आदर्श पुराना समाज बनाने का सपना देखने वाले सभी समाजवाद को ही अपना लक्ष्य घोषित करते रहे हैं। पुराने काल्पनिक समाजवादों में से कोई भी मार्क्स की मृत्यु के एक साल बाद नहीं बचा रह गया था इसलिए समाजवाद की कोई भी आलोचना मार्क्सवाद की ही आलोचना मानी जाने लगी। तीसरा कारण बीसवीं सदी में बुद्धिजीवियों में इसके प्रति ज़बरदस्त आकर्षण रहा है। उच्च शिक्षा में बढ़ोतरी के साथ इनकी संख्या अभूतपूर्व रूप से बढ़ती गयी और उनमें थोक के भाव मार्क्सवादी हुए। बहरहाल 1945 के बाद पच्चीस सालों तक तीन परिघटनाओं का मार्क्सवाद संबंधी बहस पर ख़ास प्रभाव रहा है : 1956 के बाद सोवियत संघ और अन्य समाजवादी देशों के बीच के रिश्ते, तीसरी दुनिया और ख़ासकर लैटिन अमेरिकी देशों की घटनाएँ और, 1960 दशक के अंतिम दिनों में औद्योगिक देशों के छात्रों की हड़तालें और उनका राजनीतिक रूप से क्रांतिकारी रुख पकड़ना। इसी दौर में रूस की घटती लोकप्रियता के बरक्स चीन ख़ासकर माओ का प्रभाव बढ़ा। क्रमशः क्रांति का गुरुत्व केंद्र अल्प विकसित देशों या तीसरी दुनिया की ओर खिसकता गया। इन देशों का समाजवाद में रूपांतरण सैद्धांतिक रूप से भी ज़्यादा बड़ा सवाल बनता गया। इस दौर में पहले के दोनों दौरों की तरह कोई अंतर्राष्ट्रीय कम्युनिस्ट केंद्र नहीं उभरा। हॉब्सबॉम अगला दौर वे 1973 से 2000 तक मानते हैं जब उनके मुताबिक़ मार्क्सवाद में उतार आया हालाँकि सदी के अंतिम छोर पर उन्हें फिर से एक उभार दिखायी दिया।

देखें : अनाल्स स्कूल, इब्न ख़ाल्दून, एडवर्ड हैलेट कार, एरिक हॉब्सबॉम-1 और 2, ल्यूसियाँ फ़ेब्र, फ़र्नैंद ब्रॉदेल, मार्क्सवादी इतिहास-लेखन, मार्क ब्लॉक, इतिहास और आख्यान।

संदर्भ

1. एरिक हॉब्सबॉम (1992), *नेशंस ऐंड नैशनलिज़म सिंस 1780 : प्रोग्राम, मिथ, रियल्टी,* वीडनफ़ील्ड ऐंड निकलसन, लंदन.
2. एरिक हॉब्सबॉम (1997), *ऑन हिस्ट्री,* केम्ब्रिज युनिवर्सिटी प्रेस, केम्ब्रिज.
4. एरिक हॉब्सबॉम (2012), *इंटरेस्टिंग टाइम्स : अ ट्वैंटियथ सेंचुरी लाइफ़,* एबैकस, लंदन.
5. एरिक हॉब्सबॉम (2011), *हाउ टू चेंज द वर्ल्ड : टेल्स ऑफ़ मार्क्स ऐंड मार्क्सिज़म* (दो खण्ड), एबैकस, लंदन.

—नरेश गोस्वामी

एरिक फ्रॉम

(Erich Fromm)

जर्मन मनोविश्लेषक और समाजशास्त्री एरिक फ्रॉम (1900–1980) की 1941 में प्रकाशित रचना *एस्केप फ्रॉम फ्रीडम* के बारे में माना जाता है कि अगर उन्होंने अपने जीवन में इसके अलावा एक भी पंक्ति न लिखी होती तो भी केवल इसी किताब के कारण उनका स्थान समाज-विज्ञान के इतिहास में सुरक्षित हो गया होता। नाज़ीवाद की परिघटना का अनूठा विश्लेषण करने वाली इस पुस्तक में फ्रॉम ने दिखाया है कि नाज़ीवाद न तो जर्मनी के अधिनायकवादी पूँजीपतियों की वजह से उभरा, न ही वह हिटलर के मनोरोगों की देन था। इस तरह उन्होंने नाज़ीवाद के बारे में प्रचलित मार्क्सवादी विमर्श को भी नकार दिया और साथ में उसकी मनोविज्ञान आधारित घटाववादी व्याख्या से भी असहमति व्यक्त की। हालाँकि एक मनोवैज्ञानिक के रूप में फ्रॉम फ्रॉयड के विचारों और सूत्रीकरणों की बुनियाद पर ही खड़े हो कर चिंतन करते थे, लेकिन उनका आग्रह रहता था कि फ्रॉयड के विमर्श को दोनों सिरों पर खुले सूत्रीकरणों की तरह पढ़ा जाना चाहिए, ताकि किसी भी तरह के जड़सूत्रवादी रवैये से बचते हुए मनोविज्ञान का आगे विकास किया जा सके। अपने इस दृष्टिकोण के कारण फ्रॉम को हरबर्ट मारक्यूज़े से एक लम्बी बहस में उलझना पड़ा और इसीलिए मनोविज्ञान की दुनिया में उन्हें संशोधनवादी फ्रॉयडियन कहा जाता है। समाजशास्त्री के रूप में उनके ऊपर वेबर का भी प्रभाव था, और मार्क्स का भी। वे शुरुआत में फ्रेंकफ़र्ट स्कूल के भी सदस्य रहे, लेकिन तीस के दशक के आख़िरी दौर में उनके होर्ख़ाइमर और एडोर्नो से कई मुद्दों पर मतभेद हो गये। फ्रॉम एक प्रचुर और लोकप्रिय लेखक थे। उनकी रचनाओं ने असंख्य पाठकों को अपनी ओर आकर्षित किया। उनकी छवि एक ग्लोबल बुद्धिजीवी की थी।

एरिक फ्रॉम का जन्म 29 मार्च, 1900 को फ्रेंकफ़र्ट स्कूल, जर्मनी में हुआ था। उन्होंने हायडलबर्ग विश्वविद्यालय से 1922 में समाजशास्त्र में पीएचडी की। उनके निर्देशक मैक्स वेबर के भाई अल्फ्रेड वेबर थे। इसके बाद फ्रॉम ने मनोविश्लेषक के रूप में प्रशिक्षण प्राप्त किया और पहले बर्लिन और फिर फ्रैंकफ़र्ट में प्रेक्टिस की। बीस और तीस के दशक में उन्होंने फ्रैंकफ़र्ट स्कूल में क्रिटिकल थियरी प्रतिपादित करने वाले विद्वानों के साथ जुड़ कर काम किया। नाज़ीवाद के उभार के कारण इस स्कूल के अन्य विद्वानों की तरह फ्रॉम को भी अमेरिका जाना पड़ा। साठ के दशक में वे मैक्सिको सिटी के अपने नये घर में रहने चले गये जिसके कारण उनका अमेरिकी बौद्धिक जगत से नाता कुछ कम हो गया।

एस्केप फ्रॉम फ्रीडम में एरिक फ्रॉम ने दिखाया कि नाज़ीवाद के आगमन की आहट उन सामाजिक असुरक्षाओं में छिपी हुई थी जो सामंती व्यवस्था टूटने के कारण पैदा हुई थीं और जिन्हें तीस के दशक के राजनीतिक संकट ने बेहद तीव्र कर दिया था। जर्मनी के भीतर प्रथम विश्व-युद्ध की पराजय और आर्थिक मंदी ने मिल कर लोकतांत्रिक संस्थाओं की साख मिट्टी में मिला दी थी। हिटलर ने जब जर्मनों के सामने नस्लवाद, राष्ट्रवाद, सैन्यवाद और सर्वोच्च नेता के प्रति अंध-निष्ठा का विकट आत्मनाशी फ़ार्मूला पेश किया तो उन्हें लगा कि इस तरीक़े से वे अपनी सांस्कृतिक और आर्थिक तबाही से बच सकते हैं। फ्रॉम का यह विश्लेषण इस धारणा पर आधारित था कि व्यक्तिवाद के उभार से पहले का समाज व्यक्ति को सुरक्षाएँ देता था, पर उसका विकास रोक देता था। व्यक्तिवादी समाज के उभार ने समाज को परम्पराओं के बंधनों से मुक्त कर दिया, इनसान को वह स्वतंत्रता नहीं मिल पायी जिसके ज़रिये वह अपनी ख़ुदी को हासिल कर सकता था। व्यक्तिवाद का ऐतिहासिक विकास कई तरह की सम्भावनाएँ खोलता है, लेकिन व्यक्ति अगर अपनी सम्पूर्ण सम्भावनाओं को साकार करने का आंतरिक साहस नहीं जुटायेगा तो उसे अपनी ही स्वतंत्रता से पलायन करके नयी निर्भरताओं की मातहती स्वीकार कर लेनी होगी। नाज़ीवाद के रूप में भी जर्मनों ने स्वतंत्रता से पलायन करने की कोशिश ही की थी।

फ्रॉम की यह कृति अपने ज़माने की बेस्ट-सेलर थी। इसने समाज-विज्ञान की दुनिया में सर्वसत्तावाद पर अनुसंधान की ज़रूरत पर बल दिया। फ्रैंकफ़र्ट स्कूल में फ्रॉम के पूर्व साथी एडोर्नो की 1950 में प्रकाशित रचना *द एथॉरिटेरियन पर्सनैलिटी* इसी सिलसिले की एक और चमकदार कड़ी थी। दरअसल, फ्रॉम की किताब और एडोर्नो की पुस्तक के आधार में वह अनुसंधान था जो वाइमर रिपब्लिक के दौरान बीस और तीस के दशक में फ्रैंकफ़ट स्कूल के नेटवर्क की मदद से जर्मन मज़दूर वर्ग के बीच फ्रॉम द्वारा किया गया था। एडोर्नो ने सर्वसत्तावाद नापने के लिए अपनी रचना में जिस 'एफ़' नामक पैमाने का उपयोग किया है, उसके सूत्रीकरण में फ्रॉम की भूमिका की जानकारी तब हुई जब 1984 में *द वर्किंग क्लास इन वाइमर जर्मनी* का प्रकाशन हुआ।

चूँकि फ्रॉम तीस के दशक में ही फ्रैंकफ़र्ट स्कूल से अलग हो गये थे, इसलिए क्रिटिकल थियरी के प्रतिपादकों में उनकी गिनती नहीं होती। लेकिन उनकी रचना *द सेन सोसाइटी* (1955) आधुनिक समाज की वही आलोचना करती है जिसकी बुनियाद क्रिटिकल थियरी ने डाली थी। उन्होंने विस्तार से विवेचना करते हुए दिखाया कि सामाजिक परिपक्वता हासिल किये बिना होने वाली प्रौद्योगिकीय प्रगति मानवता को एक बार फिर वस्तुओं और बिम्बों की पूजा में धकेल देगी। यह भी एक तरह की मूर्ति-पूजा ही

एरिक फ्रॉम (1900–1980)

होगी जिसके कारण मनुष्य यथार्थ के ज्ञान से वंचित रह जाता है। फ्रॉम की इस कृति ने अमेरिका के बुद्धिजीवियों और रैडिकल कार्यकर्ताओं को गहराई से प्रभावित किया। समझा जाता है कि मारक्यूज़े के नव-वामपंथियों के बीच प्रतिष्ठित होने से बहुत पहले ही इस रचना द्वारा फ्रॉम ने उनके बीच अपनी धाक जमा ली थी। 1955 और 1956 के बीच रैडिकल पत्रिका *डिसेंट* के पृष्ठों पर फ्रॉम और मारक्यूज़े के बीच बहस चली जिसके केंद्र में फ्रॉयडियन सिद्धांत और समकालीन पूँजीवाद में छिपी यूटोपियन सम्भावनाओं से जुड़े विवाद थे। मारक्यूज़े का तर्क था कि पारम्परिक फ्रॉयडियन सिद्धांत में फ्रॉम द्वारा तजवीज़ किया गया संशोधन एक ऐसे नव-फ्रॉयडियन परिप्रेक्ष्य को जन्म देता है जो पर्याप्त रूप से रैडिकल नहीं है। मारक्यूज़े का आरोप था कि यह परिप्रेक्ष्य आधुनिक पूँजीवाद द्वारा पैदा की गयी 'सम्पूर्ण परायेपन' की परिस्थितियों के साथ एक क़िस्म के मनोवैज्ञानिक सामंजस्य की वकालत करता नज़र आता है।इस बहस में फ्रॉम के तरफ़दारों का ख़याल था कि मारक्यूज़ का रैडिकलिज़म अव्यावहारिक है और उससे किसी भी तरह का सकारात्मक समाज-परिवर्तन नहीं निकलेगा। इस बहस के बाद भी फ्रैंकफ़र्ट स्कूल के पैरोकार फ्रॉम को पूँजीवाद के साथ तालमेल बैठाने वाला 'कनफ़र्मिस्ट' चिंतक क़रार देते रहे। नतीजतन उनके विमर्श को क्रिटिकल थियरी से निकले समाजशास्त्र की परम्परा से अलग मान लिया गया।

दिलचस्प बात यह है कि फ्रॉम द्वारा प्रस्तावित संशोधनों के मुक़ाबले मारक्यूज़े फ्रॉयड के सिद्धांत के जिन पहलुओं का बचाव कर रहे थे, वे आगे चल कर समाज-विज्ञान की दुनिया में अपनी साख खो बैठे। फ्रॉम की आलोचना सही साबित हुई। आज फ्रॉयडियन सिद्धांत द्वारा प्रवर्तित इरोज़ और थानाटोज़, स्वप्न-भाषा के सार्वभौम चरित्र और विकास की मनो-सामाजिक अवस्थाएँ जैसे आग्रहों की साख नैंसी शोदॅरौ वग़ैरह के अनुसंधान के बाद ख़त्म हो चुकी हैं। दूसरे, कई विद्वानों का विचार है कि फ्रॉम का आलोचनात्मक समाजशास्त्र फ्रैंकफ़र्ट स्कूल के प्रमुख हस्ताक्षरों द्वारा किये गये अनुसंधानों के मुक़ाबले कहीं ज़्यादा गहन तथ्यात्मक शोध पर आधारित है। इस सिलसिले में सत्तर के दशक की शुरुआत में प्रकाशित फ्रॉम की *सोशल करेक्टर इन अ मैक्सिकन विलेज* और *द ऐनाटॅमी ऑफ़ ह्यूमन डिस्ट्रक्टिवनेस* जैसी रचनाओं का हवाला दिया जाता है।

अपनी कृति *मैन फ़ॉर हिमसेल्फ़* में फ्रॉम ने मनोविज्ञान को नीतिशास्त्रीय बुनियाद देने का आग्रह किया। उनका कहना था कि स्नायु-रोग मुख्यतः मनुष्य की नैतिक विफलता का लक्षण है। इसका उपचार तभी हो सकता है जब एक सक्रिय और प्रभावी जीवन के रास्ते में आने वाली बाधाओं को हटा दिया जाए। इसलिए मनोविज्ञान का सरोकार केवल भ्रांत नैतिकताओं का खण्डन न हो कर आचरण के वस्तुनिष्ठ और वैध मानकों की स्थापना से जुड़ा होना चाहिए। फ्रॉम ने कहा कि दुष्टता मनुष्य की शक्तियों को विकलांग कर देती है, और अपने प्रति जवाबदेही की कमी चरित्रहीनता का द्योतक है। *साइकोऐनालिसिस ऐंड रिलीजन* में फ्रॉम ने फ्रॉम ने दावा किया कि धर्म को विज्ञान से न नहीं बल्कि सर्वसत्तावाद से ख़तरा है। उन्होंने धार्मिक अनुभवों के महत्त्व की पुष्टि उनके प्रचलित रूपों से परे जा कर की। फ्रॉम ने *द फ़ोरगॉटिन लेंग्वेज, आर्ट ऑफ़ लविंग* और *ज़ेन बुद्धिज़म ऐंड साइकोऐनालिसिस* की रचना भी की। उन्होंने *टू बी ऑर टू हैव* में अस्तित्व के दो रूपों को एक-दूसरे के बरक्स रखा। एक रूप भौतिक समृद्धि, सत्ता और प्रभुत्व से संचालित होने वाला है, और दूसरे की चालक-शक्ति प्रेम, सहभागिता और सृजनशीलता है।

अपनी विद्वत्तापूर्ण कृतियों के अलावा फ्रॉम ने उस ज़माने में पब्लिक इंटलेक्चुअल की भूमिका निभायी जब बुद्धिजीवियों से इस तरह की अपेक्षाएँ नहीं की जाती थीं। वे समाजशास्त्र और मनोविज्ञान को पेशेवर विद्वानों की दुनिया से निकाल कर आम लोगों तक ले गये। उनकी लेखन-शैली में तकनीकी शब्दावली बहुत कम इस्तेमाल की जाती थी। हालाँकि उनकी पुस्तकों की समीक्षा समाज-विज्ञान की पत्रिकाओं में होती थी, लेकिन वे जटिल विचारों को आकर्षक गद्य में पेश करने में माहिर थे। दरअसल, फ्रॉम को पब्लिक सोसियोलॉजी का पितामह कहना ठीक होगा। अमेरिकी समाजशास्त्री डेविड रीज़मैन के पथप्रदर्शक और मित्र फ्रॉम ही थे। ध्यान रहे कि रीज़मैन ने 1950 में *द लोनली क्राउड* जैसी पुस्तक की रचना की थी जो समाजशास्त्र की आज तक सबसे ज़्यादा बिकने वाली पुस्तक मानी जाती है।

देखें : ज़ाक लकाँ, मनोविज्ञान-1 और 2, मनोविश्लेषण, मनोविश्लेषण और नारीवाद, ज़िग्मंड फ़्रॉयड-1 और 2.

संदर्भ

1. एरिक फ्रॉम (1941), *एस्केप फ्रॉम फ्रीडम,* हेनरी होल्ट, न्यूयॉर्क.
2. एरिक फ्रॉम (1955), *द सेन सोसाइटी,* होल्ट राइनहार्ट, न्यूयॉर्क.
3. डी. बर्स्टन (1991), *द लीगेसी ऑफ़ एरिक फ्रॉम,* हार्वर्ड युनिवर्सिटी प्रेस, केम्ब्रिज, एमए.
4. एम. मैकलाफ्लिन (1999), 'ऑरिजन मिथ्स इन द सोशल साइंसिज़ : फ्रॉम, द फ्रेंकफ़र्ट स्कूल, एंड द इमरजेंस ऑफ़ क्रिटिकल थियरी', *कनाडियन जर्नल ऑफ़ सोसियोलॅजी,* खण्ड 24, अंक 1.
5. जे. रिचेर्ट (1986), 'दि फ्रॉम मारक्यूज़े डिबेट रिविज़िटेड', *थियरी ऐंड सोसाइटी,* खण्ड 15, अंक 3.

—अभय कुमार दुबे

एलमकुलम मनक्कल शंकरन नम्बूदिरीपाद

(Elamkulam Manakkal Shankaran Namboodiripad)

भारतीय कम्युनिस्ट आंदोलन के सर्वश्रेष्ठ नेताओं में से एक, देश के प्रमुख मार्क्सवादी चिंतक और आधुनिक केरल के निर्माता एलमकुलम मनक्कल शंकरन नम्बूदिरीपाद (1909-1998) की शख़्सियत उच्चस्तरीय सैद्धांतिक कौशल और राजनीतिक सक्रियता के संयोग से बनी थी। दर्शन, सौंदर्यशास्त्र, भाषाशास्त्र, इतिहास, अर्थशास्त्र और राजनीति जैसे विविध अनुशासनों में नब्बे से ज़्यादा उल्लेखनीय पुस्तकों का योगदान करने से लेकर आधी सदी तक कम्युनिस्ट पार्टी की दिशा तय करने वाले ईएमएस का नाम उनके जीवन में ही देश की राजधानी से लेकर केरल के किसी भी मामूली गाँव तक में प्रसिद्ध हो चुका था। उन्हीं के नेतृत्व में चली 'एक्य केरल' मुहिम के कारण आज़ादी के बाद भाषाई आधार पर केरल का गठन हुआ। वे केरल के पहले और देश के पहले ग़ैर-कांग्रेसी मुख्यमंत्री थे। केरल को गठजोड़ राजनीति का अगुआ बनाने में नम्बूदिरीपाद की ही प्रमुख भूमिका थी। आज अगर केरल देश का सर्वाधिक साक्षर और जागरूक प्रांत है तो इसका श्रेय ईएमएस के कार्यकाल में किये गये रैडिकल भूमि और शिक्षा-सुधारों को ही जाता है। 1968 में प्रकाशित नम्बूदिरीपाद की रचना *आत्मकथा* आधुनिक मलयालम की सबसे बेहतरीन गद्य-कृति मानी जाती है। केरल में प्रगतिशील साहित्यिक-सांस्कृतिक आंदोलन की शुरुआत और विकास में उनकी प्रमुख भूमिका थी। मलयाली समाज और राजनीति का गहन अध्ययन करके उन्होंने जाति-समस्या के प्रति द्वंद्वात्मक रवैया अपनाते हुए एक ख़ास तरह की मार्क्सवादी राजनीति का विन्यास तैयार किया। परिणामस्वरूप न केवल कम्युनिस्ट पार्टी को केरल के समाज में अपने क़दम जमाने का मौक़ा मिला, बल्कि पूरे मलयाली समाज में ही आधुनिकीकरण की प्रक्रिया चल निकली।

नम्बूदिरीपाद का जन्म आज के मल्लापुरम ज़िले में पेरिंथलामन्ना तालुक के एलमकुलम गाँव में हुआ था। उनके पिता परमेश्वरन नम्बूदिरीपाद बड़े ज़मींदार थे। युवावस्था में नम्बूदिरीपाद जाति प्रथा के ख़िलाफ़ चलने वाले समाज सुधार आंदोलन की तरफ़ आकर्षित हुए। प्रगतिशील नम्बूदिरी ने युवक संगठन वाल्लुवानाडु योगक्षेम सभा के पदाधिकारी के रूप में उन्होंने जम कर काम किया। जिस ज़माने में ज़्यादातर कम्युनिस्ट सिद्धांतकार भारतीय इतिहास को किताबी मार्क्सवादी खाँचे (आदिम साम्यवाद-दास प्रथा-सामंतवाद-पूँजीवाद) में फ़िट करके देखने की कोशिश कर रहे थे, नम्बूदिरीपाद ने अनूठी मौलिकता का प्रदर्शन करते हुए केरल की सामाजिक संरचना का विश्लेषण 'जाति-जनमी-नेदुवाझी मेधावितम' के रूप में किया। अपनी पहली उल्लेखनीय रचना *केरला : मलयालीकालुडे मातृभूमि* (1948) में ईएमएस ने दिखाया कि सामाजिक संबंधों पर ऊँची जातियाँ हावी हैं, उत्पादन संबंध जनमा यानी ज़मींदारों के हाथों में हैं और प्रशासन की बागडोर नेदुवाझियों यानी स्थानीय प्रभुओं के क़ब्ज़े में है। ईएमएस की निगाह में अधिकांश जनता की ग़रीबी और पिछड़ेपन का कारण यही समीकरण था। अपने इसी विश्लेषण को आधार बना कर नम्बूदिरीपाद ने 1952 में *द नैशनल क्वेश्चन इन केरला,* 1967 में *केरला : यस्टरडे, टुडे ऐंड टुमारो* और 1984 में *केरला सोसाइटी ऐंड पॉलिटिक्स : अ हिस्टोरिकल सर्वे* की रचना की। अपने इसी विश्लेषण के आधार पर ईएमएस ने केरल में जाति-जनमी-नेदुवाझी मेधावितम का गठजोड़ तोड़ने के लिए वामपंथ का एजेंडा भी तैयार किया, जिसके केंद्र में समाज सुधार और जाति-विरोधी आंदोलन था।

ईएमएस ने ज़ोर दे कर कहा कि जातिगत शोषण ने केरल की नम्बूदिरी जैसी शीर्ष ब्राह्मण जाति तक का अमानवीकरण कर दिया है। उन्होंने 'नम्बूदिरी को इनसान बनाओ' का नारा देते हुए ब्राह्मण समुदाय के लोकतंत्रीकरण की मुहिम चलाई। इसी दौरान प्रचलित राष्ट्रवादी रवैये से हटते हुए ईएमएस के नेतृत्व में कम्युनिस्टों ने एक तरफ़ तो जाति-सुधार आंदोलनों और सवर्ण विरोधी आंदोलन को समर्थन दिया, और दूसरी तरफ़ जातिगत दायरे से परे जाते हुए वर्गीय और जन-संगठन खड़े किये। इस

एलमकुलम मनक्कल शंकरन नम्बूदिरीपाद (1909–1998)

तरह कम्युनिस्ट शब्दावली में सामंतवाद विरोधी लोकतांत्रिक जनसंघर्षों की ज़मीन तैयार हुई। ईएमएस ने दक्षिण केरल की ट्रावणकोर और कोचीन रियासतों में सामंतवाद विरोधी संघर्ष और ब्रिटिश शासित इलाक़ों में साम्राज्यवाद विरोधी संघर्ष का संश्रय तैयार किया। जाति-सुधार आंदोलन जब अपनी रैडिकल धार खो कर संकीर्ण दलबंदियों में फँसने लगे तो नम्बूदिरीपाद ने जनांदोलनों और जातिआंदोलनों को अलग-अलग करके देखना शुरू किया। पचास के दशक में उन्होंने पिछड़ी जातियों की जनता और पिछड़े समुदायों से निकले पूँजीपति वर्ग के बीच फ़र्क़ करके ज़बरदस्त बहस छेड़ दी जिसमें अंततः उन्हीं के निष्कर्षों को मान्यता मिली।

1939 की मालाबार टेनेंसी रिफ़ॉर्म कमेटी की रपट के साथ असहमति जताते हुए ईएमएस ने केरल में कृषि प्रश्न की मौलिक व्याख्या की। परिणामस्वरूप काश्तकारी सुधार के केंद्र में खेतिहर मज़दूरों और छोटे बँटाईदारों को प्रमुखता मिली। इसी दौरान नम्बूदिरीपाद ने *अ शॉर्ट हिस्ट्री ऑफ़ द पीज़ेंट मूवमेंट इन केरल* (1943) की रचना की। 1957 से 1971 के बीच चले कृषि सुधारों के प्रमुख सिद्धांतकार के रूप में नम्बूदिरीपाद को पारम्परिक जनमी प्रणाली (ज़मींदारी) के ख़ात्मे का श्रेय जाता है। भूमि सुधारों के कामयाब होने के बाद बाज़ार की ताक़तों के विस्तार पर भी उनकी निगाह गयी। इसका नतीजा खाड़ी के देशों से भेजी गयी रक़म के कारण ज़मीन की क़ीमतों में आये असाधारण उछाल की मार्क्सवादी व्याख्या में निकला।

कम्युनिस्ट आंदोलन में नम्बूदिरीपाद का पदार्पण कांग्रेस-समाजवादी आंदोलन के रास्ते हुआ था। 1931 में कॉलेज शिक्षा प्राप्त करने के बाद वे कांग्रेस के नेतृत्व में चलने वाले सत्याग्रह में कूद पड़े और जेल-यात्रा की। केरल में कांग्रेस-सोशलिस्ट पार्टी की नींव रखने के बाद 1934 में उसके अखिल भारतीय संयुक्त सचिव बने। केरल प्रदेश कांग्रेस पार्टी के महासचिव के रूप में काम करते समय उनका परिचय मार्क्सवाद से हुआ। 1936 में उन्होंने अपने चार साथियों के साथ मिल कर केरल में कम्युनिस्ट पार्टी की स्थापना की। ज़मींदार परिवार में पैदा होने के कारण नम्बूदिरीपाद ने उत्तराधिकार में मिली अपनी सारी अचल सम्पत्ति पार्टी को सौंप दी।

आज़ादी मिलने से ठीक पहले 1945 में नम्बूदिरीपाद ने *अ करोड़ ऐंड अ क्वार्टर मलयाली* शीर्षक से एक पुस्तिका लिखी। उस समय तक केरल की जनता कोचीन, ट्रावणकोर और मालाबार इलाक़ों में बँटी हुई थी। यह पुस्तिका 'एक्य केरलम' आंदोलन का आधार बनी।1952 में *द नैशनल क्वेश्चन इन केरला* लिख कर नम्बूदिरीपाद ने सारी दुनिया का ध्यान अपनी ओर आकर्षित किया। इस रचना के ज़रिये उन्होंने उपनिवेशवाद विरोधी संघर्ष के दौर में पनपी मलयाली अस्मिता की लोकतांत्रिक दावेदारी पेश की।1957 में हुए केरल विधान सभा के लिए पहले आम चुनाव में नम्बूदिरीपाद के नेतृत्व में कम्युनिस्ट पार्टी ने ज़बरदस्त जीत हासिल की। देश के पहले ग़ैर-कांग्रेसी मुख्यमंत्री की हैसियत से उन्होंने प्रदेश की शिक्षा व्यवस्था को बदल डाला। उनके नेतृत्व में हुए भूमि सुधारों, प्रशासनिक सुधारों, जन-स्वास्थ्य और सार्वजनिक वितरण प्रणाली की पुनर्रचना, न्यूनतम वेतन के प्रावधान और सामाजिक सुरक्षा व्यवस्था ने केरल के समाज की तस्वीर बदलने की शुरुआत कर दी।

नेहरू की केंद्र सरकार ने 1959 में संविधान के अनुच्छेद 356 का विवादास्पद इस्तेमाल करते हुए ईएमएस की सरकार को भंग कर दिया। लेकिन 1967 में सात पार्टियों के गठजोड़ के नेता के तौर पर ईएमएस दोबारा सत्तारूढ़ हुए। इसी के बाद केरल की राजनीति कांग्रेस और कम्युनिस्ट पार्टी के नेतृत्व में चलने वाले दो गठजोड़ों की प्रतियोगिता बनती चली गयी। पहले मुख्यमंत्री और फिर क़रीब डेढ़ दशक तक विधान सभा में विपक्ष के नेता के रूप में नम्बूदिरीपाद ने गठजोड़ राजनीति के व्यवहार और सिद्धांत का पूरा शास्त्र रचा। भारतीय संसदीय राजनीति में आम तौर पर और कम्युनिस्ट आंदोलन में ख़ास तौर पर संयुक्त मोर्चे की रणनीति विकसित करने का पहलू उनके प्रमुख योगदान के तौर पर याद रखा जाएगा। नम्बूदिरीपाद ने विचारधारात्मक रूप से नास्तिक होते हुए भी केरल के मुसलमान और ईसाई समुदायों के साथ जीवंत संवाद बनाये रखने की परम्परा डाली। उनके गठजोड़ में मुसलिम

लीग की मौजूदगी इसकी व्यावहारिक परिणति थी। केरल के प्रमुख लिबरेशन थियोलोजिस्ट और सीरियन चर्च के बिशप के साथ उनकी गहरी दोस्ती थी। नम्बूदिरीपाद की विशद रचना *अ हिस्ट्री ऑफ़ इण्डियन फ्रीडम स्ट्रगल* (1986) धारावाहिक रूप से पार्टी के मुखपत्र में प्रकाशित हुई थी।

1939 में मद्रास प्रांतीय विधान परिषद् के सदस्य का चुनाव जीतने के बाद कम्युनिस्ट-सक्रियता के कारण उन्हें दो बार (1939-42 और 1948-50) भूमिगत जीवन व्यतीत करना पड़ा। नम्बूदिरीपाद 1941 में कम्युनिस्ट पार्टी की केंद्रीय कमेटी के सदस्य चुने गये और 1950 में पोलित ब्यूरो के। पार्टी के भीतर होने वाली बहसों में भाग लेते हुए उन्होंने भारतीय समाज और राज्य के प्रति पार्टी के रवैये का सूत्रीकरण किया। 1962 में उन्हें पार्टी का महासचिव चुना गया। 1964 में पार्टी का विभाजन होने पर वे मार्क्सवादी कम्युनिस्ट पार्टी के साथ गये और सातवीं कांग्रेस में नये दल की केंद्रीय कमेटी और पोलित ब्यूरो की सदस्यता ग्रहण की। 1966 में उन्होंने *इकॉनॉमिक ऐंड पॉलिटिक्स ऑफ़ इण्डियाज़ सोशलिस्टिक पैटर्न* और 1967 में *इण्डिया अंडर कांग्रेस रूल* की रचना की। 1977 में वे माकपा के महासचिव बने और 1992 की चौदहवीं कांग्रेस में ख़राब स्वास्थ्य के कारण पद छोड़ने से पहले लगातार इसी पद पर काम किया। नम्बूदिरीपाद की अन्य महत्त्वपूर्ण रचनाएँ हैं : *द महात्मा ऐंड द इज़्म* (1958), *कांफ़्लिक्ट्स ऐंड क्राइसिस* (1974), *इण्डियन प्लानिंग इन क्राइसिस* (1974), *नेहरू : आइडियॉलॉजी ऐंड प्रेक्टिस* (1988) और अस्सी के दशक में चार खण्डों में प्रकाशित *कम्युनिस्ट पार्टी केरालिथल* (केरल में कम्युनिस्ट पार्टी का इतिहास)। 1998 में देहांत के ठीक पहले ईएमएस *अ हिस्ट्री ऑफ़ कम्युनिस्ट पार्टी ऑफ़ इण्डिया फ्रॉम 1920 टू 1998* पूरी करने में व्यस्त थे। बाद में यह रचना पार्टी के पत्र *देशाभिमानी* में धारावाहिक प्रकाशित हुई।

देखें : कार्ल हाइनरिख़ मार्क्स-1, 2. 3 और 4, नयी सदी में मार्क्सवादी विमर्श-1, 2. 3,4 5, 6, 7, 8 और 9, फ्रेड्रिख़ एंगेल्स, भारत में किसान संघर्ष-2 और 4, कम्युनिस्ट पार्टियाँ-1, 2 और 3, भारतीय इतिहास लेखन-4 और 5, मानवेंद्र नाथ राय, माओ त्से-तुंग, माओवाद और माओ विचार, मार्क्सवाद-1, 2, 3, 4 और 5, मार्क्सवादी समाजशास्त्र, मार्क्सवाद और पारिस्थितिकी, मार्क्सवादी अर्थशास्त्र, समाजवादी वसंत-1, 2, 3, और 4, लेनिनवाद, लियोन ट्रॉट्स्की, लिबरेशन थियोलॉजी, सांस्कृतिक क्रांति, स्तालिन और स्तालिनवाद, सोवियत समाजवाद-1, 2 और 3, व्लादिमिर इलीच लेनिन।

संदर्भ

1. गोविंद पिल्लै (सम्पा.) (प्रकाशन जारी), *ई.एम.एस. सम्पूर्ण कृतिकल* (34 खण्ड), चिंता पब्लिशर्स, ए.के.जी. सेंटर फ़ॉर रिसर्च ऐंड स्टडीज़, तिरुवनंतपुरम.
2. आई.एस. गुलाटी ऐंड टी.एम. थॉमस इसाक (1998), 'ई.एम.एस. नम्बूदिरीपाद : रेवोल्यूशनरी इंटलेक्चुअल', *इकॉनॉमिक ऐंड पॉलिटिकल वीकली,* खण्ड 33, अंक 13.
3. ई.एम.एस. नम्बूदिरीपाद (1984), *केरला : सोसाइटी ऐंड पॉलिटिक्स,* नैशनल बुक सेंटर, नयी दिल्ली.
4. ई.एम.एस. नम्बूदिरीपाद (1984), *द नैशनल क्वेश्चन इन केरला,* पीपुल्स पब्लिसिंग हाउस, मुम्बई.

—अभय कुमार दुबे

एलाट्टुवलापिल श्रीधरन

(Elattuvalapil Sreedharan)

भारत में औपनिवेशिक अंग्रेज़ी शासन की बड़ी विरासतों में रेलवे और लालफ़ीताशाही (अधिकारीतंत्र) का नाम प्रमुखता से लिया जाता है। भारतीय लालफ़ीताशाही को पुरानी लकीर पीटने और उदासीन भाव से काम टालने के लिए भी जाना जाता है, लेकिन कई बार इसी अधिकारी वर्ग से कुछ कुशल, कर्मठ और कारगर व्यक्ति भी निकल आते हैं। भारतीय रेल के एक ऐसे ही अधिकारी एलाट्टुवलापिल श्रीधरन (1932-) हैं, जिन्होंने अपनी प्रतिभा व कुछ नया हासिल करने की ललक से भारत में आम जनता के आवागमन को सुविधाजनक व जनोपयोगी बनाने का काम कर दिखाया। भारतीय रेल-निर्माण के क्षेत्र में एक नये आंदोलन को जन्म देने वाले इंजीनियर और प्रशासक ई. श्रीधरन के नाम कई उपलब्धियाँ दर्ज हैं। उन्होंने ही पहली बार निजी पूँजी की मदद से 'बिल्ड-ऑपरेट-ट्रांसफ़र' का पैटर्न अपना इस क्षेत्र में नयी ज़मीन तोड़ी और देश की विशालतम और जटिलतम परियोजना कोंकण रेलवे का निर्माण रिकॉर्ड समय में पूरा कर दिखाया। यह श्रीधरन के ही प्रबंधकीय कौशल का परिणाम था कि कोलकाता में मेट्रो रेल के निर्माण के तल्ख़ तजुर्बे के बावजूद दिल्ली में अत्याधुनिक मेट्रो रेल नेटवर्क सफलतापूर्वक और बिना किसी बड़ी मुश्किल के बन सका। श्रीधरन की सफलताएँ बताती हैं कि राजनीतिक इच्छा-शक्ति और कुशल अभियांत्रिकी व प्रबंधन की मदद से भारत में भी परियोजना विकसित देशों की तर्ज़ पर कामयाबी से पूरी की जा सकती हैं। कुल मिला कर श्रीधरन विकास और गवर्नेंस के तकनीकशाही मॉडल के प्रतीक बन गये हैं।

12 जून, 1932 को केरल के पलक्कड़ (पालघाट) ज़िले के अंतर्गत एक दूरदराज़ गाँव चलियत्तिरि मेंश्रीधरन का जन्म हुआ। उन्होंने शासकीय अभियांत्रिक महाविद्यालय, काकीनाडा (अब जेएनटीयू) से इंजीनियरिंग में स्नातक की उपाधि प्राप्त की। पढ़ाई के बाद श्रीधरन ने कोझीकोड के

केरल पॉलिटेक्निक में एक व्याख्याता के रूप में काम शुरू किया और कुछ दिनों बाद ही मुम्बई पोर्ट ट्रस्ट में एक प्रशिक्षु अभियंता के पद पर नियुक्त हुए।

श्रीधरन ने 1954 में भारतीय रेल सेवा में क़दम रखा। वर्षों बाद भी श्रीधरन मानते हैं कि रेल सेवा में आने का फ़ैसला उनके जीवन की सबसे महत्त्वपूर्ण घटना थी। 1963 में एक भीषण समुद्री तूफ़ान ने रामेश्वरम को शेष भारत से जोड़ने वाले एकमात्र सम्पर्क सूत्र रेलवे पुल को ध्वस्त कर दिया। रेलवे के उच्च अधिकारियों ने भारत के सबसे दक्षिणी बिंदु पर स्थित इस पुल के पुनर्निर्माण के लिए छह महीने का समय दिया। श्रीधरन के वरिष्ठ अधिकारी ने उन्हें चुनौती देने के लिए इस अवधि को घटा कर केवल तीन महीने कर दिया। अंततः जब काम शुरू हुआ तो श्रीधरन ने सारा काम मात्र 46 दिनों में ही पूरा कर दिया। इसी उपलब्धि ने श्रीधरन के अभियांत्रिकीय ज्ञान व कौशल को अलग पहचान दिलायी। 1970-1975 में श्रीधरन को भारत की पहली भूमिगत रेल कोलकाता मेट्रो की परियोजना की रूपरेखा बनाने का काम दिया गया। 1981 में जब कोचीन शिपयार्ड ने अपने पहले व आधुनिकतम जहाज़ रानी पद्मिनी का निर्माण किया, तब श्रीधरन इस संगठन के प्रबंध निदेशक थे।

30 जून, 1990 को श्रीधरन भारतीय रेल से रिटायर हो गये। अब उन्हें एक संस्थान निर्माता के रूप में अपनी विशिष्ट पहचान बनानी थी। श्रीधरन के साक्षात्कारों से पता चलता है कि कैसे एक राजनीतिक स्वप्नद्रष्टा और व्यावहारिक इंजीनियर ने मिल कर भारतीय रेल के इतिहास में एक स्वर्णिम अध्याय जोड़ा। 1990 में तत्कालीन रेलवे मंत्री जॉर्ज फ़र्नांडीज़ ने श्रीधरन को अपने दो स्वप्न बताये। पहला मुम्बई से मंगलौर तक रेल सम्पर्क का निर्माण करना और दूसरा उत्तर प्रदेश-बिहार की सीमा पर गंडक नदी के ऊपर छितौनी तथा बगहा को जोड़ने वाला एक रेलवे पुल बनाना। इस स्थान पर गंडक नदी का विस्तार बहुत ज़्यादा है और नदी अपने बहाव को भी बदलती रहती है जिससे यहाँ पुल बनाना बहुत कठिन था। आर्थिक रूप से अत्यंत पिछड़े इलाक़े में इस नयी परियोजना से रेलवे को कोई ख़ास आमदनी भी नहीं थी और ऊपर से इस योजना में चार साझीदार थे : उत्तर प्रदेश, बिहार, केंद्रीय जल संसाधन मंत्रालय और भारतीय रेल। श्रीधरन जानते थे केवल एक रेलवे पुल से स्थानीय लोगों को अधिक फ़ायदा नहीं पहुँचेगा। उन्होंने रेल मंत्री को कुछ अधिक खर्च करके रेलवे तथा सड़क दोनों ही पुल एक साथ बनाने को कहा। यह राजनीति का ऐसा असाधारण दौर था जब बिहार के लालू प्रसाद यादव और उत्तर प्रदेश के मुलायम सिंह यादव एक ही ख़ेमे में थे। जॉर्ज को सभी साझेदारों को इसके लिए तैयार करने में आसानी हुई और रेलवे तथा सड़क दोनों ही पुलों का निर्माण एक साथ हो सका। भले ही यह पुल भारतीय रेल के असंख्य निर्माण कार्यों में एक बेहद

एलाट्टुलापिल श्रीधरन (1932-)

छोटा काम था, लेकिन यह श्रीधरन के लोकोपकारी दृष्टिकोण का उल्लेखनीय नमूना बन गया।

मुम्बई से मंगलौर को जोड़ने वाली कोंकण रेलवे स्वतंत्र भारत में रेल-निर्माण की विशालतम और जटिलतम परियोजना है। भौगोलिक दुर्गमता और समुद्र के तटीय इलाक़े में होने के कारण यहाँ पर बड़े पैमाने का निर्माण करना बेहद मुश्किल था। ऐसी परियोजना पूरा करने के लिए श्रीधरन को केवल पाँच साल का समय दिया गया था। भारत में रेल लाइन बिछाने के लिए हर साल एक निश्चित राशि दी जाती है जिसके अनुसार किये गये जोड़-बाक़ी के आधार पर श्रीधरन इस निष्कर्ष पर पहुँचे कि इस दर से तो मुम्बई से मंगलौर पहुँचने में 25-30 साल का समय लग जाएगा। इस समस्या के हल के लिए श्रीधरन ने भारत में पहली बार रेलवे निर्माण में निजी क्षेत्र से पूँजी उठाने का प्रस्ताव दिया जिसे बिल्ड-ऑपरेट-ट्रांसफ़र कहा जाता है। भारत में इतने बड़े नीतिगत परिवर्तन का निर्णय केवल देश का सर्वोच्च राजनीतिक नेतृत्व ही ले सकता है। उस समय मधु दण्डवते भारत के वित्त मंत्री और रामकृष्ण हेगड़े योजना आयोग के उपाध्यक्ष थे और दोनों ही कोंकण रेलवे के निर्माण के पक्षधर थे। शायद इसीलिए ई श्रीधरन के इस अभिनव प्रस्ताव को भी स्वीकार कर लिया गया। कोंकण रेलवे के साथ चार राज्य जुड़े हुए थे। जॉर्ज ने महाराष्ट्र और गोवा के मुख्यमंत्रियों से स्वीकृति प्राप्त कर ली किन्तु कर्नाटक और केरल में यह राजनीतिक कारणों से अटक गयी। इस समय श्रीधरन ने अपने प्रशासकीय संबंधों द्वारा इन राज्यों से स्वीकृति प्राप्त करने में सफलता प्राप्त की। इस परियोजना में भूमि अधिग्रहण के लिए एक बेहद उचित और अनूठी पद्धति अपनायी गयी थी जिसके कारण इस परियोजना

में कभी भी ज़मीन विवाद में नहीं आयी। श्रीधरन ने प्रोजेक्ट प्रबंधन के अपने मॉडल को पूरी परियोजना में लागू किया। उन्होंने ऐसे लोगों को अपने साथ लिया जिनकी ईमानदारी प्रमाणित थी। इस परियोजना में श्रीधरन की टीम को आर्थिक-तकनीकी निर्णय लेने की पूरी आज़ादी थी। कोलकाता में मेट्रो बनाने में हुए हादसों और क़ीमत के कई गुना बढ़ने के बाद ऐसा लगता था कि अब भारत में कोई भी अन्य शहर मेट्रो रेल नहीं लगाएगा। दिल्ली में मेट्रो रेल परियोजना के लिए श्रीधरन को चुना गया और आज सारे विश्व में इसे बहुत उम्दा परियोजना माना जाता है। दिल्ली मेट्रो रेल परियोजना की सफलता से उत्साहित भारत के कई अन्य शहरों ने भी इसे लगाने का फ़ैसला लिया है।

अपने लम्बे सरकारी कार्यकाल में श्रीधरन का भारत के राजनीतिक हुक्मरानों से कई बार टकराव हुआ है। दिल्ली मेट्रो में भारत सरकार सामान्य रेलगाडी के डिब्बे उपयोग में लाना चाहती थी जबकि श्रीधरन मेट्रो ट्रेन के डिब्बे प्रयोग में लाना चाहते थे। बाद में सरकार को ई श्रीधरन का ही सुझाव मानना पड़ा। दूसरी घटना तब हुई जब हैदराबाद में मेट्रो रेल लगाने के लिए दिल्ली मेट्रो रेल कॉरपोरेशन को सलाहकार बनाया गया। सितम्बर, 2008 में श्रीधरन ने भारत के योजना आयोग के उपाध्यक्ष मोंटेक सिंह अहलूवालिया को एक पत्र लिख कर इस परियोजना के बिल्ड-ऑपरेट-ट्रांसफ़र प्रारूप पर आपत्तियाँ उठायीं। अपने पत्र में श्रीधरन ने एक ख़ास कम्पनी को अनैतिक लाभ पहुँचाने का आरोप लगाया जिसके जवाब में आंध्र प्रदेश के कुछ राज्य मंत्रियों ने श्रीधरन पर मानहानि का मुक़दमा ठोकने की चेतावनी भी दे डाली। इसके कुछ ही दिनों के बाद भारत के कॉरपोरेट जगत का सबसे बड़ा सत्यम घोटाला सामने आया। श्रीधरन के पत्र में जिस ख़ास कम्पनी का ज़िक्र था वह इसी सत्यम के मालिक के बेटे की कम्पनी मायटास थी। एक समय तो श्रीधरन को कोंकण रेलवे से अपना बकाया वेतन लेने के लिए न्यायालय की शरण तक लेनी पड़ी थी। दिल्ली उच्च न्यायालय ने सरकार को फटकार लगाते हुए श्रीधरन का बकाया भुगतान करने का आदेश दिया। इन सफलताओं के बावजूद यह भी मानना पड़ेगा कि कुछ विषयों में एक तकनीकीविद् के रूप में श्रीधरन का नज़रिया एकपक्षीय साबित हुआ है। जैसे 2006 में उन्होंने दिल्ली में यमुना नदी की चौड़ाई को कम करके प्राप्त इस भूमि में रिहाइशी मक़ान बनाने का प्रस्ताव दिया था।

दिल्ली मेट्रो रेल परियोजना से सेवानिवृत्ति के बाद श्रीधरन अपने घर केरल चले गये, लेकिन कुछ ही समय में अस्सी वर्षीय श्रीधरन को कोच्चि मेट्रो प्रोजेक्ट का काम देखने को कहा गया। अपनी लगन से एक सामान्य इंजीनियर श्रीधरन भारत में मेट्रो मैन बन चुके हैं और रेल-निर्माण का क्षेत्र उन्हें एक नये आंदोलन के जन्मदाता के रूप में याद रखेगा।

देखें : अब्दुल हमीद, आर.के. तलवार, इला भट्ट, उदारतावादी लोकतंत्र, कमला देवी चट्टोपाध्याय, गिजुभाई बधेका, ग़ैर-कांग्रेसवाद, पी.एस. वारियर, लोकतंत्र, देवकी जैन, धोंडो केशव कर्वे, नीरा देसाई, भारत में प्रातिनिधिक लोकतंत्र, भारत में सार्विक मताधिकार, भारतीय लोकतंत्र का संस्थानीकरण-1, 2 और 3, राज्यों का पुनर्गठन-1, 2 और 3, विक्रम साराभाई, वी.के.आर.वी. राव, विद्याबेन शाह, संस्था, संस्थान और संस्थानीकरण।

संदर्भ

1. मीना शिवदसानी और राजू केन (1998), *कोंकण रेलवे, अ ड्रीम कम ट्रू*, पब्लिक रिलेशंस डिपार्टमेंट, कोंकण रेलवे कॉरपोरेशन लिमिटेड, मुम्बई.
2. अनुज दयाल (2012), *25 मैनेजमेंट स्ट्रेटेजीज़ फ़ॉर डेल्ही मेट्रोज़ सक्सेस : द श्रीधरन वे*, डेल्ही मेट्रो रेल कॉरपोरेशन, नयी दिल्ली.
3. एम. रामचंद्रन (2011), *मेट्रो रेल प्रोजेक्ट्स इन इण्डिया : अ स्टडी इन प्रोजेक्ट प्लानिंग*, ऑक्सफ़र्ड युनिवर्सिटी प्रेस, नयी दिल्ली.

—रवि दत्त वाजपेयी

एंड्रोजिनी

(Androgyny)

समाज-विज्ञान के दायरे में एंड्रोजिनी या पुरुष-नारीत्व का विचार प्रचलित करने का श्रेय पश्चिम में साठ और सत्तर के दशक में हुए नारीवादी विमर्श को जाता है। नारीवादी दृष्टिकोण ने एंड्रोजिनी को हरमाफ्रोडिटिज़्म (उभयलैंगिकता) या बाइसेक्शुअलिटी (द्वि-यौनिकता) से अलग परिभाषित किया है। उभयलैंगिकता दैहिक या सेक्स संबंधी विभेद स्पष्ट न होने की द्योतक मानी जाती है, जबकि द्वि-यौनिकता की अभिव्यक्ति जेंडर संबंधी अस्पष्टता दिखाती है। इन दोनों प्रत्ययों से अलग हट कर पुरुष-नारीत्व का विचार व्यक्ति के मानस में मौजूद पुरुषत्व और स्त्रीत्व के सचेत आयामों की नुमाइंदगी करता है। पुरुषत्व और नारीत्व के बीच की जेंडर संबंधी बहस में इस अवधारणा को नारीवादियों ने जीव-विज्ञान और यूनानी मिथकों से उठाया है। जीवशास्त्री कुछ प्राणियों और वनस्पतियों के लिए एंड्रोजिनिक का इस्तेमाल करते रहे हैं। यूनानी भाषा में एंड्रो का मतलब है पुरुष और जिन का अर्थ है स्त्री। शाब्दिक रूप से इसका अर्थ हुआ एक ही व्यक्ति में स्त्री और पुरुष के प्रजननकारी अंगों का होना। लेकिन नारीवादियों ने इस प्रत्यय का उपयोग सेक्स और जेंडर के बीच अंतर की स्थापना के लिए किया। सेक्स स्त्री और पुरुष के बीच एक स्थायी द्विभाजन की तरफ़ ले जाता है, पर जेंडर के धरातल पर एक ऐसे व्यक्ति

की परिकल्पना की जा सकती है जो न केवल दैहिक अभिव्यक्तियों में पुरुष और स्त्री का मिला-जुला रूप हो, बल्कि गुणों, प्रवृत्तियों और सोच-विचार में भी पुरुष या स्त्री की निर्धारित सेक्स-भूमिकाओं से परे जाता हो।

कुछ भारतीय समाज-विज्ञानियों ने एंड्रोजिनी को अर्धनारीत्व का पर्याय बताया है। यह एक विवादास्पद प्रयास है। हिंदुओं के बीच शिव का अर्धनारीश्वर रूप (जिसमें शिव पार्वती के साथ एकाकार हो जाते हैं) एक धार्मिक दृष्टांत की तरह जाना जाता है। लेकिन, तात्पर्य-ग्रहण की दृष्टि से एंड्रोजिनी और अर्धनारीत्व काफ़ी भिन्न हैं। शिव का भक्त पार्वती समेत उनकी परिक्रमा करने के लिए तैयार नहीं था। उसने शिव और पार्वती के बीच से निकल कर केवल शिव की परिक्रमा करनी चाही। इससे पार्वती नाराज़ हुईं और यह देख कर शिव ने अपना आधा भाग उनके साथ एकाकार कर लिया। ज़ाहिर है कि अर्धनारीश्वर का यह प्रकरण नारीवादी परियोजना में फ़िट नहीं बैठता। यह तो उभयलैंगिकता का उदाहरण अधिक लगता है। यह ज़्यादा से ज़्यादा दो सेक्सों या दो जेंडरों का ऐसा जोड़ लगता है जो किसी भी स्थायी उद्देश्य से वंचित है। भारतीय नारीवादियों ने भी अर्धनारीश्वर के विचार को सामाजिक ज़मीन पर उतरने लायक मानने से इनकार कर दिया है। सृष्टि-रचना में स्त्री-तत्त्व को प्राथमिकता मिलने का विचार भी सामाजिक यथार्थ में अनूदित नहीं होता। ये बातें रूपक बन कर रह जाती हैं।

नारीवादियों ने अर्धनारीत्व के विचार का इस्तेमाल मुख्यत: उस सेक्सिस्ट दृष्टिकोण का विरोध करने के लिए किया जो मानव-प्रकृति को दो सेक्सों में बाँट कर देखता है और दोनों के बीच किसी तरह की एकता देखने के लिए तैयार नहीं है। सेक्सिस्ट क़िस्म का सांस्कृतिक चिंतन पुरुष और स्त्री की दो श्रेणियाँ बना कर दोनों के लिए अलग-अलग गुणों का निर्धारण कर देता है। इस प्रक्रिया में स्त्री संबंधी गुणों के कमतर और पुरुष संबंधी गुणों के बेहतर होने की स्थापना होती है। नतीजतन प्रभुत्व और अधीनस्थता के संबंध बनते चले जाते हैं। एक आम समझ बन जाती है कि स्त्री को कैसा होना चाहिए और पुरुष को कैसा। धीरे-धीरे यह समझ इतनी कठोर और अपरिवर्तनीय हो गयी है कि स्त्री-जैसे दिखने वाले पुरुष और पुरुष-जैसी दिखने वाली स्त्री को एक सामाजिक विकृति का दर्जा दे दिया गया है। समाज में स्त्रियों को पुरुषों के लिए निर्धारित काम करने की इजाज़त नहीं है। इसी तरह पुरुष जब स्त्रियों के लिए निर्धारित कामकाज करते हैं तो उनका मज़ाक बनाया जाता है।

इस द्विभाजन को तोड़ने के लिए नारीवादियों ने एंड्रोजिनी या अर्धनारीत्व अपनाने का दावा किया। उनका कहना था कि एंड्रोजिनी के ज़रिये मनुष्य को सांस्कृतिक रूप से आरोपित जेंडर-भूमिकाओं से निकलने और अपनी सहजात प्रेरणाओं के अनुसार विकसित होने का मौक़ा मिलेगा। नारीवादियों का यह भी ख़याल था कि एंड्रोजिनी के माध्यम से जेंडर-मुक्त समाज की रचना करने की सम्भावनाएँ भी खुल सकती हैं। नारीवादियों ने दावा किया कि 1895 में प्रकाशित *वुमंस बाइबिल* का आराध्य एंड्रोजेनस है। इसके बाद वर्जीनिया वुल्फ़ अपनी 1928 में प्रकाशित रचना *अ रूम ऑफ़ वंस ओन* में कह चुकी थीं कि लेखक या तो स्त्रैण पुरुष होते हैं या पौरुषपूर्ण स्त्री। वूल्फ़ का विचार था कि हममें से प्रत्येक के भीतर दो प्रधान शक्तियाँ होती हैं जिनमें एक स्त्री होती है और एक पुरुष। दोनों शक्तियों में समरसता होने की सूरत में एक आध्यात्मिक सहयोग और सम्मिलन होता है जिसके गर्भ से प्रबल रचनात्मकता फूटती है।

भारतीय चिंतन-धारा, विशेषकर तंत्र, की एक अवधारणा यहाँ रेखांकित की जा सकती है। इसके अनुसार स्त्री-पुरुष का वजूद, उनका अवचेतन, भाषा और स्मृतियाँ परतदार होता है। स्त्री-तत्त्व के ऊपर पुरुष-तत्त्व, फिर स्त्री-तत्त्व, इस क्रम में सात परतें होती हैं। दोनों बारी-बारी से सतह पर आती हैं, इसलिए तत्त्वत: स्त्री-पुरुष का भेद अनर्गल है। 'परम हंस तत्त्व' की प्राप्ति पर स्त्री-तत्त्व जब बाहर आता है, पुरुष-तत्त्व तब भी अंतर्भुक्त रहता है।

1973 में जून सिंगर ने विख्यात मनोवैज्ञानिक कार्ल युंग द्वारा प्रतिपादित एनिमा और एनिमस के विचारों को खँगाल कर हर पुरुष के भीतर एक स्त्री-आयाम की मौजूदगी का दावा किया जो सांस्कृतिक अनुकूलन के कारण कहीं किसी कोने में अचेत पड़ा रहता है। इसी तरह हर स्त्री के भीतर एक पुरुष आयाम होता है। पुरुष अपने भीतर के एनिमा का दमन करता है, और स्त्री एनिमस का। इसके कारण दोनों में एक-दूसरे की चाह पैदा होती है। इस दमन के कारण ही दोनों के बीच एक-दूसरे के प्रति भय, परस्पर नामसझी और श्रद्धायुक्त विस्मय का जन्म होता है। बाद में अपनी रचना *एंड्रोजिनी* में सिंगर ने एंड्रोजिनी को एक प्राकृतिक, अकुंठ और बंधनहीन सेक्शुअलिटी के तौर पर परिभाषित किया। इससे प्रभावित पुरुष को मर्दानगी दिखाने की ज़रूरत नहीं पड़ती, और न ही ऐसी स्त्री को मासूम या मोहताज़ बनना होता है। एंड्रोजेनस व्यक्ति अपने भीतर मौजूद स्त्रीत्व या पुरुषत्व के पक्षों के दमन में यक़ीन नहीं करता। उसके भीतर इन दो पक्षों के बीच लगातार स्वाभाविक और सहज अन्योन्यक्रिया होती रहती है।

सत्तर के दशक में कैरोलिन हीलबर्न की रचना *टुवर्ड्स अ रेकग्निशन ऑफ़ एंड्रोजिनी* ने पुरुष-नारी की अवधारणा को नारीवाद के एक लोकप्रिय सांस्कृतिक आदर्श की तरह स्थापित करने की भूमिका निभायी। लेकिन अस्सी के दशक में एंड्रोजिनी के बारे में नारीवादी दावेदारियाँ मंद पड़ती चली गयीं। ज्याँ बेथ्के एल्सटेन ने 'अगेंस्ट एंड्रोजिनी' लिख कर कहा कि नारीवादी विमर्श के बावजूद एंड्रोजिनी का विचार

अपनी मिथकीय संरचना में मुक्त नहीं हो पाया है। उनका दूसरा तर्क यह था कि मनुष्य के भीतर मौजूद लैंगिक विभेद हमेशा से कभी इधर तो कभी उधर झुकता रहा है, पर लैंगिक रूप से मिल कर एक हुई देह नारीवादी विमर्श के तहत मानस की पुनर्रचना करने में विफल रहती है।

एंड्रोजिनी का नारीवादी आदर्श सत्तर के दशक के परे नहीं जा पाया। अस्सी का दशक 'डिफ़रेंस' के सिद्धांतीकरण का साबित हुआ। रैडिकल फ़ेमिनिस्टों ने दावा किया कि पुरुष प्रभुत्व के तले समाज में एंड्रोजिनी का आदर्श कभी धरती पर नहीं उतारा जा सकता। 'एंड्रो' हमेशा 'जिन' के ऊपर हावी रहेगा। इन रैडिकल फ़ेमिनिस्टों का कहना था कि स्त्रियों को स्त्रीपन से बचने की कोई आवश्यकता नहीं है। उल्टे उन्हें स्त्रीपन पर बल देते हुए पुरुषत्व से अपने फ़र्क़ और साहसपूर्वक रेखांकित करना चाहिए। इसी दौर में ब्लैक फ़ेमिनिस्टों ने भी दबाव बनाया और जेंडर के नस्लगत विभेद पर ज़ोर डाला। विखण्डन से प्रभावित नारीवादी भी डिफ़रेंस के विचार को प्रमुखता देते हुए विश्लेषणात्मक श्रेणियों के भीतर विभेदों की तरफ़ इंगित करने लगे। उन्होंने एंड्रोजिनी की आलोचना करते हुए कहा कि यह श्रेणी पुरुषत्व को भी क़ायम रखती है और स्त्रीत्व को भी। इस चक्कर में यह सेक्स-जेंडर आधारित व्यवस्था का विकल्प नहीं पेश कर पाती। दरअसल एंड्रोजिनी जिस द्वैत को ख़त्म करने की कोशिश करती है, उसी में भागीदार बन जाती है।

आज नारीवादी दायरों में एंड्रोजिनी के पैरोकार नहीं पाये जाते। लेकिन इस विचार की प्रच्छन्न रूपों में वापिसी होती रहती है। संकरता का विचार एंड्रोजिनी से मेल खाता है। इसी तरह सीमाओं के अतिक्रमण का विचार भी एंड्रोजिनी के अनुकूल बैठता है। 'मुलायम' मर्द या जेंटल मेल या सम्यक् पुरुष की अवधारणा अस्सी और नब्बे के दशकों में एंड्रोजिनी के विचार की याद दिलाती रही है।

भारतीय नारीवादियों के बीच भी एंड्रोजिनी के इर्द-गिर्द कुछ बहस-मुबाहिसा देखा जा सकता है। नब्बे के दशक में प्रकाशित सूज़न विश्वनाथन की रचना *वुमॅन ऐंड वर्क : फ़्रॉम हाउसवाइफ़ाइज़ेशन टू एंड्रोजिनी* में केरल के मछुआरों की गोलबंदी करने वाली फ़िलोमीना-मैरी का उदाहरण देते हुए एंड्रोजिनी के आदर्श की वकालत करती है। लेकिन मैत्रेयी कृष्णराज को इस बात पर शक है कि एंड्रोजिनी का विचार जेंडर ध्रुवीकरण का विकल्प बन सकता है? वे पूछती हैं कि क्या कोई व्यक्ति क्या अपने भीतर मौजूद स्त्री और पुरुष की प्रवृत्तियों का संतुलन क़ायम कर सकने लायक सामाजिक शून्य की स्थिति हासिल कर सकता है? उनका निष्कर्ष है कि एंड्रोजिनी हासिल करने की कोशिश निरर्थक है। यह आदर्श सम्पत्ति संबंधी अधिकारों, क़ानूनी प्रावधानों, परिवार की प्रणाली और सांस्कृतिक जगत में पुरुष की प्रधानता से सिर टकरा कर नाकाम हो जाएगा।

नारीवाद की बड़ी चुनौती यह है कि वह पुरुष का अतिपुरुष (मैचो मैन, सुपरमैन) में और स्त्री का अतिस्त्री (बार्बी डॉल) में अवमूल्यन न होने दे। दया, सहिष्णुता और ममता आदि मानवीय गुणों पर स्त्रियों का एकाधिकार क्यों कर हो। संसाधनों और अवसरों की तरह मानवीय गुणों की थाती क्यों न सबके लिए खुली रहे।

देखें : अश्वेत नारीवाद, आनंदीबाई जोशी, इसलामिक नारीवाद, गायत्री चक्रवर्ती स्पिवाक, चिपको आंदोलन, जूडिथ बटलर, जेंडर, दलित नारीवाद, देवदासी, देवकी जैन, नारीवाद, नारीवाद की पहली लहर, नारीवाद की दूसरी लहर, नारीवाद की तीसरी लहर, नारीवादी दर्शन, नारीवादी फ़िल्म-सिद्धांत, नारीवादी इतिहास-लेखन, नारीवाद और अर्थशास्त्र, नारीवाद और साम्प्रदायिकता, नैंसी शोदॅरो, पर्यावरणीय नारीवाद, पब्लिक-प्रायवेट, पश्चिम में नारीवाद-1 और 2, पण्डिता रमाबाई सरस्वती, पितृसत्ता, प्रेम, प्रेम-अध्ययन और नारीवादी दर्शन, भारत में स्त्री-आरक्षण-1 और 2, महादेवी वर्मा, मैरी वूल्सन क्रॉफ़्ट, राजनीतिक दर्शन के नारीवादी आयाम, रमाबाई रानाडे, ल्यूस इरिगरे, स्त्री और साम्प्रदायिकता, स्त्री-श्रम, सम्पत्ति : नारीवादी परिप्रेक्ष्य, सिमोन द बोउवार, स्त्री-आरक्षण, हेलन सिचू।

संदर्भ

1. जून सिंगर (1977), *एंड्रोजिनी,* ऐंडर-डबलडे, न्यूयॉर्क.
2. जॉय डी. ओसोफ्स्की और हॉवर्ड जे. ओसोफ्स्की (1972), 'एंड्रोजिनी एज़ अ लाइफ़ स्टायल', *द फ़ेमिली कोआर्डिनेटर,* खण्ड 21, अंक 4.
3. मैत्रेयी कृष्णराज (1996), 'एंड्रोजिनी : ऐन आल्टरनेटिव टू जेंडर पोलरिटी?' *इकॉनॉमिक ऐंड पॉलिटिकल वीकली,* खण्ड 31, अंक 16-17.
4. सूज़न विश्वनाथन, 'वुमॅन ऐंड वर्क : फ़्रॉम हाउसवाइफ़ाइज़ेशन टू एंड्रोजिनी', *इकॉनॉमिक ऐंड पॉलिटिकल वीकली,* खण्ड 31, अंक 45-46, 9-16.

—अनामिका

ऐ

ऐडम स्मिथ

(Adam Smith)

दार्शनिक और क्लासिकल अर्थशास्त्र के पितामह ऐडम स्मिथ (1723–1790) पहले अध्येता थे जिन्होंने युरोप में हुए उद्योग और व्यापार के उभार को समझ कर पूँजीवाद को उसका बुनियादी सैद्धांतिक ढाँचा प्रदान किया। लेकिन, स्मिथ का योगदान यहीं तक सीमित नहीं है। सोने और चाँदी जैसी क़ीमती धातुओं की जगह श्रम को किसी राष्ट्र की समृद्धि का आधार क़रार दे कर श्रमिक वर्ग को भविष्य में मिलने वाली वैधता का रास्ता भी उन्होंने ही पहली बार खोला। स्मिथ ने श्रम के विभाजन का सिद्धांत और मूल्य का श्रम-सिद्धांत प्रतिपादित किया। उदारतावादी दार्शनिक डेविड ह्यूम के साथ मिल कर स्मिथ ने अट्ठारहवीं सदी के स्कॉटिश ज्ञानोदय और फ्रांसीसी ज्ञानोदय के बीच पुल का काम किया। स्मिथ के विचारों ने संयुक्त राज्य अमेरिका के संस्थापकों समेत डेविड रिकार्डो, जान स्टुअर्ट मिल, ऑग्युस्त कॉम्त और चार्ल्स डार्विन को भी प्रभावित किया। आम तौर पर स्मिथ को मुक्त बाज़ार के प्रणेता के तौर पर दिखाया जाता है, पर उनका कृतित्व मार्क्स और एंगेल्स जैसे क्रांतिकारी विचारकों से लेकर चोम्स्की जैसे अराजकतावादियों तक के लिए उपयोगी साबित हुआ है।

स्मिथ की विद्वत्ता उस युग की देन थी जब अर्थशास्त्र एक बौद्धिक अनुशासन के रूप में अलग से स्थापित नहीं हुआ था। उसे दर्शनशास्त्र के अध्ययन की एक शाखा की तरह देखा जाता था। स्मिथ ने भी पहले स्काटलैण्ड के ग्लासगो विश्वविद्यालय और फिर इंग्लैण्ड के ऑक्सफ़र्ड विश्वविद्यालय में नीतिशास्त्र का अध्ययन किया। अरस्तू, हॉब्स और लॉक से प्रभावित होने और अपने अध्यापक विख्यात उदारतावादी दार्शनिक फ्रांसिस हचेसन के मार्गनिर्देशन में वे आज़ादी और स्वतंत्र अभिव्यक्ति के मूल्यों की तरफ़ झुकते चले गये। स्मिथ ग्लासगो में ही नीतिशास्त्र के प्रोफ़ेसर बने और *द थियरी ऑफ़ मॉरल सेंटीमेंट्स* की रचना करके अपनी बौद्धिकता का सिक्का जमा लिया। अपनी इस प्रभावशाली कृति में उन्होंने अपने गुरु हचेसन की तरह किसी विशेष तरह की 'नैतिक अनुभूति' या 'नैतिक सार' पर ज़ोर नहीं दिया। न ही वे अपने वरिष्ठ मित्र ह्यूम की तरह उपयोगिता पर बल देते नज़र आये। उन्होंने नयी ज़मीन खोजी और मानवीय नैतिकता को कर्ता और दर्शक अर्थात् व्यक्ति और समाज के अन्य लोगों के बीच परस्पर निर्भरता पर आश्रित क़रार दिया।

इसी पुस्तक में स्मिथ ने पहली बार बाज़ार को 'इनविज़िबिल हैंड' के रूप में कल्पित किया। विश्वविद्यालयीय और निजी हलकों में स्मिथ अपने बालकोचित भुलक्कड़पन के लिए मशहूर थे। बचपन में ही पिता की मृत्यु के बाद माँ द्वारा पाले-पोसे गये आजीवन अविवाहित रहे इस विद्वान का प्रिय शगल अपने आप से बातें करते रहना या मुँह ही मुँह में बुदबुदाते रहना था। अपने अध्ययन कक्ष में कभी-कभी तो वे किसी काल्पनिक सहयोगी से काफ़ी-काफ़ी देर तक मुस्कराते हुए संवाद करते रहते। हालाँकि स्मिथ सुदर्शन व्यक्ति नहीं थे और उनकी जुबान बोलने में कुछ लड़खड़ाती भी थी, पर उनकी शुरुआती व्याख्यानमालाएँ बहुत सफल रहीं और एक अध्यापक के रूप में उनकी ख्याति दूर-दूर तक फैली। बहुत से लोगों ने ग्लासगो विश्वविद्यालय में सिर्फ़ उनके लैक्चर्स सुनने के लिए दाख़िला लिया। उनके छात्रों की नोटिंग्ज़ बताती हैं कि *मॉरल सेंटीमेंट्स* लिखने के बाद स्मिथ का झुकाव उत्तरोत्तर विधिशास्त्र और अर्थशास्त्र की ओर होता चला गया।

इन्हीं दिनों उन्हें युरोप के एक कुलीन परिवार के

ऐडम स्मिथ (1723-1790)

उत्तराधिकारी को ट्यूशन पढ़ाने का प्रस्ताव मिला। प्रोफ़ेसरी छोड़ कर वे यात्राओं पर निकल गये जिसके कारण उन्हें उस युग की बौद्धिक हस्तियों से मुलाक़ात करने का मौक़ा मिला। जिनेवा में दार्शनिक वाल्तेयर और फ्रांस में *इनसाइक्लोपीदी* रचने वाले विद्वानों से मिलने के साथ इसी दौरान उन्होंने आधुनिक अमेरिका के संस्थापकों में से एक बेंजामिन फ्रेंकलिन से भी भेंट की। फ्रांस में ही स्मिथ को प्रकृतिवाद (फ़ीज़ियोक्रेसी) के प्रवक्ताओं से संवाद का अवसर मिला। ये लोग मानते थे कि कृषियोग्य ज़मीन, खेतिहर श्रम और अनाज का व्यापार ही सभी तरह की समृद्धि का असली स्रोत है। यह समझ क़ीमती वस्तुओं और धातुओं के व्यापार पर यक़ीन करने वाली वणिकवादी समझ से भिन्न थी। स्मिथ का मानना था कि अपनी तमाम ख़ामियों के बावजूद प्रकृतिवाद राजनीतिक अर्थशास्त्र के मामले में सत्य के सबसे ज़्यादा नज़दीक है। स्मिथ ने प्रकृतिवाद के आग्रहों का तात्पर्य अपने हिसाब से ग्रहण किया और इस निष्कर्ष पर पहुँचे कि समृद्धि का स्रोत केवल खेतिहर श्रम में नहीं, बल्कि हर तरह के उत्पादन की ख़ातिर किये गये श्रम में निहित है। *मॉरल सेंटीमेंट्स* में वे बाज़ार को अदृश्य हाथ की तरह कल्पित कर ही चुके थे।

1750 में स्मिथ डेविड ह्यूम से मिले जिनकी रचना *ट्रीटाइज़ ऑन ह्यूमन नेचर* के वे पहले से ही प्रशंसक थे। ह्यूम उनसे दस वर्ष वरिष्ठ थे, फिर भी दोनों ने पाया कि उनके बीच व्यापक क़िस्म की वैचारिक एकता है। अपनी यात्राओं से लौटने के बाद स्मिथ को 1751 में फिर से ग्लासगो विश्वविद्यालय में प्रोफ़ेसरी मिल गयी। अगले साल ही नीतिशास्त्र की पीठ खाली हुई जिस पर स्मिथ को आसीन किया गया। उन्होंने अगले दस वर्ष अपनी महानतम पुस्तक *ऐन इनक्वारी इन टू द नेचर ऐंड कॉज़िज़ ऑफ़ द वेल्थ ऑफ़ नेशंस* लिखने में ख़र्च किये। यह पुस्तक 1776 में प्रकाशित होने के बाद इतनी लोकप्रिय साबित हुई कि छह महीनों में ही उसका पहला संस्करण बिक गया। ख़ुद उनके ही शब्दों में यह उनके जीवन की सर्वाधिक संतोषजनक अवधि थी। इस दौरान उन्होंने नैतिकशास्त्र, भाषाशास्त्र, विधिशास्त्र, राजनीतिक अर्थशास्त्र, पुलिस और राजस्व जैसे विषयों पर व्याख्यान दिये।

दिलचस्प बात यह है कि *वेल्थ ऑफ़ नेशंस* के लिए विश्वविख्यात स्मिथ स्वयं *मॉरल सेंटीमेंट्स* को अपनी बेहतर पुस्तक माना करते थे। ऐसे विद्वानों की कमी नहीं है जो इन दोनों रचनाओं को एक-दूसरे की निरंतरता में देखने से इनकार करते हैं। इनका कहना है कि पहली पुस्तक में स्मिथ परस्पर सहानुभूति को नैतिकता के उद्गम के रूप में रेखांकित करते हैं, जबकि दूसरी पुस्तक में वे 'स्व-हित' के सिद्धांत की भूमिका पेश करते हैं कि अपनी और समाज की समृद्धि स्व-हित पर ज़ोर दिये बिना उपलब्ध नहीं हो सकती। इसके विपरीत विद्वानों का एक दूसरा समूह मानता है कि दोनों पुस्तकों में स्मिथ मानवीय प्रकृति के दो भिन्न पहलुओं की चर्चा कर रहे हैं। *मॉरल सेंटीमेंट्स* में वे मनोविज्ञान का सिद्धांत विकसित करते नज़र आते हैं जहाँ व्यक्ति अपने आचरण पर 'निष्पक्ष प्रेक्षक' की सकारात्मक सम्मति की स्वाभाविक कामना कर रहा है, जबकि *वेल्थ ऑफ़ नेशंस* की विषयवस्तु में नैतिकता की भूमिका कम से कम है। वहाँ तो व्यक्ति के सामने समस्या उत्पादन की है जिसका सीधा संबंध निजी हित से है। वहाँ सवाल यह है कि व्यक्ति का निजी हित समाज के हित को प्रोत्साहित कर सकता है या नहीं।

दरअसल, स्मिथ के विचारों में एकता के पहलू काफ़ी हैं। मसलन, *मॉरल सेंटीमेंट्स* में एक जगह वे दिखाते हैं कि किस तरह अमीरों द्वारा किये गये निवेश से ग़रीबों की ग़ैर-इरादतन मदद होती है। यही ग़ैर-इरादतन पहलू ही 'अदृश्य हाथ' की करामात है, जो स्मिथ के मुताबिक़ अराजक और अंसयमित मुक्त बाज़ार से सही मात्रा में सही क़िस्म की वस्तुएँ पैदा करने और संसाधनों के सही आबंटन को अंजाम देने में समर्थ होता है। स्मिथ ने किसी भी तरह के आर्थिक संकेंद्रण का विरोध किया, क्योंकि इजारेदारी के कारण ज़मीन, मेहनत और सम्पत्ति की वाजिब क़ीमत का फ़ैसला नहीं हो पाता। वे आम तौर पर 'लैसे फ़ेयर' (इस शब्द का प्रयोग अट्ठारहवीं सदी में पहली बार फ्रांस में हुआ था) यानी सरकार को आर्थिक मामलों मे दूर रखने के हिमायती थे।

वेल्थ ऑफ़ नेशंस एक विशाल, आंशिक रूप से मानकीय और मुख्यत: वर्णनप्रधान ग्रंथ है, जिसकी सबसे मशहूर पंक्तियाँ इस प्रकार हैं : 'हमारी मेज़ पर रात का भोजन कसाई, कलार या नानबाई की परोपकारिता के कारण नहीं, बल्कि उनके अपने हित के कारण आता है। हम उनकी इनसानियत को नहीं, बल्कि उनके स्वार्थ को सम्बोधित करते हैं। हम उनसे अपनी आवश्यकताओं के बारे में नहीं बल्कि उनके फ़ायदों के बारे में चर्चा करते हैं।' इस तरह स्मिथ ने नतीजा निकाला कि समाज का हित साधने का इरादा रखने वालों के मुक़ाबले अपना हित साधने से सभी का हित ज़्यादा सध सकता है। श्रम-विभाजन के सिद्धांत का प्रतिपादन करने के लिए स्मिथ ने

पिन बनाने वाले एक मज़दूर का उदाहरण दिया जो अकेले काम करके पूरे दिन में केवल बीस पिनें बना पाता है, जबकि एक पूँजीपति द्वारा भाड़े पर रखे गये दस मज़दूर काम के उपयोगी विभाजन के आधार पर पूरे दिन में 48,000 पिनें बना कर दिखा देते हैं। स्मिथ का दावा था कि इस आधार पर हुए उत्पादन से पूरे समाज में हर व्यक्ति ग़ैर-पूँजीवाद समाज के सबसे धनी व्यक्ति से भी ज़्यादा धनी बन सकता है।

स्मिथ की बौद्धिक उपलब्धियों ने पिछली दो सदियों से ज्ञान के हर क्षेत्र को प्रभावित किया है। लेकिन, उनकी आलोचना भी कम नहीं हुई है। ज़ाहिर है कि उनकी स्थापनाएँ एक काल्पनिक क़िस्म के दोष रहित बाज़ार और दोष रहित राज्य के माहौल में ही सच्ची साबित हो सकती थीं। जोसेफ़ शुमपीटर ने उनके ऊपर ज़बरदस्त प्रहार करते हुए उन्हें कई तरह के सरलीकरणों और सतही अवलोकनों का दोषी ठहराया है। शुमपीटर मानते हैं कि स्मिथ का उथलापन ही उनकी लोकप्रियता का रहस्य है। लेकिन, शुमपीटर के विपरीत ऐडम स्मिथ की आलोचना मार्क्स ने ज़्यादा सकारात्मक ढंग से की है। उन्होंने कहा है कि स्मिथ ने श्रम विभाजन का सिद्धांत अवश्य दिया पर वे उस परायेपन को समझने में असमर्थ रहे जो श्रमिक को उसके उत्पाद से अलग कर देता है। मूल्य का श्रम सिद्धांत देते समय स्मिथ ने जो ग़लतियाँ कीं, मार्क्स ने उन्हें सुधारने पर ज़ोर दिया।

स्मिथ ने अर्थव्यवस्था में राज्य के अहस्तक्षेप की वकालत की थी, पर वे प्रतिरक्षा, सार्वजनिक निर्माण और रक्षा के क्षेत्र राज्य के हाथों में रखने के हिमायती भी थे। स्मिथ के कृतित्व की इन्हीं ख़ूबियों के कारण आज स्थिति यह है कि थैचराइज़ेशन और रेगनोमिक्स के समर्थक भी उनकी सिफ़ारिशों का उपयोग करना चाहते हैं, और संरक्षणवाद के पैरोकार भी उनके उद्धरण देते हैं।

देखें : अर्थव्यवस्था का समाजशास्त्र, आर्थिक जनसांख्यिकी, अल्फ्रेड मार्शल, अमर्त्य कुमार सेन, अंतर्राष्ट्रीय मुद्रा कोष, आधार और अधिरचना, ऑस्कर रायज़ार्ड लांगे, करारोपण, कल्याणकारी अर्थशास्त्र, क्लासिकल अर्थशास्त्र, कार्ल हाइनरिख़ मार्क्स-3, कार्ल मेंगर, कींसियन अर्थशास्त्र, गुन्नार मिर्डाल, जोआन रोबिंसन, जान कैनेथ गालब्रेथ, जान मेनार्ड कींस, जान स्टुअर्ट मिल, जोसेफ़ शुमपीटर, जैव विविधता, ट्रस्टीशिप, डेविड रिकार्डो, ढाँचागत समायोजन कार्यक्रम, थॉमस मन और वणिकवाद, थॉमस रॉबर्ट माल्थस, दक्षता, धन, नियोक्लासिकल अर्थशास्त्र, नीतिशास्त्र और अर्थशास्त्र, निकोलस काल्दोर, नियोजन, नियोजन : मार्क्सवादी विमर्श, पण्य, पण्य-पूजा, पेटेंट, पॉल सेमुअलसन, पियरो स्राफ़ा, पूँजी, प्रतियोगिता, फ्रांस्वा केस्ने और प्रकृतिवाद, फ्रेड्रिख़ वॉन हायक, बहुराष्ट्रीय निगम, बाज़ार, बाज़ार की विफलताएँ, बाज़ार-समाजवाद, बौद्धिक सम्पदा अधिकार, ब्रेटन वुड्स प्रणाली, भारत में बहुराष्ट्रीय निगम, भारत में नियोजन, भारत में पेटेंट क़ानून, भारत में शेयर संस्कृति, भूमण्डलीकरण और पूँजी बाज़ार, भूमण्डलीकरण और वित्तीय पूँजी, भूमण्डलीकरण और वित्तीय उपकरण, मार्क्सवादी अर्थशास्त्र, मिल्टन फ्रीडमेन, मूल्य, राजकोषीय नीति और मौद्रिक नीति, रॉबर्ट ओवेन, विलफ्रेडो परेटो, विश्व व्यापार संगठन, विश्व बैंक, विलियम पेटी, विलियम स्टेनली जेवंस, वैकासिक अर्थशास्त्र, शोषण, साइमन कुज़्नेत्स।

संदर्भ

1. वेरनोन एल. स्मिथ (1998), 'टू फेसेज़ ऑफ़ ऐडम स्मिथ', *सदर्न इकॉनॉमिक जर्नल*, खण्ड 65, अंक 1.
2. कीथ ट्राइब और हिरोशी मिज़ुता (2002), *अ क्रिटिकल बायोग्राफ़ी ऑफ़ ऐडम स्मिथ*, पिकरिंग ऐंड शैटो, लंदन.
3. इयान मैक्लीन और ऐडम स्मिथ (2006), *रैडिकल ऐंड इगेलिटेरियन : ऐन इंटरप्रिटेशन फ़ॉर द ट्वेंटी फ़र्स्ट सेंचुरी*, एडिनबरा युनिवर्सिटी प्रेस, एडिनबरा.
4. जेम्स बुकन (2006), *द ऑथेंटिक ऐडम स्मिथ : हिज़ लाइफ़ ऐंड आइडियाज़*, डब्ल्यू.डब्ल्यू. नॉर्टन ऐंड कम्पनी. लंदन.
5. आर.एच. कैम्पबेल और एस. एंड्रू स्किनर (1985), *ऐडम स्मिथ*, रॉटलेज, न्यूयॉर्क.
6. जोसेफ़ शुमपीटर (1985), *हिस्ट्री ऑफ़ इकॉनॉमिक ऐनालिसिस*, ऑक्सफ़र्ड युनिवर्सिटी प्रेस, लंदन.

—अभय कुमार दुबे

ऐनी बेसेंट

(Annie Besant)

भारत के उपनिवेशवाद विरोधी आंदोलन में होम रूल लीग के प्रमुख संस्थापकों में एक ऐनी बेसेंट (1847-1933) फ़ेबियन समाजवादी, स्त्री-अधिकारों की प्रबल पैरोकार और प्रभावशाली लेखक-वक्ता थीं। भारतवासियों के स्वशासन के साथ-साथ उन्होंने आयरिश स्वशासन का भी समर्थन किया। उन्होंने आधुनिक सेकुलरवाद के प्रमुख संस्थापकों में से एक चार्ल्स ब्रैडलॉफ़ के साथ मिल कर सेकुलर मूल्यों के विकास में उल्लेखनीय योगदान किया। जीवन के आख़िरी चरण में उन्होंने नास्तिकता त्याग कर थियोसोफ़िकल सोसाइटी की शरण ली और 1893 में शिकागो में आयोजित विश्व धर्म संसद में थियोसोफ़ी समाज का प्रतिनिधित्व किया। 1893 में ऐनी बेसेंट भारत पहुँची और फिर भारत की होकर ही रह गयीं। अंग्रेज़ होते हुए भी उन्होंने अंग्रेज़ी राज के ख़िलाफ़ आवाज़ उठायी और भारतीय राष्ट्रीय कांग्रेस की अध्यक्ष भी रहीं। ऐनी बेसेंट गाँधी द्वारा अपनायी गयी सविनय अवज्ञा की रणनीति की आलोचक थीं। 1898 में उन्होंने बनारस में केंद्रीय हिंदू विद्यालय एवं महाविद्यालय की स्थापना की और उस समय के प्रख्यात शिक्षाविदों को एकत्रित किया। भारत में स्काउट आंदोलन की स्थापना का श्रेय भी ऐनी बेसेंट को ही जाता है। 1907 में ऐनी बेसेंट को अंतर्राष्ट्रीय थियोसोफ़िकल समाज का अध्यक्ष बनाया गया। वे जीवन पर्यंत इस पद पर रहीं। ऐनी बेसेंट का कार्यकाल थियोसोफ़िकल सोसाइटी का

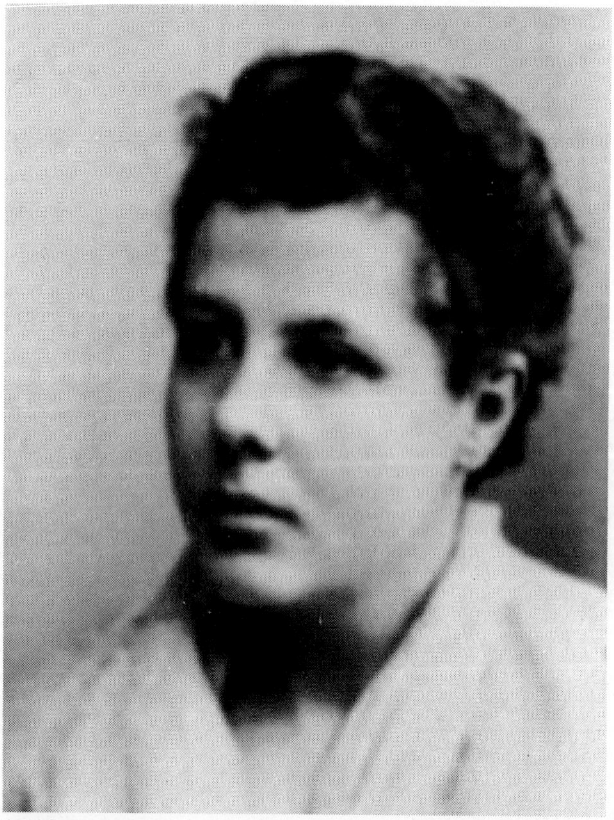
ऐनी बेसेंट (1847–1933)

स्वर्णिम युग माना जाता है।

ऐनी बेसेंट ने शुरुआत से ही एक संघर्षपूर्ण और सक्रिय जीवन जिया। उनका जन्म एक अक्टूबर ,1847 को लंदन में हुआ था। उनके पिता विलियम वुड एक डॉक्टर थे और माता एमिली मॉरिस गृहिणी थीं। ऐनी बेसेंट की माँ का पूरा परिवार आयरिश था जबकि उनकी दादी आयरिश और दादा अंग्रेज़ थे। ऐनी बेसेंट को अपने तीन चौथाई आयरिश होने का जितना गर्व था उतना ही आयरलैंड के बजाय इंग्लैंड में पैदा होने का दुःख भी था। जब ऐनी बेसेंट केवल पाँच वर्ष की थीं, तभी उनके पिता का देहांत हो गया। आमदनी के अभाव में ऐनी की माँ ने अपने घर पर ही स्कूल के बच्चों को आवासीय सुविधा देकर उनकी देखभाल करके धनोपार्जन शुरू किया। इसी दौरान प्रसिद्ध उपन्यासकार कैप्टेन मैरियट की बहन एलेन मैरियट ने ऐनी को अपने साथ रख कर पढ़ाने का प्रस्ताव किया। मैरियट ने बेहद अनोखे तरीक़े से ऐनी को इंग्लिश, फ्रेंच, लैटिन और जर्मन भाषाएँ पढ़ाईं। 1867 में 19 वर्षीय ऐनी ने रेवरेंड फ्रैंक बेसेंट नामक एक युवा पादरी से विवाह किया और जब तक वे तेईस वर्ष की होतीं, उनके दो बच्चे, पुत्र डिग्बी और पुत्री माबेल, हो चुके थे। अपने विवाह के बाद ऐनी ने स्थानीय पत्रिकाओं में लघु कथाएँ लिख कर भेजीं जिनके प्रकाशन पर उन्हें अपने जीवन की पहली कमायी हुई। इसे ईश्वर की कृपा मान कर उन्होंने घुटने टिका कर परमात्मा को इसके लिए बहुत धन्यवाद दिया। लेकिन वे नहीं जानती थीं कि तत्कालीन ब्रिटिश क़ानून के तहत पत्नी की सारी कमायी पर उसके पति का ही अधिकार होता था। यह कमायी भी उनकी नहीं बल्कि उनके पति की थी। अपनी बेटी की गम्भीर बीमारी के दौरान ऐनी बेसेंट का परमेश्वर और उसकी परम दयालुता से यक़ीन उठ गया। भले ही इस बीमारी से उनकी बेटी की जान बच गयी हो लेकिन ऐनी का धर्म के प्रति अंधश्रद्धालु विश्वास टूट चुका था। परिणामस्वरूप उन्होंने धर्म और पारम्परिक धार्मिक विचारों के बारे में स्वतंत्र चिंतन शुरू किया जिसके कारण उनका अपने पति के साथ इतना गम्भीर टकराव हुआ कि 1873 में पति ने उन्हें घर से निकाल दिया। गिरजाघर के संस्कारों के अंतर्गत हुए इस विवाह को तोड़ने के लिए केवल क़ानूनी प्रक्रिया ही एकमात्र रास्ता था और इसमें ऐनी बेसेंट ने अपने पक्ष की जिरह स्वयं ही की। इस संबंध के टूटने के बाद ऐनी बेसेंट का पुत्र डिग्बी पिता के पास और पुत्री माबेल उनके साथ लंदन में रहने लगी। अपनी बेटी और माँ की देखभाल करने और अपनी आजीविका चलाने के लिए उन्होंने कई तरह के श्रमसाध्य और कष्टप्रद काम भी किये।

1874 में ऐनी बेसेंट ने *नैशनल रिफ़ॉर्मर* नामक एक समाचार पत्र देखा जिसमें नैशनल सेकुलर सोसाइटी पर एक लेख प्रकाशित हुआ था। इसे पढ़ने पर उन्हें मालूम हुआ कि इंग्लैंड में स्वतंत्र विचार रखने वाले और लोग भी हैं और उनका कोई संगठन भी है। जल्दी ही ऐनी बेसेंट इस संगठन की सदस्य बन गयीं। उन्होंने इस संगठन के संरक्षक चार्ल्स ब्रैडलॉफ़ से आजीवन मित्रता और सहजीवन का रिश्ता भी क़ायम किया। उन्होंने ब्रैडलॉफ़ के पत्र *नैशनल रिफ़ॉर्मर* में एजेक्स के उपनाम से लेख लिखना शुरू किया और ब्रैडलॉफ़ की व्यस्तता देखते हुए अख़बार के उपसम्पादक का काम भी सँभाल लिया। इसी दौरान ऐनी बेसेंट ने महिला अधिकारों से संबंधित विषयों पर सार्वजनिक व्याख्यान देने शुरू किये। उन्होंने ब्रिटिश संसद (हाउस ऑफ़ कॉमन्स) के चुनाव में चार्ल्स ब्रैडलॉफ़ के लिए चुनाव प्रचार भी किया।

1830 के दशक में एक अमेरिकन चिकित्सक चार्ल्स क्नोव्लटन ने जन्म-नियंत्रण पर एक पुस्तक लिखी थी, जिसे अमेरिका और इंग्लैंड में बिना किसी बाधा के बेचा जा रहा था। 1877 में इंग्लैंड के किसी प्रकाशक ने इस किताब को प्रकाशित करने के दौरान इसमें कुछ आपत्तिजनक तस्वीरें भी जोड़ दीं जिसके कारण उस प्रकाशक को जेल यात्रा करनी पड़ी। चूँकि ब्रैडलॉफ़ और ऐनी की पुस्तकों के प्रकाशक के पास भी क्नोव्लटन की पुस्तक के आपत्तिजनक संस्करण की प्रतियाँ मिली थीं, इसलिए उस प्रकाशक को नैशनल सेकुलर सोसाइटी के काम से हटा दिया गया। लेकिन अभिव्यक्ति की स्वतंत्रता के पक्षधर ब्रैडलाफ़ और ऐनी बेसेंट ने क्नोव्लटन

की पुस्तक द *फ्रूट्स ऑफ़ फ़िलॉसफ़ी* का मुद्रण किया। इस पुस्तक की बिक्री-वितरण के दौरान ब्रैडलॉफ़ और बेसेंट को आपत्तिजनक सामग्री रखने-बेचने के जुर्म में छह महीने की सज़ा दी गयी जो पुनरावेदन याचिका के बाद निरस्त कर दी गयी। इस अदालती मुक़दमे के बाद ऐनी बेसेंट ने जन्म-नियंत्रण पर अपनी एक किताब द *लॉ ऑफ़ पापुलेशन* लिखी जो विख्यात अर्थशास्त्री माल्थस के जनसंख्या संबंधित विमर्श पर आधारित थी। ऐनी बेसेंट ने माल्थस सोसाइटी की स्थापना भी की। किसी स्त्री द्वारा ऐसे विषय पर लिखना बेहद विस्फ़ोटक घटना मानी गयी और इंग्लैंड के मशहूर अख़बार द *टाइम्स* ने भी ऐनी बेसेंट की इस पुस्तक को 'अश्लील, निर्लज्ज, फूहड़' कह कर भर्त्सना की। ऐनी बेसेंट के पूर्व पति फ्रैंक बेसेंट ने इस पुस्तक और धर्म के प्रति ऐनी बेसेंट की अस्वीकृति को आधार बना कर क़ानूनी कार्रवाई की और बेटी को बेसेंट के संरक्षण से छीन लिया।

अपने सामाजिक कार्यों और लेखन-व्याख्यान की ज़िम्मेदारियों के बीच में समय निकाल कर ऐनी बेसेंट ने लंदन विश्वविद्यालय से वनस्पति विज्ञान में बीएससी की उपाधि भी प्राप्त की। एक बहुत लम्बे संघर्ष के बाद 1880 के चुनावों में चार्ल्स ब्रैडलॉफ़ संसद सदस्य बनने में कामयाब रहे। लेकिन वे ईसाई नहीं थे इसलिए संसद सदस्य के रूप में उनका शपथ ग्रहण नहीं हो पाया। उन्हें संसद से ही बाहर निकाल दिया गया। ब्रैडलॉफ़ को संसद में पुनर्स्थापित करने और संसद में आस्था के स्थान पर सेकुलर प्रतिज्ञा लेने की आज़ादी के सार्वजनिक अभियान में ऐनी बेसेंट ने अग्रणी भागीदारी की। इसी दौरान वे वाल्टर क्रेन, एडवर्ड अवेलिंग, जॉर्ज बर्नार्ड शॉ जैसे समाजवादियों के सम्पर्क में आयी। यहीं से ऐनी बेसेंट और ब्रैडलॉफ़ के रास्ते अलग हो गये क्योंकि वे समाजवाद को एक विकृत विदेशी अवधारणा मानते थे। इसके बाद ऐनी बेसेंट सोशल डेमॉक्रैटिक फ़ेडरेशन में शामिल हो गयीं। उन्होंने माचिस बनाने के एक कारख़ाने में फ़ास्फ़ोरस के धुएँ के खतरों और युवा स्त्रियों की न्यूनतम मज़दूरी के बारे में एक लेख प्रकाशित किया और इस फ़ैक्ट्री के कामगारों के साथ हो रहे दुर्व्यवहार को 'गोरों की ग़ुलामी' (वाइट स्लेवरी) के नाम से पुकारा। ऐनी बेसेंट के समर्थन से इस फ़ैक्ट्री के मज़दूरों ने तीन सप्ताह की हड़ताल की जिसके बाद कम्पनी को अपने मज़दूरों की माँगे मानने को बाध्य होना पड़ा। 1889 में ऐनी बेसेंट ने लंदन स्कूल बोर्ड के लिए चुनाव लड़ा और भारी बहुमत से निर्वाचित हुईं। अपने कार्यकाल में उन्होंने स्थानीय स्कूलों में बड़े पैमाने पर सुधार किये और प्राथमिक विद्यालयों में सभी बच्चों के लिए मुफ़्त चिकित्सा परीक्षा के साथ ही कुपोषित बच्चों के लिए निःशुल्क भोजन का एक कार्यक्रम भी शुरू कराया।

सामाजिक व्यस्तता के बीच बेसेंट को अपने जीवन में मानसिक अशांति और अपूर्णता का एहसास भी बना रहता था। इसी बीच उन्हें एच.पी. ब्लाड्व्स्की की पुस्तक द *सीक्रेट डॉक्ट्रिन* की समीक्षा करने को कहा गया। पुस्तक पढ़ कर ऐनी बेसेंट इतनी प्रभावित हुईं की उन्होंने लेखक से मुलाक़ात की और काफ़ी सोच-विचार के बाद 1889 को थियोसोफ़िकल समाज की सदस्य भी बन गयीं। ऐनी के सारे सहयोगी विशेषकर ब्रैडलॉफ़ और अन्य समाजवादी मित्र अचम्भित रह गये क्योंकि उन्हें विश्वास नहीं हुआ कि पूरी तरह से नास्तिक ऐनी बेसेंट एक दिन किसी धार्मिक संस्था को अपना लेंगी। एक कुशल लेखक व प्रभावशाली वक्ता के रूप में ऐनी बेसेंट थियोसोफ़ी की प्रमुख प्रवक्ता बन गयीं और चल कर सोसाइटी की अध्यक्ष निर्वाचित हुईं।

भारत में ऐनी बेसेंट ने थियोसोफ़िकल समाज से संबंधित सामाजिक, शैक्षणिक और राजनीतिक कार्यों में अहम योगदान दिया। वे अंग्रेज़ी राज से अपनी स्वतंत्रता के लिए संघर्षरत भारतीय आंदोलन की प्रमुख नेता भी बनीं। ऐनी बेसेंट ने भारत के विभिन्न स्थानों पर शैक्षणिक संस्थान स्थापित किये और भारतीय स्त्रियों को शिक्षा प्राप्त करने और सार्वजनिक जीवन में भाग लेने के लिए प्रोत्साहित किया। थियोसोफ़िकल समाज का केंद्र अडयार (मद्रास) में स्थापित करने के बाद उन्होंने यहाँ से समाज की पत्रिका का प्रकाशन शुरू किया। प्राचीन भारतीय ज्ञान के प्रचार-प्रसार के लिए उन्होंने *श्रीमद्भगवतगीता* का अंग्रेज़ी अनुवाद किया। ऐनी बेसेंट के नेतृत्व में थियोसोफ़िकल समाज धार्मिक समूह से आगे बढ़ कर समाज सेवा की संस्था में बदल गया। ऐनी बेसेंट के संरक्षण और मार्गदर्शन में ही जिद्दू कृष्णमूर्ति का दार्शनिक चिंतन निखरा।

ऐनी बेसेंट के जीवन का एक विशिष्ट दौर भारतीय राजनीति में उनकी सक्रियता का था जो 1913 में शुरू हुआ। उन्होंने भारत में स्वशासन की माँग के लिए होम रूल लीग की स्थापना में प्रमुख भूमिका निभायी। ऐनी बेसेंट का मानना था कि भारतीय लोगों की दुर्दशा के लिए विदेशी शासन ज़िम्मेदार है और भारत के पुनरुद्धार के लिए स्व-शाही ही एकमात्र विकल्प है। ऐनी बेसेंट ने दो टुकड़ों में बँटी भारतीय राष्ट्रीय कांग्रेस को पुनः एकीकृत कर दिखाया और 1917 में उन्हें कांग्रेस का अध्यक्ष भी चुना गया था।

इसी दौरान ऐनी बेसेंट ने ब्रिटिश उपनिवेशवाद के विरोध में दो समाचारपत्र भी चलाये और भारतीय पत्रकारों को अंग्रेज़ी शासन के बौद्धिक-लेखकीय विरोध के नये तरीक़े सिखाये। 1917 में ही ऐनी बेसेंट को तीन माह के लिए नज़रबंद किये सविनय अवज्ञा और असहयोग के प्रति अपनी असहमति के कारण ऐनी बेसेंट राजनीतिक गतिविधियों से पीछे हट गयीं। दरअसल, वे गाँधी की राजनीति की कड़ी आलोचक थीं। अपने एक वक्तव्य में उन्होंने चेतावनी दी थी

कि ' जिस दिन भारत की जीत होगी, वह दिन गाँधी के लिए सबसे बड़ी हार का दिन होगा। जिस अराजकता की भावना, क़ानून का निरादर और सविनय अवज्ञा का लोगों में प्रचार किया जा रहा है उसके परिणामस्वरूप भारतीय सरकार के ख़िलाफ़ असंतोष और विद्रोह की भावना रहेगी। गाँधी की सीख भारतीय सरकार के ख़िलाफ़ काम करेगी।'

राजनीति से हटने के बावजूद बेसेंट ने सामाजिक-शैक्षणिक कार्यों में भाग लेना जारी रखा। 20 सितम्बर, 1933 को मद्रास (चेन्नई) में उनका निधन हो गया।

देखें : आनंदीबाई जोशी, अरुणा आसफ़ अली, उपनिवेशवाद विरोधी आंदोलन में स्त्री-नेतृत्व-1 और 2, कमला देवी चट्टोपाध्याय, पण्डिता रमाबाई सरस्वती, महादेवी वर्मा, दुर्गाबाई देशमुख, विजय लक्ष्मी पण्डित, संतोष कुमारी देवी।

संदर्भ

1. ऐनी बेसेंट (1999), ऐन ऑटोबायोग्राफ़ी, थियोसोफ़िकल पब्लिशिंग हाउस, अडयार, चेन्नई.
2. एन. श्री राम (2002), 'डा. ऐनी बेसेंट्स वर्क फ़ॉर एजुकेशन इन इण्डिया', द *थियोसोफ़िस्ट*, खण्ड 124, अंक 1.
3. कैथरीन वेसिंगेर (1988), *ऐनी बेसेंट ऐंड द प्रोग्रेसिव मेसियनिज़्म : 1847-1933* (स्टडीज़ इन वुमॅन ऐंड रिलिजन), एडविन मेल्लेन प्रेस, यूके.

—रवि दत्त वाजपेयी

ओ

ओसवाल्ड स्पेंगलर

(Oswald Spengler)

जर्मन इतिहासकार ओसवाल्ड स्पेंगलर (1880-1936) से पहले इतिहासकार अपने अध्ययनों में नगर, राज्य या राष्ट्र के राजनीतिक इतिहास पर ही बल देते थे, लेकिन स्पेंगलर ने सांस्कृतिक पक्ष को महत्त्व दिया। उन्होंने कहा कि इतिहास का अध्ययन नगर, राज्य या राष्ट्र, जाति या सामाजिक संस्था पर निर्भर न रहकर उनकी सभ्यता पर केंद्रित होना चाहिए। उन्होंने सामाजिक-आर्थिक-धार्मिक पक्षों को इतिहास-लेखन की विषय-वस्तु बनाने पर बल दिया और सभ्यता को आधार बनाया। अपने इस सिद्धांत द्वारा स्पेंगलर को काफ़ी ख्याति मिली और वे इतिहास-लेखन को नयी दिशा देने में समर्थ हुए। 1918 में प्रकाशित अपनी किताब द *डिक्लाइन ऑफ़ द वेस्ट* में उन्होंने अपने इस सिद्धांत का प्रतिपादन करते हुए सम्पूर्ण मानव-इतिहास को आठ प्रमुख सभ्यताओं में विभाजित किया। उन्होंने प्रत्येक संस्कृति का जीवन-काल एक हज़ार साल का माना। इसी आधार पर उन्होंने घोषणा की कि पाश्चात्य सभ्यता का अंत होने ही वाला है। स्पेंगलर की इस कृति ने सभी को चौंका दिया। कई आलोचकों ने इस कृति को अटकलों पर आधारित, ग़लतियों से भरी और एक तरह की स्वैरकल्पना क़रार दिया। लेकिन इन आलोचनाओं के बावजूद स्पेंगलर की यह पुस्तक आज तक पश्चिम के आलोचकों को अपनी ओर आकर्षित करती है।

ओसवाल्ड स्पेंगलर (1880-1936)

स्पेंगलर का जन्म उत्तरी जर्मनी के ब्लैंकबर्ग में हुआ था। उन्होंने म्यूनिख़, बर्लिन और हेल विश्वविद्यालयों से गणित और विज्ञान की पढ़ाई करने बाद 1904 में अपने दो शोध-पत्र रचे जिनमें एक सुकरात-पूर्व दार्शनिक हेराक्लिटस के विमर्श पर था। कुछ दिन तक अध्यापन करने के बाद स्पेंगलर म्यूनिख़ चले गये और लेखन शुरू किया। उन्होंने कविताएँ, नाटक और कहानियों की रचना भी की, पर अंत में वे इतिहास और

राजनीति की तरफ़ मुड़ गये।

स्पेंगलर ने जिस पुस्तक पर काम करना शुरू किया, उसका शीर्षक पहले 'कंज़रवेटिव ऐंड लिबरल' था। पर लिखते-लिखते उसका दायरा बढ़ता चला गया। इस पुस्तक में उन्होंने बेबीलोन, भारतीय, चीन, मिस्र, माया-अज़्टेक, यूनान-रोमन, मागियन (अरबी, सीरियायी, यहूदी, बायज़ंटाइन और इसलामिक) और फॉस्टियन (पश्चिमी) सभ्यता का तुलनात्मक अध्ययन पेश किया। यही पुस्तक *द डिक्लाइन ऑफ़ द वेस्ट* के शीर्षक से प्रकाशित हुई। छपते ही किताब की एक लाख से ज़्यादा प्रतियाँ फटाफट बिक गयीं। इस कामयाबी से उत्साहित हो कर स्पेंगलर ने राजनीति में भाग लेने का फ़ैसला किया। स्पेंगलर के विचार तत्कालीन नाज़ी राजनेताओं को पसंद आये। लेकिन नाज़ियों का सामी-विरोध और हिटलर का नस्लवाद उन्हें नहीं भाया।

स्पेंगलर ने यूरोपीय इतिहासकारों की इतिहास-विषयक दृष्टि की आलोचना करते हुए यूरोप को विश्व-इतिहास का केंद्र मानने की धारणा को भ्रामक बताया। उन्होंने ऐतिहासिक युग को प्राचीन, मध्य और आधुनिक काल में बाँटने से भी असहमति जतायी और कहा कि प्रत्येक शताब्दी के बाद इस तरह का विभाजन असंगत हो जाता है। यूरोपीय इतिहासकारों की यह मनोवृत्ति उनके अहं का प्रतीक है। इसी वजह से स्पेंगलर ने मिस्र और बेबिलोन की सभ्यता को यूनानी सभ्यता के इतिहास की मात्र भूमिका मानने वाले तथा भारत और चीन की गौरवपूर्ण सांस्कृतिक उपलब्धियों को सम्मानपूर्ण ढंग से न देखने वाले इतिहासकारों की भी ज़बरदस्त आलोचना की।

स्पेंगलर के अनुसार विश्व का इतिहास कभी भी रैखिक गति से नहीं चलता, बल्कि वह महान संस्कृतियों का खेल है। संस्कृति एक निश्चित परिक्षेत्र में जन्म लेती है और उस क्षेत्र विशेष में रहने वाले लोगों एवं सामग्रियों पर उसका प्रभाव होता है। प्रत्येक संस्कृति विशिष्ट भावों, संकल्पों, विचारों और जीवन-पद्धतियों से जुड़ी होती है जिनका उत्थान और पतन दोनों होता है। संस्कृतियाँ, जातियाँ, भाषाएँ, सत्य और देवता फल-फूलों की तरह लगते हैं, उनकी शाखाएँ-प्रशाखाएँ निकलती हैं। जिस तरह से वृक्ष के विकास की एक निश्चित सीमा है उसी तरह से संस्कृतियों का उत्थान और उसका पतन भी होता है। हर संस्कृति नयी सम्भावनाएँ लिए जन्म लेती है, प्रौढ़ होती है और विकास करते हुए विनाश को प्राप्त होती है परंतु अपनी पूर्व स्थिति को प्राप्त नहीं करती। स्पेंगलर की मान्यता है कि इतिहास एक अंतहीन निर्माण एवं परिवर्तन का क्रम है जिसमें सजीव रूप अद्भुत रूप से बनते-बिगड़ते रहते हैं।

स्पेंगलर कहते हैं कि ऐतिहासिक तथ्यों को जानने से बेहतर यह जानना है कि उन तथ्यों से क्या हासिल होता है। ऐतिहासिक तथ्यों का मूल्य सिर्फ़ सांकेतिक है। स्पेंगलर के अनुसार यदि हमारे पास दो सभ्यताओं में से किसी एक सभ्यता की अवस्था का ज्ञान है तो दूसरी समानांतर सभ्यता की अवस्था का भी ज्ञान किया जा सकता है, क्योंकि सभी संस्कृतियों के जन्म, विकास और पतन की अवस्थाएँ आधारभूत रूप में एक जैसी ही होती हैं। स्पेंगलर ने समकालीन शब्द की व्याख्या समरूपता के रूप में की और कहा कि ऐतिहासिक संदर्भ में समरूपता के सिद्धांत के आधार पर समकालीनता का अलग एक अर्थ निकलता है। उसके अनुसार वे सारे ऐतिहासिक तथ्य समकालीन हैं जो विभिन्न संस्कृतियों में सापेक्षत: एक साथ घटित होते हैं। समरूपता के इसी सिद्धांत के आधार पर उन्होंने संस्कृतियों के युगों का अध्ययन करके उनका ऐतिहासिक स्वरूप निर्धारित किया।

स्पेंगलर ने संस्कृति को चार कालों में बाँट कर देखा : बसंत, ग्रीष्म, पतझड़ और शिशिर। बसंत से उनका तात्पर्य है धर्मनिष्ठा का काल। इस युग में धार्मिक चेतना का विकास होता है। भारत और यूनान के संदर्भ में इसे क्रमश: वैदिक संहिता काल तथा ओलम्पिक देवताओं का काल माना जा सकता है। ग्रीष्म काल संशय का युग होता है। इसमें सांस्कृतिक आत्मबोध के साथ-साथ एक आलोचनात्मक मनोभाव का भी जन्म होता है। इस युग में विशिष्ट दार्शनिक और आध्यात्मिक सिद्धांतों का प्रतिपादन होता है। भारत में उपनिषदों व युरोप में इसे लूथर और देकार्त का युग माना जा सकता है। संस्कृति का तीसरा काल पतझड़ काल होता है। यह संस्कृति की प्रौढ़ावस्था होती है। यह तर्काधारित बौद्धिक पराकाष्ठा का युग होता है। इसी युग में भारत में बौद्ध धर्म का प्रादुर्भाव हुआ, यूनान में सुकरात व प्लेटो में तार्किक संवाद क़ायम हुए और पश्चिम में बौद्धिक दृष्टिकोण पर आधारित अनेक विश्वकोष लिखे गये। चौथा और अंतिम युग शिशिर का है जिसमें नगरीय सभ्यता विकसित होती है। इस युग में साम्यवादी दर्शन और भौतिकवाद का प्रभाव बढ़ जाता है और विभिन्न वैज्ञानिक सम्प्रदायों का प्रादुर्भाव होता है। यह धार्मिक पराभव का समय होता है। पश्चिम की संस्कृति के संदर्भ में स्पेंगलर ने कहा कि वहाँ अध्यात्मिकता की भावना नि:शेष हो चुकी है। ऐसी परिस्थिति में न तो कुछ उद्भूत हुआ है और न ही हो सकता है। अत: इस संस्कृति का अंत अति निकट है।

स्पेंगलर के मुताबिक़ इस दौर में धर्म-परायणता प्रभावी होने लगती है, लेकिन इस युग में उतनी रचनात्मक शक्ति नहीं रहती जितनी कि संस्कृति की प्रारम्भिक अवस्था में होती है। इससे सिर्फ़ इतना ही होता है जैसे कि कुहरा छँटने के बाद ज़मीन दिखायी देने लगे। इसके बाद संस्कृति बसंतकालीन स्वरूप धारणा करने लगती है। शक्तिशाली आदिम धर्म की दुनिया संहितावाद के रूप में स्पष्ट होने लगती है। धार्मिकता संस्थाओं का रूप लेने लगती है और विभिन्न धार्मिक सम्प्रदाय और संघों की स्थापना होती है।

स्पेंगलर की रचना द *डिक्लाइन ऑफ़ द वेस्ट* का दुनिया की अनगिनत भाषाओं में अनुवाद हुआ। चालीस के दशक में टॉयनबी, सोरोकिन और क्रोबर जैसे विद्वानों ने उनकी इस रचना से प्रभाव ग्रहण किया। स्पेंगलर के विचारों का असर साहित्य पर भी पड़ा। टी.एस. एलियट, एज़रा पाउंड, यीट्स और डब्ल्यू.एच. ऑडेन की रचनाओं पर स्पेंगलर की छाप देखी जा सकती है। एफ़. स्कॉट फ़िट्ज़राल्ड जैसे उपन्यासकार और लुडविग विट्गेंस्टाइन जैसे दार्शनिक भी स्पेंगलर की इसलिए प्रशंसा करते दिखते हैं कि उन्होंने दुनिया भर की संस्कृतियों पर विमर्श करने का रास्ता खोला।

देखें : अनाल स्कूल, अरनॉल्ड जोसेफ टॉयनबी, ल्यूसियाँ फेब्र, फ़र्नैंद ब्रॉदेल, मार्क्सवादी इतिहास-लेखन, मार्क ब्लॉक, इतिहास और आख्यान।

संदर्भ

1. गुरुदेव सिंह (2004), 'स्पेंगलर का संस्कृति-विवेचन', गोविंद चंद्र पाण्डे (सम्पा.) *इतिहास : स्वरूप एवं सिद्धांत*, राजस्थान हिंदी ग्रंथ अकादमी, जयपुर.
2. फ्रैंक वान अल्स्ट (2004), 'बीसवीं शताब्दी : इतिहास लेखन की पाश्चात्य अवधारणाएँ' अनु. : विनय कुमार, गोविंद चंद्र पाण्डे (सम्पा.) *इतिहास : स्वरूप एवं सिद्धांत*, राजस्थान हिंदी ग्रंथ अकादमी, जयपुर.

—अजय कुमार पाण्डेय

औ

औद्योगिक क्रांति-1

(पहला चरण : 1760-1840)

(Industrial Revolution-1)

औद्योगिक क्रांति की शुरुआत अट्ठारहवीं सदी के इंग्लैण्ड में हुई थी। इतिहासकार अरनॉल्ड टॉयनबी ने 1760 से 18 40 तक की अवधि को इंग्लैण्ड में औद्योगिक क्रांति के दौर की संज्ञा दी है। वैसे टॉयनबी से पहले कुछ फ्राँसीसी लेखकों ने भी इस अवधि को औद्योगिक क्रांति का नाम दिया था। आधुनिक इतिहास की प्रमुख चालक शक्ति के तौर पर जाने गये इस घटना-क्रम के कारण ही विश्व भर में आर्थिक उत्पादन खेतिहर और दस्तकारी के दायरे से निकल कर कारख़ाना आधारित मैन्युफ़ैक्चरिंग के दौर में पहुँचा। औद्योगिक क्रांति के कारण ही विज्ञान और प्रौद्योगिकी की व्यावहारिक और बौद्धिक सत्ता स्थापित हुई, और कुल मिला कर सारी दुनिया बुनियादी रूप से बदल गयी। इसके तीन केंद्रीय आयाम थे : प्रौद्योगिकीय, सामाजिक-आर्थिक और सांस्कृतिक। प्रौद्योगिकीय आयाम की ख़ास बात यह थी कि इस क्रांति के दौरान पहली बार लोहे और इस्पात को उत्पादन के केंद्र में लाया गया। कोयला-भाप-विद्युत जैसी ऊर्जाओं का इस्तेमाल किया गया। श्रम-विभाजन और विशेषज्ञता के आधार पर फ़ैक्ट्री-उत्पादन प्रणाली की रचना हुई। कताई और बुनाई के लिए पॉवरलूम और स्पिनिंग जेनी जैसी मशीनों का आविष्कार हुआ। परिवहन और संचार के क्षेत्र में भाप के इंजिन, जहाज़, बेतार के तार और रेडियो के आविष्कार किये गये। इन तमाम उपलब्धियों के कारण प्राकृतिक संसाधनों के उत्तरोत्तर इस्तेमाल और कारख़ाना आधारित वस्तुओं के निर्माण को अभूतपूर्व गति प्राप्त हुई।

कोयला और भाप जैसी ऊर्जाओं ने अट्ठारहवीं सदी के इंग्लैण्ड में हुई औद्योगिक क्रांति को आवेग प्रदान किया.

औद्योगिक क्रांति के कारण खेती भी मशीनीकरण की तरफ़ बढ़ी जिससे पैदावार में ज़बरदस्त बढ़ोतरी हुई और ग़ैर-खेतिहर आबादी के लिए खाद्यान्न का प्रबंध हो पाया। औद्योगिक उत्पादन के बढ़ने के साथ ही ज़मीन सम्पत्ति का सर्वोच्च्व रूप नहीं रह गयी। सम्पत्ति का पुनर्वितरण हुआ और अंतर्राष्ट्रीय व्यापार में बहुत बढ़ोतरी हुई। उदीयमान औद्योगिक समाज की ज़रूरतों के हिसाब से राजनीति के स्वरूप में भी बदलाव आया। सामाजिक परिवर्तन की गति में ख़ासा इज़ाफ़ा हुआ। शहरीकरण की रफ़्तार तेज़ हुई। कारख़ाना मज़दूरों के रूप में एक नया बहुसंख्यक वर्ग सामने आया जिसने औद्योगिक पूँजी के मालिक वर्ग के सामने राजनीतिक-सामाजिक चुनौती पेश की। पहले खेतिहर और दस्तकारी उत्पादन में लगे श्रमिकों ने मशीन ऑपरेटरों के रूप में अपने हाथ से संसाधनों का द्रुत-प्रयोग होते हुए और नयी रचनाओं को होते हुए देखा, जिससे प्राकृतिक शक्तियों की सत्ता के मुक़ाबले उसके आत्मविश्वास में अभूतपूर्व बढ़ोतरी हुई।

ऐसी बात नहीं कि औद्योगिक क्रांति से पहले मशीनों का प्रयोग न होता हो। पंद्रहवीं सदी में ही प्रिंटिंग प्रेस का

आविष्कार हो चुका था जिसके परिणामस्वरूप साहित्य और सूचना के विस्तार को गति मिली थी। इसी कारण बुद्धिवाद के उदय को भी बल मिला था, जिसका संबंध फ्रांस, स्काटलैण्ड और अमेरिका में घटित हुए ज्ञानोदय काल से है। इसी प्रिंटिंग प्रेस ने प्रोटेस्टेंट सुधारों की सफलता को भी रफ़्तार दी थी। ये सुधार साधारण ईसाइयों को बाइबिल तुरंत उपलब्ध कराने की मान्यता पर आधारित थे। मैक्स वेबर का यह सूत्रीकरण मशहूर है कि मितव्ययता तथा कठोर परिश्रम के प्रोटेस्टेंट मूल्यों ने आगे चल कर औद्योगिक क्रांति को गति प्रदान की।

औद्योगिक क्रांति की विशेषता यह थी कि इसके कारण मध्यकाल से ही चल रहा पूँजीवाद का धीमा विकास रफ्तार पकड़ गया। मशीनों का प्रयोग इस दौरान इतना द्रुत हो गया कि कृषि, विनिर्माण, खनन, परिवहन तथा तकनीक जैसे सभी क्षेत्रों में क्रांतिकारी परिवर्तन होने लगे। सामाजिक, आर्थिक तथा सांस्कृतिक जीवन शैली को प्रभावित करती हुई यह क्रांति कालांतर में पश्चिमी युरोप, उत्तरी अमेरिका और जापान होते हुए सारी दुनिया में फैल गयी। औद्योगिक क्रांति को समझने के दो परिप्रेक्ष्य हैं। पहला; औद्योगिक क्रांति को सुपरिभाषित ऐतिहासिक परिघटना के रूप में देखा जा सकता है, जिसका समय व स्थान निर्धारित है। दूसरा, यह सामाजिक-सांस्कृतिक विकास के एक ऐसे युग की ओर संकेत करती है जो आज तक जारी है। जहाँ तक पहले परिप्रेक्ष्य का सवाल है, औद्योगिक क्रांति प्रारम्भ होने के स्थान (इंग्लैंड) तथा समय (1700 के उतरार्द्ध में) पर काफ़ी मतैक्य है। यहाँ तक कि इसके प्रारम्भ होने का वर्ष 1750 माना जाता है। दूसरा परिप्रेक्ष्य अधिक व्यापक है, जिसके अंतर्गत उन्नीसवीं और बीसवीं सदी में घटित आर्थिक तथा सामाजिक बदलाव को औद्योगिक क्रांति के प्रसार की परिधि में देखा गया है।

1760 से 1840 के बीच में औद्योगिक क्रांति अपने पहले चरण में ज़्यादातर ब्रिटेन में ही सीमित रही। इस दौरान अंग्रेज़ों ने मशीनों, कुशल कर्मचारियों और प्रौद्योगिकी के निर्यात से परहेज़ किया ताकि दूसरे देश उसके समकक्ष न आ सकें। लेकिन यह इजारेदारी ज़्यादा दिन तक न टिक सकी, क्योंकि कुछ अंग्रेज़ पूँजीपतियों ने ही देखा कि इंग्लैण्ड से बाहर के बाज़ारों में मुनाफ़े की अधिक सम्भावनाएँ हैं। विलियम और जॉन कॉकरिल औद्योगिक क्रांति को बेल्जियम ले गये और लीज में मशीनें बनाने की शुरुआत की। इस तरह ब्रिटेन के बाहर बेल्जियम पहला देश बना जहाँ से औद्योगिक क्रांति का युरोप में प्रसार हुआ। इंग्लैण्ड की ही तरह बेल्जियम ने भी लोहे, कोयले और कपड़े को अपनी क्रांति का केंद्र बनाया। ब्रिटेन और बेल्जियम के मुक़ाबले फ्रांस कम उद्योगीकृत था, हालाँकि उसे भी एक औद्योगिक शक्ति माना जाता था। क्रांति के कारण वहाँ राजनीतिक अस्थिरता भी थी, और बड़े पैमाने पर पूँजी निवेश के लिए कोई तैयार नहीं था। जर्मनी के पास काफ़ी कोयला और लोहा था, लेकिन 1870 तक राजनीतिक एकता हासिल करने से पहले वह औद्योगिक क्रांति के दौर में क़दम नहीं रख पाया। लेकिन जैसे ही उसने शुरुआत की, उसकी प्रगति की रफ़्तार का ठिकाना न रहा। पूर्वी युरोप में औद्योगिक क्रांति बीसवीं सदी में ही पहुँची जब सोवियत शैली की पंचवर्षीय योजनाओं के तहत वहाँ भारी उद्योग स्थापित हुए। बीसवीं सदी के मध्य में भारत और चीन जैसे देशों का उद्योगीकरण प्रारम्भ हुआ।

पश्चिमी देशों द्वारा कृषि प्रधान समाज में तकनीकी सूचनाओं के संग्रहण ने इस क्रांति को गति प्रदान की। जहाज निर्माण तथा परिवहन के अविष्कारों ने पार-महानगरीय यात्रा और नये विश्व की खोज में योगदान दिया। इसका विशेष महत्त्व ख़ासतौर पर उत्तरी अटलांटिक क्षेत्रों में व्यापार बढ़ाने में रहा। इसने युरोपीय अर्थव्यवस्था के लिए सोना और चाँदी की प्रचुर उपलब्धता सुनिश्चित की। इसका परिणाम एक दौलतिया वर्ग के उभार के रूप में सामने आया जिसकी तुलना में सापेक्षिक रूप से भूस्वामी कुलीन तंत्र की स्थिति ख़राब हो गयी। इस वर्ग को अपनी आर्थिक स्थिति बेहतर करने के लिए अपनी भूमि की उत्पादकता बढ़ाने के प्रयास करने पड़े।

औद्योगिक क्रांति के अल्पकालिक प्रभाव के अंतर्गत 1850 तक की अवधि को देखा जा सकता है। 1700 के अंत में वस्त्र उद्योग ने जटिल मशीनों के डिजाइन को विशेष प्रोत्साहन दिया। ये मशीनें अकेले मानव श्रम से नहीं चल सकती थीं। इसी के परिणामस्वरूप संगठित कार्य से संबंधित गतिविधियों को एक केंद्रीय शक्ति के स्रोत के साथ जोड़ने के लिए कारख़ाना प्रणाली अस्तित्व में आयी। इसका आधार था भाप का इंजन या पनचक्की। कारख़ाना आधारित उत्पादन के प्रचलन ने विस्तृत श्रम-विभाजन तथा कामगारों की सतर्कतापूर्ण निगरानी की पद्धतियों के लिए रास्ता साफ़ किया। इससे घरेलू उद्योगों, मसलन सूती उद्योग, में तेजी से गिरावट आयी। उत्पादन बढ़ने से मज़दूरों की माँग बढ़ी। कारख़ानों का विकास हुआ और ग्रामीण जनसंख्या का शहरों की तरफ़ तेज़ी से पलायन हुआ। जहाँ 1700 के मध्य तक इंग्लैंड की केवल 15 प्रतिशत जनसंख्या शहरों में रहती थी वहीं 1840 तक इसमें एक तिहाई की वृद्धि हो गयी। तेज़ शहरीकरण का तात्कालिक परिणाम भीड़, प्रदूषण, बीमारी, ग़रीबी, अपराध तथा सामाजिक बुराइयों के रूप में सामने आया। इस प्रकार औद्योगिक क्रांति ने एक प्रकार की अव्यवस्था को जन्म दिया जिसे शहरी नियोजक और प्रशासक रोकने में विफल रहे।

ग़ौरतलब है कि औद्योगिक क्रांति ने एक तरफ़ तो जीवन-शैली को गहराई से प्रभावित करके उसके स्तर को उन्नत किया, दूसरी तरफ़ इसके कारण अत्यधिक आर्थिक अस्थायित्व, कारख़ानों के मजदूरों का ख़स्ताहाल जीवन, भीषण स्थितियों में अत्यधिक काम और कम मजदूरी

के रूप में सामने आया। मज़दूरों के जीवन की तकलीफ़ों को लक्ष्य करके ही कार्ल मार्क्स को यह कहना पड़ा कि पूँजीवाद का विकास सर्वहारा की प्रगतिशील निर्धनता के लिए अपरिहार्य है। मज़दूरों के बढ़ते हुए असंतोष और आंदोलन के मद्देनज़र ब्रिटिश सरकार ने पूँजीपतियों की सहमति से फ़ैक्ट्री-इंस्पेक्टोरेट का गठन किया जिसकी जाँच-रपटों के आधार पर 1830 में फ़ैक्ट्री एक्ट पारित करके काम की दशाओं में कई सुधार किये गये।

देखें : अरनॉल्ड जोसेफ़ टॉयनबी, आधुनिकता, आधुनिकीकरण, आधुनिकतावाद, एकाधिक आधुनिकताएँ, उद्योगीकरण-1 और 2, कार्ल हाइनरिख़ मार्क्स-1, 2, 3, और 4, प्रौद्योगिकी, पूँजीवाद, पैटी बूर्ज्वा, मैक्स वेबर, सर्वहारा, आशिस नंदी-1 और 2, युरोपीय रिनेसाँ, युरोपीय ज्ञानोदय।

संदर्भ

1. ऐडम स्मिथ (1976/1776), *एन इनक्वैरी इनटु द नेचर ऐंड कॉज़ेज़ ऑफ़ द वेल्थ ऑफ़ नेशंस,* क्लैरेंडन प्रेस, ऑक्सफ़र्ड.
2. जी. वीटमॅन (2003), *व्हाट द इंडस्ट्रियल रेवोल्यूशन डिड फॉर अस,* बीबीसी बुक्स, लंदन.
3. अर्नोल्ड टॉयनबी (1908), *लेक्चर्स ऑन द इंडस्ट्रियल रेवोल्यूशन ऑफ़ द एट्टींथ सेंचुरी इन इंग्लैण्ड,* दूसरा संस्करण, लोंगमैन, लंदन.
4. डी. सी. कोलमैन (1992), *मिथ, हिस्ट्री, ऐंड द इंडस्ट्रियल रेवोल्यूशन,* हैम्बलडन प्रेस, लंदन.

—पंकज कुमार झा

औद्योगिक क्रांति-2

(प्रभाव और आलोचनाएँ)

(Industrial Revolution-2)

औद्योगिक क्रांति ने विश्व व्यवस्था में बहुत तेज़ी से तब्दीलियाँ कीं। न केवल आमदनी के आधार पर ऊँच-नीच में इज़ाफ़ा हुआ, बल्कि सारी दुनिया औद्योगिक और ग़ैर-औद्योगिक देशों में बँट गयी। 1840 से 1914 तक सैन्य, तकनीक तथा शक्ति के क्षेत्र में एक असंतुलन पैदा हुआ जिसकी अभिव्यक्ति साम्राज्यवाद अथवा उपनिवेशवाद के रूप में सामने आयी। भूमण्डलीकरण भी औद्योगिक क्रांति का ही एक फलितार्थ है। आज उत्तर-औद्योगिक समाज की चर्चा होती है। औद्योगिक समाज मैन्यूफ़ैक्चरिंग और कच्चे माल पर निर्भर था, वहीं उत्तर-औद्योगिक समाज सेवा क्षेत्र के उत्पादनों तथा सूचनाओं की प्रोसेसिंग पर निर्भर करता है। औद्योगिक क्रांति के दीर्घकालिक प्रभाव के अंतर्गत आधुनिक औद्योगिक समाज द्वारा अपनायी जाने वाली जीवन-शैली को देखा जा सकता है। अर्थव्यवस्था और श्रमशक्ति पर उद्योगीकरण के प्रभाव ने तत्कालीन आर्थिक क्रियाओं के रूपांतरण में योगदान किया। औद्योगिक क्रांति की परिघटना ने विद्वानों के बीच एक लम्बी बहस को भी जन्म दिया जिसे 'जीवन-स्तर विवाद' के रूप में जाना जाता है। इस बहस के तहत उन्नीसवीं सदी से ही क्रांति की उपलब्धियों और उसके नुक़सानदेह पहलुओं को लेकर लगातार वाद-विवाद चलता रहा है। इस बहस का आज तक पटाक्षेप नहीं हो पाया है।

श्रम शक्ति का विभाजन तीन क्षेत्रों में हुआ। पहला था प्राथमिक क्षेत्र जिसमें अमूमन ऐसी श्रम शक्ति आती थी जिसका संबंध कृषि तथा खनन से था। 1750 के बाद से बींसवी सदी के आसपास तक इस क्षेत्र में श्रम शक्ति की मात्रा लगातार घटती गयी है। द्वितीय क्षेत्र मूलतः मैन्यूफ़ैक्चरिंग या विनिर्माण से जुड़ा हुआ था जिसका विस्तार बींसवी सदी के दूसरे हिस्से में सर्वाधिक हुआ। बाद के दशक में इसमें तेज़ी से कमी आयी। तीसरा क्षेत्र सेवा क्षेत्र था। उद्योगीकरण के दौर में इस क्षेत्र का बहुत सीमित विकास हुआ, परन्तु आज यह क्षेत्र काफ़ी प्रगति पर है। उद्योगीकरण के कारण 18 50 के आसपास कम्पनी या फ़र्म की संरचना में परिवर्तन आया। इसके अंतर्गत निगम या कॉरपोरेशन का विस्तार हुआ जो भिन्न उत्पादन प्रणाली पर आधारित था। इसके समानांतर व्यक्ति अथवा परिवार आधारित फ़र्म का पतन होने लगा। निगमीकरण का यह फायदा हुआ कि फर्म में कुछ हिस्सेदारों के पास शेयर के रुप में स्वामित्व होता था, जो सीमित देयता के सिद्धांत पर काम करता था। इस रूप में यह औद्योगिक युग की महत्त्वपूर्ण क़ानूनी खोज है। निगम नौकरशाही के उसूल पर काम करता था। इसका आधार शिक्षा व प्रशिक्षण को माना जाता था। इसके कारण विभिन्न कौशल प्राप्त करने की मूल्यवत्ता तेज़ी से बढ़ी। शिक्षा, ख़ास तौर पर इंजीनियरिंग व क़ानून की पढ़ाई की माँग में इज़ाफ़ा हुआ।

उद्योगीकरण के कारण सभी देशों में आबादी से संबंधित बड़े-बड़े परिवर्तन हुए। मृत्यु दर में कमी के साथ-साथ जन्म-दर में भी कमी भी दर्ज की गयी। नहरें, रेल और सड़क बनने से परिवहन व्यवस्था की स्थिति बेहतर हुई। खाद्यान्न का वितरण में सुधार आया। जन-स्वास्थ्य के क्षेत्र में नये आविष्कारों, टीकाकरण आदि ने मृत्यु दर घटाने में योग दिया। लोगों के बीच बड़े परिवार के प्रति अनिच्छा और जन्म-नियंत्रण तकनीकों के उत्तरोत्तर विकास के कारण जन्म-दर में कमी आयी। आबादी के स्तर पर हुए इन परिवर्तनों ने समाज के अधिकतर सदस्यों के जीवन की गुणवत्ता में तेजी से बढ़ोतरी की। जन्म-दर में गिरावट से छोटे परिवार की अवधारणा का उदय हुआ। ब्रिटेन में 1860 में विवाहित जोड़ों में जहाँ 63 प्रतिशत के पाँच या अधिक बच्चे थे, वहीं यह

आँकड़ा 1925 में घटकर 12 प्रतिशत तक पहुँच गया। छोटे परिवार के आकार ने घर-परिवार के भीतर महिलाओं की स्थिति को बदला। महिलाएँ घर से बाहर निकल कर नौकरी करने लगीं जिससे घरेलू जीवन की शृंखलाओं से उनकी मुक्ति की सम्भावनाएँ पैदा हुईं।

तीसरा प्रभाव विचारधारा और राजनीति के रूप में सामने आया। वैचारिक क्षेत्र में उद्योगीकरण एक नयी सेकुलर विचारधारा के उदय का साक्षी बना। इसके तहत मुक्त बाजार पनपा। पूँजीवाद तथा समाजवाद क्रमशः अपने दो सैद्धांतिक जुमलों लोकतंत्र तथा क्रांति के रूप में सामने आये। उद्योगीकरण के कारण लोकतांत्रिक रिपब्लिकनवाद अथवा जन-लोकतंत्र को प्रोत्साहन मिला। इस व्यवस्था के तहत सरकारी प्रणाली के भीतर राजनीतिक निर्णय नागरिकों के बीच से चुने गये निर्वाचित सदस्य लेते हैं। कई औद्योगिक देशों में लोकतांत्रिक समाजवाद के रूप में एक अन्य राजनीतिक प्रवृत्ति का उद्भव हुआ। सोशल डेमॉक्रैटिक पार्टियों ने समाजवाद के कई लक्ष्यों को हासिल करने में कामयाबी हासिल की। सामूहिक रूप से यह लोकोपकारी राज्य की स्थापना का प्रयास था जिसमें सामाजिक सुरक्षा, राज्य पेंशन प्रणाली, बेरोजगारों को भत्ता, राष्ट्रीय स्वास्थ्य देखभाल, सभी स्तरों पर मुक्त शिक्षा का प्रावधान था। राज्य तथा अन्य सरकारी क्रियाओं ने सभी औद्यौगिक समाजों में सरकार के आकार में बढ़ोतरी की। यह वृद्धि कामगारों की संख्या अथवा सकल घरेलू उत्पाद में सरकारी हिस्सेदारी के आधार पर हुई। इस प्रकार बिग-गवर्नमेंट की अवधारणा कल्याणकारी राज्य के विकास के साथ मजबूती से जुड़ गयी।

1825 के बाद (जिस समय औद्योगिक क्रांति अपने शिखर पर थी) इंग्लैण्ड के ही भीतर उसकी आलोचनाएँ मुखर होनी शुरू हुईं। चार्ल्स डिकेंस के उपन्यास *हार्ड टाइम्स* (18 54), एलिज़ाबेथ गास्केल की रचना *नॉर्थ ऐंड साउथ* (18 55) और बेंजामिन डिज़राइली की कृति *साइबिल, ऑर द टू नेशंस* (1845) ने उद्योगीकरण के प्रभावों की संगीन और काली तस्वीर चित्रित की। एंगेल्स के अध्ययन *द कंडीशन ऑफ़ वर्किंग क्लास इन ब्रिटेन* (1845) ने दावा किया कि औद्यौगिक क्रांति से पहले मज़दूर बेहतर हालत में रह रहे थे। ब्रिटिश संसद की चयन समितियों और रॉयल कमीशनों ने भी ऐसे तमाम तथ्य जमा किये जिनसे साबित होता था कि औद्योगिक क्रांति के कारण मज़दूरों के जीवन-स्तर में बेइंतिहा गिरावट आयी। दूसरी तरफ़ 1835 में प्रकाशित एंड्रू उरी की पुस्तक *फ़िलॉसॅफ़ी ऑफ़ मैन्युफ़ैक्चरर्स* तथा जी.आर. पोर्टर की 1850 की रचना *प्रोग्रेस ऑफ़ द नेशन* ने औद्योगिक क्रांति के लाभों पर ज़ोर दिया।

उन्नीसवीं सदी के आठवें दशक से बीसवीं सदी के दूसरे दशक के बीच तक विद्वानों के बीच मानवीय जीवन और समाज पर औद्योगिक क्रांति के प्रभावों को लेकर नकारात्मक नज़रिया ही प्रधान रहा। 1926 में जे.एच. क्लैपहैम ने *इक्नॉमिक हिस्ट्री ऑफ़ मॉडर्न ब्रिटेन* लिख कर इस विचार को चुनौती दी। क्लैपहैम ने परिणामात्मक विश्लेषण करके दिखाया कि 1790 से 1850 के बीच मज़दूरों के जीवन-स्तर में बढ़ोतरी हुई। आगे चल कर टी.एस. एश्टॅन ने इसी पक्ष को मज़बूत करने वाले तथ्य जमा किये। फ्रेड्रिख़ हायक ने औद्योगिक क्रांति के पक्ष में दलील देते हुए लिखा है कि औद्योगिक क्रांति के ज़माने में आम लोगों को ग़रीबी और बदहाली का सामना ज़रूर करना पड़ा, लेकिन वह दरिद्रता अतीत की बदहालियों से कहीं कम थी। बीसवीं सदी के मध्य में मार्क्सवादी इतिहासकारों एरिक हॉब्सबॉम और ई.पी. थॉमसन ने एक बार फिर तत्कालीन समाज पर औद्योगिक क्रांति के नकारात्मक प्रभावों की चर्चा शुरू की। इन विद्वानों ने मज़दूर वर्ग के रीति-रिवाज़ों और संस्कृति का सवाल भी उठाया और कहा कि उनकी जीवन-दशाओं का आकलन केवल भोजन पर किये जाने वाले ख़र्चे से नहीं किया जा सकता।

देखें : आधुनिकता, आधुनिकीकरण, आधुनिकतावाद, आशिस नंदी-1 और 2, एकाधिक आधुनिकताएँ, उद्योगीकरण-1 और 2, कार्ल हाइनरिख़ मार्क्स-1, 2, 3, और 4, प्रौद्योगिकी, पूँजीवाद, पैटी बूर्ज्वा, फ्रेड्रिख़ एंगेल्स, मैक्स वेबर, एरिक हॉब्सबॉम-1 और 2, स्त्री-श्रम, सेकुलरवाद, लोकतंत्र, लोकतांत्रिक समाजवाद, सर्वहारा, युरोपीय रिनेसाँ, युरोपीय ज्ञानोदय.

संदर्भ

1. ई.जे. इवांस (2001), *द फ़ोर्जिंग ऑफ़ मॉडर्न स्टेट : अर्ली इण्डिस्ट्रियल ब्रिटेन, 1783-1870*, पियर्सन एजुकेशन, लंदन.
2. पी. फ़्लोरा (1983), *स्टेट, इकॉनॉमी ऐंड सोसाइटी इन वेस्टर्न युरोप, 1815-1975 : अ डेटा हैंडबुक इन टू वॉल्युम्स*, सेंट जेम्स प्रेस, शिकागो.
3. एस. होरेल और जी. हम्फ्रीज़ (1992), 'ओल्ड क्वेश्चंस, न्यू डेटा, ऐंड आल्टरनेटिव पर्सपेक्टिव्ज़ : फ़ेमिलीज़ लिविंग स्टैंडर्ड इन द इंडस्ट्रियल रेवोल्यूशन', *जरनल ऑफ़ इकॉनॉमिक हिस्ट्री*, खण्ड 52, अंक 4.

—पंकज कुमार झा

औपनिवेशिक शिक्षा

(मैकाले का विवरण-पत्र,
वुड-डिस्पैच, हंटर कमीशन)

(Colonial Education)

थॉमस बेबिंग्टन मैकॉले (1800-1859)

भारत में औपनिवेशक शिक्षा व्यवस्था की शुरुआत 1813 के आज्ञा-पत्र (लाइसेंस) से हुई और 1835 में मैकाले के विवरण-पत्र के आधार पर उसका ढाँचा बना। ईस्ट इण्डिया कम्पनी ब्रिटिश सरकार के जिस आज्ञा-पत्र के आधार पर भारत के साथ अपनी व्यापारिक गतिविधियाँ चलाती थी, उसका नवीकरण हर बीस साल बाद किया जाता था। परिस्थितियों के मुताबिक़ ब्रिटिश सरकार की तरफ़ से इसमें कुछ नयी धाराएँ जोड़ दी जाती थीं। इसी प्रक्रिया के तहत 1793 के आज्ञा-पत्र की समीक्षा 1813 में की गयी। इस समय तक ईस्ट इण्डिया कम्पनी का राजनीतिक प्रभाव इतना फैल चुका था कि वह ख़ुद को मुग़लों के उत्तराधिकारी के तौर पर देखने लगी थी। इसी नयी आत्म-छवि के तहत समीक्षा के दौरान एक पूर्व अफ़सर चार्ल्स ग्रांट के आग्रह को मान्यता दी गयी। ग्रांट का ख़याल था कि ईसाई धर्म तथा आधुनिक ज्ञान-विज्ञान की शिक्षा द्वारा ही भारतीयों का नैतिक पतन रोका जा सकता है। उसकी निगाह में तत्कालीन भारत में एक भी ईमानदार आदमी अप्राप्य था। दूसरी ओर इस राय के विपरीत लॉर्ड मिंटो जैसे कुछ अन्य प्रमुख अधिकारी भी थे जिनकी मान्यता थी कि भारत की शैक्षणिक, सामाजिक एवं धार्मिक संस्थाओं में इतनी ऊर्जा है कि अगर उन्हें प्रोत्साहित किया जाए तो लोगों का धार्मिक-नैतिक विकास हो सकता है। इसलिए आज्ञा-पत्र के संशोधन के समय मिंटो की भी बात का भी ध्यान रखा गया। भारतीयों की शिक्षा-व्यवस्था कम्पनी के संचालकों का नैतिक कर्त्तव्य करार देते हुए इस आज्ञा-पत्र में निर्देश दिया गया कि इस कार्य के लिए प्रत्येक वर्ष एक लाख रुपये ख़र्च किया जाएगा। साथ ही यह निर्देश भी जारी किया गया कि भारतीय जनता के बीच ईसाई धर्म का प्रचार भी किया जाना चाहिए। आगे चलकर इन दोनों निर्देशों का भारतीय शिक्षा तथा समाज पर निर्णायक प्रभाव पड़ा।

अगला नवीकरण 1833 में होने वाला था। इन बीस वर्षों में कम्पनी के अधिकारी यह तय नहीं कर पाये कि एक लाख रुपये की राशि कैसे ख़र्च की जाए। बहसें चलती रहीं, पर ठोस निर्णय नहीं हो पाया कि शिक्षा के ज़रिये भारतवासियों को कम्पनी की सत्ता एवं व्यापार में सहयोगी कैसे बनाया जाए। इस बहस में मुख्यत: दो पक्ष थे। एक था प्राच्यवादियों का पक्ष जो भारतीय भाषाओं में प्राचीन भारतीय ज्ञान की शिक्षा देना चाहते थे। उन्हें भारतवासियों से कोई सहानुभूति नहीं थी बल्कि डर था कि यदि अंग्रेज़ी शिक्षा दी गयी तो अमेरिका की तरह भारत से भी औपनिवेशिक तम्बू उखड़ सकता है। दूसरा पक्ष पाश्चात्यवादी था। उसकी मान्यता थी कि अंग्रेज़ी शिक्षा एवं पश्चिमी ज्ञान ही भारतीयों का उद्धारक होगा। कम्पनी के व्यापारिक एवं प्रशासनिक हित भी इन अंग्रेज़ी शिक्षित लोगों के हाथों में सुरक्षित रहेंगे। ये लोग प्रशासन एवं व्यापार में द्विभाषियों और बिचौलियों की ज़रूरत महसूस करते थे। इसी पृष्ठभूमि में अंग्रेज़ी-ज्ञान और गोरी चमड़ी की सांस्कृतिक और नस्ली श्रेष्ठता से लैस मैकाले ने भारतीय शैक्षिक मंच पर पदार्पण किया। तत्कालीन गर्वनर जनरल विलियम बैंटिक ने मैकाले को बंगाल लोक शिक्षा समिति का प्रधान नियुक्त करके निर्देश दिया कि प्राच्य-पाश्चात्य विवाद को हल किया करके 1813 के आज्ञा-पत्र की धारा 43 की व्याख्या पेश की जाए।

मैकाले ने 2 फरवरी, 1835 ने इस आदेश का पालन करते हुए बैंटिक के सामने अपना प्रतिवेदन प्रस्तुत कर दिया। धारा 43 की व्याख्या करते हुए मैकाले ने दावा किया कि भारतीय साहित्य, भारतीय विज्ञान और शिक्षा-माध्यम (अरबी, फ़ारसी, संस्कृत) की विवेचना करते हुए कहा कि इन प्राच्य रचनाओं में ठेर सारी झूठी, हास्यास्पद एवं अतिश्योक्तिपूर्ण बातें भरी हुई हैं। इसलिए प्राच्य साहित्य पर धन-व्यय करना निरी मूर्खता होगी। मैकाले का कहना था कि वही भारतीय विद्वान हो सकता है जो लॉक के दर्शन एवं मिल्टन की कविताओं

विलियम विल्सन हंटर (1840-1900)

से परिचित हो। इस तरह उन्होंने भारतीय प्राच्य साहित्य के विद्वानों को भी ख़ारिज कर दिया। शिक्षा के माध्यम के बारे में मैकाले का कहना था कि मात्र अंग्रेज़ी भाषा ही उपयुक्त है, क्योंकि वह सभी भाषाओं से अच्छी एवं महत्त्वपूर्ण है।

मैकाले ने ब्रिटिश संसद के इस निर्देश को भी सिरे से खारिज कर दिया जिसमें कहा गया था कि भारतीय प्रजा की शिक्षा-व्यवस्था ईस्ट इंडिया कंपनी को करनी चाहिए। मैकाले का तर्क था कि कम्पनी के पास इतने संसाधन नहीं हैं कि वह चिर-अशिक्षित भारतीय प्रजा को शिक्षा दे सके। दूसरा तर्क यह था कि कम्पनी को ब्रिटिश सरकार इस काम के लिए बाध्य नहीं कर सकती क्योंकि कम्पनी ने कोई शपथ-पत्र इसके लिए दाखिल नहीं किया है। इसके साथ-साथ मैकाले ने एक और नायाब सुझाव दिया जिसे आधुनिक भारतीय शिक्षा के इतिहास में निस्पंदन सिद्धांत (डाउनवर्ड फ़िल्टरेशन थियरी) कहते हैं। इसका मतलब था कि भारतीयों में नक़ल करने की प्रबल प्रवृत्ति है। यदि समाज के उच्च तबक़े को शिक्षित कर दिया जाएगा तो शिक्षा का प्रसार इसी प्रवृत्ति के कारण पूरे समाज में स्वत: हो जाएगा। मैकाले के इस सुझाव को भी बैंटिक ने सहर्ष स्वीकार कर लिया।

मैकाले के विवरण-पत्र में दर्ज लगभग सारे सुझावों को मानते हुए बेंटिंक ने नयी शिक्षा नीति की घोषणा की। पर इसने प्राच्य एवं पाश्चात्य विवाद को और बढ़ा दिया। सम्भवत: बैंटिक को इस विवाद के कारण ही अपने पद से त्यागपत्र भी देना पड़ा। नये गर्वनर जनरल ने अगले चार साल तक इस विवाद का हल खोजने का प्रयास किया। इसके तहत मैकाले के सुझावों में से देशी के प्रति सौतेले रवैये को खारिज कर दिया गया, लेकिन अंग्रेज़ी का स्वाभाविक महत्त्व को स्वीकार किया गया। लेकिन इस तालमेल के बावजूद परम्परागत भारतीय शिक्षा व्यवस्था धीरे-धीरे तिरोहित होती चली गयी। 1844 में लॉर्ड हार्डिंग ने अंग्रेज़ी शिक्षा की ज़ोरदार वकालत की। इस तरह भारतीय शिक्षा व्यवस्था में अंग्रेज़ी स्थापित हो गयी। चूँकि अंग्रेज़ी-शिक्षा रोज़गार की गारंटी देती थी इसलिए कलकत्ता, मद्रास एवं मुम्बई में अंग्रेज़ी-शिक्षा देने वाले विद्यालयों की संख्या तेज़ी से बढ़ी। उच्च वर्ग तथा उच्च-मध्य वर्ग अंग्रेज़ी शिक्षा को प्रतिष्ठा से जोड़ कर उसकी तरफ़ खिंचता चला गया। अंग्रेज़ी-ज्ञान के कारण कुछ भारतीयों को शासन-प्रशासन में सहभागिता मिली। तथा इन्हीं दिनों कुछ नवधनाढ्य अंग्रेज़ी-दाँ वर्ग का भारतीय समाज में उदय भी हुआ।

इसी के साथ-साथ पूरे देश में प्राथमिक, माध्यमिक तथा प्राविधिक विद्यालयों की स्थापना भी धीरे-धीरे की जा रही थी। यह काम कम्पनी के कुछ गिने-चुने उच्च अधिकारियों के निजी प्रयासों से हो रहा था। इसमें टामसन नामक एक उत्साही अधिकारी ने प्राथमिक शिक्षा की आवश्यकता रेखांकित करते हुए कम से कम सम्पूर्ण अविभाजित उत्तर भारत में प्राथमिक शिक्षा का ढाँचा खड़ा किया। कमोबेश उसी ढाँचे पर भारत में आज भी प्राथमिक शिक्षा चल रही है। इसी कारण से टामसन को भारत में प्राथमिक शिक्षा का जनक कहा जाता है।

1853 में एक बार फिर कम्पनी के आज्ञा-पत्र का नवीकरण होने की नौबत आयी। तब तक भारतीय उपनिवेश में शिक्षा की स्पष्ट नीति घोषित नहीं की गयी थी। ब्रिटिश संसद इसके लिए बार-बार कम्पनी पर दबाव बना रही थी। लेकिन कम्पनी के संचालक शिक्षा व्यवस्था के रखरखाव, प्रसार, भारतीय भाषाओं के ग्रंथों के अनुवाद, पुनर्मुद्रण तथा संरक्षण के काम को गम्भीरता से नहीं ले रहे थे। इसी उहा-पोह की स्थिति में कम्पनी ने बोर्ड ऑफ़ डायरेक्टर के प्रधान के रूप में चार्ल्स वुड को भारत भेजा। वुड ने प्राथमिक, माध्यमिक तथा उच्च शिक्षा के लिए जम कर काम किया। चार्ल्स वुड के कारण ही तत्कालीन भारतीय शिक्षा-व्यवस्था की दशा तथा दिशा तय हो सकी। वुड ने उच्च शिक्षा के विकास के लिए लंदन विश्वविद्यालय के मॉडल पर बंगाल, मुम्बई तथा मद्रास में विश्वविद्यालय स्थापित किये गये और आवश्यकतानुसार उन सभी जगहों पर ऐसे ही विश्वविद्यालय स्थापित करने की अनुशंसा की।

वुड-डिस्पैच (1854) ने ही भारत में आधुनिक धर्म-निरपेक्ष शिक्षा की नींव डाली। इस डिस्पैच में स्पष्ट सुझाव दिया गया था कि विद्यालयों में किसी प्रकार की धार्मिक शिक्षा न दी

जाए। विशेष रूप से ईसाई धर्म की शिक्षा के संदर्भ में कहा गया था कि अगर शिक्षा के बहाने धर्म का प्रचार रोका नहीं गया तो भारतीय प्रजा इसके विरुद्ध आवाज़ उठायेगी। शिक्षा में अनुदान प्रणाली का अभिनव प्रयोग भी इसी के सुझावों के आधार पर दिया गया। वुड के डिस्पैच में समय से बहुत पहले यह समझ लिया गया थी कि संसाधनों की कमी को पूरा करने के लिए जनता का सहयोग लेना चाहिए। यह बेहद दूरदर्शी सुझाव था। इसके अतिरिक्त जन-शिक्षा, स्त्री-शिक्षा, प्रादेशिक स्तर पर शिक्षा में प्रबंध एवं प्रशासन के लिए विभाग खोलने, शिक्षा को रोज़गारपरक बनाने, व्यावसायिक शिक्षा (यांत्रिक और चिकित्सकीय शिक्षा) को बढ़ावा देने जैसे सुझाव भी इसमें शामिल थे। वुड के डिस्पैच को आधुनिक भारतीय शिक्षा का मैग्ना-कार्टा (अधिकार-पत्र) इसलिए भी कहा जाता है कि इसमें भारत की परम्परागत देशी शिक्षा, प्राथमिक शिक्षा, माध्यमिक शिक्षा, उच्च शिक्षा तथा व्यावसायिक शिक्षा में सुधार के लिए बहुमूल्य सुझाव दिये थे साथ ही इन सुझावों का कार्यान्वयन भी कराया, जिसके कारण आधुनिक भारतीय शिक्षा के लगभग सभी स्तरों की शैक्षिक नींव पड़ी।

सन् 1857 के विद्रोह के बाद भारत की हुकूमत कम्पनी के हाथ से ब्रिटेन की सम्राज्ञी के पास चली गयी। बदली हुई परिस्थितियों में शासन के अन्य क्षेत्रों के साथ शिक्षा-व्यवस्था में भी परिवर्तन हुए। भारतीय उपनिवेश के लिए सरकार की जवाबदेही हाउस ऑफ़ लॉर्ड्स और हाउस ऑफ़ कामन्स में तत्कालीन विपक्षी दलों के समक्ष थी। यह एक प्रमुख कारण था जिसने भारत में शिक्षा के विकास तथा प्रसार को गति प्रदान की। 1882 में लॉर्ड कैनिंग ने विलियम हंटर की अध्यक्षता में एक आयोग का गठन किया जिसमें सात भारतीयों सहित कुल बीस सदस्य थे। इस आयोग का नाम भारतीय शिक्षा आयोग-182 रखा गया लेकिन अध्यक्ष के नाम पर इसे प्रायः हंटर कमीशन कहा जाता है। इस आयोग का कार्यक्षेत्र निर्धारित करते समय यह निर्देश दिया गया कि वुड-डिस्पेच के क्रियान्वयन की जाँच की जाए। लेकिन कमीशन ने भारतीय शिक्षा व्यवस्था की लगभग सम्पूर्ण जाँच की। आठ माह के अपने अध्ययन का सात सौ पन्नों में प्रतिवेदन प्रस्तुत किया। कमीशन ने वुड-डिस्पैच के सभी सुझावों को महत्त्वपूर्ण तथा आवश्यक बताया— विशेष रूप से प्राथमिक शिक्षा तथा जन शिक्षा संबंधी सभी बिंदुओं पर अधिक बल दिया। इसके अतिरिक्त माध्यमिक शिक्षा, उच्च शिक्षा के लिए विस्तार से सुझाव दिये गये। कमीशन के सदस्यों काने (सम्भवतः पहली बार) समाज के पिछड़े वर्गो, स्त्री-शिक्षा, जनजातीय शिक्षा तथा मुसलिम शिक्षा की तरफ़ ध्यान दिया। आगे चलकर इन सुझावों का कुछ हद तक क्रियान्वयन भी हुआ। केवल जनजातीय शिक्षा संबंधी सुझाव छोड़ दिये गये। इसीलिए आदिवासी आज भी शिक्षा के क्षेत्र में पिछड़े हुए हैं

चार्ल्स वुड

और उन्हें जिसे शिक्षाशास्त्र की भाषा में 'विशेष आवश्यकता समूह' कहा जाता है।

प्राथमिक शिक्षा पर हंटर कमीशन द्वारा ज़ोर दिये जाने का सबसे बड़ा कारण यह था कि 1870 में इंग्लैण्ड में भी प्राथमिक शिक्षा क़ानूनन अनिवार्य एवं निःशुल्क हो गयी थी। इंग्लैण्ड में होने वाले इस शैक्षिक परिवर्तन का दबाव भी था। दूसरी तरफ़ दादाभाई नौरोजी ने कमीशन के सामने प्राथमिक शिक्षा को निःशुल्क एवं अनिवार्य बनाने का व्यक्तिगत प्रस्ताव प्रस्तुत किया था जिसकी अगली कड़ी में गोपालकृष्ण गोखले ने भी तत्कालीन केंद्रीय धारा सभा में 1911 एवं 1912 में दो बार यही प्रस्ताव किया। सरकार ने इसके विपक्ष में यह तर्क दिया कि अभी भारतीय प्रजा प्राथमिक शिक्षा की अनिवार्य परिस्थितियों के लिए मन से तैयार नहीं है। फिर भी इस प्रस्ताव का दूरगामी परिणाम राष्ट्रीय शिक्षा आंदोलन में स्पष्ट दिखायी देता है।

हंटर कमीशन के बाद एक बार फिर शैक्षिक परिवर्तनों की आवश्यकता महसूस की गयी, विशेष रूप से भारतीय विश्वविद्यालयों के संदर्भ में, जिनकी स्थापना लंदन विश्वविद्यालय की तर्ज़ पर किया गया था। 1898 में ही लंदन विश्वविद्यालय का पुनर्गठन किया गया था। ऐसे में भारतीय विश्वविद्यालयों के लिए भी इसकी आवश्यकता महसूस की गयी। इस बात को तत्कालीन वायसराय लॉर्ड कर्ज़न ने

महसूस किया। शिमला में एक शिक्षा सम्मेलन का आयोजन किया गया, जो पंद्रह दिन तक चला, तथा इस सम्मेलन में किसी भारतीय प्रतिनिधि को शामिल नहीं गया था। यहाँ तक कि प्रेस को भी सम्मेलन की ख़बर छापने की मनाही थी। इसे भारतीय शैक्षिक इतिहास में शिक्षा का 'गुप्त सम्मेलन' भी कहा जाता है। कर्ज़न ने 15 दिनों के इस सम्मेलन में 150 प्रस्ताव पारित करके भारतीय शिक्षा में आमूल-चूल परिवर्तन करने का प्रयास किया गया। जो तरीक़ा अपनाया गया उसके ख़िलाफ़ भारतीयों ने कड़ी प्रतिक्रिया की। कर्ज़न द्वारा बंग-भंग की घोषणा करने के कारण और उत्तेजना फैल गयी। आगे चल कर बंग-भंग का निर्णय वापस ले लिया गया और इसके साथ ही शिक्षा-नीति संबंधी विरोध भी धीरे-धीरे ठंडा पड़ने लगा। सम्मेलन को आधार बनाकर लार्ड कर्जन ने 1902 में विश्वविद्यालय आयोग का गठन किया। जिसके सुझावों के आधार पर भारतीय शिक्षा अधिनियम-1904 पारित हुआ।

इसके बाद भारतीय ब्रिटिश सरकार ने 1917 में माइकल सैडलर की अध्यक्षता में एक आयोग का गठन किया जिसका मक़सद कलकत्ता विश्वविद्यालय की पाठ्यचर्या का अध्ययन था। इसके पीछे एक महत्त्वपूर्ण कारण यह पता लगाना था कि विश्वविद्यालय की पाठ्यचर्या में उपनिवेश को ख़तरे में डालने जैसा कोई अध्यापन तो नहीं हो रहा है। आयोग ने कुछ आवश्यक तथा कुछ अनावश्यक सुझाव दिये। जिनमें प्रमुख रूप से माध्यमिक शिक्षा को विश्वविद्यालयी शिक्षा से अलग करना, विश्वविद्यालय के आंतरिक प्रशासन का गठन करना, पूर्णकालिक कुलपति की नियुक्ति करना, विश्वविद्यालय के लिए अध्ययन परिषद् की स्थापना करना, डिग्री कोर्स को एक वर्षीय करना आदि था।

इसी बीच 1915 में भारतीय परिदृश्य में गाँधी का पदार्पण हुआ जिसने शिक्षा-व्यवस्था को अपरोक्ष रूप से प्रभावित किया। इसका प्रत्यक्ष प्रभाव 1937 के वर्धा सम्मेलन में दिखायी दिया। लेकिन लार्डकर्जन के गुप्त शिक्षा सम्मेलन तथा बंग-भंग जैसी ग़लत प्रशासनिक नीति ने, अंग्रेज़ी शिक्षा व्यवस्था की चूलें हिला दी। इसी दौरान कांग्रेस के नेताओं तथा अन्य बुद्धिजीवियों ने एक ऐसी शिक्षा-व्यवस्था की माँग शुरू की जिसका स्वरूप अखिल भारतीय स्तर का हो तथा जिसका संचालन भारतीयों द्वारा, भारतीय आवश्यकताओं को ध्यान में रखकर किया जाय और जो पूर्ण रूप से स्वदेशी हो, उस व्यवस्था में किसी भी रूप में अंग्रेज़ी शिक्षा वर्चस्व न हो। इसी बीच 1919 के इंडिया एक्ट द्वारा शिक्षा का उत्तरदायित्व प्रांतीय शासन पर डाल दिया गया। चूँकि भारत सरकार द्वारा उचित आर्थिक सहायता प्रदान नहीं की गयी जिसके कारण प्रांतीय सरकार लगातार शैक्षिक आपूर्ति के दबाव में बनी रही। इसके बावजूद शिक्षा की राष्ट्रीय माँग के कारण यह अवश्य हुआ कि वाराणसी में काशी हिंदू विश्वविद्यालय, अलीगढ़ मुसलिम विश्वविद्यालय, तिलक महाराष्ट्र विद्यापीठ, गुजरात विद्यापीठ, जामिया मिलिया इस्लामिया आदि विश्वविद्यालयों की स्थापना हुई जो शिक्षा के राष्ट्रीय आंदोलन के परिणाम का प्रतिफल थी। आगे चल कर शिक्षा का एक राष्ट्रीय परिदृश्य के लिए पृष्ठभूमि तैयार हुई।

देखें : गिजूभाई बधेका, धोंडो केशव कर्वे, वर्धा शिक्षा योजना।

संदर्भ

1. अनंद सदाशिव अल्तेकर (1951), *एजुकेशन इन एंशिएंट इण्डिया,* नंद किशोर ब्रोज, वाराणसी.
2. बी.पी. जौहरी और पी.डी. पाठक (2012), *भारतीय शिक्षा का इतिहास,* अग्रवाल पब्लिकेशंस, आगरा.
3. बी.जी. सिंह (2010), *भारत में शिक्षा का अधिकार एवं प्रारम्भिक शिक्षा,* शारदा पुस्तक भवन, इलाहाबाद.
4. सी.पी.एस. चौहान (2007), *मॉडर्न इण्डियन एजुकेशन,* कनिष्क पब्लिकेशंस, नयी दिल्ली.

—बाल गोविंद सिंह

अं

'अंग्रेज़ी हटाओ' आंदोलन

('Drive Out English' Movement)

साठ के दशक के आख़िरी वर्षों में हुआ अंग्रेज़ी विरोधी आंदोलन मुख्यत: उत्तर भारत में केंद्रित घटना थी। कहा इसे हिंदी-आंदोलन भी जाता है, पर इसकी मुख्य माँग अंग्रेज़ी हटाने पर केंद्रित थी। यह दशक संविधान के निर्देशों के अनुसार 1965 में हिंदी को एकमात्र राज-भाषा बनाने के विरुद्ध हुई राजनीतिक लामबंदी का भी दशक था, जिसकी अभिव्यक्ति तमिलनाडु में हिंदी-विरोधी हिंसा में हुई थी। इसकी प्रतिक्रियास्वरूप हिंदीभाषी क्षेत्रों में कुछ ख़ास राजनीतिक प्रवृत्तियों को बल मिला। परिणामस्वरूप साठ के दशक में 'अंग्रेज़ी हटाओ' की मुहिम उत्तर-भारत के एक महत्त्वपूर्ण आंदोलन के रूप में राजनीतिक पटल पर उभरी। इसमें संयुक्त सोशलिस्ट पार्टी के नेतृत्व ने अहम भूमिका अदा की, पर सांगठनिक लिहाज़ से इसे एक 'ग़ैर-दलीय मंच' की तरह विकसित किया गया। इस मंच पर पहले से चल रहे हिंदी आंदोलन से किसी न किसी रूप में जुड़ी रही तमाम राजनीतिक शक्तियाँ आपसी मतभेदों के बावजूद अंग्रेज़ी को राजकाज की सह-भाषा बनाये रखने के विरोधस्वरूप एक साथ खड़ी हुईं। समाजवादियों के साथ जनसंघ ने भी इस मुहिम में सक्रिय भागीदारी की। राममनोहर लोहिया इस आंदोलन के मुख्य सिद्धांतकार थे। यह 'ग़ैर-दलीय राजनीतिक' प्रक्रिया चुनावी गठबंधन के रूप में विकसित हो रही ग़ैर-कांग्रेसवाद की राजनीति के समांतर चल रही थी। माना जा सकता है कि 'अंग्रेज़ी हटाओ' की मुहिम ने भी विपक्ष की एकता के लिए ज़मीन साफ़ करने का काम किया होगा।

'अंग्रेज़ी हटाओ' की मुहिम की आंदोलनकारी अभिव्यक्ति छात्रों और नौजवानों के जुझारू जुलूसों और आक्रामक रवैये में हुई। शहरों और क़स्बों में अंग्रेज़ी में लिखे बोर्डों पर कालिख पोत दी गयी। यहाँ तक कि कारों पर अंग्रेज़ी अंकों में लिखे हुए उनके नम्बरों को भी नहीं बख़्शा गया। उत्तर प्रदेश में तो कई जगह पुलिस वालों को भी आंदोलनकारियों के कोप का सामना करना पड़ा, क्योंकि उन्होंने कंधे पर यूपीपी लगा रखा था। अंग्रेज़ी के ख़िलाफ़ जम कर नारेबाज़ी होना आम बात हो गयी। 1967-68 के अख़बारों में छपी ख़बरें बताती हैं कि विश्वविद्यालय के परिसरों में 'हिंदी सैनिक' संसोपा और जनसंघ की युवा शाखाओं की मदद से संसद में पेश होने वाले राज-भाषा विधेयक के ख़िलाफ़ आम हड़ताल का आह्वान करने निकल पड़े। आंदोलन में आक्रामकता और हिंसा के पुट के कारण *इकॉनॉमिक ऐंड पॉलिटिकल वीकली* जैसी पत्रिका में छपी एक रपट में उसे फ़ासीवादी भी क़रार दिया गया।

बहरहाल, अंग्रेज़ी विरोध की यह प्रवृत्ति साठ के दशक में अचानक नहीं फूट पड़ी थी। इसकी सुगबुगाहट पचास के दशक के उत्तरार्ध से ही चल रही थी। जहाँ तक उपनिवेशवादियों द्वारा भारत पर लादी गयी विदेशी भाषा के रूप में अंग्रेज़ी के विरोध का सवाल है, यह प्रवृत्ति तो बीसवीं सदी की शुरुआत से ही मौजूद थी। इसके सबसे बड़े प्रवक्ता स्वयं गाँधी थे। लेकिन उत्तर भारत के हिंदी-आंदोलन में 'अंग्रेज़ी हटाओ' की प्रवृत्ति की शिनाख़्त अलग से करना आवश्यक है। इसके दो कारण हैं। पहला, इसके ज़रिये हिंदी-राष्ट्रीयता के गठन के बारे में चल रही बौद्धिक बहस (जैसे, हिंदी जाति की थीसिस) की सीमाओं के परे जा कर उसके आंतरिक घटकों की पहचान की जा सकी, और उसे

लोकतांत्रिक प्रक्रिया में परिवर्तित करने का राजनीतिक एजेंडा बनाया जा सका। दूसरा, हिंदी-आंदोलन ने इसके ज़रिये ख़ुद को भारतीयता का पर्याय बताने की वर्चस्ववादी दावेदारियों से अपना बौद्धिक-राजनीतिक विच्छेद करने का प्रयास किया। यह अलग बात है कि किसी न किसी रूप में 'अंग्रेज़ी हटाओ' ख़ुद को हिंदी-आंदोलन व हिंदी-राष्ट्रीयता को भारतीयता के मुख्य व केंद्रीय घटक के रूप में स्थापित करने वाली राजनीति से पूरी तरह अलग खड़ा नहीं कर पाया। लेकिन इस सीमा के बावजूद 'अंग्रेज़ी हटाओ' की परिघटना हिंदी आंदोलन में मौजूद वैचारिक प्रवृत्तियों की पहचान व उनके बीच बने संबंधों के कारण भाषा, राष्ट्र व लोकतंत्र के बीच विकसित हुए तनावपूर्ण संबंधों पर नये तरह से रोशनी डालती है। यह देखना महत्त्वपूर्ण होगा कि हिंदी-आंदोलन जिस राष्ट्रीयता का गठन करना चाहता था उसमें आंतरिक संलयन किस तरह हो रहा था। राष्ट्रीयता के निर्माण के लिए यह आंदोलन किस प्रक्रिया की ओर उन्मुख हो रहा था? इस प्रक्रिया में हमें कुछ महत्त्वपूर्ण प्रवृत्तियाँ दिखायी देती हैं, जो हिंदी आंदोलन की राजनीति के लिहाज़ से महत्त्वपूर्ण हैं।

उत्तर-भारत में तमिल, तेलुगु या मराठी के तर्ज़ पर भाषाई राष्ट्रीयता का गठन नहीं हुआ था। हिंदी बनाम उर्दू के विवाद के बरक्स हिंदुस्तानी को राष्ट्रीयता के केंद्र में लाने की कोशिश ज़रूर थी। इस प्रयास के साथ उपनिवेशवाद विरोधी संघर्ष की वह विरासत भी थी जिसने हिंदुस्तानी को अखिल भारतीय राष्ट्रीयता की केंद्रीय भाषाई प्रवृत्ति के तौर पर देखा था। महात्मा गाँधी इस परियोजना के मुख्य सूत्रधार थे और उन्होंने ही 'हिंदी-हिंदुस्तानी राष्ट्रीयता' की राजनीतिक प्रक्रिया को उत्तर-भारत में स्थापित करने का प्रयास किया था। उपनिवेशवाद के ख़िलाफ़ राष्ट्र के सूत्रीकरण के लिए हिंदुस्तानी राष्ट्रीयता का विचार ऐतिहासिक, सामाजिक-सांस्कृतिक साझेपन के रूप में अस्मिता व पहचान का प्रमुख घटक बन कर उभरा था। 'अंग्रेज़ी हटाओ' ने इस सिलसिले में एक नया वैचारिक हस्तक्षेप किया। उसने उपनिवेशवाद विरोधी आंदोलन के रुझान को पकड़ा जिसके तहत भारतीयता को अंग्रेज़ी के विरुद्ध भी परिभाषित किया जाता था। अंग्रेज़ी के बरअक्स भारतीयता को परिभाषित करने से भाषा सांस्कृतिक राष्ट्रवाद की स्वातंत्र्योत्तर परियोजना का मुख्य तत्त्व बन गयी।

हिंदी-आंदोलन को समाज-विज्ञान के हलकों में 'हिंदी' राष्ट्रवाद के रूप में व्याख्यायित किया जाता है। समझा जाता है कि इसकी राजनीतिक-सामाजिक परियोजना हिंदी के आधार पर उत्तर-भारत की राष्ट्रीयता के गठन से संबंधित थी। यह भी कहा जाता है कि यह प्रवृत्ति सभी भाषाओं के ऊपर हिंदी को प्राथमिकता देकर उसे राष्ट्र-भाषा का दर्जा देने की ज़िद करती थी। निस्संदेह ये तमाम पहलू हिंदी-आंदोलन में मौजूद थे। पर इन पहलुओं के साथ भी हिंदी को अंग्रेज़ी के विरोध में परिभाषित करने का आग्रह जुड़ा हुआ था। हिंदी-आंदोलन की इस धारा का नेतृत्व नागरी प्रचारिणी सभा और हिंदी साहित्य सम्मेलन के हाथ में था। आज़ादी के बाद राजनीतिक रूप से जनसंघ ने इनकी पैरवी करने में काफ़ी सक्रिय भूमिका निभायी। इस प्रवृत्ति ने दो पक्षों पर हिंदी आंदोलन की दिशा तय करने की कोशिश की। पहला, इसने उत्तर-भारत के सभी राज्यों में हिंदी को मुख्य राज-भाषा का दर्जा देने की माँग की, जिसका टकराव तत्कालीन राजनीतिक संदर्भ में अल्पसंख्यक भाषाई समुदायों (ख़ासकर उर्दूभाषियों) से हुआ। दूसरी ओर यह भारतीय राष्ट्रवाद के उस पक्ष पर लगातार ज़ोर देती रही जिसे 'भाषाई लोकतंत्र' कहा जा सकता है। हिंदी-आंदोलन के इस पहलू को आम तौर पर अनदेखा किया जाता है।

चाहे वह साहित्य सम्मेलन हो, या साहित्य सम्मेलन से इतर हिंदी की परिभाषा करने का सवाल हो, या हिंदुस्तानी का आंदोलन हो— ये तमाम उद्यम जिस चीज़ के बरअक्स ख़ुद को परिभाषित करने की कोशिश करते हैं, उसे अक्सर छोड़ दिया जाता है। दरअसल, उनकी यह कोशिश हमेशा अंग्रेज़ी के मुक़ाबले परिभाषित होती थी। हिंदी किसी भी क़िस्म की हो— चाहे वह हिंदी साहित्य सम्मेलन वाली हिंदी हो, हिंदी-राष्ट्रवाद वाली हिंदी हो, या हिंदुस्तानी वाली हिंदी हो, उनके बीच में जिस बात पर एकता थी वह था अंग्रेज़ी-विरोध। उसका तर्क भाषाई लोकतंत्र की धारणा पर आधारित था। एक तरफ़ यह काम साहित्य सम्मेलन और जनसंघ कर रहा था, दूसरी तरफ़ इसके पास हिंदुस्तानी के आग्रह के रूप में गाँधी की विरासत थी, तीसरे रूप में इसकी राजनीति अंग्रेज़ी हटाओ की मुहिम के रूप में लोहिया, समाजवादी पार्टी, और एक समय में कुछ हद तक कम्युनिस्टों ने भी की थी।

इसमें एक विरोधाभास था जिसे नज़रअंदाज़ नहीं किया जाना चाहिए। एक लिहाज़ से अंग्रेज़ी-विरोध की लोकतांत्रिक प्रक्रिया भारतीय भाषाओं के विकास की पक्षधर थी। वह चाहती थी कि भारतीय भाषाओं को ज्ञान-विज्ञान के क्षेत्र के साथ-साथ राजनीतिक तंत्र में भी अपनाया जाए। दूसरे लिहाज़ से यह हिंदी के समक्ष बाक़ी भाषाई समुदायों की माँगों को लोकतांत्रिक प्रक्रिया में जगह देने से हिचकती थी। यानी एक स्तर पर कहा जा सकता है कि यह भाषाई लोकतंत्र का आग्रह था, लेकिन दूसरे स्तर पर इसकी कम से कम एक प्रवृत्ति ऐसी थी जो अपने भीतर उन चिंताओं को जगह देने के लिए तैयार नहीं थी जो अन्य भाषाई समुदायों ने पचास और साठ के दशक में व्यक्त की थीं।

देखें : भक्ति आंदोलन-1 और 2, भक्ति-काव्य-1 और 2, भारतेंदु हरिश्चंद्र, भारतेंदु-युग-1 और 2, भाषा नियोजन-1, 2, 3 और 4, भाषा के मार्क्सवादी सिद्धांत, महावीर प्रसाद द्विवेदी-1 और 2, महादेवी वर्मा, मीरांबाई और प्रेमाभक्ति, रामचंद्र शुक्ल-1 और 2, रामविलास शर्मा, रीतिकाल-1 और 2, श्याम सुंदर दास, सम्पर्क भाषा-1, 2, 3 और 4, संविधान सभा में भाषा-विवाद-1, 2

और 3, संत-काव्य, सिद्ध-नाथ परम्परा, सूफ़ीयत और प्रेमाख्यान, हजारी प्रसाद द्विवेदी, हिंदी विरोधी आंदोलन, हिंदी जाति-1, 2 और 3, हिंदी साहित्य का आदिकाल, हिंदी साहित्य का इतिहास, हिंदी साहित्य का इतिहास : नए परिप्रेक्ष्य, हिंदी-जगत और 'लोकप्रिय'-1 और 2, हिंदी नवजागरण।

संदर्भ

1. बिनोद शोगे (1967), *हिंदी टेक्स इट्स टोल, इकॉनॉमिक ऐंड पॉलिटिकल वीकली, खण्ड 3, अंक 4.*
2. नवीन चंद्र (2013), 'निरंतरता और संघर्ष : पचास और साठ के दशकों में हिंदी-आंदोलन', अभय कुमार दुबे (सम्पा.), *हिंदी की आधुनिकता : एक पुनर्विचार* (तीसरा खंड), आईआईएएस-वाणी, नयी दिल्ली.
3. रामविलास शर्मा (2011), *भारत की भाषा समस्या,* राजकमल प्रकाशन, नयी दिल्ली.
4. एम.के. गाँधी (1956), *थॉट्स ऑन नैशनल लैंग्वेज,* नवजीवन पब्लिशिंग हाउस, अहमदाबाद.

— नवीन चंद्र

अंतरंगता

(Intimacy)

अंतरंगता व्यक्तियों के बीच घनिष्ठता से उपजती है। यह घनिष्ठता दो मित्रों के बीच हो सकती है, स्त्री-पुरुष के बीच होती है, माँ-बेटे और भाई-बहिन के बीच भी हो सकती है। घनिष्ठता की परिस्थितियाँ पैदा करने में पारिवारिक जीवन का बहुत बड़ा हाथ है। घरेलू दायरे में साथ-साथ समय गुज़ारने, बच्चे पैदा करने, उनका लालन-पालन करने और एक-दूसरे की देख-रेख करने से अनिवार्यत: व्यक्तिगत घनिष्ठता की ज़मीन तैयार होती है। लम्बे समय के सह-जीवन के ज़रिये लोग शारीरिक और मानसिक रूप से एक-दूसरे का अंतरंग परिचय प्राप्त करते हैं। परिवार के अलावा सहजीवन सम्भव करने वाली अन्य (स्कूल, कॉलेज, फ़ौजी बैरकें और जेल जैसी) जगहों पर भी व्यक्तियों के बीच घनिष्ठता घटित होने की सम्भावना रहती है। लेकिन समाज-विज्ञान में अंतरंगता का जो विमर्श प्रचलित है, वह ज़्यादातर स्त्री-पुरुष के बीच घनिष्ठता का है। इस धरातल पर अक्सर अंतरंगता प्रेम का पर्याय बन जाती है। दूसरी तरफ़ आम तौर पर किसी व्यक्ति के साथ यौन-संबंध होने को अंतरंग संबंध का पर्याय मान लेना अंतरंगता की संकीर्ण समझ है। शारीरिक संबंध से एक-दूसरे के बारे में गहरे परिचय की सम्भावनाएँ खुलती हैं, लेकिन कोई ज़रूरी नहीं कि ऐसा हमेशा हो ही। नियमित यौन-संबंध रखने के बावजूद व्यक्तियों के बीच बहुत कम अंतरंगता पायी गयी है। यहाँ तक कि विवाहित जीवन में भी अंतरंगता का अभाव होता है। एक ही कमरे में रहते हुए और एक ही बिस्तर पर सोने वाले व्यक्ति अलग-अलग दायरों में क़ैद रहते हैं। दूसरे, अंतरंगता की डिग्रियाँ भी हो सकती हैं। मसलन, एक व्यक्ति विभिन्न व्यक्तियों के साथ कम या ज़्यादा अंतरंग हो सकता है, और अंतरंगता एक बार स्थापित होने के बाद ख़त्म भी हो सकती है। परिवार से इतर सामाजिक संस्थाओं, जैसे कॉलेज वग़ैरह में बनने वाली अंतरंगता अपेक्षाकृत कम टिकाऊ होती है। अंतरंगता के प्रश्न पर ज़िग्मंट बाउमैन और एंथनी गिडेंस जैसे विद्वानों ने गहरा विचार-विमर्श किया है।

चूँकि व्यक्तिगत जीवन में अंतरंगता विविध मुक़ामों पर विभिन्न मात्रा में (सघन या विरल) अलग-अलग तात्पर्यों के साथ उपजती है, इसलिए उसके सामाजिक प्रभावों को लेकर विद्वानों में मतभेद हैं। कुछ चिंतकों का विचार है कि दैनंदिन जीवन में अंतरंगता की व्यक्तिगत दावेदारियों ने नागरिक और सामुदायिक एकजुटता और सक्रियता के पहलुओं पर विपरीत प्रभाव डाला है। ये विद्वान मानते हैं कि अंतरंगता के व्यक्तिगत रूपों ने पारिवारिक मूल्यों की उपेक्षा को बढ़ावा दिया है। लेकिन कुछ दूसरे विद्वान विपरीत निष्कर्षों पर पहुँचे हैं। उनके अनुसार अंतरंगता व्यक्तिगत रिश्तों में जिस समानता और लोकतांत्रिक प्रकृति को बढ़ावा देती है, उसके कारण समाज के दूसरे दायरों में भी समानता और लोकतंत्र की संरचनाएँ मज़बूत होती हैं।

समाज-वैज्ञानिक विमर्श ने अंतरंगता के जिस प्रकार को सर्वाधिक प्रमुखता दी है, वह है एक ख़ास तरह की घनिष्ठता जिसके तहत एक व्यक्ति अपने पसंदीदा इनसान के सामने अपने मन के भेद खोल देता है। इसे 'सेल्फ़ डिस्क्लोज़िंग इंटीमेसी' की संज्ञा दी गयी है। ज़ाहिर है कि इस अंतरंगता में दैहिक परिचय का महत्त्व है, पर एक-दूसरे को भीतर से समझने की प्रक्रिया को अधिक रेखांकित किया गया है। मानवीय रिश्तों के अध्येताओं, संबंधवाचक सलाह-मशविरा देने वालों, मनोविश्लेषकों, मनश्चिकित्सकों और यौन समस्याओं का हल सुझाने वालों ने अंतरंगता के इस रूप को काफ़ी विज्ञापित और प्रचारित किया है। इसके तहत पहले यह बताया जाता है कि व्यक्ति को अपने ख़ुद के मनोभावों का पूरा एहसास होना चाहिए। इसके लिए ज़रूरी है कि वह अपने बारे में सुने और बातें करे। अपने ख़याल दूसरों के साथ साझा करते हुए अपने जज़्बात का खुलासा करे ताकि एक बेहतर संबंध क़ायम किया जा सके या टिकाया जा सके। परस्पर स्नेह और देखभाल करने से उपजने वाली व्यवहारगत अंतरंगता के मुक़ाबले सेल्फ़ डिस्क्लोज़िंग इंटीमेसी में दूसरे को अपने

मन में झाँकने की इजाज़त देने या लेने को काफ़ी महत्त्व दिया गया है। ऐसी अंतरंगता के लिए संवाद स्थापित करना आवश्यक है। इसमें सेक्शुअल अंतरंगता भी अहम भूमिका अदा कर सकती है, लेकिन यह कोई आवश्यक या पर्याप्त शर्त नहीं मानी जाती। मानस के धरातल पर अंतरंगता बिना दैहिक अंतरंगता के उपलब्ध करना कठिन नहीं समझा जाता। दूसरी तरफ़ सेक्शुअलिटी के सिद्धांतकारों की मान्यता है कि अगर सेक्शुअलिटी व्यक्ति की इयत्ता का सार है तो फिर सेक्शुअल रिश्ते के ज़रिये उस अंतरंगता को और सघन किया जा सकता है, जो संवाद के माध्यम से विकसित की गयी है।

आत्मीय और गहन संवाद के ज़रिये प्राप्त की गयी अंतरंगता के तात्पर्यों की परस्पर विपरीत व्याख्याएँ की गयी हैं। एंथनी गिडेंस ने 1992 में प्रकाशित अपनी रचना *द ट्रांसफ़र्मेशन ऑफ़ इंटीमेसी* में इसके सकारात्मक और स्वागतयोग्य पहलुओं को उकेरा है। गिडेंस की मान्यता है कि बीसवीं सदी के आख़िरी दौर में अंतरंगता के आधुनिक रूपों में काफ़ी तब्दीली आयी है। यही वह समय था जब सामाजिक परिवर्तन की तेज़ रफ़्तार, जीवन की अनिश्चितता और उसमें निहित जोखिम के एहसास ने लोगों को समझाया कि अब पहले की तरह पारिवारिक जीवन जीने या सेक्शुअल या जेंडर अस्मिताओं के सहारे रहने से काम नहीं चलने वाला है। अब उन्हें अपनी इयत्ता का कहीं अधिक आत्मसचेत आख्यान गढ़ना होगा। इस प्रवृत्ति के कारण लोग 'सेल्फ़ डिस्क्लोज़िंग इंटीमेसी' की तरफ़ और अधिक झुके जिससे उन्हें एक या उससे अधिक सघन निजी संबंधों के दायरे में अपनी जगह तय करने में मदद मिली। यह एक ऐसा समय था जब रिश्तों का बंधन पहले के मुक़ाबले कहीं कमज़ोर होता जा रहा था। संबंध जल्दी-जल्दी टूट रहे थे। परस्पर संतोष उनकी पहली और अंतिम शर्त बन गयी थी। दूसरी तरफ़ संबंधों की प्रकृति अधिक लोकतांत्रिक और समतामूलक होती जा रही थी। इसी तरह सेक्स की प्रकृति भी बदल रही थी। वह परम्पराओं और वर्जनाओं के ख़ाने से निकल कर पहले के मुक़ाबले कहीं तरल हो गया था। स्त्री-पुरुषों के लिए यौनाचरण का मतलब था वह कार्रवाई जिसमें उन्हें आनंद आये, भले ही उसे दूसरे कुछ भी समझते हों। गिडेंस का विमर्श मानता है कि अब भी दीर्घकालीन रिश्तों के लिहाज़ से वैवाहिक संबंध ही सर्वाधिक प्रचलित हैं और माता-पिता के रूप में बच्चों के लालन-पालन के पूर्व प्रचलित रूप ही चलते हैं, पर परिवार और सहजीवन के अन्य रूप भी धीरे-धीरे परवान चढ़ रहे हैं।

अंतरंगता के विमर्श में लैंगिक आयामों पर विशेष ध्यान दिया गया है। मनोवैज्ञानिक और मनोवैश्लेषिक अनुसंधानों से पता चला है कि माँ की भूमिका निभाने के दौरान माँ और बच्चे के बीच बनने वाला संबंध स्त्री को अंतरंगता के लिहाज़ से अधिक टिकाऊ पार्टनर बनाने की तरफ़ ले जाता है। निजी रिश्तों को तोड़ने और किसी न किसी प्रकार चलाते रहने की प्रवृत्ति स्त्री में अधिक पायी जाती है। लिंग आधारित सांस्कृतिक विमर्श, सामाजिक मर्यादाएँ, वर्जनाएँ और अवसरों की उपलब्धता के आयाम भी स्त्री को टिकाऊ अंतरंगता का पैरोकार बनाते हैं। गिडेंस का कहना है कि अंतरंगता की संरचनाओं में हुई हालिया तब्दीली की कमान ज़्यादातर स्त्रियों ने ही सँभाली हुई है। जो स्त्रियाँ पहले टिकाऊ अंतरंगता की तलाश में आत्मत्याग करने के लिए तैयार रहती थीं, वे अब अंतरंगता की अधिक समतामूलक और लोकतांत्रिक ज़मीन तलाश रही हैं। स्त्रियों में भी समलैंगिक स्त्रियाँ और युवतियों ने इस क्षेत्र में विशेष रूप से पहल की है। गिडेंस की इस स्थापना पर नारीवादियों के बीच बहस है। कुछ नारीवादी विद्वानों का तर्क है कि अंतरंगता में रूपांतरण की बागडोर स्त्रियों को थमाते वक्त गिडेंस समाज में व्याप्त लैंगिक भेदभाव और ऊँच-नीच को कम करके आँकते हैं। साथ ही वे इतरलैंगिक सेक्शुअल संस्कृति के प्रचलन को भी काफ़ी-कुछ नज़रअंदाज़ कर देते हैं। लेकिन, कुछ नारीवादी विद्वान गिडेंस से सहमत भी नज़र आते हैं। उनका कहना है कि इतरलैंगिक मानकों से परे जा कर अंतरंग संबंध बनाने की परिघटना ने अपने क़दम बढ़ाने शुरू कर दिये हैं।

गिडेंस के विपरीत कुछ अकादमीशियनों का तर्क है कि इस 'उत्तर-आधुनिक' ज़माने में या तो अंतरंगता की सघनता का क्षय हो गया है, या फिर उसकी सघनता समाज के ज़्यादा काम की नहीं रह गयी है। बेरोकटोक बाज़ारीकरण, उपभोक्ता संस्कृति और चमक-दमक की प्रतियोगिता ने लोगों को आत्मलीन और परायेपन का शिकार बना दिया है। अपने जीवन में अकेले पड़ते लोग अंतरंग रिश्तों के क़ाबिल ही नहीं रह गये हैं। निष्ठावान और ज़िम्मेदार होने का विमर्श घट कर अपने प्रति ज़िम्मेदारी और अपने प्रति निष्ठा में सिमट कर रह गया है। अंतरंगता की निराशाजनक तस्वीर खींचने वाले विद्वानों में बाउमैन और होश्चाइल्ड प्रमुख हैं।

देखें : पुरुषत्व, प्रेम, प्रेम-अध्ययन और नारीवादी दर्शन, फ़िल्म और सेक्शुअलिटी, ब्रह्मचर्य और सेलिबेसी, सेक्शुअलिटी, सेक्शुअलिटी-अध्ययन।

संदर्भ

1. एंथनी गिडेंस (1992), *द ट्रांसफ़र्मेशन ऑफ़ इंटीमेसी*, पॉलिटी प्रेस, केम्ब्रिज.
2. ज़िग्मंट बाउमैन (2003), *लिक्विड लव : ऑन द फ़्रेलिटी ऑफ़ ह्यूमन बोंड*, पॉलिटी प्रेस, केम्ब्रिज.
3. ए. होश्चाइल्ड (2003), *द कमर्शियलाइज़ेशन ऑफ़ इंटीमेट लाइफ़ : नोट्स फ़्रॉम होम ऐंड वर्क*, युनिवर्सिटी ऑफ़ कैलिफ़ोर्निया प्रेस, बर्कले, 2003
4. एल. जेमीसन (1994), 'इंटीमेसी ट्रांसफ़ॉर्म्ड : ए क्रिटिकल लुक एट द प्योर रिलेशनशिप', *सोसियोलॉजी, खण्ड* 33, अंक 4.

— **अनामिका**

अंतर्राष्ट्रीय मुद्रा कोष

(International Monetary Fund)

अंतर्राष्ट्रीय मुद्रा कोष (आईएमएफ़) भी विश्व बैंक की तरह ब्रेटन वुड्स प्रणाली की देन है। इन दोनों संस्थाओं की स्थापना 1945 में साथ-साथ ही हुई थी। मुद्रा कोष के चार्टर के पहले अनुच्छेद के मुताबिक़ उसका मक़सद इस प्रकार समझा जा सकता है : अंतर्राष्ट्रीय मौद्रिक सहयोग को प्रोत्साहित करना, अंतर्राष्ट्रीय व्यापार के संतुलित विस्तार और वृद्धि के लिए बाधाएँ दूर करना, रोज़गार के उच्चस्तर को प्रोत्साहित करते हुए उसे बनाये रखना, विदेशी मुद्रा पर लगी पाबंदियों को हटाना, राष्ट्रीय और अंतर्राष्ट्रीय समृद्धि को नुक़सान पहुँचाये बिना उन देशों को संसाधन मुहैया कराना जो भुगतान अधिशेष की समस्या से जूझ रहे हों, अपने सदस्य देशों के अंतर्राष्ट्रीय भुगतान अधिशेष में आये असंतुलन की मात्रा और अवधि को घटाना। मुद्रा कोष के इन उद्देश्यों से ज़ाहिर हो जाता है कि उसे एक ऐसी अंतर्राष्ट्रीय अर्थव्यवस्था के रख-रखाव की ज़िम्मेदारी दी गयी है जो मंदी, बेरोज़गारी और व्यापार के ठप होने की उन स्थितियों से बचना चाहती है जिन्होंने तीस के दशक की महामंदी के दौरान विश्व पूँजीवादी व्यवस्था को झकझोर दिया था। आज दुनिया में विनिमय दरें स्थिर नहीं रह गयी हैं और इसीलिए ब्रेटन वुड्स प्रणाली बिखर चुकी है। लेकिन, पूँजीवादी व्यवस्था के लिए आईएमएफ़ और विश्व बैंक जैसी संस्थाओं की प्रासंगिकता बरक़रार है, क्योंकि बदलती हुई विनिमय दरों की स्थिति में मौद्रिक स्थिरता सुनिश्चित करना और भी ज़रूरी लगने लगा है।

सत्तर के दशक तक मुद्रा कोष का काम केवल यह था कि दुनिया की मुद्राओं की विनिमय दर अमेरिकन डॉलर के मुक़ाबले विनिमय तयशुदा रहे। इस दर में अगर एक फ़ीसदी से भी अधिक की तब्दीली आती थी, तो पहले उसके बारे में कोष के सदस्य देशों के बीच विचार-विमर्श होता था। मुद्रा कोष द्वारा क़ायम किये गये इस 'पार वैल्यू सिस्टम' से निवेशकों, कारख़ाना माल के उत्पादकों और संबंधित देशों को काफ़ी फ़ायदा हुआ। इसके कारण न केवल विभिन्न मुद्राओं के वास्तविक मूल्य की साफ़ तौर पर जानकारी रहती थी, बल्कि अंतर्राष्ट्रीय अर्थव्यवस्था की गतिशीलता के बारे में सही-सही पूर्वानुमान भी लगाया जा सकता था। लेकिन, साठ के दशक में जब अमेरिका में मुद्रास्फीति बढ़ी और डॉलर कमज़ोर होना शुरू हो गया तो सारी दुनिया में डॉलरों को सोने में भुनाने की होड़ मच गयी। इस तरह के विनिमय का अधिकार ब्रेटन वुड्स समझौते के तहत उपलब्ध था। सत्तर के दशक तक अमेरिका का स्वर्ण-भंडार दस अरब डॉलर से भी कम का रह गया। अगस्त, 1970 में राष्ट्रपति निक्सन ने एकतरफ़ा कार्रवाई करके डॉलरधारियों से यह अधिकार छीन लिया जिससे ब्रेटन वुड्स प्रणाली ध्वस्त हो गयी। निर्धारित विनिमय दर के बजाय चलायमान विनिमय दर प्रारम्भ हुई।

अंतर्राष्ट्रीय मुद्रा कोष का वाशिंगटन, डीसी स्थित मुख्यालय

ब्रेटन वुड्स प्रणाली ख़त्म हो जाने के बाद मुद्रा कोष अंतर्राष्ट्रीय मौद्रिक व्यवस्था में नक़दी का योगदान करने की ज़िम्मेदारी पर ध्यान दिया। इससे पहले कोष के अपने ख़ज़ाने में ज़्यादा कुछ नहीं होता था। पर भूमिका बदलने पर उसके सदस्य देशों ने उसे आर्थिक रूप से मज़बूत करना शुरू किया। 1976 में हुए अपने जमैका सम्मेलन में कोष ने अपने आर्टीकिल्स ऑफ़ एग्रीमेंट मे संशोधन किया। अस्सी के दशक में मुद्रा कोष की व्यावहारिक भूमिका ने एक और करवट ली जब उसने ऋण संकट से जूझ रहे कम विकसित देशों की अर्थव्यवस्था के प्रबंधन में हस्तक्षेप करना शुरू किया। आईएमएफ़ ने ऐसे ज़रूरतमंद देशों पर अपनी शर्तों का एक पैकेज थोपना शुरू किया जिसके कारण वे अपनी अर्थव्यवस्थाओं में ढाँचागत समायोजन करने पर मज़बूर हो गये। इस प्रक्रिया में कई कम विकसित देशों को तकलीफ़देह सिलसिले से भी गुज़रना पड़ा। मुद्रा कोष का तर्क था कि अंतर्राष्ट्रीय वित्तीय प्रणाली की स्थिरता क़ायम रखने और कम विकसित देशों के लिए क़र्ज़ की राशियाँ मुहैया कराते रहने के लिए ग़रीब देशों को ऋण का भुगतान करते रहना होगा और उसी के मुताबिक़ अपनी आर्थिक नीतियों का पुनर्विन्यास करना होगा। नब्बे के दशक में सोवियत ख़ेमे के बिखराव के बाद मुद्रा कोष ने पूर्व समाजवादी देशों के बाज़ार आधारित अर्थव्यवस्थाओं में संक्रमण की ज़िम्मेदारी उठानी शुरू की।

आईएमएफ़ द्वारा चलाये जाने वाले ढाँचागत समायोजन कार्यक्रम बेहद विवादास्पद साबित हुए हैं। कुछ अर्थशास्त्रियों का तो यहाँ तक कहना है कि इन कार्यक्रमों के कारण राहत

मिलने के बजाय आर्थिक संकट में बढ़ोतरी हो जाती है। दक्षिण-पूर्व एशियाई देशों के मुद्रा संकट के बाद कोष की भूमिका को काफ़ी आड़े हाथों लिया गया है। ख़ास बात यह है कि जब तक कोष अपना आर्थिक कार्यक्रम ग़रीब देशों पर थोपता रहा, उसकी आलोचनाओं को वामपंथी अर्थशास्त्रियों के पूँजीवाद विरोध रवैये का परिणाम बता कर टाला जाता रहा। पर, जब दक्षिण कोरिया और थाईलैण्ड जैसे नव-विकसित देशों की अर्थव्यवस्थाओं को मुद्रा कोष की सलाहें रास नहीं आयी तो मुक्त बाज़ार और भूमण्डलीकरण के समर्थक अर्थशास्त्रियों ने भी आलोचना करनी शुरू कर दी।

मुद्रा कोष ने इन देशों को जो बचाव कार्यक्रम थमाया वह ग़लत समझ पर आधारित था। इसमें ऋणदाताओं और ऋणप्राप्तकर्ताओं के लिए दोहरे मानदण्ड अपनाये गये थे। प्राप्तकर्ताओं पर वित्तीय अनुशासन थोपने वाले कोष ने ऋण देने वालों पर कोई संयम आरोपित न करने का फ़ैसला किया। नतीजे के तौर पर संकटग्रस्त देशों की मुद्राओं और शेयरों की क़ीमत में और गिरावट आयी। जैफ़री साक्श और जॉर्ज सोरोस जैसे अर्थशास्त्रियों और फ़ाइनेंसरों का कहना था कि कोष का फ़ार्मूला महँगी मुद्रा नीति और अपस्फीति (स्टेगफ़्लेशन) का है, जिससे इन देशों की समस्याओं का समाधान नहीं होगा। साक्श ने साफ़ कहा कि इस बचाव कार्यक्रम ने कोष की साख में बट्टा लगा दिया है और अब अगर कोई अर्थव्यवस्था संकट की शिकार हो तो उसे आईएमएफ़ को मदद के लिए आवाज़ नहीं देनी चाहिए।

सोरोस ने तो यहाँ तक कहा कि मुद्रा कोष अंतर्राष्ट्रीय ऋण का निजी क्षेत्र के लिए आबंटन करने लायक भी नहीं रह गया है। इसके लिए एक नयी इंटरनैशनल क्रेडिट इंश्योरेंस कॉरपोरेशन जैसी संस्था बनायी जानी चाहिए जो एक सीमा तक सुरक्षा की गारंटी देते हुए अंतर्राष्ट्रीय ऋण प्रदान करे। कोष के जुड़वाँ भाई विश्व बैंक के मुख्य अर्थशास्त्री जोसेफ़ स्टिगलिट्ज़ का कहना था कि ब्याज दरें बढ़वा कर, सरकारी ख़र्चे में कटौती करवा कर और ऊँचे करों को थोपने का दबाव डाल कर कोष इन देशों को ज़बरदस्त मंदी की ओर धकेल रहा है। 2008 के बाद आये वैश्विक वित्तीय संकट ने तो कोष की नीतियों, उद्देश्यों और उपकरणों कलई खोल दी है। कोष की सलाहों और नियंत्रण के तहत चलने वाले वित्तीय निज़ाम अस्थिरता, गिरावट, राष्ट्रीय और अंतर्राष्ट्रीय विषमता-वर्धन और सट्टेबाज़ी जैसी अनैतिक-अनुत्पादक गतिविधियों में बुरी तरह फँसते जा रहे हैं। इससे लगता है कि अब कोष की पुनर्रचना और नवीकरण का समय आ गया है।

मुद्रा कोष और भारत : भारतीय सार्वजनिक जीवन में मुद्रा कोष की राष्ट्रीय अर्थव्यवस्था में भूमिका को लेकर चर्चा अस्सी के दशक में गर्म हुई। इंदिरा गाँधी की सरकार ने नवम्बर, 1981 में तमाम आलोचनाओं और विरोध को ठुकराते हुए 5.3 अरब डॉलर का ऋण लेने और उसके बदले कोष की कड़ी शर्तें मानने का फ़ैसला किया। 1979 से 1981 के बीच ऑर्गनाइज़ेशन ऑफ़ पेट्रोलियम एक्सपोर्टिंग कंट्रीज़ ने कच्चे तेल के दाम 13 से बढ़ा कर 35 डॉलर कर दिये थे। प्रेक्षकों की मान्यता थी कि भारत इस तेल-संकट का सामना बिना इस क़र्ज़ के भी कर सकता था। उसके विदेशी मुद्रा भंडार की स्थिति भी अच्छी थी और मुम्बई हाई से तेल का उत्पादन धीरे-धीरे ही सही पर होने लगा था। सरकार ने कोष से इस ऋण की केवल दो किस्तें ही लीं और तीसरी अंतिम किस्त (1.8 अरब डॉलर) लेने से इनकार कर दिया।

आईएमएफ़ का दूसरा संदर्भ तब सामने आया जब 1991 में भारतीय अर्थव्यवस्था विदेशी मुद्रा संकट में बुरी तरह फँस गयी। मुद्रा कोष से सात अरब डॉलर का ऋण माँगा गया। कोष और विश्व बैंक ने मिल कर अपनी शर्तें थमायीं जिनका पालन करने के लिए कांग्रेस की अल्पमतीय नरसिंह राव सरकार ने 'कड़े, अलोकप्रिय लेकिन टाले न जा सकने वाले क़दम' उठाने की घोषणा की। यह ढाँचागत समायोजन कार्यक्रम के तहत आर्थिक सुधारों की शुरुआत थी। चार दिन के भीतर-भीतर दो बार में रुपये का बीस फ़ीसदी अवमूल्यन किया गया, आयात पर कई तरह की पाबंदियाँ हटा कर नयी व्यापार नीति का ऐलान किया गया, सरकार ने अपने स्वर्ण-कोष से 46.91 टन सोना बैंक ऑफ़ इंग्लैण्ड को गिरवी रख कर चालीस करोड़ डॉलर का अल्पावधि क़र्ज़ उगाहा, नयी उद्योग नीति घोषित हुई जिसके तहत 18 क्षेत्रों को छोड़ कर बाक़ी सभी उद्योगों को लाइसेंस-कोटा-परमिट प्रणाली से मुक्त कर दिया गया।

आईएमएफ़ के नेतृत्व में चलने वाला यह ढाँचागत समायोजन कार्यक्रम अब भी जारी है। भारतीय अर्थव्यवस्था मोटे तौर से मुद्रा कोष की देख-रेख में ही चल रही है।

देखें : ढाँचागत समायोजन, पेटेंट, ब्रेटन वुड्स प्रणाली, भूमण्डलीकरण : भारतीय अर्थव्यवस्था का, भारत में पेटेंट क़ानून, भारत में बहुराष्ट्रीय निगम, भारत में शेयर संस्कृति, भूमण्डलीकरण, भूमण्डलीकरण का इतिहास-1 और 2, भूमण्डलीकरण और बेरोज़गारी, भूमण्डलीकरण और ग़रीबी, भूमण्डलीकरण और पूँजी बाज़ार, भूमण्डलीकरण और लोकतंत्र, भूमण्डलीकरण और राज्य, भूमण्डलीकरण और राष्ट्रीय सम्प्रभुता, भूमण्डलीकरण और वित्तीय पूँजी, भूमण्डलीकरण और वित्तीय उपकरण, भूमण्डलीकरण के आलोचक, भूमण्डलीकरण के ख़िलाफ़ प्रतिरोध, विश्व बैंक, विश्व व्यापार संगठन।

संदर्भ

1. ई. हेलीनर (1996), *स्टेट्स ऐंड द रिइमरजेंस ऑफ़ द ग्लोबल फ़ाइनेंस : फ़्रॉम ब्रेटन वुड्स टू द 1990ज़,* कॉरनेल युनिवर्सिटी प्रेस, इथाका, न्यूयॉर्क.
2. इण्डियन पीपुल्स फ्रंट (1991), *इण्डिया ऐंड द आईएमएफ़ लोन : सोल्ड फ़ॉर अ फ़्यू डॉलर्स मोर,* इण्डियन पीपुल्स फ्रंट, नयी दिल्ली.
3. आर. शैरुफ़्फ़ (1999), *डू वर्ल्ड बैंक ऐंड आईएमएफ़ज़ पॉलिसीज़ वर्क?,* सेंट मार्टिंस प्रेस, न्यूयॉर्क.

4. के. डैनैहर (1994), *50 इयर्स आर इनफ़ : द केस अगेंस्ट द वर्ल्ड बैंक ऐंड इंटरनैशनल मोनेटरी फंड,* साउथ ऐंड प्रेस, लंदन.
5. एल. मैकक्विलन (1999), *इंटरनैशनल मोनेटरी फंड,* हूवर इंस्टीट्यूट प्रेस, वाशिंगटन, डीसी.

—अभय कुमार दुबे

अनुक्रमणिका

अनुक्रमणिका में उल्लिखित रचनाओं (पुस्तकें, लेख, कविताएँ, नाटक और फ़िल्में) के शीर्षकों में ए, ऐन और द का प्रयोग मुख्य शीर्षक के बाद किया गया है। अभिनव गुप्त और मण्डन मिश्र जैसे क्लासिकल नाम प्रथम नाम में दिये गये हैं। चीनी नाम भी प्रथम नाम के रूप में ही हैं। जिन प्रविष्टियों के साथ भारतीय लगा है,उनकी स्वतंत्र प्रविष्टि बनायी गयी है, न कि मुख्य प्रविष्टि की उप-प्रविष्टि के रूप में। प्रविष्टियों के शीर्षक और उनकी पृष्ठ-संख्या विशेष रूप से उभारी गयी है।

अ

आ

इ

ई

उ

ऋ

ए

ऐ

ओ

औ

अं

क

ख

ग

छ

ज

झ

ट

ठ

ड

ढ

त

थ

द

ध

न

प

फ

ब

भ

म

य

र

व

श

ष

स

ह

क्ष

त्र

ज्ञ

समाज–विज्ञान

विश्वकोश

खण्ड 4

ज्ञान शांति मैत्री

महात्मा गांधी अंतरराष्ट्रीय हिंदी विश्वविद्यालय, वर्धा (महाराष्ट्र)

समाज-विज्ञान

विश्वकोश

खण्ड 4

सम्पादक

अभय कुमार दुबे

फ़ेलो और निदेशक, भारतीय भाषा कार्यक्रम,
विकासशील समाज अध्ययन पीठ, नयी दिल्ली

सहायक-सम्पादक

बीर पाल सिंह यादव

असिस्टेंट प्रोफ़ेसर एवं प्रकाशन प्रभारी
महात्मा गांधी अंतरराष्ट्रीय हिंदी विश्वविद्यालय, वर्धा (महाराष्ट्र)

राजकमल प्रकाशन

ISBN : 978-81-267-2849-7

मूल्य : ₹ 3600 (छह जिल्दों में)

पहला संस्करण : 2013
दूसरा संस्करण : 2016
पहली आवृत्ति : 2023

प्रकाशक : राजकमल प्रकाशन प्रा.लि.
1-बी, नेताजी सुभाष मार्ग, दरियागंज
नई दिल्ली-110 002

शाखाएँ : अशोक राजपथ, साइंस कॉलेज के सामने, पटना-800 006
पहली मंज़िल, दरबारी बिल्डिंग, महात्मा गांधी मार्ग, प्रयागराज-211 001

वेबसाइट : www.rajkamalprakashan.com
ई-मेल : info@rajkamalprakashan.com

सम्पादकीय सहयोग
नरेश गोस्वामी, कमल नयन चौबे, सुमेल सिंह सिद्धू, मनोहर नायक, मनोज मोहन

डिज़ाइन : मृत्युंजय चटर्जी
अनुक्रमणिका : मंजू खन्ना
टंकण एवं अन्य सहयोग : चंदन शर्मा, संजय कुमार

मुद्रक : बी.के. ऑफसेट
नवीन शाहदरा, दिल्ली-110 032

SAMAJ-VIGYAN VISHWAKOSH-4
Edited by Abhay Kumar Dubey

खण्ड 4

सलाहकार-मण्डल

रविकांत
एसोसिएट फ़ेलो, विकासशील समाज अध्ययन पीठ, दिल्ली

राकेश पाण्डेय
एसोसिएट फ़ेलो, विकासशील समाज अध्ययन पीठ, दिल्ली

राजकुमार
प्रोफ़ेसर, हिंदी विभाग, बनारस हिंदू विश्वविद्यालय, वाराणसी (उप्र)

राजीव भार्गव
निदेशक और वरिष्ठ फ़ेलो, विकासशील समाज अध्ययन पीठ, दिल्ली

राधावल्लभ त्रिपाठी
प्रोफ़ेसर, डॉ. हरीसिंह गौर विश्वविद्यालय, सागर (मप्र)

विजय बहादुर सिंह
पूर्व निदेशक, विकासशील समाज अध्ययन पीठ, दिल्ली

शैल मायाराम
वरिष्ठ फ़ेलो, विकासशील समाज अध्ययन पीठ, दिल्ली

सौम्यव्रत चौधरी
वरिष्ठ फ़ेलो, सेंटर फॉर स्टडीज़ ऑफ़ सोशल साइंसेज़, कोलकाता (पश्चिम बंग)

सतीश देशपांडे
प्रोफ़ेसर, दिल्ली स्कूल ऑफ़ इकॉनॉमिक्स, नयी दिल्ली

स्मिता तिवारी जस्सल
विज़िटिंग फ़ेलो, विकासशील समाज अध्ययन पीठ, दिल्ली

सुधीश पचौरी
प्रोफ़ेसर और डीन, दिल्ली विश्वविद्यालय, दिल्ली

हिलाल अहमद
एसोसिएट फ़ेलो, विकासशील समाज अध्ययन पीठ, दिल्ली

लेखक-मण्डल

अभय कुमार दुबे
फ़ेलो और निदेशक, भारतीय भाषा कार्यक्रम,
विकासशील समाज अध्ययन पीठ, दिल्ली

अजय कुमार पांडेय
स्वतंत्र अध्येता, बलिया (उप्र)

अनामिका
फ़ेलो, नेहरू मेमोरियल म्यूज़ियम ऐंड लाइब्रेरी, नयी दिल्ली

अनुराग पांडेय
अनुसंधानकर्ता, राजनीतिशास्त्र विभाग, दिल्ली विश्वविद्यालय, दिल्ली

अनुष्का सिंह
अनुसंधानकर्ता, राजनीतिशास्त्र विभाग, दिल्ली विश्वविद्यालय, दिल्ली

अमितेश कुमार
अनुसंधानकर्ता, हिंदी विभाग, दिल्ली विश्वविद्यालय, दिल्ली

अम्बिका दत्त शर्मा
विभागाध्यक्ष, दर्शनशास्त्र विभाग, डॉ. हरीसिंह गौर विश्वविद्यालय,
सागर (मप्र)

अम्बरीष सक्सेना
मीडिया विशेषज्ञ, नयी दिल्ली

अविनाश कुमार
ऑक्सफ़ेम, नयी दिल्ली

अविनाश झा
पुस्तकालयाध्यक्ष,
विकासशील समाज अध्ययन पीठ, दिल्ली

आकांक्षा कुमारी
शोधार्थी, स्त्री-अध्ययन विभाग, महात्मा गांधी अंतरराष्ट्रीय
हिंदी विश्वविद्यालय, वर्धा (महाराष्ट्र)

आदित्य निगम
वरिष्ठ फ़ेलो, विकासशील समाज अध्ययन पीठ, दिल्ली

आलोक टंडन
स्वतंत्र अध्येता, समाज-दर्शन, हरदोई (उप्र)

इंद्रजीत कुमार झा
अनुसंधानकर्ता, राजनीतिशास्त्र विभाग,
दिल्ली विश्वविद्यालय, दिल्ली

उपासना पाण्डेय
असिस्टेंट प्रोफ़ेसर, राजनीतिशास्त्र विभाग,
वसंत महिला महाविद्यालय, वाराणसी (उप्र)

अंकिता पाण्डेय
असिस्टेंट प्रोफ़ेसर, इंद्रप्रस्थ कॉलेज,
दिल्ली विश्वविद्यालय, दिल्ली

कनक तिवारी
अध्यक्ष, छत्तीसगढ़ संस्कृति प्रतिष्ठान, रायपुर (छत्तीसगढ़)

कमल नयन चौबे
जूनियर फ़ेलो, नेहरू मेमोरियल म्यूज़ियम ऐंड लाइब्रेरी,
नयी दिल्ली

कविता रतूड़ी
अनुसंधानकर्ता, जवाहरलाल नेहरू विश्वविद्यालय, नयी दिल्ली

कृष्णदत्त पालीवाल
पूर्व विभागाध्यक्ष, हिंदी विभाग, दिल्ली विश्वविद्यालय, दिल्ली

गोपाल प्रधान
एसोसिएट प्रोफ़ेसर, भारतरत्न डॉ. भीमराव आम्बेडकर विश्वविद्यालय, दिल्ली

धीरूभाई शेठ
पूर्व निदेशक, विकासशील समाज अध्ययन पीठ, दिल्ली

नरेश गोस्वामी
अनुसंधानकर्ता, भारतीय भाषा कार्यक्रम, विकासशील समाज अध्ययन पीठ, दिल्ली

नवीन चंद्र
अनुसंधानकर्ता, दिल्ली विश्वविद्यालय, दिल्ली

निर्मल कुमार पाण्डेय
अनुसंधानकर्ता, भारतीय इतिहास अनुसंधान परिषद, नयी दिल्ली

पंकज कुमार झा
अनुसंधानकर्ता, राजनीतिशास्त्र विभाग, दिल्ली विश्वविद्यालय, दिल्ली

पुनीत कुमार
विभागाध्यक्ष, राजनीतिशास्त्र विभाग, गवर्नमेंट एस.एम.एस. पी.जी. कॉलेज, शिवपुरी (मप्र)

प्रियव्रत शुक्ल
प्रोफ़ेसर, रानी दुर्गावती विश्वविद्यालय, जबलपुर (मप्र)

प्रीति सागर
एसोसिएट प्रोफ़ेसर, साहित्य विभाग, महात्मा गांधी अंतरराष्ट्रीय हिंदी विश्वविद्यालय, वर्धा (महाराष्ट्र)

बालगोविंद सिंह
विभागाध्यक्ष, शिक्षा विभाग, रमेश झा महिला कॉलेज, सहरसा (बिहार)

बीर पाल सिंह यादव
असिस्टेंट प्रोफ़ेसर, साहित्य विभाग, महात्मा गांधी अंतरराष्ट्रीय हिंदी विश्वविद्यालय, वर्धा (महाराष्ट्र)

मनहर चरण
पूर्व शोधार्थी, अहिंसा एवं शांति विभाग, महात्मा गांधी अंतरराष्ट्रीय हिंदी विश्वविद्यालय, वर्धा (महाराष्ट्र)

मनीष मिश्र
पोस्ट-डॉक्टॅरल रिसर्च एसोसिएट, राजीव गाँधी समकालीन अध्ययन पीठ, बरकुतल्लाह विश्वविद्यालय, भोपाल (मप्र)

मीना मनरल
असिस्टेंट प्रोफ़ेसर, कुमायूँ विश्वविद्यालय, अल्मोड़ा (उत्तराखण्ड)

मोहन दास नैमिशराय
पूर्व फ़ेलो, उच्च अध्ययन संस्थान, शिमला (हिमाचल प्रदेश)

योगेश अटल
पूर्व निदेशक (समाज-विज्ञान), यूनेस्को

रवि दत्त वाजपेयी
स्वतंत्र लेखक, ऑस्ट्रेलिया

राकेश श्रीवास्तव
स्वतंत्र लेखक और अनुवादक, नयी दिल्ली

राजकुमार
प्रोफ़ेसर, हिंदी विभाग, बनारस हिंदू विश्वविद्यालय, वाराणसी (उप्र)

राधावल्लभ त्रिपाठी
प्रोफ़ेसर, डॉ. हरीसिंह गौर विश्वविद्यालय, सागर (मप्र)

रोहित मिश्र
समाज-कार्य विभाग, लखनऊ विश्वविद्यालय, लखनऊ (उप्र)

विकास कुमार
असिस्टेंट प्रोफ़ेसर, ज़ाकिर हुसैन कॉलेज, नयी दिल्ली

विजय कुमार झा
अनुसंधानकर्ता, सेंटर फ़ॉर वुमंस डिवेलपमेंट स्टडीज़, नयी दिल्ली

विवेक रत्न
असिस्टेंट प्रोफ़ेसर, राजनीतिशास्त्र विभाग, दिल्ली विश्वविद्यालय, दिल्ली

विश्वनाथ मिश्र
असिस्टेंट प्रोफ़ेसर, राजनीतिशास्त्र विभाग,
आर्य महिला पीजी कालेज, वाराणसी (उप्र)

वीरभारत तलवार
प्रोफ़ेसर, जवाहरलाल नेहरू विश्वविद्यालय, नयी दिल्ली

वैभव सिंह
असिस्टेंट प्रोफ़ेसर, हिंदी विभाग, दयाल सिंह कॉलेज, नयी दिल्ली

शम्भू जोशी
असिस्टेंट प्रोफ़ेसर, महात्मा गांधी अंतरराष्ट्रीय हिंदी विश्वविद्यालय, वर्धा (महाराष्ट्र)

श्यामा सिंह
रिसर्च एसोसिएट, सम्पूर्णानंद संस्कृत विश्वविद्यालय, वाराणसी (उप्र)

शिवानी चोपड़ा
फ़ेलो, उच्च अध्ययन संस्थान, शिमला (हिमाचल प्रदेश)

श्रुति
एसोसिएट प्रोफ़ेसर, हिंदी विभाग, लखनऊ
विश्वविद्यालय, लखनऊ (उप्र)

हिलाल अहमद
फ़ेलो, विकासशील समाज अध्ययन पीठ, दिल्ली

सुकेश लोहार
अनुसंधाकर्ता, हिंदी विभाग, बनारस हिंदू विश्वविद्यालय, वाराणसी (उप्र)

सुप्रिया पाठक
असिस्टेंट प्रोफ़ेसर, स्त्री-अध्ययन विभाग, महात्मा गांधी अंतरराष्ट्रीय हिंदी विश्वविद्यालय, वर्धा (महाराष्ट्र)

सुमेल सिंह सिद्धू
स्वतंत्र अध्येता और इतिहासकार, दिल्ली

सुनील कुमार,
अनुसंधानकर्ता, राजनीतिशास्त्र विभाग, दिल्ली विश्वविद्यालय, दिल्ली

संजय सिंह बघेल
एसोसिएट प्रोफ़ेसर, हिंदी पत्रकारिता, आत्माराम सनातन धर्म कॉलेज, साउथ कैम्पस, नयी दिल्ली

संजय कुमार
फ़ेलो, विकासशील समाज अध्ययन पीठ, दिल्ली

संदीप जोशी
निदेशक, मध्य प्रदेश समाज-विज्ञान अनुसंधान संस्थान, उज्जैन (मप्र)

प्रविष्टि-क्रम

List of Entrees

विषयानुसार प्रविष्टि-क्रम

अर्थशास्त्र

इतिहास

अंतर्राष्ट्रीय संबंध

गाँधी-विचार

दर्शन

भारत संबंधी प्रविष्टियाँ

मनोविज्ञान

मार्क्सवादी विमर्श

मीडिया-अध्ययन, फ़िल्म-अध्ययन, टीवी-अध्ययन

राजनीतिशास्त्र

व्यक्तित्व-कृतित्व

समाजशास्त्र, मानवशास्त्र

स्त्री-अध्ययन, सेक्शुअलिटी-अध्ययन

साहित्य-अध्ययन, भाषाशास्त्र

प्रविष्टियाँ

भ

भक्ति आंदोलन-1

उद्गम संबंधी विवाद

(Bhakti Movement-1)

भारतीय भक्ति आंदोलन के सामाजिक-सांस्कृतिक परिप्रेक्ष्य की व्यापकता और गहराई को ठीक-ठीक समझे बिना भारतीय समाज में उससे होने वाले परिवर्तनों का आकलन नहीं किया जा सकता। भक्ति आंदोलन के पीछे एक सुदीर्घ पृष्ठभूमि है— और दार्शनिक विचारधारात्मक संघर्ष की एक महत्त्वपूर्ण गाथा। हमारे समाज को वर्तमान रूपाकार देने में भक्ति आंदोलन द्वारा किये गये नवजागरण की केंद्रीय भूमिका रही है। नवजागरण तथा सुधार आंदोलनों की पृष्ठभूमि में भक्ति आंदोलन को भलीभाँति समझना आज आवश्यक है। नवजागरण की अनेक चिंताएँ हमारे भक्ति आंदोलन की सांस्कृतिक पृष्ठभूमि में समझी जा सकती हैं। भक्ति की अखण्ड परम्परा ने अखिल भारतीय रूप धारण कर दक्षिण तथा उत्तर को एकता के सूत्र में दृढ़ता से बाँध दिया। हिंदी-क्षेत्र में तो नवजागरण का पहला प्रबल दौर ही भक्ति एवं भक्ति आंदोलन की चेतना से शुरू होता है। भक्ति आंदोलन की अनेक परिणतियाँ लोक-चित्त में लोक-धर्म बनकर घुल-मिल गयीं। इसलिए आगे की राजनीतिक-सांस्कृतिक घटनाओं पर उनका गहरा प्रभाव पड़ा। यही कारण है कि आज भक्ति आंदोलन को एक महा-आख्यान मानकर उसके पाठ के अनेक भाष्य ज़रूरी हैं। स्वाधीनता संग्राम में भक्ति संवेदना हमारे नेताओं-समाज सुधारकों के लिए अनिवार्यत: प्रेरणा स्रोत रही है।

अलग-अलग वैचारिक प्रस्थानों ने भक्ति आंदोलन से जुड़े अनेक तर्क और प्रतिमान निर्मित किये हैं। इसीलिए भक्ति आंदोलन की व्याख्याएँ महत्त्वपूर्ण हैं। इस आंदोलन की 'सही व्याख्या' को लेकर विवाद भक्ति आंदोलन के आदि-मध्य और अंत तक फैला हुआ है। विद्वानों में न तो भक्ति आंदोलन के उदय पर राय बन पायी है न उसके अवसान के कारणों का विवेकसम्मत भाष्य हो पाया है। हमारे मूर्धन्य विद्वान प्राय: इस जटिल समस्या से टकराते रहे हैं और कोई समाधान नहीं पा सके। उधर पश्चिम के विद्वानों ने योजनाबद्ध होकर यह विचार प्रचारित किया कि भक्ति भारतीय साहित्य को ईसाइयों की देन हैं। इस क्षेत्र में मैक्स वेबर से लेकर ग्रियर्सन तक सक्रिय रहे हैं। विद्वत्ता की इस प्रवृत्ति ने श्वेतद्वीप की चर्चा के साथ कृष्ण को क्राइस्ट का रूपांतर दिखाने की कोशिश की है। अपने विचारों की पुष्टि के लिए विद्वानों ने तमाम कहानियाँ खोज निकाली हैं।

दूसरी तरफ़ इन विद्वानों ने वेदों में भक्ति की मौजूदगी देखने से तो इनकार किया ही, प्राग्वैदिक काल की प्रकृति-पूजा और देव-पूजा पर भी ध्यान नहीं दिया। सातवीं शताब्दी में इसलाम जब भारत पहुँचा तो उस समय दक्षिण भारत में आलवार भक्तों का आंदोलन पूरी शक्ति से चल रहा था। लेकिन सर चार्ल्स एलियट ने 1921 की अपनी प्रसिद्ध पुस्तक *हिंदुइज़्म ऐंड बुद्धिज़्म* में यह विचार प्रचारित किया कि रामानुजाचार्य, मध्वाचार्य, लिंगायत तथा वीर शैवों पर इसलामी प्रभाव हो सकता है। डॉ. ताराचंद ने दो क़दम और आगे बढ़कर अपनी पुस्तक *इंफ़्लूज़ंस ऑफ़ इसलाम ऑन इण्डियन कल्चर* में यह मत व्यक्त किया कि शंकराचार्य, निम्बार्काचार्य, रामानंद, वल्लभाचार्य, दक्षिण के आलवार संत, लिंगायत सम्प्रदाय तथा वीर शैव इसलामी प्रभाव की देन हैं। इसी लीक को हुमायूँ कबीर ने अपनी पुस्तक *अवर हेरिटेज़* में अपनाया। यह ज़ोर-शोर से कहा गया कि शंकर

ने अपना अद्वैतवाद इसलाम से लिया। यानी भक्ति आंदोलन भी इसलाम की देन ही हुआ। इसी परम्परा में डॉ. आबिद हुसैन ने *भारत की राष्ट्रीय-संस्कृति* पुस्तक लिखकर यह मत स्थापित किया कि भारतीय संस्कृति पर मुसलमान संस्कृति का बहुत दूर तक गहरा प्रभाव पड़ा। यह अलग बात है कि भारतीय चिंतन परम्परा जानती है कि शंकराचार्य का जन्म आठवीं शताब्दी में हुआ था और भक्ति आंदोलन का आरम्भ आलवारों के काव्य के रूप में उससे काफ़ी पहले हो चुका था। खोजने पर पता चलता है कि भक्ति परम्परा प्राग्वैदिक है। अद्वैत और भक्ति आंदोलन भारतीय-संस्कृति के प्राण-प्रवाह रहे हैं। कभी-कभार यह भी दबी जुबान से कहा जाता है कि भक्ति आर्य भी है, अनार्य भी है और सामी भी। भक्ति का रागात्मक विस्तार हृदय की मुक्तावस्था है जो बुद्धि की कर्कशता को पछाड़ती रही है। इसका कारण है कि भारत में इसलाम के उदय के पूर्व भारत के मंदिर देवपूजा, बहुदेववाद, मूर्तिपूजा के केंद्र थे और इनमें भक्ति का प्रवाह प्रवाहित था। शंकर का एकेश्वरवाद भारतीय अद्वैतवाद का विकसित रूप है— इसका इसलामी एकेश्वरवाद से संबंध जोड़ना उचित नहीं है। इसलाम एक ईश्वर को मानता ज़रूर है, किंतु वह न अद्वैतवादी है और न एकेश्वरवादी। हाँ, सूफ़ियों को यह ज्ञान ब्राह्मण में तथा नव-अफ़लातूनी मत से मिला। बौद्धों ने भी इसे सुलभ बनाया।

शंकराचार्य के पूर्वज बौद्ध दार्शनिक थे। शंकर को प्रच्छन्न बौद्ध माना भी जाता है। शंकर ने बौद्ध धर्म की बहुत सी बातों को चुपके से अपना लिया। इसलिए वे प्रच्छन्न बौद्ध कहलाये और उन्हें दार्शनिक वसुबंध के विचारों से जोड़ा गया। शंकर-मत के मायावाद को बौद्धों के शून्यवाद की ही तरह ग्रहण किया जा सकता है, क्योंकि शंकर की ब्रह्मकल्पना भक्तों के लिए निराशाप्रद है। यही कारण है कि भक्तिकाल के चार बड़े आचार्यों ने शंकर-मत का प्रतिवाद किया। रामानुजाचार्य, मध्वाचार्य, वल्लभाचार्य और निम्बार्काचार्य ने निराकार-उपासाना से दूर हट कर साकार-उपासना का प्रचार-प्रसार किया। शंकराचार्य ने उपनिषदों को पुनर्नवा करके उनका नया भाष्य किया। शंकर ने शिव, शक्ति, सूर्य एवं विष्णु पर स्त्रोत भी लिखे। शंकर सुधारक संत थे और प्रचण्ड बौद्धिक।

दक्षिण भारत में जैन-बौद्ध-वैष्णव संघर्ष का एक प्रबल इतिहास रहा है। शंकराचार्य की पीठ पर वैष्णव आचार्य रामानुज और मध्वाचार्य का जन्म होना स्वाभविक था, क्योंकि सगुणोपासना के लिए शुद्धाद्वैत की आवश्यकता थी। लेकिन इसके पीछे इसलाम का हाथ न था— बौद्धों का आग्रह था। समझा जाता है कि शंकर ने बदरिकाश्रम, द्वारका, जगन्नाथपुरी तथा शृंगेरी में चार पीठों की स्थापना करके सांस्कृतिक एकता की स्थापना की। दूसरी तरफ़ विष्णुस्वामी, रामानुज, निम्बार्क, मध्व तथा वल्लभाचार्य ने सगुण साकारोपासना का मार्ग खोला जिसने लोक-हृदय को गहराई से प्रभावित किया। इन आचार्यों ने जिस मार्ग का प्रचलन किया, उसमें धर्म के बाह्य उपचार गौण थे और जाति-प्रथा की कठोरता नहीं थी। इन चारों आचार्यों ने अपने-अपने तरीक़े से प्रपत्तिवाद और शरणागति को प्रधानता दी। जाति-प्रथा की कठोर कड़ियाँ तो बौद्ध-श्रमण ढीली कर ही चुके थे। फिर भक्तों ने उसे अतिशय उदार बना कर मानवतावादी रूप दिया। इस विवरण से स्पष्ट है कि अगर भारत में इसलाम न आता तो भी भक्ति-आंदोलन चलता तथा सिद्ध-नाथ धूनी रमाते। निर्गुण संतों ने गुरु-परम्परा सिद्धों से पायी जिसे आगे चलकर सूफ़ियों ने भी अपनाने में संकोच नहीं किया। ज़ाहिर है कि भक्ति आंदोलन न आसमान से टपका था, न इसलाम का परिणाम था। वह तो गीता-आलवार संत और रामानुजाचार्य के बीच का प्रवाह था। इसी प्रवाह ने भारतीय चित्त को सींच कर हरा-भरा किया।

आलवार-नायनार संतों-भक्तों-कवियों का प्रेम-दर्शन विष्णु और शिव संबंधी चिंतन-प्रवाह से प्रकट हुआ था। दूसरे दक्षिण में उत्तर-भारत की तरह वेद-विरोधी आंदोलनों की हवा नहीं थी। इसी ने दक्षिण को हिंदू लोक-धर्म का गढ़ बनाया। आलवार संतों पर मुसलमानी प्रभाव खोजना एक तरह की कपोल-कल्पना है। वे तो लोक-मंगल की भावना से प्रेरित होकर तीर्थ-यात्रा, व्रत-उपवास, मूर्ति पूजा की निंदा करते हैं। इन संतों का समय तीसरी शताब्दी से नवीं शताब्दी तक है। ध्यान रखना होगा कि भारत में आलवार संतों की परम्परा उस समय शुरू हुई थी जब अरब में इसलाम का जन्म भी नहीं हुआ था। भक्ति के बीज महाभारत-गीता से आये थे। इन्हीं बीजों ने रामानुजाचार्य में अंकुरण-पल्लवन पाया। गीता और रामानुजाचार्य के बीच भक्ति-प्रवाह आलवार भक्तों के रूप में प्रवाहित रहा। वहाँ यह आंदोलन शैव और वैष्णव, दोनों तरह के भक्तों के बीच प्रवाहित था। वहाँ वेद विरोधी आंदोलन किनारे चले गये। रामानंदी तथा वल्लभाचार्यी संतों-कवियों की इस-परम्परा पर आलवारों का प्रवाह कम करके न आँकना चाहिए। इसी परम्परा के सुधारकों ने अगड़ी जातियों के कुलीनतावाद-ब्राह्मणवाद की निंदा की। उनके सृजन में इस आक्रोश की अभिव्यक्ति हुई है। अंदाल की गिनती आलवर संतों में है। अस्पृश्य जाति के भी कई संत थे। ईश्वर-भक्ति के लिए उच्चवंश में पैदा होना आवश्यक नहीं है। भक्ति उन्मुक्तता, समानता और बंधुता का क्षेत्र है। इसीलिए भक्ति-दर्शन में प्रेम की महिमा अपरम्पार है। भागवत की यह उक्ति कि भक्ति का जन्म द्रविड़ देश में हुआ, इतिहास-संगत है।

वीर शैव भक्ति-दर्शन में विशेष महत्त्व रखते हैं। ये संत लिंगायत धर्म के अनुगामी थे। इनका दावा रहा है कि शैव धर्म अन्य सभी धर्मों की तुलना में सबसे प्राचीन धर्म है। वीर

शैवों में यज्ञ, पूजा, उपवास का महत्त्व नहीं है। इस धर्म के नेता वसव थे जो जात-पाँत का विरोध करते थे। वीर-शैवों की परम्परा कन्नड़ साहित्य में दसवीं-ग्यारहवीं शताब्दी तक जाती है। लेकिन इनका साहित्य तमिल और तेलुगु में भी कम नहीं है। परम शिव में विश्वास रखने के कारण ये आनंदवादी हैं और संन्यासी सम्प्रदाय के प्रतिष्ठापक भी।

भक्ति आंदोलन तथा भक्ति की प्राचीनता के लिए लोक में प्रचलित दोहे को न भूलें 'भक्ती द्राविड़ ऊपजी, लाये रामानंद। परगट किया कबीर ने सात द्वीप नौ खण्ड।' इसी भाव से भरा संस्कृत श्लोक है, 'उत्पन्ना द्राविड़े चाहंकर्णाटे वृद्धि मागता। स्थिता किंचिन्महातव्ले गुर्जरे जीर्णतां गता' अर्थात् द्राविड़ देश में जन्मी, कर्नाटक में यौवन को प्राप्त हुई, कुछ समय महाराष्ट्र में रही और गुजरात में पहुँचकर वृद्ध हो गयी।' विद्वान मानते हैं कि भागवत की रचना आठवीं-नवीं शताब्दी में हुई। भक्ति तत्त्व को विष्णु पुराण, देवी पुराण, शिव पुराण आदि पुराणों में स्थान दिया। यह ठीक है कि भक्ति के प्रमाण वेदों में नहीं है लेकिन प्राग्वैदिक प्रमाण मौजूद हैं। आर्य बहुदेववाद में इंद्र, वरुण, आदित्य के लिए यज्ञ करते थे। पीछे से भागवत ने शरणगति-सिद्धांत, प्रपत्ति-सिद्धांत का प्रतिपादन किया जिसका उपदेश भक्ति आंदोलन के चारों बड़े आचार्यों रामानुज, मध्व, निम्बार्क, वल्लभ ने किया है। परम विद्वान काणे ने धर्मशास्त्रों के इतिहास में माना है कि धर्म का अवधारणा के रूप में— भक्ति के रूप में, चलन ई.पू. दूसरी शताब्दी में हुआ। फिर पांचरात्र आगम में गोपालकृष्ण और वासुदेव का एकाकार होना मिलता है। इस तरह भक्ति भारत में ईश्वर में परम अनुरक्ति के रूप में रही है। इसलिए भक्ति पर किसी प्रकार का विदेशी प्रभाव मानना गलत है। यह भी कहा जा सकता है कि उपनिषदों की बौद्धिकता से थके लोग सगुण-साकार वासुदेव की उपासना करने लगे। निगम-आगम, शिव-शक्ति, विष्णु में रमे रहे। आलवारों के बारह संतों की मूर्तियाँ दक्षिण के मंदिरों में स्थापित की गयी तथा नाथमुनि के 'तमिल दिव्य-प्रबंधन' (चालीस हज़ार पद) को भक्ति का प्रमुख ग्रंथ माना गया। 'प्रबंधन' के विचारों को वैष्णव आचार्यों ने उत्तर भारत में पहुँचाया। यामुनाचार्य (916-1040) ने विशेषतया द्वैत सम्प्रदाय का प्रथम विवेचन किया और उसके बाद इस सम्प्रदाय की प्रतिष्ठा रामानुजाचार्य ने की। उन्होंने द्विजों के साथ शूद्रों के भी वैष्णव धर्म में आने का मार्ग खोल दिया। रामानुज की परम्परा में रामानन्द आये। रामानंद ने कबीर तथा तुलसी की दोनों निर्गुण-सगुण परम्पराओं का सूत्रपात किया। रामानुज के तीन ग्रंथ (1) वेदांत-संग्रह (2) गीता की टीका तथा (3) वेदांत-सूत्र का श्रीभाष्य ने रामानंद में नया स्वरूप धारण किया।

प्रस्थानत्रयी (*ब्रह्मसूत्र,* उपनिषद् तथा *भगवद्गीता*) के प्रति आस्थावान रामानुज तथा रामानंद ईश्वर को जीव एवं प्रकृति से एकाकार मानते हैं। स्वामी रामानंद (1299 ई. प्रयाग) ने श्री सम्प्रदाय की दीक्षा काशी में राघवानंद से ली थी। श्री सम्प्रदाय विष्णु और लक्ष्मी की पूजा, रामावतार में विश्वास रखता है। रामोपासना के प्रर्वतक आचार्य रामानंद हैं— इनका सम्प्रदाय 'रामावत-सम्प्रदाय' कहलाता है, परम विशिष्टाद्वैतवाद रामभक्त सम्प्रदाय। रामानंद ने शूद्रों तथा मुसलमानों को वैष्णव मंदिरों में प्रवेश का अधिकार दिया। साथ ही रामानंद ने प्रस्थानत्रयी के भाष्य लिखे। उनकी ब्रह्मसूत्र की टीका 'आनन्द भाष्य' नाम से प्रसिद्ध है। ब्रह्म को 'ब्रह्मशब्दवाच्य राम' कहा और उसे निर्गुण-सगुण दोनों माना। ध्यान रहे रामोपासना का आरम्भ आलवार भक्तों ने किया था, रामानुज तथा रामानंद ने उसे निखार दिया है। तमिल रामायण पहले लिखी गयी, हिंदी में रामायण बाद में। कबीर ने राम की परिकल्पना में परिवर्तन किये निर्गुण की उपासना की। तुलसीदास में राम पूरी सर्जनात्मकता के साथ अपने सगुण में सामने आये।

देखें : अष्टछाप, 'अंग्रेज़ी हटाओ' आंदोलन, छायावाद, डायग्लॉसिया, नगेंद्र और सैद्धांतिक समीक्षा, नयी कविता, नंद दुलारे वाजपेयी, नामवर सिंह, प्रेमचंद, प्रयोगवाद, प्रगतिवाद, पाश्चात्य काव्यशास्त्र, भक्ति-काव्य-1 और 2, भारतेंदु हरिश्चंद्र, भारतेंदु युग-1 और 2, भाषा नियोजन-1 से 4 तक, भाषा के मार्क्सवादी सिद्धांत, महावीर प्रसाद द्विवेदी, महादेवी वर्मा, मीरांबाई और प्रेमाभक्ति, राहुल सांकृत्यायन, रामानुजाचार्य, रामानंद, रामचंद्र शुक्ल-1 और 2, रामविलास शर्मा, राष्ट्रीय-सांस्कृतिक कविता, रीतिकाल-1 और 2, विजय देव नारायण साही, वैष्णव धर्म, श्याम सुंदर दास, सम्पर्क भाषा-1 से 4 तक, संविधान सभा में भाषा-विवाद-1, 2 और 3, सच्चिदानंद हीरानंद वात्स्यायन अज्ञेय, संत-काव्य, संस्कृत काव्यशास्त्र, सिद्ध-नाथ परम्परा, सूफ़ीयत और प्रेमाख्यान, हजारी प्रसाद द्विवेदी, हिंदी विरोधी आंदोलन, हिंदी जाति-1, 2 और 3, हिंदी साहित्य का आदिकाल, हिंदी साहित्य का इतिहास, हिंदी साहित्य का इतिहास : नये परिप्रेक्ष्य, हिंदी-पद्य में इतिहास, हिंदी-जगत और 'लोकप्रिय'-1 और 2, हिंदी नवजागरण, हिंदी-संस्थाएँ।

संदर्भ

1. कृष्णदत्त पालीवाल (2008), *भक्तिकाव्य से साक्षात्कार,* भारतीय ज्ञानपीठ, नयी दिल्ली.
2. रामस्वरूप चतुर्वेदी (1993), *हिंदी साहित्य और संवेदना का विकास,* लोक भारती प्रकाशन, इलाहाबाद.
3. वियोगी हरि (2001), *हमारी परम्परा,* सस्ता साहित्य मण्डल, नयी दिल्ली.
4. भरतसिंह उपाध्याय (2002), *ध्यान और नाम,* सस्ता साहित्य मण्डल, नयी दिल्ली.

— कृष्णदत्त पालीवाल

भक्ति आंदोलन-2

हिंदी साहित्य में बहस

(Bhakti Movement-2)

हिंदी-साहित्य में भक्ति आंदोलन की चर्चा आते ही प्राय: रामचंद्र शुक्ल, हजारी प्रसाद द्विवेदी और रामविलास शर्मा की व्याख्याओं का सहारा लिया जाता है। भक्ति आंदोलन के स्वरूप पर तीनों के विचार आज भी अर्थवान है। आज भक्ति आंदोलन को विद्वानों का एक वर्ग 'ग्रैंड नैरेटिव' मानकर कई तरह की बातें कर रहा है। यह रवैया भक्ति आंदोलन के अंतर्विरोधों को कई तरह से झुठला देता है। रामचंद्र शुक्ल ने अपनी 'दृष्टि की तार्किक निष्पक्षता' के कारण भक्ति के दो पक्ष उठाये— भारतीय पक्ष तथा अभारतीय पक्ष। भक्ति आंदोलन के उदय पर विचार करते हुए उनके सामने दक्षिण के आलवार सगुण पक्ष, रामानुजाचार्य तथा रामानंद थे। उन्होंने 'मुसलमान-आक्रमण से उत्पन्न हिंदू मन की निराशा' को उभारा। उन्होंने अपनी रचना *हिंदी साहित्य का इतिहास* में भक्ति के सामान्य परिचय के अंतर्गत कहा है, 'देश में मुसलमानों का राज्य प्रतिष्ठित हो जाने पर हिंदू जनता के हृदय में गौरव, गर्व और उत्साह के लिए वह अवकाश न रह गया था। ऐसी दशा में अपनी वीरता के गीत न तो वे गा ही सकते थे और न बिना लज्जित हुए सुन ही सकते थे। आगे चलकर जब मुसलमान साम्राज्य दूर तक स्थापित हो गया तब परस्पर लड़ने वाले स्वतंत्र राज्य भी नहीं रह गये। इतने भारी राजनीतिक उलटफेर के पीछे हिंदू जन समुदाय पर बहुत दिनों तक उदासी छायी रही। अपने पौरुष से हताश जाति के लिए भगवान की शक्ति और करुणा की ओर ध्यान ले जाने के अतिरिक्त दूसरा मार्ग ही क्या था?' धार्मिक दशा यह थी कि 'वज्रयानी सिद्ध, कापालिक आदि देश के पूरबी भागों में और नाथपंथी जोगी पश्चिमी भागों में रमते चले आ रहे थे। इस बात से इसका अनुमान हो सकता है कि सामान्य जनता की धर्म भावना कितनी दबती जा रही थी, हृदय धर्म से कितनी दूर हटता जा रहा था।' धर्म का प्रवाह कर्म, ज्ञान और भक्ति इन तीन धारणाओं में चलता है— इसका सामंजस्य अपेक्षित होता है— किसी एक के अभाव से वह विकलांग रहता है। कर्म के बिना वह लूला-लंगड़ा। ज्ञान के बिना अंधा और भक्ति के बिना हृदय-विहीन, निष्प्राण रहता है। समस्त जन समुदाय की सम्पत्ति है— कर्म एवं भक्ति।

शुक्ल ने माना है कि भक्ति का सूत्रपात्र महाभारत काल में और विस्तृत प्रवर्तन पुराण काल में हुआ। सिद्ध-नाथ जनता का ध्यान कर्म क्षेत्र से हटाने लगे और उनकी बानी 'गुह्य, रहस्य और सिद्धि' को लेकर उठी। वे घट के भीतर की बात कहने लगे और भक्ति, प्रेम की प्रकृत भावना पर उनका ध्यान नहीं था। इन सिद्धों-नाथों ने तंत्र-मंत्रवाद, चमत्कार, महासुखवाद दर्शन से भक्ति एवं भक्ति आंदोलन को बड़ा भारी नुक़सान पहुँचाया। तुलसीदास को कहना पड़ा 'गोरख जगायो जोग, भगति भगाओ लोग'। ख़ैरियत यह थी कि शास्त्री पण्डितों में ब्रह्मसूत्रों, उपनिषदों, गीता पर भाष्यों की परम्परा जीवित थी जिससे 'परम्परागत भक्तिमार्ग के सिद्धांत पक्ष का कई रूपों में नूतन विकास हुआ।'

भक्ति आंदोलन का ऐसा प्रसार हुआ कि 'क्रमश: भक्ति का प्रवाह ऐसा विस्तृत और प्रबल होता गया कि उसकी लपेट में केवल हिंदू जनता ही नहीं देश में बसने वाले सहृदय मुसलमानों में से भी न जाने कितने आ गये। प्रेमस्वरूप ईश्वर को सामने लाकर भक्त कवियों ने हिंदुओं और मुसलमानों दोनों को मनुष्य के सामान्य रूप में दिखाया और भेदभाव के दृश्यों को हटाकर पीछे कर दिया।' भक्ति का सोता दक्षिण से उत्तर आया उसने जनता के हृदय को प्रेमभाव से सींचने का कार्य किया। रामानुजाचार्य की शास्त्रीय सगुण भक्ति पद्धति की ओर जनता आकृष्ट हुई। स्वामी मध्वाचार्य ने अपना द्वैतवादी सम्प्रदाय चलाया। देश के अन्य भागों में जयदेव के कृष्ण प्रेम-संगीत की गूँज चली आ रही थी, जिसके सुर में विद्यापति ने अपना सुर मिलाया। स्वामी रामानंद ने पंद्रहवीं शताब्दी में विष्णु के अवतार राम की उपासना पर ज़ोर दिया। वल्लभाचार्य ने प्रेममूर्ति कृष्ण को लेकर जनता को रसमय कर दिया। इस प्रकार रामोपासक तथा कृष्णोपासक भक्तों की परम्पराएँ चलीं।

हिंदू-मुसलमानों के मेल से 'सामान्य भक्तिमार्ग' का विकास होने लगा। उसने कबीर के विकृत ज्ञान पक्ष से बचते हुए सूफ़ियों के प्रेम तत्त्व को लिया। हो क्या सकता था— कृष्ण भक्ति की प्रेम साधना ने आगे चलकर अश्लील विलासिता को जन्म दिया। केवल राम भक्ति में कर्म एवं ज्ञान का सामंजस्य हुआ। कृष्ण के माधुर्य-भाव से 'सखी सम्प्रदाय' निकल पड़े। रामानंद और नामदेव ने जाति-पाँति का विरोध किया तथा विष्णु भगवान को भजन-कीर्तन का नया रूप दिया। निर्गुण मार्ग के प्रवर्तक कबीर ने रामानंद को एक नयी छवि के साथ प्रस्तुत किया। इस प्रकार सगुण-निर्गुण नाम से भक्ति काव्य की दो धाराएँ चल पड़ीं। कबीर भारतीय ब्रह्मज्ञान तथा सूफ़ियों की प्रेम साधना को लेकर जनता के बीच गये और खण्डन-मण्डन की प्रवृत्ति में तमाम विकृतियों का निषेध किया। 'कबीर को राम का नाम रामानंद से प्राप्त हुआ पर आगे चलकर कबीर के राम रामानंद के राम से भिन्न हो गये। अत: कबीर को वैष्णव-सम्प्रदाय में नहीं रख सकते।

हाँ, कबीर ने राम-रहीम की एकता का प्रतिपादन किया और हृदय को प्रेममय करने का उपदेश दिया। सूफ़ी प्रेमगाथा-धारा में कुतबन-जायसी ने प्रेम-पंथ का निरूपण किया। सगुण-धारा में रामानुजाचार्य के विचारों का विकास रामानंद, वल्लभ आदि ने किया। 'श्री रामार्चन पद्धति' में रामानंद ने गुरु परम्परा का निरूपण किया।

शुक्ल के बहुत से विचारों का हजारी प्रसाद द्विवेदी ने प्रतिवाद किया। उन्होंने *हिंदी साहित्य की भूमिका* में 'भारतीय चिंता का स्वाभाविक विकास' पर गहन चिंतन करते हुए लिखा 'दुर्भाग्यवश, हिंदी साहित्य के अध्ययन और लोक-चक्षु गोचर करने का भार जिन विद्वानों ने अपने ऊपर लिया है, वे भी हिंदी साहित्य का संबंध हिंदू जाति के साथ ही अधिक बतलाते हैं और इस प्रकार अनजान आदमी को दो ढंग से सोचने का मौक़ा देते हैं— एक यह कि हिंदी साहित्य एक हतदर्प पराजित जाति की सम्पत्ति है, इसलिए उसका महत्त्व उस जाति के राजनीतिक उत्थान-पतन के साथ अंगागि भाव से सम्बद्ध है और दूसरा यह कि ऐसा न भी हो तो भी वह एक निरंतर पतनशील जाति की चिंताओं का मूर्त प्रतीक है जो अपने आप में कोई विशेष महत्त्व नहीं रखता। मैं इन दोनों बातों का प्रतिवाद करता हूँ और यह बात मान भी ली जाए तो भी यह कहने का साहस करता हूँ कि फिर इस साहित्य का अध्ययन करना नितांत आवश्यक है, क्योंकि दस सौ वर्षों तक दस करोड़ कुचले हुए मनुष्यों की बात भी मानवता की प्रगति के अनुसंधान के लिए केवल अनुप्रेक्षणीय ही नहीं बल्कि अवश्य ज्ञातव्य वस्तु है। ऐसा करके में इसलाम के महत्त्व को भूल नहीं रहा हूँ लेकिन ज़ोर देकर कहना चाहता हूँ अगर इसलाम नहीं आया होता तो भी इस साहित्य का बारह आना वैसा ही होता जैसा आज है।'

रामविलास शर्मा ने *लोकजागरण और हिंदी साहित्य* में लिखा है कि 'शुक्ल जी की स्थापनाएँ द्विवेदीजी के मानस में घुमड़ती रहती थीं। जैसे वह शुक्लजी पर अपनी धारणाएँ आरोपित करते थे वैसे ही उनकी संस्थापनाओं को आत्मसात भी कर लेते थे।' द्विवेदी ने कबीर के ज्ञानमार्ग से रामानंद के भक्ति मार्ग का संबंध न पहचाना था। इस की पहचान करायी शुक्ल ने। न जाने क्यों द्विवेदी के कबीर में तुलसीदास प्रतिद्वंद्वी हैं, जबकि शुक्ल का 'लोक' व्यक्ति का विरोधी नहीं था। द्विवेदी ने इस विचार को बड़ी तार्किकता से प्रस्तुत किया कि 'बौद्ध धर्म क्रमशः लोक धर्म का रूप ग्रहण कर रहा था और उसका निश्चित चिह्न हम हिंदी साहित्य में पाते हैं। इतने विशाल लोकधर्म का थोड़ा पता भी यदि वह हिंदी साहित्य को दे सके तो उसकी बहुत बड़ी सार्थकता है।'

संस्कृत आचार्यों ने तथा वैष्णव आचार्यों ने अपने मत की पुष्टि के लिए 'प्रस्थानत्रयी' का सहारा लिया। अतः हमारी चिंताओं के मूल स्रोत 'प्रस्थानत्रयी' में रहे, इसलाम-ईसाई चिंतन में नहीं। ब्राह्मण-धर्म धीरे-धीरे बौद्ध धर्म से अलग होता गया— उसका रिश्ता लोक धर्म से कमज़ोर पड़ता गया। वहाँ टीका-भाष्य परम्पराएँ बलशाली होती गयीं। फिर हिंदू धर्म 'चर्चों' से नियंत्रित नहीं था। उसका खुलापन ही उसकी शक्ति थी। वह संस्थागत धर्म नहीं था। इसलिए जिस अर्थ में ईसाई या मुसलमान धर्म है वह अर्थ हिंदू धर्म पर लागू ही नहीं हो सकता। हिंदुस्तान की हर जाति में आचार-विचार की स्वतंत्रता 'स्वाधीनता' रही है। ग्यारहवीं-बारहवीं शताब्दी में एक समय ऐसा आया कि पण्डितों को लोक जीवन की ओर झुकने को बाध्य होना पड़ा। स्मार्त्त पण्डित, बौद्ध पण्डित लोकमत की ओर झुकने लगे। मध्यदेश राजपूताने में 'कुलाभिमान' तथा 'वीरत्व की परम्परा' की राजाओं-सामंतों वाली परम्परा ने साहित्य में चारण-भाट ला दिये। इधर प्रो. हेवेल ने *हिस्ट्री ऑफ़ आर्यन रूल* में लिखा कि 'हिंदू राजकाज से अलग कर दिये, मुसलमानी सत्ता छाने लगी।' इस विचार का द्विवेदी ने खण्डन किया है। यह भी कहा कि लोक भाषाएँ तो प्राकृत-अपभ्रंश सभी के समय विद्यमान थीं। लोक भाषाओं को इस देश में मुसलमान राज स्थापित होने से पूर्व ही स्थान प्राप्त था। सूरदास-तुलसीदास में संस्कृत शब्दों की प्रचुरता का अर्थ लोक-भाषाओं के विकास के अवरुद्ध हो जाने से लेना ग़लत होगा। हिंदी का शक्तिशाली भक्ति काव्य लोक भाषाओं के उत्कर्ष का ही स्वर्णकाल है।

रामचंद्र शुक्ल भी यह बताते हैं कि 'भक्तिकाल मुसलमानी प्रभाव भी प्रतिक्रिया नहीं है।' भारतीय इतिहास के आदिकाल से रूढ़ियों और परम्पराओं के विरुद्ध विद्रोह करने वाले निर्गुण-सगुण धारा के संत रहे हैं। कबीर ने गुरु रामानंद का शिष्यत्व ग्रहण करके जन-साधारण में उनकी शास्त्र-सिद्धता का विश्वास पैदा किया और राम नाम अपनाकर जनसाधारण के परिचित भगवान से अपने भगवान की एकात्मकता साबित की।' कबीर ने रूपकों द्वारा योगमार्ग, वैष्णव मत आदि की लोकवादी व्याख्याओं में जनविश्वास को दृढ़ किया।

रामविलास शर्मा ने *परम्परा का मूल्यांकन* में विचार व्यक्त किया है कि 'दक्षिण भारत के अनेक आचार्यों ने अपने मतों का प्रचार उत्तर भारत में किया। इस उत्तर- दक्षिण के नवीन सांस्कृतिक आदान-प्रदान से सूर और तुलसी, हिंदी के इन दो महाकवियों का गहरा संबंध है। आलोचक इन पुराने कवियों को भक्ति मार्गी, ज्ञान यार्गी, प्रेममार्गी' आदि कहते हैं। ये पद विभाजन बहुत युक्ति संगत नहीं है। ये सभी कवि भक्ति आंदोलन के निर्माता तथा उसी भक्ति आंदोलन की

महान उपलब्धि हैं। यह भक्ति आंदोलन अखिल भारतीय है और ऐसा व्यापक सांस्कृतिक-सामाजिक आंदोलन संसार में दूसरा नहीं है। इन सभी भक्त कवियों ने इस देश को जिस राष्ट्रीय एकता के सूत्र में बाँधने का काम किया है, उसका मूल्य आँकना आज भी चुनौती है।'

देखें : अष्टछाप, 'अंग्रेज़ी हटाओ' आंदोलन, छायावाद, डायग्लॉसिया, नगेंद्र और सैद्धांतिक समीक्षा, नयी कविता, नंद दुलारे वाजपेयी, नामवर सिंह, प्रेमचंद, प्रयोगवाद, प्रगतिवाद, पाश्चात्य काव्यशास्त्र, भक्ति-काव्य-1 और 2, भारतेंदु हरिश्चंद्र, भारतेंदु युग-1 और 2, भाषा नियोजन-1 से 4 तक, भाषा के मार्क्सवादी सिद्धांत, महावीर प्रसाद द्विवेदी, महादेवी वर्मा, मीरांबाई और प्रेमाभक्ति, राहुल सांकृत्यायन, रामानुजाचार्य, रामानंद, रामचंद्र शुक्ल-1 और 2, रामविलास शर्मा, राष्ट्रीय-सांस्कृतिक कविता, रीतिकाल-1 और 2, विजय देव नारायण साही, वैष्णव धर्म, श्याम सुंदर दास, सम्पर्क भाषा-1 से 4 तक, संविधान सभा में भाषा-विवाद-1, 2 और 3, सच्चिदानंद हीरानंद वात्स्यायन अज्ञेय, संत-काव्य, संस्कृत काव्यशास्त्र, सिद्ध-नाथ परम्परा, सूफ़ीयत और प्रेमाख्यान, हजारी प्रसाद द्विवेदी, हिंदी विरोधी आंदोलन, हिंदी जाति-1, 2 और 3, हिंदी साहित्य का आदिकाल, हिंदी साहित्य का इतिहास, हिंदी साहित्य का इतिहास : नये परिप्रेक्ष्य, हिंदी-पद्य में इतिहास, हिंदी-जगत और 'लोकप्रिय'-1 और 2, हिंदी नवजागरण, हिंदी-संस्थाएँ।

संदर्भ

1. रामचंद्र शुक्ल (1940), *हिंदी साहित्य का इतिहास,* नागरी प्रचारिणी सभा, काशी: ग्रंथवाली 53.
2. डॉ. रामविलास शर्मा (1981), *परम्परा का मूल्यांकन,* राजकमल प्रकाशन, नयी दिल्ली.
3. डॉ. रामविलास शर्मा (1985) *लोकजागरण और हिंदी साहित्य,* वाणी प्रकाशन, दरियागंज, नयी दिल्ली.
4. कृष्णदत्त पालीवाल (2008), *भक्तिकाव्य से साक्षात्कार,* भारतीय ज्ञानपीठ, नयी दिल्ली.

— कृष्णदत्त पालीवाल

भक्ति काव्य-1

लोकजागरण का समाजशास्त्र

(Bhakti Poetry-1)

भक्ति काव्य के तहत निर्गुणधारा तथा सगुणधारा का काव्य भारत के सामंती समाज की सीमाओं का अतिक्रमण करता है। वह एक यूटोपिया का वैकल्पिक संसार रचता है। भक्ति-आंदोलन अपने रूप-स्वरूप में अखिल भारतीय है। इससे बड़ा लोक जागरण का आंदोलन भारत ही क्या विश्व में कहीं और दिखाई नहीं देता। जाति-धर्म-वर्ग-वर्ण की दीवारों को तोड़कर यह भक्ति आंदोलन उत्तर-दक्षिण को बाँध कर एक कर देता है और यह पूरा देश इस आंदोलन की भक्ति-लय से नया जीवन पाता है। यह भक्ति काव्य के समाजशास्त्र की शक्ति ही है कि वह 'जनांदोलन' बन सका। भक्ति की परम्परा प्राग्वैदिक-वैदिककाल से भारतीय चित्त को जोड़ती है। भक्ति का अर्थ है अलग करना और अलग करके जोड़ना। भक्त और भगवान दो हो कर ही भक्ति से एक अद्वैत होते हैं। परम्परा का अर्थ ऐतिहासिक स्मृति तक सीमित नहीं है— परम्परा का अर्थ है 'अटूट-प्रवाह'। इस प्रवाह में सातत्य और परिवर्तन का चक्र चलता रहता है। भक्ति के समाजशास्त्र में यहाँ बड़ी बात यह है कि कलाकृति या रचना में लोक और शास्त्र दोनों निचुड़ कर-निथुर कर आते हैं। इसलिए पण्डित-पुराण-पुरोहित वर्ग का परम्परागत वर्चस्ववाद खण्डित होता रहता है। हम भारतीय परम्परा की रक्षा के साथ उसमें पलीता भी लगाते रहते हैं, ताकि वह पुनर्नवा रूप धारण करती रहे। यथास्थितिवाद को चुनौती देती चले।

दरअसल, भक्ति काव्य पर आज हमें नये सिरे से विमर्श की ज़रूरत है। यह काव्य आधुनिक रचनाकारों को अनेक अर्थों में प्रेरित-प्रभावित करता है। यह टूट-फूट, निराशा का काव्य न होकर आशा, उत्साह और आस्था का काव्य है। इस काल की निर्गुण-सगुण दोनों धाराओं में मानवतावाद और वैष्णववाद के उच्चतम मूल्यों को जगह मिली है। भारत का मध्यकाल पश्चिम के मध्यकाल की तरह अंधकार युग नहीं है, इसलिए उसका मध्ययुगीन बोध धर्म से सताये पिछड़े-पछाड़े लोगों का बोध नहीं है। इसीलिए रामविलास शर्मा ने इस काल को लोकजागरण काल की संज्ञा दी है। इस काल के सभी रचनाकारों की विचारधाराओं में समय-समाज की प्रेरणाएँ थीं। इसलिए यह रचना कर्म स्वांत:सुखाय होता हुआ भी 'परहिताय' वाली लोकमंगल की भावना से भरता चला गया। तांत्रिकों, सिद्धों-नाथों, सूफ़ियों, भागवतों, वैष्णवों, अवतारवाद को मानने वाले भक्तों की भाव-राशि इस काव्य में मौजूद है जिसे आज संतों की

अमृत-वाणी कहा जा सकता है। इस वैचारिकता की पृष्ठभूमि में भारत का पूरा अतीत वर्तमान बन कर संवाद कर रहा है। विभिन्नता और मौलिकता एक दूसरे के पर्याय हैं। इसलिए भक्ति काव्य की परीक्षा उस पीठिका के संदर्भ में की जानी चाहिए जिस पर वह स्थित है। यह देखना होगा कि समय-समाज की अभिव्यक्ति और संघर्ष, तनाव और द्वंद्व, अंतर्विरोध और विरोधाभास भक्ति काव्य में रचना-स्तर पर क्या और कैसे हैं।

भक्ति काल हर युग के प्रश्नों से एक ख़ास अर्थ-संदर्भ को लेकर टकराता है। इस रचनाशीलता से उपजी ऊर्जा में एक जीवन-सत्य अनेक रूपों में ध्वनित-प्रतिध्वनित है और मूल्य है प्रेम। यह प्रेम ही परम पुरुषार्थ है और इसी से अर्थ-धर्म-काम-मोक्ष प्राप्त होते हैं और मनुष्य पशुतावाद को त्याग कर मनुष्यता की उच्चभूमि का वरण करता है। प्रेम के कवि मलिक मुहम्मद जायसी ने कहा है : 'मानुष प्रेम भयउ बैकुंठी' अर्थात् मनुष्य प्रेम से ही दिव्य या बैकुंठी हुआ है। नहीं तो मनुष्य में क्या है, एक मुट्ठी धूल ही तो है। यह मूल्य-चिंतन बड़ी मूल्य चिंताओं को लेकर एक वृहत्तर काल में फैलना चाहता है।

भक्तिकाव्य का समाजशास्त्र जागरण की विशाल पृष्ठ-भूमि का समाजशास्त्र है। जिस चेतना को युरोप में 'रिनेसाँ' कहा गया, उसी चेतना को भारतीय चिंतन-धारा ने चेतना का संत-धर्म और 'प्रबोधन' कहा है। रामविलास शर्मा ने चेतना की जिस लहर को लोकजागरण कहा, वही लहर 19-20 वीं शताब्दी में नवशिक्षित बौद्धिकों, समाज सुधारकों, समाजों, आंदोलनों की प्रवृत्तियों के कारण 'नवजागरण' या 'पुनर्जागरण' कहलायी। दयानंद और राजा राममोहन राय में भारतीय संतों का तेज़ ही नयी रंगत में मौजूद मिलता है, जिसे रामकृष्ण परमहंस, विवेकानंद, महर्षि रमण, अरविंद, गाँधी, आम्बेडकर, जयप्रकाश नारायण जैसे नेता और विचारक नये-भाष्य में ढालते हैं। इस दृष्टि से हमारा नवजागरण पश्चिम से उधार लिए गये 'रिनेसाँ' पर टिका मात्र नहीं है। यहाँ तो रिनेसाँओं का पूरा सिलसिला मिलता है। मसलन, यह कहा जा सकता है कि पहला रिनेसाँ वैदिक युग में हुआ, दूसरा उपनिषेद्काल में, तीसरा पुराणकाल में, और चौथा रामायण-महाभारत काल में। पाँचवाँ जैन-बौद्धयुग में हुआ, तो छठा भक्ति आंदोलन काल में। इस तरह भारत में एक रिनेसाँ नहीं— न जाने कितने रिनेसाँ हुए हैं। भारतीयता का तर्कवाद-विवेकवाद परिस्थितियों का शिकार हो कर शिथिल ज़रूर पड़ा लेकिन ख़त्म कभी नहीं हुआ।

भारत की बहुदेववादी, बहुभाषावादी, बहुलतावादी संस्कृति में एक या दो परम्पराएँ नहीं— अनेक परम्पराएँ रही हैं जिनका आज 'पाठ' कर पाना चुनौती है। भारतीय संस्कृति मिश्र-संस्कृति रही है जिसमें 'अन्य' या 'अदर' के लिए स्थान रहा है। हालाँकि इस संस्कृति को आर्य-अनार्य, आर्य-द्रविड़ संस्कृति के भेद में बाँट कर देखने की कोशिश की गयी, लेकिन सभी तरह के भेदवाद भूल कर भारत में 1857 का प्रथम स्वाधीनता संग्राम लड़ा गया। पराजय के बाद फिर जागरण आया। निराशा हमारा जातीय-मनोभाव नहीं रहा है।

हिंदी प्रदेशों के नवजागरण की चर्चा अंग्रेज़ीदाँ भारतीय बुद्धिजीवियों के बीच नहीं सुनायी देती। चूँकि इस बौद्धिक वर्ग ने हिंदी या भारतीय भाषाओं का साहित्य नहीं पढ़ा है इसलिए हिंदी नवजागरण से यह वर्ग अनभिज्ञ रहा है। हिंदी नवजागरण की संत-साहित्य की तरह अपनी विशेषता यह रही है कि यह नवजागरण स्थानीय और अखिल भारतीय दोनों रहा है। हिंदी में नवजागरण का शंख फूँकने वाले प्रथम अग्रदूत भारतेंदु हरिश्चंद्र हैं, जिनका संकल्प रहा है कि 'स्वत्व निज भारत गहै।' भारतेंदु का स्वत्व था भारतीयता, भारतीय-अस्मिता, जातीय-स्मृति की रक्षा। स्वभाषा-स्वदेशी-स्वाभिमान तथा देश-प्रेम के चार बीच मंत्र उनके थे। इसी का विकास महावीरप्रसाद द्विवेदी के युग से होता हुआ छायावाद युग के रचनाकारों में हुआ। साहित्य में रीतिवाद के विरुद्ध ज़ोरदार आंदोलन चला और साथ ही अंग्रेज़ी साम्राज्यवाद की आर्थिक औद्योगिक नीतियों के विरुद्ध भी स्वदेशी आंदोलन चलाया गया। अपनी सांस्कृतिक अस्मिता और सांस्कृतिक विरासत को बचाने के लिए ही रचनाकार आगे आये। इसलिए हमारा नवजागरण भक्ति आंदोलन के नवजागरण से नाभि-नाल संबंध से जुड़ा है।

पहले हम इसे भक्ति आंदोलन का नवजागरण कहते थे बाद में 19-20 वीं शताब्दी में आकर उसका रूप बदला तो उसे 'सांस्कृतिक नवजागरण' नाम दिया गया। इस नवजागरण को कुछ लोग 'पुनरुत्थान काल' या 'सुधारकाल' नाम भी देते हैं। लेकिन यह युरोपीय नवजागरण की तरह चर्चवाद- धर्मवाद के प्रतिकार से पैदा नहीं हुआ। अज्ञेय ने मैथिलीशरण गुप्त के प्रसंग में जिस 'भारतीयता' की चर्चा की है वह हमारी परम्परा-आधुनिकता का उजला संस्कार है। अपने को निरंतर माँजना, संस्कारित करना ही भारतीयता है— आधुनिकता है, परम्परा है। यह भारतीयता 'स्वाधीनता' को सबसे बड़ा मूल्य मानती है।

भक्ति का अपना विकसित सौंदर्य शास्त्र है, काव्यशास्त्र है, दर्शनशास्त्र है। यह शंकराचार्य के निर्गुण से टकरा कर रामानुजाचार्य में नये भाष्य के साथ सामने आया है। इसे भक्तिकाल के चारों आचार्यों का समर्थन प्राप्त है और जिसके मेरुदण्ड हैं— रामानंद। निर्गुण-सगुण, कबीर-तुलसी के सही संयोजन से जो रचना-शीलता फूटी है उसने समाज को सर्वोत्तम दिया है। भारत में भक्ति के स्वरूप पर सामाजिक संरचनाओं का प्रभाव-दबाव रहा है। एक ओर रहा है तंत्र-मंत्रवाद और दूसरी ओर रहा है भक्तिवाद। इसमें जीत

भक्तिवाद की ही हुई है, सिद्ध-नाथ पराजित हुए हैं— कबीर, जायसी , तुलसी, सूर ही जीवन के साथ जीते हैं। प्रेम और सेवा से यह संदेश उठा है कि 'प्रेम ही महान पुरुषार्थ' है। विष्णु को केंद्र में रखकर वैष्णव धर्म का आगे चल कर विकास हुआ जिसे भागवत धर्म भी कहा गया। इंद्र तथा विष्णु के द्वंद्ववाद में इंद्र थक जाते हैं— और विष्णु प्रबल होकर राम और कृष्ण के रूप में त्राणकारी, लीलाबिहारी, दीनदयाल, हितकारी लोकनायक के रूप में अवतारवाद में सामने आ जाते हैं। कृष्ण-काव्य में गोवर्धन पूजा में कृष्ण इंद्र को चुनौती देते हैं— पुकार उठती है 'गर्व मधवाहरण' होता है। इस विजय की वैष्णव धर्म में अनेक नवीन व्याख्याएँ हैं। वैष्णव मत विष्णु को वनस्पति, अन्न, भोग, उर्वरता, जल से जोड़ कर नया समाजशास्त्र रचता है। बहुदेववाद के अवतारवाद और लीलावाद में रूपांतरण से समाज को न जाने कितनी मिथकीय कहानियाँ मिलती हैं।

भक्ति के इस समाजशास्त्र में आधुनिक मनुष्य के लिए प्रखर बौद्धिक प्रयत्न का मूल्यवान ख़ज़ाना है। कर्मकाण्ड का पक्ष दुर्बल है। लोक संस्कृति का लोकशास्त्र, लोकवेद का पक्ष ही इसका मूलाधार है। यहाँ गीता के कर्मयोग, भावयोग तथा भक्तियोग की महिमा है। पुरोहितवाद और ब्राह्मणवाद के दाँत यहाँ कमज़ोर पड़ जाते हैं। भक्ति के कल्पवृक्ष में व्यक्तिवाद, जातिवाद, वर्णवाद, अलगाववाद, ऊँच-नीचवाद का कोई स्थान नहीं है। लोकतत्त्व, लोकगाथा, लोकभाषा, लोकधर्म, लोकोत्सव, लोकोक्तियाँ, लोकानुभव सभी से वाचिक परम्परा का तीसरा महाकाव्य निर्मित होता है, जिससे भारतीय सभ्यता, कला, दर्शन, कथा-गाथा का एक नया लोक-सौंदर्यशास्त्र सामने आता है। यह लोक ही रामकाव्य में है, जिसमें जनता दशरथ के कृत्य की निंदा करती है कि 'कहयो तिय को जिन कान कियो है।' तुलसी के *पार्वती मंगल, जानकी मंगल, विनय पत्रिका* में लोक समाज की खुली उपस्थिति है। इस तरह भक्ति काव्य लोक जीवन की धरोहर राशि है जो हमारी परम्परा है। भारत में आकर इसलाम, सूफ़ीमत में इतने परिवर्तन हुए कि कबीर 'ना हिंदू ना मुसलमान' कहकर आगे बढ़े हैं। निष्कर्ष यह है कि भक्तिकाल के जागरण में लोक का पावनताजनित अर्थ अपने सर्वोत्तम रूप में निखर कर आ गया है। आज अगर हम इस भक्ति काव्य पर नये सिरे से विचार करेंगे तो पश्चिमी आधुनिकता, उत्तर-आधुनिकता, उत्तर-औद्योगिक समाज की समस्याओं के संदर्भ में कुछ नये सूत्र मिल सकते हैं।

देखें : अष्टछाप, 'अंग्रेज़ी हटाओ' आंदोलन, छायावाद, डायग्लॉसिया, नगेंद्र और सैद्धांतिक समीक्षा, नयी कविता, नंद दुलारे वाजपेयी, नामवर सिंह, प्रेमचंद, प्रयोगवाद, प्रगतिवाद, पाश्चात्य काव्यशास्त्र, भक्ति आंदोलन-1 और 2, भारतेंदु हरिश्चंद्र, भारतेंदु युग-1 और 2, भाषा नियोजन-1 से 4 तक, भाषा के मार्क्सवादी सिद्धांत, महावीर प्रसाद द्विवेदी, महादेवी वर्मा, मीरांबाई और प्रेमाभक्ति, राहुल सांकृत्यायन, रामानुजाचार्य, रामानंद, रामचंद्र शुक्ल-1 और 2, रामविलास शर्मा, राष्ट्रीय-सांस्कृतिक कविता, रीतिकाल-1 और 2, विजय देव नारायण साही, वैष्णव धर्म, श्याम सुंदर दास, सम्पर्क भाषा-1 से 4 तक, संविधान सभा में भाषा-विवाद-1, 2 और 3, सच्चिदानंद हीरानंद वात्स्यायन अज्ञेय, संत-काव्य, संस्कृत काव्यशास्त्र, सिद्ध-नाथ परम्परा, सूफ़ीयत और प्रेमाख्यान, हजारी प्रसाद द्विवेदी, हिंदी विरोधी आंदोलन; हिंदी जाति-1, 2 और 3, हिंदी साहित्य का आदिकाल, हिंदी साहित्य का इतिहास, हिंदी साहित्य का इतिहास : नये परिप्रेक्ष्य, हिंदी-पद्य में इतिहास, हिंदी-जगत और 'लोकप्रिय'-1 और 2, हिंदी नवजागरण, हिंदी-संस्थाएँ।

संदर्भ

1. विनेंड एम. कैलेवर्ट और स्वप्ना शर्मा (2009), *डिक्शनरी ऑफ़ भक्ति : नॉर्थ इण्डियन भक्ति टेक्स्ट्स इनटू खड़ी बोली, हिंदी, ऐंड इंग्लिश,* खण्ड 3, डी.के. प्रिंट वर्ल्ड, नयी दिल्ली.
2. आइवाओ शिमा, तीजी सकाता, कैत्सुयुकी इदा (2011), *द हिस्टोरिकल डिवेलपमेंट ऑफ़ द भक्ति मूवमेंट इन इण्डिया : थियरी ऐंड प्रेक्टिस,* मनोहर पब्लिशर्स, नयी दिल्ली.
3. गजानन माधव मुक्तिबोध (1980), 'मध्यकालीन भक्ति आंदोलन का एक पहलू', नेमिचंद्र जैन (सम्पा.), *मुक्तिबोध रचनावली,* राजकमल प्रकाशन नयी दिल्ली.
4. शिव कुमार मिश्र (2010), *भक्ति आंदोलन और भक्ति काव्य,* लोकभारती प्रकाशन, नयी दिल्ली.
5. डॉ. प्रेमशंकर (1977), *भक्तिकाव्य का समाजशास्त्र,* राधाकृष्ण प्रकाशन, नयी दिल्ली.
6. कृष्णदत्त पालीवाल (2007), *भक्तिकाव्य से साक्षात्कार,* भारतीय, नयी दिल्ली.
7. रामस्वरूप चतुर्वेदी (1993), *हिंदी साहित्य और संवेदना का विकास,* लोक भारती प्रकाशन, इलाहाबाद.
8. वियोगी हरि (सम्पा.) (2001), *हमारी परम्परा,* सस्ता साहित्य मण्डल, नयी दिल्ली.

— कृष्णदत्त पालीवाल

भक्ति काव्य-2

पश्चिमी दृष्टि की समस्याएँ

(Bhakti Poetry-2)

पश्चिमी विद्वानों ने भक्ति काव्य और भक्ति आंदोलन को अपने ढंग से समझने की काफ़ी चेष्टाएँ की हैं। उन्नीसवीं शताब्दी के उत्तरार्द्ध में पश्चिम के अनेक विद्वानों ने कृष्णोपासना एवं ईसाई धर्म में कई तरह की समानताएँ देखीं। अपने ढंग से इन विद्वानों ने यह निष्कर्ष भी निकाल लिया कि कृष्ण-कथा से सम्बद्ध उपाख्यान तथा भक्ति-सिद्धांत ईसाई धर्म से लिये गये हैं और कृष्ण तो क्राइस्ट का ही रूपांतर हैं। मैक्स वेबर ने 1874 में 'ऐन इनवेस्टिगेशन इन टू द ऑरिज़न ऑफ़ फ़ेस्टिवल ऑफ़ कृष्णजन्माष्टमी' शीर्षक निबंध लिख कर इस तरह की धारणाओं का प्रतिपादन किया। इनके कुछ पहलुओं का हॉपकिंस, केनेडी तथा मैकनिकाल ने भी समर्थन किया। मैकनिकाल को विश्वास था कि भारतीय चित्त को शांति-लाभ के लिए ईसा की शरण में जाना ही होगा। इस तरह के कथनों का हजारी प्रसाद द्विवेदी ने तो प्रतिवाद किया ही है, मोनियर विलियम्स ने भी कहा कि पश्चिम भारतीय धर्मों को समझने में भूल कर रहा है।

विलियम्स की इस आलोचना के बावजूद पश्चिमी विद्वान भक्ति आंदोलन और भक्ति काव्य को अपने-अपने ढंग से समझने की चेष्टा करते रहे। 1900 में मैक्सम्यूलर में *सेक्रेड बुक्स ऑफ़ द ईस्ट* की भूमिका में धार्मिक विचारों पर फिर से चर्चा की। 1908 में ग्रियर्सन का भागवत धर्म पर 'नाराणीय ऐंड द भागवताज़' लेख प्रकाशित हुआ। भक्ति के वैष्णव सिद्धांत को लेकर उन्होंने *इनसाइक्लोपीडिया ऑफ़ रिलीज़न ऐंड इथिक्स* में 'भक्ति मार्ग' शीर्षक निबंध लिखा। इसी ग्रंथमाला में अवतारवाद के सिद्धांत को लेकर जेकोबी का एक निबंध प्रकाशित हुआ। उसके बाद 1971 में हॉपकिंस ने 'द एथिक यूज़ ऑफ़ भागवत ऐंड भक्ति' शीर्षक निबंध लिखा जिसमें 'भक्ति' के वैदिक प्रयोग की चर्चा है। इस रचना से एक बार फिर यह स्पष्ट हुआ कि पश्चिमी विद्वान भक्त एवं भगवान की अद्वैतता, अभिन्नता, अनन्यता को समझने में असमर्थ रहे हैं। 1913 में *वैष्णविज़्म, शैविज़्म ऐंड माइनर रिलीजस सिस्टम* जैसी रचना आयी। भारतीय विद्वानों ने पश्चिम के इन तमाम प्रयासों को यह कह कह आड़े हाथों लिया कि 'भक्ति' में नवजागरण का जो भारतीय तत्त्व है उसे पश्चिम नकारना चाहता है। हमारा मध्यकाल नवजागरण काल है। ईसाई धर्म की मार से अंधा हुआ 'अंधकार काल' नहीं है। यह भी कहा गया कि रामानुजाचार्य तथा रामानंद में जो प्रपत्तिवाद का चिंतन है— उसका आदि स्रोत प्राग्वैदिक चिंतन है।

दरअसल भक्ति काव्य की सही समाजशास्त्रीय समझ तब तक नहीं बन सकती जब तक यह न समझा जाए कि किस तरह भक्तों की कविता ने पुरोहितवाद के हाथों से निकल कर लोक-संस्कृति तथा लोक-भाषा की शक्ति के कारण लोक-हृदय में निवास किया। भक्ति की भावना ने लोकचित्त में एक नया भाव-नवजागरण किया। भक्ति काव्य संदेश ले कर आया कि उस संकुचित चिंतन से पिंड छुड़ाना होगा जिसने नारियों तथा शूद्रों को ज्ञान-भक्ति से वंचित रखा है। भक्ति का मार्ग सभी के लिए खुला होना चाहिए जिससे प्राणीमात्र अपनी आंतरिक निष्ठा तथा भीतरी विषाद को धो सके। विद्वानों का ध्यान इस ओर भी गया कि गीता का भक्ति-योग प्रेमरूप होने के कारण दर्प का दलन करने वाला है। कृष्ण का यह कथन कि सभी धर्मों को छोड़ कर मेरी शरण में आ जाओ, अपने को कर्ता मत मानो— भक्ति-योग के रूप में उपनिषदों के चिंतन का निचोड़ है।

रामानुजाचार्य तथा रामानंद ने विनम्र सुधारक भाव से स्त्रियों, शूद्रों, दलितों, परित्यक्तों और मुसलमानों को जीवनमंत्र दिया जिसमें ऊँच-नीच को कोई स्थान नहीं है। गीता के बीज भाव ही भक्ति में पल्लवित हुए हैं। कुलीनों, द्विजों के अहंकार, सामंतों के वर्चस्व को उस समय चुनौती मिली है जब कृष्ण कहते हैं कि 'मेरा आश्रय लेकर स्त्रियाँ, वैश्य, शूद्र और सभी पिछड़े-दलित परमगति पा सकते हैं।' यही बात आज़ादी के आंदोलन में बालगंगाधर तिलक ने अपने गीता-भाष्य में नये विमर्श के साथ प्रस्तुत की। उन्होंने पश्चिमी ज्ञान-दम्भ से निकले इस विचार का खण्डन किया कि हिंदू धर्म ग्रंथ भ्रामक तथ्यों से ग्रस्त हैं और ईसाई धर्म ग्रंथ सत्य के प्रतिपादक हैं।

भारतीय भक्तिवाद ने पावनताजनित विवेक की प्रेरणा से प्रकृति-पुरुष का नया भाष्य लगातार किया। इस अटूट परम्परा ने प्रपत्तिवाद तथा शरणागति के मार्ग की व्यवस्था की और उपनिषदों का चिंतन लोक में परोस दिया। तर्कवाद-विवेकवाद से प्रभावित होने के कारण ही भक्ति का आधार-अंधश्रद्धावादी नहीं है। उसमें ज्ञान समन्वित भक्ति का विशेष आग्रह है। गीता का कृष्ण मानव रूप में उपस्थित है। वह अर्जुन की शंकाएँ सुनता है और सखा भाव से उनका निवारण करता है। कृष्ण की विराटता का दर्शन करने के बाद अर्जुन शरणागति का मार्ग अपनाता है। यहाँ प्रपत्तिभाव ही सर्वोच्च भाव है।

भारतीय समाज में भक्ति का लीला-कमल उस समय खिला जब उपनिषदों का ब्रह्मवाद बहुदेववाद और बहुविश्वासवाद में नया रूप धारण कर सामने आया। भारतीय भक्ति आंदोलन को पुराणों की देन का वर्णन-विस्तार सम्भव नहीं है। काल-प्रवाह में पाँच प्रमुख उपासना सम्प्रदाय बने-बढ़े : वैष्णव, शिव, शाक्त, सार और गाणपत्य। इनमें से प्रथम

तीन प्रधानता पा कर पनपते गये। काल प्रवाह में वैष्णव सम्प्रदाय भक्ति सम्प्रदायों का मूलाधार बना और पूरा भक्तिकाल इसी की धुरी पर घूमा।

तुलसी का *रामचरितमानस* तथा सूरदास का *सूरसागर* भक्ति के सागर माने जाते हैं। *भक्ति रसामृत सिंधु* तथा *उज्ज्वनील मणि* जैसे ग्रंथ चैतन्य महाप्रभु के शिष्यों जीव गोस्वामी और रूप गोस्वामी ने रच डाले। बौद्ध-जैन दर्शन इसमें मिल गये। ब्राह्मण धर्म भी उनमें सिमट गया। भक्ति काव्य द्वारा लायी गयी इस नवीनता से भारतीय संस्कृति की जड़ता टूटी। पुराणों ने ब्रह्म को अनेक छवियों में साकार किया। ज्ञान ब्रह्म को लीला ब्रह्म के रूप में ले आना बहुत बड़ा काम था। पुराणों में ही इंद्र के स्थान पर विष्णु की महिमा का विस्तार हुआ। भागवत पुराण ने कृष्ण-कथा को भक्ति-रस से भर दिया। इसी भावभूमि में अष्टछाप के कवि आये— स्वामी हरिदास, हित हरिवंश, राधावल्लभ आदि। सखी सम्प्रदाय बना और नारी-भाव से भगवान की नवधा भक्ति का विधान हुआ। बार-बार कहा गया कि प्रेम ही परम पुरुषार्थ है और प्रेमाभक्ति ही सर्वोच्च भक्ति है। इसी में मीरां, रसखान, चैतन्य नृत्य करते मिलते हैं। संत, भक्त, कवि, दार्शनिक सभी इस प्रेमा भक्ति में ज्ञानमार्ग की अकड़ खो कर यह गाते हुए आ गये— 'छबीले मुरली नेकु बजाउ'। यहाँ मुरली ब्रह्म की नाद शक्ति का प्रतीक है। इस तरह भक्ति काव्य की सांस्कृतिक संवेदना प्रतीकों से पट गयी। बौद्ध, जैन, शैव, शाक्त, वैष्णव, सूफ़ी सभी प्रेरणा स्रोतों से भक्ति प्रवाह ने गति धारण की। दर्शन और संगीत झूम कर इस भक्ति प्रवाह में मिल गये। इसीलिए भक्ति का सामाजिक सांस्कृतिक आधार बहुत व्यापकता रखता है।

ज्ञान और प्रेम भक्ति भावना के संदर्भ में विरोधी समझना नहीं रह गये। विद्वान मानते रहे हैं कि ज्ञान रहित भक्ति अंधविश्वास है जिससे जड़वाद पनपता है। ज्ञान से पवित्र कुछ नहीं है— लेकिन आस्थायुक्त ज्ञान चाहिए। तुलसीदास ने *रामचरितमानस* के उत्तर काण्ड में कहा 'ज्ञानहि भक्तहि नहिं कछु भेदा। उभय हरहि भव सम्भव खेदा।' फिर आगे कह दिया कि ज्ञान का दम्भ मिटाने के कारण भक्ति ही श्रेष्ठ है। 'जदपि भगति रघुपतिहि पियारी'। फिर 'ज्ञानपंथ को कृपाण की धार' कहा है, क्योंकि ज्ञानी का ज्ञान कभी भी भ्रष्ट हो सकता है। कलियुग में 'ध्यान' से ज़्यादा 'नाम' की शक्ति है। तुलसीदास ने 'नाम' और 'रूप' दोनों को ही ईश्वर की उपाधियाँ बताया है। इनमें कौन बड़ा, कौन छोटा यह विचार अपराध है— 'को बड़ छोट कहत अपराधू'। दरअसल भक्तिवाद ने लोक-पक्ष का विशेष रूप से प्रतिपादन किया है। इस दृष्टि से आज भक्ति के सामाजिक-सांस्कृतिक स्रोतों का अध्ययन अपेक्षित है।

भक्ति काल एक ऐसी अवधि थी जिसमें दो संस्कृतियाँ आपसी टकराव का दौर निकल जाने के बाद सहअस्तित्व की स्थिति में आ चुकी थीं। इसलामी संस्कृति ने भारत में विजेता रूप में प्रवेश किया था। अरबी, फ़ारसी, मंगोल, तुर्क, अफ़ग़ान सभी आये। साथ में सूफ़ियों के चिश्तिया, सुहरावर्दी, कादरी, नक्शबंदी आदि सम्प्रदाय भी आये। सूफ़ियों के प्रेमपंथ ने ही इसलामी कट्टरता के दाँत उखाड़े। इसलामी संस्कृति का भारत की समग्र संस्कृति पर प्रभाव पड़ा। कितना प्रभाव पड़ा यह अलग बहस का मुद्दा है और इस पर इतिहासकारों में मतैक्य नहीं है। आर.सी. मजूमदार जैसे इतिहासकार कहते रहे हैं कि हिंदू संस्कृति पर इसलामी संस्कृति का कोई विशेष प्रभाव नहीं पड़ा। लेकिन यह मत एकांगी है। इसमें कोई शक नहीं कि तुर्कों के आने से व्यापार तथा धर्म-कर्म की पद्धतियाँ प्रभावित हुईं। युद्धकला में भी परिवर्तन आया। मुगल कलाओं के मेल से एक नयी शैली पैदा हुई। इस तरह भारतीय संस्कृति का एक नया सौंदर्य शास्त्र सामने आया।

ध्यान रहे कि धर्म का प्रवाह कर्म, ज्ञान और भक्ति की तीन धाराओं में चलता है। इन तीनों के सामंजस्य से धर्म अपनी सजीव दशा में रहता है। किसी एक के भी अभाव में वह विकलांग होता है। शुक्ल ने कहा है कि 'धर्म की भावात्मक अनुभूति महाभारत काल से हुई और विस्तृत प्रवर्तन पुराणकाल में हुआ। भक्ति-प्रेम हृदय का प्रकृत भाव है। कालदर्शी भक्तकवि जनता के हृदय को सँभालने और लीन रखने के लिए दबी हुई भक्ति को जगाने लगे। भक्ति का प्रवाह क्रमशः ऐसा विस्तृत और प्रबल होता गया कि उसकी लपेट में केवल हिंदू जनता ही नहीं, देश में बसने वाले सहृदय मुसलमानों में से न जाने कितने आ गये। प्रेम स्वरूप ईश्वर को सामने लाकर भक्त कवियों ने हिंदुओं और मुसलमानों दोनों को मनुष्य के सामान्य रूप में दिखाया और भेदभाव के दृश्यों को हटाकर पीछे कर दिया।'

भक्ति का जो प्रवाह दक्षिण से उत्तर-भारत में आया, उसने रामानुजाचार्य की सगुण भक्ति का निरूपण किया। इसी भक्ति पद्धति को रामानंद ने जनता के लिए नया अर्थ संदर्भ दिया। रामानंद ने विष्णु के अवतार राम की उपासना पर ज़ोर दिया और बड़ा भारी सम्प्रदाय खड़ा किया। दूसरी ओर वल्लभाचार्य ने प्रेममूर्ति कृष्ण को लेकर जनता को रसमग्न किया। सामाजिक स्थिति ऐसी बनी कि हिंदू-मुसलमान दोनों के लिए एक सामान्य भक्तिमार्ग का विकास हुआ। कबीर ने निचली जातियों में आत्मगौरव का भाव जगाया और भक्ति रस से मानव को सींचकर नया मार्ग सुझाया। इस तरह ज्ञान और भक्ति का योग हुआ। भक्ति आंदोलन अखिल भारतीय था इसलिए यह जन-आंदोलन भी था और लोक जागरण भी। भक्ति आंदोलन का सांस्कृतिक इतिहास लोक-संस्कृति एवं

लोक-भाषाओं से जुड़ा रहा है। भक्ति आंदोलन साहित्य तक ही सीमित नहीं रहा। उसने सभी कलाओं को सांस्कृतिक सर्जनात्मकता का परिवेश प्रदान किया। भक्तों ने न जाने कितनी तरह की संकीर्णताओं-क्षुद्रताओं का निषेध किया। इस प्रयत्न से एक ऐसा लोक-धर्म पैदा हुआ जिसने सगुण-निर्गुण का झगड़ा-रगड़ा कम कर दिया। तुलसी लोक-वेद में लोक और शास्त्र दोनों को लेकर चले। कबीर-तुलसी दोनों रामानंद की परम्परा के कवि हैं। आज हमें एकाग्र होकर भक्ति के समाजशास्त्र-धर्मशास्त्र, आचारशास्त्र के मूल स्रोतों तक जाना होगा। यह भी विचार करना होगा कि यह भक्तिकाव्य इतना विद्रोही क्यों है।

देखें : अष्टछाप, 'अंग्रेज़ी हटाओ' आंदोलन, छायावाद, डायग्लॉसिया, नगेंद्र और सैद्धांतिक समीक्षा, नयी कविता, नंद दुलारे वाजपेयी, नामवर सिंह, प्रेमचंद, प्रयोगवाद, प्रगतिवाद, पाश्चात्य काव्यशास्त्र, भक्ति आंदोलन-1 और 2, भारतेंदु हरिश्चंद्र, भारतेंदु युग-1 और 2, भाषा नियोजन-1 से 4 तक, भाषा के मार्क्सवादी सिद्धांत, महावीर प्रसाद द्विवेदी, महादेवी वर्मा, मीरांबाई और प्रेमाभक्ति, राहुल सांकृत्यायन, रामानुजाचार्य, रामानंद, रामचंद्र शुक्ल-1 और 2, रामविलास शर्मा, राष्ट्रीय-सांस्कृतिक कविता, रीतिकाल-1 और 2, विजय देव नारायण साही, वैष्णव धर्म, श्याम सुंदर दास, सम्पर्क भाषा-1 से 4 तक, संविधान सभा में भाषा-विवाद-1, 2 और 3, सच्चिदानंद हीरानंद वात्स्यायन अज्ञेय, संत-काव्य, संस्कृत काव्यशास्त्र, सिद्ध-नाथ परम्परा, सूफ़ीयत और प्रेमाख्यान, हजारी प्रसाद द्विवेदी, हिंदी विरोधी आंदोलन, हिंदी जाति-1, 2 और 3, हिंदी साहित्य का आदिकाल, हिंदी साहित्य का इतिहास, हिंदी साहित्य का इतिहास : नये परिप्रेक्ष्य, हिंदी-पद्य में इतिहास, हिंदी-जगत और 'लोकप्रिय'-1 और 2, हिंदी नवजागरण, हिंदी-संस्थाएँ।

संदर्भ

1. कृष्णा शर्मा (1887), *भक्ति ऐंड द भक्ति मूवमेंट : अ न्यू पर्सपेक्टिव, अ स्टडी इन द हिस्ट्री ऑफ़ आइडियाज़,* मुंशीराम मनोहरलाल पब्लिशर्स, दिल्ली.
2. डी.डी. कोसम्बी (1956), *ऐन इंट्रोडक्शन टु द स्टडी ऑफ़ इण्डियन हिस्ट्री,* बम्बई.
2. मुंशीराम शर्मा (1958), *भक्ति का विकास,* चौखम्भा, विद्याभवन, वाराणसी.
3. बलदेव उपाध्याय (1953), *भागवत सम्प्रदाय,* नागरी प्रचारिणी सभा, काशी.
4. रामचंद्र शुक्ल (1940), *हिंदी साहित्य का इतिहास,* नागरी प्रचारिणी सभा, काशी
5. हजारीप्रसाद द्विवेदी (1941), *हिंदी साहित्य की भूमिका,* राजकमल प्रकाशन, नयी दिल्ली.

— कृष्णदत्त पालीवाल

भगवद्गीता

(Bhagvad Geeta)

भगवद्गीता या *गीता* ने भारतीय समाज में कर्म-सिद्धांत स्थापित करने की महती भूमिका निभायी है। दर्शन और धर्म संबंधी यह पद्यबद्ध रचना *महाभारत* का एक भाग है लेकिन श्रद्धालुओं में इसकी अभूतपूर्व लोकप्रियता के कारण इसने महाकाव्य से स्वतंत्र अस्तित्व ग्रहण कर लिया है। इसके जितने समर्थक हैं उतने ही आलोचक भी। विवादित होने के बावजूद भारतीय चिंतन परम्परा पर अपनी अमिट छाप छोड़ने वाले इस ग्रंथ ने समाज-सुधार के कई आंदोलनों, उपनिवेशवाद विरोधी राजनीति और भारतीय आधुनिकता की निर्मिति के आधारभूत दर्शन का काम किया है। भारत की सांस्कृतिक राजनीति में गीता की व्याख्या करते हुए सिद्धांत-निरूपण की परम्परा तेरहवीं सदी से ही चली आ रही है। ज्ञानेश्वर, एकनाथ और रामदास ने भी अपने सिद्धांतों का निरूपण गीता की व्याख्या के ज़रिये ही किया था। इसी परम्परा में तिलक ने भी गीता की व्याख्या की और वहीं से सामग्री ले कर ब्रिटिश उपनिवेशवाद विरोधी राष्ट्रीय आंदोलन के संदर्भ में अपने राजनीतिक दर्शन के बुनियादी सिद्धांतों का प्रतिपादन किया। भारतीय राष्ट्रवाद के प्रमुख सिद्धांतकार अरविंद घोष और फिर आगे चल कर गाँधी विचार पर भी गीता की छाप स्पष्ट है। स्वामी विवेकानंद पर भी *गीता* का आजीवन असर रहा। ऐनी बेसेंट के अनुसार *गीता* साधक को संन्यास के उस उच्च स्तर पर ले जाती है जहाँ कामना और आसक्ति का त्याग किया जाता है और जहाँ योगी समाधिस्थ होते होते हुए भी शरीर और मन से लोक-कल्याण के लिए कार्य करते हैं।

गीता में दिये गये सूत्रीकरणों ने पश्चिम के मनीषियों को भी अपनी ओर आकृष्ट किया है। अट्ठारहवीं शती के अंतिम चरण में बंगाल के पहले गवर्नर जनरल वारेन हेस्टिंग्स की आज्ञा से चार्ल्स विलकिंस नामक संस्कृतज्ञ अंग्रेज़ विद्वान ने इसका सबसे पहले अंग्रेज़ी अनुवाद किया। इसी अनुवाद को पढ़ कर इमर्सन ने 'ब्रह्म' विषयक अपनी सुप्रसिद्ध कविता का प्रणयन किया। आज विश्व की ऐसी कोई भी प्रमुख भाषा नहीं है, जिसमें *भगवद्गीता* का अनुवाद न हो।' अनेक भारतीय और पाश्चात्य विद्वानों ने इसकी प्रशंसा में इसे 'मानव धर्म का ग्रंथ' बताया है तथा इसकी तुलना कामधेनु और कल्पवृक्ष से की है।

भगवद्गीता की लोकप्रियता के पीछे उसका आध्यात्मिक एवं दार्शनिक पक्ष ही प्रबल रहा है। *महाभारत* में भीष्म पर्व के तहत संकलित *गीता* भगवान कृष्ण द्वारा कुरुक्षेत्र

के युद्ध में अर्जुन को दिये गये उपदेश के तौर पर दर्ज है। इसे वेदांत दर्शन के सार के तौर पर भी देखा जाता है। एक श्लोक के अनुसार यह उपदेश गोपालनंदन श्रीकृष्ण द्वारा अर्जुन को बछड़ा बना कर उपनिषद् रूपी गायों से छोड़ा गया अमृतमय दूध है जिसे सुधीजन पीते हैं : 'सर्वोपनिषदो गावो दोग्धा गोपालनंदनः। पार्थो वत्सः सुधीर्भोक्ता गीतामृतं महत्॥'

दृष्टांत के मुताबिक़ कुरुक्षेत्र में युद्ध के लिए कौरव और पाण्डव सेनाएँ आमने-सामने खड़ी हैं। और अर्जुन के सारथी श्रीकृष्ण दोनों सेनाओं के बीच उनका रथ ले जाकर खड़ा करते हैं। अर्जुन अपने गुरुजनों, संबंधियों और परिजनों से लड़ने से इनकार कर देते हैं और कहते हैं कि युद्ध जीत लेने पर भी अपने परिजनों के रक्त से रंजित राज्य-सुख का उपभोग करने का क्या लाभ, अतः मैं युद्ध नहीं लड़ूँगा चाहे ये हमें मार ही डालें। कृष्ण अर्जुन को समझाते हैं कि क्षत्रिय राजपुत्र और धर्मरक्षक होने के नाते उनका कर्त्तव्य है कि वे अधर्म और अशुभ से 'धर्मसंस्थापनाय' युद्ध करें और अपने 'स्वभाव' व स्वधर्म का पालन करें। दुविधाग्रस्त अर्जुन कृष्ण से कई सवाल करते हैं और कृष्ण सबका जवाब देते हैं। अंत में श्रीकृष्ण अपने उपदेश की समाप्ति पर कहते हैं : 'जैसी तुम्हारी इच्छा, वही करो'। तब अर्जुन कहते हैं : 'आपकी कृपा से मेरा मोह नष्ट हो गया, अतः मैं, जैसा आपने कहा, वही करूँगा।' और यह कहते हुए अर्जुन युद्ध करने के लिए तैयार हो जाते हैं।

गार्वे का मत है कि *गीता* की रचना ईसा पूर्व दूसरी शताब्दी के मध्य हुई होगी और एकेश्वरवाद के आदर्शवादी समर्थकों ने उसमें आवश्यक परिवर्तन करके उसे वर्तमान रूप दिया होगा। के. दमोदरन का कहना है कि *गीता* की जड़ें उस अत्यंत प्राचीन काल में हैं जब आर्यों का कुल संबंधों पर आधारित क़बीलाई समाज उस वर्णाश्रम व्यवस्था को स्थान दे रहा था जिसमें चार वर्णों के बीच श्रम-विभाजन तथा अपने वर्ण की सेवा करने पर ज़ोर दिया गया है। अर्जुन अपने दीर्घकालीन रक्त संबंधों और कुल धर्म से बँधे थे किंतु कृष्ण ने अर्जुन का आह्वान किया कि वे अपने वर्ण प्रदत्त कर्त्तव्य को (स्वधर्म को)अंतःकरण की पीड़ा की चिंता किये बिना पूरा करें। दरअसल यह आह्वान नयी ऐतिहासिक प्रवृत्तियों की बढ़ती हुई शक्ति का द्योतक था। अर्जुन की भावना जहाँ यह थी कि कुल-धर्म का उल्लंघन करना पाप है, वहाँ कृष्ण ने इस बात पर ज़ोर दिया कि स्वधर्म के पालन से बढ़ कर कुछ भी नहीं है और 'युद्ध करने वाले वर्ण (क्षत्रियों) के लिये न्याय पूर्ण युद्ध में भाग लेने से बढ़ कर कोई दूसरा कर्त्तव्य नहीं है। *गीता* में जो भिन्न-भिन्न दार्शनिक स्थितियाँ अपनायी गयी हैं वे सब इस संसार में अपने कर्त्तव्य (धर्म) की पूर्ति करने के लिए कर्म करने पर ज़ोर देती हैं। श्रीकृष्ण कहते हैं कि 'मैंने उनके गुणों और कर्मों के अनुसार समाज के चारों वर्ण बनाये हैं।' 'चातुर्वर्ण्य व्यवस्था वर्गहीन, आदिम, क़बीली समाज से आगे बढ़ा हुआ क़दम था। बर्बरता से सभ्यता की ओर समाज को आगे बढ़ाने वाली ऐतिहासिक आकांक्षा को ही *गीता* ने, स्वयं परमात्मा द्वारा प्रणीत बता कर, उसे आदर्शपूर्ण बना दिया। यह बढ़ा-चढ़ा दावा करना सम्भवतः आवश्यक भी था। कारण यह कि आदिम वर्गहीन समाज से वर्गोंवाले समाज में रूपांतरण तथा वर्णाश्रम व्यवस्था के सुदृढ़ीकरण को शक्तिशाली प्रतिरोध का सामना करना पड़ रहा था। यह प्रतिरोध दार्शनिक स्तर पर भी हो रहा था।' ऐसी ही परिस्थितियों में *गीता* का प्रादुर्भाव हुआ।

गीता में निर्दिष्ट तत्त्वज्ञान को समझने के लिए उसके सिद्धांत-पक्ष और व्यवहार-पक्ष को समझना होगा। सिद्धांत-पक्ष के अंतर्गत पदार्थ-विवेचन और व्यवहार-पक्ष के तहत साधन मार्ग का विवेचन है।

साध्यपक्ष : *गीता* के अनुसार पदार्थों की तीन श्रेणियाँ अपरा प्रकृति, परा प्रकृति और अहम् हैं। अपरा प्रकृति और परा प्रकृति, भगवान की दो प्रकृतियाँ हैं। क्षेत्र तथा क्षर पुरुष अपरा प्रकृति का दूसरा नाम है और परा प्रकृति का दूसरा नाम क्षेत्रज्ञ व अक्षर पुरुष है। *गीता* में 'जगत' अपरा प्रकृति के रूप में आता है। जगत की उत्पत्ति, स्थिति तथा लय ईश्वर के कारण है। *गीता* में सांख्य का उल्लेख कई जगह मिलता है किंतु उसके विपरीत *गीता* जगत की उत्पत्ति ईश्वर से मनती है तथा ईश्वर प्रकृति का अध्यक्ष है— उसके कार्यों का निरीक्षक व प्रेरक है। ईश्वर की अध्यक्षता में प्रकृति जगत की सृष्टि करती है, नहीं तो जड़ात्मक प्रकृति में जगत की रचना करने का सामर्थ्य कहाँ से आ जाता! प्रकृति और ईश्वर के संबंध में *गीता* का विचार है कि महद्ब्रह्म या प्रकृति योनि है और ईश्वर बीज डालने वाला पिता है। *गीता* का स्पष्ट कहना है कि परमात्मा के अलावा और कुछ नहीं है तथा है भी तो वह माया है। जीवन को *गीता* परा प्रकृति मानती है, जो अपरा प्रकृति से भिन्न चेतन होती है। इसे ही क्षेत्रज्ञ कहा गया है— जैसे खेत बीजों को धारण करता है, वैसे ही यह शरीर भी किये गये कर्मों को धारण करता है।

गीता ने आत्मा को अच्छेद्य, अदाह्य, अक्लेद्य तथा अशोध्य माना है। वह सब प्राणियों में व्याप्त, अचल और सनातन है। तथा अव्यक्त, अचिन्त्य व अविकारी है। जीव को अंश तथा भगवान को अंशी माना गया है। ब्रह्म के निर्गुण तथा सगुण स्वरूपों को अभिन्न तत्त्व माना गया है। संक्षेप में यही है *गीता* का साध्य पक्ष।

नाना जीवों के लिए उनकी अभिरुचि के मंगल साधन के लिए *गीता* ने कर्मयोग, ज्ञानयोग और भक्ति योग का प्रतिपादन किया है। *गीता* कर्म को कर्त्तव्य समझ कर उसे निष्काम-भाव से करने का उपदेश देती है। मीमांसकों के

कर्मवाद में स्वार्थ तथा आसक्ति है किंतु कर्मयोग में नि:स्वार्थ तथा अनासक्ति का भाव है। कर्ममार्ग के सिद्धांत से भारतीय क्रांतिकारियों को भी प्रेरणा मिली है। कर्मयोग की तरह *गीता* में ज्ञानयोग की चर्चा जगह-जगह आती है। *गीता* के अनुसार आत्मा की एकता का पूर्ण अनुभव ज्ञान है। इसकी दो दिशाएँ हैं— पहली है सब प्राणियों में आत्मा को देखना। विश्व के सभी प्राणियों में एक ही आत्मा का वास है तथा दूसरी दिशा है— एक ही आत्मा में सब भूतों का प्रत्यक्ष करना। 'सामत्व ज्ञान' उच्च कोटि का माना गया है। भगवत्प्राप्ति के साधनों में भक्तियोग को विशेष महत्त्वप्राप्त है। भक्ति के ज़रिये ईश्वर की प्राप्ति हो सकती है। 'अनन्या भक्ति' से तात्पर्य उस भक्ति से है जो भगवान को छोड़कर किसी दूसरे के प्रति नहीं की जाती। *गीता* अवतारवाद स्थापित करती है। श्रीकृष्ण स्वयं ही कहते हैं कि जब धर्म का ह्रास होने लगता है और अधर्म का प्रभाव बढ़ता है तो साधुओं के परित्राण, दुर्जनों के विनाश और धर्म के संस्थापन के लिए अवतार होता है।

यद्यपि गाँधी इसे अहिंसा की शिक्षा देने वाला ग्रंथ मानते हैं, पर *गीता* की एक आलोचना युद्धोन्माद फैलाने वाली या युद्ध का दर्शन स्थापित करने वाली पुस्तक के रूप में भी की गयी है। लेकिन उसकी इससे भी ज़्यादा गहरी आलोचना भौतिकवादी विचारकों ने की है। गीता में निहित कर्म-सिद्धांत को ख़ारिज करने वाले भौतिकवादियों ने चार्वाकों और अजित केशकम्बली की व्याख्याओं का सहारा लेकर गीता को श्रेणीबद्ध जाति-प्रथा पर दैवी मान्यता आरोपित करने का ज़िम्मेदार तो ठहराया ही है, साथ ही यह भी कहा है कि इसी ग्रंथ के दार्शनिक प्रभाव के कारण भारतीय मानस प्रारब्धवादी हुआ और सब कुछ के पूर्व-निर्धारित होने की भावना घर कर गयी।

देखें : आर्यभट्ट और *आर्यभटीय*, उपनिषद्, कपिल, *अर्थशास्त्र* और कौटिल्य, गोपीनाथ कविराज, गोविंद चंद्र पाण्डे, चैतन्य महाप्रभु, जैन दर्शन, न्याय दर्शन, दया कृष्ण, नंद किशोर देवराज, न्याय दर्शन, नागार्जुन, पतंजलि और *योगसूत्र*, पाणिनि और *अष्टाध्यायी*, पाश्चात्य काव्यशास्त्र, पुराण, पूर्व-मीमांसा दर्शन, बदरीनाथ शुक्ल, बादरायण, बौद्ध दर्शन, भरत और *नाट्यशास्त्र*, मुकुंद लाठ, *भागवत पुराण*, *महाभारत*, यशदेव शल्य, योग दर्शन, रामानुजाचार्य, लोकायत, वात्स्यायन और *कामसूत्र*, वेदांत दर्शन, वैशेषिक दर्शन, शंकराचार्य, षड्-दर्शन-1 और 2, संस्कृत काव्यशास्त्र, स्मृति-साहित्य, सांख्य दर्शन-1 और 2, सिद्ध-नाथ परम्परा।

संदर्भ

1. सतीश चंद्र चट्टोपाध्याय एवं धीरेंद्र मोहन दत्त, *भारतीय दर्शन*, पुस्तक भण्डार, पटना.
2. के. दामोदरन (1982), *भारतीय चिंतन परम्परा*, पीपुल्स पब्लिशंग हाउस, नयी दिल्ली.
3. चंद्रधर शर्मा (1991), *भारतीय दर्शन : आलोचन और अनुशीलन*, मोतीलाल बनारसी दास, दिल्ली.
4. बलदेव उपाध्याय (2000), *भारतीय दर्शन की रूपरेखा*, चौखम्भा पब्लिशर्स, वाराणसी.

— अजय कुमार पाण्डेय

भदंत आनंद कौसल्यायन

(Bhadant Aanad Kauslyaayan)

बीसवीं सदी के बौद्ध भिक्षुओं, विद्वानों और प्रचारकों में भदंत आनंद कौसल्यायन (1905-1988) का नाम अत्यंत सम्मान के साथ लिया जाता है। बौद्ध धर्म के प्रचार एवं प्रसार के लिए उन्होंने विभिन्न देशों का दौरा किया तथा अपने सम्पूर्ण जीवन को धम्म के लिए ही अर्पित कर दिया। वे चिंतक, अनुवादक एवं प्रचुर साहित्य के सृजनकर्ता थे। वे जिस दौर में सक्रिय थे, वह भारतीय समाज के लिए सांस्कृतिक और धार्मिक तनाव का था। जातिगत अस्मिताएँ आपस में टकरा रही थीं। ऐसे समय में बौद्ध आदर्शों के प्रचार-प्रसार के साथ-साथ कौसल्यायन ने हिंदी भाषा के प्रचार और श्री-वृद्धि के लिए भी उल्लेखनीय प्रयास किये। वे अक्सर कहा करते थे : 'मेरा जीवन साईकल के दो पहिये हैं, एक बौद्ध धर्म का प्रचार और दूसरा हिंदी भाषा की सेवा।' इसी के अनुरूप उन्होंने अपना जीवन ढाला। उनकी यात्रा एक वर्तुलाकार पहिये के समान समूचे भारत और उत्तर-पूर्व के धम्म प्रभावित राष्ट्रों में धम्म और हिंदी का परचम लहराते घूमती रही। वे बाबा साहेब आम्बेडकर और राहुल सांकृत्यायन को अपने प्रेरणा पुरुष के रूप में देखते थे। यात्रा साहित्य में कौसल्यायन का योगदान विशेष रूप उल्लेखनीय है।

भदंत आनंद कौसल्यायन ने बाबासाहब आम्बेडकर की विख्यात जीवनी *यदि बाबा न होते* भी लिखी है। 14 अप्रैल, 1969 को राष्ट्रभाषा प्रचार समिति, वर्धा से इसका प्रकाशन हुआ। इस जीवनी-लेखन के पीछे भी एक प्रकरण है। कौसल्यायन किसी कार्य के सिलसिले से दिल्ली गये थे। वहाँ कम्युनिस्ट पार्टी के नेता श्रीपाद अमृत डांगे से उनकी मुलाक़ात हुई। बातचीत के दौरान डांगे ने सवाल पूछा : बाबासाहेब बौद्ध क्यों हुए? कौसल्यायन को लगा कि इस प्रश्न का उत्तर देने के लिए एक पुस्तक लिखनी पड़ेगी और उन्होंने डांगे के सवाल का ठोस, युक्ति-युक्त जवाब देने के लिए बाबासाहब की जीवनी लिखी। इससे पूर्व उन्होंने *बाबासाहेब* नामक एक छोटी सी पुस्तक भी प्रकाशित की

भदंत आनंद कौसल्यायन (1905–1988)

जिसमें एक जगह उन्होंने कहा है— 'इस देश में बाबा भी बहुत हुए और साहब भी, किन्तु बाबासाहब केवल एक ही हुए।'

कौसल्यायन की प्रमुख पुस्तकों में से कुछ इस प्रकार हैं : *बुद्ध धर्म : एक बुद्धिवादी अध्ययन, भिक्खु के पत्र, जो भूल न सका, आह! ऐसी दरिद्रता, बहानेबाज़ी, रेल के टिकट, संस्कृति, देश की मिट्टी बुलाती है, मनुस्मृति क्यों जलायी गयी?, भगवद्गीता की बुद्धिवादी समीक्षा, राम कहानी राम की ज़बानी, ऐन इंटेलिजेंट मेंस गाइड टु बुद्धिज़म, भगवान बुद्ध और उनके अनुचर, आज का जापान, आवश्यक पाली, धम्मपद* (हिंदी अनुवाद), *ब्राह्मणशाही की ऊहापोह अर्थात् हिंदू धर्म की रिडल्स।*

कौसल्यायन का जन्म पंजाब के अम्बाला ज़िले के सुहाना गाँव स्थित फूलवंती और रामशरण दास के घर में 5 जनवरी, 1905 को हुआ था। उनके बचपन का नाम हरिनाम दास था। पिताजी हिंदू मोहम्मडन स्कूल में अध्यापक थे, इसलिए इसी स्कूल में उन्हें दाख़िल कराया गया। 1920 में उन्होंने मैट्रिक परीक्षा उत्तीर्ण की। इस दौरान उन्हें भाई परमानंद के आश्रम में रहने का मौक़ा मिला जिन्होंने उन्हें आगे पढ़ाई करने की सलाह दी। लाला लजपतराय ने उन दिनों लाहौर में क़ौमी विद्यापीठ की स्थापना की थी जहाँ क्रांतिकारी एवं देशभक्त युवक पढ़ाई करने के लिए जमा हुए थे। उस समय हरिनाम दास भी लाहौर के नैशनल कॉलेज में बीए की पढ़ाई कर रहे थे। उनके सहपाठियों में हिंदी के जाने माने लेखक यशपाल, भगत सिंह और सुखदेव आदि थे। 1924 में 19 वर्ष की आयु में उन्होंने बीए की परीक्षा उत्तीर्ण की।

1924-25 में की एक घटना के बारे में भदंत आनंद कौसल्यायन लिखते हैं : लाहौर का प्रसिद्ध मौहल्ला है, वरघोवाली, वहाँ पर आर्य समाज के व्याख्यान हुआ करते थे। मैं कभी-कभी वहाँ पर व्याख्यान सुनने जाता। एक दिन देखा कि आर्य समाज की वेदी पर एक साधु बैठा है। उनको लोग उत्सुकतापूर्वक सुन रहे थे : भारत में दो ऋषि हुए, एक बुद्ध और दूसरे दयानंद। ऐसा माना जाता है, ऋषि युगप्रवर्तक होता है, और लोग सामान्य सुधारक। ऋषि में प्रवाह बदलने का सामर्थ्य होता है। ऐसा कहने वाले वे व्याख्याता राहुल सांकृत्यायन साधु थे। लगभग छह साल बाद 1930 में वे श्रीलंका में राहुल सांकृत्यायन के साथ थे, तब उन्होंने राहुल जी को वरघोवाली व्याख्यान की याद दिलायी और पूछा क्या अब भी आप बुद्ध की तरह दयानंद को ऋषि मानते हैं अथवा विचारों में कोई फ़र्क़ आया है? वे बोले— कहाँ युगप्रवर्तक बुद्ध जिसने भारत को वेद, ईश्वर, आत्मा की ग़ुलामी से स्वतंत्र किया और कहाँ दयानंद जो ख़ुद वेद, ईश्वर, आत्मा की ग़ुलामी से स्वतंत्र नहीं हो सके। डॉ. आम्बेडकर के बाद उनके जीवन में राहुल सांकृत्यायन दूसरे ऐसे व्यक्ति थे, जिनसे वे प्रभावित भी थे और उनसे उनकी बहस भी हुआ करती थी।

उन दिनों लाहौर से *उपदेशक* नामक अख़बार छपता था। सेठ दामोदर इसके सम्पादक थे। हरिनामदास ने सम्पादक के प्रोत्साहन पर 'हमारे भी हैं, मेहरबान कैसे-कैसे' लेख लिखा। कौसल्यायन लिखते हैं कि वह मेरा पहला लेख था : 'अपने नाम को पहली छापे के अक्षरों में देखना कुछ ऐसा उन्माद था कि आज भी उसकी ख़ुमारी का अनुभव कर सकता हूँ।' इसके बाद जो लिखना शुरू किया तो निरंतर लिखते रहे। जितना समाज को देखा और महसूस किया, उतना ही लिखा। हरिनामदास कांग्रेस पार्टी के सक्रिय कार्यकर्ता थे। साथ-साथ में सामाजिक काम भी करते थे। उन्होंने कांगड़ा ज़िले के एक गाँव में दलितोद्धार का कार्य हाथ में लिया। वहाँ पर सराडे और डुमने नामक दो जातियाँ थीं। इन दोनों जातियों के लोगों को वे पढ़ाने जाया करते थे। 1928 में वे सिंहल द्वीप गये। 5 फ़रवरी, 1928 को उन्होंने दीक्षा ली और उनका नाम आनंद रखा गया। एक ही नाम के कई भिक्षु होने के कारण भेद करने के लिए नाम के बाद गाँव का नाम रखा जाता है, लेकिन गाँव का नाम न रखते हुए गोत्र नाम लगाया गया। इस तरह हरिनामदास से आनंदगिरी, आनंदगिरी से विश्वनाथ, विश्वनाथ से भदंत आनंद कौसल्यायन तक का सफ़र हुआ। श्रीलंका निवास के दौरान कौसल्यायन की मुलाक़ात स्वाधीन भारत के प्रधानमंत्री जवाहरलाल नेहरू के साथ हुई। नेहरूजी ने उनसे पूछा 'आप बौद्ध भिक्षु क्यों बने?' तब उनका उत्तर था, 'आत्मा-परमात्मा, स्वर्ग-नरक की झूठी कल्पनाओं से छुटकारा पाने के लिए मैं बौद्ध भिक्षु बना हूँ।' कौसल्यायन को महाबोधि सोसाइटी की ओर से ब्रिटेन में धर्मदूत के तौर पर धर्म का प्रचार-प्रसार करने भेजा गया। इसी दौरान उन्होंने बहुत से

देशों का भ्रमण किया।

भारतीय स्वाधीनता आंदोलन के दौरान राष्ट्रभाषा को लेकर दो विचार थे। गाँधी चाहते थे कि राष्ट्रभाषा हिंदुस्तानी होनी चाहिए। दूसरी तरफ़ पुरुषोत्तमदास टंडन चाहते थे कि राष्ट्रभाषा हिंदी होनी चाहिए। टंडन के आग्रह पर 12 जुलाई, 1942 को कौसल्यायन राष्ट्रभाषा प्रचार समिति, वर्धा के प्रधानमंत्री बने। 1951 तक उन्होंने इसकी सेवा की। कौसल्यायन ने अपने संगठन-कौशल और निष्ठा से राष्ट्रभाषा प्रचार समिति को विश्वास संस्था में परिणत कर दिया।

डॉ. आम्बेडकर ने बौद्ध धर्म की दीक्षा ग्रहण करने हेतु कौसल्यायन से भारत के सबसे ज्येष्ठ भिक्षु के बारे में पूछा तो उन्होंने ने शास्ता महास्थविर चंद्रमणि का नाम सुझाया। दिलचस्प बात यह है कि डॉ. आम्बेडकर द्वारा 14 अक्टूबर, 1956 को ली गयी धर्म दीक्षा में कौसल्यायन उपस्थित नहीं थे। 1956 में जब वे चीन से बर्मा के रास्ते हवाई जहाज़ से भारत लौट रहे थे, तो विमान में ही उन्होंने पढ़ा कि नागपुर की दीक्षा भूमि में डॉ. आम्बेडकर के साथ उनके लाखों अनुयायियों का बौद्ध धर्म में दीक्षित होने का संस्कार सम्पन्न हो गया।

6 दिसम्बर, 1956 को डॉ. आम्बेडकर का परिनिर्वाण दिल्ली में हुआ। उस वक़्त कौसल्यायन ख़ुद दिल्ली में मौजूद थे। जब आम्बेडकर के पार्थिव शरीर को अग्नि दी जाने वाली थी, तब उनके एक शिष्य दादासाहेब गायकवाड़ ने रुद्ध कंठ से जन-समुदाय को सम्बोधित किया कि 16 दिसम्बर को बम्बई में बाबासाहेब महाराष्ट्र के लाखों दलितों को बौद्ध धर्म की दीक्षा देने वाले थे। अब हम उनके पार्थिव शरीर को साक्षी मान बाबासाहेब की इच्छा-पूर्ति करें। कौसल्यायन ने अपनी किताब *यदि बाबा न होते* में लिखा है, 'दादासाहेब गायकवाड़ की इच्छा के अनुसार इन पंक्तियों के लेखक ने उस अपार जन-समुद्र को सम्बोधित कर पूछा— 'जो लोग दीक्षा लेना चाहते हैं वे हाथ उठा लें।' इतने हाथ उठे कि उनका ओर-छोर कहीं कुछ न दिखाई देता था। यह भी एक ऐतिहासिक तथ्य है कि श्मशान भूमि में ही त्रिशरण, पंचशील का उच्चारण कर कई हज़ार लोगों ने दीक्षा ग्रहण की।

इस ऐतिहासिक क्षण के साक्षी भदंत आनंद कौसल्यायन स्वयं थे। 1969 में बाबासाहेब आम्बेडकर स्मारक समिति, नागपुर की ओर से उन्हें दीक्षाभूमि स्थित भिक्षु निवास में रहने के लिए आमंत्रित किया गया। यहाँ से उन्होंने *दीक्षाभूमि* तथा *दीक्षाभूमि संदेश* जैसी पत्रिकाओं का सफल सम्पादन किया। उन्होंने नागपुर के समीप नौ एकड़ भूमि में बौद्ध प्रशिक्षण संस्थान की नींव रखी जो आज बुद्ध भूमि नाम से प्रसिद्ध है। इस तरह उन्होंने नागपुर को अपनी कर्मभूमि बनाया।

64 साल के बौद्ध भिक्षु जीवन के बाद 22 जून, 1988 को उम्र के 83वें वर्ष में नागपुर में उनका परिनिर्वाण हुआ। पाली भाषा से बौद्ध त्रिपिटक का हिंदी में अनुवाद हो, या ख़ुद के लिखित ग्रंथ हों, या आम्बेडकर द्वारा अंग्रेज़ी में लिखित ग्रंथों का हिंदी अनुवाद हो— भदंत आनंद कौसल्यायन की ये सारी साहित्य रचनाएँ हिंदी पाठकों के ज्ञान-संवर्धन में गहरा योगदान करने वाली हैं।

देखें : अनुसूचित जातियाँ, अस्मिता की भारतीय राजनीति, अन्य पिछड़े वर्ग, आयोतीदास पांडीतर, आयंकाली, आम्बेडकर-गाँधी विवाद, इरोड वेंकट रामस्वामी नायकर पेरियार, कांशी राम, गाड़गे बाबा, गोपाल बाबा वलंगकर, ज्योतिराव गोविंदराव फुले, जाति और जाति-व्यवस्था-1, 2, 3 और 4, बाबू मंगू राम, बहुजन समाज पार्टी-1 और 2, भारतीय संविधान-1 से 8 तक, भीमराव रामजी आम्बेडकर, स्वामी अछूतानंद हरिहर।

संदर्भ

1. मुरलीधर खोब्रागड़े (2012), *डॉ. भदंत आनंद कौसल्यायन : एक परिचय,* मैसूर हिंदी प्रचार परिषद् पत्रिका, बंगलुरु.
2. डी.सी.अहीर (1989), *द पायनियर्स ऑफ़ बुद्धिस्ट रिवाइवल इन इण्डिया,* श्री सतगुरु पब्लिकेशन, नयी दिल्ली.
3. महाबोधि सोसाइटी ऑफ़ इण्डिया डायमंड जुबिली सुवेनिर (1952), कलकत्ता.
4. भदंत आनंद कौसल्यायन (2000), *यदि बाबा न होते,* बुद्ध भूमि प्रकाशन, नागपुर.

— मोहनदास नैमिशराय

भरत और *नाट्यशास्त्र*

(Bharat and *Natyashastra*)

भरत मुनि को भारतीय नाट्यशास्त्र का प्रथम प्रणेता माना जाता है। वे न केवल नाट्यशास्त्र के आदि आचार्य हैं बल्कि उनका ग्रंथ *नाट्यशास्त्र* काव्यशास्त्र का भी आदि ग्रंथ है। भारतीय नाट्य-मीमांसा के आधारभूत ग्रंथ के रूप में यह रचना नाटक, संगीत, छंद, अलंकार, रस आदि नाटक के सभी पक्षों के विशद सिद्धांतों का प्रतिपादन करती है। एक दृष्टांत के अनुसार त्रेतायुग में दुःख और आपदा से पीड़ित लोगों को ध्यान में रखकर इंद्र आदि देवताओं की प्रार्थना पर ब्रह्मा ने चारों वर्णों और विशेषकर शूद्रों के मनोरंजन व अलौकिक आनंद के लिए एक पाँचवें वेद का सृजन किया। ऋग्वेद से पाठ्य, सामवेद से गीत, यजुर्वेद से अभिनय और अथर्वेद से रस लेकर ब्रह्मा ने पंचम वेद नाट्यवेद की रचना की। भरत ने अपने एक श्लोक के ज़रिये दावा किया कि 'न कोई ऐसा ज्ञान

है, न शिल्प, न ऐसी कोई विद्या, न कला, न योग और न ही कोई कर्म है जो नाट्य में न पाया जाता हो।' यह कथन नाट्य-क्षेत्र और उसके कला-विस्तार का प्रमाण है। इन अर्थों में कहना ज़्यादा सार्थक है कि संसार में लोगों की रुचि भिन्न-भिन्न होती है— ऐसे सभी लोगों को प्रसन्न करने वाला यदि कुछ है तो वह अधिकांशतः 'नाट्य' है। ऋग्वेद में सरमा-पणि, यम-यमी, अगस्त्य-लोपामुद्रा, पुरुरवा-उर्वशी आदि अनेक संवाद सूक्तों में नाट्य-सूत्र तलाशे जा सकते हैं। भारतीय नाट्य-परम्परा वहाँ से जोड़ कर देखी जा सकती है। भरत मुनि का *नाट्यशास्त्र* उस परम्परा का विस्तार है।

नाट्यशास्त्र को प्रकाश में लाने का श्रेय कुछ विदेशी विद्वानों को है। उन्होंने इस प्राचीन रचना की खण्डित प्रतियाँ हासिल करके उसे प्रकाशित किया। कालिदास, बाण, श्री हर्ष, भवभूति आदि संस्कृत के नाट्यकारों ने *नाट्यशास्त्र* के महत्त्व को खुलेमन से स्वीकार किया है। *नाट्यशास्त्र* के अध्यायों की संख्या को लेकर भी मतभेद है। कुछ विद्वान उसके 37 अध्यायों को मानते हैं तो कुछ 36 अध्याय। अनिभनव गुप्त ने उसके 36 अध्याय माने हैं। ऐसा कहा जाता है कि भरत मुनि रचित प्रथम नाटक *समुद्र मंथन* का अभिनय देवों की विजय के बाद इंद्र की सभा में हुआ था। उन्होंने नाटक के उद्देश्य को स्पष्ट करते हुए कहा था, 'नाट्य तो समग्र त्रिलोक का अनुकीर्तन है। नाटक का उद्देश्य दुःख से पीड़ित, थके, शोक से पीड़ित लोगों और तपस्वियों को उचित समय पर विश्रांति देना है। नाटक में सभी कलाओं का संगम होता है। नाटक प्रेक्षकों के मनोरंजन के साथ ही उनके बौद्धिक और आध्यात्मिक विकास का निमित्त भी बनता है।'

भरत के जीवन-काल को लेकर विद्वानों के बीच मतैक्य नहीं है। ऐतिहासिक दृष्टि से किसी व्यक्ति के जीवन-काल के निर्धारण के लिए जिन आधारभूत वैज्ञानिक तथ्यों की आवश्यकता होती है भरत के संदर्भ में उनका काफ़ी हद तक अभाव है। मनमोहन घोष सरीखे कुछ लोग उन्हें काल्पनिक व्यक्ति मानते हैं। थोड़े बहुत उपलब्ध साक्ष्यों के आधार पर विद्वानों का एक वर्ग उनका जीवन-काल विक्रमपूर्व 500 वर्ष से प्रथम विक्रमशताब्दी के बीच मानता है। *मत्स्यपुराण* में तो उनका उल्लेख है ही, कालिदास ने भी अपनी रचना *विक्रमोर्वशीयम* में एक घटना विशेष के संदर्भ में भरत मुनि उल्लेख किया है। प्रकरण यह है कि स्वर्ग लोक में लक्ष्मी स्वयंवर का मंचन भरत मुनि ने किया, जिसमें प्रसिद्ध अप्सरा उर्वशी लक्ष्मी का अभिनय करते समय महाराज परुरवा को देख कर उन पर मोहित हो गयी और अभिनय करना भूल गयी। इस पर भरत मुनि ने उर्वशी को शाप दे दिया।

नाट्यशास्त्र पर सबसे प्रामाणिक टीका अभिनव गुप्त ने *अभिनवभारती* के रूप में लिखी है। अपनी इस टीका में उन्होंने अपने से पहले भट्टोद्भट, भट्टलोल्लट, भट्टशंकुक, भट्टनायक, कीर्तिधर, भट्टयंत्र और हर्षवार्तिक आदि आचार्यों की लिखी टीकाओं का उल्लेख किया है। इनमें से *अभिनवभारती* के अलावा कोई भी टीका उपलब्ध नहीं है। *अभिनवभारती* भी अपने मूल रूप में नहीं मिलती। जो मिलती भी है वह काफ़ी अशुद्ध है। उसकी अशुद्धता तो इस क़दर है कि आचार्य विश्वेश्वर को कहना पड़ा कि 'स्वयं आचार्य अभिनव गुप्त भी उसे नहीं समझ सकते।' हालाँकि विश्वेश्वर ने यथासम्भव *अभिनवभारती* के दो अध्यायों का संशोधन-सम्पादन करके नये संस्करण की प्रस्तुति की है।

नाट्यशास्त्र में विषय-वस्तु, पात्र, प्रेक्षागृह, रस, अलंकार, वृत्ति, अभिनय, भाषा, नृत्य, गीत, बाद्य, पात्रों के परिधान, प्रयोग के अलग वर्ग, भाव, अभिनय, शैली, सूत्रधार, विदूषक, गणिका, नायिका, नाट्य-पात्रों की अपेक्षित कुशलता आदि पर विस्तार से प्रकाश डाला गया है।

भारतीय काव्यशास्त्र की दृष्टि से गद्य और पद्य दोनों तरह की रचनाएँ काव्य के अंतर्गत आती हैं। इस लिहाज़ से नाटक भी काव्य का एक रूप है। भरत मुनि नाटक को सभी काव्यों में उत्कृष्ट मानते हैं। नाटक को पाँचवाँ वेद मानने के पीछे भी यही धारणा रही है। काव्य-भेदों में नाटक रमणीय होने के साथ ही साथ प्राचीन और महत्त्वपूर्ण रहा है। नाटक को दृश्य-काव्य भी कहा गया है जिसमें अभिनय की प्रधानता होती है। किसी स्थिति-विशेष का अनुकरण नाट्य या अभिनय कहलाता है। नाट्य का अर्थ है विषय-वस्तु, चरित्र एवं अभिनय का ऐसा संयोग है जो रंगमंच पर दिखाया जा सके। संस्कृत में दो प्रकार के नाट्य भेद माने जाते हैं— रूपक और उपरूपक। रूपक के दस भेद हैं : नाटक, प्रकरण, भाण, प्रहसन, व्यायोग, समवकार, डिम, वीथी, अंक और ईहामृग। उपरूपक के अट्ठारह भेद हैं : नाटिका, त्रोटक, गोष्ठी, सट्टक, नाट्यरासक, प्रस्थान, उल्लाप्य, काव्य, प्रेंखण, रासक, संलापक, श्रीगदित, शिल्पक, विलासिता, दुर्मल्लिका, प्रकरणी, हल्लीश तथा भाणिका। इनमें अपनी प्रधानता के कारण कई बार 'नाटक' शब्द का इस्तेमाल रूपक के अर्थ में भी किया गया है। आधुनिक व्यवहार में तो यह रूपक का वाचक ही हो गया है, किंतु उपरूपकों की अपेक्षा रूपक के भेदों के ही प्रयोग अधिक मिलते हैं। नाटक में वीर या श्रृंगार रस की प्रधानता होती है और अन्य रस भी गौण रूप में हो सकते हैं। धीर, गाम्भीर्य, शौर्य, त्याग आदि उदात्त गुणों से सम्पन्न राजा, राजर्षि, दिव्य या दिव्यादिव्य पुरुष को नाटक के नायक की मान्यता दी गयी है। उपरूपकों की संख्या बाद के शास्त्रकारों को विवेचनों में बढ़ती गयी है। उपरूपक वस्तुतः लोकनाट्य हैं।

भरत ने नाटक के चार प्रमुख अवयव बताये हैं : कथावस्तु, नायक और पात्र, रस तथा अभिनय। उनके अनुसार नाटक का प्रमुख उद्देश्य कथावस्तु का संगठन है।

संवाद और अभिनय द्वारा कथानक का उद्घाटन होता है। कथा के दो भेद होते हैं : आधिकारिक और प्रासंगिक। आधिकारिक कथावस्तु का संबंध नाटक के फलभोक्ता या अधिकारी से रहता है। यह नाटक के प्रमुख पात्र नायक का प्रश्रय ग्रहण किये रहती है। प्रासंगिक कथाओं का उद्देश्य आधिकारिक कथावस्तु को विकसित करने में सहायता पहुँचाना है। प्रस्तुतीकरण के आधार पर कथावस्तु के दो भेद होते हैं : दृश्य और सूच्य। दृश्य कथावस्तु को रंगमंच पर अभिनीत करता है, जबकि सूच्य की केवल सूचना दी जाती है। सूच्य कथावस्तु के साधनों को अर्थोपक्षेपक कहते हैं। ये पाँच प्रकार के माने गये हैं : विष्कंभक, प्रवेशक, चूलिका, अंकमुख या अंकास्य और अंकावतार। स्रोत या आधार के विचार से कथावस्तु के तीन भेद किये जाते हैं : प्रप्यात, उत्पाद्य और मिश्र। मिश्र कथावस्तु ही आजकल चलन में है।

नाटक के नायक के लिए विनयशील, सुंदर, त्यागी, कार्य-कुशल, मृदुभाषी, लोकप्रिय, पवित्र, वक्ता, कुलीन, स्थिरचित्त, युवा, कुशाग्र, उत्साही, स्मृति-सम्पन्न, प्रज्ञावान, कलाओं का ज्ञाता, स्वाभिमानी, शूर, दृढ़, तेजस्वी, शास्त्रज्ञ, धार्मिक प्रवृत्ति का होना आवश्यक मानता है। इस दृष्टि से नायक के लिए निम्नगुणों का प्रावधान है— धीरोदात्त, धीर ललित, धीरप्रशांत तथा धीरोद्धत। नायक के अलावा प्रतिनायक तथा विट, चेट, शकार, विदूषक तथा नायिका आदि पात्रों के लक्षण तथा उनकी विशेषताएँ भी भरत मुनि ने प्रस्तुत की हैं। विट का लक्षण देते हुए बताया गया है कि वह वेश्या का उपचार करने में कुशल, मधुर, व्यवहारकुशल, कवि, ऊहापोह की परिस्थिति लाने में समर्थ व वाकपटु होता है। कलह प्रिय, अनेक कथाएँ जानने वाला, विकृत रूप वाला, गंध का सेवन करने वाला, मानने और न माननेवाली बातों का विशेष ज्ञान रखने वाला पात्र वेट कहलाता है। श्वेत वस्त्र और आभूषण धारण करने वाला, अकारण क्रोध करने वाला और प्रसन्न होने वाला, अधम कोटि का, विकार-युक्त, मागध भाषा बोलने वाला शकार होता है। वामन, बड़े दाँतों वाला, कुबड़ा, विकृत मुँह वाला, पीली आँखों वाला और द्विअर्थी बातें करने वाला विदूषक कहलाता है। वह नायक का मनोरंजन करता है, उसका संगी होता है तथा प्रेम प्रसंगों में नायक को मंत्रणा देता है।

नाट्यशास्त्र के 35 वें अध्याय के 62वें व 33वें श्लोक में भरतमुनि ने नायिका की विशेषताएँ बतायी हैं। ये हैं : रूपवती, गुण, शील, यौवन, मृदुलता, शक्ति-युक्त, प्रसन्नचित्त, स्नेहपूर्ण, स्निग्ध, भावपूर्ण मधुर-व्यवहार, योग्य, क्षोभरहित, लय-ताल का ज्ञान रखने वाली और रसयुक्तमय।

रस-विचार नाटक का तीसरा तत्त्व और रसनिष्पत्ति नाटककार का प्रमुख लक्ष्य बताया गया है। भरत मुनि ने अपने एक सूत्र— 'विभावनुभावव्यभिचारिसंयोगाद सनिष्पत्तिः' द्वारा प्रतिपादन करते हुए कहा है कि विभाव, अनुभाव और व्यभिचारी भावों के संयोग से रस की निष्पत्ति होती है। इसे और स्पष्ट करते हुए भरत मुनि ने कहा है कि जिस प्रकार अनेक व्यञ्जनों, औषधियों और द्रव्यों से युक्त होने पर भोजी अपने भोजन में एक विशेष स्वाद का अनुभव करता है, उसी प्रकार रसिक जन अनेक भावों के अभिनय से युक्त स्थाई भावों का आस्वादन करते हैं। यही नाटक की रसानुभूति है। उन्होंने रसों की संख्या आठ बतायी गयी है और उसके चार अंग माने हैं— विभाव, अनुभाव, संचारीभाव और स्थाईभाव। *नाट्यशास्त्र* में इन सभी की व्याख्या एवं लक्षण मिलते हैं। ख़ास बात यह है कि अध्याय छह में आठ रसों का उल्लेख है, जबकि अध्याय 24 में शांत रस का उल्लेख करते हुए नौ रसों की ज़िक्र मिलता है। अभिनव गुप्त ने भी शांत की रसों में गणना की है।

नाटक का चौथा और अंतिम तत्त्व अभिनय है। समस्त कथावस्तु, चरित्र, अर्थों और भावों का प्रकाशन अभिनय द्वारा ही होता है। अभिनय चार प्रकार का होता है— आंगिक, वाचिक, आहार्य और सात्विक। आंगिक व वाचिक अभिनय को काफ़ी हद तक उनके शब्दार्थों के ज़रिये समझा जा सकता है और आहार्य के अंतर्गत विभिन्न प्रकार के व्यक्तियों का उनके अनुरूप वेशभूषा और अलंकार धारण करने का विधान है। *नाट्यशास्त्र* में विभिन्न वर्गों और देशों के व्यक्तियों की वेशभूषा का बड़ा ही विस्तृत विवरण है। सात्विक अभिनय सूक्ष्म अंतस्थ भावों का प्रकाशन है।

भरत मुनि ने *नाट्यशास्त्र* में प्रेक्षागृह का स्वरूप, उसकी स्थापना और शिल्प विधान का व्यापक प्रावधान करते हुए उसकी विधि बतायी है। मंच-सज्जा और शिल्प के विषय में भरत मुनि ने कहा है कि विश्वकर्मा ने प्रेक्षागृह निर्माण तीन प्रकार से करने के लिए व्यवस्था दी है— विकृष्ट, चतुस्त्र और त्र्यस्त्र। पहले को ज्येष्ठ, दूसरे को मध्यम और तीसरे को अवर कहा गया है। पहले की लम्बाई 108 हाथ, दूसरे की 64 हाथ और तीसरे की 32 हाथ बतायी गयी है। देवालयों में प्रथम प्रकार के, राजगृहों में द्वितीय प्रकार के और साधारण घरों में तीसरे प्रकार के प्रेक्षागृह का विधान है। मध्यम प्रकार का प्रेक्षागृह उत्तम माना गया है। प्रेक्षागृह का निर्माण करने के लिए कुशल व्यक्तियों द्वारा पहले भूमिशोधन करना चाहिए। समतल, स्थिर, कठोर, काली और ग़ौर वर्ण की ज़मीन को उत्तम हल से जोत कर हड्डी, कील, घास, भूसे आदि निकाल कर प्रेक्षागृह का निर्माण करना चाहिए। शुभ मुहूर्त में भित्तिनिर्माण एवं स्तम्भ-रचना करनी चाहिए। स्तम्भ द्वारा भित्ति की विधिवत स्थापना के बाद रंग-पीठ के पीछे मत्तवारणी की स्थापना करनी चाहिए। यह चार खम्भोंवाली रंगपीठ के आकार की परंतु आधा हाथ ऊँची बनायी जानी चाहिए। काली मिट्टी के बने नेपथ्य गृह में दो द्वार होने चाहिए। पूर्व की ओर हीरा, दक्षिण की ओर नीलम, पश्चिम

में स्फटिक तथा उत्तर में मूँगा जड़ित रंगशीर्ष होता है। कहने का तात्पर्य कि प्रेक्षागृहों का निर्माण विधिससम्मत ढंग से ही होना चाहिए। रंगपीठ में प्रवेश द्वार एक तथा रंगपीठ के सामने जन-प्रवेश के लिए दूसरा मुख्य द्वार होना चाहिए। विकृष्ट में रंगपीठ में अधिक ऊँची होनी चाहिए। चतुस्त्र में समान। त्र्यस्त्र त्रिकोणाकार होना चाहिए और मध्य में रंग-पीठ होनी चाहिए। भरत मुनि ने नाट्य के ग्यारह अंग बताये हैं : रस, भाव, अभिनय, धर्मी, वृत्ति, प्रवृत्ति, सिद्धि, स्वर, आलेद्य (वाद्य), गान और रंग (नाट्यशाला)। इन ग्यारह तत्त्वों के परस्पर संयोग व सामंजस्य से नाट्य संरचित होता है। इनके भेदों, उपभेदों और उनके विशिष्ट सम्मिश्रम के प्रतिपादन द्वारा भरत मुनि ने समग्र रंगमंच (टोटल थियेटर) की जो अवधारणा रखी है, वह ब्रेख़्त और स्तानिस्लाव्स्की जैसे विश्व के श्रेष्ठ रंगकर्मियों के प्रयोगों के परिप्रेक्ष्य में बहुत प्रासंगिक होती गयी है। दुनिया के श्रेष्ठ नाट्य निर्देशक नाट्यशाला से प्रकारांतर से प्रभावित हुए हैं।

प्रेक्षागृह निर्माण के बाद रंगदेवता का पूजन और पूर्वरंग का प्रावधान है। इसके अंतर्गत गायकों का प्रवेश, गीतारम्भ, नांदीपाठ, वंदना आदि की जाती है। सबसे पहले पूर्व दिशा के स्वामी इंद्र की वंदना होती है तब दक्षिण, पश्चिम, और उत्तर दिशा की वंदना की जाती है। इसके बाद सूत्रधार सस्वर नांदीपाठ करता है और विभिन्न गीतों में स्तुति की जाती है। तत्पश्चात विदूषक और सूत्रधार का संवाद होता है तथा रंगसिद्धि के लिए काव्यवस्तु का निरूपण संक्षेप में किया जाता है। फिर मुख्य अभिनय की शुरुआत होती है। इस तरह से भरतमुनि और उनका नाट्यशास्त्र नाट्यकला के विविध पक्षों का विशुद्ध विवेचन प्रस्तुत करता है।

देखें : आर्यभट्ट और *आर्यभटीय,* उपनिषद्, कपिल, *अर्थशास्त्र* और कौटिल्य, गोपीनाथ कविराज, गोविंद चंद्र पाण्डे, चैतन्य महाप्रभु, जैन दर्शन, न्याय दर्शन, दया कृष्ण, नंद किशोर देवराज, न्याय दर्शन, नागार्जुन, पतंजलि और *योगसूत्र,* पाणिनि और *अष्टाध्यायी,* पाश्चात्य काव्यशास्त्र, पुराण, पूर्व-मीमांसा दर्शन, बदरीनाथ शुक्ल, बादरायण, बौद्ध दर्शन, *भगवद्गीता,* मुकुंद लाठ, *भागवत पुराण, महाभारत,* यशदेव शल्य, योग दर्शन, रामानुजाचार्य, लोकायत, वात्स्यायन और *कामसूत्र,* वेदांत दर्शन, वैशेषिक दर्शन, शंकराचार्य, षड्-दर्शन-1 और 2, संस्कृत काव्यशास्त्र, स्मृति-साहित्य, सांख्य दर्शन-1 और 2, सिद्ध-नाथ परम्परा।

संदर्भ

1. *संक्षिप्त नाट्यशास्त्र* (हिंदी अनु. सहित) (2011), राधावल्लभ त्रिपाठी, वाणी प्रकाशन, नयी दिल्ली.
2. राधावल्लभ त्रिपाठी (1987), *भारतीय नाट्य स्वरूप और परम्परा,* संस्कृत परिषद, सागर.
3. राधावल्लभ त्रिपाठी (2011), *नाट्यशास्त्र विश्वकोश,* दो भाग, भारतीय बुक कॉरपोरेशन, नयी दिल्ली.

— अजय कुमार पाण्डेय

भविष्य-शास्त्र

(Futurology)

अपने वर्तमान और ताज़े अतीत का अध्ययन करके भविष्य पर रोशनी डालने के प्रयासों के इर्द-गिर्द विकसित हुई विद्या को भविष्य-शास्त्र की संज्ञा दी जाती है। इन कोशिशों में लगे हुए विद्वानों को भविष्यवादी और उनके काम को भविष्यवाद की श्रेणी में रखा जाता है। इतिहास की भाँति ही भविष्य-शास्त्र के केंद्र में भी अतीत से भविष्य की ओर प्रवाहित होता हुआ काल है। लेकिन भविष्य-शास्त्री काल के साथ इतिहासकार जैसा सुलूक नहीं करते। उनकी दिलचस्पी अतीत को कमतर और भविष्य को ऊर्ध्वगामी बताते हुए किसी ऐसी मंज़िल की शिनाख़्त करने में नहीं होती जिसकी तरफ़ अनवरत बढ़ने के लक्ष्य से मानवता बँधी हुई है। दरअसल, भविष्य-शास्त्र ने विमर्श के मुख्यत: दो क्षेत्रों को प्रभावित किया है। पहला है साहित्य। विशेष रूप से कथा-लेखन के दायरे में यूटोपियायी और भविष्यवादी दृष्टि का उल्लेखनीय स्थान है। लेकिन कल्पनाप्रधान होने के कारण भविष्यवादी साहित्य से उपजे विमर्श को जीवन और जगत में यथार्थपरक और वस्तुगत हस्तक्षेप का श्रेय नहीं मिल सका है। दूसरा है पर्यावरण-अध्ययन, अर्थशास्त्र और जलवायु-शास्त्र के क्षेत्र में। भविष्य-शास्त्रियों ने पर्यावरण से संबंधित मुद्दों पर विशेष ध्यान दिया है। प्रलंयकारी ग्लोबल वार्मिंग की भविष्यवाणी करने वाले विशेषज्ञों की रचनाओं ने सारी दुनिया में पर्यावरण और पारिस्थितिकी संबंधी दुश्चिंताओं को जन्म दिया है। इन भविष्यवादी पाठों के परिणामस्वरूप लोकप्रिय संस्कृति के क्षेत्र में फ़िल्मों और साहित्यिक रचनाओं के रूप में नयी कल्पनाशीलता की बुनियाद पड़ी है। सरकारी नीति और नियोजन के क्षेत्रों पर उनकी सिफ़ारिशों का अच्छा ख़ासा असर देखा जा सकता है। समाज-विज्ञान में भविष्य के प्रश्न ने सामाजिक समझौता जैसी स्थापित अवधारणाओं को दिक़्क़त में डाल दिया है।

मानवता के भविष्य, पृथ्वी के भविष्य, भाषाओं के भविष्य और पूँजीवाद के भविष्य जैसे विषयों पर विचार करने वाले चिंतकों की एक समृद्ध परम्परा है, भले ही वे ख़ुद को भविष्य-शास्त्री की श्रेणी में रखना पसंद न करते हों। स्वयं को बेहिचक भविष्यवादी कहने वाले साहित्यकारों, कलाकारों और विचारकों का इतिहास बीसवीं सदी के पहले दशक से मिलता है। 1909 में इतालवी कवि फ़िलिप्पो तोमासो मैरीनेती ने एक साहित्यिक घोषणापत्र का प्रकाशन किया जिसमें अतीत की इतालवी संस्कृति को पूरी तरह से ख़ारिज करके नये समाज, साहित्य और कला की स्थापना करने का आह्वान दर्ज था। इस घोषणापत्र में आधुनिक यंत्रोन्मुख सभ्यता का गुणगान किया गया था। भविष्यवाद की

यह पहल इटली में तो ज़्यादा नहीं पनपी, लेकिन अगले दशक की शुरुआत में ही इसका प्रभाव ब्रिटेन और रूस के आधुनिक कला आंदोलनों पर दिखाई देने लगा। हालाँकि वैज्ञानिक समाजवाद के संस्थापक कार्ल मार्क्स ने समाजवादी समाज के भविष्य की रूपरेखा बताने से इनकार कर दिया था, लेकिन उनके विचारों से प्रेरित समाजवादी राज्य अतीत और वर्तमान के क्रमिक विकास पर आधारित भविष्य-रचना से प्रतिबद्ध था। उसने 1912 के आसपास उभरे रूस के भविष्यवादी आंदोलन की प्रवृत्तियों के साथ ख़ुद को जोड़ा। ये भविष्यवादी युरोप की आधुनिकतावादी कला से बहुत प्रभावित थे। उन्होंने चित्रकला में पनपे घनवाद और भविष्यवाद से गहरी प्रेरणाएँ लीं और भाषा के प्रति नवाचारमूलक रवैया अपनाया। तकनीक में आस्था रखने वाले ये भविष्यवादी किसी तरह के निर्धारित अर्थों को मानने से इनकार करते थे। उनके इस दृष्टिकोण का लाभ क्रांति के बाद समाजवादी भविष्य की रचना के साथ प्रतिबद्ध कम्युनिस्ट नेतृत्व को मिला। बोल्शेविक क्रांति के बाद सोवियत साम्यवाद ने भविष्य-निर्माण के एजेंडे के लिए इसे काफ़ी उपयोगी पाया। बीस के दशक का सोवियत सिनेमा भविष्यवादी आहटों से गूँजने लगा, जिसकी व्यावहारिक निष्पत्ति कम्युनिस्ट पार्टी द्वारा सिनेमा के प्रचारात्मक उपयोग में हुई।

भविष्य-शास्त्र से जुड़ा एक गम्भीर नैतिक और दार्शनिक प्रश्न यह है कि आने वाली पीढ़ियों के लिए क्या हमारी कोई नैतिक ज़िम्मेदारी है? भविष्यवादी सिद्धांतकार इस प्रश्न का जवाब दो तरह से देते हैं : पहला, हमें अपने वर्तमान आचरण को इस प्रकार विनियमित करना चाहिए कि भविष्य की पीढ़ियों के सुखद जीवन की गारंटी हो सके; दूसरा, हमें जनसंख्या-विस्फोट और धरती के संसाधनों की बर्बादी से बचने के प्रयास करने चाहिए कि आने वाले वक़्त में लोग ज़्यादा और संसाधन कम का विषम समीकरण न बन सके। ये दो सरल से लगने वाले उत्तर उस समय पेचीदा हो जाते हैं जब सामाजिक संविदा के सिद्धांत का हवाला देते हुए सवाल उठाया जाता है कि क्या इस समझौते में मौजूदा पीढ़ियों के साथ भविष्य की पीढ़ियों को भी उनके अधिकारों और हितों के साथ जोड़ा जा सकता है? इसके भी दो जवाब हैं : पहला, इस सामाजिक समझौते में केवल एक ही पीढ़ी के लोग गिने जाने चाहिए क्योंकि भविष्य के लोग न तो हमें फ़ायदा पहुँचा सकते हैं और न ही कोई नुक़सान। दूसरा, इस समझौते में न केवल वर्तमान के बल्कि अतीत में रह चुकी और भविष्य की सभी सम्भावित पीढ़ियों की अवधारणा शामिल की जानी चाहिए। यह बहस उस समय और उलझ जाती है जब भविष्य की पीढ़ियों की ज़रूरतों, अधिकारों और हितों के बारे में अंदाज़ा लगाने की नौबत आती है।

सरकारों और थिंक-टैंक क़िस्म के प्रतिष्ठानों के साथ करने वाले भविष्य-शास्त्री ख़ुद को परामर्शदाता कहना पसंद करते हैं। उनकी आत्मछवि दार्शनिकों और चिंतकों का न हो कर विशेषज्ञों की होती है। निजी क्षेत्र में ऐसे विशेषज्ञ आम तौर पर अर्थशास्त्र और वित्तीय दुनिया के जानकारों के बीच से पनपते हैं। भविष्यवाणी करने वाले इन विशेषज्ञों की सक्रियता के दायरे उत्तरोत्तर संकीर्ण होते जा रहे हैं। उनसे उम्मीद की जाती है कि उनके आकलनों के परिप्रेक्ष्य में विभिन्न कम्पनियाँ जोखिम-प्रबंधन बेहतर ढंग से कर पाएँगी। लेकिन इस प्रकार की भविष्यवाणियाँ कभी-कभी पूरी तरह से आधारहीन भी साबित होती हैं।

प्राचीन भारतीय विचार में भविष्य के विचार की मौजूदगी का स्पष्ट उदाहरण भविष्य-पुराण के रूप में मिलता है। इस रचना में भविष्य की घटनाओं की चर्चा है। यह मुसलमानों के आक्रमण समेत भारतीय मध्य-युग की घटनाओं की तरफ़ इशारा करता है। भविष्य-पुराण की प्राचीनता पर विश्वास करने वालों का दावा है कि यह पाँचवीं सदी की कृति है, लेकिन कुछ दूसरे विद्वानों का कहना है कि इसमें बारहवीं से उन्नीसवीं सदी के बीच कई बातें जोड़ी जाती रही हैं।

देखें : चिपको आंदोलन, जैवविविधता, पर्यावरणीय नारीवाद, पारिस्थितिकवाद, पारिस्थितिकीय दर्शन, पेटेंट, भारत में पेटेंट क़ानून, मार्क्सवाद और पारिस्थितिकी।

संदर्भ

1. डी. लोये (1978), *द नोएबिल फ़्यूचर : द साइकोलॉजी ऑफ़ फ़ोरकास्टिंग ऐंड प्रोफ़ेसी*, विली, न्यूयॉर्क.
2. विनय लाल और आशिस नंदी (सम्पा.) (2005), *द फ़्यूचर ऑफ़ नॉलिज ऐंड कल्चर : अ डिक्शनरी फ़ॉर द 21स्ट सेंचुरी*, पेंगुइन-वाइकिंग, नयी दिल्ली.
3. ब्राइन बैरी (1991), 'जस्टिस बिटवीन जेनरेशंस', *लिबर्टी ऐंड जस्टिस*, ऑक्सफ़र्ड युनिवर्सिटी प्रेस, ऑक्सफ़र्ड.
4. डी. पैरफिट (1984), *रीज़ंस ऐंड परसंस*, ऑक्सफ़र्ड युनिवर्सिटी प्रेस, ऑक्सफ़र्ड.

— अभय कुमार दुबे

भागवत पुराण

(Bhagwat Puran)

एक धर्मग्रंथ के रूप में लोक-मानस के लिए *भागवत पुराण* या *श्रीमद्भागवत* या *भागवत* का महत्त्व *वाल्मीकि रामायण, रामचरित मानस, महाभारत* और *गीता* जैसा ही है। कोई भी हिंदू श्रद्धालु यह ज़रूर चाहता है कि वह भागवत कथा का जीवन में कम से कम एक बार श्रवण ज़रूर कर ले। इसी लोक-मान्यता के कारण शुरुआत से यह पुराण ज्ञानियों के साथ-साथ सर्वसाधारण के चिंतन-मनन का विषय भी रहा

है। लेकिन, उसकी महापुराणता और प्रणेता के सवाल पर विद्वानों में मतैक्य नहीं है। दृष्टांत के मुताबिक़ चूँकि *महाभारत* की रचना के दौरान व्यास को भगवत-धर्मीय भक्ति के यथोचित विवेचन के लिए अपेक्षित गुंजाइश नहीं मिली इसलिए उन्हें *भागवत पुराण* की रचना करनी पड़ी। उन्होंने सोचा कि *महाभारत* में निरूपित नैष्कर्म्य प्रधान भागवत धर्म में भक्ति का वैसा निरूपण नहीं हुआ है जैसा होना चाहिए था। व्यास को लगा कि बिना भक्ति के निष्काम कर्म निरर्थक है। यही वजह है कि इस पुराण में भागवत धर्म के कर्म विषयक अंगों के विवेचन की अपेक्षा भगवत भक्ति और उसके माहात्म्य का व्यापक विस्तार किया गया है।

भागवत पुराण के साहित्यिक, सांस्कृतिक और काव्यगत वैशिष्ट्य का गहरा प्रभाव मध्ययुगीन और आधुनिक साहित्य पर पड़ा। तुलसीदास, सूरदास, विद्यापति, जगन्नाथ दास रत्नाकर, भारतेंदु हरिश्चंद्र तथा अयोध्या सिंह उपाध्याय हरिऔध जैसे कवियों ने अपने साहित्यिक और सांस्कृतिक मिजाज़ में उसे शामिल किया। रामकथा को लोककथा में रूपांतरित करने वाले गोस्वामी तुलसीदास ने *रामचरितमानस* में *भागवत* के सैद्धांतिक पक्ष अद्वैत तथा साधना पक्ष भक्ति को प्रतिपाद्य बना कर इस पुराण भागवत से अत्यधिक स्फूर्ति और प्रेरणा ग्रहण की। सूरदास का तो साहित्यिक आधार ग्रंथ ही *भागवत पुराण* है। दरअसल, ज्ञानमार्गी होने के बजाय *भागवत* भक्तिमार्ग और प्रेममार्ग की आधारभूत की कृति है।

भागवत पुराण और बोपदेव एक-दूसरे के पर्याय जैसे समझे जाते हैं। बोपदेव श्रीमद्भागवत पुराण के मर्मज्ञ विद्वान थे। उन्होंने भागवत विषयक तीन ग्रंथ — *हरिलीलामृत* या *भगवतानुक्रमणी, मुक्ताफल* और *परमहंसा प्रिया* की रचना की। *हरिलीलामृत* में श्रीमद्भागवत के समस्त अध्यायों की सूची दी गयी है और बड़ी मार्मिकता से उनके पारस्परिक संबंध का प्रदर्शन किया गया है। *मुक्ताफल* भागवत के श्लोकों का रसानुयायी संग्रह है जिसमें उनका वर्गीकरण नवरस की दृष्टि से किया गया है। तीसरा ग्रंथ *परमहंसा प्रिया को श्रीमद्भागवत* की टीका कहा जाता है, परंतु अभी तक अप्रकाशित होने से इसके स्वरूप के विषय में विशेष नहीं कहा जा सकता। इस संबंध में बोपदेव ने स्वयं ही अपने एक श्लोक में इस बात की जानकारी दी है। बोपदेव ने श्रीमद्भागवत पुराण के अनुशीलन से भक्ति को रसरूप में प्रतिष्ठित किया तथा भक्ति को केवल भाव मानने वाले कश्मीरी आचार्यों के मतों की तीव्र आलोचना की। भक्तिरस का यह प्रथम विन्यास बोपदेव के महत्त्व का प्रतिपादक है। वे भगवान में 'मनोनिवेश' को भक्ति का स्थाई भाव मानते हैं। उन्होंने *मुक्ताफल* में युक्ति तथा प्रमाण के आधार पर भक्ति की रसरूपता पुष्ट की है। बोपदेव स्वयं को विद्वद्वर धनेश का शिष्य तथा भिषक केशव का पुत्र बताते हैं। इन ग्रंथों के अंतर्परीक्षण से ज्ञात होता है कि वे रामगिरि के यादव नरेशों के महामात्य धर्मशास्त्री हेमाद्रि के आश्रय में रहते थे तथा उन्ही की प्रेरणा से उन्होंने अपने पूर्वोक्त ग्रंथों का प्रणयन किया। इनका समय ईसा की तेरहवीं सदी है।

प्रश्न यह है कि क्या बोपदेव ही *श्रीमद्भागवत* के रचयिता थे। स्वामी दयानंद सरस्वती ने अपने ग्रंथ *सत्यार्थ प्रकाश* के ग्याहरवें समुल्लास में बोपदेव के ही *भागवत पुराण* के रचनाकार होने की पुष्टि की है। लेकिन इस बात को लेकर कई आपत्तियाँ भी हैं। बोपदेव के आश्रय दाता हेमाद्रि ने अपनी रचना *चतुर्वर्ग चिंतामणि* में भागवत के श्लोकों को बतौर साक्ष्य उदधृत किया है। इससे लगता है कि *भागवत पुराण* समकालीन रचना नहीं थी। समझा जाता है कि अपने आश्रित की रचना को कोई भी विज्ञ पुरुष अपनी रचना में प्रमाण देने के लिए इस्तेमाल नहीं करेगा।

द्वैतमत के प्रतिस्थापक आचार्य मध्व ने *भागवत तात्पर्य निर्णय* नामक ग्रंथ में भागवत के तात्पर्य का विश्लेषण करते हुए भक्ति को ही सर्वातिशायी साधन बताया है। *स्मृत्यर्थ सागर* के एक श्लोक के आधार पर मध्वाचार्य का जन्म 1275 विक्रमी (1200 ई.) में माना जाता है। यानी मध्वाचार्य बोपदेव से लगभग सौ वर्ष पहले पैदा हुए होंगे। इस तथ्य से बोपदेव का *श्रीमद्भागवत* का रचयिता होना खण्डित हो जाता है। सरस्वती-भवन पुस्तकालय (संस्कृत विश्वविद्यालय वाराणसी) में बंगाक्षरों में लिखी हुई *भागवत* की एक प्रति विद्यमान है जो लिपि-परीक्षा के आधार पर दशम शती में लिखी गयी मानी जाती है— अर्थात् यह हस्तलेख बोपदेव से लगभग दो सौ वर्ष प्राचीन है।

आचार्य शंकर के गुरु थे गोविंदपाद् और गोविंदपाद् के गुरु थे गौड़पादाचार्य। गौड़पाद ने *पंचीकरण व्याख्यान* में *भागवत* के प्रथम स्कंध के तृतीय अध्याय के प्रथम श्लोक तथा *उत्तर गीता* की अपनी टीका में *भागवत* के दशम स्कंध के चौदहवें अध्याय के चौथे श्लोक को उद्धृत किया है। शंकर का समय अष्टम शती है। फलतः उनके दादागुरु गौड़पाद का काल अष्टम शती का आरम्भ है। उनके द्वारा भागवत के श्लोकों को उद्धृत करने से साबित होता है कि भागवत की रचना सप्तम शती पूर्व अर्थात् तेरहवीं सदी में उत्पन्न बोपदेव से छह-सात सदी पूर्व हुई होगी। इन तथ्यों के आलोक में यह कहना सही नहीं है कि *भागवत* के प्रणेता बोपदेव थे।

भागवत पुराण में कृष्ण की लीला एवं जीवन-चरित की प्रधानता है। उसमें उनकी विभिन्न मनोहारी एवं लोकरंजक छवियाँ प्रस्तुत की गयी हैं। पहले स्कंध से पहले *भागवत* का महात्म्य बताया गया है। इसमें ज्ञान, वैराग्य, भक्ति के साथ ही साथ प्रेम शब्द का भी प्रयोग है। न केवल मनुष्य और ईश्वर के लिए वरन् मिथ्या संसार के लिए भी प्रेम का

संदेश है। यहाँ *भागवत* कहती है, 'साधक केवल इस ज्ञान-दृष्टि का आश्रय लेकर सम्पूर्ण प्राणियों और पदार्थों में ईश्वर का दर्शन करता है और उन्हें उसका ही रूप मानकर सत्कार करता है।' यहाँ सभी प्राणियों सहित पदार्थों में भी परमात्मा के दर्शन करने पर बल है। अत: सम्पूर्ण संसार को ईश्वर स्वरूप मानकर उसका सत्कार करना भागवत की मुख्य प्रस्थापना है।

संत कवियों ने भागवत को अपना आधार क्यों बनाया, इसका एक कारण *भागवत* के कृष्ण के इस कथन में मिलता है कि जो व्यक्ति ब्राह्मण और चाण्डाल, चोर और ब्राह्मण-भक्त, सूर्य और चिंगारी तथा कृपालु और क्रूर के प्रति समान दृष्टि रखता है, उसे सच्चा ज्ञानी समझना चाहिए। इस दृष्टि में शंकराचार्य के वर्णधर्म पालन के विपरीत ब्राह्मण और चाण्डाल को एक समझने पर बल दिया गया है। भागवत में श्रीकृष्ण अपने भक्तों के लिए कहते हैं कि वे पर्व आदि अवसरों पर सबके साथ मिल कर अथवा अकेले ही नृत्य गान, वाद्य आदि महाराजोचित ठाट-बाट से मेरी यात्रा आदि का महोत्सव करें। बहुत से शास्त्र और पुराण सुनने से क्या लाभ है। इससे तो व्यर्थ का भ्रम बढ़ता है। मुक्ति देने के लिए एक गात्र भागवत-शास्त्र ही काफ़ी है। यहाँ कृष्ण दावा करते हैं कि शास्त्र और पुराण ही नहीं, बड़े-बड़े यज्ञ और तीर्थ-यात्राएँ भी किसी काम की नहीं हैं। जिस घर में नित्यप्रति *श्रीमद्भागवत* की कथा होती है, वह तीर्थरूप हो जाता है और जो लोग उसमें रहते हैं, उनके सारे पाप नष्ट हो जाते हैं। हज़ारों अश्वमेध और सैकड़ों बाजपेय यज्ञ इस शुक-शास्त्र यानी भागवत का सोलहवाँ अंश भी नहीं हो सकते। फल की दृष्टि से इस शुक-शास्त्र कथा की समानता गंगा, गया, काशी, पुष्कर या प्रयाग कोई भी तीर्थ नहीं कर सकता। जो पुरुष अहर्निश अर्थ सहित श्रीमद्भागवत-शास्त्र का पाठ करता है, उसके करोड़ों जन्मों का पाप नष्ट हो जाता है, इसमें कोई संदेह नहीं। जो पुरुष नित्यप्रति भागवत का आधा या चौथा श्लोक भी पढ़ता है, उसे राजसूय यज्ञ और अश्वमेध यज्ञों का फल मिलता है जो पुरुष अंत समय में श्रीमद्भागवत का वाक्य सुन लेता है, उस पर प्रसन्न होकर भगवान उसे बैकुंठ धाम देते हैं। भागवत कभी भी सुनी जा सकता है। किसी विशेष दिन या समय में सुनी जाय, यह आवश्यक नहीं। सप्ताहश्रवण यज्ञ, व्रत, तप, योग, ज्ञान से बढ़कर है तथा तीर्थ सेवन से बड़ा है।

इसी के साथ यह दृष्टांत भी जुड़ा है। उद्धव ने कृष्ण से कहा कि भगवान! आपने निराकार और चिन्मात्र होकर भी भक्तों के लिए ही तो यह सगुण रूप धारण किया है। फिर भला आपका वियोग होने पर वे भक्तजन पृथ्वी पर कैसे रह सकेंगे? निर्गुणोपासना में तो बड़ा कष्ट है। इसलिए कुछ विचार कीजिये। तब भगवान ने अपनी सारी शक्ति भागवत में रख दी और अंतर्धान होकर इस भागवत समुद्र में प्रवेश कर गये। इसलिए यह भगवान की साक्षात-शब्दमयी मूर्ति है। इसके सेवन, श्रवण पाठ या दर्शन से ही मनुष्य के सारे पाप नष्ट हो जाते हैं।

एक अन्य दृष्टांत के मुताबिक़ नारद भागवत कथा सुनने के लिए सनकादि के साथ गंगा किनारे पहुँचे। इसमें बताया गया है कि प्राचीन देवकथाओं और आठयानों में जितने प्रसिद्ध ऋषि-मुनि सभी कथा सुनने गये। इनमें भृगु, वशिष्ठ, परशुराम, व्यास और पाराशर भी थे। *भागवत* के आरम्भ में शुकदेव का उल्लेख है वि वे बाल्यावस्था में संन्यास लेकर घर से निकल पड़े थे। नारद कहते हैं कि कलियुग से पहले ज्ञान और वैराग्य मुक्ति के साधन थे। कलियुग में भक्ति मोक्ष का साधन रह गयी है। इस तरह से नारद वैराग्य का विकल्प भक्ति के रूप में प्रस्थापित करते हैं। यह दृष्टांत बताता है कि *भागवत* ऐसा ग्रंथ है जो साधकों के मन में वैराग्य उत्पन्न नहीं करता।

प्राचीन साहित्य को देखें तो ज्ञान-साधना अथवा योग-साधना में स्त्रियों का प्रवेश अपवादस्वरूप ही होता है। लेकिन भक्तिमार्गी समुदाय में वे बहुत बड़ी संख्या में उपस्थित होती है। नारद और सनकादि ने जब गंगा किनारे भागवत कथा का आयोजन किया, तब वहाँ केवल मुनि नहीं आये, मुनिगण अपने-अपने पुत्र, शिष्य और स्त्रियों समेत बड़े प्रेम से वहाँ आये। ये मुनि संन्यासी नहीं हैं। वे गृहस्थ हैं। उनके पुत्र हैं, स्त्रियाँ हैं और उनके शिष्य भी हैं।

भागवत कहती है कि हे नृसिंह, दु:खों से तप्त हुए मनुष्यों के दु:खों की निवृत्ति के जो उपाय हैं, वे आप से उपेक्षित लोगों के लिए केवल क्षणिक दु:खनिवृत्ति ही करते हैं, स्थाई नहीं। आप से उपेक्षित बालक की न माता-पिता रक्षा कर सकते हैं, न रोगी की औषधि रक्षा कर सकती है और न समुद्र में समुद्र में डूबते हुए ऐसे जीव के प्राणों की रक्षा नाव कर सकती है। इन उपायों के रहने पर फल प्राप्त नहीं होता। तात्पर्य यह है कि भगवान ही सब के रक्षक हैं। उधर ही जीव को अपना जीवन समर्पण करना चाहिए। परमेश्वर सर्वशक्तिमान होने से अपने स्वरूप के साक्षात्कार से स्वत: परिपूर्ण है। उन्हें अपने लिए क्षुद्र पुरुषों से पूजा ग्रहण करने की आवश्यकता नहीं है। वे करुणावश ही भोले भक्तों के हित के लिए ही उनकी पूजा स्वीकारते हैं। जिस प्रकार मुख की सुंदरता दर्पण में दीखने वाले प्रतिबिम्ब को भी सुंदर बना देती है, उसी प्रकार भगवान के प्रति किया गया सम्मान उस भक्त को ही प्राप्त होता है, जो उस सम्मान का करने वाला होता है। पूजा साधक भक्त के कल्याण के लिए होती है, भगवान के लिए नहीं।

भागवत मुक्ति के लिए ज्ञान की अपेक्षा भक्ति को श्रेष्ठ मानती है। उसके मुताबिक़ जो प्राणी भक्ति को छोड़

कर केवल ज्ञान पाने के लिए क्लेश उठाते हैं, उन्हें क्लेश ही हाथ लगता है, सुख को तो वे छू भी नहीं पाते। केवल शुष्क ज्ञान का अभ्यासी जीवन दु:ख में ही जीवन बिताता है। तथ्य तो यह है कि भक्त ही भगवान को जीत सकता है, वरना वह सर्वदा और सर्वथा अजित है। जो लोग ज्ञान के लिए प्रयत्न न कर अपने स्थान में ही स्थित होकर केवल सत्संग करते हैं और भगवान के प्रेमी संत पुरुषों के द्वारा गायी गयी भगवान की लीला कथा को सुनते हैं, शरीर वाणी मन से नम्र रहकर सेवन करते हैं और उसे ही जीवन बना लेते हैं, ऐसे भक्त तीनों लोकों में अज्ञेय भगवान को जीत लेते हैं अर्थात् भगवान को वश में कर लेते हैं। भगवान को जीतने के लिए भक्ति ही एकमात्र साधन है। भक्ति ही *भागवत* की भक्ति ही अंतर्वस्तु है। पूरे ग्रंथ में यही व्याप्त है।

देखें : आर्यभट्ट और *आर्यभटीय*, उपनिषद्, कपिल, *अर्थशास्त्र* और कौटिल्य, गोपीनाथ कविराज, गोविंद चंद्र पाण्डे, चैतन्य महाप्रभु, जैन दर्शन, न्याय दर्शन, दया कृष्ण, नंद किशोर देवराज, न्याय दर्शन, नागार्जुन, पतंजलि और *योगसूत्र*, पाणिनि और *अष्टाध्यायी*, पाश्चात्य काव्यशास्त्र, पुराण, पूर्व-मीमांसा दर्शन, बदरीनाथ शुक्ल, बादरायण, बौद्ध दर्शन, *भगवद्गीता*, भरत और *नाट्यशास्त्र*, मुकुंद लाठ।

संदर्भ

1. रामविलास शर्मा (2010), *भारतीय संस्कृति और हिंदी प्रदेश*, भाग-1, किताबघर प्रकाशन, नयी दिल्ली.
2. बलदेव उपाध्याय (2000), *भारतीय धर्म और दर्शन*, चौखम्भा पब्लिशर्स, वाराणसी.

—अजय कुमार पाण्डेय

भारतेंदु हरिश्चंद्र

(Bhartendu Harishchandra)

आधुनिक हिंदी के संस्थापक और हिंदी-साहित्य के मुख्य प्रवर्तक भारतेंदु हरिश्चंद्र (1850-1886) का स्थान भारतीय सांस्कृतिक नवजागरण के अग्रदूतों में बहुत ऊँचा है। आधुनिक साहित्य, विशेषकर हिंदी गद्य, को नये मार्ग पर चलाने वालों में उनका नाम शीर्ष पर है। रामविलास शर्मा ने तो भारतेंदु युग को हिंदी के नवजागरण का पर्याय क़रार दिया है। यह भारतेंदु की प्रतिभा का ही कमाल था कि उन्नीसवीं सदी में उन्होंने साहित्य की विभिन्न शैलियों को नये भावों और विचारों के साथ एक नयी ऊँचाई पर पहुँचाया। विद्वानों की राय है कि भारतेंदु की कविता का मुँह मध्यकाल की ओर है, लेकिन उनके गद्य का मुँह खड़ी बोली और आधुनिक काल की ओर। यह अलग बात है कि हाल के अध्ययनों में कथित मध्यकाल को आरम्भिक भारतीय आधुनिक-काल और कथित आधुनिक काल को औपनिवेशिक आधुनिक-काल कहा गया है। प्राचीन और नवीन का सुंदर सामंजस्य उनकी कला का सौंदर्य है। हिंदी में नाट्य कला के तो वे सबसे पहले प्रवर्तक थे। केवल 36 साल तक जीवित रहे भारतेंदु के जीवन-काल में ही उनके इर्द-गिर्द रचनाकारों-पत्रकारों का एक मण्डल तैयार हो गया था। इस मण्डल में बदरीनारायण चौधरी 'प्रेमघन', प्रतापनारायण मिश्र, बालकृष्ण भट्ट, राधाचरण गोस्वामी, बाबू तोताराम, ठाकुर जगमोहन सिंह, लाला श्रीनिवास दास, केशवराम भट्ट, अम्बिकादत्त व्यास इत्यादि अनेक प्रतिभाशाली लेखक थे। इन सभी ने हिंदी साहित्य के नूतन विकास में भारी योगदान किया। भारतेंदु मण्डल के इन लेखकों ने तमाम नयी विधाओं पर लेखनी चलाई है।

भारतेंदु का विचार था कि आधुनिक सभ्यता ने जनसाधारण को हमारे देश के शिक्षितों से अलग कर दिया है। शिक्षितों ने आडम्बर की एक दीवार खड़ी की है। उनमें भारतीय ढंग की राष्ट्रीयता लुप्त है। राष्ट्रीयता का उबाल आता है और नष्ट हो जाता है। आधुनिक राष्ट्रवाद ने नये क़िस्म की क्रांति छेड़ दी है जिसके तहत नारा तो समष्टि और व्यष्टि के स्वातंत्र्य का बुलंद किया गया है, लेकिन सच यह है कि इसने व्यक्ति को मिटा कर रख दिया है। भारतेंदु के ये विचार उनके साहित्य, निबंधों और व्याख्यानों में परिलक्षित होते रहते थे।

रामचंद्र शुक्ल ने अपने निबंध 'भारतेंदु हरिश्चंद्र' में लिखा है कि 'वे सिद्ध वाणी के अत्यंत सरस-हृदय कवि थे। इससे एक ओर तो उनकी लेखिनी से श्रृंगार रस के ऐसे रसपूर्ण और मर्मस्पर्शी कवित्त-सवैये निकलते थे, जो उनके जीवन काल में ही लोगों के मुँह से इधर-उधर सुनायी पड़ने लगे थे और दूसरी ओर स्वदेश-प्रेम से भरे हुए उनके लेख और कविताएँ चारों ओर देश के मंगल का मंत्र-सा फूँकती थीं। अपनी सर्वतोमुखी प्रतिभा के बल से एक ओर तो वे पद्माकर और द्विजदेव की परम्परा में दिखाई देते थे। दूसरी ओर बंगदेश के मधुसूधनदत्त और हेमनंद की श्रेणी में। एक ओर तो राधाकृष्ण की भक्ति में झूमते हुए 'नयी भक्तमाल' गूँथते दिखाई देते थे, दूसरी ओर टीकाधारी बगुला भक्तों की हँसी उड़ाते तथा स्त्री-शिक्षा, समाज-सुधार आदि पर व्याख्यान देते पाये जाते थे। प्राचीन और नवीन का यही सुंदर सामंजस्य भारतेंदु की कला का विशेष माधुर्य है। साहित्य के एक नवीन युग के आदि प्रवर्तक के रूप में खड़े होकर उन्होंने यह भी प्रदर्शित किया कि नये-नये या बाहरी भावों को पचा कर इस ढँग से मिलाना चाहिए कि वे अपने ही साहित्य के विकसित अंग से लगें। प्राचीन और नवीन के इस संधिकाल में जैसी शीतल और मृदुल कला का संचार अपेक्षित था, वैसी

ही शीतल और मृदुल कला के साथ भारतेंदु का उदय हुआ, इसमें संदेह नहीं।'

साहित्य की नवीन-धारा के बीच भारतेंदु की वाणी का सबसे ऊँचा स्वर देश-भक्ति का था। भारतेंदु के नाटकों-विशेषकर, 'नीलदेवी', 'भारत-दुर्दशा' आदि में देश-दशा की मार्मिक व्यंजना है। इन रचनाओं में कहीं भारतीय अतीत की गौरव-गाथा का गर्व है, कहीं वर्तमान अधोगति की वेदना है, तो कहीं भविष्य चिंताएँ हैं। उन्होंने मिस्र में भारतीय सेना की विजय पर 'विजयिनी विजय वैजयंती' जैसी देश-प्रेम व्यंजक कविता लिखी।

भारतेंदु हरिश्चंद्र (1850-1886)

भारतेंदु बचपन में परिवार के साथ जगन्नाथपुरी गये थे और इसी प्रक्रिया में उनका परिचय बंगदेश की नवीन साहित्यिक प्रगति से हुआ। उन्होंने बांग्ला में नये ढंग के सामाजिक-पौराणिक नाटक देखे और हिंदी में इस तरह के नाटकों के अभाव का अनुभव किया। उन्होंने बांग्ला से 'विद्यासुंदर' नाटक का अनुवाद किया जिसमें उनके द्वारा लिखे जाने वाले हिंदी गद्य की सुडौल रचनात्मकता का परिचय मिलता है। 1868 में उन्होंने *कवि वचन सुधा* नामक पत्रिका निकाली, जिसका नाम आठ अंकों के बाद *हरिश्चंद्र चंद्रिका* हो गया। रामचंद्र शुक्ल के अनुसार 'हिंदी गद्य का ठीक परिष्कृत रूप पहले पहल इसी 'चंद्रिका' में प्रकट हुआ। जिस प्यारी हिंदी को देश ने अपनी विभूति समझा, जिसको जनता ने उत्कंठापूर्वक दौड़कर अपनाया, उसका दर्शन इसी पत्रिका में हुआ। भारतेंदु ने नयी सुधरी हुई हिंदी का उदय इसी समय से पाया है। उन्होंने 'कालचक्र' नाम की अपनी पुस्तक में नोट किया है कि 'हिंदी नयी चाल में ढली, (1873)।'

इस नयी 'हरिश्चंद्री हिंदी' के साथ बहुत से नये लेखक तैयार हुए। 'चंद्रिका' में भारतेंदु ने नये लेखकों को उत्साह से छापा। बदरीनारायण चौधरी 'प्रेमघन' ने भारतेंदु के सम्पादन-कौशल की बहुत प्रशंसा की है। उन्होंने जिस हिंदी को प्रोत्साहित किया वह किसी भी दृष्टि से अनुवादपरक नहीं थी। अवसर पाकर भारतेंदु ने स्त्री-शिक्षा को ध्यान में रखकर *बालाबोधिनी* पत्रिका निकाली। इन तीन पत्रिकाओं के निकालने से पहले 1873 में उन्होंने 'वैदिकी हिंसा हिंसा न भवति' नामक प्रहसन लिखा, जिसमें धर्म-उपासना के नाम पर अनाचार करने वालों की ख़बर ली गयी थी।

भारतेंदु का ध्यान सबसे पहले नाटकों पर गया। उन्होंने 'नाटक' नाम से एक पुस्तिका भी लिखी। भारतेंदु ने अपने नाटकों की सामग्री जीवन के कई क्षेत्रों से ली। 'चंद्रावली' नाटिका में प्रेम का आदर्श है। 'नीलदेवी' में पंजाब के हिंदू राजा पर मुसलमानों की चढ़ाई का वृतांत। 'भारत-दुर्दशा' में भारत की दीन-दशा और अंग्रेज़ी साम्राज्यवाद के लूट-तंत्र का खुलासा है। 'विषस्य विषौषधम' में देशी रजवाड़ों की राजनीति और कुचक्र का यथार्थ चित्र प्रस्तुत किया गया है। 'प्रेमजोगिनी' में वर्तमान जीवन के पाखण्डों की व्यथा-कथा है। इस तरह भारतेंदु ने नाटकों में न तो अंग्रेज़ी नाटकों की नक़ल की और न ही बांग्ला नाटकों की तरह प्राचीन शैली का परित्याग किया तथा न नाट्यशास्त्र की जटिलता में नाटक को फँसाया।

भारतेंदु ने एकाग्र भाव से हिंदी-साहित्य के सर्वतोमुखी विकास की ओर ध्यान दिया। उन्होंने 'कश्मीर कुसुम' और 'बादशाह दारा' लिख कर इतिहास-रचना की चेतना की तरफ़ हमारा ध्यान खींचा। वे उपन्यास लिखने की ओर भी प्रवृत्त हुए, लेकिन असमय देहांत के कारण उनकी यह योजना सफल न हो सकी। वे सिद्ध कवि थे। स्वदेश-प्रेम की उनकी अद्‌भुत संदेशवाहक कविताओं में राज-भक्ति और देश-भक्ति का अनूठा मेल दिखता है। लेकिन उनके कवि की मूल प्रवृत्ति देशभक्ति और स्वदेशाभिमान ही रही है।

भारतेंदु का जन्म काशी के एक सम्पन्न वैश्य कुल में भाद्र शुक्ल 1850 को हुआ था और देहावसान 1886 में। वे बनारस के जाने-माने रईस बाबू गोपाल चंद्र के बेटे थे, जो 'गिरधर' उप नाम से कविता करते थे। नीतिपरक विषयों पर लिखने में भारतेंदु के पिता का मुक़ाबला न था। इस तरह भारतेंदु ने धन-सम्पत्ति के साथ काव्य-रचना का संस्कार उत्तराधिकार में पाया था। घर में हिंदी-फ़ारसी पढ़ने के बाद वे क्वींस कॉलेज में दाख़िल हुए, लेकिन पढ़ाई बहुत दिनों तक चल नहीं पायी। वे पाँच वर्ष के ही थे कि माँ का स्वर्गवास हो गया। दस वर्ष के ही थे कि पिता चल बसे। इस तरह पढ़ाई का काम आगे नहीं बढ़ सका। छुटपन में ही गृहस्थी का बोझ उठाना पड़ा। मगर कवि-प्रतिभा उनमें जन्मजात थी। उन्होंने राजा शिवप्रसाद सिंह से अंग्रेज़ी पढ़ी और जल्दी ही उस भाषा पर अच्छा अधिकार पा लिया। यह बात शेक्सपीयर के नाटक *मर्चेंट ऑफ़ वेनिस के दुर्लभ बंधु* शीर्षक अनुवाद से प्रकट होती है। धीरे-धीरे भारतेंदु ने बांग्ला, मराठी, उर्दू, मैथिली आदि कई भाषाओं पर महारत हासिल कर ली।

भारतेंदु ने अपनी धन-सम्पत्ति खुले हाथों लुटायी। कवि-कलाकारों की क़द्रदानी का आलम यह था कि उनके रचना-कर्म से प्रसन्न होने पर वे उन्हें सैकड़ों रुपये दे देते थे। भारतेंदु का कहना था : 'यह दौलत मेरे कितने ही पुरखों को

निगल गयी है, आज मैं इसे खाऊँगा।' इस तरह भारतेंदु ने बड़ा ही रँगीला जीवन जिया। चित्र-प्रेम के कारण उन्होंने एक अनूठा चित्र-संग्रह तैयार किया था। वे ज़िंदादिली से दान देते रहे। देश-प्रेम, भाषा-प्रेम के कारण नयी पत्रिकाएँ निकालीं और तमाम मित्रों को निकालने की प्रेरणा दी। कुछ दिनों रीडिंग क्लब चलाया और चौखम्भे पर एक अंग्रेज़ी स्कूल क़ायम किया। ज़िंदादिली ऐसी कि होली पर मसखरों के साथ कबीर गाते निकलते थे। कभी-कभार लोगों का दिल बहलाने के लिए नये-नये गुल खिलाते रहते थे। घर के लोग उन्हें उड़ाऊ-खाऊ-आवारा समझते थे। भारतेंदु का साहित्यिक-जीवन अठारह साल की उम्र से शुरू हुआ। उन्होंने बहुत कम उम्र पायी, लेकिन हिंदी साहित्य को वे मालामाल कर गये। प्रेमचंद ने 'भारतेंदु बाबू हरिश्चंद्र' लेख में दु:ख व्यक्त करते हुए कहा था कि 'हिंदी-संसार ने भारतेंदु को वह नहीं दिया, जिसके वे सच्चे अधिकारी थे। आज हिंदी में भारतेंदु के अनगिनत उत्तराधिकारी हैं जो उनके कार्य को आगे बढ़ा रहे हैं। यह हम सभी के लिए प्रसन्नता का विषय है।'

देखें : अष्टछाप, 'अंग्रेज़ी हटाओ' आंदोलन, छायावाद, डायग्लॉसिया, नगेंद्र और सैद्धांतिक समीक्षा, नयी कविता, नंद दुलारे वाजपेयी, नामवर सिंह, प्रेमचंद, प्रयोगवाद, प्रगतिवाद, पाश्चात्य काव्यशास्त्र, भक्ति आंदोलन-1 और 2, भक्ति-काव्य-1 और 2, भारतेंदु युग-1 और 2, भाषा नियोजन-1 से 4 तक, भाषा के मार्क्सवादी सिद्धांत, महावीर प्रसाद द्विवेदी, महादेवी वर्मा, मीरांबाई और प्रेमाभक्ति, राहुल सांकृत्यायन, रामानुजाचार्य, रामानंद, रामचंद्र शुक्ल-1 और 2, रामविलास शर्मा, राष्ट्रीय-सांस्कृतिक कविता, रीतिकाल-1 और 2, विजय देव नारायण साही, वैष्णव धर्म, श्याम सुंदर दास, सम्पर्क भाषा-1 से 4 तक, संविधान सभा में भाषा-विवाद-1, 2 और 3, सच्चिदानंद हीरानंद वात्स्यायन अज्ञेय, संत-काव्य, संस्कृत काव्यशास्त्र, सिद्ध-नाथ परम्परा, सूफ़ीयत और प्रेमाख्यान, हजारी प्रसाद द्विवेदी, हिंदी विरोधी आंदोलन, हिंदी जाति-1, 2 और 3, हिंदी साहित्य का आदिकाल, हिंदी साहित्य का इतिहास, हिंदी साहित्य का इतिहास : नये परिप्रेक्ष्य, हिंदी-पद्य में इतिहास, हिंदी-जगत और 'लोकप्रिय'-1 और 2, हिंदी नवजागरण, हिंदी-संस्थाएँ।

संदर्भ

1. रामचंद्र शुक्ल (1956), *चिंतामणि,* भाग 1, इण्डियन प्रेस लिमिटेड, प्रयाग.
2. रामचंद्र शुक्ल (1940), *हिंदी साहित्य का इतिहास,* नागरी प्रचारिणी सभा, काशी.
3. कमलकिशोर गोयनका (सम्पा.) (2013), *प्रेमचंद : प्रतिनिधि संचयन,* सस्ता साहित्य मण्डल प्रकाशन, नयी दिल्ली.
4. रामविलास शर्मा (1981), *परम्परा का मूल्यांकन,* राजकमल प्रकाशन, दरियागंज, नयी दिल्ली
5. रामविलास शर्मा (1981), *भारतेंदु युग और हिंदी भाषा की विकास परम्परा,* राजकमल प्रकाशन, नयी दिल्ली.

—कृष्णदत्त पालीवाल

भारतेंदु युग-1

नवजागरण की चेतना बनाम देशभक्ति और राजभक्ति का द्वंद्व

(Bhartendu Period-1)

भारतेंदु युग (1850-1900) से हिंदी-साहित्य में आधुनिक संवेदना का सूत्रपात्र होता है। इस युग में आधुनिक गद्य-साहित्य की परम्परा का प्रवर्तन हुआ। इस युग को नवीन दृष्टि एवं दिशा देने में भारतेंदु हरिश्चंद्र ने युग-प्रवर्तक की भूमिका निभायी। भारतेंदु हरिश्चंद्र का व्यक्तित्व एवं कृतित्व ही ऐसा अनुपम था कि उनका प्रभाव भाषा एवं साहित्य दोनों पर बड़ा गहरा एवं दूर तक पड़ा। उन्होंने गद्य की भाषा का परिष्कार करते हुए उसे स्वच्छ-सुंदर रूप प्रदान किया। रामचंद्र शुक्ल ने *हिंदी साहित्य का इतिहास* के आधुनिक काल में गद्य खण्ड में गद्य के विकास पर विचार करने के बाद कहा कि गद्य-साहित्य परम्परा का प्रवर्तन भारतेंदु बाबू ने ही किया। उन्होंने हिंदी साहित्य को भी नये मार्ग पर लाकर खड़ा कर दिया। उनके भाषा-संस्कार की महत्ता को सभी ने मुक्तकंठ से स्वीकार किया है।

दरअसल हिंदी भाषा का निखरा-खरा रूप भारतेंदु की कला के साथ ही प्रकट हुआ। भारतेंदु ने इससे भी बड़ा काम यह किया कि वे साहित्य को शिक्षित जनता के साहचर्य में ले आये। उस ज़माने में नयी शिक्षा के प्रभाव से लोगों की विचारधारा बदल रही थी। उनके मन में देशहित-समाजहित की उमंगें पैदा हो रही थीं। काल की गति के अनुसार उनके भाव और विचार तो बहुत आगे बढ़ गये थे, पर साहित्य पीछे था। भक्ति, श्रृंगार आदि की पुराने ढंग की ही कविताएँ चली आ रही थीं। भारतेंदु ने इस पुराने रास्ते से हिंदी साहित्य को हटा कर समाज और जीवन के साथ इस तरह जोड़ दिया कि साहित्य को सामाजिक-राजनीतिक प्रोजेक्ट के साथ चलाने के सिलसिले की शुरुआत हुई। इस प्रकार जीवन और साहित्य के बीच विच्छेद समाप्त हुआ। साहित्य को नये-नये विषयों की ओर प्रवृत्त करने का श्रेय भारतेंदु युग को जाता है।

रामचंद्र शुक्ल का विचार है कि भारतेंदु युग के नाम से जाने गये इस गद्य-काल ने ही हिंदी को उर्दू के सांस्कृतिक प्रभाव से अलग किया। उन्होंने लिखा है : 'उर्दू के कारण अब तक हिंदी भाषा का स्वरूप ही झंझट में पड़ा था। राजा शिवप्रसाद सिंह और राजा लक्ष्मण सिंह ने जो कुछ गद्य लिखा था वह एक प्रकार से प्रस्ताव रूप में था। जब भारतेंदु अपनी मँजी हुई और परिष्कृत भाषा सामने लाये तब हिंदी बोलने वाली जनता को गद्य के लिए खड़ी बोली का प्रवृत्त

बालकृष्ण भट्ट : *हिंदी प्रदीप* का प्रकाशन

साहित्यिक रूप मिल गया और भाषा के स्वरूप का प्रश्न न रह गया। प्रस्तावकाल समाप्त हुआ और भाषा का स्वरूप स्थिर हुआ। हिंदी और उर्दू के बीच पृथकता स्थापित हुई। भारतेंदुजी ने अपने अल्पजीवन में 'भारतेंदु मण्डल' तैयार किया, जिसमें पण्डित प्रताप नारायण मिश्र, उपाध्याय बदरीनारायण चौधरी 'प्रेमघन', ठाकुर जगमोहन सिंह, पण्डित बालकृष्ण भट्ट आदि प्रमुख रूप से गिने जा सकते हैं। भारतेंदु के समय में ही देश के कोने-कोने में हिंदी लेखक तैयार हुए जो निरंतर साहित्य-सेवा में लगे रहे। अपने-अपने विषय क्षेत्र के अनुरूप हिंदी को रूप देने में सब का हाथ रहा।'

रामविलास शर्मा को भारतेंदु युग के विविध पक्षों के विशद् अध्ययन के लिए जाना जाता है। उन्होंने *भारतेंदु युग और हिंदी भाषा की परम्परा* तथा *भारतेंदु और हिंदी नवजागरण* शीर्षक पुस्तकों में भारतेंदु युग की ऐतिहासिक-सांस्कृतिक संदर्भों में व्याख्या की है। उन्होंने लिखा है, 'भारतेंदु युग का अध्ययन करते हुए प्राय: विद्वानों के दो दृष्टिकोण सामने आते हैं। एक दृष्टिकोण के अनुसार इस युग का साहित्य हमारे नये सामाजिक और सांस्कृतिक नवजागरण का ही परिणाम है, दूसरे दृष्टिकोण के अनुसार इस साहित्य की मूल प्रेरणा अंग्रेज़ों से मिली'। डॉ. शर्मा ने पहले दृष्टिकोण का ही समर्थन किया है। यह दृष्टिकोण एक प्रकार से हिंदी क्षेत्र में आधुनिक संवेदना के उदय की व्याख्या है। इसे प्राय: स्वदेशी भावना और स्वभाषाभिमान से जोड़ कर देखा जाता है। रामविलास शर्मा ने अनेक साक्ष्यों से स्पष्ट किया है कि अंग्रेज़ी शासन की शोषण-दमन नीति के विरुद्ध भारतेंदु युग के साहित्य ने 'जागरण' की भूमिका निभायी है।

स्वदेशी वस्तुओं के व्यवहार का प्रतिज्ञा-पत्र भारतेंदु ने 23 मार्च, 1874 को अपनी पत्रिका *कवि वचन सुधा* में प्रकाशित किया था। राम विलास शर्मा ने इस पर टिप्पणी की है, 'यह प्रतिज्ञापत्र भारतीय स्वाधीनता के इतिहास में स्वर्णाक्षरों में लिखा जाने योग्य है।' यहाँ भारतीय सांस्कृतिक नवजागरण के सामान्यत: दो लक्षण देखे जा सकते हैं। एक तो दो संस्कृतियों की टकराहट से उत्पन्न ऊर्जा है और दूसरे इसमें मनुष्य के समग्र विकास की चेष्टा है। संस्कृतियों की टकराहट इस देश में तब भी हुई थी जब यहाँ इसलाम का आगमन हुआ था। पर इसे नवजागरण या पुनर्जागरण नहीं कहा जा सकता क्योंकि दोनों संस्कृतियाँ अपने मूल रूप में धार्मिक थीं। इस सांस्कृतिक मेलजोल ने साहित्य-कला-संगीत को प्रभावित किया था। डॉ. शर्मा के मुताबिक़ उन्नीसवीं शताब्दी में हुआ हिंदी क्षेत्र का नवजागरण अंग्रेज़-संस्कृति की देन न हो कर उसके साथ टकराहट का अनिवार्य नतीजा था। दो भिन्न प्रकृति की संस्कृतियों की टकराहट से नयी ऊर्जा का विस्फोट हुआ। इसकी राजनीतिक भाव-भूमि 1857 में लड़े गये भारत के प्रथम स्वाधीनता संग्राम से बनी थी।

भारतेंदु युग के जागरण को कुछ विद्वानों ने हिंदू पुनरुत्थान या हिंदू परम्परा का राष्ट्रीयकरण भी क़रार दिया है। भारतेंदु द्वारा बलिया में दिया गया भाषण इस सिलसिले में अक्सर उद्धृत किया जाता है। भारतेंदु ने इस भाषण में कहा था, 'इस महामंत्र का जाप करो, जो हिंदुस्तान में रहे, चाहे किसी रंग, चाहे किसी जाति का क्यों न हो, वह हिंदू है। हिंदू की सहायता करो। बंगाली, मराठा, पंजाबी, मदरासी, वैदिक, जैन, ब्राह्म, मुसलमान सब एक का हाथ पकड़ो।' यहाँ वे हिंदू की संकल्पना में एक सर्वधर्म-राष्ट्र देखते हुए प्रतीत होते हैं।

ज़ाहिर है कि हिंदू-आस्था भारतेंदु के विचार के मर्म में थी। लेकिन वे साथ में समय-समाज-राजनीति पर निगाह रखते थे। एक ओर प्रेमाभक्ति के प्रति उनकी निष्ठा *चंद्रावली* जैसी नाटिका रचवाती है, दूसरी ओर राजनीति के दाँव-पेच उसे *मुद्राराक्षस* नाटक का अनुवाद करवाते हैं। भारतेंदु युग में पत्रकारिता, निबंध और नाटक नवजागरण के माध्यम बने और स्वदेश-प्रेम में स्वदेशी आंदोलन का सूत्रपात किया। प्रताप नारायण मिश्र, प्रेमचंद, राधाचरण गोस्वामी, बालकृष्ण भट्ट आदि लेखक इस आंदोलन को आगे बढ़ाते रहे। उनकी सीमा यह है कि ये लेखक विदेशी वस्त्रों के बहिष्कार की

बात तो करते हैं लेकिन विदेशी कपड़ा जलाने की प्रेरणा नहीं देते।

भारतेंदुयुगीन साहित्य का शक्ति-स्रोत जनजीवन है। लोकचिंता, टैक्स, महामारी, महँगाई, भारतीय कच्चे माल की लूट, अंग्रेज़ी और अंग्रेज़ों के शोषण उनके मुख्य विषय हैं। काव्यरूपों में लोकछंद, मुक्तक, चूरन के लटके, लावनी और समस्यापूर्ति का इस्तेमाल है। वैचारिक गद्य खड़ी बोली में है और कविता ब्रजभाषा में। लेकिन यह कविता रीतिकालीन कविता की तरह है। लोकजीवन से तादात्म्य के कारण ही भारतेंदु ने ग्रामगीतों को प्रोत्साहित किया। रामविलास शर्मा ने इसीलिए भारतेंदु युग के साहित्य को जनता का साहित्य क़रार दिया है। जनता के साहित्य में साम्राज्यवाद-विरोध का मनोभाव प्रबल है और राजनीतिक स्वर धारदार। अंग्रेज़ी साम्राज्यवाद के प्रति उनका दृष्टिकोण है, 'पै धन विदेश चलि जात यहै अति ख़्वारी'। भारतेंदु युग का मूलमंत्र था, 'परदेशी वस्तु और परदेशी भाषा पर भरोसा मत करो' और *कविवचन सुधा* का सिद्धांत था, 'स्वत्व निज भारत गहै'। इस कथन में भारत की सांस्कृतिक अस्मिता और भारत की स्वाधीनता की व्यंजना इस युग के साहित्य में सर्वत्र मिलती है। 'स्वत्व निज भारत गहै' इसी लय से आधुनिक हिंदी साहित्य की जनोन्मुख चेतना आगे भी गतिमान बनी रही।

अंग्रेज़ों के प्रति भारतेंदु युग के लेखकों को लेकर कई बार प्रश्न किया जाता है कि उनमें जो राज-भक्ति है उसके साथ देश-भक्ति का क्या मेल है? एक ओर उनमें महारानी विक्टोरिया का गुणगान और समस्यापूर्ति है, तो दूसरी ओर आर्थिक और राजनीतिक समस्याओं पर प्रतिपक्षी ढंग का चिंतन है। नवजागरण की सांस्कृतिक टकराहट से यह अंतर्विरोध व्यक्त हो रहा है। राजभक्ति से देशभक्ति और जन-संस्कृति की परम्परा टकरा रही है। हम यह भी पाते हैं कि भारतेंदु युग की रचनाओं में आंदोलन-विचार खड़ी बोली के गद्य में निकल कर आया है और रचना-संस्कार ब्रजभाषा में। भारतेंदु युग के गद्य का मुँह औपनिवेशिक आधुनिक-काल की ओर है तो कविता का मुँह आरम्भिक भारतीय आधुनिकता की ओर। पहले विचार बदलते हैं, फिर धीरे-धीरे संस्कार। यहाँ ऐसा प्रतीत होता है कि भारतेंदु-युग की संवेदना आधुनिक-संवेदना की जटिलता से दूर सहज-सीधी संवेदना है। भारतेंदु युग के इस अंतर्विरोध और इससे उपजने वाले विरोधाभासों पर वसुधा डालमिया और सुधीर चंद्र जैसे इतिहासकारों ने विश्लेषणात्मक रोशनी डाली है।

लेकिन, दूसरी तरफ़ यह भी एक तथ्य है कि भारतेंदु-युग के लेखकों में निर्भयता का भाव बहुत गहरे तक जड़ें जमाये हुए दिखता है। भारतेंदु ने कहा भी है, 'हरिचन्द-नक़द दमाद अभिमानी के।' रचनाकार का चरित्र युग के लेखक के चरित्र का पर्याय कहा जा सकता है। जयशंकर प्रसाद ने *काव्य और कला तथा अन्य निबंध* पुस्तक में भारतेंदु को यथार्थवाद का प्रवर्तक घोषित किया है। पत्रकारिता, निबंध, नाटक सभी इसका साक्ष्य प्रस्तुत करते हैं। भारतेंदु की निबंध कला ही रीतिकाल से नाता तोड़ती है और हिंदी में यथार्थवाद का रास्ता साफ़ करती है।

देखें : अष्टछाप, 'अंग्रेज़ी हटाओ' आंदोलन, छायावाद, डायग्लॉसिया, नगेंद्र और सैद्धांतिक समीक्षा, नयी कविता, नंद दुलारे वाजपेयी, नामवर सिंह, प्रेमचंद, प्रयोगवाद, प्रगतिवाद, पाश्चात्य काव्यशास्त्र, भक्ति आंदोलन-1 और 2, भक्ति-काव्य-1 और 2, भारतेंदु हरिश्चंद्र, भाषा नियोजन-1 से 4 तक, भाषा के मार्क्सवादी सिद्धांत, महावीर प्रसाद द्विवेदी, महादेवी वर्मा, मीरांबाई और प्रेमाभक्ति, राहुल सांकृत्यायन, रामानुजाचार्य, रामानंद, रामचंद्र शुक्ल-1 और 2, रामविलास शर्मा, राष्ट्रीय-सांस्कृतिक कविता, रीतिकाल-1 और 2, विजय देव नारायण साही, वैष्णव धर्म, श्याम सुंदर दास, सम्पर्क भाषा-1 से 4 तक, संविधान सभा में भाषा-विवाद-1, 2 और 3, सच्चिदानंद हीरानंद वात्स्यायन अज्ञेय, संत-काव्य, संस्कृत काव्यशास्त्र, सिद्ध-नाथ परम्परा, सूफ़ीयत और प्रेमाख्यान, हजारी प्रसाद द्विवेदी, हिंदी विरोधी आंदोलन, हिंदी जाति-1, 2 और 3, हिंदी साहित्य का आदिकाल, हिंदी साहित्य का इतिहास, हिंदी साहित्य का इतिहास : नये परिप्रेक्ष्य, हिंदी-पद्य में इतिहास, हिंदी-जगत और 'लोकप्रिय'-1 और 2, हिंदी नवजागरण, हिंदी-संस्थाएँ।

संदर्भ

1. रामचंद्र शुक्ल (1940), *हिंदी साहित्य का इतिहास,* नागरी प्रचारिणी सभा, काशी.
2. कृष्णशंकर शुक्ल (1995), *आधुनिक हिंदी साहित्य का विकास,* भारती-भण्डार, प्रयाग.
3. डॉ. नगेंद्र (सम्पा.) (1980), *हिंदी साहित्य का इतिहास,* नैशनल पब्लिशिंग हाउस, नयी दिल्ली.
4. डॉ. रामविलास शर्मा (1998), *भारतेंदु युग और हिंदी भाषा की विकास परम्परा,* राजकमल प्रकाशन, नयी दिल्ली.
5. एलिसन बुश (2010), 'हिडेन इन प्लेन व्यू : ब्रजभाषा पोएट्स ऐट द मुग़ल कोर्ट', *मॉडर्न एशियन स्टडीज़,* खण्ड 44, अंक 2.

—कृष्णदत्त पालीवाल

भारतेंदु युग-2

हिंदी गद्य का बदलता हुआ इतिहास

(Bhartendu Period-2)

भारतेंदु युग हिंदी गद्य के बहुमुखी विकास का युग था। हिंदी नाटकों का आरम्भ भारतेंदु हरिश्चंद्र से ही स्वीकार किया जाता है। इसके पहले प्राणचंद चौहान कृत *रामायण महानाटक* (1610), लछिराम कृत *करुणभरण* (1667), महाराज विश्वनाथ कृत *आनंद रघुनंदन* (1700), उदय कृत *हनुमान नाटक* (1820) आदि का उल्लेख अवश्य मिलता है, लेकिन ये नाटक से ज्यादा पद्यात्मक प्रबंध हैं। अमानत की *इंद्रसभा* (1857) और *नीतिनाट्य* की भी विद्वान चर्चा करते हैं। भारतेंदु के पिता गोपालचंद्र गिरधर दास कृत *नहुष* (1857) भी बहुत प्रसिद्ध रहा है। *जानकी मंगल* नाटक के अभिनय में भारतेंदु ने भी भाग लिया था। खड़ी बोली के प्रयोग के कारण यह नाटक भारतेंदु प्रवर्तित नाटकों से जुड़ा माना जाता है। भारतेंदु ने मौलिक तथा अनूदित मिला कर सत्रह नाटकों की रचना की। *रत्नावली, पाखण्डविखण्डन, कर्पूरमंजरी* और *मुद्राराक्षस* के अनुवाद के साथ शेक्सपीयर के नाटक *मर्चेंट आफ़ वेनिस* का दुर्लभबंधु के नाम से अनुवाद किया। *वैदिकी हिंसा हिंसा न भवति* (1873), *सत्य हरिश्चंद्र* (1875), *श्रीचंद्रावली* (1876), *विषस्य विषौषधम्* (1876), *भारत दुर्दशा* (1880), *नीलदेवी* (1881), *अँधेर नगरी* (1881), *सतीप्रताप* (1883) और *प्रेमजोगिनी* (1885) जैसे नाटक लिखे। भारतेंदु ने सर्वाधिक पौराणिक नाटक लिखे।

इसी युग में श्रीनिवास दास कृत *संयोगिता स्वयंवर* (1886), राधाचरण गोस्वामी कृत *अमर सिंह राठौर* (1895), राधाकृष्ण दास कृत *महाराणा प्रताप* (1898) आदि लोकप्रिय नाटकों की रचना हुई। श्रीनिवास दास कृत *रणधीर प्रेममोहिनी* (1890), *मयंक मंजरी* (1891) आदि प्रेम प्रधान नाटक रचे गये। सामयिक विषयों पर बालकृष्ण भट्ट कृत *नयी रोशनी का विष* (1884), खड्गबहादुर मल्ल कृत *भारत आहत* (1885), अम्बिकादास व्यास कृत *भारत-सौभाग्य* (1887), राधाकृष्ण दास कृत *दुःखिनी बाला* (1880), काशीनाथ खत्री कृत *विधवा विवाह* और देवकीनंदन त्रिपाठी कृत *भारत-हरण* (1899) जैसे नाटकों का नाम उल्लेखनीय है। इन नाटकों में भारत-दुर्दशा के चित्र हैं और सामाजिक बुराइयों को दूर करने की सलाह है। इनका नाटकों का उद्देश्य जनमानस जागृत करना है। बांग्ला नाटकों में से सर्वाधिक अनुवाद माइकेल मधुसूदन दत्त के नाटकों के हुए और संस्कृत नाटकों में भवभूति, कालिदास, शूद्रक और श्रीहर्ष के। अंग्रेज़ी से सर्वाधिक अनुवाद शेक्सपीयर के नाटकों के हुए : जैसे, 1888 में *मर्चेंट आफ वेनिस* का अनुवाद आर्या द्वारा *वेनिस का व्यापारी* शीर्षक से, 1885 में *द कॉमिडी आफ़ एरर्स* का अनुवाद *भ्रमतालक* शीर्षक से मुंशी इमदाद अली ने और *भूलभुलैया* शीर्षक से लाला सीताराम ने, 1886 में *एज़ यू लाइक इट* का अनुवाद *मनभावन* शीर्षक से पुरोहित गोपीनाथ, रोमियो जूलियट – प्रेमलीला-पुरोहित गोपीनाथ ने, 1897 में *मैकबेथ* का अनुवाद *साहसेंद्र साहस* शीर्षक से मथुरा प्रसाद उपाध्याय ने किया।

इन नाटकों के अनुवाद का परिणाम यह हुआ कि *रणधीर प्रेम मोहिनी* जैसे दुःखांत नाटक हिंदी में लिखे जा सके। सृजन और रंगकर्म का एक नया संस्कार हिंदी नाटकों में दिखाई दिया। भारतेंदुयुगीन साहित्यकारों द्वारा अनूदित नाटकों ने हिंदी के सांस्कृतिक-साहित्यिक नवजागरण को एक नवीन दृष्टि प्रदान की। ये अनुवाद या रूपांतरण मुख्यतः संस्कृत, बांग्ला और अंग्रेज़ी से किये गये। स्वयं भारतेंदु ने इस दिशा में क़दम उठाया। संस्कृत से भास और कालिदास के नाटकों के अनुवाद अधिक हुए। 1862 में राजा लक्ष्मण सिंह ने *अभिज्ञान शाकुंतल* का काव्यात्मक अनुवाद करके हिंदी प्रेमियों का ध्यान आकृष्ट किया। भारतेंदु ने बांग्ला से *विद्यासुंदर* और संस्कृत से विशाखदत्त का अनुवाद किया। देवदत्त तिवारी (1871) ने *उत्तर रामचरित,* लाला सीताराम (1897) ने *मालती-माधव, महावीर चरित* और विश्वनाथ दुबे (1886) ने *मालती-माधव* का अनुवाद किया। लाला सीताराम ने शूद्रक के *मृच्छकटिकम* तथा कालिदास के *मालविकाग्निमित्र* का अनुवाद किया। बालकृष्ण भट्ट ने माइकेल मधुसूदन दत्त के नाटक *पद्मावती* (1878) और *शर्मिष्ठा* का अनुवाद बांग्ला से किया। रामकृष्ण वर्मा ने *पद्मावती* और *वीर नारी* आदि अनेक नाटकों के अनुवाद किये।

भारतेंदु युग के रचनाकारों को उपन्यास-रचना की प्रेरणा बांग्ला और अंग्रेज़ी उपन्यासों से मिली। अंग्रेज़ी ढंग का पहला मौलिक उपन्यास श्रीनिवास दास का *परीक्षा गुरु* 1882 में आया। इससे पूर्व श्रद्धाराम फुल्लौरी ने *भाग्यवती* नाम से 1877 में एक उपन्यास लिखा था। उसके बाद इस काल में सामाजिक-ऐतिहासिक उपन्यासों के साथ जासूसी-तिलस्मी उपन्यासों का रचना-क्रम शुरू हुआ। बालकृष्ण भट्ट ने *नूतन ब्रह्मचारी* (1886), *एक अजान सौ सुजान* (1892), राधाकृष्ण दास ने *निस्सहाय हिंदू* (1890), लज्जाराम शर्मा ने *धूर्त रसिकलाल,* किशोरीलाल गोस्वामी ने *सौभाग्यश्री* (1890) जैसे उल्लेखनीय उपन्यास लिखे। तिलिस्मी-ऐयारी उपन्यासों में देवकीनंदन खत्री कृत *चंद्रकांता* (1882), *चंद्रकांता संतति* (1896), *नरेंद्र मोहिनी* (1893), *वीरेंद्र वीर* (1895), *कुसुम कुमारी* (1899) जैसे नामी-गिरामी

प्रताप नारायण मिश्र : *प्रताप* का प्रकाशन

उपन्यास आये। इन उपन्यासों की लोकप्रियता का यह हाल रहा कि इन्हें पढ़ने के लिए अहिंदी भाषियों ने हिंदी सीखी। रूमानी उपन्यासों में ठाकुर जगमोहन सिंह का *श्यामास्वप्न* (1888) उल्लेखनीय है। इस युग में प्रताप नारायण मिश्र ने बंकिमचंद्र के उपन्यास तेज़*सिंह, इंदिरा, राधारानी* और *युगलांगुरीय* का अनुवाद करके धूम मचा दी। बांग्ला उपन्यासों के अनुवाद ने हिंदी को राष्ट्रीय जागरण का अर्थ समझाया और एक नया पाठक समाज पैदा किया।

इस युग में हिंदी कहानी ठीक से आरम्भ नहीं हो पायी। कहानी के नाम पर मुंशी नवलकिशोर ने *मनोहर कहानी* (1880), अम्बिकादत्त व्यास ने *कथा कुसुमकलिका* (1888), शिवप्रसाद सितारेहिंद ने *वाया-मनोरंजन* (1886), का लेखन-सम्पादन किया। इस काल में अंग्रेज़ी कहानियों की आहट भर सुनायी दी। लेकिन इस युग में निबंध-लेखन का क्रम बड़े महत्त्व के साथ सामने आया। पत्र-पत्रिकाओं में शुरू से ही निबंध-लेखन को उत्साहवर्धक परिवेश मिला। भारतेंदु, प्रतापनारायण मिश्र, बालकृष्ण भट्ट आदि ने निबंध की विधा को गति प्रदान की। बद्रीनारायण चौधरी प्रेमघन, राधाचरण गोस्वामी, काशीनाथ खत्री, श्रीनिवास दास ने नये-नये सामाजिक-राजनीतिक, धर्म-दर्शन, पर्व-त्योहारों पर निबंध लिखे। इन सभी का उद्देश्य जन-चेतना में नवजागरण पैदा करना था।

इस युग में पत्र-पत्रिकाओं के माध्यम से आलोचना का आरम्भ हुआ। *हिंदी प्रदीप* (1877 -1910) जैसे पत्र नवीन आलोचनाएँ प्रकाशित करने लगे। इस युग में जगन्नाथ प्रसाद भानु ने *छंद प्रभाकर* (1894), पण्डित जगन्नाथ दास रत्नाकर ने *घनाक्षरी विषय रत्नाकर* (1887), मुरारीदास कविराज ने *जसवंतजसभूषण* जैसे सैद्धांतिक आलोचना के ग्रंथ रचे। नाट्यशास्त्र को आधार बनाकर भारतेंदु ने *नाटक* (1883) जैसा उल्लेखनीय निबंध लिखा। लाला श्रीनिवास दास कृत *संयोगिता स्वयंवर* नाटक की आलोचना छपी। रामचंद्र शुक्ल ने कहा है कि आलोचना का नाटकों से हुआ। इसी युग में महत्त्वपूर्ण यात्रा-वृत्तांत लिखने की परम्परा चली— जैसे *लंदन यात्रा* (1883), *लंदन का यात्री* (1884) और *ब्रजयात्रा* आदि। स्वयं भारतेंदु ने तमाम यात्रा-वृत्त लिखे।

इस युग का एक उल्लेखनीय पक्ष यह भी है कि अनेक प्रकार का ज्ञान-साहित्य सामने आया। जैसे, भारतेंदु ने *बूंदी का राजवंश* (1882), देवी प्रसाद ने *आमेर के राजे* (1893), *मारवाड़ के प्राचीन लेख* (1896) और महाराज सिंह ने *इतिहास बुंदेलखण्ड* आदि ग्रंथ लिखे। शिवप्रसाद सितारेहिंद ने *भूगोल हस्तामलक* (1870), लक्ष्मीधर मिश्र ने *प्राकृतिक भूगोल चंद्रिका* (1886), भगवान दास वर्मा ने *पश्चिमोत्तर तथा अवध का भूगोल* (1887) जैसी पुस्तकें रचीं। ललित कलाओं पर भक्तराम की *राग रत्नाकर* रची गयी। विचार के क्षेत्र में सर्वाधिक प्रचार दयानंद सरस्वती के *सत्यार्थ प्रकाश* और गोपालदास कृत *वल्लभाख्यान* (1873) का हुआ।

इस युग के पत्र-पत्रिकाओं ने हिंदी-गद्य का पुराना इतिहास बदल दिया और नया लोकजागरण पैदा किया। कलकत्ता से *उदंत मार्तण्ड* (1826), *बंग दूत* और *बनारस अख़बार* (1845) निकला। उसके बाद भारतेंदु ने *कविवचन सुधा, बालाबोधिनी, हरिश्चंद्र चंद्रिका,* प्रताप नारायण मिश्र ने *प्रताप,* बालकृष्ण भट्ट ने *हिंदी प्रदीप,* प्रेमघन ने *आनंद कादम्बिनी* जैसी पत्र-पत्रिकाएँ निकाल कर इस क्षेत्र में नया सवेरा किया। इस युग में अनेक पत्र एक के बाद एक निकलते रहे। इनका इतिहास बहुत गौरवशाली है। इन पत्र-पत्रिकाओं के हँसते-खिलते गद्य ने हिंदी की सर्जनात्मकता में श्रीवृद्धि की। इस प्रकार हिंदी- साहित्य का आधुनिक-काल बड़े उत्साह से सामने आया। इसके माध्यम से जनता की समस्याओं को वाणी दी गयी। इस युग के पूरे चिंतन में ईश्वर-धर्म को हटा कर मानव केंद्र में आया। इसी युग की मूल्यवान परम्परा को आगे बढ़ाने का कार्य द्विवेदी युग में किया गया।

देखें : अष्टछाप, 'अंग्रेज़ी हटाओ' आंदोलन, छायावाद, डायग्लॉसिया, नगेंद्र और सैद्धांतिक समीक्षा, नयी कविता, नंद दुलारे वाजपेयी, नामवर सिंह, प्रेमचंद, प्रयोगवाद, प्रगतिवाद, पाश्चात्य काव्यशास्त्र, भक्ति आंदोलन-1 और 2, भक्ति-काव्य-1 और 2, भारतेंदु हरिश्चंद्र, भाषा

नियोजन-1 से 4 तक, भाषा के मार्क्सवादी सिद्धांत, महावीर प्रसाद द्विवेदी, महादेवी वर्मा, मीरांबाई और प्रेमाभक्ति, राहुल सांकृत्यायन, रामानुजाचार्य, रामानंद, रामचंद्र शुक्ल-1 और 2, रामविलास शर्मा, राष्ट्रीय-सांस्कृतिक कविता, रीतिकाल-1 और 2, विजय देव नारायण साही, वैष्णव धर्म, श्याम सुंदर दास, सम्पर्क भाषा-1 से 4 तक, संविधान सभा में भाषा-विवाद-1, 2 और 3, सच्चिदानंद हीरानंद वात्स्यायन अज्ञेय, संत-काव्य, संस्कृत काव्यशास्त्र, सिद्ध-नाथ परम्परा, सूफ़ीयत और प्रेमाख्यान, हजारी प्रसाद द्विवेदी, हिंदी विरोधी आंदोलन, हिंदी जाति-1, 2 और 3, हिंदी साहित्य का आदिकाल, हिंदी साहित्य का इतिहास, हिंदी साहित्य का इतिहास : नये परिप्रेक्ष्य, हिंदी-पद्य में इतिहास, हिंदी-जगत और 'लोकप्रिय'-1 और 2, हिंदी नवजागरण, हिंदी-संस्थाएँ।

संदर्भ

1. अज्ञेय (1978), *आधुनिक हिंदी साहित्य : एक परिदृश्य,* नैशनल पब्लिशिंग हाउस, नयी दिल्ली.
2. रामस्वरूप चतुर्वेदी (1988), *हिंदी साहित्य और संवेदना का विकास,* लोक भारती प्रकाशन, इलाहाबाद.
3. रामस्वरूप चतुर्वेदी (1982), *इतिहास और आलोचक-दृष्टि,* लोक भारती प्रकाशन, इलाहाबाद.

—कृष्णदत्त पालीवाल

भारत में आतंक-विरोधी क़ानून-1

अपवाद स्थिति का विमर्श

(Anti-Terror Law in India-1)

आतंकवाद की कोई एकरूप परिभाषा न होते हुए भी अंतर्राष्ट्रीय न्यायिक और मानवाधिकार विमर्श में इसे मानवता के विरुद्ध एक अपराध की श्रेणी में रखा जाता है। एक संगठित, व्यवस्थित, हिंसक कार्य जो सामूहिक हत्या को अंजाम दे— आतंकवाद कहलाता है। बीसवीं शताब्दी के मध्य से और ख़ास तौर पर इक्कीसवीं शताब्दी में न्यूयॉर्क में वर्ल्ड ट्रेड टावर्स पर हुए आंतकी हमले के बाद से आतंकवाद एक ऐसे अपराध की श्रेणी में आ गया है जिसके बारे में माना जाता है कि राज्य के साधारण क़ानून इसकी रोकथाम में विफल हैं। इसी के बाद से इसकी रोकथाम के लिए विशेष तरह के क़ानून और उपायों की खोज होने लगी। इसी विमर्श में जो क़ानून निकल कर आये उन्हें आतंक विरोधी क़ानून माना गया। स्वतंत्र भारत ने अभी तक केंद्रीय स्तर पर तीन आतंक विरोधी क़ानून बनाये हैं— ग़ैरक़ानूनी गतिविधि निवारक अधिनियम (अनलॉफ़ुल एक्टीविटीज प्रिवेंशन ऐक्ट या यूएपीए, 1967, 2004, 2008); टेररिस्ट ऐंड डिसरप्टिव एक्टिविटीज प्रिवेंशन ऐक्ट (टाडा, 1985) और प्रिवेंशन ऑफ़ टेरोरिस्ट एक्टिविटीज ऐक्ट (पोटा, 2002)। आतंक विरोधी क़ानूनों की प्रकृति ऐसी है कि इन्हें राष्ट्रीय सुरक्षा से जुड़े क़ानूनों की श्रेणी में रखा जाता है। माना जाता है कि इन क़ानूनों के बनाने का मक़सद है आतंकवाद के 'ख़तरे' से राष्ट्र की सुरक्षा। ज़ाहिर है कि आतंकवाद को राजनीतिक एवं क़ानूनी विमर्श में एक साधारण अपराध की श्रेणी में नहीं देखा जाता। माना जाता है कि आतंकवाद का ख़तरा एक 'असाधारण स्थिति' को जन्म देता है जिससे संघर्ष करने के लिए साधारण क़ानून अपर्याप्त हैं। ऐसी असाधारण या अपवाद की स्थिति ही सुरक्षा क़ानून या आतंक-विरोधी क़ानून के अधिनियमन का औचित्य साबित करती है। चूँकि ये क़ानून अपवाद या असाधारण स्थिति की उपज हैं, इसलिए इनकी प्रकृति भी असाधारण होती है। असाधारण क़ानूनों के संदर्भ में आतंक विरोधी अधिनियमता को समझने के लिए ज़रूरी है कि पहले असाधारण या अपवाद की स्थिति को समझा जाए।

उज्ज्वल कुमार सिंह ने अपनी किताब *स्टेट, डेमॉक्रैसी ऐंड ऐंटी-टेरर लॉ इन इण्डिया* में अपवाद की स्थिति के विमर्श के संदर्भ में कार्ल फ्रेड्रिख़, कार्ल शिमट और ग्योर्गी अगम्बेन के विचारों के ज़रिये भारत के संदर्भ में आतंक विरोधी क़ानूनों की 'असाधारणता' समझने की कोशिश की है। यह आतंक विरोधी क़ानूनों की असाधारणता ही है जो इनकी उत्पत्ति, प्रकृति, कार्य और प्रयोजन को स्पष्ट करती है।

सुरक्षा से जुड़े क़ानून एक ख़ास तर्काधार का पालन करते हैं, ये तर्काधार है राष्ट्र-राज्य को बनाये रखने का। कार्ल फ्रेड्रिख़ के विचारों में यह 'रीज़न ऑफ़ स्टेट' की अवधारणा से निकलता है। यह अवधारणा मानती है कि जब राज्य अस्तित्व संबंधी चुनौतियों से जूझ रहा हो तब उसे बनाये रखने के लिए किसी भी तरह के निरोधक उपायों का प्रयोग किया जाना चाहिए। यह अवधारणा चूँकि राष्ट्र-सुरक्षा के आयाम को वर्णित करती है, इससे राष्ट्र-सुरक्षा के लिए बनाये गये क़ानूनों की प्रकृति भी रेखांकित होती है। एक ऐसी स्थिति सामान्य या साधारण स्थिति से अलग मानी जाती है, जब राज्य के अस्तित्व को चुनौती दी जा रही हो। ऐसी स्थिति को असाधारण या अपवाद की स्थिति के रूप में चिह्नित किया जाता है। अपवाद की स्थिति फिर चुनौतियों से लड़ने के लिए असाधारण उपायों की भी माँग करती है।

आतंक विरोधी क़ानून इस अपवाद की स्थिति के विमर्श की पैदावार बन जाते हैं। यह कैसे होता है यह शिमट

और अगम्बेन के विचारों में अपवाद की समझ से स्पष्ट होता दिखता है। श्मिट बताते हैं कि अपवाद एक ऐसी स्थिति है जो क़ानून के दायरे से बाहर है। इसलिए साधारण क़ानून असाधारण स्थिति को सम्भालने में सक्षम नहीं है। ऐसी अपवाद की स्थिति, जो संकट की स्थिति मानी जाती है, का समाधान श्मिट एक सम्प्रभु तानाशाही के मॉडल में देखते हैं। इस मॉडल में सम्प्रभु वह है जो बताये कि क़ानून क्या है। इस व्यवस्था में व्याप्त साधारण व्यवस्था सम्प्रभु की इच्छा से बदली जा सकती है। आतंकवाद को राज्य सुरक्षा के लिए घातक मानकर अपवाद की स्थिति माना जाता है। ऐसे में आतंक-विरोधी क़ानूनों के अधिनियमन द्वारा व्याप्त व्यवस्था में उभरी अपवाद की स्थिति से निपटने के लिए फेरबदल किया जाता है। यह फेरबदल स्थापित मानक से विपरीत होता है।

इस बात पर विवाद रहा है कि अपवाद की स्थिति को क़ानूनी दायरे के अंदर माना जाए या इसके बाहर। कुछ पक्ष यह कहते हैं कि क़ानूनी दायरे के भीतर ही अपवाद की स्थिति का प्रावधान है जहाँ अपवाद से लड़ने की अनिवार्यता ही क़ानून बनाती है। दूसरा पक्ष यह मानता है कि अपवाद की स्थिति क़ानूनी दायरे के भीतर हो ही नहीं सकती क्योंकि वह क़ानूनी व्यवस्था से परे जाकर अपने ही प्रावधान बना सकती है। इस विवाद में जो पहलू 'अपवाद की स्थिति' और इसके संदर्भ में आतंक-विरोधी क़ानूनों की उत्पत्ति को समझने में सहायता करता है वह है अगम्बेन का विचार। अगम्बेन मानते है कि क़ानूनी दायरे के भीतर या बाहर दोनों ही पक्ष अपवाद की स्थिति की वास्तविकता को समझ नहीं पाते। उनके विचारों में अपवाद एक ऐसी स्थिति है जो क़ानूनी दायरे के भीतर और बाहर के अंतर को स्पष्ट करती है। यही अस्पष्टता आतंक-विरोधी क़ानूनों के प्रयोग में झलकती है जहाँ 'साधारण' और 'असाधारण' के बीच का अंतर भी काफ़ी अस्पष्ट रहता है।

आंतक विरोधी क़ानूनों की लोकतंत्र में जगह समझने के लिए इनकी उत्पत्ति के परिप्रेक्ष्य, प्रयोजन एवं प्रयोग के संदर्भ को समझना ज़रूरी है। इन सब पहलुओं में आतंक-विरोधी क़ानूनों की 'असाधारणता' सामने आती है। इसमें इस तरह के क़ानूनों के लोकतांत्रिक मूल्यों से टकराव की बात भी सामने आती है जिससे इनके औचित्य पर भी सवाल उठता है। इस तरह के क़ानूनों की बुनियाद औपनिवेशिक काल में क्रिमिनल लॉ (अमेंडमेंट) ऐक्ट (आपराधिक क़ानून (संशोधन) अधिनियम (1908) में देखी जा सकती है। इस ऐक्ट ने पहली बार 'ग़ैरक़ानूनी संगठन' (या अनलॉफ़ुल ऐसोसिएशन) की परिभाषा रखी थी। ग़ैरक़ानूनी संगठन ऐसा संगठन माना गया जो व्यक्ति को हिंसा या धमकी से जुड़ी गतिविधियों के लिए बढ़ावा दे या मदद करे।

स्वतंत्र भारत में असाधारण शक्तियों वाला क़ानून पहली बार 1967 में बनाया किया गया था। यह क़ानून था- अनलॉफ़ुल एक्टीविटीज़ प्रिवेंशन ऐक्ट (या यूएपीए)। लोकसभा में पारित होने से पहले विधेयक के रूप में इसे दो बार अस्वीकार कर दिया गया था क्योंकि लोग इसकी निरंकुश शक्तियों को लेकर चिंतित थे। 1967 में पृथकतावादी आंदोलनों के कारण सरकार को इन आंदोलनों की रोकथाम के लिए यूएपीए का लाना अनिवार्य लगा। यूएपीए-1967 ने केंद्रीय सरकार को संगठन की स्वतंत्रता के मौलिक अधिकार पर पाबंदी लगाने का अधिकार दिया। इस क़ानून के तहत कोई भी संगठन सिर्फ़ इस आधार पर प्रतिबंधित किया जा सकता था कि केंद्रीय सरकार यह मानती है कि वह ग़ैरक़ानूनी गतिविधियों को अंजाम दे रहा है। यूएपीए में 1967 से लेकर अब तक दो संशोधनों के ज़रिये कई बदलाव लाये गये हैं जो इसकी असाधारण शक्ति को नये आयाम देते हैं। पर यूएपीए में लाये गये हालिया संशोधनों को समझने के लिए यह अनिवार्य है कि इसके पहले अधिनियमित दो आंतक-विरोधी क़ानून टाडा और पोटा की प्रकृति को समझा जाए।

अस्सी के दशक में जब पंजाब में खालिस्तान आंदोलन प्रबल हो रहा था, तो उससे जूझने के लिए सरकार को एक असाधारण शक्तियों वाले क़ानून की ज़रूरत महसूस हुई। मई, 1985 में दिल्ली में हुए लगातार बम विस्फोटों को तत्काल कारण बताते हुए सरकार ने संसद में टाडा पारित किया। चूँकि असाधारण क़ानून स्थाई स्थितियों से जूझने के नहीं बल्कि तत्काल स्थितियों को रोकथाम के लिए बनते हैं, इसलिए इनका जीवनकाल भी अस्थाई माना जाता है। इसी विचार के तहत टाडा को दो साल के लिए लागू किया गया, पर अगले एक दशक तक टाडा का हर दो साल के बाद विस्तार किया जाता रहा।

यूएपीए की ही तरह टाडा के तहत कार्यपालिका के पास टाडा के प्रावधानों के इस्तेमाल की असाधारण शक्ति थी। टाडा के तहत साधारण क़ानूनों के मुक़ाबले निवारक नज़रबंदी, वारंट के बग़ैर गिरफ़्तारी की विस्तृत अवधि और जमानत आदि के लिए असाधारण प्रावधान मौजूद थे। साधारण क़ानून में मुक़दमे से पहले निवारक नज़रबंदी की अवधि 60 दिनों की हो सकती है पर टाडा के तहत इसे बढ़ाकर एक साल कर दिया गया। ग़ौरतलब है कि टाडा के भीतर किसी भी व्यक्ति को बिना किसी आरोप के एक साल तक ज़ेल में रखा जा सकता था। एक सामान्य नियम के रूप में टाडा के अंदर आरोपी को जमानत नहीं मिलती थी। ज़मानत तभी मिल सकती थी जब अदालत इस बात से संतुष्ट हो कि अभियुक्त दोषी नहीं है और ज़मानत मिलने के बाद किसी अपराध को अंजाम नहीं देगा। टाडा में स्वीकृति या इक़बाले-जुर्म का प्रावधान था। इसके दुरुपयोग की सम्भावना

सबसे ज़्यादा थी क्योंकि इसके तहत पुलिस के सामने किये गये इक़बाले-जुर्म को कोर्ट में सबूत को दर्ज़ा हासिल था। इस प्रावधान में इस बात की पूरी तरह उपेक्षा की गयी थी कि पुलिस के सामने अपराध-स्वीकृति ज़्यादातर दबाव में आकर की जाती है। ये प्रावधान टाडा की असाधारणता की पराकाष्ठा थी। टाडा किसी भी ऐसे क्षेत्र में लागू किया जा सकता था जिसे सरकार 'प्रभावित' घोषित करे। टाडा लागू होने के बाद वहाँ टाडा कोर्ट का गठन किया जाता था जिसके पास विध्वंसक और हिंसक गतिविधियों पर विचार करने का व्यापक अधिकार था। टाडा के भीतर ऐसी विध्वंसक और आतंकवादी गतिविधियों को दण्डनीय माना गया जो लोगों में आतंक फैलाये, जिससे जान और माल का नुक़सान हो या ऐसी धमकी दी जाए, कोई भी ऐसी गतिविधि जो भारत की सम्प्रभुता या अखण्डता को नुक़सान पहुँचाये या भारत के किसी भी क्षेत्र में पृथकतावाद से जुड़ी गतिविधियों का समर्थन करे।

टाडा के तहत खालिस्तान आंदोलन से जुड़े व्यक्तियों और कश्मीरी मुसलमानों से लेकर फ़िल्म अभिनेताओं तक, मानवाधिकार कार्यकर्ताओं से लेकर आम किसानों और आदिवासियों तक पर कार्रवाई की गयी। कुछ उदाहरण इस बात पर प्रकाश डालते हैं कि किस तरह इस क़ानून का इस्तेमाल राजनीतिक प्रतिरोध के ख़ात्मे के लिए किया गया है। मसलन, भारतीय किसान यूनियन के नेता बलवीर सिंह पर 1985 में टाडा लगाया गया, जब यूनियन ने किसान-माँगों को आगे रखने के लिए एक रेल रोको अभियान की योजना बनायी। पंजाब हाई कोर्ट के अवकाश-प्राप्त जज अजीत सिंह बेंस, पर यह मानकर टाडा लगाया गया कि वे खालिस्तान के समर्थक हैं। ग़ौरतलब है कि बेंस पंजाब मानवाधिकार संगठनों के अध्यक्ष के तौर पर सरकार के हाथों हो रहे अधिकार हनन के आलोचक भी थे। ऐसे कई पत्रकारों, ट्रेड यूनियन नेताओं एवं जागरूक छात्र नेताओं पर भी टाडा के तहत आरोप दर्ज किये गये। ज़्यादातर केसों में लम्बी अवधियों तक अभियुक्तों को ज़ेल में रखा गया, लेकिन बाद में इल्ज़ाम साबित नहीं हो पाया।

1993 में गृह मंत्रालय के आँकड़ों के हिसाब से 52,268 व्यक्ति टाडा के तहत हिरासत में लिये गये, और 1994 के आँकड़ों के अनुसार 67,000 लोगों को हिरासत में लिया गया। टाडा के आकलन के लिए केंद्र द्वारा बनायी गयी समीक्षा समिति ने माना कि केवल 5,000 केसों में ही टाडा के आरोप सही साबित हुए। इसका अर्थ था 60,000 से ज़्यादा लोग टाडा के तहत बेवजह गिरफ़्तार हुए। फिर भी सर्वोच्च न्यायालय ने 1994 के करतार सिंह बनाम पंजाब राज्य केस में टाडा की संवैधानिक वैधता को माना।

धीरे-धीरे टाडा के विरुद्ध नागर समाज में असंतोष काफ़ी बढ़ गया। मानवाधिकार आयोग ने भी इसे ख़त्म करने का सुझाव दिया। 1995 में टाडा का एक दशक पूरा होने के बाद इसका विस्तार नहीं किया गया और इसे भंग माना गया। टाडा के एक क़ानून के रूप में ख़त्म हो जाने के बाद भी इसके प्रावधानों के तहत चलने वाले केस जीवित माने गये हैं। ये आतंक-विरोधी क़ानूनों का सबसे विचलित करने वाला प्रावधान है जहाँ क़ानून के हटा लेने के बाद भी जितने लोगों पर इसके जीवनकाल में आरोप लगाये गये थे, वे चलते रहते हैं, जब तक कि फ़ैसला न हो जाए।

देखें : नागरिकता, भारत में नागरिकता विमर्श-1, 2 और 3, भारत में मानवाधिकार, भारत में मानवाधिकार आंदोलन, मानवाधिकार।

संदर्भ

1. उज्ज्वल कुमार सिंह (2007), *स्टेट, डेमॉक्रैसी ऐंड एंटी टेरर लॉ इन इण्डिया,* सेज पब्लिकेशंस, नयी दिल्ली.
2. उज्ज्वल कुमार सिंह (2011) 'मैपिंग ऐंटी टेरर लीगल रिज़ीम्स इन इण्डिया', कामराज और अन्य (सम्पा), *ग्लोबल ऐंटी टेररिज़्म लॉ ऐंड पॉलिसी,* दिल्ली: ऑक्सफ़र्ड युनिवर्सिटी प्रेस, नयी दिल्ली.

— **अनुष्का सिंह**

भारत में आतंक-विरोधी क़ानून-2

व्यवस्था-विरोध के ख़िलाफ़ दुरुपयोग

(Anti-Terror Law in India-2)

जब तर्क यह हो कि आतंकवाद जैसा अपराध साधारण क़ानून के दायरे में नियंत्रित नहीं किया जा सकता तो असाधारण क़ानून के लिए अनायास ही जगह बन जाती है। टाडा के ख़त्म हो जाने के बाद यह ख़ाली जगह सरकार के लिए चिंता का विषय थी। इसी समय अमेरिका में हुए 9/11 आतंकी हमले के बाद आतंकवाद से निपटने की वैश्विक मुहिम चल पड़ी। थी। 13 दिसम्बर, 2001 को हुए भारतीय संसद पर हमले के बाद आतंकवाद के ख़िलाफ़ संघर्ष का विमर्श इस क़दर तीव्र हुआ कि पोटा के रूप में तीसरे आतंक-विरोधी असाधारण क़ानून की जगह बन गयी। इसे पहले राजग सरकार ने एक अध्यादेश के रूप में लागू किया जिसने मार्च, 2002 में असाधारण शक्तियों से वाले एक क़ानून का रूप ले लिया।

पोटा को संसद में काफ़ी अवरोध का सामना करना पड़ा। इसका वामपंथी पार्टियों के साथ कांग्रेस ने जम कर विरोध किया। कांग्रेस का विरोध दिलचस्प रहा, क्योंकि 1967 में यूएपीए और 1985 में टाडा लाने के बाद कांग्रेस उसी तर्ज़ पर बने एक आंतक विरोधी क़ानून का विरोध कर रही थी।

टाडा की ही तरह पोटा में भी डिटेंशन (क़ैद करने), अपराध स्वीकृति, ज़मानत, सबूत आदि को लेकर असाधारण प्रावधान थे। पोटा ने आतंकवादी गतिविधि की परिभाषा टाडा की ही तर्ज़ पर रखी पर इसकी सीमा का और भी विस्तार करते हुए कुछ नये प्रावधानों को जोड़ा। इन प्रावधानों के ज़रिये इसने दूसरी कई गतिविधियों को भी दण्डनीय बनाया जैसे— आतंकवादी संगठन की सदस्यता, आतंकवादी संगठन को किसी भी तरह की आर्थिक या अन्य सहायता आदि।

पोटा में भी अपराध स्वीकृति या इक़बाले-जुर्म को अदालत में सबूत का दर्जा हासिल था। इसने टाडा से एक क़दम आगे जा कर पोटा में इलेक्ट्रॉनिक संचार के अवरोधन का प्रावधान भी शामिल किया गया। पोटा में टेलिफ़ोन को टैप करने की आज़ादी थी और इसे अदालत में सबूत के रूप में इस्तेमाल किया जा सकता था। यूएपीए के प्रावधान को संलग्न करते हुए पोटा के तहत उन सभी संगठनों को आंतकवादी संगठन माना गया और प्रतिबंधित किया गया जो अब तक यूएपीए की सूची में शामिल थे। प्रतिबंध की कोई अवधि निश्चित नहीं की गयी। इसके अलावा लिबेरेशन ऑफ़ तमिल टाइगर्स ईलम (एलटीटीई), स्टूडेंट्स इसलामिक मूवमेंट इन इण्डिया (सिमी), भारतीय कम्युनिस्ट पार्टी (मार्क्सवादी-लेनिनवादी), माओवादी कम्युनिस्ट सेंटर (एमसीसी) इत्यादि पर भी प्रतिबंध लगाया गया। ये सभी संगठन किसी न किसी राजनीतिक आंदोलन से जुड़े रहे हैं और व्यवस्था के ख़िलाफ़ विरोध प्रकट करते रहे हैं। इससे स्पष्ट है कि आतंक विरोधी क़ानून राजनीतिक प्रतिरोध को नष्ट करते हैं।

संसद पर हमले के केस में पोटा के असाधारण प्रावधानों का इस्तेमाल सबसे स्पष्ट रूप से दिखा। इस केस में सभी अभियुक्तों को पुलिस के सामने अपराध स्वीकृति और फ़ोन टैपिंग द्वारा इकट्ठा किये गये सबूतों की बिना पर ही दोषी क़रार दिया गया। टाडा की तरह ही पोटा को लेकर भी सर्वोच्च न्यायालय का रवैया सकारात्मक था। जब पीपुल्स यूनियन फ़ॉर सिविल लिबर्टी (पीयूसीएल) ने इस क़ानून पर प्रश्न उठाया तो अदालत ने फ़ैसला पोटा के हक़ में दिया। अदालत ने एक बार फिर 'रीज़न ऑफ़ स्टेट' जैसी अवधारणाओं के आधार पर असाधारण क़ानूनों की अनिवार्यता के विमर्श को क़ायम रखा।

सरकार द्वारा पोटा का इस्तेमाल राजनीतिक विरोध को पूरी तरह ख़त्म करने के लिए किया गया। मसलन, तमिलनाडु में एमडीएमके के नेता वायको और उत्तर प्रदेश में रघुराज प्रताप सिंह उर्फ राजा भैया के ख़िलाफ़ इन राज्यों की सरकारों ने पोटा का इस्तेमाल किया। पोटा के इस्तेमाल का प्रमुख कारण यह था कि इन नेताओं के अपने राज्य के सतारूढ़ दल से संबंध ख़राब हो गये थे। गुजरात सरकार ने गोधरा दंगों के सिलसिले में 59 लोगों पर पोटा लगाया। ये सभी मुसलमान थे और इन्हें ज़मानत नहीं दी गयी। आतंक विरोधी क़ानूनों के भीतर एक और भी चलन दिखाई पड़ा है जहाँ अभियुक्त पर आतंक विरोधी क़ानून के साथ एकाधिक आरोप लगाये जाते हैं। इन आरोपों में ज़्यादातर भारतीय दण्ड संहिता (आईपीसी) की वो धाराएँ शामिल होती हैं जो 'राज्य के विरुद्ध' अपराध की श्रेणी में आती हैं। इसके पीछे मुख्य मक़सद यह होता है कि अभियुक्त की सज़ा की अवधि बढ़ायी जाए और इसके साथ ही अगर आतंकवाद का आरोप सिद्ध न भी हो पाये तो आईपीसी की धाराओं के तहत केस चलता रहे।

पोटा के संदर्भ में पहली बार राज्य स्तर पर भी इस तरह की असाधारण शक्तियों वाले क़ानून लागू किये गये। जहाँ महाराष्ट्र सरकार द्वारा अधिनियमित मकोका (महाराष्ट्र कंट्रोल ऑफ़ ऑर्गनाइज़्ड क्राइम ऐक्ट) (1999, 2002) और गुजरात सरकार द्वारा लागू किया गया गुजरात कंट्रोल ऑफ़ ऑर्गनाइज़्ड क्राइम एक्ट इसके उदाहरण हैं। टाडा की तरह ही पोटा में भी यह प्रावधान था कि इसके ख़त्म हो जाने के बाद भी इससे जुड़े मुक़दमे चलते रहेंगे। टाडा की तुलना में पोटा में असाधारण शक्तियाँ ज़्यादा थीं और उनका दुरुपयोग भी ज़्यादा मात्रा में हुआ। टाडा की ही तरह पोटा के ख़िलाफ़ भी मानवाधिकार और नागर समाज में काफ़ी असंतोष पैदा हुआ। मानव अधिकार आयोग ने इसके औचित्य पर सवाल उठाते हुए कहा कि पोटा जिन गतिविधियों को दण्डित करता है उनके लिए साधारण क़ानून में प्रावधान पहले से मौजूद हैं इसलिए इस असाधारण क़ानून की कोई आवश्यकता नहीं है। चूँकि पोटा को लाते वक़्त कांग्रेस इसके विरोध में थी, इसलिए 2004 में सत्ता में आने पर कांग्रेस गठबंधन की सरकार ने इसे भंग कर दिया।

टाडा के बाद पोटा भी एक क़ानून के रूप में क़ानूनी पायदान से विलुप्त हो गया पर पोटा के प्रावधानों की निरंतरता बनी रही। यूएपीए में लाये गये संशोधनों ने इस निरंतरता को सुनिश्चित करने का काम किया। जहाँ एक ओर कांग्रेस पोटा के ख़िलाफ़ बढ़-चढ़ कर विरोध में खड़ी रही, वहीं उसने संशोधन के ज़रिये पोटा के प्रावधानों को यूएपीए में डालने में भी पूरा जोश दिखाया। यूएपीए के असाधारण क़ानून में संगठन की स्वतंत्रता का मौलिक अधिकार

प्रतिबंधित करने का प्रावधान 1967 से था। संशोधनों के बाद बन कर तैयार हुआ 'नया यूएपीए' अपनी व्यापकता में और भी विस्तृत था जिसमें भंग हो चुके दो और असाधारण क़ानूनों (टाडा और पोटा) के प्रावधान समाहित थे।

यूएपीए दो तरह की गतिविधियों को दण्डित करता है— ग़ैरक़ानूनी और आतंकवादी। ग़ैरक़ानूनी गतिविधियों से मतलब है कोई भी गतिविधि जो भारत के किसी भी क्षेत्र में पृथकता का समर्थन करे, भारत की सम्प्रभुता और अखण्डता को चुनौती दे या भारत के विरुद्ध असंतोष फैलाने की कोशिश करे। परिभाषा से स्पष्ट है कि इन दो दण्डनीय गतिविधियों के भीतर तमाम क़िस्म की राजनीतिक गतिविधियों को डाला जा सकता है जो राज्य की विविध नीतियों का विरोध करती हों। जिस प्रकार यूएपीए लागू किया गया है उससे साफ़ होता है कि सरकार इसका इस्तेमाल हर तरह के प्रतिरोध के दमन के लिए कर रही है। इस क़ानून के अंदर सिर्फ़ हत्या ही नहीं बल्कि किसी भी तरह के माल की क्षति को भी आतंकवाद की श्रेणी में डाला जाता है। यूएपीए केवल ग़ैरक़ानूनी और आतंकवादी गतिविधियों को ही नहीं बल्कि ऐसी किसी गतिविधि को अंजाम देने की चेष्टा को भी दण्डित करता है। इसका अर्थ है कि व्यक्ति उस कार्य के लिए भी आजीवन कारावास की सज़ा का हक़दार हो सकता है जिसे कभी अंजाम दिया ही न गया हो।

संगठन पर प्रतिबंध लगाने के प्रावधान में सिर्फ़ इतना ही काफ़ी है कि केंद्र सरकार को ऐसा लगता हो कि ऐसे संगठन पर प्रतिबंध लगा देना चाहिए। जहाँ एक ओर पोटा को भंग किये जाने के बाद उसके प्रावधानों को यूएपीए में डाल दिया गया था वही एक चीज छूट भी गयी। पोटा के अंदर प्रावधान था कि अगर पुलिस द्वेष की भावना से किसी पर पोटा लगाये तो उसका यह क़दम दण्डनीय माना जाएगा। यूएपीए के भीतर ऐसे किसी प्रावधान की कोई जगह नहीं रखी गयी। अगर असाधारण शक्तियों वाले क़ानून में नागरिक सुरक्षा की थोड़ी भी गुंजाइश थी तो उसे भी यूएपीए के भीतर से निकाल दिया गया।

यूएपीए जिस तरह से व्यवस्था के विरुद्ध आलोचनात्मक आवाज़ उठाने वाले लोगों पर लगाया गया है उससे यूएपीए के पीछे की राजनीति स्पष्ट हो जाती है। विनायक सेन और सीमा आज़ाद जैसे नागरिक स्वतंत्रता से जुड़े कार्यकर्ताओं पर यूएपीए लगाया जाना इसी बात का सबूत है। एक तरफ़ सेन छत्तीसगढ़ सरकार की सलवा जुडूम नीति के आलोचक थे, वहीं सीमा आज़ाद उत्तर-प्रदेश सरकार के गंगा एक्सप्रेस वे योजना की। इन आलोचनाओं की पृष्ठभूमि में इन्हें माओवादी गतिविधियों से जुड़ाव रखने के जुर्म में गिरफ़्तार किया गया। इसी तरह नारी अधिकार कार्यकर्ता कंचन बाला और उनके पति ट्रेड यूनियन नेता गोपाल पर यूएपीए लगाया गया। इस संदर्भ में सिमी पर लगाये गये प्रतिबंध भी उल्लेखनीय है। 9/11 के आंतकी हमले के बाद सिमी पर सिर्फ़ इसलिए बैन लगाया गया क्योंकि वह एक इसलामिक संगठन था। इससे पहले उसका किसी भी तरह की आतंकी गतिविधि का कोई रिकॉर्ड नहीं था। जिस तरह से यूएपीए का उपयोग किया गया है इससे राजनीतिक प्रतिरोध और आपराधिक गतिविधियों के बीच का अंतर ख़त्म होता रहा है। राजनीतिक प्रतिरोधी आज इन असाधारण आतंक विरोधी क़ानूनों की चपेट में अपराधी की श्रेणी में खड़े है। ये लोकतंत्र के भीतर न तो अभिव्यक्ति की स्वतंत्रता न ही संघ की स्वतंत्रता के मौलिक अधिकार का प्रयोग करने में सक्षम हैं।

आतंक विरोधी क़ानूनों की असाधारणता भले ही लोकतंत्र में एक अपवाद की तरह देखी जाती हो पर सत्य यह है कि यह अपवाद लोकतंत्र का एक स्थाई अंग बन चुका है। अगम्बेन ने अपवाद की स्थिति को क़ानूनी दायरे के भीतर और बाहर के अंतर को अस्पष्ट करने वाली स्थिति के रूप में परिभाषित किया था। लेकिन आतंक-विरोधी क़ानूनों का प्रयोग यही सिद्ध करता दिखता है। उज्ज्वल कुमार सिंह इसी विचार को भारत के आतंक-विरोधी क़ानूनों के संदर्भ में समझते हुए दर्शाते हैं कि किस तरह अपवाद की स्थिति में बनने वाले असाधारण क़ानून धीरे-धीरे साधारण क़ानूनी दायरे के भीतर सामान्यीकृत होते जाते हैं या सामान्य जगह पाते जाते हैं। साधारण और असाधारण क़ानून के बीच का भेद अस्पष्ट होता जाता है। परिणामस्वरूप साधारण क़ानूनों में असाधारण क़ानूनों के हिसाब से फेरबदल किये जाते हैं और कई बार पारस्परिक प्रावधान भी डाले जाते हैं। जिस तरह एकाधिक (मल्टीपल) चार्ज़ का चलन आतंक-विरोधी क़ानूनों के भीतर है, उससे असाधारण क़ानून के साथ साधारण क़ानून की धाराएँ लगा कर अभियुक्त की सामाजिक वैधता और सज़ा की अवधि दोनों से ही खिलवाड़ किया जाता है। भंग होने के बाद भी आतंक-विरोधी क़ानूनों के तहत अभियोग का लगा रहना इनके स्थाईकरण का सबसे बड़ा नमूना है।

लोकतंत्र के लिए सबसे ख़तरनाक बात यह है कि किसी असाधारण स्थिति से निपटने के लिए बने असाधारण शक्तियों वाले क़ानून का स्थाईकरण हो जाना। ये तमाम क़ानून लोकतांत्रिक अधिकारों को हाशिये पर ला खड़ा करते हैं। इन क़ानूनों के भीतर न तो स्वतंत्रता के मौलिक अधिकार का सम्मान है, न ही विधि के शासन का। इसके अंदर केवल राज्य की सत्ता का सरकार के हाथों निरंकुश इस्तेमाल का प्रावधान है।

देखें : नागरिकता, भारत में नागरिकता विमर्श-1, 2 और 3, भारत में मानवाधिकार, भारत में मानवाधिकार आंदोलन, मानवाधिकार।

भ

संदर्भ

1. कोऑर्डिनेशन ऑफ़ डेमॉक्रैटिक राइट्स कमेटी (सीडीआरओ) (2012), *द टेरर ऑफ़ लॉ, यूएपीए ऐंड मिथ ऑफ़ नैशनल सिक्योरिटी*, प्रोग्रेसिव प्रिंटर्स, नयी दिल्ली.
2. पीपुल्स यूनियन फ़ॉर डेमोक्रेटिक राइट्स (पीयूडीआर) (1993), *लॉलेस रोड्स, अ रिपोर्ट टु टाडा : 1985-1993*, नयी दिल्ली.
3. पीपुल्स यूनियन फ़ॉर डेमोक्रेटिक राइट्स (पीयूडीआर) (2003), *ट्रायल ऑफ़ एरर्स, अ क्रिटीक ऑफ़ पोटा कोर्ट जजमेंट ऑन द 13 दिसम्बर केस*, नयी दिल्ली.

— अनुष्का सिंह

भारत में उपनिवेशवाद

(Colonialism in India)

भारत को उपनिवेशीकरण के बंधनों में जकड़ने की प्रक्रिया मुख्यतः तीन चरणों में चली। पहला चरण वह था जब पंद्रहवीं, सोलहवीं और सत्रहवीं सदी में पुर्तगालियों, डचों, फ्रांसीसियों और अंग्रेज़ों ने भारतीय उपमहाद्वीप में तिजारत के लिए अपनी चौकियाँ क़ायम कीं। दूसरा चरण ब्रिटिश ईस्ट इण्डिया कम्पनी के प्रभुत्व का था। कम्पनी ने कभी संधि और कभी युद्ध की रणनीति के चतुर इस्तेमाल से एक-एक करके कमज़ोर होते हुए मुग़ल साम्राज्य को, पश्चिम में पेशवाओं और मराठाओं को, दक्षिण में मैसूर के सुल्तान को, हैदराबाद में निज़ाम को और उत्तर में सिक्खों को क़ाबू में किया। तीसरा चरण कम्पनी के शासन के ख़िलाफ़ 1857 में हुए विद्रोह का था जिसके दमन के बाद ब्रिटेन ने ईस्ट इण्डिया कम्पनी से भारत का शासन हस्तगत कर लिया और प्रतीकात्मक रूप से ब्रिटिश महारानी भारत की साम्राज्ञी हो गयीं।

भारतीय समाज के प्रति अंग्रेज़ों के रवैये को 1857 से पहले और बाद की अवधियों में बाँटा जा सकता है। 1835 के मशहूर मैकाले मिनट्स के बाद अंग्रेज़ों ने भारतीय कॉलेजों और स्कूलों में शिक्षा के माध्यम के रूप में अंग्रेज़ी भाषा को अपनाने का ऐतिहासिक निर्णय लिया। अंग्रेज़ी की क्लासिक रचनाएँ, क़ानूनी और वैज्ञानिक पुस्तकें पहले से ही पश्चिम प्रभावित पढ़े-लिखे भद्र वर्ग में लोकप्रिय थीं। अंग्रेज़ी में शिक्षा शुरू होते ही इस प्रक्रिया का दायरा बढ़ गया। दिलचस्प बात यह है कि कम्पनी अंग्रेज़ी को थोपने का इरादा नहीं रखती थी। उसकी रुचि तो देशी भाषाओं में ही शिक्षा देने की थी। अंग्रेज़ी में पढ़ाई की शुरुआत तो राजा राममोहन राय जैसे सुधारवादी भारतीयों के आग्रह के कारण हुई। इसके बाद अंग्रेज़ी पढ़े-लिखे और उदारतावादी विचारों में पगे भारतवासियों का एक वर्ग बनता चला गया। ये लोग पश्चिम के प्रशंसक थे और विदेशी आकाओं की सेवा करने के लिए 'क्लर्क' बनने के लिए तैयार थे। इनमें कुछ ने वकालत का, कुछ ने अध्यापन का, कुछ ने वाणिज्य और उद्योग का पेशा अपनाया। कुछ विदेश जाने और वहाँ शिक्षा प्राप्त करने में सफल रहे। इन्हीं में से कुछ ने समाज सुधार का ज़िम्मा उठाया, कुछ ने पत्रकारिता की, कुछ ने डॉक्टरी की और कुछ एकाउंटेंसी में चले गये। कुछ ने राजनीति में जाना पसंद किया।

यह भारत का नया मध्यवर्ग था जिसने हुकूमत करने में अंग्रेज़ों का हाथ बँटाया। लेकिन इसी के माध्यम से व्यक्तिवाद और संविधान आधारित शासन के विचार एक परम्परानिष्ठ और अ-राजनीतिक समाज के गले उतारे जा सके। समाज सुधार की आकांक्षा भी इसी वर्ग में सबसे पहले पैदा हुई। 1828 से 1835 के बीच गवर्नर-जनरल विलियम बैंटिक ने राममोहन राय के आग्रह पर सती, ठगी और बालिका शिशुओं की काली देवी के सामने बलि देने की प्रथा पर पाबंदी लगायी। स्त्रियों के ख़िलाफ़ होने वाले घोर अन्यायों को रोकने के लिए कई क़दम उठाये गये। इसी प्रक्रिया में यह वर्ग आज़ादी, लोकतंत्र और समाजवाद के विचारों से भी वाक़िफ़ हुआ जिसके कारण उन्हीं के भीतर से अंग्रेज़ी प्रभुत्व को चुनौती देने वाले लोग निकले जिन्होंने आगे चल कर राष्ट्रवाद का झण्डा बुलंद किया।

1857 के विद्रोह के बाद यह स्थिति बदल गयी। अंग्रेज़ हुक्मरानों का रवैया समाज-सुधारों को समर्थन देने वाला नहीं रह गया। बग़ावत कुचलने में उन्हें सफलता ज़रूर मिली और उनकी नीतियों के कारण पुराना भारत राजनीतिक और आर्थिक रूप से एक हद तक बदला भी, पर विद्रोह के कड़वे अनुभव के प्रभाव में अंग्रेज़ भारतीय समाज के प्रति निःशंक नहीं हो सके। उनका रवैया या तो अनुदार या फिर ज़्यादा से ज़्यादा शंकित उदारता का हो गया। उन्होंने फूँक-फूँक कर क़दम रखे और भारतीय समाज की संरचना में किसी बुनियादी फेरबदल की परियोजना का नेतृत्व नहीं किया। विक्टोरिया की सरकार ने प्रशासन सीधे अपने हाथ में लेकर *पैक्स ब्रिटानिका* के सिद्धांत को लागू किया जिसका एक मतलब स्थानीय प्रथाओं को अस्थिर न करने के आग्रह से जुड़ा था। परिणामस्वरूप ब्रिटिश शासन तटस्थ हो गया और समाज सुधार सरकार प्रयासों से होने के बजाय भारतीय बुद्धिजीवियों और नेताओं की कोशिशों तक सीमित रह गये।

ज़ाहिर था कि अंग्रेज़ हुकूमत में भारतीय समाज की पुनर्रचना करने की क्षमता का अभाव था। वक़्त गुज़रने के साथ-साथ समाज में औपनिवेशिक हस्तक्षेप घटता चला

गया। जिस समय नयी परिस्थितियों के कारण लोगों की सामाजिक स्थिति में भारी असंतुलन पैदा हो रहा था, देश को आधुनिक अधिकारी-तंत्र और सक्षम प्रशासन का ढाँचा प्रदान करने वाली ब्रिटिश सरकार कुल मिला कर सामाजिक और आर्थिक मुद्दों पर अनुदार ताक़तों की नुमाइंदगी कर रही थी। उन्नीसवीं सदी के उत्तरार्ध और बीसवीं सदी के पूर्वार्ध में भारत की आबादी तेज़ी से बढ़ी, लेकिन खेतिहर पैदावार में उसके मुताबिक़ बढ़ोतरी नहीं हुई। प्रति व्यक्ति आमदनी गिर गयी। जीवन-स्थितियाँ कठोर हो गयीं। इसी ज़माने में शहरीकरण, रेलवे और संचार के अन्य साधनों का विस्तार हो रहा था। नये समाचार माध्यम विकसित हो रहे थे। मध्यवर्ग मज़बूत हो रहा था, ग़ैर-पारम्परिक सभा-संस्थाओं की संख्या बढ़ रही थी। सामाजिक नवीकरण की परिस्थितियाँ बन रही थीं। पर अंग्रेज़ों ने अपने अनुदार रवैये के कारण समाज के पक्ष में इन परिस्थितियों का लाभ नहीं उठाया और आधुनिकीकरण को उनके कारण किसी तरह का उछाल नहीं मिला। अंग्रेज़ों के इस रवैये की आलोचना अछूतों के नेतृत्व के प्रश्न पर गाँधी से होड़ करने वाले डॉ. भीमराव आम्बेडकर ने भी की है। इन परिस्थितियों का लाभ उठाया उस वर्ग ने जो औपनिवेशिक आधुनिकता के संसर्ग में स्वाधीनता और राष्ट्रवाद से परिचित हुआ था। अंग्रेज़ समझते थे कि वे सामाजिक अनुदारता अपना कर भारतवासियों को फुसला लेंगे। लेकिन उनकी ऐसी हर कोशिश के बदले उन्हें उतने ही अधिक राजनीतिक असंतोष का सामना करना पड़ा।

अंग्रेज़ों की सामाजिक अनुदारता के बावजूद औपनिवेशिक प्रभाव की व्यापकता, ताक़त और स्थायित्व से इनकार नहीं किया जा सकता। औपनिवेशिक शासन ने पहली बार भारतीय उपमहाद्वीप के एक बड़े हिस्से को एक केंद्रीय राजनीतिक प्राधिकार के तहत लाने में कामयाबी हासिल की। इससे पहले भारतीय इतिहास में कभी कोई एक राजनीतिक केंद्र की जानकार नहीं मिलती। हालाँकि क़रीब एक तिहाई भारत राजों-रजवाड़ों के नियंत्रण में रहा, पर अंग्रेज़ों की साम्राज्यिक श्रेष्ठता इन देशी रियासतों द्वारा भी मानी जाती रही। अंग्रेज़ों की हुकूमत को भीतरी और बाहरी हमलों का डर नहीं था। यह एक बड़ी उपलब्धि थी।

मुसलमान शासन में फैली रहने वाली अशांति और असुरक्षा की निरंतरता के बजाय क़ानून और व्यवस्था के शासन का स्वाद अंग्रेज़ों के तहत ही भारतवासियों ने चखा। उन्होंने एकीकृत और अपेक्षाकृत समरूप प्रशासन की स्थापना की। उन्होंने मुग़लों द्वारा बनाये गये ज़िलों को ही प्रशासन का आधार बनाया। उनकी पदानुक्रमवादी प्रशासनिक मशीनरी शीर्ष यानी केंद्र से शुरू होती हुई प्रांतों से गुज़र कर ज़िलों तक जाती थी। मुग़ल काल के विपरीत ज़िला प्रशासन के इंचार्ज अफ़सर को निजी फ़ायदे के लिए आबादी को दबाने या चूसने की इजाज़त नहीं थी। उसे हर हालत में केंद्र के प्रति जवाबदेह रहना पड़ता था।

अंग्रेज़ों ने भारत में ग्रेट ब्रिटेन से भी पहले योग्यता और खुली प्रतियोगिता के आधार पर आधुनिक नौकरशाही का प्रयोग किया। पहले इण्डियन सिविल सर्विस (आईसीएस) के अधिकारी केवल अंग्रेज़ होते थे, पर बाद में यह मौक़ा भारतवासियों को भी मिलने लगा। सिविल सर्विस के सदस्यों को योग्यता, शिक्षा और भद्र पृष्ठभूमि के आधार पर बड़ी सावधानी से चुना जाता था। ये अफ़सर ज़िलों के इंचार्ज होते थे। उनके नेतृत्व में ही राजस्व वसूला जाता था और जनता को इंसाफ़ देने की कोशिश होती थी। ज़िलाधिकारी न्यायिक मजिस्ट्रेट भी होता था।

समय के साथ अंग्रेज़ों ने धीरे-धीरे अदालती व्यवस्था भी खड़ी की जिसका आधार एंग्लो-सेक्सन न्यायिक सिद्धांत और क्रियाविधि थी। इसके बाद उन्होंने एक ऐसा सामाजिक-आर्थिक प्रशासन स्थापित किया जिसका सैद्धांतिक आधार लोकोपकारी क़िस्म का था। इससे कई तरह की सामाजिक विषमताओं के ख़िलाफ़ क़दम उठाने में मदद मिली। परम्परा को झटका लगा और मनुष्य व समाज को देखने की नयी दृष्टि का प्रचलन हुआ।

भारत पर उपनिवेशवाद के प्रभाव को समझने की मार्क्सवादी दृष्टि मानती है कि अंग्रेज़ों ने भारतीय समाज को आधुनिकता के रास्ते पर चलाने के लिए इतिहास के अनिच्छुक एजेंट की तरह काम किया। मार्क्स ने अपनी भारत संबंधी रचनाओं में दिखाया है कि किस तरह उपनिवेशवादियों ने भारत के कपड़ा उद्योग को नष्ट किया और सरकार द्वारा किये जाने वाले निर्माण कार्यों की उपेक्षा की। वे अंग्रेज़ों द्वारा भारतवासियों पर दासता लादने की कठोर आलोचना करते हैं और 1857 के विद्रोह को पहले स्वतंत्रता संग्राम के रूप में चित्रित करने से भी परहेज़ नहीं करते। लेकिन, दूसरी तरफ़ मार्क्स की निगाह में औपनिवेशिक शासन एक दूसरे ढंग से लाभकारी भी था। उसने एक ऐसी आर्थिक प्रणाली की शुरुआत की जिसके तहत उत्पादन की प्रक्रिया में क्रांतिकारी परिवर्तन किया जा सकता था। अंग्रेज़ों ने ऐसे प्रौद्योगिकीय परिवर्तनों की शुरुआत की जिनका असर दूरगामी तौर पर आम लोगों के जीवन पर पड़ सकता था। मार्क्स भारत को एशियाई उत्पादन प्रणाली के तहत रखते हैं और उनकी मान्यता है कि उपनिवेशवाद के कारण यह ग़ैर-पूँजीवादी उत्पादन प्रणाली टूट गयी। वे भारतीय समाज को एक परिवर्तन विरोधी जड़ समाज के रूप में देखते हैं जो गाय और बंदर की उपासना के फेर में फँसा हुआ था।

मार्क्स के विश्लेषण का यह अंतर्विरोध काफ़ी विवादास्पद रहा है। एशियाई उत्पादन प्रणाली जैसी अपनी

धारणा को उन्होंने फिर कभी पलट कर स्पर्श तक नहीं किया। मार्क्स के इस सीमित विश्लेषण के आधार पर उनके अनुयायियों ने उपनिवेशवाद और भारतीय समाज की अन्योन्यक्रिया को आर्थिक पहलुओं की रोशनी में देखा जिसके कारण उन्हें आर्थिक नियतिवाद के आरोप का सामना करना पड़ा। मार्क्सवादी विश्लेषण की दूसरी आलोचना इसलिए हुई कि उसके आधार में पूर्वी समाजों के बारे में पर्याप्त प्राक्-औपनिवेशिक जानकारियाँ नहीं थीं।

देखें : ग़ैर-सरकारी संस्थाएँ, ग़ैर-सरकारी संस्थाएँ : भारत में, ग़ैर-दलीय राजनीति, धीरूभाई शेठ, नागरिकता, नागरिकता : अन्य परिप्रेक्ष्य, नागर समाज, नागरिक समाज : भारतीय बहस, पार्थ चटर्जी, मानवाधिकार, भारत में नागर समाज और ग़ैर-दलीय राजनीति-1 से 3 तक, भारत में नागरिकता-विमर्श-1 से 3 तक, भारत में मानवाधिकार, भारत में मानवाधिकार आंदोलन, भारत में सार्विक मताधिकार, भीखू छोटालाल पारिख, रजनी कोठारी, राजनीतिक समाज, सुदीप्त कविराज।

संदर्भ

1. रजनी कोठारी (1969), *पॉलिटिक्स इन इण्डिया,* ओरिएंट लोंगमेन, नयी दिल्ली, 1969, देखें : दूसरा अध्याय 'हिस्टोरिकल एंटेसिडेंट'
2. बी.बी. मिश्रा (1961), *द इण्डियन मिडिल क्लासेज़ : देयर ग्रोथ इन मॉडर्न टाइम्स,* लंदन.
3. कार्ल मार्क्स (1985), *द फ़र्स्ट इण्डियन वार ऑफ़ इनडिपेंडेंस, 1857-1859,* फ़ॉरेन लेंग्वेज पब्लिकेशन हाउस, मास्को.

— अभय कुमार दुबे

भारत में किसान संघर्ष-1

1857 से 1947 के बीच

(Peasant Struggles in India-1)

भारत की बनावट कृषि-प्रधान है। लेकिन खेतिहर उत्पादन की पूरी ज़िम्मेदारी उठाने के बावजूद किसानों की बहुसंख्या मँझोले, ग़रीब और भूमिहीन की श्रेणी में आती है। सामाजिक तौर से ये किसान समुदाय निचली जातियों (शूद्र और अंत्यज) के सदस्य हैं। परिणामस्वरूप शोषित, वंचित और दमित स्थितियों में जीवन-यापन करना उनकी विवशता रही है। खेतिहर सामाजिक-आर्थिक व्यवस्था के इस अंतर्विरोध ने अनगिनत किसान आंदोलनों और संघर्षों को जन्म दिया है। कृषक-संघर्षों के अध्येताओं और सिद्धांतकारों के अनुसार औपनिवेशिक शासन के दौरान 1857 के सिपाही विद्रोह में किसानों ने बड़े पैमाने पर भागीदारी की थी। 1855-56 के बीच बिहार, बंगाल और उड़ीसा में संथालों ने हथियार उठाये। फिर 1836 और 1896 में मलाबार के इलाक़े में मोपला किसानों ने बग़ावत की। 1860 में बिहार और बंगाल के नील किसानों ने विद्रोह किया। 1873 में पबना (सिराजगंज, बंगाल) के किसानों ने और 1875 में पुणे में मराठा किसानों ने संघर्ष किया। उन्नीसवीं सदी के आख़िरी दशक में आदिवासी-किसानों के मुंडा और संथाल विद्रोह हुए। इन बड़े-बड़े आंदोलनों के अलावा अध्येताओं ने ऐसे अपेक्षाकृत छोटे 77 किसान आंदोलनों की सूची भी बनायी है जिनके तहत समय-समय पर हज़ारों किसानों की गोलबंदी हुई।

बीसवीं सदी के पहले तीन दशकों में किसान आंदोलनों की बागडोर आधुनिक राजनीतिक पार्टियों ने सँभालनी शुरू की। कांग्रेस ने अपनी राष्ट्रवादी परियोजना के लिए किसानों का समर्थन जीतने की कोशिश की जिसका नतीजा चम्पारण, खेड़ा और बारदोली जैसी किसान गोलबंदियों में निकला। कम्युनिस्टों ने किसान सभा के ज़रिये उनके बीच विचारधारात्मक और राजनीतिक आधार बनाने का कार्यक्रम लिया। कम्युनिस्टों के नेतृत्व में 1946 में बंगाल का जुझारू तेभागा आंदोलन हुआ, और 1946 से 1948 के बीच लाल झण्डे के तहत ही तेलंगाना के किसानों ने हथियारबंद संघर्ष किया। 1946 में ही ट्रावणकोर (कोच्चि) में पुन्नपरा-वायलार किसान आंदोलन और पुणे-थाणे का वरली आदिवासी किसान विद्रोह भी हुआ।

समाज-विज्ञान में भारतीय किसान आंदोलनों को समझने के कई मॉडल प्रचलित हैं। पहला मॉडल एरिक वॉल्फ़ का है जो एशिया, अफ़्रीका और लातीनी अमेरिका की किसान क्रांतियों के आईने का इस्तेमाल करता है। इसके मुताबिक़ मुख्यत: तीन ऐसे संकट हैं जो किसानों में विद्रोही चेतना पैदा करते हैं : जनसंख्यामूलक, पारिस्थितिकीय और सत्ता व अधिकार का संकट। इस मॉडल के भारतीय पैरोकारों का दावा है कि उन्नीसवीं और बीसवीं सदी में बाक़ी कृषक-समाजों की भाँति भारत के किसानों को भी बार-बार इन्हीं संकटों का शिकार हो कर मज़बूरन विद्रोह का रास्ता अपनाना पड़ा। किसी संघर्ष या क्रांति के पचास या सौ साल पहले हुई आबादी में बढ़ोतरी के धीरे-धीरे जमा हुए प्रभावों के कारण कृषक-समाज तनाव का शिकार हो जाता है। जनसंख्या बढ़ने से संसाधन कम पड़ जाते हैं। फलस्वरूप ज़मीन पर दबाव बढ़ता है जिसकी ख़रीद-फ़रोख़्त और बढ़ते हुए लगान से किसानों के जीवन पर विपरीत असर पड़ता है। यह परिस्थिति दूसरे यानी पारिस्थितिकीय संकट को जन्म देती है। फिर इन दोनों के संयोग से तीसरा और सबसे महत्त्वपूर्ण संकट पैदा

होता है जिसके तहत संसाधनों के नये नियंत्रक (साहूकार-ज़मींदार-सरकार की तिकड़ी) सत्ता और अधिकार के अनुपात को अपने पक्ष में झुका लेते हैं। एक सीमा तक बर्दाश्त करने के बाद किसान-समुदायों को संघर्ष में उतरना पड़ता है।

दूसरा मॉडल कैथलीन गफ़ का है जो मुख्यतः भारत के किसान संघर्षों का अध्ययन करके ही बनाया गया है। उन्होंने अंग्रेज़ों के ज़माने में हुए किसान संघर्षों को उनके लक्ष्यों, विचारधारा और संगठन-पद्धति के लिहाज़ से समझने के लिए मोटे तौर पर पाँच भागों में बाँटा है : अंग्रेज़ों को भगा कर उनकी जगह पूर्व-शासकों और पिछले भूमि-संबंधों को फिर से स्थापित करने के लिए हुए संघर्ष, किसानों के लुटेरे गिरोहों द्वारा प्रभुत्वशाली तत्त्वों को लूट कर ग़रीबों की मदद करने के लिए चलाई गयी मुहिमें, शासन के नये रूप से किसी क्षेत्र या जातीय समूह को मुक्त करने के लिए चलाये गये धार्मिक क़िस्म के संघर्ष, समुदाय को इंसाफ़ दिलाने के लिए की जाने वाली आंतकवादी कार्रवाइयाँ और अपनी विशिष्ट माँगों को मनवाने के लिए किये गये जन-विद्रोह। गफ़ मानती है कि ये सभी क़िस्में परस्परव्यापी हैं और उनके पीछे मुख्यतः दो कारण रहे हैं : किसानों के बीच लगातार बढ़ती ग़ुरबत के ख़िलाफ़ गहरा विक्षोभ; और किसानों के ख़िलाफ़ सत्तारूढ़ शक्तियों द्वारा अपनाया गया क्रूर और अत्याचारी रवैया।

सिदो मुर्मू और कान्हू मुर्मू : संथाल विद्रोह (1857-1858)

तीसरा मॉडल डी.एन. धनगरे ने सूत्रबद्ध किया है जिसमें उन्होंने गफ़ की धारणाओं का सहारा भी लिया है। धनगरे किसान प्रतिरोधों को छह क़िस्मों में बाँटते हैं जिनमें पहली दो क़िस्मों का चरित्र 'रूपांतरकारी' है पर 'क्रांतिकारी' नहीं। ये हैं : स्थानीय शासकों की वापिसी के लिए अंग्रेज़ों के ख़िलाफ़ चलाई गयी मुहिमें (मुख्यतः उन्नीसवीं सदी की परिघटना) और किसी एक क्षेत्र की मुक्ति के लिए चलाये गये धार्मिक प्रवृत्तियों वाले विद्रोह (जैसे मोपला किसानों का विद्रोह)। अगली तीन क़िस्मों को धनगरे सुधारवादी ठहराते हैं जिनका मक़सद आंशिक परिवर्तन से ज़्यादा नहीं था, भले ही उनमें आंदोलन के शांतिपूर्ण तरीक़े अपनाये गये हों या हथियारबंद (जैसे पैदावार के दो-तिहाई हिस्से पर दावेदारी करने वाला तेभागा आंदोलन)। किसान संघर्षों की आख़िरी क़िस्म धनगरे के मुताबिक़ वह है जिसमें हिंसक साधनों का सहारा लेने से परहेज़ किया गया (जैसे खेड़ा, बारदोली और चम्पारण के किसान आंदोलन)।

बीरसा मुंडा (1875-1900)

हालाँकि धनगरे का दृष्टिकोण भी मार्क्सवादी है, पर चौथा मॉडल उन मार्क्सवादियों का है जो मानते हैं कि किसान ज़मींदारों, सूदखोरों और राज्य द्वारा किये जाने वाले आर्थिक दोहन के ख़िलाफ़ किसान बग़ावत पर उतरते हैं। इस मॉडल में किसानों पर जाति-प्रथा के प्रभाव को नज़रअंदाज़ किया गया है और आर्थिक पहलू को बहुत ज़्यादा प्रमुखता दी गयी है। कम्युनिस्टों के नेतृत्व में किसान सभाओं द्वारा शुरू की गयी खेत मज़दूर यूनियनों की विफलता इस मॉडल की अपर्याप्तता की तरफ़ इशारा करती है।

भारतीय समाज में ज़्यादातर खेत मज़दूर दलित और अन्य निचली जातियों से आते हैं। इसलिए द्विज जातियों के भूमिहीन किसान खेत मज़दूर सभा में शामिल होने के लिए तैयार नहीं हुए। वैसे भी मार्क्सवादी मुख्य तौर पर मिडिल पीज़ेंट थियरी के अनुयायी रहे हैं जिसकी स्थापना लेनिन ने की थी। लेनिन के विचार में हमज़ा अलवी ने अच्छी-ख़ासी तरमीम की और मँझोले किसान को क्रांतिकारी सम्भावनाओं और एजेंसी से लैस क़रार दिया। अलवी के हस्तक्षेप के बाद व्यावहारिक रूप से भारत के मार्क्सवादी मानने लगे कि जिसके पास ज़मीन नहीं वह किसान नहीं। इसीलिए किसान सभा में खेतिहर मज़दूरों को शामिल नहीं किया गया, और उन्हें संगठित करने के लिए बहुत बाद में खेत मज़दूर सभा का टूटा-फूटा प्रयोग हुआ।

किसान संघर्षों का पाँचवाँ और बहुचर्चित मॉडल रणजीत गुहा ने पेश किया जिस पर अकादमीय हलकों में ज़बरदस्त बहस हुई। इसे सबाल्टर्न मॉडल के नाम से जाना जाता है। गुहा ने तीन तरह के विमर्श चिह्नित किये जिनके कारण किसान संघर्षों की सही बनावट और उनका सार रेखांकित नहीं हो पाया। सबसे पहले तो औपनिवेशिक प्रभुओं ने 'प्राथमिक' विमर्श के ज़रिये किसान विद्रोहों को ऐसी अवांछनीय बग़ावतों के रूप में चित्रित किया जिन्हें फ़ौरन

कुचल दिया जाना चाहिए था। इसके बाद 'द्वितीयक' विमर्श के रूप में भारतीय अभिजन ने अपनी विचारधारा की पुष्टि के लिए किसान विद्रोहों की अपने हिसाब से व्याख्या की। इस अभिजन ने किसान आंदोलनों का नेतृत्व करने का दावा भी किया। 'तृतीयक' विमर्श रैडिकल विचारधाराओं के पैरोकारों ने पेश किया और किसानों के इतिहास का विनियोग करने की प्रक्रिया अपने विचारधारात्मक मक़सदों से चलाई। इन तीनों विमर्शों की आलोचना करने के बाद गुहा ने कहा कि भारतीय या विदेशी अभिजन या रैडिकल तत्त्वों के बजाय किसानों के अपने दृष्टिकोण को सामने लाने की कोशिश करनी चाहिए। अभिजनों या रैडिकल विचारधाराओं के बजाय साधारण किसानों का इतिहास लिखा जाना चाहिए। इस तरह रणजीत गुहा ने 'जनता के इतिहास' या 'आधार से उभरने वाले इतिहास' की वकालत की।

अपनी विख्यात रचना *एलीमेंटरी आस्पेक्ट्स ऑफ़ पीज़ेंट इंसरजेंसी इन कोलोनियल इण्डिया* में मुख्य तौर पर पूर्वी भारत में हुए उन्नीसवीं सदी के आख़िरी दौर में हुए संथाल और मुंडा विद्रोहों की चर्चा की। उन्होंने इस इतिहास-लेखन को 'प्रोज़ ऑफ़ काउंटर-इंसरजेंसी' की संज्ञा दी। ये आदिवासी समुदाय अपेक्षाकृत समरूप क़िस्म के थे, इसलिए गुहा का मॉडल उन पर तो फिट हो गया, लेकिन ग़ैर-आदिवासी किसान समुदाय इतने समरूप न हो कर जाति, वर्ग और जेंडर के आधार पर ख़ासे विभेदीकृत थे। आदिवासियों को छोड़ कर अधिकतर किसान समुदाय धनी, मँझोले और ग़रीब किसानों में बँटे हुए थे। न केवल उनके बीच विभेद थे, बल्कि निचले वर्ग अपनी सबाल्टर्न हैसियत छोड़ कर क्षत्रिय बनने के ज़रिये ऊपर उठने की महत्त्वाकांक्षाओं से लैस भी थे। इस आलोचना के जवाब में गुहा ने एक दावा यह भी किया कि एक ख़ास स्थिति में (जैसे, टैक्सों का भारी बोझ) हर तरह के किसानों का हित एक जैसा हो जाता है और वे मिल-जुल कर बग़ावत का झण्डा उठा लेते हैं। बहरहाल, गुहा ने इतिहास-लेखन के दृष्टिकोण से जिस सबाल्टर्न किसान को कल्पित किया था, वह किसान आंदोलनों की मार्क्सवादी समझ के लिए चुनौती साबित हुआ।

ज़ाहिर है कि समाज-विज्ञान में प्रचलित ये मॉडल किसान विद्रोहों की कोई ऐसी सर्वमान्य थियरी पेश नहीं कर पाये हैं जिसके दायरे में रख कर आज़ादी से पहले के भारतीय किसान आंदोलनों की समग्र समझ बनायी जा सके। लेकिन, इन मॉडलों से किसानों द्वारा विद्रोह करने के कारणों, उनके द्वारा अपनायी गयी संगठन पद्धतियों और किसानों की राजनीतिक चेतना के उलझे हुए प्रश्नों पर रोशनी पड़ती है।

देखें : आंध्र प्रदेश, चीन की कम्युनिस्ट क्रांति, चारु मजूमदार, पश्चिम बंग, भारतीय कम्युनिस्ट पार्टी, भारतीय कम्युनिस्ट पार्टी (मार्क्सवादी), माओ त्से-तुंग, रणजीत गुहा, सन् 1857 का संग्राम-1 से 4 तक, सहजानंद सरस्वती।

संदर्भ

1. डी.एन. धनगरे (1986), *पीज़ेंट मूवमेंट्स इन इण्डिया : 1920-1950,* ऑक्सफ़र्ड युनिवर्सिटी प्रेस, नयी दिल्ली.
2. एरिक आर. वॉल्फ़ (1988), 'ऑन पीज़ेंट रिबेलियंस', तियोदोर शानिन (सम्पा.), *पीज़ेंट ऐंड पीज़ेंट्स सोसाइटीज़,* पेलिकन, नयी दिल्ली.
3. रणजीत गुहा (1988), *एलीमेंटरी आस्पेक्ट्स ऑफ़ पीज़ेंट इंसरजेंसी इन कोलोनियल इण्डिया,* ऑक्सफ़र्ड युनिवर्सिटी प्रेस, नयी दिल्ली.

— अभय कुमार दुबे

भारत में किसान संघर्ष-2

तेलंगाना और तेभागा

(Peasant Struggles in India-2)

भारतीय किसान आंदोलनों को समझने के लिए बनाये गये मॉडलों से एक बात स्पष्ट होती हैं कि समाज-वैज्ञानिक आम तौर पर उन्हें क्रांतिकारी या सत्ता दख़ल के लिए चलाई गयी मुहिमों की श्रेणी में रखने से परहेज़ करते रहे हैं। लेकिन किसानों का राजनीतिक नेतृत्व करने वालों का कम से कम एक हिस्सा ऐसा ज़रूर रहा है जिसने किसानों की प्रतिरोध-कार्रवाइयों में सत्ता की संरचनाओं में बुनियादी तब्दीली लाने की सम्भावनाएँ देखी हैं।

उपनिवेशवाद विरोधी आंदोलन के दौरान भारत के किसान आंदोलनों का नेतृत्व कांग्रेस और कम्युनिस्टों के बीच बँटा हुआ था। धनी किसानों और ज़मींदारों को कांग्रेस के साथ जुड़ने में कोई दिक़्क़त नहीं थी। इस धारा से बीसवीं सदी के दूसरे दशक में बिहार के चम्पारण एवं गुजरात के खेड़ा और बारदोली में ख़ुशहाल किसानों के नेतृत्व में राजनीतिक गोलबंदियाँ निकलीं। किसान आंदोलन के इस कांग्रेसी प्रसंग की ख़ास बात थी ग़रीब किसानों और भूमिहीनों के राजनीतीकरण की जगह गाँधी उनके पास रचनात्मक कार्यक्रम ले कर गये। दूसरी तरफ़ शोषित बँटाईदारों व ग़रीब-भूमिहीन किसानों को गोलबंद करने की ज़िम्मेदारी कम्युनिस्टों ने सँभाली। परिणामस्वरूप चालीस के दशक में आज़ादी की पूर्व-संध्या पर तेलंगाना और तेभागा नामक दो जुझारू किसान आंदोलन उभरे जिन्होंने आगे चल कर भारतीय राजनीति में प्रतिमानमूलक भूमिका निभायी। इन आंदोलनों ने भूमि-सुधारों की ज़रूरत पर ज़ोर दिया जिसके परिणामस्वरूप ज़मींदारी उन्मूलन किया गया और भूमि

तेलंगाना के हथियारबंद संघर्ष (1946-1951) में स्त्रियों ने उल्लेखनीय भागीदारी की।

तेभागा किसान आंदोलन (1946-1947) चित्र : सोमनाथ होर

हदबंदी क़ानून बना। तेलंगाना की प्रतिक्रिया में ही विनोबा भावे के नेतृत्व में गाँधीवादियों द्वारा भूदान आंदोलन शुरू किया गया।

दोनों संघर्षों का बिगुल 1946 में बजा। दोनों के भौगोलिक क्षेत्र, परिस्थितियाँ और उनके अनुसार अपनायी गयी रणनीतियाँ बहुत अलग-अलग थीं। तेलंगाना निज़ाम शासित हैदराबाद रियासत का एक निहायत पिछड़ा हुआ इलाक़ा था जिसे जंगलों और पहाड़ों की बहुतायत के कारण एजेंसी एरिया कहा जाता था। तेभागा आंदोलन अविभाजित बंगाल में हुआ। बंगाल के पश्चिमी हिस्से के कुछ इलाक़ों के साथ-साथ इसका प्रसार उत्तर बंगाल और पूर्वी बंगाल (आज का बांग्ला देश) के ज़िलों में ज़्यादा था।

तेलंगाना का सशस्त्र किसान विद्रोह : 1946 से 1951 के बीच यह आंदोलन मुख्यतः दो चरणों से गुज़रा। पहले दौर में किसानों ने स्थानीय ज़मींदारों और उनका साथ देने वाली निज़ाम की सरकारी मशीनरी और रज़ाकारों के नाम से गठित फ़ौज़ी संगठन की दमनकारी कार्रवाइयों का प्रतिरोध किया, और दूसरे दौर में नेहरू सरकार द्वारा भेजी गयी फ़ौज के ख़िलाफ़ लड़ाई लड़ी। जागीरदारों और देशमुखों के ख़िलाफ़ आंदोलन की शुरुआत ज़मीनों से ज़बरन बेदख़ल न करने, सामंती जुल्मो-सितम और वेट्टी प्रथा (बँधुआ मज़ूरी) ख़त्म करने की माँग से शुरू हो कर यह आंदोलन जल्दी ही निज़ाम की हुकूमत का तख़्ता उलटने की हथियारबंद मुहिम में तब्दील हो गया। 1946 में नलगोंडा ज़िले के पोचमपल्ली गाँव से संघर्ष शुरू हुआ। चूँकि निज़ाम आज़ाद भारत में अपनी रियासत का विलय करने के लिए तैयार नहीं था इसलिए इस संघर्ष के प्रति उपनिवेशवाद विरोधी नेतृत्व ने भी हमदर्दी प्रकट करनी शुरू कर दी और उसे राष्ट्रीय मुक्ति संग्राम की आभा मिलती चली गयी।

कम्युनिस्ट पार्टी 1939-40 से ही हैदराबाद राज्य के तेलुगुभाषियों के राजनीतिक-सांस्कृतिक अधिकारों की माँग करने वाली आंध्र महासभा की आड़ में सक्रिय थी। 1943 में इस जन-संगठन का नेतृत्व पूरी तरह से कम्युनिस्टों के हाथ में चला गया और अगले साल से उन्होंने जागीरदारों और उनके शोषण के ख़िलाफ़ किसानों की जुझारू मुहिमों की शुरुआत कर दी। 1946 में पार्टी की हैदराबाद इकाई ने मद्रास प्रेसीडेंसी के तेलुगुभाषी हिस्सों को जोड़ कर विशाल आंध्र आंदोलन का झण्डा बुलंद करते हुए अपने नेतृत्व में चल रहे किसान संघर्ष को भाषाई राष्ट्रीयता की इस राजनीति से जोड़ दिया जहाँ आंध्र महासभा निज़ाम विरोधी शक्तियों का मिला-जुला जन-संगठन बन चुकी थी।

जून, 1947 में अंग्रेज़ों ने कांग्रेस को सत्ता दे कर भारत छोड़ने का फ़ैसला किया। सितम्बर में कोमिनफ़ॉर्म के उद्घाटन सम्मेलन में स्तालिन के दामाद झदानोव ने विश्लेषण किया कि दुनिया समाजवादी और साम्राज्यवादी शिविरों में बँटी हुई है और कम्युनिस्टों को दुनिया भर में विस्तार और आक्रमण की साम्राज्यवादी डिज़ाइन के ख़िलाफ़ लड़ना चाहिए। भारतीय कम्युनिस्टों ने इसका मतलब यह निकाला कि ग़ैर-समाजवादी देशों में स्थानीय पूँजीवाद अपना राष्ट्रीय चरित्र खो कर साम्राज्यवाद के साथ चला गया है। इसलिए उन्होंने भारत की आज़ादी को फ़र्ज़ी क़रार दिया। इससे भी आगे बढ़ कर भाकपा इस नतीजे पर पहुँची कि अर्ध-सामंती और अर्ध-पूँजीवादी होने के बजाय भारत में पूँजीवाद का पर्याप्त विकास हो चुका है इसलिए लोकतांत्रिक (कम्युनिस्ट शब्दावली में जनवादी) और समाजवादी क्रांति अलग-अलग सम्पन्न करने के बजाय एक साथ जन-विद्रोह की रणनीति अपनानी चाहिए। 1948 में हुई पार्टी कांग्रेस ने यही कार्यदिशा अख़्तियार की जिसे रणदिवे लाइन के नाम से जाना गया। चूँकि तेलंगाना का संघर्ष चल

रहा था और राष्ट्रीय स्तर पर उसकी प्रतिष्ठा थी, इसलिए पार्टी ने देश के सभी हिस्सों में इसी तरह के संघर्ष चालू करने का आह्वान किया और मज़दूर वर्ग से अपील की कि वे तेलंगाना के समर्थन में कमर कस लें ताकि हथियारबंद जन-विद्रोह के हालात बन जाएँ। कुल मिला कर क्रांति का यह रास्ता रूस में हुई क्रांति के तर्ज़ पर था।

फ़रवरी-मार्च में कांग्रेस हुई, और मई में तेलंगाना का नेतृत्व कर रहे आंध्र के कम्युनिस्टों ने इस लाइन का विरोध कर दिया। वे आंध्रा थीसिस ले कर सामने आये जिसके आधार में माओ द्वारा विकसित नव-जनवाद का सिद्धांत (सर्वहारा की तानाशाही के बजाय जनवादी क्रांति में दिलचस्पी रखने वाले वर्गों की मिली-जुली तानाशाही) था। इसमें दावा किया गया था कि भारतीय क्रांति का रास्ता रूस के मुताबिक़ नहीं बल्कि चीन के मुताबिक़ होगा। यानी हर जगह एक साथ किये गये हथियारबंद जन-विद्रोह के बजाय किसानों की छापामार लड़ाई के ज़रिये एक दीर्घकालीन लोक-युद्ध चलाया जाएगा जिसके अंत में एक जनवादी मोर्चा केंद्रीय सत्ता पर क़ब्ज़ा कर लेगा। चूँकि आंध्र, केरल और बंगाल में अनुकूल हालात हैं इसलिए वहाँ इस तरह का लोक-युद्ध किया जाना चाहिए। आंध्रा थीसिस ने इस जनवादी क्रांति के लिए एक ऐसे मोर्चे की तजवीज़ की जिसमें ग़रीब-भूमिहीन किसानों के साथ धनी किसान और छोटे पूँजीपतियों का समर्थन जुटाया जाना था।

जिस समय पार्टी में रणदिवे लाइन और आंध्रा थीसिस के बीच यह बहस चल रही थी, नेहरू सरकार ने निज़ाम की रियासत को भारत में मिलाने के लिए फ़ौज का इस्तेमाल करने का फ़ैसला किया जिसे नाम 'पुलिस कार्रवाई' का दिया गया। भारतीय सेना के दबाव से निज़ाम के रज़ाकार अपने हथियार छोड़ कर बुरी तरह भागे। यह गोला-बारूद पार्टी नेतृत्व में सक्रिय किसान योद्धाओं के दलों को मिला जिससे शुरू में उनकी स्थिति मज़बूत हुई। लेकिन जल्दी ही फ़ौज ने किसान क्रांतिकारियों पर हमला शुरू कर दिया। तब जा कर पार्टी को पुलिस कार्रवाई का असली चरित्र समझ में आया। इस दमन के ख़िलाफ़ जूझते हुए चार हज़ार किसान और कम्युनिस्ट कार्यकर्ता मारे गये, दस हज़ार से ज़्यादा 3-4 साल तक फ़ौजी कैम्पों और ज़ेलों में बंद रहे। लाठी चार्ज, फ़ायरिंग, अमानुषिक पिटायी, हत्या और बलात्कार को दौर चला। इधर किसान-योद्धा छापामार युद्ध के ज़रिये किसी न किसी प्रकार फ़ौज के सामने टिके हुए थे, उधर ब्रिटिश कम्युनिस्ट पार्टी के दबाव और सोवियत हस्तक्षेप के कारण भाकपा 1951 तक तेलंगना के संघर्ष को वापिस लेने की स्थिति में आ चुकी थी। पार्टी ने हिंसा का रास्ता छोड़ने का एलान किया, छापामारों से हथियार डलवाये गये और 1952 के चुनाव में भागीदारी की। यह तेलंगाना की प्रतिष्ठा का ही कमाल था कि इस क्षेत्र से पार्टी के उम्मीदवार रविनारायण रेड्डी देश में सबसे ज़्यादा वोट प्राप्त करने वाले सांसद बने।

सशस्त्र संघर्ष की लाइन पराजित ज़रूर हो गयी, पर कृषक-क्रांति के परिप्रेक्ष्य ने साठ के दशक में जब दोबारा दस्तक दी, तो उसके पीछे आंध्रा थीसिस की पैरोकारी करने वाले नेताओं और कार्यकर्ताओं की प्रभावशाली क़तार थी।

अविभाजित बंगाल के बँटाईदार किसानों (बंगाल के सदंर्भ में छोटे भू-स्वामी और बरगादार) के जुझारू आंदोलन की प्रमुख माँग पैदावार के तीन भाग अपने पास रखने और ज़मींदार (बंगाल के संदर्भ में जोतदार) को केवल एक-तिहाई हिस्सा देने की थी। इसकी पृष्ठभूमि में 1943 का अकाल (जिसने पंद्रह लाख लोगों की जान ली), अनाज की कमी-महँगाई, आबादी में हुई ज़बरदस्त बढ़ोतरी और ग़रीब किसानों पर बढ़ता हुआ क़र्ज़ था। अकाल के समय कम्युनिस्ट पार्टी के नेतृत्व में किसान सभा ने राहत कार्य की ज़बरदस्त मुहिम चलाई जिससे किसानों में उसकी लोकप्रियता बढ़ती चली गयी। 1945 तक उसके पास हज़ार से ज़्यादा पूर्णकालिक कार्यकर्ता, और एक हज़ार गाँवों में 77,000 के आसपास सदस्य थे। सितम्बर, 1946 में पार्टी ने तेभागा आंदोलन छेड़ने का फ़ैसला किया।

उत्तर-पश्चिम दीनाजपुर के अटवारी गाँव से संघर्ष की शुरुआत हुई जहाँ बरगादारों ने धान की फसल काटी और उसे जोतदार को देने के बजाय ख़ुद अपने पास रख लिया। पुलिस आयी तो बरगादार उससे भिड़ गये। गिरफ़्तारी के अंदेशे से किसान सभा और पार्टी के नेता भूमिगत हो गये। शुरू में केवल दीनाज़पुर के ठाकुरगाँव परगना तक सीमित यह संघर्ष पंद्रह दिनों के भीतर-भीतर ज़िले के दो-तिहाई गाँवों में फैल गया। दिसम्बर तक इसका प्रसार 11 ज़िलों में हो गया और एक हज़ार से ज़्यादा कार्यकर्ताओं और किसानों से जेलें भर गयीं। आंदोलन का पहला दौर ग़रीब किसानों की पहलक़दमी और स्वत:स्फूर्तता से उपजी हिंसक कार्रवाइयों से भरा हुआ था। दीनाजपुर, रंगपुर और जलपाईगुड़ी में किसान नेता के तौर पर युवक चारु मजूमदार ने भी इस विद्रोह में जम कर हिस्सा लिया। भूमिगत राजनीति करने, पुलिस और जोतदारों के ख़िलाफ़ हथियारबंद कार्रवाइयाँ करने, पुलिस से राइफलें छीनने और दमन के ख़िलाफ़ छापामार शैली में किसानों को संगठित करने की प्राथमिक शिक्षा उन्हें इसी आंदोलन से मिली। आंदोलन से मजबूर हो कर बंगाल की सरकार बरगादार बिल लायी। इसमें दो तिहाई-एक तिहाई की माँग तो मान ली गयी, पर जोतदार को अधिकार भी दे दिया गया कि निजी इस्तेमाल के नाम पर वह बरगादार को बेदख़ल भी कर सकता है। ऊपर से इस बिल के कभी क़ानून

बनने की नौबत भी नहीं आयी। फ़रवरी, 1947 में दीनाजपुर के ही ख़ानपुर गाँव में पुलिस और किसानों के बीच ज़म कर टक्कर हुई। किसानों ने खाइयाँ खोद कर घातक हथियारों का भी इस्तेमाल किया। कुल मिला कर इस आंदोलन में साठ लाख किसानों ने भागीदारी की और पचास से ज़्यादा पुलिस की गोलियों से मारे गये। चारु मजूमदार जैसे स्थानीय नेताओं का तर्क था कि किसान जनता और भी ज़्यादा लम्बे संघर्ष में कूदने के लिए तैयार है, पर उनकी बात नहीं मानी गयी। बंगाल भाकपा ने आंदोलन वापिस लेते हुए तर्क दिया कि किसानों की माँगें मान ली गयी हैं।

तेलंगाना और तेभागा के बीच समानता यह थी कि उनके गर्भ से उपनिवेशवाद विरोधी आंदोलन के दौरान विकसित हुए किसान राजनीति के गाँधीवादी तौर-तरीक़ों से हटते हुए सशस्त्र कृषक-क्रांति का परिप्रेक्ष्य निकला। दिलचस्प बात यह है कि जिस कम्युनिस्ट पार्टी ने तेलंगाना और तेभागा का नेतृत्व किया, उसी को बीस साल बाद इन आंदोलनों की विरासत के दूरगामी प्रभाव के कारण विभाजन से गुज़रना पड़ा। इस विरासत को कृषक-क्रांति की लाइन के रूप में जाना जाता है। इसका मतलब था स्थानीय ताक़तों और सरकारी शक्तियों के ख़िलाफ़ एक भूमिगत पार्टी के विचारधारात्मक नेतृत्व में किसानों का छापामार युद्ध, लाल सेना का गठन और इलाक़ावार सत्ता दख़ल। 1967 के बाद अखिल भारतीय स्तर पर उभरे नक्सलवादी आंदोलन के पीछे यही रणनीतिक तर्क काम कर रहे थे जिससे भारतीय राज्य की वैधता को आज़ादी के बाद की सबसे बड़ी चुनौती का सामना करना पड़ा।

देखें : आंध्र प्रदेश, चीन की कम्युनिस्ट क्रांति, चारु मजूमदार, पश्चिम बंग, भारतीय कम्युनिस्ट पार्टी, भारतीय कम्युनिस्ट पार्टी (मार्क्सवादी), माओ त्से-तुंग, रणजीत गुहा, सन् 1857 का संग्राम-1 से 4 तक, सहजानंद सरस्वती।

संदर्भ

1. डी.एन. धनगरे (1986), 'द तेभागा मूवमेंट इन बंगाल, 1946-47' और 'सोशल ऑरिजिंस ऑफ़ द पीज़ेंट इसरेक्शन इन तेलंगाना, 1946-51', *पीज़ेंट मूवमेंट्स इन इण्डिया : 1920-1950*, ऑक्सफ़र्ड युनिवर्सिटी प्रेस, नयी दिल्ली, 1986,
2. पी. सुंदरैया (1972), *तेलंगानाज़ पीपुल्स स्ट्रगल ऐंड इट्स लैसंस*, सीपीआई (एम), कलकत्ता, 1972

— अभय कुमार दुबे

भारत में किसान संघर्ष-3

स्वातंत्र्योत्तर परिप्रेक्ष्य और भूमि-सुधार

(Peasant Struggles in India-3)

तेलंगाना किसान संघर्ष की मिसाल से अंदाज़ा लग सकता है कि 15 अगस्त, 1947 को हुए सत्ता-हस्तांतरण के बाद किसान आंदोलनों की राजनीति पहले की तरह नहीं चलाई जा सकती थी। तेलंगाना का नेतृत्व करने वाली जो कम्युनिस्ट पार्टी निज़ाम के ख़िलाफ़ बेहिचक लड़ सकती थी, उसी के भीतर नेहरू-सरकार द्वारा भेजी गयी फ़ौज के ख़िलाफ़ लड़ने के सवाल ने विचारधारात्मक और रणनीतिक हिचक पैदा कर दी। राजनीतिक आज़ादी के कारण न केवल पूरे भारतीय समाज पर दूरगामी असर पड़ा, बल्कि खेतिहर नज़ारे में भारी तब्दीली हो गयी। देशी रियासतों का भारतीय संघ में विलय हो गया और एक ऐसा भारत उभरा जो राजनीतिक और प्रशासनिक रूप से अधिक सुसंगठित और समरूप संरचना के रूप में सभी नागरिकों को एक जैसे सार्वजनिक क़ानून के तहत शासित करने का आश्वासन देता था। देश के हर वयस्क को वोट का अधिकार मिल गया जिसके कारण राजनीतिक अधिकारों से वंचित रहे किसानों के राजनीतीकरण की सम्भावना खुल गयी। भारतीय राज्य ने देहात में ऐसे वर्गों की रचना करने की योजना बनायी जो बाज़ार और मुनाफ़े के लिए उत्पादन करते हों। कृषि-नीति का मुख्य ज़ोर ज़मींदारों और ख़ुद खेती न करने वाले भू-स्वामियों को हटा कर उनकी जगह धनी किसानों और लाभकर जोतों वाले मँझोले किसानों को स्थापित करने पर हो गया।

सत्तारूढ़ पार्टी कांग्रेस के पास किसानों को सत्याग्रह और गाँधीवादी कार्यक्रम के तहत गोलबंद करने का अनुभव था। वह जानती थी कि छोटे किसानों के बँटाईदार में बदलने, उनके सर्वहाराकरण की प्रक्रिया और उनकी बढ़ती हुई ऋणग्रस्तता से न केवल कृषि-उत्पादन में गिरावट आती है, बल्कि किसान जनता के बीच गहरा असंतोष भी पैदा होता है। उसने 1949 में ही कुमारप्पा के नेतृत्व में एक कृषि सुधार कमेटी गठित की जिसने कृषि ढाँचे के सुधार के लिए दूरगामी सुझाव दिये। एक मैनेजमेंट सर्वे के नतीजों से नयी सरकार को यह भी पता चला कि मँझोली काश्तों के ज़रिये ही खेतिहर उत्पादन में बढ़ोतरी होगी और वह अतिरिक्त मूल्य पैदा हो सकेगा जिसके निवेश से औद्योगिक क्रांति को गति मिलेगी। इस परिप्रेक्ष्य ने जोतने वाले के हाथ में ज़मीन का अधिकार देने के नीतिगत आग्रह के साथ भूमि-सुधारों को जन्म दिया। भूमि हदबंदी लागू की गयी और ज़मींदारी उन्मूलन क़ानून बनाया गया। इन सरकारी नीतियों में निहित

तेलंगाना संघर्ष ख़त्म होने के बाद भूमिगत जीवन से बाहर आते हुए कम्युनिस्ट नेता।

आश्वासनों ने करीब पंद्रह साल तक किसानों के आंदोलनकारी स्वर को ख़ामोश रखा। 1962 के बाद इन सरकारी नीतियों की विफलता के कारण किसानों ने मोर्चे बाँधने शुरू किये।

दरअसल, भूमि-सुधार क़ानून कुछ इस तरह से बनाये गये थे कि उनके रहते ज़मीनों पर अपनी मिल्कियत बचा लेना ग्रामीण समाज पर हावी बड़े भू-स्वामियों के लिए ज़्यादा कठिन साबित नहीं हुआ। अलग-अलग राज्यों में ज़मींदारों ने तरह-तरह के हथकंडे अपना कर भूमि सुधार क़ानूनों को चकमा दिया। ख़ुद कृषि मंत्रालय ने माना कि भूमि हदबंदी असंगतिपूर्ण नीति, अधूरे क़ानून और अकुशल क्रियान्वयन का उदाहरण थी। इनका सबसे ज़्यादा फ़ायदा पट्टेदार बँटाईदारों को मिला जो कमोबेश पहले ही भूमिधर हो चुके थे। साथ में लाखों-लाख छोटे बँटाईदार ख़ुद खेती करने के नाम पर बेदख़ल कर दिये गये। कृषि का प्रबंध करने भर को सरकार ने खेती करना मान लिया। बँटाईदारी लगातार कम हुई और मज़ूरी पर खेती करवाने की परिघटना बढ़ती चली गयी।

1956 में बिहार में मुज़फ़्फ़रपुर ज़िले के एक गाँव के उदाहरण से पता लग सकता है कि नये क़ानून का क्या असर पड़ा : भूमि सुधार क़ानूनों से पहले यहाँ की छह सौ एकड़ ज़मीन पर एक ही व्यक्ति की मिल्कियत थी। नये क़ानून के तहत 1956 तक क़रीब सौ एकड़ ज़मीन 61 दखली रैयतों के हाथों में आयी। यानी प्रति परिवार औसत जोत 1.65 एकड़ जो अलाभकारी थी। देहात के अपने मकान से जुड़ी पाँच सौ एकड़ ज़मीन ज़मींदार के पास ही रह गयी और इसके 12 पट्टेदार बेदख़ल हो कर भूमिहीन हो गये। कुल मिला कर गाँव के 61 भूमिधरों और 12 भूमिहीनों में से कोई भी इस 'पूर्व' ज़मींदार पर आर्थिक निर्भरता से मुक्त नहीं हो सका। दोनों श्रेणियों के परिवार इस पाँच सौ एकड़ पर मज़ूरी करने को मजबूर थे। ज़मींदार ने उनकी मज़ूरी भी घटा दी।

ज़मींदारी उन्मूलन के बाद एक नये तरह के भू-स्वामी ने जन्म लिया। 50 के दशक के आख़िर में सरकार ने सामुदायिक विकास कार्यक्रम चलाया जिसके तहत सहकारी फ़ार्मिंग, संस्थागत ऋण, मार्केटिंग की सुविधाओं, पंचायतों और खण्ड विकास अधिकारियों की मदद से ख़ुद खेती न करने के बावजूद किसान बने रहना, अतिरिक्त ज़मीन को छिपाये रखना और लगातार आर्थिक ताक़त बढ़ाते रहना इन नये ज़मींदारों के लिए आसान हो गया। अंग्रेज़ों के ज़माने में लगान वसूलने के लिए जो कारिंदे, लठैत और पहलवान रखने पड़ते थे, ज़मींदारों ने उन्हें चुनाव की राजनीति में जातिगत गोलबंदी करने, बूथों पर क़ब्ज़ा करने और देहाती समाज में रंग-रुतबा क़ायम रखने के लिए इस्तेमाल किया। आख़िरकार खेती के अलावा ठेकेदारी करने, बसें चलवाने, ब्याज पर बाँटा गया रुपया वसूलने के लिए भी गुंडों की ज़रूरत थी। सरकार ने अपरोक्ष रूप से ज़मींदारों की इस ताक़त को स्वीकारा और उन्हें देहातों पर दबदबा क़ायम करने के लिए छोड़ दिया। किसानों और ज़मींदारों के हर टकराव में सरकारी मशीनरी ने बार-बार बड़े भू-स्वामियों का ही साथ देना पसंद किया।

कुल मिला कर किसानों की राजनीति दो हिस्सों में बँटती चली गयी। धनी किसानों और ज़मींदारों ने राजनीतिक प्रतिनिधियों के ज़रिये सरकार से और ज़्यादा रियायतें लेने के लिए पेशबंदी शुरू की। हरित क्रांति की प्रौद्योगिकी ने इस तबक़े को और शक्तिशाली किया। बेहतर खाद, बेहतर बीज, कीटनाशकों और बेहतर सिंचाई के ज़रिये बढ़ी पैदावार से कमाये गये मुनाफे को इन नये ज़मींदारों ने उद्योगों और शहरी क्षेत्रों में नहीं लगाया, बल्कि ठेकेदारी, शराब के धंधे और बस-ट्रक चलाने में ख़र्च किया। दूसरी ओर छोटे-मँझोले किसान और भूमिहीन मज़दूर थे जिनके लिए अपनी इज़्ज़त और रोज़ी-रोटी के लिए जुझारू आंदोलन अनिवार्य होता जा रहा था। उनका नेतृत्व समाजवादियों के किसान मोर्चों और कम्युनिस्ट पार्टियों की किसान सभाओं ने सँभाला।

साठ का दशक ख़त्म होते-होते गृह मंत्रालय द्वारा तैयार किये गये एक विश्लेषण के एक अनुसार असम में पाँच, आंध्र प्रदेश में पाँच, बिहार में तीन, गुजरात में एक, केरल में तीन, मध्य प्रदेश में एक, महाराष्ट्र में एक, मैसूर में एक, राजस्थान में दो और तमिलनाडु में दो किसान आंदोलन शुरु हो चुके थे। इनका मक़सद बड़े भू-स्वामियों की ज़मीन पर सत्याग्रह के ज़रिये या ज़बरिया क़ब्ज़ा करना था। गृह मंत्रालय के अनुसार इन तमाम आंदोलनों में सबसे ज़्यादा अहम और संगीन था पश्चिम बंगाल के नक्सलबाड़ी इलाक़े में जोतदारों के ख़िलाफ़ चलाया गया हिंसक आंदोलन जिसके कारण 1969 के अगस्त तक ज़मीन पर ज़बरिया क़ब्ज़े की 346 घटनाएँ प्रकाश में आ चुकी थीं। किसान आंदोलनों के कारण असम में पाँच सौ, राजस्थान में 775 और उत्तर प्रदेश में चार हज़ार किसानों को गिरफ़्तार करना पड़ा था। गृह मंत्रालय के अनुसार आंध्र प्रदेश, ओडीशा और बिहार के आदिवासी इलाक़े असंतोष के दौर से गुज़र रहे थे। आंध्र के

श्रीकाकुलम इलाक़े में गिरिजनों ने ज़मींदारों के ख़िलाफ़ संगठित मुहिम छेड़ दी थी। यह विश्लेषण इस बात का सबूत था कि आज़ादी के बाद खेतिहर ढाँचे में आया परिवर्तन ग़रीब-भूमिहीन किसानों और आदिवासियों की हितों की हिफ़ाज़त करने में नाकाम साबित हुआ था। गृह मंत्रालय के विश्लेषण में स्पष्ट निष्कर्ष निकाला गया कि भूमि-सुधारों के ज़रिये ज़मीन जोतने वाला लाभांवित नहीं हुआ था।

यही थी वह ज़मीन जिस पर साठ के दशक में नक्सलबाड़ी विद्रोह और श्रीकाकुलम का किसान संघर्ष खड़ा हुआ था। ये दो आंदोलन किसान असंतोष की घटनाओं से इस मायने में अलग थे कि उनके शीर्ष पर ग्रामीण सर्वहारा के नेतृत्व में कृषक-क्रांति का परिप्रेक्ष्य था। इनकी बागडोर उन कम्युनिस्टों के हाथ में थी जो तेलंगाना और तेभागा की राजनीतिक विरासत के पैरोकार थे और जिन्होंने क्रांति के सोवियत रास्ते को नहीं बल्कि चीनी रास्ते को अपनाना मंज़ूर किया था।

देखें : आंध्र प्रदेश, चीन की कम्युनिस्ट क्रांति, चारु मजूमदार, पश्चिम बंग, भारतीय कम्युनिस्ट पार्टी, भारतीय कम्युनिस्ट पार्टी (मार्क्सवादी), माओ त्से-तुंग, रणजीत गुहा, सन् 1857 का संग्राम-1 से 4 तक, सहजानंद सरस्वती।

संदर्भ

1. ए.आर. देसाई (सम्पा.) (1986), *एग्रेरियन स्ट्रगल्स इन इण्डिया आफ़्टर इंडिपेंडेंस,* ऑक्सफ़र्ड युनिवर्सिटी प्रेस, नयी दिल्ली.
2. गृह मंत्रालय (रिसर्च ऐंड पॉलिसी डिवीज़न) (1969), 'द कॉज़ेज़ ऐंड नेचर ऑल करेंट एग्रेरियन टेंशन'.
3. क्रिश्चियन सिग्रिस्ट (1974), *भारत में किसान संघर्ष,* मैकमिलन, नयी दिल्ली.
4. वी.सी. कोशी (1974), 'लैण्ड रिफ़ॉर्म्स इन इण्डिया अंडर द लैंस', *सोशल साइंटिस्ट,* खण्ड 2, अंक 12.

— अभय कुमार दुबे

भारत में किसान संघर्ष-4

नक्सलवादी आंदोलन

(Peasant Struggles in India-4)

मार्क्सवाद-लेनिनवाद में माओ के विचारों का समावेश करके हथियारबंद कृषि-क्रांति के ज़रिये इलाक़ावार सत्ता दख़ल करते हुए भारतीय राज्य को उखाड़ फेंकने के कार्यक्रम का लोकप्रिय नाम नक्सलवाद है। आज़ादी मिलने के बाद भारतीय राज्य की वैधता और सम्प्रभुता को सबसे बड़ी चुनौती देने वाला यह आंदोलन विचारधारा और सांगठनिक बुनावट के लिहाज़ से बेहद पेचीदा है। इसके विकास को तीन चरणों में बाँट कर समझा जा सकता है।

पहले चरण की शुरुआत 1967 में उत्तर बंगाल की तराई में स्थित नक्सलबाड़ी इलाक़े के आदिवासी किसानों द्वारा स्थानीय ज़मींदारों और सरकार के ख़िलाफ़ किये गये सशस्त्र विद्रोह से हुई। यह दौर 1972 तक चला। इस दौरान इसका नेतृत्व मुख्य तौर पर चारु मजूमदार की अगुआयी वाली भारतीय कम्युनिस्ट पार्टी (मार्क्सवादी-लेनिनवादी) के हाथों में रहा। इस पार्टी की मान्यता थी कि भारतीय समाज का चरित्र अर्ध-सामंती और अर्ध-औपनिवेशिक है; और भारतीय राज्य किसी जनवादी क्रांति की नुमाइंदगी करने के बजाय नौकरशाह (यानी पब्लिक सेक्टर) और साम्राज्यवादी देशों की दलाली करने वाली पूँजी की नुमाइंदगी करता है। सत्तर के दशक के शुरुआती दौर में ज़बरदस्त सरकारी दमन और मजूमदार की पुलिस हिरासत में मृत्यु के बाद आंदोलन बहुत से छोटे-छोटे हिस्सों में बिखर गया।

साठ के दशक के आख़िरी वर्षों में नक्सली आंदोलन के उभार की दो मुख्य वजहें थीं : भूमि-सुधारों की विफलता के साथ-साथ आर्थिक विकास और रोज़गार के मोर्चे पर भारतीय राज्य का बुरी तरह से संकटग्रस्त हो जाना; और कम्युनिस्ट आंदोलन के भीतर संसदीय रास्ते और चीनी तर्ज़ पर किसानों की हथियारबंद क्रांति के बीच अंतर्विरोध। दरअसल, कम्युनिस्टों में तेलंगाना के किसान विद्रोह और तेभागा के किसान आंदोलन के ज़माने से ही क्रांति की दिशा को लेकर यह मतभेद चल रहा था। 1964 में भारत-चीन सीमा विवाद के नाम पर कम्युनिस्ट पार्टी दो हिस्सों में बँट गयी। नवगठित मार्क्सवादी कम्युनिस्ट पार्टी (माकपा) को ई.एम.एस. नम्बूदिरीपाद और ज्योति बसु ने अपने नेतृत्व में संसदवादी रास्ते पर चलाने की कोशिश की, लेकिन पार्टी में चीनी कम्युनिस्ट पार्टी और माओ के विचारों का समर्थन करने वाले तत्त्व भी ख़ासी संख्या में थे। आंध्र प्रदेश में तो नागी रेड्डी और चंद्र पुल्ला रेड्डी के नेतृत्व में चीनी रास्ते के समर्थकों का बहुमत था। पश्चिम बंगाल के उत्तरी हिस्से में चारु मजूमदार और कानु सान्याल; और दक्षिण बंगाल में अमूल्य सेन, कन्हाई चटर्जी और सुजीत घोष (दक्षिण देश गुट) इसी वैकल्पिक लाइन के पक्षधर थे।

चीन में हुई सांस्कृतिक क्रांति और लिन प्याओ द्वारा दिये गये लोक-युद्ध के नारे से प्रभावित चारु मजूमदार ने 1965 से 1967 के बीच आठ दस्तावेज़ लिख कर पार्टी की क़तारों के बीच वितरित किये। इनमें शुरु के पाँच दस्तावेज़ इस उम्मीद में लिखे गये थे कि माकपा को सशस्त्र कृषक-क्रांति का नेतृत्व करने वाली एक गोपनीय पार्टी में बदला जा

युवावस्था के दिनों में चारु मज़ूमदार (बायें से चौथे) रंगकर्मी उत्पल दत्त के साथ।

सकता है। बाद के तीन दस्तावेज़ों में वे एक नयी पार्टी के बारे में सोचते हुए नज़र आते हैं।

मार्च, 1967 में माकपा की भागीदारी वाली ग़ैरकांग्रेसी संयुक्त मोर्चा सरकार ने पश्चिम बंगाल में शपथ ली। इसी महीने सिलीगुड़ी परगना के किसान सम्मेलन में मज़ूमदार, उनके साथी कानु सान्याल और जांगल संथाल ने ज़मींदारों की ज़मीन पर क़ब्ज़ा करने का कार्यक्रम लेते हुए किसानों से सरकारी दमन के ख़िलाफ़ हथियारबंद लड़ाई के लिए तैयार रहने के लिए कहा। चारु मज़ूमदार ने अप्रैल में आठवाँ दस्तावेज़ लिख कर माकपा की संक्रमणकालीन सरकारों के सिद्धांत और व्यवहार पर आक्रमण करते हुए सवाल उठाया कि कम्युनिस्टों का काम ग़ैरकांग्रेसी सरकार की हिफ़ाज़त करना है या वर्ग-संघर्ष चलाना? 23 मई को नक्सबाड़ी विद्रोह हुआ। यह ख़बर माकपा के हलकों में आग की तरह फैली। पश्चिम बंगाल ही नहीं, बल्कि आंध्र प्रदेश, केरल, पंजाब, उत्तर प्रदेश, कश्मीर और बिहार में चीन के रास्ते और कृषि-क्रांति में भरोसा रखने वाले माकपा की कॉमरेडों ने इस विद्रोह का पक्ष लिया। इनमें प्रादेशिक स्तर माकपा का नेतृत्व करने वाले तत्त्व भी शामिल थे। 28 जून को रेडियो पेकिंग ने इस आंदोलन को 'भारत में वसंत का वज्रनाद' क़रार दिया। इसके बाद माकपा के बर्दवान पूर्णाधिवेशन में जमकर विचारधारात्मक जंग हुई और पार्टी अंतिम रूप से टूट की तरफ़ चली गयी। 13 नवम्बर, 1968 को ख़ुद को कम्युनिस्ट क्रांतिकारी मानने वाले ये तमाम लोग कलकत्ता में मिले और क्रांतिकारियों की अखिल भारतीय समन्वय समिति (एआईसीसीआर) बना ली। इसके थोड़े दिनों बाद ही आंध्र प्रदेश के श्रीकाकुलम इलाक़े में आदिवासी किसानों ने सशस्त्र विद्रोह कर दिया।

फ़रवरी, 1969 में दूसरी संयुक्त मोर्चा सरकार बनी जिसने नक्सलबाड़ी के नज़रबंद नेताओं को रिहा कर दिया। माकपा से निकले कई नेतृत्वकारी साथी फ़िलहाल पार्टी-गठन के पक्ष में नहीं थे। इसलिए उन्हें छोड़ कर सहमत लोगों के साथ मिल कर समन्वय समिति के नये संस्करण एआईसीसीआर ने 22 अप्रैल, 1969 यानी लेनिन के जन्म दिन पर एआईसीसीआर ने भाकपा (माले) का गठन कर लिया जिसकी औपचारिक घोषणा एक मई को कलकत्ता में हुई खुली रैली के ज़रिये की गयी। पार्टी-गठन की प्रक्रिया कम्युनिस्ट क्रांतिकारियों की सम्पूर्ण एकता की वाहक नहीं बन पायी। मतभेद न केवल पार्टी बनाने को लेकर थे, बल्कि क्रांति की रणनीतियों और कार्यनीतियों को लेकर भी थे। 1969 में ही नागी रेड्डी के नेतृत्व में आंध्र प्रदेश कोआर्डीनेशन कमेटी ऑफ़ कम्युनिस्ट रेवोल्यूशनरीज़ (एपीसीसीआर) और दक्षिण देश गुट द्वारा माओवादी कम्युनिस्ट केंद्र (एमसीसी) का भी गठन हुआ।

बहरहाल, मार्क्सवाद-लेनिनवाद माओ विचार को अपनाने वाली नयी पार्टी ने ट्रेड यूनियनों में काम करने, जन-संगठन बनाने, चुनाव में भाग लेने जैसी गतिविधियों को क्रांति के रास्ते से भटकाव क़रार दिया। इस दौर में मिली सफलताओं की बदौलत श्रीकाकुलम समेत पश्चिम बंगाल के डेबरा-गोपीबल्लभपुर में, उत्तर प्रदेश के लखीमपुर खीरी में और बिहार के मुशहरी में हथियारबंद संघर्ष शुरू किया जा सका। तमिलनाडु, केरल, असम और त्रिपुरा में भी पार्टी ने अपने क़दम जमा लिये और हथियारबंद कार्रवाइयाँ होने लगीं। शहरों में, ख़ासकर कलकत्ता में मध्यवर्गीय युवकों और छात्रों ने शिक्षा संस्थानों, व्यापारियों, छोटे अफ़सरों और मामूली पुलिसवालों पर हमले शुरू कर दिये। राष्ट्रीय नेताओं और ऐतिहासिक हस्तियों को साम्राज्यवाद का दलाल क़रार दे कर उनकी तस्वीरें और मूर्तियाँ तोड़ी गयीं। उनके द्वारा लिखी गयी पुस्तकों को जलाया गया। इस नज़ारे से निकले उत्साह में बह कर चारु मज़ूमदार ने सत्तर के दशक को क्रांति का दशक और 75 तक क्रांति सम्पूर्ण कर लेने की घोषणा कर दी। श्रीकाकुलम में सोमपेट तालुका के एक गाँव में किसानों द्वारा की गयी ज़मींदार की हत्या से फैला उत्साह उन्हें 'वर्ग-शत्रु की हत्या वर्ग-संघर्ष की सर्वोच्च अवस्था' जैसे सूत्रीकरण की तरफ़ ले गया। इससे सफ़ाये की लाइन निकली और देश में जगह-जगह नक्सली कार्यकर्ताओं द्वारा ज़मींदारों की हत्याएँ होने लगीं। चारु मज़ूमदार मध्यवर्गीय कार्यकर्ताओं द्वारा बारूदी हथियारों से सफ़ाये की कार्रवाई करने के ख़िलाफ़ थे। उनका कहना था कि आदर्श सफ़ाया किसानों के हाथ से और उन्हीं के अपने हथियारों के ज़रिये होना चाहिए। तभी उनकी चेतना क्रांतिकारी बनेगी।

सफलता का यह दौर बहुत दिन नहीं चला। भारतीय राज्य ने बढ़ते हुए नक्सली ख़तरे को देखते हुए पुलिस, अर्धसैनिक बलों और फ़ौज के सहारे आंदोलन पर चौतरफ़ा हमला किया। सारे देश में जगह-जगह हज़ारों नक्सली कार्यकर्ता या तो मुठभेड़ों में मार डाले गये, या फिर गिरफ़्तार

कर लिए गये। 1972 में चारु मजूमदार भी कलकत्ता के एक मक़ान से बीमार हालत में गिरफ़्तार हुए। लगातार पूछताछ के कारण उनकी हालत ख़राब होती चली गयी और इलाज के अभाव में उनकी पुलिस हिरासत में ही मृत्यु हो गयी। 1973 तक सरकारी दमन और आपसी मतभेदों से नक्सलवादी आंदोलन का यह दौर ख़त्म हो गया। नक्सलवादी आंदोलन ने दूसरे चरण में कई संगठनों की मौजूदगी के साथ प्रवेश किया। आपस में घनघोर मतभेदों के बावजूद धीरे-धीरे नक्सलवाद में दो धाराओं की प्रधानता होती चली गयी। एक के शीर्ष पर भाकपा (माले) का लिबरेशन के नाम से मशहूर गुट था, और दूसरे की अगुआयी पीपुल्स वार नामक संगठन के हाथों में थी। लिबरेशन का अधिकतर प्रभाव-क्षेत्र मैदानी खेती करने वाले मध्य बिहार के ग़रीब और भूमिहीन किसानों के बीच था। पीपुल्स वार की गतिविधियाँ आंध्र प्रदेश, महाराष्ट्र, ओडीशा और मध्य प्रदेश की सीमावर्त्ती पहाड़ी-जंगली इलाक़ों में बसने वाले आदिवासियों के बीच थीं।

मैदानी क्षेत्रों में सक्रिय नक्सली कई वर्ष तक ज़मींदारों और सरकार के ख़िलाफ़ हथियारबंद लड़ाई करते-करते इस नतीजे पर पहुँचे कि वे चीन की तर्ज पर न तो कोई आधार-इलाक़ा बना पा रहे हैं और न ही स्थाई चरित्र वाली लाल-फ़ौज गठित हो रही है। इसलिए लिबरेशन गुट ने काफ़ी आत्म-विश्लेषण के बाद यह निष्कर्ष निकाला कि वे सीधे-सीधे छापामार युद्ध के ज़रिये भारतीय राज्य को पराजित नहीं कर सकते। नतीजतन इस गुट ने इण्डियन पीपुल्स फ्रंट (आईपीएफ़) नामक मोर्चे की स्थापना की जिसमें कम्युनिस्ट क्रांतिकारियों के साथ-साथ देश भर में फैली छोटी-छोटी ग़ैरचुनावबाज़ ताक़तों को एकजुट करने की कोशिश की। लगभग एक दशक तक चली फ्रंट की राजनीतिक गतिविधियों से इस पार्टी का उल्लेखनीय सांगठनिक प्रसार हुआ। आईपीएफ़ के माध्यम से ही पार्टी बिहार के स्तर पर चुनाव में उतरी। इसके बाद एक लम्बे राजनीतिक घटनाक्रम के परिणामस्वरूप फ्रंट ग़ैरक़ानूनी भूमिगत गतिविधियाँ छोड़ कर चुनाव और लोकतांत्रिक संघर्षों में भागीदारी करने वाली पार्टी बन गया।

दूसरी तरफ़ पहाड़ों और जंगलों में सक्रिय पीपुल्स वार ने अपने अनुभव का निचोड़ यह निकाला कि भारतीय राज्य के ख़िलाफ़ लगातार छापामार लड़ाई चलाने की ज़रूरत है और संसदीय या लोकतांत्रिक संघर्षों में भाग लेने की कोई ज़रूरत नहीं है। इस निष्कर्ष के आधार पर पीपुल्स वार ने धीरे-धीरे समान विचार वाले संगठनों के साथ एकता के प्रयास किये। नब्बे के दशक में उसने माओवादी कम्युनिस्ट केंद्र और पार्टी युनिटी जैसे नक्सली संगठनों के साथ मिल कर भाकपा (माओवादी) का गठन कर लिया। नक्सलवादी आंदोलन से निकला यह हिस्सा इस समय माओवाद के नाम से आदिवासी क्षेत्रों में हथियारबंद क्रांति का प्रयास कर रहा है। माओवाद नक्सली आंदोलन के तीसरे चरण का प्रतिनिधित्व करता है। इस तीसरे दौर का राजनीतिक और सांगठनिक चरित्र मूल नक्सलवादी आंदोलन से बहुत हद तक अलग तरह का है।

देखें : आंध्र प्रदेश, चीन की कम्युनिस्ट क्रांति, चारु मजूमदार, पश्चिम बंग, भारतीय कम्युनिस्ट पार्टी, भारतीय कम्युनिस्ट पार्टी (मार्क्सवादी), माओ त्से-तुंग, रणजीत गुहा, सन् 1857 का संग्राम-1 से 4 तक, सहजानंद सरस्वती।

संदर्भ

1. अभय कुमार दुबे (1989), *क्रांति का आत्म-संघर्ष : नक्सलवादी आंदोलन के बदलते चेहरे का अध्ययन,* विनय प्रकाशन, नयी दिल्ली.
2. समर सेन (सम्पा.) (1978), *नक्सलबाड़ी ऐंड आफ़्टर : अ फ्रंटियर एंथोलॅजी,* दो खण्ड, कथाशिल्प, कलकत्ता.
3. शंकर घोष (1975), *नक्सलाइट मूवमेंट,* फ़र्मा के.एल. मुखोपांध्याय, कलकत्ता.
4. सुमंत बनर्जी (1980), *इन द वेक ऑफ़ नक्सलबाड़ी : अ हिस्ट्री ऑफ़ नक्सलाइट मूवमेंट इन इण्डिया,* सुवर्णरेखा, कलकत्ता.

— अभय कुमार दुबे

भारत में गठजोड़ राजनीति

(Politics of Coalition in India)

भारतीय लोकतंत्र में चुनाव की प्रक्रिया सिम्पल प्लूरलिटी इलेक्टोरल सिस्टम या फ़र्स्ट-पास्ट-दि-पोस्ट के मुताबिक़ चलती है। संविधान सभा ने इस प्रणाली का पक्ष जिन आधारों पर लिया था, उनमें से एक आग्रह यह भी था कि देश को एक पार्टी के बहुमत वाली सरकारों की ज़रूरत है। आनुपातिक प्रतिनिधित्व की प्रणाली को इसी आधार पर ख़ारिज कर दिया गया था कि उसके कारण छोटी-छोटी पार्टियों के उम्मीदवार भी संसद में आ जाएँगे और अस्थिर बहुदलीय सरकारें बनने लगेंगी। लेकिन हक़ीक़त में जो हुआ वह कुछ और था। भारतीय राजनीति में 1967 से अब तक पार्टियों के गठजोड़ों के आधार पर केंद्र और राज्यों में कम से कम साठ सरकारें बन चुकी हैं। पश्चिम बंगाल में पूरे तीस साल तक हुकूमत करने वाले वामपंथी गठबंधन को छोड़ कर औसतन इन सरकारों के टिकने की अवधि 26 महीने के आस-पास रही है।

दरअसल, इससे पहले भी भारत में दलीय प्रणाली दो पार्टियों की होड़ का पर्याय नहीं थी। साठ के दशक के आख़िरी वर्षों तक यहाँ कांग्रेस-प्रणाली काम कर रही थी। नाम से भ्रम ज़रूर होता है कि यह एकल-पार्टी प्रणाली होगी, लेकिन असल में यह एक पार्टी के दबदबे के तहत चलने वाली एक स्पर्धात्मक प्रणाली थी जिसमें पार्टियों की भूमिका असमान थी। इसका एक हिस्सा 'आमसहमति की पार्टी' से मिल कर बना था और दूसरा 'दबाव की पार्टियों' से मिल कर। इस बंदोबस्त में एक दबाव का हाशिया काम करता रहता था जिसके दायरे के भीतर आमसहमति वाली पार्टी के असंतुष्ट गुट और धड़े कार्यरत रहते थे। उसके बाहर विपक्षी जमावड़े, पार्टियाँ, सत्तारूढ़ पार्टी के नाराज़ तत्त्व, दूसरे हित-समूह और अहम शख़्सियतों की मौजूदगी रहती थी। यह पेचीदा कांग्रेस-सिस्टम 1967 के चुनाव में भंग हो गया, क्योंकि हाशिये के बाहर के वे तत्त्व जो सत्तारूढ़ पार्टी की निंदा-आलोचना करने के बावजूद उसका विकल्प तैयार नहीं कर पाते थे, पहली बार देश के कई हिस्सों में ग़ैर-कांग्रेस सरकारें बनाने में कामयाब हुए। इससे एक पार्टी के बोलबाले की जगह वर्चस्व के लिए होने वाली बहुदलीय प्रतियोगिता ने ले ली। इसके बाद कई बार ऐसा लगा कि राष्ट्रीय मंच पर एक बार फिर कांग्रेस का पहले जैसा दबदबा क़ायम हो जाएगा, लेकिन विभिन्न परिस्थितियों वश भारतीय राजनीति उत्तरोत्तर पार्टी-गठजोड़ों की राजनीति बनती चली गयी।

इस समय राष्ट्रीय राजनीति पर कांग्रेस के नेतृत्व में गठित हुए संयुक्त प्रगतिशील गठबंधन और भारतीय जनता पार्टी की अगुआयी में बने राष्ट्रीय जनतांत्रिक गठबंधन की प्रतियोगिता हावी है। प्रादेशिक स्तर पर भी कई अस्थाई और अपेक्षाकृत स्थाई क़िस्म के गठजोड़ सत्ता के लिए होड़ कर रहे हैं। केरल, पश्चिम बंगाल और त्रिपुरा में वामपंथी पार्टियाँ लगातार गठजोड़ राजनीति चलाती हैं। बिहार, पंजाब और ओडीशा जैसे प्रांतों में भाजपा ने क्षेत्रीय दलों के साथ गठजोड़ बना रखे हैं जो या तो सत्ता में रहते हैं या विपक्ष में। कुछ राज्यों में दो दलों की स्पर्धा है, पर वहाँ भी उनके इर्द-गिर्द छोटे-छोटे दलों का जमावड़ा बनता-बिगड़ता रहता है। चुनाव में कामयाबी का मतलब असल में गठजोड़ की कामयाबी बन गया है।

मोटे तौर पर भारत में दो क़िस्म की गठजोड़ सरकारें बनती हैं : बड़े-बड़े मोर्चों के बीच गठजोड़ पर आधारित सरकारें (जैसे नैशनल फ्रंट, यूनाइटेड फ्रंट और लेफ़्ट फ्रंट के गठजोड़ से बनी सरकार), एक बड़ी राष्ट्रीय पार्टी के नेतृत्व में छोटी पार्टियों के गठजोड़ की सरकार (जैसे भारतीय जनता पार्टी की अगुआयी में बनी राष्ट्रीय जनतांत्रिक गठजोड़ और कांग्रेस के नेतृत्व में बनी संयुक्त प्रगतिशील गठबंधन की सरकारें)। राजनीतिक रुझान के लिहाज़ से देखा जाए तो गठजोड़ों की एक तीसरी क़िस्म समान विचारधारा वाले दलों के गठबंधन रूप में सामने आती है। भारतीय राज्य पश्चिम बंगाल में वाम मोर्चे के रूप में मार्क्सवादी विचारधारा के दल तीस साल तक लगातार हुकूमत करने में कामयाब रहे हैं। लेकिन ज़रूरी नहीं कि मार्क्सवादी दल हमेशा विचारधारात्मक क़िस्म का गठजोड़ ही बनाते हों। केरल में यही दल स्थानीय परिस्थितियों के मुताबिक़ अपने नेतृत्व में ग़ैर-मार्क्सवादी (यहाँ तक कि मुसलिम लीग जैसी धर्म आधारित) पार्टियों को साथ लेकर सरकारें बनाते रहे हैं।

सवाल यह है कि फ़र्स्ट-पास्ट-दि-पोस्ट सिस्टम की चुनाव प्रणाली से एकल-पार्टी बहुमत निकलने के बजाय बहुदलीय गठजोड़ों की प्रतियोगिता क्यों निकली? इसके पहले और प्रकट कारण की शिनाख़्त तो भारतीय समाज के संरचनात्मक चरित्र में ही की जा सकती है। एक बेहद बहुसांस्कृतिक समाज में गठजोड़-रचना के बिना विविध अस्मिताओं के राष्ट्रीय मुख्यधारा में आत्मसातीकरण का परिप्रेक्ष्य विकसित नहीं हो सकता था। कांग्रेस-प्रणाली के दिनों में भी वर्चस्व वाली पार्टी अपने भीतर क़िस्म-क़िस्म के सामाजिक हितों को जगह देने वाले अघोषित गठजोड़ की ही तरह काम करती थी। दूसरे, कांग्रेस चालीस फ़ीसदी के आस-पास वोट प्राप्त करके पूरे देश पर शासन कर रही थी। विपक्ष के वोट बिखर जाते थे, क्योंकि उसकी पार्टियाँ अपनी-अपनी विचारधारात्मक विशिष्टताओं से चिपकी रह कर एक-दूसरे के वोट ही नहीं काटती थीं बल्कि उस प्रक्रिया में कांग्रेस के लिए बार-बार मददगार भी साबित होती थीं। इस सिलसिले को डॉ. राममनोहर लोहिया के नेतृत्व में तैयार की गयी ग़ैर-कांग्रेसवाद की रणनीति ने तोड़ा। इसके तहत दक्षिणपंथी जनसंघ और वामपंथी पार्टियाँ गठबंधन बनाने के लिए राज़ी हो गये। इस तरह कहा जा सकता है कि पार्टियों के गठजोड़ मुख्यत: कांग्रेस के विरोध की पैदाइश थे। केरल को छोड़ कर कांग्रेस अन्य पार्टियों के साथ गठजोड़ करने से कतराती रही ताकि उसे किसी के साथ सत्ता में साझेदारी न करनी पड़े। लेकिन जब उसने देखा कि भारतीय जनता पार्टी ने अपने विचारधारात्मक आग्रहों को स्थगित करके गठबंधन किया और छह साल तक उसे सत्ता से बाहर रखा तो 2004 के चुनाव के बाद उसे भी यही रास्ता अपनाना पड़ा।

इस पूरे पैटर्न को और बारीकी से समझने के लिए कई और पहलुओं पर ग़ौर करना होगा जिनमें साठ के दशक के बाद चले राजनीति के क्षेत्रीयकरण का आयाम उल्लेखनीय है। इस दौरान कांग्रेस इंदिरा गाँधी के नेतृत्व में उत्तरोत्तर केंद्रीकरण की तरफ़ बढ़ी और उसने भाषा, सांस्कृतिक अस्मिता, राजनीतिक स्वायत्तता और आर्थिक विकास के प्रश्न

पर क्षेत्रीय महत्त्वाकांक्षाओं की जम कर उपेक्षा ही नहीं की, बल्कि एक समय तो क्षेत्रीय राजनीतिक अभिव्यक्तियों को देश की एकता तोड़ने का कारक तक क़रार दे दिया। इस प्रक्रिया के परिणामस्वरूप आंध्र प्रदेश में तेलुगु देशम और असम में असमगण परिषद् जैसी नयी क्षेत्रीय ताक़तों का उदय हुआ। पहले से मौजूद क्षेत्रीय ताक़तों (द्रमुक, अन्नाद्रमुक, अकाली दल वग़ैरह) ने मिल कर विपक्षी गोष्ठियाँ कीं। कांग्रेस उनके मुश्तरका दुश्मन के रूप में चिह्नित होती चली गयी। इसका लाभ भाजपा को उस समय मिला जब पूर्व समाजवादी और कम्युनिस्ट ताक़तों द्वारा गठित और समर्थित राष्ट्रीय मोर्चे और यूनाइटेड फ्रंट अपनी एकता क़ायम रख पाने में असमर्थ हो गये।

1971 से पहले राज्यों और विधानसभाओं के चुनाव साथ-साथ होने के कारण राजनीतिक एजेंडा और उसके इर्द-गिर्द होने वाली सौदेबाज़ी इतनी पेचीदा और बड़ी हो जाती थी कि गठजोड़ के लिए ज़रूरी न्यूनतम साझा कार्यक्रम बनने की सम्भावनाएँ कमज़ोर हो जाती थीं। इस पैटर्न का दूसरा आयाम यह था कि 1971 के बाद लोकसभा और विधानसभा चुनाव अलग-अलग होने लगे। इसके कारण चुनाव-पूर्व और चुनाव-बाद गठबंधनों की सम्भावनाएँ खुलीं, क्योंकि अपेक्षाकृत छोटे एजेंडों के आस-पास चुनावी गतिविधियाँ होने लगीं।

पिछले तीस वर्षों के दौरान मध्यवर्ती और पिछड़ी जातियों, दलितों और अन्य समुदायों के राजनीतीकरण में बढ़ोतरी होना इस पैटर्न का तीसरा आयाम है। ये तबक़े सत्ता में अधिक सीधी हिस्सेदारी की कामना करने लगे जो उनके हितों की प्रत्यक्ष नुमाइंदगी करने वाली छोटी-छोटी पार्टियों द्वारा ही सम्भव था। इन पार्टियों के उदय ने राष्ट्रीय दलों का समर्थन आधार सीमित कर दिया। सत्ता में आने के लिए उन्हें भी गठजोड़ की ज़रूरत पड़ी। छोटी पार्टियों को तो इसकी ज़रूरत पहले से ही थी।

देखें : अकाली दल, कांग्रेस 'प्रणाली', ग़ैर-कांग्रेसवाद, गठजोड़ राजनीति, जनता दल और उसकी विरासत-1 और 2, तेलुगु देशम पार्टी, पार्टी-गठजोड़ की राजनीति, भारतीय जनता पार्टी-1 और 2, भारत में मतदान-व्यवहार-1, 2, 3, 4, 5 और 6, भारतीय राष्ट्रीय कांग्रेस-1 और 2, भारतीय कम्युनिस्ट पार्टी, भारतीय कम्युनिस्ट पार्टी (मार्क्सवादी), राष्ट्रीय जनतांत्रिक गठजोड़, वाम मोर्चा, शिव सेना, समाजवादी पार्टी, बहुजन समाज पार्टी-1 और 2, शिरोमणि अकाली दल, समाजवादी पार्टी, संयुक्त प्रगतिशील गठजोड़।

संदर्भ

1. ई. श्रीधरन (2008), 'कोआलिशन पॉलिटिक्स इन इण्डिया : टायप्स, ड्यूरेशन, थियरी ऐंड कम्परीज़न', *आईएसएएस वर्किंग पेपर,* अंक 50.
2. बलवीर अरोड़ा (2000), 'निगोशिएटिंग डिफ़रेंस : फ़ेडरल कोआलिशन ऐंड नैशनल कोहिज़न', फ्रांसिस फ्रेंकेल, ज़ोया हसन, राजीव भार्गव और बलवीर अरोड़ा (सम्पा.), *ट्रांसफ़ॉर्मिंग इण्डिया: सोशल ऐंड पॉलिटिकल डायनामिक्स ऑफ़ डेमौक्रेसी,* ऑक्सफ़र्ड युनिवर्सिटी प्रेस, नयी दिल्ली.

— अभय कुमार दुबे

भारत में दर्शनशास्त्र : स्वातंत्र्यपूर्व दशा-दिशा

(Philosophy in Colonial India)

उपनिवेशकालीन भारतीय दर्शनशास्त्र अपनी प्रकृति में अधिकांशतः आदर्शवादी और प्रत्ययवादी रहा है। चूँकि वेदांत उसका मूल-स्रोत था, इसलिए उस काल की दार्शनिक पुनर्रचनाओं को नव-वेदांती कहा जा सकता है। इस काल की दार्शनिक प्रवृत्ति को पाश्चात्य विचारकों की उस आलोचना के प्रत्युत्तर में भी देखा जा सकता है जिसे अलबर्ट स्वीट्ज़र (1875-1965) ने अपनी पुस्तक *इण्डियन थॉट ऐंड इट्स डिवेलपमेंट* (1936) में यह कहते हुए संदर्भित किया था कि भारतीय दर्शन पलायनवादी है। वस्तुतः स्वीट्ज़र का यह दृष्टिकोण शॉपेनहावर (1788-1860) जैसे विचारकों की औपनिषदिक समझ पर आधरित है। इसका पुरज़ोर जवाब सर्वपल्ली राधाकृष्णन ने अपनी कृति *ईस्टर्न रिलीजन ऐंड वेस्टर्न थॉट* (1939) में दिया है। उनके अनुसार यह धारणा ऐतिहासिक रूप से स्वीकार्य नहीं हो सकती कि हिंदू चिंतन में जीवन और जगत के प्रति नकार और निराशा निहित है, जबकि ईसाई चिंतन के स्वरूप में जीवन और जगत के प्रति स्वीकार्यता और आशावाद निहित है। वास्तव में दोनों के बीच का वास्तविक विरोध धर्म और स्वायत्त-मानववादी दृष्टिकोण को लेकर है।

1916 में आमलनेर, महाराष्ट्र में श्रीमंत प्रताप सेठ के सौजन्य से इण्डियन इंस्टीट्यूट ऑफ़ फ़िलॉसफ़ी की स्थापना हुई। 1917 में इण्डियन फ़िलॉसॉफ़िकल एसोसिएशन का पहला अधिवेशन कोल्हापुर में हुआ तथा *इण्डियन फ़िलॉसॉफ़िकल रिव्यू* नामक पत्रिका का प्रकाशन भी प्रारम्भ किया गया। 1925 में इण्डियन फ़िलॉसॉफ़िकल कांग्रेस की स्थापना हुई। यह दार्शनिकों का एक ऐसा संगठन है जो औपनिवेशिक युग से लेकर अब तक अंग्रेज़ी माध्यम से भारतीय दार्शनिक चिंतन के विकास के लिए

सक्रिय रहा है। ये सभी प्रयास औपनिवेशिक युग में भारतीय दर्शन को संस्थागत स्वरूप प्रदान करने वाले साबित हुए।

स्वातंत्र्यपूर्व भारत के प्रमुख विचारक श्री अरविंद (1872–1950) मौलिक रूप से एक प्रत्ययवादी दार्शनिक थे और उन्होंने वैदिक तत्त्वदृष्टि को विकासवादी प्रारूप में देखते हुए एक ऐसा समग्र अद्वैतवादी दर्शन प्रस्तुत किया जिसमें जड़ और चेतन का अंतहीन द्वैत न हो कर दोनों एक ही वैश्विक प्रक्रिया के समान भागीदार हैं। अनंत के तर्क और मायावाद के बदले लीलावाद पर आधारित उनका दर्शन भौतिकवादियों द्वारा किये जाने वाले संन्यास-निषेध और अध्यात्मवादियों द्वारा किये जाने वाले भौतिकवाद-निषेध जैसी दो अतियों से बचते हुए इस पृथ्वी पर दिव्य जीवन के अवतरण का दर्शन है। अपनी तत्त्वदृष्टि, इतिहास दर्शन, संस्कृति दर्शन और योगसमन्वय द्वारा उन्होंने भारतीय सभ्यता-बोध को दुनिया के समक्ष एक ब्रह्मांडीय प्रयोजनमूलकता के साथ प्रस्तुत किया है। उन्हें अपनी दार्शनिक योजना के यथार्थ पर कितना भरोसा रहा होगा कि उन्होंने भारत की स्वाधीनता को भी एक वैश्वीय भवितव्यता की अंगभूत घटना के रूप में देखा।

श्री अरविंद के अतिरिक्त प्रमुख स्वातंत्र्यपूर्व भारतीय दार्शनिकों में कृष्ण चंद्र भट्टाचार्य (1876–1949) का नाम उल्लेखनीय है। वे आधुनिक भारत के ऐसे तत्त्वमीमांसक थे जिन्होंने अद्वैतवेदांत की पुनर्रचना को कांट और हीगेल की विचार-सरणि के समानांतर दुनिया के समक्ष रखा। 'कंसेप्ट ऑफ़ फ़िलॉसफ़ी', 'सब्जेक्ट एज़ फ्रीडम' और 'द कंसेप्ट ऑफ़ एब्सोल्यूट ऐंड इट्स आल्टरनेटिव फ़ार्म्स' जैसे निबंधों द्वारा उन्होंने अपनी दार्शनिक पुनर्रचना की प्रस्तुति की। यद्यपि उन्होंने भारतीय दर्शन के लगभग सभी सम्प्रदायों पर लेखन किया है लेकिन जैन दर्शन के अनेकांतवाद (1925) की पुनर्व्याख्या लीक से हट कर विशेष महत्त्व की है। उन्होंने अनेकांतवाद के महत्त्व को पुनः उद्घाटित करते हुए दिखाया कि न तो तादात्म्य और न ही विरोध को तार्किक विचार-सरणी के लिए आधारभूत माना जा सकता है। वस्तुतः तादात्म्य और विरोध दोनों ही परस्पर विनियोजनीय हो सकते हैं और दोनों की ऐसी विनियोजनीयता (आल्टरेशन) ही व्यापक दार्शनिक आधार प्रस्तुत करती है। तादात्म्य और विरोध के बदले 'सहावस्थान' (टूगैदरनेस) तार्किक विचार-सरणी की अपेक्षाकृत अधिक आधारभूत कोटि है जिसे जैन दार्शनिकों ने 'क्रमर्पण और सहर्पण' के दो प्रारूपों में देखा है। कुल मिला कर अनेकांतवाद अनिर्वाच्यता का एक विशिष्ट तर्कशास्त्र है जो सप्तभंगी नय के द्वारा सत्य की वैकल्पिकता का सिद्धांत प्रस्तुत करता है।

भारत के पुनर्जागरण के परिप्रेक्ष्य में भट्टाचार्य का 'स्वराज इन आइडियाज़' नामक व्याख्यान भी महत्त्वपूर्ण है जिसे उन्होंने 1929 में हुगली कॉलेज, कलकत्ता के विद्यार्थियों के बीच दिया था। बाद में 1954 में इसका प्रकाशन *विश्वभारती जर्नल* में हुआ। उनका यह व्याख्यान अपने आप में वैचारिक स्वराज का दार्शनिक घोषणापत्र जैसा है। 1984 में पुणे से प्रकाशित *इण्डियन फ़िलॉसॅफ़िकल क्वार्टरली* में उनके इस व्याख्यान का पुनर्मुद्रण किया गया। दया कृष्ण, राजेंद्र प्रसाद, रामचंद्र गाँधी, एस.पी. गौतम सरीखे लोगों ने इस व्याख्यान के भाष्य किये। यद्यपि यह व्याख्यान उन्होंने अंग्रेज़ी में दिया था लेकिन वैचारिक स्वराज के मातृभाषीय राजपथ के महत्त्व और पश्चिमी विचारों के असमीक्षित पिष्टपेषण के दुष्परिणामों को उन्होंने बख़ूबी उजागर किया। इसके साथ ही उन्होंने यह भी निर्देशित किया कि भारतीय दर्शन को किस प्रकार एक सार्वभौम ज्ञान-विधा के रूप में प्रस्तुत किया जा सकता है। वैचारिक स्वराज के आशय को स्पष्ट करते हुए उन्होंने कहा कि सांस्कृतिक पराधीनता साधारणतः अचेतन प्रकार की होती है और उसमें दासता प्रारम्भ से ही निहित है। भट्टाचार्य कहते हैं : 'जब मैं सांस्कृतिक पराधीनता की बात करता हूँ तो मेरा अभिप्राय किसी विदेशी संस्कृति को मात्र अपना लेने से नहीं होता। इस प्रकार का अपना लेना सदैव अवांछनीय ही हो, यह आवश्यक नहीं। किसी भी परिस्थिति में उसका अर्थ स्वाधीनता की हानि नहीं होता और होना भी नहीं चाहिए। सांस्कृतिक पराभव केवल तब होता है जब व्यक्ति के अपने परम्परागत विचारों और भावनाओं को, बिना तुलनात्मक मूल्यांकन के ही, एक विदेशी संस्कृति के विचार और भावनाएँ उखाड़ फेंकते हैं और वह विदेशी संस्कृति व्यक्ति को एक भूत या प्रेत की तरह अपने वश में कर लेती है। इस प्रकार की पराधीनता आत्मा की दासता है। जब व्यक्ति अपने आप को उससे मुक्त कर लेता है तो उसे लगता है जैसे उसकी आँखें खुल गयीं। उसे एक नये जन्म की अनुभूति होती है। इसे ही मैं विचारों का स्वराज कहता हूँ।'

स्वराज की भारतीय अवधारणा के संदर्भ में भारत रत्न से विभूषित भगवानदास (1869–1958) के उस आलेख का ज़िक्र करना प्रासंगिक है जिसे उन्होंने 1921 के बम्बई कांग्रेस अधिवेशन में एक प्रस्ताव-पत्र के रूप में प्रस्तुत किया था। यद्यपि उन दिनों स्वराज के स्वरूप को लेकर बुद्धिजीवियों के बीच मतभेद थे और इन्हीं सब को दूर करने के लिए उन्होंने इस प्रस्ताव-पत्र को तैयार किया था, लेकिन उनके इस आलेख की चर्चा अकादमिक जगत में न के बराबर होती है। भगवानदास कांग्रेस से जुड़े एक बहुमान्य बुद्धिजीवी और थियोसोफ़िकल सोसाइटी में सक्रिय थे। उनके अनुसार स्वराज मूल रूप में एक नैतिक प्रत्यय है और व्यवस्था के अर्थ में यह स्व-शासन है। जिस प्रकार एक व्यक्ति में दो तरह की आत्मा-एक उच्चतर और दूसरा निम्नतर-का निवास होता है अर्थात् व्यक्ति दैवीय और पाशविक दोनों ही प्रवृत्तियों से

संचालित होता है, उसी प्रकार किसी समाज और राष्ट्र की भी उच्चतर और निम्नतर आत्मा होती है। कोई भी सरकार या शासन तभी सुशासन अथवा स्व-शासन माना जा सकता है जब वह उच्चतर आत्मा द्वारा संचालित हो। उच्चतर आत्मा से अभिप्रेरित राज-काज और नीति ही अधिकाधिक समन्वयकारी हो सकती है। इसका लोकतांत्रिक क्रियान्वयन और व्यवस्थापन केवल विवेकवान-विधायिका द्वारा ही सम्भव है जो प्रत्येक व्यक्ति में रहने वाले मैं और हम को समन्वित कर सके। प्रतिस्पर्धा और परस्पर सहयोग दोनों ही आवश्यक हैं। भगवानदास की यह अंतर्दृष्टि लोकतंत्रात्मक स्वराज की नैतिक आधरभूमि की ओर संकेत है। *द एसेंशियल यूनिटी ऑफ़ ऑल रिलिजंस* (1939) उनकी सबसे प्रतिष्ठित कृति है।

औपनिवेशिक युग के मान्य अध्येताओं में आर.डी. रानाडे (1886-1957) का व्यक्तित्व अलग प्रकार था। उनकी प्रसिद्धि एक दार्शनिक के साथ-साथ रहस्यविद् के रूप में भी थी। *अ कन्स्ट्रक्टिव सर्वे ऑफ़ उपनिषदिक फ़िलॉसफ़ी* (1927) उनकी बहुमान्य कृति है। इसमें उन्होंने न केवल औपनिषदिक दर्शन को उसकी सम्पूर्ण गरिमा और अंतर्वस्तु के साथ प्रस्तुत किया है बल्कि लॉर्ड रोनाल्ड्से की उस आलोचना को ख़ारिज भी किया है कि भारतीय दर्शन निराशावादी है। उनके जीवनकाल की अंतिम कृति *भगवद्गीता एज़ ए फ़िलॉसफ़ी ऑफ़ गॉड रियलाइज़ेशन (1959)* थी। मरणोपरांत उनकी सर्वाधिक महत्त्वपूर्ण कृति *वेदांत : द कल्मीनेशन ऑफ़ थॉट* (1970) शीर्षक से प्रकाशित हुई। इस ग्रंथ में ब्रह्मसूत्रकार बादरायण को उन्होंने समन्वयकारी दार्शनिक सिद्ध करते हुए प्रतिपादित किया है कि 'स्वाराज्यम्-वैराज्यम्' की वैदिक दृष्टि प्लेटो के दार्शनिक-राजा के सिद्धांत की अपेक्षा उच्चतर आदर्श प्रस्तुत करती है। 'स्वाराज्यम-वैराज्यम्' की अवस्था को प्राप्त व्यक्ति ही वास्तव में देवाधिदेव अनन्याधिपति होता है। रानाडे के ही समकालीन अनुकूलचंद्र मुखर्जी (1888-1968) थे जिन्हें इलाहाबाद का प्लेटो कहा जाता है। *द नेचर ऑफ़ सेल्फ़* (1938) एवं *सेल्फ़, थॉट ऐंड रियलिटी* (1957) उनकी गम्भीर दार्शनिक कृतियाँ हैं जिनमें उन्होंने अद्वैतवेदांत में परम चैतन्य के स्वरूप को ब्रिटिश-नवहीगेलवादी अभिगम में उद्घाटित किया है।

औपनिवेशिक युग के भारतीय दार्शनिकों में सर्वपल्ली राधाकृष्णन (1888-1975) की प्रतिष्ठा 'पूर्व और पश्चिम के प्रवक्ता' के रूप में थी। उन्होंने मानव जीवन के सभी पक्षों की व्याख्या नव-वेदांतवादी दृष्टि से की है। नव-वेदांत की तत्त्वमीमांसा को उन्होंने परमतत्त्ववादी वैश्विक दार्शनिक चिंतन के परिप्रेक्ष्य में पुनर्व्याख्यायित करते हुए प्रतिपादित किया कि यह दृश्यमान जगत परम सत का ही आभास है लेकिन फिर भी यह भ्रम मात्र नहीं जैसा कि अद्वैत वेदांत के परम्परागत चिंतक मानते रहे हैं। वस्तुत: शंकर के मायावाद का विरोध और जगत की यथातथ्यता का स्वीकार औपनिवेशिक युग के नव-वेदांती चिंतन की प्रस्थानमूलक विशेषता रही है। राधाकृष्णन का धार्मिक अनुभूति के स्वरूप की व्याख्या और धर्म के औचित्य प्रतिपादन के क्षेत्र में भी उल्लेखनीय योगदान रहा है। पूरब और पश्चिम के मध्य दार्शनिक संवाद की आवश्यकता को औचित्यपूर्ण ठहराते हुए उन्होंने तुलनात्मक दर्शन को सदैव बढ़ावा दिया, इसीलिए उन्होंने हवाई विश्वविद्यालय, अमेरिका में ईस्ट-वेस्ट सेंटर की स्थापना में पहलकारी भूमिका निभायी। *ऐन आइडियलिस्टिक व्यू ऑफ़ लाइफ़* में उन्होंने सफलतापूर्वक प्रतिपादित किया कि बुद्धि सत्य को उसकी सम्पूर्णता में नहीं जान सकती। अंत:प्रज्ञा ही मानवीय चेतना का वह आयाम है जहाँ सत्य का अपनी सम्पूर्णता में साक्षात्कार होता है। यह अंत:प्रज्ञात्मक अनुभूति धर्म, नीति और सर्वसमावेशी अद्वैत सत्ता को प्रमाणित करती है। बुद्धि केवल विश्लेषण में ही विश्रांत हो जाती है लेकिन अंत:प्रज्ञा अपने संश्लेषणात्मक व्यापार में एक समग्र बोध के साथ आदर्श जीवन की सम्भावना प्रस्तुत करती है। राधाकृष्णन ने आदर्श जीवन की अवधारणा हिंदू जीवन-दृष्टि पर लागू कर दिखाई है। अपनी एक दूसरी कृति *द हिंदू व्यू ऑफ़ लाइफ़* में उन्होंने पश्चिम के विपरीत इस भारतीय सत्य को उजागर किया कि भारत की सांस्कृतिक-धार्मिक चेतना बहुदेववादी होते हुए भी अद्वैतवाद की विरोधी नहीं है।

यद्यपि नव्य-वेदांत की तर्कसम्मत विश्लेषणात्मक तत्त्वमीमांसा की शुरुआत औपनिवेशिक युग में कृष्ण चंद्र भट्टाचार्य से ही होती है लेकिन उसी परम्परा में रासबिहारी दास (1897-1976) भी आते हैं जिन्होंने उसे अपने तरीक़े से आगे बढ़ाया। कांट के परमसत् विषयक विशिष्ट संशयवाद और व्हाइटहेड के चिंतन के प्रभाव में वेदांती तत्त्वमीमांसा की पुनर्रचना को उनके दार्शनिक चिंतन का सर्वाधिक मौलिक पक्ष माना जा सकता है। उनकी अन्यान्य कृतियों में *द इसेंशियल ऑफ़ अद्वैतिज़्म* (1931) *द फ़िलॉसफ़ी ऑफ़ व्हाइटहेड* (1937) एवं *इंट्रोक्शन टू शंकर* (1968) उल्लेखनीय हैं। दास के दार्शनिक योगदान को समझने के लिए उनके प्रकीर्ण लेखनों का संग्रह *रासबिहारी दास : फ़िलॉसॉफ़िकल एसेज़* बहुत ही उपयोगी है।

बीसवीं सदी के दार्शनिकों में जिद्दू कृष्णमूर्ति (1895-1986) का नाम विशेष रूप से उल्लेखनीय है। क्रियात्मक मानव स्वातंत्र्य के भाष्यकार कृष्णमूर्ति अकादमिक फ़िलॉसफ़र न हो कर आत्मचेता बुद्ध-पुरुष थे। उनके व्याख्यानों का 18 भागों में संग्रह अपने आप में एक वांगमय है। लेकिन *कमेंटरीज़ ऑन लिविंग, फ्रीडम फ्रॉम नोन, फ़र्स्ट ऐंड लास्ट लिबरेशन* और *यू आर द वर्ल्ड* में उनके मौलिक विचार व्यवस्थित रूप में प्राप्त होते है। के.सी. भट्टाचार्य के शिष्य एवं गाँधी के अनुयायी धीरेंद्र मोहन दत्त (1898-1974) की रचनाएँ *सिक्स वेज़ ऑफ़ नोइंग* (1932) *द फ़िलॉसफ़ी*

ऑफ़ महात्मा गाँधी (1953) और *चीफ़ करेंट्स ऑफ़ कंटेम्पेरेरी फ़िलॉसफ़ी* (1950) आज भी पठन-पाठन में सर्वाधिक उपयोग की जाने वाली पुस्तकें हैं। इसी बीते हुए काल से पहले के भारतीय दर्शन का लेखा-जोखा तब तक पूर्ण नहीं माना जा सकता जब तक कि सुरेंद्रनाथ दासगुप्ता (1885-1952) द्वारा पाँच खण्डों में प्रकाशित *अ हिस्ट्री ऑफ़ इण्डियन फ़िलॉसफ़ी* (1922) का उल्लेख न किया जाए।

1950 में फ़िलॉसॅफ़िकल कांग्रेस ने अपना रजत जयंती अधिवेशन इंस्टीट्यूट ऑफ़ फ़िलॉसफ़ी (आमलनेर) के तत्त्वावधान में आयोजित किया। इस अवसर पर 'हैज़ श्री अरविंद रिफ़्यूटेड मायावाद?' पर हुई महत्त्वपूर्ण परिचर्चा में उस समय के चार मूर्धन्य अध्येताओं ने भाग लिया। ये थे इंद्रसेन, एन.ए. निकम, हरिदास चौधरी और जी.आर. मलकानी। भारतीय दर्शन के भावी विकास की दृष्टि से इस परिचर्चा को स्वातंत्र्यपूर्व भारतीय दर्शन का निचोड़ और न्यू टेस्टामेंट जैसा कहा जा सकता है।

इंद्रसेन (1903-1994) ने अपनी प्रस्तुति में दिखाया कि श्री अरविंद के लीलावाद में प्राचीन वेदांत का मायावाद अपने आप सत्तावाद में रूपांतरित हो जाता है और इस तरह श्री अरविंद के दर्शन में उसका अपने आप खण्डन हो जाता है। अरविंद ने अपने *लाइफ़ डिवाइन* (1949) में एक समग्र और मर्त अद्वैत को उपस्थापित किया है जिसमें जड़ (मैटर) और चेतना (स्पिरिट) का एकान्वयन घटित होता है। अनंत के तर्क को आधार में रखते हुए उन्होंने प्रतिपादित किया है कि अतिमानस की विकासावस्था में सगुण और निर्गुण की एकता स्वयं अनुभूति के धरातल से प्रमाणित होती है। मैसूर के एन.ए निकम (1903-1974) ने शंकर के विवर्तवाद और अरविंद के आविर्भाववाद में अंतर किया। उन्होंने कहा कि अरविंद धातु से निष्पन्न माया का अर्थ मापन परिच्छेदन और भ्रम अथवा धोखा के अर्थ में लेते हैं। श्री अरविंद के अनुसार वस्तुत: मायावाद में माया शब्द दूसरे अर्थ अर्थात् भ्रम या धोखा के अर्थ में प्रयुक्त हुआ है। निकम के अनुसार अरविंद के दिव्य जीवन दर्शन में और अद्वैत वेदांत के मायावाद में मूलाविद्या की भूमिका एक ही जैसी है। इस तरह वास्तव में श्री अरविंद में दो प्रकार के तर्क का ऐसा द्वैधीकरण है कि अन्ततः उनके दर्शन में मायावाद अनावृत ही रह जाता है।

हरिदास चौधरी (1913-1975) स्वीकार करते हैं कि परमतत्त्व का स्वरूप ही ऐसा है कि उसमें एक गहन आध्यात्मिक अंतर्दृष्टि के साथ मायावाद के लिए अवकाश रहता ही है। अत: उसे अंतिम रूप से निरस्त नहीं किया जा सकता। श्री अरविंद का दर्शन वस्तुत: मायावाद के अतिक्रमण का अज्ञान-प्रहाण का दर्शन है। तर्कसम्मत अद्वैत वेदांत के प्रबल समर्थक जी. आर. मलकानी (1892-1977) ने बेबाक कहा कि श्री अरविंद मायावाद का खण्डन नहीं करते हैं। उनके अनुसार एकात्मक अनुभव में सगुण और निर्गुण का समन्वय नहीं किया जा सकता। स्वंय शंकर के लिए और मलकानी के लिए भी सत्ता एक और अद्वैत ही है। तथाकथित अनंत का तर्क अ-विरोध के नियम को निरस्त नहीं कर सकता। वस्तुत: मायावाद ही अद्वैतवाद के सर्वथा निर्द्वंद्व और सुसंगत स्वरूप को प्रस्तुत करता है जहाँ किसी भी प्रकार के तत्त्वमीमांसीय द्वैत के लिए कोई अवकाश ही नहीं है। मलकानी का यह बेबाक विरोध शंकर के अद्वैतवाद के प्रति उनकी गहरी निष्ठा का परिचायक है। *फ़िलासफ़ी ऑफ़ सेल्फ़* (1939) और *मेटाफ़िजिक्स ऑफ़ अद्वैत* (1961) जैसी कृतियों से उनकी यह निष्ठा प्रमाणित भी होती है।

इस प्रकार कुल मिला कर स्वातंत्र्यपूर्व भारत में दर्शनशास्त्र की दशा और दिशा नववेदांत कहे जाने वाले दार्शनिक चिंतन के इर्द-गिर्द ही घूमती रही। भारतीय नवजागरण के अग्रदूत राजा राममोहन राय, दयानंद सरस्वती, स्वामी विवेकानंद, बाल गंगाधर तिलक, श्री अरविंद, रवींद्रनाथ ठाकुर और गाँधी इत्यादि के हाथों वेदांत ही नववेदांत के रूप में पुनर्सृजित होकर भारतीय नवजागरण और स्वाधीनता आंदोलन को वैचारिक आधार प्रदान करते हुए 'भारतीय स्वराज' का दर्शन बन कर प्रतिष्ठित हुआ। उस काल के अकादमिक दार्शनिकों ने जीवन और जगत के प्रति मायावादी दृष्टिकोण का नकार, जगत की यथातथ्यता की स्वीकृति तथा वेदांती विश्व-दृष्टि में ही प्रगतिशील एवं रचनात्मक जीवन के लिए अधिकाधिक अवकाश निर्मित करने को अपने नववेदांती दर्शन की प्रस्थानमूलक विशिष्टता बनायी। साथ ही साथ इस काल के नववेदांती चिंतन में उन सामाजिक-सांस्कृतिक विकारों के प्रति भी एक सशक्त आत्मचेतना दिखायी पड़ी जिन्हें परम्परागत वेदांत की अद्वैती विश्व-दृष्टि से कदापि संगत नहीं ठहराया जा सकता। इस तरह स्वातंत्र्यपूर्व नववेदांतवादी चिंतन में परम्परागत वेदांत की न केवल तत्त्वमीमांसीय पुनर्रचना हुई, बल्कि भारतीय संस्कृति और समाज में आक्षिप्त विकारों के परिमार्जन का एक वैचारिक आंदोलन भी खड़ा किया गया।

देखें : गोपीनाथ कविराज, गोविंद चंद्र पाण्डे, दयाकृष्ण, नंद किशोर देवराज, बदरी नाथ शुक्ल, भारत में दर्शनशास्त्र : स्वातंत्र्योत्तर दशा-दिशा, मुकुंद लाठ, यशदेव शल्य, रामअवतार शर्मा।

संदर्भ

1. सर्वपल्ली राधाकृष्णन और जे.एच. म्योरहेड (सम्पा.) (1936), *कंटेम्परेरी इण्डियन फिलॉसफ़ी,* जॉर्ज एलेन ऐंड अनविन, लंदन.
2. नलिनी भूषण औरं जे.आर. गारफ़ील्ड (सम्पा.) (2011), *इण्डियन फिलॉसफ़ी इन इंग्लिश : फ्रॉम रिनेसाँ टू इंडिपेंडेंस,* ऑक्सफ़र्ड यूनीवर्सिटी प्रेस, नयी दिल्ली.
3. एस.पी. दुबे (सम्पा.) (1994-1998) (चार भाग), *फ़ैसेट्स ऑफ़ रीसेंट इण्डियन फिलॉसफ़ी,* भारतीय दार्शनिक अनुसंधान परिषद्, नयी दिल्ली.

—अम्बिकादत्त शर्मा

भारत में दर्शनशास्त्र : स्वातंत्र्योत्तर दशा-दिशा

(Philosophy in Independent India)

भारतीय दर्शन का औपनिवेशिक युग किस तरह स्वातंत्र्योत्तर युग में रूपांतरित होता है और नये युग में वह क्या स्वरूप ग्रहण करता है, इसकी एक झलक हमें *कंटेम्पारेरी फ़िलॉसफ़ी* नामक ग्रंथ के दूसरे परिवर्द्धित संस्करण में देखने को मिलती है। राधाकृष्णन और म्योरहेड ने 1952 में इसका सम्पादन किया था। यह ग्रंथ आज़ादी से पहले और बाद के भारतीय दर्शन की दशा-दिशा को प्रस्तुत करने वाला प्राथमिक और प्रामाणिक प्रयास था। इसके प्रथम संस्करण में (1936) गाँधी, रवींद्रनाथ, स्वामी अभेदानंद, कृष्ण चंद्र भट्टाचार्य, जी.सी. चटर्जी, आनंद कुमारस्वामी, भगवानदास, सुरेंद्र नाथ दासगुप्ता, हीरालाल हलधर, एम. हिरियन्ना, सर्वपल्ली राधाकृष्णन, आर.डी. रानाडे, बी. सुब्रह्मण्यम अय्यर और आर. वाडिया जैसे दार्शनिकों के आलेख सम्मिलित किये गये थे। इसके दूसरे संस्करण में हरिदास भट्टाचार्य, एन.जी. दामले, रासबिहारी दास, डी.एम दत्ता, हुमायूँ कबीर, एस.के मैत्रा, जी.आर. मलकानी, ए.सी. मुखर्जी, टी.आर.वी मूर्ति, पीटी. राजू और एम.एम शरीफ़ के लेखों को प्रातिनिधिक दार्शनिक लेखन के रूप में शामिल किया गया।

ग्रंथ के दोनों भागों में जिन दार्शनिकों के आलेखों को तत्कालीन दार्शनिक अध्यवसाय के नमूने के तौर पर सम्मिलित किया गया— उसे दो वर्गों में बाँटा जा सकता है। पहले वर्ग के दार्शनिकों ने वैदिक परम्परा के दर्शनों की समझ को प्रस्तुत किया है। दूसरे वर्ग के आलेखों की अंतर्वस्तु तो परम्परागत भारतीय दर्शनों से ही ली गयी है, लेकिन उनकी व्याख्या, विश्लेषण और तुलना पाश्चात्य दर्शन और उसकी आधुनिक समस्याओं के परिप्रेक्ष्य में की गयी है। इस प्रसंग में यहाँ अखिल भारतीय दर्शन परिषद् की स्थापना का उल्लेख भी आवश्यक है। यह परिषद् वास्तव में स्वातंत्र्योत्तर भारतीय दर्शन का एक नया और महत्त्वपूर्ण अध्याय है। इसकी स्थापना में महत्त्वपूर्ण भूमिका यशदेव शल्य की रही। मुखपत्र के रूप में *दार्शनिक* त्रैमासिक पत्रिका का परिषद् की स्थापना के साथ ही 1954 से प्रकाशन प्रारम्भ किया गया और परिषद् का प्रथम वार्षिक अधिवेशन 1956 में इलाहाबाद में हुआ। हिंदी माध्यम से स्वातंत्र्योत्तर भारत में दार्शनिक अध्यवसाय को प्रतिनिधित्व देते हुए परिषद् ने दो दर्जन से अधिक पुस्तकों का प्रकाशन किया है जिसमें के. सच्चिदानंद मूर्ति द्वारा *समकालीन भारतीय दर्शन* (1962) विशेष रूप से उल्लेखनीय है। राधाकृष्णन और म्योरहेड के ही तर्ज़ पर इस पुस्तक में सम्पूर्णानंद, एन.एस. द्रविड़, बी.जी. तिवारी, एस.एल. पाण्डेय, राजेंद्र प्रसाद, आर.के. त्रिपाठी, एस.एस. बारलिंगे, जे.आर.एल.एस. नारायण मूर्ति, चंद्रशेखर राव और के.एस. मूर्ति के आलेख सम्मिलित किये गये थे। परिषद् के तत्त्वावधान में स्वातंत्र्योत्तर दार्शनिक प्रकरण के अंतर्गत अम्बिकादत्त शर्मा द्वारा सम्पादित *समेकित दार्शनिक विमर्श* (2005), *समेकित अद्वैत विमर्श* (2005), *भारतीय दर्शन के 50 वर्ष* (2006) और *समेकित पाश्चात्य दर्शन समीक्षा* (2012) भी विशेष रुप से उल्लेखनीय हैं।

भारतीय दर्शन के स्वातंत्र्योत्तर प्रकरण में टी.आर.वी. मूर्ति (1902-1986) के अध्यवसाय को परम्परा और आधुनिकता का सेतुबंध कहा जा सकता है। उनकी विशेष अभिरुचि माध्यमिक दर्शन, कांट और भाषा दर्शन में रही, लेकिन अपने दार्शनिक अध्यवसाय को उन्होंने माध्यमिक दर्शन की पुनर्रचना में चरितार्थ किया। 1955 में प्रकाशित उनकी कृति *द सेंट्रल फ़िलॉसफ़ी ऑफ़ बुद्धिज़म* के माध्यम से दार्शनिक विचारों के विश्व-इतिहास में नागार्जुन को प्रतिष्ठा मिली है। मूर्ति के लिए माध्यमिक दर्शन का आंतरिक मूल्य बौद्ध दर्शन के एक सम्प्रदाय के रूप में नहीं बल्कि 'क्रिटीक ऑफ़ ऑल फ़िलॉसफ़ीज' के रूप में है। वैसे तो उन्होंने कांट के दर्शन को लक्ष्य करके कुछ नहीं लिखा लेकिन *अज्ञान* नामक पुस्तक (1933), जो जी.आर. मलकानी और रासबिहारी दास के साथ मिल कर लिखी गयी थी, में अद्वैत वेदांत सम्मत अविद्या की अवधारणा को उद्घाटित करते समय उन पर कांट के प्रभाव को स्पष्ट रूप से देखा जा सकता है। इसी तरह अद्वैतवादी दर्शनों के वैकल्पिक प्रारूपों की गवेषणा भी मूर्ति के दार्शनिक अध्यवसाय का महत्त्वपूर्ण बिंदु रहा है। भाषा दर्शन के क्षेत्र में उनका एक आलेख 'द फिलॉसफ़ी ऑफ़ लेंग्वेज इन कांटेक्स्ट' (1963) उन्हें भाषा-दार्शनिक के रूप में भी प्रतिष्ठित करता है।

दर्शन के क्षेत्र में हुमायूँ कबीर (1906-1969) के प्रयासों की अनदेखी नहीं की जा सकती। उन्होंने अपने चिंतन से परम्परा और नवोन्मेषी प्रगतिशीलता के बीच सामंजस्य की स्थापना करने वाला अवदान दिया। इसी तरह पी.टी. राजू पारम्परिक भारतीय दार्शनिक चिंतन की आधुनिकोन्मुखी व्याख्या करने वालों में अग्रणी थे। इस प्रकार की व्याख्या का मानक रूप *आइडियलिस्टिक थॉट ऑफ़ इण्डिया* (1953) *थॉट ऐंड रियलिटी* (1957) और *आइडियलिज़म ऐंड मॉडर्न चैलेंजेज़* (1961) नामक उनकी कृतियों में देखा जा सकता है। इसके अतिरिक्त पी.टी. राजू को तुलनात्मक दर्शन की स्वतंत्र विद्या के प्रणेता के रूप में कुछ इने-गिने व्यक्तियों में रखा जा सकता है। उनकी *इंट्रोडक्शन टू कॅम्परेटिव फ़िलॉसफ़ी* (1962) इस विधा की प्राथमिक संस्थापक कृतियों में एक है। कालिदास भट्टाचार्य (1911-1964) विलक्षण दार्शनिक प्रतिभा वाले अध्येता थे। इनकी दार्शनिक चेतना किसी वाद या सम्प्रदाय से प्रतिबद्ध न होकर इस अर्थ

में स्वतंत्र थी कि उन्होंने मनुष्य की चेतना में निहित तत्त्वमीमांसीय प्रवृत्तियों की वैकल्पिकता का दार्शनिकीकरण करते हुए एक तरह से उसकी ही तत्त्वमीमांसा प्रस्तुत की है। इसका बीज उन्हें अपने पिता कृष्ण चंद्र भट्टाचार्य के *एब्सोल्यूट ऐंड इट्स आल्टरनेटिव स्टैंडपाइंट* में प्राप्त हुआ था लेकिन उसे इन्होंने *आल्टरनेटिव स्टैंडपाइंट इन फ़िलॉसफ़ी* (1953) के रूप में विकसित किया है। कालिदास भट्टाचार्य ने मनुष्य की स्वतंत्रता और उसकी धार्मिक वैज्ञानिक चेतना के संबंध में भी मौलिक विचार प्रस्तुत किये हैं। भट्टाचार्य की बहुविध रचनाओं में *प्रीसपोज़िशन ऑफ़ साइंस ऐंड अदर एसेज़* (1974), *पॉसिबिलिटी ऑफ़ डिफ़रेंट टाइप्स ऑफ़ रिलीजन* (1975), द *कंसेप्ट ऑफ़ मैन* (1982) तथा बांग्ला में *भारतीय सस्कृति ओ अनेकांत वेदांत* (1982) प्रमुखतम हैं।

टी.एम.पी. महादेवन (1911-1983) वेदांत दर्शन में पारंगत थे। उन्होंने मद्रास स्कूल ऑफ़ वेदांत स्टडीज़ की स्थापना की। *गौडपाद : ए स्टडी इन अर्ली अद्वैत* (1954) के माध्यम से उन्होंने विधुशेखर भट्टाचार्य सरीखे व्यक्तियों द्वारा फैलायी गयी इस भ्रांति का भंजन किया है कि शंकराचार्य के दादागुरु गौडपाद द्वारा प्रयुक्त पदावलियाँ बौद्ध परम्परा की एकल सम्पत्ति नहीं बल्कि परम्परा की सम्पदा हैं जिस पर किसी का एकाधिकार नहीं। द *फ़िलासफ़ी ऑफ़ अद्वैत* (1957), *आउटलाइंस ऑफ़ हिंदुइज़म* (1956) और *टाइम ऐंड टाइमलेस* इत्यादि उनकी प्रमुख कृतियाँ हैं सम्प्रति इस परम्परा की निरंतरता को आर. सुब्रह्मण्यम बनाये हुए हैं। मण्डन मिश्र की ब्रह्मसिद्धि पर आधारित उनकी कृति 'अद्वैत वेदांत' और 'नैष्कर्म्यसिद्धि' अंग्रेज़ी माध्यम से किये गये प्रसादक अध्ययन हैं।

स्वातंत्र्योत्तर युग में नंद किशोर देवराज (1917-1999) सर्जनात्मक मानववाद के प्रतिष्ठापक माने जाते हैं। भुवनेश्वर के गणेश्वर मिश्र (1917-1985) अपने समय के जाने-माने अध्येता थे। ए.जे. एयर के शिष्य के रूप में इन्होंने *सोर्स ऑफ़ मोनोइज़्म इन शंकर ऐंड ब्रैडले* विषय पर अनुसंधान किया था। पाश्चात्य विश्लेषणात्मक दर्शन की पद्धति का भरपूर उपयोग करने वाली उनकी रचना *स्टडीज़ इन अद्वैत वेदांत* (1976) एक प्रसिद्ध कृति है। आर. के. त्रिपाठी (1918-1981) का झुकाव वेदांत दर्शन और उसमें भी शांकर वेदांत की ओर सर्वाधिक था। दर्शन की आधुनिक समस्याओं पर अद्वैत वेदांत का पक्ष मज़बूती से रखने की उनमें अद्भुत क्षमता थी। उनके लिए अद्वैत वेदांत की विचार-प्रक्रिया दर्शन की अवधारणा का पर्याय जैसी थी। *प्रॉब्लम्स ऑफ़ फ़िलॉसफ़ी ऐंड रिलीजन* (1971) नामक ग्रंथ में यह सब कुछ प्रांजल सम्प्रत्ययात्मक स्पष्टता के साथ देखा जा सकता है। आर.के. त्रिपाठी का पहला महत्त्वपूर्ण कार्य *स्पिनोज़ा इन द लाइट ऑफ़ वेदांत* (1958) काशी हिंदू विश्वविद्यालय से प्रकाशित हुआ था।

सुरेंद्र सदाशिव बारलिंगे (1919-1997) ने पुणे विश्वविद्यालय से सम्बद्ध रहते हुए अंग्रेज़ी, हिंदी और मराठी तीनों ही भाषाओं में आधुनिकोन्मुख दार्शनिक लेखन द्वारा भारतीय दर्शन को बढ़ावा दिया है। *अ मॉडर्न इंट्रोडक्शन टू लॉजिक* (1955) नामक पुस्तक में उन्होंने भारतीय तर्कविद्या को आकारिक तर्कशास्त्र की पदावली और तौर-तरीक़े से प्रस्तुत किया है। इसी तरह भारतीय दर्शन को आधुनिक पदावली में प्रस्तुत करने वाले उनका ग्रंथ *अ मॉडर्न इंट्रोडक्शन टू फ़िलॉसफ़ी* (1998) है। बारलिंगे उन शुरुआती विद्वानों में रहे हैं जिन्हें भारतीय सौंदर्यशास्त्र की पहली रूपरेखा प्रस्तुत करने का श्रेय जाता है।

चंद्रधर शर्मा (1920-2004) भारतीय परम्परा के अद्वैतवादी दर्शनों के सिद्धस्थ व्याख्याकार थे। उनकी अंग्रेज़ी रचना *अ क्रिटिकल सर्वे ऑफ़ फ़िलॉसफ़ी* (1952) और बाद में उसी का परिवर्तित हिंदी संस्करण (1990) आज भी भारत के विद्यार्थियों के द्वारा सर्वाधिक पढ़ा जाने वाला ग्रंथ है। *डायलेक्टिक ऑफ़ बुद्धिज़म ऐंड वेदांत* तथा द *अद्वैतिक ट्रेडिशन ऑफ़ फ़िलॉसफ़ी* (1996) नामक ग्रंथ उनके अद्वैतवादी अध्यवसाय के प्रांजल पक्ष को प्रस्तुत करते हैं। नागपुर विश्वविद्यालय से सम्बद्ध नारायण शास्त्री द्रविड़ (1923-2010) का भारतीय तर्कशास्त्र और प्रमाणशास्त्र की समस्याओं की विशिष्टता को पाश्चात्य ज्ञानमीमांसा और तर्कशास्त्र के समक्ष उपस्थापित करने वालों में कोई सानी नहीं था। उन्होंने भारतीय प्रमाणशास्त्र के प्रगत स्वरूप को मराठी भाषा में प्रस्तुत किया है। उन्होंने *न्यायकुसुमांजली* और *आत्मतत्त्वविवेक* का अंग्रेज़ी में मानक अनुवाद भी किया है। *भारतीय दर्शन की मूलगामी समस्याएँ* (2009) शीर्षक से अखिल भारतीय दर्शन परिषद् ने उनके प्रकीर्ण हिंदी लेखन को प्रकाशित किया है।

गोविंद चंद्र पाण्डे (1923-2011) की सम्पूर्ण विचार-साधना समवेत रूप से संस्कृति-दर्शन के रूप में फलित हुई है। पाण्डे के संस्कृति-दर्शन पर हीगेल के इतिहास-दर्शन, बौद्ध दर्शन के विज्ञानवाद और श्री अरविंद के मानवचक्र-सिद्धांत का स्पष्ट प्रभाव दिखता है। उनकी बहुविध रचनाओं में मुख्य रूप से *फ़ाउंडेशन ऑफ़ कल्चर ऐंड सिविलाइज़ेशन, द मीनिंग ऐंड प्रोसेस ऑफ़ कल्चर, कांशसनेस वैल्यू कल्चर, मूल्य-मीमांसा, भारतीय परम्परा के मूल स्वर* तथा *शंकराचार्य : विचार और संदर्भ* जैसी कृतियाँ उन्हें बीसवीं सदी के विश्वस्तरीय संस्कृति-दार्शनिक के रूप में प्रतिष्ठापित करती है। इसके अतिरिक्त *भक्ति दर्शन विमर्श, सौंदर्य दर्शन विमर्श* भी उनकी उल्लेखनीय रचनाएँ हैं।

के. सच्चिदानंद मूर्ति (1924-2011) को दार्शनिक समुदाय में द्वितीय राधाकृष्णन माना जाता था। मूर्ति ने वेदांत की मूल भावना 'सर्व खलु इदं ब्रह्म' की धार्मिक चेतना का दार्शनिकीकरण लोक-जीवन के यथार्थ धरातल पर किया है।

रेवेलेशन ऐंड रीज़न इन अद्वैत वेदांत (1959) और *द रेल्म ऑफ़ बिटवीन* (1993) इत्यादि उनकी प्रसिद्ध कृतियाँ हैं। उन्होंने शांति के दर्शन पर महत्त्वपूर्ण कार्य किया है। 1960 में प्रकाशित उनकी कृति *स्टडीज़ इन द प्रॉब्लम्स ऑफ़ पीस* इसका प्रमाण है।

दया कृष्ण (1924-2007) प्रारम्भ में पाश्चात्य दर्शन के बड़े हिमायती थे, लेकिन बाद में उनकी रुचि भारतीय दर्शन की ओर हुई। उन्होंने भारतीय दार्शनिक परम्पराओं को 'प्रॉपर वर्क ऑफ़ रीज़न' की दृष्टि से देख कर उसकी अविचारित रूप से स्थापित मान्यताओं के विरुद्ध आधारभूत प्रश्न उठाये जो नये ढंग से विचार करने की गुंजाइशें खोलते हैं। 1955 में प्रकाशित उनकी कृति *द नेचर ऑफ़ फिलॉसफ़ी* और *द आर्ट ऑफ़ कॉन्सेप्चुअल* से उनके दार्शनिक गोत्र का पता चलता है। *प्रोलेगोमेना टू एनी फ़्यूचर हिस्टीरियोग्राफ़ी ऑफ़ कल्चर ऐंड सिविलाइज़ेशन* में दयाकृष्ण एक सभ्यता-विज्ञानी के रूप में सामने आते हैं। दयाकृष्ण की ऐसी कई कृतियाँ हैं जिनमें भारतीय दर्शन को बहुलवादी बौद्धिक परम्परा के रूप में पुन:संगठित और पुनर्रचित करने की प्रश्नाकुलता दिखाई पड़ती है।

भाषा और तार्किक विश्लेषण को दर्शन का धर्म समझने वाले राजेंद्र प्रसाद (1926-) का चरमोत्कर्ष उनके अतिमहत्त्वपूर्ण आलेख 'अनऐंडिंग डायलॉग विद गॉड' और 'डायलॉग बिटवीन फ़र्स्ट परसन ऐंड थर्ड परसन' में स्पष्ट रूप से देखा जा सकता है। उनके दार्शनिक अध्यवसाय को प्रस्तुत करने वाली महत्त्वपूर्ण कृति *कर्म, काज़ेशन ऐंड रिट्रीब्यूटिव मॉरलिटी* (2004) है।

चिद्द्वैतवाद के संस्थापक यशदेव शल्य (1928-) की दार्शनिक अनुसंधान यात्रा का आरम्भ आधुनिक पाश्चात्य अनुभववादी-तार्किक प्रत्यक्षवादी परम्परा के साथ हुआ, लेकिन उन्हें अनुभववादियों की अवधारणा में कोई युक्तियुक्तता दिखायी नहीं दी। वे इसे छोड़ कर अवधारणात्मक सापेक्षतावाद की ओर आये लेकिन यह दृष्टि भी उनके लिए अधिक समय तक संतोषप्रद नहीं बनी रह सकी। इस तरह यशदेव शल्य अपने ही अवधारणा-सापेक्षतावाद से उत्तीर्ण होकर दूसरे महत्त्वपूर्ण सोपान पर पहुँचे जिसे चैत-सापेक्षतावाद से निरपेक्ष चैतन्य में उत्क्रमण के रूप में समझा जा सकता है। यशदेव शल्य के दार्शनिक चिंतन का तृतीय और अंतिम प्रस्थान है 'चिद्द्वैतवाद' जहाँ वे विषय जगत् की चिद्गत संरचनाओं की प्रतिष्ठा चेतना की आत्मगत प्राकृतिकता से आत्मोन्मुख निर्वृत्ति में देखते हैं। भारतीय दार्शनिक अनुसंधान परिषद् द्वारा प्रकाशित *यशदेव शल्य का दर्शन* नामक पुस्तक में गोविंद चंद्र पाण्डे, मुकुंद लाठ इत्यादि के आलेखों से यशदेव शल्य के दार्शनिक चिंतन में निहित मौलिकता और व्यापकता की झलक मिलती है। मुकुंद लाठ (1937-) स्वयं भी एक स्वतंत्र विचारक हैं। उन्होंने धर्म, कर्म और नीति विषयक चिंतन को अपने अध्यवसाय का विषय बना कर भारतीय औचित्य मीमांसा की मौलिक प्रतिष्ठा की है। इस सम्बन्ध में उनकी पुस्तकें *धर्म संकट* और *कर्म चेतना के आयाम* द्रष्टव्य हैं।

इलाहाबाद में संगम लाल पाण्डेय (1929-2002) ने अद्वैत वेदांत की दृष्टि से पाश्चात्य ज्ञानमीमांसा की समीक्षा कर 'डेथ एपिस्टेमोलॉजी' की पुनर्रचना 'फ़िलॉसफ़ी ऑफ़ प्रयाग स्कूल' के रूप में की है। रामचन्द्र गांधी (1937-2007) की कृतियों में *आयी एम दाऊ,* जो रमण महर्षि पर केंद्रित है, महत्त्वपूर्ण है। *स्वराज* और *सीताज़ क्रिचेन* जैसे कई छोटे-बड़े ग्रंथ उनकी दार्शनिक परिकल्पनाओं को मूर्त रूप प्रदान करते हैं। पंजाब विश्वविद्यालय, चण्डीगढ़ के दर्शन-विभाग से संबंधित धर्मेंद्र गोयल (1934) का आधुनिकोन्मुख चिंतन भी यहाँ उल्लेखनीय है। इनके दार्शनिक अध्यवसाय के प्रमुख उत्पाद 'फ़िलॉसफ़ी ऑफ़ हिस्ट्री' (1967), 'फिलॉसफ़ी ऑफ़ सोशल चेंज' (1989) और 'भाषा दर्शन' (1991) हैं। अखिल भारतीय दर्शन परिषद् द्वारा प्रकाशित (2012) इनकी कृति 'स्वतंत्रता मूल्य और परम्परा' स्वातंत्र्योत्तर भारत की समसामयिक चिंताओं पर महत्त्वपूर्ण दार्शनिक विमर्श प्रस्तुत करती हैं। इसी काल में जी.सी. नायक (1935-) शंकर, नागार्जुन और कालिदास की कृतियों में अंतरविष्ट दार्शनिक दृष्टियों का विश्लेषणात्मक अध्ययन करने वाले प्रतिबद्ध अध्येता रहे हैं। *फ़िलॉसॅफ़िकल रिफ़्लेक्शंस* (1987), *फ़िलॉसॅफ़िकल इंटरप्राइज़ ऐंड द साइंटिफ़िक स्पिरिट* (1994) एवं *माध्यमिक शून्यता* (2001) उनकी महत्त्वपूर्ण कृतियाँ हैं।

भारत में क्षेत्रीय भाषाओं के माध्यम से दर्शनशास्त्र के पठन-पाठन की प्राचीन परम्परा रही है। इस दृष्टि से वी.एम. वेडेकर (पुणे) की *फिलॉसफ़ी इन फ़िफ़्टीन मॉडर्न इण्डियन लैंग्वेजेज़* (1979) नामक पुस्तक विशेष रूप से उल्लेखनीय है। इसमें असमिया, बांग्ला, अंग्रेज़ी, गुजराती, हिंदी, कन्नड़, कश्मीरी, मलयालम, मराठी, उड़िया, पंजाबी, सिंधी, तमिल और तेलगु इत्यादि भाषाओं में हुए दार्शनिक लेखन का लेखा-जोखा मिलता है। स्वातंत्र्योत्तर काल में भारतीय दर्शन पर विश्वकोशीय लेखन को लेकर चार महत्त्वपूर्ण प्रयास सामने आए हैं। इसमें पहला प्रयास अमेरिका के कार्ल एच. पॉट्टर का है। उन्होंने 23 भागों में *इनसाइक्लोपीडिया ऑफ़ इण्डियन फिलॉसफ़ी* प्रकाशित करने की महत्त्वाकांक्षी योजना 1968 में बनायी थी। इस विश्वकोश के कई एक खण्ड प्रकाशित हो चुके हैं और शेष प्रकाशनाधीन हैं। इस क्षेत्र में दूसरा प्रयास इण्डिया हैरिटेज फ़ाउंडेशन द्वारा 1980 के दशक में किया गया और पूर्वी-पश्चिमी विद्वानों के सहयोग से ग्यारह भागों में *इनसाइक्लोपीडिया ऑफ़ हिंदूइज़्म* तैयार किया गया है। कैलिफ़ोर्निया के के.एल. शेषगिरि राव इसके प्रधान सम्पादक दिल्ली के कपिल कपूर इसके सम्पादक हैं। इन दोनों प्रयासों

से भिन्न अपने ढंग का एक अनोखा *भारतीय दर्शन बृहत्कोश'* का निर्माण 1980 के दशक में सागर विश्वविद्यालय द्वारा कराया गया था। अर्जुन मिश्र इसके निदेशक और शास्त्रपुरुष बच्चूलाल अवस्थी इसके एकमात्र शोध-कर्ता और लेखक थे। विश्वकोशीय लेखन के क्षेत्र में सबसे बड़ा और सर्वाधिक प्रामाणिक प्रयास देवी प्रसाद चट्टोपाध्याय (1931-) के नेतृत्व में प्रोजेक्ट ऑफ़ हिस्ट्री ऑफ़ साइंस, फ़िलॉसफ़ी ऐंड कल्चर के तहत किया गया है। समस्त भारतीय बौद्धिक सम्पदाओं को एक व्यापक अवधारणात्मक योजना में समाहित करने वाली इस महान परियोजना के 115 खण्डों का प्रकाशन पूर्ण होने को है।

स्वातंत्र्योत्तर भारत में विश्वविद्यालयीय व्यवस्था के माध्यम से जो अकादमिक वातावरण निर्मित हुआ उसके माध्यम से विभिन्न दार्शनिक सम्प्रदायों का विकास भी प्रतिबद्ध अध्येताओं के द्वारा सम्भव हुआ है। आज़ादी के बाद श्रमण परम्परा के बौद्ध और जैन दर्शन का विकास सरकारी तौर पर प्रोत्साहित किया गया। इस दौरान सक्रिय बौद्ध अध्येताओं में भदंत आनंद कौसल्यायन, राहुल सांकृत्यायन, शांति भिक्षु शास्त्री, नरेंद्र देव, सत्कड़ी मुखर्जी, गोविंद चंद्र पाण्डे, आर.सी. पाण्डेय, के. वेंकट रमन, हर्ष नारायण, ए.के. चटर्जी और रामशंकर त्रिपाठी इत्यादि का नाम प्रमुखता से लिया जा सकता है। बौद्ध दर्शन के उदीयमान अध्येताओं में एच.एस. प्रसाद, प्रदीप गोखले, मंगला चिन्चोरे और अम्बिकादत्त शर्मा संदर्भित किये जाने की अर्हता रखते हैं। जैन दर्शन के क्षेत्र में नाथमल टाटिया, दलसुख भाई मलवानियाँ, नगिन जे. शाह और सागरमल जैन का योगदान उल्लेखनीय है। भारत की सर्वाधिक प्राचीन दर्शन परम्परा 'सांख्य-योग' को हरिहरानन्द आरण्य एवं रामशंकर भट्टाचार्य ने अपने अध्यवसाय से आधुनिक काल में जीवंत बनाये रखा। इसी तरह आगमिक धारा के शैव एवं काश्मीर शैव दर्शनों के आधुनिकोन्मुखी विकास को महाराज हरीसिंह (कश्मीर दरबार) ने बढ़ावा दिया। के.सी. पाण्डेय, आर.के. काव, बी.एन. पण्डित, नवजीवन रस्तोगी, कमलेश दत्त त्रिपाठी, ब्रज वल्लभ द्विवेदी और कमलाकर मिश्र ने इस क्षेत्र में महत्त्वपूर्ण योगदान किया है। काश्मीर शैव दर्शन के ही प्रतिउत्पाद के रूप में स्वातंत्र्योत्तर काल में भारतीय सौंदर्यशास्त्र का बहुआयामी विकास हुआ है। स्वतंत्रता से पूर्व एवं स्वातंत्र्योत्तर काल में न्यायवैशेषिक दर्शन का विकास भी बहुविध रूप से होता रहा है। बंगाल मूल के न्यायदर्शन के अध्येताओं में अनन्त लाल ठाकुर, बी.के. मतिलाल, जे.एन. मोहंती, शिवजीवन भट्टाचार्य एवं पी.के. मुखोपाध्याय इत्यादि प्रमुख रहे हैं। मिथिला मूल के अध्येताओं में बालकृष्ण मिश्र, महाप्रभु लाल गोस्वामी, शशिनाथ झा, बद्रीनाथ झा, दुर्गाधर झा, आनंद झा एवं किशोर नाथ झा परिगणित किये जा सकते हैं। इसके अतिरिक्त धर्मेंद्र नाथ शास्त्री, बलिराम शुक्ल, विश्वम्भर पाही, बी.एन. झा, रघुनाथ घोष एवं सच्चिदानंद मिश्र तथा अरुण मिश्र भी न्यायदर्शन के क्षेत्र में महत्त्वपूर्ण हस्तक्षेप करने वाले सक्रिय विद्वान रहे हैं। मीमांसा दर्शन का विकास स्वातंत्र्योत्तर भारत में उस तरीक़े से नहीं हुआ जबकि यह एक प्राचीन और समृद्ध परम्परा रही। गंगानाथ झा एवं युधिष्ठिर मीमांसक के बाद केवल गोवर्धन भट्ट ने इस दर्शन के प्रमाणशास्त्रीय पक्ष पर महत्त्वपूर्ण कार्य किया है। बीसवीं शताब्दी में के.एल. सरकार और काशी प्रसाद सक्सेना ने 'मीमांसा ज्यूरिस्पुडेंस' के क्षेत्र में अपने लेखन के द्वारा एक नयी दिशा ली है। वेदांत दर्शन के अवांतर सम्प्रदायों में शुद्धाद्वैत के आधुनिकोन्मुखी विकास में एम.पी. तेलीवाला, केदार नाथ मिश्र एवं श्याम मनोहर गोस्वामी ने महत्त्वपूर्ण भूमिका निभायी है। दक्षिण भारत में रामानुज वेदांत एवं मध्व वेदांत के अध्ययन-अध्यापन की अभी भी नैष्ठिक परम्परा जीवंत है। मध्व वेदांत के अध्येताओं में सत्यप्रमोद तीर्थ, प्रह्लादाचार्य, के.टी. पाण्डुरंगी प्रमुख रहे हैं। रामानुज वेदांत के अध्येताओं में रामानुज ताताचार्य, एस.एम. श्रीनिवासाचारी और अधिष्ठाता विद्वानों में वीर राघवाचार्य एवं परकाल मठाधीश अत्यंत विशिष्ट रहे हैं। सम्प्रति अद्वैत वेदांत के स्वाध्यायी विद्वान् देश भर में अनेक मिल जाएंगे लेकिन पारम्परिक पांडित्य और साधक प्रकृति के विद्वानों में स्वामी योगिंद्रा नंद, पारस नाथ द्विवेदी, सुधांशु शेखर शास्त्री एवं मणि द्राविड़ का नाम प्रमुखता से लिया जा सकता है। अद्वैत वेदांत के आधुनिक विद्वानों में ए. राममूर्ति, श्रीनिवास राव, ए.के. नारायण, गोदावरीश मिश्र और आनंद मिश्र संदर्भित किये जाने योग्य हैं। इक्कीसवीं शताब्दी में स्वामी नारायण वेदांत ने भी अपने को एक स्वतंत्र प्रस्थान के रूप में स्थापित करने का महत्त्वपूर्ण प्रयास 'ब्रह्मसूत्रस्वामीनारायणभाष्यम्' और 'उपनिषद् स्वामीनारायणभाष्यम्' लिखकर किया है। साधु भद्रेस दास और साधु श्रुति प्रकाश दास इस परम्परा के मान्य अध्येता हैं। स्वातंत्र्योत्तर भारत में भारतीय भाषा दर्शन का विकास भी दर्शन की एक स्वतंत्र विधा के रूप में हुआ है। इस क्षेत्र में के.ए.एस. अय्यर, गौरीनाथ शास्त्री, के.के. राजा, आर.सी. पाण्डेय, बी.के. मतिलाल, के.जे. शाह, पी.के. मुखोपाध्याय एवं डी.एन. तिवारी ने महत्त्वपूर्ण कार्य किया है।

पाश्चात्य दर्शन का स्वातंत्र्योत्तर क्षेत्र विशेष रूप से एंग्लो-सेक्सन फ़िलॉसफ़ी, फ़ेनोमेनोलॉजी एवं अस्तित्ववाद तथा उत्तर-आधुनिकतावाद से संबंधित रहा है। इस क्षेत्र में जे.एल. मेहता, जे.एन. मोहंती, रिचर्ड सोराबजी और अकील बिलग्रामी ऐसे नाम रहे हैं जिन्हें पश्चिम में मान्यता मिली। इसके अतिरिक्त पश्चिमी दर्शन में दख़ल रखने वाले भारतीय विद्वानों में नित्यानंद मिश्र, बी.के. लाल, आर.पी. पाण्डेय, डी.एन. द्विवेदी, सभाजीत मिश्र, आर.सी. प्रधान, आर.पी. सिंह, अशोक वोहरा, बी.के. अग्रवाल, पी.आर. भट्ट,

अमिताभ दासगुप्ता, प्रसेनजित विश्वास एवं संजय कुमार शुक्ल उल्लिखित किये जा सकते हैं।

स्वातंत्र्योत्तर भारत में दर्शन की दशा-दिशा और उसकी उपलब्धियों का क्षैतिज विस्तार चाहे जैसा भी रहा हो, हमें इस आलोचनात्मक टिप्पणी का सामना करना ही पड़ता है कि स्वाधीन भारत में हमने कुछ ऐसा उत्पादित नहीं किया जिसे दार्शनिक दृष्टि से मौलिक और विश्वस्तरीय प्रतिष्ठा के योग्य कहा जा सके। इसके बावजूद स्वातंत्र्योत्तरकालीन भारत के दार्शनिक अध्यवसाय को भारतीय दर्शन के वैश्वीय परिप्रेक्ष्य में सकारात्मक-नकारात्मक प्रभावों के साथ उसका युगानुरूप पुनराविष्कार ही कहना उचित है। किसी भी विचार-परम्परा की पुनर्व्याख्या और उसके पुनराविष्कार की अपनी ही गति होती है। इस प्रक्रिया में मूल विचार-परम्परा का उन्नयन भी होता है तो कहीं-कहीं विजातीय प्रभावों के कारण उसके अवमूल्यन की सम्भावना भी बनी रहती है। स्वातंत्र्योत्तर भारतीय दर्शन भी इस तथ्यात्मकता का अपवाद नहीं है। हमारी औपनिवेशिक मनोवृत्ति और ऊपर से अंग्रेज़ी भाषा के प्रभुत्व ने हमारे वैचारिक स्वराज की धार को अवश्य ही कम किया है लेकिन भारत की ज्ञान सम्पदा की प्राणदा शक्ति अभी भी समाप्त नहीं हुई है। स्वातंत्र्योत्तर भारत में इस ज्ञान-सम्पदा के संवेदनशील ध्रुवों का समुदाय यद्यपि अल्पसंख्यक है लेकिन उन्हीं के अध्यवसाय से इस देश का ज्ञानात्मक अतीत जीवंत और पुरोगामी बना हुआ है।

देखें : गोपीनाथ कविराज, गोविंद चंद्र पाण्डे, दयाकृष्ण, नंद किशोर देवराज, बदरी नाथ शुक्ल, भारत में दर्शनशास्त्र : स्वातंत्र्यपूर्व दशा-दिशा, मुकुंद लाठ, यशदेव शल्य, रामअवतार शर्मा।

संदर्भ

1. सर्वपल्ली राधाकृष्णन और जे.एच. म्योरहेड (सम्पा.) (1936), *कंटेम्परेरी इण्डियन फ़िलॉसफ़ी*, जॉर्ज एलेन ऐंड अनविन, लंदन.
2. के.एस. मूर्त्ति (सम्पा.) (1962), *समकालीन भारतीय दर्शन*, अखिल भारतीय दर्शन परिषद् प्रकाशन, नयी दिल्ली.
3. अम्बिकादत्त शर्मा (सम्पा.) (2005), *स्वातंत्र्योत्तर दार्शनिक प्रकरण-1-समेकित दार्शनिक विमर्श*, विश्वविद्यालय प्रकाशन, सागर.
4. अम्बिकादत्त शर्मा (सम्पा.) (2005), *स्वातंत्र्योत्तर दार्शनिक प्रकरण-2-समेकित अद्वैत विमर्श*, विश्वविद्यालय प्रकाशन, सागर.
5. अम्बिकादत्त शर्मा (सम्पा.) (2006), *स्वातंत्र्योत्तर दार्शनिक प्रकरण-3-भारतीय दर्शन के 50 वर्ष*, विश्वविद्यालय प्रकाशन, सागर.
6. अम्बिकादत्त शर्मा और श्रीप्रकाश दुबे (2012), 'भारतीय दर्शन और उसका स्वातंत्र्योत्तर युग', *चिंतन-सृजन*, वर्ष-10, अंक-2.

—अम्बिकादत्त शर्मा

भारत में नवजागरण : तुलनात्मक परिप्रेक्ष्य

(Navjagaran(s) in India : Comparative Perspective)

उन्नीसवीं सदी के दौरान औपनिवेशिक आधुनिकता के संसर्ग में भारत के कई सांस्कृतिक क्षेत्रों में सामाजिक आंदोलनों की शुरुआत हुई। इनमें समाज-सुधार के पहलू प्रमुख थे, लेकिन सुधार-प्रक्रिया कई जगहों पर रैडिकल और नरम क़िस्म के तत्त्वों के बीच टकराव के कारण विवादित हुई। इसके गर्भ से एक तरह की सांस्कृतिक राजनीति निकली जिसने आगे जा कर भारत की निर्माणाधीन आधुनिकता के विभिन्न पहलुओं की रचना की। सांस्कृतिक राजनीति के इन केंद्रों में बंगाल और महाराष्ट्र का स्थान सर्वोपरि था। बंगाल में हुए घटनाक्रम को नवजागरण का नाम दिया गया है। महाराष्ट्र में चली इसी प्रक्रिया को सुधारणा के नाम से पुकारा जाता है। इस तरह के सिलसिले गुजरात, पंजाब और हिंदी-भाषी क्षेत्र (मुख्यत: वर्तमान उत्तर प्रदेश) में चले। उत्तर भारत में इस परिघटना को रामविलास शर्मा ने हिंदी नवजागरण का नाम दिया है जिसमें मुख्य भूमिका यहाँ के साहित्यकारों की, ख़ासकर भारतेंदु हरिश्चंद्र और उनके मण्डल के लेखकों की रही। बंगाल की तर्ज़ पर हिंदी नवजागरण का नाम दिया जाता है। ख़ास बात यह थी कि किसी भी क्षेत्र का नवजागरण किसी दूसरे क्षेत्र की प्रतिकृति नहीं था, सबकी अलग-अलग ख़ामियाँ और ख़ूबियाँ थीं।

महाराष्ट्र में 1866 में भंग कर दी गयी परमहंस सभा के बिखर गये सदस्यों में से कुछ एक ने 1866 में बम्बई पधारे केशवचंद्र सेन के व्याख्यानों से प्रेरित हो कर जिस संगठन की शुरुआत की थी, उसे ही हम प्रार्थना समाज के नाम से जानते हैं। दूसरी तरफ़ मराठी सुधारकों ने शूद्र संत तुकाराम के प्रभाव को दूसरे प्रदेशों में भी फैलाया। इन्हीं के ज़रिये तुकाराम का प्रभाव बंगाल में ब्रह्म समाज तक पहुँचा जहाँ सत्येंद्रनाथ ठाकुर ने तुकाराम के अभंगों का बांग्ला में अनुवाद किया और उनकी जीवनी लिखी। एक दूसरे ब्रह्मसमाजी हरींद्रनाथ चट्टोपाध्याय ने तुकाराम के जीवन को लेकर नाटक लिखा। तुकाराम के अभंगों का अनुवाद गुजराती में भी हुआ और बीसवीं सदी में गाँधीजी उनसे प्रभावित हुए।

महाराष्ट्र में सुधारणा की एक प्रमुख हस्ती संत एकनाथ थे जिन्होंने लोकसंग्रह की धारणा दी और जिन्हें विचार की दृष्टि से संत ज्ञानेश्वर और रामदास के बीच में माना जा सकता है। इस सिलसिले में एकनाथ का ख़ुद का

ऐतिहासिक संदर्भ ग़ौरतलब है। एकनाथ का ऐतिहासिक संदर्भ यह था कि उन्हीं के जीवनकाल में यानी 1533 से लेकर 1599 तक महाराष्ट्र में इसलाम और बहमनी सुल्तानों के शासन का दबाव महसूस होना शुरू हो गया था। इसका एक उदाहरण फ़ारसी के चलन का बढ़ना था। ग़ौरतलब है कि इसी ऐतिहासिक संदर्भ में हिंदी में तुलसीदास और मराठी में एकनाथ, दोनों समकालीन संतकवि राम के आदर्श की ओर मुड़े क्योंकि राम की छवि प्रतिरोध करने वाले और दुष्ट शत्रुओं का संहार करने वाले नायक के रूप में थी। यह महज़ संयोग नहीं है कि तुलसीदास का विवेचन करते हुए हिंदी के सबसे बड़े आलोचक रामचंद्र शुक्ल ने जिस एक शब्द का प्रयोग बार-बार किया है, वह लोकसंग्रह ही है। इसके अलावा रामदास की तरह क्षात्रधर्म पर ज़ोर देने वाले रामचंद्र शुक्ल हिंदी के पहले आलोचक हैं जिन्होंने उस युग में उभरे संतों के साहित्य को मुसलमानी शासन की प्रतिक्रिया के रूप में भी देखा। ग़ौरतलब यह भी है कि रामचंद्र शुक्ल ब्रिटिश विरोधी राजनीतिक आंदोलन में तिलक के समर्थक थे।

इन नवजागरणों में महाराष्ट्र का नव जागरण सर्वाधिक दीर्घकालीन निकला। इसका एक कारण महाराष्ट्रीय नवजागरण के नेताओं की व्यावहारिकता थी। बंगाल के नवजागरण के नेता भावुक, विद्रोही और परम्पराभंजक थे जो बाक़ी समाज से अलग-थलग पड़ जाने और सामाजिक बहिष्कार सहने के बावजूद अपने मूल्यों और आदर्शों से जल्दी पीछे नहीं हटते थे। लेकिन महाराष्ट्रीय नेता ऐसे विद्रोही न थे और ऐसे क़दम जल्दी नहीं उठाते थे जो उन्हें बाक़ी समाज से काट कर अलग-थलग कर दें। दूसरा प्रमुख कारण महाराष्ट्रीय नवजागरण का अपनी जड़ों से जुड़ा होना था। उसने मध्ययुग में हुए महाराष्ट्रीय संतों-भक्तों की विरासत का आधुनिक राजनीतिक ज़रूरतों के साथ तालमेल बैठा कर उसी स्रोत से सांस्कृतिक वैधता हासिल की। बंगाल के विख्यात नवजागरण में यह प्रवृत्ति केवल आंशिक रूप में मिलती है। उन्नीसवीं सदी के आख़िरी दशकों में उभरे राष्ट्रीय आंदोलन का ब्रह्म समाज के नेतृत्व में हुए नवजागरण से सजीव संबंध ज़रूर बना; लेकिन बंगाल के अतीत से, बंगाली संतों और भक्तों के आंदोलन से इस नवजागरण ने ख़ुद को सचेत रूप से कभी नहीं जोड़ा। बंगाल में ब्रह्मसमाजियों ने सामान्य तौर पर सभी धर्मों और उनके महात्माओं के प्रति आदर प्रकट करते हुए वैष्णव धर्म और चैतन्य का नाम अवश्य लिया है, लेकिन इससे अधिक और कुछ नहीं। केशवचंद्र सेन ने अपने जीवन के आख़िरी सालों में रामकृष्ण परमहंस से आकर्षित होकर काली माँ की रहस्यात्मक भक्ति की ओर जो थोड़ा-बहुत रुझान प्रकट किया था, उसे साधारण ब्रह्मसमाजियों ने नवजागरण के मूल्यों से उनके विचलन के रूप में ही देखा और आलोचना भी की। बहुत बाद में बीसवीं सदी में जाकर रवींद्रनाथ ठाकुर (जिन्हें इस नवजागरण के समापन दौर का प्रतिनिधि माना जाता है) बाउल गीतों से प्रभावित हुए। स्वदेशी आंदोलन के दौरान उभरी हिंदू-मुसलमान साम्प्रदायिक भावनाओं के राजनीतिक संदर्भ में उन्हें बाउलों की मानववादी विचारधारा बहुत काम की चीज़ लगी। इन सबके बावजूद बंगाल का नवजागरण पंद्रहवीं और सोलहवीं सदी के बंगाली संतों-भक्तों के आंदोलन से उस अर्थ में कभी नहीं जुड़ा जिस अर्थ में महाराष्ट्रीय नवजागरण जुड़ा हुआ था। सच्चाई यह है कि उन्नीसवीं सदी में अंग्रेजी भाषा, पश्चिमी शिक्षा और औपनिवेशिक शासन के प्रभाव में उभरा बंगाली शिक्षित वर्ग अपनी मध्ययुगीन विरासत से पूरी तरह से कटा हुआ नज़र आता है। औपनिवेशिक शासन से पहले का समय उनके लिए अंधकारयुग और मुसलमानी अत्याचारों का युग ही रहा।

यही बात हिंदीभाषी अवध और पश्चिमोत्तर प्रांत में भी दिखाई देती है जहाँ प्रांत के पश्चिमी हिस्सों में नवजागरण का नेतृत्व कर रहा आर्यसमाज संतों-भक्तों की विचारधारा के सख़्त ख़िलाफ़ था। स्वामी दयानंद की रचना *सत्यार्थ प्रकाश* में कबीर और नानक आदि संतों के ख़िलाफ़ गम्भीर टिप्पणियाँ मिलती हैं और तुलसी के रामचरितमानस को पाठ्यक्रम से प्रतिबंधित करने का सुझाव मिलता है। हालाँकि हिंदीभाषी प्रदेश में अंग्रेज़ी भाषा और पश्चिमी शिक्षा का प्रभाव बंगाल से आधा भी नहीं था, फिर भी ऐतिहासिक कारणों से भारतेंदु हरिश्चंद्र और राजा शिवप्रसाद सितारेहिंद जैसे हिंदी के प्रमुख पुरोधाओं ने अंग्रेज़ों से पहले के भारत को मुसलमानों के अत्याचारों से भरे अंधकार युग के रूप में ही देखा। भक्ति आंदोलन से हिंदी नवजागरण का संबंध होने के एकाध संक्षिप्त और सतही दावों के बावजूद सवाल यह है कि भक्ति आंदोलन के केंद्रीय मुद्दे— जैसे दलितों-शूद्रों में अपने मनुष्यत्व और आत्मगौरव की चेतना का विकास, ऊँच-नीच, जाति-पांति, छुआछूत, ब्राह्मणवाद की आलोचना, पुरोहिती, धार्मिक कर्मकाण्ड इत्यादि के तीव्र विरोध की जो प्रखर अभिव्यक्ति भक्ति साहित्य में, ख़ास कर कबीर आदि निर्गुण संतों के साहित्य में हुई, उसका संबंध भारतेंदु मण्डल के लेखन से क्या और कितना रहा है?

उन्नीसवीं सदी के हिंदी प्रदेश में कोई ब्राह्मणवाद विरोधी धारा नहीं दिखती। हिंदी नवजागरण के सिद्धांतकार रामविलास शर्मा के हिसाब से चलें और नवजागरण की पहली धारा को भारतेंदु मण्डल के रूप में देखें तो वहाँ इसकी विरोधी धारा किसे कहेंगे? उनके बीच विरोध के मुद्दे क्या थे और उनका संघर्ष किस रूप में कहाँ होता है? रामविलास शर्मा के लेखन में ऐसी किसी दूसरी धारा की पहचान नहीं मिलती। सच्चाई यह है कि हिंदी प्रदेश के हिंदुओं के बीच हुए नवजागरण में मुख्य धारा आर्य समाज की थी जो प्रदेश के उत्तरी पश्चिमी जिलों मेरठ, बरेली, बुलंदशहर, सहारनपुर,

रुड़की, शाहजहाँपुर इत्यादि में काफ़ी ताक़तवर थी। उनसे विभिन्न मुद्दों पर, जैसे मूर्तिपूजा पर, सनातन धर्म और नियोग विधि या विधवा विवाह इत्यादि पर संघर्ष करने वाले हिंदी के लेखक, सम्पादक और पत्रकार प्रांत के पूर्वी जिलों में जैसे बनारस, इलाहाबाद में प्रबल थे जहाँ उन्होंने आर्यसमाज के पैर जमने नहीं दिये।

गुजरात में स्थिति थोड़ी अलग दिखाई देती है। वहाँ उन्नीसवीं सदी के प्रखर सुधारक और साहित्यकार गोवर्धनराम त्रिपाठी ने 1874 में अपनी एक महत्त्वपूर्ण कृति *क्लासिकल पोएट्स ऑफ़ गुजरात ऐंड देयर इन्फ्लुएंस ऑन सोसाइटी ऐंड मॉरल* से अट्ठारहवीं सदी तक के गुजराती भक्ति काव्य का आलोचनात्मक मूल्यांकन किया। गोवर्धनराम ने सत्रहवीं सदी के तीन गुजराती कवियों को सबसे ज्यादा महत्त्व दिया। जाति-पांति और सामाजिक हैसियत के बजाय भक्ति के आधार पर भक्तों के बीच समानता के विचार की प्रशंसा करते हुए गोवर्धनराम ने इन कवियों में धार्मिक-सामाजिक रूढ़ियों के ख़िलाफ़ मिलने वाले तत्त्वों को, ख़ासकर पितृसत्तात्मक मूल्यों के ख़िलाफ़ सामल के स्त्री चरित्रों में अपने प्रेम के लिए मिलने वाले समाजिक विद्रोह के भावों को, साफ़ तौर पर आधुनिक मानते हुए सवाल पूछा है कि जिस आधुनिकता के लिए हम अंग्रेज़ी राज की तारीफ़ करते हैं, वही आधुनिकता क्या सत्रहवीं सदी के इन भक्त कवियों में नहीं दिखाई देती? इस लिहाज़ से उन्नीसवीं सदी ज़्यादा विकसित है या सत्रहवीं सदी?

लेकिन, भक्तिकाव्य के इस असाधारण मूल्यांकन के बावजूद गोवर्धनराम उन्नीसवीं सदी के गुजराती नवजागरण और सत्रहवीं सदी के गुजराती भक्ति आंदोलन के बीच न तो किसी निरंतरता का दावा करते हैं और न कोई विशेष संबंध देखते हैं। इसके उल्टे उनकी शिकायत यह है कि सत्रहवीं सदी के संत भक्तों से कोई प्रेरणा न लेकर उन्नीसवीं सदी के हिंदू सुधारक आधुनिक बनने के लिए अंग्रेज़ों की ओर देखते रहते हैं। इस तरह वे अपनी विरासत से अनजान और कटे हुए लगते हैं।

गुजराती नवजागरण से ठीक उल्टी स्थिति है महाराष्ट्रीय नवजागरण की जहाँ नवजागरण के सभी नेता बहुत सचेत रूप से अपनी भक्तिकालीन विरासत से ख़ुद को जोड़ते और उस पर अपना दावा जताते दिखाई देते हैं। महाराष्ट्र समेत भारत के विभिन्न प्रांतों के नवजागरण का संतुलित अध्ययन करने वाले चार्ल्स हिमसेथ ने भक्तों-संतों के आंदोलन के प्रभाव का सवाल उठाते हुए बंगाल के संदर्भ में यह बिल्कुल सही नोट किया है कि भक्ति आंदोलन के साथ वहाँ के नवजागरण का कोई संबंध नहीं दिखता। लेकिन ताज्जुब की बात है कि महाराष्ट्र के संदर्भ में इस प्रश्न पर विचार करने के बावजूद वे इस संबंध को देखने में बिल्कुल असमर्थ रहे। यही वजह है कि उनकी मशहूर किताब *इण्डियन नैशनलिज्म ऐंड हिंदू सोशल रिफ़ॉर्म* से महाराष्ट्रीय नवजागरण की इस महत्त्वपूर्ण चारित्रिक विशेषता का कोई पता नहीं चलता।

ब्राह्मण और ग़ैरब्राह्मण धाराओं के बीच सिर्फ़ यह संघर्ष ही नहीं, इस संघर्ष की तीव्रता भी महाराष्ट्रीय नवजागरण की एक विशेषता है। यह भारत के किसी भी प्रांत में दिखाई नहीं देती। बंगाल में हमें सुधारकों और परम्परावादियों के बीच संघर्ष ब्रह्म समाज और धर्मसभा के संघर्ष के रूप में दिखाई देता है। लेकिन यह विरोध महाराष्ट्रीय नवजागरण में मिलने वाले विरोध से कुछ अलग ढंग का है। बंगाल में इस विरोध के न सिर्फ़ कई मुद्दे अलग थे— जैसे सतीप्रथा और ब्रह्मविवाह विधान, बल्कि इसका जातिगत और वैचारिक आधार भी वैसा सुसंगत नहीं था जैसा महाराष्ट्र में था। बंगाल में नये सुधारों के पक्षधर और उनके विरोधी, दोनों ख़ेमों में ब्राह्मण और ग़ैरब्राह्मण, कई जातियों के लोग एक साथ शामिल थे, जबकि महाराष्ट्र में चितपावन ब्राह्मण एकमात्र मुख्य शक्ति थे— सुधारकों में भी, उनके विरोधी परम्परानिष्ठों में भी। महाराष्ट्र और बंगाल के बीच इससे भी महत्त्वपूर्ण फ़र्क़ इस संघर्ष में शामिल तीसरी धारा ग़ैरब्राह्मण आंदोलन की थी। बंगाल के नवजागरण में यह तीसरी धारा बहुत क्षीण रूप में मिलती है जबकि महाराष्ट्र में यह इतने प्रखर रूप में मौजूद थी कि अपने अकेले दम पर इसने सुधारकों और परम्परानिष्ठों, दोनों तरह के ब्राह्मणों से मोर्चा सँभाल रखा था।

महाराष्ट्रीय नवजागरण में संघर्ष के कई मुद्दे ब्रह्म समाज और आर्य समाज जैसे ही थे, लेकिन भागवत धर्म और महाराष्ट्र धर्म, जातिभेद, वर्ण व्यवस्था तथा मराठा राष्ट्रवाद और महाराष्ट्रीय अस्मिता जैसे मुद्दे न तो बंगाल के नवजागरण में थे और न हिंदी प्रदेश में। बंगाल का नवजागरण बंगाल के कुलीन और सम्पत्तिशाली वर्गों से आये धनी मानी लोगों को आंदोलन था जो मुख्यत: कलकत्ता महानगर में ही प्रभावशाली था। बंगाल की संस्कृति और इतिहास में इसकी जड़ें नहीं थीं और न ही स्थानीय इतिहास और संस्कृति इसके विमर्श के ज्वलंत मुद्दे थे। उदाहरण के लिए जब वे सती प्रथा पर बहस करते हैं तो उसकी जड़ें स्थानीय इतिहास में कम सर्वमान्य हिंदूशास्त्रों के वचनों में ज़्यादा खोजते हैं। इसके विपरीत महाराष्ट्रीय नवजागरण के सुधारक धनीमानी परिवारों से नहीं बल्कि साधारण मध्यवर्गीय परिवारों से आये शिक्षित लोग थे और उनका नवजागरण सिर्फ़ बम्बई नगरी तक सीमित नहीं था। महाराष्ट्र का इतिहास और उसकी संस्कृति इस नवजागरण में तीखी बहस के ज्वलंत मुद्दे थे।

देखें : अरविंद घोष, उपनिवेशवाद विरोधी आंदोलन-1, 2 और 3, गवर्धन राम त्रिपाठी और गुजराती अस्मिता, फ़क़ीर मोहन सेनापति और ओड़िया अस्मिता, बंगाल का नवजागरण, भारतीय आधुनिकता, भारतीय नवजारण : तुलनात्मक परिप्रेक्ष्य, महाराष्ट्र में सुधारणा-1 से 5 तक, मोहनदास कर्मचंद गाँधी-1 से 3 तक, राजा राममोहन राय, युरोपीय पुनर्जागरण, रवींद्रनाथ ठाकुर, बंकिम चंद्र चटर्जी, विवेकानंद।

संदर्भ

1. सुशोभन सरकार (1981), 'नोट्स ऑन द बंगाल रिनेसाँ', *बंगाल रिनेसाँ ऐंड अदर एसेज़,* पीपुल्स पब्लिशिंग हाउस, नयी दिल्ली.
2. शिवनाथ शास्त्री (2002), *अ हिस्ट्री ऑफ़ द रिनेसाँ इन बंगाल,* रिनेसाँ, कोलकाता.
3. चार्ल्स हिमसेथ (1964), *इण्डियन नैशनलिज़म ऐंड हिंदू सोशल रिफ़ॉर्म,* प्रिंस्टन युनिवर्सिटी प्रेस, प्रिंसटन.
4. जे.वी.नाइक (1997), 'द प्रार्थना समाज ऐंड इट्स क्रिटीक', *वेस्टर्न इण्डिया : हिस्ट्री, सोसाइटी ऐंड कल्चर,* इतिहास शिक्षक महामण्डल, कोल्हापुर.
5. गं.बा. सरदार (1969), *संत पोएट्स ऑफ़ महाराष्ट्र : दियर इम्पैक्ट ऑन सोसाइटी,* ओरिएंट लांगमन, नयी दिल्ली.
6. गणेश तुलसीराम अष्ठेकर (1980), *मराठी संत कवियों की सामाजिक भूमिका,* पंचशील प्रकाशन, जयपुर.

— वीरभारत तलवार

भारत में नागर समाज और ग़ैर-दलीय राजनीति-1

चुनावी राजनीति से परे जन-आंदोलन

(Civil Society and Non-Party Politics in India-1)

नागर समाज या सिविल सोसाइटी राजनीतिक दर्शन की एक स्थापित अवधारणा है। भारतीय संदर्भ में स्थिति यह है कि ग़ैर-दलीय राजनीति के क्षेत्र में होने वाली विभिन्न राजनीतिक पहलों और अभियानों को एक विचार में समेट कर नागर समाज की संज्ञा दे दी गयी है। मीडिया और इंटरनेट में भ्रष्टाचार विरोधी आंदोलन का वर्णन करने के लिए इस शब्द का ख़ास तौर पर प्रयोग किया गया है। वैसे नागर समाज का भाग समझे जाने वाले लोग अभी हाल तक ख़ुद को नागर समाज के रूप में नहीं देखते थे। इसके बजाय उनके लिए एनजीओ, स्वैच्छिक संगठन, ग्रासरूट संगठन, सामाजिक आंदोलन आदि शब्दों का प्रयोग किया जाता था। लेकिन आज इन्हें नागर समाज के रूप में पहचाना जा रहा है। औपनिवेशिक और उत्तर-औपनिवेशिक भारत में नागर समाज तीन चरणों में विकसित हुआ है : पहला, आज़ादी के आंदोलन के दौरान, दूसरा, जेपी आंदोलन के दौरान और तीसरा, उत्तर-वैश्वीकरण दौर में। जेपी आंदोलन के बाद देश के विभिन्न भागों में तरह-तरह ग़ैर-सरकारी संगठन (एनजीओ) सामने आये। इसके बाद नागर समाज के विचार को सिर्फ़ भलाई का काम करने वाले संगठनों या विश्वविद्यालय जैसे संगठनों तक सीमित रखना बहुत ही मुश्किल हो गया। आजकल नागर समाज शब्द का उपयोग अपने उस शुरुआती स्तर से आगे जा चुका है जो इस शब्द की पश्चिमी अवधारणा के नज़दीक था। अपने नये अर्थ में नागर समाज शब्द में वे सारी परिघटनाएँ शामिल हैं, जिन्हें हम ग़ैर-दलीय राजनीतिक संगठन की श्रेणी में शामिल करते हैं। ग़ैर-दलीय राजनीतिक संगठन के विचार पर ज़ोर देने से फ़ायदा यह होता है कि इसके तहत आंदोलनों की राजनीतिक अंतर्वस्तु छिपती नहीं। यह अवधारणा भारत में लोकतांत्रिक व्यवहार के विविध रूपों की जटिलता सामने लाने के लिए आवश्यक है।

नब्बे के दशक की शुरुआत में भारत ने भूमण्डलीकृत दुनिया में प्रवेश किया और विश्व-अर्थव्यवस्था से अपने एकीकरण के लिए नयी आर्थिक नीतियाँ अपनायीं। इसके साथ ही इस अभिव्यक्ति का भी चलन बढ़ा। विदेशी फ़ंडिंग एजेंसियों ने अपने सहयोगियों अर्थात् आर्थिक मदद लेने वाले ग़ैर-सरकारी संगठनों (एनजीओ) को नागर समाज संगठन कहना शुरू किया। असल में एनजीओज़ को नागर समाज का अंग बता कर ये विदेशी एजेंसियाँ भारतीय एनजीओज़ के साथ अपने लेन-देन का औचित्य एक हद प्रमाणित कर पायीं। भारत के ग़ैर-सरकारी संगठनों ने भी ख़ुशी-ख़ुशी ख़ुद को नागर समाज का हिस्सा कहलाना स्वीकार किया। इस संदर्भ में एक रोचक बात यह देखी गयी कि राजनीतिक माहौल में बदलाव और एक नये राजनीतिक विमर्श के उभार के साथ पुरानी स्थापित अवधारणा को नये अर्थ मिल सकते हैं और उसका स्थापित अर्थ धुंधला हो सकता है। यहाँ तक कि पहले की तुलना में इसका अर्थ उलट भी सकता है। ऐसा लगता है कि नागर समाज के विचार के साथ भी ऐसा ही कुछ हुआ है।

शीत युद्ध की अंतर्राष्ट्रीय राजनीति के कारण भी नागर समाज की अवधारणा को पानी मिला। ख़ासतौर पर शीत युद्ध की समाप्ति के समय सोवियत बुद्धिजीवियों और राजनीतिक विरोधियों ने नागर समाज शब्द का विचार अपनाया। सोवियत शासन का विरोध कर रहे लोगों ने ज़ोरदार तरीक़े से अपना तर्क रखा। भारत सहित पूरी दुनिया में अमेरिकी अकादमिक जगत ने यह दलील ज़ोर-शोर से पेश की। मोटे तौर पर यह तर्क इस प्रकार था : साम्यवादी राज्य का सिर्फ़ लोगों से

सम्पर्क ही नहीं टूटा, बल्कि वह उनका दुश्मन हो गया। इसका कारण यह था कि इस राज्य में सत्ता एक छोटे समूह में ही केंद्रित हो कर रह गयी थी। राज्य लोगों से बहुत दूर चला गया था। वह लोगों से दूर बैठ कर शासन कर रहा था। सिर्फ़ नागर समाज का पुनः उभार ही राज्य को लोगों तक वापस ला सकता है। दूसरी तरफ़, मार्क्सवादी विश्लेषण में नागर समाज को निष्क्रिय, क्रांति-विरोधी और प्रतिगामी परिघटना के तौर पर देखा जाता है। इसके तहत माना जाता है कि यह बूर्ज्वा लोकतंत्र से जुड़ा हुआ है।

सोवियत शासन ने लोगों को बहु-दलीय व्यवस्था और राजनीतिक आज़ादियों से वंचित रखा था। सोवियत शासन के विरोधियों का विश्वास था कि एक बहुदलीय लोकतांत्रिक व्यवस्था के उभार और राजनीतिक आज़ादी हासिल करने के लिए राज्य को नागर समाज के अंतर्गत लाना ज़रूरी है। इस तरह सोवियत राज्य विरोधी विमर्श में नागर समाज शब्द ने एक ख़ास अर्थ हासिल किया। अब इसे राज्य के ख़िलाफ़ राजनीतिक कार्रवाई के रूप में देखा जाने लगा। जल्द ही यह भारत के सामाजिक एक्टिविस्टों और अकादमीशियनों की पसंदीदा अवधारणा बन गया। इनमें से बहुतों ने नियमित रूप से 'समाज' की जगह नागर समाज शब्द का प्रयोग बहुत गहराई से विचार किये बग़ैर करना शुरू कर दिया। कई मौक़ों पर इस तरह का प्रयोग पूरी तरह से ग़लत था। जब भ्रष्टाचार विरोधी आंदोलन ने लोगों को अच्छी-ख़ासी संख्या में गोलबंद किया, तो फटाफट इस शब्द को इसके साथ जोड़ दिया गया। इसके उस अर्थ को भी जोड़ा गया जिसमें इसे राज्य के ख़िलाफ़ राजनीतिक कार्रवाई के रूप में देखा जाता है। जब नागर समाज एक अभिव्यक्ति के तौर पर भारतीय राजनीतिक परिदृश्य पर आया, उस समय राज्य की प्रतिनिधिमूलक संस्थाओं (चुनावों और राजनीतिक दलों) के बाहर चलने वाली लोकतांत्रिक राजनीति के बारे में गहरा वाद-विवाद चल रहा था। यह बहस लोकायन आंदोलन से जुड़े एक्टिविस्टों और 'पब्लिक इंटेलेक्चुअल्स' द्वारा शुरू की गयी थी। उन्होंने ग़ैर-दलीय राजनीति की अवधारणा तैयार की और इसे लोकप्रिय बनाया। राजनीति के इस क्षेत्र का वर्णन ग़ैर-दलीय राजनीतिक समूह और आंदोलन के रूप में किया गया। ग़ैर-दलीय राजनीतिक समूहों में ऐसे व्यक्तिगत कर्ता (या एक्टर), सामाजिक एक्टिविस्ट, और समूह शामिल थे जिनका उद्देश्य और कार्यक्रम बुनियादी रूप से राजनीतिक था, लेकिन जो दलों और चुनावों की राजनीति से परहेज़ करते थे।

इस राजनीति का विचार जयप्रकाश नारायण द्वारा 1960 के दशक के शुरुआती वर्षों में विकसित किये गये दलविहीन लोकतंत्र से अलग था। इसमें संसदीय लोकतंत्र की जगह प्रत्यक्ष सहभागी लोकतंत्र लाने की बात नहीं कही गयी थी। लोकायन द्वारा शुरू की बहस का निचोड़ यह था कि संसदीय राजनीति के उस आयाम/क्षेत्र पर प्रकाश डाला जाए, जो लोकतांत्रिक राजनीति की असाधारण दुनिया (फ़ेनोमेनल वर्ल्ड) का प्रतिनिधित्व करता है। लेकिन संस्थाबद्ध राजनीति करने वाले लोगों (दलों से जुड़े राजनीतिकों) ने इस विचार को संदेह की नज़र से देखा। राजनीतिक सिद्धांतकारों के एक तबक़े को ऐसा लगा कि मानो यह लोकतंत्र के पुरातन विचार का प्रतिनिधित्व करता है। शायद उन्होंने इसे उदारतावादी लोकतंत्र के लिए ख़तरा भी माना। इस बहस ने नागरिकों को याद दिलाया कि लोकतांत्रिक राजनीति सिर्फ़ दलों और चुनावों तक ही सीमित नहीं है और न होनी चाहिए।

मोटे तौर पर, ग़ैर-दलीय राजनीति ने जन-हित में ख़ास मुद्दों को बुलंद करके राजनीतिक व्यवस्था तक पहुँचाया। लोगों की गोलबंदी के ज़रिये उसने राजनीतिक व्यवस्था को इन मुद्दों पर कार्रवाई करने के लिए मजबूर किया। ग्रासरूट (या ज़मीनी) आंदोलनों के राज्य स्तरीय समर्थक संगठनों की मुख्य गतिविधि यह थी कि वे राज्य के साथ विरोध और सहयोग का एक द्वंद्वात्मक संबंध क़ायम करते थे। ये लोगों के साथ और लोगों की ओर से काम करते थे। इसमें पूरे देश की अर्थव्यवस्था और समाज में हाशिये पर पड़े लोगों के बहुत से समूह शामिल थे।

राजनीतिक दल इन लोगों की ज़रूरतों और अधिकारों की ओर ध्यान नहीं देते थे; यदि कभी-कभार उनका ध्यान चला भी जाता था तो भी इसे चुनावी राजनीति के लिए महत्त्वपूर्ण नहीं माना जाता था। लोग जिन समस्याओं का सामना कर रहे थे, उनके आधार पर वोट बैंक नहीं बनाया जा सकता था। स्थानीय और ग्रामीण समुदायों के लिए भ्रष्टाचार इतना ज़्यादा बढ़ चुका था कि उसने उनके लिए ज़िंदगी और मौत से जुड़े मुद्दे की शक्ल अख़्तियार कर ली थी।

इस संदर्भ में एमकेएसएस यानी मज़दूर किसान संघर्ष समिति के उदाहरण पर विचार किया जा सकता है। इसका गठन अरुणा राय और उनके सहयोगियों ने किया था। इसने राजस्थान में राजनीतिक दलों से उपेक्षित पड़े लोगों के साथ जुड़ कर काम किया और सरकारी अधिकारियों को मजबूर कर दिया कि वे भ्रष्टाचार-मुक्त तरीक़े से विकास कार्यों का संचालन करें। बाद में इसी ने सरकारी भ्रष्टाचार से लड़ने के साधन के रूप में सूचना के अधिकार की माँग रखी। जल्द ही यह एक बहुत ही व्यापक अभियान बन गया। इस बार भी एमकेएसएस को सफलता मिली। यह राष्ट्रीय स्तर की सफलता थी। दरअसल, लोकायन की ग़ैर-दलीय राजनीतिक समूह की अवधारणा में इसी तरह की प्रक्रियाओं और आंदोलनों की कल्पना की गयी है। इसी तरह का एक और उदाहरण ग़ैर-दलीय समूहों और आंदोलनों का एक नेटवर्क एनयेपीएम (नैशनल अलायंस ऑफ़ पीपल्स मूवमेंट्स) है।

इसका नेतृत्व मेधा पाटकर कर रही हैं। इला बहन भट्ट की संस्था 'सेवा' भी एक अहम आंदोलन है जिसका रूप एनजीओ का न हो कर स्वरोज़गारी स्त्रियों के लिए काम करने वाली ट्रेड यूनियन जैसा है। मधु पूर्णिमा किश्वर के नेतृत्व में चलने वाला मानुषी आंदोलन भी इसी श्रेणी में रखा जा सकता है। इसने ग़रीबों, ख़ास तौर पर रिक्शा चलाने वालों और रेहड़ी-पटरीवालों के आर्थिक अधिकारों के लिए संघर्ष किया है। देश के दूसरे भागों में ज़मीनी स्तर पर इस तरह के बहुत से आंदोलन चल रहे हैं। यहाँ सिर्फ़ कुछ उदाहरणों का ही उल्लेख किया है।

नागर समाज की अभिव्यक्ति के चलन के कारण ग़ैर-दलीय राजनीतिक संगठनों से जुड़ा वाद-विवाद फीका पड़ गया। लेकिन ख़ास बात यह कि एक्टिविस्टों की एक अच्छी-ख़ासी जमात में ज़मीनी स्तर पर 'ग्रासरूट' आंदोलन का विचार 'जन-आंदोलन' के नाम से क़ायम रहा।

देखें : ग़ैर-सरकारी संस्थाएँ, ग़ैर-सरकारी संस्थाएँ : भारत में, ग़ैर-दलीय राजनीति, धीरूभाई शेठ, नागरिकता, नागरिकता : अन्य परिप्रेक्ष्य, नागर समाज, नागर समाज : भारतीय बहस, पार्थ चटर्जी, मानवाधिकार, भारत में नागरिकता-विमर्श-1 से 3 तक, भारत में मानवाधिकार, भारत में मानवाधिकार आंदोलन, भीखू छोटालाल पारिख, रजनी कोठारी, राजनीतिक समाज, सुदीप्त कविराज।

संदर्भ

1. अनुपमा रॉय, 'सिटीज़नशिप', राजीव भार्गव और अशोक आचार्य (सम्पा.) (2008), *पॉलिटिकल थियरी : ऐन इंट्रोडक्शन*, पियर्सन-लोंगमेन, नयी दिल्ली.
2. विल किमलिका (1996), *मल्टीकल्चरल सिटीज़नशिप : अ लिबरल थियरी ऑफ़ माइनॉरिटी राइट्स*, क्लैरेंडन प्रेस, ऑक्सफ़र्ड.
3. सारा रुडिक (1989), *मैटर्नल थिंकिंग : टुवर्ड्स अ पॉलिटिक्स ऑफ़ पीस*, बीकन प्रेस, बोस्टन.
4. एमी बार्थोलोमियु (1990), 'शुड अ मार्क्सिस्ट बिलीव इन मार्क्स ऑन राइट्स', *सोशलिस्ट रजिस्टर*

   एचटीटीपी://सोशलिस्टरजिस्टर.कॉम/फ़ाइल्स/एसआर_1990_बार्थोलोमियु.पीडीएफ़

— धीरूभाई शेठ

भारत में नागर समाज और ग़ैर-दलीय राजनीति-2

लोकतंत्र और आधुनिकता का द्वंद्व

(Civil Society and Non-Party Politics in India-2)

राजनीतिक दल 'ग़ैर-दलीय' संगठनों को महत्त्व देने वाले अकादमीशियनों और एक्टिविस्टों से ख़ुश नहीं थे। यहाँ तक कि उन दिनों (1980 के दशक की शुरुआत में) वे यह मानते थे कि इस तरह के आंदोलन और संगठन उनके राजनीतिक महत्त्व को कम करते हैं। वामपंथी दलों, ख़ास तौर पर कम्युनिस्ट पार्टियों ने इसे पूरी तरह नापसंद किया। आरोप लगाया गया कि ग़ैर-दलीय राजनीतिक संगठनों का उदय बूर्ज़्वा वर्ग की रणनीति है जिसके द्वारा वे वामपंथ की क्रांतिकारी राजनीति का विरोध करना चाहते हैं। जो भी हो, कुछ लोग यह मानते थे कि इस तरह के संगठनों के उभार में व्यवस्था के लोकतंत्रीकरण की नयी राजनीति के बीज छिपे हुए हैं। इनके कारण लोगों की राजनीतिक भागीदारी और जागरूकता में काफ़ी बढ़ोतरी हुयी। साथ ही, इसने विविध समूहों की राजनीतिक कार्रवाइयों को भी एक नयी ऊर्जा प्रदान की। इससे पूरे देश में अधिकारों की राजनीति का गहन उभार हुआ। यह एक ऐसी परिघटना थी जिसे बाद में विद्याधर नैपॉल ने 'मिलियन म्युटीनीज़' की संज्ञा दी। यह परिघटना स्थापित सार्वजनिक संस्थाओं से बुनियादी रूप से अलग थी।

पारम्परिक रूप से विश्वविद्यालय, कॉलेज़, दान-पुण्य करने वाले, सामाजिक सेवा उपलब्ध कराने वाले और कल्याणकारी समूहों को 'नागर समाज' का हिस्सा माना जाता रहा है। लेकिन ग़ैर-दलीय राजनीतिक संगठन इससे पूरी तरह अलग थे। वामपंथियों को, ख़ास तौर पर कम्युनिस्ट पार्टियों को, उन अकादमीशियनों से कोई दिक़्क़त नहीं थी जो नागर समाज का अर्थ इन्हीं संगठनों तक सीमित रखते थे। नागर समाज के इस सीमित अर्थ से रैडिकल/क्रांतिकारी राजनीति पर वामपंथ के एकाधिकार को कोई ख़तरा नहीं था। दरअसल, इन्हें उन्हीं सार्वजनिक बुद्धिजीवियों और अकादमीशियनों से परेशानी थी जो राजनीति के ग़ैर-वर्चस्वी लोकतांत्रिक रैडिकलाइज़ेशन को मान्यता देते थे (और इनमें से कुछ ने उसका नेतृत्व भी किया)।

सिर्फ़ वाम दलों को ही ग़ैर-दलीय राजनीतिक प्रक्रिया से दिक़्क़त नहीं थी, दूसरे दल भी इसे बहुत आलोचनात्मक नज़रिये से देखते थे। उनकी दिक़्क़तों और आलोचनाओं का कारण काफ़ी स्पष्ट था। तक़रीबन सभी राजनीतिक दलों ने

यह माना कि ग़ैर-दलीय राजनीतिक समूह दलीय-राजनीति द्वारा छोड़ी गयी जगह पर ही अपना क़ब्ज़ा जमायेंगे। ग़ैर-दलीय राजनीतिक समूहों ने राजनीति में नये मुद्दे उठाये। इन्होंने राज्य के सामने स्पष्ट माँगें रखीं और इन माँगों पर राजनीतिक रूप से ज़ोर दिया। सभी प्रक्रियाओं का पालन करते हुए इन्होंने अपनी माँगों को अधिकारों में तब्दील करवाया। राजनीतिक दल संस्थाकृत होने के साथ ही इस तरह के आंदोलन की राजनीति छोड़ चुके थे। जयप्रकाश नारायण के नेतृत्व में चलने वाले आंदोलन से उभरने वाली इस परिघटना के वर्णन और विश्लेषण के लिए कई सैद्धांतिक और अनुभवसिद्ध अनुसंधान किये गये हैं। अस्सी और नब्बे के दशक में इसका विकास और विस्तार ज़मीनी स्तर पर बहुत से छोटे-छोटे आंदोलनों के रूप में हुआ। इन आंदोलनों ने शहरी और ग्रामीण— दोनों ही क्षेत्रों में सामाजिक और आर्थिक रूप से हाशिये पर पड़े समूहों के अधिकारों की राजनीति का मुद्दा उठाया। ज़मीनी स्तर की राजनीति के इस फैलाव ने भारतीय युवाओं को भी राजनीतिक रूप से आकर्षित किया। इसमें विरोध की राजनीति के संदर्भ में तरह-तरह के प्रयोग किये गये। इसमें वैकल्पिक विकास के लिए कार्यक्रम भी तैयार किये गये।

भारतीय विद्वानों, ख़ास तौर पर समाज शास्त्रियों और राजनीति वैज्ञानिकों ने शीत युद्ध ख़त्म होने के बाद गम्भीरता से इस शब्द का प्रयोग करना शुरू किया। एक तरह से उत्तर-आपातकाल के दौर से ही इसके प्रयोग की शुरुआत हो चुकी थी। समाजशास्त्रियों ने इसका उपयोग भारतीय समाज में लोकतांत्रिक राजनीति के कारण आये बदलाव को समझने के लिए किया। राजनीतिक वैज्ञानिकों ने शायद औपचारिक, संस्थात्मक लोकतंत्र के बारे में ज़्यादा चिंता दिखाने और आंदोलनों की तात्त्विक राजनीति की उपेक्षा करने से पैदा हुए शून्य को भरने के लिए इसका उपयोग किया। दरअसल, इस तरह के आंदोलनों की उपेक्षा के कारण ही राजनीतिक सिद्धांत की राजनीतिक शक्ति या सत्ता संबंधी दृष्टिकोण सिर्फ़ आधुनिक लोकतांत्रिक राज्य, ख़ास तौर पर इसकी संस्थाओं तक सिमटी रही है। यह ग़ैर-संस्थात्मक रूपों और प्रक्रियाओं को अपने विश्लेषण में शामिल नहीं कर पाया। सत्ता के इन ग़ैर-संस्थात्मक रूपों का उभार ग़ैर-दलीय लोकतांत्रिक राजनीति से हो रहा था, जो (भारतीय) लोकतंत्र के सिद्धांतीकरण के लिए बहुत ही प्रासंगिक था। नतीजा यह हुआ कि राजनीतिक सिद्धांत ने मुख्य तौर से भारत के लोकतांत्रिक राज्य की आधुनिकता पर ध्यान दिया और उसके लोकतांत्रिक चरित्र पर उतनी गहराई से विचार नहीं किया। इससे लोकतांत्रिक सिद्धांत आधुनिकता के सिद्धांत से बुरी तरह उलझ कर रह गया। इस कारण परिप्रेक्ष्य के गहरे नुक़सान का सामना करना पड़ा। चुनावों और राजनीतिक दलों से अलग होकर सामने आने वाली राजनीतिक भागीदारी के विविध रूपों को मान्यता नहीं दी गयी।

इसके कारण भारत में लोकतंत्र और आधुनिकता के बीच एक ख़ास तरह के द्वंद्व की रचना हुई। लोकतांत्रिक सिद्धांत इसकी उपेक्षा नहीं कर सकता है। इसके अलावा, सिद्धांत ने राजनीतिक सत्ता के ग़ैर (या पूर्व) आधुनिक स्रोतों को आसानी से अपने दायरे में स्वीकार नहीं किया है। दरअसल, ग़ैर-दलीय राजनीति भी ग़ैर (पूर्व) लोकतांत्रिक मानी जाती रही है। बहरहाल, तथ्य यह है कि शक्ति/सत्ता के ग़ैर/पूर्व आधुनिक रूपों का समकालीन रूपों में बदलाव हो गया है। लोकतंत्र की संस्थाओं को नियमित रूप से इनका सामना करना होता है। सत्ता की इस पूर्ववर्ती संरचना में लोकतांत्रिक राजनीति के कारण काफ़ी सुधार और बदलाव हुआ है। लेकिन अब भी यह समकालीन अभिजनों की सत्ता के रूप में मौजूद है। असल में, इस अभिजन सत्ता ने भारतीय आधुनिकीकरण के इंजन के तौर पर काम किया है। लेकिन यह भारत के लोकतंत्रीकरण के लिए बहुत बड़ी चुनौती भी है। यह एक ऐसी ज़बरदस्त चुनौती है जिसने ख़तरे का रूप धारण कर लिया है। इसका कारण यह है कि ऐतिहासिक रूप से मौजूद सत्ता की अभिजन संरचना ने भारत के उदारतावादी लोकतंत्र की संस्थात्मक सत्ता का निर्माण किया है। लेकिन विडम्बना यह भी है कि वही अभिजन इसके आधुनिकीकरण का अग्रदूत रहा है।

भारत में नागर समाज की अवधारणा की बौद्धिक वंशावली की एक धारा राजनीतिक दर्शन में देखी जा सकती है। इसके लिए ध्यान देने की आवश्यकता है कि भारतीय विद्वानों ने मार्क्स, हीगेल और ग्राम्शी का अध्ययन किस रूप में किया, उनकी किस तरह व्याख्या की और उनको नये सिरे से कैसे पढ़ा। इसकी एक दूसरी धारा कुछ ब्रिटिश या उत्तर अमेरिकी विचारकों के लेखन में पायी जा सकती है। इन विचारकों ने लोक-उपकार (फिलेंथ्रॉपी), कल्याण, शिक्षा-स्वास्थ्य और आगे चल कर विकास के क्षेत्र में भी सार्वजनिक संगठनों और संस्थाओं के नागरिक कार्यों की भूमिका पर प्रकाश डाला। इस परिघटना ने भारतीय विद्वानों का ध्यान खींचा। ख़ास तौर पर, 1980 के दशक के आख़िर में समाजशास्त्री और राजनीतिक वैज्ञानिक इस ओर आकर्षित हुए। उन्होंने कमोबेश माना कि भारत के सार्वजनिक जीवन के आधुनिक-सेकुलर क्षेत्र में नागर समाज का अस्तित्व है। इस रूप में इसके उभार का सूत्र औपनिवेशिक आधुनिकता में ढूँढ़ा जा सकता है।

औपनिवेशिक शासन को सरकार, ख़ास तौर पर इसके प्रशानिक संयंत्र को, लोगों से जोड़ने की ज़रूरत महसूस हुई। ऐसे में उसने शासक और शासित के बीच कई मध्यवर्ती संगठनों और संस्थाओं की रचना की। इसका एजेंडा यह था

कि इस विचार को चर्चा में लाया जाए। इसके द्वारा यह प्रांतों में सामाजिक, आर्थिक और कल्याणकारी गतिविधियों की पहल का समर्थन करना चाहता था। वह चाहता था कि इस पूरी प्रक्रिया द्वारा भारतीय जनता के बीच (आधुनिक) औपनिवेशिक शासन के लिए एक सीमा तक राजनीतिक समर्थन क़ायम रहे। इसमें शिक्षा, स्वास्थ्य और कल्याण के क्षेत्र में कई सहकारी समितियों, सार्वजनिक ट्रस्टों और स्वैच्छिक सामाजिक संगठनों का निर्माण भी शामिल था। स्थानीय प्रशासन के क्षेत्र में ज़िला विकास बोर्ड जैसे बहुत से ज़िला स्तरीय संगठनों का निर्माण किया गया। औपनिवेशिक प्रशासन ने इन क्षेत्रों के 'जाने-माने' और 'सम्मानित' लोगों को इसका सदस्य बनाया। यहाँ हम उन्नीसवीं सदी और बीसवीं सदी के भारत की बात कर रहे हैं। इस दौर में औपनिवेशिक शासन ने अंग्रेज़ी शिक्षा का प्रसार किया और पारम्परिक सामाजिक अभिजनों से मिलकर इन नीतियों पर अमल किया। इससे 'कोलोनियल पब्लिक' के बारे में जागरूकता बढ़ी। समाज सुधारकों के एजेंडे में भी मध्यवर्ती निकायों के निर्माण और उसमें भागीदारी की बात शामिल थी। मसलन, गुजरात में नर्मदाशंकर दवे (नर्मद) एक प्रभावशाली समाज-सुधारक थे। इन्हें आधुनिक गुजराती साहित्य का संस्थापक भी माना जाता है। इन्होंने मण्डली बनवाना फ़ायदा (संगठन बनाने के फ़ायदे) शीर्षक से एक छोटा और रोचक निबंध लिखा था। इसमें उन्होंने संगठन बनाने के बहुत से लाभों पर प्रकाश डाला था। इस तरह, जहाँ औपनिवेशिक राज्य ने संगठन बनाने को नीतिगत क़दम के रूप में अपनाया, वहीं समाज सुधारकों ने भी विभिन्न क्षेत्रों में संगठनों को बढ़ावा दिया।

मुख्य बात यह है कि नागर समाज और राज्य का संबंध समझने के लिए औपनिवेशिक आधुनिकता बहुत ही महत्त्वपूर्ण है। अब ऐसा नहीं हो सकता है कि कोई नागर समाज की बात करे और राज्य का उल्लेख न करे। नागर समाज ने तुलनात्मक रूप से स्वायत्त होकर और लोगों के आम हित में काम किया। लेकिन फिर भी यह राज्य की उपच्छाया की तरह सामने आया। समाज-वैज्ञानिकों ने इसे आधुनिक राज्य के दायरे के भीतर अवस्थित किया। उन्होंने इस पर विशिष्ट रूप से सेकुलर संदर्भ में विचार करना शुरू किया। यह माना गया कि जाति और धार्मिक संगठन इसके दायरे से बाहर स्थित हैं। इसलिए इसे सार्वजनिक संगठनों की अर्ध-राजनीतिक (पैरा-पॉलिटिकल) संरचना के रूप में देखा गया, जो राज्य से जुड़ी हुई थी। संक्षेप में, वे यह मानते थे कि नागर समाज प्राथमिक रूप से भारत के सामाजिक और राजनीतिक जीवन के आधुनिक क्षेत्र का प्रतिनिधित्व करता है। इस रूप में यह लोकतंत्र का एक आयाम बना।

आधुनिकता और लोकतंत्र के सिद्धांत एक-दूसरे से नज़दीकी रूप से जुड़े हुए हैं। इस सीमा तक कि एक में होने वाला बदलाव दूसरे को भी प्रभावित करता है, अर्थात् लोकतंत्र का दायरा आधुनिकता से पूरी तरह मिलता-जुलता लगता है। आज की दुनिया में पॉलिटिकल पब्लिक की क़िस्मों में ज़बरदस्त बढ़ोतरी हुई है। ख़ास तौर पर द्वितीय विश्व युद्ध के बाद के लोकतंत्रों में ऐसा हुआ है। इन लोकतंत्रों में नागर समाज राज्य के मुक़ाबले आ गया है। इसका राज्य के साथ टकराव और सहयोग का एक गत्यात्मक संबंध है। नागर समाज के मंथन में दीर्घकालिक आधुनिकतावादी प्रोजेक्ट की पड़ताल की जा रही है। इस प्रोजेक्ट का लक्ष्य एक ऐसे लोकतांत्रिक शासन की स्थापना करना था, जिसके नागरिक अपने अतीत की पहचानों से कटे हों। नागर समाज की राजनीति के कारण राज्य-समाज संबंधों के बारे में एक सरल, 'ब्लैक ऐंड व्हाइट' नज़रिया बनाना भी मुश्किल है। अर्थात् एक ऐसा दृष्टिकोण नहीं अपनाया जा सकता जिसमें नागर समाज का अस्तित्व केवल राज्य द्वारा बनाये गये सेकुलर स्पेस में ही कल्पित किया जाए। मानो नागरिक से परे कोई दूसरा समाज ही न होता हो।

देखें : ग़ैर-सरकारी संस्थाएँ, ग़ैर-सरकारी संस्थाएँ : भारत में, ग़ैर-दलीय राजनीति, धीरूभाई शेठ, नागरिकता, नागरिकता : अन्य परिप्रेक्ष्य, नागर समाज, नागर समाज : भारतीय बहस, पार्थ चटर्जी, मानवाधिकार, भारत में नागरिकता-विमर्श-1 से 3 तक, भारत में मानवाधिकार, भारत में मानवाधिकार आंदोलन, भीखू छोटालाल पारिख, रजनी कोठारी, राजनीतिक समाज, सुदीप्त कविराज।

संदर्भ

1. अनुपमा रॉय (2008), 'सिटीज़नशिप', राजीव भार्गव और अशोक आचार्य (सम्पा.), *पॉलिटिकल थियरी : ऐन इंट्रोडक्शन,* पियर्सन-लोंगमेन, नयी दिल्ली
2. विल किमलिका (1996), *मल्टीकल्चरल सिटीज़नशिप : अ लिबरल थियरी ऑफ़ माइनॉरिटी राइट्स,* क्लैरेंडन प्रेस, ऑक्सफ़र्ड.
3. सारा रुडिक (1989), *मैटर्नल थिंकिंग : टुवर्ड्स अ पॉलिटिक्स ऑफ़ पीस,* बीकन प्रेस, बोस्टन.
4. एमी बार्थोलोमियु (1990), 'शुड अ मार्क्सिस्ट बिलीव इन मार्क्स ऑन राइट्स', *सोशलिस्ट रजिस्टर* एचटीटीपी://सोशलिस्टरजिस्टर.कॉम/फ़ाइल्स/एसआर_1990_बार्थोलोमियु.पीडीएफ़

— धीरूभाई शेठ

भारत में नागर समाज और ग़ैर-दलीय राजनीति-3

वैकल्पिक राजनीति की सम्भावनाएँ

(Civil Society and Non-Party Politics in India-3)

कोई भी लोकतांत्रिक राज्य अपने संगठनों और संस्थाओं तक सीमित नहीं रह सकता है। इसे एक नागर समाज की ज़रूरत होती है, ताकि ऐसी राजनीतिक कार्रवाई, जो अमूमन ग़ैरक़ानूनी और हिंसक हो सकती है, उसे लोकतांत्रिक विरोध और संवाद की रूपरेखा में लाया जाए। यही कारण है कि औपनिवेशिक समय से ही राज्य को विरोध और सहयोग के ऐसे संगठित रूपों की तलाश रही है जिनकी बिना पर वह ऐसी ग़ैर क़ानूनी राजनीतिक कार्रवाईयों का सामना कर सके। राज्य ने ऐसे संगठित रूपों को बढ़ावा भी दिया है। इसने विकासात्मक योजनाएँ लागू करने में ग़ैर-सरकारी और स्वैच्छिक संगठनों की भूमिका को मान्यता दी है। उसने योजना प्रक्रिया में उनके सुझावों का महत्त्व भी स्वीकार किया है। दरअसल, सोनिया गाँधी के नेतृत्व में बनी राष्ट्रीय सलाहकार परिषद् (नैशनल एडवाइज़री कमिटी) इसी प्रक्रिया का नतीजा है। राजनीति में बाज़ार की व्यापक मौजूदगी के कारण एक नया शब्द यानी 'पब्लिक-प्राइवेट पार्टनरशिप' (सार्वजनिक-निजी सहयोग) भी प्रचलन में आया है। यह भी सच है कि जहाँ राज्य पहुँचने में समर्थ नहीं है, वहाँ नागर समाज एक भूमिका निभा रहा है। और जहाँ दोनों ही मौजूद नहीं हैं, वहाँ नक्सलियों का दबदबा है। हम देख सकते हैं कि जयप्रकाश नारायण के नेतृत्व वाले आपातकाल विरोधी आंदोलन के बाद नागर समाज की भूमिका में बहुत ज़्यादा बदलाव हुआ है। अधिकांश समकालीन प्रगतिशील क़ानूनों की शुरुआत नागर समाज से हुई और फिर सरकार ने उसे आगे बढ़ाया। सूचना का अधिकार, शिक्षा का अधिकार आदि जैसे क़ानूनों से यह बात स्पष्ट रूप से सामने आती है।

इस हक़ीक़त से भी इनकार नहीं किया जा सकता कि जातिगत और धार्मिक संगठनों ने अपने सदस्यों के लिए बहुत से सेकुलर काम किये हैं। शिक्षा, स्वास्थ्य और सामान्य कल्याण के क्षेत्र में काफ़ी काम किया गया है। ये संगठन इस तरह की गतिविधियों के दौरान राजनीतिक प्रभावों से अछूते नहीं रहे। उन्होंने कभी भी अपनी गतिविधियों को कर्मकाण्डीय संविधियों और अपने सदस्यों की पवित्र भूमिकाओं तक ही सीमित नहीं किया। इस बात को याद रखने की ज़रूरत है कि आधुनिकता से पहले के ज़मानों में भी सामाजिक और धार्मिक केंद्रों (मंदिरों) में सामाजिक और राजनीतिक कार्य किये जाते थे। ज़ाहिर है कि नागरिक स्पेसों (सिविल स्पेस) की अवधारणा तैयार करने और नागर समाज की सीमा रेखा तय करने का काम अभी बाक़ी है।

अब एक ज़्यादा तात्कालिक सवाल पर ध्यान देने की आवश्यकता है। आज हम भारत में जो ज़बरदस्त राजनीतिक ऊर्जा देख रहे हैं उसका प्राथमिक स्रोत क्या है : लोकतंत्र या आधुनिकता? यदि हम सैद्धांतिक और फ़ेनोमेनोलॅजिकल रूप से लोकतंत्र को आधुनिकता से अलग करना चाहते हैं, तो इस महत्त्वपूर्ण सवाल का जवाब देना ज़रूरी है। इससे हमें नागर समाज को तथाकथित विशिष्ट और निष्क्रिय मध्य वर्ग (अभिजन) के प्रभाव और नेटवर्क की राजनीति के बजाय वर्तमान में जारी अर्ध-संस्थात्मक लोकतांत्रिक राजनीति में अवस्थित करने में भी मदद मिलेगी। नागर समाज की राजनीति किसी भूमिगत दल की राजनीति नहीं है। यह 'फ़ेवर बैंक' की औपचारिक (ग़ैर-संस्थात्मक) राजनीति भी नहीं है। 'फ़ेवर बैंक' में किसी व्यक्ति द्वारा अनाधिकारिक आर्थिक उद्देश्य पूरा करने के लिए अपनी आधिकारिक शक्ति के प्रयोग के दौरान दिये गये या लिये गये 'फेवर' (या अनुचित मदद) के आधार पर लोगों के एकाउंट रखे जाते हैं। लेकिन यह शब्द अनौपचारिक अभिजन राजनीति का वर्णन करने के लिए बहुत ही उपयोगी है, जहाँ नौकरशाह, राजनीतिज्ञ और बिज़नेसमैन अंदरूनी तौर पर एक-दूसरे की मदद (फ़ेवर) करते हैं। इससे इन सबको फ़ायदा होता है। इस तरह की 'म्युचुअल फ़ेवर सोसाइटी' (पारस्परिक मददकारी समाज) में वास्तविक अर्थों में नागरिक सार्वजनिक पहचान नहीं होती। इसे किसी भी अर्थ में नागर समाज नहीं माना जा सकता।

नागर समाज तो एक तीसरे तरह की राजनीति है। यह वोट-बैंक राजनीति और 'फ़ेवर बैंक' राजनीति के बीच स्थान बनाता है और उसका विस्तार करता है। हमें सत्ता के गलियारे में होने वाले आंतरिक षड्यंत्रों और सौदेबाज़ियों के लिए कोई दूसरा नाम खोजना होगा। निश्चित रूप से (काम होने के लिए या काम होने की उम्मीद में) बड़े-बड़े 'तोहफ़ों' के आदान-प्रदान का यह नेटवर्क जब बहुत गहरा और व्यापक हो जाता है, तो यह 'पब्लिक' (या लोगों) की नज़र में आ जाता है। ऐसे में, इसे इसके वास्तविक रूप यानी 'क्रोनी कैपिटलिज़म' के रूप में देखा जाता है। दूसरे संदर्भ में हमने यह देखा है कि नौकरशाह, बड़े बिज़नेसमैन और राजनीतिक नेता आर्थिक और दलीय फ़ायदे के लिए समाजवाद के झण्डे के तले एक हो गये थे। लेकिन फिर भी इसे 'क्रोनी सोशलिज़म' का लक़ब नहीं दिया गया।

दरअसल, यह नागर समाज को समझने का एक तरीक़ा है, जो मुख्य रूप से अकादमीय और विचारधारात्मक विमर्श में सामने आया है। इसकी वास्तविक राजनीति एक

अलग कहानी है— यह विकासशील, खुला और बहुआयामी है। आंशिक रूप से यह कहानी हाशिये पर पड़े लोगों द्वारा गरिमामय ज़िंदगी के अधिकार के लिए किये जाने वाले संघर्ष और आंदोलनों से जुड़ी है। इस प्रक्रिया में यह राज्य की संस्थात्मक संरचना का लोकतंत्रीकरण करती है। संविधान लोकतांत्रिक राजनीति के इस आयाम को मान्यता देता है। लेकिन यह सिर्फ़ सामान्य अर्थ में ही ऐसा करता है, अर्थात् यह इसे व्यक्तियों और समूहों के राजनीतिक अधिकारों के रूप में ही मान्यता देता है। कई बार राज्य द्वारा नागरिकों के अधिकारों का अतिक्रमण किया जाता है या फिर कार्यपालिका की शक्तिशाली संस्थाओं या संसद द्वारा इसकी उपेक्षा की जाती है (आपातकाल के दौरान हमने इसी स्थिति का सामना किया है)। कई मर्तबा ग़ैर-राज्य सत्ता-केंद्रों द्वारा भी नियमित रूप से समाज में साधारण नागरिकों के अधिकारों की उपेक्षा हो सकती है। नागरिकों के इन अधिकारों की हिफ़ाज़त के लिए नियमित रूप से काम करने वाले आंदोलनों को अब भी क़ानूनी और राजनीतिक रूप से अपनी राजनीतिक वैधता स्थापित करनी है। संविधान में तकनीकी रूप से दिये गये अधिकारों को वास्तव में हासिल करने के लिए बहुत से दूसरे संवैधानिक तौर-तरीक़ों और प्रावधानों की आवश्यकता है। लेकिन अभी तक इन्हें तात्त्विक रूप से हासिल नहीं किया जा सका है। इन्हें नागर समाज की मुख्यधारा की राजनीति में शामिल करने की सम्भावना नहीं है। ग़ैर-दलीय राजनीति के आंदोलनों में यह सम्भावना निहित है।

आज लोकतंत्र के युग में भी विरोध की राजनीति को पुराने औपनिवेशिक क़ानूनों द्वारा नियंत्रित किया जाता है। ये औपनिवेशिक क़ानून मोटे तौर भारतीय दण्ड संहिता में निहित हैं। इसमें किसी सभा को ग़ैरक़ानूनी घोषित करने वाले क़ानून भी शामिल हैं। दरअसल, संक्षेप में यह कहा जा सकता है कि ग़ैर-दलीय समूहों और लोकतंत्रों ने भारतीय लोकतंत्र को गहनता और गतिशीलता प्रदान की है। राजनीति को राजनीतिक और सैद्धांतिक वाद-विवादों के केंद्र में लाने की ज़रूरत है। ऐसा होने पर ही नागर समाज की अवधारणा को सही तरह से समझा जा सकता है। फ़िलहाल तो इसकी स्थिति अमीबा जैसी आकारहीन है। उम्मीद की जा सकती है कि ऐसा होने पर यह सिद्धांत को ग़ैर-दलीय राजनीति की दुनिया से जोड़ेगा। अभी तक इस पहलू पर बहुत ही कम ध्यान दिया गया है।

बुनियादी सवाल यह है कि शासितों को किस तरह गवर्नेंस में ज़्यादा-से-ज़्यादा प्रतिनिधित्व मिल सकता है और शासन तक उनकी आवाज़ प्रभावकारी तरीक़े से पहुँच सकती है। प्रतिनिधित्व की अवधारणा पर ज़्यादा गहराई से सैद्धांतिक और दार्शनिक विचार करने की आवश्यकता है। अब चुनावी राजनीति लोकतंत्र की बुनियादी विशेषता बन चुकी है। चुनाव वैधता का सबसे मुख्य स्रोत है। ऐसे में, चुने गये राजनीतिक नेता 'ग़ैर-दलीय' सार्वजनिक नेताओं द्वारा निभायी जाने वाली भूमिका को न तो समझ रहे हैं और न ही वे उसे मान्यता देना चाहते हैं। वे यह नहीं समझ पा रहे हैं कि यह एक अलग तरह की किंतु महत्त्वपूर्ण रूप से लोकतांत्रिक राजनीति है जिसके ज़रिये राजनीति में लोगों को बेहतर प्रतिनिधित्व मिलता है। दरअसल, चुनाव में भागीदारी के बिना उभरे नेताओं द्वारा प्रतिनिधित्व के दावे के संबंध में राजनीतिक दलों के बीच एक संदेह और डर बैठा हुआ है। शायद इसी कारण दलों से जुड़े और मीडिया में सक्रिय कुछ नेताओं ने अण्णा हज़ारे के आंदोलन को भारतीय लोकतांत्रिक व्यवस्था के लिए ख़तरा क़रार दिया है।

इसलिए हमारे पास ऐसे विद्वान और राजनीतिक टीकाकार हैं जो अब भी पारम्परिक पश्चिमी अर्थ में नागर समाज शब्द का उपयोग करते हैं। वे यह पसंद नहीं करते कि इस अवधारणा का विस्तार करते हुए इसमें प्रतिरोध के आंदोलन भी शामिल किये जाएँ। दरअसल, यह बुनियादी रूप से राजनीति के प्रति उनका डर है। जब विरोध के आंदोलन सीधी कार्रवाई का रूप धारण कर लेते हैं तो यह डर एक गहरे आतंक में तब्दील हो जाता है। इसका सामना करने के लिए हमारे पास कोई बना-बनाया ज़रिया नहीं है। हमारे चिंतन में भी इस बारे में पर्याप्त (सैद्धांतिक) स्पष्टता नहीं है कि उस स्थिति में क्या हो सकता है जब लोकतांत्रिक रूप से (चुनावी राजनीति द्वारा) और संविधान द्वारा राजनीतिक सत्ता पाने वाले लोग कार्यपालिका के नाम पर 'ग़ैरक़ानूनी' तरीक़े से काम करने लगें। ऐसा हो सकता है कि वे व्यवस्थित रूप से सरकार की शक्तियों पर अपना एकाधिकार जमाते जाएँ। यह स्थिति तब और ज़्यादा बुरी हो जाती है जब इस सत्ता का प्रयोग एक ऐसे परिवार या वंश द्वारा किया जाता है, जिसका सरकार बनाने वाले दल में प्रभुत्व होता है या जो सरकार बनाने में महत्त्वपूर्ण भूमिका निभा सकता है। इसलिए सिद्धांतकारों और लोकतांत्रिक राजनीति का व्यवहार करने वाले लोगों की सबसे पहली प्राथमिकता यह होनी चाहिए वे संस्थाओं की गिरावट रोकें। मुद्दा यह है कि इस तरह की स्थिति में लोगों के पास किस तरह के राजनीतिक साधन मौजूद हैं। दरअसल, इसी संदर्भ में सीधी राजनीतिक कार्रवाई का विचार प्रासंगिक हो जाता है। इस पर गम्भीर सैद्धांतिक विचार करने की ज़रूरत है। ग़ैर-चुनावी सत्ता कई मर्तबा ग़ैर-लोकतांत्रिक पॉपुलिस्ट (लोकलुभावनवादी) रूप में सामने आ सकती है। कुल मिलाकर व्यावहारिक चुनौती यह है कि किस तरह इसे लोकतांत्रिक अंतर्वस्तु से जोड़ा जाए। इसलिए यह बहुत ही ज़रूरी है कि लोकतांत्रिक राजनीति के व्यवहार के नये रूप और साधन तैयार किये जाएँ। इसके सिद्धांतों और कार्यों की (विविध सामाजिक-सांस्कृतिक और ऐतिहासिक संदर्भों में) तुलनात्मक सैद्धांतिक समझ विकसित करना भी ज़रूरी है।

संस्थाओं का क्षरण रोकने के लिए कम-से-कम यह तो करना ज़रूरी है ही। इससे दीर्घकालिक रूप से प्रतिनिधित्व और भागीदारी के एक व्यापक और वैकल्पिक तरीक़े का विकास किया जा सकता है।

देखें : ग़ैर-सरकारी संस्थाएँ, ग़ैर-सरकारी संस्थाएँ : भारत में, ग़ैर-दलीय राजनीति, धीरूभाई शेठ, नागरिकता, नागरिकता : अन्य परिप्रेक्ष्य, नागर समाज, नागर समाज : भारतीय बहस, पार्थ चटर्जी, मानवाधिकार, भारत में नागरिकता-विमर्श-1 से 3 तक, भारत में मानवाधिकार, भारत में मानवाधिकार आंदोलन, भीखू छोटालाल पारिख, रजनी कोठारी, राजनीतिक समाज, सुदीप्त कविराज।

संदर्भ

1. अनुपमा रॉय (2008), 'सिटीज़नशिप', राजीव भार्गव और अशोक आचार्य (सम्पा.), *पॉलिटिकल थियरी : ऐन इंट्रोडक्शन*, पियर्सन-लोंगमेन, नयी दिल्ली.
2. विल किमलिका (1996), *मल्टीकल्चरल सिटीज़नशिप : अ लिबरल थियरी ऑफ़ माइनॉरिटी राइट्स*, क्लैरेंडन प्रेस, ऑक्सफ़र्ड.
3. सारा रुडिक (1989), *मैटर्नल थिंकिंग : टुवर्ड्स अ पॉलिटिक्स ऑफ़ पीस*, बीकन प्रेस, बोस्टन.
4. एमी बार्थोलोमियु (1990), 'शुड अ मार्क्सिस्ट बिलीव इन मार्क्स ऑन राइट्स', *सोशलिस्ट रजिस्टर* एचटीटीपी://सोशलिस्टरजिस्टर.कॉम/फ़ाइल्स/एसआर_1990_बार्थोलोमियु.पीडीएफ़

— धीरूभाई शेठ

भारत में नागरिकता-विमर्श-1

संवैधानिक संकल्पना पर बहस

(Citizenship Discourse in India-1)

भारत के संविधान की प्रस्तावना 'हम भारत के लोग' से शुरू होती है। इसी प्रस्तावना में 'नागरिक समुदाय' की संकल्पना है। एक ऐसा नागरिक समुदाय जो ख़ुद को सम्बोधित कर रहा है। 'हम भारत के लोग' वे हैं जो ख़ुद भारत का संविधान अपना रहे हैं। इस 'नागरिक समुदाय' की मौजूदगी न तो संविधान से अलग है, न ही संवैधानिक प्रभावों से स्वतंत्र। देखा जाए तो संविधान ही इस 'नागरिक समुदाय' की संकल्पना का उत्पादन भी कर रहा है। औपचारिक रूप से 'भारत का संविधान' और 'नागरिक समुदाय' का जन्म एक साथ ही हुआ था। इसी संविधान में आदर्श भारतीय नागरिक की संकल्पना भी निहित है। संविधान में एक तरफ़ व्यक्तिवादी अधिकार पर आधारित नागरिकता का समर्थन किया गया है, वहीं दूसरी तरफ़ व्यक्ति की सामूहिक पहचान और भारतीय सांस्कृतिक विविधता बनाये रखने की कोशिश। राजनीतिक विचारधारा के मुद्दे पर भी उदारतावादी अधिकारों के दृष्टिकोण का सामंजस्य सामाजिक और आर्थिक अधिकारों के साथ बनाने की कोशिश की गयी है। भारतीय राजनीति का अध्ययन करने वाले कई लेखकों ने भारतीय नागरिकता की संवैधानिक संकल्पना का विश्लेषण किया है। इन सभी ने संविधान और नागरिकता के व्यावहारिक पहलू पर कम ध्यान दिया है। इनकी कोशिश नागरिकता संबंधी प्रावधान व नागरिकता की मानकीय नीति बेहतर करने की है। इनमें नागरिकता की हैसियत के बारे में चर्चा तो है, लेकिन नागरिकता संबंधी रोज़मर्रा के आचरण की नहीं। सवाल यह है कि अगर हम नागरिकता को एक हैसियत न मानकर, एक गतिविधि मानें तो आचरण के रूप में नागरिकता के बारे में हम क्या जानते हैं? ख़ुद नागरिक नागरिकता की संकल्पना को अपने व्यवहार में किस तरह शामिल करते हैं?

भारतीय संविधान भारत के राज्य-क्षेत्र के भीतर रहने वाले लोगों को दो श्रेणियों में बाँटता है : पहला, नागरिक और दूसरा, ग़ैर-नागरिक या बाहरी। नागरिकता की हैसियत और उसके कारण प्राप्त अधिकारों के आधार पर ही इन दोनों श्रेणियों में अंतर किया जाता है। ग़ैर-नागरिकों को दो और श्रेणियों में बाँटा गया है : पहली श्रेणी में वे ग़ैर-नागरिक आते हैं जिनका हमारे प्रति दोस्ताना रवैया है, और दूसरी श्रेणी में वे ग़ैर-नागरिक हैं जो दोस्ताना रवैया नहीं रखते या दुश्मनी रखते हैं। अगर हम अपना मापदण्ड बदल कर नागरिक व्यवहार देखें, तो दो नयी श्रेणियाँ बन सकती हैं। आजकल हम देखते हैं कि कई नागरिकों पर राजद्रोह का आरोप लगा है। इसका मतलब है कि हमारे देश में नागरिकों की भी दो श्रेणियाँ हैं : दोस्ताना नागरिक और राजद्रोही नागरिक। देश के भीतर रहने वाले लोगों को इस तरह विभिन्न श्रेणियों में बाँटना कोई मानसिक प्रयोग नहीं है। विडम्बना यह है कि राज्य इन्हें देशद्रोही समझता है, लेकिन ये ख़ुद ऐसा मानते हैं कि इनकी गतिविधियाँ संवैधानिक विचारों के अनुकूल हैं। अगर संविधान पर इनकी आस्था न होती, तो ये शायद ऐसी गतिविधियों में संलग्न नहीं होते। आज के भारत के कई ऐसे लोग हैं जो बड़े सामाजिक दायरे के लिए 'निष्ठावान नागरिक' हैं लेकिन राज्य की नज़र में 'देशद्रोही' भी! ऐसे में क्या 'उचित नागरिक आचरण' की परिभाषा पर राज्य और नागरिकों की सोच में कोई टकराव दिखता है?

भारत में नागरिकता संबंधी अध्ययन तीन मुख्य प्रकारों से किया गया है। पहला— भारतीय संविधान और भारतीय

नागरिकता का सैद्धांतिक आधार और उसका मूलभूत ढाँचा समझने की कोशिश। दूसरा— कुछ लेखकों ने दर्शाया है कि भारतीय नागरिकता जिन आदर्शों को औपचारिक रूप से अपनाती है, वे आदर्श वास्तविकता में लोगों को प्राप्त नहीं हैं। तीसरा— लेखकों ने नागरिकता के मुद्दे पर संवैधानिक, सैद्धांतिक और राजनीतिक टकरावों को उजागर किया है।

भारतीय संविधान पर राजीव भार्गव ने अपने लेख 'आउटलाइन ऑफ़ अ पॉलिटिकल थियरी ऑफ़ कॉन्स्टीट्यूशन' में भारतीय संविधान सभा की प्रमुख उपलब्धियों पर प्रकाश डाला है। उनका मानना है कि नागरिकता पर जिस प्रकार के प्रावधान अपनाये गये, वे अपने आप में एक उपलब्धि हैं। गहरी सामाजिक असमानताओं के बावजूद, संविधान में नागरिक संबंधी प्रावधान, समानता और न्यायपूर्णता के आधार पर बने थे। भार्गव के अनुसार ऐसा इसलिए हो पाया क्योंकि भारतीय संविधान उदारवादी दृष्टिकोण से काफ़ी प्रेरित था। संविधान में व्यक्ति और समुदाय दोनों के प्रति संवेदनशीलता थी। वे लिखते हैं, 'संविधान पर उदार व्यक्तिवादी विचारों का प्रभाव साफ़ है। यह व्यक्ति को सिर्फ़ समूह क्षेत्र के भीतर ही नहीं, सामूहिक गठन से परे भी समझता है।'

भार्गव के मुताबिक़ 'दूसरी उपलब्धि यह है कि संविधान इन उदार व्यक्तिवादी सिद्धांतों का पुनर्निर्माण भी करता है। व्यक्तिगत नागरिक अधिकारों के मूल्य को सामुदायिक संदर्भ में समझा गया है।' भार्गव का मानना है कि संविधान सभा की चर्चाएँ नागरिकता को समझने का बहुत बड़ा व ज़रूरी संसाधन हैं। ये चर्चाएँ छह दशक पुराना इतिहास ही नहीं बल्कि आज का इतिहास समझने में भी मदद करती हैं। मेरे विचार से नागरिकता का इतिहास समझने के लिए सिर्फ़ संविधान के प्रावधान और संविधान सभा की चर्चाएँ पर्याप्त नहीं हैं। नागरिक समुदाय नागरिकता को कैसे समझता है : यह हमें इन चर्चाओं या प्रावधानों में नहीं मिलेगा। केवल सरकारी दस्तावेज़ों से नागरिकता को समझना इस अवधारणा को संकुचित करता है। अपनी किताब की प्रस्तावना के 'संविधान सभा की बहस का अध्ययन ज़रूरी क्यों है?' शीर्षक वाले भाग में भार्गव अपने चुने हुए तरीक़े का औचित्य समझाते हैं। वे लिखते हैं कि 'मुझे नहीं लगता कि हमारी धारणाएँ, मूल्य, आदर्श इतनी गहराई से बदल गये हैं कि हम संविधान सभा की दुनिया से पूरी तरह जुदा हो चुके हैं। संविधान का इतिहास काफ़ी हद तक हमारे वर्तमान का इतिहास है।'

कई लेखकों ने संविधान की इस एकीकृत और ग़ैर-जटिल समझ का विरोध किया है। उनका तर्क है कि संविधान सभा में कई मूल्यों पर गहरे टकराव थे। न तो संविधान किसी सरलता से हासिल 'आम सहमति' पर आधारित है, न ही संविधान सैद्धांतिक रूप से एकीकृत है। इस 'आम सहमति' के पीछे कुछ ख़ास समूहों की इच्छाएँ हैं जो अपने आपको 'आम सहमति' के रूप में प्रदर्शित करते हैं। जैसे-जैसे सामूहिक पहचान की राजनीति ने ज़ोर पकड़ा वैसे-वैसे संविधान की इस एकीकृत और सार्वभौमिक संकल्पना का चरित्र उजागर होता गया। यदि हम नागरिकता को पल भर के लिए सिर्फ़ उसके मानकीय स्वरूप में देखें तब भी उसके तनावग्रस्त चरित्र को अनदेखा करना मुश्किल है।

आदित्य निगम ने अपने लेख 'अ टेक्स्ट विदाउट ऑथर' में संविधान के इस एकीकृत आंतरिक तर्क और एकात्मक संरचना की समझ को चुनौती दी है, 'मैं कहूँगा कि संविधान सभा की चर्चाओं को अगर एक सरसरी निगाह से भी देखा जाए तो किसी एक दृष्टिकोण की प्रभुता नहीं दिखती। कोई एक प्रबल आवाज़ नहीं मिलती।' उनका मानना है कि 'संविधान सभा में बैठे लोगों को हम विरक्त नहीं आसक्त मानें। इसलिए संविधान बनाने की प्रक्रिया को समझने के लिए हमें संविधान-सभा के सदस्यों की आत्म-समझ पहचाननी होगी। उनके तर्कों में उनके भविष्य की संकल्पना जुड़ी हुई थी। उन्होंने जिस सैद्धांतिक मार्ग का चुनाव किया वह उनके पद, शक्ति, निहित-स्वार्थ, स्वायत्तता से परे नहीं था।' निगम यहाँ जिस आत्म-समझ की बात कर रहे हैं, उसे हम सिर्फ़ संविधान-सभा की बहसें ही नहीं बल्कि नागरिकता को समझने के लिए भी इस्तेमाल कर सकते हैं।

संविधान-सभा के टकरावों के बारे में वेलेरियन रॉड्रिग्ज़ ने भी लिखा है। उन्होंने अपने अनुसंधान में संविधान सभा में हुए वाद-विवाद के उद्धरण दिये हैं। उनके लेखन से यह साबित होता है कि ये चर्चाएँ काफ़ी विवादपूर्ण थीं। इस बहस को देखने से यह भी पता चलता है कि नागरिकता के प्रावधानों में अंदरूनी टकराव क्यों है? रॉड्रिग्ज़ लिखते हैं कि 'सभा में बहुत कम सैद्धांतिक एकता थी। लोगों के बीच विचारों का काफ़ी टकराव रहा। इस कारण नागरिकता संबंधी प्रावधान बहुत बार लिखे गये।' यह सच है कि अंततः ये प्रावधान पारित कर दिये गये, लेकिन इसका यह मतलब बिल्कुल नहीं है कि इन पर लोगों में आम राय थी। इन प्रावधानों में बाद में कुछ ख़ास परिवर्तन भी किये गये हैं। इन बदलावों पर कुछ लेखकों का ध्यान भी गया है। सरसरी निगाह से देखने में ऐसा लग सकता है कि ये परिवर्तन लोकतांत्रिक दिशा में हैं, परंतु गहरी समीक्षा से यह कहानी बदल जाती है। इनमें से कई बदलाव नागरिकों की सुविधा के लिए नहीं बल्कि सत्तावादी चिंताओं के कारण हुए हैं। *सिविल सोसाइटी, पब्लिक स्फ़ियर और सिटीज़नशिप* नाम की किताब में वेलेरियन रॉड्रिग्ज़ और बी.एस. चिमनी ने

नागरिकता संबंधी प्रावधानों में आये बदलावों पर ख़ास ध्यान दिया है। रॉड्रिग्ज़ का तर्क है कि संविधान सभा की संकल्पना बाद में किये गये बदलावों से कहीं ज़्यादा लोकतांत्रिक थी। वे लिखते हैं नागरिकता की संवैधानिक संकल्पना अपेक्षाकृत समावेशी थी लेकिन अब वह लगातार जातीय होती जा रही है। नागरिकता प्राप्त करने में भारतीय माता-पिता का होना अनिवार्य सा होता जा रहा है। भारत सरकार इस बदलाव का औचित्य समझाने के लिए अन्य देशों की नीतियों की तरफ़ इशारा करती है, जबकि ख़ुद भारतीय संविधान में अपनायी नीतियों को दरकिनार करती है। इसी किताब में बी.एस. चिमनी ने अपने निबंध में प्रवासी मज़दूर शरणार्थियों के प्रति भारतीय राज्य के रवैये के बारे में लिखा है। राज्य के इस रवैये के पीछे भारतीय राज्य की सीमाओं को बनाये रखने की चुनौती और नागरिकों में पैदा होते विरोध के स्वर हैं। इन दोनों कारणों से भारतीय राज्य का बर्ताव मनमाना हो गया है। कई प्रवासी गुटों के बीच भारतीय राज्य अपने हित में गनगाने ढंग से बर्ताव करने लगा है।

देखें : ग़ैर-सरकारी संस्थाएँ, ग़ैर-सरकारी संस्थाएँ : भारत में, ग़ैर-दलीय राजनीति, धीरूभाई शेठ, नागरिकता, नागरिकता : अन्य परिप्रेक्ष्य, नागर समाज, नागर समाज : भारतीय बहस, पार्थ चटर्जी, मानवाधिकार, भारत में नागर समाज और ग़ैर-दलीय राजनीति-1 से 3 तक, भारत में मानवाधिकार, भारत में मानवाधिकार आंदोलन, भीखू छोटालाल पारिख, रजनी कोठारी, राजनीतिक समाज, सुदीप्त कविराज।

संदर्भ

1. आदित्य निगम (2008), 'अ टेक्स्ट विदाउट ऑथर : लोकेटिंग द कांस्टीट्युएंट असेम्बली एज़ इवेंट', राजीव भार्गव (सम्पा.), *पॉलिटिक्स ऐंड एथिक्स ऑफ़ कांस्टीट्यूशन,* ऑक्सफ़र्ड युनिवर्सिटी प्रेस, नयी दिल्ली.
2. राजीव भार्गव (सम्पा.)(2008) , *पॉलिटिक्स ऐंड एथिक्स ऑफ़ कांस्टीट्यूशन,* ऑक्सफ़र्ड युनिवर्सिटी प्रेस, नयी दिल्ली.
3. बी.एस. चिमनी (2005), 'आउट साइड द बाउंड्स ऑफ़ सिटीज़नशिप', हेलमेट रीफ़ील्ड और राजीव भार्गव (सम्पा.), *सिविल सोसाइटी, पब्लिक स्फ़ियर ऐंड सिटीज़नशिप,* सेज पब्लिकेशंस, नयी दिल्ली.
4. वेलेरियन रॉड्रिग्स (2008), 'सिटीज़नशिप ऐंड द कांस्टीट्यूशन', राजीव भार्गव (सम्पा.), *पॉलिटिक्स ऐंड एथिक्स ऑफ़ कांस्टीट्यूशन,* ऑक्सफ़र्ड युनिवर्सिटी प्रेस, नयी दिल्ली.
5. *भारत का संविधान* (2008), द्विभाषी संस्करण, चौथा संस्करण, सेंट्रल लॉ पब्लिकेशंस, इलाहाबाद
6. शिवानी किंकर चौबे (1972), *कांस्टीट्युएंट असेम्बली ऑफ़ इण्डिया : स्प्रिंगबोर्ड ऑफ़ अ रैवोल्यूशन,* मनोहर पब्लिशर्स, दिल्ली.

— अंकिता पांडेय

भारत में नागरिकता-विमर्श-2

आचरण के रूप में नागरिकता

(Citizenship Discourse in India-2)

वैलेरियन रॉड्रिग्ज़ और बी.एस. चिमनी द्वारा उठाये गये मुद्दों को अनुपमा रॉय ने एक नयी दृष्टि से परखा है। उनकी किताब *मैपिंग सिटीज़नशिप* में नागरिकता प्रावधानों में आये बदलावों के फ़ैसले, और प्रवासी मज़दूर की स्थिति पर ग़ौर किया गया है। वे यह नहीं मानतीं कि नागरिकता संबंधी प्रावधान लगातार सत्तावादी ही होते जा रहे हैं। उनका मानना है कि 'राज्य की नीतियाँ प्रगतिशील / लोकतांत्रिक होने से ले कर हानिकारिक / बाधित होने के बीच झूलती रहती हैं। लोकतांत्रिक विकल्पों को खोलने के साथ ही उन्हें बंद करने का काम भी हो रहा है। इस प्रकार नागरिकता की संकल्पना में एक विरोधाभास है, जो एक तरफ़ इस गतिशील संकल्पना की स्वतंत्रता ज़ाहिर करता है, वहीं दूसरी तरफ़ नागरिकता पर सत्तावादी प्रथाओं (जो सामाजिक और आर्थिक संदर्भ से निकली हैं) को जीवंत भी रखता है।' अनुपमा रॉय की किताब से यह तो साबित हो जाता है कि राज्य की नीतियाँ नागरिकों की रोज़मर्रा की गतिविधियों से प्रभावित हैं, हालाँकि इस किताब में इस आम व्यवहार पर नहीं बल्कि राज्य की बदलती नीतियों का नागरिकता पर असर देखने की कोशिश की गयी है।

इन सभी वृत्तांतों से हम यह तो कह सकते हैं कि रोज़मर्रा का नागरिक व्यवहार नागरिकता के मानक को प्रभावित करता है पर इन प्रावधानों में कौन से बदलाव किस राजनीतिक पल में लाये जा रहे हैं, इसका कारण भी कभी-कभी रोज़मर्रा के नागरिक व्यवहारों में छुपा होता है। जैसे, जब भारतीय संविधान में नागरिकता की परिकल्पना की गयी, तो मौलिक कर्त्तव्यों को उसका हिस्सा नहीं बनाया गया। लेकिन 1970 के दशक में संविधान में इन कर्त्तव्यों की सूची को जोड़ा गया। ज़ाहिर है कि यह बदलाव ख़ुद-ब-ख़ुद नहीं हो सकता था। नागरिकता के सिद्धांत राजनीतिक और सामाजिक दवाबों की वजह से बदले जाते हैं। निश्चित तौर पर इस तरह के बदलावों में नागरिक व्यवहार का दबाव प्रमुख भूमिका निभाता है। लेकिन अभी तक इन व्यवहारों का पर्याप्त अध्ययन नहीं हुआ है।

नागरिकता पर लिखे गये साहित्य, निबंधों व पुस्तकों की समीक्षा करने पर हम पाते हैं कि ये सभी नागरिक की पहचान का पुनः संयोजन करते आये हैं। लेकिन 'नागरिक-पहचान' से 'आचरण के रूप में नागरिकता' तक का सफ़र इनमें नहीं मिलता। ये नागरिक-व्यवहार की तरफ़ संकेत तो

करते हैं लेकिन नागरिक-व्यवहार का अध्ययन नहीं करते। ऐसा अध्ययन करने से हम जान पायेंगे कि नागरिकता की संकल्पना पर राज्य और नागरिकों के बीच क्या टकराव है? राज्य और उसके नागरिकों के विरोधों के मुद्दों पर उज्ज्वल सिंह ने अपनी किताब *पॉलिटिकल प्रिज़नर्स इन इण्डिया* में दिखाया है कि जहाँ राज्य कुछ कार्यकर्ताओं को आम अपराधी के रूप में समझता है, वहीं ये कार्यकर्ता स्वयं को 'राजनीतिक क़ैदी' की संज्ञा देते हैं। सिंह के अनुसार भारतीय राज्य में भी औपनिवेशिक राज्य की तरह राजनीतिक रूप से सक्रिय कार्यकर्ताओं को आम अपराधी समझने की प्रवृत्ति बनी रही है। राज्य का प्रयास हमेशा यह रहा है कि अपने सैद्धांतिक विरोधी को अपराधी क़रार दे दिया जाए। इन 'राजनीतिक क़ैदियों' की ये माँग रही है कि जेल में इन्हें बाक़ी सामान्य अपराधियों से अलग सुविधाएँ, लाभ और रियायतें मिलनी चाहिए। इस किताब से नागरिकों की आत्म-समझ जानने की कोशिश को प्रोत्साहन मिलता है। सिंह लिखते हैं 'आपराधिक क़ैदी से जुदा, राजनीतिक क़ैदी की धारणा भारतीय राष्ट्रवादी धारा की देन है। राष्ट्रवादी समझ में राजनीतिक क़ैदी होना आम अपराधी से अलग दर्जा था।' इन क़ैदियों के दावे से यह दिखता है कि आधिकारिक / राजकीय समझ से नागरिकों की समझ अलग है। स्वतंत्रता के बाद दो महत्त्वपूर्ण क्षणों पर ये हुआ, एक 1940 का तेलंगाना आंदोलन और दूसरा 1960-70 का भारतीय कम्युनिस्ट पार्टी (मार्क्सवादी-लेनिनवादी) का आंदोलन। इन दोनों ही क्षणों में कई कम्युनिस्ट कार्यकर्ताओं को जेल भेजा गया था और इन पार्टियों ने माँग की थी कि इन्हें साधारण क़ैदियों की तरह न रखा जाए। उनकी घोषणा थी कि 'कार्यकर्ताओं को अपराधी नहीं बल्कि नागरिक का दर्जा मिलना चाहिए। उन्हें रहने की सभ्य जगह, खाना-पीना, चिकित्सा सुविधाएँ और परिवारों को भत्ता मुहैया कराया जाना चाहिए।'

इस किताब के अंत में सिंह लिखते हैं कि आज राजनीतिक क़ैदी होना कोई रणनीति नहीं बल्कि विरोध का परिणाम बन चुका है। 'जेल भरो' या गिरफ़्तारी देने की पहले जैसी नैतिक वैधता नहीं रह गयी है। अगर हम राजनीतिक क़ैदियों के इन दावों को नागरिक आचरण और नागरिकता की आत्म-समझ का हिस्सा मानें तो देखना पड़ेगा कि समकालीन भारत में किन गतिविधियों ने इन दावों की जगह ले ली है?

'नागरिक-आचरण' के एथनोग्राफ़िक अध्ययन की भी कुछ लेखकों ने पहल की है। ये सभी लेखक किसी एक सैद्धांतिक गुट का हिस्सा नहीं हैं लेकिन इनकी पद्धति पहले गुट के लेखकों से अलग है। भारतीय संविधान पर हुई अकादमिक चर्चा में उपेंद्र बख़्शी का योगदान ऐसी ही एक पहल है। अपने निबंध 'आउट लाइन ऑफ़ अ थियरी ऑफ़ प्रैक्टिस ऑफ़ इण्डियन कॉन्स्टीट्यूशनलिज़म' में बख़्शी ने एथनोग्राफ़िक पद्धति अपनाने की ज़ोरदार सिफ़ारिश की है। इनका तर्क है कि नागरिक-आचरण की शक्ति और उसकी प्रथाओं को भारत में उचित महत्त्व नहीं दिया गया है। एक तरफ़ युरोप और अमेरिका में मई, 1968 की घटनाओं और वियनताम युद्ध विरोधी आंदोलनों को राजनैतिक व सैद्धांतिक चिंतन में समाहित कर लिया गया है। लेकिन ऐसी 'निर्णायक घटनाओं' ने भारतीय संवैधानिक अध्ययन के तरीक़ों पर कोई छाप नहीं छोड़ी है। बख़्शी के अनुसार संविधान समझने की प्रक्रिया में उन लोगों की रोज़मर्रा की गतिविधियों का अध्ययन करने की ज़रूरत है जो संविधान या क़ानून से जुड़े व्यवसायों में हैं। यह लेख नागरिक-आचरण के बारे में कई महत्त्वपूर्ण सवाल उठाता है। मसलन, 'विभिन्न नागरिक संविधान के प्रावधानों को किस प्रकार समझते हैं? हमें नागरिकों के व्यवहार की कितनी समझ है? क्या हम इस अध्ययन में विद्रोही या राजद्रोही गतिविधियाँ शामिल कर सकते हैं? संवैधानिक मूल्यों और उनके रोज़मर्रा के अनुभवों में क्या कोई टकराव है? क्या हम राजनीतिक चिंतन में संविधान की प्रभावशाली प्रथाओं और संविधान से उपजी हाशिये की प्रथाओं की बात कर सकते हैं।' इसी निबंध में बख़्शी ने यह भी कहा है कि भारत में गणतांत्रिक नागरिकता पूरी तरह से ध्वस्त हो चुकी है। भारतीय नागरिक जब भी सरकारी तंत्र से मुख़ातिब होते हैं तो उन्हें ग़ैर-नागरिक सा व्यवहार मिलता है। हिंसात्मक भारतीय राज्य ने लोगों से नागरिकता छीन ली है।

क्या बख़्शी की तरह भारतीय नागरिकता को पूरी तरह से क्षीण समझा जाना चाहिए? यदि हम ऐसे नागरिकों की गतिविधियाँ देखेंगे जो राजनीतिक या सामाजिक रूप से सक्रिय हैं, तो हम नागरिक-आचरण के नये आयाम पायेंगे। परंतु जब तक व्यापक तरीक़े से नागरिक-आचरण का अध्ययन न हो तब तक नागरिकता की विफलता या सफलता का फ़ैसला असामयिक है। इस असहमति के बावजूद बख़्शी का यह लेख हमें 'हैसियत के रूप में नागरिकता' से हट कर 'आचरण के रूप में नागरिकता' की तरफ़ पहल करने की प्रेरणा देता है। ऐसी पहल जो हमें नागरिकों के साथ हो रहे भेदभाव के अलावा उनके रोज़मर्रा के अनुभवों के बारे में भी हमें बताये। ऐसी पहल से हमें शायद नागरिकता के प्रावधानों में संशोधन के कारण भी बेहतर समझ में आयें।

हैसियत के रूप में नागरिकता के आधार पर चिंतन करने वाले विद्वानों की कुछ ऐसी मान्यताएँ हैं जिन पर 'आचरण के रूप में नागरिकता' के परिप्रेक्ष्य से सवाल उठाये जा सकते हैं। उदाहरण के तौर पर पहले क़िस्म के विद्वान राज्य को एकीकृत इकाई मान कर चलते हैं। लेकिन, अगर नागरिकों के आचरण को देखा जाए तो यह साफ़ हो जाएगा कि अपने रोज़मर्रा के जीवन में आम लोग राज्य को स्थानीय

आईने में देखते हैं। उनके लिए राज्य की संस्था सेना हो सकती है या पुलिस स्टेशन, नगर निगम या पोस्ट ऑफ़िस। इससे पता चलता है कि राज्य एकीकृत नहीं खण्डित इकाई का नाम है। राज्य और नागरिक संबंधों के बारे में प्रचलित दो आम धारणाओं को ख़ारिज किया जा सकता है। पहली धारणा तो यह है कि नागरिक की आत्म-समझ पूरी तरह से राज्य की नीतियों द्वारा निर्धारित होती है, और दूसरा नागरिक और राज्य दो पृथक इकाइयाँ हैं, जिनमें परस्पर विरोधाभास है। नागरिक-आचरणों को देखने से पता चल सकता है कि नागरिकों की आत्म-समझ किस हद तक राज्य-निर्धारित है और कितनी नहीं, राज्य का निर्धारण कितना प्रबल है और ऐसे कौन से क्षण हैं जो इस निर्धारण से छूट जाते हैं।

इसी दिशा में एक पहल पार्थ चटर्जी की है। उनका मानना है कि सार्वभौम नागरिकता एवं लोकप्रिय सम्प्रभुता जैसे विचारों का भले ही दुनिया भर में बोलबाला रहा हो, लेकिन उत्तर-औपनिवेशिक दुनिया में इन विचारों का उपयोग कम है। उदारतावादी, समुदायवादी, बहुसांस्कृतिक या नागरिक गणतंत्रवाद— हर अवधारणा में 'सार्वभौम नागरिकता' और 'लोकप्रिय सम्प्रभुता' को प्रमुख माना जाता है। इन सभी अवधारणाओं का यह भी मानना है कि राज्य के प्रभावी ढंग से काम कर पाने के लिए एक नागर समाज की उपस्थिति भी ज़रूरी है। यह नागर समाज संवैधानिक दायरे में रहते हुए स्वतंत्र रूप से काम करता है। चटर्जी ऐसा मानते हैं कि नागर समाज के बाहर भी ऐसी नागरिक गतिविधियाँ हैं जो लोकतंत्र को समझने में सहायक हैं।

देखें : ग़ैर-सरकारी संस्थाएँ, ग़ैर-सरकारी संस्थाएँ : भारत में, ग़ैर-दलीय राजनीति, धीरूभाई शेठ, नागरिकता, नागरिकता : अन्य परिप्रेक्ष्य, नागर समाज, नागर समाज : भारतीय बहस, पार्थ चटर्जी, मानवाधिकार, भारत में नागर समाज और ग़ैर-दलीय राजनीति-1 से 3 तक, भारत में मानवाधिकार, भारत में मानवाधिकार आंदोलन, भीखू छोटालाल पारिख, रजनी कोठारी, राजनीतिक समाज, सुदीप्त कविराज।

संदर्भ

1. अनुपमा रॉय (2010), *मैपिंग सिटीज़नशिप,* ऑक्सफ़र्ड युनिवर्सिटी प्रेस, नयी दिल्ली.
2. उज्ज्वल कुमार सिंह (1998), *पॉलिटिकल प्रिज़नर्स इन इण्डिया,* ऑक्सफ़र्ड युनिवर्सिटी प्रेस, नयी दिल्ली.
3. उपेन्द्र बख़्शी (2008), 'आउटलाइन ऑफ़ अ थियरी ऑफ़ प्रैक्टिस ऑफ़ कांस्टीट्युशनलिज़्म', राजीव भार्गव (सम्पा.), *पॉलिटिक्स ऐंड एथिक्स ऑफ़ कांस्टीट्यूशन,* ऑक्सफ़र्ड युनिवर्सिटी प्रेस, नयी दिल्ली.
4. ग्रैनविले ऑस्टिन (1999), द *कांस्टीट्युशन : कॉरनर स्टोन ऑफ़ अ नेशन,* ऑक्सफ़र्ड युनिवर्सिटी प्रेस, नयी दिल्ली.
5. पार्थ चटर्जी (2004), *पॉलिटिक्स ऑफ़ गवर्न्ड : रिफ़्लैक्शंस आन पॉलिटिक्स इन मोस्ट ऑफ़ द वर्ल्ड,* परमानेंट ब्लैक, नयी दिल्ली.

— अंकिता पांडेय

भारत में नागरिकता-विमर्श-3

विद्रोही नागरिकता

(Citizenship Discourse in India-3)

राजनीतिक नागरिक गतिविधि का एक और क्षेत्र है जिसे पार्थ चटर्जी पॉलिटिकल सोसाइटी या राजनीतिक समाज की संज्ञा देते हैं। इस समाज के गठन के पीछे दो कारण हैं— कल्याणकारी कार्यों पर सरकारी ज़ोर और चुनावी गोलबंदी का बढ़ता दायरा। चटर्जी अनधिकृत बस्तियों और अवैध प्रवासियों का उदाहरण देते हुए लिखते हैं कि नागर समाज के विपरीत राजनीतिक समाज के अपने अलग आंतरिक तर्क हैं। इनकी गतिविधियाँ ऐसी हैं कि हम इन्हें नागर समाज की श्रेणी में शामिल नहीं कर सकते हैं। नागर समाज में नागरिक हैं तो राजनीतिक समाज में सिर्फ़ जनसंख्या। राजनीतिक समाज हमें नागरिकता के उन पहलुओं से अवगत कराता है जो कि नागरिकों के आचरण के अध्ययन से ही सम्भव है।

ऐसा ही एक प्रयास अखिल गुप्ता के शोध में दिखता है। इनका तर्क है कि इन्हीं गतिविधियों और नागरिक व्यवहारों से 'समाज' और 'राज्य' की अवधारणा निर्मित होती है। गुप्ता उदाहरण स्वरूप भ्रष्टाचार के ख़िलाफ़ नागरिक रोष और कार्यवाही को दर्ज करते हैं। इन मुद्दों पर सक्रियता के ज़रिये ही नागरिक अपने लिए एकीकृत राज्य की कल्पना करते हैं। गुप्ता लिखते हैं 'समाज, समुदाय और राज्य की प्रकृति समझने के लिए भ्रष्टाचार के मामलों और उस पर हो रहे विमर्श को समझना महत्त्वपूर्ण है। यह विमर्श दोहरी भूमिका निभाता है। जहाँ एक तरफ़ यह प्रतीकात्मक रूप से राज्य का निर्माण करता है, वहीं दूसरी तरफ़ ख़ुद को नागरिक के रूप में परिभाषित भी करता है।'

अपनी किताब *इनसरजेंट सिटीज़नशिप* में मानवशास्त्री जेम्स होलस्टन ने एक ख़ास तरीक़े की विद्रोही नागरिकता के बारे में लिखा है। इस किताब में इन्होंने शहरी ग़रीब तबक़े की गतिविधियाँ दर्ज की हैं। इनके अनुसार, इस विद्रोही नागरिकता के कारण ब्राज़ील की नागरिकता पहले से ज़्यादा समतावादी हो गयी है। घरों का निर्माण और भूमिहीनों की लड़ाई इन गतिविधियों का हिस्सा है। नागर समाज में रहते हुए ऐसी गतिविधियाँ नामुमकिन हैं, शायद इसीलिए विद्रोही नागरिकता का तरीक़ा अपनाया गया है। अपने नागरिकता अध्ययन में होलस्टन को एक स्थापित और दूसरी उभरती नागरिकता दिखती है। 'आज दुनिया भर में उभरते लोकतांत्रिक नागरिक आचरण के मामलों को देखते हुए लोकतांत्रिक सिद्धांतों का पुनः संयोजन ज़रूरी हो चुका है।'

उनका तर्क है कि ये सभी विद्रोही नागरिकताएँ सार्वभौम नागरिकता की प्रतिक्रियाएँ हैं। सार्वभौम नागरिकता अपनी सदस्यता में तो समान अधिकार देती है, लेकिन वितरणमूलक नीतियों में नहीं। होलस्टन के सूत्रीकरण से यह पता चलता है कि नागरिक-आचरण का अस्तित्व है और नागरिकता के अध्ययन के लिए ज़रूरी भी है। नागरिक-आचरण और नागरिकों की आत्म-छवि राजनीतिशास्त्र में समाहित की जानी चाहिए। अक़्सर नागरिक विद्रोह को सविनय अवज्ञा के माध्यम से समझा जाता है। मतलब किसी कथित अन्यायपूर्ण क़ानून का विरोध, जो होशमंद और सार्वजनिक तरीक़े से व्यक्त किया गया हो। ऐसे लोग क़ानून तोड़ने का दावा करते हैं और सज़ा के लिए तैयार रहते हैं। जिन गतिविधियों/विद्रोह की बात इस निबंध में की जा रही है, वह सविनय अवज्ञा की श्रेणी से पूरी तरह अलग है। यहाँ क़ानून तोड़ने का दावा नहीं, उलटा राज्य/सरकार की नीतियों को अपने नज़रिये से देखने का सवाल है।

इस बात पर भी आम राय नहीं है कि भारत में हुए सविनय अवज्ञा के प्रयोगों से नागरिक विद्रोह की चेतना को बल मिला या वो पहले से ज़्यादा क्षीण हो गयी है। जहाँ एक तरफ़ भीखू पारिख जैसे लेखकों ने 'सविनय अवज्ञा' को एक ऐसी गतिविधि माना जिसमें कई प्रगतिशाली सम्भावनाएँ हैं। अपनी किताब *कोलोनियलिज़म, ट्रेडिशन ऐंड रिफ़ॉर्म* में उन्होंने लिखा है कि सविनय अवज्ञा तीन बेहतरीन स्तम्भों पर टिकी हुई है। मानव जाति की एकता, साधनों और ध्येय की बराबरी, और मानव-स्वभाव के प्रति सकारात्मक दृष्टिकोण। इन तीन मानकों ने नागरिकों को विद्रोह का एक नया तरीक़ा सुझाया था। दूसरी तरफ़ पार्थ चटर्जी जैसे लेखक मानते हैं कि इस सिद्धांत के पीछे एक रणनीति छुपी हुई है। इस तरीक़े से महज़ विरोधों का प्रबंधन हो सकता था, उनका हल नहीं निकाला जा सकता था। अपनी किताब *नैशनालिस्ट थॉट इन द कोलोनियल वर्ल्ड* में उनका तर्क है कि सविनय अवज्ञा किसानों को वर्ग संघर्ष के लिए तैयार करने के बजाय विरोधाभास से बचने की एक तकनीक बन गयी थी। इस तकनीक से राष्ट्रीय संघर्ष वर्ग संघर्ष में परिवर्तित नहीं हो पाया। यह अलग बात है कि गाँधीवादी संघर्ष की यात्रा गाँधी के साथ ख़त्म नहीं हुई। समकालीन भारत में नागरिक स्वतंत्रताओं और लोकतांत्रिक अधिकारों के लिए काम कर रही संस्थाएँ गाँधीवादी संघर्ष के तरीक़े अपनाती हैं लेकिन वे ख़ुद सविनय अवज्ञा की श्रेणी का इस्तेमाल नहीं करतीं।

भारतीय राजनीति में सरकारी नीति, संवैधानिक सिद्धांतों ने जिस आचरणमूलक नागरिकता की उपेक्षा करनी चाही है, उसकी आत्म-छवि का टकराव आज राज्य से होता दिखाई देता है। आज भारत में संवैधानिक आचरणमूलक नागरिकता अपने लिए संकट पैदा करती दिखती है। भारत में इस प्रकार आचरणमूलक नागरिकता दो समूहों में सामने आती है। एक प्रगतिशील समूह में सामाजिक कार्यकर्ता, वामपंथी कार्यकर्ता और मानवाधिकार कार्यकर्ता इत्यादि हैं। दूसरी तरफ़ इसका एक रूढ़िवादी हिस्सा भी है जिसमें अभिजन और कई दक्षिणपंथी कार्यकर्ता हैं जिनकी निष्ठा कभी राज्य के प्रति तो कभी राष्ट्र के प्रति रहती है। अक्सर इन नागरिकों की गतिविधियाँ एक आदर्श नागरिक व्यवहार से मेल नहीं खातीं। लेकिन इन कार्यकर्ताओं को ऐसा लगता है कि ये संवैधानिक दृष्टिकोण पर अमल कर रहे हैं। अलगाववादियों के विपरीत इनकी आस्था देश के संविधान के प्रति है। इनमें से कई पूर्ण रूप से सामाजिक या राजनीतिक कार्यकर्ता भी नहीं हैं। इन्होंने अपने आचरणमूलक नागरिक व्यवहार को अपनी पेशेवर ज़िम्मेदारियों के साथ जोड़ लिया है। इनकी सक्रिय नागरिकता की संकल्पना इनकी अपनी है।

आचरणमूलक नागरिकता का ऐसा रूप (जिसे ग़ैर-दोस्ताना/विद्रोही समझा गया) कपिल प्रसाद भट्टाचार्य ने पेश किया था। आशिस नंदी ने अपनी किताब *द रोमांस ऑफ़ द स्टेट* में इस कहानी के बारे में लिखा है। उनके हिसाब से कपिल प्रसाद भारत के पहले आधुनिक पर्यावरणविद् थे। इस विद्रोही नागरिक की कहानी 1960 के दामोदर घाटी बाँध परियोजना की आलोचना से शुरू हुई। नंदी लिखते हैं, '1950-60 के माहौल में कपिल प्रसाद भट्टाचार्य दामोदर घाटी की कड़ी निंदा कर रहे थे। वे विशाल बाँधों की सबसे पहली, व्यवस्थित, तकनीकी एवं सामाजिक आलोचना करने वाले पहले नागरिक थे।' जैसा कि अनुमान लगाया जा सकता है भट्टाचार्य के लिखे आलोचनात्मक लेख की वजह से उन्हें देश का दुश्मन क़रार दे दिया गया। 1961 में आनंद बाज़ार पत्रिका में प्रकाशित एक ख़बर के ज़रिये नंदी ने कपिल प्रसाद के प्रति राज्य का रवैया दर्शाया है। पत्रिका में यह ख़बर छपी कि 'केंद्र सरकार को ऐसे हानिकारक प्रचार की जानकारी मिली है जिसमें पश्चिम बंगाल के फरक्का बाँध को बदनाम किया जा रहा है। राज्य सरकार को निर्देश दिये गये हैं कि इस आंदोलन के प्रमुख नेता का पता लगाये। यह भी पता चला है कि पाकिस्तान इस मौक़े का फ़ायदा उठाकर भारत के ख़िलाफ़ अंतर्राष्ट्रीय प्रचार में लग गया है।' यहाँ हम देखते हैं कि भट्टाचार्य के असंतोष या विद्रोह को देश के दुश्मन का सहयोग माना जा रहा है। यह विद्रोह उचित नागरिक-व्यवहार नहीं समझा जा सकता। भट्टाचार्य ने बीस साल तक पर्यावरण संबंधी सामाजिक कार्य करने के बाद अपने जीवन के अंतिम वर्ष मानवाधिकार से संबंधित कार्यों में बिता दिये। 68 साल की उम्र में उन्होंने मानवाधिकार पर काम कर रही संस्था एसोसियेशन फ़ॉर प्रोटेक्शन ऑफ़ डेमोक्रैटिक राइट्स की सभापति की कुर्सी सँभाली।

नागरिकों के इन व्यवहारों को हम किस प्रकार परिभाषित करें? क्या ये घटनाएँ नागरिकता-अध्ययन से परे हैं? जैसा कि इस निबंध की शुरुआत में लिखा गया है कि, आचरणमूलक नागरिकता नागरिकता की सीमा, विषय-वस्तु या गहराई से संबंधित सवाल नहीं हैं। यह हैसियत के रूप में नागरिकता की श्रेणी में समाहित हो ही नहीं सकती। यह आचरण राज्य को भले ही देशद्रोह लगे लेकिन नागरिकों को संवैधानिक लगता है। नंदी अपने लेख में भी इस बात की पुष्टि करते हैं। वे लिखते हैं कि 'उनकी सिर्फ़ इतनी इच्छा थी कि जल प्रबंधन वैकल्पिक तरीक़ों से हो। देखा जाए तो भट्टाचार्य के लक्ष्य और भारत की औपचारिक विकास नीति के घोषित लक्ष्यों में कुछ ख़ास फ़र्क़ नहीं था।'

कई साल बाद एक अलग संदर्भ में यही क्रम अपने आपको दोहराता नज़र आता है। डॉ. बिनायक सेन अपने आपको सिर्फ़ नागरिक ही नहीं नागरिक कार्यकर्ता के रूप में देखते हैं। वे या तो नीतियों में बदलाव की माँग करते हैं या घोषित नीतियों को बेहतर तरीक़े से लागू करवाना चाहते हैं। उन पर राजद्रोह का आरोप है। उनको न ही अलगाववादी कहा जा सकता है और न ही क़ानून के हाशिये पर रहने वाले 'राजनीतिक समाज' में इनकी गिनती हो सकती है। शोमा चौधरी ने अपने लेख में डॉ. बिनायक सेन की कही हुई बात का, जो उन्होंने न्यायालय से जेल जाते समय कही थी, बयान करते हुए लिखा है, 'अगर ये मुझ जैसे लोगों को गिरफ़्तार करेंगे तो मानवाधिकार पर काम करने वालों की कोई सुनवाई नहीं रह जाएगी... यहाँ की शिकायतें वास्तविक हैं। इस प्रांत में एक अकाल आया हुआ है, यहाँ का शरीर-द्रव्यमान 18.5 से कम है, देश का 40 फ़ीसदी हिस्सा कुपोषण के साथ जी रहा है। अनुसूचित जाति और अनुसूचित जनजातियों में ये संख्या 50-60 फ़ीसदी तक पहुँच जाती है। हमें और ज़्यादा समावेशी विकास के लिए प्रयास करना चाहिए। आप लोगों को दो श्रेणियों में नहीं बाँट सकते। सभी को क़ानूनी सहायता और चिकित्सीय देखभाल का अधिकार है। यह संविधान में लिखा है, यही व्यक्ति के मानवाधिकारों का आधार है।'

यदि कोई यह न जानता हो कि ये डॉ. बिनायक सेन के शब्द हैं— जिन पर देशद्रोह के अलावा आपराधिक षड्यंत्र का आरोप है— तो उसे ये लगेगा कि ये बातें नागरिकता की राजकीय संकल्पना की भावनाओं से संचारित हैं। इनमें हमें संविधान के प्रति आदर और संस्थाओं के प्रति आस्था नज़र आती है। इनमें अधिकारों की जुबान और समानता के प्रति संजीदगी दिखती है। इसमें समावेशी विकास और नागरिक सक्रियता से सरकारी परियोजना को लागू करने के प्रति आशा दिखाई देती है। लेकिन नागरिक के प्रतिमान में यह क्या असंगति है? क्या यह इसलिए उत्पन्न हो रही है क्योंकि नागरिक अपनी इस पहचान को कुछ ज़्यादा ही संजीदगी से समझ रहा है? नागरिकता का मानकीय प्रतिमान अपने ही अधिकार, समानता और सक्रियता की उपज को चुनौती समझने लगा है। इस तरह का नागरिक प्रतिमान ख़ुद के द्वारा उत्पन्न की जाने वाली आत्म-चेतना को समायोजित नहीं कर पा रहा है।

नागरिकता-अध्ययन के इस संकट से हमें नागरिकता को समझने का एक अलग साधन मिलता है। लेखक और सामाजिक कार्यकर्ता अरुंधती रॉय एक ऐसी ही नागरिक हैं। उन पर आरोप है कि वे अपने राज्य विरोधी, राष्ट्र विरोधी लेखों व भाषणों से लोगों के बीच राज्य के प्रति अनासक्ति या नफ़रत का प्रचार कर रही हैं। अपने कई साक्षात्कारों में उन्होंने संविधान के प्रति उत्साह दिखाया है। वे नर्मदा बचाओ आंदोलन में एक ऐसे गुट का हिस्सा थीं जिसने विवाद का समाधान पाने के लिए न्यायपालिका का रास्ता चुना था। 2010 में कथित तौर पर जम्मू-कश्मीर मुद्दे पर एक भाषण के कारण दिल्ली पुलिस ने उन पर राजद्रोह का आरोप लगाया है। अपनी प्रतिक्रिया में रॉय ने कहा, 'शायद भारतीय सरकार को जवाहरलाल नेहरू पर मरणोपरांत देशद्रोह का आरोप लगाना चाहिए। मैंने कश्मीर मुद्दे पर ऐसा कुछ नहीं कहा जो उन्होंने पहले नहीं कहा है।'

आज भारतीय राजनीतिशास्त्र के अध्ययन में अनधिकृत बस्तियाँ, रास्ते, अवैध प्रवासी, शरणार्थी, दिहाड़ी मज़दूर, भूमिहीन सभी के लिए सैद्धांतिक गुंजाइश है। पार्थ चटर्जी के नागर समाज की अवधारणा के ज़रिये लोकतांत्रिक राजनीति के इन उपेक्षित पहलुओं पर संजीदगी से चर्चा की जा रही है। लेकिन इस विद्रोही नागरिक की पहचान न तो नागर समाज के दायरे में पड़ती है, और न ही क़ानून के उस हाशिये पर पायी जाती है जिसे हम पॉलिटिकल सोसाइटी या राजनीतिक समाज की धारणा के ज़रिये समझते हैं। ख़ुद को निष्ठावान नागरिक समझने वालों का विद्रोह आज नागरिकता के अध्ययन में एक प्रश्नचिह्न तो है ही, साथ ही यह एक अवसर के रूप में भी हमारे सामने है।

देखें : ग़ैर-सरकारी संस्थाएँ, ग़ैर-सरकारी संस्थाएँ : भारत में, ग़ैर-दलीय राजनीति, धीरूभाई शेठ, नागरिकता, नागरिकता : अन्य परिप्रेक्ष्य, नागर समाज, नागर समाज : भारतीय बहस, पार्थ चटर्जी, मानवाधिकार, भारत में नागर समाज और ग़ैर-दलीय राजनीति-1 से 3 तक, भारत में मानवाधिकार, भारत में मानवाधिकार आंदोलन, भीखू छोटालाल पारिख, रजनी कोठारी, राजनीतिक समाज, सुदीप्त कविराज।

संदर्भ

1. अखिल गुप्ता (2000), 'वर्ल्ड बाउंड्रीज़ : द डिस्कोर्स ऑफ़ करप्शन, द कल्चर ऑफ़ पॉलिटिक्स ऐंड द इमेजिंड स्टेट', ज़ोया हसन (सम्पा.), *पॉलिटिक्स ऐंड द स्टेट इन इण्डिया,* सेज

पब्लिकेशन्स, नयी दिल्ली.

2. आशिस नंदी (2003), 'द स्कोप ऐंड लिमिट्स ऑफ़ डिसेंट : इण्डियाज़ फ़र्स्ट मॉडर्न इनवायरनमेंटलिस्ट ऐंड हिज क्रिटिक ऑफ़ डी.वी.सी.', आशिस नंदी, *रोमांस ऑफ़ द स्टेट : ऐंड द फेट ऑफ़ डिसेंट इन द ट्रॉपिक्स,* ऑक्सफ़र्ड युनिवर्सिटी प्रेस, नयी दिल्ली.
3. इंजन एस. आइसिन और ब्रायन टर्नर (2002) 'सिटीज़नशिप स्टडीज़ : ऐन इंट्रोडक्शन', इंजन एस. आइसिन और ब्रायन टर्नर (सम्पा.), *हैंडबुक ऑफ़ सिटीज़नशिप स्टडीज़,* सेज प्रकाशन, लंदन.
4. ज़ोया हसन, ई. श्रीधरन और अन्य (सम्पा.) (2002), *इण्डियाज़ लिविंग कांस्टीट्यूशन : आइडियाज़, प्रैक्टिसिज़, कंट्रोवर्सीज़,* परमानेंट ब्लैक, दिल्ली.
5. जेम्स होलस्टन (2008), *इनसर्जेंट सिटीज़नशिप : डिसजंक्शंस ऑफ़ डेमॉक्रैसी ऐंड मॉडर्निटी इन ब्राज़ील,* प्रिंसटन युनिवर्सिटी प्रेस, प्रिंसटन.

— अंकिता पांडेय

भारत में नियोजन

(Planning in India)

भारत में स्वतंत्रता प्राप्ति के बाद 1951 से नियोजित विकास की पद्धति अपनायी गयी है। 1951 में बनी पहली पंचवर्षीय योजना से लेकर 2007 में बनी ग्यारहवीं पंचवर्षीय योजना तक नियोजन की भारतीय पद्धति ने कई वैचारिक और राजनीतिक उतार-चढ़ाव देखे हैं। बीच में नियोजन प्रक्रिया विवादग्रस्त हो कर थम भी गयी थी। लेकिन, इस या उस पहलू पर ज़ोर देने के कारण हुए थोड़े-बहुत फेरबदल के साथ उसका मुख्य सैद्धांतिक आधार द्वितीय विश्व-युद्ध के बाद उभरे वैकासिक अर्थशास्त्र से निकले राजनीतिक-आर्थिक विमर्श पर टिका रहा है। इसके मुताबिक़ अगर ग़रीब देशों की कृषि आधारित अर्थव्यवस्थाओं को निर्यात-आयात आधारित वाणिज्य और कारख़ाना उत्पादन का आधार मिल जाए तो उनका आर्थिक कल्याण हो सकता है। वैकासिक अर्थशास्त्र के सिद्धांत दीर्घकाल तक की जाने वाली बचत, उसके निवेश और प्रौद्योगिकीय प्रगति की भूमिका के इर्द-गिर्द सूत्रबद्ध होते हैं। इसमें एक तरफ़ मुक्त व्यापार का रवैया अपनाते हुए बाज़ार की ताक़तों के ज़रिये आर्थिक वृद्धि हासिल करने की कोशिश की जाती है। दूसरी ओर सरकारी हस्तक्षेप और आर्थिक नियोजन का सहारा लिया जाता है।

भारत में नियोजन की छवि बनाने में कुछ प्रचलित धारणाओं का बहुत बड़ा हाथ है। जैसे, यह माना जाता है कि पहले प्रधानमंत्री जवाहरलाल नेहरू ने सोवियत संघ की पंचवर्षीय योजनाओं से प्रभावित हो कर नियोजन का रास्ता अपनाया। असलियत इसके विपरीत है। 1927 में स्तालिनवाद के जन्म से पहले किये गये अपने सोवियत दौरे के बाद ही नेहरू सोवियत अनुभव के राजनीतिक परिणामों की आलोचना करने लगे थे। 1947 के बाद पहले प्रधानमंत्री के रूप में उन्होंने आर्थिक विकास की जो रणनीति उन्होंने अपनायी, उसके पीछे उनका रवैया विचारधारात्मक कम और तात्कालिक परिस्थितियों के मुताबिक़ व्यावहारिक अधिक था। वे सोवियत तर्ज़ पर बाज़ार की जगह नियोजन को स्थापित करने के बजाय योजनागत प्रयासों को बाज़ार के पूरक की तरह इस्तेमाल करना चाहते थे। यह गुंजाइश वैकासिक अर्थशास्त्र के विमर्श में उपलब्ध थी। इस रणनीति को सोवियत अनुभव से भिन्न युरोपीय सामाजिक जनवाद के अधिक नज़दीक समझा जाना चाहिए। दूसरे, भारत में नियोजन प्रक्रिया को निजी क्षेत्र का न केवल समर्थन था, बल्कि देश के बड़े-बड़े औद्योगिक घराने इस पक्ष में थे कि सरकार स्वयं निवेश करके भारी उद्योगों और अधिरचनात्मक निर्माण को बढ़ावा दे। 1944 में ही इन घरानों ने 'बाम्बे प्लान' नामक योजना बना कर कांग्रेस के नेतृत्व के सामने पेश कर दी थी। द्वितीय विश्व-युद्ध ख़त्म होने तक मुख्यतः कृषि प्रधान होने के बावजूद भारत कारख़ाना आधारित माल पैदा करने वाला दुनिया का दसवाँ सबसे बड़ा देश बन चुका था। लेकिन भारत के आकार, ज़रूरतों और सम्भावनाओं को देखते हुए यह औद्योगिक प्रगति बेहद नाकाफ़ी थी। राजनीतिक नेतृत्व के सामने दुविधा यह थी कि विकास की छलांग लगाने के लिए खेती के पारम्परिक आधार को ही अपनाया जाए, या भारी उद्योगों का विकास करके पश्चिमी तर्ज़ पर अर्थव्यवस्था का ढाँचा खड़ा किया जाए।

15 मार्च, 1950 को नेहरू ने अपनी अध्यक्षता में योजना आयोग का गठन करके नियोजन प्रक्रिया की बाक़ायदा शुरुआत की। नेहरू की पूरी कोशिश थी कि योजना आयोग राजनीतिक दबाव से मुक्त रहे। इस अवधि में उन्होंने अमेरिकी विशेषज्ञों पर भरोसा किया जिनकी राय थी कि भारत को अपना विकास कृषि तथा उपभोक्ता माल बनाने वाले उद्योगों में निवेश के ज़रिये करना चाहिए। उन दिनों फ़ोर्ड फ़ाउंडेशन की भारतीय शाखा का नेतृत्व करने वाले अल्बर्ट एंसमिंगर एक कृषि-अर्थशास्त्री ही थे। पहली पंचवर्षीय योजना (1951-1956) पर एंसमिंगर द्वारा नेहरू को दिये गये सुझावों की छाप स्पष्ट रूप से देखी जा सकती थी। इसमें कृषि क्षेत्र और सामुदायिक विकास पर बहुत ज़ोर था। बाँधों और सिंचाई में जम कर निवेश करने का प्रावधान किया गया था। पहली योजना के हिस्से में उद्योगों का हिस्से में केवल 8.4 फ़ीसदी निवेश ही आया था। इसी दौरान भाखड़ा और हीराकुंड बाँधों का निर्माण शुरू हुआ, कई

सिंचाई परियोजनाएँ प्रारम्भ की गयीं, देश भर में पाँच भारतीय प्रौद्योगिकी संस्थानों (आईआईटी) की शुरुआत हुई, विश्वविद्यालय अनुदान आयोग गठित किया गया, शिशु मृत्यु दर घटाने के लिए सघन मुहिम चलाई गयी। इस योजना का लक्ष्य कुल घरेलू उत्पाद में 2.1 प्रतिशत की वृद्धि दर हासिल करने का था, लेकिन इसने 3.6 फ़ीसदी की दर हासिल करके दिखाई। निबल घरेलू उत्पाद में 15 फ़सदी वृद्धि दर्ज की गयी। यह नियोजन के कामयाब कार्यान्वयन का उदाहरण था।

दूसरी पंचवर्षीय योजना (1956-1961) में अमेरिकी विशेषज्ञों की ज़्यादा नहीं सुनी गयी। 1955 में ही सत्तारूढ़ कांग्रेस पार्टी ने 'समाजवादी प्रारूप का समाज' बनाने के लिए अपनी प्रतिबद्धता जता दी थी। इसके लिए उद्योगीकरण पर बल देना आवश्यक समझा जा रहा था। इसलिए दूसरी योजना में पूरा ज़ोर भारी उद्योगों, ख़ास कर सरकारी क्षेत्र में खड़े किये जाने वाले अधिरचनात्मक उद्योगों पर था। लेकिन इसका मतलब यह नहीं था कि पहली योजनाओं की कामयाबियों को सुदृढ़ न किया गया हो। सामुदायिक विकास परियोजना का बहुत बड़े पैमाने पर विस्तार किया गया। देश भर में विकास खण्डों का गठन करके उन्हें पंचायती राज व्यवस्था से जोड़ कर विकेंद्रीकरण को बढ़ावा दिया गया। यह केंद्रीकृत नियोजन के माध्यम से किये गये 'लोकतांत्रिक विकेंद्रीकरण' की मिसाल थी। 1957 में आयी बलवंत राय मेहता कमेटी की चर्चित रपट में इसका ब्योरा दर्ज है। दूसरी पंचवर्षीय योजना के पीछे सांख्यकीविद् प्रशांत चंद्र महलनोबीस की मुख्य भूमिका थी ज़िसके कारण इसे महलनोबीस मॉडल की संज्ञा भी दी जाती है। नेहरू 1940 से ही महलनोबीस से परिचित थे। उन्हें लगा कि महलनोबीस उनके राजनीतिक और लक्ष्यों को अर्थनीति की वैज्ञानिक और तकनीकी शब्दावली में व्यक्त कर सकते हैं। शुरू में महलनोबीस को राष्ट्रीय आमदनी के सांख्यकीय आँकड़े जमा करने का काम मिला, लेकिन जल्दी ही नीति-निर्माण में उनकी हैसियत बढ़ती चली गयी। महलनोबीस को एहसास था कि भारत आर्थिक सिद्धांत में दरिद्र है और यहाँ योजना-निर्माण में इस्तेमाल किये जा सकने वाले अर्थशास्त्री भी उपलब्ध नहीं हैं। 1951 में उन्होंने सोवियत संघ की यात्रा की और उसके बाद वे युरोप और अमेरिका की यात्राओं पर निकल गये। उन्होंने उस ज़माने के कई मशहूर अर्थशास्त्रियों (रैग्नैर फ्रिश, जॉन टिन्बर्जन, ऑस्कर लांगे, चार्ल्स बेतेलहम, रिचर्ड स्टोन, जोआन रॉबिंसन, साइमन कुज्नेट्स और पॉल बरान आदि) से मुलाक़ातें कीं। महलनोबीस के निमंत्रण पर कई अर्थशास्त्री भारत भी आये और नियोजन में योगदान किया। इन्हीं अर्थशास्त्रियों की सोहबत में महलनोबीस ने वैकासिक अर्थशास्त्र का प्रगाढ़ परिचय प्राप्त किया।

दूसरी योजना में निवेश को निर्णायक ढंग से उद्योगों में झोंक दिया गया। इस योजना के पीछे पूर्व-धारणा काम यह कर रही थी कि अर्थव्यवस्था अपने दरवाज़े बंद रखेगी और अधिकतर व्यापार पूँजीगत माल के आयात के इर्द-गिर्द होगा। इसी दौरान भिलाई, दुर्गापुर और राउरकेला जैसे इस्पात संयत्र स्थापित हुए। पनबिजली परियोजनाएँ शुरू हुईं, कोयले का उत्पादन बढ़ा और रेल की पटरियों का जाल और विस्तृत किया गया।

ज़ाहिर है कि दूसरी योजना पहली के मुकाबले बहुत महत्त्वाकांक्षी थी। महलनोबीस का ध्येय-वाक्य था : 'समस्या का मर्म यह है कि सभी आवश्यक दिशाओं को एक साथ संतुलित करते हुए परिवर्तनों को इस प्रकार अंजाम कैसे दिया जाए कि संस्थागत रूपांतरण जल्दी से जल्दी सम्पन्न हो जाए।' इस तरह के आकर्षक इरादों के कारण योजना आयोग की हैसियत काफ़ी बढ़ी। लेकिन, दस साल के बोलबाले के बाद तीसरी पंचवर्षीय योजना (1961-1966) की समाप्ति तक योजना का विचार कुछ-कुछ संकटग्रस्त प्रतीत होने लगा। तीसरी योजना में वृद्धि दर 4.5 फ़ीसदी तय की गयी थी, पर केवल 4.3 फ़ीसदी ही हासिल हो पायी। यह अवधि नेहरू के देहांत के साथ-साथ 1962 के चीन-युद्ध और 1965 के पाक-युद्ध की भी थी। इसलिए प्रतिरक्षा उद्योगों पर ज़ोर देने का रुझान पैदा हुआ। कुल मिला कर महलनोबीस ने भी माना कि जिस आर्थिक और सामाजिक क्रांति का वायदा किया गया था, उसे नियोजन उसे मूर्त रूप देने में नाकाम रहा है। भारतीय अर्थव्यवस्था प्रगति के रास्ते पर 'प्रस्थान' नहीं कर पायी है, न ही उसमें 'स्व-उत्पादक विकास' का आवेग पैदा हो पाया है और न ही 'औद्योगिक क्रांति' हो सकी है। ज़ाहिर है कि नज़ारा नियोजन प्रक्रिया की आधी-अधूरी सफलताओं का ही था। इसके तहत चार सकारात्मक उपलब्धियाँ ज़रूर हुईं : एक साधारण वृद्धि दर प्राप्त हुई, पंजाब में हरित क्रांति का असर गेहूँ के ज़बरदस्त उत्पादन में दिखाई पड़ने लगा, अर्थव्यवस्था की लोकतांत्रिक साख क़ायम रही (ग्रामों में प्राथमिक शिक्षा का प्रसार, पंचायती चुनाव और राज्यों को वैकासिक ज़िम्मेदारियों का आबंटन) और विवेकपूर्ण राजकोषीय प्रबंधन के कारण आर्थिक स्थिरता भंग नहीं हुई।

बहरहाल, तीसरी योजना के बाद नियोजन की साख इस हद तक गिर गयी कि 1966 से 1969 तक योजना-अवकाश घोषित कर दिया गया। दिलचस्प बात यह है कि इसका मतलब नियोजन को पूरी तरह से ख़त्म करने से नहीं था। इंदिरा गाँधी ने प्रधानमंत्री बनने के बाद योजनागत विकास पर फिर से ध्यान दिया और चौथी पंचवर्षीय योजना (1969-1974) बनायी। यह 14 बैंकों के राष्ट्रीयकरण, कोयला-बीमा-बीमार उद्योगों के सरकारीकरण, हरित क्रांति के कारण खाद्यान्न में आत्मनिर्भरता और 1971 के बांग्ला देश युद्ध की अवधि थी। युद्ध के कारण औद्योगिक विकास के लिए तय किये गये धन को प्रतिरक्षा पर

ख़र्च करना पड़ा। पाँचवीं पंचवर्षीय योजना (1974–1979) में रोज़गार बढ़ाने और ग़रीबी कम करने पर ज़ोर था। दोनों योजना-अवधियों के सात-आठ साल समाजवादी प्रभाव समाजवादी प्रभाव के माने जाते हैं। शायद इसलिए कि इंदिरा गाँधी के नेतृत्व ने इस दौर का इस्तेमाल अर्थव्यवस्था में सरकारी हस्तक्षेप की बहुत ज़्यादा बढ़ोतरी और सरकारी क्षेत्र का आकार बढ़ाने में किया। राष्ट्रीय सम्प्रभुता के नाम पर विदेशी निवेश पर प्रतिबंध इसी दौर में लगे। लेकिन समाज में सम्पत्ति और संसाधनों के आबंटन में किसी क़िस्म के रैडिकल परिवर्तन पर कभी विचार तक नहीं किया गया।

प्रशांत चंद्र महलोनबीस (1893–1972)

पाँचवीं योजना ख़त्म होने पहले ही 1977 में पहली ग़ैर-कांग्रेसी केंद्रीय सरकार ने शपथ ली। प्रधानमंत्री मोरारजी देसाई ने 1978 में योजना के कई लक्ष्यों को ठुकरा दिया। लेकिन जनता पार्टी की सरकार नियोजन प्रक्रिया पर अपनी छाप छोड़ने से पहले ही 1979 में गिर गयी। छठी पंचवर्षीय योजना (1979–1985) की रूपरेखा ग़ैर-कांग्रेसी नेतृत्व ने बनायी थी, पर उस पर अमल 1980 में राजनीतिक वापसी करने के बाद इंदिरा गाँधी की सरकार ने किया। यही वह दौर था जब नियोजन का रुख आर्थिक उदारीकरण की तरफ़ धीरे-धीरे मुड़ना शुरू हुआ। क़ीमतों पर लगे नियंत्रण हटाये गये। राशन की दुकानें बंद की जाने लगीं।

सातवीं पंचवर्षीय योजना (1985–1989) नये क़िस्म के कांग्रेसी नेतृत्व (राजीव गाँधी) ने बनायी जिसने भविष्य को इक्कीसवीं सदी में प्रक्षेपित किया और आधुनिक प्रौद्योगिकी पर ज़ोर देते हुए उत्पादकता बढ़ाने को अपना लक्ष्य बनाया। सातवीं योजना के लक्ष्य देखने में बहुत आकर्षक थे। लेकिन उन्हें धरती पर उतारने के लिए एक दीर्घावधि विकास की ज़रूरत थी। मुश्किल यह हुई इसके लिए आवश्यक राजनीतिक स्थिरता कांग्रेस नहीं दे पायी और 1989 से 92 के बीच का समय राजनीतिक अस्थिरता का निकला। ग़ैर-कांग्रेसी गठजोड़ सरकार ने पंचवर्षीय योजना के बजाय सालाना योजनाओं से काम चलाना उचित समझा। 1991 में आये भीषण विदेशी मुद्रा संकट का सामना करते हुए कांग्रेस के नेतृत्व वाली अल्पमतीय सरकार ने पूरी अर्थनीति में उलट-फेर कर डाला। मुक्त बाज़ार को आधार बना कर सुधार किये गये। उदारीकरण और निजीकरण का दौर चल निकला।

पहली सात योजनाओं में पब्लिक सेक्टर में निवेश पर ज़ोर था, पर आठवीं पंचवर्षीय योजना (1992–1997) पूरी तरह से औद्योगिक आधुनिकीकरण, विनिवेश के ज़रिये निजीकरण, प्रौद्योगिकी के विकास, अर्थव्यवस्था के दरवाज़े ग्लोबल पूँजी के लिए खोलने, सामाजिक क्षेत्र में ग़ैर-सरकारी संगठनों को बढ़ावा देने और ऊर्जा के उत्पादन को बढ़ाने के लिए समर्पित थी। इसका लक्ष्य था 5.6 फ़ीसदी वृद्धि दर हासिल करना जिसके मुक़ाबले उसने 6.7 फ़ीसदी वृद्धि दर प्राप्त करके दिखाई। ज़ाहिर है कि नयी नीतियों से नियोजन प्रक्रिया एक बार फिर ढर्रे पर आती लग रही थी। नवीं पंचवर्षीय योजना (1997–2002), दसवीं पंचवर्षीय योजना (2002–2007) और ग्यारहवीं पंचवर्षीय योजना (2007–2012) बाज़ार और सरकार के दोहरे नेतृत्व में चली। 2006 तक कुल घरेलू उत्पाद की वृद्धि दर बढ़ कर आठ फ़ीसदी हो गयी। ग्यारहवीं योजना के अंत तक नौ से दस फ़ीसदी के बीच वृद्धि दर प्राप्त करने की उम्मीद लगायी जा रही है। आज का योजना आयोग भी शुरुआत के योजना आयोग से काफ़ी भिन्न है। प्रधानमंत्री इसका पदेन अध्यक्ष होता है, पर उसका कामकाज काबीना मंत्री स्तर के एक नामज़द उपाध्यक्ष के हाथों में रहता है। महत्त्वपूर्ण विभाग सँभालने वाले मंत्रिपरिषद् के सदस्य इसके अंशकालीन सदस्य होते हैं और अर्थशास्त्र, उद्योग, विज्ञान और सामान्य प्रशासन के विशेषज्ञों को इसका पूर्णकालिक सदस्य बनाया जाता है। भारतीय आर्थिक सेवा से निकले अधिकतर नौकरशाह आयोग का कामकाज सँभालते हैं।

देखें : अमर्त्य कुमार सेन, अंतर्राष्ट्रीय मुद्रा कोष, ढाँचागत समायोजन कार्यक्रम, नियोजन, भूमण्डलीकरण : भारतीय अर्थव्यवस्था का, भारत में बहुराष्ट्रीय निगम, भारत में पेटेंट क़ानून, भारत में शेयर संस्कृति, भूमण्डलीकरण और पूँजी बाज़ार, भूमण्डलीकरण और वित्तीय पूँजी, भूमण्डलीकरण और वित्तीय उपकरण, विश्व बैंक।

संदर्भ

1. सुनील खिलनानी (2001), *भारतनामा,* अनुवाद : अभय कुमार दुबे, दूसरा अध्याय 'भविष्य के मंदिर', राजकमल, नयी दिल्ली.
2. *बलवंत राय मेहता कमेटी रिपोर्ट* (1957), नयी दिल्ली.
3. बी.आर. टॉमलिंसन (1993), द *इकॉनॉमी ऑफ़ मॉडर्न इण्डिया 1860–1970*, केम्ब्रिज.
4. कमल नयन काबरा (1997), *डिवेलपमेंट प्लानिंग इन इण्डिया,* सेज, नयी दिल्ली.
5. सुखमय चक्रवर्ती (1987), *डिवेलपमेंट प्लानिंग, द एक्सपीरिएंस,* क्लैरेंडन प्रेस, ऑक्सफ़र्ड.
4. विजय जोशी और इयन लिटिल (1994), *माक्रोइकॉनॉमिक्स ऐंड पॉलिटिकल इकॉनॉमी 1964–1991,* वाशिंगटन डीसी और नयी दिल्ली.

— अभय कुमार दुबे

भारत में पेटेंट क़ानून

(Patent law in India)

भारत में पेटेंट क़ानून कई युरोपीय देशों से भी पुराना है। इसकी शुरुआत अंग्रेज़ों ने पेटेंट और डिज़ाइन एक्ट के रूप में 1911 में की थी। आज़ादी मिलने के बाद इंग्लैण्ड के तर्ज़ पर बने इस क़ानून को भारत सरकार ने अपनी ज़रूरतों के मुताबिक़ ढालने का निश्चय किया, क्योंकि इसके कारण 90 फ़ीसदी भारतीय पेटेंटों पर विदेशियों का क़ब्ज़ा हो गया था और नब्बे फ़ीसदी पेटेंटों पर भारत में काम ही नहीं होता था। काफ़ी सोच-विचार के बाद बने 1970 के पेटेंट क़ानून में पेटेंट प्रणाली का पश्चिमी मॉडल ही अपनाया गया, लेकिन कुछ भारतीय विशेषताएँ भी जोड़ दी गयीं। 1994 में पारित ट्रिप्स समझौते (बौद्धिक सम्पदा अधिकारों से संबंधित अंतर्राष्ट्रीय संधि) पर दस्तख़त कर देने के बाद अब भारत एक बार फिर 1970 के पहले वाले ज़माने में लौट चुका है। मुश्किल यह है कि इसके कारण हुए राष्ट्रीय परिवर्तनों पर कोई बहस नहीं हुई है। सरकार और संसद में भी इस पर अंतर्विरोध है। भारतीय पेटेंट क़ानून के संदर्भ में 1970 की पेटेंट प्रणाली और ट्रिप्स समझौते के बाद की स्थिति पर एक तुलनात्मक दृष्टि डालने से स्पष्ट हो सकता है कि किस तरह भारत का पेटेंट क़ानून अंतर्राष्ट्रीय दबाव में समाज के पक्ष में होने के बजाय पेटेंटधारकों के पक्ष में झुकता जा रहा है।

अंग्रेज़ों द्वारा बनाये गये पेटेंट क़ानून की भींच निकलने के लिए भारत सरकार ने टेकचंद कमेटी गठित की जिसकी रपट 1949 में आयी। इसके बाद न्यायमूर्ति आयंगार ने अपनी विस्तृत रपट दी। इसकी मुख्य प्रस्थापना यह थी कि मौजूद पेटेंट प्रणाली भारत के भीतर औद्योगिक मक़सदों से आविष्कारों को प्रोत्साहित करने में नाकाम रही है, इसलिए इसका फ़ायदा जनता के व्यापक हिस्सों को नहीं मिल पा रहा है। जस्टिस आयंगार ने पेटेंट प्रणाली रद्द करने की सिफ़ारिश नहीं की क्योंकि उनके पास इसका कोई विकल्प नहीं था। अन्य देशों के पेटेंट क़ानूनों का अध्ययन करने के बाद देखा गया कि विकसित देशों ने भी खाद्य और दवा के क्षेत्रों में पेटेंट देने पर कड़ी पाबंदियाँ लगा रखी हैं। इस लिहाज़ से भारत के लिए भी ऐसी ही सिफ़ारिशें की गयीं। परिणामस्वरूप 1970 के पेटेंट एक्ट बना जिसने जीवन रूपों, कृषि और बाग़बानी संबंधी विधियों को पेटेंट-पात्रता से अलग कर दिया। खाद्य और औषधि से संबंधित पदार्थों को भी पेटेंट से मुक्त कर दिया गया। दवाओं में तरह-तरह के कीटनाशक भी शामिल थे। पोषण और स्वास्थ्य के क्षेत्र में इस क़ानून ने उत्पादों को पेटेंट-मुक्त किया और निर्माण-प्रक्रिया को पेटेंट करने की इजाज़त दी। बाक़ी आविष्कारों के पेटेंट के लिए 14 साल की अवधि निर्धारित की गयी, जबकि खाद्य और दवाओं के मामले में यह अवधि सात साल रखी गयी।

आविष्कारों को भारत में ही प्रोत्साहित करने के लिए शर्त लगायी गयी कि उन पर भारत में ही काम होना चाहिए और पेटेंट का मतलब केवल इजारेदारी के फ़ायदे उठाने तक ही सीमित नहीं रहना चाहिए। यह भी तय हुआ कि अगर तीन साल के बाद भी पेटेंट का फ़ायदा आम जनता तक नहीं पहुँचता है और उसके कारण बना उत्पाद वाजिब दामों में नहीं मिल पा रहा है तो उसे अनिवार्य लाइसेंसिंग के तहत लाया जा सकता है। 'लाइसेंस ऑफ़ राइट्स' नामक प्रावधान किया गया जिसके तहत पेटेंटों के महानियंत्रक से सरकार कह सकती थी कि अगर शर्तें पूरी नहीं हो पा रही हैं तो वह संबंधित पेटेंट पर लाइसेंस ऑफ़ राइट्स की मुहर लगा कर ही भेजे। इस तरह खाद्य और दवा संबंधी पेटेंट व्यावहारिक रूप से तीन साल बाद अपने आप अनिवार्य लाइसेंसिंग के तहत आने लगे। दो साल बाद भी अपेक्षित लाभ न मिलने पर पेटेंट लाइसेंस रद्द कर देने का प्रावधान रखा गया।

पश्चिमी ढाँचा होने के बावजूद यह क़ानून काफ़ी अलग था और इसे विकासशील देशों की ज़रूरतें पूरी कर सकने वाले क़ानून के मॉडल की तरह भी देखा जा सकता था। इसका बुनियादी तर्क था विदेशी कम्पनियों की क़ीमत पर घरेलू उद्योग को, ख़ासकर बुनियादी आवश्यकताओं के क्षेत्र में, प्रोत्साहित करना। उसकी मंशा घरेलू उत्पादकों को मिले इजारेदारी अधिकारों को नियंत्रित करने की थी। इसका सीधा फ़ायदा तब मिला जब साठ के दशक में अन्य देशों के मुक़ाबले भारत में दवाओं के दाम गिर गये। आज़ादी के पहले भारत में दवाओं के दाम दुनिया में सबसे ज़्यादा थे। आज भारत सबसे कम दामों वाला देश है। इसी क़ानून के कारण आज भारत का दवा उद्योग 25 फ़ीसदी से विकसित हो कर इस समय ज़रूरत की दवाओं का क़रीब सत्तर फ़ीसदी बना रहा है। कुछ कम्पनियों ने नयी दवाएँ बनाने में महारत हासिल कर ली है। हालाँकि इस पेटेंट प्रणाली से यह उम्मीद नहीं की जा सकती थी कि वह सभी को औषधियाँ मुहैया कराने में अपनी भूमिका निभायेगी, पर इससे टिकाऊ विकास प्रोत्साहित करने के मामले में सकारात्मक असर ज़रूर पड़ा।

ट्रिप्स समझौते पर दस्तख़त करने के बाद अगर भारत एक जनवरी, 1995 से पेटेंट प्रणाली में परिवर्तनों का पहला दौर लागू कर पाता तो उसे कार्यान्वयन की असाधारण लम्बी अवधि का लाभ मिल सकता था। पर 1970 के एक्ट में संशोधन करने वाला विधेयक राज्यसभा में पारित नहीं हो सका। सरकार ने अध्यादेश जारी किया जो मार्च, 1995 तक चला। संसद और सरकार के बीच हुए इस विवाद के कारण भारत विश्व व्यापार संगठन (डब्ल्यूटीओ) के विवाद निपटान पैनल में विवादग्रस्त होने वाला पहला देश बन गया। अमेरिका ने भारत पर आरोप लगाया कि वह ट्रिप्स समझौते

के अनुच्छेद 70(9) के अनुसार औषधि और कृषि रासायनिक उत्पादों के लिए आवेदन करने और उन आवेदनों को संसाधित करने की प्रणाली लागू नहीं कर पाया है। इस प्रणाली को मेलबॉक्स सिस्टम कहते हैं। भारत का तर्क था कि क़ानून बनाने में उससे कोताही ज़रूर हुई है, पर व्यवहार में यह सुविधा मुहैया करायी जा रही है। इसके बावजूद अपीलेट संस्था ने भारत के ख़िलाफ़ फ़ैसला दिया। फिर इसी मसले पर युरोपीय संघ ने भारत के ख़िलाफ़ शिकायत दर्ज करा दी। आगे चल कर समझौता हुआ और भारत को ट्रिप्स लागू करने के लिए अप्रैल, 1999 तक का समय दे दिया गया। संशोधन विधेयक पास कराने के लिए भारत सरकार को काफ़ी संघर्ष करना पड़ा तब कहीं जा कर आख़िरी क्षण में इस क़ानून पर संसद की मुहर लग पायी। 2002 में यह क़ानून एक बार फिर संशोधित हुआ।

इन तब्दीलियों के कारण हुआ यह है कि 1970 के क़ानून की सारी विशेषताएँ ख़त्म हो गयी हैं। क़ानून समाज के पक्ष में होने के बजाय पेटेंटधारकों के पक्ष में हो गया है। अब अपवादस्वरूप भी पेटेंट की अवधि बीस साल से कम की नहीं हो सकती। लाइसेंस ऑफ़ द राइट्स का प्रावधान भी ख़त्म कर दिया गया है। जन-स्वास्थ्य संरक्षण और पेटेंट से संबंधित उत्पाद के वाजिब दामों के प्रश्न पर सरकार ने अनिवार्य लाइसेंसिंग मज़बूत करने की कोशिश ज़रूर की है। यह एक ऐसा मुक़ाम है जहाँ भारत सरकार ट्रिप्स प्रणाली की गुंजाइशों का लाभ उठाते हुए उसे घरेलू ज़रूरतों के मुताबिक़ ढालने का प्रयास करती हुई दिखती है। दिक़्क़त यह है कि संशोधित क़ानून की ये ख़ूबियाँ पहले से दिये जा चुके पेटेंटों को ही प्रभावित करती हैं। वे आवेदन के स्तर पर असर नहीं डालतीं। वैसे भी अनिवार्य लाइसेंसिंग के दम पर पेटेंट प्रणाली का विषमतामूलक चरित्र दुरुस्त करना मुमकिन नहीं है।

ज़ाहिर है कि आज़ादी के बाद से अब तक कई सामाजिक-आर्थिक हक़ीक़तें बदल चुकी हैं, पर सभी को खाद्य और दवा उपलब्ध कराने की समस्या अभी हल नहीं हुई है। 1970 के पेटेंट एक्ट द्वारा लगायी गयी पाबंदियों की आवश्यकता अभी है। न ही कोई उस एक्ट के सकारात्मक परिणामों से इनकार कर सकता है।

देखें : अंतर्राष्ट्रीय मुद्रा कोष, ढाँचागत समायोजन कार्यक्रम, पेटेंट, ब्रेटन वुड्स प्रणाली, बौद्धिक सम्पदा अधिकार, भारत का भूमण्डलीकरण, भारत में बहुराष्ट्रीय निगम, भारत में शेयर संस्कृति, भूमण्डलीकरण, भूमण्डलीकरण का इतिहास-1 और 2, भूमण्डलीकरण और बेरोज़गारी, भूमण्डलीकरण और ग़रीबी, भूमण्डलीकरण और पूँजी बाज़ार, भूमण्डलीकरण और लोकतंत्र, भूमण्डलीकरण और राज्य, भूमण्डलीकरण और राष्ट्रीय सम्प्रभुता, भूमण्डलीकरण और वित्तीय पूँजी, भूमण्डलीकरण और वित्तीय उपकरण, भूमण्डलीकरण के आलोचक, भूमण्डलीकरण के ख़िलाफ़ प्रतिरोधक विश्व बैंक, विश्व व्यापार संगठन।

संदर्भ

1. *जस्टिस एन. राजगोपाल आयंगर, रिपोर्ट ऑन द रिवीज़न ऑफ़ द पेटेंट लॉ* (1959), सितम्बर.
2. फ़िलिप कुलेट (2008), *बौद्धिक सम्पदा संरक्षण और टिकाऊ विकास*, आलेख : अभय कुमार दुबे, इंस्टीट्यूट फ़ॉर डेमॉक्रैसी ऐंड सस्टेनिबिलिटी, वाणी, नयी दिल्ली.

— अभय कुमार दुबे

भारत में प्रातिनिधिक प्रणाली

(Representative System in India)

भारत में प्रातिनिधिक प्रणाली का ढाँचा ब्रिटेन के नमूने पर खड़ा किया गया है। लेकिन दोनों देशों और उनके मतदाता-मण्डलों के आकार-प्रकार में भारी अंतर होने के कारण इसका विकास और उसके परिणाम एकदम अलग निकले हैं। ब्रिटेन की संसद हाउस ऑफ़ कॉमंस का एक सदस्य ज़्यादा से ज़्यादा सिर्फ़ एक लाख लोगों की नुमाइंदगी करता है, लेकिन भारत में लोकसभा के एक सदस्य को मोटे तौर पर 21 लाख से ज़्यादा मतदाताओं का और किसी प्रमुख राज्य की विधानसभा के सदस्य को दो से पाँच लाख वोटरों का प्रतिनिधित्व करना पड़ता है। प्रतिनिधित्व की मात्रा कई गुना बढ़ जाने के कारण प्रतिनिधियों और उनसे अपना प्रतिनिधित्व करवाने वालों के बीच संबंधों की प्रकृति गुणात्मक रूप से भिन्न हो गयी है। इस भिन्नता का सबसे बड़ा सकारात्मक परिणाम यह है कि राजनीतिक प्रतिनिधि धीरे-धीरे पहले के मुक़ाबले कहीं व्यापक और विशाल सामाजिक दायरे से चुने जाने लगे हैं। अर्थात् प्रतिनिधित्व करने वालों और करवाने वालों के बीच अनुरूपता बढ़ी है। प्रणाली में समाज के सबसे कमज़ोर तबक़ों (ख़ास कर दलितों और आदिवासियों) को उनकी संख्या के मुताबिक़ प्रतिनिधित्व देने की पक्की व्यवस्था है। लेकिन मुसलमान अल्पसंख्यक प्रतिनिधित्व के मामले में इस प्रणाली के कारण घाटे में रहे हैं। प्रतिनिधित्व के काफ़ी प्रसार के बावजूद यह भी मानना पड़ेगा कि यह प्रणाली प्रतिनिधित्व की क्वालिटी बढ़ाने में सफल नहीं हुई है। दलबदल विरोधी क़ानून पारित हो जाने के बाद इस प्रणाली में प्रतिनिधि की प्रातिनिधिक निष्ठा मुख्यत: उसकी राजनीतिक पार्टी के साथ जुड़ गयी है। एक-नेता केंद्रित पार्टियों और उन पर क़ाबिज़ परिवारों के कारण प्रतिनिधि-चयन की प्रक्रिया में कई तरह की विकृतियाँ आयी हैं। दूसरे, मौजूदा परिस्थितियों में निर्णय-प्रक्रिया के केंद्र प्रतिनिधियों के दायरे में ही सीमित नहीं रह

गये हैं। अब फ़ैसले लेने में विधायिकाओं और कार्यपालिका के साथ न्यायपालिका और अन्य स्वतंत्र संस्थाएँ भी भूमिका अदा करने लगी हैं। इस परिवर्तन ने प्रतिनिधि के महत्त्व का एक सीमा तक क्षय किया है।

युरोप की प्रातिनिधिक प्रणालियों के मुक़ाबले एक अंतर तो यह है कि अगर कोई नया व्यक्ति भारत में प्रतिनिधि बनने के लिए निर्वाचन-प्रक्रिया में क़दम रखना चाहता है तो एक गम्भीर उम्मीदवार बनने के लिए उसे बहुत बड़े पैमाने पर संसाधनों और सूचनाओं का जुगाड़ करना पड़ेगा। अर्थात् भारत में किसी नये व्यक्ति का प्रतिनिधि बनने की होड़ में उतरना आसान नहीं है। युरोप की अपेक्षा भारत में मतदाता और पार्टियों के बीच रिश्ता कहीं अधिक तरल है। यहाँ के वोटर पार्टियों के साथ युरोप की तरह बहुत कुछ स्थाई क़िस्म का तादात्म्य अनुभव नहीं करते। चूँकि पड़ने वाले वोटों की मात्रा बहुत ज़्यादा होती है और उसमें उतार-चढ़ाव आते रहते हैं इसलिए गठजोड़ बनने या टूटने की युरोपियन समझ भी भारतीय प्रणाली पर लागू नहीं होती।

प्रतिनिधि-चयन में भागीदारी : सारी दुनिया में मतदान के गिरते हुए आँकड़ों से पैदा हुए चिंता के माहौल में भारतीय प्रातिनिधिक प्रणाली अलग नज़ारा पेश करती है। आज़ादी के बाद पहले दो आम चुनावों में भारतीय मतदान प्रतिशत बढ़ा और फिर उसके बाद स्थिर हो गया। राज्यों के चुनावों में यह प्रतिशत बढ़ा हुआ दिखता है। दूसरे, पश्चिमी प्रणालियों में प्रतिनिधि-चयन का जैसे-जैसे नीचे की तरफ़ सफ़र होता है, मतदाताओं की दिलचस्पी घटती जाती है। लेकिन भारत में लोकसभा और विधानसभा चुनावों के मुक़ाबले स्थानीय निकायों और पंचायतों के चुनाव में यह भागीदारी बढ़ जाती है। आर्थिक-सामाजिक स्थिति और भागीदारी के बीच संबंध की सामान्य समझ भी भारतीय प्रातिनिधिक प्रणाली के ऊपर लागू नहीं होती। समाज के सबसे निचली पायदान पर मौजूद दलित और आदिवासी धीरे-धीरे सबसे ऊँचे पायदान पर खड़े समुदायों के बराबर या उनसे बेहतर संख्या में वोट डालने की स्थिति में आ चुके हैं। आज एक ब्राह्मण के मुक़ाबले एक दलित के वोट डालने की सम्भावना अधिक है। अगर निचले तबक़े वोट की ताक़त में अधिक भरोसा दिखा रहे हैं तो इसे भारतीय प्रातिनिधिक प्रणाली की एक सफलता के रूप में देखा जा सकता है। कमज़ोरों के लिए प्रतिनिधि चुनने के अधिकार का उपभोग केवल एक औज़ार ही नहीं है, बल्कि वे उसे समान नागरिकता की दावेदारी करने के एक अहम मौक़े की तरह भी देखते हैं।

हालाँकि मतदाताओं की एक अच्छी-ख़ासी संख्या वोट नहीं डालती, लेकिन उनका मतदान न करना प्रणाली से उनके लाज़मी तौर पर अलगाव का द्योतक नहीं है। चाहे वोट डालने वाले हों या न डालने वाले, प्रातिनिधिक प्रणाली को ख़ारिज करने के प्रस्ताव को तरजीह देने वालों की संख्या भारत में बहुत ही कम है। दूसरी तरफ़ कमज़ोर तबक़ों के मतदान संबंधी उत्साह का एक नकारात्मक पहलू भी है। वोट डालने के ज़रिये वे अक्सर अपनी सामूहिक या सामुदायिक अस्मिताओं को व्यक्त करते हैं, और इस प्राथमिकता के तले प्रतिनिधि की योग्यता, नीतिगत रुझान और स्वच्छ छवि वग़ैरह के आग्रह दब जाते हैं। कभी-कभी देखने में यह भी लगता है कि प्रतिनिधि चुनने में की गयी यह भागीदारी इन तबक़ों के लोकतंत्र में विनियोग की प्रक्रिया है, और इस विनियोग से एक ऐसी व्यवस्था को वैधता मिल रही है जो वास्तव में इन कमज़ोर समुदायों को बदले में कुछ ख़ास नहीं देती।

सामाजिक प्रभाव : भारतीय प्रातिनिधिक प्रणाली ने एक बेहद दिलचस्प सामाजिक करामात करने में भी सफलता प्राप्त की है। अक्सर कहा जाता है कि प्रतिनिधि का चयन जातिवादी ढर्रे पर होता है। लेकिन बारीकी से अध्ययन करने पर दिखाई पड़ता है कि किसी पार्टी के लिए शुरुआती समर्थन जुटाने में किसी एक जाति की भूमिका ज़रूर होती है, पर कई चुनावों के दौरान उस पार्टी के उठते-गिरते ग्राफ़ की रोशनी में उस जाति की तरफ़दारी उतनी अहम नहीं रह जाती। बजाय इसके कि जातियाँ प्रतिनिधि चुनने की प्रक्रिया को निर्धारित करती हों, निर्वाचन-प्रक्रिया सामाजिक अस्मिताओं को गढ़ने की भूमिका निभाती है। चुनाव में बहुमत हासिल करने की ज़रूरत ने न जाने कितनी जातियों को मिला कर एक बड़े जातिगत समुदाय में बदल डाला है। दलित एक ऐसा ही राजनीतिक समुदाय है जिसके तहत बहुत सी पूर्व-अछूत जातियाँ एक साथ एक साथ अपना प्रतिनिधि चुनने का फ़ैसला करती हैं। दूसरे, इसी आग्रह के तहत कई जातियाँ अपने समान राजनीतिक हितों की पूर्ति के लिए आपसी गठजोड़ भी बना लेती हैं।

प्रातिनिधिक प्रणाली ने जातिगत समुदायों को ही नहीं जातीय समुदायों को भी प्रभावित किया है। राजनीतिक व्यवहार द्वारा आरोपित स्थितियों ने उनकी सदियों से अपेक्षाकृत स्थिर सामाजिक बनावट में तेज़ी से परिवर्तन किये हैं। चुनावी अध्ययन यह भी बताते हैं कि स्त्रियाँ अपना प्रतिनिधि चुनने का फ़ैसला लाज़मी तौर पर परिवार के पुरुषों के निर्देश पर नहीं लेतीं। आम तौर पर प्रचलित मान्यता के विपरीत स्त्रियों द्वारा अपनायी गयी प्रतिनिधि-चयन की भिन्न प्रवृत्तियाँ कई बार यह तय करती पायी गयी हैं कि सत्ता किसे मिलेगी। इस लिहाज़ से प्रतिनिधि-चयन का लैंगिक आयाम अहम है। शहरी भारत में कई बार वर्गीय विभेद प्रतिनिधि-चयन के मामले में जाति या समुदाय पर हावी होते देखे गये हैं। हालाँकि भारत की आबादी में युवाओं की संख्या दुनिया के दूसरे देशों के मुक़ाबले अधिक है, पर यहाँ के युवकों की

प्रतिनिधि संबंधी पसंद पक्की उम्र वालों से कोई ख़ास अलग नहीं दिखाई देती।

प्रतिनिधि-चयन की यह प्रणाली एक तरफ़ आधुनिक राजनीतिक विचारधाराओं से प्रभावित होती है और दूसरी तरफ़ भारतीय समाज के अपने पारम्परिक तौर-तरीक़ों और आस्थाओं का भी उस पर गहरा असर है। इसलिए भारतीय प्रतिनिधिक प्रणाली पर विचारधाराओं का स्पष्ट दबदबा नहीं दिखाई पड़ता। उसे बाएँ या दाएँ बाज़ू और उदारतावादी और अनुदार राजनीतिक ख़ेमों में बाँट कर नहीं देखा जा सकता। इस प्रणाली ने एक अपनी संकर भाषा विकसित की है जो पश्चिम में प्रचलित विचारधारात्मक आग्रहों में फिट नहीं बैठती।

इन प्रणालीगत विशेषताओं के कारण प्रतिनिधि-चयन की प्रक्रिया ने कुछ सार्थक राजनीतिक परिवर्तनों को अंजाम दिया है। मसलन, शुरू में राजनीति पर केवल कांग्रेस का दबदबा रहता था और हर चुनाव में येन-केन-प्रकारेण वही जीत कर सत्तारूढ़ होती रहती थी। लेकिन यह प्रणाली साठ के दशक के बाद सरकारों को अदलने-बदलने वाली साबित हुई है। इसे प्रातिनिधिक प्रणाली का 'एंटी इनकम्बेंसी' या मौजूद सरकार विरोधी आयाम कह सकते हैं। अगर किसी सरकार की वापसी भी होती है, तो भी अक्सर उसके विधायकों और सांसदों में नये चेहरे दिखाई पड़ते हैं। पुराने प्रतिनिधियों के ख़ारिज हो जाने का अंदेशा रहता है। यानी अपना प्रतिनधित्व करने वाले अक्सर विभिन्न तर्कों के साथ बेहतर प्रतिनिधि की तलाश में रहते हैं। उन्हें संतुष्ट करना उनके निर्वाचित प्रतिनिधियों के लिए उत्तरोत्तर आसान नहीं रह गया है। मगर इस प्रणाली के अध्येता अभी यह तय नहीं कर पाये हैं कि प्रतिनिधियों को बदलने का यह रुझान किन अर्थों का द्योतक है, परिवर्तन में कौन-कौन से कारक काम करते हैं और सार्थक चयन के नज़रिये से इसे किस श्रेणी में रखा जाना चाहिए।

प्रतिनिधि-चयन के रुझानों में आये परिवर्तनों के कारण संविधान प्रदत्त कमज़ोर संघीय प्रणाली के बावजूद पूरी तरह से केंद्राभिमुख न रह कर सत्ता के अंश कुछ-कुछ राज्यों के पास भी पहुँचे हैं। राजनीति में राज्यों का बढ़ता हुआ प्रभाव इसी का परिणाम है। दूसरे, प्रतिनिधि चुनने वाले विधानसभाओं के लिए चयन करते समय अलग मानक अपनाते हैं, और लोकसभा के लिए अपेक्षाकृत राष्ट्रीय चरित्र और चेहरे वाली पार्टियों की तरफ़ उनका रुझान नज़र आता है। प्रतिनिधि-चयन की प्रणाली सार्वजनिक नीति को भी प्रभावित करती है और इसका सबूत चुनाव से पहले घोषित लोकलुभावन योजनाओं के रूप में देखा जा सकता है।

देखें : भारतीय अभिजन, भारतीय आधुनिकता, भारतीय इसलाम, भारतीय उदारतावाद, भारतीय डायसपोरा, भारत में उपनिवेशवाद, भारत में नियोजन, भारत में पृथकतावादी राजनीति, भारत में मतदान-व्यवहार-1 से 6 तक, भारतीय राज्य, भारतीय राष्ट्रवाद, भारतीय लोकतंत्र, भारतीय लोकतंत्र का संस्थानीकरण-1 से 3 तक, भारतीय स्वभाव और राजनीति, भारतीय संविधान-1 से 8 तक, भारतीय सामाजिक आंदोलन।

संदर्भ

1. योगेंद्र यादव (2010), 'रिप्रज़ेंटेशन', नीरजा गोपाल जयल और प्रताप भानु मेहता (सम्पा.), द *ऑक्सफ़र्ड कम्पैनियन टु पॉलिटिक्स इन इण्डिया,* ऑक्सफ़र्ड युनिवर्सिटी प्रेस, नयी दिल्ली.
2. नीरजा गोपाल जयल (2006), *रिप्रज़ेंटिंग इण्डिया : एथनिक डायवर्सिटी ऐंड द गवर्नेंस ऑफ़ पब्लिक इंस्टीट्यूशंस,* पालग्रेव मैकमिलन, लंदन.
3. रजनी कोठारी (सम्पा.) (1970), *कास्ट इन पॉलिटिक्स,* ओरिएंट लोंगमैन, नयी दिल्ली.
4. सुहास पलशीकर और संजय कुमार (2004), 'पार्टिसिपेटिव नॉर्म्स: हाउ ब्रॉड-बेस्ड इज़ इट', *इकॉनॉमिक ऐंड पॉलिटिकल वीकली,* खण्ड 39, अंक 51.

— अभय कुमार दुबे

भारत में पृथकतावादी राजनीति

उत्तर-पूर्व, पंजाब और जम्मू-कश्मीर

(Secessionist Politics in India)

भारतीय राज्य पिछले साठ वर्षों से पृथकतावादी राजनीति के ख़िलाफ़ जूझ रहा है। एक बहुजातीय, बहुसांस्कृतिक, बहुभाषी और बहुधार्मिक देश होने के कारण उसकी राजनीतिक एकता और भारतीयता की पहचान लगातार प्रश्नांकित की जाती रही है। देश के उत्तरी (पंजाब और जम्मू-कश्मीर) और उत्तर-पूर्व के सात राज्यों में अलगाववादी गतिविधियाँ किसी न किसी रूप में और किसी न किसी स्तर पर चलती रहती हैं। भारत का संविधान अपने राज्यों को संघ से पृथक होने का अधिकार नहीं देता। इसलिए पृथकतावाद का झण्डा उठाने वाली ताक़तों के ख़िलाफ़ फ़ौजी कार्रवाई करने में भारतीय राज्य को कोई हिचक नहीं होती। इस टकराव के कारण नागरिकों को जान-माल की भारी क़ीमत चुकानी पड़ती है और मानवाधिकार संबंधी भारतीय रिकॉर्ड दाग़दार हो जाता है।

लेकिन इसका मतलब यह नहीं निकाला जा सकता कि भारतीय राज्य ने अलगाववादी माँगों का सामना हमेशा दमन से ही किया है। अध्येताओं की मान्यता है कि नेहरूयुगीन राजनीति के दौरान पृथकतावाद से निबटने के

लिए भारत सरकार दो तरह के रवैये अपनाती थी। पहला, अलगाववादियों के गरमपंथी हिस्सों की माँगों को पूरी तरह से ठुकराते हुए उनके साथ टकराव का रास्ता अख़्तियार करना। दूसरा, मुमकिन होने पर उनके नरमपंथी तत्त्वों को प्रोत्साहित करते हुए बातचीत और लेन-देन के ज़रिये विवाद को सुलझाने की कोशिश करना। इसी दोहरी नीति के परिणामस्वरूप पचास और साठ के दशक में भारतीय राज्य तमिलनाडु में उभरे द्रविड़ अलगाववाद का शांतिपूर्ण राजनीतिक हल करने में कामयाब रहा, पर उत्तर-पूर्व के अंसतोष का सामना करने के लिए उसने फ़ौज का सहारा लिया। भारतीय राज्य के रणनीतिकारों की मान्यता थी कि उत्तर-पूर्व का प्रश्न राष्ट्रीय सुरक्षा के साथ भी जुड़ा हुआ है इसलिए उस मोर्चे पर किसी तरह की ढील नहीं दिखाई जा सकती। यही थी वह मानसिकता जिसके तहत उत्तर-पूर्व के क्षेत्रों को स्वशासन का अधिकार देने के प्रति नकारात्मक नकारात्मक रवैया दिखाया गया।

नेहरू युग की सबसे बड़ी विशेषता यह थी कि उस ज़माने में केरल के अपवाद को छोड़ कर कांग्रेस और केंद्र सरकार राज्यों में संकीर्ण राजनीतिक उद्देश्यों से हस्तक्षेप करने से बचती थी। नेहरू का रवैया क्षेत्रीय नेतृत्व को पनपने देने का था। एक पार्टी के तौर पर कांग्रेस को अपने वर्चस्व पर भरोसा था। लेकिन नेहरू युग के समापन के बाद इंदिरा गाँधी के नेतृत्व में कांग्रेस ने क्षेत्रीय महत्त्वाकांक्षाओं को राष्ट्र-विरोधी क़रार देने का रवैया अपनाया। कांग्रेस का वर्चस्व कमज़ोर होता चला गया जिसके कारण उसके भीतर असुरक्षा की ग्रंथि पनपने लगी। हर राज्य में कांग्रेस की ताक़तों को बढ़ावा देने के लिए क्षेत्रीय ताक़तों की साख गिराने के दाँव-पेच खेले गये। उग्रवादी राजनीतिक ताक़तों को किनारे धकेलने के बजाय उनके साथ साठ-गाँठ की राजनीति की गयी। परिणामस्वरूप क्षेत्रीय असंतोष और राज्यों की तरफ़ से की जाने वाली अधिक स्वायत्तता की माँगों की परिणति उग्रवादी गोलबंदी में हुई। पंजाब और कश्मीर से उठने वाली पृथकतावादी आवाज़ें इसी तरह की राजनीति की देन हैं।

उत्तर-पूर्व : उत्तर-पूर्व के राज्यों को 'सात विद्रोही बहिनों' के नाम से जाना जाता है। मोटे तौर पर कहा जा सकता है कि वहाँ पृथकतावाद का मुख्य आधार शेष भारत के साथ उनकी जातीय, भाषाई और सामाजिक भिन्नता में निहित है। जिस भारतीय अस्मिता की चर्चा की जाती है, वह उत्तर-पूर्वी चेहरे-मोहरे, जीवन-शैली और राजनीतिक महत्त्वाकांक्षा के लिए गुंजाइश छोड़ने में नाकाम रही है। यह अंतर्विरोध बार-बार की गयी राजनीतिक और प्रशासनिक ग़लतियों के कारण उत्तरोत्तर मुखर होता चला गया है।

उत्तर-पूर्व का सबसे विशाल राज्य असम रहा है। उसकी पेचीदगियाँ भी इस पृथकतावाद की जड़ में हैं। हिंदू बनाम मुसलमान, असमी बनाम बंगाली, मैदान के वासी बनाम पहाड़ी आदिवासी, ग़ैर-आदिवासी बनाम आदिवासी जनता, बहिरागत आबादी बनाम स्थानीय जनता जैसे टकराव असम की राजनीति को सताते रहे हैं। अगर असम की सरकार ने नगा हिल डिस्ट्रिक्ट के बारे में हुए समझौते का उल्लंघन न किया होता और नगा नैशनल कौंसिल को इस इलाक़े की प्रमुख राजनीतिक ताक़त की मान्यता दे दी होती तो शायद नगा समस्या विस्फोटक स्वरूप ग्रहण न करती। इसी तरह पचास के दशक के उत्तरार्ध में पड़े अकाल के दौरान अगर असम सरकार ने मिज़ो इलाक़ों को पर्याप्त राहत दी होती तो मिज़ो अलगाववाद में भी ऐसी बढ़ोतरी न होती। लेकिन इन संगीन ग़लतियों के बावजूद नेहरू की सरकार ने नरमपंथी नगाओं को प्रोत्साहित करके 1960 में पृथक नगालैण्ड की रचना करके इस समस्या के समाधान का श्रेयस्कर प्रयास किया।

1971 में मिज़ोरम को एक केंद्र-शासित प्रदेश बनाया गया। 1984 के बाद राजीव गाँधी की सरकार ने मिज़ो बग़ावती नेता लाल डेंगा के साथ समझौता करके लम्बे अरसे से चले आ रहे अलगाववादी विद्रोह को ख़त्म कर दिया। 1987 में मिज़ोरम को पूर्ण राज्य का दर्जा मिला। असम के बोडो इलाक़ों द्वारा की जाने वाली पृथकता की रक्तरंजित माँग का परिणाम भी अंततः बोडोलैण्ड टेरिटोरियल ऑटोनॉमस कौंसिल के रूप में निकला। इन समाधानों के बावजूद उत्तर-पूर्व में अलगाववादी सशस्त्र विद्रोहों की आग मंद-मंद सुलगती ही रहती है। यूनाइटेड लिबरेशन फ्रंट ऑफ़ असम (उल्फ़ा) की उग्रवादी कार्रवाइयाँ कम ज़रूर हो गयी हैं लेकिन उन्हें पूरी तरह से ख़त्म नहीं माना जा सकता।

उत्तर-पूर्व की एक अन्य उल्लेखनीय समस्या वहाँ की राजनीति और समाज में बंगाल की असाधारण उपस्थिति है। बंगाल ने अपनी विकसित भाषा और संस्कृति के ज़रिये असम और त्रिपुरा को काफ़ी-कुछ दिया है, पर साथ में उसके ख़िलाफ़ राजनीतिक और सांस्कृतिक विक्षोभ भी पैदा हुआ है। अस्सी के दशक की शुरुआत में अखिल असम छात्र संगठन (आसू) द्वारा चलाये गये बहिरागत विरोधी आंदोलन के पीछे असमी समाज में बंगाली विरोधी भावनाओं की भी भूमिका थी। त्रिपुरा में क़रीब चालीस साल पहले बंगाली अल्पसंख्यक हुआ करते थे। आज त्रिपुरा के स्थानीय वासी अल्पसंख्यक हैं और बंगाली बहुसंख्यक हो कर वहाँ की राजनीति और प्रशासन पर छाये हुए हैं। त्रिपुरा में शुरू हुए अलगाववादी हिंसक संघर्ष का प्रमुख कारण इसी विशिष्ट स्थिति में देखा जा सकता है।

पंजाब : धार्मिक आधार पर राजनीतिक गोलबंदी पंजाब की राजनीति की ऐतिहासिक विशेषता रही है। एक अलग धार्मिक समुदाय के रूप में सिक्खों की रचना एक

राजनीतिक प्रक्रिया की ही देन है। 1947 में इस राज्य का पश्चिमी हिस्सा पाकिस्तान में चला गया जिसके कारण भारत के हिस्से में आये पंजाब में मुसलमान आबादी न के बराबर ही रह गयी। आज़ादी के बाद सिक्खों के नेताओं द्वारा की गयी अलग पंजाबी सूबे की माँग नहीं मानी गयी, क्योंकि इसका सीधा मतलब था एक धार्मिक बहुमत वाले राज्य की स्थापना करना। 1966 में हरियाणा और हिमाचल प्रदेश को संयुक्त पंजाब से अलग करके पंजाब राज्य की रचना होने के बाद भी कुछ समस्याएँ अनसुलझी रह गयीं। हरियाणा के साथ पंजाब का नदी जल बँटवारा विवाद नहीं हल हुआ, और चंडीगढ़ के पंजाब के साथ-साथ हरियाणा की राजधानी भी बना रहा।

लेकिन, अस्सी के दशक में उभरे खालिस्तान बनाने के पृथकतावादी आंदोलन के पीछे इन समस्याओं की भूमिका न के बराबर ही थी। साठ के दशक में हुई हरित क्रांति के गर्भ से निकले मध्यवर्गीय सिक्ख किसानों के नवधनाढ्य हिस्से में धीरे-धीरे यह भावना बलवती होती चली गयी कि पंजाब देश को जितना देता है, केंद्र सरकार उसके मुताबिक़ उसके साथ इंसाफ़ नहीं करती। इस धनी किसान वर्ग के राजनीतिक नेता अकाली दल ने अधिक स्वायत्तता की माँगों के रूप में इस असंतोष को अभिव्यक्त करना शुरू किया। आनंदपुर साहिब प्रस्ताव इसी का परिणाम था। इसी दौरान अकाली दल की लोकप्रियता सिक्खों के दायरों से निकल कर ग़ैर-सिक्खों के बीच भी बढ़ने लगी।

दिल्ली में सत्तारूढ़ इंदिरा गाँधी के नेतृत्व वाली कांग्रेस ने अकाली दल (जो मुख्यत: नरमपंथी धार्मिक नेतृत्व की नुमाइंदगी करता था) के ख़िलाफ़ उभरते हुए चरमपंथी और पुनरुत्थानवादी तत्त्वों (संत जनरैल सिंह भिंडराँवाले) को हवा देनी शुरू की। इस घोर अवसरवादी रणनीति का परिणाम अकालियों की क़ीमत पर खालिस्तान समर्थकों का बोलबाला बढ़ने में निकला। इसके बाद चरमपंथियों के हथियारबंद गुटों और भारतीय राज्य के बीच युद्ध शुरू हो गया। इस लम्बे और हिंसक संघर्ष का नतीजा फ़ौज द्वारा स्वर्ण मंदिर पर हमला करके उसे उग्रवादियों से ख़ाली कराने के अभियान में निकला। इस राजनीति ने न केवल अनगिनत निर्दोषों की जान ली, बल्कि प्रधानमंत्री के रूप में इंदिरा गाँधी को इसकी क़ीमत अपने ही सिक्ख अंगरक्षकों की गोलियाँ खा कर चुकानी पड़ी। बाद में इंदिरा गाँधी के उत्तराधिकार राजीव गाँधी ने अकाली नेता संत हरचंद सिंह लोंगोवाल के साथ समझौता करके पंजाब में विधानसभा के चुनाव कराये, और लम्बी जद्दोजहद के बाद यह राज्य राजनीतिक मुख्यधारा में आ पाया।

कश्मीर : क्षेत्रीय असंतोष के प्रति नेहरू की नीति अगर किसी मामले में नाकाम मानी जाती है, तो वह कश्मीर की समस्या है। आज़ादी से पहले कश्मीर एक देशी रियासत थी जिसके बाशिंदे मुसलमान लेकिन राजा हिंदू था जिसने विभाजन के समय भारत या पाकिस्तान में मिलने के सवाल पर ढुलमुल रवैया अपनाया। उधर पाकिस्तान की फ़ौज 1948 में मार्च करते हुए राजधानी श्रीनगर के पास पहुँच गयी। इस संकटपूर्ण परिस्थिति का नतीजा कश्मीर के विभाजन में निकला। एक छोटा सा हिस्सा पाक-अधिकृत कश्मीर के रूप में पाकिस्तान के पास चला गया, और कश्मीर घाटी, जम्मू और लद्दाख का भारत में विलय हो गया। भारतीय संविधान का अनुच्छेद 370 कश्मीर को भारतीय संघ में विशेष दर्जा प्रदान करता है। कश्मीरियों का हमेशा से मानना रहा है कि वे एक अलग समाज या राष्ट्र हैं। कश्मीरी इसलाम भी भारतीय उपमहाद्वीप में पाये जाने वाले इसलाम के रूपों से अलग है। नेहरू राष्ट्रवाद की धर्म-आधारित अभिव्यक्तियों को शक की निगाह से देखते थे। इसीलिए कश्मीरियों के नेता शेख़ अब्दुल्ला की राजनीति उन्हें पसंद नहीं आयी। अपनी तरफ़ से शेख़ की कोशिश थी कि वे पाकिस्तान और भारत के बीच कश्मीरी अस्मिता (कश्मीरियत) की दावेदारी के आधार पर क्षेत्रीय स्वायत्तता हासिल करें। इस कश्मीरियत पर मुसलमान बहुसंख्या की स्पष्ट छाप भी थी। भाषा और धर्म परस्परव्यापी थे। नेहरू जैसे सेकुलरवादियों को यह ख़ास तरह की स्थिति असहज करने के लिए काफ़ी थी। सम्भवत: इसी कारण से नेहरू ने कश्मीर में असाधारण क़िस्म का हस्तक्षेपकारी रवैया अपनाया। शेख़ अब्दुल्ला को अपदस्थ और नज़रबंद करके वहाँ कांग्रेस को बख़्शी ग़ुलाम मुहम्मद के नेतृत्व में सत्तारूढ़ करवाया गया।

नेहरू के बाद आयी केंद्र सरकारों ने कश्मीरियत की अभिव्यक्तियों के प्रति अविश्वास का रवैया जारी रखा। चुनावों के माध्यम से चलने वाली लोकतांत्रिक प्रक्रिया को भी तरह-तरह के हथकण्डों से अपनी तरफ़ मोड़ने की कोशिशें की गयीं। केंद्र द्वारा निर्देशित राजनीति और आर्थिक अनुदान की मिली-जुली राजनीति ने भारतीय लोकतंत्र और कश्मीर के बीच अविश्वास का रिश्ता बना दिया। शेख़ अब्दुल्ला और फिर उनके बेटे फ़ारूक अब्दुल्ला के नेतृत्व वाली नैशनल कांफ्रेंस के हाशिये पर चले जाने के कारण कश्मीरियत के आधार पर पनपी पृथकतावादी राजनीति का नेतृत्व पहले जम्मू-कश्मीर लिबरेशन फ्रंट और फिर हुर्रियत कांफ्रेंस के हाथ में चला गया। इस विषम परिस्थिति में सीमा पार से भेजे जाने वाले आंतकवादियों के कारण कश्मीरी स्वायत्तता की मुहिम हथियारबंद अलगाववाद के चुंगल में फँस चुकी है। आतंकवाद से पैदा हुए जान-माल के ख़तरे के कारण घाटी से पण्डितों के पलायन ने कश्मीरियत का बचा-खुचा सेकुलर चरित्र भी समाप्त कर दिया है। बीच-बीच में तेज़ी से बदलते हुए घटनाक्रम के कारण लगता है कि शायद कश्मीर समस्या अब समाधान की तरफ़ जा रही है। लेकिन हर बार ये उम्मीदें

खोखली साबित होती हैं। भारतीय राज्य किसी न किसी राजनीतिक ग़लती के कारण कश्मीरी जनता को और अलगाव में डालता चला जाता है। फ़िलहाल न वहाँ राजनीतिक प्रक्रिया काम कर रही है, और न ही फ़ौज की कार्रवाई।

देखें : भारतीय अभिजन, भारतीय आधुनिकता, भारतीय इसलाम, भारतीय उदारतावाद, भारतीय डायसपोरा, भारत में उपनिवेशवाद, भारत में नियोजन, भारत में प्रातिनिधिक प्रणाली, भारत में मतदान-व्यवहार-1 से 6 तक, भारतीय राज्य, भारतीय राष्ट्रवाद, भारतीय लोकतंत्र, भारतीय लोकतंत्र का संस्थानीकरण-1 से 3 तक, भारतीय स्वभाव और राजनीति, भारतीय संविधान-1 से 8 तक, भारतीय सामाजिक आंदोलन।

संदर्भ

1. राजीव भार्गव (2006), 'द इवोल्यूशन ऐंड डिस्टिंक्टिवनेस ऑफ़ इण्डियाज़ लिंग्विस्टिक फ़ेडरलिज़्म', डेविड टर्टन (सम्पा.), *एथनिक फ़ेडलरिज़्म*, जेम्स करी, ऑक्सफ़र्ड.
2. संजीव बरुआ (2010), 'रीज़नलिज़्म ऐंड ससेशनिज़्म', नीरजा गोपाल जयल और प्रताप भानु मेहता (सम्पा.), *द ऑक्सफ़र्ड कम्पैनियन टु पॉलिटिक्स इन इण्डिया*, ऑक्सफ़र्ड युनिवर्सिटी प्रेस, नयी दिल्ली.
3. बलराज पुरी (1993), *क़श्मीर टुवर्ड्स इंसरजेंसी*, ओरिएंट लोंगमेन, नयी दिल्ली.
4. संजीव बरुआ (2005), *डबल डिसऑर्डर : अंडरस्टैंडिंग द पॉलिटिक्स ऑफ़ नॉर्थईस्ट इण्डिया*, ऑक्सफ़र्ड युनिवर्सिटी प्रेस, नयी दिल्ली.

— **अभय कुमार दुबे**

भारत में बहुराष्ट्रीय निगम

(Multinational Corporations in India)

भारतीय अर्थव्यवस्था में बहुराष्ट्रीय निगमों की उपस्थिति आज़ादी के पहले से रही है। उपनिवेशवाद विरोधी आंदोलन की विरासत के प्रभाव में स्वतंत्र भारत की सरकार ने आत्मनिर्भर विकास का रास्ता अपनाकर इन कॉरपोरेशनों के प्रति दोहरा रवैया अपनाया। एक तरफ़ तो उसने उन औद्योगिक गतिविधियों के दायरे और विदेशी स्वामित्व को सीमित कर दिया जिनमें बहुराष्ट्रीय कम्पनियों को काम करना था। दूसरी तरफ़ उसने विदेशी निवेश हासिल करने की कोशिश भी जारी रखी ताकि नयी प्रौद्योगिकी मिलती रहे और उसके विदेशी मुद्रा भण्डार की हालत भी दुरुस्त रहे। इन दोनों रवैयों में बाद वाला ज़्यादा टिकाऊ साबित हुआ। विदेशी पूँजी के प्रति शुरुआती अरुचि जल्दी ही सहनशीलता में बदल गयी। 1948 के पहले औद्योगिक नीति वक्तव्य में केवल भारतवासियों को औद्योगिक कम्पनियों का मालिकाना देने का आग्रह शामिल था, पर साल भर बाद ही सरकार सीमित अवधि के लिए किसी कम्पनी पर विदेशी नियंत्रण के लिए राज़ी हो गयी। इसी के बाद से 1959 तक फ़ायरस्टोन, डनलप, बाटा, हिंदुस्तान लीवर जैसी बहुराष्ट्रीय कम्पनियों की उपस्थिति मज़बूत होती चली गयी। विदेशी निवेश की मात्रा भी लगातार बढ़ी। साठ के दशक के मध्य तक बहुराष्ट्रीय कम्पनियाँ भारतीय अर्थव्यवस्था में प्रमुख भूमिका निभाने की हैसियत प्राप्त कर चुकी थीं। इन कम्पनियों के महत्त्व में दूसरा निर्णायक उछाल नब्बे के दशक में आया जब ढाँचागत समायोजन कार्यक्रम और उदारीकरण की नीतियों के कारण इन कम्पनियों के लिए अर्थव्यवस्था ने अपने दरवाज़े पूरी तरह से खोल दिये। ये क़दम इस हक़ीक़त के बावजूद उठाये गये कि देश में कई सामाजिक और राजनीतिक समूह बहुराष्ट्रीय कम्पनियों के बढ़ते प्रभुत्व के ख़िलाफ़ मुहिम चला रहे थे, और यूनियन कारबाइड जैसी कम्पनी भोपाल गैस दुर्घटना के कारण काफ़ी बदनाम हो चुकी थी।

1966 में भारत में कार्यरत सबसे बड़ी 112 कम्पनियों में से 62 का स्वामित्व या नियंत्रण विदेशी हाथों में था। बहुत सी भारतीय फ़र्में उनके साथ उनके साथ तकनीकी सहयोग-समझौतों के ज़रिये जुड़ी हुई थीं। इसी वर्ष रुपये का अवमूल्यन हुआ जिसके कारण विदेशी मुद्रा रुपये के मुक़ाबले महँगी हो गयी। इसके कारण बहुराष्ट्रीय कम्पनियों को कम विदेशी मुद्रा निवेश करने के बावजूद अपना प्रभाव क़ायम करने का मौक़ा मिल गया। सत्तर के दशक में ये कम्पनियाँ भारत में होने वाले मुनाफ़े को भारत में ही निवेश करने के लिए मजबूर हुईं, क्योंकि सरकार का विदेशी मुद्रा क़ानून उन्हें अपना मुनाफ़ा स्वदेश ले जाने से रोकता था। 1973 में पारित विदेशी मुद्रा विनियमन क़ानून (फ़ेरा) के कारण कई कम्पनियों को अपनी शेयर पूँजी घटा कर चालीस फ़ीसदी करनी पड़ी। आईबीएम और कोकाकोला ने ऐसा करना मंज़ूर नहीं किया और वे देश छोड़ कर चली गयीं। पर ज़्यादातर कम्पनियों ने इस क़ानून में भी अपना फ़ायदा देखा। चालीस फ़ीसदी शेयर पूँजी के नाम पर उनका 'भारतीयकरण' हो गया जिसके कारण वे अब विदेशी कम्पनियों पर लगने वाली पाबंदियों से परे जा कर अपना काम फैला सकती थीं। फ़ेरा क़ानून ने इन कम्पनियों को मौक़ा दिया कि वे अपने विदेशी स्वामित्व वाले शेयर भारतीयों को बेचने का बजाय नये शेयर जारी करके उन्हें बिखरे हुए रूप में बेच कर प्रबंधन पर अपना नियंत्रण क़ायम रख सकें।

सत्तर के दशक के अंत में जैसे ही तेल की उछलती हुई क़ीमतों के कारण भारत का तेल आयात बिल चौगुना हुआ, विदेशी मुद्रा संकट ने अर्थव्यवस्था को घेर लिया। भारत

सरकार को अंतर्राष्ट्रीय मुद्रा कोष के पास जाना पड़ा और आज़ादी के बाद का सबसे बड़ा कई अरब डॉलर का विदेशी मुद्रा क़र्ज़ लिया गया। इसके साथ शर्तें लगी हुई थीं कि सरकार को अर्थव्यवस्था में एक समायोजन कार्यक्रम चलाना पड़ेगा। इसका मतलब था सरकार सार्वजनिक क्षेत्र के उद्योगों को समर्थन देना बंद कर देगी और पब्लिक सेक्टर के उद्यम बहुराष्ट्रीय कम्पनियों के साथ गठजोड़ करेंगे। इसी कार्यक्रम के तहत माल और प्रौद्योगिकी का आयात सरल बनाया गया। बहुराष्ट्रीय निगमों को अपनी शेयर-पूँजी बढ़ाने अवसर मिला। निर्यात और प्रौद्योगिकी प्रधान क्षेत्रों में उन्हें सौ फ़ीसदी मिल्कियत रखने का अधिकार मिल गया। सरकार ने कॉरपोरेट आय कर भी घटा दिया जिससे विदेशी निवेश को और प्रोत्साहन मिला।

1981 से 1985 के बीच सुजुकी, दुपोंत, मित्सिबुशी, गुडइयर और सीको जैसे नये बहुराष्ट्रीय निगमों ने भारत में प्रवेश किया। वेस्टिंगहाउस, ज़रोक्स, यूनाइटेड टेक्नॉलॅजी और हनीवेल जैसे निगम भारतीय कम्पनियों से समझौते करके यहाँ के बाज़ार में आ गये। कई अर्थशास्त्रियों का मानना है कि अस्सी के दशक में अपनायी गयी इन नीतियों के कारण ही अर्थव्यवस्था को नब्बे के दशक की शुरुआत में भुगतान घाटे की समस्या का सामना करना पड़ा। 1991 में सरकार फिर से विदेशी मुद्रा क़र्ज़ लेने के लिए ब्रेटन वुड्स संस्थाओं की शरण में गयी और विश्व बैंक व मुद्रा कोष ने एक नया ढाँचागत समायोजन कार्यक्रम चलाने की शर्त लगायी। इसके मुताबिक़ 34 उद्योगों के दरवाज़े 51 फ़ीसदी विदेशी स्वामित्व के लिए खोल देने पड़े। एक उच्चाधिकारसम्पन्न विदेशी निवेश प्रोत्साहन बोर्ड गठित किया गया। मौजूदा बहुराष्ट्रीय कम्पनियों को अपना स्वामित्व 51 फ़ीसदी तक बढ़ाने की इजाज़त दे दी गयी। कुछ क्षेत्रों में सौ फ़ीसदी विदेशी स्वामित्व की अनुमति दी गयी। भारत ने बहुपक्षीय निवेश गारंटी प्रोटोकोल पर दस्तख़त किये ताकि विदेशी निवेश की सुरक्षा सुनिश्चित की जा सके। फ़ेरा क़ानून की कई धाराएँ ढीली कर दी गयीं ताकि चालीस फ़ीसदी से ज़्यादा विदेशी शेयर पूँजी वाली कम्पनियों के साथ भी भारतीय कम्पनियों जैसा ही बर्ताव किया जा सके। विदेशी कम्पनियों को अपने ट्रेडमार्कों का भारतीय बाज़ार में इस्तेमाल करने की इजाज़त भी इन्हीं नीतियों का अंग थी। इसी ढाँचागत समायोजन कार्यक्रम ने विदेशी संस्थागत निवेशकों (एफ़आईआई) के लिए भारतीय स्टॉक एक्सचेंजों के दरवाज़े खोले। आयात पर लगी हुई विदेशी मुद्रा पाबंदियाँ हटा ली गयीं। विदेशी निवेश पर आधारित फ़ास्ट-ट्रैक विद्युत परियोजनाओं पर विवादास्पद काउंटर-गारंटी देने के लिए भी सरकार राजी हो गयी।

इन्हीं नीतियों के परिणामस्वरूप भारत में बहुराष्ट्रीय कम्पनियों की गतिविधियाँ और उनका निवेश नब्बे के दशक के बाद से कई गुना बढ़ चुका है। फ़ेरा क़ानून की वजह से भारत छोड़ कर चले जाने वाले कोकाकोला और आईबीएम भी वापिस आ चुके हैं और उनका धंधा जम कर चल रहा है। खेती के विभिन्न रूपों में भी बहुराष्ट्रीय कम्पनियों ने निवेश और हस्तक्षेप शुरू कर दिया है। इलक्ट्रॉनिक मीडिया में तो उनकी मौजूदगी अब दस साल पुरानी हो चुकी है। बैंक, बीमा और अन्य वित्तीय क्षेत्रों में बहुराष्ट्रीय संस्थाओं की गतिविधियाँ अब भारतीय अर्थव्यवस्था के लिए एक स्वाभाविक तथ्य बन चुकी हैं।

भारतीय बहुराष्ट्रीय कम्पनियों का उदय : बहुराष्ट्रीय निगमों और भारतीय अर्थव्यवस्था की अन्योन्यक्रिया में एक नया पहलू नयी सहस्राब्दी की शुरुआत में जुड़ा है। यह है बड़ी भारतीय कम्पनियों द्वारा बहुराष्ट्रीय स्वरूप ग्रहण करने का सफल प्रयास करना। 2010 में भारत की सबसे बड़ी दूरसंचार कम्पनी भारती एयरटेल ने कुवैत की ज़ाइन नामक दूरसंचार कम्पनी की अफ्रीकी शाखा को पूरा का पूरा ख़रीद लिया है। भारत के ही एक अन्य पुराने औद्योगिक घराने टाटा ने स्टील निर्माता कोरस को ख़रीद कर अपने बहुराष्ट्रीय इरादों को ज़ाहिर कर दिया था। भारती एयरटेल द्वारा ज़ाइन के अफ्रीकी चैप्टर का टेकओवर बताता है कि मार्क्सवादी विद्वानों द्वारा प्रतिपादित निर्भरता सिद्धांत अब भारतीय संदर्भों में पहले की तरह कारगर नहीं रह गया है। भारतीय अर्थव्यवस्था अब विकसित देशों की पिछलग्गू न रह कर स्वयं की पहचान बना कर सुदृढ़ होने लगी है। भारतीय बहुराष्ट्रीय कम्पनियाँ भी दूसरे विकसित देशों की कम्पनियों से बराबर की हैसियत में प्रतियोगिता करने लगी हैं।

इस सिलसिले में सर्वाधिक ध्यान देने योग्य पहलू यह है कि जिन भारतीय कम्पनियों ने पिछले दिनों टेकओवर किये हैं उनके पास अपने घरेलू बाज़ार की ज़बरदस्त ताक़त मौजूद है। उसी मुक़ाम पर खड़े हो कर वे अपना अंतर्राष्ट्रीय विस्तार करने की परियोजना चला रही हैं। पश्चिमी बहुराष्ट्रीय कम्पनियों का चरित्र इस मायने में अलग रहा है। उनका इतिहास बताता है कि वे ओवरसीज़ ऑपरेशंस के दम पर अपना बोलबाला क़ायम करने की योजनाओं पर अमल करती रही हैं। उनका घरेलू बाज़ार मँहगा है और वहाँ होने वाली प्रतियोगिता बहुत कड़ी है। वे एशिया, अफ्रीका और लातीनी अमेरिका के सस्ते श्रम के दम पर अपने उत्पादन की विकेंद्रीकरण करने के ज़रिये टिकी हुई हैं। भारतीय कम्पनियों के सामने ऐसी कोई मजबूरी नहीं है। वे अपने विशाल बाज़ारों को पहले ही नियंत्रण में ले चुकी हैं। भारती द्वारा अफ्रीकी बाज़ार पर क़ब्ज़ा करने की रणनीति इस मायने में अनूठी है कि एक झटके में अफ्रीका के पंद्रह देशों (जिनमें नाइजीरिया का विशाल बाज़ार भी शामिल है) का दूरसंचार व्यवसाय

उसके हाथ में आ गया है।

देखें : अंतर्राष्ट्रीय मुद्रा कोष, ढाँचागत समायोजन कार्यक्रम, पेटेंट, ब्रेटन वुड्स प्रणाली, बौद्धिक सम्पदा अधिकार, भारत का भूमण्डलीकरण, भारत में पेटेंट क़ानून, भारत में शेयर संस्कृति, भूमण्डलीकरण, भूमण्डलीकरण का इतिहास-1 और 2, भूमण्डलीकरण और पूँजी बाज़ार, भूमण्डलीकरण और लोकतंत्र, भूमण्डलीकरण और राज्य, भूमण्डलीकरण और राष्ट्रीय सम्प्रभुता, भूमण्डलीकरण और वित्तीय पूँजी, भूमण्डलीकरण और वित्तीय उपकरण, भूमण्डलीकरण के आलोचक, भूमण्डलीकरण के ख़िलाफ़ प्रतिरोध विश्व बैंक, विश्व व्यापार संगठन।

संदर्भ

1. ज़ेड ग्रिअर और कवलजीत सिंह (1996), *टीएनसीज़ ऐंड इण्डिया,* पब्लिक इंटरेस्ट रिसर्च ग्रुप, नयी दिल्ली.
2. दिलीप एस. स्वामी (1980), *मल्टीनैशनल कॉरपोरेशंस ऐंड वर्ल्ड इकॉनॉमी,* एल्प्स पब्लिशर्स, नयी दिल्ली.
3. विश्वजीत धर (1988), 'स्टेट रेगुलेशन ऑफ़ फ़ॉरेन प्राइवेट कैपिटल सिंस इंडिपेंडेंस', *कॉरपोरेट स्टडीज़ ग्रुप वर्किंग पेपर,* इंस्टीट्यूट ऑफ़ पब्लिक ऐडमिनिस्ट्रेशन, नयी दिल्ली.
4. सोम देव (1986), *मल्टीनैशनल कॉरपोरेशंस ऐंड द थर्ड वर्ल्ड,* आशीष पब्लिशिंग हाउस, नयी दिल्ली.

— अभय कुमार दुबे

भारत में भाषा-नियोजन-1

संवैधानिक स्थिति

(Language Planning in India-1)

यद्यपि आम बोलचाल में हिंदी को राष्ट्र-भाषा की संज्ञा दी जाती है, लेकिन भारतीय संविधान ने हिंदी को संघ की राज-भाषा की हैसियत दी है। राज-भाषा का मतलब सुपरिभाषित रूप से भारतीय संघ के सरकारी कामकाज और इसी मक़सद से राज्यों के बीच सम्पर्क-संवाद की भाषा है। ध्यान देने की बात यह है कि संविधान हिंदी को भारतीय संघ की भाषा का दर्जा देने के बावजूद उसे राज्यों के लिए अनिवार्य नहीं बनाता। उसमें राज्यों की अपनी अलग राज-भाषाओं का प्रावधान है। औपचरिक रूप से अंग्रेज़ी की हैसियत संघ की दूसरी यानी सहयोगी राजभाषा की है। संविधान की आठवीं अनुसूची में संस्कृत, सिंधी, पंजाबी, कोंकणी, मणिपुरी, नेपाली, मलयालम, मराठी, गुजराती, असमिया, उर्दू, उड़िया, कन्नड़, तेलुगु, बंगाली, तमिल, हिंदी, नेपाली, काश्मीरी, डोगरी, मैथिली और संथाली शामिल हैं। मणिपुरी, नेपाली और कोंकणी 1992 में और डोगरी, मैथिली और संथाली 2004 में जोड़ी गयी हैं। संविधान सभा ने अंग्रेज़ी को इस सूची में शामिल करने का प्रस्ताव बिना किसी ख़ास विवाद के ख़ारिज कर दिया था। 1959 में अंग्रेज़ी को शामिल करने का प्रयास दोबारा हुआ, पर पहले की तरह उस समय भी नेहरू उसके पक्ष में नहीं थे। कुल मिला कर संविधान की दृष्टि से कोई भी एक भाषा भारत की राष्ट्र-भाषा नहीं है। दरअसल, आठवीं अनुसूची की हर भाषा राष्ट्र-भाषा कही जा सकती है। ऐसी हर भाषा को अपने विकास के लिए भारतीय राज्य के संसाधनों में से हिस्सा माँगने का हक़ है।

संविधान के सत्रहवें हिस्से में दर्ज अनुच्छेद 341 से 351 तक भाषा के बारे में हैं। अनुच्छेद 343 के अनुसार भारतीय संघ की आधिकारिक भाषा देवनागरी लिपि में लिखी गयी हिंदी में होगी। इसके बाद वाले अनुच्छेद के अनुसार राष्ट्रपति को संविधान लागू होने के पाँच साल बाद और फिर हर दस वर्ष बाद एक आयोग का गठन करना होगा जो उन्हें राज-भाषा हिंदी के बारे में प्रगति की जानकारी और उसे और आगे बढ़ाने के लिए सुझाव भी देगा। अनुच्छेद 345 और 346 राज्यों को अधिकार देता है कि वे राज-भाषा अधिनियम पारित करके किसी भी भाषा या एक से अधिक भाषाओं को किसी ख़ास काम के लिए या सभी सरकारी कामों के लिए इस्तेमाल कर सकते हैं। इस क़ानून के तहत केवल वही भाषा ही अपनायी जा सकती है जिसे राज्य के कम से कम पंद्रह फ़ीसदी लोग बरतते हों। इस लिहाज़ से नगालैण्ड और कुछ केंद्र शासित प्रदेशों ने अंग्रेज़ी को अपनी राज-भाषा घोषित कर रखा है। यह प्रावधान कहता है कि किसी भी राज्य में संविधान पारित होने के ठीक पहले अंग्रेज़ी जिन राजकीय कामों के लिए इस्तेमाल की जा रही थी, उस समय तक इस्तेमाल होती रहेगी जब तक कि क़ानून के ज़रिये ही उसे ऐसा करने से न रोक दिया जाए। अनुच्छेद 346 यह भी कहता है कि दो या दो से अधिक राज्य तय कर सकते हैं कि उनके बीच होने वाला सम्पर्क-संवाद हिंदी में होगा। अनुच्छेद 347 के अनुसार अगर राष्ट्रपति को लगता है और वे संतुष्ट हैं कि किसी राज्य की आबादी का पर्याप्त अंश कोई एक भाषा बरतता है तो वे उसे राज्य की राज-भाषा घोषित करने का निर्देश दे सकते हैं। अनुच्छेद 350(ए) किसी भी भाषाई अल्पसंख्यक समुदाय के बच्चों को उनकी मातृभाषा में प्राथमिक शिक्षा का अधिकार देता है। संविधान में अनुच्छेद 29 के ज़रिये अल्पसंख्यकों को अपनी भाषाओं और संस्कृतियों की संरक्षा का अधिकार मिला हुआ है। अनुच्छेद 351 भारतीय संघ का दायित्व निश्चित करता है और उस प्रक्रिया का प्रावधान करता है जिसके तहत हिंदी को देश की सामासिक संस्कृति के सभी तत्त्वों की अभिव्यक्ति का माध्यम बनना है।

जब राज-भाषा की सुपरिभाषित सीमाओं से परे जा कर लोकप्रिय राजनीति में हिंदी को राष्ट्र-भाषा कहा जाता है तो उसका मतलब क्या होता है? क्या उसका मतलब सारे देश के सभी क्षेत्रों के लिए अनिवार्य किसी ऐसी भाषा से होता है जो युरोप में अंग्रेज़ी, फ्रेंच या स्पेनिश की तरह राष्ट्र-भाषा हैं? नहीं, भारतीय संदर्भ में हिंदी को मिले राष्ट्र-भाषा के अनधिकृत दर्जे का भी अर्थ असल में युरोपीय क़िस्म का नहीं होता। उसका मतलब तो एक ऐसी अनूठी और सर्वभारतीय सम्पर्क-भाषा से होता है जो विभिन्न संस्कृतियों के आर-पार सम्पर्क की भूमिका निभा सके, देश के एक बड़े हिस्से में रोज़मर्रा की बोलचाल की भाषा भी हो, मनोरंजन और समाचार के माध्यमों की भाषा होने के साथ-साथ बौद्धिक-राजनीतिक विमर्श की भाषा भी बने। संविधान ने भारतीय संघ को राज-भाषा बनाने के नाम पर जो निर्देश दिये हैं, उनका मक़सद हिंदी में इसी तरह की बहुमुखी क्षमता पैदा करना है।

इन्हीं उद्देश्यों की पूर्ति के लिए गाँधी ने एक पाँच सूत्रीय फ़ार्मूला दिया था। इसके अनुसार ऐसी भाषा वह होगी जिसे सरकारी अधिकारी आसानी से सीख सकें, जो पूरे भारत में धार्मिक, आर्थिक और राजनीतिक अन्योन्यक्रिया का आपसी माध्यम बनने में सक्षम हो, भारतवासियों का बहुलांश जिसे बोलता हो, पूरा देश जिसे आसानी से सीख सके और जिसका चुनाव अस्थाई या चलताऊ दिलचस्पियों से परे जा कर किया जाए। ध्यान रहे कि गाँधी ने यह फ़ार्मूला 1917 में द्वितीय गुजरात शिक्षा सम्मेलन में राष्ट्र-भाषा के लक्षण बताते हुए दिया था। साथ में गाँधी का यह भी कहना था कि इनमें से एक भी लक्षण अंग्रेज़ी भाषा में तो है ही नहीं, और इस लिहाज़ से हिंदी की होड़ करने वाली और कोई भाषा नहीं है। गाँधी ने ऐसी भाषा के लिए जो गुजराती शब्द प्रयोग किया था, उसका मतलब भी सम्पर्क भाषा ही होता है।

संवैधानिक प्रावधानों के मुताबिक़ अंग्रेज़ी को पंद्रह साल बाद यानी 1965 में सहयोगी राज-भाषा के पद से हटा दिया जाना था। लेकिन जब ऐसा करने की कोशिश की गयी तो उसके अनपेक्षित परिणाम निकले। अंग्रेज़ी हटाना हिंदी थोपने का पर्याय समझा गया। यह रवैया न केवल कुछ ग़ैर-हिंदीभाषी राज्यों के राजनीतिक नेतृत्व ने अपनाया, बल्कि कुछ विद्वानों ने भी इस प्रश्न पर हिंदी विरोधी मुहिम का साथ दिया। राज्यों की राजनीति में आज हिंदी विरोधी मुहिम व्यावहारिक रूप से ख़त्म हो चुकी है, लेकिन समाज-वैज्ञानिक विमर्श में आज तक यह दृष्टिकोण अपनी झलक मारता रहता है। उत्तर प्रदेश, बिहार, मध्य प्रदेश और राजस्थान के मुख्यमंत्रियों ने नब्बे के दशक में जब अपने राज्यों में सरकारी कामकाज की भाषा हिंदी को बनाने का आग्रह किया तो देश के एक प्रमुख राजनीतिशास्त्री ने आरोप लगाया कि चार हिंदी प्रांतों के मुख्यमंत्री चाहते हैं कि राज-काज में जो विशेष लाभ अंग्रेज़ीभाषियों को मिलता है, वह हिंदीभाषियों को मिले। यह एक आधारहीन और मनगढ़ंत आरोप था। किसी मुख्यमंत्री ने ऐसा कोई वक्तव्य नहीं दिया जिसका ऐसा मतलब निकाला जा सके। हिंदी को अपने राज्यों के कामकाज की भाषा बनाने और हिंदी में दूसरे राज्यों से अपनी चिट्ठी-पत्री करने का आग्रह ही इन मुख्यमंत्रियों का नया आग्रह था। प्रशासनिक सेवाओं की परीक्षा में हिंदी और अन्य भारतीय भाषाओं का आगमन तो 1979 में ही हो चुका था।

भारत एक बहुभाषी देश है। आधुनिक राष्ट्र और राज्य के निर्माण के लिए आज़ादी के बाद भारतीय राज्य ने संविधान के निर्देशों के मुताबिक़ जिस भाषा-नियोजन को अपनाया, उसमें और युरोप में होने वाले भाषा-नियोजन के बीच क्या फ़र्क़ था? भाषा-नियोजन का सिद्धांत बताता है कि एक बहुभाषी नज़ारे में विभिन्न भाषाएँ राज्य की मान्यता के लिए संघर्ष करती हैं और राज्य थोड़े-बहुत हीले-हवाले के बाद उन्हें यह मान्यता दे देता है। लेकिन मान्यता देने की इसी प्रक्रिया में वह अपना सुसंगतीकरण (रैशनलाइज़ेशन) करने की ख़ातिर राष्ट्रवाद की प्रौद्योगिकी का इस्तेमाल करके किसी एक भाषा को 'फ़र्स्ट अमंग ईक्वल्स' के दर्जे पर बैठा देता है। इस चरण को मल्टीलिंगुअलिज़म का नाम दिया गया है। इसके बाद दूसरे चरण की लम्बी प्रक्रिया शुरू होती है जिसमें क़ानूनी और सांस्कृतिक प्रौद्योगिकियों के ज़रिये उस भाषा को दूसरे भाषाभाषी समूहों के गले उतारने का अभियान चलाया जाता है। इस चरण को लेंग्वेज रैशनलाइज़ेशन कहा जाता है। दूसरा चरण जिस समय अपने परिपक्व दौर में पहुँच रहा होता है, उसी दौरान लोकतांत्रिक राज्य एक भाषा के पक्ष में किये जा रहे लेंग्वेज रैशनलाइज़ेशन के कारण दूसरी भाषाओं को हो रहे नुक़सान की भरपाई करने के लिए लेंग्वेज मेंटीनेंस के क़दम उठाता है जिसके तहत पिछड़ रही भाषाओं को केंद्र करके राज्य द्वारा प्रोत्साहन की मुहिमें चलाई जाती हैं।

भाषा-नियोजन का यह पैटर्न फ्रांस, इंग्लैण्ड, स्पेन, जर्मनी, जापान, थाइलैण्ड और चीन जैसे देशों में कामयाब होते हुए देखा जा सकता है। बहुभाषी होने के बावजूद इन देशों में राज्य की ताक़त भाषाई संस्कृतियों की बहुलता पर एक भाषा और एक लिपि आरोपित करने में सफल रही। इस काम में वहाँ के शासकों को राज्य-सुसंगतीकरण के अन्य पहलुओं (जैसे, एक मुद्रा, पूरे देश में फ़ौज में भर्ती के एक ही मानक और एक ही धर्म) पर होने वाले ख़र्च से भी कम संसाधन ख़र्च करने पड़े। इन कोशिशों का बहुत मामूली सा ही विरोध हुआ और थोड़े-बहुत हीले-हवाले के बाद विभिन्न भाषाई पहचानें और उनकी नुमाइंदगी करने वाले क्षेत्रीय अभिजन सरकारी भाषा सीखने की ज़िम्मेदारी उठाने के लिए तैयार हो गये। इन देशों ने जो भाषाई एकरूपता

हासिल की, वह एक जटिल राजनीतिक, सामाजिक और आर्थिक शक्तियों की अन्योन्यक्रिया का परिणाम थी। साथ ही यह भी ध्यान रखा जाना चाहिए कि युरोप में हुआ यह भाषाई नियोजन उस युग की देन था जब वहाँ लोकतंत्र का बोलबाला नहीं हुआ था। फ्रांस के राजा फ्रांस्वा प्रथम ने जिस राजकीय कठोरता से अपने किसानों को फ्रेंच सीखने पर मजबूर किया या स्पेन के राजा फ़िलिप पंचम ने जिस बेलौस ढंग से क्षेत्रीय अभिजनों के गले स्पेनिश उतारी, वह लोकतांत्रिक भारत में सम्भव नहीं था। जर्मनी में फ्रेड्रिख़ द्वितीय को भाषाई सुसंगतीकरण करने का श्रेय जाता है। ये तीनों राजा अपने-अपने ढंग से राष्ट्र-निर्माता थे। हमें नहीं भूलना चाहिए कि फ़िलिप और फ्रेड्रिख़ दोनों ही अपनी भाषा फ्रांसीसी मानते थे। लेकिन उत्तर-औपनिवेशिक परिस्थितियाँ इस तरह के भाषा-नियोजन के अनुकूल साबित नहीं हो सकती थीं।

देखें : 'अंग्रेज़ी हटाओ' आंदोलन, डायग्लॉसिया, भारत में भाषा-नियोजन-1 से 4 तक, भाषा के मार्क्सवादी सिद्धांत, रामविलास शर्मा-1 और 2, सम्पर्क भाषा-1, 2, 3 और 4, संस्कृत काव्यशास्त्र, संविधान सभा में भाषा-विवाद-1, 2 और 3, हिंदी विरोधी आंदोलन, हिंदी जाति-1, 2 और 3, हिंदी-जगत और 'लोकप्रिय'-1 और 2, हिंदी नवजागरण, हिंदी-संस्थाएँ।

संदर्भ

1. सुरेश कुमार शर्मा (सम्पा.) (2006), *लेंग्वेज इन कंटेम्परेरी इण्डिया,* पहला और दूसरा खण्ड, विस्टा इंटरनैशनल पब्लिशिंग हाउस, नयी दिल्ली.
2. सुदीप्त कविराज (2009), 'राइटिंग, स्पीकिंग, बीइंग : लेंग्वेज ऐंड द हिस्टोरिकल फ़ॉर्मेशन ऑफ़ आइडेंटिटीज़ इन इण्डिया', आशा सारंगी (सम्पा.), *लेंग्वेज ऐंड पॉलिटिक्स इन इण्डिया,* ऑक्सफ़र्ड युनिवर्सिटी प्रेस, नयी दिल्ली.
2. हंस आर. दुआ (1993), 'द नैशनल लेंग्वेज ऐंड द एक्स-कोलोनियल लेंग्वेज एज़ राइवल्स : द केस ऑफ़ इण्डिया', *इंटरनैशनल पॉलिटिकल साइंस रिव्यू,* खण्ड 14, अंक 3.
3. ज्योतिरिंद्र दास गुप्ता (1970), *लेंग्वेज कांफ्लिक्ट ऐंड नैशनल डिवेलपमेंट,* युनिवर्सिटी ऑफ़ कैलिफ़ोर्निया प्रेस, बर्कले और लॉस एंजेलस.

— अभय कुमार दुबे

भारत में भाषा-नियोजन-2

युरोप से भिन्न परिघटना

(Language Planning in India-2)

वस्तुतः भारतीय राज्य सचेत रूप से भाषा-नियोजन की किसी धारणा पर नहीं चल रहा था। भाषा-नियोजन शब्द का पहली बार प्रयोग 1953 में उरील वाइनरीख़ ने किया था। 1959 में नार्वे की भाषा-समस्या का विश्लेषण करते हुए इस पद का उल्लेखनीय इस्तेमाल किया गया। 1966 से यह प्रतिमान विकासशील देशों की भाषा-समस्या के लिए प्रयुक्त होने लगा, जबकि भारत में राष्ट्र-निर्माण के लिए भाषा के इस्तेमाल का इतिहास कम से कम सौ साल पुराना है। हालाँकि यह माना जा सकता है कि 1950 के बाद भारतीय राज्य ने जिस तरह से केंद्रीय और क्षेत्रीय स्तरों पर राज-भाषाओं को गढ़ने की परियोजना चलाई, उसके कई पहलू भाषा-नियोजन की प्रचलित धारणा से मिलते-जुलते हैं, लेकिन कुछ अहम पहलू अलग भी हैं।

भारतीय राज्य की उत्तर-औपनिवेशिक पृष्ठभूमि में देखने पर साफ़ हो जाता है कि आज़ादी के बाद भारतीय राज्य द्वारा किये गये भाषा-नियोजन की कहानी युरोप से अलग होनी ही थी। यहाँ यह साफ़ कर देना ज़रूरी है कि भाषा-नियोजन केवल युरोपीय ही नहीं, बल्कि एशियाई परिघटना (जापान, चीन, थाइलैण्ड, इण्डोनेशिया, मलेशिया) भी है। राष्ट्र और राज्य-निर्माण के प्रश्नों पर गाँधी और नेहरू में जो भी मतभेद रहे हों, पर भाषा-नियोजन की ज़रूरतों के मामले में दोनों में एकता प्रतीत होती है। नेहरू की सरकार ने तो भाषा-नियोजन का नेतृत्व किया ही, गाँधी भी भाषा-नियोजन को एक उपयोगी उपकरण की तरह देखते थे। उन्होंने पश्चिमी प्रभुत्व का मुक़ाबला करते हुए जापान द्वारा किये गये भाषा-नियोजन की सराहना की थी। 1942 में गाँधी ने कहा था कि जापानी भाषा के मामले में 'अपनी ऊर्जा का अपव्यय नहीं करते। जिन्हें पश्चिमी भाषाएँ सीखनी होती हैं, वे सीखते हैं ताकि जापानी चिंतन को उन पहलुओं से समृद्ध कर सकें जो केवल पश्चिम से ही मिल सकते हैं ... उनकी तेज़ प्रगति का कारण युरोपीय शैली की शिक्षा को कुछ लोगों तक सीमित करना और जापानियों के बीच नये ज्ञान को अपनी मातृ-भाषा में फैलाना था।' अपने तमाम अधकचरेपन और गड़बड़ियों के बावजूद भारत का भाषा-नियोजन यह युरोपीय देशों में किये गये भाषा-नियोजन की नक़ल में चलाई गयी मुहिम नहीं था।

अगर भारत युरोप के लिहाज़ से चलता तो भारतीय राज्य को अपना भाषा नियोजन तीन चरणों में करना चाहिए

था। लेकिन, भारत एक अलग तरह का देश था। उपनिवेशवाद विरोधी संघर्ष के दौरान यहाँ का राष्ट्रवाद उपराष्ट्रीयताओं के उन बेहद प्रभावी घटकों से मिल कर बना था जो सांस्कृतिक स्वायत्तता के प्रबल दावेदार थे। औपनिवेशिक प्रभुओं की कारिस्तानी के कारण यहाँ का अभिजन दो ख़ानों में बँटा हुआ था : राजनीतिक और नौकरशाह। राजनीतिक अभिजन की बुनियाद उपनिवेशवाद के ख़िलाफ़ संघर्ष के आधार पर पड़ी थी, और नौकरशाह अभिजन की बुनियाद उपनिवेशवाद की सेवा के लिए डाली गयी थी। ज़ाहिर है कि यहाँ भाषा-नियोजन की विधि और उसके परिणाम युरोप और एशिया के अन्य देशों से भिन्न होने लाज़मी थे।

सवाल यह है कि भारतीय संघ की सहयोगी भाषा के रूप में अंग्रेज़ी हटाने का कुछ राज्यों ने विरोध क्यों किया? उपनिवेशवाद विरोधी आंदोलन के नेतृत्व और संविधान-निर्माताओं की भाषाई राजनीति में कई अंतर्विरोध थे लेकिन उनके दृष्टिकोण पर यह आरोप लगाना पूरी तरह से नाजायज़ है कि वे पूरे देश पर एक भाषा थोपना चाहते थे। क्या गाँधी और संविधान-निर्माता तमिल, तेलुगु, बांग्ला, गुजराती और मराठी जैसी भाषाओं को ख़त्म करना चाहते थे? क्या इसीलिए उन्होंने पंद्रह साल के भीतर अंग्रेज़ी की जगह हिंदी लाने का प्रावधान किया था? दरअसल, भाषा-चिंतन की इस उलझन का स्रोत राष्ट्र-भाषा की युरोपीय धारणा के बरक्स राष्ट्र-भाषा की भारतीय धारणा न समझ पाने में निहित है। युरोपीय क़िस्म की राष्ट्र-भाषा का संदर्भ एकभाषिता आरोपित करने का है, जबकि भारतीय क़िस्म की राष्ट्र-भाषा का संदर्भ बहुभाषिता क़ायम रखने का है। इसीलिए गाँधी की भाषा नीति का मर्म केवल यह नहीं था कि हिंदुस्तानी या हिंदी को एक अखिल भारतीय भाषा के रूप में विकसित किया जाना चाहिए। ऐसा कहना तो एक अधूरा सत्य होगा। इस संबंध में गाँधी के निर्देश और उनके मुताबिक़ की गयी उनकी अपील स्पष्ट थी : हिंदी के साथ-साथ सभी क्षेत्रीय भाषाओं के आधुनिकीकरण और विकास की मुहिम चलाई जानी चाहिए। इस मुहिम की शुरुआत के लिए हिंदी और अन्य भाषाई अभिजनों ने आज़ादी मिलने का इंतज़ार नहीं किया। जब स्वाधीनता मिलने की नौबत आयी, ये भाषाएँ आधुनिकीकरण और विकास के रास्ते पर काफ़ी आगे बढ़ चुकी थीं। उनके साहित्यिक और राजनीतिक दायरों की आत्म-छवि का निर्माण हो चुका था। इसलिए आधुनिक भारतीय राज्य को अपना भाषा-नियोजन अलग-अलग चरणों में करने के बजाय एक साथ करना पड़ा। भारतीय संघ के स्तर पर भी भाषा-नियोजन हुआ, और राज्यों के स्तर पर होने वाला भाषा-नियोजन उसके मातहत नहीं था बल्कि वहाँ के भाषा-नियोजनों के केंद्र में क्षेत्रीय भाषाएँ थीं।

इसी मुक़ाम पर यह जाँच कर लेना भी ज़रूरी है कि नागरिकता का वह कौन सा आदर्श भाषाई रूप था जिसे यह नियोजन हासिल करना चाहता था। भारतीय अभिजन के पास न तो युरोप जैसा एक भाषाभाषी राज्य बनाने का विकल्प उपलब्ध था, और न ही वह ऐसा राज्य बनाना चाहता था। नेहरू वग़ैरह के सामने सिर्फ़ दो तरह के भाषाई भारत में से किसी एक को चुनने का मौक़ा था, और ये दोनों बहुभाषिता की ही दो क़िस्में थीं। पहली क़िस्म ऐसे राज्यों की रचना की तरफ़ ले जाती थी जो भाषाई लिहाज़ से मिली-जुली आबादी वाले होने थे, और दूसरी क़िस्म ऐसे राज्यों की रचना का आग्रह करती थी जिनमें किसी एक भाषा की प्रधानता होनी थी लेकिन दूसरी भाषाएँ अल्पसंख्यक के रूप में मौजूद रहनी ही थीं। राज्य दोनों में से कैसे भी बनते, उन्हें आपस में प्रशासनिक रूप से जोड़ने के लिए एक राज-भाषा की ज़रूरत थी और यह आग्रह युरोपीय नहीं था।

राज्य-रचना के युरोपीय मानकों के प्रभावी होने से पहले भी तरह के राज्य किसी न किसी भाषा को राज-भाषा बनाते आ रहे थे। कहीं वह किसी अल्पसंख्यक शासक समुदाय की भाषा होती थी। कहीं-कहीं शासकगण अपनी मातृभाषा की उपेक्षा करके किसी अन्य भाषा को राज-भाषा बनाते थे। कहीं बहुसंख्यकों की भाषा को यह मौक़ा मिलता था। अर्थात् राज-भाषा चुनने का कोई सार्वभौम नियम नहीं था। ऐसे देशों की भी कमी नहीं है जहाँ एक से अधिक भाषाओं को राज-भाषा का दर्जा दिया गया है (जैसे स्विट्ज़रलैण्ड)। आधुनिक युग में राज्य और राष्ट्र का युग्म बना और प्रशासनिक एकता को राष्ट्रीय एकता का नाम दिया जाने लगा। राजशाही के बाद उभरे राष्ट्र-राज्यों की वैधता का स्रोत जनता में देखा जाने लगा, और इस तरह राष्ट्र-राज्यों का युग लोकतंत्र का युग भी बन गया। भारतीय राज्य की संकल्पना भी लोकतंत्र के रूप में ही की गयी थी। इसलिए अंतर-प्रांतीय संवाद-सहयोग की भाषा या व्यापक संचार की भाषा को महज़ प्रशासनिक उपादान के बजाय सांस्कृतिक उपादान के रूप में भी देखने को युरोपीय नक़ल नहीं माना जा सकता। इस सांस्कृतिक औज़ार को पहले से मौजूद समृद्ध भाषाई संस्कृतियों के बीच सम्पर्क-सूत्र की भूमिका निभानी थी, इसीलिए भारतीय संदर्भ में राष्ट्र-भाषा का विचार सम्पर्क-भाषा के रूप में ग्रहण किया गया है। युरोप का एकभाषीपन वहाँ की बहुभाषिता को जबरिया किये गये समरूपीकरण या क्रमशः आत्मसातीकरण के ज़रिये निगल लेने की प्रक्रिया का फल है, जबकि भारत जैसे देश में देशी जड़ों वाली व्यापक संचार की भाषा विकसित करने का उद्यम उपनिवेशवाद विरोधी राष्ट्रीयता और बहुलवाद को क़ायम रखते हुए एकजुटता प्राप्त करने की कामना के गर्भ से निकला है। सारे भारत में एक लिंग्वा-फ्रांका या जन-भाषा या

सम्पर्क-भाषा या राष्ट्र-भाषा की धारणा युरोपीय क़िस्म की राष्ट्र-भाषा जैसी नहीं है। द्विभाषिता और त्रिभाषिता के बीच राष्ट्र-भाषा की भूमिका एकभाषिता के आग्रह के साथ स्थापित की जाने वाली राष्ट्रभाषा से अलग समझी जानी चाहिए, और उसके कारगर होने की कसौटियाँ भी उसी के मुताबिक़ निर्धारित की जानी चाहिए।

देश के आंतरिक मानचित्र की भाषाई रूपरेखा के सवाल पर नेहरू वग़ैरह की भाषाई उलझन समझने का विश्लेषणात्मक परिप्रेक्ष्य भी यही हो सकता है। आज़ादी मिलने से पहले ही कांग्रेस का केंद्रीय नेतृत्व अलग-अलग भाषाई पहचानों की प्रबलता के कारण राष्ट्रीय एकता की सम्भावना पर पड़ सकने वाले नुक़सानदेह असर से चिंतित हो गया था। आज़ादी के तुरंत बाद कांग्रेस नेतृत्व के सामने केंद्रीय प्रश्न यह था कि बहुभाषिता के नज़ारे में भारतीयता का विचार कैसे पनपे? इसके दो ही तरीक़े हो सकते थे : उपराष्ट्रीय स्तर पर किसी प्रधान भाषा को दी गयी मान्यता के तहत बहुभाषिता क़ायम रखना या किसी एक भाषा को प्रधानता दिये बिना बहुभाषिता बनाये रखना। इन दोनों में से बेहतर तरीक़े का चुनाव करने के लिए 1948 में न्यायमूर्ति एस.के. डार की अध्यक्षता में राष्ट्रीय एकता और सक्षम प्रशासन की गारंटी करने के लिए संविधान सभा का एक आयोग बनाया गया। दूसरा आयोग कांग्रेस ने ख़ुद गठित किया जिसकी मिलीजुली बागडोर नेहरू, पटेल और सीतारमैया के हाथ में रही। आयोगों की रपट ने शासक अभिजन के इस डर को और बढ़ा दिया कि भाषाई आधार पर राज्यों का पुनर्गठन एकता के बजाय फूट को ही बढ़ावा देगा। आयोगों का कहना था कि भाषाई एकरूपता के आधार पर राज्यों की चौहद्दी तय करने से नये राज्यों की सीमाओं में नये-नये भाषाई अल्पसंख्यक समूह पैदा हो जाएँगे। आबादी के भाषाई विन्यास को देखते हुए यह दलील आधारहीन नहीं थी। आयोगों ने अपने इस निष्कर्ष के पक्ष में बहुत से तर्क और तथ्य जुटाये जिनकी चर्चा आम तौर से समाज-वैज्ञानिकों के बीच नहीं होती और सीधे-सीधे यह आरोप लगा दिया जाता है कि तत्कालीन सरकार भाषाई आधार पर राज्यों की रचना के अपने पुराने वायदे को भूल गयी। दरअसल, इन्हीं आयोगों की सिफ़ारिशों के आधार पर सरकार ने एकभाषाभाषी राज्यों के बजाय बहुभाषी राज्यों का पक्ष लिया।

संविधान पारित होने के दो साल पहले ही इन दोनों आयोगों ने यह सिफ़ारिश भी की थी कि किसी राज्य की आबादी एकभाषी संरचना पर आधारित नहीं है, इसलिए एक ऐसी देशी भाषा की आवश्यकता है जो उनके बीच सम्पर्क-सूत्र की भूमिका निभा सके। संविधान सभा की कार्रवाई भी इस ख़ूबी के साथ चलाई गयी कि उसमें भाषावार राज्य के गठन का सवाल संविधान-निर्माण के एजेंडे पर ही नहीं आने दिया गया। बहरहाल, राजनीतिक घटनाक्रम कांग्रेस के केंद्रीय नेतृत्व की मर्ज़ी से नहीं चला। बहुभाषी राज्यों की जगह एकभाषी राज्य बनाने के लिए अनशन, आंदोलन, धरना और प्रदर्शन का सिलसिला शुरू हुआ। नेहरू की सरकार को यह माँग माननी पड़ी। नतीजे के तौर पर जो राज्य बने वे पूरी तरह से एकभाषी नहीं थे, पर उन्हें एक भाषा के बहुमत और तीस से चालीस फ़ीसदी तक के मिले-जुले भाषाई अल्पसंख्यकों की मौजूदगी वाले राज्यों की संज्ञा दी जा सकती थी। राज्यों की यह कथित एकभाषिता भी व्यावहारिक रूप से बहुभाषिता ही थी, इसलिए सम्पर्क-भाषा के रूप में राष्ट्र-भाषा की आवश्यकता का उन्मूलन नहीं हुआ।

देखें : 'अंग्रेज़ी हटाओ' आंदोलन, डायग्लॉसिया, भारत में भाषा-नियोजन-1 से 4 तक, भाषा के मार्क्सवादी सिद्धांत, रामविलास शर्मा-1 और 2, सम्पर्क भाषा-1, 2, 3 और 4, संस्कृत काव्यशास्त्र, संविधान सभा में भाषा-विवाद-1, 2 और 3, हिंदी विरोधी आंदोलन, हिंदी जाति-1, 2 और 3, हिंदी-जगत और 'लोकप्रिय'-1 और 2, हिंदी नवजागरण, हिंदी-संस्थाएँ।

संदर्भ

1. जोशुआ फ़िशमैन (1971), 'नैशनलिज़म ऐंड लेंग्वेज प्लानिंग इन नाइंटीथ सेंचुरी युरोप ऐंड ट्वेंटियथ सेंचुरी एशिया ऐंड अफ़्रीका', जे. रूबिन और बी. जेरनड (सम्पा.), कैन लेंग्वेज बी प्लांड?, ईडब्ल्यूसी प्रेस, होनोलूलू.
2. जोशुआ फ़िशमैन (1973), 'लेंग्वेज मॉडर्नाइज़ेशन ऐंड प्लानिंग इन कम्परीज़न विद अदर टाइप्स ऑफ़ नैशनल मॉडर्नाइनज़ेशन ऐंड प्लानिंग', *लेंग्वेज इन सोसाइटी*, खण्ड 2, अंक 1..
3. उदय नारायण सिंह (1992), *ऑन लेंग्वेज डिवेलपमेंट ऐंड प्लानिंग : अ प्लूलरिस्टिक पैराडाइम*, आईआईएस, शिमला और मुंशीराम मनोहरलाल, नयी दिल्ली.
4. वी.के.आर.वी. राव (1978), 'मैनी लेंग्वेजिज़, वन नेशन : क्वेस्ट फ़ॉर ऐन आल-इण्डिया लेंग्वेज', इकॉनॉमिक ऐंड पॉलिटिकल वीकली, खण्ड 13, अंक 25.
5. गोपाल राव एकबोटे (1987), *राष्ट्रभाषा विहीन राष्ट्र*, अनु. खण्डेराव कुलकर्णी, मैसर्स एकबोटे ब्रदर्स, हैदराबाद.
6. धीरूभाई शेठ (2009), 'भाषा विवाद बनाम लोकतंत्रीकरण : अंग्रेज़ी का वर्चस्व ख़त्म होना चाहिए, पर कैसे?', अभय कुमार दुबे (प्रस्तुति और सम्पा.), *सत्ता और समाज*, सीएसडीएस-वाणी, नयी दिल्ली.

—अभय कुमार दुबे

भारत में भाषा-नियोजन-3

रघुवीरी परियोजना

(Language Planning in India-3)

संविधान ने जिस भाषा-नियोजन का उद्घाटन किया, उसकी कामयाबी के लिए ज़रूरी था कि भारत के राजनीतिक और नौकरशाह अभिजन चूल में चूल मिला कर काम करते। क़ायदे से संविधान की हिदायतों से दोनों बँधे हुए थे। पहली नज़र में यह लगता भी है कि दोनों ने सरकारी कामकाज में हिंदी के प्रयोग को प्रोत्साहित करना शुरू कर दिया। भाषा-वैज्ञानिकों को खेर आयोग के नाम से बना 1955 का राज-भाषा आयोग कुछ ऐसा ही उत्साहपूर्ण संदेश देता है, लेकिन इस आयोग की रपट सरकार के भाषा-नियोजन का शुरुआती नाकामी का प्रमाण है। इस आयोग का गठन संविधान के निर्देशानुसार राज-भाषा की प्रगति का जायज़ा ले कर राष्ट्रपति को उसकी रपट देने के लिए हुआ था।

खेर आयोग बताता है कि मंत्रालयों में पदावली विकसित की जाने लगी। हिंदी फ़ौज में प्रशिक्षण का माध्यम बना दी गयी और सेना के रिकॉर्ड हिंदी में रखे जाने लगे। डाक-तार विभाग ने हिंदी में मोर्स कोड विकसित कर दिखाया। वैज्ञानिक और तकनीकी शब्दावली बोर्ड, केंद्रीय हिंदी निदेशालय और केंद्रीय हिंदी शिक्षण मण्डल ने मिल-जुल कर ग़ैर-हिंदीभाषी इलाक़ों को हिंदी पढ़ाने के कार्यक्रमों का सूत्रीकरण किया। अखिल भारतीय हिंदी संस्था संघ ने सरकार को तरह-तरह के परामर्श दिये कि हिंदी को कैसे बढ़ाया जाए। लेकिन इन विवरणों की असलियत कुछ और थी। 1965 में हिंदी को राज-भाषा के रूप में अंग्रेज़ी का स्थान लेना था, पर वक़्त तेज़ी से गुज़रता जा रहा था लेकिन केंद्र सरकार के विभागों में दरवाज़ों पर लगी नामों की पट्टियों के अलावा राज-काज में हिंदी के प्रयोग की तरफ़ कोई ख़ास प्रगति नहीं हुई थी। 1955 में जब खेर आयोग समीक्षा करने बैठा तो उसने पाया कि कुछ हुआ ही नहीं है, समीक्षा किसकी की जाए! आयोग के बार-बार माँग करने पर भी सरकार हिंदी को राज-भाषा बनाने के किसी कार्यक्रम की संतोषजनक रूपरेखा पेश नहीं कर सकी। न ही सरकार के पास राज-काज में भाषाई परिवर्तन के लिए किसी भी तरह का सुझाव था।

आयोग के अनुसार भारत सरकार के पास ऐसी कोई कार्ययोजना नहीं थी जिसके दायरे में सभी मंत्रालय आते और जिसके पास उनकी अलग-अलग दिक़्क़तों की कोई समझ होती। न ही सरकार के पास ऐसा कोई तख़्मीना था जिसके मुताबिक़ अंदाज़ा लगाया जा सकता कि प्रशासकीय स्टाफ़ का भाषाई माध्यम बदलने के लिए कुल कितना काम करना पड़ेगा। दो साल बाद संसदीय राज-भाषा समिति को भी कुछ ऐसी ही स्थिति का सामना करना पड़ा। मजबूरन ये दोनों मूल्यांकन इस नतीजे पर पहुँचे कि 1965 तक तो हिंदी अंग्रेज़ी का स्थान लेने की स्थिति में नहीं आ पायेगी।

राज-भाषा आयोग ने इस विफलता के लिए केंद्र सरकार की आलोचना भी की जिसके दबाव में 1961 में एक समयबद्ध कार्यक्रम तैयार किया गया। इसका भी कोई नतीजा नहीं निकला। सरकारी महकमों में हिंदी अपनी जगह रुकी रही। केंद्रीय हिंदी समिति का गठन 1965 निकल जाने के दो साल बाद हुआ। तभी समेकित प्रशासन शब्दावली प्रकाशित हो पायी। 1968-69 तक केवल 13 केंद्रीय दफ़्तरों में अनुवादकों की नियुक्ति हो पायी। इस वर्ष गृह मंत्रालय की रपट बताती है कि हिंदी-भाषी राज्यों से मिले 26,487 पत्रों में से 8,611 पत्रों के उत्तर ही हिंदी में दिये गये। 1975 तक केंद्रीय सरकार के महकमों में ज़रूरत के मुताबिक़ हिंदी टाइपराइटर भी उपलब्ध नहीं थे। अधिकारियों ने फ़ाइलों पर हिंदी में नोट लिखने की छूट होते हुए भी इसकी कोई कोशिश नहीं की। आज भी फ़ाइलों पर नोट केवल हिंदी अनुभागों में ही लिखे जाते हैं।

1968-69 के वर्ष के लिए हिंदी-प्रोत्साहन के लिए जो लक्ष्य तय किये गये थे, उन्हें 1987-88 तक बार-बार निर्धारित किया जाता रहा, लेकिन उन्हें वेधने में सफलता नहीं मिली। सरकार की योजना यह थी कि पहले प्रशासन का सारा साहित्य हिंदी में अनूदित कर लिया जाए। 1967 तक केवल 95 अधिनियमों और 64 नियमों का ही हिंदी अनुवाद (केवल 4,343 पृष्ठ) तैयार हो सका। जो अनुवाद हुआ भी, वह अपनी संस्कृतनिष्ठ कृत्रिम पदावली और लम्बे-लम्बे वाक्यों के कारण ज़्यादातर लोगों की समझ से बाहर था। यह एक बेमिसाल नाकामी थी जिसे किसी भी तरह की आँकड़ेबाज़ी से नहीं छिपाया जा सकता, केंद्र के राज-भाषा अधिकारी अपनी सफलता के कितने भी ब्योरे क्यों न देते रहें। हिंदी के पक्ष में हुए सुसंगतीकरण को सराहनीय मानने की मिसाल केवल पाकिस्तान के एक लेखक मुख़्तार ज़माँ की भारत संबंधी रचना में मिलती है जिसमें उसने अफ़सोस व्यक्त किया है कि पाकिस्तानी राज्य उर्दू के पक्ष में ऐसा सुसंगतीकरण नहीं कर सका। हिंदी को भारतीय संघ की भाषा बनाने के प्रयास सही दिशा में थे या ग़लत, इसका पता तो तब लगता जब वास्तव में ऐसी कोशिश की जाती। यह एक ऐतिहासिक भितरघात की कहानी है जिसके दो सिरे हैं। एक सिरा संघीय नौकरशाही ने सँभाल रखा है, और दूसरा सिरा पारिभाषिक शब्दावली बनाने की उस परियोजना से जुड़ा है जिसके शीर्ष पर डॉ. रघुवीर की शख़्सियत थी।

रघुवीरी परियोजना : सरकारी कामकाज के सारे मैनुअल अंग्रेज़ी में थे। सारी विधियाँ और अभिव्यक्तियाँ

अंग्रेज़ी में ही परिकल्पित-संकल्पित की गयी थीं। उनका हिंदी में अनुवाद किया गया। अंग्रेज़ी के हर शब्द की जगह हिंदी के शब्द रखे गये। इसके लिए पारिभाषिक शब्दावली का निर्माण किया गया। प्रधानमंत्री के तौर पर जवाहरलाल नेहरू का आग्रह था कि यह शब्दावली सरल होनी चाहिए। लेकिन जो परिणाम निकला वह उनकी अपेक्षाओं के एकदम उलट था। हिंदी के साहित्यकार अशोक वाजपेयी जब मध्य प्रदेश में कलेक्टर थे, तो उनके पास एक ग्रामीण उन्हीं के प्रशासन द्वारा भेजा गया एक पत्र लेकर आया। वह समझ नहीं पा रहा था कि उसमें क्या लिखा है। अशोक वाजपेयी ने देखा कि वह पत्र हिंदी में है लेकिन वे ख़ुद उसका मतलब उस ग्रामीण को समझाने में असमर्थ रहे। दरअसल, पारिभाषिक शब्दावली के निर्माण की प्रक्रिया एक ख़ास तरह की भाषिक समझ पर आधारित थी जिसे समझने के लिए डॉ. रघुवीर के कुछ विचारों पर निगाह डाली जा सकती है।

उनका कहना था कि अंग्रेज़ी की प्रत्येक अर्थ-छाया के लिए हिंदी भाषा में भी नया शब्द होना चाहिए। मसलन, अंग्रेज़ी के तीन शब्द हैं प्रेरोगेटिव, राइट और प्रिविलेज। साधारण दृष्टि से ये तीनों एक जैसे शब्द हैं, किंतु प्रयोग की दृष्टि से तीनों अलग-अलग। जब अंग्रेज़ी में ये तीन शब्द हैं तो हिंदी में भी इनके लिए कम से कम तीन शब्द होने चाहिए (विशेषाधिकार, अधिकार, परमाधिकार)। रघुवीर के मुताबिक़ जो सामान्य लोग हैं उनका तो एक ही शब्द से काम चल जाएगा, लेकिन जो विशेषज्ञ हैं उनको तीन शब्द ही चाहिए। उनका एक शब्द से काम नहीं चलेगा। रघुवीर की स्पष्ट मान्यता थी कि पारिभाषिक शब्दावली तो कभी सरल हो ही नहीं सकती। यह हो सकता है कि बच्चों को सिखाने के लिए भाषा सरल कर दी जाए। किंतु पारिभाषिक शब्द सरल नहीं हो सकते। रघुवीर का कहना था कि सरल तो उन शब्दों को कहते हैं जो बिना पढ़े-लिखे लोग, कुली, बच्चे, गाँव के लोग आदि बोलते हैं। भाषा सरल करने का अर्थ होगा पारिभाषिक भाषा का पारिभाषिकपन समाप्त करना।

संविधान सभा के बाद के दौर में उसके सदस्य बने रघुवीर के नेतृत्व में ही पारिभाषिक शब्दावली रचने की परियोजना चलाई गयी थी। वे संस्कृत के विद्वान थे और उन्हें यक़ीन था कि संविधान ने हिंदी को नये शब्द देने के लिए संस्कृत को ही मुख्य स्रोत बनाने का निर्देश दिया है। उनका यह यक़ीन इस मान्यता तक चला गया था कि 'यद्यपि संविधान में ऐसा लिखा नहीं गया है लेकिन अन्य भारतीय भाषाओं के लिए भी यही सच है'। इसी आग्रह के तहत उन्होंने हिंदी में नये शब्द बनाने की कारीगरी संस्कृत के 20 उपसर्गों, 80 प्रत्ययों और पाँच सौ धातुओं के ज़रिये की। उन्होंने हिंदुस्तानी, हिंदी की जनपदीय भाषाओं और अन्य भारत की अन्य भाषाओं से शब्द लेने का विरोध किया। एक तरफ़ तो वे पारिभाषिकता और सरलता को एक-दूसरे की एंटीथीसिस समझते थे, और दूसरी ओर उनकी दूसरी मान्यता भी थी कि अनूदित शब्द में मूल भाषा के शब्द का सामान्य अर्थ होने से ही काम नहीं चलेगा, बल्कि उस भाषा में उसकी व्युत्पत्तियों तक का अनुवाद करने का यत्न किया जाना चाहिए। वे चाहते थे कि हर एक अर्थ के लिए अलग शब्द का प्रयोग हो और प्रत्येक प्राथमिक शब्द के लिए अलग-अलग शब्द हों।

इस चक्कर में साधारण तौर पर चलने वाला शब्द सूचना अख़बारी संदर्भ में विसूचना, टीवी के संदर्भ में अभिसूचना, रेडियो के संदर्भ में अनुसूचना और सरकार के संदर्भ में अधिसूचना के रूप में प्रस्तावित किया गया। पारिभाषिक शब्दावली बनाने की नौबत आने से पहले ही रघुवीर की *द ग्रेट इंग्लिश- डिक्शनरी* का प्रकाशन हो चुका था जिसमें उन्होंने अपने इरादे साफ़ कर दिये थे। वे नहर के लिए कुल्या और सड़क के लिए रथ्या जैसे शब्दों का इस्तेमाल करने वाले शब्दकार थे। उन्हें औद्धत्य, औन्नत्य, याथार्थ्य, काठिन्य, ईषत्, आलुलायित केश, प्रनृत्यामान मयूर, गड्डलिका प्रवाह जैसे न जाने कितने भीषण शब्दों के प्रयोग के लिए जाना जाता है। रघुवीर जिस भाषिक प्रवृत्ति का नेतृत्व कर रहे थे उसमें आर्सेनिक को संखिया के बजाय नेपाल्ज, सल्फ़र को गंधक न कह कर शुल्बारि, ऑक्शन को नीलाम न कह कर कोश-विक्रय, ऑक्ट्रॉय को चुंगी न कह कर द्वारादेय, दुरबीन की जगह दूरेक्ष, क्लर्क के स्थान पर लिपिक, चेक के लिए धनादेश, दिवालियापन के लिए नष्टनिधि और तहसील को तहसील न कह कर भुक्ति लिखने पर ज़ोर दिया जाता है। रघुवीर ने बजट के लिए आय-व्ययक, स्टेशन के लिए स्थात्र, पेन के लिए मसीपथ, टिकट के लिए संयानपत्र, बल्ब के लिए विद्युतकंद, एकड़ के लिए प्राहल, इंच के लिए प्रांगुल, यार्ड के लिए यष्टि और टन के लिए प्रवृत्त के इस्तेमाल की सिफ़ारिश की। ज़ाहिर है कि रघुवीर ने जिस सरकारी हिंदी की नींव डाली उसका आग्रह हिंदी से हिंदी को भी निकाल देने का था।

डॉ. रघुवीर द्वारा चलाये गये सभी शब्द बेकार के नहीं थे। आज उनके दिये गये बहुत से पारिभाषिक शब्द प्रचलित हो चुके हैं, जैसे वैध, विधिवत, विधायक, संसद, सांसद, अधीक्षक, निरीक्षक, प्रस्ताव, विधेयक, प्राधिकार। इसी तरह उन्होंने अंग्रेज़ी के सभी उपसर्गों और प्रत्ययों के लिए हिंदी में समानार्थी शब्द दिये जिसके कारण आज अ और ऐन की जगह अन या आ, एन्टि की जगह प्रति, सुपर की जगह अधि, डाई की जगह द्वि, ट्राई की जगह त्रि लगा कर हिंदी के बहुत से शब्द बनाये जाते हैं। शब्द निर्माण की यह युक्ति समाज-विज्ञान के हिंदी-लेखन में भी प्रचलित है। लेकिन उनकी ये सफलताएँ उस विकृति के मुक़ाबले बहुत हल्की हैं जो उनके

कारण सरकारी हिंदी में ख़ास तौर से और व्यापक रूप से सभी तरह की हिंदी में पैदा हुई। रघुवीर के योगदान को प्रशंसा की दृष्टि से देखने और उनके काम को पाणिनि के समकक्ष वाले एक विद्वान ने भी माना है कि अगर उनकी 'शब्दावली में अटपटे शब्दों का समावेश न हो गया होता और यदि उन्होंने संस्कृत की धातुओं, प्रत्ययों, उपसर्गों को अपनाने पर कट्टरपन की सीमा तक बल देने की बजाय कुछ विदेशी शब्द, प्रत्यय अथवा उपसर्ग भी अपना लिए होते, तो वैज्ञानिक शब्दावली के विकास में उनका योगदान अवश्य ही बहुत महत्त्वपूर्ण होता। डॉ. रघुवीर का यह दावा सही नहीं है कि उनके द्वारा प्रदत्त अधिकांश पारिभाषिक शब्द भारतीय भाषाओं के विकास में सहायक होंगे। सभी जानते हैं कि ये शब्द उनके द्वारा तैयार शब्दकोश की शोभा बन कर रह गये हैं और उपहास के लिए उनके नाम पर अनेक शब्द गढ़ लिए गये हैं जो अंततः हिंदी के प्रचार में बाधक साबित होते हैं।'

देखें : 'अंग्रेज़ी हटाओ' आंदोलन, डायग्लॉसिया, भारत में भाषा-नियोजन-1 से 4 तक, भाषा के मार्क्सवादी सिद्धांत, रामविलास शर्मा-1 और 2, सम्पर्क भाषा-1, 2, 3 और 4, संस्कृत काव्यशास्त्र, संविधान सभा में भाषा-विवाद-1, 2 और 3, हिंदी विरोधी आंदोलन, हिंदी जाति-1, 2 और 3, हिंदी-जगत और 'लोकप्रिय'-1 और 2, हिंदी नवजागरण, हिंदी-संस्थाएँ।

संदर्भ

1. बी.जी. खेर (1956), *रिपोर्ट ऑफ़ द ऑफ़िशियल लेंग्वेज कमीशन*, गवर्नमेंट ऑफ़ इण्डिया प्रेस, नयी दिल्ली.
2. बलराज सिंह सिरोही (1987), *संघीय राजभाषा के संदर्भ में पारिभाषिक वैज्ञानिक शब्दावली के निर्माण की समस्याएँ*, वाणी प्रकाशन, दिल्ली.
3. रघुवीर (1998), *हिंदी की ऊर्जा*, अनु. रामचंद्र शर्मा, भगवती प्रकाशन, दिल्ली.
4. पॉल फ्रीडरिश (1962), 'लेंग्वेज ऐंड पॉलिटिक्स इन इण्डिया', *डेडलस*, अंक 91, ग्रीष्म.

— अभय कुमार दुबे

भारत में भाषा-नियोजन-4

केंद्र में विफलता : राज्यों में सफलता

(Language Planning in India-4)

अनुवाद और संस्कृत के ज़रिये जो सरकारी हिंदी बनी, वह हाहाकारी थी। ऐसी बात नहीं कि सरकार के भीतर आँख बंद करके इस हिंदी को स्वीकार कर लिया हो। इस प्रवृत्ति के ख़िलाफ़ संघर्ष के उल्लेखनीय उदाहरण इस मुक़ाम पर भी मौजूद हैं। भारत सरकार के राज-भाषा विभाग द्वारा प्रकाशित हिंदी के प्रयोग संबंधी आदेशों के संकलन पर निगाह डालने से यह स्पष्ट हो जाता है। सत्तर और अस्सी के दशक में केंद्र सरकार का एक हिस्सा रघुवीरी परियोजना के ख़िलाफ़ जद्दोजहद करते हुए दिखा। गृह मंत्रालय का 1976 में जारी किया गया एक कार्यालय ज्ञापन और फिर 1988 का एक कार्यालय ज्ञापन यह बताता है कि देर से ही सही पर सरकार को अपनी ग़लती समझ में आ गयी थी। ये ज्ञापन साफ़ तौर से कहते हैं कि सरकारी हिंदी लिखते समय न तो संस्कृत लिखने की कोशिश की जाए और न ही देवनागरी लिपि में अंग्रेज़ी। अंग्रेज़ी में मसविदा लिख कर अनुवाद करने के बजाय उसे मूल हिंदी में ही तैयार किया जाए ताकि अनुवाद के अटपटेपन से बचा जा सके। सरकारी हिंदी अलग तरह की नहीं होती, वह भी सरल और सुबोध होनी चाहिए, उसमें आमफ़हम शब्दों का प्रयोग किया जाए, दूसरी भाषाओं के शब्दों के इस्तेमाल से परहेज़ न किया जाए, समझाने के लिए अंग्रेज़ी के शब्दों को कोष्ठक में लिख दिया जाए, वाक्य छोटे और सरल बनाये जाएँ। कुछ इसी तरह की हिदायतें केंद्र-राज्य संबंधों पर बने सरकारिया आयोग ने भी दीं। संविधान पारित होने के साठ साल बाद 2011 में भारत सरकार का राज-भाषा विभाग 2011 सभी मंत्रालयों और विभागों के लिए यह आदेश निकाल पाया है कि सरकारी हिंदी में उर्दू, फ़ारसी और अंग्रेज़ी स्रोतों के आमफ़हम शब्दों का इस्तेमाल करने से परहेज़ नहीं किया जाना चाहिए ताकि सरकारी काम-काज की भाषा सरल और सुबोध बन सके।

संघीय नौकरशाही द्वारा भितरघात : हिंदी को राज-भाषा बनाने की मुहिम ठीक से शुरू ही न होने देने की ज़िम्मेदारी संघीय नौकरशाही की है। अंग्रेज़ी को अपनी 'सांस्कृतिक पूँजी' की तरह ग्रहण करने वाली भारतीय प्रशासनिक सेवा (आईएएस) ने हिंदी को कभी नहीं अपनाया। 1922 से ही अंग्रेज़ों ने भारत में काम करने के लिए नियुक्त सिविल सर्विस के अधिकारियों के लिए देशी भाषाओं का ज्ञान अनिवार्य कर रखा था। लेकिन आज़ादी के बाद जब इस ज्ञान की सबसे ज़्यादा ज़रूरत थी, आईसीएस

के नये संस्करण आईएएस में भर्ती के लिए यह अनिवार्यता ख़त्म कर दी गयी। इन अफ़सरों की एकमात्र भाषा अंग्रेज़ों के ज़माने से भी ज़्यादा अंग्रेज़ी रह गयी। 1965 में दक्षिण में हुए हिंदी विरोधी दंगों के पीछे भी यह अंदेशा था कि मद्रास में अंग्रेज़ी माध्यम के स्कूलों से दी जाने वाली शिक्षा के गर्भ से पैदा हुए आईएएस अफ़सरों की संख्या हिंदी के एकमात्र राज-भाषा बनने से घट जाएगी। देश के इन स्थाई हुक्मरानों ने हिंदी-सेवा के लिए बजट मुहैया कराने और हिंदी की प्रतीकात्मक आराधना करने में कोई कोताही नहीं की। लेकिन, ऊँची नौकरशाही ने अपने दायरे के भीतर हिंदी को लगातार हाशिये पर रखा। अधिकारी-तंत्र के अंदरूनी संचार-तंत्र ने संविधान के निर्देश के अनुसार हिंदी सीखने की कोई कोशिश नहीं की और इस मुक़ाम पर अंग्रेज़ी का दबदबा क़ायम रहा। हिंदी व्यावहारिक रूप से तो क्या, नाममात्र के लिए भी भारतीय संघ की भाषा नहीं बन पायी। सरकारी कामकाज की भाषा बनाने की कई शर्तो में सबसे महत्त्वपूर्ण यही थी कि अधिकारी-तंत्र उसे अपनाता। इस तरह संविधान के प्रावधान धरे रह गये। साथ ही राज्यों के बीच प्रशासनिक संचार हिंदी में करने का मंसूबा भी बेकार हो गया।

डेविड डी. लाइटिन ने संघीय नौकरशाही द्वारा संविधान के प्रावधानों के साथ किये गये इस भितरघात का बारीक अध्ययन किया है। उन्होंने दिखाया है कि युरोपीय राजनीतिक अभिजन को अपने अधिकारी-तंत्र की वफ़ादारी किस तरह प्राप्त थी, और किस तरह भारत के उत्तर-औपनिवेशिक राजनीतिक अभिजन को इस निष्ठा का लाभ प्राप्त नहीं था। उन्होंने संघीय नौकरशाही को राज्यों की नौकरशाही से अलग करके दिखाया है कि राज्यों के नौकरशाहों की भाषिक पृष्ठभूमि क्षेत्रीय भाषाओं की थी जबकि पचास और साठ के दशक में संघीय नौकरशाहों का बहुलांश अंग्रेज़ी में पगा हुआ था। परिणाम यह हुआ कि संघीय स्तर पर नौकरशाही ने राजनीतिक अभिजन के साथ हिंदी को राज-भाषा बनाने में सहयोग नहीं किया, जबकि राज्यों के स्तर पर क्षेत्रीय नौकरशाहों ने क्षेत्रीय राजनीतिक अभिजन की मंशाओं को व्यावहारिक रूप देने में सहयोग किया।

दिलचस्प बात यह है कि भाषाई सुसंगतीकरण की कोशिशें संघीय स्तर पर सौ फ़ीसदी नाकाम होने के साथ-साथ प्रांतीय स्तर पर सौ फ़ीसदी कामयाब साबित हुईं। कुल मिला कर निष्कर्ष निकाला जा सकता है कि राज्यों में भाषा-नियोजन की सफलता में राजनीतिक अभिजन वहाँ के नौकरशाहों का अपनी मर्ज़ी से इस्तेमाल कर पाया। इसमें भाषाई आधार पर राज्यों के पुनर्गठन ने मुख्य भूमिका निभायी है। पचास के दशक में हिंदीभाषी प्रांतों की विधानसभाओं द्वारा एक-एक करके राज-भाषा क़ानून पारित किये गये, जिससे हिंदी-क्षेत्र में अंग्रेज़ी के हटने का आधार बना। भाषाई राज्य बने और उनके नेताओं और स्थानीय अभिजनों ने अपने-अपने दायरे में उसी शिद्दत से क्षेत्रीय प्रशासनों का भाषाई सुसंगतीकरण किया और धीरे-धीरे अंग्रेज़ी को आधुनिकीकृत क्षेत्रीय भाषाओं से प्रतिस्थापित कर दिया। यह मानना गलत होगा कि राज्यों के स्तर पर अंग्रेज़ी आसानी से हट गयी होगी। विभिन्न क्षेत्रीय भाषाओं द्वारा की गयी इस जद्दोजहद की कहानी आज तक नहीं लिखी गयी है।

आज स्थिति यह है कि केवल पश्चिम बंगाल (आज का पश्चिम बंग) के राजकीय मुख्यालय रायटर्स बिल्डिंग में आज तक सारा कामकाज अंग्रेज़ी में होता है और वहाँ बांग्ला पंचायत और स्वशासी निकायों से आगे नहीं बढ़ पायी है। लेकिन इस अपवाद को छोड़ कर अन्य सभी राज्यों में सरकारें अंग्रेज़ी में काम नहीं करतीं। धीरे-धीरे राज्यों में क्षेत्रीय स्तर पर अंग्रेजी राजकाज की भाषा नहीं रह गयी। संघीय नौकरशाही ने एक ख़ास तरह का पैंतरा खेला। साठ के दशक में जब उनके लिए भारतीय भाषाएँ सीखना अनिवार्य बनाया गया, तो वे राज्यों के बीच अंग्रेज़ी को संवाद की भाषा बनाये रखने की शर्त पर क्षेत्रीय भाषाएँ सीखने पर राज़ी हो गये। हिंदी न जानने वाले आईएएस अफ़सर भी हिंदीभाषी इलाक़ों में अपनी नौकरी की ज़रूरतों के अनुसार प्रशासन के लिए हिंदी बरतते नज़र आये, लेकिन हिंदी को राजकाज की एक अखिल भारतीय सम्पर्क-भाषा बनाने में कोई आधिकारिक योगदान देने के लिए वे तैयार नहीं हुए।

विफलता के कारण : भाषाशास्त्रियों ने इस सवाल पर काफ़ी दिमाग़ खपाया है कि आख़िर भारतीय राज्य का भाषा-नियोजन पूरी तरह सफल क्यों नहीं हुआ, और जिस तरह भारतीय भाषाओं ने अंग्रेज़ी को राज्य स्तर पर प्रतिस्थापित कर दिया, उस तरह संघीय स्तर पर अंग्रेज़ी की जगह हिंदी क्यों नहीं ले पायी। हिंदी के पक्ष में किये गये भाषा नियोजन पर पहला आरोप यह लगाया जाता है कि वह भाषा को शुद्ध करने में फँस गया जिसका नतीजा ऐसी संस्कृतनिष्ठता में निकला जिससे सरकारी हिंदी अगम्य और कभी-कभी तो हास्यास्पद क़िस्म की हो गयी। रघुवीरी परियोजना का विश्लेषण बताता है कि इस आरोप में काफ़ी सच्चाई है।

विफलता का दूसरा कारण अन्य भारतीय भाषाओं की अपेक्षा हिंदी के नयेपन और कमतर सांस्कृतिक-साहित्यिक प्रतिष्ठा में देखा जाता है। कभी हिंदी को राष्ट्र-भाषा बनाने के समर्थक रहे सुनीति कुमार चाटुर्ज्या का तर्क था कि हिंदी एक सांस्कृतिक भाषा नहीं है, और न ही उसके पास तमिल या तेलुगु या बांग्ला की तरह समृद्ध साहित्यिक विरासत है। इसलिए उसे सारे देश द्वारा नहीं अपनाया जा सकता। भाषा-नियोजन के आईने में देखने पर यह दलील विशुद्ध सांस्कृतिक राजनीति से ज़्यादा नहीं लगती। युरोप में हुए भाषा-नियोजनों

के रास्ते में सांस्कृतिक-क्षेत्रों की समृद्धि का तर्क कभी नहीं आ पाया। हर जगह उन भाषाओं को ही सरकारी रुतबा मिला जो सांस्कृतिक और साहित्यिक प्रतिष्ठा में अपेक्षाकृत कमज़ोर थीं। मसलन, इंग्लैण्ड में लैटिन और फ्रेंच के मुक़ाबले अंग्रेज़ी की सांस्कृतिक हैसियत कुछ नहीं थी। इसी तरह फ़िनलैण्ड में फ़िनिश भाषा प्रशासनिक कामकाज के लिहाज़ से ही नहीं, बल्कि शब्द-सामर्थ्य के मामले में बेहद दरिद्र थी। स्पेन के सदियों से स्वायत्त रहे ताक़तवर क्षेत्रीय अभिजन स्पेनी नहीं बोलते थे। कैटेलन उनकी पसंदीदा भाषा थी। पर वहाँ स्पेनिश के पक्ष में भाषाई सुसंगतीकरण किया जा सका।

तीसरा कारण भारतीय राष्ट्रवाद की उस संरचना में खोजा गया जो उपराष्ट्रीयताओं का गठजोड़-भर है। यह संरचना समान आयामों पर इतना ज़ोर नहीं देती जितना बल विविधताओं और बहुलताओं पर दिया जाता है। इसीलिए उपराष्ट्रीयताओं के दबाव के कारण इस गठबंधन पर एक सर्वभारतीय चरित्र आरोपित नहीं हो पाता। इसीलिए कई अध्येताओं की यह मान्यता है कि हिंदी को सम्पर्क भाषा बनाने की कोशिश उसी समय नाकामी के लिए अभिशप्त हो गयी थी जब भाषाई आधार पर राज्यों का पुनर्गठन करने के दबाव के सामने नेहरू ने घुटने टेके थे। यह दलील भी सही नहीं है। हिंदी को राज-भाषा बनाने का दृष्टिकोण एकभाषिता से उत्प्रेरित न तो संविधान सभा में था, और न ही उत्तर-औपनिवेशिक भारत में। भाषाई आधार पर राज्य बनाने की माँग में हिंदी के विरोध का एक स्वर भी नहीं था। विद्वानों ने रेखांकित किया है कि इस माँग की जड़ में मुख्यत: तमिल और बांग्ला जैसी अंग्रेज़ों द्वारा 'सुपरऑर्डिनेटिड' बना दी गयी भाषाओं के सांस्कृतिक-प्रशासनिक-राजनीतिक वर्चस्व से छुटकारा प्राप्त करने की मंशा थी।

चौथा कारण यह माना गया कि भाषाई सुसंगतीकरण द्वितीय विश्व-युद्ध से पहले की जिन परिस्थितियों में आसानी से हो पाता था, वे बाद की अवधि में सुलभ नहीं रह गयीं थीं। पाँचवाँ कारण संसदीय लोकतंत्र और वोट की राजनीति के समीकरणों में खोजा जाता है जिनके दबाव के कारण पंद्रह साल बाद अंग्रेज़ी हटाने के संवैधानिक निर्देश का पालन नहीं किया जा सका। छठा कारण भारतीय प्रभुओं की उस भाषागत सुविधाजनक स्थिति में देखा गया जिसके कारण वे राजकाज की किसी समान भाषा की तलाश में थे ही नहीं। यह भूमिका निभाने के लिए उनके पास औपनिवेशिक आधुनिकता द्वारा थमायी गयी अंग्रेज़ी पहले से थी। उपनिवेशवाद विरोधी आंदोलन की विरासत का जो भी दबाव था, उसकी पूर्ति उन्होंने राज्यों में भाषाई सुसंगतीकरण पूरा करके कर दी।

राष्ट्रवाद के व्याख्याकार बेनेडिक्ट ऐंड रसन के इस दुर्लभ उद्धरण की रोशनी में उत्तर-औपनिवेशिक स्थितियों में भाषा-नियोजन की मजबूरियाँ और भी स्पष्ट हो जाती हैं : 'इण्डोनेशिया ... दुनिया का एकमात्र बड़ा उपनिवेश है जिसका प्रशासन (आज़ादी के बाद) किसी एशियाई भाषा में चलाया जाता है। सत्रहवीं सदी में इस उपनिवेश की संस्थापक डच ईस्ट इण्डिया कम्पनी पूरी तरह से किफ़ायती सोच की हामी थी। उसे अपनी नौकरशाही को डच भाषा में प्रशिक्षित करने पर संसाधन ख़र्च करने में कोई दिलचस्पी नहीं थी। दूसरी तरफ़ उसके कई कर्मचारी जर्मन, स्वीडिश और स्कॉट भी थे। ... उसने मलय द्वीप की पिडगिन भाषा ली, उसका रोमनीकरण किया, सरल व्याकरण अपनायी और अपनी मुख्य प्रशासनिक भाषा की तरह उसका इस्तेमाल किया। बीसवीं सदी की शुरुआत तक इण्डोनेशिया में नौकरशाहों को डच सीखने के लिए हतोत्साहित करना जारी रहा।' ज़ाहिर है कि भारतीय औपनिवेशिक प्रभु डचों से अलग थे। उन्होंने उदीयमान भारतीय प्रभु वर्ग को योजनापूर्वक अंग्रेज़ी सिखायी थी। नौकरशाही के मामले में भारत उनके लिए एक ऐसी प्रयोगशाला था जहाँ किये गये आईसीएस के प्रयोग की कामयाबी के बाद ही उन्होंने अपने गृह-देश में नौकरशाहों के प्रशिक्षण की शुरुआत की थी।

भारतीय राज्य के भाषा-नियोजन इस प्रसंग में आख़िरी सवाल यह है कि नेहरू की सरकार ने हिंदी को राज-भाषा बनाने के साथ यह दोहरा भितरघात क्यों होने दिया? नेहरू संविधान सभा में रघुवीर की भूमिका से अच्छी तरह वाक़िफ़ थे। उन्हें यह भी पता है कि संविधान के मसविदे का जो हिंदी अनुवाद उनकी बिल्कुल समझ में नहीं आया था, उस पर रघुवीर की कितनी छाप थी। नेहरू से ज़्यादा इस बात को कौन जान सकता था कि उस अनुवाद समिति में हिंदुस्तानी के किसी भी समर्थक को न घुसने देने की रघुवीर ने कितनी कोशिश की थी। दरअसल, भाषा के मामले को धर्म और संस्कृति का मामला मानने वाले रघुवीर संविधान सभा की उस प्रवृत्ति के पक्के नुमाइंदे थे जो 'हिंदी नैशनलिज़म' की जगह 'संस्कृत नैशनलिज़म' की हामी थी। फिर भी नेहरू की उस सरकार ने, जिसके शिक्षा मंत्री अबुल क़लाम आज़ाद थे, रघुवीर के हाथ में पारिभाषिक शब्दावली बनाने की ज़िम्मेदारी सौंपना मुनासिब समझा। नेहरू का देहांत 1964 में हुआ और रघुवीर उससे पहले ही अपने भीषण शब्दकोश राज-भाषा हिंदी के सिर पर पटक चुके थे। एक तरह से उन्होंने अपना 'सृजनात्मक विनाश' नेहरू की छत्रछाया में ही किया।

दूसरी तरफ़ यह बात भी सोचने के क़ाबिल है कि संघीय नौकरशाही से नेहरू और पटेल जैसे लोग राज-भाषा के सवाल पर अपनी बात क्यों नहीं मनवा पाये? अगर कांग्रेस का शीर्ष नेतृत्व राज-भाषा के सवाल को लेकर गम्भीर नहीं था, और अंग्रेज़ी को ही क़ायम रखना चाहता था तो उसके सामने 1959 में फिर से मौक़ा आया था जब वह अंग्रेज़ी को आठवीं सूची में शामिल करके उसके विदेशीपन को

संवैधानिक मान्यता के साबुन से धो सकता था। लेकिन, नेहरू व्यक्तिगत रूप से ऐसा करने के विरोधी साबित हुए। क्या संघीय नौकरशाही तकनीकी रूप से न सही, व्यावहारिक तौर पर राजनीतिक नेतृत्व के प्राधिकार से स्वायत्त थी? भाषा के संदर्भ में सम्भवत: इस प्रश्न का उत्तर हाँ में दिया जा सकता है। 1977 में पहली बार जब कांग्रेस को विपक्षी दलों को मिला कर बनायी गयी जनता पार्टी ने केंद्र में अपदस्थ किया, तो उसके टिकट पर संसद का चुनाव जीतने वाले 299 सांसदों में से 221 हिंदी-क्षेत्र से आये थे। इनमें से अधिकतर जनसंघ और समाजवादी आंदोलन की देन थे जो हिंदी की घुट्टी पीकर बड़े हुए थे। लेकिन यह सरकार भी संघीय नौकरशाही को अपनी भाषा बदलने के लिए तैयार करती हुई नहीं दिखी।

देखें : 'अंग्रेज़ी हटाओ' आंदोलन, डायग्लॉसिया, भारत में भाषा-नियोजन-1 से 4 तक, भाषा के मार्क्सवादी सिद्धांत, रामविलास शर्मा-1 और 2, सम्पर्क भाषा-1, 2, 3 और 4, संस्कृत काव्यशास्त्र, संविधान सभा में भाषा-विवाद-1, 2 और 3, हिंदी विरोधी आंदोलन, हिंदी जाति-1, 2 और 3, हिंदी-जगत और 'लोकप्रिय'-1 और 2, हिंदी नवजागरण, हिंदी-संस्थाएँ।

संदर्भ

1. डेविड डी. लाइटिन (1989), 'लेंग्वेज पॉलिसी ऐंड पॉलिटिकल स्ट्रैटजी इन इण्डिया', *पॉलिसी साइंसिज़,* विशेषांक : पॉलिसी मेकिंग इन डिवेलपिंग कंट्रीज़, खण्ड 22, अंक 3/4.
2. जोसेफ़ ई. श्वार्ज़बर्ग (2009), 'फ़ैक्टर्स इन द लिंग्विस्टिक रिऑर्गनाइज़ेशन ऑफ़ स्टेट्स', आशा सारंगी (सम्पा.), *लेंग्वेज ऐंड पॉलिटिक्स इन इण्डिया,* ऑक्सफ़र्ड युनिवर्सिटी प्रेस, नयी दिल्ली.
3. हिंदी के प्रयोग संबंधी आदेशों का संकलन (1986), राज-भाषा विभाग, गृह मंत्रालय, भारत सरकार, तृतीय संस्करण.
4. मोहन कुमार मंगलम (1968), *इण्डियाज़ लेंग्वेज क्राइसिस,* न्यू सेंचुरी बुक हाउस, मद्रास।

—अभय कुमार दुबे

भारत में मतदान-व्यवहार-1

ऐतिहासिक अवलोकन

(Voting-Behaviour in India-1)

भारत में मतदान-व्यवहार मापने और चुनावों के विभिन्न पहलुओं की छानबीन का उद्देश्य कमोबेश दुनिया के दूसरे देशों के ही समान है। हालाँकि इस प्रक्रिया में अपने देश की निजी विशिष्टताओं का भी ख़याल रखा जाता है। परंतु भारत में चुनाव के अध्ययन के लिए जनमत सर्वेक्षण की ज़रूरत पर प्रकाश डालने से पहले हमारे लिए यह जान लेना प्रासंगिक होगा कि आधिकारिक तौर पर चुनाव से संबंधित किस प्रकार की जानकारियाँ एवं किस तरह के आँकड़े उपलब्ध हैं। इसके अतिरिक्त यह जानना भी ज़रूरी है कि भारत के निर्वाचन आयोग ने अपने अभिलेखागार में कब से इन जानकारियों और आँकड़ों को संरक्षित रखा है। भारत का निर्वाचन आयोग आज़ादी के बाद से ही भारत में सम्पन्न सभी आम चुनावों और राज्य विधानसभाओं के चुनावों के परिणामों और आँकड़ों को अपने पास रखता है। ये आँकड़े आम लोगों के लिए भी सुलभ हैं और इनकी इलेक्ट्रॉनिक कॉपी उनकी आधिकारिक वेबसाइट पर उपलब्ध हैं। भारत का निर्वाचन आयोग निम्नलिखित प्रकार की जानकारियाँ उपलब्ध कराता है : प्रथम संसदीय और विधानसभा चुनाव में वोट डालने वाले लोगों की संख्या, अर्थात् वोटर टर्नआउट; दूसरा राष्ट्रीय/राज्य स्तर के चुनावों में भाग लेने वाले उम्मीदवारों की सूची, चुनावों में जीतने वाला उम्मीदवार और उसका प्रमुख प्रतिद्वंद्वी तथा इसके साथ-साथ सभी उम्मीदवारों को प्राप्त मतों का प्रतिशत; तीसरा चुनाव में भाग लेने वाले राजनीतिक दलों की संख्या और उन्हें प्राप्त मत। निर्वाचन आयोग राजनीतिक दलों द्वारा खड़े किये गये उम्मीदवारों और उनमें जीत प्राप्त करने वाले उम्मीदवारों की संख्या भी बताता है। चौथा निर्वाचन आयोग लैंगिक आधार पर विभाजन करके चुनाव में भाग लेने वाले उम्मीदवारों की संख्या और चुनाव जीतने वालों की संख्या भी बताता है। इसके अतिरिक्त वह किसी विशिष्ट चुनाव में अनुसूचित जाति और अनुसूचित जनजाति से जीतने वाले उम्मीदवारों से संबंधित जानकारी भी देता है और अंतत: निर्वाचन आयोग अपने अभिलेखागार में चुनाव में भाग लेने वाले उम्मीदवारों द्वारा भरे गये शपथपत्रों का भी संग्रह रखता है। इन शपथपत्रों में उम्मीदवारों द्वारा भरे गये विवरण, जैसे उनके ख़िलाफ़ चल रहे न्यायिक मामले, उनकी सम्पत्ति और अन्य व्यक्तिगत जानकारियाँ आम लोगों के सूक्ष्म परीक्षण के लिए उपलब्ध होते हैं।

भारत के निर्वाचन आयोग द्वारा उपलब्ध करायी जाने वाली जानकारियाँ चुनाव में मतदान-प्रक्रिया की तथ्यात्मक जानकारियाँ होती हैं। ये सभी जानकारियाँ चुनावी परिणामों को मात्रात्मक रूप में अभिव्यक्त करके दी जाती हैं। यहाँ ध्यान देने वाली बात यह है कि निर्वाचन आयोग मतदाताओं के मतदान-व्यवहार और रुझान से संबंधित कोई भी आँकड़ा उपलब्ध नहीं कराता है। मसलन वह यह नहीं बताता है कि विभिन्न सामाजिक-आर्थिक परिवेश और जाति-समुदाय से संबंध रखने वाले लोगों ने चुनाव में किस प्रकार मतदान किया; उन्होंने किसे वोट दिया या किसे वोट नहीं दिया; और उन्होंने किसी विशिष्ट दल या उम्मीदवार को वोट क्यों दिया? क्या युवा मतदाताओं की राजनीकि वरीयताएँ वृद्ध

मतदाताओं की तुलना में अलग थीं? क्या अधिकांश महिला मतदाताएँ मतदान का निर्णय लेते समय अपने पति द्वारा निर्देशित हुई थीं? किसी विशिष्ट चुनाव के दौरान किस चुनावी मुद्दे ने मतदाताओं के मस्तिष्क को सबसे ज़्यादा प्रभावित किया? इस प्रकार के अनेकों शोध-प्रश्न हैं जिनका जवाब भारत के निर्वाचन आयोग द्वारा उपलब्ध कराये जाने वाले परिणामों/आँकड़ों के आधार पर नहीं दिया जा सकता है। निर्वाचन आयोग द्वारा उपलब्ध कराये जाने वाले आँकड़ों के आधार पर चुनाव से संबंधित कुछ अन्य महत्त्वपूर्ण प्रश्नों के उत्तर भी नहीं ढूँढ़े जा सकते हैं, जैसे, क्या भारत में मुसलमान मतदाता दक्षिणपंथी राजनीतिक दल भाजपा को वोट देते हैं अथवा क्या वे एक रणनीति के तहत संगठित होकर उसे चुनाव में हराने के लिए वोट डालते हैं?

ऊँची जातियों के मतदाताओं को कांग्रेस या भाजपा जैसे राष्ट्रीय दलों का पारम्परिक समर्थक माना जाता है। परंतु प्रश्न यह उठता है कि क्या वे हमेशा राष्ट्रीय दलों को ही वोट डालते हैं या फिर कुछ राज्यों में ऊँची जातियों के मतदाताओं का वोट भी क्षेत्रीय दलों की ओर खिसक रहा है? भारत में दलित और आदिवासी समुदायों के मतदाताओं का मतदान स्वरूप कैसा रहा है? भारत में दलित और आदिवासी समुदायों के मतदाताओं का मतदान स्वरूप कैसा रहा है? क्या अनुसूचित जातियों / जनजातियों की पहचानों पर आधारित राजनीतिक दलों के गठन ने अनुसूचित जातियों/जनजातियों के वोटों को उनके पक्ष में संगठित किया है? क्या मतदाताओं का चुनावी विकल्प उनकी विभिन्न पृष्ठभूमियों (शिक्षित / निरक्षर, ग्रामीण / शहरी, अमीर / ग़रीब) के आधार पर बहुत ज़्यादा बदलता है? इस तरह के प्रश्नों के परिप्रेक्ष्य में भारतीय चुनावों में मतदान के व्यावहारिक या सांदर्भिक पहलुओं का अध्ययन महत्त्वपूर्ण हो जाता है। वस्तुतः चुनावों का अनुभवमूलक अध्ययन करके ही इन प्रश्नों का प्रमाणों पर आधारित जवाब प्राप्त किया जा सकता है, बिना प्रमाण के इन प्रश्नों का जवाब देने की कोशिश करना महज़ अटकलबाजी होगी जो हमें सच्चाई से कोसों दूर ले जा सकती है।

इस पृष्ठभूमि में हमारे लिए यह जानना प्रासंगिक होगा कि क्या भारत में चुनाव की भविष्यवाणियाँ तथा मतदान-व्यवहार और रुझान की व्याख्या करने के लिए जनमत सर्वेक्षण कराना हाल-फ़िलहाल की घटना है जो 21वीं शताब्दी में शुरू हुई है या फिर इसकी जड़ें पिछली शताब्दी में जाती हैं। भारत में मतदाताओं के मतदान-व्यवहार और रुझान को मापने की शुरुआत कब से हुई और इसके पीछे क्या तर्क और उद्देश्य थे? क्या भारत में मतदान-व्यवहार के लिए अपनायी गयी प्रणाली पश्चिम दुनिया से सीधे ली गयी अर्थात् उनकी कार्बन कॉपी थीं या फिर इन प्रणालियों ने भारतीय समाज की विविधता और विजातीयता का ध्यान रखा? वे विभिन्न चरण कौन से हैं जिनसे होकर चुनाव सर्वेक्षण और जनमत सर्वेक्षण की प्रक्रिया को गुज़रना पड़ा और इतना समय बीत जाने के बाद इसमें क्या नये परिवर्तन और विकास हुए हैं, भारत में मतदान-व्यवहार को मापने की अन्य प्रणालियों जैसे - चुनाव क्षेत्र का अध्ययन, इलीट स्टडी, केस स्टडी या एथनोग्राफ़ी अध्ययन की तुलना में सर्वे प्रणाली सबसे ज़्यादा लोकप्रिय क्यों है?

भारत में चुनावी सर्वेक्षण की शुरुआत कोई हाल-फ़िलहाल की घटना नहीं है। भारतीय मतदाताओं के मत और रुझानों को मापने के लिए संस्थात्मक स्तर पर किये जाने वाले जनमत सर्वेक्षण की पहली शुरुआत 1950 के दशक में ही शुरू हो चुकी थी। डॉ. एरिक डिकोस्टा ने अमेरिकी संस्था अमेरिकन इंस्टीट्यूट ऑफ़ पब्लिक ओपिनियन की तर्ज़ पर 1950 के दशक के प्रारम्भ में ही इंस्टीट्यूट ऑफ़ पब्लिक ओपिनियन (आई.आई.पी.ओ) की स्थापना की थी। उन्हें भारत में चुनाव का अध्ययन करने वालों में अगुआ होने का श्रेय दिया जाता है तथा भारत में जनमत सर्वेक्षण का पिता कहा जाता है। वे पेशे से एक अर्थशास्त्री थे जिनकी प्राथमिक रुचि उपभोक्ता से संबंधित अध्ययनों में थी। लेकिन उन्होंने भारत में आर्थिक और राजनीतिक मुद्दों पर जनमत सर्वेक्षण भी प्रारम्भ किया। आई.आई.पी.ओ. ने दिल्ली, पश्चिम बंगाल और केरल में कुछ राजनीतिक अध्ययन किये थे। इन अध्ययनों के नतीजे उस संस्था के प्रथम जर्नल *मंथली पब्लिक ओपिनियन स्टडीज़* (एम.पी.ओ.एस.) में 1995 में प्रकाशित हुए थे। इस प्रकार भारत में चुनावी सर्वेक्षण कराने का मार्ग प्रशस्त हुआ। आई.आई.पी.ओ. भारत का पहला संगठन था जिसने चुनावी सर्वेक्षण किया था। 1957 में दूसरे लोकसभा चुनाव के पूर्व अखिल भारतीय स्तर पर पहला जनमत सर्वेक्षण कराया गया। इस जनमत सर्वेक्षण के आधार पर पहली चुनावी भविष्यवाणी की गयी जो एकदम सटीक साबित हुई। इस सर्वे ने भारतीयों के मतदान-व्यवहार पर केंद्रित किया था और यह दिखाने का प्रयत्न किया था कि मतदाताओं द्वारा मतदान करने के निश्चय में किस प्रकार उनकी आय, धर्म और व्यावसायिक पृष्ठभूमि के आधार पर अंतर होता है। इस सर्वे ने राजनीतिक नेताओं की लोकप्रियता भी जानने की कोशिश की थी और इसके आधार पर दल के नेताओं की लोकप्रियता की एक सूची भी प्रकाशित की गयी थी। इस प्रकार आई.आई.पी.ओ. द्वारा कराये गये चुनावी सर्वेक्षण का मुख्य फ़ोकस इस बात पर था कि मतदाता मतदान करने का निश्चय किस प्रकार करते हैं और उनके वोट देने के निर्णय को जाति, समुदाय, देश के प्रमुख राजनीतिक मुद्दे, नेताओं की लोकप्रियता आदि, किस प्रकार प्रभावित करते हैं।

ऐरिक डिकोस्टा ने आई.आई.पी.ओ. द्वारा कराये गये सर्वेक्षण की समीक्षा करते हुए 1980 में कहा था कि 'उस समय वास्तव में यह भी पता नहीं था कि अखिल भारतीय स्तर पर जनमत सर्वेक्षण करना सच में सम्भव है भी या नहीं। निरक्षरता की समस्या और भारत के कई क्षेत्रों में रैण्डम सैम्पल के संचालन में आ रही समस्याओं के कारण यह बहुत मुश्किल लग रहा था। सच्चाई यह है कि यह प्रयोग असाधारण रूप से सफल सिद्ध होगा यह तब तक प्रमाणित नहीं हुआ जब तक कि 1957 में पहला राष्ट्रीय सर्वेक्षण प्रकाशित नहीं हो गया।' आई.आई.पी.ओ. ने अखिल भारतीय स्तर पर पहला जनमत सर्वेक्षण ही संचालित नहीं किया बल्कि उसने चुनाव परिणामों की भविष्यवाणी भी प्रारम्भ की। डिकोस्टा ने कहा था कि 'जनमत की महान शक्ति पर शोध करके विदेशों में मतदान के निश्चयों और परिणामों की भविष्यवाणी की जाती थी या फिर अनेकों संवदेनशील विषयों पर विचारों को जाना जाता था। 1957 में पहली बार भारत में उसका प्रयोग किया गया। यह कमोबेश एक नये भारतीय आविष्कार के रूप में प्रकट हुआ था।' इस प्रकार आई.आई.पी.ओ. ने 1980 के दशक तक चुनाव सर्वेक्षण कराया परंतु इस संगठन से डिकोस्टा के निकल जाने के बाद इस संगठन की कार्यसूची में चुनावों के लिए जनमत सर्वेक्षण कराने की कोई ख़ास प्राथमिकता नहीं रही और इसकी निरंतरता टूट गयी।

आई.आई.पी.ओ. के अतिरिक्त व्यक्तिगत स्तर पर भी चुनाव के अध्ययन के प्रयास किये गये। वी.एम. सिरसीकर ने 1967 में सम्पन्न आम चुनावों के दौरान सर्वे के आधार पर पुणे लोकसभा निर्वाचन क्षेत्र का अध्ययन किया था। इस अध्ययन से संसदीय निर्वाचन क्षेत्र जैसे छोटे स्तर पर लोकतंत्र, चुनावों, मतदाताओं की राजनीतिक वरीयता और व्यवहार से संबंधित कुछ रोचक बिन्दु पहलु निकल कर सामने आये। इस अध्ययन के मुख्य नतीजे इस प्रकार थे : पहला भारत में अधिकांश लोगों को लोकतंत्र, चुनावों और राजनीतिक दलों में विश्वास था। हालाँकि लोकतंत्र और इसकी प्रक्रियाओं में विश्वास का मतदाताओं की शैक्षणिक उपलब्धि के साथ सीधा संबंध था। जो लोग ज़्यादा शैक्षणिक योग्यता रखते थे उनका लोकतंत्र पर कम विश्वास था जबकि उनकी तुलना में कम शिक्षित लोगों का लोकतंत्र पर ज़्यादा विश्वास था; दूसरा जाति और समुदाय पर आधारित अल्पसंख्यक समूहों के मतदाताओं में कांग्रेस पार्टी सर्वाधिक पसंदीदा विकल्प थी; तीसरा कम शिक्षित परिवारों में परिवार के सदस्यों के मतदान के निर्णय पर परिवार के मुखिया का प्रभाव बहुत ज़्यादा था जबकि ऊँची शिक्षा प्राप्त परिवारों में यह तुलनात्मक रूप से कम था; चौथा, उम्मीदवार, दल और जाति-समुदाय मतदान पर निर्णय लेने में महत्त्वपूर्ण भूमिका अदा करते थे और अंततः मतदाताओं के व्यवसाय, आय और उम्र मतदाताओं के मतदान-व्यवहार और रुझान को प्रभावित नहीं करते थे।

1967 में सम्पन्न आम चुनावों के दौरान कीनी ने व्यक्तिगत स्तर पर साक्षात्कार की एक विस्तृत प्रश्नावली का प्रयोग करके नागपुर में एक पैनल सर्वे संचालित किया। उन्होंने साक्षात्कार में उत्तर देने वाले लोगों की लोकसभा और राज्य विधानसभा के चुनावों के लिए दलों की वरीयताएँ जानने की कोशिश की। उन्होंने इसके लिए 'विभाजित वोट' तकनीक का प्रयोग किया। हालाँकि इसमें सैम्पल छोटा था लेकिन फिर भी नागपुर अध्ययन से चुनावों और मतदाताओं के मतदान-व्यवहार से संबंधित कुछ महत्त्वपूर्ण नतीजे निकलकर सामने आये। इस अध्ययन ने इस तथ्य को उजागर किया कि कांग्रेस पार्टी द्वारा पेश किये गये मज़बूत नेतृत्व के मुद्दे से प्रभावित होकर मतदाताओं ने उसके पक्ष में वोट दिया। वे राष्ट्रीय या क्षेत्रीय मुद्दों के आधार पर मतदान करने का फ़ैसला नहीं करते थे। इस अध्ययन ने मतदान-व्यवहार से संबंधित इस महत्त्वपूर्ण पक्ष को भी उजागर किया कि वे मतदाता जो चुनावी सभाओं और दलों के प्रचार में खुलकर हिस्सा लेते थे, उनके मतदान के निश्चय ज़्यादा अस्थिर होते थे और उनमें बदल जाने की सम्भावना भी ज़्यादा थी। सामाजिक-आर्थिक चरों, जैसे— लिंग, जाति, धर्म, शिक्षा और आय राजनीतिक जागरूकता और प्रभाव के निर्धारण के महत्त्वपूर्ण कारक थे।

देखें : अकाली दल, कांग्रेस 'प्रणाली', ग़ैर-कांग्रेसवाद, गठजोड़ राजनीति, जनता दल और उसकी विरासत-1 और 2, तेलुगु देशम पार्टी, पार्टी-गठजोड़ की राजनीति, भारत में गठजोड़ राजनीति, भारतीय जनता पार्टी-1 और 2, भारतीय राष्ट्रीय कांग्रेस-1 और 2, भारतीय कम्युनिस्ट पार्टी, भारतीय कम्युनिस्ट पार्टी (मार्क्सवादी), राष्ट्रीय जनतांत्रिक गठजोड़, वाम मोर्चा, शिव सेना, समाजवादी पार्टी, बहुजन समाज पार्टी-1 और 2, शिरोमणि अकाली दल, समाजवादी पार्टी, संयुक्त प्रगतिशील गठजोड़।

संदर्भ

1. नोरियो कुण्डु (2003), *पार्लियामेंटरी इलेक्शंस ऑफ़्टर इंडिपेंडेंस : सोशल चेंजेज़ ऐंड इलेक्टोरल पार्टिसिपेशन,* इंस्टीट्यूट ऑफ़ डिवेलपिंग इकॉनॉमिक्स (जेट्रो), चिबा (जापान).
2. ए.एम. शाह (सम्पा.) (2007), द *ग्रासरूट ऑफ़ डेमॉक्रैसी : फ़ील्ड स्टडीज़ ऑफ़ इलेक्शंस,* परमानेंट ब्लैक, नयी दिल्ली.
3. इंस्टीट्यूट ऑफ़ पब्लिक ओपिनियन (1970-71), 'द फ़िफ़्थ लोकसभा इलेक्शन : ऐन एनालिसिस ऑफ़ पॉलिटिकल बिहेवियर', *मंथली पब्लिक ओपिनियन सर्वे,* खण्ड 16, अंक 3.

— संजय कुमार

भारत में मतदान-व्यवहार-2

चुनावी सर्वेक्षण का इतिहास

(Voting-Behaviour in India-2)

भारत में मतदान-व्यवहार मापने की परम्परा को आगे बढ़ाने का श्रेय इल्डसवेल्ड और बशीरुद्दीन अहमद को है। इन दोनों विद्वानों ने 1967 और 1971 में सम्पन्न आम चुनावों का अखिल भारतीय स्तर पर सर्वेक्षण संचालित किया। इसमें संकलित किये गये भारतीय मतदाताओं के मतदान-व्यवहार और रुझानों के आँकड़ों का अंतर-देशीय तुलना के लिए भी प्रयोग किया गया था। इस चुनावी अध्ययन के नतीजों ने इस बात को सच साबित किया कि पुणे अध्ययन के नतीजों को पूरे भारत के लिए लागू किया जा सकता था। इसके साथ ही इस अध्ययन ने देश के मतदाताओं के मतदान-व्यवहार के संबंध में कुछ नयी और भ्रांतियाँ तोड़ने वाली मान्यताओं को भी उसमें जोड़ा। ये नये अवलोकन थे : पहला मतदान-व्यवहार और राजनीतिक वरीयताएँ स्थानों के आधार पर बहुत ज़्यादा नहीं बदली थीं क्योंकि ग्रामीण और शहरी दोनों ने एक समान मत व्यक्त किये थे। दूसरी तरफ़ मतदाताओं के मतदान-व्यवहार और राजनीतिक वरीयताओं में राज्य के आधार पर अंतर थे; दूसरा वाम दलों और जनसंघ के पारम्परिक समर्थक दूसरी पार्टियों के मतदाताओं की तुलना में अपनी पार्टियों द्वारा उठाये गये मुद्दों से ज़्यादा सहमत नज़र आये; अंततः ऊँची जातियों के मतदाताओं और उच्च शिक्षा प्राप्त मतदाताओं की चुनावी राजनीति में कम भागीदारी थी जबकि कम शिक्षित मतदाताओं और दूसरे जाति-समुदायों से संबंध रखने वाले मतदाताओं की भागीदारी तुलनात्मक रूप से ज़्यादा थी।

संस्थात्मक स्तर पर पूरे भारत के सैम्पल सर्वे पर आधारित आम चुनावों के अकादमिक अध्ययन की शुरुआत विकासशील समाज अध्ययन पीठ (सी.एस.डी.एस.), दिल्ली, द्वारा 1960 के दशक में शुरू की गयी। इनका अध्ययन राष्ट्रीय चुनाव-अध्ययन (एन.ई.एस.) के नाम से लोकप्रिय है। पहला राष्ट्रीय चुनाव अध्ययन भारतीय मतदाताओं के राजनीतिक व्यवहार, मत और रुझान के वैज्ञानिक अध्ययन के लिए 1967 में संचालित किया गया था। परंतु इनके अध्ययनों में परोक्ष उद्देश्यों की भी एक व्यापक श्रेणी थी जो भारत में और भारत के बाहर लोकतांत्रिक राजनीति का अध्ययन करने वाले विद्यार्थियों के लिए अत्यंत प्रासंगिक बनी हुई है। 1967 में सम्पन्न राष्ट्रीय चुनाव-अध्ययन ने सी.एस.डी.एस. में सर्वे रिसर्च की परम्परा प्रारम्भ की। इसने चुनावों को ऐसे अवसर या खिड़की के रूप में प्रयोग करना सिखाया जिसके माध्यम से लोकतांत्रिक राजनीति की प्रवृत्तियों और पैटर्नों को समझा जा सकता है। यह कहा जा सकता है कि 1967 में संचालित हुआ राष्ट्रीय चुनाव-अध्ययन भारत में बड़े सैम्पल के आधार पर राजनीतिक व्यवहारों और रुझानों को समझने का पहला राष्ट्रीय स्तर का सर्वे-आधारित अध्ययन था। इसके बाद दूसरा राष्ट्रीय स्तर का अध्ययन 1971 के आम चुनावों के दौरान हुआ। 1980 के लोकसभा चुनावों के दौरान अध्ययन पीठ ने अखिल भारतीय सर्वे के लिए डिज़ाइन तैयार किया और इंस्टीट्यूट ऑफ़ पब्लिक ओपिनियन (आई.आई.पी.ओ), दिल्ली ने फ़ील्डवर्क संचालित किया। हालाँकि यह सर्वे पूरी तरह से राष्ट्रीय चुनाव-अध्ययन की शृंखला का हिस्सा नहीं था परंतु फिर भी कुछ हद तक इसका प्रयोग शृंखला में आये अंतराल को भरने के लिए किया जा सकता है। इन चुनावी सर्वेक्षणों को सी. एस.डी.एस. के प्रथम पीढ़ी के सर्वे के रूप में वर्गीकृत किया जा सकता है।

इस कालावधि के दौरान कराये गये सर्वेक्षणों को अध्ययन पीठ के सर्वेक्षण की परम्परा के विकास के रूप में चिह्नित किया जा सकता है। इस कालावधि के दौरान संचालित हुए सर्वेक्षणों की मुख्य पहचान सम्भाव्यता सैम्पलिंग, गहन प्रश्नावलियाँ और सख़्त फ़ील्डवर्क था। 1967 में संचालित किये गये सबसे पहले सर्वे ने ही भारत में राष्ट्रीय चुनाव अध्ययन परम्परा के आधारभूत तत्त्वों को सुस्थापित कर दिया क्योंकि इसने स्व-भारित राष्ट्रीय सम्भाव्यता सैम्पल पर बल दिया। इस सैम्पल में विभिन्न चरणों में स्तरीकृत किये गये रैंडम सैम्पलिंग के आधार पर भारतीय मतदाताओं के बीच की सभी विविधताओं को प्रतिनिधित्व दिया गया। दलों की प्रतिस्पर्धा के आधार पर स्तरीकृत करके कुल 55 लोकसभा निर्वाचन क्षेत्रों को चुना गया। इन सैम्पल किये गये लोकसभा निर्वाचन क्षेत्रों के अंदर विधानसभा के खण्डों और मतदान केंद्र के क्षेत्रों का चयन क्षेत्र के आकार और अनुपात में सम्भाव्यता प्रक्रिया के तहत किया गया था। अंततः जवाब देने वालों का चुनाव सैम्पल में चुने गये मतदान केंद्र के क्षेत्रों की मतदाता-सूचियों से रैंडम सैम्पल के आधार पर चुने गये थे। इसमें अ-प्रतिस्थापन पर सख़्त बल दिया गया था।

1967 के राष्ट्रीय चुनाव अध्ययन की एक प्रमुख कमी यह थी कि इस सर्वे में महिला मतदाताओं को शामिल नहीं किया गया था। इसका कारण सर्वे के दौरान फ़ील्ड में आने वाली दिक़्क़तें तो थीं ही, इसके साथ ही उस समय यह भी माना जाता था कि महिला और पुरुष मतदाताओं के मतों के बीच में कोई विशेष अंतर नहीं होता है। हालाँकि इस कमी को बहुत जल्द दूर कर लिया गया और 1971 के राष्ट्रीय चुनाव अध्ययन में महिलाओं को भी सैम्पल में शामिल किया गया था। उस समय चुनाव के अध्ययन के लिए सैम्पल का

आकार वर्तमान समय के सैम्पल के आकर की तुलना में छोटा था। यहाँ यह याद रखना भी महत्त्वपूर्ण है कि यह उस समय के दूसरे राष्ट्रीय अध्ययनों की तुलना में बड़ा था। इसके साथ ही राष्ट्रीय स्तर पर राजनीतिक व्यवहार के प्रवृत्तियों और पैटर्नों तथा रुझानों को मापने के उद्देश्य से यह पर्याप्त था। इसके अतिरिक्त सैम्पल को बहुत मेहनत से बनाया गया था जिससे एक ऐसे सैम्पल का जन्म हुआ जो राष्ट्रीय स्तर पर प्रतिनिधित्व करता था। 1971 में कराये गये सर्वेक्षण का एक विशिष्ट गुण यह था कि इसमें एक ही साथ इलीट सर्वे और क्रॉस सेक्शनल सर्वे कराये गये थे। सैम्पलिंग के अतिरिक्त, 1967 और 1971 के राष्ट्रीय चुनाव अध्ययन ने रिसर्च के उपकरण और फ़ील्डवर्क की प्रथा को भी स्थापित किया।

भारत में हाल के वर्षों में भारतीय मतदाताओं के मतदान-व्यवहार, उनके राजनीतिक मत और रुझानों को मापने के लिए कराये जाने वाले चुनाव सर्वेक्षण बहुत लोकप्रिय हुए हैं। पिछले एक दशक में सम्पन्न हुए चुनावों के दौरान भारतीय मतदाताओं के बीच बड़ी संख्या में कराये गये जनमत सर्वेक्षण इस तथ्य का प्रमाण हैं कि हमारे देश में चुनावी सर्वेक्षण और सर्वेक्षण उद्योग की लोकप्रियता बढ़ी है। वर्ष 2004 और वर्ष 2009 में सम्पन्न हुए पिछले दो आम चुनावों में तो चुनाव पूर्व सर्वेक्षण और एग्ज़िट पोल कराने के लिए भारतीय मीडिया में भीषण प्रतियोगिता देखी गयी। हालाँकि मीडिया के बीच में होड़ अंततः इस बात को लेकर होती है कि सम्भावित चुनावी परिणाम की सबसे सटीक भविष्यवाणी कौन कर सकता है। इसके साथ ही सीटों का सबसे सटीक पूर्वानुमान करके कौन यह बता सकता है कि कौन सी पार्टी चुनाव जीतने जा रही है और मुख्य राजनीतिक दलों को कितनी सीटें प्राप्त हो सकती हैं। परंतु इस के साथ-साथ मीडिया में इस बात को लेकर भी होड़ होती है कि किसके पास कितना बड़ा सैम्पल है और कौन अपने नतीजों को दर्शकों/पाठकों के बीच सबसे पहले परोस सकता है। भारतीय मतदाताओं के मतदान संबंधी निश्चय को सामने लाने के अलावा मीडिया मतदाताओं के मत और रुझान तथा उनके मतदान-व्यवहार से संबंधित नतीजों की बड़े पैमाने पर रिपोर्टिंग करता है। वर्ष 2009 में सम्पन्न हुए आम चुनावों के दौरान मीडिया द्वारा कराये गये चुनाव-पर्व सर्वेक्षण के परिणामों के पंचलाइन/शीर्षक सिर्फ़ राजनीतिक नहीं होते थे। मसलन यह शीर्षक नहीं होता था कि 'यूपीए दौड़ में आगे, लेकिन बहुमत की रेखा तक पहुँचने में विफल', 'यूपीए को लाभ, एनडीए थोड़ा पीछे।' वस्तुतः उनके पंचलाइन/शीर्षक द्वारा समाज के एक वर्ग का मतदान-व्यवहार भी परिलक्षित होता था, जैसे - 'युवाओं का मत दलों का राजनीतिक भाग्य निर्धारित करेगा।' पोलस्टर और सीफ़ॉलॉजिस्ट सिर्फ़ एक ज्योतिषी का किरदार नहीं निभाते। मसलन वे सिर्फ़ इस बात की भविष्यवाणी नहीं करते कि राजनीतिक गठबंधनों, यूपीए, एनडीए, लेफ़्ट फ्रंट और अन्यों को कितनी सीटें मिलेंगी। इसकी बजाय, वे मतदाताओं के मतदान-व्यवहार और रुझानों की भी व्याख्या करने लगते हैं, वे यह भी बताने लगते हैं कि किन मुद्दों का चुनाव पर कितना प्रभाव पड़ेगा।

अध्ययन पीठ द्वारा कराये जाने वाले राष्ट्रीय चुनाव अध्ययन की प्रमुख विशेषता इनके द्वारा सर्वेक्षण के लिए तैयार की गयी विस्तृत प्रश्नावली थी। इन प्रश्नावलियों में 200 से लेकर 300 तक प्रश्न होते थे। इसके लिए आमने-सामने बैठकर एक घंटे से अधिक समय तक बातचीत की जाती थी। इन सूचियों को सिर्फ़ चुनावों के आधार पर नहीं बल्कि राजनीतिक विषयों की व्यापक समझ के साथ डिज़ाइन किया गया था। वस्तुतः ज़्यादा महत्त्व राजनीतिक व्यवहार, मतों और रुझानों की व्यापक विषयवस्तु को दिया गया था और इनके साथ स्थाई मूल्यों से जुड़े कुछ प्रश्न भी थे। उत्तर देने वालों की सामाजिक रूपरेखा का दस्तावेज़ बनाने के लिए व्यापक स्तर पर पृष्ठभूमि से जुड़े कारकों का भी प्रयोग किया गया था। इस सर्वे ने प्रश्नावली को भारत में बोली जाने वाली सभी प्रमुख भाषाओं में सावधानी से अनुवाद करने की प्रथा भी प्रारम्भ की। फ़ील्ड में अनुसंधान करने वालों की भर्ती, उनका प्रशिक्षण, फ़ील्ड वर्क, आँकड़ों का संग्रह और फ़ील्ड वर्क पर्यवेक्षण सीधे अध्ययन पीठ द्वारा संचालित होते थे। 1980 के दशक के दौरान चुनावों और मतदान-व्यवहार के लिए सर्वे रिसर्च कराना प्रमुख विद्वानों की कार्यसूची में विशिष्ट स्थान नहीं पा रहा था और न ही किसी संस्था ने सर्वे की शृंखला को क़ायम रखा। इसके कारण सर्वे के आँकड़ों की शृंखला एक लम्बे समय के लिए टूट गयी। वस्तुतः 1990 के दशक के मध्य में अध्ययन पीठ ने राष्ट्रीय चुनाव अध्ययन की परम्परा को पुनर्जीवित किया और आज भी यह भारत में मतदान-व्यवहार के सबसे प्रतिष्ठित अकादमिक अध्ययन के लिए जानी जाती है।

जनमत-सर्वेक्षण की लोकप्रियता 1980 के दशक में प्रारम्भ हुई जब डॉ. प्रणय रॉय ने भारतीय मतदाताओं के मिज़ाज को जानने के लिए चुनावों के दौरान जनमत-सर्वेक्षण संचालित करना प्रारम्भ किया। डॉ. रॉय की कोशिश थी कि जनमत सर्वेक्षणों को चुनाव के अध्ययन के लिए और सीटों की भविष्यवाणी के लिए वैज्ञानिक तरीक़ा बनाया जाए। इस प्रकार 1989 में डॉ. रॉय ने 'मार्केटिंग ऐंड रिसर्च ग्रुप' के सहयोग से एक एग्ज़िट पोल संचालित किया। इसमें 77, 000 मतदाताओं का मतदान केंद्रों पर वोट डाल कर बाहर आने के तुरंत बाद साक्षात्कार किया गया था। इस सर्वे ने कांग्रेस के जीतने की भविष्यवाणी की थी जो कमोबेश सटीक थी और बाद में चुनाव के परिणामों ने सर्वे के सटीक होने की पुष्टि की। 'वोट स्विंग' एक बहुत ही लोकप्रिय शब्द बन

गया था जिसकी गणना पिछले चुनाव में राजनीतिक दलों को प्राप्त वोटों की तुलना में वोटों के लाभ या हानि के आधार पर की जाती थी। इसके बाद डॉ. रॉय भारत में टेलीविज़न दर्शकों के बीच एक घरेलू नाम बन गये। डॉ. रॉय द्वारा की गयी इस पहल को हाथो-हाथ लिया गया और 1990 के दशक में प्रचुर मात्रा में उभरे इलेक्ट्रॉनिक मीडिया की सहायता से मीडिया और जनमत सर्वेक्षण दोनों विकास के पथ पर अग्रसर हो गये। इस प्रकार मतदाताओं के मत और व्यवहार को मापने के लिए चुनावी सर्वे और एग्ज़िट पोल कराना अत्यंत लोकप्रिय हो गया।

देखें : अकाली दल, कांग्रेस 'प्रणाली', ग़ैर-कांग्रेसवाद, गठजोड़ राजनीति, जनता दल और उसकी विरासत-1 और 2, तेलुगु देशम पार्टी, पार्टी-गठजोड़ की राजनीति, भारत में गठजोड़ राजनीति, भारतीय जनता पार्टी-1 और 2, भारतीय राष्ट्रीय कांग्रेस-1 और 2, भारतीय कम्युनिस्ट पार्टी, भारतीय कम्युनिस्ट पार्टी (मार्क्सवादी), राष्ट्रीय जनतांत्रिक गठजोड़, वाम मोर्चा, शिव सेना, समाजवादी पार्टी, बहुजन समाज पार्टी-1 और 2, शिरोमणि अकाली दल, समाजवादी पार्टी, संयुक्त प्रगतिशील गठजोड़।

संदर्भ

1. लोकनीति टीम (2004), 'नैशनल इलेक्शन स्टडी 2004 : ऐन इंट्रोडक्शन', *इकॉनॉमिक ऐंड पॉलिटिकल वीकली,* खण्ड 39, अंक 51.
2. संजय कुमार और प्रवीण राय (2013), *मैज़रिंग वोटिंग बिहेवियर इन इण्डिया,* सेज पब्लिकेशंस, नयी दिल्ली.
3. संदीप शास्त्री, के.सी. सूरी और योगेंद्र यादव (2009), *इलेक्टोरल पॉलिटिक्स इन स्टेट्स : लोकसभा इलेक्शंस इन 2004 ऐंड बियांड,* ऑक्सफ़र्ड युनिवर्सिटी प्रेस, नयी दिल्ली.

— संजय कुमार

भारत में मतदान-व्यवहार-3

मीडिया और चुनावी सर्वेक्षण

(Voting-Behaviour in India-3)

भारत में 1990 के दशक में चुनावी सर्वे की लोकप्रियता को बढ़ाने में कई कारकों ने योगदान दिया परंतु मुख्य रूप से तीन कारक थे जिसके कारण इसका विस्तार हुआ : पहला इसने मतदाताओं के साथ-साथ राजनीतिक दलों के बीच भी यह जिज्ञासा उत्पन्न की कि चुनाव में कौन जीत सकता है और चुनाव सम्पन्न होने के पहले ही सर्वेक्षण के आधार पर किये जा रहे आकलनों में प्रमुख राजनीतिक दलों को कितनी सीटें प्राप्त हो सकती हैं; दूसरा चुनाव-पूर्व सर्वेक्षणों ने राजनीतिक दलों को विभिन्न वर्गों के मतदाताओं के मतदान-व्यवहार और उनके राजनीतिक पसंदों के संबंध में सूचनाएँ उपलब्ध करायीं। चुनाव के आँकड़ों ने विभिन्न निर्वाचन क्षेत्रों में दलों के जीतने की सम्भावना और उम्मीदवारों के जीतने की सम्भावना के मूल्यांकन के लिए प्रारम्भिक झुकाव का संकेत दे दिया। ये सूचनाएँ न सिर्फ़ विभिन्न सीटों के लिए उम्मीदवारों के चयन में बल्कि उनके चुनावी प्रचार की योजनाओं के निर्माण के लिए भी महत्त्वपूर्ण बन गयीं; और अंततः मीडिया को चुनावी सर्वेक्षणों ने मतदाताओं के मतदान-व्यवहार और रुझानों पर ढेर सारे आँकड़े उपलब्ध कराये। इससे मीडिया को चुनाव की व्याख्या करने में तथा ज़्यादा व्यापक और विस्तृत तरीक़े से सीटों के पूर्वानुमान करने में मदद मिली। मीडिया की मुख्य जिज्ञासा चुनाव के पहले किये गये चुनावी अध्ययन के आधार पर चुनाव के परिणामों को जानने में थी। इसके साथ-साथ चुनाव का पूर्वानुमान और चुनाव के दौरान सीटों की भविष्यवाणी भी काफ़ी प्रचलित और लोकप्रिय हुई।

21 वीं शताब्दी की शुरुआत भारत में जनमत-सर्वेक्षण उद्योग के अगले चरण के विकास का गवाह है। मीडिया ने चुनावों के दौरान सर्वेक्षण संचालित कराने के लिए विभिन्न मार्केट रिसर्च संगठनों को शामिल करना प्रारम्भ कर दिया। इन सर्वेक्षणों का उद्देश्य मतदाताओं के मिज़ाज को जानना और चुनाव के परिणामों की भविष्यवाणी करना था। मार्केट रिसर्च एजेंसियाँ जैसे ए.सी. नील्सन और ओ.आर.जी. मार्ग के अतिरिक्त नये संगठन जैसे सेंटर फ़ॉर मीडिया स्टडीज, डिवलपमेंट ऐंड रिसर्च सर्विसेज, सी वोटर आदि भी जनमत सर्वेक्षणों और एग्ज़िट पोल के इस उद्योग में भारतीय मतदाताओं के मतदान-व्यवहार की व्याख्या करने के लिए शामिल होने लगे। एग्ज़िट पोल एक लोकप्रिय शब्द बन गया। चुनावों का पूर्वानुमान करना तथा राष्ट्रीय और राज्य स्तरीय चुनावों में किन दलों के गठबंधनों को कितनी सीटें प्राप्त होंगी, इसकी भविष्यवाणी करना इस दशक की एक सामान्य विशेषता बन गयी। प्रिंट मीडिया के बीच *इण्डिया टुडे* ने पहला जनमत-सर्वेक्षण 1989 में प्रकाशित किया और उसके बाद से चुनाव के पुर्वानुमानों के लिए वह सभी प्रमुख चुनावों के लिए लगातार जनमत सर्वेक्षण संचालित कराती आ रही है। इस दौरान में कराये गये चुनाव पूर्व सर्वेक्षणों ने मुख्यतः मतदाताओं के चुनावी विकल्पों, नेताओं की लोकप्रियता, राजनीतिक मुद्दों पर मतदाताओं के मत और सीटों की भविष्यवाणियों पर फ़ोकस किया। 2004 और 2009 में सम्पन्न अंतिम दो आम चुनावों में लगभग सभी प्रमुख न्यूज़ चैनलों और प्रिंट मीडिया ने जनमत-सर्वेक्षण के संचालन के लिए मार्केट रिसर्च एजेंसियों या फिर दूसरे सर्वेक्षण एजेंसियों का प्रयोग किया। सर्वे के आँकड़ों के आधार पर तथा पोलस्टरों

और सीफ़ॉलॅजिस्टों की विशेषज्ञता का प्रयोग करके सीटों की भविष्यवाणियाँ की गयीं जो 2004 में पूर्णत: ग़लत साबित हुईं और 2009 में भी सटीक तो नहीं हुईं परंतु कम से कम इसने चुनाव के परिणामों को सही दिशा में दिखाया।

मतदाताओं के मतों और रुझानों को जानने के लिए चुनावी सर्वेक्षण कराने की प्रक्रिया को 1990 के दशक में राजनीतिक दलों ने भी अपना लिया। राजनीतिक दलों ने सर्वेक्षण संचालित कराने और ज़मीनी स्तर पर मौजूद सच्चाई के बारे में विस्तृत रिपोर्ट जानने के लिए सर्वेक्षण एजेंसियों को भाड़े पर लिया। कांग्रेस पार्टी ने 1996 में अपने वोटों के परिदृश्य को जानने के लिए अखिल भारतीय स्तर पर सर्वेक्षण का संचालन गुप्त रूप से करवाया। परिणामस्वरूप यह मीडिया में लीक हो गया और इसने ढेर सारे विवादों और नीरसता को जन्म दिया। उसके बाद भाजपा ने अपने पार्टी के लिए एक आंतरिक सर्वेक्षण संचालित किया और पहली बार सावर्जनिक तौर पर उसने उसे स्वीकार भी किया। राजनीतिक दलों द्वारा जनमत सर्वेक्षणों को संचालित कराने के कारणों को संक्षेप में और सबसे बेहतर तरीक़े से स्वर्गीय प्रमोद महाजन ने अभिव्यक्त किया था। उन्होंने कहा था कि चुनावों में मार्केट सर्वेक्षणों का प्रयोग बढ़ता चला जाएगा और इसके साथ ही उन्होंने यह विश्वास भी व्यक्त किया था कि इस प्रकार के सर्वेक्षण अनिवार्य सूचनाओं को एकत्रित करने के लिए स्वतंत्र और वैज्ञानिक पद्धति हैं। ये सर्वे पार्टी के नेटवर्कों से ज़्यादा स्वतंत्र होते हैं क्योंकि पार्टी का नेटवर्क ज़्यादातर वही बताता है जो पार्टी को पहले से पता होता है। जबकि मार्केट सर्वे हमें बताता है कि प्रमुख मुद्दे क्या हैं, किन निर्वाचन-क्षेत्रों में पार्टी की मज़बूत पकड़ है और कहाँ पार्टी कमज़ोर है। इन भविष्यवाणियों के आधार पर पार्टियाँ जनसभाओं का आयोजन करती हैं, विज्ञापन-अभियान चलाती हैं व इसी प्रकार के अन्य काम करती हैं। हालाँकि योगेन्द्र यादव ने चुनावों के दौरान राजनीतिक दलों द्वारा जनमत-सर्वेक्षण का सहारा लेने के कारणों के लिए जो तर्क दिया है वह प्रमोद महाजन द्वारा अभिव्यक्त किये गये विचारों से एकदम अलग और विपरीत है। योगेन्द्र यादव के अनुसार जब राजनीतिक प्रक्रियाएँ विफल हो जाती हैं तभी मार्केट का सहारा लिया जाता है. उनके अनुसार लोकतांत्रिक राजनीति के नियमित प्रक्रियाओं ने सुचारू रूप से कार्य करना बंद कर दिया है और नेताओं को जनता के बारे में बहुत ही कम जानकारी होती है क्योंकि इस प्रकार का कोई पार्टी संयंत्र नहीं है। ज़मीनी स्तर के सूचनाओं का स्रोत दिनोंदिन सिकुड़ता जा रहा है। ऐसे में सबसे ज़्यादा ज़रूरत एक वस्तुगत सर्वे की है ताकि सच्चाई का पता चल सके।

इस प्रकार कई राजनीतिक दलों ने ज़मीनी सच्चाइयों को जानने के लिए सर्वेक्षण कराना प्रारम्भ किया। परंतु हाल के वर्षों में कुछ नेताओं ने व्यक्तिगत स्तर पर भी अपने निर्वाचन क्षेत्रों में सर्वे कराने की शुरुआत की है। हालाँकि इन नेताओं द्वारा सर्वे के नतीजों को कभी-कभी किसी निर्वाचन क्षेत्र में अपनी लोकप्रियता के सबूत के रूप में भी पेश किया जाता है ताकि उसे टिकट मिल सके। इसके साथ ही राजनीतिक दलों और उम्मीदवारों द्वारा जनमत सर्वेक्षणों का दुरुपयोग छल-कपट के लिए भी किया जाता है। सेंटर फ़ॉर द मीडिया स्टडी के एन. भास्कर राव कहते हैं कि जनमत-सर्वेक्षण के व्यावसाय में इसके दुरुपयोग किये जाने की भी अत्यधिक सम्भावना है। प्राय: नेताओं द्वारा अपने वांछनीय निष्कर्षों को साबित करने के लिए जनमत-सर्वेक्षणों को महज़ एक हथियार के रूप में इस्तेमाल किया जाता है। इन लोगों के लिए जनमत सर्वेक्षण व्यवसायिक कार्य न होकर रुपया कमाने का ज़रिया बन गया है। जनमत सर्वेक्षणों के लिए जिन पद्धतियों का प्रयोग किया जा रहा है उनमें कुछ ज़रूरी सुधार की ज़रूरत है। कभी-कभी तो सर्वेक्षण करने वाले सैम्पल का आकार तक नहीं बताते हैं और छोटे-से अध्ययन के आधार पर उसे सम्पूर्ण भारत के परिणाम के रूप में दर्शाने की कोशिश करते हैं। वास्तव में कुछ शक्तिशाली लोग पार्टी में प्रभाव अर्जित करने के लिए इस प्रकार के अध्ययनों को एक माध्यम के रूप में प्रयोग करते हैं और इसमें बहुत बड़ी मात्रा में उनका रुपया भी लगा होता है।

अध्ययन पीठ के चुनावी अध्ययन जिसकी निरंतरता 1980 के दशक में टूट गयी थी, वह 1990 के दशक के मध्य में बड़े व्यापक रूप में पुनर्जीवित हुई। अध्ययन पीठ में लोकतंत्र के तुलनात्मक अध्ययन के लिए एक प्रोग्राम के रूप में लोकनीति का गठन और 1995 में राजनीतिक वैज्ञानिकों के एक अखिल भारतीय नेटवर्क के सृजन ने 1996 में राष्ट्रीय चुनाव अध्ययन के संचालन के लिए मार्ग प्रशस्त कर दिया। इस बार पैनल डिज़ाइन सैम्पल का प्रयोग करके अध्ययन को तीन दौर में अर्थात् चुनाव-पूर्व, चुनाव प्रचार के बीच में और मतदान के बाद सम्पन्न कराने की जिम्मेवारी ली गयी। पैनल सैम्पल से तात्पर्य है पिछले चुनाव में जिन मतदाताओं से साक्षात्कार किया गया, उन्हीं मतदाताओं के पास साक्षात्कार के लिए दुबारा जाना। इसके अतिरिक्त लोकनीति ने 17, 604 वोटरों के बड़े सैम्पल के साथ एक एग्ज़िट पोल भी प्रारम्भ किया। यह अध्ययन अकादमिक क्षेत्रों और मीडिया दोनों में व्यापक स्तर पर प्रकाशित हुए। यह अनेकों शोध-प्रकाशनों का आधार था और विद्वानों द्वारा भारतीय राजनीति को सामान्य रूप से समझने के लिए और विशिष्ट रूप से इसकी चुनावी राजनीति को समझने के लिए अक्सर इसका इस्तेमाल किया जाता है। 1998 के लोकसभा चुनाव के समय सर्वे के दो दौर अर्थात् चुनाव-पूर्व सर्वे और मतदान के बाद सर्वे, 1998 के राष्ट्रीय चुनाव अध्ययन के भाग के रूप में कराये गये थे। इसमें 1996 के राष्ट्रीय चुनाव अध्ययन में जिन लोगों

की प्रतिक्रिया ली गयी थी उनके पास जाकर प्रतिक्रिया लेना सम्मिलित था। 1999 के अगले आम चुनाव में यह संस्था सिर्फ़ पोस्ट-पोल सर्वे कराने की अपनी पुरानी प्रथा पर वापस लौट आयी। इसका कारण यह नहीं था कि सी.एस.डी.एस का चुनाव पूर्व सर्वेक्षण पर भरोसा कम हो गया था, या इसमें दिलचस्पी कम हो गयी थी। इसका एकमात्र कारण आर्थिक संसाधनों की कमी थी। राष्ट्रव्यापी बड़े सैम्पल के सर्वे कराने के लिए बड़ी मात्रा में आर्थिक संसाधनों की जरूरत होती है। सन् 1996 के बाद लगातार लोकसभा चुनाव होने के कारण, 1999 में उतना संसाधन जुड़ा पाना सम्भव नहीं हो पाया और सी.एस.डी.एस ने सीमित आर्थिक संसाधन में सिर्फ़ पोस्ट-पोल सर्वे करने का निर्णय लिया। इस प्रकार इसने टिकाऊ मूल्यों वाले आँकड़ों के सेट को जन्म दिया। 1999 के राष्ट्रीय चुनाव अध्ययन के दौरान उसी पैनल का साक्षात्कार फिर से किया गया जिनका चयन 1996 और 1998 के राष्ट्रीय चुनाव अध्ययन के लिए किया गया था। इस प्रकार महज़ तीन वर्षों के छोटे से अंतराल में मतदाताओं के राष्ट्रीय स्तर पर प्रतिनिधित्व करने वाले सैम्पल का प्रयोग करते हुए सर्वे के कुल छह दौर कराये गये।

देखें : अकाली दल, कांग्रेस 'प्रणाली', ग़ैर-कांग्रेसवाद, गठजोड़ राजनीति, जनता दल और उसकी विरासत-1 और 2, तेलुगु देशम पार्टी, पार्टी-गठजोड़ की राजनीति, भारत में गठजोड़ राजनीति, भारतीय जनता पार्टी-1 और 2, भारतीय राष्ट्रीय कांग्रेस-1 और 2, भारतीय कम्युनिस्ट पार्टी, भारतीय कम्युनिस्ट पार्टी (मार्क्सवादी), राष्ट्रीय जनतांत्रिक गठजोड़, वाम मोर्चा, शिव सेना, समाजवादी पार्टी, बहुजन समाज पार्टी-1 और 2, शिरोमणि अकाली दल, समाजवादी पार्टी, संयुक्त प्रगतिशील गठजोड़।

संदर्भ

1. संजय कुमार और प्रवीण राय (2013), *मैज़रिंग वोटिंग बिहेवियर इन इण्डिया,* सेज पब्लिकेशंस, नयी दिल्ली.
2. अरविंद मोहन (सम्पा.) (2009), *लोकतंत्र का नया लोक : चुनावी राजनीति में राज्यों का उभार,* वाणी-लोकनीति-सीएसडीएस, नयी दिल्ली.
3. भास्कर राव (2009), *अ हैंड बुक ऑफ़ पोल सर्वेज़ इन मीडिया: ऐन पर्सपेक्टिव,* ज्ञान पब्लिकेशंस, नयी दिल्ली.

— संजय कुमार

भारत में मतदान-व्यवहार-4

अध्ययन पीठ की प्रणाली और उसका विकास

(Voting-Behaviour in India-4)

विकासशील समाज अध्ययन पीठ (सीएसडीएस) में सर्वे की परम्परा के विकास को समझने के लिए इसके द्वारा भारत में संचालित राष्ट्रीय चुनाव अध्ययन की शृंखला को तीन पीढ़ियों में बाँट कर देखना होगा। 1967, 1971 और 1980 के राष्ट्रीय चुनाव अध्ययन पहली पीढ़ी के सर्वेक्षण थे जिन्हें सी.एस.डी.एस में चुनावी अध्ययनों की शुरुआत कहा जा सकता है। 1996 से 1999 तक के राष्ट्रीय चुनाव अध्ययन की शृंखला को दूसरी पीढ़ी के अध्ययन की संज्ञा दी जा सकती है। 2004 और 2009 के राष्ट्रीय चुनाव अध्ययन को अध्ययन पीठ की परम्परा के चुनावी सर्वेक्षणों की तीसरी पीढ़ी का एक भाग माना जा सकता है। दूसरी पीढ़ी के राष्ट्रीय चुनाव अध्ययन (1996-1999) का निर्माण पहली पीढ़ी के चुनावी सर्वेक्षणों के ढाँचे पर ही किया गया था, हालाँकि इसमें कुछ नयी विशेषताओं को भी जोड़ा गया था। पहला और सबसे अधिक ध्यान देने वाला परिवर्तन सैम्पल का आकार था क्योंकि अब सैम्पल का आकार पहली पीढ़ी के सर्वे की तुलना में दो गुना से भी ज़्यादा बड़ा था। एक स्व-भारित राष्ट्रीय सम्भाव्यता सैम्पल बनाया गया था। इस बड़े और विस्तृत सैम्पल में सभी महत्त्वपूर्ण राज्यों के प्रतिनिधित्व को सुनिश्चित करने के साथ-साथ राष्ट्रीय प्रतिनिधित्व को भी सुनिश्चित किया गया था। जबकि पहले, 'प्रोबेबिलिटी प्रोपोर्सनेट टू साइज' प्रक्रिया का प्रयोग करके संसदीय निर्वाचन क्षेत्रों और विधानसभा क्षेत्रों की सैम्पलिंग की जाती थी। दूसरा परिवर्तन पैनल डिज़ाइन के साथ कई दौर में सर्वे का प्रयोग करना था। अकेले 1996 के राष्ट्रीय चुनाव अध्ययन में तीन दौर का सर्वे - चुनाव-पूर्व, चुनाव-प्रचार के बीच में और मतदान के पश्चात् सर्वे सम्मिलित था। चूँकि लोकसभा के दो चुनाव बहुत ही कम अंतराल पर हुए इसलिए एक ही पैनल को 1998 और 1999 के राष्ट्रीय चुनाव अध्ययन के लिए बढ़ा दिया गया था। तीसरा महत्त्वपूर्ण अंतर सर्वेक्षण की प्रक्रिया से जुड़ा था। द्वितीय पीढ़ी के राष्ट्रीय चुनाव अध्ययन ने मतदाताओं के मतों की वरीयता का पता लगाने के लिए नक़ली गुप्त मतदान-पत्र और नक़ली मतदान के बक्से का प्रयोग किया। इस नयी पहल ने पार्टियों को मिलने वाले वोटों का अनुमान लगाने में पहली पीढ़ी की तुलना में बहुत ज़्यादा शुद्धता ला दी।

दूसरी पीढ़ी के सर्वेक्षणों के साथ ही राष्ट्रीय चुनाव अध्ययन केवल अनुदानों पर निर्भर नहीं रहा बल्कि उसे

मीडिया से भी सफलतापूर्वक फण्ड मिलने लगा। कुछ अग्रणी मीडिया प्रकाशनों जैसे *द हिंदू*, *इण्डिया टुडे*, *फ्रंट लाइन* और *इकॉनॉमिस्ट* ने 1996 और 1999 के बीच के राष्ट्रीय चुनाव अध्ययन की मदद की। मीडिया की मदद ने राष्ट्रीय चुनाव अध्ययन की शृंखला को ज़्यादा प्रकाश में ला दिया। हालाँकि इसके साथ उसकी ज़िम्मेदारी भी बढ़ गयी और उसे सर्वे पूरा करने के लिए बहुत ही कम समय मिलने लगा। 2004 के राष्ट्रीय चुनाव अध्ययन ने अध्ययन पीठ की तीसरी पीढ़ी के सर्वे की शुरुआत का संकेत दिया। हालाँकि सैम्पल के आकार को बड़ा किया गया था लेकिन पहले प्रयोग में लाये जा रहे स्व-भारित राष्ट्रीय सम्भाव्यता सैम्पल के स्थान पर अब राज्य के स्तर पर सम्भाव्यता सैम्पल बनाया गया था। वस्तुत: सैम्पलिंग का ढाँचा राजनीति में आये परिवर्तन की वास्तविकता को प्रतिबिम्बित कर रहा था। इसमें राज्यों के स्तर पर बनाये गये सम्भाव्यता सैम्पलों के समुच्चय के आधार पर राष्ट्रीय स्तर पर सैम्पल का प्रतिनिधित्व प्राप्त करने की कोशिश की गयी थी। इसके लिए सैम्पल के आकार को दूसरी पीढ़ी के राष्ट्रीय चुनाव अध्ययन की तुलना में क़रीब तीन गुणा बड़ा किया गया था ताकि छोटे स्तर के राज्यों को भी सैम्पल में प्रतिनिधित्व दिया जा सके। बेहतर प्रतिनिधित्व प्राप्त करने के लिए एक ही मतदान केंद्र से सैम्पल में कम लोगों को शामिल किया जाने लगा ताकि एक ही जगह के झुण्ड के प्रभावों से बचा जा सके। विश्लेषणात्मक अर्थ में, स्व-भारित सैम्पल को त्यागने का मतलब था आँकड़ों के समूह के विश्लेषण के लिए राष्ट्रीय स्तर पर भारण का प्रयोग करना। राष्ट्रीय चुनाव अध्ययन में कुछ अन्य तरीक़ों से भी विस्तार किया गया था। प्रश्नावली का अनुवाद पहले जितनी भाषाओं में होता था, उसकी संख्या में भी वृद्धि की गयी। पहली बार, प्रमुख भाषाओं की 'बोलियों' के मुद्दे पर व्यवस्थित तरीक़े से ध्यान दिया गया था। राष्ट्रीय चुनाव अध्ययन की शृंखला में पहली बार, राज्य की राजनीति और समस्याओं से संबंधित प्रश्नों को शामिल किया गया था, ताकि सर्वेक्षण के आँकड़ों से राज्य-स्तरीय व्याख्या में मदद मिले। अध्ययन पीठ द्वारा संचालित किया गया 2009 का राष्ट्रीय चुनाव अध्ययन अब तक के किसी भारतीय आम चुनाव का और शायद दुनिया के किसी भी चुनाव का सबसे बड़ा और सबसे विस्तृत सामाजिक वैज्ञानिक सर्वे है। मतदाता सूची चुने गये सभी 59, 650 लोगों तक पहुँचाई गयी थी और 37, 365 साक्षात्कारों को पूरा किया गया था। इस विशालकाय सैम्पल के आकार के अतिरिक्त 2009 के इस चुनाव सर्वे ने कुछ नये बदलावों की भी शुरुआत की। ये थे— पहला-पहली बार किसी राष्ट्रीय स्तर के सर्वे में सैम्पल में शामिल लोगों को 'विभाजित सैम्पल' के साथ प्रश्नावलियों के पाँच सेट रैंडमली वितरित किये गये थे। दूसरा प्रश्नावलियों में व्यापक स्तर पर दूसरी विषयवस्तु से जुड़े कुछ अतिरिक्त सर्वेक्षण के मानदण्डों को भी शामिल किया गया था। इसमें अर्थव्यवस्था, सुरक्षा, सम्प्रदायवाद, लोकतंत्र और सामाजिक मूल्यों जैसे विषयों को शामिल किया गया था; और अंतत: सैम्पल में प्रतिक्रिया देने के लिए जिन लोगों का चयन किया गया था, उनके नहीं मिलने पर उनके स्थान पर दूसरे व्यक्ति की प्रतिक्रिया को 2004 के सर्वेक्षणों के दौरान तो स्वीकार कर लिया गया था परंतु 2009 के सर्वेक्षण के दौरान उसे किसी भी परिस्थिति में स्वीकार नहीं किया गया। उत्तरदाता के प्रतिस्थापन विधि जो 2004 के सर्वे में अपनाया गया था उसे 2009 में अस्वीकार करने की मुख्य वजह यह थी कि इससे सैम्पल के स्वरूप के बिगड़ने की सम्भावना ज़्यादा हो जाती है।

1990 के दशक में और 21वीं शताब्दी के प्रारम्भ में संचालित हुए राष्ट्रीय चुनाव अध्ययन की शृंखला ने कई नये परिवर्तनों की शुरुआत की। रिसर्च की इन नयी तकनीकों ने भारतीय चुनावों के अध्ययन की कला को एक मानक बना दिया। भारतीय मतदाताओं के राजनीतिक मतों, रुझानों और मतदान-व्यवहार को सिर्फ़ मौजूदा समाजशास्त्रीय और राजनीतिक पाराडाइम के अंतर्गत नहीं मापा गया था बल्कि विभिन्न दृष्टिकोण और मापदण्डों के साथ इनका विश्लेषण भी किया गया था। अध्ययन पीठ ने राष्ट्रीय चुनाव अध्ययन की शृंखला के अलावा पिछले दशक में राज्य विधानसभा के चुनावों के लिए भी जनमत सर्वेक्षण कराना प्रारम्भ किया। 1996 और 2009 के बीच राज्य स्तर पर मतदाताओं के मतदान-व्यवहार के निर्धारण के लिए कुछ राज्यों को छोड़कर सभी प्रमुख राज्यों में चुनावी सर्वेक्षण का कम-से-कम एक दौर संचालित किया गया। मतदाताओं के मतदान-व्यवहार को मापने के लिए इन विस्तृत चुनावी अध्ययनों के अतिरिक्त अध्ययन पीठ 2004 से लेकर 2009 तक के चुनावों में भी शामिल रहा। पिछले 5 वर्षों में अध्ययन पीठ द्वारा चुनावी भविष्यिवाणियों का सीटों के पूर्वानुमान में 70 प्रतिशत सटीकता की सफलता दर के साथ मिश्रित परिणाम रहा था।

चुनावी अध्ययनों का ऐतिहासिक अवलोकन बताता है कि चुनावों के अध्ययन के लिए सर्वेक्षण की प्रणाली भारत में मतदाताओं के मतदान-व्यवहार और रुझान को मापने के लिए सबसे लोकप्रिय हथियार रहा है और आज भी बना हुआ है। सर्वे प्रणाली के अलावा मतदान-व्यवहार और रुझानों के अध्ययन के लिए कुछ निर्वाचन क्षेत्र स्तर के अध्ययन और एथनोग्राफ़िक अध्ययनों का संचालन होता रहा है। भारत में राजनीतिक वैज्ञानिकों ने ज़्यादातर मतदाताओं के निर्वाचन क्षेत्र का अध्ययन संचालित किया है जबकि चुनाव में भाग लेने वालों के अवलोकन की पद्धति पर आधारित एथनोग्राफ़िक अध्ययन ज़्यादातर सामाजिक मानव-विज्ञानियों और समाजशास्त्रियों द्वारा किया गया है। पॉल ब्रास उन पहले

व्यक्तियों में से थे जिन्होंने 1977 और 1980 के उत्तर प्रदेश के चुनावों के लिए केस स्टडी पद्धति का प्रयोग किया था। उन्होंने राज्य के पाँच चुने हुए निर्वाचन क्षेत्रों में विस्तृत पर्यवेक्षण पर आधारित फ़ील्ड वर्क रिसर्च संचालित की थी। सुब्रत मित्रा ने भी 1980 के लोकसभा और विधानसभा के चुनावों में ओडीशा के गाँव में केस स्टडी संचालित की थी। ये दोनों केस स्टडीज़ बताती हैं कि यह पद्धति हमें चुनावों का ज़्यादा व्यापक और स्थानीय स्तर पर सूक्ष्म वर्णन मुहैया कराती है।

अग्रणी समाजशास्त्री एम.एन. श्रीनिवास और ए.एम. शाह ने 1960 के दशक के अंत में मतदान-व्यवहार का सहभागी प्रेक्षण संचालित किया। मानव-विज्ञानियों ने भी चुनावों के अवलोकन और मतदाताओं के मतदान-व्यवहार के अध्ययन के लिए तथा विशेषकर चुनाव के सांकेतिक पहलुओं और इससे जुड़े विभिन्न कर्मकाण्डों के अध्ययन के लिए चुनावों का एथनोग्राफ़िक अध्ययन संचालित किया। हौसर और सिंगर ने बिहार में 1980 के दशक के दो चुनावों के पर्यवेक्षण पर आधारित अध्ययन संचालित किया। मुकुलिका बनर्जी ने भी पश्चिम बंगाल में 2007 के विधानसभा के चुनावों के दौरान वहाँ एक गाँव में मानव-विज्ञानकीय अध्ययन संचालित किया। इन अध्ययनों ने मतदाताओं के मतदान-व्यवहार के सहभागी प्रेक्षण और चुनावों के गुणात्मक पहलुओं पर ज़्यादा फ़ोकस किया था। इन स्थानीय एथनोग्राफ़िक अध्ययनों के नतीजों का दायरा सीमित था, क्योंकि यह चुनावों के प्रक्रियाओं और गति की व्याख्या बड़े पैमाने पर नहीं कर सकता था। ये अध्ययन चुनाव के मुख्य स्टेकहोल्डरों के मतों को समझने में और साथ ही मतदाताओं के मतदान-व्यवहार को मात्रात्मक रूप में मापने में भी विफल रहे। जब मानव-विज्ञानियों ने विशिष्ट रूप से चुनावों को अध्ययन के लिए चुना तो उन्होंने सभी मात्रात्मक आँकड़ों को नज़रअंदाज़ कर दिया, यहाँ तक कि उन्होंने जनसंख्या के आकार और सामाजिक-आर्थिक स्थिति से संबंधित सबसे ज़रूरी सूचनाओं को भी भुला दिया।

2009 के आम चुनावों के दौरान एक नयी पद्धति से चुनावों का अध्ययन करने की कोशिश की गयी थी। यह अध्ययन पूरे भारत के 12 स्थानों में विस्तृत चुनावी एथनोग्राफ़ी पर आधारित था। इस 'कम्परेटिव इलेक्टोरल एथनोग्राफ़ी प्रोजेक्ट' का संचालन युनिवर्सिटी कॉलेज, लंदन, की डॉ. मुकुलिका बनर्जी ने विकासशील समाज अध्ययन पीठ, दिल्ली, की लोकनीति प्रोग्राम के सहयोग से किया था। इस अध्ययन के संचालन का उद्देश्य भारतीय चुनावों के बड़े पैमाने पर किये सर्वेक्षणों और स्थानीय स्तर पर किये गये सहभागितामूलक अनुसंधानों की शक्तियों को एक साथ मिलाकर तुलनात्मक अध्ययन करना था। डॉ. बनर्जी के अनुसार 'कम्परेटिव इलेक्टोरल एथनोग्राफ़ी स्टडी' का लाभ इस तथ्य से उभरता है कि इसमें भारतीय चुनावों के अध्ययन के लिए मात्रात्मक और गुणात्मक दोनों पद्धतियों की विषयगत शक्तियों और प्रणालीगत पद्धतियों के योग का प्रयोग किया जाता है। जहाँ सर्वेक्षणों से महत्त्वपूर्ण पैटर्नों और विरोधाभासों की पहचान की जाती है वहीं एथनोग्राफरों की सतर्कता, कम संसाधनों में प्रबंधन करने की क्षमता और व्यापक स्तर पर मेलजोल करने की क्षमता एक साथ मिलकर चुनावी अनुभवों और इसके अर्थों को अनुपूरक बनाती है और प्रायः इसे एक नयी अंतर्दृष्टि प्रदान करती हैं। भारतीय चुनावों के अध्ययन को इन दोनों पद्धतियों की विशेषताओं के ज़रूरत हैं ताकि अलग-अलग पद्धतियों और विशेषज्ञताओं की एक साथ मिलकर कार्य करने की स्थिति उत्पन्न की जा सके।

डॉ. बनर्जी के अनुसार इस प्रोजेक्ट में चुनावों का अध्ययन 'नम्बर गेम' और परिणामों पर फ़ोकस करने वाले नीरस सांख्यिकीय विषय के रूप में नहीं किया गया है। इसके बजाय, पूर्ण सांस्कृतिक और सार्वभौमिक अर्थ में किया जाता है, मानो यह भारतीय लोकतंत्र का सर्वाधिक महत्त्वपूर्ण, आधुनिक और सेकुलर पर्व हो। इस प्रकार इस अध्ययन ने भारत में चुनावों के सामाजिक, राजनीतिक और सांस्कृतिक जीवन में नयी तुलनात्मक समझदारियों और सामूहिक अंतर्दृष्टि को जन्म दिया है। समग्र रूप से यह अध्ययन समकालीन भारत में विशाल क्षेत्रीय भिन्नताओं के बावजूद लोकतंत्र की एक नयी समझ का नेतृत्व करेगा। इस अध्ययन का उद्देश्य भारत में विभिन्न क्षेत्रों के चुनावी अनुभवों की विविधता को सम्मिलित करना है। इसके लिए इस समकालिक अध्ययन में भाग लेने वाले निरीक्षकों की एक टीम द्वारा विभिन्न स्थानों से चुनावी प्रक्रिया और लोकप्रिय सहभागिता के सभी पहलुओं का अध्ययन किया जाता है। इसका उद्देश्य चुनावी प्रतिस्पर्धा के सभी पहलुओं— नामांकन, प्रचार, मीडिया कवरेज से लेकर मतदान और परिणामों की घोषणा तक का अध्ययन करना है।

देखें : अकाली दल, कांग्रेस 'प्रणाली', ग़ैर-कांग्रेसवाद, गठजोड़ राजनीति, जनता दल और उसकी विरासत-1 और 2, तेलुगु देशम पार्टी, पार्टी-गठजोड़ की राजनीति, भारत में गठजोड़ राजनीति, भारतीय जनता पार्टी-1 और 2, भारतीय राष्ट्रीय कांग्रेस-1 और 2, भारतीय कम्युनिस्ट पार्टी, भारतीय कम्युनिस्ट पार्टी (मार्क्सवादी), राष्ट्रीय जनतांत्रिक गठजोड़, वाम मोर्चा, शिव सेना, समाजवादी पार्टी, बहुजन समाज पार्टी-1 और 2, शिरोमणि अकाली दल, समाजवादी पार्टी, संयुक्त प्रगतिशील गठजोड़।

संदर्भ

1. योगेंद्र यादव (2007), 'इंवीटेशन टू ए डॉयलॉग : ह्वाट वर 'फ़ील्डवर्क' डू इन द फ़ील्ड ऑफ़ इलेक्शंस ?, एम.एन. श्रीनिवास

और ए.एम. शाह (सम्पा.) (2007), *द ग्रासरूट ऑफ़ डेमॉक्रैसी: फ़ील्ड स्टडीज़ ऑफ़ इलेक्शंस,* परमानेंट ब्लैक, नयी दिल्ली.

2. ए.एम. शाह (सम्पा.) (2007), *द ग्रासरूट ऑफ़ डेमॉक्रैसी : फ़ील्ड स्टडीज़ ऑफ़ इलेक्शंस,* परमानेंट ब्लैक, नयी दिल्ली.
3. योगेंद्र यादव (2008), 'विदर सर्वे रिसर्च? रिफ़्लेक्शंस ऑन द स्टेट ऑफ़ सर्वे रिसर्च ऑन पॉलिटिक्स इन मोस्ट ऑफ़ द वर्ल्ड', मेलकॅम आदिशेषैया स्मृति व्याख्यान, चेन्नई.
4. मुकुलिका बनर्जी (2007), 'सेकरेड इलेक्शंस', *इकॉनॉमिक ऐंड पॉलिटिकल वीकली,* खण्ड 42, अंक 17.
5. सुहास पलशीकर (2007), 'द इमैजिंड डिबेट बिटवीन पोल्स्टर ऐंड एथ्नोग्राफ़र', *इकॉनॉमिक ऐंड पॉलिटिकल वीकली,* खण्ड 42, अंक 43.

— संजय कुमार

भारत में मतदान-व्यवहार-5

आलोचनाएँ और चुनौतियाँ

(Voting-Behaviour in India-5)

जनमत-सर्वेक्षण पर आधारित चुनाव के अध्ययनों की सीमाएँ और इसकी आलोचनाओं की शुरुआत 1970 के दशक में ही हुई। विद्वानों ने इस बात की तरफ़ इशारा किया कि पिछले दो दशक में हुए चुनावों के सर्वे भारतीय मतदाताओं के मतदान-व्यवहार को समझने और उसकी व्याख्या में किसी भी प्रकार की विशेषज्ञता हासिल करने में असफल रहे हैं। चुनावी अध्ययनों पर लगाया गया सबसे बड़ा आरोप यह था कि भारतीय मतदाताओं के राजनीतिक व्यवहार से संबंधित किसी भी तरह के सुनिश्चित सूत्रीकरण तक पहुँचने में इसका बहुत सीमित योगदान रहा है। 1990 के दशक ने चुनावों में सिर्फ़ जनमत सर्वेक्षण उद्योग के विकास को ही नहीं देखा बल्कि भारत में मतदान-व्यवहार के मापन में सर्वे रिसर्च की ज़्यादा आलोचनाओं और सीमाओं को भी देखा। चुनावी सर्वे के दायरे और प्रासंगिकता पर विद्वानों द्वारा पूछे गये प्रश्नों के अतिरिक्त सर्वेक्षण उद्योग पर विवादों और संदेहों के कारण सार्वजनिक तौर पर भी कीचड़ उछाला गया। सर्वेक्षणों पर मतदान-व्यवहार को प्रभावित करने का आरोप लगाया गया। इसका परिणाम यह हुआ कि भारत के निर्वाचन आयोग ने मतदान के 48 घंटे पहले से लेकर आख़िरी मत पड़ने तक के बीच में चुनावी सर्वे के प्रचार-प्रसार पर प्रतिबंध लगा दिया।

प्रारम्भिक चरण की चुनौतियाँ : भारत में जनमत-सर्वेक्षण का प्रयोग करके मतदान-व्यवहार मापने के प्रारम्भिक चरण को अत्यधिक उत्साह और जोश के लिए जाना जाता है परंतु इसके साथ कई महत्त्वपूर्ण समस्याएँ और चुनौतियाँ भी जुड़ी हुई थीं। जिस प्रकार स्वतंत्र भारत में किसी नये उद्यम या उद्योग ने शुरुआत के वक़्त आधारभूत संरचनाओं के अभाव के साथ-साथ वित्तीय समस्याओं का सामना किया था, वैसे ही सर्वेक्षण उद्योग के लिए भी स्थिति इनसे अलग बिल्कुल नहीं थी। चुनावों के जनमत सर्वेक्षण के लिए न तो इस क्षेत्र का ज्ञान या विशेषज्ञता उपलब्ध थी और न ही इसे सहायता देने के लिए वित्तीय संसाधन उपलब्ध थे। चुनावी सर्वेक्षण के संचालन के लिए आवश्यक पद्धतियों, प्रक्रियाओं और अभ्यासों की कमी के कारण चुनावी सर्वे रिसर्च में रुचि रखने वाले लोगों के समक्ष अमेरिका या ग्रेट ब्रिटेन जाकर सर्वे रिसर्च की पद्धतियों और तकनीकों की सीखने के अलावा और कोई विकल्प नहीं था। इसी कारण आई.आई.पी.ओ. को 1957 में अपने पहले चुनावी सर्वेक्षण के संचालन के लिए अमेरिका के गैलप इंटरनेशनल से विशेषज्ञों और तकनीकों की मदद के साथ-साथ वित्तीय मदद भी लेनी पड़ी थी।

इस कालावधि के दौरान सर्वेक्षण का डिज़ाइन तैयार करना, उसका क्रियान्वयन और मतदान-व्यवहार को मापना भी महत्त्वपूर्ण चुनौतियाँ थीं। अखिल भारतीय चुनावी सर्वेक्षण के डिज़ाइन की अवस्था ने ही गम्भीर चुनौती उत्पन्न कर दी, क्योंकि इस देश के मतदाता विविध भाषाओं और बोलियों को बोलते थे। इसके लिए साक्षात्कार की प्रश्नावली का अनुवाद करने की आवश्यकता थी। साक्षात्कार की प्रश्नावली और अन्य सामग्रियों को सारी भाषाओं और बोलियों में अनुवाद करना ही अपने आप में बहुत मुश्किल और समय ख़र्च करने वाला कार्य था। अपने उपकरणों का मानक स्तर बनाये रखने के लिए प्रश्नावलियों का अनुवाद करते समय यह सावधानी बरतने की भी आवश्यकता थी कि कहीं इससे शब्दों या प्रश्नों के वास्तविक अर्थ ही न बदल जाएँ। प्रश्नावलियों का विभिन्न भाषाओं और बोलियों में अनुवाद करना न सिर्फ़ एक मुश्किल कार्य था बल्कि इसके लिए बहुत ज़्यादा ख़र्च और निवेश की भी ज़रूरत थी।

सर्वे के उपकरणों का डिज़ाइन तैयार करने और उसका परीक्षण करने के बाद दूसरा चरण आँकड़ों के संग्रह के लिए फ़ील्ड वर्क संचालित करने का था। इस चरण के दौरान फ़ील्ड वर्क में दो प्रमुख अड़चनें थीं। पहला, फ़ील्ड वर्क के लिए ऐसे कर्मचारियों की ज़रूरत थी जिन्हें सर्वे रिसर्च और साक्षात्कार की तकनीकों का थोड़ा अनुभव हो। हालाँकि उस समय सर्वे रिसर्च में प्रशिक्षित मानव-संसाधन का अभाव था क्योंकि भारत में सर्वे रिसर्च का उद्घाटन एकदम नया था। चूँकि सर्वे के संचालन के लिए उपलब्ध

संसाधन बिल्कुल सीमित थे इसलिए प्रशिक्षण में निवेश करना भी लगभग असम्भव था। फ़ील्ड में सर्वे करने वालों में उपयुक्त प्रशिक्षण की कमी के कारण सर्वेक्षण के दौरान साक्षात्कारकर्ताओं का पूर्वग्रह और आत्मनिष्ठता भी सामने आयी। इसके परिणामस्वरूप प्रारम्भिक चरणों में संचालित किये गये चुनावी सर्वेक्षणों में मापन त्रुटियाँ और दूसरे प्रकार की त्रुटियों की गुंजाइश बहुत ज़्यादा थी। दूसरा, आधारभूत संरचना से जुड़ी सुविधा जैसे संचार-व्यवस्था बहुत ख़राब थी। इसके कारण फ़ील्ड अनुसंधान कर्ताओं की टीम को आवागमन में और सैम्पल में शामिल लोगों से सम्पर्क स्थापित करके साक्षात्कार करने में काफ़ी दिक़्क़तें आयीं। इसके परिणामस्वरूप चुनावी सर्वेक्षणों में प्रतिक्रिया की त्रुटियाँ बहुत ज़्यादा हुईं।

इस कालावधि के दौरान संग्रहित किये गये आँकड़ों की गणना करना और उसका विश्लेषण करना भी एक प्रमुख समस्या थी। उस समय आज की तरह आँकड़ों के विश्लेषण के लिए कम्प्यूटर और सॉफ़्टवेयर जैसी आधुनिक तकनीकों का अभाव था। इस कारण आँकड़ों का मिलान करना और उनका विश्लेषण करना एक बोझिल प्रक्रिया होती थी। यह पूरी प्रक्रिया या तो शारीरिक श्रम से या फिर टेप्स के द्वारा की जाती थी। इसलिए यह बहुत ज़्यादा समय लेने वाला और श्रमसाध्य काम होता था। इसके साथ ही इसमें गणना और विश्लेषण की त्रुटियों का ख़तरा भी ज़्यादा रहता था।

भारत में मतदान-व्यवहार के अध्ययन के लिए इस कालावधि के दौरान संचालित किये गये जनमत सर्वेक्षणों की कई आधारों पर आलोचनाएँ की गयीं। पहला भारत के राजनीतिक वैज्ञानिकों ने पश्चिम के व्यवहारवाद को इसकी प्रणालीगत मुश्किलों और तकनीकी जटिलताओं को समझे बिना अपना लिया। वस्तुत: इस समय पश्चिमी शोधकर्ताओं पर निर्भर रहने और पश्चिमी देशों में चुनाव के अध्ययन के क्षेत्र में महत्त्वपूर्ण स्थान रखने वाली तकनीकों और प्रणालियों की बराबरी करने की प्रवृत्ति थी। इस आलोचना का आधार यह है कि इस कालविधि के दौरान संचालित किये गये चुनावी अध्ययनों ने सर्वे तकनीक और पद्धतियाँ मुख्य रूप से युनिवर्सिटी ऑफ़ मिशीगन और अमेरिकन इंस्टीट्यूट ऑफ़ पब्लिक ओपिनियन से उधार ली थीं। हालाँकि अमेरिका में प्रयोग में लाये जा रहे इन सर्वे तकनीकों को इस आधार पर जाँचने की कोशिश की गयी थी कि यह भारतीय संदर्भ में कितनी उपयुक्त थीं। वस्तुत: भारत में मतदान-व्यवहार और इसकी प्रवृत्तियों को मापने के लिए इन रिसर्च तकनीकों को समुचित संशोधन और अनुकूलन के बाद ही अपनाया गया था।

दूसरा पिछले दो दशकों में प्रचुर मात्रा में चुनावी अध्ययन हुए परंतु वे विशेषज्ञता के साथ चुनावी परिणामों के अनुमान और भविष्यवाणी करने में या फिर सामान्य रूप में चुनावी प्रक्रियाओं को समझने में असफल रहे। दरअसल, पहला आरोप न सिर्फ़ इस कालावधि के लिए बल्कि वर्तमान समय के लिए भी सही है कि जनमत सर्वेक्षण पर आधारित चुनावी अध्ययन, चुनावी परिणामों की भविष्यवाणी के लिए आवश्यक किसी भी प्रकार की विशेषज्ञता और विशिष्ट कौशल को सामने लाने में असफल रहा है। दूसरी आलोचना में यह कहा गया है कि चुनावी अध्ययन भारतीय मतदाताओं के मतदान-व्यवहार को समझने और उसकी व्याख्या करने के अपने प्रयासों में विफल रहा है। इस आलोचना को पूरी तरह सच नहीं माना जा सकता। अहमद ने स्वयं, अपने उसी लेख में यह कहा है कि वे भारत में चुनावी अध्ययनों को त्याग देने की वकालत नहीं कर रहे हैं। वे कहते हैं कि यद्यपि इसकी भविष्यवाणी करने की क्षमता सीमित है परंतु इसके बावजूद यह मतदाताओं के राजनीतीकरण की प्रक्रियाओं और भारतीय राजनीतिक व्यवस्था के विकास के लिए एक संचयी और टिकाऊ दृष्टिकोण उपलब्ध करा सकता है।

अंतत: चुनावी अध्ययनों की सबसे बड़ी सीमा यह है कि भारतीय मतदाताओं के मतदान-व्यवहार के लिए किसी भी परिशुद्ध सूत्रीकरण तक पहुँचने में इसका योगदान न्यूनतम और सीमित रहा है। चुनावी अध्ययनों की ये आलोचनाएँ और इस कालावधि में मतदान-व्यवहार को मापने में इनकी सीमाएँ महत्त्वपूर्ण और प्रासंगिक हैं। परंतु यहाँ यह भी याद रखा जाना चाहिए कि भारत में चुनावी अध्ययनों की यह प्रारम्भिक अवस्था थी और एक विषय बनने के लिए किसी भी उपक्रम को एक गर्भावधि काल की आवश्यकता पड़ती है तथा वर्षों तक इस पर शोध और इसके विकास का प्रयास करते रहना पड़ता है।

1990 के बाद भारत में मतदान-व्यवहार को मापने में चुनौतियाँ पहले चरण की तुलना में ज़्यादा जटिल और कठिन हो गयीं। भारतीय मतदाताओं के मतदान-व्यवहार और रुझानों को मापने में इस बढ़ती हुई जटिलता और पेचीदगी के लिए कई कारक ज़िम्मेवार हैं। इनमें से दो प्रमुख कारक जिन्होंने भारत में मतदान-व्यवहार के कार्य को कठिन बना दिया, वे थे : पहला, भारत में लोकतांत्रिक राजनीति की बदलती हुई प्रकृति और दूसरा, चुनावी सर्वेक्षण करने वाले सर्वेक्षण उद्योग के फ़ोकस और प्राथमिकता में आया परिवर्तन। इस दौरान चुनावी राजनीति में कुछ नये विकास हुए, जैसे— प्रतिस्पर्धाओं की बहुध्रुवीयता, दलीय गठबंधनों का विकास और इन गठबंधनों के बीच एक-दूसरे के वोटों का हस्तांतरण तथा राजनीतिक दलों के लिए भौगोलिक आधार पर वोटों का संकेद्रण। इस कालावधि में चुनावी प्रतिस्पर्धा के कारण राजनीतिक दलों में भीषण गुटबाजी,

बहुत बड़ी संख्या में बाग़ी उम्मीदवारों की उपस्थिति और क्षेत्रीय स्तर पर जोड़-तोड़ को भी देखा गया। इनका चुनावी सर्वेक्षण के द्वारा पता लगाना असम्भव है। इस कालावधि में बहुत बड़ी संख्या में मीडिया की उपस्थिति और उनकी चुनावी सर्वेक्षण और परिणाम के पूर्वानुमान के प्रति अभिरुचि के कारण भी चुनावी सर्वेक्षण उद्योग में परिवर्तन आया। चुनावी सर्वेक्षण का मुख्य केंद्र अब भारतीय मतदाताओं के मतदान-व्यवहार को मापने से परिवर्तित होकर सीटों की भविष्यवाणियाँ और चुनावी पूर्वानुमान हो गया।

देखें : अकाली दल, कांग्रेस 'प्रणाली', ग़ैर-कांग्रेसवाद, गठजोड़ राजनीति, जनता दल और उसकी विरासत-1 और 2, तेलुगु देशम पार्टी, पार्टी-गठजोड़ की राजनीति, भारत में गठजोड़ राजनीति, भारतीय जनता पार्टी-1 और 2, भारतीय राष्ट्रीय कांग्रेस-1 और 2, भारतीय कम्युनिस्ट पार्टी, भारतीय कम्युनिस्ट पार्टी (मार्क्सवादी), राष्ट्रीय जनतांत्रिक गठजोड़, वाम मोर्चा, शिव सेना, समाजवादी पार्टी, बहुजन समाज पार्टी-1 और 2, शिरोमणि अकाली दल, समाजवादी पार्टी, संयुक्त प्रगतिशील गठजोड़।

संदर्भ

1. योगेंद्र यादव (2008), 'विदर सर्वे रिसर्च? रिफ़्लेक्शंस ऑन द स्टेट ऑफ़ सर्वे रिसर्च ऑन पॉलिटिक्स इन मोस्ट ऑफ़ द वर्ल्ड', मेलकॅम आदिशेषैया स्मृति व्याख्यान, चेन्नई.
2. ए.एम. शाह (सम्पा.) (2007), *द ग्रासरूट ऑफ़ डेमॉक्रैसी : फ़ील्ड स्टडीज़ ऑफ़ इलेक्शंस*, परमानेंट ब्लैक, नयी दिल्ली.
3. बशीरुद्दीन अहमद, 'द इलेक्टॉरेट', *सेमिनार*, खण्ड 212.

— संजय कुमार

भारत में मतदान-व्यवहार-6

आलोचनाएँ और चुनौतियाँ

(Voting-Behaviour in India-6)

भारत में द्वितीय चरण में मतदान-व्यवहार के अध्ययन के लिए प्रमुख चुनौती दलीय प्रतिस्पर्धा की प्रकृति ने प्रस्तुत की है। ऐसे राज्य जहाँ दो ही प्रमुख राजनीतिक दल हैं वहाँ अगर सर्वेक्षण ने मतों में उनकी हिस्सेदारी को ठीक तरह से मापा है तो फिर चुनाव के परिणामों का पूर्वानुमान करना बहुत आसान है। दूसरी तरफ़ वैसे राज्यों में जहाँ बहु-दलीय प्रतिस्पर्धा है वहाँ के चुनावों में सीटों की भविष्यवाणियाँ करना बिल्कुल ही मुश्किल हो जाता है। किसी दल के वोटों की हिस्सेदारी के आकलन में मामूली-सी ग़लती भी पूर्वानुमान को पूरी तरह से उलट सकती है। इस तरह की घटना का एक आदर्श उदाहरण उत्तर प्रदेश राज्य में 2007 के विधानसभा चुनाव के दौरान घटित हुआ था। अधिकांश सर्वेक्षण एजेंसियों ने बसपा को वास्तव में प्राप्त मतों के हिस्सेदारी से सिर्फ़ दो प्रतिशत कम मतों की पूर्वानुमान किया था। मतों की हिस्सेदारी में दो प्रतिशत का यह छोटा-सा अंतराल सर्वेक्षण उद्योग के पूर्वानुमान को उलट देने के लिए पर्याप्त था क्योंकि अधिकांश सर्वेक्षण यह भविष्यवाणी करने में विफल रहा था कि बसपा स्पष्ट बहुमत के साथ चुनाव जीत सकती है।

प्रारम्भिक वर्षों में संचालित किये गये चुनावी अध्ययन यह दिखाते हैं कि भारतीय मतदाता सामाजिक-सांस्कृतिक और जनसांख्यिकीय पृष्ठभूमियों के आधार पर बहुत ज़्यादा विविधतापूर्ण हैं। यह विविधता उनके विविध मतदान-पैटर्नों और वरीयताओं में प्रतिबिम्बित होती है। भारतीय मतदाताओं की भाषा, क्षेत्र, जाति-समुदाय और धर्म की पहचान पर आधारित बहुल-पहचान एक-दूसरे से जुड़ी हुई है। इस कारण उनके राजनीतिक जुड़ाव और मतदान-व्यवहार की प्रवृत्ति का पता लगाना बहुत मुश्किल हो जाता है। उदाहरण के लिए पिछले दशक में उत्तर प्रदेश राज्य में संचालित किये गये विभिन्न क्षेत्रों में रहने वाले मुसलमान मतदाताओं के मतदान-व्यवहार में विभिन्नताओं को सही तरीक़े से प्रतिबिम्बित नहीं करता। इसका कारण यह है कि उत्तर प्रदेश में मुसलमान कोई एक समरूप इकाई का निर्माण नहीं करते हैं जो एकमुश्त वोट डालते हों बल्कि क्षेत्र, भाषा और पंथ के आधार पर इनके मतदान के पैटर्नों में भी अंतर है। अतीत में संचालित हुए कुछ बड़े आकार के सैम्पल सर्वेक्षणों ने यह दिखाया है कि इस राज्य के मुसलमानों के कुछ वर्गों ने कुछ क्षेत्रों में भाजपा को भी वोट दिया है। मतदाताओं की बहुसांस्कृतिकता और अंतर-सामुदायिक विविधता भारत में मतदाताओं के मतों और रुझानों को मापने में आज भी एक प्रमुख चुनौती बनी हुई है। भारतीय मतदाताओं की इस बहुस्तरीय विविधता और जटिलता को समाहित करने का एक मात्र तरीक़ा यह है कि बड़े आकार के सैम्पल सर्वे किये जाएँ। यह बहुत चुनौतीपूर्ण कार्य नहीं है लेकिन इसके लिए बहुत ज़्यादा मानव-शक्ति और पूँजी की आवश्यकता पड़ेगी।

चुनावी राजनीति और सर्वेक्षण-उद्योग में परिवर्तन के अनुरूप ही भारतीय मतदाताओं के मतदान-व्यवहार में भी परिवर्तन हो गया। 1990 के दशक में प्रारम्भ हुई पहचान की राजनीति और तीक्ष्ण सामाजिक-राजनीतिक दरारों के कारण मतदाताओं के मतदान-व्यवहार में महत्त्वपूर्ण परिवर्तन प्रारम्भ हुए। मण्डल कमीशन आंदोलन और राम जन्मभूमि विवाद ने जाति-समुदाय और धर्म के आधार पर मतदाताओं का

ध्रुवीकरण कर दिया। जाति और समुदाय की रेखा के इर्द-गिर्द मतदाताओं के ध्रुवीकरण ने एक विलक्षण समस्या उत्पन्न कर दी। वे भारतीय मतदाता जो पहले चरण में चुनाव-सर्वेक्षकों को अपने मतदान के निश्चय के बारे में सच-सच बता देते थे, अब वे खुले में मतदान के बारे में पूछे जाने पर सच बोलने में संकोच करने लगे। यह इस डर के कारण उत्पन्न हुआ था कि अगर उन्होंने सच-सच बता दिया कि उन्होंने किस पार्टी को वोट दिया है तो इसका प्रयोग दूसरे राजनीतिक दलों द्वारा उन्हें व्यक्तिगत रूप से पहचानने और निशाना बनाने के लिए किया जा सकता है। यह ज़्यादातर पिछड़े और हाशिये पर पड़े वर्गों के मतदाताओं के साथ हुआ। हालाँकि कुछ परिस्थितियों में अपने मतदान के निश्चयों को छिपाने की यह घटना भारत में प्रभुत्वशाली ऊँची जातियों के बीच भी हुई। इस तरह की घटना का एक आदर्श उदाहरण 2007 में उत्तर प्रदेश के विधानसभा चुनावों के दौरान देखा गया। इस चुनाव में ऊँची जातियों के मतदाताओं की एक बड़ी संख्या ने बसपा (दलित पार्टी) को वोट दिया परंतु उन्होंने जातिगत पूर्वग्रह और अपने जाति-समुदाय के लोगों द्वारा प्रतिशोध के डर से चुनावी सर्वेक्षणों के दौरान इसकी सूचना नहीं दी। इसके परिणामस्वरूप इस चुनाव के दौरान संचालित किये गये अधिकांश चुनावी सर्वेक्षण बसपा के लिए मतों की हिस्सेदारी का पता लगाने और उसकी जीत की भविष्यवाणी करने में असफल रहे।

इस दौरान भारतीय मतदाताओं के बीच चंचलता भी देखी गयी और अस्थिर मतदाताओं की संख्या में भी व्यापक वृद्धि हुई। चुनाव-प्रचार के दौरान संचालित किये गये चुनावी अध्ययन बताते हैं कि लगभग एक चौथाई मतदाताओं ने यह निर्णय नहीं लिया था कि किसे वोट देना है और वे अभी तक निर्णय लेने की प्रक्रिया से ही गुज़र रहे थे। अस्थिर मतदाता चुनाव प्रचार के ख़त्म हो जाने के बाद मतदान का निश्चय करते हैं और अगर किसी विशिष्ट राजनीतिक दल के पक्ष में हवा चल रही हो तो फिर दूसरे राजनीतिक दलों के वोटों में हिस्सेदारी मापना न सिर्फ़ कठिन हो जाता है बल्कि यह चुनौतीपूर्ण और जटिल भी हो जाता है। इसी प्रकार भारत में मतदाताओं के वोटिंग स्वरूप हमें बताते हैं कि कुछ मुद्दे मतदाताओं को भिन्न-भिन्न तरह से और प्रांतीय आधार पर प्रभावित करते हैं। उदाहरण के लिए चुनावों में कुछ मुद्दों की क्षेत्रीय और प्रांतीय अपील हो सकता है और यह उनके मतदान के निर्णय का आधार भी बन सकती है। यह सम्भव है कि दूसरे प्रांत के मतदाताओं के लिए इस अपील का कोई महत्त्व नहीं हो और उनके मतदान के निर्णयों को यह किसी भी प्रकार से प्रभावित नहीं करे। इस प्रकार सैम्पल सर्वे द्वारा मतदाताओं को प्रभावित करने वाले प्रांतीय या स्थानीय मुद्दों का पता लगाने में विफल रहना, इस पद्धति की प्रमुख कमी और सीमा है।

मतदान-व्यवहार को मापने में अन्य प्रमुख चुनौती सैम्पलिंग के रूप में और सैम्पल के आकार के रूप में आती है। भारत में अधिकांश सर्वेक्षण एजेंसियों द्वारा चुनावी सर्वेक्षण में सैम्पलिंग की जिस पद्धति का प्रयोग किया जाता है, वह ठीक/उपयुक्त नहीं होती है। इनके सैम्पल में सभी प्रकार के मतदाताओं का प्रतिनिधित्व भी नहीं होता है। अतीत में किये गये चुनावी अध्ययन बताते हैं कि विभिन्न सामाजिक-आर्थिक समूहों और जाति-समुदायों से संबंध रखने वाले लोगों की मतदान में वरीयता अलग-अलग होती है। उदाहरण के लिए उत्तर प्रदेश राज्य में अधिकांश दलित, मुख्यतः जाटव बसपा के समर्थक रहे हैं जबकि ऊँची जाति के मतदाताओं में अधिकांश लोग भाजपा और कांग्रेस के समर्थक रहे हैं। इसी प्रकार यादव समुदाय के मतदाता समाजवादी पार्टी के कट्टर समर्थक रहे हैं। उत्तर प्रदेश राज्य के सैम्पल में इन जाति और समुदायों के प्रतिनिधित्व का प्रतिशत इस राज्य की जनसंख्या में इनके वास्तविक प्रतिशत के लगभग बराबर होना चाहिए। राजनीतिक विश्लेषक योगेंद्र यादव कहते हैं कि सैम्पल का आकार नहीं बल्कि वह पद्धति निर्णायक होती है जिसके द्वारा सैम्पल को चुना गया है। अधिकांश भारतीय सर्वेक्षण ग़लत होते हैं क्योंकि इनकी सैम्पलिंग की पद्धति बहुत कमज़ोर है जिसके कारण इनके सैम्पल के प्रोफ़ाइल में सबका प्रतिनिधित्व नहीं हो पाता है। इस प्रकार इस कालावधि के दौरान भारत में चुनावी सर्वेक्षणों के लिए सबसे महत्त्वपूर्ण चुनौती इनके द्वारा मतदाताओं के मतदान-व्यवहार को मापने के लिए वैज्ञानिक पद्धति और सबका प्रतिनिधित्व करने वाले सैम्पल को अपनाने में विफल रहना है।

इस दौरान उत्पन्न हुई दूसरी महत्त्वपूर्ण चुनौती यह थी कि राजनीतिक दलों की मतों में सही अनुमान कर लेने के बावजूद उसके आधार पर दलों के लिए सीटों का अनुमान लगाना मुश्किल था। परंतु यह चुनौती प्रत्यक्ष तौर पर मतदान-व्यवहार के मापन से जुड़ी हुई नहीं थी। वस्तुतः इस कालावधि के दौरान अधिकांश चुनावी सर्वेक्षणों ने राजनीतिक दलों के लिए मतों में हिस्सेदारी का आकलन लगभग सही किया था, फिर भी कुछ अवसरों पर वे चुनाव के परिणामों के सही आकलन में विफल रहे। विभिन्न राजनीतिक दलों के लिए सीटों के ग़लत अनुमान के लिए कई कारण ज़िम्मेवार हैं। पहला कारण तो यह है कि कई चुनावों में राजनीतिक दलों ने एक-दूसरे के साथ गठबंधन करके प्रतिस्पर्धा की। गठबंधन करके प्रतिस्पर्धा करने का मतलब है कि दोनों दल प्रतिस्पर्धा में एक-दूसरे के वोटों का हस्तांतरण करेंगे। इसने एक गम्भीर चुनौती उत्पन्न की, क्योंकि एक-दूसरे के वोटों के हस्तांतरण का सही आकलन करना और गठबंधन के प्रत्येक साझेदार के लिए सीटों की भविष्यवाणी करना बहुत

मुश्किल है। इसके अतिरिक्त राज्यों में भौगोलिक आधार पर उसके कुछ क्षेत्रों में कुछ दलों के लिए वोटों के केंद्रीकरण ने भी सीटों की भविष्यवाणी करना मुश्किल बना दिया। 2008 में सम्पन्न कर्नाटक विधानसभा चुनाव का परिणाम इस तथ्य का प्रमाण-पत्र है। इस राज्य में संचालित सर्वेक्षणों ने यह बताया था कि चुनावों में भाजपा के मतों की हिस्सेदारी कांग्रेस के मतों की हिस्सेदारी की तुलना में कम रहेगी। परंतु चुनावी सर्वेक्षण यह पूर्वानुमान करने में असमर्थ रहे कि भाजपा के वोट इस राज्य के कुछ क्षेत्रों में केंद्रित थे जिसने भाजपा को ज़्यादा सीटों पर जीत दिलायी। दूसरी तरफ़ कांग्रेस के वोट पूरे राज्य में समान रूप से वितरित थे और कई स्थानों पर ये वोट सीटों की जीत में तब्दील नहीं हो सके।

भारत में मतदान-व्यवहार के अध्ययन के लिए संचालित जनमत सर्वेक्षण की इस कालावधि में भी भारतीय विद्वानों द्वारा आलोचना की गयी। पहले के समय की तरह चुनाव-सर्वेक्षणों की अब भी इस आधार पर आलोचना होती है कि इसे पश्चिमी दुनिया से सीधे आयात कर लिया गया है जो मतदान-व्यवहार के अध्ययन के लिए उपयुक्त नहीं है। भारत की सामाजिक-सांस्कृतिक विशिष्टताएँ और चुनावी राजनीति की स्थितियाँ अलग हैं। और एक हथियार के रूप में चुनावी सर्वेक्षण इन जटिलताओं को समाहित करने में विफल रहा है। तीसरी दुनिया में आज 'सर्वे रिसर्च' को सबसे ज़्यादा अनुपयुक्त माना जाता है। वस्तुत: यह अमेरिकन विज्ञान की राजनीति का अनुकरण है। यह प्रणालीगत स्तर पर बहुत कमज़ोर, राजनीतिक स्तर पर रूढ़िवादी और सांस्कृतिक स्तर पर अप्रामाणिक था। चुनावी सर्वेक्षणों की आलोचना उन लोगों द्वारा भी की गयी जिन्होंने मैदान में जाकर गुणात्मक अध्ययन किया था। इनके अनुसार चुनावी सर्वेक्षण मतदान-व्यवहार का व्यापक स्वरूप मात्रात्मक रूप में बताता है। व्यक्तिगत मतदाताओं के मत और रुझान कुछ सामान्य पैटर्नों को बताते हैं और राजनीतिक विकास की विशिष्टताओं को बताने में चूक जाते हैं। इस प्रकार सर्वे पद्धति की प्रमुख सीमा यह है कि छोटे समुदायों के मतदान-व्यवहार पर स्थानीय राजनीति के प्रभाव का वर्णन करने में इसकी असमर्थता दिखाई देती है। व्यक्तिगत मतदाताओं को दी गयी प्रश्नावली व्यक्तिगत मतों और रुझानों के बारे में सूचना को सामने ला सकती है। लेकिन यह घटनाओं की व्यापक वास्तविकता को जिसमें व्यक्तियों के समूह लम्बे समय से कार्य कर रहे होते हैं, का वर्णन नहीं कर सकता है।

देखें : अकाली दल, कांग्रेस 'प्रणाली', ग़ैर-कांग्रेसवाद, गठजोड़ राजनीति, जनता दल और उसकी विरासत-1 और 2, तेलुगु देशम पार्टी, पार्टी-गठजोड़ की राजनीति, भारत में गठजोड़ राजनीति, भारतीय जनता पार्टी-1 और 2, भारतीय राष्ट्रीय कांग्रेस-1 और 2, भारतीय कम्युनिस्ट पार्टी, भारतीय कम्युनिस्ट पार्टी (मार्क्सवादी), राष्ट्रीय जनतांत्रिक गठजोड़, वाम मोर्चा, शिव सेना, समाजवादी पार्टी, बहुजन समाज पार्टी-1 और 2, शिरोमणि अकाली दल, समाजवादी पार्टी, संयुक्त प्रगतिशील गठजोड़।

संदर्भ

1. बशीरुद्दीन अहमद (1997), 'पॉपुलर प्रेशर फ़ॉर अ नॉर्मेटिव चेंज इन पॉलिटिक्स : 1983 इलेक्शन इन आंध्र प्रदेश ऐंड कर्नाटका', जॉर्ज मैथ्यू (सम्पा.), *शिफ़्ट इन पॉलिटिक्स*, क्रिश्चियन इंस्टीट्यूट फ़ॉर द स्टडी ऑफ़ रिलीजन ऐंड सोसाइटी, नयी दिल्ली.
2. डेविड बटलर, अशोक लाहिड़ी और प्रणय राय (1995), *इण्डिया डिसाइड्स : इलेक्शंस 1952-1995*, बुक्स ऐंड थिंग्ज़, नयी दिल्ली.
3. भास्कर राव (2009), *अ हैंडबुक ऑफ़ पोल सर्वेज़ इन मीडिया : ऐन पर्सपेक्टिव*, ज्ञान पब्लिकेशंस, नयी दिल्ली.

— संजय कुमार

भारत में मानवाधिकार

(Human Rights in India)

भारत का संविधान अपने नागरिकों को उन तमाम बुनियादी अधिकारों की गारंटी देता है जो संयुक्त राष्ट्र की सार्वभौम मानवाधिकार उद्घोषणा के अंग हैं। अंतर्राष्ट्रीय स्तर पर मानवाधिकार मुद्दे के इर्द-गिर्द राजनीतिक सक्रियता में उछाल अस्सी के दशक में आया, लेकिन भारत के संविधान निर्माता उससे बहुत पहले ही अल्पसंख्यकों के प्रति अपने सरोकारों का प्रमाण उनके सांस्कृतिक अधिकारों को मूलभूत श्रेणी में रख कर दे चुके थे। दरअसल, भारतीय संविधान अपने पाठ में न केवल संयुक्त राष्ट्र उद्घोषणा का स्पष्ट रूप से विनियोग करता है, बल्कि अल्पसंख्यकों के सांस्कृतिक अधिकारों को बुलंद करने वाला वह दुनिया का पहला संविधान है। राज्य की नीति के निर्देशक सिद्धांतों के तहत संविधान भविष्य में इन अधिकारों के विस्तार का प्रावधान भी करता है। अदालतों ने भी समय-समय पर किये गये अपने हस्तक्षेप के माध्यम से भारतीय राज्य पर ज़िम्मेदारी डाली है कि वह निर्देशक सिद्धांतों के तहत अपनी प्रतिबद्धताओं की पूर्ति करेगा। मानवाधिकारों पर अमल को संस्थागत रूप देने के लिए भारत में एक राष्ट्रीय मानवाधिकार आयोग भी गठित किया गया है। प्रांतीय सरकारों के स्तर पर भी मानवाधिकार आयोग गठित किये गये हैं। अल्पसंख्यकों के अधिकारों के हनन की घटनाओं की रोशनी में राष्ट्रीय अल्पसंख्यक आयोग भी बनाया गया है। अनुसूचित जातियों और अनुसूचित

जनजातियों के राष्ट्रीय आयोग और राष्ट्रीय महिला आयोग जैसी संस्थाएँ भी अपने-अपने क्षेत्रों में मानवाधिकारों को सुनिश्चित करने संबंधी कार्यभार पूरे करती हैं।

संविधान प्रदत्त बुनियादी अधिकारों को मोटे तौर पर पाँच श्रेणियों में बाँट कर देखा जा सकता है। पहली श्रेणी समानता के अधिकार की है जिसके तहत क़ानून की निगाह में सभी को बराबर मानने का आग्रह प्रमुख है। इस श्रेणी में अवसरों की समानता के साथ-साथ नस्ल, धर्म, जाति, लिंग और जन्म-स्थान के आधार पर किसी से भेदभाव न करने की प्रतिबद्धता भी दर्ज है। इस श्रेणी की विशेषता है सामाजिक और शैक्षिक रूप से पिछड़े हुए वर्गों, अनुसूचित जातियों और अनुसूचित जनजातियों के लिए विशेष सुविधाओं का प्रावधान जो समानता की भारतीय अवधारणा को रैडिकल आभा प्रदान कर देता है।

विट्ठल महादेव तारकुंडे
(1909-2004)

दूसरी श्रेणी का ताल्लुक़ स्वतंत्रता के अधिकार से है। संविधान के तीसरे हिस्से में मूलाधिकारों के तहत स्वतंत्रता की चर्चा की मिलती है। ये मूलाधिकार राज्य को दी जाने वाली सकारात्मक हिदायतों के रूप में न हो कर राज्य पर लगायी गयी कुछ पाबंदियों के नकारात्मक रूप में हैं। ये अधिकार मूल होने के बावजूद निर्बाध नहीं हैं। इनके तहत संविधान भाषण, अभिव्यक्ति, विश्वास, धर्म और उपासना की स्वतंत्रता देता है। इसके ज़रिये राजनीतिक स्वतंत्रता की शर्तें पूरी हो जाती हैं। इस श्रेणी में देश भर में कहीं भी रहने और काम करने की स्वतंत्रता भी शामिल है। चूँकि भारत एक बहुधार्मिक देश है इसलिए किसी एक धर्म को प्राथमिकता न देते हुए सभी तरह के धर्मावलम्बियों को अपनी पसंद के आधार पर धर्म प्रचार और पूजा पद्धति अपनाने की स्वतंत्रता भी मुहैया करायी गयी है।

तीसरी श्रेणी है जीवन के अधिकार की। संविधान के अनुच्छेद 19 में विभिन्न स्वतंत्रताओं का ज़िक्र है और अनुच्छेद 21 स्वाधीनता के सिद्धांत के दायरे को परिभाषित करता है। इक्कीसवाँ अनुच्छेद कहता है : *.क़ानून द्वारा स्थापित क्रियाविधि को छोड़ कर किसी और तरी.क़े से किसी व्यक्ति को उसके जीवन या निजी स्वतंत्रता से वंचित नहीं किया जाएगा।* मूलाधिकारों के परिच्छेद में यह अकेला सूत्रीकरण है जिसके कार्यान्वयन में किसी अपवाद या शर्त का उल्लेख नहीं है। अर्थात् अनुच्छेद 21 के मुताबिक़ भारतीय संविधान जीवन के अधिकार और निजी स्वतंत्रता को मानव अधिकार के स्तर पर ले जाता है। इसका उपभोग करने के लिए भारत का नागरिक होना भी ज़रूरी नहीं है। यह अधिकार नागरिकों को मनमानी नज़रबंदी या गिरफ़्तारी के ख़िलाफ़ सुरक्षा और क़ानूनी सहायता प्राप्त करने का हक़ देता है। भारत में मानवाधिकार कार्यकर्ताओं ने इस पहलू की तरफ़ विशेष ध्यान दिया है। आंतरिक सुरक्षा के नाम पर और आतंकवाद की रोकथाम के लिए अक्सर व्यक्तियों को निवारक नज़रबंदी क़ानून की गिरफ़्त में आना पड़ता है जिससे उन्हें सामान्य तौर से मिलने वाली क़ानूनी हिफ़ाज़त भी नसीब नहीं हो पाती। मानवाधिकार संगठनों और कार्यकर्ताओं ने इस सिलसिले में टेररिस्ट ऐंड डिसरप्टिव एक्टिविटी एक्ट (टाडा) और प्रिवेंशन ऑफ़ टेररिस्ट एक्टिविटी एक्ट (पोटा) के ख़िलाफ़ कामयाब मुहिमें चलाई हैं।

चौथी श्रेणी समूह या सामुदायिक अधिकारों की है। अल्पसंख्यक समुदायों के लिए कुछ शैक्षिक और सांस्कृतिक अधिकारों का प्रावधान किया गया है। संविधान का अनुच्छेद 29 और 30 धार्मिक अथवा भाषाई आधार पर परिभाषित अल्पसंख्यक समूहों को अपने शिक्षा संस्थान खोलने की इजाज़त देता है। इस संबंध में राज्य के कंधों पर कोई विशेष ज़िम्मेदारी नहीं डाली गयी है, लेकिन राज्य इन संस्थानों को आर्थिक मदद देने में किसी क़िस्म का भेदभाव नहीं कर सकता। दूसरी तरफ़ राज्य के धन से चलने वाली संस्थाओं में धार्मिक शिक्षा प्रतिबंधित है। आज़ादी के बाद से सुप्रीम कोर्ट द्वारा किये गये हस्तक्षेपों ने अल्पसंख्यक शिक्षा संस्थानों की स्वायत्तता को विस्तार किया है।

पाँचवीं और बेहद महत्त्वपूर्ण श्रेणी है न्यायिक समाधान के अधिकार की। इसके तहत मूलभूत अधिकारों का उल्लंघन होने पर नागरिकों को अदालतों की शरण में जाने का अधिकार है। संविधान के चौथे हिस्से में मौजूद राज्य की नीति के निर्देशक सिद्धांतों के ज़रिये नागरिक किसी अधिकार की अपने बुनियादी अधिकार की तरह अदालतों में दावेदारी कर सकते हैं। ये निर्देशक सिद्धांत नीति निर्माण में शासन की मदद करते हैं। एक तरह से इनके ज़रिये संविधान शासन पर दायित्व डालता है, भले ही किन्हीं मजबूरियों (जैसे संसाधनों की कमी) के कारण शासन उन दायित्वों को तुरंत पूरा करने में असमर्थ हो। संविधान के इस हिस्से में कई अधिकार दर्ज हैं : जैसे, मानवीय और न्यायसंगत परिस्थितियों में काम का अधिकार, रोज़ी-रोटी चलाने लायक मज़दूरी पाने का अधिकार, बेरोज़गारी, बुढ़ापे और बीमारी की स्थिति में सरकारी मदद पाने का अधिकार, शिक्षा का अधिकार, चौदह साल की उम्र तक के बच्चों के लिए अनिवार्य और मुफ़्त शिक्षा का अधिकार, प्रदूषण रहित पर्यावरण का अधिकार।

राष्ट्रीय मानवाधिकार आयोग : 1993 के मानवाधिकार संरक्षा अधिनियम के तहत 12 अक्टूबर, 1993

को स्थापित की गयी यह स्वायत्त संस्था दक्षिण एशियाई देशों में अनूठी है। इस क़ानून का अनुच्छेद 2(1)(डी) मानवाधिकारों की परिभाषा व्यक्ति के जीवन, स्वतंत्रता, समानता और गरिमा के अधिकारों के रूप में करता है। यह आयोग मानवाधिकारों के किसी भी उल्लंघन की जाँच कर सकता है, किसी भी संबंधित मामले में अदालत की कार्रवाई में हस्तक्षेप कर सकता है, कारागार का निरीक्षण कर सकता है, मानवाधिकारों से संबंधित राष्ट्रीय और अंतर्राष्ट्रीय संधियों की जाँच कर सकता है, उनके प्रभावी कार्यान्वयन के लिए केंद्र सरकार से सिफ़ारिशें कर सकता है।

आयोग की संरचना इस तरह बनायी गयी है जिससे उसका नैरंतर्य और स्वायत्तता क़ायम रहे। केवल ऐसा व्यक्ति ही इसका अध्यक्ष बनाया जा सकता है जो सुप्रीम कोर्ट का मुख्य न्यायाधीश रह चुका हो। इसका एक सदस्य अनिवार्य तौर पर सुप्रीम कोर्ट का मौजूदा या पूर्व जज होना ज़रूरी है। इसी तरह दूसरे सदस्य के लिए किसी न किसी हाई कोर्ट का मुख्य न्यायाधीश रह चुकने की शर्त है। दो अन्य सदस्यों को मानवाधिकारों के क्षेत्र में विशेष योग्यता या अनुभव के आधार पर नियुक्त किया जाता है। इसके अलावा अनुसूचित जाति और जनजातियों के राष्ट्रीय आयोग, राष्ट्रीय अल्पसंख्यक आयोग और राष्ट्रीय महिला आयोग के अध्यक्ष इसके पदेन सदस्य होते हैं। इन सभी की नियुक्ति एक कमेटी की सिफ़ारिश पर राष्ट्रपति द्वारा की जाती है। इस कमेटी की बागडोर प्रधानमंत्री के हाथों में होती है और लोकसभा अध्यक्ष, गृह मंत्री, लोकसभा और राज्यसभा में विपक्ष के नेता और राज्यसभा की उपाध्यक्ष इसके सदस्य होते हैं। आयोग में नियुक्तियाँ पाँच साल के लिए होती हैं। इससे पहले उन्हें हटाने के लिए एक्ट में बहुत कड़ी प्रक्रिया का प्रावधान है। सत्तर साल से ऊपर का कोई व्यक्ति इसका सदस्य नहीं रह सकता। आयोग के सदस्यों को कार्यकाल ख़त्म होने के बाद केंद्र या राज्य सरकार में किसी पद पर नियुक्ति नहीं मिल सकती।

आयोग के गठन के समय कई हलकों में उसकी प्रासंगिकता और प्रभावकारिता को लेकर संदेह व्यक्त किया गया था। अंदेशे जताये गये थे कि यह आयोग 'दंतविहीन व्याघ्र', शिकायतों का 'पोस्ट ऑफ़िस', या महज़ एक और 'सरकारी संस्था' बन कर रह जाएगा। यह भी कहा गया था कि सरकार के ग़लत कामों पर लीपा-पोती के लिए इस आयोग का इस्तेमाल होगा। लेकिन पिछले डेढ़ दशक का अनुभव बताता है कि राष्ट्रीय मानवाधिकार आयोग गठित करने का प्रयोग कामयाब रहा है। इस संस्था ने मानवाधिकारों के लिए चलाये जाने वाले संघर्ष में केंद्रीय भूमिका का निर्वाह किया है। चाहे हिरासत में दी जाने वाली यातनाओं और मौतों का मसला हो, या ओडीशा में भुखमरी के कारण होने वाली मौतों की त्रासदी हो, या फिर गुजरात में अल्पसंख्यकों के ख़िलाफ़ होने वाली हिंसा हो, आयोग ऐसे तमाम मामलों में प्रभावी हस्तक्षेप करने में समर्थ रहा है।

देखें : ग़ैर-सरकारी संस्थाएँ, ग़ैर-सरकारी संस्थाएँ : भारत में, ग़ैर-दलीय राजनीति, धीरूभाई शेठ, मानवाधिकार, भारत में मानवाधिकार आंदोलन, रजनी कोठारी।

संदर्भ

1. मनीषा प्रियम , कृष्णा मेनन और मधूलिका बनर्जी(2009), 'ह्यूमैन राइट्स, लॉज़ ऐंड इंस्टीट्यूशंस : द नैशनल कॉन्टेक्स्ट' *ह्यूमैन राइट्स, जेंडर ऐंड एनवायरनमेंट*, , पियर्सन लोंगमेन, नयी दिल्ली.
2. वी. दयाल, 'इवोल्यूशन ऑफ़ द नैशनल ह्यूमैन राइट्स कमीशन, 1993-2002 : अ डेसिनियल रिव्यू', *जरनल ऑफ़ द एनएचआरसी 1.*
3. एम.के. सिन्हा, 'द रोल ऑफ़ द नैशनल ह्यूमैन राइट्स कमीशन ऑफ़ इण्डिया इन द इम्प्लीमेंटेशन ऑफ़ ह्यूमैन राइट्स, *नीदरलैण्ड क्वार्टरली ऑफ़ ह्यूमैन राइट्स*, खण्ड 16, अंक 1.

— अभय कुमार दुबे

भारत में मानवाधिकार आंदोलन

(Human Right Movement in India)

भारत में मानवाधिकार और जन-अधिकार एक-दूसरे के पर्याय की तरह समझे जाते हैं। इन अधिकारों के प्रति राजनीतिक और सामाजिक चेतना की नींव उपनिवेशवाद विरोधी आंदोलन के दौरान पड़ी थी। लेकिन आज़ादी के बाद की परिस्थितियों में कम से कम पच्चीस वर्ष तक ये सरोकार दबे रहे। 1975 में लगाये गये आंतरिक आपातकाल की अनुक्रिया में एक बार फिर मानवाधिकारों के प्रति चिंता मुखर हुई और बाक़ायदा एक मानवाधिकार आंदोलन का विकास होना शुरू हुआ। आज मानवाधिकारों का विमर्श भी भारतीय राजनीति के स्थापित विमर्शों में से एक है। मानवाधिकार और जनाधिकार संगठनों की कार्रवाइयाँ जनमत पर प्रभाव डालती हैं। इन संगठनों की आपसी बहस और उनके रुझानों पर अन्य राजनीतिक ताक़तों की प्रतिक्रिया पर समाज-विज्ञान के हलकों में ख़ास तौर से ध्यान दिया जाता है। अस्सी के दशक को इस आंदोलन के लिए सबसे अधिक उर्वर माना जाता है, पर ऐसा प्रतीत होता है कि उसके बाद की राजनीतिक परिस्थितियों में मानवाधिकारों का विमर्श व्यावहारिक कार्रवाई की ज़मीन पर बहुत अधिक प्रभावी नहीं रह गया है।

इतिहास बताता है कि सात नवम्बर, 1936 को कलकत्ता में सिविल लिबर्टी यूनियन का उद्घाटन जवाहरलाल नेहरू ने किया था। इस मौक़े पर दिये गये अपने भाषण में नेहरू ने अंग्रेज़ी हुकूमत के तहत हालात पर अफ़सोस व्यक्त करते हुए कहा था कि हम लोग जन-अधिकारों के दमन के आदी हो गये हैं। कभी अफ़सोस व्यक्त किया जाता है, तो कभी रोज़, लेकिन जल्दी ही हम दमन के अभ्यस्त हो जाते हैं। उनके कारण हमें कोई छटपटाहट नहीं होती। नेहरू का केंद्रीय आग्रह था : मानवाधिकारों का अर्थ है राज्य की कार्रवाइयों के विरोध का अधिकार। नेहरू की कोशिशों से बने इस संगठन का उद्घाटन अधिवेशन बम्बई में हुआ जिसकी अध्यक्षता रवींद्र नाथ ठाकुर ने की और कार्यकारी अध्यक्षता सरोजिनी नायडू को मिली। इस संगठन ने ब्रिटिश जेलों और देशी रियासतों के कारागार में राजनीतिक क़ैदियों के साथ होने वाली बदसुलूकी का प्रश्न उठाया। यूनियन की गतिविधियों ने उपनिवेशवाद विरोधी आंदोलन का नेतृत्व कर रही कांग्रेस के भीतर नागरिक अधिकारों के प्रति एक नयी चेतना की नींव डाली। इसलिए साल भर बाद जब कांग्रेस प्रांतीय एसेम्बिलियों का चुनाव जीत कर सत्ता में आयी तो उसकी सरकारों ने नागरिक अधिकारों की हिफ़ाज़त सुनिश्चित करने के लिए परिपत्र जारी किये।

विडम्बना यह है कि स्वतंत्रता मिलने के बाद जब यह सिविल लिबर्टी यूनियन भंग की गयी तो उस समय नेहरू के हाथ में ही भारत की बागडोर थी। उस समय माना गया कि अंग्रेज़ महाप्रभुओं का भेदभावपूर्ण शासन जा चुका है। एक 'प्रगतिशील' संविधान, नियमित और जीवंत चुनाव प्रक्रिया, बहुदलीय लोकतंत्र, आज़ाद प्रेस और स्वतंत्र न्यायपालिका वाले स्वाधीन देश के लिए अलग से मानवाधिकार आंदोलन अनावश्यक है। परिणाम यह हुआ कि पचास के दशक में जब तेलंगाना का किसान संघर्ष कुचला गया, कम्युनिस्ट पार्टी प्रतिबंधित की गयी, केरल की निर्वाचित सरकार बर्ख़ास्त करने का क़दम उठाया गया, पूर्वोत्तर प्रांतों की जनता तक़रीबन फ़ौज के हवाले कर दी गयी और साठ के दशक में फ़र्ज़ी मुठभेड़ों के ज़रिये नक्सलवादी आंदोलन का जम कर दमन किया गया तो मानवाधिकारों के हनन की तरफ़ ध्यान आकर्षित करने के लिए भारत में कोई व्यावहारिक मानवाधिकार आंदोलन था ही नहीं। पश्चिम बंगाल में कम्युनिस्ट आंदोलन पर सरकारी दमन के ख़िलाफ़ मेघनाद साहा और एन.सी. चटर्जी के नेतृत्व में गठित हुई सिविल लिबर्टी कमेटी ने आवाज़ ज़रूर उठायी, पर जैसे ही कम्युनिस्ट पार्टी पर लगा प्रतिबंध उठाया गया और उसके नेता रिहा हुए, इस कमेटी का काम-काज भी ठंडा पड़ गया।

1975 में मानवाधिकार आंदोलन की नींद उस समय टूटी जब आंतरिक आपातकाल के तहत सरकारी दमन ने राजनीतिक अभिजनों के ही एक बड़े हिस्से को अपनी चपेट में ले लिया। इस दौर में जयप्रकाश नारायण के नेतृत्व में पीपुल्स यूनियन फ़ॉर सिविल लिबर्टीज़ ऐंड डेमॉक्रैटिक राइट्स (पीयूसीएलडीआर) ने संघर्ष की बागडोर सँभाली। आपातकाल ने यह भी स्पष्ट कर दिया कि मानवाधिकारों की सुरक्षा के लिए सतर्क और शक्तिशाली आंदोलन के बिना संवैधानिक गारंटियों का कोई मतलब नहीं होता। आपात काल के बाद जनता पार्टी की सरकार आयी जिसे कई लोगों ने ग़लती से 'जनता की सरकार' समझ लिया। उसके शासन में बेलछी जैसे काण्ड हुए। दलितों और जनजातियों के उत्पीड़न की घटनाएँ हुईं। जिस तरह पचास और साठ के दशक में हुए मानवाधिकार-हनन को सिर्फ़ भटकाव कह दिया गया था, उसी प्रकार जनता पार्टी के शासन में हुई इन घटनाओं के साथ भी यही रवैया अपनाया गया। दरअसल, 1977 से 1980 के बीच का दौर मानवाधिकार आंदोलन के भीतर अधिकारों की अवधारणा को लेकर तीखी बहसों का रहा। विवाद इस बात पर था कि मानवाधिकारों को नागरिक अधिकारों तक सीमित रखा जाए या लोकतांत्रिक अधिकारों तक उनका विस्तार किया जाए। इस संदर्भ में नागरिक अधिकारों का मतलब था क़ानून और संविधान द्वारा परिभाषित अधिकार; लोकतांत्रिक अधिकारों का मतलब था प्रभुत्व और उत्पीड़न की संरचनाओं का प्रतिरोध करने वाली ताक़तों के साथ खड़ा होना।

इस बहस ने 1980 में पीयूसीएलडीआर को दो भागों में बाँट दिया : भारतीय जन-अधिकार संघ (पीयूसीएल) और पीपुल्स यूनियन फ़ॉर डेमौक्रेटिक राइट्स (पीयूडीआर)। आंध्र प्रदेश सिविल लिबर्टीज़ कमेटी का 1974 में ही नक्सली आंदोलन पर बरपाये गये सरकारी कहर का विरोध करने के लिए गठन हो चुका था। पश्चिम बंगाल में एसोसिएशन फ़ॉर द प्रोटेक्शन ऑफ़ डेमॉक्रैटिक राइट्स, महाराष्ट्र में कमेटी फ़ॉर द प्रोटेक्शन ऑफ़ डेमॉक्रैटिक राइट्स और गुजरात में मानव अधिकार संघ जैसे संगठन सक्रिय हो गये। दरअसल, इंदिरा गाँधी की सत्ता में वापसी ने भी मानवाधिकार आंदोलनों को नींद से झिंझोड़ कर जगाने में उल्लेखनीय भूमिका का निर्वाह किया। मानवाधिकार कार्यकर्ताओं और रैडिकल संगठनों का आकलन था कि इंदिरा गाँधी के नेतृत्व में एक निरंकुशता की अंतरधारा मौजूद है जिसकी अभिव्यक्ति समय के साथ अवश्य होगी। इस दशक में मानवाधिकार संगठनों द्वारा सरकारी दमन और काले क़ानूनों के ख़िलाफ़ विरोध प्रदर्शन करना और पीड़ितों को राहत दिलाने के कार्यभार को गम्भीरता से लेने की शुरुआत की गयी।

मानवाधिकार आंदोलन की इस करवट का नतीजा यह हुआ कि बंधुआ मज़दूरी और बाल मज़दूरी के ख़िलाफ़, स्त्रियों के ख़िलाफ़ होने वाली नाइंसाफ़ियों के विरोध में, हर तरह के

अल्पसंख्यकों के अधिकारों की हिफ़ाज़त के लिए और विकास परियोजना के विस्थापितों के पक्ष में एक तरह की सामाजिक-राजनीतिक एकता का नज़ारा बनने लगा। मानवाधिकार संगठनों के साथ ग़ैर-सरकारी संगठन, जन-प्रतिबद्ध मीडिया और ज़मीनी राजनीति की ताक़तें भी जुड़ गयीं। दमनकारी निज़ाम और अधिकार-वंचित जनता के बीच बहुमुखी संघर्ष का बिम्ब बना। जनता को अधिकार-सम्पन्न कराने की लड़ाई मानवाधिकार आंदोलन का मूल मंत्र बन गया। 1984 में दिल्ली और देश के दूसरे हिस्सों में हुए सिक्ख विरोधी हत्याकाण्ड की जाँच रपट *हू आर द गिल्टी?* इस आंदोलन की विशेष उपलब्धि थी। इसी तरह की गतिविधियों से नागर समाज को वी.एम. तारकुंडे, गोविंद मुखौटी और रजनी कोठारी जैसे मानवाधिकारों के नेता और व्याख्याकार मिले।

अस्सी का दशक मानवाधिकार आंदोलन का स्वर्णिम दौर था। लेकिन, इस दशक के अंत और नये दशक की शुरुआत में राजनीतिक परिस्थिति बदल गयी। तीन मकारों (मण्डलीकरण, मंदिर राजनीति और भूमण्डलीकरण) के प्रभाव में नागर समाज की शक्ल-सूरत पहले जैसी नहीं रह गयी। मध्य वर्ग या तो साम्प्रदायिक विचारधारा के फेर में फँस गया, या फिर उसके प्रतिनिधियों को राजनीतिक जोड़-तोड़ के ज़रिये सत्ता में पहुँचना अधिक आसान लगने लगा, या उपभोक्तावाद की चमक ने उसे चौंधिया दिया। भारतीय राज्य द्वारा अपनाये जाने वाले ग़ैर-लोकतांत्रिक हथकण्डों (यातना, ग़ैरक़ानूनी नज़रबंदी, बेबात फ़ायरिंग, फ़र्ज़ी मुठभेड़ों में हत्या, दमनकारी क़ानूनों के बेज़ा इस्तेमाल, मनमानी गिरफ़्तारियाँ) के ख़िलाफ़ मानवाधिकार आंदोलनों की पहलक़दमियाँ सुस्त पड़ गयीं। आज स्थिति यह है कि सशस्त्र सेना विशेष अधिकार क़ानून और आतंकवाद के नाम पर कई तरह के निरोधक क़ानून नये-नये क्षेत्रों में लागू होते रहते हैं, लेकिन न तो सांसदों को कोई चिंता होती है, और न ही मीडिया को। हाँ, विदेशी मंचों पर ये मसले कभी-कभी ज़रूर उठाये जाते हैं।

मानवाधिकार आंदोलन की मौजूदा स्थिति परिस्थितियों की माँग के मुताबिक़ आश्वस्तिकारक नहीं है। आतंकवाद की राष्ट्रीय-अंतर्राष्ट्रीय परिघटना ने अल्पसंख्यक समूहों को सरकारी एजेंसियों के दमन के अंदेशे का शिकार बना दिया है। दूसरी तरफ़ आदिवासी इलाक़ों में माओवादी हिंसा के ख़िलाफ़ सुरक्षा एजेंसियों की कार्रवाइयाँ (जैसे ऑपरेशन ग्रीन हंट) जारी हैं। तीसरी तरफ़ जातिगत पंचायतें और अन्य पारम्परिक रीति-रिवाज़ और प्रथाएँ, संविधान प्रदत्त व्यक्ति स्वातंत्र्य को ठेस पहुँचाने में लगे हुए हैं। मानवाधिकार आंदोलनों जब तक इन हालात की रोशनी में अपने भीतर एक बार फिर बहस चला कर अपने कार्यक्रम का पुनः संस्कार नहीं करते, उनकी राजनीति और विमर्श को नया उछाल नहीं मिल सकता।

देखें : ग़ैर-सरकारी संस्थाएँ, ग़ैर-सरकारी संस्थाएँ : भारत में, ग़ैर-दलीय राजनीति, धीरूभाई शेठ, मानवाधिकार, भारत में मानवाधिकार, रजनी कोठारी।

संदर्भ

1. धीरूभाई शेठ और हर्ष सेठी (2009), 'मानवाधिकार : दुविधा और चुनौती', अभय कुमार दुबे (सम्पा.), *सत्ता और समाज : धीरूभाई शेठ का कृतित्व,* सीएसडीएस-वाणी, नयी दिल्ली.
2. के. बालगोपाल (1997), 'द ह्यूमैन राइट्स मूवमेंट : इट्स कांटेक्स्ट ऐंड इट्स कम्पर्न्स', *जरनल ऑफ़ ह्यूमैन राइट्स* खण्ड 1, अंक 1.
3. रजनी कोठारी (1991), 'ह्यूमैन राइट्स— मूवमेंट इन सर्च ऑफ़ अ थियरी', स्मितु कोठारी और हर्ष सेठी (सम्पा.), *रिथिंकिंग ह्यूमैन राइट्स : चैलेंजिज़ फ़ॉर थियरी ऐंड एक्शन,* न्यू होराइज़न प्रेस और लोकायन, न्यूयॉर्क और नयी दिल्ली.
4. हर्ष सेठी और स्मितु कोठारी.(1991), 'बियॉन्ड द फ्रेगमेंट्स : द सिविल राइट्स ग्रुप टुडे', *रिथिंकिंग ह्यूमैन राइट्स : चैलेंजिज़ फ़ॉर थियरी ऐंड एक्शन* (सम्पा.) न्यू होराइज़न प्रेस और लोकायन, न्यूयॉर्क और नयी दिल्ली.

— अभय कुमार दुबे

भारत में संचार-क्रांति

(Communication Revolution in India)

अस्सी के दशक तक भारत को दूरसंचार की दृष्टि से अल्पविकसित माना जाता था। फ़ोन के कनेक्शन के लिए लोगों को काफ़ी इंतज़ार करना पड़ता था, सेवाओं का स्तर घटिया था और उनकी पहुँच काफ़ी सीमित थी। लेकिन इक्कीसवीं सदी के पहले दशक के ख़त्म होते-होते भारत संचार के लिहाज़ से दुनिया का सबसे तेज़ रफ़्तार से विकसित होने वाला देश बन चुका है। लैण्डलाइन और मोबाइल उपभोक्ताओं की संख्या 69 करोड़ के आसपास पहुँच चुकी है। चीन के बाद वायरलैस नेटवर्क के मामले में भारत सबसे बड़ा देश है। समझा जाता है कि 2013 तक भारत में साढ़े ग्यारह अरब मोबाइल उपभोक्ता होंगे। इस ज़बरदस्त दूरसंचार क्रांति का श्रेय उन सरकारी नीतियों को जाता है जिनके तहत अस्सी के दशक के मध्य से स्वदेशी प्रौद्योगिकी को प्रोत्साहन देने के ज़रिये इस प्रणाली के आधुनिकीकरण का कार्यक्रम चलाया गया। इस प्रक्रिया में निजी क्षेत्र की भागीदारी भी शुरू से ही प्रोत्साहित की गयी।

इसका नेतृत्व दूरसंचार विभाग, सेंटर फ़ॉर द डिवेलपमेंट ऑफ़ टेक्नॉलॉजी (सी-डॉट), टेलिकॉम रिसर्च

सेंटर और टेलिफ़ोन इंस्टीट्यूट ने किया। सरकार ने 1994 में राष्ट्रीय दूरसंचार नीति घोषित की और मार्च, 1997 में टेलिकॉम रेगुलेटरी एथॉरिटी ऑफ़ इण्डिया (ट्राइ) की स्थापना की। उल्लेखनीय है कि दूरसंचार क्रांति के रफ़्तार पकड़ने से पहले इस प्रौद्योगिकी का स्वदेशी उत्पादन आधार विकसित करने और विदेशी पूँजी के पैरोकारों के बीच एक तरह की होड़ भी चली थी। पहले इंदिरा गाँधी और फिर राजीव गाँधी ने प्रधानमंत्री के तौर पर स्वदेशी प्रौद्योगिकी को बढ़ावा देने का रुख अपनाया। इसकी ज़िम्मेदारी सैम पितरोदा को दी गयी। सी-डॉट दरअसल उनके नेतृत्व में ही स्थापित किया गया था। लेकिन राजनीतिक और नौकरशाहाना हलक़ों के एक हिस्से ने विदेशी बहुराष्ट्रीय कम्पनियों का समर्थन किया जिसके कारण पितरोदा की कोशिशों का वह परिणाम नहीं निकला जिसकी उम्मीद थी।

भारत में दूरसंचार की सामाजिक उपयोगिता पश्चिमी दुनिया के तर्ज़ पर ही विकसित हुई है। भारत में भी शुरू में टेलिफ़ोन का कनेक्शन केवल वे लोग लेते थे जिन्हें सरकारी और सामाजिक सम्पर्कों की पेशेवराना नज़रिये से ज़रूरत होती थी। सामान्य मध्यवर्गीय जीवन में टेलिफ़ोन का स्थान रंग-रुतबे का पर्याय समझा जाता था। साठ और सत्तर के दशक तक एक पूरे मुहल्ले में ज़्यादा से ज़्यादा दो या तीन घरों में ही फ़ोन का कनेक्शन पाया जाता था। पश्चिम में दूरसंचार का इतिहास बताता है कि बीसवीं सदी के शुरुआत में टेलिफ़ोन को लोकप्रिय बनाने के लिए जारी किये जाने वाले विज्ञापनों में केवल इस यंत्र की व्यावसायिक उपयोगिता ही रेखांकित की जाती थी। निजी जीवन के लिए टेलिफ़ोन का महत्त्व केवल इतना बताया जाता था कि इसके माध्यम से घर बैठे कई चीज़ें मँगायी जा सकती हैं। लेकिन, बीस के दशक के आख़िरी वर्षों से इस यंत्र के सामाजिक आयामों पर ज़ोर देने का सिलसिला शुरू हुआ। टेलिफ़ोन के विज्ञापनों की विषयवस्तु बदलने लगी। उनके केंद्र में उपभोक्ताओं के मनोभाव को स्पर्श करने वाले फ़िकरे आने लगे। टेलिफ़ोन को सामाजिक वार्तालाप के माध्यम की तरह पेश किया जाने लगा। लोगों को समझाया जाने लगा कि वे टेलिफ़ोन का इस्तेमाल करके परिजनों और दोस्तों के सम्पर्क में रह सकते हैं। इस तरह से कनेक्विटी के विचार का जन्म हुआ। दूरसंचार क्रांति के बाद आज ऐसा लगता है कि समूचा भारत कनेक्टिविटी के ज्वर की गिरफ़्त है। साधारण से साधारण व्यक्ति के हाथ में मोबाइल देखा जा सकता है। सांस्कृतिक अर्थों में दूरसंचार ने संगीत और फ़िल्मों तक आम लोगों की पहुँच बढ़ाने के मामले में क्रांतिकारी योगदान किया है।

ज़ाहिर है कि इस संचार क्रांति की सफलता अपने-आप में असंदिग्ध है। कम्प्यूटर और इंटरनेट समेत मीडिया के विभिन्न रूपों, शहरीकरण की प्रक्रिया, व्यक्तिगत और सामुदायिक संबंधों पर उसका निर्णायक असर पड़ा है। दूरसंचार की अधिरचना और आर्थिक विकास के बीच सीधा संबंध है, इसलिए भारतीय कम्पनियाँ इसका लाभ उठा कर अपने व्यावसायिक नेटवर्कों का प्रसार करने में कामयाब रही हैं। लेकिन, समाज-विज्ञान के सामने प्रश्न यह है कि इस विकास-क्रम के वैचारिक, सामाजिक और राजनीतिक तात्पर्य क्या हैं?

भारत में साइबर-स्पेस के विमर्शकार रवि सुंदरम के अनुसार अस्सी के दशक में चली 'राष्ट्रीय' और 'भूमण्डलीकरण' की अन्योन्यक्रिया के हाथों हमारी राष्ट्रवादी कल्पनाशीलता नये सिरे से विन्यस्त हुई है। इससे पहले राष्ट्र-निर्माण के लिए इस्पात, कोयला और ऊर्जा जैसे भौतिक संचय पर ज़ोर रहता था। विकास के मुद्दे इसी तर्ज़ पर हल किये जाते थे। लेकिन नयी कल्पना के केंद्र में कम्प्यूटर था जो निराकार दायरे की आभासी प्रतिलिपियाँ बनाने में लगा हुआ था। इससे नेटवर्क नामक अमूर्त संरचना निकल रही थी। इसी कल्पना के तहत एक राष्ट्रीय नेटवर्क की स्थापना होनी थी और उसके माध्यम से सभी प्रमुख ज़िला-केंद्रों और प्रदेशों की राजधानियों को आपस में जुड़ना था। इसे विकास और प्रशासन से संबंधित सूचनाओं का विशाल आगार बनना था। यह लक्ष्य पूरा करने के लिए नैशनल इंफ़ोमेटिक्स सेंटर का इस्तेमाल किया गया जो सत्तर के दशक में स्थापित किया गया था, लेकिन बेकार पड़ा हुआ था। अस्सी में कृत्रिम उपग्रह से जुड़े हए निकनेट नामक नेटवर्क के उद्घाटन के बाद यह सेंटर उपयोगी बनता चला गया। आज निकनेट देश का सबसे बड़ा सूचना-नेटवर्क है। इसमें समाज-विज्ञान, चिकित्सा-विज्ञान और क़ानून संबंधी आँकड़ों का विशाल भण्डार समाया हुआ है।

सुंदरम की मान्यता है कि निकनेट के संचालक कुछ भी कहते रहें पर वास्तव में वे उसके ज़रिये सत्ता की पूरी प्रौद्योगिकी को बदल देना चाहते हैं। उन्हें लगता है कि जनता पर निगरानी रखने के पुराने तरीक़ों की उपयोगिता ख़त्म हो चुकी है, इसलिए नेहरूवाद के तहत बनाये गये पुराने आधुनिकतावादी संजाल को नया रूप दिया जाना चाहिए। इंफ़ोमेटिक्स सेंटर (निक) के नेटवर्कों ने अस्सी के दशक से पहले की सत्ता-प्रौद्योगिकी के कई तत्त्वों को क़ायम रखते हुए विकास, राष्ट्र के नवीकरण और भौतिक प्रगति की रफ़्तार तेज़ करने के आग्रहों पर नये सिरे से बल दिया। इन नेटवर्कों ने एक ऐसा दायरा बनाने में कामयाबी हासिल की जो पूरी परियोजना को आवेग प्रदान करने की वह ज़िम्मेदारी निभा सकता था जो पुराने सरअंजाम की क्षमताओं से बाहर थी।

सुंदरम के अनुसार दूरसंचार की नयी प्रौद्योगिकी नव-राष्ट्रवादी दायरे का निर्माण करते हुई नज़र आती है। पर,

उसके मायाजाल को दो तरह की समस्याओं का सामना करना पड़ रहा है। पहली बात तो यह है कि भारत अपनी सम्मानजनक विकास-दर के बावजूद अभी विश्व-अर्थव्यवस्था के हाशिये पर ही है। इसके कारण कनेक्शन टूटे बिना 'ऑन लाइन' बने रहना एक तरह की समस्या है, हालाँकि इंटरनेट सेवाओं का निजीकरण हो चुका है और सक्षम सेवा देने वाला ब्रॉडबैंड उपलब्ध है। संचार बाधारहित न रहने के अलावा दूसरी समस्या यह है कि सरकारी साइबर-स्पेस बनाने और सत्ता की नयी प्रौद्योगिकी रचने के लिए बनाये गये नेटवर्क को अन्य नेटवर्कों से भी प्रतियोगिता करनी पड़ती है जिसके कारण सत्ता पर उसकी इजारेदारी साँसत में पड़ जाती है।

देखें : अभिलेखागार, आख्यान, इंटरएक्टिविटी-प्रौद्योगिकीय विमर्श, इंटरएक्टिविटी-सामाजिक विमर्श, इंटरफ़ेस, एक्टर-नेटवर्क थियरी, डिजिटल डिवायड, दिन-प्रति दिन के अभिलेखागार, नया मीडिया, नेटवर्क, नेटवर्क सोसाइटी, प्रेस की स्वतंत्रता, प्रोपेगंडा, बाज़ारू संस्कृति, भारतीय मीडिया-1, 2 और 3, भारतीय मीडिया स्फ़ेयर, मास मीडिया, मीडिया और सरकार, मीडिया-पक्षधरता, मीडिया-स्टडीज़, संचार, संचार-क्रांति, स्मृति और अभिलेखागार, सोशल नेटवर्क विश्लेषण, सूचना, सूचना-समाज, वैकल्पिक मीडिया।

संदर्भ

1. रवि सुंदरम (2003), 'राष्ट्रवाद का कारागार और निराकार साइबर स्पेस की बगावत', अभय कुमार दुबे (सम्पा.), *भारत का भूमण्डलीकरण*, सीएसडीएस-वाणी, नयी दिल्ली.
2. निकनेट (1994), *टेन इयर्स ऑफ़ द नैशनल इंफ़ोर्मेटिक्स सेंटर*, एनआईसी, नयी दिल्ली,.
3. डिपार्टमेंट ऑफ़ टेलिकम्युनिकेशंस (1987), *टेलिकॉम मिशन ड्राफ्ट रिपोर्ट*, गवर्नमेंट ऑफ़ इण्डिया, नयी दिल्ली.

— अभय कुमार दुबे

भारत में सार्विक मताधिकार

(Universal Franchise in India)

संविधान निर्माण से पहले भारत में सीमित मताधिकार का प्रचलन था। इसका सैद्धांतिक आधार यह था कि वोट देने का अधिकार केवल उन लोगों को मिलना चाहिए जो शासन करने के योग्य हों और इस कारण से जिन्हें नागरिकता प्राप्त करने का अधिकार हो, ताकि लोकतंत्र को भीड़-तंत्र में बदलने से रोका जा सके। लेकिन, संविधान निर्माताओं और निर्मात्रियों ने मताधिकार के लिए सर्वसमावेशी उसूल अपनाया और समाज के प्रत्येक वयस्क सदस्य को सम्पूर्ण नागरिकता देने का फ़ैसला किया। इस लिहाज़ से प्रत्येक वयस्क को बिना जाति, धर्म, नस्ल और लिंगगत भेदभाव के वोट देने का हक़ प्राप्त हो गया। सवाल यह है कि सैकड़ों वर्षों से चली आ रही सामाजिक विषमताओं और स्त्रियों की अधीनस्थ हैसियत की भींच में फँसे समाज में सार्विक मताधिकार की संकल्पना के इस कार्यान्वयन के पीछे क्या कारण रहे होंगे? इसी से जुड़ा सवाल यह है कि जो सार्विक मताधिकार पश्चिमी लोकतंत्रों में क्रमशः दिया गया, उसे भारत की जनता को एक ही बार में दिये जाने के फलितार्थ क्या हुए?

इन प्रश्नों पर काफ़ी विचार-विमर्श हुआ है। विद्वानों का मानना है कि सार्विक मताधिकार देने के पीछे संविधान निर्माताओं के बीच सम्भवतः मोटे तौर पर तीन तरह के रुझान काम कर रहे थे। पहला रुझान व्यक्तिवाद को प्रमुखता देने वाला उदारतावादी चिंतन हो सकता था। इस विचार के मुताबिक़ व्यक्ति की इयत्ता के विधेयक तत्त्वों की रचना समूहगत या समुदायगत न हो कर उससे अलग कहीं अमूर्तन में होती है। इसलिए संविधान सभा के कुछ सदस्यों ने सोचा होगा कि वोट देने के अधिकार का फ़ैसला करते समय भारतवासियों को सांस्कृतिक समुदाय के सदस्यों के बजाय व्यक्तिगत इकाइयों की तरह समझा जाना चाहिए। दूसरा रुझान राजनीतिक प्रक्रिया के सीमित हो जाने और परिणामस्वरूप संख्याओं के खेल पर निर्भर चुनावी राजनीति में हिंदुओं का प्रभाव कमज़ोर हो जाने के डर की देन हो सकता था। चूँकि देश की ज़्यादातर आबादी ग़रीब, अशिक्षित, पिछड़ी और अंत्यज जातियों के किसानों से बनी थी, इसलिए सीमित मताधिकार के कारण केवल थोड़े से ऊपरी प्रतिशत के लिए ही यह अधिकार सुनिश्चित हो पाता। ऐसे में हिंदू समाज के अधिकतर सदस्य चुनाव को प्रभावित करने की क्षमता से वंचित हो जाते। एक तरफ़ लोकतंत्र की वैधता का आधार सीमित होता, और दूसरी तरफ़ हिंदू और ग़ैर-हिंदू अभिजनों के बीच मोटे तौर पर संख्यात्मक समकक्षता की स्थिति आ जाती। तीसरा रुझान राष्ट्रवाद की विकास-प्रक्रिया से प्रभावित हो सकता था। राष्ट्रवाद का सिद्धांत आग्रह करता है कि जिन लोगों से मिल कर राष्ट्र बना है उन्हें एक समान समझा जाना चाहिए। चूँकि संविधान सभा एक लोकतांत्रिक राज्य के लिए संविधान बना रही थी, इसलिए राष्ट्र का कोई सदस्य नागरिकता से वंचित नहीं रखा जा सकता था।

इन तीनों कारणों पर गहराई से ग़ौर करने पर पहली दो सम्भावनाएँ कुछ कमज़ोर नज़र आती हैं। संविधान सभा के ज़्यादातर प्रमुख सदस्य आज़ादी के आंदोलन में जन-नेता की भूमिका भी निभा चुके थे। उन्हें यह एहसास ज़रूर रहा होगा कि व्यक्तिगत इयत्ता की समुदाय से इतर रचना का सिद्धांत भारतीय समाज के संदर्भ में कितना व्यावहारिक है।

उन्होंने स्वयं भाषाई, सांस्कृतिक और सामुदायिक आह्वानों के ज़रिये उपनिवेशवाद विरोधी गोलबंदी को अंजाम दिया था। दूसरे, लोकतंत्र की वैधता का आधार सीमित हो जाने का डर तो जायज़ लगता है, पर यह तर्क उपनिवेशवादी आंदोलन के अनुभव में फिट नहीं होता कि सार्विक मताधिकार देने के पीछे साम्प्रदायिक क़िस्म के आग्रह रहे होंगे। अधिकतर संविधान निर्माता सेकुलर मूल्यों में विश्वास करने वाले थे, और उनकी पूरी राजनीति ही धर्म के आधार पर विभेद करने की प्रवृत्तियों के ख़िलाफ़ विकसित हुई थी।

तीसरा सम्भव रुझान राष्ट्रवाद और लोकतंत्र को एक-दूसरे का पर्याय बताने के आधार पर खड़ा हुआ है। उपनिवेशवाद विरोधी आंदोलन के इतिहास पर एक सरसरी नज़र डालने से ही यह साफ़ हो जाता है। 1895 में भारत के लिए संविधान लिखने का पहला ग़ैर-सरकारी प्रयास 'कांस्टीट्यूशन ऑफ़ इण्डिया बिल' के रूप में सामने आया। इसमें दावा किया गया था कि भारत में पैदा हुए हर व्यक्ति को नागरिक समझा जाना चाहिए और उसे सरकार चलाने के कामकाज में भागीदारी करने का अधिकार भी मिलना चाहिए। 1916 तक आते-आते राष्ट्रीय स्वाभिमान की भावना और धारणा सुशासन और उसमें भारतवासियों की भागीदारी के दोहरे आधार पर ही निर्मित होने लगी। इसके पीछे सोलहवीं सदी में विकसित हुआ राष्ट्र का विचार था। तेरहवीं सदी में राष्ट्र का मतलब था एक ऐसी संरचना जिस पर सांस्कृतिक और राजनीतिक रंग-रुतबा रखने वाले समूहों के प्रतिनिधियों यानी सामाजिक अभिजनों का अधिपत्य हो। लेकिन, सोलहवीं सदी में राष्ट्र का यह विचार बदला और उसे 'पीपुल' या जन-गणों का पर्याय मान लिया गया। अर्थात् एक राष्ट्र की भू-क्षेत्रीय परिधि में आने वाला प्रत्येक व्यक्ति राष्ट्रीय समुदाय का सदस्य मान लिया गया। प्रतीकात्मक रूप से ही सही, पर राष्ट्र की अवधारणा में हुए इस परिवर्तन का मतलब था जन-साधारण का अभिजनों के समकक्ष आ जाना, हाशियाग्रस्तों का केंद्रीय मंच पर अवतरण हो जाना। इस लिहाज़ से आधुनिक राष्ट्र सैद्धांतिक रूप से एक ऐसी संरचना के रूप में कल्पित किया जाने लगा जो पदानुक्रम से बँधे समुदायों के बजाय स्वतंत्र और समान व्यक्तियों के नेटवर्कों द्वारा संचालित होगा। हालाँकि यह दावा व्यवहार में पूरी तरह कार्यान्वित नहीं हो पता है, पर इस सैद्धांतिक स्थापना को मान्यता मिल जाने के बाद यह लाज़मी हो गया कि ख़ुद को आधुनिक राष्ट्र मानने वाला प्रत्येक समुदाय अपने सभी सदस्यों को समान माने, उन्हें नागरिकता और वोट का अधिकार दे। 1928 की मोतीलाल नेहरू की रपट ने नागरिकता की अवधारणा की पुष्टि की। रपट के अनुच्छेद नौ में स्पष्ट किया गया था कि 21 साल के किसी भी स्त्री और पुरुष को संसद के लिए मत देने का अधिकार मिलना चाहिए। 1937 में दो साल पहले बने गवर्नमेंट ऑफ़ इण्डिया एक्ट का जवाहरलाल नेहरू ने इसी आधार पर विरोध किया था कि वह राष्ट्र की अभिलाषा का प्रतिनिधित्व नहीं करता। नेहरू का कहना था कि कांग्रेस एक ऐसे लोकतांत्रिक राष्ट्र की रचना के लिए प्रतिबद्ध है जिसमें राजनीतिक सत्ता समग्र जनता के हवाले कर दी जाएगी। इससे पता चलता है कि कुछ राष्ट्रों में यह प्रक्रिया धीरे-धीरे ज़रूर सम्पन्न हुई, पर भारत के संविधान निर्माताओं ने क्यों इसे एक ही बार में पूरा कर दिया।

भारतीय संदर्भ में वोट का यह अधिकार एक ही बार में इसलिए भी दिया गया क्योंकि राष्ट्र के तौर पर भारत की संकल्पना उसके स्वतंत्र और सम्प्रभु राज्य बनने से पहले ही कर ली गयी थी। अर्थात् भारत स्वतंत्र बाद में हुआ, पर वह राष्ट्र पहले ही बन चुका था। भारतीय अभिजनों की आत्म-छवि उन दलीलों, नारों और दावेदारियों के आधार पर निर्मित हुई थी जो उन्होंने उपनिवेशवादियों से बहस करते हुए विकसित की थीं। इन दलीलों का मर्म था भारत की एक राष्ट्र के रूप में दावेदारी। एक बार जब उपनिवेशवाद विरोधी आंदोलन के दौरान राष्ट्र का विचार अभिजनों के बीच जड़ पकड़ गया, तो इस प्रकार की धारणा बननी स्वाभाविक ही थी कि इस राष्ट्र का प्रत्येक सदस्य अंग्रेज़ों के ख़िलाफ़ इसलिए लड़ रहा है ताकि अपनी हुकूमत स्थापित कर सके। इस तरह का आंदोलन जिस राष्ट्रवाद को जन्म देता है उसके गर्भ में लोकतंत्र का विचार भी स्वाभाविक रूप से पनपता रहता है। इसलिए ऐसा राष्ट्र सैद्धांतिक रूप से केवल अभिजनों और उनके नेतृत्व में कुछ मुट्ठी भर प्रभु वर्गों का राज्य नहीं हो सकता। उसे सर्वसमावेशी राजनीतिक समानता के सिद्धांत पर आधारित होना ही था। इसीलिए संविधान सभा ने अमीर-ग़रीब, शिक्षित-अशिक्षित, अल्पसंख्यक-बहुसंख्यक, स्त्री-पुरुष और किसी भी तरह के ऊँच-नीच को ख़ारिज करते हुए राष्ट्रीय भू-क्षेत्रीयता के दायरे में आने वाले हर वयस्क को नागरिक मानने और परिणामस्वरूप वोट का अधिकार देने का निर्णय किया।

देखें : ग़ैर-सरकारी संस्थाएँ, ग़ैर-सरकारी संस्थाएँ : भारत में, ग़ैर-दलीय राजनीति, धीरूभाई शेठ, नागरिकता, नागरिकता : अन्य परिप्रेक्ष्य, नागर समाज, नागर समाज : भारतीय बहस, पार्थ चटर्जी, मानवाधिकार, भारत में नागर समाज और ग़ैर-दलीय राजनीति-1 से 3 तक, भारत में नागरिकता-विमर्श-1 से 3 तक, भारत में मानवाधिकार, भारत में मानवाधिकार आंदोलन, भीखू छोटालाल पारिख, रजनी कोठारी, राजनीतिक समाज, सुदीप्त कविराज।

संदर्भ

1. राजीव भार्गव (2000), 'डेमॉक्रैटिक विज़न ऑफ़ अ न्यू रिपब्लिक', फ्रांसिस आर. फ्रेंकेल वैगरह (सम्पा.), *ट्रांसफ़ॉर्मिंग इण्डिया : सोशल ऐंड पॉलिटिकल डायनामिक्स ऑफ़ डेमॉक्रैसी*, ऑक्सफ़र्ड युनिवर्सिटी प्रेस, नयी दिल्ली.

2. लियाह ग्रीनफ़ील्ड (1992), *नैशनलिज़्म : फ़ाइव रोड्स टु मॉडर्निटी*, हार्वर्ड युनिवर्सिटी प्रेस, केम्ब्रिज.
3. बी. शिवा राव (सम्पा.) (1967), *द फ्रेमिंग ऑफ़ द कांस्टीट्यूशन: सलेक्ट डॉक्यूमेंट्स*, खण्ड 1 और 2, नयी दिल्ली, आईआईपीए.

— **अभय कुमार दुबे**

भारत में स्त्री-आरक्षण-1

73वाँ और 74वाँ संविधान संशोधन

(Women Reservation in India-1)

भारत में स्त्री-आरक्षण का प्रश्न एक गहरी दुविधा और विरोधाभास का रूप ले चुका है जिसकी अभिव्यक्ति न केवल राजनीति के दायरे में, बल्कि नारीवादी आंदोलन में भी दिखाई पड़ती है। भारतीय संविधान ने 1950 में स्त्रियों को मतदान का अधिकार तो दिया, लेकिन समाज में उनकी दुर्बल स्थिति को देखते हुए भी जेंडर के आधार पर किसी विशेष प्रोत्साहन का प्रावधान नहीं किया। नतीजतन ग्राम पंचायतों और स्थानीय स्तर पर काम करने वाली स्वशासी संस्थाओं के साथ-साथ विधानसभाओं और लोकसभा जैसी विधायी संस्थाओं में भी स्त्रियों का प्रतिनिधित्व आबादी में उनकी संख्या की तुलना में बहुत कम बना रहा। 1967 में लोकसभा में स्त्री-सांसदों की संख्या 5.9 प्रतिशत थी जो 1997 तक बढ़ कर केवल सात फ़ीसदी ही हो पायी। स्त्रियाँ अपने प्रतिनिधि के रूप में पुरुषों को चुनने के लिए मजबूर रहीं। प्रातिनिधिक संस्थाओं में स्त्रियों की सहभागिता बढ़ाने के लिए पहला संस्थागत प्रयास 1992-93 में 73 और 74वें संविधान संशोधन के रूप में किया गया जिसके तहत पंचायतों और स्थानीय निकायों में एक-तिहाई सीटें स्त्रियों के लिए सुरक्षित कर दी गयीं। दिलचस्प बात यह है कि इस स्तर पर आरक्षण देने के सवाल पर न कोई ख़ास विवाद हुआ, और न ही कोई बहस। ऐसा लगा कि जैसे सभी तरह की राजनीतिक शक्तियाँ स्त्रियों के साथ होने वाली नाइंसाफ़ी को ठीक करने के लिए तैयार बैठी हों।

लेकिन जून, 1996 में एच.डी. देवेगौड़ा के प्रधानमंत्रित्व वाली संयुक्त मोर्चा सरकार ने अपने न्यूनतम साझा कार्यक्रम में दिये गये आश्वासन के मुताबिक़ संसद और विधानसभाओं में जेंडर के आधार पर 33 फ़ीसदी आरक्षण का प्रावधान करने वाला 81वाँ संविधान संशोधन विधेयक जैसे ही पेश किया, यह प्रश्न उस दुविधा का शिकार हो गया जिसका समाधान आज तक नहीं हो पाया है। विधेयक पर संसद में जम कर बहस-मुबाहिसा हुआ। लेकिन, सरकार के घटक दलों में इस सवाल पर एकता न होने के कारण इसे संसद की संयुक्त प्रवर समिति के हवाले कर दिया गया। 1998 में यही विधेयक 84वें संविधान संशोधन के रूप में पेश किया गया। फिर 1999 में इसका एक और संस्करण 85वें संशोधन विधेयक के रूप में रखा गया। लेकिन विभिन्न बाधाओं के कारण इसे पारित नहीं किया जा सका। राजनीतिक दलों में इस प्रश्न पर सहमति है कि औरतों को राजनीतिक आरक्षण दिया जाना चाहिए लेकिन उसे देने की विधियों पर उनके बीच मतभेद हैं। फ़िलहाल स्थिति यह है कि संविधान में 108वाँ संशोधन प्रस्तावित करने वाला महिला आरक्षण विधेयक राज्यसभा द्वारा 9 मार्च, 2010 को पारित कर दिया गया है। लोकसभा के अनुमोदन के बाद पूर्ण क़ानून का दर्जा प्राप्त करने के बाद इसे राज्य विधानसभाओं की सहमति की आवश्यकता पड़ेगी।

स्त्री-आरक्षण के प्रति इस दुविधा और विरोधाभास का अर्थ ग्रहण करने के लिए इसके इतिहास पर एक नज़र डालना आवश्यक है।

इतिहास : स्त्री-आरक्षण पर दुविधा के सैद्धांतिक रूपों की पहली शिनाख़्त भारतीय नारीवादी आंदोलन के शुरुआती दौर में ही की जा सकती है। सरोजिनी नायडू ने 1918 में ही स्त्रियों को मतदान का अधिकार देने की माँग उठाने के लिए कांग्रेस को राज़ी कर लिया था। तीस के दशक तक स्त्रियों के सभी संगठन, होम रूल लीग, कांग्रेस, मुसलिम लीग और गाँधी स्त्रियों के लिए वोट के अधिकार की पैरोकारी करने लगे थे। लेकिन 1930 में बम्बई में हुए आल इण्डिया वुमंस कांफ्रेंस के जलसे को सम्बोधित करते हुए सरोजिनी नायडू ने कहा कि स्त्रियों के लिए किसी भी तरह की विशेष सुविधा (आरक्षण या नामज़दगी) की माँग करना उनकी कमतर हैसियत को स्वीकार कर लेना होगा। लेकिन सभी स्त्रियाँ नायडू के इस दावे से सहमत नहीं थीं। लेकिन वुमंस एसोसिएशन की तरफ़ से मद्रास विधान परिषद् में नामज़द हुई डॉ. मुत्थुलक्ष्मी रेड्डी की मान्यता थी कि स्त्रियों के नज़रिये को सामने लाने के लिए आरक्षण ज़रूरी है। रेड्डी ने तत्कालीन परिस्थितियों में स्त्रियों के लिए पृथक मतदातामण्डलों की आवश्यकता को भी रेखांकित किया। दरअसल, नारीवादी संगठनों का एक हिस्सा 'स्त्री-उत्थान' का पक्षधर था, पर दूसरा 'समान अधिकारों' की वकालत करता था। धीरे-धीरे समान अधिकारों की माँग व्यावहारिक रूप से 'समानता लेकिन कोई विशेष सुविधा नहीं' के रूप में सूत्रबद्ध होती चली गयी।

1932 तक प्रांतीय विधायिकाओं और स्थानीय निकायों से पृथक मतदातामण्डलों की माँग उठने के बावजूद तीनों बड़े स्त्री-संगठन इसी सूत्रीकरण के पक्ष में झुक चुके

थे। दूसरी गोलमेज़ कांफ्रेंस के परिणामस्वरूप जब अंग्रेज़ों ने ईसाइयों, मुसलमानों, सिक्खों, एंग्लो-इण्डियनों और दबे हुए वर्गों के लिए पृथक मतदातामण्डल स्वीकृत किये तो अरुणा आसफ़ अली और राजकुमारी अमृत कौर जैसी महिला नेताओं ने स्त्रियों की एकता के नाम पर इसका विरोध किया ताकि किसी भी क़िस्म की साम्प्रदायिक गोलबंदी उसे गड़बड़ा न सके। पर मुसलमान समाज से आयी स्त्री-प्रतिनिधियों ने आल इण्डिया वुमंस कांफ्रेंस में रखे गये इस प्रस्ताव का विरोध किया। कुल मिला कर जाति और धर्म के प्रश्न पर स्त्री-नेतृत्व का आग्रह सभी औरतों की स्थिति को समान मानने के इर्द-गिर्द गोलबंद होता चला गया।

यह रुझान मोटे तौर पर आज़ादी के बाद भी जारी रहा और 1974 में स्त्रियों के हालात की जाँच-पड़ताल करने के लिए बनायी गयी कमेटी ने विधायी संस्थाओं में औरतों के लिए सीटें आरक्षित करने के प्रस्ताव को बहुमत से ख़ारिज कर दिया। हालाँकि इस कमेटी की रपट *टुवर्ड्स ईक्वलिटी* से यह जानकारी भी मिल रही थी कि स्त्री-विधिकर्ताओं की संख्या घटती जा रही है और राजनीतिक पार्टियाँ औरतों को टिकट देने में हिचकती हैं।

स्त्रियों को आरक्षण का प्रश्न 1988 में फिर से उभरा जब स्त्रियों के लिए बनायी गयी राष्ट्रीय परिप्रेक्ष्य योजना ने लैंगिक आधार पर तीस फ़ीसदी आरक्षण का सुझाव दिया। इसके पीछे तर्क यह था कि स्त्रियों के बड़े पैमाने पर राजनीति में आने से उसके मौजूदा ढाँचे में भिन्न मूल्यों, प्राथमिकताओं और परिप्रेक्ष्यों का समावेश होगा। राजनीतिक दलों के एजेंडे पर स्त्रियों के मसले प्रमुखता प्राप्त करेंगे। निर्णयकारी हैसियत में स्त्रियों के पहुँचने से उनके ख़िलाफ़ होने वाले भेदभाव की मात्रा घटेगी। नब्बे का दशक भारतीय राजनीति में 'जाति' और 'समुदाय' के साथ-साथ जेंडर की श्रेणी को अलग से रेखांकित करने वाला साबित हुआ। सबसे पहले महाराष्ट्र की सरकार ने 1990 में स्थानीय निकायों में स्त्रियों को 30 फ़ीसदी आरक्षण दे कर इस प्रक्रिया की शुरुआत की। 1992 में 73वाँ संविधान संशोधन हुआ जिसके तहत ज़िला, ब्लॉक और ग्राम पंचायतों में अनुसूचित जातियों, अनुसूचित जनजातियों को उनकी जनसंख्या के अनुपात में और स्त्रियों को एक-तिहाई आरक्षण का प्रावधान किया गया। इसके बाद हुए 74वें संशोधन के तहत आरक्षण की यही व्यवस्था स्थानीय निकायों में की गयी।

यह मानना पड़ेगा कि इन दोनों संविधान संशोधनों के लिए दबाव पैदा करने में भारत के नारीवादी आंदोलन की भूमिका न के बराबर ही रही। न ही इस प्रश्न पर कोई राष्ट्रीय बहस हुई। इस आरक्षण का स्त्री-सशक्तीकरण की प्रक्रिया के साथ-साथ व्यापक राजनीति पर किस तरह का असर पड़ सकता है, इसका भी कोई पूर्व अध्ययन नहीं किया गया। देखते-देखते अचानक क़रीब दस लाख स्त्रियों के लिए निचले स्तर की प्रातिनिधिक संस्थाओं में प्रवेश का दरवाज़ा खुल गया। न तो इसके लिए पार्टियाँ तैयार थीं, और न ही स्त्री-संगठन। दिलचस्प बात यह है कि इस संदर्भ में ताज़े इतिहास पर नज़र डालने से यह नहीं पता चलता कि इन संविधान संशोधनों की पहलक़दमी का उद्गम कौन सा था।

इस आरक्षण के पंद्रह साल बाद कुछ रुझान सामने आये हैं जिनके आईने में इन संविधान संशोधनों के प्रभावों का कुछ अंदाज़ा लगाया जा सकता है। पंचायती राज और स्थानीय निकाय संस्थाओं में आरक्षण के ज़रिये चुनी गयी स्त्रियों में राजनीतिक कार्यकर्ताओं की संख्या कम और पुरुष नेताओं की परिजन स्त्रियों की संख्या ज़्यादा देखी गयी। इनमें कई अनिच्छापूर्वक चुनाव लड़ीं क्योंकि उनके ख़ानदान को अपना राजनीतिक रंग-रुतबा बरक़रार रखना था। दूसरे, इनकी पहली प्राथमिकता व्यापक स्त्री-समाज के प्रति न हो कर पितृसत्तात्मक हितों की ताबेदारी थी। चुनी गयी स्त्रियों का बहुत ही छोटा हिस्सा नारीवादी आंदोलन से ताल्लुक़ रखता था। अभी यह अध्ययन किया जाना शेष है कि क्या स्त्री-प्रतिनिधियों की राजनीति पुरुष-प्रतिनिधियों के मुक़ाबले किस स्तर पर भिन्न होती है : क्या वे पुरुषों की अपेक्षा सत्ता से कम चिपकने की कोशिश करती हैं, कम भ्रष्ट होती हैं, उनकी कार्यशैली अपेक्षाकृत अधिक लोकतांत्रिक होती है, उनकी राजनीतिक महत्त्वाकांक्षा का स्तर क्या है और कुल मिला कर उनके ज़रिये होने वाले राजनीतिकरण का पूरे समाज और मानवीय संबंधों की संरचना पर क्या असर पड़ रहा है ?

लेकिन नकारात्मक आयामों के साथ-साथ ऐसे कई उदाहरण भी सामने आये हैं जिनमें महिला कॉरपोरेटरों और पंचों ने राजनीतिक सफलता के ज़रिये अपने परिवार और परिवेश के भीतर लैंगिक श्रेणीक्रम के तहत स्त्री की अधीनता को उलटा है। स्त्री-मेयरों के कामकाज का अध्ययन करने से पता चला है कि उनके नेतृत्व में स्त्री-हितों का ख़याल रखने वाले मुद्दों और कार्यक्रमों को पहले के मुक़ाबले प्राथमिकता प्राप्त हुई। इस बात के भी स्पष्ट संकेत हैं कि आरक्षण के कारण चुनी गयी स्त्रियों की चौथी और पाँचवीं पीढ़ी पहली और दूसरी पीढ़ी के मुक़ाबले अधिक जागरूक, स्वायत्त और पुरुषों के ऊपर कम निर्भर साबित हो रही हैं।

देखें : अश्वेत नारीवाद, आनंदीबाई जोशी, इसलामिक नारीवाद, गायत्री चक्रवर्ती स्पिवाक, चिपको आंदोलन, जूडिथ बटलर, जेंडर, दलित नारीवाद, देवदासी, देवकी जैन, नारीवाद, नारीवाद की पहली लहर, नारीवाद की दूसरी लहर, नारीवाद की तीसरी लहर, नारीवाद और अर्थशास्त्र, नारीवादी फ़िल्म-सिद्धांत, नारीवादी इतिहास-लेखन, नारीवाद और अर्थशास्त्र, नारीवादी दर्शन, नारीवाद और साम्प्रदायिकता,

नैंसी शोदॅरौ, पर्यावरणीय नारीवाद, पब्लिक-प्राइवेट, पण्डिता रमाबाई सरस्वती, पितृसत्ता, प्रेम, प्रेम-अध्ययन और नारीवादी दर्शन, महादेवी वर्मा, मैरी वोल्सनक्रॉफ़्ट, राजनीतिक दर्शन के नारीवादी आयाम, रमाबाई रानाडे, ल्यूस इरिगरे, स्त्री और साम्प्रदायिकता, स्त्री-श्रम, सम्पत्ति : नारीवादी परिप्रेक्ष्य, सिमोन द बोउवार, स्त्री-आरक्षण, हेलन सिचू।

संदर्भ

1. मैरी जॉन (2000), 'आल्टरनेटिव मॉडर्निटीज़? रिज़र्वेशन ऐंड वुमंस मूवमेंट इन ट्वेंटियथ सेंचुरी इण्डिया', *इकॉनॉमिक ऐंड पॉलिटिकल वीकली,* खण्ड 35, अंक 43/44.
2. मेधा नानीवाडेकर (1998), 'रिज़र्वेशन फ़ॉर वुमॅन : चैलेंज ऑफ़ टैकलिंग काउंटर-प्रोडक्टिव ट्रेंड्स', *इकॉनॉमिक ऐंड पॉलिटिकल वीकली,* खण्ड 33, अंक 28.
3. युहान रेडलुंद (2008), *वुमॅन इन पंचायत्स : अ स्टडी ऑफ़ जेंडर स्ट्रक्चर्स ऐंड द इम्पेक्ट्स ऑफ़ द 73र्ड एमेंडमेंट ऑफ़ द कांस्टीट्यूशन,* लुंद युनिवर्सिटी शोध-पत्र।
4. जोकिम परसन (2008), *द इम्पेक्ट ऑफ़ अ कोटा सिस्टम ऑफ़ वुमंस इम्पॉवरमेंट : अ फ़ील्ड स्टडी इन वेस्ट बंगाल,* लुंद युनिवर्सिटी शोध-पत्र, 2008

— अभय कुमार दुबे

भारत में स्त्री-आरक्षण-2

संसद और विधानसभाएँ

(Women Reservation in India-2)

स्त्रियों को पंचायती राज संस्थाओं और स्थानीय निकायों में राजनीतिक आरक्षण मिल जाने के बाद डेढ़ दशक बाद भी यह प्रक्रिया अपने तार्किक निष्कर्ष तक नहीं पहुँच पायी है। देश की सर्वोच्च प्रातिनिधिक संस्थाओं में औरतों के लिए सीटें आरक्षित करने वाला 108वाँ संविधान संशोधन विधेयक अभी संसद द्वारा पारित किया जाना बाक़ी है। राजनीतिक दलों के बीच और उनके भीतर गम्भीर मतभेदों के कारण लोकसभा में लटके हुए, लेकिन राज्यसभा द्वारा 9 मार्च, 2010 को स्वीकृत किये गये इस विधेयक के मुख्य प्रावधान इस प्रकार हैं : लोकसभा और राज्य विधानसभाओं में कम से कम एक-तिहाई सीटों का स्त्रियों के लिए आरक्षण, अनुसूचित जातियों और जनजातियों के लिए सुरक्षित सीटों में से एक-तिहाई का स्त्रियों के लिए आरक्षण, अपनी शुरुआत के 15 साल बाद यह आरक्षण स्वत: समाप्त और लाटरी के आधार पर हर चुनाव में एक-तिहाई सीटों का चयन अर्थात् पंद्रह वर्ष के भीतर तीन बार में देश के प्रत्येक निर्वाचन-क्षेत्र का कम से कम एक बार स्त्रियों के लिए आरक्षित होना। विधेयक में राज्यसभा और विधान परिषदों में स्त्री-आरक्षण का प्रावधान नहीं है। विधेयक के समर्थकों और विरोधियों के बीच होने वाली यह बहस विधेयक के पक्ष-विपक्ष में कई मानीख़ेज़ और व्यावहारिक लगने वाली दलीलों और सुझावों के रूप में सामने आयी है।

विधेयक के समर्थकों का सीधा तर्क है कि स्त्रियों को एक अलग सामाजिक श्रेणी के रूप में देखने को प्राथमिकता दी जानी चाहिए ताकि संसद में स्त्रियों की संख्या बढ़ने से विचार-विमर्श और नीति संबंधी दिशा जेंडर-संवेदनशील हो सके। समर्थकों के मुताबिक़ स्त्री-समाज के बीच विभेदीकरण के पहलू उन्हें संसद और विधायिकाओं में समुचित प्रतिनिधित्व दिलाने के संदर्भ में प्रासंगिक नहीं हैं। जब स्त्रियों को 33 फ़ीसदी प्रतिनिधित्व मिल जाएगा तो समाज के वंचित और पिछड़े तबक़ों की स्त्रियों को भी उसके सामाजिक और राजनीतिक लाभ होंगे। सत्ता और प्राधिकार के मुक़ामों तक उनके पहुँचने का रास्ता भी साफ़ हो जाएगा। ज़ाहिर है कि विधेयक के समर्थक जाति, जातीयता, वर्ग और धर्म संबंधी उत्पीड़न के ऊपर जेंडर संबंधी उत्पीड़न को प्रबल प्राथमिकता देने के पक्ष हैं। वे इस तरह के कई बारीक़ प्रश्नों पर पहले विचार करने के बजाय आरक्षण का कुछ अनुभव प्राप्त कर लेने के बाद उसकी रोशनी में ग़ौर करना चाहते हैं।

विधेयक के विरोधियों की कई श्रेणियाँ हैं। पहली श्रेणी उनकी है जो आरक्षण का ही विरोध करते हैं। उनका कहना है कि जेंडर के आधार पर आरक्षण का प्रावधान संविधान प्रदत्त समानता के सिद्धांत के ख़िलाफ़ जाता है। दूसरे, स्त्रियों को सामाजिक रूप से समरूप श्रेणी की संज्ञा नहीं दी जा सकती और न ही उनके हितों को अन्य आर्थिक, सामाजिक और राजनीतिक तबक़ों से अलग करके देखा जा सकता है। अगर स्त्रियों को आरक्षण दे दिया गया तो इसी तरह की माँगें अन्य समूहों और समुदायों की तरफ़ से आयेगी जिससे राष्ट्रीय एकता को नुक़सान पहुँचेगा।

दूसरी श्रेणी उनकी है जो स्त्री-आरक्षण के तो पक्ष में हैं पर इसके लिए लाये गये सरकारी विधेयक को नापसंद करते हैं। इनमें पहली श्रेणी के सुझाव वे हैं जिनका मुख्य मक़सद स्त्री-आरक्षण के बावजूद पुरुष-सांसदों की संख्या कम न होने देने का है। इनमें एक संसद में सीटों की संख्या बढ़ाने का है। 2001 की जनगणना के मुताबिक़ देश की आबादी एक अरब से अधिक हो चुकी है। इसलिए संविधान के मुताबिक़ लोकसभा की सदस्य संख्या बढ़ा कर 750 तक की जा सकती है और बढ़ी हुई दो सौ के आसपास सीटों को स्त्रियों के लिए रखा जा सकता है। दूसरा सुझाव दोहरी सदस्यता वाले निर्वाचन-क्षेत्रों के प्रावधान का है। इसके मुताबिक़ कुल सीटों में से एक-तिहाई (181) पर एक पुरुष

और एक स्त्री सांसद चुनने का प्रावधान होना चाहिए।

दूसरी श्रेणी का संबंध एक बेहद पेचीदा आलोचना से है। यह उन बुद्धिजीवियों और एक्टिविस्टों की तरफ़ से आयी है जो आरक्षण का समर्थन करने के बावजूद इस विधेयक के आईने में उच्च जातियों और नारीवाद के बीच अघोषित गठजोड़ देख कर बेचैन हो गये हैं। इनकी मान्यता है कि पिछड़ी जातियों के राजनीति में बढ़ते हुए प्रभाव को रोकने के लिए स्त्री-आरक्षण के उपाय का इस्तेमाल किया जा रहा है। इस तर्क का एक मतलब यह भी निकाला जा सकता है कि ऊँची जातियाँ अपने हाथ से फिसलती सत्ता की बागडोर थामने के लिए नारीवाद का इस्तेमाल कर रही हैं।

पिछड़ों और अल्पसंख्यकों के हितों का सवाल उठाने वालों का कहना है कि विधेयक में अन्य पिछड़े वर्गों और अल्पसंख्यकों के लिए आरक्षण की कोई अलग से व्यवस्था नहीं है, इसलिए इसके कारण पिछड़े वर्ग के प्रतिनिधित्व को चोट लगेगी। इनकी माँग है कि स्त्रियों को मिलने वाले 33 फ़ीसदी आरक्षण के भीतर पिछड़ों और अल्पसंख्यकों का कोटा निर्धारित किया जाना चाहिए। यह एक ऐसा सवाल है जिसके आधार पर भारतीय कम्युनिस्ट पार्टी और मार्क्सवादी कम्युनिस्ट पार्टी को छोड़ कर सभी राजनीतिक दलों में विधेयक को लेकर मतभेद हो गये हैं। भाजपा एक दल के रूप में विधेयक के मौजूदा रूप के पक्ष में है, पर उसके पिछड़े सांसदों को आपत्ति है।

मोटे तौर पर समतामूलक लगने वाली इस दलील के साथ दिक़्क़त यह है कि संविधान पिछड़ी जातियों और धार्मिक अल्पसंख्यकों राजनीतिक आरक्षण देने के पक्ष में नहीं है। इसलिए विधेयक में ऐसा कोई प्रावधान संवैधानिक रूप से सम्भव ही नहीं था। पिछड़ी जातियों और मुसलमानों के लिए अलग से कोटा निर्धारित करने की माँग करने वाली राजनीतिक पार्टियाँ और नेतागण इस आधार पर विधेयक के पारित होने में अड़ंगा तो लगाते हैं, पर वे लोकसभा में पिछड़ों और मुसलमानों को भी राजनीतिक आरक्षण देने के लिए संविधान संशोधन का प्रस्ताव कभी नहीं लाते। दरअसल, वर्तमान लोकसभा में पिछड़ी जातियों से आये सांसदों की संख्या बिना किसी राजनीतिक आरक्षण के दो सौ से ऊपर पहुँच चुकी है जिसके कारण इस तरह के संविधान संशोधन का तर्क अपने-आप में कमज़ोर हो जाता है। लगता है कि स्त्री-आरक्षण के ज़रिये ये शक्तियाँ पिछले दरवाज़े से राजनीतिक आरक्षण प्राप्त करने की कोशिश कर रही हैं।

विधेयक के आलोचकों में से एक प्रतिक्रिया उन लोगों की है जिन्हें अंदेशा है कि आरक्षण के तहत चुनी जाने वाली स्त्रियों में से अधिकतर या धनी-मानी और सत्तारूढ़ परिवारों की होंगी, या फिर पुरुष नेताओं की 'बहू-बेटी ब्रिगेड' में से आएँगी। आलोचकों का यह भी कहना है कि हर बार लॉटरी के ज़रिये एक-तिहाई सीटें तय करने के नियम की आलोचना से जुड़ी है। इसका कहना है कि आरक्षित सीटें चुनने की यह पद्धति सांसद और उसके निर्वाचन-क्षेत्र के बीच एक दीर्घ और जीवंत रिश्ता नहीं बनने देगी।

विधेयक के समर्थकों के पास इन आलोचनाओं के जवाब हैं। उनका तर्क है कि अन्य पिछड़े वर्ग के पुरुष सांसद जिस तरह से चुनाव में जीत कर आते हैं, उसी तरह से उस वर्ग के स्त्री-उम्मीदवार भी चुनाव जीत सकते हैं। फ़र्क़ केवल यह पड़ेगा कि पिछड़ी जातियों के पुरुष-सांसदों की संख्या कम हो जाएगी और उनकी जगह स्त्री-सांसदों की संख्या बढ़ जाएगी। इसलिए संविधान की एक बुनियादी मान्यता का उल्लंघन करके पिछड़ों को आरक्षण के भीतर आरक्षण देने की कोई आवश्यकता नहीं है। धार्मिक अल्पसंख्यकों के लिए अलग से कोटा तय करने का मतलब होगा धार्मिक आधार पर आरक्षण को मान्यता देना जिससे इस नीति के सेकुलर चरित्र का हनन हो जाएगा। 'बहू-बेटी ब्रिगेड' वाली आलोचना के उत्तर में विधेयक के समर्थकों का तर्क है कि राजनीतिक नेटवर्क और पारिवारिक प्रभाव से पुरुष-राजनीति भी मुक्त नहीं है। स्त्री-उम्मीदवारों पर भी इसका प्रभाव पड़ेगा और प्रारम्भ में कुछ ज़्यादा ही पड़ सकता है। लेकिन आरक्षण के पंद्रह वर्षों के दौरान स्त्री-समाज के बीच चलने वाली राजनीतीकरण की सघन प्रक्रिया स्वतंत्र और स्वायत्त स्त्री-राजनेताओं और कार्यकर्ताओं के उभार की दूरगामी सम्भावनाओं से लैस है। निर्वाचन-क्षेत्र और उसके प्रतिनिधि के बीच संबंध टूट जाने के अंदेशे के जवाब में समर्थकों का कहना है कि ऐसे कई राजनेता हैं जो अपनी मर्ज़ी और सुविधा के मुताबिक़ अपने चुनाव-क्षेत्र बार-बार बदलते रहे हैं। पार्टियाँ भी अपनी रणनीतिक डिज़ाइन के मुताबिक़ उम्मीदवार बदलती रहती हैं। दूसरे, दलीय प्रणाली में पार्टियों की यह जिम्मेदारी बनती है वे अपनी कार्यकर्ता मशीनरी के ज़रिये निर्वाचन-क्षेत्रों का ख़याल रखें।

वैकल्पिक विधेयक : स्त्री-आरक्षण के प्रश्न पर एक उल्लेखनीय हस्तक्षेप सन् 2000 में एक वैकल्पिक विधेयक के रूप में सामने आ चुका है। *मानुषी* पत्रिका की सम्पादक मधु किश्वर ने अपने इस प्रस्ताव के पक्ष में जम कर मुहिम चलाई और फ़ोरम फ़ॉर डेमॉक्रैटिक रिफ़ॉर्म द्वारा भी उसे अपनाया गया। विधेयक का मसविदा तैयार करने में जयप्रकाश नारायण, योगेंद्र यादव और धीरूभाई शेठ की भी भूमिका थी। शेतकरी संगठन के नेता शरद जोशी के समर्थन वाले इस विधेयक को तृणमूल कांग्रेस की सांसद कृष्णा बोस ने लोकसभा में प्राइवेट बिल के रूप में पेश किया। तत्कालीन मुख्य चुनाव आयुक्त मोहिंदर सिंह गिल ने भी इसके प्रावधानों के पक्ष में वक्तव्य दिया।

विधेयक के महत्त्वपूर्ण आयाम इस प्रकार थे : निर्वाचन क्षेत्रों को स्त्रियों के लिए सुरक्षित करने के बजाय 1951 के जन-प्रतिनिधित्व क़ानून में संशोधन किया जाए ताकि प्रत्येक मान्यता प्राप्त राजनीतिक दल के लिए एक-तिहाई निर्वाचन क्षेत्रों में स्त्रियों को उम्मीदवार बनाना अनिवार्य हो जाए। अगर कोई पार्टी एक स्त्री को कम टिकट दे तो दण्डस्वरूप उसके दो पुरुष उम्मीदवारों से पार्टी का चुनाव-चिह्न और आयोग की मान्यता से संबंधित सभी सुविधाएँ छीन ली जाएँ। मधु किश्वर के विधेयक में इस बात का ध्यान भी रखा गया था कि पार्टियाँ ख़ानापूरी के लिए स्त्रियों को केवल ऐसे क्षेत्रों से ही टिकट देकर काम न चला लें जहाँ से वे नहीं जीत सकतीं।

देखें : अश्वेत नारीवाद, आनंदीबाई जोशी, इसलामिक नारीवाद, गायत्री चक्रवर्ती स्पिवाक, चिपको आंदोलन, जूडिथ बटलर, जेंडर, दलित नारीवाद, देवदासी, देवकी जैन, नारीवाद, नारीवाद की पहली लहर, नारीवाद की दूसरी लहर, नारीवाद की तीसरी लहर, नारीवाद और अर्थशास्त्र, नारीवादी फ़िल्म-सिद्धांत, नारीवादी इतिहास-लेखन, नारीवाद और अर्थशास्त्र, नारीवादी दर्शन, नारीवाद और साम्प्रदायिकता, नैंसी शोदॅरौ, पर्यावरणीय नारीवाद, पब्लिक-प्राइवेट, पण्डिता रमाबाई सरस्वती, पितृसत्ता, प्रेम, प्रेम-अध्ययन और नारीवादी दर्शन, महादेवी वर्मा, मैरी वोल्सनक्रॉफ़्ट, राजनीतिक दर्शन के नारीवादी आयाम, रमाबाई रानाडे, ल्यूस इरिगरे, स्त्री और साम्प्रदायिकता, स्त्री-श्रम, सम्पत्ति : नारीवादी परिप्रेक्ष्य, सिमोन द बोउवार, स्त्री-आरक्षण, हेलन सिचू।

संदर्भ

1. निवेदिता मेनन (2000), 'इल्यूसिव 'वुमॅन' : फ़ेमिनिज़म ऐंड वुमंस रिज़र्वेशन बिल', *इकॉनॉमिक ऐंड पॉलिटिकल वीकली,* 21 अक्टूबर-3 नवम्बर 2000,
2. मधु किश्वर (1996), 'वुमॅन ऐंड पॉलिटिक्स : बियोंड कोटाज़', *इकॉनॉमिक ऐंड पॉलिटिकल वीकली,* खण्ड 31, अंक 43.
3. एस. इरुडाया राजन और जे. रत्नाकुमार (2005), 'वुमंस रिज़र्वेशन बिल : सम इमर्जिंग इशूज़', *इकॉनॉमिक ऐंड पॉलिटिकल वीकली,* खण्ड 40, अंक 39.
4. मधु किश्वर, योगेंद्र यादव, जयप्रकाश नारायण और धीरूभाई शेठ (2000), 'इनहेंसिंग वुमंस रिप्रज़ेंटेशन इन द लेजिस्लेचर्स : ऐन आल्टरनेटिव टु गवर्नमेंट बिल फ़ॉर वुमंस रिज़र्वेशन', *मानुषी,* 116.
5. मेधा नानीवाडेकर (2003), 'डुअल मेम्बर कांस्टीट्वेंसीज़ : रिज़ोल्विंग डेडलॉक ऑन वुमंस रिज़र्वेशन', *इकॉनॉमिक ऐंड पॉलिटिकल वीकली,* खण्ड 38, अंक 43.
6. आर. गीता (2004), 'वुमंस रिप्रज़ेंटेशन इन पार्लियामेंट ऐंड लेजिस्लेचर्स', *इंटरनैशनल साउथ एशिया फ़ोरम बुलेटिन,* नं. 27.

— अभय कुमार दुबे

भारत में शेयर-संस्कृति

(Share Market Culture in India)

अमेरिकी गृहयुद्ध ख़त्म होने से कपास के निर्यात से होने वाली आमदनी के रुक जाने के कारण व्यापारियों और दलालों को लगे झटके के गर्भ से भारतीय शेयर बाज़ार का जन्म हुआ। दरअसल, 1860 से 1865 के बीच अमेरिका में गृह युद्ध के कारण शेयरों की क़ीमतों में असाधारण उछाल आया था। पाँच हज़ार रुपये में बिकने वाला बेकवे रिक्लेमेशन कम्पनी का शेयर पचास हज़ार रुपये में बिकने लगा था। लेकिन इसके बाद जैसे ही गृह युद्ध ख़त्म हुआ, यह बुलबुला फूट गया और यही शेयर घट कर 1750 रुपये का हो गया। बाक़ी शेयरों की भी यही हालत हुई। इसका असर बम्बई में सक्रिय क़रीब ढाई सौ दलालों के छोटे से समुदाय पर भी पड़ा। गृह युद्ध के कारण अंग्रेज़ों की सूत मिलों को अमेरिका से होने वाली कपास की आमद रुक जाने के कारण उसकी भरपाई बम्बई से हो रही थी और इस व्यापार का भुगतान सोने और चाँदी में होता था। बम्बई के व्यापारियों ने इससे पैसा कमाया, नयी-नयी कम्पनियाँ बनायीं और सट्टेबाज़ी में जुट गये। पर गृह युद्ध ख़त्म होते ही, अंग्रेज़ों की सूत मिलों ने बम्बई से कपास लेना बंद कर दिया। इस घटना के दस साल बाद इसी तरह के झटकों से मिल-जुल कर निबटने के लिए 1875 की जुलाई में बम्बई के दलालों ने एक एसोसिएशन बनायी जिसे आज हम बम्बई स्टाक एक्सचेंज के नाम से जानते हैं। अहमदाबाद, कलकत्ता, मद्रास, इंदौर, हैदराबाद और दिल्ली के दलालों ने भी बम्बई का अनुसरण किया। यह इतिहास बताता है कि भारत में स्टाक एक्सचेंज संस्कृति का जन्म उद्योगों के लिए पूँजी जुटाने के मक़सद से नहीं हुआ था। न ही वे जनता की बचत उद्योगों तक पहुँचाने का ज़रिया थे। दलालों ने अपनी सुरक्षा व्यवस्था के लिए उन्हें स्थापित किया था। तभी से इन संस्थाओं पर दलालों का वर्चस्व चला आ रहा है।

भारत के उद्योगीकरण के लिए राष्ट्रीय नेतृत्व ने शेयर बाज़ार संस्कृति पर कभी भरोसा नहीं किया। 1948 में औद्योगिक वित्त पर राष्ट्रीय नियोजन कमेटी की बैठक में जवाहरलाल नेहरू ने कहा था : 'आम तौर पर लोग समझते हैं कि शेयर बाज़ार उद्योगों के लिए पूँजी जुटाने का काम करते हैं ... नज़दीक से देखने पर किसी तरह नहीं लगता कि भारतीय स्टॉक एक्सचेंजों को दीर्घावधि औद्योगिक ऋण और अल्पावधि कार्य-पूँजी उपलब्ध कराने में विशेषज्ञता हासिल है। ... ये संस्थान सट्टेबाज़ों के प्रिय अड्डे हैं ... ये दिन-दहाड़े जुएबाज़ी की सुविधा देने वाली सर्वाधिक प्रतिष्ठित संस्थाएँ

हैं ... औद्योगीकरण के प्रसार के लिए पूँजी जुटाने हेतु हम इस तरह के सामाजिक फोड़ों पर भरोसा नहीं कर सकते।' दलालों के प्रभुत्व वाली शेयर बाज़ार संस्थाओं को अर्थव्यवस्था की मुख्यधारा से हमेशा दूर रखा गया। घरेलू बचत पर सट्टा बाज़ार का साया कभी नहीं पड़ पाया।

शेयर बाज़ार संस्कृति पर भारत के नीति निर्माताओं ने अस्सी के दशक में पहली बार भरोसा दिखाया। 1980 में सत्ता में अपनी दोबारा वापसी के बाद इंदिरा गाँधी ने अंतर्राष्ट्रीय मुद्रा कोष से एक भारी क़र्ज़ लेने का फ़ैसला किया। उस समय न तो भारत का विदेशी मुद्रा भण्डार कोई ख़ास कमज़ोर था, न ही भारत के पास पेट्रोलियम का संकट था और विदेशी क़र्ज़ भी चिंताजनक नहीं था। इस लिहाज़ से आईएमएफ़ से क़र्ज़ लेना एक नीतिगत फ़ैसला था। यह एक संकेत था कि अब भारत विदेशी पूँजी और प्रौद्योगिकी के साथ गठजोड़ करना चाहता है।

भारत का पूँजीपति वर्ग पब्लिक सेक्टर के ज़रिये मुहैया करायी जाने वाली सस्ती अधिसंरचनात्मक सुविधाओं के आधार पर होने वाले सीमित मुनाफ़े से परे जाना चाहता था। आईएमएफ़ से लिया जाने वाले क़र्ज़ के बाद ही भारत सरकार ने पब्लिक सेक्टर और आयात-प्रतिस्थापन की जगह प्राइवेट सेक्टर और निर्यात प्रोत्साहन की तरफ़ रुझान दिखाना शुरू कर दिया। इंदिरा गाँधी की हत्या के बाद राजीव गाँधी की सरकार ने विदेशी पूँजी के आगमन पर लगे प्रतिबंध हटाने शुरू किये, कई उद्योगों को लाइसेंसों के बंधन से मुक्त कर दिया गया, कई क्षेत्रों के दरवाज़े प्राइवेट सेक्टर के लिए खोल दिये गये, निजी और कॉरपोरेट टैक्स की दरें गिरा दी गयीं, एमआरटीपी के तहत इजारेदारी सम्पत्ति-सीमा बढ़ा दी गयी, ज़्यादा से ज़्यादा आयात ओपन जनरल लाइसेंस के तहत लाया गया, विदेशी प्रौद्योगिकी से सहयोग-समझौतों के मामले में उदारता बरती जाने लगी और बड़ी-बड़ी कम्पनियों को विविधीकरण की इजाज़त मिलने लगी। इन क़दमों के साथ देशी पूँजी बाज़ार का चेहरा स्वाभाविक तौर पर बदलने लगा। नयी अर्थव्यवस्था के लिए केवल वित्तीय संस्थानों और बैंकों से पूँजी की आपूर्ति होनी मुश्किल थी। जनता के पास पड़ा पैसा बचत बैंकों से निकल कर शेयर पूँजी की तरफ़ आकर्षित हो, इसलिए डिबेंचरों पर ब्याज दरें बढ़ा दी गयीं, नये शेयरों में निवेश से संबंधित टैक्स रियायतों को बढ़ा दिया गया। 1985 में विश्व बैंक ने 'इण्डिया : स्ट्रक्चरल चेंज ऐंड डिवेलपमेंट पर्सपेक्टिव-खण्ड 1' शीर्षक से प्रकाशित रपट में भारतीय बैंकों की आलोचना की और शेयर मार्केट को औद्योगिक पूँजी के वैकल्पिक स्रोत के रूप में पेश किया।

देखते-देखते शेयर बाज़ार संस्कृति का प्रसार होने लगा। पाँचवीं योजना (1974-1979) में निजी क्षेत्र ने शेयर जारी करके 551 करोड़ रुपये हासिल किये थे, लेकिन छठी योजना (1980-1985) में यह रकम 3,394 करोड़ तक पहुँच गयी। सातवीं योजना में यह आँकड़ा चार गुने से भी अधिक हो कर 14,950 करोड़ हो गया। शेयर धारकों की संख्या भी बढ़ी। 1975 में जो संख्या केवल 12 लाख थी, 1990 में 90 लाख हो गयी। केवल 1991-92 में शेयर बाज़ार से डेढ़ करोड़ नये लोग जुड़े। 1980 में स्टॉक एक्सचेंजों की संख्या नौ थी जो दस साल में 19 हो गयी। एक्सचेंज में अधिसूचित होने वाली कम्पनियों की संख्या में वृद्धि का प्रतिशत 42 से बढ़ कर 163 हो गया।

शेयर बाज़ार ने भारत के फैलते हुए मध्यवर्ग के सामने रातों-रात अमीर बन जाने का नुस्ख़ा पेश किया। 1971-1980 के बीच शेयरों की क़ीमतों में कुल 119 फ़ीसदी बढ़ोतरी हुई थी, पर अगले दस में यह वृद्धि 599 फ़ीसदी तक पहुँची। 1990 के बाद तो 15 महीने में शेयरों और प्रतिभूतियों की क़ीमतें बढ़ने से एक्सचेंज में क़रीब 15 खरब रुपये पैदा हुए। इस उछाल में तेज़ड़िये दलालों (जैसे बिग बुल के नाम से मशहूर हर्षद मेहता) द्वारा की गयी अनियमितताओं की प्रमुख भूमिका थी। अर्थव्यवस्था के नियामकों ने इस 'बूम' को नज़रअंदाज़ करना जारी रखा। इसका नतीजा कुख्यात घोटाले में निकला और देखते-देखते निवेशकों का क़रीब आठ खरब रुपया डूब गया। तभी से भारतीय स्टॉक एक्सचेंज 'बूम और बस्ट' के चक्र में चढ़ता-उतरता रहता है। उसकी गतिविधियों पर नियंत्रण के लिए विनियमन संस्थाओं का गठन भी किया गया है, पर अभी तक शेयर बाज़ार पर दलालों के प्रभुत्व को कम करने के नीतिगत उपाय नहीं किये जा सके हैं।

शेयर बाज़ार संस्कृति के परवान चढ़ने की राजनीतिक अभिव्यक्ति भी होने लगी है। 2004 में संसदीय चुनाव परिणाम आते ही भारतीय स्टॉक एक्सचेंज में भारी उथल-पुथल देखी गयी। यह बेचैनी दक्षिणपंथी राष्ट्रीय जनतांत्रिक गठजोड़ (एनडीए) की सरकार के पराजित होने और वामपंथियों के समर्थन से संयुक्त प्रगतिशील गठबंधन (यूपीए) के सरकार में आने के कारण दिखाई पड़ी थी। निवेशक समुदाय और उसे अपनी उँगलियों पर नचाने वाले दलालों को डर था कि वामपंथी पार्टियाँ सरकार पर अपने प्रभाव का इस्तेमाल करके अर्थव्यवस्था का रुख बदलने का प्रयास करेंगी। अब केंद्र सरकार स्वयं म्यूचुअल फ़ंडों में निवेश पर छूट दे कर शेयर बाज़ार में निवेश को अप्रत्यक्ष प्रोत्साहन देने लगी है। इसी तरह बीमा पॉलिसियों को भी इक्विटी निवेश से जोड़ दिया गया है। इस तरह की योजनाएँ बहुत सफल भी रही हैं। 2012-13 में राजीव गाँधी इक्विटी स्कीम घोषित करके सरकार ने शेयर बाज़ार में प्रत्यक्ष निवेश को बढ़ावा दिया है। सरकार की कोशिश है कि सेबी (एसईबीआई) की देखरेख में शेयर बाज़ार निवेशकों के लिए अधिकाधिक सुरक्षित किया जाए।

देखें : अंतर्राष्ट्रीय मुद्रा कोष, ढाँचागत समायोजन कार्यक्रम, पेटेंट, ब्रेटन वुड्स प्रणाली, बौद्धिक सम्पदा अधिकार, भारत का भूमण्डलीकरण, भारत में पेटेंट क़ानून, भारत में बहुराष्ट्रीय निगम, भूमण्डलीकरण, भूमण्डलीकरण का इतिहास-1 और 2।

संदर्भ

1. आलोक पुराणिक, 'रोल ऑफ़ स्टॉक एक्सचेंजिज़ इन मोबिलाइज़िंग इंडस्ट्रियल फ़ाइनेंस ऐंड इंवेस्टमेंट', अप्रकाशित, दिल्ली।
1. अभय कुमार दुबे (1992, *घोटाले में घोटाला,* पब्लिक इंटरेस्ट ग्रुप, नयी दिल्ली.
2. अरुण कुमार (1992), *फ़ाइनेंशियल स्कैम : वेजिज़ ऑफ़ डिरेगुलेशन,* पब्लिक इंटरेस्ट ग्रुप, नयी दिल्ली.
3. कवलजीत सिंह (1999), *पूँजी का भूमण्डलीकरण,* ऋतिका प्रकाशन, नयी दिल्ली.

— अभय कुमार दुबे

भारतीय अभिजन

(Indian Elite)

भारत के बुद्धिजीवी हलक़ों में अभिजन, प्रभु वर्ग, शासक वर्ग या इलीट जैसी अभिव्यक्तियों का प्रयोग धड़ल्ले से होता है। पिछले दिनों सोच-विचार की एक नयी प्रवृत्ति यह भी पैदा हुई है कि अगल-अलग समुदायों के भीतर अभिजन रचना पर ग़ौर किया जाने लगा है : दलित इलीट, ओबीसी इलीट या मुसलमान इलीट। इस तरह के अध्ययनों से भारतीय अभिजन की एक आंशिक समझ मिलती है, पर उसका समग्र अध्ययन एक भिन्न प्रकार के बौद्धिक उद्यम की माँग करता है। आधुनिक भारत के अभिजन की रचना उपनिवेशवाद विरोधी आंदोलन के लम्बे दौर में हुई। पहली बार भारत में एक ऐसा अभिजन उभरा जो अपने चरित्र में राष्ट्रीय था। इसने सम्प्रभुता सम्पन्न आधुनिक भारतीय राज्य की स्थापना की जिसके कारण राजनीतिक पहलक़दमी स्थानीयताओं से हट कर केंद्र में पहुँच गयी। पहले होता यह था कि पारम्परिक व्यवस्था पर छाये हुए विशिष्ट जन सामाजिक और निजी विवाद निबटाते रहते थे, या फिर पश्चिमीकरण के शुरुआती दौर में जगह-जगह बिखरी हुई जागरूक हस्तियाँ सुधारों के लिए काम करती रहती थीं। पर यह अभिजन राष्ट्रीय संदर्भ में बोलता हुआ, राष्ट्रीय चेतना की बात करता हुआ एक राष्ट्र के रूप में भारत के भविष्य की चर्चा करता था। इस अभिजन के सदस्य उद्देश्यों, लक्ष्यों और विचारधारा की बात करते थे। हालाँकि ब्रिटिश प्रशासक और शिक्षाविद् यह मानने के लिए तैयार नहीं थे कि भारतवासी संसदीय लोकतंत्र की पेचीदगियों पर महारत हासिल कर पायेंगे, लेकिन इस अभिजन ने वह कर दिखाया जिसकी पहले कल्पना भी नहीं की जा सकती थी। ख़ास बात यह है कि आज का भारतीय अभिजन आज़ादी के समय मौजूद अभिजन संरचना की ही विकसित रूप है। अर्थात् भारतीय अभिजन को पूरी तरह से प्रतिस्थपित करने वाले किसी प्रति-अभिजन ने अभी तक राष्ट्रीय मंच पर अपनी दावेदारी पेश नहीं की है। भारतीय इतिहास के लिए सर्वथा नवीन इस अभिजन की रचना-प्रक्रिया का अर्थग्रहण करने के दो मॉडल प्रचलित हैं।

पहला मॉडल इसे दो चरणों में समझता है। इसके मुताबिक़ भारतीय अभिजन का शुरुआती संस्करण मुख्यत: ऊँची जातियों के शहरी और शिक्षित हिस्से से निकला था। उसकी आधुनिकता पश्चिमी शिक्षा और औपनिवेशिक संसर्ग का नतीजा थी। इसमें अंग्रेज़ों के ख़िलाफ़ लड़ाई का नेतृत्व करने वाले राजनेता, अंग्रेज़ों द्वारा स्थापित सिविल सर्विस के तहत प्रशिक्षित बड़े अफ़सर, मुख्यत: वैश्य समाज से आये भारतीय पूँजीपति, पश्चिमी शिक्षा प्राप्त करने वाले पेशेवर तबक़ों और पारम्परिक कुलीनों (राजे-रजवाड़ों और ज़मींदारों) के प्रतिनिधि शामिल थे। अभिजन का यह सामाजिक विन्यास बताता है कि इसके सभी सदस्य अनिवार्यत: और स्पष्ट रूप से ब्रिटिश विरोधी नहीं थे। इसका एक हिस्सा अपने तत्कालीन हितों को साधने की दृष्टि से राष्ट्रीय आंदोलन के विरोध में रहता था।

अभिजन के बीच कई मुद्दों पर आपसी बहस और अंतर्विरोध था, पर समाज के आधुनिकीकरण की परियोजना के प्रश्न पर इसके बीच व्यापक एकता और अंत:सूत्र भी पाया जाता था। अपने दरवाज़े खोलने-बंद करने के मामले में यह कम से कम इतना लचीला ज़रूर था कि इसमें इक्का-दुक्का अल्पसंख्यक और दलित प्रतिनिधि को भी नाममात्र के लिए जगह मिल जाती थी। स्वतंत्र भारतीय राज्य की स्थापना के बाद सत्ता इसी मिले-जुले अभिजन को मिली। लोकतंत्रीकरण की प्रक्रिया ने जब गति पकड़ी तो राजनीतिक मंच पर नये निचली जातियों के प्रतिनिधियों ने अपने संख्याबल के आधार पर इस अभिजन के प्रभुत्व को चुनौती पेश की जिसके परिणामस्वरूप इसकी संकीर्ण संरचना में तब्दीलियाँ शुरू हुईं। आज इस अभिजन का आकार पहले के मुक़ाबले काफ़ी बढ़ चुका है। इसकी आंतरिक विविधता में भी काफ़ी बढ़ोतरी हुई है। ऊँची जाति के शहरी प्रतिनिधि आज भी इस पर हावी हैं, पर निचली जातियों, ग्रामीण भारत के प्रतिनिधियों, अल्पसंख्यकों और भूमण्डलीकरण की प्रक्रिया का लाभ उठा कर सामाजिक कल्पनाशीलता पर छा जाने वाले नये पूँजीपतियों ने भी इस अभिजन के दूसरे संस्करण में अच्छी-

ख़ासी हिस्सेदारी हासिल कर ली है।

अपेक्षाकृत सहज क़िस्म की इस लोकप्रिय समझ के उदाहरण मीडिया के टिप्पणीकारों और सार्वजनिक जीवन में सक्रिय बुद्धिजीवियों के लेखन में आसानी से मिल जाते हैं। लेकिन दूसरा मॉडल इससे काफ़ी अलग है और भारतीय अभिजन की रचना प्रक्रिया को उसकी समग्र जटिलता में समझने का प्रयास करता है। इस मॉडल की व्याख्या रजनी कोठारी की विख्यात रचना *भारत में राजनीति : कल और आज* में दर्ज है। कोठारी भी सहमत हैं कि देश को आधुनिकीकरण के रास्ते पर चलाने वाले राष्ट्रीय अभिजन मुख्यत: शहरी, शिक्षित और ऊँची जातियों से ही आये थे। लेकिन इसी मुक़ाम के बाद उनकी विवेचना अलग हो जाती है। वे राष्ट्रीय अभिजनों के साथ दो अन्य अभिजनों की भी शिनाख़्त करते हैं। इस तरह उनका मॉडल तीन तरह के अभिजनों की आपसी अन्योन्यक्रिया का अध्ययन करने पर आधारित है। इनमें पहला है राष्ट्रीय अभिजन, दूसरा है स्थानीय अभिजन और तीसरा है इन दोनों के बीच सक्रिय मध्यवर्ती अभिजन।

राष्ट्रीय अभिजन : कोठारी राष्ट्रीय अभिजन का उद्गम भारत की सभ्यतामूलक विशेषताओं और उदीयमान आधुनिकता के बेहतरीन संसर्ग में निहित मानते हैं। इसी कारण से यह अभिजन विभाजन के ऊपर एकीकरण, खण्डन के ऊपर समायोजन और टकराव के ऊपर सहमति को प्राथमिकता देते हुए आज़ादी के बाद राष्ट्रीय लक्ष्यों के लिए समाज के विभिन्न तबक़ों को गोलबंद कर पाया।

कोठारी उपनिवेशवाद विरोधी आंदोलन और उन्नीसवीं सदी से जारी भारतीय आधुनिकता के सिलसिले में ब्राह्मण जाति के प्रतिनिधियों के योगदान को सकारात्मक दृष्टि से देखते हैं। वे कहते हैं कि पारम्परिक अभिजनों के रूप में ब्राह्मणों ने हमेशा से समाज की लघु परम्पराओं को महा-परम्परा के जोड़ने की भूमिका निभायी है। यह पारम्परिक अभिजन नये ज़माने में भी नेतृत्व देने के लिए उपलब्ध रहा। उसने अंग्रेज़ी भाषा, क़ानून की पेचीदगियों और नये सांस्कृतिक प्राधिकार को ग्रहण करने में कोई देरी नहीं की। ब्राह्मणों के नेतृत्वकारी उद्यम के कारण आधुनिकीकरण की प्रक्रिया फटाफट आगे बढ़ी। ब्राह्मणों के कारण न तो राष्ट्रीय आंदोलन को नेताओं की कमी पड़ी और न ही नये राष्ट्र को। विविधताओं के ऊपर एक तरह की शैलीगत समरूपता भी ब्राह्मणों के कारण ही स्थापित की जा सकी। ब्राह्मणों के वर्चस्व वाले इस अभिजन की शुरुआती कामयाबी का कारण कोठारी ने हिंदू समाज और उसकी जाति व्यवस्था की प्रवृत्तियों में खोजा है। चूँकि जाति प्रथा अलग-अलग सामाजिक भूमिकाओं का प्रावधान करती थी (जिसके तहत शासन करने वाले और उसका अनुपालन करने वाले की भूमिका तय थी) इसलिए नये शासकों के प्राधिकार को आसानी से चुनौती नहीं मिल पायी। दूसरी तरफ़ हिंदू मानस पर धर्मशास्त्रीय आग्रह हावी नहीं थे इसलिए नेताओं के लिए परम्परा की आवश्यकतानुसार व्याख्या करना आसान था। इन दोनों पहलुओं ने मिल कर नये आधुनिक अभिजनों को परिवर्तन, आत्मसातीकरण और रूपांतरण के ज़रिये आम जनता को अपनी विचारधारा का कायल करने की सुविधा प्रदान की।

इस राष्ट्रीय अभिजन ने अपने वर्चस्व का लाभ उठाते हुए सामंती अधिकारों का क़ानूनी रूप से उन्मूलन कर दिया, दूरगामी असर वाले श्रम क़ानून बनाये, पिछड़े तबक़ों और दलितों को विशेष सुविधाएँ दीं, हिंदू सिविल कोड के ज़रिये विषमताएँ मिटायीं, सम्पत्ति संबंधी अधिकारों की पुरानी व्याख्याओं से निबटने के लिए संविधान संशोधन किये, भाषाई तनावों को ख़त्म करने के लिए राज्यों का बड़े पैमाने पर पुनर्गठन किया, अलगाववादी आंदोलनों पर विधायी सीमाएँ सीमाएँ आरोपित कीं और राष्ट्रविरोधी आंदोलनों को सख़्ती से दबाने में कोताही नहीं की। इन क़दमों से स्पष्ट है कि भारतीय समाज के जो हिस्से परम्परा के रखवाले थे, उन्होंने ही आधुनिकता के रखवालों की भूमिका अपना ली।

स्थानीय अभिजन : भाषाई, क्षेत्रीय और जातीय शक्तियाँ कोठारी की निगाह में स्थानीय अभिजन का निर्माण करती हैं। यह वही 'प्रादेशिक' अभिजन था जिसका समर्थन पाये बिना कांग्रेस उपनिवेशवाद विरोधी आंदोलन सफलतापूर्वक नहीं चला सकती थी। दरअसल, इसे प्राथमिकता दे कर ही गाँधी ने बीस के दशक में असहयोग आंदोलन की सफलता की गारंटी की थी। अंग्रेज़ों से पहले का भारत 21 प्रशासनिक इकाइयों (सूबों) में बँटा हुआ था। इनमें से कई सूबों की सांस्कृतिक पहचान सुस्पष्ट थी और कुछ में संस्कृतियों का मिश्रण था। लेकिन भारत को अपना उपनिवेश बनाने के बाद अंग्रेज़ों ने प्रशासनिक सुविधा का ख़याल करते हुए मनमाने तरीक़े से भारत को नये सिरे से बड़े-बड़े प्रांतों में बाँटा। एक भाषा बोलने वालों की भू-क्षेत्रीय समरसता पूरी तरह भंग कर दी गयी। बहुभाषी व बहुजातीय प्रांत बनाये गये। बीस के दशक में जैसे ही गाँधी के हाथ में कांग्रेस का नेतृत्व आया, आज़ादी के आंदोलन की अगुआयी करने वाले अभिजनों को लगा कि जातीय-भाषाई अस्मिताओं पर ज़ोर देकर वे उपनिवेशवाद विरोधी मुहिम को एक लोकप्रिय जनाधार दे सकते हैं। इससे पहले कांग्रेस मुख्यत: प्रतिवेदनों और ज्ञापनों के ज़रिये अंग्रेज़ों के सामने हुकूमत में अपनी भागीदारी की दावेदारियाँ पेश करती थी। वह मुख्यत: इंग्लैण्ड से पढ़-लिख कर आये लोगों, उदीयमान शहरी अभिजनों, ज़मींदारों और पारम्परिक भद्र वर्गों की पार्टी

थी। उसका चरित्र दबाव-गुट जैसा था। इस परिदृश्य को बदल कर आम जनता की पार्टी बनने के लिए कांग्रेस ने अंग्रेज़ों द्वारा रचे गये 'औपनिवेशिक प्रांत' की जगह ख़ुद को 'प्रदेश' नामक प्रशासनिक इकाई के इर्द-गिर्द संगठित किया।

प्रदेशों में अपना वर्चस्व स्थापित करने वाले इस अभिजन के पास गहरी सांस्कृतिक जड़ें थीं। मँझोली किसान जातियों से आने वाले प्रतिनिधियों को भी इसके दायरे में स्थान मिला था। उपनिवेशवाद विरोधी आंदोलन में प्रमुख भूमिका निभाने के कारण यह ख़ुद को राष्ट्रीय अभिजन के समकक्ष मानता था। आज़ादी के बाद केंद्र और परिधि के बीच संबंधों का जो विन्यास तैयार हुआ, उसमें इस अभिजन ने परिधि पर अपना दबदबा क़ायम किया। उन्हें कांग्रेस का सूबेदार कहा गया और उन्होंने प्रकारांतर से केंद्र पर क़ाबिज़ राष्ट्रीय अभिजन के लिए पूरक भूमिका निभायी।

मध्यवर्ती अभिजन : बात केवल यही नहीं थी कि राष्ट्रीय अभिजन ऊपर से नीचे की ओर यानी शीर्ष से आधार की तरफ़ अपना प्रभाव बढ़ाना चाहते थे, और स्थानीय अभिजन अपने आधारभूत प्रभाव का इस्तेमाल करके शीर्ष की तरफ़ गति करना चाहते थे। दरअसल, इन दोनों के बीच एक मध्यवर्ती अभिजन भी सक्रिय था जिसकी गति ऊपर और नीचे दोनों तरफ़ थी। ये मध्यवर्ती अभिजन जनता, उनके स्थानीय और शीर्ष नेताओं के बीच सम्पर्क सूत्र का काम करने वाले थे। इन बीच के नेताओं में परम्परा और आधुनिकता के बीच आवागमन करने की असाधारण क्षमता थी। उन्होंने पाने-गँवाने के आधार पर राजनीति करना पसंद किया। इन लोगों को 'दलाल' कहना उचित नहीं होगा। दो राजनीतिक पक्षों के बीच तीसरे पक्ष द्वारा समझौता कराने की प्रक्रिया ने भारतीय राजनीति में पंच फ़ैसले की परम्परा का सूत्रपात किया। कुल मिला कर बीच के ये नेता दरअसल राज्य व्यवस्था की दृष्टि से जनगोलबंदी के बहुत बड़े वाहक थे। रजनी कोठारी ने इन बीच के नेताओं को 'राजनीति का नया उद्यमी' क़रार दिया है। लोकतंत्रीकरण की प्रक्रिया तेज़ होने और आरक्षण के ज़रिये हुए सबलीकरण ने इस तीसरे अभिजन का महत्त्व काफ़ी बढ़ा दिया है।

कोठारी की मान्यता है कि राजनीतिक विकास के शुरुआती दौर में अभिजन की यह त्रिस्तरीय संरचना 'इनपुट-आउटपुट मॉडल' की तरह काम करती थी। वैचारिक और नीतिगत इनपुट राष्ट्रीय अभिजन की तरफ़ से आता था, और उसके ऊपर जनता व समाज की प्रतिक्रिया बाक़ी दोनों अभिजनों के ज़रिये संसाधित होती थी। इन तीन तरह के अभिजनों ने मिल कर एकीकरण का एक विशिष्ट मॉडल विकसित किया जो न तो पश्चिमी लोकतंत्रों में प्रचलित विभिन्न हितों के समूहन जैसा था, न ही यह पारम्परिक राज्य प्रणालियों में चलने वाला विभाजित हितों और निष्ठाओं वाला मॉडल था। इस नये एकीकरण में सत्ता की बिखरी हुई संरचनाएँ मध्यवर्ती नेटवर्कों में एक साथ आ कर स्वायत्त उपप्रणालियों की तरह बृहत्तर राजनीतिक प्रणाली का अंग बनने लगीं। इस तरह से इस मॉडल को मध्यवर्ती समूहन का मॉडल कहा जा सकता है।

देखें : अनुसूचित जातियाँ, अनुसूचित जनजातियाँ, अन्य पिछड़े वर्ग, आरक्षण, आधुनिकता, अरविंद घोष, आधुनिकीकरण, कन्हैयालाल माणिकलाल मुंशी, जवाहरलाल नेहरू, जातियों का राजनीतिकरण, बंगाल का नवजागरण, भारतीय अभिजन, भारतीय आधुनिकता, भारतीय इसलाम, भारतीय उदारतावाद, भारतीय डायसपोरा, भारत में उपनिवेशवाद, भारतीय नवजागरण : तुलनात्मक परिप्रेक्ष्य, भारत में नियोजन, भारत में प्रातिनिधिक प्रणाली, भारत में पृथकतावादी राजनीति, भारत में मतदान-व्यवहार-1 से 6 तक, भारत में सामाजिक आंदोलन, भारतीय राज्य, भारतीय राष्ट्रवाद, भारतीय लोकतंत्र, भारतीय लोकतंत्र का संस्थानीकरण-1 से 3 तक, भारतीय स्वभाव और राजनीति, भारतीय संविधान-1 से 8 तक, भारतीय सामाजिक आंदोलन, भीमराव रामजी आम्बेडकर, राजा राममोहन राय, विवेकानंद, विनायक दामोदर सावरकर, संविधान सभा में भाषा-विवाद-1 से 3 तक, सामाजिक आंदोलन।

संदर्भ

1. रजनी कोठारी (2005), *भारत में राजनीति : कल और आज,* हिंदी प्रस्तुति और सम्पादन : अभय कुमार दुबे, लोक-चिंतक ग्रंथमाला, वाणी-सीएसडीएस, नयी दिल्ली.

— अभय कुमार दुबे

भारतीय आधुनिकता

(Indian Modernity)

भारतीय समाज के आधुनिक होने की प्रक्रिया उसके राजनीतिकरण के माध्यम से चली है। राज्य-तंत्र पर आधारित विकास, राष्ट्रवाद और लोकतंत्र की त्रयी भारतीय आधुनिकता के मर्म में है। बीसवीं सदी के दूसरे दशक में गाँधी के नेतृत्व में उपनिवेशवाद विरोधी संघर्ष जनांदोलन में बदला और उसी के साथ राजनीतिकरण का आगाज़ हुआ। आज़ादी मिलने के बाद संस्थागत संसदीय राजनीति के ज़रिये राजनीतिकरण की व्यापक और बहुमुखी प्रक्रिया ने पारम्परिक भारतीय समाज को बदलने में निर्णायक भूमिका का निर्वाह किया। चूँकि

भारत में आधुनिकता राजनीति के औज़ारों से बनी, इसलिए इसे राजनीतिक आधुनिकता का नाम भी दिया जा सकता है। लेकिन, यह नामकरण अपर्याप्त है। भारतीय ज़मीन पर राजनीति और आधुनिकता की द्वंद्वात्मक अन्योन्यक्रिया की ऐतिहासिक जाँच-पड़ताल करने पर पता लगता है कि उसके उद्गम के पीछे एक भिन्न कल्पनाशीलता काम कर रही थी, एक ऐसी कल्पनाशीलता जो शुरू से ही भारतीय आधुनिकता को पश्चिमी मॉडल की अनुकृति बनाने से इनकार करती रही।

भारतीय समाज की भिन्नता : भारत में औपनिवेशिक शासन की संरचनाएँ जिस समय स्थापित की गयीं, उस समय भारतीय राजनीतिक जीवन का केंद्रीय तत्त्व पश्चिम की तरह वर्ग-संघर्ष नहीं था। सामाजिक संरचनाएँ भी सेकुलरीकृत नहीं थीं। सामूहिक अस्मिताओं का मुख्य आधार धर्म था। समाज पश्चिम की तरह एक भाषा-भाषी समरूप सांस्कृतिक बंधनों में भी नहीं बँधा था। समाज की इसी भिन्नता के कारण अंग्रेज़ों ने तय किया कि वे राजनीतिक दायरे को तो अपने नियंत्रण में रखेंगे, पर पारम्परिक ढाँचे में कोई ख़ास हस्तक्षेप करने से परहेज़ करेंगे। जो हस्तक्षेप हुआ भी, उसका ज़्यादातर हिस्सा औपनिवेशिक ज्ञान के वाहक बुद्धिजीवियों और ईसाई मिशनरियों यानी ग़ैर-राजकीय हलक़ों के हिस्से में आया। लातीनी अमेरिका और अफ़्रीका में औपनिवेशिकता और ईसाई गतिविधियों के मिले-जुले प्रभाव के कारण स्थानीय धर्म नष्ट हो गये थे और उनकी जगह ईसाइयत ने ले ली थी। भारत में हिंदू धर्म और इसलाम को यह हस्तक्षेप अपनी जगह से तो नहीं हिला सका, पर उसने कम से कम हिंदू धर्म के भीतर कई चिंतन के स्तर पर कई दूरगामी परिवर्तन किये। औपनिवेशिक आधुनिकता के बुद्धिवादी प्रभाव और ईसाई मिशनरियों के संसर्ग के तहत हिंदू विमर्श से गहन सकारात्मक संबंध रखने वाले बुद्धिजीवियों, राजनीतिक अभिजनों और सांस्कृतिक नेताओं ने जाति प्रथा को आधुनिकीकरण में बाधक के तौर पर देखना शुरू किया। हिंदू विमर्श के आधुनिक पैरोकारों की इस प्रतीति ने समाज के बौद्धिक जीवन के धार्मिक आधारों की बुद्धिसंगत व्याख्या का रास्ता खोला। इस कार्यभार को अखिल भारतीय स्तर पर जिन तीन हस्तियों ने मुख्य रूप से अंजाम दिया, वे थीं विवेकानंद, गाँधी और रवींद्रनाथ ठाकुर। यह बुद्धिसंगत व्याख्या भारतीय शर्तों पर की गयी। इसने सावधानीपूर्वक तय किया कि पश्चिमी आधुनिकता से क्या लिया जा सकता है और क्या नहीं। यह भारतीय रवैया एडवर्ड सईद के उस आग्रह को झुठलाने वाला था कि प्राच्यवाद के कारण सभी उपनिवेशीकृत समाज बौद्धिक समर्पण और ख़ामोशी की खाइयों में गिरते चले गये।

नयी कल्पनाशीलता : औपनिवेशिक प्रभाव और ईसाइयत के सामने समर्पण करने के बजाय भारतीय अभिजनों ने पश्चिमी आधुनिकता के तीन आयामों पर महारत करने की कोशिश की। उन्होंने आधुनिक ज्ञान में पारंगत होने का अभियान चलाया, आधुनिक संस्थाओं को रचने और चलाने के तौर-तरीक़े सीखे और राष्ट्रवाद के रूप में सामूहिक एकजुटता की भावना का विकास किया। औपनिवेशिक सत्ता द्वारा अपनायी गयी अप्रत्यक्ष शासन की पद्धति और संवैधानिक सुधारों की लम्बी शिक्षाप्रद प्रक्रिया ने भी भारतीय अभिजनों की इस कार्यभार में मदद की।

इसी दौरान जाति प्रथा को औपनिवेशिक आधुनिकता के प्रभावों और उपनिवेशवादी विरोधी राजनीति के साथ अन्योन्यक्रिया करनी पड़ी जिसके गर्भ से नागर समाज का भारतीय संस्करण निकला। जाति सभाएँ आधुनिक पैमाने पर संगठित हुईं जिसके कारण जातियों का परस्पर कर्मकाण्डीय अलगाव टूटने की शुरुआत हुई। दूसरी तरफ़ मुसलमान अभिजनों ने हिंदुओं के साथ सम-मूल्यता का तर्क दिया जिसके कई बुरे परिणामों में से एक द्वि-राष्ट्र सिद्धांत था। इसकी एक सकारात्मक परिणति आगे चल कर अल्पसंख्यकों को सुरक्षा के आश्वासन में भी निकल सकती थी।

गाँधी ने उपनिवेशवाद विरोधी संघर्ष को नये सिरे से भाषाई आधार पर संगठित करके भारत की सांस्कृतिक बहुलता को राष्ट्रवादी कल्पनाशीलता के कच्चे माल के रूप में पेश कर दिया। पहले असहयोग आंदोलन की सफलता ने स्पष्ट कर दिया कि भारतीय आधुनिकता को पश्चिम की नक़ल करने की ज़रूरत नहीं है। गाँधी, रवींद्रनाथ और नेहरू ने किसी एक संस्कृति या भाषा या धर्म के आधार पर भारतीय राष्ट्रवाद को कल्पित करने से इनकार कर दिया। गाँधी और रवींद्रनाथ का तर्क था कि आधुनिक संस्थाओं की कामयाबी समाज की पारम्परिक समझ के साथ समरस रहने पर निर्भर है। रवींद्रनाथ ने युरोपियन अनुभव की अनुकृति करने के प्रस्ताव को ठुकराते हुए कहा कि आधुनिकता का विधेयक तत्त्व विवेक की स्वायत्तता है। जवाहरलाल नेहरू ने भारतीय बहुलता को आधुनिकता की सफलता के तर्क में बदल दिया। उन्होंने रवींद्रनाथ के तर्ज़ पर कहा कि अगर हमने राष्ट्र-राज्य का समरूपीकरण का मॉडल आरोपित किया तो धार्मिक और क्षत्रीय अल्पसंख्यकों को उनके आत्मसात किये जाने का डर सताने लगेगा। रवींद्रनाथ पहले ही कह चुके थे कि भारत की सांस्कृतिक बहुलता भारतीय क़िस्म के राष्ट्रवाद के लिए नुक़सानदेह होने के बजाय फ़ायदेमंद है। इस तरह गाँधी-रवींद्रनाथ-नेहरू की मिली-जुली कल्पनाशीलता के आधार पर भारतीय आधुनिकता की भित्ति निर्मित हुई। देशभक्ति और अस्मिता का भारतीय विचार पश्चिम के मुक़ाबले बहुआयामी था। भारतीय होने से पहले तमिल, मराठा या बंगाली होना

भारतीयता की कमज़ोरी की निशानी नहीं था। भारतीयता दूसरे दर्जे की अस्मिता होने के बावजूद किसी तरह की खोखली, छलपूर्ण या कृत्रिम पहचान नहीं थी।

आज़ादी के बाद : 15 अगस्त, 1947 के उपरांत उपनिवेशवाद के ख़िलाफ़ जद्दोजहद के रूप में चलने वाली सभी प्रक्रियाएँ लोकतांत्रिक राज्य की रचना के मातहत हो गयीं। आधुनिकता ने राजनीतिक आधुनिकता का रूप ग्रहण कर लिया जिसकी संस्थागत अभिव्यक्ति संविधान निर्माण की प्रक्रिया में हुई। आम्बेडकर के नेतृत्व में संविधान-निर्माताओं ने एक उदारतावादी और सेकुलर राज्य के सिद्धांतों को संस्थाबद्ध रूप दिया। सामाजिक वैयक्तीयन के अभाव को समझते हुए भारतीय उदारतावाद ने व्यक्तिगत के साथ-साथ सामुदायिक अधिकारों को भी अपनाने का नवाचार किया। उस ज़माने में उदारतावादी सिद्धांत को सामुदायिक अधिकारों के संदर्भ में स्वीकार करना बड़ी जुर्रत का काम था। क़लम की एक ही जुम्बिश से समाज के हर व्यक्ति को वर्ग-जाति-लिंगभेद की परवाह किये बिना नागरिक अधिकारों से सम्पन्न कर दिया गया, जबकि पश्चिम में ये अधिकार बहुत धीरे-धीरे लम्बी अवधि में प्राप्त हुए थे। सेकुलरवाद के मामले में भी संविधान सभा ने साहसपूर्ण नवाचार किया, और अल्पसंख्यकों के धार्मिक अधिकारों की रक्षा की ज़िम्मेदारी राज्य को सौंपी। पश्चिम जिस सेकुलरवाद को राज्य और धर्म के पार्थक्य के रूप में समझता था, भारत में वही सेकुलरवाद राज्य और धर्म के बीच उसूली फ़ासले के सिद्धांत की तरह विकसित हुआ। संविधान सभा ने सामाजिक ढाँचे की विषमताओं को दुरुस्त करने के लिए अनुसूचित जातियों (पूर्व अछूतों), अनुसूचित जनजातियों (आदिवासियों) और पिछड़े वर्गों (वर्णाश्रम के तहत शूद्र समझी जाने वाली जातियाँ) के किये विशेष अवसरों के प्रावधानों का सूत्रीकरण करके एक दूरगामी सोशल इंजीनियरिंग का सूत्रपात करने में भी सफलता प्राप्त की। संविधान सभा द्वारा रखी गयी इस अनूठी आधारशिला पर खड़े हो कर भारतीय राज्य ने गाँधी-रवींद्रनाथ-नेहरू की त्रयी द्वारा कल्पित आधुनिकता को धरती पर उतारने का बीड़ा उठाया। यह एक विराट परियोजना थी जिसमें एक साथ राजनीतिक और आर्थिक ढाँचे का तीव्र विकास करते हुए हज़ारों साल से जमी हुई पारम्परिक सामाजिक संरचना को बदलाव की तरफ़ ले जाना था। ये तीनों काम किसी आधुनिक राज्य ने एक साथ पहले कभी नहीं किये थे।

नेहरू के प्रधानमंत्रित्व में लोकतांत्रिक राजनीति का ऊपरी स्वरूप पश्चिम जैसा ही था। राजनीति का मुहावरा वर्गीय और विचारधारात्मक प्रतीत होता था। संसद और अन्य विधायिकाओं में होने वाली बहस ब्रिटिश और अमेरिकी संसद द्वारा अपनायी जाने वाली मर्यादाओं और शैली के मुताबिक़ थी। लेकिन, जैसे-जैसे लोकतांत्रिक चेतना ग्रामीण क्षेत्रों तक फैली, निचले तबक़ों और नीची समझी जाने वाली जातियों ने राजनीति के मंच से अपनी आकांक्षाएँ व्यक्त करनी शुरू कर दीं। इनकी भाषा वर्गीय और विचारधारात्मक नहीं थी। उन्होंने जातिगत पदावली और गोलबंदी का सहारा ले कर राजनीति का नया मुहावरा रचा। राजनीति उनके लिए एक वैचारिक आदर्श न हो कर अपने जीवन और हैसियत को सँवारने का उद्यम था। ये लोग 'भारतीय राजनीति के नये उद्यमी' थे। इनके प्रभाव में भारतीय राजनीति और जातिप्रथा के बीच नवीन विनिमय की शुरुआत हुई, जिसके भदेसपन से व्यथित हो कर माना गया कि राजनीति जातिवाद से ग्रस्त होने लगी है। दरअसल, यह 'जातियों के राजनीतीकरण' की प्रक्रिया थी जिसने अगले कुछ दशकों में भारतीय समाज को बहुत बड़े पैमाने पर बदल कर आधुनिकीकरण के रास्ते पर चलाया। शिक्षा और आरक्षण के अवसरों का लाभ उठा कर वंचित जातियों के बहुत से लोग तेज़ी से बढ़ते हुए मध्य वर्ग का हिस्सा बने। भूमण्डलीकरण और नये आर्थिक सुधारों के कारण अर्थव्यवस्था को मिली बाज़ारीकरण की भारी खुराक के आधार पर जब भारतीय समाज ने आधुनिकता के नये चरण में प्रवेश किया तो यह मध्य वर्ग उसे हाथों-हाथ लेने के लिए तैयार खड़ा था।

देखें : अनुसूचित जातियाँ, अनुसूचित जनजातियाँ, अन्य पिछड़े वर्ग, आरक्षण, आधुनिकता, अरविंद घोष, आधुनिकीकरण, कन्हैयालाल माणिकलाल मुंशी, जवाहरलाल नेहरू, जातियों का राजनीतिकरकरण, बंगाल का नवजागरण, भारतीय अभिजन, भारतीय इसलाम, भारतीय उदारतावाद, भारतीय डायसपोरा, भारत में उपनिवेशवाद, भारतीय नवजागरण : तुलनात्मक परिप्रेक्ष्य, भारत में नियोजन, भारत में प्रातिनिधिक प्रणाली, भारत में पृथकतावादी राजनीति, भारत में मतदान-व्यवहार-1 से 6 तक, भारतीय राज्य, भारतीय राष्ट्रवाद, भारतीय लोकतंत्र, भारतीय लोकतंत्र का संस्थानीकरण-1 से 3 तक, भारतीय स्वभाव और राजनीति, भारतीय संविधान-1 से 8 तक, भारतीय सामाजिक आंदोलन, भीमराव रामजी आम्बेडकर, राजा राममोहन राय, विवेकानंद, संविधान सभा में भाषा-विवाद-1 से 3 तक।

संदर्भ

1. रजनी कोठारी (2005), *भारत में राजनीति : कल और आज,* सम्पादन और प्रस्तुति : अभय कुमार दुबे, वाणी प्रकाशन, दिल्ली.
2. जावीद आलम (1999), *इण्डिया : लिविंग विद मॉडर्निटी,* ऑक्सफ़र्ड युनिवर्सिटी प्रेस, नयी दिल्ली.
3. लॉयड आई. रुडोल्फ़ (1965), 'द मॉडर्निटी ऑफ़ ट्रेडिशन : द डेमॉक्रैटिक इनकारनेशन ऑफ़ कास्ट इन इण्डिया', द *अमेरिकन पॉलिटिकल साइंस रिव्यू,* खण्ड 59, अंक 4, दिसम्बर, पृष्ठ 975-989
4. सुनील खिलनानी (1995), *भारतनामा* (*द आइडिया ऑफ़ इण्डिया* का अनुवाद : अभय कुमार दुबे), राजकमल प्रकाशन, दिल्ली.

—अभय कुमार दुबे

भारतीय इतिहास-लेखन-1

प्राच्यवादी धारा

(Indian Historiography/Orientalist-1)

अट्ठारहवीं सदी में ईस्ट इण्डिया कम्पनी की बंगाल-विजय (1757) के बाद से अंग्रेज़ों ने भारत का इतिहास लिखना शुरू किया। विजित प्रदेश पर हुकूमत करने के लिए कम्पनी के प्रशासकों को वहाँ के समाज और लोगों के बारे में जानकारी हासिल करने की ज़रूरत पड़ी। इसी की भरपाई के लिए अंग्रेज़ फ़ौजी अफ़सरों और हुक्मरानों ने व्यवस्थित रूप से फ़ारसी और संस्कृत का अध्ययन शुरू किया। जल्दी ही इस ज्ञान के आधार पर रचित और अनूदित ऐतिहासिक वृत्तांत प्रकाशित होने लगे। एक सैनिक अधिकारी एलेक्ज़ेंडर डाउ ने 1768 से 1771 के बीच फ़ारसी में रचित भारतीय इतिहास की एक मानक पुस्तक का अंग्रेज़ी अनुवाद कर डाला और *द हिस्ट्री ऑफ़ हिंदोस्तान* का प्रकाशन हुआ। 1776 में एन.बी. हैलहेड ने संस्कृत के धर्मशास्त्रों का संकलन और अनुवाद किया जिसका नतीजा *अ कोड ऑफ़ जेंटू लाज़, ऑर ओर्डीनेशंस ऑफ़ द पंडित्स* के रूप में सामने आया।

विलियम जोंस (1746-1794)

इस इतिहास-लेखन की व्यावहारिक ज़रूरतें पश्चिमी प्राच्यवाद की वैचारिकता के तारों से आपस में गुँथी हुई थीं। अंग्रेज़ों को पूरा यक़ीन था कि वे जो कुछ कर रहे हैं वह निर्विवाद रूप से प्रामाणिक है। इस इतिहास में जो छवियाँ अंकित की जा रही थीं, वह अंग्रेज़ों की निगाह में भारतीय समाज के उस सारतत्त्व के मुताबिक़ थीं जिसे वे ऐतिहासिक परिवर्तनों से परे स्थावर समझते थे। यह शासक द्वारा लिखा गया शासितों का इतिहास था। सभी इतिहास लेखक युरोपियन थे। उनकी रचनाएँ युरोपीय पाठकों को ध्यान में रख कर तैयार की गयी थीं। भारत और भारतवासियों की हैसियत ज्ञान के निष्क्रिय विषय से अधिक नहीं थी। ये प्राच्यवादी इतिहासकार अपनी वाणी में भारत को अभिव्यक्त और निरूपित कर रहे थे। उनके लिए ब्रिटेन बुद्धिसंगत और भौतिकवादी होने के नाते ऊर्ध्वोन्मुखी, और भारत भावुक और आध्यात्मिक होने के नाते परिवर्तन-विरोधी था। पूर्व और पश्चिम का यह द्विभाजन एक तरफ़ तो उपनिवेशवाद के ज़रिये एकतरफ़ा सम्भव हो रहा था, दूसरी ओर वह भारत पर थोपी गयी औपनिवेशिक हुकूमत को न्यायसंगत ठहराने की भूमिका भी निभा रहा था। यह दूसरी बात है कि इतिहास-लेखन में निहित ज्ञान की राजनीति का विशिष्ट लहज़ा उसे पृष्ठभूमि में धकेल देती थी। ऐतिहासिक वृत्तांत कुछ इस तरह से पेश किये जा रहे थे मानो ज्ञान के इस उत्पादन का औपनिवेशिक प्रभुत्व से कोई ताल्लुक़ ही न हो।

प्राच्यवादी भारतीय इतिहासकारों की शृंखला में जल्दी ही कई नये नाम भी जुड़ गये जिनमें विलियम जोंस, एच.टी. कोलब्रुक, जॉन शोर और फ्रांसिस ग्लैडविन का नाम उल्लेखनीय है। संस्कृत और फ़ारसी सीखने एवं अनुवाद और टीकाओं के प्रकाशन ने जैसे-जैसे गति पकड़ी, इतिहास-लेखन और अनुसंधान के संस्थागत बंदोबस्त की ज़रूरत पैदा हुई। इसी के तहत जोंस के प्रयासों से 1884 में एशियाटिक सोसाइटी ऑफ़ बंगाल की स्थापना की गयी। कई अनुसंधान पत्रिकाओं का प्रकाशन शुरू हुआ : *एशियाटिक रिसर्चिज़* (1788), *क्वार्टरली जरनल* (1821) और *जरनल ऑफ़ द एशियाटिक सोसाइटी* (1832)।

इस प्रक्रिया में उत्पादित प्राच्यवादी ज्ञान का प्रसार युरोपीय विश्वविद्यालयों तक भी हुआ। भारत के साथ सीधे सम्पर्क में न रहने वाले विद्वानों ने युरोप के उद्गम या शैशव को भारत के इतिहास में देखना शुरू किया। इनमें मैक्स म्यूलर प्रमुख थे। फलस्वरूप जो विमर्श निकला, उसने संस्कृत और युरोपीय भाषाओं के बीच समानताओं की खोज के माध्यम से एक 'आर्य नस्ल' की कल्पनाओं में अपनी आस्था का निवेश किया। दावा किया गया कि युरोपवासी और भारत के ब्राह्मण इसी आर्य नस्ल की देन हैं।

संस्कृत, ब्राह्मणों और प्राचीन ग्रंथों में युरोप के उद्गम की खोज के परिणामस्वरूप भारत और पश्चिम के बीच की दूरियाँ घटने के बजाय और बढ़ीं। युरोप ने भारत के अतीत में अपना बचपन मूर्तिमान होते तो देख लिया, पर भारत का वर्तमान युरोप के वर्तमान से पूरी तरह पृथक हो गया। भारतीय अतीत की जो गढ़ंत तैयार हुई वह भाषा और ग्रंथों की सामग्री से बनी थी। यह भारत के सार को युरोप से पृथक, परिवर्तन-विरोधी और तात्त्विकतावादी दृष्टि से समझने का बौद्धिक उपक्रम था। दिलचस्प बात यह है कि प्राच्यवादी भारतीय इतिहास-लेखन के इस पहले दौर का नेतृत्व भारत के भीतर विलियम जोंस और बाहर मैक्सम्यूलर जैसे अधिकारियों, विद्वानों और अनुसंधानकर्ताओं के हाथ में था। पूर्वी सभ्यताओं और जन-जीवन के प्रति निजी लगाव, एक हमदर्द निगाह और दिलचस्पी के चलते इन हस्तियों ने अपनी बौद्धिक परियोजना से प्रकट उपनिवेशिवादी तल्ख़ियों को दूर रखने में कामयाबी हासिल की।

लेकिन, प्राच्यवादी भारतीय इतिहास-लेखन का दूसरा दौर ऐसा नहीं थी जिसका प्रतिनिधित्व जेम्स मिल (1817 में

प्रकाशित द *हिस्ट्री ऑफ़ ब्रिटिश इण्डिया*) का उपयोगितावादी और ठंडा रवैया करता है। इसके साथ जैसे ही ईसाई मिशनरियों का तिरस्कारपूर्ण रवैया जुड़ा, प्राच्यवाद की तस्वीर पूरी तरह से बदल गयी। संस्कृत भाषा, ब्राह्मण और उनकी जीवन-शैली तथा प्राचीन ग्रंथ आकर्षक नहीं रह गये। उनकी जगह उदारतावादी सुधारकों और आलोचकों की कठोर टिप्पणियों ने ले ली। इन इतिहासकारों ने दावा किया कि भारत सभ्यता से वंचित, नैतिक दायित्वों की पूर्ति में अक्षम, सुशासन की अवधारणा से रहित और ऐतिहासिक परिवर्तन से अछूता है। भू-राजस्व के बंदोबस्त, शैक्षिक और प्रशासनिक नीतियों, ईस्ट इण्डिया कम्पनी के चार्टर के नवीकरण से संबंधित बहसों के दौरान इन इतिहासकारों ने तत्कालीन युरोप में प्रचलित विचारों की भारत के लिए तजवीज़ की। ज़ाहिर है कि प्राच्यवाद के लिए भारत का छवि-निरूपण अतीत से हट कर वर्तमान में आ चुका था। यह दौर उन्नीसवीं सदी के पहले पचास सालों में मौक़े पर तैयार की गयी सरकारी रपटों, संसदीय जाँच रपटों और विस्तृत सर्वेक्षणों का था। इसका परिणाम नियमित रूप से प्रकाशित होने वाले भाषाई, जातीय, पुरातात्त्विक, जनगणना संबंधी सर्वेक्षणों और ज़िलावार गज़टों में निकला। संस्कृत, धर्मशास्त्रों और ब्राह्मणों के बजाय किसान, राजस्व, लगान, जाति, रीति-रिवाज़, क़बीले, जनता का धार्मिक आचरण, भाषाई, विविधता, खेतिहर बंदोबस्त, स्त्री-पुरुष आबादी जैसे विषय केंद्र में आ गये।

अंग्रेज़ों का दावा था कि उनकी हुकूमत तथ्यों की सटीक जानकारी के हिसाब से चलती है। उपनिवेशवादियों के इस आग्रह का परिणाम यह हुआ कि उन्होंने भारतीय समाज को उन्नीसवीं सदी के आख़िर और बीसवीं सदी के शुरू में प्रकाशित जनगणनाओं के आँकड़ों के ज़रिये समझना शुरू किया। उनके सामने समाज व्यक्तियों, समुदायों, समूहों और पारिवारिक इकाइयों में बँटा हुआ खुला पड़ा था। ज्ञान की इस पद्धति को वे वस्तुनिष्ट और तटस्थ मानते थे। भारतीय ग्राम्य समुदाय की प्रकृति पर हुई ऐसी ही बहसों के गर्भ से बैडन-पावेल की 1892 की रचना द *लैण्ड सिस्टम ऑफ़ ब्रिटिश इण्डिया* ने जन्म लिया। ज्ञान-रचना की इस प्राच्यवादी प्रक्रिया ने ब्रिटिश शासन की प्रकृति बदल दी। गाँव और जाति के नेताओं के हाथ में समाज की बुनियादी संरचनाओं का नियंत्रण छोड़ने के बजाय अब उन्होंने जाति और जनजाति के हैसियतवान लोगों तक सीधे पहुँचना शुरू कर दिया। यही वह मुक़ाम था जब अंग्रेज़ों ने राजनीति और अर्थनीति के क्षेत्रों में महत्त्वपूर्ण हस्तक्षेपों की शुरुआत की, क्योंकि प्राच्यवादी ज्ञान ने उन्हें यक़ीन दिला दिया था कि भारतीय समाज व्यवस्था और उसके अंतर्निहित विचार इन क्षेत्रों का संचालन करने की क्षमता से सम्पन्न नहीं हैं।

देखें : आनंद केंटिश कुमारस्वामी, आर्य-अवधारणा, आर्थर लेवेलिन बाशम, एडवर्ड विलियम सईद, काशी प्रसाद जायसवाल, बिपन चंद्र-1 और 2, दामोदर धर्मानंद कोसम्बी-1 और 2, प्राच्यवाद, रमेश चंद्र दत्त, रमेश चंद्र मजूमदार, रणजीत गुहा, रामकृष्ण गोपाल भण्डारकर, राम शरण शर्मा, रोमिला थापर, वासुदेव शरण अग्रवाल, पांडुरंग वामन काणे, विश्वनाथ काशीनाथ राजवाड़े-1 और 2, सखाराम गणेश देउस्कर, सामंतवाद : एक बहस।

संदर्भ

1. बर्नार्ड एस. कॉन (1968), 'नोट्स ऑन द हिस्ट्री ऑफ़ द स्टडी ऑफ़ सोसाइटी ऐंड कल्चर', मिल्टन सिंगर और बर्नार्ड एस. सिंगर (सम्पा.), *स्ट्रक्चर ऐंड चेंज इन सोसाइटी*, एल्डाइन, शिकागो.
2. मोहिब्बुल हसन (सम्पा.) (1968), *हिस्टोरियंस ऑफ़ मिडीवल इण्डिया*, मीनाक्षी पब्लिशर्स, मेरठ.
3. रणजीत गुहा, *अ रूल ऑफ़ प्रॉपर्टी फ़ार बंगाल : अ एसे ऑन द आइडिया ऑफ़ परमानेंट सेटलमेंट*, माउटन, पेरिस.
4. एरिक स्टोक्स (1959), *द इंग्लिश यूटेलिटेरियंस ऐंड इण्डिया*, क्लैरेंडन प्रैस, ऑक्सफ़र्ड.

— अभय कुमार दुबे

भारतीय इतिहास-लेखन-2

राष्ट्रवादी धारा

(Indian Historiography/Nationalist-2)

पश्चिम की प्राच्यवादी विचारधारा के आधार पर भारत का इतिहास लिखने की प्रवृत्तियों को बीसवीं सदी में राष्ट्रवादी इतिहास-लेखन द्वारा पहली अहम चुनौती मिली। 1901 में प्रकाशित आर.सी. दत्त रचित द *इकॉनॉमिक हिस्ट्री ऑफ़ इण्डिया* (दो खण्ड) जैसे क्लासिक ग्रंथ ने इसकी पूर्वपीठिका तैयार की। बीस और तीस के दशक में गाँधी के नेतृत्व में उपनिवेशवाद विरोधी राजनीति जनांदोलन में विकसित हुई और तभी इस पूर्वपीठिका पर एच.सी. रायचौधुरी, काशी प्रसाद जायसवाल, बेनी प्रसाद, आर.सी. मजूमदार और आर.के. मुखर्जी जैसे पेशेवर इतिहासकारों ने अपनी इबारतें भी लिखीं।

इतिहास-लेखन के क्षेत्र में प्राच्यवाद और राष्ट्रवाद के बीच हुई यह होड़ एक तरह के अंतर्विरोध से भी ग्रस्त थी। राष्ट्रवादियों ने प्राच्यवादियों की कई बुनियादी स्थापनाओं को मान लिया। उन्होंने भी भारत और युरोप को तात्त्विकतावादी ख़ानों में बाँट कर अलग-अलग देखा। भारत के इतिहास को हिंदू अर्थात् प्राचीन, मुसलमान अर्थात् मध्ययुगीन और ब्रिटिश

अर्थात् आधुनिक अवधियों में बाँट कर अध्ययन करने की पद्धति भी स्वीकार कर ली। जाति की परिघटना को समाज के ख़ाने में डाल कर राजनीति के संदर्भ से काट कर अध्ययन करने का रवैया भी अपना लिया। भारतीय सभ्यता के संस्कृतीय आख्यान के अपरिवर्तनीय अस्तित्व को भी मान्यता मिल गयी। ज़ाहिर था कि राष्ट्रवादियों की निगाह में प्राच्यवाद की प्रामाणिकता संदिग्ध नहीं थी। लेकिन उनके ज्ञान का विषय यानी भारत अंग्रेज़ों के भारत की तरह निष्क्रिय, सम्प्रभुताहीन, जड़ और तर्कबुद्धि से वंचित नहीं था। उनका भारत पहलक़दमी करता हुआ अपने अतीत में भविष्य की खोज करता हुआ दिख रहा था।

शुरुआती प्राच्यवादी इतिहासकारों ने भारत के प्राचीन अतीत में युरोप का शैशव देखा था। राष्ट्रवादियों ने इसी अतीत में आधुनिक भारतीय राष्ट्र की आहटें सुनीं। मैक्सम्यूलर के अध्ययनों में मौजूद हमदर्द टीका-टिप्पणियों को इन इतिहासकारों ने वस्तुनिष्ठ और प्रामाणिक वक्तव्यों की तरह ग्रहण किया। वे एक महान और स्वर्णिम प्राचीनता कल्पित करने के उद्यम में लग गये। उन्होंने दावा किया कि भारत की आध्यात्मिकता, उसका आर्य उद्गम, राजनीतिक विचार और कला पूरी तरह देशज है। दक्षिण-पूर्वी सभ्यताओं को भारतीय सभ्यता की उपलब्धियाँ मान लिया गया। 320 से 540 ईस्वी गुप्त साम्राज्य (320-540 ईस्वी) को भारत का स्वर्ण युग बता कर इन इतिहासकारों ने दिखाया कि किस प्रकार इस युग में हिंदू धर्म परवान चढ़ा, राष्ट्रीय एकता मज़बूत हुई, आर्थिक सम्पदा में वृद्धि हुई, सामाजिक समरसता बेहतर हुई और सांस्कृतिक उपलब्धियाँ शिखर पर पहुँच गयीं। इन इतिहासकारों ने यह दावा भी किया कि ग्यारहवीं और बारहवीं सदी में मुसलमानों के आगमन के साथ ही पतन और पराभव की शुरुआत हुई।

लेकिन, राष्ट्रवादी इतिहास का मतलब केवल यही नहीं था। इन इतिहासकारों ने सामग्री और स्रोतों पर बहस को खोला। ऐसी बहुत सी बातें खोज निकालीं जो अनजान पड़ी हुई थीं। इस प्रक्रिया में क्षेत्रों के इतिहास पर रोशनी पड़ी। इस मान्यता को भी चुनौती मिली कि यूनानी सभ्यता की सभी उपलब्धियाँ लाजवाब और बेशक़ीमती हैं। प्राच्यवादियों की कई मान्यताओं को मानने के बावजूद भारत का प्रतिनिधित्व करने का उनका दावा झुठलाया गया। इसी तरह हिंदू उग्रवादी व्याख्याओं को भी प्रश्नांकित किया गया। जवाहरलाल नेहरू ने *द डिस्कवरी ऑफ़ इण्डिया* (1946) में तर्क दिया कि भारतीय संस्कृति हिंदू या हिंदूवाद का पर्याय नहीं है। उनका ज़ोर सांस्कृतिक और ऐतिहासिक विविधता पर था। हालाँकि नेहरू भी आध्यात्मिकता को भारतीय अतीत का सार मानते थे और गुप्त साम्राज्य उनकी निगाहों में भी राष्ट्रवाद के पनपने की अवधि थी, लेकिन हिंदू पुनरुत्थानवादी इतिहास-लेखन उनके सेकुलर और सार्वदेशिक नज़रिये में फिट नहीं होता था। उन्होंने जो सेकुलर भारत खोजा उसके पालने में कई धर्मों और सम्प्रदायों का लालन-पालन हुआ था। अनगिनत आक्रमणों और संघर्षों से गुज़रता हुआ नेहरू का यह भारत एक हद तक एकता की उपलब्धि कर चुका था। नेहरू का विचार था कि उपनिवेशवाद विरोधी आंदोलन इसी एकता को ग़ुलामी की जकड़ से मुक्त करने का उद्यम है ताकि भारत एक बार फिर दुनिया के पैमाने पर अन्य सभ्यताओं के साथ क़दम मिलाता हुआ आधुनिकता की मंज़िल की तरफ़ कूच कर सके।

कुल मिला कर राष्ट्रवादी आंदोलन की दोनों प्रवृत्तियों (हिंदू और सेकुलर) में एक बात पर मतैक्य था : भारत अविभाजित है और हमेशा से रहा है। एकात्मक इयत्ता से सम्पन्न होने के कारण उसकी आत्मपरकता स्वायत्तता और सम्प्रभुता का दावा करने योग्य है। लेकिन इसके लिए उसे औपनिवेशिक नियंत्रण से ख़ुद को मुक्त करना होगा। इतिहास के उद्यम की इस तरह शिनाख़्त करने के बाद राष्ट्रवादियों ने बीसवीं सदी के पहले दशक से ही प्राच्यवादी विद्वत्ता के आख्यानों को ख़ारिज करने की शुरुआत कर दी और अपनी परियोजना के मुताबिक़ नये चित्र पेश किये। उत्तर भारत में हुए 1857 के विद्रोह की घटनाओं को केंद्र बना कर 1909 में हिंदू राष्ट्रवादी विचारक विनायक दामोदर सावरकर ने *द वार ऑफ़ इंडिपेंडेंस, 1857* की रचना की। प्राच्यवादियों द्वारा इस विद्रोह को म्यूटिनी (सिपाही विद्रोह या गदर) क़रार देने की आलोचना करते हुए सावरकर ने दावा किया कि यह एक राष्ट्रीय विद्रोह था। यह एक दिलचस्प तथ्य है कि आगे चल कर सावरकर की यह थीसिस मोटे तौर पर ऐसे लोगों ने भी जज़्ब कर ली जो हिंदू राष्ट्रवाद के मुक़ाबले विपरीत मुक़ाम पर खड़े हुए थे। मसलन, 1959 में सोवियत कम्युनिस्ट पार्टी ने इसी विद्रोह से संबंधित मार्क्स और एंगेल्स की रचनाओं का संकलन सम्पादित किया। विदेशी प्रकाशन गृह, मास्को द्वारा छापे गये इस संकलन का शीर्षक था : *द फ़र्स्ट वार ऑफ़ इंडिपेंडेंस 1857-59*।

सावरकर के इस प्रयास और ऐसे ही अन्य उद्यमों में एक ख़ास बात पढ़ी जा सकती है। राष्ट्रवादियों की कोशिश थी कि इण्डोलॉजी या भारतविद्या को महज़ एक युरोपीय उद्यम की खाँचे से निकाल लाया जाए, और भारत को एक ऐसे सत्तामूलक अस्तित्व की तरह पेश किया जाए जो बहुत थोड़ा दृश्यमान होने और अधिकांशतः शृंखलाओं में जकड़ा रहने के बावजूद ऐतिहासिक घटनाओं और उनके अभिनेताओं का तात्पर्य-निरूपण कर सकता हो। इसी ऐतिहासिक उद्यम की भित्ति पर खड़े हो कर उपनिवेशवाद विरोधी संग्राम के नेताओं ने जनसाधारण से कुछ ऐसे लहज़े में अपील की जैसे कि राष्ट्र तो पहले से मौजूद है, बस ज़रूरत उसके प्रति सचेत होने की है। 15 अगस्त, 1947 को मिली राजनीतिक आज़ादी के साथ ही राष्ट्रवादी इतिहास-लेखन की परियोजना सफलीभूत हुई।

उपनिवेशवाद विरोधी राष्ट्रवादी नज़रिये से इतिहास-लेखन करने की इस परियोजना ने प्रभावशाली विद्वत्ता से परिपूर्ण रचनाएँ पेश कीं। भारत से ब्रिटेन ले जायी जाने वाली सम्पत्ति (ड्रेन थियरी), ब्रिटिश मैन्युफेक्चरिंग स्वार्थों द्वारा भारत का औद्योगिकीकरण, भारत के औद्योगिकीकरण की उपेक्षा जैसे प्रश्न उनके प्रिय विषय थे। प्राच्यवादियों की कई प्रवृत्तियाँ अपना लेने और कई अन्य ख़ामियों के बावजूद मूलत: राष्ट्रवादी इतिहास भी इतिहास-लेखन के क्षेत्र में तीसरी दुनिया द्वारा अपनी नुमाइंदगी ख़ुद करने का ही एक प्रयास था।

देखें : आनंद केंटिश कुमारस्वामी, आर्य-अवधारणा, आर्थर लेवेलिन बाशम, एडवर्ड विलियम सईद, काशी प्रसाद जायसवाल, बिपन चंद्र-1 और 2, दामोदर धर्मानंद कोसम्बी-1 और 2, प्राच्यवाद, रमेश चंद्र दत्त, रमेश चंद्र मजूमदार, रणजीत गुहा, रामकृष्ण गोपाल भण्डारकर, राम शरण शर्मा, रोमिला थापर, वासुदेव शरण अग्रवाल, पांडुरंग वामन काणे, विश्वनाथ काशीनाथ राजवाड़े-1 और 2, सखाराम गणेश देउस्कर, सामंतवाद : एक बहस।

संदर्भ

1. रोमिला थापर (1968), 'इंटरप्रिटेशंस ऑफ़ एंशिएंट हिस्ट्री', *हिस्ट्री ऐंड थियरी,* खण्ड 7, अंक 3.
2. एस.पी. सेन (सम्पा.) (1973), *हिस्टोरियन ऐंड हिस्टोरियोग्राफ़ी इन मॉडर्न इण्डिया,* इंस्टीट्यूट ऑफ़ हिस्टोरिकल स्टडीज़, कलकत्ता.
3. पार्थ चटर्जी (1986), *नैशनलिस्ट थॉट ऐंड द कोलोनियल वर्ल्ड: अ डेरिवेटिव डिस्कोर्स ?,* ज़ेड बुक्स, लंदन.

— अभय कुमार दुबे

भारतीय इतिहास-लेखन-3

स्वातंत्र्योत्तर धारा

(Indian Historiography / Post-independence-3)

आज़ादी मिलने के बाद भारत संबंधी इतिहास-लेखन ने नये दौर में प्रवेश किया। इसकी मुख्य प्रवृत्तियों पर मानवशास्त्रीय अध्ययनों का प्रभाव था। यह दौर द्वितीय विश्व युद्ध के उपरांत उपनिवेशवाद विरोधी भावनाओं के उभार का था। नव-उपनिवेशवाद के ख़िलाफ़ चिंतन भी इसी ज़माने में परवान चढ़ा। इस सब ने मिल कर जिस बौद्धिक माहौल की रचना की उसमें समाज की ज़मीनी हक़ीक़तों पर ध्यान देने के रुझान पैदा हुए। पचास के दशक में अमेरिका में शुरू हुए दक्षिण एशिया अध्ययन कार्यक्रम ने इसे संस्थागत गति दी। फ्रांसीसी मानवशास्त्री लुई दूमों द्वारा किये गये भारतीय जाति व्यवस्था के अध्ययन *होमो हाइरारकिस* (1970) की प्रस्थापनाओं के इर्द-गिर्द जातियों और समुदायों का सामाजिक इतिहास रचा जाने लगा। सामाजिक और सांस्कृतिक मानवशास्त्रियों ने नयी ज़मीन तोड़नी शुरू कर दी।

मानवशास्त्र की दिलचस्पी ग्रंथों या भाषाओं के बजाय लोगों और संस्कृतियों के अध्ययन में थी। दूमों का तर्क था कि अगर भारत के सार का पता लगाना है तो जाति प्रथा की प्रमुख भूमिका को नज़रअंदाज़ नहीं किया जाना चाहिए। इस आग्रह के आस-पास ही सारी बहस गोलबंद हुई। यह दलील इतनी प्रभावशाली साबित हुई कि दूमों का अंग्रेज़ी अनुवाद आने के बाद जातिगत संरचनाओं को अधिसंरचनात्मक या भ्रांत चेतना मानने वाले मार्क्सवादी भी भारतीय समाज और इतिहास के विश्लेषण में जाति को उसकी अहम जगह देने के लिए मजबूर हो गये। बहुत से पहलुओं को अपने दायरे में समेट लेने वाला दूमों की प्रस्थापना उन इतिहासकारों के लिए उपयोगी साबित हुई जो भारत को अपरिवर्तनीयता के आरोप से बचाते हुए निरंतरता के चश्मे से देखना चाहते थे।

जातियों के अध्ययन को केंद्र में रख कर लिखे गये इतिहास की सबसे बड़ी उपलब्धि यही थी कि उसने जाति के अध्ययनों को राजनीति, राजनीतिकरण की प्रक्रिया और राजतंत्र के साथ जोड़ कर भारतीय समाज व्यवस्था की अपरिवर्तनीयता के मिथक को भंग कर दिया। जातियों की गतिशीलता और कुछ निचली जातियों की ऊर्ध्वगामिता के प्रमाण खोज लिए गये। इस उपलब्धि ने भारतीय आत्मपरकता के स्वायत्त और एकात्मक चरित्र के आग्रह को और मज़बूत किया।

पचास के दशक से लेकर सत्तर के दशक के अंत तक मानवशास्त्र और इतिहास के संश्रय से उपजी विद्वत्ता के कई श्रेष्ठ नमूने सामने आये। फ्रेड्रिख़ जे. बायली द्वारा रचित *कास्ट ऐंड द इकॉनॉमिक फ्रंटियर* (1957), एम.एन. श्रीनिवास रचित *सोशल चेंज इन मॉडर्न इण्डिया* (1966) और डेविड जी. मेंदलबाम द्वारा दो खण्डों में रचित *सोसाइटी इन इण्डिया* (1970) अगर दूमों से पहले की कृतियाँ थीं, तो दूमों के बाद रोनाल्ड बी. इण्डेन, फ्रेंक एफ़. कोलोन और कैरेन आई. लियोनार्ड द्वारा किये गये बेहतरीन ऐतिहासिक अध्ययन प्रकाशित हुए।

दरअसल, इतिहास-लेखन की ये प्रवृत्तियाँ उपनिवेशवाद के पराभव के बाद बने भारत जैसे स्वतंत्र और सम्प्रभु राष्ट्र की कई ज़रूरतों को पूरा करने वाली थीं। औपनिवेशिक आधुनिकता की पुरानी परियोजना का आर्थिक विकास, विज्ञान और प्रौद्योगिकी के पैकेज के ज़रिये नवीकरण हो रहा था। आधुनिकीकरण के उद्यम को आगे बढ़ाने के लिए

लुई दूमों (1911-1998)

आवश्यक था कि पारम्परिक समाज की संरचनाओं और उसकी अंतर्निहित आस्थाओं का सामाजिक-वैज्ञानिक ज्ञान अर्जित किया जाए। इसी मक़सद को ध्यान में रखते हुए अमेरिकी शैली के एरिया स्टडीज़ प्रोजेक्ट में समाज-विज्ञान के विविध आयाम बहुअनुशासनीय रूप ले कर जुड़ते चले गये। मानवशास्त्र और इतिहास-लेखन के साथ अर्थशास्त्र और वैकासिक अध्ययन भी जुड़ गये। इस नये परिवर्तन ने इतिहास के अनुशासन को पूर्व-पश्चिम की सीमाओं और ओरिएंट-ऑक्सीडेंट के ख़ानों से निकालने का रास्ता खोला।

इन सकारात्मक पहलुओं के साथ-साथ इस इतिहास-लेखन के साथ कुछ समस्याएँ भी जुड़ी हुई थीं। साठ के दशक में उभरे आधुनिकीकरण के सिद्धांत के परिणामस्वरूप जाति आधारित संरचनाओं को 'पारम्परिक भारत' का लक़ब मिल गया था। इस प्रक्रिया में एक दूसरे भारत को कल्पित किया जाने लगा जो आधुनिकीकरण में संलग्न था। हालाँकि इतिहास-लेखन की ये प्रवृत्तियाँ प्राच्यवादी और राष्ट्रवादी उद्यमों से काफ़ी भिन्न थीं, पर इनके भीतर भी एक प्रामाणिक भारत की खोज का आग्रह निहित था। प्रामाणिकता का यह आग्रह इतिहास के अनुशासन को एक बार फिर उसी तरह के मूलतत्त्ववादी रवैये की तरफ़ धकेलने लगा जो प्राच्यवादियों और राष्ट्रवादियों ने अपना रखा था। पुराने द्विभाजनों को लाँघने के बावजूद पारम्परिक के मुक़ाबले आधुनिक का एक नया द्विभाजन उभरा जिसके केंद्र में विकासवाद था।

विकासवाद ने आधुनिकीकरण की प्रक्रिया को उसकी वैचारिकता भी दी और उसकी प्रौद्योगिकी भी। यह प्रौद्योगिकी समाज का आधुनिकीकरण करने में आंशिक तौर से ही कामयाब रही जिसके कारण मार्क्सवादियों को हस्तक्षेप करने का मौक़ा मिला। उन्होंने उपनिवेशवाद पर तो यह आरोप लगाया ही कि वह समाज को आधुनिक बनाने का लक्ष्य भेदने में नाकाम रहा है, इसी कसौटी पर कसते हुए उन्होंने राष्ट्रवाद को भी आड़े हाथों लिया। आलोचना के इन स्वरों ने एक नयी बहस को जन्म दिया जिसकी रोशनी में भारतीय इतिहास-लेखन के मार्क्सवादी उद्यम को देखा जा सकता है।

देखें : आनंद केंटिश कुमारस्वामी, आर्य-अवधारणा, आर्थर लेवेलिन बाशम, एडवर्ड विलियम सईद, काशी प्रसाद जायसवाल, बिपन चंद्र-1 और 2, दामोदर धर्मानंद कोसम्बी-1 और 2, प्राच्यवाद, रमेश चंद्र दत्त, रमेश चंद्र मजूमदार, रणजीत गुहा, रामकृष्ण गोपाल भण्डारकर, राम शरण शर्मा, रोमिला थापर, वासुदेव शरण अग्रवाल, पांडुरंग वामन काणे, विश्वनाथ काशीनाथ राजवाड़े-1 और 2, सखाराम गणेश देउस्कर, सामंतवाद : एक बहस।

संदर्भ

1. लुई दूमों (1970), *होमो हाइरारकस,* युनिवर्सिटी ऑफ़ शिकागो प्रेस, शिकागो.
2. एम.एन. श्रीनिवास (1966), *सोशल चेंज इन मॉडर्न इण्डिया,* युनिवर्सिटी ऑफ़ कैलिफ़ोर्निया प्रेस, बर्कले.
3. डोनाल्ड ई. ब्राउन (1988), *हाइरार्की, हिस्ट्री, ऐंड ह्यूमन नेचर,* युनिवर्सिटी ऑफ़ अरिज़ोना प्रेस, टस्कन.

— अभय कुमार दुबे

भारतीय इतिहास-लेखन-4

मार्क्सवादी और सबाल्टर्न धाराएँ

(Indian Historiography/Marxist and Subaltern-4)

प्राच्यवादी, राष्ट्रवादी और उत्तर-राष्ट्रवादी इतिहास-लेखन का मुख्य दावा यह था कि भारत एक अविभाज्य अस्तित्व से सम्पन्न है और रहा है। ये तीनों प्रवृत्तियाँ भारत के बरक्स युरोप को भी उसी तरह अविभाज्य और एकात्मक मानती थीं। मार्क्सवादियों ने इसके ख़िलाफ़ तर्क दिया कि यह दृष्टि अपने पीछे वर्ग-संबंधों की हक़ीक़त छिपा लेती है। उनके मुताबिक़ जब युरोप अविभाज्य और एकात्मक नहीं है, तो भारत कैसे हो सकता है। मार्क्सवादी नज़रिये के मुताबिक़ वर्ग-संबंधों के

कारण ही भारत ऊँचे-नीचे विकास की उलझन का शिकार था जिसका समाधान न उपनिवेशवादी कर पाये और न ही आज़ाद भारत के हुक्मरान। इसी टेक पर सत्तर और अस्सी के दशक में मार्क्सवादी इतिहास-लेखन ने अपनी आवाज़ उठायी। इसके कुछ बाद में सामने आया वैश्विक इतिहास का परिप्रेक्ष्य भी काफ़ी-कुछ मार्क्सवादियों के तर्ज़ पर ही भारत को समझने की चेष्टा कर रहा था। दोनों प्रवृत्तियाँ विश्व-इतिहास में हो रहे संक्रमण के आईने में भारत को देखना चाहती थीं और दोनों का ज़ोर राजनीतिक अर्थशास्त्र पर था। भारत की उत्पादन प्रणालियों और राजनीतिक नियंत्रण की व्याख्या करके ये इतिहासकार उसकी वह हैसियत उभारना चाहते थे जो उसे तीसरी दुनिया का सदस्य बनाती थी।

मार्क्सवादी इतिहासकारों ने इण्डोलॉजी या भारतविद्या के अनुशासन और दक्षिण एशियाई एरिया स्टडीज़ को भी आड़े हाथों लेते हुए कहा कि इन उद्यमों के फलस्वरूप रचा गया वर्गेतर इतिहास उत्पीड़ितों के इतिहास को पृष्ठभूमि में धकेल देता है और टकराव के ऊपर सहमति को प्राथमिकता देने में यक़ीन करता है। इस विचार के तहत जो इतिहास लिखा गया वह वर्गों का था। यह मार्क्स के भारत संबंधी लेखन से भी बहस करता था, और इसके कारण अविभाज्य भारत नागब. शै की तस्वीर में भी दरारें पड़ जाती थीं। प्रभुत्व की आलोचना करने वाला, विद्रोहों और आंदोलनों का समर्थन करने वाला इतिहास लिखते हुए मार्क्सवादी दूसरे इतिहासों के पूर्वग्रहों की शिनाख़्त करने लगे और अपने पूर्वग्रह को उन्होंने यथार्थ के सर्वाधिक नज़दीक बताया। प्राचीन काल से चली आ रही समरूप भारतीय सभ्यता के आग्रह के मुक़ाबले इन इतिहासकारों ने विविधता, परिवर्तन और प्रतिरोध को रेखांकित किया। दामोदर धर्मानंद कोसम्बी, रोमिला थापर, डी.एन. झा और राम शरण शर्मा ने प्राचीन भारत के अपने बेमिसाल अध्ययनों से इस प्रकार के इतिहास-लेखन को काफ़ी समृद्ध किया। पूरन चंद जोशी द्वारा 1857 के विद्रोह को एक लोकप्रिय क्रांतिकारी आंदोलन के रूप में पेश करने का उद्यम किया गया। ए.आर. देसाई और डी.एन. धनगरे किसान संघर्षों को प्रमुखता देने वाली रचनाएँ लेकर सामने आये। इरफ़ान हबीब ने मुग़लकालीन भारत की खेतिहर प्रणाली का इतिहास लिखते हुए तर्क दिया कि स्थानीय स्तर पर होने वाले विद्रोहों के कारण अट्ठारहवीं सदी में मुग़ल साम्राज्य लकवाग्रस्त हो गया था।

चूँकि यह जाँच-पड़ताल उत्पादन की विधियों में होने वाले बदलावों को केंद्र बना कर की जा रही थी, इसलिए सारे ऐतिहासिक आख्यान पूँजीवाद की तरफ़ बढ़ने वाले क़दमों के संदर्भ में तैयार किये जाते थे। ये आख्यान अधिकतर इसी नतीजे पर पहुँचते थे कि पूँजीवादी आधुनिकीकरण की प्रक्रिया बीच में ही गड़बड़ा गयी है। इसी विचार के तहत मार्क्सवादियों ने बंगाल के नवजागरण को आधुनिकीकरण की सफल कोशिश के रूप में देखने से इनकार कर दिया। सुमित सरकार (राममोहन राय ऐंड ब्रेक विद द पास्ट), वरुण डे (द कोलोनियल कंटेक्स्ट ऑफ़ द बंगाल रिनेसाँ) और अशोक सेन (सोसाइटी ऐंड द बिगिनिंग्स ऑफ़ द मॉडर्नाइज़ेशन) की रचनाएँ यह कहती हुई नज़र आयीं कि देशज ज़मीन पर जो बुद्धिवाद विकसित हो रहा था, वह पश्चिमी संसर्ग के कारण परम्परानिष्ठता में पतित हो गया। अगर कोई आधुनिकता थी भी, तो वह औपनिवेशिक आधुनिकता ही थी जिसे नाकाम होना ही था। बंगाल के नवजागरण की यह मार्क्सवादी व्याख्या एक बार फिर भारत के तीसरी दुनियापने को ही प्रमाणित करती नज़र आ रही थी।

वैश्विक इतिहास के दृष्टिकोण से सम्पन्न इतिहासकारों ने अट्ठारहवीं सदी पर ध्यान केंद्रित करके भारत को उन तटीय इलाक़ों के देश के रूप में पेश किया जो बाहर की तरफ़ देख रहे थे। इन तटों के पीछे सामाजिक-राजनीतिक हितों, तिजारती और खेतिहर भारत का सघन संसार था जो तटीय इलाक़ों के साथ कटता-जुड़ता तो रहता था, पर हितों और परिप्रेक्ष्यों की अनेकता किसी भी तरह से एकजुट भारत की तस्वीर पेश नहीं होने देती थी। इसी सदी के उत्तर भारतीय समाज का सी.ए. बायली द्वारा लिखा गया इतिहास इस शैली की सर्वश्रेष्ठ और अत्यंत समृद्ध रचना मानी जाती है। बायली का विवरण बताता है कि अंग्रेज़ प्रौद्योगिकीय श्रेष्ठता के कारण नहीं जीते। आर्थिक संगठन और प्रौद्योगिकी के लिहाज़ से भारत और अंग्रेज़ों के बीच कोई विशेष ऊँच-नीच नहीं थी, पर कुछ ख़ास तरह की सामाजिक, आर्थिक और राजनीतिक परिस्थितियों ने ब्रिटिश साम्राज्य को सम्भव बनाया। बायली का ब्योरा बताता है कि किस तरह उत्तर भारतीय समाज ने अपने कुछ विशिष्ट रुझानों के तहत ईस्ट इण्डिया कम्पनी के साथ अन्योन्यक्रिया की जिसका नतीजा न केवल अंग्रजों के राज्य की स्थापना में निकला, बल्कि उन्नीसवीं सदी के मध्य तक आते-आते एक क्लासिकल क़िस्म का औपनिवेशिक संबंध तैयार हो गया जिसे एक आधुनिक राष्ट्र के उदय की ऐतिहासिक पूर्वपीठिका के रूप में देखा जा सकता है। ज़ाहिर है कि बायली का वृत्तांत जिस भारतीय राष्ट्र का उदय दिखा रहा था वह पहले से मौजूद न हो कर इतिहास की कृति था। बाद में कई मार्क्सवादी इतिहासकारों की रचनाओं ने भी बायली के इस दावे की पुष्टि की।

सबाल्टर्न धारा : प्राच्यवादी, राष्ट्रवादी, उत्तर-राष्ट्रवादी और मार्क्सवादी इतिहास-लेखन में परस्पर भिन्नताएँ होते हुए भी एक बात समान थी कि ये सभी इतिहास किसी न किसी अस्मिता की बुनियाद पर खड़े थे। प्राच्यवादी सभ्यतामूलक अस्मिता की गिरफ़्त में थे। राष्ट्रवादी इतिहासकार समकालीन राष्ट्रवादी विचारधारा के आईने से

बाहर देखने के लिए तैयार नहीं हो सकते थे। उत्तर-राष्ट्रवादियों ने मानवशास्त्र के साथ गठजोड़ करके ख़ुद को जातिगत और सामुदायिक इतिहास और आधुनिकीकरण के लक्ष्य तक सीमित कर लिया था। मार्क्सवादियों का प्रत्येक आख्यान पूँजीवाद के विकास को प्रमाणित या अप्रमाणित करने के मक़सद से तैयार किया जाता था। इन अस्मिताओं से बँध कर इतिहास-लेखन की ये प्रवृत्तियाँ एक सीमा तक ही विविधतामूलक हो सकती थीं। इन तमाम इतिहासों के पास एक औपनिवेशिक, राष्ट्रवादी या मार्क्सवादी प्रयोजनमूलकता थी जिसके आधार पर गढ़ी गयी श्रेणियों से परे जाना इनके बस की बात नहीं थी। अपनी आधारभूत अस्मिताओं में निहित विकल्प की सम्भावनाओं का संधान करना उनके एजेंडे पर नहीं था। एक आधुनिक पूँजीवादी-औपनिवेशिक राष्ट्र के उदय का वास्तविक इतिहास लिखने के लिए इस बुनियादपरस्ती को अस्थिर करके इन सभी श्रेणियों के परे जाने वाली ऐतिहासिक दृष्टि की रचना ज़रूरी थी। 1978 में प्रकाशित एडवर्ड विलियम सईद की कृति *ओरिएंटलिज़म* ने इस नयी दृष्टि के लिए रास्ता साफ़ किया। अस्सी के दशक में एक नया पद प्रचलित हुआ जिसे एंटोनियो ग्राम्शी के तर्ज़ पर सबाल्टर्न या निम्नवर्गीय इतिहास कहा गया।

तीसरी दुनिया के इतिहास-लेखन की विधा में अन्यतम समझे जाने वाले इस योगदान का श्रेय कुछ ऐसे समाजवैज्ञानिकों को जाता है जिन्होंने अपनी यात्रा मार्क्सवाद से शुरू की थी। भारत, ब्रिटेन और ऑस्ट्रेलिया के बीच बिखरे हुए इन असंतुष्ट मार्क्सवादियों ने सबाल्टर्न स्टडीज़ के रूप में अपनी कृतियों की शृंखला प्रकाशित करनी शुरू की। ये इतिहासकार अंग्रेज़ों के ख़िलाफ़ होने वाले सभी विद्रोहों को राष्ट्रीय चेतना की मंज़िल की तरफ़ ले जाने वाला मानने के लिए तैयार नहीं थे। न ही उन्हें हर ऐतिहासिक आख्यान में वर्ग चेतना की सम्पूर्णता उपलब्ध होती हुई दिखाई पड़ती थी। उन्होंने वर्ग की जगह अपना रवैया सबाल्टर्नीयता की अवधारणा के इर्द-गिर्द बुना। सबाल्टर्नीयता के माध्यम से उन्होंने भाषाई, आर्थिक, सामाजिक और सांस्कृतिक मुक़ामों पर सत्ता संबंधों की जाँच-पड़ताल की। इतिहास-लेखन की इस शैली का परिणाम यह हुआ कि सभ्यता, राष्ट्र, व्यक्ति, समुदाय और वर्ग की पूर्व-स्थापित श्रेणियाँ गड़बड़ा गयीं। सबाल्टर्न सीरीज़ के सम्पादक रणजीत गुहा ने 1983 में प्रकाशित *एलीमेंटरी आस्पेक्ट्स ऑफ़ पीज़ेंट इंसर्जेंसी इन कोलोनियल इण्डिया* में इन नयी विधा का बेहतरीन प्रतिपादन किया। रणजीत गुहा ने निम्नवर्ग के इतिहास को औपनिवेशिक, राष्ट्रवादी या अन्य अभिजनों की छाया से निकाल कर उसे अपने क़िस्म की राजनीतिक चेतना से सम्पन्न क़रार दिया। रणजीत गुहा इस थियरी के आदिगुरु की हैसियत प्राप्त कर चुके हैं। पार्थ चटर्जी, ज्ञानेंद्र पांडेय, शाहिद अमीन, दीपेश चक्रवर्ती, गौतम भद्र, अजय सरकारिया और शैल मायाराम जैसे प्रमुख हस्ताक्षरों के रूप में इस परियोजना में भारतीय इतिहासकारों की भागीदारी विशेष तौर से उल्लेखनीय है।

चूँकि सबाल्टर्न प्रोजेक्ट में अस्मिताएँ विभेदीकरण पर निर्भर थीं, इसलिए स्वायत्त और सम्प्रभु आत्मपरकता का विखण्डन उसके लिए ज़रूरी था। ज़ाहिर है इस बौद्धिक परियोजना ने फ्रांसीसी और सोवियत संरचनावाद से प्रभाव ग्रहण किया। अमेरिका में उत्तर-संरचनावाद के उभार ने इतिहास-लेखन की सबाल्टर्न पद्धति को विश्वस्तर पर मान्यता दिलायी। सबाल्टर्न स्टडीज़ ने हर मुक़ाम पर एक भिन्नता उपलब्ध की। उसने औपनिवेशिक प्रभुत्व के ख़िलाफ़ होने वाले संघर्षों का आख्यान इस तर्ज़ पर रचा कि राष्ट्रवादी अस्मिता के नीचे दब जाने वाले विभेद उभर आये और सत्ता संबंध स्पष्ट हो गये। अपराधी कही जाने वाली जनजातियों के इतिहास में उतरते हुए उन्होंने बताया कि उन्हें जरायमपेशा घोषित करने के पीछे असली कारण क्या थे। सती की परिघटना से संबंधित शोध के दौरान उन्होंने दिखाया कि समाज सुधार मुहिमों की प्रक्रिया में किस तरह जेंडरीकृत विचारों का सूत्रीकरण हुआ जिनका इस्तेमाल अंग्रेज़ हुक्मरानों और सती को प्रश्नांकित करने वाले समाज सुधारकों द्वारा किया गया।

अतीत की जिन घटनाओं पर स्वीकारात्मक मुहर लग चुकी थी, उन्हें इस इतिहास ने फिर से कुरेदा। सबाल्टर्न के पैरोकारों ने दिखाया कि भारत बनाम ब्रिटेन, अपराध बनाम क़ानून-व्यवस्था, परम्परा बनाम आधुनिक, सेकुलर बनाम धार्मिक, वर्गचेतना बनाम सामुदायिक चेतना, भौतिकवाद बनाम अध्यात्मवाद, प्रतिक्रियावादी बनाम प्रगतिशील, स्त्री की अधीनस्थता बनाम स्त्री की मुक्ति के द्विभाजनों को स्थापित करने की प्रक्रिया में इतिहास-लेखन क्या-क्या छिपा ले गया और कौन-कौन से पहलुओं पर कम ज़ोर दिया गया।

दिलचस्प बात यह है कि सबाल्टर्न में अंतर्निहित अवधारणा एक जगह नहीं रुकी। उसका लगातार विकास होता रहा। उसने शुरुआत मार्क्सवाद और उत्तर-संरचनावाद के संश्रय से की थी। गायत्री चक्रवर्ती स्पिवाक के ज़रिये उसके साथ उसके साथ नारीवाद भी जुड़ा। रणजीत गुहा और स्पिवाक ने मिल कर सबाल्टर्न सीरीज़ की एक कड़ी सम्पादित की जिसमें फ़ूको के विचारों के साथ उनका ताल्लुक़ स्पष्ट रूप से सामने आता है। कुल मिला कर सबाल्टर्न पद्धति इतिहास-लेखन के बेहद नफ़ीस सिद्धांत के रूप में विकसित हो चुकी है।

देखें : आनंद केंटिश कुमारस्वामी, आर्य-अवधारणा, आर्थर लेवेलिन

बाशम, एडवर्ड विलियम सईद, काशी प्रसाद जायसवाल, बिपन चंद्र-1 और 2, दामोदर धर्मानंद कोसम्बी-1 और 2, प्राच्यवाद, रमेश चंद्र दत्त, रमेश चंद्र मजूमदार, रणजीत गुहा, रामकृष्ण गोपाल भण्डारकर, राम शरण शर्मा, रोमिला थापर, वासुदेव शरण अग्रवाल, पांडुरंग वामन काणे, विश्वनाथ काशीनाथ राजवाड़े-1 और 2, सखाराम गणेश देउस्कर, सामंतवाद : एक बहस।

संदर्भ

1. डी.डी. कोसम्बी (1965), *कल्चर ऐंड सिविलाइज़ेशन ऑफ़ एंशिएंट इण्डिया इन हिस्टोरिकल आउटलाइन*, रॉटलेज ऐंड कीगन पाल, लंदन.
2. इरफ़ान हबीब (1962), *द एग्रेरियन सिस्टम ऑफ़ मुग़ल इण्डिया*, एशिया पब्लिशिंग हाउस, लंदन.
3. वी.सी. जोशी (सम्पा.) (1975), *राममोहन राय ऐंड द प्रोसेस ऑफ़ मॉडर्नाइज़ेशन इन इण्डिया*, विकास, नयी दिल्ली.
3. ज्ञान प्रकाश (1990), 'राइटिंग पोस्ट-ओरिएंटलिस्ट हिस्ट्रीज़ ऑफ़ थर्ड वर्ल्ड : पर्सपेक्टिव फ्रॉम हिस्टोरियोग्राफ़ी', *कम्परेटिव स्टडीज़ इन सोसाइटी ऐंड हिस्ट्री*, खण्ड 32, अंक 2.
4. रणजीत गुहा (1983), *एलीमेंटरी आस्पेक्ट्स ऑफ़ पीज़ेंट इंसर्जेंसी इन कोलोनियल इण्डिया*, ऑक्सफ़र्ड युनिवर्सिटी प्रेस, नयी दिल्ली.
5. गायत्री चक्रवर्ती स्पिवाक (1988), 'कैन सबाल्टर्न स्पीक?', कैरी नेल्सन और लैरी ग्रोसबर्ग (सम्पा.), *मार्क्सिज़्म ऐंड इंटरप्रिटेशन ऑफ़ कल्चर*, युनिवर्सिटी ऑफ़ इलिनॉय प्रेरा, अरबाना ऐंड शिकागो.
6. रणजीत गुहा (सम्पा.) (182-85), *सबाल्टर्न स्टडीज़*, खण्ड 1-5, ऑक्सफ़र्ड युनिवर्सिटी प्रेस, नयी दिल्ली.

— अभय कुमार दुबे

भारतीय इसलाम

(Indian Islam)

भारतीय इसलाम की अवधारणा दो विरोधाभासी प्रवृत्तियाँ उजागर करती है। पहली है भारत को केंद्र में रख कर इसलाम को देखना, और दूसरी है इसलाम की पृष्ठभूमि में भारत के मायने तलाशना। इन दो विरोधाभासी रुझानों ने ही भारतीय इसलाम को अकादमिक और राजनीतिक विमर्श के तौर पर स्थापित किया है। पहली प्रवृत्ति इसलाम की सार्वभौमिकता को विशिष्ट संदर्भ में समेटते हुए उसे एक सांस्कृतिक आधार देती है। इससे इसलाम का एक ख़ास भारतीय चेहरा प्रकट होता है जो इसलाम के अन्य भौगोलिक सांस्कृतिक चेहरों के साथ मिलकर ग्लोबल इसलाम की रंगीन तस्वीर पेश करता है। इसके बरक्स दूसरी प्रवृत्ति के तहत ऐसा लगता है कि मानो इसलाम की सार्वभौमिकता संदर्भ और काल जैसी श्रेणियों से कहीं ऊपर उठ कर एक ऐसे क्षेत्र का निर्माण कर रही हो जिसमें 'भारत' नाम का तत्त्व पूरी तरह विलीन हो गया है। यह प्रवृत्ति बताती है कि दरअसल इसलाम एक ऐसी सम्पूर्णता है जिसमें संस्कृति, जाति और वर्ग जैसी विभिन्नताएँ संदर्भों से विमुक्त होकर पूरी तरह समा जाती हैं।

एक पद के रूप में भारतीय इसलाम का उदय उपनिवेशवाद के ज़माने में हुआ था। इसका सीधा कारण यह था कि ब्रिटिश औपनिवेशिक विमर्श के लिए 'इसलाम' और 'भारत' दो बिल्कुल विपरीत चीज़ें थी। ब्रिटिश और अगर व्यापक तौर पर कहें तो युरोपीय औपनिवेशिक ताक़तें इसलाम से सीधे तौर पर परिचित थीं। उनके लिए इसलाम एक राजनीतिक चुनौती रह चुका था और उनके अपने उदीयमान आधुनिक विमर्श में इसलाम और ईसाइयत संगठित राजनीतिक श्रेणियाँ थी। इसके बिल्कुल विपरीत भारत एक ऐसी विचित्र राजनीतिक इकाई था जहाँ धर्म और राजनीति का न तो मध्यकालीन युरोपीय मॉडल लागू हो सकता था और न ही ख़लीफ़ा शासित ऑटोमन साम्राज्य का मॉडल। यहाँ धर्म और राजनीति आपस में मिले होकर भी सामाजिक संरचनाओं, विशेषकर जाति संरचनाओं, से संचालित होते थे। ऐसे में इसलाम के अनुयायियों और मुसलमान शासकों के बीच एक ख़ास अंतर था। यह उतना ही बड़ा अंतर था जितना ग़ैर-मुसलमान जातियों और मुसलमान शासकों के बीच। सुदीप्त कविराज के शब्दों में कहें तो 'भारत' नाम के तत्त्व का निर्माण औपनिवेशिक विमर्श ने कुछ इस प्रकार किया कि समुदाय-रचना के सिद्धांत बिल्कुल बदल गये। कविराज बताते हैं कि प्राक्-औपनिवेशिक संदर्भ में समुदायों की बनावट और समुदाय की अपनी छवि दो तरह से अस्पष्ट थी। पहला, जाति, गाँव और धर्म की जटिल पहचानों के बीच सीधी अवधारणात्मक रेखाएँ नहीं थीं। ऐसे में व्यक्ति की पहचान इन सब पहचानों का एक ऐसा समुच्चय था जिसे तोड़ कर नहीं देखा जा सकता था। दूसरे, उस समय तक समुदायों की गणना नहीं हुई थी। ऐसे में किस समुदाय के कितने सदस्य हैं, या कौन सा समुदाय बहुसंख्यक है या अल्पसंख्यक, तय नहीं हुआ था। परिणामस्वरूप समुदायों के बीच के रिश्ते व्यावहारिक थे और आपसी समझ और विवादों का क्षेत्र भी अत्यंत सीमित था। लेकिन ब्रिटिश उपनिवेशवाद ने इन संरचनाओं को नयी श्रेणियों में विभाजित कर दिया। समुदायों की धर्म और जाति के आधार पर गिनती ने उन्हें तयशुदा और बंद पहचानें दीं और इस तरह भारतीय मुसलमान नामक श्रेणी का जन्म हुआ। साथ ही यह भी पता लगा कि दरअसल भारतीय मुसलमान इस देश के अल्पसंख्यक हैं। मुसलमानों का भारत में आना, उनके द्वारा स्थापित शासन पद्धतियाँ, उनके मज़हब, रीति-रिवाज़ और उनके भारत के बाहर मौजूद इसलामिक विमर्श से भारतीय

समाज का संबंध एक राजनीतिक प्रश्न बन गया। भारतीय इसलाम का अकादमिक विमर्श भी इन्हीं प्रश्नों से जुड़ता रहा है। दिलचस्प यह है कि इस सतत प्रयास ने जिस साहित्य की रचना की है वह अत्यंत रोचक ही नहीं है, बल्कि ग्लोबल इसलाम के विमर्श को एक नयी दिशा भी देता है।

यदि औपनिवेशिक भारत पर नज़र डाले तो अमीर अली की कुछ महत्त्वपूर्ण कृतियाँ नज़र आती हैं जिनका मूल उद्देश्य ब्रिटिश सरकार और अंग्रेज़ अभिजन को इसलाम के मूल सिद्धान्तों से परिचित कराना है। इन पुस्तकों में 1847 की *अ शॉर्ट हिस्ट्री ऑफ़ कारसेंस* और 1890 की द *लाइफ़ ऑफ़ मुहम्मद* उल्लेखनीय है। ये पुस्तकें भारतीय इसलाम को इसलाम के व्यापक इतिहास में रख कर देखती हैं। यही कारण है कि भारत में मुसलमान शासन का हवाला इन कृतियों में यदा-कदा ही मिलता है।

यही प्रवृत्ति आगे चलकर मुहम्मद इक़बाल के लेखन में भी मिलती है। हालाँकि इक़बाल की शायरी में भारत एक महत्त्वपूर्ण स्थान रखता है, परन्तु 1930 में प्रकाशित उनकी दार्शनिक कृति *रिकंस्ट्रक्शन ऑफ़ रिलीजस थॉट इन इसलाम* एक ऐसी धार्मिक संस्कृति का तर्क स्थापित करती है जिसकी रोशनी में तमाम मुसलमान को एक इकाई में बदलते दिखते हैं।

मौलाना अबुल क़लाम आज़ाद और व्यापक तौर पर कहें तो जमीयत उलेमा-ए-हिन्द ने इस प्रवृत्ति को एक दूसरी दिशा दी है। आज़ाद के लेखन में भी इसलाम की व्यापकता और राष्ट्रवाद के बीच एक वैचारिक साम्य बैठाने की कोशिश दिखती है। लेकिन राष्ट्रवाद किसी भी तरह भारतीय सामाजिक संरचनाओं में मौजूद इसलामी प्रभावों पर आधारित नहीं हैं। बल्कि इस तरह के लेखन में यह बताया गया है कि दरअसल इसलाम की व्यापकता में राष्ट्रवाद या यूँ कहें कि भारतीय राष्ट्रवाद के लिए एक जगह मौजूद है। मुसलमान और भारत के बीच एक साम्य हो सकता है जिसे आज़ाद की विचारधारा 'दारुल-सुलह' का नाम देती है।

भारतीय इसलाम पर विशुद्ध अकादमिक विमर्श की शुरुआत चालीस और पचास के दशकों से होती है। डब्ल्यू.सी. स्मिथ की कृतियाँ नये सिरे से इसलामी बहुलताओं और मुसलमान राजनीति को देखने की कोशिश करती हैं। 1957 में प्रकाशित स्मिथ की पुस्तक *इसलाम इन मॉडर्न हिस्ट्री* में भारतीय इसलाम की विविधताओं और विशेषताओं का विस्तृत विश्लेषण किया गया है। इसी बहुलता का एक सटीक चित्र अज़ीज़ अहमद के लेखन में मिलता है। अज़ीज़ अहमद की दो पुस्तकें *स्टडीज़ इन इसलामिक कल्चर इन एनवायरनमेंट* (1964) और *इसलामिक मॉडर्निज़्म इन इण्डिया ऐंड पाकिस्तान* (1967) दक्षिण एशियाई भारतीय इसलाम का ऐतिहासिक विश्लेषण करती हैं।

इसलामिक बहुलता का समाजशास्त्रीय अध्ययन 1960 के अंतिम वर्षों में प्रारम्भ हुआ। इम्तियाज़ अहमद, त्रिलोकी नाथ मदन एवं पॉल ब्रास ने भारतीय इसलाम की बहस को एक नयी दिशा दी। इम्तियाज़ अहमद ने चार खण्डों के एक ऐसे ग्रंथ का सम्पादन किया जिसने मुसलमानों और इसलाम के विविध स्वरूपों और मुसलमानों के रीति-रिवाज़ों और सामाजिक प्रक्रियाओं का ज़मीनी विश्लेषण पेश किया। ब्रास के काम ने यह साबित किया कि किस प्रकार उर्दू का विमर्श मुसलमान राजनीति का प्रतीकात्मक चिह्न बन गया। मदन ने कश्मीरी इसलाम की पेचीदगियों की एक समाजशास्त्रीय व्याख्या प्रस्तुत की। इन सभी विश्लेषणों ने एक परिपेक्ष्य का निर्माण किया जिसे आत्मसातीकरण की थीसिस कहा जा सकता है।

सत्तर के दशक में इस थीसिस के बरक्स एक नये अकादमीय दृष्टिकोण की शुरुआत हुई। फ्रांसिस रॉबिंसन ने आधुनिक मुसलमान इतिहास का पुनरावलोकन करते हुए बताया कि मुसलमान समुदायों मे इसलाम के प्रति रुझान उनकी राजनीतिक पहचान को निर्धारित करता है। ऐसे में आत्मसातीकरण की थीसिस में निहित बहुलता मुसलमान पृथकतावाद की सही व्याख्या नहीं करती। रॉबिन्सन की इसी परम्परा को फ़रज़ाना शेख़ ने आगे बढ़ाया। शेख़ की पुस्तक *कम्युनिटी ऐंड कम्पर्न इन इसलाम : मुसलमान रिप्रज़ेंटेशन इन कोलोनियल इण्डिया* (1989) मुसलमान प्रतिनिधित्व की पूरी बहस इसलाम को एक राजनीतिक समुदाय के तौर पर स्थापित करती है। रॉबिंसन और शेख़ के आलोचनात्मक ऐतिहासिक विश्लेषणों ने भारतीय इसलाम को जिस परिप्रेक्ष्य से प्रस्तुत किया उसे प्राइमोर्डियल पर्सपेक्टिव या मूलात्मक थीसिस कहा जा सकता है।

भारतीय इसलाम के इन दो परिप्रेक्ष्यों के बीच एक नये मध्यमार्गी विमर्श का जन्म हो रहा है। इसमें इतिहासकार रिचर्ड ईटन, शैल मायाराम और योगिंदर सिकंद के नाम उल्लेखनीय है। ईटन ने मध्यकालीन इसलाम का विश्लेषण करते हुए बताया कि दरअसल भारतीय इसलाम की पहचान परस्पर विपरीत चलने वाली प्रक्रियाओं से तय होती है। एक प्रक्रिया मुसलमान समुदायों को इसलाम के केंद्रों से जोड़ कर स्थानीय सांस्कृतिक समुदायों का इसलामीकरण करती है, वहीं दूसरी प्रक्रिया इसलामी सिद्धांतों को स्थानीय संस्कृतियों की नज़र से परिमार्जित करके उनका स्थानीयकरण करती है। इस तरह मुसलमान 'स्थानीय' होकर भी इसलामिक होते हैं, वहीं इसलाम व्यापक होकर भी मुसलमान स्त्रियों, मुसलमान दलितों और ऐसी जातियों, जिनको इसलाम और हिंदू धर्म जैसी श्रेणियों में नहीं बाँटा जा सकता, का अध्ययन करके भारतीय इसलाम के विमर्श की जटिलता को दर्शाता है।

पिछले डेढ़ दशक से दलित-मुसलमान/पसमंदा मुसलमान परिप्रेक्ष्य को भी इसी श्रेणी में रखा जाना चाहिए, जिसने भारतीय इसलाम की विशिष्ट जातिगतसंरचनाओं को राजनीतिक विमर्श का आधार बनाया है। संक्षेप में कहें तो भारतीय इसलाम एक ऐसे गतिमान विमर्श का नाम है जिस की गति पेंडुलम की तरह है। इस पेंडुलम के एक सिरे पर इसलाम के सिद्धांत हैं, इसलाम के केंद्र हैं और इसलाम की एकरूपता है, वहीं दूसरे सिरे पर मुसलमान संस्कृतियाँ, विविधताएँ और स्थानीयताएँ हैं।

देखें : अल-किंदी, अल-ग़ज़ाली, अबू-अला मौदूदी, इब्न ख़ाल्दून, इब्न-रश्द, प्रारम्भिक इसलाम, जिहाद, दलित-पसमंदा मुसलमान, प्रारंभिक इसलाम, फलसिफ़ा और कलाम, मसजिद, हज़रत मुहम्मद-1 और 2, मुहम्मद अली जिन्ना, मुहम्मद इक़बाल, सैयद अहमद खाँ।

संदर्भ

1. विलफ्रेड कैंटवेल स्मिथ (1961), *मॉडर्न मुसलमान हिस्टोरिकल राइटिंग्ज़ इन इंग्लिश,* सी.एच. फ़िलिप्स (सम्पा.), *हिस्टोरियंस ऑफ़ इण्डिया, पाकिस्तान ऐंड सीलोन,* ऑक्सफ़र्ड युनिवर्सिटी प्रेस, लंदन.
2. अज़ीज़ अहमद (1964), *स्टडीज़ इन इसलामिक कल्चर इन एनवायरनमेंट,* ऑक्सफ़र्ड युनिवर्सिटी प्रेस, ऑक्सफ़र्ड.
3. इम्तियाज़ अहमद (सम्पा.) (1983), *मॉडर्नाइज़ेशन ऐंड सोशल चेंज एमंग मुस्लिम्स इन इण्डिया,* मनोहर, नयी दिल्ली.
4. योगिंदर सिकंद (2004), *मुस्लिम्स सिंस 1947 : इसलामिक पर्सपेक्टिव्ज़ ऑन इंटर-फ़ेथ रिलेशंस,* रॉटलेज क़र्ज़न, लंदन और न्यूयॉर्क.

— हिलाल अहमद

भारतीय उदारतावाद

(Indian Liberalism)

क्या उदारतावाद की कोई भारतीय क़िस्म भी है ? यह एक ऐसा प्रश्न है जिसका उत्तर पाने के लिए समाज-विज्ञान की दुनिया लम्बे अरसे से बहस करती रही है। इस विवाद के तीन आयाम हैं : पहला, भारत में उदारतावाद सम्भव ही नहीं है क्योंकि इस यहाँ की परम्परा और संस्कृति के लिए यह एक विजातीय विचार है। दूसरा, भारत में उदारतावाद तो है, पर वह शुरू से ही विकलांगता का शिकार रहा है इसीलिए उदारतावादी लोकतंत्र और उसकी संस्थाएँ हमेशा संकट का शिकार रहती हैं। तीसरा, भारतीय लोकतंत्र, राजनीति और समाज ने उदारतावाद को न केवल सहज रूप से अपनाया है, बल्कि बेहतरीन क़िस्म के नवाचार करते हुए अपनी परिस्थितियों में उसका एक ऐसा अनुवाद कर दिखाया है जिसे भारतीय उदारतावाद की संज्ञा दी जा सकती है।

पहले दोनों आयामों के तर्क थोड़े-बहुत फ़र्क़ के साथ तक़रीबन एक जैसे हैं। इनके अनुसार भारत में उदारतावाद उपयोगितावाद के ज़रिये आया और उसे एक ऐसी अजनबी संस्कृति के खाँचे में फिट किया गया जिसमें व्यक्ति और उसकी स्वायत्तता के विकास के लिए कोई जगह नहीं थी। अगर प्राकृतिक अधिकारों का विचार आधुनिक उदारतावाद के मर्म में है, तो भारतीय राष्ट्रवाद में इसकी अभिव्यक्ति बेहद कमज़ोर है। कांग्रेस का राष्ट्रवाद बीस के दशक से लेकर चालीस के दशक तक जिस तरह की बहसों में फँसा रहा, उनके लिए उदारतावादी प्रतिबद्धताओं की कोई प्रासंगिकता नहीं थी। स्वतंत्रता इस राष्ट्र के लिए व्यक्तिगत अधिकार की तरह न होकर आत्म-निर्णय के सामूहिक अधिकार की तरह सामने आती है। अधिकारों के विमर्श के केंद्र में व्यक्ति न हो कर सामूहिकता और धार्मिक आधारों पर गठित समुदाय हैं। भारत में उदारतावाद की ग़ैर-मौजूदगी या उसकी नैसर्गिक कमज़ोरी को रेखांकित करने वाला यह तर्क समकालीन भारत में होने वाले राजनीतिक संघर्षों, राजनीति करने की भद्दी शैलियों और पश्चिमी लोकतंत्रों की कसौटियों पर खरे न उतर पाने के उदाहरण देता है।

इसके विपरीत भारतीय उदारतावाद के पैरोकार तर्क देते हैं कि इस लोकतंत्र के समकालीन संकट उदारतावाद के लिहाज़ से उसकी कामयाबी की ही देन हैं। उनका दावा है कि भारतीय उदारतावाद का इतिहास उन्नीसवीं सदी की शुरुआत से ही राममोहन राय की गतिविधियों के साथ शुरू हुआ। फिर स्वामी विवेकानंद के ज़रिये हिंदुओं के धार्मिक जीवन में सामाजिक न्याय का परिप्रेक्ष्य जुड़ने से इस दृष्टिकोण को नया आयाम प्राप्त होता है। इसके बाद उदारतावाद के राजनीतिक संस्करण का सफ़र दादाभाई नौरोजी, सुरेंद्रनाथ बनर्जी, फ़ीरोज़शाह मेहता, रानाडे, गोपाल गणेश आगरकर और गोखले से होता हुआ गाँधी तक पहुँचा। बंगाल में भद्रलोक, मद्रास में ब्राह्मण और बाम्बे प्रेसीडेंसी में ब्राह्मणों और प्रभुओं के रूप में इन हस्तियों के नेतृत्व में वह पढ़ा-लिखा सामाजिक वर्ग उभरा जिसकी विचारधारा उदारतावाद थी। पारम्परिक अभिजन और ऊँची जातियों से बने इस वर्ग भारतीय समाज और औपनिवेशिक राज्य की उदार आलोचना करते हुए समाज और राज्य-व्यवस्था के रूपांतरण का ब्लूप्रिंट पेश किया।

यह सही है कि कांग्रेस ने ब्रिटिश उपनिवेशवाद के ख़िलाफ़ संस्थागत प्रतिरोध के बजाय जन-प्रतिरोध की रणनीति अपनायी, लेकिन इसे उदारतावादी रुझानों के ख़िलाफ़ नहीं समझा जाना चाहिए। उदारतावाद दृष्टि रखने

वाले और उदारतावादी राज्य की स्थापना के इच्छुक नेताओं को कई बार अवैध शासन के ख़िलाफ़ हिंसक प्रतिरोध तक आयोजित करने पड़े हैं। अमेरिकी स्वतंत्रता संग्राम और फ्रांसीसी क्रांति के उदाहरण इसके सबूत हैं। यह भी सही है कि भारत में उदारतावाद का आगमन विचारधारात्मक शिक्षा की मानक प्रक्रियाओं के तहत नहीं हुआ, पर यह अंग्रेज़ों द्वारा बनायी गयी संस्थाओं और शासन की प्रौद्योगिकियों के साथ जुड़े हुए आचरणों में निहित द्वंद्वात्मकता से उद्भूत हुआ। अंग्रेज़ों ने अपनी सुविधाओं के लिए जो कुछ किया (रेलवे, डाक-तार और आधुनिक शिक्षा आदि), वह समय के साथ उपनिवेशवाद विरोधी चेतना की संरचना में सहायक होता चला गया। इसी तरह उपयोगितावाद में निहित सामूहिकता के प्रति आग्रहों ने भी उदारतावाद के लिए ज़मीन तैयार की। इस सामूहिकतावाद ने भारतीय परम्परा द्वारा स्थापित विषमतामूलक सामूहिकता को अस्थिर किया। उसने सुख और ख़ुशहाली पर बल दिया और कष्टभोगी रवैये को श्रेयस्कर मानने के नज़रिये का खण्डन किया। सामाजिक दर्जे या किसी तत्त्वमीमांसक आग्रह के तहत कामनाओं का दमन करने की प्रवृत्तियों को भी उपयोगितावाद के कारण चुनौती मिली।

जहाँ तक अधिकारों के विमर्श का सवाल है, भारतीय संविधान में दर्ज मूलाधिकारों वाले हिस्से में नागरिक स्वतंत्रताएँ न केवल व्यक्ति के स्तर पर ही प्रदान की गयी हैं, बल्कि वह इन मूल्यों के प्रश्न पर कोई समझौता करने के लिए तैयार नहीं है। उदारतावादी न्याय की संकल्पना संविधान प्रदत्त आरक्षण के प्रावधानों में देखी जा सकती है। यह कार्यक्रम भारतीय समाज रचना में अंतर्निहित मूलभूत विषमताओं को दुरुस्त करने के लिए संस्थागत रूप से तैयार किया गया है। अगर संविधान केवल वोट और समानता का अधिकार देता, तो एक सार्थक और प्रभावी राजनीतिक-सामाजिक समानता की तरफ़ क़दम नहीं बढ़ाये जा सकते थे। इन उपायों को अनुसूचित जातियों, जनजातियों और पिछड़े वर्गों को भविष्य में अवसरों की समानता उपलब्ध करने के उदारतावादी क़दम के रूप में परिभाषित किया जा सकता है।

इसी तरह से भारतीय उदारतावाद के पैरोकार आत्म-निर्णय के सामूहिक अधिकार और स्वतंत्रता के व्यक्तिगत अधिकार को भी एक-दूसरे की एंटीथीसिस के रूप में देखने के लिए तैयार नहीं हैं। उनकी दलील है कि कुछ अधिकार अपनी बुनियादी प्रवृत्तियों में सामूहिक ही होते हैं, जैसे आत्म-निर्णय का अधिकार और अन्य सांस्कृतिक समुदायों की तरफ़ से आने वाले ख़तरे के मुक़ाबले अपने सांस्कृतिक समुदाय की हिफ़ाज़त करने का अधिकार। स्थिति यह है कि पारम्परिक भारतीय समाज और शहरी मध्यवर्गीय भारत में पिछली एक सदी से लगातार परम्परागत समुदायवादी और आधुनिक व्यक्तिवादी रुझानों का सामंजस्य निकालने की कोशिश चल रही है। इसलिए यह मान लेना ग़लत होगा कि समुदायवाद ने व्यक्तिवाद को परास्त कर दिया है।

समूहगत अधिकारों के प्रश्न पर कहा जा सकता है कि यह सामुदायगत समतामूलकता क़ायम करने की कोशिश है। क्लासिकल उदारतावाद व्यक्ति के स्तर पर समतामूलकता की वकालत करता है, पर इस भारतीय नवाचार का मक़सद समुदायों को एक-दूसरे के समकक्ष लाने का है ताकि समुदायों के बीच का ऊँच-नीच ख़त्म की जा सके। चूँकि समुदायों के बीच के विभेद ख़त्म नहीं किये जा सकते, इसलिए बेहतर यही होगा कि सांस्कृतिक समुदायों को एक-दूसरे का सम्मान करने और सहअस्तित्व में रहने की परिस्थितियाँ मुहैया करायी जाएँ। इसके पीछे यह मान्यता भी निहित है कि सांस्कृतिक रूप से तटस्थ और सिर्फ़ अपनी इयत्ता के आधार पर गतिविधियाँ करने वाले व्यक्तियों का समाज बनाना असम्भव है। भारतीय उदारतावाद के इस विशिष्ट पहलू को समझने के लिए बहुमत-अल्पमत की सैद्धांतिक संकल्पना पर ग़ौर करना उपयोगी हो सकता है। इसी तरह सेकुलरवाद की विशिष्ट भारतीय संरचना की समझ भी भारतीय उदारतावाद के नवाचारों पर रोशनी डाल सकती है। सार्विक मताधिकार के सांविधिक आग्रह की भूमिका भी इस सिलसिले में अहम है। आधुनिकता, आधुनिकीकरण और भारतीय उदारतावाद को संसाधित करने के संदर्भ में भारतीय राष्ट्रवाद की विकास-प्रक्रिया पर रोशनी डालना भी आवश्यक है।

देखें : अनुसूचित जातियाँ, अनुसूचित जनजातियाँ, अन्य पिछड़े वर्ग, आरक्षण, आधुनिकता, अरविंद घोष, आधुनिकीकरण, कन्हैयालाल माणिकलाल मुंशी, जवाहरलाल नेहरू, जातियों का राजनीतिकरकरण, धीरूभाई शेठ, पार्थ चटर्जी, बंगाल का नवजागरण, भारतीय अभिजन, भारतीय आधुनिकता, भारतीय इसलाम, भारतीय डायसपोरा, भारत में उपनिवेशवाद, भारतीय नवजागरण : तुलनात्मक परिप्रेक्ष्य, भारत में नियोजन, भारत में प्रातिनिधिक प्रणाली, भारत में पृथकतावादी राजनीति, भारत में मतदान-व्यवहार-1 से 6 तक, भारत में सामाजिक आंदोलन, भारतीय राज्य, भारतीय राष्ट्रवाद, भारतीय लोकतंत्र, भारतीय लोकतंत्र का संस्थानीकरण-1 से 3 तक, भारतीय स्वभाव और राजनीति, भारतीय संविधान-1 से 8 तक, भारतीय सामाजिक आंदोलन, भीमराव रामजी आम्बेडकर, रजनी कोठारी, राज्य, राज्य की मार्क्सवादी अवधारणा, राजा राममोहन राय, विवेकानंद, विनायक दामोदर सावरकर, सुदीप्त कविराज, संविधान सभा में भाषा-विवाद-1 से 3 तक, सामाजिक आंदोलन।

संदर्भ

1. के.एम. पनिक्कर (1962), *इन डिफ़ेंस ऑफ़ लिबरलिज़्म,* एशिया पब्लिशिंग हाउस, बम्बई.
2. राजीव भार्गव (2000), 'डेमॉक्रैटिक विज़न ऑफ़ अ न्यू

रिपब्लिक', फ्रांसिस आर. फ्रेंकेल वग़ैरह (सम्पा.), *ट्रांसफ़ॉर्मिंग इण्डिया : सोशल ऐंड पॉलिटिकल डायनामिक्स ऑफ़ डेमॉक्रैसी*, ऑक्सफ़र्ड युनिवर्सिटी प्रेस, नयी दिल्ली.

3. सुनील खिलनानी (1999), *भारतनामा*, अनु. : अभय कुमार दुबे, राजकमल, नयी दिल्ली.
4. बी. शिवा राव (1867), *द फ्रेमिंग ऑफ़ द कांस्टीट्यूशन : सिलेक्ट डॉक्यूमेंट्स*, खण्ड 1 और 2, नयी दिल्ली, आईआईपीए.

— अभय कुमार दुबे

भारतीय कम्युनिस्ट पार्टी

(Communist Party of India)

भारतीय कम्युनिस्ट पार्टी (भाकपा) भारत की सबसे पुरानी कम्युनिस्ट पार्टी है। चुनाव आयोग द्वारा इसे राष्ट्रीय दल के रूप में मान्यता प्राप्त है। कम्युनिस्ट आंदोलन में भाकपा की स्थापना तिथि को लेकर कुछ विवाद है। ख़ुद भाकपा का मानना है कि उसका गठन 25 दिसम्बर, 1925 को कानपुर में हुई पार्टी कांग्रेस में हुआ था। लेकिन मार्क्सवादी कम्युनिस्ट पार्टी, जो 1964 में हुए पार्टी-विभाजन के बाद बनी थी, का मानना है कि पार्टी का गठन 1920 में हुआ था। माकपा के दावे के अनुसार भारत की इस सबसे पुरानी कम्युनिस्ट पार्टी का गठन 17 अक्टूबर, 1920 को कम्युनिस्ट इंटरनैशनल की दूसरी कांग्रेस के तुरंत बाद हुआ था। बहरहाल, यह कहा जा सकता है कि 1920 से ही पार्टी के गठन की प्रक्रिया चल रही थी और इस संबंध में कई समूह भी उभर कर सामने आये थे। लेकिन औपचारिक रूप से 1925 में ही पार्टी का गठन हुआ। इसके शुरुआती नेताओं में मानवेंद्र नाथ राय, अबनी मुखर्जी, मोहम्मद अली और शफ़ीक़ सिद्दीकी आदि प्रमुख थे।

शुरुआती दौर में पार्टी की जड़ें मज़बूत करने की कोशिश में एम.एन. राय ने देश के दूसरे हिस्सों में सक्रिय कम्युनिस्ट समूहों से सम्पर्क किया। देश के कई शहरों में छोटे-छोटे कम्युनिस्ट समूह थे, लेकिन ये सभी भाकपा का अंग नहीं बने। 1920 और 1930 के दशक के दौरान पार्टी का संगठन कमज़ोर हालत में रहा। भाकपा के औपचारिक रूप से गठन होने से पहले ही अंग्रेज़ों ने कई सक्रिय कम्युनिस्टों के ख़िलाफ़ कानपुर बोल्शेविक षड़यंत्र के अंतर्गत मुक़दमा दायर कर दिया था। एम.एन. राय, एस.ए. डांगे सहित कई कम्युनिस्टों पर राजद्रोह के आरोप लगाये गये। इससे कम्युनिस्ट चर्चित हो गये और पहली बार भारत में आम लोगों को इनके बारे में पता चला। 20 मार्च, 1929 को भाकपा से जुड़े बहुत से महत्त्वपूर्ण नेताओं को मेरठ षड़यंत्र केस में गिरफ़्तार कर लिया गया। नतीजे के तौर पर पार्टी नेतृत्वविहीन हो गयी।

1933 में प्रमुख नेताओं के मेरठ षड़यंत्र केस से रिहा होने के बाद पार्टी का पुनर्गठन किया गया। इसकी केंद्रीय समिति बनी और 1934 में इसे कम्युनिस्ट इंटरनैशनल के भारतीय भाग के रूप में स्वीकार किया गया। 1934 में कांग्रेस के भीतर वामपंथी रुझान रखने वाले नेताओं ने कांग्रेस सोशलिस्ट पार्टी (सीएसपी) का गठन किया। इसके गठन के समय भाकपा के नेताओं ने इसे सामाजिक फ़ासीवाद की संज्ञा दी। लेकिन कॉमिन्टर्न द्वारा उपनिवेशों में भारतीय राष्ट्रीय कांग्रेस जैसे दलों के प्रति दृष्टिकोण बदलने से भाकपा के कांग्रेस के प्रति दृष्टिकोण में भी बदलाव आया। अब भाकपा कांग्रेस की राजनीति को प्रगतिशील मानने लगी। इसके सदस्यों ने कांग्रेस की वामपंथी धारा अर्थात् सीएसपी की सदस्यता ग्रहण की। 1936-1937 के दौरान सोशलिस्टों और कम्युनिस्टों के बीच में आपसी सहयोग काफ़ी बढ़ गया। जनवरी 1936 में सीएसपी की दूसरी कांग्रेस में यह थीसिस स्वीकार की गयी कि मार्क्सवाद-लेनिनवाद के आधार पर एक संयुक्त भारतीय सोशलिस्ट पार्टी की स्थापना की आवश्यकता है। इसी तरह, सीएसपी की तीसरी कांग्रेस के बाद बनी राष्ट्रीय कार्यकारणी समिति में कई कम्युनिस्टों को शामिल किया गया।

बहरहाल, यह नज़दीकी लम्बे समय तक नहीं चल पायी। 1940 में कांग्रेस के रामगढ़ अधिवेशन में भाकपा ने *प्रॉलिटेरियन पथ* शीर्षक से एक दस्तावेज़ जारी किया। इसमें युद्ध के कारण औपनिवेशिक राज्य की कमज़ोर हालत का हवाला देते हुए उसके ख़िलाफ़ सशस्त्र आंदोलन छेड़ने की बात की। भाकपा की इस इकतरफ़ा घोषणा से नाराज़ होकर सीएसपी ने कम्युनिस्ट सदस्यों को अपनी पार्टी से बाहर कर दिया। इस बीच, द्वितीय विश्व-युद्ध में सोवियत यूनियन और ब्रिटेन के संबंधों के अच्छे होने के कारण जुलाई,1942 में इस पर लगी पाबंदी हटा दी गयी। इसने कांग्रेस की उपनिवेशवाद विरोधी रणनीति का विरोध करना शुरू कर दिया। इसने 1942 के भारत छोड़ो आंदोलन की आलोचना की और सुभाष चंद्र बोस की तीखी निंदा की। इस दौर में भाकपा की एक महत्त्वपूर्ण उपलब्धि यह भी रही कि उसने कांग्रेस के मजदूर संगठन आल इण्डिया ट्रेड यूनियन कांग्रेस पर अपना वर्चस्व क़ायम कर लिया। भाकपा ने 1946 में हुए प्रांतीय चुनावों में भागीदारी की लेकिन इसे पूरे देश के 1585 प्रांतीय विधानसभा की सीटों में से कुल आठ सीटों पर जीत मिली।

अपने गठन के बाद से देश की आज़ादी तक भाकपा

की राजनीति में कई उतार-चढ़ाव आये। इसने एक समय कांग्रेस और महात्मा गाँधी को प्रतिक्रियावादी की संज्ञा दी। फिर उनके साथ मिलकर काम भी किया और दुबारा उनसे अलग होकर उनकी राजनीति का विरोध किया। यह विरोध इस सीमा तक पहुँच गया कि उन्होंने भारत छोड़ो आंदोलन के समय ब्रिटिश शासन का समर्थन कर डाला। इसके पीछे एक मुख्य कारण यह भी था कि भाकपा की राजनीति में भारतीय परिस्थितियों को कम अहमियत दी जाती थी। अधिकांश मौक़ों पर कम्युनिस्ट इंटरनैशनल या सोवियत यूनियन के निर्देशों ने पार्टी की रणनीति तय करने का काम किया। इसी कारण कई बार इसकी रणनीतियाँ उल्टी दिशा में आगे बढ़ीं।

श्रीपाद अमृत डांगे (1899–1991)

इन गड़बड़ियों के बावजूद कांग्रेस के मज़दूर संगठन और देश के कुछ भागों में इसकी स्थिति काफ़ी मज़बूत हो गयी थी। बंगाल में हुए तेभागा आंदोलन और आंध्र में हुए तेलंगाना आंदोलन में भी कम्युनिस्टों ने महत्त्वपूर्ण भूमिका निभायी। 1946 में हुए तेभागा आंदोलन में बंगाल के जोतदारों ने इस बात के लिए संघर्ष किया कि उनके पास अपनी खेती के उत्पाद का दो-तिहाई भाग होना चाहिए। इस आंदोलन में भाकपा के किसान मोर्चे किसान सभा ने महत्त्वपूर्ण भूमिका निभायी। कुछ जगहों पर यह आंदोलन हिंसक भी हो गया। आंदोलन सफल रहा और राज्य की मुसलिम लीग सरकार ने यह क़ानून बनाया कि जमींदारों को कुल उत्पाद के एक-तिहाई से ज़्यादा हिस्सा नहीं दिया जाएगा। लेकिन यह क़ानून सही तरीक़े से लागू नहीं हुआ।

तेलंगाना आंदोलन हैदराबाद रजवाड़े में हुआ। यहाँ आंध्र महासभा के बैनर तले हैदराबाद के निज़ाम के ख़िलाफ़ पहले ही आंदोलन चल रहा था। आंध्र महासभा में कम्युनिस्टों की अच्छी-ख़ासी उपस्थिति थी। इन्होंने किसानों को निज़ाम और स्थानीय ज़मींदारों (जिन्हें देशमुख के नाम से जाना जाता था) के ख़िलाफ़ जागरूक बनाया। नालगोंडा, वारंगल और खम्मम जिलों में किसानों ने क़र्ज़ माफ़ी, बंधुआ मज़दूरी ख़त्म करने और भूमि पुनर्वितरण के लिए आंदोलन चलाया। यह आंदोलन 1945 में शुरू हुआ और 1946 आते-आते इसने काफ़ी ज़ोर पकड़ लिया। निज़ाम की सेनाओं और ज़मींदारों के लठैतों ने इसका क्रूरता से दमन किया। हज़ारों किसानों की हत्या कर दी गयी। लेकिन किसानों के सशस्त्र दस्तों ने जम कर इस दमन का मुक़ाबला किया। इन दस्तों का बहुत से गाँवों पर नियंत्रण हो गया और उन्होंने वहाँ भूमि सुधार की नीतियों पर अमल किया। 1948 तक उन्होंने 3,000 गाँवों की तक़रीबन 16,000 वर्ग मील भूमि को मुक्त करा लिया और उसका गाँव के लोगों के बीच वितरण कर दिया। सितम्बर, 1948 में भारतीय सेना के दख़ल से निज़ाम के शासन का अंत हो गया। इसके बावजूद किसानों का विद्रोह जारी रहा। भारतीय सेना ने भी इसका हिंसक दमन किया। आख़िरकार, 1951 में भाकपा द्वारा आधिकारिक रूप से यह आंदोलन वापस ले लिया गया। इसके बाद यह आंदोलन धीमा पड़ते हुए ख़त्म हो गया। तेभागा और तेलंगाना आंदोलन का भारतीय वामपंथ के इतिहास में काफ़ी महत्त्व है। इसने ज़मीनी स्तर पर कम्युनिस्टों के प्रभाव को दिखाया। वर्तमान में कम्युनिस्टों के सभी समूह इन आंदोलनों की विरासत का दावा करते हैं।

देश की आज़ादी के समय आज़ादी और भारतीय राज्य की प्रकृति के बारे में भाकपा में गहन और रोचक वाद-विवाद हुआ। इसी कारण पार्टी ने संविधान सभा में भी भाग नहीं लिया। जब भारत को आज़ादी मिली उस समय पी.सी. जोशी भाकपा के महासचिव थे। उन्होंने इस बात पर ज़ोर दिया कि सत्ता का हस्तांतरण वास्तविक है और नेहरू की सरकार से यह स्पष्ट संकेत मिलता है कि वह साम्राज्यवाद-विरोधी ताक़तों का प्रतिनिधित्व करती है। इसलिए उन्होंने आग्रह किया कि भाकपा को कांग्रेस के बारे में अपने विचारों का पुनर्मूल्यांकन करना चाहिए। लेकिन पार्टी के भीतर इसे पर्याप्त समर्थन नहीं मिला। बी.टी. रणदिवे के नेतृत्व में एक ख़ेमे ने यह तर्क दिया कि भारत में जन-विद्रोह ज़ोर पकड़ रहा है। इसलिए भाकपा लोकतांत्रिक और समाजवादी चरणों को मिला कर पूरे राष्ट्र में मज़दूरों के सशस्त्र संघर्ष द्वारा सत्ता पर क़ब्ज़ा करने की कोशिश कर सकती है। पार्टी के भीतर कुछ लोगों ने तेलंगाना अनुभव की तुलना चीन में माओ के संघर्ष से की और भारतीय राज्य के ख़िलाफ़ लोक-युद्ध छेड़ने की वकालत की। इसे 'आंध्रा लाइन' कहा गया। 1948 की कलकत्ता कांग्रेस में रणदिवे लाइन की जीत हुई। लेकिन दूसरी ओर भारत में नेहरू सरकार द्वारा तेलंगाना आंदोलन के सशस्त्र दमन की इजाज़त देने और दूसरी ओर चीनी क्रांति के सफल होने के कारण पार्टी में 'आंध्रा लाइन' की स्थिति मज़बूत हो गयी। इसके चलते 1950 में आंध्र के नेता सी. राजेश्वर राव ने पार्टी का नेतृत्व सम्भाला। लेकिन पार्टी के भीतर पी.सी. जोशी ख़ेमे ने इस तरह के क़दम को 'वामपंथी भटकाव' की संज्ञा दी। इस ख़ेमे ने 'आँख मूँदकर' और कट्टर तरीक़े से चीनी रास्ते का अनुसरण करने की आलोचना की। जोशी ने नेहरू सरकार की देशी-विदेशी नीति का विश्लेषण करते हुए यह साबित करने की कोशिश की कि इसमें साम्राज्यवाद-विरोधी प्रवृत्ति है।

पार्टी के इस आंतरिक विवाद को सुलझाने के लिए पार्टी के कुछ वरिष्ठ नेता मास्को गये और वहाँ के कम्युनिस्ट पार्टी नेताओं से लम्बी चर्चा की। इसके बाद तीन दस्तावेज़ तैयार हुए। इन दस्तावेज़ों में यह स्पष्ट किया गया कि भारत एक निर्भर और अर्ध-औपनिवेशिक देश है और नेहरू सरकार ज़मींदारों, बड़े एकाधिकारवादी बूर्ज़्वा और ब्रिटिश साम्राज्यवाद के हितों को पूरा कर रही है। भारतीय बूर्ज़्वा की प्रकृति स्पष्ट करते हुए यह कहा गया कि प्राथमिक रूप से साम्राज्यवादी बूर्ज़्वा पर निर्भर होने के बावजूद इसमें राष्ट्रवादी और अ-सहयोगी (नॉन-कोलैबॅरेटिव) तत्त्व मौजूद हैं। इसके बाद मध्यमार्गी नेता अजय घोष ने पार्टी की कमान सम्भाली। इस दौर में पार्टी ने भारत की आज़ादी को मान्यता दी और संविधान को स्वीकार करते हुए चुनावों में भाग लेने का फ़ैसला किया गया।

मुज़फ़्फ़र अहमद (1889-1973)

पहले आम चुनावों में पार्टी का प्रदर्शन बहुत शानदार नहीं माना जा सकता, लेकिन लोकसभा में 16 सीटों पर जीत हासिल करके यह मुख्य विपक्षी दल के रूप में उभरी। भाकपा ने ख़ासतौर पर संगठित क्षेत्र में काम करने वाले मज़दूरों के बीच अपनी स्थिति मज़बूत करने पर ध्यान दिया। इसके मज़दूर संगठन ऑल इण्डिया ट्रेड यूनियन कांग्रेस की मज़दूरों के बीच में अच्छी पैठ थी। लेकिन उस समय देश की राजनीति में कांग्रेस और नेहरू के वर्चस्व को चुनौती देना मुश्किल था। फिर भी भाकपा ने कुछ राज्यों में अपनी स्थिति मज़बूत कर ली। दूसरे आम चुनावों में फिर से कांग्रेस को स्पष्ट बहुमत मिला, लेकिन भाकपा की सीटों में भी बढ़ोतरी हुई। इन चुनावों में इसे 27 लोकसभा क्षेत्रों में जीत मिली। केरल में 1957 के विधानसभा चुनावों के बाद ई.एम.एस. नम्बूदरीपाद के नेतृत्व में भाकपा की सरकार बनी। यह विश्व की पहली चुनी हुई कम्युनिस्ट सरकार थी। लेकिन 1959 में नेहरू सरकार ने इसे बर्ख़ास्त कर दिया। इससे भाकपा के एक धड़े के भीतर नेहरू के प्रति काफ़ी नाराज़गी पैदा हो गयी। लेकिन इस समय भाकपा के कार्यकर्ता भ्रम की स्थिति में थे, क्योंकि नेहरू सरकार का सोवियत यूनियन के साथ काफ़ी अच्छा संबंध था। सोवियत पार्टी की यह अपेक्षा थी कि भाकपा नेहरू सरकार के प्रति नरम रवैया अपनाये। इस बीच अंतर्राष्ट्रीय स्तर पर ऐसी घटनाएँ घटीं जिसके कारण न सिर्फ़ अंतर्राष्ट्रीय कम्युनिस्ट एकता प्रभावित हुई, बल्कि भाकपा का भी विभाजन हो गया।

साठ का दशक आते-आते तक सोवियत यूनियन की कम्युनिस्ट पार्टी और चीन की कम्युनिस्ट पार्टी के बीच के संबंध ख़राब होने लगे। चीन की कम्युनिस्ट पार्टी ने सोवियत यूनियन की कम्युनिस्ट पार्टी पर आरोप लगाया कि वह संशोधनवादी हो कर मार्क्सवाद-लेनिनवाद के रास्ते से भटक चुकी है। इधर चीन और भारत के संबंध भी काफ़ी ख़राब हो गये। सीमा विवाद के कारण 1962 में भारत-चीन के बीच युद्ध भी हुआ। भाकपा के एक धड़े ने भारत सरकार की नीति का समर्थन किया। वहीं पार्टी के एक दूसरे धड़े ने यह दावा किया कि यह समाजवादी और पूँजीवादी राज्य के बीच टकराव है। असल में, भाकपा के इन धड़ों की रणनीति में अंतर्राष्ट्रीय स्तर पर कम्युनिस्टों के बीच चल रही तनातनी की भी महत्त्वपूर्ण भूमिका रही। भाकपा के सोवियत समर्थक धड़े ने उस समय की सत्ताधारी पार्टी भारतीय राष्ट्रीय कांग्रेस के साथ सहयोग करने के विचार को आगे बढ़ाया। लेकिन भाकपा के एक दूसरे धड़े, जो आगे चलकर माकपा बनी, ने इसे वर्ग-सहयोग के संशोधनवादी विचार की संज्ञा दी। ग़ौरतलब है कि भारत के तीसरे आम चुनावों में भाकपा को 29 सीटों पर जीत मिली। भाकपा अब भी संसद में कांग्रेस के बाद दूसरी सबसे बड़ी पार्टी थी। लेकिन पार्टी के एक खेमे के भीतर यह विश्वास प्रबल हो गया था कि असल में नेहरू सरकार के प्रति ज़्यादा सख़्त रवैया न रखने कारण ही भाकपा का प्रसार नहीं हो रहा है। एक समय के बाद यह टकराव काफ़ी बढ़ गया। 1964 में भाकपा का विभाजन हो गया और एक नयी पार्टी माकपा का उभार हुआ। भाकपा के कई जुझारू नेता मसलन नम्बूदरीपाद, ज्योति बसु, हरकिशन सिंह सुरजीत आदि माकपा में शामिल हो गये। इससे पश्चिम बंगाल जैसे राज्यों में भाकपा के आधार पर नकारात्मक प्रभाव पड़ा। केरल में पार्टी के विभाजन के शुरुआती कुछ दशकों तक भाकपा का भी अच्छा-ख़ासा प्रभाव रहा। 1970-77 के बीच भाकपा ने कांग्रेस से गठजोड़ किया और उसके साथ मिलकर सरकार भी बनायी जिसमें भाकपा के सी. अच्युत मेनन राज्य के मुख्यमंत्री बने (4 अक्टूबर, 1970-25 मार्च, 1977)। इसके बाद, किसी राज्य में भाकपा को सत्ता में आने का मौक़ा नहीं मिला। 1970-77 के दौर में कांग्रेस से गठजोड़ होने के कारण भाकपा ने इंदिरा गाँधी की कांग्रेस द्वारा लगाये गये आपातकाल का समर्थन किया। लेकिन अस्सी का दशक आते-आते माकपा ज़्यादा मज़बूत कम्युनिस्ट पार्टी बन गयी। देश के दूसरे कई भागों में भाकपा की अच्छी उपस्थिति रही, लेकिन कुछ क्षेत्रों में ज़्यादा मज़बूत उपस्थिति के कारण माकपा आगे निकल गयी। 1977 के बाद भाकपा ने माकपा और दूसरी छोटी कम्युनिस्ट पार्टियों के साथ मिलकर वाम मोर्चे का गठन किया। व्यावहारिक तौर पर केरल सहित अधिकांश जगहों पर यह पार्टी माकपा के एक छोटे सहयोगी

दल में बदल गयी। अधिकांश मौक़ों पर इसका प्रदर्शन वाम मोर्चे के प्रदर्शन पर निर्भर रहा।

नब्बे के बाद के दौर में भाकपा ने सेकुलर और ग़ैर-भाजपा, ग़ैर-कांग्रेस दलों की राजनीति को मज़बूती देने पर काफ़ी ध्यान दिया है। माकपा के नेतृत्व वाले वाम मोर्चे के साथ मिलकर इसने कांग्रेस की नव-उदारवादी नीतियों का विरोध किया। 1996 के लोकसभा चुनावों के बाद किसी दल को बहुमत नहीं मिला। सबसे बड़ी पार्टी भाजपा की सरकार लोकसभा में अपना बहुमत साबित नहीं कर पायी। इसके बाद एच.डी. देवेगौड़ा के नेतृत्व में संयुक्त मोर्चे की सरकार बनी। भाकपा ने एक ऐतिहासिक फ़ैसला लेते हुए इस सरकार में शामिल होने का फ़ैसला किया। यह फ़ैसला माकपा के फ़ैसले से काफ़ी अलग था जिसने ज्योति बसु को प्रधानमंत्री बनाने का प्रस्ताव ठुकरा दिया था। इस तरह वाम मोर्चे का भाग होते हुए भी इसने अपनी राजनीतिक स्वायत्ता प्रदर्शित की। संयुक्त मोर्चे की दोनों सरकारों (एच.डी. देवेगौड़ा और इंद्र कुमार गुजराल) की सरकार में इसके नेता शामिल हुए और उन्होंने गृह मंत्रालय (इंद्रजीत गुप्त) और कृषि मंत्रालय (चतुरानन मिश्र) जैसे महत्त्वपूर्ण मंत्रालय सम्भाले। संयुक्त मोर्चे की सरकार के पतन के बाद केंद्र में राजग की सरकार बनी। इस सरकार के कार्यकाल (1998-2004) के दौरान भाकपा ने वाम मोर्चे के एक घटक के रूप में ज़िम्मेदार विपक्ष की भूमिका निभायी। 2004 संयुक्त प्रगतिशील गठबंधन (संप्रग) की सरकार को वाम मोर्चे ने समर्थन दिया। इसने यह सुनिश्चित करने की कोशिश की यह सरकार अपने न्यूनतम साझा कार्यक्रम के अनुसार ही काम करे। इस दौरान भाकपा ने भी सरकार पर कई जनोन्मुखी कार्यक्रम अपनाने का दबाव बनाया। आमतौर प्रेक्षक यह मानते रहे हैं कि संप्रग-एक की सरकार के दौरान बने बहुत प्रगतिशील और जनोन्मुखी क़ानूनों के पीछे वाम मोर्चे के दबाव की महत्त्वपूर्ण भूमिका रही। 2008 में वाम मोर्चे ने संयुक्त राज्य अमेरिका से परमाणु समझौते के मुद्दे पर सप्रंग सरकार से समर्थन वापस ले लिया। 2009 के आम चुनावों में वाम मोर्चे का प्रदर्शन 2004 के आम चुनावों की तुलना में काफ़ी ख़राब रहा। इसका कारण था कि पश्चिम बंगाल में वाम मोर्चे के प्रदर्शन में आयी गिरावट। ख़ासतौर पर सिंगूर और नंदीग्राम जैसी जगहों में राज्य सरकार द्वारा ज़बरदस्ती भूमि अधिग्रहण की कोशिश और उसके विरोध का बल-प्रयोग द्वारा दमन करने जैसी घटनाओं ने वाम मोर्चे की छवि काफ़ी ख़राब की। इसका असर भाकपा के चुनावी प्रदर्शन पर भी पड़ा और इसे लोकसभा में 2004 की 10 की तुलना में सिर्फ़ 4 सीटों पर ही जीत मिली।

भाकपा की राजनीति की कई सीमाएँ अब स्पष्ट हो चुकी हैं : पहला, भाकपा ने वाम मोर्चे की राजनीति में ख़ुद का इस तरह समाहित कर लिया है कि कई गम्भीर मसलों पर भी इसने एक सीमा से ज़्यादा माकपा का विरोध नहीं किया है। सिर्फ़ कुछ मौक़ों पर ही इसने अपनी स्वायत्तता दिखाई है, लेकिन अधिकांश मसलों पर इसकी रणनीति वाम मोर्चे की रणनीति का भाग होती है। दूसरा, यद्यपि माकपा देश के तीन राज्यों में काफ़ी मज़बूत स्थिति में है, लेकिन भाकपा का विस्तार देश के दूसरे भागों में ज़्यादा रहा है। मसलन, बिहार, छत्तीसगढ़, और तमिलनाडु जैसे राज्यों में भी भाकपा की मज़बूत उपस्थिति रही है। लेकिन बिहार जैसे राज्यों में इसने अपना आधार काफ़ी हद तक खो दिया है, क्योंकि अब पहचान की राजनीति के सामने वह अपनी प्रासंगिकता साबित करने में नाकाम रही है। तीसरा, भाकपा दूसरे संसदीय वामपंथी दलों की तरह ही नये क्षेत्रों में अपना विस्तार करने में नाकाम रही है। यह एक तरह से ठहरी हुई पार्टी बन गयी है। या तो यह कुछ जगहों पर अपना आधार बचाने में सफल रही है, या उस आधार को भी खो रही है। नये क्षेत्रों में भाकपा का प्रसार नहीं हो रहा है। 1980 के बाद हुए लोकसभा के हर चुनाव में इसे 15 से कम सीटों पर ही जीत मिली। मसलन, 1980 के संसदीय चुनावों में 11, 1984 में 6, 1989 में 12, 1991 में 14, 1996 में 12, 1998 में 9, 1999 में 4, 2004 में 10 और 2009 में 4 सीटों पर जीत हासिल हुई। चौथा, यह भी आरोप लगाया जाता है कि भाकपा ने ज़मीनी स्तर पर संघर्ष की राजनीति से मुँह मोड़ लिया है। यद्यपि इस आलोचना को पूरी तरह से सही नहीं माना जा सकता, क्योंकि जिन क्षेत्रों में भाकपा का अस्तित्व है, वहाँ उसने राज्य दमन के ख़िलाफ़ काफ़ी संघर्ष किया है। मसलन, छत्तीसगढ़ के दंतेवाड़ा जिले में भाकपा ने राज्य प्रायोजित सलवा जुडूम अभियान का तीखा प्रतिरोध किया। पाँचवाँ, भाकपा की राजनीति की आलोचना का एक आधार यह भी रहा है कि इसने पूँजीवादी राज्य की लोकतांत्रिक व्यवस्था को पूरी तरह स्वीकार कर लिया है। अब यह राष्ट्रवादी रूपरेखा के भीतर ही काम कर रही है और पूँजीवादी राज्य को उखाड़ फेंकने जैसी रणनीति इसकी राजनीति का भाग नहीं है।

बहरहाल, इन आलोचनाओं के बावजूद इस बात से इनकार नहीं किया जा सकता है कि भारतीय राजनीति में भाकपा के पास एक लम्बी विरासत है। भारतीय कम्युनिस्ट राजनीति की अधिकांश धाराएँ इसी पार्टी से निकलीं। इसने संसदीय राजनीति मे वामपंथी दलों के बीच एकजुटता क़ायम करने के भी गम्भीर प्रयास किये हैं। इसकी कोशिश रही है कि भारत में ग़ैर-कांग्रेसी, ग़ैर-भाजपायी राजनीति को मज़बूती और आम लोगों के हितों को बढ़ावा मिले। भ्रष्टाचार जैसे आरोपों से भाकपा हर स्तर पर पूरी तरह से मुक्त रही है। असल में, भाकपा की मुख्य चुनौती यह है कि यह वाम मोर्चे का भाग होते हुए भी माकपा की 'फ़ोटो कॉपी' या छोटा

सहयोगी होने से बचे और अपनी स्वायत्त राजनीति क़ायम करे। इसके अलावा, देश के विभिन्न भागों अपना प्रसार करना भी भाकपा के लिए एक बड़ी चुनौती है।

देखें : एलमकुलम मनक्कल शंकरन नम्बूदिरिपाद, कांग्रेस 'प्रणाली', ग़ैर-कांग्रेसवाद, केरल, गठजोड़ राजनीति, जनता दल और उसकी विरासत-1 और 2, तेलुगु देशम पार्टी, पश्चिम बंग, पार्टी-गठजोड़ की राजनीति, भारतीय जनता पार्टी-1 और 2, भारत में मतदान-व्यवहार-1, 2, 3, 4, 5 और 6, भारतीय राष्ट्रीय कांग्रेस-1 और 2, भारतीय कम्युनिस्ट पार्टी (मार्क्सवादी), मानवेंद्र नाथ राय, राष्ट्रीय जनतांत्रिक गठजोड़, वाम मोर्चा, शिव सेना, समाजवादी पार्टी, बहुजन समाज पार्टी-1 और 2, शिरोमणि अकाली दल, समाजवादी पार्टी, संयुक्त प्रगतिशील गठजोड़, त्रिपुरा।

संदर्भ

1. मनोरंजन मोहंती (1986) 'आइडियॉलॅजी ऐंड स्ट्रैटेजी ऑफ़ कम्युनिस्ट मूवमेंट इन इण्डिया', थॉमस पैंथम और कैनेथ एल. ड्युश (सम्पा.), *पॉलिटिकल थॉट इन मॉडर्न इण्डिया,* सेज, नयी दिल्ली.
2. मोहन राम (1969), *कम्युनिज़्म : स्प्लिट विदिन अ स्प्लिट,* विकास, नयी दिल्ली.
3. बिपन चंद्रा (1983), *लेफ्ट : अ क्रिटिकल अप्रेज़ल,* विकास, नयी दिल्ली.

—कमल नयन चौबे

भारतीय कम्युनिस्ट पार्टी (मार्क्सवादी)

(Communist Party of India-Marxist)

भारतीय वामपंथ का सबसे ताक़तवर और प्रभावशाली राजनीतिक दल भारतीय कम्युनिस्ट पार्टी (मार्क्सवादी) है जिसे चुनाव आयोग द्वारा राष्ट्रीय पार्टी का दर्जा मिला हुआ है। राष्ट्रीय स्तर पर कई वामपंथी दलों को मिला कर बने वाम मोर्चे का नेतृत्व इसी पार्टी के हाथों में है। माकपा का गठन 1964 में भारतीय कम्युनिस्ट पार्टी (भाकपा) के विभाजन के बाद हुआ था। पिछले पचास साल की राजनीति में माकपा ने भारतीय लोकतंत्र को सेकुलर, जनोन्मुखी और प्रगतिशील दिशा देने में संजीदा भूमिका निभायी है। हालाँकि इसका विस्तार केवल तीन राज्यों तक ही सीमित है, लेकिन इसका सैद्धांतिक विमर्श या इसके द्वारा उठाये जाने वाले मुद्दे राष्ट्रीय और अंतर्राष्ट्रीय चिंताओं को भी समेटते हैं। माकपा का एक महत्त्वपूर्ण योगदान यह भी है कि इसने भारत में गठबंधन की राजनीति को सही आकार दिया। पश्चिम बंगाल और केरल में सबसे बड़े दल होने या अकेले बहुमत होने पर भी इसने वाम मोर्चे की शक्ल में अपने गठजोड़ से जुड़े छोटे दलों को पर्याप्त महत्त्व दिया और अपने साथ जोड़ कर रखा। केंद्रीय स्तर पर भी उसने यह दिखाया किसी गठबंधन सरकार को बाहर से समर्थन देने और तुलनात्मक रूप से छोटा दल होने का मतलब यह नहीं है कि सत्तारूढ़ दल को मनमानी करने की खुली छूट दे दी जाए। 2004-2009 के दौरान केंद्र की संयुक्त प्रगतिशील मोर्चे की सरकार को समर्थन देते हुए उसने सरकार को नीतिगत दिशा देने का काम किया। पहले के राष्ट्रीय मोर्चे और वाम मोर्चे की सरकारों में भी इसने यही भूमिका निभायी। स्पष्टतः माकपा भारतीय लोकतंत्र का एक मज़बूत आधारस्तम्भ है और इसकी मौजूदगी और मज़बूती लोकतंत्र को एक सही दिशा दे सकती है। लेकिन इसके लिए ज़रूरी है कि वह अपना प्रसार करे और विभिन्न मुद्दों पर ज़्यादा स्पष्टता और संवेदनशीलता से अपनी रणनीति तय करे।

द्वितीय विश्व-युद्ध के बाद अविभाजित भारतीय कम्युनिस्ट पार्टी के भीतर भारतीय राज्य की प्रकृति और पार्टी की रणनीति के संबंध में विवाद हुआ। तेलंगाना और देश के कुछ दूसरे भागों में सशस्त्र संघर्ष का शुरुआती समर्थन करने के बाद जल्दी ही अविभाजित पार्टी ने यह रणनीति छोड़ दी और संसदीय राजनीति में भाग लेने का फ़ैसला किया। बाद के वर्षों में जवाहरलाल नेहरू की सरकार ने सोवियत संघ के साथ नज़दीकी संबंध बनाये। सोवियत कम्युनिस्ट पार्टी ने भारतीय कम्युनिस्टों से यह भी उम्मीद की कि वे नेहरू सरकार की ज़्यादा आलोचना न करके उसके प्रति एक तरह का दोस्ताना व्यवहार रखें। सोवियत संघ भाकपा को अपनी अंतर्राष्ट्रीय राजनीति के मुताबिक़ चलाना चाहता था। इस दबाव के विपरीत भाकपा का एक प्रभावी हिस्सा मानता रहा कि भारत अभी भी एक अर्द्ध-सामंती देश है और यहाँ का राष्ट्रीय बूर्ज्वा वर्ग बहुत कमज़ोर स्थिति में है। इस तरह की सोच रखने वाले लोग यह भी मानते थे कि वर्ग-संघर्ष आवश्यक है और सोवियत यूनियन के आग्रहों की ख़ातिर इसे ठंडे बस्ते में नहीं डाला जा सकता। इसके अलावा, ये कम्युनिस्ट यह भी देख रहे थे कि उन्हें नेहरू सरकार के दमन का सामना भी करना पड़ता है। तेलंगाना आंदोलन का दमन इसका एक उदाहरण था। दूसरे, जब केरल में ई.एम.एस. नम्बूदरीपाद के नेतृत्व में भाकपा की सरकार बनी, तो नेहरू सरकार ने 1959 में इसे बर्ख़ास्त कर राष्ट्रपति शासन लागू कर दिया था।

इसी बीच सोवियत यूनियन की कम्युनिस्ट पार्टी और चीन की कम्युनिस्ट पार्टी के बीच के संबंध भी ख़राब हो गये। 1960 के दशक की शुरुआत में चीन की कम्युनिस्ट पार्टी ने सोवियत पार्टी पर संशोधनवादी होने और मार्क्सवाद-लेनिनवाद के रास्ते से भटकने का आरोप लगाया। दूसरी तरफ़

ज्योति बसु (1914–2010)

चीन और भारत के संबंध सीमा विवाद के कारण 1962 में ख़राब हो गये। भारत-चीन युद्ध के समय भारतीय कम्युनिस्टों के एक धड़े ने भारत सरकार की नीति का समर्थन किया। लेकिन पार्टी के एक दूसरे धड़े ने यह दावा किया कि यह समाजवादी और पूँजीवादी राज्य के बीच टकराव है। असल में भाकपा के इन दो धड़ों के बीच का टकराव विचारधारात्मक भी था। इसकी बुनियाद में भारतीय परिस्थितियों के मूल्यांकन और पार्टी कार्यक्रम के विकास से जुड़े मुद्दे भी शामिल थे।

अंतर्राष्ट्रीय स्तर पर इसी तरह का वाद-विवाद सोवियत संघ और चीन की कम्युनिस्ट पार्टियों के बीच चल रहा था। भाकपा के सोवियत समर्थक धड़े ने तत्कालीन सत्ताधारी कांग्रेस के साथ सहयोग करने का विचार आगे बढ़ाया। लेकिन भाकपा के एक दूसरे धड़े ने इसे वर्ग-सहयोग के संशोधनवादी विचार की संज्ञा दी। धीरे-धीरे यह टकराव काफ़ी बढ़ गया। अंतर्राष्ट्रीय स्तर पर सोवियत संघ और चीन के संबंधों में खटास आयी और भारत में भाकपा का विभाजन हो गया। एक नयी पार्टी भारतीय कम्युनिस्ट पार्टी (मार्क्सवादी) का उभार हुआ।

1967 में बंगाल में अजय मुखर्जी के नेतृत्व में बने संयुक्त मोर्चे की सरकार (1967-1969) में माकपा भी शामिल हुई और इसके नेता ज्योति बसु उप-मुख्यमंत्री बने। इसी तरह, माकपा नेता ई.एम.एस. नम्बूदरीपाद ने केरल में एक गठबंधन सरकार का नेतृत्व किया (1967-1969)। लेकिन कुछ समय बाद ही भाकपा के कांग्रेस से गठजोड़ हो जाने के बाद पार्टी केरल में लम्बे समय के लिए सत्ता से बाहर हो गयी। 1967 में नक्सलबाड़ी आंदोलन छिड़ने के बाद रैडिकल भूमि सुधारों के प्रश्न पर माकपा को भी विभाजन का सामना करना पड़ा। ग़ैर-संसदीय और रैडिकल राजनीति में विश्वास करने वाले इसके बहुत से सदस्यों ने चारु मजूमदार के नेतृत्व में 'वर्ग-शत्रु का ख़ात्मा ही वर्ग-संघर्ष की चरम अभिव्यक्ति है' का नारा दे कर भारतीय क्रांति के लिए चीन का रास्ता (देहात में लाल आधार इलाक़ा बना कर शहरों को घेरने की रणनीति) अपनाने का आह्वान किया। माकपा ने ऐसे नेताओं को न सिर्फ़ पार्टी से बाहर कर दिया, बल्कि राज्य द्वारा इनके दमन का भी समर्थन किया। नक्सलवाद का विरोध करने की प्रक्रिया और पश्चिम बंगाल, केरल और त्रिपुरा में चुनावी राजनीति में सफलता मिलने की प्रक्रिया कमोबेश साथ-साथ चली। समय बीतने के साथ माकपा की राजनीति भाकपा की राजनीति के नज़दीक होती गयी। दोनों ही पार्टियाँ भारतीय राज्य की बूर्ज्वा प्रकृति के बावजूद लोकतांत्रिक संघर्ष और चुनावी होड़ को जनवादी क्रांति का एक महत्त्वपूर्ण रास्ता मानने के मुक़ाम पर पहुँच गयीं। माकपा ने अपने संविधान के पैरा 112 के ज़रिये एक दलील विकसित की कि उसे जन-साधारण को थोड़ी-बहुत राहत पहुँचाने के लिए बूर्ज्वा लोकतंत्र की सत्ता-संरचनाओं में भागीदारी करनी चाहिए।

1977 में कांग्रेस-भाकपा गठजोड़ टूटने के बाद भाकपा और माकपा एक-दूसरे के काफ़ी नजदीक आ गयीं और इन्होंने कुछ छोटे वाम दलों को मिलाकर एक वाम मोर्चा का गठन किया। 1977 में पश्चिम बंगाल में वाम मोर्चे की सरकार बनी, जिसमें माकपा सबसे बड़ा घटक दल था और ज्योति बसु राज्य के मुख्यमंत्री बने। बसु ने भूमि सुधारों (ऑपरेशन बर्गा) द्वारा ग्रामीण जनता में पैठ बनायी और रिकॉर्ड समय तक राज्य के मुख्यमंत्री रहे। इसके बाद, बुद्धदेव भट्टाचार्य ने सरकार की कमान सम्भाली। लेकिन 2011 के विधानसभा चुनावों में वाम-मोर्चे को हार का सामना करना पड़ा। इसके अलावा, 1978 में केरल में भी वाम-मोर्चे की सरकार बनी। बाद में अस्सी के दशक के बाद से यहाँ कांग्रेस के नेतृत्व वाले गठबंधन और माकपा के नेतृत्व वाले गठबंधन के बीच सीधा मुक़ाबला होता रहा। यहाँ भी वाम मोर्चे ने कई बार अपनी सरकार बनायी है। इसके अलावा, त्रिपुरा में तो माकपा के नेतृत्व वाले वाम-मोर्चे की स्थिति कांग्रेस के मुक़ाबले काफ़ी मज़बूत है।

माकपा ने केंद्र की राजनीति में ग़ैर-कांग्रेस और ग़ैर-भाजपा दलों को मिलाकर तीसरे मोर्चे को संगठित करने की कोशिश की है। इसने ग़ैर-कांग्रेसवादी राजनीति को मज़बूत

हरकिशन सिंह सुरजीत (1916–2008)

करने के लिए 1989 के आम चुनावों के बाद विश्वनाथ प्रताप सिंह के नेतृत्व में बनी राष्ट्रीय मोर्चा सरकार को समर्थन प्रदान किया। 1992 में अयोध्या में बाबरी मसजिद गिराये जाने के बाद माकपा ने पूरी ऊर्जा लगाकर भाजपा की साम्प्रदायिक राजनीति का विरोध किया। ग़ौरतलब है कि जिन राज्यों में माकपा का वर्चस्व है, वहाँ भाजपा अपना प्रभाव नहीं बढ़ा पायी। साथ ही माकपा नेतृत्व ने यह पहलक़दमी भी ली कि केंद्र स्तर पर भी ग़ैर-साम्प्रदायिक दलों की स्थिति मज़बूत हो। 1996 के चुनावों के बाद केंद्र में ग़ैर-भाजपायी सरकार के गठन में माकपा के महासचिव हरकिशन सिंह सुरजीत की महत्त्वपूर्ण भूमिका रही। माकपा ने इन सरकारों का न्यूनतम साझा कार्यक्रम बनाने में काफ़ी संजीदा भूमिका निभायी। लेकिन उसने इन सरकारों में भागीदारी नहीं की। यहाँ तक कि तीसरे मोर्चे की ओर से इसके नेता ज्योति बसु को प्रधानमंत्री बनाने का प्रस्ताव आया तो पार्टी ने उसे नामंजूर कर दिया। यह अलग बात है कि पार्टी का एक धड़ा, जिसमें ख़ुद ज्योति बसु भी शामिल थे, यह मानता रहा कि यह बहुत समझदारी वाला फ़ैसला नहीं था।

बहरहाल, केंद्र में अटल बिहारी वाजपेयी के नेतृत्व में राष्ट्रीय जनतांत्रिक गठबंधन (राजग) की सरकार के कार्यकाल (1998–2004) के दौरान माकपा ने शिद्दत से विपक्षी दल के दायित्व को निभाया। 2004 के आम चुनावों में वाम मोर्चे और ख़ास तौर पर माकपा को अच्छी सफलता मिली। केंद्र में कांग्रेस नेता मनमोहन सिंह के नेतृत्व में बनी संयुक्त प्रगतिशील गठबंधन (संप्रग) की सरकार को वाम मोर्चे ने बाहर से समर्थन दिया। माकपा ने यह सुनिश्चित करने की कोशिश की कि संप्रग सरकार न्यूनतम साझा कार्यक्रम के अनुसार ही काम करे। इस सरकार द्वारा सूचना का अधिकार, वन अधिकार क़ानून जैसे प्रगतिशील क़ानून बनाये गये, जिससे आम लोगों और आदिवासियों को अधिकार मिला। इसके अलावा, संप्रग सरकार ने राष्ट्रीय ग्रामीण रोज़गार गारंटी अधिनियम भी लागू किया। तक़रीबन सभी प्रेक्षकों में सहमति है कि संप्रग की पहली सरकार के इन प्रगतिशील क़दमों के पीछे वाम मोर्चे की काफ़ी महत्त्वपूर्ण भूमिका थी। 2008 में अमेरिका के साथ हुए परमाणु समझौते को आधार बनाकर माकपा के नेतृत्व में वाम मोर्चे ने संप्रग सरकार से अपना समर्थन वापस ले लिया। लेकिन 2009 के आम चुनावों में इसे 2004 की तुलना में काफ़ी कम सीटें मिलीं। इसका एक बड़ा कारण यह था कि बंगाल और केरल में इसका प्रदर्शन आशा के अनुरूप नहीं रहा।

उल्लेखनीय है कि माकपा ने अपने शासन वाले पश्चिम बंगाल में आर्थिक बदलाव के लिए पूँजी निवेश की नीति अपनायी। ज्योति बसु के शासनकाल में भूमि सुधार तो हुए लेकिन बंगाल औद्योगिकीकरण के मामले में कई अन्य राज्यों से पिछड़ता चला गया। ज्योति बसु के बाद राज्य में मुख्यमंत्री बने बुद्धदेव भट्टाचार्य ने 2006 के चुनावों में जीत के बाद निजी पूँजी को रियायतें देने और औद्योगिकीकरण के लिए किसानों की ज़मीन के अधिग्रहण की नीति को बढ़ावा दिया। स्थानीय स्तर पर इसका ज़बरदस्त विरोध हुआ। सिंगूर और नंदीग्राम जैसी जगहों पर स्थानीय लोगों ने ज़मीन अधिग्रहण का विरोध किया। राज्य सरकार ने बल प्रयोग द्वारा विरोध को दबाने की कोशिश की। माकपा ने अपनी स्थानीय सांगठनिक इकाइयों को आंदोलनकारियों के ख़िलाफ़ मैदान में उतारा और इन इलाक़ों में गृह युद्ध जैसी स्थिति बन गयी।

माकपा के लिए स्थिति इसलिए भी ज़्यादा ख़राब हो गयी, क्योंकि कई मार्क्सवादी बुद्धिजीवियों ने भी ग्रामीणों के ख़िलाफ़ बल प्रयोग की निंदा की। बंगाल में राज्य सरकार की इस नीति का 2009 के आम चुनावों और 2011 के राज्य विधानसभा चुनावों पर भी साफ़ असर दिखा। लोकसभा में माकपा की सीटें काफ़ी कम हुईं और विधानसभा चुनावों के बाद पश्चिम बंगाल में सत्ता से बाहर होना पड़ा। माकपा का त्रिपुरा और केरल में अच्छा प्रभाव है। त्रिपुरा में इसके नेता माणिक सरकार के नेतृत्व में लम्बे समय से वाम मोर्चा की सरकार है (1998-अब तक)। केरल में उसे कांग्रेस के नेतृत्व वाले गठजोड़ से ज़बरदस्त चुनौती का सामना करना पड़ता है। आमतौर पर यहाँ हर पाँच साल बाद इन दोनों गठबंधनों के बीच सत्ता बदलती रही है।

माकपा की राजनीति की एक बड़ी सीमा यह रही है

कि यह अपना विस्तार करने में नाकाम रही है। देश के कुल तीन राज्यों में ही इसका ठीक-ठाक प्रभाव है। हिंदी प्रदेशों की राजनीति में यह पूरी तरह से हाशिये पर है। इन राज्यों में बहुत मुश्किल से कभी-कभार इसे एक या दो सीटें मिल जाती हैं। इसी तरह, महाराष्ट्र, गुजरात या केरल के अलावा दक्षिण भारत के दूसरे राज्यों या त्रिपुरा के अलावा उत्तर-पूर्व के दूसरे राज्यों में इसकी उपस्थिति नगण्य है। पिछले कई दशकों में इस बात का कोई संकेत नहीं मिला है कि पार्टी का दूसरे क्षेत्रों में विस्तार हो रहा है। दूसरा, आर्थिक नीतियों के संदर्भ में भी माकपा कोई वैकल्पिक रूपरेखा पेश करने में नाकाम रही है। इसने निजीकरण और आर्थिक उदारीकरण की नीतियों का विरोध किया। लेकिन पश्चिम बंगाल 2006 के बाद इसने ऐसी ही नीतियों को प्रोत्साहन दिया और उन्हें बढ़ावा देने के लिए राज्य की हिंसा का भी खुलकर प्रयोग किया। इसने उसकी छवि को गहरा नुक़सान पहुँचाया। भारतीय कम्युनिस्ट पार्टी (मार्क्सवादी-लेनिनवादी) और भारतीय कम्युनिस्ट पार्टी (माओवादी) जैसे दलों की मुख्य दलील यह है कि माकपा दूसरे बूर्ज्वा दलों की तरह ही व्यवहार करती है और इसका ज़मीनी स्तर की राजनीति से कोई ख़ास लेना-देना नहीं रह गया है।

देखें : एलमकुलम मनक्कल शंकरन नम्बूदिरीपाद, कांग्रेस 'प्रणाली', ग़ैर-कांग्रेसवाद, केरल, गठजोड़ राजनीति, जनता दल और उसकी विरासत-1 और 2, तेलुगु देशम पार्टी, पश्चिम बंग, पार्टी-गठजोड़ की राजनीति, भारतीय जनता पार्टी-1 और 2, भारत में मतदान-व्यवहार-1, 2, 3, 4, 5 और 6, भारतीय राष्ट्रीय कांग्रेस-1 और 2, भारतीय कम्युनिस्ट पार्टी, मानवेंद्र नाथ राय, राष्ट्रीय जनतांत्रिक गठजोड़, वाम मोर्चा, शिव सेना, समाजवादी पार्टी, बहुजन समाज पार्टी-1 और 2, शिरोमणि अकाली दल, समाजवादी पार्टी, संयुक्त प्रगतिशील गठजोड़, त्रिपुरा।

संदर्भ

1. मनोरंजन मोहंती (1986) 'आइडियॉलजी ऐंड स्ट्रैटेजी ऑफ़ कम्युनिस्ट मूवमेंट इन इण्डिया', थॉमस पैंथम और कैनेथ एल. ड्युश (सम्पा.), *पॉलिटिकल थॉट इन मॉडर्न इण्डिया,* सेज, नयी दिल्ली.
2. दीपंकर राय चौधरी और सत्या शिवरमन (2007) 'नंदीग्राम : सिक्स मंथ्स लेटर', *इकॉनॉमिक ऐंड पॉलिटिकल वीकली,* खण्ड 42, अंक 41
3. उत्सा पटनायक (2010), 'ज्योति बसु ऐंड बंगाल', *सोशल साइंटिस्ट,* खण्ड 38, अंक 7/8.
4. आदित्य निगम (2000), 'लॉजिक ऑफ़ फेल्ड रिवोल्यूशन : फेडेरलाइज़ेशन ऑफ़ सीपीआई(एम)', *इकॉनॉमिक ऐंड पॉलिटिकल वीकली,* खण्ड 35, अंक 5.

— कमल नयन चौबे

भारतीय जनता पार्टी-1

जनसंघ से भाजपा तक

(Bhartiya Janata Party-1)

भारतीय राजनीति में दक्षिणपंथी रुझान का प्रतिनिधित्व करने वाली भारतीय जनता पार्टी (भाजपा) समकालीन दलीय प्रणाली में कांग्रेस के बाद दूसरा सबसे बड़ा दल है। 1996, 1998 और 1999 के लोकसभा चुनावों में इसे कांग्रेस से भी ज़्यादा सीटें मिली थीं। भाजपा की राजनीति पर उग्र हिंदुत्व हावी हुआ है और इसने ख़ुद को केंद्रवादी राजनीति के क़रीब लाने की कोशिश की है। नब्बे के दशक के बाद के दौर में भाजपा का एक मुख्य योगदान सफल गठबंधन सरकार चलाना रहा है। इसने बहुत से क्षेत्रीय दलों को मिलाकर राष्ट्रीय जनतांत्रिक गठबंधन (राजग) का गठन किया और केंद्र में पहली स्थिर ग़ैर-कांग्रेसी सरकार दी। दरअसल, राजग के सफल प्रयोग ने ही कांग्रेस को संयुक्त प्रगतिशील गठबंधन (संप्रग) बनाने के लिए प्रेरित किया।

भाजपा का गठन 6 अप्रैल, 1980 को भारतीय जनसंघ के नये अवतार के रूप में हुआ। 1951 में डॉ. श्यामा प्रसाद मुखर्जी के नेतृत्व में 'राष्ट्रवादी' लक्ष्यों को हासिल करने के लिए राष्ट्रीय स्यवंसेवक संघ के राजनीतिक मोर्चे के तौर पर भारतीय जनसंघ की स्थापना हुई थी। जनसंघ का राष्ट्रवाद विनायक दामोदर सावरकर द्वारा प्रतिपादित हिंदुत्व की विचारधारा के आईने में परिभाषित होता था। उसकी मान्यता थी कि 'हिंदू का अर्थ है वह व्यक्ति जो सिंधु से लेकर सागरों तक फैले भारतवर्ष को अपनी पितृभूमि और अपनी पुण्यभूमि दोनों मानता हो।' सावरकर ने धरती को माता समझ कर पूजने वाली भारतीय संस्कृति पर पितृभूमि की कल्पना युरोपीय राष्ट्रवाद से उधार लेकर आरोपित की थी। पितृभूमि और पुण्यभूमि के बीच अंतर करने की वैचारिक प्रविधि जनसंघ को भारत के अल्पसंख्यक धर्मावलम्बियों की राजनीतिक-सामाजिक दावेदारियों के प्रति संदिग्ध कर देती थी। जनसंघ के पहले हिंदू राष्ट्रवादी कार्यक्रम के आधार पर चुनाव लड़ने वाली पार्टी सावरकर की हिंदू महासभा ही थी। जनसंघ के पहले अध्यक्ष मुखर्जी भी इसी पृष्ठभूमि से आये थे। सांगठनिक तौर पर जनसंघ का संचालन संघ के स्वयंसेवकों के हाथ में रहा। संघ की नीतियों के अनुरूप जनसंघ ने भी कांग्रेस सरकार द्वारा अपनायी गयी नीतियों को मुसलमानों का 'तुष्टीकरण' क़रार दिया। उसने कांग्रेस पर लगातार आरोप लगाया कि वह राष्ट्रीय एकता, अखण्डता और पहचान के मुद्दों पर ढुलमुल और समझौतापरस्त नीतियाँ अपना रही है।

अटल बिहारी वाजपेयी (1924-)

1953 में कश्मीर के भारत में 'पूर्ण एकीकरण' के लिए आंदोलन करते वक़्त जेल में श्यामा प्रसाद मुखर्जी का देहांत हो गया। इसके बाद जनसंघ की बागडोर दीनदयाल उपाध्याय के युवा कंधों पर आ गयी। मुखर्जी की पृष्ठभूमि अगर हिंदू महासभा वाली थी, तो उपाध्याय सीधे संघ की क़तारों से आये थे। उन्होंने तक़रीबन 15 वर्षों तक पार्टी के लिए नये कार्यकर्ता तैयार करते हुए उसके जनाधार का प्रसार करने की कोशिश की। उपाध्याय से पहले जनसंघ को छोटे व्यापारियों, राजों-रजवाड़ों और अल्पसंख्यक विरोधी राष्ट्रवाद को पसंद करने वाले ऊँची जाति के कुछ हिस्सों की पार्टी माना जाता था। पर उपाध्याय की कोशिशों से चले सुदृढ़ीकरण की इस प्रक्रिया ने एक तरफ़ तो जनसंघ को ऊँची जातियों की पार्टी होने की सीमा से निकाल कर पिछड़ी जातियों के एक हिस्से की निष्ठा जीतने वाला दल बनाया, तो दूसरी ओर उसका सांगठनिक ढाँचा संघ से मुक्त होने के बजाय उत्तरोत्तर उस पर निर्भर होता चला गया। जनसंघ अपने संचालन के लिए जिन संगठन मंत्रियों पर निर्भर करता था, वे संघ द्वारा भेजे गये प्रचारक ही होते थे। यह परम्परा बाद में भाजपा में भी जारी रही और इस ढाँचे को पार्टी के संविधान में औपचारिक रूप दे दिया गया।

संसद में जनसंघ के चुनिंदा सांसदों ने प्रभावकारी तरीक़े से पार्टी के मुद्दे उठा कर अपनी छाप छोड़ी। जनसंघ ने समान नागरिक संहिता, गो-हत्या पर पाबंदी और कश्मीर के लिए विशेष प्रावधान ख़त्म करने जैसे मुद्दे उठाये। इस संसदीय राजनीति में अटल बिहारी वाजपेयी का नाम एक कुशल सांसद और वक्ता के रूप में चमका और इसी के कारण हिंदुत्ववादी अर्थों में ख़ुद को राष्ट्रवादी मानने वाले हिंदुओं के एक ख़ास तबक़े की हमदर्दी भी मिली। लेकिन जनसंघ को चुनावी मैदान में तब तक सफलता नहीं मिली जब तक उसने समाजवादियों समेत अपने अन्य विचारधारात्मक विरोधियों के साथ मिल कर गठजोड़ राजनीति करने की नीति नहीं अपना ली। 1967 में पार्टी ने ग़ैर-कांग्रेसवाद के नाम पर दूसरे कई दलों से तालमेल किया। नतीजतन उसे पहली बार उत्तर प्रदेश जैसे कुछ राज्यों में सत्ता में आने का मौक़ा मिला। संयुक्त विधायक दलों का यह प्रयोग बहुत सफल नहीं हुआ। राज्यों की सत्ता का स्वाद चखने के बावजूद जनसंघ की चुनावी राजनीति को राष्ट्रीय स्तर पर सत्तर के दशक के मध्य तक कामयाब नहीं कहा जा सकता। 1952 से 1970 तक उसे अधिकतम 9.4 फ़ीसदी वोट ही मिल सके थे। यह तस्वीर कुछ-कुछ सत्तर के दशक के मध्य से बदलनी शुरू हुई।

1974 के जयप्रकाश आंदोलन में जनसंघ के कार्यकर्ताओं ने भागीदारी की। 1975 में इंदिरा गाँधी की सरकार द्वारा देश में आंतरिक आपातकाल लागू किये जाने पर होने वाली गिरफ़्तारियों में जनसंघ का शीर्ष नेतृत्व भी था। इसका लाभ जनसंघ को छवि के स्तर पर हुआ। आपातकाल से नाराज़ मध्यवर्ग ने देखा कि भारतीय कम्युनिस्ट पार्टी ने तो आपातकाल का समर्थन किया, और मार्क्सवादी कम्युनिस्ट पार्टी ने उसका कमज़ोर क़िस्म का विरोध। इस नज़ारे ने मध्यवर्ग में जनसंघ के प्रति आकर्षण पैदा किया। 1977 में आपातकाल ख़त्म होने के बाद होने वाले चुनावों से पहले जयप्रकाश नारायण के कहने पर ग़ैर-कम्युनिस्ट और ग़ैर-कांग्रेसी दलों ने एक नये दल जनता पार्टी का निर्माण किया। जनसंघ इस पार्टी में अपना विलय करने पर राज़ी हो गया। इन चुनावों में जनसंघ की पृष्ठभूमि वाले उम्मीदवारों को 14 फ़ीसदी राष्ट्रीय वोट मिले। 92 सीटें जीतना उसके लिए एक बहुत बड़ी संसदीय प्रगति थी।

चुनावों में जनता पार्टी को बहुमत मिला और मोरारजी देसाई के नेतृत्व में सरकार बनी। इस सरकार में पहली बार जनसंघ की पृष्ठभूमि वाले नेता केंद्र में मंत्री बने। अटलबिहारी वाजपेयी विदेश मंत्री और लालकृष्ण आडवाणी सूचना एवं प्रसारण मंत्री हुए। जनता पार्टी की यह सरकार कई तरह के विरोधाभासों से घिरी हुई थी। इनमें एक विरोधाभास यह भी था कि इसमें शामिल जनसंघ के सदस्यों ने संघ की अपनी सदस्यता नहीं छोड़ी थी। इस विरोधाभास से दोहरी निष्ठा का मुद्दा पैदा किया। मधु लिमये के नेतृत्व में कुछ समाजवादी नेताओं ने पूर्व-जनसंघ के नेताओं से संघ की सदस्यता छोड़ने की माँग की। लेकिन पूर्व-जनसंघ के नेताओं ने संघ से नाता तोड़ने की बजाय जनता पार्टी और इसकी सरकार से अलग होना बेहतर समझा। मुख्य रूप से इसी विवाद के कारण मोरारजी देसाई के नेतृत्व वाली जनता पार्टी सरकार का पतन

लाल कृष्ण आडवाणी (1927-)

हो गया। जनता पार्टी से अलग हुए पूर्व-जनसंघ के नेताओं ने ही अप्रैल, 1980 में भारतीय जनता पार्टी का गठन किया। विद्वानों की मान्यता है कि जनसंघ ने जनता पार्टी के प्रयोग से काफ़ी-कुछ सीखा और जनसंघ को पुनर्जीवित करने के बजाय एक नयी पार्टी के गठन का निर्णय लिया ताकि वे राष्ट्रीय राजनीति में एक नये पैंतरे के साथ उभर सकें।

अटल बिहारी वाजपेयी भाजपा के पहले राष्ट्रीय अध्यक्ष बने। जनसंघ की तरह भाजपा का भी अपनी स्थापना के समय से ही संघ से अभिन्न संबंध बना रहा। लेकिन संघ की विचारधारात्मक और सांगठनिक गिरफ़्त के बावजूद अटल बिहारी वाजपेयी के नेतृत्व में नयी पार्टी ने जनसंघ के रवैये से कुछ हटते हुए अपनी विचारधारा में हिंदुत्ववादी सांस्कृतिक राष्ट्रवाद और दीनदयाल उपाध्याय द्वारा प्रतिपादित 'एकात्म मानववाद' के सिद्धांत के साथ-साथ गाँधीवादी समाजवाद को स्थापित किया। पार्टी ने आर्थिक मोर्चे पर आत्म-निर्भरता और स्वदेशी की नीति का समर्थन किया। विदेश नीति के स्तर पर गुटनिरपेक्षता जैसी नीतियों से ज़्यादा राष्ट्रीय हित को रेखांकित। इसी वैचारिक परिवर्तन के प्रभाव में भाजपा ने अपने गठन के शुरुआती सालों में किसी ख़ास हिंदुत्वादी मुद्दे को ज़ोर-शोर से नहीं उठाया। 1980 के आम चुनाव में भाजपा 1977 वाली कामयाबी नहीं दोहरा सकी। उसके वोट घट कर 8.6 फ़ीसदी रह गये और उसे केवल 16 सीटों पर जीत मिली। इंदिरा गाँधी की सत्ता में वापसी हुई। विपक्षी पार्टी के तौर पर इंदिरा सरकार की विविध नीतियों, ख़ासकर उसकी पंजाब नीति की भाजपा ने ज़बरदस्त आलोचना की।

1984 में इंदिरा गाँधी की हत्या के बाद हुए आम चुनावों में कांग्रेस समर्थक हमदर्दी की लहर के कारण भाजपा को करारी हार का सामना करना पड़ा। पूरे देश में उसे सिर्फ़ दो लोकसभा सीटों पर ही जीत मिली और उसके वोट घट कर 7.4 फ़ीसदी पर आ गये। इस भीषण पराजय के बाद भाजपा में ऊहापोह शुरू हुआ जिसका नतीजा हार के कारणों की जाँच के लिए कृष्णलाल शर्मा कमेटी की नियुक्ति में निकला। इस समिति ने अपनी पड़ताल द्वारा बताया कि भाजपा को निराश नहीं होना चाहिए, क्योंकि उसे जितने वोट मिले हैं उनकी गिनती सारे देश में भाजपा को वैचारिक समर्थन देने वाले वोटों की तरह की जानी चाहिए यानी पार्टी ने अपना बुनियादी समर्थन आधार नहीं खोया है। इस निष्कर्ष का संदेश साफ़ था कि अगर पार्टी चाहे तो हिंदुत्ववादी मुद्दों पर लौट कर अपनी प्रभावकारिता बढ़ा सकती है। कई राजनीतिक समीक्षकों की राय है कि शर्मा कमेटी की सिफ़ारिशों के बाद पार्टी लालकृष्ण आडवाणी के नेतृत्व में दोबारा हिंदुत्ववादी राजनीति की तरफ़ लौटी। दूसरी तरफ़ इस विश्लेषण की सटीकता पर संदेह पैदा करने वाले कुछ तथ्य भी दृष्टव्य हैं। इनमें सबसे महत्त्वपूर्ण यह है कि संघ पार्टी की आधारभूत विचारधारा में गाँधीवादी समाजवाद जोड़ने से प्रसन्न नहीं था। कहा जाता है कि इसी कारण से उसने नीति बनायी कि उसके स्वयंसेवकों को 1984 के चुनाव में भाजपा का साथ नहीं देना चाहिए। अगर इस हक़ीक़त को निगाह में रखा जाए तो शर्मा कमेटी द्वारा भाजपा को मिले लगभग चार फ़ीसदी वोटों को हिंदुत्ववादी वोट मानना मुश्किल होगा।

बहरहाल, इस बात से इनकार नहीं किया जा सकता कि 1984 की पराजय के बाद भाजपा ने हिंदुत्वादी मुद्दों पर ध्यान देना शुरू कर दिया। संघ के विभिन्न संगठनों ने इस तरह के मुद्दों की पहचान करने और उन्हें गरमाने में भाजपा की मदद की। 1985 में शाहबानो मामले में कांग्रेस की केंद्र सरकार द्वारा सर्वोच्च न्यायालय के फ़ैसले के बावजूद मुसलमान कट्टरपंथ के सामने झुक जाने की भाजपा ने जम कर आलोचना की। उसने देश के सभी समुदायों के लिए संविधान में निर्देशित समान नागरिक संहिता बनाने की माँग की। इस प्रक्रिया में आडवाणी के नेतृत्व में भाजपा को वास्तविक सेकुलरवाद बनाम छद्म सेकुलरवाद की बहस छेड़ने का मौक़ा मिला। ध्यान रहे कि यह वह समय था जब समाज-विज्ञान की दुनिया में भी सेकुलरवाद के प्रश्न पर जम कर बहस हो रही थी। भाजपा ने मध्यवर्ग के एक ख़ासे बड़े हिस्से को यह समझाने में कामयाबी हासिल की कि कांग्रेस का सेकुलरवाद मुख्य रूप से हिंदू

विरोधी है, और उसका मक़सद केवल मुसलमानों का तुष्टीकरण है ताकि उनके वोट उसे मिलते रहें।

अस्सी का दशक रामजन्मभूमि आंदोलन के लिए ज़मीन बनाने वाला भी साबित हुआ। इसमें राजीव गाँधी के नेतृत्व वाली कांग्रेस की भूमिका को नज़रअंदाज़ नहीं किया जा सकता। भाजपा के नेता अटल बिहारी वाजपेयी का वह वक्तव्य नहीं भुलाया जा सकता जिसमें उन्होंने कहा था कि 'भाजपा ने अयोध्या का मुद्दा ज्वलंत नहीं बनाया। यह तो कांग्रेस का किया-धरा है। उसने ही शिलान्यास कार्यक्रम की इजाज़त दी थी। यह राजीव गाँधी ही थे जिन्होंने फ़ैज़ाबाद से अपनी चुनावी मुहिम शुरू की और रामराज्य लाने के नाम पर वोट माँगे। भाजपा को इस रणनीति का जवाब तो देना ही था।' दरअसल, रामजन्मभूमि के मुद्दे के इर्द-गिर्द कांग्रेस और भाजपा दोनों ने ही अस्सी के दशक में हिंदू वोट बैंक बनाने की राजनीति की। एक बार जब यह मुद्दा बन गया तो भाजपा के सहयोगी हिंदुत्ववादी संगठनों, ख़ास कर विश्व हिंदू परिषद् ने समझा कि कांग्रेस के मुक़ाबले इसके दोहन की क्षमता उसमें अधिक है। उसका रवैया हमलावर होता चला गया। उसने नारा दिया कि जब तक मंदिर नहीं बनेगा, तब तक यह संघर्ष चलेगा। जब कांग्रेस ने देखा कि परिषद् की राजनीति परवान चढ़ती चली जा रही है, उसने 1989 में हिंदुओं को अपनी ओर खींचने के लिए विवादित स्थल के निकट राम मंदिर का शिलान्यास करने की इजाज़त दे दी। शिलान्यास के बाद विहिप ने दावा किया कि इस शिलान्यास में केवल प्रस्तावित राम मंदिर की नींव ही नहीं रखी गयी है बल्कि लोगों के हृदय में हिंदू राष्ट्र की नींव पड़ गयी है। शिलान्यास करवाना कांग्रेस की तरफ़ से हिंदू कार्ड खेलने की अंतिम कोशिश थी। इसके बाद यह मुद्दा पूरी तरह से संघ परिवार की हिंदुत्ववादी महत्त्वाकांक्षाओं की भेंट चढ़ गया। सभी तरह के व्यावहारिक नज़रिये से भाजपा इस आंदोलन के साथ जुड़ी हुई थी। दरअसल, वह इसमें घोषित भागीदारी और उसका नेतृत्व अपने हाथ में लेने के लिए सही मौक़े के इंतज़ार में थी। 1989 के चुनाव में मिली कहीं बेहतर सफलता ने भाजपा को वह मौक़ा प्रदान कर दिया।

देखें : हिंदू राष्ट्रवाद, हिंदू राजनीतिक विचार, आधुनिक भारत में मुसलमान राजनीतिक विचार, बहुसंख्यकवाद, बहुसंख्यक-अल्पसंख्यक, विनायक दामोदर सावरकर, राष्ट्रीय स्वयंसेवक संघ, केशवराम बलिराम हेडगेवार, माधवराव सदाशिवराव गोलवलकर, रामजन्मभूमि आंदोलन-1, 2 और 3.

संदर्भ

1. बी. ग्राहम (1990), *हिंदू नैशनलिज़्म ऐंड पॉलिटिक्स : द ऑरिजिन ऐंड डिवलपमेंट ऑफ़ भारतीय जनसंघ,* केम्ब्रिज युनिवर्सिटी प्रेस, केम्ब्रिज.
2. क्रेग बेक्सटर (1969), *जनसंघ : अ बायोग्राफ़ी ऑफ़ अ पॉलिटिकल पार्टी,* युनिवर्सिटी ऑफ़ पेंसिलवैनिया.
3. वी.बी. सिंह और योगेंद्र मलिक, *हिंदू नैशनलिज़्म इन इण्डिया : द राइज़ ऑफ़ भारतीय जनता पार्टी,* वेस्ट न्यू प्रेस, यू.एस.ए.
4. क्रिस्टोफ़ ज़ेफ्रलो (1999), *द हिंदू नैशनलिस्ट मूवमेंट ऐंड पॉलिटिक्स,* पेंगुइन, नयी दिल्ली.
5. क्रिस्टोफ़ ज़ेफ्रलो (2007), *हिंदू नैशनलिज़्म : अ रीडर,* प्रिंसटन युनिवर्सिटी प्रेस, प्रिंसटन.
6. आशिस नंदी, शैल मायाराम, शिखा त्रिवेदी, अच्युत यागिनक (1995), *द रामजन्मभूमि मूवमेंट ऐंड द फ़ियर ऑफ़ द सेल्फ़,* ऑक्सफ़र्ड युनिवर्सिटी प्रेस, नयी दिल्ली.
7. क्रिस्टोफ़ ज़ेफ्रलो (2001), 'हिंदू नैशनलिज़्म ऐंड डेमॉक्रैसी', नीरजा गोपाल जयल (सम्पा.), *डेमॉक्रैसी इन इण्डिया,* नयी दिल्ली: ऑक्सफ़र्ड युनिवर्सिटी प्रेस.

— कमल नयन चौबे

भारतीय जनता पार्टी-2

साम्प्रदायिक ध्रुवीकरण से गठजोड़ राजनीति तक

(Bhartiya Janata Party-2)

1984 की पराजय के बाद भारतीय जनता पार्टी ने गाँधीवादी समाजवाद का पल्ला छोड़ कर उग्र हिंदूवादी मुद्रा अपनायी। दरअसल, उसे लग रहा था कि कांग्रेस उसका द्विज समर्थन आधार उससे छीने ले रही है। आपातकाल के बाद से ही कांग्रेस के हाथ से मुसलमानों, सिक्खों और अनुसूचित जातियों के वोट निकले जा रहे थे, और वह इनकी भरपाई शहरी वोटों से कर रही थी। राजीव गाँधी की ज़बरदस्त जीत का श्रेय ऊँची जाति के उन वोटरों को दिया जा रहा था जिन्होंने इससे पहले के चुनावों में भाजपा की तरफ़ रुझान दिखाया था। 1989 के लोकसभा चुनावों से पहले बोफ़र्स तोपों और एचडीडब्ल्यू पनडुब्बियों के लिए हुए ख़रीद सौदों में खायी गयी दलाली के कारण राष्ट्रीय राजनीति में भ्रष्टाचार एक बड़ा मुद्दा बन चुका था। कांग्रेस से टूट कर अलग हुए विश्वनाथ प्रताप सिंह अपनी पारदर्शी छवि के कारण विपक्षी राजनीति के प्रतीक बन गये थे। उनके और जनता दल के उभार ने कांग्रेस को ज़बरदस्त चुनौती दी। ऐसे में 1989 के लोकसभा चुनाव में भाजपा ने जनता दल के साथ परोक्ष सहमति के साथ लड़ा। उसकी सीटों में काफ़ी इज़ाफ़ा हुआ और लोकसभा में उसके सीटों की संख्या दो से बढ़कर 89 हो गयी।

नतीजे आने के बाद भाजपा ने लोकसभा में कम्युनिस्ट

पार्टियों के नेतृत्व वाले वाम मोर्चे के साथ जनता दल के नेतृत्व वाले राष्ट्रीय मोर्चे को अल्पसंख्यक सरकार बनाने के लिए समर्थन देना तय किया। ज़ाहिर था कि वामपंथी और भाजपा दोनों मिल कर कांग्रेस को सत्ता से बाहर रखना चाहते थे। उन्हें पता था कि वी.पी. सिंह की सरकार ज़्यादा नहीं चलेगी और जल्दी ही मध्यावधि चुनाव होंगे। इसके अलावा, इसने उत्तर प्रदेश और बिहार जैसे राज्यों में भी जनता दल सरकार को समर्थन दिया। जनता दल की भीतरी राजनीति के कारण बन रहे दबाव से निबटने के लिए वी.पी. सिंह ने ठंडे बस्ते में पड़ी मण्डल आयोग की रपट को लागू करके पिछड़े वर्गों को नौकरियों में आरक्षण देने का फ़ैसला किया। भाजपा को लगा कि इस क़दम से उसके हिंदू चुनावी आधार की जड़ पर प्रहार होगा। उसकी दुविधा स्पष्ट थी। वह पिछड़ों को आरक्षण का विरोध नहीं कर सकती थी, और न ही आरक्षण के ख़िलाफ़ ऊँची जातियों में हुई तीखी प्रतिक्रिया के ख़िलाफ़ खड़ी हो सकती थी। इसी दोहरी जकड़ से निकलने के लिए लालकृष्ण आडवाणी ने राम मंदिर के मुद्दे पर गुजरात में सोमनाथ से उप्र में अयोध्या तक रथयात्रा करने की योजना बनायी। रथयात्रा असाधारण रूप से कामयाब रही। जगह-जगह आडवाणी का भव्य स्वागत हुआ। पर उनका रथ अपने पीछे साम्प्रदायिक तनाव और हिंसा छोड़ता गया। इस रथयात्रा ने पूरे देश का माहौल साम्प्रदायिक कर दिया। आडवाणी को बिहार में लालू यादव की सरकार ने गिरफ़्तार किया और बदले में भाजपा ने केंद्र सरकार से समर्थन वापिस लेकर ग्यारह महीने पुरानी विश्वनाथ प्रताप सिंह सरकार गिरा दी।

इसके बाद केंद्र में तक़रीबन चार महीने तक चंद्रशेखर के नेतृत्व में समाजवादी जनता पार्टी की सरकार रही। कांग्रेस ने इसे बाहर से समर्थन दिया था। कांग्रेस द्वारा समर्थन वापस ले लिए जाने के बाद 1991 में फिर से चुनाव हुए। इस दौरान कांग्रेस अध्यक्ष राजीव गांधी की तमिलनाडु में एलटीटीई के आत्मघाती दस्ते द्वारा हत्या कर दी गयी। चुनावों में कांग्रेस को इस घटना का फ़ायदा मिला और वह सबसे बड़े दल के रूप में उभरी। मंदिर राजनीति को गरमाने के कारण भाजपा को भी इस चुनावों में अच्छी सफलता मिली और उसे लोकसभा में कुल 121 सीटों पर जीत हासिल हुई। इस दौर में भाजपा ने राम मंदिर के साथ-ही-साथ समान नागरिक संहिता बनाने और कश्मीर को विशेष दर्जा देने वाले संविधान की धारा 370 को ख़त्म करने के मुद्दे को भी ज़ोर-शोर से उठाया। इसके साथ ही संघ की विविध शाखाओं द्वारा ज़मीनी स्तर पर किये जाने वाले काम के कारण मध्य प्रदेश, उत्तर प्रदेश, राजस्थान और हिमाचल प्रदेश जैसे राज्यों में भाजपा की स्थिति काफ़ी मज़बूत हो गयी। इन राज्यों में भाजपा को अपनी सरकार बनाने में भी सफलता मिली।

1991 के चुनावों में केंद्र और कुछ राज्यों में ज़बरदस्त सफलता से उत्साहित भाजपा नेतृत्व को यह लगा कि राम मंदिर और उग्र हिंदुत्व का मुद्दा उसके लिए कारगर है। इसलिए उसने इन मुद्दों को और भी ज़्यादा गरमाने की रणनीति अपनायी। इसी सिलसिले 1992 के दिसम्बर महीने के पहले हफ़्ते में अयोध्या में कारसेवा का आयोजन किया गया। घटनाक्रम का नतीजा छह दिसम्बर को अयोध्या में कारसेवकों द्वारा बाबरी मसजिद ढहाने में निकला। इस दौरान लालकृष्ण आडवाणी, मुरली मनोहर जोशी और उभा भारती जैसे भाजपा के नेता अयोध्या में मौजूद थे। उत्तर प्रदेश के मुख्यमंत्री कल्याण सिंह ने मसजिद की सुरक्षा के लिए कुछ भी नहीं किया। वहाँ खड़े पुलिस के लोग इस पूरे मामले में तमाशाई बने रहे। बाबरी मसजिद गिराने के कारण पूरे देश में भयंकर दंगे हुए। पी.वी. नरसिंह राव की केंद्र सरकार ने भाजपा शासन वाली सभी राज्य सरकारों को बर्ख़ास्त कर दिया।

साम्प्रदायिक ध्रुवीकरण की भाजपा की रणनीति सफल तो हुई, लेकिन इसने राजनीतिक रूप से भाजपा को पूरी तरह अकेला कर दिया। यानी सेकुलरवाद और अल्पसंख्यक वोटों की परवाह करने वाला कोई भी दल अब भाजपा से जुड़ने के लिए तैयार नहीं था। चुनावी राजनीति में भी इसे कुछ झटके खाने पड़े। मसलन, 1993 में हुए विधानसभा चुनावों में इसे उत्तर प्रदेश और मध्य प्रदेश में हार का मुँह देखना पड़ा। लेकिन भाजपा के कई नेताओं ने यह दिखाने की कोशिश की वे राम मंदिर के लिए सत्ता की परवाह नहीं करते हैं।

बहरहाल, 1992 के बाद भाजपा ने तीन स्तरीय रणनीति अपनायी : पहला, इसने उग्र हिंदुत्व की राजनीति से मिले फ़ायदों को क़ायम रखने की कोशिश की। इसके बहुत से नेता राम मंदिर बनाने की माँग दुहराते रहे। समान नागरिक संहिता बनाने और संविधान की धारा 370 ख़त्म करने पर भी ज़ोर दिया जाता रहा। दूसरा, इसने पार्टी में पिछड़ी जातियों को जोड़ने के लिए सोशल इंजीनियरिंग की रणनीति अपनायी। अर्थात् इसने पार्टी के भीतर और जिन राज्यों में यह सत्ता में थी वहाँ सरकार में पिछड़ी जातियों को पर्याप्त महत्त्व दिया। अमूमन इस पार्टी की छवि हिंदुत्व की राजनीति करने वाली ब्राह्मण-बनिया पार्टी की रही है। भाजपा ने सोशल इंजीनीयरिंग द्वारा इस कमी को दूर करने की कोशिश की। तीसरा, इसने यह साबित करने की कोशिश की कि इसका 'चाल, चेहरा और चरित्र' दूसरे दलों से अलग है। यानी यह भ्रष्टाचार, जातिवाद से परे राष्ट्रवाद की समर्थक पार्टी है। नरसिंह राव सरकार के ऊपर लगने वाले भ्रष्टाचार के आरोपों ने भाजपा के इस दावे को मज़बूती प्रदान की। इसके साथ ही, भाजपा ने अटल बिहारी वाजपेयी को अपने प्रधानमंत्री पद के उम्मीदवार के रूप में आगे बढ़ाया। वाजपेयी की छवि उदार मानी जाती थी। उन पर भ्रष्टाचार को कोई आरोप नहीं लगा था। उस समय तक वे देश के सबसे लोकप्रिय नेता बन चुके

थे। संसदीय राजनीति में लम्बे अनुभव के कारण सभी दलों के नेता उनका सम्मान भी करते थे। वाजपेयी की लोकप्रियता और राव सरकार की नाकामियों के कारण 1996 के लोकसभा चुनावों में भाजपा सबसे बड़े दल के रूप में उभरी। इसे लोकसभा की कुल 161 सीटों पर जीत मिली। इसके नेता अटल बिहारी वाजपेयी के नेतृत्व में केंद्र में भाजपा की सरकार बनी। लेकिन इसे दूसरे दलों की समर्थन नहीं मिला। इस कारण तेरह दिनों के बाद वाजपेयी को इस्तीफ़ा देना पड़ा। केंद्र में संयुक्त मोर्चे की सरकार बनी, जिसे बाहर से कांग्रेस ने समर्थन दिया। लेकिन ये सरकारें लम्बे समय तक नहीं चलीं। 1998 में फिर से लोकसभा चुनाव हुए।

1996 में तेरह दिन की सरकार बनाने के कड़वे अनुभव से सबक लेते हुए भाजपा ने क्षेत्रीय दलों से गठजोड़ बनाने की रणनीति अपनायी। इस संदर्भ में उसने बिहार में समता पाटी, जो बाद में जनता दल (एकीकृत) बनी, से गठबंधन किया। पंजाब में अकाली दल और महाराष्ट्र में शिव सेना की हमदर्दियाँ भी उसके साथ थीं। 1998 के चुनावों के बाद भाजपा एक बार फिर से सबसे बड़े दल के रूप में उभरी। अप्रैल, 1998 में कई क्षेत्रीय दलों के साथ मिल कर उसने राष्ट्रीय जनतांत्रिक गठबंधन (या राजग) का निर्माण किया। लेकिन ऐसा करने के लिए भाजपा को अपने घटक दलों को आश्वासन देना पड़ा कि वह अपने तीन उग्र हिंदुत्ववादी मुद्दों यानी राममंदिर, समान नागरिक संहिता और धारा 370 को ठंडे बस्ते में डाल देगी। भाजपा की यह सरकार भी सिर्फ़ तेरह महीने तक ही शासन में रह सकी। जयललिता के नेतृत्व में अन्नाद्रमुक के समर्थन वापस ले लेने के कारण यह सरकार गिर गयी।

इसके बाद भाजपा ने 1999 में हुए लोकसभा चुनाव राष्ट्रीय जनतांत्रिक गठबंधन (या राजग) के रूप में लड़ा। उसने अपनी पार्टी का अलग घोषणापत्र जारी करने से भी इनकार कर दिया और राजग के घोषणापत्र को ही अपना लिया। गठजोड़ राजनीति का यह एक नया आयाम था। इन चुनावों में राजग को अच्छी सफलता मिली। भाजपा 182 सीटों के साथ सबसे बड़े दल के रूप में सामने आयी और राजग लोकसभा में बहुमत के काफ़ी क़रीब पहुँच गया। केंद्र में अटल बिहारी वाजपेयी के नेतृत्व में सरकार बनी। यह सरकार सफलता से चली। वाजपेयी के नेतृत्व में भाजपा ने उग्र हिंदुत्ववादी मुद्दों की उपेक्षा की। इसके अलावा, इसने स्वदेशी की उपेक्षा करते हुए नरसिंह राव सरकार द्वारा अपनायी गयी आर्थिक सुधार की नीतियाँ जारी रखीं। सुधारों को आगे बढ़ाने के लिए इसने बाक़ायदा सरकार में एक विनिवेश विभाग का गठन किया। विदेश नीति के संदर्भ में इसने एक महत्त्वपूर्ण बदलाव यह किया कि भारत और संयुक्त राज्य अमेरिका के बीच नज़दीकी संबंध बढ़ाने की कोशिश की।

उग्र हिंदुत्व के मुद्दों की उपेक्षा करने के कारण उत्तर प्रदेश जैसे राज्यों में भाजपा को नुक़सान का भी सामना करना पड़ा। पार्टी के भीतर भी एक मज़बूत धड़े ने हिंदुत्व के मुद्दे को फिर से पार्टी के एंजेंडे पर वापस लाने की माँग की। गुजरात में फ़रवरी, 2002 में हुई अल्पसंख्यक विरोधी हिंसा में नरेंद्र मोदी के नेतृत्व वाली भाजपा की सरकार की भूमिका उसे शह देने वाली रही। दरअसल नरेंद्र मोदी और गुजरात भाजपा का इरादा इस घटनाक्रम का लाभ उठा कर हिंदू वोटों का ध्रुवीकरण करने का था। इसमें उन्हें सफलता भी मिली। गुजरात में हुए विधानसभा चुनावों में उन्हें जीत हासिल हुई। लेकिन राष्ट्रीय स्तर पर इससे भाजपा को नुक़सान हुआ। यह नुक़सान 2004 के लोकसभा चुनावों में पुख़्ता रूप में सामने आया। भाजपा ने 'इण्डिया शाइनिंग' के नारे के साथ यह चुनाव लड़ा। लेकिन उसे हार का सामना करना पड़ा। इन चुनावों में भाजपा को पिछले चुनाव से 44 कम यानी कुल 138 सीटों पर जीत मिली। राजग को कुल 181 सीटें मिली और पिछले चुनाव की तुलना में उसे 89 सीटों का नुक़सान हुआ। चुनावों के बाद केंद्र में मनमोहन सिंह के नेतृत्व में संयक्त प्रगतिशील गठबंधन की सरकार बनी। भाजपा और राजग विपक्ष में रहे। भाजपा ने एक सक्रिय विपक्ष की भूमिका निभाने की कोशिश की। लेकिन वाजपेयी के बाद एक सर्वस्वीकार्य और पूरे देश में जनाधार रखने वाले नेता के अभाव में वह कोई ख़ास प्रभाव नहीं छोड़ पायी। इस कारण 2009 के चुनावों में उसे 2004 से भी ज़्यादा बड़ी पराजय का सामना करना पड़ा। उसे 22 सीटें कम मिलीं यानी इसे कुल 116 सीटों पर जीत मिली। एक गठबंधन के रूप में भाजपा के नेतृत्व वाले राजग को कुल 159 सीटें मिलीं, जो पिछले चुनावों से 17 कम थीं।

केंद्र में गठजोड़ राजनीति को वैधता दिलाने का श्रेय भाजपा को ही जाता है। लेकिन इस पार्टी के सामने अभी कई तरह की समस्याएँ मौजूद हैं : पहली समस्या तो यह है कि पार्टी के भीतर हिंदुत्ववादी मुद्दों को लेकर एक दुविधा की स्थिति हमेशा बनी रहती है। पार्टी के एक कट्टर धड़े ने हमेशा ही इन मुद्दों पर ज़ोर देने की कोशिश की है। मसलन, 2002 के बाद पार्टी में नरेंद्र मोदी का क़द लगातार बढ़ता गया है। उग्र हिंदुत्ववादी नीति के पैरोकारों ने उन्हें अपने नेता के तौर पर देखा। एक पार्टी के रूप में अगर भाजपा उग्र हिंदुत्व की राजनीति अपनाती है, तो उसे अपने कई गठबंधन सहयोगियों का साथ खोना पड़ सकता है। उदाहरण के तौर पर जनता दल (एकीकृत) जैसे घटकों ने स्पष्ट रूप से भाजपा के हिंदुत्ववादी राजनीति की ओर वापस जाने और राजग की न्यूनतम सहमति की उपेक्षा करने का विरोध किया है। दूसरे, भाजपा की एक बहुत बड़ी समस्या यह भी है कि वह संघ से अलग अपनी पहचान बना पाने में नाकाम रही है। आज

भी संघ के समर्थन के बग़ैर कोई नेता इस पार्टी का अध्यक्ष नहीं बन सकता है। तीसरे, भाजपा दक्षिण और उत्तर-पूर्व भारत में अपना कोई ख़ास विस्तार कर पाने में नाकाम रही है। कर्नाटक में अपनी सरकार बनाने और उसे चलाने का उसका प्रयोग बुरी तरह से नाकाम रहा है। दक्षिण के दूसरे कई राज्यों में इसकी स्थिति डाँवाँडोल ही है। उत्तर-पूर्व के राज्यों में भाजपा की स्थिति के बारे में भी यही बात कही जा सकती है। चौथे, सत्ता में रहने के कारण भाजपा के कई नेताओं पर भ्रष्टाचार के आरोप लगे हैं। इससे एक अलग तरह की पार्टी होने का उसका दावा कमज़ोर हुआ है। पाँचवाँ, आर्थिक मसलों पर भाजपा एक वैकल्पिक राजनीति की रूपरेखा दे पाने में नाकाम रही है। यद्यपि शुरुआत में इसने स्वदेशी पर ज़ोर दिया था। लेकिन सत्ता में आने पर इसने भी कांग्रेस की आर्थिक सुधारों की नीतियों को ही आगे बढ़ाया। इसलिए देश की मुख्य विपक्षी पार्टी और एक बड़े गठजोड़ (राजग) का नेतृत्व करने के बावजूद भाजपा के सामने कई बड़ी चुनौतियाँ हैं। इसकी भविष्य की सम्भावनाएँ इस बात पर निर्भर हैं कि यह किस सीमा तक इन चुनौतियों से उबर पाती है।

देखें : हिंदू राष्ट्रवाद, हिंदू राजनीतिक विचार, आधुनिक भारत मे मुसलमान राजनीतिक विचार, बहुसंख्यकवाद, बहुसंख्यक-अल्पसंख्यक, विनायक दामोदर सावरकर, राष्ट्रीय स्वयंसेवक संघ, केशवराम बलिराम हेडगेवार, माधवराव सदाशिवराव गोलवलकर, रामजन्मभूमि आंदोलन-1, 2 और 3।

संदर्भ

1. ऑलिवर हीथ (2002), 'ऐनाटॉमी ऑफ़ बीजेपीज़ राइज़ टू पावर: सोशल, रीजनल ऐंड पॉलिटिकल एक्सपेंशन इन 1990ज़', ज़ोया हसन (सम्पा.), *पार्टीज़ ऐंड पॉलिटिक्स इन इण्डिया,* ऑक्सफ़र्ड पेपरबैक्स, नयी दिल्ली.
2. अभय कुमार दुबे (2009), 'मैजोरिटेरियनिज़म अनपैक्ड : ट्रायल्स ऐंड टर्बुलेशन ऑफ़ भारतीय जनता पार्टी इन उत्तर प्रदेश', सुधा पै (सम्पा.), *पॉलिटिक्स ऐंड कल्चर ऑफ़ उत्तर प्रदेश,* पियर्सन, नयी दिल्ली.
3. शिव विश्वनाथन (2000), 'पॉलिटिक्स ऑफ़ परफ़ॉर्मेंस : बीजेपी इन पॉवर', *इकॉनॉमिक ऐंड पॉलिटिकल वीकली,* खण्ड 35, अंक 42.
4. जंगम चिन्नैया (2003), 'बीजेपी ऐंड रिज़र्वेशन : कोटा पॉलिटिक्स ऑल इलेक्ट्रोरल कनवीनियेंस', *इकॉनॉमिक ऐंड पॉलिटिकल वीकली,* खण्ड 38, अंक 30.

— कमल नयन चौबे

भारतीय डायसपोरा

(Indian Diaspora)

दुनिया का सबसे बड़ा डायसपोरा भारतवंशियों का है। क़रीब तीन करोड़ की संख्या वाला यह डायसपोरा विश्व के 28 देशों में फैला हुआ है। भारतीय समाज की ही तरह यह डायसपोरा भी बहुधर्मी (हिंदू, मुसलमान, सिक्ख, ईसाई, बौद्ध, जैन और पारसी), बहुजातीय (भारत की लगभग सभी जातीयताएँ) और बहुभाषी है। अगर डायसपोरा की तीन प्रमुख श्रेणियाँ (उत्पीड़ित डायसपोरा, श्रमिक डायसपोरा और तिजारती डायसपोरा) मानी जाएँ तो भारतीय डायसपोरा तीनों श्रेणियों का निर्माण करता है। जिप्सी भारतवंशी माने जाते हैं और सारी दुनिया में उनके ख़िलाफ़ उत्पीड़न के प्रमाण बड़े पैमाने पर उपलब्ध हैं। उपनिवेशवाद और साम्राज्यवाद के कारण उन्नीसवीं सदी में बहुत बड़ी संख्या में भारतवासियों को अनुबंध की शर्तों में बँधे हुए बँधुआ श्रमिक के तौर पर ब्रिटिश उपनिवेशों के बाग़ानों में काम करने के लिए भेजा गया था। इस डायसपोरा का एक हिस्सा ऐसा भी है जिसे तिजारती श्रेणी में रखा जाएगा। इसके तहत वे भारतवंशी आते हैं जो अपनी व्यापार और व्यवसायगत योग्यताओं के आधार पर विदेशों में बेहतर अवसरों की तलाश में गये थे। इनमें शारीरिक श्रम करने वाले श्रमिकों, कारीगरों, डॉक्टरों, इंजीनियरों और व्यापारियों को रखा जा सकता है। भारतीय डायसपोरा न केवल सामाजिक दृष्टि से महत्त्वपूर्ण है, बल्कि राजनीतिक नज़रिये से भी उसकी अहमियत दुनिया के दूसरे डायसपोरा समाजों से अधिक है। उपनिवेशवाद विरोधी आंदोलन का इतिहास गवाह है कि दक्षिण अफ़्रीका के भारतीयों के बीच ही गाँधी ने अहिंसक आंदोलन और सत्याग्रह के सबसे पहले प्रयोग किये थे। श्रीलंका में हिंसक अलगाववादी आंदोलन चलाने वाला ईलम संगठन भारतवंशी तमिलों का ही है। उत्तरी अमेरिका के भारतीय भारत में चलने वाली वामपंथी (पीपुल्स एसोसिएशन ऑफ़ नॉर्थ अमेरिका के भारत के नक्सलवादी गुटों के साथ संबंध रहे हैं) और दक्षिणपंथी (अमेरिका, ब्रिटेन और कनाडा के प्रवासी भारतीय विश्व हिंदू परिषद् के हिंदुत्ववादी कार्यक्रम का समर्थन करते रहे हैं) वे दोनों तरह की राजनीति से जुड़े हुए हैं। प्रवासी भारतीय हिंदू धर्म के भूमण्डलीकरण की प्रक्रिया और उसके ज़रिये उसमें आने वाले परिवर्तनों के भी ज़िम्मेदार माने जाते हैं।

भारत सरकार इस डायसपोरा समाज को दो तकनीकी श्रेणियों में रख कर परिभाषित करती है : अनिवासी भारतीय या प्रवासी भारतीय (एनआरआई) और भारतीय मूल का व्यक्ति (पीआईओ)। नॉन रेजीडेंड का मतलब है प्रवासी

भारतीय जो भारतवंशी तो है पर भारत के बाहर पैदा हुआ है और स्थाई रूप से बाहर ही रहता है और अपनी रिहाइश के देश का नागरिक है। परसन ऑफ़ इण्डियन ऑरिजन का मतलब है भारतीय मूल का वह व्यक्ति जो भारत का नागरिक नहीं है। कम से कम चार पीढ़ियों से विदेश में रहने वाले व्यक्ति को पीआईओ का दर्जा मिल सकता है। पीआईओ कार्ड रखने वाले पुरुष की पत्नी भी वह कार्ड रख सकती है, भले ही वह भारतीय मूल की न हो। पीआईओ कार्डधारकों पर वे पाबंदियाँ नहीं होतीं जो विदेशी नागरिकों पर लगायी जाती हैं। यानी उन्हें वीज़ा और काम करने के परमिट पर कोई रोक नहीं है। न ही उन पर किसी तरह के आर्थिक प्रतिबंध लगाये जाते हैं।

जनवरी, 2006 से भारत सरकार ने 'ओवरसीज़ सिटीज़नशिप ऑफ़ इण्डिया' (ओसीआई) की स्कीम शुरू की है जिसके तहत प्रवासियों को आज़ादी के बाद पहली बार एनआरआई और पीआईओ को सीमित क़िस्म की दोहरी नागरिकता देने का प्रावधान किया गया है। समझा जाता है कि धीरे-धीरे ओसीआई स्कीम पीआईओ स्कीम की जगह ले लेगी।

इतिहास को देखा जाए तो रोमानी लोगों या जिप्सियों की बड़ी संख्या के भारत से जा कर दूसरे देशों में बसने से भारतीय डायसपोरा की शुरुआत होती है। भाषाई और जेनेटिक प्रमाण बताते हैं कि जिप्सियों का उद्‌गम मध्य भारत में है। ग्यारहवीं सदी में वे यहीं से उत्तर-पश्चिम की तरफ़ बढ़े और ईसा से ढाई सौ साल पहले उन्होंने पंजाब के इलाक़े में कई सदियाँ बितायीं। 500 से 1000 ईस्वी के बीच कई लहरों में रोमानी लोगों ने दुनिया के पश्चिमी हिस्से की तरफ़ गमन किया। मध्य एशिया के डोम और भारत के बंजारे रोमानी समाज के बचे हुए प्रतिनिधि ही माने जाते हैं। चोल राजाओं और बौद्धों की फ़ौजी मुहिमों के कारण भारतीय प्रभाव दक्षिण-पूर्वी एशिया तक पहुँचा और सुमात्रा, मलय द्वीप और बाली में भारतीय डायसपोरा का आधार बना। सोलहवीं सदी के मध्य में भारतीय व्यापारी मध्य एशिया और फ्रांस के इलाक़ों में पहुँचे और उनका एक हिस्सा वहीं बस गया। अट्ठारहवीं सदी तक मास्को और सेंट पीटर्सबर्ग में भी भारतीय मौजूदगी दिखाई पड़ती है। उन्नीसवीं सदी से ब्रिटिश राज के ख़ात्मे तक भारतीय श्रमिकों को क़रारबंद करके बँधुआ मज़दूरों के रूप में मॉरीशस, गुयाना, कैरीबियाई द्वीपों, फ़ीज़ी, सूरीनाम और पूर्वी अफ्रीका के बाग़ानों में काम करने के लिए ले जाया जाने लगा। चूँकि ब्रिटिश संसद ने 1834 में दास प्रथा का उन्मूलन कर दिया था, इसलिए इन बाग़ानों में श्रमिकों की कमी पड़ने लगी थी। भारतीय श्रमिकों ने इनकी जगह ली। अंग्रेज़ उपनिवेशवादी भारतीय श्रमिकों को श्रीलंका, बर्मा और ब्रिटिश मलाया के चाय बागानों में काम करने के लिए भी ले गये।

आज़ादी के बाद अमेरिकी और युरोपीय अर्थव्यवस्थाओं द्वारा दिये गये अवसरों का लाभ उठाने के लिए डॉक्टरों और अन्य पेशों में प्रशिक्षित भारतवासी विदेश गये। सत्तर के दशक में मध्य-पूर्व के देशों में आये तेल बूम से पैदा हुए अवसरों का लाभ उठाने के लिए बड़ी संख्या में भारतवासी खाड़ी देशों में काम करने के लिए गये। नब्बे के दशक में आये सॉफ़्ट वेयर बूम के चलते अमेरिकी और पश्चिमी देशों की अर्थव्यवस्थाओं ने भी बहुत से प्रशिक्षित भारतीयों को अपनी ओर आकर्षित किया।

भारतवंशियों को अपनी रिहाइश के देशों में बसने के लिए काफ़ी संघर्ष करना पड़ा है। युगांडा में ईदी अमीन की सरकार द्वारा एशियाइयों के ख़िलाफ़ चलाई गयी मुहिम के दौरान भारतीयों को सबसे ज़्यादा नुक़सान उठाना पड़ा था। फ़ीज़ी में भारतवासी मूल निवासियों के राजनीतिक कोप का सामना कर चुके हैं। ब्रिटेन, कनाडा और अमेरिका में उन्हें गोरों की नस्ली घृणा का मुक़ाबला करना पड़ा है। ऑस्ट्रेलिया में 2009-10 के दौरान भारतीय छात्रों ने अमानवीय हिंसा के घाव झेले हैं।

कहा जाता है कि ऑस्ट्रेलिया में भारतीयों का आगमन उस ज़माने में हुआ था जब वहाँ ऊँटों के ज़रिये संचार व्यवस्था चलती थी। इन भारतीयों को अफ़ग़ान कहा जाता था और वे मेलबर्न और अन्य ऑस्ट्रेलियायी केंद्रों के बीच सूत्र की भूमिका निभाते थे। आज ऑस्ट्रेलिया में क़रीब 2,60,000 भारतीय रहते हैं जिनमें ज़्यादातर हिंदू और सिक्ख हैं। कनाडा में भारतीयों का आगमन उन्नीसवीं सदी में शुरू हुआ। उन्हें गोरी चमड़ी के कनाडियनों के नस्ली हमलों का सामना करना पड़ा। 1919 तक कनाडा की सरकार इन्हें अपनी पत्नी और बच्चों को लाने की इजाज़त नहीं देती थी। इसके बाद भारतीयों पर कोटा सिस्टम थोपा गया जो 1967 तक जारी रहा। आज चीनियों के बाद भारतीय कनाडा में हर साल आने वाले विदेशियों में सबसे ज़्यादा हैं। कैरीबियन द्वीप समूहों में 1838 से 1917 के बीच पचास लाख से ज़्यादा भारतीय क़रारबंद श्रमिकों के रूप में बाग़ानों में काम करने के लिए लाये गये। इनमें से ज़्यादातर पूर्वी उत्तर प्रदेश और पश्चिमी बिहार के थे। आज जमैका और सेंट विंसेंट जैसे देशों में भारतीय-कैरेबियन मूल के लोग सबसे बड़े जातीय समूहों की रचना करते हैं। बहामा, बारबाडोस, बेलिज़, फ्रेंच गुआना, ग्रेनेडा, पनामा, सेंट लूसिया और हैती में भी उनकी आबादी है। इन भारतीयों ने तरह-तरह की कठिनाइयों का सामना करते हुए इन द्वीपों के विकास में उल्लेखनीय भूमिका का निर्वाह किया है।

ब्रिटेन में रहने वाला प्रवासी भारतीय समुदाय मोटे तौर पर तीसरी पीढ़ी से गुज़र रहा है और आबादी के लिहाज़ से दूसरे नम्बर पर आता है। उनसे ज़्यादा आबादी केवल

अमेरिका और कनाडा के भारतवंशियों की ही है। अप्रैल, 2001 की जनगणना के अनुसार वहाँ 4,051,0800 भारतीय रहते हैं जिनमें सत्तर फ़ीसदी संख्या पंजाबियों की है। बाक़ी 30 फ़ीसदी में ज़्यादातर बंगाली और गुजराती हैं। अधिकतर भारतीय लंदन, मिडलैण्ड, नॉर्थ वेस्ट और यार्कशायर में रहते हैं। इंग्लैण्ड में अंग्रेज़ी के बाद सबसे ज़्यादा बरती जाने वाली भाषा पंजाबी है। ब्रिटिश संस्कृति और खान-पान पर भारतीय प्रभाव भी दिखने लगा है।

उत्तरी अमेरिका में भारतीय समुदाय की रिहाइश अब सौ साल से ज़्यादा पुरानी हो चुकी है। शुरुआती प्रवासियों में ज़्यादातर सिक्ख थे। 1889 में पहला हिंदू परिवार अमेरिका पहुँचा तो वहाँ की सरकार ने उसके लिए मंदिर का निर्माण करवाया। इससे आकर्षित हो कर और हिंदुओं ने अमेरिका की राह पकड़ी। इसके बाद अमेरिका में कई मंदिर दिखने लगे। लेकिन, सरकार ने सिक्खों को अपने गुरुद्वारे बनाने की यह मान कर इजाज़त नहीं दी कि उनका सम्प्रदाय हिंदू धर्म से ही निकला है इसलिए अगर वे पूजा करना चाहें तो मंदिरों में कर सकते हैं। 1911 में कनाडा में पहला गुरुद्वारा बना। आज कनाडा में कई गुरुद्वारे हैं, पर अमेरिका में अब भी उनकी संख्या बहुत कम है। शुरू में एशियाई स्त्रियों को अमेरिका आने की अनुमति नहीं थी, इसलिए बहुत दक्षिण ऐशियाई पुरुषों ने मैक्सिकन औरतों से शादियाँ कीं। प्रवासियों को इस दौर में अमेरिकन नागरिकता नहीं दी गयी। द्वितीय विश्व युद्ध के बाद अमेरिकन आव्रजन नीति में परिवर्तन हुआ और तक़रीबन आधी सदी के बाद भारतवंशियों को अपने परिवार बुलाने और नागरिकता समेत वोट डालने के अधिकार मिले। इसके बाद परिस्थिति अनुकूल हो जाने के बाद पचास, साठ, सत्तर और अस्सी के दशक में विभिन्न चरणों में भारतीय छात्रों, डॉक्टरों, इंजीनियरों और अन्य हुनरमंद कर्मचारियों के रूप में अमेरिका गये और वहीं बस गये। शुरुआत में सिक्ख और पंजाबी ज़्यादा थे, पर बाद के चरणों में गुजराती और दक्षिण भारतीय प्रवासी बने। नब्बे के दशक और नयी सदी के शुरुआती सालों में हुई सूचना क्रांति ने सबसे बड़ी संख्या में भारतीयों को अमेरिका की तरफ़ आकर्षित किया। आज अमेरिकी सार्वजनिक जीवन में भी भारतीयों की अच्छी-ख़ासी उपस्थिति है। न्यूयॉर्क में सबसे ज़्यादा भारतीय रहते हैं और ऐसा कोई महानगरीय क्षेत्र नहीं है जिसमें भारतीय समुदाय मौजूद न हो।

देखें : अनुसूचित जातियाँ, अनुसूचित जनजातियाँ, अन्य पिछड़े वर्ग, आरक्षण, आधुनिकता, अरविंद घोष, आधुनिकीकरण, कन्हैयालाल माणिकलाल मुंशी, जवाहरलाल नेहरू, जातियों का राजनीतीकरण, डायसपोरा, बंगाल का नवजागरण, भारतीय अभिजन, भारतीय आधुनिकता, भारतीय इसलाम, भारतीय उदारतावाद, भारत में उपनिवेशवाद, भारतीय नवजागरण : तुलनात्मक परिप्रेक्ष्य, भारत में नियोजन, भारत में प्रातिनिधिक प्रणाली, भारत में पृथकतावादी राजनीति, भारत में मतदान-व्यवहार-1 से 6 तक, भारत में सामाजिक आंदोलन, भारतीय राज्य, भारतीय राष्ट्रवाद, भारतीय लोकतंत्र, भारतीय लोकतंत्र का संस्थानीकरण-1 से 3 तक, भारतीय स्वभाव और राजनीति, भारतीय संविधान-1 से 8 तक, भारतीय सामाजिक आंदोलन, भीमराव रामजी आम्बेडकर, राजा राममोहन राय, विवेकानंद, विनायक दामोदर सावरकर, संविधान सभा में भाषा-विवाद-1 से 3 तक, सामाजिक आंदोलन।

संदर्भ

1. जी. ओंक (2007), *ग्लोबल डायसपोरा : ट्रैजेक्टरीज़ ऑफ़ माइग्रेशन ऐंड थियरी*, एमस्टर्डम युनिवर्सिटी प्रेस, 2007
2. डायसपोरा : द *नैशनल पोर्टल ऑफ़ गवर्नमेंट ऑफ़ इण्डिया*, (एचटीटीपी://इण्डिया.जीओवी.इन/ओवरसीज़/डायसपोरा/एनआर आई.पीएचपी)

— अभय कुमार दुबे

भारतीय फ़िल्म-अध्ययन

पुरोदर्शन का सिद्धांत

(Indian Film Studies: Frontality Thesis)

पश्चिम के फ़िल्म-सिद्धांतकारों का ध्यान भारतीय सिनेमा की ओर 1956 में गया जब सत्यजीत राय की फ़िल्म 'पाथेर पांचाली' प्रदर्शित हुई। उस क्षण से लेकर अस्सी और नब्बे के दशक में देशी फ़िल्म-अध्येताओं द्वारा सिनेमा के ज़रिये हमारी सौंदर्यमूलक आधुनिकता के असाधारण सिद्धांतीकरण तक भारतीय फ़िल्म-अध्ययन का सफ़र एक सार्थक यात्रा कर चुका है। आज यह अनुशासन एक ऐसे मुक़ाम पर खड़ा है जहाँ वह आधुनिकता के विशिष्ट भारतीय रूप के तहत सांस्कृतिक उत्पादन के राजनीतिक आयामों की शिनाख़्त करने का दावा कर सकता है।

भारतीय सिनेमा के अध्ययन की शुरुआत मुख्यत: दो दृष्टिकोणों के साथ हुई थी। पहले नज़रिये का दावा था कि पश्चिम में विकसित सिनेमाई सौंदर्यशास्त्र के इर्द-गिर्द बुने गये विमर्श के मुताबिक़ राय से पहले की भारतीय फ़िल्मों को सच्चे सिनेमा की श्रेणी में माना ही नहीं जा सकता। जो फ़िल्म-संस्कृति कला-सिनेमा की कसौटियों पर खरी नहीं उतरती, वह असल में सिनेमा है नहीं। ज़्यादा से ज़्यादा वह सिनेमा बनने की प्रक्रिया में है। इस पश्चिमी आग्रह के दो प्रभाव पड़े। पहला, मूक फ़िल्मों और उसके बाद सवाक् फ़िल्मों के भारतीय अध्याय का यत्र-तत्र ज़िक्र भर किया

गया, पर उसे समझने के लिए किसी तरह का ऐतिहासिक और राजनीतिक परिप्रेक्ष्य विकसित करने की कोशिश नहीं की गयी। दूसरा, भारतीय फ़िल्म उद्योग के व्यावसायिक पक्ष, विविध सिनेमा संस्कृतियों और राष्ट्रनिर्माण की सांस्कृतिक राजनीति का अर्थग्रहण करने वाले अध्ययन नहीं किये गये। परिणामस्वरूप लम्बे समय तक भारतीय फ़िल्मों का अध्ययन सत्यजीत राय, ऋत्विक घटक और ऐसे ही कुछ श्रेष्ठ फ़िल्मकारों की कृतियों पर किये गये लेखन तक सीमित रहा। पश्चिम में राय और घटक के प्रशंसकों की संख्या बढ़ती रही। पश्चिमी अध्येताओं द्वारा घटिया समझे जाने वाले भारतीय सिनेमा की पृष्ठभूमि में भारतीय कला-सिनेमा के इन हस्ताक्षरों का सितारा और भी ज़्यादा चमकता दिखाई दिया।

पश्चिमी फ़िल्म-अध्ययन का दूसरा नज़रिया यह था कि व्यावसायिक भारतीय फ़िल्मों को हॉलीवुड में विकसित हुई फ़िल्म-निर्माण संहिताओं की रोशनी में ही देखा जाना चाहिए। भारतीय सिनेमाई यथार्थवाद वैसा ही होना चाहिए था, जैसा हॉलीवुड द्वारा स्थापित कर दिया गया है।

भारतीय फ़िल्मों के अध्ययन की एक अन्य प्रवृत्ति भारत के और भारत के ऊपर काम करने वाले मानवशास्त्रियों, भारतविद्याविदों और समाज-मनोविदों के लेखन से सामने आयी। वैसे तो फ़िल्म-अध्ययन इन विद्वानों के अकादमीय एजेंडे के हाशिये पर ही था, पर फिर भी उनके हस्तक्षेप ने लोकप्रिय सिनेमा पर गम्भीर चिंतन-मनन करने की ज़रूरत की तरफ़ ध्यान खींचा। इन लोगों की निगाह में लोकप्रिय व्यावसायिक सिनेमा भारतीय संस्कृति की एक अभंग निरंतरता का प्रमाण था। उन्होंने तर्क दिया कि ये फ़िल्में आधुनिकता के आक्रमण के ख़िलाफ़ भारत के सांस्कृतिक जीवट की वाहक हैं। नृजातिवर्णन के औज़ारों का इस्तेमाल करते हुए इसी श्रेणी के कुछ अध्येताओं ने लोकप्रिय फ़िल्म संस्कृतियों को अभिग्रहण (रिसेप्शन) के आईने में देखा। इन विद्वानों ने पहले तो जनसाधारण के बीच से उभरे दर्शक वर्ग की एक ऐसे तबक़े के रूप में संकल्पना की जो अपने आधुनिकीकृत होते हुए पर्यावरण के प्रति असहज है, और फिर इस नतीजे पर पहुँचे कि व्यावसायिक फ़िल्में इस दर्शक की विचारधारात्मक और सांस्कृतिक ज़रूरतें पूरा करने में कामयाब हैं।

भारतीय फ़िल्म-अध्ययन की पहली प्रवृत्ति कला सिनेमा तक सीमित ज़रूर थी, पर वह राय और घटक के भारतीय आधुनिकता से संबंधित परिप्रेक्ष्य और राजनीतिक सरोकारों के प्रति सचेत भी थी। पर व्यावसायिक सिनेमा को सम्बोधित करने वाली दूसरी प्रवृत्ति ने (जिसमें बहुत से भारतीय विद्वानों की भी भागीदारी थी) इस पहलू को स्पर्श नहीं किया। वे अपनी अधिकतर गवेषणा भारतीय संस्कृति में निहित मिथक-रचना की क्षमता और स्वायत्त लोक-संस्कृति के रूपों के संदर्भ में ही करते रहे। इस तरह फ़िल्म-अध्ययन की इन प्रवृत्तियों ने भारतीय सिनेमा को दो ध्रुवों में बाँट दिया। एक तरफ़ कला सिनेमा था जिसके सरोकारों के केंद्र में बनते हुए आधुनिक राष्ट्र-राज्य की समस्याएँ थीं। दूसरी तरफ़ व्यावसायिक सिनेमा था जो न केवल परम्परा, वाचिकता और लोक के दायरे में परिभाषित किया जा रहा था, बल्कि उसके भीतर आधुनिकता के प्रति असहजता और यहाँ तक कि शत्रुभाव की भी शिनाख़्त की जा रही थी।

वस्तुस्थिति यह थी कि व्यावसायिक सिनेमा और उसे सफल बनाने वाला दर्शक वर्ग पूँजीवादी अर्थव्यवस्था के आधार पर संरचित फ़िल्म उद्योग और बाज़ार के हाथों संसाधित हो रहा था। इसके साथ-साथ उसमें कई और पहलू शामिल थे। व्यावसायिक सिनेमा आधुनिक प्रौद्योगिकी, हॉलीवुडीय सिनेमा के प्रभाव, आधुनिक राज्य के वर्चस्व, आधुनिकीकरण-सेकुलरीकरण-शहरीकरण की निरंतर जारी प्रक्रिया के कारण जन-साधारण की कामनाओं के बदलते हुए संसार को भी अभिव्यक्त कर रहा था। इस रोशनी में व्यावसायिक सिनेमा के अध्ययन की शुरुआत अस्सी के दशक के उत्तरार्ध और नब्बे के दशक में हुई। तेलुगु के सुपरस्टार नंदमूरि तारक रामराव की राजनीतिक सफलताओं को जनमानस पर सिनेमा की गिरफ़्त के रूप में देखने वाली चिदानंद दासगुप्ता की कृति 'द पेंटिड फ़ेस' का प्रकाशन हुआ। सुमिता एस. चक्रवर्ती ने अपनी कृति 'नैशनल आइडेंटिटी इन पॉप्युलर सिनेमा' में व्यावसायिक फ़िल्मों को आधुनिक राष्ट्र-राज्य के परिप्रेक्ष्य में स्थित करके अभिव्यक्ति की समकालीन विधि के रूप में विश्लेषित किया। इसके अलावा *जर्नल ऑफ़ आर्ट्स ऐंड आइडियाज़* में लिखने वाले कई अध्येताओं (आशीष राज्याध्यक्ष, गीता कपूर, अनुराधा कपूर, रवि वासुदेवन, एम. माधव प्रसाद, विवेक धारेश्वर, तेज़स्विनी निरंजना) ने भारतीय आधुनिकता की जाँच-पड़ताल को केंद्र में रख कर एक मीडिया के तौर पर व्यावसायिक सिनेमा पर प्रभावशाली और नयी ज़मीन तोड़ने वाला लेखन किया।

इन विद्वानों ने सबसे पहले तो यह मानने से इनकार कर दिया कि फ़िल्में एक ही तरह से (पश्चिम द्वारा स्थापित तरीक़ों) बनायी जानी चाहिए। उन्होंने भारत में प्रचलित फ़िल्म-निर्माण की नाना प्रकार की विधियों को सकारात्मक दृष्टि से देखा और इसे 'हेटरोज़ेनिटी ऑफ़ प्रोडक्शन' के तौर पर मान्यता दी। दूसरे उन्होंने मेलोड्रामा (अतिनाटकीयता) के महत्त्व और प्रभाव की पड़ताल करते हुए उसके अध्ययन में विशिष्ट योगदान किया। इन विद्वानों के काम का तीसरा और सबसे प्रभावशाली पहलू यह था कि उन्होंने भारत के आधुनिक सौंदर्यमूलक रूपों के विकास का इतिहास उन्नीसवीं सदी से रंगमंच, कला और सिनेमा के संसार में

खोजना शुरू किया। विशेष रूप से गीता कपूर ने भारत में कलात्मक निरूपण की विधि पहचानते हुए पुरोदर्शन (फ्रंटलिटी) की थीसिस का सूत्रीकरण किया। विद्वानों की यह मण्डली आजकल भारतीय फ़िल्मों की संगीतात्मकता (म्यूज़िकलिटी) के अध्ययन की पेशबंदी में लगी हुई है।

पुरोदर्शन के सिद्धांत के दो स्रोत थे। सिनेमा के एकदम शुरुआती सालों में हॉलीवुड भी पुरोदर्शन को मान्यता देता था। दर्शक को सीधे सम्बोधित करने वाली इस विधि को 'मोड ऑफ़ डायरेक्ट एड्रेस' की संज्ञा दी गयी। पर बीसवीं सदी के शुरुआती दशक के बाद जब वहाँ फ़िल्म-निर्माण की संहिताएँ बननी शुरू हुईं तो निरूपण की जिस विधि पर पूरी तरह से पाबंदी लगा दी गयी वह पुरोदर्शन ही था। दूसरे, यह सिद्धांत भारतीय रंगमंच के क्षेत्र में पनपी परम्पराओं की देन भी था।

सिनेमा के लिए पुरोदर्शन या फ्रंटलिटी का मतलब होता है अभिनेता का दर्शक से सीधा साक्षात्कार यानी कैमरे में देख कर अभिनय करना। हॉलीवुड का अभिनेता ऐसा नहीं कर सकता। उसे फ़िल्म के सेट पर मौजूद अन्य पात्रों या परिस्थितियों की तरफ़ मुँह करके अभिनय करना होता है ताकि पर्दे पर 'यथार्थ' का अंकन हो सके। हॉलीवुड के लिए यथार्थ पर्दे और उसके नेपथ्य को मिला कर बनने वाला सीलबंद स्पेस है। दर्शक के साथ पात्रों की निगाह की अन्योन्यक्रिया उस स्पेस का अतिक्रमण कर सकती है जिससे यथार्थ की शुद्धता भंग हो जाने का ख़तरा पैदा होने का अंदेशा रहता है। भारतीय फ़िल्में सिनेमाई यथार्थ की खोज रंगमंच की परम्परा से प्राप्त निरूपण की विधियों के ज़रिये करती हैं जिनमें पुरोदर्शन मुख्य है।

पुराने ज़माने के खुले रंगमंच में पुरोदर्शन के कई तात्पर्य हो सकते थे। अभिनेता जब अपनी दैहिक-मुद्रा दर्शकों की तरफ़ मोड़ता था तो दर्शक और उसकी नज़रें एक-दूसरे की तरफ़ बेबाक देखती थीं। दोनों अपनी-अपनी जगह अस्तित्ववान रहते थे। आगे चल कर केवल सामने से देखने (अग्रदर्शन) के लिए बने थिएटरों में मंचित होने वाले नाटकों में अपनी कला का प्रदर्शन करते हुए पारसी थिएटर के अभिनेता और दर्शक के बीच एक चौथी काल्पनिक दीवार भी रहती थी (ठीक उस जगह जहाँ मंच का अंत होता था और दर्शकों की क़तारें शुरू होती थीं)। लेकिन इसके बावजूद पारसी थिएटर का कलाकार दर्शकों से अपना सम्पर्क और तादात्म्य उसी तरह क़ायम करता रहा जिस तरह पहले वाले खुले मंच के अभिनेता करते थे।

पश्चिम द्वारा प्रतिपादित निरूपण की यथार्थवादी विधि के मुक़ाबले यह एक नये तरह के निरूपण का विमर्श था। राज्याध्यक्ष वग़ैरह ने यह समझने की कोशिश की रंगमंचीय पुरोदर्शन ने जब सिनेमैटोग्राफ़ी की नयी प्रौद्योगिकी पर महारत हासिल करने की कोशिश की तो किस तरह का रचनात्मक संकट पैदा हुआ, फ़िल्म-दृश्य के फ्रेम में प्रवेश करने की समस्याओं का समाधान कैसे हुआ और 'यथार्थ' को 'प्रत्यक्षत:' पकड़ने की प्रक्रिया के मानक किस तरह प्राप्त किये गये। इस विद्वत्तापूर्ण उद्यम से निकले आख्यानों में कभी तो प्रौद्योगिकी के प्रश्न को राजनीति के मुक़ाबले अधिक महत्त्व मिला और कभी उन राजनीतिक मर्यादाओं पर गहराई और विस्तार से विचार किया गया जो शुरुआती भारतीय सिनेमा के पाठ से स्पष्ट होती थीं।

इन्हीं विद्वानों की मण्डली के एक सदस्य एम. माधव प्रसाद ने यथार्थवाद के सौंदर्यशास्त्र और पुरोदर्शन के सौंदर्यशास्त्र के बीच अंतर की परिभाषा इस तरह की है : रंगमंच सरीखी पुरोदर्शनीयता की स्थिति में अभिनेता प्रतीकात्मक संरचनाओं से संदेश ग्रहण करके उसके वाहक की भूमिका निभाता है। उसके प्रदर्शन के माध्यम से उस संदेश का संचार दर्शक तक होता है। इस प्रक्रिया में अभिनेता और दर्शक के बीच वही सीधा संबंध-सूत्र रहता है जो थिएटर की स्थितियों में बनता था। दूसरी तरफ़ यथार्थवादी फ़िल्मांकन में प्रतीकात्मक संरचना की नुमाइंदगी वह दर्शक करता है जो असल में नागरिक है। यह नागरिक-दर्शक एक ऐसे व्याख्यात्मक प्राधिकार से सम्पन्न रहता है जो निरूपण के फ्रेम के भीतर से मिलने वाली कोई भी चुनौती बर्दाश्त करने के लिए तैयार नहीं होता। अर्थात् पुरोदर्शन के तहत प्रदर्शन संदेशवाहक होता है और दर्शक उसे ग्रहण करता है। यथार्थवाद के तहत फ़िल्म का पाठ कच्चे माल की तरह मौजूद रहता है जिसकी व्याख्या करके अर्थग्रहण का काम नागरिक-दर्शक का है।

भारतीय फ़िल्म-अध्ययन पुरोदर्शन को केवल फ़िल्मों के दायरे में ही प्रासंगिक नहीं मानता। उसकी मान्यता है कि यह चाक्षुष कला की सभी विधाओं की प्रमुख भारतीय प्रवृत्ति है। अध्येताओं ने अपने विमर्श में इस बात को ज़ोर दे कर रेखांकित किया है कि पुरोदर्शन की विधि हॉलीवुड के निषेध के बावजूद भी भारत में शुरू से आज तक अपनायी जाती रही है। यहाँ तक कि पश्चिम में विकसित सिनेमाई यथार्थवाद से प्रेरित सत्यजीत राय जैसे फ़िल्मकारों की कृतियों में भी इसका भरपूर इस्तेमाल किया गया है। ऋत्विक घटक जैसे अनूठे फ़िल्मकार ने पुरोदर्शन को आत्मसात किया है। आज के नये फ़िल्मकार भी किसी न किसी प्रकार सिनेमाई निरूपण की इस विधि के दायरे में ही फ़िल्में बना रहे हैं।

देखें : अतिनाटकीयता, अनुपस्थिति-उपस्थिति, कला सिनेमा, अवाँगार्द और प्रति-सिनेमा, टीवी और समाचार, टीवी और सेक्शुअलिटी, टीवी और टीवी-अध्ययन, तीसरा सिनेमा, तीसरी दुनिया का सिनेमा, दक्षिण भारतीय सिनेमा और राजनीति, दर्शक, श्रोता और पाठक, नारीवादी

फ़िल्म-सिद्धांत, फ़िल्म और सेक्शुअलिटी, फ़िल्म और टीवी सेंसरशिप, फ़िल्मांतरण, फ़िल्म-सिद्धांत, फ़्लैश-बैक, भारतीय सिनेमा-1, 2 और 3, भारतीय स्टार सिस्टम, रियलिटी टीवी, विचारधारा और हिंदी सिनेमा, वृत्त-चित्र, सेलेब्रिटी, सोप ओपेरा, सिनेमाई यथार्थवाद, नव-यथार्थवाद, सोवियत सिनेमा, स्टार, हिंदी सिनेमा का समाजशास्त्र।

संदर्भ

1. एम. माधव प्रसाद (1998), 'इंट्रोडक्शन : द आइडियॉलॅजी ऑफ़ फ़ॉर्मल सब्सम्प्शन', *आइडियॉलॅजी ऑफ़ हिंदी फ़िल्म : अ हिस्टोरिकल कंस्ट्रक्शन,* ऑक्सफ़र्ड युनिवर्सिटी प्रेस, नयी दिल्ली.
2. चिदानंद दासगुप्ता (1991), *पेंटिड फ़ेस : स्टडीज़ इन इण्डियाज़ पॉप्युलर सिनेमा,* रोली बुक्स, नयी दिल्ली.
3. सुमिता एस. चक्रवर्ती (1993), *नैशनल आइडेंटिटी इन पॉप्युलर सिनेमा, 1947-1987,* युनिवर्सिटी ऑफ़ टेक्सास प्रेस, ऑस्टिन.

— अभय कुमार दुबे

भारतीय मीडिया-1

औपनिवेशिक बनाम राष्ट्रीय

(Indian Media-1)

भारत में मीडिया का विकास तीन चरणों में हुआ। पहले दौर की नींव उन्नीसवीं सदी में उस समय पड़ी जब औपनिवेशिक आधुनिकता के संसर्ग और औपनिवेशिक हुकूमत के ख़िलाफ़ असंतोष की अंतर्विरोधी छाया में हमारे सार्वजनिक जीवन की रूपरेखा बन रही थी। इस प्रक्रिया के तहत मीडिया दो ध्रुवों में बँट गया। उसका एक हिस्सा औपनिवेशिक शासन का समर्थक निकला, और दूसरे हिस्से ने आज़ादी का झण्डा बुलंद करने वालों का साथ दिया। राष्ट्रवाद बनाम उपनिवेशवाद का यह दौर 1947 तक चलता रहा। इस बीच अंग्रेज़ी के साथ-साथ भारतीय भाषाओं में पत्र-पत्रिकाओं के प्रकाशन की समृद्ध परम्परा पड़ी और अंग्रेज़ों के नियंत्रण में रेडियो-प्रसारण की शुरुआत हुई। दूसरा दौर आज़ादी मिलने के साथ प्रारम्भ हुआ और अस्सी के दशक तक चला। इस लम्बी अवधि में मीडिया के प्रसार और गुणवत्ता में ज़बरदस्त बढ़ोतरी हुई। उसके विभिन्न रूप भारत को आधुनिक राष्ट्र-राज्य बनाने के लक्ष्य के इर्द-गिर्द गढ़ी गयी अखिल भारतीय सहमति को धरती पर उतारने की महा-परियोजना में भागीदारी करते हुए दिखाई पड़े। इसी दौर में टीवी का आगमन हुआ। मुद्रित मीडिया मुख्यतः निजी क्षेत्र के हाथ में, और रेडियो-टीवी की लगाम सरकार के हाथ में रही।

नब्बे के दशक में भूमण्डलीकरण के आगमन के साथ तीसरे दौर की शुरुआत हुई जो आज तक जारी है। यह राष्ट्र-निर्माण और जन-राजनीति के प्रचलित मुहावरे में हुए आमूल-चूल परिवर्तन का समय था जिसके कारण मीडिया की शक्ल-सूरत और रुझानों में भारी तब्दीलियाँ आयीं। टीवी और रेडियो पर सरकारी जकड़ ढीली पड़ी। निजी क्षेत्र में चौबीस घंटे चलने वाले उपग्रहीय टीवी चैनलों और एफ़एम रेडियो चैनलों का बहुत तेज़ी से प्रसार हुआ। बढ़ती हुई साक्षरता और निरंतर जारी आधुनिकीकरण के तहत भारतीय भाषाओं के मीडिया ने अंग्रेज़ी-मीडिया को प्रसार और लोकप्रियता में बहुत पीछे छोड़ दिया। मीडिया का कुल आकार अभूतपूर्व ढंग से बढ़ा। नयी मीडिया प्रौद्योगिकियों का इस्तेमाल करने वाले लोगों की संख्या में ज़बरदस्त बढ़ोतरी हुई। महज़ दस साल के भीतर-भीतर भारत में भी तक़रीबन वही स्थिति बन गयी जिसे पश्चिम में 'मीडियास्फ़ेयर' कहा जाता है।

भारत में मीडिया के विकास के पहले चरण को तीन हिस्सों में बाँट कर समझा जा सकता है। पंद्रहवीं और सोलहवीं सदी में ईसाई मिशनरी धार्मिक साहित्य का प्रकाशन करने के लिए भारत में प्रिंटिंग प्रेस ला चुके थे। भारत का पहला अख़बार *बंगाल गज़ट* भी 29 जनवरी, 1780 को एक अंग्रेज़ जेम्स ऑगस्टस हिकी ने ही निकाला। चूँकि हिकी इस साप्ताहिक के ज़रिये भारत में ब्रिटिश समुदाय के अंतर्विरोधों को कटाक्ष भरी भाषा में व्यक्त करते थे, इसलिए जल्दी ही उन्हें गिरफ़्तार कर लिया गया और दो साल में अख़बार का प्रकाशन बंद हो गया। हिकी के बाद किसी अंग्रेज़ ने औपनिवेशिक हितों पर चोट करने वाला प्रकाशन नहीं किया।

उन्नीसवीं सदी के दूसरे दशक में कलकत्ता के पास श्रीरामपुर के मिशनरियों ने और तीसरे दशक में राजा राममोहन राय ने साप्ताहिक, मासिक और द्वैमासिक पत्र-पत्रिकाओं का प्रकाशन प्रारम्भ किया। पत्रकारिता के ज़रिये यह दो दृष्टिकोणों का टकराव था। श्रीरामपुर के मिशनरी भारतीय परम्परा को गर्हित साबित करते हुए ईसाइयत की श्रेष्ठता स्थापित करना चाहते थे, जबकि राजा राममोहन राय की भूमिका हिंदू धर्म और भारतीय समाज के आंतरिक आलोचक की थी। वे परम्परा के उन रूपों की आलोचना कर रहे थे जो आधुनिकता के प्रति सहज नहीं थे। साथ में राजा राममोहन परम्परा के उपयोगी आयामों को ईसाई प्रेरणाओं से जोड़ कर एक नये धर्म की स्थापना की कोशिश में भी लगे थे। इस अवधि में मीडिया की सारवस्तु पर धार्मिक प्रश्नों और समाज सुधार के आग्रहों से संबंधित विश्लेषण और बहसें हावी रहीं।

समाज सुधार के प्रश्न पर व्यक्त होने वाला मीडिया का यह द्वि-ध्रुवीय चरित्र आगे चल कर औपनिवेशिक बनाम राष्ट्रीय के स्पष्ट विरोधाभास में विकसित हो गया और 1947 में सत्ता के हस्तांतरण तक क़ायम रहा। तीस के दशक तक अंग्रेज़ी के ऐसे अख़बारों की संख्या बढ़ती रही जिनका मक़सद अंग्रेज़ों के शासन की तरफ़दारी करना था। इनका स्वामित्व भी अंग्रेज़ों के हाथ में ही था। 1861 में बम्बई के तीन अख़बारों का विलय करके *टाइम्स ऑफ़ इण्डिया* की स्थापना भी ब्रिटिश हितों की सेवा करने के लिए रॉबर्ट नाइट ने की थी।

1849 में गिरीश चंद्र घोष ने पहला *बंगाल रिकॉर्डर* नाम से ऐसा पहला अख़बार निकाला जिसका स्वामित्व भारतीय हाथों में था। 1853 में इसका नाम बदल कर *हिंदू पैट्रियट* हो गया। हरिश्चंद्र मुखर्जी के पराक्रमी सम्पादन में निकलने वाले इस पत्र ने विभिन्न प्रश्नों पर ब्रिटिश हुकूमत की कड़ी आलोचना की परम्परा का सूत्रपात किया। सदी के अंत तक एक तरफ़ तो उपनिवेशवाद विरोधी राष्ट्रीय नेतृत्व का आधार बन चुका था, और दूसरी तरफ़ स्वाधीनता की कामना का संचार करने के लिए सारे देश में विभिन्न भाषाओं में पत्र-पत्रिकाओं का प्रकाशन होने लगा था। भारतीय भाषाओं की पत्रकारिता ब्रिटिश शासन को आड़े हाथों लेने में कतई नहीं चूकती थी। इसी वजह से 1878 में अंग्रेज़ों ने वरनाकुलर प्रेस एक्ट बनाया ताकि अपनी आलोचना करने वाले प्रेस का मुँह बंद कर सकें। इसका भारत और ब्रिटेन में जम कर विरोध हुआ। 1885 में भारतीय राष्ट्रीय कांग्रेस का गठन हुआ जिसकी गतिविधियाँ उत्तरोत्तर मुखर राष्ट्रवाद की तरफ़ झुकती चली गयीं। भारतीय भाषाओं के प्रेस ने भी इसी रुझान के साथ ताल में ताल मिला कर अपना विकास किया।

मीडिया के लिहाज़ से बीसवीं सदी को एक उल्लेखनीय विरासत मिली जिसके तहत तिलक, गोखले, दादाभाई नौरोजी, सुरेंद्रनाथ बनर्जी, मदनमोहन मालवीय और रवींद्रनाथ ठाकुर के नेतृत्व में अख़बारों और पत्रिकाओं का प्रकाशन हो रहा था। बीस के दशक में गाँधी के दिशा-निर्देश में कांग्रेस एक जनांदोलन में बदल गयी। ख़ुद गाँधी ने राष्ट्रीय पत्रकारिता में तीन-तीन अख़बार निकाल कर योगदान दिया। लेकिन इस विकासक्रम का एक दूसरा ध्रुव भी था। अगर इन राष्ट्रीय हस्तियों के नेतृत्व में *मराठा, केसरी, बेंगाली, हरिजन, नवजीवन, यंग इण्डिया, अमृत बाज़ार पत्रिका, हिंदुस्तानी, एडवोकेट, ट्रिब्यून, अख़बार-ए-आम, साधना, प्रबासी, हिंदुस्तान रिव्यू, रिव्यू* और *अभ्युदय* जैसे प्रकाशन उपनिवेशवाद विरोधी तर्कों और स्वाधीनता के विचार को अपना आधार बना रहे थे, तो कलकत्ता का *स्टेट्समैन*, बम्बई का *टाइम्स ऑफ़ इण्डिया*, मद्रास का *मेल*, लाहौर का *सिविल ऐंड मिलिट्री गज़ट* और इलाहाबाद का *पायनियर* खुले तौर पर अंग्रेज़ी शासन के गुण गाने में विश्वास करता था।

मीडिया-संस्कृति का यह द्विभाजन भाषाई आधार पर ही और आगे बढ़ा। राष्ट्रीय भावनाओं की पैरोकारी करने वाले अंग्रेज़ी के अख़बारों की संख्या गिनी-चुनी ही रह गयी। बाक़ी अंग्रेज़ी के अख़बार अंग्रजों के पिट्ठू बन गये। भारतीय भाषाओं के अख़बारों ने ख़ुल कर उपनिवेशवाद विरोधी आवाज़ उठानी शुरू कर दी। अंग्रेज़ समर्थक अख़बारों के पत्रकारों के वेतन और सुविधाओं का स्तर भारतीय भाषाओं के प्रकाशनों में कार्यरत पत्रकारों के वेतन वग़ैरह से बहुत अच्छा था। ब्रिटिश समर्थक अख़बारों को ख़ूब विज्ञापन मिलते थे और उनके लिए संसाधनों की कोई कमी न थी। उपनिवेशवाद विरोधी अख़बारों का पूँजी-आधार कमज़ोर था। बहरहाल, अंग्रेज़ी पत्रकारिता के महत्त्व को देखते हुए जल्दी ही मालवीय, मुहम्मद अली, ऐनी बेसेंट, मोतीलाल नेहरू आदि ने राष्ट्रवादी विचारों वाले अंग्रेज़ी अख़बारों (*लीडर, कॉमरेड, मद्रास स्टेंडर्ड, न्यूज, इंडिपेंडेंट, सिंध ऑब्ज़र्वर*) की शुरुआत की। दिल्ली से 1923 में कांग्रेस का समर्थन करने वाले भारतीय पूँजीपति घनश्याम दास बिड़ला ने द *हिंदुस्तान टाइम्स* का प्रकाशन शुरू किया। 1938 में जवाहरलाल नेहरू ने अंग्रेज़ी के राष्ट्रवादी अख़बार *नैशनल हैरल्ड* की स्थापना की।

1826 में कलकत्ता से जुगल किशोर सुकुल ने *उदंत मार्तण्ड* नामक पहला हिंदी अख़बार प्रकाशित किया था। हिंदी मीडिया ने अपनी दावेदारी बीसवीं सदी के पूर्वार्ध में पेश की जब हिंदी गणेश शंकर विद्यार्थी ने *प्रताप*, बालमुकुंद गुप्त और अम्बिका शरण वाजपेयी ने *भारत मित्र*, महेशचंद्र अग्रवाल ने *विश्वमित्र* और शिवप्रसाद गुप्त ने *आज* की स्थापना की। एक तरह से यह हिंदी-प्रेस की शुरुआत थी। इसी दौरान उर्दू-प्रेस की नींव पड़ी। अबुल कलाम आज़ाद ने *अल-हिलाल* और *अल-बिलाग़* का प्रकाशन शुरू किया, मुहम्मद अली ने *हमदर्द* का। लखनऊ से *ह.क़ी.क़त*, लाहौर से *प्रताप* और *मिलाप* और दिल्ली से *तेज़* का प्रकाशन होने लगा। बांग्ला में *संध्या, नायक, बसुमती, हितबादी, नबशक्ति, आनंद बाज़ार पत्रिका, जुगांतर, कृषक* और *नबजुग* जैसे प्रकाशन अपने-अपने दृष्टिकोणों से उपनिवेशवाद विरोधी अभियान में भागीदारी कर रहे थे। मराठी में *इंदुप्रकाश, नवकाल, नवशक्ति और लोकमान्य*; गुजराती में *गुजराती पंच, सेवक, गुजराती* और *समाचार, वंदेमातरम्*; दक्षिण भारत में *मलयाला मनोरमा, मातृभूमि, स्वराज, अल-अमीन, मलयाला राज्यम, देशाभिमानी, संयुक्त कर्नाटक, आंध्र पत्रिका, कल्कि, तंति, स्वदेशमित्रम्, देशोभक्तम्* और *दिनामणि* यही भूमिका निभा रहे थे।

यहाँ एक सवाल उठ सकता है कि यह राष्ट्रीय मीडिया किन मायनों में राष्ट्रीय था? इसमें कोई शक नहीं कि ये सभी पत्र-पत्रिकाएँ ब्रिटिश शासन की विरोधी थीं, लेकिन

उपनिवेशवाद विरोधी आंदोलन की दशा और दिशा को लेकर उनके बीच वैसे ही मतभेद थे जैसे कांग्रेस और अन्य राजनीतिक शक्तियों के बीच दिखाई पड़ते थे। ब्रिटिश प्रशासन ने 1924 में मद्रास में एक शौकिया रेडियो क्लब बनाने की अनुमति दी। तीन साल बाद निजी क्षेत्र में ब्रॉडकास्ट कम्पनी ने बम्बई और कलकत्ता में नियमित रेडियो प्रसारण शुरू किया। लेकिन साथ में शौकिया रेडियो क्लब भी चलते रहे। प्रेक्षकों की मान्यता है कि जिस तरह इन शौकिया क्लबों के कारण अंग्रेज़ों को रेडियो की बाक़ायदा स्थापना करनी पड़ी, कुछ-कुछ इसी तर्ज़ पर प्राइवेट केबिल ऑपरेटरों के कारण नब्बे के दशक में सरकार को टेलिविज़न का आंशिक निजीकरण करने की इजाज़त देनी पड़ी।

बहरहाल, औपनिवेशिक सरकार ने 1930 में ब्रॉडकास्टिंग को अपने हाथ में ले लिया और 1936 में उसका नामकरण 'आल इण्डिया रेडियो' या 'आकाशवाणी' कर दिया गया। हैदराबाद, ट्रावणकोर, मैसूर, बड़ोदरा, त्रिवेंद्रम और औरंगाबाद जैसी देशी रियासतों में भी प्रसारण चालू हो गया। रेडियो पूरी तरह से अंग्रेज़ सरकार के प्रचारतंत्र का अंग था। सेंसरशिप, सलाहकार बोर्ड और विभागीय निगरानी जैसे संस्थागत नियंत्रक उपायों द्वारा अंग्रेज़ों ने यह सुनिश्चित किया कि उपनिवेशवाद विरोधी राजनीति के पक्ष में रेडियो से एक शब्द भी प्रसारित न होने पाये। दिलचस्प बात यह है कि यह अंग्रेज़ी विरासत भारत के आज़ाद होने के बाद भी जारी रही। अंग्रेज़ों के बाद आकाशवाणी को भारत सरकार ने उस समय तक अपना ताबेदार बनाये रखा जब तक 1997 में आकाशवाणी एक स्वायत्त संगठन का अंग नहीं बन गयी।

देखें : अभिलेखागार, आख्यान, इंटरएक्टिविटी-प्रौद्योगिकीय विमर्श, इंटरएक्टिविटी-सामाजिक विमर्श, इंटरफ़ेस, एक्टर-नेटवर्क थियरी, डिजिटल डिवायड, दिन-प्रति दिन के अभिलेखागार, नया मीडिया, नेटवर्क, नेटवर्क सोसाइटी, प्रेस की स्वतंत्रता, प्रोपेगंडा, बाज़ारू संस्कृति, भारत में संचार-क्रांति, भारतीय मीडिया स्फ़ेयर, मास मीडिया, मीडिया और सरकार, मीडिया-पक्षधरता, मीडिया-स्टडीज़, संचार, संचार-क्रांति, स्मृति और अभिलेखागार, सोशल नेटवर्क विश्लेषण, सूचना, सूचना-समाज, वैकल्पिक मीडिया।

संदर्भ

1. अम्बिका प्रसाद वाजपेयी (1986), *समाचारपत्रों का इतिहास*, ज्ञानमण्डल, वाराणसी.
2. हिरण्यमय कार्लेकर (2002), 'द मीडिया : इवोल्यूशन, रोल ऐंड रिस्पांसिबिलिटी', एन.एन. वोहरा और सव्यसाची भट्टाचार्य (सम्पा.), *लुकिंग बैक : इण्डिया इन ट्वेंटियथ सेंचुरी*, एनबीटी और आईआईसी, नयी दिल्ली.
3. मोहित मोइत्रा (1993), *अ हिस्ट्री ऑफ़ जर्नलिज़म*, नैशनल बुक एजेंसी, कोलकाता.

— अभय कुमार दुबे

भारतीय मीडिया-2

राष्ट्र-निर्माण में 'सतर्क' साझेदारी

(Indian Media-2)

चूँकि भारतीय मीडिया के दोनों ध्रुवों ने उपनिवेशवाद विरोधी संघर्ष के पक्ष या विपक्ष में रह कर ही अपनी पहचान बनायी थी, इसलिए स्वाभाविक रूप से राजनीति उसका केंद्रीय सरोकार बनती चली गयी। 15 अगस्त, 1947 को जैसे ही सत्ता का हस्तांतरण हुआ और अंग्रेज़ भारत से जाने के लिए अपना बोरिया-बिस्तर समेटने लगे, मीडिया और सरकार के संबंध बुनियादी तौर से बदल गये। एक तरफ़ तो अंग्रेज़ों द्वारा लगायी गयी पाबंदियाँ प्रभावी नहीं रह गयीं, और दूसरी तरफ़ ब्रिटिश शासन की पैरोकारी करने वाले ज़्यादातर अख़बारों का स्वामित्व भारतीयों के हाथ में चल गया। लेकिन इससे भी ज़्यादा महत्त्वपूर्ण यह था कि मीडिया ने राजनीतिक नेतृत्व के साथ कंधे से कंधा मिला कर आधुनिक भारतीय राष्ट्र का शीराज़ा खड़ा करना शुरू किया। मीडिया के विकास का यह दूसरा चरण अस्सी के दशक तक जारी रहा। इस लम्बे दौर के चार उल्लेखनीय आयाम थे : एक सुपरिभाषित 'राष्ट्र-हित' के आधार पर आधुनिक भारत के निर्माण में सचेत और सतर्क भागीदारी की परियोजना, अभिव्यक्ति की स्वतंत्रता में कटौती करने की सरकारी कोशिशों के ख़िलाफ़ संघर्ष, विविधता एवं प्रसार की ज़बरदस्त उपलब्धि के साथ-साथ भाषाई पत्रकारिता द्वारा अपने महत्त्व और श्रेष्ठता की स्थापना, और प्रसारण-मीडिया की सरकारी नियंत्रण से एक सीमा तक मुक्ति।

आज़ाद भारत में सरकार को गिराने या बदनाम करने में प्रेस ने कोई दिलचस्पी नहीं दिखाई। लेकिन साथ ही वह हुकूमत का ताबेदार बनने के लिए तैयार नहीं था। उसका रवैया रेडियो और टीवी से अलग तरह का था। रेडियो-प्रसारण करने वाली आकाशवाणी पूरी तरह से सरकार के हाथ में थी। 1959 में 'शिक्षात्मक उद्देश्यों' से शुरू हुए टेलिविज़न (दूरदर्शन) की प्रोग्रामिंग की ज़िम्मेदारी भी रेडियो को थमा दी गयी थी। इसके विपरीत शुरू से ही निजी क्षेत्र के स्वामित्व में विकसित हुए प्रेस ने सरकार, सत्तारूढ़ कांग्रेस, विपक्षी दलों और अधिकारीतंत्र को बार-बार स्व-परिभाषित राष्ट्र-हित की कसौटी पर कस कर देखा। यह प्रक्रिया उसे व्यवस्था का अंग बन कर उसकी आंतरिक आलोचना करने वाली सतर्क एजेंसी की भूमिका में ले गयी। भारतीय मीडिया के कुछ अध्येताओं ने माना भी है कि अंग्रेज़ों के बाद सरकार को दिया गया प्रेस का समर्थन एक 'सतर्क समर्थन' ही था।

प्रेस ने 'राष्ट्र-हित' की एक सर्वमान्य परिभाषा तैयार की जिसे मनवाने के लिए न कोई मीटिंग की गयी और न ही कोई दस्तावेज़ पारित किया गया। पर इस बारे में कोई मतभेद नहीं था कि उदीयमान राष्ट्र-राज्य जिस ढाँचे के आधार पर खड़ा होगा, उसका चरित्र लोकतांत्रिक और सेकुलर ही होना चाहिए। उसने यह भी मान लिया था कि ऐसा करने के लिए उत्पीड़ित सामाजिक तबक़ों और समुदायों का लगातार सबलीकरण अनिवार्य है। प्रेस-मालिक, प्रबंधक और प्रमुख पत्रकार अपने-अपने ढंग से यह भी मानते थे कि इस लक्ष्य को वेधने के लिए ग़रीबी को समृद्धि में बदलना पड़ेगा जिसका रास्ता वैकासिक अर्थशास्त्र और मिश्रित अर्थव्यवस्था से हो कर जाता है। आज़ाद भारत की विदेश नीति (गुटनिरपेक्षता और अन्य देशों के साथ शांतिपूर्ण सह-अस्तित्व) के प्रति भी मीडिया ने सकारात्मक सहमति दर्ज करायी।

दूसरी तरफ़ सरकार ने अपनी तरफ़ से प्रेस के कामकाज को विनियमित करने के लिए एक संस्थागत ढाँचा बनाना शुरू कर दिया। 1952 और 1977 में दो प्रेस आयोग गठित किये गये। 1965 में एक संविधानगत संस्था प्रेस परिषद् की स्थापना हुई। 1956 में रजिस्ट्रेशन ऑफ़ बुक्स एक्ट के तहत प्रेस रजिस्ट्रार ऑफ़ इण्डिया की स्थापना की गयी। इन उपायों में प्रेस की आज़ादी को सीमित करने के अंदेशे भी देखे जा सकते थे, पर प्रेस ने इन क़दमों पर आपत्ति नहीं की। उसे यक़ीन था कि सरकार किसी भी परिस्थिति में संविधान के अनुच्छेद 19(1)(ए) के तहत मिलने वाली अभिव्यक्ति की स्वतंत्रता की गारंटी का उल्लंघन नहीं करेगी। संविधान में स्पष्ट उल्लेख न होने के बावजूद सुप्रीम कोर्ट ने इस गारंटी में प्रेस की स्वतंत्रता को भी शामिल मान लिया था। लेकिन प्रेस का यह यक़ीन 1975 में टूट गया जब तत्कालीन प्रधानमंत्री इंदिरा गाँधी ने अपने राजनीतिक संकट से उबरने के लिए देश पर आंतरिक आपातकाल थोप दिया। नतीजे के तौर पर नागरिक अधिकार मुल्तवी कर दिये गये, स्वतंत्र अभिव्यक्ति और प्रेस पर पाबंदियाँ लगा दी गयीं। 253 पत्रकार नज़रबंद किये गये, सात विदेशी संवाददाता निष्कासित कर दिये गये, सेंसरशिप थोपी गयी और प्रेस परिषद् भंग कर दी गयी। भारतीय प्रेस अपने ऊपर होने वाले इस आक्रमण का उतना विरोध नहीं कर पाया, जितना उसे करना चाहिए था। कुछ ने सरकार के सामने घुटने टेक दिये, पर कुछ ने नुक़सान सह कर भी आपातकाल की पाबंदियों का प्रतिरोध किया।

उन्नीस महीने बाद यह आपातकाल चुनाव की कसौटी पर पराजित हो गया, पर इस झटके के कारण पहली बार भारतीय प्रेस ने अपनी आज़ादी के लिए लड़ने की ज़रूरत महसूस की। राष्ट्र-निर्माण की प्रक्रिया में हिस्सेदारी करने की उसकी भूमिका पहले से भी अधिक 'सतर्क' हो गयी। पत्रकारों की सतर्क निगाह ने देखा कि आपातकाल की पराजय के बाद भी राजनीतिक और सत्ता प्रतिष्ठान में प्रेस की स्वतंत्रता में कटौती करने की प्रवृत्ति ख़त्म नहीं हुई है। इसके बाद अस्सी का दशक अभिव्यक्ति की स्वतंत्रता की रक्षा करने के लिए चलाये गये संघर्षों का दशक साबित हुआ। 1982 में बिहार प्रेस विधेयक और 1988 में लोकसभा द्वारा पारित किये गये मानहानि विधेयक को राजसत्ता पत्रकारों द्वारा किये गये आंदोलनों के कारण क़ानून में नहीं बदल पाये। दूसरी तरफ़ इंदिरा गाँधी की सरकार द्वारा एक्सप्रेस समाचार-पत्र समूह को सताने के लिए चलाये गये अभियान से यह भी साफ़ हुआ कि किसी अख़बार द्वारा किये जा रहे विरोध को दबाने के लिए क़ानून बदलने के बजाय सत्ता का थोड़ा सा दुरुपयोग ही काफ़ी है।

आपातकाल के ख़िलाफ़ चले लोकप्रिय संघर्ष के परिणामस्वरूप सारे देश में राजनीतीकरण की प्रक्रिया पहले के मुक़ाबले कहीं तेज़ हो गयी। लोकतंत्र और उसकी अनिवार्यता के प्रति नयी जागरूकता ने अख़बारों की तरफ़ नये पाठकों का ध्यान आकर्षित किया। ये नये पाठक निरंतर बढ़ती जा रही साक्षरता की देन थे। बढ़ती हुई प्रसार संख्याओं के फलस्वरूप मुद्रित मीडिया का नज़रिया पेशेवराना और बाज़ारोन्मुख हुआ। राजनीतीकरण, साक्षरता और पेशेवराना दृष्टिकोण के साथ इसी समय एक सुखद संयोग के रूप में नयी प्रिंटिंग प्रौद्योगिकी जुड़ गयी। डेक्स-टॉप पब्लिशिंग सिस्टम और कम्प्यूटर आधारित डिज़ाइनिंग ने अख़बारों और पत्रिकाओं के प्रस्तुतीकरण में नया आकर्षण पैदा कर दिया। इस प्रक्रिया ने विज्ञापन से होने वाली आमदनी में बढ़ोतरी की। अस्सी के दशक के दौरान हुए इन परिवर्तनों में सबसे महत्त्वपूर्ण था भाषाई पत्रकारिता का विकास। हिंदी, पंजाबी, मराठी, गुजराती, बांग्ला, असमिया और दक्षिण भारतीय भाषाओं के अख़बारों को इस नयी परिस्थिति का सबसे ज़्यादा लाभ हुआ। अस्सी का दशक इन भाषाई क्षेत्रों में नये पत्रकारों के उदय का दशक भी था। इस विकासक्रम के बाद भाषाई पत्रकारिता ने फिर पीछे मुड़ कर नहीं देखा। नयी सदी में राष्ट्रीय पाठक सर्वेक्षण के आँकड़ों ने बताया कि अब अंग्रेज़ी प्रेस के हाथों में मीडिया की लगाम नहीं रह गयी है। सबसे ज़्यादा प्रसार संख्या वाले पहले दस अख़बारों में अंग्रेज़ी का केवल एक ही पत्र रह गया, वह भी नीचे से दूसरे स्थान पर।

अस्सी के दशक में ही प्रसारण-मीडिया के लिए एक सीमा तक सरकारी नियंत्रण से मुक्त होने की परिस्थितियाँ बनीं। 1948 में संविधान सभा में बोलते हुए जवाहरलाल नेहरू ने वायदा किया था कि आज़ाद भारत में ब्रॉडकास्टिंग का ढाँचा ब्रिटिश ब्रॉडकास्टिंग कॉरपोरेशन (बीबीसी) के तर्ज़ पर होगा। यह आश्वासन पूरा करने में आज़ाद भारत की सरकारों को पूरे 42 साल लग गये। इसके पीछे रेडियो और

टीवी को सरकार द्वारा निर्देशित राजनीतिक-सामाजिक परिवर्तन के लिए ही इस्तेमाल करने की नीति थी। इस नीति के प्रभाव में रेडियो का तो एक माध्यम के रूप में थोड़ा-बहुत विकास हुआ, पर टीवी आगे नहीं बढ़ पाया। इतना ज़रूर हुआ कि 1975-76 में भारतीय अंतरिक्ष अनुसंधान संगठन (इसरो) ने अमेरिका से एक सेटेलाइट उधार लिया ताकि देश के विभिन्न हिस्सों में 2,400 गाँवों में कार्यक्रमों का प्रसारण हो सके। इसे सेटेलाइट इंस्ट्रक्शनल टेलिविज़न एक्सपेरीमेंट (साइट) कहा गया। इसकी सफलता से विभिन्न भाषाओं में टीवी कार्यक्रमों के निर्माण और प्रसारण की सम्भावनाएँ खुलीं। फिर 1982 में दिल्ली एशियाड का प्रसारण करने के लिए रंगीन टीवी की शुरुआत हुई। इसके कारण टीवी के प्रसार की गति बढ़ी। 1990 तक उसके ट्रांसमीटरों की संख्या 519 और 1997 तक 900 हो गयी।

बीबीसी जैसा स्वायत्त कॉरपोरेशन बनाने के संदर्भ में 1966 तक केवल इतनी प्रगति हो पायी कि भारत के पूर्व महालेखा नियंत्रक ए.के. चंदा के नेतृत्व में बनी कमेटी द्वारा आकाशवाणी और दूरदर्शन को दो स्वायत्त निगमों के रूप में गठित करने की सिफ़ारिश कर दी गयी। बारह साल तक यह सिफ़ारिश भी ठंडे बस्ते में पड़ी रही। 1978 में बी.जी. वर्गीज की अध्यक्षता में गठित किये गये एक कार्यदल ने आकाश भारती नामक संस्था गठित करने का सुझाव दिया। साल भार बाद मई, 1979 में प्रसार भारती नामक कॉरपोरेशन बनाने का विधेयक संसद में लाया गया जिसके तहत आकाशवाणी और दूरदर्शन को काम करना था। प्रस्तावित कॉरपोरेशन के लिए वर्गीज कमेटी द्वारा सुझाये गये आकाश भारती के मुक़ाबले कम अधिकारों का प्रावधान किया गया था। जो भी हो, जनता पार्टी की सरकार गिर जाने के कारण यह विधेयक पारित नहीं हो पाया।

1985 से 1988 के बीच दूरदर्शन को आज़ादी का एक हल्का सा झोंका नसीब हुआ। इसका श्रेय भारतीय प्रशासनिक सेवा के अधिकारी भास्कर घोष को जाता है जो इस दौरान दूरदर्शन के महानिदेशक रहे। प्रसार भारती विधेयक पारित कराने की ज़िम्मेदारी विश्वनाथ प्रताप सिंह की राष्ट्रीय मोर्चा सरकार ने 1990 में पूरी की। लेकिन प्रसार भारती गठित होते-होते सात साल और गुज़र गये। तकनीकी रूप से कहा जा सकता है कि आज दूरदर्शन और आकाशवाणी स्वायत्त हो गये हैं। लेकिन हक़ीक़त में सूचना और प्रसारण मंत्रालय का एक अतिरिक्त सचिव ही प्रसार भारती का मुख्य कार्यकारी अधिकारी (सीईओ) होता है। अगर यह स्वायत्तता है तो बहुत सीमित क़िस्म की।

देखें : अभिलेखागार, आख्यान, इंटरएक्टिविटी-प्रौद्योगिकीय विमर्श, इंटरएक्टिविटी-सामाजिक विमर्श, इंटरफ़ेस, एक्टर-नेटवर्क थियरी, डिजिटल डिवायड, दिन-प्रति दिन के अभिलेखागार, नया मीडिया, नेटवर्क, नेटवर्क सोसाइटी, प्रेस की स्वतंत्रता, प्रोपेगंडा, बाज़ारू संस्कृति, भारत में संचार-क्रांति, भारतीय मीडिया स्फ़ेयर, मास मीडिया, मीडिया और सरकार, मीडिया-पक्षधरता, मीडिया-स्टडीज़, संचार, संचार-क्रांति, स्मृति और अभिलेखागार, सोशल नेटवर्क विश्लेषण, सूचना, सूचना-समाज, वैकल्पिक मीडिया।

संदर्भ

1. आर. पार्थसारथी (1989), *जर्नलिज़्म इन इण्डिया : फ़्रॉम द अर्लिएस्ट टाइम्स टु प्रज़ेंट डे*, स्टर्लिंग पब्लिशर्स, नयी दिल्ली.
2. एस.पी. शर्मा (1996), *द प्रेस : सोसियो-पॉलिटिकल अवेकनिंग*, मोहित पब्लिकेशंस, नयी दिल्ली.
3. के. सियुनी (1992), डब्ल्यू. टुएट्शलर और द युरोमीडिया रिसर्च ग्रुप, *डायनामिक्स ऑफ़ मीडिया पॉलिटिक्स*, सेज पब्लिकेशंस, लंदन.
4. पी.सी. चटर्जी (1987), *ब्रॉडकास्टिंग इन इण्डिया*, सेज पब्लिकेशंस, नयी दिल्ली.

— अभय कुमार दुबे

भारतीय मीडिया-3

भूमण्डलीकरण की ओर

(Indian Media-3)

नब्बे के दशक में क़दम रखने के साथ ही भारतीय मीडिया को बहुत बड़ी हद तक बदली हुई दुनिया का साक्षात्कार करना पड़ा। इस परिवर्तन के केंद्र में 1990-91 की तीन परिघटनाएँ थीं : मण्डल आयोग की सिफ़ारिशों से निकली राजनीति, मंदिर आंदोलन की राजनीति और भूमण्डलीकरण के तहत होने वाले आर्थिक सुधार। इन तीनों ने मिल कर सार्वजनिक जीवन के वामोन्मुख रुझानों को नेपथ्य में धकेल दिया और दक्षिणपंथी लहज़ा मंच पर आ गया। यही वह क्षण था जब सरकार ने प्रसारण के क्षेत्र में 'खुले आसमान' की नीति अपनानी शुरू की। नब्बे के दशक में उसने न केवल प्रसार भारती निगम बना कर आकाशवाणी और दूरदर्शन को एक हद तक स्वायत्तता दी, बल्कि स्वदेशी निजी पूँजी और विदेशी पूँजी को प्रसारण के क्षेत्र में क़दम रखने की अनुमति भी दी। प्रिंट मीडिया में विदेशी पूँजी को प्रवेश करने का रास्ता खोलने में उसे कुछ वक़्त लगा लेकिन इक्कीसवीं सदी के पहले दशक में उसने यह फ़ैसला भी ले लिया। मीडिया अब पहले की तरह 'सिंगल-सेक्टर' यानी मुद्रण-प्रधान नहीं रह गया। उपभोक्ता-क्रांति के कारण विज्ञापन से होने वाली आमदनी में कई गुना बढ़ोतरी हुई जिससे हर तरह के मीडिया

के लिए विस्तार हेतु पूँजी की कोई कमी नहीं रह गयी।

सेटेलाइट टीवी पहले केबिल टीवी के ज़रिये दर्शकों तक पहुँचा जो प्रौद्योगिकी और उद्यमशीलता के लिहाज़ से स्थानीय पहलक़दमी और प्रतिभा का असाधारण नमूना था। इसके बाद आयी डीटीएच प्रौद्योगिकी जिसने समाचार प्रसारण और मनोरंजन की दुनिया को पूरी तरह से बदल डाला। एफ़एम रेडियो चैनलों की कामयाबी से रेडियो का माध्यम मोटर वाहनों से आक्रांत नागर संस्कृति का एक पर्याय बन गया। 1995 में भारत में इंटरनेट की शुरुआत हुई और इक्कीसवीं सदी के पहले दशक के अंत तक बड़ी संख्या में लोगों के निजी और व्यावसायिक जीवन का एक अहम हिस्सा नेट के ज़रिये संसाधित होने लगा। नयी मीडिया प्रौद्योगिकियों ने अपने उपभोक्ताओं को 'कनवर्जेंस' का उपहार दिया जो जादू की डिबिया की तरह हाथ में थमे मोबाइल फ़ोन के ज़रिये उन तक पहुँचने लगा। इन तमाम पहलुओं ने मिल कर मीडिया का दायरा इतना बड़ा और विविध बना दिया कि उसके आग़ोश में सार्वजनिक जीवन के अधिकतर आयाम आ गये। इसे 'मीडियास्फ़ेयर' जैसी स्थिति का नाम दिया गया।

प्रिंट मीडिया में विदेशी पूँजी को इजाज़त मिलने का पहला असर यह पड़ा कि र्यूतर, सीएनयेन और बीबीसी जैसे विदेशी मीडिया संगठन भारतीय मीडियास्फ़ेयर की तरफ़ आकर्षित होने लगे। उन्होंने देखा कि भारत में श्रम का बाज़ार बहुत सस्ता है और अंतराष्ट्रीय मानकों के मुक़ाबले यहाँ तनख़्वाहों पर ज़्यादा से ज़्यादा एक-चौथाई ही ख़र्च करना पड़ता है। इसलिए इन ग्लोबल संस्थाओं ने भारत को अपने मीडिया प्रोजेक्टों के लिए आउटसोर्सिंग का केंद्र बनाया भारतीय बाज़ार में मौजूद मीडिया के विशाल और असाधारण टेलेंट-पूल का ग्लोबल बाज़ार के लिए दोहन होने लगा। दूसरी तरफ़ भारत की प्रमुख मीडिया कम्पनियाँ (टाइम्स ग्रुप, आनंद बाज़ार पत्रिका, जागरण, भास्कर, हिंदुस्तान टाइम्स) वाल स्ट्रीट जरनल, बीबीसी, फ़ाइनेंसियल टाइम्स, इंडिपेंडेंट न्यूज़ ऐंड मीडिया और ऑस्ट्रेलियाई प्रकाशनों के साथ सहयोग-समझौते करती नज़र आयीं। घराना-संचालित कम्पनियों पर आधारित मीडिया बिज़नेस ने पूँजी बाज़ार में जा कर अपने-अपने इनीशियल पब्लिक ऑफ़रिंग्स अर्थात् आईपीओ प्रस्ताव जारी करने शुरू कर दिये। इनकी शुरुआत पहले एनडीटीवी, टीवी टुडे, ज़ी टेलिफ़िल्म्स जैसे दृश्य-मीडिया ने की। इलेक्ट्रॉनिक मीडिया के तर्ज़ पर प्रिंट-मीडिया ने भी पूँजी बाज़ार में छलाँग लगायी और अपने विस्तार के लिए निवेश हासिल करने में जुट गया। ऐसा पहला प्रयास 'द डेकन क्रॉनिकल' ने किया जिसकी सफलता ने प्रिंट-मीडिया के लिए पूँजी का संकट काफ़ी-कुछ हल कर दिया।

दूसरी तरफ़ बाज़ारवाद के बढ़ते हुए प्रभाव और उपभोक्ता क्रांति में आये उछाल के परिणामस्वरूप विज्ञापन-जगत में दिन-दूनी-रात-चौगुनी बढ़ोतरी हुई। चालीस के दशक की शुरुआत में विज्ञापन एजेंसियों की संख्या चौदह से बीस के आस-पास रही होगी। 1979-80 में न्यूज़पेपर सोसाइटी (आईएनएस) की मान्यता प्राप्त एजेंसियों की संख्या केवल 168 तक ही बढ़ सकी थी। लेकिन, भूमण्डलीकरण की प्रक्रिया ने अगले दो दशकों में उनकी संख्या 750 कर दी जो चार सौ करोड़ रुपये सालाना का धंधा कर रही थीं। 1997-98 में सबसे बड़ी पंद्रह विज्ञापन एजेंसियों ने ही कुल 4,105.58 करोड़ रुपये के बिल काटे। इससे अंदाज़ा लगाया जा सकता है कि उपभोक्ता-क्रांति का चक्का कितनी तेज़ी से घूम रहा था। विज्ञापन की रंगीन और मोहक हवाओं पर सवार हो कर दूर-दूर तक फैलते उपभोग के संदेशों ने उच्च वर्ग, उच्च-मध्यम वर्ग, समूचे मध्य वर्ग और मज़दूर वर्ग के ख़ुशहाल होते हुए महत्त्वाकांक्षी हिस्से को अपनी बाँहों में समेट लिया। मीडिया का विस्तार विज्ञापनों में हुई ज़बरदस्त बढ़ोतरी के बिना सम्भव नहीं था।

प्रिंट-मीडिया और रेडियो विज्ञापनों को उतना असरदार कभी नहीं बना सकता था जितना टीवी ने बनाया। टीवी का प्रसार भारत में देर से ज़रूर हुआ, लेकिन एक बार शुरुआत होने पर उसने मीडिया की दुनिया में पहले से स्थापित मुद्रित-माध्यम को जल्दी ही व्यावसायिक रूप से असुरक्षाग्रस्त कर दिया। इस प्रक्रिया में केबिल और डीटीएच के योगदान का उल्लेख करना आवश्यक है। केबिल टीवी का प्रसार और सफलता भारतीयों की उद्यमी प्रतिभा का ज़ोरदार नमूना है। सरकार के पास चूँकि किसी सुसंगत संचार नीति का अभाव था इसलिए नब्बे के दशक की शुरुआत में बहुमंज़िली इमारतों में रहने वाली मध्यवर्गीय और निम्न-मध्यवर्गीय आबादियों में कुछ उत्साही और चतुर लोगों ने अपनी निजी पहलक़दमी पर क्लोज़ सरकिट टेलिविज़न प्रसारण का बंदोबस्त किया जिसका केंद्र एक सेंट्रल कंट्रोल रूम हुआ करता था। इन लोगों ने वीडियो प्लेयरों के ज़रिये भारतीय और विदेशी फ़िल्में दिखाने की शुरुआत की। साथ में दर्शकों को मनोरंजन की चौबीस घंटे चलने वाली खुराक देने वाले विदेशी-देशी सेटेलाइट चैनल भी देखने को मिलते थे। जनवरी, 1992 में केबिल नेटवर्क के पास केवल 41 लाख ग्राहक थे। लेकिन केवल चार साल के भीतर 1996 में यह संख्या बानवे लाख हो गयी। अगले साल तक पूरे देश में टीवी वाले घरों में से 31 फ़ीसदी घरों में केबिल प्रसारण देखा जा रहा था। सदी के अंत तक बड़े आकार के गाँवों और कस्बों के टीवी दर्शकों तक केबिल की पहुँच हो चुकी थी। केबिल और उपग्रहीय टीवी चैनलों की लोकप्रियता देख कर प्रमुख मीडिया कम्पनियों ने टीवी कार्यक्रम-निर्माण के

व्यापार में छलाँग लगा दी। वे पब्लिक और प्राइवेट टीवी चैनलों को कार्यक्रमों की सप्लाई करने लगे।

ज़ाहिर है कि केबिल और डीटीएच के क़दम तभी जम सकते थे, जब पहले पब्लिक (सरकारी) और प्राइवेट (निजी पूँजी के स्वामित्व में) टेलिविज़न प्रसारण में हुई वृद्धि ने ज़मीन बना दी हो। 1982 में दिल्ली एशियाड के मार्फ़त रंगीन टीवी के क़दम पड़ते ही भारत में टीवी ट्रांसमीटरों की संख्या तेज़ी से बढ़ी। पब्लिक टीवी के प्रसारण नेटवर्क दूरदर्शन ने नौ सौ ट्रांसमीटरों और तीन विभिन्न सेटेलाइटों की मदद से देश के 70 फ़ीसदी भौगोलिक क्षेत्र को और 87 फ़ीसदी आबादी को अपने दायरे में ले लिया (पंद्रह साल में 230 फ़ीसदी की वृद्धि)। उसका मुख्य चैनल डीडी-वन तीस करोड़ लोगों (यानी अमेरिका की आबादी से भी ज़्यादा) तक पहुँचने का दावा करने लगा। प्राइवेट टीवी प्रसारण केबिल और डीटीएच के ज़रिये अपनी पहुँच लगातार बढ़ा रहा है। लगभग सभी ग्लोबल टीवी नेटवर्क अपनी दम पर या स्थानीय पार्टनरों के साथ अपने प्रसारण का विस्तार कर रहे हैं। भारतीय चैनल भी पीछे नहीं हैं और उनके साथ अहर्निश प्रतियोगिता में लगे हुए हैं। अंग्रेज़ी और हिंदी के चैनलों के साथ-साथ क्षेत्रीय भाषाओं (बिशेषकर दक्षिण भारतीय) के मनोरंजन और न्यूज़ चैनलों की लोकप्रियता और व्यावसायिक कामयाबी भी उल्लेखनीय है। सरकार की टेलिकॉम नीति इन मीडिया कम्पनियों को इजाज़त देती है कि वे सेटेलाइट के साथ सीधे अपलिंकिंग करके प्रसारण कर सकते हैं। अब उन्हें अपनी सामग्री विदेश संचार निगम (वीएसएनयेल) के रास्ते लाने की मजबूरी का सामना नहीं करना पड़ता।

अगस्त, 1995 से नवम्बर, 1998 के बीच सरकारी संस्था विदेश संचार निगम लिमिटेड (वीएसएनयेल) द्वारा ही इंटरनेट सेवाएँ मुहैया करायी जाती थीं। यह संस्था कलकत्ता, बम्बई, मद्रास और नयी दिल्ली स्थित चार इंटरनैशनल टेलिकम्युनिकेशन गेटवेज़ के माध्यम से काम करती थी। नैशनल इंफ़ोमेटिक्स सेंटर (एनआईसीनेट) और एजुकेशनल ऐंड रिसर्च नेटवर्क ऑफ़ द डिपार्टमेंट ऑफ़ इलेक्ट्रॉनिक्स (ईआरएनयीटी) कुछ ख़ास तरह के क्लोज़्ड यूज़र ग्रुप्स को ये सेवाएँ प्रदान करते थे। दिसम्बर, 1998 में दूरसंचार विभाग ने बीस प्राइवेट ऑपरेटरों को आईएसपी लाइसेंस प्रदान करके इस क्षेत्र का निजीकरण कर दिया। 1999 तक सरकार के तहत चलने वाले महानगर टेलिफ़ोन निगम समेत 116 आईएसपी कम्पनियाँ सक्रिय हो चुकी थीं। केबिल सर्विस देने वाले भी इंटरनेट मुहैया करा रहे थे।

जैसे-जैसे बीएसएनएल ने अपना शुल्क घटाया, इंटरनेट सेवाएँ सस्ती होती चली गयीं। देश भर में इंटरनेट कैफ़े दिखने लगे। जुलाई, 1999 तक भारत में 114,062 इंटरनेट होस्ट्स की शिनाख़्त हो चुकी थी। इनकी संख्या में 94 फ़ीसदी की दर से बढ़ोतरी दर्ज की गयी। नयी सदी में क़दम रखते ही सारे देश में कम्प्यूटर बूम की आहटें सुनी जाने लगीं। पर्सनल कम्प्यूटरों की संख्या तेज़ी से बढ़ने लगी और साथ ही इंटरनेट यूज़रों की संख्या भी। ई-कॉमर्स की ज़मीन तैयार होने लगी और बैंकों ने उसे प्रोत्साहित करना शुरू किया। देश के प्रमुख अख़बार ऑन लाइन संस्करण प्रकाशित करने लगे। विज्ञापन एजेंसियाँ भी अपने उत्पादों को नेट पर बेचने लगीं। नेट ने व्यक्तिगत जीवन की क्वालिटी में एक नये आयाम का समावेश किया। रेलवे और हवाई जहाज़ के टिकट बुक कराने से लेकर घर में लीक होती छत को दुरुस्त करने के लिए नेट की मदद ली जाने लगी। नौकरी दिलाने वाली और शादी-ब्याह संबंधी वेबसाइट्स अत्यंत लोकप्रिय साबित हुईं। वर-वधु खोजने में इंटरनेट एक बड़ा मददगार साबित हुआ। सोशल नेटवर्किंग साइट्स के सहारे नेट आधारित निजी रिश्तों की दुनिया में नये रूपों का समावेश हुआ।

देखें : अभिलेखागार, आख्यान, इंटरएक्टिविटी-प्रौद्योगिकीय विमर्श, इंटरएक्टिविटी-सामाजिक विमर्श, इंटरफ़ेस, एक्टर-नेटवर्क थियरी, डिजिटल डिवायड, दिन-प्रति दिन के अभिलेखागार, नया मीडिया, नेटवर्क, नेटवर्क सोसाइटी, प्रेस की स्वतंत्रता, प्रोपेगंडा, बाज़ारू संस्कृति, भारत में संचार-क्रांति, भारतीय मीडिया स्फ़ेयर, मास मीडिया, मीडिया और सरकार, मीडिया-पक्षधरता, मीडिया-स्टडीज़, संचार, संचार-क्रांति, स्मृति और अभिलेखागार, सोशल नेटवर्क विश्लेषण, सूचना, सूचना-समाज, वैकल्पिक मीडिया।

संदर्भ

1. के. बालासुब्रह्मण्यम (1999), द *इम्पेक्ट ऑफ़ ग्लोबलाइज़ेशन ऑफ़ मीडिया ऑन मीडिया इमेजिज़ : अ स्टडी ऑफ़ मीडिया इमेजिज़ बिटवीन 1987-1997,* अप्रकाशित थीसिस, ओहाइयो स्टेट युनिवर्सिटी, कोलम्बस.
2. यू.वी. रेड्डी (1995), 'रिप वान विंकल : अ स्टोरी ऑफ़ इण्डिया टेलिविज़न', डी. फ्रेंच और एम. रिचर्ड्स (सम्पा.), *कंटम्परेरी टेलिविज़न : ईस्टर्न पर्सपेक्टिव्ज़,* सेज, नयी दिल्ली,
3. पी.सी. चटर्जी (1987), *ब्रॉडकास्टिंग इन इण्डिया,* सेज पब्लिकेशंस, नयी दिल्ली.
4. के.एस. नायर (1998), 'ग्रेजुएटिंग फ़्रॉम इनफ़ॉरमेशन साइडवॉक टु हाईवे', *इण्डिया एब्रॉड,* 9 अक्टूबर.

— अभय कुमार दुबे

भारतीय मीडियास्फ़ेयर

(Indian Mediasphare)

व्यक्ति और समाज के जीवन पर मीडिया के प्रभाव में हुई अनाप-शनाप बढ़ोतरी के प्रभाव को समझना हो तो भारतीय शहरों और मीडिया के गहरे अंतर्संबंधों के ताज़े नज़ारे पर ग़ौर करना चाहिए। प्रिंट-मीडिया, टेलिविज़न, रेडियो, इंटरनेट और मीडिया-कनवर्जेंस से निकले विविध रूपों के कारण भारत के महानगरों में बिम्बों, प्रौद्योगिकियों और अनुभवों का वह मिला-जुला संसार दिखता है जिसके ज़रिये समकालीन शहरों के नये जीवन को परिभाषित किया जा सकता है। मीडिया की व्याप्ति ने सार्वजनिक जीवन के लगभग सभी रूपों को अपने दायरे में ले लिया है जिससे 'मीडियास्फ़ेयर' की रचना हो गयी है। मीडियास्फ़ेयर की धारणा नब्बे के दशक के मध्य में जे. हार्टली और ए. मैककी ने ऑस्ट्रेलियायी मीडिया का अध्ययन करते हुए सूत्रबद्ध की थी। इसके पीछे यूरी लोटमैन द्वारा इसी दशक के प्रारम्भ में विकसित 'सीमियोस्फ़ेयर' का विचार था। लोटमैन के मुताबिक़ सीमियोस्फ़ेयर में किसी संस्कृति का समग्र सांस्कृतिक जगत (भाषा, बोली, संचार, साहित्य, मिथक) आ जाता है। हार्टली और मैककी की मान्यता थी कि मीडियास्फ़ेयर इसी सीमियोस्फ़ेयर के भीतर विकसित होने वाला स्फ़ेयर है जो मास-मीडिया के कल्पनागत और तथ्यगत उत्पादों के साथ-साथ 'पब्लिक स्फ़ेयर' के अधिकतर आयामों को भी समेट लेता है। उनके मुताबिक़ मीडियास्फ़ेयर की विशेषता यह है कि वह सांस्कृतिक तात्पर्य और सार्वजनिक जीवन के बीच आगे-पीछे के संचार-सूत्र क़ायम कर देता है।

रवि सुंदरम ने अपनी रचना *पाइरेट मॉडर्निटी* में दावा किया है कि आधुनिक शहरी जीवन को मीडिया अनुभव से काट कर नहीं समझा सकता। वे दक्षिण एशिया के उत्तर-औपनिवेशिक संदर्भ में मीडिया बूम और शहरी बूम हाल के वर्षों में एक साथ घटित होने की हक़ीक़त को विशेष रूप से रेखांकित करते हैं। सुंदरम के अनुसार प्रौद्योगिकीय संस्कृति बूम संस्कृति और शहरी टकराव के व्यापक सामाजिक रंगमंच का अंग बन गयी है। बीसवीं सदी के शहर के बारे में हाल ही में रचे गये ज़्यादातर सांस्कृतिक इतिहासों का व्याख्यात्मक दायरा संवेदी और बिम्बात्मक संसार से सम्पन्न है। फ़्रैंकफ़र्ट स्कूल से जुड़े रहे चिंतक वाल्टर बेंजामिन ने जिस दैहिक शहरी अनुभव का विचार पेश किया है, वह देह व प्रौद्योगिकी के उत्तरोत्तर अंतर्गुंफ़न की तरफ़ इशारा करता है। इस दायरे में शहर के बाशिंदों द्वारा कई तरह के चौंका देने वाले चाक्षुष उद्दीपन संसाधित किये जाते हैं। कई अनुशासनकारी तकनीकें विकसित की जाती हैं ताकि दुचित्तेपन से निबटा जा सके। साथ ही एक साथ बहुत से बिम्बों का स्पर्शी और ज़िंदादिल विनियोग भी होता चलता है। मीडिया द्वारा पैदा किये गये नज़दीकियों और दूरियों के इस बदले हुए दृश्य-प्रपंच की ख़ास बात यह है कि उत्पादक क्षमताओं से सम्पन्न होने के साथ-साथ इसमें एक उतनी ही रहस्यमय भीतरी ख़ूबी भी है जो चिंतन की स्थिर विधियों को तहस-नहस कर डालती है। झिलमिलाती हुई फ़िल्मों, टेलिविज़न, विज्ञापन और मोबाइल स्क्रीनों का नाटकीय 'लाइव' अनुभव न केवल स्पेस को छितरा देता है, बल्कि ऐसे नये समुच्चयों को जन्म देता है जो अक्सर सांस्कृतिक और प्रौद्योगिकीय विनिमय के रैखिक नेटवर्कों से कतरा कर निकल जाते हैं।

सुंदरम के मुताबिक़ 1947 में आज़ादी मिलने के बाद राष्ट्रवादी शासन ने 'मीडिया', ख़ासकर पहले रेडियो और बाद में टेलिविज़न, को मुख्यत: शैक्षिक उद्देश्यों के लिए इस्तेमाल की जाने वाली संस्थाओं की तरह देखा ताकि उनके ज़रिये नागरिकता के शिशुवत् रूपों को पालपोस कर आकार दिया जा सके। सिनेमा की भूमिका मुख्य मीडिया-उत्पादक की थी। शासन ने उसके साथ इसी तरह के संबंध बनाये और वहीं इस मॉडल की ख़ासी परीक्षा हुई। एक तरफ़ हुकूमत ने सिनेमा को 'व्यावसायिक मनोरंजन' के रूप में देख कर उसे सेंसरशिप और टैक्सों के ज़रिये नियंत्रित करने की कोशिशें कीं। दूसरी ओर फ़िल्म उद्योग के स्वतंत्र दर्जे के कारण राज्य नियंत्रण की प्रक्रिया जटिल हो गयी। सिनेमा का थिएटर एक दैहिक आकर्षण का स्रोत बन कर उभरा जो अपनी तरफ़ दर्शकों की भारी भीड़ खींचने लगा। चूँकि 'राष्ट्रीय सांस्कृतिक मूल्य' बनने की कसौटियों पर यह सिनेमा हमेशा ही खरा नहीं उतर सकता था इसलिए राज्य ने सिनेमा को अक्सर दर्शकों की भीड़ के आईने में ही देखा। उसे लगा कि यह तो अनैतिकता और जोखिम की ज़मीन है, एक ऐसी मशीन जो दुचित्तेपन और आकर्षण को एक साथ पैदा करती है। राज्य ने सिनेमा को ऐसी जनता के प्रतीक के रूप में लिया जो बूर्ज्वा नागरिकता को गड़बड़ाती है। आम लोगों की फ़िल्मी कामनाओं को राजकीय नीति द्वारा पूरी तरह से हस्तगत करने की कोशिश करने के बजाय उसे प्रबंधित करना ज़रूरी समझा गया। सिनेमा के बाहर जो मीडिया था, वह अधिक मज़बूती के साथ विकासवाद के अधीन था। 1966 में रेडियो और टेलिविज़न पर बनी चंदा कमेटी की रपट से यह हक़ीक़त और स्पष्ट हो जाती है। एक तकनीकशाही अभिजन द्वारा संचालित राज्य-नियंत्रित रेडियो और टेलिविज़न शहर के दायरे से बाहर रहने के लिए ही डिज़ाइन किया गया था।

अस्सी के दशक में राज्य के नियंत्रण जैसे ही ढीले होने शुरू हुए, इस नज़ारे में उल्लेखनीय परिवर्तन आ गया।

अर्थव्यवस्था ने उदारीकरण और ग्लोबल आर्थिक निज़ाम के साथ और गहराई के साथ जुड़ने की प्रक्रिया शुरू कर दी। भारत के करोड़ों शहरातियों के लिए यह सिलसिला मीडिया और नागर अनुभव के फ़र्क़ को धुँधला कर देने वाला साबित हुआ।

गुजरे हुए दशकों के मुक़ाबले नब्बे ने तेज़ रफ़्तार के स्पर्श्य मीडिया को जन्म दिया। कम लागत के कम्प्यूटरों, विज्ञापन, मोबाइल फ़ोन और डिजिटल छवियों ने शहरी जीवन को रूपांतरित कर दिया। शहरियों को होने वाला यह नया अनुभव अधिक ग्लोबल क़िस्म का है। इसकी रचना में डिज़ाइन, टेलिकॉम नेटवर्क, स्थापत्य, सॉफ़्टवेयर व मीडिया उद्योग, सर्विस देने वालों, निजी मीडिया वस्तुओं और तरह-तरह के बहु-संवेदी पर्यावरणों की भूमिका है। शहर के अभिजन उपनगरों में 'गेटिड कम्युनिटीज़' की तर्ज़ पर बस्तियाँ बनने लगीं ताकि अमीर लोग ख़ुद शहरी संकट से बचने के लिए इनके बड़े-बड़े फ़ाटकों के पीछे शरण ले सकें।

सुंदरम का आकलन है कि इन नयी अभिजन बस्तियों और शक्तिशाली मीडिया उद्योग के बावजूद भारत का मीडिया-शहरीपन अभी तक पश्चिम और पूर्वी एशियाई मीडिया की दर्शनीय ताक़त का मुज़ाहिरा करने में नाकाम रहा है। इस दुनिया में रहने वाले ज़्यादातर भारतवासी कम लागत के मीडिया रूपों में ही डूबे हुए हैं। उनके लिए यही मानक बना हुआ है। जिन नये रूपों की शिनाख़्त अहम है उनमें पब्लिसिटी शामिल है। भीड़ों से भर चुकी सड़कें, दीवारें और बसें हैं। इलेक्ट्रानिक्स की ताक़त के दम गूँजती हुई आवाज़ें हैं (संगीत, राजनीतिक मुहिमें, धार्मिक कार्यक्रमों और कार के भोंपुओं की ध्वनियाँ) जिन्होंने सड़कों और पास-पड़ोस के स्पेस पर क़ब्ज़ा कर लिया है। मीडिया की इस संवेदी दुनिया का अनुभव अक्सर मिले-जुले स्पेस में होता है। मज़दूरवर्गीय इलाक़ों में सस्ते वीडियो प्लेयरों के ज़रिये फ़िल्में दिखाने वाले कामचलाऊ मूवी थिएटर भी इन स्पेसों में शामिल हैं। भारतीय शहरों का महा-अभिलेखागार यानी सिनेमा भी बुनियादी रूपांतरण के दौर से गुज़र कर नयी-नयी अनपेक्षित संरचनाओं में टूट गया है। पहले सिनेमा का मतलब था एक नियंत्रित 'जनता' जो डराती थी, लेकिन अब यह मीडिया-पब्लिक न तो उस तरह से क़ानूनी रह गयी है और न ही इसे शासित बनाया जा सकता है। यह बिखरी हुई जनता आगे भी 'मीडिया के भविष्य का केंद्रीय आयाम' बनी रहेगी।

देखें : अभिलेखागार, आख्यान, इंटरएक्टिविटी-प्रौद्योगिकीय विमर्श, इंटरएक्टिविटी-सामाजिक विमर्श, इंटरफ़ेस, एक्टर-नेटवर्क थियरी, डिजिटल डिवायड, दिन-प्रति दिन के अभिलेखागार, नया मीडिया, नेटवर्क, नेटवर्क सोसाइटी, प्रेस की स्वतंत्रता, प्रोपेगंडा, बाज़ारू संस्कृति, भारत में संचार-क्रांति, भारतीय मीडिया-1 से 3 तक, मास मीडिया, मीडिया और सरकार, मीडिया-पक्षधरता, मीडिया-स्टडीज़, संचार, संचार-क्रांति, स्मृति और अभिलेखागार, सोशल नेटवर्क विश्लेषण, सूचना, सूचना-समाज, वैकल्पिक मीडिया।

संदर्भ

1. रवि सुंदरम (2009), *द पाइरेट सिटी,* रॉटलेज, लंदन और नयी दिल्ली.
2. जे. हार्टली और जे. मैककी (2000), *द इण्डीजीनियस पब्लिक स्फ़ेयर : द रिपोर्टिंग ऐंड रिसेप्शन ऑफ़ एब्रोजिनल इशूज़ इन ऑस्ट्रेलियन मीडिया,* ऑक्सफ़र्ड युनिवर्सिटी प्रेस, ऑक्सफ़र्ड.
3. यूरी लोटमैन (1990), *द युनिवर्स ऑफ़ द माइंड : अ सीमियोटिक थियरी ऑफ़ कल्चर,* इण्डियाना युनिवर्सिटी प्रेस, ब्लूमिंगटन.

— अभय कुमार दुबे

भारतीय रंगमंच

(Indian Theatre)

भारतीय रंगमंच भारत की तरह ही विविध छवियों का जटिल मिश्रण है। कई तरह की रंग परम्पराएँ मिल कर भारतीय रंगमंच का जो स्वरूप बनाती हैं उसमें स्थानगत, समयगत, शैलीगत, कथ्यगत विविधता तो है ही, आंतरिक एकता का सूत्र भी है। भारतीय रंगमंच का उत्स संस्कृत रंगमंच में है जिसकी परम्परा अत्यंत प्राचीन है। *नाट्यशास्त्र* में नाट्योत्पति का संदर्भ है कि ब्रह्मा के आदेश पर भरत मुनि ने ऋग्वेद से पाठ, यजुर्वेद से अभिनय, सामवेद से संगीत और अथर्ववेद से रस लेकर नाट्यरचना की। इसे पाँचवाँ वेद कहा गया क्योंकि अन्य वेदों के विपरीत यह सभी वर्णों के लिए था। नाट्य परम्परा भरत के पहले भी विकसित रही होगी क्योंकि *नाट्यशास्त्र* में सैकड़ों ऐसी नाट्यरूढ़ियाँ बतायी गयी हैं जो बिना दीर्घकाल के परम्परा बन ही नहीं सकती थीं। हज़ारवीं सदी तक संस्कृत रंगमंच का अवसान हुआ जिसके कतिपय कारण थे। अपभ्रंश भाषाओं के विकास के साथ ही संस्कृत का, जो पहले से भी जनभाषा नहीं थी, क्षेत्र संकुचित हो गया। अपभ्रंश भाषाओं में भी साहित्यिक रचना होने लगी। इसके साथ ही क्षेत्रीय भाषाओं में भी रंगमंच का विकास हुआ जिसने संस्कृत रंगमंच की विशेषताओं को भी अपनाया। जनभाषा में होने के कारण इन नाट्यरूपों को अधिक लोकप्रियता मिली। कुछ विद्वान संस्कृत रंगमंच के अवसान के लिए राजनीतिक परिस्थितियों को भी ज़िम्मेदार ठहराते हैं।

पश्चिमी प्राच्य विद्वानों के लिए भारतीय रंगमंच का अर्थ संस्कृत रंगमंच ही था। भरत के *नाट्यशास्त्र* और संस्कृत के नाटकों की खोज भी तब हुई जब प्राच्यविदों ने भारतीय ग्रंथों की खोज का काम शुरू किया। विलियम जोंस ने कालिदास के नाटक *अभिज्ञानशाकुंतलम* की खोज की और 1789 में इसका अनुवाद प्रकाशित किया। कालिदास के पूर्ववर्ती नाटककार भास के नाटक बीसवीं सदी में खोजे गये। संस्कृत का रंगमंच शास्त्रबद्ध था जिसमें नाट्यप्रकारों, रंग-स्थल, अभिनय, मंच सज्जा, रंगोपकरणों के साथ शैली की भी परिभाषा निर्धारित थी। रस इसका केंद्रीय तत्त्व था। वैसे यह अलग बात है कि भास ने शास्त्र की सीमा का बार-बार उल्लंघन किया। शूद्रक, भवभूति, हर्ष, विशाखदत्त संस्कृत के उल्लेखनीय नाटककार हुए हैं।

जयशंकर प्रसाद (1889-1937)

भारतीय रंगमंच की दूसरी परम्परा लोकनाट्यों की है। जगदीशचंद्र माथुर इन्हें परम्पराशील नाट्य कहने पर बल देते हैं। इनके उद्भव के उन्होंने चार कारण गिनाये हैं। पहला, भागवत धर्म का अखिल भारतीय प्रसार; दूसरा, रंगमंच का मंदिर, धार्मिक स्थलों, मेलों में आश्रय; तीसरा, संस्कृत का जनसाधारण से अलगाव और भाषा-गीतों का नाटकों में समावेश; और चौथा गीतात्मक प्रस्तुति शैली। परम्पराशील रंगमंच की मुख्यत: दो प्रवृत्तियाँ हैं : पहली, धार्मिक जिसमें रासलीला, रामलीला, कुट्टियाट्टम, अंकिया नाट, थेरुकुट्टु, यक्षगान जैसी शैलियाँ हैं। इनके कथानक के आधार और प्रक्रिया धार्मिक हैं। दूसरा है लौकिक, जिनमें स्वांग, ख़याल, नौटंकी, नाचा, माच जैसी शैलियाँ मिलती हैं। इनके कथा-स्रोत सामान्य जन जीवन में निहित हैं।

हबीब तनवीर (1923-2009)

अपने-अपने क्षेत्रों में परम्पराशील नाट्य निर्विवाद रूप से लोकप्रिय हुए। उन्नीसवीं सदी में एक भिन्न राजनीतिक, आर्थिक, सामाजिक व्यवस्था के आगमन और उसके वर्चस्व ने भारतीय संस्कृति को प्रभावित किया। निरंतर पुनरावृत्ति, प्रेरणा की कमी, लौकिक नाटकों के कथानक की आवृत्ति और क़वायद में तब्दील होते चले जाने की वजह से इस रंगमंच में ठहराव आ गया। नवीन चेतना सम्पन्न बौद्धिकों को यह नाट्य रूप जड़ और भ्रष्ट प्रतीत हुआ और उनका सान्निध्य इन्हें नहीं मिला। पूर्व-आधुनिक कला रूप होने के कारण यह मान लिया गया कि इनमें आधुनिक जीवन की अभिव्यक्ति नहीं हो सकती।

औपनिवेशिक काल में अंग्रेज़ों द्वारा अपने मनोरंजन के लिए आयातित रंगमंच, शासन व्यवस्था, शिक्षा और प्रिंट जैसे आविष्कारों के प्रभाव तथा रंगमंच में प्रोसेनियम थिएटर और शेक्सपीयर के परिचय से एक नितांत भिन्न रंगमंच का आविर्भाव हुआ जिसकी परम्परा भारतीय रंगमंच में नहीं थी। इसके ज़रिये नाट्य-लेखन, प्रस्तुति और देखने की एक नयी शैली प्रचलन में आयी। अब प्रदर्शन का मतलब हो गया लिखित या छपे हुए नाट्य पाठ को प्रोसेनियम मंच पर अभिनेताओं द्वारा खेला जाना। नाटक देखने का शुल्क लगने लगा, इसे अब केवल सामने से देखा जा सकता था। दर्शक और अभिनेता की बीच एक आभासी दीवार आ गयी थी। रंगमंच अब सामुदायिक नहीं था, जिसमें दर्शक और अभिनेता एक ही समुदाय के अंग होते थे। परम्पराशील रंगमंच में नाटक *इम्प्रोवाइज़ेशन* के ज़रिये खेले जाते थे और रात भर चलते थे, वहीं आधुनिक प्रदर्शनों की समय सीमा निश्चित थी।

इसी प्रक्रिया में भारत में व्यावसायिक रंगमंच का उद्भव हुआ। इसमें एक पारसी रंगमंच था जिसके मालिक पारसी थे। इन्होंने कम्पनियाँ बनायीं जो व्यवसाय के लिए प्रस्तुति करती थीं और देश के विभिन्न हिस्सों में घूमती थीं। भारत की विभिन्न भाषाओं में ये कम्पनियाँ बनीं। मुख्यत: यह विक्टोरियन रंगमंच की नक़ल था जिसमें पृष्ठभूमि के लिए रँगे पर्दों का इस्तेमाल होता था। प्रस्तुति गीत-संगीत-नृत्य से युक्त और अभिनय मेलोड्रामाई था। मुनाफ़े के मुख्य ध्येय को अर्जित करने के लिए यह रंगमंच तमाम तरह के लटकों-झटकों पर आश्रित होता गया और सवाक् सिनेमा के आगमन के बाद इसका अवसान हो गया, क्योंकि इसकी बहुत सारी विशेषताएँ सिनेमा ने अपना लीं।

बांग्ला में और उसके बाद मराठी में अभिजात्य-सरंक्षण में रंगमंच का विकास हुआ। पारसी से अलग इसने अंग्रेज़ी रंगमंच के सौंदर्यबोध से युक्त प्रस्तुति की। सम्पूर्ण भारत में व्यावसायिक रंग मण्डलियाँ बनीं। मराठी और बांग्ला की व्यावसायिक रंग-मण्डलियों का प्रभाव देशव्यापी रहा। भारतीय नवजागरण का आरम्भिक आगमन बांग्ला और

मराठी में हुआ था इसलिए यहाँ के रंगमंच ने अपने को इस आंदोलन से जोड़ा। माइकल मधुसूदन दत्त के *मेघनाद वध*, दीनबंधु मित्र के *नीलदर्पण* जैसे नाटकों ने समकालीन समय को अभिव्यक्त किया। हिंदी में और सम्भवत: भारतीय रंगमंच में पहली बार भारतेंदु हरिश्चंद्र ने विधिवत रूप से साहित्यिक रंगमंच की स्थापना का प्रयास किया जिसने रंगमंच को राष्ट्रीय चेतना से जोड़ने का प्रयास किया। लेकिन बांग्ला और मराठी, जिसमें गिरीश चंद्र घोष, शिशिर नाथ भादुड़ी, बाल गंधर्व जैसे रंगकर्मी थे, की तरह हिंदी में ऐसी परम्परा नहीं स्थापित हो सकी।

शंभू मित्रा (1915–1997)

औपनिवेशक आधुनिकता वाले रंगमंच की शैली यथार्थवादी थी। जिसमें संकलन त्रय (स्थान , समय और क्रिया) का निर्वाह और यथार्थवादी दृश्यविधान में प्रस्तुति होने लगी। संघर्ष केंद्रीय तत्त्व था। अधिकतर नाटक तीन अंकीय थे। इनमें गीत-संगीत गौण था, जबकि पारसी रंगमंच और मराठी रंगमंच पर संगीत की उपस्थिति थी। रवींद्रनाथ ठाकुर (बांग्ला) और जयशकर प्रसाद (हिंदी) ने अपने नाटकों के माध्यम से यथार्थवादी शैली का विकल्प तलाशा और भारतीय प्रदर्शन शैली में नाटक लिखे। रवींद्रनाथ ने जहाँ इसमें नृत्य, गीत संगीत से युक्त नाटक लिखे, वहीं प्रसाद ने संकलन त्रय के बंधन से मुक्त नाटक लिखा और रस एवं संघर्ष का समन्वय किया। लेकिन यथार्थवादी रंगमंच में इनकी समायी न हो सकी।

यक्षगान

स्वातंत्र्योत्तर भारत में राष्ट्रीय पहचान निर्मित करने में रंगमंच की भूमिका को भी महत्त्वपूर्ण मान कर राष्ट्रीय रंगमंच की स्थापना की राजकीय पहल हुई। आज़ादी के पहले ही भारतीय जननाट्य संघ (इप्टा) ने अपने प्रयासों से एक अखिल भारतीय रंगमंच खड़ा किया। राजनीतिक और जन सरोकारों से युक्त नाटक करने के लिए इन्होंने रंगमंच को प्रोसेनियम से बाहर निकाला और परम्पराशील नाट्यशैलियों की ओर उन्मुख हुए। आज़ादी के बाद इसका आंदोलनात्मक स्वरूप क्षीण हुआ लेकिन इससे जुड़े अनेक रंगकर्मी स्वातंत्र्योत्तर भारतीय रगमंच के सूत्रधार बने। औपनिवेशिक रंगमंच की परम्परा आज़ादी के बाद भी रही जिसे मुख्यत: शहरी अभिजात / मध्यवर्गीय रंगकर्मियों ने आगे बढ़ाया। यथार्थवाद आधुनिकता की उपज थी इसलिए यह मान लिया गया था कि शहर और आधुनिक जीवन की विसंगतियों को यथार्थवाद ही व्यक्त कर सकता है।

शंभु मित्रा और हबीब तनवीर और बाद में के.एम. पणिक्कर, रतन थियम जैसे निर्देशकों और गिरीश कार्नाड, विजय तेंदुलकर जैसे नाटककारों ने यथार्थवाद से अलग रास्ता निकाला। मित्रा और तनवीर ने माना कि भारतीय परम्परा से जुड़े बिना असली भारतीय रंगमंच नहीं हो सकता। इसलिए अनुकरण की मानसिकता को त्याग कर नृत्य-संगीत, और संकलन त्रय के बंधन से मुक्त नाटक लिखे जाने चाहिए ताकि उन्हें व्यापक दर्शकों तक पहुँचा जा सके। इसके लिए परम्पराशील प्रदर्शन शैली से रंगमंच को जोड़ा जाना चाहिए। यह रवींद्रनाथ और भारतेंदु का दिखाया रास्ता था।

यथार्थवादी मुहावरे के पक्षधरों का कहना था कि इसकी भी परम्परा सौ वर्ष की है और शहर में भी एक लोक विकसित हो चुका है इसलिए इस मुहावरे को त्यागा नहीं जा सकता। मोहन राकेश और महेश एलकुंचवार इसके समर्थक थे। सत्तर के दशक में यथार्थवादी उपकरणों को अभारतीय बताते हुए जड़ों के रंगमंच का नारा सामने आया और जड़ों से जुड़ने के लिए परम्पराशील रंगमंच संस्कृत नाटक और ब्रेख़्त की ओर ध्यान गया । यथार्थवादी नाटककारों ने शंका जतायी कि ये शैलियाँ एक ख़ास परम्परा की उपज हैं। इनके आलंकारिक इस्तेमाल से एक नक़ली रंगमंच विकसित होगा और यह रंगमंच को आधुनिक मूल्यों की ओर जाने से रोकेगा। लेकिन परम्पराशील मुहावरे ने यथार्थवादी रंगमंच को अपदस्थ कर दिया।

नब्बे के बाद भारतीय रंगमंच में स्त्री-निर्देशकों का काम उभरा जिन्होंने जेंडरीकरण की प्रक्रिया दिखाने के लिए रंगमंच पर शिल्प और वस्तु दोनों को बदला। उपलब्ध आलेखों को भी इन्होंने नितांत नयी शैली, नये आख्यान में प्रस्तुत किया। इस दौरान रंगमंच पर तकनीक का भी आगमन हुआ जिसमें डिजिटल छवियों, ध्वनियों, प्रकाश उपकरणों इत्यादि ने प्रस्तुति की सरंचना को बदल दिया।

पूर्व-आधुनिक प्रकार का भारतीय रंगमंच उत्सव प्रधान था और सामुदायिक जीवन के उल्लास से जुड़ा था, वहीं आधुनिक रंगमंच में या एक ओर व्यावसायिक मूल्य

हावी रहा तो दूसरी तरफ़ उसमें अपने समकालीन जीवन से जूझने की ललक भी रही। इसी ललक में रंगमंच अंग्रेज़ी शासन के प्रतिरोध के स्वरूप में उभरा था जिसे दबाने के लिए अंग्रेज़ी राज्य ने 1876 का ड्रामेटिक परफ़ार्मेंस एक्ट लागू किया था। इससे बचने के लिए अभिव्यक्ति की रणनीतियों को बदला गया था। इप्टा का जन्म ही साम्राज्यवादी गतिविधियों के प्रतिरोध के लिए हुआ था। इसने अंग्रेज़ी राज्य और आज़ाद भारतीय राज्य दोनों की आलोचना की। नुक्कड़ नाटक के रूप में अनोखी शैली भारतीय रंगमंच में आयी जिसमें रंगमंच जनता तक पहुँचता था। समकालीनता की अभिव्यक्ति के लिए लोकप्रिय शैली के रूप में सत्तर के दशक में इसमें गति आयी। भारत के विविध क्षेत्रों में नुक्कड़ नाटक मण्डलियाँ गठित हुईं। बादल सरकार ने अपने परवर्ती नाटक इसी शैली के लिए लिखे और तीसरे रंगमंच की प्रस्तावना की। सफ़दर हाशमी ने नुक्कड़ नाटक को राजनीतिक ओज दिया।

भारतीय रंगमंच इस तरह से विविध रंग छवियों का कोलॉज है भारतीय रस की केंद्रीयता है तो पाश्चात्य संघर्ष भी है। परम्परा से नितांत भिन्न औपनिवेशिक रंगमंच है तो अपनी परम्परा से जुड़ने का प्रयास करता उत्तर औपनिवेशिक रंगमंच भी है। इसमें अभिजात का मनोरंजन है, तो जनप्रतिरोध का स्वर भी है। भारतीय रंगमंच की इस विविधता ने ही विदेशी रंगकर्मियों को आकर्षित किया है। स्तानिस्लावस्की, ब्रेख़्त, रिचर्ड शेख़नर, पीटर ब्रुक, ग्रोतोवोस्की इत्यादि के रंग-विचारों का भारतीय रंगमंच का प्रभाव देखा जा सकता है।

देखें : आधुनिक हिंदी रंगमंच-1 और 2, कोंस्तांतिन स्तानिस्लाव्स्की, बर्तोल्त ब्रेख़्त, प्रगतिवाद, भारतेंदु हरिश्चंद्र, भारतेंदु युग-1 और 2.

संदर्भ

1. सिल्विया लेवी (1978), *द थिएटर ऑफ़ इण्डिया*, खण्ड-2, अ रायटर्स वर्कशाप पब्लिकेशन, कलकत्ता.
2. सुरेंद्रनाथ दीक्षित (1970), *भरत और भारतीय नाट्यकला*, राजकमल प्रकाशन, दिल्ली.
3. हजारीप्रसाद द्विवेदी (1963) *प्राचीन भारत के कलात्मक विनोद*, राजकमल प्रकाशन, नयी दिल्ली.
4. वी राघवन और आद्य रंगाचार्य (1971), *द थिएटर*, नैशनल बुक ट्रस्ट, दिल्ली.

— अमितेश कुमार

भारतीय राष्ट्रवाद

(Indian Nationalism)

भारतीय राष्ट्र और राष्ट्रवाद उपनिवेशवाद विरोधी राजनीति की देन है। इसमें भौगोलिक, भाषाई, सेकुलर, धार्मिक, भू-क्षेत्रीय और तीसरी दुनिया में उभरे राष्ट्रवाद के आयाम समाहित हैं। अपने दक्षिण एशियाई पड़ोसियों (बांग्लादेश, भूटान, नेपाल, पाकिस्तान और श्रीलंका) के विपरीत भारतीय राष्ट्रवाद की विशेषता यह है कि उसके तहत भारतीय राज्य ने किसी एक धर्म को अपना राजकीय धर्म घोषित करने से परहेज़ किया है। चार देशों का राष्ट्रवाद एक धर्म के साथ एक ही राजभाषा को मान्यता देता है। श्रीलंका दो भाषाओं को राजभाषा मानता है। जबकि भारत ने अपनी 24 भाषाओं को राजभाषा की मान्यता दे कर अपने राष्ट्रवाद को बहुधार्मिक और बहुभाषी स्वरूप दिया है। भारतीय राष्ट्र की दूसरी विशेषता है सांस्कृतिक रूप से विशिष्ट इकाइयों की परस्पर निर्भर राजनीतिक-आर्थिक एकता जिसका नतीजा संघात्मक बंदोबस्त में निकला है। इसकी तीसरी विशेषता है व्यक्ति और नागरिकता के समीकरण को अपनाते हुए भी उसके परे जा कर एक सम्प्रभु राज्य के भीतर सामुदायिक अधिकारों का प्रावधान। इस तरह भारतीय राष्ट्रवाद राजनीतिक संघवाद और सांस्कृतिक बहुलवाद की एक साथ गारंटी करता है।

जहाँ तक आधुनिक राष्ट्रीय चेतना के राजनीतिक विकास का प्रश्न है, इसकी शुरुआती अभिव्यक्ति उन्नीसवीं सदी में आर्थिक राष्ट्रवाद के उभार में दिखाई पड़ती है जब दादाभाई नौरोजी ने भारत में 'अन-ब्रिटिश रूल' की आलोचना पेश की थी। इसी दौरान औपनिवेशिक आधुनिकता के संसर्ग में राष्ट्रवाद की शुरुआती सांस्कृतिक और बौद्धिक अभिव्यक्तियाँ बंकिम चंद्र चट्टोपाध्याय की रचनाओं और बंगाल रेनाँसा के दौरान राजा राममोहन राय के नेतृत्व में हुए नवोन्मेष के रूप में सामने आयीं। इस समग्र प्रक्रिया का विकास भारतीय राष्ट्रीय कांग्रेस के गठन में हुआ जिसने आगे चल कर भाषाई अस्मिताओं पर आधारित भू-क्षेत्रीय राष्ट्रीयताओं की एकजुटता के आधार पर उपनिवेशवाद विरोधी आंदोलन को नेतृत्व दिया और भविष्य के भारतीय राष्ट्रवाद की भित्ति तैयार हुई।

लेकिन, अपने इस प्रयास में कामयाब होने के लिए उपनिवेशवाद विरोधी नेतृत्व को भारतीय राष्ट्रवाद की कई वैचारिक संकल्पनाओं से टकराना पड़ा। दरअसल, वैचारिक रूप में भारतीय राष्ट्रवाद की यात्रा तरह-तरह की पेचीदगियों और द्वंद्वों से भरी हुई है। अलग-अलग दृष्टिकोणों के आधार

पर इसे एक प्राचीन सभ्यता के रूप में, सामासिक संस्कृति के रूप में, राजनीतिक रूप में, धार्मिक रूप में, एक विशिष्ट सांस्कृतिक परिवेश से सम्पन्न भौगोलिक/भू-क्षेत्रीय एकता के रूप में, कई भाषाई समुदायों की एकता के रूप में और एक बड़े व कई छोटे-छोटे राष्ट्रों की एकजुटता और द्वंद्व के रूप में परिभाषित किया जाता रहा है। पहली तीन परिभाषाओं का सूत्रीकरण मुख्यतः विभाजन से पहले हुआ था। चौथी परिभाषा ने विभाजन की नींव डाली और अपने मक़सद में कामयाब हुई। आज भी यह परिभाषा पाकिस्तान और बांग्लादेश के लिए राष्ट्रवादी वैधता का स्रोत बनी हुई है। पाँचवीं, छठीं और सातवीं परिभाषाएँ मोटे तौर पर विभाजन के बाद की परिस्थिति से संबंधित मानी जा सकती हैं। इस कमोबेश साफ़-सुथरे लगने वाले वर्गीकरण के साथ यह भी कहा जा सकता है कि ये परिभाषाएँ लाज़मी तौर पर इसी क्रम से नहीं उभरीं। इनमें से कुछ का सह-अस्तित्व रहा है और उनके बीच प्रधानता हासिल करने के लिए आपसी होड़ होती रही है।

इन सभी परिभाषाओं में कोई न कोई झोल है। भारतीय राष्ट्रवाद के जो पैरोकार इसे प्राचीन सभ्यता के आईने में देखना चाहते हैं उनका मक़सद भारतीय राष्ट्र का उद्‌गम मुसलमानों और अंग्रेज़ों के आगमन से पहले दिखाना है। वे भारतीय राष्ट्र में मुसलमानों और ब्रिटिश शासन के योगदान को मोटे तौर पर नज़रअंदाज़ करने के पक्ष में हैं। ये लोग प्राचीन काल से भारत के भीतर जिस भौगोलिक एकता की आकांक्षा का ज़िक्र करते हैं, उसका स्रोत हिंदू संस्कृति है। उनकी निगाह में मुसलमान और अंग्रेज़ विजातीय हैं जिन्होंने इस राजनीतिक और सांस्कृतिक एकता को गड़बड़ाने की भूमिका निभायी। ये व्याख्याकार नहीं मानते कि भारतीय उपमहाद्वीप जैसे विशाल सभ्यतामूलक क्षेत्र में लाज़मी तौर पर एक नहीं बल्कि कई राष्ट्रों और राज्यों का सह-अस्तित्व हो सकता है। इन लोगों के अनुसार हिंदू संस्कृति का आदि आर्यों के आगमन में निहित है। आर्यों से पहले का इतिहास इन विद्वानों के लिए तक़रीबन नामौजूद है। कुल मिला कर भारतीय राष्ट्रवाद की यह अवधारणा न केवल मुसलमानों और अंग्रेज़ों की भूमिका नकारती है, बल्कि द्रविड़ समुदायों और सभी ग़ैर-आर्य समुदायों को परिदृश्य से ग़ायब कर देती है।

भारतीय राष्ट्र को सामासिक संस्कृति की देन मानने वालों का मुख्य ज़ोर हिंदू और इसलामिक संस्कृतियों का सम्मिलन दिखाने पर रहता है। वे कहते हैं कि यह सामासिकता द्वंद्व और संश्लेषण की प्रक्रिया के ज़रिये हासिल की गयी। मुसलमानों के हमले की पहली लहर अपने साथ हिंसा, लूट-पाट और तबाही लेकर आयी। पर इस ज्वार के उतरने के बाद हिंदू-मुसलमानों के सामासिक समुदायीकरण की दीर्घकालीन प्रक्रिया शुरू हुई जिसके प्रमाण कबीर की कविता और सम्राट अकबर द्वारा एक सामासिक धर्म की स्थापना करने की कोशिशों में दिखाई पड़ते हैं। सिंहावलोकनात्मक दृष्टि अपनाने पर लगता है कि भारतीय संस्कृति को सामासिक क़रार देना अपने आप में एक राजनीतिक परियोजना थी जिसका मक़सद विभाजन की दुर्घटना को रोकना था। लेकिन, अपने तमाम नेक इरादों के बावजूद यह दो राष्ट्रों के सिद्धांत को पनपने से नहीं रोक पायी। सामासिकता के पैरोकार यह नहीं देख पाये कि वे सम्मिलन और परस्पर आत्मसातीकरण की बात कह रहे हैं जो बहुलतामूलकता से अलग है। बहुलता संस्कृतियों की विभिन्नता के सह-अस्तित्व को प्रामाणिक मानती है। कुल मिला कर कालांतर में 'सिंक्रेटिक' नज़रिया 'सिंथेटिक' साबित हुआ जिसके कारण भारतीय राष्ट्र स्वाभाविक कम और राजनीतिक रूप से गढ़ा हुआ ज़्यादा लगने लगा।

उपनिवेशवाद विरोधी संघर्ष के दौरान राष्ट्र भविष्य के नागरिकों के लिए संकल्पित किया जा रहा था। जैसे-जैसे अंग्रेज़ों के भारत छोड़ने का समय नज़दीक आगा, राष्ट्रवादी नेतृत्व ने भारतीय राष्ट्र और आज़ादी के बाद बनने वाले राज्य को एक-दूसरे का पर्याय बनाने का प्रयास किया। भारत को एक बहुराष्ट्रीय राज्य मानने वाले मार्क्सवादियों में भी राष्ट्र और राज्य को अलग-अलग न देखने का रुझान है। चाहे कृषि का विकास हो, धार्मिक सुधार हों, या स्त्रियों की हालत में सुधार की कोशिश हो, वे हर चीज़ को राष्ट्रवादी चेतना की अभिव्यक्ति की तरह ग्रहण करते हैं। भारतीय राष्ट्र को विभिन्न भाषाओं के सह-अस्तित्व की तरह देखने वाले कुछ भाषाओं को सुप्त और कुछ को जाग्रत दिखाते हैं। कुछ सुप्त भाषाएँ उनकी निगाह में जाग्रत होने की तरफ़ बढ़ रही थीं। इस तरह वे लोग भाषाई राष्ट्रीयताओं का एक पदानुक्रम तैयार कर देते हैं।

द्वि-राष्ट्र सिद्धांत का सूत्रीकरण भी कई तरह से किया गया है। मुसलिम लीग के नेता मुहम्मद अली जिन्ना के हिसाब से भारत बारह सौ साल से हिंदू-भारत और मुसलमान-भारत में बँटा रहा है और दोनों के बीच कभी एकता नहीं हो पायी। राष्ट्रीय स्वयंसेवक संघ के सिद्धांतकार माधवराव सदाशिवराव गोलवलकर का कहना है कि वास्तविक द्वंद्व भारतीय मूल वाले धर्मों (हिंदू, जैन, बौद्ध और सिक्ख) और विदेशी मूल वाले धर्मों (इसलाम, ईसाइयत, यहूदी धर्म, ज़रथ्रुस्तवादी और बहाई) के बीच है। गोलवलकर के लिहाज़ से यह संघर्ष विजातीय धर्मों और सजातीय धर्मों के बीच है। ज़ाहिर है कि जिन्ना और गोलवलकर की दावेदारियाँ राष्ट्र के भाषाई पहलुओं की उपेक्षा कर देती हैं। न तो भारत के मुसलमान एक भाषा-भाषी

हैं और न ही हिंदू। ये दोनों नेता अपने-अपने राष्ट्रवाद के लिए स्वर्णिम अतीतों की शिनाख़्त करते नज़र आते हैं। गोलवलकर के लिए गुप्त साम्राज्य यही भूमिका निभाता है और जिन्ना के लिए मध्ययुगीन मुसलमान साम्राज्य। इन दोनों के विपरीत धर्म के आधार पर अलग राष्ट्र की तीसरी दावेदारी सिक्खों द्वारा भी की जा चुकी है। उनके प्रतिनिधियों ने यह माँग 1946 में की थी।

उपनिवेशवाद विरोधी आंदोलन के नेतृत्व ने धर्म आधारित अलग राष्ट्र की इस माँग को कभी मान्यता नहीं दी। गाँधी ने स्पष्ट रूप से कहा : अगर हिंदू अपना अकेला राष्ट्र बनाना चाहते हैं तो ऐसा वे केवल कल्पनाजगत में ही कर सकते हैं। भारत को अपना देश बनाने वाले हिंदू, पारसी, मुसलमान और ईसाइयों यहाँ के नागरिक हैं। दुनिया के किसी भी देश में राष्ट्रीयता और एक धर्म पर्यायवाची नहीं हैं और भारत में भी कभी ऐसा नहीं था।

राष्ट्रवाद संबंधी इन तमाम विचारों के विपरीत कांग्रेस ने गाँधी के निर्देशन में बीस के दशक की शुरुआत में ही भाषाई समरूपता के आधार पर देश को अपने हिसाब से बाँटा और अंग्रेज़ों द्वारा प्रशासनिक सुविधा के लिए किये गये बँटवारे को ख़ारिज कर दिया। असहयोग आंदोलन के लिए की गयी गोलबंदी की असाधारण कामयाबी के पीछे भाषाई राष्ट्रीयताओं को समग्र भारतीय राष्ट्रवाद के घटकों के रूप में पेश करने की इस सृजनात्मक रणनीति का ज़बरदस्त हाथ था। 1928 में जवाहरलाल नेहरू रपट ने भाषाई प्रांतों की रचना को वांछनीय क़रार दिया।

विडम्बना यह रही कि भाषाई आधार पर अंग्रेज़ विरोधी आंदोलन खड़ा करने वाले गाँधी के उत्तराधिकारी जवाहरलाल नेहरू ही 1947 के बाद प्रधानमंत्री के रूप में भाषाई प्रांतों को राष्ट्रीय एकता के लिए ख़तरा मानने लगे, हालाँकि संविधान सभा भाषाई उसूल को मान्यता दे चुकी थी। नेहरू की हिचक और उसके ख़िलाफ़ हुए लोकप्रिय जन-संघर्षों के बाद 1955 में पहला राज्य पुनर्गठन आयोग गठित हुआ जिसने भाषाई आधार पर राज्यों की रचना की। दरअसल, यह भारतीय राष्ट्रवाद का व्यावहारिक रूप था। इसके मुताबिक़ स्वतंत्र और सम्प्रभु भारत का राष्ट्रवाद क्षेत्रीय आधार वाले समरूप भाषाई समुदायों की एकजुटता के रूप में ख़ुद को व्यक्त करता हुआ दिखाई दिया। भारतीय राष्ट्रवाद के इस प्रयोग ने यह भी दिखाया कि अगर विभिन्न राष्ट्रीयताओं को एक संघात्मक ढाँचे के तहत प्रांतीय स्वायत्तता दी जाए तो पृथक सम्प्रभु राष्ट्र की माँगें धीरे-धीरे राजनीतिक रूप से अव्यावहारिक हो जाती हैं।

लेकिन, भारतीय राष्ट्रवाद की पेचीदगी यहीं ख़त्म नहीं होती। मुख्यत: उत्तर-पूर्व भारत के आदिवासी प्रश्न ने छोटी राष्ट्रीयताओं के प्रश्न के साथ जुड़ कर अखिल भारतीय राष्ट्रवाद को चुनौती देना जारी रखा। इसके लिए बड़े भारतीय राष्ट्रवाद द्वारा छोटी राष्ट्रीयताओं के आंतरिक उपनिवेशीकरण के सिद्धांत का इस्तेमाल किया गया। कहा गया कि भारतीय पूँजीपति वर्ग भारतीय राज्य की मदद से बाज़ार पर क़ब्ज़ा करने के मक़सद से बृहद राष्ट्रवाद की राजनीति के तहत छोटी राष्ट्रीयताओं के अधिकारों का हनन कर रहा है। इस विचार ने क्षेत्रीय और छोटे पूँजीपति की विचारधारा को 'लघु राष्ट्रवाद' की संज्ञा दी। जनजातीय और छोटी राष्ट्रीयताओं के मसले के कुछ अध्येताओं की मान्यता है कि असमान आर्थिक विकास और अधिकतर जनजातीय क्षेत्रों के अलग-थलग पड़े रहने के कारण यह समस्या और जटिल हुई है। भारतीय राष्ट्रवाद ने स्वायत्तता और स्व-शासन के विभिन्न रूपों को अपना कर एक सीमा तक इस तनाव का शमन करने कोशिश की है, पर वह पूरी कामयाबी से अभी काफ़ी दूर है।

देखें : अनुसूचित जातियाँ, अनुसूचित जनजातियाँ, अन्य पिछड़े वर्ग, आरक्षण, आधुनिकता, अरविंद घोष, आधुनिकीकरण, कन्हैयालाल माणिकलाल मुंशी, जवाहरलाल नेहरू, जातियों का राजनीतिकरकरण, बंगाल का नवजागरण, भारतीय अभिजन, भारतीय आधुनिकता, भारतीय इसलाम, भारतीय उदारतावाद, भारतीय डायसपोरा, भारत में उपनिवेशवाद, भारतीय नवजागरण : तुलनात्मक परिप्रेक्ष्य, भारत में नियोजन, भारत में प्रातिनिधिक प्रणाली, भारत में पृथकतावादी राजनीति, भारत में मतदान-व्यवहार-1 से 6 तक, भारतीय राज्य, भारतीय लोकतंत्र, भारतीय लोकतंत्र का संस्थानीकरण-1 से 3 तक, भारतीय स्वभाव और राजनीति, भारतीय संविधान-1 से 8 तक, भारतीय सामाजिक आंदोलन, भीमराव रामजी आम्बेडकर, राजा राममोहन राय, विवेकानंद, विनायक दामोदर सावरकर, संविधान सभा में भाषा-विवाद-1 से 3 तक।

संदर्भ

1. पार्थ चटर्जी (1986), *नैशनलिस्ट थॉट ऐंड द कोलोनियल वर्ल्ड : ए डेरिवेटिव डिस्कोर्स?,* ऑक्सफ़र्ड युनिवर्सिटी प्रेस, नयी दिल्ली.
2. ज्ञानेंद्र पांडेय (1990), द *कंस्ट्रक्शन ऑफ़ कम्युनलिज़्म इन कोलोनियल नॉर्थ इण्डिया,* ऑक्सफ़र्ड युनिवर्सिटी प्रेस, नयी दिल्ली.
3. बी.के. रॉय बर्मन (47), 'नैशनल मूवमेंट एमंग ट्राइब्स', *सेकुलर डेमॉक्रैसी,* अंक 47 (3 और 4).
4. ए.आर. देसाई (1948), द *सोशल बैकग्राउंड ऑफ़ नैशनलिज़्म,* पॉप्युलर प्रकाशन, बम्बई.

— अभय कुमार दुबे

भारतीय राजनीतिक संस्कृति

(Indian Political Culture)

भारतीय राजनीतिक संस्कृति और उसके विकास को समझने के लिए मुख्यत: तीन तरह के रवैये अपनाये जाते हैं। पहला रवैया उन लोगों का है जो भारतीय समाज और राजनीति का आकलन पश्चिमी समाजों के राजनीतिक विकास के आधार पर करते हैं। उन्हें लगता रहा है कि भारत की राजनीतिक संस्कृति में उसकी सामाजिक परम्परा का हस्तक्षेप कुछ ज़्यादा ही है। इसीलिए यहाँ लोकतंत्र और राष्ट्र-निर्माण की प्रक्रिया संकटग्रस्त होने के लिए अभिशप्त हो जाती है। दूसरा रवैया उन लोगों का है जो मानते हैं कि भारत का सारतत्त्व मुख्यत: सांस्कृतिक है, इसलिए समाज-परिवर्तन के नाम पर केवल राजनीतिक पहलुओं की श्रेष्ठता स्वीकार करने के आधार पर बनी कोई भी राजनीतिक संस्कृति उसे रास नहीं आ सकती थी। इसलिए इन विद्वानों ने परम्परा और आधुनिकता को एक-दूसरे के साथ स्पर्धारत देखने के बजाय परस्पर अन्योन्यक्रिया करते हुए देखा। नतीजे के तौर पर इन लोगों ने भारतीय राजनीतिक संस्कृति को एक अनूठी संरचना के रूप में ग्रहण किया। तीसरा रवैया उन लोगों का है जो मानते हैं आधुनिकता और राष्ट्रवाद ने भारत के सारतत्त्व को नुक़सान पहुँचा कर एक ऐसी राजनीतिक संस्कृति को जन्म दिया है जिसने राज्य की संस्था को समाज के ऊपर प्रधानता दे दी है। यह परिस्थिति भारतीय स्वभाव से मेल नहीं खाती, इसीलिए भारतीय समाज नयी राजनीतिक संस्कृति के साथ तालमेल बैठाने के चक्कर में थकान का शिकार होता जा रहा है।

पश्चिमी अनुभव को मानक के रूप में ग्रहण करने वाले प्रेक्षकों को यह समझ में नहीं आता कि भारत में राष्ट्रीय पहचान वैसे समूहन (एग्रीगेशन) के आधार पर क्यों नहीं बनी जैसा युरोप और अमेरिका में घटित हुआ है? ये लोग राजनीतिक आधुनिकीकरण की प्रक्रिया में उभरी क्षेत्रीय और भाषाई पहचानों को लोकतंत्र और राष्ट्र के लिए संकट के रूप में देखते हैं। वे पश्चिमी संस्कृतियों को अभिकेंद्रीय मानते हैं और उसके बरक्स भारतीय पक्ष उन्हें अपकेंद्रीय लगता है। वे यह सवाल भी उठाते हैं कि भारतवासी सभी को समेट लेने वाली सेकुलर अस्मिता से सम्पन्न क्यों नहीं हैं? उनके भीतर सेकुलर प्राधिकार के प्रति नकारात्मक रुझान क्यों हैं? पश्चिमी मानक के आईने में भारतीय राजनीतिक संस्कृति को देखने वाले परम्परा और आधुनिकता को दो विरोधी ध्रुवों के रूप में देखते हैं। इस दृष्टि से हट कर परम्परा और आधुनिकता में सामंजस्य के पहलू देखने वाले विद्वानों ने राजनीतिक संस्कृति का सूत्रीकरण एक भिन्न मॉडल के रूप में किया है।

राजनीतिक संस्कृति के विशिष्ट भारतीय मॉडल की रचना का श्रेय रजनी कोठारी को जाता है। हालाँकि कोठारी मूलत: राजनीतिकशास्त्री हैं, पर उन्होंने साठ के दशक में किये गये अपने अध्ययनों के आधार पर लिखी गयी एक बहु-अनुशासनीय पुस्तक *पॉलिटिक्स इन इण्डिया* (1969) में इसे पेश किया था। अपनी इस अनूठी रचना में कोठारी ने परम्परा को तीन हिस्सों में बाँट कर विश्लेषित किया है : भारतीय संस्कृति की 'महान परम्परा' और ग्रामीण संस्कृति की 'लघु परम्पराओं' के साथ-साथ बहु-सामाजिक और बहु-क्षेत्रीय राजनीतिक संस्कृति की 'मध्यवर्ती परम्पराएँ'। वे मानते हैं कि भारत में समूहन की प्रक्रिया इन्हीं मध्यवर्ती परम्पराओं के इर्द-गिर्द सम्पन्न हुई है।

कोठारी ने भारतीय राजनीतिक संस्कृति के जिन चार आधारों चर्चा की उनमें पहला है अस्पष्टता के प्रति सहिष्णुता। वे कहते हैं कि भारतीय समाज अस्मिता-बहुल है और ये अस्मिताएँ एक-दूसरे में घुली-मिली हैं जिसके कारण आस्थाओं में अस्पष्टता की स्थिति बनी रहती है। समाज इस अस्पष्टता के साथ जीना सीख चुका है। इसके लिए वह सहअस्तित्व और संश्लेषण का सिद्धांत अपनाता है। यही रवैया परम्परा और आधुनिकता को लाज़मी तौर पर अंतर्विरोधी न मान कर उन्हें संश्लेषण की तरफ़ ले जाता है। नतीजे के तौर पर भारतीय मानस व्यक्तिगत आज़ादी और सामुदायिकता के बीच, वैचारिक लचीलेपन और समाज को नियंत्रित करने वाली औपचारिक संरचनाओं के आग्रह के बीच, राजनीतिक केंद्र की अनिवार्य ज़रूरत और कई तरह की प्रणालियों की स्वायत्तता के बीच तालमेल बैठाने में कामयाब रहता है। अल्पसंख्यकों के प्रति उसके रवैये, राजनीतिक गठजोड़ बनाने की रणनीतियों, मतभेद और विरोध के प्रति सहनशीलता का स्रोत इसी में निहित है। अस्पष्टता के प्रति सहिष्णुता और वैचारिक लचीलेपन का इस्तेमाल करके भारतीय समाज ने आधुनिकता की ऐतिहासिक चुनौती का अपने तरीक़े से सामना किया है।

कोठारी ने दूसरे आधार की शिनाख़्त सत्ता के विखण्डित स्वभाव के रूप में की है। वे कहते हैं कि भारत में अभिजनों की भूमिका मध्यस्थ की रही है। सामाजिक बंदोबस्त में उलझाव पैदा होने पर ही अभिजन हस्तक्षेप करते थे। प्राधिकार का इस्तेमाल यदा-कदा होने के कारण उसकी प्रकृति अस्थाई और सीमित हो जाती थी। सीमित इन अर्थों में कि राजा या केवल उन्हीं मामलों में हाथ डालता था जो उसके सामने पेश किये जाते थे। बाक़ी मामले समाज अपने स्तर पर निबटाता रहता था। आधुनिक युग में समाज राजनेता से भी इसी रवैये की अपेक्षा करता है। लोकतंत्र की स्थापना ने भारतीय समाज

में राजनीतिक केंद्र के निर्माण का मार्ग प्रशस्त किया जिसने लोगों को मौक़ा दिया कि वे झगड़े सुलझाने के लिए स्थानीय ताक़तों की मनमानी और उत्पीड़नकारी भूमिका से बच सकें। कांग्रेस से जुड़े स्थानीय नेताओं ने सामाजिक और व्यक्तिगत विवादों में नये मध्यस्थों की भूमिका निभानी शुरू कर दी। आधुनिक प्राधिकार के राजनीतिक प्रतिनिधि भी मध्यस्थ बन गये। बड़े नेता भी धीमी रफ़्तार से सुलह-समझौता और बीच-बचाव का सिलसिला चलाते हैं। धीरे-धीरे विभिन्न पक्षों के बीच एक सौदा उभरता है। इसका संस्थागत रूप भी निम्न स्तर का रहता है। सरकार परिवर्तन की वाहक तो बनती है, पर बदलाव थोपने की बजाय मौजूदा संबंधों के बीच मध्यस्थता करके उसके लिए रास्ता साफ़ करती है। इस तरह नयी राजनीति एक समाज की सांस्कृतिक जीवन-शैली के खाँचे में ढल कर अपनी शक्ल-सूरत प्राप्त करती रहती है।

राजनीतिक संस्कृति का तीसरा आधार विचारधारा और राजनीति के बीच संबंध की शक्ल में सामने आता है। कोठारी के मुताबिक़ भारतीय समाज चीन से इस मायने में भिन्न है कि चीन में राज्य समाज की अच्छाइयों का रक्षक माना जाता है। पर भारत में समाज राज्य से स्वायत्त है। नैतिकताओं पर समाज की इजारेदारी नहीं चलती। आधुनिकता के आगमन के बाद सामाजिक जीवन में नेता का महत्त्व बढ़ा है और राज्य के नुमाइंदे के रूप में वह समाज से पहले के किन्हीं वक़्तों के मुक़ाबले अधिक अंतरंग भी हुआ है। समाज उसके भीतर विचार और कर्म की एकता देखना चाहता है। उससे अपेक्षित है कि वह संस्कृति और सद्गुणों की वाहक भी हो। समाज के इसी दबाव में नेता ऐसे-ऐसे वायदे करता है जिन्हें पूरा करने की उम्मीद तार्किक रूप से नहीं की जा सकती। यही रवैया विचारधारा के प्रति है। एक तरफ़ ऊँचे आदर्शों की बात और सांस्कृतिक मूल्यों व नैतिकता की प्रतिष्ठा का दावा बना रहता है, और दूसरी ओर यदि सामाजिक जीवन में यह सब नहीं हो पाता तो उसे सहन भी कर लिया जाता है। किसी को शर्म और पराजय की अनुभूति भी नहीं होती। पाखण्ड के प्रति सहिष्णुता के साथ यह मान्यता भी काम करती रहती है कि पाखण्ड कुछ न कुछ रहेगा भी।

चौथा आधार विश्वास और अविश्वास से संबंधित है। ईसाई धारणा व्यक्ति को नैसर्गिक रूप से पापी मानती है। चीन में कनफ़्यूशस का विचार मानव की बुनियादी अच्छाई पर ज़ोर देता है। पर भारतीय कर्म की धारणा पर यक़ीन करते हैं। न ही वे ईसाइयों की भाँति इनसान की ख़ुदगर्ज़ी को क़ाबू में करने की कोशिश करते हैं और न ही चीनियों की तरह सामाजिकीकरण के ज़रिये उसकी अच्छाइयों को सामने लाने के फेर में रहते हैं। कर्मों के जमा-ख़र्च की धारणा के तहत जीवन चलता रहता है। कर्म सिद्धांत के मुताबिक़ निजी स्तर पर अच्छे कर्म करके मोक्ष की प्राप्ति की जा सकती है, इसलिए सामूहिक धरातल पर मिल-जुल कर उपलब्धियाँ करना आवश्यक नहीं रह जाता। टीम-वर्ग की प्रवृत्ति कमज़ोर हो जाती है, दूसरों पर संदेह का रवैया पनपता है, प्राधिकार पर शक रहता है और सामूहिक काम करने वाले हर व्यक्ति पर (चाहे वह अभिजन हो, नेता हो, अफ़सर हो या विशेषज्ञ हो) अविश्वास रहता है। इस स्थिति में समानता के आधार पर नहीं बल्कि वरिष्ठता और कनिष्ठता के आधार पर काम करना ज़्यादा स्वाभाविक लगता है। जब तक चमत्कारी नेता या आध्यात्मिक गुरु न हो, भारतीय समाज में उसके प्रति समर्पण की भावना पैदा नहीं हो पाती। आधुनिक जीवन के दबावों में यह प्रवृत्ति बदलनी शुरू हुई है। गठजोड़ राजनीति की मजबूरियों ने भी इस प्रवृत्ति में कुछ संशोधन किये हैं।

कोठारी के इस मॉडल से लगता है कि वे राजनीतिक संस्कृति के भारतीय रूप के प्रति काफ़ी आश्वस्त हैं। पर वे इस मॉडल के उन पहलुओं को भी नज़रअंदाज़ नहीं करते जो उनके विचार से नकारात्मक हैं और आधुनिक राजनीति को परवान चढ़ाने में बाधक हो सकते हैं। उनका ख़याल है कि जन्मना आरोपित पदानुक्रम के मुताबिक़ असहमति और विविधता को संसाधित करने की भारतीय प्रवृत्ति का आज़ादी के आंदोलन के दौरान सफल और सचेत मुक़ाबला किया गया था। पर, जैसे-जैसे नयी राजनीतिक प्रणाली मज़बूत हुई और उसे नौकरशाहाना नियमों और कार्यविधियों का आधार मिला, वैसे-वैसे तरह-तरह की औपचारिकताओं और शासकीय कर्मकाण्डों की शक्ल में इसी रवैये ने फिर जड़ जमा ली। इससे पहले कि आधुनिक सेकुलर मूल्य क़दम जमा पाते, पदानुक्रम आधारित मूल्यों ने माहौल प्रभावित करना शुरू कर दिया। आधुनिक क्षेत्र में भी पारम्परिक पदानुक्रम ने एक सामूहिक मूल्य का दर्जा प्राप्त कर लिया।

दिलचस्प बात यह है कि कोठारी द्वारा प्रतिपादित भारतीय राजनीतिक संस्कृति के इस मॉडल की आलोचना मार्क्सवादियों द्वारा न के बराबर की गयी। एक तरह से उन्होंने कोठारी से उलझना मुनासिब नहीं समझा, बावजूद इसके कि वे सेकुलरीकरण और आधुनिकीकरण के भिन्न मॉडल के पैरोकार थे। लेकिन, राजनीतीकरण के इस मॉडल से बहुत ज़्यादा असहमत न होते हुए कोठारी के ही एक घनिष्ठ सहयोगी विद्वान आशिस नंदी ने अलग परिप्रेक्ष्य पेश किया जो अंततः कोठारी के आशावाद से सहमत नहीं था। उनका यह प्रतिपादन भारतीय राजनीतिक संस्कृति पर लिखी गयी एक रचना *पॉलिटिकल कल्चर ऑफ़ स्टेट* में सामने आया। नंदी आधुनिकता, सेकुलरवाद और राष्ट्र-राज्य के आलोचक के रूप में विख्यात हैं। कोठारी ने भारतीय परम्परा के जिन सकारात्मक रूपों की शिनाख़्त की थी, नंदी ने उससे असहमति व्यक्त नहीं की, पर उन्होंने कहा कि परम्परागत भारतीय राज्य जिस सांस्कृतिक बहुलता से शक्ति प्राप्त करता

था, आधुनिक राष्ट्र-राज्य उसकी जगह अमेरिकी क़िस्म की 'मेल्टिंग पॉट' जैसी बहुलता को आधार बनाना चाहता है। संक्रमण की इसी कोशिश के गर्भ से नयी राजनीतिक संस्कृति निकल रही है। इसके तहत राज्य का विकास और शक्ति ही समाज के विकास और मज़बूती का पर्याय बन गयी है। राज्य के हाथ में जातीय और धार्मिक विवादों की मध्यस्थता चली गयी है, भले ही उसका रवैया कितना भी भेदभावपूर्ण क्यों न हो। इस नयी संस्कृति में हमारी विविधता निम्न स्तर की समरूपता में बदल गयी है जिसके कारण इतिहास के ढलान पर पूरा भारतीय समाज हाँफता चला जा रहा है।

देखें : अनुसूचित जातियाँ, अनुसूचित जनजातियाँ, अन्य पिछड़े वर्ग, आरक्षण, कन्हैयालाल माणिकलाल मुंशी, जवाहरलाल नेहरू, भारतीय अभिजन, भारतीय आधुनिकता, भारतीय इसलाम, भारतीय उदारतावाद, भारतीय डायसपोरा, भारत में उपनिवेशवाद, भारत में नियोजन, भारत में प्रातिनिधिक प्रणाली, भारत में पृथकतावादी राजनीति, भारत में मतदान-व्यवहार-1 से 6 तक, भारतीय राज्य, भारतीय राष्ट्रवाद, भारतीय लोकतंत्र, भारतीय लोकतंत्र का संस्थानीकरण-1 से 3 तक, भारतीय स्वभाव और राजनीति, भारतीय संविधान-1 से 8 तक, भारतीय सामाजिक आंदोलन, भीमराव रामजी आम्बेडकर, संविधान सभा में भाषा-विवाद-1 से 3 तक।

संदर्भ

1. रजनी कोठारी (2003), 'राजनीतिक संस्कृति और भारतीय व्यक्ति की राजनीतिक शख़्सियत का विकास', अभय कुमार दुबे (सम्पा.), *राजनीति की किताब : रजनी कोठारी का कृतित्व*, सीएसडीए-वाणी, नयी दिल्ली.
2. आशिस नंदी (2003), 'नयी राजनीतिक संस्कृति : समाज और लोकतंत्र', अभय कुमार दुबे (सम्पा.), लोकतंत्र के सात अध्याय, सीएसडीएस-वाणी, नयी दिल्ली.

— अभय कुमार दुबे

भारतीय राज्य

(Indian State)

1950 में संवैधानिक गणराज्य के रूप में जिस भारतीय राज्य की नींव पड़ी, उसकी बनावट कई नये और कई पुराने तत्त्वों से मिल कर तैयार हुई थी। इसके चरित्र की व्याख्या करने वाले कई मॉडल समाज-विज्ञान में प्रचलित हैं। पिछले साठ साल में भारतीय राज्य कई तरह के परिवर्तनों और विकास-क्रमों से गुज़रा है, और इस प्रक्रिया में उसकी संरचना पहले से कहीं ज़्यादा पेचीदा हो गयी है।

अपने उद्घाटन के समय इस राज्य के नये आयाम इस प्रकार थे : सार्विक मताधिकार के आधार पर निर्वाचित सम्प्रभु विधायिका (सामुदायिक प्रतिनिधित्व का प्रावधान न होने के बावजूद इसमें अनुसूचित जातियों और जनजातियों के लिए आरक्षण की व्यवस्था थी), सभी नागरिकों के मूलाधिकारों की संविधान द्वारा गारंटी, शासन की संसदीय प्रणाली (संसद के प्रति जवाबदेह कार्यपालिका और अप्रत्यक्ष निर्वाचन के ज़रिये चुना गया राष्ट्रपति), स्वतंत्र न्यायपालिका (संसद द्वारा बनाये गये क़ानूनों की समीक्षा करने के अधिकार से सम्पन्न) और केंद्राभिमुख संघात्मक प्रणाली (राज्य सरकारें अपनी विधानसभाओं के प्रति उत्तरदायी, लेकिन शक्तियों के बँटवारे में पलड़ा केंद्र की तरफ़ झुका हुआ)।

इस राज्य के पुराने पहलुओं में सर्वाधिक उल्लेखनीय अंग्रेज़ों की विरासत के रूप में मिला प्रशासकीय ढाँचा था। बावजूद इसके कि आज़ाद भारत का आकार औपनिवेशिक भारत के मुक़ाबले काफ़ी बड़ा था, अंग्रेज़ों के ज़माने में जिस आईसीएस के हाथों में प्रशासन की बागडोर रहती थी, उसी तर्ज़ पर आईएएस (भारतीय प्रशासनिक सेवा) का गठन किया गया। साथ में अंग्रेज़ों के ही नमूने पर पीसीएस (प्रांतीय प्रशासनिक सेवा) भी बनायी गयी। मुख्य प्रशासनिक इकाई भी ज़िले को ही बनाया गया और पहले की ही तरह एक आईएएस अफ़सर को ज़िले की क़ानून-व्यवस्था क़ायम रखने और वैकासिक कार्यों की देखरेख करने की ज़िम्मेदारी दी गयी। इस अफ़सर को ज़िले का मुख्य राजस्व अधिकारी या कलेक्टर तो होना ही था, साथ ही वह मुख्य न्यायाधिकारी या ज़िला मजिस्ट्रेट भी था। फ़ौजदारी और दीवानी क़ानून भी अंग्रेज़ों वाला ही रहा। उच्च न्यायालयों और ज़िला अदालतों ने अंग्रेज़ों द्वारा स्थापित क़ानूनी परम्पराओं और रिवाज़ों का पालन करना जारी रखा। इसमें नयी बात केवल सर्वोच्च न्यायालय की स्थापना और नयी संवैधानिक प्रणाली में उसकी विशेष स्थिति थी। अंग्रेज़ों द्वारा प्रदत्त फ़ौज का पेशेवर और ग़ैर-राजनीतिक चरित्र सुरक्षित रखा गया। उसकी बाग़डोर उसी तरह राजनीतिक नेतृत्व के हाथ में रखी गयी।

समाज-विज्ञान में सत्तर के दशक तक भारतीय राज्य की मुख्यतः चार तरह की व्याख्याएँ सामने आ चुकी थीं। पहली व्याख्या आधुनिकीकरण के उदारतावादी सिद्धांत के पैरोकारों की थी। भारतीय प्रयोग को सराहना और उम्मीद के साथ देखते हुए इन विद्वानों की मान्यता थी कि जैसे-जैसे लोकतांत्रिक संवैधानिक प्रणाली का विकास होगा, वैसे-वैसे बुद्धिसंगत प्रशासनिक और निर्णय प्रक्रिया के प्रभाव में जातिगत, धार्मिक और जातीय निष्ठाओं की जगह आधुनिक नागरिकता के क़दम जमते चले जाएँगे। लेकिन जब ऐसा होता हुआ नहीं दिखा और भारतीय राज्य ने पश्चिम की प्रतिकृति बनने से इनकार कर दिया तो ये विद्वजन निराश हो

गये। दूसरी व्याख्या भी आधुनिकीकरण के सिद्धांत से प्रवाहित हुई लेकिन इसके साथ भारतीय समाज की बेहतर समझ जुड़ी हुई थी। इसके पैरोकार मानते थे कि जातिगत और धार्मिक संरचनाएँ नष्ट होने के बजाय आधुनिक राज्य की संस्थाओं में अपनी जगह बनायेंगी, उसकी ज़रूरतों के मुताबिक़ ख़ुद को बदलेंगी और इस प्रकार राजनीतिक आधुनिकता को एक नया रूप दे देंगी।

तीसरी व्याख्या मार्क्सवादियों की थी जिसने भारतीय राज्य को जनविरोधी वर्गों के एजेंट के रूप में दिखा कर आग्रह किया कि सरकारी ताक़त का दमनकारी ढंग से इस्तेमाल करना इस राज्य की प्रणालीगत विशेषता है। शुरू में मार्क्सवादियों का यह विश्लेषण राज्य के वर्ग-चरित्र पर होने वाली बेजान बहस में फँस गया। सत्तर के दशक में उन्होंने कुछ अधिक नफ़ासत का परिचय देते हुए दावा किया कि भारतीय गणराज्य का संवैधानिक रूप तो उदारतावादी लोकतंत्र जैसा है, पर उसका चरित्र युरोपीय या अमेरिकी राज्यों की तरह नहीं है। इसकी वजह मार्क्सवादियों ने यह बतायी कि भारतीय पूँजीपति वर्ग के पास अपना वर्चस्व स्थापित करने के लिए आवश्यक सामाजिक ताक़त का अभाव है। मार्क्सवादियों के बीच से उभरी नक्सलवादी धारा के विमर्शकारों ने भारतीय राज्य के लोकतंत्र संबंधी दावों को पूरी तरह से ख़ारिज करते हुए उसे साम्राज्यवादी पूँजी का दलाल और नौकरशाही पूँजी (पब्लिक सेक्टर) का प्रतिनिधि क़रार दिया। राष्ट्रीय राजनीति में सक्रिय तमाम राजनीतिक शक्तियों में केवल नक्सलवादी ही थे जिन्होंने भारतीय राज्य का तख़्ता पलटने का आह्वान किया और इसके लिए एक विफल हिंसक मुहिम भी चलाई।

चौथी व्याख्या रजनी कोठारी की देन थी। उन्होंने संस्थागत विन्यास को समझने के लिए स्ट्रक्चरल-फ़ंक्शनल मॉडल का सहारा लेते हुए दिखाया कि भारत में राजनीतिक प्रणाली संस्थाओं के एक 'गतिशील केंद्रक' के इर्द-गिर्द काम करती है। कोठारी के मुताबिक़ प्रणाली और उसके संचालन की प्रक्रिया पर कांग्रेस पार्टी का वर्चस्व हावी रहता है। यह प्रणाली गाँव, कस्बे, शहर, ज़िले, प्रांत और केंद्र की परिस्थितियों में अलग-अलग ढंग से काम करते हुए दो समांतर स्तरों पर प्रभावी रहती है : पार्टी के स्तर पर और सरकार के स्तर पर। कोठारी ने विश्लेषण करके दिखाया कि इसके परिणामस्वरूप राजनीतिक केंद्र अपना दबदबा क़ायम रख पाता है और व्यवस्था के हाशियों से उभरने वाले असंतोष को कांग्रेस पार्टी अपने तरीक़े से संसाधित करती रहती है। कोठारी के मॉडल में जिस पहलू पर ज़ोर दिया गया था वह थी गठजोड़ और सहमति-निर्माण की प्रक्रिया।

कोठारी का यह मॉडल प्रभावशाली था और सत्तर के दशक तक ऐसा लगता भी रहा कि भारतीय राज्य इसी तरह से काम कर रहा है। लेकिन जल्दी ही नये घटनाक्रम ने इस मॉडल की आलोचनाओं की तरफ़ ध्यान खींचा जिनमें कहा गया था कि कोठारी कांग्रेस 'प्रणाली' के सहमतिमूलक चरित्र के प्रति कुछ ज़्यादा ही आश्वस्त हैं और उनमें भारतीय अभिजनों की स्वायत्तता को बढ़ा-चढ़ा कर देखने की प्रवृत्ति है। साथ ही वे आर्थिक और सामाजिक परिवर्तन को क्रमिक विकास के परिप्रेक्ष्य में ही देख रहे हैं। दरअसल, कोठारी ने भी अपनी तरफ़ से सत्तर के दशक में उभरे जुझारू विपक्षी आंदोलनों, उनके ख़िलाफ़ चलाई गयी दमनकारी प्रक्रिया, आपातकाल और फिर कांग्रेस की पराजय की रोशनी में अपने मॉडल की पुनरीक्षा शुरू कर दी थी।

उन्हें दिखने लगा था कि कांग्रेस 'प्रणाली' अब पहले की तरह काम नहीं कर पा रही है। नयी परिस्थितियों में सहमति बनाने और गठजोड़ के रूप में काम करने की कांग्रेस की क्षमता का क्षय हो रहा है जिसके कारण राज्य-व्यवस्था आंतरिक तनावों की शिकार होती जा रही है। इंदिरा गाँधी के नेतृत्व में कांग्रेस ने अपना रवैया बदला और पहले की तरह संगठन-आधारित राजनीति न करके आर्थिक नीतियों के दम पर सीधे जनता तक पहुँचने का रास्ता अपनाया। शुरू में इंदिरा गाँधी को कामयाबी भी मिली। लेकिन उन्होंने जनता की उम्मीदें बहुत बढ़ा दीं और भारतीय राज्य की क्षमताओं का पूरा इस्तेमाल अपने लोकलुभावन वायदों को पूरा कर पाने में नहीं कर पायीं। इस कारण से जन-विक्षोभ और उसकी नुमाइंदगी करने वाले विपक्षी आंदोलनों का सिलसिला शुरू हो गया।

अस्सी के दशक में कोठारी ने पाया कि धीरे-धीरे एक तकनीकशाही-प्रबंधकीय राज्य उभर आया है जो राजनीतिक प्रक्रिया के ज़रिये समस्याओं को समाधान की तरफ़ ले जाने के बजाय चंद विशेषज्ञों की मदद से देश को नयी सदी में ले जाने की योजना बना रहा है। इस मौक़े पर कोठारी ने सूत्रीकरण किया कि पहले तो इंदिरा गाँधी ने अपने निजी करिश्मे पर भरोसा किया और अपनी राजनीति के लोकलुभावनवादी चरित्र से भारतीय राज्य के बहुलवादी चरित्र का क्षय किया। फिर उनके बेटे राजीव गाँधी के नेतृत्व में लोकतंत्र को अभिजनोन्मुख, प्रौद्योगिकीपरस्त, विकृत और विविधता विरोधी बना दिया गया। कोठारी का निष्कर्ष यह था कि आज का भारतीय राज्य राष्ट्र-निर्माण के अगले चरण की ओर तो संक्रमण कर रहा है, पर न तो वह अपने संस्थागत क्षरण को रोक पा रहा है और न ही नयी संस्थागत संरचना करने में समर्थ है। कोठारी मानते हैं कि भूमण्डलीकरण की प्रक्रिया ने इन विकृतियों में और इज़ाफ़ा किया है। अंतर्राष्ट्रीय वित्तीय पूँजी के प्रभाव के तहत भारतीय राज्य ने अपनी लोकहितकारी नीतियों को त्याग दिया है। वर्तमान भारतीय

राज्य को ग़रीबों, वंचितों और हाशियाग्रस्त तबक़ों की कोई फ़िक्र ही नहीं है। आर्थिक विकास की होड़ में इन तबक़ों को अवांछित और छँटनी करने लायक मान लिया गया है। जो लोग बाज़ार की प्रतियोगिता में नहीं टिक पाएँगे उन्हें नष्ट हो जाना पड़ेगा।

सत्तर और अस्सी के दशक के घटनाक्रम के कारण कई विश्लेषकों ने भारतीय राज्य के बारे में अपने पुराने विचार बदले। हरित क्रांति के गर्भ से निकले धनी किसानों (ग्रामीण पूँजीपतियों) की बढ़ती हुई राजनीतिक ताक़त और मँझोली व दलित जातियों की प्रबल होती हुई गोलबंदी ने उन्हें अपनी प्रस्थापनाओं पर नये सिरे से सोचने के लिए मजबूर किया। आख़िरकार भारतीय राज्य को इन नये महत्त्वकांक्षी तबक़ों की माँगों के प्रति अनुक्रिया करनी ही थी। मार्क्सवादियों ने अपने विश्लेषण को और समृद्ध किया। उन्होंने पूँजीपतियों, धनी किसानों और अधिकारीतंत्र को तीन प्रभुत्वशाली वर्गों के रूप में चिह्नित करके दिखाया कि उनके बीच होड़ और गठजोड़ की प्रक्रिया उस राजनीतिक स्पेस में चल रही है जिसकी बागडोर अपेक्षाकृत स्वायत्त भारतीय राज्य के हाथों में है। इस मॉडल को सैद्धांतिक रूप देने का श्रेय सुदीप्त कविराज को है जिन्होंने ग्राम्शी द्वारा प्रतिपादित 'पैसिल रेवोल्यूशन' की रोशनी में अपना सूत्रीकरण किया। पूँजी की ताक़तों द्वारा की गयी पैसिव रेवोल्यूशन का यह मॉडल पश्चिम में पूँजीपति वर्ग के नेतृत्व में स्थापित क्लासिकल लोकतंत्र के मॉडल से भिन्न है। यह अलग बात है कि पश्चिम में बूर्ज्वा लोकतंत्र की कामयाबियों ने क्लासिकल मॉडल को एक ग्लोबल मानक की हैसियत प्रदान कर दी है, जबकि भारत का यह मॉडल एक संक्रमणकारी स्थिति का ही प्रतिनिधित्व कर रहा है। विद्वान अभी यह तय नहीं कर पाये हैं कि भारतीय राज्य अंततः किस दिशा में जाएगा और उसका प्रामाणिक स्थिर स्वरूप कैसा होगा।

भारतीय राज्य के बदलते हुए चरित्र की सबसे ताज़ा शिनाख़्त पार्थ चटर्जी ने राजनीतिक समाज की धारणा के सूत्रीकरण के ज़रिये की है। वे कहते हैं भारतीय राज्य अब स्वायत्त न रह कर कॉरपोरेट पूँजी के नैतिक-राजनीतिक वर्चस्व के तले आ गया है। उनके मुताबिक़ केंद्र और राज्यों की सरकारों पर नियंत्रण करने के लिए कॉरपोरेट पूँजी राजनीतिक दलों और चुनावी गोलबंदी के बजाय नौकरशाह-प्रबंधकों, मुद्रित व दृश्य-श्रव्य मीडिया और न्यायपालिका वग़ैरह का इस्तेमाल करती है। राजकीय क्षेत्र पर इस पूँजी का रुतबा इस क़दर ग़ालिब हो गया है कि मार्क्सवादी समेत तक़रीबन सभी तरह की पार्टियाँ निजी निवेश पर आधारित तेज़ आर्थिक विकास की रणनीति पर सहमत हो गयी हैं।

देखें : अनुसूचित जातियाँ, अनुसूचित जनजातियाँ, अन्य पिछड़े वर्ग, आरक्षण, आधुनिकता, अरविंद घोष, आधुनिकीकरण, कन्हैयालाल माणिकलाल मुंशी, जवाहरलाल नेहरू, जातियों का राजनीतिकरकरण, धीरूभाई शेठ, पार्थ चटर्जी, बंगाल का नवजागरण, भारतीय अभिजन, भारतीय आधुनिकता, भारतीय इसलाम, भारतीय उदारतावाद, भारतीय डायसपोरा, भारत में उपनिवेशवाद, भारतीय नवजागरण : तुलनात्मक परिप्रेक्ष्य, भारत में नियोजन, भारत में प्रातिनिधिक प्रणाली, भारत में पृथकतावादी राजनीति, भारत में मतदान-व्यवहार-1 से 6 तक, भारत में सामाजिक आंदोलन, भारतीय राष्ट्रवाद, भारतीय लोकतंत्र, भारतीय लोकतंत्र का संस्थानीकरण-1 से 3 तक, भारतीय स्वभाव और राजनीति, भारतीय संविधान-1 से 8 तक, भारतीय सामाजिक आंदोलन, भीमराव रामजी आम्बेडकर, रजनी कोठारी, राज्य, राज्य की मार्क्सवादी अवधारणा, राजा राममोहन राय, विवेकानंद, विनायक दामोदर सावरकर, सुदीप्त कविराज, संविधान सभा में भाषा-विवाद-1 से 3 तक, सामाजिक आंदोलन।

संदर्भ

1. पार्थ चटर्जी (2010), 'द स्टेट', नीरजा गोपाल जयल और प्रताप भानु मेहता (सम्पा.), *द ऑक्सफ़र्ड कम्पैनियन टु पॉलिटिक्स इन इण्डिया,* नयी दिल्ली.
2. रजनी कोठारी (2005), *भारत में राजनीति : कल और आज,* अभय कुमार दुबे (हिंदी प्रस्तुति और सम्पादन), सीएसडीएस-वाणी, नयी दिल्ली.
3. लॉयड आई. रुडोल्फ़ और सूज़न एच. रुडोल्फ़ (1987), *इन परसूट ऑफ़ लक्ष्मी : द पॉलिटिकल इकॉनॉमी ऑफ़ स्टेट,* युनिवर्सिटी ऑफ़ शिकागो प्रेस, शिकागो.
4. सुदीप्त कविराज (1988), 'अ क्रिटीक ऑफ़ पैसिव रेवोल्यूशन', *इकॉनॉमिक ऐंड पॉलिटिकल वीकली,* खण्ड 23, अंक 45-7.

— अभय कुमार दुबे

भारतीय लोकतंत्र

(Indian Democracy)

भारतीय लोकतंत्र मध्यमार्गी प्रवृत्तियों से सम्पन्न उदारतावाद की श्रेणी में आता है। उसकी प्रणाली सार्विक मताधिकार पर आधारित सावधि निर्वाचन और हितों की होड़ पर आधारित बहुलतावाद के ज़रिये संचालित होती है। पश्चिमी राजनीतिक चिंतन के प्रगतिशील आयामों से मिलने वाली सैद्धांतिक प्रेरणा के साथ-साथ इसके साथ यह व्यावहारिक समझ भी जुड़ी हुई है कि भारत जैसे विविधतामूलक समाज में इसी मॉडल के कामयाब होने की गुंजाइश सबसे ज़्यादा मानी जा सकती है। समय के साथ-साथ इस मॉडल ने दिखाया है कि लोकतांत्रिक राजनीति के प्रभाव में तेज़ी से राजनीतिकृत होते हुए भारतवासियों की सामाजिक ऊर्जा का सर्वाधिक रचनात्मक उपयोग इसी प्रकार हो सकता है। भारतीय लोकतंत्र का यह

मॉडल सफल होगा या नहीं, इस बात पर काफ़ी विवाद होता रहा है। लेकिन, इन विवादों से परे जा कर भारतीय लोकतंत्र पश्चिम के विकसित देशों के लोकतंत्र की ही तरह स्थिर और उत्तरोत्तर विकासमान है। ऐसी बात नहीं कि इसमें ख़ामियाँ नहीं हैं, पर इसने अपनी कमियों को समझ कर उनका परिष्कार करने का माद्दा भी दिखाया है। इसकी गति धीमी है जिसके कारण यह आलोचनाओं में घिरा रहता है, पर सकारात्मक दिशा में बढ़ने के कारण हर बार यह मॉडल अपने टिकाऊपन के प्रमाण देता रहता है।

आदर्श रूप में देखा जाए तो भारतीय लोकतंत्र का यह मॉडल दो चुनावों की अवधि में होने वाली एक ख़ास तरह की राजनीति से संचालित होता है। इस बीच के दौर में विभिन्न हितों के प्रतिनिधि संगठन दबाव और तालमेल के ज़रिये राजकीय राजनीति को अपने पक्ष में मोड़ने की कोशिश करते हैं। हितों की बेरोकटोक अभिव्यक्ति होने दी जाती है और इसका परिणाम सौदेबाज़ी, समझौतों और तालमेल को जन्म देता है। तरह-तरह की गोलबंदियों का सहारा लिया जाता है जो मुख्यत: धन, समय और संख्यात्मक समर्थन की माँग करती हैं। यह तिहरी शर्त सभी तरह की ताक़तें एक साथ पूरी नहीं कर सकतीं। जिसके पास धन है, उसके पास समय और संख्या का अभाव होता है। अर्थात् भारत जैसे बहुलतावादी लोकतंत्र की आदर्श स्थिति माँग करती है कि राजनीतिक प्रक्रिया पर कोई एक व्यक्ति, कोई एक तबक़ा और कोई एक हित लम्बे समय तक क़ाबिज़ नहीं रह पायेगा। कोई भी हो, उसकी सत्ता का दौर तभी तक लम्बा खिंच सकता है जब वह राजनीति में अपेक्षाकृत कमज़ोर भागीदारों के हितों का भी ख़याल रखे। इस मजबूरी के गर्भ से एक समझौता निकलेगा जिसके आधार पर बनी राजकीय नीति के ढाँचे में सभी तरह के भागीदारों के लिए कोई न कोई गुंजाइश बनी रहेगी।

इस मॉडल के व्याख्याकारों के सरोकार मुख्यत: प्रतिनिधित्व के सिद्धांत के इर्द-गिर्द गोलबंद होते हैं। लोकतंत्र के स्वास्थ्य के पता लगाने के लिए वे जनता के प्रतिनिधि और उसे चुनने वाले मतदाता के बीच संबंधों की समय-समय पर जाँच करते रहते हैं। स्थानीय स्तर पर प्रतिनिधि और जनता का रिश्ता जनसमस्याएँ सुलझाने, विकास कार्य सम्पन्न करने और अपने समर्थकों के साथ आत्मीयता बढ़ाने की कसौटी पर कस कर देखा जाता है। व्यापक और समष्टिगत स्तर पर यह रिश्ता प्रतिनिधि की वैचारिक दृष्टि, दलीय प्रणाली और प्रतिनिधि की पार्टी के योगदान के संदर्भ में परखा जाता है। माना जाता है कि चुनाव में फ़ैसला करते समय मतदाता आदर्श रूप से इन दोनों पहलुओं का ध्यान रखेगा।

आदर्श और व्यवहार में सदैव मौजूद रहने वाले अंतर के कारण इस पूरी प्रक्रिया में मतभेद और तनाव स्वाभाविक परिणामों की तरह प्रकट होते हैं। जब तक एक हित की पूर्ति दूसरे हित को ठेस लगाये बिना होती रहती है, तब तक व्यवस्था शांतिपूर्वक चलती रहती है। ऐसा न हो पाने की दशा में टकराव होता है। टकराव के इसी अंदेशे को ध्यान में रख कर इस मॉडल में लोकतांत्रिक संस्थाओं को इस तर्ज़ पर नियोजित किया जाता है कि टकराव व्यवस्था के लिए ख़तरा बनने से पहले ही सामाजिक, राजनीतिक और आर्थिक उपायों के ज़रिये मंद कर दिया जाए या पचा लिया जाए।

इस प्रणाली को तरह-तरह से समझा गया और इससे कई क़िस्म की उम्मीदें लगायी गयीं। इसकी कहानी आज़ादी के बाद चले छह विमर्शों की रोशनी में पढ़ी जा सकती है। ये विमर्श हैं : विनाश की भविष्यवाणियाँ करने वाला औपनिवेशिक विमर्श, भारतीय समाज को बदल डालने पर आमादा राष्ट्रवादी विमर्श, सामाजिक लोकतंत्र का विमर्श, हिंदुत्ववादी विमर्श, कम्युनिस्ट विमर्श और गाँधी से प्रभावित विमर्श।

आज़ादी मिलने के तीन-चार साल बाद से ही कई तरह के समीक्षकों और प्रेक्षकों ने इस लोकतंत्र के भविष्य को अंधकारमय मान कर विनाश की भविष्यवाणियाँ करनी शुरू कर दी थीं। यह निराशाजनक दृष्टिकोण साठ के दशक के आख़िर तक अपने चरम पर पहुँच गया। साठ और सत्तर के दशक की संक्रमणकारी स्थितियों का नकारात्मक पाठ करके सेलिग हैरिसन, मैक्सवेल और रोनाल्ड सेगल जैसे विद्वानों ने दावा किया कि 1967 का आम चुनाव भारत का आख़िरी होगा क्योंकि उसके बाद क्षेत्रीय, भाषाई, जातीय और साम्प्रदायिक दबावों के साथ-साथ आर्थिक संकट के कारण भारत का राजनीतिक केंद्र बिखर जाएगा। विद्याधर नैपॉल जैसे अनिवासी व्याख्याकारों ने इंदिरा गाँधी द्वारा थोपे गये आपातकाल को भारतीय लोकतंत्र की शोकांतिका घोषित कर दिया। उन्होंने व्यवस्था की समस्याओं को भारतीय सभ्यता के व्यापक संकट से जोड़ कर 'अंधकार का क्षेत्र' जैसे ख़ौफ़नाक सूत्रीकरण कर डाले। नैपॉल का कहना था कि आज भारत अकेला खड़ा है और उसकी पतनशील सभ्यता के पास न कोई विचार है और न ही कोई विदेशी विजेता जो उसके समाज को शांति और व्यवस्था का अवदान दे सके। ज़ाहिर है कि आज 'प्रलय' की ये सभी 'भविष्यवाणियाँ' ग़लत साबित हो चुकी हैं।

राष्ट्रवादी विमर्श के शीर्ष पर जवाहरलाल नेहरू थे। इसमें भारतीय समाज से असंतुष्ट और उसे आमूल बदलने के लिए कटिबद्ध बौद्धिक धाराओं की प्रधानता थी। संविधानसम्मत कार्यविधिक लोकतंत्र और वैकासिक रणनीति के ज़रिये ये लोग जातियों, राष्ट्रीयताओं, भाषाओं और

संस्कृतियों के ख़ानों में बँटे हुए समाज को उसकी बहुलता और विविधता का सम्मान करते हुए परिवर्तन की डगर पर चलाने का सपना देख रहे थे। चूँकि इन लोगों के पास सत्ता भी थी, इसलिए उन्हें अपना एजेंडा लागू करने का मौक़ा भी मिला। इस एजेंडे की सफलताओं और विफलताओं के सिंहावलोकनात्मक आकलन का ठीकरा नेहरू और उनकी मण्डली के सिर पर ही फोड़ा जाता है।

भीमराव आम्बेडकर और उनके विचार सामाजिक लोकतंत्र के विमर्श के शीर्ष पर थे। हालाँकि लोकतंत्र को संविधान का जामा पहनाने में उनकी प्रमुख भूमिका थी, पर वे राजनीतिक स्वतंत्रता को सामाजिक स्वतंत्रता में बदलने के सवाल पर आशंकित थे। उन्हें डर था कि लोकतंत्र के सांविधिक राजनीतिक उसूलों और कर्मकाण्डीय आधारों पर खड़ी श्रेणीबद्ध जाति व्यवस्था के बीच टकराव हो जाने के कारण भारत अंतर्विरोधों की दुनिया में खोता चला जाएगा।

हिंदुत्ववादी विमर्श का प्रतिपादन करने का श्रेय विनायक दामोदर सावरकर को जाता है। राजनीतिक हिंदुत्व के इस सिद्धांतकार को ऐसा बहुलतावादी लोकतंत्र स्वीकार नहीं था जिसमें अल्पसंख्यकों को बराबर के अधिकार हों।

कम्युनिस्ट विमर्श वर्ग सिद्धांत के प्रभाव में बहुलतावादी लोकतंत्र को पूँजीपति वर्ग की तानाशाही के रूप में पेश करने के लिए मजबूर था। उसके पैरोकार किसानों और मज़दूरों का मोर्चा बना कर उसके नेतृत्व में पूँजीवादी क्रांति करने का कार्यक्रम दे रहे थे। अधिकतर कम्युनिस्ट मानते थे कि भारतीय समाज गतिहीन और परिवर्तनविरोधी है और राष्ट्रीय आंदोलन के निकले अभिजन इतने स्वतंत्रचेता और राष्ट्रभक्त नहीं हैं कि पूँजीवादी क्रांति कर सकें, इसलिए इस क्रांति को मज़दूरों और किसानों की अगुआयी की ज़रूरत पड़ेगी।

ख़ास बात यह थी कि अलग-अलग चिंतन के बावजूद ये पाँचों विमर्श मानते थे कि जातियों को मिटाये बिना भारतीय लोकतंत्र कामयाब नहीं हो सकता। उनकी मुख्य टेक यह थी कि भारतीय समाज लोकतंत्र के योग्य नहीं है इसलिए उसे बदलना होगा।

छठी धारा गाँधी से प्रभावित हो कर अलग तरह से सोचती थी। सावरकरवादियों और कम्युनिस्टों की तरह उन्हें लोकतंत्र में एक विचार के तौर पर अविश्वास नहीं था। न ही वे आम्बेडकर की तरह सामाजिक समानता के दायरे में लोकतंत्र की क्षमताओं को संदिग्ध मानते थे। न ही वे नेहरू की तरह मानते थे कि विकास और सेकुलरीकरण के ज़रिये नया समाज पैदा किया जा सकता है। यह विमर्श लोकतंत्र के हिसाब से समाज को बदलने के बजाय जनता की ज़रूरतों के हिसाब से लोकतंत्र को बदलने का पक्षधर था। भारतीय लोकतंत्र की सबसे बेहतर समझ इसी धारा के प्रतिपादकों ने बनायी। पचास के दशक में राजनीतिशास्त्र के अध्येता रजनी कोठारी ने निष्कर्ष निकाला कि कांग्रेस सिर्फ़ एक पार्टी नहीं बल्कि एक प्रणाली है जो भारतीय समाज के संरचनात्मक चरित्र को समझ कर ही उस पर लम्बे समय तक शासन कर सकी। उन्होंने इसे 'कांग्रेस सिस्टम' की संज्ञा दी। इसके बाद उन्होंने जातियों के राजनीतीकरण की धारणा सूत्रबद्ध की जिसके सहारे राजनीतिक होड़, आधुनिकीकरण, शहरीकरण, भूमि सुधार और आरक्षण जैसे सकारात्मक हस्तक्षेपों के ज़रिये आ रहे सामाजिक बदलावों की व्याख्या की जा सकी। इस विमर्श के प्रवक्ताओं ने यह भी देखा कि कांग्रेस जैसे-जैसे अपने समष्टिगत चरित्र को बदल कर एकनिष्ठता की तरफ़ गयी, वैसे-वैसे वह एक प्रणाली से घट कर महज़ पार्टी रह गयी। दूसरी तरफ़ जातियों को आधार बना कर हुई राजनीतिक गोलबंदी के कारण राजनीतिक सत्ता का आधार विकेंद्रित होता चला गया। शुरुआती अस्थिरताओं के बाद इस प्रक्रिया के गर्भ से गठजोड़ राजनीति निकली जिसने पश्चिमी लोकतंत्र की प्रेरणाओं के आधार पर बनी लोकतांत्रिक भित्ति को भारतीय पहचान देने में प्रमुख भूमिका का निर्वाह किया।

देखें : अनुसूचित जातियाँ, अनुसूचित जनजातियाँ, अन्य पिछड़े वर्ग, आरक्षण, कन्हैयालाल माणिकलाल मुंशी, जवाहरलाल नेहरू, भारतीय अभिजन, भारतीय आधुनिकता, भारतीय इसलाम, भारतीय उदारतावाद, भारतीय डायसपोरा, भारत में उपनिवेशवाद, भारत में नियोजन, भारत में प्रातिनिधिक प्रणाली, भारत में पृथकतावादी राजनीति, भारत में मतदान-व्यवहार-1 से 6 तक, भारतीय राज्य, भारतीय राष्ट्रवाद, भारतीय लोकतंत्र का संस्थानीकरण-1 से 3 तक, भारतीय स्वभाव और राजनीति, भारतीय संविधान-1 से 8 तक, भारतीय सामाजिक आंदोलन, भीमराव रामजी आम्बेडकर, संविधान सभा में भाषा-विवाद-1 से 3 तक।

संदर्भ

1. अभय कुमार दुबे (सम्पा.) (2002), *लोकतंत्र के सात अध्याय*, वाणी प्रकाशन, नयी दिल्ली.
2. रजनी कोठारी (2005), *भारत में राजनीति : कल और आज,* (प्रस्तुति और सम्पादन : अभय कुमार दुबे), जाति और राजनीति के साथ-साथ दलीय प्रणाली से संबंधित अध्याय देखें, वाणी प्रकाशन, नयी दिल्ली.
3. योगेंद्र यादव (2002), 'कायापलट की कहानी', अभय कुमार दुबे (सम्पा.), *लोकतंत्र के सात अध्याय,* वाणी प्रकाशन, नयी दिल्ली.
4. जावीद आलम (2002), 'ग़रीबों का लोकतंत्र', अभय कुमार दुबे (सम्पा.), *लोकतंत्र के सात अध्याय,* वाणी प्रकाशन, नयी दिल्ली.

— अभय कुमार दुबे

भारतीय लोकतंत्र का संस्थानीकरण-1

आधारभूत विरासत और विकेंद्रीकरण

(Institutionalisation of Indian Democracy-1)

भारतीय लोकतंत्र की स्थापना तो 15 अगस्त, 1947 में हुई और उसका संविधान 26 जनवरी, 1950 को पारित हुआ, लेकिन उसके संस्थानीकरण की अनौपचारिक शुरुआत उपनिवेशवाद विरोधी आंदोलन के दौरान ही हो गयी थी। अध्येताओं की मान्यता है कि 1928 में कांग्रेस के नेतृत्व द्वारा गठित मोतीलाल नेहरू कमेटी की रपट ने आज़ाद भारत की राज्य व्यवस्था के विभिन्न पहलुओं का खाका तैयार कर दिया था। यही वह आधार था जिस पर आगे चल कर लोकतंत्र को मज़बूत संस्थागत स्वरूप दिया गया। अध्येताओं ने संस्थानीकरण की इस प्रक्रिया को दो भागों में बाँट कर देखा है। संस्थानीकरण का पहला चरण 1947 से 1970 तक चला, और दूसरा उसके बाद से अभी तक जारी है। पहले चरण में लम्बे औपनिवेशिक शासन और उसके ख़िलाफ़ चले लम्बे राष्ट्रीय आंदोलन की विरासत से प्राप्त राष्ट्रीय एकीकरण के ढाँचे पर आधारित हो कर संविधान रचा गया और ब्रिटिश नमूने की काबीना प्रणाली अपनायी गयी। राज्यों का पुनर्गठन, योजना आयोग का गठन, औद्योगिकीकरण, सामुदायिक विकास कार्यक्रम और पंचायती राज पर अमल इस दौर की प्रमुख उपलब्धियाँ थीं। समझा जाता है कि क़रीब बीस साल तक एक सतत प्रवाहमान प्रक्रिया के रूप में कांग्रेस की देखरेख में संस्थानीकरण के ये सोपान हासिल किये गये। इसके ज़रिये सत्ता हस्तांतरण के समय बना केंद्र एक विशाल राष्ट्र-राज्य की परिधि तक पहुँचने का यत्न करता रहा।

संस्थानीकरण की विवरण देने से पहले एक बात स्पष्ट कर देना ज़रूरी है। यह संस्थानीकरण कोई पहले से तयशुदा काग़ज़ पर लिख कर तैयार कर ली गयी योजना नहीं थी। न ही यह कोई सुचिंतित गणितीय फ़ार्मूला था जिसे कुछ लोगों ने ऊपर से निर्देशित करते हुए लागू किया हो। राष्ट्र-निर्माण के जिस मॉडल को संस्थानीकरण के ज़रिये धरती पर उतारा जा रहा था, वह तो एक निराकार और काफ़ी हद तक औपचारिक परिभाषाओं से परे एक स्वप्न की तरह था। इस स्वप्न को हर नेता अपने-अपने ढंग से अलग-अलग देखता था। लेकिन इन तमाम स्वप्नों के बीच कुछ बातें मुश्तकरका थीं जिन पर बिना किसी ख़ास दिक़्क़त के आम-सहमति बन जाती थी। कहना न होगा कि संस्थानीकरण की यह प्रक्रिया राजनीतिक घटनाक्रम के हिसाब से ही चलनी थी। उसके दृश्य-अदृश्य तर्क थे जिनसे नहीं बचा जा सकता था। सबसे बड़ा सवाल यह था कि भारत की विशाल जनता लोकतंत्र के विचार को किस तरह ग्रहण करती है। सब कुछ इसी बात पर निर्भर था।

मोतीलाल नेहरू रपट पर चर्चा करने से पहले ज़रूरी है कि उसकी पृष्ठभूमि पर ग़ौर कर लिया जाए। उपनिवेशवाद विरोधी आंदोलन के इतिहास पर एक सरसरी नज़र डालने से ही यह साफ़ हो जाता है। 1895 में भारत के लिए संविधान लिखने का पहला ग़ैर-सरकारी प्रयास 'कांस्टीट्यूशन ऑफ़ इण्डिया बिल' के रूप में सामने आया। इसमें दावा किया गया था कि भारत में पैदा हुए हर व्यक्ति को नागरिक समझा जाना चाहिए और उसे सरकार चलाने के कामकाज में भागीदारी करने का अधिकार भी मिलना चाहिए। 1916 तक आते-आते राष्ट्रीय स्वाभिमान की भावना और धारणा सुशासन और उसमें भारतवासियों की भागीदारी के दोहरे आधार पर ही निर्मित होने लगी। इसके पीछे पश्चिम में सोलहवीं सदी के दौरान विकसित हुआ राष्ट्र का विचार था। इससे पहले तेरहवीं सदी में राष्ट्र का मतलब था एक ऐसी संरचना जिस पर सांस्कृतिक और राजनीतिक रंग-रुतबा रखने वाले समूहों के प्रतिनिधियों यानी सामाजिक अभिजनों का अधिपत्य हो। लेकिन, सोलहवीं सदी में राष्ट्र का यह विचार बदला और उसे 'पीपुल' या जन-गणों का पर्याय मान लिया गया। अर्थात् एक राष्ट्र की भू-क्षेत्रीय परिधि में आने वाला प्रत्येक व्यक्ति राष्ट्रीय समुदाय का सदस्य मान लिया गया। प्रतीकात्मक रूप से ही सही, पर राष्ट्र की अवधारणा में हुए इस परिवर्तन का मतलब था जन-साधारण का अभिजनों के समकक्ष आ जाना, हाशियाग्रस्तों का केंद्रीय मंच पर अवतरण हो जाना। इस लिहाज़ से आधुनिक राष्ट्र सैद्धांतिक रूप से एक ऐसी संरचना के रूप में कल्पित किया जाने लगा जो पदानुक्रम से बँधे समुदायों के बजाय स्वतंत्र और समान व्यक्तियों के नेटवर्कों द्वारा संचालित होगा। हालाँकि यह दावा व्यवहार में पूरी तरह कार्यान्वित नहीं हो पाता है, पर इस सैद्धांतिक स्थापना को मान्यता मिल जाने के बाद यह लाज़मी हो गया कि ख़ुद को आधुनिक राष्ट्र मानने वाला प्रत्येक समुदाय अपने सभी सदस्यों को समान माने, उन्हें नागरिकता और वोट का अधिकार दे।

मोतीलाल नेहरू रपट ने नागरिकता की इसी अवधारणा की पुष्टि की। रपट के अनुच्छेद नौ में स्पष्ट किया गया था कि 21 साल के किसी भी स्त्री और पुरुष को संसद के लिए मत देने का अधिकार मिलना चाहिए। 1937 में दो साल पहले बने गवर्नमेंट ऑफ़ इण्डिया एक्ट का जवाहरलाल नेहरू ने इसी आधार पर विरोध किया था कि वह राष्ट्र की अभिलाषा का प्रतिनिधित्व नहीं करता। नेहरू का कहना था कि कांग्रेस एक ऐसे लोकतांत्रिक राष्ट्र की रचना के लिए

प्रतिबद्ध है जिसमें राजनीतिकि सत्ता समग्र जनता के हवाले कर दी जाएगी। इससे पता चलता है कि कुछ राष्ट्रों में यह प्रक्रिया धीरे-धीरे ज़रूर सम्पन्न हुई, पर भारत के संविधान निर्माताओं ने क्यों इसे एक ही बार में पूरा कर दिया।

मोतीलाल नेहरू कमेटी ने जिन बातों की सिफ़ारिश की थी उसके आधार में राष्ट्रवाद और लोकतंत्र को एक-दूसरे का पर्याय मानने का आग्रह मौजूद था। इसीलिए उसकी रपट में संसद, सरकार का संघीय ढाँचा और मूलाधिकारों की विस्तृत सूची शामिल थी। परिणामस्वरूप 1947 से 1949 तक संविधान-निर्माता जब विचार-विमर्श के लिए बैठे तो उनके पास नयी राज्य-व्यवस्था के चरित्र के बारे में पहले से ही एक आम-सहमति मौजूद थी। बहस के दौरान इस सहमति पर प्रश्न उठाने वाले को टोक कर समझाया जाता था कि वह पहले से तयशुदा बातों पर बहस करके वक़्त क्यों ज़ाया कर रहा है। सम्भवत: यह पूर्व-सहमति ही थी जिसने भारत को एशिया और अफ़्रीका के नवस्वाधीन राष्ट्रों के मुक़ाबले संविधान-रचना और उसके आधार पर संस्थानीकरण करने की बेहतर सुविधा प्रदान की। अन्य नवस्वाधीन राष्ट्रों की लोकतंत्र संबंधी नाकामियों और भारत की लोकतंत्र संबंधी कामयाबियों के मर्म में यही पूर्व-सहमति काम कर रही थी।

ऐसी बात नहीं कि संविधान सभा ने मोतीलाल नेहरू कमेटी की सिफ़ारिशों के विकल्पों पर विचार न किया हो। कुछ सदस्य इस पक्ष में थे कि प्राचीन भारत में प्रचलित संस्थाओं को थोड़े-बहुत हेरफेर साथ अपना लिया जाना चाहिए। इन लोगों का कहना था कि सार्विक मताधिकार और निर्वाचित सरकार जैसे प्रावधान भारत की ग़रीब और अशिक्षित जनता के योग्य नहीं हैं। लेकिन इस तरह के सुझावों को संविधान सभा ने विशाल बहुमत से ख़ारिज कर दिया। लोगों की ग़रीबी और अशिक्षा को बाधा मानने वालों का रवैया अंग्रेज़ों जैसा ही माना गया क्योंकि अंग्रेज़ इन्हीं तर्कों के आधार पर भारत को स्व-शासन के अनुपयुक्त मानते थे। संविधान-निर्माताओं ने ख़ुद से यह भी कहा कि वे लोकतांत्रिक संस्थाओं को आयातित नहीं मानेंगे, क्योंकि एक समूची भारतीय पीढ़ी को इनका थोड़ा-बहुत अनुभव हो चुका है। कांग्रेस का आंदोलन अंग्रेज़ों से बार-बार स्व-शासन संबंधी रियायतें लेने में सफल रहा था और पार्टी पहले से ही संसदीय सरकार और वयस्क मताधिकार की माँग कर रही थी। संविधान सभा की स्पष्ट मान्यता थी कि संसदीय परम्पराएँ किसी एक देश की इजारेदारी नहीं हैं और उन्हें अपनाने से हमारी भारतीयता ख़तरे में नहीं पड़ेगी।

इस समझ के बावजूद कई मुद्दों पर दिक़्क़तें आयीं और गम्भीर मतभेद उभरे। केंद्र के मुक़ाबले राज्यों के अधिकार, संविधान की व्याख्या करने के न्यायपालिका के अधिकार, राज्यों द्वारा निर्णय लेने की उचित प्रक्रिया के सवाल, व्यक्तिगत आज़ादी और राष्ट्रीय एकता के बीच आ सकने वाले सम्भावित अंतर्विरोध, निजी सम्पत्ति और सामाजिक-आर्थिक विकास के बीच के अंतर्विरोध, निचले स्तर तक राज्य-व्यवस्था के विकेंद्रीकरण के सवाल, एक व्यक्ति-एक वोट के उसूल के मुक़ाबले अल्पसंख्यकों, दलितों और आदिवासियों को विशेष सुविधाओं के सवाल संविधान सभा को काफ़ी परेशान करते रहे। विभाजन की पृष्ठभूमि में संविधान सभा को लग रहा था कि देश की एकता बचाये रखने के लिए केंद्र को अधिक अधिकारों से लैस करना ज़रूरी है। इसी चक्कर में निवारक नज़रबंदी के प्रावधान को एक अनिवार्य बुराई के तौर पर स्वीकार कर लिया गया। संसदीय प्रणाली पर हुई बहस में प्रतियोगिता अमेरिकी की राष्ट्रपति की प्रधानता वाली प्रणाली और ब्रिटेन की प्रणाली के बीच होड़ हुई। इसमें ब्रिटिश प्रणाली जीती, लेकिन भारतीय संविधान ने राष्ट्रपति को ब्रिटेन के राजा के मुक़ाबले कहीं ताक़तवर बना दिया।

संस्थानीकरण के व्यावहारिक क़दमों में सम्भवत: पहला क़दम वह था जब वल्लभभाई पटेल ने अंग्रेज़ों के ज़माने में राष्ट्रवादी आंदोलन का दमन करने के कारण नयी परिस्थितियों में असुरक्षित महसूस करने वाले अधिकारीतंत्र को आश्वासन दिया कि न केवल उनकी हैसियत नयी सरकार में पहले जैसी ही रहेगी, बल्कि नेता उनके कामकाज में दख़ल भी नहीं देंगे। शुरुआती दौर में आईसीएस अफ़सरों की क्षमता का इस्तेमाल करके प्रशासनिक और राजनीतिक सुदृढ़ीकरण किया जा सका। सामाजिक-आर्थिक मोर्चे पर विकास के लिए 1950 में योजना आयोग गठित किया गया। श्रम क़ानूनों का ढाँचा बना कर मज़दूर वर्ग के साथ टकराव के अंदेशे हल्के कर लिए गये। पचास और साठ के दशक में राज्यों के पुनर्गठन की कार्रवाई चलती रही। समझने की बात यह है कि यह सब करते हुए पहले बीस साल में भारतीय राज्य ने विभाजन के शरणार्थियों की समस्या, तेलंगाना में किसान विद्रोह, कश्मीर में क़बीलियों के पाकिस्तान समर्थित आक्रमण और राज्यों के भाषावार पुनर्गठन के सवाल पर होने वाले जुझारू आंदोलनों का भी मुक़ाबला किया।

यह सब करते हुए भी भारतीय राज्य ने 1956 तक पहली पंचवर्षीय योजना पूरी करके दूसरी शुरू कर दी। 1948 के औद्योगिक नीति प्रस्ताव के बाद 1956 में पहली विस्तृत औद्योगिक नीति तैयार की गयी। 1952 में पूरे देश को विकासखण्डों में बाँट दिया गया जिसके आधार पर बाद में पंचायती राज कार्यक्रम बना। 1957 तक देश में दो आम चुनाव और कई स्थानीय चुनाव हो चुके थे। निर्वाचित होने, सत्ता मिलने और सत्ता से बेदख़ल होने की लोकतांत्रिक प्रक्रियाओं का पहला परिचय भारतवासियों को होने लगा।

देखें : अनुसूचित जातियाँ, अनुसूचित जनजातियाँ, अन्य पिछड़े वर्ग, आरक्षण, कन्हैयालाल माणिकलाल मुंशी, जवाहरलाल नेहरू, भारतीय अभिजन, भारतीय आधुनिकता, भारतीय इसलाम, भारतीय उदारतावाद, भारतीय डायसपोरा, भारत में उपनिवेशवाद, भारत में नियोजन, भारत में प्रातिनिधिक प्रणाली, भारत में पृथकतावादी राजनीति, भारत में मतदान-व्यवहार-1 से 6 तक, भारतीय राज्य, भारतीय राष्ट्रवाद, भारतीय लोकतंत्र, भारतीय स्वभाव और राजनीति, भारतीय संविधान-1 से 8 तक, भारतीय सामाजिक आंदोलन, भीमराव रामजी आम्बेडकर, संविधान सभा में भाषा-विवाद-1 से 3 तक।

संदर्भ

1. रजनी कोठारी (2005), 'संस्थानीकरण की रणनीति', भारत में राजनीति : कल और आज, (हिंदी प्रस्तुति और सम्पादन : अभय कुमार दुबे), सीएसडीएस-वाणी, नयी दिल्ली.
2. सुनील खिलनानी (2001), *भारतनामा,* अनुवाद : अभय कुमार दुबे, राजकमल प्रकाशन, नयी दिल्ली.
3. जितेंद्र सिंह (1964), 'ए न्यू लेजिटिमेसी', *सेमिनार,* नवंबर.
4. रिचर्ड एल. पार्क और आइरीन टिंकर (1958), *लीडरशिप ऐंड पॉलिटिकल इंस्टीट्यूशंस इन इण्डिया,* प्रिंसटन युनिवर्सिटी प्रेस, प्रिंसटन.

— अभय कुमार दुबे

भारतीय लोकतंत्र का संस्थानीकरण-2

ज़िला और पंचायत

(Institutionalisation of Indian Democracy-2)

केंद्र और परिधि के बीच राजनीतिक प्रणाली का संस्थानीकरण लगातार जारी था। इसके तीन स्तर थे : राष्ट्रीय, राज्य और ज़िला। अधिकांश हिस्से में प्रशासन राज्यों के हाथ में था। उन्होंने लगातार अपनी सत्ता का सुदृढ़ीकरण किया और अधिकारों की दावेदारी जारी रखी। मुख्यमंत्री की राज्य में वही हैसियत थी जो केंद्र में प्रधानमंत्री की थी। धीरे-धीरे मुख्यमंत्रियों का राष्ट्रीय महत्त्व साफ़ होने लगा। चाहे प्रधानमंत्री के उत्तराधिकार का सवाल हो, या फिर कांग्रेस अध्यक्ष की नियुक्ति हो, उनसे सलाह-मशविरा होने लगा। कई राज्यों के मुख्यमंत्री तो इतने ताक़तवर हो गये कि प्रधानमंत्री उन्हें अपनी जगह से हिलाने के बारे में सोच भी नहीं सकते थे। राज्य केंद्र पर वित्तीय अनुदान वग़ैरह के मामले में निर्भर थे, पर साथ में यह भी एक हक़ीक़त थी कि केंद्र अपने कार्यक्रमों को लागू करने के लिए काफ़ी-कुछ उन पर निर्भर था। भारतीय मसलों के एक विद्वान पॉल एपलबाई ने तो एक अतिवादी क़िस्म का निष्कर्ष तक निकाल लिया था कि केंद्र एक तरह से राज्यों की दया पर निर्भर है। केंद्रीय योजना को सफल बनाने के लिए ज़रूरी था कि राज्यों में राजनीतिक सत्ता का विकेंद्रीकरण हो। इसके लिए ज़िला विकास परिषदों को मज़बूत किया गया। सामुदायिक विकास खण्ड जैसे नये प्राधिकार खड़े किये गये। वैकासिक संस्थाएँ, क़र्ज़ा देने वाली सहकारी समितियाँ और पंचायतें गठित की गयीं। राजकीय संरक्षण का एक बड़ा जाल बुना गया जिसके सूत्र देहातों तक जाते थे। इनके ज़रिये नयी नौकरियाँ मिलती थीं, ऋण दिये जाते थे और फ़ायदों का बँटवारा होता था। चूँकि सत्ता में बने रहने के लिए राज्य के सत्तारूढ़ गुट ग्रामीण वोटों पर अधिकाधिक निर्भर होते जा रहे थे, इसलिए उन्होंने अपने राजकीय संरक्षण का जाल दूर-दूर तक फैलाया। उन्होंने सरकारी अधिकारियों, शिक्षण संस्थाओं और अहम स्वयंसेवी संस्थाओं समेत अन्य वैकासिक एजेंसियों को अपने दायरे में समेट लिया। संस्थागत सत्ता नीचे तक गयी और उस प्रक्रिया से ऐसे लोग निकले जिन्होंने स्थानीय स्तर पर इस नेटवर्क की कमान सँभाल ली।

एक बहुस्तरीय चुनाव प्रणाली कारगर रूप से अपना काम कर ही रही थी। संसद, विधानसभाओं, ज़िला, ब्लाक और ग्राम पंचायतों एवं कस्बों की नगर पालिका तक चुनाव होते रहते थे। सहकारी बैंकों, कई तरह की उत्पादक और विपणन सहकारी समितियों वग़ैरह के भी चुनाव होते थे। एक नयी राजनीति बन रही थी जिसकी अभिव्यक्ति केंद्र और राज्य के स्तर पर ही नहीं, बल्कि एकदम निचले स्तर पर भी होने लगी थी। यह विकेंद्रित प्रक्रिया भारतीय लोकतंत्र के संस्थानीकरण को एक नयी शक्ल-सूरत दे रही थी।

संस्थानीकरण की इस प्रक्रिया के केंद्र में था ज़िला और उसका प्रशासन। अंग्रेज़ों के ज़माने से ही नहीं बल्कि मुग़लों के ज़माने से ज़िला एक ऐसी इकाई के रूप में स्थापित होता जा रहा था जिसका आकार न तो ज़्यादा बड़ा होता था, न ही बहुत छोटा। साठ के दशक तक उसकी औसत आबादी पंद्रह लाख के आसपास होती थी। प्रशासनिक, राजनीतिक और सामाजिक गतिविधियों के केंद्र के रूप में ज़िले के अस्तित्व के पीछे प्रशासनिक सक्षमता और स्वायत्तता, संसाधन और प्रौद्योगिकी जानकारी की जुगाड़ कर पाने की गुंजाइश के साथ-साथ हर ज़िले के पास उसका अपना अलग राजनीतिक अभिजन होना था। रजनी कोठारी ने लोकतंत्र संस्थानीकरण के संदर्भ में ज़िलों की भूमिका को विशेष महत्त्व देते हुए लिखा है कि ज़िलों से मिलने वाले समर्थन के आधार पर ही राज्य का मंत्रिमण्डल और सत्तारूढ़ पार्टी की संरचना बनती थी। ज़िला कलक्टर (आईएएस अफ़सर)

प्रशासनिक सत्ता का केंद्र होता था, इसलिए उसके आसपास प्राधिकार, निर्भरता और विश्वास का प्रभामण्डल आसानी से बन जाता था। ज़िले के राजनीतिक अभिजन की संरचना जहाँ स्थाई थी, कलक्टर बदलता रहता था। लेकिन हर नये आने वाले कलक्टर को इस अभिजन के साथ अपना रिश्ता एक स्थाई भाव से ही परिभाषित करना पड़ता था।

आर्थिक और सामाजिक संरचनाओं ने भी ज़िलों के समय रहते अपना समायोजन कर लिया। व्यक्ति अपनी शिनाख़्त ज़िलों के साथ करने लगे। जाति-सभाओं, सामाजिक संचार की पहले से चली आ रही प्रणालियों, अभिजनों के बीच होने वाले गठजोड़ों और प्रादेशिक राजनीति में सक्रिय सामाजिक धड़ों की अभिव्यक्ति भी ज़िले के स्तर पर होने लगी। शहरी केंद्र, व्यापारिक मार्ग, अदालतें, शिक्षा संस्थान और वाणिज्यिक केंद्रों की कल्पनाएँ ज़िलों को केंद्र बना कर ही होने लगीं। ज़िलों का महत्त्व बढ़ता चला गया, क्योंकि वहाँ सहकारी बैंक थे, भूमि विकास बैंक थे, तरह-तरह लाइसेंस और ऋण देने वाली एजेंसियों के दफ़्तर थे, कृषि और वानिकी विभाग थे। सत्ता और राज्य की संस्थाओं का एक पूरा ढाँचा ज़िला स्तर पर एक आपस में जुड़ी इकाई की तरह काम करने लगा। इसकी बागडोर दो लोगों के हाथ में रहती थी। कलक्टर और सत्तारूढ़ पार्टी के ज़िला अध्यक्ष के हाथों में। यह पार्टी सत्तर के दशक तक आम तौर पर कांग्रेस ही हुआ करती थी।

दरअसल, ज़िला कलक्टर की हैसियत, रुतबे और संस्थागत प्राधिकार की जो स्थिति भारत में हो गयी है, उसकी मिसाल दुनिया के किसी और देश में नहीं मिलती। ज़िलों के ग़ैर-कलक्टरीकरण की बातें तो बहुत की गयी हैं, कुछ कोशिशें भी हुई हैं, लेकिन कामयाबी आज तक किसी को नहीं मिली है। कुछ प्रदेशों में ज़िलों में विकास-प्रक्रिया का इंचार्ज कलक्टर के अलावा किसी और अफ़सर को बनाने का प्रयोग भी हुआ, लेकिन ज़िले और कलक्टर की छवियों को अलग-अलग नहीं किया जा सका। सामुदायिक विकास और पंचायती राज ने भी ज़िलों की अहमियत में इज़ाफ़ा किया, क्योंकि इनके संचालन और कार्यान्वयन के लिए जानकारी और सामग्री भी ज़िला मुख्यालयों से ही मुहैया करायी जाती थी।

लोकतंत्र के संस्थानीकरण में ज़िले के बाद दूसरी बड़ी भूमिका पंचायती राज की थी। इससे पहले 1952 में सामुदायिक विकास कार्यक्रम शुरू किया गया था जिससे उम्मीद थी कि वह ग्रामीण समाज और सरकारी ढाँचे के बीच की खाई पाटेगा। यह पहली पंचवर्षीय योजना (1951-1956) का प्रमुख पहलू था जिस पर फ़र्ड फ़ाउंडेशन के भारतीय अध्याय के कर्ताधर्ता और कृषि अर्थशास्त्री अल्बर्ट एंसमिंगर द्वारा नेहरू को दिये गये सुझावों की छाप स्पष्ट रूप से देखी जा सकती थी। इस योजना में कृषि क्षेत्र और सामुदायिक विकास पर बहुत ज़ोर था। पर वह पूरी तरह से ऐसा नहीं कर पाया। चूँकि सरकार की प्राथमिकता उद्योगीकरण थी, इसलिए वह सामुदायिक विकास के लिए संसाधन जारी करने में भी कोताही करती थी। ब्लाक डिवेलपमेंट दफ़्तर भी बन जाते थे, उनमें अफ़सरों की नियुक्तियाँ भी हो जाती थीं लेकिन जन-भागीदारी के लक्ष्यों की पूर्ति नहीं पाती थी। जब शिकायतें आयीं और उनकी जाँच हुई तो पता चला कि सामुदायिक विकास के ज़्यादातर काम इसलिए अधूरे रह जाते हैं कि उनमें स्थानीय अभिजन हिस्सा नहीं लेते। सरकारी अधिकारी उनके हाथ में पहलक़दमी नहीं देते।

इन ख़ामियों की भरपाई करने के मक़सद से पंचायती राज का प्रयोग शुरू किया गया। पंचायती राज की परियोजना दूसरी पंचवर्षीय योजना (1956-1961) के तहत धरती पर उतारी गयी। ध्यान रहे कि इस पंचवर्षीय योजना में अमेरिकी विशेषज्ञों की ज़्यादा नहीं सुनी गयी। 1955 में ही सत्तारूढ़ कांग्रेस पार्टी ने 'समाजवादी प्रारूप का समाज' समाज बनाने के लिए अपनी प्रतिबद्धता जता दी थी। इसके लिए उद्योगीकरण पर बल देना आवश्यक समझा जा रहा था। इसलिए दूसरी योजना में पूरा ज़ोर भारी उद्योगों, ख़ास कर सरकारी क्षेत्र में खड़े किये जाने वाले अधिरचनात्मक उद्योगों पर था। लेकिन इसका मतलब यह नहीं था कि पहली योजनाओं की ख़ामियों को दूर न किया गया हो। भारी उद्योगीकरण के आग्रह के बावजूद सामुदायिक विकास परियोजना का बहुत बड़े पैमाने पर विस्तार किया गया। पूरे देश में विकास खण्ड आधारित विकास का जाल फैला कर उसे पंचायती राज के साथ समेकित कर दिया गया। यह केंद्रीकृत नियोजन के माध्यम से किये गये 'लोकतांत्रिक विकेंद्रीकरण' की मिसाल थी। 1957 में आयी बलवंत राय मेहता कमेटी की चर्चित रपट में लोकतंत्र के संस्थानीकरण का यह आख्यान बख़ूबी दर्ज है।

संस्थानीकरण की यह प्रक्रिया अपनी तमाम ख़ूबियों-ख़ामियों के साथ सत्तर के दशक तक चलती रही। नेहरू युग की सफलताओं और विफलताओं की इबारत इसी संस्थानीकरण पर लिखी हुई थी। समाज के उभरते हुए आधुनिक और जमे हुए पारम्परिक क्षेत्रों के बीच सूत्र बन गया था, भले ही उसकी जड़ें ठीक से अभी तक जम नहीं पायी थीं। नेता नये थे और उन्हें काफ़ी-कुछ सिविल सेवा के अफ़सरों पर निर्भर रहना था। इस कारण संस्थानीकरण के बुनियादी चरित्र पर नौकरशाहाना रवैया हावी रहा। इसके परिणामस्वरूप राजनीतिक प्राधिकार का जो रूप उभरा उस पर अफ़सरशाही की ही तरह लचीलेपन की कमी थी। नये विचारों का उत्पादन हो रहा था, पर उन पर अमल करने की समस्या थी। नियोजक और प्रशासक अपने-अपने केंद्रों में

बैठे हुए विफलताओं का दोष किसान जनता की अनिच्छा पर मढ़ रहे थे।

दूसरी तरफ़ लोकतांत्रिक प्रक्रिया ने नये नेता पैदा किये। मुख्यमंत्रियों, कांग्रेस अध्यक्ष कामराज, नेहरू के उत्तराधिकारी लालबहादुर शास्त्री और उसके बाद इंदिरा गाँधी ने विकास प्रक्रिया पर पुनर्विचार को प्रोत्साहन दिया। इंदिरा गाँधी ने 1969 में बैंक राष्ट्रीयकरण करके राज्य की ताक़त को बहुत बढ़ा दिया। इसके बाद घटनाक्रम कुछ इस तरह से चला कि केंद्र और परिधि के बीच काम कर रहे मध्यवर्ती ढाँचे पर नुक़सानदेह असर पड़ा। यह संस्थानीकरण के दूसरे दौर की शुरुआत थी।

इस दूसरे दौर के क्रम को जिस परिघटना ने सबसे ज़्यादा प्रभावित किया, वह था ग़ैर-कांग्रेसवाद। इसकी पृष्ठभूमि समझने के लिए साठ के दशक के राष्ट्रीय हालात पर एक नज़र डालना ज़रूरी है। इस दौरान 1962 और 1967 में दो आम चुनाव हुए जिनके बीच के पाँच सालों में अर्थव्यवस्था का हुलिया बहुत ख़राब रहा। 1962 में चीन और 1965 में पाकिस्तान से हुए युद्धों के कारण जान-माल की काफ़ी क्षति हुई। खाद्यान्न की कमी और बढ़ती क़ीमतों के कारण कई राज्यों में तक़रीबन अकाल के हालात पैदा हो गये। क़ानून और व्यवस्था की बुरी हालत में लगातार राजनीतिक आंदोलनों, बंद, हड़तालों, घेराव के कारण और इज़ाफ़ा हुआ। यही वह दौर था जब जवाहरलाल नेहरू का देहांत हुआ और उत्तर-नेहरू कांग्रेस अपने भीतरी मतभेदों के कारण पहले जैसी पार्टी नहीं रह गयी। न ही कांग्रेस के राष्ट्रीय नेतृत्व का साख पहले जैसी रह पायी। जे.बी. कृपलानी, सी.डी. देशमुख, चक्रवर्ती राजगोपालाचारी और कृष्ण मेनन जैसे नेताओं ने स्थाई रूप से कांग्रेस छोड़ दी। मुसलमानों, सिक्खों और ईसाइयों जैसे अल्पसंख्यक समुदायों का पार्टी से मोहभंग होने लगा। गुजरात के क्षत्रिय, राजस्थान के जाट, हरियाणा-उप्र-बिहार के यादव कांग्रेस से निराश होने लगे। इस दौर को कांग्रेस 'प्रणाली' के कमज़ोर होने की अवधि क़रार दिया जाता है। 1957 के आम चुनाव तक विपक्षी दलों को लगता था कि उनमें कांग्रेस को सत्ता से उखाड़ देने की शक्ति है, लेकिन जब कांग्रेस ने अपने शासन की तमाम कमियों के बावजूद 1962 के चुनाव में भी भारी कामयाबी हासिल की तो 'एकला चलो रे' की नीति पर यक़ीन करने वाली ग़ैर-कांग्रेस पार्टियाँ विपक्षी एकता के बारे में सोचने के लिए मजबूर हुईं। कांग्रेस के ख़िलाफ़ विचारधारात्मक सीमाओं के परे जाने वाली इस एकता ने दस राज्यों में पहली बार ग़ैर-कांग्रेसी सरकारें बनायीं। उधर नेतृत्व के झगड़े के कारण कांग्रेस का विभाजन हो गया। इन दोनों बातों ने मिल कर संस्थानीकरण की नीति में संशोधन की ज़मीन तैयार की।

देखें : अनुसूचित जातियाँ, अनुसूचित जनजातियाँ, अन्य पिछड़े वर्ग, आरक्षण, कन्हैयालाल माणिकलाल मुंशी, जवाहरलाल नेहरू, भारतीय अभिजन, भारतीय आधुनिकता, भारतीय इसलाम, भारतीय उदारतावाद, भारतीय डायसपोरा, भारत में उपनिवेशवाद, भारत में नियोजन, भारत में प्रातिनिधिक प्रणाली, भारत में पृथकतावादी राजनीति, भारत में मतदान-व्यवहार-1 से 6 तक, भारतीय राज्य, भारतीय राष्ट्रवाद, भारतीय लोकतंत्र, भारतीय स्वभाव और राजनीति, भारतीय संविधान-1 से 8 तक, भारतीय सामाजिक आंदोलन, भीमराव रामजी आम्बेडकर, संविधान सभा में भाषा-विवाद-1 से 3 तक।

संदर्भ

1. *बलवंत राय मेहता कमेटी रिपोर्ट* (1957), नयी दिल्ली.
2. मधु लिमये (1988), *बर्थ ऑफ़ नॉनकांग्रेसिज़म,* वीआर पब्लिशिंग कॉरपोरेशन, दिल्ली.
3. रजनी कोठारी (2005), 'संस्थानीकरण की रणनीति', भारत में राजनीति : कल और आज, (हिंदी प्रस्तुति और सम्पादन : अभय कुमार दुबे), सीएसडीएस-वाणी, नयी दिल्ली.
4. सुनील खिलनानी (2001), *भारतनामा,* अनुवाद : अभय कुमार दुबे, राजकमल प्रकाशन, नयी दिल्ली.
5. जितेंद्र सिंह (1964), 'ऐन न्यू लेजिटिमेसी', *सेमिनार,* नवम्बर.
6. रिचर्ड एल. पार्क और आइरीन टिंकर (1958), *लीडरशिप ऐंड पॉलिटिकल इंस्टीट्यूशंस इन इण्डिया,* प्रिंसटन युनिवर्सिटी प्रेस, प्रिंसटन.

— अभय कुमार दुबे

भारतीय लोकतंत्र का संस्थानीकरण-3

बुनियादी मॉडल की अवहेलना

(Institutionalisation of Indian Democracy-3)

भारतीय लोकतंत्र के संस्थानीकरण का दूसरा चरण 1971 से शुरू हुआ माना जा सकता है। यही था वह मुक़ाम जब भारत के राजनीतिक प्रभुओं ने विकास, विस्तार और सुदृढ़ीकरण के प्रश्नों पर नये सिरे से सोचना शुरू किया। राजनीतिक परिस्थितियाँ भी उन्हें ऐसा करने के लिए विवश कर रही थीं। साठ के दशक का आख़िरी दौर कांग्रेस के वर्चस्व के लिए संकट का था। पार्टी को बाहर से ग़ैर-कांग्रेसवाद द्वारा और उसके नेतृत्व को भीतर से उत्तर-नेहरू अवधि में मज़बूत हुए पार्टी के क्षेत्रीय क्षत्रपों से चुनौती मिल रही थी। आर्थिक-सामाजिक संकट और कांग्रेस के विभाजन से उपजे हालात

का मुक़ाबला करने के लिए इंदिरा गाँधी ने लोकलुभावन राजनीति का रास्ता अपनाया। वे संस्थागत ढाँचे से कतराते हुए सीधे देश की जनता को सम्बोधित करने लगीं। उन्होंने 'ग़रीबी हटाओ' जैसा आक़र्षक नारा दिया। लेकिन इस प्रक्रिया का एक अनभिप्रेत परिणाम भी हुआ जिससे संस्थानीकरण के सिलसिले को लाभ होने के बजाय नुक़सान हुआ। लोकलुभावनवाद के नतीजे के तौर पर मध्यवर्त्ती ढाँचे तहस-नहस हो गये। केंद्र और परिधि के बीच काम कर रही बफ़र प्रणालियाँ काफ़ी कमज़ोर हो गयीं। इस नये नेतृत्व ने काम करने के जो पैमाने निर्धारित किये थे, राजनीतिक प्रणाली उन पर खरी नहीं उतर पायी। उसने जन-असंतोष को ज़्यादा से ज़्यादा ऊपर की तरफ़ बहाना शुरू कर दिया।

यह सिलसिला इंदिरा गाँधी तक ही नहीं रुका। आपात काल और फिर जनता पार्टी के प्रयोग की नाकामी के बाद राजीव गाँधी के ज़माने में प्रबंधकीय और तकनीकशाही राज्य के भारतीय संस्करण की शुरुआत हुई। इसमें लोकतंत्र को अभिजनोन्मुख, विकृत और विविधताविरोधी बना कर बहुसंख्यकवादी बनाने के रुझान थे। विद्वानों की मान्यता है कि यह भारतीय राजनीति के आधुनिकीकरण के उस मॉडल की अवहेलना थी जिसके आधार पर संवैधानिक प्रावधानों के मार्गदर्शन में राष्ट्र-निर्माण की प्रक्रिया शुरू की गयी थी।

'ग़रीबी हटाओ' का नारा महज़ राजनीतिक हथकण्डा नहीं था। इस नारे को सारे देश के पैमाने पर मामूली जनता का जैसा समर्थन मिला उसे ग़रीबों की स्पष्ट हिमायत करने वाली कम्युनिस्ट पार्टियाँ भी कभी मिल कर हासिल नहीं कर पायी थीं। कांग्रेस के भीतर बैठे क्षेत्रीय नेताओं के सिंडीकेट के ख़िलाफ़ अपनी जीत दर्ज करने में इंदिरा गाँधी को इस नारे से मदद मिली। वे सत्ता पर क़ाबिज़ एक छोटे से गुट की जकड़ तोड़ कर सीधे जनता तक पहुँचना चाहती थीं। उन्हें ख़ूब वोट मिले, पर उन्होंने उससे उपजी सम्भावनाओं का उपयोग कोई वैकल्पिक संस्थागत ढाँचा बनाने में नहीं किया। दलितों, अल्पसंख्यकों और अन्य वंचित समूहों के निर्विवाद समर्थन के बावजूद वे भारतीय लोकतंत्र को कोई नया रूप नहीं दे सकीं। ध्यान रहे कि अमेरिका में 'न्यू डील' के दौरान रूज़वेल्ट ने यही काम कहीं कामयाबी से कर दिखाया था।

इंदिरा गाँधी को नहीं पता था कि जनता को सीधे सम्बोधित करने के लिए वे जिन मध्यवर्ती ढाँचों को नाकारा बना रही हैं, वे जन-असंतोष को ऊपर बैठे हुए नेताओं के ख़िलाफ़ उबलने से रोक लेते थे। उनके तहत जो नये नेता पैदा हुए उन्होंने राजनीतिक प्रणाली के बुनियादी तर्क की कोई परवाह नहीं की। वे सारी सत्ता इंदिरा गाँधी में केंद्रित मानते थे। नतीजा यह हुआ कि पहले यह जन-असंतोष पार्टी और अन्य इकाइयों से सरकार की तरफ़ मुड़ा और आख़िरकार राष्ट्रीय-क्षेत्रीय अभिजन से प्रधानमंत्री की तरफ़। पहले गुजरात में और फिर बिहार में शुरू हुए जनांदोलन ने ज़्यादातर देश को अपनी गिरफ़्त में ले लिया। अपनी सत्ता बचाने के लिए इंदिरा गाँधी को 1975 में आपातकाल लगाना पड़ा जिसे राजनीतिशास्त्रियों ने भारतीय राजनीति के सबसे निकृष्ट क्षण की संज्ञा दी है।

लोकतंत्र को सीमित करने के कारण इंदिरा गाँधी और कांग्रेस के ख़िलाफ़ जो असंतोष पैदा हुआ उसने 1977 में जनता पार्टी की सरकार बनवायी। एक बारगी ऐसा लगा कि शायद भारतीय लोकतंत्र में एक नया युग आने वाला है। आपातकाल विरोधी संघर्ष की सफलता से आया उछाल था ही ऐसा। लेकिन, ग़ैर-कम्युनिस्ट संयुक्त विपक्ष की नुमाइंदगी करने वाली जनता पार्टी सरकार शासन के कांग्रेसी मॉडल का कोई विकल्प नहीं पेश कर पायी। सरकार के विभिन्न घटकों के बीच कलह इतनी ज़्यादा थी कि यह सरकार कुछ बेहतर उपलब्धियों के बावजूद जनता की निगाह में नाकाम साबित हुई। 1980 में इंदिरा गाँधी की वापसी हुई, पर अपने प्रधानमंत्रित्व के दूसरे संस्करण में उन्होंने कांग्रेस की सेकुलर विरासत की उपेक्षा करते हुए हिंदू वोट बैंक बनाने की प्रच्छन्न कोशिशें कीं। उन्होंने असम में एक सभा को सम्बोधित करते हुए मुसलमानों की देशभक्ति पर शक किया। कांग्रेस के किसी सर्वोच्च नेता द्वारा दिया गया यह भाषण बहुसंख्यकवादी राजनीति का आग़ाज़ था। पंजाब में उनकी राजनीति इसी अल्पसंख्यक विरोधी रवैये का विस्तार साबित हुई। उन्होंने सिक्खों की पार्टी अकाली दल को कमज़ोर करने के लिए संत जनरैल सिंह भिंडराँवाले जैसी कट्टरपंथी शक्तियों को बढ़ावा दिया। नतीजा सिक्ख आंतकवाद में निकला। आज़ादी के बाद पृथकवाद ने पहली बार सीमांत प्रांतों के हाशिये से निकल कर भारतीय गणराज्य के मर्म पर दस्तक दी। इसी पृथकतावाद ने इंदिरा गाँधी की जान भी ली।

उनके उत्तराधिकारी राजीव गाँधी राजनीति और राजनीतिक प्रक्रियाओं के प्रति तिरस्कार का भाव रखते थे। राजीव गाँधी ने मुहावरा तो इक्कीसवीं सदी का अपनाया, लेकिन उनका विश्वास प्रौद्योगिकी और प्रबंधन पर था। उनकी समझ थी कि राजनीति को मैनेज किया जा सकता है। इसलिए उनके नेतृत्व में ऊपर से टपकाये गये प्रबंधकनुमा नेताओं की पूरी क़तार शीर्ष पर जम गयी। 1990 में जब भूमण्डलीकरण की ग्लोबल परिघटना का भारत-आगमन हुआ तो इस प्रवृत्ति को और भी खुल कर खेलने का मौक़ा मिला।

भूमण्डलीकण ने पहला काम तो यह किया कि पहले से जमी हुई राजनीतिक शक्तियों को पूरी तरह से चकरा दिया। वे नहीं समझ पायीं कि इसके असली परिणाम क्या होंगे। मार्क्सवादियों ने इसे पूँजीवादी सर्वव्यापीकरण के रूप में पेश करते हुए साम्राज्यवाद विरोधी संघर्ष के दायरे में इसके ख़िलाफ़ व्यूह-रचना का एलान किया। गाँधीवादियों ने खिन्न

मन से देखा कि भूमण्डलीकरण गाँव की जगह शहर और नागरिक की जगह उपभोक्ता को स्थापित करने का आग्रह लेकर आया है। राष्ट्रवादी भी चिंतित हुए। उनके एक हिस्से को लगा कि यह परिघटना तो राष्ट्र की आधारभूत संरचना को ही सत्ता और प्राधिकार से वंचित कर देगी। लेकिन, उनके एक दूसरे हिस्से ने कुछ दिनों के बाद भूमण्डलीकरण की ताक़तों के साथ सौदेबाज़ी भी शुरू कर दी। सूचना क्रांति की प्रौद्योगिकी का सहारा लेकर वे जनता को नये तरीक़ों से नियंत्रित करने के प्रयोजन में लग गये। राष्ट्रवादियों की इस क़िस्म का ख़याल था कि वे अपनी सम्प्रभुता का एक हिस्सा त्याग कर उसके बदले भूमण्डलीकरण से कहीं ज़्यादा हासिल कर सकते हैं। आधुनिकता के आलोचकों ने कुछ ख़ुशी और कुछ संदेह के मिले-जुले स्वरों के साथ भूमण्डलीकरण का स्वागत किया। उन्हें एक तरफ़ तो भूमण्डलीकरण का फ़ायदा उठा कर राष्ट्रवाद के कारागार के ख़िलाफ़ बग़ावत की उम्मीद थी, दूसरी तरफ़ कुछ डर भी लग रहा था कि भूमण्डलीकरण अपनी पश्चिम केंद्रीयता और चरम बाज़ारवाद के कारण विकल्पों की सम्भावनाओं को ही न नकार दे। भूमण्डलीकरण का सकारात्मक निगाहों से देखने वालों की मान्यता थी कि सूचना क्रांति के आयाम, सूचना समाज की रचना और साइबर स्पेस की निराकार दुनिया भारतीय समाज को एक नयी नागरिकता की सौगात देगी।

इस वाद-विवाद के बीच कुछ बातें व्यावहारिक रूप से स्पष्ट थीं। नये आर्थिक निज़ाम का मतलब था भारतीय अर्थव्यवस्था का विश्व बाज़ार के साथ जुड़ते चले जाना, अंतर्राष्ट्रीय मुद्रा कोष और विश्व व्यापार संगठन को अपने कामों और नीतियों का हिसाब देना, अंतर्राष्ट्रीय रेटिंग एजेंसियों से सनद प्राप्त करते रहना, अंतर्राष्ट्रीय वित्तीय पूँजी की गतिविधियों से भारतीय अर्थव्यवस्था को प्रभावित होने देना, सामाजिक-आर्थिक जीवन के गठन के लिए एंग्लो-अमेरिकी कॉरपोरेट मॉडल को आदर्श मान लेना और अमेरिकीकरण की संस्कृति के बुलडोज़र के नीचे विविधताओं और बहुलताओं की प्रतीक भारतीय संस्कृति को कुचलने के लिए छोड़ देना।

लेकिन भूमण्डलीकरण ने एक दूसरा काम भी किया। उसकी प्रतिक्रिया में क्षेत्रीय उग्रवाद और धार्मिक रूढ़िवाद पर आधारित राष्ट्रवाद की पहले से मौजूद ताक़तें मज़बूत हुईं। न तो बाज़ार की ताक़तों को, और न ही इस नयी राजनीतिक नकारात्मकता को लोकतंत्र के संस्थागत ढाँचे की कोई चिंता थी। एक तरफ़ बाज़ारवाद के आधार पर राष्ट्र-निर्माण का आग्रह परवान चढ़ा, और दूसरी तरफ़ क्षेत्रीय उग्रवाद और धार्मिक राष्ट्रवाद ने अपने-अपने समर्थन आधार को सीधे-सीधे सम्बोधित करना शुरू कर दिया। संस्थाओं के माध्यम से राष्ट्र-निर्माण की योजना पूरी तरह से खटाई में पड़ गयी।

आज स्थिति यह है कि संस्थाओं के पतन और क्षरण की प्रक्रिया जारी है और प्रणाली में सुधार करने के लिए ज़रूरी पहलक़दमियों को लगातार टाला जा रहा है। प्रशासनिक सुधार, पुलिस सुधार, न्यायिक सुधार और चुनाव सुधार जैसे चार महत्त्वपूर्ण सुधार मुद्दतों से लटके पड़े हैं। सरकार कोई भी हो, सभी इन सुधारों के प्रति ज़ुबानी जमा-ख़र्च का रवैया अपनाते हैं। महत्त्वपूर्ण व्यक्तियों और उनके द्वारा निजी सुरक्षा की भावना पर बहुत ज़्यादा ज़ोर दिया जाने लगा है। नेतृत्व पर बहुत ज़ोर है, पर संस्थाओं और उनकी स्वायत्तता की किसी को फ़िक्र नहीं है। राज्यतंत्र के अहम अंगों, जैसे दलीय प्रणाली, संसद, नौकरशाही, क़ानून-व्यवस्था क़ायम रखने वाले तंत्र और न्यायपालिका के प्रभाव और मनोबल का क्षय हुआ है। ऊपर से टपके हुए नेताओं की बेहद पक्षपाती और दुस्साहसी दख़लअंदाज़ी बहुत बढ़ गयी है। राजनीतिक प्रणाली का पूरा तानाबाना जड़ता का शिकार हो गया है। कांग्रेस का वर्चस्व टूटने के परिणामस्वरूप गठजोड़ राजनीति एक अनिवार्यता बन गयी है, पर उसकी आचार संहिताएँ अभी तय नहीं हैं। इस कारण से भी राजनीतिक सुदृढ़ीकरण के बजाय प्रणाली बिखराव की तरफ़ जा रही है।

देखें : अनुसूचित जातियाँ, अनुसूचित जनजातियाँ, अन्य पिछड़े वर्ग, आरक्षण, कन्हैयालाल माणिकलाल मुंशी, जवाहरलाल नेहरू, भारतीय अभिजन, भारतीय आधुनिकता, भारतीय इसलाम, भारतीय उदारतावाद, भारतीय डायसपोरा, भारत में उपनिवेशवाद, भारत में नियोजन, भारत में प्रातिनिधिक प्रणाली, भारत में पृथकतावादी राजनीति, भारत में मतदान-व्यवहार-1 से 6 तक, भारतीय राज्य, भारतीय राष्ट्रवाद, भारतीय लोकतंत्र, भारतीय स्वभाव और राजनीति, भारतीय संविधान-1 से 8 तक, भारतीय सामाजिक आंदोलन, भीमराव रामजी आम्बेडकर, संविधान सभा में भाषा-विवाद-1 से 3 तक।

संदर्भ

1. *बलवंत राय मेहता कमेटी रिपोर्ट* (1957), नयी दिल्ली.
2. मधु लिमये (1988), *बर्थ ऑफ़ नॉनकांग्रेसिज़म,* वीआर पब्लिशिंग कॉरपोरेशन, दिल्ली.
3. रजनी कोठारी (2005), 'संस्थानीकरण की रणनीति', भारत में राजनीति : कल और आज, (हिंदी प्रस्तुति और सम्पादन : अभय कुमार दुबे), सीएसडीएस-वाणी, नयी दिल्ली.
4. सुनील खिलनानी (2001), *भारतनामा,* अनुवाद : अभय कुमार दुबे, राजकमल प्रकाशन, नयी दिल्ली.
5. जितेंद्र सिंह (1964), 'अ न्यू लेजिटिमेसी', *सेमिनार,* नवम्बर.
6. रिचर्ड एल. पार्क और आइरीन टिंकर (1958), *लीडरशिप ऐंड पॉलिटिकल इंस्टीट्यूशंस इन इण्डिया,* प्रिंसटन युनिवर्सिटी प्रेस, प्रिंसटन.

— अभय कुमार दुबे

भारतीय समाजशास्त्र-1

(Indian Sociology-1)

अकादमिक अनुशासन के पारिभाषिक साँचे में निबद्ध होने से पहले भारतीय समाजशास्त्र औपनिवेशिक काल के प्रशासकों, मिशनरियों तथा अठारहवीं और उन्नीसवीं सदी के पश्चिमी विद्वानों के लेखन व दस्तावेज़ों में ढूँढ़ा जा सकता है। औपनिवेशिक प्रशासकों के सामने चुनौती यह थी कि भारतीय जनता की रीतियों, मान्यताओं और संस्थाओं को कैसे समझा जाए ताकि भारतीय जन-मानस में ब्रिटिश प्रशासनिक तंत्र के प्रति एक वृहत्तर सहमति का निर्माण किया जा सके। हालाँकि ईसाई मिशनरियों की दिलचस्पी मुख्यतः धर्मांतरण में थी लेकिन इसके लिए भी स्थानीय भाषा-बोलियों, जनश्रुतियों, और संस्कृति को समझना जरूरी था। इन्हीं जरूरतों के कारण ब्रिटिश प्रशासकों तथा मिशनरियों की भारत की भिन्न-भिन्न परम्पराओं, मान्यताओं की उत्पत्ति, उनके विकास और प्रभाव, जाति और संयुक्त परिवार की व्यवस्था, गाँव की अर्थव्यवस्था और राजकाज तथा आदिवासी समुदायों आदि में दिलचस्पी बढ़ी। ये कुछ ऐसे विषय थे जिनमें भारतीय और विदेशी, दोनों तरह के विद्वान रुचि ले रहे थे। उल्लेखनीय है कि भारत में 1871 में पहली बार जनसंख्या गणना का काम किया गया। यह एक ऐसी प्रक्रिया साबित हुई जिससे विभिन्न जातियों और समुदायों के बारे में सर्वेक्षण, कई तरह की रपटें और गज़ेटियर छन कर सामने आये। समाज के बारे में ऐसी तथ्यात्मक जानकारी पहली बार जमा की गयी। समाजशास्त्रीय ज्ञान के निर्माण में इस सामग्री की प्रासंगिकता आज भी असंदिग्ध है। पश्च-दृष्टि से देखें तो इस प्रक्रिया से उपजी सामग्री के आधार पर जहाँ एक तरफ़ औपनिवेशिक प्रशासन ने शासन और नियंत्रण की दूरगामी नीतियों की ज़मीन तैयार की वहीं इस सामग्री ने भारतीय समाजशास्त्र के आद्य ढाँचे की रचना करने में आधार स्तंभ का काम किया। प्रसंगवश, मार्क्स, एंगेल्स, वेबर तथा मेन जैसे विचारकों ने भारतीय समाज और संस्कृति के बारे में चिंतन और लेखन के लिए इसी आधार सामग्री का उपयोग किया।

इस दौर में भारतीय समाजशास्त्र का जो रूप बन रहा था वह अकादमिक अनुशासन के रूप में बीसवीं सदी के दूसरे दशक में स्थिर हुआ। इस तरह भारत में समाजशास्त्र के औपचारिक अध्ययन-अध्यापन की शुरुआत 1914 में बम्बई विश्वविद्यालय से हुई। इसके बाद 1917 में कलकत्ता और 1921 में लखनऊ विश्वविद्यालय ने इसे अपने पाठयक्रम में शामिल किया।

इस समय तक आते-आते समाज के बारे में तथ्यात्मक सूचनाएँ जैसे जाति व्यवस्था, पारिवारिक संरचना, विवाह की आयु तथा वैधव्य आदि को लेकर जनसंख्या संबंधी रपटें और दस्तावेज़ लोक-वृत्त का हिस्सा बनने लगे थे। लेकिन इसके बावजूद इस दौर में समाजशास्त्र के अंतर्गत जो पढ़ाया जा रहा था उसमें प्राच्यवादी दर्शन तथा जनजातीय विवरणों पर ज़्यादा ज़ोर था। यह स्थिति कमोबेश आज़ादी के समय तक बनी रही।

बीसवीं सदी के पहले पाँच दशकों में समाजशास्त्र का विकास मुख्यतः बम्बई तथा लखनऊ विश्वविद्यालय के तत्वावधान में हुआ। समाजशास्त्र के भारतीय संस्करण का रूप विकसित करने का श्रेय बम्बई विश्वविद्यालय के पहले भारतीय अध्यक्ष गोविंद सदाशिव घुर्ये को जाता है, जिन्होंने अपने शोध निर्देशन में समाजशास्त्रियों की एक समूची पीढ़ी को आकार दिया। आज़ादी के बाद एम.एन श्रीनिवास, के.एम. कपाड़िया, वाइ.बी. दामले, ए.आर. देसाई, तथा एम.एस.ए. राव जैसे समाजशास्त्रियों की पीढ़ी के निर्माण का श्रेय घुर्ये को ही दिया जाता है। घुर्ये के अवदान की बात करें तो उनका प्रशिक्षण मुख्यतः सामाजिक मानवशास्त्री के रूप में हुआ था। उनके लेखन और शोध का दायरा बेहद व्यापक था जो जाति अध्ययन, आदिवासियों, शहरीकरण, भारतीय सभ्यता विमर्श, राजपूत स्थापत्य तथा भारतीय साधुओं के अध्ययन से लेकर बम्बई के मध्यवर्गीय लोगों की यौन आदतों के सर्वेक्षण तक फैला था। घुर्ये के कृतित्व ने भारतीय समाज, संस्कृति तथा सामाजिक संस्थाओं के कई अनछुये पक्षों की ओर ध्यान दिलाया।

भारतीय समाजशास्त्र के आदि प्रणेताओं में राधा कमल मुखर्जी, धूर्जटि प्रसाद मुखर्जी, बी.एन सील, बी.के.सरकार, एस.वी. केतकर, बी.एन. दत्त, तथा के.पी. चट्टोपाध्याय आदि के नाम भी उल्लेखनीय हैं। राधा कमल मुखर्जी ने ग्रामीण अर्थव्यवस्था, ज़मीन, जनसंख्या तथा भारत के श्रमिक वर्ग के अलावा खेती और किसानों की स्थितियों, अंतर-जातीय तनावों और शहरीकरण की समस्याओं का सूक्ष्म अध्ययन किया तो डी.पी. मुखर्जी के चिंतन का फलक भारतीय परम्परा और आधुनिकता के द्वंद्व तक फैला था। वे भारतीय परम्परा और आधुनिकता की मुठभेड़ को द्वंद्वात्मक नज़रिये से देखते थे। इस क्रम में बी.एन. सील और बी.के. सरकार का अवदान भी बुनियादी माना जाता है। सील की रुचि तुलनात्मक समाजशास्त्र में थी। उन्होंने नस्ल की उत्पत्ति, प्राचीन हिंदू धर्म में भौतिक-रासायनिक सिद्धांतों के अलावा वैष्णव धर्म और ईसाइयत का तुलनात्मक विश्लेषण भी किया। वे समाजशास्त्र में सांख्यिकी के इस्तेमाल पर ज़ोर देते थे। बी.के. सरकार मूलतः इतिहासकार और अर्थशास्त्री थे। वे इस धारणा का खण्डन करते थे कि हिंदू धर्म बुनियादी रूप से लोकोत्तर प्रवृत्तियों का धर्म है। वे उस समय मार्क्स, वेबर और परेटो के चिंतन से जिरह कर रहे थे जब उनके बारे में

युरोप तक में चर्चा नहीं की जा रही थी।

इस तरह, भारतीय समाजशास्त्र के प्रणेताओं की सक्रियता प्राच्यवादी संस्कृति के आदर्शीकृत रूप से लेकर सामाजिक विकास की भौतिकतावादी व्याख्या तक फैली थी। इस प्रकार उन्होंने ऐतिहासिक महत्त्व की सूचनाओं, दस्तावेज़ों आदि के निर्माण में महती भूमिका निभाने से लेकर वस्तुनिष्ठ शोध की जरूरत के पक्ष में माहौल तैयार किया। लेकिन इस दौर के समाजशास्त्रियों के कृतित्व में सैद्धांतिक निर्मितियों और आधार सामग्री के निर्माण की अंतर-क्रिया का परिपाक दिखायी नहीं देता।

आज़ादी के बाद भारतीय समाजशास्त्र का विकास जिस सुसंगत ढंग से हुआ है उसके पीछे संरचनात्मक कारणों की एक समूची शृंखला देखी जा सकती है। पहली बात तो यह कि इस दौरान समाजशास्त्रियों के पेशेवर संगठन अस्तित्व में आये। दूसरे, समाजशास्त्र और सामाजिक मानवशास्त्र के बीच ठस क़िस्म के विभाजन से बचा गया। तीसरे, इस बीच समाजशास्त्र के देशजीकरण तथा उसकी प्रासंगिकता को लेकर बहस का सिलसिला शुरू हुआ। और चौथे, इस बीच एक विषय के रूप में समाजशास्त्र कई उप-विषयों में विकसित होता गया तो समाजशास्त्रियों ने भी अंतरविषयक शोध के प्रति खुला नज़रिया अपनाया।

अपने विकास के पहले चरण में समाजशास्त्र मुख्यत: स्नातक स्तर पर ही पढ़ाया जाता था। बाद में विश्वविद्यालयों और महाविद्यालयों की संख्या बढ़ने से समाजशास्त्र एक विषय के रूप में लोकप्रिय होता गया और कालांतर में उसे कई सारे अंतर विषयक अनुशासनों जैसे प्रबंधन, ग्रामीण विकास, नियोजन, संचार आदि के प्रशिक्षण कार्यक्रमों में शामिल किया जाने लगा। 1990 के दशक में कुछ राज्यों ने समाजशास्त्र को स्कूली पाठयक्रम में भी शामिल किया। ग़ौरतलब है कि औपनिवेशिक दौर में समाजशास्त्रियों का कोई पेशेवर संगठन मौजूद नहीं था। इस दिशा में काम करने का श्रेय घुर्ये को जाता है जिनके प्रयासों से 1951 में सोसियोलॅजिकल सोसाइटी की स्थापना हुई। इस क्रम में अगला पड़ाव 1956 में आया जब देश में पहली बार ऑल इण्डिया सोसियोलॅजिकल कांफ्रेंस का आयोजन किया गया। बाद में 1967 में इन दोनों संगठनों का विलय हो गया।

सैद्धांतिकी, पद्धतियों तथा शोध की अभिरुचियों की दृष्टि से भारत में समाजशास्त्र का विकास पश्चिमी देशों से काफी प्रभावित रहा है। प्रारम्भ में इंगलैण्ड व अन्य युरोपीय देशों तथा परवर्ती काल में अमेरिकी विद्वानों ने भारत को अपने समाजशास्त्रीय अध्ययन का विषय बनाया। इसी तरह भारत के अनेक समाजशास्त्रियों का प्रशिक्षण इंगलैण्ड तथा अमेरिका में हुआ। इस बीच भारतीय समाजशास्त्रियों की अंतर-राष्ट्रीय सम्मेलनों, कार्यशालाओं और सेमिनारों में उपस्थिति लगातार बढ़ी है। समाजशास्त्र का ग्यारहवाँ अंतर्राष्ट्रीय सम्मेलन 1986 में नयी दिल्ली में आयोजित किया गया था। इसे भारतीय समाजशास्त्रियों के योगदान और उनके बढ़ते क़द का उदाहरण माना जा सकता है।

समाजशास्त्र के अनुशासन को नये शोध संदर्भों से लैस करने में कई अकादमिक जर्नलों की भूमिका भी बेहद अहम रही है। समाजशास्त्र की शोध विषयक पत्रिकाओं की शुरुआत 1921 में द *जरनल ऑफ़ सोसियोलॅजी* से हुई। इसका सम्पादन बड़ौदा कॉलेज के ब्रिटिश प्रोफेसर एल्बन विडगेरे करते थे। इस दिशा में दूसरा प्रयास द *सोसियोलॅजिकल रिव्यू* के रूप में सामने आया जिसके सम्पादन की ज़िम्मेदारी आर.के. मुखर्जी को दी गयी थी। लेकिन ये दोनों प्रयास अल्पजीवी साबित हुए। आज़ादी के बाद सोसियोलॅजिकल सोसाइटी के निर्देशन में एक अन्य अखिल भारतीय जर्नल का प्रकाशन शुरू किया गया। जिसे *सोसियोलॅजिकल बुलेटिन* नाम से जाना गया। 1957 में *कंट्रीब्युशन टू सोसियोलॅजी* का प्रकाशन शुरू किया गया, इसका सम्पादन फ्रेंच समाजशास्त्री लुई दूमों तथा एफ़.डी. पोकॉक करते थे। 1963 के बाद इस जर्नल का प्रकाशन-सम्पादन भारतीय समाजशास्त्रियों के हाथों में आ गया। शोध पत्रिकाओं की इस शृंखला में कौंसिल फ़ॉर सोशल डिवलेपमेंट द्वारा प्रकाशित *सोशल चेंज* भी एक उल्लेखनीय नाम है। इसी तरह *इकानॉमिक ऐंड पॉलिटिकल वीकली* समाज-विज्ञानों में शोध-गतिविधयों का एक स्थाई और समादृत मंच रहा है। इनके अलावा कई विश्वविद्यालयों और संस्थाओं के अपने शोध जर्नल भी हैं जिनमें समाजशास्त्रीय लेखों और अध्ययनों का नियमित प्रकाशन होता है। इस संदर्भ में हैदराबाद स्थित नैशनल इंस्टीटयूट ऑफ़ रूरल डेवलेपमेंट के त्रैमासिक जर्नल ऑफ़ रूरल डिवेलपमेंट, नैशनल इंस्टीटयूट ऑफ़ अर्बन अफ़ेयर्स, नयी दिल्ली का अर्बन इण्डिया तथा सेंटर फ़ॉर वुमॅन स्टडीज़ द्वारा प्रकाशित जर्नल ऑफ़ जेंडर स्टडीज़ समकालीन समाजशास्त्रीय शोध के महत्त्वपूर्ण मंच माने जाते हैं।

जैसा कि हमने ऊपर कहा भारत में समाजशास्त्र और सामाजिक मानवशास्त्र के बीच कड़े विभाजन पर ज़ोर नहीं दिया गया। यह स्थिति दोनों ही अनुशासनों के लिए हितकर रही है। हालाँकि यह अलग बात है कि पाँचवें दशक तक ये दोनों विषय अपनी स्वतंत्र पहचान क़ायम कर चुके थे। आम तौर पर भारत के प्रतिष्ठित समाजशास्त्रियों का वृहत्तर समूह ऐसे नक़ली विभाजन के ख़िलाफ़ रहा है। उनका मानना है कि भारत में आदिवासी और लोक समाज तथा शेष समाज के विकसित समूहों को अनुशासन के स्तर पर एक दूसरे अलग करना समाजशास्त्र के लिए वांछनीय नहीं हो सकता।

वे यह भी मानते हैं कि समाजशास्त्री अपनी अध्ययन-प्रक्रिया में किसी एक तरह की तकनीक को ज़्यादा तवज्जो नहीं दे सकते। कई अन्य समाजशास्त्रियों का मत है कि यह स्थिति सिर्फ़ भारत नहीं बल्कि एशिया और प्रशांत क्षेत्र के अनेक देशों पर लागू होती है। बहरहाल, दोनों अनुशासनों की तात्त्विक निकटता का परिणाम यह हुआ है कि सामाजिक मानवशास्त्रियों द्वारा ग्रामीण और शहरी क्षेत्रों में किये गये सूक्ष्म अध्ययन तथा उनके द्वारा अध्ययन में अपनायी गयी सहभागी प्रेक्षक की पद्धतियाँ समाजशास्त्रियों के लिए भी उपयोगी साबित हुई हैं।

भारत के कई समाजशास्त्री लम्बे समय से देशज समाजशास्त्र की हिमायत करते रहे हैं। इस बहस का एक आनुषंगिक प्रश्न यह रहा है कि क्या भारत के समाजशास्त्र का अपना कोई निजी व्यक्तित्व है या नहीं? इस बहस का ऐतिहासिक तार लुई दूमों तथा पोकॉक के मशविरे से शुरू हुआ था जिसमें उन्होंने कहा था कि सिद्धांततः भारतीय समाजशास्त्र का उद्गम भारतविद्या और समाजशास्त्र के संगम से होना चाहिए। इस विचार के पैरोकारों का मानना है कि भारतीय सामाजिक यथार्थ के संदर्भों की ख़ासियत पकड़ने के लिए शास्त्रीय ग्रंथों का अध्ययन ज़रूरी है। इसके विपरीत विद्वानों का एक समूह इस बात पर ज़ोर देता रहा है कि शास्त्रीय ग्रंथों में वर्णित आदर्श तथा व्यावहारिक यथार्थ में फ़र्क़ किया जाना चाहिए। इस संदर्भ में उनकी दलील यह रही है कि अगर भारतीय समाजशास्त्र को अपनी प्रासंगिकता बनाये रखनी है तो उसे पदानुक्रम, सम्पूर्णवाद तथा बहुलताओं के बजाय समाजवाद, सेकुलरवाद, और लोकतंत्र के मूल्यों को आत्मसात करना होगा।

इस बहस का एक अन्य सिरा उस दलील से जुड़ा है जिसके तहत यह विचार रखा जाता है कि भारतीय समाजशास्त्र की एक नयी प्रस्थापना गढ़ी जानी चाहिए जो अकादमिक उपनिवेशवाद यानी पश्चिम की ज्ञानशास्त्रीय पद्धतियों के वर्चस्व से मुक्त हो। उनका आग्रह रहा है कि पश्चिम से लिए गये बौद्धिक औजार भारतीय संस्कृति, समाज और उसके इतिहास की विशिष्ट परिस्थितियों पर लागू नहीं किये जा सकते। इन दलीलों के बरक्स औसत स्थिति यह रही है कि भारतीय समाजशास्त्री पश्चिमी अवधारणाओं, मॉडलों तथा विश्लेषणात्मक श्रेणियों को पूरी तरह नहीं नकारते पर इस बात के लिए आमतौर पर सजग रहे हैं कि इन अवधारणाओं को भारत की सामाजिक-सांस्कृतिक परिस्थितियों पर हूबहू लागू न किया जाए। सोसियोलॅजिकल सोसाइटी के सम्मेलनों के अवसर पर दिये गये अध्यक्षीय वक्तव्यों के एक अध्ययन से भी यह ज़ाहिर होता है कि विभिन्न समाजशास्त्री अपने अपने ढंग से सामाजिक नीतियों के क्षेत्र में समाजशास्त्र की उपयोगिता और उसकी प्रासंगिकता को लेकर सजग रहे हैं। सामाजिक नीतियों के मूल्यगत विश्लेषण, भारत में विकास और बदलाव के लक्ष्यों की समझ तथा उनका आलोचनात्मक आकलन आदि ऐसे समाजशास्त्रियों के दीर्घगामी सरोकार रहे हैं।

जहाँ तक शोध-विषयों के रुझान और उनमें आये बदलाव का प्रश्न है तो बीसवीं सदी के आख़िरी पच्चीस वर्षों में शोध के स्तर पर निरंतरता ओर परिवर्तन की प्रवृत्तियाँ आसानी से देखी जा सकती हैं। इस बीच जाति तथा स्तरीकरण, ग्रामीण समुदाय, तथा सामाजिक परिवर्तन आदि पर वैसे तो शोध लगातार चलता रहा है लेकिन उनके अध्ययन की पद्धति में मौलिक बदलाव उपस्थित हो चुका है। मसलन, पहले जहाँ किसी एक गाँव या स्थल के विशद और सांगोपांग अध्ययन एवं उसके प्रकार्यात्मक ढाँचे को समझने पर ज़ोर रहता था अब ऐसी और अन्य अलग-अलग काल-खण्ड और समय की सामाजिक संरचनाओं के तुलनात्मक-विश्लेषणात्मक; और उनमें पैबस्त तनाव के बिंदुओं के अध्ययन पर ध्यान दिया जाने लगा है। शोध-विषयों की दृष्टि से इस बीच विवाह, परिवार तथा नातेदारी के विषय पार्श्व में चले गये हैं। उनकी जगह स्त्री अध्ययन, शिक्षा, शहरी मसलों, सामाजिक आंदोलनों, मतदाताओं के व्यवहार, संचार, औद्योगिक संबंधों, औषधि, क़ानून तथा विज्ञान के समाजशास्त्र ने ले ली है।

उदाहरण के लिए, समानता और संसाधनों के न्यायपूर्ण वितरण के तक़ाज़ों के कारण अब शिक्षा की प्रक्रिया को सामाजिक परिवर्तन के नज़रिये से देखने की प्रवृत्ति बल पकड़ती जा रही है। इस काल में केंद्र व राज्य सरकारों के अलावा भारतीय सामाजिक अनुसंधान परिषद् तथा अन्य वित्त एजेंसियों ने सामाजिक क्षेत्र में कुछ ख़ास तरह के अध्ययन भी कराये गये हैं जिनसे सामाजिक शोध में अंतरविषयकता को बढ़ावा मिला है। उदाहरण के लिए 1975-1976 के दौरान भारतीय अंतरिक्ष संगठन ने देश के छह राज्यों में उपग्रह के ज़रिये दूरदर्शन पर प्रसारित होने वाले एक शैक्षिक कार्यक्रम को संचालित किया। इसी तरह, सामाजिक अनुसंधान परिषद् ने अनुसूचित जाति एवं जनजातियों के छात्रों की शैक्षिक समस्याओं के संबंध में एक अखिल भारतीय अध्ययन कराया। सातवें और आठवें दशक में देश के विभिन्न शहरों— दिल्ली, बम्बई, अहमदाबाद, जयपुर, चंडीगढ़, पुणे, बंगलुरु, हैदराबाद तथा तिरुवनंतपुरम आदि में सामाजिक शोध संस्थान स्थापित किये गये।

भारतीय समाजशास्त्र के अध्ययन-अध्यापन में भारतीय भाषाओं की भूमिका को लेकर एक विमर्श काफ़ी समय से मौजूद रहा है। इधर के वर्षों में देश के कई क्षेत्रीय विश्वविद्यालयों में स्नातक और स्नातकोत्तर स्तर पर भारतीय

भाषाओं में पढ़ायी का काम भी शुरू किया गया है। लेकिन शिक्षण की यह प्रक्रिया उचित पाठ्यसामग्री और पुस्तकों के अभाव में अभी मंथर गति से ही चल रही है। इसके अलावा कई विद्वान इस तथ्य की ओर लगातार ध्यान दिलाते रहे हैं कि भारतीय समाजशास्त्र के पाठयक्रम में सांख्यिकी के प्रयोग पर पर्याप्त ध्यान नहीं दिया जाता। वैसे अब अब समाजशास्त्रीय शोध में सर्वेक्षण का व्यापक प्रयोग किया जाने लगा है परंतु ज़्यादातर शोध प्रकाशनों में सांख्यिकी का विवरणात्मक उपयोग ही किया जाता है।

जैसा कि हम ऊपर कह आये हैं। समाजशास्त्र की कतिपय अवधारणाओं को भारतीय संदर्भों के अनुसार ढालने की बात तो काफ़ी की जाती रही है लेकिन इस दिशा में ठोस प्रयास और परिणामों का अभाव रहा है। विद्वानों के एक समूह का मत है कि बीसवीं शताब्दी के अवसान पर भारतीय समाजशास्त्र के शिक्षण और शोध की दिशा एक अंतर्विरोधी स्थिति में फँस गयी है। एक तरफ़ समाजशास्त्र लगभग सभी विश्वविद्यालयों तथा महाविद्यालयों में एक आवश्यक विषय के तौर पर समाहित किया जा चुका है। और साथ ही अंतरविषयक शोध को प्रोत्साहन देने वाले कई संस्थान भी अस्तित्व में आये हैं। लेकिन दूसरी ओर, भारतीय भाषाओं में स्तरीय पाठ्यसामग्री की कमी में छात्रों को अंग्रेज़ी पाठ्यपुस्तकों पर निर्भर रहना पड़ता है। इसका परिणाम यह हुआ है कि प्रशिक्षित अध्यापकों की कमी के साथ शिक्षण के स्तर में भी गिरावट आती गयी है।

देखें : इरावती कर्वे, जातियों का राजनीतीकरण, जाति और जाति-व्यवस्था-1, 2, 3 और 4, गोविंद सदाशिव घुर्ये, त्रिलोकी नाथ मदन, प्रभुत्वशाली जाति, मैसूर नरसिम्हाचार श्रीनिवास, देवकी जैन, धीरूभाई शेठ, धूर्जटि प्रसाद मुखर्जी, नीरा देसाई, राधा कमल मुखर्जी, योगेश अटल, वेरियर एलविन, संस्कृतीकरण, श्यामा चरण दुबे-1 और 2.

संदर्भ

1. योगेश अटल (1985), 'ग्रोथ पॉइंट्स इन एशियन ऐंड पैसिफ़िक सोसियोलॅजी ऐंड सोशल एंथ्रोपोलॅजी', *सोसियोलॅजी ऐं सोशल एंथ्रोपोलॅजी इन एशिया ऐंड द पैसिफ़िक,* पेरिस, यूनेस्को, नयी दिल्ली.
2. लुई दूमों और डी.एफ़. पोकोक (1957), 'फॉर अ सोसियोलॅजी ऑफ़ इण्डिया', *कंट्रीब्यूशन टू सोसियोलॅजी,* अंक 1.
3. योगेंद्र सिंह (1985), *सोसियोलॅजी : सोशल कण्डीशनिंग ऐंड एमर्जिंग कम्पर्स,* विस्तार पब्लिकेशंस, नयी दिल्ली.
4. एम.एन श्रीनिवास और एम.एन. पाणिनि, *द डिवेलपमेंट ऑफ़ सोसियोलॅजी ऐंड सोशल एंथ्रोपॉलॅजी इन इण्डिया, सोसियोलॅजिकल बुलेटिन,* अंक 22.

— नरेश गोस्वामी

भारतीय समाजशास्त्र-2

(Indian Sociology-2)

भारत में समाजशास्त्र के अध्ययन की स्थिति, दशा और दिशा को लेकर विद्वानों के बीच एक आंतरिक संवाद काफ़ी पहले से चलता रहा है। इस संवाद के सूत्रों को व्यवस्थित ढंग से रखें तो कुछ अहम चीजें देखी जा सकती हैं। मसलन, जब भारतीय समाजशास्त्र की सीमाओं की बात की जाती है तो उसके पीछे मूल तर्क यह होता है कि उसमें शोध की दृष्टि, प्रविधि, अनुशासनगत संकल्पनाएँ, अवधारणाएँ आदि एक ढर्रे में क़ैद हो गयी हैं। इसी के साथ देशज समाज-विज्ञानों की पैरवी करने वाले विद्वतसमूह की ओर से एक तर्क यह भी दिया जाता है कि भारतीय समाजशास्त्र पश्चिम की ज्ञानशास्त्रीय समझ और अवधारणाओं द्वारा बनायी गयी लकीर पर चलता रहा है इसलिए वह भारतीय समाज की समकालीन और इस नाते नयी जटिलताओं व संदर्भों से कट गया है। एक मत के अनुसार भारतीय समाजशास्त्र ज्ञान का खोखला, अनुगामी तथा चुप्पा अनुशासन बनता गया है। यह आकलन थोड़ा सा अतिरंजित और निर्मम भले ही लगे पर इस तथ्य से इनकार नहीं किया जा सकता कि एक अनुशासन के रूप में भारतीय समाजशास्त्र अपनी सम्भावनाएँ खँगालने से पहले ही ठिठक गया है। कहा जाता है कि समाजशास्त्र के पठन-पाठन और ज्ञान राशि के रूप में उसने जिस बौद्धिकता को जन्म दिया है उसका सार्वजनिक सरोकारों से कोई गहरा जुड़ाव नहीं है। शायद इसीलिए बहुत से विद्वानों का मानना है कि समाजशास्त्र के अनुशासन को ऊर्जस्वित करने का जतन लाज़िमी तौर पर इस बात से जुड़ता है कि उसके सैद्धांतिक साहित्य के साथ-साथ पूर्ववर्ती विद्वानों, अध्यापकों तथा उसकी भविष्यगामी सम्भावनाओं पर पुनः विचार किया जाए। इसके लिए नये प्रश्न सोचने होंगे तथा अनुशासन को नया अमल देने के लिए नयी संरचनाओं की खोज करनी होगी। लेकिन आगे बढ़ने से पहले यह जायज़ा लिया जाए कि भारतीय समाजशास्त्र को लेकर ये चिंताएँ कहाँ से और कैसे उपजती हैं

भारत में समाजशास्त्रीय तथा सामाजिक-मानवशास्त्रीय ज्ञान के संकलन का काम लगभग सौ साल पहले शुरू हुआ था। सौ साल की इस यात्रा में उसके कुछ उजले पक्ष भी हैं लेकिन यात्रा के उत्तरार्ध में यह ज्ञान गहरी जड़ता और दोहराव में फँसता चला गया है। भारतीय समाजशास्त्र की एक बड़ी विलक्षणता यह मानी जा सकती है कि यहाँ मानवशास्त्र की बुनियाद ख़ासी मज़बूत रही है। इसके अलावा हम मानवशास्त्र का एक देशज विधान गढ़ने में भी सफल रहे हैं। उसने औपनिवेशिक दस्तावेज़ों की प्रचुरता

का समुदाय के अध्ययन में बहुत बढ़िया इस्तेमाल किया है। इसके साथ कई तरह की अकादमिक और प्रशासनिक संस्थाओं के सहयोग तथा विषयगत प्रकाशित सामग्री की भी भारतीय समाजशास्त्र के विकास में महत्त्वपूर्ण भूमिका रही है। लेकिन दूसरी तरफ़, इस अनुशासन के साहित्य, ज्ञानशास्त्र और बृहत्तर समाज से उसका जुड़ाव ख़ासा अपर्याप्त रहा है। कई सारे थीम, विषय और मुद्दे ऐसे हैं जिन पर शोधकर्ताओं का ध्यान ही नहीं जाता। कुल मिलाकर देखा जाए तो समाज-विज्ञान के अन्य अनुशासनों के मुक़ाबले भारतीय समाजशास्त्र नयी और तुलनात्मक सैद्धांतिकी तैयार नहीं कर पाया है।

इस संदर्भ में भारतीय समाजशास्त्र के शुरुआती इतिहास पर नजर डालें तो यह बात और बेहतर ढंग से समझी जा सकती है। डी.पी. मुखर्जी के भारतीय संस्कृति और समाज, आर.के. मुखर्जी के अंतरविषयक शोध, वेरिअर एल्विन द्वारा आदिवासी समुदायों की समृद्ध संस्कृति के विशद अध्ययन, एम.एन. श्रीनिवास द्वारा सामाजिक शोध के क्षेत्र में देशज सूचनाकर्ता द्वारा ख़ुद के समाज और संस्कृति को समझने की शुरुआत तथा आंद्रे बेते के जाति-वर्ग के महती विश्लेषण के बाद भारतीय समाजशास्त्र में कोई बड़ी वैचारिक प्रस्थापना दिखायी नहीं देती। इसी क्रम में देखें तो एम एन श्रीनिवास द्वारा सृजित नये अवधारणात्मक पदों जैसे संस्कृतीकरण और वर्चस्वशाली जाति आदि के बाद ऐसे कोई नये पद अस्तित्व में नहीं आये हैं जिनसे भारतीय समाज के निर्णायक सांचों और रुझानों को समझने में मदद मिलती हो। समाजशास्त्र में अवधारणाओं और सैद्धांतिकी का यह टोटा इस तरह भी देखा जा सकता है कि इतिहास अध्ययन के क्षेत्र में इस बीच सबआल्टर्न धारा तथा राजनीति विज्ञान में उत्तर-औपनिवेशिक दृष्टि ने एक स्थाई जगह और वैधता हासिल की है जिनकी बिना पर इतिहास, राजनीतिक और सांस्कृतिक अध्ययन को एक नया संदर्भ और दिशा मिली है। इन वैचारिक धाराओं से उक्त अनुशासनों में नये विषयों, मुद्दों और शोध के नये क्षेत्रों का विस्तार हुआ है। कुछ सीमाओं के बावजूद इस नयी सैद्धांतिकी ने इन अनुशासनों में बरसों से जमी विद्वता को चुनौती देते हुए उन्हें बहुलता का समावेश करने के लिए भी मजबूर किया है।

इतिहास और राजनीतिक विज्ञान जैसे अनुशासनों के बरक्स भारतीय समाजशास्त्र खण्डित और कमज़ोर नज़र आता है। सामयिक बदलावों को समझने के लिए वह अभी तक कोई लहज़ा तैयार नहीं कर सका है। सैद्धांतिकी, शोध प्रविधि तथा प्रस्थापनाओं के स्तर पर भी उसकी कोई मुकम्मल पहचान क़ायम नहीं हो पायी है। इस संबंध में भारतीय समाजशास्त्र तथा मानवशास्त्र की सबसे अहम कमज़ोरियों में उनके सांस्थानिक संदर्भ, ज्ञान के सृजन पर सवार राजनीति, अनुशासन के पाठयक्रम तथा ज्ञानशास्त्र, मैथडोलॉजी के नाम पर सीमित औजार, कुछ सिद्धांत और पद्धति की जकड़बंदी और आख़िर में ख़ुद समाजशास्त्रियों की आस-पड़ोस या राष्ट्रीय स्तर की सार्वजनिक बहसों के प्रति उदासीनता या उनमें शिरकत न कर पाने की अक्षमता आदि को शामिल किया जा सकता है।

विद्वानों का एक समूह सामाजिक विज्ञानों में ज्ञान के सृजन से जुड़ी समस्याओं के लिए संस्थाओं में पैबस्त क्षेत्रीय और सार्वभौमिक के विभाजन, फ़ैकल्टी के अकादमिक रुझान पर इस विभाजन के असर, तथा घिसे-पिटे नियमों को ज़िम्मेदार मानता है। समस्याओं की यह निरंतरता संस्थाओं की कार्य-प्रणाली में भी देखी जा सकती है।

समाजशास्त्रीय ज्ञान के सृजन में फ़िलहाल छह-अंतर्राष्ट्रीय विश्वविद्यालय, भारतीय विश्वविद्यालय (केंद्रीय एवं क्षेत्रीय), भारतीय समाज-विज्ञान अनुसंधान परिषद् द्वारा सहायता प्राप्त संस्थान, एंथ्रोपोलोजिकल सर्वे ऑफ़ इण्डिया तथा ग़ैर-सरकारी संगठन आदि सक्रिय हैं। इस तथ्य पर अलग से ध्यान देना जरूरी है कि इन संस्थाओं द्वारा सृजित समस्त ज्ञान में पारिभाषिक और सर्वोच्च ज्ञान अमेरिका और इंग्लैण्ड के विश्वविद्यालयों के विभागों द्वारा सृजित ज्ञान ही माना जाता है। और यह बात यहीं तक सीमित नहीं रहती अंततः इन संस्थाओं से निसृत सैद्धांतिकी, विचार और श्रेणियाँ ही निर्णायक प्रस्थापनाएँ बन जाती हैं।

दिल्ली विश्वविद्यालय तथा आईसीएसएसआर की संस्थाओं से सम्बद्ध कुछ समाजशास्त्रियों और क्षेत्रीय विश्वविद्यालय के कतिपय विद्वानों ने नये विषयों और नयी दृष्टि से काम शुरू किया है। इसी तरह आईसीएसएसआर के दिल्ली, कलकत्ता और सूरत के संस्थानों का ज्ञान सृजन के संदर्भ में मौलिक योगदान माना जाता है।

इन संस्थानों को छोड़ दिया जाए तो ज़्यादातर क्षेत्रीय विश्वविद्यालय में समाजशास्त्र के अध्ययन-अध्यापन और शोध की दशा बदतर ही कही जाएगी। मसलन, ऐसे केंद्रों में समाजशास्त्र लम्बे समय से रुटीनी व्यवस्था और नौकरशाही की उदासीनता का शिकार है। क्या और कैसे पढ़ाया जाए यह किसी उत्साही अध्यापक और शोधकर्ता का सवाल तो हो सकता है वर्ना अमूमन इस बात को लेकर वहाँ बहुत चिंता नहीं की जाती कि ज्ञान सृजन के संदर्भ में विभाग क्या योगदान दे रहे हैं। एक तो इन जगहों पर अमूमन शोध और प्रकाशन को प्रोत्साहन ही नहीं दिया जाता, फिर ऐसे में जिस तरह का शोध होता है वह सतही विश्लेषण और परिप्रेक्ष्य की तंगनज़री के कारण स्थानीय विषयों का बही-खाता सा बन जाता है। ऐसा नहीं है कि वहाँ शोध के नये क्षेत्रों के बारे में जानकारी न रहती हो लेकिन अकादमिक नौकरशाही का रवैया उन्हें टालने का होता है। मसलन, क्षेत्रीय विश्वविद्यालय में स्थानीय अर्थव्यवस्था, सामाजिक-सांस्कृतिक संस्थाओं,

नयी अर्थव्यवस्था के प्रभाव, गतिशीलता, समाज में राजनीतिक और आर्थिक पुनर्गठन के मद्देनजर पुरानी संस्थाओं में आये बदलाव जैसे विषयों पर सार्थक काम किया जा सकता है। परंतु इस दिशा में इक्का-दुक्का उदाहरण ही मिलता है। इस रुटीनीकरण का परिणाम यह हुआ है कि जो विभाग क्षेत्रीय आँकड़ों और सूचनाओं का स्रोत और उन्हें आधार बनाकर नयी पाठ्य-पुस्तकें तैयार करके नये विचारों के वाहक बन सकते थे, वे इस भूमिका के लिए तैयार ही नहीं दिखते।

संस्थागत जकड़नों से अलग भारतीय समाजशास्त्र का एक संकट संदर्भ-पुस्तकों और पाठ-सामग्री की अंतर्वस्तु और परिप्रेक्ष्य का भी है। पाठ्यक्रम की समीक्षा का ढाँचा कुछ इस तरह केंद्रीकृत है वह अक्सर प्रदत्त विषयों पर ही अटका रहता है। इसका दूरगामी असर यह होता है कि पाठ्य-क्रम में स्थानीय संदभों को विश्लेषित करने वाली सामग्री शामिल ही नहीं की जाती। यह इसलिए भी होता है, क्योंकि पाठ्य-क्रम निर्धारण के केंद्रीकृत और रुटीनी ढाँचे में इस बात की सम्भावना बहुत कम होती है कि ऐसे किसी कार्य को पाठ्यक्रम का हिस्सा बनाया जाएगा। स्नातक और उससे बड़ी कक्षाओं के लिए तैयार पाठ-सामग्री साल दर साल उन्हीं अवधारणाओं के सहारे चली जाती हैं। इनमें बहुत सी सूचनाएँ न केवल पुरानी बल्कि ग़ैर-जरूरी भी होती हैं। इन्हें पढ़कर छात्रों को अपने क्षेत्र, समय और समाज की सच्चाई और जटिलताओं को समझने में कोई मदद नहीं मिलती। इसके अलावा पाठ्य पुस्तकों का अभाव और क्षेत्रीय भाषाओं में उपलब्ध सामग्री के प्रति बेरुखी, आपस में मिल कर छात्रों को इस बात के लिए स्थाई तौर पर मजबूर किये रहती हैं कि वे अपना काम दोयम दर्जे की सामग्री से ही चलाते रहें। इस रुटीनी पाठ-सामग्री जिसे गाइड आदि के नाम से जाना जाता है, ने छात्रों और अध्यापकों की कल्पनाशीलता को इस तरह हर लिया है कि उन्हें यह एहसास तक नहीं होता कि स्थानीय भाषा में भी स्तरीय सामग्री की खोज की जा सकती है।

अंग्रेज़ी के वर्चस्व और पश्चिम से ली गयी सैद्धांतिकी की आलोचना का एक पक्ष लगभग नियमित तौर पर मौजूद रहा है। यह बात बाक़ायदा प्रमाणों के उद्धरणों सहित कही जाती है कि समाजशास्त्रीय साहित्य देशज ज्ञान-परम्परा में मौजूद सामाजिक-राजनीतिक अवधारणाओं का उपयोग करने, समाजशास्त्र के मौजूदा ढाँचे के बरक्स या उसकी जगह देशज प्रस्थापना, विचार, और सिद्धांत खड़ा करने में अक्षम रहा है। कुछ विद्वानों ने विकल्प की पेशबंदी के तौर पर सुझाव तो जरूर दिये हैं लेकिन ऐसा नहीं लगता कि उनकी बात दूर तक पहुँची हो। देशज विकल्प को मूर्त करने के लिए अभी तक न व्यवस्थित सैद्धांतिक विश्लेषण सामने आया है और न ही विद्वानों का समूह अध्ययन के ऐसे क्षेत्रों को चिन्हांकित कर पाया है जिनसे उनका विशिष्ट परिप्रेक्ष्य उभरता हो।

शिकागो विश्वविद्यालय के मानवशास्त्रियों ने भारत का देशज समाजशास्त्र गढ़ने की दिशा में एक प्रयत्न किया था जिसे बहुत स्वीकार्यता नहीं मिल पायी। कई विद्वानों ने इस प्रयास की सीमाओं की ओर इशारा करते हुए कहा है कि भारत की समकालीन संस्कृतियों को केवल क्लासकीय और वह भी सांख्य दर्शन की रचनाओं के सहारे समझना अपर्याप्त योजना है। इस धारा के आलोचकों का तर्क है कि राजनीतिक-आर्थिक संदर्भों को सांस्कृतिक श्रेणियों के अधीन रख कर देखना शिकागो स्कूल की एक ऐसी बुनियादी अक्षमता है जिसे नजरअंदाज़ नहीं किया जा सकता। ऐसे प्रयासों की विफलताओं को देख कर अनेक विद्वान यह भी कहते हैं कि देशज समाज-विज्ञानों की अस्पष्ट ज़िद पकड़ने के बजाय समूचे समाज-विज्ञान की दिशा व ज्ञानशास्त्र को इस तरह संयोजित किया जाए कि समाजशास्त्र अपने मौजूदा ढर्रे की जड़ताओं और अंध-बिंदुओं से निजात पाकर आत्मसजग, संवेदनशील और ज़्यादा प्रातिनिधिक बन सके।

वैचारिकी की सीमाओं के अलावा भारतीय समाजशास्त्र के शोध का भौगोलिक संदर्भ भी संकुचित और असंतुलित रहा है। अगर अध्ययन के भौगोलिक क्षेत्र पर निगाह डाली जाए तो यह ज़ाहिर होता है कि अधिकांश अध्ययन दिल्ली की 200 किलोमीटर की परिधि और राज्यों के हिसाब से तमिलनाडु, गुजरात, केरल और पश्चिम बंगाल आदि तक सीमित रहा है। उल्लेखनीय है कि शोध-अध्ययन के इस भूगोल में देश के उत्तर पूर्वी राज्यों, आंध्र प्रदेश, कर्णाटक, मध्य प्रदेश, ओडीशा, राजस्थान और उत्तर प्रदेश के अंदरूनी इलाक़ों पर कम ध्यान दिया गया है। इसी तरह एक दौर में पंजाब क्षेत्र औपनिवेशिक प्रशासकों का प्रिय विषय रहा था। लेकिन बाद में वह समाजशास्त्रियों के नक़्शे से ग़ायब होता चला गया। पिछले तीन दशकों में वहाँ खालिस्तान जैसा पृथकतावादी आंदोलन उभरा और ख़त्म हो गया, हरित क्रांति की चमक धुंधली पड़ गयी लेकिन इन विषयों पर कोई व्यवस्थित अध्ययन सामने नहीं आया। शोध के संदर्भ में यह उदासीनता इस तरह भी देखी जा सकती है कि इस बीच देश के विभिन्न राज्यों में आर्थिक और सामाजिक विकास की गति अलग-अलग रही है, परंतु इस अंतर को शोध के स्तर पर समझने के प्रयास कुछ ख़ास नहीं कहे जा सकते।

भारत के समाज-विज्ञानों में अंतर-अनुशासनात्मक दृष्टि का शुरू से ही अभाव रहा है। समाजशास्त्र भी इसका अपवाद नहीं है। लेकिन इस बीच इतिहास और मानवशास्त्र, पर्यावरण के विषयों के बीच आवाजाही बढ़ रही है। जेंडर और दलित अध्ययन से मुख्यधारा के समाजशास्त्र को चुनौती

मिल रही है। हालाँकि चिकित्सा समाजशास्त्र /मानवशास्त्र के क्षेत्र में काम का परिमाण तो बहुत नहीं कहा जा सकता लेकिन वह बेशक एक नये सिलसिले की शुरुआत है। पिछले कुछ वर्षों में विज्ञान अध्ययन के अंतर्गत कृषि पूँजी तथा बायो-टैक्नॉलॉजी और पूँजी आदि विषयों पर महत्त्वपूर्ण कार्य हुआ है। लेकिन दिक़्क़त यह है कि समाजशास्त्र ऐसे अध्ययनों के प्रति संवादपरक रुख नहीं अपना रहा है। अगर समाजशास्त्रियों का रवैया थोड़ा खुला हो तो समकालीन भारत के अनेक मुद्दों को अंतरविषयकता के ऐसे वृहद सैद्धांतिक परिप्रेक्ष्य में रखकर समझना ख़ासा सार्थक हो सकता है।

जाति-विषयक अध्ययन में एक ख़ास तरह की दृष्टि को भारतीय समाजशास्त्र की जड़ता का स्थाई उदाहरण माना जा सकता है। विद्वानों के अनुसार सामाजिक परिवर्तन पर अतिरिक्त ज़ोर दिये जाने के कारण भारतीय समाजशास्त्र में उन स्थाई सांस्कृतिक संरचनाओं की ओर पर्याप्त ध्यान नहीं दिया गया जिनके कारण तमाम बदलावों के बावजूद जाति की अहमियत बदस्तूर क़ायम है। अभी जबकि भारत में सामाजिक-सांस्कृतिक परिवर्तन के स्वरूप का ही पर्याप्त अध्ययन उपलब्ध नहीं है तो ऐसे में कुछ विद्वानों का संस्कृति के क्षेत्र में उभरे नये रुझानों को वैकल्पिक या क्षेत्रीय आधुनिकता बताना थोड़ी सी जल्दबाजी ही कही जाएगी। ग़ैर-पश्चिमी अनुभवों और प्रवृत्तियों को आधुनिकता के खण्डन शास्त्र से जोड़कर देखना बेशक एक स्वागतयोग्य पहल है लेकिन उसे आधुनिकताओं की बहुलता का नारा देने से इन सामाजिक-सांस्कृतिक बदलावों के ख़ास तर्क को समझने में मदद नहीं मिलती। इस संबंध में सामाजिक-सांस्कृतिक बदलावों की इस जटिलता पर अलग से ध्यान केंद्रित किया जाना चाहिए कि वे पूरी तरह न आधुनिकीकरण की ओर जाते हैं न निपट पश्चिमीकरण की ओर। इसके विपरीत उक्त बदलावों में जाति, धर्म और जातीयता की परम्पराएँ एक बहुलतावादी जीवन-संसार के आसंग के रूप में दिखायी देती हैं। लिहाज़ा ऐसे में उन्हें किसी तरह की आधुनिकता मानने के बजाय ख़ुद इस बात की पड़ताल की जानी चाहिए कि बदलाव के इन रूपों को ही किस सीमा तक आधुनिक कहा जा सकता है।

भारत के इन जाति-विषयक अध्ययनों के बारे में यह बात लगातार दोहरायी जाती है कि प्रचुरता के बावजूद अंतत उनका ज़ोर जाति की विलक्षणता पर ही रहता है। संक्षेप में कहें तो ऐसे अध्ययनों का निष्कर्ष यह रहता है कि एक संस्था, संरचना और विभाजक के तौर पर जाति ही भारतीय समाज का पारिभाषिक संदर्भ है। इसे एक तरह का अकादमिक असंतुलन कहा जाएगा कि भारतीय समाज-विज्ञान पर उस समूह का ही वर्चस्व रहा है जो जाति को भारतीय समाज का सबसे विलक्षण तत्त्व मानता रहा है। इसका परिणाम यह हुआ है कि एक संदर्भ के तौर पर न केवल वर्ग की अवधारणा नेपथ्य में चली गयी है बल्कि बहुत से अन्य ज्वलंत विषय भी समाजशास्त्रीय कल्पना से छूट गये हैं। मसलन, समाजशास्त्र में शहरी अध्ययन का रुझान तो शुरू हुआ है लेकिन उसके चलते ग्रामीण मुद्दे पार्श्व में चले गये हैं। इसी तरह प्राथमिक शिक्षा को लेकर सार्वजनिक सरोकार और चिंताएँ तो बढ़ी हैं परंतु समाजशास्त्रीय अध्ययन के स्तर पर स्कूलों और शिक्षा व्यवस्था को संस्था के तौर पर देखने का काम सीमित ही कहा जा सकता है।

इस क्रम में दूसरा प्रसंग व विज्ञान के प्रौद्योगिकी के अध्ययन का लिया जा सकता है। राष्ट्र निर्माण और विकास की प्रक्रिया के तौर पर इस क्षेत्र में चंद्रमा अभियान, नाभिकीय कार्यक्रम, संकर बीजों और फसलों को वैधता देने की महाकाय परियोजनाएँ चल रही हैं। लेकिन इन कार्यक्रगों की व्यावहारिकता, महत्त्व और प्रभाव को लेकर मौजूदा समाजशास्त्र सक्रिय नहीं दिखायी दे रहा।

अंततः इस विवरण के बाद यह देखा जा सकता है कि भारतीय समाजशास्त्र को अपनी सीमाएँ खोलने यानी भारतीय समाज की बहुलताओं को अध्ययन क्षेत्र में लाने के लिए कई प्रस्थान बिंदुओं को चिह्नांकित करना होगा।

पहले तो शोध के अंतर्गत नये भौगोलिक क्षेत्रों और विषयों का विस्तार करना होगा ताकि उसमें देश और जनता की समकालीन परिस्थितयाँ प्रगट हो सकें। दूसरे, शोध कार्य में बहुलतावादी पद्धतियों का सूत्रपात करना होगा। तीसरे, समाजशास्त्रीय लेखन में भारतीय भाषाओं को प्रोत्साहन देने के अलावा उन भाषाओं में उपलब्ध सामग्री को स्रोत के रूप में समाहित करना होगा। चौथे, शोध संस्थाओं और विद्वानों के बीच सहयोग, सहकार और तालमेल का माहौल तैयार करना होगा।

देखें : इरावती कर्वे, जातियों का राजनीतीकरण, जाति और जाति-व्यवस्था-1, 2, 3 और 4, गोविंद सदाशिव घुर्ये, त्रिलोकी नाथ मदन, प्रभुत्वशाली जाति, भारतीय समाजशास्त्र-1 और 2, मैसूर नरसिम्हाचार श्रीनिवास, देवकी जैन, धीरूभाई शेठ, धूर्जटि प्रसाद मुखर्जी, नीरा देसाई, राधा कमल मुखर्जी, योगेश अटल, वेरियर एलविन, संस्कृतीकरण, श्यामा चरण दुबे-1 और 2.

संदर्भ

1. शिव विश्वनाथन (2006), 'ऑफ़िशिअल हेजेमनी ऐंड कंटेस्टिंग प्लूरॅलिज़्म्स', गुस्तावो रिबेरा और आर्तुरो एस्कोबार (सम्पा,), *वर्ल्ड एंथ्रोपोलॅजीज़ : डिसिप्लिनरी ट्रांसफ़ार्मेशन विदिन सिस्टम्स ऑफ़ पॉवर,* बर्ग पब्लिकेशंस, ऑक्सफ़र्ड.
2. सैयद फ़रीद अलातास (1983), *ऑन द इण्डिजिनाइज़ेशन ऑफ़ एकेडेमिक डिस्कोर्स, ऑल्टरनेटिव्ज़,* खण्ड 18 अंक 3.

3. वीणा दास (2003), 'सोशल साइंस ऐंड द पब्लिक', (सम्पा.), *ऑक्सफ़र्ड इण्डिया कम्पैनिअन टू सोसियोलॅजी ऐंड सोशल एंथ्रोपोलॅजी*, ऑक्सफ़र्ड युनिवर्सिटी प्रेस, नयी दिल्ली.
4. सतीश देशपांडे (2006), 'कास्ट इनइक्वलिटि ऐंड सोशिओलॅजी: क्वेश्चन ऑफ़ डिसिप्लिनरी लोकेशन', मैत्रेयी चौधरी (सम्पा.), *द प्रैक्टिस ऑफ़ सोसियोलॅजी*, ओरिएंट लांगमैन, हैदराबाद.
5. गोपाल गुरु (2002), 'हाउ इगैलिटेरिअन आर द सोशल साइंसेज़ इन इण्डिया', *इकॉनॉमिक ऐंड पॉलिटिकल वीकली*, खण्ड 37, अंक 50.
6. कौंसिल ऑफ़ सोशल साइंस रिसर्च (2007), *रिस्ट्रक्चरिंग द आइसीएसएसआर : रिपोर्ट ऑफ़ द कमेटी टू रिव्यू द आइसीएसएसआर*, आइसीएसएसआर, नयी दिल्ली.
7. सुजाता पटेल (2007), 'बियॉन्ड बायनरीज : अ केस फ़ॉर सेल्फ़-रिफ़लेक्सिव सोसियोलॅजी ', *करंट सोसियोलॅजी* , खण्ड 54, अंक 3.

— नरेश गोस्वामी

भारतीय संविधान-1

ऐतिहासिक पृष्ठभूमि
(Indian Constitution-1)

भारत का संविधान 26 जनवरी, 1950 को लागू हुआ और इसकी रचना एक निर्वाचित संविधान सभा द्वारा तक़रीबन तीन वर्षों (9 दिसम्बर, 1946-26 नवम्बर, 1949) के दौरान की गयी। भारतीय संविधान और संविधान सभा के काम को सही तरीक़े से समझने के लिए यह आवश्यक है कि संविधान सभा के गठन के पहले के घटनाक्रमों की सही समझ बनायी जाए। इस संदर्भ में सिर्फ़ तत्कालीन घटनाओं पर नज़र डालने की ही आवश्यकता नहीं है, बल्कि संवैधानिक विकास के महत्त्वपूर्ण पड़ाव के रूप में काम करने वाले विभिन्न औपनिवेशिक अधिनियमों की समझ भी ज़रूरी है। इसका कारण यह है कि ये विभिन्न औपनिवेशिक अधिनियम उस समय के राजनीतिक आंदोलनों का परिणाम थे और आगे भारतीय संविधान की रूपरेखा तय करने में भी इन्होंने अहम भूमिका निभायी।

ब्रिटिश इण्डिया कम्पनी भारत में सत्रहवीं सदी की शुरुआत में आयी। 1757 तक इसने बंगाल में अपने राजनीतिक पैर जमा लिए। अगले सौ वर्षों के भीतर भारत के दो-तिहाई हिस्से को इसने अपने सीधे नियंत्रण में ले लिया और शेष बचे भाग पर इसका अप्रत्यक्ष नियंत्रण हो गया। 1857 के विद्रोह के बाद ब्रिटिश संसद ने ईस्ट इण्डिया कम्पनी से भारतीय शासन का अधिकर ले लिया और इसे सीधे तौर पर ब्रिटेन की महारानी के अंतर्गत कर दिया गया। इसके बाद शासन चलाने के लिए अंग्रेज़ों ने समय-समय पर कई अधिनियम बनाये। 1858 का गवर्नमेंट ऑफ़ इण्डिया ऐक्ट, 1861 का कौंसिल ऐक्ट, 1892 का कौंसिल ऐक्ट, 1909 का मोर्ले-मिंटो सुधार और कौंसिल ऐक्ट, 1919 का गवर्नमेंट ऑफ़ इण्डिया ऐक्ट और 1935 का गवर्नमेंट ऑफ़ इण्डिया ऐक्ट उल्लेखनीय है। इस पूरी अवधि के दौरान, ख़ासतौर पर बीसवीं सदी की शुरुआत से भारत में उपनिवेशवाद विरोधी आंदोलन भी चलता रहा जिसके परिणामस्वरूप भारतवासी ज़ोरदारी से 'स्वराज्य' स्थापित करने की माँग करते रहे।

1858 में यह प्रावधान किया गया कि भारत का शासन सेक्रेटरी ऑफ स्टेट फ़ॉर इण्डिया द्वारा 15 सदस्यों की एक परिषद् द्वारा चलाया जाएगा। इस परिषद् के सभी सदस्य अंग्रेज़ थे। सेक्रेटरी ऑफ़ स्टेट (या भारत सचिव) ब्रिटिश संसद के प्रति उत्तरदायी था और यह गवर्नर जनरल के माध्यम से भारत का शासन चलाता था। 1861 के अधिनियम में यह प्रावधान किया गया कि देश के शासन के बारे में विधायी स्तर पर फ़ैसला करने वाली समिति में गवर्नर जनरल ग़ैर-सरकारी सदस्यों को भी शामिल कर सकता है। लेकिन इस समिति को कोई ख़ास अधिकार नहीं था। इसके सदस्य गवर्नर जनरल द्वारा मनोनीत होते थे और उसके द्वारा पेश किये गये प्रस्तावों पर अपनी राय देते थे, जिसे गवर्नर जनरल मान सकता था या नकार सकता था। 1892 के ऐक्ट में भारतीय लोगों की भागीदारी को और ज़्यादा बढ़ाया गया। अब भी ग़ैर-सरकारी सदस्यों को मनोनीत करने की व्यवस्था जारी रखी गयी, लेकिन यह प्रावधान भी किया गया कि बहुत ही सीमित मतदाता मण्डल द्वारा कुछ सदस्यों का चुनाव भी किया जा सकता है। निश्चित रूप से यह कहा जा सकता है कि भारत के साम्राज्यवादी क़ानूनों में इसी ऐक्ट के साथ भारतीय प्रतिनिधित्व की शुरुआत हुई। लेकिन औपचारिक रूप से 1909 के कौंसिल्स ऐक्ट द्वारा प्रांतीय और केंद्रीय स्तर पर चुनाव की प्रक्रिया स्थापित की गयी। इसे मोर्ले-मिंटो सुधारों के नाम से भी जाना जाता है, क्योंकि इसे तैयार करने में भारत सचिव लॉर्ड मोर्ले और वायसराय लॉर्ड मिंटो ने महत्त्वपूर्ण भूमिका निभायी थी। इस अधिनियम की एक अन्य विशेषता यह थी कि इसने मुसलमानों के लिए पृथक मतदाता मण्डल के प्रस्ताव को भी स्वीकार किया। स्थानीय स्तर पर इसे 1893 में ही लागू किया जा चुका था लेकिन अब इसे केंद्रीय स्तर पर लागू किया गया। इसका मूल कारण यह था कि मुसलिम लीग सहित कई दूसरे संगठनों ने इसकी माँग की थी। ऐसा करना अंग्रेज़ों की 'बाँटो और राज करो' नीति के अनुरूप था।

मोर्ले-मिंटो सुधार भारत के राष्ट्रवादियों की अकांक्षाओं को संतुष्ट करने में नाकाम रहा। इस समय तक देश के राजनीतिक असंतोष में भी काफ़ी बढ़ोतरी हो गयी थी।

कांग्रेस, जिस पर लम्बे समय तक नरमपंथियों का क़ब्ज़ा था, अब कई तरह के आंदोलनों (मसलन होमरूल आंदालन) के माध्यम से ज़्यादा सक्रिय हो गयी थी। इस तरह के राजनीतिक हालत में 20 अगस्त 1917 को ब्रिटिश सरकार ने यह घोषणा की कि 'वह ब्रिटिश साम्राज्य के अभिन्न भाग के रूप में भारत में, धीरे-धीरे उत्तरदायी सरकार की स्थापना करना चाहती है।' इसके बाद भारत सचिव ई.एम.एस. मॉन्टेग्यू और गवर्नर जनरल लॉर्ड चेम्सफ़र्ड को भारत में संवैधानिक सुधार के प्रस्ताव तैयार करने का ज़िम्मा दिया गया। इनके प्रस्तावों के आधार पर ही भारत शासन अधिनियम (या गवर्नमेंट ऑफ़ इण्डिया ऐक्ट) 1919 तैयार हुआ। इस अधिनियम की विशेषता यह थी कि इसमें प्रतिनिधित्व का स्तर बढ़ाया गया। मसलन, केंद्रीय स्तर पर द्वि-सदनीय विधायिका की व्यवस्था की गयी। इसमें तक़रीबन साठ प्रतिशत से भी ज़्यादा सदस्यों के चुनाव की व्यवस्था की गयी। लेकिन गवर्नर जनरल इसके प्रति उत्तरदायी नहीं था और सार्वभौम मतदान की भी व्यवस्था नहीं थी। इस अधिनियम की एक अन्य विशेषता 'द्वैध शासन' की स्थापना भी थी। इसमें शासन के विषयों को केंद्रीय और प्रांतीय दो भागों में बाँटा गया और प्रांतीय विषयों को 'स्थानांतरित' और 'आरक्षित' विषयों में बाँटा गया। 'स्थानांतरित' विषयों के बारे में गवर्नर के मंत्री शासन संबंधी फ़ैसला कर सकते थे, जो कि प्रांतीय विधायिका के प्रति जवाबदेह थे। लेकिन गवर्नर जनरल को यह अधिकार था कि वह इन सभी शक्तियों को कभी भी वापस ले सकता था। इसके कारण भारतीय संवैधानिक विकास के संदर्भ में एक मील का पत्थर होने के बावजूद इस ऐक्ट ने वास्तविक अर्थों में भारतीयों को कोई ख़ास शक्ति प्रदान नहीं की।

इस समय तक राष्ट्रीय आंदोलन के बीच भारतवासियों द्वारा अपने लिए अपना संविधान बनाने का विचार भी ज़ोर पकड़ने लगा था। बाल गंगाधर तिलक के निर्देशन में तैयार द कांस्टीट्यूशन ऑफ़ इण्डिया बिल, 1895 संविधान-निर्माण के इतिहास में मील का पहला पत्थर है। इस विधेयक के लेखक का नाम इतिहास को ज्ञात नहीं है। ऐनी बेसेंट ने इसे होम रूल बिल की संज्ञा दी थी। इसके अज्ञात लेखक ने 8 मई, 1895 को भूमिका में कहा था कि उसका मक़सद ब्रिटिश हुकूमत से भारतवासियों के लिए कुछ नागरिक अधिकार प्राप्त करना है। विधेयक का मसविदा बनाने में लेखक ने ब्राज़ील और अमेरिका के संविधानों से मदद ली थी। विधेयक में दिलचस्प उल्लेख था कि जनता द्वारा निर्वाचित सांसद एक बार चुने जाने के बाद आजीवन निर्वाचित समझे जाएंगे। 1906 में कांग्रेस के अध्यक्ष दादाभाई नौरोजी ने सबसे पहले 'स्वराज्य' शब्द का उल्लेख सीमित आज़ादी के दायरे में ही परिभाषित किया। 1907 की सूरत कांग्रेस में नरम दल और गरम दल के बीच विभाजन मूलत: संवैधानिक आज़ादी के सपने को लेकर हुआ। मोर्ले-मिंटो के सुझावों को भारतीय परिषद् अधिनियम, 1909 में शामिल किया गया। 1913 में मुसलिम लीग ने अपने लखनऊ जलसे में स्वराज के विचार का औपचारिक समर्थन किया। प्रथम विश्व-युद्ध के कुछ महीने बाद गोपाल कृष्ण गोखले ने युद्धोत्तर सुधारों के नाम पर एक दस्तावेज़-पॉलिटिकल टेस्टामेंट तैयार किया। इस दस्तावेज़ में भी सम्भावित संविधान रचने के संकेत निहित थे।

अक्टूबर-नवम्बर, 1916 में इम्पीरियल लेजिस्लेटिव कौंसिल (केंद्रीय धारा सभा) के 19 सदस्यों ने वायसराय को स्वशासन की परिकल्पना का एक स्मरण-पत्र भेजा। 1916 में कांग्रेस के मंच से जिन्ना ने राष्ट्रीय हित में कांग्रेस के साथ जुड़ कर काम करने के लिए मुसलिम लीग का आह्वान किया। ब्रिटिश मंत्रिमण्डल ने 'स्वशासन' के बदले 'उत्तरदायी शासन' की पैरवी की। भारत के सांविधानिक विकास में इसके बाद मोंटेग्यू-चेम्सफ़र्ड प्रतिवेदन का महत्त्वपूर्ण स्थान है। इसके कारण ही आगे चलकर भारत सरकार अधिनियम, 1919 (गवर्नमेंट ऑफ़ इण्डिया एक्ट) रचा गया। भारतीय राष्ट्रीय कांग्रेस प्रथम विश्व युद्ध के दौरान अधिक सक्रिय रही। उसने स्वराज का अभियान प्रारम्भ किया, जिसे होम रूल आंदोलन कहा गया। इस लोकप्रिय माँग के उत्तर में ब्रिटिश सरकार ने 20 अगस्त, 1917 को यह घोषणा की कि हिज़ मैजेस्टी की सरकार की नीति 'यह है कि प्रशासन की प्रत्येक शाखा में भारतीयों को अधिकाधिक सम्मिलित किया जाए और धीरे-धीरे स्वतंत्र संस्थाओं का विकास किया जाए, जिससे ब्रिटिश साम्राज्य के अविभाज्य अंग के रूप में ब्रिटिश-भारत में उत्तरदायी सरकार की स्थापना की जा सके।' लेकिन भारत शासन अधिनियम, 1919 द्वारा भारत की जनता की आकांक्षाओं की पूर्ति नहीं हुई। 1919 में कांग्रेस के बाहर तेज बहादुर सप्रू और ऐनी बेसेंट ने मिलकर द कॉमनवेल्थ ऑफ़ इण्डिया विधेयक के नाम से एक औपचारिक दस्तावेज़ उपलब्ध करवाया। धारा सभा के सदस्य मोतीलाल नेहरू ने इस प्रस्ताव की मूल बातों को ध्यान में रखते हुए एक वैकल्पिक प्रस्ताव प्रस्तुत किया। बाद में उनकी ये माँगें 'नैशनल डिमांड' के नाम से मशहूर हुईं। इसके तत्काल बाद ब्रिटिश हुकूमत ने एलेक्ज़ेंडर मूडीमेन की अध्यक्षता में एक सुधार जाँच समिति गठित की। उसे गवर्नमेंट ऑफ़ इण्डिया एक्ट, 1919 पर लगभग पुनर्विचार ही करना था। समिति ने 3 दिसम्बर, 1924 को अपनी यथास्थिति समर्थक रिपोर्ट सौंपी।

1922 में गाँधी ने रेखांकित किया कि सिर्फ़ भारतीयों को ही भारत की राजनीतिक क़िस्मत के बारे में फ़ैसला लेने का हक है। राष्ट्रीय आंदोलन के बढ़ते प्रभाव को सीमित करने एवं लोगों की आकांक्षाओं को संतुष्ट करने के लिए ब्रिटिश सरकार ने 1927 में साइमन कमीशन का गठन किया। चूंकि इस कमीशन में कोई भी भारतीय सदस्य नहीं

भारतीय संविधान सभा (9 दिसम्बर, 1946-26 नवम्बर, 1949)

था इसलिए कांग्रेस सहित अधिकांश प्रमुख दलों ने इसका विरोध किया। इन दलों ने मोतीलाल नेहरू के नेतृत्व में एक सर्वदलीय समिति का गठन किया, जिसने 1928 में अपनी रिपोर्ट के माध्यम से भारतीयों के लिए वैकल्पिक संविधान की रूपरेखा रखी। बाद में, इसकी कुछ सिफ़ारिशों से असहमति होने के कारण मुसलिम लीग ने इसे पूरी तरह स्वीकार नहीं किया। लेकिन नेहरू कमिटी की रिपोर्ट भारतीय संवैधानिक विकास के इतिहास में एक महत्त्वपूर्ण दस्तावेज़ है।

1929 में ब्रिटिश सरकार ने यह घोषणा की कि भारतीय राजनीतिक विकास का उद्देश्य डोमिनियन प्रस्थिति है। आयोग के अध्यक्ष सर जॉन साइमन ने 1930 में अपना प्रतिवेदन सौंपा। उसकी सिफ़ारिशों के बारे में गोलमेज़ सम्मेलनों (1930-32) में विचार किया गया। इन सम्मेलनों में गाँधी, आम्बेडकर, मदनमोहन मालवीय जैसे नेताओं ने भागीदारी की। लंदन में जनवरी में बुलायी गयी गोलमेज़ परिषद् के अंतिम दिन 19 फ़रवरी, 1931 को ब्रिटिश प्रधानमंत्री ने नीति विषयक वक्तव्य दिया। इसके तारतम्य में मशहूर गाँधी-इरविन समझौता किया गया। यद्यपि ब्रिटिश लेबर पार्टी की पराजय के कारण गोलमेज़ परिषद् का विमर्श गोलमाल हो गया। उसके बाद 1931 की कराची कांग्रेस संवैधानिक आंदोलन के इतिहास में घुमावदार मोड़ पर गड़े मील के पत्थर की तरह याद की जाती रहेगी।

गोलमेज़ परिषद् की परिणति पर घाव पर नमक छिड़कने के अंदाज़ में मार्च, 1933 में ब्रिटिश सरकार ने भारत में प्रस्तावित संवैधानिक सुधारों को लेकर अपने काले इरादों का श्वेत पत्र प्रकाशित किया। उसे कुछ संशोधनों के साथ भारत शासन अधिनियम, 1935 के रूप में पारित किया गया। उसमें भारतीय नरेशों का दख़ल बढ़ाने का कुचक्र था। कांग्रेस के पार्श्व संगठन स्वराज पार्टी ने एम.ए. अंसारी की अध्यक्षता में 3 मई, 1934 की बैठक में इसे रद्द कर दिया और संविधान सभा के गठन की माँग की। यह देश की ओर से पहली प्रत्यक्ष माँग थी। 17-18 जून, 1934 को कांग्रेस कार्य समिति ने भी ऐसी ही माँग की। संयुक्त संसदीय समिति की सिफ़ारिशों को रद्द करते हुए कांग्रेस ने 5-6 -7 दिसम्बर 1934 को पटना में यह माँग की कि संविधान रचना के लिए संविधान सभा का गठन ही एकमात्र विकल्प है। यही बात कांग्रेस के उनचासवें अधिवेशन में 12-14 अप्रैल, 1936 को दोहरायी गयी। अपने ऐतिहासिक भाषण में 27 दिसम्बर, 1936 को फ़ैज़पुर कांग्रेस के अध्यक्ष जवाहरलाल नेहरू ने संविधान सभा के गठन की पुरज़ोर माँग की। इसके अनुरूप अगस्त से अक्टूबर, 1937 के बीच कांग्रेस शासित बिहार, बम्बई, मध्य प्रांत, उड़ीसा, उत्तर प्रदेश, पश्चिमोत्तर सीमांत प्रदेश तथा मद्रास के अतिरिक्त सिंध की विधान सभाओं ने 1935 के अधिनियम को वापस लेते हुए संविधान सभा के गठन के निर्णय पर स्वीकृति की मुहर लगायी। सुभाष चंद्र बोस की अध्यक्षता में हरिपुरा कांग्रेस में भी माँग एक बार फिर रखी गयी। इस माँग को प्रांतीय विधान सभाओं में 1939 को फिर पारित किया गया। 15 नवम्बर, 1939 को चक्रवर्ती राजगोपालाचारी ने गोपाल कृष्ण गोखले के तर्ज़-ए-बयाँ पर एक विचारपत्र जारी किया।

1937 का चुनाव आज़ादी और संविधान के संदर्भ में मील का पत्थर साबित हुआ। इस चुनाव में विधान सभाओं

की 492 मुसलिम सीटों में मुसलिम लीग को 109 सीटें मिलीं। कांग्रेस ने उत्तर प्रदेश में 228 सदस्यों के सदन में 135 सीटें जीत ली थीं। उसने मिली-जुली सरकारों के प्रस्ताव को नामंज़ूर कर दिया। इस रुख के बाद 'इसलाम ख़तरे में है' का नारा पहली बार राजनीतिक मंच पर गूँजा। अभियान का सीधा परिणाम यह हुआ कि कुछ ही दिनों के बाद हुए मुसलिम निर्वाचन क्षेत्रों के उपचुनावों में कांग्रेस उम्मीदवारों की क़रारी हार हुई। विधायिकाओं में प्रतिनिधित्व के सवाल पर लंदन की गोलमेज़ परिषद् में सहमति नहीं बनी। उसका फलितार्थ यह हुआ कि ब्रिटिश प्रधानमंत्री रैम्ज़े मैकडोनल्ड ने अप्रैल 1932 में (कुप्रसिद्ध हो चुका) कम्युनल एवार्ड दिया। एवार्ड में यह प्रावधान था कि मुसलमानों, युरोपियों, सिक्खों, भारतीय ईसाइयों और एंग्लो इण्डियनों को अलग क्षेत्रों से प्रतिनिधित्व दिया जाए यहाँ तक कि तत्कालीन बम्बई प्रांत में मराठों को भी चुने हुए क्षेत्रों में आरक्षण दिया गया। दलितों के लिए भी आरक्षित सीटों की घोषणा की गयी, जिनमें केवल वे ही वोट कर सकते थे। अलबत्ता उन्हें सामान्य सीटों में भी मतदान का अधिकार दिया गया। दलितों के लिए पृथक मतदाता-मण्डल की व्यवस्था को गाँधी ने एक विभाजनकारी षड्यंत्र घोषित करते हुए इसके ख़िलाफ़ आमरण अनशन शुरू कर दिया। दूसरी तरफ़ आम्बेडकर इस घोषणा को दलितों के राजनीतिक हक़ के लिए बुनियादी क़दम के रूप में देख रहे थे। दूसरी ओर, गाँधी का यह मानना था कि इससे भारतीय समाज में हमेशा के लिए विभाजन की दीवार खड़ी हो जाएगी और अछूत समुदाय अलग-थलग पड़ जाएंगे। आख़िरकार आम्बेडकर गाँधी के आमरण अनशन के दबाव में 'पूना पैक्ट' पर हस्ताक्षर करने के लिए तैयार हो गये। भारतीय संवैधानिक विकास के संदर्भ में पूना पैक्ट काफ़ी महत्त्वपूर्ण है क्योंकि इसमें दलितों के लिए प्रतिनिधित्व के स्तर पर और नौकरियों आदि में आरक्षण देने के विचार को स्वीकार कर लिया गया। इसके अतिरिक्त कॅम्युनल अवार्ड में स्त्रियों, व्यापारिक और औद्योगिक हितों, ख़दानों और भूपतियों के लिए भी विशेष सीटें तय की गयी। इस कथित आरक्षण के अतिरिक्त गर्वनरों को यह विशेष दायित्व दिया गया कि वे यह सुनिश्चित करें कि अल्पसंख्यक वर्ग विधायिकाओं में तयशुदा प्रतिनिधित्व के साथ-साथ शैक्षणिक, आर्थिक और अन्य जनकल्याणकारी शासकीय योजनाओं का पूरा लाभ उठायें।

1940 में इंग्लैण्ड में बहुदलीय सरकार ने पहली बार इस सिद्धांत को स्वीकार किया कि भारत के लिए नया संविधान भारत के लोग ही बनायेंगे। 23 मार्च, 1940 का वह दिन कैलेंडर की सतरों पर आया जब मुसलिम लीग के लाहौर अधिवेशन में स्वतंत्र पाकिस्तान के निर्माण का प्रस्ताव पारित किया गया। उपरोक्त प्रस्ताव में तब तक 'पाकिस्तान' शब्द का उल्लेख नहीं हुआ था। हिंदू-मुसलिम सामासिक एकता की राजनीतिक बलि मार्च 1940 में चढ़ी। 6 अगस्त, 1940 को वॉयसराय लिनलिथगो ने मुसलमानों को ठोस और सीधा आश्वासन देते हुए कहा कि ब्रिटेन ऐसी किसी भारतीय संस्था को सत्ता हस्तांतरित नहीं करेगा जो राष्ट्रीय जीवन के शक्तिशाली तत्त्वों की अनदेखी करे। सेक्रेटरी ऑफ़ स्टेट एमरी ने तो इससे भी आगे बढ़कर कहा कि भारत में संवैधानिक गतिरोध ब्रिटिश हुकूमत और भारतीय राजनीतिज्ञों के बीच उतना नहीं है, जितना राष्ट्रीय जीवन के मुख्य घटकों के बीच। कैबिनट मिशन के 16 मई, 1946 के वक्तव्य में एक दुर्बल केंद्र और मज़बूत राज्यों की अवधारणा गूँथी गयी।

विश्व-युद्ध के दौरान मार्च, 1942 में जापान भारत के द्वार तक पहुँच गया था। तब सर स्टैफ़र्ड क्रिप्स को (जो मंत्रिमण्डल के एक सदस्य थे) ब्रिटिश सरकार के प्रस्तावों की घोषणा के प्रारूप के साथ भारत भेजा गया। ये प्रस्ताव (युद्ध की समाप्ति पर) अंगीकार किये जाने वाले थे, बशर्ते दो प्रमुख राजनीतिक दल (कांग्रेस और मुसलिम लीग) उन्हें स्वीकार करने के लिए सहमत हो जाते। क्रिप्स के 1942 के प्रस्तावों में अल्पसंख्यकों के हितों की सुरक्षा को राजनीतिक सत्ता के हस्तांतरण का आधार बनाते हुए बहुत से सुरक्षात्मक उपाय गूँथे गये थे। संविधान के गठन को लेकर क्रिप्स की कोशिशें अपनी ऐतिहासिक भूमिका के लिए याद की जाती रहेंगी। अमेरिकी राष्ट्रपति रूज़वेल्ट के विशेष दूत लुई जॉनसन ने 3 अप्रैल, 1942 को दिल्ली में यह कहा कि यदि भारत मित्र-राष्ट्रों की मदद करे और ख़ुद को जापान से अलग रखे तो रूज़वेल्ट भारत को आज़ादी देने के मामले में चर्चिल को प्रभावित करने का प्रयास कर सकेंगे। आनन-फानन में जवाहरलाल नेहरू और जॉनसन के बीच हुई बैठक में रूज़वेल्ट के लिए फ़ॉर्मूला बनाया गया।

बम्बई के ऐतिहासिक कांग्रेस अधिवेशन में 9 अगस्त 1942 को 'अंग्रेज़ो भारत छोड़ो' नारा बुलंद किया गया। अंग्रेज़ आज़ादी तो दूर संविधान सभा के गठन तक में छल किये पड़ा था। शीर्ष नेताओं की गिरफ़्तारियों के बाद तेज बहादुर सप्रू ने सितम्बर 1942 में देश के कुछ प्रमुख व्यक्तियों की बैठक के विमर्श को ब्रिटिश प्रधानमंत्री चर्चिल को भेजा गया, परंतु वह कूड़ेदान में फेंक दिया गया। राष्ट्रीय सरकार की स्थापना के सपने को साकार करने की ज़िद की वजह से भारत-पाक विभाजन की पृष्ठभूमि सुदृढ़ होती चली गयी। गाँधी के भारत-पाक विभाजन रोकने के सारे प्रयत्न विफल रहे। सर्वदलीय सम्मेलन में तेज बहादुर सप्रू की अध्यक्षता में संविधान सभा निर्मित करने की एक और असफल कोशिश की गयी। भूलाभाई देसाई और लियाक़त अली ख़ान ने मिल कर एक और समझौता फ़ॉर्मूला निकाला, लेकिन ख़ुद जिन्ना और लियाक़त अली ख़ान ने बाद में इस योजना को रद्द कर

दिया। ग़ैरदलीय सम्मेलन की स्थाई समिति ने नवम्बर 1944 में सर तेज बहादुर सप्रू की अध्यक्षता में संवैधानिक प्रस्ताव देने के लिए एक और समिति गठित की। यही पृष्ठभूमि थी जिसमें ब्रिटेन की लेबर सरकार ने सितम्बर, 1945 में यह घोषणा की कि वह भारत में संविधान निर्मात्री संस्था की परिकल्पना कर रही है और उसके गठन के लिए सर्दियों में ही चुनाव कराये जाएंगे। चुनाव की तारीख़ों और नीति की घोषणा वाइसराय लार्ड वैवेल ने आकाशवाणी दिल्ली से 19 सितम्बर, 1945 को की। कांग्रेस हर क़ीमत पर संविधान सभा के गठन के लिए ज़िद किये बैठी थी। वहीं दूसरी ओर जिन्ना के नेतृत्व में मुसलिम लीग ने यह ठान रखा था कि वह संविधान सभा के बहाने आज़ाद हिंदुस्तान में कांग्रेसी अर्थात् हिंदू हुकूमत को किसी भी क़ीमत पर नहीं आने देगी। भले ही भारत में ब्रिटिश राज क़ायम रहे।

— **कनक तिवारी**

भारतीय संविधान-2

संविधान सभा

(Indian Constitution-2)

जनवरी, 1946 को ब्रिटेन के संसदीय शिष्टमण्डल की भारत यात्रा के दो माह बाद ब्रिटिश सरकार ने भारत में कैबिनेट मिशन को भेजा। विफल हो जाने पर ब्रिटिश मंत्रिमण्डल ने अपने तीन सदस्य एक और गम्भीर प्रयत्न करने के लिए भेजे। इनमें क्रिप्स भी सदस्य थे। यह प्रतिनिधिमण्डल भी दोनों प्रमुख राजनीतिक दलों के बीच सहमति लाने में असफल रहा। परिणामस्वरूप उसे अपने ही प्रस्ताव रखने पड़े जिनकी भारत और इंग्लैण्ड में एक साथ घोषणा की गयी। कैबिनेट मिशन के प्रस्तावों में भारत का संघ बनाने और उसका विभाजन करने को लेकर समझौते का प्रयत्न किया गया। मिशन ने पृथक संविधान सभा और मुसलमानों के लिए पृथक राज्य के दावे को स्पष्टत: नामंजूर कर दिया। जिस स्कीम की सिफ़ारिश उन्होंने की, उसमें मुसलिम लीग के दावे में निहित सिद्धांत को लगभग स्वीकार कर लिया गया। 16 मई, 1946 को कैबिनेट मिशन की योजना को सार्वजनिक किया गया। उसके अनुसार भारत में संविधान निर्माण की प्रक्रिया को अंतिम रूप दिया गया। कैबिनेट मिशन की योजना को जिन्ना ने इसलिए स्वीकार किया, क्योंकि उसमें पाकिस्तान के निर्माण का स्वप्न साकार होता दिखाई दिया।

यह उल्लेखनीय है कि 1946 की शुरुआत में हुए प्रांतीय चुनावों में कुल वयस्क लोगों के 28.5 प्रतिशत भाग ने ही अपने मताधिकार का प्रयोग किया था। कांग्रेस को 1946 के प्रांतीय चुनावों में ज़बरदस्त सफलता मिली थी और विभाजन के बाद मुसलिम लीग के सदस्यों की संख्या कम होने का फ़ायदा भी कांग्रेस को मिला। इन चुनावों में मुसलिम लीग को अधिकांश प्रांतों में अधिकांश मुसलिम सीटों पर जीत मिली और कुछ प्रांतों में तो इसने सभी मुसलिम सीटों पर जीत हासिल कर ली। कांग्रेस को पूरे देश के कुल 58 प्रतिशत सीटों पर जीत मिली, लेकिन ग़ैर-मुसलिम सीटों में से 85 प्रतिशत सीटों पर जीत मिली। केबिनेट मिशन योजना के अनुरूप प्रांतीय विधानसभाओं के सदस्यों ने अप्रत्यक्ष तरीक़े से संविधान सभा के सदस्यों का चुनाव किया। स्पष्ट है कि संविधान सभा के सदस्य सीधे तौर पर जनता द्वारा नहीं चुने गये थे। हर भारतीय राज्य या राज्य के समूह को उसकी जनसंख्या के अनुपात में संविधान सभा में प्रतिनिधित्व दिया गया। इस संदर्भ में मोटे तौर पर दस लाख लोगों पर एक प्रतिनिधि के चुनाव का फ़ार्मूला अपनाया गया। हर प्रांत में सीटों को तीन मुख्य श्रेणियों में बाँटा गया— मुसलिम, सिक्ख और सामान्य; फिर जनसंख्या में इनके अनुपात के हिसाब से इनके लिए सीटें तय की गयीं। प्रांतीय विधानमण्डलों में हर समुदाय के प्रतिनिधियों ने आनुपातिक प्रतिनिधित्व प्रणाली द्वारा अपने समुदाय से संविधान सभा के सदस्यों का चुनाव किया। साथ ही, यह भी तय किया गया कि रजवाड़ों से विचार-विमर्श के बाद उनकी तरफ़ से संविधान सभा में प्रतिनिधित्व के मसले को हल किया जाएगा। रजवाड़ों संविधान सभा में अपने सदस्य मनोनीत किये। 3 जून 1947 को भारत विभाजन की घोषणा हो जाने के बाद पाकिस्तान के लिए अलग संविधान सभा बनी। अविभाजित भारत के जो भाग पाकिस्तान के सदस्य बन गये, वहाँ से चुने गये भारतीय संविधान सभा के सदस्यों की सदस्यता ख़त्म हो गयी। अब भारतीय संविधान सभा में कुल 299 सदस्य बचे, जिसमें से 229 प्रांतों से चुने गये थे और 70 सदस्य भारतीय रजवाड़ों से संबंधित थे।

कैबिनेट मिशन की योजना के अनुसार जुलाई और अगस्त, 1946 में संविधान सभा के सदस्यों का चुनाव हुआ। औसतन दस लाख व्यक्तियों पर एक प्रतिनिधि चुना गया। प्रांतीय विधानसभाओं के गठन में लगभग 28 .5 प्रतिशत मतदाताओं ने ही मत दिये थे। मुसलमानों को 78, सिक्खों को चार और सामान्य वर्ग को 210 सीटें आवंटित की गयी। तीस ग़ैर-कांग्रेसियों को भी उनकी गुणवत्ता के आधार पर पार्टी का टिकट देकर निर्वाचित किया गया। इस निर्णय के अनुसार पूर्व नौकरशाह गोपालस्वामी आयंगर, सर्वेंट्स ऑफ़ इण्डिया सोसाइटी के अध्यक्ष हृदयनाथ कुंजरू, प्रसिद्ध वकील अलादि कृष्णास्वामी अय्यर, प्रसिद्ध शिक्षाशास्त्री एच.सी. मुखर्जी और विख्यात दार्शनिक डॉ. राधाकृष्णन चुन लिए गये। संविधान

की प्रारूप समिति के सात सदस्यों में केवल के.एम. मुंशी और टी.टी. कृष्णामाचारी कांग्रेस के सदस्य थे। मोहम्मद सादुल्ला मुसलिम लीग के और अलादि कृष्णास्वामी अय्यर, माधवराव तथा डी. पी. खेतान निर्दलीय सदस्य थे। समिति के अध्यक्ष डॉ. भीमराव आम्बेडकर भी निर्दलीय सदस्य थे। ये सभी लोग वर्षों तक कांग्रेस की नीतियों और राजनीति के कटु आलोचक भी रह चुके थे। आम्बेडकर ने तो अपने निर्वाचन पर आश्चर्य भी व्यक्त किया।

संविधान सभा पर जो आग्रह छाया हुआ था वह था मज़बूत केंद्र का। इसके पीछे कई कारण थे। मुसलिम लीग और जिन्ना का विभाजक दृष्टिकोण और उससे उपजी साम्प्रदायिक हिंसा तो थी ही। बंगाल और बिहार में हुए नरसंहार को नेहरू और राजेंद्र प्रसाद ने ख़ुद अपनी आँखों से देखा था। इसके अतिरिक्त देसी रियासतों के शासकों तथा तेलंगाना विद्रोह 1948) आदि ने सरकार के सामने असरकारी ख़तरे उपस्थित किये थे। उत्तर-पश्चिम की सरहद पर पाकिस्तान की शह के कारण कश्मीर में घुसपैठियों का जमावड़ा हो रहा था। संविधान सभा का यह भी विचार था कि देश की आर्थिक प्रगति किसी केंद्रीकृत प्राधिकार के हवाले की जाए, जो योजनाओं, कृषि के आधुनिक उत्पादन प्रयोगों, यातायात और संचार माध्यमों, बड़े तथा छोटे उद्योगों, विद्युत ऊर्जा और तकनीकी प्रगति की समन्वित संरचना करे। नेहरू ने जुलाई 1946 में प्रांतों के समूहीकरण को लेकर अपने विवादास्पद भाषण में कहा, 'मज़बूत केंद्र की व्याप्ति भले ही सीमित हो। वह उपजती ही है क्योंकि इसके बिना कोई विकल्प नहीं है।'

संविधान सभा में डा. राजेंद्र प्रसाद को अध्यक्ष निर्वाचित करने के बाद जवाहरलाल नेहरू के हाथों 13 दिसम्बर, 1946 को संविधान की उद्देशिका का प्रस्ताव प्रस्तुत किया गया। उद्देशिका-भाषण उतना ही महत्त्वपूर्ण था जितना 15 अगस्त, 1947 को लाल किले की प्राचीर से दिया गया स्वतंत्रता-संदेश। अक्टूबर, 1947 से फ़रवरी, 1948 तक संविधान की प्रारूप समिति इस ऐतिहासिक दस्तावेज़ का मज़मून लिखने में व्यस्त रही। ब्रिटिश और अमेरिकन संविधानों सहित गवर्नमेंट ऑफ़ इण्डिया एक्ट, 1935 से प्रेरणा ली गयी। अखिल भारतीय कांग्रेस कमेटी ने संविधान सभा के निर्वाचन के लिए उम्मीदवार चुनने का यह कठोर मानक सिद्धांत बनाया था कि उसे स्वाधीनता आंदोलन का महत्त्वपूर्ण सिपाही होना चाहिए। कुछ दिग्गजों को अपने अपने प्रदेशों से भेजने के लिए निर्देश जारी करने के अतिरिक्त कांग्रेस ने ख्याति प्राप्त बुद्धिजीवियों अलादि कृष्णास्वामी अय्यर, हृदयनाथ कुंजरू, एन. गोपालस्वामी आयंगर, डॉ. अम्बेडकर, के. सन्थानम, एम. आर. जैकब, सच्चिदानंद सिन्हा और कांग्रेस विमुख कांग्रेसी के एम. मुंशी को संविधान सभा की सदस्यता दिलाने के लिए व्हिप जारी किये।

भारत की संविधान सभा में कांग्रेस का ज़बरदस्त वर्चस्व था। संविधान सभा में कांग्रेस के ज़बरदस्त बहुमत का कारण यह था कि उसे 1946 के प्रांतीय चुनावों में भारी सफलता मिली थी। यहाँ यह भी उल्लेखनीय है कि कांग्रेस ने प्रांतीय स्तर की इकाइयों को यह छूट दी कि वह संविधान सभा के लिए सदस्यों का चुनाव करे। लेकिन उसने कई ग़ैर-कांग्रेसी सदस्यों के संविधान सभा में प्रवेश को सुनिश्चित करने की भी कोशिश की। इस संदर्भ में यह उल्लेखनीय है कि ख़ुद नेहरू ने गाँधी की सलाह पर डॉ. भीमराव आम्बेडकर को संविधान सभा का सदस्य बनने और प्रारूप समिति का काम देखने के लिए आमंत्रित किया था। कांग्रेस नेतृत्व ने यह भी कोशिश की कि संविधान सभा में सभी अल्पसंख्यक समुदाय के लोगों को प्रतिनिधित्व मिले। यहाँ ग़ौरतलब है कि तीन प्रमुख दलों सोशलिस्ट पार्टी, भारतीय कम्युनिस्ट पार्टी और हिंदू महासभा का संविधान सभा में कोई औपचारिक प्रतिनिधित्व नहीं था। बहरहाल, कुछ घोषित मार्क्सवादी और फ़ारवर्ड ब्लॉक जैसे दल के प्रतिनिधि संविधान सभा के भाग थे। इसी तरह, यद्यपि हिंदू महासभा संविधान सभा का भाग नहीं बनी लेकिन इससे विचारधारात्मक रूप से काफ़ी क़रीब माने जाने वाले डॉ. श्यामा प्रसाद मुखर्जी संविधान सभा के सदस्य बने। इसी तरह कई सदस्य हिंदुत्ववादी रुझान से प्रेरित थे। सोशलिस्ट पार्टी 1948 तक कांग्रेस के भीतर ही वामपंथी ख़ेमे के रूप में काम करती थी। लेकिन कांग्रेस से अलग होने से पहले ही इसने यह तय कर लिया कि वह इस संविधान सभा का सदस्य नहीं बनेगी। बाद में, पार्टी के भीतर संविधान सभा में शामिल होने के मुद्दे पर विवाद भी रहा। नेहरू के कहने पर जयप्रकाश नारायण ने अपनी पार्टी के कुछ ऐसे सदस्यों की सूची भेजी जो संविधान सभा के सदस्य हो सकते थे। लेकिन चूँकि संविधान सभा अपना काम शुरू कर चुकी थी, इसलिए इन सदस्यों को सभा में समायोजित करना मुमकिन नहीं था। बहरहाल, कुछ समय बाद सोशलिस्ट पार्टी ने यह प्रस्ताव पारित कर दिया कि संविधान सभा भंग कर दी जानी चाहिए और इसकी जगह नयी संविधान सभा का चुनाव होना चाहिए।

संविधान सभा में कुल 15 से भी ज़्यादा समितियाँ थीं। लेकिन इनमें से आठ समितियाँ काफ़ी महत्त्वपूर्ण थीं : नियम, स्टीयरिंग, सलाहकार, प्रारूप, संघीय विषय, संघीय संविधान, प्रांतीय संविधान और राज्य। इन समितियों में कुल तीन दर्जन सदस्य थे। जवाहरलाल नेहरू, वल्लभभाई पटेल, राजेन्द्र प्रसाद, अबुल कलाम आजाद और भीमराव आम्बेडकर ने इन समितियों में महत्त्वपूर्ण भूमिका निभायी। इन समितियों ने विभिन्न विषयों से जुड़े तमाम पहलूओं पर गहराई से विचार करने के बाद उसे पूरी संविधान सभा के सामने रखा। इससे विभिन्न विषयों पर गहराई से विचार करने में काफ़ी मदद

मिली। संविधान में मूल अधिकारों के रूप में व्यक्तियों और समूहों के लिए कुछ बुनियादी अधिकार सुनिश्चित किये गये। इस संदर्भ में उल्लेखनीय बात यह है कि संविधान सभा ने समाज अनुसूचित जातियों और अनुसूचित जनजातियों के लिए प्रतिनिधित्व के स्तर पर और नौकरियों आदि में आरक्षण के स्पष्ट प्रावधान किये। संविधान ने अनुसूचित जनजातियों के जीवन की स्वायत्तता को क़ायम रखने और सामुदायिक अधिकार देने के लिए विशेष प्रावधान किये। छठी अनुसूची उत्तर-पूर्व के राज्यों से संबंधित है। संविधान ने यहाँ लोगों को ज़िला परिषदों के माध्यम से अपनी स्वायत्ता क़ायम रखने का अधिकार दिया। इसी तरह, पाँचवीं अनुसूची में भी लोगों के जीवन के स्वायत्त रूप को सुनिश्चित करने के लिए यह प्रावधान किया गया कि राज्यपाल इस क्षेत्र की विशिष्टता को ध्यान में रखते हुए यहाँ विभिन्न केंद्रीय और राज्य स्तरीय क़ानूनों को लागू करने से मना कर सकता है। इस तरह, संविधान और संविधान सभा ने हर तबक़े के हितों की ओर ध्यान दिया और गहरे विचार-विमर्श के बाद उसके लिए ठोस प्रावधान किये।

ग्रेनविले ऑस्टिन ने भारतीय संविधान सभा के कार्यों का परीक्षण करते हुए यह रेखांकित किया है कि इसकी सबसे बड़ी विशेषता यह थी कि इसने आम-सहमति से अपने अधिकांश फ़ैसले किये। ऑस्टिन के अनुसार, कांग्रेस अपने बहुमत के बल पर अपने मन के मुताबिक़ संविधान बना सकती थी। लेकिन इसके नेताओं ने हर पहलू पर खुलकर बहस होने दी और मतदान से फ़ैसला करने के बजाय, आम-सहमति से फ़ैसले को वरीयता दी। कांग्रेस नेताओं ने ग़ैर-कांग्रेसी नेताओं के विचारों को भी समायोजित करने की कोशिश की। ऑस्टिन यह भी मानते हैं कि भारतीय संविधान में बहुत सी चीजें बाहर से ली गयीं। लेकिन संविधान निर्माताओं ने बहुत ही गम्भीरता से और हर पहलू पर ग़ौर करने के बाद ही किसी भी प्रावधान को संविधान में शामिल किया।

शिवानी किंकर चौबे ने संविधान सभा के काम पर आलोचनात्मक तरीक़े से विचार करते हुए यह तर्क दिया है कि संविधान सभा का काम अपने समय की राजनीतिक स्थितियों, ख़ासतौर पर देश के बँटवारे से बहुत ज़्यादा प्रभावित हुआ। चौबे ग्रेनविल ऑस्टिन के इस तर्क को स्वीकार नहीं करते कि संविधान सभा की सबसे बड़ी विशेषता यह थी कि इसने आम-सहमति से अपने फ़ैसले लिए। चौबे मानते हैं कि दरअसल तत्कालीन स्थितियों के कारण कई मसलों पर वैचारिक मतभेदों को ज़्यादा तूल नहीं दिया गया; इनके अनुसार, संविधान सभा ने आम-सहमति के बजाय समायोजन की रणनीति का सहारा लिया। यानी कांग्रेस ने अपने विरोधियों की कुछ बातों को भी समायोजित करने की कोशिश की, लेकिन इसका मतलब यह नहीं है कि वह उनसे सहमत थी। तत्कालीन राजनीतिक परिस्थिति और सामाजिक शक्तियों के प्रभाव के कारण ही संविधान ने बहुत से ऐसे मसलों को अनसुलझा छोड़ दिया, जो राष्ट्रीय आंदोलन के दौरान काफ़ी महत्त्वपूर्ण थे। इस संदर्भ में भूमि सुधार और भाषाई राज्यों के गठन जैसे मुद्दों को रेखांकित किया जा सकता है। कांग्रेस के वाम-रुझान वाले नेता भूमि सुधारों को प्राथमिकता देते थे। लेकिन संविधान सभा ने इस बारे में कोई स्पष्ट फ़ैसला नहीं लिया। इसके विपरीत संविधान ने लोगों को सम्पत्ति अधिकार दे दिये जिससे ज़मीन के पुनर्वितरण का लक्ष्य और मुश्किल हो गया। चौबे के अनुसार भाषाई राज्यों के बारे में भी संविधान सभा में कोई स्पष्ट फ़ैसला नहीं लिया गया, जबकि कांग्रेस 1920 से भाषाई आधार पर अपने प्रांतीय संगठनों को गठित करती आ रही थी।

दूसरी ओर, राजीव भार्गव ने संविधान सभा के काम पर तत्कालीन सामाजिक-राजनीतिक शक्तियों की तुलना में इसमें सामने आने वाले मानकीय राजनीति सिद्धांत के मुद्दों से संबंधित वाद-विवाद को महत्त्वूपर्ण मानते हैं। इनका मानना है कि भारतीय संविधान सभा की बहस भारत के राष्ट्रीय आंदोलन के दौरान विभिन्न मुद्दों और विभिन्न राजनीतिक धाराओं के नेताओं के इन विचारों को समझने का एक बेहतरीन आधार उपलब्ध कराती है। इनके अनुसार, संविधान सभा के वाद-विवाद में कम-से-कम पाँच तरह के विजन या परिकल्पनाओं के बीच टकराव को देखा जा सकता है : पहली, नेहरू की सामाजिक-उदारवादी परिकल्पना, दूसरी आम्बेडकर की उदारवादी-लोकतांत्रिक परिकल्पना। ये दोनों परिकल्पनाएँ एक दूसरे से नज़दीकी रूप से जुड़ी हुई थीं। तीसरी, गाँधी की ग़ैर-उदारवादी और अर्ध-समुदायवादी परिकल्पना थी। चौथी के. टी. शाह जैसे लोग थे, जिन्होंने रैडिकल रूप से समतावादी परिकल्पना पेश की और उनका विचार वामपंथी परिकल्पना के काफ़ी नज़दीक था और पाँचवीं परिकल्पना हिंदुत्व की विचारधारा के नज़दीक थी। भार्गव इन्हीं पाँच आधारों पर संविधान सभा के काम और उसमें सामने आये मुद्दों पर राजनीतिक सिद्धांत के नज़रिये से विचार करने पर ज़ोर देते हैं। बहरहाल, संविधान सभा के कार्य और इसके सदस्यों की राजनीति के बारे में भार्गव के इस वर्णन पर कई लोगों ने बिल्कुल ही अलग तरह से विचार किया है। बहरहाल, भारतीय संविधान के अध्ययन में भार्गव का योगदान यह है कि इन्होंने संविधान सभा की बहसों को राष्ट्रीय आंदोलन की विरासत से जोड़ते हुए इसे मानकीय और देशज राजनीतिक सिद्धांत के आधार के तौर पर रेखांकित किया।

बहरहाल, संविधान सभा की कार्य प्रणाली की कई स्तरों पर आलोचना हुई है। मसलन, इसने बहुत से औपनिवेशिक क़ानूनों को क़ायम रखा। इस तरह के क़ानूनों

में भारतीय दण्ड संहिता और भारतीय वन क़ानून 1927 शामिल थे। ख़ासतौर पर वन क़ानून की वैधता क़ायम रखने का अर्थ था जंगल में बसे आदिवासियों को औपनिवेशिक क़ानून और वन विभाग जैसी संस्था के भरोसे छोड़ देना। दूसरा, संविधान में गांधीवादी मूल्यों की पूरी तरह अवहेलना की गयी। पंचायती राज का प्रावधान नीति निर्देशक सिद्धांतों की श्रेणी में शामिल किया गया, लेकिन यह मात्र दिखावा ही था। असल में, संविधान-सभा में एक मज़बूत और केंद्रीकृत राष्ट्र-राज्य के निर्माण के बारे में तक़रीबन आम-सहमति थी।

— **कनक तिवारी**

भारतीय संविधान-3

उद्देशिका : लोकतंत्र, समाजवाद और सेकुलरवाद

(Indian Constitution-3)

संविधान की मौजूदा उद्देशिका में भारत को एक सम्पूर्ण प्रभुत्वसम्पन्न, समाजवादी, सेकुलर, लोकतंत्रात्मक गणराज्य बनाने का दृढ़ संकल्प व्यक्त किया गया है। समाजवाद और सेकुलर शब्दों को बयालीसवें संशोधन द्वारा 1976 में जोड़ा गया था। इस उद्देशिका का मूल पाठ इस तरह था, 'हम भारत के लोग, भारत को एक सम्पूर्ण प्रभुत्वसम्पन्न, लोकतंत्रात्मक गणराज्य बनाने के लिए, तथा उसके समस्त नागरिकों को सामाजिक, आर्थिक और राजनीतिक न्याय, विचार, अभिव्यक्ति, विश्वास, धर्म और उपासना की स्वतंत्रता, प्रतिष्ठा और अवसर की समता प्राप्त कराने के लिए तथा उन सबमें व्यक्ति की गरिमा और राष्ट्र की एकता और अखण्डता सुनिश्चित करने वाली बंधुता बढ़ाने के लिए दृढ़ संकल्प होकर अपनी इस संविधान सभा में आज तारीख़ 26 -11-1949 (मिति मार्गशीर्ष शुक्ल सप्तमी, संवत् दो हजार छह विक्रमी) एतद् द्वारा इस संविधान को अंगीकृत, अधिनियमित और आत्मार्पित करते हैं।' बयालीसवें संशोधन में 'प्रभुत्व सम्पन्न लोकतंत्रात्मक गणराज्य' के बदले तीन जनवरी, 1977 से प्रभुत्व सम्पन्न 'समाजवादी पंथनिरपेक्ष लोकतंत्रात्मक गणराज्य' जोड़ा दिया गया है। उद्देशिका संबंधी मूल प्रस्ताव में जवाहरलाल नेहरू ने भाव विह्वल होकर भारत के मेहनतकश किसानों और मज़दूरों के सपनों का हिंदुस्तान बनाने का रोमांटिक आह्वान किया था। नेहरू के ऐतिहासिक उद्देश्य-संकल्प को संविधान सभा ने 22 जनवरी, 1947 को अंगीकार किया। नेहरू के शब्दों में उपर्युक्त विचार-दर्शन 'संकल्प से कुछ अधिक है। यह एक घोषणा है, एक दृढ़ निश्चय है, एक प्रतिज्ञा है, एक वचन है और हम सभी के लिए यह एक समर्पण है।'

नेहरू ने संविधान सभा में उद्देशिका संबंधी प्रस्ताव जब प्रस्तुत किया तब उसमें लोकतंत्र जैसे शब्द का उल्लेख नहीं था। संविधान सभा की पूरी वर्ज़िश भारत को एक प्रभुत्वसम्पन्न गणतंत्र बनाने की थी। नेहरू ने लोकतंत्र शब्द को उद्देशिका में न रखने की सफ़ाई भी दी थी। भारत को शुरू से छोटे-छोटे गणतंत्रों या रिपब्लिक का समुच्चय कहा जाता रहा है। यूनानी दार्शनिक प्लेटो ने भी इसी तरह के किसी रिपब्लिक की परिकल्पना की थी। गाँधी को अंग्रेज़ी शब्द 'डेमॉक्रैसी' के हिंदी अनुवाद के रूप में 'लोकतंत्र' नाम का शब्द अच्छा लगता था। गाँधी समझते थे कि भारत में राजनीतिक दृष्टि से आज़ाद लोगों का कोई नागर समाज नहीं रहा है। इसके बरक्स हिंदुस्तान में छोटी-बड़ी रियासतों अर्थात् सामंतवादी हुकूमतें रही हैं। इनकी रियाया अर्थात् प्रजा पूरे देश में सांस्कृतिक और धार्मिक आधार पर इस क़दर एकजुट रही है कि वह अपनी-अपनी रियासतों के राजनीतिक वजूद का अतिक्रमण करते हुए एक तरह की भारतीय प्रजा बनी रही है। उसकी नियामक शक्ति धर्म और संस्कृति रही हैं। नये क़िस्म की डेमॉक्रैसी का उद्‌भव तो यूरोप में हुआ है जहाँ से बालिग मताधिकार के आधार पर देश को चलाये जाने की तहज़ीब भारतीय संविधान में भी गूँथ दी गयी है।

उद्देशिका संविधान की सजावट नहीं, नीति विषयक घोषणा है। नीति निर्देशक तत्त्वों की तरह उद्देशिका को लागू करना संविधान के आदेशों में नहीं है। उद्देशिका दर्शन, सम्भावनाओं और परामर्श का रूपांतरण भर है। फिर भी उच्चतम न्यायालय ने आर.आर. दलवी बनाम तमिलनाडु राज्य वाले मामले में उद्देशिका के आधार पर महत्त्वपूर्ण निर्णय किया है। उच्चतम न्यायालय ने तमिलनाडु सरकार के हिंदी-विरोधी आंदोलनकारियों को पेंशन स्वीकृत करने वाले आदेश को संविधान की उद्देशिका में वर्णित एकता और अखण्डता के सिद्धांत का उल्लंघन करने के आरोप में निरस्त कर दिया। उच्चतम न्यायालय का यह आदेश अब्राहम लिंकन के उस प्रसिद्ध कथन की याद दिलाता है जिसके अनुसार उन्होंने किसी भी राज्य (प्रदेश) द्वारा संयुक्त राज्य अमेरिका से अलग होने की वृत्ति को राजद्रोह के अपराध के समकक्ष रखा था।

संविधान की मूल उद्देशिका में समाजवाद जैसा शब्द पारित न होने पर भी नेहरू के प्रस्तावों में सामाजिक न्याय के धूमिल संकेत पर कड़ी टिप्पणी करते हुए डॉ. आम्बेडकर ने समाजवाद की साफ़ व्याख्या किये जाने की पुरज़ोर वकालत की थी। आज पढ़ने में उत्तेजक लगता है कि संविधान सभा के एक अल्पनाम सदस्य विष्णुदत्त त्रिपाठी ने कहा था कि संविधान में इस बात का साफ़ उल्लेख होना चाहिए कि राज्य

किसी भी स्थिति में पूँजीवादी विचारधारा के आधार पर स्थापित नहीं किया जाएगा। सोवियत रूस के यू.एस.एस. आर. की तर्ज़ पर मौलाना हसरत मोहानी ने भारत का नाम यूनियन ऑफ़ इण्डियन सोशलिस्टिक रिपब्लिक अर्थात् यू.आई.एस.आर. सुझाया था। समाजवाद भारत की उद्देशिका के सात सुरों का शायद सप्तम सुर ही है। संविधान के रचनाकारों के एक बड़े वर्ग की बौद्धिक प्रतिबद्धता समाजवाद के प्रति रही है। इनमें कट्टर मार्क्सवादियों से लेकर प्रतिबद्ध गाँधीवादी-समाजवादी शामिल हैं। इनमें से अधिकांश इंग्लैण्ड के फ़ेबियन या लास्कीवादी समाजवाद से प्रभावित रहे हैं। संविधान सभा के गलियारे में यह अंतर्ध्वनि अब भी गूँजती है कि सरदार पटेल की वजह से नेहरू ने समाजवाद नामक शब्द को उद्देशिका के प्रारूप से हटा दिया था। दस्तावेज़ों में इस तथ्य का कोई सबूत नहीं है। 1947 तक यह समवेत विचार अभिव्यक्ति के आसमान में बुन गया था कि नागरिकों का कल्याण राज्य की बुनियादी ज़िम्मेदारी है। मार्क्स, टी.एच. ग्रीन, लास्की, सिडनी एवं बीट्रिस वैब वग़ैरह के युरोपीय विचार जवाहरलाल नेहरू सहित भारतीय समाजवादी चिंतकों को प्रभावित कर रहे थे। आइवर जेनिंग्स ने *सम कैरेक्टरिस्टिक्स ऑफ़ द इण्डियन कांस्टीट्यूशन* में कहा है कि संविधान के नीति निर्देशक सिद्धांतों वाले परिच्छेद में सिडनी और बीट्रिस वेब के विचारों की प्रेत छाया झिलमिलाती रहती है। इस तरह के विचार उन्नीसवीं सदी में विवेकानंद, रमेशचंद्र दत्त और विश्वेश्वरैया के कथनों में गूँजते हैं। चूँकि संविधान सभा के विचारकों के सामने लागू किये जा सकने वाले समाजवाद की तस्वीर बहुत साफ़ नहीं थी। इसलिए समाजवाद की तरह-तरह की प्रजातियों की जानकारी के बावजूद संविधान सभा के सदस्य सीधे-सीधे समाजवाद रोपने के बदले भारत की धरती में उर्वरता के यौगिक पहले बिखेर देना चाहते थे। उनकी दृष्टि में समाजवाद केंद्रीय तत्त्व नहीं था, बल्कि क़तार के अंत में खड़ा वह व्यक्ति था जिसकी आँख का आँसू पोंछा जाना था।

अधिकृत तौर पर समाजवाद का नारा प्रधानमंत्री जवाहरलाल नेहरू ने बुलंद किया था। *आफ़्टर नेहरू हू?* के लेखक वैलेस हैंगन के अनुसार नेहरू ने फ़ेबियन समाजवाद का पाठ कृष्ण मेनन से द्वितीय विश्व-युद्ध के दौरान खंदकों में बैठ कर सीखा था। संविधान के बयालीसवें संशोधन (1976) द्वारा उद्देशिका में समाजवाद शब्द स्थापित करके यह सुनिश्चित किया गया है कि भारतीय राज्य-व्यवस्था का ध्येय समाजवाद है। यह ध्यान देने योग्य है कि भारत के संविधान द्वारा परिकल्पित समाजवाद राजकीय समाजवाद का वह ढाँचा नहीं है जिसमें धन के सभी साधनों का राष्ट्रीयकरण किया जाता है और निजी सम्पत्ति ख़त्म कर दी जाती है। समाजवाद को उद्देशिका में शामिल करते समय इंदिरा गाँधी ने एक दूसरी प्रधानमंत्रीय व्याख्या की थी। उन्होंने कहा था, हमने यह सदैव कहा कि हमारा समाजवाद अपने ढंग का है। हम उन्हीं क्षेत्रों में राष्ट्रीयकरण करेंगे, जिनमें हम आवश्यक समझते हैं। केवल राष्ट्रीयकरण हमारा समाजवाद नहीं है।

समाजवाद और सेकुलरवाद अस्पष्ट शब्द हैं। संविधान में इन शब्दों का स्पष्टीकरण नहीं दिया गया है। इसलिए इस अस्पष्टता का हितबद्ध राजनीतिक गुटों द्वारा लाभ उठाया गया है। जनता के मस्तिष्क में भ्रम भी उत्पन्न किया गया है। वांछित स्पष्टीकरण के अभाव में यह विवाद का विषय है कि भारतीय संविधान में 'समाजवाद' का अर्थ 'शोषण से मुक्ति' या राज्य-समाजवाद है या मार्क्सवाद। इसी प्रकार सेकुलरवाद का प्रयोग अनिर्बंधित साम्प्रदायिकता के अस्त्र के रूप में किया जा सकता है या धर्मांधता अथवा धर्मविरोधी रूप में भी इसका प्रयोग हो सकता है। इन शब्दों से संविधान के अनुच्छेदों का अर्थ स्पष्ट नहीं हो पाता किन्तु इन शब्दों का अर्थ पूर्ववर्ती उपबंधों से समझा जा सकता है। विधिक निर्वचन के सिद्धांत के अनुसार उपबंधों के अर्थ को उद्देशिका से नियंत्रित नहीं किया जा सकता।

संविधान में पंथनिरपेक्ष राज्य का आदर्श रखा गया है। इसका अर्थ है कि राज्य सभी मतों की समान रूप से रक्षा करेगा और स्वयं किसी भी मत को राज्य के धर्म के रूप में नहीं मानेगा। राज्य के इस पंथनिरपेक्ष उद्देश्य को अब विनिर्दिष्ट रूप से उद्देशिका में संविधान (बयालीसवाँ संशोधन अधिनियम) द्वारा पंथनिरपेक्ष शब्द अन्त: स्थापित करके सुनिश्चित किया गया है। संविधान में किसी भी मत को राजकीय चर्च मानने की व्यवस्था नहीं है। ऐसा विश्व के कुछ अन्य संविधानों में भी है। दूसरी ओर उद्देशिका में जिस विशेष धर्म और उपासना की स्वतंत्रता का वचन दिया गया है उसे अनुच्छेद 25 से 28 में धार्मिक स्वतंत्रता से संबंधित सभी नागरिकों के मूल अधिकार के रूप में समाविष्ट करके क्रियान्वित किया गया है। ये अधिकार प्रत्येक व्यक्ति को धर्म को मानने, आचरण करने और प्रचार करने का अधिकार देते हैं तथा राज्य की ओर से और इसके साथ ही राज्य की विभिन्न संस्थाओं की ओर से सभी धर्मो के प्रति पूर्ण निष्पक्षता सुनिश्चित करते हैं।

भारतीय लोकतंत्र की सफलता का यह एक जगमगाता हुआ उदाहरण है जब कि उसके पड़ोसी पाकिस्तान, बांग्लादेश, श्रीलंका, म्यांमार और नेपाल ने धर्म विशेष को राज्य का धर्म घोषित किया है। कुछ लोग अकारण ही राज्य के सेकुलर या पंथनिरपेक्ष होने का आशय राज्य के धर्म-विरोधी होने से लगाते हैं। संविधान के उद्देश्य स्वतंत्रता, समता और बंधुता फ्रांस की क्रांति के आदर्श रहे हैं। इन आदर्शों ने फ्रांसीसियों में मानवीय उत्साह और उत्सर्ग का संचार किया है। संविधान में परिभाषित 'स्वतंत्रता' का अर्थ सामान्य स्वतंत्रता नहीं है, बल्कि विचार, अभिव्यक्ति, विश्वास और

उपासना की स्वतंत्रता है। धर्म की स्वतंत्रता का अनुच्छेद 25 का मूल अधिकार किसी भी व्यक्ति अर्थात् ग़ैर-नागरिक को भी दिया गया है। संविधान के मूल निर्माताओं ने उसे उद्देशिका में रखने की जरूरत नहीं समझी थी। उनकी राय में इस देश के नागरिकों को मूल अधिकारों के तहत दी गयी धार्मिक स्वतंत्रता स्पष्ट और पर्याप्त थी।

भारत के पूर्व मुख्य न्यायाधीश रमेशचंद्र लाहोटी ने अपनी पुस्तक *प्रिएम्बल : द स्पिरिट ऐंड बैकबोन ऑफ़ द कांस्टिट्यूशन ऑफ़ इण्डिया* में लिखा है कि सेकुलरवाद को समझने के लिए संविधान के इन प्रावधानों को भी समेटकर देखना जरूरी होगा : अनुच्छेद 14 अर्थात् राज्य, भारत के राज्य क्षेत्र में किसी व्यक्ति को विधि के समक्ष समता या विधियों के समान संरक्षण से वंचित नहीं करेगा; अनुच्छेद 15 और 16 में वर्णित सिद्धान्त कि राज्य किसी नागरिक के विरुद्ध केवल धर्म, मूलवंश, जाति, लिंग, जन्मस्थान या इनमें से किसी के आधार पर कोई विभेद नहीं करेगा; अनुच्छेद 19 और 25 में वर्णित वाक्-स्वातंत्र्य संबंधी सभी नागरिकों को प्राप्त मूल अधिकारों का अनुरक्षण किया जाएगा; अनुच्छेद 26, 27 तथा 28 भी इस संदर्भ में प्रसंगिक हैं। इसके अतिरिक्त अनुच्छेद 44 के अनुसार 'राज्य भारत के समस्त राज्य क्षेत्र में नागरिकों के लिए एक समान सिविल संहिता प्राप्त कराने का प्रयास करेगा। संविधान सभा में स्वतंत्र गणराज्य को सेकुलर बनाने के संबंध में व्यापक समर्थन था। अंग्रेज़ी के सेकुलरिज़्म के लिए धर्मनिरपेक्षता के बदले संविधान में 'पंथनिरपेक्षता' शब्द का इस्तेमाल होने के बावजूद उसे नक़ली धर्मनिरपेक्षता बता कर कई बार जनता के गले उतार दिया जाता है। सेकुलरवाद के समर्थक भी इस संबंध में तात्त्विक बहसों से बचते हुए शुतुरमुर्ग की तरह साम्प्रदायिक आँधी को अपने ऊपर से गुज़रते हुए देखने के आदी हो गये हैं। भारतीय संस्कृति और समाज की गुणात्मक समझ के चलते यह उचित है कि सेकुलरवाद को उसके वास्तविक व्याख्यात्मक अर्थों में इस तरह बूझा जाए जिससे संविधान, संस्कृति और धर्म की उपपत्तियों का मजाक न बन जाए। अपनी पुस्तक *कंटेस्टेड मीनिंग्स : इण्डियन नैशनल यूनिटी, हिंदू नेशनलिज़्म ऐंड द पॉलिटिक्स ऑफ़ एंग्जाइटी* में आशुतोष वार्ष्णेय कहते हैं कि भारत जैसे संस्कृति-बहुल देश में उसकी असली पहचान अर्थात् सेकुलरवाद का चेहरा पीला पड़ गया है और वह थका-थका लगता है। कई बुद्धिजीवियों को सेकुलरिज़्म पर बहस करना ठण्डा और उबाऊ लगता है। वे इतना कहकर संतुष्ट हो जाते हैं कि एक बहुलतावादी लोकतंत्र के लिए सेकुलरिज़्म एक ठोस राजनीतिक सद्गुण है। गाँधी इस समस्या को बेहतर समझते हैं। गाँधी बाइबिल के गहन अध्येता थे। उनके लिए सर्मन ऑफ़ दी माउंट गीता के बराबर पवित्र है। दूसरी ओर धर्म-परिवर्तन के आग्रह की गाँधी ने आलोचना भी की थी। गाँधी राजनीति और धर्म की अंतनिर्भरता के पक्षधर थे, उसके घालमेल के नहीं। प्रसारवादी उद्देश्यों के लिए किये गये धर्म-परिवर्तन को गाँधी ईश्वर के ख़िलाफ़ किया गया अपराध मानते थे। गाँधी ने एक ख़तरे की ओर इशारा किया था। उन्होंने कहा कि ब्रिटिश हुकूमत धर्म के आधार पर ईसाइयत के पोषण के लिए ज़्यादा फ़िक्रमंद है जबकि राज्य का कोई घोषित धर्म या प्रतिबद्धता नहीं होनी चाहिए।

उद्देशिका में भारत के समस्त नागरिकों को प्रतिष्ठा और अवसर की समता प्राप्त कराने का आश्वासन दर्ज है। हर तरह की समता का उल्लेख सकारण है। अमेरिका में काले नागरिक बहिर्वेशन और नस्ली हिंसा के शिकार रहे हैं। भारत में अछूतों पर धार्मिक आधार पर बहिर्वेशन, हिंसा, अन्याय और शोषण थोपा जाता रहा है। अमेरिकी संविधान के चौदहवें संशोधन तथा भारतीय संविधान की रचना द्वारा इन दोनों अभिशापों को ख़त्म करने का एलान किया गया है। असल में संविधान की उद्देशिका का रसायन उबालते समय अमेरिकी स्वतंत्रता की घोषणा (1776), स्विट्ज़रलैण्ड के संविधान (1874) की उद्देशिका, आयरलैण्ड के संविधान (1937) तथा 1789 में फ्रांस द्वारा की गयी मनुष्य की गरिमा की घोषणा के तत्त्व भारतीय मनीषा की कड़ाही में डाले गये हैं। हमारे संविधान निर्माताओं ने इसके अतिरिक्त जापान के संविधान (1946) का भी अवलोकन किया था। समानता की सामान्य समझ के तहत अनुच्छेद 17 के अनुसार छुआछूत के ख़ात्मे का एलान करके संविधान के मूल अधिकार वाले परिच्छेद ने उद्देशिका को सूचित कर दिया है कि अब सब कुछ समान हो गया है। (अस्पृश्यता का अंत किया जाता है और उसका किसी भी रूप में आचरण निषिद्ध किया जाता है। अस्पृश्यता से उपजी किसी निर्योग्यता को लागू करना अपराध होगा जो विधि के अनुसार दण्डनीय होगा)। संविधान के उद्देश्य-संकल्प में 'बंधुता' का भी उल्लेख किया गया है। संविधान सभा में यह कहा गया था कि आज़ादी के आंदोलन के दौरान देश के लोगों में बंधुता की जरूरत भारत के इतिहास की भी ज़रूरत रही है। यह महत्त्वपूर्ण है कि संविधान सभा और आज़ादी के आंदोलन में देसी राजाओं के प्रतिनिधि और मुसलिम लीग के सदस्यों तथा उस विचारधारा के प्रतिनिधि बहुत कम संख्या में थे जिसे आजकल 'संघ परिवार' कहा जाता है।

भारत ने 1949 में संविधान की रचना के बाद से अपने आपको गणराज्य घोषित किया। फिर भी उसने ब्रिटिश राष्ट्रकुल से अपने सभी संबंध समाप्त नहीं किये। ब्रिटिश राष्ट्रकुल स्वाधीन राष्ट्रों का एक स्वतंत्र संघ हो गया है। यह निर्णय लंदन में 27 अप्रैल, 1949 को प्रधानमंत्रियों के सम्मेलन में लिया गया। इस सम्मेलन में प्रधानमंत्री नेहरू ने यह घोषणा की कि 'भारत के प्रभुत्वसम्पन्न स्वतंत्र गणराज्य

बन जाने के पश्चात भी भारत राष्ट्रकुल का पूर्ण सदस्य बना रहेगा और वह सम्राट के स्वाधीन राष्ट्रों के स्वतंत्र संगम के प्रतीक के रूप में और इस प्रकार राष्ट्रकुल के सदस्य के रूप में स्वीकृति देगा।' कॉमनवेल्थ कथित रूप से उन 52 स्वतंत्र राज्यों का संगठन है जो पहले ब्रिटेन के ग़ुलाम थे। इसमें दो ग़ैर-ग़ुलाम राष्ट्र बाद में जुड़ गये। ये सभी राष्ट्र कॉमनवेल्थ के घोषणा-पत्रों के अनुसार लोकतंत्र, मानव अधिकार, सुशासन, क़ानूनसम्मत राज्य, व्यक्तिगत आज़ादी, मुक्त व्यापार, विश्वशांति, समतावाद तथा बहुपक्षीय उद्देश्यों के लिए काम करने पर सहमत हैं। यह राजनीतिक विचारों का खुला मंच नहीं है, बल्कि सरकारों का संगठन है। इसके लिए एक स्थाई सचिवालय बनाया गया है। सबने यह स्वीकार किया है कि इंग्लैण्ड की महारानी एलिजाबेथ द्वितीय इस संगठन की अध्यक्ष रहेंगी। कॉमनवेल्थ के उद्देश्यों को महसूस करने के लिए सबसे ज़्यादा ज़ोर हर चौथे वर्ष आयोजित होने वाले खेल हैं। इनके साथ कभी कभी कुछ साहित्यिक, राजनीतिक और क़ानूनी सम्मेलन कर लिए जाते हैं।

संविधान को लेकर एक मिथक और गढ़ा गया है, जो न्यायविदों के जुमलों में नि:सृत होता रहता है। वह यह है कि हमारा संविधान भारत की जनता के अनुदेश से लिखा गया है और इसलिए उसे जनसमर्थन प्राप्त है। संविधान की उद्देशिका इसीलिए 'हम भारत के लोग ...इस संविधान को अंगीकृत, अधिनियमित और आत्मार्पित करते हैं' के उद्घोष में डूब जाती है। हमारे संविधान निर्माताओं ने 'हम भारत के लोग' वाला नारा अमेरिकी संविधान के उद्घोष से प्रेरणा लेकर लिखा था। सूक्ष्म पड़ताल से यह निष्कर्ष निकलता है कि भारत की महान जनता को संविधान रचना से कुछ लेना-देना नहीं था। 1935 के गवर्नमेंट ऑफ़ इण्डिया एक्ट की छठी अनुसूची के अनुसार मतदान का अधिकार सीमित लोगों को ही था। भारत के अधिकांश किसान, छोटे दुकानदार और सर्वहारा के लोग टैक्स, सम्पत्ति और शैक्षणिक योग्यताओं की कमी के आधर पर मतदाताओं के रूप में पंजीकृत नहीं थे। इसकी मार्मिक अभिव्यक्ति न्यायाधीश के.के. मैथ्यू ने 1973 के सर्वोच्च न्यायालय के केशवानंद भारती वाले मशहूर मुक़दमे में की है। उन्होंने ग्रेनविले ऑस्टिन और ब्राइस के उद्धरण देते हुए कहा कि यह संविधान ऐसी सभा द्वारा विरचित किया गया जो परिसीमित एकाधिकार के आधर पर प्रत्यक्ष रूप से निर्वाचित की गयी थी और वह सभा देश की जनता के विशाल समूह का प्रतिनिधित्व नहीं करती थी। अधिक से अधिक यह प्रांतों की वयस्क जनसंख्या के 28.5 प्रतिशत का ही प्रतिनिधित्व करती थी। कुछ संविधान निर्माताओं के ये प्राख्यान कि संविधान का जन्म जनता से हुआ है केवल अलंकृत भाषा के रूप में ही लिए जाने चाहिए।

— कनक तिवारी

भारतीय संविधान-4

मूल अधिकार

(Indian Constitution-4)

मूल अधिकारों का मसविदा पेश होने बाद संविधान सभा के सदस्यों ने उसे नैतिक समर्थन तो दिया, लेकिन उन अधिकारों पर व्यापक सामाजिक हित में अंकुश लगाने अथवा उन्हें लौकिक अधिकारों से समायोजित करने की बात कही। सदस्यों ने दार्शनिक बहस करके अमेरिकी संविधान सहित प्राचीन भारतीय न्यायिक उद्धरणों का हवाला दिया। उन्होंने प्रस्तावित मूल अधिकारों के लिए एक ऐसे क्षितिज गढ़ने का आह्वान किया जिसे उन्मुक्त तो समझा जाए, लेकिन वह समाज के गुरुत्वाकषर्ण नियम से बेरुख न हो। आमतौर पर यह माना जाता है कि भारतीय संविधान में मूल अधिकारों को संयुक्त राज्य अमेरिका के संविधान की प्रेरणा से शामिल किया गया है। यह बात कुछ हद तक सही है। लेकिन इस संदर्भ में यह तथ्य रेखांकित करने की भी आवश्यकता है कि दरअसल, भारतीय राष्ट्रीय आंदोलन के इतिहास में मूल अधिकारों पर 1920 के दशक से ही एक तरह से आम-सहमति रही है। नेहरू कमेटी रिपोर्ट (1928) में इसे शामिल किया था और फिर कांग्रेस ने अपने कराँची अधिवेशन (1931) में इसे औपचारिक रूप से स्वीकार किया। इसलिए इसे भारतीय राष्ट्रीय आंदोलन के अनुभवों और वाद-विवाद से सामने आये दस्तावेज़ की तरह देखना ही मुनासिब होगा। बहरहाल, मूल अधिकारों के संविधान का सबसे महत्त्वपूर्ण हिस्सा होने के बावजूद इसमें बहुत सारी सीमाएँ लगायी गयी हैं। इसी कारण कई मर्तबा इसकी आलोचना भी की जाती है।

संविधान के भाग-3 में मूल अधिकारों का सात समूहों में वर्गीकरण किया गया था। ये मूल अधिकार हैं : समता का अधिकार, स्वतंत्रता का अधिकार, शोषण के विरुद्ध अधिकार, धर्म की स्वतंत्रता का अधिकार, संस्कृति और शिक्षा संबंधी अधिकार, सम्पत्ति अधिकार और सांविधानिक उपचारों का अधिकार। इनमें से सम्पत्ति का अधिकार 44वें संशोधन अधिनियम द्वारा मिटा दिया गया है। यहाँ यह उल्लेख करना आवश्यक है कि सम्पत्ति का अधिकार शुरू से ही विवादों के घेरे में रहा। यह माना गया कि ज़मींदारी जैसे प्रगतिशील सुधारों को लागू करने के रास्ते में यह बहुत बड़ी बाधा है, क्योंकि ज़मींदार सम्पत्ति अधिकार के नाम पर इस तरह के क़दम को अदालत में चुनौती दे देते थे। आख़िरकार 1978 में इसे मूल अधिकारों की श्रेणी से हटा दिया गया। लेकिन छत्रपति सिंह जैसे विद्वान यह मानते हैं कि यह क़दम आदिवासी समूहों के पक्ष में नहीं था क्योंकि अब सरकार द्वारा अपनी ज़मीन या संसाधनों के अधिग्रहण को वे अपने मूल

अधिकारों के उल्लंघन के रूप में नहीं पेश कर सकते हैं।

इन अधिकारों का दूसरा वर्गीकरण उन व्यक्तियों के दृष्टिकोण से हो सकता है जिन्हें ये अधिकार उपलब्ध हैं। कुछ मूल अधिकार केवल नागरिकों को दिये गये हैं : धर्म, मूलवंश जाति, लिंग या जन्म स्थान के आधार पर विभेद की प्रास्थिति (अनुच्छेद 15), लोक नियोजन के विषय में अवसर की समता (अनुच्छेद 16), वाक् स्वातंत्र्य, समवेत होने, संगम बनाने, संचरण, निवास और वृत्ति की स्वतंत्रताएँ (अनुच्छेद 19), अल्पसंख्यकों को संस्कृति और शिक्षा संबंधी अधिकार (अनुच्छेद 30)। कुछ मूल अधिकार भारत भूमि पर सभी व्यक्तियों को उपलब्ध हैं, चाहें वे नागरिक हों या विदेशी— विधि के समक्ष समानता और विधि का समान संरक्षण (अनुच्छेद 14), भूतलक्षी विधि के अधीन दोषसिद्धि की बाबत सुरक्षा, दोहरे दण्ड और स्वयं को अपराध में फँसाने के विरुद्ध संरक्षण (अनुच्छेद 20), विधि के प्राधिकार के बिना कार्यवाही के विरुद्ध प्राण और दैहिक स्वतंत्रता का संरक्षण (अनुच्छेद 21), शोषण के विरुद्ध अधिकार (अनुच्छेद 23), धर्म की स्वतंत्रता (अनुच्छेद 25), किसी विशिष्ट धर्म की अभिव्यक्ति में करों के संदाय से स्वतंत्रता (अनुच्छेद 27), राज्य की शिक्षा संस्थाओं में धार्मिक शिक्षा या धार्मिक उपासना में उपस्थिति होने के बारे में स्वतंत्रता (अनुच्छेद 28)। कुछ मूल अधिकारों की अभिव्यक्ति नकारात्मक है। वे राज्य के विरुद्ध प्रतिषिद्ध हैं। उदाहरण के लिए अनुच्छेद 14 में यह कहा गया है कि 'राज्य-किसी व्यक्ति को विधि के समक्ष समता से वंचित नहीं करेगा'। इसी प्रकार का उपबंध अनुच्छेद 15(1), 16 (2), 18 (1), 20, 22(1), और 28 (1) में है। कुछ अन्य की अभिव्यक्ति सकारात्मक है और वे व्यक्ति को कुछ प्रसुविधाएँ प्रदत्त करते हैं। उदाहरण के लिए अनुच्छेद 25 के अधीन धर्म की स्वतंत्रता का अधिकार और अनुच्छेद 29(1), 30(1) के अधीन संस्कृति और शिक्षा संबंधी अधिकार।

एक और वर्गीकरण इस दृष्टि से किया जा सकता है कि विधायी शक्ति पर विभिन्न मूल अधिकारों ने किस विस्तार तक मर्यादाएँ अधिरोपित की हैं। कुछ मूल अधिकार ऐसे हैं, जैसे अनुच्छेद 21, जो कार्यपालिका के विरुद्ध हैं किंतु जो विधान मण्डल पर कोई मर्यादाएँ नहीं लगाते। उदाहरण के लिए अनुच्छेद 21 केवल यही कहता है कि 'किसी व्यक्ति को उसके प्राण या दैहिक स्वतंत्रता से विधि द्वारा स्थापित प्रक्रिया के अनुसार ही वंचित किया जाएगा, अन्यथा नहीं।' इसके विपरीत दूसरी ओर कुछ मूल अधिकार ऐसे हैं जो विधायी शक्ति पर आत्यंतिक मर्यादाएँ लगाते हैं जिससे विधान मण्डल पर उन अधिकारों के प्रयोग को विनियमित नहीं कर सकते। उदाहरण के लिए अनुच्छेद 15, 17, 18 , 20, 24 के अधिकार प्रत्याभूत हैं। इन दो वर्गों के बीच अनुच्छेद 19 द्वारा प्रत्याभूत अधिकार आते हैं। इस अनुच्छेद में ही विधान मण्डल को लोकहित में उन अधिकारों पर युक्तियुक्त निर्बंधन अधिरोपित करने की शक्ति दी गयी है। संक्षेप में ये आधार हैं— राज्य की सुरक्षा, लोक व्यवस्था, सदाचार आदि।

उपयुक्त सभी अधिकार राज्य के विरुद्ध उपलब्ध हैं। मूल अधिकारों के उल्लंघन के लिए राज्य के विरुद्ध याचिकाएँ दायर की जा सकती हैं। ऐसे अधिकारों का निजी व्यक्तियों द्वारा उल्लंघन होने पर सामान्य विधिक उपचार उपलब्ध होगा, सांविधानिक उपचार नहीं। भाग 3 में सम्मिलित कुछ अधिकार न केवल राज्यों के विरुद्ध उपलब्ध हैं, बल्कि निजी व्यक्तियों के लिए भी हैं। उदाहरण के लिए अनुच्छेद 15(2) (सार्वजनिक समागम के स्थानों में पहुँचने या उनके उपयोग के बारे में समता), अनुच्छेद 23 (मानव के दुर्व्यापार का प्रतिषेध), अनुच्छेद 24 (परिसंकटमय नियोजन में बालकों को लगाने का प्रतिषेध)। भाग 3 के ये उपबंध स्वयं ही स्पष्ट हैं अर्थात् यह अनुच्छेद प्रत्यक्षतः प्रवर्तनीय नहीं है। ये तभी प्रवर्तित किये जा सकेंगे जब उन्हें लागू करने के लिए कोई विधि बनायी जाए और उस विधि का उल्लंघन हो।

ब्रिटिश संविधान लिखित नहीं है। संविधान ब्रिटिश परम्पराओं का इतिहास महज़ एक पोथी के ज़रिये भारत में रूपांतरित नहीं कर सकता। सदियों से राजतंत्र और विदेशियों के कोड़ों से छिल चुकी भारतीय जनता की चमड़ी को विदेशी परम्पराओं की धूमिल याद के बदले ठोस शब्दों का आश्वासन चाहिए था। इसलिए संविधान निर्माताओं ने कलाबाजी दिखाते हुए इस नवोन्मेषी प्रकल्प में अमेरिकी संविधान की उद्घोषणाओं को अतिथि भाव से जगह दी। उनकी ताज़ातरीन जानकारी में मानव अधिकारों की सार्वभौम घोषणा (1948) का मज़मून हाज़िर था। उसके अनुसार प्रत्येक व्यक्ति की विधि के समक्ष मान्यता और क़ानून की निगाह में बराबरी की स्थिति तथा उसके संरक्षण का उल्लेख था। यह देखना दिलचस्प है कि पश्चिमी जर्मनी (1949) बांग्लादेश (1972) और पाकिस्तान (1973) के संविधानों में केवल यही उल्लेख है कि सभी व्यक्ति विधि के समक्ष समान होंगे। मोटे तौर पर आयरलैण्ड के लिखित संविधान (1937) से भी यही बात ध्वनित होती है। अपनी विख्यात कृति *लॉ ऑफ़ द कांस्टीट्यूशन* में डायसी कहते हैं कि इंग्लैण्ड में विधि के समक्ष समता का सामान्यजन का अधिकार कॉमन लॉ से पैदा होता है। अपनी तीखी व्याख्या में डायसी यह भी कहते हैं कि विधि के समक्ष समता का कथित सिद्धांत एक नकारात्मक परिकल्पना है। इसमें राज्य को किसी के लिए कुछ करने धरने की बात नहीं कही गयी है। इसमें यह निहितार्थ भी है कि सभी व्यक्ति राज्य के समक्ष बराबरी से नतमस्तक होंगे। इससे आगे बढ़ कर विधि के द्वारा संरक्षण देने की राज्य की प्रतिबद्धता एक सकारात्मक परिकल्पना है। वह एक तरह से

राज्य को कुछ करने के लिए बाध्य करती है। शुरू-शुरू में तो उच्चतम न्यायालय ने उद्देशिका को संविधान का हिस्सा भी नहीं माना था। उद्देशिका से आगे बढ़कर अनुच्छेद 14 में विधि के समक्ष समता का मूल अधिकार केवल नागरिकों को ही नहीं बल्कि किसी भी व्यक्ति को भारत के राज्यक्षेत्र में दिया गया है। वह इतिहास की उस अनुगूँज का ऋणी था जो अब्राहम लिंकन के गेटिस्बर्ग भाषण के कंठ से झर रहा था। एक तरह से अनुच्छेद 14 तरह तरह के वाक-स्वातंत्र्य के अनुच्छेद 19 वाले ताले की कुंजी है। अनुच्छेद 13 में हर व्यक्ति को समान बताये जाने का जो आग्रह है। वह नारियल की तरह ऊपर से कड़ा लेकिन अंदर से नर्म है। विशेषकर अनुच्छेद 19 में तो अभिव्यक्ति की आज़ादी को सीमित बनाने के लिए कई तरह के प्रतिबंध लिख दिये गये हैं। उस इबारत को साथ-साथ पढ़कर ही अनुच्छेद 14 में व्यक्त समानता का अर्थ समझा जा सकता है।

यह मनोरंजक है कि मूल अधिकारों संबंधी उपसमिति ने नागरिकों द्वारा हथियार रखने को मूल अधिकारों में शामिल किया था। हिंदू महासभा के प्रतिनिधि की हैसियत से आज़ादी मिलने के तीन महीने पहले श्यामाप्रसाद मुखर्जी ने सलाहकार समिति की बैठक में शस्त्र रखने के अधिकार को मूल अधिकारों में शामिल किये जाने पर ज़ोर दिया था। सलाहकार समिति के अध्यक्ष सरदार पटेल ने इस दलील को यह कहते हुए ख़ारिज करा दिया कि मौजूदा हालात को देखते हुए यह एक ख़तरनाक काम होगा। संविधान सभा में ऐसे भी सदस्य थे जो तरह-तरह से वर्गीय या साम्प्रदायिक नफ़रत फैलाने के आधार पर मूल अधिकारों को ही प्रतिबंधित कर देना चाहते थे। वर्ग-संघर्ष से जूझ रहे समाज में वर्गों के विरुद्ध कथित विद्वेष पैदा करने वाली अभिव्यक्तियों को संविधान द्वारा कुंठित करने की बात का कड़ा विरोध किया गया। मूल अधिकारों को आपातकाल, आंतरिक सुरक्षा, लोक व्यवस्था और धार्मिक सद्भाव आदि सामाजिक आधारों पर समय समय पर प्रतिबंधित, सीमित या स्थगित करने के मुख्य पैरोकार के.एम. मुंशी और अलादि कृष्णास्वामी अय्यर थे।

संविधान के अनुच्छेद 21 में उसकी आत्मा गूँजती है जो कहती है कि किसी भी मनुष्य को मानवीय गरिमा के साथ जीने का अधिकार होगा। संवैधानिक सलाहकार बी.एन. राव को अमेरिकी जस्टिस फ़ेलिक्स फ़्रैंकफ़र्टर ने सलाह दी थी कि अनुच्छेद 21 में 'ड्यू प्रोसेस ऑफ़ लॉ' (क़ानून की उचित प्रक्रिया) वाक्यांश न लिखें, वरना मुश्किल होगी। उसे 'प्रोसीजर इस्टैब्लिश्ड बाई लॉ' (क़ानून द्वारा स्थापित प्रक्रिया) लिखा गया। उसके बाद सत्तर, अस्सी के दशक में उच्चतम न्यायालय ने एस.पी. गुप्ता, मिनर्वा मिल्स, राजस्थान राज्य, इंटरनेशनल एयरपोर्ट अथॉरिटी, एम.पी. शुगर मिल्स, हुसैन आरा ख़ातून, भागलपुर ब्लाइण्डिंग केस, मेनका गाँधी, बंधुआ मुक्ति मोर्चा और डॉ. उपेंद्र बख्शी वग़ैरह प्रकरणों में एक के बाद एक फ़ैसलों में इस बात को रेखांकित किया कि ज़िंदा रहना और गरिमामय जीवन जीने में फ़र्क़ है। संविधान जीवन की गारंटी देता है, ज़िंदा रखने की नहीं। संविधान और सरकार किसी व्यक्ति की आज़ादी को नियम बनाकर कुंठित नहीं कर सकते जब तक कि ऐसे प्रतिबंध राज्य के हित में न हों।

संविधान के बुनियादी अधिकारों पर अमल सबसे बड़ा सवाल बनकर उभरा। अधिकांश बुनियादी अधिकार अमेरिकी 'डिक्लेरेशन ऑफ़ राइट्स' और युरोपीय अवधारणाओं के प्रतिरूप हैं। इसलिए उन्हें लागू करने की ज़िम्मेदारी भी इसी पैटर्न से ली गयी। उन्हें सीधे उच्चतम न्यायालय या उच्च न्यायालय की जारी होने वाली रिटों या परमादेशों की संज्ञा दी गयी। संविधान के अनुच्छेद 32 में बंदी प्रत्यक्षीकरण, परमादेश, प्रतिषेध, अधिकार पृच्छा और उत्प्रेषण का प्रावधान किया गया है। संविधान का अनुच्छेद 32(3) कहता है, 'उच्चतम न्यायालय को खण्ड (1) और खण्ड (2) द्वारा प्रदत्त शक्तियों पर प्रतिकूल प्रभाव डाले बिना, संसद, उच्चतम न्यायालय द्वारा खण्ड (2) के अधीन प्रयोक्तव्य किन्हीं या सभी शक्तियों का किसी अन्य न्यायालय को अपनी अधिकारिता की स्थानीय सीमाओं के भीतर प्रयोग करने के लिए विधि द्वारा सशक्त कर सकेगी।' मूल अधिकारों की सलाहकार समिति के अध्यक्ष सरदार पटेल ने 29 अप्रैल 1947 को रिपोर्ट संविधान सभा को सौंपी। अपने पत्र में उन्होंने लिखा 'इन अधिकारों को वादयोग्य (जस्टिफ़ियेबल) बनाकर प्रस्तुत करने को हम बहुत महत्त्व देते हैं। कई मामलों को लेकर नागरिकों के अधिकारों की रक्षा करना अमेरिकी संविधान और कई नये प्रजातांत्रिक संविधानों के प्रमुख लक्षण हैं।' यहाँ यह भी उल्लेखनीय है कि उच्चतम न्यायालय ने गोलकनाथ मामले (1964) में यह फ़ैसला दिया था कि संसद मूल अधिकारों में संशोधन नहीं कर सकती है। इसके बाद, संसद ने कई संवैधानिक संशोधनों के माध्यम से अपने इस अधिकार को स्थापित करने की कोशिश की। इसने न्यायापालिका और विधायिका के बीच विवाद की स्थिति पैदा कर दी। 1973 में केशवानंद भारती केस के फ़ैसले के बाद यह विवाद काफ़ी हद तक ख़त्म हुआ। इस फैसले में सर्वोच्च न्यायालय ने यह कहा कि संसद संविधान में कोई भी संशोधन कर सकती है, लेकिन वह संविधान के 'बुनियादी संरचना' में बदलाव नहीं कर सकती है। न्यायालय ने बुनियादी संरचना को स्पष्ट रूप से परिभाषित नहीं किया।

संविधान में दिये गये मूल अधिकारों की एक मुख्य विशेषता यह मानी जाती है कि इसमें एक साथ व्यक्तिगत और सामूहिक अधिकारों का प्रावधान किया गया है। इसमें विभिन्न समूहों को अपनी धार्मिक आस्था के पालन और अपनी भाषा के संरक्षण का अधिकार दिया गया है। इस संदर्भ

में यह उल्लेखनीय है कि पश्चिमी उदारवादी लोकतंत्रों में 1980 के दशक से समूह अधिकारों की बात होनी शुरू हुई। राजनीतिक सिद्धांत के संदर्भ में यह पूरा वाद-विवाद उदारवाद की समुदायवादी आलोचना और बहुसंस्कृतिवाद की अवधारणा के उभार के रूप में सामने आया। लेकिन भारतीय संविधान निर्माताओं ने अपनी समाज की हक़ीक़त के आधार पर संविधान में इस तरह के अधिकारों का प्रावधान किया था।

यद्यपि मूल अधिकारों का अध्याय बहुत ही व्यापक है और संविधान लागू होने के बाद इसमें से कुछ अधिकारों को बाहर निकाला गया, जबकि कुछ नये अधिकार जोड़े गये (मसलन छियालिसवें संशोधन द्वारा संविधान में शिक्षा का अधिकार शामिल किया गया)। इसके अलावा, कुछ प्रावधान आज़ादी के बाद के दौर में गहरे सामाजिक बदलावों का आधार बने। मसलन, अनुच्छेद 16 के प्रावधानों के आधार पर ही पिछड़े वर्गों के लिए सरकारी नौकरियों में आरक्षण की माँग उठी और आरक्षण के लिए लड़े गये आंदोलनों ने भारत की राजनीति में पिछड़ी जातियों के उभार में महत्त्वपूर्ण भूमिका अदा की। फिर, मूल अधिकारों की सबसे बड़ी सीमा यह रही है कि ख़ुद इसके भीतर 'प्रिवेंटिव डिटेंशन' (अर्थात् किसी अपराध की आशंका होने पर क़ैद करने) का प्रावधान है। स्वतंत्र भारत में इसके आधार पर ही यूएपीए, टाडा, पोटा जैसे असाधारण और राक्षसी क़ानूनों का अस्तित्व रहा है। राष्ट्रीय सुरक्षा के नाम पर बने इन क़ानूनों के आधार पर लोगों की मौलिक स्वतंत्रता के हनन के हज़ारों में मामले सामने आये हैं। फिर भी, इस बात से इनकार नहीं किया जा सकता कि मूल अधिकार संविधान का सबसे महत्त्वपूर्ण भाग हैं। इन अधिकारों ने भारत में लोकतांत्रिक और सेकुलर शासन की स्थापना में महत्त्वपूर्ण भूमिका अदा की है।

— **कनक तिवारी**

भारतीय संविधान-5

नीति निर्देशक तत्त्व और मूल कर्त्तव्य

(Indian Constitution-5)

संविधान के भाग 4 में (अनुच्छेद 36 -51) राज्य के नीति निर्देशक तत्त्व उपबंधित हैं। इन तत्त्वों को अनेक समूहों में वर्गीकृत किया जा सकता है। इनके तहत कुछ आदर्श, विशेषतः आर्थिक, निरूपित किये गये हैं जिनके लिए संविधान के रचयिताओं के अनुसार राज्य को प्रयास करना चाहिए। विधान मण्डल और कार्यपालिका को कुछ निर्देश दिये गये हैं कि किस रीति से राज्य को अपनी विधायी और कार्यपालिका शक्तियों का प्रयोग करना चाहिए। नागरिकों के कुछ अधिकारों के संबंध में चर्चा है जो न्यायालयों द्वारा मूल अधिकारों के समान प्रवर्तित नहीं कराये जा सकते हैं किंतु राज्य अपनी विधायी और प्रशासनिक नीतियों का विनियमन करके उन्हें सुलभ कराने का प्रयास कर सकते हैं।

ये निर्देश संविधान के भाग 3 के मूल अधिकारों से या देश की सामान्य विधि से कुछ बातों में भिन्न हैं। मूल अधिकार, राज्य की कार्यवाही को परिसीमा में बाँधते हैं। निदेशक तत्त्व तत्कालीन सरकार के लिए आदर्श प्राप्त करने का निर्देश देते हैं। निदेश विधान द्वारा ही लागू किये जा सकते हैं। निर्देश न्यायालय में प्रवर्तनीय नहीं है। 'राज्य की नीति के निर्देशक तत्त्व' शीर्ष के अधीन जो घोषणाएँ हैं, वे मूल अधिकारों के रूप में की गयी घोषणा से कई मामलों में अधिक व्यापक हैं। लेकिन मूल अधिकारों और नीति निर्देशक तत्त्वों में विरोध होने पर न्यायालय मूल अधिकारों को ही महत्त्व देगा। संविधान-निर्माताओं ने यह प्रावधान अमेरिका, स्विट्जरलैण्ड, आस्ट्रेलिया और जर्मनी सहित कुछ अन्य देशों के संविधानों के समानांतर प्रावधानों के तहत रचा था। आइवर जेनिंग्स ने कहा है कि नीति निर्देशक तत्त्व तो 'पुण्यात्मा लोगों की महत्त्वाकांक्षा मात्र' हैं। उनके अनुसार उन्नीसवीं सदी के इंग्लैण्ड के फ़ेबियन समाजवाद में से समाजवाद निकाल कर भारत में आयातित करने का कोई औचित्य नहीं था। प्रोफेसर व्हीयर ने तो और भी कठोर शब्दों में आलोचना की है, 'इन अनुच्छेदों को पढ़कर इस बात से इनकार नहीं किया जा सकता कि इन विषयों को न्यायालयों पर छोड़ना मूर्खता होगी... यदि यह उद्देश्य है कि संविधान का सभी को समादर और स्नेह प्राप्त हो तो उसमें इन सामान्य सिद्धांतों का समावेश करके कुछ लाभ होगा ऐसा नहीं मालूम पड़ता।' ग्रेनिवले ऑस्टिन के विचार में निर्देशों का लक्ष्य सामाजिक क्रांति के उद्देश्यों की प्राप्ति है, '... इस क्रांति के उद्देश्यों की प्राप्ति के लिए आवश्यक परिस्थितियाँ उत्पन्न करके क्रांति को आगे बढ़ाना है।' वे स्पष्ट करते हुए यह कहते हैं-'राज्य की इन सकारात्मक बाध्यताओं की सर्जना करके, संविधान सभा ने भारत की भावी सरकारों को यह उत्तरदायित्व सौंपा है कि वे व्यक्ति-स्वातंत्र्य और लोकहित के बीच अथवा कुछ थोड़े से लोगों की सम्पत्ति और उनके विशेषाधिकार बनाये रखने और सामान्य हित के लिए सभी मनुष्यों को समान रूप से शक्ति देकर उन्हें स्वतंत्र करने के उद्देश्य से उन्हें कुछ लाभ देने के बीच मध्य मार्ग खोजें।'

अनुच्छेद 39 इस तरह है ,'राज्य द्वारा अनुसरणीय कुछ नीति निर्देशक तत्त्व ... राज्य अपनी नीति का, विशिष्टतः, इस प्रकार संचालन करेगा कि सुनिश्चित रूप से' पुरुष और स्त्री सभी नागरिकों को समान रूप से जीविका के पर्याप्त साधन

प्राप्त करने का अधिकार हो, समुदाय के भौतिक संसाधनों का स्वामित्व और नियंत्रण इस प्रकार बँटा हो जिससे सामूहिक हित का सर्वोत्तम रूप से साधन हो, आर्थिक व्यवस्था इस प्रकार चले जिससे धन और उत्पादन-साधनों का सर्वसाधरण के लिए अहितकारी संकेंद्रण न हो, पुरुषों और स्त्रियों दोनों का समान कार्य के लिए समान वेतन हो। पुरुष और स्त्री कर्मकारों के स्वास्थ्य और शक्ति का तथा बालकों की सुकुमार अवस्था का दुरुपयोग न हो और आर्थिक आवश्यकता से विवश होकर नागरिकों को ऐसे रोज़गारों में न जाना पड़े जो उनकी आयु या शक्ति के अनुकूल न हो। बालकों को स्वतंत्र और गरिमामय वातावरण में स्वस्थ विकास के अवसर और सुविधाएँ दी जाएँ और बालकों और अल्पवय व्यक्तियों की शोषण से तथा नैतिक और आर्थिक परित्याग से रक्षा की जाए।

इतिहास के कटघरे में आज हमारे संविधान निर्माता भी खड़े हैं। सर्वहारा वर्ग उनसे सवाल पूछ रहा है। इस देश के प्रत्येक श्रमिक के लिए चाहे वह बौद्धिक श्रमिक ही क्यों न हो काम की न्यायसंगत और मानवोचित दशा संविधान के स्वप्न वाले इस परिच्छेद में लिखी गयी है। जिस देश के कर्मकारों के लिए निर्वाह और मजबूरी का सवाल खण्डित स्वप्न के मर्सिया के रूप में लगातार रो रहा है, वहाँ सम्पत्ति के अबाधित अधिकार भी देश के भूखे पूँजीपतियों को संविधान के मूल पाठ में ही दिये गये हैं। अनुच्छेद 43 कहता है 'कर्मकारों के लिए निर्वाह मज़दूरी आदि-राज्य, उपयुक्त विधान या आर्थिक संगठन द्वारा या किसी अन्य रीति से कृषि के, उद्योग के या अन्य प्रकार के सभी कर्मकारों को काम, निर्वाह मज़दूरी, शिष्ट जीवन स्तर और अवकाश का सम्पूर्ण उपभोग सुनिश्चित करने वाली दशाएँ तथा सामाजिक और सांस्कृतिक अवसर प्राप्त कराने का प्रयास करेगा और विशिष्टतया ग्रामों में कुटीर उद्योगों को वैयक्तिक या सहकारी आधार पर बढ़ाने का प्रयास करेगा।' इसके बरक्स अनुच्छेद 19(1) (छ) के अनुसार 'सभी नागरिकों को कोई वृत्ति, उपजीविका, व्यापार या कारोबार करने का, अधिकार होगा।' कौटिल्य के निर्देश गर्भवती महिलाओं के जीवन की सुरक्षा की गारंटी देते हैं, लेकिन सहमता हुआ संविधान राज्य को कराहती हुई सलाह देता है कि हो सके तो वह प्रसूति सहायता के लिए कुछ कर दे (अनुच्छेद 42)। यह देखकर आश्चर्य होता है कि स्त्री और पुरुष को समान रूप से जीविका के पर्याप्त साधन बल्कि समान वेतन का अधिकार भी संविधान में नहीं है, लेकिन उसका खोखला वादा जरूर है (अनुच्छेद 39)। अर्थ यह है कि यदि आर्थिक असहायता के कारण अशिक्षा, बेकारी, बुढ़ापा, बीमारी और निःशक्तता आदि से पीड़ित कोई व्यक्ति राज्य की सहायता अधिकारों के तहत चाहता है (अनुच्छेद 41) तो उसकी व्यवस्था भी नहीं है। बच्चों के लिए निःशुल्क और अनिवार्य शिक्षा का प्रबंध करने की सरकार पर कोई संवैधानिक ज़िम्मेदारी नहीं है। उसे नैतिक ज़िम्मेदारी के धर्मग्रंथ में उन आयतों की तरह लिख दिया गया था (अनुच्छेद 45) जिन्हें गाहे-बगाहे झाड़ पोंछकर माथे पर इतिहास के अभिशप्त वचन का यश समझकर लगा लिया जाए। अब वह फ़रमान आधे-अधूरे निश्चय के साथ मौलिक अधिकारों के परिच्छेद में दिखाऊ आचरण के लिए आया है। नीति निर्देशक तत्त्वों के परिच्छेद का चमत्कार यह भी है कि भारत जैसे कृषि प्रधान देश में कृषि और पशुपालन का संगठन इसी परिच्छेद में रखा गया है। जो बुनियादी, आर्थिक अवधारणा सदियों से कारगर रही है, उसे स्वतंत्र भारत का यथार्थ बनाने के बदले संविधान सपने के रूप में देखना पसंद करता है। यह ब्रिटिश-दृष्टि के चश्मे से भारत को देखना नहीं था, तो क्या था? (अनुच्छेद 48 : कृषि और पशुपालन का संगठन-राज्य, कृषि और पशुपालन को आधुनिक और वैज्ञानिक प्रणालियों से संगठित करने का प्रयास करेगा और विशिष्टतया गायों और बछड़ों तथा अन्य दुधारू और वाहक पशुओं की नस्लों के परिक्षण और सुधार के लिए उनके वध का प्रतिषेध करने के लिए क़दम उठायेगा।) कृषि, पंचायत, पोषण आहार और मूक पशुओं से संबंधित राज्य के उत्तरदायित्वों को वैकल्पिक बना दिया गया है।

कर्मकारों के काम और मज़दूरों की दशा अथवा दुर्भाग्यजनक परिस्थितियों में नौनिहालों को वहशी जीवन जीने की मजबूरियाँ, वांछित स्वास्थ्य सुविधाओं के अभाव में अकाल मौतें, कसाइयों के हाथों में कटते पशु, जंगली ठेकेदारों से बचने की कोशिश में हमारे हरे-भरे जंगल— इनमें से कोई भी राज्य व्यवस्था को न्यायालयों में कारगर चुनौती नहीं दे सकता। लगता है भारत का संविधान अपने आचरण में राजतंत्र के विकास, शक्ति संचय और बड़बोलेपन का रक्षाशास्त्र भी है। उसकी बुनियादी चिंता हुकूमत करने की रही है और वह भी बहुआयामी नवोन्मेष की ठसक के साथ।

जीवन-यापन और सांस्कृतिक अंतरिक्ष की तमाम स्वप्नमयी घोषणाओं के बीच 'समान नागरिक संहिता' लागू करने का वायदा भी इसी परिच्छेद में है। हैरत की बात है कि यह अधूरा वायदा राज्यसत्ता के लिए महत्त्वपूर्ण दायित्व और चुनौती बन गया है। वह राजनीतिक पार्टियों के चुनाव घोषणापत्र में भी शामिल किया जाता है। संविधान जिन वायदों को साधारण बहुमत द्वारा लागू करने के निर्देश देता है, उन्हें पूरा करने की सरकार की नीयत नहीं है। शायद उसे फ़ुर्सत नहीं है। जो वायदा पेट से नहीं, ज़ेहन की अय्याशी से संबंधित है, उसे लागू करने के लिए धरती आसमान एक किये जा रहे हैं। दो तिहाई बहुमत के वास्तविक अभाव के बावजूद समान नागरिक संहिता के मसले को गुप्त एजेंडे पर रखने के बाद प्रकट किया जा रहा है। इस प्रावधान को हमारे संविधान निर्माताओं का महत्त्वपूर्ण स्वप्न प्रचारित किया जा रहा है। देश

को यह जानना जरूरी है कि संविधान की अल्पसंख्यक सलाहकार उपसमिति ने यह सिफ़ारिश की थी कि समान नागरिक संहिता का मुद्दा अल्पसंख्यकों के विवेक पर छोड़ दिया जाए। इस उपसमिति में अन्य लोगों के अलावा डॉ. आम्बेडकर और श्यामाप्रसाद मुखर्जी भी थे। आम्बेडकर के अनुयायी तो अपने पूर्वज के वचनों के प्रति प्रतिबद्ध हैं, लेकिन डॉ. श्यामप्रसाद मुखर्जी की अपने उत्तराधिकारियों के आचारण के कारण बुरी हालत है।

स्वतंत्रता के बाद गाँधी जिन चौदह सूत्रों को रचनात्मक कार्यक्रम के द्वारा तात्कालिक आधार पर लागू करना चाहते थे, संविधान निर्माताओं ने उन्हें नीति निर्देशक सिद्धांतों के ठिकाने लगाया। उदाहरण के लिए पंचायतों की स्थापना जैसा महत्त्वपूर्ण उद्देश्य जिससे निचले दर्जे के लोकतंत्र को स्थापित करने का सपना आज़ादी के आंदोलन ने देखा था, नीति निर्देशक सिद्धांतों की क़ैद में रखा गया। इसी प्रकार हर तरह की आर्थिक ग़ैरबराबरी को दूर करने का ऐलान हमारे मूल कर्त्तव्यों में शामिल नहीं होकर नीति निर्देशक सिद्धांतों की गुमनाम झाड़ी में छुपा हुआ है। स्त्री और पुरुष की बराबरी, समान न्याय और मुफ़्त क़ानूनी सहायता, काम, शिक्षा और राज्य की सहायता का मौलिक अधिकार, बच्चों को मुफ़्त और अनिवार्य शिक्षा का अधिकार तथा हरिजन आदिवासी एवं अन्य कमज़ोर वर्गों में शैक्षिक और आर्थिक सुधारों के अधिकार नीति निर्देशक सिद्धांतों के दलदल में फँस कर रह गये हैं। इससे क्या यह निष्कर्ष नहीं निकाला जा सकता कि आज़ादी की दहलीज़ पर गाँधी के सत्तासीन सहकर्मियों ने यह फ़ैसला कर लिया था कि उन्हें कम से कम गाँधी के सपनों का भारत तो नहीं ही बनाना है। संविधानसम्मत, संविधानआधारित और संविधानपोषित राज्य व्यवस्था में संविधान की उद्देशिकाओं से अलग हटकर गाँधी या अन्य देशभक्तों के सपने नहीं थे।

संविधान का अनुच्छेद 51-क 42वें संविधान संशोधन द्वारा अंत:स्थापित किया गया है। वह इस तरह है : भारत के प्रत्येक नागरिक का यह कर्त्तव्य होगा कि वह संविधान का पालन करे और उसके आदर्शों, संस्थाओं, राष्ट्रध्वज और राष्ट्रगान का आदर करे; स्वतंत्रता के लिए हमारे राष्ट्रीय आंदोलन को प्रेरित करने वाले उच्च आदर्शों को हृदय में संजोये रखे और उनका पालन करे; भारत की प्रभुता, एकता और अखण्डता की रक्षा करे और उसे अक्षुण्ण रखे; देश की रक्षा करे और आह्वान किये जाने पर राष्ट्र की सेवा करे; भारत के सभी लोगों में समरसता और समान भ्रातृत्व की भावना का निर्माण करे जो धर्म, भाषा और प्रदेश या वर्ग पर आधारित सभी भेदभाव से परे हो, ऐसी प्रथाओं का त्याग करे जो स्त्रियों के सम्मान के विरुद्ध है; हमारी सामासिक संस्कृति की गौरवशाली परम्परा का महत्त्व समझे और उसका परीक्षण करे; प्राकृतिक पर्यावरण की, जिसके अंतर्गत वन, झील, नदी और वन्य जीव हैं, रक्षा करे और उसका संवर्धन करे तथा प्राणी मात्र के प्रति दया भाव रखे; वैज्ञानिक दृष्टिकोण, मानववाद, और ज्ञानार्जन तथा सुधार की भावना का विकास करे; सार्वजनिक सम्पत्ति को सुरक्षित रखे और हिंसा से दूर रहे; व्यक्तिगत और सामूहिक गतिविधियों के सभी क्षेत्रों में उत्कर्ष की ओर बढ़ने का सतत प्रयास करे जिससे राष्ट्र निरंतर बढ़ते हुए प्रयत्न और उपलब्धि की नयी ऊँचाइयों को छू ले; यदि माता-पिता या संरक्षक है, छह वर्ष से चौदह वर्ष तक की आयु वाले अपने, यथास्थिति, बालक या प्रतिपाल्य के लिए शिक्षा प्रदान करे।

यह अनुच्छेद (5) यद्यपि संविधान 86 वाँ संशोधन अधिनियम, 2002 की धारा 4 द्वारा अंत:स्थापित किया गया है। परंतु उसे 1 अप्रैल 2010 से प्रवृत्त किया गया है। यह उल्लेखनीय है कि संविधान में छह वर्ष से चौदह वर्ष की आयु के बच्चों के लिए शिक्षा देने का स्वप्न नीति निर्देशक तत्त्वों के तहत ही शामिल था। उसे पुनः अनुच्छेद 45 के अनुसार उल्लिखित किया गया है जो कहता है : 'राज्य सभी बालकों के लिए छह वर्ष की आयु पूरी करने तक, प्रारम्भिक बाल्यावस्था देख-रेख और शिक्षा देने के लिए उपबंध करने का प्रयास करेगा।' यह देखना भी दिलचस्प है कि संविधान के अनुच्छेद 21-क को 86वाँ संशोधन अधिनियम, 2002 द्वारा मूल अधिकार के रूप में इस तरह उल्लिखित किया गया है : 'राज्य, छह वर्ष से चौदह वर्ष तक की आयु वाले सभी बालकों के लिए नि:शुल्क और अनिवार्य शिक्षा देने का ऐसी रीति में, जो राज्य विधि द्वारा, अवधारित करे, उपबंध करेगा।' इस तरह तीन संवैधानिक प्रावधानों के अंतर्गत छह वर्ष से चौदह वर्ष की उम्र के बच्चों के लिए अनिवार्य शिक्षा का प्रबंध प्रावधानित तो है। लेकिन उसे मूल कर्त्तव्य और नीति निर्देशक तत्त्व के रूप में प्रवर्तनीय नहीं बनाया जा सकता। भाषा अनुच्छेद 21-क के अनुसार मूल अधिकार देती है। वहीं नीति निर्देशक तत्त्व तथा मूल कर्त्तव्य के परिच्छेद के अंतर्गत समानान्तर प्रावधान बच्चों के संदर्भ में निष्क्रिय भाषा के आभूषण की तरह हैं।

— कनक तिवारी

भारतीय संविधान-6

कार्यपालिका

(Indian Constitution-6)

कार्यपालिका नामक विनम्र-सा लगता एक शब्द संविधान के भाग 5 के अध्याय 1 में अनुच्छेद 52 से 78 तक है। उसमें राष्ट्रपति, उपराष्ट्रपति, केंद्रीय मंत्रिपरिषद् और भारत के महान्यायवादी आदि के अधिकारों और कर्त्तव्यों का उल्लेख है। राष्ट्रपति की विधायी शक्तियों तथा भारत के नियंत्रक तथा महालेखापरीक्षक आदि को संघ का संवैधानिक उत्तरदायित्व सौंपते हुए भी कार्यपालिका से अलग रखा गया है। इसी तरह संविधान के भाग 6 के अध्याय 2 में राज्यपाल, राज्य (प्रदेश) की मंत्रिपरिषद् और राज्य के महाधिवक्ता अनुच्छेद 153 से 167 तक कार्यपालिका की परिधि में हैं। संविधान ने विधायिका को राष्ट्रपति (उपराष्ट्रपति) सहित केंद्रीय तथा प्रादेशिक मंत्रिपरिषदों और भारत के महान्यायवादी और राज्य के महाधिवक्ता सहित कार्य संचालन की जो ज़िम्मेदारी सौंपी थी उससे संविधान निर्माताओं ने ही अन्य प्रावधानों में किनाराकशी कर ली थी। मसलन राष्ट्रपति, उपराष्ट्रपति और राज्यपाल के लिए कह दिया गया कि वे व्यापक तौर पर मंत्रिपरिषद् की सलाह से ही काम करेंगे। तुर्रा यह कि ऐसा संविधान में राष्ट्रपति की पदस्थापना करने वाले अनुच्छेद 53 के बदले मंत्रिपरिषद् और उसके नेता प्रधानमंत्री के अधिकारों का ब्यौरा देने वाले अनुच्छेद 74 में लिखा गया है। ठीक ऐसा ही राज्यपाल के नियुक्त पत्र के अनुच्छेद 154 में शोभा के रूप में कुछ अलग कहा गया। उसका ठीक उल्टा मंत्रिपरिषद् की अधिकारिता की रचना करने वाले अनुच्छेद 163 में कहा गया।

भाषा यदि कहीं अर्थ से छल या रोमांस करती हुई पकड़ी गयी है तो उसका दस्तावेज़ी सबूत भारत का संविधान भी है। संविधान का अनुच्छेद 53 इस तरह है – 'संघ की कार्यपालिका शक्ति-(1) संघ की कार्यपालिका शक्ति राष्ट्रपति में निहित होगी और वह इसका प्रयोग इस संविधान के अनुसार स्वयं या अपने अधीनस्थ अधिकारियों के द्वारा करेगा।' अब इसके ठीक विपरीत अनुच्छेद 74 इस तरह है: 'राष्ट्रपति को सहायता और सलाह देने के लिए मंत्रिपरिषद्— राष्ट्रपति को सहायता और सलाह देने के लिए एक मंत्रिपरिषद् होगी जिसका प्रधान, प्रधानमंत्री होगा और राष्ट्रपति अपने कृत्यों का प्रयोग करने में ऐसी सलाह के अनुसार कार्य करेगा।' भारत का संविधान एक ऐसा थिसारस है जिसमें 'सहायता' और 'सलाह' का अर्थ प्रतिबंध और मजबूरी से है। वह आज्ञा और आदेश की तरह है। संघ या राज्यों की मंत्रिपरिषद् राष्ट्रपति या राज्यपाल को सहायता और सलाह देती ही रहती है। राष्ट्रपति या राज्यपाल अमूमन उनकी सलाह मानते ही रहते हैं। संविधान के मूल अंग्रेज़ी पाठ में भाषा कर्तृवाच्य के बदले कर्मवाच्य में लिखी है कि राष्ट्रपति में कार्यपालिका की शक्ति निहित होगी और उसके द्वारा उस शक्ति का प्रयोग स्वयं या अपने अधीनस्थ अधिकारियों द्वारा किया जाएगा। इसका हिंदी अनुवाद ग़लत ढंग से कर्तृवाच्य में किया गया है। हिंदी अनुवाद संविधान का मूल अर्थ ध्वनित नहीं करता। अनुच्छेद 74 के प्रावधान अनुच्छेद 53 के ऊपर भारी हैं। महान्यायवादी और महाधिवक्ता का काम वैधानिक सलाह देना और सरकार के मामलों की पैरवी करना है। उन पर अधिवक्ता अधिनियम के सामान्य प्रावधान भी लागू होते हैं। उन्हें पारिश्रमिक मिलता है। इससे संघ या राज्य की कार्यपालिका शक्ति का इन सरकारी वकीलों में निहित होना कैसे कहा जा सकता है? कुल मिलाकर प्रधानमंत्री और मुख्यमंत्री के हाथ में ही संघ अथवा राज्य की असल कार्यपालिका शक्ति होती है। एक व्यक्ति के हाथों में सभी सम्भावित शक्तियों के संचयन और केंद्रीयकरण को भारतीय संविधान में लोकतंत्र कहा गया है। हमारे संविधान निर्माता अपनी पश्चिमी शिक्षा-दीक्षा तथा ब्रिटिश संस्कृति से सहकार के कारण युरोपीय-हिंदुस्तानी बन गये थे। उन्होंने ब्रिटिश परम्पराओं, पूर्वोदाहरणों तथा रिवाज़ों के संदर्भ में विधायन किया था। ब्रिटेन में लिखित संविधान की जरूरत नहीं रही है। प्राचीन भारत में परम्पराओं और व्यवस्थाओं की पश्चिमी नस्ल की प्रजातंत्रिकता कहाँ रही है? इसलिए स्वातंत्र्योत्तर भारत के राजनेताओं ने कार्यपालिका की परिभाषा को निरंकुश राजशाही के अर्थ दिये हैं। आचरण की लोकतंत्रात्मकता संविधान का यूटोपिया है। वह राजदर्शन का यथार्थ नहीं बन सकता।

संविधान सभा ने भारत के इतिहास में पहली बार संसदीय-कार्यपालिका प्रयोग किया था। देश को पहली बार जनतांत्रिक अधिकारों से लैस किया जा रहा था। यह आशंका भी मूर्त थी कि कार्यपालिका कहीं अधिकारों का अतिक्रमण करने लगे। मैक्स बेलॉफ़ के शब्दों में अमेरिकी संविधान निर्माताओं का भी विधायिका के मुक़ाबले कार्यपालिका पर कभी न दूर हो सकने वाला अविश्वास था। असल में संविधान सभा की केंद्रीय चिंता मंत्रिपरिषदों के अराजक हो जाने से कहीं ज्यादा राष्ट्रपति के तानाशाह हो जाने की सम्भावना को लेकर रही है। इतिहास गवाह है कि संविधान सभा ने यह अनुमान लगाने में भारी ग़लती की। भारत का राष्ट्रपति निश्चित अंकुशों के कारण एक संवैधानिक रोबो बन गया प्रतीत होता है। यह अलग बात है कि अपने व्यक्तित्व के बल पर हमारे राष्ट्रपति अपने पद को महत्तर गरिमा देते प्रतीत होते हैं। हमारे मंत्रिमण्डल व्यवहार में कई बार तानाशाही के सामूहिक संस्करण की तरह काम करते नज़र आते हैं। ऐसे मौक़ों पर विधायिका का उनके ऊपर कथित नियंत्रण या पर्यवेक्षण एक संवैधानिक मिथक से ज्यादा कुछ नहीं लगता। अमेरिकी या स्विस प्रणाली में कार्यपालिका को मिली स्वायत्तता की थियरी

हमारे संविधान निर्माताओं के गले नहीं उतरी। मौजूदा मंत्रिमण्डलीय प्रणाली संविधान के गले जरूर पड़ गयी है। अपनी लाख बुराइयों के बावजूद समाज की दृष्टि में नौकरशाही की उतनी थुक्का-फ़ज़ीहत नहीं है जितने मंत्रियों की। ऐसा नहीं है कि संविधान सभा ने कोई तजवीज़ नहीं की थी। कार्यपालिका की शक्ति नियंत्रित करने के उद्देश्य से एक निर्देशावली को संविधान में शामिल करने का प्रस्ताव आया। संसदीय लोकतंत्र की ब्रिटिश एवं अन्य युरोपीय परिपाटी पर आधारित निर्देशावली सहित एक पर्यवेक्षण कौंसिल गठित कर देने से राष्ट्रपति/राज्यपाल सहित मंत्रिमण्डल की अति पर अंकुश लग सकता था। कौंसिल के रूप में अतिरिक्त संवैधानिक सत्ता निर्मित हो जाने का ख़तरा था। इसलिए प्रस्ताव को रद्द कर दिया गया। मूल सुझाव संविधान सभा के सलाहकार बी.एन. राव की तरफ़ से ही आया था। संघ संविधान समिति ने इसे निरस्त कर दिया। उसने राष्ट्रपति पर यह लिखित बंदिश लगाने से भी इनकार कर दिया कि उन्हें संसदीय शासन प्रणाली की परम्पराएँ माननी ही होंगी। राव के सुझाव के रद्द होने के बाद प्रारूप समिति के तीन सदस्यों आम्बेडकर, एन. माधवराव और मोहम्मद सादुल्ला ने राष्ट्रपति/राज्यपाल के लिए एक सलाहकार बोर्ड के गठन का सुझाव दिया। ये तीनों ग़ैर-कांग्रेसी बल्कि कांग्रेस विरोधी थे। आनुपातिक प्रतिनिधित्व के अनुसार गठित पंद्रह सदस्यीय सलाहकार बोर्ड के ज़िम्मे महत्त्वपूर्ण संवैधानिक पदों जैसे उच्चतम और उच्च न्यायालयों के न्यायाधीश, विदेशों में भारत के राजदूत, भारत के महालेखाकार तथा नियंत्रक, लोक सेवा आयोग के सदस्य तथा चुनाव आयोग आदि के सदस्यों की नियुक्ति के मामले शामिल होते।

आम्बेडकर के तर्क अनोखे और मौलिक थे। उनके अनुसार ब्रिटिश संसदीय लोकतंत्र के बहुमतीय सिद्धांतों को लागू करना भारत में सम्भव नहीं था। भारत में चुना जा रहा बहुमत वस्तुतः सर्वदेशीय (कास्मोपॉलिटन) नहीं साम्प्रदायिक बहुमत है। इसलिए अल्पसंख्यकों के वांछित और वास्तविक प्रतिनिधि चुने जाने सम्भव नहीं थे। अनुभव और सम्भावना के आधार पर सरकार में उन मुसलमानों का प्रतिनिधित्व ज़्यादा सुरक्षित है जो मुसलमानों के बहुमत के ख़िलाफ़ कांग्रेस जैसे संगठनों से जीतकर आते हैं। आम्बेडकर की सिफ़ारिशें सदन को मंजूर नहीं हुई। लम्बी बहस के बाद कुछ ब्रिटिश मान्यताओं का संविधान सभा में स्थिरीकरण हुआ। इनमें मंत्रिपरिषद् की लोकसभा के प्रति संयुक्त ज़िम्मेदारी, राष्ट्रपति द्वारा कतिपय दशाओं में पारित विधेयक को मंज़ूरी दिये बिना वापस लौटाना जैसे मानक सिद्धांत शामिल थे। यह बंदिश लगाने की कोशिश भी की गयी कि राष्ट्रपति को दो से अधिक कार्यकाल के लिए नहीं चुना जाना चाहिए। इस संदर्भ में केवल परम्परा पर निर्भर रहने वालों को यह सूचित किया गया कि अमरिकी राष्ट्रपति फ्रेंकलिन रूज़वेल्ट ने 1940 में अपना दूसरा कार्यकाल ख़त्म होने के बाद परम्पराओं की अवहेलना करते हुए तीसरे और चौथे कार्यकाल के लिए सफलतापर्वूक चुनाव लड़ा था। देश को यह बात बाद में समझ आयी जब डॉ. राजेंद्र प्रसाद ने दो कार्यकाल के बाद भी राष्ट्रपति बने रहने की इच्छा व्यक्त की। इसी तरह राजेंद्र प्रसाद ने विशेषकर हिंदू कोड बिल जैसे क़ानून को मंज़ूरी देने की अनिच्छा व्यक्त करते हुए उसे वापस करने का इरादा भी किया था। दोनों मौक़ों पर डॉ. प्रसाद को बमुश्किल मनाया जा सका था। डॉ. राजेंद्र प्रसाद ने अनुच्छेद 105 तथा अनुच्छेद 254 आदि का हवाला देते हुए यह दलील दी कि राष्ट्रपति केवल कठपुतली नहीं है। संविधान-सलाहकार बी.एन. राव, अटॉर्नी जनरल एम.सी. सीतलवाड़ और संविधान सभा के महत्त्वपूर्ण सदस्य अलादि कृष्णा स्वामी अय्यर ने राष्ट्रपति की व्याख्या से साफ़ तौर पर असहमति व्यक्त की। इस तरह कुल मिलाकर कार्यपालिका का यंत्र, मंत्र और तंत्र यूरो-अमेरिकी संवैधानिक परम्पराओं का पिटारा है।

डॉ. आम्बेडकर के अनुसार राष्ट्रपति को दो महत्त्वपूर्ण अधिकार प्राप्त हैं-प्रधानमंत्री की नियुक्ति और प्रधानमंत्री की छुट्टी। इसलिए संविधान निर्माताओं ने प्रधानमंत्री की छुट्टी के लिए लोकसभा के बहुमत पर ज़्यादा भरोसा किया। राष्ट्रपति और उच्चतम तथा उच्च न्यायालयों के न्यायाधीशों पर महाभियोग लगाने का प्रावधान रचकर कार्यपालिका और न्यायिक शक्तियों को भी संसदीय आचरण के साथ तालमेल बिठाने का सरअंजाम किया गया। राज्यपाल को बिना महाभियोग लगाये केवल राष्ट्रपति के प्रसादपर्यन्त कार्यरत रखने का अनोखा प्रावधान भारतीय संविधान में है। रामजवाया कपूर बनाम पंजाब राज्य (ए. आई.आर. 1955 सुप्रीम कोर्ट 549) वाले प्रकरण में उच्चतम न्यायालय ने ब्रिटिश अवधारणाओं का क़र्ज़ स्वीकार किया था। अपने संविधान के ज़रिये ख़ुद को प्रभुत्वसम्पन्न घोषित करने वाले देश के लिए यह आत्मगौरव की बात नहीं थी कि वह उसी मुल्क की बौद्धिक परम्पराओं का अनुसरण करे जिसके राजतंत्र से पीड़ित होकर उसी देश से आज़ादी का युद्ध लड़ा गया था। उच्चतम न्यायालय ने राष्ट्रपति और राज्यपालों के अधिकारों की मीमांसा करते हुए यह ऐतिहासिक स्वीकारोक्ति की 'भारतीय संविधान में इंग्लैण्ड की तरह की संसदीय पद्धति का उल्लेख है। ग्रेनिवले ऑस्टिन ने बहुत सूक्ष्मता के साथ यह बात कही है कि भारतीय संविधान निर्माताओं के सामने दो विकल्प थे। एक यह कि वे राष्ट्रपति और राज्यपाल आदि के लिए मान्य परम्पराओं को स्वीकृत निर्देशावली की तरह लिख दें। दूसरा विकल्प यह था कि वे भारत के भावी नेताओं और सांसदों की देशभक्ति, ईमानदारी और संविधान निष्ठा में गहरा विश्वास रखें कि वे भविष्य की परिस्थितियों के अनुकूल निर्णय ले सकेंगे। संविधान निर्माताओं ने दूसरा विकल्प चुना और धोखा खाया। कुछ राज्यपालों ने परिस्थितिजन्य कारणों से

सद्भावनापूर्वक अथवा जानबूझकर अपने विवेकाधिकार की शब्दकोशीय व्याख्या करने की कोशिश की। उन्हें मुँह की ख़ानी पड़ी। राज्यपाल को राजभवन के शीशमहल में बैठने की समझाइश देते हुए राष्ट्रपति राजेंद्र प्रसाद ने उन्हें अलग-अलग समय पर पत्र लिखकर इतना तटस्थ, निष्पक्ष और एकांकी बने रहने की सलाह दी थी जो विश्व इतिहास की नैतिकता का मानदण्ड स्थिर करता है।'

उच्चतम न्यायालय ने डॉ. रघुकुल तिलक के प्रकरण में यह मत प्रतिपादित किया है कि राज्यपाल का पद किसी भी स्थिति में भारत सरकार के अधीन नहीं है। राज्यपाल अपने कर्त्तव्यों के निर्वहन के लिए केंद्र शासन के प्रति उत्तरदायी होने तथा स्पष्टीकरण देने के लिए बाध्य नहीं है। यह विचित्र विरोधाभास है। राज्यपाल की नियुक्ति केंद्रीय मंत्रिपरिषद् की सलाह से राष्ट्रपति करते हैं। नियुक्ति के बाद राज्यपाल के प्रशासनिक और संवैधानिक क्षेत्राधिकार केवल राष्ट्रपति के अंतर्गत होते हैं। संविधान निर्माता सर्वोच्च राजनीतिक पदों को लेकर गतिज संतुलन के पक्ष में रहे हैं। ऐसी पेचीदगी विश्व के अन्य संविधानों में नहीं है। ऐसा नहीं कि भारतीय संविधान केवल विदेशी संविधानों की नक़ल है। विदेशी संविधानों के आयातित प्रावधान कच्चे माल की तरह है। उन्हें भारतीय प्रज्ञा की धमन भट्‌टी में गलाने की कोशिश जरूर की गयी। यह अलग बात है कि कच्चे माल के नाम पर बहुत सा विदेशी इस्पात कच्चे लोहे के ढेर में आ गया। उसकी गुणवत्ता को लेकर भारतीय हथौड़े प्रशस्ति-गायन करते रहे।

जस्टिस वी.आर. कृष्ण अय्यर ने शमशेर सिंह वाले प्रसिद्ध मुक़दमे में सर्वोच्च कार्यपालिका सत्ता को लेकर ब्रिटिश परम्पराओं को मानने की मजबूरी के संबंध में तल्ख़ टिप्पणियाँ की हैं। इनसे संवैधानिक गरिमा, मंशा और उधार लेने की लाचारी स्पष्ट होती है। यह संविधान निर्माताओं द्वारा रचित विरोधाभास है कि जिन्हें भारत और प्रदेशों के लिए संसद तथा विधान मण्डलों की अपरिमित शक्ति से लैस कर संविधान का हृदय घोषित किया गया है, उन्हें ही संविधान के अनुच्छेद 100(3) तथा 18 9(3) के अनुसार संसदीय कार्यवाहियों में उपस्थिति की छूट दी गयी है। वर्ष में बमुश्किल छह माह भी संसद में उपस्थिति की ज़रूरत नहीं पड़ती। विधायकों को उससे भी आधी अवधि के लिए। यह कैसा संविधान है कि आधे या चौथाई वर्ष के लिए भी सांसदों और विधायकों की कुल दस प्रतिशत संख्या पर्याप्त होती है। दस प्रतिशत वांछित गणपूर्ति के बावजूद भी कई बार विधान मण्डलों की कार्यवाही स्थगित करनी पड़ती है। यही हाल स्पीकरों का है। देश के कई स्पीकर सदन के नेता के पिछलग्गू ही ज्यादा सिद्ध हुए हैं।

— **कनक तिवारी**

भारतीय संविधान-7

न्यायपालिका

(Indian Constitution-7)

संविधान सभा ने तीन वर्षों की बहस के बाद भारत के इतिहास में पहली बार स्वतंत्र न्यायपालिका की स्थापना की। प्राचीन भारतीय व्यवस्था में शासक ही न्याय-प्रमुख था। शासन प्रमुख के रूप में लिए गये निर्णयों और व्यवस्था के कार्यों की जवाबदेही लेते हुए उसे न्यायोन्मुख आत्म-समीक्षा करनी होती थी। उसे नैतिक बनाये रखने के लिए गुरुकुल, आश्रम, राजमहल और दरबार में निष्पक्ष लोगों की उपस्थिति होती थी। मौजूदा संविधान पूरी तौर पर युरो-अमेरिकी आधुनिक अवधारणा पर आधारित है। ब्रिटिश शासनकाल में प्रशासक ही निचले स्तर पर न्याय अधिकारी होते थे। कालांतर में न्यायपालिका और कार्यपालिका को अलग किया गया। हाईकोर्ट और सुप्रीम कोर्ट संविधानजनित होने के बावजूद संविधान की व्याख्या करने और जरूरत पड़ने पर विधायिकाओं के अधिनियमों को निरस्त करने में समर्थ हैं। अमेरिकी नस्ल के मूल अधिकारों के भारतीय रूपांतरण पर विचार करते हुए अंग्रेज़ी पद्धति के अनुतोष और राहत देने के अधिकार हैं। हाई कोर्ट और सुप्रीम कोर्ट पर बौद्धिक अकादमिक और नैतिक उत्तरदायित्व हैं। उनके पालन के ज़रिये संविधान के मक़सदों को फलीभूत किया जा सकता है। संविधान की प्रारूप समिति के अध्यक्ष डॉ. भीमराव आम्बेडकर ने न्यायपालिका की भूमिका को ज़रूरत से ज़्यादा अहमियत दी थी। उनका सद्भावनापूर्ण विश्वास था कि भविष्य में ऊँची अदालतों के न्यायाधीश अपेक्षित आदर्श आचरण करेंगे। यही वजह है कि संविधान में केंद्र सरकार या संसद का कोई मुख्यालय निर्धारित नहीं किया गया है लेकिन सुप्रीम कोर्ट को दिल्ली में ही स्थापित करने का उल्लेख है।

संविधान में हाईकोर्ट का क्षेत्राधिकार सुप्रीम कोर्ट से ज्यादा विस्तृत है। यह बात स्वयं सुप्रीम कोर्ट ने कही है। सुप्रीम कोर्ट केवल मूल अधिकारों के क्षतिग्रस्त होने पर हस्तक्षेप करता है। वैधानिक, नागरिक, सामाजिक, राजनीतिक और आर्थिक आधारों पर हाईकोर्ट को अधिकारिता होती है। इन संविधान न्यायालयों को गठित करने का मक़सद यही था कि आज़ाद देश में यह महसूस हो कि मनुष्य ज़्यादा गरिमामय हो गया है। वह ब्रिटिश काल का दोयम दर्जे का भारतीय नहीं रहा। वह हर सरकारी अन्याय के ख़िलाफ़ अदालतों का दरवाज़ा खटखटा सकता है। अपेक्षा की गयी है कि अदालतें संविधान की आयतों के अनुरूप फ़ौरी न्याय भी देंगी। फिर भी, संविधान लागू होने के बाद न्यायपालिका ने अपने अधिकार-क्षेत्र का विस्तार किया है

और 'न्यायिक पुनरावलेकन' का सिद्धांत स्थापित किया है। इस संदर्भ में सबसे पहले गोलकनाथ मामले (1967) में अदालत ने यह फ़ैसला दिया कि उसे मूल अधिकारों में संविधान में होने वाले संशोधनों का पुनरावलोकन का अधिकार है। यह संविधान की धारा 368 में संसद में दिये गये संविधान संशोधन के अधिकार पर सीमा लगाने जैसा था। संसद ने चौबीसवें और पच्चीसवें संविधान संशोधन के माध्यम से यह स्पष्ट किया कि उसे संविधान के किसी भी भाग में संशोधन करने का अधिकार है। बाद में, केशवानंद भारती (1973) फ़ैसले के माध्यम से उच्चतम न्यायालय ने इस विवाद का अंत किया। उसने यह स्वीकार किया कि संसद संविधान के किसी भी भाग में संशोधन कर सकती है, लेकिन वह उसके बुनियादी ढाँचे में बदलाव नहीं कर सकती है। यद्यपि अदालत ने बुनियादी ढाँचे को पूरी तरह से परिभाषित नहीं किया, लेकिन इस फ़ैसले से उसे हर संविधान संशोधन की पुनरीक्षा करने का अधिकार मिल गया।

संविधान निर्माताओं ने ऊँची अदालतों का आकाश बुनने में दुनिया के कई संविधानों से प्रेरणा ही नहीं बल्कि उधार लिया है। उनकी यह कोशिश भी रही है कि अदालतों को सम्मान की गरिमा से लीपा जाए। इससे कार्यपालिका और विधायिका सहित आम जनता को भी यह महसूस हो कि यह बेहद महत्त्वपूर्ण संस्था लोकतंत्र के विकास के लिए स्थापित की गयी है। विंस्टन चर्चिल ने कहा था कि न्यायाधीशों को जीवन और आचरण के मानदण्डों पर सामान्य लोगों से अधिक खरा उतरना होता है। भय, पक्षपात, स्नेह और दुर्भावना से परे जाकर न्यायाधीश को अंतरात्मा की आवाज़ पर न्याय करना होता है। अंग्रेज़ी जुमले में उसे सीज़र की पत्नी की तरह संदेह से परे रहना चाहिए। लेकिन संविधान निर्माताओं ने न्यायाधीशों की जवाबदेही का कोई समीकरण नहीं लिखा। निष्पक्षता न्यायप्रियता का समाप्त है। फिर भी न्यायाधीशों के लिए भ्रष्ट, बिकाऊ, दुराचारी और पक्षपाती जैसे बने बनाये लेबल दलाली के बाजार में सुनायी पड़ते हैं। सामान्य जाँच से परे रखे जाने वाले न्यायाधीश स्थाई मिस्टर क्लीन की भूमिका में समझे जाते हैं। जिन तार्किक हथियारों से न्यायाधीश किसी अन्य अधिकारियों को दोषी सिद्ध करते हैं, उन्हें अपने ख़िलाफ़ इस्तेमाल होने की सम्भावना को वे अन्याय के विद्रूप की तरह समझते हैं।

विधायिका और कार्यपालिका की तरह न्यायपालिका संविधान के त्रिभुज का महत्त्वपूर्ण अंग है। यूनान के सत्यशोधक दार्शनिक सुकरात ने न्यायाधीश के चार गुण बताये हैं : उदारतापूर्वक सुनना, बुद्धिमय उत्तर देना, संयमित विचार करना और निष्पक्षतापूर्वक फ़ैसला करना। सदियों तक न्यायाधीशों के इन गुणों पर पुनर्विचार की ज़रूरत किसी को महसूस नहीं हुई है। भारतीय संविधान में भी अनेक जन-अधिकार दर्ज हैं। उनकी व्याख्या करना विधायिका और कार्यपालिका के बदले न्यायपालिका की ज़िम्मेदारी है। क़ानून के समक्ष समता, अंत:करण एवं अभिव्यक्ति की आज़ादी, धार्मिक स्वायत्तता वग़ैरह मनुष्य की संदर्भित गरिमाएँ न्यायपालिका की व्याख्याओं के हवाले हैं। लोगों को अपने अधिकारों के नष्ट होने या छिन जाने का लगातार ख़तरा बना होता है। अन्यायी हथियारों में नौकरशाही सबसे प्रमुख है। पीड़ित व्यक्ति अदालतों के दरवाज़ों पर दस्तक देता है। न्यायालयों को ऐसी हालत में जन-न्याय करने के लिए संविधान ने असाधारण अधिकार भी दिये हैं। वे संसद और विधानसभाओं में पारित अधिनियमों तक को रद्द कर सकते हैं। साथ ही न्याय-निर्णयों को लागू करने के आदेश भी दे सकते हैं। आवश्यक होने पर न्यायालयों की अवमानना करने के लिए दण्डित भी कर सकते हैं। यह कहना बेमानी, ग़लत और निरर्थक है कि न्यायाधीश राज्य सत्ता की शाही थैली और तलवार दोनों के दुरुपयोग पर नियंत्रण कर सकते हैं। लेकिन फिर भी विधायिका और कार्यपालिका से पिटा आम आदमी न्यायपालिका के विवेक पर ही निर्भर होता है।

एक अवधारणा न्यायालय की भाषा को लेकर भी है। अंग्रेज़ी के मुक़ाबले हिंदी अथवा प्रादेशिक भाषा में न्याय करते हुए हमारे संविधान न्यायालय भी भविष्य की पीढ़ियों के लिए सोच विचार और संवाद की एक ताज़ातरीन अभिव्यक्ति गढ़ सकते हैं। न्यायाधीश सामाजिक जीवन के विग्रह के कीचड़ में रहकर भी अपना यश बचाये रख सकते है। उन्हें निजी पुस्तकालय विकसित करना तथा न्यायिक क्षेत्र में किये जा रहे शोध-कार्यों से परिचित होना श्रेयस्कर है। कम्प्यूटर और इंटरनेट के युग में ऐसा करना ज़रूरी है। वरिष्ठ न्यायाधीशों, अधिवक्ताओं तथा विधि के प्राध्यापकों से सम्पर्क रखना भी कनिष्ठ न्यायाधीशों के लिए उचित होगा। निचली अदालतों में मातृभाषा गूँजती है। पक्षकार को कुछ-कुछ समझ में आता है कि क्या कुछ हो रहा है। लेकिन उच्चतम और उच्च न्यायालय तो अंग्रेज़ी के संगीत के रियाज़-घर हैं। वहाँ तरह तरह की अंग्रेज़ी चहकती है। कहीं पंजाबी, कहीं बंगाली या मद्रासी या बिहारी। पक्षकार को समझ ही नहीं आता कि जज साहब सहसा हँसने क्यों लगते हैं या फिर वह उसके वकील को डाँटने क्यों लगते हैं। अंग्रेज़ी फिल्मों के दर्शकों की तरह न्यायालय कक्ष में बैठे लोग थोड़े-थोड़े अंतराल में हँसते रहते हैं। बाहर निकलकर एक वकील साहब अपने पक्षकार को बताते हैं कि वह जीत गया। दूसरे वकील साहब अपने पक्षकार को बताते हैं कि वह हार गया।

सुप्रीम कोर्ट ने पिछले कई वर्षों से एक अनुदार संकोच भी ओढ़ लिया है कि उसे जनहित याचिकाओं को महत्त्व नहीं देना है। जनहित याचियकाओं का थोड़ा बहुत दुरुपयोग हुआ होगा। लेकिन इस नायाब नुस्ख़े ने भारतीय न्यायिक जीवन में

नयी आस्था का संचार भी किया है। जनहित याचिकाओं के विरोधी न्यायाधीश कृष्णा अय्यर और भगवती जैसे कालजयी न्यायविदों के मुक़ाबले कहाँ ठहर पायेंगे। न्यायिक सक्रियता के मौसम में देश और दुनिया को कुछ बेहतर महसूस होता रहा है।

स्वतंत्र न्यायपालिका की शुरुआत में उच्चतम न्यायालय और उच्च न्यायालयों ने स्वस्थ परम्पराएँ विकसित की। कुछ विश्वस्तरीय प्रणम्य न्याय-निर्णय हुए। बहुत से उच्च कुलीन न्यायाधीश इंग्लैण्ड में ही पढ़े थे। उनकी तात्त्विक समझ बर्तानवी विधि में होने के बावजूद उन्होंने देशज तर्कशीलता के अच्छे उदाहरण प्रस्तुत किये। फिर प्रयोगधर्मी दौर आया। ब्रिटिश विधि में पारंगत न्यायविदों ने विशेषकर सम्पत्ति के अधिकार को अहमियत देनी शुरू की। इससे नवधनाढ्य उद्योगपतियों और भारतीय कम्पनियों को फ़ायदा हुआ। इंदिरा-युग में राष्ट्रीयकरण का नारा इसीलिए बुलंद हुआ। संविधान को ही बुनियादी तौर पर परिवर्तित करने के प्रयत्न हुए। लेकिन आपातकाल में सुप्रीम कोर्ट की मुश्कें कस दी गयीं। तत्कालीन मुख्य न्यायाधीश वाई.वी. चंद्रचूड़ ने बाद में आत्मग्लानि के साथ यह स्वीकार भी किया कि न्यायपालिका आपातकाल में खौफ़ज़दा हो गयी थी। देश और सुप्रीम कोर्ट एक साथ मिलकर कई अवरोधों से लड़ चुके हैं। जस्टिस कृष्ण अय्यर, पी.एन. भगवती, के.के. मैथ्यू, सगीर अहमद, चिनप्पा रेड्डी आदि ने कई मोर्चों पर जनहित याचिकाओं और न्यायिक सक्रियता के मानदण्ड स्थिर किये। फिर वैश्विक बाज़ारवाद का शिकंजा भारत पर कसता गया। उसके कारण ऐसी विचारधारा सत्तामूलक हुई जो वैश्विक बाज़ार के अनुकूल है। बाज़ारवाद की संस्कृति में भी कई न्यायाधीश हैं जो न्यायिक इतिहास के नये परिच्छेद लिख सकते हैं, बशर्ते उनमें वही कर्त्तव्य बोध, नैतिक शक्ति और सत्य के प्रति आग्रह की अंत:सलिला बहती रहे। सुप्रीम कोर्ट का काम केवल किसी की टाँग खिंचाई या जगहँसाई कराना नहीं है। कार्यपालिकाओं को गुमान हो गया है कि अदालतें उनका कुछ नहीं बिगाड़ सकतीं। जब तक कार्यपालिका को यह अहसास रहेगा कि अदालतें उसके साथ हैं, तब तक लोकतंत्र के ऊपर विनाश के बादल मंडराते रहेंगे। एक बार इतिहास न्यायिक सक्रियता और जनहित याचिकाओं की वापसी के युग में फिर आ सकता है। कई न्यायाधीश वक़्त के साथ नहीं चल पा रहे हैं। उनका ज्ञान संकीर्ण, दृष्टिकोण बासी और सेवा भावना पूँजीपतियों की तरह है। लोकतंत्र में सुप्रीम कोर्ट को जनता पर हुकूमत नहीं, नुमाइंदगी करनी होती है। मौजूदा सुप्रीम कोर्ट के कई न्यायाधीश अपनी पीड़ा के साथ ऐसा इज़हार करते रहते हैं।

— **कनक तिवारी**

भारतीय संविधान-8

पंचायती राज

(Indian Constitution-8)

डॉ. राजेंद्र प्रसाद पहले अपवाद थे जिन्होंने बापू के पंचायती राज के संविधान के प्रारूप में विलोप के कारण कुछ खटपट की थी। प्रसाद ने 10 मई, 1948 को संविधिक सलाहकार बी.एन. राव को पत्र लिखा कि वे संविधान के प्रारूप में कुछ संशोधन प्रस्तुत करना चाहते हैं। इस पत्र के साथ राजेंद्र प्रसाद ने एक लेख की कतरन भी भेजी थी। यह लेख स्वतंत्र नामक पत्र में 24 अप्रैल, 1948 को किन्हीं के.एस. वेंकटरमणी के नाम से प्रकाशित हुआ था। प्रसाद ने दो टूक लहजे में लिखा, गाँव इस देश में हमारी बुनियादी इकाई रहे हैं और रहेंगे। राजेंद्र प्रसाद गाँधी की तरह बालिग मताधिकार के आधार पर केवल ग्राम पंचायतों का चुनाव कराये जाने के पक्षधर थे। उसके बाद पंचायतें प्रदेश और केंद्र की विधायिकाओं का निर्वाचन कर सकती थीं। जितनी दृढ़ता से राजेंद्र प्रसाद ने ग्राम पंचायतों की संसदीय गरिमा की वकालत की थी, लगभग उतनी ही दृढ़ता से सलाहकार ने उनके प्रस्ताव को ख़ारिज कर दिया। उनके अनुसार निचले स्तर की स्वायत्त संस्थाओं की विधायन जैसे महत्त्वपूर्ण अधिकारों का सीधा निर्वाचक बनाना सम्भव और उचित नहीं होगा।

संविधान सभा में संविधान के उद्देश्यों तथा लक्ष्यों वाला प्रस्ताव 13 दिसम्बर, 1946 को लाया गया। अगस्त, 1947 में संविधान सभा में प्रस्तावित संविधान का प्रारूप बी.एन. राव के सलाहकार नेतृत्व की टीम ने प्रस्तुत किया। सदस्यों की खुसफुसाहट के बीच 29 अगस्त, 1947 को संसदीय कार्यमंत्री ने एक समिति गठित करने का प्रस्ताव रखा, जो संविधान के प्रस्तावित मूलपाठ के सूक्ष्म परीक्षण के बाद आवश्यकतानुसार संशोधन सुझाये। उपसमिति ने अंतत: 4 नवंबर, 1948 को संशोधित प्रारूप बहस के लिए मुहैया कराया। इसी बीच उप-समिति द्वारा संविधान का प्रारूप सदस्यों के बीच विचारार्थ वितरित किया गया। संशोधित प्रारूप में पंचायती राज व्यवस्था के संबंध में कोई उल्लेख नहीं था। पूरे विषय का ही विलोप संविधान के मूलपाठ में शुरू से विद्यमान रहा। संविधान के उद्देश्यों तथा लक्ष्यों पर बहस के दौरान कई सदस्यों ने पंचायती राज के उल्लेख की उपेक्षा का पुरज़ोर सवाल उठाया।

संविधान सभा में 4 से 9 नवम्बर 1948 के बीच पंचायत व्यवस्था की उपेक्षा को लेकर एक जीवंत बहस हुई। अनेक सदस्यों ने गाँधी का उद्धरण देते हुए कठोर स्वरों में यह तर्क रखा कि जब तक संविधान में पंचायत व्यवस्था पर

आधारित स्वराज्य की परिकल्पना की प्रतिबद्धता परिभाषित नहीं की जाती, तब तक संविधान की रचना का ही कोई अर्थ नहीं है। सदस्यों की उत्तेजना का एक महत्त्वपूर्ण कारण डॉ. आम्बेडकर के भाषण का वह अंश था, जिसमें उन्होंने भारतीय गाँवों की राजनीतिक स्थिति का मर्माहत कर देने वाले शब्दों में ख़ाका खींचा था। आम्बेडकर ने उन सदस्यों को आड़े हाथों लिया था जिन्होंने भावावेश में संसदीय बहस में यहाँ तक कह दिया था कि अगर पंचायती राज की व्यवस्था संविधान सभा में नहीं हो सकती तो वे केंद्र तथा राज्य सरकारों का गठन भी नहीं चाहते। आम्बेडकर ने तल्ख़ी में यह कहा कि बुद्धिजीवियों का ग्रामीण प्रेम असीम और कारुणिक दिखाई पड़ता है। उन्होंने व्यंग्य किया कि ऐसा प्रतीत होता है कि इन कथित बुद्धिजीवियों का ग्रामीण प्रेम सर चार्ल्स मेटकाफ़ नामक ब्रिटिश बुद्धिजीवी का भारत के गाँवों का वर्णन था (जिसे उसने इंग्लैण्ड में हाउस ऑफ़ कामन्स की विषय समिति के समक्ष रखा था)। आम्बेडकर ने कहा कि भारतीय गाँवों ने भले ही विदेशी आक्रमणकारियों के हमले झेले होंगे, परंतु उन्होंने लगभग शुतुरमुर्ग की प्रवृत्ति का परिचय दिया और किसी तरह जीवित भर रहे हैं। आम्बेडकर ने बेलाग होकर यह कहा कि यह कथित ग्रामीण गणतंत्र भारत की बर्बादी रहे हैं। उन्होंने सदस्यों से मुख़ातिब होकर पूछा कि गाँव क्या हैं, सिवाय इसके कि स्थानीय झगड़ों के नाबदान के। वे अज्ञान, संकीर्णता तथा सम्प्रदायवाद की मांद है। आम्बेडकर ने यहाँ तक कहा कि उन्हें इस बात की प्रसन्नता है कि संविधान के प्रारूप में गाँवों की बुनियादी इकाइयों के रूप में उपेक्षा की गयी है और उसके बदले व्यक्तियों को इकाई बनाया गया है।

डॉ. आम्बेडकर के कथन की संविधान सभा में कड़ी आलोचना हुई। एक के बाद एक सदस्य ने उठकर उनके कथन का प्रतिकार किया। दामोदर स्वरूप सेठ, शिब्बनलाल सक्सेना, हरि विष्णु कामथ, लोकनाथ मिश्रा, काज़ी सैयद करीमुद्दीन, पंजाब राव देशमुख, अरुण चंद्र गुहा, टी. प्रकाशम, के. सन्थानम, आर.के. सिधवा, पं. ठाकुरदास भार्गव, चौधरी रणवीर सिंह, मुनिस्वामी पिल्लै, दक्षयानी वेलायुधन, गोकुल भाई दौलतराम भट्ट, अलादि कृष्णास्वामी अय्यर, एन.जी. रंगा, एम. अनंतशयनम आयंगार, महावीर त्यागी, कृष्णास्वामी भारती, किशोरीमोहन त्रिपाठी, विशम्भरदयाल त्रिपाठी, मोटूरी सत्यनारायण, सुरेश चंद्र मजूमदार, एम. माधवदास आदि ने डॉ. आम्बेडकर के कथन का कड़ा प्रतिवाद किया।

भारतीय संविधान की रचना का धूमिल ख़याल शायद गाँधी के ज़ेहन में उसी वक़्त आ गया था, जब उन्होंने तिलक के अवसान के बाद कांग्रेस का एक वांछित संविधान के साथ परिष्कार किया था। गाँधी ने कांग्रेस के संविधान में इस बात का प्रावधान किया था कि लगभग 80 प्रतिशत सदस्य अखिल भारतीय कांग्रेस महासमिति में केवल ग्रामीण चुनाव केंद्रों से निर्वाचित होकर जाएँ। उन्होंने अलग प्रस्ताव द्वारा अखिल भारतीय ग्रामोद्योग संघ की स्थापना को भी कांग्रेस की केंद्रीय घोषणा में शामिल किया था। इसी कारण शायद गाँधी 1922 में अंग्रेज़ सरकार द्वारा छह वर्ष के लिए गिरफ़्तार भी किये गये थे क्योंकि ब्रिटिश हुकूमत को इस बात का भय था कि गाँधी धीरे-धीरे (बल्कि शायद तेज़ी से) अपने पैर भारत के सात लाख गाँवों में पसार कर हुकूमत के लिए मुसीबत खड़ी कर सकते हैं। गाँधी हालाँकि दो वर्ष बाद रिहा कर दिये गये परंतु उन्होंने उपरोक्त ग्रामीण विचार-समुच्चय को अपने मस्तिष्क से कभी रिहा नहीं किया। ओडीशा के प्रतिनिधि माधवराव ने गाँधी के पुराने कथन को उद्धरित करते हुए याद दिलाया कि कांग्रेस के संविधान के संशोधन के पहले गाँधी ने खुलकर कहा था कि यदि कांग्रेस में अधिकांश सदस्य गाँवों से चुनकर आते हैं तब ही वे हमारे गाँवों के लिए कम से कम सफ़ाई के आदर्श मॉडल अपने अनुभव के आधार पर बना सकेंगे। डॉ. आम्बेडकर की भारतीय ग्रामों के संबंध में की गयी तीखी टिप्पणी भले ही विवादग्रस्त मानी जाए, वह विचारोत्तेजक भी रही है। इसमें कोई शक नहीं कि अपनी तल्ख़ी, कटाक्ष, व्यंग्य और निष्कपट साफ़गोई के बावजूद आम्बेडकर की टिप्पणी तथ्यात्मक दृष्टि से पूरी की पूरी ग़लत नहीं थी।

पंचायत राज की परिकल्पना को लेकर एक ऐसा वक्तव्य भी संविधान सभा में दिया गया था जिसकी प्रासंगिकता आज कहीं अधिक गहरी दिखाई देती है। इस वक्तव्य में एक ओर तो संविधान निर्माताओं को चेतावनी दी गयी थी कि भारतीय आदर्शवादी और भावुक लोग हैं जिन्हें अपने अतीत और व्यतीत से गहरा प्रेम है। वहीं दूसरी ओर ग्राम पंचायत प्रणाली के आग्रही संस्थापकों को भी उन्होंने लगभग झकझोरते हुए कहा कि यदि ग्रामीणों को राज्य व्यवस्था के लिए पूरी तौर पर प्रशिक्षित नहीं किया गया तो उसके दुष्परिणाम भी उन्हें भोगने होंगे। पश्चिम बंगाल के डॉ. मनमोहन दास ने प्रारूप समिति और सदस्यों के बीच हुई सैद्धांतिक तकरार में लगभग मध्यस्थ की शक्ल में कहा कि यदि संविधान के मूल पाठ में ही ग्रामीण पंचायत का उल्लेख तक नहीं हुआ है तो शायद संविधान निर्माताओं का मक़सद रहा होगा कि विधायन का यह दायित्व राज्यों पर छोड़ा जाए क्योंकि अनेक राज्यों ने इस संबंध में विधायन की प्रक्रिया शुरू भी की है। दास ने बेलाग होकर कहा कि जब तक हमारे ग्रामीण बंधु पर्याप्त शिक्षित और राजनीतिक दृष्टि से सजग तथा नागरिक अधिकारों के प्रति उत्तरदायी नहीं बन जाते तब तक उन्हें केवल अधिकार और सुविधाएँ देने से उत्तरदायी आचरण के योग्य नहीं बनाया जा सकता। उन्होंने एक ख़तरे की ओर भी संकेत किया था कि यदि ग्रामीणों को

पूरी तौर पर शिक्षित करने के पहले ही पंचायत की प्रशासनिक व्यवस्था लागू कर दी गयी तो सत्ता के दलालों की बन आयेगी। ज़मींदार, तालुकदार, महाजन और सभी तरह से सत्ता के दलाल ग्रामीण प्रतिनिधियों का मुखौटा लेकर इस पूरी प्रणाली का शोषण करेंगे।

संविधान सभा में कुछ ऐसे सदस्य भी रहे हैं जिन्होंने प्रारूप समिति द्वारा भारत के संविधान के मूल पाठ के प्रति एतराज नहीं किया बल्कि उसे समर्थन दिया। बालकृष्ण शर्मा नवीन, बेगम एजाज रसूल, सारंगधर दास, रामचन्द्र गुप्ता, ओ.पी. अलगेसन, दुर्गाबाई देशमुख, सरदार सोचेतसिंह, जसपतराय कपूर आदि ने एक मज़बूत केंद्र की अवधारणा के पक्ष में अपने बयान किये। गाँधी के निधन के कुछ माह बाद हुए संवैधानिक वाद विवाद में गाँधी के विचार धूमिल भी हो रहे थे। आज़ादी के आंदोलन में सक्रिय हिस्सेदारी करने वाले कुछ सदस्यों को भी गाँधी का ग्राम्य विचार संदर्भहीन नजर आने लगा था। इस सिलसिले में हिंदी के समर्थक और लेखक बालकृष्ण शर्मा नवीन का यह कथन ध्यान देने योग्य है : 'महात्मा गाँधी अतिकेंद्रकरण, ओवर सेंट्रलाइजेशन के विरुद्ध थे। मेरे मित्र को यह पता होना चाहिए कि इसेंशियली महात्मा गाँधी वाज एन एनार्किस्ट। महात्मा गाँधी एक फिलॉसॅफ़िकल अनार्किस्ट, एक अराजकतावादी थे। तत्त्व रूप से वह अराजकता को हितकर समझते थे, क्योंकि वह व्यक्ति को इतना ऊँचा बना देना चाहते थे, जहाँ उसे किसी प्रकार के बाह्य नियंत्रणों की आवश्यकता न हो। हम और आप इतने ऊँचे प्राणी नहीं हैं। हमारे लिए अराजकतावाद और महात्मा गाँधी के शब्दों को दुहरा कर उनके अनुसार कार्य करने का प्रयास हास्यास्पद होगा, और इसलिए महात्मा गाँधी के शब्द यहाँ पर दुहराना व्यर्थ है।'

कुल मिलाकर संविधान सभा की केंद्रीय बहस में जब पंचायती राज की अवधारणा को मूल अधिकारों के परिच्छेद में उल्लेख नहीं होने पर नीति निर्देशक सिद्धांतों के खण्ड में रखा गया तब अधिकतर सदस्यों की चेतना एक गहरे अपराध बोध से ग्रस्त हो गयी थी। लगभग सभी सदस्यों ने इस बात पर क्षतिपूर्ति मिलने की शैली में संतोष व्यक्त किया कि भले ही स्वशासन की इस बुनियादी पाठशाला को मूलभूत अधिकारों में स्थान नहीं मिला, तब भी नीति निर्देशक सिद्धांतों के तहत उसे रखने से अब राज्य की विधायिकाओं का कर्त्तव्य होगा कि पंचायत राज की अवधारणा को गाँधी जी के सपनों के संदर्भ में बल्कि भारतीय राजनीतिक सिद्धांतों को पुष्ट किया जाए।

विकास की अवधारणा को लेकर संविधान में एक महत्त्वपूर्ण संशोधन तब हुआ जब नीति निर्देशक सिद्धांतों के अध्याय में उल्लिखित पंचायती राज और नगर पालिका संस्थाओं को संविधान के 73वें और 74वें संशोधन के द्वारा संवैधानिक दर्जा किया गया। अनेक तरह के प्राथमिक और मैदानी विकासों की ज़िम्मेदारियों से इन संस्थाओं को युक्त घोषित किया गया ताकि उच्च कुलीन राजनीति संस्थाओं पर उनकी निर्भरता कम हो।

देखें : अनुसूचित जातियाँ, अनुसूचित जनजातियाँ, अन्य पिछड़े वर्ग, आदिवासी प्रश्न–1 से आरक्षण, कन्हैयालाल माणिक लाल मुंशी, भारत में सार्विक मताधिकार, भीमराव रामजी आम्बेडकर, रॉल्स का न्याय-सिद्धांत, अरस्तू, आदिवासी प्रश्न–1, 2, 3 और 4, भारत में स्त्री-आरक्षण–1 और 2, संविधान सभा में भाषा-विवाद–1 से 3 तक।

संदर्भ

1. डॉ. दुर्गा दास बसु (2007), *इंड्रोडक्शन टू द कॉन्स्टीट्युशन ऑफ़ इण्डिया* (उन्नीसवाँ संस्करण), वाधवा, नागपुर.
2. शिवानी किंकर चौबे (2009), *द मेकिंग ऐंड वर्किंग ऑफ़ द कॉन्स्टीट्युशन,* नैशनल बुक ट्रस्ट, नयी दिल्ली.
3. राजीव भार्गव (सम्पा.) (2008), *पॉलिटिक्स ऐंड इथिक्स ऑफ़ कॉन्स्टीट्युशन,* ऑक्सफ़र्ड युनिवर्सिटी प्रेस, नयी दिल्ली.
4. राजीव भार्गव (2008) 'इंट्रोडक्शन : आउटलाइन ऑफ़ अ पॉलिटिकल थियरी ऑफ़ कॉन्स्टीट्युशन', राजीव भार्गव (सम्पा.), *पॉलिटिक्स ऐंड इथिक्स ऑफ़ कॉन्स्टीट्युशन,* ऑक्सफ़र्ड युनिवर्सिटी प्रेस, नयी दिल्ली.
5. भीखू पारिख (2008), 'द कॉन्स्टीट्युशन ऐज अ स्टेटमेंट ऑफ़ आइडेंटिटी', राजीव भार्गव (सम्पा.), *पॉलिटिक्स ऐंड इथिक्स ऑफ़ कॉन्स्टीट्युशन,* ऑक्सफ़र्ड युनिवर्सिटी प्रेस, नयी दिल्ली.
6. थॉमस पैंथम (2008), 'गाँधी ऐंड द कॉन्स्टीट्युशन : पार्लियामेंटरी स्वराज ऐंड विलेज स्वराज', राजीव भार्गव (सम्पा.), *पॉलिटिक्स ऐंड इथिक्स ऑफ़ कॉन्स्टीट्युशन,* ऑक्सफ़र्ड युनिवर्सिटी प्रेस, नयी दिल्ली.
5. इवोर जैनिंगस (1953), *सम कैरेक्टरिस्टिक्स ऑफ़ कॉन्स्टीट्युशन,* ऑक्सफ़र्ड युनिवर्सिटी प्रेस, ऑक्सफ़र्ड.
6. सी. एच. अलेक्जेण्ड्रॉविच (1957), *कॉन्स्टीट्युशनल डिवलपमेंट इन इण्डिया,* ऑक्सफ़र्ड युनिवर्सिटी प्रेस, ऑक्सफ़र्ड.
7. बी. शिवा राव, (1967), *द फ्रेमिंग ऑफ़ कॉन्स्टीट्युशन : सेलेक्टेड डॉक्यूमेंट्स,* खण्ड 1, इंस्टीट्युट ऑफ़ पब्लिक एडमिनिस्ट्रेशन, नयी दिल्ली.
8. सेसिल फ़ेबर (1999), *सोशल राइट्स अंडर द कॉन्स्टीट्युशन,* ऑक्सफ़र्ड युनिवर्सिटी प्रेस, ऑक्सफ़र्ड.
9. विभूति भूषण मिश्र (1987), *इवोल्यूशन ऑफ़ द कांस्टीट्यूशनल हिस्ट्री ऑफ़ इण्डिया, 1773–1945,* मित्तल पब्लिकेशंस, नयी दिल्ली.
10. एस.वी. देशिका चर (1983), *रीडिंग्ज़ इन द कांस्टीट्यूशनल हिस्ट्री ऑफ़ इण्डिया, 1757–1947,* ऑक्सफ़र्ड युनिवर्सिटी प्रेस, नयी दिल्ली.
11. विद्याधर महाजन (1971), *कांस्टीट्यूशनल हिस्ट्री ऑफ़ इण्डिया, इनक्ल्यूडिंग द नैशनलिस्ट मूवमेंट,* एस. चाँद, नयी दिल्ली.
12, आर्थर बेरीडेल कीथ (196 1), *ए कांस्टीट्यूशनल हिस्ट्री ऑफ़ इण्डिया, 16 00–1935,* मेथ्युन, मिशिगन.
13. आर.सी. लाहोटी (2004), *द स्पिरिट ऐंड द बैकबोन ऑफ़ द*

कांस्टीट्यूशन ऑफ़ इण्डिया, ईस्टर्न बुक कम्पनी, लखनऊ.

14. एस.एन. मिश्रा और एस.एस. सिंह (1993), *रोड्स टू मॉडल पंचायती राज*, मित्तल पब्लिकेशंस, नयी दिल्ली.
15. एच. एम. सीरवई (1991), द *कांस्टीट्यूशनल लॉ ऑफ़ इण्डिया, अ क्रिटिकल कमेंट्री*, एम. एन. त्रिपाठी, बम्बई..
16. दुर्गादास बसु (1982), *इंट्रोडक्शन टू द कांस्टीट्यूशन ऑफ़ इण्डिया*, प्रेंटिस हॉल ऑफ़ इण्डिया, नयी दिल्ली.
17. ऐलेन ग्लेडहिल (1955), *फ़ंडामेंटल राइट्स इन इण्डिया*, स्टीवन ऐंड संज़, न्यूयॉर्क.
18. के.पी. कृष्णा शेट्टी (196 9), *फ़ंडामेंटल राइट्स ऐंड सोसियो-इकॉनॉमिक जस्टिस इन द कांस्टीट्यूशन*, चैतन्य पब्लिशिंग हाउस, नयी दिल्ली.
19. ग्रेनविले ऑस्टिन (1966), द *कांस्टीट्यूशन : कॉर्नरस्टोन ऑफ़ अ नेशन*, ऑक्सफ़र्ड युनिवर्सिटी प्रेस, नयी दिल्ली.
20. एन.वी. राजकुमार (1948), *डिवेलपमेंट ऑफ़ द कांग्रेस कांस्टीट्यूशन*, इण्डियन नैशनल कांग्रेस, नयी दिल्ली.
21. मामीडिपुडी वेंकटरंगैया (1945), द *केस फ़ॉर अ कॉन्स्टीटुएंट एसेम्बली ऑफ़ इण्डिया : अ हिस्टोरिकल ऐंड कम्परेटिव स्टडी*, हिंद किताब्ज़, नयी दिल्ली.

— कनक तिवारी

भारतीय संघवाद

(Indian Federalism)

संघवाद भारतीय राजनीतिक प्रणाली का मुख्य लक्षण है। संविधान-निर्माताओं ने भारत की बहुजातीय, बहुसांस्कृतिक, बहुभाषी और बहुधार्मिक सामाजिक संरचना के मद्देनज़र राजनीतिक प्रणाली की संकल्पना राज्यों के एक ऐसे संघ के रूप में की थी जिसे एक सुदृढ़ केंद्र के ज़रिये एकता के मज़बूत बंधनों में बाँधना था। आज़ादी के फ़ौरन बाद भारतीय नेतृत्व ने बाहरी और भीतरी ख़तरों की चुनौतियों के साथ-साथ तेज़ विकास और आधुनिकीकरण की माँगों से निबटने के लिए केंद्र को ताक़तवर करने पर ज़ोर दिया, और साथ में केंद्रीकृत नियोजित विकास की पद्धति अपनायी। इस तत्कालीन रुझान के कारण संवैधानिक और राजनीतिक धरातल पर भारतीय राजनीतिक प्रणाली में संघवाद का संस्थानीकरण पुष्ट नहीं हो पाया। लेकिन शुरुआती दौर की दुश्चिंताओं के गुज़र जाने के बाद इस प्रणाली ने क्षेत्रीय हितों और राज्यों के अधिकारों की चिंता करनी शुरू कर दी। आज का भारत संघात्मक तर्ज़ पर विकसित होते हुए एक बहुभाषी, बहुसांस्कृतिक और बहुजातीय संघ बन चुका है, एक ऐसा संघ जो राष्ट्रीय और अंतर्राष्ट्रीय अभिव्यक्ति के लिए सुदृढ़ केंद्र पर निर्भर है।

संघात्मकता के विकास की प्रक्रिया कुल मिला कर तीन चरणों में चली। पहला दौर आज़ादी मिलने से लेकर साठ के दशक के मध्य तक रहा। राजनीतिशास्त्रियों के बीच यह अवधि 'कांग्रेस प्रणाली' के वर्चस्व के रूप में और संघवाद के लिहाज़ से यह भाषाई आधार पर राज्यों के पुनर्गठन के लिए भी जानी जाती है। मोटे तौर पर यह कांग्रेस-शासित केंद्र और उसी के प्रभाव में चलने वाले राज्यों का ज़माना था। प्रधानमंत्री जवाहरलाल नेहरू क्षेत्रीय राजनीति में सीधा हस्तक्षेप करने के बजाय मध्यस्थता का रवैया अपनाते थे। कांग्रेस ज़रूरत पड़ने पर स्थानीय नेतृत्व को राष्ट्रीय सत्ता की संरचना के साथ जोड़ने के लिए उन्हें रियायतें देने के लिए तैयार रहती थी। दूसरा दौर 1967 में चौथे लोकसभा चुनाव के बाद शुरू हुआ जिसके परिणामस्वरूप देश में कांग्रेस की राजनीतिक ताक़त काफ़ी घट गयी। उसमें सांगठनिक विभाजन भी हो गया। अस्सी के दशक तक चलने वाला यह दौर उदीयमान क्षेत्रीय राजनीतिक ताक़तों और केंद्र में सत्तारूढ़ शक्तियों के बीच एक संक्रमणकालीन क़िस्म की आपसी होड़ का था। इस दौरान केंद्र ने कई बार संवैधानिक प्रावधानों का प्रयोग करके चुनी हुई राज्य सरकारों को भंग किया, और सत्तारूढ़ पार्टी के राजनीतिक स्वार्थों को सिद्ध करने के लिए राज्यपालों से मनमानी रपटें मँगायी गयीं। यही वह दौर था जब केंद्र और राज्यों के बीच संसाधनों के बँटवारे का विवाद उभरा और इस संबंध की जाँच करने के लिए सरकारिया आयोग बैठाया गया। तीसरा दौर अस्सी के दशक के आख़िरी वर्षों से शुरू हुआ, जब क्षेत्रीय ताक़तें राज्यों के दायरे से निकल कर केंद्रीय राजनीति में हस्तक्षेप करने और कांग्रेस विरोधी राष्ट्रीय दलों के साथ गठजोड़ बना कर सत्तारूढ़ होने की स्थिति में आ गयीं। यह तीसरा दौर संघात्मकता को शिखर पर पहुँचाने वाला साबित हुआ।

इस समय भारत की शासन-प्रणाली दिल्ली स्थित केंद्र और संघीय इकाइयों (28 राज्यों और सात केंद्र शासित प्रदेशों) के बीच बँटी हुई है। संविधान पूरे देश के लिए एक ही नागरिकता का प्रावधान करता है। लोग केवल भारत के ही नागरिक हो सकते हैं, प्रदेशों की अलग से नागरिकता के लिए कोई गुंजाइश नहीं है। संविधान ने अपने अनुच्छेद 5, 11, 14. 15. 44, 131-41 और 312 से भी साफ़ कर दिया है कि भारतीय राज्य संघात्मक होते हुए भी केंद्राभिमुख है। अनुच्छेद 365 के तहत संघीय संसद और कार्यपालिका को राज्यों के बरक्स सभी मामलों में बढ़ोतरी दी गयी है। चाहे राज्यों की सूची में दर्ज मामलों के बारे में क़ानून बनाने का सवाल हो, राज्यपालों की नियुक्ति और बर्ख़ास्तगी का मुद्दा हो या राज्यों के हाई कोर्टों में जजों की नियुक्ति का प्रश्न हो।

केंद्र में लोकसभा और राज्यों में विधानसभाएँ प्रत्यक्ष निर्वाचन के ज़रिये चुनी जाती हैं। इन दोनों के बीच शक्तियों का विभाजन स्तम्भीय क़िस्म का है। दिल्ली की सरकार के

हाथ में 'केंद्रीय सूची' में दर्ज शक्तियाँ (प्रतिरक्षा, आणुविक ऊर्जा, वैदैशिक मामले, नागरिकता, परिवहन, मुद्रा, डाक, बैंकिंग, बीमा, चुनावी क़ानून, सुप्रीम कोर्ट का संघटन, विभिन्न क्षेत्रों में कराधान, प्राकृति संसाधनों का बंदोबस्त, केंद्र शासित प्रदेशों के मसले) हैं। प्रदेशों के हाथ में 'राज्य की सूची' में दर्ज शक्तियाँ (शांति-व्यवस्था, पुलिस, जन-स्वास्थ्य, स्वशासी संस्थाएँ, कृषि, जल, भूमि, प्रादेशिक जन-सेवाएँ और राज्य स्तर पर कराधान) हैं। इसके अलावा एक तीसरी 'अनुवर्त्ती सूची' भी है जिसके तहत केंद्र और राज्य के परस्परव्यापी विषय आते हैं; जैसे, भूमि सुधार क़ानून, अल्पसंख्यकों से संबंधित मसले। टकराव होने पर केंद्र द्वारा बनाये गये क़ानून को प्राथमिकता मिलती है। प्रत्येक सूची में कराधान द्वारा आमदनी का उल्लेख है जिससे संबंधित विवाद की स्थिति में दोनों पक्ष सुप्रीम कोर्ट की शरण ले सकते हैं। शक्तियों के बँटवारे का एक चौथा स्वशासी संस्थाओं का स्तर भी है जिनके पास स्थानीय स्तर पर आर्थिक विकास के अधिकार हैं। शासन के इन स्तरों के बीच पुल के तौर पर काम करने वाली संस्थाएँ हैं : वित्त आयोग, अंतर्राज्यीय परिषद्, अंतर्राज्यीय पंचाट, राष्ट्रीय विकास परिषद् और कई तरह के अनौपचारिक मंच।

भारतीय संघवाद के अध्येताओं की मान्यता है कि भारत ने अपनी शुरुआत एक ऐसे संघात्मक राज्य के रूप में की थी जिस पर केंद्राभिमुखता की प्रवृत्तियाँ हावी थीं और जिसमें राज्य केंद्र के साथ मज़बूत बंधनों में बँधे हुए थे। धीरे-धीरे (1956 के बाद से लगातार) संघात्मकता का प्रतिशत बढ़ा, लेकिन केंद्र के साथ राज्यों के बंधन कमज़ोर नहीं हुए। भारतीय संघवाद के विकास का अनुभव पश्चिमी (ख़ासकर संयुक्त राज्य अमेरिका) अनुभव से अलग है। दोनों के बीच पाँच बड़े अंतरों की शिनाख़्त की गयी है।

पहला, अमेरिका में ऐतिहासिक रूप से संघ के छोटे और कमज़ोर घटकों के पास भी बड़े और मज़बूत घटकों के मुक़ाबले सत्ता और सम्प्रभुता के मामले में सौदेबाज़ी की ताक़त है। इसके पीछे परस्पर सुरक्षा के मक़सद से होने वाला लेन-देन रहा है। भारत की ऐतिहासिक स्थिति भिन्न थी। यहाँ संघ बनने से पहले ही देश का विभाजन और 586 देशी रियासतों का भारतीय संघ में विलय हो चुका था। केंद्र के मुक़ाबले राज्यों के पास सौदेबाज़ी की ताक़त नहीं रह गयी थी।

दूसरा, भारतीय संविधान ने जिस तरह की संघीयता को अपनाया, उसके केंद्र में परस्पर सहयोगात्मकता का उसूल था, जबकि अमेरिकी संविधान ने अपनी संघात्मकता को विभिन्न इकाइयों के अलग-अलग प्राधिकार-क्षेत्रों के रूप में कल्पित किया था। अमेरिका के संघीय घटक अपने-अपने दायरों में बिना एक-दूसरे से प्रभावित हुए सत्ता और अधिकारों का उपभोग करते रह सकते हैं। वहाँ किसी एक को अधिक ताक़त का मतलब है दूसरे की ताक़त में कमी। जबकि भारत में संघीय घटक सहयोगात्मक रवैया अख़्तियार करते हुए अधिक शक्तियों के लिए होड़ कर सकते हैं। दूसरे, परिस्थिति के मुताबिक़ संविधान के केंद्रात्मक या संघात्मक पहलुओं पर ज़ोर दिया जा सकता है।

तीसरा, अमेरिकी संघवाद का चरित्र संवैधानिक रूप से सुडौल और संतुलित है। इसके उलट भारतीय संघवाद संवैधानिक रूप से बेडौल और असंतुलित माना जाता है। उसके विभिन्न घटकों की क़ानूनी हैसियतों और विशेष सुविधाओं के बीच अंतर है। इस लिहाज़ से देखा जाए तो भारत अमेरिका के मुक़ाबले कम संघीय है, पर कुछ अर्थों में अपनी बेडौलता के कारण ही वह अधिक संघीय भी माना जा सकता है। मसलन, अनुच्छेद 370 के तहत जम्मू और कश्मीर की स्वायत्तता को विशेष दर्जा प्राप्त है। अनुच्छेद 371ए के तहत नगालैण्ड को भी विशेष दर्जा मिला हुआ है। सिक्किम के भारत के विलय के बाद उसे भी विशेष दर्जा दिया गया है। मिज़ोरम के लिए भी विशेष प्रावधान किये गये हैं। गोवा, महाराष्ट्र और गुजरात भी अनुच्छेद 370 के तहत लाभांवित हुए हैं।

चौथा, लोकसभा और राज्यसभा में भारत के विभिन्न राज्यों को आबादी के लिहाज़ से प्रतिनिधित्व मिला हुआ है जो असमान है। अमेरिका के उच्च सदन (जैसे कि भारत की राज्यसभा यानी कौंसिल फ़ॉर स्टेट्स) में सभी राज्यों को समान प्रतिनिधित्व है। इसलिए हुआ यह है कि व्योमिंग जैसे सबसे कम आबादी वाले राज्य की नुमाइंदगी कैलिफ़ोर्निया जैसे विशाल राज्य के बराबर है। दोनों के पास सिनेट की दो-दो सीटें हैं। भारत में कम आबादी वाले राज्य बड़े राज्यों के लोकतांत्रिक आग्रहों को अपनी नुमाइंदगी के दम पर सदन में निष्फल नहीं कर सकते। भारतीय संघवाद का यह चरित्र थोड़े से मतदाताओं को बहुमत की इच्छा नाकाम करने की इजाज़त नहीं देता।

पाँचवाँ, भारतीय राजनीतिक चिंतन की विशेषता है संदर्भमूलकता जिसके कारण वह किसी भी तरह की राजनीतिक अनम्यता से मुक्त रहता है। यही ख़ूबी भारतीय संघवाद में भी पायी जाती है। किसी एक मूल्य को लागू करने के लिए किसी दूसरे मूल्य का त्याग भारतीय विशेषता नहीं है। भारतीय राजनीतिक चिंतन तो दोनों मूल्यों में समरसता निकालने की कोशिशों का नाम है। इसीलिए भारतीय संघवाद केंद्रात्मकता के साथ सहअस्तित्व रख पाने में समर्थ रहा है।

देखें : अनुसूचित जातियाँ, अनुसूचित जनजातियाँ, अन्य पिछड़े वर्ग, आरक्षण, आधुनिकता, अरविंद घोष, आधुनिकीकरण, कन्हैयालाल

माणिकलाल मुंशी, जवाहरलाल नेहरू, जातियों का राजनीतिकरकरण, बंगाल का नवजागरण, भारतीय अभिजन, भारतीय आधुनिकता, भारतीय इसलाम, भारतीय उदारतावाद, भारतीय डायसपोरा, भारत में उपनिवेशवाद, भारतीय नवजागरण : तुलनात्मक परिप्रेक्ष्य, भारत में नियोजन, भारत में प्रातिनिधिक प्रणाली, भारत में पृथकतावादी राजनीति, भारत में मतदान-व्यवहार-1 से 6 तक, भारत में सामाजिक आंदोलन, भारतीय राज्य, भारतीय राष्ट्रवाद, भारतीय लोकतंत्र, भारतीय लोकतंत्र का संस्थानीकरण-1 से 3 तक, भारतीय स्वभाव और राजनीति, भारतीय संविधान-1 से 8 तक, भारतीय सामाजिक आंदोलन, भीमराव रामजी आम्बेडकर, राज्यों का पुनर्गठन-1 से 3 तक, राजा राममोहन राय, विवेकानंद, विनायक दामोदर सावरकर, संघवाद, संविधान सभा में भाषा-विवाद-1 से 3 तक, सामाजिक आंदोलन।

संदर्भ

1. राजीव भार्गव (2006), 'द इवोल्यूशन ऐंड डिस्टिंक्टिवनेस ऑफ़ इण्डियाज़ लिंग्विस्टिक फेडरलिज़म', डेविड टर्टन (सम्पा.), *एथनिक फ़ेडलरिज़म*, जेम्स करी, ऑक्सफ़र्ड.
2. सुब्रत के. दत्त और माल्ट पेल (2010), 'फ़ेडरलिज़म', नीरजा गोपाल जयल और प्रताप भानु मेहता (सम्पा.), *द ऑक्सफ़र्ड कम्पैनियन टु पॉलिटिक्स इन इण्डिया*, ऑक्सफ़र्ड युनिवर्सिटी प्रेस, नयी दिल्ली.
3. निर्मल बनर्जी और बलवीर अरोड़ा (सम्पा.) (1992), *फ़ेडलरिज़म इन इण्डिया : ओरिजिंस ऐंड डिवेलपमेंट*, विकास पब्लिशिंग हाउस, नयी दिल्ली.
4. रशीदुद्दीन ख़ान (1992), *फ़ेडरल इण्डिया : अ डिज़ाइन फ़ॉर चेंज*, विकास पब्लिशिंग हाउस, नयी दिल्ली.

— अभय कुमार दुबे

भारतीय सामाजिक आंदोलन

(Indian Social Movements)

भारत में सामाजिक आंदोलनों की पुरानी परम्परा है। राजनीतिक भागीदारी के औपचारिक संस्थागत दायरों के बाहर रह कर लम्बे अरसे तक संगठित आंदोलनकारी गतिविधियाँ करने की राजनीतिक परम्परा की शुरुआत आज़ादी के पहले ही हो गयी थी। मद्रास प्रेसीडेंसी में चला ब्राह्मण विरोधी आंदोलन और दीर्घ काल तक चलने वाले कई किसान आंदोलन इसके प्रमाण हैं। आज़ादी के तुरंत बाद ज़मीन पर अधिकार के लिए चलाया गया तेलंगाना का संघर्ष और पचास के दशक में भाषावार राज्यों की रचना के लिए चलाये गये संघर्ष भी सामाजिक आंदोलनों की श्रेणी में आते हैं। यह अलग बात है कि अध्येताओं ने इन घटनाओं का अध्ययन करते हुए भी उन्हें किसी विशेष परिघटना के तौर पर नहीं देखा। वैसे भी शुरुआत में भारतीय समाज-वैज्ञानिकों का ज़्यादातर ध्यान औपचारिक राजनीतिक संस्थाओं, चुनावी प्रतिनिधित्व, संघवाद और अंतर्राष्ट्रीय नीति से जुड़ी हुई प्रक्रियाओं को समझने पर ही था। इतिहासकारों ने भी आज़ादी से पहले होने वाली समाज की सामूहिक राजनीतिक कार्रवाइयों को उपनिवेशवाद विरोधी राष्ट्रवादी आंदोलन की विभिन्न धाराओं की संज्ञा दे कर अपना काम चला लिया था। भारत में सामाजिक आंदोलनों की परिघटना पहली बार सत्तर के दशक में रेखांकित की गयी।

अमिता बाविस्कर ने अपने एक सर्वेक्षाणत्मक लेख में बताया है कि सत्तर के दशक में एम.एस.ए. राव और घनश्याम शाह ने भारत के सामाजिक आंदोलनों को श्रेणियों में बाँट कर समझने की चेष्टा की। राव ने भारतीय सामाजिक आंदोलनों को चार भागों में बाँटा : पूरे समाज को बदल डालने के इच्छुक क्रांतिकारी आंदोलन (जैसे नक्सलवाद), सुधारवादी आंदोलन (जैसे पिछड़े वर्गों की मुहिमें), कुछ विशेष सामाजिक समूहों द्वारा अपनी विमुक्ति के लिए चलाई गयी रैडिकल मुहिमें और सीमित परिवर्तन के लिए कुछ ख़ास समूहों द्वारा चलाये जाने वाले वैकल्पिक आंदोलन। शाह ने भी आंदोलनों का वर्गीकरण किया। उन्होंने यह देखने पर ज़ोर दिया कि कोई आंदोलन राजनीतिक प्रणाली में किस तरह का परिवर्तन चाहता है। पचास और साठ के दशक में अमेरिकी समाज-वैज्ञानिकों द्वारा किये जाने वाले सिद्धांतीकरण का इन अध्ययनों पर असर भी था, और साथ में उनके प्रभाव से हट कर विश्लेषण करने की कोशिश भी थी। मसलन, शाह ने सत्तर के दशक में गुजरात और बिहार में चले छात्र आंदोलनों का तुलनात्मक अध्ययन करते हुए इस अमेरिकी थीसिस को नकार दिया कि सामाजिक आंदोलन वंचित होने की स्थितियों से उपजते हैं। कुल मिला कर भारतीय विद्वानों ने अमेरिकी विद्वानों द्वारा विकसित किये संसाधनों की लामबंदी के सिद्धांत को ख़ास तरजीह नहीं दी और सिर्फ़ उसी के आईने में भारतीय स्थितियों को देखने से इनकार किया। घनश्याम शाह द्वारा किये गये छात्र आंदोलनों के अध्ययन की एक विशेषता यह भी थी कि उन्होंने इन मुहिमों को चला रही राजनीतिक शक्तियों की वर्गीय पृष्ठभूमि रेखांकित करते हुए दिखाया कि किस तरह उसके कारण आंदोलनकारी कार्यक्रम और रणनीति को एक ख़ास दिशा मिल रही थी। वर्ग और सामाजिक आंदोलनों की इस अन्योन्यक्रिया ने आगे के कई विश्लेषणों को प्रभावित करना जारी रखा। इस जगह भी भारतीय समाज-वैज्ञानिक उस युरोपीय थीसिस से अलग नज़र आते हैं जो आंद्रे ग्रोज़, रुडोल्फ़ बाहरो और युरगन हेबरमास वग़ैरह ने अस्सी के दशक में सूत्रबद्ध की थी कि सामूहिक राजनीतिक कार्रवाई के लिए वर्ग की श्रेणी कारगर नहीं रह गयी है।

भारतीय परिस्थितियाँ युरोप से बहुत अलग भी थीं। सत्तर के दशक में भारतीय समाज पर संस्थागत दायरों के बाहर अपनी दावेदारी पेश करने वाली राजनीतिक गतिविधियों का ज़बरदस्त उभार हुआ। इसकी पृष्ठभूमि में कांग्रेस की तत्कालीन सरकार की विफलताएँ थीं। वह न तो आर्थिक संकट से निबट पा रही थी, न महँगाई रोक पाने में समर्थ थी और न ही भ्रष्टाचार पर लगाम लगाते हुए दिख रही थी। इसके फलस्वरूप फैले राजनीतिक असंतोष ने सात तरह के आंदोलनों को पानी दिया।

पहली प्रवृत्ति गुजरात में चले नवनिर्माण आंदोलन और बिहार में चले सम्पूर्ण क्रांति आंदोलन की थी जिस पर सर्वोदयी और समाजवादी विचार का मिला-जुला प्रभाव था। छात्रों और युवाओं की यह स्वतंत्र गोलबंदी दक्षिणपंथी और मध्यवर्त्ती राजनीतिक दलों से अलग क़िस्म की थी। दूसरी प्रवृत्ति ज़मींदारों और ठेकेदारों द्वारा शोषित और दमित आदिवासियों-किसानों के बीच मार्क्सवादी-लेनिनवादी विचारधारा वाले वर्ग-आधारित नक्सलवादी आंदोलन की थी जो भारतीय राज्य को सीधी चुनौती दे रहा था। बंगाल, बिहार, आंध्र, केरल और महाराष्ट्र में फैली यह बग़ावत संगठित कम्युनिस्ट पार्टियों के सुविधाजनक वामपंथ का विकल्प देने का आग्रह भी कर रही थी। तीसरी आंदोलनकारी प्रवृत्ति महाराष्ट्र और तमिलनाडु में दलित पेंथरों की थी जो डॉ. आम्बेडकर द्वारा प्रवर्तित विमर्श से प्रभावित थे और वर्ग के बजाय जातिगत शोषण और दमन को केंद्र बना कर जुझारू राजनीतिक कार्रवाइयों में लगे हुए थे। चौथी प्रवृत्ति स्त्रियों की जत्थेबंदियों की थी जो अनुसंधान और सक्रियता के ज़रिये वर्ग और जेंडर का मुद्दा सामने रख रही थीं। संयुक्त राष्ट्र ने 1976 से 1985 के बीच स्त्री-दशक मनाने की घोषणा की थी, और भारत सरकार ने भी 1974 में भारत में स्त्रियों के हालात पर एक रपट प्रकाशित करने का मंसूबा बनाया था। पाँचवीं प्रवृत्ति पर्यावरण के मुद्दों के इर्द-गिर्द विकसित हो रही सक्रियता की थी। इसी दौरान उत्तर प्रदेश के पहाड़ी इलाक़ों में चिपको आंदोलन फूट पड़ा और केरल शास्त्र साहित्य परिषद् ने पायींट वैली में बाँध बनाने के ख़िलाफ़ मुहिम शुरू की। पर्यावरण आंदोलन की इन अनूठी अभिव्यक्तियों ने प्राकृतिक संसाधनों के असमान वितरण के सवाल उठाये जो वर्ग-संघर्ष तक जाते थे। उन्होंने विकास के मौजूदा प्रारूप को प्रश्नांकित किया और पारिस्थितिकी व सामाजिक न्याय के पहलुओं पर ज़ोर दिया। छठी प्रवृत्ति आदिवासी राजनीतिक अस्मिता की थी जिसने अलग झाड़खण्ड प्रदेश बनाने की माँग बुलंद की। सत्तर के दशक में ही इंदिरा गाँधी द्वारा आपातकाल लगाने की घटना ने भी इन सामाजिक आंदोलनों को एक प्रतिरोधात्मक उछाल दिया। 1977 में आपातकाल के उठने और फिर कांग्रेस की चुनावी पराजय ने इन राजनीतिक गतिविधियों में ज़बरदस्त उत्साह का संचार किया। इसी प्रक्रिया के गर्भ से सातवीं प्रवृत्ति ने जन्म लिया जो मानवाधिकार और नागरिक अधिकार आंदोलनों की थी।

इन सामाजिक आंदोलनों की विविध प्रकृतियों से अंदाज़ा लग सकता है कि ये सब मिल कर तत्कालीन राजनीतिक-सामाजिक व्यवस्था की व्यापक राजनीतिक-सांस्कृतिक आलोचना प्रस्तुत कर रहे थे। इनमें तरह-तरह की विचारधाराएँ, रणनीतियाँ और सांगठनिक रुझान डूब-उतरा रहे थे। कई विवाद भी थे। हिंसा-अहिंसा का विवाद था। संविधानोन्मुख रहने बनाम संविधानेतर हो जाने का विवाद था। क्रांतिकारी परिवर्तन बनाम तंत्र में सुधार तजवीज़ करने की बहस थी। चुनावी राजनीति में भाग लेने या ग़ैर-चुनावी संगठन बने रहने के बारे में ऊहापोह था। विकास योजनाओं को लागू करने में सरकार से सहयोग लेने या न लेने की दुविधा थी। किसी एक समाज-वैज्ञानिक सिद्धांत में इनका सूत्रीकरण एक बहुत बड़ी चुनौती थी।

अस्सी के दशक के आख़िरी वर्षों में रजनी कोठारी और धीरूभाई शेठ ने इस कमी की भरपाई ग़ैर-दलीय परिप्रेक्ष्य के सूत्रीकरण के रूप में की। इन विद्वानों ने ऐसे आंदोलनों को नागर समाज के ग़ैर-संस्थागत दायरे में सक्रिय 'ग़ैर-पार्टी राजनीतिक संरचनाओं' की तरह देखा। इनका मानना था कि आपातकाल की पराजय और फिर जनता पार्टी शासन की विफलता ने चुनावी लोकतंत्र में लोगों के विश्वास को हिला दिया है। चुनावी राजनीति के साथ जुड़े भ्रष्टाचार और अनैतिकताओं से लोगों का मोह भंग हो गया है जिसकी अभिव्यक्ति इन नयी राजनीतिक संरचनाओं में हो रही है। राज्य निरंकुश न हो जाए, इसलिए नागर समाज अपनी इन राजनीतिक संरचनाओं के ज़रिये उस पर जन-निगरानी रखना चाहता है। कोठारी और शेठ के इस विमर्श को देख कर लगता था कि सभी सामाजिक आंदोलन सरकार के ख़िलाफ़ खड़े हुए हैं, लेकिन परिस्थिति इससे कहीं पेचीदा थी। पर्यावरण आंदोलन के साथ जुड़े कई संगठन प्रधानमंत्री इंदिरा गाँधी और कांग्रेस के नेतृत्व के साथ अपनी निकटता का इस्तेमाल भी कर रहे थे। इसी तरह से स्त्रियों का आंदोलन अपने हक़ में क़ानून बनाने के लिए सरकार को राज़ी करने में कामयाब हो गया, हालाँकि ऐसे क़ानूनों के लिए समाज के धरातल पर कोई व्यापक माँग नहीं हो रही थी।

कोठारी और शेठ के अलावा गेल ऑम्वेत भी अपनी रचना *रिइन्वेंटिंग रेवोल्यूशन* में सामाजिक आंदोलनों की पड़ताल करती नज़र आयीं। हालाँकि गेल प्रशिक्षण से मार्क्सवादी थीं, पर उन्हें लगता था कि सामाजिक आंदोलन में सक्रिय शक्तियाँ विद्वानों द्वारा किये गये वर्गीकरण (किसी

को पर्यावरणवादी या किसी को नारीवादी की श्रेणी में फिट करके देखना) के प्रति असहज हैं। अपनी इस रचना में उन्होंने वर्ग, जाति, जेंडर और पर्यावरण के सवालों के बीच संबंधों की अधिक बारीक व्याख्या पर ज़ोर दिया। अस्सी के दशक के अंत में रामचंद्र गुहा ने चिपको आंदोलन का अध्ययन द *अनक्वायट वुड्स* पेश किया जो फ़ील्ड वर्क के माध्यम से सहभागी प्रेक्षण का उदाहरण था। सहभागी प्रेक्षण की इस तकनीक का एक लाभ यह हुआ कि विद्वानगण आंदोलन की प्रस्तुत आत्म-छवि के परे जा कर उसके भीतर झाँक पाने में समर्थ हुए। वे यह दिखा पाये कि आंदोलन का कार्यकर्ताओं और नेताओं में किस तरह की संबंध है, और एकीकृत लगने वाले आंदोलन में विरोधाभास और अंतर्विरोध कैसे काम कर रहे हैं। अस्सी के दशक में चले नर्मदा बचाओ आंदोलन का अमिता बाविस्कर द्वारा किया गया अध्ययन *इन द वैली ऑफ़ द रिवर* भी एक ऐसा ही प्रयास था।

नब्बे के दशक में कई भारतीय सामाजिक आंदोलनों ने ग्लोबल नेटवर्कों और गठबंधनों के साथ संबंध स्थापित कर लिए। दलित संगठनों ने नस्लवाद विरोधी आंदोलन के साथ सूत्र बना लिया, पर्यावरण के आंदोलन नियोलिबरल भूमण्डलीकरण की विरोध करने वाली मुहिमों के साथ जुड़ गये, आदिवासी अधिकारों की माँग बुलंद करने वाले आंदोलनों ने देशज लोगों की अंतर्राष्ट्रीय मुहिमों का पल्ला थाम लिया। इसी के साथ नब्बे के दशक में देशी-विदेशी पूँजी से चलने वाले ग़ैर-सरकारी संगठनों यानी एनजीओ परिघटना ने भी सामाजिक आंदोलनों पर गहरा असर डाला है। आज एनजीओ, वर्ल्ड सोशल फ़ोरम जैसे मंच और सामाजिक आंदोलनों के बीच परस्पर-व्यापी संबंध हैं जिनका विश्लेषण और सूत्रीकरण किया जाना बाक़ी है।

देखें : अनुसूचित जातियाँ, अनुसूचित जनजातियाँ, अन्य पिछड़े वर्ग, आरक्षण, आधुनिकता, अरविंद घोष, आधुनिकीकरण, कन्हैयालाल माणिकलाल मुंशी, जवाहरलाल नेहरू, जातियों का राजनीतीकरण, धीरूभाई शेठ, बंगाल का नवजागरण, भारतीय अभिजन, भारतीय आधुनिकता, भारतीय इसलाम, भारतीय उदारतावाद, भारतीय डायसपोरा, भारत में उपनिवेशवाद, भारतीय नवजागरण : तुलनात्मक परिप्रेक्ष्य, भारत में नियोजन, भारत में प्रातिनिधिक प्रणाली, भारत में पृथकतावादी राजनीति, भारत में मतदान-व्यवहार-1 से 6 तक, भारतीय राज्य, भारतीय राष्ट्रवाद, भारतीय लोकतंत्र, भारतीय लोकतंत्र का संस्थानीकरण-1 से 3 तक, भारतीय स्वभाव और राजनीति, भारतीय संविधान-1 से 8 तक, भारतीय सामाजिक आंदोलन, भीमराव रामजी आम्बेडकर, रजनी कोठारी, राजा राममोहन राय, विवेकानंद, विनायक दामोदर सावरकर, संविधान सभा में भाषा-विवाद-1 से 3 तक, सामाजिक आंदोलन।

संदर्भ

1. अमिता बाविस्कर (2010), 'सोशल मूवमेंट्स' नीरजा गोपाल जयल और प्रताप भानु मेहता (सम्पा.), द *ऑक्सफ़र्ड कम्पैनियन टु द पॉलिटिक्स इन इण्डिया,* आक्सफ़र्ड युनिवर्सिटी प्रेस, नयी दिल्ली.
2. रजनी कोठारी (1988), *स्टेट अगेंस्ट डेमॉक्रैसी : इन सर्च ऑफ़ ह्यूमैन गवर्नेंस,* अजंता पब्लिशर्स, नयी दिल्ली.
3. धीरूभाई शेठ (2009), 'ज़मीनी आंदोलनों की परिघटना : नागर समाज में आलोड़न', धीरूभाई शेठ, *सत्ता और समाज,* संकलन-सम्पादन : अभय कुमार दुबे, सीएसडीएस-वाणी, नयी दिल्ली.
4. गेल ऑम्वेत (1993), *रिइन्वेंटिंग रेवोल्यूशन : न्यू सोशल मूवमेंट्स ऐंड द सोशलिस्ट ट्रेडिशन इन इण्डिया,* एम.ई. शार्प, न्यूयॉर्क.
5. एम.एस.ए. राव (सम्पा.) (1978-79), *सोशल मूवमेंट्स इन इण्डिया* (दो खण्ड), मनोहर, नयी दिल्ली.
6. घनश्याम शाह (सम्पा.) (2002), *सोशल मूवमेंट्स ऐंड द स्टेट, रीडिंग्ज़ इन गवर्नमेंट ऐंड पॉलिटिक्स,* सेज, नयी दिल्ली.

— अभय कुमार दुबे

भारतीय सिनेमा-1

'भारतीय' सार और सौंदर्यशास्त्र की खोज

(Indian Cinema-1)

भारत में सिनेमा की शुरुआत सात जुलाई, 1896 से मानी जाती है जब युरोप में सनसनी मचाने के बाद लुमीरे ब्रदर्स ने अपने दूत मॉरिस सेस्टीयर के ज़रिये बम्बई में *सिनेमैटोग्राफ़ी* का प्रदर्शन किया। चलती-फिरती तस्वीरों ने भारतवासियों की कल्पनाशीलता को छूने में देर नहीं लगायी और बीसवीं सदी के प्रारम्भिक वर्षों में बम्बई, कलकत्ता और मद्रास में टेंट लगा कर फ़िल्में दिखाई जाने लगीं। इन टेंटों में एक बार में दस हज़ार दर्शक तक आ जाते थे। हीरालाल सेन भारत के पहले फ़िल्मकार थे जिन्होंने 1898 में 'फ़्लॉवर ऑफ़ पर्शिया' नामक फ़िल्म बनायी जो लघु फ़िल्म की श्रेणी में आती थी। सेन ने आगे चल कर 'अलीबाबा ऐंड फ़ोर्टी थीव्ज़' नामक फ़िल्म भी बनायी, पर पूरी लम्बाई का पहला भारतीय कथा-चित्र 'राजा हरिश्चंद्र' (1913) बनाने का श्रेय ढुंढिराज गोविंद फालके (1870-1944) को मिला। दादासाहिब फालके भारतीय भाषाओं और संस्कृतियों के विद्वान होने के साथ-साथ स्टिल कैमरे से की जाने वाली कलात्मक फ़ोटोग्राफ़ी के महारथी भी थे। उनके इस प्रयास के पीछे एक विशिष्ट वैचारिक राजनीति भी थी। वे 'भारतीय' सार और 'भारतीय' सौंदर्यशास्त्र से सम्पन्न एक 'भारतीय' सिनेमा की नींव रखना चाहते थे। इसी राष्ट्रीय जज़्बे को लेकर जीवट के

धनी फालके फ़िल्म-निर्माण की कला सीखने लंदन की यात्रा पर गये, द *बाइस्कोप* पत्रिका के सम्पादक से मशविरा लिया और वाल्टन स्थित सिनेमा कम्पनियों, स्टूडियोज़ और फ़ैक्ट्रियों का दौरा किया। जब वे भारत लौटे तो उनके पास फ़िल्म-निर्माण की जो सामग्री थी उसमें पच्चीस हज़ार रुपये की क़ीमत का हाथ से चलाया जाने वाला मूवी कैमरा भी था। इसके हैंडिल को एक बार क्रैंक करने से एक सेकण्ड में फ़ोटो के सोलह फ्रेम खिंचते थे। मूक फ़िल्मों के इस शुरुआती कैमरे से लेकर 1931 में आये सवाक् फ़िल्मों के बिजली की मोटर से चलने वाले कैमरे (ध्वनि की गति की बराबरी करने के लिए एक सेकण्ड में 24 फ़ोटो-फ्रेम) तक सिनेमा की प्रौद्योगिकी फालके द्वारा शुरू किये गये राष्ट्रवादी प्रोजेक्ट में पूरी तरह से गुँथ चुकी थी।

'अमर ज्योति' (वी. शांताराम : 1936)

भारत में फ़िल्म थिएटरों की पहली श्रृंखला के मालिक कलकत्ता के व्यापारी जमशेदजी फ्रामजी मदन थे। उनकी दिलचस्पी फ़िल्म-निर्माण में भी थी और वे हर साल क़रीब दस फ़िल्में बनाते थे। बीस के दशक में बम्बई (बाम्बे टाकीज़ स्टूडियो, कोहिनूर फ़िल्म कम्पनी, रंजीत मूवीटोन स्टूडियो और इम्पीरियल फ़िल्म कम्पनी), कलकत्ता (न्यू थिएटर्स स्टूडियोज़) और पूना (प्रभात स्टूडियो) में बड़े-बड़े स्टूडियोज़ की स्थापना हुई। तीस के दशक में मद्रास (यूनाइटिड आर्टिस्ट्स कॉरपोरेशन) ने इसी रास्ते पर अपने क़दम बढ़ाये। पंजाबी आधारित फ़िल्मों का एक केंद्र लाहौर (आजकल पाकिस्तान में) में उभरा। इम्पीरियल फ़िल्म कम्पनी ने ही 1931 में भारत की पहली बोलती हुई फ़िल्म 'आलमआरा' का निर्माण किया। आज़ादी से पहले हिंमाशु राय और उनकी पत्नी देविका रानी ने युरोप में अपनी फ़िल्म 'कर्मा' के प्रदर्शन से हलचल मचा दी।

'आलम आरा' : पहली सवाक् फ़िल्म

टेंटों में फ़िल्में दिखाने से लेकर मल्टीप्लेक्सों में किये जाने वाले फ़िल्म-प्रदर्शन तक की यह निरंतर विकासमान यात्रा अपने-आप में आश्चर्यजनक रूप से अनूठी और रोचक है। भारत में राष्ट्रीय चेतना के प्रसार, समाज सुधार की प्रक्रिया, राजनीति, समाज और संस्कृति के ऊपर फ़िल्मों के प्रभाव के बारे में न जाने कितना लिखा और कहा जा चुका है। सिनेमा के इस भारतीय प्रसंग को समझने के लिए केवल फ्रांस और जर्मनी में विकसित हुआ सिनेमा-सिद्धांत ही काफ़ी नहीं है। इसके लिए भारतीय सिनेमा की अपनी विमर्श-परम्पराएँ और अपने सिद्धांतों की मदद लेना भी ज़रूरी है। 1948 में ही सत्यजीत राय और चिदानंद दासगुप्ता के लेखन ने सिनेमा-सिद्धांत से जूझते हुए स्वातंत्र्योत्तर भारतीय सिनेमा की राष्ट्र के संदर्भ में एकताकारी भूमिका पर ज़ोर देना शुरू कर दिया था। इसके बाद साठ और सत्तर के दशक में ऋत्विक घटक और कविता सरकार का लेखन सामने आया जिसके केंद्र में यथार्थवाद बनाम आधुनिकतावाद, आधुनिकतावाद बनाम अवाँगार्द और राष्ट्रीय सिनेमा बनाम क्षेत्रीय सिनेमा जैसी बहसें थीं। यह स्वाभाविक ही है कि इतने विविध और सफल सिनेमा के बारे में किये गये इस विमर्श के आधार पर एक समृद्ध भारतीय सिनेमा-अध्ययन भी विकसित होता। आशीष राज्याध्यक्ष, माधव प्रसाद, गीता कपूर, अनुराधा कपूर और रवि वासुदेवन जैसे समाज वैज्ञानिकों ने पत्रिका 'आर्ट्स ऐंड आइडियाज़' में लेखन के ज़रिये व्यावसायिक फ़िल्मों के गहन अध्ययन के माध्यम से भारतीय आधुनिकता के विभिन्न आयामों का संधान किया।, सुमिता एस. चक्रवर्ती के अध्ययन ने भी सिनेमा अध्ययन को समृद्ध किया। समाज मनोविद् आशिस नंदी और सुधीर कक्कड़ ने भी भारतीय सिनेमा के मनोवैज्ञानिक पहलुओं पर प्रकाश डाला है।

मोटे तौर पर फ़िल्म-अध्येताओं की मान्यता है कि भारतीय फ़िल्मों पर दिखने वाले प्रभावों को मुख्यत: सात श्रेणियों में बाँटा जा सकता है। इन पर सरसरी नज़र डालने से ही स्पष्ट हो जाता है कि भारतीय सिनेमा पश्चिम के सिनेमा से कितना अलग है। इस सिनेमा पर पहला प्रभाव 'रामायण' और 'महाभारत' जैसे महाकाव्यों का है जिसके आधार पर व्यावसायिक सिनेमा की वर्तमान संरचना तैयार हुई है। कहानी, उपकहानी और पृष्ठभूमि में चलने वाली कहानी का कथात्मक ढाँचा भारतीय फ़िल्मों ने वहीं से लिया है। दूसरा प्रभाव प्राचीन संस्कृत नाटकों का है। दृश्यगत भव्यता, संगीत, नृत्य और आंगिक मुद्राओं का जो विलक्षण संयोग इन फ़िल्मों में दिखाया जाता है वह संस्कृत नाट्य-परम्परा की ही देन है। इन्हीं नाटकों से ली गयी प्रदर्शन की रस-पद्धति भारतीय फ़िल्मों को पश्चिमी फ़िल्मों से अलग कर देती है। रस-सिद्धांत के अनुसार अभिनेता मनोभावों का संचार करता

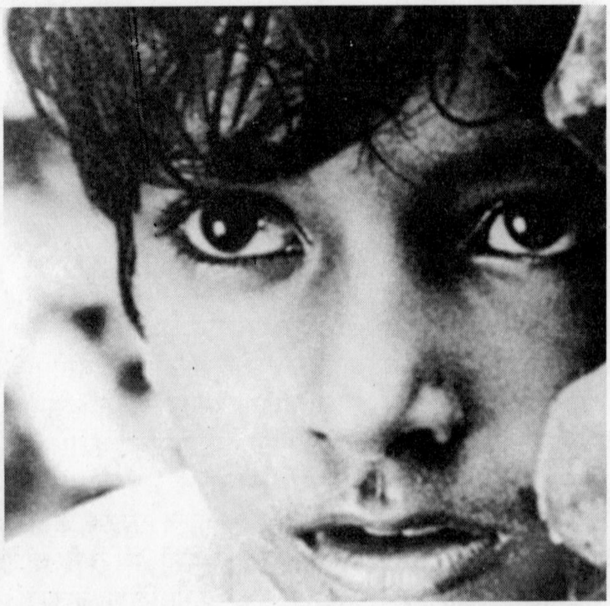
'पाथेर पांचाली' (सत्यजित राय : 1955)

है जो दर्शक द्वारा अनुभूत किये जाते हैं। पश्चिम में अभिनेता और दर्शक के बीच इस तरह का संबंध नहीं होता। स्टानिस्लाव्सकी पद्धति के अनुसार अपना किरदार निभाते समय पश्चिम का अभिनेता उसका मूर्तिमान और जीवंत स्वरूप बन जाता है। फ़िल्मों पर तीसरा प्रभाव पारम्परिक लोक-नाट्य का है। दसवीं सदी में संस्कृत रंगमंच की लोकप्रियता में गिरावट आने के बाद बंगाल में जात्रा, उत्तर भारत में रामलीला, महाराष्ट्र में तमाशा और तमिलनाडु में थेरुकुट्टु जैसी लोकनाट्य की शैलियाँ उभरीं। चौथा प्रभाव पारसी थिएटर का माना जाता है जिसमें यथार्थ की अभिव्यक्ति स्वैरकल्पना, संगीत, नृत्य, धमाकेदार संवाद और अतिनाटकीयता के संयोग के ज़रिये की जाती थी। भदेस हास्य और मधुर गीतों के ज़रिये दर्शकों का मनोरंजन करने की विरासत भी फ़िल्मों को पारसी थिएटर से ही मिली है। पाँचवाँ प्रभाव हॉलीवुड की फ़िल्मों का है। अमेरिका की धार्मिक, म्यूज़िकल, ऐतिहासिक और कॉस्ट्यूम ड्रामा फ़िल्मों का अनुगमन करते हुए भारतीय फ़िल्मकारों ने उन्हें अपनी शैली में ढाल कर पेश किया। हॉलीवुड में फ़िल्मकार अपनी कृति के गढ़े गये पहलुओं को ज़्यादा से ज़्यादा छिपा कर यथार्थ के पक्षों को उभारने की कोशिश करते थे, पर भारतीय फ़िल्मकारों ने स्क्रीन पर दिखाये जा रहे विभ्रम और कल्पना को यथार्थ के रंग में रँगने की कोशिश नहीं की जिससे भिन्न प्रभाव पैदा हुए। छठाँ प्रभाव पश्चिम के म्यूज़िकल टीवी, ख़ासकर एम टीवी का है। नब्बे के दशक के बाद इस प्रभाव के कारण गति, कैमरा कोण, नृत्य संयोजन और संगीत के संदर्भ में भारतीय फ़िल्मों में कई तरह के परिवर्तन हुए।

भारतीय फ़िल्मों पर सातवाँ प्रभाव युरोपीय कला सिनेमा, अमेरिका के प्रति-सिनेमा और फ्रांस के अवाँगार्द सिनेमा का है। भारत में जिस समांतर सिनेमा की रचना हुई, उसने व्यावसायिक फ़िल्मों की भाँति संस्कृत नाटक से संरचनात्मक प्रेरणा ली और भारतीय साहित्य से कथानक और घटनात्मकता उठायी। लेकिन शैलीगत रूप से वह इटली के नवयथार्थवाद और फ्रांस के काव्यात्मक यथार्थवाद से प्रेरित था। महान भारतीय फ़िल्मकार सत्यजीत राय स्वयं मानते थे कि उनकी फ़िल्म 'पाथेर पांचाली' (1955) पर इतालवी फ़िल्मकार विट्टोरियो डि सिका की कृति 'बाइसकिल थीफ़' (1948) और फ्रांसीसी फ़िल्मकार ज्याँ रेनुआ की 'दि रिवर' (1951) का असर है। दूसरी तरफ़ राय ने अपनी फ़िल्म शैली पर प्राचीन रस-सिद्धांत का प्रभाव भी स्वीकार किया है। डि सिका के नवयथार्थवाद ने जिन उल्लेखनीय भारतीय फ़िल्मकारों को प्रभावित किया उनमें बिमल राय भी शामिल थे जिनकी फ़िल्म 'दो बीघा ज़मीन' (1953) ने सत्यजीत राय के उभरने से पहले ही भारतीय फ़िल्मों की पताका विश्व मंच पर फहरा दी थी।

लेकिन भारतीय और पश्चिमी फ़िल्मों के बीच आदान-प्रदान की यह कहानी एकतरफ़ा ही नहीं है। सत्यजीत राय की विख्यात त्रयी ('पाथेर पांचाली', 'अपराजितो' और 'अपूर संसार') के सिनेमैटोग्राफ़र सुब्रत मित्रा फ़िल्म के सेट पर दिन के प्रकाश का प्रभाव पैदा करने के लिए बाउंस लाइट की महत्त्वपूर्ण तकनीक विकसित करने के लिए जाने जाते हैं। राय ने अपनी फ़िल्म 'प्रतिद्वंदी' के फ़िल्मांकन के समय फ़ोटो निगेटिव फ़्लैशबैक और एक्स-रे डायग्रेसन जैसी तकनीकें भी विकसित कीं। 1967 में राय द्वारा रचित पटकथा पर हॉलीवुड 'एलियन' नामक फ़िल्म बनाने जा रहा था। बाद में यह प्रोजक्ट आगे नहीं बढ़ पाया, पर समझा जाता है कि इसी पटकथा के महत्त्वपूर्ण तत्त्वों के आधार पर ही स्टीवन स्पीलबर्ग ने अपनी विख्यात फ़िल्म 'ई टी' की रचना की। ऋत्विक घटक की फ़िल्मों में भी ऐसे तत्त्व थे जिनकी बाद में फ्रांसुआ त्रुफ़ो और मार्टिन स्कोरसीस की फ़िल्मों में शिनाख़्त की गयी। भारतीय फ़िल्मों की फ़ेंटेसी-गीत-संगीत-नृत्य संबंधी संरचना से प्रभाव ग्रहण करने वाली हॉलीवुड की फ़िल्मों में बाज़ लुथरमान की 'मौलाँ रूज़' (2001) प्रमुख है। ख़ुद लुथरमान ने इस हक़ीक़त को स्वीकार किया है। इस फ़िल्म से पहले माना जाता था कि म्यूज़िकल शैली की फ़िल्मों को हॉलीवुड ने पूरी तरह से त्याग दिया है। डैनी बॉयल की ऑस्कर विजेता फ़िल्म 'स्लमडॉग मिलिनायर' की संरचना भी बम्बइया फ़िल्मों से मेल खाती है।

देखें : अतिनाटकीयता, अनुपस्थिति-उपस्थिति, कला सिनेमा, अवाँगार्द और प्रति-सिनेमा, टीवी और समाचार, टीवी और सेक्शुअलिटी, टीवी और टीवी-अध्ययन, तीसरा सिनेमा, तीसरी दुनिया का सिनेमा, दक्षिण भारतीय सिनेमा और राजनीति, दर्शक, श्रोता और पाठक, नारीवादी फ़िल्म-सिद्धांत, फ़िल्म और सेक्शुअलिटी, फ़िल्म और टीवी सेंसरशिप, फ़िल्मांतरण, फ़िल्म-सिद्धांत, फ़्लैश-बैक, भारतीय फ़िल्म-अध्ययन,

भारतीय स्टार सिस्टम, रियलिटी टीवी, विचारधारा और हिंदी सिनेमा, वृत्त-चित्र, सेलेब्रिटी, सोप ओपेरा, सिनेमाई यथार्थवाद, नव-यथार्थवाद, सोवियत सिनेमा, स्टार, हिंदी सिनेमा का समाजशास्त्र।

संदर्भ

1. कविता सरकार (1957), 'इनफ़्लुएंसिज़ ऑन सिनेमा', *फ़िल्म क्वार्टरली,* जनवरी-मार्च.
2. आशीष राज्याध्यक्ष (1986), 'नियो-ट्रेडिशनलिज़्म : फ़िल्म एज़ पॉप्युलर आर्ट इन इण्डिया', *फ्रेमवर्क,* अंक 32-33.
3. रवि वासुदेवन (सम्पा.) (2001), *मेकिंग मीनिंग्स इन इण्डिया सिनेमा,* ऑक्सफ़र्ड युनिवर्सिटी प्रेस, नयी दिल्ली.
4. रवि वासुदेवन (2010), *द मेलोड्रैमेटिक पब्लिक : फ़िल्म फ़ॉर्म ऐंड स्पेक्टेटरशिप इन सिनेमा,* परमानेंट ब्लैक, नयी दिल्ली.
5. एम. माधव प्रसाद (1998), *आइडियॉलॅजी ऑफ़ हिंदी फ़िल्म्स : अ हिस्टोरिकल कंस्ट्रक्शन,* ऑक्सफ़र्ड युनिवर्सिटी प्रेस, नयी दिल्ली.

— अभय कुमार दुबे

भारतीय सिनेमा-2

'नीचा नगर' से 'बॉम्बे नुआर' तक

(Indian Cinema-2)

लम्बे अरसे से एक राष्ट्र के रूप में भारत की छवि तीसरी दुनिया के देश की रही है। इसलिए उसके सिनेमा को भी तीसरी दुनिया के सिनेमा की श्रेणी में रख कर देखा जाता रहा है। लेकिन बीसवीं सदी के आख़िरी पच्चीस वर्षों में यह छवि कुछ की कुछ हो चुकी है। आज संख्या और विस्तार की दृष्टि से भारतीय फ़िल्में बहुत आगे निकल चुकी हैं। हिंदी, तमिल, तेलुगु, कन्नड़, मलयालयम और बांग्ला समेत देश की विभिन्न भाषाओं में हर वर्ष एक हज़ार से ज़्यादा फ़िल्में बनती हैं और इस मामले में हॉलीवुड भी भारत से पीछे है (2009 में भारत ने कुल 2,961 फ़िल्में बनायीं जिनमें 1,288 कथा-चित्र थे)। अमेरिकी और युरोपीय फ़िल्म उद्योग के बाद भारतीय फ़िल्म उद्योग एक भूमण्डलीय शक्ति में बदल चुका है। क़रीब नब्बे देशों में भारतीय फ़िल्में प्रदर्शित की जाती हैं। सिनेमा की हर श्रेणी में उल्लेखनीय योगदान करने वाले भारतीय फ़िल्मकारों के नाम अंतर्राष्ट्रीय स्तर पर विख्यात हैं। विश्व की श्रेष्ठतम सौ फ़िल्मों, पाँच सौ फ़िल्मों या एक हज़ार फ़िल्मों की सूची में कई भारतीय फ़िल्मों के नाम शामिल किये जाते हैं। सौ फ़ीसदी प्रत्यक्ष विदेशी निवेश का प्रावधान होने के बाद इक्कीसवीं सदी में भारतीय फ़िल्म उद्योग ट्वेंटियथ सेंचुरी फ़ॉक्स, वार्नर ब्रदर्स और सोनी पिक्चर्स जैसी अंतर्राष्ट्रीय फ़िल्म कम्पनियों के लिए निवेश का एक आकर्षक मुक़ाम बन चुका है। किसी ज़माने में भारतीय फ़िल्म उद्योग को पूँजी के नियमित प्रवाह की कमी से जूझना पड़ता था, लेकिन अब ज़ी, यूटीवी, एडलैब्स और सन नेटवर्क जैसी बड़ी भारतीय मीडिया कम्पनियों ने फ़िल्म निर्माण में धन लगाना शुरू कर दिया है। 2003 में तीस फ़िल्म निर्माण कम्पिनयाँ नैशनल स्टॉक एक्सचेंज में सूचीबद्ध थीं। कर रियायतों के फलस्वरूप देश में एक मल्टीप्लेक्स बूम आया हुआ है जिसने इस उद्योग में एक नयी व्यावसायिक और रचनात्मक ऊर्जा का संचार किया है। भारतीय डायसपोरा दुनिया का सबसे बड़ा डायसपोरा है जिसके कारण भी भारतीय फ़िल्मों को सारी दुनिया में अपना प्रसार करने का मौक़ा मिला है। मुख्यधारा की फ़िल्में जितना राजस्व कमाती हैं उसका बारह फ़ीसदी तो केवल विदेशों में रहने वाले भारतवंशियों को फ़िल्में दिखा कर ही कमा लिया जाता है। भारतीय फ़िल्मों की आमदनी में उनके संगीत की बिक्री से भी क़रीब चार-पाँच फ़ीसदी का अहम योगदान होता है।

भारतीय सिनेमा के इस अभूतपूर्व विकास में भारतीय राज्य की भूमिका को नज़रअंदाज़ नहीं किया जा सकता। आज़ादी मिलते ही भारत सरकार ने सिनेमा की स्थिति की जाँच-पड़ताल के लिए एस.के. पाटिल आयोग की नियुक्ति की। पाटिल ने भारतीय सिनेमा को कला, उद्योग और शोमैनशिप का संयोग क़रार देते हुए फ़िल्म वित्त निगम की स्थापना का सुझाव दिया जिस पर 1960 में अमल हुआ। 1949 में सरकार ने फ़िल्म्स डिवीज़न की स्थापना की जो जल्दी ही दुनिया का सबसे बड़ा वृत्त-चित्र फ़िल्म-निर्माता बना गया। वित्त निगम ने भारत में कला फ़िल्मों के उत्थान और प्रसार में प्रमुख भूमिका का निर्वाह किया। 1980 में फ़िल्म वित्त निगम को राष्ट्रीय फ़िल्म विकास निगम (एनएफडीसी) का रूप दे दिया गया। 1974 में मोशन पिक्चर्स एक्सपोर्ट एसोसिएशन ऑफ़ अमेरिका (एमपीईएए) ने अपने क़दम भारतीय बाज़ार से खींच लिए। नतीजे के तौर पर वित्त निगम को स्थानीय वितरण के लिए फ़िल्में आयात करने और मुनाफ़ा कमाने का मौक़ा मिला। इस रक़म से भारत में समांतर सिनेमा जैसे प्रयोगों में निवेश किया गया। फ़िल्म के माध्यम की जटिलता और प्रौद्योगिकी पर निर्भरता को देखते हुए सरकार ने पुणे फ़िल्म इंस्टीट्यूट की स्थापना की जिसने पिछले चार दशकों में भारतीय फ़िल्मों को अनगिनत सक्षम निर्देशक, अभिनेता, अभिनेत्रियाँ और सिनेमैटोग्राफ़र दिये हैं। चालीस के दशक से साठ के दशक के बीच के काल को भारतीय सिनेमा का स्वर्ण युग माना जाता है जिसमें महबूब ख़ान ('अंदाज़', 'आन', 'अमर', 'मदर इण्डिया'), वी. शांताराम ('दुनिया न माने', 'आदमी', 'पड़ोसी', 'दो आँखें बारह हाथ', 'डॉ. कोटनीस की अमर कहानी'),

ढुंढिराज गोविंद फ़ालके (1870-1944)

राजकपूर ('आवारा', 'श्री चार सौ बीस', 'जागते रहो', 'जिस देश में गंगा बहती है', 'बूटपालिश'), के. आसिफ़ ('मुग़ल-ए-आज़म'), बिमल राय ('मधुमती', 'देवदास', 'परख', 'परिणीता', 'दो बीघा ज़मीन'), गुरुदत्त ('प्यासा', 'क़ागज़ के फूल', 'साहब बीवी ग़ुलाम'), कमाल अमरोही ('महल', 'दायरा'), बी.आर. चोपड़ा ('नया दौर', 'क़ानून', 'धूल का फूल', 'धर्मपुत्र'), चेतन आनंद ('नीचा नगर', 'आख़िरी ख़त', 'हक़ीकत', 'अफ़सर'), विजय आनंद ('गाइड') और विजय भट्ट ('बैजू बावरा') ने व्यावसायिक रूप से सफल और आलोचनात्मक दृष्टि से सराही गयी फ़िल्मों का निर्माण किया।

यही वह अवधि थी जब हिंदी फ़िल्मों का केंद्र समझी जाने वाले मूलतः मराठी भाषी शहर बम्बई में विभिन्न भाषा-भाषी और विभिन्न धर्मावलम्बी प्रतिभाओं का संगम हुआ। पंजाबी पृष्ठभूमि के अभिनेताओं और निर्देशकों, बंगाली और गुजराती पृष्ठभूमि के संगीतकारों और निर्देशकों, हिंदीभाषी क्षेत्र से लेखकों और कवियों-शायरों, दक्षिण भारतीय पृष्ठभूमि के निर्माताओं, निर्देशकों और नायिकाओं के योगदान से जिस फ़िल्म उद्योग की रचना हुई उसे आज हॉलीवुड की तर्ज़ पर भारतीय डायसपोरा की शब्दावली में बॉलीवुड भी कहा जाता है।

साठ के दशक के आख़िरी वर्षों से लेकर अस्सी के दशक के बीच बॉलीवुड ने मनोरंजक फ़िल्मों के स्थापित फ़ार्मूले को एक नया आयाम दिया। शक्ति सामंत ('आराधना', 'अमर प्रेम'), मनमोहन देसाई ('अमर-अकबर-एंथनी'), प्रकाश मेहरा ('ज़ंजीर', 'मुक़द्दर का सिकंदर'), यश चोपड़ा ('दीवार', 'दाग़'), महेश भट्ट ('अर्थ', 'सारांश') और रमेश सिप्पी ('शोले', 'शक्ति') ने एक से ज़्यादा फ़िल्मी सितारों को लेकर टिकट खिड़की पर बेहद सफल फ़िल्में बनायीं। इसी धारा के साथ-साथ नाच-गाने और मार-धाड़ के चित्रण से बचते हुए बासु भट्टाचार्य, बासु चटर्जी, हृषिकेश मुखर्जी और गुलज़ार जैसे फ़िल्मकारों ने बीच का रास्ता अपनाने वाली 'साफ़-सुथरी' फ़िल्मों की परम्परा स्थापित की।

भारत में तीसरे सिनेमा की संहिताओं की अभिव्यक्ति 1946 से ही चेतन आनंद द्वारा निर्देशित 'नीचा नगर' से होनी शुरू हो गयी थी। इसकी पृष्ठभूमि में चालीस के दशक में चले भारतीय जननाट्य संघ (इप्टा) का रंगमंच और फ़िल्म आंदोलन था जिसने 1946 में ख़्वाजा अहमद अब्बास के निर्देशन में 'धरती के लाल' जैसी चर्चित फ़िल्म बनायी थी। बिमल राय और राजकपूर की फ़िल्मों की रैडिकल विषयवस्तु को इस पृष्ठभूमि से अलग करके नहीं देखा जा सकता। हालाँकि भारतीय फ़िल्में 'नीचा नगर' (पहले कान फ़िल्म महोत्सव में ग्रांड प्राइज़) के समय से ही अंतर्राष्ट्रीय फ़िल्म महोत्सवों में पुरस्कार जीतने लगी थीं, पर पचास और साठ के दशक में बनायी गयी सत्यजीत राय की फ़िल्मों ने उन्हें निर्विवाद रूप से सार्थक विश्व सिनेमा के अभिन्न अंग के रूप में स्थापित कर दिया।

राय के समकालीन फ़िल्मकार ऋत्विक घटक की रचनाओं को शुरू में उपेक्षा का सामना करना पड़ा, पर आगे चल कर उन्होंने भारतीय सिनेमा की रचनाशीलता को गहराई से प्रभावित किया। घटक ने 1952 में 'नागरिक' और 'अजांत्रिक' से शुरुआत की, पर इसके बाद उन्होंने 1943 में पड़े बंगाल के अकाल और 1947 में हुए भारत-विभाजन की त्रासदी के अपने आँखों देखे अनुभव के आधार पर गहरे राजनीतिक अर्थों से सम्पन्न फ़िल्म-त्रयी 'मेघे ढाके तारा' (1960), 'कोमल गांधार' (1961) और 'सुबर्णरेखा' (1962) का निर्माण किया। हालाँकि कुछ विमर्शकार मानते हैं कि भारतीय कला सिनेमा घटक के योगदान के बाद नये मुक़ामों को नहीं छू सका। पर इस अतिरेकपूर्ण निष्कर्ष के विपरीत साठ के दशक में मृणाल सेन ('भुवन शोम', 'खँडहर'), मणि कौल ('दुविधा' और 'उसकी रोटी') और कुमार शाहनी ('माया दर्पण', 'तरंग', 'ख़याल गाथा') की फ़िल्मों में इसी परम्परा का अगला चरण दिखाई पड़ता है। कलात्मक सिनेमा की यह धारा सत्तर के दशक में फ़िल्मकारों की नयी पीढ़ी के रूप में विकसित हुई जिसके शीर्ष पर श्याम बेनेगल ('अंकुर', 'निशांत', 'मंथन', 'भूमिका', 'मण्डी'), एम.एस. सथ्यु ('गरम हवा'), सईद अख़्तर मिर्ज़ा ('अल्बर्ट पिंटो को ग़ुस्सा क्यों आता है?', 'अरविंद देसाई की अजीब

दास्तान', 'सलीम लंगड़े पर मत रो'), गोविंद निहलानी ('अर्धसत्य'), केतन मेहता ('मिर्च-मसाला', 'माया मेम साहब'), और कुंदन शाह ('जाने भी दो यारो') की फ़िल्में थीं। अन्य भारतीय भाषाओं में अदूर गोपालकृष्णन, गौतम घोष, बुद्धदेव दासगुप्ता, रामू करियट, शाज़ी एन. करुण, जॉन अब्राहम, जी. अरविंदन की फ़िल्मों को अंतर्राष्ट्रीय मंचों पर भरपूर सराहना मिली।

नब्बे के दशक के उत्तरार्ध से भारतीय सिनेमा में कथ्य और शैली को लेकर एक पुनर्जागरण शुरू हुआ जो अभी तक जारी है। नये फ़िल्मकारों की ताज़ा खेप नयी रचनाशीलता के साथ सामने आयी है। इसने व्यावसायिक और कला फ़िल्मों की श्रेणियों को ख़त्म करके एक स्वायत्त और अपने निजी मुहावरे वाले भारतीय सिनेमा को जन्म दिया है। यह नया भारतीय सिनेमा एक साथ सार्थक भी है, और लोकप्रिय भी। यह अपना अलग दर्शक-वर्ग बनाने में समर्थ है। फ़िल्म-अध्ययन की भाषा में इसे 'बॉम्बे नुआर' जैसे सभी प्रवृत्तियों को समेटने वाले नाम से भी जाना जाता है। राजकुमार हीरानी, शेखर कपूर, मीरा नायर, दीपा मेहता, रामगोपाल वर्मा, मधुर भण्डारकर, विशाल भारद्वाज, अनुराग कश्यप, सुधीर मिश्रा, दिवाकर बनर्जी, अमोल पालेकर, राकेश ओमप्रकाश मेहरा, प्रकाश झा, राजकुमार संतोषी, अनुराग बसु, होमी अदजानिया, फ़रहान अख़्तर और आशुतोष गौवारीकर जैसे फ़िल्मकार विभिन्न मिज़ाजों की फ़िल्में बना रहे हैं।

देखें : अतिनाटकीयता, अनुपस्थिति-उपस्थिति, कला सिनेमा, अवाँगार्द और प्रति-सिनेमा, टीवी और समाचार, टीवी और सेक्शुअलिटी, टीवी और टीवी-अध्ययन, तीसरा सिनेमा, तीसरी दुनिया का सिनेमा, दक्षिण भारतीय सिनेमा और राजनीति, दर्शक, श्रोता और पाठक, नारीवादी फ़िल्म-सिद्धांत, फ़िल्म और सेक्शुअलिटी, फ़िल्म और टीवी सेंसरशिप, फ़िल्मांतरण, फ़िल्म-सिद्धांत, फ़्लैश-बैक, भारतीय फ़िल्म-अध्यायन, भारतीय स्टार सिस्टम, रियलिटी टीवी, विचारधारा और हिंदी सिनेमा, वृत्त-चित्र, सेलेब्रिटी, सोप ओपेरा, सिनेमाई यथार्थवाद, नव-यथार्थवाद, सोवियत सिनेमा, स्टार, हिंदी सिनेमा का समाजशास्त्र।

संदर्भ

1. अमित खन्ना, सैबल चटर्जी, गोविंद निहलानी और अमिता मलिक की रचनाएँ, गुलज़ार, गोविंद निहलानी और सैबल चटर्जी (सम्पा.) (2003), *इनसाइक्लोपीडिया ऑफ़ हिंदी सिनेमा,* इनसाइक्लोपीडिया ब्रिटानिका और पॉप्युलर प्रकाशन, दिल्ली और मुम्बई.
2. मृणाल सेन (1977), *व्यूज़ ऑन सिनेमा,* ईशान, कलकत्ता.
3. सत्यजित राय, *अवर फ़िल्म्स देयर फ़िल्म्स,* ओरिएंट लोंगमैन, हैदराबाद.
4. आसिश नंदी (1988-89), 'एन इंटेलिजेंट क्रिटिक्स गाइड टु सिनेमा', *डीप फ़ोकस,* (तीन अंकों में)।

— अभय कुमार दुबे

भारतीय सिनेमा-3

क्षेत्रीय सिनेमा संस्कृतियाँ

(Indian Cinema-3)

क्षेत्रीय सिनेमा पर एक विहंगम दृष्टि डाले बिना भारतीय सिनेमा की कहानी अधूरी रह जाएगी। अगर 2009 में बनी भारतीय फ़िल्मों के आँकड़े लिए जाएँ तो हिंदी में बने 235 कथा-चित्रों के साथ-साथ तेलुगु में 218, तमिल में 190, कन्नड़ में 177, मराठी में 99, मलयालम में 94, बांग्ला में 84, भोजपुरी में 64, गुजराती में 62, उड़िया में 17, पंजाबी में 15, अंग्रेज़ी में 9, असमिया में 5, राजस्थानी में 5, कोंकणी में 4, संथाली में 2, हरयाणवी में 1, कोड़वा में 1, मैथिली में 1, नागपुरी में 1, राजबंसी में 1, सम्बलपुरी में 1, मिसिंग में 1 और नेपाली में भी 1 फ़िल्म का निर्माण किया गया। ये आँकड़े एक विविधतामूलक सिनेमाई राष्ट्रीयता के रूपक का प्रतिनिधित्व करते हैं। इनके विन्यास पर पहली नज़र डालते ही साफ़ हो जाता है कि सिनेमाई संस्कृति के विस्तार के संदर्भ में दक्षिण भारतीय भाषाई क्षेत्र हिंदी से थोड़े ही पीछे है। मराठी, बांग्ला और भोजपुरी की दुनिया भी अपनी मात्रात्मक उपलब्धियों के कारण उल्लेखनीय बनी हुई है। लेकिन आँकड़ों से परे ग़ैर-हिंदी सिनेमाई परिदृश्य का इतिहास किसी भी दृष्टि से हिंदी के मुक़ाबले कम प्रभावशाली नहीं है।

बांग्ला और दक्षिण भारतीय सिनेमा का विकास न केवल हिंदी के साथ क़दम से क़दम मिलाते हुए हुआ है, बल्कि उसके बिना हिंदी सिनेमा अपने मौजूदा मुक़ाम पर पहुँच ही नहीं सकता था। क्षेत्रीय सिनेमा हिंदी सिनेमा को फ़िल्म निर्माण के विभिन्न क्षेत्रों में प्रतिभाओं की निरंतर आपूर्ति का स्रोत भी रहा है। दूसरे, व्यावसायिक सिनेमा के मामले में क्षेत्रीय फ़िल्में भले ही हिंदी से बाज़ी न मार पायीं हों, पर कला सिनेमा के संदर्भ में बांग्ला, मलयालम और कन्नड़ सिनेमा ने ही हरावल दस्ते की भूमिका निभायी है।

कलकत्ता के थिएटरों में 'बायस्कोप' पहली बार उन्नीसवीं सदी के आख़िरी दशक में पहुँचा। दादा साहिब फालके से भी पहले फ़िल्म निर्माण शुरू कर देने वाले हीरालाल सेन ने रॉयल बायस्कोप कम्पनी स्थापित की जिसने मंचित नाटकों के दृश्यों को फ़िल्मा कर प्रदर्शित किया। फिर इण्डो-ब्रिटिश कम्पनी की नींव धीरेंद्र नाथ गांगुली ने डाली। पहली बांग्ला फ़िल्म दूसरे दशक में मदन थिएटर के बैनर तले बनी। 1932 के बाद कलकत्ता में फ़िल्मों के निर्माण का केंद्र टॉलीगंज का नामकरण हॉलीवुड की तर्ज़ पर 'टॉलीवुड' कर दिया गया। उस ज़माने में हिंदी फ़िल्में बनाने का भी सबसे

क्षेत्रीय सिनेमा : प्रभावशाली उपस्थिति

बड़ा केंद्र बम्बई के बजाय टॉलीगंज ही था। न्यू थिएटर्स द्वारा बनायी गयी हिंदी फ़िल्मों को कौन भूल सकता है। हिंदी सिनेमा की गुणवत्ता में अभूतपूर्व बढ़ोतरी करने वाली समांतर फ़िल्म धारा की शुरुआत पहले पचास के दशक में बांग्ला सिनेमा में हुई थी जिसके शिखर पर सत्यजीत राय और ऋत्विक घटक थे। बाद में इस बेहतर सिनेमा की कमान मृणाल सेन, बुद्धदेव दासगुप्ता और गौतम घोष जैसे फ़िल्मकारों ने सँभाली। राय समेत इन सभी ने हिंदी में भी उल्लेखनीय फ़िल्में बनायीं। हिंदी सिनेमा के स्वर्ण युग का नेतृत्व जिन बिमल राय ने किया वे एक बांग्ला फ़िल्मकार ही थे। उनकी अनूठी सृजनशीलता ने न केवल बांग्ला साहित्य की कालजयी कृतियों का फ़िल्मांकन किया, बल्कि फ़िल्मकारों की एक पूरी क़तार पैदा की जिसके शीर्ष पर हृषिकेष मुखर्जी, बासु चटजी और बासु भट्टाचार्य जैसे बंगाली पृष्ठभूमि फ़िल्मकार थे।

मराठी चित्रपट के नाम से मशहूर यह सिनेमा हिंदी सिनेमा जितना ही पुराना है। दादा साहिब फ़ाल्के द्वारा निर्मित पूरी लम्बाई का पहला भारतीय कथा-चित्र 'राजा हरिश्चंद्र' मूक फ़िल्म होने के बावजूद पूरी तरह से मराठी-भाषी निर्माण-दल की देन होने के कारण आज तक मराठी सिनेमा की श्रेणी में माना जाता है। मराठी की पहली सवाक् फ़िल्म होने का श्रेय 'अयोध्येचा राजा' को है जो पहली हिंदी सवाक फ़िल्म 'आलमआरा' के साल भर बाद ही बनी थी। मराठी फ़िल्म उद्योग की नींव पहले कोल्हापुर में पड़ी, इसके बाद उसका केंद्र पुणे बना। आज इस फ़िल्म उद्योग का केंद्र भी हिंदी फ़िल्मों की तरह मुम्बई ही है। मराठी सिनेमा तरह-तरह के दर्शक वर्ग को आकर्षित करने वाली फ़िल्में बनाता है। इनमें दादा कोंडके द्वारा बनायी गयी भदेस हास्य की अत्यंत लोकप्रिय फ़िल्मों से लेकर 'श्वास' और 'हरिश्चंद्राची फ़ैक्ट्री' जैसी उत्कृष्ट फ़िल्में भी हैं जिन्हें क्रमश: 2004 और 2009 में भारत की ऑस्कर प्रविष्टि बनने का मौक़ा मिल चुका है।

हिंदी सिनेमा की तरह तमिल सिनेमा ने भी दुनिया के कई देशों में अपनी पैठ बना ली है। श्रीलंका, सिंगापुर, दक्षिण कोरिया, मलेशिया, मॉरीशस, दक्षिण अफ़्रीका, पश्चिमी युरोप और उत्तरी अमेरिका के तमिल डायसपोरा के कारण ये क्षेत्र भी तमिल फ़िल्मों के वितरण नेटवर्क के दायरे में आते हैं। चेन्नई के कोडाम्बकम में केंद्रित हिंदी के बाद देश के सबसे बड़े इस फ़िल्म उद्योग को वह श्रेय प्राप्त है जो मुम्बई स्थित बॉलीवुड को भी नहीं है। तमिल सिनेमा उद्योग तेलुगु, मलयालम और कन्नड़ फ़िल्में तो बनाता ही है, वहाँ हिंदी और सिंहली फ़िल्में (श्रीलंकाई तमिल सिनेमा समेत) भी उल्लेखनीय संख्या में बनती हैं। दिलीप कुमार की पीढ़ी से लेकर हिंदी के लगभग सभी विख्यात अभिनेता 'मद्रास' की फ़िल्मों में काम कर चुके हैं। तमिल अभिनेता कमल हासन ने सबसे ज़्यादा बार राष्ट्रीय फ़िल्म पुरस्कार जीता है। रजनीकांत देश के सबसे महँगे फ़िल्म कलाकार हैं। तमिल फ़िल्म उद्योग ने मणि रत्नम, बालु महेंद्र, कैलासम बालचंदर, बाला, एस. शंकर जैसे विख्यात निर्देशक और इलइया राजा और अल्ला रक्खा रहमान जैसे संगीत निर्देशक दिये हैं। ऑस्कर पुरस्कार जीतने के बाद रहमान अंतर्राष्ट्रीय ख्याति के धनी हो चुके हैं। तमिल फ़िल्म उद्योग तमिलनाडु की संसदीय राजनीति के साथ अपने गर्भनाल के संबंधों के लिए भी जाना जाता है। ब्राह्मणवाद विरोधी आंदोलन, रैडिकल समाज सुधार और तमिल राष्ट्रवाद की झण्डा बुलंद करने वाला द्रविड़ आंदोलन तमिल सिनेमा का राजनीतिक उपयोग किये बिना कांग्रेस को चुनावी होड़ में मात नहीं दे सकता था *(देखें : तमिल सिनेमा और राजनीति)*।

आंध्र प्रदेश से ज़्यादा सिनेमा हाल देश के किसी भी राज्य में नहीं हैं। हैदराबाद में भारत ही नहीं दुनिया का सबसे बड़ा फ़िल्म स्टूडियो कॉम्प्लेक्स रामोजी राव फ़िल्म सिटी है। चेन्नई में बनने वाली फ़िल्मों समेत तेलुगु में बनने वाली फ़िल्मों की संख्या हिंदी से कुछ ही कम है। तमिल सिनेमा के बाद अगर किसी भारतीय भाषा की फ़िल्म संस्कृति ने चुनावी राजनीति से अपना गहरा रिश्ता जोड़ा है, तो वह तेलुगु फ़िल्म उद्योग ही है। तेलुगु आत्मसम्मान के नाम पर अस्सी के दशक में कांग्रेस को पराजित करके सत्ता में आये सुपर स्टार नंदमूरि तारक रामराव (एनटीआर) की राजनीतिक सफलता एक किंवदंती का रूप ले चुकी है। एनटीआर से प्रेरणा लेकर कृष्णा, जयाप्रदा, जमुना, कृष्णम राजू, शारदा, रोज़ा, विजयशांति, कोटा श्रीनिवास राव, बाबू मोहन, हरिकृष्णा और चिरंजीवी जैसी विख्यात फ़िल्मी हस्तियाँ सक्रिय राजनीति में हिस्सा ले रही हैं।

आज़ादी से पहले मलयाली में बनने वाली फ़िल्में तमिल निर्माताओं द्वारा ही बनायी जाती थीं। 1947 के बाद केरल में पहले फ़िल्म स्टूडियो उदय की स्थापना हुई। पहली

प्रामाणिक मलयाली फ़िल्म होने का श्रेय 'नीलक्कुयिल' को है जिसे राष्ट्रपति के रजत पदक से सम्मानित किया गया था। 1965 में रामू करियट के निर्देशन में तकाशी शिवशंकर पिल्लै की कहानी पर बनी 'चेम्मीन' न केवल हिट साबित हुई, उसने सर्वश्रेष्ठ फ़िल्म का राष्ट्रीय पुरस्कार भी जीता। मलयाली सिनेमा का यह दौर प्रेम नज़ीर, सत्यन, शीला और शारदा जैसे कलाकारों के लिए भी जाना जाता है। सत्तर के दशक में मलयाली सिनेमा अदूर गोपालकृष्णन की कृति *'स्वयंवरम'* के रूप में कला सिनेमा की नयी लहर ले कर आया। इसी दशक में एम.टी. वासुदेवन नायर की *'निर्मलयम'*, जी. अरविंदन की *'उत्तरायनम'* और जॉन अब्राहम की फ़िल्म प्रदर्शित हुई। अस्सी से नब्बे के दशक के बीच की अवधि मलयाली सिनेमा का स्वर्ण काल मानी जाती है। इस बीच मलयाली सिनेमा ने मम्मूटी और मोहनलाल जैसे सक्षम अभिनेता दिये और आई.वी. ससि, भरतन और शाज़ी एन. करुण जैसे सम्भावनाशील निर्देशकों की एक पूरी क़तार पैदा की। इन फ़िल्मकारों ने रोज़मर्रा की ज़िंदगी को केंद्र करके सामाजिक और निजी धरातल पर मानवीय संबंधों का सिनेमाई संधान किया।

बांग्ला और मलयाली सिनेमा के बाद भारतीय कला सिनेमा की तीसरी उपलब्धि कन्नड़ फ़िल्म संस्कृति की देन है। 'संस्कार' और 'चोमना दुड़ी' जैसी सरहानीय फ़िल्में बनाने वाले 'संदलवुड' के नाम से मशहूर इस उद्योग ने गिरीश कासरवल्ली, जी.वी. अय्यर और गिरीश कर्नाड जैसे फ़िल्मकार दिये हैं। कन्नड़ सिनेमा ने अनंत नाग, शंकर नाग और बी. सरोजादेवी विख्यात एक्टरों को भी राष्ट्रीय मंच पर पेश किया है। जिस तरह एम.जी.आर. तमिल सिनेमा के, एन.टी.आर. तेलुगु सिनेमा के और प्रेम नज़ीर मलयाली सिनेमा के सुपरस्टार बने, उसी तरह डॉ. राजकुमार कन्नड़ सिनेमा के सुपरस्टार थे। उन्होंने न केवल सैकड़ों फ़िल्मों में विविध भूमिकाएँ निभायीं, बल्कि क़रीब तीन हज़ार गीत भी गाये। राजकुमार राजनीति में आने की योजना भी बना रहे थे। चंदन की लकड़ी के तस्कर वीरप्पन द्वारा उनके अपहरण की घटना राष्ट्रीय मीडिया द्वारा दिये गये कवरेज के कारण पूरे देश की चिंताओं के केंद्र में आ गयी थी।

इस क्षेत्रीय फ़िल्म संस्कृति की प्रतिभाओं से हिंदी सिनेमा को बेहद लाभ हुआ है। यह भी कहा जा सकता है कि अगर संजीव कुमार, बिंदु, आशा पारेख, जीवन, किरन कुमार, अरुणा ईरानी और असरानी जैसे अभिनेता, जयकिशन और कल्याणजी आनंदजी जैसे संगीतकार और केतन मेहता ('भावनी भवई') जैसे निर्देशक हिंदी फ़िल्मों को अपने कॅरियर को न चुनते तो गुजराती सिनेमा और भी समृद्ध होता। 1932 में नानूबाई वकील द्वारा निर्देशित 'नरसिंह मेहता' पहली गुजराती फ़िल्म थी।

मुख्य तौर से बिहार और पूर्वी उत्तर प्रदेश के दर्शकों के लिए बनायी जाने वाली भोजपुरी फ़िल्में भारत से बाहर वेस्ट इंडीज, मॉरीशस, फ़ीज़ी और दक्षिण अमेरिका के भोजपुरी भाषियों के बीच भी लोकप्रिय हैं। इन फ़िल्मों का इतिहास 1962 में प्रदर्शित अत्यंत लोकप्रिय कुंदन कुमार द्वारा निर्देशित 'गंगा मइया तोहे पियरी चढ़इबो' और 1963 में प्रदर्शित एस.एन. त्रिपाठी निर्देशित 'बिदेसिया' से शुरू हुआ था। ये फ़िल्में सफल ज़रूर हुईं, लेकिन भोजपुरी सिनेमा के क़दम नहीं जम पाये। इस उद्योग में नया उछाल 2001 में मोहन प्रसाद द्वारा निर्देशित 'सैंया हमार' की सफलता से आया। इसके बाद बेहद सफल फ़िल्मों का एक लम्बा सिलसिला शुरू हो गया। कई बार छोटे बजट में बनी भोजपुरी फ़िल्मों ने उत्तर प्रदेश और बिहार में हिंदी की बड़े बजट की फ़िल्मों से ज़्यादा पैसा कमा कर दिखाया। आज इस सिनेमा का निर्माण केंद्र मुम्बई है और अमिताभ बच्चन, अजय देवगन, नग़मा, मिथुन चक्रवर्ती जैसे सितारे इन फ़िल्मों में काम कर चुके हैं।

देखें : अतिनाटकीयता, अनुपस्थिति-उपस्थिति, कला सिनेमा, अवाँगार्द और प्रति-सिनेमा, टीवी और समाचार, टीवी और सेक्शुअलिटी, टीवी और टीवी-अध्ययन, तीसरा सिनेमा, तीसरी दुनिया का सिनेमा, दक्षिण भारतीय सिनेमा और राजनीति, दर्शक, श्रोता और पाठक, नारीवादी फ़िल्म-सिद्धांत, फ़िल्म और सेक्शुअलिटी, फ़िल्म और टीवी सेंसरशिप, फ़िल्मांतरण, फ़िल्म-सिद्धांत, फ़्लैश-बैक, भारतीय फ़िल्म-अध्ययान, भारतीय स्टार सिस्टम, रियलिटी टीवी, विचारधारा और हिंदी सिनेमा, वृत्त-चित्र, सेलेब्रिटी, सोप ओपेरा, सिनेमाई यथार्थवाद, नव-यथार्थवाद, सोवियत सिनेमा, स्टार, हिंदी सिनेमा का समाजशास्त्र।

संदर्भ

1. जिग्ना देसाई (2004), *बियॉन्ड बॉलीवुड : द कल्चरल पॉलिटिक्स ऑफ़ साउथ एशियन डायस्पोरिक फ़िल्म*, रॉटलेज, नयी दिल्ली.
2. सेल्वराज वेलायुतम (2008), 'द डायसपोरा ऐंड द ग्लोबल सर्कुलेशन ऑफ़ तमिल सिनेमा', *तमिल सिनेमा : द कल्चरल पॉलिटिक्स ऑफ़ इण्डियाज़ अदर फ़िल्म इंडस्ट्री*, रॉटलेज, नयी दिल्ली.
3. शांति कुमार (2008), 'बॉलीवुड ऐंड बियॉन्ड : द ट्रांसनैशनल इकॉनॉमी ऑफ़ फ़िल्म प्रोडक्शन इन रामोजी फ़िल्म सिटी, हैदराबाद', *ग्लोबल बॉलीवुड : ट्रेवल्स ऑफ़ हिंदी सोंग ऐंड डांस*, युनिवर्सिटी ऑफ़ मिनेसोटा प्रेस, न्यूयॉर्क.

— अभय कुमार दुबे

भारतीय स्टार सिस्टम

(Indian Star System)

भारतीय फ़िल्मों का स्टार-सिस्टम हॉलीवुड की तरह स्टूडियो-सिस्टम की देन नहीं है। इसकी पैदाइश बम्बई, कलकत्ता और मद्रास में पनपे स्टूडियो-सिस्टम के टूटने से हुई है। पश्चिमी सिनेमा और भारत के बीच का यह फ़र्क़ यहीं ख़त्म नहीं होता। हॉलीवुड में स्टारडम का विमर्श भारतीय परिदृश्य को समझने में आंशिक रूप से ही मदद कर सकता है। हालाँकि भारतीय फ़िल्म-स्टार भी अपने फ़िल्म-उद्योग पर हॉलीवुड जैसा ही प्रभाव डालता है, पर कुल मिला कर न केवल इस स्टार-सिस्टम का समाजशास्त्र अलग तरह का है, बल्कि संस्थागत स्तर पर उसकी राजनीतिक-सामाजिक और जेंडर संरचना भी भिन्न है।

हॉलीवुड के स्टार-सिस्टम में पुरुष और स्त्री अभिनेताओं की संयुक्त भागीदारी है, भले ही पुरुषों का हिस्सा अपेक्षाकृत काफ़ी भारी है। पर भारतीय स्टार-सिस्टम में अभिनेत्रियों को आज तक जगह नहीं मिल पायी है। प्रतिभा की धनी, लोकप्रिय और सफल अभिनेत्रियों की कोई कमी नहीं है, पर फ़िल्म-उद्योग को अपनी मर्ज़ी ले चलाने की क्षमता उनमें से किसी की भी नहीं रही। कभी-कभी माधुरी दीक्षित का नाम पहले और अभी तक के अंतिम स्त्री-सुपरस्टार के रूप में लिया जाता है। ज़ाहिर है कि यह अपवाद भी स्टार-सिस्टम के पौरुषपूर्ण चरित्र के नियम को ही सिद्ध करता है।

इसमें कोई शक नहीं कि बॉलीवुड के स्टार भी हॉलीवुड की तर्ज़ पर अपने अति-उपभोग, विलासिता और सेक्शुअल अतिवाद के ज़रिये ख़ुद को जन-साधारण से अलग करके आकर्षक और विचित्र बनाते हैं। लेकिन उनकी इस विशिष्टता के कुछ ख़ास भारतीय पहलू भी हैं। मसलन, बॉलीवुड सितारों के व्यक्तिगत जीवन में जिस तरह की धार्मिक समरसता व्यावहारिक ज़मीन पर देखने को मिलती है, बाक़ी समाज में वैसी स्थिति केवल सामासिक और सेकुलर थियरी के पृष्ठों पर ही सम्भव है।

भारत के फ़िल्मी सितारों और उनसे जुड़ा हुआ देह का सौंदर्यशास्त्र मोटे तौर पर उत्तर भारत और दक्षिण भारत के दो ध्रुवों में विभक्त है। बावजूद इसके कि उत्तर के तमाम फ़िल्मी सितारे दक्षिण भारत में बनने वाली हिंदी फ़िल्मों में सफलतापूर्वक काम करते हैं, और भले ही दक्षिण के अभिनेताओं को उत्तर के दर्शकों ने ज़्यादा स्वीकार न किया हो (हालाँकि दक्षिण भारतीय अभिनेत्रियाँ उत्तर में हमेशा से ज़बरदस्त 'हिट' रही हैं), कहा यही जाता है कि जो दक्षिण में चलता है, वह उत्तर में नहीं चलता। उल्टे उत्तर का अभिनेता अगर दक्षिण द्वारा बनायी गयी हिंदी फ़िल्मों में स्थापित होना चाहता है तो उसे अपने सिर पर ख़ूबसूरत बाल होते हुए भी विग पहनने के लिए मजबूर होना पड़ सकता है (जैसे जीतेंद्र), क्योंकि वहाँ के ज़्यादातर फ़िल्मी सितारे विग पहनते हैं और भड़कीला मेकअप करके पर्दे पर अवतरित होते हैं। एक मोटा-थुलथुल अभिनेता और बेहद मांसल अभिनेत्री दक्षिण में स्टार बने रह सकते हैं, पर उत्तर में वज़न बढ़ने का मतलब है धंधा चौपट हो जाना। दूसरे, दक्षिण के स्टारों का सामाजिक आधार विंध्याचल के उस पार दूर-दूर तक फैले हुए फ़ैन-क्लबों पर टिका हुआ है। इन फ़ैन-क्लबों की संरचना जातिगत, सामुदायिक और अर्ध-राजनीतिक क़िस्म की होती है। प्रशंसकों के इन्हीं स्वायत्त संगठनों के दम पर दक्षिण के स्टार राजनीतिक गोलबंदी करते हैं और अपनी पार्टियाँ बना कर राजसत्ता तक पहुँचने में कामयाब रहते हैं। दक्षिण में फ़िल्मी सितारों के राजनीति में आगमन ने भारतीय राजनीति के क्षेत्रीयकरण में उल्लेखनीय भूमिका निभायी है। इसके विपरीत उत्तर भारत के फ़िल्मी सितारों के सार्वजनिक जीवन में इस तरह के पारिवेशिक सम्पर्कों की भूमिका न के बराबर ही है। उनकी लोकप्रियता और पहुँच अधिकांशतः वर्ग और समुदाय की सीमाओं से परे जाती है। वे भी राजनीति में भाग लेते हैं, पर उनकी कामयाबी का चरित्र व्यक्तिगत क़िस्म का है।

हॉलीवुड के स्टूडियो-सिस्टम की ख़ास बात यह थी कि वह नीचे से ऊपर तक एकीकृत था, अर्थात् फ़िल्म-निर्माण, फ़ाइनेंसिंग, वितरण और प्रदर्शन तक सिनेमा के हर पहलू पर उनकी संस्थागत गिरफ़्त रहती थी। वे स्टार बनाने और बिगाड़ने की क्षमता रखते थे। 1948 में अमेरिकी सुप्रीम कोर्ट के कुछ फ़ैसलों के बाद उनके हाथ से वितरण और प्रदर्शन की ताक़त छिन गयी। लेकिन फिर भी व्यवसाय और स्टारडम पर उनकी गिरफ़्त कमज़ोर नहीं हुई। आज भी हॉलीवुड के बड़े स्टूडियो टॉम क्रूज़ जैसे सितारों को सालाना अनुबंधों के तहत अपनी फ़िल्मों में ही काम करने के लिए प्रतिबद्ध रखते हैं। भारत में भी फ़िल्म-व्यवसाय का विकास बड़े स्टूडियो की स्थापना के साथ जुड़ा हुआ है, लेकिन उनका दायरा मोटे तौर पर निर्माण तक और आंशिक रूप से फ़ाइनेंसिंग (बड़ी फ़िल्म कम्पनियाँ) तक सीमित रहा है। फ़ाइनेंसर, वितरक और प्रदर्शक की हैसियत अपेक्षाकृत स्वायत्त है। कुछ बड़े वितरक भी फ़िल्मों में पैसा लगाते हैं। इसका सबसे बड़ा कारण शायद यह है कि भारतीय फ़िल्मों के लिए ज़रूरी पूँजी के स्रोत कमोबेश अनिश्चित और अस्थिर हैं। सरकारी पूँजी से बनने वाला कला सिनेमा एक अपवाद था। हाल ही में कॉरपोरेट, संस्थागत और विदेशी पूँजी द्वारा फ़िल्म व्यवसाय में पदार्पण करने से पहले इस

महबूब ख़ान की फ़िल्म 'अंदाज़' (1949) में नरगिस, राजकपूर और दिलीप कुमार.

उद्योग को अपराध जगत से मिलने वाली 'फ़ाइनेंसिंग' का भी इस्तेमाल करना पड़ा है।

पूँजी की कमी के कारण ही भारत में स्टूडियो-सिस्टम का बनता हुआ आधार द्वितीय विश्व-युद्ध के बाद तेज़ी से दरकने लगा। पहले वे हॉलीवुड की ही तरह अभिनेताओं, निर्देशकों, संगीतकारों और लेखकों की टीम को नियमित तनख़्वाह पर रखते थे। लेकिन आज़ादी के बाद अभिनेताओं, निर्देशकों, सिनेमैटोग्राफ़रों और अन्य तकनीशियनों का बाज़ार स्टूडियो-मालिकों और फ़िल्म-कम्पनियों के हाथ में नहीं रह गया। 'फ्रीलांसिंग' का माहौल तैयार हुआ। कलाकारों और तकनीशियनों का पारिश्रमिक उनकी अंतिम फ़िल्म की व्यावसायिक सफलता के आधार पर निर्धारित होने लगा।

मुम्बई फ़िल्म-उद्योग के स्टार-सिस्टम ने तीन बड़े सितारों दिलीप कुमार, राजकपूर और देव आनंद को जन्म दिया। हिंदी सिनेमा के जिस स्वर्णयुग की चर्चा होती है, उसके केंद्र में इन्हीं तीनों की शख़्सियत और अभिनय-क्षमताएँ थीं। इस दौर में इन तीनों को मिले स्टारडम पर चालीस से साठ के दशक के बीच के महान निर्देशकों और निर्माताओं की गहरी छाप थी। दिलीप कुमार मानवीय जीवन के जिन दुःख भरे पहलुओं के पर्याय बने, वह मुख्य तौर पर बिमल राय द्वारा उकेरी गयी छवियों का नतीजा था। बाद में उन्होंने ग्रामीण जीवन की जिन त्रासदियों को व्यक्त किया, वे बलदेव राज चोपड़ा और नितिन बोस के निर्देशकीय कौशल की देन थीं। इसी तरह देव आनंद शहरी पृष्ठभूमि के जिस 'स्मार्ट हीरो' और 'लवर बॉय' का निरूपण करने में कामयाब रहे उनके पीछे गुरुदत्त, राज खोसला, चेतन आनंद और विजय आनंद का हुनर था। राजकपूर ने अपने 'आवारा चार्ली' वाले स्टार-बिम्ब को ख़ुद रचा था, क्योंकि वे अपनी फ़िल्मों में ख़ुद को ही निर्देशित करते थे। जहाँ तक व्यक्तिगत हस्तक्षेप करके अपने स्टार-बिम्ब को मनचाही दिशा देने का सवाल है, इसकी भूमिका सीमित थी। इसके लिए या तो हीरो को अपने भाई या रिश्तेदारों से फ़िल्में बनवानी पड़ती थीं (जैसे देव आनंद ने बनवायीं), या फ़िल्मों को ख़ुद प्रोड्यूस करना पड़ता था (समय-समय पर इन तीनों अभिनेताओं ने ऐसा किया भी)। इस स्टार-त्रयी में केवल एक उदाहरण दिलीप कुमार का है जिन्होंने फ़िल्म-उद्योग द्वारा उन पर आरोपित छवि से अलग हटने का चर्चित प्रयास किया। ट्रैजेडी-किंग कहे जाने वाले इस अभिनेता ने स्वयं योजना बना कर हल्की-फुल्की हास्य भूमिकाएँ करके अपनी स्टार-छवि को बहुआयामी बना दिया।

स्टार-सिस्टम ने सत्तर के दशक से सुपर-स्टारडम के दौर में क़दम रखा। राजेश खन्ना (रोमानी फ़िल्में) और फिर अमिताभ बच्चन (विद्रोही छवि) के उदय ने निर्देशक की छाप को गौण कर दिया। हालाँकि इन छवियों को गढ़ा निर्देशकों ने ही था, पर उनसे जो स्टार बना वह मीडिया और व्यवसाय का सहारा ले कर निर्देशक की पकड़ से परे चला गया। आज शाहरुख ख़ान, अमीर ख़ान, संजय दत्त, अक्षय कुमार और सलमान ख़ान सुपरस्टार की श्रेणी में हैं। ये सभी अपनी पसंद के आधार पर अपने लिए फ़िल्में प्रोड्यूस कराने की क्षमता रखते हैं। इनके बारे में तो यह निश्चित रूप से कहा जा सकता है कि ये फ़िल्मों में काम नहीं करते, बल्कि फ़िल्में इनकी स्टार-छवि का दोहन करने के लिए बनायी जाती हैं।

हालाँकि राजेश खन्ना पहले सुपरस्टार थे, पर इस परिघटना का अध्ययन अमिताभ बच्चन के उभार के साथ जुड़ा हुआ है। राजेश खन्ना को अगर रोमांस का वाहक माना गया, तो बच्चन की एक्टर-शख़्सियत को 'एंगरी यंगमैन' की विद्रोही छवि से जोड़ा गया। बौद्धिकों ने बॉक्स-ऑफ़िस पर बच्चन के बोलबाले को सामाजिक गोलबंदी की नयी सामाजिक विधियों की शुरुआत के रूप में देखा। इस तरह के निष्कर्ष आकर्षक तो लगते हैं, पर उन्हें सिर्फ़ मानकीय विमर्श के स्तर पर ही टिकाया जा सकता है। 'एंगरी यंग मैन' वाला विमर्श यह भूल जाता है कि बच्चन की असाधारण कामयाबी का शीराज़ा शुरू से ही दो समांतर धरातलों पर खड़ा हुआ। एक तरफ़ उन्होंने मुख्यत: हृषिकेश मुखर्जी के निर्देशन में कई रोमानी, बड़बोली, हास्य और गम्भीर-भद्र भूमिकाओं के कामयाब सिलसिले को जन्म दिया। दूसरी ओर उनके द्वारा की गयी ईमानदार या भ्रष्ट पुलिस वाले, कुली, अपराधी, बंडलबाज़, गुंडे, शराबी और रॉबिनहुड जैसी सबाल्टर्न

यश चोपड़ा की फ़िल्म 'दीवार' में अमिताभ बच्चन.

भूमिकाओं ने विद्रोही चरित्रों का सृजन किया। विमर्शकार अपनी थियरी साबित करने की सुविधा के तहत बच्चन के कॅरियर के पहले धरातल को दूसरे में विलुप्त कर देते हैं। इसके लिए जो साक्ष्य जुटाये जाते हैं वे कमज़ोर क़िस्म के हैं।

दिलचस्प बात यह है कि बच्चन जिस समय सफलता के शिखर पर थे, उस समय भी फ़िल्म उद्योग ऐसे कई अभिनेताओं से परिपूर्ण था जो लगातार बड़ी-बड़ी हिट फ़िल्में दे रहे थे। पर मीडिया और समाज-वैज्ञानिकों ने मिल कर सिर्फ़ बच्चन को ही उस 'राष्ट्रीय' सामाजिक-राजनीतिक संकट की सिनेमाई अभिव्यक्ति का वाहक माना जिससे उनके अनुसार उस समय भारतीय समाज और राजनीति को गुज़रना पड़ रहा था। इस लिहाज़ से बच्चन का सुपरस्टारडम एक हद तक बौद्धिक कारीगरी भी था। अगर 'शासक अभिजनों' की वैधता संकटग्रस्त थी तो उसके प्रति गुस्से भरी सिनेमाई प्रतिक्रिया केवल हिंदी-सिनेमा ने ही क्यों की? दक्षिण भारत के शक्तिशाली फ़िल्म-उद्योग ने ऐसा क्यों नहीं किया? क्षेत्रीय सिनेमा-उद्योग भी बॉलीवुडीय मुहावरे की फ़िल्मों की कमाई पर टिका है। वहाँ भी ऐसा क्यों नहीं हुआ?

दक्षिण भारत का नज़ारा एकदम अलग है। वहाँ स्टारडम प्रांतीयता, सांस्कृतिक अस्मिता और सामुदायिकता से बँधा हुआ है। मसलन, आंध्र प्रदेश में तेलुगु-स्टारडम पर कम्मा जाति के अभिनेताओं का क़ब्ज़ा रहा है। दूसरी प्रभुत्वशाली जाति रेड्डियों के पास ऐसा कोई बड़ा फ़िल्म स्टार नहीं है जिसकी लोकप्रियता का उन्हें राजनीतिक फ़ायदा मिल सकता हो। इसी तरह आंध्र में चिरंजीवी और तमिलनाडु में विजयकांत का स्टारडम अपने-अपने समुदायों के साथ उनके गहरे सम्पर्कों की देन है। इसी आधार पर फ़िल्म-स्टारों के प्रशंसकों की एसोसिएशनें बनती हैं जिनका फ़िल्म हिट कराने से लेकर राजनीतिक गोलबंदी तक औज़ार की तरह प्रयोग किया जाता है। फ़ैन-क्लबों में स्त्रियाँ अपवादस्वरूप ही भाग लेती हैं। उनके ज़्यादातर सदस्य निचले तबक़े और निचली समझी जाने वाली जातियों से आते हैं। ये प्रशंसक अपने नायक के लिए रास्ता रोको आंदोलन करने से ले कर दंगाई हिंसा करने की हद तक चले जाते हैं। प्रशंसकों के संगठन अपने नायक के बूढ़े होने पर या उसके गंजे हो जाने पर भी उससे फिरंट नहीं होते। वे तो उसे भगवान मान चुके होते हैं और उसके मंदिर बना कर पूजा तक करते हैं। प्रशंसकों में नायक के नाम पर आत्मदाह कर लेने वाली दीवानगी तक होती है। तमिलनाडु में एमजीआर और कर्नाटक में डॉ. राजकुमार के देहांत पर उनके प्रशंसकों की दु:ख भरी हिंसक प्रतिक्रिया इसका प्रमाण है।

दक्षिण भारत के फ़िल्मी सितारों का स्टारडम बनाये रखने के लिए प्रचारतंत्र का सुनियोजित उपयोग किया जाता है। फ़ैन-क्लबों की गतिविधियाँ चालू रखने और उनका प्रसार करने में स्टार ख़ुद दिलचस्पी लेता है और उन पर पैसा ख़र्च करता है। साथ ही जीवनी-लेखकों की करामात के दम पर वह अपने निजी जीवन की घटनाओं का गढ़ा गया संस्करण जनता के सामने परोसता है। एमजीआर, उनकी पत्नी जानकी और उनकी राजनीतिक उत्तराधिकारी जयललिता के विवादास्पद अंतरंग जीवन को प्रशंसकों के लिए अनापत्तिजनक और आकर्षक बनाने में इस तरह की मीडिया इंजीनियरिंग का भारी हाथ है। द्रमुक की सदस्यता वाले दिनों में एमजीआर के आठ सौ प्रशंसक क्लब तमिलनाडु में सक्रिय थे। उधर शिवाजी गणेशन के फ़ैन-क्लबों के दम पर चुनाव में हार जाने के बावजूद कांग्रेस राज्य में टिकी हुई थी। आज रजनीकांत और कमल हासन के फ़ैन-क्लबों का ज़माना है। इन दोनों अभिनेताओं के प्रचारतंत्र का दावा है कि एक-एक ज़िले में उनके सैकड़ों फ़ैन-क्लब सक्रिय हैं।

देखें : अतिनाटकीयता, अनुपस्थिति-उपस्थिति, कला सिनेमा, अवाँगार्द और प्रति-सिनेमा, टीवी और समाचार, टीवी और सेक्शुअलिटी, टीवी और टीवी-अध्ययन, तीसरा सिनेमा, तीसरी दुनिया का सिनेमा, दक्षिण भारतीय सिनेमा और राजनीति, दर्शक, श्रोता और पाठक, नारीवादी फ़िल्म-सिद्धांत, फ़िल्म और सेक्शुअलिटी, फ़िल्म और टीवी सेंसरशिप, फ़िल्मांतरण, फ़िल्म-सिद्धांत, फ़्लैश-बैक, भारतीय सिनेमा-1, 2 और 3, भारतीय फ़िल्म-अध्ययन, रियलिटी टीवी, विचारधारा और हिंदी सिनेमा, वृत्त-चित्र, सेलेब्रिटी, सोप ओपेरा, सिनेमाई यथार्थवाद, नव-यथार्थवाद, सोवियत सिनेमा, स्टार, हिंदी सिनेमा का समाजशास्त्र।

संदर्भ

1. गुलज़ार, गोविंद निहलानी और सैबल चटर्जी (सम्पा.) (2003), *इनसाइक्लोपीडिया ऑफ़ हिंदी सिनेमा,* इनसाइक्लोपीडिया ब्रिटानिका और पॉप्युलर प्रकाशन, दिल्ली और मुम्बई.
2. सारा डिकी (1993), 'पॉलिटिक्स ऑफ़ एडुलेशन : सिनेमा ऐंड द प्रोडक्शन ऑफ़ पॉलिटीशियंस इन साउथ इण्डिया', द *जरनल ऑफ़ एशियन स्टडीज़,* खण्ड 52, अंक 2.
3. रॉबर्ट एल. हार्डग्रेव, (1973) जूनियर, 'पॉलिटिक्स ऐंड द फ़िल्म इन तमिलनाडु : द स्टार्स ऐंड द डीएमके', *एशियन सर्वे,* खण्ड 13, अंक 3.

4. एम. माधव प्रसाद (1998), *आइडियॉलॅजी ऑफ़ द हिंदी फ़िल्म: अ हिस्टोरिकल कंस्ट्रक्शन,* ऑक्सफ़र्ड युनिवर्सिटी प्रेस, नयी दिल्ली.

— अभय कुमार दुबे

भारतीय स्वभाव और राजनीति

(Indian Nature and Politics)

क्या भारतीय समाज अपनी प्राचीनता और परम्परानिष्ठा के बावजूद औसत आधुनिक भारतीय व्यक्ति को ऐसा मानस मुहैया कराने में सफल है जो समाज को राजनीतिक आधुनिकीकरण की तरफ़ ले जा सके? राजनीति के जिन रूपों को हमने अपनाया है, उनका विकास मुख्यत: पश्चिमी सांस्कृतिक यथार्थ के तहत हुआ है। भारतीय सांस्कृतिक यथार्थ उससे कई मायनों में मेल नहीं खाता। भारत में औसत व्यक्ति के लालन-पालन और समाजीकरण के मानक न केवल आधुनिकता के आगमन से पहले भिन्न रहे हैं, बल्कि आज भी कमोबेश वे पश्चिमी मानकों से अलग हैं। आधुनिक राजनीति में सफलतापूर्वक भाग लेने के लिए जिन ख़ूबियों की ज़रूरत होती है, उन्हें प्राप्त करने के दो स्रोत हो सकते हैं। पहला, राजनीति में भाग लेने के अनुभव से सीखते हुए क्रमश: उन गुणों को प्राप्त करना। यह व्यक्ति की अपनी क्षमताओं पर निर्भर करता है कि वह राजनीति की ज़रूरतों के हिसाब से ख़ुद का पुनर्संस्कार किस तरह और किस हद तक करता है। दूसरा, वे बुनियादी और सहजात गुण जो पारिवारिक और सांस्कृतिक माहौल के कारण शुरू से ही व्यक्ति के मानस का अंग बन जाते हैं। प्रश्न यह है कि ये सहजात गुण भारतीय व्यक्ति को आधुनिक राजनीतिक संस्कृति का अनुभव प्राप्त करने में बाधा डालते हैं या उसकी मदद करते हैं। यह दूसरा स्रोत पहले को लाज़मी तौर पर प्रभावित करता है।

भारतीय व्यक्तित्व के अध्ययन में कई अध्येताओं ने भारतीय परिवार में बच्चे की स्थिति पर ख़ास तौर से विचार किया है। इन अध्ययनों की रोशनी में एक अंदाज़ा लगाया जा सकता है कि भारतीय परिवार और समाज का ढाँचा जन्म से वयस्क होने तक जिस व्यक्ति की रचना करता है, वह आधुनिक सामूहिक जीवन और प्राधिकार के आधुनिक रूपों की ज़रूरतों पर खरा उतर पाता है या नहीं? इससे यह भी पता चलता है कि मूलत: सांस्कृतिक और पश्चिमी अर्थों में अ-सेकुलर स्वभाव वाले समाज में विकसित होने वाले राजनीतिक संस्कार जिस राजनीतिक शख़्सियत की रचना करते हैं, वह किन अर्थों में पश्चिमी समाजों में पनपे राजनीतिक व्यक्ति से अलग है?

अध्येताओं की मान्यता है कि पश्चिम के मुक़ाबले भारत में बच्चे पर कहीं ज़्यादा लम्बी अवधि तक वात्सल्य बरसाया जाता है। माता और परिवार के अन्य सदस्यों की संरक्षा में लगातार रहने के कारण भारतीय बच्चा अपेक्षाकृत वंचित होने की किसी कुंठा का अनुभव कम ही करता है। ऐसी स्थिति के कारण उसके स्वभाव को आंतरिक आक्रामकता का वह स्पर्श नहीं मिल पाता, जो आधुनिक राजनीति के लिए उपयोगी समझा जाता है। वह अपनी आक्रामक ऊर्जा को प्राधिकार के प्रतीकों के संदर्भ में व्यक्त करने में नाकाम रहता है। दूसरी तरफ़ यही प्रक्रिया उसके भीतर 'आत्म-विकास' की अंतर्मुखी प्रवृत्ति को बढ़ावा देती है। उसका अपना आदर्शीकृत अहं तो ताक़तवर हो जाता है, पर समाज की वृहत्तर ज़रूरतों से जोड़ने वाला परा-अहं कमज़ोर बना रहता है।

परिणामस्वरूप भारतीय व्यक्ति जब अपने परा-अहं की अपेक्षाएँ पूरी नहीं कर पाता, तो उसकी नैतिक और रचनात्मक ऊर्जा में कोई ख़ास बेचैनी पैदा नहीं होती। वह अपने स्व-विकसित अहं पर निर्भरता से काम चलाता रहता है। वह स्वनिर्धारित आदर्शों और लक्ष्यों से अधिक अनुप्राणित होता है, अपनी सामाजिक ज़िम्मेदारियों से कम। औसत भारतीय इसीलिए अंतर्मुखी हो कर श्रेष्ठता प्राप्त करने की कोशिश में लगा रहता है, पर उसमें समाज के लिए कुछ कर गुज़रने की ख़ास इच्छा नहीं होती। अपनी इसी प्रकृति के कारण जब भारतीय संस्कृति उसके सामने ऊँचे और सार्वभौम आदर्श पेश करती है तो उसे हमेशा के लिए एक तरह के अंतर्विरोध का शिकार हो जाना पड़ता है। वह देखता है कि कुछ मुट्ठी-भर व्यक्ति सृजनशील और सत्ताकांक्षी व्यक्ति इन आदर्शों से जुड़ कर ख़ुद को उच्चतर क्षमताओं से लैस करते चले जा रहे हैं। वह अपने और उनके बीच में एक बड़ी खाई पाता है। उस तरह का महामानव न बन पाने की मजबूरी उसे उत्तरोत्तर स्वत:स्फूर्तता और अनिश्चितता का शिकार बनाती चली जाती है। वह नेता को गुरु, ऋषि या योद्धा की निगाह से देखता है। उसके करिश्मे पर उसे हद से ज़्यादा भरोसा होने लगता है। इन्हीं कारणों से भारतीय मानस के लिए राजनीतिक नेता की हैसियत माता-पिता या बड़े भाई या बहिन जैसी होती है। दूसरी ओर नेतागण भी चाहते हैं कि किशोरों और नवयुवकों में ऐसी ही मूल्यों का विकास हो।

भारतीय परिवार में बच्चे की मौजूदगी को एक व्यक्ति के रूप में स्वीकार न करके एक संक्रमणकालीन स्थिति के

रूप में देखा जाता है। परिवार में प्राधिकार की संरचना आम तौर से बिखरी हुई रहती है। भीड़ भरे माहौल में कुछ भी अलग और निजी धरातल पर सोचना मुश्किल होता है। बड़े संयुक्त परिवार में पिता की हैसियत कई वरिष्ठों के बीच एक वरिष्ठ से अधिक नहीं होती। चाचाओं, मामाओं, बुआओं और दादा-नाना सरीखे कौटुम्बिक संबंधों के ज़रिये भारतीय बच्चे को किसी न किसी प्रकार अपनी माँगें पूरी करवाने का मौक़ा मिल ही जाता है। वह एक वरिष्ठ को दूसरे के मुक़ाबले इस्तेमाल करता रहता है। अनुकरण करने के लिए उसके पास एक नहीं, बल्कि कई तरह की छवियाँ होती हैं। ये तमाम पहलू उसके परा-अहं को कमज़ोर करते हैं।

सचेत रूप से सीखने की उम्र आने पर बच्चे को इस यक़ीन के तहत पाला जाता है कि वह औपचारिक निर्देशों के पालन के बजाय स्वयं देख समझ कर ज़्यादा सीखेगा। इससे बच्चे के भीतर स्वायत्तता की प्रवृत्ति बढ़ती है, पर प्राधिकार के प्रतीकों के प्रति किसी विशेष अनुपालन की भावना से लैस नहीं हो पाता। पश्चिमी परिवारों के विपरीत परिवार में बच्चे का कोई निश्चित दायरा नहीं होता। वह कहीं भी और कभी भी जा-आ सकता है। वह बड़ों के साथ रात में देर तक जागता रहता है। बड़ों की चर्चा से बच्चे को अलग रखने की कोई विधि आम तौर पर नहीं अपनायी जाती।

पश्चिम में बच्चे का लालन-पालन कई पहलुओं से भारत के मुक़ाबले उल्टा है। पश्चिमी शैली के लालन-पालन के तहत बच्चे में जिस तरह की आंतरिक आक्रामकता विकसित होती है, उसका नम्यीकरण प्राधिकार के प्रति समर्पण में हो जाता है। बच्चों से प्रेम करना अलग बात है, पर वह संस्कृति वात्सल्य रस को कोई ख़ास तरजीह नहीं देती (पश्चिम में वात्सल्य रस की कविता शायद ही लिखी गयी हो)। संयुक्त और विस्तारित परिवार के अभाव में वहाँ बच्चा पैतृक या मातृक अनुशासन के तहत केंद्र के महत्त्व को शुरू से ही समझना शुरू कर देता है, जबकि भारत में बच्चा न तो केंद्र पर ज़ोर देता है और न ही दूसरों से ऐसी अपेक्षा करता है। उसकी ये प्रवृत्तियाँ राजनीतिक केंद्र के प्रति उसके अस्पष्ट रुख में व्यक्त होती हैं जिससे भारतीय राजनेताओं को अक्सर दिक़्क़त होती रही है। भारतीय जीवन-शैली की निगाह में प्राधिकार विखण्डित, बिखरी हुई और रुक-रुक कर गतिशील होने वाली संरचना की तरह है।

तो क्या इस विश्लेषण के तहत मान लेना चाहिए कि औसत भारतीय व्यक्ति आधुनिक राजनीति के लिए अनुपयुक्त है ? ऐसी मान्यता एक ज़्यादती होगी। हमें इस स्थापित तथ्य को नहीं भूलना चाहिए कि भारत जैसे परम्परानिष्ठ समाज के आधुनिकीकरण की प्रक्रिया राजनीतीकरण के ज़रिये चली है। भारतीय राजनीतीकरण पश्चिम में हुए राजनीतीकरण से लाज़मी तौर पर अलग है, क्योंकि उसकी इकाई यानी भारतीय व्यक्ति ही एक भिन्न क़िस्म की शै है। दरअसल, भारतीय व्यक्ति की सहजात और नैसर्गिक ख़ूबियाँ एक अलग तरह की आधुनिक राजनीति की रचना-प्रक्रिया की तरफ़ इशारा करती हैं। भारतीय राजनीतिक संस्कृति के मानक अलग हैं। वह अस्पष्टता के प्रति सहिष्णुता, वैचारिक लचीलेपन, सत्ता के विखण्डित स्वभाव और समाज की राज्य से अपेक्षाकृत स्वायत्तता जैसे तत्त्वों से मिल कर बनी है। भारतीय राजनीतिक शख़्सियत के विकास को इसी की रोशनी में समझना श्रेयस्कर होगा।

देखें : अनुसूचित जातियाँ, अनुसूचित जनजातियाँ, अन्य पिछड़े वर्ग, आरक्षण, आधुनिकता, अरविंद घोष, आधुनिकीकरण, कन्हैयालाल माणिकलाल मुंशी, जवाहरलाल नेहरू, जातियों का राजनीतिकरकरण, धीरूभाई शेठ, पार्थ चटर्जी, बंगाल का नवजागरण, भारतीय अभिजन, भारतीय आधुनिकता, भारतीय इसलाम, भारतीय उदारतावाद, भारतीय डायसपोरा, भारत में उपनिवेशवाद, भारतीय नवजागरण : तुलनात्मक परिप्रेक्ष्य, भारत में नियोजन, भारत में प्रातिनिधिक प्रणाली, भारत में पृथकतावादी राजनीति, भारत में मतदान-व्यवहार-1 से 6 तक, भारत में सामाजिक आंदोलन, भारतीय राज्य, भारतीय राष्ट्रवाद, भारतीय लोकतंत्र, भारतीय लोकतंत्र का संस्थानीकरण-1 से 3 तक, भारतीय संविधान-1 से 8 तक, भारतीय सामाजिक आंदोलन, भीमराव रामजी आम्बेडकर, रजनी कोठारी, राज्य, राज्य की मार्क्सवादी अवधारणा, राजा राममोहन राय, विवेकानंद, विनायक दामोदर सावरकर, सुदीप्त कविराज, संविधान सभा में भाषा-विवाद-1 से 3 तक, सामाजिक आंदोलन।

संदर्भ

1. रजनी कोठारी, *भारत में राजनीति : कल और आज,* प्रस्तुति और सम्पादन : अभय कुमार दुबे, सीएसडीएस-वाणी, नयी दिल्ली, 2005
2. रजनी कोठारी, 'राजनीतिक संस्कृति और भारतीय व्यक्ति की राजनीतिक शख़्सियत का विकास', अभय कुमार दुबे (सम्पा.), *राजनीति की किताब : रजनी कोठारी का कृतित्व,* सीएसडीए-वाणी, नयी दिल्ली, 2003

— अभय कुमार दुबे

भाववाद

(Idealism)

भाववाद मानता है कि भौतिक अस्तित्व को केंद्र बना कर यथार्थ की सच्ची प्रकृति को नहीं पहचाना जा सकता। वस्तुनिष्ठता के ऊपर आत्मनिष्ठता को प्राथमिकता देते हुए यह दर्शन दावा करता है कि मनुष्य के मानस को विज्ञान की कार्य-कारण कसौटियों पर नहीं कसा जाना चाहिए। मानस और जगत के संबंधों पर विचार करते हुए यह दर्शन इस निष्कर्ष पर पहुँचा कि चेतना अस्तित्व पर निर्भर नहीं होती, बल्कि अस्तित्व चेतना पर निर्भर करता है। इस तरह भाववाद यथार्थवाद और भौतिकवाद का एंटीथीसिस बन गया। उसने विज्ञान सम्मत कार्य-कारण संबंधों का सहारा न लेकर प्रयोजनमूलकता के आधार पर राजनीतिक जीवन को समझने का प्रयास किया। आधुनिक सभ्यता में व्यक्तिवाद के बोलबाले के पीछे भाववाद के दार्शनिक तर्कों का उल्लेखनीय योगदान है। अट्ठारहवीं सदी के आख़िरी और उन्नीसवीं सदी के शुरुआती वर्षों के जर्मन दार्शनिकों ने इस वैचारिक आंदोलन की नींव डाली। बीसवीं सदी के आख़िरी दशकों में भौतिकवाद और प्रत्यक्षवाद के असर में आने से पहले ब्रिटिश दर्शन भी भाववाद से काफ़ी प्रभावित था। जर्मनी में हीगेल के अलावा कांट, फ़िच, शेलिंग, लीब्निज़ और शॉपेनहॉवर भाववाद के प्रवर्तक माने जाते हैं। ब्रिटिश भाववादियों में टी.एच. ग्रीन, डब्ल्यू. वैलेस, ई. काइर्ड और एच. जोंस का नाम प्रमुख है। लेकिन भाववाद का इतिहास केवल तीन सौ साल पुराना ही नहीं है। सुकरात, प्लेटो और अरस्तू भी भाववादी ही थे। प्राचीन अद्वैतवाद भाववाद की श्रेणी में आता है। भारतीय दर्शन का एक बड़ा हिस्सा भाववादी है। वैदिक साहित्य, उपनिषद्, ब्रह्मसूत्र और वेदांत ही नहीं, बौद्ध दर्शन की कुछ शाखाओं को भी भाववादी माना गया है। चीन में ताओ आधारित लाओ त्से का दर्शन इसी श्रेणी में आता है।

आधुनिक भाववादी विचारक अपने चिंतन की राजनीतिक निष्पत्तियों में भी दिलचस्पी रखते थे। उनका दावा था कि मनुष्य द्वारा राजनीतिक संबंध बनाने का कारण किन्हीं आर्थिक और सामाजिक कारकों में ही नहीं ,बल्कि उससे भी कहीं ज़्यादा उसके अपने स्वभाव, नैतिकता, इतिहास, कला और धर्म के दायरे में रेखांकित किया जाना चाहिए। इसी सूत्र के आधार पर भाववाद के प्रमुख प्रतिपादकों में से एक हीगेल ने आधुनिक राज्य को मानवीय स्वभाव की आवश्यकताओं के अनुकूल ठहराते हुए तर्क दिया कि यह संस्था कला, साहित्य, धर्म, दर्शन और आर्थिक गतिविधियों में हुए गहन परिवर्तनों के ज़रिये गढ़ी गयी है। इसी तर्ज़ पर हीगेल ने राजनीतिक संस्थाओं को मानवीय इयत्ता की विकासमान आवश्यकताओं और बोध का परिणाम क़रार दिया।

वस्तुनिष्ठता पर आत्मनिष्ठता को प्राथमिकता देने के कारण भाववाद पश्चिमी आधुनिकता के तहत विकसित हुए व्यक्तिवादी रुझानों को पुष्ट करने वाले प्रमुख विचार के तौर पर उभरा है। इतिहास की तरफ़ इशारा करते हुए भाववादी कहते हैं कि निजता, व्यक्तिगत स्वतंत्रता और गरिमा का निरंतर बढ़ता हुआ एहसास कोई नयी प्रक्रिया नहीं है। पश्चिमी संस्कृति इस बोध को प्राचीन यूनान के ज़माने से ही पुष्पित-पल्लवित करती रही है। इसी के तहत सुकरात ने अपने समाज की नैतिक रीतियों को चुनौती दी थी। रोमन क़ानून निजता के इसी आयाम को व्यक्त करता है। प्रोटेस्टेंट ईसाइयत ईश्वर के साथ व्यक्ति के निजी रिश्ते पर मुहर लगा कर मनुष्य की निजता को ऊपर उठा देती है। नैतिक विचार और व्यवहार में आत्मनिष्ठता का लगातार बोलबाला होता गया है। भाववादी यह भी दावा करते हैं कि आधुनिक अर्थशास्त्र के विकास ने तो उनके दर्शन को सही साबित किया ही है, विज्ञान (जो मनुष्य के मानस की उपज है) के औज़ारों से बाह्य जगत को नियंत्रित करने का विचार भी एक भाववादी ख़याल ही है।

भाववादियों के अनुसार इन्हीं सब कारणों से मनुष्य की आत्म-समझ में आमूल परिवर्तन हो गया है। अब ज़रूरत इस बात की है कि इसी ऐतिहासिक रूप से बदली हुई आत्म-पहचान के अनुकूल साबित हो सकने वाली सामाजिक-राजनीतिक संस्थाओं की रचना की जाए। हीगेल और अधिकतर ब्रिटिश भाववादी दार्शनिक इस सिलसिले में रूसो द्वारा की गयी तजवीज़ से सहमत नहीं हैं कि इसके लिए समाज की प्रकृति और राजनीति के ढाँचे को बुनियादी तौर पर बदलना होगा। न ही वे यह चाहते हैं कि आत्मनिष्ठ और वस्तुनिष्ठ के बीच होने वाला यह ख़ास तरह का मेल-मिलाप विभिन्न राजनीतिक बंदोबस्तों पर प्रक्षेपित करके देखा जाए। उनका कहना है कि पश्चिम के विकसित समाजों में पनप रही आधुनिक राज्य के संस्थागत विन्यास में ही वे सम्भावनाएँ हैं जिनके तहत निजी नैतिकता और आर्थिक गतिविधियों के विविध दायरों के बीच एक ख़ास तरह का तालमेल बैठाया जा सकता है। न केवल व्यक्तिवाद पनप सकता है, बल्कि ऐसा राजनीतिक बंदोबस्त भी किया जा सकता है जिससे सामाजिक एकता और स्थिरता की गारंटी की जा सके।

हीगेल अपनी रचना *फ़िलॉसफ़ी ऑफ़ राइट्स* में कहते हैं कि आधुनिक राज्य के आधारभूत उसूल में ही ज़रूरी ताक़त और गहराई निहित है। इससे न केवल आत्मनिष्ठता का चरम विकास होगा, बल्कि वह तात्विक एकता भी पैदा होगी जिससे आत्मनिष्ठता को बिखरने से रोका जा सके। लेकिन साथ में वे आत्मनिष्ठ और वस्तुनिष्ठ के बीच हो सकने वाले इस मेल-मिलाप को धरती पर उतारने के लिए दार्शनिकों की भूमिका की तरफ़ भी इशारा करते हैं। उन्हें लगता है कि अगर

दार्शनिक व्याख्या नहीं करेंगे तो रोज़ाना की ज़िंदगी और उसकी ग़लतफ़हमियों के धुँधलके में यह सम्भावना छिप जाएगी। भाववादियों की इस तजवीज़ को कार्ल मार्क्स की आलोचना का सामना करना पड़ा। अपनी रचना *थीसिस ऑन फ़ायरबाख़* में मार्क्स ने कहा कि यह मेल-मिलाप किसी दार्शनिक की समझ या व्याख्या का मोहताज नहीं रहना चाहिए। इसे तो मानवीय प्रकृति की वास्तविक आवश्यकताओं की पूर्ति के लिए की जाने वाली जद्दोजहद के दौरान एक बदले हुए संसार में हासिल किया जाना चाहिए।

मार्क्सवादियों की मान्यता है कि विचारों की दुनिया भाववाद और भौतिकवाद में बँटी हुई है और इन दोनों ध्रुवों के बीच लगातार युद्ध होता रहता है। ये दोनों विचार एक ही दार्शनिक के भीतर भी पाये जा सकते हैं, जैसे कि देकार्त। देकार्त सृष्टि के आधार के रूप में पदार्थ और चेतना दोनों को समान रूप से महत्त्वपूर्ण मानते थे। लेकिन वे एक तरफ़ प्रकृति को परमात्मा की माया न कह कर उसके वस्तुगत अस्तित्व का प्रतिपादन करते थे, और दूसरी तरफ़ ईश्वर को जगत का निमित्त-कारण सिद्ध करते हुए उस आत्मतत्व की महिमा गाते हैं जो अतींद्रिय है। मार्क्सवादी चिंतकों के अनुसार देकार्त के चिंतन का एक पक्ष वैज्ञानिकों को भौतिकवाद की तरफ़ ले जाता है, और दूसरा पक्ष रहस्यवाद का रास्ता खोल कर धर्म-आध्यात्म की पुष्टि करता है।

देखें : अस्तित्ववाद, आत्मनिष्ठता-वस्तुनिष्ठता, इयत्ता, इमैनुएल कांट, इंद्रियानुभववाद, ईसैया बर्लिन, उत्तर-आधुनिकतावाद, उत्तर-औपनिवेशिकता, उदारतावाद, कल्पित समुदाय, ग्योर्ग विल्हेल्म फ्रेड्रिख़ हीगेल, घटनाक्रियाशास्त्र और एडमण्ड हसर, चेतना, जॉन लॉक, ज़ाक लकाँ, ज्याँ-फ्रांस्वा ल्योतर, ज्याँ-पॉल सार्त्र, ज़ाक देरिदा, जॉर्ज विल्हेल्म फ्रीड्रिख़ हीगेल, तत्त्वमीमांसा और अस्तित्वमीमांसा, तात्त्विकतावाद, थियोडोर लुडविग वीज़ेनग्रंड एडोर्नो, द्वैतवाद, नवउदारतावाद, परिणामवाद, फ्रांसिस बेकन, फ्रेड्रिख़ नीत्शे-1 और 2, बुद्धिवाद, भौतिकवाद, मनोविश्लेषण, मिशेल पॉल फ़ूको-1 और 2, यथार्थवाद, युरोपीय पुनर्जागरण, युरगन हैबरमास, युरोपीय ज्ञानोदय, रेने देकार्त, लुई अलथुसे, संत ऑगस्तीन, सोरेन आबी कीर्केगार्द, संरचनावाद और उत्तर-संरचनावाद, हरबर्ट स्पेंसर, ज्ञानमीमांसा, ज्ञान का समाजशास्त्र।

संदर्भ

1. गॉडफ्रे वेज़ी (सम्पा.) (1982), *आइडियलिज़म, पास्ट ऐंड प्रज़ेंट*, केम्ब्रिज युनिवर्सिटी प्रेस, केम्ब्रिज.
2. जॉन फ़ोस्टर (1985), *द केस ऑफ़ आइडियलिज़म*, लंदन.
3. जी.डब्ल्यू.एफ़. हेगेल (1952), *फ़िलॉसफ़ी ऑफ़ राइट्स*, टी.एम. नॉक्स (अनु.), क्लैरेंडन प्रेस, ऑक्सफ़र्ड.
4. ए.जे.एम. मिल्न (1962), *द सोशल फ़िलॉसफ़ी ऑफ़ इंग्लिश आइडियलिज़म*, एलेन ऐंड अनविन, लंदन.

— अभय कुमार दुबे

भाषा के मार्क्सवादी सिद्धांत

(Marxist theories of language)

भाषा-विज्ञान की दृष्टि से मार्क्सवादी चिंतन का सरोकार सामाजिक संरचना में भाषा की प्रभावशाली भूमिका, उसके स्वरूप और भाषा की विभिन्न प्रवृत्तियों से है। इसके लिए मार्क्सवाद भाषा-विज्ञान के अंतर-संबंधों का मूल्यांकन करते हुए सामाजिक संबंधों के क्रमबद्ध अध्ययन के ज़रिये अपने निष्कर्षों तक पहुँचता है। भाषा के मार्क्सवादी सिद्धांत के अनुसार व्यक्ति का विश्वास, सामाजिक अनुभवजन्य ज्ञान, सांस्कृतिक व जीवन-मूल्य, मानव समुदाय के नियमन की पद्धतियाँ, नैतिकताएँ, प्रतिरोध तथा सामाजिक संघर्ष उसकी भाषा के माध्यम से ही सम्भव हो पाते हैं। इस परिप्रेक्ष्य में यह सिद्धांत शारीरिक श्रम और बौद्धिक कृत्यों के आपसी संयोजन पर गम्भीरता से विचार करता है। मार्क्स और एंगेल्स के साहित्य में भाषा-चिंतन के कई चमकदार टुकड़े मिलते हैं। *जर्मन आइडियॉलजी* में एक जगह व्याख्या की गयी है कि किस तरह दूसरों से संबंध बनाने की प्रक्रिया में भाषा का उद्गम निहित है। इसी तरह *नेचर्स डायलेक्टिक* में एंगेल्स बंदर के मनुष्य बनने की प्रक्रिया के तहत भाषा और श्रम के आपसी संबंधों को रेखांकित करते नज़र आते हैं। परवर्ती मार्क्सवादी विद्वानों ने भाषा के सामाजिक चरित्र की व्याख्या करते हुए वर्ग-पूर्वग्रह की भूमिका पर प्रकाश डाला है। आगे चल कर इसी वर्ग-पूर्वग्रह का परिणाम यह हुआ कि कई बार 'समाजवादी' या 'क्रांतिकारी' भाषा-विज्ञान को 'पूँजीवादी' या 'प्रतिक्रियावादी' भाषा-विज्ञान के बरक्स रखने के अतिसरलीकरण भी हुए।

मार्क्सवाद और भाषा के संबंधों का जायज़ा इस क्षेत्र में स्तालिन के हस्तक्षेप पर प्रकाश डाले बिना नहीं लिया जा सकता। जून, 1950 में जोसेफ़ स्तालिन ने सोवियत कम्युनिस्ट पार्टी के मुखपत्र *प्रावदा* में एक लम्बा लेख लिखा जिसका शीर्षक था *मार्क्सिज़म ऐंड द प्रॉब्लम्स ऑफ़ जर्नल लिंगुइस्टिक्स* जो बाद में सारी दुनिया में अत्यंत लोकप्रिय हुई पुस्तिका के रूप में प्रकाशित भी हुआ। स्तालिन ने यह लेख निकोलाई मैर द्वारा प्रतिपादित *न्यू थियरी ऑफ़ लेंग्वेज* का खण्डन करने के लिए लिखा था। स्तालिन के इस लेख से पहले सोवियत संघ में मैर का विमर्श ही भाषा संबंधी नीति की आधिकारिक बुनियाद माना जाता था। मैर एक विख्यात पुरातत्त्वशास्त्री और भाषाविद् थे। अक्टूबर क्रांति के बाद उन्हें कम्युनिस्ट शासन में बेहद प्रमुखता मिली और उनके नेतृत्व में अलग से एक अकादमी भी स्थापित की गयी। मैर का विचार था कि भाषा का विकास मनुष्य की उत्पादक गतिविधियों के विकास के समांतर होता चलता है। यह कह

कर मैर ने सामाजिक क्रम-विकास के साथ भाषा को अनिवार्य रूप से जोड़ दिया था। उनके विमर्श में भाषा सामाजिक अधिरचना का हिस्सा थी और उसी तरह से विकास की क्रांतिकारी उछाल भर सकती थी जिस तरह से मानव समाज की उत्पादक शक्तियाँ एक झटके से विकास की एक मंज़िल से दूसरी पर पहुँच जाती हैं।

स्तालिन ने मैर की थीसिस का खण्डन करने के लिए एक अनूठी विधि अख़्तियार की। उनका लेख युवा कॉमरेडों के प्रश्नों के उत्तर के रूप में लिखा गया। दरअसल, स्तालिन के साथ युवा कॉमरेडों का ऐसा कोई इंटरव्यू नहीं हुआ था। काल्पनिक सवालों के जवाब में स्तालिन ने साबित किया कि भाषा समाज के आर्थिक आधार पर खड़ी अधिरचना का हिस्सा नहीं होती। न ही भाषा का कोई वर्गीय रूप होता है। वह तो पूरे समाज की होती है। सामाजिक द्वंद्व और वर्गीय आग्रह भाषा के समग्र समाज की थाती होने के तथ्य की पुष्टि ही करते हैं। स्तालिन ने स्पष्ट रूप से कहा कि भाषा-विज्ञान के प्रश्न मार्क्सवादी या ग़ैर-मार्क्सवादी ख़ानों में रख कर नहीं हल किये जा सकते। उन्हें खुले अकादमीय विचार-विमर्श के ज़रिये ही निबटाया जाना चाहिए।

अपने इस लेख द्वारा स्तालिन ने भाषा संबंधी मैर के विमर्श का अंत कर दिया और उस ऐतिहासिक-तुलनात्मक पद्धति की स्थापना की जो क्रांति से पूर्व प्रचलित थी। स्तालिन ने किसी आदि-भाषा के अस्तित्व की अवधारणा को तो मान्यता नहीं दी, पर यह ज़रूर माना कि भाषाओं के बीच एक जैविक संबंध होता है। इससे पहले जब भी कोई भाषाशास्त्री यह बात कहता था, उसकी नस्लवादी या साम्राज्यवादी कह कर निंदा कर दी जाती थी। दिलचस्प बात यह है कि बीस के दशक से अपने इस लेख के प्रकाशन तक स्तालिन मैर की थीसिस का पूरा समर्थन करते थे। यहाँ तक कि उसे सोवियत संघ के आधिकारिक भाषा-विज्ञान का दर्जा देने में भी उन्हीं की भूमिका थी। इस बात पर काफ़ी विवाद है कि अचानक उन्होंने मैर का खण्डन करने का निश्चय क्यों किया। बहरहाल, कारण जो भी रहा हो, स्तालिन के इस लेख के बाद मैर या उनके भाषाई सिद्धांतों को मार्क्सवाद के क्षितिज से पूरी तरह लापता हो जाना पड़ा।

बीस के दशक के सोवियत संघ में मैर की थीसिस और स्तालिन के हस्तक्षेप के अलावा भाषा-चिंतन की एक तीसरी धारा भी थी जिसे 'लेनिनग्राद स्कूल' या बाख़्तिन सर्किल के नाम से जाना जाता है। इसके केंद्र में मिख़ाइल बाख़्तिन, वैलेंतिन वोलोशिनोव और पावेल मेदवेदेव द्वारा विकसित किया गया विमर्श था। इन तीनों विद्वानों ने मार्क्सवादी सिद्धांतों पर आधारित संस्कृति के एक लाक्षणिक सिद्धांत के विकास का प्रयास किया। उनका अवधारणात्मक प्रतिमान तीन व्याख्यात्मक मुक़ामों पर टिका था : भाषा में निहित बहु-स्वरीय संवादात्मकता, मानस के धरातल पर चलने वाली प्रक्रियाओं का ऐतिहासिक और सामाजिक रूप से तात्पर्यग्रहण, और साहित्यिक पाठ की समाजशास्त्रीय सीमाओं का संधान। दरअसल यह विमर्श अपनी मार्क्सवादी प्रासंगिकता विचारधारा के रूपों और उनके कारगर होने के तरीक़ों की आलोचना के ज़रिये हासिल करता था। वोलोशिनोव का विचार था कि भाषा-विज्ञान एक परिघटना के रूप में विचारधारा की लक्षण-प्रकृति स्पष्ट करने की माँग करता है। अर्थात् समाज के नैतिक, धार्मिक, न्यायिक, राजनीतिक और साहित्यिक संस्थानीकरण में अभिव्यक्त विचारधाराओं का पता उनके संघटक तत्त्वों को संचालित करने वाले लक्षणों के ज़रिये लगाया जा सकता है।

1929 में वोलोशिनोव की रचना *मार्क्सिज़म ऐंड द फ़िलॉसफ़ी ऑफ़ लेंग्वेज : फंडामेंटल प्रॉब्लम्स इन द एप्लीकेशन ऑफ़ द सोसियोलॅजीकल मैथड एप्लायड टु द साइंसेज़ ऑफ़ लेंग्वेज* प्रकाशित हुई। वोलोशिनोव का ख़याल था कि विचारधारात्मक लक्षण में एक ऐसी क्षमता होती है जिससे वह मानवीय चेतना में ख़ुद को एक वस्तुनिष्ठ यथार्थ के रूप में स्थापित कर लेता है। परिणामस्वरूप चेतना को निर्देशित करने वाली एक विचारधारात्मक प्रवृत्ति या मूल्य का जन्म होता है। कुल मिला कर विचारधारात्मक लक्षण व्यक्ति की इयत्ता के परे जा कर एक ऐसे बोध या संज्ञान की रचना करता है जिसके माध्यम से एक सामूहिक अनुभव की अभिव्यक्ति की जा सकती है।

इससे एक साल पहले पावेल मेदवेदेव की कृति *द फ़ॉर्मल मैथड इन द हिस्ट्री ऑफ़ लिटरेचर : अ क्रिटिकल इंट्रोडक्शन टु सोसियोलॅजीकल पोयटिक्स* प्रकाशित हुई थी जिसमें रूसी रूपवाद की गहन और विस्तृत आलोचना प्रस्तुत की गयी थी। इस पुस्तक में मेदवेदेव ने 'आइडियॉलॅजेम' और 'सामाजिक मूल्यांकन' जैसे विचारों का सूत्रीकरण किया। आइडियॉलॅजेम का मतलब था वह दायरा जिसमें मनोवैज्ञानिक और सामाजिक के बीच भेद मिट जाता है। आइडियॉलॅजेम एक ऐसा मिलन-बिंदु बन जाता है जहाँ विचारधारात्मकता कलात्मक रूप के साथ गुँथ कर कलाकृति को जन्म देती है। मेदवेदेव ने आइडियॉलॅजीकल ब्रिज की अवधारणा भी पेश की जिसका मतलब था विमर्श के माध्यम से चेतना के इन दोनों रूपों का सम्पर्क और वक्ता और सम्बोधित के बीच का सूत्र।

कई विद्वानों की मान्यता है कि ऊपर से काफ़ी अलग-अलग लगने के बावजूद मैर, स्तालिन और लेनिनग्राद स्कूल के बीच एक तरह का अंतर्संबंध भी है। बाख़्तिन सर्किल के सैद्धांतिक चिंतन को सेर्गेई शोगोन्निकोव ने आठ सूत्रों में

व्याख्यायित करने की चेष्टा की है : व्यक्ति में उसका सामाजिक परिवेश लगातार भाषाई लक्षणों का निवेश करता रहता है, सामाजिक परिवेश दरअसल भाषाई लक्षण पैदा करने की एक मशीन की भाँति है, विमर्शी सक्रियता के दौरान व्यक्ति की अपनी इयत्ता की रचना उसके 'अन्य' द्वारा होती है, भाषाई ज़रियों से पैदा होने वाला 'अन्य' के साथ ही व्यक्ति की अपनी इयत्ता बनती है, वास्तविक सामाजिक परिवेश का प्रकार्यात्मक परिणाम है 'अन्य', विचारधारात्मक लक्षण बुनियादी रूप से एक भौतिक परिघटना है, किसी भी जैविक संरचना में हमेशा एक आध्यात्मिक केंद्र निहित रहता है ताकि उसका नियंत्रण और संचालन होता रहे और इसी केंद्र को आर्किटेक्टोनिक्स कहते हैं, विचारधारात्मक लक्षण वास्तविक जीवन-अनुभव में परिवर्तन के लिए एक आदर्श उपकरण की भूमिका अदा करता है लेकिन वह स्वयं लक्षण की सामग्री से कभी निर्धारित नहीं होता और लगातार होने की प्रक्रिया में रहता है।

साठ के दशक में पोलिश दार्शनिक ऐडम स्कॉफ़ ने एक और मार्क्सवादी सिद्धांत प्रतिपादन किया जो आत्मनिष्ठ और वस्तुनिष्ठ, व्यक्तिगत और सामाजिक, जैविक और साहित्यिक के मध्य भाषा की मध्यस्थ भूमिका पर बल देता है। सजीव रूप में मनुष्य जो उत्तरदायी है, उसकी अवधारणा इस सिद्धांत के केंद्रीय अवलम्बन का कार्य करती है। तथापि आंतरिक तर्क के दृष्टिकोण से, साथ ही जातीय और वैयक्तिक अध्ययन संबंधी अधिग्रहण के स्तर पर कुछ भिन्नताएँ पायी जा सकती हैं जबकि सोचने-बोलने की प्रक्रिया तत्त्वतः एक ही हैं क्योंकि सजातीयता पर सामाजिक प्रथा का प्रभाव पड़ता है और सामुदायिक संबंध सजातीय सहमति से भरे होते हैं।

देखें : फ़र्दिनेंद द सॅस्यूर, मिख़ाइल मिख़ाइलोविच बाख़्तिन, स्तालिन और स्तालिनवाद।

संदर्भ

1. एम.सी. कोर्नफ़ोर्थ (1965), *मार्क्सिज़म ऐंड द लिंगुइस्टिक फ़िलॅसफ़ी,* लॉरेंस ऐंड विशार्ट, लंदन.
2. जे.एल. मे (1978), 'मार्क्सिज़म ऐंड लिंगुइस्टिक्स : फैक्ट्स ऐंड फ़ैंसीज़', *जर्नल ऑफ़ प्रैग्मैटिक्स,* बेंजामिंस, एमस्टर्डम.
3. सेर्गी शोगुन्निकोव, 'एम. बाख़्तिंस सर्किल ऐंड द 'स्टैलिनिस्ट साइंस', *टोरंटो स्लैविक क्वार्टरली,* युनिवर्सिटी ऑफ़ टोरंटो, एकेडेमिक इलेक्ट्रॉनिक जर्नल इन स्लैविक स्टडीज़.

— अजय कुमार पाण्डेय

भीखू छोटालाल पारिख

(Bhikhu Chhotalal Parekh)

समकालीन पाश्चात्य राजनीतिक चिंतन में अपने मौलिक चिंतन एवं सहज-सारगर्भित शैली के लिए विख्यात भीखू छोटालाल पारिख (1935-) को बहुसंस्कृतिवाद एवं गाँधी दर्शन की मीमांसा के लिए विशेष रूप से जाना जाता है। पारिख की अकादमिक रुचि के विषयों का दायरा अत्यंत विस्तृत है। इसमें राजनीतिक दर्शन, पाश्चात्य राजनीतिक विचारों का इतिहास, प्राचीन एवं आधुनिक भारतीय राजनीतिक चिंतन, गाँधी-दर्शन, पहचान आधारित राजनीति, और मानवशास्त्रीय अध्ययन जैसे विषय शामिल हैं। पारिख ने इन विषयों पर कई विख्यात ग्रंथों का प्रणयन किया है। पारिख की अंतर्दृष्टि अत्यंत व्यापक है, जिसमें एक ओर प्राचीन संस्कृति एवं समाज के ताने-बाने की समझ तथा दूसरी ओर आधुनिक संस्कृति एवं समाज के अंतर्द्वंद्व को बारीकी से उजागर करने की विशेषज्ञता सम्मिलित है। पारिख सांस्कृतिक विविधता (कल्चरल प्लूरलिटी) एवं साझा मानवता (शेयर्ड ह्यूमैनिटी) के प्रबल समर्थक हैं। पारिख का चिंतन एवं लेखन एकरेखीय नहीं है। वे ऑटोमन साम्राज्य के समाज एवं संस्कृति, प्राचीन भारतीय समाज एवं संस्कृति से अनेक उदाहरण लेते हैं पर तटस्थ भाव से; जिसमें न तो दुरास्था है न ही महिमामण्डन की संकीर्णता। यही दृष्टि पारिख ने आज की ग्लोबल और साइबर दुनिया के सामाजिक-सांस्कृतिक विश्लेषण में अपनायी है, परंतु उदारतावादी लोकतांत्रिक मूल्यों को वे मुक्तिदायक से कम नहीं मानते। लेकिन इसके बावजूद वे उदारतावाद के प्रति अन्य धाराओं से आने वाली आलोचना के प्रति असहिष्णु नहीं हैं। भीखू पारिख की यही प्रवृत्ति उन्हें अपने समकालीन बहुसंस्कृतिवादी चिंतकों से अलग दिखाती है।

अपनी कृति *रीथिंकिंग मल्टीकल्चरलिज़म* में पारिख लिखते हैं कि बहुसांस्कृतिक या बहुसंस्कृतिवाद सामान्यतः ऐसे समाज को इंगित करने वाला पारिभाषिक शब्द हैं जिसमें तीन तरह की विविधताएँ पायी जाती हैं : साम्प्रदायिक, उपसांस्कृतिक एवं परिप्रेक्ष्यात्मक विविधता। भीखू पारिख मानवीय एकता और मानवीय पहचान को समृद्ध करने वाले समाज को बहुसांस्कृतिक समाज मानते हैं। वे मनुष्य की पहचान में विशिष्ट और सार्वभौम दोनों को ही समाविष्ट मानते हैं। इसी कारण वे पहचान की राजनीति के न तो विशिष्टतावादी शिविर से अपने को जोड़ते हैं न ही सार्वभौमवादियों के साथ सम्बद्ध होते हैं। *न्यू पालिटिक्स ऑफ़ आइडेंटिटी* में उन्होंने अपना पक्ष स्पष्ट किया है। यहाँ

वे विशिष्टता एवं सार्वभौमिकता का समर्थन करते हैं, लेकिन विशिष्टतावाद और सार्वभौमवाद के साथ वे नहीं हैं। भीखू पारिख आज के सभी समाजों को विभिन्न स्तरों पर सांस्कृतिक विजातीयता से पूर्ण देखते हैं। लेकिन वे उद्योगीकरण के चलते लोगों एवं उत्पादों की सर्वत्र आसान पहुंच को तथा बहुराष्ट्रीय संचार माध्यमों के प्रभाव को ऐसे तत्त्व के रूप में स्वीकारते हैं जिनसे प्रभावित होते हुए भी लोग उनका संज्ञान तक नहीं लेते। पारिख स्वीकार करते हैं कि आज के समय में सांस्कृतिक रूप से ऐसा समजातीय समूह एक मानवशास्त्रीय कल्पना ही है जो यांत्रिक रूप से समान विश्वास एवं आचार का पालन करता हो। बहुसांस्कृतिक समाज की पहचान पारिख बहु-मानवशास्त्रीय और बहुधार्मिक और इन दोनों के सम्मिलित रूप में पहचान करते हैं। साथ ही वे यह भी कहते हैं बहुसांस्कृतिकता कोई नवीन तथ्य नहीं है। रोमन साम्राज्य, मध्यकालीन भारत और युरोप तथा ऑटोमन साम्राज्य में भी ऐसे विविध सांस्कृतिक समुदायों का अस्तित्व था, जिन्होंने सांस्कृतिक विविधता के आधार पर अपने रास्ते निर्धारित किये थे।

पारिख ने परम्परागत समाजों की बहुसांस्कृतिकता और आधुनिक समय की बहुसांस्कृतिकता में चार अंतर बताये हैं। पहला, आज की बहुसांस्कृतिकता अत्यधिक विस्तृत एवं गहरी है। यह इस दृष्टि से अत्यधिक विस्तृत है कि आज सांस्कृतिक विविधता पहले की अपेक्षा मानव अस्तित्व के अत्यधिक विस्तृत क्षेत्र को आच्छादित करती है और इसमें उत्तम जीवन की अवधारणा के बारे में गहरे सांस्कृतिक मतभेद भी सम्मिलित हैं। दूसरा, आज की बहुसांस्कृतिकता में प्रतिरोध के स्वर अत्यधिक हैं। प्रतिरोध के इस स्वर को उदारतावादी लोकतंत्र के विचार ने बढ़ावा दिया है। अल्पसंख्यक समूह, जो पहले प्राय: अधीनता की स्थिति स्वीकार कर लेते थे, अब समान अधिकार, शक्ति एवं व्यापक सामुदायिक जीवन को आकार प्रदान करने में अपनी भूमिका बढ़ाना चाहते हैं। तीसरा, समकालीन बहुसांस्कृतिकता बढ़ते हुए आर्थिक एवं सांस्कृतिक वैश्वीकरण के संदर्भ में विकसित हुई है। पारिख ने आज की बहुसांस्कृतिकता के साथ वैश्वीकरण के द्वंद्वात्मक अंतर्संबंध को दर्शाया है। जहाँ एक ओर यह विचारों, संस्थाओं, नैतिक मूल्यों एवं आचार के प्रसार का माध्यम बन कर समजातीयता को बढ़ावा देती है वहीं यह प्रव्रजन और सांस्कृतिक मूल्यों के क्षरण के प्रति भय, सांस्कृतिक प्रतिरोध आदि का माध्यम बन कर विजातीयता को भी प्रोत्साहित करती है। चौथा, आज की बहुसांस्कृतिकता विगत तीन शताब्दी से राष्ट्र-राज्य के सांस्कृतिक समरूपण से भिन्न पृष्ठभूमि में उत्पन्न हुई है।

भीखू छोटालाल पारिख (1935-)

पारिख ने जितनी स्पष्टता से समकालीन बहुसांस्कृतिकता एवं पूर्व-आधुनिक बहुसांस्कृतिकता को समझा है उतनी ही स्पष्टता से वे आज के बहुसांस्कृतिक समाजों की समस्याओं को भी समझते हैं। एकता और विविधता की माँगों के संदर्भ में सामूहिक रूप से स्वीकार्य एवं अपनाने योग्य विकल्पों की तलाश को पारिख आज के बहुसांस्कृतिक समाजों की ऐसी आवश्यकता के रूप में देखते हैं जो पूर्व-आधुनिक समाजों में पूरी तरह नहीं उभरे थे। पारिख के अनुसार एकता और एकजुटता का लक्ष्य प्राप्त करने के इच्छुक बहुसांस्कृतिक समाज कम से कम तीन कारणों से विविधताजनित माँगों की उपेक्षा नहीं कर सकत। पहला, विविधता आज के बहुसांस्कृतिक सामाजिक जीवन का अभिन्न यथार्थ बन गयी है और आत्मसातीकरण के नाम पर विविधता को कमज़ोर करने के उल्टे परिणाम हो सकते हैं। साथ ही यह नैतिकता और राजनीतिक परिणाम की दृष्टि से भी उचित नहीं है। इससे प्रतिरोध की ज्वाला भड़क सकती है जो असुरक्षा एवं अंतर-सांस्कृतिक संदेह को जन्म देगी और आत्मसातीकरण द्वारा वांछित एकता को भी नष्ट कर देगी। दूसरा, मनुष्य गहरे स्तर तक अपनी सांस्कृतिक पहचान से जुड़े होते हैं और अपने साथी या पड़ोसी के प्रति मौलिक सम्मान के कारण भी उसकी उपेक्षा उचित नहीं है। तीसरे, सांस्कृतिक विविधता सामूहिक जीवन को समृद्ध करती है। इसी कारण विविधता की रक्षा न केवल मात्र अल्पसंख्यक समूह के हित में है, बल्कि इसमें सम्पूर्ण समाज की समृद्धि भी है।

पारिख ने स्वीकार किया है कि कोई भी बहुसांस्कृतिक समाज न तो एकता की उपेक्षा कर सकता है न ही विविधता की। वे इस तथ्य को भी स्वीकार करते हैं कि अलग-अलग इतिहास एवं परम्परा के प्रभाव के कारण बहुसांस्कृतिक समाजों में विविधता के प्रकार एवं स्तर भी अलग-अलग होते हैं। ऐसी स्थिति में बहुसांस्कृतिक समाजों के आंतरिक एवं बाह्य समस्याओं के समाधान के लिए कोई एक ही प्रतिमान उपयुक्त नहीं हो सकता। *रिथिंकिंग मल्टी कल्चरलिज़्म* में पारिख ने समकालीन एवं पूर्व आधुनिक बहुसांस्कृतिक समाजों में पाये जाने वाले राजनीतिक एकीकरण के प्रतिमानों को तीन वर्गों में रखा है। इन्हें पारिख ने प्रक्रियात्मक प्रतिमान, नागरिक प्रतिमान और मिलेट प्रतिमान का नाम दिया है।

इन प्रतिमानों की कमियाँ बताते हुए पारिख ने निर्देशित किया है कि बहुसांस्कृतिक समाज जिस भी प्रतिमान को उपयुक्त समझता हो, उसमें तीन सामान्य सिद्धांत अवश्य होने चाहिए। प्रथम, एकता और विविधता दोनों ही महत्त्वपूर्ण हैं और कभी भी एक की क़ीमत पर दूसरे को अपनाने का प्रयास नहीं करना चाहिए। द्वितीय, विविधता जितनी गहरी और व्यापक होगी एकता एवं एकजुटता की आवश्यकता भी उतनी ही तीव्र होगी। इसी कारण पारिख बहुसांस्कृतिक समाज में आपसी प्रतिबद्धता और आपसी सम्बद्धता को दृढ़ करने वाले ऐसे सोच को बढ़ावा देने की बात करते हैं जिसमें व्यापक राष्ट्रीय संस्कृति और एकरूपता के आरोपण जैसे मूल्य न हों। तृतीय, एक बहुसांस्कृतिक समाज में एकता एवं विविधता को द्वंद्वात्मक रूप से संबंधित होना चाहिए जहाँ एकता का पोषण विविधता द्वारा होता हो, एकता विविधता में ही निहित हो तथा विविधता एकता में ही स्थित और उसी से निर्देशित होती हो।

भीखू पारिख ने पश्चिमी राजनीतिक चिंतन की समस्त धाराओं का अत्यंत बारीकी से विश्लेषण किया है। इसकी झलक उनकी पुस्तक *कंटेम्परेरी पॉलिटिकल थिंकर्स* में मिलती है। उन्होंने समकालीन राजनीतिक चिंतन में तीन प्रवृत्तियों को रेखांकित किया है : समकालीन राजनीतिक दार्शनिक विचारधारा की बहस को नज़रअंदाज करते हैं, आज के राजनीतिक दार्शनिकों में उस सक्रियतावाद की कमी है जिसकी अपेक्षा प्लेटो और हान्ना एरेंत को थी, एवं आज के राजनीतिक दर्शन में स्पष्टता की अपेक्षा भटकाव अधिक है। पारिख आज की दुनिया के स्वरूप, प्रगति एवं लक्ष्य को देखते हुए कहते हैं कि आज राजनीति को सार्वदेशिक (कॉस्मोपिलिटन) राजनीति के रूप में अग्रसर होना चाहिए।

भीखू पारिख ने पश्चिमी राजनीतिक चिंतन की सार्वभौमिकता की चर्चा करने के क्रम गाँधी के व्यक्तित्व एवं कृतित्व के प्रति वृहद आलोचनात्मक दृष्टि विकसित की है। उनके अनुसार ग़ैर-पश्चिमी विचारकों को दो वर्गों में बाँटा जा सकता है। पहले वर्ग के अंतर्गत वे विचारक आते हैं जो पश्चिम से आने वाले चिंतन को ग़ैर-पश्चिमी समाज में ठीक उसी प्रकार प्रस्तुत कर देते हैं जिस प्रकार पश्चिमी चिंतकों ने अपने समाज एवं संस्कृति के संदर्भ में प्रस्तुत किया होता है। परिणामत: इन विचारकों के चिंतन में स्वदेशीयता का पूर्णत: अभाव दिखता है। ठीक इसी प्रकार दूसरी श्रेणी के अंतर्गत ग़ैर-पश्चिमी दुनिया के ऐसे विचारक आते हैं जिनका अपने समाज के व्यक्तियों के साथ संवाद-सम्पर्क कम है या नहीं के बराबर है। परिणामत: इन विचारकों के चिंतन में यथार्थ का समुचित चित्रण नहीं हो पाता है।

भीखू पारिख के अनुसार गाँधी आधुनिक युग के ऐसे ग़ैर-पश्चिमी विचारक हैं जिनकी राजनीतिक अवधारणाएँ उनके जीवन-अनुभवों में संतृप्त हैं। यही कारण है कि उन्होंने जिन अवधारणात्मक शब्दों, जैसे स्वदेशी, स्वराज्य, सत्याग्रह इत्यादि, का प्रयोग किया वे अपने देशज-सांस्कृतिक संदर्भों में रची बसी हैं। यही नहीं महात्मा गाँधी ने स्वाधीनता संग्राम में जिन राजनीतिक आंदोलनों को चलाया वे भी अपने-आप में बेजोड़ हैं और ऐसा करते हुए भी गाँधी चिंतन न तो काल्पनिक बनता है और न ही आदर्शवादियों के समान अपनी प्रासंगिकता खोता है।

समुदाय-आधारित भारतीय चिंतन प्रणाली से प्रेरित होकर गाँधी-चिंतन जिस प्रकार आधुनिक सभ्यता की आलोचनात्मक व्याख्या करता है उससे गाँधी-दर्शन की व्यापकता एवं गहनता गम्भीर रूप में सामने आती है। गाँधी के अनुसार आधुनिक समाज एवं संस्कृति विभिन्न प्रकार के अंतर्द्वंद्वों से ग्रसित है और यह सभ्यता ऐसा कोई मार्ग भी नहीं दिखाती जहाँ समस्याओं का समुचित निस्तारण हो सके। आधुनिक सभ्यता के मशीनी विकास ने जहाँ एक ओर मानव-श्रम व समय को बचाने का उद्देश्य रखा है, वहीं दूसरी ओर लालच एवं शोषण को बढ़ावा दिया है। इसी प्रकार आधुनिक समाज संरचनात्मक व्यवस्था के सुगठित विकास पर तो बल देता है परंतु इन व्यवस्थाओं के बीच व्यक्ति की स्वायत्तता को किस प्रकार सुरक्षित किया जाए, इस प्रश्न पर सर्वथा असहाय दिखता है। भीखू पारिख के अनुसार गाँधी की आधुनिक सभ्यता की आलोचना इन्हीं ख़ामियों को दूर करने का एक सकारात्मक व मानवीय उपाय है। ऐसा करते हुए यद्यपि वे भारतीय पारम्परिक मूल्यों के निकट दिखते हैं, परंतु उनका उद्देश्य कभी पश्चिम को नकारने का नहीं रहा है। न तो वे हिंदू परम्परा को नकारते हैं और न ही हिंदू परम्परा में व्याप्त संकीर्णता को अनदेखा करते हैं। बल्कि गाँधी का संघर्ष तो भारतीय समाज में व्याप्त विभिन्न बुराइयों, जैसे अस्पृश्यता, वैश्यावृत्ति इत्यादि को दूर करने से भी रहा है। वस्तुत: गाँधी सत्य एवं अहिंसा पर आधारित एक नवीन मानवीय समाज की स्थापना के पक्षधर रहे हैं।

भीखू पारिख ने इसी परिप्रेक्ष्य में गाँधी द्वारा विकसित विभिन्न राजनीतिक अवधारणाओं की भी समीक्षा की है। युगों पुराने राजनीतिक सिद्धांतों, जैसे समानता, स्वतंत्रता, अधिकार, न्याय इत्यादि को नये तरीक़े से प्रस्तुत करने का गाँधी का प्रयास उनके द्वारा प्रस्तुत दर्शन एवं उनके द्वारा किये गये जीवन के एक्य को विखण्डित नहीं होने देता। समानता से गाँधी तात्पर्य मात्र काल्पनिक समानता नहीं है। पारिख अपनी पुस्तक *कोलोनियलिज़्म, ट्रेडिशन ऐंड रिफ़ार्म : ऐन एनेलिसिस ऑफ़ गाँधीज़ पॉलिटिकल डिस्कोर्स* में लिखते हैं कि जिस प्रकार गाँधी ने भारतीय स्वतंत्रता संग्राम में किसानों, मज़दूरों, बुद्धिजीवियों के साथ ही महिलाओं को भी सहयोगी बनाया वैसा प्रयास न तो रूस में लेनिन के और न ही चीन में माओ के नेतृत्व में आहूत स्वाधीनता संग्राम में सम्भव हो सका। इसी प्रकार राजनीतिक गतिविधि एवं धर्म के समन्वय एवं राजनीतिक कार्यकर्ता बनकर आध्यात्मिक मोक्ष प्राप्ति का प्रयास आधुनिक राजनीतिक समाज में गाँधी के अतिरिक्त अन्य किसी विचारक में नहीं दिखता।

किसी भी समीक्षक के लिए यह देखना आसान है कि पारिख के चिंतन में परस्पर विरोधी ध्रुवों में सामंजस्य स्थापित करने की उधेड़बुन है। मार्क्सवादी समीक्षक पारिख की आलोचना में कहते हैं कि पहचान की समस्या को पारिख ने इस तरह उलझा कर प्रस्तुत किया है जहाँ पहचान को बनाये रखने की प्रवृत्ति अंततः आर्थिक शोषण से मुक्ति के पक्ष को विस्मृत कर देती है। यद्यपि पारिख सांस्कृतिक पहचान के प्रश्न को दोनों ही रूपों, राष्ट्रीय एवं अंतर्राष्ट्रीय परिप्रेक्ष्य, में विश्लेषित करते हैं, किंतु भूमण्डलीकरणजनित शक्तियों के निहित स्वार्थों और पहचान-संकट के अंतर-संबंध को वे अनुत्तरित छोड़ देते हैं।

गाँधी-दर्शन की मीमांसा के क्रम में भी पारिख गाँधी-चिंतन के गुण-दोष की सटीक समीक्षा तो जरूर करते हैं, पर बहुसांस्कृतिक समाज की समस्याओं के निदान के लिए इसे प्रतिमान के रूप में विकसित नहीं करते है। आधुनिक सभ्यता की आलोचना की गाँधी-दृष्टि की समीक्षा करते हुए पारिख गाँधी से सहमत होते हुए भी यह निष्कर्ष निकालते हैं कि गाँधी ने आधुनिक सभ्यता के दोषों पर अधिक ध्यान केंद्रित किया है और उसकी अच्छाइयों की अवहेलना की है। इससे यह ध्वनित होता है कि पारिख उद्योगीकरण और भूमण्डलीकरण के लाभों को अपनाने के पक्षधर भी हैं और गाँधी-दृष्टि पर आधारित सभ्यता के लाभों को भी वांछनीय बताते हैं। यह अलग बात है कि इन दोनों को एक साथ हासिल कर पाना व्यावहारिक नहीं है।

समग्र रूप से विचार करने पर कोई भी तटस्थ समीक्षक इस तथ्य से सहमत हुए बिना नहीं रह सकता है कि पारिख का चिंतन भविष्योन्मुखी है। उनकी संकल्पनाएँ उस दिशा में जाती हैं जहाँ मानवजाति का अगला मुक़ाम है। इसी कारण पारिख को परम्परा-भंजकों एवं अतिवादियों की कटु तथा यथास्थितिवादियों की नम्र आलोचना का सामना करना पड़ता है। यही पारिख की ऐसी विशिष्टता है जो उन्हें समकालनीन चिंतकों से अलग विशिष्ट पहचान दिलाती है।

देखें : ग़ैर-सरकारी संस्थाएँ, ग़ैर-सरकारी संस्थाएँ : भारत में, ग़ैर-दलीय राजनीति, धीरूभाई शेठ, नागरिकता, नागरिकता : अन्य परिप्रेक्ष्य, नागर समाज, नागरिक समाज पर भारतीय बहस, पार्थ चटर्जी, मानवाधिकार, भारत में उपनिवेशवाद, भारत में नागर समाज और ग़ैर-दलीय राजनीति-1 से 3 तक, भारत में नागरिकता-विमर्श-1 से 3 तक, भारत में मानवाधिकार, भारत में मानवाधिकार आंदोलन, भारत में सार्विक मताधिकार, रजनी कोठारी, राजनीतिक समाज, स्वतंत्रता : भारतीय विचार, सुदीप्त कविराज।

संदर्भ

1. भीखू पारिख (2000), *रिथिंकिंग मल्टीकल्चरलिज़्म,* मैकमिलन प्रेस, लंदन.
2. भीखू पारिख (1982), *कंटेम्परेरी पॉलिटिकल थिंकर्स,* मार्टिन राबर्ट्सन ऐंड कम्पनी, ऑक्सफ़र्ड.
3. भीखू पारिख (1989), *गाँधीज़ पॉलिटिकल फ़िलॉसफ़ी,* मैकमिलन प्रेस, लंदन.
4. भीखू पारिख (1999), *कोलोनियलिज़्म, ट्रेडिशन ऐंड रिफ़ॉर्म : ऐन ऐनेलिसिस ऑफ़ गाँधीज़ पॉलिटिकल डिस्कोर्स,* सेज, लंदन.

— विश्वनाथ मिश्र और उपासना पाण्डेय

भीड़

(Crowd)

समाज में जनसमूह का किसी स्थान पर किसी समय विशेष के लिए, अस्थाई तौर पर या यदा-कदा एकत्र होना एक सार्वभौम दृश्य है। मसलन, लोगबाग धार्मिक जलसों, सत्संग आदि से लेकर विरोध-प्रदर्शन तक के लिए एक जगह जमा होते रहते हैं। लेकिन लोगों का इस तरह भीड़ बनना राजनीतिज्ञों, धर्मप्रचारकों तथा प्रशासन के लिए अलग-अलग महत्त्व रखता है। लोगों को निर्देशित करना, उन्हें किसी प्रयोजन के लिए एकत्रित करना या उनके व्यवहार को नियंत्रित करना कुछ ऐसे पहलू हैं जो इस परिघटना के समाजशास्त्रीय अध्ययन की माँग करते हैं। जनसमूह के

अध्ययन में अधिकांश अध्येताओं ने राजनीतिक जनसमूहों पर ज़्यादा ध्यान दिया है। उन्नीसवीं और बीसवीं सदी के विद्वान राजनीतिक जमावड़े के प्रति पूर्वग्रह रखते थे। वे जनसमूह में शामिल लोगों और उनकी गतिविधियों से उपजने वाले घटनाक्रमों को हिकारत की नज़र से देखते थे। उन्हें भीड़ का व्यवहार अतार्किक और विवेकहीन लगता था। लेकिन अब समकालीन अध्येता इस तरह के राजनीतिक जमावड़े को ख़ारिज करने के बजाय उसके बारीक विवरणों में जाकर उसकी व्याख्या करते हैं। सामूहिक कार्रवाई का अध्ययन करने वाले विद्वान तो बाकायदा सामाजिक आंदोलनों, अभियानों और विरोध प्रदर्शनों के संबंध में अख़बारों की कतरनों का एक अभिलेखागार रखते हैं जिसके आधार पर उन्हें विरोध प्रदर्शनों की घटनाओं के उत्थान, पतन और आवृत्ति का ग्राफ़ तैयार करने में आसानी होती है। कई अन्य विद्वानों ने राजनीतिक प्रयोजन के लिए जुटने वाले जनसमूह के अलावा धार्मिक और खेल-आयोजनों पर जुटने वाली भीड़ के अध्ययन पर भी ध्यान दिया है।

विद्वानों का मानना है कि सामूहिक कार्रवाई के किसी भी सामान्य सिद्धांत को इस तथ्य की व्याख्या करने में सक्षम होना चाहिए कि सभा के आयोजन, विस्तार और अंततः उसके विसर्जन में व्यक्तियों की सामूहिक भूमिका क्या होती है। उल्लेखनीय है कि इस मामले में सामूहिक कार्रवाई के मौजूदा सिद्धांत खरे नहीं उतरते। एक सिद्धांत के मुताबिक़ भीड़ में व्यक्ति की अपनी विशिष्टता का लोप हो जाता है। वह स्थितियों को अपने ढंग से देखना बंद कर देता है और उसकी समझ कुंद हो जाती है। वह चमत्कारी नेताओं के सुझावों तथा अपने आसपास की भीड़ के व्यवहार की अनायास नक़ल करने लगता है। इस सिद्धांत के अनुसार संकट और आपदा की स्थितियों में व्यक्ति की यही विवेकहीनता बदहवासी के रूप में प्रकट होती है। लेकिन जनसमूह के पर्यवेक्षण या ऐसी सभा और प्रदर्शनों में शामिल होने वाले लोगों के साक्षात्कारों से इन दावों की पुष्टि नहीं होती। अध्ययनों से अभी तक यह साबित नहीं हो पाया है कि भीड़ में व्यक्ति अपना विवेक और बोध क्षमता खो देते हैं। उदाहरण के लिए 1998 में साठ प्रायोगिक अध्ययन किये गये थे जिसमें यह जानने का प्रयास किया गया था कि क्या भीड़ की स्थिति में व्यक्ति सचमुच विवेकहीन और अतार्किक हो जाता है। दिलचस्प है कि अध्ययन के नतीजे इस धारणा के ख़िलाफ़ गये।

भीड़ के एक महत्त्वपूर्ण शुरुआती अध्येता हरबर्ट ब्लूमर ने भीड़ के समाजशास्त्रीय अध्ययन में आने वाली समस्याओं का अवलोकन करते हुए इस बात की तरफ़ ध्यान दिलाया था कि समाजशास्त्री भीड़ के बारे में वस्तुनिष्ठ विवरण जुटाने से गुरेज़ करते हैं। उनके अनुसार उस दौर के समाजशास्त्रियों के पास विश्लेषण की स्पष्ट योजना नहीं थी जिसके कारण वे एक सुसंगत संकल्पना का विकास नहीं कर पा रहे थे। उनका मानना था कि भीड़ के अन्यान्य पहलुओं को बारीकी से न देख पाने के पीछे भी यही वजह थी।

शुरुआती दौर में भीड़ का व्यवस्थित अध्ययन इसलिए भी एक दुसाध्य काम था क्योंकि भीड़ की अवधारणा उस परिघटना की पड़ताल करने के लिए एक नाकाफ़ी औज़ार साबित हो रही थी जिसकी व्याख्या करने का वह दावा कर रही थी। समझा जाता है कि अगर कहीं भीड़ होगी तो उसकी कार्रवाई में भाग लेने वालों और उनके उद्देश्यों में एकसारता भी होगी। परिणामतः भीड़ की कार्रवाई में एक नैरंतर्य दिखेगा। लेकिन विद्वानों द्वारा जुटाये गये विस्तृत वस्तुपरक विवरण भीड़ के इस विचार को झुठलाते प्रतीत होते हैं। पिछले दो दशकों के दौरान समाजशास्त्रियों ने भीड़ के लिए एक ज़्यादा तटस्थ और उपयोगी अवधारणा का प्रयोग करना शुरू किया है। अब वे भीड़ की जगह 'गैदरिंग' या एकत्रीकरण जैसी अभिव्यक्ति को ज़्यादा उपयोगी मानते हैं। गैदरिंग को कम से कम दो लोगों के एक समूह की तरह देखा जा सकता है जो किसी स्थान पर एक समय विशेष के लिए जमा होता है। ऐसे जनसमूह की एक विशेषता यह भी होती है कि वह अपने कार्यों या प्रेरणाओं को लेकर सचेत नहीं होते। अध्येताओं के अनुसार जनसमूह के इस अस्थाई जमावड़े की समयावधि दो चरणों में बँटी होती है। इसके पहले चरण में वह प्रक्रिया प्रमुख होती है जिसके तहत दो या दो से अधिक व्यक्ति किसी समान स्थान पर एकत्रित होते हैं। दूसरा चरण जनसमूह के विसर्जन या लोगों द्वारा उस स्थान विशेष को छोड़ने से जुड़ा है। ऐसे जमावड़े को सामूहिक कार्रवाई के प्रारम्भिक रूपों का खिचड़ी रूप कहा जा सकता है। अस्थाई जमावड़े के ये दोनों चरण एक दूसरे से स्वतंत्र नहीं होते। लेकिन उनसे भीड़ की जटिल परिघटना को शोध के दायरे में लाने की सहूलियत मिलती है। चरणबद्ध विभाजन के इस तरीक़े से उन्हें शोध-पद्धतियों में फ़िट करना भी आसान हो जाता है।

जनसमूह के कुछ अस्थाई जमावड़ों में बारम्बारता देखी जा सकती है। उदाहरण के लिए कुछ जमावड़े राष्ट्रीय मुक्ति दिवस मनाने के लिए इकट्ठा होते हैं तो कुछ उद्घाटन आदि के लिए जुटते हैं। गली, मुहल्लों और नुक्कड़ों पर जुटने वाली भीड़ को भी ऐसी श्रेणी में रखा जा सकता है। खेल के आयोजन तथा राजनीतिक रैली और धार्मिक जलसे आदि ऐसे कार्यक्रम हैं जिनमें बारम्बारता का तत्त्व तो नहीं होता लेकिन उनके आयोजन और तैयारी की घोषणा काफ़ी पहले कर दी जाती है। दुर्घटना या आपदा के समय जुटने वाली भीड़ तात्कालिक होती है।

राजनीतिक मज़मे, धार्मिक जलसे तथा खेल में जीत के जश्न आदि में भाग लेने वाले लोगों के विस्तृत सर्वेक्षण से तीन महत्त्वपूर्ण तथ्य प्रकट होते हैं। एक, व्यक्ति के निजी गुणों, मानसिकता या उनके रवैये के आधार पर यह भविष्यवाणी नहीं की जा सकती कि इस तरह के सामूहिक कार्यक्रम में कौन शामिल होगा। दूसरे ऐसे कार्यक्रम में भागीदारी करने की प्रेरणा मित्रों, परिवार और परिचितों से मिलती है जो सामाजिक नेटवर्क के ज़रिये एक दूसरे से जुड़े होते हैं। इसमें अवसर पर उपलब्ध रहने की स्थिति और आयोजन स्थल पर पहुँचने की सहूलियत भी अहम भूमिका अदा करती है। तीसरे, ज़्यादातर लोग सभाओं में अपने मित्रों और परिचितों और पारिवारिक सदस्यों के साथ शामिल होते हैं, कार्यक्रम के दौरान एक साथ रहते हैं तथा आयोजन की समाप्ति पर एक साथ ही विदा होते हैं। इस तरह ज़्यादातर सभाओं में व्यक्ति बेशक निजी हैसियत से शामिल होते हों परंतु मूलतः वे एक समूह का हिस्सा होते हैं। समूह के इन साथियों का व्यवहार अलग-अलग होता है। उनके व्यवहार का एक पहलू तो आपसी संबंधों तक सीमित रहता है लेकिन कभी कभी वे अन्य व्यक्तियों से एक समूह के तौर पर भी मिलते हैं। इस तरह तात्कालिक या अस्थाई सभाओं का चरित्र व्यक्तिगत और सामूहिक कार्रवाई का एक गतिशील मिश्रण होता है।

किसी एक प्रचलित गुण या प्रवृत्ति के आधार पर सभा के चरित्र का आकलन करना , दूसरे शब्दों में भीड़ को स्वतःस्फूर्त या प्रेरित आदि के ख़ानों में बाँटना उपयोगी साबित नहीं हुआ है। यह इसलिए कि किसी भी सभा या जमावड़े की संरचना इकहरी नहीं होती। किसी धार्मिक जलसे, खेल के आयोजन और राजनीतिक सभा में लोगों का भावुक हो जाना अभिव्यक्तिमूलक कार्रवाई कही जा सकती है लेकिन इस तरह का भावोद्रेक समूचे समूह पर लागू नहीं किया जा सकता। अगर ऐसा होता भी है तो बहुत थोड़े वक़्त के लिए।

मैकफ़ैल और स्वीनग्रूबेर ने एक हालिया अध्ययन में प्रतिपादित किया है कि किसी जलसे, रैली या सभा में भीड़ लगातार एक ही तरह का व्यवहार नहीं करती। धार्मिक, खेल और राजनीतिक आयोजन से ठीक पहले और आमतौर पर बाद में एक चरण गहमागहमी का होता है। धार्मिक समागम के इस अध्ययन में किसी व्यक्ति के प्रति हिंसा या सम्पत्ति की तोड़फोड़ की घटना सामने नहीं आयी। यह एक महत्त्वपूर्ण तथ्य है कि ज़्यादातर सभाओं में हिंसा की घटनाएँ अपवाद ही कही जा सकती हैं। लंदन के पॉल टैक्स दंगों (1990) तथा अमेरिका में लॉस एंजेलिस के दंगों (1992) के वीडियो रिकॉर्ड देखने से पता चलता है कि हिंसा में लिप्त लोगों की संख्या बहुत कम थी और तमाशबीनों की संख्या बहुत ज़्यादा थी। इतना ही नहीं ये हिंसक तत्त्व भी लगातार तोडफोड़ नहीं कर रहे थे। दूसरे शब्दों में हिंसा की इन घटनाओं को रुक-रुक कर अंजाम दिया जा रहा था। अध्येताओं का आकलन है कि युरोप में उन्नीसवीं और बीसवीं सदी के दौरान होने वाली राजनीतिक सभाओं तथा अमेरिका में नागरिक अधिकारों के आंदोलन में केवल दस प्रतिशत ऐसी घटनाएँ थीं जिन्हें हिंसा की श्रेणी में रखा जा सकता है।

अभी तक इस बात का अध्ययन नहीं किया गया है कि जनसमूह, सभा या भीड़ किस तरह विसर्जित होती है। जबकि यह एक ऐसी परिघटना है जो हर दिन प्रकट होती है। मसलन, मैच ख़त्म होने पर लाखों की भीड़ दस से पंद्रह मिनट के भीतर स्टेडियम से बाहर हो जाती है। इसी तरह अगर किसी कक्षा में सौ विद्यार्थी हों तो लेक्चर ख़त्म होने के पाँच मिनट बाद कक्षा खाली हो जाती है। इस क्रम में सिनेमा हॉल का उदाहरण भी लिया जा सकता है।

भीड़ / जनसभा / जत्थे को ज़बरन हटाने या उसे नियत स्थान को छोड़ देने के निर्देश देते समय पुलिस या सेना इस धारणा से संचालित होती है कि ऐसे समूहों के सदस्य ख़ुद को नियंत्रण या क़ाबू में नहीं रख सकते। इस नज़रिये को रूढ़ बनाने में समाजशास्त्र के उन पारम्परिक मिथकों की भूमिका संदिग्ध मानी है जो भीड़ को लेकर उन्नीसवीं सदी से ही असहज रहे हैं। हाल के वर्षों में युरोप और उत्तरी अमेरिका के लोकतांत्रिक देशों में राजनीतिक सभाओं में आने वाली भीड़ को नियंत्रित करने के लिए पुलिस अब प्रतिरोध-रैली या सभा के संगठनकर्ताओं से मिलकर सभा के समय, आयोजन-स्थल, उसके प्रारम्भ और समापन के बारे में पहले से ही जानकारी जुटाने लगी है।

आपदा-नियोजन और प्रबंधन के अध्येताओं ने इस बात का व्यापक अध्ययन किया है कि आपात स्थिति में जनसमूह किस तरह का व्यवहार करता है। लोगों के अस्थाई जमावड़े के ऐसे अध्ययनों से एक महत्त्वपूर्ण निष्कर्ष यह निकला है कि आमतौर पर संकट के समय लोगबाग भयभीत न होकर उस संकट का तत्काल हल निकालने की कोशिश करते हैं। ऐसे औचक संकटों से निपटने के लिए लोगबाग विलक्षण कल्पनाशीलता का परिचय देते हैं। शोध से यह बात लगातार साबित हुई है कि संकट की ऐसी परिस्थितियों में लोगबाग अपनी सुरक्षा के बारे में चिंतित न होकर अपने साथियों की हिफ़ाज़त करने की भावना दिखाते हैं।

इस मामले में बुद्धिसंगत चयन का सिद्धांत भीड़ की परिघटना को समझने में ज़्यादा कारगर प्रतीत होता हैं। यह सिद्धांत इस तथ्य को तरजीह देता है कि सामूहिक कार्रवाई

के लाभ-हानि का गणित तय करने में लोगों का आपसी राय-मशविरा निर्णायक होता है। इस दायरे के सिद्धांतकार मानकर चलते हैं कि भीड़ का हिस्सा बनने पर व्यक्ति का अपने व्यवहार पर नियंत्रण ख़त्म नहीं हो जाता। पर इस वर्ग के विभिन्न मतों का एक बड़ा दोष यह है कि उनमें किसी एक्शन के वैकल्पिक प्रवाह के बारे में यह नहीं बताया जाता कि उनके संगठन की प्रक्रिया क्या होती है। उनके विश्लेषण में त्रुटियों, अनदेखे नतीजों तथा आवश्यक समायोजन जैसे मसले समाहित नहीं हो पाते। संक्षेप में कहें तो इस सिद्धांत के प्रयोगकर्ता बोधक्षमता और कार्रवाई के बीच संबंध स्थापित नहीं कर पाते।

भीड़ की परिघटना को समझने के लिए एक अन्य सिद्धांत इस बात पर ज़ोर देता है कि भीड़ परिवर्तनशील और गतिशील होती है। लिहाज़ा उसके स्वरूप को समझने के लिए यह मानना ज़रूरी है कि उसमें शामिल लोग स्वायत्त, परस्पर निर्भर और परिवर्तनशील होते हैं। इस सिद्धांत के ज़रिये जनसमूह की सामूहिक कार्रवाई के तीन सर्वसामान्य रूपों को समझने का प्रयास किया गया है। इस मत के अनुसार जनसमूह में शामिल व्यक्ति किसी उद्देश्य से लैस होते हैं। मैकफ़ैल आदि विद्वानों ने अपने अध्ययन में यह जानने का प्रयास किया है कि किसी स्थान पर लोगों के इकट्ठा होने पर उनके बीच सामूहिक गतिविधि किस तरह पैदा होती है। उनके अनुसार ऐसे जमावड़ों में शामिल लोग अपने एक्शन को उद्देश्य के हिसाब से समायोजित करते रहते हैं। ऐसा करते हुए वे इस बात के प्रति भी सचेत रहते हैं कि ख़ुद उनका और दूसरे लोगों का व्यवहार व गतिविधियाँ उक्त उद्देश्य की पूर्ति करते हैं या नहीं। उनका मानना है कि दो या दो से अधिक लोगों की सामूहिक गतिविधि के लिए भी ऐसे ही उद्देश्यों की ज़रूरत पड़ती है जिन्हें समूह के सदस्य व्यक्तिगत, एक दूसरे के परामर्श या फिर किसी तीसरे पक्ष के निर्देश या प्रेरणा के आधार पर तय करते हैं। उनके अध्ययन से यह प्रकट हुआ कि सामूहिक ढंग से किसी की हौसलाअफ़ज़ाई करना या ताली बजाकर स्वागत या प्रशंसा करने जैसी गतिविधियों को अंजाम देने के लिए समूह के सदस्य अन्य साथियों से मशविरा करने या तीसरे किसी पक्ष से निर्देश लेना ज़रूरी नहीं मानते थे। जबकि रैली जैसी किसी परिघटना से पहले और बाद में फ़ुटपाथ आदि पर गहमागहमी करते लोगों की बातचीत से यह संकेत मिला कि उन्होंने रैली में शामिल होने और वहाँ से एक साथ निकलने को लेकर अपने अपने समूहों में विचार-विमर्श किया था। सामूहिक गतिविधियों के इस क्रम में यह भी पाया गया कि धार्मिक समागमों में लोगबाग व्यक्तिगत पहल या आपसी मंत्रणा के बजाय किसी तीसरे पक्ष के निर्देशों का स्वैच्छिक ढंग से पालन कर रहे थे, परंतु इसे करिश्माई नेतृत्व के निर्देशों का अंधानुकरण नहीं कहा जा सकता। अध्ययन के अनुसार जो लोग ऐसे निर्देशों का पालन भी कर रहे थे उन सभी की राय एक समान नहीं थी।

सामूहिक गतिविधियों के ये तीन रूप अलग-अलग समय पर घट सकते हैं, और यदि जनसमूह विशाल हुआ तो ये तीनों रूप छोटे छोट समूहों में एक साथ भी प्रकट हो सकते हैं। इससे एक हद तक यह समझने में मदद मिलती है कि लोगों के अस्थाई जमावड़े या सभा में प्रगट होने वाली विविध सामूहिक गतिविधियाँ सोदेश्य होते हुए भी एक दूसरे से आबद्ध और एक दूसरे की अनुगामी नहीं होती।

देखें : बुद्धिसंगत चयन का सिद्धांत।

संदर्भ

1. डी. डेला पोर्ता और एच. रीटर (सम्पा.) (1998), *पोलिसिंग प्रोटेस्ट : द कंट्रोल ऑफ़ मास डिमांस्ट्रेशंस इन वेस्टर्न डेमॉक्रैसीज़*, यूनिवर्सिटी ऑफ़ मिनिसोटा प्रेस, मिनियापोलिस.
2. आर. डाईंस और के. टिरने (1994), *डिज़ास्टर, कलेक्टिव बिहेविअर ऐंड सोशल ऑर्गनाइजेशन,* यूनिवर्सिटी ऑफ़ डेलावेअर प्रेस, नेबार्क.
3. सी. मैकफ़ैल (1991), *द मिथ ऑफ़ मैडनिंग क्राउड,* अल्डाइन, न्यूयॉर्क.
4. सी. मैकफ़ैल और आर.टी. वॉल्सटाइन (1973), 'द असेंबलिंग प्रोसेस', *अमेरिकन सोसियोलॉजिकल रिव्यू,* अंक 38.

— नरेश गोस्वामी

भीमराव रामजी आम्बेडकर

(Bheemrao Ramji Ambedkar)

बीसवीं सदी के सर्वाधिक प्रतिभाशाली और समाजद्रष्टा भारतीयों में से एक भीमराव रामजी आम्बेडकर (1891-1956) का जीवन एक के बाद एक उल्लेखनीय उपलब्धियों की महागाथा है। अछूत समझे जाने वाले समुदाय में जन्म के कारण सामाजिक भेदभाव से आजीवन संघर्ष करने के लिए अभिशप्त डॉ. आम्बेडकर प्रखर राजनेता और संगठक होने के साथ-साथ एक बहु-अनुशासनीय विद्वान भी थे। दलित समाज के उद्धारक और भारतीय संविधान के प्रमुख निर्माता के रूप में ऐतिहासिक भूमिका निभाने वाले आम्बेडकर को भारत में बौद्ध धर्म का जीर्णोद्धार करने का श्रेय भी जाता है। यह उनकी राजनीतिक और बौद्धिक विरासत का ही परिणाम है कि हज़ारों

साल से दबी-पिसी पूर्व-अछूत जातियाँ दलित राजनीतिक समुदाय के रूप में गोलबंद हो कर आज सिर उठा कर राजनीतिक-सामाजिक समानता की दावेदारी के साथ सार्वजनिक जीवन में हिस्सेदारी कर रही हैं। महात्मा फुले की ही तरह आम्बेडकर भी मानते थे कि ब्रिटिश राज धार्मिक और सामाजिक रूप से तटस्थ है, इसलिए सामाजिक संघर्ष में उसके प्रभाव का इस्तेमाल निचली जातियों के पक्ष में किया जा सकता है। अंग्रेज़ों के भारत छोड़ कर चले जाने के बाद आम्बेडकर ने संविधानकर्ता और आज़ाद भारत के पहले क़ानून मंत्री के तौर पर भारतीय राज्य को सामाजिक और धार्मिक रूप से तटस्थ बनाने के लिए काम किया। उपनिवेशवाद विरोधी आंदोलन के दौरान आम्बेडकर ने भारतीय राजनीति पर कांग्रेस और गाँधी के वर्चस्व के सामने कभी सिर नहीं झुकाया। अछूतों के प्रतिनिधित्व के प्रश्न पर गाँधी के साथ उनकी बहस इस आंदोलन का सबसे विचारोत्तेजक अध्याय है। एक प्रचुर लेखक के रूप में आम्बेडकर ने विशाल वांगमय की रचना की जिसके अध्ययन-मनन के बिना आधुनिक भारतीय राजनीतिक विचार अधूरा माना जाएगा। 1990 में आम्बेडकर को भारत-रत्न से सम्मानित किया गया।

आम्बेडकर का जन्म 14 अप्रैल, 1891 को वर्तमान मध्य प्रदेश के मऊ में रहने वाले एक महार परिवार में हुआ था। उनके कबीरपंथी पिता रामजी सकपाल फ़ौज में नौकरी करते थे। पिता के शिक्षित होने का लाभ बालक भीमराव को भी हुआ। उन्हें सरकारी स्कूल में पढ़ने का मौक़ा मिला। दसवीं पास करने के बाद जब उन्होंने बम्बई विश्वविद्यालय में दाखिला लिया तो उनकी बिरादरी ने इस अद्भुत घटना का समारोहपूर्वक स्वागत किया। 1908 में एलफ़िंस्टन कॉलेज के विद्यार्थी के रूप में उन्हें बड़ोदरा के शासक सैयाजीराव गायकवाड़ तृतीय की छात्रवृत्ति प्राप्त हुई। बीए के कोर्स में जब ब्राह्मणों ने उन्हें संस्कृत नहीं पढ़ने दी तो उन्हें फ़ारसी लेनी पड़ी। 1912 तक वे अर्थशास्त्र और राजनीतिशास्त्र में स्नातक बन चुके थे। अगले साल वे बड़ोदरा की राजकीय छात्रवृत्ति पर कोलम्बिया विश्वविद्यालय में पढ़ने चले गये। आम्बेडकर को लंदन स्कूल ऑफ़ इकॉनॉमिक्स और ग्रेज़ इन फ़ॉर लॉ में भी अध्ययन करने का मौक़ा मिला। भारत लौटने पर बड़ोदरा स्टेट के दीवान के रूप में काम करने पर आम्बेडकर को एक बार फिर छुआछूत का सामना करना पड़ा। उनका चपरासी भी उन्हें फ़ाइलें फेंक कर देता था ताकि उनका स्पर्श न करना पड़े। उनकी कुर्सी जिस जगह रखी होती थी, उसे धो कर पवित्र किया जाता था। अपनी आर्थिक हालत सुधारने के लिए आम्बेडकर को प्राइवेट ट्यूटर, एकाउंटेंट और निवेश सलाहकार का काम भी करना पड़ा। हर बार उनका अछूत होना उनकी कामयाबी में आड़े आया। 1918 से उन्होंने अछूतों की राजनीतिक गतिविधियों में हिस्सा लेना शुरू किया।

आम्बेडकर के घटनाप्रद कृतित्व को तीन चरणों में बाँट कर देखा जा सकता है। पहले चरण में उन्होंने हिंदू धर्म को सुधारने की मुहिम चलाई। दूसरे चरण में अछूत जातियों के लिए एक स्वायत्त राजनीतिक दायरा विकसित करने का प्रयास किया। तीसरे चरण में उन्होंने बौद्ध धर्म का वैकल्पिक रूप अपनाने पर ज़ोर दिया और रिपब्लिकन पार्टी की नींव डालते हुए राजनीतिक गतिविधियों का चरित्र बदलने की तजवीज़ की। आम्बेडकर की मान्यता थी कि प्रभुत्व और अधीनस्थता की संरचनाएँ किसी भी संस्कृति में अंतर्निहित होती हैं। उनके समीकरण अलग-अलग हो सकते हैं। आम्बेडकर संस्कृति के केवल उन्हीं रूपों को स्वीकार करते थे जो बुद्धिवाद और अधिकारों के विमर्श पर आधारित हों। इसीलिए उन्होंने संस्कृति की किसी भी तात्त्विकतावादी अवधारणा को स्वीकार नहीं किया। उनके लिए संस्कृति के केवल वही आयाम उपलब्ध करने योग्य थे जिन्हें बुद्धि, सेकुलरत्व और मानवीय पहलक़दमी के प्रति आदर की कसौटियों पर कसा जा सके।

आम्बेडकर का बौद्धिक मानस बुद्धिवाद और सेकुलरत्व के घटकों से मिल कर बना था। परम्परा की उनकी समझ शास्त्रों की आलोचनात्मक जाँच-पड़ताल करते हुए वैज्ञानिक दृष्टि विकसित करने के आधार पर बनी थी। वे यह जानना चाहते थे कि आख़िर हिंदू धर्म की ख़ामियाँ इतनी भीषण क्यों हैं और वह क्या वजह है जो उनके निवारण की नैतिक प्रेरणाओं को इतना नैतिक और दुर्बल कर देती है। धर्मशास्त्रों की प्रासंगिक और समयानुकूल व्याख्या पर उन्हें आपत्ति नहीं थी, पर वे कहते थे कि आख़िर किसी शास्त्र का वह केंद्रीय तर्क कैसे नज़रअंदाज़ किया जा सकता है जो अपने-आप में अपरिवर्तनीय रहता है। यह तो देखना ही होगा कि उसमें क्या छोड़ा गया है, कहाँ पर बल दिया गया है और उसका बुनियादी रुझान क्या है। आम्बेडकर का तर्क था कि विपक्षी के साथ संवाद क़ायम रखना तो ठीक है, पर संवाद की शर्तें तय करने में पिछले अनुभव, ऐतिहासिक और भौतिक आयामों का ख़याल रखना पड़ेगा। यह भी देखना पड़ेगा कि विपक्षी आपको समान हैसियत देता है या नहीं। या उसका रवैया तर्कपूर्ण है या नहीं। आम्बेडकर सद्‌विवेक या अंत:प्रज्ञा जैसे किसी आग्रह के समर्थक नहीं थे। उनका प्रश्न था कि आख़िर अंत:करण या विवेक के पवित्र होने की गारंटी कैसे दी जाएगी? भारत में तो शास्त्रों के आधार पर ही सद्‌विवेक परिभाषित किया जाता है, जब कि वह वास्तव में धार्मिक कट्टरता का ही कुछ झाड़ा-पोंछा रूप होता है। आम्बेडकर ऐसे किसी अतीत में यक़ीन नहीं करते थे जो वर्तमान से पूरी तरह स्वतंत्र हो। इसलिए उनका लेखन वर्तमान की आवश्यकताओं के मुताबिक़ अतीत से खोजे गये प्रमाणों से भरा हुआ है।

धर्म के बुनियादी सार के सवाल पर आम्बेडकर का प्रश्न था कि किसी प्राधिकार की ग़ैरमौजूदगी में धर्म के सार की अनिवार्यता और अ-अनिवार्यता में फ़र्क़ कैसे किया

भीमराव रामजी आम्बेडकर (1891–1956)

जाएगा, और सामाजिक बंदोबस्त अगर आवश्यकतानुसार न रह कर स्थायित्व प्राप्त कर ले (जैसे कि छुआछूत) तो उसे अनिवार्य सार से अलग कैसे देखा जाएगा? आम्बेडकर मानते थे कि छुआछूत का शास्त्रों में आधार नहीं है, पर उन्होंने अस्पृश्यता के संदर्भगत, परिस्थितिजन्य और तुलनात्मक प्रमाण खोज निकाले थे। वे कहते थे कि जाति प्रथा के केंद्र में पवित्रता और अपवित्रता की अवधारणाएँ हैं जिनके बिना छुआछूत की प्रथा नहीं टिकायी जा सकती।

अपनी रचना *एनिहिलेशन ऑफ़ कास्ट्स* में आम्बेडकर ने सुझाव दिया कि अंतर्जातीय विवाहों को प्रोत्साहन दे कर और अछूतों को पुरोहित बना कर हिंदू धर्म को उसकी बुराइयों से छुटकारा दिलाया जा सकता है। इसी चरण में उन्होंने महाड़ सत्याग्रह और मंदिर प्रवेश की मुहिमों का आयोजन किया। लेकिन इस प्रक्रिया में आम्बेडकर ने देखा कि संस्कृति के क्षेत्र में विभिन्न समुदाय स्वतंत्रता, भाईचारे और बराबरी के तीन अनिवार्य मूल्यों के आधार पर संवाद करने के लिए तैयार नहीं हैं। वे इस निष्कर्ष पर पहुँचे कि संस्कृति अपने-आप में अधिकारों की दावेदारी में बाधक बन गयी है और इसीलिए राष्ट्रीय पैमाने पर किसी सांस्कृतिक समुदाय की स्थापना करने का मतलब होगा धार्मिक कट्टरता को सत्तारूढ़ हो जाने का मौक़ा दे देना।

अछूतों के लिए अलग राजनीतिक दायरा विकसित करने के लिए आम्बेडकर ने कई प्रयोग किये। 1919 में साउथबरो कमीशन के सामने उन्होंने अछूतों के लिए पृथक मतदाता मण्डलों की माँग रखी। यही वह क्षण था जब आधुनिक भारतीय राजनीति में इन जातियों के हितों को सुरक्षित करने का आंदोलन शुरू हुआ जो आज तक किसी न किसी रूप में जारी है। 1918 और 1920 में उन्होंने उत्पीड़ित वर्गों के दो सम्मेलनों में अछूतों के तत्कालीन नेतृत्व (जो ग़ैर-दलित था) को ख़ारिज करते हुए दावा किया कि अछूतों की बागडोर उन्हीं के बीच से निकले व्यक्तियों के हाथों में होनी चाहिए। उनकी लोकप्रियता तेज़ी से बढ़ी जिसके परिणामस्वरूप 1932 में हुई दूसरी गोलमेज़ कांफ्रेंस में भाग लेने का निमंत्रण मिला। लंदन में हुए इस सम्मेलन में उन्होंने पृथक मतदाता मण्डलों के प्रश्न पर गाँधी से जम कर लोहा लिया। गाँधी मुसलमानों और सिक्खों के अलग मतदाता मण्डलों के लिए तो तैयार थे, पर अछूतों के संदर्भ में उनका तर्क था कि छुआछूत हिंदुओं का अंदरूनी मामला है और अलग मतदाता मण्डलों से हिंदू धर्म में विभाज़न हो जाएगा। अंग्रेज़ों ने जैसे ही आम्बेडकर की माँग मानी वैसे ही गाँधी ने पुणे की यरवदा जेल में आमरण अनशन शुरू कर दिया। गाँधी की मृत्यु के अंदेशे और प्रतिक्रिया-स्वरूप अछूतों के ख़िलाफ़ हिंसा फूट पड़ने के डर से आम्बेडकर ने अपनी माँग वापिस ले ली। बाद में उन्होंने इस उपवास को गाँधी का हथकण्डा क़रार दिया जिसका मक़सद अछूतों को उनके राजनीतिक अधिकारों से वंचित करना था।

1936 में आम्बेडकर ने इंडिपेंडेंट लेबर पार्टी की स्थापना किसानों, मज़दूरों और अछूतों के व्यापक मोर्चे के रूप में की। बम्बई विधान परिषद् के चुनावों में हिस्सेदारी करते इस पार्टी ने कम से कम इतनी सफलता (15 सीटें) हासिल करके दिखाई जिसके आधार पर वे दावा कर सकते थे कि कांग्रेस और गाँधी अछूतों के असली प्रतिनिधि नहीं हैं। इस पार्टी का कार्यक्षेत्र मध्य प्रांत और बरार के कुछ हिस्सों में था। इसी दौर में आम्बेडकर ने कम्युनिस्टों के साथ सहयोग का प्रयास किया लेकिन जाति के सवाल पर मतभेदों के कारण वे उनसे अलग हो गये। तभी उन्होंने कहा था कि 'कम्युनिस्ट पार्टी इज़ ए बंच ऑफ़ ब्रैह्मन बॉयज़'। 1938 में इस पार्टी ने अछूत खेतिहर मज़दूरों और ग़ैर-दलित किसानों का ज़बरदस्त मोर्चा निकाला जिसकी माँगें थीं : बेगार और बँधुआ प्रथा ख़त्म की जाए, जंगलात और परती ज़मीन खेतिहर मज़दूरों में बाँटी जाए और उनका मेहनताना बढ़ाया जाए। इस पार्टी के ज़रिये उन्होंने अछूतों को मज़दूर वर्ग में समान हैसियत के साथ शामिल करने का अभियान चलाया जिसमें उन्हें ख़ास सफलता नहीं मिली। 1942 में उन्होंने इस पार्टी को भंग करके आल इण्डिया शेड्यूल्ड कास्ट्स फ़ेडरेशन का गठन किया जिसके घोषणापत्र में तीन बातें स्पष्ट रूप से उभरीं : लोकतंत्र के प्रति अटूट लगाव, दो दलीय शासन प्रणाली की वक़ालत, दलितों को हिंदू महासभा और राष्ट्रीय स्वयंसेवक संघ जैसी ताक़तों से दूर रहने की सलाह।

अपनी रचना *व्हाट कांग्रेस ऐंड गाँधी हैव़ डन टु अनटचेबिल्स* के ज़रिये उन्होंने अपना पक्ष आक्रामक ढंग से

बुलंद करना जारी रखा। एक अन्य रचना हू *वर शूद्राज़?* में उन्होंने चौथे वर्ण की उत्पत्ति पर प्रकाश डाला और *द अनचटेबिल्स : अ थीसिस ऑन द ऑरिजिंस ऑफ़ अनटचेबिलिटी* के ज़रिये छुआछूत के उद्गम की शिनाख़्त की। 1941 और 1945 के बीच उन्होंने कई पुस्तकें और पर्चे प्रकाशित किये जिनमें *थॉट्स ऑन पाकिस्तान* भी शामिल है। इस रचना में आम्बेडकर ने मुसलिम लीग और अलग पाकिस्तान की माँग की आलोचना की, लेकिन साथ-साथ यह भी कहा कि अगर मुसलमान पाकिस्तान लेने के इतने इच्छुक हैं तो उनकी माँग मान लेनी चाहिए। भविष्य के भारत की सुरक्षा के लिए यही बेहतर होगा। आम्बेडकर ने मुसलमानों में प्रचलित पर्दा प्रथा और बहु-विवाह की कड़ी आलोचना की। उन्होंने यह भी कहा कि मुसलमान समाज हिंदू समाज से भी ज़्यादा सामाजिक बुराइयों में घिरा हुआ है। उन्होंने भाईचारे के दावे के पीछे जाति-प्रथा छिपा रखी है।

संविधान सभा के सदस्य के रूप में संविधान का मसविदा तैयार करने वाली कमेटी के चेयरमैन के रूप में आम्बेडकर की भूमिका ने उन्हें संविधान-निर्माता की लोकप्रिय छवि प्रदान की। हालाँकि उन्होंने उपनिवेशवाद विरोधी आंदोलन में भाग नहीं लिया था, पर संविधान सभा में उन्होंने नेहरू व अन्य राष्ट्रीय नेताओं के साथ कंधे से कंधा मिला कर भविष्य के भारत की नींव डाली। संविधान की मसविदा समिति के चेयरमैन और बाद में नेहरू की सरकार के क़ानून मंत्री के रूप में काम करने के लिए आम्बेडकर क्यों राज़ी हुए, जबकि उसी दौरान उन्होंने बार-बार अपनी रचनाओं में कांग्रेस के नेतृत्व पर कड़े प्रहार किये थे? वैसे भी आम्बेडकर बहुमत-अल्पमत पर आधारित लोकतंत्र को अछूतों के लिए लाभदायक नहीं मानते थे, इसलिए उन्होंने संयुक्त राज्य अमेरिका के तर्ज़ पर यूनाइटेड स्टेट्स ऑफ़ इण्डिया को परिकल्पित करने वाले एक संविधान का मसविदा भी तैयार किया था। इस संविधान में आनुपातिक चुनाव प्रणाली का प्रावधान किया गया था। इस प्रश्न का उत्तर 'तटस्थता की थीसिस' में खोजा जा सकता है जो आम्बेडकर ने महात्मा फुले से प्राप्त की थी। अंग्रेज़ों के चले जाने के बाद राष्ट्रीय मंच पर वह शक्ति नहीं रही जो 15 अगस्त, 1947 तक अछूतों की निगाह में सामाजिक रूप से तटस्थ समझी जाती थी। नये हालात में आज़ाद भारत को सामाजिक और आर्थिक रूप से तटस्थ तो नहीं बनाया जा सकता था, पर संवैधानिक रूप से तटस्थ बनाने की सम्भावनाएँ मौजूद थीं। आम्बेडकर ने छुआछूत पर पाबंदी, आरक्षण और सार्विक मताधिकार जैसे प्रावधानों के ज़रिये कम से कम समानता के संवैधानिक रूप की गारंटी तो कर ही दी। हिंदू कोड बिल के प्रश्न पर हिंदू परम्परानिष्ठ तत्त्वों के प्रतिरोध से व्यथित हो कर आम्बेडकर ने न सिर्फ़ क़ानून मंत्री का पद त्याग दिया, बल्कि 15 अक्टूबर, 1956 को अपने 38,000 समर्थकों के साथ नागपुर में बौद्ध धर्म ग्रहण कर लिया। पाँच दिसम्बर को उनका देहांत हो गया, लेकिन इससे पहले उनके नक्शे-क़दम पर चलते हुए लाखों अछूतों द्वारा सारे देश में बौद्ध धर्म अपना लिया गया। इससे पहले 1950 में आम्बेडकर महाबोधि पत्रिका में *बुद्धा ऐंड द फ़्यूचर ऑफ़ हिज़ रिलीजन* शीर्षक से एक लेख लिख चुके थे। बुद्ध धर्म संबंधी उनके विचार उनकी मृत्यु के बाद 1957 में *द बुद्धा ऐंड हिज़ धम्मा* के रूप में प्रकाशित हुए। मृत्यु से पहले उन्होंने रिपब्लिकन पार्टी ऑफ़ इण्डिया की स्थापना की घोषणा भी की और अपने पीछे एक खुले पत्र के रूप में नयी पार्टी का लिखित घोषणापत्र छोड़ गये।

देखें : अनुसूचित जातियाँ, अस्मिता की भारतीय राजनीति, अन्य पिछड़े वर्ग, आयोतीदास पांडीतर, आयंकाली, आम्बेडकर-गाँधी विवाद, इरोड वेंकट रामस्वामी नायकर पेरियार, कांशीराम, गाड़गे बाबा, गोपाल बाबा वलंगकर, ज्योतिराव गोविंदराव फुले, जाति और जाति-व्यवस्था-1, 2, 3 और 4, बाबू मंगू राम, बहुजन समाज पार्टी-1 और 2, भदंत आनंद कौसल्यायन, भारतीय संविधान-1 से 8 तक, स्वामी अछूतानंद हरिहर।

संदर्भ

1. वामन नारायण कुबेर (1991), *डॉ. आम्बेडकर : अ क्रिटिकल स्टडी, पीपुल्स* पब्लिशिंग हाउस, नयी दिल्ली.
2. भगवान दास (सम्पा.) (1963), *दस स्पोक आम्बेडकर,* भीम पत्रिका पब्लिकेशंस, नयी दिल्ली.
3. धनंजय कीर (1983), *डॉ. आम्बेडकर : लाइफ़ ऐंड मिशन,* पॉप्युलर प्रकाशन, बम्बई.
4. क्रिस्टोफ़ जेफ्रलो (1995), *डॉ. आम्बेडकर ऐंड अनटचेबिलिटी : फ़ाइटिंग द कास्ट सिस्टम,* कोलम्बिया युनिवर्सिटी प्रेस, न्यूयॉर्क.

— अभय कुमार दुबे

भूमण्डलीकरण

(Globalization)

भूमण्डलीकरण आधुनिकता में अंतर्निहित एक अत्यंत शक्तिशाली प्रवृत्ति है। इसे ग्लोबलाइज़ेशन, ग्लोबीकरण, जगतीकरण या विश्वायन के नामों से भी जाना जाता है। आधुनिक युग के विभिन्न चरणों में यह प्रक्रिया भिन्न-भिन्न रूपों में चलती रही है। एक से अधिक भूमण्डलीकरण आपस में प्रतियोगिता भी करते रहे हैं। लेकिन इस बार इसका प्रभाव बुनियादी रूप से परिवर्तनकारी प्रतीत हो रहा है, क्योंकि इसके कारण सामाजिक, राजनीतिक, आर्थिक और सांस्कृतिक जीवन विभिन्न भू-क्षेत्रीय सीमाओं से परे जा कर अपनी अभिव्यक्ति करने लगे हैं। इस प्रक्रिया को डिटेरिटोरियलाइज़ेशन की संज्ञा भी दी जाती है। समूचे विश्व

को एकल स्थान के रूप में देखने का एहसास बढ़ता जा रहा है जिसके परिणामस्वरूप 'ग्लोबल विलेज' या 'ग्लोबल इकॉनॉमी' जैसी अभिव्यक्तियों का इस्तेमाल होने लगा है। सूचनाओं और व्यक्तियों के आवागमन में अभूतपूर्व वृद्धि हुई है : इंटरनेट के उद्भव और विकास ने सूचना समाज के उदय में प्रमुख भूमिका निभायी है। 1980 में क़रीब दस लाख लोग प्रतिदिन अंतर्राष्ट्रीय सीमाओं के आर-पार जाते थे, जिनकी संख्या 2000 में तीस लाख हो चुकी थी। ग़ैर-सरकारीकरण की प्रक्रिया भी चल निकली है जिसका प्रमाण ग़ैर-सरकारी संगठनों की तेज़ी से बढ़ती हुई संख्या में देखा जा सकता है। ये संगठन एनजीओ के नाम से जाने जाते हैं। बीसवीं सदी के शुरू में सारी दुनिया में केवल 170 एनजीओ थे। 1980 तक यह संख्या बढ़ कर 2,500 तक पहुँची, पर इसके बाद बीस साल में दूने से भी ज़्यादा बढ़ कर 5,500 हो गयी।

भूमण्डलीकरण की परिघटना के तहत क्षेत्रीय अर्थव्यवस्थाएँ, समाज और संस्कृतियाँ समस्त भूमण्डल में फैले संचार और कार्रवाई के नेटवर्कों के तहत आपस में जुड़ते जा रहे हैं। हालाँकि इसका लोकप्रिय अर्थ आर्थिक संदर्भों के आईने में देख कर व्यक्त किया जाता है, पर इस प्रक्रिया को समझने के लिए वाणिज्य, प्रत्यक्ष विदेशी निवेश, पूँजी प्रवाह, आव्रजन और प्रौद्योगिकी से परे जाना भी ज़रूरी है। आर्थिक, प्रौद्योगिकीय, सामाजिक, सांस्कृतिक, राजनीतिक और जैविक कारणों के संयोग पर विचार किये बिना भूमण्डलीकरण का मर्म नहीं समझा जा सकता। इसी तरह इस प्रक्रिया के तात्पर्यों और फलितार्थों की गहराई में जाने के लिए विचारों, भाषाओं, लोकप्रिय संस्कृतियों के परस्पर और गतिशील संक्रमण पर ध्यान देना भी आवश्यक है।

भूमण्डलीकरण को सामाजिक संबंधों के विश्वव्यापी सघनीकरण के रूप में भी परिभाषित किया जा सकता है। यह सघनीकरण दूर-दूर स्थित स्थानीयताओं को आपस में जोड़ देता है। इससे होता यह है कि स्थानीयताओं के दायरे में होने वाली घटनाओं की शक्ल-सूरत उनसे बहुत दूर चल रहे घटनाक्रम के आधार पर बनने लगती है। ऐसा ही असर स्थानीयताओं का घटनाक्रम स्वयं को प्रभावित कर रही सुदूर घटनाओं पर डालता है।

इस भूमण्डलीकरण के केंद्र में एक महाशक्ति (संयुक्त राज्य अमेरिका), एक महा-मुद्रा (अमेरिकी डॉलर), और इंटरनेट व उपग्रहीय चैनलों के रूप में हुई संचार क्रांति है। पूँजी का उन्मुक्त प्रवाह सुनिश्चित करने के लिए इसने पहले गैट और फिर विश्व व्यापार संगठन के अधीन एक नयी विश्व आर्थिक प्रणाली की रचना कर डाली है। यह प्रणाली मुक्त बाज़ार की थीसिस पर निर्भर न होते हुए भी बाज़ार के प्रभुत्व की पैरोकार है। इसीलिए इसे नियोक्लासिकल या नव-उदारतावाद का सैद्धांतिक नाम दिया गया है।

संचार के सैकड़ों गुणा बेहतर साधन होने के कारण यह भूमण्डलीकरण अतीत के सभी भूमण्डलीकरणों के मुक़ाबले अधिक ऊँचाई से शुरू करके अधिक गहराई तक जाने की इच्छा रखता है। अपने शुरुआती आवेग में आधुनिकता ने जिन पूँजीवाद विरोधी आवेगों और संरचनाओं को जन्म दिया था, वे आज थक कर बैठ चुके हैं या फिर उनकी संस्थागत अभिव्यक्तियाँ ध्वस्त हो चुकी हैं। असहमति, आलोचना और प्रतिरोध के जिन आंदोलनों में ऊर्जा बाक़ी थी (जैसे, नारीवादी आंदोलन, पर्यावरणवादी आंदोलन, मानवाधिकार आंदोलन, ग़ैर-सरकारी स्वयंसेवी संस्थाओं की भागीदारी वाले नये सामाजिक आंदोलन आदि) की शब्दावली हड़प कर और उनकी माँगों के साथ ऊपरी तालमेल बैठा कर यह भूमण्डलीकरण एक घोड़े की दौड़ बन चुका है।

इस भूमण्डलीकरण के लिए ज़मीन सत्तर के दशक में पकनी शुरू हुई थी। इसी दशक में वित्तीय पूँजी स्थिर विनिमय दरों की क़ैद से आज़ाद हुई, कम्युनिस्ट चीन पूँजीवाद के पाले में चला गया, अमेरिका के रैंड कॉरपोरेशन ने एक ऐसी संचार प्रणाली की रचना शुरू की जिसे आज हम सूचना महापथ या इंटरनेट के नाम से जानते हैं, और उदारतावादी लोकतंत्र के ढाँचे में ही मानवता का भविष्य देखने का बौद्धिक आग्रह प्रारम्भ हुआ। इस ज़मीन को बनाने में पूँजीवाद के समर्थक घोषित रूप से जुटे हुए थे, पर उसकी प्रतिक्रिया में पूँजीवाद के घोषित विरोधी भी जाने-अनजाने हालात को उसी ओर ले जा रहे थे। हथियारों को होड़ और अन्य बहुतेरे कारणों से जैसे पूँजीवादी भूमण्डलीकरण से प्रतियोगितारत समाजवादी भूमण्डलीकरण संकटग्रस्त हुआ, दुनिया एक-ध्रुवीय होने की तरफ़ बढ़ गयी।

अस्सी के दशक में उत्पादन का भूमण्डलीकरण हुआ जिसकी अगुआयी बहुराष्ट्रीय निगमों के हाथ में थी। इन निगमों ने अपना उत्पादन आधार उन विकासशील देशों में स्थानांतरित कर दिया जहाँ माल और सेवाओं का घरेलू बाज़ार चढ़ रहा था और सस्ते श्रम के कारण उत्पादन की लागत कम थी। इस औद्योगिक भूमण्डलीकरण के फलस्वरूप उत्पादन का एक विश्वव्यापी बाज़ार बना जिसने उपभोक्ताओं और कम्पनियों को कई क़िस्म के विदेशी उत्पाद आसानी से उपलब्ध होने लगे। राष्ट्रीय सीमाओं के आर-पार सामग्री और बने हुए माल का आवागमन आसानी से होने लगा। नये ग्लोबल बिजनेस मार्केट में टिकने के लिए ज़रूरी हो गया कि कम्पनियाँ लगातार अपने उत्पाद को अपग्रेड करती रहें। इस बाध्यता ने उत्पादन प्रौद्योगिकी और कौशल के विकास के नये क्षितिज खोले।

नब्बे के दशक में वित्तीय पूँजी का भूमण्डलीकरण हुआ जिसके तहत यह परिघटना अपने चरम रूप में उभरी। विश्व व्यापी वित्तीय और मुद्रा बाज़ारों की रचना हुई जिनमें

चौबीस घंटे और 365 दिन तिजारत होने लगी। वाणिज्य और निवेश के स्तरों का विस्तार इतना अधिक हो गया कि इक्कीसवीं सदी के शुरुआती सालों में नित्य प्रति होने वाला मुद्रा व्यापार डेढ़ खरब डॉलर तक पहुँच गया। बाज़ारों के अंतर-सूत्र और परस्पर निर्भरता इस हद तक बढ़ गयी कि एक बाज़ार में होने वाली हलचल दूसरे बाज़ारों के उतार-चढ़ाव का कारण बनने लगी।

राजनीतिक रूप से विश्व सरकार बनाने की कल्पनाएँ की जाने लगीं ताकि सरकारों के बीच संबंधों और भूमण्डलीकरण के आवश्यक हुए नये अधिकारों को विनियमित किया जा सके। चूँकि ऐसी सरकार व्यावहारिक रूप से नहीं बन पायी इसलिए यह ज़िम्मेदारी मोटे तौर से अमेरिका ने निभानी शुरू कर दी। कॉपीराइट क़ानूनों, पेटेंट और विश्व व्यापार समझौतों के रूप में ग्लोबल मानक स्थापित हुए जिन पर अमल के लिए मजबूर करने की ज़िम्मेदारी अमेरिका और उसकी चौधराहट में चलने वाले संगठनों ने उठानी शुरू कर दी। एक अंतर्राष्ट्रीय अपराध न्यायालय और अंतर्राष्ट्रीय न्याय आंदोलन की रचना की गयी। ग्लोबल प्रशासकीय क़ानून का उदय हुआ। ग्लोबल मानकों और नियम-क़ानूनों के बढ़ते दबावों ने राष्ट्रीय सम्प्रभुता को कमज़ोर कर दिया।

भूमण्डलीकरण ने सूचना क्रांति को जन्म दिया। भाषा के रूप में अंग्रेज़ी इस सूचना क्रांति की प्रधान वाहक बनी। आज दुनिया भर में 35 फ़ीसदी मेल, टेलेक्स और तार अंग्रेज़ी में भेजे जाते हैं। क़रीब चालीस फ़ीसदी रेडियो कार्यक्रम अंग्रेज़ी में प्रसारित होते हैं। पचास फ़ीसदी इंटरनेट ट्रैफ़िक अंग्रेज़ी में होता है।

सांस्कृतिक रूप से भूमण्डलीकरण ने पश्चिमी और अमेरिकी संस्कृति के निर्यात का रास्ता खोला। छोटे पैमाने पर भारतीय फ़िल्मों का निर्यात भी शुरू हुआ। अंतर्राष्ट्रीय यात्रा और पर्यटन की मात्रा बहुत बढ़ गयी। विमान यात्राएँ अतीत के किसी भी समय के मुक़ाबले कई गुना हो गयीं। एक ग्लोबल पॉप कल्चर का अविर्भाव हुआ जिसमें न्यू मीडिया की भूमिका प्रमुख साबित हुई। बहुराष्ट्रीय निगमों ने ग्लोबल संस्कृति के विभिन्न संरचनाओं और रूपों को प्रायोजित करने के ज़रिये उपभोक्ता क्रांति की प्रक्रिया के साथ उसे अनिवार्य रूप से जोड़ दिया। विज्ञापन और कामनाओं का सौंदर्यमूलक संसार चेतना के ऊपर हावी होने लगा। बाज़ार ने संस्कृति को जिंस बना कर उसे मुनाफे के स्रोत में बदल दिया। संस्कृति और अर्थतंत्र के बीच भूमण्डलीकरण के अभंग जाल की तरह काम करने लगा। भूमण्डलीकृत होते ही असहमति भी ख़ुद एक सांस्कृति जिंस बनने के ख़तरे से ग्रस्त हो गयी।

इस संक्षिप्त विवरण से ज़ाहिर है कि भूमण्डलीकरण एक ताक़तवर परिघटना है जो सब कुछ बदले दे रही है। वह दोनों तरफ़ से बदलती है यानी वह हालात को अपने सार्वभौम ढाँचे में भी ढालती है, उसके प्रति विरोधियों की प्रतिक्रिया भी एक ख़ास तरह के परिवर्तन को जन्म देती है जो शुरू में भूमण्डलीकरण के ख़िलाफ़ लगता है, पर अंतिम विश्लेषण में उसी की संरचनाओं की मदद करता पाया जाता है।

देखें : अंतर्राष्ट्रीय मुद्रा कोष, ढाँचागत समायोजन कार्यक्रम, पेटेंट, ब्रेटन वुड्स प्रणाली, बौद्धिक सम्पदा अधिकार, भूमण्डलीकरण : भारतीय अर्थव्यवस्था का, भारत में पेटेंट क़ानून, भारत में बहुराष्ट्रीय निगम, भारत में शेयर संस्कृति, भूमण्डलीकरण का इतिहास-1 और 2, भूमण्डलीकरण और पूँजी बाज़ार, भूमण्डलीकरण और लोकतंत्र, भूमण्डलीकरण और राज्य, भूमण्डलीकरण और राष्ट्रीय सम्प्रभुता, भूमण्डलीकरण और वित्तीय पूँजी।

संदर्भ

1. अभय कुमार दुबे (2003), 'भूमण्डलीकरण का संक्षिप्त इतिहास', अभय कुमार दुबे (सम्पा.), *भारत का भूमण्डलीकरण*, वाणी, नयी दिल्ली.
2. शिव विश्वनाथन (2001), 'द प्रॉब्लम', *सेमिनार*, ग्लोबलाइज़ेशन पर विशेषांक, नयी दिल्ली, 503, जुलाई.
3. एजाज़ अहमद (1001), 'संस्कृति और भूमण्डलीकरण', *आलोचना*, नयी दिल्ली, जुलाई-सितम्बर.
4. अर्जुन अप्पादुरै (1998), *मॉडर्निटी एट लार्ज : कल्चरल डाइमेंशन ऑफ़ ग्लोबलाइज़ेशन*, युनिवर्सिटी ऑफ़ मिनेसोटा प्रेस, चौथा मुद्रण.

— अभय कुमार दुबे

भूमण्डलीकरण का इतिहास-1

आधुनिकता और पहला भूमण्डलीकरण

(History of Globalization-1)

आधुनिकता भूमण्डलीकरण की वाहक है : यह पहलू उसकी व्याख्याओं में सबसे कम उभर कर आ पाता है। जब तक भूमण्डलीकरण का यथार्थ बीसवीं सदी से अंतिम दशकों में अपने पूरे विस्फोट के साथ प्रगट नहीं हुआ, विविधता और बहुलता को आधारभूत सिद्धांत मानने वाले चिंतक एकाधिक आधुनिकताओं का विमर्श चलाने में लगे हुए थे। दरअसल, इस विमर्श में आधुनिकता की वह प्रवृत्ति छिप जाती है जो सभी सभ्यताओं और संस्कृतियों को भूमण्डल के स्तर पर समरूपीकरण की तरफ़ धकेलती है। नब्बे के दशक में

भूमण्डलीकरण की शुरुआत के साथ ही यह असलियत निकल कर सामने आ गयी कि युरोपीय ज्ञानोदय की कोख से जन्मे आधुनिकता के सार्वभौम विचार में 'एक विश्ववाद' का पहलू एक शक्तिशाली अंतर्धारा के रूप में मौजूद है। चाहे किसी भी रंग के क्यों न हों, आधुनिकतावादी हमेशा एक 'ग्लोबल' प्रणाली, 'ग्लोबल' नागरिकता और 'ग्लोबल' राजनीति रचने की कल्पनाओं से प्रेरित होते रहे हैं। राष्ट्रीय, क्षेत्रीय और सांस्कृतिक सीमाएँ आधुनिकता के इस आयाम के ऊपर कभी हावी नहीं हो पायीं। सवा सौ साल से ज़्यादा के अपने सफ़र में आधुनिकता ने अपनी इस मंजिल को कभी आँखों से ओझल नहीं होने दिया। वह लगातार कोशिश करती रही कि सत्ता की 'ग्लोबल' संरचनाएँ अन्य सरहदों की नियामक बनें, न कि उन्हें सरहदों के मुताबिक़ काम करने पर मजबूर होना पड़े। इसकी सबसे प्रभावशाली मिसाल उसने पूँजी और उसकी गतिशीलता के रूप में प्रस्तुत की है।

भूमण्डलीकरण की आधारशिला रखने में आधुनिकता के तहत प्रगति के विचार ने भी प्रमुख भूमिका निभायी है। प्रगति के दर्शन का विकास ज्ञानोदय की अवधि में हुआ। विज्ञान और वैज्ञानिक मानस की अवाधारणाओं के उदय को आधार बनाते हुए प्रगति के दर्शन में अपने समय के धार्मिक जड़सूत्रवाद की जकड़ से मुक्ति की सम्भावनाएँ जगायीं। फ्रांस से शुरू हो कर जल्दी ही यह विचार पूरे युरोप में फैल गया और फिर उसने सर्वाधिक प्रभावशाली विश्व-दृष्टिकोणों में से एक का रूप ग्रहण कर लिया।

उदारतावाद और उपयोगितावाद आधुनिकता के दो ऐसे सिद्धांत हैं जिन्होंने भूमण्डलीकरण के लिए ज़मीन तैयार की है। ये सिद्धांत राष्ट्र और राष्ट्रीय सरकारों के प्रभावक्षेत्र को सीमित करने की भूमिका निभाते हैं। इनका बुनियादी तर्क है कि जब तक किसी राष्ट्र में व्यापार और वाणिज्य को बिना सरकार की दखलअंदाज़ी के काम नहीं करने दिया जाएगा तब तक अधिकतम समृद्धि उपलब्ध नहीं की जा सकती। उदारतावाद स्व-हित के लिए प्रयासरत व्यक्ति को समाज के मर्म में रखता है और समुदाय या सामूहिकता को किनारे धकेल देता है। इसी तरह उपयोगितावाद सभी तरह के नीति संबंधी आग्रहों को सुख और दुःख की तर्कसंगत गणनाओं के अधीन कर देता है। ये दोनों विचार मिल कर व्यक्ति और उसके सुख को प्रबल प्राथमिकता देते हैं। भूमण्डलीकरण के आधारभूत तर्कों में इन प्रवृत्तियों की शिनाख़्त आसानी से की जा सकती है।

उदारतावाद की ख़ास बात यह भी है कि वह विज्ञान, पूँजीवाद और उद्योग के तीनों पहलुओं को एक साथ अभिव्यक्त करते हुए उन्हें मानवता की प्रगति के साथ जोड़ देता है। औद्योगिक क्रांति और पूँजीवाद को समाज की स्वाभाविक प्रगति का वाहक साबित करने के लिए उन्नीसवीं सदी से ही दुनिया के पैमाने पर दर्शन और अर्थशास्त्र का विस्तृत ढाँचा खड़ा किया गया है। इससे पैदा होने वाले वैचारिक मानकों को भूमण्डलीकरण के विरोधी भी बिना सवाल उठाये मानते हैं, बिना यह समझे हुए कि वे जिसका विरोध कर रहे हैं वह इन्हीं मानकों की बिना पर ही विकसित हो रहा है।

आधुनिकता के व्यावहारिक रूपों और उनसे संबंधित विचारों का विकास पश्चिमी देशों के राजनीतिक और संरचनात्मक घटनाक्रम के अनुभवों को केंद्र में रखते हुए हुआ है। इसलिए पश्चिमी अनुभव ही समग्र मानवता के आदर्श के रूप में मान लिए गये हैं। आधुनिकीकरण और पश्चिमीकरण एक दूसरे के पर्याय से बन गये हैं। भूमण्डलीकरण के ज़रिये यही पश्चिमीकरण आज ग़ैर-पश्चिमी दुनिया का यथार्थ भी बनता जा रहा है। भूमण्डलीकरण की प्रक्रिया में पश्चिम को प्रमुखता मिलने के इतिहास पर एक नज़र डालने से इस प्रक्रिया को कुछ-कुछ समझा जा सकता है।

भूमण्डलीकरण को अगर आधुनिकता की आर्थिक अभिव्यक्ति के रूप में देखा जाए तो अपने सफ़र के पहले पचास साल में वह काफ़ी तेज़ रफ़्तार से दौड़ता नज़र आता है। 1870 के 1914 के बीच के इस ज़माने को उन्मुक्त बाज़ार या अबाध वाणिज्य के युग की तरह परिभाषित किया जा सकता है। इस दौरान पूँजी या श्रम के आवागमन पर कोई ख़ास रोक नहीं थी। कोई कहीं भी बस सकता था और नागरिकता कमोबेश आसानी से मिल जाती थी। बाज़ार के कारोबार में सरकारी दखलअंदाजी न के बराबर थी। आज के भूमण्डलीकरण की ही तरह उन्नीसवीं सदी के उस भूमण्डलीकरण के तहत भी टेलीग्राफ़, रेलवे और भाप से चलने वाले जहाज़ एक तरह की संचार क्रांति के रूप में भूमण्डल के फ़ासलों को कम करने का काम कर रहे थे। आज अमेरिका भूमण्डलीकरण के केंद्र में है, पर उस समय राजनीतिक महाशक्ति के रूप में उसके केंद्र में ब्रिटिश साम्राज्य था। मुद्रा के रूप में वह भूमण्डलीकरण अमेरिकी डॉलर के बजाय पाउंड-स्टर्लिंग के इर्द-गिर्द संचालित होता था। इस पूरी प्रक्रिया का लाभ सबसे ज़्यादा पश्चिम युरोप को हो रहा था। जो फ़ायदे मानवता को होने चाहिए थे, उनका ज़्यादा बड़ा हिस्सा उपनिवेशवादी देश हड़प जाते थे। यही देश मुख्य तौर से पूँजी और जिंसों के आयातक थे। दक्षिण और पूर्वी युरोप समृद्धि की इस दौड़ में पिछड़ते जा रहे थे। एशिया, अफ्रीका और लातीनी अमेरिका की हालत ख़राब थी। इसी दौरन भारत, चीन और इण्डोनेशिया जैसे देशों का वि-औद्योगिकीकरण हुआ और वे अविकसित की श्रेणी में

पतित होते चले गये। दिलचस्प बात यह है कि इन देशों के अर्थतंत्रों का संचालन मुक्त बाज़ार की अवधारणा के तहत किया जा रहा था और उन्हें उस ज़माने में विदेशी निवेश का अच्छा ख़ासा हिस्सा भी मिल रहा था। फिर भी इन क्षेत्रों का विकास नहीं हुआ।

भूमण्डलीकरण की इस आदिम प्रक्रिया ने संयुक्त राज्य अमेरिका और कनाडा जैसे देशों की श्वेत आबादी को लाभ पहुँचाने के लिए उद्योगीकरण के हालात बनाने, कारख़ाना उत्पादन में सीधा निवेश करने, प्रौद्योगिकीय और प्रबंधकीय क्षमताओं को बढ़ावा देने की भूमिका निभायी। लगभग आधी सदी के इस दौर में ग़रीब और अमीर देशों की आमदनी का अंतराल 7:1 से बढ़ कर 11:1 हो गया। यह भूमण्डलीकरण अपने सारतत्त्व में विषमता का अर्थशास्त्र साबित हुआ। सैन्यवाद, साम्राज्यवाद, नस्लवाद और इजारेदारियों ने पूँजी की बेतहाशा ख़ुदगर्ज़ी के साथ मिल कर एक विशाल अजगर पैदा किया, जिसने ग़रीब देशों और कमज़ोर देशों को सताया। आबादी के ज़्यादा बड़े हिस्से को कठोर परिश्रम करने के बाद भी निचले स्तर की जीवन-सुविधाओं में गुज़र-बसर करने के लिए मजबूर होना पड़ा।

देखें : अंतर्राष्ट्रीय मुद्रा कोष, ढाँचागत समायोजन कार्यक्रम, पेटेंट, ब्रेटन वुड्स प्रणाली, बौद्धिक सम्पदा अधिकार, भूमण्डलीकरण : भारतीय अर्थव्यवस्था का, भारत में पेटेंट क़ानून, भारत में बहुराष्ट्रीय निगम, भारत में शेयर संस्कृति, भूमण्डलीकरण, भूमण्डलीकरण और पूँजी बाज़ार, भूमण्डलीकरण और लोकतंत्र, भूमण्डलीकरण और राज्य, भूमण्डलीकरण और राष्ट्रीय सम्प्रभुता, भूमण्डलीकरण और वित्तीय पूँजी, भूमण्डलीकरण और वित्तीय उपकरण, भूमण्डलीकरण के आलोचक, भूमण्डलीकरण के खिलाफ़ प्रतिरोध, विश्व बैंक, विश्व व्यापार संगठन।

संदर्भ

1. अविनाश झा (2000), *बेकग्राउण्ड टु ग्लोबलाइज़ेशन,* सेंटर फ़ार एजुकेशन ऐंड डॉक्युमेंटेशन, मुम्बई.
2. अभय कुमार दुबे (2003), 'भूमण्डलीकरण का संक्षिप्त इतिहास', अभय कुमार दुबे (सम्पा.), *भारत का भूमण्डलीकरण,* वाणी, नयी दिल्ली.
3. चार्ल्स फ्रेंकेल (1969), *द फ़ेथ ऑफ़ रीज़न : द आइडिया ऑफ़ प्रोग्रेस इन द फ्रेंच इनलाइटेनमेंट,* ओक्टेगन बुक्स, न्यूयॉर्क.
4. दीपक नैयर (2002), 'ग्लोबलाइज़ेशन वंस मोर', *बिबलियो,* विशेषांक, मार्च-अप्रैल.

— अभय कुमार दुबे

भूमण्डलीकरण का इतिहास-2

भूमण्डलीकरणों की प्रतियोगिता

(History of Globalization-2)

पहले भूमण्डलीकरण (1870-1914) के दौरान असाधारण आर्थिक प्रगति हुई और साथ में विषमता का अर्थशास्त्र भी उभरा, पर वह सिलसिला प्रथम विश्व युद्ध के कारण थम गया। मार्क्सवादी और राष्ट्रीय क्रांतियों के युग ने साम्राज्य को पीछे धकेल दिया। राष्ट्रों की सरहदें पूँजी, श्रम, उत्पादन और व्यापार की नियामक हो गयी। किसी भी चीज़ का बेरोकटोक आवागमन मुश्किल हो गया। फिर द्वितीय विश्व युद्ध ने दुनिया को दो हिस्सों में बाँट दिया जिसके कारण भूमण्डलीकरण की प्रक्रिया एक घोड़े की दौड़ नहीं रह गयी। दोनों ही हिस्से आधुनिकता के पैरोकार थे और दोनों ही अपने-अपने क़िस्म का भूमण्डलीकरण करना चाहते थे। इस प्रक्रिया में आधुनिकता की दो परिभाषाएँ एक-दूसरे से होड़ करती हुई आयीं। इस प्रतियोगिता को हम वामपंथी बनाम दक्षिणपंथी या समाजवाद बनाम पूँजीवाद की प्रचलित श्रेणियों के नाम से जानते हैं। वामपंथी भूमण्डलीकरण को जिस विकास-क्रम से सबसे ज़्यादा उछाल मिला, वह था पूँजीवादी भूमण्डलीकरण द्वारा अपने ही गढ़ों को मंदी से न बचा पाना। तीस के दशक के महामंदी के कारण पूँजीवाद को प्रतिरक्षात्मक क़दम उठाने पड़े और उसकी तरफ़ से राज्य के लोकहितकारी हस्तक्षेप का सिद्धांत प्रतिपादित किया गया। यह लोकहितकारी राज्य के उदय की शुरुआत थी। जान मेनार्ड कींस द्वारा सूत्रबद्ध की गयी यह थीसिस काफ़ी-कुछ नरम क़िस्म के राजकीय समाजवाद जैसी लगती थी। इसने ग़ैर-पूँजीवादी भूमण्डलीकरण के लिए काफ़ी माहौल बनाया।

आधुनिकता के ग़ैर-पूँजीवादी वारिसों का दावा था कि वे पूँजीवाद के मुक़ाबले बेहतर क़िस्म का लोकतंत्र, अधिक समतामूलक अर्थव्यवस्था और राष्ट्रों के बीच अपेक्षाकृत कम ऊँच-नीच के रिश्ते क़ायम कर सकते हैं। यानी वे जिस संकेंद्रित विश्व का सपना देख रहे थे, वह उनके मुताबिक़ परस्पर शोषण पर आधारित नहीं होने वाला था और उसमें हर राष्ट्र के लिए स्वतंत्र विकास करने का दावा अंतर्निहित था। इस दूसरे भूमण्डलीकरण को अंतर्राष्ट्रवाद कहा गया। एक ऐसा अंतर्राष्ट्रवाद जिसके केंद्र में बाज़ार न हो कर एक मानवीय समझौता दिखाई पड़ता था जो साझा मानवता की तलाश में नस्ल, धर्म, राष्ट्र के परे जाती एकता के तंत्र के रूप में परिभाषित हो रहा था।

ज़ाहिर है कि आधुनिकता का यह रूप अपना समरूपीकरण वित्तीय ताक़त के दम पर नहीं, बल्कि

विचारधारात्मक प्राथमिकताओं के दम थोपता था। इसके केंद्र में सोवियत संघ एक 'ग़ैर-पूँजीवादी महाशक्ति' के रूप में मौजूद था। युरोप के कम विकसित हिस्से के साथ उसने एशिया और लातीनी अमेरिका के नवस्वतंत्र देशों के साथ आर्थिक-राजनीतिक-सामरिक संधियाँ करके सत्तर के दशक तक पूँजीवादी भूमण्डलीकरण के साथ प्रतियोगिता करने का भगीरथ प्रयास किया।

इसी दौरान पूँजीवादी भूमण्डलीकरण के पुराने और नये नियोजक ब्रेटन वुड्स समझौते के ज़रिये फिर से अपने बोलबाले को क़ायम करने की कोशिश करते रहे। 1944 में न्यू हैमशायर की पहाड़ी सैरगाह ब्रेटन वुड्स में बैठ कर ब्रिटेन और अमेरिका ने एक नयी अंतर्राष्ट्रीय अर्थव्यवस्था का तानाबाना तैयार किया जिसे मुक्त बाज़ार प्रणाली की जगह काम करना था। इसके अनुसार राष्ट्रीय मुद्राओं को अमेरिकी डॉलर से निर्धारित विनिमय दर पर जोड़ दिया गया। ज़रूरत पड़ने पर डॉलरों को सोने में भुनाने का अधिकार दिया गया। अंतर्राष्ट्रीय मुद्रा कोष और विश्व बैंक (इंटरनैशनल बैंक फ़ार रिकंस्ट्रक्शन ऐंड डिवेलपमेंट) की स्थापना की गयी। ज़ाहिर है कि द्वितीय विश्व युद्ध के कारण दुनिया के पैमाने पर बदली वर्चस्व की संरचनाओं के कारण पूँजीवादी भूमण्डलीकरण के केंद्र में औपचारिक रूप से ब्रिटेन की जगह अमेरिका आ चुका था और पाउंड की जगह डॉलर ने ले ली थी।

इस तरह भूमण्डलीकरणों का शीत युद्ध शुरू हो गया। पर ब्रेटन वुड्स समझौते के पाँच साल बाद एक नया गुल खिला। 1949 में सत्तारूढ़ होने के फ़ौरन बाद चीन की कम्युनिस्ट सरकार ने अपनी डॉलर आमदनी को अमेरिकी सरकार की पहुँच से बचाने के लिए पेरिस में *बांका कॉमर्सियाल पौर ल'युरोप द नॉर्द* नामक बैंक में जमा करना शुरू कर दिया। ख़ास बात यह थी कि इस बैंक की मिल्कियत सोवियत संघ के हाथ में थी और इसके बेतार के तार का पता था 'युरोबैंक'। चीनियों की देखा-देखी रूसियों ने भी अपनी डॉलर आमदनी या तो पेरिस के बैंक में या फिर लंदन के *मास्को नरोदनी बैंक* में जमा करनी शुरू कर दी। युरोप के बैंकरों ने देखा कि उनके बैंकों में एक ऐसी विपुल डॉलर राशि जमा है जो न तो जमा करने वाले देश के नियम-क़ानूनों से नियंत्रित होती है और न ही ब्रेटन वुड्स प्रणाली के तहत आती है। इस ख़ास चरित्र के कारण यह विपुल राशि डॉलरों का व्यापार करने के लिए उपलब्ध थी। ये ही डॉलर पेरिस के बैंक के पते की तर्ज़ पर युरो डॉलर कहलाये। युरो डॉलर मार्केट का जन्म हुआ जिसकी कभी ख़ुफ़िया और कभी खुली गतिविधियाँ ब्रेटन वुड्स प्रणाली के नियामक अमेरिका को चिंतित करती रहीं। यह बाज़ार अमेरिका से भी डॉलरों को अपनी ओर खींचने में लगा हुआ था। अमेरिका ने इस प्रक्रिया को रोकने के लिए क़ानून तक बनाया, पर उससे भी काम नहीं चला।

साठ के दशक में जब अमेरिका में मुद्रास्फीति बढ़ी और डॉलर कमज़ोर होना शुरू हो गया तो सारी दुनिया में डॉलरों को सोने में भुनाने की होड़ मच गयी। इस तरह के विनिमय का अधिकार ब्रेटन वुड्स समझौते के तहत उपलब्ध था। पर, अगस्त, 1970 में राष्ट्रपति निक्सन ने एकतरफ़ा कार्रवाई करके डॉलरधारियों से यह अधिकार छीन लिया जिससे ब्रेटन वुड्स प्रणाली ध्वस्त हो गयी। निर्धारित विनिमय दर के बजाय चलायमान विनिमय दर प्रारम्भ हुई। अर्थशास्त्र की भाषा में यह मुक्त बाज़ार के बिना वित्तीय पूँजी के भूमण्डलीकरण की शुरुआत थी। 1914 में ख़त्म हुए पहले भूमण्डलीकरण के दौर के बाद यह पहला मौक़ा था जब पूँजी किसी निश्चित नियम-क़ानून के अधीन नहीं थी।

वित्तीय पूँजी के इस भूमण्डलीकरण के सामने मुख्य तौर से दो रुकावटें थीं। पहली सबसे बड़ी रुकावट थी उसके मुक़ाबले खड़ा प्रतियोगी भूमण्डलीकरण, जिसके केंद्र में सोवियत संघ था। ग़ैर-पूँजीवादी भूमण्डलीकरण के पैंतरों के कारण पूँजीवाद अपनी विश्व व्यवस्था को ठीक से नहीं चला पा रहा था। दिलचस्प बात यह थी कि वित्तीय पूँजी के भूमण्डलीकरण की परिस्थितियाँ कम्युनिस्ट देशों के डॉलरों के कारण बनी थी। इस उन्मुक्त पूँजी की संरचना सोवियत संघ और चीन के 'राजकीय पूँजीवाद' के चरित्र के मुताबिक़ न थी। यह बहुराष्ट्रीय निगमों के उभार के साथ मिल कर विश्व बाज़ार के निर्माण में सहायक भूमिका निभा सकती थी। दूसरी रुकावट थी नयी संचार क्रांति की ग़ैर-मौजूदगी। विज्ञान विश्व युद्धों के दौरान ऐसा कोई कारनामा नहीं कर पाया था जिससे भूमण्डल के पैमाने पर फ़ासले पहले से और कम हो सकते। नये ज़माने के भूमण्डलीकरण को विमान और टेलिफ़ोन के अलावा एक नये माध्यम की दरकार थी जिससे वास्तव में दुनिया मुट्ठी में क़ैद नज़र आने लगे।

चूँकि राष्ट्रों की सीमाओं के कारण पहले की तरह श्रम और पूँजी का बेरोकटोक आवागमन सम्भव करना ज़रूरी थी इसलिए वित्तीय पूँजी का प्रवाह सुनिश्चित करने के लिए धीरे-धीरे आर्थिक-राजनीतिक दबाव डलवा कर बाधाएँ हटाना ज़रूरी था। राष्ट्रातीत पूँजी की संरचनाओं के रूप में बहुराष्ट्रीय निगमों का बोलबाला स्थापित किया जाना भी अनिवार्य था। पूरा सत्तर का दशक वित्तीय पूँजी के वर्चस्व के लिए ज़मीन तैयार करने में खप गया। इसी दौरान पूँजी स्थिर विनिमय दरों को क़ैद से छूटी, चीन अमेरिका के पाले में चला गया, अमेरिका के रैंड कॉरपोरेशन ने इंटरनेट की ईज़ाद किया, दुनिया के बड़े-बड़े बुद्धिजीवियों ने यह तर्क देना शुरू किया कि उदारतावादी लोकतंत्र ही सर्वाधिक श्रेयस्कर व्यवस्था है। भूमण्डलीकरण के पैरोकार बुद्धिजीवियों ने अपेक्षा करनी शुरू कर दी कि राष्ट्रीय सरकारें अपनी क्षमता

लोकतंत्रों को जनता के दबावों से मुक्त कराने में ख़र्च करेंगी, ताकि स्थिर और ग्लोबल पैमाने पर आपस में जुड़े बाज़ारों की रचना हो सके। आज हमारे पास घटनाओं की पश्चात-दृष्टि है। नब्बे के दशक के भूमण्डलीकरण की आहटें इन घटनाओं में सुनी जा सकती हैं।

देखें : अंतर्राष्ट्रीय मुद्रा कोष, ढाँचागत समायोजन कार्यक्रम, पेटेंट, ब्रेटन वुड्स प्रणाली, बौद्धिक सम्पदा अधिकार, भूमण्डलीकरण : भारतीय अर्थव्यवस्था का, भारत में पेटेंट क़ानून, भारत में बहुराष्ट्रीय निगम, भारत में शेयर संस्कृति, भूमण्डलीकरण, भूमण्डलीकरण और पूँजी बाज़ार, भूमण्डलीकरण और लोकतंत्र, भूमण्डलीकरण और राज्य, भूमण्डलीकरण और राष्ट्रीय सम्प्रभुता, भूमण्डलीकरण और वित्तीय पूँजी, भूमण्डलीकरण और वित्तीय उपकरण, भूमण्डलीकरण के आलोचक, भूमण्डलीकरण के ख़िलाफ़ प्रतिरोध, विश्व बैंक, विश्व व्यापार संगठन।

संदर्भ

1. फ़िदेल कास्त्रो (1999), *ऑन इम्पीरियलिस्ट ग्लोबलाइज़ेशन*, लेफ़्टवर्ड बुक्स, नयी दिल्ली.
2. समीर अमीन (1997), *केपिटलिज़म इन द एज ऑफ़ ग्लोबलाइज़ेशन : द मेनेजमेंट ऑफ़ कंटेम्परेरी सोसाइटी*, ज़ेड बुक्स, लंदन-न्यू जर्सी.
3. रजनी कोठारी (2003), 'जनता से डरते अभिजन और कमज़ोर होता हुआ राष्ट्र-राज्य', अभय कुमार दुबे (सम्पा.), *भारत का भूमण्डलीकरण*, वाणी, नयी दिल्ली.
4. दीपक नैयर (2002), 'ग्लोबलाइज़ेशन वंस मोर', *बिबलियो*, विशेषांक, मार्च-अप्रैल.

—अभय कुमार दुबे

भूमण्डलीकरण और लोकतंत्र

(Globalization and Democracy)

भूमण्डलीकरण के पैरोकारों की मान्यता है कि उदारतावादी लोकतंत्र और उसके बाज़ारोन्मुख पहलुओं के आधार पर ही आधुनिक राज्य का कामकाज ठीक से चलना सम्भव है। इस दावेदारी ने समाज-विज्ञान के विभिन्न क्षेत्रों में बाज़ारोन्मुख बनाम जनोन्मुख लोकतंत्र के बीच एक बहस की शुरुआत कर दी है। यह विवाद भारतीय लोकतंत्र की गतिशीलता को भी प्रभावित कर रहा है।

बाज़ारोन्मुख लोकतंत्र के समर्थकों का कहना है कि लोकतंत्र का केवल यही रूप दुनिया के विभिन्न समाजों में तेज़ी से घटित हो रहे आर्थिक और सांस्कृतिक परिवर्तनों की ताक़तों का माकूल ज़रिया बन सकता है। नब्बे के दशक की शुरुआत में सोवियत ख़ेमे का विखण्डन होते ही पूँजीवादी भूमण्डलीकरण के एक प्रमुख भाष्यकार फ्रांसिस फ़ुकुयामा ने अपनी विख्यात 'इतिहास का अंत' थीसिस में इस विचार का सुव्यवस्थित प्रतिपादन करते हुए कहा कि वह ऐतिहासिक प्रक्रिया शुरू हो चुकी है जिसके तहत राजनीतिक और आर्थिक समरूपीकरण की प्रक्रिया उदारतावादी लोकतंत्र को आधुनिक राज्यों के लिए एकमात्र विकल्प बना देगी। फ़ुकुयामा ने भविष्यवाणी भी की कि समग्र मानवता के लिए इतिहास एकसार हो गया है और लोकतंत्र के इस रूप के तहत सामाजिक-विकासक्रम अपने चरम पर पहुँचता जा रहा है। इस ऐतिहासिक प्रक्रिया में जो कुछ बाक़ी बचा है वह भी जल्दी ही पूरा कर लिया जाएगा। सारी दुनिया के समाज उदारतावादी लोकतंत्र और बाज़ार आधारित अर्थव्यवस्था को अपने स्थाई बंदोबस्त के रूप में अपना लेंगे जिसके तहत मनुष्यों को अपनी इच्छाओं-आकांक्षाओं को पूरा करने में आसानी होगी।

हालाँकि नब्बे के दशक के बाद से यह विचार एक विजेता की तरह सामने आया है, पर यह कोई नया विचार नहीं है। सत्तर के दशक के मध्य में अमेरिका, युरोप और जापान के तीन बुद्धिजीवियों ने एक दस्तावेज़ प्रकाशित किया था जिसमें बदलते हुए घरेलू और अंतर्राष्ट्रीय माहौल के हवाले से पश्चिमी और जापानी लोकतंत्रों में जन-भागीदारी सीमित करने पर ज़ोर दिया गया था। एक त्रिपक्षीय सम्मेलन में एक रपट की तरह पेश किये गये इस दस्तावेज का शीर्षक था : 'क्राइसिस ऑफ़ डेमॉक्रैसी : रिपोर्ट ऑन द गवर्नेबिलिटी ऑफ़ डेमॉक्रैसी टू द ट्राइलेटरल कमीशन'। इसके लेखक थे मिशले जे क्रोज़ियर (फ्रांस), सेमुअल पी. हटिंग्टन (अमेरिका) और जोजी वातानुकी (जापान)। इस रिपोर्ट के प्रभाव में विकासशील देशों के कई अकादमीशियनों ने भी इसी तर्ज़ पर सोचना शुरू कर दिया। प्रवासी हो चुके एक प्रमुख भारतीय राजनीतिशास्त्री अतुल कोहली ने 1990 में एक किताब लिखी जिसे हाथों-हाथ लिया गया। इसका शीर्षक था : 'डेमॉक्रैसी ऐंड डिसकंटेंट : इण्डियाज़ ग्रोइंग क्राइसिस ऑफ़ गवर्नेबिलिटी'। इसी से मिलती-जुलती चिंताएँ भारत के कई और भी बुद्धिजीवियों और पत्रकारों के लेखन में भी देखी गयीं। 1989 में बनी राष्ट्रीय मोर्चा सरकार द्वारा मण्डल आयोग की सिफ़ारिशों पर अपनी मुहर लगा देने की प्रतिक्रिया में शुरू हुए आरक्षण विरोधी आंदोलन की पृष्ठभूमि में इन बुद्धिजीवियों का यह तर्क और भी सफ़ाई और प्रबलता से उभर कर सामने आया कि लोकतंत्र को किसी न किसी प्रकार जनता की बढ़ती हुई माँगों के दबाव से मुक्त किया जाना चाहिए।

जनोन्मुख लोकतंत्र के पैरोकारों का तर्क है कि पिछली आधी सदी में तीसरी दुनिया के समाजों ने उदारतावादी

लोकतंत्र के अपने सांस्कृतिक-ऐतिहासिक रूप विकसित किये हैं। उनकी कोशिश रही है कि अपने-अपने समाजों में परम्परा से मौजूद लोकतांत्रिक रूपों का आधुनिक विकास की प्रक्रिया के साथ सामंजस्य बैठा कर सहभागिता आधारित जनोन्मुख लोकतंत्र की रचना की जाए ताकि बिना किसी व्यापक सामाजिक टूट-फूट के शासन चलाया जा सके। इस प्रक्रिया में इन देशों को लोकहितकारी राज्य का हस्तक्षेपकारी रूप काफ़ी पसंद आया है। इसके ज़रिये उन्होंने निजी और सरकारी पूँजी के मिले-जुले प्रभाव वाली अर्थव्यवस्थाओं का ढाँचा तैयार किया, निर्यातोन्मुख विकास की जगह आयात प्रतिस्थापन की नीतियाँ अपनायीं और चुनावी राजनीति के ज़रिये सामाजिक संरचनाओं के आधुनिकीकरण की प्रक्रिया चलाई। व्यक्ति को ही नहीं, बल्कि समुदायों को भी अधिकार दिये गये। परम्परा के कारण अधिकारवंचित समाज के हिस्सों का सशक्तीकरण करने के लिए विशेष सुविधाओं का प्रावधान किया गया। इस प्रक्रिया में जन-महत्त्वाकांक्षाएँ उभर कर सामने आने लगीं और शासन की संरचनाओं पर दबाव बनने लगा। जनोन्मुख लोकतंत्र के समर्थक इस तरह के दबाव से चिंतित होने के बजाय इसमें अधिक सहभागी लोकतंत्र के लिए सम्भावनाएँ देखते हैं। उनकी निगाह में जनता की माँगों के कारण लोकतंत्र के कमज़ोर होने का ख़तरा नहीं है, बल्कि उदारीकरण और भूमण्डलीकरण की नीतियों के कारण राज्य की ताक़त में क्षय हो रहा है। इन बुद्धिजीवियों का तर्क है कि भूमण्डलीकरण के विविध दबावों के कारण राज्य और राष्ट्रीय अभिजन कमज़ोर पड़ते जा रहे हैं। अब वे न तो पहले की तरह राष्ट्रीय प्राथमिकताएँ निर्धारित करने के क़ाबिल रह गये हैं और न ही उनकी सत्ता अपने मातहतों पर पहले की तरह चलती है। नौकरशाही अब बाहरी एजेंसियों की तरफ़ से आने वाले इशारों का ज़्यादा ध्यान रखती है।

इस बहस का सैद्धांतिक सार यह प्रश्न है कि जन-गोलबंदी और सीधी कार्रवाई सरीखी आंदोलनकारी राजनीति को लोकतांत्रिक सरकार की निर्णय प्रक्रिया प्रभावित करने का मौक़ा देना चाहिए या नहीं ? जनोन्मुख लोकतंत्र के आलोचक चाहते हैं कि राजनीतिक सहभागिता को नागरिकता के वैधानिक-संवैधानिक अधिकारों के रूप में परिभाषित किया जाए ताकि वह चुनाव में हिस्सा लेने, पार्टियों और दबाव समूहों के ज़रिये हित-साधन तक सीमित रह जाए। ऐसा होने पर लोकतांत्रिक व्यवस्था की संस्थागत मज़बूती तो सुनिश्चित हो जाएगी, पर लोकतांत्रिक विचार लोकतंत्र की उदारतावादी क़िस्म से आगे नहीं जा पायेगा। यह रवैया नये और विकसित होते हुए लोकतंत्रों को नये-नये संस्थागत प्रयोग करने से भी रोकता है। इसके विपरीत जनोन्मुख लोकतंत्र के समर्थकों का तर्क है कि जनांदोलनों की राजनीति अपना क्षैतिज प्रसार करते हुए सत्ता की वर्चस्वी संरचनाओं और विचारधाराओं को चुनौती देती है जिससे लोकतंत्र के मर्म में एक नयी अर्थवत्ता का प्रवेश होता है। इससे लोकतंत्र की व्यापकता और गहनता में वृद्धि होती है। सहभागी लोकतंत्र 'डेमॉक्रैसी' की जगह 'मैरिटोक्रेसी' की माँग करने वाले अभिजनों की आलोचना करता है। ये अभिजन तर्क देते हैं कि आधुनिक युग में समस्याएँ और मुद्दे बेहद पेचीदा हो गये हैं। साधारण नागरिकों की तो छोड़ ही दीजिए, चुने हुए प्रतिनिधि भी उनसे नहीं निबट सकते। इसीलिए आधुनिक सरकारों को विशेषज्ञों की ज़रूरत पड़ती है। इसलिए मैरिट वाले ऐसे विशेषज्ञों के अधिकारों और जिम्मेदारियों में बढ़ोतरी करते हुए चुने हुए प्रतिनिधियों के अधिकारों को नौकरशाही और न्यायपालिका के ज़रिये और सीमित कर देना चाहिए। इस तर्क के उलट सहभागी लोकतंत्र को बढ़ावा देने की दलील उदारतावादी विमर्श को उलटने की पेशकश के साथ सामने आती है। उसका तर्क है कि अधिक खुले जनोन्मुख लोकतंत्र के विमर्श की स्थापना की जानी चाहिए ताकि विचारधारात्मक और संरचनागत रूप से भूमण्डलीय चौधराहट के बजाय निर्णयकारी प्रक्रिया जनता के हाथ में देने का प्रावधान किया जा सके।

देखें : अंतर्राष्ट्रीय मुद्रा कोष, ढाँचागत समायोजन कार्यक्रम, पेटेंट, ब्रेटन वुड्स प्रणाली, बौद्धिक सम्पदा अधिकार, भूमण्डलीकरण : भारतीय अर्थव्यवस्था का, भारत में पेटेंट क़ानून, भारत में बहुराष्ट्रीय निगम, भारत में शेयर संस्कृति, भूमण्डलीकरण, भूमण्डलीकरण का इतिहास-1 और 2, भूमण्डलीकरण और पूँजी बाज़ार, भूमण्डलीकरण और राज्य, भूमण्डलीकरण और राष्ट्रीय सम्प्रभुता, भूमण्डलीकरण और वित्तीय पूँजी, भूमण्डलीकरण और वित्तीय उपकरण, भूमण्डलीकरण के आलोचक, भूमण्डलीकरण के ख़िलाफ़ प्रतिरोध, विश्व बैंक, विश्व व्यापार संगठन।

संदर्भ

1. डेविड हेल्ड (1991), 'डेमॉक्रैसी ऐंड ग्लोबलाइज़ेशन', *आल्टरनेटिव्ज़ : सोशल ट्रांसफ़ोर्मेशन ऐंड ह्यूमन गवर्नेंस,* खण्ड 16, अंक 2.
2. धीरूभाई शेठ (2003), 'बाज़ारोन्मुख या सहभागी लोकतंत्र?', अभय कुमार दुबे (सम्पा.), *भारत का भूमण्डलीकरण,* वाणी, नयी दिल्ली.
2. रजनी कोठारी, (2003) 'जनता से डरते अभिजन और कमज़ोर होता हुआ राष्ट्र-राज्य', अभय कुमार दुबे (सम्पा.), *भारत का भूमण्डलीकरण,* वाणी, नयी दिल्ली.
4. फ्रांसिस फ़ुकुयामा (1992), *द ऐंड ऑफ़ हिस्ट्री ऐंड द लास्ट मेन,* पेंगुइन, न्यूयॉर्क.
5. मानफ्रेड स्टेगर (2002), *ग्लोबलिज़्म : द न्यू मार्केट आइडियॉलॉजी,* राउमेन ऐंड लिटिलफ़ील्ड पब्लिशर्स, लैनहैम, एमडी.

—अभय कुमार दुबे

भूमण्डलीकरण और पूँजी बाज़ार

(Globalization and Capital Markets)

भूमण्डलीकरण के दबावों के तहत पिछले बीस वर्षों में विकासशील देशों के पूँजी बाज़ारों की संरचना और उनका आकार बहुत तेज़ी से बदला है। पूँजी बाज़ारों से नियंत्रण हटाने पर ज़ोर देना अंतर्राष्ट्रीय मुद्रा कोष और विश्व बैंक द्वारा समर्थित ढाँचागत समायोजन कार्यक्रम का प्रमुख पहलू रहा है। इसी दौरान कई विकासशील देशों ने समायोजन कार्यक्रम लागू किया और विदेशी मुद्रा विनिमय दर से पाबंदियाँ हटायीं। उन्होंने अंतर्राष्ट्रीय पूँजी प्रवाह भी सुलभ किया ताकि घरेलू बाज़ार अंतर्राष्ट्रीय पूँजी से जुड़ सके। कई अंतर्राष्ट्रीय क़रारों में भी विकासशील देशों के पूँजी बाज़ारों को खोलने पर ज़ोर दिया जाता है। वित्तीय सेवाओं से संबंधित विश्व व्यापार संगठन (डब्ल्यूटीओ) का क़रार इसका सबूत है। मुद्रा कोष का अनुच्छेद आठ भी चालू खाते को विदेशी मुद्रा के लिए पूरी तरह परिवर्तनीय (पूँजी का मुक्त अंतर्वाह और बहिर्वाह) बनाने की शर्त लगाता है। इस शर्त के सामने झुकने वाले देशों की संख्या भी बढ़ती जा रही है। कई अंतर्राष्ट्रीय क़ानूनों और समझौतों में इस तरह के प्रावधान हैं जिनके तहत निवेशकों और निवेश प्राप्त करने वाले देशों के बीच विभिन्न तौर-तरीक़ों के ज़रिये विवादों का निबटारा किया जा सकता है। इसमें दोनों पक्ष बराबर की भागीदारी कर सकते हैं। इस पहलू ने भी विकासशील देशों में विदेशी संस्थागत निवेशकों का विश्वास बढ़ाया है।

शेयरों के पोर्टफ़ोलियो में लगने वाली पूँजी पर पाबंदियों के उदारीकरण का नतीजा विकासशील देशों के शेयर बाज़ारों में महत्त्वपूर्ण परिवर्तनों के रूप में निकला है। अंतर्राष्ट्रीय पूँजी से पूरी तरह एकाकार हो चुके देशों की संख्या 1985-87 के बीच केवल दो थी जो 1992-94 में बढ़ कर 13 हो गयी और इस पूँजी के लिए अपने दरवाज़े बंद रखने वाले देशों का प्रतिशत केवल दो रह गया। चूँकि विकासशील देश कर रियायतें और अन्य लाभ देने में काफ़ी उदार साबित हुए इसलिए भी उनके बाज़ारों की तरफ़ पोर्टफ़ोलियो निवेश अधिक आकर्षित होता है। इन देशों में पब्लिक सेक्टर कम्पनियों के निजीकरण से भी शेयरों में लगने वाली विदेशी पूँजी में आये उछाल को जोड़ा जा सकता है।

पूँजी बाज़ार के ग्लोबल नेटवर्क के विकास का एक महत्त्वपूर्ण पहलू यह भी है कि पूँजी का प्रवाह केवल विकसित से विकासशील देशों की तरफ़ ही नहीं हो रहा है। बल्कि, नयी विश्व व्यवस्था ने विकासशील देशों से विकासशाली देशों की तरफ़ पूँजी प्रवाह भी सुलभ हुआ है।

पिछली प्रविष्टियों में चर्चा की गयी थी कि किस तरह कम्युनिस्ट डॉलरों के युरोपीय बैंकों में जमा होने से युरो डॉलर की परिघटना प्रकाश में आयी, बहुत से फ्री डॉलर व्यापार के लिए उपलब्ध हो गये और उसने ब्रेटन वुड्स प्रणाली के ख़ात्मे की भूमिका अदा की। भूमण्डलीकरण की प्रक्रिया समझने के लिए मुद्रा के धंधे पर ग़ौर करना आवश्यक है। विश्व भर की मुद्राओं का नित्य प्रति अंतर्राष्ट्रीय मुद्रा बाज़ारों में व्यापार होता है। इसका प्रभाव निवेशकों के रुझान पर पड़ता है।

मुद्रा का व्यापार चौबीसों घंटे चलता रहता है। चौबीस घंटे की एक अवधि अंतर्राष्ट्रीय व्यापार दिवस के बराबर समझी जाती है। इसकी शुरुआत उस समय होती है, जब न्यूज़ीलैण्ड का बाज़ार खुलता है और ख़त्म तब होता है जब न्यूयॉर्क में व्यापार ख़त्म हो जाता है। मुद्रा की प्रकाशित दरों लगातार संशोधन किया जाता है। मूल्यों में जरा सा फ़र्क़ पड़ने पर क्षण भर में ज़ोरदार मुनाफ़ा कमा लेने की स्थितियाँ बन जाती हैं। व्यापार की ये गतिविधियाँ तीन तरह से चलती हैं : हाज़िर डिलीवरी जिसमें फटाफट व्यापार होता है और दो दिन के भीतर सौदा निबटा दिया जाता है। यह लेन-देन इलेक्ट्रॉनिक काउंटर पर ही हो जाता है। इसके लिए मुद्रा बाज़ार जाने की भी ज़रूरत नहीं रहती। यह व्यापार बैंकों अथवा दूसरे निगमों द्वारा नियंत्रित किसी नेटवर्क के ज़रिये इलेक्ट्रॉनिक या फ़ोन के माध्यम से किया जाता है। माना जाता है कि सकल मुद्रा व्यापार के आधे से कुछ कम का व्यापार हाज़िर डिलीवरी के रूप में ही होता है। दूसरा तरीक़ा है वायदा सौदा यानी फ़्यूचर ट्रेड। बड़े पैमाने पर एक मुद्रा के बदले दूसरी मुद्रा अर्थात् स्वाप। इन दोनों में आगे की तारीख़ पर पहले से तय मूल्य के आधार पर व्यापार होता है।

मुद्रा के मूल्य का अर्थ यह है कि दूसरी मुद्राओं के मुक़ाबले उसकी क़ीमत क्या है। यह क़ीमत बाज़ार में इस बात पर निर्भर करती है कि बाज़ार की निगाह में मुद्रा कितनी आकर्षक है। अगर किसी मुद्रा की माँग बहुत है तो उसकी माँग अन्य मुद्राओं के मुक़ाबले बढ़ जाएगी। युद्ध होने, आंतरिक अशांति, आदि की स्थिति में किसी देश की मुद्रा का आकर्षण कम हो जाता है। ऊँची मुद्रास्फीति और ज़्यादा व्यापार घाटे से भी मुद्रा की क़ीमत गिर जाती है। निवेशक ज़्यादा स्थिर समझी जाने वाली विदेशी मुद्रा में अपनी मुद्रा को परिवर्तित करने में लग जाते हैं जिससे उस स्थिर विदेशी मुद्रा की क़ीमत बढ़ जाती है। अमेरिकी डॉलर, जर्मन मार्क और जापानी येन की चौधराहट विश्व मुद्रा बाज़ार पर हावी रहती है। अपने देश से बाहर के बैंकों में जमा मुद्रा को युरो करेंसी कहा जाता है। जैसे युरोडॉलर या युरोयेन। इस धन से ब्याज कमाया जा सकता है, इसका निवेश किया जा सकता है, व्यापार करने वालों के बीच सौदे किये जा सकते हैं, इसे

ऋण के रूप में उठाया जा सकता है। युरोकरेंसी की लोकप्रियता का एक बड़ा कारण यह है कि अंतर्राष्ट्रीय बाज़ार के बीच यह बड़ी उपयोगी है। इस व्यापार में बिलों की भुगतान एक ख़ास मुद्रा में ही करना पड़ता है।

भूमण्डलीकरण अगर विदेशी पूँजी के निवेश का आख्यान है तो यह पूँजी के पलायन का आख्यान भी है। यह उल्टा प्रवाह दो तरीक़े से समझा जा सकता है: निवेशित पूँजी का पलायन, और देश की अपनी पूँजी का बाहर जाना। निवेशित पूँजी के पलायन के अंदेशे निवेश में ही निहित होते हैं। भूमण्डलीकरण के तहत प्रत्यक्ष विदेशी निवेश करने वाले राष्ट्रीय सरकारों से गारंटी माँगते हैं कि वे निवेश तभी करेंगे जब उन्हें मनचाहे समय पर विनिवेश की सुविधा प्रदान की जाए। अगर कोई सरकार ऐसी गारंटी देने में हिचकती है तो उसे निवेश आसानी से प्राप्त नहीं होता। फिर भी प्रत्यक्ष विदेशी निवेश करने पर उसे तुरंत बेच कर पलायन करना आसान नहीं होता, लेकिन संस्थागत विदेशी निवेश को फ़ौरन बेच कर पलायन की सुविधा होती है। इसलिए संस्थागत विदेशी निवेश प्रत्यक्ष विदेशी निवेश की तुलना में अधिक अस्थिक प्रकृति का का होता है। पोर्टफ़ोलियो निवेशकों के लिए तो यह गारंटी माँगना भी ज़रूरी नहीं होता। लगातार सट्टेबाज़ी में लगे हुए ये निवेशक ज़रा सा अंदेशा होने पर ही तेज़ी से बिकवाली करके बाज़ार से निकल जाते हैं और उस देश के पूँजी बाज़ार का भट्टा बैठ जाता है। किसी देश की अपनी पूँजी का पलायन देश के बाहर मौजूद निवासियों के ज़रिये तो होता ही है, उसी देश की कम्पनियों की विदेशों में गतिविधियों के ज़रिये भी होता है। स्विस बैंकों में जमा काला धन भी पूँजी पलायन का ही एक भ्रष्ट रूप है।

देखें : अंतर्राष्ट्रीय मुद्रा कोष, ढाँचागत समायोजन कार्यक्रम, पेटेंट, ब्रेटन वुड्स प्रणाली, बौद्धिक सम्पदा अधिकार, भूमण्डलीकरण : भारतीय अर्थव्यवस्था का, भारत में पेटेंट क़ानून, भारत में बहुराष्ट्रीय निगम, भारत में शेयर संस्कृति, भूमण्डलीकरण, भूमण्डलीकरण का इतिहास-1 और 2, भूमण्डलीकरण और लोकतंत्र, भूमण्डलीकरण और राज्य, भूमण्डलीकरण और राष्ट्रीय सम्प्रभुता।

संदर्भ

1. मिशेल चोसुदोव्स्की (1997), 'द आईएमएफ़ज़ 'सोशल सेफ़्टी नेट' फ़ार द इंस्टीट्युशनल स्पेकुलेटर', *थर्ड वर्ल्ड रिसर्जेंस,* अंक 86.
2. एन.सी. मेनन (1998), 'वल्चर केपिटलिज़म', द *हिंदुस्तान टाइम्स,* 12 जनवरी.
3. कवलजीत सिंह (1999), *पूँजी का भूमण्डलीकरण,* ऋतिका प्रकाशन, नयी दिल्ली.
4. अंकटाड (1996), *ट्रेड ऐंड डिवेलपमेंट रिपोर्ट, 1996,* संयुक्त राष्ट्र, न्यूयॉर्क और जिनेवा.

— अभय कुमार दुबे

भूमण्डलीकरण और राज्य

(Globalization and State)

भूमण्डलीकरण एक जारी प्रक्रिया है। इस परिघटना और इसके प्रभावों के बारे में अभी काफ़ी-कुछ अध्ययन किया जाना बाक़ी है। भूमण्डलीकरण के तहत राज्य की संस्था के भविष्य पर समाज-विज्ञान के क्षेत्रों में व्यापक बहस को जन्म दिया है। इसमें अब किसी को कोई शक नहीं रह गया है कि वित्तीय पूँजी के नये निज़ाम के असर में राष्ट्रातीत सत्ता का प्रोटोकाल तैयार हो रहा है। सत्ता की मौजूद संरचनाओं के साथ इसका टकराव है। इस नये प्रोटोकोल के शीर्ष पर अमेरिका के नेतृत्व में पश्चिमी युरोप और जापान हैं। चीन सत्ता की इस नयी संरचना में अपनी जगह बनाने की कोशिश में लगा हुआ है। समझा जा रहा है कि अगर भूमण्डलीकरण का सफ़र इसी तरह चलता रहा तो राज्य की संस्था वैसी नहीं रह जाएगी जैसी बीसवीं सदी के आख़िरी पचास-साठ साल में बनी है। राज्य और भूमण्डलीकरण के बीच हो रही अन्योन्यक्रिया के परिणामों पर हो रही बहस के विभिन्न आयामों को इस प्रकार सूत्रबद्ध किया जा सकता है :

राज्य के मौजूदा रूप से असंतुष्ट कुछ अध्येता इस संस्था की संरचनाओं में आ सकने वाले परिवर्तनों का श्रेय भूमण्डलीकरण को देने के लिए तैयार नहीं हैं। उनके अनुसार होने वाला परिवर्तन विश्व अर्थव्यवस्था के आपस में जुड़ते चले जाने के बजाय राज्यों के भीतर चल रहे घटनाक्रम का परिणाम होगा। भूमण्डलीकरण हो या न हो, इस संस्था को बदलना ही होगा, क्योंकि यह अपना आश्वासन पूरा करने में नाकाम रही है। शांति, विकास और समानता को जन्म देने के बजाय आधुनिक राज्य ने नागरिक कलह, सामाजिक टकराव, व्यापक भ्रष्टाचार और बुनियादी सुविधाओं के अभाव की समस्याएँ पैदा की हैं। इसलिए ग़रीबों के आंदोलन पहले से राज्य की संस्था पर बदलने का दबाव डाल रहे हैं। भूमण्डलीकरण के विकास के साथ ग़रीबों का यह दबाव और बढ़ेगा, जिसके नतीजे के तौर पर राज्य को सत्ता के नये ग्लोबल प्रोटोकोल के ख़िलाफ़ संघर्ष करना पड़ेगा। भविष्य के राज्य का जन्म इसी टकराव से होगा।

अध्येताओं का एक दूसरा हिस्सा भूमण्डलीकरण को एक विचारधारात्मक परियोजना के रूप में देखता है जो ऐतिहासिक रूप से विकसित हो रही है। राज्य की संस्था का उसके साथ टकराव नहीं है, बल्कि वह ख़ुद इस परियोजना का ही हिस्सा है। भूमण्डलीकरण राज्य की शक्तियों में कटौती करता हुआ लग सकता है, पर वास्तव में वह उसे पूरी तरह शक्तिहीन नहीं करना चाहता। भूमण्डलीकरण ने जो भी

परिवर्तन किये हैं, वे राज्य की संस्था द्वारा उठाये गये क़दमों या उसकी निष्क्रियता के परिणाम भी हैं।

तीसरा विचार यह है कि राज्य की संस्था के कुछ हिस्सों का पहले से ही काफ़ी अंतर्राष्ट्रीयकरण हो चुका था, इसलिए वे भूमण्डलीकरण से ज़्यादा प्रभावित दिख रहे हैं। आर्थिक गतिविधियों में राज्य के हस्तक्षेप पर भूमण्डलीय ताक़तें इसीलिए निगरानी रख पा रही हैं, क्योंकि वित्तीय पूँजी का चरित्र शुरू से ही अंतर्राष्ट्रीय था और उसे आसानी से ढाँचागत समायोजन कार्यक्रम और डब्ल्यूटीओ जैसी व्यवस्थाओं के तहत लाया जा सकता था।

चौथा विचार यह है कि भूमण्डलीकरण के तहत भविष्य के राज्य के बारे में सोचते समय केवल शोषक-शोषित और ग़रीब-अमीर देशों के संदर्भ में ही नहीं सोचना चाहिए, बल्कि लोकतांत्रिक, विविधतामूलक, लैंगिक, नस्ली और पर्यावरणीय-पारिस्थितिकीय परिप्रेक्ष्य पर भी निगाह रखनी चाहिए। केवल साम्राज्यवाद बनाम अन्य की मोर्चेबंदी के लिहाज़ से देखने पर इन आयामों की उपेक्षा हो जाती है।

पाँचवाँ विचार यह है कि भूमण्डलीकरण का कोई विकल्प नहीं है। राज्य को उसके सामने घुटने टेकने ही होंगे। भविष्य का राज्य और भविष्य का लोकतंत्र नियोक्लासिकल आर्थिक सिद्धांत के तहत ही गठित होगा। मौजूदा राज्यों के सामने जो नीतिगत कार्यक्रम रखा जा रहा है वह इसी क़िस्म का है। उन्हें सबसिडी ख़त्म करने, विदेश व्यापार पर किसी भी तरह की बंदिश हटाने, निजीकरण को किसी भी क़ीमत पर तेज़ रफ़्तार से चलाने, विदेशी पूँजी के लिए अपने दरवाजे पूरी तरह से खोलने और राष्ट्रीय महत्त्व के कई प्रश्नों को ऐसे अंतर्राष्ट्रीय मंचों पर हल करने के लिए लाने का दबाव बढ़ रहा है जिनमें ग़रीब देशों की नुमाइंदगी पर्याप्त नहीं है। यह प्रक्रिया राज्य के प्राधिकार को भूमण्डलीकरण के नीतिगत ढाँचे के तहत लाती जा रही है। इसे राज्य का कमज़ोर रूप न समझ कर नये ज़माने के राज्य के रूप में ग्रहण करना चाहिए।

छठा विचार लोकहितकारी राज्य की विफलता को भूमण्डलीकरण की कामयाबी के साथ जोड़ता है। इसके पैरोकार मानते हैं कि प्रबंधकीय और प्रौद्योगिकीय प्रतिमान राज्य और समाज पर हावी हो गया है जिससे 'अराजनीतिक राजनीति' मज़बूत हुई है। यह प्रतिमान बहुलता और विविधता के प्रति असहिष्णु है, इसलिए वह जातीय राजनीति, बहुसंख्यकवाद और कुछ देशों में साम्प्रदायिकता के उभार के रूप में ख़ुद को व्यक्त करता है। यह प्रतिमान उदारतावादी लोकतंत्र की संस्था पर दबाव डालता है कि वह अपनी लोकहितकारी प्रवृत्तियों को त्याग कर बाज़ार के एजेंट की भूमिका निभाने पर सहमत हो जाए। इस प्रतिमान ने राजनीति के लोकलुभावन पक्षों को बेअसर कर दिया है। अब सड़कों पर जुलूस निकालने और 'संघर्ष करने' का लाभ विधायिकाओं के चुनाव जीतने में नहीं निकलता। पुराने क़िस्म के मज़दूर आंदोलन, किसान आंदोलन या छात्र राजनीति का ज़माना लद गया है।

सातवाँ विचार यह है कि भूमण्डलीकरण के तहत एक नये क़िस्म की राजनीति के जन्म लेने की सम्भावनाएँ पैदा हो गयी हैं। इस राजनीति के केंद्र में वे तबक़े होंगे जिन्हें लोकहितकारी राज्य ने उपेक्षित कर दिया था। अर्थात् उसमें असंगठित क्षेत्र के श्रमिक, असमान विकास से पीड़ित देशज समूह, पर्यावरण के विध्वंस से तबाह लोगों, बहुराष्ट्रीय पूँजी के प्रकोप से रोज़ी-रोटी खोने वाले किसानों और कारीगरों, राष्ट्रों से बहिष्कृत शरणार्थियों, जनांदोलनों और क्रांतियों में लैंगिक परिप्रेक्ष्य के लिए जगह तलाशतीं महिलाओं का बोलबाला होगा। इनकी मिली-जुली लड़ाई भूमण्डलीकृत व्यवस्था द्वारा प्रदत्त इंटरनेट जैसी प्रौद्योगिकी की मदद से भूमण्डलीय शैली और स्पेस में ही लड़ी जाएगी। अर्थात् राष्ट्र और आधुनिक राज्य भूमण्डलीकरण के ख़िलाफ़ होने वाली लड़ाई का स्थान ही नहीं रह गया है। इस विचार को आधुनिकता और राष्ट्र-राज्य के आलोचकों द्वारा काफ़ी महत्त्व दिया जा रहा है।

देखें : अंतर्राष्ट्रीय मुद्रा कोष, ढाँचागत समायोजन कार्यक्रम, पेटेंट, ब्रेटन वुड्स प्रणाली, बौद्धिक सम्पदा अधिकार, भूमण्डलीकरण : भारतीय अर्थव्यवस्था का, भारत में पेटेंट क़ानून, भारत में बहुराष्ट्रीय निगम, भारत में शेयर संस्कृति, भूमण्डलीकरण, भूमण्डलीकरण का इतिहास-1 और 2, भूमण्डलीकरण और पूँजी बाज़ार, भूमण्डलीकरण और लोकतंत्र, भूमण्डलीकरण और राष्ट्रीय सम्प्रभुता, भूमण्डलीकरण और वित्तीय पूँजी, भूमण्डलीकरण और वित्तीय उपकरण, भूमण्डलीकरण के आलोचक, भूमण्डलीकरण के ख़िलाफ़ प्रतिरोध, विश्व बैंक, विश्व व्यापार संगठन।

संदर्भ

1. सास्किया सासेन (1996), 'हूज़ सिटीज़ इज़ इट : ग्लोबलाइज़ेशन ऐंड द फ़ार्मेशन ऑफ़ न्यू क्लेम्स', *पब्लिक कल्चर : सिटीज़ ऐंड सिटीज़नशिप*, युनिवर्सिटी ऑफ़ शिकागो प्रेस, न्यूयॉर्क.
2. मिशेल चोसुदोव्स्की (1997), *ग्लोबलाइज़ेशन ऑफ़ पॉवर्टी : इम्पेक्ट ऑफ़ आईएमएफ़ ऐंड वर्ल्ड बैंक रिफ़ार्म्स*, द अदर इण्डिया प्रेस और माध्यम बुक्स, नयी दिल्ली.
3. जॉर्ज सोरोस (2002), 'बोल्ड स्ट्रोक्स फ़ॉर न्यू ऑर्डर', *इकॉनॉमिक टाइम्स*, नयी दिल्ली, 4 अक्टूबर.

— अभय कुमार दुबे

भूमण्डलीकरण और राष्ट्रीय सम्प्रभुता

(Globalization and National Sovereignty)

भूमण्डलीकरण की प्रक्रिया ने राष्ट्रीय सम्प्रभुता को कमज़ोर करके विश्व में सत्ता की संरचना पर युगांतरकारी असर डाला है। प्रथम विश्व युद्ध के बाद उपनिवेशवाद विरोधी संघर्षों के कारण हुई जन-क्रांतियों ने दुनिया को राष्ट्रों की सीमाओं में बाँट दिया था। अपने भू-क्षेत्रीय दायरे में राष्ट्रीय सम्प्रभुता औपचारिक रूप से सर्वोच्च समझी जाने लगी थी। परस्पर सम्प्रभुता का सम्मान करने वाले अंतर्राष्ट्रवाद ने भूमण्डलीकरण की शब्दावली को प्रतिस्थापित कर दिया था। लेकिन, भूमण्डलीकरण की प्रक्रिया के तक़रीबन ढाई दशक बाद आज यह नहीं कहा जा सकता कि राष्ट्रीय सम्प्रभुता की संरचना वैसी ही है जैसी द्वितीय विश्व युद्ध के बाद के वर्षों में थी। यह मानना एक तरह का सरलीकरण होगा कि भूमण्डलीकरण ने केवल ग़रीब देशों की सम्प्रभुता का ही क्षय किया है। दरअसल, इसने विकसित देशों की राष्ट्रीय सम्प्रभुता के दावों को भी कमज़ोर कर दिया है। सम्प्रभुता के इस क्षय के कारणों पर नज़र डालने के लिए हमें बीसवीं सदी के आख़िरी पचास वर्षों के आर्थिक इतिहास पर एक सरसरी नज़र डालनी होगी।

इस इतिहास का सर्वाधिक विशिष्ट पहलू यह है कि इन पचास वर्षों में विश्व का निर्यात क़रीब साठ गुना बढ़ा, लेकिन दुनिया के कुल घरेलू उत्पाद में केवल छह गुना इज़ाफ़ा ही हुआ। यानी उत्पादन की एक इकाई के मुक़ाबले विश्व-वाणिज्य का हिस्सा कहीं ज़्यादा रहा। इस प्रक्रिया के फलस्वरूप सदी के आख़िरी बीस सालों में निर्यातोन्मुख विकास अपने-आप में एक वैचारिक मानक बन गया। इसमें आयात प्रतिस्थापन की नीतियों की अपेक्षाकृत विफलता भी एक महत्त्वपूर्ण कारण रही। ये नीतियाँ विकासशील देशों में न तो समाजवाद की रचना कर पायी और न ही उन्हें ठीक से आत्मनिर्भर बना पायी। न वे राष्ट्रीय तौर पर प्रबल हो पाये, और न ही ग़ैर-पूँजीवादी भूमण्डलीकरण की प्रक्रिया स्वस्थ ढंग से आगे बढ़ सकी। इसलिए अधिकाधिक विकासशील देश निर्यातोन्मुख विकास को प्रोत्साहन देने वाली नीतियाँ अपनाने लगे जिनका नतीजा पूँजी की सघनता वाले रास्ते पर चलने में निकला। विकासशील देशों को विशाल मात्रा में पूँजी की ज़रूरत पड़ने लगी, जबकि उनके पास पहले से ही पूँजी की कमी थी। इस विषमता ने इन देशों की अर्थव्यवस्था में निवेश अंतराल की समस्या को जन्म दिया। पूँजी के नये और सतत अंत:प्रवाहों के बिना यह अंतराल नहीं भर सकता था। पूँजी के इस संकट का लाभ उठा कर पूँजीवादी भूमण्डलीकरण की ताक़तों ने विश्व व्यापार के दायरे में लगभग पूरी दुनिया को ही घसीट लिया। निर्यात के लिए दबाव डालने वाले हितों और बाज़ार को संरक्षित रखने के इच्छुक तत्त्वों में होड़ होने लगी।

इस सिलसिले में राष्ट्रीय सम्प्रभुता के वाहक राज्य को तय करना था कि वह किसका पक्ष लेगा। जब व्यापार की वैश्विक आकांक्षाएँ राष्ट्रों की सामाजिक और वैकासिक ज़रूरतों से टकरायीं तो भूमण्डलीकरण की राष्ट्रातीत ताक़तों ने स्वाभाविक रूप से विश्व व्यापार का पक्ष लिया। इस प्रक्रिया में राष्ट्रों ने पाया कि अगर वे समृद्धि की दौड़ में हिस्सा लेना चाहते हैं तो उन्हें विश्व व्यापार की नियामक बन चुकी राष्ट्रातीत रेटिंग एजेंसियों की सनद लेनी पड़ेगी। आर्थिक सत्ता की इस नयी संरचना के ख़िलाफ़ बग़ावत करने वाले देशों को अनुशासित करने के लिए अमेरिका ने सुपर 301 जैसे क़ानूनों का इस्तेमाल किया। भारत और थाईलैण्ड जैसे देशों पर अपने पेटेंट क़ानूनों को बदलने का दबाव डाला गया ताकि उनकी प्राकृतिक सम्पदा भूमण्डलीकरण के दायरे में आ सके। गैट के इर्द-गिर्द चलने वाली प्रक्रियाओं के गर्भ से विश्व व्यापार संगठन (डब्ल्यूटीओ) की रचना हुई। इसके बाद किसी भी बहुपक्षीय समझौते के लिए राष्ट्रों को अपने राष्ट्रीय हितों की कसौटियों के बजाय इस संगठन की कसौटियों पर खरा उतरना अनिवार्य हो गया। उत्पादन प्रणाली इस क़दर राष्ट्रातीत हो गयी कि जिसे पूरी तरह उत्पादित होने से पहले ही अधबनी हालत में राष्ट्रों की सीमाओं के आर-पार जाने लगीं। एक उत्पाद एक जगह बनने के बजाय कई देशों में मिल कर बनने लगा, लेकिन उस पर नियंत्रण एक ही बहुराष्ट्रीय कम्पनी का रहा। विश्व व्यापार में फ़र्मों के बीच होने वाले विनिमय का हिस्सा पाँचवें से बढ़ कर तीसरा हो गया।

पचास और साठ के दशक में कम्युनिस्ट डॉलरों की मदद से जन्मे युरो मार्केट की तर्ज़ पर सारी दुनिया में मुद्रा बाज़ार सक्रिय हो गये जिन्होंने शेयर बाज़ारों के साथ वित्तीय पूँजी के नियमहीन खुले खेल का समाँ बना दिया। तीसरी दुनिया और नवविकसित देशों की अर्थव्यवस्थाएँ चंचल और सट्टेबाज पूँजी की कृपा की मोहताज़ हो गयीं। मलेशिया जैसे देश के चालीस साल के आर्थिक लाभ इस पूँजी ने अपनी आर्थिक कार्रवाइयों से सिर्फ़ एक मुद्रा संकट में साफ़ कर दिये। राष्ट्रीय सम्प्रभुता की अवधारणा और उसकी संरचनाओं पर होने वाला यह सबसे बड़ा व्यावहारिक आघात था।

भूमण्डलीकरण ने उन देशों की सम्प्रभुता को भी सीमित किया, जो ख़ुद उनके प्रमुख पैरोकार थे। मसलन, फ्रांस की मितराँ सरकार ने अपने देश में सामाजिक सुरक्षा का एक महत्त्वाकांक्षी कार्यक्रम लागू करना चाहा जिसे बाज़ार की ताक़तों ने सफल नहीं होने दिया। इन ताक़तों ने फ्रांस से पूँजी वापिस ले जाने की धमकी दी। इस घटना से तय हो गया कि

ख़र्चा बढ़ा कर आर्थिक जीवन में लोकहितकारी हस्तक्षेप करने वाले राज्य का ज़माना चला गया है। ब्रिटेन में चुनाव जीतते ही लेबर पार्टी को सबसे पहले बाज़ार की ताक़तों को आश्वस्त करना पड़ा कि वह अब पहले जैसी लेबर पार्टी नहीं रह गयी है, बल्कि वह 'ज़िम्मेदाराना' तौर-तरीक़े अपनायेगी।

ये उदाहरण बताते हैं कि भूमण्डलीकरण के तहत सरकारों को यह तय करने का हक़ नहीं रह गया है कि उनके देशों की जनता के लिए क्या अच्छा है। इस परिस्थिति ने राष्ट्रों के भीतर एक विचित्र क़िस्म की राजनीति को जन्म दिया है। इसके तहत मौजूदा सरकारों की छवि बाहर से थोपी जा रही आर्थिक नीतियों की वाहक लगती है, और विपक्ष के साथ-साथ सत्तारूढ़ दल के कुछ हिस्से भी उनकी आलोचना करते हुए दिखते हैं। पर, जैसे ही विपक्ष सत्ता में आता है, वह वही सब कुछ करता पाया जाता है जो पिछली सरकार कर रही थी। उसके पास भूमण्डलीकरण से टकराने का कोई कार्यक्रम नहीं होता, उसके विकल्प का तो सवाल ही नहीं उठता। भारत का उदाहरण ही बताता है कि आर्थिक नीतियों पर पक्ष-विपक्ष में बहस केवल इतनी है कि बाज़ारोन्मुख नीतियों को कैसे लागू किया जाए। उनके विकल्प के सवाल पर तो कोई सोच ही नहीं रहा है। इस तरह की विकल्पहीन राजनीति किसी क़िस्म के परिवर्तन को जन्म न दे कर केवल सत्ता परिवर्तन को जन्म देती है जिसका परिणाम अंततः निराशा पैदा करते हुए अराजनीतीकरण की प्रक्रिया को प्रोत्साहन देता है। प्रबंधन और प्रौद्योगिकी के दम पर समाज को चलाने और निजी पूँजी को केंद्र में रखने वाले कॉरपोरेट मॉडल को मानने का तंत्र मज़बूत होता है।

देखें : अंतर्राष्ट्रीय मुद्रा कोष, ढाँचागत समायोजन कार्यक्रम, पेटेंट, ब्रेटन वुड्स प्रणाली, बौद्धिक सम्पदा अधिकार, भूमण्डलीकरण : भारतीय अर्थव्यवस्था का, भारत में पेटेंट क़ानून, भारत में बहुराष्ट्रीय निगम, भारत में शेयर संस्कृति, भूमण्डलीकरण, भूमण्डलीकरण का इतिहास-1 और 2, भूमण्डलीकरण और पूँजी बाज़ार, भूमण्डलीकरण और लोकतंत्र, भूमण्डलीकरण और राज्य, भूमण्डलीकरण और वित्तीय पूँजी, भूमण्डलीकरण और वित्तीय उपकरण, भूमण्डलीकरण के आलोचक, भूमण्डलीकरण के ख़िलाफ़ प्रतिरोध, विश्व बैंक, विश्व व्यापार संगठन।

संदर्भ

1. लियोनिड ग्रिनिन, *ग्लोबलाइज़ेशन ऐंड सोवरिनटी : व्हाई डू स्टेट्स एबंडन देयर सोवरिन प्रेरोगेटिव्ज़?*, एचटीटीपी://ओल्ड. यूचिटेला इज़्ड.आरयू/इंडेक्स.पीएचपी ?ऑप्शन=कंटेंट ऐंड टास्क =व्यूऐंडआईडी=155ऐंडआईटेमिड=97
2. मानफ्रेड स्टेगर (2002), *ग्लोबलिज़्म : द न्यू मार्केट आइडियॉलॉजी*, राउमेन ऐंड लिटिलफ़ील्ड पब्लिशर्स, लैनहैम, एमडी.
3. रजनी कोठारी (2003), 'जनता से डरते अभिजन और कमज़ोर होता हुआ राष्ट्र-राज्य', अभय कुमार दुबे (सम्पा.), *भारत का भूमण्डलीकरण*, वाणी, नयी दिल्ली.
4. जगदीश भगवती, *इन डिफ़ेंस ऑफ़ ग्लोबलाइज़ेशन*, ऑक्सफ़र्ड युनिवर्सिटी प्रेस, न्यूयॉर्क.
5. थॉमस एल. फ्रीडमेन (2005), *द वर्ल्ड इज़ फ़्लैट*, फ़रार, स्ट्रॉस ऐंड जिरौक्स, न्यूयॉर्क.

— **अभय कुमार दुबे**

भूमण्डलीकरण और वित्तीय पूँजी

(Globalization and Finance Capital)

सत्तर के दशक में ब्रेटन वुड्स प्रणाली के ध्वस्त होने के परिणामस्वरूप जैसे ही वित्तीय पूँजी बंधनों से आज़ाद हुई, अंतर्राष्ट्रीय वित्त विनिमय में तेज़ रफ़्तार से बढ़ोतरी होने लगी। व्यापार में, ख़ासकर बहुराष्ट्रीय कम्पनियों बीच होने वाले व्यापार में बहुत तेज़ी आ गयी। प्रत्यक्ष विदेशी निवेश में ज़बरदस्त उछाल आया और अंतर्राष्ट्रीय गतिविधियाँ तेज़ी से बढ़ीं। अस्सी और नब्बे के दशक में विश्व बैंक और अंतर्राष्ट्रीय मुद्रा कोष की हिदायतों के तहत चलाये गये ढाँचागत समायोजन कार्यक्रम ने भी इस प्रक्रिया का रास्ता साफ़ किया। पहले गैट, और बाद में विश्व व्यापार संगठन यानी डब्ल्यूटीओ द्वारा थोपे गये बहुपक्षीय समझौतों के कारण भूमण्डलीकरण की रफ़्तार बहुत बढ़ गयी। इन्हीं प्रक्रियाओं के कारण विकासशील देशों ने उत्तरोत्तर अपनी अर्थव्यवस्थाएँ बहुराष्ट्रीय पूँजी के लिए खोलनी शुरू कर दीं। वे धीरे-धीरे पूँजी के ग्लोबल नेटवर्क में शामिल होते चले गये।

नतीजे के तौर पर दो प्रमुख परिघटनाएँ प्रकाश में आयीं। एक थी उत्पादन का भूमण्डलीकरण। बहुराष्ट्रीय निगमों के लिए ज़रूरी था कि वे अपने गृह देशों में माँग की जड़ता और लागत में बढ़ोतरी से बचने का कोई रास्ता निकालें। इसलिए उन्होंने उन देशों में अपनी इकाइयाँ लगानी शुरू कर दीं जहाँ कच्चा माल और मज़दूरी सस्ती थी, एवं जहाँ का बाज़ार अभी विकास के दौर में था। दूसरी थी वित्त का भूमण्डलीकरण। यह परिघटना उत्पादन के भूमण्डलीकरण से भी ज़्यादा असरदार और नयी साबित हुई। अंतर्राष्ट्रीय वित्तीय पूँजी की मात्रा और गति में अनाप-शनाप बढ़ोतरी हो चुकी है। 1986 में हर रोज़ न्यूयॉर्क, लंदन और टोक्यो के मुद्रा व्यापारियों के हाथों से एक खरब 88 अरब डॉलर गुज़र रहे थे जो 1995 तक बढ़ कर दस खरब 20 अरब डॉलर हो चुके थे।

विदेशी मुद्रा का ज़्यादातर लेन-देन अंतर्राष्ट्रीय व्यापार की ज़रूरतों को पूरा करने के लिए होता रहा है। ख़रीदारों और विक्रेताओं को विदेशी माल व सेवाओं के सौदे करने के लिए तरह-तरह की मुद्राओं की आवश्यकता पड़ती रही है। लेकिन, अब मुद्रा व्यापार का संबंध इस तरह के पुराने क़िस्म की अंतर्राष्ट्रीय तिजारत से बहुत कम रह गया है। ऐसी तिजारत को अब केवल अंतर्राष्ट्रीय मुद्रा व्यापार के दो फ़ीसदी तक ही सीमित रह गयी है। ज़ाहिर है कि वित्त के भूमण्डलीकरण की मौजूदा प्रक्रिया अंतर्राष्ट्रीय व्यापार और निवेश की पूरक न रह कर अपना स्वतंत्र अस्तित्व बना चुकी है। वित्तीय प्रवाह का रिश्ता अब पहले की तरह वास्तविक संसाधनों और दीर्घकालीन उत्पादक निवेश के प्रवाह से नहीं है। नया वित्तीय प्रवाह ज़्यादातर तरल रूप में (नक़दी के रूप में) है और सट्टेबाज़ी के ज़रिये फटाफट मुनाफ़ा कमा लेने के मक़सद से हो रहा है। यह नया वित्त जिस तेज़ी से किसी देश में जाता है, उतनी ही तेज़ी से उस देश से बाहर भी जा सकता है। मुद्रा व्यापार के साथ-साथ बांड्स, म्युचुअल फ़ण्ड्स, जीडीआर और इन सबसे निकले अन्य वित्तीय उपादानों के इस्तेमाल ने भी वित्त के भूमण्डलीकरण में योगदान किया है।

नब्बे के दशक में आये परिवर्तनों ने वित्तीय पूँजी के प्रवाहों का चरित्र बदल दिया। विकासशील देशों की तरफ़ जाने वाली पूँजी का अधिकांश हिस्सा अब निजी पूँजी का होने लगा। सरकारी स्रोतों से जाने वाली पूँजी निजी के मुक़ाबले पाँच गुना से भी कम हो गयी। 1996 तक आते-आते नये बाज़ारों की तरफ़ होने वाला निवल सरकारी पूँजी का प्रवाह नकारात्मक हो गया। निजी पूँजी दशक की शुरुआत के मुक़ाबले छह गुना ज़्यादा रफ़्तार से प्रवाहित होने लगी। पहले यही पूँजी कम मात्रा में ही सही, पर अधिकतर सरकारों के पास जाती थी, अब ज़्यादा बड़े पैमाने पर निजी क्षेत्र को मिलने लगी। व्यापारिक बैंक जम कर ऋण देने लगे। इस प्रकार के क़र्ज़ों का एक उल्लेखनीय पहलू यह था कि इनका तक़रीबन आधा हिस्सा बिजली निर्माण सरीखी अधिसंरचनात्मक परियोजनाओं में खपाया गया। सरकारों और बहुपक्षीय संस्थाओं ने इस तरह के निवेश का रास्ता साफ़ करने के लिए विस्तारित गारंटियाँ दीं। भूमण्डलीकरण के शीर्ष पर मौजूद बहुराष्ट्रीय कम्पनियाँ चाहती हैं कि विकासशील देशों में अधिसंरचनात्मक सुविधाएँ विकसित हों ताकि वहाँ वे अपने उत्पादन के अड्डे ठीक से बना सकें। इस दृष्टि से वित्त और उत्पादन के भूमण्डलीकरण के बीच संबंध स्पष्ट होता है।

वित्तीय पूँजी के प्रवाह को दो रूप हैं। प्रत्यक्ष विदेशी निवेश और पोर्टफ़ोलियो निवेश। प्रत्यक्ष विदेशी निवेश में निवेशक प्रबंधन के ऊपर नियंत्रण रखता है। पोर्टफ़ोलियो निवेशक केवल पूँजी उपलब्ध कराता है और प्रबंधन से कोई वास्ता नहीं रखता। दोनों तरह के निवेशकों की क़िस्म भी भिन्न है। पोर्टफ़ोलियो निवेशकों में ज़्यादातर संस्थागत निवेशक होते हैं, जैसे मेरिल लिंच, मोर्गन स्टेनली और फ़िडेलिटी इन्वेस्टमेंट। प्रत्यक्ष निवेश शैल, माइक्रोसॉफ़्ट, कोक, नेस्ले आदि बहुराष्ट्रीय कम्पनियाँ करती हैं।

पोर्टफ़ोलियो निवेश थोड़ी अवधि के लिए होता है। कुछ हफ़्तों से लेकर कुछ वर्षों तक। जितनी तेज़ी से यह आता है उतनी ही तेज़ी से देश छोड़ कर भाग भी सकता है, क्योंकि संस्थागत निवेशक अपने शेयर बेच कर फटाफट पल्ला झाड़ लेते हैं। इसीलिए इस तरह के निवेश को हॉट मनी या उड़न-छू पूँजी कहा जाता है। प्रत्यक्ष विदेशी निवेश दीर्घावधि के लिए होता है। यह भारी मशीनी माल और कारख़ानों में किया जाता है। इसे आसानी से बेच कर बहुराष्ट्रीय निगम अपनी पूँजी नहीं निकाल सकते।

वित्तीय पूँजी के इस दोतरफ़ा प्रवाह के लिए राजनीतिक स्थिरता बहुत महत्त्वपूर्ण है। पोर्टफ़ोलियो निवेशक का मक़सद केवल पूँजीगत मुनाफ़ा और लाभांश कमाना होता है। इसलिए वे मुनाफ़े से प्राप्त पूँजी को अपने देश ले जाने और ऊँचे मानकों ज़्यादा महत्त्व देते हैं। दूसरी तरफ़ प्रत्यक्ष विदेशी निवेश करने वाले निवेशक बाज़ार, श्रम, उत्पादन लागत और अधिसंरचनात्मक सुविधाओं के विकास और आकार में ज़्यादा दिलचस्पी रखते हैं।

पोर्टफ़ोलियो पूँजी प्रवाह अधिक अस्थिर और चंचल होता है। इसमें बढ़ोतरी आने के पीछे प्रमुख कारण यह रहा है कि प्रमुख विकसित देशों में निवेश पर मुनाफ़े की दरें अपेक्षाकृत घट गयी थीं। इसलिए निवेशकों ने उन देशों में अपना धन लगाने का फ़ैसला किया जहाँ ब्याज दरें कुछ ज़्यादा थीं। दूसरा कारण यह था कि पिछले दस वर्षों में विकसित देशों में बचत का संस्थानीकरण होने के कारण निवेश के लिए पूँजी भारी पैमाने पर जमा हो गयी थी। यह रुझान संस्थागत निवेशकों के उदय से और मज़बूत हुआ है। ये निवेशक शेयर बाज़ारों में कारोबार के ज़रिये अपना धंधा करते हैं।

दुनिया के अलग-अलग देशों में घड़ी की सुइयाँ जिस तरह हमेशा चलती रहती हैं, उसी तरह इन शेयर बाज़ारों में भी कहीं न कहीं लेन-देन चलता रहता है। एक शहर में लेन-देन बंद होता है तो गतिविधियों का केंद्र दूसरा शहर बन जाता है। न्यूयॉर्क में बाज़ार बंद होते ही विलिंगटन में लेन-देन शुरू हो जाता है। टोक्यो का बाज़ार बंद होते ही लंदन का खुल जाता है जिसके बंद होने के ढाई घंटे पहले न्यूयॉर्क में धंधा शुरू हो जाता है। प्रौद्योगिकी के बढ़ते क़दमों, ख़ासकर संचार और सूचना प्रणाली में हुई प्रगति ने भी पूँजी बाज़ारों के भूमण्डलीकरण में योगदान किया है। दिक् और काल की प्राकृतिक बाधाओं को लाँघ जाने वाली प्रौद्योगिकीय प्रगति का सबसे ज़्यादा असर इन बाज़ारों के भूमण्डलीकरण पर

देखा जा सकता है। दस साल पहले चौबीस घंटे जारी रहने वाली ट्रेडिंग नामुमकिन थी, लेकिन आज यह आम बात है।

देखें : अंतर्राष्ट्रीय मुद्रा कोष, ढाँचागत समायोजन कार्यक्रम, पेटेंट, ब्रेटन वुड्स प्रणाली, बौद्धिक सम्पदा अधिकार, भूमण्डलीकरण : भारतीय अर्थव्यवस्था का, भारत में पेटेंट क़ानून, भारत में बहुराष्ट्रीय निगम, भारत में शेयर संस्कृति, भूमण्डलीकरण, भूमण्डलीकरण का इतिहास-1 और 2, भूमण्डलीकरण और पूँजी बाज़ार, भूमण्डलीकरण और लोकतंत्र, भूमण्डलीकरण और राज्य, भूमण्डलीकरण और राष्ट्रीय सम्प्रभुता, भूमण्डलीकरण और वित्तीय उपकरण, भूमण्डलीकरण के आलोचक, भूमण्डलीकरण के खिलाफ़ प्रतिरोध, विश्व बैंक, विश्व व्यापार संगठन।

संदर्भ

1. कवलजीत सिंह (1999), *पूँजी का भूमण्डलीकरण,* अनुवाद : अभय कुमार दुबे, ऋतिका प्रकाशन, नयी दिल्ली.
2. मारिस डी. लेवी (1996), *इंटरनैशनल फ़ाइनेंस,* मैकग्रा-हिल इंक, न्यूयॉर्क.
3. केनेथ एम. मारिस, एलन एम. सीगल और बेवर्ली लार्सन (1997), *गाइट टु इंटरनैशनल मनी ऐंड इंवेस्टिंग,* डो जोंस पब्लिशिंग कम्पनी (एशिया) इंक, बैकांक.
4. वर्ल्ड बैंक (1997), *प्राइवेट कैपिटल फ़्लोज़ टु डिवेलपिंग कंट्रीज़,* ऑक्सफ़र्ड युनिवर्सिटी प्रेस, यूएसए.

— अभय कुमार दुबे

भूमण्डलीकरण और वित्तीय उपकरण

(Globalization and Financial Instruments)

भूमण्डलीकरण के तहत अंतर्राष्ट्रीय पूँजी का स्रोत केवल बैंक ही नहीं रह गये हैं। कुछ नये क़िस्म के वित्तीय साधन उभर आये हैं। पूँजी वित्तीय डेरीवेटिव्ज़, अंतर्राष्ट्रीय बॉण्ड्स, युरोबॉण्ड्स, ग्लोबल डिपोज़िटरी रिसीट्स (जीडीआर), म्युचुअल फ़ण्ड्स और ईक्विटी शेयरों में निवेश के ज़रिये निजी क्षेत्र तक पहुँच रही है। इन वित्तीय साधनों की जानकारी के बिना वित्तीय पूँजी के भूमण्डलीकरण की तस्वीर पूरी नहीं हो सकती।

वित्तीय डेरीवेटिव्ज़ मुद्रा और ब्याज के रूप में, स्टॉक और बाण्ड सूचकांक के रूप में, एवं बॉण्ड्स और बिल के रूप में सामने आये हैं। डेरीवेटिव का मतलब होता है एक तरह का क़रार जिसका मूल्य किसी संबंधित परिसम्पत्ति के आधार पर निर्भर करता है। यानी डेरीवेटिव को किसी ब्याज-स्तर और शेयर बाज़ार के सूचकांक के ज़रिये हासिल किया जाता है। ये डेरीवेटिव तीन तरह के होते हैं : वायदा सौदे, भविष्य के सौदे और अदला-बदली (स्वाप) सौदे। डेरीवेटिव्ज़ की ख़ास बात यह होती है कि उनकी आधारभूत परिसम्पत्ति को ख़रीदे या बेचे बिना उसके समस्त जोखिम का उनके ज़रिये क्रय-विक्रय किया जा सकता है। दूसरी तरफ़ शेयरों अथवा मुद्रा जैसी किसी चीज़ को एक निर्धारित अवधि के लिए पहले से तय मूल्य पर ख़रीदा या बेचा जा सकता है। भविष्य के सौदे और ऑप्शन शेयरों, बॉण्ड्स और म्युचुअल फ़ण्ड्स से भिन्न होते हैं क्योंकि इनके बाज़ार का जोड़-बाक़ी शून्य के बराबर होता है। एक ओर कोई डॉलर कमाता है, तो दूसरी ओर कोई उतने ही डॉलर खो देता है।

डेरिवेटिव्ज़ का इतिहास पुराना है। उन्नीसवीं सदी में कच्चे माल और खनिजों के क्षेत्र में भी डेरिवेटिव्ज़ हुआ करते थे। वित्तीय डेरिवेटिव्ज़ की शुरुआत 1972 में हुई जब मुद्रा का व्यापार प्रारम्भ हुआ। शेयर बाज़ार के सूचकांकों का वायदा बाज़ार 1982 में शुरू हुआ। ब्याज दरों के वायदा सौदे 1988 में शुरू हुए। इनका भूमण्डलीकरण होने के बाद से बकाया डेरीवेटिव्ज़ क़रारों की क़ीमत बीसवीं सदी ख़त्म होते-होते पचास खरब से ज़्यादा मानी जा रही थी। भूमण्डलीकरण के तहत पूँजी बाज़ारों में सबसे ज़्यादा वृद्धि वायदा सौदों और अदला-बदली के सौदों में हुई है। मुद्रा बाज़ारों के अलावा सबसे बड़ा बाज़ार डेरिवेटिव्ज़ का ही है। बैंकिंग और प्रतिभूतियों की तरह वित्तीय डेरिवेटिव्ज़ की दुनिया में फ़ासलों और राष्ट्रों की सीमाएँ कोई मायने नहीं रखतीं। अधिकांश व्यापार अंतर्राष्ट्रीय प्रतिभूति कम्पनियाँ करती हैं और दुनिया के कई बाज़ारों में चौबीसों घंटे कई तरह के डेरिवेटिव्ज़ का व्यापार चलता रहता है।

सट्टेबाज़ों और अफ़वाहों की भूमिका के कारण डेरीवेटिव्ज़ का बाज़ार अस्थिर और जोखिम भरा होता है। सारे बाज़ार आपस में जुड़े हुए हैं इसलिए एक बाज़ार में हुआ बड़ा घाटा दुनिया भर पर असर डालता है। इसकी मिसाल निक लीसन के मामले से देखी जा सकती है। सिंगापुर में वायदे सौदे करने वाले इस सट्टेबाज़ को हुए 1.3 अरब डॉलर के घाटे से बारिंग इन्वेस्टमेंट बैंक का अंतर्राष्ट्रीय रूप से पतन हो गया था। अंतर्राष्ट्रीय बॉण्ड्स का अर्थ होता है क़र्ज़ लेना, क़र्ज़ लेने वाले को पूँजी और देने वाले को ब्याज। चूँकि शेयर बाज़ार में निवेश करने के साथ जोखिम जुड़ा होता है इसलिए निवेशक बाण्ड्स में निवेश को प्राथमिकता देते हैं ताकि उनकी पूँजी सुरक्षित रहे और निर्धारित ब्याज के रूप में आमदनी होती रहे। परिवक्वता की तारीख़ पूर्व-निर्धारित होती है जिसके अनुसार मूल धन का भुगतान हो जाता है।

बाण्ड जारी करते समय ही उसकी अवधि (एक वर्ष से तीस या उससे भी ज़्यादा वर्ष) तय कर दी जाती है (जितनी लम्बी अवधि उतना ही ज़्यादा आमदनी)।

कोई भी कम्पनी, कॉरपोरेशन, एशियाई बैंक या विश्व बैंक जैसी किसी भी संस्था द्वारा पूँजी उगाहने के लिए अपने बॉण्ड्स जारी किये जा सकते हैं। सरकारें भी बॉण्ड्स जारी करती हैं ताकि सड़कें बनवाने और अन्य विकास कार्यों में ख़र्च करने के लिए राजस्व के अतिरिक्त धन उगाह सकें। बॉण्ड्स की कुछ महत्त्वपूर्ण श्रेणियाँ इस प्रकार हैं : घरेलू बॉण्ड्स अपने देश के भीतर ही जारी किये और बेचे जाते हैं। विदेशी बॉण्ड्स कोई देश अपनी मुद्रा में जारी करता है पर दूसरे देश में उसकी मुद्रा में बेचता है। इन बॉण्ड्स को दो देशों से ख़रीद कर तीसरे देश में भी बेचा जा सकता है। मानक अंतर्राष्ट्रीय बॉण्ड्स के रूप में युरोबॉण्ड्स जिस देश से जारी होते हैं उसकी मुद्रा में नहीं होते और दुनिया भर के पूँजी बाज़ारों में बेचे जाते हैं। भारतीय कम्पनियों द्वारा जारी युरोबॉण्ड्स को आम तौर पर फ़ारेन करेंसी कंवर्टेबिल बॉण्ड्स की संज्ञा दी जाती है। विदेशी ऋण प्राप्तकर्ता अमेरिकी निवेशकों के लिए याँकी बॉण्ड्स जारी करते हैं। इनका भुगतान डॉलरों में होता है और इन्हें अमेरिकी सिक्यूरिटीज़ ऐंड एक्सचेंज कमीशन में पंजीकृत किया जाता है। जापान में विदेशी कम्पनियों और सरकारों द्वारा समुरायी बॉण्ड्स जारी किये जाते हैं। इनका निपटान केवल जापान में ही हो सकता है। इनमें दोहरी मुद्रा चलती है, यानी भुगतान और ब्याज येन में पर मूल धन की अदायगी किसी विदेशी मुद्रा में हो सकती है। इनके अलावा बाज़ार में ड्रेगन बॉण्ड्स, सबार्डीनेट बॉण्ड्स, सीनियर बॉण्ड्स, परिवर्तनीय बॉण्ड्स, कालबेल बॉण्ड्स, ज़ीरो-कूपन बॉण्ड्स और इंफ़्लेशन इंडेक्स्ड बॉण्ड्स भी प्रचलित हैं। म्युचुअल फ़ण्ड्स का अर्थ होता है निवेशकों के किसी समूह द्वारा जमा किया गया शेयरों, प्रतिभूतियों और बॉण्ड्स का संग्रह जिसका एक पेशेवर निवेश कम्पनी प्रबंधन करती है। इन फ़ण्ड्स को युनिट ट्रस्ट्स भी कहते हैं। इनसे निवेशकों को बेहतर आय होती है, क्योंकि इनकी प्रबंधक कम्पनी बाज़ार के हालात का पूरी ध्यान रख कर इनका बंदोबस्त करती है। सीधे बाज़ार से जुड़ कर जोखिम में फँसने के बजाय निवेशक अपना धन म्युचुअल फ़ण्ड्स में लगाना बेहतर समझते हैं। बड़ी-बड़ी कम्पनियाँ, ब्रोकरेज हाउस और बैंक भी म्युचुअल फ़ण्ड्स खड़े करते हैं।

पेंशन फ़ण्ड्स और हेज़ फ़ण्डस का भी चलन है। कर्मचारियों के वेतन से होने वाले स्वैच्छिक कटौती तथा योगदानों के ज़रिये पेंशन फ़ण्ड्स का निर्माण होता है। सारी दुनिया में इस समय इन फ़ण्ड्स में अरबों डॉलर जमा हैं। हालाँकि ये अत्यधिक नियंत्रित, अपेक्षाकृत कम भूमण्डलीकृत और अधिक दीर्घकालिक होते हैं, पर इसके बावजूद इन्हें भी तेज़ी से निवेश के महत्त्वपूर्ण स्रोत के रूप में विकसित किया जा रहा है।

हेज फ़ण्ड्स को समझने के लिए हेजिंग को समझना ज़रूरी है। हेजिंग का मतलब है शेयरों के स्टॉक के क्रय-विक्रय से संबंधित व्यवहार प्रक्रिया। अगर किसी मुद्रा के मूल्य में अन्य मुद्राओं की अपेक्षा वृद्धि होती है तो उनके मूल्य-वर्ग में किये गये निवेश कोष को उस बढ़ी हुई मुद्रा में परिवर्तित करने पर उस निवेश की क़ीमत घट जाती है। इसी से बचने के लिए फ़ण्ड्स द्वारा हेजिंग की जाती है। हेजिंग की प्रक्रिया में फ़्यूचर्स अनुबंध ख़रीदे जाते हैं अर्थात् किसी मुद्रा को पूर्व-निर्धारित विनिमय दर पर ख़रीद कर सौदे में हो सकने वाले घाटे की भरपाई की पेशबंदी कर ली जाती है।

इन फ़ण्ड्स के अलावा स्टॉक फ़ण्ड्स, बाण्ड फ़ण्ड्स, पूँजी बाज़ार फ़ण्ड्स, अनियतकालीन फ़ण्ड्स, नियतकालीन फ़ण्ड्स, ग्लोबल फ़ण्ड्स, रीजनर फ़ण्ड्स, कंट्री फ़ण्ड्स और ऑफ़शोर फ़ण्ड्स भी प्रचलित हैं।

ग्लोबल डिपॉजिटरी रिसीट्स (जीडीआर) उन वित्तीय उपकरणों को कहते हैं जिनका मोल-तोल किया जा सकता है और जिनसे अंतर्राष्ट्रीय पूँजी बाज़ार में इक्विटी पूँजी उगाही जा सकती है। जीडीआर जारी करने वाली कम्पनियाँ इन बैंकों को अपने देश से बाहर जीडीआर जारी करने के लिए अधिकृत करती हैं। इन्हें किसी भी विदेशी शेयर बाज़ार में अधिसूचित किया जा सकता है और अनिवासी इन्हें विदेशों में ख़रीद या स्थानांतरित कर सकते हैं।

देखें : अंतर्राष्ट्रीय मुद्रा कोष, ढाँचागत समायोजन कार्यक्रम, पेटेंट, ब्रेटन वुड्स प्रणाली, बौद्धिक सम्पदा अधिकार, भूमण्डलीकरण : भारतीय अर्थव्यवस्था का, भारत में पेटेंट क़ानून, भारत में बहुराष्ट्रीय निगम, भारत में शेयर संस्कृति, भूमण्डलीकरण, भूमण्डलीकरण का इतिहास-1 और 2, भूमण्डलीकरण और पूँजी बाज़ार, भूमण्डलीकरण और लोकतंत्र, भूमण्डलीकरण और राज्य, भूमण्डलीकरण और राष्ट्रीय सम्प्रभुता, भूमण्डलीकरण और वित्तीय पूँजी, भूमण्डलीकरण के आलोचक, भूमण्डलीकरण के ख़िलाफ़ प्रतिरोध, विश्व बैंक, विश्व व्यापार संगठन।

संदर्भ

1. ए.वी. रजवाड़े (1996), *फ़ारेन एक्सचेंज इंटरनैशनल फ़ाइनेंस ऐंड रिस्क मैनेजमेंट,* एकेडमी ऑफ़ बिजनेस स्टडीज़, नयी दिल्ली.
2. रिजर्व बैंक ऑफ़ इण्डिया (1996), *रिपोर्ट ऑन करेंसी ऐंड फ़ाइनेंस,* बाम्बे, वार्षिक।
3. कवलजीत सिंह (1999), *पूँजी का भूमण्डलीकरण,* ऋतिका प्रकाशन, नयी दिल्ली.

— अभय कुमार दुबे

भूमण्डलीकरण, भारतीय अर्थव्यवस्था का

(Globalization of Indian Economy)

भारत ने भूमण्डलीकरण की प्रक्रिया में अपनी भागीदारी घोषणापूर्वक 1990 में शुरू की, पर उसकी भूमिका दुनिया के अन्य हिस्सों के भूमण्डलीकरण की तरह अस्सी के दशक में ही बननी शुरू हो चुकी थी। अस्सी के दशक में ही अनिवासी भारतीय (एन.आर.आई) नामक समुदाय का भारतीय अर्थतंत्र के लिए महत्त्व बढ़ा। यह राष्ट्रवाद की पारम्परिक अवधारणा में तब्दीली का संकेत था। इसका मतलब था कि भारतीय राष्ट्र के हित देश की भौगोलिक सीमाओं के परे भी स्थित हो सकते थे। जो इस देश को छोड़ कर कभी न वापस आने के लिए चले गये थे, वे बिना वापसी किये इस देश में रहने वालों से केवल इसलिए महत्त्वपूर्ण लगने लगे थे कि उनके पास पूँजी, आधुनिक प्रौद्योगिकी और प्रबंधन की तकनीकें थीं। इसी दशक में भारत ने निकनेट के ज़रिये इंटरनेट की दुनिया में क़दम रखा। उपग्रहीय चैनलों ने इसी दशक में शहरी मध्यवर्ग के ड्राइंग रूमों में प्रवेश किया। नेहरू युग में अपनायी गयी विकास नीति आयात प्रतिस्थापन के सिद्धांत पर आधारित थी, पर अस्सी के दशक में राजीव गाँधी के नेतृत्व में अर्थव्यवस्था ने निर्यातोन्मुख विकास के रास्ते पर क़दम बढ़ा दिये थे। निर्यात योग्य जिंसों के उत्पादन के लिए आयात बढ़ाना ज़रूरी था। इसके परिणामस्वरूप विदेशी मुद्रा का ख़र्च बढ़ा। विदेशी मुद्रा कोष की हालत यह हो गयी कि भारत के पास केवल दो हफ़्ते के आयात बिल का भुगतान करने की क्षमता रह गयी।

विदेशी मुद्रा संकट गहराते ही तत्कालीन कांग्रेस सरकार (जिसने जून, 1990 में ही शपथ ली थी) ने प्रमुख विपक्षी नेताओं की एक कमरा बंद बैठक बुलायी जिसमें उन्हें सूचना दी गयी कि देश दिवालिया होने के कगार पर खड़ा है। तत्कालीन प्रधानमंत्री और कांग्रेस के नेतृत्व में अल्पमतीय सरकार की अगुआयी कर रहे पी.वी. नरसिंह राव का कहना था कि अब अंतर्राष्ट्रीय मुद्रा कोष से क़र्ज़ लेने के अलावा उनके सामने कोई चारा नहीं है। राव ने विपक्ष से समर्थन माँगा कि वे अर्थव्यवस्था को पटरी पर लाने के लिए कुछ कड़े क़दम उठाना चाहते हैं। विपक्ष इस प्रश्न पर ज़्यादा कुछ कहने की स्थिति में नहीं था। पिछली सरकार विश्वनाथ प्रताप सिंह की थी जिसे मार्क्सवादी कम्युनिस्ट पार्टी और भारतीय जनता पार्टी ने संयुक्त रूप से समर्थन दिया था। वह सरकार पहले से ही मुद्रा कोष से इस तरह की बातचीत चला रही थी।

मुद्रा कोष से क़र्ज़ लेने का मतलब था अंतर्राष्ट्रीय वित्तीय पूँजी द्वारा निर्देशित ढाँचागत समायोजन कार्यक्रम अपनाने का फ़ैसला करना। अर्थात् लोकहितकारी राज्य की संरचना की जगह बाज़ारोन्मुख नीतियाँ अपनाना, आयात प्रतिस्थापन की जगह निर्यातोन्मुख विकास की रणनीति अख़्तियार करना, बड़े पैमाने पर निजीकरण का कार्यक्रम चलाना, विदेशी पूँजी को प्रोत्साहन देने वाली नीतियों का सूत्रीकरण करना और लाइसेंस-परमिट राज ख़त्म करके वाणिज्य और उद्योग नीति में भारी बदलाव करना।

राव सरकार ने इस व्यापक और दूरगामी परिवर्तन की घोषणा करने से पहले उसकी ज़मीन बनाने के लिए क़दम उठाये। जून, 1990 में शपथ लेने वाली सरकार ने जुलाई के पहले तीन दिनों में रुपये का दो चरणों में बीस फ़ीसदी अवमूल्यन किया। निर्यात सबसिडी ख़त्म करने का फ़ैसला किया, और फटाफट नयी वाणिज्य नीति बना डाली जिस पर सरकार के अन्य सदस्यों ने आसानी से अपनी मुहर लगा दी। नयी उद्योग नीति पर पहले कांग्रेस की मंत्रिपरिषद् में चर्चा हुई, और नीति-प्रस्ताव की भाषा में दिखावे के लिए नेहरू का लिखा हुआ एक पैरा, इंदिरा गाँधी के कुछ वाक्य और राजीव गाँधी के कुछ कथन जोड़ दिये गये। ऐसा दिखाया गया कि मानो यह नीति नेहरू के समाजवाद का ही अगला क़दम है। चौबीस जुलाई, 1991 को इस उद्योग नीति की घोषणा हुई और इसी दिन दोपहर बाद पेश किये गये केंद्रीय बजट द्वारा भारत ने भूमण्डलीकरण के रास्ते पर चलने का एलान कर दिया। यह परिघटना इतनी व्यापक थी कि जीवन का कोई भी क्षेत्र इससे अछूता न रह सका। पुराने जमे हुए राष्ट्रवादी पूँजीपतियों से लेकर सूचना प्रौद्योगिकी के व्यवसाय से बने नये उद्योगपतियों तक, पब्लिक सेक्टर के नौकरशाहों से लेकर राजनीतिक दलों और जनपक्षीय आंदोलनकारियों तक, हाशियाग्रस्त समुदायों के पक्ष में सोचने वालों, मार्क्सवादियों, नक्सलवादियों, आधुनिकता के आलोचकों, नागरिक अधिकारवादियों, गाँधीवादियों और पर्यावरणवादियों तक को इसके पक्ष-विपक्ष में अपनी राय बनानी पड़ी। मार्क्सवादियों ने इसे पूँजीवाद का सर्वव्यापकीकरण बताते हुए साम्राज्यवाद विरोधी संघर्ष के दायरे में व्यूह रचना का ऐलान किया। गाँधीवादियों ने देखा कि भूमण्डलीकरण गाँव की जगह शहर और नागरिक की जगह उपभोक्ता को स्थापित करने का आग्रह लेकर आया है। राष्ट्रवादी भी चिंतित हुए। उनके एक हिस्से को लगा कि यह परिघटना तो राष्ट्र की आधारभूत संरचना को ही सत्ता और प्राधिकार से वंचित कर देगी। लेकिन, उनके एक दूसरे हिस्से ने कुछ दिनों के बाद भूमण्डलीकरण की ताक़तों के साथ सौदेबाज़ी भी शुरू कर दी। सूचना क्रांति की प्रौद्योगिकी का सहारा लेकर वे जनता को नये तरीक़ों से नियंत्रित करने के प्रयोजन में लग गये। राष्ट्रवादियों की इस क़िस्म का ख़याल था कि वे अपनी सम्प्रभुता का एक हिस्सा त्याग कर उसके बदले

भूमण्डलीकरण से कहीं ज़्यादा हासिल कर सकते हैं। आधुनिकता के आलोचकों ने कुछ ख़ुशी और कुछ संदेह के मिले-जुले स्वरों के साथ भूमण्डलीकरण का स्वागत किया। उन्हें एक तरफ़ तो भूमण्डलीकरण का फ़ायदा उठा कर राष्ट्रवाद के कारागार के ख़िलाफ़ बग़ावत की उम्मीद थी, दूसरी तरफ़ कुछ डर भी लग रहा था कि कहीं भूमण्डलीकरण अपनी पश्चिम केंद्रीयता और चरम बाज़ारवाद के कारण विकल्पों की सम्भावनाओं को ही नष्ट न कर दे। भूमण्डलीकरण को सकारात्मक निगाहों से देखने वालों की मान्यता थी कि सूचना क्रांति के आयाम, सूचना समाज की रचना और साइबर स्पेस की निराकार दुनिया भारतीय समाज को एक नयी नागरिकता की सौगात देगी।

इस वाद-विवाद के बीच कुछ बातें व्यावहारिक रूप से स्पष्ट थीं। नये आर्थिक निज़ाम का मतलब था भारतीय अर्थव्यवस्था का विश्व बाज़ार के साथ जुड़ते चले जाना, अंतर्राष्ट्रीय मुद्रा कोष और विश्व व्यापार संगठन को अपने कामों और नीतियों का हिसाब देना, अंतर्राष्ट्रीय रेटिंग एजेंसियों से सनद प्राप्त करते रहना, अंतर्राष्ट्रीय वित्तीय पूँजी की गतिविधियों से भारतीय अर्थव्यवस्था को प्रभावित होने देना, सामाजिक-आर्थिक जीवन के गठन के लिए एंग्लो-अमेरिकी कॉरपोरेट मॉडल को आदर्श मान लेना और अमेरिकीकरण की संस्कृति के बुलडोज़र के नीचे विविधताओं और बहुलताओं की प्रतीक भारतीय संस्कृति को कुचलने के लिए छोड़ देना।

24 जुलाई, 1991 को पेश किये गये उस ऐतिहासिक बजट के लगभग दो दशक बाद स्थिति यह है भूमण्डलीकरण की प्रक्रिया अपने तमाम आलोचकों, प्रतिरोध में खड़ी शक्तियों और लोकतंत्र के तबाह-बर्बाद हो जाने की भविष्यवाणियों को धता बताते हुए तक़रीबन अबाध गति से चल रही है। भारतीय समाज अपने जीवन में शायद ही कभी इतनी तेज़ गति से बदला हो, जितना इस दौर में उसने परिवर्तन देखा है। मध्य वर्ग का खान-पान, रहन-सहन, स्त्री-पुरुष संबंध, परिवार की संस्था, अन्य नाते-रिश्ते, राजनीतिक कार्रवाई के स्वरूप, विचारधाराओं का प्रभाव, मीडिया और मनोरंजन के दायरे, शहरीकरण की रफ़्तार और कुल मिला कर भारतीय आधुनिकता का स्तर पहले जैसा नहीं रह गया है। इन परिवर्तनों को परिभाषित करना आसान नहीं है। लगभग हर परिवर्तन पर स्वतंत्र शोध की ज़रूरत है।

लेकिन, जिस तरह भूमण्डलीकरण के तहत हुए परिवर्तन की व्यापकता और तेज़ रफ़्तार की हक़ीक़त से इनकार नहीं किया जा सकता, उसी तरह इस यथार्थ की उपेक्षा भी नहीं की जा सकती कि उसका लाभ अधिकांशतः अमीरों और साधनसम्पन्नों को ही नसीब हुआ है। अभी भूमण्डलीकरण अपना वह वायदा पूरा करने से काफ़ी दूर है जिसके मुताबिक़ उसकी पैरोकार ताक़तों ने वायदा किया था कि उसके कारण भारत को उसका राजनीतिक-आर्थिक और सांस्कृतिक मोक्ष मिल जाएगा। अभी तक तो वह बाज़ारों को एक करने वाले और मनुष्य को बाँटने वाले तंत्र के रूप में उभरा है। उसके तहत बाज़ार की ताक़त को अंतिम सत्य मान लिया गया है, पर वह अभी तक सामाजिक क्षेत्र की ज़रूरतों के साथ संतुलन बैठा पाने में नाकाम साबित हुआ है। इसने समाज के ग़रीब और निचले तबक़े को और अधिक विपन्न करके विषमता को बढ़ाया है।

देखें : अंतर्राष्ट्रीय मुद्रा कोष, ढाँचागत समायोजन कार्यक्रम, पेटेंट, ब्रेटन वुड्स प्रणाली, बौद्धिक सम्पदा अधिकार, भारत में पेटेंट क़ानून, भारत में बहुराष्ट्रीय निगम, भारत में शेयर संस्कृति, भूमण्डलीकरण, भूमण्डलीकरण का इतिहास-1 और 2, भूमण्डलीकरण और पूँजी बाज़ार, भूमण्डलीकरण और लोकतंत्र, भूमण्डलीकरण और राज्य, भूमण्डलीकरण और राष्ट्रीय सम्प्रभुता, भूमण्डलीकरण और वित्तीय पूँजी, भूमण्डलीकरण और वित्तीय उपकरण, भूमण्डलीकरण के आलोचक, भूमण्डलीकरण के ख़िलाफ़ प्रतिरोधष विश्व बैंक, विश्व व्यापार संगठन।

संदर्भ

1. गुरुचरण दास (2000), *इण्डिया अनबाउंड,* वाइकिंग, नयी दिल्ली.
2. निर्मल कुमार चंद्रा (2002), 'इण्डिया इन द नाइंटीज़ : द इम्पेक्ट ऑफ़ ग्लोबलाइज़ेशन', *चाइना रिपोर्ट,* खण्ड 38, अंक 1.
3. कुमार मंगलम बिड़ला (2002), 'नो व्हेयर क्लोज़ टु रियल ग्लोबलाइज़ेशन', *इकॉनॉमिक टाइम्स,* नयी दिल्ली, 4 नवम्बर.
4. अभय कुमार दुबे (सम्पा.) (2003), *भारत का भूमण्डलीकरण,* वाणी, नयी दिल्ली.

— अभय कुमार दुबे

भूमण्डलीकरण के आलोचक

(Critics of Globalization)

बीसवीं सदी में नब्बे के दशक से नयी सदी के पहले दशक के आख़िरी सालों के बीच भूमण्डलीकरण सबसे ज़्यादा बहसतलब परिघटना रही है। इस विवाद ने विचार, राजनीति और अर्थव्यवस्था के दायरों को भूमण्डलीकरण के समर्थकों और आलोचकों में बाँट दिया है। भूमण्डलीकरण विरोधी ध्रुव पर जमी हुई शक्तियाँ वैसे तो अलग-अलग दृष्टिकोणों से इस परिघटना के ख़िलाफ़ हैं, पर उनके बीच कुछ विचारों के मामले में स्पष्ट समानता है। मसलन, ये सभी आलोचक मानते

हैं कि बीसवीं सदी के आख़िरी सालों में दुनिया के बड़े 'शासक अभिजनों' ने अपने निजी हितों की ख़ातिर विश्व बाज़ार का विस्तार करने के लिए पूँजीवादी भूमण्डलीकरण का ताना-बाना बुना है। ब्रेटन वुड्स संस्थाओं, पश्चिम और पूर्व के विकसित पूँजीवादी देशों और बहुराष्ट्रीय निगमों के तिगड्डे ने मिल कर ग्लोबल संरचनाएँ खड़ी की हैं, जिनकी कारिस्तानी के तहत एक अनिच्छुक संसार पर ऊपर से भूमण्डलीकरण थोपा जा रहा है।

भूमण्डलीकरण के आलोचक बड़ी बहुराष्ट्रीय कम्पनियों की अनियंत्रित सत्ता, व्यापार समझौतों और कमज़ोर नियंत्रण वाले वित्तीय बाज़ारों के ज़रिये उस सत्ता के कार्यान्वयन का विरोध करते हैं। इन आलोचकों का बहुराष्ट्रीय निगमों पर आरोप है कि वे अपना मुनाफ़ा बढ़ाने के लिए श्रम सुरक्षा की स्थितियों और मानकों, श्रमिकों को काम पर लगाने और मुआवज़ा देने के मानकों, पर्यावरण संरक्षण के सिद्धांतों, राष्ट्रीय विधायी प्राधिकार, स्वतंत्रता और सम्प्रभुता की शर्तों का उल्लंघन करते हैं। भूमण्डलीकरण विरोधी आंदोलन ग्लोबल जस्टिस मूवमेंट, आल्टर-ग्लोबलाइज़ेशन मूवमेंट, एंटी-कॉरपोरेट ग्लोबलाइज़ेशन मूवमेंट जैसे नामों से जाना जाता है।

भूमण्डलीकरण के आलोचकों ने नियोक्लासिकल आर्थिक सिद्धांत के आधार पर काम कर रहे इस ग्लोबल निज़ाम पर 'टरबो-कैपिटलिज़म', 'मार्केट फ़ंडामेंटलिज़म', 'कैसीनो कैपिटलिज़म', 'कैंसर-स्टेट कैपिटलिज़म'.और 'मैक-वर्ल्ड' जैसे लक़ब चस्पाँ किये हैं। उनकी आलोचना का मुख्य निशाना विश्व बैंक (आईबीआरडी), अंतर्राष्ट्रीय मुद्रा कोष (आईएमएफ़), ऑर्गनाइज़ेशन फ़ॉर इकॉनॉमिक कोआपरेशन ऐंड डिवेलपमेंट (ओईसीडी), विश्व व्यापार संगठन (डब्ल्यूटीओ), नॉर्थ अमेरिकन फ्री ट्रेड एग्रीमेंट (नाफ़्टा), फ्री ट्रेड एरिया ऑफ़ अमेरिकाज़ (एफ़टीएए), मल्टीलेटरल एग्रीमेंट ऑफ़ इन्वेस्टमेंट (एमएई) और जनरल एग्रीमेंट ऑफ़ ट्रेड इन सर्विसेज़ (गेट्स) जैसी संस्थाएँ और संधियाँ हैं। आलोचक वर्ल्ड इकॉनॉमिक फ़ोरम (डब्ल्यूईएफ़), ट्रांस अटलांटिक बिजनेस डायलॉग (टीएबीडी) और एशिया-पैसिफ़िक इकॉनॉमिक कोआपरेशन (एपीईसी) जैसे व्यापारिक गठजोड़ों का भी विरोध करते हैं जिनकी वजह से ग्लोबल निज़ाम को प्रोत्साहन मिलता है।

भूमण्डलीकरण विरोधी कार्यकत्ताओं और नेताओं का तर्क है कि अगर राष्ट्रीय सीमाएँ वित्तीय पूँजी के आवागमन के लिए खुली होनी चाहिए, तो उन्हें साधारण व्यक्तियों के आने-जाने के लिए खोलने में आपत्ति क्यों की जानी चाहिए, किसी भी व्यक्ति को कहीं भी आने-जाने और बसने की इजाज़त क्यों नहीं दी जानी चाहिए। भूमण्डलीकरण विरोधी मानते हैं कि नये ग्लोबल आर्थिक निज़ाम में अमेरिका का वर्चस्व है। अमेरिकी डॉलर के प्रभुत्व का कारण अमेरिका की आर्थिक श्रेष्ठता ही नहीं है, बल्कि इस मुद्रा का प्रभुत्व हासिल करने के लिए ब्रेटन वुड्स प्रणाली और तेल का केवल डॉलर में व्यापार करने के नियमों का इस्तेमाल किया गया है।

भूमण्डलीकरण के आलोचक जैसे ही आलोचना से परे जा कर विकल्प के प्रश्न पर अपनी राय पेश करते हैं, उनके बीच समानताएँ ख़त्म हो जाती हैं और विभेद शुरू हो जाते हैं। इनका एक हिस्सा राष्ट्रवादी क़िस्म का है, जैसे फ्रेंच नेशनलिस्ट फ्रंट। ऐसे समूहों का तर्क है कि भूमण्डलीकरण के विकल्प में राष्ट्र-राज्य की संस्था को खड़ा करना चाहिए। इनमें से कुछ समूह तो नस्लवादी और फ़ासीवादी तर्क देते भी नज़र आते हैं। भूमण्डलीकरण के आलोचकों का दूसरा हिस्सा राष्ट्रवाद या संरक्षणवाद का समर्थन करने के बजाय दुनिया को राष्ट्रीय सीमाओं में बाँटने के ख़िलाफ़ है। उन्होंने 'नो बोर्डर नेटवर्क' जैसी संस्थाएँ बना रखी हैं। ये लोग ऊपर से थोपे गये पूँजीवादी भूमण्डलीकरण के ख़िलाफ़ एक ऐसी ग्लोबल एकजुटता के रूपों के समर्थक हैं जिससे बेहतर लोकतांत्रिक प्रतिनिधित्व, मानवाधिकारों की प्रगति और बेहतर लोक-कल्याणकारी सत्ता के विकास का रास्ता साफ़ होता हो। भूमण्डलीकरण विरोधी चिंतन के परिणामस्वरूप ऐसी कई रचनाएँ सामने आयी हैं जिन्होंने इस आंदोलन को प्रेरणा और गति प्रदान की है। ऐसी सर्वप्रमुख रचनाओं में से एक है कनाडा की पत्रकार नओमी क्लीन की पुस्तक 'नो लोगो' जिसमें बहुराष्ट्रीय निगमों द्वारा अपनायी जाने वाली उत्पादन रणनीतियों और लोकप्रिय संस्कृति पर छायी ब्रांड प्रधान मार्केटिंग की आलोचना की गयी है। यह पुस्तक भूमण्डलीकरण के आलोचकों का घोषणापत्र जैसा बन गयी है। भारत की विख्यात इको-फ़ेमिनिस्ट वंदना शिवा की रचना 'बायोपाइरेसी' में दिखाया गया कि कैसे देशज लोगों की प्राकृतिक पूँजी को बौद्धिक सम्पदा के रूपों में बदल दिया जाता है ताकि उसे किसी की व्यापारिक मिल्कियत बनाया जा सके। फ्रांस में मासिक पत्र *ल मोंद डिप्लोमेतीक* ने भूमण्डलीकरण विरोधी विचारों को प्रकाशित करने में अग्रगामी भूमिका का निर्वाह किया है। यह पत्र भूमण्डलीकरण के ख़िलाफ़ आंदोलन को संस्थागत रूप देने के लिए भी जाना जाता है। ट्रांसनैशनल इंस्टीट्यूट की सूसन जॉर्ज 1986 से ही भूख, ऋण, अंतर्राष्ट्रीय वित्तीय संस्थाओं और पूँजीवाद के बारे में लगातार पुस्तकें लिख रही हैं। ज्याँ ज़ीगलर, क्रिस्टोफ़र चेस-डन और इमैनुएल वालर्स्टीन ने अपनी रचनाओं में पूँजीवादी प्रणाली के कारण पैदा हुए विकास और निर्भरता के संकट की ओर लगातार ध्यान खींचा है। भूमण्डलीकरण के संदर्भ में नोआम चोमस्की और सूसन सोंटाग अमेरिकी विदेश नीति की आलोचना के लिए चर्चित हैं।

नियोलिबरल उसूलों को मानने वाले अंतर्राष्ट्रीय आर्थिक संगठनों की कार्रवाई को आलोचनात्मक निगाह से देखने वाले कई अर्थशास्त्रियों ने भी भूमण्डलीकरण विरोधी आलोचना को बल प्रदान किया है। ज़रूरी नहीं कि ये सभी विद्वान ख़ुद को भूमण्डलीकरण की आलोचना करने वालों की श्रेणी में रखते हों। इनमें अमर्त्य सेन, जेम्स टोबिन और जोसेफ़ ई. स्टिगलिट्ज़ प्रमुख हैं जिन्हें अर्थशास्त्र में नोबेल पुरस्कार से सम्मानित किया जा चुका है। अमर्त्य सेन ने अपनी रचना 'डिवेलपमेंट एज़ फ्रीडम' में तर्क दिया है कि विकास की अवधारणा को राष्ट्रीय आमदनी या प्रति व्यक्ति आय या कुल घरेलू उत्पाद के रूप में परिभाषित करने के बजाय मानवीय क्षमता के विस्तार के रूप में समझना चाहिए। इसके लिए स्वास्थ्य और शिक्षा पर ज़ोर देने वाली नीतियों को प्रमुखता देनी होगी। जेम्स टोबिन ने प्रत्येक वित्तीय लेन-देन पर एक ख़ास तरह का टैक्स लगाने का सुझाव पेश किया है जिसके कारण वित्तीय पूँजी के बेरोकटोक प्रवाहों को कुछ न कुछ नियंत्रित किया जा सकता है। टोबिन टैक्स नामक यह प्रस्ताव भूमंडलीकरण के आलोचकों के एजेंडे में शामिल हो चुका है। इसी तरह से जॉर्ज सोरोस और डेविड कोर्टन के साथ जोसेफ़ स्टिगलिट्ज़ ने ग्लोबल अर्थव्यवस्था में पारदर्शिता लाने, ऋण राहत के प्रावधान करने, भूमि सुधारों की नीतियाँ लागू करने और कॉरपोरेट उत्तरदायित्व की प्रणाली में सुधार करने की वकालत करके भूमण्डलीकरण के आलोचकों को कई तर्क प्रदान किये हैं।

देखें : अंतर्राष्ट्रीय मुद्रा कोष, ढाँचागत समायोजन कार्यक्रम, पेटेंट, ब्रेटन वुड्स प्रणाली, बौद्धिक सम्पदा अधिकार, भूमण्डलीकरण : भारतीय अर्थव्यवस्था का, भारत में पेटेंट क़ानून, भारत में बहुराष्ट्रीय निगम, भारत में शेयर संस्कृति, भूमण्डलीकरण, भूमण्डलीकरण का इतिहास-1 और 2, भूमण्डलीकरण और पूँजी बाज़ार, भूमण्डलीकरण और लोकतंत्र, भूमण्डलीकरण और राज्य, भूमण्डलीकरण और राष्ट्रीय सम्प्रभुता, भूमण्डलीकरण और वित्तीय पूँजी, भूमण्डलीकरण और वित्तीय उपकरण, भूमण्डलीकरण के ख़िलाफ़ प्रतिरोध, विश्व बैंक, विश्व व्यापार संगठन।

संदर्भ

1. डोनाटेला डेला पोर्ट (सम्पा.) (2006), *द ग्लोबल जस्टिस मूवमेंट: क्रॉस-नैशनल ऐंड ट्रांसनैशनल पर्सपेक्टिव्ज़,* पैराडाइम, न्यूयॉर्क.
2. सूज़न स्ट्रेंज (1986), *कैसिनो कैपिटलिज़म,* ब्लैकवेल, ऑक्सफ़र्ड.
3. पॉल किंग्सवर्थ (2004), *वन नो, मेनी यसिज़ : अ जर्नी टु द ग्लोबल रज़िस्टेंस मूवमेंट,* फ्री प्रेस, लंदन.
4. नाओमी क्लीन (2000), *नो लोगो,* फ़्लेमिंगो, न्यूयॉर्क.
5. डेविड कोर्टन (1995), *व्हेन कॉरपोरेशंस रूल द वर्ल्ड,* अर्थस्केन पब्लिकेशंस, न्यूयॉर्क.

— अभय कुमार दुबे

भूमण्डलीकरण के ख़िलाफ़ प्रतिरोध

(Resistance Against Globalization)

पूँजीवादी भूमण्डलीकरण के ख़िलाफ़ सारी दुनिया में दो स्तरों पर संघर्ष चलाया जा रहा है। एक तरफ़ तो ग्रासरूट्स (ज़मीनी) गोलबंदियाँ की जा रही हैं, और दूसरी तरफ़ ग्लोबल पैमाने पर सीधी कार्रवाई और नागरिक अवज्ञा की विकेंद्रीकृत जन-मुहिमें चलाई गयी हैं। कुछ प्रमुख ग्रासरूट्स संगठन इस प्रकार हैं : दक्षिण अफ़्रीका में वेस्टर्न केप एंटी-एविक्शन कैम्पेन, भारत में नर्मदा बचाओ आंदोलन और आज़ादी बचाओ आंदोलन, संयुक्त राज्य अमेरिका में मूवमेंट फ़ार जस्टिस ऐन अल बारियो, ब्राज़ील में होमलैस वर्कर्स आंदोलन, मैक्सिको में ईज़ैडएलएन, हैती में फ़ानमी लावालास, दक्षिण अफ़्रीका में लैण्डलैस पीपुल्स मूवमेंट। भूमण्डलीय स्तर पर पीपुल्स ग्लोबल एक्शन नेटवर्क और वर्ल्ड सोशल फ़ोरम के ज़रिये भूमण्डलीकरण के ख़िलाफ़ सक्रिय विभिन्न शक्तियों को बड़े-बड़े विरोध प्रदर्शनों और एकजुटता प्रदर्शित करने वाले जन-समारोहों में उतारा जाता है। भूमण्डलीकरण विरोधी आंदोलन का एक बड़ा माध्यम इंटरनेट और न्यू मीडिया भी है। नब्बे के दशक में जब अमीर देशों के संगठन ओईसीडी ने सीमाओं के आर-पार निवेश और व्यापार पर लगी पाबंदियों को हटाने के लिए मल्टीलेटरल एग्रीमेंट ऑन इन्वेस्टमेंट (एमएआई) जैसे बहु-पक्षीय समझौते की पहलक़दमी ली तो राष्ट्रीय और अंतर्राष्ट्रीय पैमाने पर सक्रिय नागर समाज समूहों ने इसके विरोध में नेट पर ज़बरदस्त मुहिम चलाई। 1998 में बढ़ते हुए विरोध और आलोचना के सामने ओईसीडी देशों को यह पहलक़दमी छोड़नी पड़ी।

ग्लोबल स्तर पर होने वाली भूमण्डलीकरण विरोधी आंदोलनकारी कार्रवाई की ख़ास बात यह है कि वह किसी एक विकल्प या किसी एक नारे और लक्ष्य या किसी एक संगठन के तहत एकताबद्ध होने से बचती है। उसका मक़सद वित्तीय पूँजी की ग्लोबल ताक़तों के ख़िलाफ़ प्रतीकात्मक विरोध दर्ज कराना तो है ही, साथ ही वह अपने विशाल जमावड़ों के ज़रिये सारी दुनिया में स्थानीय स्तर पर संघर्ष कर रहे अनगिनत संगठनों को आपस में नेटवर्किंग का मौक़ा भी देती है। किसी एक विचारधारा और किसी एक मसीहाई नेता के नेतृत्व से बचने के आग्रह के कारण इस संघर्ष के भीतर कार्रवाई के रूपों को लेकर एक तरह की जद्दोजहद चलती रहती है। कहा जाता है कि अपनी इन्हीं प्रवृत्तियों के कारण यह संघर्ष एकता की कमी, संकेंद्रित और प्रभावी संगठन के

अभाव का शिकार है। लेकिन दूसरी तरफ़ एंतोनियो नेगरी और माइकेल हार्ट जैसे भूमण्डलीकरण विरोधी सिद्धांतकारों ने इस साझा लक्ष्यों के लिए की जाने वाली ऐसी विशाल कार्रवाइयों की संज्ञा दी है जिसमें जनता सांगठनिक एकता न होते हुए भी एक साथ मार्च करती है। ऐसे सिद्धांतकारों का तर्क है कि औपचारिक समन्वयकारी संस्थाओं की ग़ैर-मौजूदगी के कारण ही नियोलिबरल आर्थिक सिद्धांत के ख़िलाफ़ संघर्षरत ताक़तें अपनी राजनीतिक और सांगठनिक अस्मिता खोने के ख़तरे का सामने किये बिना एक मंच पर आने के लिए तैयार हो पाती हैं। उनके बीच में सूचनाओं और साहित्य का आदान-प्रदान करने की सुविधा सूचना प्रौद्योगिकी के कारण उपलब्ध हो जाती है। आंदोलनकारी ख़ुद को अस्थाई तौर पर साझी प्रकृति के 'एफ़िनिटी समूहों' में संगठित कर लेते हैं। इन समूहों में किसी क़िस्म की पदानुक्रम आधारित सांगठनिक व्यवस्था नहीं होती। ये एफ़िनिटी ग्रुप संघर्ष की योजना बनाने वाली बैठकों में अपने प्रतिनिधि भेजते हैं। प्रवर्तन एजेंसियों द्वारा घुसपैठ के अंदेशे को नाकाम करने के लिए राजनीतिक कार्रवाई की योजनाएँ आख़िरी मिनट में ही बनायी जाती हैं।

भूमण्डलीकरण विरोधी संघर्ष ग्लोबल कॉरपोरेट सम्मेलनों और बैठकों को अपना निशाना बनाता है। उसका मक़सद होता है सम्मेलन की जगहों के बाहर बहुत बड़े पैमाने पर लाखों की संख्या में जमा हो कर प्रदर्शन करना और सम्मेलन के भीतर चल रही समझौता वार्ताओं को प्रश्नांकित करते हुए वर्ल्ड मीडिया के ज़रिये दृश्यमानता हासिल करना। हालाँकि इस तरह के प्रदर्शनों से कॉरपोरेट सम्मेलनों की कार्यवाही में कोई वास्तविक विघ्न तो नहीं पड़ता, लेकिन ऐसे हर विरोध प्रदर्शन से भूमण्डलीकरण विरोधी कार्रवाइयों को दुनिया के पैमान पर नयी ऊर्जा मिलती है। हालाँकि इन विरोध प्रदर्शनों का रवैया आम तौर पर लोकतांत्रिक और शांतिपूर्ण होता है, पर जिनेवा, सिएटल और लंदन में बहुराष्ट्रीय निगमों के ख़िलाफ़ प्रदर्शनकारियों का ग़ुस्सा दंगों की शक्ल में भी फूटता देखा गया है। मैकडोनाल्ड और स्टारबक्स रेस्त्राँओं पर हमले किये गये हैं। प्रदर्शन के दौरान पुलिस और क़ानून-व्यवस्था क़ायम करने वाली एजेंसियों से टकराव की नौबत भी आती है।

संघर्ष के तौर-तरीक़ों और रणनीतियों का मुज़ाहिरा सितम्बर, 2000 में आईएमएफ़ और विश्व बैंक के ख़िलाफ़ प्राग में किये जाने वाले प्रदर्शनों की मिसाल से लिया जा सकता है। इस संघर्ष के दौरान प्रदर्शनकारियों ने तीन समूहों में बँट कर तीन दिशाओं से सम्मेलन स्थल की तरफ़ बढ़ना शुरू किया। एक समूह यलो मार्च के नाम से सविनय अवज्ञा के विभिन्न रूपों का इस्तेमाल कर रहा था। दूसरा समूह पिंक-सिल्वर मार्च के रूप में नाच-गाना-नाटक-संगीत-कला आदि का प्रदर्शन करते हुए आगे बढ़ रहा था। तीसरी समूह ब्ल्यू मार्च के रूप में बख़्तर और डण्डाधारी पुलिस से पथराव के ज़रिये टकराव के लिए कमर कसे हुए था। कई प्रदर्शनकारियों ने घायल हो जाने वाले साथियों की मरहमपट्टी के लिए फ़र्स्टएड की ट्रेनिंग भी ले रखी थी। भूमण्डलीकरण विरोधी वकीलों के संगठनों ने गिरफ़्तार होने वाले प्रदर्शनकारियों को क़ानूनी मदद देने का इंतज़ाम कर रखा था। चूँकि प्रदर्शनकारियों को मीडिया पर भरोसा नहीं था, इसलिए उन्होंने अपने स्वतंत्र मीडिया सेंटर भी बना रखे थे।

इस तरह के प्रदर्शनों की शुरुआत 1988 में बर्लिन से हुई जहाँ आईएमएफ़ और विश्व बैंक की सालाना बैठक आयोजित की गयी थी। इसके बाद 1994 में मैड्रिड में इन दोनों संगठनों की पचासवीं वर्षगाँठ के मौक़े पर एक अस्थाई गठजोड़ ने प्रदर्शन आयोजित किये। उनका नारा था : '50 इयर्स इज़ इनफ़'। जिस समय स्पेन के नरेश जुआन कारलोस सम्मेलन के प्रतिनिधियों को सम्बोधित कर रहे थे, उसी समय दो ग्रीनपीस कार्यकर्ता हाल की छत से उन पर नक़ली डॉलरों की बारिश करने लगे जिन पर नारा लिखा था : 'नो डॉलर्स फ़ार ओज़ोन लेयर डिस्ट्रक्शन'। इस कार्रवाई में कई प्रदर्शनकारी गिरफ़्तार करके जेल भेजे गये। इसी तरह 18 जून, 1999 को लंदन, यूजेन, ओरेगाँव और ऐसे ही कई शहरों में भूमण्डलीकरण विरोधी प्रदर्शन आयोजित किये गये। इसे 'कार्निवाल अगेंस्ट कैपिटलिज़म' की संज्ञा दी गयी। इस गोलबंदी को संक्षेप में जे-18 के नाम से भी जाता है। इसी वर्ष तीस नवम्बर को एन-30 नामक गोलबंदी भी हुई। इसमें प्रदर्शनकारियों ने सिएटल, वाशिंगटन में डब्ल्यूटीओ की बैठक में जाने वाले प्रतिनिधियों का रास्ता रोक दिया। इसके कारण कार्यक्रम का उद्घाटन समारोह रद्द कर देना पड़ा। ये प्रदर्शन तीन दिसम्बर तक होते रहे। इस घटनाक्रम के बाद से अब आम तौर पर किसी भी बड़े कॉरपोरेट सम्मेलन के मौक़े पर पुलिस और अन्य एजेंसियाँ भूमण्डलीकरण विरोधी प्रदर्शनकारियों से निबटने के लिए आँसू गैस, लाठियों, रबर और लकड़ी की गोलियों, पानी को तोपों, कुत्तों और घोड़ों से लैस हो कर आती हैं। आंदोलनकारियों को गिरफ़्तार किया जाता है, उन पर मुक़दमे थोपे जाते हैं और कभी-कभी तो नागरिक अधिकारियों द्वारा शहर के चारों तरफ़ दस फुट ऊँची दीवार तक खड़ी कर दी जाती है ताकि केवल सम्मेलन में भाग लेने वाले प्रतिनिधियों, मान्यता प्राप्त पत्रकारों और परिचित नागरिकों को ही भीतर जाने दिया जाए।

भूमण्डलीकरण विरोधी संघर्षों को एक स्थाई फ़ोरम देने का श्रेय विश्व सामाजिक मंच (डब्ल्यूएसएफ़) को जाता है। दावोस में होने वाले भूमण्डलीकरण समर्थक वर्ल्ड इकॉनॉमिक फ़ोरम के मुक़ाबले एक प्रति-फ़ोरम खड़ा करने के मक़सद से संकल्पित किये गये डब्ल्यूएसएफ़ के लिए

2001 में ओडेड ग्रेजयू, फ्रांसिस चीको व्हिटेकर और बर्नार्ड कैसेन ने पहलक़दमी ली। ब्राज़ीलियन वर्कर्स पार्टी और पोर्टो अलेगरो की शहर कौंसिल ने इसका समर्थन किया। पोर्टो अलेगरो में ही पहले विश्व सामाजिक मंच का सफल आयोजन हुआ। इसका नारा था 'अनदर वर्ल्ड इज़ पॉसिबिल'। इसके बाद 2002 और 2003 में फिर से पोर्टो अलेगरो में ही इसके आयोजन हुए। इराक़ पर अमेरिकी हमले के ख़िलाफ़ गोलबंदी में इसकी प्रमुख भूमिका रही। 2004 में विश्व सामाजिक मंच का मुम्बई में आयोजित हुआ ताकि एशिया और अफ़्रीका की भागीदारी बढ़ायी जा सके। इसमें क़रीब 75,000 प्रतिनिधियों ने भाग लिया। 2006 में इसका आयोजन तीन शहरों (वेनेज़ुएला के काराकास, माली के बमाको और पाकिस्तान के कराची) में हुआ। 2007 में फ़ोरम नैरोबी (केन्या) में किया गया और 2011 का फ़ोरम डाकार (सेनेगल) में प्रस्तावित है।

धीरे-धीरे विश्व सामाजिक मंच एक ऐसा मिलन स्थल बनता जा रहा है जहाँ नियोलिबरल भूमण्डलीकरण के ख़िलाफ़ संघर्षरत ताक़तें जमा होती हैं, आपस में अनुभवों का आदान-प्रदान करती हैं और एक-दूसरे से सीखती हैं। 2002 से ही यूरोप के पैमाने पर भी अलग से सोशल फ़ोरम (पेरिस, लंदन, एथेंस, मालमो) आयोजित किये जा रहे हैं।

देखें : अंतर्राष्ट्रीय मुद्रा कोष, ढाँचागत समायोजन कार्यक्रम, पेटेंट, ब्रेटन वुड्स प्रणाली, बौद्धिक सम्पदा अधिकार, भूमण्डलीकरण : भारतीय अर्थव्यवस्था का, भारत में पेटेंट क़ानून, भारत में बहुराष्ट्रीय निगम, भारत में शेयर संस्कृति, भूमण्डलीकरण, भूमण्डलीकरण का इतिहास-1 और 2, भूमण्डलीकरण और पूँजी बाज़ार, भूमण्डलीकरण और लोकतंत्र, भूमण्डलीकरण और राज्य, भूमण्डलीकरण और राष्ट्रीय सम्प्रभुता, भूमण्डलीकरण और वित्तीय पूँजी, भूमण्डलीकरण और वित्तीय उपकरण, भूमण्डलीकरण के आलोचक, विश्व बैंक, विश्व व्यापार संगठन।

संदर्भ

1. जॉन होलोवे (2002), *चेंज द वर्ल्ड विदआउट टेकिंग पॉवर : द मीनिंग ऑफ़ रेवोल्यूशन टु डे*, प्लूटो प्रेस, न्यूयॉर्क.
2. नोट्स फ्रॉम नोव्हेयर (2003), *वी आर एवरीव्हेयर : द इररेजिस्टिबिल राइज़ ऑफ़ ग्लोबल एंटी-कैपिटलिज़म*, वरसो बुक्स, लंदन.
3. जेफ़री एस. जूरिस (2998), *नेटवर्किंग फ़्यूचर्स : द मूवमेंट अगेंस्ट कॉरपोरेट ग्लोबलाइज़ेशन*, ड्यूक युनिवर्सिटी प्रेस, डरहम.

— अभय कुमार दुबे

भौतिकवाद

(Materialism)

इस जगत का कारण क्या है : अस्तित्व या चेतना? भौतिकवाद इस प्रश्न का उत्तर अस्तित्व यानी पदार्थ के पक्ष में देते हुए दावा करता है कि यथार्थ की रचना भौतिक वस्तुओं और उनके विभिन्न संयोगों से होती है। भौतिकवाद एक प्राचीन दर्शन है और उसकी कई क़िस्में प्रचलित हैं। हालाँकि उसके अपेक्षाकृत नरम संस्करण भौतिक के साथ-साथ मानसिक आयाम को भी दूसरे दर्जे की अहमियत देते हैं, लेकिन कुल मिला कर पदार्थ को सर्वोच्च महत्त्व देने के कारण भौतिकवाद एक तरफ़ प्राकृतिक विज्ञानों से घनिष्ठ संबंध रखता है, और दूसरी ओर किसी भी तरह की आध्यात्मिक और अलौकिक शक्ति का अस्तित्व सख़्ती से नकारता है। प्राचीन भौतिकवादी दार्शनक डेमॉक्रिटस की मान्यता थी कि इस जगत की रचना अनगनित परमाणुओं के मिलन से हुई है। ये परमाणु जब मिलते हैं तो निर्माण होता है, और अलग-अलग होने पर विनाश होता है। एम्पेडोक्लिस ने जीव-जगत की भौतिकवादी व्याख्या करते हुए उसे पृथ्वी, हवा, आग और पानी के चार तत्त्वों के मिल कर बनी रचना बताया। एपीक्यूरस के दर्शन ने भौतिकवाद को धर्म-विरोधी आयाम दिया। उन्होंने भौतिक यथार्थ पर आधारित और अंध-आस्थाओं का विरोध करने वाले नीतिशास्त्र की वकालत की। एपीक्युरस का कहना था कि चूँकि इस भौतिक जगत से परे कुछ नहीं है, इसलिए मनुष्य को अपना जीवन ज़्यादा से ज़्यादा सुखमय बनाने का प्रयास करना चाहिए। प्राचीन भारत में चार्वाकों की दार्शनिक परम्परा भी इसी से मिलते-जुलते भौतिकवाद का प्रतिपादन करती है।

मध्य-युग में ईसाई दार्शनिक सेंट ऑगस्टाइन के साथ-साथ अरस्तू के विमर्श से ईसाई चिंतन का जोड़ बैठाने वाले सेंट थॉमस एक्विना के प्रभाव ने भौतिकवाद की दावेदारियों को पीछे धकेल दिया। सत्रहवीं सदी में भौतिकवाद का उभार एक बार फिर थॉमस हॉब्स के विमर्श में हआ। हालाँकि हॉब्स 'सर्वोच्च अस्तित्व' में विश्वास करते थे, पर उनकी यह अवधारणा ईश्वर की ईसाई अवधारणा से बहुत अलग थी। उन्होंने न्यूटन और गैलीलियो की वैज्ञानिक धारणाओं के आधार पर अपने राजनीतिक सिद्धांत की भित्ति खड़ी की। हॉब्स ने देकार्त द्वारा प्रतिपादित काया और मस्तिष्क के द्वैत का खण्डन करते हुए विशुद्ध भौतिकवाद की पेशकश की।

अट्ठारहवीं और उन्नीसवीं सदी के दौरान प्राकृतिक विज्ञानों द्वारा की गयी व्याख्याओं के साथ-साथ डार्विन के

सिद्धांत की ऐतिहासिक कामयाबी ने भौतिकवाद की दावेदारियों को और पुष्ट किया। विज्ञान के बौद्धिक वर्चस्व को ख़ारिज करना किसी भी दार्शनिक प्रतिपादन के लिए उत्तरोत्तर मुश्किल होता चला गया। ह्यूम, लॉक और कांट जैसे चिंतक सीधे-सीधे भौतिकवादी दार्शनिक परम्परा के अंग नहीं थे, लेकिन उनका विमर्श भी विज्ञान-प्रदत्त कार्य-कारण संबंध के सामने भौतिकवादियों की ही तरह सिर झुकाता है। हीगेल को आधुनिक भाववाद का पितामह माना जाता है, पर उनके विमर्श में भौतिकवाद की परिष्कृत व्याख्या मिलती है। वे उसे यथार्थ की द्वंद्वात्मक समझ बनाने की प्रक्रिया के दौरान एक महत्त्वपूर्ण पक्ष के तौर पर ग्रहण करते हैं।

मार्क्स और एंगेल्स के चिंतन में ऐतिहासिक भौतिकवाद और द्वंद्वात्मक भौतिकवाद का सूत्रीकरण किया गया है। लुडविग फ़ायरबाख़ पर लिखी हुई थीसिस में मार्क्स द्वारा भौतिकवाद की सर्वश्रेष्ठ व्याख्या मिलती है। इसी प्रक्रिया में वे दर्शन के सूत्रों को मानवीय व्यवहार और आचरण के साथ जोड़ते हुए कहते हैं कि सत्य केवल सिद्धांत संबंधी ऊहापोह नहीं है, बल्कि एक व्यावहारिक प्रश्न है। उसकी खोज दार्शनिकों द्वारा तरह-तरह से की गयी इस जगत की व्याख्याओं से ही नहीं हो सकती, वह दुनिया बदलने के लिए की गयी गतिविधियों के दौरान हासिल होता है। बीसवीं सदी में लेनिन ने मार्क्स के नक़्शे-क़दम पर चलते हुए भौतिकवाद को समाजवादी प्रतिबद्धता के साथ जोड़ दिया। 1909 में प्रकाशित अपनी रचना *मैटीरियलिज़्म ऐंड एम्पीरियो-क्रिटिसज़्म* में उन्होंने भाववाद के सभी रूपों की कड़ी आलोचना करते हुए चेतना के ऊपर पदार्थ की सत्ता स्थापित करने के लिए दलीलें दीं। लेनिन के अतिरिक्त ग्योर्गी लूकाच और लुई अलथुसे ने भी मार्क्सवाद की भौतिकवादी विचार परम्परा को समृद्ध किया है।

मार्क्सवाद के गर्भ से सांस्कृतिक भौतिकवाद का भी जन्म हुआ है। सत्तर और अस्सी के दशक में कला और साहित्य के क्षेत्र को प्रभावित करने वाली इस धारणा के प्रमुख व्याख्याता रेमण्ड विलियम्स हैं। विलियम्स का कहना है कि रहस्यवाद और भाववाद का खण्डन करने के कारण भौतिकवाद रैडिकल राजनीतिक परियोजनाओं के साथ जुड़ गया है, लेकिन उसे अपने सहजात रूप में रैडिकल नहीं माना जा सकता। वह 'जड़ हो चुके भौतिक नियमों' की भींच में फँसने के ख़तरे से ग्रस्त है। विलियम्स की थियरी मानवीय अस्मिता की रचना में महज़ भौतिक उत्पादन की परिवर्तनकामी क्षमता पर ही यक़ीन करते रहने के बजाय सांस्कृतिक प्रक्रियाओं की संस्थागत शक्ति को भी महत्त्व देने के पक्ष में है।

बीसवीं सदी में सार्वभौम सत्य के वाहक के तौर पर प्राकृतिक विज्ञानों की प्रतिष्ठा बढ़ने से साथ ही भौतिकवाद की ग़ैर-मार्क्सवादी व्याख्याएँ सामने आयीं। धर्मशास्त्र और तत्त्वमीमांसा को भौतिकवाद की तरफ़ से आड़े हाथों लेने का मोर्चा प्रत्यक्षवाद की तर्कपरक शाखा ने सम्भाला। बर्ट्रेंड रसेल और विट्गेंस्टाइन के शुरुआती विमर्श पर इसकी छाप दिखाई देती है। इन लोगों ने इंद्रियानुभववाद को आधुनिक तर्कशास्त्र और गणित की रोशनी में नयी शक्ल-सूरत देने का प्रयास किया। इन विचारकों का कहना था कि किसी भी वक्तव्य के तात्पर्य को स्पष्ट करना दार्शनिक का प्रमुख सरोकार होना चाहिए। इसलिए जब तक किसी दावेदारी की इंद्रियानुभव द्वारा पुष्टि न हो जाए तब तक उसकी किसी भी तत्त्वमीमांसक व्याख्या को निरर्थक ही मानना चाहिए। विट्गेंस्टाइन चूँकि भाषा को सामाजिक और पार्थिव मानते थे इसलिए उनके कई अध्येता उन्हें भौतिकवाद के नज़दीक मानते हैं।

ग़ैर-मार्क्सवादी भौतिकवादी चिंतन की श्रेणी में ज़िग्मण्ड फ्रॉयड का विमर्श भी आता है। मानस और जगत की किसी भी तत्त्वमीमांसक व्याख्या की उपेक्षा करते हुए फ्रॉयड ने मनोविश्लेषण संबंधी कार्य-कारण की स्थापना भौतिक परिस्थितियों के तहत ही की है। आधुनिक साहित्यिक और सांस्कृतिक सिद्धांतशास्त्र का भौतिकवाद काफ़ी-कुछ मार्क्सवादी और फ्रॉयडवादी अंतर्दृष्टियों से अनुप्राणित है। इसी तरह नारीवादी आलोचना भी जेंडर-संबंधों की व्याख्या भौतिक स्थितियों की ज़मीन पर ही करना पसंद करती है। विखण्डनवाद के संस्थापक ज़ाक देरिदा भी पश्चिमी तत्त्वमीमांसा की आलोचना करते हुए अनुभवातीत चिंतन को ख़ारिज कर देते हैं, क्योंकि उसके कारण विभेद का विचार अवकरण का शिकार हो जाता है।

देखें : अस्तित्ववाद, आत्मनिष्ठता-वस्तुनिष्ठता, इयत्ता, इमैनुएल कांट, इंद्रियानुभववाद, ईसैया बर्लिन, उत्तर-आधुनिकतावाद, उत्तर-औपनिवेशिकता, उदारतावाद, कल्पित समुदाय, ग्योर्ग विल्हेल्म फ्रेड्रिख़ हीगेल, घटनाक्रियाशास्त्र और एडमण्ड हसर, चेतना, जॉन लॉक, ज़ाक लकाँ, ज्याँ-फ्रांस्वा ल्योतर, ज्याँ-पॉल सार्त्र, ज़ाक देरिदा, जॉर्ज विल्हेल्म फ्रीड्रिख़ हीगेल, तत्त्वमीमांसा और अस्तित्वमीमांसा, तात्त्विकतावाद, थियोडोर लुडविग वीज़ेनग्रंड एडोर्नो, द्वैतवाद, नवउदारतावाद, परिणामवाद, फ्रांसिस बेकन, फ्रेड्रिख़ नीत्शे-1 और 2, बुद्धिवाद, भाववाद, मनोविश्लेषण, मिशेल पॉल फ़ूको-1 और 2, यथार्थवाद, युरोपीय पुनर्जागरण, युरगन हैबरमास, युरोपीय ज्ञानोदय, रेने देकार्त, लुई अलथुसे, संत ऑगस्टीन, सोरेन आबी कीर्केगार्द, संरचनावाद और उत्तर-संरचनावाद, हरबर्ट स्पेंसर, ज्ञानमीमांसा, ज्ञान का समाजशास्त्र।

संदर्भ

1. एफ़.ए. लांगे (1974), *द हिस्ट्री ऑफ़ मैटीरियलिज़्म,* अनु. ई.सी. थॉमस, एर्नो प्रेस, न्यूयॉर्क.
2. बर्ट्रेंड रसेल (1949), *इज़ मैटीरियलिज़्म बैंकरप्ट? माइंड ऐंड मैटर इन मॉडर्न साइंस,* हैल्डमेन-जूलियस पब्लिकेशंस, जिराई,

केए.
3. एलन सिनफ़ील्ड (1992), *फ़ॉल्टलाइंस : कल्चरल मैटीरियलिज़म ऐंड द पॉलिटिक्स ऑफ़ डिसिडेंट रीडिंग्ज़,* ऑक्सफ़र्ड युनिवर्सिटी प्रेस, ऑक्सफ़र्ड.
4. रेमण्ड विलियम्स (1980), *प्रॉब्लम्स ऑफ़ मैटीरियलियज़म ऐंड कल्चर : सिलेक्टिड एसेज़,* वरसो, लंदन.

— अभय कुमार दुबे

भ्रष्टाचार-1

परिभाषा और विमर्श

(Corruption-1)

आम तौर पर सरकारी सत्ता और संसाधनों के निजी फ़ायदे के लिए किये जाने वाले बेजा इस्तेमाल को भ्रष्टाचार की संज्ञा दी जाती है। एक दूसरी और अधिक व्यापक परिभाषा यह है कि निजी या सार्वजनिक जीवन के किसी भी स्थापित और स्वीकार्य मानक का चोरी-छिपे उल्लंघन भ्रष्टाचार है। लेकिन भ्रष्टाचार की परिभाषा इतनी सीधी, सरल और एकांगी नहीं है। सरकारी दायरा निजी जीवन, सामाजिक-सामुदायिक प्रक्रियाओं और उद्योग-व्यापार जगत के साथ घुला-मिला रहता है जिसके कारण यह परिभाषा नाकाफ़ी हो जाती है। स्थापित और स्वीकार्य समझे जाने वाले मानकों पर प्रश्न-चिह्न लगते रहते हैं। यह पूछा जाता रहता है कि क्या केवल रिश्वत लेना या अवैध कमीशन ख़ाना ही भ्रष्टाचार है, जातिगत, नस्लगत, लैंगिक और सेक्शुअल भेदभाव करना भ्रष्टाचार की श्रेणी में नहीं आता? विभिन्न मानकों और देशकाल के हिसाब से भी इसमें तब्दीलियाँ होती रहती हैं। मसलन, भारत में रक्षा सौदों में कमीशन ख़ाना अवैध है इसलिए इसे भ्रष्टाचार और राष्ट्र-विरोधी कृत्य मान कर घोटाले की संज्ञा दी जाती है। लेकिन दुनिया के कई विकसित देशों में यह एक जायज़ व्यापारिक कार्रवाई है। संस्कृतियों के बीच अंतर ने भी भ्रष्टाचार के प्रश्न को पेचीदा बनाया है। उन्नीसवीं सदी के दौरान भारत पर औपनिवेशिक शासन थोपने वाले अंग्रेज़ अपनी विक्टोरियाई नैतिकता के आईने में भारतीय यौन-व्यवहार को दुराचरण के रूप में देखते थे। जबकि बीसवीं सदी के उत्तरार्ध का भारत किसी भी युरोपवासी की निगाह में यौनिक-शुद्धतावाद का शिकार माना जा सकता है।

भ्रष्टाचार का मुद्दा एक ऐसा राजनीतिक प्रश्न है जिसके कारण कई बार न केवल सरकारें बदल जाती हैं। बल्कि यह बहुत बड़े-बड़े ऐतिहासिक परिवर्तनों का वाहक भी रहा है। रोमन कैथलिक चर्च द्वारा अनुग्रह के बदले शुल्क लेने की प्रथा को मार्टिन लूथर द्वारा भ्रष्टाचार की संज्ञा दी गयी थी। इसके ख़िलाफ़ किये गये धार्मिक संघर्ष से ईसाई धर्म-सुधार निकले। परिणामस्वरूप प्रोटेस्टेंट मत का जन्म हुआ। इस ऐतिहासिक परिवर्तन से सेकुलरवाद के सूत्रीकरण का आधार तैयार हुआ।

समाज-वैज्ञानिक विमर्श में भ्रष्टाचार से संबंधित समझ के बारे में कोई एकता नहीं है। पूँजीवाद विरोधी नज़रिया रखने वाले विद्वानों की मान्यता है कि बाज़ार आधारित व्यवस्थाएँ 'ग्रीड इज़ गुड' के उसूल पर चलती हैं, इसलिए उनके तहत भ्रष्टाचार में बढ़ोतरी होनी लाज़मी है। दूसरी तरफ़ खुले समाज की वकालत करने वाले और मार्क्सवाद विरोधी बुद्धिजीवी सर्वहारा की तानाशाही वाली व्यवस्थाओं में कम्युनिस्ट पार्टी के अधिकारियों द्वारा बड़े पैमाने पर राज्य के संसाधनों के दुरुपयोग और आम जनता के साधारण जीवन की क़ीमत पर ख़ुद के लिए आरामतलब ज़िंदगी की गारंटी करने की तरफ़ इशारा करते हैं।

भ्रष्टाचार की दूसरी समझ राज्य की संस्था द्वारा लोगों की आर्थिक गतिविधियों में हस्तक्षेप की मात्रा और दायरे पर निर्भर करती है। बहुत अधिक टैक्स वसूलने वाले निज़ाम के तहत कर-चोरी को सामाजिक जीवन की एक मजबूरी की तरह लिया जाता है। इससे एक सिद्धांत यह निकलता है कि जितने कम क़ानून और नियंत्रण होंगे, भ्रष्टाचार की ज़रूरत उतनी ही कम होगी। इस दृष्टिकोण के पक्ष पूर्व सोवियत संघ और चीन समते समाजवादी देशों का उदाहरण दिया जाता है जहाँ राज्य की संस्था के सर्वव्यापी होने के बावजूद बहुत बड़ी मात्रा में भ्रष्टाचार की मौजूदगी रहती है। 'ज़्यादा नियंत्रण-ज़्यादा भ्रष्टाचार' के समीकरण को सही ठहराने के लिए तीस के दशक के अमेरिका में की गयी शराब-बंदी का उदाहरण भी दिया जाता है जिसके कारण संगठित और आर्थिक भ्रष्टाचार में अभूतपूर्व उछाल आ गया था।

साठ और सत्तर के दशक में कुछ विद्वानों ने अविकसित देशों के आर्थिक विकास के लिए एक सीमा तक भ्रष्टाचार और काले धन की मौजूदगी को उचित क़रार दिया था। अर्नोल्ड जे. हीदनहाइमर जैसे सिद्धांतकारों का कहना था कि परम्पराबद्ध और सामाजिक रूप से स्थिर समाजों को भ्रष्टाचार की समस्या का कम ही सामना करना पड़ता है। लेकिन तेज़ रफ़्तार से होने वाले उद्योगीकरण और आबादी की आवाजाही के कारण समाज स्थापित मानकों और मूल्यों को छोड़ते चले जाते हैं। परिणामस्वरूप बड़े पैमाने पर भ्रष्टाचार की परिघटना पैदा होती है। सत्तर के दशक में हीदनहाइमर की यह सिद्धांत ख़ासा प्रचलित था। भ्रष्टाचार विरोधी नीतियों और कार्यक्रमों की वकालत करने के बजाय हीदनहाइमर ने निष्कर्ष निकाला था कि जैसे-जैसे समाज में

समृद्धि बढ़ती जाएगी, मध्यवर्ग की प्रतिष्ठा में वृद्धि होगी और शहरी सभ्यता व जीवन-शैली का विकास होगा, इस समस्या पर अपने आप क़ाबू होता चला जाएगा। लेकिन सत्तर के दशक में ही युरोप और अमेरिका में बड़े-बड़े राजनीतिक और आर्थिक घोटालों का पर्दाफ़ाश हुआ। इनमें अमेरिका का वाटरगेट स्कैंडल और ब्रिटेन का पौलसन एफ़ेयर प्रमुख था। इन घोटालों ने मध्यवर्गीय नागरिक गुणों के विकास में यक़ीन रखने वाले हीदनहाइमर के इस सिद्धांत के अतिआशावाद की हवा निकाल दी।

साठ के दशक के दौरान ही कुछ अन्य विद्वानों ने भी हीदनहाइमर की तर्ज़ पर तर्क दिया था कि भ्रष्टाचार की समस्या की नैतिक व्याख्याएँ करने से कुछ हासिल होने वाला नहीं है। इनमें सेमुअल हंटिंग्टन प्रमुख थे। इन समाज-वैज्ञानिकों की मान्यता थी कि भ्रष्टाचार हर परिस्थिति में नुक़सानदेह नहीं होता। विकासशील देशों में वह मशीन में तेल की भूमिका निभाता है और लोगों के हाथ में ख़र्च करने लायक पैसा आने से उपभोक्ता क्रांति को गति मिलती है। लेकिन अफ़्रीका में भ्रष्टाचार के ऊपर विश्व बैंक द्वारा 1969 में जारी रपट ने इस धारणा को धक्का पहुँचाया। इस रपट के बाद भ्रष्टाचार को एक अनिवार्य बुराई और आर्थिक विकास में बाधक के तौर पर देखा जाने लगा। विश्व बैंक भ्रष्टाचार के ख़िलाफ़ मुहिम चलाने में जुट गया। इस विमर्श का एक परिणाम यह भी निकला कि समाज-वैज्ञानिक अपेक्षाकृत कम विकसित देशों में भ्रष्टाचार की समस्या के प्रति ज़्यादा दिलचस्पी दिखाने लगे। विकसित देशों में भ्रष्टाचार की समस्या काफ़ी-कुछ नज़रअंदाज़ की जाने लगी।

यह दृष्टिकोण भूमण्डलीकरण के दौर में और प्रबल हुआ। उधार देने वाली अंतर्राष्ट्रीय वित्तीय संस्थाओं, उन पर हावी विकसित देशों और बड़े-बड़े कॉरपोरेशनों ने यह गारंटी करने की कोशिश की कि उनके द्वारा दी जाने वाली मदद का सही-सही इस्तेमाल हो। इसका परिणाम 1993 में ट्रांसपेरेंसी इंटरनैशनल की स्थापना में निकला जिसमें विश्व बैंक के कई पूर्व अधिकारी सक्रिय थे। इसके बाद सर्वेक्षण और आँकड़ों के ज़रिये भ्रष्टाचार का तुलनात्मक अध्ययन शुरू हो गया। लेकिन इन प्रयासों के परिणाम किसी भी तरह से संतोषजनक नहीं माने जा सकते। 2007 में डेनियल ट्रीज़मैन ने 'व्हाट हैव वी लर्न्ड अबाउट द काज़िज़ ऑफ़ करप्शन फ्रॉम टेन इयर्स ऑफ़ क्रॉस नैशनल इम्पिरिकल रिसर्च?' लिख कर नतीजा निकला है कि परिपक्व उदारतावादी लोकतंत्र और बाज़ारोन्मुख समाज अपेक्षाकृत कम भ्रष्ट हैं। उनके उलट तेल निर्यात करने वाले देश, अधिक नियंत्रणकारी क़ानून बनाने वाले और मुद्रास्फीति को क़ाबू में न करने वाले देश कहीं अधिक भ्रष्ट हैं।

ज़ाहिर है कि ये निष्कर्ष किसी भी कोण से नये नहीं हैं। हाल ही में जिन देशों में आर्थिक घोटालों का पर्दाफ़ाश हुआ है उनमें छोटे-बड़े और विकसित-अविकसित यानी हर तरह के देश (चीन, जापान, स्पेन, मैक्सिको, भारत, चीन, ब्रिटेन, ब्राज़ील, सूरीनाम, दक्षिण कोरिया, वेनेज़ुएला, पाकिस्तान, एंटीगा, बरमूडा, क्रोएशिया, इक्वेडोर, चेक गणराज्य, वग़ैरह) हैं। भ्रष्टाचार को सुविधाजनक और हानिकारक मानने के इन परस्पर विरोधी नज़रियों से परे हट कर अगर देखा जाए तो अभी तक आर्थिक वृद्धि के साथ उसके किसी सीधे संबंध का सूत्रीकरण नहीं हो पाया है। उदाहरणार्थ, एशिया के दो देशों, दक्षिण कोरिया और फ़िलीपींस, में भ्रष्टाचार के सूचकांक बहुत ऊँचे हैं। लेकिन, कोरिया में आर्थिक वृद्धि की दर ख़ासी है, जबकि फ़िलीपींस में नीची।

भ्रष्टाचार की समस्या से निबटने के लिए आम तौर पर जिन उपायों की तजवीज़ की जाती है, उन्हें इस तरह देखा जा सकता है : भ्रष्टाचार विरोधी कड़े क़ानून बनाने और संस्थागत उपाय (जैसे, भारत में लोकपाल और लोकायुक्त बनाने के लिए चलाई जाने वाली मुहिम, अमेरिका में फ़ॉरेन करप्ट प्रेक्टिसिस एक्ट बना कर अंतर्राष्ट्रीय स्तर पर रिश्वतखोरी को ग़ैरक़ानूनी क़रार देना, हांगकांग में इंडिपेंडेंट कमीशन अगेंस्ट करप्शन), अंतर्राष्ट्रीय स्तर पर भ्रष्टाचार विरोधी नियम-क़ानून और संस्थाओं का निर्माण, ट्रांसपेरेंसी इंटरनैशनल जैसी ग़ैर-सरकारी संस्थाओं द्वारा चलाई जाने वाली मुहिमें, एकाउंटिंग विधियों में सुधार, सरकारी ठेके देने आबंटित करने की प्रक्रियाओं को उत्तरोत्तर पारदर्शी बनाना, संगठित अपराध का मुक़ाबला करने के लिए राष्ट्रीय और अंतर्राष्ट्रीय स्तर पर बेहतर प्रयास, अधिकारियों को बेहतर वेतन देना ताकि उन्हें भ्रष्टाचार करने की ज़रूरत ही महसूस हो, नियंत्रणकारी क़ानूनों को कम से कम करते चले जाना और बाज़ार को हर सम्भव तरीक़े से खोलना, क़ानून लागू करने वाले और प्रवर्तनकारी अधिकारियों को बेहतर प्रशिक्षण देना, अधिकारियों के नैतिक और नीतिगत संस्कारों को स्पर्श देना, मानहानि और अन्य प्रेस संबंधी क़ानूनों को सुधारना ताकि पत्रकार भ्रष्टाचार का ज़्यादा से ज़्यादा पर्दाफ़ाश कर सकें, भ्रष्टाचार के ख़िलाफ़ उचित क़दम न उठा पाने वाली सरकारों को आर्थिक सहायता रोक देने की धमकी देना और काले धन के अंतर्राष्ट्रीय लेन-देन और हवाला इत्यादि पर रोक लगाने के उपाय। इनके अलावा राजनीतिक दलों के संचालन और चुनाव लड़ने के लिए वैध कोष और अनुदान की व्यवस्था करने को भी एक महत्त्वपूर्ण उपाय की तरह चिह्नित किया गया है ताकि अवैध स्रोतों से धन उगाहने की प्रवृत्ति को हतोत्साहित किया जा सके।

देखें : भ्रष्टाचार का समाजशास्त्रीय परिप्रेक्ष्य-1 और 2.

संदर्भ

1. प्रणव वर्धन (1997), 'करप्शन ऐंड डिवेलपमेंट : अ रिव्यू ऑफ़ इशूज़', *जरनल ऑफ़ इकॉनॉमिक लिटरेचर 35*.
2. एम. रोबिंसन (सम्पा.) (1998), *करप्शन ऐंड डिवेलपमेंट*, फ्रैंक कैस, एबिंग्डन, यूके.
3. ए.जे. हीदनहाइमर (सम्पा.) (1970), *पॉलिटिकल करप्शन : रीडिंग्ज़ इन कम्परेटिव एनालैसिस*, ट्रांज़ेक्शन, न्यू ब्रंसविक, एनजे.
4. माइकल जांस्टन (2005), *सिड्रॉम्स ऑफ़ करप्शन : वेल्थ, पॉवर, ऐंड डेमोक्रैसी*, केम्ब्रिज युनिवर्सिटी प्रेस, केम्ब्रिज.
5. डैनियल ट्रीज़मान (2007), 'व्हाट हैव वी लर्न्ड अबाउट द काज़िज़ ऑफ़ करप्शन फ्रॉम टेन इयर्स ऑफ़ क्रॉस-नैशनल इम्पिरिकल रिसर्च?', *एनुअल रिव्यू ऑफ़ पॉलिटिकल साइंस 10*.

— अभय कुमार दुबे

भ्रष्टाचार-2

राजनीतिक और प्रशासनिक

(Corruption-2)

भ्रष्टाचार की कई क़िस्में और डिग्रियाँ हो सकती हैं, लेकिन समझा जाता है कि राजनीतिक और प्रशासनिक भ्रष्टाचार समाज और व्यवस्था को सबसे ज़्यादा प्रभावित करता है। अगर उसे संयमित न किया जाए तो भ्रष्टाचार मौजूदा और आने वाली पीढ़ियों के मानस का अंग बन सकता है। मान लिया जाता है कि भ्रष्टाचार ऊपर से नीचे तक सभी को, किसी को कम तो किसी को ज़्यादा, लाभ पहुँचा रहा है। राजनीतिक और प्रशासनिक भ्रष्टाचार एक-दूसरे से अलग न हो कर परस्पर गठजोड़ से पनपते हैं। 2004 की ग्लोबल करप्शन रिपोर्ट के मुताबिक़ इण्डोनेशिया के राष्ट्रपति सुहार्तो, फ़िलीपींस के राष्ट्रपति मार्कोस, ज़ैरे के राष्ट्रपति मोबुतो सेकू, नाइजीरिया के राष्ट्रपति सानी अबाका, सरबिया के राष्ट्रपति मिलोसेविच, हैती के राष्ट्रपति डुवेलियर और पेरू के राष्ट्रपति फ़ुजीमोरी ने सैकड़ों से लेकर अरबों डॉलर की रक़म का भ्रष्टाचार किया।

ये भ्रष्ट नेता बिना नौकरशाही की मदद के सरकारी धन की यह लूट नहीं कर सकते थे। ख़ास बात यह है कि इस भ्रष्टाचार में निजी क्षेत्र और कॉरपोरेट पूँजी की भूमिका भी होती है। बाज़ार की प्रक्रियाओं और शीर्ष राजनीतिक-प्रशासनिक मुक़ामों पर लिए गये निर्णयों के बीच साठगाँठ के बिना यह भ्रष्टाचार इतना बड़ा रूप नहीं ले सकता। आज़ादी के बाद भारत में भी राजनीतिक और प्रशासनिक भ्रष्टाचार की यह परिघटना तेज़ी से पनपी है। एक तरफ़ शक किया जाता है कि बड़े-बड़े राजनेताओं का अवैध धन स्विस बैंकों के ख़ुफ़िया ख़ातों में जमा है, और दूसरी तरफ़ तीसरी श्रेणी के क्लर्कों से लेकर आईएएस अफ़सरों के घरों पर पड़ने वाले छापों से करोड़ों-करोड़ों की सम्पत्ति बरामद हुई है।

राजनीतिक और प्रशासनिक भ्रष्टाचार को ठीक से समझने के लिए अध्येताओं ने उसे दो श्रेणियों में बाँटा है। सरकारी पद पर रहते हुए उसका दुरुपयोग करने के ज़रिये किया गया भ्रष्टाचार और राजनीतिक या प्रशासनिक हैसियत को बनाये रखने के लिए किया जाने वाला भ्रष्टाचार। पहली श्रेणी में निजी क्षेत्र को दिये गये ठेकों और लाइसेंसों के बदले लिया गया कमीशन, हथियारों की ख़रीद-बिक्री में लिया गया कमीशन, फ़र्जीवाड़े और अन्य आर्थिक अपराधों द्वारा जमा की गयी रक़म, टैक्स-चोरी में मदद और प्रोत्साहन से हासिल की गयी रक़म, राजनीतिक रुतबे का इस्तेमाल करके धन की उगाही, सरकारी प्रभाव का इस्तेमाल करके किसी कम्पनी को लाभ पहुँचाने और उसके बदले रक़म वसूलने और फ़ायदे वाली नियुक्तियों के बदले वरिष्ठ नौकरशाहों और नेताओं द्वारा वसूले जाने वाले अवैध धन जैसी गतिविधियाँ पहली श्रेणी में आती हैं। दूसरी श्रेणी में चुनाव लड़ने के लिए पार्टी-फ़ण्ड के नाम पर उगाही जाने वाली रक़में, वोटरों को ख़रीदने की कार्रवाई, बहुमत प्राप्त करने के लिए विधायकों और सांसदों को ख़रीदने में ख़र्च किया जाने वाला धन, संसद-अदालतों, सरकारी संस्थाओ, नागर समाज की संस्थाओं और मीडिया से अपने पक्ष में फ़ैसले लेने या उनका समर्थन प्राप्त करने के लिए ख़र्च किये जाने वाले संसाधन और सरकारी संसाधनों के आबंटन में किया जाने वाला पक्षपात आता है।

राजनीतिक-प्रशासनिक भ्रष्टाचार को समझने के लिए ज़रूरी है कि इन दोनों श्रेणियों के अलावा एक और विभेदीकरण किया जाए। यह है शीर्ष पदों पर होने वाला बड़ा भ्रष्टाचार और निचले मुक़ामों पर होने वाला छोटा-मोटा भ्रष्टाचार। सूज़न रोज़ एकरमैन ने अपनी रचना *करप्शन ऐंड गवर्नमेंट : कॉजिज़, कांसिक्वेसिंज़ ऐंड रिफ़ॉर्म* में शीर्ष पदों पर होने वाले भ्रष्टाचार को 'क्लेप्टोक्रैसी' की संज्ञा दी गयी है। किसी भी तंत्र के शीर्ष पर बैठा कोई बड़ा राजनेता या कोई बड़ा नौकरशाह एक निजी इजारेदार पूँजीपति की तरह आचरण कर सकता है। हालाँकि एकरमैन ने भारत के उदाहरण पर न के बराबर ही ग़ौर किया है, पर भारत में पब्लिक सेक्टर संस्थाओं के मुखिया अफ़सरों को 'सरकारी मुग़लों' की संज्ञा दी जा चुकी है। न्यायाधीशों द्वारा किये जाने वाले न्यायिक भ्रष्टाचार की परिघटना भारत में अभी नयी है लेकिन उसका असर दिखाई देने लगा है। दिल्ली में हुए राष्ट्रमण्डलीय खेलों के आयोजन में हुए भीषण भ्रष्टाचार के पीछे भी नेताओं और अफ़सरों का शीर्ष खेल ही था। टू जी स्पेक्ट्रम के आबंटन में हुए भ्रष्टाचार को भी क्लेप्टोक्रैसी के

ताज़े उदाहरण के तौर पर लिया जा सकता है। निचले स्तर पर होने वाला भ्रष्टाचार 'स्पीड मनी' या 'सुविधा शुल्क' के तौर पर जाना जाता है। थाना स्तर के पुलिस अधिकारी, बिक्री कर या आय कर अधिकारी, सीमा और उत्पाद-शुल्क अधिकारी और विभिन्न क़िस्म के इंस्पैक्टर इस तरह के भ्रष्टाचार से लाभांवित होते हैं। इसी तरह ज़िला स्तर पर दिये जाने वाले ठेकों के आबंटन में पूरे ज़िला प्रशासन में कमीशन की रक़म का बँटना एक आम बात है।

यहाँ इन दोनों तरह के भ्रष्टाचारों के मूल्यांकन संबंधी विवाद का ज़िक्र करना ज़रूरी है। सार्वजनिक जीवन में अक्सर यह बहस होती रहती है कि क्लेप्टोक्रैसी ज़्यादा बड़ी समस्या है, या फिर सुविधा शुल्क? समाज शीर्ष पदों पर होने वाले भ्रष्टाचार से अधिक प्रभावित होता है, या निचले स्तर पर होने वाले अपेक्षाकृत छोटे भ्रष्टाचार से? इस बहस के पीछे एक विमर्श है जो क्लेप्टोक्रैसी से जुड़ा हुआ है। सत्तर और अस्सी के दशकों में देखा यह गया था कि कई बार शीर्ष पर बैठे हुए क्लेप्टोक्रैटिक शासक या अफ़सर निचले स्तर पर होने वाले भ्रष्टाचार को नापसंद करते हैं। उन्हें लगता था कि इस छुटभैये भ्रष्टाचार से व्यवस्था बदनाम होती है, और अवैध लाभ उठाने की ख़ुद उनकी क्षमता घट जाती है। इस दृष्टिकोण में निचले स्तर का भ्रष्टाचार प्रशासनिक अक्षमता का द्योतक था।

यह सही है कि छोटे स्तर का भ्रष्टाचार रिश्वतखोरी को पूरे समाज में विकेंद्रित कर देता है। एकरमैन ने भी अपनी रचना में इस पहलू की शिनाख़्त की है। भारत में इसके सामाजिक प्रभाव का एक उदाहरण विवाह के बाज़ार में लाभ के पदों पर बैठे वरों की ऊँची दहेज-दरों के रूप में देखा जा सकता है। लेकिन दूसरी तरफ़ भारतीय उदाहरण ही यह बताता है कि भ्रष्टाचार का यह रूप न केवल शीर्ष पदों पर होने वाली कमीशनखोरी, दलाली और उगाही से जुड़ता है, बल्कि दोनों एक-दूसरे को पानी देते हैं। पिछले बीस वर्षों से भारतीय लोकतंत्र में राज्य सरकारों के स्तर पर सत्तारूढ़ निज़ाम द्वारा अगला चुनाव लड़ने के लिए नौकरशाही के ज़रिये नियोजित उगाही करने की प्रौद्योगिकी लगभग स्थापित हो चुकी है। इस प्रक्रिया ने क्लेप्टोक्रैसी और सुविधा शुल्क के बीच का फ़र्क़ काफ़ी हद तक कम कर दिया है।

भारत जैसे संसदीय लोकतंत्र में चुनाव लड़ने और उसमें जीतने-हारने की प्रक्रिया अवैध धन के इस्तेमाल और उसके परिणामस्वरूप भ्रष्टाचार का प्रमुख स्रोत बनी हुई है। यह समस्या अर्थव्यवस्था पर सरकारी नियंत्रण के दिनों में भी थी, लेकिन बाज़ारोन्मुख व्यवस्था के ज़माने में इसने पहले से कहीं ज़्यादा भीषण रूप ग्रहण कर लिया है। एक तरफ़ चुनावों की संख्या और बारम्बारता बढ़ रही है, दूसरी तरफ़ राजनेताओं को चुनाव लड़ने और पार्टियाँ चलाने के लिए धन की ज़रूरत। नौकरशाही का इस्तेमाल करके धन उगाहने के साथ-साथ राजनीतिक दल निजी स्रोतों से बड़े पैमाने पर ख़ुफ़िया अनुदान प्राप्त करते हैं। यह काला धन होता है। बदले में नेतागण उन्हीं आर्थिक हितों की सेवा करने का वचन देते हैं। निजी पूँजी न केवल उन नेताओं और राजनीतिक पार्टियों की आर्थिक मदद करती है जिनके सत्ता में आने की सम्भावना है, बल्कि वह चालाकी से हाशिये पर पड़ी राजनीतिक ताक़तों को भी पटाये रखना चाहती है ताकि मौक़ा आने पर उनका इस्तेमाल कर सके। राजनीतिक भ्रष्टाचार के इस पहलू का एक इससे भी ज़्यादा अँधेरा पक्ष है। एक तरफ़ संगठित अपराध जगत द्वारा चुनाव प्रक्रिया में धन का निवेश, और दूसरी तरफ़ स्वयं माफ़िया सरदारों द्वारा पार्टियों के उम्मीदवार बन कर चुनाव जीतने की कोशिश करना। इस पहलू को राजनीति के अपराधीकरण के रूप में भी देखा जाता है।

चुनाव प्रणालियों का भ्रष्टाचार की समस्या के आईने में तुलनात्मक अध्ययन भी किया गया है। कई विद्वानों ने एक अध्ययन में दिखाया है कि आनुपातिक प्रतिनिधित्व (जैसे अमेरिकी चुनावी प्रणाली) फ़र्स्ट-पास्ट-दि-पोस्ट (जैसे भारतीय चुनावी प्रणाली) के मुक़ाबले राजनीतिक भ्रष्टाचार के अंदेशों से ज़्यादा ग्रस्त होती है। इसके पीछे तर्क दिया गया है कि आनुपातिक प्रतिनिधित्व के माध्यम से सांसद या विधायक चुनने वाली प्रणाली बहुत अधिक ताक़तवर राजनीतिक दलों को प्रोत्साहन देती है। इन पार्टियों के नेता राष्ट्रपति के साथ, जिसके पास इस तरह की प्रणालियों में काफ़ी कार्यकारी अधिकार होते हैं, भ्रष्ट क़िस्म की सौदेबाज़ियाँ कर सकते हैं।

इस विमर्श का दूसरा पक्ष यह मान कर चलता है कि अगर वोटरों को नेताओं के भ्रष्टाचार का पता लग गया तो वे अगले चुनाव में उन्हें सज़ा देंगे और ईमानदार प्रतिनिधियों को चुनेंगे। लेकिन, ऐसा हमेशा नहीं होता। अक्सर वोटरों के सामने एक तरफ़ सत्तारूढ़ भ्रष्ट और दूसरी तरफ़ विपक्ष में बैठे संदिग्ध चरित्र के नेता के बीच चुनाव करने का विकल्प होता है। एक अध्ययन में तथ्यगत विश्लेषण करके यह भी दिखाया गया है कि फ़ायदे के पदों से होने वाली कमायी, विपक्ष की कमज़ोरी और पूँजी की शक्तियों के बीच गठजोड़ के कारण सार्वजनिक जीवन में एक ऐसा ढाँचा बनता है जिससे राजनीतिक क्षेत्र को भ्रष्टाचार से मुक्त करना तक़रीबन असम्भव लगने लगता है।

बीसवीं सदी के आख़िरी दशक में राजनीतिक-प्रशासनिक भ्रष्टाचार को नापने के भी कुछ संस्थागत उपाय हुए हैं। लेकिन, किसी देश में सार्वजनिक जीवन की पारदर्शिता का सूचकांक क्या होना चाहिए— यह विवाद का विषय बना हुआ है। ट्रांसपेरेंसी इंटरनैशनल करप्शन परसेप्शंस इनडेक्स, ब्राइब पेयर्स इनडेक्स और ग्लोबल करप्शन बैरोमीटर तैयार किया है। दूसरी तरफ़ एकाउंटेंसी फ़र्म प्राइस वाटरहाउस कूपर्स ने ओपेसिटी इनडेक्स की रचना की है।

सेंटर फ़ॉर पब्लिक इंटेग्रिटी ने इंटेग्रिटी इनडेक्स तैयार की है। समझा जाता है कि इस समय कोई बीस सूचकांक एक-दूसरे के साथ प्रतियोगिता कर रहे हैं। सबकी अलग-अलग रपटें जारी होती हैं। 2009 में करप्शन परसेप्शन इनडेक्स ने 180 देशों की पारदर्शिता का अध्ययन करके न्यूज़ीलैण्ड को सबसे कम भ्रष्ट और सोमालिया को सबसे अधिक भ्रष्ट देश क़रार दिया था।

देखें : भ्रष्टाचार का समाजशास्त्रीय परिप्रेक्ष्य-1 और 2.

संदर्भ

1. सूज़न रोज़-एकरमैन (1999), *करप्शन ऐंड गवर्नमेंट : कॉजिज़, कांसिक्वेंसिज़, ऐंड रिफ़ॉर्म,* केम्ब्रिज युनिवर्सिटी प्रेस, केम्ब्रिज.
2. जोंग-सुंग यू और संजीव खग्राम (2005), 'ए कम्परेटिव स्टडी ऑफ़ इनयीक्वलिटी ऐंड करप्शन', *अमेरिकन सोसियोलॅजीकल रिव्यू 70.*
3. रोज़र मेयरसन (1993), 'इफ़ेक्टिवनेस ऑफ़ इलेक्ट्रोरल सिस्टम फ़ॉर रिड्यूसिंग गवर्नमेंट करप्शन : अ गेम-थियरिटिक एनालिसिस', *गेम्ज़ ऐंड इकॉनॉमिक बिहेवियर 5,.*
4. जेम्स स्कॉट (1972), *कम्परेटिव पॉलिटिकल करप्शन,* प्रेंटिस-हाल, एंगिलवुड क्लिफ़्स, एनज.
5. आर, क्लिटगाडे (1988), *कंट्रोलिंग करप्शन,* युनिवर्सिटी ऑफ़ कैलिफ़ोर्निया प्रेस, बर्कले.

— अभय कुमार दुबे

भ्रष्टाचार का समाजशास्त्रीय परिप्रेक्ष्य-1

(Corruption: Sociological Perspective-1)

अंग्रेज़ी में भ्रष्टाचार के लिए करप्शन शब्द का प्रयोग होता है जो लैटिन भाषा के शब्द करप्टियो की व्युत्पत्ति है और जिसका अभिप्राय नैतिकता का ह्रास, सड़ना, सामान्य स्तर से नीचे गिरना, स्थिति का बिगड़ना आदि है। ऑक्सफ़ोर्ड डिक्शनरी में इसे सार्वजनिक क्षेत्र में विश्वसनीयता का लोप, रिश्वतख़ोरी और पक्षपात कहा गया है। यह अस्वीकरणीय व्यवहार हैं। लेकिन, भ्रष्टाचार और उसे पानी देने वाली जटिल प्रक्रिया आम तौर से समाजशास्त्रीय चिंतन के केंद्र में नहीं रही है। दरअसल भ्रष्टाचार पर मिलने वाला अधिकतर लेखन उसके उजागर होने पर रचा गया है, और उसके प्रभावों की ओर इंगित करता है। संदेश यही मिलता है कि यह अवांछित है, और इसका निराकरण होना चाहिए। लेकिन समाज-विज्ञान में ऐसे साहित्य का अभाव है जो इसके उदय और प्रसार की प्रक्रिया का वस्तुपरक अध्ययन करता हो। सरकारी आँकड़े और निरीक्षकों की रपटें इस कमी को पूरा नहीं कर सकतीं। समाज-विज्ञान को इसके अध्ययन के लिए नयी तकनीक का विकास करना होगा। सर्वेक्षण की पद्धति इसके लिए उपयुक्त नहीं है। इसके पर्यवेक्षण में कई बाधाएँ हैं। स्थिति यह है कि भ्रष्टाचार पर अनुसंधान करने के सर्वांग परिप्रेक्ष्य का भी अभाव है।

भ्रष्टाचार प्रत्येक समाज में व्याप्त है— चाहे वह लघु समुदाय हो या वृहद समाज; पारम्परिक हो या अधुनातन, पाश्चात्य हो या तीसरे विश्व का सदस्य। किंतु जिन कृत्यों को भ्रष्टाचार की संज्ञा दी जाती है वे सभी समाजों में एक से नहीं होते, क्योंकि भ्रष्ट व्यवहार को समाज की संस्कृति द्वारा परिभाषित आदर्श व्यवहार का विलोम माना जाता है। सैद्धांतिक दृष्टि से ऊँचे धरातल पर भ्रष्टाचार को आदर्श और अपेक्षित व्यवहार के विपरीत माना जा सकता है। ऐसा व्यवहार क्यों होता है? कैसे पनपता है? इसका वर्गीकरण किस प्रकार किया जाए? ये प्रश्न बहुत कुछ अनुत्तरित ही हैं।

समाजशास्त्रीय परिप्रेक्ष्य में भ्रष्टाचार को समझने के लिए यह मान कर चलना होगा कि भ्रष्टाचार एक अपरिहार्य प्रक्रिया है जो सार्वभौम है। किसी एक प्रकार के आचरण को, या किसी एक व्यक्ति या समूह में प्रचलित आचरण को, बदला जा सकता है, पर उसका यह अर्थ कदापि नहीं कि किसी दूसरे क्षेत्र में, या अन्य व्यक्तियों या समूह में, अथवा अन्य स्वरूप में उसकी आवृत्ति नहीं हो सकती। लेकिन, इस मान्यता का यह अर्थ भी नहीं लगाया जाय कि समाज-विज्ञान भ्रष्टाचार का पक्षधर है। भ्रष्टाचार का वैज्ञानिक परिप्रेक्ष्य तैयार करने में जो कठिनाइयाँ रही हैं, वे इस प्रकार हैं : पहला, यह कई दृष्टियों से गुप्त व्यवहार है और इसकी प्रत्यक्ष गवेषणा नहीं की जा सकती। दूसरा, भ्रष्टाचार उन क्षेत्रों में पनपता है जो सामाजिक निगरानी के दायरे से बाहर होते हैं। तीसरा, भ्रष्टाचार से पीड़ित व्यक्ति उसे उजागर करने से सकुचाते हैं, जानबूझ कर उसे झेलते हैं और उसका दुराव करते हैं। अंग्रेज़ी में इस तीसरी समस्या को 'विलिंग सस्पेंशन ऑफ़ ग्रीफ़' अर्थात् डब्ल्यूएसजी कहा जा सकता है। जैसे नाटक में डब्ल्यूएसडी होता है— 'विलिंग सस्पेंशन ऑफ़ डिसबिलीफ़', वैसे ही डब्ल्यूएसजी है। नाटक में जो रंगमंच पर घटित होता है वह हम जानते हैं कि यथार्थ नहीं है फिर भी हम उस पर विश्वास कर लेते हैं, इसी प्रकार भ्रष्टाचार की पीड़ा से ग्रसित होने पर भी हम उसे सार्वजनिक नहीं होने देते। हम रिश्वत देते हैं, पर रिश्वत का भंडाफोड़ नहीं करते। और रिश्वत का धन कई तरीक़ों से श्याम से श्वेत हो जाता है। चौथा, भ्रष्टाचार से आम आदमी का पीड़ित होना और समस्त समाज को विशाल स्तर पर हानि होना दोनों का बोध

होता है। लेकिन आम आदमी डब्ल्यूएसजी के कारण उस पर पर्दा डाल देता है। व्यापक स्तर पर भ्रष्टाचार करने वाले समाज के क़ायदे-क़ानून पर पर्दा डाल कर उसे आम आदमी के लिए अ-दर्शनीय बना देते हैं।

भ्रष्टाचार को सामाजिक विपथगमन का विस्तारित स्वरूप माना जा सकता है। सामाजिक विपथगमन सामान्यकों (जो लक्ष्य और उनकी प्राप्ति के माध्यम नियत करते हैं) और वास्तविक व्यवहार के बीच अंतर्विरोध का द्योतक है। इस अंतर्विरोध से ऐसे रोगों का जन्म हो सकता है जिससे पूरी समाज-व्यवस्था ही हिल जाए। विपथगमन का यह दूसरा प्रकार ही भ्रष्टाचार है जो सामाजिक लक्ष्यों और व्यक्तिगत लक्ष्यों के बीच टकराव का सूचक है। सार्वजनिक और राजकीय क्षेत्र में भ्रष्ट पदाधिकारियों को कौटिल्य ने 'मत्स्य' कहा है। 'जैसे गहरे पानी में रहने वाली मछली पानी पीती है या नहीं पीती, इसका पता लगाना कठिन है, वैसे ही सरकारी कर्मचारी ने पैसे चुराये या नहीं, यह नहीं कहा जा सकता।'

कौटिल्य ने इस कठिनाई को ऐसे भी व्यक्त किया 'जैसे ज़बान पर लगे शहद या ज़हर का स्वाद लेना असम्भव है वैसा ही सरकारी नौकर का राजकोष से थोड़ा सा धन न चुराना भी है।' आज के युग में जब राजा-महाराजा न रहे, तो अब न केवल ऊँचे सरकारी अधिकारी वरन् नेता और मंत्रीगण भी इसका आस्वाद लेने से नहीं चूकते। पाँच वर्ष की अवधि के लिए चयनित राजनेताओं के लिए तो यह ऐसा अवसर है कि जितना हो सके लूट लो, फिर पता नहीं चुने जाएं या नहीं। बढ़ते हुए भ्रष्टाचार से न केवल लालफ़ीता-शाही से त्रस्त जनता अपना आक्रोश व्यक्त करने लगी है, बल्कि परोक्ष रूप से सरकारी धन लूटने वाले बड़े अफ़सरों और नेताओं पर भी उँगली उठाने लगी है।

भ्रष्टाचार के दुष्परिणामों की गिनती की जाने लगी है। उनमें से मुख्य ये हैं :

1. भ्रष्टाचार के विश्वव्यापी दुष्परिणाम हुए हैं जो सामाजिक, आर्थिक और राजनीतिक अंसतोष के जन्मदाता हैं।
2. भ्रष्टाचार न केवल ग़रीबी का मूल कारण है, बल्कि वह ग़रीबी निवारण में एक बड़ी बाधा भी है।
3. भ्रष्टाचार के प्रसार से मानवाधिकारों का हनन होता है।
4. भ्रष्टाचार जनतंत्र विरोधी है।
5. भ्रष्टाचार से राष्ट्रीय और अंतरराष्ट्रीय व्यापार कुप्रभावित होता है।
6. भ्रष्टाचार से दु:शासन पनपता है।
7. भ्रष्टाचार से देशी और अंतर्राष्ट्रीय सुरक्षा को ख़तरा है और इसका नतीजा प्राकृतिक संसाधनों के शोषण में निकलता है।

सामाजिक संबंधों की दृष्टि से देखें तो इसमें तीन भूमिकाएँ प्रमुख होती हैं : भ्रष्ट व्यक्ति, भ्रष्ट करने वाला, और भ्रष्टाचार का शिकार या पीड़ित। ये तीनों भूमिकाएँ विश्लेषण के लिए आवश्यक हैं। लेकिन ये साथ-साथ भी पायी जाती हैं। जैसे भ्रष्टाचार का शिकार व्यक्ति स्वयं ही भ्रष्टाचार का जन्मदाता हो सकता है, या फिर भ्रष्ट व्यक्तियों की सोहबत एक कारण हो सकती है जिसमें फँसने वाले को भी भ्रष्ट होना पड़ सकता है। इसी प्रकार जो भ्रष्टाचार से पीड़ित होता है उसे स्वयं ही किसी अन्य को भ्रष्ट करना पड़ता है ताकि उसके स्वार्थ की सिद्धि हो सके। यह स्वार्थ-सिद्धि भी दो प्रकार की होती है : एक तो वह जो अपने आप में लक्ष्य होती है जैसे पासपोर्ट का बनवाना, लाइसेंस लेना; दूसरी वह जो लक्ष्य सिद्धि का माध्यम होती है। उदाहरण के लिए पेट्रोल पम्प के लाइसेंस के लिए एक व्यक्ति सरकारी अधिकारियों को रिश्वत देता है, पर वह रिश्वत का पैसा उसे पीड़ा नहीं पहुँचाता, वरन रिश्वतदाता के लिए वह उसके व्यापार की लागत का एक अंश होता है। यह लागत पेट्रोल पम्प लग जाने पर ब्याज स्वरूप लागत से कहीं अधिक लाभ पहुँचाती है। यह बीच का पैसा दलाली को भी बढ़ावा देता है और इस प्रकार रिश्वत की प्रक्रिया में मध्यस्थों की क़तार सी बन जाती है। अंग्रेज़ी राज्य में सरकार स्वयं अपने अधिकारियों को ठेकेदारों से रिश्वत लेने के लिए प्रेरित करती थी और यह पैसा नीचे के कर्मचारी वसूल कर ऊपर तक के अधिकारियों तक बँटवारे के किसी फ़ार्मूले के तहत पहुँचाते थे। इस प्रकार औपचारिक तंत्र के साथ-साथ रिश्वत का अनौपचारिक तंत्र भी चला करता था। वही परिपाटी आज भी क़ायम है। विकास के लिए ज़िलों और ब्लॉकों तक पहुँचा हुआ पैसा एक निश्चित प्रतिशत में सरकारी अधिकारियों के पास वापस लौटता है और चपरासियों और खण्ड विकास अधिकारियों से लेकर सीधे मंत्री तक उसका आनुपातिक बँटवारा होता है। राजीव गाँधी ने जब यह कहा कि विकास के लिए आबंटित एक रुपये का दस से बारह प्रतिशत ही विकास पर ख़र्च होता है उसके पीछे उनका यही आशय था।

जब हम सरकारी पैसे और रिश्वत की बात कर रहे हैं तो हमें भ्रष्टाचार के वर्गीकरण पर भी ध्यान देना चाहिए। जैसा हम कह ही चुके हैं कि भ्रष्टाचार एक सार्वभौम विपथगमन है जो समाज के हित में नहीं हो सकता। अनिष्टकारी (जिसे अ-प्रकार्यात्मक भी कहा जाता है) परिणाम वाले कृत्य ही भ्रष्टाचार की श्रेणी में आते हैं और ये समाज के हर पहलू और दायरे में पाये जाते हैं। भ्रष्टाचार

व्यक्ति या व्यक्तियों के समूह द्वारा किया जाता है। नैतिक दृष्टि से भ्रष्टाचार व्यक्ति के आचरण से संबंधित होता है जिसे अनाचार या दुराचार या पाप की संज्ञा भी दी जाती है। आज जिस भ्रष्टाचार का ज़िक्र किया जा रहा है वह सरकार और प्रशासन से जुड़ा भ्रष्टाचार है। इसके दो पक्ष हैं : कुशासन और सार्वजनिक सम्पत्ति और धन-राशि का निजी हितों के लिए दोहन एवं शोषण। कुशासन से आम व्यक्ति को पीड़ा पहुँचती है। कार्य-कुशलता का अभाव इसका एक लक्षण है : निर्णय में विलम्ब, जन-सुविधाओं की देख-रेख और प्रबंधन में ढील, सरकारी कर्मचारियों द्वारा प्रत्येक कार्य के लिए ली जाने वाली ज़बरन रिश्वत इसके उदाहरण हैं। जब आम आदमी किसी सरकारी कामकाज में उलझता है तभी उसे इसका आभास होता है। तब लोग उसे यह दिलासा दिलाते हैं कि यही वास्तविकता है उसे स्वीकारो। इसीलिए असुविधाओं से पीड़ित होते हुए भी वह कुछ कर नहीं पाता। वस्तुस्थिति से समझौता कर लेता है और डब्ल्यूएसजी का आश्रय लेता है। लोगों के मन में पनप रहा असंतोष और आक्रोश तब तक दबा रहता है जब तक कि कोई जयप्रकाश नारायण या अन्ना हज़ारे जैसा व्यक्ति उसे सामूहिक आक्रोश में बदल कर आंदोलन का आह्वान नहीं करता।

सार्वजनिक सम्पत्ति का दोहन ऊँचे स्तरों पर होता है और उसकी दर्शनीयता पर कई प्रकार के आवरण पड़े होते हैं। आवरणों का उद्घाटन इतना सहज नहीं होता, पर जब होता है तो आँखें फटी रह जाती हैं जन-आक्रोश में ऐसे रहस्योद्घाटन आहुति की भूमिका निभाते हैं। भ्रष्टाचार की चरम सीमा के रूप में प्रभावित करने वाले ऐसे कृत्य ही आंदोलन की प्रक्रिया को आगे बढ़ाते हैं।

देखें : अर्थव्यवस्था का समाजशास्त्र, अभिजन, अभिरुचि, आत्महत्या, उन्मूलनवाद, एजेंसी, कर्मकाण्ड, कारागार, गोपनीयता, गृहविहीनता, जादू, जीवन-शैली, टेलरवाद, परम्परा, परस्पर विपरीत द्विभाजन, प्रति-(संस्कृति, विमर्श, इतिहास, वर्चस्व, स्मृति), प्राइवेसी, प्रौद्योगिकी, फ़ुरसत, बचपन, बहुपत्नी प्रथा, बहुपति प्रथा, बुद्धिसंगत चयन का सिद्धांत, बुजुर्गियत का समाजशास्त्र, बेगानगी, भीड़, मानव-प्रकृति, मानवशास्त्र और मार्क्सवाद, मानवशास्त्र और संस्कृति की राजनीति, समाज-विज्ञान, समाज-कार्य, समाजीकरण, समुदायवाद, सामाजिक आंदोलन, सामाजिक बहिर्वेशन, सामाजिक पूँजी, सामाजिक स्तरीकरण, सामाजिक एकजुटता, सामाजिक चयन का सिद्धांत, सांस्कृतिक मानवशास्त्र, सांस्कृतिक सापेक्षतावाद, सांस्कृतिक पूँजी, सेवानिवृत्ति, वाचिकता, विचलन, ज्ञान का समाजशास्त्र।

संदर्भ

1. सूज़न रोज़ एकरमैन (1999), *करप्शन ऐंड गवर्नमेंट : कॉज़ेज़, कांसिक्वेंसेज़ ऐंड रिफ़ॉर्म,* केम्ब्रिज़ युनिवर्सिटी प्रेस, केम्ब्रिज़.
2. फ़िलिप एल्स्टन और मैरी रॉबिंसन (सम्पा.) (2005), *ह्यूमैन राइट ऐंड डिवेलपमेंट टुवड्‌र्स म्युचुअल रिइनफ़ोर्समेंट,* ऑक्सफ़र्ड युनिवर्सिटी प्रेस, ऑक्सफ़र्ड.
3. हामिद दावूदी (2000), *करप्शन ऐंड द प्रोविज़न ऑफ़ हेल्थ केयर ऐंड एजुकेशन सर्विसेज़,* आईएमएफ वर्किंग पेपर नं. 00/116.डब्ल्यूडब्ल्यूडब्ल्यू.आईएमएफ़. ओआरजी/ एक्सटर्नल/ पी यूबीएस/ डब्ल्यूपी/2000/ डब्ल्यूपीओओ116.पीडीएफ़.

— **योगेश अटल**

भ्रष्टाचार का समाजशास्त्रीय परिप्रेक्ष्य-2

(Corruption: Sociological Perspective-2)

भ्रष्टाचार के उदय के कई माध्यम हैं। जब हम इसे विपथगमन मानते हैं तो उसका अभिप्राय है कि समाज द्वारा प्रस्तावित और निर्देशित पथ से भटकाव। समाजशास्त्री रॉबर्ट मर्टन ने इसे उस पथ के साथ अनुकूलन की प्रक्रिया का अंग बताया है। प्रत्येक समाज के अपने सांस्कृतिक लक्ष्य होते हैं और साथ ही उन लक्ष्यों की प्राप्ति के लिए अपनाये जाने वाले उचित माध्यम भी। जब उचित माध्यमों से लक्ष्यों की प्राप्ति होती है तो उसे अनुरूपता या संगति कहा जा सकता है। बाक़ी सभी प्रयास असंगति के द्योतक हैं। भ्रष्टाचार मुख्यत: नवाचार और कर्मकाण्ड के बीच कहीं घटित होता है। जब लक्ष्यों को मान्यता देते हुए भी उन्हें प्राप्ति के निदेशित तरीक़ों से भिन्न मार्ग अपनाया जाता है तो वह विपथगामी व्यवहार ही होता है। एक कुशल प्रशासनिक अधिकारी जब यह पाता है कि प्रचलित नियम और क़ानून लक्ष्य-प्राप्ति में बाधा डाल रहे हैं तो वह जान-बूझ कर उन नियमों की अवहेलना करता है और नये ढंग से कुशलता-पूर्वक लक्ष्य-सिद्धि का मार्ग अपनाता है। यदि वह लक्ष्य सिद्धि सामाजिक दृष्टि से हितकारी है तो उसका यह प्रयास एक नवाचार माना जाएगा; और यदि इससे लक्ष्यों को, या समाज को क्षति पहुँचती है तो उसकी निंदा की जाएगी। इस दृष्टि से नवाचार एक प्रकार का प्रवेशार्थी है। पर जब ऐसा नवाचार व्यक्तिगत लाभ के लिए किया जाए, या सार्वजनिक हित की पूर्ति कम व्यय में करते हुए लाभ-राशि को अपने हित के लिए चुरा लिया जाए तो फिर ऐसा कृत्य भ्रष्टाचार की श्रेणी में आता है। स्थिति कौटिल्य की उसी मछली की भाँति है जो पानी में है और उसे पीती भी है। अब कितना पानी स्वयं के लिए पीना उचित है और कितना अनुचित यह विवाद का विषय ही है। बड़े-बड़े घोटाले जो आजकल उजागर हो रहे हैं उनका उद्‌गम यहीं से होता है।

कर्मकाण्ड से अभिप्राय हमारा नियमबद्धता से है। जब

अधिकारीगण नियमपूजक हो जाते हैं, और उस दौर में इन लक्ष्यों को भूल जाते हैं जिनकी प्राप्ति हेतु माध्यम रूप में उन नियमों को ढाला गया था, तो वह स्थिति अंधानुकरण की हो जाती है। कई बार जानबूझ कर नियमों की आड़ लेकर बाधाएँ भी खड़ी की जाती हैं। नियमों के लचीलेपन को ताक़ में रख दिया जाता है। आम आदमी जब सरकार से जुड़े अपने निजी हितों के लिए दफ़्तरों का चक्कर लगाता है तो इन्हीं नियमों की आड़ में उसे प्रताड़ित होना पड़ता है। अपना काम निकलवाने के लिए उसे रिश्वत का मक्खन चटाना पड़ता है। इस सबसे एक ओर तो आम व्यक्ति को कष्ट झेलने पड़ते हैं, और रिश्वत न देने पर उसका काम भी अटका पड़ा रहता है, पर साथ ही कार्यालय की कार्यकुशलता पर भी असर पड़ता है। जो नियम कुशलता और प्रभावात्मकता बढ़ाने के लिए बनाये जाते हैं, उन्हीं का अंधानुकरण विपरीत परिणाम देने लगता है।

भ्रष्टाचार से मुक्ति पाने के लिए जब भी सरकार क़दम उठाती है तो उसमें अधिकांश ऐसे होते हैं जो प्रचलित नियमों और कार्य-पद्धतियों से संबंधित नहीं होते। भ्रष्टाचारी को दण्ड देना या घोटालों की जाँच करना एक बात है और भ्रष्टाचार को प्रश्रय देने वाले जो ढाँचागत कारक हैं, उनकी जाँच करना और उनमें आवश्यक सुधार लाना दूसरी बात है। इस पक्ष पर ध्यान नहीं जाता। जाँच की विधि और जाँचकर्ता वही होते हैं जिनके होते हुए भ्रष्ट आचरण प्रश्रय पाता है। यही बड़ी विडम्बना है। सामाजिक शोधकर्ताओं को भ्रष्टाचार से जुड़े अनुसंधान में इस बात का ध्यान रखना होगा और ऐसी तकनीकें निकालनी होंगी जो इन पक्षों को भी देख-परख सकें।

जैसा कि पहले भी कहा जा चुका है कि लक्ष्यों और लक्ष्य-पूर्ति के माध्यमों के बीच पनपने वाले असंतुलन से भ्रष्टाचार का उदय होता है। कुछ विद्वान यह भी मानते हैं कि भ्रष्टाचार का संबंध समाज की संस्कृति से जुड़ा हुआ है। उनके तर्क का आधार यह तथ्य है कि संसार के विभिन्न देशों को भ्रष्टाचार की दृष्टि से अलग-अलग श्रेणियों में वर्गीकृत किया जाता है और इस दृष्टि से कुछ समाज भ्रष्टाचार-मुक्त और कुछ समाज भ्रष्टाचार-लिप्त के रूप में सामने आते हैं— इन दो परस्पर विरोधी ध्रुवों के बीच ही अधिकांश समाजों को रखा जाता है। तर्क यह दिया जाता है कि कुछ समाजों में भ्रष्टाचार की परम्पराएँ रही हैं या उपनिवेशवादी सरकारों ने भ्रष्टाचार को फैलाया है, इसलिए परम्परावादी और विदेशियों के दास रहे समाजों में भ्रष्टाचार का आधिक्य है और उससे मुक्ति प्राप्त करने का माध्यम उनका आधुनिकीकरण ही हो सकता है। इसके विपरीत यह तर्क भी दिया जाता है कि आधुनिक समाज भी भ्रष्टाचार से सर्वथा मुक्त नहीं हैं। प्रौद्योगिकी के विकास से आज ऐसे बड़े और भारी घोटाले सम्भव हैं जिनकी पहले कल्पना भी नहीं की जा सकती थी और ये सब पढ़े-लिखे लोग करते हैं।

भ्रष्टाचार के पनपने के अन्य जो कारण गिनाये जाते हैं वे इस प्रकार हैं :

1. प्रणाली में भ्रष्टाचार को पकड़ न पाने और भ्रष्ट व्यवहार के लिए दण्ड देने की असमर्थता।
2. भ्रष्टाचार पीड़ित द्वारा अपनी व्यथा का अप्रसार अर्थात् डब्ल्यूएसजी की प्रवृत्ति।
3. छोटे-मोटे घोटालों की प्रणाली द्वारा अनदेखी।
4. नियमों और कार्यप्रणाली के भिन्न-भिन्न अर्थ लगाना अर्थात् उनके अभिप्रेत के विषय में मतभेद।
5. नियमों की लीपा-पोती जो ऊपर से लगे कि नियम का पालन किया गया है पर उसकी आड़ में नियमों का उल्लंघन।
6. नियमों के लचीलेपन को नज़रअंदाज़ कर उनकी कठोरता से पालन करने की चेष्टा।
7. पदाधिकारियों के अपने व्यवहार से होने वाला भ्रष्टाचार का पोषण।
8. कार्यालय में पदाधिकारियों की कमी, गोपनीयता के नियम और प्रणाली के दोष के कारण भ्रष्टाचार को मिलने वाला बढ़ावा।
9. भ्रष्टाचार को बढ़ावा देने में निजी क्षेत्र की बड़ी कम्पनियों का भी हाथ रहता है जो घूस के रूप में अफ़सरों और मंत्रियों को भारी राशि देती हैं ताकि उसके एवज में उनसे अपना काम निकलवाया जा सके। उनके लिए यह पैसा देना डब्ल्यूएसजी का अंग नहीं है, वरन् यह उनकी लागत का एक भाग है जो अंतत: क्रेताओं से वसूल किया जाता है।

मलेशिया के समाजशास्त्री सैयद हुसैन अलातास ने भ्रष्टाचार के निम्नलिखित लक्षणों का उल्लेख किया है :

1. भ्रष्टाचार में एक से अधिक व्यक्ति सम्मिलित होते हैं। अकेले व्यक्ति द्वारा किया हुआ व्यवहार धोखाधड़ी की श्रेणी में आता है।
2. साधारणत: भ्रष्टाचार गोपनीयता की आड़ में किया जाता है। अर्थात् यह छिप कर किया जाने वाला ऐसा अपराध है जो साधारणत: लोगों की नज़रों में नहीं आता।
3. भ्रष्टाचार में पारस्परिक लाभ का आदान-प्रदान होता है।
4. भ्रष्ट व्यवहार की पद्धति अपनाने वाले लोग उसके न्यायसंगत होने के दावे पेश करते हैं।
5. भ्रष्टाचार का कोई भी कृत्य विश्वसनीयता पर एक आक्षेप होता है।
6. इसी प्रकार इस कृत्य के दो पक्ष होते हैं : सौंपे गये कार्य का सम्पादन और व्यक्तिगत स्वार्थ की आपूर्ति।

लाइसेंस को ही लीजिए— लाइसेंस देना सरकारी अधिकारी का कर्म है, पर उसके लिए रिश्वत लेना स्वार्थपूर्ति;

इसी प्रकार लाइसेंस की अर्ज़ी देना नागरिक का अधिकार है पर उसको पाने के लिए रिश्वत देना ग़ैर-क़ानूनी। इस दृष्टि से लाइसेंस पाना न्यायसंगत है, पर उसे पाने के लिए पर्दे के पीछे की सारी कार्रवाई अनैतिक और भ्रष्टाचारी है। एक भ्रष्ट व्यवहार अपने कर्त्तव्य और दायित्व के नियमों का उल्लंघन है और इसलिए वह नागरिकता सम्मत व्यवहार नहीं है।

भ्रष्टाचार के राजकीय कार्यों में कई स्वरूप देखने को मिलते हैं। जैसे : परिचितों को लाभ पहुँचाना या क्रोनीइज़्म, भाई-भतीजावाद या नेपोटिज़्म, संरक्षण या पेट्रोनेज, भीतर ही भीतर लेन-देन या इनसाइडर ट्रेडिंग, सुविधा शुल्क या स्पीड मनी, गबन या घोटाला और सार्वजनिक सम्पदा का दुरुपयोग।

मानवाधिकारों की सूची में ऐसा कोई भी अधिकार नहीं है जो स्पष्टत: भ्रष्टाचार के विरुद्ध हो। किन्तु भ्रष्टाचार के कारण जब व्यक्ति का कोई मानवाधिकार छिनता है तो फिर उस दृष्टि से ऐसे विशिष्ट भ्रष्टाचार को रोकना आवश्यक हो जाता है। यदि न्यायपालिकाओं में भ्रष्टाचार फैलने लगता है तो फिर उससे न्याय मिलने के अधिकार पर असर पड़ सकता है। यदि सरकारी अस्पतालों में डॉक्टर और अन्य कर्मचारी धनी व्यक्तियों से पैसा लेकर उनके उपचार को प्राथमिकता देते हैं तो ग़रीब व्यक्ति को उपेक्षा भोगनी पड़ती है। यदि सार्वजनिक वितरण प्रणाली द्वारा ग़रीबों को वितरित किया जाने वाला अनाज ज़्यादा पैसे लेकर समृद्ध वर्ग में बेच दिया जाता है तो दरिद्र वर्ग के मानव अधिकार पर चोट पहुँचती है। यही बात शिक्षा के क्षेत्र में भी लागू होती है।

भ्रष्ट समाज में, अर्थात् ऐसे समाजों में जहाँ सरकारी कामकाज में भ्रष्टाचार चरम सीमा पर पहुँच चुका है, सरकार लोगों के मानवाधिकारों की रक्षा करने में अपने को असमर्थ पाने लगती है। यह सही है कि भ्रष्टाचार की निरंतर वृद्धि से अंतत: मानव-अधिकारों पर विपरीत प्रभाव पड़ता है। किन्तु यह कहना ग़लत होगा कि भ्रष्टाचार का प्रत्येक कृत्य मानव अधिकार का उल्लंघन है। इसलिए हमें भ्रष्टाचार व उनके कृत्यों को चिह्नित करना होगा जिनके कारण मानव-अधिकारों का सीधा उल्लंघन होता है। साथ ही उन कृत्यों को अलग श्रेणी में रखना होगा जिनके कारण मानव अधिकार अंतत: प्रभावित हो सकते हैं। अंतर्राष्ट्रीय स्तर पर समस्त सदस्य राष्ट्रों से अपेक्षा की जाती है कि वे मानवाधिकारों से सम्बद्ध अपने दायित्वों का निर्वाह करें। सरकारों के इस संदर्भ में तीन दायित्व हैं— (1) मानव अधिकारों के सम्मान का दायित्व, (2) मानव अधिकारों की रक्षा का दायित्व, और (3) मानव अधिकारों को पूरा करने का दायित्व। जिस किसी भ्रष्टाचारी कृत्य से मानव अधिकारों की हत्या होती है, या उनका अनादर होता है उन पर रोक लगाना किसी भी सरकार का दायित्व बनता है। साथ ही उसका यह भी दायित्व है कि यदि मानव अधिकारों की रक्षा के लिए नये विधि-विधान की आवश्यकता हो तो उन्हें वह पारित करे और उनके पालन की उचित व्यवस्था करे।

देखें : अर्थव्यवस्था का समाजशास्त्र, अभिजन, अभिरुचि, आत्महत्या, उन्मूलनवाद, एजेंसी, कर्मकाण्ड, कारागार, गोपनीयता, गृहविहीनता, जादू, जीवन-शैली, टेलरवाद, परम्परा, परस्पर विपरीत द्विभाजन, प्रति-(संस्कृति, विमर्श, इतिहास, वर्चस्व, स्मृति), प्राइवेसी, प्रौद्योगिकी, फ़ुरसत, बचपन, बहुपत्नी प्रथा, बहुपति प्रथा, बुद्धिसंगत चयन का सिद्धांत, बुज़ुर्गियत का समाजशास्त्र, बेगानगी, भीड़, मानव-प्रकृति, मानवशास्त्र और मार्क्सवाद, मानवशास्त्र और संस्कृति की राजनीति, समाज-विज्ञान, समाज-कार्य, समाजीकरण, समुदायवाद, सामाजिक आंदोलन, सामाजिक बहिर्वेशन, सामाजिक पूँजी, सामाजिक स्तरीकरण, सामाजिक एकजुटता, सामाजिक चयन का सिद्धांत, सांस्कृतिक मानवशास्त्र, सांस्कृतिक सापेक्षतावाद, सांस्कृतिक पूँजी, सेवानिवृत्ति, वाचिकता, विचलन, ज्ञान का समाजशास्त्र।

संदर्भ

1. सैयद हुसैन अलातास (1968), *द सोसियोलॅजी ऑफ़ करप्शन,* मूर प्रेस लि., सिंगापुर.
2. ज़ाक हैलेक और मुरील पॉइज़ोन (2007), *करप्ट स्कूल्स, करप्ट युनिवर्सिटीज़ : व्हाट कैन बी डन ?,* यूनेस्को इंटरनेशनल इंस्टीट्यूट फ़ॉर एजुकेशन, पेरिस.
3. ए.जे. हीदनहीमर वग़ैरह (सम्पा.) (2002), *पॉलिटिकल करप्शन: कम्पेप्ट्स ऐंड टेक्स्ट्स,* ट्रांज़ेक्शन पब्लिशर्स, न्यू ब्रंसविक.
4. इंटरनैशनल कौंसिल ऑन ह्यूमैन राइट्स पॉलिसी (2009), *करप्शन ऐंड ह्यूमैन राइट्स : मेकिंग द कनेक्शन,* आईसीएचआरपी, जिनेवा.
5. माइकल जांस्टन (2005), *सिंड्रॉम्स ऑफ़ करप्शन : वेल्थ, पॉवर ऐंड डेमॉक्रेसी,* कैम्ब्रिज़ यूनिवर्सिटी प्रेस, केम्ब्रिज़.
6. रॉबर्ट मर्टन (1957), *सोशल थियरी एज़ सोशल स्ट्रक्चर,* फ्री प्रेस, ग्लेंको.

— योगेश अटल

भ्रांत चेतना

(False Consciousness)

मार्क्सवादी विचारधारा के अंतर्गत भ्रांत चेतना को ऐसी अवस्था माना जाता है जिसमें सर्वहारा वर्ग को स्वयं यह ज्ञात नहीं होता कि उसके हित वास्तव में किस राजनीतिक दल-समूह, विचारधारा से जुड़े हुए हैं और इतिहास में उसकी वास्तविक भूमिका क्या है। वे ऐसी विचारधारा के प्रभाव में रहते हैं जो उनके हितों के विरुद्ध होती है। भ्रांत चेतना पैदा करके शासक वर्ग सर्वहारा के उत्पीड़न और शोषण की स्थितियाँ बनाये रखता है और सर्वहारा स्वयं उस शोषण को सही मानने लगता है। मार्क्स ने अपनी प्रसिद्ध कृति *कम्युनिस्ट मैनिफ़ेस्टो* में लिखा है कि किसी भी दौर के शासक वर्ग के विचार ही शासक-विचार होते हैं। यानी सत्तारूढ़ वर्ग के विचार ही सर्वाधिक प्रभावशाली विचार बन जाते हैं। इस सामाजिक चेतना तथा प्रभावशाली विचारों का संबंध भी भ्रांत चेतना से है क्योंकि सर्वहारा निजी चेतना के विकास के स्थान पर शासक वर्ग द्वारा विकसित चेतना को अपना लेता है। मार्क्स के अनुसार यह थोपी हुई अर्थात् झूठी चेतना होती है। कालांतर में सर्वहारा यह समझने लगता है कि सत्तारूढ़ वर्ग ने वास्तविकता के प्रति जो चेतना पैदा की है, वह उनके वर्ग हितों के अनुरूप नहीं है और फिर भ्रांत चेतना के स्थान पर वास्तविक वर्ग-चेतना पैदा हो जाती है।

इस अवधारणा का विश्लेषण वर्ग-चेतना और विचारधारा की व्याख्या के अंतर्गत भी किया जाता है। वर्ग-चेतना वह दशा है जिसमें सर्वहारा स्वयं को विशेष वर्ग का सदस्य मानता है। मार्क्स ने इस वर्ग-चेतना को क्लास इन इटसेल्फ़ और क्लास फ़ार इटसेल्फ़ की श्रेणियों में विभक्त किया है। इसमें पहली श्रेणी वह दशा है जिसमें कोई सामाजिक समूह एक साझी आर्थिक स्थिति का अंग होता है और वह उस स्थिति को स्वीकार करके चलता है। स्थिति को स्वीकार करने और प्रतिरोध न करने की अवस्था के निर्माण में भ्रांत चेतना का सबसे बड़ा योगदान होता है, जबकि क्लास फ़ार इटसेल्फ़ वर्ग चेतना की वह दशा है जिसमें सर्वहारा किसी भी प्रकार की भ्रांत चेतना व विचारधारा से मुक्त होकर वास्तविक वर्ग-चेतना का विकास करता है और वह अपने ऐतिहासिक शोषण के बारे में सजग हो जाता है। मार्क्स के मुताबिक़ यह परिवर्तन ख़ास भौतिक परिस्थितियों के अधीन होता है जिसमें पूँजीवाद प्रधान होता है और पूँजीवाद के कारण ही उत्पादन पद्धति सामूहिक हो जाती है और इस सामूहिकता के कारण व्यक्तिवाद का विचार सर्वहारा की दृष्टि में महत्त्वपूर्ण नहीं रह जाता है।

मार्क्स के ग्रंथों में भ्रांत चेतना शब्द का व्यवहार नहीं मिलता। दरअसल, मार्क्स के ही अभिन्न सहयोगी एंगेल्स ने सर्वप्रथम इसका प्रयोग किया था। पर मार्क्स द्वारा प्रयुक्त विचारधारा तथा पण्य-पूजा शब्दों के अर्थ इसी के निकट माने जाते हैं। मार्क्स ने मूलतः वर्ग की एक वस्तुगत धारणा प्रस्तुत की जो कि समाज के आर्थिक संबंधों पर टिकी व्यवस्था के वस्तुगत विवेचन पर आधारित थी। किसी भी व्यक्ति के सामाजिक वर्ग का निर्धारण समाज में मौजूद उत्पादन एवं सम्पत्तिगत संबंधों के आधार पर होता है। पर एक सामाजिक वर्ग का सदस्य होते हुए भी व्यक्ति की बहुत सारी निजी विशेषताएँ तथा निजी धारणाएँ होती हैं जो विचारों, मनोरचना एवं अस्मिताओं के रूपों पर आधारित होती हैं। ये मनोगत धारणाएँ ही किसी व्यक्ति को ऐसा वैचारिक ढाँचा उपलब्ध कराती हैं जिसके अंतर्गत व्यक्ति समाज में अपनी भूमिका को समझता है और अपने जीवन के प्रभावित करने वाली शक्तियों के बारे में राय क़ायम करता है। पर किसी भी वर्ग-विभाजित समाज में समाज के विशेषाधिकार प्राप्त तथा अधीनस्थ वर्ग के बीच द्वंद्वपूर्ण संबंध मौजूद रहते हैं। मार्क्स के अनुसार समूचा सामाजिक तंत्र इस प्रकार का होता है कि वह सर्वहारा की चेतना में बड़े व्यवस्थित तरीक़े से वास्तविकता की ग़लत, विकृत छवियाँ निर्मित करता है। अगर ऐसा नहीं किया जाएगा तो समाज का शोषित वर्ग अपने शोषण के वास्तविक कारणों का जान लेगा तथा दमन व उत्पीड़न की व्यवस्था को उखाड़ फेंकेगा। इसलिए राजनीति, धर्म, व्यापार, अध्यात्म आदि के स्तर पर ऐसी व्यवस्था खड़ी की जाती है जिससे भ्रांत चेतना तथा विचारधारात्मक वर्चस्व को पैदा किया जा सके।

उल्लेखनीय है कि मार्क्स ने विचारधारा का सिद्धांत अपनी पुस्तक *द जर्मन आइडियालॅजी* में प्रस्तुत किया है और विचारधारा को ऐसा माध्यम बताया है जो मनुष्य को अपनी सृष्टि तथा समाज को समझने में सहायता प्रदान करती है। मार्क्स के पूरे दर्शन में विचारधारा को अन्य चीजों से स्वतंत्र नहीं बल्कि उन पर निर्भर बताया गया है। ख़ास तौर पर किसी काल विशेष में भौतिक स्थितियों तथा उत्पान संबंधों पर विचारधारा का स्वरूप निर्भर होता है। इसीलिए मार्क्स ने अपनी इस रचना में पहले से चले आ रहे भाववादी दर्शन सम्प्रदायों का विरोध करते हुए लिखा : 'चेतना मनुष्य के सामाजिक अस्तित्व को निर्धारित नहीं करती बल्कि सामाजिक अस्तित्व ही उसकी चेतना का निर्धारण करता है। उत्पादन के रूप बदलने के साथ नये वर्ग और स्वामित्व भी पैदा होते हैं।' मार्क्स के ही शब्दों में : 'हथकरघे वाले समाज में सामंत शासक होते हैं जबकि भाप आधारित मिलों के विकास के बाद औद्योगिक पूँजीपतियों के हाथ में सत्ता आ जाती है। वर्गों के इस रूपांतरण में विचारधारा एक वर्ग का

दूसरे वर्ग पर वर्चस्व बनाये रखने में बड़ी भूमिका अदा करती है और उसी से भ्रांत चेतना का भी निर्माण होता है।'

मार्क्स ने पण्य-पूजा की अवधारणा का विकास अपने प्रसिद्ध ग्रंथ *दास कैपिटल* में किया है। इस अवधारणा के माध्यम से उन्होंने उन स्थितियों की व्याख्या की है जो पण्य-उत्पादन में लगे समाज में यथार्थ को धुंधला, अस्पष्ट तथा भ्रमपूर्ण बनाने में योगदान देती हैं। किसी वस्तु के बारे में नज़रिये तथा बोध का निर्माण केवल उसके मूल्य से किया जाता है और किन उत्पादन संबंधों के बीच उस वस्तु का उत्पादन हुआ, इसे अनदेखा कर दिया जाता है। जूतों की सिलाई के कारख़ाने में बने जूते का बाजार में केवल मूल्य देखा जाता है जबकि जूते बनाने वाले मजदूर के श्रम को अनदेखा कर दिया जाता है। मार्क्स के मुताबिक़ इस तरह का रहस्यीकरण सामाजिक उत्पादन में महत्त्वपूर्ण भूमिका निभाता है और इसी के ज़रिये बाजार आधारित समाज दमन और शोषण पर आधारित उन मालिक-मजदूर संबंधों पर पर्दा डाल देता है, जिसपर वह स्वयं निर्भर होता है।

भ्रांत चेतना की अवधारणा को मार्क्स द्वारा प्रतिपादित आधार एवं अधिरचना की सैद्धांतिकियों से भी समझा जा सकता है। समाज की भौतिक दशाएँ ही आधार होती हैं और उनमें आने वाले परिवर्तनों से ही सामाजिक संबंधों में भी परिवर्तन आते हैं। जबकि अधिरचना में शैक्षणिक, वैधानिक, राजनीतिक संस्थाएं, मूल्य, चिंतन के तरीक़े, धर्म, विचारधाराएँ और दर्शनशास्त्र इत्यादि आते हैं। इन्हीं के माध्यम से भौतिक स्थितियों में मौजूद सामंत-किसान, मज़दूर-मालिक आदि शोषणपरक संबंधों की हिफ़ाज़त की जाती है और जब समाज के सभी सदस्य अधिरचना में मौजूद इन शोषणप्रद विचारों को स्वीकार कर लेते हैं तो उसे ही भ्रांत चेतना की अधीनता स्वीकारने के रूप में देखा जाता है।

परवर्ती विचारकों जैसे कार्ल मैनहीम, एंतोनियो ग्राम्शी, लुई अलथुसे आदि ने विचारधारा तथा राजनीतिक संस्थाओं का विस्तार से विश्लेषण कर भ्रांत चेतना के बारे में प्रकाश डाला। फ्रेंच दार्शनिक लुई अलथुसे ने इसे श्रम-शक्ति के पुनरुत्पादन के जरूरी उपकरण के रूप में विश्लेषित किया है। अलथुसे के अनुसार श्रम शक्ति का पुनरुत्पादन दो चीजों पर निर्भर करता है। पहला, आवश्यक हुनर का पुनरुत्पादन और दूसरा, शासक वर्गीय विचारधारा व श्रमिकों के ख़ास समाजीकरण का उत्पादन जिससे तकनीकी रूप से दक्ष एवं आज्ञाकारी-पराधीन श्रमशक्ति का निर्माण होता है। अलथुसे ने यह भी कहा कि कोई भी वर्ग महज़ शक्ति-प्रयोग से अपना वर्चस्व नहीं क़ायम रख पाता बल्कि वर्गीय शासन के लिए भी विचारधारात्मक नियंत्रण करना होता है। अलथुसे के अनुसार शासकवर्गीय विचारधारा का पुनरुत्पादन ख़ास तरीक़े से होता है जिसे उन्होंने आइडियालॅजिकल स्टेट अप्रेटस का नाम दिया जिसमें जनसंचार माध्यम, क़ानून, धर्म, शिक्षा आदि सभी सम्मिलित हैं। आइडियालॅजिकल स्टेट अप्रेटस ही शिक्षा आदि के ज़रिये शासकवर्गीय विचारधारा का प्रसार कर अधीनस्थ वर्गों में भ्रांत चेतना पैदा करता है और उन्हें अधीनता की अवस्था में रखता है। इटली के वामपंथी विचारक ग्राम्शी ने भ्रांत चेतना तथा वर्ग चेतना को विचारधारा तथा प्रभुत्व के संदर्भ में विशेष तौर पर व्याख्यायित किया और कहा कि सर्वहारा अपने सांस्कृतिक-सामाजिक प्रतीकों का प्रयोग कर वर्चस्ववादी विचारधारा का प्रतिरोध कर सकता है और इस प्रकार इतिहास में शक्तिशाली वर्ग की विचारधारा की निष्क्रियतापूर्ण तरीक़े से अधीनता स्वीकार करने से इनकार कर सकता है।

देखें : अर्नेस्टो चे ग्वेवारा, आधार और अधिरचना, ऑस्कर रायज़ार्ड लांगे, आंगिक और पारम्परिक बुद्धिजीवी, एंतोनियो ग्राम्शी, कार्ल हाइनरिख़ मार्क्स-1, 2. 3 और 4, क्रांति, क्रांति : मार्क्सवादी विमर्श, क्यूबा की क्रांति, ग्योर्गी लूकाच, नयी सदी में मार्क्सवादी विमर्श-1, 2. 3,4 5, 6, 7, 8 और 9, निष्क्रिय क्रांति, फ्रेड्रिख़ एंगेल्स, भारत में किसान संघर्ष-2 और 4, कम्युनिस्ट पार्टियाँ-1, 2 और 3, फ्रांस्वा-चार्ल्स मारी फ़ुरिये, फ्रेंज़ फ़ानो, बेगानगी, बोल्शेविक क्रांति, भारतीय इतिहास लेखन-4 और 5, भाषा के मार्क्सवादी सिद्धांत, मानवेंद्र नाथ राय, माओ त्से-तुंग, माओवाद और माओ विचार, मार्क्सवाद-1, 2, 3, 4 और 5, मार्क्सवादी इतिहास-लेखन, मार्क्सवादी समाजशास्त्र, मार्क्सवाद और पारिस्थितिकी, मार्क्सवादी अर्थशास्त्र, लेनिनवाद, लियोन ट्रॉट्स्की, लियो अलथुसे, लिबरेशन थियोलॅजी, वर्चस्व, वर्ग और वर्ग-संघर्ष, व्लादिमिर इलिच लेनिन, समाजवादी वसंत-1, 2, 3, और 4, सांस्कृतिक क्रांति, स्तालिन और स्तालिनवाद, सोवियत समाजवाद-1, 2 और 3, सोवियत सिनेमा, हिंसा-1 और 2.

संदर्भ

1. कार्ल मार्क्स (1971), *द पावर्टी ऑफ़ फ़िलॉसफ़ी,* प्रोग्रेस पब्लिशर्स, मास्को.
2. कार्ल मार्क्स (1977), *कैपिटल, खण्ड-1,* विंटेज, न्यूयार्क.
3. कार्ल मार्क्स और फ्रेड्रिख़ एंगेल्स (1970), *द जर्मन आइडियालॅजी,* प्रोग्रेस पब्लिशर्स, मास्को.
4. एंतोनियो ग्राम्शी (1971), *सेलेक्शंस फ्रॉम द प्रिज़न नोटबुक ऑफ़ एंतोनियो ग्राम्शी,* इंटरनैशनल, न्यूयार्क.
5. लुई अलथुसे (1971), *लेनिन ऐंड फ़िलॉसफ़ी ऐंड अदर एसेज़,* न्यू लेफ़्ट बुक्स, लंदन.
6. लुई अलथुसे (1971), आइडियालॅजी ऐंड आइडियालॅजिकल स्टेट एप्रेटस, न्यू लेफ़्ट बुक्स, लंदन.
7. कार्ल मैनहीम (1959) *आइडियालॅजी ऐंड यूटोपिया : ऐन इंट्रोडक्शन टू द सोसियोलॅजी ऑफ़ नालेज,* ए हारवेस्ट बुक, एचबी 3, न्यूयार्क.

— वैभव सिंह

म

मणिपुर
(Manipur)

भारत के उत्तर-पूर्वी भाग में स्थित राज्य मणिपुर की राजनीति के तीन आयामों को रेखांकित किया जा सकता है। पहला है संसदीय राजनीति, जिसमें विद्रोही समूहों की धमकियों के बावजूद लोग बड़ी संख्या में हिस्सेदारी करते हैं। मसलन, 2012 के विधानसभा चुनावों में तक़रीबन 80 प्रतिशत लोगों ने अपने मताधिकार का प्रयोग किया। संसदीय राजनीति में कांग्रेस की स्थिति मज़बूत रही है। नब्बे के दशक में इसके कमज़ोर होने के संकेत मिले थे, लेकिन 2002 के बाद कांग्रेस ने अपनी स्थिति फिर से मज़बूत की है। दूसरा, मणिपुर के विद्रोही समूहों की राजनीति। ये मणिपुर की पहचान और उसके भारत से अलग अस्तित्व पर ज़ोर देते हैं। मणिपुर के बहुत से इलाक़ों में इनका ख़ासा प्रभाव है। लेकिन ये स्पष्ट वैकल्पिक एजेंडा प्रस्तुत कर पाने में नाकाम रहे हैं। तीसरे स्तर पर इरोम शर्मिला और दूसरे नागरिक समूहों का संघर्ष है। ख़ास तौर पर इरोम ने अपने अहिंसक और मूक संघर्ष द्वारा भारतीय राज्य, सेना और मनमाने क़ानून थोपने पर गहरा सवालिया निशान लगाया है।

मणिपुर की राजधानी इम्फ़ल है। इसके उत्तर में नगालैण्ड, दक्षिण में मिज़ोरम, पश्चिम में असम और पूर्व में म्यांमार स्थित है। मणिपुर का कुल भौगोलिक क्षेत्रफल 22,347 वर्ग किमी है और इस आधार पर यह भारत का तेईसवाँ सबसे बड़ा राज्य है। 2011 की जनगणना के अनुसार मणिपुर की कुल जनसंख्या 2,721,756 है। जनसंख्या के लिहाज़ से भारत में इसका स्थान बाईसवाँ है। यहाँ का जनसंख्या घनत्व 121.8 व्यक्ति प्रति वर्ग किमी और कुल साक्षरता दर 79.85 प्रतिशत है। यहाँ की विधायिका एकसदनीय है जिसमें कुल 60 सदस्य होते हैं। मणिपुर से लोकसभा के दो और राज्य-सभा का एक सांसद चुना जाता है। गुवाहाटी उच्च न्यायालय ही मणिपुर का भी उच्च न्यायालय है।

मेतेइ यहाँ का प्रमुख जातीय समूह है, जिसके बाशिंदे मुख्य रूप से राज्य के घाटी-क्षेत्र में रहते हैं। ये मणिपुर की जनसंख्या में इस समूह की हिस्सेदारी साठ प्रतिशत है, लेकिन राज्य के कुल दस प्रतिशत भौगोलिक क्षेत्र पर ही इनका अधिकार है। इनकी भाषा मेतेइलन को मणिपुरी भी कहा जाता है यहाँ राजभाषा है। इसे संविधान की आठवीं अनुसूची में भी स्थान दिया गया है। घाटी में मुसलमान भी रहते हैं। जनसंख्या में क्रिश्चियन नागाओं (25 प्रतिशत), कुकियों (15 प्रतिशत) और मुसलिम पांगलाओं (7 प्रतिशत) की भी महत्त्वपूर्ण हिस्सेदारी है। ये राज्य की जनसंख्या के तक़रीबन 40 प्रतिशत भाग हैं, लेकिन राज्य की कुल 90 प्रतिशत भौगोलिक क्षेत्र पर इन्हीं का क़ब्ज़ा है।

लम्बे समय से भारतीय इतिहास और संस्कृति का भाग रहने वाले मणिपुर का महाभारत, पुराण और प्राचीन चीनी ग्रंथों में उल्लेख मिलता है। माना जाता है कि मणिपुर से ही पोलो खेल की शुरुआत हुई। यहाँ इसे सोगल कंनगेई के नाम से जाना जाता है। मणिपुर के नृत्य, जिसमें इसकी प्रसिद्ध रासलीला भी शामिल है, को दक्षिण एशिया की छह प्रमुख नृत्य परम्पराओं में से एक माना जाता है। ऐतिहासिक रूप से मणिपुर का शासन बहुसंख्यक हिंदू मेतेइ लोगों के नियंत्रण में रहा है। पूर्व-आधुनिक मणिपुर में जातीय प्रतिद्वंद्विता के कारण यहाँ के विविध समूहों में सत्ता के लिए संघर्ष होता था। इसके अलावा यहाँ के शासकों की बर्मा के शासकों से भी लड़ाई

मणिपुर : सशस्त्र सेना विशेष अधिकार अधिनियम के ख़िलाफ़ संघर्ष

होती रही। इस तरह यह धरती भीतरी और बाहरी-दोनों ही रूपों में संघर्ष का केंद्र बनी रही। बर्मा की सेनाओं ने 1819 में मणिपुर का क़ब्ज़ा कर लिया। 1826 में अंग्रेज़ों और बर्मा के बीच हुए युद्ध के कारण बर्मा को मणिपुर पर अपना दावा छोड़ना पड़ा। इसी कारण मणिपुर बर्मा के हाथों में जाने से बच गया। लेकिन इसके बाद मणिपुर के भीतर विद्रोह होते रहे जिसके कारण अंग्रेज़ों को बार-बार राज्य में दख़ल देने का मौक़ा दिया। आख़िरकार 1891 में मणिपुर एक रजवाड़े के रूप में ब्रिटिश शासन के अंतर्गत आया। 1947 तक यहाँ कंगलपाक वंश का शासन था, लेकिन पहाड़ी क्षेत्र के लोग इस राज्य का हिस्सा नहीं थे। द्वितीय विश्व-युद्ध के दौरान मणिपुर के क्षेत्र में जापानियों और ब्रिटिश सेना के बीच बहुत तीखा संघर्ष हुआ। लेकिन जापानी सेना इम्फल में दाख़िल नहीं हो पायी और उसे पीछे हटना पड़ा। यह नतीजा द्वितीय विश्व-युद्ध का एक महत्त्वपूर्ण मोड़ साबित हुआ।

युद्ध के बाद मणिपुर में 1947 के मणिपुर संविधान अधिनियम के ज़रिये एक लोकतांत्रिक सरकार की स्थापना की गयी। इसमें महाराजा को कार्यपालिका का अध्यक्ष बना कर एक चुनी विधायिका का प्रावधान किया गया था। 1949 में महाराजा बुद्ध चंद्र को उस समय के भारतीय राज्य असम की राजधानी शिलांग बुलाया गया। महाराजा ने अक्टूबर, 1949 में मणिपुर का भारत में विलय करने का फ़ैसला किया और उसने मणिपुर की चुनी हुई विधायिका भंग कर दी। मणिपुर के बहुत से विद्रोही समूह मणिपुर के भारत में विलय को शक की निगाह से देखते हैं। बहरहाल, 1956 में मणिपुर को एक केंद्र शासित प्रदेश बनाया गया। बाद में, 1972 में इसे पूर्ण राज्य का दर्ज़ा दे दिया गया। लेकिन इस तरह के क़दमों के बावजूद मणिपुर के विभिन्न समूहों में मौजूद आक्रोश के ख़त्म होने लायक परिस्थितियाँ नहीं बन पायीं।

राज्य के गठन के बाद से ही यहाँ की संसदीय राजनीति में कांग्रेस का वर्चस्व रहा। यद्यपि मणिपुर पीपुल्स पार्टी जैसे राज्य स्तरीय दल ने कांग्रेस को चुनौती देने की कोशिश की, लेकिन उसे ज़्यादा सफलता नहीं मिली। हालाँकि पूर्ण राज्य का दर्जा 1972 में मिला, लेकिन यहाँ 1963 से ही विधानसभा का चुनाव होने लगा था। कांग्रेस के माइरम्बेम्ब कोइरेंग सिंह राज्य के पहले मुख्यमंत्री बने। 1963-1990 के बीच राज्य में सिर्फ़ चार बार ग़ैर-कांग्रेसी सरकारों का गठन हुआ। इस दौर में मणिपुर यूनाइटेड फ्रंट के लोंगिआम थमबऊ सिंह, मणिपुर पीपुल्स पार्टी के मोहम्मद अलीमुद्दीन (चार मार्च, 1974-नौ जुलाई, 1974), मणिपुर हिल्स यूनियन के यंगबाशो सैजा (दस जुलाई, 1974-पाँच जुलाई, 1974) तथा जनता पार्टी के नेता के रूप में यंगबाशो सैजा (29 जून, 1977-13 नवम्बर, 1979) राज्य के ग़ैर-कांग्रेसी सरकारों में मुख्यमंत्री रहे। स्पष्ट है कि कोई भी ग़ैर-कांग्रेसी सरकार अपना कार्यकाल पूरा नहीं कर पायी। इस दौर में कांग्रेस का वर्चस्व रहा लेकिन कांग्रेस में भी रिशांग कीशिंग (नवम्बर, 1980-फ़रवरी, 1981; जून, 1981-मार्च, 1988) के अलावा कोई मुख्यमंत्री अपना कार्यकाल पूरा नहीं कर पाया।

1990 के दशक के बाद भी राज्य की राजनीति में भारतीय राष्ट्रीय कांग्रेस के दबदबे में कमी आयी। मसलन, 1990 के बाद अभी तक कुल छह विधानसभा चुनाव हुए। इनमें शुरुआती दौर में कांग्रेस की स्थिति अच्छी नहीं थी। इसे सन् 1990 में हुए चुनावों में 24, 1995 के चुनावों में 22, 2000 में 11, 2002 में 20 सीटें मिली। 2002 में इसने गठबंधन सरकार बनायी, जिसका नेतृत्व इसके नेता ओकराम इबोबी सिंह ने किया। 2002 के पहले के दौर में राज्य में कई ग़ैर-कांग्रेसी सरकारें भी गठित हुईं। 1990 में फ़रवरी, 1990 से जनवरी, 1992 के बीच मणिपुर पीपुल्स पार्टी के राजकुमार रणवीर सिंह राज्य के मुख्यमंत्री रहे। इसके बाद 1997-2001 के बीच यहाँ मणिपुर स्टेट कांग्रेस के वाहेंगम निपामचा सिंह मुख्यमंत्री रहे। इसके बाद कुछ समय के लिए राधा विनोद कोइजाइ (14 फ़रवरी, 2001-एक जून, 2001) राज्य के मुख्यमंत्री रहे। बहरहाल, कांग्रेस ने राज्य में 2002 के बाद अपनी स्थिति काफ़ी सुधारी है। 2007 में इसे कुल 30 सीटों पर जीत मिली थी। 2012 के विधानसभा चुनावों में इसकी सीटों की संख्या बढ़कर 42 हो गयी। यह स्पष्ट है कि 1990 के बाद की राज्य की राजनीति में गठबंधन राजनीति की ओर बढ़ी लेकिन 2002 के बाद कांग्रेस ने राज्य में अपनी स्थिति

काफ़ी मज़बूत कर ली है।

मणिपुर की राजनीति की एक प्रमुख विशेषता ऐसे विद्रोही समूहों की मौजूदगी है, जो संसदीय राजनीति को ख़ारिज़ करते हैं। ऐसे कई समूह एक पृथक मणिपुर के लिए भी संघर्ष कर रहे हैं। मणिपुर में 1960 के दशक के शुरुआती वर्षों में मेतेइ राष्ट्रवादी आंदोलन प्रारम्भ हुआ था। इस आंदोलन ने मणिपुर पर 'भारतीय क़ब्ज़े' का विरोध किया। एक दशक बाद नगाओं की राजनीतिक महत्त्वाकांक्षाएँ भी सामने आने लगीं। नागा पृथकतावादी संगठनों ने उत्तर-पूर्व के सभी नागा बहुल ज़िलों को मिलाकर एक सम्प्रभु नगालैण्ड राज्य बनाने का लक्ष्य पेश किया। इसमें मणिपुर के नगा बहुल ज़िलों को भी शामिल किया जाना था। इससे एक तरफ तो मेतेई लोगों में नाराज़गी पैदा हुई, वहीं दूसरी ओर भारतीय राज्य ने भी ऐसे पृथकतावादी आंदोलन का दमन किया।

1980 में केंद्र सरकार ने पूरे राज्य में 1958 के सशस्त्र सेना विशेष अधिकार अधिनियम (या आफ़्स्पा) लागू कर दिया। लेकिन भारतीय सेना की दमनकारी गतिविधियों से इस क्षेत्र में पृथकतावादी भावनाएँ और भड़क गयीं। कुकी होमलैण्ड की माँग भी सामने आने लगी। 1980 के दशक के मध्य से इस तरह के बहुत से आंदोलनों ने एक छतरी संगठन के रूप में मणिपुरी पीपुल्स लिबरेशन आर्मी (पीएलए) और कुछ दूसरे छतरी संगठनों का गठन हुआ। इन संगठनों में भारत से आज़ादी और बाहर से आये मुसलमानों को बाहर करने जैसे मुद्दों पर ही बुनियादी एकता थी। बाक़ी सवालों पर इन संगठनों में मतभेद भी थे।

अर्द्धसैनिक बलों, ख़ास तौर पर असम राइफल्स की क्रूरता के कारण यहाँ के लोगों में भारतीय सेना के प्रति ग़ुस्सा है। सैन्य बलों को 'आर्म्ड फोर्सेज स्पेशल पावर एक्ट' (आफ़्स्पा) के तहत विशेष सुरक्षा मिली हुई है। इस कारण भी उनकी मनमानी बढ़ी है। इसी तरह की मनमानी का एक उदाहरण जुलाई, 2004 की घटना है। इस दिन असम राइफल्स द्वारा एक 32 वर्षीय महिला थांगजम मनोरमा को गिरफ़्तार किया गया, उसे यातना दी गयी और बलात्कार कर उसकी हत्या कर दी गयी। इस घटना ने भारतीय सेना के ख़िलाफ़ आक्रोश बहुत ज़्यादा बड़ा दिया। सेना की ज़्यादातियों और आफ़्स्पा के ख़िलाफ़ इरोम शर्मिला दो नवम्बर, 2000 से लगातार भूख हड़ताल पर हैं। अभी तक मणिपुर से सेना की वापसी नहीं हुई है और न ही आफ़्स्पा हटाया गया है। लेकिन इरोम शर्मिला के संघर्ष के कारण पूरी दुनिया में मणिपुर और दूसरे पूवोत्तर राज्यों में भारतीय सैन्य बलों की ज़्यादतियों की चर्चा होने लगी है।

देखें : असम, अरुणाचल प्रदेश, आंध्र प्रदेश, उत्तर प्रदेश, उत्तराखण्ड, ओडीशा, कर्नाटक, केरल, गुजरात, छत्तीसगढ़, जम्मू और कश्मीर, झाड़खण्ड, तमिलनाडु, त्रिपुरा, दिल्ली, नगालैण्ड, पश्चिम बंग, पंजाब, बिहार, महाराष्ट्र, मध्य प्रदेश, मिज़ोरम, मेघालय, भारतीय संघवाद, राजस्थान, राज्यों का पुनर्गठन-1, 2 और 3, राज्यों की राजनीति, संघवाद, हरियाणा।

संदर्भ

1. लाल दीना (सम्पा.) (1991), *हिस्ट्री ऑफ मॉडर्न मणिपुर, 1826-1949,* ऑरबिट पब्लिशर्स, नयी दिल्ली, 1991.
2. फानजुबाम तारापॉट (2003), *ब्लीडिंग मणिपुर,* हरआनंद पब्लिकेशंस, नयी दिल्ली.
3. सुमंत बनर्जी (2004), ''इण्डियाज़ 'होम' फ्रंट'', *इकनॉमिक ऐंड पॉलिटिकल वीकली,* खण्ड 39, अंक 40.
4. दीप्ति प्रिया महरोत्रा (2009), *बर्निंग ब्राइट : इरोम शर्मिला,* पेंगुइन, नयी दिल्ली.

— कमल नयन चौबे

मध्य प्रदेश

(Madhya Pradesh)

अपने नाम के अनुरूप मध्य प्रदेश भारत के बीच में स्थित है। इस राज्य की राजनीति की एक मुख्य विशेषता यह रही है कि तमाम बदलावों और नवीनताओं के बावजूद इसका चरित्र हमेशा द्वि-दलीय ही रहा है। नब्बे के दशक में कई हिंदीभाषी क्षेत्रों में एक तीसरा मोर्चा शक्तिशाली ढंग से उभरा। बिहार और उत्तर प्रदेश जैसे राज्यों में पिछड़ी जातियों और दलितों ने ऊँची जातियों के वर्चस्व वाले राजनीतिक दलों को पीछे करके सत्ता पर अपना अधिपत्य क़ायम किया। लेकिन मध्य प्रदेश इस तरह के बदलावों से अछूता ही रहा। मध्य प्रदेश की राजनीति में अगड़ी जातियों का वर्चस्व लगातार बना रहा और कांग्रेस बनाम भारतीय जनता पार्टी की होड़ जारी रही। दूसरी तरफ यह भी एक उल्लेखनीय तथ्य है कि 1992 में हुई साम्प्रदायिक हिंसा के अपवाद को छोड़ कर यहाँ अमूमन साम्प्रदायिक समरसता की ही स्थिति रही है। मोटे तौर पर मध्य प्रदेश में भाजपा की हिंदुत्ववादी राजनीति का रंग हल्का रहा है। 2003 के चुनावों में जहाँ भाजपा ने 'बिजली पानी और सड़क' को मुद्दा बनाया, वहीं 2008 में शिवराज सिंह चौहान ने अपने काम-काज के आधार पर वोट माँगा। मध्य प्रदेश अपने पड़ोसी राज्यों की तरह माओवादी आंदोलन का भी शिकार नहीं है। इस संदर्भ में यह तुलनात्मक रूप से एक शांत राज्य है। लेकिन विकास के मामले में मध्य प्रदेश की

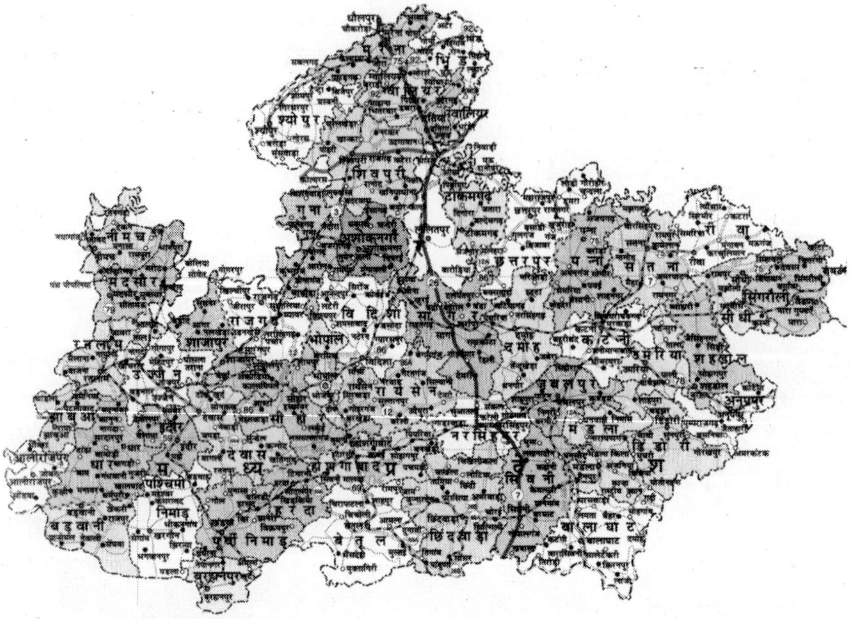

मध्य प्रदेश : दो दलों की प्रतियोगिता

स्थिति अच्छी नहीं है। धीरे-धीरे यह बिमारू राज्य की श्रेणी से निकल रहा है, पर इस सिलसिले में इसे लम्बी दूरी तय करनी है।

मध्य प्रदेश के पश्चिम में गुजरात, उत्तर-पश्चिम में राजस्थान, उत्तर-पूर्व में उत्तर प्रदेश, पूर्व में छत्तीसगढ़ और दक्षिण में महाराष्ट्र राज्य स्थित है। वर्तमान मध्य प्रदेश राज्य का गठन एक नवम्बर, 1956 को हुआ था। इसमें पूर्व मध्य प्रदेश (इसके मराठी भाषी क्षेत्रों को मुम्बई राज्य में मिला दिया गया), मध्य भारत, विंध्य प्रदेश और भोपाल राज्यों को मिलाया गया था। इसका कुल क्षेत्रफल 3,08,252 वर्ग किमी है और इस लिहाज़ से यह भारत का दूसरा सबसे बड़ा राज्य है। 2011 की जनगणना के अनुसार यहाँ की कुल जनसंख्या 7,56,97,565 है। इस आधार पर यह भारत का छठा सबसे बड़ा राज्य है। यहाँ का जनसंख्या घनत्व 245.6 व्यक्ति प्रति वर्ग किमी है। इसकी साक्षरता दर 76.5 प्रतिशत है। इस लिहाज़ से देश में इसका स्थान आठवाँ है। हिंदी यहाँ की आधिकारिक भाषा है। 2001 की जनगणना के अनुसार मध्य प्रदेश की जनसंख्या में अनुसूचित जनजातियाँ 20.63 प्रतिशत और अनुसूचित जातियाँ 13.14 प्रतिशत हैं। यहाँ की आबादी का कुल 91.1 प्रतिशत हिंदू है (इसमें अनुसूचित जातियों और अनुसूचित जनजातियों की जनसंख्या भी शामिल है) और 6.04 प्रतिशत मुसलमान। यहाँ की जनसंख्या में जैन, ईसाई, बौद्ध और सिक्ख धर्मों को मानने वाले लोग भी मौजूद हैं, लेकिन इनकी जनसंख्या तुलनात्मक रूप से काफ़ी कम है। मध्य प्रदेश में मुख्य रूप से बैगा, भील, गोंड, कोल, माल्टू, मारिया आदि प्रमुख आदिवासी समूह हैं।

मध्य प्रदेश की विधायिका एकसदनीय है। वर्तमान में मध्य प्रदेश विधानसभा में 231 सदस्य चुने जाते हैं। यहाँ से लोकसभा के 29 और राज्यसभा के 11 सदस्य चुने जाते हैं। एक नवम्बर, 2000 को मध्य प्रदेश से अलग करके छत्तीसगढ़ राज्य बनाया गया। इसलिए 2000 से पहले मध्य प्रदेश से लोकसभा के 40 और राज्यसभा के 16 सदस्य चुने जाते थे और यहाँ के विधानसभा के सदस्यों की संख्या 321 थी। रविशंकर शुक्ल यहाँ के प्रथम मुख्यमंत्री थे।

मध्य प्रदेश विकास के संकेतकों के हिसाब से विकसित राज्यों की श्रेणी में नहीं आता है, लेकिन राजनीतिक रूप से बहुत ही जागरूक और सक्रिय प्रदेश रहा है। राष्ट्रीय राजनीति के लगभग सभी परिवर्तनों से राज्य की राजनीति प्रत्यक्ष या परोक्ष रूप से प्रभावित होती रही है। मध्य प्रदेश में कांग्रेस का सशक्त जनाधार रहा है। 1957 से लेकर 1977 तक राज्य में लगातार कांग्रेस की सरकार रही। इस दौर में ऊँची जातियों के नेता ही राज्य के मुख्यमंत्री बने जो अपनी कुर्सी के लिए पूरी तरह से हाईकमान की मर्ज़ी पर निर्भर थे। 1977 में केंद्र में जनता पार्टी की सरकार बनने के बाद कांग्रेसी सरकार को बर्ख़ास्त कर दिया गया। इसके बाद हुए चुनाव में जनता पार्टी को जीत मिली। जून, 1977 से फ़रवरी, 1980 तक राज्य में जनता पार्टी की सरकार रही। इसमें मुख्यत: जनसंघ का ही बोलबाला था, क्योंकि राज्य में जनता पार्टी के घटकों में इसी पार्टी का आधार ही मज़बूत था। इस पूरे दौर में राज्य में तीन मुख्यमंत्री बने : कैलाश चंद्र जोशी, वीरेंद्र कुमार सकलेचा और सुंदरलाल पटवा। 1980 में सत्ता में वापस लौटने पर इंदिरा गाँधी सरकार ने जनता पार्टी की सरकार को बर्ख़ास्त कर दिया। फिर पूरे दशक में राज्य में कांग्रेस का शासन रहा। अर्जुन सिंह और मोतीलाल वोरा अदल-बदल कर मुख्यमंत्री बने। कुछ महीनों के लिए श्यामाचरण शुक्ल को भी मुख्यमंत्री बनाया गया।

1990 से लेकर 2008 तक हुए पाँच विधानसभा चुनावों पर नज़र डालें तो यह स्पष्ट होता है कि 1993 और 1998 के चुनावों में कांग्रेस को जीत मिली, जबकि 1990, 2002 और 2008 में भाजपा विजयी रही। 1990 के विधानसभा चुनावों में भाजपा को 220 और कांग्रेस को 56

विधानसभा सीटों पर जीत मिली। इन चुनावों के बाद सुंदरलाल पटवा राज्य के मुख्यमंत्री बने। लेकिन छह दिसम्बर, 1992 को बाबरी मसजिद विध्वंस के बाद केंद्र ने मध्य प्रदेश की भाजपा सरकार को भी बर्ख़ास्त कर दिया। 1993 में कांग्रेस को 174 और भाजपा को 117 विधानसभा सीटों पर जीत मिली। इसके बाद दिग्विजय सिंह के नेतृत्व में कांग्रेस की सरकार गठित हुई। 1998 के विधानसभा चुनाव एक तरह से दिग्विजय सिंह सरकार की कामकाज के बारे में जनादेश के लिए हुए थे। इन विधानसभा चुनावों का नतीजा भी कमोबेश पिछली विधानसभा चुनावों के नतीजों की तरह ही रहा। इस चुनाव में कांग्रेस को 172 और भाजपा को 119 सीटों पर जीत मिली। 2003 के विधानसभा चुनाव में भाजपा ने पिछड़ी जाति की नेता उमा भारती को राज्य का भावी मुख्यमंत्री घोषित किया। इन चुनावों में भाजपा की जीत हुई और उसे 193 सीटों पर जीत मिली जबकि कांग्रेस को सिर्फ 38 सीटों पर ही जीत मिल पायी। उमा भारती राज्य की मुख्यमंत्री बनीं, लेकिन उन्हें अगस्त 2004 में मुख्यमंत्री पद छोड़ना पड़ा क्योंकि कर्नाटक की एक अदालत ने उनके ख़िलाफ़ वारंट जारी कर दिया था। दरअसल, राष्ट्रीय स्तर की राजनीति में अपना सिक्का जमाने की उमा भारती की महत्त्वाकांक्षा और भाजपा के अन्य नेताओं से खींचतान के कारण उमा भारती राज्य की राजनीति में अलग-थलग पड़ गयी। उनके बाद बाबूलाल गौर राज्य के मुख्यमंत्री बने। नवम्बर, 2005 में भाजपा हाईकमान ने गौर की जगह शिवराज सिंह चौहान को मुख्यमंत्री बनाया। चौहान के नेतृत्व में भाजपा ने 2008 का चुनाव लड़ा और उसे 143 विधानसभा सीटों पर जीत मिली, जबकि कांग्रेस सिर्फ 71 सीटें ही जीत पायी।

विधानसभा चुनावों की तरह ही लोकसभा चुनावों में भी मुख्यतः दो दलों के बीच ही संघर्ष होता है। 1990 के बाद के हुए लोकसभा चुनावों की एक मुख्य प्रवृत्ति यह रही है कि इन चुनावों में भाजपा कांग्रेस की तुलना में मज़बूत साबित हुई है। 1996 में भाजपा को 27, कांग्रेस 8, बसपा को 2 और कांग्रेस (तिवारी) तथा मध्य प्रदेश विकास कांग्रेस को 1 सीट पर जीत मिली। 1998 में भाजपा को 30 और कांग्रेस को 10 सीटों पर जीत मिली। 1999 में भाजपा को 29 और कांग्रेस को 11 सीटों पर जीत मिली। 2004 के लोकसभा चुनावों में भाजपा को 25 और कांग्रेस को 4 सीटें मिलीं। 2009 में हुए लोकसभा चुनावों में भाजपा को 16 और कांग्रेस को 12 सीटें मिलीं।

1993 में हुए विधानसभा चुनावों में राज्य के बघेलखण्ड, बुंदेलखण्ड और चम्बल क्षेत्रों में बहुजन समाज पार्टी ने अपनी उपस्थिति प्रभावशाली ढंग से दर्ज की। शुरुआत में ऐसा लगा कि बहुजन समाज पार्टी द्वि-दलीय राजनीति के ढाँचे को तोड़ कर प्रतियोगिता को तितरफ़ा बना देगी। बसपा के वोट प्रतिशत में लगातार बढ़ोतरी हुई। 1990 में इसे 3.54 प्रतिशत वोट मिले, जबकि 2008 के चुनावों में इसे 8.97 प्रतिशत मिले। लेकिन वह अपने संगठन को उत्तर प्रदेश जैसा मज़बूत नहीं बना पायी। यह जरूर है कि बसपा ने अपनी उपस्थिति लगातार बनाये रखी।

मध्य प्रदेश में पिछड़ी जातियों की अच्छी-ख़ासी जनसंख्या (कुल जनसंख्या का तक़रीबन 40 प्रतिशत) होने के बावजूद राज्य के नेतृत्व पर भी उनका कोई पक्का दबदबा क़ायम नहीं हो पाया है। मसलन, बाबू लाल गौर और उमा भारती जैसे नेता राज्य के मुख्यमंत्री बने, लेकिन ये लम्बे समय तक नहीं रह पाये। मध्य प्रदेश में चुने जाने वाले विधायकों की सामाजिक पृष्ठभूमि का विश्लेषण करने से यह बात सामने आती है कि यहाँ एक ओर उच्च जातियों की प्रभावशाली उपस्थिति लगातार बनी हुई है, वहीं राज्य के दोनों प्रमुख दलों कांग्रेस एवं भाजपा ने अन्य पिछड़े वर्गों को नेतृत्व में उल्लेखनीय हिस्सेदारी प्रदान की है। यही कारण है कि बाहर उत्तर प्रदेश या हरियाणा जैसे राज्यों की तरह यहाँ पिछड़ी जातियों या दलितों के नेतृत्व वाले दल बहुत मज़बूती से उभर कर सामने नहीं आ पाये।

देखें : असम, अरुणाचल प्रदेश, आंध्र प्रदेश, उत्तर प्रदेश, उत्तराखण्ड, ओडीशा, कर्नाटक, केरल, गुजरात, छत्तीसगढ़, जम्मू और कश्मीर, झाड़खण्ड, तमिलनाडु, त्रिपुरा, दिल्ली, नगालैण्ड, पश्चिम बंग, पंजाब, बिहार, महाराष्ट्र, मणिपुर, मिज़ोरम, मेघालय, भारतीय संघवाद, राजस्थान, राज्यों का पुनर्गठन-1, 2 और 3, राज्यों की राजनीति, संघवाद, हरियाणा।

संदर्भ

1. शैबाल गुप्ता (2005), 'सोसियो-इकॉनॉमिक बेस ऑफ़ पॉलिटिकल डायनेमिक्स इन मध्य प्रदेश', *इकॉनॉमिक ऐंड पॉलिटिकल वीकली*, 26 नवम्बर.
2. संजय कुमार (1999), 'बीजेपीज़ डिफ़ीट इन विधानसभा इलेक्शन, 1998 : वाइडस्प्रेड इरोज़न ऑफ़ सपोर्ट बेस', *इकॉनॉमिक ऐंड पॉलिटिकल वीकली*, 30 जनवरी.
3. यतींद्र सिंह सिसोदिया और आशीष भट्ट (2009), 'मध्य प्रदेश : स्थाई बनती दो ध्रुवीय राजनीति', अरविंद मोहन (सम्पा.), *लोकतंत्र का नया लोक : चुनावी राजनीति में राज्यों का उभार*, भाग-2, वाणी प्रकाशन-लोकनीति सीएसडीएस, नयी दिल्ली.

— कमल नयन चौबे

मनोविज्ञान-1

दार्शनिक उद्‌गम और मार्क्स की आपत्तियाँ

(Psychology-1)

व्यवहार एवं मानसिक प्रक्रियाओं का अध्ययन करने वाला शास्त्र मनोविज्ञान कहलाता है। इसके ज़रिये वैयक्तिक और सामाजिक व्यवहार में मानसिक प्रक्रियाओं के प्रभाव का पता लगाया जा सकता है। मनोविज्ञान के विकास से पहले व्यवहार एवं मानसिक प्रक्रियाओं में दर्शनशास्त्र के स्तर पर विचार किया जाता था। उस समय मनोविज्ञान का मतलब था मानस का दर्शन जिसकी मौजूदगी के पर्याप्त प्रमाण प्लेटो और अरस्तू से लेकर देकार्त, हॉब्स, ह्यूम और कांट के लेखन में मिलते हैं। एक लम्बी अवधि में धीरे-धीरे मानस का दर्शन मनोविज्ञान के ठोस और अपने पैरों पर खड़े अनुशासन के रूप में सामने आया। समझा जाता है कि मनोविज्ञान एक विषय के रूप में दर्शनशास्त्र के प्रभाव से मुक्त तब हुआ जब 1879 में विल्हेल्म वुण्ट ने लाइपिज़िग विश्वविद्यालय में मनोविज्ञान की पहली प्रयोगशाला शुरू की। लेकिन एक स्वायत्त अकादमिक गतिविधि के रूप में मनोविज्ञान का उदय बीसवीं सदी की परिघटना ही है। इसीलिए शुरुआती मनोविज्ञानियों के लेखन पर दर्शनशास्त्र की ज़बरदस्त छाप देखी जा सकती है। मसलन, विलियम जेम्स की 1890 में प्रकाशित रचना *प्रिंसिपल्स ऑफ़ साइकोलॅजी* में मस्तिष्क, सहज-वृत्ति और सम्मोहन पर ही नहीं बल्कि देह और मस्तिष्क के द्वैत से संबंधित दार्शनिक समस्याओं पर भी अध्याय मिलते हैं। इसी तरह 1904 में प्रकाशित ई.बी. टिचनर की पुस्तक *लेक्चर्स ऑन द एक्सपेरीमेंटल साइकोलॅजी ऑफ़ द थॉट प्रोसेस* पर भी ब्रिटिश इंद्रियानुभववादी दर्शन की गहरी छाप है। मनोविज्ञान की इस आधार पर आलोचना भी की गयी है कि बतौर एक वैज्ञानिक अनुशासन (पॉज़िटिव डिसिप्लिन) इसका विकास अभी परिपक्व नहीं है, क्योंकि इसकी कथित वैज्ञानिक पद्धतियाँ भावनाओं और संवेगों जैसी अमूर्तताओं के व्यक्तिपरक और स्वयं की रिपोर्टिंग (सब्जेक्टिव सेल्फ़ रिपोर्टिंग) पर आधारित हैं। एक आलोचना यह भी होती है कि मनोवैज्ञानिक के स्वयं के चेतन और अचेतन पूर्वाग्रह से अनुसंधान अछूता नहीं रह पाता।

मार्क्स की आपत्तियाँ और सोवियत प्रयोग : ज्ञान की राजनीति के क्षेत्र में उन्नीसवीं सदी के दौरान मनोविज्ञान की वैधता पर मार्क्स और एंगेल्स ने सबसे बड़ा सवालिया निशान लगाया। उन्होंने भौतिकवादी दृष्टि का पक्ष लेते हुए यह मानने से इनकार कर दिया कि मानवीय चेतना का सही अध्ययन किसी आदर्शवादी नज़रिये से किया जा सकता है। अपनी रचना *जर्मन आइडियालॅजी* में इन दोनों विद्वानों ने दलील दी कि व्यक्ति के सोचने और अनुभूति करने की प्रक्रिया का अध्ययन भौतिकवादी आईने में समाज को देख कर किया जाना चाहिए क्योंकि 'जीवन चेतना से निर्धारित नहीं होता, बल्कि चेतना जीवन से निर्धारित होती है'। इसका तात्पर्य यह था कि मनुष्य की मनोवैज्ञानिक प्रकृति समाज में होने वाले परिवर्तनों के साथ-साथ बदलती रहती है और चेतना के नये रूप पैदा होते रहते हैं। इसी तर्ज़ पर मार्क्स ने *इकॉनॉमिक ऐंड फ़िलॉसफ़ीकल मैन्युस्क्रिप्ट* में उद्योग के इतिहास को मनुष्य की अनिवार्य शक्तियों की खुली किताब क़रार देते हुए उसे एक बोधगम्य मानवीय मनोविज्ञान से जोड़ा। मार्क्स ने मनोविज्ञान के ऊपर अपना आक्रमण जारी रखते हुए कहा कि विज्ञान के ऐतिहासिक विकास को नज़रअंदाज़ करने वाला यह शास्त्र कभी एक सच्चा और सम्पूर्ण विज्ञान नहीं बन पायेगा। मार्क्स द्वारा पैदा किया गया मनोविज्ञान संबंधी यह विवाद आगे चल सोवियत संघ और अन्य साम्यवादी देशों में मनोविज्ञान को ज्ञान के एक रूप की तरह ख़ारिज करने की तरफ़ ले गया। मनोविज्ञान और मार्क्सवाद के इस टकराव से ज़ाहिर था कि इस अनुशासन का ज़्यादातर विकास पूँजीवादी देशों में ही होता। इसलिए माना जाता है कि एक विषय के रूप में इसका जो कुल जमा विकास हुआ है उसमें पश्चिमी, औद्योगिक, उदारतावादी समाज के पूर्वग्रह छिपे हैं।

मार्क्स और एंगेल्स का यह भी कहना था कि अवचेतन को अधिभूतवादी धारणाओं की रोशनी में नहीं समझा जाना चाहिए। एंगेल्स ने इस सिलसिले में शरीरशास्त्र से मिसालें देते हुए साबित करने की कोशिश की है कि अवचेतन का एक भौतिक आधार होता है। उनका कहना था कि मनुष्य को सक्रियता की तरफ़ ले जाने वाली हर चीज़ लाज़मी तौर पर उसे मस्तिष्क से गुज़रती है। चूँकि मस्तिष्क बाह्य जगत के प्रभावों से अछूता नहीं रह सकता इसलिए उसका असर अनुभूतियों, विचारों, संवेगों आदि पर अनिवार्य रूप से पड़ता ही है। मनोविज्ञान की यही शरीरशास्त्रीय आलोचना लेनिन ने भी की। अपनी दार्शनिक रचना *मैटीलियलिज़्म ऐंड इम्पैरियो-क्रिटिसिज़्म* में लेनिन ने ख़ास तौर से विल्हेल्म वुंट पर आरोप लगाया कि उनके चिंतन का प्रस्थान-बिंदु मुख्यत: आदर्शवादी है इसलिए वे किसी विज्ञान के प्रवर्तक नहीं हो सकते। लेनिन ने मनोविज्ञानियों से कहा कि उन्हें संवेगों का विवरण बाह्य जगत के परिणामस्वरूप होने वाली घटनाओं के रूप में देना चाहिए। मसलन, किसी रंग के बारे में बताते समय इतना कहना या जानना काफ़ी होगा कि वह रेटिना पर किसी भौतिक वस्तु की क्रिया का परिणाम है।

सोवियत संघ में क्रांति के बाद मार्क्सवादी सिद्धांतों के आधार पर मनोविज्ञान के विकास की कोशिश की गयी।

पहले रूस में मनोविज्ञान के कई विचार-पंथ प्रचलित थे। 1921 में लेनिन ने आई.पी. पाव्लोव को मार्क्सवादी मनोविज्ञान के विकास की ज़िम्मेदारी दी। स्तालिन के शासनकाल में भी पाव्लोवियन मनोविज्ञान को ही कम्युनिस्ट शासन प्रोत्साहित करता रहा। पाव्लोव ने व्यवहार का अध्ययन प्रतिवर्तों (रिफ़्लेक्सेज़) और शरीरविज्ञानी प्रक्रियाओं के रूप में करने का प्रस्ताव किया। दरअसल, यह काम वे क्रांति के पहले से करते आ रहे थे। पाव्लोव ने अपने एक मशहूर प्रयोग में दिखाया था कि कुत्तों की प्राकृतिक अनुक्रियाएँ (ग़ैर-अनुकूलित) किसी तरह बाह्य प्रभावों के ज़रिये बदली जा सकती हैं। मसलन, भोजन देख कर उनके मुँह में पानी आ जाता है। लेकिन अगर बार-बार उन्हें ख़ाना दिखाने के साथ-साथ घंटी भी बजायी जाए तो फिर घंटी बजने पर भी उनके मुँह में पानी आना शुरू हो जाएगा। पाव्लोव की प्रयोगशाला में चिंतन, अनुभूति और पूर्वानुमान जैसी मानसिक शब्दावली के इस्तेमाल पर प्रतिबंध लगा हुआ था। वे मानवीय चेतना की व्याख्या अनुकूलित या ग़ैर-अनुकूलित प्रतिवर्तों के संदर्भ में करते थे।

दिलचस्प तथ्य यह है कि पाव्लोव के सिद्धांतों को शासन द्वारा हाथों-हाथ ज़रूर लिया गया, लेकिन ख़ुद पाव्लोव ने न तो कभी कम्युनिस्ट पार्टी की सदस्यता ग्रहण की और न ही ख़ुद को मार्क्सवादी-लेनिनवादी कहा। ख़ुद को स्पष्ट रूप से मार्क्सवाद के जोड़ने वाले विद्वान थे एल.एस. विगोत्स्की। उनका कहना था कि मनुष्य केवल अपने पर्यावरण के प्रति अनुक्रिया ही नहीं करता, बल्कि सक्रिय रूप से उसे बनाता भी है। इस प्रक्रिया में उसे ख़ास तरह की चेतना प्राप्त होती है। उन्होंने बच्चों के विचारों का गहन अध्ययन करके अपने सिद्धांतों का सूत्रीकरण किया। उनका दावा था कि उनके सिद्धांत ऐतिहासिक भौतिकवाद की कसौटियों पर खरे उतरते हैं।

व्यवहारपरक विज्ञान : मनोविज्ञान को एक व्यवहारपरक विज्ञान (विहैवियेरियल साइंस), समाज-विज्ञान के एक अनुशासन तथा एक संज्ञानात्मक विज्ञान (कॉग्निटिव साइंस) के रूप में देखा जाता है। उल्लेखनीय है कि बीसवीं सदी में मनोविज्ञान व्यवहारपरक विज्ञान होने के साथ-साथ एक अनुप्रयुक्त विज्ञान के रूप में भी विकसित हुआ है। वह मानसिक प्रक्रियाएँ निर्धारित करने वाली जैव- वैज्ञानिक और स्नायविक प्रक्रियाओं का भी अध्ययन करता है। यहीं सवाल उठता है कि क्या मानस के धरातल पर होने वाली अमूर्त प्रक्रियाओं का वैज्ञानिक अध्ययन किया जा सकता है? दरअसल, मनोविज्ञान के तहत व्यवहार को एक ऐसी सामान्य इकाई के रूप में ग्रहण किया जाता है जिसके अध्ययन से मानसिक प्रक्रियाओं का पता चलता है। इस सिलसिले में संवेग, धारणा, भावना, अनुभूति, संज्ञान और संबंध आदि अध्ययन का विषय बनते हैं। सामान्य रूप से व्यवहारों के माध्यम से इन सभी का अध्ययन किया जाता है। इस अर्थ में मनोविज्ञान एक व्यवहारपरक विज्ञान है। व्यवहार ही वह इकाई है जिसका अवलोकन किया जा सकता है, जिसे रिकॉर्ड किया जा सकता है और जिसका अध्ययन किया जा सकता है। व्यवहारों के माध्यम से मानसिक प्रक्रियाओं के बारे में अनुमान (इनफ़रेंस) लगाया जाता है।

एक प्रश्न यह भी है कि समाजशास्त्र, मानवविज्ञान, अर्थशास्त्र और राजनीतिशास्त्र भी तो व्यवहारपरक विज्ञान हैं। लेकिन ये सभी अनुशासन मानव-व्यवहार के किसी-न-किसी एक ही पक्ष का अध्ययन करते हैं जबकि मनोविज्ञान व्यवहार-मात्र और व्यवहार के सभी प्रकारों का अध्ययन करता है। इसलिए मनोविज्ञान के विषय-क्षेत्र का कोई भी एक प्रसंग दूसरे किसी व्यवहारपरक विज्ञान के साथ कहीं न कही परस्परव्यापी हो जाता है। उदाहरणस्वरूप, मतदाताओं के व्यवहार का अध्ययन राजनीति-शास्त्र का भी विषय क्षेत्र है और मनोविज्ञान का भी। हालाँकि व्यवहार को अध्ययन की इकाई के रूप में मानने को लेकर व्यापक सहमति है, फिर भी मनोविज्ञान के अलग- अलग परिप्रेक्ष्य हैं जो व्यवहार को अलग-अलग कोण से देखते हैं। अनेक परिप्रेक्ष्य व्यवहार से इतर चरों (वैरियबल्स) से भी अपने अध्ययन की शुरुआत करते हैं। एक वैज्ञानिक अनुशासन के रूप में मनोविज्ञान आनुभविक विधियों (इम्पीरिकल मैथॅड्स) का प्रयोग करता है। एक व्यवस्थित और सुपरिभाषित ढाँचे के तहत प्रयोग और अवलोकन विधियाँ अपनायी जाती हैं। इन विधियों में भी चर (वैरियेबल) परिमाणात्मक आँकड़ों के रूप में व्यक्त होते हैं। आनुभविक अध्ययन के माध्यम से मनोवैज्ञानिक चरों के मध्य कारणात्मक और सहसंबंधात्मक संबंध स्थापित किया जाता है। ऐसे सिद्धांत बनते हैं जो किसी एक रेंज में अनेक मिलते-जुलते व्यावहारिक प्रकरणों पर लागू हो सकते हैं। ये सिद्धांत उचित या अनुचित के मूल्य-निर्णय न हो कर अनेक अनुमान निकालने में उपयोगी होते हैं। आनुभविक और निगमनात्मक पद्धति अपनाने के साथ-साथ मनोविज्ञान में अलग-अलग परिप्रेक्ष्यों में प्रतीकात्मक विवेचन (सिम्बॉलिक इंटरप्रिटेशन) और आगमनात्मक पद्धति का भी उपयोग होता है। आजकल मनोविज्ञान में समाज-विज्ञानों, प्राकृतिक विज्ञानों, चिकित्सा और दर्शन सभी के परिप्रेक्ष्यों और विधियों का उपयोग होने लगा है।

देखें : ज़िग्मण्ड फ्रॉयड, रेने देकार्त, ज़ाक लकाँ, एरिक फ्रॉम, एरिक एरिकसन, मनोविश्लेषण, चेतना, इयत्ता, मनोविश्लेषण और नारीवाद।

संदर्भ

1. फ़ेरनाल्ड एलडी (2008). *साइकोलॉजी : सिक्स पर्सपेक्टिव्ज़,* सेज पब्लिकेशंस, थॉमस ओक्स.

2. आई.पी. पाव्लोव (1932/1958), *एक्सपेरीमेंटल साइकोलॅजी ऐंड अदर एसेज़,* फ़िलॉसफ़ीकल लाइब्रेरी, न्यूयॉर्क.
3. एल. रहमानी (1973), *सोवियत साइकोलॅजी : फ़िलॉसफ़ीकल, थियरेटिकल ऐंड एक्सपेरिमेंटर इशूज़,* इंटरनैशनल युनिवर्सिटीज़ प्रेस, न्यूयॉर्क.

— **राकेश श्रीवास्तव**

मनोविज्ञान-2

नैदानिक, चिकित्सकीय और परामर्शी

(Psychology-2)

एक अनुप्रयुक्त विज्ञान के रूप में मनोविज्ञान मानसिक स्वास्थ्य की समस्याओं का आकलन और समाधान करता है। इसमें व्यक्ति की मानसिक प्रक्रियाओं का जीवन के व्यावहारिक प्रसंगों के सापेक्ष समाधान किया जाता है, या फिर व्यक्ति के मानसिक रुझानों से किसी सामाजिक या व्यवसायिक सेटिंग पर पड़ने वाले प्रभाव का प्रबंधन किया जाता है। इस लिहाज़ से इस अनुशासन का एक पेशेवर प्रारूप होना स्वाभाविक ही है। मनोविज्ञान के तहत चिकित्सा विज्ञान से प्रभावित एक पद्धतिशास्त्र नैदानिक पद्धतिशास्त्र (क्लिनिकल मैथॅडोलॅजी) भी है। यह मनोविज्ञान में प्रायोगिक और निरीक्षणात्मक निगमनात्मक पद्धति तथा प्रतीकात्मक व दार्शनिक आगमनात्मक पद्धति के अतिरिक्त एक महत्त्वपूर्ण पद्धति है। जब किसी मनोवैज्ञानिक समस्या लेकर कोई व्यक्ति नैदानिक-मनोविज्ञानी के पास आता है तो वह उस व्यक्ति से संबंधित मनोवैज्ञानिक चरों (जैसे उसके संवेग, पारिवारिक संबंध, सामाजिक संबंध आदि) का अध्ययन, क्लिनिक की विशेष सेटिंग में, ऐसे अध्ययनों के लिए विकसित विशेष विधियों और उपकरणों (जैसे निरीक्षण, प्रश्नावली, परिवार के सदस्यों से अंतर्क्रिया आदि के माध्यम से) का प्रयोग करके करता है। यह नैदानिक पद्धति मुख्यत: वैज्ञानिक है पर इसमें व्यक्तिपरक, आकस्मिक और अनियंत्रित होने का ख़तरा बना रहता है।

मनोविज्ञानियों का श्रेणीकरण उनके द्वारा अपनाये जाने वाले परिप्रेक्ष्य या शैक्षिक क्षेत्र (जैसे व्यवहारिक मनोविज्ञान, असामान्य मनोविज्ञान, संज्ञानात्मक मनोविज्ञान, समाज-मनोविज्ञान आदि) तथा काम करने के अनुप्रयुक्त क्षेत्र (जैसे नैदानिक मनोविज्ञान, परामर्श मनोविज्ञान, स्कूल मनोविज्ञान आदि)के आधार पर होता है। काम करने के अनुप्रयुक्त क्षेत्रों के आधार पर मनोविज्ञान का इन उप-क्षेत्रों में विभाजन महत्त्वपूर्ण है। अधिकांश देशों में मनोशास्त्रियों का सबसे बड़ा प्रतिशत (लगभग एक तिहाई) नैदानिक-मनोविज्ञानियों या मनोचिकित्सकों का होता है। एक मनोविज्ञानी कहने से आम लोगों को ज़्यादातर जिस पेशेवर व्यक्ति का बोध होता है वह नैदानिक मनोविज्ञानी ही है।

यही वह पेशेवर है जो क्लिनिक के स्तर पर ही मनोवैज्ञानिक दोषों को पहचानने के लिए विशेष रूप से विकसित पद्धतियों का उपयोग करता है और उनके समाधान के लिए विशेष रूप से विकसित इलाज-पद्धतियाँ (थिरैपी) अपना कर उनका इलाज करता है। यह पेशेवर मनोवैज्ञानिक समस्याओं की पहचान (डायग्नोसिस) की पद्धतियों के उपयोग तथा इलाज-पद्धतियों के प्रयोग के लिए औपचारिक रूप से प्रशिक्षित होता है। यह औपचारिक प्रशिक्षण किस डिग्री और डिप्लोमा के माध्यम से होगा यह संबंधित देश की सरकारें निर्धारित करती है। आम तौर पर ये लोग मनोविज्ञान में चार से पाँच वर्षों की स्नातकोत्तर पढ़ाई (डॉक्टरेट तक) या नैदानिक-मनोविज्ञान में एमए होते हैं।

समझने की बात यह है कि नैदानिक-मनोविज्ञानी और मनोचिकित्सक (साइकियाट्रिस्ट) में अंतर है। मनोचिकित्सक के पास एमडी की डिग्री होती है। वे मरीज़ के लिए दवाइयाँ लिख सकते हैं तथा उन्हें अस्पताल भेज सकते हैं। दवाइयाँ लिखने के अतिरिक्त साइकियाट्रिस्ट उन मनोवैज्ञानिक इलाज-पद्धतियों (साइकोथिरैपी) का उपयोग भी कर सकता है, जिनका उपयोग नैदानिक-मनोविज्ञानी भी करने के लिए स्वतंत्र है। नैदानिक-मनोविज्ञानी की क्लिनिक की पूरी व्यवस्था के अलग-अलग अवयवों के लिए विभिन्न डिप्लोमा और अन्य पेशेवर कोर्स जैसे मानकीकृत नैदानिक परीक्षणों के लिए कोर्स, नैदानिक शोधों (साइकोलॅजिकल रिसर्च) के लिए कोर्स विकसित किये जाते हैं। नैदानिक सेट-अप में साइकियाट्रिक सोशल वर्कर भी मदद करते हैं पर इनका कार्यक्षेत्र इसके अतिरिक्त सामुदायिक मनोविज्ञान, सामाजिक मनोविज्ञान आदि में भी होता है। नैदानिक-मनोविज्ञानी (क्लिनिकल साइकोलॅजिस्ट) साइकोएनैलिस्ट से भी भिन्न होता है। साइकोएनालिसिस या मनोविश्लेषण से मतलब उन नैदानिक पद्धतियों से जिसका आरम्भ ज़िग्मण्ड फ्रॉयड और उनके शिष्यों द्वारा किया गया। एमडी साइकियाट्री के अंदर भी साइकोएनालिसिस का प्रशिक्षण और नैदानिक-मनोविज्ञान के भीतर भी मनोविश्लेषण का प्रशिक्षण हो सकता है। मनोविश्लेषण का इन दोनों से स्वतंत्र प्रशिक्षण भी होता है।

कई तरह के मनोविज्ञान : आज परामर्श-मनोविज्ञान (काउंसिलिंग साइकोलॅजी) एक लोकप्रिय क्षेत्र के रूप में विकसित हो चुका है। इसमें छोटी मनोवैज्ञानिक समस्याओं और जीवन के सामान्य पहलुओं के बारे में मनोवैज्ञानिक कोण से पेशेवरों द्वारा सलाह दी जाती है। ये मनोवैज्ञानिक परीक्षण उपकरणों और कुछ हद तक साइकोथिरैपी का भी उपयोग करते हैं। परामर्श मनोविज्ञान के कई उपक्षेत्र विकसित हो रहे हैं जिसमें स्कूल-परामर्श, शैक्षणिक परामर्श, परिवार और विवाह संबंधी परामर्श प्रमुख हैं। संज्ञानात्मक मनोविज्ञान (कॉग्निटिव साइकोलॅजी) मनोविज्ञान के एक परिप्रेक्ष्य या संज्ञानवाद (कॉग्नेटिज़्म) नामक विचार-पंथ (स्कूल ऑफ़ थॉट) से प्रभावित है। इसमें मानसिक प्रक्रियाओं और कार्यों के साथ-साथ उनकी अंतर्क्रियाओं का अध्ययन किया जाता है। हमारे चारों ओर के वातावरण और इसके पहलुओं के बारे में बोध और धारणाओं की जाँच की जाती है। अर्थात् ज्ञानेंद्रियों द्वारा प्राप्त कतिपय सूचनाएँ और उनकी प्रोसेसिंग की प्रक्रियाएँ ही इसमें अध्ययन की इकाईयाँ हैं। ऐसी सूचनाओं के मेंटल प्रोसेसिंग से ही बोध और धारणाएँ बनती हैं, अनुभव बनता है जिसे मस्तिष्क कहते हैं। इसके पीछे यह समझ काम करती है कि कोई भी मनोवैज्ञानिक समस्या एक संज्ञानात्मक दोष है और उन प्रक्रियाओं में किंचित परिवर्तन कर इन समस्याओं को सुधारा जा सकता है जिनके संयोग से संबंधित संज्ञान बनता है। ये प्रक्रियाएँ हैं बोध (परशेप्सन), ध्यान (एटेंशन), सोच (थिंकिंग), समस्या समाधान (प्रॉब्लम सॉल्विंग), स्मृति (मेमोरी), सीखना (लर्निंग), भाषा (लैंग्वेज), भावना (इमोशन) आदि।

स्कूल और शैक्षणिक मनोविज्ञान भी इस अनुशासन की लोकप्रिय शाखाएँ हैं। स्कूल-मनोविज्ञान में स्कूल सेट-अप में सीखने से संबंधित समस्याओं का समाधान किया जाता है जबकि शैक्षणिक मनोविज्ञान में सामान्य स्तर पर सीखने और सिखने की प्रेरणा से संबंधित समस्याओं का अध्ययन किया जाता है। प्रयोगात्मक मनोविज्ञान मनोविज्ञान का वह पेशेवर क्षेत्र है जिसमें व्यावहारिक समस्याओं के संदर्भ में अध्ययन की जगह संज्ञान और अनुभव को बनाने वाले मूलभूत कारकों का वैज्ञानिक प्रयोगों का उपयोग करके सैद्धांतिक निरूपण किया जाता है। इसमें उन प्रयोगों और पद्धतियों को विकसित किया जाता है जिनके माध्यम से मानवीय संज्ञान और व्यवहार को अपेक्षित रूप से बदला जा सके और उस बदलाव को बनाये रखा जा सके। प्रयोगात्मक मनोविज्ञान में हमारे व्यवहार के जैविकी और शरीर-क्रियात्मक पहलुओं का अध्ययन महत्त्वपूर्ण है। इसे शरीर-क्रियात्मक मनोविज्ञान कहा जाता है। औद्योगिक और संगठनात्मक मनोविज्ञान में मनोविज्ञान के सिद्धांतों का उपयोग औद्योगिक और संगठनात्मक क्षेत्र की व्यावहारिक समस्याओं के समाधान के लिए किया जाता है।

सामाजिक मनोविज्ञान देखता है कि किस प्रकार धारणाएँ और स्टीरियोटाइप (या रूढ़ छवियों) की वजह से व्यक्तियों और समूहों के आपस में व्यवहार निर्धारित होते हैं। इसमें व्यक्तियों के आपसी व्यवहार के मानसिक कारकों का अध्ययन किया जाता है। विकासात्मक मनोविज्ञान (डिवेलपमेंट साइकोलॅजी) मनोविज्ञान का वह क्षेत्र है जिसमें व्यक्ति के सीखे गये व्यवहारों और मन में स्थापित धारणाओं का मूल बचपन और उससे आगे जीवन-पर्यंत विकास की प्रक्रियाओं में ढूँढा जाता है। विकासात्मक मनोविज्ञान के व्यावहारिक और प्रयोगात्मक दोनों आयाम महत्त्वपूर्ण है।

सामुदायिक मनोविज्ञान (कम्युनिटी साइकोलॅजी) में किसी समुदाय के विशिष्ट सामुदायिक जीवन में बनने वाली धारणाओं, संज्ञानों और अनुभवों से व्यक्ति के बनने वाले मनोविज्ञान तथा व्यक्तिओं को सामुदायिक जीवन के साथ तारतम्य में लाने वाली प्रक्रियाओं का अध्ययन किया जाता है। कुछ सामुदायिक मनोवैज्ञानिक सामुदायिक विकास-कार्यक्रमों अथवा सुधार कार्यक्रमों के तहत काम करते हैं जिसमें वे संबंधित समुदाय के भीतर उसके सदस्यों के मनोवैज्ञानिक स्वास्थ्य के लिए काम करते हैं। कुछ सामुदायिक मनोवैज्ञानिक जिन्हें सामाजिक समस्या सामुदायिक मनोवैज्ञानिक कहा जाता है वह समुदाय की सामूहिक समस्याओं पर अपना ध्यान केंद्रित करते हैं।

मनोविज्ञान में अध्ययन के कई परिप्रेक्ष्य हैं। व्यवहारपरक परिप्रेक्ष्य में यह माना जाता है कि मानसिक प्रक्रियाएँ (जो अमूर्त हैं) उनका वैज्ञानिक अध्ययन व्यक्ति के व्यवहारों को विषय-वस्तु बनाकर किया जा सकता है। व्यवहार के पैटर्न में व्यक्ति के मानसिक विन्यास, उसकी मानसिक समस्याओं को ढूँढा जाता है और व्यवहार में परिवर्तन के माध्यम से मानसिक समस्याओं का समाधान सुझाया जाता है। जैववैज्ञानिक परिप्रेक्ष्य में मनोवैज्ञानिक व्यवहार के जैववैज्ञानिक और शरीर-क्रियात्मक कारणों को देखा जाता है। इसी प्रकार, संज्ञानात्मक परिप्रेक्ष्य, सामाजिक परिप्रेक्ष्य और विकासात्मक परिप्रेक्ष्य भी महत्त्वपूर्ण परिप्रेक्ष्य हैं। मानववादी परिप्रेक्ष्य (ह्यूमैनिस्टिक पर्सपेक्टिव) में व्यक्ति के व्यवहार और उसके मनोविज्ञान को व्यक्ति के अपने स्व के विकास के प्रयासों में पढ़ा जाता है। मनोविश्लेषणात्मक (साइकोएनालिटिकल) परिप्रेक्ष्य मनोविज्ञान का एक अत्यंत महत्त्वपूर्ण परिप्रेक्ष्य है। इस परिप्रेक्ष्य में अचेतन (अनकांशस) में दबे पड़े भावों और संवेगों को मनोवैज्ञानिक व्यवहार का मूल उत्स माना जाता है। इस परिप्रेक्ष्य में समाज द्वारा अमान्य कर दी गयी भावनाओं और संवेगों की क्षतिपूर्ति के लिए या उसके डिफ़ेंस में व्यक्ति का व्यवहार होता है। इसलिए व्यक्ति का व्यवहार नहीं बल्कि और भी भीतर दबे कारक और प्रेरणाएँ अध्ययन के विषय-वस्तु हैं। अस्तित्ववादी परिप्रेक्ष्य

में माना जाता है कि विभिन्न क्षणों में विभिन्न रूप से अभिव्यक्त व्यक्ति के मनोविज्ञान का उत्स उसके भीतर अस्तित्व के कारकों के साथ मचे हुए द्वंद्व के कारण है। इस परिप्रेक्ष्य के अनुसार मानवीय स्वभाव के पहलुओं और उसकी दुश्चिंताओं का वैज्ञानिक अध्ययन सम्भव नहीं है। दुश्चिंताओं (एंग्ज़ाइटीज़) के मूल में मृत्यु और भविष्य के अन्य कारक होते हैं और व्यक्ति के अध्ययन में उसकी मुक्त इच्छाओं का सामयिक अध्ययन महत्त्वपूर्ण है।

देखें : ज़िग्मण्ड फ्रॉयड, रेने देकार्त, ज़ाक लकाँ, एरिक फ्रॉम, एरिक एरिकसन, मनोविश्लेषण, चेतना, इयत्ता, मनोविश्लेषण और नारीवाद।

संदर्भ

1. जी. मैंडलर(2007), *अ हिस्ट्री ऑफ़ मॉडर्न ऐक्सपेरिमेंटल साइकोलॅजी*, केम्ब्रिज, एम. ए: एमआईटी प्रेस.
2. एल.एस. विगोत्स्की (1934/1986), *थॉट ऐंड लेंग्वेज*, एमआईटी प्रेस, केम्ब्रिज, मैसाचुसेट्स.

— राकेश श्रीवास्तव

मनोविश्लेषण

(Psychoanalysis)

मनोरोगी से बातचीत करने के ज़रिये उसका उपचार करने की विधि और एक बौद्धिक अनुशासन के रूप में मनोविश्लेषण की स्थापना ज़िग्मण्ड फ्रॉयड ने की थी। समाज-विज्ञान के कई अनुशासनों पर मनोविश्लेषण का गहरा असर है। स्त्री-अध्ययन, सिनेमा-अध्ययन और साहित्य-अध्ययन ने मनोविश्लेषण के सिद्धांत का इस्तेमाल करके अपने शास्त्र में कई बारीकियों का समावेश किया है। नारीवाद की तो एक शाखा ही मनोवैश्लेषिक नारीवाद के नाम से जानी जाती है। फ्रॉयड का विचार था कि मनुष्य के अवचेतन को अलग-अलग हिस्सों में बाँट कर उसी तरह से समझा जा सकता है जिस तरह प्रयोगशाला में किसी रसायन का विश्लेषण किया जाता है। अवचेतन का सिद्धांत इस मान्यता पर आधारित है कि मनुष्य को अपने मस्तिष्क के एक हिस्से का ख़ुद ही पता नहीं होता। उसकी अभिव्यक्ति उसके सपनों, बोलते-बोलते ज़बान फिसल जाने और अन्य शारीरिक बीमारियों के रूप में होती है। 1880 के दशक में वियना के एक चिकित्सक जोसेफ़ ब्रेयुर के साथ मिल कर फ्रॉयड ने बर्था पैपेनहाइम नामक एक महिला के हिस्टीरिया (उन्माद) इलाज किया। मनोविज्ञान के इतिहास में बर्था को उसके छद्म नाम 'अन्ना ओ' के रूप में भी जाना जाता है। जल्दी ही हिस्टीरिया में सेक्शुअलिटी की भूमिका के सवाल पर फ्रॉयड के बेयुर से मतभेद हो गये। फ्रॉयड को यक़ीन था कि मानसिक सदमे की प्रकृति काफ़ी-कुछ सेक्शुअल हो सकती है। इसी तरह के अन्य मरीज़ों का उपचार करने के दौरान हासिल किये गये उनके निष्कर्षों का प्रकाशन 1895 में *स्टडीज़ इन हिस्टीरिया* के रूप में सामने आया। फ्रॉयड ने हिस्टीरिया की व्याख्या एक ऐसे दिमाग़ी सदमे के रूप में की जिसे रोगी दबाता रहता है। मनोविश्लेषण द्वारा रोगी को उस सदमे की याद दिलायी जाती है। फ्रॉयड के बाद मनोविश्लेषण के सिद्धांत का आगे विकास करने का श्रेय ज़ाक लकाँ को जाता है।

अवचेतन संबंधी सिद्धांत : फ्रॉयड को यक़ीन था कि मनुष्य अपनी इच्छाओं, यौन-कामनाओं और आवश्यकताओं की पूर्ति में नाकाम रहने पर होने वाली तकलीफ़ के एहसास को दबाता है। इस प्रक्रिया में उसके भीतर अपूर्ण कामनाओं के प्रति अपराध-बोध पैदा हो जाता है जिससे कुंठा, आत्मालोचना और एक सीमा के बाद आत्म-हीनता और आत्म-घृणा की अनुभूतियाँ जन्म लेती हैं। यह तमाम कार्य-व्यापार अवचेतन के भीतर चलता है। यह अवचेतन हमेशा दबा हुआ नहीं रहता, और सपनों के रूप में या घटनाओं के प्रति अनायास या तर्कसंगत न लगने वाली अनुक्रियाओं (जैसे तेज़ रफ़्तार से कार चलाना या किसी परिजन पर ग़ुस्सा करने लगना) के रूप में सामने आता है।

फ्रॉयड मानस को तीन भागों (इड यानी कामतत्व, ईगो यानी अहं और सुपर-ईगो यानी पराअहं) में बाँट कर देखते हैं। उन्होंने अहं को यथार्थमूलक और आत्ममोह को जन्म देने वाले दो रूपों में बाँटा है। यथार्थमूलक अहं की मध्यस्थता सुख की तरफ़ धकेलने वाले कामतत्व और यथार्थ का समीकरण विनियमित करती है। इसी के प्रभाव में अपनी कामनाएँ पूरी करने के साथ-साथ व्यक्ति सामाजिक अपेक्षाओं पर भी ख़रा उतरने की कोशिश करता है। पराअहं की हैसियत मानस में माता-पिता सरीखी है और वह कामतत्व और अहं पर अपना हुक्म चलाता है। यही पराअहं बालक को अपने पिता का प्राधिकार स्वीकार करने की तरफ़ ले जाता है। इसके प्रभाव में पुत्र द्वारा माँ को प्राप्त करने की कामना का दमन किया जाता है ताकि इस प्रक्रिया में वह पिता की ही तरह अधिकारसम्पन्न हो सके। पितृसत्ता इस सिलसिले से ही पुनरुत्पादित होती है।

फ्रॉयड की व्याख्या के मुताबिक़ जीवन और जगत के साथ विविध संबंधों में जुड़ने के लिए पुत्र और माँ के बीच का काल्पनिक सूत्र भंग करना ज़रूरी है और यह भूमिका

पिता के हिस्से में आती है। पिता के हस्तक्षेप के तहत पुत्र को माँ के प्रति अपनी यौन-कामना त्यागनी पड़ती है। वह देखता है कि पिता के पास शिश्न है जो माँ के पास नहीं है। उसे डर लगता है कि अगर उसने पिता के प्राधिकार का उल्लंघन किया तो उसे भी माँ की ही तरह ही बधिया होना पड़ सकता है। बधियाकरण की दुश्चिंता (कैस्ट्रेशन एंग्ज़ाइटी) के तहत मातृमनोग्रंथि नामक संकट का जन्म होता है जो फ्रॉयड का एक और महत्त्वपूर्ण सूत्रीकरण है।

मातृमनोग्रंथि का संकट बेटे को माँ का परित्याग करने की तरफ़ ले जाता है। माँ के प्रति अपनी अनकही सेक्शुअल चाहत के इस नकार को फ्रॉयड ने आदिम आत्म-दमन की संज्ञा दी है। आत्म-दमन के इसी प्रसंग से व्यक्ति के मानस में अवचेतन की बुनियाद पड़ती है।

लकाँ का मनोविश्लेषण : ज़ाक लकाँ ने फ्रॉयड द्वारा प्रवर्तित मनोविश्लेषण पर पुनर्विचार करते हुए सेक्शुअल कामना के दायरे से निकाल कर उसकी प्रतिष्ठा भाषा के दायरे में की। साथ ही उन्होंने आत्ममोह को जन्म देने वाले अहं की बेहतर व्याख्या की जबकि फ्रॉयड ने इस पहलू पर ज़्यादा ग़ौर नहीं किया था। लकाँ ने देखा कि फ्रॉयड के मुताबिक़ मातृमनोग्रंथि का शिकार होते समय बालक बोलने की उम्र में आ जाता है। अर्थात् आदिम आत्म-दमन के आधार पर जब उसके अवचेतन की नींव पड़ रही होती है, उस समय कर्त्ता के रूप में उसके क़दम भाषा के प्रदेश में पड़ जाते हैं। यही वह क्षण है जब बच्चा भाषा के ज़रिये कामना के जन्म और दमन से वाक़िफ़ होता है। चूँकि कामना कभी पूरी नहीं हो सकती इसलिए वह माँ के रूप में आजीवन अपनी खोयी हुई वस्तु की तलाश करता रहता है।

पुत्र और माँ का युग्म तोड़ने के लिए लकाँ ने मिरर-इमेज की भूमिका रेखांकित की है। आईने में ख़ुद को देख कर अर्थात् अपने ही बिम्ब से साक्षात्कार होते समय उसे माँ के साथ अपने अंतर का एहसास होता है। इस मुक़ाम तक पहुँचते समय पिता द्वारा बनाये गये नियमों के प्रभाव में भाषा के प्रतीकात्मक संसार में बालक का प्रवेश हो चुका होता है। बिम्बात्मकता से प्रतीकात्मकता में जाने की यह प्रक्रिया लकाँ के अनुसार तीन निर्णायक क्षणों के क्रम में घटित होती है : मिरर-इमेज का चरण, भाषा में प्रवेश का चरण और फिर मातृमनोग्रंथि के संकट का दौर।

छह महीने से डेढ़ साल की आयु के बीच माँ बच्चे को जब शीशा दिखाती है तो वह ख़ुद को अलग से पहचान कर अपने एकीकृत और पृथक अस्तित्व से परिचित होता है। लकाँ इसे ही आत्ममोह के क्षण की शुरुआत मानते हैं अर्थात् इसी जगह अहं की आत्ममोह संबंधी क़िस्म का जन्म होता है और देह प्रेम का लक्ष्य बनती है। लेकिन इसी क्षण एक और घटना होती है। माँ से ख़ुद को भिन्न पा कर वह दो बातें सोचता है। पहली, यह मैं हूँ और दूसरी, मैं माँ के साथ एकमेक न हो कर अन्य हूँ। इसी जगह परायेपन का एहसास जन्म लेता है। बच्चा दर्पण में अपनी जिस छवि को देखता है, वह उसकी सूचक है। पह छवि उसकी इयत्ता न हो कर उसका स्थानापन्न बिम्ब है। लकाँ बताते हैं कि इसीलिए मिरर-इमेज का चरण अहं के विकास की शुरुआत तो बनता है, पर यह बुनियाद एक ऐसी समझ पर रखी जाती है जो यथार्थमूलक नहीं होती।

मनोविश्लेषण की दुनिया में इस बात पर काफ़ी बहस है कि क्या मनोरोगी के मानस तक उससे बातचीत के ज़रिये पहुँचा जा सकता है? क्या मनोरोगी के भीतर मनोचिकित्सक द्वारा की गयी पूछताछ के प्रति प्रतिरोध नहीं होता? इन सवालों का जवाब तलाशने की प्रक्रिया में पैदा हुए मतभेदों के केंद्र में मातृमनोग्रंथि और शिशु-यौनिकता से जुड़े हुए मुद्दे हैं। मनोरोग के रूप में उन्माद को महत्त्व देने वाले मनोविश्लेषक मातृमनोग्रंथि की पैदाइश के क्षण को कुछ ज़्यादा ही अहमियत देते हैं, जबकि खण्डित मनस्कता (स्किज़ोफ्रेनिया) का विश्लेषण करने वालों की तरफ़ से इसे बहुत कम प्राथमिकता मिलती है।

देखें : एरिक फ्रॉम, कार्ल गुस्ताव युंग, ज़ाक लकाँ, मनोविज्ञान-1 और 2, मनोविश्लेषण और नारीवाद, ज़िग्मण्ड फ्रॉयड-1 और 2।

संदर्भ

1. ज़िग्मण्ड फ्रॉयड, जे. स्ट्रैची (सम्पा.) (1966), *द स्टैंडर्ड एडिशन ऑफ़ द कम्पलीट सायकोलॉजीकल वर्क्स ऑफ़ ज़िग्मण्ड फ्रॉयड,* 19 खण्ड, होगार्द प्रेस, लंदन.
2. ज़ाक लकाँ (1973), *फ़ोर फ़ंडामेंटल कंसेप्ट ऑफ़ सायकोएनालिसिस,* होगार्द प्रेस, लंदन.
3. ज़ील डलज़ और फ़ेलिक्स गुआतारी (1972), *एंटी इडिपस : कैपिटलिज़म ऐंड स्किज़फ्रेनिया,* अनु. रॉबर्ट हर्ली, मार्क सीम और हेलन आर. लेन, वाइकिंग प्रेस, न्यूयॉर्क.
4. एफ़. मेल्ट्ज़र (1987), *द ट्रायल्स ऑफ़ साइकोएनालिसिस,* द युनिवर्सिटी ऑफ़ शिकागो प्रेस, लंदन और शिकागो, आएल.

— अभय कुमार दुबे

मनोविश्लेषण और नारीवाद

(Psychoanalysis and Feminism)

मनोविश्लेषण और उसके संस्थापक ज़िग्मण्ड फ्रॉयड के साथ नारीवाद का शुरुआती रिश्ता आलोचना का था। सत्तर के दशक के प्रारम्भिक दौर की नारीवादियों का विचार था कि फ्रॉयड ने पुरुष को केंद्र बना कर एक पितृसत्तात्मक शास्त्र की रचना की है। इसीलिए मनोविश्लेषण में स्त्री, उसकी देह और मानस की हैसियत दोयम दर्जे की हो जाती है। फ्रॉयड और नारीवाद के बीच संबंधों में सुधार की शुरुआत जूलियट मिचेल की 1975 में प्रकाशित पुस्तक *सायकोएनालिसिस ऐंड फ़ेमिनिज़म* से हुई। मिचेल ने दलील दी कि मनोविश्लेषण के प्रचलित मॉडल को स्त्री-पुरुष के बीच रिश्तों के एक सार्वभौम नुस्खे के रूप में न देख कर उस समाज (वियना का निम्न-पूँजीवादी समाज) के वर्णन के तौर पर देखा जाना चाहिए जिसमें फ्रॉयड रहते थे। मिचेल के इस तर्क के बाद समाज को शिश्न-सत्ता के आईने में देखने के आग्रह के विपरीत नारीवादी विदुषियाँ शिश्न को पितृसत्ता के शक्ति-प्रतीक की तरह देखने लगीं। मिचेल की पुस्तक ने मनोवैश्लेषिक नारीवाद के विकास के लिए रास्ता खोला क्योंकि परिवार, सेक्शुअलिटी, बचपन और देह के सरोकार दोनों अनुशासनों के लिए उभयनिष्ठ थे। मिचेल ने मनोविश्लेषक जाक लकाँ के सिद्धांतों की उपयोगिता की तरफ़ भी ध्यान खींचा जिसके इर्द-गिर्द मनोवैश्लेषिक नारीवाद के विभिन्न आयाम विकसित हुए। मनोवैश्लेषिक नारीवाद ने स्त्रियों में बसे नारीत्व के गुणों का विश्लेषण करते हुए पुरुष के जेंडर निर्माण-बोध को भी कठघरे खड़ा किया।

फ्रॉयड ने मनुष्य के मानस की कई परतों का उद्घाटन अपनी वैज्ञानिक व्याख्याओं से किया था। उन्होंने यौनिकता का सिद्धांतीकरण करके परिभाषित किया और इसी क्रम में बच्चों की यौनिकता को मान्यता मिली। समाज ने महिलाओं की यौनिक इच्छाओं को अब तक स्थान नहीं दिया था लेकिन फ्रायड के बाद स्त्रियों की यौनिकता पर भी बहसें होने लगीं। इन बहसों में ही आगे के नारीवादी सिद्धांतों की नींव छिपी थी। फ्रायड ने बच्चों के यौनिक विकास को शैशवावस्था से ही चरणबद्ध करते हुए बताया कि यह दौर उनकी यौनिकता के बहुआयामी विकास का होता है। बच्चे लिंग-विहीनता के कारण अपने शरीर के विभिन्न भागों से यौनिक आनंद लेते हैं। पहली स्थिति में बच्चा स्तनपान करते हुए सेक्शुअल सुख अनुभव करता है और यही सुख उसे अपना अँगूठा चूसते हुए भी होता है। दूसरी अवस्था में दो से तीन वर्ष की उम्र में अपने साथ हुई छेड़छाड़, जैसे गाल चूमने आदि से उसे उत्तेजना आती है। तीसरी अवस्था में बच्चों की जननेंद्रियाँ विकसित हो चुकी होती हैं और वे अपने शरीर के ज़रिये ही यौनिक रहस्य जानने की कोशिश करते हैं।

फ्रॉयड ने यह भी कहा कि स्त्रियों का व्यवहार बचपन से ही 'शिश्न-ईर्ष्या' के कारण जटिल होता है। इसकी वजह होती है उनकी देह में लिंग की अनुपस्थिति। बालक लिंगधारी होने के कारण आसानी से इस जटिलता से बाहर आ जाता है और अपने पराअहं या सुपर ईगो का निर्माण कर लेता है। लड़कियाँ लिंग-अभाव से उपजी कमतरी की कुंठा और जटिलता के चलते अंततः पिता के प्रति समर्पित हो जाती हैं। फ्रॉयड द्वारा विकसित इस मनोविज्ञान के अनुसार स्त्री लिंग की अनुपस्थिति से उपजे हीनता-बोध में ताउम्र जीती है। उसे अपने शरीर से नफ़रत होती है क्योंकि वह सम्पूर्ण नहीं होती। नारीवादियों ने यह प्रस्थापना मानने से इनकार कर दिया। फ्रॉयड की इन दावेदारियों और ख़ास तौर से मातृमनोग्रंथि, शिश्न-ईर्ष्या और कैस्ट्रेशन कॉम्प्लेक्स या बधियाकरण के डर को उन्होंने शुरू से ही आपत्तिजनक माना। सिमोन द बोउवार ने महिलाओं को महज़ जैविक उत्पाद नहीं, बल्कि सामाजिक उत्पाद क़रार देते हुए इडिपस और कैस्ट्रेशन कॉम्प्लेक्स के विषय में कहा कि यदि लड़के और लड़की दोनों की परवरिश समान सामाजिक वातावरण में की जाए तो दोनों को ही ये ग्रंथियाँ नहीं झेलनी होंगी। बचपन से ही लड़कों के सामने सिर्फ़ लड़कों की दुनिया और लड़कियों के सामने सिर्फ़ लड़कियों की दुनिया होती है, जिसकी वजह से ये ग्रंथियाँ पनपती हैं।

सत्तर के शुरुआती वर्षों में बेट्टी फ्रीडन, सुलामिथ फ़ायरस्टोन और केट मिलेट ने इस विमर्श की आलोचना करते हुए कहा कि महिलाओं की अधीनता का मुख्य कारण मनोवैज्ञानिक नहीं, बल्कि सामाजिक है। सामाजिक ढाँचे में ज़रूरी बदलावों के बिना स्त्री-पुरुष की ग़ैरबराबरी ख़त्म नहीं की जा सकती। बेट्टी फ्रीडन का तर्क था कि फ्रॉयड विक्टोरियन संस्कृति से अधिक प्रभावित हो कर स्त्री और पुरुष की जैविक उत्पत्ति को उनकी नियति मान कर चल रहे हैं। वे समझते हैं कि स्त्री के रूप में जन्म लेने के कारण ही वह हीन और तुच्छ मनुष्य बन जाती है। हक़ीक़त यह है कि हीन और गौण बनने की इस प्रक्रिया में समाज की भूमिका अहम होती है। फ्रॉयड ने स्त्रियों को शिश्न की अनुपस्थिति के कारण एक बेहद महत्त्वपूर्ण कमी का शिकार क़रार दिया था।

फ्रीडन ने दावा किया कि महिलाएँ लिंग की अनुपस्थिति के कारण हीन नहीं ठहरायी जा सकतीं क्योंकि उनके पास प्रजनन का पूरा मैकेनिज़म है, जो ज़ाहिर है कि पुरुषों के पास नहीं होता। सुलामिथ फ़ायरस्टोन ने दलील दी कि स्त्रियों की निष्क्रिय-यौनिकता का कारण प्राकृतिक नहीं है, बल्कि यह उनकी पुरुषों पर सामाजिक, आर्थिक, शारीरिक और भावनात्मक निर्भरता से जुड़ा मामला है।

फ़ायरस्टोन ने नवफ्रॉयडवादियों को आड़े हाथों लेते हुए कहा कि वे स्त्रियों को उनकी इस दोयम स्थिति का कारण समझाएँ और उनका मानस बदलने के लिए तैयार करें। अगर वे ऐसा नहीं कर पाते हैं तो इसका कारण यह होगा कि वे ख़ुद भी उसी पितृसत्तात्मक ढाँचे से गुँथे हैं और स्त्री को उसी स्थिति में देखना चाहते हैं जिसमें वह है। नवफ्रॉयडवादियों को डर है कि इससे परिवार टूटेंगे और 'स्वीट होम' की अवधारणा उखड़ने लगेगी।

फ़ायरस्टोन के अनुसार स्त्री और पुरुष के बीच शक्ति-संबंध समझना आवश्यक है क्योंकि यही वह केंद्र बिंदु है, जिससे महिलाओं के जीवन में इडीपल कॉम्प्लेक्स या मातृ-मनोग्रंथि की स्थिति उत्पन्न होती है। केट मिलेट ने भी नवफ्रॉयडवाद पर हमला करते हुए कहा कि लिंग की अनुपस्थिति और कुछ नहीं, बल्कि पुरुषों का आत्मतुष्टीकरण है। प्रजनन की क्रिया सिर्फ़ संतान को जन्म देना नहीं, वरन् पूरे समाज को आगे बढ़ाने और सृजन की प्रक्रिया है जिससे पुरुषों को हीनताबोध हो सकता है। इसीलिए पुरुषों ने महिलाओं की इस ख़ूबी को उनकी कमज़ोरी में तब्दील कर दिया है।

नारीवादी चिंतक ल्यूस इरिगरे ने 1974 में अपनी रचना *स्पेकुलम* में फ्रॉयड और लकाँ की आलोचना की और मनोविश्लेषण में निहित रूढ़ अवधारणाओं को रेखांकित किया कि कैसे अपनी मान्यताओं में मनोविश्लेषण पूर्वग्रह से भरा है। यह पूरी तरह से पितृसत्तात्मक है और ऐसी सामाजिक व्यवस्था का प्रतिनिधित्व करता है जिसमें माँ की कोई भूमिका नहीं है। इस पर पुरुष-लिंगीय आग्रह की छाप है। फ्रायड ने बालक के विकास को मनोविश्लेषण की मान्यताओं पर परखा, लेकिन बालिका को 'अन्य' के रूप में रखा। इरिगरे ने मानव-देह को मूलतः पुरुष-देह के रूप में देखे जाने का विरोध किया। स्पेकुलम शब्द का इस्तेमाल डॉक्टर शरीर के भीतरी भागों के किसी छिद्र या गड्ढे को देखने के लिए करते हैं। इरिगरे कहती हैं कि फ्रॉयड ने भी स्त्री शरीर को गड्ढे के रूप में देखा है।

लकाँ के सिद्धांतों का प्रभाव : मिचेल द्वारा फ्रॉयड की पुनः समीक्षा करने के बाद कई नारीवादियों ने देखा फ्रॉयड के पितृसत्तात्मक रुझानों की आलोचना करते हुए भी उनके द्वारा स्थापित अवचेतन की अवधारणा उनके लिए उपयोगी हो सकती है। मनोविज्ञान कहता है कि मनुष्य का उसकी अवचेतन दमित कामनाओं, विवशताओं, दुश्चिंताओं, भीतियों, लिप्साओं और स्वप्नों का आगार है। लकाँ का विमर्श इसमें यह जोड़ता है कि अवचेतन मनुष्य द्वारा भाषा को ग्रहण करने की चालक-शक्ति है। नारीवादी विदुषियों को लगा कि भाषा और कामना के बीच कहीं स्थित अवचेतन स्त्री की इयत्ता के एक अतिरिक्त आयाम की तरफ़ इशारा करता है।

इरिगरे और जूलिया क्रिस्टेवा ने लकाँ के विमर्श की सहायता से मनोविश्लेषण के एक ऐसे मॉडल पर सोचना शुरू किया जो पिता की बजाय माँ की तरफ़ ज़्यादा झुका हुआ था। ब्रिटेन और अमेरिका में अस्सी के दशक के मध्य से नारीवादी हलक़ों में इन दोनों विदुषियों के लेखन ने काफ़ी धूम मचायी। वे देख रही थीं कि लकाँ की मदद से शिश्न-सत्ता की व्यवस्था को चुनौती दी जा सकती है और अस्मिता का सिद्धांतीकरण भाषा के दायरे की मदद से किया जा सकता है। उन्होंने अवचेतन के स्त्रियोन्मुख संस्करण का हवाला दे कर यह दिखाने की कोशिश की कि इसके ज़रिये शिश्न के परे जा कर सामाजिक यथार्थ में प्रतिरोध की सम्भावनाएँ तलाशी जा सकती हैं पितृसत्ता की जकड़बंदी से निकला जा सकता है। सॅस्यूर के भाषाशास्त्र ने भी नारीवादियों के इस बौद्धिक उद्यम में अहम भूमिका निभायी।

क्रिस्टेवा ने कहा कि भाषा को अपना बना कर स्त्रियाँ अपना स्त्री-अनुभव व्यक्त कर सकती हैं। इसी प्रक्रिया में उन्हें अपने अनुभव की संरचना को नये आयाम देने का मौक़ा मिल सकता है। क्रिस्टेवा ने मातृ-अस्मिता की जगह समलैंगिक स्त्री की अस्मिता या किसी अन्य स्त्री-अस्मिता पर ज़ोर देकर नारीवादी हलक़ों को बेचैन भी किया। इरिगरे ने शिश्न आधारित पौरुषपूर्ण कल्पनाओं को अस्थिर करने के लिए स्त्री-देह पर ज़ोर देने की तजवीज़ की। उन्होंने दो होठों द्वारा एक साथ क्रिया करके बोलने का मॉडल पेश किया ताकि शिश्न-केंद्रीयता का प्रतिकार किया जा सके। यह मॉडल साफ़ तौर पर न केवल एक स्त्रियोन्मुख यौनीकृत छवि सामने रखता था, बल्कि स्त्री द्वारा भाषा के विनियोग को भी रेखांकित करता था। इरिगरे ने यह भी दावा किया कि स्त्री की सेक्शुअलिटी केवल उसके यौनांगों से ही व्यक्त नहीं होती, बल्कि उसकी सम्पूर्ण दैहिक-तंत्र में बहुमुखी ढंग से छिपी रहती है।

देखें : अश्वेत नारीवाद, आनंदीबाई जोशी, इसलामिक नारीवाद, गायत्री चक्रवर्ती स्पिवाक, चिपको आंदोलन, जूडिथ बटलर, जेंडर, दलित नारीवाद, देवदासी, देवकी जैन, नारीवाद, नारीवाद की पहली लहर, नारीवाद की दूसरी लहर, नारीवाद की तीसरी लहर, नारीवाद और अर्थशास्त्र, नारीवादी फिल्म-सिद्धांत, नारीवादी इतिहास-लेखन, नारीवाद और अर्थशास्त्र, नारीवादी दर्शन, नारीवाद और साम्प्रदायिकता, नैंसी शोदॅरो, पर्यावरणीय नारीवाद, पब्लिक-प्राइवेट, पण्डिता रमाबाई सरस्वती, पितृसत्ता, प्रेम, प्रेम-अध्ययन और नारीवादी दर्शन, भारत में स्त्री-आरक्षण-1 और 2, महादेवी वर्मा, मैरी वोल्सनक्रॉफ़्ट, राजनीतिक दर्शन के नारीवादी आयाम, रमाबाई रानाडे, ल्यूस इरिगरे, स्त्री और साम्प्रदायिकता, स्त्री-श्रम, सम्पत्ति : नारीवादी परिप्रेक्ष्य, सिमोन द बोउवार, स्त्री-आरक्षण, हेलन सिचू।

संदर्भ

1. ज़िग्मण्ड फ्रॉयड (1977), *ऑन सेक्शुअलिटी : थ्री एसेज़ ऑन द थियरी ऑफ़ सेक्शुअलिटी,* अनु. ए. रिचर्ड्स, पेलिकन बुक्स, हारमंड्सवर्थ.
2. सी. गिलिगन (1982), *इन अ डिफ़रेंट वॉयस : सायकोलॅजीकल थियरी ऐंड वुमंस डिवेलपमेंट,* हार्वर्ड युनिवर्सिटी प्रेस, लंदन.
3. आर. मिंस्क (सम्पा.) (1996), *साइकोएनालैसिस ऐंड जेंडर : ऐन इंट्रोडक्टरी रीडर,* रॉटलेज, लंदन.
4. सुधा सिंह (2008), *ज्ञान का स्त्रीवादी पाठ,* ग्रंथशिल्पी प्रकाशन, नयी दिल्ली.

— कविता रतूड़ी

म्यांमार : लोकतंत्र के लिए संघर्ष

(Myanmar : Struggle for Democracy)

दक्षिण-पूर्वी एशिया के सम्प्रभु देश म्यांमार को पहले बर्मा के नाम से जाना जाता था। 1989 में सैनिक शासकों ने बर्मा का नाम बदलकर म्यांमार कर दिया। लेकिन फ़ौजी शासन की वैधता को मान्यता न देने वाले कई राजनीतिक समूह भी इस देश के लिए बर्मा शब्द का ही प्रयोग करते हैं। बर्मा 1962 से ही सैनिक शासन के अधीन रहा है। यहाँ आंग सांग सूकी के नेतृत्व में लोकतंत्र स्थापना के लिए चलने वाले संघर्ष ने पूरी दुनिया का ध्यान अपनी ओर खींचा है। म्यांमार की सीमा चीन, थाइलैण्ड, भारत, लाओस और बांग्लादेश से मिलती है। इसकी कुल जनसंख्या छह करोड़ है और इस लिहाज़ से यह विश्व का चौबीसवाँ सबसे बड़ा देश है। इसी तरह कुल 676,578 वर्ग किमी क्षेत्रफल वाला यह देश विश्व का चालीसवाँ सबसे बड़ा देश है। बर्मा में कई जातीय समूहों के लोग रहते हैं। यहाँ की जनसंख्या का तक़रीबन 70 प्रतिशत हिस्सा बमार लोगों का है। इसके बाद शान, केरेन, राखीन आदि समुदाय हैं, जिनकी जनसंख्या में कुल हिस्सेदारी 10 प्रतिशत से भी कम है। बर्मा की इस जनसंख्यात्मक हक़ीक़त को समझना ज़रूरी है, क्योंकि यहाँ हमेशा जातीय अल्पसंख्यकों के साथ होने वाला हिंसक और आपत्तिजनक व्यवहार एक संजीदा मसला रहा है।

बर्मा 1885 में ब्रिटिश साम्राज्य का भाग बना। 1886 की शुरुआत में वहाँ राजतंत्र और सामंतवाद ख़त्म हो गया। ब्रिटेन के शासन के शुरू के दौर में अराजकता की स्थिति रही। इसी कारण बर्मा के विभिन्न समूहों में आपसी वैमनस्य भी बढ़ा। जातीय अल्पसंख्यकों को बहुसंख्यकों ने उपेक्षा की नज़र से देखा और कई बार इन्हें हिंसा का भी सामना करना पड़ा। बीस के दशक में बर्मा की स्वतंत्रता का संघर्ष शुरू हुआ। इस दौर में आंग सान बहुत बड़े नेता के रूप में उभरे (आंग सान सूकी के पिता थे)। उन्हें बर्मा की आज़ादी के संघर्ष का सबसे महत्त्वपूर्ण नेता माना जाता है। उन्होंने बर्मा में अलग-अलग जातीय समूहों की मौजूदगी देखते हुए संघीय राज्य स्थापित करने का विचार प्रस्तावित किया। दरअसल, राष्ट्रीय संस्कृति, पहचान तथा आज़ादी के संघर्ष के लिए यह विचार काफ़ी महत्त्वपूर्ण था। लेकिन कई बहुसंख्यकवादी जातीय नेताओं ने एकात्मक राज्य को बेहतर विकल्प माना।

बर्मा को ब्रिटेन से जनवरी, 1948 में आज़ादी मिली। स्वतंत्र बर्मा का पहला संविधान, जिसे 1947 के संविधान के नाम से भी जाना जाता है, 1948 में लागू हुआ। लेकिन इससे पहले आंग सान की 1947 में ही हत्या कर दी गयी। लेकिन इसके बावजूद बर्मा में संसदीय लोकतंत्र स्थापित हुआ और बहु-दलीय चुनाव हुए। पचास के दशक में वहाँ लोकतांत्रिक शासन ज़रूर रहा, लेकिन ये बर्मा के इतिहास के अनिश्चितता भरे साल थे। 1962 में अस्थिरता और असंतोष की इसी स्थिति में जनरल ने विन ने चुनी हुई सरकार का तख़्ता पलट करके शासन पर क़ब्ज़ा जमा लिया।

जर्नल ने विन ने कई साल हुकूमत करने के बाद ख़ुद को फ़ौजी शासक से नागरिक शासक में बदलने की कोशिश की और 'बर्मी समाजवाद' का सिद्धांत पेश किया जिसके लिए 1974 में संविधान-संशोधन भी किया गया। यह 'बर्मी समाजवाद' ने विन की व्यक्तिगत विचारधारा थी जिसका वास्तविक समाजवादी विचारधारा से दूर-दूर तक कोई लेना-देना नहीं था। इसमें केंद्रीकृत और मज़बूत शासन की तरफ़दारी की गयी थी। इसके परिणामस्वरूप ने विन और उनकी पार्टी बर्मीज़ सोशलिस्ट प्रोग्राम पार्टी (बीएसपीपी) की शासन पर पकड़ और मज़बूत हो गयी। बीएसपीपी का शासन छब्बीस साल तक चला। इस दौरान इसने बर्मा में लोकतंत्र की सभी सम्भावनाओं का दमन किया और आर्थिक रूप से देश की हालत बदतर बना दी। इसके साथ ही जातीय अल्पसंख्यकों को समान अधिकार और प्रतिनिधित्व दिये जाने के माँग की उपेक्षा की जाती रही। बग़ावत करने वाले जातीय समूहों का दमन करने के लिए बर्मा की सेना ने क्रूर शक्ति का प्रयोग किया। 1968 में ने विन ने अपनी कुख्यात फ़ोर कट पॉलिसी की शुरुआत की। इसके तहत जातीय प्रतिरोध का दमन करने के लिए इन समूहों को हर तरह की आपूर्ति, संचार, परिवहन और भर्ती से अलग रखा गया। इसके कारण बर्मा में बड़े पैमाने पर आंतरिक बिस्थापन हुआ और बहुत से लोग देश छोड़ कर पड़ोसी देशों में चले गये और हज़ारों गाँवों को बर्बाद कर दिया गया। बीएसपीपी ने सभी उद्योगों और व्यापार का केंद्रीकरण कर दिया। इससे स्थानीय स्तर पर आर्थिक गतिविधियों में कमी आयी। राष्ट्रीयकृत व्यवस्था में

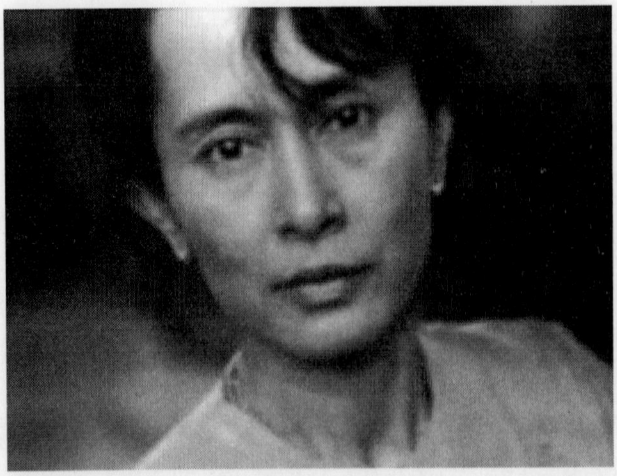
आंग सान सूकी : लोकतंत्र के लिए संघर्ष

जातीय अल्पसंख्यक हाशिये पर रखे गये।

1988 आते-आते स्थिति बहुत ख़राब हो गयी। जातीय विद्रोहों और उसके दमन के रूप में हो रहे गृह-युद्ध के बारे में बर्मा के बहुसंख्यकों ने उपेक्षा का रवैया ही अपनाया। लेकिन उनकी आर्थिक मुश्किलें बहुत बढ़ गयी। इसके परिणामस्वरूप 1988 में एक व्यापक सार्वजनिक विरोध शुरू हुआ। बीएसपीपी के हुक्मरानों को चुनाव करवाने पर मजबूर होना पड़ा। यह विरोध 1988 में रंगून इंस्टीट्यूट ऑफ़ टेक्नॉलॅजी के छात्रों द्वारा एक छोटे मसले पर विरोध से शुरू हुआ। जल्दी ही यह संघर्ष व्यापक रूप से फैल गया। पुलिस दमन के कारण भी इसमें काफ़ी बढ़ोतरी हुई। इसी वर्ष आठ अगस्त को विरोध कर रहे युवाओं पर पुलिस के गोली चलाने से सैकड़ों लोग मारे गये। इसके साथ ही करेन, करेनी, शान और कचिन राज्यों में भी जातीय अल्पसंख्यक विरोध पर उतर आये।

जातीय अल्पसंख्यकों के हालात ने भी लोगों में ग़ुस्से को भड़काया। फ़ौजी शासकों के ख़िलाफ़ विरोध काफ़ी बढ़ गया। आख़िरकार जनता के बढ़ते दबाव के कारण जनरल ने विन को सत्ता छोड़नी पड़ी। 1990 में बर्मा में चुनाव हुआ। ये चुनाव तुलनात्मक रूप से निष्पक्ष थे और इसमें मतदाताओं ने भी बढ़-चढ़ कर हिस्सा लिया। 1988 में आंग सान सूकी द्वारा गठित नैशनल लीग फ़ॉर डेमॉक्रैसी (एनयेलडी) को 59 प्रतिशत सीटों पर जीत मिली। लेकिन सत्ताधारी सैनिक शासकों ने सूकी को सत्ता स्थानांतरित करने से इनकार कर दिया। चुनावों से पहले ही जुलाई 1989 में सूकी को घर में नज़रबंद कर दिया गया। अब ये शासक स्टेट पीस ऐंड डिवेलपमेंट कौंसिल के रूप में शासन कर रहे हैं। इस तरह, इस देश में लोकतांत्रिक शासन स्थापित होने की सम्भावनाएँ धूमिल हो गयीं।

1989 के बाद के 22 सालों में सूकी तक़रीबन 15 साल तक अपने घर में नज़रबंद रह कर पूरी दुनिया में लोकतंत्र के लिए संघर्ष की एक मिसाल बन गयीं। उन्हें लोकतंत्र के लिए संघर्ष की ख़ातिर दुनिया भर में कई पुरस्कारों से भी नवाज़ा गया। 1990 में इन्हें रैफ़्टो प्राइज दिया गया और 1991 में नोबेल पुरस्कार से सम्मानित किया गया। इसी तरह 2007 में कनाडा सरकार ने इन्हें अपने देश की मानद नागरिकता प्रदान की। सूकी की चुनौती के कारण म्यांमार के शासकों पर काफ़ी अंतर्राष्ट्रीय दबाव भी पड़ा। संयुक्त राष्ट्र संघ के हस्तक्षेप के कारण सैन्य शासकों ने कई दफ़ा सूकी से बातचीत की और कुछ समय के लिए इन्हें रिहा भी किया गया। मसलन, 2002 में ऐसा हुआ। लेकिन सैनिक शासकों ने देश में पूरी तरह से लोकतंत्र स्थापित करने की इजाज़त कभी नहीं दी। जब भी सूकी का प्रभाव के साथ-साथ सत्ता का विरोध बढ़ता दिखा, उन्हें घर में नज़रबंद कर दिया गया।

सूकी को नवम्बर, 2010 में गृह-नज़रबंदी से मुक्त किया गया है और सैनिक शासकों ने लोकतंत्र की दिशा में आगे बढ़ने का भरोसा दिलाया है। सूकी ने भी अपनी राजनीतिक पार्टी को नये सिरे से गतिशील बनाया है। लेकिन अब भी म्यांमार लोकतांत्रिक शासन स्थापित होने से काफ़ी दूर है। कई आलोचक सूकी की राजनीति की इस आधार पर आलोचना करते हैं कि वे जातीय अल्पसंख्यकों के ख़िलाफ़ होने वाली हिंसा का मुखर रूप से विरोध नहीं करती हैं। मसलन, 2012 में राखीन राज्य के दंगों के मुद्दे पर सूकी पूरी तरह ख़ामोश रहीं। असल में म्यांमार में एक लोकतांत्रिक शासन स्थापित होने में सैन्य शासन ही सिर्फ़ एक बाधा नहीं है, बल्कि जातीय अल्पसंख्यकों के साथ भेदभाव भरा व्यवहार, उनके ख़िलाफ़ होने वाली हिंसा और बहुसंख्यकों से उनका सामंजस्य न हो पाना भी एक बड़ी समस्या है। म्यांमार एक ऐसे देश का उदाहरण पेश करता है, जहाँ एक बड़ी बहुसंख्या के साथ कई छोटी जातीयताएँ भी मौजूद हैं। इस संदर्भ में हमें भारत की भूमिका को भी आलोचनात्मक नज़रिये से देखने की आवश्यकता है। भारत ने म्यांमार के लोकतांत्रिक संघर्ष को बहुत ज़्यादा समर्थन नहीं दिया। अमूमन भारत सरकार की इस नीति की तरफ़दारी करते हुए यह कहा जाता रहा है कि यदि भारत म्यांमार के शासकों का पूरी तरह विरोध करता तो बर्मा चीन के ख़ेमे में जा सकता था या भारत के विद्रोही समूहों की शरणस्थली बन सकता था। लेकिन बहुत से आलोचक यह भी मानते हैं कि यह एक नैतिक नीति न होकर व्यावहारिक नीति थी और इस आधार पर इसकी आलोचना की जा सकती है।

देखें : बांग्लादेश मुक्ति संघर्ष, श्रीलंका में तमिल पृथकतावाद, नेपाल में माओवाद, उपनिवेशवाद विरोधी आंदोलन-1, 2 और 3, आज़ादी के लिए सशस्त्र संघर्ष-1, 2 और 3, दक्षिण एशियाई सहयोग संगठन (सार्क)।

संदर्भ

1. एम. पी.कॉलहन (2003), *मेकिंग एनेमीज़ : वार ऐंड स्टेट बिल्डिंग इन बर्मा,* कॉरनेल युनिवर्सिटी प्रेस, इथाका.
2. टी. मिंट-यू (2001), द *मेकिंग ऑफ़ मॉडर्न बर्मा,* केम्ब्रिज युनिवर्सिटी प्रेस, केम्ब्रिज.
3. टी. मिंट-यू (2006), द *रिवर ऑफ़ लॉस्ट फ़ुटस्टेप्स,* फ़रार, स्ट्रॉस ऐंड जिरौक्स, न्यूयॉर्क.
4. बी. लिंटर (1990), *आउटरेज : बर्मा स्ट्रगल .फ़ॉर डेमॉक्रैसी,* व्हाइट लोटस प्रेस, कॉनबुरी.

— कमल नयन चौबे

मसजिद

(Mosque)

मसजिद का शब्दिक अर्थ है सज़दा या इबादत करने की जगह। प्रारम्भिक इसलामी समाज में, विशेषकर हज़रत मुहम्मद के मक्का से मदीना प्रवास से पहले, मसजिद का कोई व्यवस्थित स्वरूप न था। शायद इसके दो कारण थे। पहला, मक्का का धार्मिक-राजनीतिक अभिजन मुहम्मद साहब और उनके अनुयायियों का कट्टर विरोधी था। उस युग में ख़ुद को मुसलमान कहने वालों के लिए किसी नये धार्मिक स्थल की स्थापना मुमकिन ही नहीं थी। इसलिए मसजिद का विचार उस समय तक कोई ठोस स्वरूप नहीं ले सका था। इसका एक दूसरा महत्त्वपूर्ण कारण भी हो सकता था। उस समय तक इसलाम एक धार्मिक-राजनीतिक विचारधारा बनने की प्रकिया में थी। क़ुरान की आरम्भिक आयतें उतरनी शुरू हुई थीं और तब तक यह स्पष्ट नहीं था की इस नये धर्म की वास्तुकला से संबंधित अभिव्यक्ति क्या और कैसी होगी। इस तरह मसजिद का एक धर्मस्थल बनना, क़ुरान की आयतों का संकलित होना और आरम्भिक मुसलमान समाज का एक धार्मिक-राजनीतिक समुदाय बनना, आपस में घनिष्ठ तौर पर जुड़े हुए है।

लेकिन यह भी सही है की मुहम्मद साहब के मदीना जाने से पूर्व मसजिद का एक वैचारिक ख़ाका उभरने लगा था। मुसलमान के लिए सामूहिक तौर पर नमाज़ (सलात) की अनिवार्यता ने यह ज़रूरत पैदा कर दी थी कि सज़दा करने के लिए किसी विशेष जगह का चुनाव किया जाए। यही कारण था कि मुसलमानों ने कुछ नियत स्थानों पर सामूहिक इबादत शुरू की। इस तरह मसजिद का विचार मूर्त रूप लेने लगा। मदीना-प्रवास ने मसजिदों को इसलाम के केंद्र के तौर पर स्थापित करने की प्रकिया की शुरुआत की। उदाहरण के लिए जिस स्थान पर मुहम्मद साहब ने पहली नमाज़ अदा की, वहाँ मसजिद-इ-कुबा नामक मसजिद की स्थापना हुई। इसी तरह मुहम्मद साहब के मदीना वाले घर के बराबर में एक मसजिद का निर्माण हुआ जिसका नाम मसजिद-उल-नबी (नबी की मसजिद) पड़ा।

मुहम्मद साहब की धार्मिक-राजनीतिक परियोजनाओं में मसजिद का एक विशेष स्थान देखने को मिलता है। मसजिद इसलामिक क्रियाकलापों का केंद्र तो बनी ही, मुहम्मद साहब और उनके अनुयायियों ने मसजिद के प्रतीकात्मक पक्ष को भी परिभाषित करने में काफ़ी मेहनत की। इसके तीन उदहारण दिये जा सकते है। पहला उदाहरण अज़ान का है। मदीना की मसजिद में जब लोगों को नमाज़ के लिए बुलाने का मसला आया तो कई सुझावों पर चर्चा हुई। कुछ लोगों ने कहा कि चर्च की ही तरह मसजिद में भी नमाज़ की उद्घोषणा लिए घंटी का इस्तेमाल किया जाए। कुछ का सुझाव था कि इसलाम अपना कोई विशिष्ट तरीक़ा ईज़ाद करे। अंत में यह फ़ैसला किया गया की नमाज़ की दावत देने के लिए इनसानी आवाज़ का इस्तेमाल होता चाहिए। परिणामस्वरूप अज़ान के रिवाज़ का जन्म हुआ जिसने आगे चल इसलाम के एक महत्त्वपूर्ण प्रतीक का रूप लिया।

मसजिद का आंतरिक वास्तुशिल्प इसका दूसरा उदाहरण है। शुरुआती मसजिदों की बनावट को ऐतिहासिक दृष्टिकोण से देखने पर विभिन्न इसलामिक वास्तुशिल्प-परम्पराओं के आधार समझे जा सकते हैं। मसजिद में सजदा करने की दिशा का निर्धारण इस संदर्भ एक महत्त्वपूर्ण और रोचक तथ्य है। शुरुआती मुसलमान यरूशलम की तरफ़ मुँह करके नमाज़ अदा किया करते थे। लेकिन जब क़ुरान ने काबा को इसलाम के केंद्र की तरह परिभाषित करते हुए काबा की तरफ़ मुँह करके नमाज़ पढ़ने का हुक्म दिया तो मसजिदों का रुख काबा की ओर हो गया। इस बारे में एक रोचक क़िस्सा मशहूर है। काबा की ओर नमाज़ पढ़ने का आदेश दुपहर की नमाज़ (जुहर) और तीसरे पहर की नमाज़ (अस्र) के बीच हुआ था। इस आदेश का पालन करते हुए जुहर की नमाज़ यरूशलम की जानिब हुई और अस्र की नमाज़ काबा की सिम्त अदा की गयी। जिस मसजिद में इस आयत का इलहाम माना जाता है और दो विपरीत दिशाओं में नमाज़ अदा की गयी थी वह आज भी मक्का शहर में दो सिम्तों वाली मसजिद के नाम से मशहूर है।

काबा-रुख बनी मसजिदों ने एक विशिष्ट इसलामिक प्रतीकात्मकता की रचना की। काबा एक वर्गाकार संरचना थी जिसकी परिधिबद्ध परिक्रमा करने की परम्परा (जिसे तवाफ़ कहा जाता है) इसलाम के उद्‌भव से पूर्व चली आ रही थी। काबा-रुख नमाज़ पढ़ने के आदेश के बाद मसजिदों का निर्माण भी इसी परिधिबद्ध परिक्रमा के सिद्धांत के आधार पर

होता चला गया। यानी यदि काबा पश्चिम दिशा में है तो मसजिद का रुख पश्चिम की जानिब होगा और यदि काबा पूर्व में है तो मसजिद का मुख्य अहाता पूर्व की ओर होगा। यूँ तो यह व्यवस्था मात्र एक दिशा निर्धारण की थी जिसका एक सम्भव कारण तत्कालीन मुसलमान राजनीतिक-धार्मिक विमर्श में काबा की केंद्रीयता स्थापित करना था, परंतु इसका परिणाम यह हुआ की स्थापित मसजिदों ने काबा के चारों ओर एक व्यापक परिधि का निर्माण कर लिया। जैसे-जैसे इसलाम का प्रसार होता गया और नयी मसजिदें बनने लगी, इस प्रतीकात्मक परिधि का भी विस्तार होता चला गया। निम्न रेखा-चित्र इस विश्लेषण को और स्पष्ट करता है। यहाँ काबा एक केंद्र है जिसकी परिधि में तमाम मसजिदें (जो बिंदुओं से दर्शायी गयी हैं) आती है। जैसे जैसे इसलाम विश्व के अन्य भागों में फैलता है यह परिधि व्यापक होती जाती है।

मसजिद और इसलाम के धार्मिक-राजनीतिक विस्तार के रिश्ते का तीसरा उदाहरण आरम्भिक मुसलमानों द्वारा मसजिद के व्यावहारिक इस्तेमाल से संबंधित है। मक्का-विजय के बाद काबा एक मसजिद के रूप में बदल दिया गया, जिसे नाम दिया गया मसजिद-उल-हरम (पनाह की जगह)। याद रखने योग्य बात यह है कि काबा न केवल प्राचीन इब्राहीमी मत के अनुयायियों के लिए सम्मानीय था, बल्कि तत्कालीन मध्य एशिया में मक्का की विशिष्ट भौगोलिक स्थिति के कारण आर्थिक-सामाजिक महत्त्व भी रखता था। ऐसे असंख्य क़बीले थे जो इस मार्ग से व्यापार करते थे और अपने देवी-देवताओं की मूर्तियाँ काबा में रख कर उनकी अर्चना करते थे। काबा पर इसलाम के आधिपत्य से पूर्व तत्कालीन यहूदियों और ईसाइयों की काबा के संबंध में मान्यताओं की ऐतिहासिक जानकारी सीमित है, परन्तु मौजूदा हदीस साहित्य से यह स्पष्ट है कि यहूदियों और ईसाइयों का मक्का से एक जीवंत रिश्ता था।

काबा के मसजिद बन जाने के कई परिणाम निकले। एक ओर प्राचीन इब्राहीमी मजहब की रीतियों का इसलामीकरण हुआ, तो दूसरी और यहूदी और ईसाई धर्मों द्वारा स्थापित एकेश्वरवाद की धार्मिक शृंखला नये सिरे से परिभाषित हुई। काबा अब एक ऐसा धार्मिक स्थल बन गया था जिसका प्रतीकात्मक महत्त्व यरूशलम के बराबर था। इस तरह काबा के मसजिदीकरण ने क़ुरान में वर्णित इतिहास के अवधारणात्मक दर्शन को मूर्त रूप दे दिया और जिसके ज़रिये इसलाम को ऐतिहासिक वैधता हासिल हो सकी। शायद यही वजह थी की आरम्भिक मुसलमानों ने काबा की मसजिद को विशुद्ध धार्मिक रीतियों और क्रिया-कलापों के लिए इस्तेमाल करने की प्रथा की शुरुआत की। दूसरे शब्दों में कहें तो काबा की मसजिद इसलाम के इतिहास का पहला धार्मिक-ऐतिहासिक स्मारक बनी।

इस संबंध में यरूशलम का वह टीला, जहाँ से मुहम्मद साहब की स्वर्ग-यात्रा और अल्लाह से मुलाक़ात का क़िस्सा (इसे मेराज का वाक़या कहा जाता है जिसके अनुसार मुहम्मद साहब यरूशलम से स-शरीर जन्नत गये थे और उन्होंने तमाम नबियों जिनमें ईसा और मूसा प्रमुख थे, से मुलाक़ात की थी और फिर अल्लाह को मूर्त रूप में भी देखा था) जड़ा हुआ है, कुछ ऐसी ही ऐतिहासिकता लिए हुए है। मुसलमानों ने नमाज़ अदा करने की शुरुआत यरूशलम की दिशा से की थी। ज़ाहिर है कि यरूशलम का एक स्थापित धार्मिक-ऐतिहासिक महत्त्व हमेशा से था। जब मेराज का वाक़या हुआ तो यह धार्मिक रिश्ता और प्रगाढ़ हो गया। इस एक घटना ने यरूशलम को इसलाम धर्म के पवित्र स्थलों में बदल दिया। यही वजह थी की यरूशलम-विजय के पश्चात उसी टीले पर एक मसजिद का निर्माण हुआ जिसे मसजिद-ए-अक्सा कहा जाता है।

लेकिन मदीना की मसजिद-उल-नबी का दर्जा मसजिद-उल-हरम और मसजिद-उल-अक्सा से भिन्न था। मुसलमानों द्वारा मक्का-विजय के बाद मसजिद-उल-नबी प्रशासनिक केंद्र के तौर पर उभरी। मसजिद का मिम्बर (वह स्थान जहाँ से शुक्रवार को दोपहर की नमाज़ से पहले और ईद-उल-फ़ित्र और ईद-उल-जुहा की वार्षिक नमाज़ों के बाद क़ुतबा दिया जाता है) ऐसा सम्बोधन स्थल बना जहाँ से राजनीतिक-धार्मिक संदेश व्यवस्थित तौर पर प्रसारित होने लगे। मसजिद का अंदरूनी अहाता सामूहिक इबादत के अलावा धार्मिक-राजनीतिक विमर्श की जगह बनी और मसजिद का सहन क़ुरान सीखने-सिखाने का स्थान। यही नहीं मसजिद-उल-नबी पर ही कई महत्त्वपूर्ण मंत्रणाएँ हुईं। इसलाम के इतिहास पर असर डालने वाली कई संधियों और दस्तावेज़ों के मसविदे लिखे गये और स्वयं मुहम्मद साहब द्वारा इसलाम के नियमों की विवेचना और विश्लेषण की परम्पराओं की शुरुआत हुई। इस तरह प्रारम्भिक इसलाम ने मसजिद के दो मिले-जुले मायनों को जन्म दिया : मसजिद इबादत की जगह के रूप में और मसजिद राजनीति के केंद्र के रूप में। आगे चल कर मसजिद के इन्हीं दोनों मायनों ने इसलाम का धार्मिक-राजनीतिक विमर्श परिभाषित किया और साथ ही साथ इसलामिक वास्तुकला संबंधी परम्पराओं को भी जन्म दिया।

देखें : अल-किंदी, अल-ग़ज़ाली, अबू-अला मौदूदी, इब्न ख़ाल्दून, इब्न-रश्द, प्रारम्भिक इसलाम, जिहाद, दलित-पसमंदा मुसलमान, फ़लसिफ़ा और कलाम, भारतीय इसलाम, हज़रत मुहम्मद-1 और 2, मुहम्मद अली जिन्ना, मुहम्मद इक़बाल, सैयद अहमद ख़ाँ।

संदर्भ

1. इस्माइल सेराजेल्डिन और जेम्स स्टील (सम्पा.) (1998), *आर्कीटेक्चर ऑफ़ द कंटेम्परेरी मॉस्क : न्यू आर्कीटेक्चर्स,* एकेडमी

एडीशंस, लंदन.
2. लीह किंगबर्ग (1986), 'इंटरएक्शन बिटवीन दिस वर्ल्ड ऐंड द आफ़्टरवर्ल्ड इन अर्ली इसलामिक ट्रैडिशन', *ओरिएंस,* खण्ड 29.
3. के.ए.सी. क्रेसवेल (1953), प्रॉब्लम्स इन इसलामिक आर्कीटेक्चर, द *आर्ट बुलेटिन,* खण्ड 35, अंक 1.
4. ओलेग ग्रैबर (1963), 'द इसलामिक डोम, सम कंसीडरेशंस', द *जर्नल ऑफ़ द सोसाइटी ऑफ़ आर्कीटेक्चरल हिस्टोरियन,* खण्ड 22, अंक 4.

—हिलाल अहमद

महादेव गोविंद रानाडे

(Mahadev Govind Ranade)

उन्नीसवीं सदी के उत्तरार्ध में सक्रिय रहे सामाजिक और राजनीतिक सुधार आंदोलनों के प्रमुख नेता, इतिहासकार, आर्थिक सिद्धांतकार, पत्रकार और न्यायविद महादेव गोविंद रानाडे (1842-1901) को भारतीय उदारतावाद की दार्शनिक बुनियाद डालने का श्रेय जाता है। भारतीय और युरोपीय दर्शन में पारंगत रानाडे को अपने युग के सामाजिक-आर्थिक और राजनीतिक घटनाक्रम की गहरी समझ थी। उन्होंने अपने परिष्कृत चिंतन से राज्य और व्यक्ति की स्वतंत्रता के बीच टकराव की समस्या का हल पेश करने की कोशिश की। भारतीय राष्ट्रीय कांग्रेस के संस्थापकों में से एक रानाडे ने सार्वजनिक जीवन में समाज-सुधार के प्रश्नों पर अनुदार रवैया अपनाने वाले तिलक से टक्कर ली और अपने उदारपंथी अनुयायी गोखले का मार्गदर्शन किया। न्यायमूर्ति के सम्बोधन से लोकप्रिय रानाडे ने मुम्बई हाई कोर्ट के जज के रूप में ज़बरदस्त ख्याति प्राप्त की। उन्होंने बुद्धिवादी और वैज्ञानिक दृष्टिकोण अपनाते हुए मध्ययुगीन धार्मिक साहित्य का अध्ययन करके प्रार्थना समाज, पुणे सार्वजनिक सभा और सोशल कांफ्रेंस जैसे मंचों की स्थापना करके उन्हें अपने विचारों की अभिव्यक्ति का माध्यम बनाया। रानाडे ने *इंदुप्रकाश* नामक मराठी दैनिक भी निकाला। उनके द्वारा चलाई गयी समाज-सुधार की मुहिमों में विवाह की उम्र बढ़ाने और विधवा विवाह की इजाज़त देने के आग्रह उल्लेखनीय हैं। अंग्रेज़ी राज के साथ सहयोग का रवैया अपनाते हुए भी रानाडे का दावा था कि स्थानीय भाषा और समाज की बेहतर समझ रखने के कारण भारतवासी ही भारत के बेहतर शासक हो सकते हैं। उन्होंने ब्रिटिश अर्थव्यवस्था और अर्थव्यवस्था में राज्य के पूर्ण अ-हस्तक्षेप के सिद्धांत (लैसे-फ़ेयर) की सुसंगत आलोचना भी पेश करते हुए पूँजीवादी विकास के शुरुआती ढाँचे के लिए रास्ता साफ़ किया।

रानाडे का जन्म नासिक ज़िले के एक चितपावन ब्राह्मण परिवार में 16 जनवरी, 1842 को हुआ था। उनका बचपन कोल्हापुर रियासत में गुज़रा जहाँ उनके पिता मंत्री थे। मुम्बई के एलफ़िंस्टन कॉलेज से पढ़ने के बाद उन्होंने मुम्बई विश्वविद्यालय से बीए, एमए और एलएलबी की परीक्षाएँ प्रथम श्रेणी में उत्तीर्ण की। प्रेसीडेंसी मजिस्ट्रेट के पद से शुरुआत करके रानाडे 1893 में मुम्बई हाई कोर्ट के न्यायाधीश के पद तक पहुँचे। मुम्बई विश्वविद्यालय के डीन के रूप में छात्रों के बीच में लोकप्रिय रानाडे ने अंग्रेज़ी की मानक रचनाओं का मराठी में अनुवाद कराया ताकि विश्वविद्यालय पाठ्यक्रम में स्थानीय भाषाओं को भी जगह मिल सके। रानाडे ख़ुद भी मराठी के लेखक और विद्वान थे। उन्होंने अर्थशास्त्र और मराठा इतिहास (*राइज़ ऑफ़ मराठा पॉवर*) पर लेखन किया।

रानाडे को उनके अनुयायी 'बुद्धिवादी ईश्वरवाद' का पैरोकार कहा करते थे। काफ़ी-कुछ युरोपीय ईश्वरवादी दर्शन से प्रभावित होने के बावजूद उनके विचार हिंदू तत्त्वज्ञान में रचे-बसे थे। 'आस्तिकता का दर्शन' शीर्षक से दिये गये अपने व्याख्यानों में रानाडे का कहना था कि अद्वैत का सिद्धांत मनुष्य की स्वतंत्रता के लिए कोई गुंजाइश नहीं छोड़ता और भौतिकवाद नैतिकता की संयमकारी भूमिका की उपेक्षा करके स्वतंत्रता को अराजकता में पतित कर देता है। इसी तर्क के आधार पर उन्होंने बीच के रास्ते के तौर पर एकेश्वरवाद की पैरोकारी की। उनका दावा था कि भारतीय इतिहास एकेश्वरवादी भावना और बहुदेववादी आचरण के बीच अंतर्विरोध से भरा पड़ा है। रानाडे ने अपने ज़माने में महाराष्ट्र के विद्वत-समाज के बीच प्रचलित इसलाम विरोधी पूर्वग्रहों के ख़िलाफ़ संघर्ष किया, और हमदर्द निगाह से ईसाइयत का अध्ययन पेश किया। रानाडे ने अपने एक लेख 'हिंदू प्रोटेस्टेंटिज़म' में महाराष्ट्र के भक्ति आंदोलन (भागवत धर्म) की व्याख्या ईश्वरवाद के रूप में करते हुए योगमार्ग या ज्ञानमार्ग पर उसे प्राथमिकता दी।

रानाडे ने मानवीय स्वतंत्रता और समानता के उसूलों को भी इसी ईश्वरवाद से जोड़ते हुए जाति-प्रथा और सामाजिक ऊँच-नीच का विरोध किया। वे जाति को भारतीय समाज-व्यवस्था पर एक धब्बा मानते थे। जातिगत भेदभाव के ख़िलाफ़ भागवत धर्म को खड़ा करके उन्होंने तर्क दिया कि भक्ति आंदोलन के दौरान महार, नाई, मोची, कपायी और अन्य नीची जातियों के लोग भी संत बन सकते थे। रानाडे स्त्री-पुरुष समानता के भी पैरोकार थे। इसके लिए उन्होंने वैदिक युग से मिसालें लेते हुए दिखाया कि आर्यों की विवाह पद्धति में किस तरह स्त्रीत्व की स्वतंत्रता और गरिमा का ध्यान रखा जाता था।

रानाडे एक आर्थिक सिद्धांतकार भी थे। उनके निबंध 'इण्डियन पॉलिटिकल इकॉनॉमी' में उन्होंने अर्थव्यवस्था में

महादेव गोविंद रानाडे (1842–1901)

राज्य के अ-हस्तक्षेप की जगह सुविचारित हस्तक्षेप का समर्थन किया। भारतीय अर्थव्यवस्था और समाज का अध्ययन करके वे इस नतीजे पर पहुँचे कि राज्य को 'राष्ट्रीय आवश्यकताएँ' पूरा करने के लिए 'राष्ट्रीय उपकरण' की भूमिका उसी तरह निभानी चाहिए जिस तरह जर्मनी, इटली, फ्रांस और अमेरिका में राज्य द्वारा निभायी गयी है। उनके इन सुझावों से ज़ाहिर था कि वे पूँजीवादी विकास का रास्ता अपनाना चाहते थे। युरोपीय देशों की खेतिहर व्यवस्थाओं में निजी सम्पत्ति के आधार पर हुए परिवर्तनों पर गहरी निगाह डाल कर वे इस नतीजे पर पहुँचे कि अगर भारत के देहात में भी निजी सम्पत्ति का उसूल लागू किया जाए तो ग्रामीण जनता की दशा में सुधार आ सकता है। उन्होंने इस तरह के क़ानून बनाने का सुझाव दिया जिससे छोटे भू-स्वामी किसानों और बड़े पूँजीपति किसानों व ज़मींदारों के दो वर्ग उभरें। इसी लिहाज़ से रानाडे ने 1883 के रैयतवाड़ी क़ानून के संदर्भ में एक तरफ़ तो बंगाल के ज़मींदारों के अधिकार सीमित करने का विरोध किया, पर दूसरी तरफ़ रैयतों को पूरा मालिकाना देने का पक्ष भी लिया। पूँजीवाद के विकास के लिए रानाडे ने अंग्रेज़ सरकार से अपील की कि उसे उद्योगीकरण के लिए उसी तरह पूँजी-निवेश में मदद करनी चाहिए जिस तरह वह रेलवे, खनन, नहर-निर्माण और चाय-काफ़ी के बाग़ानों के लिए कर रही है।

राज्य के हस्तक्षेप को केवल अर्थव्यवस्था के दायरे तक ही सीमित रखने के बजाय रानाडे उसका विस्तार कमज़ोर वर्गों को सुरक्षा देने तक करना चाहते थे। राज्य की भूमिका को और आगे बढ़ाते हुए उन्होंने तर्क दिया कि ऊँची जाति के हिंदुओं के बीच विवाह और परिवार से संबंधित रीति-रिवाज़ों और परम्पराओं में भी उसे दख़ल देना चाहिए। चूँकि बच्चे और विधवाएँ ख़ुद अपने कष्टों की शिकायत करने की स्थिति में नहीं होते, इसलिए बेहतर होगा कि राज्य पहलक़दमी ले कर उनकी मदद करे। दूसरी तरफ़ रानाडे को राज्य द्वारा किये जाने वाले समाज-सुधार की सीमाओं का भी एहसास था। इसलिए उन्होंने लोगों द्वारा अपनी सामाजिक संस्थाओं को ख़ुद बदलने के लिए काम करने का आह्वान भी किया।

हरबर्ट स्पेंसर की थीसिस की भाँति रानाडे ने समाज को भी मानवीय जैविक ऑर्गनिज़म की तरह देखने पर ज़ोर दिया। उनका तर्क था कि जिस तरह व्यक्ति के शरीर के सभी अंगों का एक साथ समानुपातिक विकास होता है उसी तरह समाज का भी होना चाहिए। समाज-सुधार के प्रश्न पर उन्होंने तिलक और उनके अनुयायियों से लोहा लिया। तिलक का आरोप था कि वे राजनीतिक अधिकारों की कीमत पर सामाजिक सुधारों की बात कर रहे हैं। लेकिन रानाडे के विचारों को देखने पर ऐसा नहीं लगता। वे मानते थे कि राजनीतिक, आर्थिक और सामाजिक पहलू एक-दूसरे पर पूरी तरह से निर्भर हैं।

रानाडे के उदारतावाद में समाज के प्रभु-वर्ग की भूमिका केंद्रीय थी। उनका विचार था कि भारत जैसे समाजों में मुट्ठी भर लोगों के पास ही योग्यता, सम्पत्ति, ज्ञान और सत्ता का संयोग होता है, इसलिए यहाँ के अभिजन को ही आगे आकर समाज-परिवर्तन का काम अंजाम देना होगा। इसी लिहाज़ से रानाडे के सभी सहयोगी ब्राह्मण, बनिया, ज़मींदार और शिक्षित मध्य-वर्ग से आये थे।

बंगाल के ब्रह्म समाज के तर्ज़ पर रानाडे ने अपने मित्रों के सहयोग से प्रार्थना समाज की स्थापना की ताकि बुद्धिवादी आस्तिकता के सिद्धांत का प्रचार-प्रसार कर सकें। उन्होंने पुणे सार्वजनिक सभा की स्थापना की और फिर भारतीय राष्ट्रीय कांग्रेस की स्थापना में हाथ बँटाया। रानाडे मुम्बई विधान परिषद् के सदस्य और ब्रिटिश सरकार द्वारा गठित वित्त आयोग के सदस्य भी रहे।

हालाँकि रानाडे अंधविश्वास और कर्मकाण्ड का विरोध करते थे, लेकिन अपने निजी जीवन में उनका आचरण परम्परानिष्ठों की तरह था। ईसाई मिशनरियों के साथ चाय-पार्टी में जाने के बाद उनके द्वारा किया गया धार्मिक प्रायश्चित इस विरोधाभास का परिचायक था। अपनी पत्नी की मृत्यु के बाद उन्होंने अपने पिता के दबाव में एक अनपढ़ बालिका-वधू रमाबाई से विवाह करके अपने समाज-सुधारक साथियों की उम्मीदों पर पानी फेर दिया। दरअसल, विधवा विवाह के ज़बरदस्त पैरोकार रानाडे से सभी को उम्मीद थी कि अब वे किसी विधवा से ही शादी करेंगे। बाद में रानाडे द्वारा शिक्षित रमाबाई ने उनके निधन के बाद समाज-सुधार की मुहिमों में भाग लेना जारी रखा।

देखें : कन्हैयालाल माणिकलाल मुंशी, क़ाज़ी नज़रुल इसलाम, कुमारन्

आशान्, गजानन माधव मुक्तिबोध, गोवर्धन राम त्रिपाठी और गुजराती अस्मिता, प्रेमचंद, फ़क़ीर मोहन सेनापति और ओडिया अस्मिता, बंकिम चंद्र चट्टोपाध्याय, भारतेंदु हरिश्चंद्र, महावीर प्रसाद द्विवेदी, रवींद्रनाथ ठाकुर, रामविलास शर्मा, रामचंद्र शुक्ल, वल्लतोल, सच्चिदानंद हीरानंद वात्स्यायन अज्ञेय, सुब्रह्मण्य भारती, हजारी प्रसाद द्विवेदी।

संदर्भ

1. रिचर्ड पी. टकर (1977), *रानाडे ऐंड द रूट्स ऑफ़ इण्डियन नैशनलिज़म*, पॉपुलर प्रकाशन, मुम्बई.
2. विपिन चंद्र (सम्पा.) (1990), *रानाडेज़ इकॉनॉमिक राइटिंग्स*, ज्ञान बुक्स, नयी दिल्ली.
3. राजेंद्र वोरा (1986), 'टू स्ट्रैंड्स ऑफ़ इण्डियन लिबरलिज़म : द आइडियाज़ ऑफ़ रानाडे ऐंड फुले', थॉमस पेंथम और केनेथ एल. ड्यूश (सम्पा.), *पॉलिटिकल थॉट इन मॉडर्न इण्डिया*, सेज, नयी दिल्ली.

— अभय कुमार दुबे

महादेवी वर्मा

(Mahadevi Verma)

हिंदी साहित्य के छायावादी काव्यांदोलन के चार सर्वाधिक महत्त्वपूर्ण रचनाकारों में से एक महादेवी वर्मा (1907-1987) को भारतीय स्त्री-विमर्श की आरम्भिक अवस्था के विमर्शकार के रूप में भी देखा जाता है। महादेवी ने 1930 से 36 के बीच *नीहार, रश्मि, नीरजा* और *सांध्यगीत* काव्य संग्रह रचे। उनकी रचना *दीपशिखा* 1942 में प्रकाशित हुई। इन कविताओं के आधार पर हिंदी के आलोचकों ने उन्हें निजी पीड़ा और विरह-वेदना का भाव प्रस्तुत करने वाली स्त्री-कवि के रूप में चित्रित किया। उनके काव्य को अध्यात्म की छाया और रहस्यवाद के आग्रह तक सीमित रख कर उन्हें आधुनिक युग की मीरा की संज्ञा दे दी गयी। लेकिन परवर्ती समीक्षकों ने जब उनके सम्पूर्ण साहित्य का पुनर्मूल्यांकन किया तो महादेवी की यह छवि बदली। समीक्षकों ने पाया कि उनकी गद्य रचनाओं की संख्या उनकी कविताओं की अपेक्षा कहीं अधिक है जिसमें स्त्री-विमर्श के शुरुआती सूत्रों को देखा जा सकता है। आलोचकों की राय बनी कि उनके निबंधों और संस्मरणों को भी उनकी आत्माभिव्यक्ति के तौर पर देखा जाना चाहिए। इनके ज़रिये तत्कालीन संदर्भों में स्त्री-समाज की स्थिति को समझा जा सकता है। हिंदी प्रदेश में राष्ट्रीय आंदोलन की पृष्ठभूमि, उपनिवेशवाद, राष्ट्र, धर्म, संस्कृति और समाज में पुरुष-प्रधानता की स्त्री दृष्टि से व्याख्या करने में भी महादेवी का गद्य मददगार है।

महादेवी के समय में कविता की अपेक्षा गद्य में सामाजिक संदर्भों की व्याख्या करने की ठोस ज़मीन निर्मित हो चुकी थी। महादेवी ख़ुद भी लिखती हैं कि विचार के क्षणों में मुझे गद्य लिखना अच्छा लगता है। उनके संस्मरणों में प्रायः उपेक्षित, प्रताड़ित और शोषित चरित्रों का मार्मिक चित्रण मिलता है। उनकी गद्य रचना *अतीत के चलचित्र* 1941 में और *स्मृति की रेखाएँ* 1943 में प्रकाशित हुईं। इसके अलावा उन्होंने संस्मरणों के रूप में *पथ के साथी* (1946), *मेरा परिवार* (1972) और *संस्मरण* (1983) की रचना भी की। इनमें सेवक रामा, भंगिन सबिया, भाभी, बिट्टो, घिसा, अभागी स्त्री, ठकुरी बाबा, बिंदिया, भक्तिन, कुली भाई और गुँगिया जैसे चरित्र मिलते हैं जो उनके जीवन के निकट थे।

उनके निबंधों को स्त्री-जीवन के महत्त्वपूर्ण दस्तावेज़ों के रूप में देखा गया है, लेकिन ये निबंध केवल स्त्री-समाज पर ही केंद्रित नहीं हैं बल्कि विभिन्न सामाजिक पहलुओं पर लिखे गये हैं। हिंदी साहित्य के इतिहास-लेखन में महादेवी के गद्य पर अपेक्षित ध्यान न देने से ही पता चलता है कि हिंदी की दुनिया में सामाजिक-ऐतिहासिक विश्लेषण के अंतर्गत स्त्री-लेखन व साहित्य की उपेक्षा की गयी है। महादेवी भारतीय नारी के मानस और दशाओं के प्रति सजग थी। 1942 में प्रकाशित उनके निबंध संग्रह *शृखंला की कड़ियाँ* को राष्ट्रीय आंदोलन के दौर में भारतीय समाज व स्त्रियों की दशा के बारे में महत्त्वपूर्ण दस्तावेज़ के रूप में देखा गया है। भारतीय स्त्री जिन विषम परिस्थितियों का सामना कर रही थीं उनसे मुक्ति के लिए उन्होंने स्त्री-शिक्षा व विभिन्न क्षेत्रों में स्त्री की आत्मनिर्भरता को आवश्यक माना। स्त्री पुरुष की छाया है— समाज में व्याप्त इस धारणा के उद्‌भव पर विचार करते हुए वे भारतीय हिंदू समाज में पितृसत्ता के विकास और स्त्री-पराधीनता के कारणों की तरफ़ भी संकेत करती हैं। भारतीय स्त्री की वर्तमान स्थिति के बारे में वे लिखती हैं कि एक ओर उसे देव मंदिर की अधिष्ठात्री देवी बना दिया जाता है तो दूसरी ओर उसे घर के मलिन अँधेरे कोनों में बंदी बना कर रखा जाता है। वे मानती थीं कि हमारे अधिकार हमारी शक्ति और विवेक के सापेक्ष रहेंगे, इसलिए वे स्त्री की शक्तियों को जाग्रत करने पर ध्यान देती हैं। महादेवी के अनुसार शिक्षित स्त्री अपना स्वतंत्र व्यक्तित्व और विवेक तभी पूर्ण रूप से जाग्रत कर सकती है जब वह अपनी सफलता-विफलता पुरुष की आत्मतुष्टि या असंतोष में देखने के बजाय अपने भीतर देखने का प्रयत्न करे। वे पुरुष के समान स्त्री को कुटुम्ब, समाज, नगर तथा राष्ट्र की विशिष्ट सदस्य के रूप में देखती हैं।

महादेवी पश्चिम तथा पूर्व के राष्ट्रों में स्त्री की सामाजिक स्थिति में अंतर करती हैं। वे लिखती हैं— 'जाग्रत देशों की स्त्रियों ने पुरुष स्वामित्व के ख़िलाफ़ प्रदर्शन कर स्वयं को बर्बरता व हिंसा से मुक्त कर लिया। ऐसे देशों की स्त्रियों ने राजनीतिक तथा सामाजिक दोनों ही प्रकार के अधिकारों द्वारा अपनी शक्तियों का विकास कर लिया है। वे घर और बाहर दोनों क्षेत्रों में पुरुषों के साथ अपने देश और समाज के लिए काम कर रही हैं। लेकिन हमारे देश में सम्पत्ति के स्वामित्व से वंचित होने के कारण स्त्रियों का जीवन तुच्छ है। स्त्री पुरुष की सम्पत्ति और प्रदर्शन की वस्तु समझी जाती है।' महादेवी अपने समय में सती और विधवाओं की दशा का वर्णन भी करती हैं। क़ानून बन जाने के बावजूद सदियों पुरानी रूढ़ियों को हिंदू समाज स्त्रियों पर लागू किये हुए था। महादेवी स्त्रियों का पुरुषों पर निर्भर होना ही उनकी दासता का कारण मानती थीं, इसलिए वे समस्या का एकमात्र समाधान स्त्री द्वारा अर्थ-संबंधी सुविधाओं को प्राप्त करना बताती हैं। इस तरह स्त्रियाँ परिवार पर बोझ नहीं बनेंगी और न ही उन्हें सामाजिक बहिष्कार झेलना पड़ेगा। महादेवी के अनुसार केवल पुरुष-परिषदों व संस्थानों के लिए स्त्रियों को रखा जाए, यह भी स्त्री समाज के विकास में बाधक है। वे अपने समय की शिक्षित स्त्रियों के लिए यह भी आवश्यक मानती हैं कि वे अन्य स्त्रियों के प्रति अपने विचारों व कार्यों का सदुपयोग करें, तभी वे समाज के विकास में सहायक बन सकेंगी। वे जाग्रत और साधनसम्पन्न स्त्रियों से समाज और देश के लिए कुछ करने की अपेक्षा करती हैं। महादेवी लिखती हैं : 'राजनीतिक अधिकारों से भी पहले स्त्रियों को ऐसी सामाजिक व्यवस्था की आवश्यकता है जिससे उनके जीवन में कुछ स्वावलम्बन, कुछ आत्मविश्वास आ सके। उसकी दुर्बलताएँ अनेक हैं और सांसारिक संघर्ष घोरतर।'

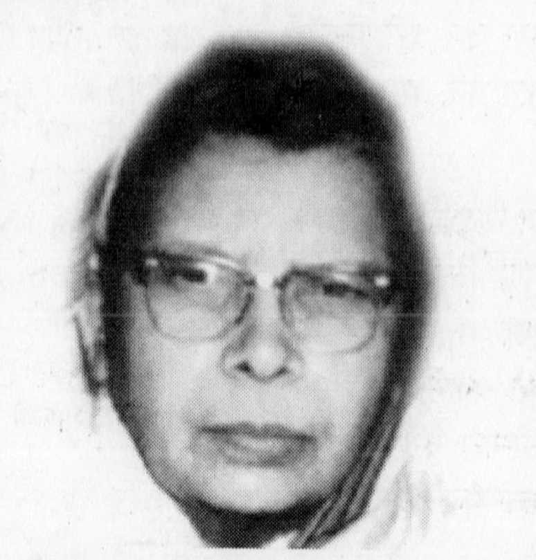
महादेवी वर्मा (1907-1987)

महादेवी वर्ग के आधार पर भी स्त्री की सामाजिक स्थिति का विश्लेषण करती हैं। मिल-कारख़ानों में काम करने वाली स्त्रियों की दुर्दशा के बारे में वे लिखती हैं कि श्रमजीवी श्रेणी की स्त्रियों को घर के कामकाज के अलावा बाहर के कामों में पति के साथ हाथ बँटाना पड़ता है। राष्ट्रीय आंदोलन के उभार के साथ यह सच्चाई स्पष्ट होती जा रही थी कि कृषक और श्रमजीवी स्त्रियों की संख्या अधिक है और उनकी जागृति के बिना पूरे समाज की जागृति अपूर्ण रहेगी। स्त्रियों को अधिकार व उत्तराधिकार मिल जाने पर भी मज़दूर स्त्रियाँ निर्धन पिता या दरिद्र पति से ग़रीबी के अतिरिक्त और क्या पा सकेंगी। इसलिए महादेवी स्त्री की आर्थिक स्थिति पर चिंतन करते हुए भी स्त्रियों की शिक्षा को महत्त्वपूर्ण मानती हैं। श्रम करती हुई स्त्री का कई स्तरों पर शोषण होता है, मज़दूरी में शोषण के अलावा उनके स्वत्व की हत्या होती है क्योंकि इन स्त्रियों की स्थिति धनिक और साधारण श्रेणी की स्त्रियों से भिन्न है। महादेवी के अनुसार शिक्षा, चिकित्सा आदि विभागों में कार्य करने वाली जागृत महिलाओं ने अपना एक अलग समाज बना लिया है। मिथ्या परम्परा की दुहाई देते रहना समाज व राष्ट्र के लिए घातक सिद्ध होगा। मानसिक दासता से मुक्ति को वे आवश्यक मानती थी।

'युद्ध और नारी' नामक निबंध में महादेवी युद्ध को स्त्री की प्रकृति व मनोवृत्त के विपरीत मानती हैं। हिंसा व रक्तपात को वे स्त्री की प्रकृति व स्वाभाविक गुण नहीं मानतीं। युद्ध स्त्री के शारीरिक व मानसिक विकास में बाधक रहा है, क्योंकि हिंसा करने वाले पुरुष-समाज के लिए स्त्री केवल एक देह है। सैनिक के लिए स्त्री के मानवीय गुणों का महत्त्व नहीं होता। इसलिए महादेवी ध्वंस के लिए ध्वंस को आवश्यक मानने से इनकार करती हैं। 'नारीत्व का अभिशाप' नामक निबंध में वे स्त्री को कमज़ोर बनाने वाली वृत्तियों को छोड़ने की बात करती हैं। अतीत हिंदू नारी की गौरव-गाथा के भ्रम से वर्तमान में बदलाव लाने में बाधक बन रहा है। अपने पिता के घर में उसे वैसा ही स्थान मिलता है जैसा दूकान में रखी किसी वस्तु को प्राप्त होता है, जिसके रखने और बेचने दोनों ही स्थितियों में दूकानदार को हानि की सम्भावना रहती है। स्त्री का विधवा होना उसके जीवन का सबसे बड़ा अभिशाप बन जाता है। आधुनिक युग की स्त्री की स्थिति पर विचार करते हुए वे लिखती हैं कि आर्थिक रूप से स्वतंत्र स्त्री पुरुष की अधीनता से मुक्त हो जाएगी, जैसा कि पश्चिम के देशों में देखा जा सकता है। त्याग, सहनशीलता आदि स्त्री के गुणों को वे मातृत्व की पूर्ति करने वाले प्रकृति से मिले स्वाभाविक गुण मानती हैं, न कि ऐसे गुण जिनके लिए पुरुष स्त्री को हीन मान कर इसके लिए हमेशा बाध्य करता रहे।

आधुनिक वातावरण में स्त्री की कठिनाइयों पर विचार करते हुए महादेवी प्राचीन विचारों के हामी पुरुष समाज पर टिप्पणी करती हैं कि वे स्त्रियों के प्रति अवहेलना की दृष्टि रखते हैं। राष्ट्रीय आंदोलन में भाग लेने वाली महिलाओं ने आधुनिकता को राष्ट्रीय जागृति के रूप में देखा। आंदोलन के समय स्त्रियों ने संयम और कठोर जीवन स्वीकार किया। स्त्री

के लिए घर और बाहर दो क्षेत्रों में स्पष्ट विभाजन रहा है। वे दोनों क्षेत्रों को स्त्री-जीवन के विकास के लिए आवश्यक मानती थी और यह भी कहती हैं कि पुरुष के लिए भी घर उतना ही ज़रूरी है जितना कि स्त्री के लिए। वे घर और बाहर के क्षेत्र का वर्गीय चरित्र भी स्पष्ट करती हैं। दरिद्र और श्रमजीवी वर्ग की स्त्रियों के लिए घर और बाहर की कोई समस्या नहीं है, क्योंकि उन तक शिक्षा पहुँची ही नहीं है। इस पिछड़े हुए वर्ग की सामाजिक स्थिति में स्त्रियाँ हमेशा पुरुष के साथ हैं और उसकी सहयोगी हैं। घर और बाहर के क्षेत्र का विभाजन केवल उच्च और साधारण वर्ग की स्त्रियों के लिए है जहाँ पुरुष स्त्री को घर की सम्पत्ति की तरह रखता है।

पश्चिम की अपेक्षा भारत में साधारण स्त्रियों के जीवन में मातृत्व के महत्त्व के बारे में महादेवी स्पष्ट लिखती हैं कि इस तरह का दृष्टिकोण आधुनिक समाज में मौजूद है। इसलिए पुरुष स्त्री के केवल दो ही रूपों को बढ़ने देता है—माँ और पत्नी। घर से बाहर स्त्री को स्वाधीनता देने में पुरुष समाज परहेज़ करता रहा है। स्त्री के दासत्व से विकासशील समाज का निर्माण करना कठिन है।

हिंदू स्त्री, विधवा जीवन और स्त्री जीवन पर महादेवी के विचार स्त्री-विमर्श के संदर्भ में उन्हें प्रासंगिक बना देते हैं। अतीत के प्रति मोह और धार्मिक बंधनों को वे स्त्री के विकास और प्रगतिशील जीवन का लक्ष्य नहीं मानतीं। श्रमजीवी वर्ग की स्त्रियाँ घर भी सँभालती हैं और जीविका के उपार्जन में पुरुष का सहयोग भी देती हैं फिर भी सच्ची नागरिक और सामाजिक प्राणी नहीं बन पाती। महादेवी देह व्यवसाय को पूरे समाज के पतन का कारण मानती हैं। स्त्रियों को कलंकित करके समाज से बहिष्कृत करने वाला समाज यह नहीं देखता कि स्त्रियाँ स्वेच्छा से इस व्यवसाय को नहीं स्वीकार करती।

महादेवी अपने समय में देख रहीं थी कि साधारण और श्रमजीवी वर्ग से लेकर सम्पन्न वर्ग की स्त्रियों तक की स्थिति दयनीय है और इसका कारण है स्त्री की आर्थिक विपन्नता। शिक्षा के क्षेत्र से जुड़ी समस्याओं के संदर्भ में वे आधुनिक समाज में बढ़ती स्वार्थपरता और जीविका संबंधी बेकारी को चिंता का विषय मानती हैं। चूँकि स्त्रियों के लिए व्यवसाय के क्षेत्र चिकित्सा, अध्यापन और लेखन तक ही सीमित थे, इसलिए वे अन्य कार्य-क्षेत्रों को विकसित करना आवश्यक बताती हैं। जिस कवयित्री को साहित्यिक समीक्षा कल्पनालोक में विचरण करने वाली बता रही थी, वह अपने निबंध 'जीने की कला' में कहती हैं कि जीवन का लक्ष्य केवल कल्पनालोक में विचरण नहीं है। महादेवी मनुष्य के बाहरी सामाजिक जीवन और वैयक्तिक आंतरिक जीवन को एक दूसरे के सापेक्ष बनाने पर बल देती हैं।

देखें : अरुणा आसफ़ अली, आनंदीबाई जोशी, उपनिवेशवाद विरोधी आंदोलन में स्त्री-नेतृत्व-1 और 2, कमला देवी चट्टोपाध्याय, दलित-नारीवाद, पण्डिता रमाबाई सरस्वती, दुर्गाबाई देशमुख, संतोष कुमारी देवी, सावित्रीबाई फुले।

संदर्भ

1. करीन शोमर (1998), *महादेवी वर्मा ऐंड द छायावाद एज ऑफ मॉडर्न हिंदी पोएट्री,* ऑक्सफ़र्ड इण्डिया पेपरबैक्स, नयी दिल्ली.
2. इंद्र नाथ मदान (2009), *महादेवी,* राधाकृष्ण प्रकाशन, नयी दिल्ली.
3. दूधनाथ सिंह (2009), *महादेवी,* राजकमल प्रकाशन, नयी दिल्ली.
4. महादेवी वर्मा (2004), *शृंखला की कड़ियाँ,* लोकभारती प्रकाशन, नयी दिल्ली.
5. नामवर सिंह (2004), *छायावाद,* राजकमल प्रकाशन, नयी दिल्ली.
6. महादेवी वर्मा (1997), *अतीत के चलचित्र,* राधाकृष्ण प्रकाशन, नयी दिल्ली.
7. रामचंद्र शुक्ल (1941), *हिंदी साहित्य का इतिहास,* नागरी प्रचारणी सभा, वाराणसी.

—शिवानी चोपड़ा

महाभारत

(*Mahabharat*)

भारतीय समाज और मानस पर गहरी छाप छोड़ने वाला संस्कृत महाकाव्य *महाभारत* खेत-खलिहान, बाग़-बग़ीचे से लेकर चौपाल तक समान रूप से व्याप्त है। उसकी मुख्यकथा के साथ ही उसकी उपकथाएँ रोज़ की चर्चाओं में प्राय: शामिल होती हैं। न जाने कितने लोक-कण्ठों ने उसकी कथाओं को अपना विषय-वस्तु बना कर गीत रचे और उन्हें स्वर प्रदान किया। कवियों, उपन्यासकारों, नाटककारों और विमर्शकारों को समान रूप से आकृष्ट करने वाले इस महाकाव्य के आलोचनात्मक अध्ययन की ओर सबसे पहले लासेन का ध्यान गया था। *महाभारत* में तीन कथावाचक हैं : व्यास, वैशम्पायन और गल्वगणकपुत्र उग्रश्रवा सौति। व्यास ने इसे वैशम्पायन को सुनाया, वैशम्पायन ने जनमेय को और उग्रश्रवा सौति ने कुलपति शौनक के नैमिषारण्य में होने वाले द्वादशवर्षीय सत्र में ब्रह्मचारी ऋषियों को। पूरा *महाभारत* अट्ठारह पर्वों में विभक्त है : आदिपर्व, सभापर्व, वनपर्व, विराटपर्व, उद्योगपर्व, भीष्मपर्व, द्रोणपर्व, कर्णपर्व, शल्यपर्व, सौतिपर्व, स्त्रीपर्व, शांतिपर्व, अनुशासनपर्व, आश्रमेधिक पर्व,

आश्रमवासिक पर्व, मौसलपर्व, महाप्रस्थानिक पर्व और स्वर्गारोहण पर्व। इसके अलावा सौ अवांतर पर्वों की भी चर्चा है। अनेक आख्यानों और उपाख्यानों वाली इस अनूठी रचना में मुख्य आख्यान कौरवों और पाण्डवों के बीच युद्ध ही है। *महाभारत* के सारे पात्र ख़ास तौर से भीष्म, विदुर, द्रोण, कृष्ण, कर्ण, भीष्म, अर्जुन, सहदेव, नकुल, द्रौपदी, गांधारी, दुर्योधन आदि के कार्य-व्यवहार, जीवनवृत्त और संवाद विशेष महत्त्व रखते हैं। इनमें से किसी को भी छोड़कर *महाभारत* की पूर्णता की कल्पना नहीं की जा सकती। दुष्यंत-शकुंतला, नल-दमयंती आदि जैसी कई उपकथाओं का भी काफ़ी महत्त्व है तथा अनेक रचनाकारों ने *महाभारत* से कथाएँ लेकर स्वतंत्र ग्रंथ रचकर भारत की साहित्यिक व सांस्कृतिक विरासत समृद्ध की है। धार्मिक, नीति-संगत, तथा दार्शनिक दृष्टि से विदुर के विचार एवं *महाभारत* के अंग के रूप में *गीता* का दर्शन भी उल्लेखनीय है। *गीता* के प्रभाव में विवेकानंद, बाल गंगाधर तिलक तथा गाँधी ने अपने-अपने ढंग से भारतीय राष्ट्रवाद की रचना की। इस लिहाज़ से भारतीय आधुनिकता को उसका विशिष्ट रूप देने में इस महाकाव्य की महत्त्वपूर्ण भूमिका है। *महाभारत* का भारतीय साहित्य और संस्कृति के ऊपर गहरा और व्यापक प्रभाव पड़ा है। भास के छह संस्कृत नाटकों से लेकर बीसवीं सदी में धर्मवीर भारती रचित *अंधा युग* तक ऐसे अनगिनत उदाहरण देखे जा सकते हैं। इस महाकाव्य ने जनजातीय संस्कृति को भी प्रभावित किया है। छत्तीसगढ़ की पंडवानी और गुजरात में भीलों का महाभारत इसका प्रमाण है।

महाभारत की मुख्य कथा धृतराष्ट्र और पाण्डु पुत्रों के बीच हुए युद्ध के पहले उनके कुल-पूर्वजों की चर्चा के साथ की शुरू होती है। मनु की पुत्री इला और चंद्र से उत्पन्न क्षत्रिय चंद्रवंशी कहलाये। चंद्रवंश के पहले राजा पुरुरवा हुए जिन्हें आगे चलकर कालिदास ने अपने नाटक *विक्रमोर्वशीयम्* का नायक बनाया। इसी वंश के दूसरे प्रसिद्ध राजा ययाति हुए। ययाति की दो रानियाँ थीं देवयानी और शर्मिष्ठा। महाकाव्य में शर्मिष्ठा को असुरों के राजा और ईरान नरेश वृषपर्वा की पुत्री तथा देवयानी को असुरों के गुरु शुक्राचार्य की पुत्री बताया गया है। जीवन के अंत में ययाति अपनी दोनों पत्नियों सहित अपने पुत्र पुरु को राज्य-भार सौंप कर जंगल प्रस्थान कर गये।

पुरु वंशजों में एक राजा दुष्यंत हुए। कालिदास के प्रसिद्ध नाटक *अभिज्ञानशाकुंतल* की नायिका शकुंतला और दुष्यंत के संयोग से भरत नाम पुत्र पैदा हुआ। मान्यता है कि इस भरत के नाम पर ही भारत देश बना। भरत के वंशजों में एक यशस्वी राजा हस्ती हुए जिन्होंने गंगा के पश्चिमी किनारे पर हस्तिनापुर नगर बसाया और वही उनकी राजधानी भी बना। महाराजा हस्ती के वंशजों में उनके प्रपौत्र कुरु पैदा हुए। जिन्होंने गंगा और यमुना के दोआब के ऊपरी उपजाऊ भाग को जीत कर उसे कुरुक्षेत्र नाम दिया। इसी वंश में आगे चलकर एक राजा शांतनु पैदा हुए। शांतनु का एक पुत्र देवव्रत (भीष्म) गंगा नदी से उनके संयोग से पैदा हुआ। भीष्म के जन्म के समय ही गंगा ने शांतनु को त्याग दिया। शांतनु का बाद में एक मत्स्यकन्या सत्यवती से प्रेम हुआ किंतु वह भीष्म की जगह अपनी संतान को ही राज्य देने की शर्त ही पर उनके साथ विवाह को तैयार हुई। शांतनु इस शर्त को मानने के लिए तैयार न थे। भीष्म को इस बात का पता चलने पर उन्होंने आजीवन अविवाहित रहने का भीषण संकल्प लेकर शांतनु की समस्या का समाधान किया। सत्यवती से दो पुत्र हुए, उनमें से एक बचपन में ही मर गया और दूसरी संतान विचित्रवीर्य को शांतनु के बाद राज्य प्राप्त हुआ। काशिराज की दो कन्याओं अंबिका और अंबालिका का विवाह भीष्म ने बलपूर्वक विचित्रवीर्य से करा दिया। लेकिन विचित्रवीर्य संतानहीन ही मरे। तब भीष्म की सम्मति से सत्यवती के व्यास से कहने पर विचित्रवीर्य की विधवाओं से नियोग के ज़रिये विचित्रवीर्य के दो पुत्र धृतराष्ट्र और पाण्डु हुए। धृतराष्ट्र के अंधे होने की वजह से पाण्डु ने कुछ समय तक राज्य किया। उसके बाद वे पत्नियों सहित जंगल चले गये और वहीं मृत्यु को प्राप्त किया। उनकी दो पत्नियाँ थीं। उनमें से एक माद्री उनके साथ चिता में जलकर सती हो गयी तथा दूसरी कुंती पाण्डु पुत्रों की देख-रेख के लिए रह गयीं। कुंती युद्धोपरांत भी जीवित रहीं।

पांडु के पाँचों पुत्र युधिष्ठिर, भीम, अर्जुन, नकुल और सहदेव पाण्डव कहलाये तथा धृतराष्ट्र के सौ पुत्र हुए जिन्हें कौरव कहा गया। पाण्डवों ने अपने पौरुष से काफ़ी धन-सम्पत्ति कमायी। धृतराष्ट्र के बड़े पुत्र दुर्योधन ने धृतराष्ट्र से पाण्डवों जैसी धन-सम्पत्ति पाने की इच्छा जतायी। विशेष रूप से एक सभा-कक्ष तैयार करके जुआ खेलने के लिए युधिष्ठिर समेत सभी भाइयों को आमंत्रित किया गया। दुर्योधन की ओर से शकुनि ने पासे फेंके और पाण्डवों की तरफ़ से युधिष्ठिर ने खेलना शुरू किया। युधिष्ठिर एक-एक कर सारी चीज़ें हारते चले गये और अंत में द्रौपदी को भी हार बैठे। द्रौपदी को जुआ के आयोजन-स्थल पर घसीट कर लाने का काम दुर्योधन के भाई दुःशासन ने किया, और भरी सभा में उसका चीरहरण किया। दुर्योधन ने उसे अपनी जाँघ पर बैठने को भी कहा। द्रौपदी ने वहाँ उपस्थित सभी जनों को धिक्कारते हुए कहा कि युधिष्ठिर को उसे दाँव पर लगाने का क्या अधिकार था? एक रजस्वला स्त्री का इस तरह से इतने लोगों के सामने चीरहरण किया जाना और सबका मौन साधे रहना कहाँ तक उचित है? अंत में असहाय होकर कृष्ण को पुकारने पर कृष्ण ने चीर बढ़ा कर उसकी रक्षा की। पाण्डवों से अपनी सम्पत्ति पुनः वापस पाने के लिए बारह बरस का वनवास तथा एक वर्ष अज्ञातवास

की शर्त रखी गयी। वनवास व अज्ञातवास की समाप्ति के बाद भी दुर्योधन पाण्डवों को सुई की नोंक के बराबर भी राज्य देने को तैयार नहीं हुआ। अंततः कुरुक्षेत्र में *महाभारत* का भीषण युद्ध हुआ जिसमें युधिष्ठिर की जीत हुई।

महाभारत के दो अन्य नाम 'जय' और 'भारत' भी बताये जाते हैं। इसके तीन अलग-अलग लेखकों का उल्लेख मिलता है। इस ग्रंथ की विशालता देखते हुए कह पाना मुश्किल है कि इसकी रचना किसी एक व्यक्ति ने एक ही समय में की होगी। समय के साथ-साथ इसकी मोटाई बढ़ती गयी और नयी-नयी चीज़ें भी जुड़ती गयीं। दृष्टांत है कि वेदव्यास ने तीन वर्षों तक कठिन मेहनत कर तैयार करने के बाद ब्रह्मा की प्रेरणा से इसे गणेश से लिखवाया। अपने पुत्र शुकदेव और वैशम्पायन आदि शिष्यों को पढ़ाया और जिसका प्रवचन उन्हीं की आज्ञा से महाराज जनमेजय के सर्प-सत्र (यज्ञ) में वैशम्पायन द्वारा किया गया। इसी आधार पर कुछ विद्वान प्रथम रचयिता वेदव्यास की कृति को 'जय', दूसरे रचनाकार वैशम्पायन की कृति को 'भारत' तथा तीसरे लेखक के रूप में सौति को मानते हुए उन्हें *महाभारत* का लेखक मानते हैं। किंतु *महाभारत* के आदि पर्व (1.208) के एक श्लोक के अनुसार, 'पूर्वकाल में सब देवताओं और ऋषियों ने मिलकर तराजू के एक ओर चारों वेद और दूसरी ओर इस भारत को तोला, तो महत्त्व और भारीपन में यही भारत भारी निकला।' और अगले श्लोक (आदि पर्व, 1.209) में कहा गया है, 'महत्त्वपूर्ण और भारी होने के कारण ही इसे *महाभारत* कहते हैं।' *महाभारत* में एक लाख श्लोकों की संख्या स्वीकारी जाती है। सातवलेकर की मान्यता है कि व्यास के मूल ग्रंथ में क़रीब 24 हज़ार श्लोक रहे होंगे क्योंकि आदि पर्व में सूत उग्रश्रवा शौनक से कहते हैं : '24 सहस्त्र श्लोकों में भारत संहिता रची थी। पण्डित जन उपाख्यान से रहित उन्हीं 24 सहस्त्र श्लोकों ही को 'भारत' कहा करते हैं।' (आदि पर्व, 1.61) उपर्युक्त 24 हज़ार श्लोकों की बात उग्रश्रवा कहते हैं। आगे वैशम्पायन कहते हैं कि परम तेजस्वी सत्यवती सुत ने पवित्र एक लाख श्लोकों में पुण्य कर्म करने वाले पाण्डवों के इस आख्यान को कहा है। (56.13) एक लाख को बढ़ाकर 24 हज़ार नहीं किया जा सकता, 24 हज़ार बढ़ाकर एक लाख अवश्य किये जा सकते हैं। 24 हज़ार की बात सूतपुत्र उग्रश्रवा ने कही, एक लाख श्लोकों की बात वैशम्पायन ने कही। इसलिए यह मानना उचित होगा कि *महाभारत* में पहली बार बहुत से अंश जोड़ने का श्रेय वैशम्पायन को है।

जनमेजय और *महाभारत* के समय के बारे में सातवलेकर की मान्यता है : 'इस जनमेजय का समय ईसा पूर्व 3000 का निश्चित किया जाता है। यदि यह मान लिया जाए तो *महाभारत* युद्ध को कम से कम तो 3100 ईसापूर्व मानना पड़ेगा। इस प्रकार सौ-डेढ़ सौ वर्ष के बाद जय का दूसरा संस्करण भारत के रूप में अस्तित्व में आया।' फिर यह मान कर कि वैशम्पायन का संस्करण अधिक प्राचीन है, द्वापर और कलियुग के वर्षों की संख्या का हिसाब लगा कर और सी.वी. वैद्य का मत उद्धृत करने के बाद सातवलेकर कहते हैं : '*महाभारत* का युद्ध ईसापूर्व 3100 के आसपास हुआ और उस युद्ध का तथा कौरव-पाण्डवों का आँखों-देखा इतिहास व्यास ने जय नामक एक छोटे से ग्रंथ में किया जिसे ईसा पूर्व 3000 के आसपास वैशम्पायन ने परिवर्धित करके सर्पसत्र के अवसर पर राजा जनमेजय को सुनाया। तत्पश्चात् उसके अनेक वर्षों के बाद ईसापूर्व 250 या 300 के आसापास सौति ने उसमें परिवर्धन करके नैमिषारण्य में यज्ञ के अवसर पर शौनक को सुनाया।'

इस प्रकार एक लम्बे समय तक *महाभारत* में संशोधन-परिवर्धन होता रहा। *महाभारत* के रूप में जो कुछ भी आज उपलब्ध है वह वैशम्पायन का संस्करण ही है और वैशाम्पायन के संस्करण का नाम ही 'भारत' है किंतु आज 'भारत' और व्यास के संस्करण 'जय' दोनों *महाभारत* में विलीन हो चुके हैं। दोनों को पृथक-पृथक खोज पाना काफ़ी कठिन होगा। यह अपने आप में अर्थशास्त्र, धर्मशास्त्र, कामशास्त्र, मोक्षशास्त्र, राजनीतिशास्त्र, नीतिशास्त्र तथा दार्शनिक ग्रंथ भी है। *महाभारत* में आख्यानों की प्राचीनता का प्रमाण हमें कात्यायन के वार्तिक तथा पंतजलि के *महाभाष्य* से भलीभाँति मिलता है। पंतजलि ने अपने भाष्य में यवक्रीत, प्रियंगु तथा ययाति के आख्यानों का उल्लेख किया है। इनमें से यवक्रीत तथा ययाति का आख्यान *महाभारत* में आदिपर्व और वनपर्व उपलब्ध है। फलतः इन आख्यानों से संबलित *महाभारत* का प्रणयन पतंजलि से पूर्वकाल में निष्पन्न हो चुका था। इतना ही नहीं, आश्वलायन ग्रह्यसूत्र में तर्पण के अवसर पर *भारत* तथा *महाभारत* दोनों ग्रंथों के धर्माचार्यों का पृथक-पृथक तर्पणविधान का निर्देश किया गया है। इससे लगता है कि *महाभारत* का मौजूदा स्वरूप काफ़ी पहले आ गया था।

महाभारत के आलोचनात्मक अध्ययन की ओर सर्वप्रथम लासेन का ध्यान गया। 1837 में उन्होंने *इण्डियन एंटिक्विटीज़* नामक पुस्तक लिख कर दावा किया कि जिस *महाभारत* को सूत ने कहा, वह वास्तव में मूल पुराण 'भारत' का द्वितीय संस्करण है। 1852 में जर्मन विद्वान मैक्स वेबर ने *महाभारत* के संदर्भ में अपनी प्रसिद्ध पुस्तक *इण्डियन स्टूडियेन* में कहा कि ऋग्वेद की 'नाराशंस्य' गाथाएँ और 'दानस्तुतियाँ' *महाभारत* का मूल स्त्रोत हैं। यज्ञ के अवसरों पर इनका गान होता था। कुरुवंश की कुछ ऐसी ही गाथाएँ रही होंगी। विस्तार होते-होते उन्हीं से *महाभारत* बन गया होगा। 1908 में *जर्नल ऑफ़ द रॉयल एशियाटिक सोसाइटी* में प्रकाशित ग्रियर्सन के एक लेख के मुताबिक़ प्राचीन भारत में

ब्राह्मण-क्षत्रियों का झगड़ा बराबर चलता रहा। मध्य प्रदेश में ब्राह्मणों का ज़ोर था, पर कुरु प्रदेशों में अधिक स्वतंत्रता थी। पंचाल में बहुपति-विवाह भी जायज़ समझा जाता था। पंचाल देश के राजा द्रुपद ने द्रोणाचार्य का अपमान किया था, जिन्होंने कुरुओं के यहाँ शरण ली। उसी अपमान का बदला चुकाने के लिए कौरव-पांचालों में युद्ध हुआ। इस तरह *महाभारत* कौरव-पाण्डवों का नहीं, कौरव-पांचालों का युद्ध था। सर बेरिडेल कीथ ने पाण्डवों के मंगोलियन होने की सम्भावना व्यक्त की है। इस तरह से दुनिया में तरह-तरह के विद्वानों ने *महाभारत* को अपने अध्ययन का विषय बनाया है और इस बारे में भिन्न-भिन्न मत व्यक्त किये हैं।

1834-39 में कलकत्ता से बंगाल की रॉयल एशियाटिक सोसाइटी ने *महाभारत* का प्रकाशन किया। बाद में कुछ लोगों ने मिलकर मुम्बई और चेन्नई से भी इसे छापा। 1897 में पेरिस में हुए प्राच्यविद्याविदों के अंतर्राष्ट्रीय सम्मेलन में विंटरनित्स ने *महाभारत* के सम्यक अध्ययन के लिए उसके प्रामाणिक संस्करण की आवश्यकता पर बल दिया। 1908 में लूडर्स ने उसका एक प्रारूप भी प्रस्तुत किया। पुणे के भण्डारकर प्राच्य विद्या-शोध-संस्थान ने 1918 में *महाभारत* का एक प्रामाणिक (क्रिटिकल) संस्करण निकालने का निश्चय किया। सुखणकर ने 1925 से इस पर काम करना शुरू किया। चार दशक तक गहन अध्ययन और परिश्रम के बाद यह 1966 में तैयार हुआ। अनेक महत्त्वपूर्ण पाण्डुलिपियों के आधार पर और अप्रासंगिक प्रसंगों को हटाते हुए जो संस्करण तैयार किया गया उसे ही आज प्रामाणिक माना जाता है।

देखें : आर्यभट्ट और *आर्यभटीय,* उपनिषद्, कपिल, *अर्थशास्त्र* और कौटिल्य, गोपीनाथ कविराज, गोविंद चंद्र पाण्डे, चैतन्य महाप्रभु, जैन दर्शन, न्याय दर्शन, दया कृष्ण, नंद किशोर देवराज, न्याय दर्शन, नागार्जुन, पतंजलि और *योगसूत्र,* पाणिनि और *अष्टाध्यायी,* पाश्चात्य काव्यशास्त्र, पुराण, पूर्व-मीमांसा दर्शन, बदरी नाथ शुक्ल, बादरायण, बौद्ध दर्शन, *भगवद्गीता,* भरत और *नाट्यशास्त्र,* मुकुंद लाठ, *भागवत पुराण,* यशदेव शल्य, योग दर्शन, रामानुजाचार्य, लोकायत, वात्स्यायन और *कामसूत्र,* वेदांत दर्शन, वैशेषिक दर्शन, शंकराचार्य, षड्-दर्शन-1 और 2, संस्कृत काव्यशास्त्र, स्मृति-साहित्य, सांख्य दर्शन-1 और 2, सिद्ध-नाथ परम्परा।

संदर्भ

1. रामविलास शर्मा (2010), *भारतीय संस्कृति और हिंदी प्रदेश,* किताब घर प्रकाशन, नयी दिल्ली.
2. आचार्य बलदेव उपाध्याय (1999), भारतीय धर्म और दर्शन, चौखम्भा पब्लिशर्स, गोकुल भवन, वाराणसी.

—अजय कुमार पाण्डेय

महाराष्ट्र
(Maharashtra)

भारत के दक्षिण-पश्चिम में स्थित राज्य महाराष्ट्र का गठन राज्यों के भाषावार पुनर्गठन की माँग के तहत एक मई, 1960 को हुआ था। इस दिन को महाराष्ट्र दिवस के रूप में मनाया जाता है। मराठी के लोगों के लिए एक अलग राज्य के रूप में महाराष्ट्र की माँग बहुत पुरानी थी। गठन के बाद इसकी राजनीति में कई बदलाव हुए हैं। लम्बे समय तक कांग्रेस का वर्चस्व रहने के बाद अब यह पार्टी अपने शासन के लिए न सिर्फ़ दूसरे दलों पर निर्भर है बल्कि उसे कड़ी राजनीतिक प्रतियोगिता का भी सामना करना पड़ता है। महाराष्ट्र की राजनीति में पिछड़ी और दलित जातियों की सक्रियता भी बढ़ी है लेकिन यहाँ बिहार और उत्तर प्रदेश की तरह पिछड़ी जातियों का उभार नहीं हुआ है। महाराष्ट्र में साम्प्रदायिक और जातीय पहचान की संकुचित राजनीति ने भी अपने पैर जमाये हैं। भूमण्डलीकरण के कारण शहरी क्षेत्रों में भले ही विकास हुआ हो, लेकिन ग्रामीण इलाक़ों में किसान इससे बुरी तरह त्रस्त हैं। महाराष्ट्र में किसानों द्वारा की जा रही आत्महत्याएँ इसका सबसे बड़ा उदाहरण है। विदर्भ इलाक़े में तो लाखों किसानों ने क़र्ज़ से त्रस्त होकर अपना जीवन समाप्त कर लिया, लेकिन यह इस दौर की राजनीति में बड़ा मुद्दा नहीं बन पाया।

महाराष्ट्र का क्षेत्रफल 3,08,000 वर्ग किमी है। क्षेत्रफल के हिसाब से यह देश का तीसरा सबसे बड़ा राज्य है। इसके उत्तर में मध्य प्रदेश, पूरब में छत्तीसगढ़, दक्षिण-पूर्व में आंध्र प्रदेश, दक्षिण में कर्नाटक और दक्षिण-पश्चिम में गोवा स्थित है। इसके उत्तर-पूर्व में गुजरात राज्य है और इनके बीच में केंद्र शासित प्रदेश दादरा और नगर हवेली स्थित है। महाराष्ट्र के पश्चिम में अरब सागर है। 2011 की जनगणना के अनुसार महाराष्ट्र की जनसंख्या 11,23,72,972 है। इस लिहाज़ से उत्तर प्रदेश के बाद भारत का दूसरा सबसे बड़ा राज्य है। इसका जनसंख्या घनत्व 365.2 प्रति वर्ग किमी और 2011 की जनगणना के अनुसार यहाँ की कुल साक्षरता दर 82.9 प्रतिशत है। साक्षरता के मामले में पूरे भारत में इसका छठवाँ स्थान है। यहाँ की आधिकारिक भाषा मराठी है। इसके अलावा राज्य में हिंदी भी बड़े पैमाने पर बोली जाती है। महाराष्ट्र की राजधानी मुम्बई है जो अपने फ़िल्म उद्योग के लिए तो मशहूर है ही, साथ ही इसे भारत की वाणिज्यिक राजधानी भी माना जाता है।

महाराष्ट्र की विधायिका दो-सदनीय है। यानी यहाँ विधानसभा और विधान परिषद् दोनों ही हैं। विधानसभा के

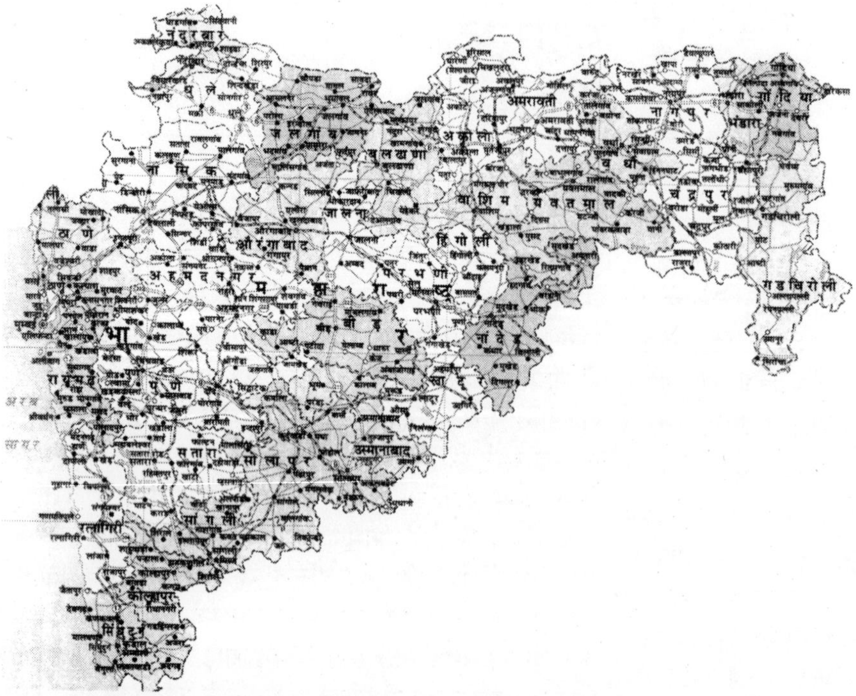

महाराष्ट्र : कांग्रेस के प्रभुत्व से दो गठजोड़ों की प्रतियोगिता तक

सदस्य वयस्क मतदाताओं द्वारा चुने जाते हैं। राज्य के विधानसभा सदस्यों की कुल संख्या 288 है, जबकि विधान परिषद् के सदस्यों की कुल संख्या 78 है। महाराष्ट्र से कुल 48 लोकसभा सदस्य चुने जाते हैं। इस तरह से उत्तर प्रदेश के बाद सबसे ज़्यादा लोकसभा सदस्य और राज्यसभा के कुल 19 सदस्य चुने जाते हैं।

महाराष्ट्र के निर्माण से लेकर 1978 तक राज्य में कांग्रेस की सरकार रही। यशवंत राव चव्हाण राज्य के पहले मुख्यमंत्री थे। मई, 1960 से नवम्बर, 1962 तक राज्य की बागडोर उनके हाथ में रही। इसके बाद मारोतराव कान्नमवार (नवम्बर, 1962-नवम्बर, 1963), वसंत राव नाईक (1963-75) तक, शंकर राव चह्वाण (फ़रवरी, 1975 से अप्रैल, 1977), वसंतदादा पाटिल (अप्रैल, 1977-जुलाई, 1978) राज्य के कांग्रेसी मुख्यमंत्री रहे। इस पूरे दौर में वसंत राव नाइक का कार्यकाल महत्त्वपूर्ण माना जाता है। इन्होंने महाराष्ट्र में हरित क्रांति लाने और उसके उद्योगीकरण में महत्त्वपूर्ण भूमिका निभायी। 1978 में पहली बार राज्य में एक ग़ैर-कांग्रेसी सरकार गठित हुई। पुराने कांग्रेसी नेता शरद पवार ने कांग्रेस से अलग होकर जनता पार्टी से गठबंधन बनाकर प्रोग्रेसिव डेमॉक्रैटिक फ्रंट (या प्रगतिशील लोकतांत्रिक मोर्चा) की सरकार बनायी। 1980 में केंद्र में सत्ता में वापस आने पर इंदिरा गाँधी ने इस सरकार को बर्ख़ास्त कर दिया। 1980 में हुए चुनावों में कांग्रेस को एक बार फिर से बहुमत मिला। आने वाले डेढ़ दशकों तक (यानी 1995 तक) राज्य में कांग्रेस की सरकार रही। इस दौरान ए.आर. अंतुले (जून, 1980-जनवरी, 1982), बाबासाहेब भोंसले (जनवरी, 1982-फ़रवरी, 1983), वसंतदादा पाटिल (फ़रवरी, 1983-जून, 1985), शिवाजी राव निलंगेकर पाटिल (जून, 1985-मार्च, 1986), शंकर राव चह्वाण (मार्च, 1986-जून, 1988) शरद पवार (मार्च, 1993-मार्च, 1995) राज्य के कांग्रेसी मुख्यमंत्री रहे। असल में वसंत राव नाईक के बाद से इंदिरा गाँधी और राजीव गाँधी के दौर में महाराष्ट्र के किसी भी कांग्रेसी नेता को मुख्यमंत्री के रूप में अपना पैर जमाने का मौक़ा नहीं दिया गया। अमूमन मुख्यमंत्रियों एक या दो सालों के भीतर बदला जाता रहा।

1980 के दशक से ही महाराष्ट्र में विपक्षी शक्तियाँ गोलबंद होने लगी थीं। इस दौर में शरद जोशी के शेतकारी संघटन और शिव सेना का उभार होना शुरू हुआ। 1978 के बाद शरद जोशी के नेतृत्व में बड़े पैमाने पर किसान आंदोलन सामने आया। शेतकारी संघटन का आंदोलन महाराष्ट्र राज्य के गठन के बाद अब तक का सबसे बड़ा राज्यव्यापी जनांदोलन था। इस संगठन ने लगभग छह सालों तक मराठा-कुनबी पिछड़ी जातियों को संगठित किया। धीरे-धीरे ये आंदोलन धनी कृषकों की माँगों तक सीमित हो गया और इसका प्रभाव हल्का पड़ गया। लेकिन इसने पिछड़ी जातियों को राजनीतिक रूप से गोलबंद करने में महत्त्वपूर्ण भूमिका निभायी। शिव सेना का गठन जून 1966 में हुआ था। शुरू में इसका प्रभाव शहरी क्षेत्रों तक ही था। यह माना जाता है कि वसंत राव नाईक ने मुम्बई में कम्युनिस्ट यूनियनों के प्रभाव को ख़त्म करने के लिए शिव सेना को बढ़ावा दिया था। बहरहाल, 1980 के दशक के अंत तक इसने अच्छी ख़ासी राजनीतिक हैसियत हासिल कर ली और यह संगठन कांग्रेस को चुनौती देने की स्थिति में पहुँच गया।

1990 के बाद के महाराष्ट्र की राजनीति की कुछ विशेषताओं को निम्नलिखित बिंदुओं में व्यक्त किया जा सकता है : पहला, राज्य में साम्प्रदायिक राजनीतिक का उभार हुआ। 1990 के बाद भाजपा और शिव-सेना ने खुल कर साम्प्रदायिक राजनीति की। 1992 के बाबरी मस्जिद के विध्वंस और उसके बाद हुए मुम्बई दंगों के दौरान भाजपा और शिव-सेना की भूमिका संदेहास्पद रही। इन दोनों ने उग्र हिंदुत्ववादी राजनीति का सहारा लिया। इसी के कारण इन्हें

1995 के विधानसभा चुनावों में जीत भी मिली। 1995 के विधानसभा चुनावों में कांग्रेस को 80 तथा भाजपा-शिव सेना गठजोड़ को 138 सीटें मिलीं, जो बहुमत के क़रीब थीं। इसके बाद, राज्य में अगले पाँच सालों तक भाजपा-शिव सेना की सरकार रही, तथा शिव-सेना के मनोहर जोशी और नारायण राणे राज्य के मुख्यमंत्री बने। इसके बाद शिव सेना-भाजपा गठजोड़ की महाराष्ट्र की सत्ता में वापसी नहीं हुई। लेकिन वह राज्य में मज़बूत विपक्ष बना रहा और उसकी राजनीति में (शिव-सेना की राजनीति में ज़्यादा) पहले की तरह ही साम्प्रदायिक बयानबाजियों का सहारा लिया जाता रहा।

दूसरा, 1990 के दशक में उत्तर भारत के राज्यों (मसलन, बिहार, उत्तर प्रदेश आदि) में 'पिछड़ी जातियों के उभार' की परिघटना हुई। महाराष्ट्र में खुलकर यह परिघटना सामने नहीं आयी। लेकिन राज्य की राजनीति में मराठाओं का वर्चस्व पहले की तुलना में कमज़ोर हुआ और पिछड़ी जातियों के कई नेता भी राज्य की राजनीति में उभरकर सामने आये। मसलन, छगन भुजबल, गोपीनाथ मुंडे आदि। इसके अलावा, रिपब्लिकन पार्टी ने भी ख़ुद को तुलनात्मक रूप से मज़बूत दलित पार्टी के रूप में संगठित किया।

तीसरा, नब्बे के दशक में महाराष्ट्र की राजनीति में द्विध्रुवीय होने की प्रवृत्ति बढ़ी और कुछ हद इसका स्थाईकरण भी हुआ। 1990 से 1999 तक यह कांग्रेस और शिव सेवा-भाजपा गठजोड़ के बीच का राजनीतिक संघर्ष था। लेकिन उसके बाद यह कांग्रेस और राष्ट्रवादी कांग्रेस तथा शिव सेना-भाजपा गठजोड़ के बीच टकराव बन गया। ग़ौरतलब है कि सोनिया गाँधी के विदेशी मूल का होने के मुद्दे पर शरद पवार ने कांग्रेस से अलग होकर जून, 1999 में राष्ट्रवादी कांग्रेस पार्टी (एनसीपी) का गठन किया। 1999 में महाराष्ट्र में किसी एक दल को बहुमत नहीं मिला है। कांग्रेस को 75 और राष्ट्रवादी कांग्रेस पार्टी को 58 सीटों पर जीत मिली। 2004 में भी यह गठजोड़ बहुमत के नज़दीक पहुँच गया। इन्हें क्रमश: 69 और 71 सीटों पर जीत मिली। इसी तरह 2009 का विधानसभा चुनाव भी इन दोनों दलों ने मिल कर लड़ा और इस गठबंधन को 144 सीटें मिलीं। इस दौर में बनी सरकारों में कांग्रेस को मुख्यमंत्री और एनसीपी को उप-मुख्यमंत्री का पद मिला। इस संदर्भ में महत्त्वपूर्ण बात यह है कि कांग्रेस-एनसीपी गठबंधन का सीधा चुनावी संघर्ष शिव सेना-भाजपा गठबंधन से हुआ।

चौथा, लेकिन इसका मतलब यह नहीं है कि इस दौर में अन्य पार्टियों का कोई महत्त्व ही नहीं रहा। मसलन, रिपब्लिकन पार्टी, समाजवादी पार्टी और राज ठाकरे की महाराष्ट्र नवनिर्माण पार्टी (एमएनएस) जैसे दलों का कुछ इलाक़ों में बहुत ज़बरदस्त प्रभाव रहा। इस संदर्भ में शिव सेना से टूट कर आये नेता राज ठाकरे द्वारा गठित एमएनएस का उल्लेख करना प्रासंगिक होगा, क्योंकि यह छोटी पार्टियों की प्रासंगिकता को अच्छी तरह से रेखांकित करता है। दिसम्बर, 2005 में शिव सेना से अलग होकर राज ठाकरे ने और भी ज़्यादा संकुचित एजेंडे को आगे बढ़ाया। एमएनएस ने उत्तर भारतीयों के साथ मार-पीट करनी शुरू कर दी और मराठी युवकों में अपना आधार बना लिया। 2009 के विधानसभा चुनावों में इसे 13 सीटें मिलीं। कई स्थानों पर इसने शिव सेना को हराने में महत्त्वपूर्ण भूमिका निभायी। कई प्रेक्षक यह मानते हैं कि कांग्रेस-एनसीपी गठजोड़ की सत्ता में वापसी में इसकी बहुत महत्त्वपूर्ण भूमिका रही। साफ़ है कि इस तरह के छोटे दल महाराष्ट्र में बड़े दलों की चुनावी सम्भावनाओं का प्रभावित करने की कुव्वत रखते हैं।

देखें : असम, अरुणाचल प्रदेश, आंध्र प्रदेश, उत्तर प्रदेश, उत्तराखण्ड, ओडीशा, कर्नाटक, केरल, गुजरात, छत्तीसगढ़, जम्मू और कश्मीर, झाड़खण्ड, तमिलनाडु, त्रिपुरा, दिल्ली, नगालैण्ड, पश्चिम बंग, पंजाब, बिहार, मध्य प्रदेश, मणिपुर, मिज़ोरम, मेघालय, भारतीय संघवाद, राजस्थान, राज्यों का पुनर्गठन-1, 2 और 3, राज्यों की राजनीति, शिव सेना, संघवाद, हरियाणा।

संदर्भ

1. जयंत लेले (1982), *इलीट प्लूरलिज़्म ऐंड क्लास रूल : पॉलिटिकल डिवेलपमेंट इन महाराष्ट्र*, पॉपुलर प्रकाशन, मुम्बई.
2. जयंत लेले (1990) 'कास्ट, क्लास ऐंड मोबिलाइज़ेशन इन महाराष्ट्र', फ्रैंसीन फ्रैंकल और एम.एस.ए. राव (सम्पा.), *डॉमिनेंस ऐंड स्टेट पावर इन मॉर्डन इण्डिया*, ऑक्सफ़र्ड युनिवर्सिटी प्रेस, नयी दिल्ली.
3. सुहास पलशीकर और नितिन बीरमल (2003)। 'महाराष्ट्र : फ्रैग्मेंटेड मराठाज़ रिटेन पॉवर', पॉल वैलेस और रामाश्रय रॉय (सम्पा.), इण्डियाज़ 1999 इलेक्शन ऐंड ट्वेंटिएथ सेंचुरी पॉलिटिक्स, सेज, नयी दिल्ली.

— कमल नयन चौबे

महाराष्ट्र में सुधारणा-1

वरकरी परम्परा और भागवत धर्म

(Sudharna in Maharashtra-1)

उन्नीसवीं सदी के महाराष्ट्रीय नवजागरण का मराठी नाम सुधारणा है। महाराष्ट्र में तेरहवीं और अट्‌ठारहवीं सदी के दौरान धर्म और समाज के सुधार के लिए संतों द्वारा चलाये गये आंदोलन को भी सुधारणा कहा जाता है। ब्रिटिश शासन के तहत पश्चिमी शिक्षा और पश्चिमी मूल्यों से प्रेरित होने के बावजूद महाराष्ट्रीय नवजागरण अपने अतीत यानी सुधारणा से जुड़ा। इस तरह कहा जा सकता है कि सुधारणा अट्‌ठारहवीं सदी तक अगर संतों के नेतृत्व में चला तो उन्नीसवीं सदी में उनकी जगह पश्चिमी शिक्षाप्राप्त मध्यवर्गीय बुद्धिजीवियों ने ले ली। ख़ास बात यह है कि यह निरंतरता सिर्फ़ नाम की न हो कर अंतर्वस्तु की भी है। इसे हम संतों के भागवत धर्म और महाराष्ट्र धर्म की निरंतरता कह सकते हैं जिसके केंद्र में जातिभेद का प्रश्न और महाराष्ट्रीय अस्मिता की चेतना थी। जिन प्रश्नों और प्रवृतियों को लेकर उन्नीसवीं सदी का नवजागरण चला था, वे ही बीसवीं सदी की राजनीतिक धाराओं में भी सार्थक बनी रहीं। भागवत धर्म और महाराष्ट्र धर्म के मूल्य बदले हुए राजनीतिक संदर्भों में भी प्रेरणादायक बने रहे। इसे तिलक और दूसरे मराठी राष्ट्रवादियों की राजनीति में देखा जा सकता है। सच पूछिये तो ये प्रवृत्तियाँ आज भी महाराष्ट्र से ग़ायब नहीं हुई हैं। ऐसी निरंतरता हमें भारत के और किसी भी प्रांत में दिखाई नहीं देती।

बारहवीं सदी के महाराष्ट्र में संत चक्रधर के महानुभाव सम्प्रदाय से शुरू हुआ भक्ति आंदोलन कुछ ख़ास कारणों से आगे नहीं बढ़ सका। लेकिन उनके बाद आने वाले वरकरियों का भागवत धर्म बहुत प्रभावशाली और लोकप्रिय साबित हुआ। वरकरियों की परम्परा नासिक के पास पंढरपुर में विठोबा या विट्ठल की भक्ति करने और हर साल इस जगह की यात्रा करने के रूप में मूलत: पाँचवीं सदी से चली आ रही थी। तेरहवीं सदी में नाथ सम्प्रदाय से आये ज्ञानदेव जब इससे जुड़ गये तो इस परम्परा का प्रभाव बहुत बढ़ गया। ज्ञानदेव या ज्ञानेश्वर ने *श्रीमदभगवतगीता* का मराठी में स्वतंत्र पद्यानुवाद करके जिस *भावार्थदीपिका* की रचना की, वह *ज्ञानेश्वरी* के नाम से मशहूर हुई और उसमें निरूपित भागवत धर्म महाराष्ट्र में भक्ति आंदोलन का दूसरा नाम हो गया। समर्थ गुरु रामदास को छोड़ कर दूसरे सभी संतों ने (नामदेव, एकनाथ और तुकाराम वग़ैरह) ने इसी भागवत धर्म का प्रचार किया। वैदिक परम्पराओं का आदर करने वाला यह भागवत धर्म समाज में वर्णाश्रमधर्म का पालन स्वीकार करने के बावजूद धर्म और भक्ति के क्षेत्र में जात-पाँत को महत्त्व नहीं देता था। इसने सभी वर्णों और जातियों के लोगों को विट्ठल की भक्ति के माध्यम से एक सूत्र में बाँधने का प्रयास किया और समाज के निचले से निचले व्यक्ति में भी नैतिक आचरण और भक्ति भावना के ज़रिये अपनी आध्यात्मिक उन्नति करने का आत्मविश्वास जगाया। भागवत धर्म के प्रचारक संतों ने कहा कि धर्म और भक्ति के क्षेत्र में जाति, कुल, वंश और ओहदे का कोई महत्त्व नहीं; यहाँ तो हृदय की पवित्रता और भक्ति की सच्चाई देखी जाती है।

वरकरी सम्प्रदाय में ज्ञानेश्वर और एकनाथ जैसे ब्राह्मण संत हुए तो नामदेव दर्जी, तुकाराम कुनबी, चोखामेला महार और गोरा कुम्हार भी हुए। ये सभी संत एक दूसरे का आदर करते थे। इनमें बहिणाबाई जैसी स्त्रियाँ और शेख़ मुहम्मद जैसे कुछ मुसलमान संत भी हुए। रानाडे के मुताबिक़ क़रीब पचास संत हुए जिनमें से आधे ब्राह्मण और आधे ग़ैर-ब्राह्मण थे। ज्ञानेश्वर और एकनाथ जैसे ब्राह्मण संतों ने जातिभेद के प्रति उदार दृष्टिकोण अपनाते हुए दलितों शूद्रों के सामाजिक उत्पीड़न को सहानुभूति के साथ देखा। महार जाति से आये दलित संत चोखामेला ने सामाजिक उत्पीड़न की व्यथा को एक भुक्तभोगी की मार्मिक अभिव्यक्ति दी, लेकिन ऐसा करते हुए उन्हें एक तीव्र असहनीय तनाव से भी होकर गुज़रना पड़ता था। इन दलित संतों को अपने पहले के संस्कारों और नयी मिली आध्यामिक स्वतंत्रता के बीच चलने वाले द्वंद्व का सामना करना पड़ता था। इसलिए उनकी अभिव्यक्ति में एक संस्कारजन्य निरीहता और विनम्रता भी होती थी जिसके कारण आज के आम्बेडकरवादी उन्हें पसंद नहीं करते।

चूँकि इसके ज़रिये जात-पाँत और वर्ण की जगह धर्म और अध्यात्म के क्षेत्र में व्यक्ति का नया महत्त्व प्रतिष्ठित हुआ, इसलिए मराठी संत साहित्य के विद्वान गं.बा. सरदार ने इसे आध्यात्मिक मानववाद का नाम दिया। विट्ठल की भक्ति के अलावा वरकरी संतों ने मराठी भाषा के माध्यम से भी सभी महाराष्ट्रियों को एक करने का प्रयास किया। उन्होंने न सिर्फ़ अपना सारा साहित्य मराठी भाषा में लिखा, बल्कि अपनी भाषा के प्रति मराठी भाषियों के अंदर गर्व की भावना भी पैदा की। अपनी भाषा के प्रति यह गर्व महराष्ट्र प्रदेश के प्रति गर्व से भी जुड़ा हुआ था। इस तरह संतों-भक्तों के आंदोलन से सभी मराठी भाषियों में एक सांस्कृतिक समुदाय-एक जाति (नेशन) के रूप में ख़ुद को पहचानने की चेतना विकसित हुई। महाराष्ट्रीय अस्मिता की यही चेतना आगे चल कर मराठा राज्य के उत्कर्ष की पृष्ठभूमि बनी और शिवाजी इसके सबसे बड़े प्रतीक बन कर उभरे।

परमहंस सभा से निकला प्रार्थना समाज : मराठी संतों द्वारा प्रवर्तित भागवत धर्म और महाराष्ट्र धर्म से

उन्नीसवीं सदी के महाराष्ट्रीय नवजागरण का घनिष्ठ संबंध रहा है। पश्चिमी शिक्षा और युरोपीय ज्ञानोदय के मूल्यों से प्रभावित होने के बावजूद महाराष्ट्रीय सुधारकों ने अपनी जातीय परम्परा को कभी नहीं छोड़ा। ऐसा कोई मराठी सुधारक नहीं हुआ जिसने मराठी संतों के आंदोलन पर टिप्पणी न की हो और उसकी अपने ढंग से व्याख्या न की हो। अपने सुधार आंदोलन को उन्होंने संतों-भक्तों के आंदोलन का ही जारी रूप बतलाया। प्रार्थना समाज के सुधारकों ने अपने संगठन के धार्मिक सिद्धांतों का निरूपण करते हुए उसे हमेशा मराठी संतों की धार्मिक शिक्षाओं से जोड़ा। उदाहरण के लिए जस्टिस रानाडे संतों के उदार मूल्यों से इतने प्रभावित थे कि उन्होंने प्रार्थना समाज के आंदोलन को संतों के भागवत धर्म का ही एक रूप और उसकी विनम्र संतान बताया था। ख़ुद भागवत धर्म के आंदोलन को रानाडे ने युरोप के रिफ़ॉर्मेशन (ईसाई धर्म-सुधार) जैसा महान आंदोलन बतलाया, जबकि राजा राममोहन राय ने बंगाल के भक्ति आंदोलन का कभी कोई ज़िक्र नहीं किया। वे अपने ब्राह्मसमाज के आंदोलन को ही युरोपीय रिफ़ॉर्मेशन जैसा महसूस करते थे। प्रार्थना समाज के ही दूसरे सुधारक नेता आर.जी. भंडारकर ने *वैष्णवइज़म, शैविज़म ऐंड माइनर रिलीजस सिस्टम* नामक अपनी किताब में, जिसे भारत के धार्मिक इतिहास के अध्ययन में एक उल्लेखनीय रचना माना जाता है, नामदेव और तुकाराम जैसे संतों के योगदान पर और उनकी केंद्रीय शिक्षाओं पर लिखा जो प्रार्थना समाज के अन्दर उनके अपने मत को प्रतिबिम्बित करता था। उन्होंने प्रार्थना समाज के धार्मिक सिद्धांतों का निरूपण करते हुए इन्हें विभिन्न धर्मों की उदार और विवेकशील परम्पराओं के अलावा तुकाराम की शिक्षाओं से जोड़ा।

तुकाराम : भागवत धर्म का जातिभेद विरोधी आयाम

उन्नीसवीं सदी में महाराष्ट्रीय नवजागरण के दौर में वरकरी सम्प्रदाय के कितने ही संतों की रचनाएँ फिर से प्रकाशित हुईं और उनके नये संस्करण छपे। महाराष्ट्रीय नवजागरण के सबसे पहले प्रवर्तक बालशास्त्री जांभेकर ने, जिन्होंने *दर्पण* पत्रिका निकाल कर मराठी पत्रकारिता की नींव डाली, 1845 में *ज्ञानेश्वरी* को फिर से प्रकाशित किया। इसी दौर में महाराष्ट्रीय नवजागरण के सबसे पहले संगठन परमहंस सभा के एक सदस्य तुकारामात्या पडवल ने तुकाराम के नाम से प्रचलित सभी रचनाओं को बहुत परिश्रम से जमा करके *तुकाराम गाथा* का सम्पादन-प्रकाशन किया। भारत के और किसी भी प्रांत के नवजागरण में यह विशेषता नहीं दिखाई देती कि उसके सुधारकों ने अपने समय की ज़रूरतों को देखते हुए अपने संतों-भक्तों की रचनाओं को फिर से संकलित, सम्पादित और प्रकाशित किया हो। इसी दौर में रामदास का ग्रंथ *दासबोध* और महीपति द्वारा लिखी गयी मराठी संतों की जीवनियों का संकलन भी फिर से प्रकाशित हुआ।

आधुनिकता के समर्थक महाराष्ट्रीय सुधारक धर्म, समाज और राजनीति के प्रति उदार दृष्टिकोण रखते थे। भागवत धर्म के उदार मूल्यों से उन्हें बल मिलता था। ये सुधारक उदार राष्ट्रवादी थे। लोगों की एकता किसी भी राष्ट्रवाद की पहली शर्त होती है। भागवत धर्म और मराठी भाषा के माध्यम से सभी महाराष्ट्रियों को एक सूत्र में बाँधने का जो प्रयास वरकरी संतों ने किया था, उससे पैदा हुई महाराष्ट्रीय अस्मिता की चेतना उन्नीसवीं सदी के इन राष्ट्रवादियों के लिए बहुत मूल्यवान थी। पश्चिमी शिक्षा और युरोपीय ज्ञानोदय से उन्हें जो भी आधुनिक मूल्य मिले, उसका इन्होंने उत्साहपूर्वक स्वागत किया। लेकिन देसी आधुनिकता का पहला और बुनियादी मूल्य जातिभेद का विरोध ही हो सकता था। यह मूल्य उन्हें संतों के भागवत धर्म से मिला। लेकिन यह विरोध जातिभेद तोड़ने का अभियान नहीं बना। प्रार्थना समाज के ज़्यादातर सुधारक ब्राह्मण परिवारों से आये थे। जातिप्रथा विरोधी होने के बावजूद इसे खुल कर तोड़ने का साहस उनमें कम था। समाज में भी जातिप्रथा की कट्टर समर्थक ताक़तें मौजूद थीं। इन परिस्थितियों में प्रार्थना समाज ने जातिप्रथा तोड़ना अपना लक्ष्य बनाने के बजाय उसके प्रति एक उदार रवैया अपनाया। इस प्रसंग में जातिभेद के प्रति भागवत धर्म का उदार दृष्टिकोण इन सुधारकों को रास आया।

संतों की समतामूलक दृष्टि की सबसे प्रखर अभिव्यक्ति शूद्र तुकाराम में हुई। वर्णवादी श्रेष्ठता के दम्भ के ख़िलाफ़ सबसे ज़्यादा आक्रामक तुकाराम ही थे। तुकाराम सचमुच मेहनतकश शूद्र दलितों के संत थे। उन्होंने बिल्कुल किसानों की भाषा में अभंग लिखे और उनके अभंगों की कई पक्तियाँ आज भी महाराष्ट्रीय किसानों के बीच मुहावरों और कहावतों की तरह चलती हैं। यह तथ्य नज़रअंदाज़ नहीं किया जा सकता कि उन्नीसवीं सदी के मराठी सुधारकों पर, ख़ास कर उन पर जो जातिभेद के साफ़ विरोधी थे, सबसे ज़्यादा असर तुकाराम का ही पड़ा। तुकाराम पुणे के पास देहू गाँव के थे और उनकी उपाधि मोरे थी। देहू और उसके आसपास

बसे उनके वंशजों में से एक विद्वान सदानंद मोरे ने महाराष्ट्र के आधुनिक सुधारकों पर तुकाराम के प्रभाव का वर्णन करते हुए एक महत्त्वपूर्ण लेख लिखा है। मोरे ने लिखा है कि बालशास्त्री जांभेकर के एक अनुयायी डाडोबा पांडुरंग तरफड़कर ने, जो महाराष्ट्र के सबसे पहले प्रभावशाली सुधारक थे, प्रार्थना समाज से बहुत पहले मुम्बई और गुजरात में क्रमशः दो संस्थाओं परमहंस सभा और मानवधर्म सभा का गठन किया था।

डाडोवा ख़ुद एक वरकरी परिवार से आये थे और 1849 में स्थापति महाराष्ट्रीय नवजागरण की सबसे पहली संस्था परमहंस सभा का नाम तुकाराम के एक अभंग से लिया गया था— परमहंस तारी जाने सहजा वरमा, तेथे याती कुला धर्मा नाहीं। तुकाराम ने परमहंस उस व्यक्ति को कहा था जो जातिभेद और पारिवारिक प्रथाओं के बंधनों के ऊपर उठ चुका हो। डाडोबा की इस संस्था में सिर्फ़ ऐसे ही लोग सदस्य बन सकते थे जो जातिबंधनों को तोड़ने में विश्वास करते हों। कहने की ज़रूरत नहीं कि इस लिहाज़ से परमहंस सभा वास्तव में परवर्ती प्रार्थना समाज से कहीं ज़्यादा साहसी थी। तुकाराम से डाडोबा इतने गहरे प्रभावित थे कि उन्होंने अपनी कई कविताएँ तुकाराम के अभंगों के ढर्रे पर लिखीं। संतों की परम्परा के बाद आधुनिक महाराष्ट्र में अभंग सबसे पहले नवजागरण के इन सुधारकों ने ही लिखे। परमहंस सभा के सदस्य बंगाल के डिरोज़ियोपंथियों की तरह जातिबंधन के झूठे संस्कारों को तोड़ने की भावना से प्रेरित होकर किसी दलित के हाथ की बनी रोटी या फिर पुर्तगाली नानबाई से ख़रीदी पावरोटी खाते थे। फ़र्क़ इतना ही था कि डिरोज़ियोपंथी यह काम खुले बाज़ार में करते थे जबकि परमहंस सभा के अनुयायी इसे गुप्त रूप से आयोजित अपनी सभाओं में करते थे। बंगाली भद्रवर्गीय समाज में जब यह बात और इसी तरह की कुछ और बातें फैलीं तो डिरोज़ियोपंथियों के संबंध अपने परिवारों से तल्ख़ हो गये और कुछ एक को अपना घर भी छोड़ना पड़ा। लेकिन महाराष्ट्र में जब इन गुप्त सभाओं की जानकारी सामने आयी और सभा के सदस्यों के नाम बाहर उजागर हो गये तो परमहंस सभा को ही तोड़ना पड़ गया। महाराष्ट्र की तुलना में बंगाल के डिरोज़ियोपंथियों में पुराने बंधनों के ख़िलाफ़ विद्रोह का भाव ज़्यादा उग्र था और इसके लिए वहाँ गुंजाइश भी महाराष्ट्र के मुक़ाबले ज़्यादा थी।

देखें : अरविंद घोष, उपनिवेशवाद विरोधी आंदोलन-1, 2 और 3, कुमारन् आशान्, गोवर्धन राम त्रिपाठी और गुजराती अस्मिता, फ़क़ीर मोहन सेनापति और ओडिया अस्मिता, बंकिम चंद्र चटर्जी, बंगाल का नवजागरण, बाल गंगाधर तिलक भारतेंदु हरिश्चंद्र, भारतीय आधुनिकता, भारतीय नवजारण : तुलनात्मक परिप्रेक्ष्य, मोहनदास कर्मचंद गाँधी-1 से 3 तक, राजा राममोहन राय, युरोपीय पुनर्जागरण, रवींद्रनाथ ठाकुर, विवेकानंद, हिंदी नवजागरण।

संदर्भ

1. महादेव गोविंद रानाडे (1961), *राइज़ ऑफ़ मराठा पॉवर*, युनिवर्सिटी ऑफ़ बाम्बे, मुम्बई.
2. चार्ल्स हिमसेथ (1964), *इण्डियन नैशनलिज़्म ऐंड हिंदू सोशल रिफ़ॉर्म*, प्रिंस्टन युनिवर्सिटी प्रेस, प्रिंसटन.
3. जे.वी.नाइक (1997), 'द प्रार्थना समाज ऐंड इट्स क्रिटीक', *वेस्टर्न इण्डिया : हिस्ट्री, सोसाइटी ऐंड कल्चर*, इतिहास शिक्षक महामण्डल, कोल्हापुर.

— वीरभारत तलवार

महाराष्ट्र में सुधारणा-2

प्रार्थना समाज, तुकाराम और रामदास

(Sudharna in Maharashtra-2)

1866 में भंग कर दी गयी परमहंस सभा के बिखर गये सदस्यों में से कुछ एक ने 1866 में मुम्बई पधारे केशवचंद्र सेन के व्याख्यानों से प्रेरित होकर फिर से अपना संगठन खड़ा किया। इस बार उसका नाम 'प्रार्थना समाज' रखा गया जिसमें एलफिंस्टन कॉलेज से निकले नये स्नातकों की संख्या काफ़ी थी। लेकिन इंस बार इसमें जातिप्रथा के बंधनों को तोड़ने का उत्साह कम था। उग्रता की जगह उदारता ने ले ली थी। दिलचस्प बात यह है कि तुकाराम के उग्र जाति-विरोध को छोड़ने के बावजूद उनका प्रभाव प्रार्थना समाज पर कम नहीं था। प्रार्थना समाज के सुधारकों का प्रोफ़ेसर अलैग्जेण्डर ग्रांट के प्रति काफ़ी आदरभाव था। ग्रांट प्रांत के शिक्षा विभाग के निदेशक थे और मुम्बई विश्वविद्यालय उन्हीं के कार्यकाल में खुला। अरस्तू के दर्शन के अनुयायी ग्रांट भी तुकाराम से प्रभावित थे। यह प्रभाव ऐसा था कि *तुकारामगाथा* पहले से प्रकाशित होने के बावजूद ग्रांट ने इसका एक ज़्यादा सटीक और प्रामाणिक संस्करण सरकार की ओर से निकालने के लिए ख़ुद गवर्नर को चिट्ठी लिखी। भारी सरकारी अनुदान से प्रार्थना समाज के दो सदस्यों विष्णु परशुराम पण्डित और शंकर पांडुरंग द्वारा सम्पादित *तुकारामगाथा* का प्रामाणिक संस्करण प्रकाशित हुआ तो मराठी प्रकाशन के इतिहास में इसका स्थान उतना ही महत्त्वपूर्ण माना गया जितना बीसवीं सदी में भंडारकर रिसर्च इंस्टिट्यूट से प्रकाशित *महाभारत* के प्रामाणिक संस्करण का। सदानंद मोरे के मुताबिक़ प्रार्थना समाज के सुधारक जस्टिस रानाडे, आर.जी. भण्डारकर, एन.जी. चंदावरकर और बी.ए. मोदक आदि तुकाराम से सिर्फ़ प्रेरणा ही नहीं लेते थे बल्कि अपने जीवन को भी उनके

अभंगों के मुताबिक़ जीने की कोशिश करते थे। इन सुधारकों के लिए तुकाराम उनके मित्र, पथप्रदर्शक और दार्शनिक, तीनों थे। रानाडे और चंदावरकर ने तुकाराम के अभंगों पर कई व्याख्यान दिये जबकि भंडारकर, मोदक और विठ्ठल रामजी शिंदे तुकाराम के अभंगों पर कीर्तन किया करते थे। ग़ौरतलब है कि ये सुधारक ख़ुद को तुकाराम का आधुनिक अनुयायी और अपने धर्म को नवभागवत धर्म कहते थे।

सबसे ख़ास बात यह है कि इन सुधारकों ने अपने संतों को उन पश्चिमी विचारकों के मुक़ाबले खड़ा किया जिनका प्रभाव नवजागरण के दौर में हर जगह नज़र आता था। उदाहरण के लिए रानाडे ने सुधारकों की नयी पीढ़ी, जिसके प्रतिनिधि गोपाल गणेश आगरकर थे, का मिल और स्पेंसर के पीछे भागना पसंद नहीं किया और उसके मुक़ाबले अरस्तू और तुकाराम का समन्वय करते हुए भागवत धर्म की अपने ढंग से व्याख्या की और नयी पीढ़ी के आनंदवादी जीवन दर्शन की जगह जीवन की सभी सम्भावनाओं के पूर्ण विकास का दर्शन पेश किया। नवजागरण से होते हुए तुकाराम का प्रभाव आधुनिक मराठी साहित्य तक पहुँचा। उन्नीसवीं और बीसवीं सदी के कई आधुनिक मराठी साहित्यकारों जैसे केशवसुत, बालकवि, गउकरी और बी.एस. मर्ढेकर पर तुकाराम का गहरा प्रभाव पड़ा। बीसवीं सदी के उत्तरार्ध में दिलीप चित्रे ने तुकाराम को आधुनिकता से जोड़ते हुए मराठी आलोचना में तुकारामकेंद्रित आलोचना-सिद्धांतों की चर्चा की और तुकाराम की कविताओं का अंग्रेज़ी में अनुवाद करके उन्हें विश्व साहित्य का अंग बना दिया।

समर्थ गुरु रामदास

संतों के आंदोलन के प्रति सिर्फ़ प्रार्थना समाज के उदार ब्राह्मण सुधारक ही मुख़ातिब नहीं थे, उनका विरोध करने वाले परम्परानिष्ठ ब्राह्मण और ग़ैर-ब्राह्मण सुधारक भी उतने ही मुख़ातिब थे। संतों के आंदोलन और उनके भागवत धर्म की व्याख्या करना उन्नीसवीं सदी के महाराष्ट्र में उभरी हरेक विचारधारा के लिए ज़रूरी था, क्योंकि उससे किसी न किसी रूप में जुड़ कर ही वे महाराष्ट्रीय समाज में अपने लिए वैधता और प्रामाणिकता हासिल करते थे। संतों की परम्परा के प्रति उनका रवैया आलोचनात्मक भी था। वे अपने विरोधियों से होड़ करते हुए, उनकी व्याख्या को चुनौती देते हुए, संत आंदोलन की व्याख्या अपने-अपने ढंग से अपने पक्ष में करते थे। उदाहरण के लिए उन्नीसवीं सदी में परम्परानिष्ठ ब्राह्मणों की धारा ने प्रार्थना समाज के उदार ब्राह्मणों की व्याख्या को नामंज़ूर करते हुए संत आंदोलन के एक दूसरे ही पक्ष को सामने लाकर उससे अपना संबंध जोड़ा। चिपलूणकर से शुरू हुई परम्परानिष्ठ ब्राह्मण सुधारकों की परम्परा में विश्वनाथ काशीनाथ राजवाड़े सबसे प्रबल और प्रतापी विद्वान हुए। उन्होंने प्रार्थना समाज के सुधारकों द्वारा ज्ञानेश्वर, नामदेव और तुकाराम जैसे वरकरी संतों की प्रशंसा और भागवत धर्म के गुणगान को स्वीकार नहीं किया और इनकी जगह सत्रहवीं सदी के संत स्वामी रामदास को आगे बढ़ाया। राजवाड़े ने रानाडे वग़ैरह का विरोध करते हुए वरकरी संतों पर जनता को दुर्बल, अकर्मण्य और भाग्यवादी बनाने का दोष लगाया। बाद में अपने मूल्यांकन में थोड़ा सुधार करते हुए उन्हें भी हिंदू धर्म की रक्षा करने का कुछ श्रेय दे दिया। लेकिन यह आरोप क़ायम रखा कि वरकरी संतों ने सब कुछ विठोबा पर छोड़ दिया और अपनी ज़िम्मेदारियों से मुक्त हो गये। राजवाड़े ने वरकरी संतों को ब्राह्मणों की श्रेष्ठता का महत्त्व घटा कर समाज में अराजकता फैलाने का दोषी ठहराते हुए उन्हें एकांगी बतलाया। वरकरी संतों की तुलना में रामदास को समाज के सभी अंगों पर ध्यान देने वाला, लोगों को कर्मठ, पुरुषार्थी बनाने और समाज की समुचित व्यवस्था को सुचारु रूप से चलाने की मंत्रणा देने वाला बतलाया। वरकरी संतों से रामदास का फ़र्क़ दिखाते हुए राजवाड़े ने लिखा : 'रामदास इतिहास तत्त्व निरूपण करने वाले प्रथम महाराष्ट्र ग्रंथकार हैं। एकनाथ, तुकाराम आदि साधु संत नीति तथा भक्ति की ओर अधिक उन्मुख थे। नीति तथा भक्ति के गीत गाने वाले साधु-संतों ने भी महाराष्ट्र का अत्यंत हित किया है, इसमें संदेह नहीं परंतु राष्ट्रीय और राजनीतिक दिशा में विचार करने का महत्त्व उन्होंने नहीं जाना। रामदास और उनके पूर्ववर्ती संतों में सबसे बड़ा भेद यही है। पूर्ववर्ती साधु संत एकदेशीय थे, रामदास सार्वदेशिक संत थे। इसके अतिरिक्त एक अंतर यह भी है कि पहले संतों ने ब्राह्मणों के दोष दिखलाने का मानो व्रत लिया था। उनकी रचनाओं एवं युक्तियों का परिणाम यह हुआ कि चातुर्वण्य घटित महाराष्ट्रीय समाज के नेता ब्राह्मणों का महत्त्व कम होने लगा। स्वजनों के दोषों को उजागर करना बुरा काम नहीं, पर दोष दिखाने वालों का सबसे बड़ा उत्तरदायित्व सही मार्ग दिखलाना और अपने आचरण द्वारा उसकी सत्यता सिद्ध करना होता है। इस उत्तरदायित्व के अज्ञान एवं दोषाविष्करण से मनोभंग तथा मानभंग हुआ और समाज में अराजकता छा गयी, बिखराव चारों ओर दिखाई देने लगा। संतों की एकांतिकता का यही पर्यवसान था जिसका

प्रतिकार रामदास की सार्वदेशिकता ने किया।'

राजवाड़े ने लिखा है कि रामदास की विशेषता यह थी कि उन्होंने समाज में दोष तो दिखाया ही, साथ ही वर्ण-व्यवस्था के अंतर्गत सभी वर्णों के प्रति करुणा का भाव रखते हुए उनके लिए भी सही मार्ग बतलाया। राजवाड़े वर्ण-व्यवस्था को समाज में संतुलन बनाये रखने के लिए बहुत ज़रूरी समझते थे। उन्हें लगता था कि युरोप के विद्वान भी अपने समाज की समस्या का हल निकालने के लिए वर्णाश्रम धर्म की ओर झुक सकते हैं : 'हज़ारों वर्षों का हमारा इतिहास चातुर्वण्य का अस्तित्व पूरी तरह स्वीकार कर देश के हितैषियों को दोष तथा उनके परिहार का मार्ग दिखलाना चाहिए। युरोपीय समाज का असंतोष तथा 'सोशलिस्टिक' झुकाव देखते हुए यदि वहाँ के दूरदर्शी विद्वान विचार कर रहे हों कि उनके समाज को प्राय: चातुर्वण्य का आश्रम कभी न कभी लेना पड़ेगा तो हम अपने यहाँ की संतोषप्रवण संस्था को तोड़ कर असंतुष्ट समाज वाली स्थिति की ओर उन्मुख हों तो उससे देश का कल्याण नहीं हो सकता। इसी महत्त्वपूर्ण पार्श्वभूमि पर रामदास ने अपने उपदेश का सूत्र प्रस्तुत किया।'

भागवत धर्म, वरकरी संतों और रामदास की भूमिका के बारे में प्रार्थना समाज के उदार ब्राह्मण सुधारकों और उनके विरोधी परम्परानिष्ठ ब्राह्मणों की परस्पर विरोधी व्याख्याओं और रवैये से अलग एक तीसरा रवैया ग़ैरब्राह्मण सुधारकों का था जिसके सबसे बड़े प्रतिनिधि ज्योतिराव गोविंदराव फुले थे। फुले प्रार्थना समाज के उदार सुधारकों के कड़े आलोचक और परम्परानिष्ठ ब्राह्मणों के विरोधी थे। उन्होंने संतों के आंदोलन से अपना संबंध जोड़ते हुए उसके प्रति आलोचनात्मक रवैया अपनाया। दलितों शूद्रों के प्रति वरकरी सम्प्रदाय के ब्राह्मण संतों की उदारता को फुले ने संदेह की नज़रों से देखा। उनका संदेह इस बात को लेकर था कि वरकरी संतों ने भागवत धर्म के नाम पर असल में उस वैदिक धर्म को ही आदर दिया था जो समाज में वर्ण-व्यवस्था को बनाये रखने का आग्रह करता है। फुले ने वरकरी के ब्राह्मण संतों द्वारा दलित-शूद्रों को सिर्फ़ धर्म और भक्ति के क्षेत्र में स्थान देने (और बाक़ी समाज में वर्णाश्रम धर्म को जारी रखने) के प्रयत्न को इसके ऐतिहासिक संदर्भ में देखा तो उन्हें लगा कि इस उदारता के पीछे एक कारण इसलाम है। फुले ने भागवत धर्म के आंदोलन में मुसलमान विरोध को छुपा हुआ देखा और दलित-शूद्रों के प्रति ब्राह्मण संतों की उदारता को उनकी धूर्तता बतलाया।

इस ऐतिहासिक संदर्भ का ज़िक्र करते हुए उन्होंने पूछा कि जब देश में मुसलमान आये और इसलाम फैलने लगा, सिर्फ़ तभी इन ब्राह्मण साधुओं को दलित-शूद्रों की याद क्यों आयी? उससे पहले कभी क्यों नहीं आयी? फुले ने लिखा है कि मुसलमानों का शासन क़ायम हो जाने के बाद 'उस समय बहुत ही चतुर मुकुंदराज, ज्ञानेश्वर, रामदास आदि ब्राह्मण धूर्त संतों ने काल्पनिक भागवतग्रंथ के धोखेबाज़ अष्ट पहलू वाले कृष्ण ने कुतर्क से भरी गीता में पार्थ को जो उपदेश दिया था, उसी का विश्लेषण किया और उस उपदेश का समर्थन करने के लिए उन्होंने प्राकृत भाषा में *विवेकसिन्धु, ज्ञानेश्वरी, दासबोध* आदि जैसे कई पाखण्डी ग्रंथों की रचना की और सभी ग्रंथों की कारिस्तानी के जाल में अनपढ़ शिवाजी जैसे महावीरों को फँसा कर उसको मुसलमानों के पीछे लगने के लिए मजबूर किया। इसी की वजह से मुसलमान लोगों को सभी महाधूर्त ब्राह्मणों के बारे में सोचने-समझने का समय ही नहीं मिला। यदि ऐसा न कहा जाए तो मुसलमान लोगों के इस देश में आने के संक्रातिकाल में धूर्त ब्राह्मण मुकुंदराज को शूद्रादि अतिशूद्रों पर दया क्यों आयी और उसके लिए *विवेकसिन्धु* नाम का ग्रंथ उसी समय क्यों लिखा? इसके पीछे ... अनपढ़ शूद्रादि-अतिशूद्र के मुसलमान हो जाने का डर था और तब धूर्त ब्राह्मणों के मतलबी धर्म की बेइज़्ज़ती होनी थी।' फुले के मुताबिक़ देश में मुसलमान विरोधी भावनाएँ फैलाने में भी इन्हीं का हाथ था। ब्राह्मण संतों ने 'अपने उन ग्रंथों के द्वारा किसानों के मन इतने गुमराह कर दिये कि वे क़ुरान और मुहम्मदी लोगों को नीच मानने लगे हैं, उनसे नफ़रत करने लगे हैं।'

फुले ने जिस तरह प्रार्थना समाज के उदार ब्राह्मणों और उनके विरोधी परम्परानिष्ठ ब्राह्मणों के बीच कोई बुनियादी फ़र्क़ नहीं किया, उसी तरह उन्होंने इनके आदर्श ज्ञानेश्वर और रामदास के बीच भी कोई बुनियादी फ़र्क़ नहीं किया। फुले ने सबका नाम एक ही साथ लिया। फुले की नज़रों में स्वामी रामदास ने शिवाजी के ज़रिये महाराष्ट्र में ब्राह्मण का राज चलाये रखना सुनिश्चित किया। परम्परानिष्ठ ब्राह्मणों के इस आदर्श संत के ख़िलाफ़ टिप्पणी करते हुए साफ़ लफ़्ज़ों में लिखा : 'रामदास धूर्त आर्य ब्राह्मण था जिसने शूद्र राजा शिवाजी की, उनके अनपढ़ होने की वजह से, चापलूसी की।'

वास्तव में फुले ने किसी भी ब्राह्मण संत पर विश्वास नहीं किया और पाँच सौ सालों तक चले संतों के आंदोलन में से जिस एक संत का नाम श्रद्धा से लिया, वह संत तुकाराम थे, जो मराठी भाषियों के बीच सबसे आदरणीय और लोकप्रिय थे। फुले की नज़र में तुकाराम एकमात्र ऐसे संत थे जो दलितों-शूद्रों को ब्राह्मण धर्म के आध्यात्मिक और कर्मकाण्डी प्रपंचों से बाहर निकलने का रास्ता दिखाते हैं। अगर कोई संत शूद्रों के अनपढ़ राजा शिवाजी का सच्चा हितैषी था तो वह तुकाराम ही थे। फुले ने लिखा : 'तुकाराम नाम का एक साधु पुरुष किसान के घर में पैदा हुआ। वह किसानों को उनके जाल से मुक्त कर देगा, इस डर की वजह से भट्ट ब्राह्मणों के अटल वेदांती रामदास स्वामी ने महाधूर्त गंगाभट्ट के सहयोग से अनपढ़ शिवाजी को गुमराह करने का

निश्चय किया। उन्होंने अज्ञानी शिवाजी और निर्विकार तुकाराम का स्नेह संबंध बढ़ने नहीं दिया।'

देखें : अरविंद घोष, उपनिवेशवाद विरोधी आंदोलन-1, 2 और 3, कुमारन् आशान्, गोवर्धन राम त्रिपाठी और गुजराती अस्मिता, फ़क़ीर मोहन सेनापति और ओडिया अस्मिता, बंकिम चंद्र चटर्जी, बंगाल का नवजागरण, बाल गंगाधर तिलक भारतेंदु हरिश्चंद्र, भारतीय आधुनिकता, भारतीय नवजारण : तुलनात्मक परिप्रेक्ष्य, मोहनदास कर्मचंद गाँधी-1 से 3 तक, राजा राममोहन राय, युरोपीय पुनर्जागरण, रवींद्रनाथ ठाकुर, विवेकानंद, हिंदी नवजागरण।

संदर्भ

1. आर.एन. डांडेकर (1999), 'राइटर्स, एडीटर्स एंड रिफ़ार्मर्स', एन.के. बागले (सम्पा.), मनोहर, नयी दिल्ली, 1999 में संकलित निबंध)
3. तर्कतीर्थ लक्ष्मण शास्त्री जोशी (सम्पा.) (2000), *राजवाड़े लेख संग्रह*, साहित्य अकादेमी, नयी दिल्ली.

— वीरभारत तलवार

महाराष्ट्र में सुधारणा-3

महाराष्ट्र धर्म की व्याख्याओं के अंतर्विरोध

(Sudharna in Maharashtra-3)

तुकाराम का महत्त्व समझने के लिए एक बार फिर तुकारामात्या पडवल की चर्चा करना ज़रूरी है जो परमहंस सभा के सदस्य और फुले के मित्र थे। सदानंद मोरे ने एक हिंदू के नाम से पडवल की लिखी किताब *जातिभेद विवेकसरा* की चर्चा की है जिसने उन्नीसवीं सदी के महाराष्ट्रीय भद्रवर्ग में खलबली मचा दी थी। मोरे ने लिखा है कि इस किताब को ख़ुद फुले पुणे में बेचा करते थे। इस किताब में जातिप्रथा की विस्तार से आलोचना करते हुए पडवल तुकाराम के दृष्टिकोण से काफ़ी प्रभावित दिखते हैं। इस किताब में उन्होंने जातिप्रथा के ख़िलाफ़ कई उद्धरण बौद्ध लेखक अश्वघोष के संस्कृतग्रंथ *वज्रसूची* के मराठी अनुवाद से दिये थे। ब्राह्मणों के वर्णाश्रम धर्म की तीखी आलोचना करने वाले इस ग्रंथ का संस्कृत से मराठी में अनुवाद ख़ुद तुकाराम के आदेश पर उनकी ब्राह्मणी शिष्या बहिणाबाई ने किया था। तुकाराम की रचनाओं की खोज में पडवल जब तुकाराम के गाँव देहू गये तो उनके साथ फुले भी गये थे। पडवल द्वारा संकलित सम्पादित *तुकारामगाथा* की ख़ास बात यह है कि इसमें तुकाराम की कुछ ऐसी कविताएँ पहली बार शामिल की गयी थीं जो ब्राह्मणों के आचार विचार की तीखी आलोचना करने के कारण वरकरी या किसी भी परम्परा में पहले शामिल नहीं की गयी थीं।

ग़ौरतलब है कि फुले के ज़्यादातर अनुयायी बुनियादी तौर पर वरकरी पृष्ठभूमि वाले ही थे और वे उन्हीं इलाक़ों से थे जहाँ तुकाराम का प्रभाव ख़ासतौर पर था। मोरे का दावा है कि वरकरी सम्प्रदाय की आलोचना करते रहने पर भी फुले ने वरकरी द्वारा उठाये गये मुद्दों को ही आगे बढ़ाया। लेकिन ऐसा दावा करते हुए मोरे उन मुद्दों पर वरकरियों से फुले की व्याख्या और दृष्टिकोण के भेद पर पूरा ध्यान नहीं देते। फिर भी भक्ति के क्षेत्र में वरकरी संतों का उदार और काफ़ी हद तक जनवादी दृष्टिकोण फुले के दृष्टिकोण से हूबहू मिलता नहीं, तो उसके क़रीब ज़रूर था। शायद इसी कारण फुले की भाषा में वरकरियों की शब्दावली और बिम्बों की पर्याप्त उपस्थिति मिलती है। मोरे ने लिखा है कि प्रार्थना समाज से असंतुष्ट होकर जब फुले ने सत्यशोधक समाज बना लिया तो उसमें उनके एक सहयोगी कृष्णराव भालेकर एक वरकरी ही थे जिन्होंने सत्यशोधक समाज को आगे बढ़ाने के लिए वरकरियों की डिण्डी (अभंग गाते हुए पंढरपुर जाने वाले तीर्थयात्रियों के जुलूस की प्रथा) का इस्तेमाल किया।

उन्नीसवीं सदी के महाराष्ट्रीय नवजागरण में भागवत धर्म को लेकर जैसा घमासान चलता दिखाई देता है, वैसा महाराष्ट्र धर्म को लेकर भी चला। संतों के आंदोलन में महाराष्ट्र धर्म शब्द का प्रयोग सत्रहवीं सदी में समर्थ रामदास ने शिवाजी के पुत्र सम्भाजी को लिखे एक पत्र में किया था। यह ग़ौरतलब है कि रामदास ने सम्भाजी को हिंदू धर्म के पालन के लिए नहीं कहा, वैदिक पौराणिक या सनातन धर्म की वृद्धि करने के लिए नहीं कहा। इन सब धर्मों से अलग यह महाराष्ट्र धर्म क्या है? यह प्रामाणिक रूप से स्पष्ट नहीं है। उन्नीसवीं सदी के महाराष्ट्र में प्रभावशाली तीनों धाराओं के प्रतिनिधि इसकी व्याख्या अपने-अपने ढंग से करते हुए इसका इस्तेमाल अपनी-अपनी सामाजिक राजनीतिक विचारधारा के पक्ष में करते हैं। बहुत स्पष्ट रूप से पारिभाषित न होने के बावजूद इतिहास में संतों के ज़माने से लेकर आज तक की राजनीति में महाराष्ट्र धर्म की अवधारणा लगातार मौजूद रही है। इस पर सबसे ज़्यादा विमर्श उन्नीसवीं सदी के नवजागरण में हुआ और महाराष्ट्र में राष्ट्रवादी राजनीति की कोई भी धारा इससे जुड़े बिना अपना अस्तित्व सार्थक नहीं कर सकती थी। राजेंद्र वोरा ने अपने एक लेख में दिखलाया है (काफ़ी सतही ढंग से) कि महाराष्ट्र धर्म पर सबकी सहमति है। वोरा के विवेचन में रानाडे, तिलक और राजवाड़े के विचारों के बीच के फ़र्क़ को बहुत कम करके आँका गया है।

महाराष्ट्र धर्म अपने मूल रूप में धर्म (हिंदू धर्म) की रक्षा के लिए महाराष्ट्रियों के स्वाधीन राज्य (स्वराज्य) क़ायम

करने और इससे संबंधित उनके राष्ट्रीय कर्त्तव्यों की अवधारणा प्रतीत होता है। यह अवधारणा पहली बार शिवाजी के द्वारा स्थापित मराठा राज्य में मूर्त हुई थी। उन्नीसवीं और बीसवीं सदी के विभिन्न सामाजिक और राजनीतिक समुदाय अपनी विचारधारा के अनुसार इसकी व्याख्या करते हुए, अक्सर इसे संकुचित, विस्तृत या विकृत करते रहे हैं। उन्नीसवीं सदी के नवजागरण और राष्ट्रवाद के प्रसंग में इस अवधारणा की पहली महत्त्वपूर्ण व्याख्या रानाडे ने अपनी किताब *राइज़ ऑफ़ मराठा पॉवर* में की : 'इसने लोकभाषाओं में मूल्यवान साहित्य रचा। इसने पुरानी जातिप्रथा की कठोर संरचना में सुधार किया। इसने शूद्रों को आध्यात्मिक शक्ति और सामाजिक महत्त्व की उस हैसियत तक पहुँचाया जो क़रीब-क़रीब ब्राह्मणों के बराबर थी। इसने पारिवारिक संबधों को पवित्रता प्रदान की और स्त्री की दशा में सुधार किया। इसने मराठी जाति (राष्ट्र) को ज़्यादा मानवीय बनाया, साथ ही उन्हें सहिष्णुता के ज़रिये ज़्यादा एकजुट किया। इसने मुसलमानों के साथ मेलजोल का रास्ता दिखलाया और कुछ हद तक ऐसा मेलजोल क़ायम भी किया। इसने बहुदेववाद की बुराइयों को कम किया। इन सब तरीक़ों से इसने मराठा जाति को विचार और कार्य के स्तर पर ऊँचा उठाया और विदेशी प्रभुत्त्व की जगह एक देशी सत्ता फिर से क़ायम करने के लिए इसे इस तरह तैयार किया जैसा और किसी भी तत्कालीन भारतीय प्रदेश में नहीं दिखता है। ये सब महाराष्ट्र धर्म की मुख्य-मुख्य विशेषताएँ हैं जिन्हें ध्यान में रख कर रामदास ने शिवाजी के पुत्र को अपने पिता के चरण-चिह्नों पर चलने को कहा था और ख़ुद इस धर्म का प्रचार किया था जो एक ही साथ सहिष्णु और सुदृढ़ है, आध्यात्मिक है और किसी दूसरे की निंदा भी नहीं करता है।' रानाडे का यह विवेचन महाराष्ट्र में उभरने वाले एक आधुनिक राष्ट्रीय आंदोलन का आदर्श रूप प्रतीत होता है। लेकिन इस विवेचन में एक गम्भीर गड़बड़ी है। इस पूरे उद्धरण में रानाडे ने वरकरी संतों के भागवत धर्म और रामदास के महाराष्ट्र धर्म के बीच कोई फ़र्क़ न करते हुए उन दोनों की विशेषताओं को आपस में मिला दिया है। यही वजह है कि *राइज़ ऑफ़ मराठा पॉवर* के सम्पादकों ने किताब के परिचय में रानाडे के इस विवेचन को तथ्यों की दृष्टि से सही नहीं माना है।

अंतर्विरोध के कारण : वरकरी संतों के उदार मूल्यों से रानाडे के उदार राष्ट्रवाद का एक सहज और स्वाभाविक संबंध था। रानाडे उसे किसी भी तरह छोड़ नहीं सकते थे। साथ ही वे रामदास द्वारा प्रतिष्ठित महाराष्ट्र धर्म की भी उपेक्षा नहीं कर सकते थे जो कि मराठा राज्य और मराठा राष्ट्रवाद के मूलमंत्र जैसा था। रानाडे मानते थे कि महाराष्ट्रियों में राष्ट्रीय चेतना अंग्रेज़ी राज से बहुत पहले सत्रहवीं सदी में पैदा हुई थी। मराठा स्वराज्य को जन्म देने वाली इस राष्ट्रीय चेतना की पृष्ठभूमि, रानाडे के मुताबिक़, संतों के भागवत धर्म ने ही तैयार की थी। इस तरह रानाडे संतों के आंदोलन और मराठा स्वराज्य के बीच, भागवत धर्म और महाराष्ट्र धर्म के बीच एक संबंध होने का दावा करते हैं। सभी महाराष्ट्रियों की तरह वे भी शिवाजी द्वारा स्थापित मराठा राज्य पर गर्व करते थे और नयी दिल्ली के तख़्त पर मराठों की सत्ता क़ायम होने की सम्भावना का उत्साहपूर्वक उल्लेख करते थे।

लेकिन महाराष्ट्र धर्म में सिर्फ़ इतना ही नहीं था। रामदास द्वारा निरूपित महाराष्ट्र धर्म में भक्ति के क्षेत्र में और बाक़ी समाज में भी वर्णाश्रम धर्म का कड़ाई से पालन करने और ब्राह्मणों के नेतृत्व में आस्था रखने का आग्रह भी प्रबल रूप से मौजूद था जिसके साथ सत्रहवीं सदी के शासकवर्गीय मराठा सरदारों ने एक हद तक समझौता कर लिया था। ऐसे प्रबल आग्रह से वरकरी संतों के भागवत धर्म की उदारता का मेल नहीं बैठता था। रामदास के महाराष्ट्र धर्म के पालन करने वाले को गौ और ब्राह्मण का प्रतिपालक होना भी अनिवार्य था। रानाडे के उदार मूल्य महाराष्ट्र धर्म के इन पक्षों से टकराते थे। भागवत धर्म और महाराष्ट्र धर्म के बीच इन अंतर्विरोधों का समाधान करना रानाडे जैसे उदार ब्राह्मण सुधारकों के लिए मुमकिन नहीं था। लिहाज़ा महाराष्ट्र धर्म के इन पक्षों को छोड़ देने और उन पर चुप्पी साध लेने के सिवा रानाडे के पास और कोई चारा नहीं था। गं.बा. सरदार ने इसे नोट किया है कि भागवत धर्म और महाराष्ट्र धर्म के बीच के अंतर्विरोधों को रानाडे ने स्पष्ट नहीं किया। इसके बावजूद जब सरदार यह लिखते हैं कि रानाडे ने 'भागवत धर्म और महाराष्ट्र धर्म का सफलतापूर्वक सामंजस्य बैठाया' तो यह संदेह होता है कि वह सामंजस्य सफल हुआ। ख़ुद गं.बा. सरदार जैसे वामपंथी लेखक भी अपनी किताब में किसी जगह भागवत धर्म और महाराष्ट्र धर्म के बीच विरोध बताते हैं तो दूसरी जगह उन्हें परस्पर पूरक या अ-विरोधी भी बतलाते हैं। यह अंतर्विरोध उनकी पूरी किताब में मौजूद है। रानाडे और गं.बा. सरदार के उदाहरण बतलाते हैं कि महाराष्ट्र में उन्नीसवीं सदी के उदार ब्राह्मण सुधारकों से लेकर बीसवीं सदी के उत्तरार्ध के वामपंथी ब्राह्मण लेखक तक पश्चिमी शिक्षा के ज़रिये आये पश्चिमी ढंग के राष्ट्रवाद को आत्मसात् कर लेने के बावजूद अपनी परम्परागत प्रादेशिक राष्ट्रवाद की धारा से जुड़े रहना गर्व की बात समझते रहे हैं।

लेकिन इस मजबूरी के दबाव से पूरी तरह मुक्त परम्परानिष्ठ ब्राह्मणों ने भागवत धर्म और महाराष्ट्र धर्म को दो ध्रुवों की तरह पेश किया और सवाल पूछा कि भागवत धर्म या महाराष्ट्र धर्म? इस धारा के सबसे प्रखर प्रतिनिधि काशीनाथ राजवाड़े ने महाराष्ट्रीय इतिहास से संबंधित अपने ग्रंथ के चौथे खण्ड में रामदास की रचना *दासबोध* को सामने रख कर मराठों के राजनीतिक इतिहास के संदर्भ में महाराष्ट्र

धर्म का जो विवेचन किया है, उसका रानाडे के विवेचन से फ़र्क़ बहुत साफ़ है। राजवाड़े के विचार से महाराष्ट्र धर्म की ऐतिहासिक पृष्ठभूमि वह थी जब 'महाराष्ट्र का अधिकांश प्रदेश म्लेच्छ संस्कृति द्वारा ग्रस्त किया जा चुका था।' बाक़ी बचे हुए महाराष्ट्र को लक्ष्य कर रामदास ने हिंदुओं को अपने धर्म की रक्षा में प्राण देने के लिए ललकारा कि 'कुत्तों को मार भगाओ और स्वराज्य क़ायम करो।' ज़ाहिर है, जब रानाडे महाराष्ट्र धर्म की मुख्य-मुख्य विशेषताओं के प्रसंग में हिंदू-मुसलमानों के मेलजोल का रास्ता स्थापित करने की बात कर रहे थे तो वे उन्नीसवीं सदी के उदार राष्ट्रवाद की ज़रूरतें ही पूरी कर रहे थे। रामदास द्वारा निरूपित महाराष्ट्र धर्म से उसका दूर-दूर का भी संबंध नहीं था।

राजवाड़े ने दो टूक शब्दों में 'हिंदू धर्म की प्रस्थापना, गौ, ब्राह्मण की रक्षा, स्वराज्य की स्थापना, मराठों का एकीकरण और नेतृत्व' को 'महाराष्ट्र धर्म का प्रमुख अंग' बताया। यही शिवाजी और दूसरे मराठा शासकों के प्रेरणा स्रोत थे। उन्नीसवीं सदी की विभिन्न राष्ट्रवादी धाराओं की विशेषता यह है कि वे महाराष्ट्र धर्म को रामदास के निरूपण और शिवाजी के शासन तक सीमित न रख कर मराठा राज्य के मराठा साम्राज्य में बदलने तक के पूरे इतिहास पर लागू करती हैं। इसकी कल्पना शायद रामदास ने भी नहीं की होगी। यह विशेषता उस उग्र-राष्ट्रवादी धारा में, जिसके प्रतिनिधि राजवाड़े थे, ख़ास तौर पर दिखाई देती है। राजवाड़े महाराष्ट्र धर्म को एक बिल्कुल ठोस राजनीतिक एजेण्डे की तरह पेश करते हैं और फिर उसे तारीख़वार मराठा इतिहास पर लागू करते चलते हैं। उन्होंने तारीख़ दी है कि 'सन् 1720 ई. के लगभग महाराष्ट्र में महाराष्ट्र धर्म की पूर्णरूपेणु स्थापना हुई' क्योंकि इस समय तक 'स्वराज्य की स्थापना' हो गयी थी और गौ, ब्राह्मण तथा हिंदू धर्म की दीनता का सदा के लिए अंत' हो चुका था। लेकिन तब तक महाराष्ट्र धर्म सिर्फ़ महाराष्ट्र प्रदेश के अंदर ही लागू हुआ था, बाक़ी भारत के लोगों में अभी अपने धर्म की रक्षा और स्वराज्य क़ायम करने का सामर्थ्य नहीं था। लिहाज़ा उसके लिए मराठों को महाराष्ट्र से बाहर निकलना पड़ा। उन्होंने 'समस्त भारत को यवनों के चंगुल से मुक्त करके उसे अपने अधिकार में लाने तथा हिंदू धर्म एवं गौ, ब्राह्मण का प्रतिपालन करने का निश्चय किया।' मराठों ने महाराष्ट्र से बाहर जितने भी इलाक़े जीते और अपनी सत्ता क़ायम की, वह सब महाराष्ट्र धर्म का ही प्रचार प्रसार करना था। इसके लिए राजवाड़े सबूत देते हैं कि विभिन्न लड़ाइयों में पराजित शासकों से मराठों ने जो संधियाँ की, उन संधियों में बक़ायदे 'धर्म, गौ, ब्राह्मण तथा स्वराज्य की संरक्षा से संबंधित अनुच्छेद हैं।' इन्हीं लड़ाइयों और साम्राज्य के विस्तार के ज़रिये 'सन् 1646 से 1796 तक' महाराष्ट्र धर्म का प्रसार हो रहा था 'जिसमें भिन्न-भिन्न जातियाँ मराठों का नेतृत्व कर रही थीं।'

राजवाड़े के मुताबिक़ मराठा स्वराज्य क़ायम करने से लेकर मराठा साम्राज्य के फैलने तक शिवाजी, राजाराम, शाहू और बालाजी विश्वनाथ ने प्रयत्न किया। इस तरह हिंदू पद पादशाही अस्तित्व में आयी। राजवाड़े इस हिंदू पद पदशाही को ब्राह्मण पद पादशाही भी कहते हैं, क्योंकि यह पेशवा बालाजी बाजीराव के नेतृत्व में आयी थी। कुनबी मराठों को राजवाड़े रामदास द्वारा वर्णित क्षत्रिय वर्ण जैसा मान कर, ताकि रामदास द्वारा निरूपित महाराष्ट्र धर्म सही-सही लागू हो सके, वे इस मराठा राज्यसत्ता को भोंसले कुल पादशाही और भट्ट कुल पादशाही भी कहते हैं, क्योंकि यह भोंसले मराठों और भट्ट ब्राह्मण पेशवाओं, दोनों के नेतृत्व में चली। इस तरह पूरे भारत में हिंदू स्वराज्य और वर्णाश्रम धर्म क़ायम करने के लक्ष्य को केंद्र में रख कर राजवाड़े ने दो बातों पर ज़ोर दिया। पहली यह कि रामदास ने उस सहिष्णु हिंदू धर्म की वकालत नहीं की जिसके गीत वरकरी संत गाते थे, बल्कि युद्ध के लिए तैयार हिंदू धर्म के गीत गाये। यानी इस हिंदू धर्म को मानने वाले योद्धा होंगे जो पूरे भारत को जीतने के लिए लड़ेंगे। दूसरी विशेषता यह है कि ऐसा हिंदू स्वराज्य क़ायम करने के लिए सिर्फ़ प्रतिरक्षा नहीं, बल्कि आक्रमण की रणनीति को अपनाना होगा। रामदास ने कहा कि धर्म की रक्षा के लिए सिर्फ़ प्राण देना ही काफ़ी नहीं है, बल्कि शत्रुओं के प्राण लेने भी हैं।

इस तरह रामदास के महाराष्ट्र धर्म ने एक हमलावर हिंदू की छवि को आदर्श रूप में पेश किया। उन्नीसवीं सदी के अंत और बीसवीं सदी के शुरू के दशकों में महाराष्ट्रीय इतिहास का विवेचन करते हुए राजवाड़े इसी हमलावर हिंदू छवि को आगे बढ़ाते रहे। तत्कालीन युवा मराठी पीढ़ी को यह छवि रानाडे के उदार राष्ट्रवाद की तुलना में कहीं ज़्यादा आकर्षित करती है। वासुदेव बलवंत फ़ड़के, चापेकर बंधु और वीर सावरकर इसी छवि को अपने मन में बसा कर राष्ट्रीय संग्राम में कूदे। आगे चल कर सावरकर इसी विचारधारा के सिद्धांतकार बने और *हिंदू पद पादशाही* और *सिक्स ग्लोरियस इपोक्स ऑफ़ इण्डियन हिस्ट्री* नामक किताबें लिखीं। इन किताबों में रामदास द्वारा निरूपित महाराष्ट्र धर्म का ही प्रतिपादन राष्ट्रवादी आंदोलन के संदर्भ में किया गया है। मराठा इतिहास को हिंदू पद पादशाही का नाम देते हुए सावरकर ने उन्हीं बातों को दोहराया जिन्हें रामदास की व्याख्या करते हुए राजवाड़े ने कहा था : जैसे महाराष्ट्रीय सिर्फ़ अपने घर, ज़मीन या खेत के लिए नहीं लड़े थे। वे लड़े थे पूरे भारत में धर्म की स्थापना के लिए। मराठों का असली पथ-प्रदर्शक सिद्धांत रक्षा नहीं, आगे बढ़ कर हमला करना था। इन विचारों को अमली रूप देने के लिए 1904 में सावरकर ने 'अभिनव भारत' नाम से एक संगठन भी खड़ा किया।

देखें : अरविंद घोष, उपनिवेशवाद विरोधी आंदोलन-1, 2 और 3, कुमारन् आशान्, गोवर्धन राम त्रिपाठी और गुजराती अस्मिता, फ़क़ीर मोहन सेनापति और ओडिया अस्मिता, बंकिम चंद्र चटर्जी, बंगाल का नवजागरण, बाल गंगाधर तिलक भारतेंदु हरिश्चंद्र, भारतीय आधुनिकता, भारतीय नवजारण : तुलनात्मक परिप्रेक्ष्य, मोहनदास कर्मचंद गाँधी-1 से 3 तक, राजा राममोहन राय, युरोपीय पुनर्जागरण, रवींद्रनाथ ठाकुर, विवेकानंद, हिंदी नवजागरण।

संदर्भ

1. एल.जी. मेश्राम और विमल कीर्ति (सम्पा.) (1996), *फुले रचनावली,* खण्ड-2, राधाकृष्ण प्रकाशन., नयी दिल्ली.
2. विनायक दामोदर सावरकर (1971), *सिक्स ग्लोरियस इपोक्स,* राजधानी ग्रंथागार, नयी दिल्ली.
3. बाल गंगाधर तिलक (2002), *श्रीमद्‌भगवतगीता रहस्य अथवा कर्मयोगशास्त्र,* भाग एक, अनुवाद भालचंद्र सीताराम सुकंठकर, लो प्राइस पब्लिकेशन, नयी दिल्ली.

— वीरभारत तलवार

महाराष्ट्र में सुधारणा-4

गीता रहस्य का आक्रामक राष्ट्रवाद

(Sudharna in Maharashtra-4)

लेकिन महाराष्ट्र में विकसित हुए राष्ट्रीय आंदोलन के असली नेता फड़के या सावरकर नहीं, बाल गंगाधर तिलक थे, जिन्होंने कांग्रेस का नेता बन कर पूरे भारत के राष्ट्रीय आंदोलन पर अपनी छाप छोड़ी। तिलक भी रामदास के महाराष्ट्र धर्म से प्रेरित और प्रभावित थे, हालाँकि वे उस हद तक कभी नहीं गये जिस हद तक राजवाड़े या सावरकर गये। उनकी तुलना में तिलक उदार थे। तिलक की इस अपेक्षाकृत उदारता के कई कारण थे। वे सिर्फ़ महाराष्ट्र के नहीं, पूरे भारत के नेता थे। उन्हें जन-आंदोलन करना था जिसमें सभी धर्मों और वर्णों की एकता ज़रूरी थी। इसलिए तिलक ने वर्णाश्रम धर्म में विश्वास करते हुए भी इस पर ज़्यादा ज़ोर नहीं दिया और न ही मुसलमान-विरोध को हवा दी। अपनी विख्यात रचना *गीता रहस्य* में उन्होंने वरकरी संतों के भागवत धर्म की तारीफ़ भी की कि इन संतों ने भक्ति के क्षेत्र में जात-पाँत का भेद नहीं किया और धर्म का रास्ता सभी के लिए समान रूप से खोल दिया। तिलक पर महाराष्ट्र धर्म का प्रभाव कुछ बारीक और उदार ढंग से पड़ा।

तिलक के राजनीतिक दर्शन का मूल आधार ग्रंथ *गीता रहस्य* ही है। महाराष्ट्र में गीता की व्याख्या करते हुए सिद्धांत-निरूपण की परम्परा तेरहवीं सदी से चली आ रही थी। ज्ञानेश्वर, एकनाथ और रामदास ने भी अपने सिद्धांतों का निरूपण गीता की व्याख्या के ज़रिये ही किया था। महाराष्ट्रीय संतों की इसी परम्परा में तिलक ने भी गीता की व्याख्या की और वहीं से सामग्री ले कर ब्रिटिश उपनिवेशवाद विरोधी राष्ट्रीय आंदोलन के संदर्भ में अपने राजनीतिक दर्शन के बुनियादी सिद्धांतों का प्रतिपादन किया।

गीता रहस्य में तिलक ने सबसे पहले यह साफ़ कर दिया कि गीता में कर्म शब्द का मतलब सिर्फ़ कर्मकाण्ड या श्रुतियों और स्मृतियों में बताये कर्मों से न होकर किसी भी तरह के काम से है। यह काम सामाजिक या राजनीतिक भी हो सकता है। इसके बाद तिलक ने आलोचना की कि अतीत में प्रचलित भागवत धर्म के कारण गीता के मूल संदेश के चार तत्त्वों ज्ञान, कर्म, भक्ति और वैराग्य में कर्म का स्थान गौण और भक्ति की प्रधानता होती गयी। इसी तरह आगे बौद्ध और जैन धर्मों के प्रभाव से इसके चार तत्त्वों में से एक वैराग्य या संन्यास ही सबसे प्रमुख तत्त्व बन गया। शताब्दियों तक इसे ही गीता का मूल संदेश समझा जाता रहा। इसलिए आज की नयी परिस्थितियों में गीता के मूल सत्य को फिर से उजागर करने की ज़रूरत है।

तिलक के अनुसार गीता मनुष्य को ज्ञान, कर्म, वैराग्य और भक्ति के बीच सामंजस्य बैठाते हुए मूलतः उचित कर्म करने का उपदेश देती है जिसे कर्मयोगशास्त्र कहा जा सकता है। *गीता रहस्य* के ग्यारहवें और बारहवें अध्याय में तिलक ने समर्थ गुरु रामदास का हवाला देते हुए इस मूल प्रश्न को उठाया है कि जिस व्यक्ति ने इस संसार के सत्य को जान लिया है, उसे सांसारिक कर्म करने चाहिए कि नहीं? इसका उत्तर देते हुए तिलक ने लिखा कि गीता कर्म पर ज़ोर देती है। सिद्ध और ज्ञानी व्यक्ति भी अगर निष्काम भाव से कर्म करता है तो वे कर्म उसके बंधनों का कारण न बन कर लोक का कल्याण करेंगे। इसी प्रसंग में उन्होंने लोकसंग्रह शब्द का कई बार प्रयोग किया और कहा कि ज्ञानी पुरुष लोकसंग्रह की भावना से कर्म करता है। कौन सा कर्म उचित या अनुचित है— इस पर तिलक ने लिखा है कि गीता के मुताबिक़ कर्मों का औचित्य कर्ता के विवेक और उद्देश्य पर निर्भर करता है। नैतिकता सिर्फ़ कार्य के बाहरी स्वरूप में निहित नहीं होती, वह कर्ता के विवेक और उद्देश्य से तय होती है। इसलिए जिस व्यक्ति ने सर्वोच्च ज्ञान प्राप्त कर लिया है और जिसका विवेक शुद्ध है, वह कभी अनुचित कार्य अथवा पाप कर्म कर ही नहीं सकता।

तिलक यह भी कहते हैं कि इस सर्वोच्च ज्ञान की आदर्श स्थिति प्राप्त करने का इंतजार किये बिना भी निःस्वार्थपूर्ण ढंग से सभी कार्य करने चाहिए। इससे मनुष्य का विवेक शुद्धतर होता है और वह सर्वोच्च आदर्श तक

पहुँच पाता है। तिलक ने यह भी लिखा कि जब तक समाज में अनीतिवान लोग हैं, तब तक नीतिवानों द्वारा उन्हें दण्डित किये जाने की ज़रूरत बनी रहेगी। बुरे या अनीतिपूर्ण कार्य करने वालों की हत्या करने से भी अहिंसा का सिद्धांत उसी तरह खण्डित नहीं होता जैसा बुराई करने वाले को दण्डित करने से सभी को आत्मवत् समझने का संतों का सिद्धांत खण्डित नहीं होता। रामदास को उद्धृत करते हुए तिलक लिखते हैं कि दुष्टों को दण्ड देने में कुछ भी अनुचित नहीं है और अगर कोई दूसरों के साथ बुराई करता है तो उसके भी साथ बुराई करने में कुछ भी ग़लत नहीं है। गीता की व्याख्या के ज़रिये और संतों के समर्थन से तिलक की ये सारी स्थापनाएँ निश्चय ही उनके उस राजनीतिक दर्शन का अंग थीं जिसके आधार पर वे भारत में ब्रिटिश शासन के अन्याय और दमन के ख़िलाफ़ एक शक्तिशाली राष्ट्रीय आंदोलन खड़ा करना चाहते थे। उनकी स्थापनाओं का निहितार्थ राष्ट्रीय संग्राम में देशभक्ति से प्रेरित होकर, स्वराज्य के महान लक्ष्य के लिए, अपने प्राण देने और शत्रुओं के प्राण लेने वालों को नैतिक दार्शनिक समर्थन देना था। विदेशी सरकार के ख़िलाफ़ होने वाले संघर्ष को हिंसक और प्रतिशोधपूर्ण होने पर भी वैधता प्रदान करना था। तिलक की इन स्थापनाओं का संदर्भ बीसवीं सदी में उभरा उपनिवेशवाद विरोधी राष्ट्रीय आंदोलन ज़रूर था, लेकिन इन स्थापनाओं की जड़ें मराठी संतों के आंदोलन में थीं। इन सभी स्थापनाओं को महाराष्ट्र धर्म के आधार पर खड़ा किया जा सकता है, हालाँकि तिलक ख़ुद उतनी दूर तक नहीं जाते जहाँ तक जाने की महाराष्ट्र धर्म इजाज़त या आदेश देता है। वास्तव में ये स्थापनाएँ रामदास के महाराष्ट्र धर्म से पहले के वरकरी संत एकनाथ में भी मिल जाएँगी। जैसे लोकसंग्रह की धारणा। मराठी भाषा में इसका पहला प्रयोग एकनाथ ने ही अपने ग्रंथ *एकनाथी भागवत* में किया था जिसमें कृष्ण अपने सखा उद्धव से कहते है कि तीनों लोकों में मुझे कोई भी कर्म करने की अनिवार्यता न होने पर भी मैं लोक के लिए कर्म करता हूँ। ज्ञान, भक्ति और वैराग्य के प्रति सच्चे रह कर लोक को प्रबुद्ध करना ही लोकसंग्रह है। एकनाथ ने यह भी कहा कि शुद्ध हृदय और नि:स्वार्थ भाव से किये गये सांसारिक कर्म भी आध्यात्म की कोटि में आते हैं। एकनाथ के इन सभी विचारों को रामदास ने अपने व्यवहार धर्म के रूप में आगे बढ़ाया। व्यवहार धर्म यानी परिवार, समाज और राज्य के प्रति हर व्यक्ति के कर्त्तव्य।

गं.बा. सरदार ने लिखा कि रामदास के युग की कई विशेषताएँ एकनाथ के समाज में अपने प्रारम्भिक रूप में मिल जाती हैं। एकनाथ ने अपने साहित्य में ऐसी कई बातों पर ध्यान दिया है जिनसे रामदास का रास्ता आसान हो गया। जैसे व्यवहार धर्म पर ज़ोर, राम को नायक बना कर बुराई का प्रतिरोध करने पर ज़ोर, समाज और लोक के प्रति जागरूकता, परम्परा का आदर और ब्राह्मण की प्रशंसा। ये सभी बातें जो एकनाथ में सौम्य रूप में आयी हैं, रामदास में काफ़ी उग्र रूप में प्रकट होती हैं।

तिलक की सबसे बड़ी विशेषता यह थी कि उन्होंने महाराष्ट्र धर्म को विचारों के स्तर से आगे बढ़ा कर ठोस राजनीतिक आंदोलन का अंग बनाया जो रानाडे नहीं कर सके थे। 1895 में उन्होंने अपने पत्र *केसरी* में शिवाजी स्मारक क़ायम करने का आंदोलन चलाया और 1896 में शिवाजी महोत्सव का सिलसिला शुरू करके शिवाजी को महाराष्ट्र में आधुनिक आंदोलन का सबसे बड़ा प्रेरणापुरुष बना दिया। राष्ट्रीय स्वाधीनता आंदोलन के लिए महाराष्ट्रियों को शिवाजी से कैसी प्रेरणा मिलती रही होगी, इसे वही लोग ठीक से समझ सकते हैं जिन्हें महाराष्ट्रियों के हृदय में बसे वीर शिवाजी के और मराठा स्वराज्य के प्रति उनके गर्व का कुछ अंदाजा हो।

तिलक की तुलना में गाँधी, जो गुजराती वैष्णव संतों से प्रभावित थे और इसलिए ज्ञानेश्वर जैसे उदार वरकरी संतों के मूल्यों के क़रीब थे, महाराष्ट्र की राष्ट्रवादी राजनीति में लोकप्रिय नहीं हो सके। तिलक जहाँ बुरे लोगों को दण्डित करने के समर्थक थे, गाँधी यह मानते ही नहीं थे कि हममें से किसी को भी यह अधिकार है कि हम दूसरों को दण्ड देने का फ़ैसला करें। गाँधी की अहिंसा का महाराष्ट्र धर्म में कोई स्थान नहीं था। तिलक के मित्र और अनुयायी एन.सी. केलकर ने गाँधी के नेतृत्व का विरोध करते हुए शिवाजी को राष्ट्रीय आंदोलन का प्रतीक बनाने पर ज़ोर दिया। गाँधी की हत्या भी आख़िरकार सावरकर के एक अनुयायी नाथूराम गोडसे ने की। महाराष्ट्र धर्म की जड़ें महाराष्ट्रीय इतिहास और उसकी राजनीतिक परम्पराओं में इतनी गहरी थीं कि महाराष्ट्र धर्म वहाँ महाराष्ट्रीय राष्ट्रवाद का दूसरा नाम हो चुका था। उसकी उपेक्षा करना महाराष्ट्र के गाँधीवादियों के लिए भी सम्भव नहीं था। इसलिए गाँधी के युवा अनुयायी विनोबा भावे ने 1923 में जब अपना पहला मराठी पत्र निकाला तो उन्होंने उसका नाम *महाराष्ट्र धर्म* ही रखा।

महाराष्ट्रीय नवजागरण की तीसरी धारा यानी ग़ैर-ब्राह्मण धारा ने भी अपना नाता महाराष्ट्र धर्म से जोड़ा। शिवाजी के अपने शासन में ब्राह्मणों के अलावा कायस्थ-प्रभुओं, कुनबियों, रमोशी, महारों और मातंगों को भी शामिल किया गया था। शिवाजी ख़ुद कुनबी थे और चितपावन ब्राह्मणों की नज़र में शूद्र थे। इसलिए महाराष्ट्र की सभी ग़ैर-ब्राह्मण जातियाँ भी शिवाजी के राज्य को अपना राज्य मान कर गर्व करती थीं। अक्सर यह गर्व उसी अनुपात में होता था जिस अनुपात में राज्य में उनकी जाति की हिस्सेदारी होती। जैसे कुनबी मराठे सरदारों और कायस्थ फ़ौजी अफ़सरों को ब्राह्मणों के साथ राज्य में ऊँचे ओहदे मिले हुए थे, इसलिए शिवाजी के राज्य पर गर्व भी इन्हीं जातियों को सबसे ज़्यादा

था। दलितों और दूसरी पिछड़ी हुई शूद्र जातियों के ओहदे और गर्व, दोनों का स्थान इसके बाद था। इसी वजह से ग़ैर-ब्राह्मण आंदोलन के अंदर भी थोड़ा फ़र्क़ था। फिर भी उन्नीसवीं सदी के उत्तरार्ध में ज्योतिबा फुले ने महाराष्ट्र की सभी ग़ैर-ब्राह्मण जातियों को एक अस्मिता और रैडिकल विचारधारा के तहत गोलबंद करने की कोशिश की। फुले ने रामदास द्वारा प्रचारित महाराष्ट्र धर्म का नाम नहीं लिया, लेकिन महाराष्ट्र धर्म के मूर्त प्रतीक शिवाजी के राज्य को शूद्रों के राज्य के रूप में गर्व से याद करते हुए शिवाजी को 'कुनबी कुलभूषण' कहा। फुले द्वारा शिवाजी को कुनबी कुलभूषण कहना बहुत अर्थपूर्ण था। ऐसा कह कर फुले ब्राह्मणों द्वारा झूठी वंशावली तैयार करके शिवाजी को क्षत्रिय घोषित करने के पाखण्ड को अमान्य करते हैं। फुले ने शिवाजी को वैसा अवतारी पुरुष भी नहीं माना जैसा तिलक आदि ब्राह्मण नेता मानते थे। इसके बजाय फुले ने शिवाजी को शूद्र कुनबियों में श्रेष्ठ रत्न मानते हुए उनके प्रति एक आत्मीय लेकिन आलोचनात्मक दृष्टिकोण रखा।

देखें : अरविंद घोष, उपनिवेशवाद विरोधी आंदोलन-1, 2 और 3, कुमारन् आशान्, गोवर्धन राम त्रिपाठी और गुजराती अस्मिता, फ़क़ीर मोहन सेनापति और ओडिया अस्मिता, बंकिम चंद्र चटर्जी, बंगाल का नवजागरण, बाल गंगाधर तिलक भारतेंदु हरिश्चंद्र, भारतीय आधुनिकता, भारतीय नवजारण : तुलनात्मक परिप्रेक्ष्य, मोहनदास कर्मचंद गाँधी-1 से 3 तक, राजा राममोहन राय, युरोपीय पुनर्जागरण, रवींद्रनाथ ठाकुर, विवेकानंद, हिंदी नवजागरण।

संदर्भ

1. एल.जी. मेश्राम और विमल कीर्ति (सम्पा.) (1996), *फुले रचनावली*, खण्ड-2, राधाकृष्ण प्रकाशन., नयी दिल्ली.
2. विनायक दामोदर सावरकर (1971), *सिक्स ग्लोरियस इपोक्स*, राजधानी ग्रंथागार, नयी दिल्ली.
4. बाल गंगाधर तिलक (2002), *श्रीमदभगवतगीता रहस्य अथवा कर्मयोगशास्त्र*, भाग एक, अनुवाद भालचंद्र सीताराम सुकंठकर, लो प्राइस पब्लिकेशन, नयी दिल्ली.

— वीरभारत तलवार

महाराष्ट्र में सुधारणा-5

उदार ब्राह्मण, कट्टर ब्राह्मण और ग़ैर-ब्राह्मण धाराओं का संघर्ष

(Sudharna in Maharashtra-5)

फुले के सामने सबसे बड़ा सवाल यह था कि वे महाराष्ट्र धर्म के सबसे बड़े प्रतीक शिवाजी को ब्राह्मणों के चंगुल से कैसे छुड़ाएँ? इसके लिए फुले ने तीन महत्त्वपूर्ण स्थापनाएँ कीं। सबसे पहले उन्होंने सत्रहवीं सदी के उस पूरे दृश्य से मुसलमान को अगर हटाया नहीं, तो उसे गौण ज़रूर कर दिया। मुसलमान को गौण कर देने का मतलब मुसलमानों की उस तथाकथित धर्मनाशी भूमिका को ख़ारिज कर देना था जिसकी ब्राह्मण सबसे ज़्यादा दुहाई देते थे। फुले का यह काम बहुत बुनियादी महत्त्व का था क्योंकि इससे उस युग का परिप्रेक्ष्य ही बदल जाता था। उन्होंने स्थापित किया कि उस समाज का मुख्य अंतर्विरोध मुसलमान और हिंदू के बीच नहीं बल्कि ब्राह्मणवादी व्यवस्था और व्यापक ग़ैर-ब्राह्मण जनता (मुख्यतः दलित-शूद्रों) के बीच था। होता यह था कि मुट्ठी-भर ब्राह्मण अपने और मुसलमानों के बीच के अंतर्विरोध को पूरे समाज का मुख्य अंतर्विरोध बताते हुए लाखो-लाख ग़ैर-ब्राह्मण जातियों, ख़ासकर दलित शूद्रों-के साथ अपने व्यापक अंतर्तिरोध को छुपा लेते थे।

इसके बाद फुले ने शिवाजी के मराठा राज्य के साथ ब्राह्मण वर्ग के इस बहुप्रचारित संबंध को ख़ारिज किया कि एक ब्राह्मण रामदास शिवाजी के गुरु थे और मराठा राज्य क़ायम होने का मुख्य श्रेय रामदास के उपदेशों को ही मिलना चाहिए। फुले ने रामदास को शिवाजी का गुरु मानने से इनकार किया। वैसे भी यह एक विवादास्पद धारणा थी। ऐतिहासिक रूप से अभी तक प्रमाणित नहीं हुआ है कि रामदास शिवाजी के गुरु या सलाहकार थे। इससे भी आगे बढ़ कर फुले ने रामदास और शिवाजी के दूसरे ब्राह्मण मंत्रियों की प्रचारित भूमिका को भी उलट दिया और उसकी जगह वास्तविकता का दूसरा पहलू पेश किया। फुले के मुताबिक़ ये ब्राह्मण वास्तव में गुरु नहीं, गुरुघंटाल थे, जिन्होंने शिवाजी का भला करने के बजाय बुरा किया। इन चालाक ब्राह्मणों ने शूद्र और अनपढ़ राजा शिवाजी के राज्य में सभी ऊँचे पदों पर बैठ कर उस राज्य का इस्तेमाल ब्राह्मणों की सत्ता को और मज़बूत करने में किया। इस तरह फुले ने उन्नीसवीं सदी के नवजागरण में मराठा राज्य को लेकर चल रहे उस पूरे विमर्श को उलट दिया जिस पर कट्टर और उदार, दोनों क़िस्म के ब्राह्मणों ने अपना क़ब्ज़ा जमा रखा था। दलित-शूद्रों के दृष्टिकोण से वे सत्य को इस रूप में पेश करते हैं कि ग़ैर-

ब्राह्मण जातियों और ख़ासकर दलित-शूद्रों ने अपने साहस, शौर्य और अपने बीच के एक रत्न शिवाजी के ज़रिये जिस महान मराठा राज्य को क़ायम किया था, उसे ब्राह्मणों ने अपनी धूर्तता से हड़प लिया।

फुले के नेतृत्व में महाराष्ट्रीय नवजागरण की ग़ैर-ब्राह्मण धारा ने ब्राह्मणों, सुधारकों और परम्परानिष्ठों से समाज, संस्कृति और इतिहास के हर मुद्दे पर लोहा लिया। ब्राह्मणों की हर बात को काटते हुए, उनका तुर्की ब तुर्की जवाब देते हुए अपनी स्वतंत्र स्थापनाएँ रखीं। अगर ब्राह्मण ज्ञानदेव को *ज्ञानेश्वरी* का रचयिता मानते हैं तो ग़ैर-ब्राह्मणों ने कहा कि ज्ञानदेव कोई और थे और *ज्ञानेश्वरी* के रचनाकार ज्ञानेश्वर कोई और। ब्राह्मणों ने गर्व के साथ एक ब्राह्मण रामदास को शिवाजी का गुरु बताया। ग़ैर-ब्राह्मणों ने इस दावे को बिल्कुल ख़ारिज कर दिया। कुछ एक ने तो इसके उल्टे रामदास को औरंगज़ेब का भेदिया तक कहा। शूद्र जाति से आये संत तुकाराम की मृत्यु को ब्राह्मण स्वाभाविक मानते हैं। ग़ैर-ब्राह्मणों ने कहा कि तुकाराम की हत्या की गयी थी। (अमरावती के सुदामा सावरकर ने 1960 के दशक में *तुकाराम : ख़ून की वैकुंठगमन* नामक किताब लिख कर यह स्थापित करने की कोशिश की है कि तुकाराम का ख़ून किया गया था। इसके लिए लेखक ने कई सबूत भी दिये।) मराठा राज्य के पतन का कारण ब्राह्मण मुख्यत: सैन्यशक्ति की कमज़ोरी को मानते हैं तो ग़ैर-ब्राह्मणों की नज़र में मराठा राज्य के पतन के असली ज़िम्मेदार ख़ुद धूर्त ब्राह्मण थे।

ब्राह्मण और ग़ैर-ब्राह्मण के बीच हर एक मुद्दे पर विरोध और तीखा विचारधारात्मक संघर्ष एक ऐसे नवजागरण का चरित्र सामने लाता है जो सिर्फ़ ऊपर-ऊपर नहीं था, बल्कि महाराष्ट्र के सामाजिक जीवन और ऐतिहासिक अनुभवों में काफ़ी गहरे धँसा हुआ था। उन्नीसवीं सदी के महाराष्ट्रीय नवजागरण में इतिहास और संस्कृति को लेकर, संतों के आंदोलन और मराठा राज्य को लेकर जो तीखा वैचारिक संघर्ष चला, वह वास्तव में ब्रिटिश राज की बदली हुई परिस्थितियों में विभिन्न सामाजिक वर्गों के द्वारा अपने-अपने वर्ग-हितों और सांस्कृतिक अस्मिता को प्रतिष्ठित करने की लड़ाई थी। दूसरे शब्दों में सामाजिक वर्ग या समुदाय अपने वर्गीय हितों और विचारधारा की लड़ाई महाराष्ट्रीय इतिहास और संस्कृति के अखाड़े में लड़ रहे थे।

रोजालिंद ओ हानलीन ने अपने एक निबंध में इसे अच्छी तरह दिखलाया है। उन्होंने इस ओर ध्यान खींचा है कि उन्नीसवीं सदी के उत्तरार्ध में मराठी भाषा में शिवाजी तथा मराठा इतिहास के दूसरे वीर नायकों पर साहित्य रचने की प्रबल लहर चल पड़ी थी। इसमें मुख्य विधा पँवाड़ों की यानी वीरगाथाओं की थी। शिवाजी पर पँवाड़े पहले से प्रचलित थे, लेकिन मौखिक रूप में थे। नये लिखित पँवाड़ों की मुख्य विशेषता यह थी कि इनमें शिवाजी और मराठा राज्य के इतिहास की व्याख्या करने के बहाने से विभिन्न सामाजिक वर्गों ने एक दूसरे को चुनौती देते हुए अपनी-अपनी सामुदायिक अस्मिता प्रतिष्ठित करने का प्रयत्न किया। शिवाजी से संबंधित ऐसी तीन रचनाओं को लेकर रोजालिंद ने दिलचस्प तुलनात्मक अध्ययन किया।

इनमें पहला पँवाड़ा 1869 में लिखा गया जिसमें जोतिबा फुले ने शिवाजी और मराठा राज्य के पूरे इतिहास की ग़ैर-ब्राह्मणी व्याख्या को बहुत प्रभावशाली ढंग से स्थापित करने की कोशिश की। इसके मुताबिक़ आर्यों की वर्णाश्रम संस्कृति से पहले का राजा बली श्रम करने वाले शूद्र किसानों का प्रिय राजा था। फुले ने खेत को क्षेत्र और इसलिए खेती करने वालों को क्षत्रिय कहा, जो उनके मुताबिक़ इन शूद्रों को पहले से कहा जाता था। बली का राज्य हर तरह से धनधान्य से भरा हुआ था, उनकी प्रजा ख़ुशहाल थी। तब उत्तर से आर्य ब्राह्मण वामन का रूप धारण करके आये जिन्होंने छल-कपट से बली का राज्य हड़प लिया और ख़ुद राजा बन बैठे। उनके राज्य में शूद्र क्षत्रियों (किसानों) का भयानक शोषण-उत्पीड़न शुरू हुआ। वे ग़ुलाम बना लिये गये और ग़रीबी की बुरी दशा में पहुँच गये। फुले के मुताबिक़ प्राचीन राजा बली के राज्य को वामन रूप धारण करके हड़पने का इतिहास मानो शिवाजी और उनके मराठा राज्य के अपहरण के रूप में फिर से दोहराया गया। शिवाजी शूद्रों के राजा थे। शूद्र सैनिकों के बल पर उन्होंने शूद्रों के कल्याण के लिए जो राज्य खड़ा किया था, उसे पेशवा ब्राह्मणों ने हड़प लिया। शूद्रों की ताक़त से खड़े हुए मराठा राज्य में शूद्र फिर से ग़ुलामी की दशा में पहुँच गये। इस पँवाड़े में फुले ने ब्राह्मणों द्वारा प्रचारित इस कहानी को ख़ारिज कर दिया कि शिवाजी ने अपना राज्य गौ और ब्राह्मण के प्रतिपालन के लिए क़ायम किया था। फुले ने एक ओर मराठा राज्य के पतन और उसके बाद शूद्रों की बदहाली के लिए ब्राह्मणों को ज़िम्मेदार ठहराया, दूसरी ओर बली और शिवाजी के राज्य को शूद्रों के ऐसे गौरवपूर्ण इतिहास के रूप में पेश किया जिससे प्रेरणा लेकर वे फिर से खड़े होने और अपनी वर्तमान हालत को बदलने की लड़ाई लड़ सकते हैं।

1869 में जब यह पँवाड़ा प्रकाशित हुआ, तब इस पर उस समय के ब्राह्मणों की प्रतिक्रिया कैसी थी? इस प्रसंग में रोजालिंद ने उस समय की एक साहित्यिक पत्रिका *विविध अध्ययनी विस्तार* का ज़िक्र किया है जिसमें फुले की किताब समीक्षा के लिए आयी थी। पत्रिका के चितपावन ब्राह्मण सम्पादक ने अपनी टिप्पणी में लिखा : 'छत्रपति राजा शिवाजी पर पँवाड़े की एक प्रति हमारे पास आयी है। इसका लेखक कोई जोतिराव गोविंद राव फुले या कोई है। जब हमने पुस्तक को पढ़ा तो पाया कि इसे स्वीकार करना महान साहसी राजा शिवाजी की गरिमा और समस्त हिंदू जाति की गरिमा

को नीचे गिराना होगा। हमारे पास लेखक का कोई पता नहीं है, इसलिए हम इसे वापस भेजने में भी असमर्थ हैं।'

शिवाजी के बारे में दूसरी रचना 1898 में प्रकाशित राजाराम शास्त्री भागवत की *शिवाजी चरित्र* है। भागवत सेंट ज़ेवियर कॉलेज में संस्कृत के प्रोफ़ेसर और एक उदार ब्राह्मण सुधारक थे जो दलितों-शूद्रों की दशा सुधारने के लिए काम करते थे। *शिवाजी चरित्र* के अलावा उन्होंने महाराष्ट्रीय इतिहास पर दो किताबें और भी लिखी थीं : *महाराष्ट्र धर्म* (1895) और *मराठ्या संबंधी चार उद्गार* (1895)। रोज़ालिंद के मुताबिक़ भागवत ने अपनी रचनाओं में इस बात पर ज़ोर दिया कि मराठा राज्य महाराष्ट्र की सभी जातियों के द्वारा मिलजुल कर क़ायम किया गया था। विभिन्न जातियों के बावजूद महाराष्ट्र की संस्कृति और धर्म सदा से एक रहा है और उनका एक ही समुदाय है जिसे महाराष्ट्र मण्डल कह सकते हैं। भागवत के मुताबिक़ महाराष्ट्रियों की यह एकता मराठी संतों के धार्मिक आंदोलन की देन थी। संतों ने सभी मराठीभाषियों को एक धर्म के सूत्र में बाँध कर उनके अन्दर एक महाराष्ट्रपन की भावना पैदा की। भागवत ने शिवाजी के ब्राह्मण सलाहकारों को भी काफ़ी महत्त्व दिया।

शिवाजी से संबंधित तीसरी रचना *शिवाजी महाराज को दादोजी कोंडदेव की सलाह* 1877 में छपी। इसके लेखक एकनाथ अनाजी जोशी एक परम्परानिष्ठ ब्राह्मण और इंदौर के एक अंग्रेजी स्कूल में सहायक हैडमास्टर थे। उनकी किताबों को दक्षिण प्राइज फण्ड से पुरस्कार भी मिला था। अपनी रचनाओं में उन्होंने शिवाजी को पूरे भारत में प्रचलित हिंदू धर्म का रक्षक नेता बतलाया। फुले की सरल और किसानों के बीच प्रचलित मराठी के उल्टे जोशी की भाषा संस्कृतनिष्ठ थी और श्लोकों में लिखी गयी थी। जोशी के शिवाजी गौ, ब्राह्मण और हिंदू धर्म की रक्षा के लिए लड़ते हैं। जोशी हिंदुओं के प्राचीन रामराज्य की चर्चा करते हैं और उसे स्वर्णयुग बताते हैं जिसे मुसलमान हमलावरों ने आकर बर्बाद कर दिया। शिवाजी ने उस राज्य को मुसलमानों के अत्याचारों से मुक्त कराया। ग़ौरतलब है कि जोशी के रामराज्य का ब्राह्मण ही फुले के बली राज्य को हड़पता है और ख़ुद राजा बली ब्राह्मणों के पुराण में एक दैत्य के रूप चित्रित हैं। जोशी ने शिवाजी को क्षत्रिय दिखाया है, लेकिन फुले के किसान के अर्थ में नहीं बल्कि वर्णाश्रम धर्म के अर्थ में क्षत्रिय कहा है जो ब्राह्मणों की सलाह से राज्य चलाते हैं। दिलचस्प बात यह है कि जोशी की रचना में ब्राह्मण दादोजी राजा शिवाजी को बड़े-बड़े जनसम्मेलन आयोजित करने, जनसभाएँ बुलाने और उन सभाओं सम्मेलनों में सभी लोगों से विचार-विमर्श करके उन्हें बड़ी कार्रवाइयों के लिए मानसिक रूप से तैयार करने की सलाह देते हैं जो निश्चित रूप से आधुनिक औपनिवेशिक काल की राजनीतिक विशेषता थी।

इस तरह उन्नीसवीं सदी के महाराष्ट्रीय नवजागरण में मौजूद उदार ब्राह्मण, कट्टर ब्राह्मण और ग़ैर-ब्राह्मण, ये तीनों धाराएँ एक दूसरे के ख़िलाफ़ तीव्र विचारधारात्मक संघर्ष में उलझी हुई दिखाई देती हैं। इन तीनों धाराओं से जुड़ी जातियों और सामाजिक राजनीतिक समुदायों की अस्मिता की जड़ें महाराष्ट्रीय इतिहास में धँसी हुई थीं। ऐसा संघर्ष करते हुए दरअसल वे अपने वर्तमान सामाजिक राजनीतिक हितों और दावों की लड़ाई ही लड़ रहे थे। आज महाराष्ट्रीय समाज जिस भी रूप में है, उसमें विभिन्न जातियों और राजनीतिक समुदायों के बीच जो शक्ति समीकरण है, उसके पीछे संतों के आंदोलन, मराठा राज्य और महाराष्ट्रीय नवजागरण की एक महत्त्वपूर्ण भूमिका है।

राजनीतिक-सांस्कृतिक संघर्ष में अतीत के नायकों का इस्तेमाल महाराष्ट्रीय समाज की ऐसी विशेष परम्परा रही है जो आज भी किसी न किसी रूप में देखने को मिल जाती है। लोकतांत्रिक संवैधानिक महाराष्ट्रीय सरकार द्वारा हर साल मनाया जाने वाला राजा शिवाजी का जन्मदिन, बाल ठाकरे की शिवसेना, मालेगाँव में बमकाण्ड करने वाले हिंदू आतंकवादियों का संगठन 'अभिनव भारत' और मराठी मानुस के नाम पर चलने वाली राजनीति, यह सब भी बदले हुए संदर्भों में किसी न किसी रूप में उसी ऐतिहासिक परम्परा के राजनीतिक इस्तेमाल से जुड़े रूप हैं।

संदर्भ

1 गं.बा. सरदार (1969), *संत पोएट्स ऑफ महाराष्ट्र : दियर इम्पैक्ट ऑन सोसाइटी,* ओरिएंट लोंगमेन, नयी दिल्ली.
2. गणेश तुलसीराम अष्ठेकर (1980), *मराठी संत कवियों की सामाजिक भूमिका,* पंचशील प्रकाशन, जयपुर.
3. रोज़ालिंद ओ हानलीन (1983), 'मराठा हिस्ट्री एज़ पॉलिमिक्स : लो कास्ट आइडियोलॅजी ऐंड पॉलिटिकल डिबेट इन लेट नाइनटींथ सेंचुरी वेस्टर्न इण्डिया', *मॉडर्न एशियन स्टडीज़,* खण्ड 17, अंक 1.

— वीरभारत तलवार

महावीर प्रसाद द्विवेदी

(Mahavir Prasad Dviwedi)

आधुनिक हिंदी के युग-प्रवर्तक महावीर प्रसाद द्विवेदी (1864-1938) के ही प्रयत्नों से हिंदी गद्य और पद्य की पक्की व्यवस्था तैयार हुई। द्विवेदी और उनके साथियों का महत्त्व हिंदी के नये निर्माण के लिए प्रचुर और अनेकमुख सामग्री भेंट करने में है। उन्होंने हिंदी के लिए भाषा संबंधी नया प्रतिमान विकसित किया। साहित्य के क्षेत्र में किसी एक व्यक्ति पर इतना बड़ा उत्तरदायित्व इतिहास की शक्तियों ने पहली बार रखा था, जिसका द्विवेदी द्वारा सफल निर्वहन किया गया। उनके द्वारा सम्पादित पत्रिका *सरस्वती* तत्कालीन हिंदी-समाज के लिए ज्ञान की वाहक और प्रचार-प्रसार का माध्यम थी। इस पत्रिका का स्वरूप और उद्देश्य देश-विदेश के ज्ञान-विज्ञान से हिंदी क्षेत्र को परिचित कराना था। किसी प्राचीन रचनाकार या रचनाओं के उद्धरण, हिंदीतर किसी अन्य भाषा के लेखकों पर लेख, इतिहास के किसी काल विशेष का खोजपूर्ण उल्लेख, किसी समृद्ध राजवंश का परिचय, प्राचीन कलाओं का सचित्र विवरण, भारतवर्ष की सभ्यता और संस्कृति पर सुदूर देशों का प्रभाव, प्राच्य या पाश्चात्य दार्शनिक वाद का परिचय, प्राचीन स्मारकों, यात्राओं, प्राकृतिक सौंदर्य स्थलों का वर्णन, राजनीतिक-आर्थिक प्रश्नों और समस्याओं पर सरकार से अपील, हिंदी के प्रचार-प्रसार के लिए लेख, महत्त्वपूर्ण पुस्तकों की समीक्षाएँ, समसामयिक साहित्यिक-सांस्कृतिक गतिविधियों की ओर ध्यान आकृष्ट करना, विशिष्ट तेवर की कविता-कहानियों का प्रकाशन— यह सब महावीर प्रसाद द्विवेदी के सम्पादकत्व में 1901 से 1920 तक की *सरस्वती* का अनिवार्य अंग था। हीरा डोम की कविता 'अछूत की शिकायत' छाप कर दलित पीड़ा को अभिव्यक्ति देने का काम महावीर प्रसाद द्विवेदी ने ही किया था।

अवध प्रांत के दौलतपुर गाँव में जन्मे महावीर प्रसाद ने बचपन से दरिद्रता देखी इसलिए शिक्षा की अच्छी व्यवस्था नहीं हो सकी। फिर भी उर्दू-फ़ारसी की शिक्षा पाठशाला में मिली और घर पर ही 'शीघ्रबोध' वाली संस्कृत का अभ्यास किया। दरिद्रता भी इतनी अधिक थी कि आगे पढ़ना बेहद कठिन था। बालक महावीर पंद्रह मील दूर रायबरेली पैदल पढ़ने के लिए जाता था। अक्सर फ़ीस न दे पाने की नौबत आती थी। पढ़ाई-लिखायी का क्रम ठीक से न चलने के कारण वे पिता के पास मुम्बई चले गये। इसी बीच उन्होंने किसी तरह अंग्रेज़ी के साथ मराठी-गुजराती का ज्ञान प्राप्त किया। मुम्बई में रहते हुए तार का काम सीखा और जीआईपी रेलवे में तार बाबू हो गये। कार्य में लगन और एकाग्रता के कारण उन्हें टेलीग्राफ़ इंस्पेक्टर बना कर झाँसी भेजा गया। बांग्ला भाषा सीखी और तार संबंधी कामकाज पर अंग्रेज़ी में एक पुस्तक भी लिखी।

रामविलास शर्मा ने 1857 के संग्राम को हिंदी नवजागरण का पहला युग, भारतेंदु युग को दूसरा और महावीर प्रसाद द्विवेदी और उनके साथियों-सहयोगियों के काल को तीसरा युग क़रार दिया है। 1900 में *सरस्वती* पत्रिका का प्रकाशन शुरू हुआ और 1920 तक वह द्विवेदी के सम्पादन में चली। कथा-साहित्य में द्विवेदी-युग की मुख्य देन हैं— प्रेमचंद। आलोचना में रामचंद्र शुक्ल और कविता में सूर्यकांत त्रिपाठी निराला। *सरस्वती* ने इतिहासकार काशीप्रसाद जायसवाल को ख़ूब छापा, लेकिन जायसवाल ने जब *भारत-भारती* का विरोध किया तो द्विवेदी उससे सहमत नहीं हुए। कामताप्रसाद गुरु भी मैथिलीशरण गुप्त की तरह सरस्वती के प्रिय लेखकों में थे। महावीर प्रसाद द्विवेदी 'शुद्ध हिंदी' के पक्षपाती नहीं थे। उनकी पुस्तक *हिंदी भाषा की उत्पत्ति* हिंदी में जबरन संस्कृत के शब्द घुसेड़ने की प्रवृत्ति का कड़ा विरोध करती है। स्वाधीनता आंदोलन का यह युग स्वदेशी वस्तुओं के व्यवहार तथा विदेशी माल के बहिष्कार की चेतना का दौर था। अर्थशास्त्र के अध्ययन के साथ द्विवेदी जी ने राजनीतिक विषयों का अध्ययन किया और संसार भर की राजनीतिक घटनाओं पर लेख लिखे। उन्होंने आधुनिक विज्ञान की प्रगति, समाजशास्त्र, इतिहास, प्राचीन दर्शन और विज्ञान का अध्ययन किया। एक सम्पादक और चिंतक के रूप में यह तैयारी हिंदी में पहली बार दिखाई देती है। इसी परिश्रम के परिणामस्वरूप हिंदी प्रदेशों में नवीन सामाजिक-राजनीतिक चेतना का प्रकाश फैला।

रामविलास शर्मा ने लिखा है कि 'साहित्य क्षेत्र में उन्होंने तय कर लिया था कि हिंदी गद्य का विकास करना है। आधुनिक हिंदी को विविध विषयों के विवेचन का माध्यम बनाना है, कविता में ब्रजभाषा की जगह खड़ी बोली को प्रतिष्ठित करना है और साहित्य से रीतिवाद को निकाल कर बाहर करना है। लगभग 20 वर्ष तक एकाग्र मन से इस निश्चित उद्देश्य की सिद्धि में वे लगे रहे और उन्हें सफलता प्राप्त हुई।' द्विवेदी ने हिंदी भाषा के विकास के अनेक पक्षों पर ध्यान दिया। भारत में अंग्रेज़ी की स्थिति, भारतीय भाषाओं को शिक्षा का माध्यम बनाने की समस्या, भारतीय भाषाओं के बीच सम्पर्क भाषा की समस्या, हिंदी-उर्दू में भेद और आपसी समानता, हिंदी व जनपदीय भाषाओं के संबंध आदि पर उन्होंने गहराई से विचार किया। उन्हें 'भाषा परिष्कारक' के रूप में सीमित करना उचित नहीं है। वे व्यापक स्तर पर साहित्यकार-सम्पादक थे। द्विवेदी युग केवल इतिवृत्तात्मक-उपदेशात्मक साहित्य का युग नहीं है। वह कई अर्थों में साहित्य के सीमांतों को व्यापकता प्रदान करने वाला साहित्य है। उन्होंने बराबर ध्यान दिलाया कि भारत ने विदेशी ग़ुलामी का ठेका नहीं ले रखा है और भारतीय

नवजगारण एशियाई नवजागरण का अंग है। द्विवेदी के लेखों से यह भी संकेत मिलता है कि हिंदी का नवजागरण बांग्ला, गुजराती, मराठी जैसा नहीं है। उसकी अपनी भिन्न विशेषताएँ हैं। उसका अपना साम्राज्यवाद विरोधी चरित्र है। यह चरित्र भारतेंदु-युग, द्विवेदी-युग और छायावादी-युग में मुक्त भाव से सामने आता है।

द्विवेदी की रचना *सम्पत्तिशास्त्र* किसी भी हिंदी लेखक द्वारा लिखी गयी अर्थशास्त्र पर पहली पुस्तक है। यह अंग्रेज़ी साम्राज्यवाद द्वारा लूट और तबाही को ले कर लिखी गयी यह पहली पुस्तक भी है। यह अर्थशास्त्र की नयी-पुरानी सामग्री का पिष्टपेषण नहीं है— इसका उद्देश्य है ब्रिटिश साम्राज्यवादी लूट के दिनों में भारतीय अर्थतंत्र का अध्ययन। आज भी जो लोग भारत में अंग्रेज़ी साम्राज्यवाद की भूमिका समझना चाहते हैं— उनके लिए इस पुस्तक में ज्ञान का ख़ज़ाना है। *सम्पत्तिशास्त्र* में द्विवेदी दिखाते हैं कि किस तरह अंग्रेज़ों ने आकर भारत के अर्थतंत्र में बुनियादी परिवर्तन किये। भारत की पूरी ज़मीन पर क़ब्ज़ा कर लिया। यह नये तरह का सामंतवाद क़ायम करना था। इससे पहले 'हर आदमी अपनी-अपनी ज़मीन का मालिक था। राजा सिर्फ़ उससे उसकी ज़मीन की पैदावार का छठा हिस्सा ले लिया करता था। बस, सिर्फ़ राजा का इतना ही हक़ था। वह एक प्रकार का कर था, ज़मीन का लगान नहीं।' द्विवेदी कर और लगान का भेद समझाते हैं— कर वह लेगा जो जमीन का मालिक नहीं है। लगान वह लेता है जिसने ज़मीन पर अपना प्रभुत्व क़ायम कर लिया है। ईस्ट इण्डिया कम्पनी की आड़ में ब्रिटिश सरकार किसानों से ज़बरन लगान लेती थी। लगान न देने पर ज़मीन से किसान को बेदख़ल किया जा सकता था और उसकी जमीन छीनकर किसी ज़मींदार को दी जा सकती थी। मनमाने लगान का नतीज़ा यह हुआ कि अन्नदाता किसान अन्न के लिए तरसते हुए क़र्ज़ के बोझ से लदने लगा। अंग्रेज़ी राज में अकाल पड़ता था तो जनता भिखारी बन कर दर-दर की ठोकरें खाती थी। इतना ही नहीं अंग्रेज़ राज्य-व्यवस्था का सारा ख़र्च भी किसानों से ही वसूलते थे।

महावीर प्रसाद द्विवेदी (1864-1938)

द्विवेदी ने दिखाया कि अंग्रेज़-नीतियों ने भारत के व्यापार और उद्योग-धंधों को चौपट कर दिया। वे यहाँ अपने देश का माल बेचने वाले व्यापारी बनकर नहीं, बल्कि हमारे यहाँ का माल ले जाकर अपने देश में बेचने वाले व्यापारी बन कर आये। युरोप के देशों में इस बात को लेकर काफ़ी खींचातानी रही कि भारत के व्यापार पर किस का क़ब्ज़ा हो। भारत इस समय माल का निर्यात करने वाला प्रमुख औद्योगिक देश था, और बाहर का माल बहुत कम ख़रीदता था। लेकिन अंग्रेज़ों ने भारत के उद्योग धंधों का नाश किया। यहाँ के व्यापार और बाज़ार पर अधिकार क़ायम करके भारत को महज़ एक खेतिहर देश में तब्दील कर दिया। कारीगर-जुलाहे भूखों मरने लगे। कला-कौशल ख़त्म होने की कगार पर आ गया। अंग्रेज़ों ने भारतीय अर्थतंत्र की रीढ़ तोड़कर रख दी। व्यापारी लोग भारत से ग़ुलाम ख़रीद कर विदेशी बाज़ारों में बेचने लगे। भारतीयों को फ़ुसला कर कुली बना कर कलकत्ता से रवाना किया जाने लगा। प्रथम विश्व-युद्ध में अंग्रेज़ों ने भारत के किसानों का ही धन ख़र्च किया। *सम्पत्तिशास्त्र* इसी व्यथा-कथा का ऐतिहासिक दस्तावेज़ है।

द्विवेदी ने राजनीतिक-आर्थिक चेतना के साथ आधुनिक विज्ञान की ओर भी ध्यान दिया। वे समाज-व्यवस्था की कुरीतियों को नष्ट और धार्मिक अंधविश्वास को निर्मूल करना चाहते थे। भारत में बृहस्पति और चार्वाक की चिंतन-धारा रही है जो वर्ण-व्यवस्था और पुरोहितवाद की तीखी आलोचना करती है। द्विवेदी ने अपने लेख 'निरीश्वरवाद' में चार्वाकी *सर्वदर्शन संग्रह* से अनेक श्लोक उद्धृत किये और भारतीय तर्क पर खड़े विवेकवाद को आदर दिया। कबीर में यही विवेक परम्परा है। द्विवेदी ने 'श्री हर्ष का कलियुग' जैसा लेख लिख कर नैषधीय परम्परा का स्मरण कराया।

द्विवेदी कविताएँ भी लिखते थे, पर उन्होंने ज़्यादातर उपदेशात्मक कविताएँ लिखीं। 'कालिदास की निरंकुशता', 'हिंदी भाषा की उत्पत्ति', 'मिश्रबंधु का हिंदी कविरत्न', 'तिलक का गीताभाष्य' और ऐसे अनेक लेख और टिप्पणियों से उन्होंने हिंदी के मौलिक समीक्षाशास्त्र का शिलान्यास किया। उस युग का शायद ही कोई लेखक हो जिस पर द्विवेदी के विचारों का प्रत्यक्ष या अप्रत्यक्ष प्रभाव न पड़ा हो।

द्विवेदी का प्रबल विचार था कि वेदों को ईश्वर ने नहीं मानवों ने रचा है। यह अनुपम मानव-सृष्टि है। वे आर्यभट्ट के गणित और ज्योतिष पर किये गये कार्य के प्रसंशक थे। द्विवेदी ने 1908 की *सरस्वती* में 'मुग्धावालाचार्य' शीर्षक विस्तृत लेख प्रकाशित किया, साथ ही डार्विन के विकासवाद पर कई लेख प्रकाशित किये। द्विवेदी का पूरा चिंतन आचार्य रामचंद्र शुक्ल के अनुवाद *विश्व प्रपंच* की भूमिका का ध्यान दिलाता है कि भारत कोरा अध्यात्मवादी देश नहीं रहा। यहाँ तर्क और वैज्ञानिक सोच का निरंतर प्रवाह रहा है।

द्विवेदी ने अंग्रेज़ी के विरुद्ध हिंदी या देशी भाषाओं की

हिमायत का कोई मौक़ा नहीं छोड़ा। मातृभाषा में शिक्षा की महत्ता और अपने साहित्य की महत्ता को उन्होंने बार-बार लेख लिख कर जनता को समझाया। द्विवेदी ने हिंदी के साहित्यालोचन का नवीकरण किया। रामविलास शर्मा ने माना है कि द्विवेदी सीमित अर्थों में साहित्यकार नहीं हैं— उनका उद्देश्य साहित्य जगत में एक नयी तरह की सामाजिक-सांस्कृतिक चेतना उत्पन्न करना था। वे मानते थे कि जैसे अनेक जातियों से मिलकर भारत एक राष्ट्र बना है, वैसे ही विभिन्न जातीय साहित्यों से मिलकर भारतीय साहित्य बना है। द्विवेदी जाति और साहित्य के संबंध को बराबर जोड़ते रहे हैं। वे कहते हैं— 'साहित्य में जो शक्ति छिपी रहती है वह तोप, तलवार और बम के गोलों में भी नहीं पायी जाती।' इस तरह साहित्य मुर्दों को ज़िंदा करने वाली संजीवनी औषधि है। साहित्य की परम्परा को पहचानते हुए उन्होंने उसे रस-अलंकार की रूढ़ियों से मुक्त किया। उन्होंने भक्त-कवियों और नायिका-भेदी रीतिवादी कवियों को एक-दूसरे से अलग किया। 1901 में *सरस्वती* में द्विवेदी का 'नायिका-भेद' शीर्षक लेख प्रकाशित हुआ। इसके बाद से रीतिकाल की कविता को हाशिये पर डालने का जो सिलसिला शुरू हुआ, वह आज तक नहीं थमा है।

देखें : अष्टछाप, 'अंग्रेज़ी हटाओ' आंदोलन, छायावाद, डायग्लॉसिया, नगेंद्र और सैद्धांतिक समीक्षा, नयी कविता, नंद दुलारे वाजपेयी, नामवर सिंह, प्रेमचंद, प्रयोगवाद, प्रगतिवाद, पाश्चात्य काव्यशास्त्र, भक्ति आंदोलन-1 और 2, भक्ति-काव्य-1 और 2, भारतेंदु हरिश्चंद्र, भारतेंदु युग-1 और 2, भाषा नियोजन-1 से 4 तक, भाषा के मार्क्सवादी सिद्धांत, महादेवी वर्मा, मीरांबाई और प्रेमाभक्ति, राहुल सांकृत्यायन, रामानुजाचार्य, रामानंद, रामचंद्र शुक्ल-1 और 2, रामविलास शर्मा, राष्ट्रीय-सांस्कृतिक कविता, रीतिकाल-1 और 2, विजय देव नारायण साही, वैष्णव धर्म, श्याम सुंदर दास, सम्पर्क भाषा-1 से 4 तक, संविधान सभा में भाषा-विवाद-1, 2 और 3, सच्चिदानंद हीरानंद वात्स्यायन अज्ञेय, संत-काव्य, संस्कृत काव्यशास्त्र, सिद्ध-नाथ परम्परा, सूफ़ीयत और प्रेमाख्यान, हजारी प्रसाद द्विवेदी, हिंदी विरोधी आंदोलन, हिंदी जाति-1, 2 और 3, हिंदी साहित्य का आदिकाल, हिंदी साहित्य का इतिहास, हिंदी साहित्य का इतिहास : नये परिप्रेक्ष्य, हिंदी-पद्य में इतिहास, हिंदी-जगत और 'लोकप्रिय'-1 और 2, हिंदी नवजागरण, हिंदी-संस्थाएँ।

संदर्भ

1. भारत यायावर (1995), *महावीर प्रसाद द्विवेदी रचनावली,* खण्ड 1-17, किताबघर, नयी दिल्ली.
2 रामविलास शर्मा (1977), *महावीर प्रसाद द्विवेदी और हिंदी नवजागरण,* राजकमल प्रकाशन, नयी दिल्ली.
3. नंदकिशोर नवल (1990), *महावीर प्रसाद द्विवेदी,* साहित्य अकादेमी, नयी दिल्ली.
4. नंददुलारे बाजपेयी (1976), *हिंदी साहित्य : बीसवीं शताब्दी,* लोकभारती प्रकाशन, इलाहबाद.

— कृष्णदत्त पालीवाल

माइकल वाल्ज़र

(Michael Walzer)

अमेरिका के प्रसिद्ध समुदायवादी राजनीतिक दार्शनिक माइकल वाल्ज़र (1935-) अपनी इस मान्यता के लिए जाने जाते हैं कि राजनीतिक सिद्धांतों को निश्चित तौर पर विशिष्ट समाजों की परम्पराओं और संस्कृति पर आधारित होना चाहिए। उन्हें माइकल सैण्डल और एलिस्डेयर मैकेंटायर के साथ अस्सी के दशक में उभर कर आये समुदायवादी स्कूल से जोड़ा जाता है। वाल्ज़र ने जॉन रॉल्स की विख्यात रचना *अ थियरी ऑफ़ जस्टिस* (1971) में पेश किये गये न्याय के विचारों की आलोचना की। उनकी आलोचना का मुख्य आधार रॉल्स (और अन्य उदारवतादियों) द्वारा किया जाने वाला सार्वभौमिकता का दावा था। वाल्ज़र के विचार उनकी किताब *स्फ़ियर्स ऑफ़ जस्टिस* में व्यक्त हुए हैं। वाल्ज़र का बुनियादी तर्क यह है कि किसी भी व्यवस्था को अपने-आप में न्यायपूर्ण या अन्यायपूर्ण नहीं माना जा सकता है। सिर्फ़ किन्हीं वस्तुओं से जुड़े सामाजिक अर्थ के आधार पर किसी व्यवस्था का मूल्यांकन करना मुमकिन है। वाल्ज़र प्रिंसटन के इंस्टीट्यूट ऑफ़ एडवांस्ड स्टडीज में प्रोफ़ेसर एमरेट्स हैं। वे एक पत्रिका *डिसेंट* के सह-सम्पादक भी हैं। इस पत्रिका से उनका जुड़ाव अपने छात्र जीवन से ही है। वाल्ज़र ने 1956 में ब्रैंडिस विश्वविद्यालय से स्नातक की परीक्षा पास करके केम्ब्रिज और हार्वर्ड विश्वविद्यालय में आगे की पढ़ाई जारी रखी। 1961 में उन्होंने हार्वर्ड से पीएचडी की। वाल्ज़र ने राष्ट्रवाद, जातीयता, आर्थिक न्याय, सामाजिक आलोचना, रैडिकलवाद, सहिष्णुता और दायित्व जैसे बहुत से अलग विषयों पर किताबों और निबंधों की रचना की है।

अपने केंद्रीय तर्क के संदर्भ में वाल्ज़र ने जाति-व्यवस्था पर आधारित समाज का उदाहरण दिया है जिसके तहत किसी व्यक्ति का पवित्र या दूषित (या अछूत) होना उसके जन्म के आधार पर तय होता है। ऐसे समाज में व्यक्ति की पानी, ज़मीन या शिक्षा जैसी वस्तुओं तक पहुँच उसके जन्म के आधार पर तय होती है। वाल्ज़र तर्क देते हैं कि जब तक किसी समाज के सदस्य जाति-व्यवस्था के सामाजिक अर्थ को स्वीकार करते हैं तब तक न्याय का तात्पर्य यह होगा कि इसके अनुसार होने वाले वितरण को स्वीकार किया जाए। इस तरह वस्तुओं के विशिष्ट सामाजिक अर्थ को समझे बिना उनके वितरण का फ़ैसला नहीं किया जा सकता है। महत्त्वपूर्ण बात यह है कि वस्तुओं के विशिष्ट अर्थ का निर्माण सामाजिक रूप से होता है। ये अर्थ व्यक्ति के कार्यों या विचारों की जगह समुदाय, उसके व्यवहार और संस्थाओं में समाहित होते हैं। इसलिए न्याय के किसी भी सिद्धांत का

माइकल वाल्ज़र (1935-)

निर्माण करते वक़्त वस्तुओं के सामाजिक अर्थ पर ध्यान दिया जाना चाहिए।

विल किमलिका जैसे उदारतावादियों ने वाल्ज़र पर उदारतावाद के बुनियादी मूल्यों को सही तरीक़े से न समझने का आरोप लगाया है। किमलिका का मानना है कि उदारतावाद का बुनियादी मूल्य यह नहीं है कि किसी वस्तु का मूल्य सार्वभौमिक रूप से तय होना चाहिए। उदारतावाद का बुनियादी मूल्य यह है कि हर समाज में व्यक्ति के पास यह स्वायत्तता होनी चाहिए कि वह अपने लिए उत्तम जीवन का चुनाव कर सके। इसमें यदि उसे कोई भी चीज़ बाधक लगती है तो उसके पास उसे नकारने की स्वायत्तता भी होनी चाहिए।

माइकल वाल्ज़र ने समानता या संसाधनों के वितरण के सार्वभौमवादी सिद्धांतों को नकारते हुए जटिल समानता का विचार पेश किया है। वाल्ज़र समतावादी हैं, लेकिन उनका मानना है कि समानता को कल्याण, संसाधन या क्षमता जैसी किसी एक विशेषता पर ही ध्यान नहीं देना चाहिए। वाल्ज़र मानते हैं कि इस तरह का बौद्धिक उद्यम समानता के पूरे अर्थ को अभिव्यक्त करने में नाकाम है। इसका कारण यह है कि ये संकल्पनाएँ सिर्फ़ एक ही बिंदु पर ज़ोर देती हैं। ये सभी सिर्फ़ समतावादी वितरण व्यवस्था की बहुलता तक पहुँच को सुनिश्चित करना चाहती हैं। लेकिन होता यह है कि सामान्य तौर पर वस्तुओं का वितरण करने की कोशिश में हम वितरण के सिद्धांत पर बहुत ज़्यादा और वस्तुओं के गुणों पर बहुत कम ध्यान देते हैं।

वाल्ज़र का तर्क है कि पहले लोग वस्तुओं को कल्पित करते हैं और फिर उनका निर्माण करते हैं। इसके बाद वे इन वस्तुओं का आपस में वितरण करते हैं। यह बेहद महत्त्वपूर्ण है कि हम वस्तुओं के वितरण की जगह उनकी संकल्पना और उनके निर्माण पर अपना ध्यान केंद्रित करें। वस्तुओं के वितरण के संबंध में विशिष्ट बात यह है कि जब विभिन्न समाजों में वस्तुओं को अलग-अलग अर्थ दिये जाते हैं तो हर समाज में उनका वितरण भी स्वायत्त रूप से ही होना चाहिए। वस्तुओं का हर समूह वितरण के एक विशिष्ट दायरे का निर्माण करता है। इस दायरे में वितरण की एक निश्चित कसौटी ही सही होती है।

अर्थशास्त्रियों का यह मानना सही हो सकता है कि बाज़ार में लोगों के व्यवहार में एक निश्चित स्तर की तार्किकता और संग्रहण की प्रवृत्ति होती है। वाल्ज़र दिखाते हैं कि लेकिन इस बात को सभी सामाजिक क्षेत्रों के बारे में सच नहीं माना जा सकता है। यह माना जाता है कि माता-पिता को स्नेही, विश्वासी, देखभाल करने वाला और नि:स्वार्थी होना चाहिए। नागरिकों के बारे में माना जाता है कि उन्हें समान, निष्पक्ष और सामूहिक शुभ के नज़रिये से प्रेरित होना चाहिए। परिवार में संसाधनों का वितरण वेतन के रूप में नहीं किया जाता है। एक लोकतंत्र में राजनीतिक पदों को रिश्तेदारों के बीच नहीं बाँटा जाना चाहिए। वाल्ज़र का मानना है कि यह उम्मीद करने का कोई कारण नहीं है कि सामाजिक जीवन के सभी 'दायरों' में वितरण का एक जैसा मानक होना चाहिए। जैसे, बाज़ार और राजनीतिक सत्ता के दो दायरे अलग-अलग हैं। एक दायरे के भीतर वस्तुओं का वितरण उसका आंतरिक मसला है और आदर्श रूप में इसे किसी दूसरे दायरे को प्रभावित नहीं करना चाहिए। हालाँकि आलोचक यह तर्क दे सकते हैं कि ऐसा कहना आसान है, लेकिन इसे व्यावहारिक रूप में लागू करना बहुत ही मुश्किल है। निश्चित रूप से आर्थिक जीवन की असमानताएँ राजनीतिक जीवन को प्रभावित करती हैं। इसी तरह राजनीतिक जीवन की असमानताएँ आर्थिक जीवन को प्रभावित करती हैं। पैसे की ताक़त से वोट को ख़रीदा जा सकता है। दूसरी ओर चुने हुए प्रतिनिधि अपने पद का दुरुपयोग करते हुए अपने व्यापारिक हितों को बढ़ावा दे सकते हैं। दूसरी ओर चुने हुए प्रतिनिधि अपने पद का दुरुपयोग करते हुए अपने व्यापारिक हितों को बढ़ावा दे सकते हैं। वाल्ज़र यह मानते हैं कि ऐसा नहीं होना चाहिए। कई राष्ट्रों ने कई तरह के क़ानूनों के द्वारा राजनीतिक सत्ता के उपयोग में सम्पत्ति के प्रभाव को रोकने की कोशिश की है, हालाँकि

इसमें उन्हें सीमित सफलता ही मिली है।

वाल्ज़र के अनुसार हर दायरे के भीतर असमानता हो सकती है और इस तरह की असमानता होने में कुछ भी ग़लत नहीं है। मान लीजिये कि आर्थिक क्षेत्र में वितरण का नियम विभिन्न व्यक्तियों की कोशिशों को महत्त्व देता है। इस कारण मेहनती और आलसी लोगों के बीच असमानता उत्पन्न होती है। मेहनती लोग ज़्यादा मेहनत से काम करते हैं, जबकि आलसी लोग काम नहीं करते ऐसी स्थिति में मेहनती और आलसी लोगों के बीच की असमानता को ग़लत नहीं माना जा सकता है। लेकिन यदि ज़िंदगी के दूसरे क्षेत्रों में महत्त्वपूर्ण हैसियत होने के कारण किसी व्यक्ति को आर्थिक दायरे में उसकी मेहनत के अनुपात से ज़्यादा फ़ायदा होता है, तो इसे स्वीकार नहीं किया जा सकता है। इस संदर्भ में एक महत्त्वपूर्ण सवाल यह पूछा जा सकता है कि क्या काम के लिए मिलने वाला इनाम धार्मिक निष्ठा से जुड़ा हुआ है। वाल्ज़र स्पष्ट रूप से मानते हैं कि ऐसा नहीं है। लेकिन यदि ऐसा है, तो क्या किया जा सकता है। यह तानाशाही को आगे बढ़ायेगा। तानाशाही में विभिन्न दायरों की विशिष्टता और उनके आंतरिक नियमों का उल्लंघन किया जाता है। इस कारण असमानताओं में बहुत ज़्यादा बढ़ोतरी होती है। कुछ समूह वस्तुओं की ख़ास श्रेणी पर अपना एकाधिकार क़ायम कर सकते हैं। फिर, वे इसे एकाधिकार के द्वारा अपने लिए दूसरी वस्तुओं का असमान वितरण हासिल कर सकते हैं। यह प्रभुत्व को जन्म देगा। वाल्ज़र कहते हैं कि हमारी कोशिश होनी चाहिए कि प्रभुत्व में कटौती हो। समानता के लिए ज़रूरी है कि वितरण की कसौटियों में विविधता हो। साथ ही वितरण की कसौटियों की इस विविधता के साथ सामाजिक वस्तुओं की विविधता भी जुड़ी होनी चाहिए।

वाल्ज़र द्वारा प्रतिपादित सिद्धांत जटिल समानता तानाशाही के विपरीत है। उनके शब्दों में 'यह इस तरह के संबंधों को स्थापित करता है, जिसमें प्रभुत्व नामुमकिन हो जाता है। औपचारिक शब्दों में, जटिल समानता का यह अर्थ है कि किसी नागरिक की एक सामाजिक दायरे में स्थिति या एक सामाजिक वस्तु के संदर्भ में स्थिति किसी दूसरे सामाजिक दायरे या किसी दूसरी सामाजिक वस्तु के संदर्भ में उसकी स्थिति में कटौती नहीं करेगी।' जटिल समानता का विचार समानता के मापन के संदर्भ में आपस में टकराने वाले विभिन्न दृष्टिकोणों की तुलना में एक अलग दृष्टिकोण पेश करता है। इसमें एक नयापन है।

वॉल्ज़र के महत्त्वपूर्ण बौद्धिक योगदानों में न्यायपूर्ण और अन्यायपूर्ण युद्ध के बारे में उनकी विवेचना भी शामिल है। उन्होंने सेंट थॉमस एक्विना के न्यायपूर्ण युद्ध के सिद्धांत को वर्तमान संदर्भ में पेश किया और युद्ध के दौरान भी नैतिकता के महत्त्व पर ज़ोर दिया। वाल्ज़र ने मैकियावेली के विचारों में निहित 'डर्टी हैंड' के विचार को भी नये संदर्भों में पेश किया। वाल्ज़र के अनुसार राजनीतिज्ञ कुछ ऐसी जटिलताओं के बीच काम करते हैं कि कई दफ़ा लोगों की ज़्यादा बड़ी भलाई करने के लिए उन्हें कुछ ग़लत काम भी करने पड़ते हैं। इस तरह के ग़लत कामों को स्वीकार किया जा सकता है, लेकिन शर्त यह है कि राजनेताओं को यह अहसास हो कि वे ग़लत कर रहे हैं। इस तरह के कामों की मात्रा भी न्यूनतम होनी चाहिए और ऐसा करते वक़्त कुछ बुनियादी नैतिकताओं का भी ख़याल रखा जाना चाहिए।

देखें : अधिकार, अधिकार : सैद्धांतिक यात्रा, अरस्तू, अफ़लातून, अनुदारतावाद, अराजकतावाद, अन्य-अन्यीकरण, उदारतावाद, उपयोगितावाद, एडमण्ड बर्क, क्रांति, ज्याँ ज़ाक रूसो, जॉन लॉक, जेरेमी बेंथम, जॉन स्टुअर्ट मिल, जॉन रॉल्स, थॉमस हॉब्स, थॉमस पेन, न्याय, न्याय : नारीवादी आलोचना, न्याय : रॉल्स का सिद्धांत, नागरिकता, नागरिकता : अन्य परिप्रेक्ष्य-1 और 2, नागर समाज, पनोप्टिकॉन, फ्रेड्रिख़ वॉन हायक, बुद्धिवाद, माइकिल ओकशॉट, मिशेल पॉल फूको-1 और 2, यूटोपिया, राजनीतिक दर्शन के नारीवादी आयाम-1 और 2, रॉबर्ट नॉज़िक, राज्य-1 और 2, विल किमलिका, स्वतंत्रतावाद, सर्वसत्तावाद, सम्प्रभुता, समाजवाद, सरकार और सरकारियत-1 और 2.

संदर्भ

1. माइकल वॉल्ज़र (1983), *स्फ़ियर्स ऑफ़ जस्टिस: अ डिफ़ेंस ऑफ़ प्लूरलिज़म ऐंड इक्वालिटी,* बेसिक बुक्स, न्यूयॉर्क.
2. अशोक आचार्य (2011), 'समानता', अशोक आचार्य और राजीव भार्गव (सम्पा.), *राजनीति सिद्धांत : एक परिचय* (अनु. कमल नयन चौबे) पियर्सन, नयी दिल्ली.
3. विल किमलिका (2010), *समकालीन राजनीति दर्शन : एक परिचय,* (अनुवाद: कमल नयन चौबे), पियर्सन, नयी दिल्ली.

— कमल नयन चौबे

माइकेल जोसेफ़ ओकशॉट

(Michael Joseph Oakeshott)

ब्रिटिश दार्शनिक और राजनीतिक सिद्धांतकार माइकेल जोसेफ़ ओकशॉट (1901-1990) को मुख्यत: उनके दो अवदानों के लिए जाना जाता है। एक दार्शनिक के तौर पर उनकी मान्यता थी कि मानवीय अनुभव को इतिहास, विज्ञान, आचरण और कविता से हासिल किये गये दृष्टिबिंदुओं से समझने की कोशिश करनी चाहिए। उनका विचार था कि अनुभव को समझने की ये चारों विधियाँ अपने-आप में अनूठी, स्वत:पूर्ण लेकिन अनिवार्यत: सीमित हैं। ये विचार 1933 में प्रकाशित उनके क्लासिक ग्रंथ *एक्सपीरिएंस ऐंड*

माइकेल जोसेफ़ ओकशॉट (1901–1990)

इट्स मोड्स में दर्ज हैं। राजनीतिक सिद्धांतकार के रूप में उनका कहना था कि किसी समुदाय की परम्पराओं और रिवाज़ों की पृष्ठभूमि को नज़रअंदाज़ करके राजनीतिक गतिविधि को सही ढंग से नहीं समझा जा सकता। राजनीति समस्याओं का हल कुछ इस तरह से निकालती है कि उसके ज़रिये इंद्रियानुभवाद की संकीर्णता और बुद्धिवाद के अमूर्त रवैये से कतरा कर निकला जा सकता है।

ओकशॉट मानते थे कि राजनीतिक जीवन के दो केंद्रीय आयामों, समय और ज्ञान, को समझने में ये दोनों दर्शन नाकाम रहे हैं। इस लिहाज़ से राजनीति न तो सामूहिक मुक्ति की परियोजना है, और न ही किसी अमूर्त लक्ष्य की प्राप्ति के लिए की जाती है। ओकशॉट के मुताबिक़ राजनीति तो एक ऐसे अथाह सागर में डूबने से किसी तरह बचे रहने का प्रयोजन है जहाँ न किसी को किनारा मिलता और न किसी लंगर का सहारा। चूँकि इस सागर का न कोई प्रारम्भ है और न कोई अंत, इसलिए राजनीति ज़्यादा से ज़्यादा 'बिगड़े हुए की मरम्मत करने की कला' भर है। ओकशॉट के अधिकतर राजनीतिक सूत्रीकरण निबंधों की शक्ल में सामने आये। 1962 में उनके निबंधों का संकलन *रैशनलिज़म इन पॉलिटिक्स* का प्रकाशन हुआ। 1975 में प्रकाशित *ऑन ह्यूमन कण्डक्ट* को ओकशॉट के राजनीतिक दर्शन सबसे बेहतरीन नमूना माना जाता है। उन्हें हॉब्स के दर्शन पर विशेष महारत हासिल थी। ओकशॉट की भूमिका के साथ प्रकाशित हुआ *लेवायथन* का संस्करण राजनीतिशास्त्र के अध्येताओं के बीच सबसे ज़्यादा लोकप्रिय माना जाता है।

ओकशॉट की दार्शनिक कृति *एक्सपीरिएंस ऐंड इट्स मोड्स* एक बेहद जटिल किताब है। पेचीदगी के कारण प्रकाशन के तुरंत बाद इसका कोई ख़ास स्वागत नहीं हुआ और उसका पहला संस्करण क़रीब तीस साल में बिक सका। ओकशॉट के मुताबिक़ हम अनुभव को तब तक नहीं समझ सकते जब तक उसे सम्पूर्णता में और उसकी अपनी शर्तों पर न ग्रहण किया जाए। उनके लिहाज़ से सम्पूर्णता दो पक्षों (मस्तिष्क या आत्मनिष्ठ और बाह्य-विश्व यानी वस्तुनिष्ठ) से मिल कर बनती है। आम तौर से लोग अपने दैनंदिन अनुभव को आंशिक और सीमित दृष्टिबिंदु से ग्रहण कर पाते हैं। ओकशॉट का कहना था कि मानवीय अनुभव विमर्श के तीन स्वतंत्र दायरों (इतिहास, विज्ञान और आचरण) की विभिन्नता में समझा जा सकता है। बाद में ओकशॉट ने इसमें विमर्श का एक चौथा कविता का दायरा भी जोड़ दिया। इतिहास को उन्होंने अतीत के आयाम के तहत किये गये यथार्थ के अनुभव की संज्ञा दी। विज्ञान को उन्होंने ज्ञान के किसी सम्प्रभु और श्रेष्ठतर रूप की तरह मानने से इनकार करते हुए मात्रा के आयाम के तहत किये जाने वाला अनुभव क़रार दिया। व्यावहारिक आचरण को ओकशॉट ने स्वेच्छा के आयाम तहत होने वाले अनुभव के नाम से पुकारा। कविता उनके लिए सौंदर्यमूलक अनुभव की श्रेणी थी। दर्शन को वे एक ऐसी गतिविधि मानते थे जो अनुभव के इन सभी आयामों से अलग और ऊपर है। इसीलिए दर्शन के माध्यम से अनुभव की इन विविध ध्वनियों को सुना जा सकता है। शिक्षा वह प्रक्रिया है जो सिखाती है कि अनुभव के इन आयामों के आपसी संवाद को कैसे सुना जाए। 1989 में प्रकाशित एक रचना *द वॉयस ऑफ़ लिबरल लर्निंग* में ओकशॉट ने प्रशिक्षण और शिक्षा में अंतर करते हुए कहा कि ट्रेनिंग केवल एक ही आवाज़ सुनने की क्षमता पैदा करती है।

ओकशॉट आचरण यानी व्यावहारिक अनुभव के दायरे को ही राजनीति कहते हैं। अपने पहले दार्शनिक ग्रंथ की व्यावसायिक विफलता के बाद उन्होंने अपना ध्यान राजनीतिक सैद्धांतिकी की ओर मोड़ा। इंद्रियानुभववाद की आलोचना करते हुए ओकशॉट ने कहा कि उसके लिए समय परस्पर विच्छिन्न क्षणों की शृंखला मात्र और ज्ञान सूचनाओं के एक बंडल की तरह है। इसी तरह बुद्धिवाद समय को अवास्तविक मानता है और ज्ञान को कालातीत सत्य की तरह पेश करता है। ये दोनों दर्शन किसी समुदाय के लिए परम्परा की केंद्रीय अहमियत समझने के लिए तैयार नहीं हैं। जबकि किसी भी समुदाय के लिए समय ऐतिहासिक निरंतरता का

दूसरा नाम है; और अपने संचालन के लिए हर समुदाय को व्यावहारिक और ठोस ज्ञान की आवश्यकता पड़ती है।

ओकशॉट का कहना था कि राजनीतिक दर्शन का उद्देश्य आम तौर पर मानवीय आचरण के और ख़ास तौर पर नागरिक एसोसिएशन के आदर्श चरित्र और आधारतत्त्वों का विश्लेषण होना चाहिए। मानवीय साहचर्य के लिए बनी कोई भी संस्था आचरणगत ढाँचे पर टिकी होती है। ये आचरण या तो विवेक-आधारित होते हैं या नैतिक। विवेकसम्मत आचरणों से साझा तात्त्विक उद्देश्यों की प्राप्ति की जाती है, जबकि नैतिक आचरणों की प्रकृति प्रयोजनमूलक नहीं होती।

राजनीतिक समाज को ओकशॉट दो क़िस्मों में बाँट कर देखते हैं : टेलियोक्रैटिक और नोमोक्रैटिक। युरोप में समय-समय पर दोनों तरह के राज्य उभरते रहे हैं। टेलियोक्रैटिक समाज से उनका मतलब है किसी ख़ास सामूहिक लक्ष्य को वेधने के लिए आयोजित किये जाने वाली राज्य-व्यवस्था। इस तरह के राज्य के ऊपर ओकशॉट नोमोक्रैटिक समाज को प्राथमिकता देते हैं जो उनके मुताबिक़ किसी विशेष लक्ष्य से बँधे हुए नहीं होते। उनके तहत आयोजित की जाने वाली राज्य-व्यवस्थाएँ मूल्य-तटस्थ ढाँचे पर टिकी होती हैं और उनमें व्यक्ति को अपनी प्राथमिकता के अनुसार अपना रास्ता चुनने की स्वतंत्रता होती है। ओकशॉट के अनुसार ऐसी ही राज्य-व्यवस्थाएँ उदारतावादी स्वभाव के अनुकूल होती हैं। इस लिहाज़ से वे टी.एच. ग्रीन, ईसैया बर्लिन और कार्ल पॉपर जैसे चिंतकों के नज़दीक बैठते हैं। ओकशॉट नोमोक्रैटिक समाज को आचरण की नैतिक प्रकृति पर टिके मानवीय साहचर्य से निर्मित मानते थे। उनके ख़याल से ऐसे समाज के सदस्यों के बीच मित्रता सरीखे रिश्ते होने चाहिए। इस तरह का नागरिक एसोसिएशन समतामूलक वितरण या रैडिकल सुधारों के माहौल में नहीं पनप सकता।

केंट में जन्मे माइकेल ओकशॉट ने केम्ब्रिज विश्वविद्यालय में इतिहास के अध्ययन से अपनी शिक्षा शुरू की, लेकिन साथ में वे दर्शन और राजनीतिक सैद्धांतिकी पर भी ध्यान देते रहे। इसी विश्वविद्यालय में उन पर भाववादी दार्शनिक जॉन मैकटैगार्ट के विचारों का असर पड़ा। ओकशॉट जिस बेहतरीन गद्य-लेखन के लिए जाने जाते हैं, उस पर भी मैकटैगार्ट का प्रभाव माना जाता है। बीस के दशक में वे जर्मनी गये और मारबुर्ग और ट्युबिंगन विश्वविद्यालयों में धर्मशास्त्र की दार्शनिक शिक्षा ली। 1933 में जब उनकी पहली किताब *एक्सपीरिएंस ऐंड इट्स मोड्स* का प्रकाशन हुआ तो ब्रिटेन में दर्शन के हलक़ों में तर्कशास्त्र और भाषा के विश्लेषण का फ़ैशन था। इसलिए भी उनकी पुस्तक पर ज़रूरी ध्यान नहीं दिया गया, लेकिन बाद में वह क्लासिक मानी गयी। द्वितीय विश्व-युद्ध के दौरान उन्होंने कुछ दिन तक ब्रिटिश ख़ुफ़िया विभाग का काम भी किया। युद्ध के बाद वे फिर केम्ब्रिज लौटे। 1951 में उन्हें लंदन स्कूल ऑफ़ इकॉनॉमिक्स में राजनीतिशास्त्र का प्रोफ़ेसर नियुक्त किया गया जहाँ वे अवकाश प्राप्त होने तक रहे।

देखें : अधिकार, अधिकार : सैद्धांतिक यात्रा, अरस्तू, अफ़लातून, अनुदारतावाद, अराजकतावाद, अन्य-अन्यीकरण, उदारतावाद, उपयोगितावाद, एडमण्ड बर्क, क्रांति, ज्याँ ज़ाक रूसो, जॉन लॉक, जेरेमी बेंथम, जॉन स्टुअर्ट मिल, जॉन रॉल्स, थॉमस हॉब्स, थॉमस पेन, न्याय, न्याय : नारीवादी आलोचना, न्याय : रॉल्स का सिद्धांत, नागरिकता, नागरिकता : अन्य परिप्रेक्ष्य-1 और 2, नागर समाज, पनोप्टिकॉन, प्रतिनिधित्व, प्रगति, प्रगति : आलोचनात्मक परिप्रेक्ष्य, प्रशासन और सुशासन, फ़ासीवाद, फ्रेड्रिख़ वॉन हायक, बहुसंस्कृतिवाद, बहुसंख्यकवाद, बहुसंख्यक-अल्पसंख्यक, बुद्धिवाद, माइकिल वाल्ज़र, मिशेल पॉल फ़ूको-1 और 2, यूटोपिया, राजनीतिक दर्शन के नारीवादी आयाम-1 और 2, रॉबर्ट नॉज़िक, राज्य-1 और 2, विल किमलिका, सविनय अवज्ञा, स्वतंत्रतावाद, सर्वसत्तावाद, सम्प्रभुता, समाजवाद, सरकार और सरकारियत-1 और 2, सामाजिक समझौता, हेनरी डेविड थोरो।

संदर्भ

1. पी. फ्रैंको (1990), *द पॉलिटिकल फ़िलॉसफ़ी ऑफ़ माइकेल ओकशॉट,* येल युनिवर्सिटी प्रेस, न्यू हैविन, सीटी.
2. डब्ल्यू.एच. ग्रीनलीफ़ (1966), *ओकशॉट्स फ़िलॉसफ़िकल पॉलिटिक्स,* लोंगमैन, लंदन.
3. एम.जे. ओकशॉट (1933), *एक्सपीरिएंस ऐंड इट्स मोड्स,* केम्ब्रिज युनिवर्सिटी प्रेस, केम्ब्रिज.
4. एम.जे. ओकशॉट (1975), *ऑन ह्यूमन कण्डक्ट,* क्लैरेंडन प्रेस, ऑक्सफ़र्ड.

— अभय कुमार दुबे

माइकेल मधुसूदन दत्त

(Michael Madhusudan Datt)

साहित्य के क्षेत्र में बंगाल के नवजागरण को रचनात्मक विश्वास देने का श्रेय माइकेल मधुसूदन दत्त (1824-1873) को जाता है। आधुनिक भारतीय साहित्य के प्रमुख निर्माताओं में से एक माइकेल एक ऐसे विद्रोही रचनाकार थे जिन्होंने परम्परागत साहित्यिक मूल्यों से समझौता नहीं किया। उन्होंने उन तमाम चिंतन-परम्पराओं की अवहेलना की जो रचनाकार को लकीर का फ़क़ीर बनाती हैं। माइकेल ने स्वयं को युरोपीय परम्पराओं में संस्कारित किया फिर भी वह भारतीय बना रहा। माइकेल पहले कवि हैं जिन्होंने एशिया में, विशेषकर भारत में अंग्रेज़ी पद्धत्ति के अनुसार मुक्त-छंद में काव्य-सृजन की शुरुआत की। उनके बाद भारतीय साहित्य में कई कवियों ने मुक्त-छंद की क्रांतिकारी भूमिका पहचान

माइकेल मधुसूदन दत्त (1824-1873)

कर नये काव्य प्रयोग किये। उनकी सर्वश्रेष्ठ रचना *मेघनाद वध* ने काव्य-सृजन की एक पूरी परम्परा को पलटते हुए नवीन मानसिकता के लिए मौलिकता के द्वार खोल दिये। उन्होंने रामायण-कथा की घटनाओं, चरित्रों तथा प्रकरण-वक्रताओं की परम्परा से हट कर नयी व्याख्या की और महाकाव्योचित औदात्य का एक नया रूप-स्वरूप भारतीय साहित्य को दिया। इस तरह माइकेल मधुसूदन दत्त के सृजन-कर्म से एक अभिनव सांस्कृतिक नवजागरण अवरित हुआ। माइकेल मधुसूदन दत्त की सर्वाधिक महत्त्वपूर्ण कृति है *मेघनाद-वध* (1860)। मैथिलीशरण गुप्त ने माइकेल की जिन तीन कृतियों का हिंदी में विशिष्ट भूमिका के साथ अनुवाद प्रस्तुत किया है उनमें *ब्रजांगना और वीरांगना* के साथ *मेघनाद वध काव्य* भी शामिल है।

इसके प्रकाशित होते ही बांग्ला साहित्य में भूचाल आ गया। विधोत वाहिनी सभा ने कलकत्ता में माइकेल का सम्मान किया और सम्मान समारोह में बड़े-बड़े नामी लोग सम्मिलित हुए। लेकिन सम्मान के बाद भी माइकेल को विरोध झेलना पड़ा। निंदकों ने उनके मुक्त-छंद को छछूँदर छंद क़रार दिया। बचपन में माँ से सुनी गयी कृतिवास की *रामायण* के संस्कार से माइकेल को यह महाकाव्य लिखने की प्रेरणा मिली और उन्होंने युद्ध में मेघनाद की मृत्यु का प्रसंग चुना। यह वाल्मीकि रामायण का लगभग अछूता प्रसंग था। बांग्ला के मात्रिक छंद (आठ और छह मात्रा के) और पयार छंद (एक पारम्परिक छंद) में लिखा होने पर भी यह रचना किसी भी भारतीय भाषा और साहित्य में मुक्त-छंद का अपूर्व प्रयोग थी। उनकी सर्जनात्मक भाव-भूमि इतनी नयी और प्रयोगात्मक थी कि पुराने संस्कारों की पीढ़ी को समझ में नहीं आ रहा था कि माइकेल राम तथा लक्ष्मण को पीछे धकेल कर मेघनाद को क्यों सामने ला रहे हैं? इस काव्य के राक्षस प्राचीन राक्षसों से भिन्न हैं। वे हमारी तरह ही मनुष्य हैं लेकिन मनुष्य से अधिक बलिष्ठ। *मेघनाद-वध* के कपि भी बालों वाले पशु नहीं हैं, साधारण मनुष्य हैं। राम-सीता भी अवतार नहीं है— साधारण नर-नारी गण के समान हैं। केवल उनकी मनुष्य से अलग एक विशेषता है कि वे तपोबल से देवताओं को प्रत्यक्ष कर सकते हैं। इस काव्य में नौ सर्ग हैं और तीन दिनों और दो रातों की घटनाओं का वर्णन है। वीर रस प्रधान यह कृति काव्यात्मकता में अद्‌भुत है। मेघनाद की पत्नी सुलोचना का मनोहर चरित्र आत्मत्याग की पराकाष्ठा है। इस कृति के नवम् सर्ग में करुण-रस की पराकाष्ठा है। राम-लक्ष्मण की अपेक्षा मेघनाद के चरित्र का उत्कर्ष दिखाया गया है। आर्य-वंश से ज़्यादा अनार्यवंश का पक्ष लिया गया है।

बांग्ला में माइकेल के विरोधी व्यंग्य में पूछते थे कि आमित्राक्षर छंद क्या हैं? सिरफिरे का संगीत है! एक समय था जब ईश्वर चंद विद्यासागर और प्रसिद्ध बांग्ला विद्वान श्रीचंद विद्यारत्न भी आमित्राक्षर का विरोध करते थे। लेकिन इन सभी ने अपनी राय बदली और माइकेल को सराहने लगे। आमित्राक्षर छंद से कवि माइकेल ने छंद की अधीनता न करके छंद को ही अपने अनुकूल बना लिया। रामकृष्ण परमहंस ने कहा कि 'मेघनाद-वध जैसा काव्य बांग्ला में तो है ही नहीं, भारतवर्ष में भी दुर्लभ है। तुम्हारे देश में यदि कोई कुछ नया काव्य करता है तो तुम उसकी हँसी उड़ाकर उसका अपमान करते हो।'

माइकेल राजनारायण दत्त तथा जाह्नवी देवी के इकलौते पुत्र थे। उनका जन्म सागरदांरी गाँव के दत्त परिवार में हुआ। आज यह गाँव बांग्लादेश के जैसोर जनपद में है। सम्पन्नता के कारण माइकेल को बचपन में ग़रीबी का कोई अनुभव नहीं हुआ। गाँव के स्कूल में संस्कृत-बांग्ला के साथ फ़ारसी पढ़ी। मधुसूदन की शिक्षित माँ प्रतिदिन रामायण-महाभारत का पाठ करती थीं, जिसका उनकी सर्जनात्मकता पर गहरा प्रभाव पड़ा। माँ उन्हें मुकुंदराम लिखित *चंडीमंगल* तथा भारतचंद्र रचित *अन्नदामंगल* पढ़ कर सुनाया करतीं। इससे इन कथाओं के कई प्रकरण मधुसूदन को याद हो गये। परिस्थितिवश माइकेल के पिता गाँव छोड़ कर कलकत्ता में बस गये जहाँ उनकी गिनती मशहूर वकीलों में थी। माइकेल एक ब्रिटिश शिक्षा प्रणाली वाले ग्रामर स्कूल पढ़ने गये। पाँच

वर्ष तक वहाँ पढ़ने के बाद हिंदू कॉलेज़ कलकत्ता में पढ़ने भेजे गये। नवजागरण में कलकत्ता के हिंदू कॉलेज की विशेष भूमिका थी। हिंदू कॉलेज में माइकेल फ़ारसी की ग़ज़लें गाते थे और बिशप कॉलेज में जाने के बाद उन्होंने फ़ारसी की कविताओं का अंग्रेज़ी अनुवाद भी किया। हालाँकि माइकेल तो हिंदू कॉलेज़ में डिरोज़ियो के कई वर्ष बाद गये थे लेकिन डिरोज़ियन असर वहाँ था। इसी प्रभाव में उस ज़माने में युवकों के बीच जातिवाद, देवपूजा, देशभक्ति आदि पर बहसें और हिंदू-धर्म परम्पराओं का विरोध होता था। इस परिवेश ने माइकेल को विद्रोही बना दिया। हिंदू-कॉलेज़ में माइकेल ने अंग्रेज़ी तथा गणित में प्रवीणता हासिल की। अपने अध्यापक डेविड लेस्टर रिचर्डसन के प्रभाव में मधुसूदन ने अंग्रेज़ी कविताएँ *द बंगाल स्पेक्टेटर, लिटरेरी ग्लीनर, कलकत्ता लिटरेरी गज़ट* आदि प्रमुख पत्रिकाओं में छपवानी शुरू कीं। सॉनेट लिखने का अभ्यास किया। वर्ड्सवर्थ और बायरन को पढ़ा और सत्रह वर्ष की उम्र में ही नामी कवि बन गये।

मधुसूदन ने कॉलेज़ की पढ़ाई छोड़ने के बाद 1840 में ओल्ड मिशन चर्च में ईपायी धर्म स्वीकार कर लिया। धर्मांतरण की ख़बर ने बंगाली हिंदुओं में ख़लबली मचा दी। माता-पिता भी इस घटना से काफ़ी कष्ट में रहे। माइकेल ने 'द एंग्लो सैक्सन ऐंड द हिंदू' लेख में कहा है कि 'हिंदू पतित हो चुका है— कभी वह फूल-फल वाला छायादार वृक्ष था पर अब उस पर गाज़ गिर गयी है।' यह निबंध उन्होंने धर्मांतरण के काफ़ी समय बाद 1854 में लिखा। अपने एक बहुचर्चित लेख 'इम्पोर्टेंस ऑफ़ एजुकेटिड हिंदू फ़ीमेल्स' में उन्होंने कहा कि हिंदू धर्म में महिलाओं की स्थिति केवल काम-पूर्ति कराने वाली तक रह गयी है। इस स्थिति को बदलना होगा। उन दिनों वे इंग्लैण्ड जाने के लिए बेहद उत्सुक थे और भारत की हर समस्या का हल युरोपीकरण में खोजने लगे थे। एक दिन उन्होंने बिशप कॉलेज़ के दक्षिण भारतीय छात्रों के साथ मद्रास जाने का निर्णय ले लिया। वे समुद्र के रास्ते चार दिनों की यात्रा के बाद मद्रास पहुँचे। ईसाई घर में रहने की जगह मिल गयी और फ्रीडे स्कूल में नौकरी का बंदोबस्त हो गया। वे द्वितीय शिक्षक नियुक्त किये गये। 1848 में रेबेका से शादी की और चार संतानों के पिता बने। उन्होंने रेबेका पर कविताएँ लिखी और कहा, 'उस हँसी को निरखना कितना मधुर है।' कविताओं में वे अब तक मुक्त छंद का प्रयोग करने लगे थे। उन्हें सॉनेट लिखने के लिए जाना जाता था। अंग्रेज़ी में लिखी उनकी सर्वाधिक चर्चित कविता 'द कैप्टिव लेडी' (संयोगिता स्वयंवर) है। इस कविता में पाँच-पाँच पंक्तियों के ग्यारह पद हैं और आरम्भ में 615 चतुष्पदी पंक्तियाँ हैं। आठ वर्ष तक वहाँ रहने के बाद उन्होंने मद्रास छोड़ने का निर्णय लिया।

कलकत्ता लौटने पर माइकेल को रेवरेंड के.एम. बनर्जी का आतिथ्य स्वीकार करना पड़ा। उनके संबंधियों ने ज़मीन-जायदाद पर क़ब्ज़ा कर लिया। माइकेल के मन में गाँव की हुड़क थी और पुराने मित्रों से सम्पर्क की उतावली। उनके पुराने मित्र कलकत्ता के पुलिस मजिस्ट्रेट किशोरी चंद्र मित्र ने उन्हें अपने कार्यलय में लिपिक के रूप में नियुक्ति दे दी। यह कार्य उन्होंने काफ़ी दक्षता से किया। उनमें रचनात्मकता का ज़ोर भी कम नहीं हुआ था। वे अपनी मातृभाषा में लिखने का मन बनाने लगे। उसी समय उन्हें पता चला कि वाहकवाड़ा के राजा और उनके भाई का लगाव नाटक से है। श्री हर्ष के नाटक *रत्नावली* का इन भाइयों ने पण्डित रामनारायण तर्करत्न से बांग्ला में अनुवाद कराया था और मंचन से पहले नाटक का अंग्रेज़ी अनुवाद करवाना चाहते थे। इस पृष्ठभूमि में इस नाटक का अंग्रेज़ी अनुवाद माइकेल ने किया। अनुवाद के दौरान उन्हें स्वयं भी नाटक लिखने की प्रेरणा हुई। इससे पहले वे मद्रास में *रज़िया द इम्प्रेस ऑफ़ इण्डिया* नाटक लिख चुके थे। इस बार माइकेल ने एकाग्र मन से अपना बांग्ला नाटक *शर्मिष्ठा* (1859) लिखा कुछ समय बाद ख़ुद ही उसका अंग्रेज़ी अनुवाद किया। कुछ विद्वानों ने *शर्मिष्ठा* नाटक पर 'विदेशीपन' का आरोप लगाया तो माइकेल ने उसका प्रतिवाद किया। इस नाटक को लेकर एक लम्बा संघर्ष चला। इसके बाद आम आदमी की भाषा में लिखने का मन बनाकर *अललेर घरेर दुलार* की रचना बोलचाल की शैली में की।

कलकत्ता के परिवेश में रचनात्मकता का उत्साह था। इस समय वे *मेघनाद-वध* की सर्जनात्मकता में तन्मय थे। इसी तन्मयता के क्षण में उन्होंने अपना दूसरा नाटक *पद्मावती* (1839) लिखा। यह नाटक एक यूनानी पुराण-गाथा से प्रभावित है। इस नाटक में कवि ने मुक्त छंद के प्रयोग किये। इसके बाद दो नाटक और लिखे *एकेई कि बोले सभ्यता* तथा *बूढ़ी शालिकेर घरे रन*। माइकेल के नाटक मंचित होते तो दर्शकों की भीड़ उमड़ पड़ती थी। नाटकों का व्यंग्य दर्शकों को बहुत भाया। इसी प्रेरणा में 1856 में *तिलोत्तमा सम्भव काव्य* की रचना की। यह काव्य महाभारत की कथा के एक प्रकरण शुंड-उपशुंड राक्षसों पर केंद्रित है। ये दोनों भाई सुंदरी तिलोत्तमा को प्राप्त करने के लिए लड़ते हैं। नाटक में पहली बार मुक्त-छंद का प्रयोग किया गया था। वे अपना अधूरा नाटक *रज़िया बेगम* पूरा करना चाहते थे, लेकिन यह सम्भव नहीं हो सका। मुसलमान रज़िया के नाम पर बंगालियों को भड़कता देखकर उन्होंने *कृष्ण कुमारी* नाटक की रचना की। यह पाँच अंकों का राजपूती (राजस्थानी) नाटक है। इस नाटक के दस वर्षों के बाद *मायाकानन* नाटक लिखा, जिसका मंचन उनकी मृत्यु के बाद ही हो सका। कहते हैं उन्होंने एक नाटक *विष का धनुर्गुण* और लिखा था, जिसे

आर्थिक कष्ट के बाद उन्हें बेचना पड़ा। 1858 से 1862 तक उन्होंने अद्‌भुत सर्जनात्मकता का परिचय दिया। *शर्मिष्ठा* (1859) से लेकर *वीरांगना* (1862) तक का यह सृजन-दौर भारतीय साहित्य में उन्हें अमर बनाने के लिए काफ़ी है।

1862 में बैरिस्टरी की परीक्षा देने के लिए माइकेल समुद्र के रास्ते युरोप गये और ग्रेज़ इन में प्रवेश लिया। चूँकि वकालत के प्रति आंतरिक अनुराग न था इसलिए सफल नहीं हुए। विदेश जाकर फ्रेंच, इतालवी, लैटिन, ग्रीक और पोर्तुगीज़ भाषाओं में प्रवीणता प्राप्त की, लेकिन उनका उपयोग न हो सका। इंग्लैण्ड में विषाद भरा जीवन जिया और कलकत्ता आकर भी आपदाओं में जिये। विपत्ति में मधुसूदन दत्त ने तमाम जगहों से उधार लिया। फ्रांस गये तो ज़ेल भोगनी पड़ी और परिवार को अनाथालय में आश्रय लेना पड़ा। मधुसूदन ने अंततः ईश्वर चंद्र विद्यासागर को करुण-पत्र लिखा। विद्यासागर ने तत्काल धन भेजकर उन्हें बचाया और वे स्वदेश आ सके। कलकत्ता में कुछ दिन हाईकोर्ट में बैरिस्टरी की पर सफल नहीं हुए। युरोप से लौट कर वे छह वर्ष जीवित रहे पर कोई सृजन कार्य नहीं कर सके। बांग्ला के रचनाकारों ने माइकेल पर नौ सौ पृष्ठों में मधुस्मृति ग्रंथ का प्रकाशन किया। योगेंद्रनाथ बसु ने उनका जीवन चरित लिखा। *मेघनाद-वध* इतना समादृत हुआ कि एक वर्ष में ही इस जीवन चरित की एक हज़ार प्रतियाँ बिक गयीं।

देखें : अरविंद घोष, कन्हैयालाल माणिकलाल मुंशी, क़ाज़ी नज़रुल इसलाम, कुमारन् आशान्, गजानन माधव मुक्तिबोध, गोवर्धन राम त्रिपाठी और गुजराती अस्मिता, जय प्रकाश नारायण, प्रेमचंद, फ़क़ीर मोहन सेनापति और ओडिया अस्मिता, बंकिम चंद्र चट्टोपाध्याय, भारतेंदु हरिश्चंद्र, महादेव गोविंद रानाडे, महावीर प्रसाद द्विवेदी, रवींद्रनाथ ठाकुर, राजा राममोहन राय, रामविलास शर्मा, रामचंद्र शुक्ल, रुक्मिणी देवी अरुंडेल, लेव निकोलाइविच तॉल्स्तॉय, विनोबा भावे, वल्लतोल, सच्चिदानंद हीरानंद वात्स्यायन अज्ञेय, सर्वोदय, सुब्रह्मण्य भारती, हजारी प्रसाद द्विवेदी।

संदर्भ

1. अमलेंदु बोस (1983), *माइकेल मधुसूदन दत्त*, भारतीय साहित्य के निर्माता, साहित्य अकादेमी, नयी दिल्ली.
2. डेविड कौफ़ (1965), *ब्रिटिश ओरिएंटलिज़्म ऐंड द बंगाल रिनेसाँ*, कलकत्ता.
6. सुरेश प्रसाद नियोगी (1973), 'मधुसूदन द लाइट ऑफ़ न्यू पैकेट', *चतुष्कोण*, मई.

— **कृष्णदत्त पालीवाल**

माओ त्से-तुंग

(Mao Tse-tung)

चीन की कम्युनिस्ट क्रांति के प्रमुख नेता, चीन लोक गणराज्य के आजीवन अध्यक्ष, राजनीतिक विचारक, दार्शनिक और कवि माओ त्से-तुंग (1893-1976) बीसवीं सदी के उत्तरार्ध में चले तीसरी दुनिया के राष्ट्रीय मुक्ति संग्रामों के सैद्धांतिक प्रेरणा-स्रोत माने जाते हैं। हालाँकि 1917 फ़रवरी और अक्टूबर में हुई दोनों क्रांतियों में मज़दूरों और किसानों का संयुक्त मोर्चा क्रांति में महत्त्वपूर्ण भूमिका अदा कर चुका था, लेकिन माओ से पहले मार्क्सवादी-लेनिनवादी राजनीति आम तौर पर शहरी औद्योगिक समाज में होने वाली रैडिकल गतिविधियों के आईने में ही देखी जाती थी। केवल शहरी औद्योगिक मज़दूरों को ही क्रांतिकारी एजेंसी से सम्पन्न माना जाता था। इसके मुताबिक़ क्रांति को शहरों में सम्पन्न होने के बाद देहात की तरफ़ प्रस्थान करना था। लेकिन, माओ ने इस क्रम को पलट दिया। उन्होंने किसानों में क्रांतिकारी एजेंसी रेखांकित की, उनकी विद्रोही प्रवृत्तियों को मार्क्सवाद-लेनिनवाद के अनुकूल पाया और छापामार लड़ाई पर आधारित दीर्घकालीन लोक-युद्ध की फ़ौजी रणनीति सूत्रबद्ध करते हुए दिखाया कि ग़ैर-औद्योगिक समाजों में क्रांति की अग्रगति देहातों से शहरों की तरफ़ होती है। साठ और सत्तर के दशकों में वियतनाम, लाओस और कम्बोडिया में हुए सत्ता परिवर्तनों पर माओ के विचारों की स्पष्ट छाप देखी जा सकती है। भारत के कम्युनिस्ट आंदोलन में तेलंगाना किसान संघर्ष के ज़माने से ही माओ त्से तुंग का प्रभाव दिखने लगा था जिसकी चरम परणिति 1967 में नक्सलवादी आंदोलन के रूप में सामने आयी। माओवाद के नाम पर आदिवासी इलाक़ों में पनप रहा हथियारबंद आंदोलन आज भी भारतीय राज्य के लिए कड़ी चुनौती पेश कर रहा है। नेपाली कम्युनिस्ट आंदोलन में तो माओ के विचारों की स्थिति केंद्रीय है। पेरू के शाइनिंग पाथ नामक आंदोलन ने भी अपनी प्रेरणाएँ माओ से ही ग्रहण की हैं।

माओ से पहले किसी मार्क्सवादी चिंतक ने क्रांतिकारी राजनीति के फ़ौजी पहलुओं पर सैद्धांतिक रोशनी नहीं डाली थी, और न ही क्रांति को राष्ट्रवादी संघर्ष के साथ जोड़ कर देखा था। चीन में क्रांति की सफलता के बाद माओ की प्रेरणाओं से समाजवाद के निर्माण का जो रास्ता चुना गया, वह भी समाजवाद-निर्माण के प्रचलित मार्क्सवादी प्रयोगों से भिन्न था। इसी प्रक्रिया में माओ ने सरकार का नेतृत्व करने वाली कम्युनिस्ट पार्टी, व्यापक समाज, सशस्त्र सेना और बुद्धिजीवियों के बीच संबंधों के पूरी तरह से नये विन्यास की वकालत की जिसके केंद्र में सतत क्रांति का आग्रह था।

माओ त्से-तुंग (1893-1976)

मार्क्सवादी सिद्धांतकार के तौर पर माओ का सर्वप्रमुख योगदान यह थीसिस है कि क्रांति न तो किसानों-मज़दूरों के राजनीतिक प्रतिनिधियों द्वारा सत्ता हस्तगत कर लेने से ख़त्म होती है, और न ही समाजवाद के निर्माण की किसी मंज़िल पर पहुँचने से। क्रांति को लगातार चलाते रहने की माओवादी धारणा के आधार में द्वंद्वात्मक भौतिकवाद के तहत अंतर्विरोधों की एक भिन्न समझ है। माओ ने अंतर्विरोध को एक-दूसरे के विरोध में खड़े दो असंगत प्रत्ययों के संबंध की तरह नहीं देखा, बल्कि किसी भी शै या किसी भी हालात के भीतर हमेशा और हर समय मौजूद रहने वाले दो घटकों के रूप में उसकी शिनाख़्त की। चाहे वह भौतिकी का कोई नियम हो, या कोई सामाजिक परिघटना हो, या फिर मानवीय विचार-प्रक्रिया हो, माओ ने अंतर्विरोध को किसी भी यथार्थ की बुनियादी प्रकृति अर्थात् शुरुआत से अंत तक उसके अस्तित्व की शर्त की तरह परिभाषित किया। अंतर्विरोधों के बाह्य और आंतरिक रूपों में से माओ ने आंतरिक अंतर्विरोध को प्रमुखता दी और स्पष्ट रूप से कहा कि किसी भी चीज़ के विकास को समझने के लिए उसके भीतरी अंतर्विरोधों और दूसरी चीज़ों से उनके संबंध का अध्ययन ज़रूरी है। माओ का कहना था कि अंतर्विरोध सार्वभौम होते हैं। उनकी अभिव्यक्ति विशिष्ट और पारिवेशिक होती है। अंतर्विरोध का विशिष्ट सार ग्रहण कर लेने से जाना जा सकता है कि एक चीज़ दूसरे से किस तरह से अलग है। लुई अलथुसे के अनुसार माओ के विचार से 'समग्र' महज़ एक अंतर्विरोध के दो पहलुओं के द्वंद्व से विकसित नहीं होता, बल्कि उसमें कई अंतर्विरोध सक्रिय रहते हैं और उनके आपसी रिश्ते बदलते रहते हैं। आज जो प्रधान अंतर्विरोध है, मुमकिन है कि कल वह पीछे चला जाए और कोई और उसकी जगह ले ले।

क्रांति की रणनीति और समाजवादी समाज की रचना के संदर्भ में माओ का एक युगांतरकारी योगदान मास लाइन या जन-दिशा के रूप में जाना जाता है। किसानों के बीच राजनीतिक काम करते हुए माओ ने निष्कर्ष निकाला था कि क्रांतिकारी सामूहिक चेतना, नैतिक प्रेरणाओं और जनता के उत्साह पर भरोसा करते हुए की जाने वाली गोलबंदी से किसी भी तरह के लक्ष्य वेधे जा सकते हैं। न केवल क्रांतिकारी संघर्षों में वर्ग-दुश्मनों को परास्त किया जा सकता है, बल्कि सोवियत शैली के अनुरूप पार्टी-अभिजनों और नौकरशाहों के मार्गदर्शन के बिना भी साम्यवाद की तरफ़ तेज़ी से बढ़ा जा सकता है। इस लिहाज़ से माओ को क्रांतिकारी जन-इच्छा का सिद्धांतकार भी कहा जा सकता है। माओ के इन विचारों के परिणामस्वरूप आगे चल कर चीनी और सोवियत कम्युनिस्ट पार्टियों के बीच समाजवाद के निर्माण के प्रश्न पर सैद्धांतिक वाद-विवाद हुआ जिसे विश्व-कम्युनिस्ट आंदोलन में 'महान बहस' के नाम से जाना जाता है। जन-दिशा की इसी अवधारणा के सहारे माओ ने अर्थव्यवस्था के रूपांतरण का ख़ाका खींचा और राजनीतिक प्रणाली दुरुस्त करने का अभियान चलाया।

26 दिसम्बर, 1893 को हूनान के एक मध्यवित्तीय किसान परिवार में पैदा हुए माओ त्से-तुंग की शुरुआती शिक्षा चांगशा के मिडिल स्कूल में हुई। उनके पिता कनफ़्यूशस के अनुयायी और माँ बौद्ध थीं। जिस समय वे केवल 17 साल के थे, चीन सुन यात-सेन के नेतृत्व में 1911 की राष्ट्रवादी क्रांति के दौर से गुज़रा। क्रांति के कारण मंचू वंश का पतन हो गया और इसके कारण हुई वैचारिक उथल-पुथल के परिणामस्वरूप बहुत से चीनी युवक, छात्र और बुद्धिजीवी पश्चिमी विचारों के प्रभाव में आये। माओ भी उनमें से एक थे। वे पढ़ाई छोड़ कर क्रांतिकारी सेना में भर्ती हो गये। लेकिन यह फ़ौजी नौकरी महज़ छह महीने चली और उन्होंने अपनी शिक्षा पूरी करने का फ़ैसला किया। अध्यापकों को प्रशिक्षित करने वाले एक स्कूल में माओ को न्यू पीपुल्स स्टडी सोसाइटी के साथ जुड़ने और पश्चिमी राजनीतिक विचारों में पारंगत कुछ विद्वानों की सोहबत का मौक़ा मिला। चीन के क्लासिक उपन्यासों और कविताओं का व्यापक अध्ययन वे पहले ही कर चुके थे।

स्नातक बनने के बाद वे पेकिंग गये और वहाँ के विश्वविद्यालय की लाइब्रेरी में सहायक बन गये। यहीं उनका सम्पर्क प्रोफ़ेसर चेन तु-हिसुई और प्रोफ़ेसर ली ता-चाओ से

हुआ। चीनी मार्क्सवाद के संस्थापकों के रूप में इन दोनों ने लेनिन और काउत्स्की की रचनाओं का चीनी भाषा में अनुवाद भी किया था। चेन तो बाद में लम्बे अरसे तक चीनी पार्टी के महासचिव भी रहे। इन्हीं दोनों के सम्पर्क में माओ ने कनफ़्यूशसवाद को आलोचना की कसौटी पर कसा। यही वह समय था जब माओ का मानस बुद्धिवादी, लोकतांत्रिक और अंतर्राष्ट्रीयतावादी विचारों से अनुप्राणित हुआ। 1919 में चार मई आंदोलन के फूटने से पहले माओ पूरी तरह कम्युनिस्ट बन चुके थे, और उनकी पहली रचना 'ऑन द इम्पोर्टेंस ऑफ़ फ़िज़ीकल एजुकेशन' प्रकाशित हो चुकी थी।

चीनी कम्युनिस्ट पार्टी की स्थापना (1921) के समय माओ उसके 12 शुरुआती सदस्यों में से एक थे। पार्टी की सांगठनिक ज़िम्मेदारियाँ निभाते हुए उन्होंने 1925 तक पूरे चीन की व्यापक यात्राएँ कीं और उनका ज़्यादातर समय शहरों और गाँवों के बीच बँटता रहा। उन्होंने हूनान के खान, रेलवे और छापाख़ाना मज़दूरों को भी संगठित किया। चीनी क्रांति के इस पहले चरण में कोमिंटर्न के निर्देशों के तहत कम्युनिस्ट पार्टी वहाँ के राष्ट्रवादी दल कुओमिंगतांग के साथ संयुक्त मोर्चा बनाने की नीति पर चल रही थी। माओ और उनके साथी कम्युनिस्ट नेता आंदोलन की ज़रूरतों के मुताबिक़ इस या उस पार्टी के साथ जुड़ कर काम कर रहे थे। इसी दौरान माओ ने कृषक-प्रश्न में रुचि लेनी शुरू की। 1925 में सुन यात-सेन की मृत्यु के बाद माओ को पहले कुओमिंगतांग के किसान आंदोलन संबंधी विभाग और फिर कम्युनिस्ट पार्टी की किसान शाखा का नेतृत्व करने का मौक़ा मिला। 1926 के दिसम्बर में वे हूनान के किसान विद्रोह का अध्ययन करने के लिए भेजे गये। अगले साल उन्होंने अपनी रपट तैयार करके पार्टी को सौंपी। इस रपट का एक प्रमुख निष्कर्ष यह था कि किसानों में चीन के किसी भी वर्ग के मुक़ाबले अधिक क्रांतिकारी सम्भावनाएँ हैं। इसी वर्ष माओ का लेख 'एनालिसिस ऑफ़ क्लासिज़ इन चाइनीज़ सोसाइटी' प्रकाशित हुआ जिसके विश्लेषण से स्पष्ट था कि किसानों की विद्रोही चेतना की उपेक्षा करना चीनी सामाजिक-राजनीतिक यथार्थ की उपेक्षा करना है।

1927 में कोमिंटर्न के निर्देशों पर चीनी कम्युनिस्टों ने शंघाई, नानकिंग और नानचांग में विद्रोह किये जिनका कुओमिंगतांग के वामपंथी और च्यांग काई शेक के नेतृत्व वाले दक्षिणपंथी धड़ों ने मिल कर निर्मम दमन किया। परिणामस्वरूप हज़ारों कम्युनिस्ट कार्यकर्ताओं को जान से हाथ धोना पड़ा। संयुक्त मोर्चे का अंत कर देने वाले च्यांग के इस हमले से कम्युनिस्ट पार्टी की तक़रीबन कमर ही टूट गयी। पहलक़दमी वापस जीतने के लिए कम्युनिस्ट पार्टी ने चार प्रांतों में किसान विद्रोहों की योजना बनायी। माओ को हूनान के किसानों का नेतृत्व करने के लिए भेजा गया। लेकिन हूनान में कम्युनिस्ट फ़ौज को बुरी तरह से पराजित होना पड़ा। माओ किसी तरह बच निकले और बची हुई फ़ौज के साथ चिंगकांगशान की पहाड़ियों में शरण लेने में कामयाब रहे। अगले साल चू तेह की फ़ौजों के साथ मिल कर माओ ने कियांगसी सोवियत की स्थापना की। अपने इसी तजरुबे के आधार पर माओ की दो मशहूर रचनाएँ सामने आयीं : 'चीन में लाल राज-सत्ता क्यों टिक सकती है ?' और 'चिंगकांग पहाड़ियों में संघर्ष'।

इसके बाद माओ ने देहाती इलाक़े से अपनी वापसी नहीं की और पार्टी की तरफ़ से दिया गया शंघाई जा कर काम करने का निर्देश ठुकरा दिया। चाउ ऐन लाई और चू तेह के साथ उन्होंने पहाड़ों में अपना आधार बनाया, और दो-तरफ़ा राजनीतिक संघर्ष छेड़ा जिसमें च्यांग काई शेक के हमलों के ख़िलाफ़ लड़ने के साथ-साथ कोमिंटर्न द्वारा कम्युनिस्ट पार्टी पर थोपे गये नेतृत्व के ख़िलाफ़ लड़ाई भी शामिल थी। 1928 से 1931 के बीच माओ ने कम्युनिस्टों की किसान नीति का सूत्रीकरण किया और क्रांतिकारी लाल आधार इलाक़े बनाने का आह्वान किया। कियांगसी सोवियत नष्ट करने के लिए च्यांग काई शेक द्वारा चलाई गयी पाँच घेराबंदी मुहिमों से जूझते हुए 1934 में माओ को अपनी फ़ौजें लेकर ऐतिहासिक लम्बी कूच करनी पड़ी जिसका विजयी अंत शेंसी प्रांत में येनान का आधार इलाक़ा बनाने में हुआ। अब तक माओ कम्युनिस्ट पार्टी के सर्वोच्च नेता बन चुके थे। येनान से ही उन्होंने पार्टी और लाल फ़ौज का नेतृत्व किया। इसी प्रक्रिया में माओ की कई रचनाएँ सामने आयीं। 1937 में 'अंतर्विरोधों के बारे में', 1938 में 'दीर्घकालीन लोकयुद्ध के बारे में' और 'युद्ध और रणनीति की समस्याएँ', 1940 में 'नव-जनवाद के बारे में' का प्रकाशन हुआ।

जापानी आक्रमणकारियों के ख़िलाफ़ राष्ट्रवाद की पताका बुलंद करते हुए कुओमिंगतांग के साथ संयुक्त मोर्चा बनाने, और साथ में च्यांग काई शेक की कम्युनिस्ट विरोधी मुहिमों के ख़िलाफ़ लड़ते रहने की पेचीदा प्रक्रिया से गुज़रते हुए अंततः 1949 में चीन की कम्युनिस्ट क्रांति माओ के नेतृत्व में सफलता के मुक़ाम पर पहुँची। चीनी समाज और अर्थव्यवस्था के आधुनिकीकरण के लिए शुरुआती दौर में सोवियत तर्ज़ पर केंद्रीय नियोजन, भारी उद्योगीकरण और खेती के सामूहिकीकरण का तरीक़ा अपनाया गया। लेकिन जल्दी ही साफ़ हो गया कि सोवियत संघ की मदद के दम पर चीन अपना विकास नहीं कर सकता। प्रगति की रफ़्तार तेज़ करने और जल्दी से जल्दी औद्योगिक देशों की बराबरी कर लेने के मक़सद से माओ ने 'लम्बी छलाँग' लगाने का आह्वान किया। 1958 में उन्होंने आर्थिक विकेंद्रीकरण किया और पूँजी-सघनता के बजाय श्रम-सघनता के आधार पर छोटे पैमाने के औद्योगिक उत्पादन की शुरुआत की। स्थानीय स्तर पर कम्यूनों की स्थापना की गयी। इस नीति के इच्छित नतीजे नहीं निकले, और चीन को आर्थिक धक्के के साथ-साथ एक भीषण अकाल से भी गुज़रना पड़ा। साल के आख़िर में पार्टी

ने लम्बी छलाँग की नीति वापिस ली, और माओ को चैयरमेन पद से त्यागपत्र देना पड़ा। इस राजनीतिक धक्के के बावजूद माओ की निर्देशन में चीनी कम्युनिस्ट पार्टी ने सोवियत पार्टी के साथ बहस जारी रखी जिसका अंत सोवियत संशोधनवाद की भर्त्सना सोवियत संघ को सामाजिक साम्राज्यवादी क़रार देने में निकला। माओ के नाम से एक तीन दुनिया का सिद्धांत भी प्रचलित है जिसमें एशिया, अफ्रीका और लातीनी अमेरिका के बहुत से मार्क्सवादी विश्व-क्रांति की सम्भावनाएँ देखते हैं। माओ ने इस विषय में कोई सुचिंतित लेख नहीं लिखा था। इधर-उधर कुछ विदेशी मेहमानों से बातचीत के दौरान कहे गये कुछ फ़िकरे जरूर देखने को मिलते हैं। समझा जाता है कि माओ को सामने रख कर शायद तेंग शिआयो पिंग ने इस सिद्धांत को प्रचारित किया है।

1966 से 1969 के बीच चीन माओ के नेतृत्व में सांस्कृतिक क्रांति की ज़बरदस्त उथल-पुथल से गुज़रा। इसके पीछे माओ का मक़सद पार्टी और सरकार पर हावी होते जा रहे अभिजन और नौकरशाहाना रवैये को दुरुस्त करके जन-दिशा लागू करना था। माओ ने इसे 'मुख्यालय पर बमबारी' की संज्ञा दी। सांस्कृतिक क्रांति के तहत स्कूलों में दाखिले रोक दिये गये और शिक्षा के सम्पूर्ण सर्वहाराकरण का वायदा किया गया। बौद्धिक कार्य पर शारीरिक श्रम के महत्त्व को स्थापित किया गया। छात्र-कार्यकर्त्ता रेड गार्डों के रूप में संगठित किये गये। माओ ने उन्हें राजसत्ता पर क़ब्ज़ा करने का आदेश दिया और जन-मुक्ति सेना से उनका समर्थन करने के लिए कहा। चाऊ एन लाई को छोड़ कर पार्टी के हर बड़े नेता को रेड गार्डों ने सार्वजनिक रूप से अपनी आलोचना करने के लिए मजबूर किया। इस पूरी प्रक्रिया में माओ की हैसियत 'महान खेवनहार' के रूप में उभरी जिसका नतीजा व्यक्ति-पूजा में निकला। उनके उद्धरणों से भरी हुई लाल किताब एक धार्मिक गुटके की तरह पढ़ी जाने लगी। सांस्कृतिक क्रांति के आलोचकों का कहना है कि तीन साल की वह अवधि रेड गार्डों के आतंक, अव्यवस्था और अराजकता की थी।

सांस्कृतिक क्रांति का प्रकरण ख़त्म हो जाने के बाद माओ ने एक बार फिर सारी दुनिया का ध्यान अपनी ओर उस समय खींचा जब 1972 में उन्होंने अमेरिकी राष्ट्रपति रिचर्ड निक्सन के साथ संयुक्त विज्ञप्ति जारी करके सोवियत संघ विरोधी मोर्चा बना कर विश्व के शक्ति-संतुलन को एकदम बदल डाला। नौ सितम्बर, 1976 को लम्बी बीमारी के बाद माओ का निधन हुआ।

देखें : कार्ल हाइनरिख़ मार्क्स-1 से 4 तक, मार्क्सवाद- 1 से 5 तक, चीन की कम्युनिस्ट क्रांति, नयी सदी में मार्क्सवाद-1 से 9 तक, भारत की कम्युनिस्ट पार्टी, भारत की कम्युनिस्ट पार्टी (मार्क्सवादी), भारत में किसान आंदोलन-1 से 4 तक, माओ त्से-तुंग, लेनिनवाद, लियोन ट्रॉट्स्की, लिबरेशन थियोलॉजी, व्लादिमिर इलीच लेनिन, सांस्कृतिक क्रांति, स्तालिन और स्तालिनवाद, सोवियत समाजवाद-1, 2 और 3।

संदर्भ

1. फ्रेंज़ मिशेल (1981), *माओ ऐंड परपीचुअल रेवोल्यूशन*, वुडबरी, न्यूयॉर्क.
2. रेबेका ई. कार्ल (2010), *माओ त्से-तुग ऐंड चाइना इन द ट्वेंटियथ सेंचुरी वर्ल्ड*, ड्यूक युनिवर्सिटी प्रेस, डरहम, एनसी.
3. स्टुअर्ट स्क्रैम (1966), *माओ त्से-तुंग*, पेंगुइन बुक्स, हारमंड्सवर्थ.
4. माओ त्से-तुंग (1966), *फ़ोर एसेज़ इन फ़िलॉसफ़ी*, फ़ॉरेन लेंग्वेज प्रेस, पेइचिंग.

— **अभय कुमार दुबे**

माओ-विचार और माओवाद

(Mao Thought and Maoism)

चीनी कम्युनिस्ट क्रांति के नेता माओ त्से तुंग के साथ जुड़े होने के कारण आम बोलचाल में माओवाद और माओ-विचार को एक-दूसरे का पर्याय समझ लिया जाता है। लेकिन इन दोनों के बीच न केवल सूत्रीकरण संबंधी अंतर है, बल्कि इनके स्रोतों और उभार के कालखण्ड में भी फ़र्क़ है। माओ-विचार के पैरोकारों के मुताबिक़ यह मार्क्सवाद-लेनिनवाद का एक पूरक सिद्धांत है, और माओवाद के अनुयायियों ने उसे मार्क्सवाद-लेनिनवाद की एक नयी मंज़िल मान लिया है। इस विषय में नब्बे के दशक से पहले लिखी गयी रचनाओं में अक्सर माओवाद शब्द का प्रयोग किया गया है, लेकिन उन्हें पढ़ने पर स्पष्ट हो जाता है कि दरअसल वे माओ-विचार की ही चर्चा कर रही हैं। हालाँकि नब्बे के दशक के बाद भी इन दोनों के बीच घालमेल की प्रवृत्ति देखी गयी है, लेकिन अब माओ-विचार और माओवाद को अलग-अलग करके देखने वाले विश्लेषण भी उत्तरोत्तर सामने आने लगे हैं।

माओ-विचार मार्क्सवाद-लेनिनवाद के चीनी परिस्थितियों में प्रयोग की देन होने के साथ-साथ तीसरी दुनिया के देशों में क्रांतियाँ करने की थियरी है। इसका सिद्धांतीकरण मुख्यत: दो अवधियों में सम्पन्न हुआ। पहला दौर 1921 में चीनी कम्युनिस्ट पार्टी की स्थापना से लेकर 1949 में चीन लोक गणराज्य की स्थापना तक चली सशस्त्र क्रांति की दीर्घकालीन प्रक्रिया का था। इस दौर में माओ-विचार का अर्थ था औद्योगिक विकास से वंचित और उपनिवेशवाद से त्रस्त खेतिहर देश में लोकतंत्र के नये रूपों (नव-जनवाद) की स्थापना करना और मार्क्सवादी विचारधारा के दायरे में किसानों को मज़दूर वर्ग के समकक्ष एक क्रांतिकारी शक्ति के रूप में

स्थापित करना। दूसरा दौर 1949 से शुरु हुआ जिसमें किसानों के देश में समाजवाद की स्थापना की रैडिकल परियोजना चलाई गयी। इस दौर में माओ के नेतृत्व में चीनी कम्युनिस्ट पार्टी ने समाजवाद का निर्माण करने के सोवियत तौर-तरीक़ों की आलोचना करते हुए अपने विशिष्ट मार्क्सवाद-लेनिनवाद का सूत्रीकरण किया। इस प्रक्रिया में साठ के दशक से मार्क्सवाद-लेनिनवाद-माओ विचार के नाम से एक नयी वैचारिक प्रवृत्ति का उत्थान हुआ जिसने सारी दुनिया में यथास्थिति को चुनौती देने वाले रैडिकल और क्रांतिकारी आंदोलनों पर गहरा असर डाला। भारत में भी नक्सलवादी आंदोलन के जन्म और विकास का श्रेय इसी को जाता है।

माओ-विचार से मिलता-जुलता लेकिन कई अर्थों में भिन्न माओवाद मुख्यत: एक उत्तर-माओ परिघटना है। 1976 में माओ का देहांत हुआ। उसके बाद 1978 से चीनी कम्युनिस्ट पार्टी का नया नेतृत्व क्रमश: माओ की भूमिका और विरासत से ख़ुद को दूर करता चला गया। चीनी समाजवाद के दायरे में माओ की उपस्थिति केवल तकनीकी भर रह गयी। आधुनिकीकरण के नाम पर चीन ने अर्थव्यवस्था में बाज़ार के पहलुओं का उत्तरोत्तर समावेश करना शुरू किया। इसकी प्रतिक्रिया में अस्सी और नब्बे के दशकों में दुनिया के कई देशों में ख़ुद को माओवादी कहने वाली पार्टियों की शुरुआत हुई। हालाँकि कुल मिला कर यह एक छोटी प्रवृत्ति थी, लेकिन पेरू में शाइनिंग पाथ नाम के संगठन और नेपाली कम्युनिस्टों (जिनके एक धड़े ने 1986 से ख़ुद को माओवादी कहना शुरू कर दिया था) द्वारा चलाये गये सशस्त्र संघर्ष की चमक के कारण इस रुझान को सुर्ख़ियाँ मिलती रहीं। 12 मार्च, 1984 में अंतर्राष्ट्रीय स्तर पर एक रेवोल्यूशनरी इंटरनेशनलिस्ट मूवमेंट (आरआईएम) का गठन किया गया। इसमें ईरान, भारत, श्रीलंका, इटली, कोलम्बिया, पेरू, तुर्की, हैती, नेपाल, न्यूज़ीलैण्ड, ब्रिटेन, अमेरिका और डोमिनिकन रिपब्लिक में सक्रिय ऐसे 17 संगठन शामिल थे जिनकी मान्यता थी कि माओ का विचार आज के ज़माने में मार्क्सवाद-लेनिनवाद की सर्वोच्च अभिव्यक्ति है, इसलिए अब इसे माओ-विचार की सीमाओं को लाँघ कर हमें माओवाद को विचारधारा के रूप में स्वीकृत कर लेना चाहिए। फ़िलीपीन की माओवादी कम्युनिस्ट पार्टी इसमें शामिल नहीं हुई, लेकिन आरआईएम ने इसका समर्थन किया।

1984 में आरआईएम के गठन से पहले भी माओ विचार के समर्थकों के बीच भी कभी-कभी यह बहस उठती रहती थी कि क्यों न ख़ुद को माओवादी कहा जाए। लेकिन मार्क्सवादी-लेनिनवादी-माओ विचार के अनुयायियों ने हमेशा माओवाद का लक़ब अपनाने से हमेशा परहेज़ किया। इस तरह से माओ के सूत्रीकरणों को बुलंद करने का दावा करने वाली ये दो प्रवृत्तियाँ आम तौर पर अलग-अलग ही रहीं।

सूत्रीकरण के लिहाज़ से माओ-विचार एक कहीं सुसंगत धारा के रूप में सामने आता है। इसका शुरुआती रूप मास्को स्थित तीसरे कम्युनिस्ट इंटरनैशनल (कोमिंटर्न) द्वारा थोपी गयी कार्यदिशा का माओ त्से तुंग के नेतृत्व में विरोध करते हुए चीन में क्रांति का अलग रास्ता तय करने के दौरान बना। चीन की सीमाओं से परे माओ-विचार को उसका अंतर्राष्ट्रीय रूप तब मिला जब माओ ने सोवियत मार्क्सवाद की विस्तृत आलोचना पेश करते हुए विश्व-क्रांति का एक ख़ाका बनाया।

कोमिंटर्न का विचार था कि च्यांग काई शेक और उनकी पार्टी कुओमिंगतांग के नेतृत्व में चीन का पूँजीपति वर्ग क्रांतिकारी चरित्र से लैस है। इसलिए कम्युनिस्टों को उसकी अगुआयी में मज़दूरों और किसानों का मोर्चा बना लेना चाहिए। 1927 में च्यांग द्वारा चलाये गये कम्युनिस्ट विरोधी अभियान के कारण धक्का खाने के बाद माओ के मार्गदर्शन में कम्युनिस्ट पार्टी ने यह लाइन अस्वीकार कर दी। माओ का विचार था कि चीन जैसे पिछड़े देश में समाजवाद का निर्माण करने के लिए पूँजीपति वर्ग पर निर्भर नहीं रहा जा सकता, क्योंकि उसका चरित्र प्रतिगामी हो चुका है। इसके लिए एक नये तरह के लोकतंत्र की स्थापना करनी होगी जिसका नेतृत्व सीधे किसानों और मज़दूरों के हाथों में होगा। यह लोकतंत्र जनता की भौतिक स्थितियाँ बेहतर करने का काम करेगा ताकि समाजवादी विकास के लिए रास्ता साफ़ किया जा सके। माओ की इस थीसिस को न्यू-डैमोक्रैसी या नव-जनवाद कहा जाता है।

क्रांति करने के लिए माओ ने दीर्घकालीन लोकयुद्ध की रणनीति अख़्तियार की। इसके तहत ग्रामों में आधार इलाक़े बनाये गये, ज़मींदारों की ज़मीन पर क़ब्ज़ा करके किसानों में बाँट दी गयी, जनमुक्ति सेना के ज़रिये आज़ाद किये गये क्षेत्रों को परस्पर सहकार पर आधारित कम्यून की शक्ल में आत्मनिर्भर और स्वशासित प्रदेशों की तरह संचालित किया गया, और देहाती इलाक़ों में अपनी ताक़त बढ़ाते हुए शहरों की फ़ौजी घेरेबंदी की गयी। इस पूरी प्रक्रिया में जो राजनीतिक, आर्थिक, सामाजिक, सांस्कृतिक और वैचारिक संघर्ष चला, उससे माओ विचार का एक और प्रमुख सिद्धांत निकला जिसे मास लाइन या जन-दिशा के नाम से जाना जाता है। यह माओ का दूसरा विशेष योगदान था जिसके तहत लेनिनवादी सांगठनिक उसूल लोकतांत्रिक केंद्रवाद के आधार पर बनायी गयी पार्टी को जनता के साथ एकाकार होना था। इसी प्रक्रिया में माओ-विचार का तीसरा घटक सामने आया जो फ़ौजी आयाम की नुमाइंदगी करता था। माओ अपने समय

के पहले मार्क्सवादी चिंतक थे जिन्होंने फ़ौजी पहलुओं को सिद्धांतबद्ध किया। उन्होंने छापामार युद्ध की रणनीति का सूत्रीकरण किया। कम्युनिस्ट पार्टी ने जो जन-मुक्ति सेना बनायी, वह ग़रीब चीनी किसानों के बीच से बनायी गयी थी। इस सेना ने लम्बी कूच जैसा ऐतिहासिक युद्ध लड़ा और जापान विरोधी राष्ट्रीय युद्ध लड़ते समय कुओमिंगतांग की सेनाओं के साथ एकता और संघर्ष की जटिल रणनीति पर सफलता से अमल करके दिखाया।

क़रीब तीस साल की लम्बी अवधि में अपनायी गयी कार्यनीतियाँ, रणनीतियाँ और विचारधारात्मक नवाचार के ज़रिये बना माओ-विचार चीन के भीतर ही नहीं चीन के बाहर भी क्रांतिकारी आंदोलनों का प्रेरणास्रोत उस समय बन गया जब माओ ने क्रांति के बाद चीन में समाजवाद की रचना के लिए सोवियत संघ से अलग रास्ते की तजवीज़ की। 1958 से 1976 के बीच माओ ने लम्बी छलाँग और फिर सांस्कृतिक क्रांति की परियोजनाएँ चलाईं। लम्बी छलाँग का मक़सद था किसान जनता की गोलबंदी करने के ज़रिये औद्योगिक उत्पादन में ब्रिटेन और फिर अमेरिका की बराबरी कर लेना। सांस्कृतिक क्रांति का मक़सद था पार्टी के भीतर पनप रही पूँजीवादी शासकवर्गीय प्रवृत्तियों को नष्ट करने के लिए आम जनता के हाथों में सत्ता की बागडोर थमा देना। माओ ने सोवियत संघ को सामाजिक साम्राज्यवादी क़रार देते हुए विश्व में शक्ति संतुलन की अलग व्याख्या भी की जिसे तीन दुनिया के सिद्धांत के रूप में जाना जाता है।

माओ-विचार के विकास को सिलसिलेवार इस तरह पेश किया जा सकता है :

1. अगर कोई देश पूँजीवादी विकास के लिहाज़ से पिछड़ा है और उसकी अधिकतर जनता ग़रीब किसान है, तो क्रांतिकारी आंदोलन को शहरी सर्वहारा के बजाय किसानों के समर्थन आधार पर ही खड़ा होना होगा। यह मार्क्सवाद-लेनिनवाद में माओ का नया योगदान था, क्योंकि पारम्परिक मार्क्सवादी चिंतन किसानों में क्रांतिकारी एजेंसी देखने के लिए तैयार नहीं था।

2. क्रांति विभिन्न चरणों में होगी, लेकिन वह परस्पर-व्यापी शैली में सतत चलती रहेगी। पूँजीपति वर्ग के नेतृत्व में जनवादी क्रांति होती है, लेकिन मज़दूरों-किसानों के नेतृत्व में नव-जनवादी क्रांति होगी। इसका रास्ता और रणनीति दीर्घकालीन लोकयुद्ध होगा। गाँवों में आधार इलाक़े बना कर शहरों को घेरा जाएगा। इस प्रक्रिया में सच्चे साम्राज्यवाद विरोधी राष्ट्रवाद का झण्डा बुलंद करना होगा।

3. पार्टी लोकतांत्रिक केंद्रवाद के आधार पर ही चलेगी, पर उसे जन-दिशा के साथ एकमेक किया जाएगा ताकि केंद्रवाद लोकतंत्र पर हावी न हो जाए।

4. समाज और राजनीति की समझ अंतर्विरोधों के ज़रिये की जानी चाहिए। अंतर्विरोधी पहलुओं के बीच संघर्ष के ज़रिये ही जीवन और समाज का रुख तय होता है। चूँकि अंतर्विरोध एक-दूसरे से भिन्न होते हैं, इसलिए उनका हल भी अलग-अलग तरीक़े से होना चाहिए। जनता के बीच पाये जाने वाले अंतर्विरोधों का चरित्र मित्रतापूर्ण होता है। लेकिन जनता और जनविरोधी ताक़तों के बीच पाये जाने वाले अंतर्विरोध शत्रुतापूर्ण होते हैं। अंतर्विरोधों के इन चरित्रों की पहचान करते हुए हर मौक़े पर प्रधान व गौण अंतर्विरोध में फ़र्क़ करना होगा।

5. क्रांति की सफलता के बाद सत्तारूढ़ हुई कम्युनिस्ट पार्टी के भीतर नौकरशाहाना और शोषणकारी प्रवृत्तियाँ हावी हो जाती हैं। उनके ख़िलाफ़ लगातार संघर्ष चलाते रहना ज़रूरी है। पार्टी जनता के लिए होती है, न कि जनता पार्टी के लिए। इस अंतिम उसूल पर लगातार निगाह टिकाये रहनी होगी।

6. केवल अमेरिका ही साम्राज्यवादी नहीं है, बल्कि सोवियत संघ भी सामाजिक साम्राज्यवाद में पतित हो गया है। सारी दुनिया तीन ख़ेमों में बँटी हुई है। अमेरिका और सोवियत संघ पहले विश्व की श्रेणी में आते हैं। जापान, युरोप के विकसित देश, ऑस्ट्रेलिया और कनाडा दूसरे विश्व हैं। ये दोनों विश्व साम्राज्यवादी हैं, पर इनमें पहला विश्व मुख्य तौर पर आक्रामक है। बाक़ी दुनिया तीसरे विश्व की श्रेणी में आती है, और साम्राज्यवाद से पीड़ित है। पहले और दूसरे विश्व की ताक़तें मिल-जुल कर समाजवादी क्रांति में बाधक बनी हुई हैं। इसलिए क्रांति होने की सम्भावना तीसरे विश्व के देशों में ही है।

माओवाद ख़ुद को माओ-विचार से भिन्न नहीं बताता, लेकिन वह उसे मार्क्सवाद-लेनिनवाद के अनुषंगी सिद्धांत के रूप में न देख कर अपने-आप में एक सम्पूर्ण वाद के तौर पर देखता है। माओवाद की केंद्रीय थीसिस इस प्रकार है : वर्तमान युग साम्राज्यवाद की पूर्ण विनाश और समाजवाद की विश्वव्यापी विजय का है। तीसरी दुनिया के अर्धसामंती और अर्धऔपनिवेशिक देशों में क्रांति की परिस्थिति हमेशा तैयार रहती है। ज़रूरत केवल एक माओवादी पार्टी का गठन करके हथियारबंद क्रांति छेड़ देने की है। इस केंद्रीय थीसिस के बावजूद माओवादी संगठनों के बीच क्रांति के रास्ते को लेकर गहरे मतभेद हैं। 1984 में बने रेवोल्यूशनरी इंटरनैशनलिस्ट मूवमेंट की एकता बहुत थोड़े दिन ही क़ायम रह सकी। इस समय वह मतभेदों के कारण पूरी तरह से निष्क्रिय पड़ा हुआ है। 21 जुलाई, 2001 को दक्षिण एशिया की विभिन्न माओवादी पार्टियों और संगठनों ने कोआर्डिनेशन कमेटी ऑफ़ माओइस्ट पार्टीज़ ऐंड ऑर्गनाइज़ेशंस इन साउथ एशिया (कॉमपोसा) का गठन

किया। इसमें नेपाल, भारत, श्रीलंका, भूटान, बांग्लादेश के संगठन शामिल हुए। इस संगठन की बागडोर नेपाली माओवादियों के हाथों में रही। 21 सितम्बर, 2004 को भारत के माओवादी संगठनों ने मिल कर भारत की कम्युनिस्ट पार्टी (माओवादी) का गठन किया।

मुख्य तौर पर माओवाद सशस्त्र संघर्ष को सर्वोच्च प्रमुखता देने और संघर्ष के अन्य रूपों को व्यवहार में ख़ारिज कर देने के आग्रह के लिए जाना जाता है। भारत के माओवादी आंदोलन और नेपाल के माओवादी आंदोलन में भी लोकतांत्रिक संघर्ष और हथियारबंद लड़ाई के बीच तालमेल क़ायम करने या न करने के सवाल को लेकर गहरे मतभेद हैं। लातीनी अमेरिका के देशों की सामाजिक परिस्थिति चीन, भारत या नेपाल से भिन्न है, इसलिए वहाँ के माओवादी छापामार युद्ध की प्रेरणाओं के अलावा चीनी अनुभव से ज़्यादा कुछ नहीं ले सकते। इसी तरह युरोप में ख़ुद को माओवादी कहने वाली शक्तियाँ क्रांतिकारी शुद्धता और उसके लोकलुभावन रुझानों से अधिक प्रभावित हैं। वैसे भी वहाँ के सामाजिक हालत दक्षिण एशियाई देशों से एकदम अलग हैं। आज सोवियत संघ (जिसे माओ ने सामाजिक साम्राज्यवादी और अमेरिका से भी ताक़तवर क़रार दिया था) दुनिया के नक़्शे से मिट चुका है। एक फ़ौजी महाशक्ति के रूप में अमेरिका का अभी भी वर्चस्व है, पर एक आर्थिक महाशक्ति के रूप में उसकी ताक़त प्रश्नांकित हो रही है। वित्तीय पूँजी के भूमण्डलीकरण के ख़िलाफ़ दुनिया के पैमाने पर चल रहे लोकतांत्रिक संघर्ष के लिए माओ-विचार की प्रेरणा तो तर्कसंगत लगती है, पर माओवाद की छाप वाले सशस्त्र संघर्ष के ग्लोबल विकास की सम्भावनाएँ क्षीण प्रतीत होती हैं।

देखें : कार्ल हाइनरिख़ मार्क्स-1 से 4 तक, मार्क्सवाद- 1 से 5 तक, चीन की कम्युनिस्ट क्रांति, नयी सदी में मार्क्सवाद-1 से 9 तक, नेपाली माओवाद, भारत की कम्युनिस्ट पार्टी, भारत की कम्युनिस्ट पार्टी (मार्क्सवादी), भारत में किसान आंदोलन-1 से 4 तक, माओ त्से-तुंग, लेनिनवाद, लियोन ट्रॉट्स्की, लिबरेशन थियोलॉजी, व्लादिमिर इलीच लेनिन, सांस्कृतिक क्रांति, स्तालिन और स्तालिनवाद, सोवियत समाजवाद-1, 2 और 3.

संदर्भ

1. बर्नार्ड डिमेलो (2009), 'व्हाट इज़ माओइज़म ?', *मंथली रिव्यू*, 22 नवम्बर.
2. समीर अमीन (1989), *द फ़्यूचर ऑफ़ माओइज़म*, रेनबो पब्लिशर्स, नयी दिल्ली.
3. माओ त्से तुंग (1965), *संकलित रचनाएँ (चार भाग)*, अनु. रामआसरे, करेंट बुक डिपो, कानपुर.
4. माओ त्से तुंग (1965), *चुनी हुई फ़ौजी रचनाएँ*, अनु. रामआसरे, करेंट बुक डिपो, कानपुर.
5. तिलक दासगुप्ता (2006), 'माओइज़म इन इण्डिया : आइडियॉलॉजी, प्रोग्राम, ऐंड आर्म्ड स्ट्रगल', *इकॉनॉमिक ऐंड पॉलिटिकल वीकली*, खण्ड 41, अंक 29.
6. प्रसन्न कुमार चौधरी (2009), 'माओवाद का वैचारिक-राजनीतिक परिप्रेक्ष्य', *प्रभात ख़बर*, दीपावली अंक.

— **अभय कुमार दुबे**

माओवाद, नेपाल में

(Maoism in Nepal)

पिछले दो दशकों में नेपाल में माओवादियों के उभार और उनके द्वारा पूरे राज्य-तंत्र को अपनी माँगें स्वीकार करने लिए मजबूर करना सिर्फ़ दक्षिण एशिया ही नहीं बल्कि पूरी दुनिया के लिए एक अहम घटनाक्रम है। 1995 में नेपाल में माओवादियों ने कम्युनिस्ट पार्टी ऑफ़ नेपाल (माओइस्ट) (सीपीएन-एम) के नाम से अपनी पार्टी गठित की। इस दल ने नेपाली राजनीति की शक्ल ही बदल दी। नेपाल में माओवाद का प्रयोग इसलिए भी महत्त्वपूर्ण माना जाता है क्योंकि प्रारम्भ में संसदीय राजनीति का विरोध करने के बाद बाद के वर्षों ने माओवादियों ने लोकतांत्रिक राजनीति की रूपरेखा को स्वीकार किया।

नेपाल की कम्युनिस्ट ताक़तें कई दलों में बँटी हुई थीं। कम्युनिस्ट पार्टी ऑफ़ नेपाल का गठन 1949 में हुआ। पहले चुनावों में इसे चार सीटों पर जीत मिली और इसी के साथ माओवादी आंदोलन की भी शुरुआत हुई। लेकिन इसका आधार बहुत सीमित था और यह कई छोटे समूहों में बँटा हुआ था। नेपाल में 1991 में एक नया संविधान अपनाया गया। इसमें बहुदलीय व्यवस्था की गारंटी दी गयी। इसके पहले तक अधिकांश कम्युनिस्ट पार्टियों ने भूमिगत रह कर ही अपनी गतिविधियाँ चलाई थीं। एक बहुदलीय विपक्ष बनाने की कोशिश में बहुत सारे कम्युनिस्ट गुटों ने मिलकर कम्युनिस्ट पार्टी ऑफ़ नेपाल (यूनाइटेड मार्क्सिस्ट लेनिनिस्ट) यानी सीपीएन-यूएमएल का गठन किया। इसके साथ ही राजशाही के ख़िलाफ़ लोकतंत्र की स्थापना के लिए संघर्ष में अन्य कम्युनिस्ट पार्टियों ने मिल कर यूनाइटेड लेफ़्ट फ्रंट का गठन किया जिसने लोकतंत्र की स्थापना के संघर्ष में नेपाली कांग्रेस पार्टी के साथ मिलकर संघर्ष किया। इस संयुक्त मोर्चे के दो दलों कम्युनिस्ट पार्टी ऑफ नेपाल (मार्क्सिस्ट) और कम्युनिस्ट पार्टी ऑफ़ नेपाल (मार्क्सिस्ट-लेनिनिस्ट) के विलय से 1991 में कम्युनिस्ट पार्टी ऑफ़

नेपाल का गठन हुआ।

विपक्षी दलों के लगातार आंदोलन के कारण ही नेपाल में बहुदलीय संसदीय लोकतंत्र की बहाली हुई। इसमें विभिन्न दलों के सलाह-मशविरे से 1991 में नये संविधान का निर्माण हुआ। इसके अंतर्गत स्थापित व्यवस्था में नेपाल की स्थिति लोकतंत्र स्थापना के पहले की स्थिति से काफ़ी अच्छी बेहतर हो गयी। लेकिन संसदीय लोकतंत्र नेपाल में बहुत स्थिर नहीं हो पाया, न ही बुनियादी आर्थिक बदलाव पर केंद्रित कोई सामाजिक-आर्थिक कार्यक्रम लागू हो पाया। इस दौर में कम्युनिस्टों ने अपनी शक्ति में बढ़ोतरी की। यही वह समय था जब पुष्प कुमार दहल, जिन्हें प्रचंड के नाम से भी जाना जाता है, कम्युनिस्ट पार्टी ऑफ़ नेपाल (मशाल) का नेतृत्व कर रहे थे। वे संसदीय राजनीति को ही पूरी तरह ख़ारिज करते थे। कई कम्युनिस्ट समूहों के साथ मिलकर प्रचंड ने 1991 में यूनाइटेड कम्युनिस्ट फ्रंट (एसजेएम) की स्थापना की। यद्यपि प्रचंड संसदीय लोकतंत्र के समर्थक नहीं थे, लेकिन एसजेएम ने संसदीय चुनावों में भाग लिया और 1991 में यह तीसरे सबसे बड़े समूह के रूप में उभरा।

पुष्प कुमार दहल उर्फ़ प्रचंड (1954-)

बहरहाल, 1993 आते-आते एसजेएम में विभाजन की शुरुआत हो गयी। प्रचंड ने 1995 में इस पार्टी को छोड़कर कम्युनिस्ट पार्टी ऑफ़ नेपाल (माओवादी) यानी सीपीएन (एम) का गठन किया। इस पार्टी ने खुल कर और सख़्ती से चुनावी और संसदीय राजनीति का विरोध किया और इसने राजसत्ता के ख़िलाफ़ गुरिल्ला युद्ध की योजनाएँ बनानी शुरू कर दीं। ग़ौरतलब है कि 1993 से ही देश की संसदीय राजनीति में उथल-पुथल चल रही था। 1993 में सीपीएन-यूएमएल के नेता मदन भण्डारी की हत्या हो गयी। संसदीय रास्ते पर भरोसा करने वाले कम्युनिस्टों ने इसके ख़िलाफ़ ज़ोरदार प्रदर्शन किया। लगातार विरोध से मजबूर होकर नेपाली कांग्रेस की गिरजा प्रसाद कोईराला सरकार को इस्तीफ़ा देना पड़ा। इसके बाद हुए चुनावों में किसी भी दल को पूर्ण बहुमत नहीं मिला। पहले सीपीएन-यूएमएल के नेतृत्व में गठबंधन सरकार बनी, जो अस्थिर साबित हुई। उसके बाद नेपाली कांग्रेस पार्टी के नेतृत्व में सरकार बनी और वह भी ज़्यादा दिनों तक नहीं चल पायी। 1995 में नेपाल राजनीतिक अस्थिरता का शिकार रहा। जो सरकारें बनी थीं, वे जनता के पक्ष में कुछ ख़ास काम करने में नाकाम रहीं। प्रचंड और उनकी पार्टी सीपीएन (एम) ने इसे गुरिल्ला लोक-युद्ध शुरू करने के लिए उपयुक्त समय माना।

पार्टी की केंद्रीय समिति ने सितम्बर, 1995 में राज्य के साथ युद्ध शुरू करने का फ़ैसला किया। पार्टी ने दावा किया कि इस युद्ध द्वारा वह नेपाल को दमनकारी राजतंत्र से मुक्त करके नेपाल के मज़दूरों और किसानों के जीवन-स्तर में सुधार करना चाहती है। माओवादियों की रणनीति थी कि वे गाँवों से आगे बढ़ते हुए राजधानी काठमांडू को घेर लेंगे तथा समाज में बदलाव करने के लिए एक लोक-युद्ध और क्रांति की शुरुआत करेंगे। लोक-युद्ध शुरू करने से पहले उन्होंने नेपाल की तत्कालीन सरकार के सामने अपनी 40 सूत्रीय माँगे भी रखीं। इन माँगों में एक प्रमुख माँग यह थी कि भारत के साथ 1950 की शांति और मित्रता संधि तथा महाकाली नदी के पानी के बँटवारे का समझौता ख़त्म किया जाना चाहिए। इसके अलावा उसने राजघराने के विशेषाधिकारों को ख़त्म करने, नयी संविधान सभा द्वारा संविधान का निर्माण करने, 'कॉम्प्राडोर (एजेंट या दलाल) और नौकरशाह पूँजीपतियों' की सम्पत्ति का राष्ट्रीयकरण करने, नेपाल को एक सेकुलर राष्ट्र घोषित करने, सभी गाँवों तक सड़क, पीने का पानी और बिजली देने और अभिव्यक्ति तथा प्रकाशन की आज़ादी सुनिश्चित करने की माँग की। स्पष्टतः इनकी माँगों में भारत के प्रति विरोध को रेखांकित किया जा सकता है। लेकिन ज़्यादा महत्त्वपूर्ण बात यह है कि माओवादियों ने ग्रामीण क्षेत्रों को बुनियादी सुविधाएँ देने और राजशाही तथा पूँजीपतियों के विशेषाधिकार ख़त्म करने पर ज़ोर दिया। उन्होंने शेर बहादुर देउबा की सरकार को इन माँगों पर कार्रवाई करने के लिए 17 फ़रवरी, 1996 तक का समय भी दिया। लेकिन जब सरकार ने इन माँगों पर कोई कार्रवाई नहीं की, तो उन्होंने इसके आख़िरी तारीख़ के चार दिन पहले ही नेपाल के छह ज़िलों में लोक-युद्ध की घोषणा कर दी।

माओवादियों ने अपने लोक-युद्ध में गुरिल्ला हमला करने और समझौता करने की रणनीति अपनायी। अपने गुरिल्ला हमलों के कारण, विशेष रूप से ग्रामीण क्षेत्रों में, माओवादियों ने प्रशासन को पूरी तरह से पंगु कर दिया। जुलाई, 2001 में जब शेर बहादुर देउबा ने दुबारा प्रधानमंत्री बनने पर उनसे हथियार छोड़ कर बातचीत के लिए आगे आने का आग्रह किया, तो माओवादियों ने चार महीने के युद्ध-विराम की घोषणा कर दी। लेकिन जब उन्हें यह लगा कि सरकार बातचीत के लिए गम्भीर नहीं है, तो उन्होंने युद्ध-विराम ख़त्म कर दिया और सरकारी भवनों और अधिकारियों पर हमले शुरू कर दिये। इसके बाद उन्होंने अपने नेता बाबूराम भट्टाराई के नेतृत्व में पीपुल्स रेवाल्यूशनरी गवर्नमेंट की भी स्थापना कर दी। साथ ही, देश के चालीस ज़िलों में इन्होंने ग्राम सरकार का एक समानांतर नेटवर्क तैयार किया। यह माओवादियों के ज़बरदस्त प्रभाव का उदाहरण था।

माओवादी अपनी स्थिति मज़बूत करने के साथ ही इस बात को भी दोहराते रहे कि सभी दलों को एक साथ मिल-बैठ कर नया संविधान बनाना चाहिए। इस बीच 29 जनवरी, 2003 से 27 अगस्त, 2003 तक इन्होंने युद्ध विराम की घोषणा की। इस दौर में माओवादियों ने अपनी शक्ति को और ज़्यादा संगठित किया और इस बात को भी उजागर किया कि सरकार शांति वार्त्ता के लिए गम्भीर नहीं है। 2005 तक माओवादियों ने अपनी स्थिति इतनी मज़बूत कर ली कि इन्होंने दस ज़िलों को अपना 'विशेष क्षेत्र' घोषित करते हुए यहाँ पर स्थानीय निकायों के चुनाव की घोषणा की। माओवादियों ने दूसरे दलों से भी यह आग्रह किया कि वे इन चुनावों में भाग लें। लेकिन किसी दूसरे दल ने इनमें भाग नहीं लिया।

फ़रवरी, 2006 में सीपीएन (एम) की राजनीति में एक महत्त्वपूर्ण बदलाव आया। प्रचंड ने अपनी तरफ़ से युद्ध-विराम की घोषणा करते हुए सरकार और दूसरे दलों से बातचीत का प्रस्ताव रखा। 26 मई, 2006 को युद्ध-विराम को सही तरह से संचालित करने के लिए सरकार और माओवादियों के बीच 25 सूत्रीय समझौते पर दस्तख़त हुए। इसमें संविधान सभा के लिए चुनाव कराने के प्रति वचनबद्धता जतायी गयी। आगे चलकर सरकार और माओवादियों के बीच अपने-अपने कंमाडरों की निगरानी में हथियार जमा करने का समझौता भी हुआ। 21 नवम्बर, 2006 को एक व्यापक शांति समझौते किया गया, जिसमें दस साल पुराने विद्रोही युद्ध को ख़त्म करने की औपचारिक घोषणा की गयी। इस समझौते के अनुसार राजा की राजनीतिक शक्तियाँ छीन ली गयीं और सार्वजनिक ट्रस्ट के अंतर्गत उसकी सम्पत्ति का राष्ट्रीयकरण करने की घोषणा की गयी। सरकार और सीपीएन (एम) के बीच इस 330 सदस्यों वाली एक अंतरिम संसद के गठन पर भी सहमति बनी। इसमें माओवादियों को 73 सीटें दी गयीं। इसके बाद प्रचंड ने अपनी पार्टी की समानांतर सरकार ख़त्म करने की घोषणा की और वे सरकार में भी शामिल हो गये। बाद में, उनकी पार्टी राजा के पद को ख़त्म करने की माँग को लेकर सितम्बर, 2007 में इस सरकार से बाहर हो गयी। लेकिन राजतंत्र को ख़त्म करने का समझौता हो जाने के बाद वह 30 दिसम्बर, 2007 को सरकार में शामिल हो गयी। इसके बाद अप्रैल, 2008 में संविधान सभा के चुनाव हुए।

इन चुनावों में सीपीएन (एम) सबसे बड़ी पार्टी के रूप में उभरी। इसके कुल 601 सीटों में से 220 सीटों पर जीत मिली। ग़ौरतलब है कि यह तय किया गया था कि संविधान सभा एक निश्चित समय के लिए संसद के रूप में भी काम करेगी। सीपीएन (एम) ने राजा से अपना पद छोड़ने के लिए कहा। लेकिन एक लम्बे समय तक दूसरे दल किसी माओवादी नेता को प्रधानमंत्री स्वीकार करने के लिए तैयार नहीं हुए। आख़िरकार अगस्त, 2008 में माओवादी नेता प्रचंड ने ही प्रधानमंत्री का पद सँभाला। लेकिन उन्हें 25 मई, 2009 को अपने पद से हटना पड़ा क्योंकि कई दलों ने उनकी मनमानी कार्यशैली का विरोध किया। बहरहाल, नेपाल में अब भी नया संविधान नहीं बना है। लेकिन संविधान सभा में माओवादी एक महत्त्वपूर्ण शक्ति के तौर पर मौजूद हैं।

असल में, नेपाली माओवादी पार्टी यानी सीपीएन (एम) ने सिर्फ़ नेपाल की कांग्रेसी पार्टी के जनाधार को ही चोट नहीं पहुँचायी, बल्कि इसने दूसरे वामपंथी दलों के आधार को भी काफ़ी सीमित कर दिया। इसका सबसे बड़ा कारण यह था कि सीपीएन (एम) ने इन दलों की तरह सत्ता की राजनीति पर ध्यान न देकर ग्रामीण ग़रीब और अशिक्षित जनता के मुद्दों को उठाया और उनके लिए लगातार संघर्ष किया। उल्लेखनीय है कि भारत के संदर्भ में नेपाली माओवादी के उभार के कम-से-कम दो महत्त्वपूर्ण प्रभाव हो सकते हैं। पहला, माओवादियों की राजनीति में भारतीय वर्चस्व का विरोध एक प्रमुख कारक रहा है। ऐसे में यह मुमकिन है कि माओवादियों के उभार के बाद नेपाली राज्य भारत के प्रति ज़्यादा कड़ा रुख अपनाये और उसकी विदेश नीति चीन के पक्ष में झुके। इसलिए आने वाले समय में भारत को अपनी नेपाल नीति पर संवेदनशील तरीक़े से पुनर्विचार करने और उपयुक्त संशोधन करने की आवश्यकता हो सकती है। दूसरा, नेपाली माओवादियों द्वारा लोकतंत्र और 'मुख्यधारा' को अपनाने को माओवाद की जीत और लोकतंत्र की जीत— दोनों ही रूपों में रेखांकित किया जा सकता। यह इस अर्थ में माओवाद की जीत है कि माओवादियों ने नेपाली राज्य को अपनी माँगे मानने के लिए मजबूर किया। और यह इसलिए लोकतंत्र की जीत है, क्योंकि हिंसा का सहारा लेने के बावजूद माओवादियों को बातचीत करने और दूसरी विचारधारा के लोगों को स्वीकार करने का विकल्प अपनाना पड़ा। भारतीय राज्य भी इस अनुभव का उपयोग भारत के माओवादियों को बातचीत के लिए तैयार करने में कर सकता है।

इस बात में कोई संदेह नहीं है कि नेपाली माओवादियों ने ऐतिहासिक सफलता हासिल की है। लेकिन उनके लिए असली चुनौती आगे है। यह बात साफ़ हो ही चुकी है कि वे अब सभी दलों पर अपना मनमाना एजेंडा नहीं थोप सकते हैं और उन्हें समझौते और सामंजस्य से आगे बढ़ना सीखना होगा। इसके अलावा, अभी तक उन्होंने सरकारों के सामने बहुत सी माँगे रखी हैं, लेकिन उन्हें सरकार चलाकर उन माँगों को पूरा करके दिखाना होगा। माओवादी नेता प्रचंड के प्रधानमंत्री का कार्यकाल यह दिखाता है कि ये दोनों ही काम माओवादियों के लिए काफ़ी मुश्किल हैं। इसके अलावा, भ्रष्टाचार और पहचान की राजनीति जैसे मुद्दे भी उनकी मुख्य चुनौतियाँ हैं।

देखें : आज़ादी के लिए सशस्त्र संघर्ष-1, 2 और 3, उपनिवेशवाद विरोधी आंदोलन-1, 2 और 3, दक्षिण एशियाई सहयोग संगठन (सार्क), बांग्लादेश मुक्ति-संघर्ष, म्याँमार में लोकतंत्र के लिए संघर्ष, श्रीलंका में तमिल पृथकतावाद।

संदर्भ

1. बाबूराम भट्टाराई (2005), *मोनार्की वर्सेज़ डेमॉक्रैसी : द इपिक फ़ाइट इन नेपाल,* समकालीन तीसरी दुनिया, नयी दिल्ली.
2. ए. कर्की और डी. सेल्डॉन (2003), *द पीपुल्स वॉर इन नेपाल,* लेफ़्ट पर्सपेक्टिव्ज़, नयी दिल्ली..
3. एम. हट्ट (सम्पा.) (2004), *हिमालयन पीपुल्स वार : नेपाल्स माओइस्ट रिबेलियन,* इण्डियाना युनिवर्सिटी प्रेस, ब्लूमिंगटन.
4. सारा बेथ सिंडरमैन (2009). 'द फ़ॉर्मेशन ऑफ़ पॉलिटिकल कांशसनेस इन रूरल नेपाल', *डायलेक्टिकल एंथ्रोपोलॉजी,* खण्ड 33, अंक 3/4.

— कमल नयन चौबे

मार्क ब्लॉक

(Marc Bloch)

मार्क ब्लॉक (1864–1944) इतिहास-लेखन की अनाल धारा के सह-संस्थापक और प्रवर्तक थे। अनाल का लक्ष्य इतिहास के अनुशासन को प्राचीन, मध्यकालीन और आधुनिक के कृत्रिम विभाजन तथा समाज को आदिम और सभ्य के पूर्वाग्रहजनित साँचों से मुक्त करना था। इस बौद्धिक मुहिम में ब्लॉक ल्यूसियाँ फ़ेब्र के सह-यात्री थे। इतिहास को सम्पूर्ण, अविभाजित और मानवीय बनाने के इस विख्यात प्रयोग में दोनों की समान भूमिका थी। ब्लॉक ने फ़ेब्र की इतिहास-दृष्टि अपनायी लेकिन उसे अपने विशिष्ट योगदान से इतना समृद्ध किया कि आज उत्तर-आधुनिक चिंतकों से लेकर विश्व-इतिहास लिखने के आकांक्षी इतिहासकार तक उनके कृतित्व से प्रेरणा लेते हैं। मार्क ब्लॉक को इतिहास का प्रशिक्षण विरासत में मिला था। उनके पिता गुस्ताव ब्लॉक खुद प्राचीन इतिहास के लब्धप्रतिष्ठ इतिहासकार थे। पर उनकी इतिहास-दृष्टि फ्रांस और बेल्जियम के इतिहासकारों के बीच चलने वाले विमर्श की भी ऋणी है। उनके छात्र जीवन में चार्ल्स सेईनोबोस तथा चार्ल्स-विक्टर लांगलोई जैसे इतिहासकारों का एक समूह जर्मन प्रभाव के कारण इतिहास के वैज्ञानिक सिद्धांत गढ़ रहा था, तो दूसरी ओर हेनरी हॉजर, अल्फ़ोंसे ओलार्द, फ़र्दिनैंद लोत और हेनरी पिरेने जैसे विद्वान इतिहास को रूढ़ियों से मुक्त करके उसमें सामाजिक, सांस्कृतिक, भाषाई, भौगोलिक व आर्थिक कारकों को शामिल करने पर ज़ोर दे रहे थे।

ब्लॉक अपने शुरुआती चिंतन में जब इतिहास और विज्ञान की तुलना करते हैं तो उन पर इस बहस का प्रभाव साफ़ देखा जा सकता है। उनकी नोटबुक में दर्ज फुटकर विचारों से पता चलता है कि इतिहास-लेखन के व्यावहारिक कर्म में उतरने से पहले वे विज्ञान और इतिहास की तात्त्विक भिन्नताओं से जूझ रहे थे। ब्लॉक लिखते हैं कि विज्ञान किसी परिघटना की व्याख्या के लिए विश्लेषण और वर्गीकरण के औज़ारों का इस्तेमाल करता है जबकि इतिहास में यह काम विवरण और वर्णन के ज़रिये किया जाता है। भिन्नताओं की इस पड़ताल में ब्लॉक यह भी कहते हैं कि वैज्ञानिक की परिघटना अपेक्षाकृत सरल, ठोस और भौतिक चीज़ होती है जो मुख्यत: उसकी चेतना से वास्ता रखती है, जबकि इतिहासकार जिस परिघटना का अध्ययन करता है उसका स्वरूप मूलत: मनोवैज्ञानिक होता है तथा वह इतिहासकार और इतिहास के पात्रों की चेतना से ताल्लुक़ रखती है। इस समझ के आधार पर ब्लॉक यह प्रतिपादित करते हैं कि अतीत को कई तरीक़ों से व्याख्यायित किया जा सकता है। लेकिन अपनी बौद्धिक यात्रा के इस दौर में ब्लॉक इतिहास के लिए जब-तब विज्ञान से वैधता माँगते भी दिखाई पड़ते हैं। इतिहास को एक विस्तृत कोण से देखने का साहस उनमें बाद में पैदा हुआ।

एक इतिहासकार के तौर पर ब्लॉक के कृतित्व का बड़ा हिस्सा मध्ययुगीन फ्रांस के सामंती समाज के अध्ययन को समर्पित है। वे उसकी जोत-प्रणालियों की विविधताओं व खेतिहर ज़मीन को बाड़ से घेरकर निजी मिल्कियत में तब्दील करने की प्रक्रिया के सामाजिक निहितार्थों को गहराई से समझना चाहते थे। भू-दासता का क़ानूनी और आर्थिक ढाँचा, समाज और अर्थव्यवस्था के क्षेत्रों में पादरी वर्ग की भूमिका, राजतंत्र और किसानों के सत्ता-संबंध, सामंती न्याय के रूप, भूमि-कर की उत्पत्ति आदि विषयों की उनकी महत्त्वपूर्ण रचना *फ्रैंच रूरल हिस्ट्री* में बार-बार वापसी होती है। इस पुस्तक में ब्लॉक ने मानचित्रों का विलक्षण उपयोग करते हुए यह दिखाया है कि मध्ययुग के शुरुआती चरण और फ्रांसीसी क्रांति के बीच की सामाजिक संस्थाओं का उस दौर की भौतिक पृष्ठभूमि से क्या संबंध था। इस पुस्तक की शोध प्रक्रिया में उन्होंने रिग्रैसिव मैथड अपनाया जिसे इतिहास को घटनाओं के उलटे क्रम में समझने का तरीक़ा कहा जा सकता है। ब्लॉक यहाँ यह प्रतिपादित करते हैं कि इतिहास में ज्ञात से अज्ञात की पड़ताल करना ज़्यादा सुकर होता है। अनेक विद्वान इस पुस्तक को ब्लॉक की सर्वाधिक महत्त्वपूर्ण रचना मानते हैं।

ब्लॉक की दूसरी उल्लेखनीय कृति *द रॉयल टच* है जिसमें उन्होंने चिकित्सा, मनोविज्ञान, मूर्ति-कला और मानव-विज्ञान जैसे अनुशासनों की अंतर्दृष्टियों का उपयोग करते हुए मध्ययुगीन फ्रांस तथा इंग्लैण्ड में व्याप्त चमत्कारप्रियता और अंधविश्वासों की गहरी पड़ताल की है। उल्लेखनीय है कि पहली सहस्राब्दी के समय फ्रांस की जनता में यह विश्वास प्रचलित था कि राजा के स्पर्श से गर्दन की टीबी (स्क्रोफ़्युला) दूर हो जाती है। ब्लॉक ऐसे अंधविश्वासों

और चमत्कारों की उत्पत्ति, चलन और अवसान की तह में जाकर बताते हैं कि इस विश्वास का सबसे पहला उपयोग फ्रांस के शासक रॉबर्ट ने किया था। यह एक पैंतरा था जिसके ज़रिये रॉबर्ट अपने वंश की राजनीतिक सत्ता को आनुवंशिक तौर पर जायज़ सिद्ध करना चाहता था। बाद में हेनरी प्रथम और द्वितीय ने भी पादरी वर्ग को नियंत्रित करने के लिए इस चलन को जारी रखा। ब्लॉक के अनुसार शाही स्पर्श का यह विश्वास असल में सत्ता की दावेदारी और राजा को धार्मिक विभूति मानने की परम्परा से उपजा था। ब्लॉक दर्शाते हैं कि राजा में चमत्कारिक शक्तियों की प्रतिष्ठा करना उसके सैन्य, क़ानूनी और सांस्थानिक रुतबे का विस्तार था। इस प्रथा के विश्लेषण के ज़रिये ब्लॉक इतिहासकारों को एक तरह से यह सुझाव देते हैं कि अगर वे यह जानना चाहते हैं कि जनता अफ़वाहों और भ्रांत धारणाओं में क्यों विश्वास करती है तो उन्हें लोगों की सामूहिक चेतना की पड़ताल करनी चाहिए। ब्लॉक लोगों की ऐसी आस्थाओं को समाज की सामूहिक चेतना का दर्पण मानते थे। परवर्ती विद्वानों ने शाही स्पर्श की परिघटना के आधार पर राजनीतिक इतिहास को आलोकित करने वाले ब्लॉक के इस अध्ययन को एक बड़ी उपलब्धि माना है। किंतु विद्वानों के एक समूह की राय यह भी है कि ब्लॉक इस परिघटना के वैचारिक निहितार्थों को उजागर करने में चूक कर गये. लेकिन इसके समग्र प्रभाव को देखें तो ब्लॉक इस रचना के ज़रिये यह दिखाते हैं कि अतीत का अन्वेषण कई रास्तों से किया जा सकता है।

मार्क ब्लॉक (1864-1944)

शाही स्पर्श के इस अध्ययन से ब्लॉक को सामंतवाद को नये सिरे से समझने की दृष्टि मिली। ग़ौरतलब है कि उस समय इतिहास-लेखन के दायरे में सामंतवाद के संबंध में दो तरह के मत पेश किये जा रहे थे। एक मत के अनुसार दसवीं और तेरहवीं सदियों के दौरान युरोप में प्रचलित सामंतवाद एक इकहरी संरचना थी जिसका रूप हर जगह एक जैसा था। जबकि दूसरा मत इस बात पर ज़ोर दे रहा था कि सामंतवाद इतनी विविधतापूर्ण परिघटना थी कि उसके आधार पर किसी तरह का सामान्यीकरण नहीं किया जा सकता था। इस बहस में ब्लॉक ने मध्यमार्गीय रवैया अपनाया। उनका प्रतिपादन यह था कि सामंतवाद पदानुक्रम और समझौते पर टिकी व्यवस्था थी जिसमें शासित और शासक पारस्परिक निर्भरता की कड़ियों से बँधे थे। ब्लॉक का मानना था कि समूचे युरोप और दुनिया के बाक़ी हिस्सों में यह व्यवस्था कमोबेश ऐसे ही रूपों में प्रचलित थी। इस संबंध में उन्होंने इस बात पर भी ज़ोर दिया कि कस्बों, मौद्रिक अर्थव्यवस्था, तथा राष्ट्रीय राजतंत्रों के उत्थान से सामंती व्यवस्था का पतन भले ही हो गया हो लेकिन राजनीतिक समझौते के रूप में उसका अस्तित्व बरक़रार रहा।

विद्वानों के अनुसार ब्लॉक का यह चिंतन उनकी सर्वाधिक चर्चित रचना *फ़्यूडल सोसाइटी* की ज़मीन तैयार करता है। इस किताब में ब्लॉक नवीं से तेरहवीं सदी के बीच पश्चिमी और मध्य युरोपीय समाज की संरचना का सघन ब्योरा पेश करते हैं। इस काल में ब्लॉक सामंतवाद के दो चरण चिह्नित करते हैं। जिसमें एक चरण आक्रमणों और विध्वंस से पैदा हुआ था, तो दूसरे के मूल में आर्थिक विस्तार तथा बौद्धिक पुनरुत्थान की प्रक्रियाएँ महत्त्वपूर्ण थीं। इस अध्ययन में ब्लॉक फ्रांस, जर्मनी और इटली में व्याप्त सामंतवाद के देशज रूपों का जायज़ा लेने के साथ इन रूपों की इंग्लैण्ड जैसे देश से भी तुलना करते हैं जहाँ सामंतवाद ऊपर से थोपा गया था। यहाँ वे इस बात की तह में भी जाते हैं कि स्कॉलैण्ड तथा स्कैंडीनेवियाई देशों में सामंतवाद क्यों स्वीकार्य नहीं हो पाया। इस किताब में ब्लॉक संवेदना और विचार के तौर-तरीक़ों तथा सामाजिक एकता की जो तस्वीर पेश करते हैं उसका परिक्षेत्र बहुत व्यापक है, लेकिन विद्वानों के अनुसार ब्लॉक अपने हर सूत्र के समर्थन में इतने ब्योरे और साक्ष्य जुटाते हैं कि फलक बड़ा होने के बावजूद उनका विश्लेषण कहीं कमज़ोर नहीं पड़ता। परंतु ब्लॉक के ही सहकर्मी ल्यूसियाँ फ़ेब्र ने इस कृति की समीक्षा करते हुए यह ध्यान दिलाया था कि घटनाओं के आकलन में ब्लॉक ने व्यक्ति की भूमिका को अनदेखा किया है। फ़ेब्र ने इसकी दो अन्य ख़ामियों की ओर इशारा करते हुए यह भी कहा था कि ब्लॉक सामंती संबंधों के काल निर्धारण में चूक करते हैं और आधुनिक राष्ट्रवाद के उदय में मध्यकालीन सूत्रों को ज़रूरत से ज़्यादा अहमियत देते हैं। लेकिन इस बात से किसी को गुरेज़ नहीं था कि ब्लॉक की यह किताब मध्यकालीन इतिहास के क्षेत्र में एक अप्रतिम और कालजयी योगदान है।

ब्लॉक ने जिस तरह अपनी ऐतिहासिक रचनाओं से इतिहास-लेखन के मानकों और सीमांतों का विस्तार किया है उसी तरह इतिहास के दर्शन को भी सूक्ष्म अंतर्दृष्टियों से समृद्ध किया है। इतिहास के अनुशासन में तुलनात्मकता के तत्त्व पर ज़ोर देते हुए ब्लॉक कहते हैं कि इतिहासकारों को दिक्-काल में अलग-अलग बिंदुओं पर स्थित संस्कृतियों में सार्वभौमिकता की शिनाख़्त करने के अलावा पड़ोसी व समकालीन समाजों के तुलनात्मक अध्ययन का प्रयास करना

चाहिए। लेकिन इस मामले में वे यह साफ़ नहीं करते कि तुलना की इकाइयों की सीमा और प्रकृति कैसी होनी चाहिए। दूसरे शब्दों में, ब्लॉक यह स्पष्ट नहीं करते कि इस तरह के तुलनात्मक अध्ययनों को सार्थक बनाने के लिए तुलना की इकाइयाँ कितनी बड़ी या छोटी होनी चाहिए।

दूसरे विश्वयुद्ध में लड़ाई के मोर्चे पर जाने से पहले ब्लॉक इतिहास की शोध-पद्धति के बारे में चिंतनरत थे। इतिहास की उपयोगिता पर केंद्रित उनकी किताब *द हिस्टोरियंस क्राफ़्ट* इस बात का जवाब देने की कोशिश करती है कि इतिहास क्यों पढ़ा जाए। यहाँ ब्लॉक इतिहास को समय में प्रवहमान मनुष्य का विज्ञान घोषित करते हुए ऐसे इतिहासकारों से बहसतलब होते हैं जो ख़ुद को राजनीति व घटनाओं के तात्कालिक कारणों तक सीमित रखते हैं। ब्लॉक के तईं इतिहास मनुष्य की विकास-यात्रा को अनावृत करता है लेकिन उससे यह काम लेने के लिए इतिहासकार को यह जानना पड़ता है कि साक्ष्यों का संधान कैसे किया जाए। यहाँ ब्लॉक का आशय साक्ष्यों के लिए कई तरह के दस्तावेज़ों को खँगालने, खुद साक्ष्यों की वैधता परखने और उनकी सही संदर्भ में व्याख्या करने से है। वे यह भी तजवीज़ करते हैं कि इतिहासकार को अतीत का विश्लेषण करने में नैतिकता के निजी आदर्शों को आड़े नहीं आने देना चाहिए । ब्लॉक के अनुसार इतिहासकार को एक ऐसी शब्दावली की खोज करनी चाहिए जो तथ्यों की रूपरेखा को सटीक ढंग से बयान करने के साथ नये उद्घाटनों के प्रति भी खुला और विनम्र रवैया अख़्तियार कर सके।

लेकिन ब्लॉक की यह सबसे चर्चित किताब अधूरी रह गयी। इसे इतिहास की त्रासदी ही कहा जाएगा कि इतिहास को ज़्यादा बृहत्तर और मानवीय बनाने की हिमायत करने वाला यह इतिहासकर विश्व-युद्ध के दौरान एक दिन जर्मन सैनिकों के हाथों में पड़ गया। गिरफ़्तारी के बाद उन्हें भयावह यातना दी गयी और 16 जून, 1944 को उनकी हत्या कर दी गयी। पर ब्लॉक का कृतित्व एक बार फिर यह साबित करता है कि विचारों की हत्या नहीं की जा सकती। उनका अवदान आज भी उतना ही अक्षुण्ण है जितना उनके जीवनकाल में था।

देखें : ल्यूसियाँ फ़ेब्रे, फ़र्नैंद ब्रॉदेल, अनाल स्कूल, इतिहास और आख्यान।

संदर्भ

1. पीटर बर्क (1990), *द फ्रेंच हिस्टोरिकल रेवोल्यूशन : द अनाल्स स्कूल 1929-89*, पॉलिटी, केम्ब्रिज.
2. एन. कैंटर (1991), *इन्वैंटिंग द मिडल एजिज़ : द लाइव्ज़, वर्ल्ड्स ऐंड आइडियाज़ ऑफ़ ग्रेट मेडिवेलिस्ट्स ऑफ़ द ट्वेंटीथ सैंचुरी*, विलियम मैरो, न्यूयॉर्क.
3. सी. फिंक (1989), *मार्क ब्लॉक : अ लाइफ़ इन हिस्ट्री*, केम्ब्रिज युनिवर्सिटी प्रैस, केम्ब्रिज.

— नरेश गोस्वामी

मार्क्स और हिंसा

(Marx and Violence)

जिस तरह अहिंसा की अवधारणा पर गाँधी के बिना ग़ौर नहीं किया जा सकता, उसी तरह हिंसा पर कार्ल मार्क्स के सूत्रीकरणों के बिना विचार नहीं किया जा सकता। पहली नज़र में ऐसा लगता है कि मार्क्स जिस परिवर्तन की बात करते हैं वह उनके अनुसार मौजूदा सामाजिक और राजनीतिक व्यवस्था को क्रांति के ज़रिये उखाड़ फेंकने से ही सम्भव है, और उस क्रांति में हिंसा का इस्तेमाल होना अनिवार्य है। *मैनिफ़ेस्टो ऑफ़ द कम्युनिस्ट पार्टी* के आख़िरी पैरे में मार्क्स और एंगेल्स ने साफ़ लिखा है : 'कम्युनिस्ट अपने विचारों और लक्ष्यों को छिपाने से नफ़रत करते हैं। वे खुल कर एलान करते हैं कि उनके लक्ष्य केवल सभी मौजूदा सामाजिक स्थितियों को ताक़त के दम पर पलट देने से ही पूरे हो सकते हैं। शासक वर्ग अगर काँपते हैं तो उन्हें कम्युनिस्ट क्रांति की सम्भावनाओं से काँपने दो। सर्वहारा के पास अपनी बेड़ियाँ के अलावा खोने के लिए कुछ नहीं है। जीतने के लिए उनके सामने दुनिया पड़ी है।' इस कथन से निष्कर्ष निकाला जा सकता है कि मार्क्स के सामने हिंसक क्रांति के अलावा दूसरा विकल्प नहीं था। लेकिन, मार्क्स, एंगेल्स और लेनिन के साहित्य में यदा-कदा शांतिपूर्ण क्रांति का ज़िक्र भी मिलता है। यानी क्रांति वर्गों के बीच संघर्ष से तो होगी, लेकिन कुछ ख़ास परिस्थितियों में उसका चरित्र हिंसक नहीं होगा। ऐसा कहते हुए ये तीनों सिद्धांतकार सामाजिक क्रांति की अवधारणा को उसके लिए अपनाये जा सकने वाले रास्ते से अलग करके देखने की अपील करते हैं। इस मुक़ाम पर वे कहते हैं कि क्रांति हिंसक भी हो सकती है, और शांतिपूर्ण भी। यह परिस्थितियों पर निर्भर करता है।

दरअसल, मार्क्स और उनके वाद का संबंध हिंसा से इसलिए जुड़ा नज़र आता है, क्योंकि उन्होंने राजनीतिक-सामाजिक परिवर्तन के लिए क्रमिक विकास की जगह क्रांति की अनिवार्यता पर निर्विवाद रूप से ज़ोर दिया। जिस ज़माने में वे अपना सिद्धांतीकरण कर रहे थे, उसके घटनाक्रम पर नज़र डालने से पता चलता है कि तब क्रांति का व्यावहारिक मतलब हिंसक क्रांति से ही था। 1789 की फ्रांसीसी क्रांति का प्रधान स्वरूप न केवल हिंसात्मक था, बल्कि उसकी वजह से क्रांतिकारी परम्परा को ही एक हिंसक आभा मिल गयी। इसके बाद समाजवादी परम्परा में क्रांति और हिंसा के इसी रिश्ते को बढ़ावा दिया गया जिसमें बैबुफ़ और ब्लांकीवादियों की भूमिका उल्लेखनीय है। 1848 के दौरान युरोप में जो क्रांतियाँ हुईं, उनकी नाकामी ने सामाजिक परिवर्तन के सिद्धांतकारों को यक़ीन ही दिला दिया कि

श्रमिकों की मुक्ति क्रांतिकारी हिंसा के बिना नहीं हो सकती। इन युरोपीय क्रांतियों का परिणाम श्रमिकों को मतदान के अधिकार दिलाने या उनकी जीवन-दशाओं के सुधार में नहीं निकला। इसीलिए मार्क्स मोटे तौर पर इस निष्कर्ष पर पहुँचे कि पूँजीवाद के शांतिपूर्ण रूपांतरण का आग्रह ज़्यादा से ज़्यादा यूटोपियायी समाजवादी आग्रह ही है।

लेकिन मार्क्स और क्रांतिकारी हिंसा के आपसी संबंधों पर ग़ौर करने वाले अक्सर यह भूल जाते हैं कि वे बीच-बीच में यह भी कहते रहते थे कि जिन देशों में राज्य की संस्था की बागडोर अधिकारीतंत्र और स्थाई सेना के हाथों में नहीं है वहाँ मज़दूर वर्ग शांतिपूर्ण साधनों से भी अपने लक्ष्यों की पूर्ति कर सकता है। क्रांतिकारी हिंसा की व्यावहारिकता आगे चल कर एंगेल्स की निगाह में थोड़ी और संदिग्ध हो गयी। जर्मनी में सामाजिक जनवादी पार्टी श्रमिकों की गोलबंदी में लगातार सफ़ल होती जा रही थी, और दूसरी तरफ़ आधुनिक सेनाएँ पहले से कहीं ज़्यादा अनुशासित और मारक क्षमता से लैस होती जा रही थीं। यह देख कर एंगेल्स को लगा कि जन-विद्रोह की स्थिति में क्रांतिकारी योद्धा ऐसी फ़ौज के मुक़ाबले शायद ही जीत पाएँगे। इसलिए उन्होंने सावधानी बरतने की सलाह देते हुए कहा कि कम्युनिस्टों को धैर्य पूर्वक अपना समर्थन आधार बढ़ाते हुए ग़ैरक़ानूनी तौर-तरीक़ों के बजाय क़ानूनी तरीक़ों पर अधिक ज़ोर देना चाहिए। यही कारण था कि दूसरे इंटरनैशनल के ज़माने में बड़ी-बड़ी कम्युनिस्ट पार्टियों ने क्रांतिकारी वाग्जाल का तो इस्तेमाल ख़ूब किया लेकिन वास्तव में हिंसक क्रांति आयोजित करने के लिए कोई तैयारी नहीं की। एडुअर्ड बंर्स्टीन के विचार इसी माहौल में युरोपीय कम्युनिस्टों के गले उतर पाये। उनका यही तो कहना था कि समाजवादियों का आचरण जब सुधारात्मक है तो फिर उनके क्रांतिकारी सिद्धांत की प्रासंगिकता क्या बचती है। अगर लेनिन के नेतृत्व में हुई 1917 की सफल बोल्शेविक क्रांति की प्रकृति हिंसक न होती, तो हो सकता था कि बंर्स्टीन के विचार ही प्रधानता प्राप्त करते चले जाते।

मार्क्सवाद और हिंसा के संबंध पर श्लोमो अविनेरी, जॉर्ज लिचथाइम और रिचर्ड मिलर ने विस्तार से विचार किया है। भारतीय विद्वानों में रुस्तम सिंह ने इन विद्वानों के काम की मार्क्स के विचारों की कसौटी पर परीक्षा करके इस विषय पर उपयोगी रोशनी डाली है। अविनेरी का निष्कर्ष यह है कि मार्क्स एक ऐसी परिस्थिति पर हिंसक राजनीतिक क्रांति थोपने के ख़िलाफ़ थे जिसमें सामाजिक-आर्थिक स्थितियाँ रूपांतरण के लिए परिपक्व न हों। अर्थात् अगर नागर समाज तैयार नहीं है तो केवल राजनीतिक दायरे में की गयी क्रांति नाकाम होने के लिए अभिशप्त होगी। अविनेरी को पढ़ने के बाद लगता है कि जैसे वे क्रांति में राजनीतिक पहलक़दमी की भूमिका को कोई ख़ास अहमियत देने के लिए तैयार नहीं हैं।

दूसरी तरफ़ लिचथाइम 1850 से पहले के मार्क्स और 1950 के बाद के मार्क्स को अलग-अलग करके देखते हैं। उनकी मान्यता है कि उन्नीसवीं सदी के पूर्वार्ध के कार्ल मार्क्स का रवैया अधिक आत्मनिष्ठ और पूर्णरूपेण क्रांतिकारी (और काफ़ी कुछ जैकोबिन और ब्लांकीवादी क़िस्म का) था। इसी अवधि में उन्होंने मैनिफ़ेस्टो लिखा और कम्युनिस्ट लीग की सेंट्रल कमेटी के सामने अपना विख्यात भाषण दिया। सदी के उत्तरार्ध में वे क्रमशः बदले और लोकतांत्रिक समाजवाद के पक्ष में उत्तरोत्तर झुकते चले गये। मार्क्स की मृत्यु के बाद तो एंगेल्स ने मार्क्सवाद को क्रांतिकारी के बजाय सुधारवादी ही बना दिया। लंदन में ब्लांकीवादियों के ख़िलाफ़ दिये गये उनके भाषण में इस परिवर्तन के सुराग मिलते हैं। 1864 के भाषण तक आते-आते मार्क्स के विचारों में इस क़दर परिवर्तन हो चुका था कि उनके भाषण को लिचथाइम ने सामाजिक जनवाद के घोषणापत्र की संज्ञा ही दे दी है। पेरिस कम्यून के प्रभाव में मार्क्स एक बार फिर अल्पकाल के लिए कम्युनिस्ट मैनिफ़ेस्टो के यूटोपियन विचारों की तरफ़ लौटे लेकिन लिचथाइम के मुताबिक़ अंततः वे आधुनिक युग की ज़रूरतों में फ़िट होने वाले दृष्टिकोण का विकास करते पाये गये। लिचथाइम का विचार है कि मार्क्स ने मैनिफ़ेस्टो की क्रांतिकारी भावना का खण्डन कभी नहीं किया, लेकिन व्यवहार में उनके अपने विचारों के विकास में वह भावना कभी आड़े भी नहीं आयी। उन्नीसवीं सदी के आख़िरी दशक के आते-आते (जब मार्क्सवाद के विकास की बागडोर एंगेल्स के हाथों में थी) यह मान ही लिया गया था कि राजसत्ता बंदूक में नहीं वोट में बसती है, और निर्वाचित विधायिका में अगर समाजवादी बहुमत हासिल कर लें तो श्रमिक वर्ग अपने लक्ष्यों को प्राप्त कर सकता है। कुल मिला लिचथाइम 1950 के बाद मार्क्स की और उनके बाद एंगेल्स की जो तस्वीर पेश करते हैं वह क्रांतिकारी की जगह सुधारवादी क़िस्म की है, और नतीजे के तौर पर मार्क्सवाद की उस छवि का खण्डन करती है जिसके मुताबिक़ यह विचारधारा हिंसा में विश्वास करने वाली है।

रिचर्ड मिलर के निष्कर्ष के मुताबिक़ मार्क्स पूँजीपति वर्ग के प्रभुत्व का अंत करने के लिए बड़े पैमाने पर होने वाली संगठित हिंसा को आवश्यक मानते थे। साथ में उनका विचार यह भी था कि ख़ास परिस्थितियों में इस हिंसक संघर्ष से पहले मज़दूर वर्ग चुनावी जीत के दौर से गुज़र सकता है। लेकिन यह जीत हिंसक क्रांति की जगह नहीं ले सकती। यानी मिलर के मुताबिक़ मार्क्स हिंसक क्रांति की प्राथमिकता पर हमेशा ही बल देते रहे। मिलर की बातों से ऐसा लगता है कि जैसे मार्क्स शांतिपूर्ण परिवर्तन की सम्भावना रेखांकित करने के बावजूद क्रांतिकारी हिंसा की वकालत करते थे। इसके अलावा यह भी एक तथ्य है कि मार्क्स ने क्रांति के हिंसक या अहिंसक होने में प्राथमिक या द्वितीयक जैसा वर्गीकरण कभी नहीं किया।

रुस्तम सिंह के मुताबिक़ इसमें कोई शक नहीं कि मार्क्स और एंगेल्स ने पूँजीवादी प्रणाली के संदर्भ में अपनी उन शुरुआती मान्यताओं को संशोधित किया था जो कम्युनिस्ट मैनिफ़ेस्टो के उपर्युक्त उद्धरण का आधार हैं। तब उन्हें लगता था कि पूँजीवादी राजनीतिक संस्थाओं की डिज़ाइन मज़दूर वर्ग को कभी सत्ता हासिल ही नहीं करने देगी। लेकिन अपने उत्तरवर्ती अध्ययनों और प्रेक्षणों के ज़रिये उन्होंने समझ बदली। उन्हें लगा कि कुछ जगहों पर ये संस्थाएँ काफ़ी विकसित हो कर जड़ जमा चुकी हैं। उनका विकास अब उलटा नहीं जा सकता। ऐसी स्थिति में सर्वहारा इन संस्थाओं का इस्तेमाल करके सत्ता पर क़ब्ज़ा करने के बारे में सोच सकता है। यह ज़रूर है कि इन सम्भावनाओं पर विचार करते हुए मार्क्स और एंगेल्स हिंसा का इस्तेमाल करने के श्रमिकवर्गीय अधिकार पर ज़ोर देते रहे। जहाँ-जहाँ पूँजीपति वर्ग शांतिपूर्ण तरीक़े से सत्ता छोड़ने के लिए तैयार नहीं होगा, वहाँ-वहाँ हिंसक साधनों का प्रयोग करना ही होगा। इसी तरह जिन देशों और समाजों में पूँजीपति वर्ग की लोकतांत्रिक संस्थाएँ, रीति-रिवाज़ और परम्पराएँ विकसित नहीं हैं, वहाँ मार्क्स-एंगेल्स के अनुसार केवल हिंसक क्रांति ही श्रेयस्कर है। और तो और, जहाँ हुकूमत बेहद दमनकारी है, वहाँ क्रांतिकारी रणनीति आतंकवादी तौर-तरीक़ों तक का इस्तेमाल कर सकती है।

देखें : कार्ल मार्क्स, मार्क्सवाद, कार्ल मार्क्स अर्थशास्त्री के रूप में, मार्क्सवादी अर्थशास्त्र, फ्रेड्रिख़ एंगेल्स, क्रांति, क्रांति : मार्क्सवादी विमर्श, माओ त्से तुंग, माओवाद और माओ विचार, बोल्शेविक क्रांति, चीन की कम्युनिस्ट क्रांति, क्यूबाई क्रांति, नयी सदी में मार्क्सवादी विमर्श-1, 2, 3, 4, 5, 6, 7, 8 और 9, मार्क्सवादी इतिहास-लेखन, मार्क्सवादी समाजशास्त्र, मार्क्सवाद और पारिस्थितिकी, चे गुएवारा, एंतोनियो ग्राम्शी, निष्क्रिय क्रांति, नियोजन : मार्क्सवादी विमर्श, सोवियत समाजवाद : उत्थान और पतन-1, 2 और 3, स्तालिन और स्तानिलवाद, यूटोपिया, यूटोपिया : अन्य परिप्रेक्ष्य।

संदर्भ

1. ऐडम शैफ़ (1973), 'मार्क्सिस्ट थियरी ऑन रैवोल्यूशन ऐंड वायलेंस', *जर्नल ऑफ़ द हिस्ट्री ऑफ़ आइडियाज़,* खण्ड 34, अंक 2.
2. श्लोमो अविनेरी (1977), *द सोशल ऐंड पॉलिटिकल थॉट ऑफ़ कार्ल मार्क्स,* एस. चांद ऐंड कम्पनी, नयी दिल्ली.
3. जॉर्ज लिचथाइम (1974), *मार्क्सिज़्म : ऐन हिस्टोरिकल ऐंड क्रिटिकल स्टडी,* रॉटलेज ऐंड कीगन पॉल, लंदन.
4. रिचर्ड डब्ल्यू. मिलर (1984), *एनालाइज़िंग मार्क्स : मॉरलिटी, पॉवर ऐंड हिस्ट्री,* प्रिंसटन युनिवर्सिटी प्रेस, प्रिंसटन.
5. रुस्तम सिंह (1989), 'स्टैटस ऑफ़ वायलेंस इन मार्क्सिज़ थियरी ऑफ़ रैवोल्यूशन', *इकॉनॉमिक ऐंड पॉलिटिकल वीकली,* खण्ड 24, अंक 4.

— अभय कुमार दुबे

मार्क्सवाद-1

वैज्ञानिकता का दावा : प्रत्यक्षवाद का प्रभाव

(Marxism-1)

मार्क्सवाद, उसकी रूपरेखा और प्रकृति पर चर्चा होते ही पहला सवाल यह उठता है कि हम किस मार्क्सवाद की चर्चा करना चाहते हैं? लेनिन के या रोज़ा लक्ज़ेमबर्ग के? स्तालिन के या ट्रॉट्स्की के? यह सवाल भी पूछा जा सकता है कि लेनिन-स्तालिन-माओ का मार्क्सवाद ही मार्क्सवाद क्यों है, बुख़ारिन, प्रिओब्रैझेन्सकी, लूकाच, ग्राम्शी, लिन प्याओ, तेंग श्याओ पिंग का क्यों नहीं? आख़िर क्या कारण है कि रोज़ा लक्ज़ेमबर्ग या ट्राट्स्की सरीखे नेता इतिहास की पुस्तकों के हाशिये में धकेल दिये गये हैं? उन्हें लेनिन या स्तालिन से कम मार्क्सवादी क्यों मानना चाहिए? इन अहम सवालों के जवाब में कम से कम इतना तो कहा ही जा सकता है कि आज के युग में हमारे पास कोई ऐसी कसौटी बाक़ी नहीं बची है, जिस पर कस कर हम किसी खाँटी मार्क्सवाद की शिनाख़्त कर सकें। और तो और, ऐसा मान लेना कि लेनिन या स्तालिन या माओ का मार्क्सवाद ही ख़ालिस है, प्रकारांतर से यह मान लेना भी होगा कि इतिहास में वही होता है जो होना होता है, वही जीतता है जिसे जीतना होता है और सच उसी का होता है जिसकी जीत होती है। यह सही है कि मार्क्सवाद की प्रचलित व्याख्याओं में ऐसी होनियाँ पुरज़ोर ढंग से मौजूद रहती रही हैं। शायद इसी के आधार पर विजेता को सच का झण्डाबरदार और इतिहास-पुरुष बना कर पेश किया जाता रहा है। मगर आज जब वास्तविक समाजवाद के तमाम क़िले ढह चुके हैं तब क्या यह मान लिया जाए कि यह भी होना ही था? अगर नहीं, तो प्रचलित मार्क्सवाद के दायरे के बाहर यह पता लगाने की ज़रूरत भी आन पड़ती है कि मार्क्सवाद का विकास एक ख़ास दिशा में ही क्यों हुआ? क्या इसके बीज उसके दर्शन और विचारधारा में निहित थे? क्या वह इनसानी आज़ादी की बात सिर्फ़ झाँसा देने के लिए ही कर रहा था? क्या उसका मक़सद सचमुच एक दानवीय तानाशाही खड़ा करने का ही था? अगर नहीं, तो ऐसा क्यों कर हुआ?

मार्क्सवाद के संदर्भ में इसके अमलकर्ता ही उसके दार्शनिक और सिद्धांतकार भी थे। इसलिए मार्क्सवाद सिर्फ़ एक फूहड़ क़िस्म का अमलवाद ही नहीं रहा, बल्कि एक ऐसा दर्शन बन कर उभरा जिसमें सिद्धांत और अमल की एक नायाब एकता क़ायम करने की ख़्वाहिश भी है और कोशिश भी। चूँकि यह एकता बनी-बनायी नहीं मिलती और इसे लगातार गढ़ते रहने की ज़रूरत होती है, इसलिए मार्क्सवाद की चंद विशुद्ध अकादमिक धाराओं पर नज़र डालना भी

ज़रूरी होगा। ये धाराएँ सीधे-सीधे अमल के धरातल से जुड़ी हों या न हों, आम तौर पर उनके सरोकार भी वही हैं जो व्यावहारिक मार्क्सवाद के हैं : समाज के वर्तमान (और अतीत) को और गहरे व पैने ढंग से समझना और उसकी जगह एक नये समाज के वैचारिक उपादान जुटाना।

मार्क्सवाद और प्रत्यक्षवाद : मार्क्सवाद क्या है? यह अपने आप में बहुत जटिल सवाल है। मार्क्स व एंगेल्स के फ़ौरन बाद ही उनकी बौद्धिक विरासत को लेकर खींचतान, दावे और जवाबी दावे पेश होना शुरू हो गये थे। उन्नीसवीं सदी के आख़िरी दशक में एंगेल्स की मृत्यु के समय पूरे युरोप में मज़दूर वर्ग की पार्टियों का अंतर्राष्ट्रीय संगठन, दूसरा इंटरनैशनल एक ताक़तवर वजूद हासिल कर चुका था। बंर्स्टीन, काउत्स्की, प्लेखानोव, आदि एंगेल्स के जीवनकाल में ही इस संगठन के पुरोधा बन चुके थे। मज़दूर आंदोलन नयी ऊँचाइयों की ओर आगे बढ़ रहा था। आज इसमें ज़्यादा मतभेद की गुंजाइश नहीं कि उसके इस विजयाभियान में ही कहीं उसकी भावी शिकस्त के बीज भी मौजूद थे। इस समय की एक और ख़ासियत थी। युरोप की सरज़मीन पर मार्क्सवाद ने ख़ुद को एक बड़े वैचारिक संघर्ष के ज़रिये प्रतिष्ठित करना शुरू कर दिया था, जो संघर्ष मुख्यतः तमाम तरह के भाववादी (आइडियलिस्ट) दर्शनों के ख़िलाफ़ हो रहा था। इस संघर्ष की पृष्ठभूमि में दो और बातें ग़ौरतलब थीं। पहली यह कि इन फ़ौरी संघर्षों के चलते मार्क्स द्वारा चलाये गये पुराने भौतिकवादी दर्शनों के ख़िलाफ़ संघर्षों की याद्दाश्त काफ़ी हद तक धुँधला गयी थी। याद रहे कि इस सिलसिले में मार्क्स द्वारा फ़ायरबाख़ पर 1845 में लिखी गयी टिप्पणियाँ, जो *थीसिस ऑन फ़ायरबाख़* नाम से मशहूर हैं, पहली बार 1888 में एंगेल्स की किताब *लुडविग फ़ायरबाख़ ऐंड द ऐंड ऑफ़ क्लासिकल जर्मन फ़िलॉसफ़ी* के परिशिष्ट के रूप में छपीं। ख़ुद एंगेल्स के जीवन की शाम तब ढल रही थी। थीसिस का रूसी अनुवाद 1924 में और अंग्रेज़ी तर्जुमा पहली मर्तबा 1938 में द *जर्मन आइडिऑलॅजी* के ब्रिटिश संस्करण के साथ छपा।

दूसरी ग़ौरतलब बात यह है कि प्राकृतिक विज्ञान के बढ़ते क़दमों ने तक़रीबन पिछले तीन सौ सालों से युरोप के बौद्धिक जगत को अपनी चकाचौंध में जकड़ रखा था। चार्ल्स डार्विन द्वारा मनुष्य के क्रम-विकास के संबंध में अपनी विख्यात थियरी पेश किये जाने के बाद तो समाज के विचारकों पर इस पूरी आबोहवा का भरपूर असर पड़ता दिखाई देने लगा था। समाज के विचारकों में भी भौतिक विज्ञान, गणित और जीव-विज्ञान के तर्ज़ पर समाज-विज्ञान गढ़ने की मंशा ज़ोर मारने लगी थी। इन विचारकों में एक ऐसा समाज-विज्ञान ईजाद करने की इच्छा थी जो सामाजिक विकास के छिपे हुए नियमों को ढूँढ़ निकाले और उपरोक्त प्राकृतिक विज्ञानों की तरह भी बारीकी के साथ समाज के तमाम रहस्य खोल कर रख सके, तथा उन्हीं की तरह भविष्यवाणियाँ भी कर सकें। ऐसे समाज-विज्ञान की ख़ोज जारी थी जिसे ऑग्यूस्त कॉम्त ने पॉज़िटिव साइंस कहा और जिसके नाम पर इस प्रवृत्ति को पॉज़िटिविज़म या प्रत्यक्षवाद के नाम से जाना गया। एक पॉज़िटिव विज्ञान की शर्त यह थी कि वह मूल्य निरपेक्ष हो, अर्थात् वह उतना ही निरपेक्ष होकर सामाजिक प्रक्रियाओं व परिघटनाओं का अध्ययन करे जितना निरपेक्ष होकर एक वैज्ञानिक बिजली की रफ़्तार या धरती के गुरुत्वाकर्षण का अध्ययन करता है।

मार्क्सवाद भाववादी दर्शनों के ख़िलाफ़ इस बात पर बल दे रहा था कि मानव समाज का इतिहास न तो किसी अलौकिक शक्ति द्वारा चलाया जाता है और न ही वह केवल इनसानी इरादे से आगे बढ़ता है। न तो वह महज़ इत्तफ़ाक है और न ही वह इतना गूढ़ है कि उसके रहस्यों को समझा ही न जा सकता हो। मार्क्सवाद का दावा था कि मानव इतिहास के विकास के कुछ नियम हैं जिनका पता लगाया जा सकता है। उसका दावा यह भी था कि उसने इसका पता लगा लिया है। यहाँ यह बात ज़ोर देकर कहने की ज़रूरत है कि पॉज़िटिविज़म में नियमों के अर्थ मार्क्सवाद में नियमों के अर्थ से बिल्कुल जुदा हैं। यह सही है कि पहले दूसरे इंटरनैशनल के दौर में और फिर स्तालिनवादी संस्करणों में यह फ़र्क़ तक़रीबन भुला दिया गया। तब से लगातार कई टीकाकारों और विचारकों ने इन दोनों में घालमेल किया है, जो आज भी जारी है—ख़ासकर सांस्थानिक मार्क्सवाद के हलक़ों में। मार्क्स जब नियमों की बात करते हैं तो उनका आशय हमेशा रुझानों और प्रवृत्तियों से होता है और वे हमेशा इस बात से बाख़बर रहते हैं कि समाज में हमेशा प्रतिगामी रुझान भी सक्रिय रहते हैं जो इन नियमों को नाकाम कर सकते हैं। यहाँ इस विषय पर और विस्तार में जाना मुमकिन नहीं है, मगर इस फ़र्क़ को ध्यान में रखना ज़रूरी है। यह दीगर बात है कि आज इस पर भी बहस की पूरी गुंजाइश है कि जिस अर्थ में मार्क्स ने नियमों की बात की थी उस रूप में भी क्या उन्हें स्वीकार करना सही होगा? क्या उन अर्थों में भी नियमों की बात की जा सकती है? मार्क्सवादियों में इस विषय पर भी कई बहसें हो चुकी हैं। इतालवी मार्क्सवादी एंतोनियो ग्राम्शी ने जब रूसी क्रांति को 'रैवोल्यूशन अगेंस्ट दास कैपिटल' क़रार दिया था तब भी उनका इशारा इस बात की तरफ़ ही था कि सामाजिक और राजनीतिक जीवन में नियम हमेशा वस्तुपरक या 'फ़ौलादी नियम' नहीं हुआ करते।

बहरहाल, ऐसा लगता है कि किसी मुक़ाम पर ख़ुद मार्क्सवाद पर इस घालमेल का असर पड़ा। वस्तुतः दूसरे इंटरनैशनल के ज़माने से ही मार्क्सवाद भी ऐसे वस्तुपरक

नियमों की बात करने लगा जिनमें इतिहास के बनने-बिगड़ने में इनसानी इरादे और अमल (एक्शन) की भूमिका गौण हो गयी। इनसान का इरादा और अमल दोनों ही इन फ़ौलादी नियमों के बिम्ब मात्र बन कर रह गये। यह समझ 1959 में मार्क्स द्वारा राजनीतिक अर्थशास्त्र की आलोचना में योगदान की मशहूर प्रस्तावना में खींचे गये नक़्शे की एक निहायत यांत्रिक व्याख्या पर आधारित थी। शायद कुछ हद तक इसके बीज इस प्रस्तावना में ही मौजूद थे, क्योंकि इसमें यह इशारा तो किया ही गया है कि आर्थिक नींव के बदलने के साथ-साथ समाज-चेतना का ऊपरी ढाँचा भी कमोबेश तेज़ी से बदल जाता है। मार्क्स ख़ुद इस व्याख्या के लिए ज़िम्मेदार थे या नहीं, यह अपने आप में लम्बी बहस का मुद्दा हो सकता है। फ़िलहाल इतना याद कर लेना उचित होगा कि अपने जीवन के अंतिम सालों में एंगेल्स को इस समस्या से लगातार जूझना पड़ा था और एकाधिक बार इसकी सफ़ाई देनी पड़ी थी। एंगेल्स के ही शब्दो में, 'मार्क्स और मैं, दोनों कुछ हद तक इस बात के लिए ज़िम्मेदार हैं कि कई कम उम्र लोग अक्सर आर्थिक पहलू पर ज़रूरत से ज़्यादा ज़ोर देते हैं। हमें अपने मुख़ालिफ़ लोगों के बरक्स इस पर ज़ोर देना पड़ता था क्योंकि वे इससे इनकार करते थे। बाक़ी पहलुओं की अहमियत पर पर्याप्त ध्यान देने का हमें न तो समय मिला न मौक़ा।' अगने इसी ख़त में एंगेल्स ने यह दावा भी किया था ऐतिहासिक भौतिकवाद की मान्यता है कि आर्थिक कारण इतिहास के अंततः निर्णायक कारक होते हैं और अगर कोई घुमा कर यह कहता है कि वह (आर्थिक कारण) ही एकमात्र निर्णायक कारक है तो वह इस प्रस्थापना को एक बेमानी, अमूर्त फ़िकरे में बदल कर रख देता है।

यहाँ एक और प्रसंग उल्लेखनीय है। यह प्रसंग रूस के किसान कम्यूनों से ताल्लुक़ रखता है। उन्नीसवीं सदी के उत्तरार्ध में रूस में नारोदनया वोल्या या पीपल्स विल (लोक/जन इरादा) नाम से किसानों और कृषि-समाज को आधार बना कर पूँजीवाद का विरोध करने वाला एक ज़बरदस्त आंदोलन हुआ करता था। रूसी समाज में कृषि-कम्यूनों का एक ऐसा ढाँचा था जिसकी बुनियाद सामूहिक रिश्तों में थी, और जो पूँजीवादी समाज की व्यक्ति-केंद्रिकता पूरी तरह अछूता था। जन इरादा के लोगों का मानना था कि रूस में इस कम्यून को और उसकी समूहिकता को आधार बना कर सीधे समाजवाद की तरफ़ बढ़ा जा सकता है— यानी पूँजीवादी चरण को लाँघ कर समाजवाद की रचना की जा सकती है। इसी नारोदनया वोल्या से निकल कर मार्क्सवादी बने एक समूह के नेता थे प्लेखानोव, वेरा ज़ासुलिच, आदि। इनका मानना था कि पूँजीवाद इतिहास की एक लाज़मी मंज़िल है और रूस को भी इसी रास्ते में गुज़रते हुए समाजवाद की तरफ़ जाना होगा। इसी बहस के दौरान ही वेरा ज़ासुलिच ने मार्क्स को एक ख़त लिख कर इस मसले पर उनकी राय माँगी। उस ज़माने में मार्क्स ख़ुद इस विकट समस्या से जूझ रहे थे और ख़ुद रूसी भाषा सीख कर भाषाई स्रोतों के ज़रिये रूस के कृषि समाज की बारीक़ियों का अध्ययन करने की कोशिश कर रहे थे। ख़त पा कर उन्होंने उसका जवाब देने के इरादे से चार अलग-अलग मसविदे तैयार किये। उनके पसोपेश का अंदाज़ा इस बात से लगाया जा सकता है कि. अंत में वे इनमें से एक भी मसविदा ज़ासुलिच को न भेज पाये। उनकी मृत्यु के बाद एंगेल्स ने आख़िरी मसविदा उन्हें भेजा मगर क़िस्मत का फेर देखिये कि वह दबा दिया गया। एंगेल्स ने कई बार तगादे किये मगर कोई फ़र्क़ न पड़ा। बोल्शेविकों के पास भी यह सालों तक दबा पड़ा रहा। दिलचस्प बात है कि कई उतार-चढ़ाव के बाद 1923 में निकोलाएव्स्की नाम के एक मेंशेविक ने इसे सबसे पहले छापा। इसके बाद बोल्शेविकों को मजबूरी में इसे छापना पड़ा, इस टिप्पणी के साथ कि इन्हें लिखते वक़्त मार्क्स की बौद्धिक क्षमताओं का क्षय हो रहा था।

देखें : अर्नेस्टो चे गुएवारा, आधार और अधिरचना, ऑस्कर रायज़ार्ड लांगे, आंगिक और पारम्परिक बुद्धिजीवी, एंतोनियो ग्राम्शी, कार्ल हाइनरिख़ मार्क्स-1 से 4 तक, क्रांति, क्रांति : मार्क्सवादी विमर्श, ग्योर्गी लूकाच, नयी सदी में मार्क्सवादी विमर्श-1 से 9 तक, निष्क्रिय क्रांति, पेटी बूर्ज्वा, फ्रेड्रिख़ एंगेल्स, फ्रैंकफ़र्ट स्कूल, भारत में किसान संघर्ष-2 और 4, भारतीय कम्युनिस्ट पार्टी, भारतीय कम्युनिस्ट पार्टी (मार्क्सवादी), भारतीय इतिहास लेखन, भाषा के मार्क्सवादी सिद्धांत, भ्रांत चेतना, बोल्शेविक क्रांति, फ्रांस्वा-चार्ल्स मारी फ़ूरिये, क्यूबा की क्रांति, फ्रेंज़ फ़ानो, हिंसा-1 और 2, मानवेंद्र नाथ राय, माओ त्से-तुंग, माओवाद और माओ विचार, मार्क्सवादी इतिहास-लेखन, मार्क्सवादी समाजशास्त्र, मार्क्सवाद और पारिस्थितिकी, मार्क्सवादी अर्थशास्त्र, मिख़ाइल मिख़ाइलोविच बाख़्तिन, समाजवादी वसंत-1 से 4 तक, रॉबर्ट ओवेन, राज्य की मार्क्सवादी अवधारणा, लेनिनवाद, लियोन ट्रॉट्स्की, लिबरेशन थियोलॅजी, सर्वहारा, सांस्कृतिक क्रांति, सैं-सिमों, स्तालिन और स्तालिनवाद, सोवियत समाजवाद-1 से 3 तक, सोवियत सिनेमा, वर्चस्व, व्लादिमिर इलीच लेनिन।

संदर्भ

1. हेलमुट फ़्लेशेर (1973), *मार्क्सिज़म ऐंड हिस्ट्री*, एलन लेन, लंदन.
2. जेरल्ड कोहेन (2000), *कार्ल मार्क्सेज़ थियोरी ऑफ़ हिस्ट्री - अ डिफ़ेंस*, 2000, प्रिंसटन युनिवर्सिटी प्रेस, प्रिंसटन.
3. एत्येन बालिबार (1995), *द फ़िलॉसफ़ी ऑफ़ मार्क्स*, वर्सो, लंदन व न्यूयॉर्क.
4. कैरी नेल्सन व लॉरेंस गोसबर्ग (1988), *मार्क्सिज़म ऐंड द इंटरप्रिटेशन ऑफ़ कल्चर*, युनिवर्सिटी ऑफ़ इलिनॉय प्रेस, इलिनॉय.
5. लुई अलथुसे, *फ़ॉर मार्क्स*, 2005, वर्सो, लंदन.

—आदित्य निगम

मार्क्सवाद-2

रीइफ़िकेशन बनाम ज्ञानमीमांसात्मक विच्छेद (Marxism-2)

एंगेल्स की चेतावनी के बावजूद मार्क्सवाद में फ़ौलादी आर्थिक नियम तलाशने का सिलसिला जारी रहा। वेरा ज़ासुलिच वाला यह प्रकरण इसी बात को रेखांकित करता है। लेनिन के जीवनकाल में शायद एक समय ऐसा है जो आंशिक रूप से अपवाद माना जा सकता है, मगर उसके बाद तीसरे इंटरनैशनल में भी उसका यही हश्र हुआ। यहाँ आंशिक रूप से इस तथ्य पर ज़ोर देना ज़रूरी है क्योंकि ख़ुद लेनिन की रहनुमाई में ही, उनके ग्रंथ *डिवेलपमेंट ऑफ़ कैपिटलिज़म इन रशिया* में इस धारणा को और रूढ़ किया गया था कि रूस को भी पूँजीवाद के रास्ते ही समाजवाद की ओर जाना होगा। लेनिन को बेशक़ 1917 में इंक़लाब एक अपेक्षाकृत पिछड़े देश में करना पड़ा हो, मगर गयी सदी के आख़िरी बरसों में उनकी दीक्षा भी उसी पाज़िटिविस्ट मार्क्सवाद में हुई थी जिसके ख़िलाफ़ उन्हें इंक़लाब करना पड़ा। लेनिन की यह ख़ूबी ज़रूर थी कि वे नये तजरुबों के आधार पर अपने मार्क्सवाद को लगातार संशोधित करते रहते थे। ऐसा साहस उनके बोल्शेविक अनुयायियों में देखने को नहीं मिलता है।

बहरहाल, मार्क्स कोई बने बनाये, पके-पकाये, साठ साल की उम्र के एक विचारक के रूप में तो अवतरित नहीं हुए थे। उनके बौद्धिक विकास की भी एक अलग कहानी है। उससे भला कैसे पीछा छूटता? लिहाज़ा, 1932 में डी. रियाज़ानोव नामक एक मशहूर रूसी आलिम ने सन् 1844 की एक पुरानी पांडुलिपि खोज निकाली और *पेरिस मैनुस्क्रिप्ट्स* या *इकॉनॉमिक ऐंड फ़िलॉसॉफ़िकल मैनुस्क्रिप्ट्स* नाम से उसे प्रकाशित किया। यह दस्तावेज़ मार्क्स की जवानी में लिखे हुए नायाब आलेखों का संकलन था, जो अधूरे तो थे मगर जिसने मार्क्स और उनके वाद पर नये सिरे से नज़र डालने की प्रक्रिया चालू कर दी। सहूलियत के लिए इसे हम इस लेख में पेरिस पांडुलिपियाँ या सिर्फ़ पांडुलिपियाँ ही कहेंगे। इन पांडुलिपियों में मार्क्स ने राजनीतिक अर्थशास्त्र की अपनी पहली आलोचना रखी है जिनमें उनके मानवतावादी सरोकार पुरज़ोर ढंग से झलकते हैं। एक मायने में दूसरे और तीसरे इंटरनैशनल के यांत्रिक मार्क्सवाद की तुलना में यह पांडुलिपि इनसानी फ़ितरत (ह्यूमन नेचर) और पूँजीवादी समाज में उसके बेगानेपन (एलिएनेशन) पर विस्तार से चर्चा करती है। एक मायने में, इन पांडुलिपियों का छपना मार्क्सवाद के इतिहास में एक विरल घटना थी।

इस घटना के बाद शुरू होता है मार्क्सवाद के विकास का एक नया दौर जिसके तहत एक नयी धारा पनपी जो पुरानी के समानांतर चलने लगी। हंगरी के ग्योर्ग लूकाच के बाद से यह धारा और ज़्यादा प्रबल होती चली गयी। यह एक ज़बरदस्त इत्तफ़ाक़ ही था कि इन पांडुलिपियों के आविष्कार से कोई एक दशक से भी ज़्यादा पहले, लूकाच ने अपनी किताब *हिस्ट्री ऐंड क्लास कांशसनेस* में स्वतंत्र रूप से, 'रीइफ़िकेशन' के नाम से उन्हीं तमाम सरोकारों की टोह ली थी जिन्हें मार्क्स ने बेगानेपन का नाम दिया था। बहुत कुछ मार्क्स की ही तरह लूकाच ने भी इस अजनबियत की जड़ें पूँजीवाद के उस दोहरे किरदार में ढूँढी थीं जिसके कारण एक तरफ़ वह हर शै का 'कमॉडिफ़िकेशन' कर देता है, तो दूसरी तरफ़, पैदावार की प्रणाली का मशीनीकरण और विखण्डन (फ्रैग्मेंटेशन) करके इनसानी शख़्सियत को भी ख़ुद से बेगाना (सेल्फ़-एस्ट्रेंजमेंट) बना देता है। मार्क्सवाद के इस संस्करण में उसके मानवतावादी सरोकारों को केंद्र में रखा गया और सांस्थानिक मार्क्सवाद की यांत्रिक समझ के ख़िलाफ़ इसे एक कारगर हथियार के रूप में खड़ा किया गया। किन्हीं ख़ास कारणों से यह धारा संगठित कम्युनिस्ट आंदोलन में कोई असरदार हाज़िरी दर्ज नहीं करा पायी लेकिन वैचारिक स्तर पर एक ज़माने में इसकी एक ज़ोरदार भूमिका रही है। उस ज़माने के, ख़ासकर स्तालिन व स्तालिनोत्तर युग के अंधकारमय दौर में, समाजवादी मानवतावाद या सोशलिस्ट ह्यूमनिज़म ने मार्क्सवाद की शमाँ जलाये रखी। लेकिन इस मानवतावाद की भी अपनी सीमाएँ थी जो जल्द ही सामने आनी थीं।

मार्क्स की विरासत पर इस बहस को एक नये मुक़ाम पर पहुँचाया फ्रांस के प्रख्यात दार्शनिक लुई अलथुसे ने। उन्होंने जवान मार्क्स बनाम बुज़ुर्ग मार्क्स की दो अलग-अलग विरासतों को चर्चा को केंद्र बनाया। अलथुसे के अनुसार जो जवान मार्क्स पांडुलिपियों के माध्यम से उजागर होते हैं वे प्राक्-मार्क्सवादी मार्क्स हैं जो उस वक़्त अपनी हीगेलीय व फ़ायरबाख़ीय विरासत से जूझ रहे हैं। जिनके सरोकार तो बुज़ुर्ग मार्क्स जैसे ही हैं, मगर जिनकी भाषा, शब्दावली और सैद्धांतिक ढाँचा 'वैज्ञानिक' नहीं है। उन्होंने इस ओर ध्यान दिलाया कि 1845-46 के दौरान ही पहली बार मार्क्स वह 'वैज्ञानिक अवधारणाएँ' और पद पेश करते हैं जो आगे चलकर मार्क्सवाद की बुनियादी अवधारणाएँ बनकर सामने आती हैं : उत्पादन प्रणाली, उत्पादन संबंध, उत्पादक शक्तियाँ वग़ैरह। 1844 के मार्क्स का नज़रिया फ़ायरबाख़-परस्त नज़रिया है— ऐसा अलथुसे का तर्क था। इसके आधार पर उन्होंने राय दी कि 1845-46 में मार्क्स अपनी ज्ञानमीमांसा के एक पूर्णतः नये चरण में दाख़िल होते हैं। उन्होंने इसे 'ज्ञानमीमांसात्मक विच्छेद' (एपिस्टेमोलॉजिकल ब्रेक) की

संज्ञा दी। यहाँ इस पद के आशय को समझना ज़रूरी है।

यहाँ विच्छेद के मानी हैं कि बेशक़ इससे पहले और इसके बाद मार्क्स के सरोकार वही रहे हों, पर दुनिया को (और उन सरोकारों को) देखने-समझने का उनका तरीक़ा बुनियादी तौर पर बदल गया था। दूसरे शब्दों मे कहा जाए तो बकौल अलथुसे इस विच्छेद से पहले मार्क्स का नज़रिया अवैज्ञानिक व 'आइडियोलॉजिकल' था। विच्छेद के बाद उन्होंने एक नये विज्ञान की बुनियाद रखी। अलथुसे की राय में 'विज्ञान' और 'आइडियोलॉजी' दुनिया को देखने के दो परस्पर विरोधी अंदाज़ हैं। 'आइडियोलॉजी' का अर्थ यहाँ हिंदी में उसके प्रचलित अर्थ यानी 'विचारधारा' से बिल्कुल जुदा है। मार्क्सवाद की ही कुछ व्याख्याओं में इसे, बतर्ज़ एंगेल्स, मोटे तौर पर 'भ्रांत चेतना' के रूप में समझा गया है। आम तौर पर समाज-विज्ञान में भी इससे मिलते जुलते अर्थों में इस पद का इस्तेमाल होता आया है। अलथुसे की रचनाओं में 'आइडियोलॉजी' के मायने इससे भी कुछ अलग हैं: 'आइडियोलॉजी' न तो भ्रांत चेतना है और न ही उसकी पहचान 'सच' और 'झूठ' के आधार पर हो सकती है। 'आइडियोलॉजी' तो अर्थों का पूरा तंत्र है, जो यथार्थ के साथ एक ख़याली रिश्ता क़ायम करता व रखता है। इससे वह 'ग़लत', 'असत्य' या 'झूठ' नहीं हो जाता बल्कि व्यक्ति को एक सब्जेक्ट के रूप में गढ़ता है। लिहाज़ा उसका ताल्लुक़ दुनिया के उस अक्स या नक़्श / नक़्शे (रिप्रेज़ेंटेशन) से है जो सब्जेक्ट और उसकी दुनिया के रिश्ते को परिभाषित करता है। आइडियोलॉजी के ज़रिये ही रोज़मर्रा ज़िंदगी का अमल मुमकिन हो पाता है। इस मायने में उसका काम ज्ञान से नहीं, अमल (प्रैक्टिस) से ताल्लुक़ रखता है। लिहाज़ा इस अर्थ में आइडियोलॉजी व आइडियोलॉजिकल के लिए ख़याल / ख़यालबंद / ख़यालबंदी पद बेहतर मालूम पड़ते हैं। अपने इस तर्क में अलथुसे पांडुलिपियों के 'मार्क्सवाद' को एक (अवैज्ञानिक) ख़याल मानते हैं और दावा करते हैं कि वास्तव में मार्क्सवाद को एक अ-मानवतावादी दर्शन है। यहाँ अ-मानवतावाद मार्क्सवाद के सरोकारों के संबंध में नहीं, बल्कि उसके ज्ञान-दर्शन के संबंध में इस्तेमाल किया गया है : तर्क यह है कि मार्क्सवाद के लिए मानव-समाज के विश्लेषण की इकाई मानव नहीं, उत्पादन प्रणाली और उत्पादन के रिश्ते हैं।

मार्क्सवाद की विरासत पर बहस आज भी जारी है। एक दूसरे ही छोर पर ऐसे ग़ैर-मार्क्सवादी चिंतक/विचारक भी हैं जिनका यह मानना है कि मार्क्स के बाद दुनिया की हर विचारधारा, हर फ़लसफ़ा, उसकी विरासत की क़र्ज़दार है। मिसाल के तौर पर फ़्रांस के उत्तर-आधुनिक वि-संरचनावाद के प्रणेता देरिदा का यह स्पष्ट मत है कि ख़ुद वि-संरचनावाद मार्क्सवाद से पहले के ज़माने में नामुमकिन था। अगर ऊपर के जवान मार्क्स बनाम बुज़ुर्ग मार्क्स वाली बहस को बारीकी से देखें तो इसमें एक तीसरी धारा मिलती है। साथ ही ऐसी भी राय मौजूद है जो यह मानती है कि, हालाँकि अलथुसे कई महत्त्वपूर्ण बातों की ओर ध्यान दिलाते हैं, फिर भी मार्क्स की ख़ोज में एक निरंतरता है जिसे ब्रेक या विच्छेद की संज्ञा नहीं दी जा सकती है। ऐसा मानने वालों में बहुतायत ऐसे विचारकों की है जो यह मानते हैं कि वैज्ञानिक मार्क्स की चिंताओं का केंद्र भी इनसान ही है।

मार्क्सवाद का ज्ञान-दर्शन : मार्क्सवाद और उसके मौजूदा संकट को समझने से पहले यह भी जान लेना ज़रूरी है कि इसे कैसे समझा जाए? मार्क्स के लिए बुनियादी सवाल यह था कि ज्ञानार्जन का क़ायदा (मेथड) क्या हो?

इस सिलसिले में आमतौर पर दो प्रचलित धाराएँ हैं जो मार्क्सवाद के किसी एक पहलू को ज़्यादा अहमियत देकर वस्तुतः उसकी द्वंद्वात्मक दृष्टि गँवा बैठती हैं। एक मान्यता यह है कि मार्क्स अपने ज्ञान-दर्शन में अमल या प्रैक्टिस को तरजीह देते हैं, इसलिए हर थियरी का सच ज़मीनी या ठोस वास्तविकताओं के धरातल पर ही परखा जा सकता है। यही ज्ञानार्जन की प्रक्रिया का शुरुआती बिंदु है और अंततः यहीं हर ज्ञान को लौटना होता है। दूसरी मान्यता *ग्रुंड्रिसे* में मिलने वाले मार्क्स के इस कथन पर आधारित है कि एकमात्र सही वैज्ञानिक क़ायदा वही है जो अमूर्त (ऐब्स्ट्रैक्ट) से मूर्त (कांक्रीट) की ओर बढ़ता है। इस मत के अनुसार किसी वैज्ञानिक अनुसंधान की शर्त यह है कि वैज्ञानिक के पास कोई सैद्धांतिक ढाँचा या थ्योरी हो— बिना उसके वास्तविक दुनिया में तथ्यों की अराजकता में डूब के रह जाने के सिवाय कुछ नहीं हो सकता।

इस मुक़ाम पर यह कहना ज़रूरी है कि मार्क्स के लिए दोनों ही बातें सही हैं और ज्ञानार्जन की एक ही प्रक्रिया के ये दो पहलू हैं। मूर्त से या ठोस से ज्ञान की शुरुआत होती है जो अमूर्त या ऐब्स्ट्रेक्शन तक जाती है— यानी इनसान अपनी इंद्रियों से जो महसूस करता है उसका जब वह अपने मौजूदा ज्ञान से मिलान करने की प्रक्रिया में अपनी अवधारणाएँ (कॉन्सेप्ट) या थियरी बनाता है। मार्क्स का मानना है कि इन अवधारणाओं और सिद्धांतों से लैस हो कर मनुष्य (वैज्ञानिक) मूर्त या ठोस वास्तविकता की ज़मीन पर लौटता है, मगर इस बार वह उसे और गहराई से समझ सकता है। यह ज्ञानार्जन का दूसरा चरण है जो उसके पहले चरण (अहसास) से ज़्यादा पुख़्ता है। इस तरह हर बार अमूर्त या ऐब्स्ट्रैक्ट पर लौटते हुए वह अपने अवधारणागत (कॉन्सेप्चुअल) औज़ारों को और पैना करता है और फिर उन्हीं औज़ारों के साथ हक़ीक़त की ज़मीन पर लौटता है। हर एक चरण से दूसरे चरण के दरमियान बौद्धिक कर्म की एक प्रक्रिया है जो हमारे ज्ञान को और सुदृढ़ बनाती है। लिहाज़ा,

अमल को तरज़ीह देने के बावजूद मार्क्स के लिए बौद्धिक कर्म के बिना कोई वैज्ञानिक ज्ञान पैदा नहीं हो सकता है। इसीलिए मार्क्स मानते थे कि किसी भी सिद्धांत या थियरी की आख़िरी परख सिर्फ़ अनुभव या तजरुबे के धरातल पर नहीं हो सकती। दोनों धरातलों पर ही किसी थियरी की परख मुक़म्मल हो सकती है।

मार्क्सवाद के ज्ञान-दर्शन से संबंधित यह चर्चा इसलिए ज़रूरी थी, क्योंकि पिछले सालों में समाजवाद के ढह जाने के बाद बड़े ज़ोर-शोर से मार्क्सवाद के अंत की भी बात कही जा रही है। ग़ैर-मार्क्सवादी तो ऐसा कह ही रहे हैं, कई पूर्व-मार्क्सवादी भी यह मानने लगे हैं। लेकिन मार्क्सवाद का ही तकाज़ा है कि समाजवाद के ढह जाने के तजरुबों / तथ्यों को लेकर एक बार फिर अपने सैद्धांतिक ढाँचे की ओर लौटा जाए और उसमें मौजूद अवधारणागत औज़ारों को पुनः टटोलते हुए उनकी निर्मम जाँच की जाए।

देखें : अर्नेस्टो चे गुएवारा, आधार और अधिरचना, ऑस्कर रायज़ार्ड लांगे, आंगिक और पारम्परिक बुद्धिजीवी, एंतोनियो ग्राम्शी, कार्ल हाइनरिख़ मार्क्स-1 से 4 तक, क्रांति, क्रांति : मार्क्सवादी विमर्श, ग्योर्गी लूकाच, नयी सदी में मार्क्सवादी विमर्श-1 से 9 तक, निष्क्रिय क्रांति, पेटी बूर्ज्वा, फ्रेड्रिख़ एंगेल्स, फ्रैंकफ़र्ट स्कूल, भारत में किसान संघर्ष-2 और 4, भारतीय कम्युनिस्ट पार्टी, भारतीय कम्युनिस्ट पार्टी (मार्क्सवादी), भारतीय इतिहास लेखन, भाषा के मार्क्सवादी सिद्धांत, भ्रांत चेतना, बोल्शेविक क्रांति, फ्रांस्वा-चार्ल्स मारी फ़ूरिये, क्यूबा की क्रांति, फ्रेंज़ फ़ानो, हिंसा-1 और 2, मानवेंद्र नाथ राय, माओ त्से-तुंग, माओवाद और माओ विचार, मार्क्सवादी इतिहास-लेखन, मार्क्सवादी समाजशास्त्र, मार्क्सवाद और पारिस्थितिकी, मार्क्सवादी अर्थशास्त्र, मिख़ाइल मिख़ाइलोविच बाख़्तिन, समाजवादी वसंत-1 से 4 तक, रॉबर्ट ओवेन, राज्य की मार्क्सवादी अवधारणा, लेनिनवाद, लियोन ट्रॉट्स्की, लिबरेशन थियोलॉजी, सर्वहारा, सांस्कृतिक क्रांति, सैं-सिमों, स्तालिन और स्तालिनवाद, सोवियत समाजवाद-1 से 3 तक, सोवियत सिनेमा, वर्चस्व, व्लादिमिर इलीच लेनिन।

संदर्भ

1. हेलमुट फ्लेशेर (1973), *मार्क्सिज़म ऐंड हिस्ट्री,* एलन लेन, लंदन.
2. जेरल्ड कोहेन (2000), *कार्ल मार्क्सेज़ थियोरी ऑफ़ हिस्ट्री - अ डिफ़ेंस,* 2000, प्रिंसटन युनिवर्सिटी प्रेस, प्रिंसटन.
3. एत्येन बालिबार (1995), *द फ़िलॉसफ़ी ऑफ़ मार्क्स,* वर्सो, लंदन व न्यूयॉर्क.
4. कैरी नेल्सन व लॉरेंस गोसबर्ग (1988), *मार्क्सिज़म ऐंड द इंटरप्रिटेशन ऑफ़ कल्चर,* युनिवर्सिटी ऑफ़ इलिनॉय प्रेस, इलिनॉय.
5. लुई अलथुसे, *फ़ॉर मार्क्स,* 2005, वर्सो, लंदन.

—आदित्य निगम

मार्क्सवाद-3

ऐतिहासिक भौतिकवाद : नियम से होनी तक का सफ़र

(Marxism-3)

समाजवादी प्रयोग की ऐतिहासिक पराजय ने बड़े पुरज़ोर ढंग से यह सवाल हमारे सामने पेश किया है कि इतिहास क्या वाकई एक नियमबद्ध प्रक्रिया है? इसी से जुड़ा, मगर एक दर्जा नीचे का सवाल यह है कि क्या मार्क्सवाद ने इतिहास की नियम-रूपी कुंजियों को ढूँढ निकालने का जो दावा किया था, क्या वह सही था? ये सवाल आज इसलिए उठ रहे हैं, क्योंकि मार्क्सवाद की प्रचलित व्याख्याओं में इतिहास एक सीधी लकीर पर अग्रसर होने वाली प्रकिया थी जिसके कुछ निश्चित चरण थे। ऐसा मान लिया गया था कि मानव इतिहास कुछ इस प्रकार विकसित हुआ है : आदिम साम्यवाद, दास-समाज, सामंतवाद, पूँजीवाद, समाजवाद (जो साम्यवाद का निचला चरण है), साम्यवाद (जो समाज की अंतिम मंज़िल है)। इतिहास के इस ख़ाके को सार्विक मान लिया गया था और हर समाज में ऐसे चरण ख़ोज निकालने की कोशिश होने लगी थी। बहरहाल, इतने सपाट रूप में इतिहास का चित्रण बहुत दिन तो नहीं चल पाया और बहुत जल्दी ही यह पता चल गया कि अतिविकसित पूँजीवाद के साथ एक ही समय में आदिम साम्यवाद कहे जाने वाले समाज भी मौजूद हैं। लिहाज़ा पिछले कई दशकों में ऐसा मानने वाले मार्क्सवादियों की संख्या लुप्त होती चली गयी। मगर यह भी सही है कि इस समझ के पीछे काम कर रही मान्यताएँ और नज़रिया वही रहा— इतिहास के कुछ फ़ौलादी नियम हैं जो उसे निरंतर एक तयशुदा मंज़िल की ओर धकेले लिए जा रहे हैं और यह मंज़िल साम्यवाद है जिसके वाहक सर्वहारा वर्ग और कम्युनिस्ट पार्टी है।

अपने संशोधित संकलन में यह थियरी ख़ास ऐतिहासिक चरणों की बात तो करती थी, मगर इतना भर उसने कहना छोड़ दिया था कि इतिहास काल की रेखा पर इसी तरह अग्रसर होता आया है। ज़ाहिर है, इसमें कुछ और परेशानियाँ भी थीं— मार्क्स का ख़ुद का एशियाई समाजों पर लेखन इस समझ को ख़ारिज कर देता है; क्योंकि उनके अनुसार एशियाई समाजों में सामंतवाद था ही नही। यहाँ सम्पत्ति का मालिक राज्य ही था। इसे मार्क्स ने एशियाई उत्पादन प्रणाली (एशियाटिक मोड ऑफ़ प्रोडक्शन) और ओरिएंटल डिस्पॉटिज़म, आदि कहा था। क्या मार्क्स ऐसा मानते थे? अगर हाँ, तो उनके लिए ऐतिहासिक भौतिकवाद की व्याख्या देना सम्भव नहीं होता।

ऐतिहासिक भौतिकवाद की इस व्याख्या का दूसरा पहलू था कि उसने उत्तरोत्तर फ़ौलादी नियमों की जकड़ के चलते, और इस विश्वास के चलते कि उसने इन नियमों को ख़ोज निकाला है, ऐसी होनियों में यक़ीन करना शुरू कर दिया था जिनका शुरू में इशारा किया गया है। नियम से होनी तक का सफ़र काफ़ी सीधा और सरल था— अगर यह मान लिया जाए कि इतिहास ऐसे फ़ौलादी नियमों के ज़रिये आगे बढ़ता है तो यह नतीजा निकलता है कि जो कुछ भी इतिहास में घटता है वह उन नियमों का ही फल है। लिहाज़ा इतिहास में वही होता है जो होना होता है।

मगर ये नियम क्या थे, और कहाँ से आये? मूलतः ये नियम इस प्रकार हैं : पहला, अपनी ज़िंदगी जीने के लिए इनसान लगातार उत्पादन करता है। दूसरा, इस प्रक्रिया में वह अपने उत्पादन के औज़ार बेहतर करता चला जाता है। इनका निरंतर विकास एक अमोघ नियम है। तीसरा, उत्पादन के ये औज़ार (या उत्पादन की भौतिक शक्तियाँ) ही समाज में ख़ास तरह के पैदावार के रिश्ते बनाती हैं। मिसाल के तौर पर अगर ये औज़ार निचले दर्जे के हैं तो ज़्यादा श्रम और अक्सर सामूहिक श्रम ज़रूरी हो सकता है। जैसे-जैसे ये विकसित होते हैं वैसे-वैसे कम श्रम में ज़्यादा उत्पादन हो सकता है, अतिरिक्त उत्पादन सम्भव हो जाता है और तभी ज़रूरत से ज़्यादा इस अतिरिक्त को हड़पने की कोशिश भी होती है। चौथा, पैदावार के रिश्ते जब तक उत्पादन की शक्तियों के विकास में सहायक होते हैं तभी तक एक ख़ास तरह की समाज व्यवस्था क़ायम रह पाती है। एक समय आता है जब इनमें टकराव शुरू हो जाता है और तब सामाजिक क्रांति का दौर शुरू होता है, सामाजिक उत्पादन के नये रिश्ते गढ़ने का संघर्ष। पाँचवाँ, अर्थव्यवस्था के भीतर हो रहा यह संघर्ष चिरंतन है— वर्ग संघर्ष है और यह तब तक चलेगा जब तक समाज में ऐसे उत्पादन के रिश्ते क़ायम नहीं हो जाते जिनमें उत्पादन शक्तियों का बेलगाम विकास हो सके।

इस नज़रिये से देखें तो नतीजा निकलता है कि राजनीतिक जगत और चेतना जगत में जो कुछ होता है वह एक मायने में निमित्त मात्र (एपिफ़िनामिना) है। इसकी असलियत आर्थिक नींव में है। राजनीति और चेतना जगत तो इसके बिम्ब मात्र है। शुरू में ही ज़िक्र किया जा चुका है कि बकौल एंगेल्स, वे और मार्क्स ही काफ़ी हद तक इसके लिए ज़िम्मेदार थे। यह सही है कि मार्क्स या एंगेल्स ने इस विषय में विभिन्न कारणों से साफ़गोई नहीं बरती। मिसाल के तौर पर वह विवादास्पद 1959 की प्रस्तावना को ही लें, तो उसमें ही मार्क्स आगे कहते हैं कि जहाँ आर्थिक जगत में बदलाव बहुत तेज़ी से आ जाते हैं वहीं राजनैतिक जगत में इनसान सचेत न होने के कारण लड़ता रहता है।

बहरहाल, ऐतिहासिक भौतिकवाद की इस व्याख्या का एक नतीजा यह हुआ कि आर्थिक नींव इस सैद्धांतिक ढाँचे में अंततः राजनीति-शून्य अर्थव्यवस्था बन कर रह गयी। इतिहास की इस व्याख्या में उत्पादनवाद ही हावी हो गया। इसी के प्रभाव के कारण समाजवादी देश आत्मसंतोष किये बैठे थे कि इतिहास में उत्पादन ही असली सच है और बाक़ी सब माया है। वे यह भूल गये थे कि मनुष्य एक सचेतन राजनीतिक जीव है जिसकी अन्य आकांक्षाएँ भी होती हैं, और जिनका पूरा होना आवश्यक होता है। जबकि असलियत यह थी कि ख़ुद मार्क्स के लिए अर्थव्यवस्था ख़ुद एक राजनीतिक शै थी और *पूँजी* के पहले खण्ड में उन्होंने पूँजीवादी श्रम प्रक्रिया के तमाम राजनीतिक आयामों को खोलकर सामने रखा था।

मशहूर इतालवी दार्शनिक लूचियो कोलेटी ने इसी विषय पर रोशनी डालते हुए कहा है— 'ऐसा नहीं था कि मार्क्स ने विशुद्ध आर्थिक विश्लेषण से शुरुआत की हो और फिर उसमें ऐतिहासिक और राजनीतिक तत्त्वों के तथ्य भर दिये हों। उन्होंने दो अलग पैमानों को लेकर अपना काम नहीं किया, बल्कि शुरुआत से ही ऐसी अवधारणाओं का इस्तेमाल किया जो अपने अंदरूनी, बुनियादी ढाँचे में, एकबारगी उत्पादन के कारण भी थे और सामाजिक-ऐतिहासिक कारिंदे भी। उनकी अवधारणाएँ आर्थिक और ऐतिहासिक दोनों थीं और हैं।' कोलेटी अपने समर्थन में प्रख्यात अर्थशास्त्री जोसेफ़ शुमपीटर के निम्नलिखित बयान को उद्धृत करते हैं : 'हमने देखा किस तरह मार्क्सवादी तर्क में समाजशास्त्र और अर्थशास्त्र एक दूसरे में गुँथे हुए हैं। अपनी नीयत में और कुछ हद तक असल व्यवहार में दोनों एक हैं... श्रम की आर्थिक अवधारणा और सामाजिक वर्ग के रूप में सर्वहारा आपस में सिद्धांततः एक बना दिये गये हैं।' फ्रांस के संरचनावादी मार्क्सवादी निकोस पूलांत्साज़ भी इसी विषय पर तफ़सील से चर्चा करते हुए कहते हैं— 'यह ज़रूरी है कि हम ख़ुद को उस औपचारिकतावादी-अर्थवादी नज़रिये से दूर रखें, जिसके मुताबिक़ अर्थव्यवस्था ऐसे तत्त्वों से मिलकर बनती है जो तमाम उत्पादन प्रणालियों में अपरिवर्तित ही रहते हैं... ऐसे नज़रिये में उन संघर्षों की भूमिका धूमिल हो जाती है जो उत्पादन और शोषण के रिश्तों के भीतर समाये होते हैं।' वे आगे कहते हैं कि राज्य का राजनीतिक (और विचारधारा का) दायरा हमेशा अलग-अलग रूपों में पैदावार के रिश्तों के बनने-बिगड़ने और पुनरुत्पादन में शरीक रहता है।

आज इस विषय पर मार्क्सवादी बुद्धिजीवियों में ज़्यादातर सहमति ही है कि इस तरह का अर्थवाद या उत्पादनवाद मार्क्स और एंगेल्स के नज़रिये से जुदा है। यह भी कुछ हद तक स्वीकार किया जाने लगा है कि यह विकार मार्क्सवाद में दूसरे इंटरनैशनल के ज़माने से आया। ब्रिटेन के

मार्क्सवादी विद्वान स्टुअर्ट हॉल के शब्दों में, 'इस समस्या (नींव और ऊपरी ढाँचे की समस्या) का स्पष्टीकरण देना एंगेल्स का सबसे ज़रूरी काम होता जा रहा था— ख़ासतौर पर इसलिए, क्योंकि बड़ी तेज़ी से मार्क्सवाद पॉज़िटिव साइंस के दायरे में सिमटता चला जा रहा था जो उसे आर्थिक डिटरमिनिज़्म भर बना कर रख दे रहा था जिसके तहत ऊपरी ढाँचा महज़ नींव की एक धुँधली और यांत्रिक छाया मात्र था। यह एक ऐसा रुझान था जो अंततः दूसरे अंतर्राष्ट्रीय के सरकारी संकलन के रूप में प्रतिष्ठित होना था।'

मार्क्स-एंगेल्स के लेखन और बौद्धिक-दार्शनिक विकास के तीन चरण काफ़ी साफ़ दिखाई देते हैं। इन तीनों चरणों में मार्क्स की इतिहास की अवधारणा में भी कुछ बदलाव आया। अक्सर ऐतिहासिक भौतिकवाद पर बहस इन्हीं तीनों में से किसी एक नज़रिये को अंतिम सत्य मान कर की जाती है। विरासत को लेकर खींचतान में यह एक कारक रहा है। साथ ही शायद एक बात और कह देना मुनासिब होगा : इन दार्शनिक बहसों के पीछे कुछ राजनीतिक कारण और मजबूरियाँ भी रही हैं। मसलन 1844 की पेरिस पांडुलिपियाँ मार्क्स के मानवतावाद को उजागर करने में सहायक हैं तो वे मार्क्स ही के नाम पर दूसरे और तीसरे इंटरनैशनल के यांत्रिक और अ-मानवतावादी (जो ग़ैर-लोकतांत्रिक भी है) मार्क्सवाद को चुनौती देने में भी मददगार हैं। हेलमुट फ़्लेशर इन तीन नज़रियों को इस तरह रखते हैं :

1. इतिहास की वह समझ जिसमें इतिहास के मायने सार्वभौम हैं। इस धारणा के मुताबिक़ इतिहास मानवीकरण की प्रक्रिया है। युवक मार्क्स के लिए यह प्रक्रिया एक आदर्श अर्थ में समझी गयी जबकि बाद के मार्क्स-एंगेल्स के लिए यह प्रक्रिया एक प्राकृतिक प्रक्रिया के रूप में नज़र आती है, जिसमें इतिहास एक मायने में वानर के मानवीकरण की प्रक्रिया है— एक नयी प्रजाति के जन्म की प्रक्रिया है।

2. दूसरी धारणा मानव समाज के ठोस आचरण पर आधारित है जिसमें इतिहास को इनसानी अमल के नतीजे के रूप में देखा गया है। यह नतीजा हमेशा वही नहीं होता जैसा इतिहास के कारिंदे चाहते हैं, बल्कि अक्सर उससे बिल्कुल अलग होता है।

3. तीसरी धारणा वस्तुपरक ऐतिहासिक संरचनाओं और प्रक्रियाओं पर आधारित है। यहाँ इतिहास एक ऐसी प्रक्रिया है जो ख़ास नियमों के मुताबिक़ घटती है। फ़्लेशर के मुताबिक़ मार्क्स के लिए समाजवाद और साम्यवाद का विचार एक तरह से इनसानी समाज के उद्धार को सर्वहारा के उद्धार से जोड़ने का विचार था जिसके माध्यम से इनसान उन हालात को और बेहतर ढंग से समझ सकता है जिनके चलते वह एक ग़ुलाम, लावारिस, नीच और हिकारत के क़ाबिल चीज़ बन कर रह गया है। 1844 की पेरिस पांडुलिपियों में मार्क्स ने इनसान के लिए और उसके वजूद के तरीक़ों के लिए इतिहास के क्या मायने हो सकते हैं— इसका एक महत्त्वपूर्ण जवाब दिया। इतिहास इनसान के लिए एक ऐसे आदर्श का चरितार्थ होना था जो उसके लिए लाज़मी था— उसकी मुक़म्मल मानवता का, उसकी फ़ितरत की तमाम छिपी सम्भावनाओं का विकास।

मगर फ़्लेशर आगे कहते हैं कि इतिहास में आत्म-प्राप्ति (सेल्फ़-रियलाइजेशन) की प्रवृत्ति का यह ख़याल ज़्यादा दिन नहीं चला और साल भर बाद ही मार्क्स ने इसकी काफ़ी तीखी आलोचना की— एक बिल्कुल ही अलग सैद्धांतिक ढाँचे से। उनके अनुसार यह नज़रिया 1959 की प्रस्तावना में भी सामने आया। जब उन्होंने अब तक के मानव समाज के इतिहास को प्राक्-इतिहास बताया।

मार्क्सवादियों में एक हिस्से की राय यह भी है कि दरअसल मार्क्स ने कोई इतिहास-दर्शन दिया ही नहीं। वे जिन नियमों की बात कर रहे थे वह तो पूँजीवादी समाज के विकास के नियम थे। लेकिन मार्क्स-एंगेल्स के लेखन से ऐसा लगता नहीं कि वे जब इतिहास की बात करते हैं जो सिर्फ़ पूँजीवाद की बात कर रहे होते हैं। 1844 के दस्तावेज़ों में जहाँ मार्क्स का मानवतावाद झलकता है वहीं उनमें, जैसा अलथुसे ने दिखाया है, मार्क्स के बौद्धिक विकास का मार्क्सवाद-पूर्व नज़रिया भी झलकता है। इस मायने में 1845-46 मार्क्स के बौद्धिक व दार्शनिक विकास में सचमुच एक विच्छेद है और इस समय की उनकी (व एंगेल्स की) दो बहुत महत्त्वपूर्ण रचनाएँ हैं। वे दोनों ही रचनाएँ मार्क्स के अपने पूर्ववर्ती दार्शनिक विवेक से हिसाब चुकता करने के दस्तावेज़ हैं। इनसे पहले मार्क्स पर लुडविग फ़ायरबाख़ के भौतिकवाद का बहुत असर था। इन दोनों ही रचनाओं में मार्क्स ने अपनी बौद्धिक विरासत के उस हिस्से को अलविदा किया। इन्हीं रचनाओं *थीसिस ऑन फ़ायरबाख़* व *जर्मन आइडियॉलॅजी* की चर्चा पहले की जा चुकी है।

देखें : अर्नेस्टो चे गुएवारा, आधार और अधिरचना, ऑस्कर रायज़ार्ड लांगे, आंगिक और पारम्परिक बुद्धिजीवी, एंतोनियो ग्राम्शी, कार्ल हाइनरिख़ मार्क्स-1 से 4 तक, क्रांति, क्रांति : मार्क्सवादी विमर्श, ग्योर्गी लूकाच, नयी सदी में मार्क्सवादी विमर्श-1 से 9 तक, निष्क्रिय क्रांति, पेटी बूर्ज्वा, फ्रेड्रिख़ एंगेल्स, फ़्रैंकफ़र्ट स्कूल, भारत में किसान संघर्ष-2 और 4, भारतीय कम्युनिस्ट पार्टी, भारतीय कम्युनिस्ट पार्टी (मार्क्सवादी), भारतीय इतिहास लेखन, भाषा के मार्क्सवादी सिद्धांत, भ्रांत चेतना, बोल्शेविक क्रांति, फ्रांस्वा-चार्ल्स मारी फ़ूरिये, क्यूबा की क्रांति, फ्रेंज़ फ़ानो, हिंसा-1 और 2, मानवेंद्र नाथ राय, माओ त्से-तुंग, माओवाद और माओ विचार, मार्क्सवादी इतिहास-लेखन, मार्क्सवादी समाजशास्त्र, मार्क्सवाद और पारिस्थितिकी, मार्क्सवादी अर्थशास्त्र, मिख़ाइल मिख़ाइलोविच बाख़्तिन, समाजवादी वसंत-1 से 4 तक, रॉबर्ट ओवेन, राज्य की मार्क्सवादी अवधारणा, लेनिनवाद, लियोन ट्रॉट्स्की, लिबरेशन थियोलॅजी, सर्वहारा, सांस्कृतिक क्रांति, सैं-सिमों, स्तालिन और स्तालिनवाद, सोवियत समाजवाद-1 से 3 तक, सोवियत सिनेमा, वर्चस्व, व्लादिमिर इलीच लेनिन।

संदर्भ

1. हेलमुट फ्लेशेर (1973), *मार्क्सिज़म ऐंड हिस्ट्री,* एलन लेन, लंदन.
2. जेरल्ड कोहेन (2000), *कार्ल मार्क्सेज़ थियोरी ऑफ़ हिस्ट्री – अ डिफ़ेंस,* 2000, प्रिंसटन युनिवर्सिटी प्रेस, प्रिंसटन.
3. एत्येन बालिबार (1995), *द फ़िलॉसफ़ी ऑफ़ मार्क्स,* वर्सो, लंदन व न्यूयॉर्क.
4. कैरी नेल्सन व लॉरेंस गोसबर्ग (1988), *मार्क्सिज़म ऐंड द इंटरप्रिटेशन ऑफ़ कल्चर,* युनिवर्सिटी ऑफ़ इलिनॉय प्रेस, इलिनॉय.
5. लुई अलथुसे, *फॉर मार्क्स,* 2005, वर्सो, लंदन.

—आदित्य निगम

मार्क्सवाद-4

नींव और ऊपरी ढाँचे का सवाल

(Marxism-4)

मार्क्स के दार्शनिक विकास में इस विच्छेद के बारे में फ्लेशर का कहना है : 'पहले मार्क्स इतिहास के कर्त्तव्यों के बारे में और इतिहास की सेवा में दर्शन के बारे में बात किया करते थे, मगर अब वे पुरज़ोर ढंग से इतिहास के दैवीकरण के हर विचार को नकारते हैं। इतिहास कुछ नहीं करता, उसके पास कोई ज़बरदस्त ख़ज़ाना नहीं है, वह कोई लड़ाइयाँ नहीं लड़ता। बल्कि वह इनसान है, असली जीता-जागता इनसान जो ये सब करता है, ... इतिहास नाम की ऐसी कोई चीज़ नहीं है जो इनसान को अपने मक़सद के लिए इस्तेमाल करती है— गोया वह कोई स्वतंत्र व्यक्ति हो— क्योंकि इतिहास और कुछ भी नहीं सिवाय इनसान के अमल के जो लगातार अपने मक़सद हासिल करने की कोशिश में है।' इसके बाद से, बकौल फ़्लेशर, मार्क्स लगातार अपनी आलोचना हर प्रकार के ऐतिहासिक नियतिवाद की ओर केंद्रित करते हैं। अगर इस अर्थ में देखें तो इतिहास में जो कुछ हुआ वह पूर्व-निर्धारित नहीं था, बल्कि किसी भी ख़ास मुक़ाम पर क्या स्थितियाँ थीं, ताक़तों का संतुलन कैसा था, वर्ग-विन्यास कैसा था, आर्थिक ढाँचा कैसा था— इन तमाम के चलते ही इतिहास का घटनाक्रम आगे बढ़ता है। इस नज़रिये से देखें तो इतिहास के नियम सिर्फ़ एक व्यापक दायरे में छिपी सम्भावनाओं को रेखांकित कर सकते हैं। अंततः इतिहास किस दिशा में जाएगा, कौन-सी सम्भावनाएँ फल देंगी और कौन-सी मुरझा जाएँगी— यह सब इस ऐतिहासिक मुक़ाम पर निर्भर करता है और उसमें मौजूद ख़ास परिस्थितियों पर। मिसाल के तौर पर, अगर यह सही है कि उत्पादन की शक्तियों का निरंतर विकास अंततः उन्हें सामाजिक पैदावार के रिश्तों के साथ टकराव की स्थिति में लाता है, तो अंततः यह टकराव किस दिशा में हल होगा, यह कोई नियम नहीं बता सकता। यह निर्भर करता है उस ऐतिहासिक नियतिवाद को नकारने का ही नतीजा था कि *जर्मन आइडियॉलॉजी* में मार्क्स-एंगेल्स ने साम्यवाद की परिभाषा भी बदल डाली। इस मुक़ाम पर आ कर उनके लिए साम्यवाद कोई आदर्श नहीं रह गया था जिसे हासिल करना है, बल्कि यह उस ज़िंदा आंदोलन का नाम है जो मौजूदा हालात को ख़त्म करेगा।

यही बात उन्होंने ढाई दशक बाद पेरिस कम्यून पर लिखते हुए दोहरायी : 'उनके (मज़दूरों) के पास कोई आदर्श नहीं है जिसे उन्हें हासिल करना है। उन्हें तो नये समाज के उन तत्त्वों को आज़ाद करना है जो पुरानी, डगमगाती बूर्ज़्वा समाज व्यवस्था के गर्भ में मौजूद हैं।'

मार्क्सवादी इतिहास दर्शन की दूसरी पेचीदा समस्या हैं नींव व ऊपरी ढाँचे की समस्या। यह समस्या क्या है? ठीक जिस प्रकार नियमों का सवाल प्रचलित मार्क्सवाद में एक आस्था का सवाल बन गया था उसी प्रकार 1859 के प्रस्तावना में इस्तेमाल की गयी यह उपमा एक थियरी का दर्जा पा गयी। मार्क्स ने अपने तर्क को पेश करते हुए इस उपमा का सहारा लेते हुए कहा था कि आर्थिक ढाँचा समाज की नींव है और उसके ऊपर खड़ा राजनीतिक-वैधानिक-चेतना जगत गोया इमारत का ऊपरी ढाँचा है। यह भी सही है कि इस प्रस्तावना में मार्क्स ने यह दावा भी किया था कि नींव ही ऊपरी ढाँचे के रूपों को निर्धारित करती है।

हम पहले ही देख चुके हैं कि इस समस्या का एंगेल्स ने किस तरह बार-बार सामना किया। यह भी हम देख चुके हैं कि एंगेल्स का जवाब यह था कि आर्थिक नींव अंतिम विश्लेषण में ऊपरी ढाँचे को निर्धारित करती है। मगर इससे समस्या का हल नहीं हुआ, क्योंकि इतना कह देने मात्र से कि अन्य कारक भी अपनी भूमिका अदा करते हैं, सवाल का जवाब नहीं बनता। यह सवाल फिर भी रह जाता है कि अगर आर्थिक कारक प्रधान हैं और अंततः निर्धारक हैं, और विचार, चेतना, विधान / क़ानून आदि सब उसी आधार पर पैदा होते हैं तो फिर उनकी सापेक्ष स्वायत्तता (रिलेटिव ऑटोनॉमी) कहाँ से आती है? दरअसल नींव-ऊपरी ढाँचे की समस्या प्रकारांतर से दर्शन की उसी पुरानी समस्या का पुनराविर्भाव था कि चेतना पहले आती है या पदार्थ पहले? यहाँ भी एक हद तक वही यांत्रिकीकरण की प्रक्रिया देखी जा सकती है जो पहले हम नियमों के संबंध में देख चुके हैं। फ़ायरबाख़ के यांत्रिक भौतिकवाद से अपना हिसाब चुकता करते समय मार्क्स ने अपनी रचना *थीसिस ऑन फ़ायरबाख़* की पहली ही थीसिस में लिखा था : 'अब तक के तमाम पुराने भौतिकवाद की सबसे बड़ी कमज़ोरी यह थी कि वस्तु

(ऑब्जेक्ट), यथार्थ (एक्चुएलिटी) या भौतिक (सेंसुअसनेस) को वे महज़ वस्तु या अहसास के रूप में देखते हैं, महसूस करने वाले इनसानी अमल (प्रैक्सिस) के रूप में नहीं, न ही उसे वे मनोगत/चेतानगत रूप में देखते हैं। लिहाज़ा, भौतिकवाद के विरोध में, इस सक्रिय पहलू को सिर्फ़ भाववाद ने ही विकसित किया— मगर अमूर्त रूप में... फ़ायरबाख भौतिक (सेंसुअस) वस्तुओं को बौद्धिक वस्तुओं (थॉट ऑब्जेक्ट्स) से अलग तो करना चाहते हैं, मगर वे इनसानी अमल को वस्तुगत (या भौतिक) के रूप में नहीं देख पाते...।'

अपने इसी विचार को मार्क्स *प्रस्तावना* में कई साल बाद यह कह कर दोहराते हैं, कि इनसान की चेतना उसके वजूद को निर्धारित नहीं करती, बल्कि, इसके विपरीत उसका सामाजिक वजूद उसकी चेतना को निर्धारित करता है। अर्थात्, चेतना निर्जीव भौतिक पदार्थ से नहीं, बल्कि सामाजिक वजूद से पैदा होती है— यह मार्क्स का निष्कर्ष था जो कालांतर में भुला दिया गया। याद रहे कि मार्क्स के नज़रिये में सामाजिक वजूद सक्रिय, सचेतन, अमल (प्रैक्सिस) के सिवा कुछ भी नहीं है। यहाँ थोड़ा रुक कर एक बात साफ़ कर लेना ठीक होगा। अंग्रेज़ी में इस्तेमाल होने वाला शब्द बीइंग या जर्मन शब्द दासियन के मायने पूरी तरह वजूद या अस्तित्व शब्दों में नहीं सिमटते। एक बैंगन या आलू का भी वजूद या अस्तित्व हो सकता है, मगर बीइंग या दासियन में जीने की क्रिया का अर्थ भी शामिल है। लिहाज़ा, जब मार्क्स यह कहते हैं कि सामाजिक वजूद चेतना को निर्धारित करता है तब उनका आशय सामाजिक रूप से जीने की क्रिया से है। सामाजिक-आर्थिक संरचना जैसे फ़िकरे का जब मार्क्स या मार्क्सवादी इस्तेमाल करते हैं तो कोलेटी का कहना है कि वह इसी बात को दर्शाता है कि पूँजी का विषय एक समग्र विषय है और यह इसलिए, क्योंकि भौतिक और विचारधारात्मक स्तरों को अलग करना असम्भव है... वह एक ऐसी चीज़ है जो एक ही साथ सामाजिक वजूद भी है और सामाजिक चेतना भी। लिहाज़ा, इस पृष्ठभूमि में अगर हम प्रचलित मार्क्सवाद के नींव-ऊपरी ढाँचा समस्या को देखें तो पाएँगे कि दरअसल अतिसरलीकरण करके एक उपमा को थियरी का दर्जा दे दिया गया है।

इस सवाल पर एंगेल्स के बाद से अंतहीन बहसें हो चुकी हैं, मगर शायद इस पर नये सिरे से गम्भीर बहस शुरू करने का श्रेय अलथुसे को ही जाता है। अलथुसे ने इस विषय को जिस तरह पेश किया है वह इससे पहले ग्राम्शी द्वारा की गयी कोशिशों से बिल्कुल अलग है। इस संदर्भ में स्टुअर्ट हॉल कहते हैं : 'लेनिन और ग्राम्शी के बाद से - जब तक पूलांत्साज़ और अलथुसे ने इस सवाल को फिर से दो टूक ढंग से एजेंडे में शामिल नहीं कर दिया— ऊपरी ढाँचे का सवाल, अपने सही मार्क्सवादी अर्थों में...बुरी तरह उपेक्षित सवाल रहा है।'

ग्राम्शी का ज़्यादातर काम ऊपरी ढाँचों से संबंधित आर्थिक रिडक्शनिस्ट थियरियों के ख़िलाफ़ विवादों के रूप में है। उनकी दलील यह है कि राजनीति की एक मार्क्सवादी थियरी गढ़ने के लिए नींव और ऊपरी ढाँचे के संबंध का सही ढंग से उठाया जाना बुनियादी सवाल है। विकासमान पूँजीवादी संबंधों की हालत में, बुनियादी वर्गीय रिश्ते ऊपरी ढाँचों के पेचीदा दायरों के ज़रिये फैलते हैं। केवल इसी तरह पूँजीवाद के सामाजिक रिश्तों का इस तरह पुनरुत्पादन सम्भव है जिससे उत्तरोत्तर नागरिक, सामाजिक, राजनीतिक और सांस्कृतिक जीवन को पूँजी की व्यापक ज़रूरतों के अनुकूल बनाया जा सकता है। एक विकसित पूँजीवादी सामाजिक संरचना में पूँजी के वर्चस्व का यह फैलाव इसी बात पर निर्भर करता है कि राज्य और नागर समाज किस हद तक विकसित हुए हैं। यहाँ ग्राम्शी ने राज्य के नैतिक कामों पर काफ़ी ध्यान दिया, जिससे उनका मतलब था वह काम जो राज्य पूँजी की ओर से सभ्यता के एक नये चरण का निर्माण करने के लिए करता है, ऐसे नये क़िस्म के सामाजिक व्यक्ति को तैयार करने के लिए करता है जो भौतिक अस्तित्व के नये स्तरों के अनुकूल हो (जो स्तर पूँजीवाद की नींव के विकास पर आधारित होते हैं)।

ग्राम्शी की व्याख्या करते हुए हाल आगे कहते हैं कि परिवार, क़ानून, शिक्षा, समूचे सांस्कृतिक तामझाम, गिरजे, आदि के बीच और उनके साथ राज्य के कामों के ज़रिये ही पूँजीवाद वस्तुतः एक उत्पादन प्रणाली मात्र न रह कर सामाजिक जीवन का एक मुक़म्मल रूप बन जाता है जो बाक़ी हर चीज़ को अपने अधीन कर लेता है। हाल राज्य के इन कामों ही में बुद्धिजीवियों के नये तबक़े पैदा करने, राजनीतिक पार्टियों और जनमत बनाने आदि के काम जोड़ते हैं। ग्राम्शी ने इस तरह ऊपरी ढाँचे के इन तमाम पहलुओं पर अलग से सोचने-विचारने की ज़मीन खोल दी। उनके इस प्रयास में वर्चस्व या हेजेमॅनी की अवधारणा केंद्रीय है। ग्राम्शी बिना शास्त्रार्थ में पड़े मार्क्सवाद की अपनी समझ से राजनीति, राज्य, नागर समाज आदि में शासक/पूँजीपति वर्ग के विचारधारात्मक दबदबे को समझने की कोशिश में वर्चस्व की अपनी अवधारणा पेश करते हैं जो, जैसा कि हॉल के उद्धरण से साफ़ है, शासन के लिए वैचारिक मंज़ूरी गढ़ने की प्रक्रिया है। ग्राम्शी की यह अवधारणा दरअसल एंगेल्स की आइडियॉलॅजी की अवधारणा के काफ़ी क़रीब है— वह एक मायने में एक छद्म चेतना है। जो भी हो, ग्राम्शी की इस कोशिश की अहम बात यह है कि वे, कुछ हद तक लेनिन की तरह ही, शास्त्रों के बंधन से आज़ाद हैं— शायद लेनिन से कहीं ज़्यादा। इसका मतलब यह क़तई नहीं है कि मार्क्सवाद के सिद्धांतों के प्रति उनका रवैया मौक़ापरस्त है।

इसका मतलब सिर्फ़ इतना है कि वे शायद इस बात को समझ रहे थे कि मार्क्सवाद का सिद्धांत ख़ुद बनने की प्रक्रिया में है और रहेगा, लिहाज़ा शब्दजाल के पार जाकर उसके मूल दर्शन को समझना ज़रूरी है।

अलथुसे बिल्कुल दूसरे छोर पर एक निहायत ही सख़्त जिरह के माध्यम से इस अंतत: निर्धारक कारक के बारे में बहस चलाते हैं। उनका तर्क है कि सामाजिक-आर्थिक संरचना एक समग्र इकाई है- इसके तमाम स्तरों को अलहदा नहीं किया जा सकता है। आर्थिक-राजनीतिक इसके विभिन्न स्तर पर आयाम हैं जो एक दूसरे में गुँथे हैं। ये तीनों आयाम अपनी-अपनी सापेक्ष स्वायत्तता तो लिए रहते हैं, मगर इनमें आर्थिक आयाम की एक मैट्रिक्स भूमिका होती है जो इन आयामों के चरित्र और रिश्तों को निर्धारित करती है। अलथुसे के इस नज़रिये के अनुसार ये तीनों अकाट्य रूप से एक सामाजिक समग्र का हिस्सा हैं जिनमें किसी भी मुक़ाम पर कोई भी आयाम हावी हो सकता है या निर्धारक हो सकता है। मगर यह भी उस आर्थिक मैट्रिक्स की भूमिका बताता है कि कब कौन सा आयाम निर्धारक होगा। मगर यहाँ अलथुसे के सैद्धांतिक ढाँचे में, आर्थिक आयाम की मैट्रिक्स भूमिका, स्वतंत्र अर्थव्यवस्था की नहीं, बल्कि समग्र संरचना के एक अकाट्य आयाम की भूमिका है। इसीलिए अलथुसे इसे स्ट्रक्चरल कॉज़ैलिटी की संज्ञा देते हैं। उनकी निगाह में आर्थिक आयाम की अपनी अंतत: निर्धारिक भूमिका ही है; स्ट्रक्चरल कॉज़ैलिटी इस मायने में कई कारकों के मेल से बनती है। यहाँ किसी बेहतर शब्दावली के अभाव में हम इन शब्दों का इस्तेमाल कर रहे हैं। मगर स्पष्टीकरण के तौर पर यह कह दें कि अलथुसे के लिए ये अलग-अलग तत्त्वों से मिलकर बनी समग्रता नहीं है, बल्कि इसके विपरीत वह एक समग्रता है जो हमें अलग-अलग दिखाई देती है— आर्थिक, राजनीतिक व विचारधारात्मक आयामों में। अगर एक अतिसरलीकृत उपमा का सहारा लेकर कहा जाए तो जैसे संतरा अलग-अलग फ़ाँकों को मिलाकर नहीं बनाया जाता, उन्हें हम अपनी खाने की सहूलियत के लिए अलग करते हैं। उसी तरह समाज की इस परिपूर्ण समग्रता में से हम अपने समझने की सहूलियत के लिए इन आयामों को अलग ही कर लेते हैं और फिर उन अलग हिस्सों को स्वतंत्र इकाइयाँ मान लेने की भूल कर बैठते हैं।

स्टुअर्ट हॉल मार्क्स के कुछ उद्धरणों का सहारा लेकर इसी बात को थोड़े और सरल ढंग से रखते हैं। उनका मानना है कि अलथुसे का यह ख़याल ग़लत है कि नींव-ऊपरी ढाँचे का मुद्दा सिर्फ़ मार्क्स के बौद्धिक संक्रमण के समय का है और इसे साबित करने के लिए वे *पूँजी* के खण्ड 3 का एक प्रसंग उद्‌धृत करते हुए कहते हैं : 'एक जर्मन आलोचक ने 1859 की *प्रस्तावना* का हवाला दिया था और पूँजीवाद के दौर में आर्थिक स्तर की प्राथमिकता स्वीकारते हुए भी यह कहा था कि इससे पहले के समाज में, सामंतवाद और पुरातन समाज में ऐसा नहीं था, वहाँ राजनीति सर्वोपरि थी। मार्क्स ने इसके जवाब में अपनी बुनियादी प्रस्थापना को दोहराया था, आर्थिक ढाँचा ही असली आधार है... मध्यकाल सिर्फ़ कैथॅलिकवाद की खुराक पर ज़िंदा नहीं रह सकता था, न पुरातन रोम राजनीति की खुराक पर।' इसके बाद हॉल के अनुसार, मार्क्स आगे कहते हैं कि दरअसल वह समाज की तरह जीविका जुटा रहा था। वही तय करता है कि क्यों यहाँ राजनीति और वहाँ कैथॅलिकवाद मुख्य भूमिका अदा कर रहे थे।

देखें : अर्नेस्टो चे गुएवारा, आधार और अधिरचना, ऑस्कर रायज़ार्ड लांगे, आंगिक बुद्धिजीवी, एंतोनियो ग्राम्शी, कार्ल हाइनरिख़ मार्क्स-1 से 4 तक, क्रांति, क्रांति : मार्क्सवादी विमर्श, ग्योर्गी लूकाच, नयी सदी में मार्क्सवादी विमर्श-1 से 9 तक, निष्क्रिय क्रांति, पेटी बूर्ज्वा, फ्रेड्रिख़ एंगेल्स, फ्रैंकफ़र्ट स्कूल, भारत में किसान संघर्ष-2 और 4, भारतीय कम्युनिस्ट पार्टी, भारतीय कम्युनिस्ट पार्टी (मार्क्सवादी), भारतीय इतिहास लेखन, भाषा के मार्क्सवादी सिद्धांत, भ्रांत चेतना, बोल्शेविक क्रांति, फ्रांस्वा-चार्ल्स मारी फ़ूरिये, क्यूबा की क्रांति, फ्रेंज़ फ़ानो, हिंसा-1 और 2, मानवेंद्र नाथ राय, माओ त्से-तुंग, माओवाद और माओ विचार, मार्क्सवादी इतिहास-लेखन, मार्क्सवादी समाजशास्त्र, मार्क्सवाद और पारिस्थितिकी, मार्क्सवादी अर्थशास्त्र, मिख़ाइल मिख़ाइलोविच बाख़्तिन, समाजवादी वसंत-1 से 4 तक, रॉबर्ट ओवेन, राज्य की मार्क्सवादी अवधारणा, लेनिनवाद, लियोन ट्रॉट्स्की, लिबरेशन थियोलॅजी, सर्वहारा, सांस्कृतिक क्रांति, सैं-सिमों, स्तालिन और स्तालिनवाद, सोवियत समाजवाद-1 से 3 तक, सोवियत सिनेमा, वर्चस्व, व्लादिमिर इलीच लेनिन।

संदर्भ

1. हेलमुट फ्लेशेर (1973), *मार्क्सिज़्म ऐंड हिस्ट्री,* एलन लेन, लंदन.
2. जेरल्ड कोहेन (2000), *कार्ल मार्क्सेज़ थियोरी ऑफ़ हिस्ट्री - अ डिफ़ेंस,* 2000, प्रिंसटन युनिवर्सिटी प्रेस, प्रिंसटन.
3. एत्येन बालिबार (1995), द *फ़िलॉसफ़ी ऑफ़ मार्क्स,* वर्सो, लंदन व न्यूयॉर्क.
4. कैरी नेल्सन व लॉरेंस गोसबर्ग (1988), *मार्क्सिज़्म ऐंड द इंटरप्रिटेशन ऑफ़ कल्चर,* युनिवर्सिटी ऑफ़ इलिनॉय प्रेस, इलिनॉय.
5. लुई अलथुसे, *फ़ॉर मार्क्स,* 2005, वर्सो, लंदन.

—आदित्य निगम

मार्क्सवाद-5

पुनर्रचना के तीन बिंदु

(Marxism-5)

नींव और ऊपरी ढाँचे के रिश्तों का सवाल मार्क्सवादी आंदोलन के सामने भी एक अहम मुद्दा बन कर उभरता रहा। वह सिर्फ़ कोरे बौद्धिक बहसों का विषय नहीं था। ग्राम्शी के लिए सवाल यह समझने का था पूँजीवाद अगर सिर्फ़ राजशक्ति के बूते पर नहीं टिका रहता तो वह शोषित तबक़ों की वैचारिक मंज़ूरी कैसे अर्जित करता है? वहीं माओ त्से तुंग के सामने सवाल यह था कि समाजवादी समाज में, जहाँ नींव बदली जा चुकी है, वहाँ लोगों की चेतना, सोचने समझने का ढंग, संस्कार, आदि क्यों नहीं बदलते? स्तालिनोत्तर काल में सोवियत संघ में ख़ुश्चेव के सत्तारोहण को माओ समेत दुनिया की कई कम्युनिस्ट पार्टियों और सिद्धांतकारों ने संशोधनवाद की विजय बताया। लेनिन की परिभाषा के मुताबिक़ संशोधनवाद मार्क्सवाद पर बूर्ज़्वा विचारधारा का असर था। माओ के सामने यह सवाल उठा कि अगर सामाजवादी नींव की रचना के चार दशकों बाद भी बूर्ज़्वा विचारधारा का असर हावी है तो क्या यह सिर्फ़ दुनिया के पैमाने पर पूँजीवाद और साम्राज्यवाद के वजूद के कारण है? क्या इसके कोई अंदरूनी कारण नहीं हैं? क्या चीन में ऐसा नहीं हो सकता है?

माओ ने इसकी एक व्याख्या इस तरह दी : क्योंकि समाजवाद के प्राथमिक चरणों में जिंस-उत्पादन (कमॉडिटी प्रोडेक्शन) जारी रहता है और छोटे उत्पादक की लाभ-मुनाफ़े की मानसिकता बरक़रार रहती है, इसलिए यह जहनियत बार-बार नये सिरे से बनती है। ऐसा कहने में माओ दरअसल लेनिन के ही विश्लेषण को दोहरा रहे थे : लेनिन ने यह बात एकाधिक बार अपने भाषणों और लेखों में कही थी और इस ख़तरे से आगाह किया था। लेनिन के अनुसार, कमॉडिटी प्रोडेक्शन के सम्पूर्ण ख़ात्मे के बाद ही साम्यवाद की बात सार्थक हो सकती है। लेकिन माओ ने ख़ुद को लेनिन के विश्लेषणों तक सीमित नहीं रखा। साठ के दशक में उन्होंने यह कहना शुरू कर दिया था कि समाजवादी समाज क़ायम हो जाने के बाद भी वर्ग संघर्ष जारी रहेगा, क्योंकि विचारधाराएँ अपने आप नहीं बदलतीं— उसके लिए लम्बे ऐतिहासिक संघर्षों की ज़रूरत होती है। उन्होंने यहाँ तक कहा कि इस वैचारिक संघर्ष का फ़ैसला होने में सैकड़ों साल लग सकते हैं— इस अर्थ में अंतिम विजय का फ़ैसला होना बाक़ी है। माओ का यह कहना एक अर्थ में स्तालिन की इस मान्यता पर चोट करता था कि समाजवादी समाज में अंदरूनी संघर्ष नहीं होंगे। अपने इस विचार को आगे विकसित करते हुए माओ ने सांस्कृतिक क्रांति का सिद्धांत पेश किया। अब माओ का कहना था कि क्रांति एक चिरंतन प्रक्रिया है और चूँकि चेतना-संस्कृति भी बिना संघर्ष के नहीं बदलतीं, इसलिए आर्थिक नींव के बदल जाने के बाद भी सतत सांस्कृतिक क्रांति की ज़रूरत है।

ज़ाहिर है कि माओ भी इस मायने में शास्त्रों के आगे देखने की कोशिश कर रहे थे और उनमें तरमीम भी करने जा रहे थे। हालाँकि यह सही है कि माओ शास्त्रों के आगे देख रहे थे, फिर भी इस सच्चाई से भी इनकार नहीं किया जा सकता है कि मूलत: वे भी नींव-ऊपरी ढाँचे वाली थियरी के तहत ही सोच रहे थे और राजतंत्र, जनतंत्र आदि को महज़ ऊपरी ढाँचा ही मानते रहे। अपने ही ढंग से वे साठ के दशक में नियमों की समझ को भी चुनौती देते हैं, जब वे ये कहने लगते हैं कि आख़िरकार दो व्यवस्थाओं में हार-जीत का फ़ैसला सचेतन संघर्ष पर निर्भर करता है, या फिर यह कहते हैं कि साम्यवाद के आगे जहाँ और भी हैं, साम्यवाद मानवता की आख़िरी मंज़िल नहीं है।

अपनी इस हिस्से की बहस को समेटते हुए अब हम कह सकते हैं कि मार्क्सवाद ने मार्क्स के बाद से एक लम्बा सफ़र तय किया है जिसमें वह अपने बौद्धिक ख़ज़ाने को काफ़ी समृद्ध कर पाया है, मगर जिसका असर प्रचलित मार्क्सवाद और उसके आंदोलनों के दायरे तक नहीं पहुँच पाया— या न के बराबर पहुँचा। इसके मायने ये भी हैं कि मार्क्सवाद की सिद्धांत और अमल की एकता क़ायम करने की कोशिश की जगह पिछले कई दशकों में यह खाई बढ़ी है। वैचारिक पक्ष आंदोलनों से कटता गया और अकादमियों में सिमटता गया तो व्यवहार पक्ष विचारों की दुनिया से दूर शास्त्रार्थ करता रहा।

अब हम उस सवाल की ओर लौट सकते हैं जो शुरुआत में उठाया गया था— मार्क्सवाद क्या है? क्या कोई असली मार्क्सवाद है? जैसा कि अब तक कि बहस बताती है ऐसे असली मार्क्सवाद की ख़ोज नामुमकिन सा काम है। मार्क्स-एंगेल्स के जीवनकाल में जिस वाद का जन्म हुआ था वह एक विकासमान नज़रिया था। ख़ुद मार्क्स-एंगेल्स के लेखन के अलग-अलग दौर में उनकी समझ बदलती गयी। अनंतकाल तक शास्त्रार्थ करके भी शायद असली मार्क्सवाद को ढूँढ़ निकालना सम्भव न हो। इसलिए इस सवाल का जवाब देते हुए अमेरिकी बुद्धिजीवी एरिक ओलिन राइट की बात ज़्यादा सार्थक लगती है। वैसे एरिक ओलिन राइट मार्क्सवाद की उन चंद विशुद्ध अकादमिक धाराओं में से एक से संबंध रखते हैं, जिनका शुरू में ज़िक्र किया गया है। ऐनालिटिकल मार्क्सवाद की इस धारा के

लेखकों की कोशिश मार्क्सवाद को तर्क संगत बनाने की रही है और उसमें मौजूद विरोधाभासों को हल करने की ओर ही इन्होंने ज़्यादा ध्यान दिया है। ऐसा करने में यह धारा यूँ तो विशुद्ध तर्कशास्त्र पर ख़ुद को आधारित करती है और ऐसा मानती है कि मार्क्सवाद से उन तत्त्वों को वर्जित कर दिया गया जाना चाहिए जो साबित न किये जा सकते हों। इस नज़रिये से ये लेखक द्वंद्वात्मकता के सिद्धांत को नकारते हैं और मूलतः मार्क्सवाद को इस हीगेलीय मेटाफ़िज़िक्स से मुक्त करना चाहते हैं। ज़ाहिर है कि इस प्रक्रिया में ये मार्क्सवाद को एक कोरी अकादमिक वस्तु बना देते हैं जिस पर स्वभावतः बहुत जायज़ एतराज़ किये जा सकते हैं। फिर भी राइट की उपरोक्त रचनाओं में कई महत्त्वपूर्ण बातें हैं जिनकी ओर वे ध्यान दिलाते हैं।

बकौल राइट मार्क्सवाद क्या है का जवाब अक्सर एक असली मार्क्सवाद बनाम नक़ली मार्क्सवाद के बेवक़ूफ़ाना शास्त्रार्थ के ज़रिये दिया जाता है। मार्क्सवादी परम्परा में ऐसी मुठभेड़ों का मलबा चारों ओर बिखरा पड़ा है। इसलिए राइट कहते हैं : 'मेरा इरादा ऐसे विश्वास-समूह परिभाषित करने का नहीं है जिन्हें मानने के आधार पर किसी की मार्क्सवादी के रूप में गिनती हो सकती है। बल्कि मैं मार्क्सवादी परम्परा के कुछ ऐसे बिंदुओं का नक़्शा खींचना चाहता हूँ जिनके आधार पर उसकी पुनर्रचना हो सके।'

ऐसा करने के लिए राइट तीन अवधारणागत बिंदुओं को चिह्नित करते हैं जिनके इर्द-गिर्द, उनके अनुसार, मार्क्सवाद की परम्परा बनी है। इन्हें वे इस तरह रखते हैं— वर्ग विश्लेषण के रूप में मार्क्सवाद, इतिहास के सिद्धांत के रूप में मार्क्सवाद, मुक्तिवादी नैतिक सिद्धांत के रूप में मार्क्सवाद। इन तीनों के बीच के संबंध समझाते हुए वे कहते हैं कि वर्ग विश्लेषण के रूप में मार्क्सवाद और इतिहास सिद्धांत के रूप में मार्क्सवाद कुछ इस तरह है जैसे मेडिकल विज्ञान में ऐंडोक्रिनॉलॉजी और ऑन्कॉलॉजी। इसे वे आगे इस तरह खोलते हैं : अगर आप एक ऐंडोक्रिनॉलॉजिस्ट हैं तो आप किसी भी चीज़ का अध्ययन कर सकते हैं जैसे सेक्शुअलिटी, व्यक्तित्व, विकास, बीमारियों की प्रक्रियाएँ आदि, बशर्ते आप इन सबका शरीर के ऐंडोक्राइन सिस्टम से रिश्ता समझने का प्रयास कर रहे हों। एक ऐंडोक्रिनॉलॉजिस्ट के लिए, वे आगे कहते हैं, यह शर्मिंदगी का बात नहीं होती अगर उसे पता लगे कि कुछ मसले ऐसे भी हैं जिन पर हॉरमोनों का असर नहीं पड़ता। उससे भी ऐंडोक्राइन सिस्टम के बारे में हमारी समझ बढ़ती ही है। दूसरी ओर ऑन्कॉलॉजी में आप कैंसर के किसी भी कारण का अध्ययन कर सकते हैं— जीव-विष, जेनेरिक्स, वाइरस, मनोवैज्ञानिक दशाएँ आदि; और ऑन्कॉलॉजी में यह कोई शर्म की बात नहीं कि आपको पता चले कि कैंसर के कुछ सम्भावित कारण असल में बहुत महत्त्वपूर्ण नहीं होते।

वर्ग विश्लेषण के रूप में मार्क्सवाद, उनके अनुसार, कुछ भी अध्ययन कर सकता है। आप धर्म, जंग, ग़रीबी, अपराध— किसी भी चीज़ का वर्ग विश्लेषण कर सकते हैं और ऐंडोक्रिनॉलजी की तरह यहाँ भी इसमें कोई शर्म की बात नहीं होनी चाहिए अगर आपको पता चले कि कुछ चीज़ों के लिए वर्ग बहुत अहम नहीं होता। इसी तरह इतिहास सिद्धांत के रूप में मार्क्सवाद उसी तरह उसके कारकों का अध्ययन करता है जैसे ऑन्कॉलॉजी कैंसर के कारणों का। एक मुक्तिवादी नैतिक सिद्धांत के रूप में मार्क्सवाद उसकी परम्परा का सबसे उपेक्षित हिस्सा रहा है— ऐसा राइट का मानना है। उनका कहना है कि मार्क्स समेत, ज़्यादातर मार्क्सवादियों ने अक्सर नैतिक सिद्धांत की प्रासंगिकता को नकारा है। मगर फिर भी वह इसका एक अहम पहलू है और वही मार्क्सवाद के बाक़ी दो रूपों को सार्थक बनाता है। उनका कहना है कि इस मुक्तिवादी सिद्धांत का मर्म यह विचार है कि मानवीय आज़ादी, उसकी सम्भावनाएँ और उसकी गरिमा सिर्फ़ वर्गहीनता की हालत में ही चरितार्थ हो सकती हैं। यह एक ऐसे रैडिकल, समतावादी समाज की कल्पना है जहाँ शोषण ख़त्म हो चुका हो और सत्ता व भौतिक कल्याण में बराबरी हो। राइट का कहना है कि इस समय के बारे में जो कल्पना मार्क्सवादियों ने की है उसमें उनमें आपस में कई फ़र्क़ हैं मगर एक बात सभी एकमत हैं, इन सभी मूल्यों को हासिल करने की लाज़मी पूर्णशर्त है वर्गहीनता। इन तीनों बिंदुओं को राइट इस तरह जोड़ते हैं : 'अगर असली मुद्दा सिर्फ़ समाज की व्याख्या करना नहीं, बल्कि उसे बदलना है, तो कुल मिलाकर मार्क्सवाद वर्ग विश्लेषण के लिए ज़रिये राजनीतिक प्रक्रियाओं को समझते हुए, ऐतिहासिक रूप से सम्भव मुक्ति के आदर्श हासिल करने के बारे में है।

अपनी इस उपरोक्त बहस में राइट एक महत्त्वपूर्ण सवाल उठाते हैं, मार्क्सवाद का एक नैतिक सिद्धांत तो है जिसके बूते पर वह पूँजीवाद की नैतिक आलोचना रखता है, मगर वह बिना बाक़ी दो रूपों के, पूँजीवाद की मात्र नैतिक आलोचना बन कर रह जाता— जिसे मार्क्स ने काल्पनिक समाजवाद कहा था। उनका तर्क है कि हालाँकि शोषण जैसी मौलिक, अवधारणाएँ नैतिक सवाल होते हुए भी सिर्फ़ वही नहीं है, वह पूँजीवाद की एक ठोस ज़मीनी आलोचना भी है जो असली विकल्पों की ऐतिहासिक पैदाइश के उसके ब्यौरे से निकलती है।

राइट की उपरोक्त बातों पर हम इतना और जोड़ दें कि मार्क्सवादी परम्परा के इन तीनों वैचारिक बिंदुओं के बारे में अलग-अलग और उनके अंतर्सबंधों के बारे में भिन्न-भिन्न विचारकों की पहुँच और नज़रिया अलग हो सकता है— जो वास्तविकता भी है। अगर इसे सिद्धांततः मान लिया जाए तो

फिर सही और ग़लत मार्क्सवाद की ख़ोज करने की अंतहीन और निष्फल क़वायद से हम बच सकते हैं। उस हालत में हम मार्क्सवाद की एक बहुलतावादी परम्परा की बात करेंगे जिसमें मार्क्सवादी पीठों और शंकराचार्यों के बजाय हमें ज़रूरत होगी अपनी विरासत के भीतर तमाम धाराओं से संवाद के रास्ते खोलने की ओर एक आलोचनात्मक नज़रिये से दुनिया, समाज और इतिहास को समझने और बदलने की।

देखें : अर्नेस्टो चे गुएवारा, आधार और अधिरचना, ऑस्कर रायज़ार्ड लांगे, आंगिक और पारम्परिक बुद्धिजीवी, एंतोनियो ग्राम्शी, कार्ल हाइनरिख़ मार्क्स-1 से 4 तक, क्रांति, क्रांति : मार्क्सवादी विमर्श, ग्योर्गी लूकाच, नयी सदी में मार्क्सवादी विमर्श-1 से 9 तक, निष्क्रिय क्रांति, पेटी बूर्ज़्वा, फ्रेड्रिख़ एंगेल्स, फ्रैंकफ़र्ट स्कूल, भारत में किसान संघर्ष-2 और 4, भारतीय कम्युनिस्ट पार्टी, भारतीय कम्युनिस्ट पार्टी (मार्क्सवादी), भारतीय इतिहास लेखन, भाषा के मार्क्सवादी सिद्धांत, भ्रांत चेतना, बोल्शेविक क्रांति, फ्रांस्वा-चार्ल्स मारी फ़ूरिये, क्यूबा की क्रांति, फ्रेंज़ फ़ानो, हिंसा-1 और 2, मानवेंद्र नाथ राय, माओ त्से-तुंग, माओवाद और माओ विचार, मार्क्सवादी इतिहास-लेखन, मार्क्सवादी समाजशास्त्र, मार्क्सवाद और पारिस्थितिकी, मार्क्सवादी अर्थशास्त्र, मिख़ाइल मिख़ाइलोविच बाख़्तिन, समाजवादी वसंत-1 से 4 तक, रॉबर्ट ओवेन, राज्य की मार्क्सवादी अवधारणा, लेनिनवाद, लियोन ट्रॉट्स्की, लिबरेशन थियोलॅजी, सर्वहारा, सांस्कृतिक क्रांति, सैं-सिमों, स्तालिन और स्तालिनवाद, सोवियत समाजवाद-1 से 3 तक, सोवियत सिनेमा, वर्चस्व, व्लादिमिर इलीच लेनिन।

संदर्भ

1. हेलमुट फ्लेशेर (1973), *मार्क्सिज़्म ऐंड हिस्ट्री,* एलन लेन, लंदन.
2. जेरल्ड कोहेन (2000), *कार्ल मार्क्सेज़ थियोरी ऑफ़ हिस्ट्री - अ डिफ़ेंस,* 2000, प्रिंसटन युनिवर्सिटी प्रेस, प्रिंसटन.
3. एत्येन बालिबार (1995), *द फ़िलॉसफ़ी ऑफ़ मार्क्स,* वर्सो, लंदन व न्यूयॉर्क.
4. कैरी नेल्सन व लॉरेंस गोसबर्ग (1988), *मार्क्सिज़्म ऐंड द इंटरप्रिटेशन ऑफ़ कल्चर,* युनिवर्सिटी ऑफ़ इलिनॉय प्रेस, इलिनॉय.
5. लुई अलथुसे, *फॉर मार्क्स,* 2005, वर्सो, लंदन.

—आदित्य निगम

मार्क्सवाद और पारिस्थितिकी

(Marxism and Ecology)

साठ और सत्तर के दशक में पारिस्थितिकीय आंदोलनों की शुरुआत के समय मार्क्सवादी उन्हें संदेह की नज़र से देखते थे। पारिस्थितिकीय सरोकारों से संबंधित लेखन उनकी निगाह में पूँजीवादी हितों का पूरक था। इसी तरह शुरुआती पर्यावरणवादियों ने भी तत्कालीन समाजवादी राज्यों द्वारा प्राकृतिक संसाधनों के दोहन के कारण मार्क्सवाद को पर्यावरण का विरोधी क़रार दे दिया था। लेकिन अस्सी के दशक तक पारिस्थितिकीय चिंतन और मार्क्सवाद के इस आपसी विरोध में कमी आयी। पारिस्थितिकीय संकट की गहनता महसूस करते हुए मार्क्सवादियों ने इससे जुड़े सवालों पर गहराई से विचार किया। इस चिंतन को मुख्य तीन स्तरों पर देखा जा सकता है। पहला, पारिस्थितिकीय चिंतन और मार्क्सवाद द्वारा एक-दूसरे की तीखी आलोचना के दौर में भी क्रिटिकल थियरी से जुड़े चिंतकों ने पारिस्थितिकीय सरोकारों को अपने लेखन में स्थान दिया। दूसरा, कुछ लेखकों ने मार्क्स-एंगेल्स के लेखन का गहन परीक्षण करते हुए इस आरोप को ख़ारिज करने की कोशिश की कि वे पारिस्थितिकी के विरोध में हैं। कुछ ने मार्क्स-एंगेल्स के उपेक्षित पड़े लेखन का विश्लेषण किया, जबकि दूसरों ने इस लेखन में थोड़े बहुत संशोधन का सुझाव दिया ताकि उसे पारिस्थितिकी के प्रति और संवेदनशील बनाया जा सके। तीसरा, कई मार्क्सवादी वर्तमान दौर में भूमण्डलीकरण और पारिस्थितिकीय संकट को एक-दूसरे से जुड़ा हुआ मानते हैं। उनका विचार है कि इन दोनों के ख़िलाफ़ एक साथ संघर्ष किया जाना चाहिए।

क्रिटिकल थियरी का विकास फ्रैंकफ़र्ट स्कूल ऑफ़ सोशल रिसर्च के सदस्यों द्वारा किया गया था। इसने सोवियत संघ की कम्युनिस्ट पार्टी द्वारा की गयी व्याख्याएँ नकारते हुए युवा मार्क्स के लेखन पर ज़ोर दिया और मार्क्सवाद की मानवतावादी व्याख्या की। इस स्कूल के अंतर्गत आने वाले विचारकों में मत-वैभिन्य है, लेकिन मार्क्सवाद के बारे में उनका नज़रिया एक सा है। ये सिद्धांतकार मानते हैं कि मार्क्स और एंगेल्स पारिस्थितिकी पर पूँजीवाद के नकारात्मक प्रभावों के बारे में जागरूक थे। लेकिन उन्होंने प्रकृति पर प्रभुत्व क़ायम करने के ज्ञानोदयकालीन मिथक के ख़तरों को साफ़ नहीं किया। इसी कारण वे केवल पूँजीवाद के नकारात्मक प्रभावों को उजागर करके रह गये। नतीजा यह हुआ कि पूँजीवादी राज्यों में ही नहीं, बल्कि समाजवादी राज्यों में भी प्रकृति पर प्रभुत्व क़ायम कर विकास हासिल करने की कोशिश की गयी। आलोचनात्मक सिद्धांत के प्रवर्तक के रूप

में होर्ख़ाइमर, एडोर्नो और मारक्यूज़े ने ज्ञानोदय की आलोचना प्रस्तुत की। इसे इन्होंने 'बाह्य' और 'आंतरिक' प्रकृति पर प्रभुत्व क़ायम करने वाला माना। बाह्य प्रकृति से उनका तात्पर्य मनुष्य की पारिस्थितिकी और आंतरिक प्रकृति से उनका मतलब मनुष्य की आंतरिक चेतना से है। लेकिन यह भी सच है कि इन प्रयासों के बावजूद क्रिटिकल थियरी में पारिस्थितिकीय चिंतन कोई ख़ास स्थान हासिल नहीं कर पाया। इन विचारकों ने पारिस्थितिकी संबंधी विचारों का गहन विश्लेषण के साथ सिद्धांतीकरण नहीं किया। पर्यावरण संबंधी आंदोलनों के प्रति उनका रवैया नकारात्मक था। वे उन्हें बिखरे हुए छिटपुट आंदोलनों के रूप में देखते थे।

जिन लेखकों ने यह साबित करने की कोशिश की है कि मार्क्स-एंगेल्स के लेखन में पारिस्थितिकीय चिंताओं का बहुत स्थान है या कुछ संशोधनों के साथ मार्क्सवाद में पारिस्थितिकीय चिंताओं को समायोजित किया जा सकता है,उनमें जॉन बेलामी फ़ॉस्टर का प्रमुख स्थान है। फ़ॉस्टर का मानना है कि मार्क्स के विचारों में पारिस्थितिकी संबंधी पहलू एक निरंतरता से सम्पन्न हैं। युवा मार्क्स की तरह ही प्रौढ़ मार्क्स में भी प्रकृति पर निर्भरता का विचार स्पष्ट रूप से सामने आता है। फ़ॉस्टर ने मार्क्स के पारिस्थितिकीय नज़रिये को समझने के लिए एक अहम संकल्पनात्मक श्रेणी के रूप में 'मेटाबॅलिज़म' की समझ पर बल दिया है। इसका तात्पर्य पदार्थिक विनिमय है। मेटाबॅलिज़म शब्द में जैविक वृद्धि या क्षरण की संरचनात्मक प्रक्रियाओं की अवधारणा शामिल है। फ़ॉस्टर के अनुसार श्रम-प्रक्रिया की अपनी परिभाषा में मार्क्स ने मेटाबॅलिज़म की अपनी संकल्पना को पूरे विश्लेषण का आधार बनाया है। उन्होंने मार्क्स का एक कथन उद्धृत करके अपने मत की पुष्टि की है : 'सबसे पहले श्रम, मानव और प्रकृति के बीच एक प्रक्रिया है। ऐसी प्रक्रिया, जिसके द्वारा मानव स्वयं एवं प्रकृति के बीच मेटाबॅलिज़म को अपनी क्रियाओं से केंद्रित, नियमित और नियंत्रित करता है। वह (मानव) प्राकृतिक शक्तियों को गतिशील करता है...ताकि अपनी ज़रूरतों के हिसाब से वह प्राकृतिक वस्तुओं का प्रयोग कर सके। इस कार्य द्वारा वह बाहरी प्रकृति पर कार्य करता है, और उसे बदलता है। इस तरीक़े से वह स्वयं अपनी प्रकृति में परिवर्तन करता है।'

फ़ॉस्टर मानते हैं कि मार्क्स का मेटाबॅलिज़म संबंधी सिद्धांत उनकी रचना *इकॉनॉमिक ऐंड फ़िलॉसॅफ़िकल मैनुस्क्रिप्ट्स 1844* में प्रकृति पर मानव की गहरी निर्भरता के विचार का अधिक व्यवस्थित, वैज्ञानिक और प्रौढ़ रूप है। फ़ॉस्टर के अनुसार इस रूप में पारिस्थितिकी का द्वंद्वात्मक दृष्टिकोण उभरकर सामने आता है, जो इस बात पर ज़ोर देता है कि जीव सामान्यत: अपने पर्यावरण को अपनाते ही नहीं, बल्कि इसे कई तरह से प्रभावित भी करते हैं। फ़ॉस्टर का कहना है कि मेटाबॅलिज़म का सिद्धांत प्रकृति पर मानव की निर्भरता को स्पष्ट करते हुए मनुष्यों को सचेत करता है कि सुखद जीवन जीने के लिए उन्हें एक सीमा से ज़्यादा प्रकृति का शोषण नहीं करना चाहिए।

दूसरी ओर, टेड बेण्टन का ज़ोर इस बात पर है कि पारिस्थितिकीय संकट के गहरे विश्लेषण के लिए मार्क्स और एंगेल्स के लेखन से महत्त्वपूर्ण सूत्र मिल सकते हैं। बेण्टन यह भी मानते हैं कि मार्क्सवादी सिद्धांत में कुछ बुनियादी संशोधन करने से इसे पारिस्थितिकीय विश्लेषण के लिए ज़्यादा कारगर बनाया जा सकता है। बेण्टन ने मार्क्स द्वारा पेश की गयी श्रम-प्रक्रिया का विश्लेषण किया है। मार्क्स ने श्रम-प्रक्रिया को 'परिवर्तनकारी' मानते हुए उसके तीन मुख्य तत्त्व प्रस्तावित किये हैं : आदमी की व्यक्तिगत गतिविधि, जिस पर काम किया जा रहा है और काम के साधन या यंत्र। लेकिन बेण्टन ने कहा है कि श्रम-प्रक्रियाएँ दो तरह की होती हैं: एक, परिवर्तनकारी और दूसरी, पारिस्थितिकी-नियंत्रक। बेण्टन के मुताबिक़ मार्क्स यह नहीं मानते श्रम-प्रक्रिया पारिस्थितिकीय कारकों पर निर्भर होती है। उनके अनुसार, पूँजीवादी श्रम-प्रक्रिया के बारे में सैद्धांतीकरण करते हुए मार्क्स-एंगेल्स ने ऊर्जा के आवश्यक स्रोतों, कच्चे पदार्थों और भोजन आदि की सीमितता और पारिस्थितिकी पर इनकी निर्भरता को ध्यान में नहीं रखा। बेण्टन तर्क देते हैं कि मार्क्स के चिंतन को पारिस्थितिकी के प्रति संवेदनशील बनाने के लिए श्रम-प्रक्रिया की अवधरणा के पुनर्सूत्रीकरण की आवययकता है। उन्होंने मार्क्स के विचारों को पारिस्थितिकी के अनुकूल बनाने के लिए पारिस्थितिक-नियमन एवं प्राकृतिक सीमितता जैसे सिद्धांतों पर ज़ोर दिया है।

मार्क्सवादियों का एक समूह ऐसा भी है जो इस सवाल को बहुत ज़्यादा महत्त्वपूर्ण नहीं मानता है कि मार्क्स-एंगेल्स के लेखन पारिस्थितिकी-विरोध है या नहीं। इसकी जगह वे समकालीन समस्याओं के विश्लेषण के लिए मार्क्सवाद का प्रयोग करने के पक्ष में हैं। उन्होंने समाजवादी राज्यों की इस आधार पर आलोचना की कि उनका पर्यावरणीय रेकार्ड बहुत ख़राब था। इसी तरह आज के पारिस्थितिकीय चिंतन से उनकी शिकायत यह है कि ये लोग पूँजीवाद के प्रति ढुलमुल रवैया अपनाते हैं। इस संदर्भ में दो प्रमुख पारिस्थितिकी-समाजवादी चिंतकों जॉयल कोवेल और माइकल लोवी द्वारा सितम्बर 2001 में पारिस्थितिकी एवं समानता पर आयोजित वर्कशॉप में पारिस्थितिक-समाजवादी घोषणापत्र उल्लेखनीय है। पारिस्थितिक-समाजवादियों के अनुसार, पारिस्थितिकीय संकट और भूमण्डलीकरण के विस्तार से उत्पन्न हुई सामाजिक विघटन की समस्या की बुनियाद एक ही है। अर्थात् विश्व में पूँजीवादी व्यवस्था के विस्तार के कारण ही ये दोनों समस्याएँ सामने आयी हैं। वर्तमान पूँजीवाद समस्या

इस समस्या को न तो पूरी तरह ख़त्म कर सकता है और न ही नियंत्रित कर सकता है। इसका कारण यह है कि यह व्यवस्था बढ़ने या ख़त्म होने के मूल सिद्धांत पर आधारित है। पारिस्थितिक-समाजवादी समाजवाद के मॉडल को अब भी प्रासंगिक मानते हैं। वे स्थानीय स्तर के स्वायत्त समूहों को जोड़ते हुए एक पारिस्थितिक-समाजवादी पार्टी बनाने की कल्पना भी करते है। वे मानते हैं कि इस तरह की पार्टी का मक़सद प्रतिरोध के विभिन्न समूहों को संगठित करके और एक खुली और लोकतांत्रिक पार्टी गठित की जानी चाहिए।

बहरहाल, सैद्धांतिक स्तर पर मार्क्सवादी चिंतकों द्वारा मार्क्सवाद और पारिस्थितिकी के अंतर्विरोध दूर करने की काफ़ी कोशिश की गयी है। लेकिन ये तमाम प्रयास पारिस्थितिकी के बारे में एक स्पष्ट मॉडल देने में नाकाम रहे हैं।

देखें : चिपको आंदोलन, जैवविविधता, पर्यावरणीय नारीवाद, पारिस्थितिकवाद, पारिस्थितिकीय दर्शन, पेटेंट, भविष्यशास्त्र, भारत में पेटेंट क़ानून।

संदर्भ

1. टेड बेण्टन (1989), 'मार्क्सिज्म ऐंड नेचुरल लिमिट्स : ऐन इकोलॉजिकल क्रिटिक', *न्यू लेफ़्ट रिव्यू*, 178.
2. जे.बी. फ़ॉस्टर (2001), *मार्क्सिज़ इकोलॉजी : मैटीरियलिज़म ऐंड नेचर*, कॉर्नरस्टोन पब्लिकेशन, खडगपुर, इण्डिया.
3. केरोलिन मर्चेंट (सम्पा.) (1944), *की कंसेप्ट्स ऑफ़ क्रिटिकल थियरी : इकोलॉजी*, ह्यूमैनिटीज़ प्रेस, न्यू जर्सी.
4. कमल नयन चौबे (2005), *मार्क्सवाद और गाँधीवाद में पारिस्थितिकी : तुलनात्मक अध्ययन* (अप्रकाशित एम. फिल लघु शोध-प्रबंध), राजनीति विज्ञान विभाग, नयी दिल्ली विश्वविद्यालय, नयी दिल्ली.

— कमल नयन चौबे

मार्क्सवादी इतिहास-लेखन

(Marxist Historiography)

आधुनिक इतिहास-लेखन की विभिन्न धाराओं और प्रवृत्तियों में कार्ल मार्क्स एक स्थाई उपस्थिति की तरह हैं। जो मार्क्स के चिंतन से सहमत हैं वे उनकी अंतर्दृष्टियों को अपने विश्लेषण में इस्तेमाल करते हैं और जिन्हें मार्क्स की इतिहास दृष्टि एकांगी और अपर्याप्त लगती हैं वे उनका प्रत्याख्यान करने के लिए मार्क्स से जिरह करते हैं। इस तरह मार्क्स के महत्त्व और उनके प्रभाव को ऐसे इतिहासकार भी स्वीकार करते हैं जो उनकी आर्थिक, राजनीतिक तथा दर्शनशास्त्रीय प्रस्थापनाओं से सहमत नहीं हैं। यहाँ हम मार्क्सवादी इतिहास-लेखन के कुछ ऐसे स्थाई घटकों के बारे में विचार करेंगे जिन्हें मोटे तौर पर मार्क्स के सामाजिक संरचना और ऐतिहासिक परिवर्तन से संबंधित चिंतन-लेखन के इर्द-गिर्द सँजोया जा सकता है।

सामाजिक संरचना तथा ऐतिहासिक परिवर्तन के संबंध में मार्क्स ने जो प्रस्थापनाएँ रखीं उन्हें लेकर आम तौर पर एक सारतत्त्ववादी रवैया हावी रहा है। इससे एक भ्रामक धारणा यह पैदा हुई है गोया मार्क्स का समस्त चिंतन एकसार और एक लीक का था। जबकि मार्क्स के प्रारम्भिक और उत्तरवर्ती लेखन में कई संशोधन और प्रस्थापनागत बदलाव रेखांकित किये जा सकते हैं। मसलन, मार्क्स और एंगेल्स की इतिहास-दृष्टि में तीन नज़रिये साफ़ देखे जा सकते हैं। मार्क्स अपने प्रारम्भिक लेखन में इतिहास को प्रगति की एक द्वंद्वात्मक प्रक्रिया के रूप में देखते हैं जो मनुष्य की बेगानगी और सामाजिक संरचना के अतिशय केंद्रहीन हो जाने जैसी नकारात्मक स्थितियों से गुज़रते हुए अंततः मानवीय, मुक्त और रैशनल समुदाय की स्थापना में परिणत होती है। इसके बाद *द होली फ़ैमिली, द कण्डीशन ऑफ़ वर्किंग क्लास इन इंग्लैण्ड* तथा *द जर्मन आइडियालॅजी* जैसी रचनाओं में दोनों विद्वान इतिहास को किसी लक्ष्य या तार्किक परिणति की ओर बढ़ती प्रक्रिया के बजाय व्यक्तियों और समूहों की गतिविधियों तथा परिस्थितियों से उपजे अनिश्चित परिणाम की तरह देखने लगते हैं। मार्क्स के चिंतन की तीसरी परत *दास कैपिटल* जैसी परिपक्व रचनाओं में देखी जा सकती है जहाँ ऐतिहासिक विकास को एक आंतरिक और अप्रकट नियमों से संचालित होने वाली प्राकृतिक प्रक्रिया की तरह प्रस्तुत किया गया है। मार्क्स के अनुसार इतिहासकार का काम इन भीतरी और अदृश्य नियमों को उजागर करना होता है। मार्क्स के चिंतन की इस अवस्था में मनुष्य की कारकता या एजेंसी की जगह एक संरचना आ जाती है जिसमें समाज के आर्थिक ढाँचे का विकास प्राकृतिक इतिहास की प्रक्रिया बनने लगता है और व्यक्ति आर्थिक श्रेणियों, वर्ग-संबंधों तथा हितों के प्रतीक और वाहक का रूप धारण करने लगता है। बाद में मार्क्स की यह सिद्धांत-दृष्टि इतिहासकारों द्वारा द्वंद्वात्मक भौतिकवाद के एक सार्वभौम दार्शनिक सिद्धांत की तरह स्थापित कर दी गयी। लेकिन यहाँ इस बात का ख़याल रखा जाना चाहिए कि मार्क्स के सामाजिक सिद्धांत के सूत्रीकरण में द्वंद्वात्मक भौतिकवाद किसी ऐतिहासिक कड़ी और सामयिक मौजूदगी के रूप में नहीं आता। ऐतिहासिक घटनाओं के विश्लेषण में मार्क्स अलग-अलग समय पर भिन्न-भिन्न बात कहते हैं। उदाहरण के तौर पर, सामंतवाद

के पूँजीवाद में संक्रमण की व्याख्या करते हुए *द जर्मन आइडियालॅजी* (1845-46) तथा *कम्युनिस्ट मैनिफ़ेस्टो* (1848) में मार्क्स और एंगेल्स क़स्बों, व्यापार और शहरी बूर्ज़्वाज़ी के विकास पर ख़ास ज़ोर देते हैं जबकि *ग्रंडरिस्से* और *कैपिटल* जैसी परवर्ती रचनाओं में वे खेती के रूपांतरण और किसान-उत्पादकों के अतिरिक्त दोहन पर ज़्यादा ज़ोर देने लगते हैं।

लेकिन मार्क्स के लेखन-चिंतन में दिखने वाली इन चरणगत भिन्नताओं तथा मार्क्सवादी इतिहासकारों के अलग-अलग नज़रियों के बावजूद उनके बीच शब्दावली, अवधारणाओं, सरोकारों, प्रश्नों, संकल्पनाओं को लेकर सहमति और समानता देखी जा सकती है। इस धारा के इतिहासकारों में इस बात को लेकर भी सहमति है कि इतिहास के किन पक्षों को प्रमुख माना जाए और किन पहलुओं को गौण माना जाए। मार्क्स के सामाजिक संरचना और ऐतिहासिक परिवर्तन संबंधी सूत्रीकरण मुख्यत: *द जर्मन आइडियोलॅजी* तथा *अ कंट्रीब्यूशन टू द क्रिटीक ऑफ़ पॉलिटिकल इकॉनॉमी* के प्राक्कथन में मिलते हैं। जहाँ मार्क्स यह दलील देते हैं कि मनुष्य का सामाजिक जीवन भौतिक उत्पादन पर निर्भर करता है और भौतिक उत्पादन के साधन जैसे कच्चे भौतिक पदार्थ आदि मनुष्य के श्रम, वैज्ञानिक और तकनीकी ज्ञान के प्रभाव से लगातार बदलते जाते हैं। मार्क्स इसे संक्षेप में उत्पादक शक्ति कहते हैं। मार्क्स के अनुसार उत्पादन के संबंध; मसलन नियोक्ता और कामगार के संबध तथा व्यक्ति और उत्पादक शक्तियों के आपसी समीकरण आदि उत्पादक शक्तियों के विकास और उसके स्तर से निर्धारित होते हैं।

ठीक यही बात श्रम-प्रक्रिया के उत्पादों यानी पूँजीपति के मामले में उत्पादित वस्तुओं के स्वामित्व और कामगार के संदर्भ में उसकी मज़दूरी आदि पर भी लागू होती है। हालाँकि ख़ुद मार्क्स की शब्दावली स्थाई नहीं रही लेकिन मार्क्सवादी इतिहासकार उत्पादन-संबंधों के किसी रूप विशेष तथा उत्पादक शक्तियों के विकास के स्तर को संयोजित करके उत्पादन-पद्धति नामक अवधारणा का इस्तेमाल करते रहे हैं। इस व्याख्या में उत्पादन पद्धति की परिभाषा या उसका नामकरण उत्पादन के संबंधों जैसे सामंतवाद या पूँजीवाद आदि को आधार बनाकर किया जाता है।

मार्क्सवादी इतिहासकारों के अनुसार निजी सम्पत्ति पर आधारित इस उत्पादन पद्धति के वर्गीय संबंध बुनियादी तौर पर शोषणमूलक होते हैं क्योंकि उत्पादन के साधनों का स्वामी श्रमिक के अधिशेष उत्पादन का अधिग्रहण कर लेता है। मार्क्स और एंगेल्स के लेखन में यह संगति अक्सर उभरती है कि समाज में उत्पादन के संबंध उस समाज की उत्पादक शक्तियों के विकास के समकक्ष होते हैं। इस दावे को पुष्ट करने के लिए वे ऐतिहासिक विकास की विभिन्न अवस्थाओं जैसे आदिम साम्यवाद से लेकर प्राचीन, एशियाई, सामंती और पूँजीवाद का हवाला देते हैं। उनके अनुसार उत्पादक शक्तियों के विकास क्रम में उत्पादन के संबंध पिछड़ते जाते हैं और अंतत: एक स्थिति ऐसी आ जाती है कि उत्पादन के ये संबंध उत्पादक शक्तियों के विकास में बाधक बन जाते हैं। मार्क्स के चिंतन में किसी सामाजिक क्रांति के पीछे ऐसे विषम संबंध ही सक्रिय होते हैं। उदाहरण के लिए बूर्ज़्वा क्रांति यानी पूँजीपति वर्ग की विजय इसलिए हुई क्योंकि सामंतशाही उत्पादक शक्तियों के विकास में बाधक बन गयी थी।

मार्क्स के इस लेखन-चिंतन ने एक तरह से परवर्ती मार्क्सवादी इतिहास-लेखन के लिए पूर्वपीठिका का काम किया है। इस धारा के इतिहासकारों की पहचान उनके विषयगत चयन से की जा सकती है। इस तरह एक प्रवृत्ति के तौर पर मार्क्सवादी इतिहासकारों का ज़ोर उत्पादक शक्तियों की वृद्धि या उनकी अवनति, उत्पादन के प्रमुख संबंधों के आधार पर समाज के निरूपण, वर्गीय टकराव की सीमा और चरित्र, उत्पादन-पद्धतियों के आंतरिक संकट और उनके बीच संक्रमण की अवस्थाओं, वर्ग संबंधों और राजनीतिक सत्ता व सामाजिक सिद्धांतों की पारस्परिक प्रभावशीलता पर रहा है।

इतिहास-लेखन के लिहाज़ से देखा जाए तो मार्क्स के ऐतिहासिक सिद्धांतों में उत्पादक शक्तियों की सामाजिक सर्वोच्चता का तर्क कमज़ोर और अनुपयोगी साबित हुआ है। ख़ुद मार्क्स और एंगेल्स के लेखन में इस विचार-सूत्र का कोई स्थिर रूप दिखायी नहीं देता। मार्क्स के 1859 के प्राक्कथन में व्यक्त सैद्धांतिक सूत्र और इतिहास के वास्तविक विश्लेषण में एक अंतर दिखायी पड़ता है। इस प्राक्कथन में मार्क्स उत्पादक शक्तियों के निरंतर विकास को ऐतिहासिक बदलाव का बुनियादी कारक मानते हैं, जबकि इस बात को इतिहास के कालखण्ड पर लागू करते हुए उनका कहना है कि उत्पादक शक्तियों का कोई एक ढाँचा नहीं होता। यानी उत्पादन की शक्तियाँ आगे की ओर भी बढ़ सकती हैं और पीछे भी जा सकती हैं। जिससे यह निष्पत्ति निकलती है कि सामाजिक परिवर्तन में वर्ग संबंधों तथा वर्ग संघर्ष के पहलुओं पर ज़्यादा ज़ोर दिया जाना चाहिए। अत: परवर्ती मार्क्सवादी इतिहासकारों ने इस बात का ख़याल रखा कि विकास के जो नियम ख़ासतौर पर पूँजीवादी समाज पर लागू होते हैं उन्हें इतिहास की समस्त उत्पादन पद्धतियों पर फ़िट न किया जाए। इस संबंध में मार्क्स का तर्क भी यही था कि पूँजीवादी समाज में उत्पादक शक्तियों का विकास अभूतपूर्व ढंग से हुआ था जबकि प्राक्-पूँजीवादी उत्पादन पद्धतियों का ढाँचा आमतौर पर रूढ़िगत था।

सामंतवाद के संकट का अध्ययन करते हुए राबर्ट ब्रेनर इस तर्क को ख़ारिज करते हैं कि उत्पादक शक्तियों का हमेशा

विकास ही होता है। इसके उलट उन्होंने दिखाया है कि सामाजिक उत्पादन की वृद्धि के संदर्भ में सामंती सामाजिक संबंधों की भूमिका नकारात्मक रही थी। ब्रेनर के अनुसार किसानों और भू-स्वामियों के उत्पादन संबंध खेती के अग्रगामी विकास में बाधक थे जिसके चलते आबादी बढ़ने लगी और जीवन स्तर गिरने लगा। माल्थस और रिकार्डो से प्रभावित इतिहासकार इसे सामंतवाद का जनसांख्यिकीय संकट कहते हैं। ध्यान से देखें तो यह आसानी से चिह्नित किया जा सकता है कि पूँजीवाद बाज़ार की प्रतिस्पर्द्धा के ज़रिये उत्पादन की प्रक्रिया को उन्नत बना रहा था जबकि सामंतवाद में निवेश या नवाचार के प्रति किसी तरह प्रेरणा मौजूद नहीं थी। किसानों के पास संसाधन नहीं थे कि वे उत्पादन के क्षेत्र में कोई नयी पहल कर सकें जबकि भूस्वामी उत्पादन में निवेश किये बग़ैर भू-दासता में निहित दण्डकारी शक्तियों के कारण कर, टौल तथा मालगुजारी बढ़ाकर सामाजिक उत्पादन में अपनी हिस्सेदारी बढ़ा सकते थे।

इसी तरह अमेरिका के उत्तरी और दक्षिणी राज्यों के बीच हुए गृहयुद्ध के अध्ययन में इतिहासकार जेनोवेस की दृष्टि यह रही है कि दक्षिणी राज्यों की दास-अर्थव्यवस्था में श्रम की उत्पादकता का निम्न स्तर, पूँजी निर्माण का अभाव, सीमित बाज़ार आदि का व्यापारी और औद्योगिक बूर्ज़्वाजी पर समेकित प्रभाव यह पड़ा कि वहाँ आर्थिक विकास अवरुद्ध होने लगा और अंततः यह प्रक्रिया राजनीतिक पृथक्करण पर जाकर ख़त्म हुई, जिसके बाद उसे सैन्य पराजय का सामना करना पड़ा।

हालाँकि मार्क्सवादी इतिहासकारों में पूँजीवाद को उत्पादन की उन्नत अवस्था बताने की प्रवृत्ति भी मौजूद है लेकिन इस बीच यह फ़र्क़ ज़रूर आया है कि अब वे इसे इतिहास के सार्वभौम नियम की तरह प्रतिष्ठित नहीं करते। अब वे इस बात को महत्त्व देने लगे हैं कि प्राक्-पूँजीवादी उत्पादन पद्धतियों का निर्धारण उनकी विशिष्ट प्रवृत्तियों के आधार पर किया जाना चाहिए। पैरी ऐंडरसन के शब्दों में कहें तो उत्पादन की शक्तियाँ उत्पादन-संबंधों के मातहत होती हैं। तथा संक्रमण के काल में पहले इन संबंधों में बदलाव आता है न कि उत्पादन की शक्तियों में। उनके अनुसार कोई भी ऐतिहासिक संकट या संक्रमण बाहरी शक्तियों से पैदा न होकर अपनी आंतरिक समस्याओं और आवयविक कारकों से उपजता है। यह इस अंतदृष्टि का विस्तार ही है कि पॉल स्वीज़ी ने सामंतवाद के अवसान और पूँजीवाद के उदय को शहरों और व्यापार जैसे उन बाहरी कारणों से जोड़ने पर ज़्यादा ज़ोर दिया जो परम्परागत मार्क्सवादी इतिहासकारों के लिए व्यवस्था से बाहर पड़ने वाले कारक थे।

उत्पादक शक्तियों की सर्वोच्चता का दावा छोड़ने के बाद मार्क्सवादी इतिहासकारों ने यह ज़िद भी छोड़ दी है कि समाज का वर्गीकरण अनिवार्य रूप से उत्पादक शक्तियों के आधार पर किया जाना चाहिए।

देखें : अर्नेस्टो चे ग्वेवारा, आधार और अधिरचना, ऑस्कर रायज़ार्ड लांगे, आंगिक और पारम्परिक बुद्धिजीवी, एंतोनियो ग्राम्शी, कार्ल हाइनरिख़ मार्क्स-1, 2. 3 और 4, क्रांति, क्रांति : मार्क्सवादी विमर्श, ग्योर्गी लूकाच, नयी सदी में मार्क्सवादी विमर्श-1, 2. 3,4 5, 6, 7, 8 और 9, निष्क्रिय क्रांति, फ्रैड्रिख़ एंगेल्स, भारत में किसान संघर्ष-2 और 4, कम्युनिस्ट पार्टियाँ-1, 2 और 3, भारतीय इतिहास लेखन-4 और 5, भाषा के मार्क्सवादी सिद्धांत, भ्रांत चेतना, बोल्शेविक क्रांति, फ्रांस्वा-चार्ल्स मारी फ़ूरिये, क्यूबा की क्रांति, फ्रेंज़ फ़ानो, हिंसा-1 और 2, मानवेंद्र नाथ राय, माओ त्से-तुंग, माओवाद और माओ विचार, मार्क्सवाद-1, 2, 3, 4 और 5, मार्क्सवादी समाजशास्त्र, मार्क्सवाद और पारिस्थितिकी, मार्क्सवादी अर्थशास्त्र, समाजवादी वसंत-1, 2, 3, और 4, लेनिनवाद, लियोन ट्रॉट्स्की, लिबरेशन थियोलॅजी, सांस्कृतिक क्रांति, स्तालिन और स्तालिनवाद, सोवियत समाजवाद-1, 2 और 3, सोवियत सिनेमा, वर्चस्व, वर्ग और वर्ग-संघर्ष, व्लादिमिर इलीच लेनिन।

संदर्भ

1. आर.एफ़. एत्किंसन (1989), *नॉलेज ऐंड एक्सप्लेनेशन इन हिस्ट्री*, लंदन.
2. एफ़. पार्किन (1989), *मार्क्सिज़म ऐंड क्लास थियरी*, 1989, जे सैविले, लंदन.

— नरेश गोस्वामी

मार्क्सवादी समाजशास्त्र

(Marxist Sociology)

मार्क्सवाद समाजशास्त्र के प्रमुख प्रतिमानों में से एक है। लेकिन इस अनुशासन से उसके रिश्ते का इतिहास थोड़ा जटिल है। आधुनिक समाजशास्त्र के दोनों प्रमुख संस्थापक वेबर और दुर्ख़ाइम मार्क्स की धारणाओं के आलोचक थे, और उनकी स्थापनाएँ मार्क्स की प्रमुख प्रपत्तियों का स्पष्ट खण्डन करती हैं। इसकी प्रतिक्रिया में मार्क्सवादियों के बीच बीसवीं सदी के शुरुआती दशकों में ही यह बहस छिड़ गयी थी कि मार्क्स और उनके वाद को समाजशास्त्र के आईने में देखा जाए या नहीं। रूसी मार्क्सवादी सिद्धांतकार निकोलाई बुख़ारिन ने जब 1921 में *हिस्टोरिकल मैटेरियलिज़म : अ सिस्टम ऑफ़ सोसियोलॅजी* की रचना की तो लूकाच, ग्राम्शी और कोर्श जैसे सिद्धांतकारों ने इस स्थापना का विरोध किया। बुख़ारिन ने अपनी इस किताब में वेबर और दुर्ख़ाइम

के विमर्श की आलोचनात्मक जाँच की थी। पर लूकाच और ग्राम्शी ऐतिहासिक भौतिकवाद को इतिहास के दर्शन की तरह ही दिखाना चाहते थे, न कि समाजशास्त्र की एक प्रधान प्रवृत्ति के रूप में। यह रवैया उत्तरोत्तर कड़ा होता गया और कम्युनिस्ट पार्टियाँ समाजशास्त्र को पूँजीपति वर्ग की सेवा करने वाला शास्त्र क़रार देने लगीं। मार्क्सवादियों ने कहना शुरू कर दिया कि समाज-विज्ञान के दायरे में मार्क्सवाद बूर्ज़्वा समाजशास्त्र के मुक़ाबले खड़ा हुआ है। परिणामस्वरूप बीसवीं सदी के मध्य तक रूस और चीन समेत लगभग सभी समाजवादी देशों में समाजशास्त्र को पाठ्यक्रम से निकाल दिया गया। पार्टियों का कहना था कि छात्रों के लिए ऐतिहासिक भौतिकवाद का अध्ययन करना पर्याप्त है। इसी वजह से मार्क्सवाद और समाजशास्त्र का जो सर्जनात्मक संश्रय होना चाहिए था, वह समाजवादी ख़ेमे और कम्युनिस्ट पार्टियों के दायरे के बाहर पश्चिम के विश्वविद्यालयों में ही हुआ।

मार्क्सवादी समाजशास्त्र के विकास में एक और बाधा आयी जो ग़ैर-मार्क्सवादियों की पैदा की हुई थी। पश्चिम के अकादमीय संस्थानों में मार्क्सवाद के अध्ययन को लेकर काफ़ी समय तक हिचक का माहौल रहा। इसकी एक वजह स्तालिनकालीन सोवियत संघ की राजनीति के कारण आम तौर पर मार्क्सवाद को सोवियत हितों का पर्याय मान लेना था। दूसरे, सोवियत मार्क्सवाद के बोलबाले के कारण पश्चिमी मार्क्सवाद की समृद्ध बौद्धिक परम्पराएँ दब गयी थीं। तीसरे, द्वितीय विश्व-युद्ध के बाद समाजशास्त्र का जो अनुशासनात्मक ढाँचा बना उसने प्रयासपूर्वक ख़ुद को मार्क्सवादी प्रभावों से दूर रखा था। इन्हीं वजहों से समाजशास्त्र की इस धारा का विकास देर से हुआ। इसकी पहली व्यवस्थित अभिव्यक्ति ऑस्ट्रो मार्क्सिज़्म के रूप में सामने आयी जिसके विद्वानों ने पूँजीवाद के विकास, वर्ग-संरचना, क़ानून, राज्य, राष्ट्रीयताओं और राष्ट्रवाद के विस्तृत समाजशास्त्रीय अध्ययन पेश किये।

समाजशास्त्रियों और मार्क्सवाद के बीच मुख्य तौर पर तीन तरह के संबंध हैं। पहले क़िस्म के समाजशास्त्री वे हैं जो मार्क्सवादी विचार परम्परा के दायरे में रह कर समाजशास्त्रीय अंतर्दृष्टियों, अनुसंधान-पद्धतियों और सामान्य निष्कर्षों का इस्तेमाल करते हैं। लेकिन उन्हें फ़िक्र रहती है कि उनके अनुसंधान के नतीजे बाकायदा मार्क्सवादी हों। दूसरे क़िस्म के समाजशास्त्री वे हैं जो मार्क्स द्वारा प्रस्तावित ऐतिहासिक दृष्टिकोण और समाज को समग्र नज़रिये से देखकर उसके विकास को प्रश्नांकित करने के वैचारिक साहस से प्रभावित हैं। लेकिन इन समाजशास्त्रियों को इस बात की चिंता नहीं है कि उनके निष्कर्ष मार्क्सवाद की श्रेणी में फ़िट होते हैं या नहीं। तीसरे क़िस्म के

निकोलाई बुखारिन (*हिस्टोरिकल मैटेरियलिज़्म : अ सिस्टम ऑफ़ सोसियोलॉजी*)

समाजशास्त्री वे हैं जो मज़दूर वर्ग द्वारा क्रांति करने की अनिवार्यता से सहमत न होते हुए भी मार्क्सवादी विचार परम्परा के मुक्तिकामी तत्त्वों का आगे विकास करना चाहते हैं। फ्रेंकफ़र्ट स्कूल द्वारा प्रतिपादित क्रिटिकल थियरी इसी रवैये का परिणाम है।

मार्क्सवादी समाजशास्त्र के आधार में मुख्य तौर पर दो रवैये हैं। पहले रवैये को अर्थप्रधान या यांत्रिक कहा जा सकता है, और दूसरा रवैया संरचनावादी। अर्थवादी रवैया ज़्यादातर आधार-अधिरचना के मार्क्सवादी रूपक का इस्तेमाल करता है। अर्थात् उसकी निगाह में सामाजिक विकास के आधारभूत कारण आर्थिक होते हैं, जिसकी अभिव्यक्तियाँ (जैसे संस्कृति) मूलाधार पर खड़ी अधिरचना के रूप में होती हैं। यह नज़रिया अपनाने वाले समाजशास्त्री इसी विधि से सामाजिक विकास के कार्य-कारण संबंधों और वर्ग-हितों के वस्तुगत फलितार्थों को रेखांकित करना पसंद करते हैं। इस अतिसरलीकृत रवैये के विपरीत फ्रांसीसी दार्शनिक लुई अलथुसे और उनके हमराही विद्वानों ने साठ के दशक में ग्राम्शी द्वारा प्रतिपादित वर्चस्व के सिद्धांत और मार्क्स की परवर्ती रचनाओं में आने वाले श्रम-शक्ति के पुनरुत्पादन के सिद्धांत की पुनर्व्याख्या करना पसंद किया। नतीजे के तौर पर ये लोग आधार-अधिरचना के बीच कहीं अधिक पेचीदा संबंधों को रेखांकित कर पाये। उन्होंने कहा कि भले ही

आर्थिक कारक अंततः निर्णायक साबित होते हों, पर अधिरचना के तहत आने वाले सांस्कृतिक आयाम सौ फ़ीसदी उनके मोहताज नहीं होते, बल्कि उनका विकास अपेक्षाकृत स्वायत्त होता है।

सत्तर के दशक में अमेरिकी समाजशास्त्र के दायरों में मार्क्सवाद का नये सिरे से उभार हुआ। इस परिघटना की पीछे चार प्रेरणाएँ थीं। पहली प्रेरणा के केंद्र में *मंथली रिव्यू* जैसी पत्रिका थी जो 1949 में स्थापित होने के बाद दो दशकों में धीरे-धीरे मार्क्सवाद से प्रभावित समाज-वैज्ञानिकों और गम्भीर पाठकों के बीच उत्तरोत्तर लोकप्रिय हो चुकी थी। इस पत्रिका ने मार्क्स के आर्थिक सिद्धांत का इस्तेमाल करते हुए विश्व-राजनीति में अमेरिका की साम्राज्यिक भूमिका का विश्लेषण करके समाजशास्त्र में हस्तक्षेप किया। दूसरी प्रेरणा उन मार्क्सवादी इतिहासकारों से प्राप्त हुई जिन्होंने अमेरिकी उदारतावाद की आलोचना करते हुए अमेरिकी इतिहास की वर्ग-आधारित पुनर्व्याख्या करके दिखाई। तीसरी प्रेरणा मार्क्सवाद के भीतर काम कर रहे हीगेलपंथियों और फ्रेंकफ़र्ट स्कूल द्वारा प्रतिपादित क्रिटिकल थियरी की परम्परा से निकली। चौथी प्रेरणा का स्रोत फ्रांसीसी संरचनावादी बने जो एक बार फिर से मार्क्सवादी सैद्धांतिकी को समाज के विज्ञान की तरह स्थापित करने की परियोजना चला रहे थे। इन प्रेरणाओं के आधार पर काम करने वाले मार्क्सवादी समाजशास्त्रियों ने श्रम-प्रक्रिया, श्रम के अंतर्राष्ट्रीय विभाजन और वर्ग-संरचना पर विशेष ध्यान दिया। इसके साथ ही उन्होंने राज्य और उसके संकटग्रस्त होने पर शोध किया। उनका चौथा सरोकार संस्कृति और विचारधारा से जुड़ा था। इन समाजशास्त्रियों ने विश्व-प्रणाली की राजनीतिक अर्थव्यवस्था और निर्भरता सिद्धांत के इर्द-गिर्द भी अनुसंधान किये।

श्रम-प्रक्रिया के समाजशास्त्रीय विश्लेषण ने इस बात पर ध्यान दिया कि किस तरह श्रम की लागत कम करते जाना पूँजी का मुख्य ध्येय बनता जा रहा है जिसका परिणाम कभी तो श्रम के महत्त्व और गरिमा के क्षय में निकलता है और कभी श्रमिकों के बीच फूट पड़ जाती है। इस समाजशास्त्र ने श्रम-प्रक्रिया के आत्मगत पहलुओं पर ध्यान दिया जो एक नयी बात थी। उसने एक तुलनात्मक परिप्रेक्ष्य भी विकसित किया जिसके तहत विभिन्न आर्थिक प्रणालियों के तहत चलने वाली कारख़ाना-व्यवस्था का विश्लेषण करके उसकी व्याख्या श्रम के नये अंतर्राष्ट्रीय विभाजन की रोशनी में की गयी। वर्ग-विश्लेषण के क्षेत्र में भी इस समाजशास्त्र ने नयी ज़मीन तोड़ने की कोशिश की। पहले के मार्क्सवादी जिन दायरों पर कतई ध्यान नहीं देते थे, उन पर काम किया गया। मसलन, वर्ग-संरचना में शहरी विकास, जातीयता, नस्ल और जेंडर की भूमिका प्रभुत्व के स्रोतों के तौर पर रेखांकित की गयी। इसके साथ ही इन समाजशास्त्रियों ने यह भी देखा कि श्रमिक वर्ग भी अब पहले जैसा नहीं रह गया है। उसके भीतर एक मँझोला तबक़ा पनपने लगा है। क्रांतिकारी परिवर्तन के लिए जिस सर्वहारा क्रांतिकारी चेतना और उस पर आधारित क्रांतिकारी कार्रवाई की तलाश की जाती रही है, वह इन नये तबक़े के उभार के परिणामस्वरूप आसानी से उपलब्ध नहीं है।

मार्क्सवादी और नारीवादी सैद्धांतिकियों के बीच नया रिश्ता बनाने की कोशिशें विवादास्पद साबित हुई हैं। पहले के मार्क्सवादी समाजशास्त्रियों ने वर्ग और उत्पादन-विधियों की पारम्परिक सैद्धांतिकी में जेंडर को जोड़ने के लिए मेहनताना दिये बिना करवाये जाने वाले 'घरेलू श्रम' पर ध्यान दिया था। इसके ज़रिये वे यह दिखाने में कामयाब हो जाते थे कि सामाजिक पुनरुत्पादन की प्रक्रिया किस तरह चल रही है। लेकिन नारीवादी विद्वानों ने इस पर आपत्ति की और कहा कि जेंडर की अहमियत की क़ीमत पर वर्ग का महत्त्व स्थापित करने वाला यह हथकण्डा नहीं चलेगा। इसी कारण से नारीवादियों ने पुराने क़िस्म के मार्क्सवादी समाजशास्त्र को सिरे से ख़ारिज ही कर दिया। इसका समाजवादी नारीवाद की प्रतिष्ठा पर नकारात्मक असर पड़ा।

राज्य और उसकी संकटग्रस्तता के संदर्भ में मार्क्सवादी समाजशास्त्रियों ने समृद्ध विमर्श की रचना की। इस सिलसिले में राल्फ़ मिलिबेंड और निकोस पूलांत्साज़ के बीच की बहस उल्लेखनीय है। मिलिबेंड का कहना था कि आर्थिक अभिजनों और प्रभुत्वशाली वर्ग की राजसत्ता के बीच एक वास्तविक तथ्यगत संबंध होता है। इसीलिए राज्य की संस्था वर्गीय हुकूमत का औज़ार बन पाती है। इसके जवाब में पोलांत्साज़ का तर्क था कि राज्य की भूमिका इन दोनों के बीच सुसंगति क़ायम करने की है जिसे निभाने के लिए उसे सापेक्षिक स्वायत्तता की ज़रूरत पड़ती है। इस तरह राज्य सामाजिक पुनरुत्पादन की दीर्घकालीन प्रक्रिया को अप्रत्यक्ष रूप से आगे बढ़ाता है। विकसित देशों में राज्य की संस्था के बार-बार आर्थिक संकट में फँस जाने पर भी ग़ौर किया गया। मार्क्सवादी समाजशास्त्रियों ने नतीजा निकाला कि एक तरफ़ पूँजी संचय का दबाव होता है, और दूसरी तरफ़ लोकोपकारी राज्य के औज़ारों का इस्तेमाल करके अर्थव्यवस्था के नकारात्मक पहलुओं का शमन करने की ज़रूरत होती है। राज्य इन दोनों की कैंची में फँस जाता है जिससे विपक्ष के वर्ग आधारित आंदोलनों की सम्भावनाएँ पैदा होती हैं।

संस्कृति और विचारधारा के क्षेत्र में मार्क्सवादी समाजशास्त्रियों ने कला और साहित्य पर तो ध्यान दिया ही, शिक्षा और मीडिया पर उल्लेखनीय चिंतन किया गया। संरचनावादी मार्क्सवाद की प्रेरणाओं के आधार पर किया गया अनुसंधान स्कूली पाठ्यक्रम के छिपे हुए पहलू देखने में

कामयाब रहा। उसने बताया कि पूँजी को अपने हित के लिए जिस क़िस्म के श्रम की ज़रूरत होती है, यह पाठ्यक्रम उसी आवश्यकता को ध्यान में रख कर बनाया जाता है। मीडिया की राजनीतिक आर्थिकी पर नये सिरे से विचार करते हुए इन शोधकर्त्ताओं ने मीडिया द्वारा उत्पादित सामग्री के विचारधारात्मक सार पर ज़ोर देने के बजाय एक भिन्न प्रक्रिया को रेखांकित किया जिसके तहत मीडिया अपने उपभोक्ताओं को ही बिकाऊ माल में तब्दील कर देता है।

देखें : अर्नेस्टो चे गुएवारा, आधार और अधिरचना, ऑस्कर रायज़ार्ड लांगे, आंगिक और पारम्परिक बुद्धिजीवी, एंतोनियो ग्राम्शी, कार्ल हाइनरिख़ मार्क्स-1 से 4 तक, क्रांति, क्रांति : मार्क्सवादी विमर्श, ग्योर्गी लूकाच, नयी सदी में मार्क्सवादी विमर्श-1 से 9 तक, निष्क्रिय क्रांति, पेटी बूर्ज़्वा, फ्रेड्रिख़ एंगेल्स, फ्रैंकफ़र्ट स्कूल, भारत में किसान संघर्ष-2 और 4, भारतीय कम्युनिस्ट पार्टी, भारतीय कम्युनिस्ट पार्टी (मार्क्सवादी), भारतीय इतिहास लेखन, भाषा के मार्क्सवादी सिद्धांत, भ्रांत चेतना, बोल्शेविक क्रांति, फ्रांस्वा-चार्ल्स मारी फ़ूरिये, क्यूबा की क्रांति, फ्रेंज़ फ़ानो, हिंसा-1 और 2, मानवेंद्र नाथ राय, माओ त्से-तुंग, माओवाद और माओ विचार, मार्क्सवाद-1 से 5 तक, मार्क्सवादी इतिहास-लेखन, मार्क्सवाद और पारिस्थितिकी, मार्क्सवादी अर्थशास्त्र, मिख़ाइल मिख़ाइलोविच बाख़्तिन, समाजवादी वसंत-1 से 4 तक, रॉबर्ट ओवेन, राज्य की मार्क्सवादी अवधारणा, लेनिनवाद, लियोन ट्रॉट्स्की, लिबरेशन थियोलॉजी, सर्वहारा, सांस्कृतिक क्रांति, सैं-सिमों, स्तालिन और स्तालिनवाद, सोवियत समाजवाद-1 से 3 तक, सोवियत सिनेमा, वर्चस्व, व्लादिमिर इलीच लेनिन।

संदर्भ

1. टॉम बॉटमोर (1975), *मार्क्सिस्ट सोसियोलॉजी*, मैकमिलन, लंदन.
2. निकोस पोलांत्साज़ (1967), *पॉलिटिकल पॉवर ऐंड सोशल क्लासिज़*, अनु, तिमोथी ओ'हैगन, वर्सो, लंदन.
3. मार्टिन शॉ (सम्पा.) (1985), *मार्क्सिस्ट सोसियोलॉजी रिविज़िटेड: क्रिटिकल एसेसमेंट्स*, मैकमिलन, लंदन.
4. गोरान थरबर्न (1976), *साइंस, क्लास ऐंड सोसाइटी : ऑन द फ़ॉर्मेशन ऑफ़ सोसियोलॉजी ऐंड हिस्टोरिकल मैटीरियलिज़म*, न्यू लैफ़्ट, लंदन.
5. पॉल थॉमसन (1983), *द नेचर ऑफ़ वर्क : ऐन इंट्रोडक्शन टु डिबेट्स ऑन लेबर प्रोसेस*, मैकमिलन, लंदन.

— अभय कुमार दुबे

मार्क्सवादी अर्थशास्त्र

(Marxist Economics)

आर्थिक विज्ञान के विचारक के रूप में कार्ल मार्क्स ने इंग्लैण्ड के क्लासिकल अर्थशास्त्र के सिद्धांतों को अपने विचारों का आधार बनाया है। उनका अधिकांश आर्थिक लेखन आलोचनात्मक लहज़े में है। किसी नयी अर्थव्यवस्था और नये समाज का ब्लूप्रिंट पेश करने के बजाय वे पूँजीवाद की पैरोकारी करने वाले अर्थशास्त्रियों की आलोचना और सर्वहारा राजनीतिक अर्थशास्त्र का विकास करते हुए नज़र आते हैं। चूँकि मार्क्सवादी अर्थशास्त्र परिवर्तन की लम्बी अवधियों का विश्लेषण करने की कोशिश करता है, इसलिए उसे मार्क्सवादी इतिहास-लेखन और मार्क्सवादी समाजशास्त्र से अलग करके नहीं देखा जा सकता। मार्क्स के ज़्यादातर प्रमुख आर्थिक सिद्धांत *पूँजी* के पहले खण्ड में दर्ज हैं जिसका उपशीर्षक है : राजनीतिक अर्थशास्त्र की आलोचना। *पूँजी* के दूसरे और तीसरे खण्ड का प्रकाशन मार्क्स के निधन के उपरांत उनके नोट्स के आधार फ्रेड्रिख़ एंगेल्स द्वारा सम्पादित पांडुलिपियों के रूप में प्रकाशित हुआ। बाद में मार्क्स के अनुयायियों ने उनके आर्थिक विचारों का विकास करते हुए मार्क्सवादी अर्थशास्त्र का विस्तृत ढाँचा तैयार किया।

अधिशेष मूल्य : मार्क्सवादी अर्थशास्त्र के केंद्र में अधिशेष मूल्य का सिद्धांत (थियरी ऑफ़ सरप्लस वेल्यू) है। अरस्तू द्वारा उपयोग-मूल्य और विनिमय-मूल्य के बीच किये गये अंतर और डेविड रिकार्डो द्वारा प्रवर्तित सापेक्ष मूल्य के श्रम सिद्धांत को आधार बनाते हुए मार्क्स ने कुछ मौलिक अंतर्दृष्टियाँ विकसित कीं। उन्होंने बताया कि उपयोग-मूल्य संबंधित पण्य (जिंस या वस्तु) के भौतिक गुणों पर निर्भर होता है जिसकी प्राप्ति उस वस्तु के उपभोग की प्रक्रिया में होती है। मार्क्स ने दिखाया कि विनिमय-मूल्य परिवर्तनशील होता है और समय व स्थान के मुताबिक़ बदलता रहता है। विनिमय के दौरान जो चीज़ समान रहती है वह है जिंसों में निहित श्रम। मार्क्स ने यह मानने से इनकार किया कि मज़दूर आलसी और कम कुशल होता है इसलिए अधिक उत्पादन करने के लिए उसे लम्बे समय तक काम करना चाहिए। उन्होंने 'सामाजिक रूप से आवश्यक श्रम-अवधि' की धारणा का प्रतिपादन किया और इसके लिए सामान्य उत्पादन, कार्यकुशलता के औसत स्तर और श्रम की गहनता को आधार बनाया। मानवीय क्षमता के बीच फ़र्क़ पर ज़ोर देने के बजाय उन्होंने तर्क दिया कि कौशल की प्राप्ति प्रशिक्षण से हो सकती है। प्रशिक्षण के माध्यम से जटिल क़िस्म का श्रम साधारण क़िस्म के श्रम में बदल जाता है।

रिकार्डो का विचार था कि अधिशेष मूल्य उस समय पैदा होता है जब मज़दूर की मजबूरी का फ़ायदा उठाते हुए पूँजीपति उसका श्रम कम दामों में ख़रीद लेता है। लेकिन मार्क्स ने श्रम और श्रम-शक्ति के बीच अंतर करके यह दिखाया कि अधिशेष मूल्य केवल मज़दूरी ख़रीदने और बेचने के क्रम में हुई नाइंसाफ़ी का नतीजा नहीं है। अगर श्रम-शक्ति उसके सही मूल्य पर बेची जाए तो भी अधिशेष मूल्य उस श्रम द्वारा किये जाने वाले उत्पादन के भीतर पैदा हो जाता है। अर्थात् मज़दूर का शोषण व्यक्तिगत धरातल पर मज़दूर और मालिक के बीच हुए आदान-प्रदान पर निर्भर नहीं होता, बल्कि वह उत्पादन की प्रक्रिया में ही निहित है। शोषक और शोषित की हैसियत न्यायसंगत विनिमय स्थापित करने से ख़त्म नहीं हो सकती। वह तो एक वर्गीय हैसियत है जो इस बात से तय होती है कि उत्पादन के साधनों पर किसका क़ब्ज़ा है।

मार्क्स ने अधिशेष मूल्य के परम और सापेक्ष पहलुओं की व्याख्या करने से पहले पण्यों और मुद्रा के संचार की रूपरेखा पेश की। इस प्रकार उन्होंने पूँजीवादी संचय की प्रकृति रेखांकित की और पता लगाया कि मज़दूरी और मज़दूर वर्ग के लिए उसके क्या फलितार्थ हो सकते हैं। उन्होंने कहा कि पूँजी के दो घटक होते हैं : अतीत में उत्पादित की जा चुकी वस्तुओं में निहित 'मृत' श्रम उसका स्थिर घटक होता है, और वर्तमान में किया जाने वाले से श्रम उसका परिवर्ती घटक बनता है। पूँजी जैसे-जैसे संचित होगी, परिवर्ती घटक में बढ़ोतरी होती चली जाएगी। नतीजतन मुनाफ़े की दर गिरेगी जिसे रोकने या बढ़ाने के लिए पूँजीपति को श्रम का और अधिक सघन दोहन करना पड़ेगा। चूँकि मज़दूर अपने श्रम के परिणामस्वरूप पैदा होने वाले उत्पाद, उत्पादन के साधनों और उत्पादन की प्रक्रिया पर किसी भी क़िस्म के नियंत्रण से वंचित होंगे, इसलिए उनके भीतर एक परायेपन का एहसास पनपने लगेगा। उसे अपनी ज़िंदगी चलाने के लिए जितना श्रम करना चाहिए, उससे कहीं ज़्यादा श्रम करवाया जाएगा। काम के घंटे बढ़ते चले जाएँगे और अधिक से अधिक अधिशेष मूल्य खींचा जाएगा।

संकट का सिद्धांत : आर्थिक विज्ञान में मार्क्स का एक और मौलिक योगदान संकट-सिद्धांत है। मार्क्स के लिए पूँजीवाद का आर्थिक संकट सीधे-सीधे सीमा से अधिक उत्पादन का फलितार्थ था। बाद में इसी आधार पर अर्थशास्त्रियों ने ट्रेड साइकिल थियरी का विकास किया जिसके मुताबिक़ हर दस साल में एक आर्थिक संकट आ सकता है। पूँजीवादी उत्पादन की प्रकृति ख़रीदने और बेचने की प्रक्रिया को अलग-अलग कर देती है जिसके कारण बिक्री से होने वाली आमदनी नयी ख़रीद में ख़र्च करने के बजाय जमा किये जाने की सम्भावना पैदा हो जाती है। अपने ज़माने के आर्थिक अनुभव पर ग़ौर करते हुए मार्क्स ने कई उद्योगों की अलग-अलग वृद्धि दरों की जाँच करके ट्रेड साइकिल्स के कारणों का विश्लेषण किया।

मार्क्स ने पूँजीवादी प्रणाली के तहत मुनाफ़े में आने वाली गिरावट को एक सामान्य नियम की तरह देखा, और साथ में कई तरह की प्रति-प्रक्रियाओं की भी शिनाख़्त की। मार्क्स का ख़याल था कि पूँजीवादी प्रणाली के संकट को प्रमुख संकट और उसके अधीन या उससे निर्देशित होने वाले गौण संकटों के बीच बाँट कर देखना चाहिए। चूँकि सरकारी कोशिशें (कोई ढाँचागत सुधार या वर्ग संघर्ष की प्रक्रिया) प्रणाली के बुनियादी चरित्र को नहीं बदलती, इसलिए संकट वास्तव में हल नहीं होता। मार्क्स के अनुयायियों ने संकट सिद्धांत को दो हिस्सों में बाँट कर विकसित करने की चेष्टा की है। पहला है संकट का सम्भावना-सिद्धांत जिसके तहत ऐतिहासिक कारणों के संयोग से पूँजीवाद अपने सामान्य संकट की तरफ़ जाता है। दूसरा है संकट का अनिवार्य-सिद्धांत जिसके तहत पूँजीवाद में अंतर्निहित प्रवृत्तियाँ उसे लाज़मी तौर पर सावधि संकट की तरफ़ ले जाती हैं। यह अलग बात है कि उस संकट के रूप स्थानीय परिस्थितियों और घटनाओं के संयोग के मुताबिक़ अलग-अलग होते हैं।

परवर्ती विकास : उन्नीसवीं सदी में पूँजीवाद के ऐतिहासिक विकास के अनुभव ने मार्क्सवादी अर्थशास्त्र की कई धारणाओं को प्रश्नांकित किया। ख़ास तौर से मार्क्स का यह दावा आलोचना का शिकार हुआ कि पूँजीवाद अपने ही अंतर्विरोधों से लाज़मी तौर पर ध्वंस की तरफ़ चला जाएगा। बीसवीं सदी में लेनिन ने पूँजीवाद के इजारेदार रूपों पर विशेष ध्यान दिया और साम्राज्यवाद को उसकी उच्चतम अवस्था की तरह चिह्नित किया। मार्क्सवादी अर्थशास्त्रियों द्वारा बहुराष्ट्रीय निगम की परिघटना के विस्तार का विश्लेषण किया गया। मार्क्सवादी आर्थिक सिद्धांतकारों ने राज्य की स्थिति और समुदाय की स्थिति (इसमें उन्होंने फ़र्म को भी शामिल किया) पर ग़ौर करके यह समझने की कोशिश की क्या मार्क्सवादी आदर्श प्राप्त किये जा सकते हैं।

बीसवीं सदी के उत्तरार्ध में पाल बरान, पॉल स्वीज़ी, मॉरिस डॉब और जोआन रोबिंसन ने मार्क्स के आर्थिक विचारों को आगे बढ़ाया। मूल्य सिद्धांत, वितरण के प्रश्न, पूँजीवाद के संकट की समझ और बहुराष्ट्रीय निगमों के ज़रिये पूँजीवाद के अंतर्राष्ट्रीय फैलाव की नयी व्याख्याएँ की गयीं। सोवियत समाजवाद की शुरुआती सफलताओं ने आर्थिक नियोजन की पद्धति को मार्क्सवादी अर्थशास्त्र का अंग बना दिया। एंगेल्स ने अपनी रचना *एंटी ड्यूहरिंग* में आर्थिक नियोजन की सम्भावनाओं की तरफ़ इशारा किया था। चीनी क्रांति के उत्तर-माओ दौर के अनुभव की रोशनी में बाज़ार समाजवाद की धारणा विकसित हुई। वैकासिक अर्थशास्त्र ने भी मार्क्सवादी विश्लेषण की श्रेणियों का इस्तेमाल किया। आंद्रे गुंदर फ्रैंक ने निर्भरता सिद्धांत का प्रतिपादन करते हुए देशों को केंद्र व परिधि के बीच बाँटा। फ्रैंक ने मार्क्सवादी

सिद्धांतों के माध्यम से दिखाया कि किस प्रकार केंद्रस्थ देश परिधि पर पड़े हुए देशों से अधिशेष मूल्य का दोहन करते हैं। हालाँकि मार्क्स ने अपनी रचनाओं में पूँजी के वित्तीय रूप की पहचान नहीं की थी, पर बाद में रुडोल्फ़ हिल्फ़रडिंग ने वित्तीय पूँजी का सिद्धांतीकरण किया जिसने मार्क्सवादी अर्थशास्त्र की मुख्य अवधारणाओं में अपनी जगह बनायी।

देखें : अर्नेस्टो चे गुएवारा, आधार और अधिरचना, ऑस्कर रायज़ार्ड लांगे, आंगिक और पारम्परिक बुद्धिजीवी, एंतोनियो ग्राम्शी, कार्ल हाइनरिख़ मार्क्स-1 से 4 तक, क्रांति, क्रांति : मार्क्सवादी विमर्श, ग्योर्गी लूकाच, नयी सदी में मार्क्सवादी विमर्श-1 से 9 तक, निष्क्रिय क्रांति, पेटी बूर्ज्वा, फ्रेड्रिख़ एंगेल्स, फ्रैंकफ़र्ट स्कूल, भारत में किसान संघर्ष-2 और 4, भारतीय कम्युनिस्ट पार्टी, भारतीय कम्युनिस्ट पार्टी (मार्क्सवादी), भारतीय इतिहास लेखन, भाषा के मार्क्सवादी सिद्धांत, भ्रांत चेतना, बोल्शेविक क्रांति, फ्रांस्वा-चार्ल्स मारी फ़ूरिये, क्यूबा की क्रांति, फ्रेंज़ फ़ानो, हिंसा-1 और 2, मानवेंद्र नाथ राय, माओ त्से-तुंग, माओवाद और माओ विचार, मार्क्सवाद-1 से 5 तक, मार्क्सवादी इतिहास-लेखन, मार्क्सवादी समाजशास्त्र, मार्क्सवाद और पारिस्थितिकी, मिख़ाइल मिख़ाइलोविच बाख़्तिन, समाजवादी वसंत-1 से 4 तक, रॉबर्ट ओवेन, राज्य की मार्क्सवादी अवधारणा, लेनिनवाद, लियोन ट्रॉट्स्की, लिबरेशन थियोलॅजी, सर्वहारा, सांस्कृतिक क्रांति, सैं-सिमों, स्तालिन और स्तालिनवाद, सोवियत समाजवाद-1 से 3 तक, सोवियत सिनेमा, वर्चस्व, व्लादिमिर इलीच लेनिन।

संदर्भ

1. एम.सी. हॉवर्ड (1992), *अ हिस्ट्री ऑफ़ मार्क्सियन इकॉनॉमिक्स*, मैकमिलन एजुकेशन, बेसिंगस्टोक.
2. पी.एन. जुनानकर (1992), *मार्क्सिज़ इकॉनॉमिक्स*, फ़िलिप एन, डेडिंगटन.
3. कार्ल मार्क्स (1976), *कैपिटल : अ क्रिटीक ऑफ़ पॉलिटिकल इकॉनॉमी* (1867), अनुवाद : बी. फ़ाउक्स, पेंगुइन, हार्मंड्सवर्थ,.
4. मेघनाद देसाई (1979), *मार्क्सियन इकॉनॉमिक्स*, बेसिल ब्लेकवेल, ऑक्सफ़र्ड.

— अभय कुमार दुबे

मार्गरेट मीड

(Margaret Mead)

अमेरिकन सांस्कृतिक मानवशास्त्री मार्गरेट मीड (1901-1978) मानती थीं कि आदिम संस्कृतियों के अध्ययन के ज़रिये आधुनिक जगत की बेहतर समझ हासिल की जा सकती है। उनकी लोकप्रिय पुस्तकों, फ़िल्मों और पत्रिकाओं में स्तम्भ-लेखन ने मानवशास्त्र के प्रति जन-मानस में दिलचस्पी पैदा करने का श्रेय जाता है। साठ और सत्तर के दशकों में अमेरिकी समाज में सेलेब्रिटी का दर्जा हासिल करने वाली वे सम्भवतः पहली मानवशास्त्री थीं। उन्होंने अपनी अनुसंधानजनित अंतर्दृष्टियों का इस्तेमाल करके स्त्री-पुरुष संबंधों, सांस्कृतिक परिवर्तन और नस्ली रिश्तों जैसी आधुनिक समस्याओं के जटिल पहलुओं पर रोशनी डाली। दक्षिण-पश्चिमी प्रशांत क्षेत्र और दक्षिण-पूर्वी एशिया की पारम्परिक संस्कृतियों के अध्ययन से निकले उनके निष्कर्षों ने साठ के दशक की यौन क्रांति को प्रभावित किया। मीड पश्चिम के पारम्परिक धार्मिक जीवन की सीमाओं में यौनिकता संबंधी लोकाचारों के विस्तार की पैरोकार थीं। सैद्धांतिक रूप से मीड का विमर्श अपनी सहयोगी विद्वान और मित्र रुथ बेनेडिक्ट की ही तरह मनोवैज्ञानिक मानवशास्त्र की श्रेणी में आता है। मानवशास्त्र की इस प्रवृत्ति को 'कल्चर ऐंड पर्सनैलिटी' के लक़ब से भी जाना जाता है। मीड की दिलचस्पी व्यक्तित्व पर पड़ने वाले सांस्कृतिक प्रभावों के अध्ययन पर थी। अपनी रचनाओं में वे बार-बार अपने गुरु फ्रेंज़ बोआस द्वारा प्रतिपादित सांस्कृतिक सापेक्षतावाद के सिद्धांत का सहारा ले कर संस्कृति के बहुलतावादी चरित्र पर ज़ोर देती नज़र आती हैं।

मार्गरेट मीड का जन्म फ़िलाडेल्फ़िया, पेंसिलवानिया के एक क्वेकर ईसाई परिवार में हुआ था। उनके पिता पेंसिलवानिया विश्वविद्यालय में वित्त के प्रोफ़ेसर और माँ समाजशास्त्री थीं। 1924 में स्नातकोत्तर परीक्षा पास करने के बाद मीड ने कोलम्बिया विश्वविद्यालय में फ्रांस बोआस और रुथ बेनेडिक्ट के साथ अध्ययन करना शुरू किया। अगले साल वे पोलिनेसिया में फ़ील्डवर्क करने गयीं और फिर न्यूयॉर्क सिटी स्थित अमरिकन म्यूज़ियम ऑफ़ नेचुरल हिस्ट्री में उन्होंने नृशास्त्र के क्यूरेटर की भूमिका निभायी। न्यू स्कूल और कोलम्बिया विश्वविद्यालय में मानवशास्त्र की प्रोफ़ेसर रहीं मीड ने तीन बार विवाह किया। उनके तीनों पति भी मानवशास्त्री थे। मीड का अपनी शिक्षक और सहयोगी रुथ बेनेडिक्ट के साथ बेहद अंतरंग संबंध था। इस रिश्ते के यौनिक पहलुओं के बारे में मानवशास्त्री हलक़ों में अक्सर चर्चा होती रहती है। लेकिन मीड ने अपनी सेक्शुअलिटी में लेस्बियन रुझानों की बात कभी स्वीकार नहीं की। 1960 में अमेरिकी मानवशास्त्र एसोसिएशन की अध्यक्ष भी रहीं।

मीड में एक ख़ास तरह की लेखन प्रतिभा थी जिसके कारण उनकी रचनाएँ मानवशास्त्रियों के साथ-साथ सामान्य पाठकों को भी पसंद आती थीं। उनकी पहली पुस्तक 'कमिंग ऑफ़ एज इन समोआ' किशोरावस्था में पैदा होने वाली बेचैनियों पर निगाह डालती है। मीड सवाल उठाती हैं कि यौवन की दहलीज़ पर खड़े हुए व्यक्ति की दिमाग़ी उलझनें, तनाव और व्यग्रताएँ वय:संधि की उपज होती हैं या उनके

मार्गरेट मीड (1901-1978)

स्रोत सांस्कृतिक होते हैं ? ताऊ द्वीप पर स्थित छह सौ लोगों के समोआ समुदाय में फ़ील्डवर्क करते हुए मीड ने एक दुभाषिए की मदद से नौ साल से बीस साल की उम्र वाली 68 समोआ स्त्रियों से बातचीत की। उन्होंने नतीजा निकाला कि बचपन से वयस्कता तक की यात्रा के दौरान समोआ की किशोरियाँ उस तरह के जज़्बाती उथल-पुथल से नहीं गुज़रतीं जिसका सामना अमेरिकी किशोरियों को आम तौर से करना पड़ता है। 1928 में जब पहली बार यह पुस्तक प्रकाशित हुई तो कई पश्चिमी प्रेक्षकों को इसके कारण अच्छी ख़ासी सांस्कृतिक ठेस लगी। मीड ने अपने अध्ययन में दिखाया था कि समोअन समाज में कौटुम्बिक व्यभिचार (इंसेस्ट) को सामान्य रूप से लिया जाता है। वहाँ की स्त्रियाँ जब-तब यौन क्रिया का आनंद लेती हुई अपनी शादी को टालती रहती हैं। लेकिन अंत में विवाह करने के बाद वे बाक़ायदा घर-परिवार बसा कर बच्चों का लालन-पालन करती हैं।

यौन क्रांति पर असर डालने वाली विख्यात रचना 'सेक्स ऐंड टेम्परामेंट इन थ्री प्रिमिटिव सोसाइटीज़' में मीड ने साबित किया कि स्त्रियोचित और पुरुषोचित आचरण से संबंधित रूढ़-छवियों को सार्वभौम नहीं माना जा सकता। प्रत्येक समाज जिन गुणों को स्त्रीत्व या पुरुषत्व से जोड़ कर देखता है, वे उसके दोनों तरह के सदस्यों में पाये जाते हैं। वे अलग-अलग किसी एक लिंग के सदस्य में समान रूप से नहीं मिलते। मीड ने सौ मील की त्रिज्या के दायरे में रहने वाले तीन समुदायों (अरपेश, मुंडुगुमोर और शाम्ब्री) की मिसालों से समझाया कि पहले दोनों समुदायों में पुरुषों और स्त्रियों के आचरण का प्रारूप आधुनिक समाज की अपेक्षाओं के अनुरूप था। तीसरे समुदाय में पुरुष सजधज कर ख़रीद-फ़रोख़्त करने जाते हैं और स्त्रियाँ ऊर्जावान, प्रबंधकीय और कामकाजी होती हैं। मीड ने दिखाया कि पापुआ न्यू गिनी के शाम्ब्री लेक क्षेत्र में बसने वाला समुदाय स्त्रियों के प्रभुत्व को मानता है। सम्भवत: पुरुष इस समाज पर अपना प्रभुत्व इसलिए स्थापित नहीं कर पाये थे कि ऑस्ट्रेलियायी प्रशासन ने युद्ध को प्रतिबंधित कर दिया था। मीड के अनुसंधान ने बताया कि अरपेश समुदाय में स्त्रियों और पुरुषों की फ़ितरत अमन-पसंद होती है। वे युद्ध करने के प्रति अरुचि रखते हैं। दूसरी तरफ़ उन्होंने मुंडुगुमोर समुदाय में इसकी उलट प्रवृत्तियाँ रेखांकित कीं। मीड का यह मानवशास्त्रीय आख्यान नारीवादी आंदोलन के लिहाज़ से मील का पत्थर साबित हुआ।

आदिम समाजों के अध्ययन से निकले सिद्धांतों की रोशनी में रुथ बेनेडिक्ट और मार्गरेट मीड के संयुक्त निर्देशन में समकालीन समाज के तहत राष्ट्रीय चरित्र के अध्ययन की परियोजना भी चलाई गयी। इस प्रोजेक्ट में उन संस्कृतियों का अध्ययन भी शामिल था जिनमें फ़ील्डवर्क करना व्यावहारिक रूप से सम्भव नहीं था। जापान, सोवियत संघ और पूर्वी युरोप के यहूदी समुदायों के 'दूर रह कर किये गये अध्ययनों' के आधार पर मीड ने नतीजा निकाला कि आणुविक युग में रूस के लोगों को अपने लिए ख़तरे के रूप में देखना अमेरिकनों की उनके प्रति नासमझी का परिचायक है।

मीड के आग्रहों के कारण ही अमेरिकी यहूदियों की कमेटी ने युरोप के यहूदी गाँवों के अध्ययन की परियोजना चलाई। अनुसंधानकर्ताओं के दलों ने न्यूयॉर्क में रहने वाले प्रवासी यहूदियों से बड़े पैमाने पर इंटरव्यू लिये। इस अध्ययन के परिणामस्वरूप जो पुस्तक प्रकाशित हुई उसमें एक ऐसी यहूदी माँ की छवि दर्ज है जो अपनी संतानों से प्रेम तो पूरी शिद्दत से करती है, पर साथ में उन्हें किसी भी सीमा तक जा कर अपने नियंत्रण में रखने से भी नहीं चूकती। यह माँ अपने बच्चों में उनकी ख़ातिर किये गये त्याग-बलिदान के ज़रिये अपराधबोध तक जगा देती है। इस पुस्तक के निष्कर्षों का मानवशास्त्र की बहसों में लम्बे अरसे तक हवाला दिया जाता रहा।

9 जनवरी, 1979 को अमेरिका के राष्ट्रपति जिमी कार्टर ने मीड को मृत्योपरांत प्रेसिडेंशियल मेडल ऑफ़ फ्रीडम से सम्मानित करने का एलान किया। एक विशेष कार्यक्रम में उनकी बेटी को यह पदक संयुक्त राष्ट्र स्थित अमेरिकी राजदूत द्वारा भेंट किया गया। अमेरिका में मार्गरेट मीड के नाम पर कई शिक्षा संस्थाओं का नामकरण किया गया है।

मार्गरेट मीड द्वारा रचे गये मानवशास्त्रीय साहित्य को दो तरह की आलोचनाओं का सामना करना पड़ता है। अन्य मानवशास्त्रियों ने मीड पर आरोप लगाया है कि उनके अध्ययनों में लोकप्रियता का समावेश करने के चक्कर में विज्ञानसम्मत तथ्यों और विश्लेषण से हट जाने की प्रवृत्ति है। 1983 में न्यूज़ीलैण्ड के मानवशास्त्री डेरेक फ्रीमैन ने 'मार्गरेट मीड ऐंड समोआ : द मेकिंग ऐंड अनमेकिंग ऑफ़ ऐन ऐंथ्रोपोलॅजीकल मिथ' के माध्यम से मीड के प्रमुख निष्कर्षों की प्रामाणिकता को चुनौती दी। उन्होंने उस अनुसंधान की बची हुई सूचनाकार स्त्रियों के हवाले से दावा किया कि मीड ने उन्हें फुसला कर अपने मन-माफ़िक जवाब दिलवाये थे। इस आरोप पर मानवशास्त्रियों के बीच काफ़ी बहस हुई, लेकिन किसी सामान्य निष्कर्ष पर नहीं पहुँचा जा सका। बहस में भाग लेने वाले कुछ विद्वानों ने फ्रीमैन की आलोचना को भी प्रश्नांकित किया है।

देखें : अल्फ्रेड लुइस क्रोबर, ऑग्युस्त कॉम्त, क्लॉद लेवी-स्त्रॉस, क्लिफ़र्ड गीर्ट्ज़, जार्ज ज़िमेल, टैलकॉट पार्सस, डेविड एमील दुर्ख़ाइम, पिएर बोर्दियो, फ्रेंज़ उरी बोआस, मारसेल मौज़, मार्गरेट मीड, मिल्टन सिंगर, मैक्स वेबर, रुथ बेनेडिक्ट।

संदर्भ

1. मार्गरेट मीड (1928), *कमिंग ऑफ़ एज इन समोआ : अ साइकोलॅजीकल स्टडी ऑफ़ प्रिमिटिव यूथ फ़ॉर वेस्टर्न सिविलाइज़ेशन,* कोलम्बिया युनिवर्सिटी प्रेस, न्यूयॉर्क.
2. मार्गरेट मीड (1935), *सेक्स ऐंड टेम्परामेंट इन थ्री प्रिमिटिव सोसाइटीज़,* रॉटलेज, लंदन.
3. रॉबर्ट कैसिडी (1982), *मार्गरेट मीड : अ वॉयस फ़ॉर द सेंचुरी,* युनिवर्स, न्यूयॉर्क.
4. डेरेक फ्रीमैन, (1983) *मार्गरेट मीड ऐंड समोआ : द मेकिंग ऐंड अनमेकिंग ऑफ़ ऐन ऐंथ्रोपोलॅजीकल मिथ,* हार्वर्ड युनिवर्सिटी प्रेस, मैसाचुसेट्स.

— अभय कुमार दुबे

माधवराव सदाशिवराव गोलवलकर

(Madhavrao Sadashivrao Golwarkar)

राष्ट्रीय स्वयंसेवक संघ के संस्थापक डॉ. हेडगेवार के उत्तराधिकारी माधवराव सदाशिवराव गोलवलकर (1906-1973) हिंदुत्ववादी राष्ट्रवाद के शीर्ष संगठक और सिद्धांतकार थे। उन्होंने अपनी रचनाओं *वी ऑर अवर नेशनहुड डिफ़ाइंड* और *बंच ऑफ़ थॉट्स* के ज़रिये न केवल हिंदू-राष्ट्रवाद की उत्तर-सावरकर राजनीति को विचारधारात्मक आधार प्रदान किया, बल्कि पूरे तैंतीस साल तक संघ का नेतृत्व करके उसे एक मज़बूत राष्ट्रव्यापी संगठन बनाने में सफलता हासिल की। आज राष्ट्रीय स्वयंसेवक संघ अगर सामाजिक जीवन के हर क्षेत्र में सक्रिय है तो इसका श्रेय अपने अनुयायियों के बीच गुरुजी के सम्बोधन से लोकप्रिय गोलवलकर की रणनीतिक कल्पनाशीलता और नियोजित प्रयासों को ही जाता है। संघ की राजनीतिक शाखा भारतीय जनसंघ, छात्र संगठन विद्यार्थी परिषद्, ट्रेड यूनियन सगंठन भारतीय मज़दूर संघ, विश्व हिंदू परिषद्, सरस्वती शिशु मंदिर और ऐसे ही कई उल्लेखनीय संगठनों की नींव उन्हीं के निर्देशन और प्रेरणा का नतीजा है। गाँधी की हत्या के बाद संघ पर लगी पाबंदी के समय गोलवलकर को ज़ेल भी जाना पड़ा, पर उन्होंने चतुरायी और कौशल के साथ अपने संगठन को इस संकट से निकाला। नब्बे के दशक में चले रामजन्मभूमि आंदोलन के प्रमुख नारे 'गर्व से कहो हम हिंदू हैं' का सूत्रीकरण गोलवलकर ने ही अपने कार्यकाल में किया था। गोलवलकर की देख-रेख में संघ ने पत्रकारिता और प्रकाशन के क्षेत्र में भी बड़े पैमाने पर नियोजित हस्तक्षेप किया।

गोलवलकर को जिस समय संघ की कमान मिली, भारत आज़ाद होने जा रहा था। अंग्रेज़ों के ज़माने में हिंदू-राष्ट्रवादियों का मक़सद क्षेत्रीय और राष्ट्रीय स्तर पर हिंदुओं का स्पष्ट राजनीतिक बोलबाला स्थापित करना था। पर आज़ादी के बाद उनकी यह कोशिश कमोबेश अप्रासंगिक हो गयी। बहुमत का शासन स्थापित हो जाने के कारण लोकतांत्रिक और सेकुलर तौर-तरीक़ों ने सत्ता के सोपानों पर हिंदुओं की अघोषित मौजूदगी की गारंटी कर दी। नयी परिस्थिति में गोलवलकर ने लोकतांत्रिक आधार पर बनने-बिगड़ने वाले बहुमत को हिंदू-बहुसंख्यकवाद के आधार पर स्थाई बहुमत में बदलने के लिए अपने लक्ष्यों और रणनीतियों को नया रूप दिया। उन्होंने कोई नया विचार देने की कोशिश करने के बजाय प्रचलित हिंदू-राष्ट्रवादी विचारों और आग्रहों को ही नया पैटर्न दे दिया। सावरकर का ज़ोर राजनीति पर

माधवराव सदाशिवराव गोलवलकर (1906-1973)

था, पर गोलवलकर ने उनके सभी तर्कों को दोहराने के बावजूद राज्य के बजाय समाज के हिंदूकरण या भारतीयकरण पर बल दिया।

गोलवलकर उपनिवेशवाद विरोधी आंदोलन के नेताओं के इस आग्रह से सहमत नहीं थे कि भारत एक निर्माणाधीन राष्ट्र है। उनका दावा था कि भारत तो पहले से ही हिंदुओं का एक सम्पूर्ण प्राचीन राष्ट्र है। गोलवलकर जिस हिंदू-राष्ट्र की परिकल्पना पेश करते हैं उसमें अल्पसंख्यक समुदायों के लिए किसी जगह का प्रावधान नहीं है। उनकी निगाह में यहूदी और पारसी जैसे अल्पसंख्यक इस देश में मेहमानों की तरह रहने आये थे, और मुसलमान और ईसाई हमलावरों की तरह। गोलवलकर की मान्यता थी कि बहुत कम संख्या में होने के कारण यहूदियों और हिंदू -मुख्यधारा में समरस हो जाने के कारण पारसियों से हिंदू-राष्ट्र को कोई ख़तरा नहीं है। लेकिन उन्होंने ईसाइयों और मुसलमानों के साथ-साथ कम्युनिस्टों की आंतरिक ख़तरे के मुख्य स्रोतों की तरह शिनाख़्त की। गोलवलकर का सुझाव था कि हिंदुओं को अपनी प्रजातीय और सांस्कृतिक शुद्धता बचाने के लिए जर्मनी से सबक सीखना चाहिए जहाँ आर्य-रक्त की शुद्धता के लिए यहूदियों के सफ़ाये की मुहिम चली थी। उनके इस सुझाव के कारण अक्सर उन पर नाज़ीवाद और फ़ासीवाद का भारतीय संस्करण होने का आरोप लगाया जाता है। दिलचस्प बात यह है कि गोवलकर यहूदियों के विरोधी के रूप में नहीं उभरते, बल्कि ईसाइयों के एंटी-सेमेटिक रवैये की आलोचना भी करते हैं। गोलवलकर ने इज़रायल की स्थापना और यहूदियों द्वारा अपनी नस्ल, धर्म, संस्कृति और भाषा की रक्षा करने के प्रयासों की सराहना भी की है। सांस्कृतिक समरूपता के आधार पर राष्ट्र की संकल्पना करने के मामले में गोलवलकर पश्चिमी चिंतन के नज़दीक हैं। पर सामाजिक संरचना के प्रश्न पर वे समाज को सामाजिक समझौते के आधार पर व्यक्तिगत हितों का जोड़ मात्र नहीं मानते। गोलवलकर समाज को एक जीवंत विराट पुरुष की तरह परिभाषित करते हैं जिससे फूटने वाली सामाजिक चेतना समान रूप से सभी व्यक्तियों में प्रवाहित होती है।

गोलवलकर का जन्म 19 फ़रवरी, 1906 को नागपुर के निकट रामटेक में एक विपन्न ब्राह्मण परिवार में हुआ था। वे पढ़ाई में शुरू से ही तेज़ थे। मैट्रिक करने के बाद उन्होंने नागपुर के मिशनरी हिसलॉप कॉलेज में दाख़िला लिया जहाँ ईसाइयों के धर्म-प्रचारक रवैये की उन्होंने हिंदुओं के लिए एक प्रमुख ख़तरे के रूप में शिनाख़्त की। गोलवलकर ने बनारस हिंदू विश्वविद्यालय से प्रथम श्रेणी में विज्ञान की डिग्रियाँ हासिल कीं, लेकिन आर्थिक संकट के कारण वे समुद्री जीव-जगत पर थीसिस नहीं लिख पाये। 1931 में उन्हें काशी विश्वविद्यालय में जीव-विज्ञान के प्राध्यापक के रूप में नियुक्ति मिली। युवावस्था से ही गोलवलकर की दिलचस्पी विज्ञान के साथ-साथ धार्मिक दर्शन और योगाभ्यास में भी थी। विश्वविद्यालय में संघ की पहली शाखा खोलने वाले भैयाजी दानी ने गोलवलकर की भेंट डॉ. हेडगेवार से करायी। गोलवलकर की संतों जैसी शख़्सियत और चिंतनशील प्रकृति से प्रभावित हो कर हेडगेवार ने उनमें भविष्य का नेता देखा। 1931 में वे काशी के संघचालक बनाये गये। हेडगेवार ने ही उन्हें क़ानून की पढ़ाई करने का सुझाव दिया। 1932 में नागपुर लौट कर गोलवलकर ने एलएलबी की परीक्षा उत्तीर्ण की। नागपुर में वे रामकृष्ण मिशन में नियमित रूप से जाते थे। 1935 में गोलवलकर को अकोला में होने वाले संघ प्रशिक्षण शिविर का इंचार्ज बनाया गया। 1937 में उन्होंने रामकृष्ण मिशन के स्वामी अखण्डानंद के हाथों संन्यास की दीक्षा ली।

1939 में हेडगेवार ने उन्हें संघ का सरकार्यवाह नियुक्त किया। अगले साल लम्बी बीमारी के बाद संघ के संस्थापक का निधन होने के 13 दिन बाद जब उनका छोड़ा हुआ लिफ़ाफ़ा खोल कर पढ़ा गया तो उसमें गोलवलकर को नया संघचालक बनाने का निर्देश था। इससे पहले समझा जा रहा था कि अप्पाजी जोशी को हेडगेवार का उत्तराधिकारी बनाया जाएगा।

सरसंघचालक बनने से पहले ही गोलवलकर स्वामी विवेकानंद के शिकागो व्याख्यानों का मराठी में अनुवाद करने के अलावा और संघ के दर्शन को व्याख्यायित करने वाली पुस्तक *वी ऑर अवर नेशनहुड डिफ़ाइंड* की रचना कर चुके थे। गोलवलकर के नेतृत्व में संघ ने तेज़ी से प्रगति की। उन्होंने अंग्रेज़ों के विरोध में संघ के स्वयंसेवकों को आंदोलन में न उतारने की हेडगेवार द्वारा स्थापित नीति को दृढ़तापूर्वक जारी रखा। द्वितीय विश्व-युद्ध के दौरान भारत छोड़ो आंदोलन में भाग लेने के बजाय संघ जापानी आक्रमण की सूरत में हिंदुओं को बचाने के लिए चिंतित था। युद्ध के बाद पैदा होने वाली साम्प्रदायिक राजनीति के लिए पेशबंदी करना गोलवलकर का दूसरा मुख्य सरोकार था। इन्हीं प्राथमिकताओं के कारण संघ ने हिंदू महासभा की राजनीति से ख़ुद को स्पष्ट रूप से अलग कर लिया। गोपाल गोडसे जैसे कई वरिष्ठ स्वयंसेवकों को यह नीति पसंद नहीं आयी। इसीलिए चालीस के दशक में संघ को कुछ नये लेकिन राजनीतिक संघर्ष में विश्वास करने वाले कहीं अधिक उग्र हिंदू संगठनों से होड़ करनी पड़ी।

1940 से 48 तक की अवधि संघ के लिए निरंतर प्रसार-प्रचार की थी। उस समय तक देश के तक़रीबन सभी प्रांतों में उसकी शाखाएँ लगने लगी थीं। लेकिन गोलवलकर को पहले संकट का सामना उस समय करना पड़ा जब 30 जनवरी, 1948 को नाथूराम गोडसे ने गाँधी की गोली मार कर हत्या कर दी। गोलवलकर ने फ़ौरन इस हत्या की निंदा की और 13 दिन के लिए सभी शाखाओं का संचालन स्थगित कर दिया। 3 फ़रवरी को गोलवलकर गिरफ़्तार कर लिए गये। इससे ठीक पहले वे संघ को अस्थाई रूप से भंग करने की घोषणा कर चुके थे। पाबंदी के दौरान निष्ठावान स्वयंसेवक अध्ययन मण्डलों और क्रीड़ा क्लबों की आड़ में बैठकें करते रहे। सारे देश में बड़े पैमाने पर संघ के नेताओं की गिरफ़्तारियाँ हुईं। कुछ जगहों पर संघ को गाँधी की हत्या से नाराज़ लोगों की हिंसा का सामना भी करना पड़ा।

गाँधी की हत्या की साज़िश में शामिल होने का कोई सबूत न मिल पाने के कारण छह महीने की अवधि पूरी होने पर सरकार ने गोलवलकर को नज़रबंदी से रिहा कर दिया लेकिन साथ में उन पर नागपुर की सीमा से बाहर न जाने की पाबंदी भी लगा दी। अगस्त तक क़रीब बीस हज़ार गिरफ़्तार स्वयंसेवक भी छोड़ दिये गये। सितम्बर में गोलवलकर ने प्रधानमंत्री नेहरू को पत्र लिख कर संघ से प्रतिबंध हटाने का अनुरोध किया। उनका तर्क था कि संघ कम्युनिस्टों द्वारा चलाई जा रही वि-राष्ट्रीयकरण की गतिविधियों का प्रतिकार करने वाली प्रभावी ताक़त है। जवाब में नेहरू ने उन्हें गृह मंत्री वल्लभभाई पटेल से सम्पर्क करने के लिए कहा। गृह मंत्री और गोलवलकर का पत्र-व्यवहार बताता है कि पटेल की दिलचस्पी संघ के अनुशासित कार्यकर्त्ताओं को कांग्रेस में लाने की थी, जबकि गोलवलकर एक तरफ़ तो संघ के ग़ैर-राजनीतिक चरित्र पर ज़ोर देते रहे, और दूसरी तरफ़ उनका प्रस्ताव था कि संघ और सरकार की मिली-जुली ताक़त कम्युनिस्ट प्रभाव को नेस्तनाबूद करने के लिए इस्तेमाल की जाए। 15 नवम्बर को उन्हें दोबारा गिरफ़्तार करके नागपुर ज़ेल में डाल दिया गया। गोलवलकर को इसका अंदाज़ा पहले ही लग गया था और वे स्वयंसेवकों को पाबंदी का उल्लंघन करके शाखाएँ लगाने और शांतिपूर्ण सत्याग्रह करने करने का आदेश दे चुके थे। इसके बाद एक बार फिर कई स्तरों पर समझौता वार्ताएँ चलीं और गोलवलकर के नेतृत्व में निरंतर चले प्रयासों के फलस्वरूप 11 जुलाई, 1949 को सरकार ने संघ से प्रतिबंध उठा लिया।

संघ पर चले सरकारी दमन-चक्र ने गोलवलकर को राजनीति में सीधी भागीदारी न करने के अपने रवैये पर पुनर्विचार करने पर मज़बूर कर दिया। इसी के परिणामस्वरूप हिंदू महासभा के पूर्व अध्यक्ष डॉ. श्यामा प्रसाद मुखर्जी के सहयोग से गोलवलकर ने भारतीय जनसंघ का गठन किया जिसका मक़सद सक्रिय राजनीति में भागीदारी के ज़रिये हिंदुत्ववादी उद्देश्यों का प्रचार करना था। 1964 में मुम्बई के संदीपनी आश्रम में विश्व हिंदू परिषद् के गठन के पीछे भी गोलवलकर की प्रेरणा और प्रयासों की ही भूमिका थी। 5 जून, 1973 को कैंसर की बीमारी से नागपुर में गोलवलकर का निधन हुआ।

संदर्भ

1. वाल्टर के. ऐंडरसन और श्रीधर डी. दामले (1987), *द ब्रदरहुड इन सैफ़्रन : द राष्ट्रीय स्वयंसेवक संघ ऐंड द हिंदू रिवाइवलिज़्म,* विस्तार पब्लिकेशंस, नयी दिल्ली.
2. एम.एस. गोलवलकर, *वी ऑर अवर नेशनहुड डिफ़ाइंड,* भारत पब्लिकेशंस, नागपुर, 1939.
3. एम.एस. गोलवलकर, *अ बंच ऑफ़ थॉट्स,* विक्रम प्रकाशन, बंगलुरु, 1966.

— अभय कुमार दुबे

मानवाधिकार

(Human Rights)

सत्तारूढ़ शक्तियों द्वारा किये जा सकने वाले अतिक्रमण से व्यक्ति के अधिकारों को बचाने की चिंताओं ने मानवाधिकारों की अवधारणा को जन्म दिया है। सत्रहवीं सदी में प्रतिपादित प्राकृतिक अधिकारों के सिद्धांत का एक पहलू ऐसा था कि जिसके मुताबिक़ उन्हें 'मानवीय प्रकृति का मर्म' समझने के पीछे 'ईश्वर प्रदत्त' होने की धारणा थी। बीसवीं सदी के दौरान धार्मिक विश्वासों के प्रभाव में आयी गिरावट के फलस्वरूप प्राकृतिक अधिकारों के सिद्धांतों का सेकुलरीकरण हुआ और नतीजे के तौर पर उन्हीं सिद्धांतों ने द्वितीय विश्व-युद्ध के बाद मानवाधिकारों के रूप में नया संस्करण प्राप्त किया। इसके तहत अधिकारों की एक ऐसी श्रेणी निर्धारित की गयी जिसे हर व्यक्ति (चाहे वह किसी भी राष्ट्र, धर्म, वर्ग, नस्ल या जेंडर का हो) को बिना शर्त केवल मनुष्य होने के नाते उपलब्ध होने का आग्रह स्थापित हुआ। ये अधिकार सार्वभौम, अपरिवर्तनीय और अविभाज्य माने जाते हैं। इन्हें किसी भी स्थिति में ख़ारिज नहीं किया जा सकता। 1948 में संयुक्त राष्ट्र संघ महासभा द्वारा जारी मानवाधिकारों की सार्वभौम उद्घोषणा एक बुनियादी दस्तावेज़ है जिसमें ये अधिकार मूर्तिमान हैं। इसके बाद हुई कई संधियाँ और जारी किये गये कई मानवाधिकार दस्तावजों ने इस दायरे को और समृद्ध किया है।

ऐतिहासिक संदर्भ में देखा जाए तो मानवाधिकारों का पहला ज़िक्र जर्मनी में 1525 के किसान युद्ध के दौरान जारी हुए 'ट्वेल्व आर्टीकिल्स ऑफ़ ब्लैक फ़ोरेस्ट' में मिलता है। ये आर्टीकिल किसानों के माँगपत्र का एक हिस्सा थे। 1689 में ब्रिटिश बिल ऑफ़ राइट्स के ज़रिये सरकार की कई उत्पीड़नकारी कार्रवाइयों को ग़ैरक़ानूनी क़रार दिया जाना भी मानवाधिकारों के आग्रह के रूप में ग्रहण किया जा सकता है। अट्ठारहवीं सदी में हुई अमेरिकी क्रांति और फिर फ्रांसीसी क्रांति के रास्ते होता हुआ यह विमर्श उन्नीसवीं सदी तक पहुँचा। 1831 में विलियम लॉयड गैरिसन के लेखन में 'द ग्रेट कॉज़ ऑफ़ ह्यूमन राइट्स' जैसी अभिव्यक्ति का ज़िक्र मिलता है। उन्नीसवीं सदी में चली दास प्रथा विरोधी मुहिम ने भी मानवाधिकारों के मुद्दे को रेखांकित किया।

मानवाधिकारों की सार्वभौम उद्घोषणा में चौबीस से ज़्यादा ऐसे अधिकार दर्ज हैं जिनका पालन करना प्रत्येक सरकार के लिए अनिवार्य माना जाता है। इन अधिकारों को छह श्रेणियों में बाँट कर समझा जा सकता है : हत्या, जन-संहार, बलात्कार और यातना जैसे अपराधों के मुक़ाबले सुरक्षा पाने के अधिकार; आस्था, अभिव्यक्ति, संगठन, सभा और आंदोलन के अधिकार; प्रचार, एकत्रीकरण, प्रतिरोध, मतदान और सार्वजनिक पदों पर काम करने के ज़रिये राजनीति में भाग लेने के अधिकार; बिना मुक़दमा चलाये कारागार में बंद रखने, ख़ुफ़िया मुक़दमा चलाने और ज़रूरत से ज़्यादा दण्ड देने के ख़िलाफ़ क़ानूनी प्रक्रिया में जाने का अधिकार; समान नागरिकता, क़ानून के समक्ष समानता और भेदभाव बर्दाश्त न करने का अधिकार; आर्थिक और सामाजिक अधिकार (जैसे, बेपनाह ग़रीबी और भुखमरी की स्थितियों में मदद पाने और बच्चों को शिक्षा मुहैया कराने का आग्रह)। इस उद्घोषणा में समूह-अधिकार शामिल नहीं हैं, पर बाद में हुई संधियों में उनका उल्लेख है। इनके अनुसार जातीय समूहों को जाति-संहार के मुक़ाबले सुरक्षा प्राप्त करने का अधिकार प्राप्त है। साथ ही सभी देशों को अपने राष्ट्रीय भू-क्षेत्रों और संसाधनों के स्वामित्व का अधिकार भी मिला हुआ है।

मानवाधिकारों के सिलसिले में जिनेवा कन्वेंशन का उल्लेख करना आवश्यक है। रेड क्रॉस के संस्थापक हेनरी दुनांत के प्रयासों के फलस्वरूप यह कन्वेंशन स्वीकृत हुआ जिसके आधार पर युद्ध की स्थितियों में मानवाधिकारों की रक्षा सुनिश्चित करने को कोशिश की जाती है। मानवाधिकारों की यह पूरी प्रणाली संयुक्त राष्ट्र सुरक्षा परिषद् और संयुक्त राष्ट्र मानवाधिकार परिषद् द्वारा संचालित होती है। विभिन्न मानवाधिकार संधियों पर प्रभावी अमल की देख-रेख करने के लिए विश्व संस्था ने कई कमेटियों का गठन कर रखा है। इस सिलसिले में मानवाधिकारों के लिए संयुक्त राष्ट्र उच्चायुक्त का पद उल्लेखनीय है। क्षेत्रीय स्तर पर तीन मानवाधिकार संगठन कार्यरत रहते हैं : अफ़्रीकन चार्टर ऑन ह्यूमन ऐंड पीपुल्स राइट्स, द अमेरिकन कन्वेंशन ऑन ह्यूमन राइट्स और युरोपियन कन्वेंशन ऑफ़ ह्यूमन राइट्स। एशिया के स्तर पर मानवाधिकारों की सुरक्षा की गारंटी करने वाला इस तरह का कोई राष्ट्रेतर संगठन नहीं है।

मानवाधिकारों के सूचीबद्ध होने से उन्हें एक तकनीकी अनिवार्यता का आयाम मिल गया है। यह कहा जा सकता है कि मानवाधिकारों का मतलब उन राजनीतिक मानकों से है जिनके आधार पर सरकारों और संस्थाओं को व्यक्तियों के साथ सुलूक करना चाहिए। इस लिहाज़ से मानवाधिकार निजी स्तर पर व्यक्तियों के परस्पर आचरण का नियमन करने वाले सामान्य नैतिक मानकों से अलग होते हैं। लेकिन यह भी एक हक़ीक़त है कि नस्ली और सेक्शुअल भेदभाव का निषेध करने वाले प्रावधान समाज और सरकार के सामने ऐसी कसौटियाँ पेश करते हैं जिन पर निजी जीवन और उसकी व्यवहार-शैलियों को खरा उतरना पड़ता है। ज़ाहिर है कि केवल सूचीबद्ध हो जाने के कारण

अवधारणात्मक धरातल पर मानवाधिकारों की परिभाषा जटिलताओं से परे नहीं हो गयी है। इनकी संबंधित पेचीदगियों पर समाज-विज्ञान ही नहीं राजनीतिक व्यवहार की दुनिया में भी अक्सर बहस होती रहती है।

मसलन, अगर कोई राज्य जीवन के अधिकार को अनुलंघनीय मानता है तो फिर मृत्युदण्ड का प्रावधान क्यों क़ायम रखना चाहिए? ये उन सरकारों को किसी भी प्रकार के युद्ध में भाग लेने से बाज़ क्यों नहीं आना चाहिए, भले ही किसी विशेष परिस्थिति में युद्ध करना कैसी भी राष्ट्रीय आवश्यकता के तहत क्यों न आता हो? इसी तरह जीवन के अधिकार और आत्मरक्षा के अधिकार के बीच भी अंतर्विरोध पैदा हो सकता है। इसी तरह एक सवाल यह भी है कि सामाजिक न्याय का प्रत्येक प्रश्न और सुशासन का हर एक मुद्दा क्या मानवाधिकारों के तहत नहीं आना चाहिए? उदाहरण के लिए क्या आमदनी की ज़बरदस्त विषमता, उच्च शिक्षा के अपर्याप्त प्रावधान और अल्प-विकास की स्थितियों वाले देश में सरकारों पर मानवाधिकारों के उल्लंघन का आरोप लगाया जा सकता है?

इस बहस का कोई अंत नहीं है कि किन राजनीतिक मानकों को मानवाधिकारों की संज्ञा मिलनी चाहिए। कई राजनीतिक आंदोलन चाहते हैं कि उनके मुख्य सरोकारों को मानवाधिकारों के रूप में श्रेणीबद्ध कर लिया जाना चाहिए। अंतर्राष्ट्रीय संस्थाओं, ख़ास कर संयुक्त राष्ट्र संघ को लगातार इस मानवाधिकारों का दायरा विस्तृत करने का दबाव झेलना पड़ता है। इस स्थिति को 'मानवाधिकारों की स्फीति' की संज्ञा दी गयी है।

मानवाधिकारों की राजनीति की एक प्रमुख समस्या यह है कि अंतर्राष्ट्रीय मानवाधिकार क़ानून एक ओर राष्ट्रीय सुरक्षा और मानवाधिकारों के बीच अंतर्विरोध होने की स्थिति में अपना प्रभाव खो देता है। इसी तरह यह क़ानून ग़ैर-सरकारी ताक़तों को अपने उल्लंघनों के लिए जवाबदेह ठहराने में अपेक्षाओं के मुताबिक़ सक्षम साबित नहीं हुआ है। बहुराष्ट्रीय कम्पनियों, राजनीतिक दलों और अनौपचारिक क़िस्म के संगठनों द्वारा किये जाने वाले मानवाधिकार हनन की रोकथाम के तौर-तरीक़े विकसित करने के लिए अभी विश्व-संस्थाओं को काफ़ी रास्ता तय करना है।

देखें : अधिकार, अधिकार : सैद्धांतिक यात्रा, अमेरिकी क्रांति, उपयोगितावाद, एडमण्ड बर्क, जॉन लॉक, जेरेमी बेंथम, जॉन स्टुअर्ट मिल, जॉन रॉल्स, फ्रांसीसी क्रांति, बहुसंस्कृतिवाद, भारत में मानवाधिकार, भारत में मानवाधिकार आंदोलन, थॉमस हॉब्स, नागरिकता, नागरिकता : अन्य परिप्रेक्ष्य-1 और 2, नागर समाज, नागर समाज : भारतीय बहस, रॉबर्ट नॉज़िक।

संदर्भ

1. फ्रेड्रिख़ पी. फ़ोरसाइथ (2009), *इनसाइक्लोपीडिया ऑफ़ ह्यूमन राइट्स*, ऑक्सफ़र्ड युनवर्सिटी प्रेस, न्यूयॉर्क.
2. चार्ल्स ब्लैटबर्ग (2007), *द आइरोनिक ट्रैजेडी ऑफ़ ह्यूमन राइट्स*, मेकगिल-क्वींस युनिवर्सिटी प्रेस, मांट्रियल और किंग्सटन.
3. जैक डोनेली (2003), *युनिवर्सल ह्यूमन राइट्स इन थियरी ऐंड प्रेक्टिस*, कॉरनेल युनिवर्सिटी प्रेस, इथाका और लंदन.
4. केविन जेक्सन, (1994) *चार्टिंग ग्लोबल रिस्पांसिबिलिटीज़ : लीगल फ़िलॉसफ़ी ऐंड ह्यूमन राइट्स*, युनिवर्सिटी प्रेस ऑफ़ अमेरिका.

— अभय कुमार दुबे

मानव-प्रकृति

(Human Nature)

मनुष्य एक बेहद जटिल और बहुआयामी हस्ती है। उसकी रचना जैविक, भौतिक, मनोवैज्ञानिक, बौद्धिक, सामाजिक और सम्भवतः आध्यात्मिक तत्त्वों से मिल कर हुई है। इन्हीं में कुछ को विद्वानों ने प्राथमिकता के आधार पर प्राकृतिक और सहजात क़रार दे कर मानवीय प्रकृति को परिभाषित करने की कोशिशें की हैं। समाज-विज्ञान की दुनिया में मुख्य बहस यह है कि मानवीय प्रकृति का मूल अपविर्तनीय रूप से उसकी जैविकी में निहित है, या वह परिवर्तनशील है और सामाजिक अनुभव के हाथों अनुकूलित होती है। दोनों पक्ष मानते हैं कि अपने प्राकृतिक और सहजात गुणों से मनुष्य को पूरी तरह कभी अलग नहीं किया जा सकता। मतभेद सामाजिक अनुभव की भूमिका पर है। क्या मनुष्य सामाजिक अनुभव से सीख कर ख़ुद को बदलता है? क्या उसकी यह बदलने की क्षमता उसके प्राकृतिक और सहजात गुणों पर निर्भर करती है? या उसके प्राकृतिक गुण या दोष ही उसे अंतिम तौर पर रचते हैं?

समाज-विज्ञान के कई बुनियादी सिद्धांतों के मूल में मानवीय प्रकृति की अलग-अलग व्याख्याएँ निहित हैं। मनुष्य के स्वभाव की समझ और राजनीतिक बंदोबस्त की विभिन्न संरचनाओं का आपस में गहरा संबंध है। मसलन, अगर यह पूछा जाए कि आख़िर मनुष्य को राज्य जैसी नियंत्रणकारी संस्था की आवश्यकता क्यों पड़ती है, तो इस प्रश्न का उत्तर हॉब्स, गाँधी या अन्य विचारकों की उन धारणाओं में मिल सकता है जिनकी रोशनी में वे इनसान के स्वभाव का आकलन किया करते थे। थॉमस हॉब्स की मान्यता थी कि

मनुष्य प्राकृतिक रूप से स्वार्थी और दुष्ट होता है, इसलिए दूसरे मनुष्यों के साथ उसके सह-अस्तित्व के लिए ज़रूरी है कि उसकी लगाम एक सम्प्रभु शासक के हाथ में रहे। हॉब्स के मुताबिक़ मनुष्य और उसके समाज का कल्याण इसी में निहित है कि वह इस हक़ीक़त को समझ कर अपना बंदोबस्त एक सर्वोच्च और अविभाज्य सत्ता के हवाले कर दे। दूसरी ओर गाँधी के विचार मानवीय प्रकृति के बारे में निराशाजनक थे। वे यह तो मानते थे कि इनसान बुराइयों और अच्छाइयों का मिश्रण है, पर साथ में उन्हें यह विश्वास भी था कि उसका रुझान अच्छाई की तरफ़ है और वह राज्य के दमनकारी तंत्र के अभाव में भी ज़िम्मेदारी के साथ निर्णय लेते हुए क़दम उठा सकता है। इसीलिए गाँधी हॉब्स के विपरीत ऐसे राज्य के पक्ष में थे जो सामाजिक जीवन में न्यूनतम हस्तक्षेप करे।

हॉब्स और गाँधी से अलग अराजकतावाद के पैरोकारों की मान्यता है कि राज्य पूरी तरह से अनावश्यक बुराई है, क्योंकि वह मनुष्य को बाह्य नियम-क़ानूनों के अधीन करके उसके जीवट को अपने क़ाबू में करना चाहता है। मनुष्य को केवल उन्हीं नियमों का पालन करना चाहिए जो वह ख़ुद अपने लिए बनाता है। रूसी अराजकतावादी दार्शनिक पीटर क्रोपाटकिन मानवीय प्रकृति को ही सर्वोत्तम मानते थे। उनका विचार था कि राज्य के प्राधिकार का दूषित प्रभाव और पूँजीवाद द्वारा किया जाने वाला शोषण ही मनुष्य को उसकी मूलभूत श्रेष्ठता से भटकाता है।

हालाँकि मनुष्य की स्वार्थी और लालची प्रवृत्तियों के पर्याप्त उदाहरण उपलब्ध हैं, पर समाजवादी चिंतकों का विचार है कि उसकी कैफ़ियत बुनियादी तौर पर आपसी सहयोग और सामाजिकता वाली है। उसके व्यवहार के नकारात्मक पहलू स्वाभाविक न हो कर उसकी सामाजिक परिस्थितियों के फलितार्थ हैं। कुछ ऐसे चिंतक भी हैं जो मानवीय प्रकृति के विचार को ही ख़ारिज करते हैं। फ्रांसीसी अस्तित्ववादी दार्शनिक ज्याँ-पॉल सार्त्र के अनुसार ऐसी कोई इनसानी फ़ितरत होती ही नहीं है जिसके मुताबिक़ व्यक्ति अपना आचार-व्यवहार तय करता हो। मनुष्य का सार तो बाद में बनता है, उसका अस्तित्व पहले होता है। वह अपनी स्वतंत्रता का आनंद लेकर ख़ुद को परिभाषित करता है जिसकी अभिव्यक्ति उसके कार्य-व्यवहार से होती है। किसी भी तरह की निर्धारित मानवीय प्रकृति के साथ उसे बाँधना उसकी इस आज़ादी का अपमान है।

ज़ाहिर है कि सोच-विचार की दुनिया में मिलने वाले मानवीय प्रकृति के सभी मॉडल महज़ मानकीय (नॉर्मेटिव) हैं। उन्हें दार्शनिक और नैतिक पूर्वधारणाओं के आधार पर तैयार किया गया है। कई मॉडल एक-दूसरे का खण्डन या आंशिक समर्थन करते हैं। इन बहसों में सबसे बुनियादी विवाद है : मानवीय प्रकृति के निर्धारित होने का तर्क बनाम उसके सामाजिक अनुभव द्वारा परिवर्तनशील होने का आग्रह।

दिलचस्प बात यह है कि मनुष्य के समाज-निर्धारित होने का तर्क तो राजनीतिक सिद्धांतों के मूल में है ही, उसके प्रकृति-निर्धारित होने का तर्क जीव विज्ञान की अवधारणाओं से प्रभावित होने के बावजूद अपने सामाजिक प्रभाव में पूरी तरह से राजनीतिक है।

मानवीय प्रकृति के जैविक सिद्धांत के शीर्ष पर चार्ल्स डार्विन की रचना *ऑन द ओरिसिंज ऑफ़ स्पीशीज़* (1959) स्थित है। अपने युगांतरकारी शोध के ज़रिये डार्विन ने दिखाया है कि धरती पर मौजूद प्रजातियों की अनंत क़िस्मों का विकास क्रमहीन जेनेटिक म्यूटेशंस (उत्परिवर्तनों) के सिलसिले के तहत हुआ है। विकास की इसी प्रक्रिया में कुछ प्रजातियों को टिके रहने और मज़बूत होते जाने के गुण प्राप्त हो गये, जबकि कुछ कम भाग्यशाली प्रजातियाँ इन गुणों से वंचित हो कर नष्ट हो गयीं। समझा जाता है कि डार्विन को अपने इन निष्कर्षों के रैडिकल राजनीतिक फलितार्थों का एहसास था, पर उन्होंने कभी इस पहलू पर अपने विचार व्यक्त नहीं किये। लेकिन डार्विन की खोज के आधार पर सामाजिक डार्विनवाद का सूत्रीकरण हरबर्ट स्पेंसर ने किया। 'सरवाइवल ऑफ़ द फ़िटेस्ट' यानी मत्स्य न्याय का फ़िकरा रचते हुए स्पेंसर ने कहा कि जो शक्तिशाली होता है वही शीर्ष पर जाता है और बचता है, बाक़ी सभी नष्ट हो जाने के लिए प्रकृति द्वारा अभिशप्त होते हैं। स्पेंसर के अर्थ में सफलता-विफलता और अमीरी-ग़रीबी जैसे परिणाम किसी की भी ज़िंदगी के लिए जैविक रूप से तय हैं। इस नियम में फेर-बदल करना कुदरती क़ानून के साथ छेड़छाड़ करने के समान है जिसका नतीजा प्रजातियों के दुर्बल होने में निकलेगा। स्पेंसर के विचारों ने क्लासिकल उदारतावाद को गहराई से प्रभावित किया। इसी के आधार पर राज्य द्वारा आर्थिक जीवन में हस्तक्षेप करने का विरोध किया गया। सामाजिक डार्विनवाद के प्रभाव में ही यह फ़ासीवादी धारणा बनी कि दुनिया भर में विभिन्न राष्ट्र और प्रजातियाँ एक-दूसरे के ख़िलाफ़ अंतहीन संघर्ष में उलझे हुए हैं।

बीसवीं सदी में कोनार्ड लोरेंज और निको टिम्बरगन ने पशुओं के व्यवहार का विस्तार से अध्ययन करके मानवीय प्रकृति से संबंधित सिद्धांत प्रस्तावित किये। इन अध्ययनों के प्रभाव में युद्ध और सामाजिक हिंसा के कारणों को खोजने की कोशिशें की गयीं। सत्तर के दशक में सामाजिक-जैविकी के अनुशासन का उदय हुआ और क्रम-विकासात्मक मनोविज्ञान उभरा। ज्ञान-विज्ञान के क्षेत्र के इन आयामों के गर्भ से बायोटेक क्रांति निकली और मानवीय डीएनए पर पड़ा पर्दा हटा। रिचर्ड डॉकिंस ने 1989 में प्रकाशित अपनी रचना द *सेल्फ़िश जीन* के ज़रिये मनुष्य को 'जीन मशीन' के रूप

में दिखाया और दावा किया कि इनसान की ख़ुदगर्ज़ी और परोपकार का मूल उसकी जैविकी में निहित है।

जैविकी और समाज-विज्ञान के जोड़ से फ़ासीवादी आग्रह (आर्य नस्ल की शुद्धता का दावा) भी निकले हैं, और तात्त्विकतावादी नारीवाद की धारणाएँ भी सामने आयी हैं। रैडिकल नारीवाद की यह धारा दावा करती है कि स्त्री और पुरुष जैविक रूप से भिन्न हैं और उनकी इस भिन्नता ने दोनों लिंगों की प्रकृति को तात्त्विक तौर से अलग कर दिया है। 1975 में प्रकाशित अपनी रचना *अगेंस्ट अवर विल* में सूसन ब्राउनमिलर कहती हैं कि सभी पुरुष सभी स्त्रियों पर एक जैविक प्रोग्रामिंग के तहत अपना प्रभुत्व जमाते हैं।

मानवीय प्रकृति को समाज-निर्धारित मानने वाले उसकी परिवर्तनशीलता में विश्वास करते हैं। उनके मुताबिक़ दरिद्रता, सामाजिक टकराव, उत्पीड़न, शोषण और नर-नारी विषमता के स्रोत जैविक न होकर सामाजिक हैं, इसलिए उनसे छुटकारा पाया जा सकता है। 1816 में प्रकाशित अपनी विख्यात रचना *अ न्यू व्यू ऑफ़ द सोसाइटी* में समाजवादी चिंतक रॉबर्ट ओवेन ने दावा किया कि किसी भी समुदाय में अच्छा या बुरा, ज्ञानी या अज्ञानी चरित्र विकसित किया जा सकता है। मार्क्स ने इसी विचार का विकास करते हुए अस्तित्व और चेतना के आपसी संबंध में अस्तित्व को चेतना का नियामक क़रार दिया। भौतिक परिवेश की निर्णायक भूमिका मानने के साथ-साथ मार्क्स ने यह भी कहा कि मनुष्य ख़ुद तो बदलता ही है, लगातार अपनी दुनिया की शक्ल-सूरत बदलने में भी लगा रहता है। इस तरह उसके और उसके भौतिक संसार के बीच एक द्वंद्वात्मक संबंध है।

नारीवाद की संस्थापक सिमोन द बोउवार ने भी स्त्री के होने के बजाय स्त्री के स्त्री बनने का दावा करते हुए मनुष्य को सामाजिक कारकों द्वारा अनुकूलित होने का तर्क दिया है।

देखें : अर्थव्यवस्था का समाजशास्त्र, अभिजन, अभिरुचि, आत्महत्या, उन्मूलनवाद, एजेंसी, कर्मकाण्ड, कारागार, गोपनीयता, गृहविहीनता, जादू, जीवन-शैली, टेलरवाद, थॉमस हॉब्स, परम्परा, परस्पर विपरीत द्विभाजन, प्रति-(संस्कृति, विमर्श, इतिहास, वर्चस्व, स्मृति), प्राइवेसी, प्रौद्योगिकी, फ़ुरसत, बचपन, बहुपत्नी प्रथा, बहुपति प्रथा, बुद्धिसंगत चयन का सिद्धांत, बुज़ुर्गियत का समाजशास्त्र, बेगानगी, भीड़, भ्रष्टाचार का समाजशास्त्र-1 और 2, सेवानिवृत्ति, विचलन, ज्ञान का समाजशास्त्र।

संदर्भ

1. विल किमलिका (1986), *लिबरलिज़म, कम्युनिटी ऐंड कल्चर,* पालग्रेव मैकमिलन, बेसिंगस्टोक.
2. एल. स्टीवेंसन (1990), *सेविन थियरीज़ ऑफ़ ह्यूमन नेचर,* ऑक्सफ़र्ड युनवर्सिटी प्रेस, ऑक्सफ़र्ड.
3. सी. बेरी (1996), *ह्मन नेचर,* पालग्रेव मैकमिलन, बेसिंग्स्टोक.
4. मिहाइलो मारकोविक, 'ह्यूमन नेचर' (2000), टॉम बॉटॅमोर वग़ैरह (सम्पा.), *अ डिक्शनरी ऑफ़ मार्क्सिस्ट थॉट,* माया ब्लैकवेल, नयी दिल्ली.
5. थॉमस हॉब्स (1651), *लेवायथन,* एंड्रू क्रुक के लिए मुद्रित, लंदन.

—अभय कुमार दुबे

मानववाद

(Humanism)

ऐसी किसी भी विचार-प्रणाली को मानववाद कहा जा सकता है जो मानती हो कि मनुष्य हर चीज़ का मानक है। मानववाद मनुष्य की हैसियत, शक्ति, उपलब्धियों, सम्भावनाओं, रुचियों, सरोकारों और उसके प्राधिकार की संरचनाओं को अपना केंद्रीय सरोकार बनाता है। अपने इसी प्रबल आग्रह के कारण पश्चिम के मानववादी चिंतकों ने मनुष्य को इतिहास के केंद्र में कर्त्ता की तरह स्थापित किया। इस कर्त्ता की सार्वभौम हैसियत समाज-विज्ञान के दायरों में संरचनावादियों, उत्तर-संरचनावादियों और उत्तर-आधुनिकता के पैरोकारों द्वारा तरह-तरह से प्रश्नांकित की गयी है। मानववाद के कई रूपों में वैज्ञानिक मानववाद और समाजवादी मानववाद उल्लेखनीय हैं। ईसा से पहले पाँचवीं सदी में सोफ़ीवादियों और सुकरात ने दर्शन को स्वर्ग से पृथ्वी पर उतारने का आह्वान किया था। इसी के बाद से दार्शनिक मनुष्य को केंद्र बना कर सामाजिक, राजनीतिक और नैतिक प्रश्नों पर विचार करने लगे। रिनेसाँ काल में यूनानी और लैटिन क्लासिकों का अध्ययन करने वाले कई विचारक ख़ुद को मानववादी मानते थे, क्योंकि उनकी दिलचस्पी ईश्वर के बजाय इनसान में थी। नास्तिक न होने के बावजूद इन चिंतकों की निगाह में ईश्वर मानवीय जीवन के दैनंदिन रूपों का निकटतम नियंत्रक न हो कर एक दूरस्थ सृष्टिकर्त्ता और पालक था। ईश्वर को ख़ारिज करने के बजाय दूर हटा देने के इस आग्रह ने पृथ्वी और ब्रह्मांड संबंधी वैज्ञानिक दृष्टिकोण के विकास की गुंजाइश पैदा की। उन्नीसवीं सदी में डार्विनवाद की युगप्रवर्त्तक सफलता ने धर्म के ऊपर विज्ञान की सत्ता स्थापित कर दी। इसी के बाद से मानववाद को निरीश्वरवाद और अज्ञेयवाद की रोशनी में परिभाषित किया जाने लगा। इस प्रक्रिया में वैज्ञानिक मानववाद उभरा जिसने प्रकृति और मानवीय प्रारब्ध की सभी धार्मिक व्याख्याओं को ख़ारिज करके विज्ञानसम्मत बौद्धिक निष्कर्षों का महत्त्व स्थापित किया। बीसवीं सदी तक आते-आते मानववादी सभी तरह के धार्मिक विश्वासों और

धर्म संबंधी संस्थाओं की आलोचना करने लगे। दिलचस्प बात यह है कि इसके बावजूद निरीश्वरवाद और मानववाद में आंदोलन और संगठन के स्तर पर अंतर बना रहा।

द्वितीय विश्व-युद्ध के बाद समाज-विज्ञान मानववाद के बारे में कई तरह की बहसों से गूँजता रहा है। जैसे, क्या कोई ऐसी सामान्य मानव-प्रकृति है जिसके अनिवार्य तत्त्वों को सभी मनुष्यों पर लागू किया जा सके? अगर ऐसी कोई प्रकृति है तो क्या वह मानव को कर्त्ता की तरह स्थापित करने में समर्थ है, एक ऐसे कर्त्ता के रूप में जो विवेक, चेतना और नैतिक प्रेरणा से लैस होता है? क्या मानव-प्रकृति को सामाजिक सिद्धांत की व्याख्यात्मक अवधारणा की तरह ग्रहण किया जा सकता है? अगर मानव-प्रकृति सामाजिक-ऐतिहासिक परिघटना का प्रमुख कारण है तो क्या मनुष्य को इतिहास के निर्माता के रूप में देखा जा सकता है? क्या इतिहास अपने-आप में एक मानवशास्त्रीय प्रक्रिया है? क्या मानववाद की अवधारणा सामाजिक स्थितियों की व्याख्या के लिए मानकीय आलोचना का ढाँचा मुहैया करा सकती है?

इन सभी प्रश्नों के इर्द-गिर्द होने वाले समाज-वैज्ञानिक विवादों का पहला युद्धोपरांत उद्‌घाटन 1947 में मार्टिन हाइडैगर की रचना 'लैटर ऑन ह्यूमनिज़म' से हुआ। इसमें हाइडैगर ने साल भर पहले किये गये उस दावे का खण्डन किया जिसमें ज्याँ पॉल सार्त्र ने देकार्तियन *कोजिटो* को अस्तित्ववाद का प्रारम्भिक बिंदु और मानववाद का आधार क़रार दिया था। हाइडैगर ने तर्क दिया कि प्रत्येक मानववाद का आधार या तो तत्त्वमीमांसा में निहित है या वह ख़ुद को किसी न किसी तत्त्वमीमांसा का आधार बना लेता है। हाइडैगर के अनुसार मानववाद मनुष्य की मानवता के साथ न्याय नहीं कर पाता क्योंकि मनुष्य की हैसियत स्वामी की न हो कर एक खेवनहार जैसी है।

मानववाद की यह दार्शनिक जाँच-पड़ताल हाइडैगर और सार्त्र के विवाद तक ही नहीं थमी। दो साल बाद सिमोन द बोउवार ने उसकी दावेदारियों को नारीवादी आईने में परख कर अपने मित्र सार्त्र के अस्तित्ववाद में छिपे हुए मर्दवादी रवैयों का पर्दाफ़ाश किया। यह मानववाद पर पहला सीधा राजनीतिक हमला था। पचास के दशक में फ्रांस का औपनिवेशिक चेहरा अल्जीरियायी युद्ध में खुल कर सामने आया और बहुत से बुद्धिजीवियों ने 'क्लासिक ह्यूमनिज़म' की स्पष्ट निंदा की और सार्त्र पर नस्लवादी होने तक का इलज़ाम लगाया गया। इन बुद्धिजीवियों का प्रस्ताव था कि थमाये गये मानववाद की जगह एक 'सच्चे' मानववाद की स्थापना की जानी चाहिए।

फ्रांसीसी समाज-विज्ञान के हलक़ों में संरचनावाद के पैरोकारों ने तो ख़ुद को मानववाद विरोधी सैद्धांतिकी के प्रवक्ता के रूप में ही पेश कर दिया। इन विद्वानों में लकाँ, फ़ूको, लेवी-स्त्रॉस और अलथुसे प्रमुख थे। ये लोग मानवीय आत्मपरकता के किसी अनिवार्य और तात्त्विक रूप को स्वीकार करने के लिए तैयार नहीं थे। उन्होंने एक सार्वभौम कर्त्ता के रूप में मनुष्य की भूमिका को ख़ारिज कर दिया। सार्त्र को एक बार फिर आलोचना का निशाना बनाते हुए संरचनावादियों ने कहा कि मानववाद कर्त्ता को केंद्र बना कर तजवीज़ की गयी ज्ञानमीमांसा का नतीजा है। इसी के ज़रिये कर्त्ता इतिहास का विधेयक बन कर उभरता है और पश्चिम की ऐतिहासिक व सांस्कृतिक विशिष्टताएँ एक सार्वभौम आग्रह बना कर बाक़ी सभी पर थोप दी जाती हैं। 1962 में प्रकाशित अपनी रचना द *सेवेज माइंड* में लेवी-स्त्रॉस ने विज्ञानसम्मत मानवशास्त्र को लाज़मी तौर पर साम्राज्यवाद विरोधी, ऐतिहासिकतावाद के ख़िलाफ़ और मानववाद-विरोधी क़रार दिया। उन्होंने रैडिकल घोषणा की कि मानव-विज्ञानों का अंतिम लक्ष्य विधेयक तत्त्वों की खोज के ज़रिये मनुष्य को रचने के बजाय उसका विसर्जन होना चाहिए। लेवी-स्त्रॉस के इस विचार का फ़ूको ने और अधिक रैडिकलाइज़ेशन किया।

पचास के दशक के आख़िर और साठ के दशक में मार्क्स द्वारा युवावस्था में किये गये लेखन को केंद्र बना कर मानववाद का एक मार्क्सवादी संस्करण लोकप्रिय हुआ। समाजवादी मानववाद के रूप में यह विचार एक तरफ़ तो पूँजीवादी उदारतावाद का विरोध करता था, और दूसरी तरफ़ स्तालिनवाद का। इसके पैरोकारों में सार्त्र, लूकाच, गोल्डमान और लेफ़ेब्र जैसे विद्वान थे। इन लोगों का कहना था कि उदारतावादी मानववाद परायेपन की कड़वी हक़ीक़त को रहस्य के आवरण में छिपा लेता है और स्तालिनवाद के हाथों मार्क्सवाद उत्पीड़क राज्य के तर्क में पतित हो जाता है। लेकिन समाजवादी मानववाद की गाड़ी ज़्यादा आगे नहीं बढ़ी क्योंकि अलथुसे ने संरचनावादी दृष्टिकोण के आधार पर यह मानने से इनकार कर दिया कि मानववाद में स्तालिनवाद के प्रभाव से मार्क्सवाद को मुक्त करने की ज़िम्मेदारी निभाने की क्षमता है। अलथुसे के विमर्श में संरचनावाद और मार्क्सवाद का जो मेल बना, वह मार्क्स की इस दलील के ख़िलाफ़ था कि मनुष्य अपने भाग्य का निर्माता ख़ुद होता है। अलथुसे के मुताबिक़ अस्मिता, आस्था-प्रणालियों और चेतना के रूप सामाजिक संबंधों द्वारा गढ़े जाते हैं।

संरचनावाद के बाद 1968 के बाद उत्तर-संरचनावाद का दौर आया। इसमें नीत्शे के विचारों से प्रेरणा ग्रहण करते हुए फ़ूको ने कहा कि किसी भी पाठ के अर्थ का उत्पादन और उसके आधार पर बनने वाली आत्मपरकता दरअसल समाज में चल रहे सत्ता संबंधी विमर्शों का नतीजा होती है न कि किसी स्वायत्त और सम्प्रभु कर्त्ता की कारिस्तानी। इसी

तरह देरिदा ने कहा कि ऐसा कोई कर्त्ता नहीं होता जो भाषा के दायरे के बाहर खड़ा हो और अपने मक़सदों से भाषा का इस्तेमाल करता हुआ अर्थों की रचना कर रहा हो। देरिदा के दिखाया कि अर्थविषयक फ़िसलनें भाषा के भीतर ही घटित होती हैं।

देखें : अर्थव्यवस्था का समाजशास्त्र, अभिजन, अभिरुचि, आत्महत्या, उन्मूलनवाद, एजेंसी, कर्मकाण्ड, कारागार, गोपनीयता, गृहविहीनता, जादू, जीवन-शैली, टेलरवाद, परम्परा, परस्पर विपरीत द्विभाजन, प्रति-(संस्कृति, विमर्श, इतिहास, वर्चस्व, स्मृति), प्राइवेसी, प्रौद्योगिकी, फ़ुरसत, बचपन, बहुपत्नी प्रथा, बहुपति प्रथा, बुद्धिसंगत चयन का सिद्धांत, बुज़ुर्गियत का समाजशास्त्र, बेगानगी, भीड़, भ्रष्टाचार का समाजशास्त्र-1 और 2, मानव-प्रकृति, मानवशास्त्र और मार्क्सवाद, मानवशास्त्र और संस्कृति की राजनीति, सेवानिवृत्ति, विचलन, ज्ञान का समाजशास्त्र।

संदर्भ

1. टी. डेवीस (1997), *ह्यूमनिज़्म,* रॉटलेज, लंदन और न्यूयॉर्क.
2. ज्याँ-पॉल सार्त्र (1946/1990), *एग्ज़िस्टेंशियलिज़्म ऐंड ह्यूमनिज़्म,* अनु. फ़िलिप माइरेट, मेथ्युन, लंदन.
3. मार्टिन हाइडैगर (1947/1993), 'ए लैटर ऑन ह्यूमनिज़्म', अनु. ग्रैंक ए. कैपुज़्ज़ी और जे. ग्लैन ग्रे, *बेसिक राइटिंग्ज़,* सम्पा. डी.एफ़. क्रेल, रॉटलेज, लंदन.
4. के. सोपर (1986), *ह्यूमनिज़्म ऐंड एंटी-ह्यूमनिज़्म,* हचिंसन, लंदन.

— अभय कुमार दुबे

मानवशास्त्र और मार्क्सवाद

(Anthropology and Marxism)

मानवशास्त्र के दायरों में रैडिकल ऐंथ्रोपोलॉजी या द्वंद्वात्मक ऐंथ्रोपोलॉजी या दार्शनिक ऐंथ्रोपोलॉजी का ज़िक्र सुना जा सकता है। मानवशास्त्र की यह प्रवृत्ति 'आदिम' को हेय और 'सभ्य' को श्रेष्ठ मानने का विरोध करते हुए 'प्राकृतिक' मनुष्य की तलाश पर ज़ोर देती है। द्वंद्वात्मक ऐंथ्रोपोलॉजी यह भी चाहती है कि अपने अनुसंधानों के माध्यम से मानवशास्त्री अपनी ही सभ्यता की सतत आलोचना में भागीदारी करें। यह परिप्रेक्ष्य मार्क्स के शुरुआती लेखन ('इकॉनॉमिक ऐंड पॉलिटिकल मैन्युस्क्रिप्ट') और रूसो द्वारा की गयी आधुनिक समाज की आलोचना से प्रेरणा प्राप्त करता है। विद्वानों की मान्यता है कि पूँजीवादी समाज के प्रति अपनी बढ़ती हुई अरुचि के प्रभाव में मार्क्स और एंगेल्स प्राचीन समाजों के विकास में गहरी दिलचस्पी दिखाने लगे थे। इसीलिए 1877 में अमेरिकी मानवशास्त्री लुइस हेनरी मोर्गन की रचना *एंशिएंट सोसाइटी* के प्रकाशन के बाद मार्क्स ने तय किया था कि वे इतिहास की भौतिकवादी अवधारणा की रोशनी में मोर्गन द्वारा निकाले गये निष्कर्षों की जाँच करेंगे। उस समय मार्क्स और एंगेल्स तत्कालीन नृशास्त्रियों द्वारा किये जाने वाले इस दावे से सहमत नहीं थे कि समाज और संस्कृतियाँ आम तौर पर क्रम-विकासीय ढंग से प्रगति करते हैं। मार्क्स इस लिहाज़ से प्राचीन समाजों की सराहना करते थे कि उनमें उत्पादन का लक्ष्य हमेशा मनुष्य-केंद्रित रहता था। मानव की प्राचीनता में 'शिशुवत' ताज़गी देखने वाले मार्क्स की निगाह में पूँजीवादी आधुनिकता 'गिरी हुई और भौंड़ी' थी। अपनी इन्हीं रुचियों के कारण मार्क्स ने मोर्गन के साथ-साथ माइने, लुबोक और कोवालेव्स्की जैसे अध्येताओं की रचनाओं पर भी ध्यान दिया। इसी दौरान मार्क्स ने अपनी नृशास्त्र संबंधी नोटबुक तैयार की।

मानवशास्त्र के इतिहास और मार्क्सवाद के संबंधों की जाँच करने पर इसी मुक़ाम पर एक दिलचस्प अंतर्विरोध सामने आता है। स्टेनली डायमण्ड का विचार है कि अपनी इन रुचियों के बावजूद उन्नीसवीं सदी में प्रचलित प्रगति के विचार के साथ अपनी प्रतिबद्धताओं के चलते मार्क्स शुरुआती संस्कृतियों की वास्तविक अवस्था के बारे में जानकारियाँ हासिल करने को प्राथमिकता नहीं दे पाये। मार्क्स के निधन के बाद प्रकाशित 'परिवार, व्यक्तिगत सम्पत्ति और राजसत्ता की उत्पत्ति' में एंगेल्स ने भी यही दिखाया कि समाज अपने विकास के निचले चरण से ऊँचे चरण में अनिवार्य तौर से प्रगति करता चला जाता है। उन्होंने श्रम उत्पादकता, निजी सम्पत्ति और विनिमय के विकास का वर्णन किया और नातेदारियों पर टिके हुए पुराने समाज के बिखराव का ज़िक्र करते हुए वर्गों, वर्ग संघर्ष और राज्य की संस्था के उदय का आख्यान पेश किया। अपनी इस बहुचर्चित और बहुविश्लेषित रचना में एंगेल्स कुल मिला कर मोर्गन द्वारा प्रतिपादित सांस्कृतिक क्रम-विकासवाद के साथ ही खड़े नज़र आते हैं। सम्भवतः यही कारण है कि बीसवीं सदी के शुरुआती दशकों में जिस समय आधुनिक मानवशास्त्र का विकास हो रहा था, उस समय के प्रमुख विद्वानों फ्रेंज़ बोआस, ब्रोनिस्लाव मैलिनोव्स्की और रैडक्लिफ़-ब्राउन की रचनाएँ मार्क्सवाद का प्रभाव न के बराबर ही स्वीकार करती हैं। आख़िरकार उन्नीसवीं सदी में प्रचलित सांस्कृतिक क्रम-विकासवाद का खण्डन करके ही बोआस और उनके अनुयायियों ने बीसवीं सदी के मानवशास्त्र की नींव रखी थी। इस दौरान शायद गॉर्डन शिल्ड (जो मुख्यतः पुरातत्त्वशास्त्री थे) के अलावा मार्क्सवादी मानवशास्त्र का कोई और नमूना नहीं दिखाई देता।

बीसवीं सदी में साठ के दशक के बाद यह परिस्थिति बदलनी शुरू हुई और उत्तर अमेरिका में मानवशास्त्र के दो मार्क्सवादी संस्करण सामने आये : रैडिकल ऐंथ्रोपोलॅजी और संरचनावादी मानवशास्त्र। रैडिकल ऐंथ्रोपोलॅजी की मुख्य धारा मुख्यत: दो उद्देश्यों के इर्द-गिर्द विकसित हुई। उसका पहला मक़सद पारम्परिक मानवशास्त्र और साम्राज्यवाद के बीच उस रिश्ते की आलोचना विकसित करना था जिसके तहत ऐंथ्रोपोलॅजी का इस्तेमाल औपनिवेशिक प्रशासकों को प्रशिक्षित करने के लिए किया जाता था। उसका दूसरा मक़सद सोवियत नृशास्त्र पर आलोचनात्मक निगाह डालना था, क्योंकि सोवियत संघ की दिलचस्पी वर्तमान युग के आदिम समाजों का अध्ययन करने के बजाय 'प्राचीन' समाजों के बारे में जानकारियाँ जमा करने में ज़्यादा थी। इस तरह के पुरातात्त्विक और प्रागैतिहासिक तथ्यों के माध्यम से सोवियत संघ समाज के अनिवार्यत: पाँच चरणों में क्रम-विकास के सिद्धांत को सही साबित करना चाहता था।

मार्क्सवादी मानवशास्त्र का दूसरा संस्करण फ्रांसीसी संरचनावादियों के प्रभाव में विकसित हुए संरचनावादी मानवशास्त्र के रूप में उभरा। इसके मुख्य सिद्धांतकार क्लॉद लेवी-स्त्रॉस थे। इसने ब्रिटिश ऐंथ्रोपोलॅजी पर भी काफ़ी असर डाला। मानवशास्त्र की इस शाखा में मॅरिस गोल्डियर, क्लॉद मीलासोक्स और इमैनुएल टेरे ने विशेष योगदान किया। इन लोगों की बौद्धिक परियोजना ऐतिहासिक भौतिकवाद से निकलने वाली अवधारणाओं की रोशनी में आदिम समाजों के अध्ययन से जुड़ी थी ताकि 'उत्पादन की आदिम विधियों' का सैद्धांतिक विश्लेषण किया जा सके।

इस तरीक़े से ये विद्वान उत्पादन-विधियों के सामान्य सिद्धांत को समृद्ध करना चाहते थे। आदिम समाजों की उत्पादन प्रणाली में नातेदारियों की भूमिका का विश्लेषण करके इस मानवशास्त्र ने कई तरह के परिप्रेक्ष्यों का विकास किया। लेवी-स्त्रॉस द्वारा किये गये मिथकों के अध्ययन से मार्क्सवादियों में कर्मकाण्डों (धर्मविधियों) और मिथकशास्त्र का अध्ययन करने के प्रति रुझान बढ़ा। आदिवासी समाजों और उनके नातेदारी संबंधों की जाँच करके मार्क्सवादियों ने प्राक्-पूँजीवादी उत्पादन प्रणालियों के प्रति अपने सरोकारों को और साफ़ किया। इस तरह के अनुसंधानों और विश्लेषणों से एशियाटिक सोसाइटी के विचार से संबंधित उलझनों पर रोशनी पड़ी, और किसान समाजों की संरचना को और गहराई से समझने में मदद मिली।

देखें : अर्थव्यवस्था का समाजशास्त्र, अभिजन, अभिरुचि, आत्महत्या, उन्मूलनवाद, एजेंसी, कर्मकाण्ड, कारागार, गोपनीयता, गृहविहीनता, जादू, जीवन-शैली, टेलरवाद, परम्परा, परस्पर विपरीत द्विभाजन, प्रति-(संस्कृति, विमर्श, इतिहास, वर्चस्व, स्मृति), प्राइवेसी, प्रौद्योगिकी, फ़ुरसत, बचपन, बहुपत्नी प्रथा, बहुपति प्रथा, बुद्धिसंगत चयन का सिद्धांत, बुज़ुर्गियत का समाजशास्त्र, बेगानगी, भीड़, भ्रष्टाचार का समाजशास्त्र-1 और 2, मानव-प्रकृति, मानवशास्त्र और संस्कृति की राजनीति, सेवानिवृत्ति, विचलन, ज्ञान का समाजशास्त्र।

संदर्भ

1. इमैनुएल टैरे (1969), *मार्क्सिज़म ऐंड 'प्रिमिटिव सोसाइटीज़',* मंथली रिव्यू प्रेस, न्यूयॉर्क.
2. स्टेनले डायमण्ड (सम्पा.) (1979), *टुवर्ड्स अ मार्क्सिस्ट ऐंथ्रोपोलॅजी,* मौटन, द हेग.
3. मॉरिस गोल्डियर (1973), *पर्सपेक्टिव्ज़ इन मार्क्सिस्ट ऐंथ्रोपोलॅजी,* केम्ब्रिज युनिवर्सिटी प्रेस, केम्ब्रिज.
4. लॉरेंस क्रैडर (सम्पा.) (1972), *द इथ्नॉलॅजीकल नोटबुक्स ऑफ़ कार्ल मार्क्स,* वैन गोकुम.

— अभय कुमार दुबे

मानवशास्त्र और संस्कृति की राजनीति

(Anthropology and Politics of Culture)

मानवशास्त्र संस्कृतियों और समाजों का भौतिक, भाषाई, पुरातात्त्विक और सांस्कृतिक अध्ययन करता है। उन्नीसवीं सदी में यह अनुशासन सांस्कृतिक क्रम-विकास के सिद्धांत की जकड़ में था। मानवशास्त्री उपनिवेशवादियों के बीच से आकर उपनिवेशित संस्कृतियों के बारे में जानकारियाँ जमा करते थे। इस बौद्धिक उद्यम में उपनिवेशवाद को न्यायोचित ठहराने का रुझान स्पष्ट रूप से विद्यमान था। मानवशास्त्र के इतिहास को सकारात्मक दृष्टि से देखने वालों की मान्यता है कि बीसवीं सदी की शुरुआत में सांस्कृतिक सापेक्षतावाद का दृष्टिकोण अपना कर यह समाज-विज्ञान उदारतावादी और बहुलतावादी संस्करण में ढलता चला गया जिसके कारण उसे एक निष्पक्ष अनुशासन की आत्म-छवि मिल गयी। लेकिन यह धारणा उस बहस का समापन नहीं करती जो मानवशास्त्र के दायरे में चलने वाली संस्कृति की व्यापक राजनीति से जुड़ी हुई है। मानवशास्त्र के आलोचक आज भी कह रहे हैं कि यह अनुशासन पहले उपनिवेशवादियों के औज़ार की तरह काम करता था, और वि-उपनिवेशीकरण हो जाने के बाद पश्चिम के आधुनिकतावादी मूल्यों की कसौटी पर ग़ैर-पश्चिमी संस्कृतियों को कसने की परियोजना चलाता है। उत्तर-आधुनिक विद्वत्ता के उभार और उत्तर-औपनिवेशिक अध्ययनों के विकास के बाद मानवशास्त्र की ये आलोचनाएँ

पहले से कहीं ज़्यादा आक्रामक हुई हैं। इनके मुक़ाबले मानवशास्त्र लगातार अपना बचाव करने के लिए मजबूर है।

आलोचकों के अनुसार मानवशास्त्र का बौद्धिक ढाँचा ही कुछ इस तरह का है कि वह किसी भी ग़ैर-पश्चिमी संस्कृति का अध्ययन उसकी अपनी शर्तों पर कर ही नहीं सकता। किसी संस्कृति के दायरे में अपनी विशिष्ट जीवन-शैली अपनाते हुए वास्तविक, जीवंत, अनुभूतिसम्पन्न और तात्पर्य निरूपण में सक्षम मनुष्यों को देख पाना उसके बस की बात नहीं है। एक मानवशास्त्री किसी संस्कृति के पास इस तरह से जाता है कि जैसे किसी 'अन्य' के पास जा रहा हो। संस्कृति उसके लिए मानवशास्त्रीय वस्तु में बदल जाती है। इस प्रक्रिया में उसका मानस अपने से भिन्न समाजों के जीवन की समरूपीकृत और विदेशज (एक्ज़ॉटिक) तस्वीर पेश कर देता है। यह चित्र आकर्षक तो होता है, पर इसमें दर्ज मनुष्यों पर ख़ामोशी आरोपित कर दी जाती है। उनके बारे में जो आवाज़ सुनायी पड़ती है वह मानवशास्त्री की होती है। मानवशास्त्र द्वारा गढ़ी गयी इन 'वस्तुओं' को पश्चिमी मानस बोलने, सोचने और जानने में अक्षम मान कर ग्रहण करता है।

ज़ाहिर है कि आलोचकगण इस समाज-विज्ञान को उसकी उदारतावादी, बहुलतावादी और सापेक्षतावादी दावेदारियों के आईने में देखने के लिए उस तरह तैयार नहीं हैं जिस तरह आधुनिक मानवशास्त्र के संस्थापक और अन्य महारथी (फ्रेंज़ बोआस, मारसेल मॉज़, क्लॉद लेवी-स्त्रॉस, मैलिनोव्स्की, मार्गरेट मीड और रुथ बेनेडिक्ट वग़ैरह) उन्हें दिखाना चाहते हैं। आलोचकों का कहना है सांस्कृतिक सापेक्षतावाद के जिस सिद्धांत को बेहतर मानवशास्त्र का जिम्मेदार माना जाता है, वह दरअसल व्यवहार में ग़ैर-पश्चिमी संस्कृतियों का रुग्ण वि-देशजीकरण करने का रास्ता है। मानवशास्त्री पश्चिमी संस्कृति की दर्शनीय वैज्ञानिक और प्रौद्योगिक सफलताओं को पैमाना बनाते हैं। बुनियादी रूप से अनुदार यह मानक अन्य संस्कृतियों की उपलब्धियों का सही आकलन करने से रोकता है।

इस प्रक्रिया में एक ज्ञानमीमांसक द्वि-भाजन उभरता है जिसमें पाले के एक तरफ़ 'श्रेष्ठ' पश्चिमी संस्कृति होती है और दूसरी तरफ़ बाक़ी संस्कृतियाँ। पश्चिम की दृष्टि से जो प्रौद्योगिकी 'अपरिष्कृत' है, उसे धार्मिक संरचनाओं की दुर्बलता, शक्तिहीन चिंतन, क्षयग्रस्त कर्मकाण्डों, कमज़ोर राजनीति और अर्थव्यवस्था का नतीजा मान लिया जाता है। सादी प्रौद्योगिकी स्तरहीन बौद्धिकता का पर्याय समझ ली जाती है। पश्चिम वैज्ञानिकता से सम्पन्न और उसका 'अन्य' जादू से गुज़र-बसर करता दिखाया जाता है। पश्चिम के पास इतिहास होता है, 'अन्य' के पास मिथक बताये जाते हैं। पश्चिम के पास अगर पुरोहित और वैज्ञानिक होते हैं तो 'अन्य' के पास झाड़-फूँक और तंत्र-मंत्र करने वाले ओझा होते हैं। पश्चिम के पास दर्शन की शक्ति होती है, तो 'अन्य' के पास महज़ आस्था। पश्चिम साक्षर है, उसके पास लेखन की क्षमता है और वह व्यक्तिवाद से लैस है। इसके विपरीत 'अन्य' वाचिक परम्परा में जीता है और समुदाय की जकड़बंदी में क़ैद है। पश्चिम शासन और सरकार के दम पर व्यवस्थित रहता है, जबकि 'अन्य' को प्रधानों और मुखियाओं के फ़ैसलों पर निर्भर रहना पड़ता है। पश्चिम बुद्धिवादी के रूप में उभरता है जबकि उसका 'अन्य' चिंतन की उस अवस्था में दिखाया जाता है जब तर्कबुद्धि का विकास नहीं हुआ था।

इस प्रकार के आमने-सामने खड़े तुलनात्मक परिप्रेक्ष्य से निकलने वाला विश्लेषण सांस्कृतिक सापेक्षतावाद की परियोजना का क्षय कर देता है। मानवशास्त्री आम तौर पर विज्ञान, धर्म, अर्थशास्त्र, राजनीति, समाज और नातेदारी की जिन अवधारणाओं को प्रासंगिक मान कर चलते हैं वे मुख्यत: पश्चिमी चिंतन और अनुभव की देन हैं। ग़ैर-पश्चिमी समाजों की सही समझ हासिल करने के लिहाज़ से ये औज़ार भोंथरे साबित होते हैं। आलोचकों का विचार है कि दावा कुछ भी किया जाए, इन औज़ारों के माध्यम से पश्चिमी मानस से लैस मानवशास्त्री 'अन्य' की स्थानीयता की समझ अपनी स्थानीयता के संदर्भ में हासिल करता है। उसकी अपनी स्थानीयता ही उसके लिए वह सार्वभौम मानक है जिसके आधार पर न केवल निष्कर्ष निकाले जाते हैं, बल्कि नृजाति-वर्णन भी किया जाता है। फ्रेंज़ बोआस द्वारा जिन सापेक्षतावादी इरादों की उद्घोषणा बीसवीं सदी की शुरुआत में की गयी थी, उन्हें इस पद्धति के रास्ते धरती पर नहीं उतारा जा सकता।

उत्तर-औपनिवेशिकता के अध्येताओं का आक्षेप है कि मानवशास्त्र आधुनिकतावादी वर्गीकरण के माध्यम से अधिकतर ग़ैर-पश्चिमी संस्कृतियों को पाषाणयुगीन या मध्ययुगीन क़रार दे कर दिक् और काल में जाम कर देता है। यह प्रक्रिया पारस्परिकता और आदर के साथ 'अन्य' के साथ किसी तरह का संवाद होने ही नहीं देती। इस तरह के संवाद के अभाव में मानवशास्त्री अपने अनुशासन की समस्याओं से वाक़िफ़ ही नहीं हो पाता। इस तरह का मानवशास्त्र 'फ़र्स्ट वर्ल्ड' द्वारा चलाई गयी वैकासिक परियोजनाओं को वैचारिक दृष्टि से न्यायोचित ठहराने की सामग्री प्रदान करता है।

मानवशास्त्र की यह आलोचना अपने भीतर कई तरह की सच्चाइयों को समाहित किये हुए है। यह आलोचना मानवशास्त्रियों से उम्मीद करती है कि वे इस तरह के 'सांस्कृतिक फंडामेंटलिज़्म' का पहलक़दमी ले कर सक्रिय प्रतिकार करें। बहुसंस्कृतिवाद, परासंस्कृतिवाद और पर-राष्ट्रवाद की जुमलेबाज़ी के बजाय मानवशास्त्रियों को सांस्कृतिक परिप्रेक्ष्यों की बहुलता में विश्वास करना सीखना होगा।

देखें : अर्थव्यवस्था का समाजशास्त्र, अभिजन, अभिरुचि, आत्महत्या, उन्मूलनवाद, एजेंसी, कर्मकाण्ड, कारागार, गोपनीयता, गृहविहीनता, जादू, जीवन-शैली, टेलरवाद, परम्परा, परस्पर विपरीत द्विभाजन, प्रति- (संस्कृति, विमर्श, इतिहास, वर्चस्व, स्मृति), प्राइवेसी, प्रौद्योगिकी, फ़ुरसत, बचपन, बहुपत्नी प्रथा, बहुपति प्रथा, बुद्धिसंगत चयन का सिद्धांत, बुज़ुर्गियत का समाजशास्त्र, बेगानगी, भीड़, भ्रष्टाचार का समाजशास्त्र-1 और 2, मानव-प्रकृति, मानवशास्त्र और मार्क्सवाद, सेवानिवृत्ति, विचलन, ज्ञान का समाजशास्त्र।

संदर्भ

1. ऐन सालमोंद (1995), 'सेल्फ़ ऐंड अदर इन कंटेम्परेरी ऐंथ्रोपोलॅजी', आर. फ़ारदन (सम्पा.), *काउंटरवर्क्स : मैनेजिंग द डाइवर्सिटी ऑफ़ नॉलेज,* रॉटलेज, लंदन.
2. बी. मैकग्रेन (1989), *बियांड ऐंथ्रोपोलॅजी : सोसाइटी ऐंड द अदर,* कोलम्बिया युनिवर्सिटी, न्यूयॉर्क.
3. जोहानेस फ़ेबियन (1983), *टाइम ऐंड द अदर : हाउ ऐंथ्रोपोलॅजी मेक्स इट्स ऑब्जेक्ट,* कोलम्बिया युनिवर्सिटी प्रेस, न्यूयॉर्क.
4. मार्शल साहलिंस (1976), *कल्चर ऐंड प्रेक्टीकल रीज़न,* युनिवर्सिटी ऑफ़ शिकागो प्रेस, शिकागो.

— अभय कुमार दुबे

मानवेंद्र नाथ रॉय

(Manbendra Nath Roy)

अंतर्राष्ट्रीय कम्युनिस्ट आंदोलन के विकास में अहम भूमिका निभाने वाले मार्क्सवादी सिद्धांतकार और रैडिकल ह्यूमनिज़्म के प्रतिपादक मानवेंद्र नाथ रॉय (1887-1954) के राजनीतिक जीवन और उनके वैचारिक हस्तक्षेप की सबसे अहम घटना कम्युनिस्ट इंटरनेशनल की दूसरी कांग्रेस से जुड़ी है। समाजवादी क्रांति के वैश्विक प्रसार की सम्भावनाओं और तत्संबंधी रणनीतियों पर चर्चा करने के लिए आयोजित की गयी कॉमिन्टर्न की इस दूसरी कांग्रेस का एक अहम मुद्दा यह था कि उपनिवेशों में चल रहे राष्ट्रीय आंदोलनों के प्रति क्या रुख अपनाया जाए। कांग्रेस में पेश की जाने वाली अपनी थीसिस में लेनिन का मानना था कि सामाजिक-राजनीतिक चरित्र के लिहाज़ से उपनिवेशों में चल रहे आंदोलन बूर्ज्वा धारणाओं से प्रभावित हैं। इसलिए कम्युनिस्टों को इन देशों में चल रहे राष्ट्रीय आंदोलनों का समर्थन तो करना चाहिए लेकिन अपने विचारधारात्मक रुझान को इनसे अलग रखना चाहिए। लेनिन समझते थे कि उपनिवेशों में चल रहे आंदोलनों को एक मुकम्मल चीज़ न मान कर बाहर से प्रभावित करके क्रांतिकारी तेवरों का समावेश कर सकने लायक संक्रमणशील प्रक्रिया की तरह देखा जाना चाहिए। इस तरह लेनिन का निष्कर्ष यह था कि कॉमिन्टर्न को औपनिवेशिक देशों के बूर्ज्वा लोकतांत्रिक आंदोलनों में अपना विलय न करके उनसे एक अस्थाई गठजोड़ क़ायम करना चाहिए। लेकिन इस थीसिस को लेनिन आधिकारिक रूप देने से इसलिए संकोच कर रहे थे क्योंकि उन्हें उपनिवेशों की राजनीतिक परिस्थितियों का समुचित ज्ञान नहीं था। ऐसे में लेनिन ने रॉय को भी उपनिवेशों के मसले पर एक थीसिस तैयार करने का निमंत्रण दिया। हालाँकि रॉय की थीसिस मार्क्सवादी राजनीतिक अर्थशास्त्र की बुनियादी संकल्पनाओं पर ही आधारित थी परंतु अपने राजनीतिक निष्कर्षों में उनकी दलील लेनिन से ख़ासी अलहदा साबित हुई।

इस बहस में लेनिन का मानना था कि ऐशियाई देश मुख्यत: कृषि आधारित समाज हैं जबकि रॉय का विचार यह था कि भारत में बूर्ज्वा वर्ग अन्य उपनिवेशों से कहीं ज़्यादा विकसित हो चुका है। उनका कहना था कि भारत में उद्योगीकरण की प्रक्रिया तेज़ से तेज़तर होती जा रही है इसलिए भारतीय बूर्ज्वा मौजूदा अवसरों का अधिकतम लाभ उठाना चाहेगा। उनके इस वक्तव्य में यह बात निहित थी कि बूर्ज्वा वर्ग का औपनिवेशिक सत्ता से सीधा टकराव नहीं है। तुलनात्मक रूप से उनका यह मत निश्चित तौर पर सटीक था। लेकिन मज़दूर वर्ग को लेकर उनका आकलन काफ़ी अतिरंजित था। रॉय भारतीय सर्वहारा को संख्या और राजनीतिक जागृति और समझदारी के लिहाज़ से बढ़ा-चढ़ा कर पेश कर रहे थे। उनका कहना था कि भारत में मज़दूर वर्ग तेजी से बढ़ रहा है। रॉय के इस सूत्रीकरण, बूर्ज्वा वर्ग को आपेक्षिक रूप से कमज़ोर साबित करने तथा मज़दूर वर्ग को मज़बूत बताने की तार्किक निष्पत्ति उन्हें इस भविष्यवाणी की ओर ले जाती थी कि कांग्रेस जैसे बूर्ज्वा संगठन अंतत: सामंती और साम्राज्यवादी हितों के साथ समझौता कर लेंगे। ऐसे में राष्ट्रीय आंदोलन के लक्ष्य यानी राजनीतिक और आर्थिक मुक्ति का दायित्व सर्वहारा तथा बूर्ज्वा वर्ग के रैडिकल हिस्सों के ख़ाते में जाएगा। इसलिए रॉय का मत यह था कि भारतीय कम्युनिस्ट आंदोलन को कांग्रेस और गाँधी के नेतृत्व में चलाये जा रहे मध्यवर्गीय राष्ट्रीय आंदोलन से कोई सरोकार नहीं रखना चाहिए। बाद में रॉय ने अपनी किताब *इण्डिया इन ट्रांज़िशन* में भी यही प्रतिपादित किया कि औपनिवेशिक सरकार बढ़ते जन-असंतोष के कारण भारतीय बूर्ज्वा को रियायतें देकर अपने पक्ष में करना चाहती है। हालाँकि लेनिन और रॉय की यह बहस 1920 में ही ख़त्म हो गयी थी लेकिन ये मसले कॉमिन्टर्न को लम्बे समय तक मथते रहे। अंतत: कॉमिन्टर्न की इस कांग्रेस का बहुमत लेनिन के

मानवेंद्र नाथ रॉय (1887–1954)

पक्ष में गया जबकि रॉय के मत को कोमिन्टर्न के दस्तावेज़ में क्षेपक की हैसियत बख़्शी गयी।

मानवेंद्र नाथ रॉय की शुरुआत एक अंतर्राष्ट्रीय क्रांतिकारी के रूप में हुई और अंत एक ऐसे एकाकी चिंतक के रूप में कि जिसके बारे में यह भी साफ़ तौर पर नहीं कहा जा सकता था कि वह राजनीतिक है या आध्यात्मिक। राय की राजनीतिक दीक्षा भारत के तत्कालीन उग्रपंथी आंदोलन में हुई थी जो ब्रिटिश शासन को ताक़त के दम पर उखाड़ फेंकने में यक़ीन रखता था। इस आंदोलन के साथ रॉय का जुड़ाव बहुत लम्बा नहीं रहा। इस आंदोलन में उनकी भागीदारी का शीर्ष बिंदु यह था कि एक बार उन्हें बंगाल की खाड़ी में जर्मनी से आने वाले एक स्टीमर से हथियार हासिल करने की ज़िम्मेदारी दी गयी थी। लेकिन किसी वजह से यह योजना विफल हो गयी और कुछ समय बाद रॉय अमेरिका चले गये। समाजवादी सिद्धांतों से उनका सघन परिचय अमेरिका में ही हुआ। अमेरिका के बाद रॉय मैक्सिको पहुँचे जहाँ उन्होंने मेक्सिन कम्युनिस्ट पार्टी के गठन में महत्त्वपूर्ण निभायी। यह जानना दिलचस्प होगा कि रूसी क्रांति के बाद नव-गठित कम्युनिस्ट इंटरनैशनल की दूसरी कांग्रेस में रॉय मेक्सिकन पार्टी के प्रतिनिधि के तौर पर ही मास्को पहुँचे थे। अंतराष्ट्रीय कम्युनिस्ट आंदोलन में रॉय की ख्याति का अंदाजा इस बात से लगाया जा सकता है कि रूसी क्रांति के बाद 1920 में उन्हें भारतीय क्रांतिकारियों को प्रशिक्षण देने के लिए ताशकंद भेजा गया था। रॉय को भारत में कम्युनिस्ट पार्टी के गठन की ज़िम्मेदारी दी गयी थी लेकिन यह काम बेहद जटिल साबित हुआ। ख़ुद रॉय इस दिशा में कुछ ठोस पहल नहीं कर सके।

रॉय की यह समझ कॉमिन्टर्न की आधिकारिक रवैये से अलग थी लेकिन फिर भी कम्युनिस्ट आंदोलन में उनका प्रभाव ऐसा था कि 1927 में उन्हें कॉमिन्टर्न के प्रतिनिधि के तौर पर चीन भेजा गया जहाँ चीन की कम्युनिस्ट पार्टी अपना अस्तित्व बचाने के लिए लड़ रही थी। लेकिन सोवियत संघ और कॉमिन्टर्न के दिशा निर्देश भी चीनी कम्युनिस्ट पार्टी को अलगाव और पराजय से नहीं बचा सके। अगले ही साल कॉमिन्टर्न की छठी कांग्रेस में रॉय ने अपनी पुरानी थीसिस को फिर दोहराया कि भारत एक औद्योगिक देश बनता जा रहा है तथा वहाँ की कृषि व्यवस्था एक बुनियादी बदलाव से गुज़र रही है। इस थीसिस के आधार पर रॉय यह निष्कर्ष निकाल रहे थे कि जल्द ही भारत में बूर्ज्वा वर्ग को पहले के मुक़ाबले ज़्यादा रियायतें दी जाएँगी। रॉय का यह भी मानना था कि इससे भारत में राजनीतिक और आर्थिक क्षेत्र में वि-उपनिवेशीकरण की प्रक्रिया को बढ़ावा मिलेगा। रॉय की इस दलील पर ज़बरदस्त बहस-मुबाहिसा हुआ लेकिन अंततः उनके प्रस्ताव को अस्वीकार कर दिया गया। अपनी दलीलों, थीसिस और समझ के मामले में रॉय लगातार अकेले पड़ते जा रहे थे। चीनी कम्युनिस्ट पार्टी के मसले में भी उनकी भूमिका निरर्थक मानी गयी थी। इसलिए 1929 में उन्हें कॉमिन्टर्न से बर्ख़ास्त कर दिया गया।

तीस के दशक में रॉय भारत वापस आये जहाँ उन्हें षड्यंत्र के पुराने मामलों में जेल में डाल दिया गया। तीसरे दशक में रॉय भारतीय राष्ट्रीय कांग्रेस में शामिल हो गये। उनकी मंशा कांग्रेस को रैडिकल रूप देने की थी। लेकिन इस प्रयोग में विफल रहने पर उन्होंने कांग्रेस छोड़कर रैडिकल डेमॉक्रैटिक पार्टी की स्थापना की। पर भारतीय राजनीति में उनकी यह पार्टी निष्प्रभावी रही। अंततः उन्होंने उसे भी भंग कर दिया और रैडिकल ह्यूमनिज़म नाम से एक ग़ैर-राजनीतिक आंदोलन का सूत्रपात किया। द्वितीय विश्व-युद्ध में रॉय ने इंग्लैण्ड का समर्थन किया पर अब तक उनका मार्क्सवाद से मोहभंग हो चला था और वे उदारवाद की ओर बढ़ने लगे थे।

भारतीय राष्ट्रीय आंदोलन में मानवेंद्र नाथ रॉय अपनी राजनीतिक उपलब्धियों और विरासत के लिहाज़ से एक विफल व्यक्तित्व माने जाते हैं। विद्वानों के अनुसार राष्ट्रीय आंदोलन में राजनीतिक सफलता के लिए जिन गुणों की दरकार थी वे उनमें अपने कई समकालीन और सफल नेताओं से कहीं ज़्यादा थे, लेकिन अपने मंसूबों और मक़सदों में रॉय जिस क़दर नकाम रहे वैसी विफलता भी शायद ही किसी के हिस्से में आयी हो। मसलन, कांग्रेस के अनेक नेता अपनी महत्त्वाकांक्षाओं, और नैतिक आदर्शों के मामले में उनसे कमतर और कई दफ़ा समझौतापरस्त तक दिखायी पड़ते थे लेकिन लोक-मानस में वे सफल नेता साबित होते हैं। इसी

तरह आंतक और हिंसा के बल पर ब्रिटिश सत्ता को उखाड़ने का मंसूबा बाँधने वाले कई राजनीतिक व्यक्तित्व चाहे अपना इच्छित लक्ष्य हासिल न कर पायें हों लेकिन जनमानस में आज तक प्रतिष्ठित हैं। इसी तरह कम्युनिस्ट भी अपने निर्णयगत ऊहापोह और कई बार लोकवृत्त से सफाये के बावजूद राजनीति में टिके रहे। लेकिन रॉय न अपने जीवन में कोई लीक क़ायम कर सके, न अपने पीछे विचार और कार्यक्रम की कोई ऐसी विरासत छोड़ सके जो भविष्य की राजनीति को प्रेरित कर पाती।

विद्वानों का कहना है कि अपने मक़सद और इरादे में रॉय के पास गज़ब की ताक़त थी जिसे उन्होंने जनता के लिहाज़ से महत्त्वहीन मसलों पर ख़र्च कर दिया। उनके पास सांगठनिक क्षमता के साथ एक ऐसी तार्किकता भी थी जो अपनी दलील को राजनीतिक अर्थशास्त्र की भाषा में पेश करने में सक्षम थी। *स्काटिश लेबर जर्नल* में प्रकाशित उनके *ऐन इण्डियन कम्युनिस्ट मैनिफ़ेस्टो* जैसे लेख को भारतीय राष्ट्रीय राजनीति को मार्क्सवदी नज़रिये से देखने का पहला सुसम्बद्ध उदाहरण माना जाता है। इसी तरह उनकी रचना *इण्डिया इन ट्रांज़िशन* को मार्क्सवादी विश्लेषण का शुरुआती दस्तावेज़ स्वीकार किया जाता है। लेकिन इसके बावजूद रॉय का क़द एक छोटे से राजनीतिक गुट के अल्पचर्चित नेता से आगे नहीं बढ़ पाया।

भारतीय राष्ट्रीय आंदोलन में रॉय की भूमिका तथा उनकी मार्क्सवादी प्रस्थापनाओं की सूक्ष्म पड़ताल करने वाले विद्वानों का मानना है कि रॉय भारतीय राजनीति को इसलिए नहीं समझ पाये और उनका आकलन बार-बार इसलिए ग़लत साबित हुआ क्योंकि वे युरोपीय ज्ञानोदय की निष्पत्तियों से परे देख पाने में असमर्थ थे। रॉय की राजनीतिक चेतना पर युरोपीय इतिहास-बोध इतना हावी था कि भारत की विशिष्ट घटनाओं और परिस्थितियों में भी वे युरोपीय घटनाक्रमों का अक्स देखने लगते थे। मसलन, भारतीय राष्ट्रीय आंदोलन के नेताओं का मूल्यांकन करते हुए रॉय अक्सर उनकी तुलना फ्रांसीसी क्रांति के अलग-अलग किरदारों से करने लगते थे। और, जब उन्हें यह नेतृत्व अपने उदात्त फ्रांसीसी उद्धरण की बनिस्बत कमज़ोर या अप्रामाणिक लगता था तो वे इसे भारतीय परिस्थिति की ऐतिहासिक विशिष्टता न मान कर उसे फ़िज़ूल घोषित कर देते थे। इस तरह भारतीय राजनीति के संबंध में रॉय के निष्कर्ष युरोपीय संस्कृति से निर्धारित होते रहे। विद्वानों का मानना है कि अपने राजनीतिक चिंतन की इस युरो-केंद्रीयता के कारण रॉय गाँधी के रणनीतिक कौशल की सांस्कृतिक ताक़त को भी समझने में नाकाम रहे। रॉय गाँधी की रणनीति को एक अर्थहीन रहस्यवाद मानते रहे और इस बात की पड़ताल नहीं कर सके कि सर्वहारा के हितों की अनदेखी के बावजूद गाँधी का नेतृत्व इन वर्गों को आंदोलित करने में क्यों सफल हो रहा था। रॉय की राजनीतिक दृष्टि इस मायने में पूर्व-निर्धारित कही जाएगी कि वे भारतीय राष्ट्रीय आंदोलन को इतिहास का ऐसा रंगमंच मानते थे जहाँ केवल युरोपीय घटनाओं की पुनः प्रस्तुति ही हो सकती थी। चूँकि मानवेंद्र नाथ रॉय भारतीय राजनीति का कोई स्थानीय संदर्भ विकसित नहीं कर पाये इसलिए उनकी सैद्धांतिक स्थापनाएँ भी दूरगामी ढंग से सफल नहीं हो सकीं।

देखें : अर्नेस्टो चे गुएवारा, कार्ल हाइनरिख़ मार्क्स-1 से 4 तक, क्रांति, क्रांति : मार्क्सवादी विमर्श, नयी सदी में मार्क्सवादी विमर्श-1 से 9 तक, भारत में किसान संघर्ष-2 और 4, भारतीय कम्युनिस्ट पार्टी, भारतीय कम्युनिस्ट पार्टी (मार्क्सवादी), भ्रांत चेतना, बोल्शेविक क्रांति, माओ त्से-तुंग, मार्क्सवाद-1 से 5 तक, समाजवादी वसंत-1 से 4 तक, रॉबर्ट ओवेन, राज्य की मार्क्सवादी अवधारणा, रोज़ा लक्ज़ेमबर्ग, लेनिनवाद, लियोन ट्रॉट्स्की, स्तालिन और स्तालिनवाद, सोवियत समाजवाद-1 से 3 तक, व्लादिमिर इलीच लेनिन।

संदर्भ

1. सुदीप्त कविराज (1986), 'द हेट्रोनॉमस रैडिकलिज़्म ऑफ़ एम.एन. रॉय', थॉमस पैंथम तथा केनेथ एल. ड्यूश (सम्पा.), *पॉलिटिकल थॉट इन मॉडर्न इण्डिया,* सेज पब्लिकेशंस, नयी दिल्ली.
2. शंकर घोष, *सोशलिज़्म, डेमॉक्रैसी ऐंड नैशनलिज़्म इन इण्डिया,* 1973

— नरेश गोस्वामी

मारसेल मौज़

(Marcel Mauss)

फ्रांसीसी विद्वान मारसेल मौज़ (1872-1950) को प्राक्-औद्योगिक और लघु संस्कृतियों में जादू, बलि और उपहारों के आदान-प्रदान का अध्ययन करके आधुनिक मानवशास्त्र को मानकीय रूप से समृद्ध करने का श्रेय जाता है। मौज़ ने अपना यह विमर्श उस ज़माने में रचा जब अमेरिका में फ्रेंज़ बोआस मानवशास्त्र के अनुशासन में पद्धतिमूलक और आनुभविक पहलुओं का समावेश कर रहे थे। इस लिहाज़ से मौज़ का नाम बोआस के साथ ही आधुनिक युग के दो सबसे महान मानवशास्त्रियों के रूप में लिया जाता है। आगे चल कर मौज़ के अध्ययनों ने संरचनागत मानवशास्त्र के संस्थापक क्लॉद लेवी-स्त्रास पर भी गहरा असर डाला। विख्यात समाजशास्त्री एमील दुर्खाइम के भतीजे और शिष्य मौज़ पर समाजवादी विचारों का गहरा असर था, लेकिन वे अमेरिकी मानवशास्त्री मोर्गन और ब्रिटिश मानवशास्त्री टायलर द्वारा स्थापित सांस्कृतिक क्रम-विकासीय अध्ययन की उस परम्परा

मारसेल मौज़ (1872-1950)

के सदस्य नहीं थे जिसने मार्क्स और एंगेल्स तक को अपनी ओर आकर्षित किया था। मौज़ ने दूसरे शोधकर्ताओं द्वारा जमा किये गये नृजातीय विवरणों की मदद से सामाजिक और सांस्कृतिक जीवन के समान प्रारूपों की पहचान करने की कोशिश की। अपनी महान रचना 'द गिफ़्ट' में उन्होंने दिखाया कि उपहारों का लेन-देन पारस्परिक नैतिक दायित्व की एक ऐसी अनुभूति को जन्म देता है जो पूरे समाज को प्रभावित करती है। तोहफ़ा देने की मासूम सी लगने वाली कार्रवाई समाज के आर्थिक, विधिक, राजनीतिक और धार्मिक क्षेत्रों पर असर डाल कर एक सम्पूर्ण 'सामाजिक तथ्य' बन जाती है।

मारसेल मौज़ का जन्म इस्पिनाल, वोज़ेज़ (फ्रांस) के एक यहूदी परिवार में हुआ था। उनके चाचा एमील दुर्खाइम यहीं अध्यापन करते थे। मौज़ दर्शन की पढ़ाई से शुरुआत की और फिर पेरिस जा कर तुलनात्मक धर्म और संस्कृत भाषा का अध्ययन करने लगे। 1896 में उनकी पहली रचना प्रकाशित हुई जिसके बाद उन्होंने कभी पीछे मुड़ कर नहीं देखा और एक के बाद एक महत्त्वपूर्ण समाजशास्त्रीय कृतियाँ रचते चले गये। मौज़ ने जॉर्ज सोरेल के साथ मिल कर 'ल पॉप्युलैह्', 'ल ह्यूमानीते', 'ल मूवमेंत सोसियालिस्त' जैसी वामपंथी पत्रिकाओं का सम्पादन भी किया। 1901 के बाद से वे उनकी दिलचस्पी नृशास्त्र में बढ़ी और उन्होंने मानवशास्त्र में योगदान करना शुरू किया। प्रथम विश्व-युद्ध में मौज़ के कई दोस्त और सहयोगी मारे गये। कुछ ही दिनों बाद दुर्खाइम का भी देहांत हो गया। चूँकि दुर्खाइम ने फ्रांस के स्कूली पाठ्यक्रम को बदलने की भूमिका निभायी थी, इसलिए युद्ध के बाद उनके शिष्यों के ख़िलाफ़ आवाज़ उठने लगी। इससे बचने के लिए मौज़ ने संस्थागत जिम्मेदारियों पर अधिक ध्यान दिया और समाजशास्त्र, नृशास्त्र और मानवशास्त्र से जुड़ी संस्थाओं की स्थापना की। प्रथम विश्व-युद्ध के पहले और बाद में मौज़ ने सामीवाद विरोधी और नस्लवाद समर्थक राजनीति के ख़िलाफ़ जम कर संघर्ष किया।

'द गिफ़्ट' में मौज़ ने दावा किया कि कोई तोहफ़ा कभी 'मुफ़्त' में नहीं मिलता। मानव समाज का इतिहास बताता है कि तोहफ़ा आपसी लेन-देन को जन्म देता है। यह विनिमय आर्थिक भी हो सकता है, और राजनीतिक भी। यह विनिमय व्यक्तिगत भी हो सकता है, और सामाजिक भी। मौज़ सवाल पूछते हैं कि उपहार में दी जाने वाली वस्तु में आख़िरकार ऐसी कौन सी ताक़त निहित होती है जिसके कारण उसे लेने वाले के भीतर बदले में कुछ देने की कामना पैदा हो जाती है? उन्होंने उपहार देने की प्रक्रिया को आध्यात्मिक और भौतिक के जादुई दोराहे पर स्थित बताया और कहा कि उसे देने वाला केवल एक वस्तु का हस्तांतरण ही नहीं करता, बल्कि साथ में अपने वजूद का एक हिस्सा भी प्रदान कर देता है। विनिमय की प्रक्रिया के दौरान उपहार दोनों पक्षों के साथ अभिन्न हो कर एक सामाजिक बंधन को जन्म देता है जिसके तहत प्राप्तकर्ता का दायित्व उस समय तक पूरा नहीं होता जब तक वह बदले में कुछ न दे दे। ऐसा करने में विफल रहने पर प्राप्तकर्ता की प्रतिष्ठा और हैसियत पर तो आँच आती ही है, उसके आध्यात्मिक जगत में भी बेचैनियाँ पैदा हो जाती हैं। मौज़ ने बताया पोलिनीसिया में उपहार के बदले उपहार न देने का मतलब था अपना मानभंग करा लेना।

मौज़ ने उपहारों के आदान-प्रदान से उद्भूत तीन तरह के दायित्वों को इस प्रकार पेश किया है : उपहार देना अपने आप में एक दायित्व इसलिए है कि उसके ज़रिये सामाजिक रिश्तों को बनाने और बनाये रखने का शुरुआती आधार तैयार होता है; उपहार स्वीकार करना भी एक दायित्व है क्योंकि उसे ठुकराने का मतलब होगा एक सामाजिक रिश्ते को ठुकरा देना; और बदले में उपहार देना इसलिए एक दायित्व है कि उसके माध्यम से अपनी उदारता, प्रतिष्ठा और समृद्धि का प्रदर्शन किया जा सकता है।

मौज़ के उपहार-सिद्धांत का सबसे महत्त्वपूर्ण पहलू उपहार की 'अविभाज्यता' है। अर्थात् उपहार देने और लेने वाले के अस्तित्व का अभिन्न अंग हो जाता है। इस लिहाज़ से वह 'पण्य' नहीं रहता। पण्य बाज़ार में बिकने के लिए उत्पादित किया जाता है और बिकते ही उसका स्वामित्व पूरी तरह से एक हाथ से दूसरे हाथ में चला जाता है। पर उपहार हस्तांतरण के बावजूद देने वाले के प्रति 'पराया' नहीं होता। उपहार आधारित अर्थव्यवस्था में वस्तुएँ बिक्री हो जाने के बाद अपने पूर्व स्वामी से 'पृथक' नहीं होतीं। वे हमेशा एक दिये गये क़र्ज़ की भाँति रहती हैं। चूँकि देने वाले की

शख़्सियत उपहार से हमेशा जुड़ी रहती है इसलिए लेने वाला उसके प्रतिदान या अदायगी के लिए ख़ुद को प्रतिबद्ध मानता रहता है। इससे लेने वाले और देने वाले के बीच परस्पर निर्भरता का संबंध बनता है। मौज़ कहते हैं कि जो उपहार 'मुफ़्त' है यानी जिसके बदले कुछ नहीं दिया जाता, वह अपने आप में एक अंतर्विरोध है, क्योंकि वह सामाजिक रिश्ते क़ायम करने की भूमिका अदा नहीं करता। मौज़ के गुरु दुर्खाइम इससे पहले सामाजिक एकजुटता की अवधारणा का सूत्रीकरण कर चुके थे। मौज़ का कहना था कि उपहारों का विनिमय सामाजिक एकजुटता उपलब्ध कराने का माध्यम बनता है। दुर्खाइम द्वारा किये गये 'सामाजिक तथ्य' के सूत्रीकरण की रोशनी में ही मौज़ के एक शिष्य मॉरिस लीनहार्ट ने उपहार को एक 'सम्पूर्ण सामाजिक तथ्य' क़रार दिया, क्योंकि सामाजिक जीवन का कोई भी क्षेत्र उसके प्रभाव से अछूता नहीं रहता। यहाँ तक कि राजनीति में भी एक सम्भावित नेता उपहार के बदले निष्ठा की अपेक्षा करता है और अधिकतर मामलों में उसकी वह अपेक्षा पूरी होती है।

मौज़ के अध्ययनों ने मानवशास्त्र को गहराई से प्रभावित किया। लेकिन उपहार के विनिमय की प्रकृति से संबंधित उनके विख्यात सिद्धांत की आलोचना भी हुई। 'उपहार कभी मृत नहीं होता' जैसे दावे को झुठलाते हुए विद्वानों ने ध्यान दिलाया कि राहगीरों द्वारा भिखारियों को दिये जाने वाला धन 'मुफ़्त' उपहार की श्रेणी में आता है। इस उदाहरण में देने और लेने वाले एक-दूसरे को नहीं जानते और दोनों को एक-दूसरे से दोबारा मिलने की भी कोई उम्मीद नहीं होती। भिखारी भीख देने वाले के प्रति कोई दायित्व महसूस नहीं करता। न ही यह विनिमय दोनों के बीच किसी तरह का सामाजिक संबंध स्थापित करता है। यह आलोचना कहती है कि मौज़ उपहार देने और स्वीकार करने की प्रक्रिया से पैदा होने वाले सामाजिक दायित्व को बढ़ा-चढ़ा कर पेश करते हैं। दरअसल जब तक इस दायित्व का कोई विधिक रूप न हो, वह सामाजिक यथार्थ का रूप ग्रहण नहीं करता। मौज़ की आलोचना में भारतीय जैन समुदाय के उदाहरण का भी इस्तेमाल किया गया है। जैन मुनि अपना पेट भरने के लिए जो भिक्षा ग्रहण करते हैं, उसके प्रति उनके मन में किसी कृतज्ञता का बोध नहीं होता। दरअसल वे उस भिक्षा को स्वीकार करने से इनकार करते रहते हैं और जब स्वीकार करते भी हैं तो उसके पीछे काफ़ी हिचक होती है। भिक्षा देने वाले परिवार के साथ उनका अनिवार्यतः कोई संबंध नहीं बनता। इस उदाहरण में देने और लेने की प्रक्रिया का विधेयक तत्त्व उपहार होता ही नहीं। लेन-देन से जुड़ी अनुभूतियों से जुड़ने का मतलब होगा जैन संन्यासी की तपस्या का भंग हो जाना। मौज़ ने 'द गिफ़्ट' की रचना करने के अलावा एमील दुर्खाइम के साथ मिल कर 'प्रिमिटिव क्लासिफ़िकेशन' का लेखन किया। हेनरी ह्यूबर्ट के साथ उन्होंने 'आउटलाइन ऑफ़ जर्नल थियरी ऑफ़ मैजिक' और 'एसे ऑन द नेचर ऐंड फ़ंक्शन ऑफ़ सेक्रीफ़ाइस' की रचना की।

देखें : अल्फ्रेड लुइस क्रोबर, ऑग्युस्त कॉम्त, क्लॉद लेवी-स्ट्रॉस, क्लिफ़र्ड गीर्ट्ज़, जार्ज ज़िमेल, टैलकॉट पार्संस, डेविड एमील दुर्खाइम, पिएर बोर्दियो, फ्रेंज़ उरी बोआस, मारग्रेट मीड, मिल्टन सिंगर, मैक्स वेबर, रुथ बेनेडिक्ट।

संदर्भ

1. मारसेल मौज़ (1922/1990), द *गिफ़्ट : फ़ॉर्म्स ऐंड फ़क्शंस ऑफ़ एक्सचेंज इन आर्काइक सोसाइटीज़*, रॉटलेज, लंदन.
2. क्लॉद लेवी-स्ट्रॉस (1950/1987), *इंट्रोडक्शन टु द वर्क ऑफ़ मारसेल मौज़*, रॉटलेज, लंदन.
3. मारसेल फ़ौरनीर (1994), *मारसेल मौज़*, फ़ेयार्द, पेरिस.
4. ऐनेट वीनर (1992), *इनयेलिएनेबिल पज़ेशंस : द पैराडॉक्स ऑफ़ कीपिंग व्हाइल गिविंग*, युनिवर्सिटी ऑफ़ कैलिफ़ोर्निया प्रेस, बर्कले.

— अभय कुमार दुबे

मास-मीडिया

(Mass Media)

मीडियम (माध्यम) का बहुवचन है मीडिया। हर वह चीज़ मीडियम है जिसके ज़रिये किसी संदेश का सम्प्रेषण होता है। चित्रकार रंगों के माध्यम से बिम्बात्मक संदेश देते रहे हैं। पंद्रहवीं सदी से ही छापेख़ाने के ज़रिये किसी भी संदेश की प्रतियाँ तैयार करके उन्हें बहुत से लोगों तक पहुँचाया जाता रहा है। मीडिया में शुरू से शिक्षा, विज्ञापन, प्रचार और मनोरंजन की सम्भावनाएँ निहित थीं, पर इन्हें हक़ीक़त का रूप देने की शुरुआत मोटे तौर पर बीसवीं सदी के तीसरे दशक में हुई जब राष्ट्रव्यापी रेडियो नेटवर्कों और बड़े पैमाने पर प्रसारित होने वाले समाचार पत्र और पत्रिकाओं से सांस्कृतिक, राजनीतिक और व्यक्तिगत सूचनाएँ और विश्लेषण दूर-दूर तक पहुँचने लगा। आज मीडिया के दायरे में सिनेमा, टीवी, वीडियो, रिकॉर्ड किया हुआ म्यूज़िक और इंटरनेट भी शामिल हो गये हैं। मास-सोसाइटी के तहत सामुदायिक संबंधों से काफ़ी-कुछ कट चुके और व्यक्तिवादी प्रवृत्तियों में रचे-बसे इनसानों के मानस को मीडिया के ये सभी रूप गहराई से प्रभावित करने की क्षमता रखते हैं।

दुनिया भर में मीडिया का वितरण और प्रवाह थोड़े से दैत्याकार कॉरपोरेशन नियंत्रित करते हैं। बीसवीं सदी के

आख़िरी वर्षों में एनॉलॉग प्रौद्योगिकी से हट कर डिजिटल प्रौद्योगिकी को अपना आधार बना लेने के कारण मीडिया को दो हिस्सों में बाँट कर देखने की प्रवृत्ति उभरी है। डिजिटल से बाद के मीडिया को 'नये' के रूप में ग्रहण किया जा रहा है और 'पुराने' मीडिया-रूपों को व्यावसायिक और सांस्कृतिक रूप से बेकार माना जा रहा है। मीडिया के इन नये प्रौद्योगिकीय पहलुओं के कारण पहले से ही इजारेदार मीडिया-उद्योग की संरचना और भी केंद्रीकृत हुई है, लेकिन दूसरी ओर डिजिटल की वजह से ही मीडिया-रूपों की रचना-प्रक्रिया का अधिक लोकतंत्रीकरण भी हुआ है। डिजिटल प्रौद्योगिकी किसी भी मीडिया-उत्पादन की ठीक वैसी ही प्रतियाँ बनाने की क्षमता किसी को भी बहुत सस्ते में उपलब्ध करा देती है। एक सामान्य व्यक्ति डिजिटल के ज़रिये किसी भी मीडिया-उत्पाद को अपनी कल्पना के मुताबिक़ फेर-बदल करके अपना बना सकता है। नतीजे के तौर पर इसके कारण कॉपीराइट और मौलिकता की अवधारणाएँ पुनर्विचार के दायरे में आ गयी हैं। डिजिटल ने इंटरएक्टिविटी की जिन सम्भावनाओं को खोला है, उनके आधार पर यह कहा जा सकता है कि निकट भविष्य में मीडिया-उद्योग को सामग्री के उत्पादन में अपने उपभोक्ताओं की भूमिका की फ़िक्र करनी पड़ सकती है।

मनोरंजन, सूचना और विश्लेषण के रूप में अत्यंत विविध सामग्री परोसने वाले विशाल उद्योग के रूप में मास-मीडिया में कुछ समान विशेषताएँ देखी गयी हैं। इसके तहत सामग्री का प्रवाह मुख्यत: एक से अनेक की ओर है, और उसके उत्पादन में अनेक की भूमिका का तक़रीबन कोई वजूद नहीं है। सामग्री का निर्माण किसी एक या गिनती करने लायक केंद्रों पर होता है और फिर वहाँ से उसका प्रसार अनगिनत दर्शकों, श्रोताओं और पाठकों तक संचार, परिवहन और बाज़ार की प्रक्रियाओं से किया जाता है। इसकी रचना आम तौर पर कुछ मानकीकृत विषय-वस्तुओं और शैलियों के इर्द-गिर्द उन्हें अदल-बदल कर की जाती रहती है। जैसे ही कोई विषयगत या शैलीगत नयी ज़मीन तोड़ी जाती है, मीडिया-उद्योग फ़ौरन उसे फ़ार्मूले में बदल कर उसकी पुनरावृत्ति में जुट जाता है। कहने के लिए मीडिया जन-रुचि और स्थापित नैतिकताओं को ध्यान में रख कर अपने उत्पाद तैयार करता है, पर इस विश्लेषण से ज़ाहिर है कि वास्तव में यह सिलसिला एकतरफ़ा क़िस्म का है। दर्शकों, श्रोताओं और पाठकों को मीडिया-उद्योग के तैयारशुदा माल में से ही अपने उपभोग के लिए जिंसें चुननी पड़ती हैं। ऑडिएंस के लिए उत्पाद-निर्माण की इस प्रक्रिया में भागीदारी की गुंजाइश न के बराबर ही रहती है।

मास-मीडिया की व्यापारिक संरचना बेहद ऊँची पूँजीगत लागत की देन है। इसलिए कुछ दैत्याकार कॉरपोरेशन इसके ऊपर छाये हुए हैं। ये मीडिया-कॉरपोरेशन अपने इजारेदाराना रुझानों के लिए जाने जाते हैं। 2010 में दुनिया के सबसे बड़े मीडिया साम्राज्य की लगाम वाल्ट डिज़्नी कॉरपोरेशन के हाथ में थी। इसके बाद न्यूज़ कॉरपोरेशन, टाइम वारनर और वाइकॉम का नम्बर आता है।

प्रौद्योगिकी बदलने से मीडिया उद्योग की संरचना पर प्रभाव पड़ता है। डिजिटल प्रौद्यौगिकी के प्रभाव में विभिन्न मीडिया उत्पाद बनाने वाले उद्योगों के लिए अब अलग-अलग प्रौद्योगिकी आधारित उत्पादन ज़रूरी नहीं रह गया है। डिजिटल इनकोडिंग के माध्यम से एक ही चैनल पर चलती-फिरती और स्थिर छवियों, ध्वनि, टेक्स्ट और डेटा का संचार करना सम्भव हो गया है। जिस 'कनवर्जेंस' की चर्चा होती थी, उसे इस प्रौद्योगिकी ने सुलभ कर दिया। एक ही उपकरण (जैसे मोबाइल फ़ोन) में कम्प्यूटर, रेडियो, टीवी, इंटरनेट और म्यूज़िक सिस्टम जैसी सुविधाएँ मुहैया कराना मुमकिन है। परिणामस्वरूप विभिन्न कॉरपोरेशनों ने भूमण्डलीय पैमाने पर अपने विविध उत्पादों को नीचे से ऊपर तक (लम्बवत्) संकेंद्रित करना शुरू कर दिया। इसकी मिसाल न्यूज़ कॉरपोरेशन के रूप में देखी जा सकती है। यह कॉरपोरेशन एक साथ टेलिविज़न, प्रिंट और सिनेमा उद्योगों को तो नियंत्रित करता ही है, वह स्पोर्टिंग क्लबों और उन प्रतियोगिताओं को भी अपनी मर्ज़ी से चलाता है जिनके कारण दर्शक वर्ग उसके मीडिया उत्पादों की तरफ़ खिंचते हैं।

डिजिटल प्रौद्योगिकी के प्रभाव का एक दूसरा पहलू भी है। नये मीडिया ने उपभोक्ताओं और मीडिया-निर्माताओं के बीच एकतरफ़ा संबंधों पर असर डालना शुरू कर दिया है। इसकी मिसाल इंटरएक्टिव कम्प्यूटर गेम्ज़ के रूप में देखी जा सकती है। इंस्टेंट कम्प्यूटर गेम्ज़ में उन्हें खेलने वालों की ज़रूरतों और माँगों का ध्यान रखना आवश्यक होता है। यह स्थिति एक से अनेक की ओर होने वाले मीडिया-वितरण और प्रवाह को अनेक से अनेक की ओर होने वाले प्रवाह में बदल सकने की सम्भावनाओं से सम्पन्न है। इस परिवर्तन के पत्रकारिता, टेलिविज़न और मास-मीडिया के अन्य पक्षों पर पड़ सकने वाले असर पर अभी पूरी तरह से ग़ौर किया जाना बाक़ी है। इंटरनेट की तक़रीबन असीमित अभिलेखागारीय क्षमताओं और उसकी तेज़ी से बढ़ती हुई ग्लोबल पहुँच ने भी मीडिया की दुनिया में रैडिकल सम्भावनाओं की सृष्टि की है। जिन पत्रकारों से पहले मीडिया-कम्पनियाँ केवल सूचना और अन्य सामग्री जमा करवाने का काम लिया करती थीं, वे अब नेट का फ़ायदा उठा कर ख़ुद को सम्पादकों के रूप में देखने लगे हैं। वेब कैमरों के माध्यम से निजी जीवन की घटनाओं को साइबरस्पेस में प्रक्षेपित किया जा सकता है जिससे समाचार, सूचना और उनकी प्रामाणिकता की धारणाओं पर फिर से सोचने-विचारने की ज़रूरत महसूस की

जाने लगी है। डिजिटल के कारण मीडिया की सम्भावनाओं में आये परिवर्तन को समझने के लिए टीवी प्रसारण के नज़ारे पर एक नज़र डालना उचित होगा।

डिजिटल प्रौद्योगिकी ने टीवी देखने के सौंदर्यमूलक अनुभव में तो वृद्धि की ही है, उसके उपभोक्ताओं के सामने चयन और विविधता के नये क्षेत्र भी खुल गये हैं। अब टीवी का ब्रॉडकास्ट मॉडल पहले जैसा नहीं रह गया है। पहले थोड़े से चैनल होते थे, लेकिन अब डिजिटल के कारण चैनलों की संख्या अनाप-शनाप हो गयी है। पहले टीवी के दर्शकों के रूप में एक विशाल संख्या की 'मास ऑडिएंस' के रूप में कल्पना की जाती थी, पर आज दर्शकों को अपनी रुचियों के हिसाब से चैनल और कार्यक्रम देखने को मिलते हैं। टीवी के बाज़ार ने ख़ुद को उसी के मुताबिक़ ढालना शुरू कर दिया है। इस परिस्थिति ने प्रसारण के अधिक खुले और बहुलतामूलक बंदोबस्तों की सम्भावना पैदा की है। दर्शक अब चैनल मालिकों द्वारा निर्धारित किये गये समय के ग़ुलाम भी नहीं रह गये हैं। वे डिजिटल रिकॉर्डिंग के आसानी से उपलब्ध प्रावधान के कारण अपने पसंदीदा कार्यक्रम को अपने इच्छित समय पर देख सकते हैं। इंटरएक्टिविटी का प्रावधान होने के कारण टीवी पर परोसी जाने वाली सामग्री में उपभोक्ताओं की मर्ज़ी को शामिल करना निकट भविष्य में ज़रूरी हो सकता है। ये परिवर्तन कुल मिला कर सांस्कृतिक उपभोग की प्रक्रिया को उत्तरोत्तर घरेलूकरण, निजीकरण और व्यक्तिपरकता की ओर ले जा रहे हैं।

देखें : अभिलेखागार, आख्यान, इंटरएक्टिविटी-प्रौद्योगिकीय विमर्श, इंटरएक्टिविटी-सामाजिक विमर्श, इंटरफ़ेस, एक्टर-नेटवर्क थियरी, डिजिटल डिवायड, दिन-प्रति दिन के अभिलेखागार, नया मीडिया, नेटवर्क, नेटवर्क सोसाइटी, प्रेस की स्वतंत्रता, प्रोपेगंडा, बाज़ारू संस्कृति, भारत में संचार-क्रांति, भारतीय मीडिया-1, 2 और 3, भारतीय मीडिया स्फ़ेयर, मीडिया और राज्य, मीडिया-पक्षपात, मीडिया-अध्ययन, संचार, संचार-क्रांति, स्मृति और अभिलेखागार, सोशल नेटवर्क विश्लेषण, सूचना, सूचना-समाज, वैकल्पिक मीडिया।

संदर्भ

1. पीटर स्टीवन (2000), द *नो-नान्सेंस गाइड टु ग्लोबल मीडिया*, न्यू इंटरनैशनल पब्लिकेशंस और बिटवीन द लाइंस, टोरंटो, ओंटारियो, कनाडा.
2. जे. कोर्नर (1998), *स्टडीइंग मीडिया : प्रॉब्लम्स ऑफ़ थियरी ऐंड मेथड*, एडिनबरा युनिवर्सिटी प्रेस, एडिनबरा.
3. एम. ओशौगनेसी (1999), *मीडिया ऐंड सोसाइटी : ऐन इंट्रोडक्शन*, ऑक्सफ़र्ड युनवर्सिटी प्रेस, ऑक्सफ़र्ड.
4. एल. टेलर और ए. विलिस (1999), *मीडिया स्टडीज़ : टेक्स्ट्स, इंस्टीट्यूशंस ऐंड ऑडिएंसिज़*, ब्लैकवेल, ऑक्सफ़र्ड.

— अभय कुमार दुबे

मार्सिलियस, पाडुआ के

(Marsilius, of Padua)

युरोप में चर्च के ऊपर राज्य की सत्ता क़ायम करने में इतालवी विद्वान मार्सिग्लियो द माइनार्दिनी (1275-1343) द्वारा प्रतिपादित राजनीतिक सिद्धांतों की निर्णायक भूमिका रही है। पाडुआ, इटली में पैदा होने के कारण मार्सिग्लियो को विचारों की दुनिया में पाडुआ के मार्सिलियस के नाम से भी जाना जाता है। राजनीतिक दर्शन के इतिहास में मील का पत्थर समझी जाने वाली उनकी महान रचना *डिफ़ेंसर पेशिस* (डिफ़ेंडर ऑफ़ पीस) की दार्शनिक बुनियाद अरस्तू के विचारों पर पड़ी है। चर्च के कोप से बचने के लिए यह ग्रंथ 1324 में अनाम प्रकाशित हुआ था। तेरहवीं और चौदहवीं सदी में युरोप की ज़मीन पर राष्ट्र-राज्य का उदय हो रहा था। उसकी प्रतिक्रिया में चर्च के प्रभुत्व की पैरोकारी करने वाले चिंतकों का दावा था कि सेकुलर शासकों को आध्यात्मिक ही नहीं, बल्कि सांसारिक मामलों में भी पोप की मातहती स्वीकार करनी चाहिए। राजाओं को सिंहासन पर बैठाने, उनके काम-काज का आकलन करने और ज़रूरत पड़ी तो उन्हें गद्दी से हटाने का अधिकार पोप के पास ही होना चाहिए। बारहवीं सदी में जॉन ऑफ़ सेलिसबरी के ग्रंथ *पॉलिक्रेटिकस* का यही केंद्रीय विमर्श था। मार्सिलियस ने इस आग्रह का प्रबल प्रतिकार करते हुए साबित किया कि पोप और पुरोहित वर्ग को न केवल सांसारिक बल्कि 'आध्यात्मिक' मामलों में भी समस्त जनता और उसके द्वारा दिये गये प्राधिकार के दम पर हुकूमत करने वाले राजा की मातहती स्वीकार करनी चाहिए।

मार्सिलियस का जन्म पाडुआ, इटली में हुआ था। उन्होंने पाडुआ व पेरिस में चिकित्साशास्त्र का अध्ययन किया। वे पेरिस विश्वविद्यालय में रेक्टर भी रहे। अनाम प्रकाशित होने के दो साल बाद जैसे ही उनकी रचना *डिफ़ेंसर पेशिस* के लेखक का परिचय उजागर हुआ, पोप जॉन बाईसवें ने उन्हें विधर्मी घोषित कर दिया। नतीजतन अपने मार्सिलियस को अपने दोस्त जॉन ऑफ़ जैंडुन के साथ न्यूरेम्बर्ग में बावेरिया के लुडविग के दरबार की शरण लेनी पड़ी। लुडविग और पोप जॉन के बीच राजनीतिक विवाद चल रहा था। बाद में मार्सिलियस ने लुडविग द्वारा इटली पर की गयी चढ़ाई में उसका साथ भी दिया।

मार्सिलियस पुरोहितों को कर्मकाण्ड करने और दैवी क़ानून की शिक्षा देने से ज़्यादा अधिकार देने के लिए तैयार नहीं थे। उनका कहना था कि इन दायरों में भी पुरोहितों को जनता और उसके द्वारा निर्वाचित सरकार का नियंत्रण मानना

मार्सिग्लियो द माइनार्दिनी (1275-1343)

होगा। मार्सिलियस के विचारों का नतीजा यह निकला कि मानवीय समाज को पुरोहितों के नेतृत्व में धार्मिक मूल्यों के आधार पर नियोजित करने की कोशिश पूरी तरह धराशायी हो गयी। निर्वाचित सरकार के नेतृत्व में सेकुलर हुकूमत का रास्ता खुल गया। अपनी इसी थीसिस के कारण मार्सिलियस को आधुनिक विश्व का पुरोगामी माना जाता है। उनके सिद्धांतों ने चर्च के भीतर पोप की सत्ता के मुक़ाबले प्रतिनिधित्वमूलक परिषद् के निर्णय को प्राथमिकता देने वाले कोंसिलियर आंदोलन और ईसाई धर्म-सुधारों की प्रक्रिया को भी गहराई से प्रभावित किया।

मार्सिलियस संत थॉमस एक्विना के तुरंत बाद की पीढ़ी के विद्वान थे। एक्विना की ही तरह उन्हें अरस्तू के दर्शन पर महारत थी। लेकिन एक्विना के विमर्श में चर्च और राज्य के संबंधों पर कोई विस्तृत और स्पष्ट थीसिस नहीं मिलती। उनके मुक़ाबले मार्सिलियस ने अरस्तू के सिद्धांतों का अधिक रैडिकल इस्तेमाल किया। उन्होंने तर्क दिया कि राज्य अपने-आप में एक सम्पूर्ण समुदाय है। अरस्तू ने भी *पोलिस* को इसी तरह परिभाषित करते हुए कहा था कि इस समुदाय में व्यक्ति मनुष्य के लिए उपयुक्त जीवन की प्राप्ति कर सकता है। मार्सिलियस ने छह तरह के पेशे गिनाये जिन्हें अपनाते हुए मनुष्य समान हित के लिए एक-दूसरे से समरस हो कर जीवन जी सकता है : किसान, दस्तकार, व्यापारी, सैनिक, पुरोहित और मुंसिफ़। राज्य के विभिन्न अंगों के साथ अन्योन्यक्रिया करते हुए व्यक्ति इन व्यवसायों के ज़रिये बुद्धिसंगत उत्तम जीवन का प्रयोजन हासिल कर सकता है।

ज़ाहिर है कि मार्सिलियस द्वारा प्रतिपादित राज्य का यह पहला सिद्धांत अपनी प्रकृति में सकारात्मक, प्रयोजनमूलक और उपयोगितावादी है। लेकिन, राज्य संबंधी उनका दूसरा सिद्धांत नकारात्मक और न्यूनतम उपयोगिता के नज़रिये से दिया गया है। पहले सिद्धांत में जहाँ उनका ज़ोर सहयोग और समरसता पर है, वहीं दूसरे सिद्धांत में वे मनुष्यों के बीच होने या हो सकने वाले टकराव के अंदेशों पर ग़ौर करते हैं। यहाँ राज्य इन टकरावों को क़ानून के आधार पर नियंत्रित और विनियमित करने वाली दमनकारी संस्था के रूप में सामने आता है। मार्सिलियस बार-बार आग्रहपूर्वक कहते हैं कि ऐसे क़ानूनों की ग़ैरमौजूदगी में मानव-समाज ख़ुद को नष्ट कर लेगा। इसी चर्चा को आगे बढ़ाते हुए वे क़ानून की प्रत्यक्षवादी अवधारणा प्रतिपादित करते हैं। दिलचस्प बात यह है कि मार्सिलियस की न्याय-संबंधी अवधारणा प्रत्यक्षवादी नहीं है। अधिकतर मध्ययुगीन राजनीतिक दार्शनिकों के विपरीत मार्सिलियस की मान्यता है कि न्याय को क़ानून की अनिवार्य शर्त नहीं बनाना चाहिए। बजाय इसके क़ानूनी नियमों से दमनकारी ताक़त निकलने की गारंटी होनी ज़रूरी है। मार्सिलियस को यक़ीन था कि अगर समाज को टिकाये रखना है तो राज्य के पास ऐसे क़ानून लागू करने की एकात्मक शक्ति और संस्था का होना अनिवार्य है।

मार्सिलियस का तीसरा राज्य-सिद्धांत दावा करता है कि राजनीतिक प्राधिकार की वैधता का एकमात्र स्रोत जनता में निहित होना चाहिए। या तो सारे नागरिक या उनका महत्त्वपूर्ण और बहुसंख्यक अंश मिल कर क़ानून बनायें, या फिर उनके निर्वाचित प्रतिनिधि विधिकर्त्ता की भूमिका निभायें। लोगों को सरकार चुनने, उसके ग़लत कामों को संशोधित करने और सरकार को अपदस्थ करने तक का अधिकार होना चाहिए। इस तीसरे राज्य-सिद्धांत के ज़रिये मार्सिलियस ने राज्य का गणतांत्रिक रूप की पैरोकारी की है।

मध्ययुगीन राजनीतिक दर्शन के कई दूसरे प्रतिपादकों ने भी राज्य के इन तीन सिद्धांतों का आसरा लिया है, पर मार्सिलियस का अनूठापन दूसरे और तीसरे सिद्धांत को अपने दावे में केंद्रीय हैसियत देने में निहित है। मनुष्य द्वारा उत्तम जीवन उपब्लध करने की इस समग्र योजना में ईसाई पुरोहितों की भी भूमिका है, पर वे उस प्रक्रिया का नेतृत्व न करके मातहत के किरदार में हैं। मार्सिलियस धार्मिक निष्ठा को संस्थागत रूप से आरोपित मानने के लिए तैयार नहीं हैं और उनकी सिफ़ारिश है कि धर्म स्वेच्छा का मामला होना चाहिए। चर्च के संस्थागत स्वरूप के बारे में उनकी स्पष्ट मान्यता थी कि उसका श्रेणीबद्ध संगठन केवल सुविधा का मसला है, न कि किसी दैवी आदेश का परिणाम। दिलचस्प बात यह है अन्य अरस्तूवादियों की तरह मार्सिलियस वर्तमानगत जीवन के बुद्धिसंगत होने के बारे में विश्वस्त और भविष्यगत जीवन

के तर्कसंगत होने के बारे में संदिग्ध हैं। लेकिन आख़िर में वे इस ईसाई मत का समर्थन कर देते हैं कि भविष्यगत जीवन वर्तमानगत से श्रेष्ठ होता है। लेकिन दूसरी तरफ़ वे यह भी मानते हैं कि सेकुलर मूल्य और धार्मिक मूल्यों में किसी तरह का मेल-मिलाप नहीं हो सकता, क्योंकि वे बुनियादी रूप से एक-दूसरे के ख़िलाफ़ होते हैं।

देखें : आशिस नंदी-1 और 2, भारतीय राज्य, राष्ट्र-राज्य, राज्य-1 और 2, राज्य की मार्क्सवादी अवधारणा, सेकुलरवाद, सेकुलरीकरण, सेकुलर राष्ट्र के धार्मिक आयाम, सेकुलरवाद बनाम बहुसंख्यकवाद, सेकुलरवाद बनाम धार्मिक राज्य, सेकुलरवाद : भारतीय मॉडल-1 और 2, सेकुलरवाद-महाविवाद-1 से 7 तक।

संदर्भ

1. ए. गेविर्थ (1951), *मार्सिलियस ऑफ़ पाडुआ ऐंड मिडीवल पॉलिटिकल फ़िलॉसफ़ी,* कोलम्बिया युनिवर्सिटी प्रेस, न्यूयॉर्क.
2. मार्सिलियस ऑफ़ पाडुआ (1956), *द डिफ़ेंडर ऑफ़ पीस,* अनु. ए. गेविर्थ, कोलम्बिया युनिवर्सिटी प्रेस, कोलम्बिया.

— अभय कुमार दुबे

मिख़ायल मिख़ायलोविच बाख़्तिन

(Mikhail Mikhailovich Bakhtin)

साहित्यालोचक, दार्शनिक और रूसी रूपवाद के प्रमुख सूत्रकार मिख़ायल मिख़ायलोविच बाख़्तिन (1895-1975) ने उपन्यास की विधा, युरोप की ग्रामीण मेला परम्परा और अभिव्यक्ति संबंधी रूपों पर विशेष तौर पर लेखन किया। बाख़्तिन के विचारक रूप को स्वीकृति जीवन के अंत में ही मिल सकी जब साठ के दशक के उपरांत उनके लेखन को रूसी विद्वानों और शोधकर्मियों ने विशेष रूप से रेखांकित करना आरम्भ किया। 1975 में प्रकाशित अपने चार निबंधों के संकलन द *डायलॉजिक इमेजिनेशंस* में उन्होंने तर्क प्रस्तुत किया कि औपन्यासिक भाषा और उपन्यास विधा में गहरा अंत:क्रियात्मक संबंध होता है। इस संकलन में उनके चार महत्त्वपूर्ण निबंध 'एपिक ऐंड नॉवेल', 'फ्रॉम द प्रीहिस्ट्री ऑफ़ नॉवलिस्टिक डिस्कोर्स', 'फ़ार्म्स ऑफ़ टाइम ऐंड ऑफ़ द क्रोनोटोप इन द नॉवेल' और 'डिस्कोर्सेज़ इन द नॉवेल' संकलित हैं। उन्होंने उपन्यास-विधा पर विचार करते हुए सिद्ध किया कि संवादशीलता की प्रचुरता से सम्पन्न यह विधा दृष्टिकोण संबंधी और विभिन्न वर्गों की आकांक्षाओं की बहुलता के लिहाज़ से भी विशिष्ट है। उनका विचार था कि महाकाव्य की तुलना में उपन्यास युरोप की औद्योगिक क्रांति के बाद के दौर के लिए अधिक उपयुक्त विधा है। बाख़्तिन का कहना था कि उपन्यास विविधता और बहुलता को अधिक आत्मसात् कर सकता है, जबकि महाकाव्य ख़ास तरह की एकरूपता और ख़ास दृष्टिकोण को आरोपित करने की चेष्टा करते हैं।

बाख़्तिन का जन्म मास्को के निकट ओरेल नामक कस्बे में हुआ था। सेंट पीट्र्सबर्ग युनिवर्सिटी से शिक्षा प्राप्त करने के पश्चात उन्होंने कई जगह शिक्षण कार्य किया। उन्होंने डॉक्टरेट हासिल करने का प्रयास किया लेकिन उनकी थीसिस ख़ारिज कर दी गयी। बाख़्तिन द्वारा प्रतिपादित बहुलता, व्यक्ति की निस्सीमता और सम्भावनाशीलता की अवधारणा तत्कालीन सोवियत व्यवस्था के विरुद्ध थी। बाख़्तिन की अवधारणाएँ प्राय: सर्वहारा के सामूहिक संघर्ष के स्थान पर व्यक्ति-स्वातंत्र्य के अधिक निकट बैठती थीं। इन्हीं कारणों से तत्कालीन राजनीतिक मार्क्सवाद से उनका टकराव हुआ और उन्हें यंत्रणा भी भुगतनी पड़ी। उन्हें कज़ाकिस्तान में निर्वासित कर दिया गया। कुल मिला कर उनका जीवन कठिन और चुनौतीपूर्ण रहा, लेकिन परेशानियों के बीच भी उनकी बौद्धिक प्रतिभा निरंतर सक्रिय रही।

बाख़्तिन की मान्यता थी कि उपन्यास निरंतर परिवर्तनशील स्थितियों के बीच जीवित रहता है और उसकी गतिशीलता उसे अन्य विधाओं से, जो अपेक्षाकृत अपने रूप-विन्यास से अधिक बँधी होती हैं, अलग करती है। उपन्यास के रूप-विन्यास तथा अंतर्वस्तु की यही गतिशीलता, उसे प्रहसन, नाच-तमाशे आदि खुली शैलियों को आत्मसात् करने के लिए भी प्रेरित करती हैं। बाख़्तिन की यही रचना डायलॉजिज़्म (संवादपरकता), हेट्रोग्लासिया और क्रोनोटॉप (देश-काल) की अवधारणाएँ प्रस्तुत करती है। कुल मिला कर इन अवधारणाओं की मूल स्थापना यही थी कि भाषा का स्वरूप पूरी तरह से संवादधर्मी होता है। संवाद में किसी के ग़लत अथवा सही होने का प्रश्न नहीं होता बल्कि उसका उद्देश्य तो भिन्न तरीक़े से अनुभव-सत्य व भिन्न सामाजिक मूल्य को व्यक्त करना होता है। बाख़्तिन के मुताबिक़ जीवन का मतलब ही संवाद है और संवाद में साझेदारी से ही जीवन का अस्तित्व है। यानी प्रश्न करना, सहमत या असहमत होना, प्रतिक्रिया व्यक्त करना आदि जीवन के मूलभूत निर्धारक तत्त्व हैं।

बाख़्तिन की एक अन्य महत्त्वपूर्ण पुस्तक *टुवर्ड्स ए फ़िलॉसफ़ी ऑफ़ द एक्ट* है। बाख़्तिन ने फ्रांस के पुनर्जागरणकालीन लेखक फ्रांस्वाँ रेबेलेयस का अध्ययन करते

मिख़ायल मिख़ायलोविच बाख़्तिन (1895–1975)

हुए युरोपीय आनंदोत्सव परम्परा (कार्निवाल परम्परा) का दिलचस्प विश्लेषण प्रस्तुत किया है। इस अध्ययन व विश्लेषण ने उन्हें अकादमिक जगत में काफ़ी प्रसिद्धि भी दिलायी, हालाँकि जब उन्होंने इसे डॉक्टरेट की उपाधि के लिए प्रस्तुत किया तो इसे ख़ारिज कर दिया गया। उनकी मृत्यु के बाद *रेबेलेयस ऐंड हिज़ वर्ल्ड* के नाम से इसे प्रकाशित किया गया। इसमें उन्होंने लोक-जीवन में मौजूद उत्सव-मेला परम्परा तथा अतिशय गम्भीर दिखने वाली बोझिल सरकारी संस्कृति को परस्पर विपरीत क़रार दिया। बाख़्तिन के मुताबिक़ लोक-जीवन की परम्परा में धर्म व सामाजिक वर्चस्व से आक्रांत जीवन की तुलना में ज़्यादा हास्य और खुलापन होता है। उत्सव व हाट की यह संस्कृति सामाजिक क़ानूनों-प्रतिबंधों को नकारती है और सत्ता-सरकार के घुटन भरे जीवन से परे एक भिन्न जीवन-शैली का विकल्प रखती है। मेले जब तक चलते हैं, स्वयं में स्वायत्त संसार होते हैं। वे ऐसे सामाजिक दायरे और समय-खण्ड का निर्माण करते हैं जिसमें यूटोपियन स्वतंत्रता, सामुदायिकता तथा समानता एक साथ सम्भव है।

लोक-जीवन तथा ग्रामीण परम्पराओं में उत्सवों के महत्त्व को रेखांकित करते हुए बाख़्तिन ने दिखाया कि वे एक वैकल्पिक तथा अस्थाई सांस्कृतिक गतिविधियों को सम्भव बनाते हैं। वर्चस्वशाली संस्कृति से उनका संबंध दुविधापूर्ण और अस्थिर होता है। लेकिन विरोध का तत्त्व सीमित होने के कारण ये गतिविधियाँ वर्चस्वशाली सत्ता-संस्कृति के लिए ख़तरा पैदा नहीं करतीं। मेलों तथा सरकारी-संस्कृति के परस्पर विरोध के परिप्रेक्ष्य में सत्ता व विरोध के ध्रुवीकरण की चर्चा के स्थान पर बाख़्तिन इस बात पर अधिक बल देते हैं कि आनंदोत्सव की संस्कृति प्रभुत्वशाली संस्कृति का नरम तथा संयमित प्रतिकार ही पैदा करती है, हालाँकि उसमें इतनी शक्ति अवश्य होती है कि वह विमर्श-विचार के प्रचलित रूपों को सार्थक ढंग से चुनौती दे सके। सरकार द्वारा पोषित संस्कृति को मेले प्रत्यक्ष चुनौती नहीं देते, लेकिन भाषा व विचार के प्रचलित पारम्परिक रूपों का विकल्प पेश कर देते हैं। व्यक्ति को सरकार व सत्ता के दबावपूर्ण तथा निगरानी से भरे माहौल से कुछ समय के लिए छुटकारा मिल जाता है।

बाख़्तिन ने महान रूसी रचनाकार दोस्तोएव्स्की के लेखन पर भी विस्तार से लिखा। उनकी रचना *प्राबल्म्स ऑफ़ दोस्तोएव्स्कीज़* आर्ट उनकी सर्वश्रेष्ठ कृतियों में गिनी जाती है। इसी पुस्तक में उन्होंने व्यक्ति की अनिश्चितता, सम्भावनाशीलता और अंत:करण की गोपनीयता जैसे दावों को सैद्धांतिक स्वरूप प्रदान किया। इन सिद्धांतों के पीछे ईसाइयत और नव-कांटवादी प्रभावों का योगदान था। बाख़्तिन ने व्यक्ति की छिपी हुई आत्मा तथा सामाजिक जगत में उसकी असीमित सम्भावना पर बल दिया। बाहरी समाज के प्रभावों के प्रति व्यक्ति का निरंतर संवेदनशील रहना और उन्हें स्वयं के व्यक्तित्व पर ग्रहण करने को भी बाख़्तिन ने विशेष तौर पर रेखांकित किया। दोस्तोएव्स्की के उपन्यासों का उदाहरण देते हुए उन्होंने दिखाया कि हर व्यक्ति कितने भिन्न तरीक़े से अपने व्यक्तित्व तथा जीवन की चिंताओं को व्यक्त कर रहा है। इसी को उन्होंने उपन्यास में निहित सत्य के बहुलतावादी स्वरूप से जोड़ कर देखा।

बाख़्तिन के 1986 में प्रकाशित निबंध संकलन *स्पीच ज़ॉनर्स ऐंड अदर लेट एसेज़* में संचार के विभिन्न क्षेत्रों के बीच होने वाली अंत:क्रियाओं तथा उसकी सीमाओं का अध्ययन करके यह पता लगाने का प्रयास किया गया है कि मौखिक या लिखित संचार पर व्यवस्थागत अंकुश तथा नियंत्रण लगाने का काम किस प्रकार किया जाता है। इस निबंध में उन्होंने विभिन्न भाषा-रूपों की अंत:क्रिया के विचार को सम्बोधित किया है। उन्होंने किसी ख़ास संस्कृति द्वारा अभिव्यक्ति को सूक्ष्म ढंग से नियंत्रित करने का मुद्दा उठाया है। इसमें सबसे पहले आती है अर्थ-साम्यता तथा अर्थ विषमता की समस्या जो सम्प्रेषण व संचार के जटिल रूपों से जुड़ी होती है और इसका संबंध वक्ता द्वारा अपने विषय को सहेजने तथा उसका रूपाकार सीमित करने की मजबूरी से होता है। अभिव्यक्ति की समग्र योजना इसके बाद अभिव्यक्ति की विधा से जुड़ी समस्या को जन्म देती है जहाँ अभिव्यक्ति का क्षेत्र ही अभिव्यक्ति को नियंत्रित करने लगता है। इस तरह अभिव्यक्ति व्यक्तिगत रचनात्मकता के बावजूद भाषा-रूपों के पूरी तरह स्वतंत्र संयोग को सम्भव नहीं बना

पाती है। बाख़्तिन के मुताबिक़ इस तरह विधा अभिव्यक्ति की स्वतंत्रता को बाधित कर देती है। सम्प्रेषण के लिए भाषा के चुनाव तथा उसकी इच्छानुसार इस्तेमाल की आज़ादी भी कम हो जाती है। विचार मुख्य रूप से किसी के द्वारा सुने जाने, प्रयोग किये जाने और प्रत्युत्तर पर निर्भर होते हैं। पर वक्ता संचार के विविध रूपों का पूरी तरह से प्रयोग नहीं कर पाता और न ही निर्बाध आत्माभिव्यक्ति सम्भव हो पाती है। बाख़्तिन के मुताबिक़ यह कहना विवादग्रस्त स्थापना ही है कि भाषा अंतरानुशासनिक खुलेपन की ओर ले जाती है। बल्कि सच तो यह है कि प्रत्येक अभिव्यक्ति अपनी शैली व विधा से प्रभावित होती है और अपने नियंत्रणों के बीच रहने वाली सापेक्षिक स्वायत्तता से जुड़ती है।

बाख़्तिन के विचारों का विभिन्न अनुशासनों तथा विचारधाराओं पर प्रभाव पड़ा। उपन्यास संबंधी धारणा, रूपवाद, संरचनावाद-उत्तर संरचनावाद और भाषा-संबंधी चिंतन की विभिन्न धाराओं ने बाख़्तिन के प्रभाव को ग्रहण किया।

देखें : ज्याँ-पाल सार्त्र, फ्रैंकफ़र्ट स्कूल, बाज़ारू संस्कृति, बहुसंस्कृतिवाद, रोलाँ बार्थ, लुई अलथुसे, संस्कृति, संस्कृति-अध्ययन, संस्कृति : मार्क्सवादी परिप्रेक्ष्य, संस्कृति-उद्योग, सांस्कृतिक पूँजी, सांस्कृतिक साम्राज्यवाद, सोप ओपेरा, सौंदयशास्त्र।

संदर्भ

1. एम.एम. बाख़्तिन (1981), *द डायलॉजिक इमेजिनेशंस : फ़ोर एसेज़,* टेक्सास युनिवर्सिटी प्रेस, टेक्सास.
2. कैटरीना क्लार्क और मिशेल होलक्विस्ट (1984), *मिख़ाइल बाख़्तिन,* हार्वर्ड युनिवर्सिटी प्रेस, न्यूयॉर्क.
3. ब्रैंडिस्ट क्रेग (2002), *द बाख़्तिन सर्किल, फ़िलॉसफ़ी कल्चर ऐंड पॉलिटिक्स,* प्लूटो प्रेस, लंदन.

— वैभव सिंह

मिज़ोरम

(Mizoram)

मिज़ोरम मिज़ो भाषा का शब्द है, जिसका अर्थ है पहाड़ी लोगों का देश (मि-लोग, जो-पहाड़ और रम-देश)। यह उत्तर-पूर्वी भारत के सात राज्यों में से एक है। भारत के तेईसवें राज्य के रूप में मिज़ोरम का गठन 20 फरवरी, 1987 को हुआ। पूर्ण राज्य का दर्जा मिलने के बाद मिज़ोरम की राजनीति में अहम बदलाव हुए। पृथकतावादी माँगों के लिए हथियारबंद विद्रोह की राजनीति से संसदीय राजनीति में संक्रमण के कारण शांति-व्यवस्था क़ायम हुई और विकास हुआ। यहाँ चुनाव भी तुलनात्मक रूप से स्वतंत्र और निष्पक्ष रहे हैं। मिज़ो नैशनल फ्रंट (एमएनएफ़) के नेता लालडेंगा और केंद्र सरकार के बीच हुए समझौते के प्रावधानों के अनुरूप एमएनएफ और कांग्रेस की गठबंधन सरकार बनी। लालडेंगा मुख्यमंत्री बने। फ़रवरी, 1987 में हुए चुनाव में एमएनएफ़ को पूर्ण बहुमत मिला और लालडेंगा फिर से मुख्यमंत्री बने। लेकिन बड़े पैमाने पर दल-बदल होने के कारण उन्नीस महीनों के बाद उनकी सरकार का पतन हो गया। इसके बाद राज्य में राष्ट्रपति शासन लागू कर दिया गया और जनवरी, 1989 में फिर से चुनाव हुए। ललथनहवला के नेतृत्व में कांग्रेस को जीत मिली और राज्य में अगले दस साल तक कांग्रेस की ही सरकार रही। 1998 के चुनावों में एमएनएफ़ को फिर जीत मिली। इस समय तक लालडेंगा का देहांत हो चुका था, इसलिए ज़ोरामथंगा राज्य के नये मुख्यमंत्री बने। इसके बाद अगले चुनावों में एमएनएफ़ को ही जीत मिली और ज़ोरामथंगा ही राज्य के मुख्यमंत्री रहे। लेकिन 2008 में हुए चुनावों कांग्रेस की सत्ता में वापसी हुई और ललथनहवला राज्य के मुख्यमंत्री बने। मिज़ोरम में लोकसभा चुनावों में भी मुख्य तौर पर कांग्रेस पार्टी और एमएनएफ़ के बीच ही चुनावी संघर्ष होता है।

मिज़ोरम के उत्तर में इसकी सीमाएँ असम और मणिपुर से लगती हैं, दक्षिण और पूर्व में म्यांमार है तथा इसके पश्चिम में त्रिपुरा और बांग्लादेश स्थित है। इसकी राजधानी आईज़ॉल है। यहाँ मुख्य रूप से मिज़ो जनजाति के लोग रहते हैं जो उत्तर-पश्चिमी म्यांमार और बांग्लादेश के कुछ हिस्सों में भी मौजूद है। इसके पहाड़ों, नदियों और प्राकृतिक सुंदरता के कारण इसे पूर्व के स्कॉटलैण्ड की उपमा भी दी जाती है। यहाँ का क्षेत्रफल 21,081 वर्ग किमी है और इस हिसाब से यह भारत का चौबीसवाँ सबसे बड़ा राज्य है। 2011 की जनगणना के अनुसार यहाँ की कुल जनसंख्या 1,091,04 है और इस लिहाज़ से भारत में इसका स्थान सत्ताइसवाँ है। यहाँ

मिज़ोरम : पृथकतावादी संघर्ष से मुख्यधारा में

की जनसंख्या का घनत्व 51.8 व्यक्ति प्रति वर्ग किमी है। मिज़ोरम की साक्षरता दर 89.9 प्रतिशत है और यह भारत का दूसरा सबसे ज़्यादा साक्षर राज्य है। मिज़ो और अंग्रेज़ी यहाँ की राजकीय भाषाएँ हैं। यहाँ की विधायिका एकसदनीय है, जिसमें कुल 40 सदस्य होते हैं। यहाँ लोकसभा का एक और राज्य सभा का एक सदस्य चुना जाता है। गुवाहाटी उच्च न्यायालय ही मिज़ोरम के उच्च न्यायालय की भूमिका निभाता है।

इस बात के स्पष्ट ऐतिहासिक प्रमाण नहीं हैं कि मिज़ो लोग कब इस क्षेत्र में बसे। लेकिन इस पर कोई विवाद नहीं है कि मिज़ो लोग इण्डो-मंगोल नस्ल के तिब्बती-बर्मन शाखा के कुकी-चिन समूह से संबंधित हैं। इस समूह के भीतर लुसेई, पेट, लखर्स, राल्टे, थाडो और स्नेडुस जैसी जनजातियाँ होती हैं। इसमें चकमा नाम का एक छोटा समूह भी होता है जो लोग इण्डो-आर्यन मूल के हैं और चटगाँव की पहाड़ियों से यहाँ आये हैं। माना जाता है कि पंद्रहवीं सदी में मिज़ो लोग बर्मा से इस इलाक़े में आये थे।

ब्रिटिश उपनिवेशवादियों द्वारा 1889-90 में की गयी लुशाई खोजयात्रा ने मिज़ो लोगों के इतिहास में एक नये दौर का आगाज़ किया। इसके बाद से यह पूरा क्षेत्र सीधे ब्रिटिश नियंत्रण में आ गया। प्रशासनिक उद्देश्य से लुशाई पहाड़ों को दो भागों में बाँटा गया—नार्थ लुशाई हिल्स और साउथ लुशाई हिल्स। नार्थ लुशाई हिल्स को असम सरकार के अंतर्गत रखा गया। इस क्षेत्र के प्रशासनिक प्रमुख को राजनीतिक अधिकारी कहा जाता था, जो असम के चीफ़ कमिश्नर को रिपोर्ट करता था। साउथ लुशाई हिल्स को बंगाल प्रांत के चटगाँव डिवीज़न के अंतर्गत रखा गया। बाद में दोनों भागों को एक ज़िला बनाकर 1 अप्रैल, 1898 को असम राज्य के अंतर्गत कर दिया गया। 1919 के गवर्नमेंट ऑफ़ इण्डिया एक्ट में गवर्नर जनरल ने लुशाई हिल्स और असम के दूसरे पहाड़ी ज़िलों को 'पिछड़ा क्षेत्र' घोषित किया। इस व्यवस्था में राज्य विधायिका को इन क्षेत्रों को क़ानून बनाने के अधिकार मिले, लेकिन इसके साथ ही इन क्षेत्रों के प्रशासन के संबंध में गवर्नर को सर्वोच्च शक्तियाँ दे दी गयीं। 1935 के गवर्नमेंट ऑफ़ इण्डिया एक्ट द्वारा इस क्षेत्र पर कई और भी पाबंदियाँ लगायी गयीं। इसमें असम के दूसरे पहाड़ी ज़िलों के साथ लुशाई हिल्स को भी 'बहिष्कृत क्षेत्र' घोषित किया गया। असम के गवर्नर को इस क्षेत्र में प्रशासन का विशेष प्राधिकार मिला जिस पर राज्य विधायिका का भी कोई नियंत्रण नहीं था। इन सारे प्रावधानों का नतीजा यह हुआ कि मिज़ो लोग शेष भारत की गतिविधियाँ से अलग-थलग रहे। इसके अलावा, असम के बजट में इस क्षेत्र के लिए बहुत कम संसाधन उपलब्ध कराये गये जिससे इस क्षेत्र का विकास बाधित हुआ।

भारत की आज़ादी के समय यहाँ यंग लुशाई एसोसिएशन और मिज़ो यूनियन नामक दो प्रमुख संगठन थे। मिज़ो यूनियन का वामपंथी धड़ा यहाँ पर सामंतवाद को ख़त्म कर इसका विलय भारत के साथ करना चाहता था। लेकिन इसका एक गुट इस इलाक़े को स्वतंत्र बनाने या इसका विलय बर्मा (या म्यांमार) में करने के पक्ष में था। आख़िरकार इसका भारत में विलय हो गया। इसे असम राज्य का एक ज़िला बनाया गया। इसे लुशाई हिल्स डिस्ट्रिक्ट के नाम से जाना जाता था और इसे विशेष दर्जा दिया गया था। भारतीय संविधान में उत्तर-पूर्वी राज्यों के विभिन्न आदिवासी क्षेत्रों के प्रशासन के लिए छठी अनुसूची का प्रावधान किया है। छठी अनुसूची का मुख्य उद्देश्य यह है कि इस क्षेत्र के मूल निवासियों की परम्पराओं, संस्कृति और प्रथागत क़ानूनों की बाहरी अतिक्रमण या हमले से सुरक्षा की जाए। इसी कारण मिज़ोरम (जो उस समय लुशाई हिल्स के रूप में असम का एक ज़िला था) को अपने प्रशासन में कुछ हद तक प्रशासनिक स्वायत्तता हासिल हुई। अनुसूची के प्रावधानों के अनुरूप ही असम विधानसभा ने लुशाई हिल्स डिस्ट्रिक कौंसिल एक्ट, 1952 पारित किया जिसके कारण लुशाई हिल्स स्वायत्तशासी ज़िला परिषद् का गठन हुआ। यद्यपि इस

क्षेत्र को प्रशासनिक स्वायत्तता दी गयी, लेकिन वित्तीय मामलों में यह राज्य सरकार पर ही निर्भर रहा।

1959 में इस क्षेत्र में सूखा पड़ा जिससे यहाँ की अर्थव्यवस्था बर्बाद हो गयी। झूम खेती पर निर्भर लोगों को भुखमरी का सामना करना पड़ा। असम की सरकार की उदासीनता के कारण कुछ स्वैच्छिक संस्थाएँ लोगों की मदद के लिए आगे आयीं। मिज़ो नैशनल फ़ेमिंग फ्रंट इसी तरह का एक संगठन था जिसके प्रयासों की आम जनता में बहुत तारीफ हुई। जब सूखा ख़त्म हो गया तो 22 अक्टूबर, 1961 को यह संगठन एक राजनीतिक दल में बदल गया और इसका नाम मिज़ो नैशनल फ्रंट (एमएनएफ़) रखा गया। इसने स्थानीय और विधानसभा चुनावों में भागीदारी तो की लेकिन इसे ख़ास सफलता नहीं मिली। इसके बाद फ्रंट ने मिज़ो-राष्ट्रवाद की राजनीति शुरू करते हुए एक स्वतंत्र मिज़ो देश की माँग की। अपनी माँग के समर्थन में इसने हिंसक गतिविधियाँ की और एक भूमिगत संगठन के रूप में काम करने लगा।

दरअसल भारत की स्वतंत्रता के समय भी मिज़ो अभिजनों के एक रैडिकल तबक़े ने एक सम्प्रभुता-सम्पन्न स्वतंत्र मिज़ोरम की पृथकतावादी माँग रखी थी, लेकिन उस समय इसे बहुत ज़्यादा समर्थन नहीं मिला था। 1960 के दशक में एमएनएफ़ ने इस मुद्दे को फिर से उठाया और भारतीय संघ से मिज़ोरम की स्वतंत्रता की घोषणा कर दी। फ्रंट ने इस बात पर ज़ोर दिया कि भारतीय संघ के भीतर रहना मिज़ो लोगों के राजनीतिक, आर्थिक, सामाजिक और धार्मिक हितों के ख़िलाफ़ है। उसने दावा किया कि एक स्वतंत्र मिज़ो राष्ट्र का निर्माण करके सभी समस्याओं को सुलझाया जा सकता है। ज़ाहिर है कि 1966 से हिंसक विद्रोही गतिविधियों की शुरुआत हुई लेकिन इसकी बुनियाद बहुत पहले पड़ चुकी थी। इन गतिविधियों में दफ़्तरों को जलाना, सरकारी कोष की लूट, सरकारी कर्मचारियों का अपहरण और हत्या जैसी घटनाएँ हुईं। भारतीय राज्य ने इन विद्रोही गतिविधियों का नियंत्रण करने के लिए थल सेना और वायु सेना का प्रयोग किया। दूसरी तरफ, एमएनएफ़ की हिंसक गतिविधियों के बावजूद इस क्षेत्र में चुनावी गतिविधियाँ ज़लती रहीं।

केंद्र सरकार एक ओर विद्रोहियों का सख़्ती से दमन करती रही और दूसरी ओर उसने राजनीतिक छूटों और विकास-कार्यों के द्वारा लोगों को तुष्ट करने की भी कोशिश की। बीस साल तक स्वायत्तशाली ज़िला रहने के बाद 1972 में मिज़ोरम को एक केंद्र-शासित प्रदेश घोषित किया गया। इसके साथ ही बहुत सारी विकास गतिविधियाँ भी शुरू की गयीं। इस तरह के क़दमों के कारण बहुत से विद्रोहियों ने आत्म-समर्पण कर दिया और आम ज़िंदगी गुजारने की इच्छा ज़ाहिर की। लेकिन एमएनएफ़ के कट्टरपंथियों ने अपनी माँगे मनवाने के लिए आतंकी गतिविधियाँ और तेज़ कर दीं।

इसी बीच चर्च की पहल पर और मिज़ो समाज के विभिन्न तबक़ों के समर्थन से सरकार ने एमएनएफ़ के नेता लालडेंगा से अनौपचारिक समझौता-वार्ता की शुरुआत की। कई चरणों की बातचीत के बाद भारत सरकार के गृह-सचिव, मिज़ोरम सरकार के मुख्य सचिव और एमएनएफ़ नेता लालडेंगा के बीच समझौता हुआ। इसे मिज़ोरम समझौते के रूप में जाना जाता है। इससे एक लम्बे विद्रोही आंदोलन का अंत हुआ और एमएनएफ़ लोकतांत्रिक राजनीति में लौट आया। समझौते के अनुसार ही सरकार ने संसद में मिज़ोरम को भारत का तेईसवाँ राज्य बनाने का प्रस्ताव पारित कराया।

देखें : अरुणाचल प्रदेश, असम, आंध्र प्रदेश, उत्तर प्रदेश, उत्तराखण्ड, ओडिशा, कर्नाटक, केरल, गोवा, गुजरात, छत्तीसगढ़, जम्मू और कश्मीर, झाडखण्ड, तमिलनाडु, त्रिपुरा, दिल्ली, नगालैण्ड, बिहार, पंजाब, पश्चिम बंग, मणिपुर, महाराष्ट्र, मध्य प्रदेश, मेघालय, राजस्थान, हरियाणा।

संदर्भ

1. एस.एन. सिंह (1994), *मिज़ोरम : हिस्टोरिकल, जियोग्रॉफ़िकल, सोशल, इकॉनॉमिक, पॉलिटिकल ऐंड एडमिनिस्ट्रेटिव,* मित्तल पब्लिकेशंस, नयी दिल्ली.
2. आर. के. सत्पथी (2009), 'मिज़ोरम, रिन्यूड मैंडेट फॉर द स्टेट गवर्नमेंट', संदीप शास्त्री, के.सी. सूरी और योगेंद्र यादव (सम्पा.), *इलेक्टोरल पॉलिटिक्स इन इण्डियन स्टेट्स : लोकसभा इलेक्शंस 2004 ऐंड बियांड,* ऑक्सफ़र्ड युनिवर्सिटी प्रेस.
3. एस. गुरुदेव (1996), *एनॉटॅमी ऑफ़ रिवोल्ट्स इन नॉर्थ-ईस्ट ऑफ़ इण्डिया,* लेंसर्स बुक, नयी दिल्ली.

— कमल नयन चौबे

मिथक

(Myth)

अंग्रेज़ी शब्द मिथ से हिंदी में मिथक शब्द बनाया गया है। इसका श्रेय हजारी प्रसाद द्विवेदी को है। उन्होंने मिथ में क प्रत्यय जोड़कर इसे हिंदी की प्रकृति के अनुकूल बना लिया। समाज-विज्ञान के लिहाज़ से मिथक का मतलब है एक ऐसी कहानी जिसकी समांतर संरचना अतीत को वर्तमान से जोड़ते हुए भविष्य की तरफ़ भी इशारा करती हो। क्लॉद लेवी-स्त्रॉस ने पश्चिमी संस्कृति के उस रवैये की आलोचना की है जिसके तहत मिथकों के महत्त्व को कमतर मानने की बौद्धिक प्रवृत्ति पैदा हुई है। लेवी-स्त्रॉस मिथक की पुनः जाँच करते हुए उसे एक सांस्कृतिक आख्यान के रूप में स्थापित करते हैं। लेवी-

स्त्रॉस का विचार था कि मिथकों के माध्यम से ग़ैर-औद्योगिक संस्कृतियों की प्रच्छन्न संरचनाओं की शिनाख़्त की जा सकती है। उन्हें विश्वास था कि आगे चल कर विज्ञान के दायरे में भी मिथकों को मान्यता मिलनी शुरू हो जाएगी। हिंदी में मिथ के लिए दंतकथा, कल्पकथा, पुरावृत्त, पुराकथा, पुराख्यान, धर्मगाथा आदि शब्दों का भी प्रयोग होता है। अंग्रेज़ी में यह शब्द यूनानी भाषा के शब्द माइथॉस से आया है जहाँ इसका अर्थ है अतर्क कथन, मुख से उच्चरित वाणी या मौखिक कथा।

अरस्तू ने इसका प्रयोग कथा के अर्थ में किया है। लेकिन मिथ और मिथक में अर्थगत भिन्नता को नज़रअंदाज़ नहीं किया जा सकता। मिथ का आशय अविश्वसनीय एवं काल्पनिक कथाओं से लिया जाता है, जबकि मिथक ऐसी कथाएँ हैं जिनमें अलौकिकता का पुट होते हुए भी लोकानुभूति जुड़ी होती है। मिथक का संबंध मूलत: आदिम लोक मानस से है। मिथक आदिम मनुष्यों के मानसिक और भौतिक जीवन के कथामय संसार की अभिव्यक्ति करते हैं। मिथ शब्द का प्रयोग देवी-देवताओं अथवा अतिप्राकृत पात्रों और मानव-जीवन के अनुभव से परे किसी (सुदूर) काल की असाधारण घटनाओं एवं परिस्थितियों से सम्बद्ध आख्यानों के लिए होता है। डॉ. नगेंद्र के मतानुसार मिथक का आशय ऐसी परम्परागत कथा से है जिसका संबंध अतिप्राकृत घटनाओं और भावों से है। इस प्रकार मिथक मानवजाति का सामूहिक इतिहास, स्वप्न एवं अनुभव है। उसका आधार आस्था, अनुभूति एवं विश्वास है। मिथक का प्रयोजन परम्परा रूप में प्राप्त मान्यताओं, संस्कारों एवं धार्मिक अनुष्ठानों की व्याख्या करना है। मानव जाति की एकता तथा सभ्यता और संस्कृति की विकास-यात्रा को समझने की दृष्टि से मिथक महत्त्वपूर्ण हैं।

यूनानी भाषा के विद्वान एच.जे. रोज़ ने मिथकों की तीन क़िस्मों का उल्लेख किया है : सृष्टि संबंधी मिथक, प्रलय संबंधी मिथक तथा देवताओं के प्रणयाचार संबंधी मिथक। सभी प्राचीन जातियों के साहित्य में इन तीनों का प्रचुरता से उल्लेख मिलता है। डॉ. नगेंद्र ने विषय के अनुसार मिथकों में दो भेद बताये हैं : पहला प्राकृतिक एवं दूसरा धार्मिक। इसके बाद उन्होंने धार्मिक मिथक को पुन: दो उपभेदों में बाँटा है। पहला उपभेद है उपास्य देवों के स्वरूप से संबंधित मिथकों का एवं दूसरा उपभेद कर्मकाण्ड संबंधी मिथकों का है। सर्जन प्रक्रिया के अनुसार भी उन्होंने मिथक के दो वर्ग किये हैं : पहला मौलिक या प्राथमिक मिथक जो सामूहिक अचेतन की सृष्टि है तथा दूसरा आनुषंगिक या द्वितीयक मिथक जिनकी रचना वैयक्तिक अवचेतन द्वारा होती है।

मिथक के उद्‌भव के संबंध में विद्वानों ने कई सम्भावनाएँ प्रकट की हैं। आज के वैज्ञानिक, तार्किक एवं बौद्धिक मानव से भिन्न होते हुए भी आदिम मानव जिज्ञासु था। उसने अपने चारों ओर घटित प्राकृतिक घटनाओं का निरीक्षण करके उसके कारणों की व्याख्या अपनी कल्पनाशक्ति एवं बौद्धिकता के आधार पर की। उसी से अनेक कथाओं का जन्म हुआ जो कालांतर में मिथक बन गयीं। डॉ. नगेन्द्र के मतानुसार मिथक की रचना उस समय हुई जब मानव और प्रकृति के बीच की विभाजक रेखाएँ स्पष्ट नहीं थीं— दोनों एक सार्वभौम जीवन के सहभागी थे। वे परस्पर सहयोग एवं संघर्ष के सूत्रों से बँधे हुए थे और चेतन मानव का मन अज्ञात रूप से प्रकृति की घटनाओं को अपने जीवन की घटनाओं तथा अनुभवों के माध्यम से समझने का प्रयास करता था। प्रकृति के तत्त्वों और घटनाओं के मानवीकरण की यह अचेतन प्रक्रिया ही मिथक रचना का मूल है।

आदिम मानव में कार्य और कारण के मध्य तार्किक एवं वैज्ञानिक सोच अपेक्षाकृत कम और कल्पनाशीलता अधिक थी। उसने जड़ पदार्थों पर भी चेतन का आरोप किया। वस्तुत: आदिम मानव की भावुकता, जिज्ञासा, कल्पनाशीलता आदि ने ही अनेक जादुई घटनाओं, अनुष्ठानों, कर्मकाण्डों और रीति-रिवाज़ों को जन्म दिया। मिथक की उत्पत्ति के संबंध में डॉ. मालती सिंह ने दो पक्ष प्रत्यक्षीकरण एवं अमूर्तन बताये हैं। जब आदिम मानव बाह्य सत्यों का प्रत्यक्षीकरण करता है तब उसके आधार पर अमूर्तन भी करता है। अमूर्तन की इस मानवीय वृत्ति ने ही विभिन्न मिथकों को जन्म दिया है। भय और आनंद मिथक निर्माण के महत्त्वपूर्ण तत्व रहे हैं। प्रारम्भ में समाज में मिथक की मौखिक परम्परा रही, लेकिन भाषा और लेखन के विकास के साथ ही उन्हें लेखनीबद्ध कर लिया गया।

मिथक की अवधारणा जटिल एवं गतिशील है। प्रारम्भिक स्तर पर मिथक को धर्मशास्त्र से जोड़कर देखा गया। अट्‌ठारहवीं एवं उन्नीसवीं सदी में विज्ञान के प्रचार-प्रसार और बुद्धिवाद के विकास के फलस्वरूप मिथक की अवधारणा में परिवर्तन आया। मानवशास्त्र, मनोविज्ञान, समाजशास्त्र, इतिहास, भाषा-विज्ञान, लोक-साहित्य आदि अनुशासनों में भी मिथक का विवेचन किया गया और विद्वानों ने मिथकों द्वारा मानव समाज पर बहुविध असर डालने की बात स्वीकार की। अब मिथक को आदिम मानव की ऐसी संरचना के रूप में स्वीकार किया गया जो आस्था एवं विश्वास के कारण अस्तित्व में हैं, लेकिन उनकी ऐतिहासिक एवं वैज्ञानिक पुष्टि मुश्किल है। शाब्दिक अर्थानुसार भी मिथक में तर्क का स्थान नहीं है। मिथक ऐसे आख्यान हैं जिनमें प्रकट की गयी घटनाएँ तर्क से परे होती हैं। अधिकांश मिथक ऐसे सवालों से जुड़े हैं जिनके जवाब खोजे जाने हैं।

मिथक की व्याख्या और विश्लेषण के संबंध में विविध अनुशासनों से सम्बद्ध विद्वानों के अलग-अलग मत

हैं। समाजशास्त्रियों ने मिथक की निर्मिति के मूल में सामाजिक व्यवस्था के संरक्षण एवं संचालन की आवश्यकता को कारण रूप में स्वीकार किया तो मनोविश्लेषणवादियों ने मिथक को समूह के मानस की उत्पत्ति के रूप में ग्रहण किया। मानवशास्त्रियों ने मिथक को विशुद्ध मानसिक रूपात्मक क्रिया के रूप में स्वीकार किया। भाषाशास्त्रियों के मत में भाषा की उत्पत्ति सांकेतिक अभिव्यक्ति से हुई और मिथक भाषा के विकास की एक मंज़िल है। साहित्य में मिथक को जटिल विषयों की सरल एवं प्रतीकात्मक अभिव्यक्ति के सशक्त माध्यम के रूप में स्वीकार किया गया। आदिम युग के विश्वासों की अभिव्यक्ति के रूप में मान्य मिथक की कुछ विशेषताएँ इस प्रकार हैं : मिथक सामान्यत: कथात्मक होते हैं, मिथक लोकविश्वास और आस्था से युक्त होते हैं और इनमें तर्क की भूमिका गौण होती है, मिथक की रचना में कल्पना की अधिकता होने पर भी अपने समय का सामाजिक यथार्थ निहित रहता है, मिथक में वर्णित कथाएँ अतिप्राकृत होने पर भी मानव जीवन को प्रभावित करती हैं, मिथक गतिशील होते हैं।

आदिम मानव के मनोवगों के परिणाम होने के बावजूद मिथक किसी विकसित समाज की मानसिकता एवं विश्वासों में भी पैठे होते हैं। गतिशील होने के कारण ये देश-काल के साथ-साथ अपना स्वरूप बदलते रहते हैं। देशकाल की आवश्यकतानुसार पुराने मिथकों को संश्लिष्ट करके नये मिथक भी बनाये जाते हैं। इस तरह मिथकों का विकास एक जटिल एवं निरंतर प्रक्रिया है।

देखें : अर्थव्यवस्था का समाजशास्त्र, अभिजन, अभिरुचि, आत्महत्या, उन्मूलनवाद, एजेंसी, कर्मकाण्ड, कारागार, गोपनीयता, गृहविहीनता, जादू, जीवन-शैली, टेलरवाद, परम्परा, परस्पर विपरीत द्विभाजन, प्रति-(संस्कृति, विमर्श, इतिहास, वर्चस्व, स्मृति), प्राइवेसी, प्रौद्योगिकी, फ़ुरसत, बचपन, बहुपत्नी प्रथा, बहुपति प्रथा, बुद्धिसंगत चयन का सिद्धांत, बुज़ुर्गियत का समाजशास्त्र, बेगानगी, भीड़, भ्रष्टाचार का समाजशास्त्र-1 और 2, मानव-प्रकृति, मानवशास्त्र और मार्क्सवाद, मानवशास्त्र और संस्कृति की राजनीति, समाज-विज्ञान, समाज-कार्य, समाजीकरण, समुदायवाद, सामाजिक आंदोलन, सामाजिक बहिर्वेशन, सामाजिक पूँजी, सामाजिक स्तरीकरण, सामाजिक एकजुटता, सामाजिक चयन का सिद्धांत, सांस्कृतिक मानवशास्त्र, सांस्कृतिक सापेक्षतावाद, सांस्कृतिक पूँजी, सेवानिवृत्ति, वाचिकता, विचलन, ज्ञान का समाजशास्त्र।

संदर्भ

1. क्लॉद लेवी-स्ट्रॉस (1995), *मिथ ऐंड मीनिंग : क्रैकिंग द कोड ऑफ़ कल्चर,* शोकेन, न्यूयॉर्क.
2. डॉ. नगेंद्र (1979), *मिथक और साहित्य,* नैशनल पब्लिशिंग हाउस, नयी दिल्ली.
3. रमेश कुंतल मेघ (1976), *मिथक और स्वप्न,* ग्रंथम प्रकाशन, कानपुर.
4. उषा विद्यावाचस्पति (1996), *मिथक : उद्‌भव और विकास तथा हिंदी साहित्य,* नैशलन पब्लिशिंग हाउस, नयी दिल्ली.

— **प्रीति सागर**

मिल्टन फ्रीडमैन

(Milton Friedman)

मिल्टन फ्रीडमैन (1912-2005) बीसवीं सदी के उत्तरार्ध के दो-तीन सबसे ज़्यादा चर्चित और विख्यात अर्थशास्त्रियों में एक हैं। उन्हें न केवल आर्थिक विज्ञान के महारथियों के बीच सर्वोच्च प्रतिष्ठा प्राप्त है, बल्कि उनकी रचनाएँ सारी दुनिया में सामान्य पाठकों के बीच भी लोकप्रिय हैं। अर्थशास्त्र की दुनिया में फ्रीडमैन को कींसियन आर्थिक सिद्धांतों के ख़िलाफ़ जिहाद चलाने के लिए और मौद्रिकवाद के संस्थापक के रूप में मान्यता प्राप्त है। उन्हें शिकागो स्कूल ऑफ़ इकॉनॉमिक्स का विकास करने वाले विद्वान के रूप में भी जाना जाता है। फ्रीडमैन के रचना संसार के केंद्र में दो विचार हैं : धन और आज़ादी। धन उनके लिए महत्त्वपूर्ण है, क्योंकि मुद्रा की सप्लाई में होने वाले परिवर्तनों से आर्थिक गतिविधियों में तब्दीली आ जाती है, और आज़ादी की अहमियत इसलिए है कि इनसान होने की शर्त उसके बिना पूरी नहीं हो सकती। धन और आज़ादी का रिश्ता फ्रीडमैन की नज़रों में साफ़ है : अगर सरकार कीमतों, विनिमय दरों और आर्थिक जीवन के अन्य क्षेत्रों को नियंत्रित करना बंद कर दे तो अर्थव्यवस्था ठीक से चलती रहेगी और बाज़ार अपने आप ख़ुशहाली की गारंटी कर सकता है। 1976 में फ्रीडमैन को नोबेल पुरस्कार दिया गया। पुरस्कार कमेटी ने उनके योगदान के तीन पहलुओं को रेखांकित किया : उपभोग की भूमिका का अध्ययन, स्थिरीकरण की नीति पर अमल करने में आने वाली दिक़्क़तों और समस्याओं का अध्ययन, और मोनेटरी थियरी (मौद्रिक सिद्धांत) व इतिहास में योगदान।

ब्रुकलिन, न्यूयॉर्क के एक ग़रीब यहूदी परिवार में जन्मे मिल्टन फ्रीडमैन को बचपन से ही गणित के विषय से प्रेम था। गणित के ज़रिये वे अर्थशास्त्र तक पहुँचे और बाद में दोनों विषयों में उच्च शिक्षा प्राप्त की। शिकागो और कोलम्बिया विश्वविद्यालय में अर्थशास्त्र का अध्ययन करने के बाद वे शिकागो में हेनरी शुल्ज के सहायक हो गये। इसके बाद उन्होंने रूज़वेल्ट की न्यू डील वाली सरकार के लिए उपभोग के आँकड़े जुटाने का काम किया। नैशनल ब्यूरो ऑफ़ इकॉनॉमिक रिसर्च में साइमन कुज़्नेत्स के साथ काम करते हुए उन्होंने डॉक्टरी, वकालत और इंजीनियरिंग जैसे

मिल्टन फ्रीडमैन (1912-2005)

पेशों के बाज़ार का अध्ययन किया। यही अध्ययन बाद में उनकी पीएचडी थीसिस बन गया जिसका एक निष्कर्ष काफ़ी विवादास्पद था कि डॉक्टरों की तनख़्वाहें ऊँची बनी रहें इसीलिए डॉक्टरों की सप्लाई कम रखी जाती है। फ्रीडमैन के इस अवलोकन के कारण उनकी थीसिस छपने में देर हुई। जॉर्ज सिटगलर के साथ ही उन्होंने शिकागो स्कूल ऑफ़ इकॉनॉमिक्स का विकास किया। *न्यूज़वीक* पत्रिका में अट्ठारह साल तक स्तम्भ लिखने, अर्थशास्त्र पर एक बेस्ट सेलिंग किताब लिखने और दस कड़ियों वाले एक टीवी सीरियल के कारण उनका नाम विद्वानों की दुनिया से बाहर निकल कर सामान्य पाठकों और दर्शकों के बीच भी लोकप्रिय हो गया।

कींस द्वारा प्रवर्तित स्थिरीकरण की नीतियों के ख़िलाफ़ फ्रीडमेन का मुख्य तर्क यह है कि राजकोषीय नीति का इस्तेमाल करके बाज़ार में मुद्रा सप्लाई कम-ज़्यादा करने से व्यापार चक्र ख़राब हो जाता है और मुद्रास्फीति बढ़ जाती है। फ्रीडमैन ने उपभोग की भूमिका, अर्थव्यवस्था में मुद्रा सप्लाई के महत्त्व और बेरोज़गारी की स्वाभाविक दर का जिस प्रकार अध्ययन किया, उससे निकलने वाले नतीजे भी कींस और उनके अनुयायियों की सिफ़रिशों के ख़िलाफ़ जाते हैं।

कींस की मान्यता यह थी कि उपभोक्ता चीज़ें ख़रीदने का निर्णय लेते समय अपनी चालू आमदनी को आधार बनाता है। फ्रीडमैन ने इस सहज सिद्धांत पर वैकल्पिक निगाह डाली और परमानेंट इनकम हायपोथैसिस (स्थाई आमदनी से संबंधित परिकल्पना) का सूत्रीकरण किया। उन्होंने दावा किया कि उपभोक्ता अपनी दीर्घावधि के दौरान अपनी आमदनी संबंधी उम्मीदों के आधार पर उपभोग के फ़ैसले करता है। अपनी बात साबित करने के लिए फ्रीडमैन ने बहुत सारे तथ्य भी जुटाये और इस प्रक्रिया में ऐसी कई उलझनों को भी सुलझा दिया जो कींस के सहज सिद्धांत के कारण पैदा हुई थीं। कींस के सिद्धांत से यह निष्कर्ष भी निकलता था कि जैसे-जैसे आमदनी बढ़ेगी, उसका उपभोग वाला हिस्सा घटना चाहिए और बचत का हिस्सा बढ़ना चाहिए। सम्भवतः कींस की मान्यता यह रही होगी कि उपभोग एक सीमा तक ही बढ़ेगा इसलिए बढ़ती हुई आमदनी में बचत का अंश ज़्यादा बड़ा हो जाएगा। लेकिन, साइमन कुज़्नेत्स अमेरिका में आमदनी, उपभोग और बचत का अध्ययन करते हुए इस नतीजे पर पहुँचे थे कि कींस का यह निष्कर्ष सही नहीं है, क्योंकि कई दशकों तक आमदनी में काफ़ी बढ़त होने के बावजूद अमेरिका के लोगों की बचत का स्तर नहीं बढ़ा था। कींस और कुज़्नेत्स के इन निष्कर्षों के इस विरोधाभास पर विचार करते हुए फ्रीडमैन ने दिखाया कि भविष्य में अपेक्षित आमदनी को अगर व्यय संबंधी निर्णयों का आधार समझा जाए तो यह पहेली सुलझ सकती है। अगर किसी की आमदनी बढ़ती है तो उसके साथ उसकी भविष्य में और आमदनी होने की आशा भी बढ़ जाती है। इसलिए उपभोक्ता भविष्य के उपभोग के लिए बचत करने में कम दिलचस्पी दिखाता है।

स्थाई आमदनी से संबंधित मिल्टन फ्रीडमैन की परिकल्पना यह संकेत भी देती है कि छोटे धंधे करने वाले लोग या ऐसे ही अन्य आय-समूह क्यों अपनी आमदनी का बड़ा हिस्सा बचत के हवाले कर देते हैं और क्यों फिर बचत के उस स्तर को कम कर देते हैं। फ्रीडमैन ने कहा कि अगर बचत चालू आमदनी पर निर्भर होती तो ऐसा नहीं हो सकता था। दरअसल, ऐसा इसलिए होता है कि लोगों का वास्तविक व्यय कई वर्षों के दौरान होने वाली आमदनी के औसत पर निर्भर होता है। यह परिकल्पना कींस की सिफ़ारिशों के मुताबिक़ बनी नीतियों के विकल्प में नीतिगत सलाहों के स्रोत के रूप में भी उभरती है। कींस का कहना था कि राजकोषीय नीति इस तरह बनानी चाहिए जिससे मंदी के दौरान रोज़गार के अवसर बढ़ाये जा सकें। फ्रीडमैन ने दिखाया कि जब सरकार राजकोषीय नीति का इस्तेमाल करके लोगों की आमदनी बढ़ाने की कोशिश करती है तो नतीजे के तौर पर लोग अपना ख़र्चा नहीं बढ़ाते क्योंकि उनकी समझ में उस आमदनी का चरित्र स्थाई नहीं होता। कुल मिला कर इस तरह की राजकोषीय नीति का अर्थव्यवस्था पर वह असर नहीं होता जिसके लिए उसे बनाया जाता है।

कींस के विपरीत फ़्रीडमैन ने तर्क दिया कि मुद्रा और मौद्रिक नीति को आर्थिक गतिविधियों के निर्धारण में निर्णायक भूमिका निभानी चाहिए। क्लासिकल मौद्रिक सिद्धांतकारों का ख़याल था कि अर्थव्यवस्था में मुद्रा की सप्लाई का वेग संस्थागत लिहाज़ से तय होता है, लेकिन फ़्रीडमैन ने कहा कि सप्लाई की रफ़्तार ब्याज दर और अपेक्षित मुद्रास्फीति जैसे कारकों पर निर्भर हो सकती है। फ़्रीडमैन ने यह भी पाया कि लोग चीज़ें ख़रीदने के अलावा अन्य कारणों से भी पैसे की बचत करते हैं। मसलन, वे ज़मीन-जायदाद या शेयरों की क़ीमत गिर सकने के डर से भी बचत करने के बारे में सोच सकते हैं। अपने इस अवलोकन को जब फ़्रीडमैन ने तथ्यगत कसौटियों पर कसा तो उन्हें लगा कि इन कारकों का मुद्रा सप्लाई की रफ़्तार पर फ़र्क़ पड़ता है, पर बहुत कम और वह भी आगे चल कर कम होता चला जाता है। यानी मुद्रा की आपूर्ति का वेग अपेक्षाकृत स्थिर रहता है और आर्थिक गतिविधि का स्तर मुद्रा की मात्रा से प्रभावित होता रहता है। इसी के साथ फ़्रीडमैन ने यह भी जोड़ा कि मुद्रा यह प्रभाव अल्पावधि के लिए ही डालती है, और दीर्घावधि में उसकी भूमिका तटस्थ हो जाती है। धन की मात्रा पहले छह या आठ महीनों तक ही उत्पादन के स्तर को प्रभावित करेगी, बाद में उसका असर केवल दामों तक ही रह जाएगा। मुद्रा सप्लाई में बढ़ोतरी साल-डेढ़ साल बाद दामों को बढ़ायेगी और मुद्रास्फीति में उछाल आयेगा।

आम तौर पर अर्थशास्त्री मुद्रास्फीति के कारणों में लागत और माँग को गिनते हैं, पर फ़्रीडमैन की दलील थी कि सभी तरह की मुद्रास्फीति चीज़ों की माँग बहुत ज़्यादा बढ़ जाने और उसके कारण मुद्रा का सृजन होने से पैदा होती है, इसलिए अर्थव्यवस्था में मुद्रा की सप्लाई हमेशा संयमित रखनी चाहिए। केंद्रीय बैंक का प्रयास होना चाहिए कि तीन से चार फ़ीसदी सालाना से ज़्यादा की दर से मुद्रा अर्थव्यवस्था में न पहुँचने दी जाए। इससे होगा यह कि अतिरिक्त चीज़ें ख़रीदने के लिए लोगों को पैसा भी मिलता रहेगा और मुद्रास्फीति की नौबत भी नहीं आयेगी। किसी और तरीक़े से अगर मुद्रा सप्लाई का प्रबंधन किया गया तो नतीजे या मंदी में निकलेंगे या स्फीति में। फ़्रीडमैन ने आरोप लगाया कि तीस के दशक की महामंदी अमेरिका के फ़ेडरल रिजर्व की कारिस्तानियों का ही नतीजा थी। पहले तो उसने मुद्रा सप्लाई में अपना हाथ तंग रखा क्योंकि उसे स्टॉक मार्केट में सट्टेबाज़ी का डर था, और फिर 1930 से 1931 के बीच उस समय कुछ नहीं किया जब जमाकर्ता बैंकों से अपना धन निकालने में लगे हुए थे। उसने ब्याज दरें तब बढ़ायी जब सितम्बर, 1931 में ब्रिटेन ने गोल्ड स्टैंडर्ड को त्याग दिया। ये तमाम कार्रवाइयाँ अमेरिकी अर्थव्यवस्था में मुद्रा सप्लाई में भारी गिरावट लाने वाली साबित हुईं, जिससे लोगों का ख़र्च का स्तर घट गया और मंदी आ गयी।

फ़्रीडमेन ने 1968 में दिखाया कि हर अर्थव्यवस्था में बेरोज़गारी की एक संतुलनावस्था दर काम क़ायम रहती है। हर एक के पास काम हमेशा नहीं रहेगा। दो नौकरियों के बीच लोग बेरोज़गार रहेंगे ही। नयी श्रम-शक्ति को काम मिलने में कुछ देर होगी ही। बेरोज़गारी भत्ते और अन्य सामाजिक सुरक्षाओं के कारण भी लोग ज़्यादा समय तक उपयुक्त नौकरी तलाशते रहेंगे। पति-पत्नी में से अगर एक नौकरी कर रहा है, तो दूसरे को ज़्यादा बेरोज़गार रहने का मौक़ा मिलेगा। अगर बेरोज़गारी की इस संतुलनावस्था को एक निश्चित स्तर से घटाने की कोशिश की गयी तो उसका नतीजा मुद्रास्फीति में उछाल आने में निकलेगा। दाम बढ़ जाएँगे और लोग कम चीज़ें ख़रीद पायेंगे। ख़र्च गिरेगा, तो उत्पादन और रोज़गार भी गिरेगा। अर्थव्यवस्था को सिकुड़ना पड़ेगा।

फ़्रीडमैन द्वारा प्रवर्तित मौद्रिकवाद का व्यावहारिक रूप समस्याग्रस्त साबित हुआ है। अमेरिका, ब्रिटेन और युरोपीय देशों में जब इन नीतियों को लागू किया गया तो जल्दी ही समस्याएँ पैदा होने लगीं। मुद्रा सप्लाई को परिभाषित करना मुश्किल हो गया। हर बार जब सप्लाई के मानक बनाये गये तो उससे अपेक्षित लक्ष्यों की पूर्ति नहीं हुई और हर बार नयी परिभाषा की ज़रूरत पड़ी। न ही मुद्रा सप्लाई की रफ़्तार का निर्धारण हो पाया और न ही उसकी मात्रा का।

देखें : अर्थ-विज्ञान का समाजशास्त्र, आर्थिक जनसांख्यिकी, अल्फ्रेड मार्शल, अमर्त्य कुमार सेन, अंतर्राष्ट्रीय मुद्रा कोष, आधार और अधिरचना, ऑस्कर रायज़ार्ड लांगे, ऐडम स्मिथ, करारोपण, कल्याणकारी अर्थशास्त्र, क्लासिकल अर्थशास्त्र, कार्ल हाइनरिख़ मार्क्स-3, कार्ल मेंगर, कींसियन अर्थशास्त्र, गुन्नार मिर्डाल, जोआन रोबिंसन, जॉन कैनेथ गालब्रेथ, जॉन मेनार्ड कींस, जॉन स्टुअर्ट मिल, जोसेफ़ शुमपीटर, जैव विविधता, ट्रस्टीशिप, डेविड रिकार्डो, ढाँचागत समायोजन कार्यक्रम, थॉमस मन और वणिकवाद, थॉमस रॉबर्ट माल्थस, दक्षता, धन, नियोक्लासिकल अर्थशास्त्र, नीतिशास्त्र और अर्थशास्त्र, निकोलस काल्दोर, नियोजन, नियोजन : मार्क्सवादी विमर्श, पण्य, पण्य-पूजा, पेटेंट, पॉल सेमुअलसन, पियरो स्राफ़ा, पूँजी, प्रतियोगिता, फ्रांस्वा केस्ने और प्रकृतिवाद, फ्रेड्रिख़ वॉन हायक, बहुराष्ट्रीय निगम, बाज़ार, बाज़ार की विफलताएँ, बाज़ार-समाजवाद, बौद्धिक सम्पदा अधिकार, ब्रेटन वुड्स प्रणाली, भारत में बहुराष्ट्रीय निगम, भारत में नियोजन, भारत में पेटेंट क़ानून, भारत में शेयर संस्कृति, भूमण्डलीकरण और पूँजी बाज़ार, भूमण्डलीकरण और वित्तीय पूँजी, भूमण्डलीकरण और वित्तीय उपकरण, मार्क्सवादी अर्थशास्त्र, मूल्य, राजकोषीय नीति और मौद्रिक नीति, रॉबर्ट ओवेन, विलफ्रेडो परेटो, विश्व व्यापार संगठन, विश्व बैंक, विलियम पेटी, विलियम स्टेनली जेवंस, वैकासिक अर्थशास्त्र, शोषण, साइमन कुज़्नेत्स।

संदर्भ

1. ईमन बटलर (1985), *मिल्टन फ़्रीडमैन : अ गाइड टु हिज़ इकॉनॉमिक थॉट,* युनिवर्स बुक्स, न्यूयॉर्क.

2. अब्राहम हिर्श और नील डि मार्ची (1985), *मिल्टन फ्रीडमैन : इकॉनॉमिक्स इन थियरी ऐंड प्रैक्टिस,* युनिवर्सिटी ऑफ़ मिशिगन प्रेस, ऐन आरबर, मिशिगन.
3. लॉरेंस ए. बोलैण्ड (1979), 'ए क्रिटीक ऑफ़ फ्रीडमैंस क्रिटिक्स', *जरनल ऑफ़ इकॉनॉमिक लिटरेचर,* 17.
4. डब्ल्यू. मेल्विन रेडर (1982), 'शिकागो इकॉनॉमिक्स : परफ़ारमेंस ऐंड चेंज', *जरनल ऑफ़ इकॉनॉमिक लिटरेचर,* 20.

— अभय कुमार दुबे

मिल्टन सिंगर
(Milton Singer)

अमेरिका के प्रसिद्ध मानवशास्त्री मिल्टन सिंगर (1912-1994) को भारत में जारी आधुनिकीकरण के विशेष अध्ययन के लिए जाना जाता है। वे ऐसे प्रमुख विद्वानों में थे जिन्होंने अमेरिका में दक्षिण-एशियाई समाजों के अध्ययन को काफ़ी महत्त्व दिलाया। उन्होंने भारतीय शिक्षाविदों और शोधकर्ताओं के साथ समन्वय स्थापित करने पर ख़ास बल दिया और पूरे विश्व में उस क्षेत्र में अपने काम से नया मॉडल प्रस्तुत किया। सिंगर ने 1950 से 60 के दशक के मध्य भारत में अपना प्रत्यक्ष और क्षेत्रीय अध्ययन किया। उस समय तक अमेरिकी अकादमिक जगत में भारत के आधुनिकीकरण और आर्थिक विकास को लेकर संदेह किये जाते थे और माना जाता था कि परम्परा और जाति व्यवस्था में जकड़ा समाज इस दिशा में विकास करने में अक्षम है। मैक्स वेबर पहले ही भारत में पूँजीवाद के विकास पर संदेह जता चुके थे और उनका मानना था कि चरम भाग्यवाद, जातिवाद और परम्पराबद्धता के कारण भारत में मौजूद सांस्कृतिक परिस्थितियाँ पूँजीवादी विकास में सहायक नहीं हैं। हिंदू धार्मिक मूल्य उद्यमिता के विकास में रुकावट हैं।

सिंगर ने टेक्सास विश्वविद्यालय से एमए की शिक्षा प्राप्त की और शिकागो विश्वविद्यालय से 1940 में दर्शनशास्त्र में पीएच.डी की उपाधि हासिल की। इसके बाद अगले वर्ष ही उन्होंने इसी विश्वविद्यालय में शिक्षण कार्य आरम्भ कर दिया और लगभग 29 साल पढ़ाने के बाद 1979 में सेवानिवृत्त हुए। सिंगर का भारत संबंधी शोध तब आरम्भ हुआ जब उन्होंने राबर्ट रेडफ़ील्ड के साथ मिलकर संस्कृति व सभ्यताओं के अंतरानुशासनिक अध्ययन की परियोजना को आरम्भ करने में योगदान दिया। पर 1958 में रेडफ़ील्ड का निधन हो गया और सिंगर को ही परियोजना निदेशक बना दिया गया। रेडफ़ील्ड का मत था कि मानवशास्त्रीय अध्ययनों को अन्य समाज-विज्ञानों तथा मानविकी से जुड़े विषयों के साथ मिलाकर चलना चाहिए और रेडफ़ील्ड-सिंगर की टीम ने एंथ्रोपोलॉजी को नयी ऊँचाई पर पहुँचाने में महत्त्वपूर्ण योगदान दिया।

सिंगर ने अपने शोध और निष्कर्षों से मैक्स वेबर की धारणा का खण्डन किया। उन्होंने दक्षिण भारत, ख़ास तौर पर मद्रास के कारोबारियों का अध्ययन किया और यह जानने का प्रयास किया कि किस प्रकार उनकी संस्कृति ने कारोबार के क्षेत्र में उनकी नवोन्मेषी प्रतिभा और कारोबार संबंधी क्षमताओं के विकास में सहायता की है। अपनी इस फ़ील्ड-स्टडी के दौरान सिंगर ने बड़ी संख्या में पुजारियों, नर्तकों, सामान्य आस्तिक हिंदुओं और कारोबारियों के साथ बातचीत की और उनके साक्षात्कार लिए। उन्होंने राबर्ट रेडफ़ील्ड की तरह लोक-संस्कृति के अध्ययन और नगरों में सांस्कृतिक परिवर्तन की प्रक्रियाओं का बारीक विवेचन किया। उन्होंने यह समझने का प्रयास किया कि किसी प्रकार एक प्राचीन संस्कृति ने पिछली एक शताब्दी के दौरान विदेशी विश्वासों और गतिविधियों का सामना किया और किस प्रकार नयी स्थितियों के अनुरूप स्वयं को ढाला। इस अध्ययन पर आधारित उनकी पुस्तक *व्हेन ए ग्रेट ट्रेडिशन माडर्नाइज़ेस : एन एंथ्रोपोलॉजिकल अप्रोच टु इण्डियन सिविलाइज़ेशन* का प्रकाशन 1972 में हुआ। उन्होंने ऐसे काल-खण्ड में भारतीय समाज का अध्ययन किया जब वह ब्रिटिश उपनिवेशवाद से मुक्त होने के बाद विकासशील देश के रूप में उद्योगीकरण और आधुनिकता की दिशा में प्रयास कर रहा था। उन्होंने प्राचीन संस्कृति और नगर-समाज को औपनिवेशिक नगरीकरण की तुलना में रख कर देखा है। उन्होंने दो प्रकार की नगर-संस्कृतियों का उल्लेख किया। इसमें उन्होंने काशी-मदुरै जैसे पुराने नगरों तथा कलकत्ता-मद्रास जैसे औपनिवेशिक महानगरों में भेद किया। पहली श्रेणी के नगरों को उन्होंने मूल-सम्भूत और दूसरी श्रेणी के नगरों को अपर-सम्भूत कहा है। सिंगर ने राबर्ट रेडफ़ील्ड द्वारा विकसित लघु-परम्परा और दीर्घ-परम्परा की अवधारणाओं का भी सहारा लिया और कहा कि आम लोगों की पुरानी चली आती लघु-परम्परा को नये परिवेश में परिष्कृत करने का काम प्राचीन नगर करते हैं और उन्हें दीर्घ-परम्परा में ढाल देते हैं। उन्होंने परिवर्तन तथा उद्यमिता की स्वीकृति को भी भारतीय संस्कृति के मूल्य के रूप में प्रस्तुत किया। उन्होंने किसी देश की रूढ़-छवि के आधार पर उसका मूल्यांकन करने के प्रयासों की आलोचना की और ज़मीन से जुड़े शोधों के आधार पर इन छवियों पर पुनर्विचार की निरंतरता का पक्ष लिया। इसी आधार पर अमेरिका तथा युरोप में प्रचलित भारतीय छवियों को उन्होंने वास्तविकता से दूर भी बताया।

सिंगर ने नतीजा निकाला कि मद्रास के कारोबारियों

और उद्योगपतियों के काम में बाधा बनने के स्थान पर उनकी सामाजिक संस्थाओं, विश्वासों और संस्कारों ने उन्हें सहायता प्रदान की। उनका ग्रामीण-कस्बाई जीवन से महानगरीय, कृषि संस्कृति से कारोबारी संस्कृति व आधुनिक शिक्षा-उद्योग की दिशा में रूपांतरण हुआ और इसके लिए उन्हें परम्परागत विशेषताएँ अनिवार्य रूप से त्यागने की विवशता से भी नहीं गुज़रना पड़ा। परिवेश के नयेपन में भी उनके व्यावसायिक क्षमताएँ बनी रहीं। यानी एक तरह की धारावाहिकता होती है जिसमें परम्परागत व्यवसायी जातियाँ नये पेशों में भी प्रधानता हासिल कर लेती हैं। सिंगर ने अपनी रचना में सिद्ध किया है कि किस प्रकार से परम्परा व आधुनिकता, निरंतरता व नवीनता आदि परस्पर विरोधी दशाएँ भारतीय समाज में अपना स्थान तथा समन्वय स्थापित करती हैं। भारतीय बौद्धिक परम्परा की शक्ति और समृद्धि को भी उन्होंने ख़ास तौर पर उभारा है।

उनकी इन स्थापनाओं से पुराने निष्कर्ष प्रश्नांकित भी होते हैं कि औपनिवेशिक काल में भारत में पूरी तरह से नये महानगर बने जिसका प्राचीन संस्कृति-परम्परा से संबंध न था और नये व्यवसायों का उदय भी पूरी तरह से नयी शिक्षा-दीक्षा का परिणाम था और इसमें पारम्परिक जाति-संरचना का कोई प्रभाव न था। यह भी माना जाता था कि औद्योगिक शहरीकरण की प्रक्रिया ने भारतीय समाज में से सबसे अधिक भारतीय पारिवारिक संरचना को प्रभावित किया है। सिंगर ने मद्रास सिटी के उद्योगपतियों के बीच सम्मिलित परिवार संरचना का अध्ययन कर यह निष्कर्ष निकाला कि सम्मिलित परिवार प्रथा उद्यमिता के विकास में रुकावट नहीं है, बल्कि इसने उद्योगीकरण को बढ़ावा दिया है और उसे अपनाया है। उन्होंने डिब्बाबंद समाज के रूप में यथार्थ की व्याख्या की। उनका मानना था कि मद्रास के कारोबारियों ने बतौर हिंदू ब्राह्मण तथा व्यवसायी के रूप में अपनी अस्मिता के मध्य टकराव का अनुभव नहीं किया और इन्हें दो भिन्न वास्तविकताओं के रूप में स्वीकार किया। एक को दूसरे के विरोध में नहीं खड़ा किया बल्कि सामाजिक गतिविधियों के मामले में उन्हें परस्पर अलग-अलग भी रखा।

सिंगर का भारत के अन्य विद्वान तथा समाजशास्त्रियों जैसे एम.एन श्रीनिवास आदि से गहरा संवाद था और श्रीनिवास ने ही उनकी मद्रास सिटी के अध्ययन पर आधारित पुस्तक की भूमिका भी लिखी है। श्रीनिवास ने मैसूर ने निकट स्थित गाँव रामपुरा के व्यापक समाजशास्त्रीय अध्ययन में व्यक्तियों तथा परिवारों के बीच गहन रूप से फैले जाल का उल्लेख किया है। विभिन्न जातियों में अंतर्विवाह तथा खानपान संबंधी नियमों के कारण दूरी पायी जाती है। विभिन्न धार्मिक अवसरों आदि पर यह दूरी समाप्त होती है और सामूहिक चेतना का विकास होता है। आर्थिक दृष्टि से भी जातियों के सदस्य परस्पर निर्भर होते हैं।

सिंगर ने श्रीनिवास के इन अध्ययन संबंधी निष्कर्षों को ख़ासतौर पर रेखांकित किया और अपने भारतीय समाज संबंध शोध तथा क्षेत्रीय-अध्ययन में व्यापक उपयोग किया। रेडफ़ील्ड और श्रीनिवास के अलावा लुई दूमों और डेविड मैंडलबाम के भारत संबंधी अध्ययनों का भी सिंगर पर प्रभाव नजर आता है। हालाँकि उन्होंने इन सभी प्रभावशाली विद्वानों से अपनी शब्दावली के चयन में सहायता ली है पर मूलतः उनके बृहद् और मौलिक तर्कों के सामने शब्दावली का प्रभाव गौण प्रतीत होता है। सिंगर ने 1970 में अमेरिकी समाज-संस्कृति के मानवशास्त्रीय अध्ययन की पद्धतियों के विकास की ओर भी ध्यान दिया। ख़ास तौर पर सांस्कृतिक परिवर्तनों के बारे में छात्रों की शिक्षा की जरूरत ने उन्हें ऐसा करने के लिए प्रेरित किया। उथल-पुथल भरे समय में छात्रों की ओर से कार्यशाला चलाने संबंधी माँग के आधार पर उन्होंने विशेष शोधपूर्ण सामग्रियाँ तैयार कीं। भारत और अमेरिका में जारी सांस्कृतिक नवोन्मेष के विविध पक्षों की उन्होंने तुलनाएँ भी कीं। अकादमिक कामों और गतिविधियों के बारे में समस्त ब्योरे उनकी पुस्तक *मैंस ग्लासी इसेंस : एक्सप्लोरेशंस इन सेमियाटिक एंथ्रोपोलॉजी* (1984) में संकलित हैं।

उपरोक्त पुस्तकों के अलावा सिंगर की अन्य प्रमुख पुस्तकें हैं : *सेमियाटिक्स ऑफ़ सिटीज़, सेल्व्स ऐंड कल्चर* (1991), *अ साइकोएनालिटिक ऐंड अ कल्चरल स्टडी* (1953)।

देखें : अल्फ्रेड लुइस क्रोबर, ऑग्युस्त कॉम्त, क्लॉद लेवी-स्त्रॉस, क्लिफ़र्ड गीर्ट्ज़, जार्ज ज़िमेल, टैलकॉट पार्संस, पिएर बोर्दियो, फ्रेंज़ उरी बोआस, मारग्रेट मीड, मारसेल मौज़, मार्गरेट मीड, मैक्स वेबर, रुथ बेनेडिक्ट।

संदर्भ

1. मिल्टन सिंगर (1968), 'द इण्डियन जाइंट फ़ैमिली इन मॉडर्न इण्डस्ट्री', एम. सिंगर (सम्पा.), *स्ट्रक्चर ऐंड चेंज इन इण्डियन सोसाइटी*, अल्डाइन पब्लिकेशन, शिकागो.
2. मिल्टन सिंगर (1972), *व्हेन ए ग्रेट ट्रेडिशन माडर्नाइज़ेज़ : एन एंथ्रोपोलॉजिकल अप्रोच टू इण्डियन सिविलाइज़ेशन*, प्रेजर पब्लिशर्स, न्यूयॉर्क.
3. मिल्टन सिंगर (1984), *मैंस ग्लासी इसेंस : एक्सप्लोरेशंस इन सेमियाटिक एंथ्रोपोलॉजी*, इण्डियाना युनिवर्सिटी प्रेस.

— वैभव सिंह

मिशेल पॉल फ़ूको-1

विक्षिप्तता और सभ्यता

(Michel Paul Foucault-1)

फ़्रांसीसी विद्वान मिशेल पॉल फ़ूको (1926-1984) को दर्शन, इतिहास और सामाजिक सैद्धांतिकी के क्षेत्र में युगप्रवर्तक चिंतन करने का श्रेय दिया जाता है। उन पर नीत्शे, हाइडैगर और एडोर्नो का वैचारिक प्रभाव ज़रूर था, लेकिन द्वितीय विश्व-युद्ध के बाद मानवीय और सामाजिक अस्तित्व के रहस्यों का मौलिक अनावरण करने या उसके लिए ज़मीन बनाने के मामले में वे अपने सभी समकालीन चिंतकों से आगे निकल जाते हैं। फ़ूको के कृतित्व में अपने ज़माने की उन सभी बौद्धिक प्रविधियों के प्रति गहरा असंतोष था जो मार्क्सवाद, अस्तित्ववाद और घटनाक्रियाशास्त्र के औज़ारों से तैयार की गयी थीं। यह क्षोभ ही उन्हें जाँच-पड़ताल का एक ऐसा अनूठा रवैया बनाने की तरफ़ ले गया जिसने युरोपीय चिंतन के दायरे में स्थापित चली आ रही वैज्ञानिक अनुसंधान की मूल्य-तटस्थता तथा राजनीतिक और नैतिक दायरे में बुद्धिवादी रवैये के बोलबाले को प्रगल्भ चुनौती दी। विचारों के क्षेत्र में नीत्शे, मार्क्स और फ्रॉयड को 'संदेह और प्रश्नांकन के बादशाह' की संज्ञा देने वाले फ़ूको स्वयं इस प्रक्रिया में इन तीनों महान चिंतकों की ही तरह बीसवीं सदी में संदेह और प्रश्नांकन के उस्ताद बन गये। उन्होंने जो शास्त्र रचा वह इतना दिलचस्प और विचारोत्तेजक है कि उनके सूत्रीकरणों के ज़िक्र और रचनाओं के उद्धरण के बिना समाज-विज्ञान और मानविकी का कोई विमर्श पूरा नहीं होता। वे समाज और राजनीति, संस्कृति और इतिहास की सहज-सामान्य लगती संरचनाओं को इस तरह खोलते चले जाते हैं कि उनकी सर्वस्वीकृत व्याख्याएँ एक क्षण में ध्वस्त हो जाती हैं। दार्शनिक लहजे में कहें तो फ़ूको का बुनियादी अवदान यह है कि दुनिया और उसकी व्यवस्था के जिस स्थिर रूप से हम परिचित हैं वह उसकी कई सम्भावित बहुलताओं का महज़ एक रूप है। इस प्रतिपादन में यह पूर्वनिहित है कि सामाजिक मान्यताएँ तथा व्याख्याएँ मूलतः और अंततः सांस्कृतिक निर्मितियाँ होती हैं जो समय और स्थान के साथ बदल जाती हैं।

स्वीकृत और स्थापित मान्यताओं की गहन परीक्षा को फ़ूको के चिंतन का मर्म कहा जा सकता है। यह एक ऐसा तत्त्व है जो उनके शोध के विषयों— विक्षिप्तता, यौनिकता और जेंडर से लेकर सत्ता के विमर्श में निरंतर मौजूद रहता है। सामाजिक जीवन की परिघटनाओं और उनसे जुड़ी मान्यताओं को समझने के लिहाज़ से फ़ूको की शुरुआती रचना *मैडनेस ऐंड सिविलाइज़ेशन : अ हिस्ट्री ऑफ़ इनसेनिटी इन द एज ऑफ़ रीज़न* (1961)एक युगांतरकारी प्रस्थान बिंदु मानी जाती है। इस कृति में फ़ूको विक्षिप्तता की ऐतिहासिक पड़ताल करते हुए दिखाते हैं कि सत्रहवीं शताब्दी से पहले युरोप में विक्षिप्तता को केवल रैशनॅलिटी का अनुलोम माना जाता था। इसे लेकर आम सामाजिक धारणा यह थी कि विक्षिप्त ऐसे व्यक्ति को कहा जाता जो भावना या भावोद्रेक को तर्क से ज़्यादा तवज्जो देता है। हालाँकि उस दौर में भी विक्षिप्त व्यक्ति को समाज की मुख्यधारा का हिस्सा तो नहीं माना जाता था परंतु उनके बारे में आम धारणा यह भी थी कि ऐसे लोग जनता की उम्मीदों और बेवकूफ़ियों को अभिव्यक्त करते हैं। फ़ूको बताते हैं कि शेक्सपीअर, सर्वेन्तीज़ तथा इरैस्मस जैसे लेखकों की रचनाओं में विक्षिप्त पात्र साधारण-जन के इसी चरित्र को रूपायित करते हैं। लेकिन तथाकथित क्लासिकल युग (1650-1800) के बाद विक्षिप्तता को समाज की रीति-नीति से भटकाव या विपथगमन के अर्थ में देखा जाने लगा। उनके मुताबिक़ इस काल में विक्षिप्त व्यक्ति से उसकी सामाजिकता छीन ली गयी। उसे रुग्ण घोषित कर समाज की नैतिकता व रैशनॅलिटी के लिए ख़तरा मान लिया गया। फ़ूको का मानना है कि इस रवैये ने विक्षिप्त माने जाने वाले लोगों को एक ख़ास घेरे में क़ैद कर दिया और उनके साथ अपराधियों व भिखमंगों जैसा बरताव किया जाने लगा।

फ़ूको इस बात का प्रतिवाद करते हैं कि उन्नीसवीं सदी में मानसिक रोगियों के लिए विशेष आश्रय स्थलों की व्यवस्था करना एक मानवीय क़दम था। उनकी दलील है कि यह व्यवस्था उनके लिए ज़्यादा क्रूर साबित हुई क्योंकि इसके बाद रोगियों को उनकी इस बीमारी के लिए नैतिक रूप से ज़िम्मेदार मान लिया गया। फ़ूको विक्षिप्तता को समाज में अलग से चिह्नित करने की इस प्रवृत्ति का प्रत्याख्यान करते हुए कहते हैं कि इसने मानसिक रोगी को पहले से भी कातर और दीन बना दिया। इसने उसके अंदर यह भावना बैठा दी कि समाज और नैतिकता के किसी भी सम्भावित ख़तरे के लिए उसकी अपनी इयत्ता ज़िम्मेदार है इसलिए अगर उसे दण्ड दिया जाता है तो इसके लिए वह ख़ुद ही उत्तरदायी है।

मानसिक रोग के लिए ख़ुद व्यक्ति को ज़िम्मेदार ठहराने की इस प्रवृत्ति के निहितार्थों पर विचार करते हुए फ़ूको इस नतीजे पर पहुँचते हैं कि नैतिकता की एकसार अवधारणा गढ़ कर असल में ये आश्रय स्थल उन तमाम लोगों को भी अपने पाश में खींचने की कोशिश करते हैं जो उनकी गिरफ़्त से बाहर निकलना चाहते हैं। लेकिन ध्यान रहे कि आश्रय स्थल की व्यवस्था इसके लिए दमनकारी उपाय नहीं अपनाती। इसके लिए वह रोगी को नियंत्रित करने के लिए निगरानी, दण्ड और पुरस्कार का एक बारीक तंत्र बुनती है जो

मिशेल पॉल फ़ूको (1926–1984)

बाहर से तो उसके हित में खड़ा दिखता है लेकिन वास्तव में वह रोगी को शेष समाज से काटकर उसे अकेला कर देता है। फ़ूको वक्रोक्ति में कहते हैं कि मानसिक रोगियों को इस हालत में पहुँचाने वाली व्यवस्था के पैरोकार कभी अपने अंदर की विक्षिप्तता नहीं देख पाते।

रोग की पहचान, निदान और इलाज की प्रक्रियाओं के इतिहास में जाते हुए फ़ूको अपनी दूसरी रचना द *बर्थ ऑफ़ द क्लिनिक : ऐन आर्कियोलॅजी ऑफ़ मेडिकल परसेप्शन* में बताते हैं कि अट्ठारहवीं सदी से पहले रोगों को मानव शरीर के संदर्भ में नहीं देखा जाता था। रोग के निदान में व्यक्ति की ख़ास भूमिका नहीं मानी जाती थी। उस समय यह विश्वास दृढ़ था कि रोग के लक्षण रोग की प्रकृति को समझने में बाधक बन सकते हैं। लेकिन उन्नीसवीं सदी की इब्तदा के साथ यह धारणा पूरी तरह बदल गयी। अब यह माने जाने लगा कि रोग मानव शरीर में ही स्थित होता है। लिहाज़ा चिकित्सक रोग की प्रकृति का अध्ययन करने के लिए शरीर की ऑटोप्सी पर ज़ोर देने लगे, और इस तरह बीमारियों के वर्गीकरण पर निदान हावी होने लगा। ध्यान से देखें तो यह ऐसा क्षण था जिसमें चिकित्सा की दृष्टि त्रिआयामी हो गयी। चिकित्सक बाहरी लक्षणों की पड़ताल करता हुआ रोग के अदृश्य तंतुओं की ओर जाने लगा।

इस विश्लेषण को इतिहास की शोध पद्धति से जोड़ते हुए फ़ूको यह सूत्र प्रतिपादित करते हैं कि इतिहासकार को भी व्यक्ति केंद्रित विचारों के अध्ययन के बजाय विचार की ज़्यादा बुनियादी और गहरी संरचनाओं की पड़ताल करनी चाहिए। इतिहास की इस पड़ताल को फ़ूको आर्कियोलॅजिकल मैथड का नाम देते हैं।

अपनी एक अन्य रचना द *ऑर्डर ऑफ़ थिंग्स :एन आर्कियालॅजी ऑफ़ ह्यूमन साइंसेज़* (1966) और *आर्कियालॅजी ऑफ़ नालेज* (1969) में फ़ूको इस पद्धति के तत्त्वों पर रोशनी डालते हुए यह स्पष्ट करते हैं कि इतिहास को देखने की स्थापत्यपरक पद्धति बौद्धिक इतिहास के परम्परागत रूपों से किस मायने में अलग है। उनके अनुसार इतिहास में कालक्रम को सीधी रेखा की तरह नहीं देखा जा सकता। वे उन इतिहासकारों को ख़ारिज करते हैं जो वर्तमान को ज्ञानोदय से निकली विचार-प्रक्रिया का परिपाक मानते हैं। फ़ूको का मानना है कि इतिहास में निरंतरता और प्रगति का विमर्श इसी ज़िद से पैदा होता है। उनकी नज़र में इतिहास रिनैसाँ से शुरू हुए और वर्तमान में चल रहे विकास की अविकल और क्रमागत कथा नहीं हो सकती, क्योंकि बीच-बीच में यह निरंतरता भंग होती रही है। फ़ूको की दलील है कि सोलहवीं सदी के अंत तक जीवन का पूरा विमर्श इस धारणा पर टिका था कि संसार की हर चीज़ एक दूसरे से संबंधित है तथा उनके आपसी संबंधों के मूल में ईश्वर छिपा है। फ़ूको के मुताबिक़ विश्व को ईश्वर का प्रतिरूप मानने के इस सिद्धांत को क्लासिकल युग में प्रतिनिधित्व के सिद्धांत ने मात दे दी। ग़ौरतलब है कि क्लासिकल युग के चिंतकों का यह दृढ़ मत था कि भाषा समाज और प्राकृतिक संसार के वास्तविक रूप को दर्शाने में पूरी तरह सक्षम है। लेकिन उन्नीसवीं सदी की शुरुआत में ही इस सिद्धांत को यह कहकर चुनौती दे दी गयी कि विचारक जिस तरह लोगों और विमर्शों का इस्तेमाल करते हैं वह ख़ुद सीमित और संदर्भ से बँधा होता है।

फ़ूको अपनी इस स्थापत्यमूलक पद्धति के पक्ष में यह तर्क भी रखते हैं कि इससे इतिहासकार को यह समझने में मदद मिलती है कि मनुष्य हमेशा तर्कसंगत होकर नहीं सोचता तथा जीवन की बहुविध प्रक्रियाओं के मामले में वह सम्प्रभु नहीं होता। उनका मानना है कि लोगों के विचार ऐसे नियमों या स्थाई संरचनाओं से तय होते हैं जिनके बारे में उन्हें कोई भान तक नहीं होता। उनका कहना है कि मनुष्य को रिफ़्लेक्सिव मानने का ख़याल वास्तव में एक सामाजिक निर्मिति/गढ़ंत है जो उन्नीसवीं सदी से पहले अस्तित्व में ही नहीं थी। वे व्यंग्यात्मक अंदाज़ में कहते हैं कि मनुष्य की समूची अवधारणा ही हाल फ़िलहाल का आविष्कार है, और वह चीज़ों की एक ख़ास व्यवस्था पर निर्भर करती है। अगर उस व्यवस्था की आधार सामग्री ग़ायब हो जाए तो हम मनुष्यता के बारे में किसी और ही ढंग से बात करने लगेंगे।

फ़ूको अपने विश्लेषण में एक विशेष पद आरकाइव का प्रयोग करते हैं। इसे वे नियमों या स्थाई संरचनाओं के एक ऐसे तंत्र के तौर पर व्याख्यायित करते हैं जो अंततः यह

तय करता है कि समय के किसी विशेष बिंदु पर क्या सोचा जा सकता है और क्या नहीं। इसके अर्थ का विस्तार करते हुए वे यह कहते हैं कि नियमों के एक समुच्चय के रूप में आरकाइव इतिहास द्वारा निर्धारित और बदलावों से प्रतिकृत होता है। यहाँ से वे विमर्श के बारे में एक महत्त्वपूर्ण स्थापना करते हैं कि विमर्श का न केवल एक अर्थ या सत्य होता है बल्कि उसका एक निश्चित इतिहास भी होता है।

अपनी विख्यात रचना *डिसिप्लिन ऐंड पनिश : द बर्थ ऑफ़ द प्रिज़न* (1975) में फ़ूको ने एक नयी प्रस्थापना पेश की। इससे पहले के लेखन में जहाँ फ़ूको विचारों, अवधारणाओं, सामाजिक संस्थाओं और सामाजिक परिघटनाओं के इतिहास का तुलनात्मक ढंग यानी स्थापत्यमूलक पद्धति के ज़रिये उद्घाटन कर रहे थे, वहीं चिंतन और कृतित्व के इस मोड़ पर आकर फ़ूको को लगता है कि विभिन्न विमर्शों को एक दूसरे के संदर्भ में तौलने से यह तो प्रकट होता है कि किसी ख़ास विचार या व्यवस्था को इतिहास के प्रवाह में एक दूसरे से श्रेष्ठ या उच्चतर नहीं ठहराया जा सकता, लेकिन इस पद्धति से यह समझने में मदद नहीं मिलती कि चिंतन के रवैये या तरीक़े में बदलाव अथवा संक्रमण कैसे पैदा होता है। कई विद्वानों के अनुसार इस काल में फ़ूको इस मसले से जूझ रहे थे कि किसी ख़ास दौर में कोई विचार, रवैया या दृष्टिकोण दूसरों से ज़्यादा ताक़तवर क्यों हो जाता है या उसे ज़्यादा तरज़ीह क्यों दी जाने लगती है। फ़ूको के अध्येताओं का कहना है कि *डिसिप्लिन ऐंड पनिश* में फ़ूको अपनी पहली पद्धति आर्कियोलॅजिकल मैथड छोड़ कर एक नयी पद्धति जीनियालॅजिकल मैथड अपनाते हैं। फ़ूको जीनियालॅजी का इस्तेमाल जिस मक़सद के लिए करते हैं वह नीत्शे की नैतिकता संबंधी प्रस्तावनाओं से प्रेरित है। नीत्शे नैतिकता के उदय को इतिहास की किसी प्रगतिशील और महान योजना का हिस्सा न मानकर उसे एक ऐसी जटिल और सांसारिक सी परिघटना की तरह देखते हैं जो अक्सर किसी भी कोण से उदात्त नहीं कही जा सकती। ऐसे में किसी विश्लेषण में जीनियालॅजी का इस्तेमाल करने का मक़सद यह दिखाना होता है कि किसी काल में विचारों का तंत्र या व्यवस्था तार्किक रूप से अपरिहार्य प्रवृत्तियों का परिणाम न होकर इतिहास की आकस्मिक घटनाओं की देन होती है।

देखें : कार्ल मार्क्स, मार्क्सवाद, अस्तित्ववाद, एडमण्ड हसर और घटनाक्रियाशास्त्र, थियोडोर एडोर्नो, फ्रेड्रिख़ नीत्शे-1 और 2, सेक्शुअलिटी, समलैंगिकता, पनोप्टिकॉन, जेरेमी बेंथम।

संदर्भ

1. एल. मैक्ने (1994), *फ़ूको : अ क्रिटिकल इंट्रोडक्शन,* केम्ब्रिज, पॉलिटी प्रेस.
2. पीटर बुर्के (सम्पा.) (1992), *क्रिटिकल एसेज़ ऑन फ़ूको,* केम्ब्रिज, स्कॉलर प्रेस.
3. जे. गोल्डस्टीन (सम्पा.) (1994), *फ़ूको ऐंड द राइटिंग ऑफ़ हिस्ट्री,* ऑक्सफ़र्ड, बेसिल-ब्लैकवेल.
4. जे. बरनौर और डी. रैसमुसेन (सम्पा.) (1998), *द फ़ाइनल फ़ूको,* केम्ब्रिज, एमआइटी प्रेस.

— नरेश गोस्वामी

मिशेल पॉल फ़ूको-2

सत्ता-निगरानी और सेक्शुअलिटी का इतिहास

(Michel Paul Foucault-2)

डिसिप्लिन ऐंड पनिश में फ़ूको कारागार की संस्था के विकास का विवेचन करते हुए यह विमर्श खड़ा करते हैं कि अपराधियों को दण्डित करने के लिए उनका अंग-भंग करने या उनकी हत्या करने के बजाय उन्हें कारावास में डाल देना बाहर से भले ही अपेक्षाकृत सभ्य और उदारतापूर्ण उपाय माना गया हो पर सुधारों की समस्त सदाशयता के बावजूद कारावास नियंत्रण का एक ज़्यादा प्रभावशाली तरीक़ा ही साबित हुआ है। उससे दण्ड की मात्रा में कमी नहीं आयी। बस दण्ड देने के तरीक़े को ज़्यादा दक्षतापूर्ण बना दिया गया। फ़ूको आगे कहते हैं कि दण्ड देने का यह तरीक़ा अंत में पूरे समाज और उसकी संस्थाओं— अस्पताल, स्कूल और फ़ैक्ट्रियों के लिए एक अनुकरणीय उदाहरण बन गया। लेकिन यहाँ इस एक बात पर अलग से ध्यान देने की ज़रूरत है। फ़ूको यह नहीं कहते कि यह सब किसी नियंत्रणकारी एजेंसी के आदेश या सायास प्रस्ताव से होता है। उनका विश्लेषण दिखाता है कि दूसरों को अनुशासित या दण्डित करने की आधुनिक व्यवस्था ऐसी तकनीकों और संस्थाओं के आकस्मिक उभार और ताल-मेल से निकली है जिनका मूल उद्देश्य यह नहीं था।

फ़ूको बताते हैं कि आधुनिक समाज में लोगों को नियंत्रित या अनुशासित करने के लिए निगरानी की एक बहुस्तरीय व्यवस्था के अलावा दूसरों द्वारा किये गये फ़ैसलों को आत्मसात् करने तथा परीक्षा प्रणाली जैसे उपाय अपनाये जाते हैं। फ़ूको ज़ोर देकर कहते हैं कि लोगों पर नज़र रखने मात्र से सत्ता का आधा काम पूरा हो जाता है। इसके लिए वे स्टेडियम की व्यवस्था का हवाला देते हैं जिसमें सीटों की व्यवस्था इस तरह की जाती है कि दर्शक किसी कार्यक्रम को आसानी से देख पायें पर साथ ही यह व्यवस्था सत्ता के नियंत्रकों को दर्शकों पर निगाह रखने की सहूलियत भी प्रदान

करती है। यहाँ फ़ूको अनुशासन और नियंत्रण की सत्ता का मॉडल चिह्नित करने के लिए राजनीतिक चिंतक जेरेमी बेंथम द्वारा कल्पित ज़ेल पनोप्टिकॉन का उल्लेख भी करते हैं। जिसकी मूल वास्तु-योजना कुछ ऐसी थी कि कोठरियों में बंद क़ैदी एक दूसरे के लिए तो अदृश्य रहें लेकिन ज़ेल के केंद्रीय टॉवर की निगरानी से बाहर न हो पाये। क़ैदियों को कभी इस बात का पता नहीं चलता कि उन पर निगाह रखी जा रही है या नहीं पर उनके ज़ेहन में यह बात बैठ जाती है कि कोई उन पर नज़र रखता है। फ़ूको पनोप्टिकॉन के सिद्धांत को एक ऐसे रूपक की तरह देखते हैं जो ज़ेल की चौहद्दी के पार जाकर स्कूलों, फ़ैक्ट्रियों और अस्पतालों में अनुशासन का आम ढर्रा बन जाता है। हालाँकि बैंथम की यह प्रस्तावित जेल कभी मूर्त रूप नहीं ले पायी लेकिन एक सिद्धांत के रूप में वह आधुनिक समाज की लगभग हर गतिविधि पर क़ाबिज़ हो गयी है। आधुनिक समाज में अनुशासन क़ायम करने वाली व्यवस्थाओं के लिए वह एक ऐसा औज़ार सिद्ध हुई है जिसने प्राक्-आधुनिक काल के राजाओं और हाकिमों को अपदस्थ कर उनकी जगह खुद को स्थापित कर लिया है।

इस क्रम में फ़ूको यह भी दर्शाते हैं कि आधुनिक सत्ता या अनुशासन क़ायम करने वाली व्यवस्था सिर्फ़ लोगों की गतिविधियों पर ही नज़र नहीं रखती बल्कि वह लोगों को उनकी अक्षमता दिखाकर भी नियंत्रित करती है। उनके अनुसार आधुनिक सत्ता समझ, प्रतिभा, सामान्य और असामान्य व्यवहार जैसी कोटियों का निर्माण करती है और जब कोई व्यक्ति इसके द्वारा स्थापित कसौटियों या मानकों पर खरा नहीं उतरता तो व्यवस्था ऐसे व्यक्ति को कमतर या असामान्य घोषित करने का मौक़ा नहीं चूकती। इस संदर्भ में फ़ूको यह याद दिलाना नहीं भूलते कि आधुनिक समाज की इन अनुशासनकारी संस्थाओं का यह रवैया किसी तरह के प्रतिशोध से नहीं बल्कि सुधार से प्रेरित होता है। इसका अंतिम लक्ष्य यह होता है कि व्यक्ति समाज की प्रदत्त कसौटियों या मानकों को स्वीकार कर ले। ग़ौर करें कि समाज की मान्यताओं के ज़रिये अनुशासन क़ायम करने का यह ढंग न्यायिक दण्ड की उस व्यवस्था से ख़ासा अलग है जिसमें किसी व्यक्ति को सिर्फ़ इस आधार पर दण्डित किया जाता था कि उसका कृत्य क़ानून सम्मत है या नहीं। ऐसे किसी फ़ैसले में यह नहीं कहा जाता था कि व्यक्ति सामान्य है या असामान्य। लेकिन आधुनिक समाज शैक्षिक कार्यक्रमों, चिकित्सा के तौर-तरीक़ों तथा उद्योग व उत्पादों के मामलों में कुछ निश्चित मानक स्थापित करने पर ज़ोर देता है और इन मानकों का वर्चस्व इतना चौतरफ़ा होता है कि व्यक्ति का व्यवहार और व्यक्तित्व उन्हीं के हिसाब से ढलने लगता है।

आधुनिक सत्ता की निर्णायक व्यापकता को फ़ूको परीक्षा प्रणाली और चिकित्सा के क्षेत्र में रोगी की जाँच-पड़ताल के ज़रिये उजागर करते हुए यह अहम सूत्र प्रतिपादित करते हैं कि ज्ञान मुक्तिकारी तत्त्व न होकर सत्ता का ही एक रूप होता है। उनके अनुसार जब किसी व्यक्ति से परीक्षा में कोई बात पूछी जाती है या रोगी से उसके स्वास्थ्य के बारे में जानकारी देने को कहा जाता है तो इससे परीक्षा और चिकित्सा तंत्र के व्यवस्थापकों को व्यक्ति के व्यवहार को नियंत्रित करने का अधिकार मिल जाता है। इस मामले में परीक्षा की प्रणाली तथा रोग की जाँच-पड़ताल दोनों ही व्यक्ति से संबंधित जानकारियों का दस्तावेज़ तैयार करने पर ज़ोर देती हैं ताकि इस आधार पर वह व्यक्ति को किसी ख़ास श्रेणी— शैक्षिक लिहाज़ से कुशाग्र, मेहनती, सामान्य आदि तथा रोग के संदर्भ में स्वस्थ, सामान्य या गम्भीर आदि में रख सके। दिलचस्प बात यह है कि इस तरह परीक्षा और रोग की जाँच-पड़ताल की यह व्यवस्था जहाँ व्यक्ति से जुटायी गयी जानकारियों के आधार पर श्रेणियों, औसत प्रवृत्तियों या मानकों का निर्माण करके उन्हें ज्ञान की वृद्धि के लिए इस्तेमाल करती है तो दूसरी ओर व्यक्ति को जाँचने की यह व्यवस्था उसे वैज्ञानिक अध्ययन के लिए एक उदाहरण भी बना देती है, जिसे ज़रूरत के अनुसार स्वास्थ्य संबंधी देखभाल का पात्र भी घोषित किया जा सकता है। फ़ूको स्पष्टता के साथ कहते हैं कि देखभाल करना केवल सत्कर्म नहीं होता। वह दूसरे को नियंत्रित करने का अवसर भी होता है।

फ़ूको का यौनिकता संबंधी अध्ययन *द हिस्ट्री ऑफ़ सेक्शुअलिटी : ऐन इंट्रोडक्शन* (1976) उनके इस सूत्रीकरण का एक अन्य दृष्टांत पेश करता है कि सत्ता और अनुशासन के रूप व्यक्ति के अंतर में पैठकर एक समय बाद उसके स्वभाव में शामिल हो जाते हैं और वह उन्हें किसी दमनकारी सत्ता के निर्देश के बग़ैर ख़ुद अपनी मर्ज़ी से अपने आत्म का हिस्सा बना लेता है। इस किताब में फ़ूको यौनिकता की आधुनिक समझ का जायज़ा लेते हुए विक्टोरियाई काल में स्त्री और बच्चों की यौनिकता के साथ यौनिकता के असामान्य रूपों तथा यौन अपराधों से जुड़े चिकित्सकीय व मनोवैज्ञानिक विमर्शों की पड़ताल करते हुए यह दिखाते हैं कि इन विमर्शों का मुख्य उद्देश्य यौनिकता के ऐसे रूपों को रेखांकित करना था जो संतानोत्पत्ति के लक्ष्य से मेल नहीं खाते थे। इन विमर्शों का प्रभाव इतना ज़बरदस्त था कि व्यक्ति को समझने के लिए यौनिकता को मुख्य आधार माना जाने लगा। समाज और व्यक्ति दोनों ही यह मानने लगे कि यौनिकता के संबंध में आत्मस्वीकारोक्ति व्यक्ति के समूचे सत्य को उजागर कर देती है। लेकिन फ़ूको मानते हैं कि यौनिकता के विचलन को उद्घाटित करने की यह ग्रंथि व्यक्ति के आत्म के बारे में कोई इज़ाफ़ा नहीं करती। इसके उलट वह हमें अनुशासनकारी सत्ता के जाल में फाँस लेती है, क्योंकि

यौनिक अपराध की आत्मस्वीकृति से शुरू हुआ यह सिलसिला अब व्यक्ति को कई मुक़ामों में घेरने लगता है। आत्म-स्वीकृति के विभिन्न रूप व्यक्ति के आत्म में इस तरह समा जाते हैं कि एक समय बाद वह यह समझ ही नहीं पाता कि वह जिसे सहज व्यवहार मान रहा है वह असल में सत्ता का प्रभाव है। इस विश्लेषण के आधार पर अंत में फ़ूको यह स्थापना करते हैं कि समाज पर नियंत्रण स्थापित करने की प्रक्रिया प्रत्यक्ष दमन के साथ इस बात पर भी टिकी होती है कि ख़ुद हम भी सामान्य दिखने की चाह से घिरे होते हैं।

एकबारगी सत्ता के इस अनुशासनकारी वर्चस्व में व्यक्ति की निजी भूमिका का यह विवरण उसे विकल्पहीन सा करता दिखता है लेकिन अपने परवर्ती लेखन में फ़ूको इस बात की ओर भी इशारा करते हैं कि व्यक्ति सत्ता और अनुशासन की इन ताक़तों को आत्मसात् करने से कैसे बच सकता है। इस संदर्भ में वे कांट की रैशनॅलिटी की सार्वभौमिक धारणा का खण्डन करते हुए यह प्रतिपादित करते हैं कि रैशनेलिटी का कोई एक ऐतिहासिक रूप स्थिर नहीं किया जा सकता। लिहाज़ा व्यक्ति को अपनी पहचान और दुनिया की हर सहज लगने वाली चीज़ को प्रश्नांकित करना चाहिए। प्ररांगवश, फ़ूको की अनेक रचनाएँ इंगित करती हैं कि ऐसे मसलों की परख में इतिहास एक अहम औज़ार बन सकता है।

फ़ूको के बौद्धिक अवदान पर समग्रता में विचार करें तो उनके कृतित्व ने चिकित्सा, यौनिकता, दण्ड और विक्षिप्तता जैसे विषयों पर जमे ज्ञानोदय के उस कुहासे को छाँटने में मदद की है जो सार्वभौमिकता के बहाने व्यापक स्वीकृति हासिल करके मनुष्य की स्वतंत्रता में बाधक बन गया था। आज अगर हम इन सामाजिक परिघटनाओं और वर्जनाओं को अपरिवर्तनीय सत्य न मानकर इतिहास के प्रवाह का एक बिंदु भर मानते हैं तो इसके पीछे फ़ूको का मौलिक लेखन ही है। उनका कृतित्व उन सारी बंदिशों, बेड़ियों, प्रतिबंधों, वर्जनाओं और निषेधों को निरावृत करने की प्रेरणा देता है जो आदर्शों, अवधारणाओं और कसौटियों की शक्ल में मनुष्य की चेतना में विन्यस्त हो गया है।

लेकिन फ़ूको के अध्येताओं का मानना है कि अपनी समस्त अग्रगामिता और नवोन्मेष के बावजूद उनका लेखन साक्ष्यों के मामले में पूर्वाग्रहों से मुक्त नहीं हो पाता। इसलिए कई बार उनकी व्याख्या चयनित सामग्री से छिटकी हुई दिखायी पड़ती है। रोम और यूनानी संस्कृति के विद्वानों का कहना है कि इन क्षेत्रों से संबंधित फ़ूको के अध्ययन में त्रासदी, हास्य, कविता आदि की समझ दुरुस्त नहीं है। उन पर यह आरोप भी लगाया जाता है कि वे अपने तर्क को आवेशपूर्ण ढंग से पेश करके उसे ज़्यादा विश्वसनीय बनाने की कोशिश करते हैं। कुल मिलाकर फ़ूको के कृतित्व की आलोचना मुख्यतः इन सवालों के इर्द-गिर्द रखी जा सकती है: एक, क्या मध्ययुग और रिनेसाँ को तर्क और भावना का आपसी संवाद माना जा सकता है या ज्ञानोदय से उपजी रैशनैलिटी महज़ सामाजिक नियंत्रण की इच्छा से ही प्रेरित थी।

फ़ूको के कृतित्व को युगांतरकारी मानने वाले विद्वानों को भी लगता है कि उनके चिंतन और दृष्टिकोण की कतिपय ख़ामियों से ज़्यादा अहम यह तथ्य है कि उनके विचारों और सूत्रों को या तो नारेबाज़ी और सांस्कृतिक अध्ययन की ख़ास ढंग की शब्दावली में सीमित कर दिया गया है या फिर उसे इतना आमफ़हम बना दिया गया है कि वह अपनी आब ही खो बैठा है। इसलिए कई विद्वानों का आग्रह है कि फ़ूको के कृतित्व को दुबारा और नये सिरे से पढ़ा जाना चाहिए।

मिशेल फ़ूको का जन्म 15 जून, 1926 को पोइटियर्स, फ़्रांस में हुआ था। उनके पिता चिकित्सक थे। ईकोल नारमेल सुपीरियर में दर्शन और मनोविज्ञान की शिक्षा लेने के बाद वे स्वीडन, पोलैण्ड और जर्मनी में अकादमीय पदों पर रहे। इसी दौरान उन्होंने आधुनिक मनोचिकित्सा पर अपनी डॉक्टरेट पूरी की। इसी का प्रकाशन 1961 में *मैडनेस ऐंड सिविलाइज़ेशन* के रूप में हुआ। इस पुस्तक ने विचारक के रूप में फ़ूको की धाक जमा दी। फ़्रांस लौट कर 1969 में वे कॉलेज द फ़्रांस में विचार-प्रणालियों के इतिहास के प्रोफ़ेसर बन गये और सारे जीवन इसी पद पर रहे। 25 जून, 1984 को एड्स की बीमारी से उनका निधन हुआ।

देखें : कार्ल मार्क्स, मार्क्सवाद, अस्तित्ववाद, एडमण्ड हसर और घटनाक्रियाशास्त्र, थियोडोर एडोर्नो, फ्रेड्रिख़ नीत्शे-1 और 2, सेक्शुअलिटी, समलैंगिकता, पनोप्टिकॉन, जेरेमी बैंथम।

संदर्भ

1. सी. ओफ़ैरेल (1989), *फ़ूको : हिस्टोरिअन ऑर फ़िलॉसफ़र*, मैकमिलन, लंदन.
2. आर्नल्ड डेविडसन (सम्पा.) (1997), *फ़ूको ऐंड हिज़ इंटरलॉक्युटर्स*, शिकागो, युनिवर्सिटी ऑफ़ शिकागो प्रेस.
3. एच. ड्रेफ़स और पी. रैबिनॉव (1983), *मिशेल फ़ूको : बियॉन्ड स्ट्रक्चरलिज़्म ऐंड हर्मेन्यूटिक्स*, दूसरा संस्करण, युनिवर्सिटी ऑफ़ शिकागो प्रेस, शिकागो.
4. डेविड हॉय (सम्पा.)(1986), *फ़ूको : अ क्रिटिकल रीडर*, ऑक्सफ़र्ड, ब्लैकवेल.

— नरेश गोस्वामी

मीडिया-अध्ययन

(Media Studies)

मीडिया-अध्ययन के उभार और मास-सोसाइटी के सिद्धांत के बीच गर्भनाल का रिश्ता है। बीसवीं सदी के मध्य में मास-सोसाइटी (जन-समाज या जनपुंज समाज) पर चिंतन की शुरुआत हुई। विद्वानों को लगा कि पश्चिमी औद्योगिक समाजों में अविभेदित और विवेकहीन यांत्रिक समरूपता, धर्म और परम्परा के ह्रास, परायेपन के एहसास, नैतिक मूल्यों के प्रति उदासीनता, पारिवारिक और सामुदायिक बंधनों की उत्तरोत्तर दुर्बलता का बोलबाला होता जा रहा है। इस प्रक्रिया से एक ऐसे समाज की रचना हो रही है जो कला, साहित्य, संगीत, दर्शन और विज्ञान में रुचि रखने में अक्षम हो गया है। उन्हें यह भी लगा कि समाज की इस स्थिति और बड़े पैमाने पर श्रोताओं, पाठकों और दर्शकों को सूचना और मनोरंजन संबंध उत्पादों की सप्लाई करने वाले मास-मीडिया के बीच गहरा संबंध है। मीडिया-उद्योग जन-रुचि के निकृष्टतम मानकों को मनोरंजन की सामग्री का आधार बनाता है और उसकी पूरी तरह से समरूप और सपाट अभिव्यक्तियाँ परोसी जाती हैं जिससे पारम्परिक और स्थानीय सांस्कृतिक बहुलता नष्ट होती है। यह सामग्री अपने उपभोक्ताओं के भीतर एक तरह की जज़्बाती अनुक्रिया पैदा करती है जिसके असर में वे मीडिया द्वारा थमाये गये संदेश की बुद्धिसंगत विवेचना नहीं कर पाते।

मीडिया को बेहद शक्तिशाली मानने और उसके उपभोक्ताओं को पूरी तरह से निष्क्रिय शिकारों के रूप में ग्रहण करने वाले इस विचार के फलस्वरूप जो शुरुआती जाँच-पड़ताल हुई वह आनुभविक (इम्पिरिकल) क़िस्म की थी। उसका मक़सद व्यक्ति और समाज पर मीडिया के हानिकारक प्रभावों को रेखांकित करना था। इन अनुसंधानों ने दिखाया कि किस तरह मीडिया हिंसा को बढ़ावा देकर समाज में नैतिक संकट पैदा कर रहा है, और विचारधारा (विशेष तौर से मार्क्सवादी) के प्रचार का औज़ार बन कर लोकतंत्र को संकटग्रस्त बनाने की भूमिका निभा रहा है। मीडिया-अनुसंधान के इस दौर को 'इफ़ेक्ट रिसर्च' के नाम से भी जाना जाता है।

द्वितीय विश्व-युद्ध के बाद मीडिया-अध्ययन का दूसरा और अधिक परिष्कृत दौर आया जिस पर समाजशास्त्रीय प्रकार्यवाद (फ़ंक्शनलिज़्म) की छाप थी। इसे 'यूज़िज़ ऐंड ग्रेटिफ़िकेशन' रिसर्च के नाम से जाना जाता है। इसके विद्वानों की मान्यता यह थी कि मीडिया का उपभोक्ता न तो समरूप है और न ही बौद्धिक रूप से निष्क्रिय। उसकी संरचना विविधतामूलक है। विभिन्न सामाजिक और भौतिक परिस्थितियों के कारण उसकी आवश्यकताएँ भी तरह-तरह की हैं। विद्वानों ने देखा कि इस तरह के उपभोक्ता पर मीडिया तीन तरह के प्रभाव डाल रहा है : उसकी सामग्री के उपभोग के ज़रिये व्यक्ति रोज़मर्रा की ज़िंदगी के दबावों और तनावों से कुछ राहत महसूस करता है जो अपने-आप में कोई अवांछित बात नहीं है, मीडिया-कार्यक्रमों के माध्यम से निजी संबंधों और सामाजिक मेल-जोल संबंधी मदद मिल रही है, और व्यक्ति की निजी अस्मिता गढ़ने में भी मीडिया की भूमिका है क्योंकि उसके कार्यक्रम अक्सर निजी मूल्यों को पुष्ट करते नज़र आते हैं।

पचास के दशक में मीडिया-सिद्धांत का कनाडियन स्कूल उभरा जिसके शीर्ष पर हैरल्ड इनिस और मार्शल मेकलुहन का चिंतन था। इनिस ने मीडिया को दो हिस्सों में बाँट कर देखा : पहला, वह मीडिया जिसे आसानी से स्थानांतरित नहीं किया जा सकता (जैसे मिट्टी और पत्थर की रचनाएँ) लेकिन जो बहुत टिकाऊ होता है और लम्बी अवधियों तक परम्परा के पुनरुत्पादन की भूमिका निभाता रहता है। दूसरा, वह मीडिया (जैसे काग़ज़) जो टिकाऊ तो नहीं होता, पर जिसे आसानी से एक जगह से दूसरी जगह ले जाया जा सकता है। मीडिया के इस रूप का इस्तेमाल बड़े-बड़े भू-क्षेत्रों पर प्रशासकीय और राजनीतिक प्राधिकार की पुष्टि के लिए किया जाता है। मार्शल मेकलुहन का कहना था कि मीडिया-प्रौद्योगिकियों ने मानवीय संज्ञान पर बुनियादी असर डाला है। छपे हुए शब्द का बोलबाला होने से वाचिक संचार-परम्परा के मुक़ाबले दृष्टि की अहमियत बहुत बढ़ गयी क्योंकि सूचनाओं को रैखिक, समरूप और असीमित दोहराव के साथ पेश किया जाने लगा। मानवीय बोध और ज्ञान के अलग-अलग ख़ाने बन गये। विशेषज्ञता का ज़माना आया। विचार उत्तरोत्तर मानकीकृत और विश्लेषणपरक होने लगे। मुद्रण-संस्कृति ने पढ़ने की क्रिया को एकांत और मौन के दायरे में पहुँचा दिया जिससे व्यक्तिवाद को बढ़ावा मिला। इस संस्कृति को पहली चुनौती इलेक्ट्रॉनिक मीडिया से मिली। मुद्रित-मीडिया फिर भी दिक् और काल से बँधा हुआ था, पर इलेक्ट्रॉनिक मीडिया ने इन सीमाओं को पूरी तरह से नकार दिया। इसके प्रभाव में आधुनिक जीवन विभिन्न स्थानिकताओं और समयावधियों से आने वाली सूचनाओं और विश्लेषणों के निरंतर बदलते हुए विन्यास से आच्छादित हो गया। आधुनिक जीवन पर मीडिया के प्रभाव और उसके भूमण्डलीय विस्तार को व्यक्त करने वाले दो फ़िकरे ('मीडियम इज़ द मैसेज' और 'ग्लोबल विलेज') मेकलुहन की ही देन हैं।

सत्तर के दशक तक मेकलुहन के सूत्रीकरणों पर चर्चा कम होने लगी और टेलिविज़न के इर्द-गिर्द नया चिंतन शुरू हुआ। दूसरी तरफ़ मीडिया-उत्पादन की व्यावसायिक

संरचनाओं की जाँच-पड़ताल शुरू हुई। देखा गया कि किस तरह मीडिया-सामग्री की रचना-प्रक्रिया और सार-वस्तु उसके भौतिक आधार से तय होती है; मीडिया-उद्योग पर किसका क़ब्ज़ा है और वह बहुराष्ट्रीय पूँजीवाद से कैसे जुड़ा हुआ है। मीडिया-सामग्री को टेक्स्ट के रूप में देख कर उसकी तहें खोलने वाले पाठालोचन की शुरुआत भी इसी दौरान हुई। लक्षणशास्त्र (सीमियोटिक्स) के बढ़ते हुए प्रभाव के कारण मीडिया के उपभोक्ताओं का पुन: मूल्यांकन किया गया। बरमिंघम सेंटर फ़ॉर कंटेम्परेरी कल्चरल स्टडीज़ में स्टुअर्ट हाल के नेतृत्व में हुए अध्ययनों ने नयी ज़मीन तोड़ी। इनके आधार पर समझ यह बनी कि दर्शकगण अपने सामने परोसी गयी मीडिया-सामग्री का जो तात्पर्य ग्रहण करते हैं वह ज़रूरी नहीं कि उस सामग्री की रचना करने वालों के विचारधारात्मक उद्देश्यों के मुताबिक़ ही हो। इन सूत्रीकरणों की सफलता बताती है कि मीडिया-अध्ययन में संस्कृति-अध्ययन के अनुशासन का ख़ासा हाथ है। दरअसल, दोनों परस्पर-व्यापी हैं।

मीडिया और समकालीन समाज के अंतर्सबंधों को समझने में युरगन हैबरमास और ज्याँ बौद्रिया के विचारों से भी मदद मिली है। हैबरमास को सत्रहवीं-अट्ठारहवीं सदी के युरोप में उभरे पूंजीवादी पब्लिक स्फ़ेयर में सार्वजनिक विवेक से सम्पन्न एक खुले और लोकतांत्रिक समाज की सम्भावनाएँ देखने का श्रेय जाता है। समझा जाता है कि इलेक्ट्रॉनिक मीडिया इस पब्लिक स्फ़ेयर पर पेचीदा क़िस्म का द्वंद्वात्मक प्रभाव डाल रहा है। सांस्कृतिक उपभोग उत्तरोत्तर प्राइवेट दायरे में जा रहा है जिससे पब्लिक स्फ़ेयर की संरचना दरक रही है। उच्चस्तरीय सांस्कृतिक सामग्री की जगह निचले स्तर की वह सामग्री आती जा रही है जिसका मक़सद लोकलुभावन लक्ष्यों को वेधना है। राजनीतिक बहस का स्तर भी गिर रहा है और नीति-निर्माण की प्रक्रिया राजनीतिक नाटकबाज़ी में माहिर नेताओं की भींच में फँस गयी है।

ज्याँ बौद्रिया की विशेषता है कि वे समकालीन पूँजीवाद को आर्थिक विनिमय के अलावा चिह्नों, बिम्बों और निरूपणों के विनियम के सदंर्भ में समझने की कोशिश करते हैं। उनके अनुसार इन परिघटनाओं और वास्तविक जगत के बीच इस क़दर घालमेल हो गया है कि लोगों के असली हितों और आवश्यकताओं को रेखांकित करना मुमकिन ही नहीं रह गया है। मास-मीडिया और ख़ास तौर से टेलिविज़न इन चिह्नों और संकेतों के उत्पादन का मुख्य ज़रिया है। सोफ़े पर बैठ कर चैनल बदलते हुए ज़िंदगी गुज़ार देने वाला व्यक्ति बौद्रिया के अनुसार दुनिया को उपभोग कर सकने वाले टुकड़ों में देखता है। ऐसा दर्शक मीडिया को अपने प्राइवेट स्पेस का अतिक्रमण करने देता है। अंतरंग जीवन की मर्यादाएँ भंग हो कर सार्वजनिक स्पेस में पहुँच जाती हैं। मीडिया का चौबीस घंटे चलने वाले निरंतर कवरेज आलोचनात्मक चिंतन की गुंजाइश सीमित करता चला जाता है। राजनीतिक मत की अभिव्यक्ति सर्वेक्षणों में करवाई जाने वाली हाँ या न में सिमट कर रह जाती है। बौद्रिया का विचार है कि ऐसे मीडिया ने प्रतिरोध की सम्भावनाओं को बहुत कमज़ोर कर दिया है। इसलिए जब तक व्यवस्था में भागीदारी से इनकार न किया जाए, तब तक प्रतिरोध की कोई कोशिश परवान नहीं चढ़ सकती।

देखें : अभिलेखागार, आख्यान, इंटरएक्टिविटी-प्रौद्योगिकीय विमर्श, इंटरएक्टिविटी-सामाजिक विमर्श, इंटरफ़ेस, एक्टर-नेटवर्क थियरी, डिजिटल डिवायड, दिन-प्रति दिन के अभिलेखागार, नया मीडिया, नेटवर्क, नेटवर्क सोसाइटी, प्रेस की स्वतंत्रता, प्रोपेगंडा, बाज़ारू संस्कृति, भारत में संचार-क्रांति, भारतीय मीडिया-1, 2 और 3, भारतीय मीडिया स्फ़ेयर, मास मीडिया, मीडिया और राज्य, मीडिया और राजनीति, मीडिया और भारतीय राजनीति, मीडिया-पक्षपात, संचार, संचार-क्रांति, स्मृति और अभिलेखागार, सोशल नेटवर्क विश्लेषण, सूचना, सूचना-समाज, वैकल्पिक मीडिया।

संदर्भ

1. एन. स्टीवेंसन (1995), *अंडरस्टेंडिंग मीडिया कल्चर्स : सोशल थियरी ऐंड मास कम्युनिकेशन,* सेज, लंदन.
2. डी. मेकॉक्वल (1994), *मास कम्युनिकेशन थियरी : ऐन इंट्रोडक्शन,* सेज, लंदन.
3. एस. जिंजर (1976), *मास सोसाइटी,* मार्टिन रॉबर्टसन, लंदन.
4. ज्याँ बौद्रिया (1990), 'मास मीडिया कल्चर', *रिवेंज ऑफ़ द क्रिस्टल : सलेक्टिड राइटिंग्स ऑन द मॉडर्न ऑब्जेक्ट ऐंड इट्स डेस्टिनी,* 1968-1983, प्लूटो प्रेस, लंदन.

— अभय कुमार दुबे

मीडिया और राज्य

(Media and State)

ऐतिहासिक रूप से मीडिया के विभिन्न रूपों का उद्‌गम अलग-अलग रहा है। समाचार-पत्र उद्योग अधिकांशत: प्राइवेट सेक्टर में विकसित हुआ है। रेडियो और टीवी के शुरुआती क़दम राजकीय प्रयासों के कारण जमे हैं। कई देशों में ये दोनों प्रसारण-माध्यम आज भी पूरी तरह सरकार के क़ब्ज़े में हैं। कुछ देशों (जैसे भारत) में मिला-जुला नज़ारा है। ऐसे देशों में सरकार और निजी क्षेत्र के टीवी और रेडियो आपस में होड़ करते रहते हैं। कुल मिला कर मीडिया सरकारी हो या निजी क्षेत्र का, उसे राज्य द्वारा बनाये गये नियम-क़ानूनों के तहत ही काम करना पड़ता है। आम तौर

पर आधुनिक राज्य की मीडिया-नीति चाहती है कि मीडिया के विभिन्न रूप लोकतंत्र के मुख्य उसूलों को बुलंद करते रहें, उनकी वजह से सार्वजनिक जीवन में अवसरों की स्वतंत्रता बाधित न हो, शांति-व्यवस्था और राष्ट्रीय सुरक्षा को कोई ख़तरा न पहुँचे। निजी क्षेत्र में मीडिया के प्रबंधक और स्वामी इन नियमों का पालन करने के बदले में सरकार से अपने व्यावसायिक हितों की सुरक्षा की गारंटी माँगते हैं। वे चाहते हैं कि क़ानून-पालन करने का पुरस्कार उन्हें अपनी इजारेदारी बढ़ाने की अलिखित इजाज़त के रूप में मिले। नब्बे के दशक में नये मीडिया के उदय के बाद से राज्य को उसका प्रसारण नियंत्रित करने में काफ़ी दिक़्क़तों का सामना करना पड़ रहा है। इंटरनेट और इंटरएक्टिव मीडिया को क़ानून के तहत लाना राज्य की संस्था के लिए एक बहुत गम्भीर समस्या है। इंटरनेट के आगमन के बाद मीडिया संबंधी नीतियाँ ग्लोबल पैमाने पर बहस-मुबाहिसे का केंद्र बनी हुई हैं।

पश्चिम के विकसित लोकतांत्रिक देशों में सरकार अधिकांशत: मीडिया को स्वामित्व और प्रबंधन के स्तर पर नियंत्रित करने में दिलचस्पी नहीं लेती। लेकिन, इस कथित रूप से नियंत्रणहीनता का मतलब यह नहीं है कि मीडिया सरकारी निगरानी से पूरी तरह मुक्त रहता है। दरअसल, ऐसे देशों में भी मीडिया के विभिन्न हिस्सों को नियंत्रित करने के लिए काफ़ी नफ़ीस क़िस्म की नीतियाँ तैयार की जाती हैं और नियंत्रणकारी संस्थागत ढाँचा खड़ा किया जाता है। मसलन, अख़बारों को सेंसर करने की ज़रूरत आम तौर से नहीं समझी जाती, पर सिनेमा को सेंसर करने के लिए बोर्ड बनाया जाता है। टीवी को सेंसर करने के संस्थागत उपाय अलग से किये जाते हैं। नियंत्रणकारी ढाँचा सरकारी भी होता है, और ग़ैरसरकारी भी। अमेरिका में हॉलीवुड 'सेल्फ़-सेंसर' के उसूल पर काम करता है ताकि उसके व्यावसायिक हित सरकारी हस्तक्षेप से बचे रहें। यह अलग बात है कि यह सेल्फ़-सेंसर वहाँ के संघीय प्रशासन की मर्ज़ी के ख़िलाफ़ नहीं जा सकता। मीडिया की शक्ल-सूरत पर हमेशा से क़ानून द्वारा भरे गये रंगों की छाप रही है। राज्य का मॉडल अगर संघीय क़िस्म का है तो एक ही देश में मीडिया का संचालन अलग-अलग क़िस्म के क़ानूनों के मुताबिक़ होता है। कहीं-कहीं मीडिया को स्थानीय नगर निकायों द्वारा बनाये गये क़ानूनों तक का पालन करना पड़ता है।

इंटरनेट के लोकप्रिय होने से पहले क़ानून मुख्यत: पाँच तरह से मीडिया को नियंत्रित करता था : मानहानि क़ानून, कॉपीराइट एक्ट, सेंसरशिप, प्रसारण क़ानून और मीडिया स्वामित्व संबंधी क़ानून। मानहानि क़ानून का सीधा मतलब है मीडिया की किसी भी अभिव्यक्ति के ज़रिये किसी व्यक्ति की प्रतिष्ठा को ठेस लगने के ख़िलाफ़ अदालत की शरण में जाने का प्रावधान। कॉपीराइट एक्ट बौद्धिक सम्पदा क़ानून का हिस्सा होता है जिसके तहत किसी कृति के मूल रचनाकार के अधिकारों की हिफ़ाज़त की जाती है ताकि अख़बार, टीवी और रेडियो पर बिना उसकी इजाज़त के या बिना पूरा मुआवज़ा दिये उसका इस्तेमाल न किया जा सके। सेंसरशिप का मक़सद किसी भी तरह की विवादास्पद, अश्लील या राज्य की सुरक्षा के लिए ख़तरा बन सकने वाली सामग्री को प्रसारित होने से रोकना है। इसके लिए सेंसर करने वाले अधिकारी कुछ आचरण संहिताएँ बनाते हैं जिनका पालन करना पड़ता है। फ़िल्मों को तो सेंसर करने वाली संस्थाओं से नियमित रूप से सार्वजनिक प्रदर्शन से पहले प्रमाणपत्र हासिल करने पड़ते हैं। प्रसारण क़ानून विनियमकारी संस्थाओं और क़ानून आधारित नियमों के संयोग पर चलता है। मीडिया के स्वामित्व संबंधी नियमों का पालन सरकारों द्वारा काफ़ी सख़्ती से कराया जाता है। यह अलग बात है कि इसके बावजूद वे अपने मक़सद में कामयाब नहीं हो पातीं। अमेरिका में एंटी-ट्रस्ट क़ानून है जिसका उद्देश्य मीडिया-उद्योग को इजारेदारी में फँसने से रोकना है। लेकिन कुछ शुरुआती कामयाबियों के बाद यह क़ानून ऐसा करने में नाकाम रहा। भारत में आज़ादी के बाद से विदेशी पूँजी को मीडिया के क्षेत्र में घुसने की इजाज़त नहीं थी। लेकिन अब यह स्थिति बदल चुकी है।

नये मीडिया के उदय ने 'मीडियास्फ़ेयर' की धारणा को जन्म दिया है। नयी प्रौद्योगिकियों के दोहरे फलितार्थ हुए हैं : एक तरफ़ तो सार्वजनिक जीवन काफ़ी-कुछ मीडिया आधारित हो गया है। माना जाता है कि मीडियास्फ़ेयर के रूप में उसने पब्लिक स्फ़ेयर को अपने आगोश में ले लिया है। दूसरी तरफ़ सरकार और बाज़ार की भूमिकाओं को लेकर बहस शुरु हो गयी है। इसमें एक पहलू यह है कि क्या सरकार को एक विविधामूलक, सार्वभौम और स्वस्थ्य मीडियास्फ़ेयर की गारंटी करने के लिए सक्रिय काम करना चाहिए? दूसरा सवाल यह है कि क्या इस लक्ष्य को साधने के लिए बाज़ार की क्षमताओं पर भरोसा करना मुनासिब नहीं होगा?

चूँकि नये मीडिया के तहत पहले से चली आ रही अलग-अलग प्रौद्योगिकियों का 'कनवर्जेंस' हो गया है, इसलिए मीडिया को सभी तरह के सरकारी बंधनों से मुक्त करने के पक्ष में एक प्रौद्योगिकीय आग्रह खड़ा हो गया है। इसके केंद्र में तर्क यह है कि सरकार अब किसी भी तरीक़े से प्रसारण को नियंत्रित कर ही नहीं सकती। क्या कोई देश इंटरनेट प्रसारण को अपनी मर्ज़ी से चला सकता है? हो सकता है कि वह कुछ वेबसाइट्स को आपत्तिजनक मान कर 'ब्लॉक' कर दे, या ज़रूरत पड़ने पर कम्प्यूटर स्क्रीन पर नेट-सर्फ़िंग पर पाबंदी लगाने में भी सफल हो जाए। लेकिन उस सूरत में उपभोक्ता इंटरएक्टिव टेलिविज़न के ज़रिये नेट की सेवाएँ प्राप्त कर लेंगे। अब तो कनवर्जेंस ने उपभोक्ता के हाथ

में पकड़े हुए मोबाइल को भी एक ताक़तवर कम्प्यूटर में बदल दिया है।

इन्हीं समस्याओं को ध्यान में रख कर नब्बे के दशक से ही विकसित पश्चिमी देशों की सरकारें ऐसे ब्लूप्रिंट और रणनीतियाँ बनाने में लगी हुई हैं जिनके आधार पर वे सूचना-अर्थव्यवस्था में सार्थक हस्तक्षेप और भागीदारी कर सकें। अमेरिका ने इस तरह की मीडिया पॉलिसी का एक अनुमानित ढाँचा तैयार किया है जिसे नैशनल इनफ़ॉर्मेशन इन्फ्रास्ट्रक्चर (एनआईआई) की संज्ञा दी जाती है। यह ढाँचा पाँच बुनियादी आधारों पर खड़ा है : निजी पूँजी निवेश, बाज़ार की स्पर्धा, आर्थिक प्रगति, लोकतंत्र को प्रोत्साहन और पर्यावरण संबंधी मुद्दों के बेहतर हल। प्रेक्षकों का ख़याल है कि ये पाँचों आधार तेज़ी से अंतर्राष्ट्रीय स्तर पर भी स्वीकृत होते जा रहे हैं। हो सकता है कि जल्दी ही दुनिया की कई सरकारें सूचना-अर्थव्यवस्था में सहभागिता का आधारभूत ढाँचा इसी तर्ज़ पर बनाती नज़र आयें।

देखें : अभिलेखागार, आख्यान, इंटरएक्टिविटी-प्रौद्योगिकीय विमर्श, इंटरएक्टिविटी-सामाजिक विमर्श, इंटरफ़ेस, एक्टर-नेटवर्क थियरी, डिजिटल डिवायड, दिन-प्रति दिन के अभिलेखागार, नया मीडिया, नेटवर्क, नेटवर्क सोसाइटी, प्रेस की स्वतंत्रता, प्रॉपगंडा, बाज़ारू संस्कृति, भारत में संचार-क्रांति, भारतीय मीडिया-1, 2 और 3, भारतीय मीडिया स्फ़ेयर, मास मीडिया, मीडिया और राजनीति, मीडिया और भारतीय राजनीति, मीडिया-पक्षपात, मीडिया-अध्ययन, संचार, संचार-क्रांति, स्मृति और अभिलेखागार, सोशल नेटवर्क विश्लेषण, सूचना, सूचना-समाज, वैकल्पिक मीडिया।

संदर्भ

1. आर. कोलिंस और सी. मुरोनी (1996), *न्यू मीडिया, न्यू पॉलिसीज़,* पॉलिटी प्रेस, केम्ब्रिज, 1996

— अभय कुमार दुबे

मीडिया और राजनीति

(Media and Politics)

मीडिया के राजनीति पर बढ़ते हुए प्रभाव का अंदाज़ा इस बात से लगाया जा सकता है कि आजकल समाज-विज्ञान में *मीडियाटाइज़ेशन ऑफ़ पॉलिटिक्स* का फ़िकरा प्रचलित हो गया है। विश्लेषकों ने मीडिया के दोनों हिस्सों, प्रिंट और इलेक्ट्रॉनिक, के कारण राजनीतिक प्रक्रिया में अहम तब्दीलियों की शिनाख़्त की है। मीडिया ने राजनीतिक नेतृत्व की रचना पर अपनी विशिष्ट छाप छोड़ी है। एक तरफ़ तो समाज-वैज्ञानिकों ने राजनीतिक व्यवहार (जैसे, मतदान संबंधी रुझान) का अध्ययन करने के उपकरण की तरह उसका इस्तेमाल किया है, दूसरी तरफ़ मीडिया ने राजनीतिक ज्ञान को भी अपनी शर्तों पर संसाधित किया है। पिछले कुछ वर्षों से राजनेताओं और पार्टियों के जनता के साथ संबंधों का विन्यास काफ़ी-कुछ मीडिया पर निर्भर होता जा रहा है। राजनीतिक संदेश मीडिया के ही ज़रिये और उसी की भाषा में, चाहे वह शब्दों की हो या बिम्बों की, तैयार होते हैं। मीडिया ही उनके वाहक की भूमिका निभाता है, अर्थात् वही उन्हें व्यक्त भी करता है। ये सिलसिले मीडिया के मुद्रित रूपों के ज़माने में भी थे, लेकिन बहुत सीमित रूप में। टीवी के उभार ने राजनीति और मीडिया के रिश्ते में रैडिकल परिवर्तन कर दिया है। हालाँकि युरोपीय देशों और भारत में भी टीवी पर कई तरह के सरकारी नियंत्रण हैं, लेकिन उनके बावजूद इलेक्ट्रॉनिक मीडिया ने खोजी पत्रकारिता के बेहद आक्रामक रूपों (जैसे, स्टिंग ऑपरेशन) का इस्तेमाल करके ख़ुद को राजनीति करने के औज़ार में बदल लिया है। दूसरे, मीडिया केवल ख़बरिया चैनलों के ज़रिये ही राजनीति में हस्तक्षेप नहीं करता, बल्कि वह मध्यवर्ग को सम्बोधित करने वाली लोकप्रिय संस्कृति के माध्यम से भी राजनीति पर असर डालता है।

मीडिया और राजनीति के परस्पर संबंधों के बारे में एक सवाल यह पूछा जा सकता है कि मीडिया अपनी तरफ़ से राजनीति के पास जाता है, या राजनीति उसके पास आती है? समझा जाता है कि यह रिश्ता ख़ास तौर से उस समय परवान चढ़ना शुरू हुआ जब सरकारों और उनके प्रमुख कारकुनों ने मीडिया का दो तरह से प्रयोग करना शुरू किया: जनमत और उसके रुझानों की जानकारी हासिल करने के लिए, और चुनाव के दौरान प्रचार के मक़सद से। सत्तर और अस्सी के दशकों में राजनीतिशास्त्र और समाजशास्त्र के दायरों में 'राजनीतिक संचार' के अध्ययन को उत्तरोत्तर अकादमीय मान्यता मिली। विद्वानों ने द्वितीय विश्व-युद्ध के बाद के दौर में राजनीतिक संचार की प्रक्रिया को तीन चरणों में विकसित होते हुए दिखाया। पहला चरण पचास के दशक तक चला जिसमें राजनीतिक संचार संस्थागत प्रणालियों और स्थाई क़िस्म की राजनीतिक निष्ठाओं के हिसाब से होता था। इस दौरान प्रिंट मीडिया का ही ज़्यादातर बोलबाला रहा। दूसरा चरण साठ के दशक से शुरू हो कर अस्सी तक चला। यह टीवी के प्रसार का ज़माना था। पारम्परिक राजनीतिक निष्ठाओं के क्षरण से परेशान राजनीतिक शक्तियों को इस दौर में टीवी से सहारा मिला। उन्होंने देखा कि वे अपने छूटे हुए समर्थन आधार की भरपाई जनता के उन नये तबक़ों तक पहुँच से कर सकती हैं जो टीवी के कारण उन्हें मुहैया हुई

है। प्रिंट मीडिया केवल शिक्षित और मोटे तौर पर मध्यवर्गीय समाज का माध्यम था, लेकिन टीवी शिक्षा द्वारा निर्धारित सीमाओं के परे चला गया। उसने ग़रीब और अशिक्षित तबक़ों तक राजनीतिक संदेश पहुँचाने का अभी तक अनुपलब्ध आश्वासन दिया। टीवी की ताक़त का एहसास होना शुरू हुआ कि वह किस तरह राजनीति के प्रस्तुतीकरण और उसके देश-काल पर अपनी भाषा आरोपित कर सकता है। तीसरा चरण नब्बे के दशक से शुरू हुआ। इस ताज़े चरण का पहला उल्लेखनीय पहलू था जनमत का पता लगाने और उसे गढ़ने की पेशेवराना महारत और मीडिया द्वारा राजनीतिक संचार को अपने हिसाब से चलाने की कोशिश। इसका दूसरा पहलू था लोकलुभावन राजनीति के मीडियाकृत रूप जिनका उपभोग भी मीडिया के उत्तरोत्तर प्रसार और प्रौद्योगिकीय उन्नति पर निर्भर था। नब्बे के दशक के मध्य में जैसे ही एनॉलॉग की जगह डिजिटल और उपग्रहीय चैनल आये, मीडिया द्वारा परोसी जाने वाली राजनीतिक सामग्री का भूमण्डलीकरण हो गया जिससे राजनीतिक संचार के कुछ सार्वभौम रूप पैदा हुए जो इससे पहले के ज़माने में नामुमकिन थे।

आज मीडिया राजनीतिक ज्ञान और सूचना का प्रमुख स्रोत बन चुका है। नागरिक राजनीतिक प्रक्रियाओं और मसलों के बारे में मीडिया के ज़रिये ही जानकारियाँ हासिल करते है। उनके द्वारा की गयी समीक्षाएँ और उनके आधार पर बनायी गयी समझ भी मीडिया द्वारा मुहैया करायी गयी सामग्री और सुरागों पर निर्भर होती है। इसी जगह प्रश्न यह उठता है कि क्या राजनीति का यह मीडियाकरण समाज को एक ज्ञान और सूचनासम्पन्न नागरिक की तरफ़ ले जा रहा है। भारत में तो इसका पता बताने वाला कोई अध्ययन हुआ ही नहीं है, लेकिन अमेरिका में हुए एक अध्ययन ने राजनीति में मीडिया के इस हस्तक्षेप के ऐसे वांछित परिणाम निकलने पर शंका व्यक्त की है। इस अध्ययन से ऐसे नागरिकों पर रोशनी पड़ी है जो राजनीतिक सूचना और राजनीतिक कार्रवाई में कोई ख़ास रुचि नहीं दिखाते, बल्कि निरपेक्ष भाव से केवल घटनाओं पर नज़र रखे रहते हैं ताकि जब उनके अपने हित का कोई मसला आये तो स्वयं को राजनीतिक गोलबंदी के लिए प्रस्तुत कर सकें। ऐसे नागरिकों को मॉनिटोरियल सिटीज़न की संज्ञा दी गयी है।

जहाँ तक राजनीतिक ज्ञान की रचना का सवाल है, मीडिया दो तरह इस प्रक्रिया पर प्रभाव डालता है। वह अपने पाठक और दर्शक को राजनीतिक यथार्थ की समझ बनाने के सुराग देता है। वह उसे अपने औज़ारों द्वारा गढ़े गये तात्पर्य थमाता है, चुनिंदा मनोभावों को स्पर्श देता है और दुनिया को अपने तरीक़े से दिखाने की कोशिश करता है। दूसरे, मीडिया राजनीति का एजेंडा निर्धारित करने की परियोजना चलाता है जिसे मीडिया-अध्ययन की भाषा में एजेंडा सेटिंग कहते हैं। इसके तहत मीडिया ही तय करता है कि उसके ऑडिएंस को क्या जानना चाहिए और क्या नहीं। यानी वह कुछ ख़ास घटनाओं पर विशेष रोशनी डालेगा और कुछ की पूरी तरह से उपेक्षा कर देगा।

राजनीतिक व्यवहार पर मीडिया के असर ने भी समाज-वैज्ञानिकों को काफ़ी आकर्षित किया है। मतदान के रुझानों और मीडिया के संबंध पर विद्वान दो तरह के रवैये में बँटे हुए हैं। एक नज़रिया मानता है कि मीडिया की लगातार ख़ुराक पाने वाले मतदाताओं पर उसका असर सुन्न कर देने वाला होता है, और वे टीवी पर राजनीति के दृश्य देख-देख कर उनकी ऊर्जा का इस क़दर क्षय हो जाती है कि राजनीतिक प्रक्रिया में सक्रिय भागीदारी की उनकी इच्छा मर जाती है। रॉबर्ट पुतनैम ने तो यहाँ तक कहा है कि टीवी नागरिक सक्रियता का निजीकरण कर देता है जिसके कारण उसकी सामाजिक भागीदारी हतोत्साहित हो जाती है। ज़ाहिर है कि मीडिया और राजनीति के रिश्ते पर डाली गयी यह निगाह निराशावादी निष्कर्षों की तरफ़ ले जाती है। लेकिन, दूसरा दृष्टिकोण मानता है कि मीडिया द्वारा किये गये राजनीतिक सूचनाओं के ज़बरदस्त प्रसार से राजनीतिक भागीदारी में उछाल आया है। इन नज़रिये के हामी इलेक्ट्रॉनिक मीडिया में इंटरनेट को भी जोड़ कर चलते हैं। उनके पास बताने के लिए ऐसे कई उदाहरण हैं जिनके ज़रिये वे दिखाते हैं कि सोशल मीडिया के कारण ग्लोबल पैमाने पर कई बार गोलबंदी की गयी है।

नागरिकों के मतदान संबंधी व्यवहार और फिर चुनाव परिणामों पर मीडिया के असर के बारे में भी कई अध्ययन हुए हैं, लेकिन उनसे कोई सर्वमान्य या सार्वभौम क़िस्म का नतीजा नहीं निकला है। चुनाव पर मीडिया के असर में विभिन्न देशों की राजनीतिक संस्कृति, चुनावी व्यवहार की परम्पराएँ, मीडिया के अलग इतिहास और टीवी देखने की अलग आदतों की भूमिका भी होती है। इसी तरह पार्टियों के साथ जनता के विभिन्न तबक़ों की निष्ठा और दलीय प्रणाली का सवाल भी इसमें महत्त्वपूर्ण है।

राजनीतिक विमर्श पर मुख्यत: तीन मीडिया-प्रभावों की शिनाख़्त की गयी है : पहला, इसने राजनीतिक विमर्श को बहस-मुबाहिसे की दुनिया से निकाल कर दर्शन-प्रियता के दायरे में पहुँचा दिया है। राजनीति में नाटकीयता के तत्त्व हमेशा से रहे हैं। टीवी ने इस पहलू को बहुत उभार दिया है। वह बाज़ार में बिक सकने वाले राजनीतिक आयामों को प्रमुखता देता है और राजनेता इस खेल के नियमों को मान कर मीडिया के अनुकूल सम्प्रेषण रणनीतियाँ अपनाते हैं। दूसरा प्रभाव वही है जिसे एजेंडा सेटिंग या एजेंडा शेपिंग का नाम दिया गया है। मीडिया मुद्दे तय कर देता है और फिर राजनेता उन पर बहस से बच नहीं पाते। यह सही है कि

मीडिया ऐसा कर पाने में हमेशा कामयाब नहीं रहता, क्योंकि अलग-अलग जगहों पर सत्ता-संबंधों के संदर्भ में उसका विकास अलग ढंग से होता है। इसी से जुड़ा एक प्रभाव मुद्दों को साउंड बाइट्स में बदलने और मुद्दों को चेहरों में सीमित कर देने से उपजता है। सार्वजनिक मंचों पर होने वाली लम्बी-लम्बी बहसें अब अतीत की बात होती जा रही हैं। टीवी पर आधे घंटे में या एक घंटे में केवल कुछ वाक्यों के ज़रिये ही पूरी बात कहने की कुशलता जिनमें नहीं होती, वे इस मीडियम का दोहन नहीं कर सकते। समाज-वैज्ञानिकों ने टीवी की स्क्रीन पर चमकने वाले नेता के चेहरों और उन चेहरों के बीच काफ़ी फ़र्क़ देखा है जो टीवी-पूर्व सार्वजनिक मंचों पर चमकते थे। वे चेहरे किसी विचारधारा और कार्यक्रम की नुमाइंदगी करते थे, पर टीवी पर चमकने वाले चेहरे अपनी निजी, पेशेवर, सौंदर्यगत या पारिवारिक ख़ूबियों के साथ सामने आते हैं। टीवी द्वारा राजनीति और व्यक्ति के संबंधों के दायरे में यह नयी देन है। तीसरी प्रभाव मीडिया द्वारा राजनीतिक अभिजन की रचना में निभायी गयी भूमिका है। मीडिया एक ऐसा बाहरी एजेंट है जो एक पार्टी को, एक टेलिजेनिक शख़्सियत को अपने नेतृत्व का अंग बनाने पर मजबूर कर सकता है।

देखें : अभिलेखागार, आख्यान, इंटरएक्टिविटी-प्रौद्योगिकीय विमर्श, इंटरएक्टिविटी-सामाजिक विमर्श, इंटरफ़ेस, एक्टर-नेटवर्क थियरी, डिजिटल डिवायड, दिन-प्रति दिन के अभिलेखागार, नया मीडिया, नेटवर्क, नेटवर्क सोसाइटी, प्रेस की स्वतंत्रता, प्रोपेगंडा, बाज़ारू संस्कृति, भारत में संचार-क्रांति, भारतीय मीडिया-1, 2 और 3, भारतीय मीडिया स्फ़ेयर, मास मीडिया, मीडिया और राज्य, मीडिया और भारतीय राजनीति, मीडिया-पक्षपात, मीडिया-अध्ययन, संचार, संचार-क्रांति, स्मृति और अभिलेखागार, सोशल नेटवर्क विश्लेषण, सूचना, सूचना-समाज, वैकल्पिक मीडिया।

संदर्भ

1. शैंटो आयंगार (2004), *इज़ एनीवन रिस्पांसिबिल? हाउ टेलिविज़न न्यूज़ फ्रेम्स पॉलिटिकल इशूज़,* युनिवर्सिटी ऑफ़ शिकागो प्रेस, शिकागो.
2. साराह ओट्स (2008), *इंट्रोडक्शन टु मीडिया ऐंड पॉलिटिक्स,* सेज, थाउज़ेंड ओक्स, कैलिफ़.
3. कैरेन सेंडर्स (2009), *कम्युनिकेटिंग पॉलिटिक्स इन द ट्वेंटी-फ़र्स्ट सेंचुरी,* पालग्रेव, न्यूयॉर्क.
4. जे.जी. ब्लुमलर और डी. कवानाग़ (1999), 'द थर्ड एज ऑफ़ पॉलिटिकल कम्युनिकेशन : इनफ़्लुएंसिज़ ऐंड फ़ीचर्स', *पॉलिटिकल कम्युनिकेशन,* 16.
5. के. लैंग और जी.ई. लैंग (2002), *टेलिविज़न ऐंड पॉलिटिक्स,* टांजेक्शन पब्लिशर्स, न्यू ब्रंसविक, एनज.

— अभय कुमार दुबे

मीडिया और भारतीय राजनीति

(Media and Indian Politics)

पश्चिम के विकसित देशों की ही भाँति तेज़ी से विकासशील भारत में भी मीडिया और राजनीति के रिश्तों पर समाज-वैज्ञानिकों ने ग़ौर किया है। इस संबंध के मुख्यत: चार रूप हैं। पहला, मीडिया ने समाज के राजनीतीकरण की प्रक्रिया में गहरा योगदान किया है। दूसरा, राजनीतिक संगठनों ने मीडिया की पहुँच का लाभ उठा कर उसके ज़रिये अपनी विचारधारा और कार्यक्रम का प्रचार करते हुए उसे सत्ता पाने के औज़ार की तरह इस्तेमाल करने की कोशिशें की हैं। तीसरा, मीडिया ने राजनीति में एजेंडा-सेटिंग की भूमिका निभायी है। चौथा, भारतीय राज्य ने मीडिया को प्रत्यक्षत: नियंत्रणों से मुक्त रखते हुए उसकी राजनीतिक भूमिका को विनियमित करने का प्रयास किया है।

भारत में मीडिया के राजनीतिक प्रभाव पर समाज-वैज्ञानिकों की निगाह सत्तर के दशक में चली राजनीतीकरण की सघन प्रक्रिया के दौरान पड़नी शुरू हुई। आपातकाल लागू किये जाने से पहले और उसके बाद के दौर में आम लोगों की राजनीति में बढ़ी रुचि का अध्ययन करते हुए समाज-वैज्ञानिक दो नतीजों पर पहुँचे। पहला, अख़बारों की पाठक संख्या में प्रसार होने से राजनीतीकरण की प्रक्रिया को उछाल मिला, और दूसरा, उस उछाल के कारण अख़बारी पाठकों की संख्या में और बढ़ोतरी हुई। रॉबिन जैफ़री द्वारा किये गये अध्ययन बताते हैं कि अस्सी के दशक में देश के जिन इलाक़ों में राजनीतिक गोलबंदियाँ हुईं, वहाँ समाचार-पत्रों की प्रसार संख्या में ज़बरदस्त उछाल आया। इस तरह उन्होंने राजनीतिक चेतना और मीडिया के प्रसार के बीच सीधा और सकारात्मक रिश्ता स्थापित किया। इस संबंध को पुष्ट करने वाले अध्ययनों का सिलसिला जारी है। 2002 में हुआ एक अध्ययन बताता है कि स्थानीय अख़बारों ने प्राकृतिक विपदाओं के समय राज्य सरकारों की जवाबदेही बढ़ाने की भूमिका निभायी है। इसके अनुसार जिन राज्यों में अख़बारों की खपत ज़्यादा है, वहाँ सरकारें ऐसे मौक़े पर राहत और बचाव का बेहतर प्रदर्शन करती हैं।

मीडिया और भारतीय राजनीति के संबंधों के अध्ययन का दूसरा दौर तब शुरू हुआ जब इलेक्ट्रॉनिक मीडिया का उभार हुआ। प्रिंट मीडिया का असर राजनीतीकरण पर कितना भी सकारात्मक पड़ा हो, पर आख़िरकार वह मँझोली आमदनी वाले शिक्षित तबक़ों और उनके ऊपर के समाज तक ही सीमित था। 1991 में भारतीय टेलिविज़न नेटवर्क जैसे ही सरकारी क़ानून-क़ायदों की जकड़ से छूटा और केबिल

टेलिविज़न प्रसार शुरू हुआ, सात-आठ वर्षों के भीतर ही 555 चैनल अपना प्रसारण करने लगे। इनमें 33 चैनल चौबीस घंटों तक समाचार दिखाने वाले थे। इन चैनलों पर राजनीतिक-आर्थिक बहसें आयोजित होने लगीं और तरह-तरह के सर्वेक्षणों पर आधारित बनते-बिगड़ते जनमत की जानकारी उनके निरंतर बढ़ते हुए दर्शक वर्ग को मिलने लगी। नागरिकों की राजनीतिक समझ पर सीधा प्रभाव डालने वाले ये चैनल ज़्यादातर हिंदी और अंग्रेज़ी में थे, लेकिन प्रमुख क्षेत्रीय और जनपदीय भाषाओं में भी इनका प्रसारण होने लगा। यही दौर इंटरनेट के आगमन का था। 1992 से 2010 के बीच नेट का इस्तेमाल करने वालों की संख्या कुछ नहीं से बढ़ कर आठ करोड़ से ऊपर हो गयी। टीवी और इंटरनेट ने मिल कर राजनीतिक सम्प्रेषण की एकतरफ़ा प्रक्रिया को दोतरफ़ा बनाया, शिक्षित और साधनसम्पन्न दायरों की सीमा को तोड़ दिया, और देखते ही देखते मीडिया का यह रूप भारतीय जनता के लिए राजनीतिक ज्ञान, सूचना, विश्लेषण, सर्वेक्षण और जनमत-निर्माण का प्रमुख स्रोत बन गया।

मीडिया का यह प्रभाव भारतीय राजनीति को किधर ले जा रहा है? टीवी के उभार से पहले अध्येताओं की मान्यता थी कि मीडिया तक भारतीय जनता की असमान पहुँच लोकतंत्र की तात्त्विक गुणवत्ता बढ़ने में बाधा पैदा करती है। दलील दी जाती थी कि इस पहुँच के बढ़ने से मीडिया जन-हित के अभिभावक की भूमिका निभायेगा। आम तौर पर जवाबदेही और नागर समाज की निगरानी बढ़ेगी। टीवी के उभार के बाद पूछा जाने लगा है कि मीडिया जन-हित के जिस अभिभावकत्व का दावा करता है, उसकी लगाम किसके हाथ में है? अर्थात् टीवी चैनलों में किसकी पूँजी लगी है, उनके द्वारा परोसी जाने वाली सामग्री तैयार करते समय किनके हितों का ध्यान रखा जाता है? मीडिया कम्पनियों में राजनेताओं द्वारा किये गये धन के निवेश, क्षेत्रीय चैनलों द्वारा खुल कर किसी पार्टी का प्रचार करने, धन लेकर ख़बरें दिखाने या न दिखाने का फ़ैसला करने और एडवरटोरियल (विज्ञापन और सम्पादकीय टिप्पणी का मिला-जुला संदिग्ध संस्करण) जैसी परिघटनाओं ने मीडिया और भारतीय राजनीति के रिश्ते को ख़ासा पेचीदा बना दिया है। यह पेचीदगी उस समय और बढ़ जाती है जब टीवी के राजनीतिक प्रभाव का विश्लेषण केवल ख़बरिया चैनलों तक ही सीमित नहीं रह जाता। कुछ अध्ययनों में यह दावा भी किया गया है कि मनोरंजन के चैनलों पर दिखाये जाने वाले कार्यक्रमों से भी राजनीति पर दूरगामी क़िस्म के विचारधारात्मक असर पड़ते हैं।

1987 से लेकर 1990 के बीच में टीवी पर *रामायण* और *महाभारत* जैसे धार्मिक धारावाहिक दिखाये गये। इन्हें हर हफ़्ते क़रीब पाँच करोड़ दर्शक देखते थे। अरविंद राजगोपाल ने अपनी रचना *पॉलिटिक्स आफ़्टर टेलिविज़न : रिलीजस नैशनलिज़्म ऐंड द रिशेपिंग ऑफ़ द इण्डियन पब्लिक* में निष्कर्ष निकाला है कि इन धारावाहिकों के लोकप्रिय और सफल प्रसारण का फ़ायदा नब्बे के दशक में चले दक्षिणपंथी हिंदुत्ववादी विचारधारा पर आधारित रामजन्मभूमि आंदोलन को हुआ। ध्यान रहे कि यह उपग्रहीय चैनलों से पहले की परिघटना है, और ये धारावाहिक सरकारी नियंत्रण के तहत काम करने वाले टीवी पर दिखाये गये थे। सरकार ने आर्थिक-सामाजिक विकास पर रोशनी डालने वाले धारावाहिक भी प्रदर्शित किये, लेकिन उनका कोई असर नहीं पड़ा। राजगोपाल के अनुसार धार्मिक धारावाहिकों ने एक गढ़ा गया हिंदू अतीत टीवी दर्शकों को थमाया। इसके कारण बने मानस ने अयोध्या आंदोलन की लोकप्रियता में इज़ाफ़ा किया। धारावाहिकों में जिस तरह से युद्ध के दृश्य दिखाये गये थे, उसी पैटर्न पर राजनीतिक-धार्मिक गोलबंदी की गयी। चाहे अल्पसंख्यक विरोधी दंगे हों, या फिर कार-सेवा के प्रकरण हों, हिंदुओं के बीच अल्पसंख्यकों के अन्यीकरण को इन धारावाहिकों द्वारा बढ़ावा मिला।

राजगोपाल के इन निष्कर्षों पर विवाद होना लाज़मी था। रामजन्मभूमि आंदोलन की भूमिका अस्सी के दशक की शुरुआत से ही बननी शुरू हो गयी थी। हिंदुत्ववादी संगठनों का नेटवर्क इन सीरियलों के दिखाये जाने के पाँच-छह साल से ही अपनी कारिस्तानियों में लगा था। दूसरे, मीडिया द्वारा दिये गये संदेशों और परोसी गयी सामग्री की ग्राहकता पर हुए अध्ययनों की जानकारी रखने वाले विद्वान इन निष्कर्षों से सहमत होने के लिए तैयार नहीं हुए। उनका कहना था कि मीडिया जिस तरह से दिखाता है, लोग उसे किसी एक पूर्व-निर्धारित रूप में न लेकर अलग-अलग ढंग से ग्रहण करते हैं। इस आलोचना की पुष्टि उस समय हुई जब 2003 में भारतीय जनता पार्टी के नेतृत्व वाले सत्तारूढ़ राष्ट्रीय जनतांत्रिक गठजोड़ द्वारा चलाई गयी 'इण्डिया शाइनिंग' मीडिया मुहिम बुरी तरह से नाकाम रही।

यह मुहिम सीधे-सीधे राजनीति को प्रभावित करने के लिए चलाई गयी थी। क़रीब दस करोड़ रुपये ख़र्च करके प्रिंट और इलेक्ट्रॉनिक मीडिया में सभी भारतीय भाषाओं को समेटते हुए यह अभूतपूर्व अभियान किया गया। दिसम्बर, 2003 से जनवरी, 2004 के बीच 9,472 बार टीवी पर इण्डिया शाइनिंग का प्रचार हुआ। प्रिंट मीडिया में (450 राष्ट्रीय और क्षेत्रीय अख़बार) में विज्ञापन दे कर जनता को यह बताने की कोशिश की गयी कि सत्तारूढ़ गठजोड़ की देखरेख में औद्योगिक और खेतिहर मोर्चे पर देश ने भारी प्रगति की है जिसके कारण चारों तरफ़ भारत का सूर्योदय हो रहा है। कुल मिला कर 'इण्डिया शाइनिंग' मुहिम मीडिया के ज़रिये भारत की एक नयी राष्ट्रीय अस्मिता गढ़ने की महत्त्वाकांक्षी कोशिश थी। मुहिम चलाने वाली पार्टी भाजपा

के रणनीतिकारों की मान्यता थी कि इसके कारण उनके विचारधारात्मक समर्थकों के साथ-साथ कांग्रेस से अपना मोहभंग कर चुके और तटस्थ वोटर भी उसकी तरफ़ झुकेंगे।

यह मुहिम कितनी प्रभावी थी, इसका अंदाज़ा उन एक्ज़िट पोल्स से लगाया जा सकता है जो 2004 के लोकसभा चुनाव नतीजों से ठीक पहले मीडिया के ख़बरिया चैनलों ने किये थे। *एनडीटीवी, आज तक, स्टार न्यूज़, ज़ी टीवी* और *सहारा* जैसे चैनलों में ऐसा कोई नहीं था जिसने भाजपा और उसके गठजोड़ की जीत की भविष्यवाणी न की हो। नतीजा उल्टा निकला। भाजपा और उसका गठजोड़ चुनाव में हार गया, और कांग्रेस के नेतृत्व में बने संयुक्त प्रगतिशील गठजोड़ की सरकार बनी। भाजपा के नेता लालकृष्ण आडवाणी ने माना कि यह चुनावी पराजय 'इण्डिया शाइनिंग' प्रचार मुहिम की विफलता भी है।

दिलचस्प बात यह है कि ठीक पाँच साल बाद मीडिया में चलाई गयी एक और राजनीतिक मुहिम कामयाब साबित हुई। यह कांग्रेस और उसके गठजोड़ द्वारा चलाई गयी थी, और इसे 'जय हो' का नाम दिया गया था। मार्च, 2009 में कांग्रेस के नेतृत्व वाली संयुक्त प्रगतिशील गठबंधन की सरकार ने हॉलीवुड की फ़िल्म *स्लमडॉग मिलियनर* के ऑस्कर पुरस्कृत गीत की टेक *जय हो* को दो लाख डॉलर में ख़रीद लिया ताकि उसका चुनाव-पूर्व राजनीतिक मुहिम में इस्तेमाल किया जा सके। 'इण्डिया शाइनिंग' की मुहिम जहाँ भारत की ग्लोबल ब्रांडिंग का लक्ष्य वेधना चाहती थी, वहीं 'जय हो' मुहिम ने आम आदमी की तकलीफ़ों और उनके बावजूद उसके प्रगतिकामी स्वभाव पर रोशनी डाली। भाजपा की मुहिम का ज़ोर जहाँ आर्थिक वृद्धि की दर, उछलते हुए सट्टा बाज़ार, सेवा क्षेत्र के तेज़ उभार और अमीरी के अन्य सूचकांकों पर था, वहीं कांग्रेस की मुहिम ने आम आदमी की परेशानियों के परिप्रेक्ष्य में अपने पाँच साल के शासन की उपलब्धियाँ पेश कीं। मुहिम सफल रही और कांग्रेस को उम्मीद से ज़्यादा चुनावी कामयाबी मिली। भाजपा और कांग्रेस की मीडिया मुहिमों के एक तुलनात्मक अध्ययन ने नतीजा निकाला है कि मीडिया के ज़रिये राजनीतिक जनमत के निर्माण की कोशिश तभी कामयाब हो सकती है जब उसकी सामग्री सामाजिक-आर्थिक यथार्थ को झुठलाने वाली न हो।

भारतीय राज्य द्वारा राजनीति और मीडिया के संबंधों को विनियमित करने की कोशिशें पचास के दशक से ही जारी हैं। पहले आम चुनाव के दौरान ही चुनाव आयोग ने सरकार-नियंत्रित मीडिया में राजनीतिक दलों को चुनाव मुहिम के दौरान प्रसारण का समय आबंटित करने का फ़ैसला किया था। लेकिन यह योजना इसलिए कामयाब नहीं हुई कि सरकार ने इस बारे में गम्भीरता दिखाई और पार्टियों के बीच समय के आबंटन को लेकर खींच-तान मच गयी। आगे चल कर चुनाव आयोग ने पार्टी की हैसियत और प्रसार को ध्यान में रख कर सरकारी मीडिया (मुख्यत: दूरदर्शन और रेडियो) में उसकी जगह निर्धारित की। यह क़दम एक हद तक कारगर साबित हुआ। यह अलग बात है कि इलेक्ट्रॉनिक मीडिया की कमान सरकार के हाथों में थी, इसलिए चुनाव आयोग कोशिश करने पर भी सत्तारूढ़ दल द्वारा उसके एकतरफ़ा इस्तेमाल को पूरी तरह से नहीं रोक पाया।

निजी चैनलों की नियंत्रण-मुक्ति होने के बाद 1998 में प्रसार भारती कॉरपोरेशन और चुनाव आयोग के बीच एक समझौता हुआ जिसके तहत पब्लिक सर्विस ब्राडकास्टिंग के प्रावधान चुनाव मुहिम पर भी लागू कर दिये गये। इसी साल जनवरी में आयोग ने इलेक्ट्रॉनिक मीडिया के लिए एक आचरण संहिता की घोषणा की। उसने वोट पड़ने से पहले किसी भी एक्ज़िट पोल के प्रसारण पर रोक लगा दी ताकि मतदाताओं के फ़ैसले को प्रभावित न किया जा सके। इस प्रतिबंध के ख़िलाफ़ *द हिंदू* और *फ्रंटलाइन* ने सुप्रीम कोर्ट में अपील की। अदालत ने चुनाव आयोग के ख़िलाफ़ फ़ैसला दिया। 2004 में चुनाव आयोग ने यह प्रतिबंध फिर से लगाया, और 2009 में सुप्रीम कोर्ट के एक फ़ैसले ने भी उसकी पुष्टि कर दी।

भारतीय मीडिया द्वारा राजनीति में एजेंडा-सेटिंग की मिसाल उस समय मिली जब अप्रैल, 2011 में नयी दिल्ली के जंतर-मंतर पर अन्ना हज़ारे के नेतृत्व में भ्रष्टाचार विरोधी मुहिम शुरू हुई। टीवी चैनलों ने इस आंदोलन को लगातार 172 घंटे तक तूफ़ानी कवरेज दिया। इस अवधि में कुल छह हज़ार क्लिप्स दिखाये गये जिनमें 5,592 क्लिप इस आंदोलन की सकारात्मक छवि बनाने के लिए दिखाये गये थे। केवल 65 क्लिप्स ऐसे थे जिनमें नकारात्मक और आलोचनात्मक बातें कही गयी थीं। भ्रष्टाचार विरोधी मुहिम को लेकर टीवी चैनलों द्वारा की गयी एजेंडा-सेटिंग का कार्रवाई पर अनुसंधान करने वाले विनीत कुमार के अनुसार टू जी स्पेक्ट्रम घोटाले में कुछ प्रमुख मीडियाकर्मियों के लिप्त होने के कारण मीडिया की साख को लगे बट्टे की भरपाई करने के लिए इलेक्टॉनिक मीडिया ने यह अभूतपूर्व क़दम उठाया।

देखें : अभिलेखागार, आख्यान, इंटरएक्टिविटी-प्रौद्योगिकीय विमर्श, इंटरएक्टिविटी-सामाजिक विमर्श, इंटरफ़ेस, एक्टर-नेटवर्क थियरी, डिजिटल डिवायड, दिन-प्रति दिन के अभिलेखागार, नया मीडिया, नेटवर्क, नेटवर्क सोसाइटी, प्रेस की स्वतंत्रता, प्रोपेगंडा, बाज़ारू संस्कृति, भारत में संचार-क्रांति, भारतीय मीडिया-1, 2 और 3, भारतीय मीडिया स्फ़ेयर, मास मीडिया, मीडिया और राज्य, मीडिया और राजनीति, मीडिया-पक्षपात, मीडिया-अध्ययन, संचार, संचार-क्रांति, स्मृति और अभिलेखागार, सोशल नेटवर्क विश्लेषण, सूचना, सूचना-समाज, वैकल्पिक मीडिया।

संदर्भ

1. ए. राजगोपाल (2004), *पॉलिटिक्स ऑफ़्टर टेलिविज़न : रिलीजस नैशनलिज़्म ऐंड द रिशेपिंग ऑफ़ द इण्डियन पब्लिक,* केम्ब्रिज युनिवर्सिटी प्रेस, केम्ब्रिज, यूके, न्यूयॉर्क.
2. सायंतिनी सतपथी (2011), 'द इम्पेक्ट ऑफ़ इलेक्ट्रॉनिक मीडिया ऑन द मॉडर्न इण्डियन वोटर : ए स्टडी ऑफ़ द पोस्ट-लिबरलाइज़ेशन एरा', *ग्लोबल मीडिया जरनल,* भारतीय संस्करण / ग्रीष्म, जून.
3. रॉबिन जैफ़री (1995), *न्यूज़पेपर रेवोल्यूशन इन इण्डिया,* ऑक्सफ़र्ड युनिवर्सिटी प्रेस, नयी दिल्ली.
4. एलिस्टर मेकमिलन (2010), 'द इलेक्शन कमीशन', नीरजा गोपाल जयल और प्रताप भानु मेहता (सम्पा.), *द ऑक्सफ़र्ड कम्पेनियन टु पॉलिटिक्स इन इण्डिया,* ऑक्सफ़र्ड युनिवर्सिटी प्रेस, नयी दिल्ली.
5. विनीत कुमार (2012), *मण्डी में मीडिया,* वाणी प्रकाशन, नयी दिल्ली.

— अभय कुमार दुबे

मीडिया-पक्षपात

(Media Bias)

मीडिया-अध्ययन के विद्वानों की मान्यता है कि मास-मीडिया का अवधारणात्मक उद्गम प्रोपेगंडा है। सोलहवीं सदी में कैथॅलिक मत के जीसूट अनुयायियों ने प्रोटेस्टेंटों द्वारा की जाने वाली आलोचना के जवाब में लैटिन भाषा के शब्द 'प्रोपेगंडा' से निकलने वाले तात्पर्यों के आधार पर धर्म-सुधार विरोधी विचारधारात्मक मुहिम चलाई थी। इसके पीछे समझ यह थी कि लोग तब तक कोई संदेश आत्मसात् नहीं करते जब तक वह उन्हें बार-बार न दिया जाए। अट्ठारहवीं सदी के युरोपीय ज्ञानोदय के बाद बनी परिस्थितियों में संदेश-रचना की प्रक्रिया में परिवर्तन हुआ, क्योंकि उसके बाद उत्तरोत्तर वोटरों, उपभोक्ताओं और दर्शकों की दिलचस्पियों का ध्यान रखना ज़रूरी होता चला गया। आधुनिक राज्य ने विदेशी आक्रमण की अपवादस्वरूप परिस्थितियों में थोपी गयी सेंसरशिप को छोड़ कर आम नागरिकों को शिक्षित-प्रशिक्षित करने की प्राथमिकता अपनायी। मीडिया की स्व-घोषित तटस्थता यहाँ राज्य के काम आयी। सरकारी मशीनरी के बजाय एक राष्ट्रीय सहमति बना कर मीडिया को राष्ट्र और राज्य-निर्माण की परियोजना में लगा कर सरकारों और राष्ट्रीय अभिजनों ने बहुत बड़ी कामयाबी हासिल की।

चूँकि मास-मीडिया बहुत बड़े पैमाने पर प्रचार-सामग्री का उत्पादन मनोरंजन, समाचार, विश्लेषण, विज्ञापन और संवादपरक चर्चाओं के माध्यम से कर सकता है, इसलिए बीसवीं सदी में इसकी प्रोपेगंडा संबंधी क्षमताओं का दोहन करने के लिए कॉरपोरेट जगत, राष्ट्र-राज्य और राजनीतिक विचारधाराओं के पैरोकारों ने खुली और छिपी तरकीबें विकसित की हैं। मीडिया की तरफ़ से व्यावहारिकता की दलील दी जाती है कि सभी तथ्यों और घटनाओं की रपट प्रसारित नहीं की जा सकती, इसलिए उनमें से कुछ को चुनना और कुछ को छोड़ना ही पड़ता है। चयन और छँटाई की इस प्रक्रिया से ही पक्षपात का जन्म होता है और पूर्व-निर्धारित सहमति गढ़ने में मदद मिलती है। विज्ञापकों को ख़ुश करने के लिए, मीडिया-मालिकों के हितों को साधने के लिए, बहुसंख्यकों या अल्पसंख्यकों की कथित भावनाओं को ठेस न लगने देने के नाम पर और राष्ट्र-राज्य की प्रधान विचारधारा को पुष्ट करने के लिए चुनिंदा तथ्यों पर ज़ोर दिया जाता है। मीडिया-पक्षपात के धार्मिक, नस्ली, लैंगिक, आयुपरक, सेक्शुअल, जातिगत और जातीयतावादी आयामों को भी रेखांकित किया गया है।

सभी लोग जानते हैं कि मीडिया पक्षपात करता है, पर उसके इस रवैये को चिह्नित करना और उसकी विस्तृत आलोचना करना एक मुश्किल काम है। पक्षपात के आरोप के जवाब में मीडिया के पैरोकार अक्सर पूछते हैं कि क्या किसी घटना की रिपोर्टिंग करने गये संवाददाता द्वारा दोनों पक्षों द्वारा अपने-अपने हक़ में की गयी बातों को सिलसिलेवार पेश कर देना ही निष्पक्ष पत्रकारिता है? ये लोग कहते हैं कि 'बैलेंस्ड' रिपोर्टिंग का मतलब होता है रीढ़हीन और धारहीन पत्रकारिता। ज़ाहिर है कि यह तर्क तटस्थता को बेतुका मानते हुए 'पक्षधरता' और 'प्रतिबद्धता' को 'पक्षपात' नहीं मानता। अगर मीडिया अपनी पक्षधरता को छिपाने की कोशिश नहीं कर रहा है (जैसे वैकल्पिक मीडिया), तो उसके एकतरफ़ापन को उसकी क्वालिटी के रूप में ग्रहण किया जा सकता है। लेकिन, अगर तटस्थता की आड़ में एक ख़ास तरह की सहमति गढ़ने की कोशिश की जा रही है तो उसका पता लगाने और फिर उसे ज़ाहिर करने के लिए विस्तृत अध्ययन की ज़रूरत पड़ती है।

2004 में किये गये एक अध्ययन के मुताबिक़ मीडिया-पक्षपात की टोह लेने के लिए बारह तरीक़े इस्तेमाल किये जा सकते हैं : पत्रकारों, मीडिया-अभिजनों और पत्रकारिता के छात्रों के राजनीतिक/सांस्कृतिक दृष्टिकोणों का सर्वेक्षण किया जा सकता है; पत्रकारों के पुराने पेशेवराना सम्पर्कों पर नज़र डाली जा सकती है; प्रमुख पत्रकारों की राजनीतिक आस्थाओं का उद्घाटन करने वाले उद्धरण जमा किये जा सकते हैं; कम्प्यूटर के ज़रिये की-वर्ड्स का इस्तेमाल करके मीडिया-सामग्री के सार और श्रेणी का पता लगाया जा सकता है; न्यूज़ स्टोरीज़ द्वारा सुझायी गयी नीतियों

का अध्ययन किया जा सकता है; किसी घटना के नकारात्मक/सकारात्मक कवरेज को रेखांकित किया जा सकता है; मीडिया के उन लोगों के कॅरियर पर निगाह फेंकी जा सकती है जिनके हाथ में निर्णयकारी अधिकार होते हैं; सूचना/मनोरंजन-सामग्री को प्रभावित करने वाले विज्ञापन-स्रोतों का अध्ययन किया जा सकता है; मीडिया पर सरकारी प्रोपेगंडे और जन-सम्पर्क उद्योग के असर पर ध्यान दिया जा सकता है, मीडिया द्वारा टीका-टिप्पणी के लिए चुने गये विशेषज्ञों और प्रवक्ताओं को उन हित-समूहों और विचारधारा-पैरोकारों के बरक्स रख कर देखा जा सकता है जिन्हें मीडिया नहीं चुनता; और कॉरपोरेशनों और वाणिज्य एसोसिएशनों द्वारा पत्रकारों को किये गये भाषण वग़ैरह देने के बदले किये गये भुगतानों पर निगाह डाली जा सकती है।

मीडिया की पक्षधरता का विश्लेषण करने के मामले में ग्लासगो मीडिया ग्रुप का अध्ययन काफ़ी चर्चित हुआ है जिसमें यह पता लगाने की कोशिश की गयी थी कि टीवी और अख़बार मज़दूर आंदोलन के ख़िलाफ़ किस तरह कॉरपोरेट हितों की सेवा करते हैं। इस अध्ययन पर भी पक्षधरता का आरोप लगाया गया है कि वह मीडिया द्वारा मज़दूरों के बारे में इस्तेमाल की गयी जिन अभिव्यक्तियों को अपमानजनक क़रार देता है, वह दरअसल मज़दूरों द्वारा वर्णित आत्मछवि से ही ली गयी हैं। मीडिया और प्रोपेगंडे के बीच स्पष्ट संबंध स्थापित करने वाला एक विख्यात अध्ययन नोम चोम्स्की के प्रयासों का परिणाम है जिसमें दिखाया गया है कि स्वतंत्र मीडिया की साख को ठेस पहुँचाने के लिए अमेरिका की कॉरपोरेट शक्तियाँ किस तरह 'कम्युनिस्ट विरोधी विचारधारा' के फ़िल्टरों का इस्तेमाल करती हैं। दूसरी तरफ़, विकसित देशों के मीडिया पर किये गये अध्ययनों से नतीजा निकला है कि वह आम तौर पर अनुदारतावादी विचार के मुक़ाबले उदारतावादी विचारधारा का पक्ष लेता है। 1986 में मीडिया-अभिजनों पर हुए एक अध्ययन से यह हक़ीक़त सामने आयी थी कि *न्यूयॉर्क टाइम्स* और *वाशिंगटन पोस्ट* जैसे बड़े अख़बारों और प्रसारण नेटवर्कों के न्यूज़रूमों में बायें बाज़ू के उदारतावादी रुझानों का बोलबाला रहता है। सामाजिक और राजनीतिक विवादों के बारे में पत्रकार और विश्लेषक आम तौर से जो रवैया अपनाते हैं उस पर उनके निजी विचारों की गहरी छाप होती है।

मीडिया-पक्षपात और भारतीय मीडिया का समीकरण पश्चिम जैसा नहीं रहा है। आज़ादी से पहले पूरा भारतीय मीडिया दो ध्रुवों में बँटा हुआ था। अंग्रेज़ी के सभी बड़े अख़बार खुल कर औपनिवेशिक शासन का समर्थन करते थे, और भारतीय भाषाओं का मीडिया बिना किसी अपवाद के राष्ट्रीय आंदोलन के पक्ष में खड़ा हुआ था। इसे 'पक्षपात' और 'पक्षधरता' के बीच किये जा सकने वाले फ़र्क़ की मिसाल समझा जा सकता है। 1947 में पंद्रह अगस्त को सत्ता-हस्तांतरण होते ही अंग्रेज़ी मीडिया रातों-रात राष्ट्रीय मीडिया में बदल गया। इसके बाद कमोबेश अस्सी के दशक के अंत तक भारत के सामाजिक-राजनीतिक आधुनिकीकरण और वैकासिक अर्थशास्त्र पर आधारित मिश्रित अर्थनीतियों के मॉडल का रास्ता साफ़ करने के लिए बनी राष्ट्रीय सहमति में मीडिया के सभी पहलुओं ने अपने-अपने तरह से योगदान किया। नब्बे के दशक में मंदिर, मण्डल और बाज़ार की उदीयमान ताक़तों के इर्द-गिर्द भारतीय राजनीति और समाज में नये ध्रुवीकरण हुए जिन्होंने उस राष्ट्रीय सहमति को भंग कर दिया। मीडिया के विभिन्न हिस्से कभी पक्षधरता और कभी पक्षपात का रवैया अपनाते हुए समय-समय पर इन शक्तियों का समर्थन और विरोध करने लगे। आज स्थिति यह है कि भारतीय मीडिया लगभग बिना किसी अपवाद के आर्थिक सुधारों और भूमण्डलीकरण का पक्ष ले रहा है। मीडिया ने इसे नयी राष्ट्रीय सहमति के रूप में ग्रहण कर लिया है।

देखें : अभिलेखागार, आख्यान, इंटरएक्टिविटी-प्रौद्योगिकीय विमर्श, इंटरएक्टिविटी-सामाजिक विमर्श, इंटरफ़ेस, एक्टर-नेटवर्क थियरी, डिजिटल डिवायड, दिन-प्रति दिन के अभिलेखागार, नया मीडिया, नेटवर्क, नेटवर्क सोसाइटी, प्रेस की स्वतंत्रता, प्रोपेगंडा, बाज़ारू संस्कृति, भारत में संचार-क्रांति, भारतीय मीडिया-1, 2 और 3, भारतीय मीडिया स्फ़ेयर, मास मीडिया, मीडिया और राज्य, मीडिया और राजनीति, मीडिया और भारतीय राजनीति, मीडिया-अध्ययन, संचार, संचार-क्रांति, स्मृति और अभिलेखागार, सोशल नेटवर्क विश्लेषण, सूचना, सूचना-समाज, वैकल्पिक मीडिया।

संदर्भ

1. स्टीव फ़लर (2007), 'मास मीडिया', *द नॉलेज बुक*, एकुमन, स्टॉक्सफ़ील्ड.
2. पीटर स्टीवन (2004), *द नो-नॉनसेंस गाइड टु ग्लोबल मीडिया*, न्यू इंटरनेशनलिस्ट पब्लिकेशंस और बिटवीन द लाइंस, टोरंटो, ओंटारियो.
3. डेल जैकिट (2006), *जर्नलिस्टिकि इथिक्स : मॉरल रिस्पांसिबिलिटी इन द मीडिया*, प्रेंटिस हाल.
4. वाल्टर लिपमैन (1922), *पब्लिक ओपीनियन*, मैकमिलन, न्यूयॉर्क.

— अभय कुमार दुबे

मीरा बेन

(Madeleine Slade)

अहमदाबाद के साबरमती आश्रम में गाँधी के रचनात्मक कार्यक्रम में उनकी निकटतम सहयोगी ब्रिटिश मूल की मैडेलिन स्लेड को मीरा बेन (1892-1982) के नाम से जाना जाता है। मैडेलिन को यह भारतीय नाम गाँधी ने ही दिया था। मीरा ने खादी और सत्याग्रह की अवधारणाओं के प्रचार-प्रसार में उल्लेखनीय योगदान किया। गाँधी के पत्र *यंग इण्डिया* और *हरिजन* में उन्होंने कमोबेश हज़ार के ऊपर लेख लिखे होंगे। साथ ही वे देश के प्रमुख अंग्रेज़ी पत्रों में इन विषयों पर नियमित रूप से लिखती थीं। वर्धा के निकट सेवाग्राम आश्रम की स्थापना में उनकी प्रमुख भूमिका थी। 1930 में गाँधी जब गोलमेज़ कांफ्रेंस में भाग लेने लंदन गये, तो मीरा उनके साथ थीं। 1942 में गाँधी ने अखिल भारतीय कांग्रेस कमेटी में भारत छोड़ो आंदोलन का मसविदा प्रस्ताव मीरा के हाथ से ही इलाहाबाद भेजा था। आंदोलन में सक्रिय भागीदारी के परिणामस्वरूप ब्रिटिश हुकूमत ने उन्हें 1944 तक आग़ा खाँ पैलेस में नज़रबंद भी रखा। गाँधी के हत्या के बाद मीरा 1959 तक भारत में रहीं। इस दौरान उन्होंने दो आश्रमों और बापू बस्ती की स्थापना भी की। जीवन का अंतिम दौर उन्होंने वियना के निकट एक आश्रम में बीथोवेन के संगीत के साथ गुज़ारा। भारत सरकार ने उन्हें पद्मविभूषण से भी सम्मानित किया।

मैडेलिन स्लेड एक ब्रिटिश सैन्य अधिकारी ऐडमिरल सर एडमण्ड स्लेड के पुत्री थीं। नौ सेना के काम से मैडलिन के पिता ज़्यादातर घर से बाहर ही रहते थे। मैडलिन का बचपन अपने नाना के यहाँ ग्रामीण परिवेश में स्थित एक बेहद विशाल घर में व्यतीत हुआ जहाँ वे घर के साथ लगे खेतों, मैदानों, बाग़ी और पहाड़ियों के प्राकृतिक सौंदर्य से रूबरू हुईं। इस घर में मुर्गियाँ, गाय व घोड़े भी पाले जाते थे। एक बालिका के रूप में मैडेलिन को गुड़ियों से खेलने के बजाय घुड़सवारी का शौक था। उनका काफ़ी समय अस्तबल में घोड़ों की देखभाल और घुड़सवारी में लगता था। उनकी पढ़ाई किसी औपचारिक स्कूल में नहीं बल्कि अपने घर पर ही हुई। एक दिन मैडेलिन ने अपने घर के प्यानो पर महान संगीतकार बीथोवेन की एक संगीत रचना सुनी जिससे वे सम्मोहित हो गयीं। अकेले में मैडलिन घुटनों पर गिर कर भगवान से शिकायत करतीं कि उनका जन्म बीथोवेन के दुनिया छोड़ने के इतने साल बाद क्यों हुआ। बीथोवेन के बारे में और जानकारी लेने के प्रयास में उन्हें रोम्या रोलाँ द्वारा इस संगीतकार पर फ्रांसीसी में लिखी पुस्तक *ज्याँ क्रिस्टोफ़र* का अंग्रेज़ी अनुवाद पढ़ने का अवसर मिला। इस रचना को मूल में पढ़ने के लिए मैडेलिन ने फ्रांस जाकर फ्रेंच सीखना शुरू किया। कुछ समय बाद वे स्विट्ज़रलैण्ड जा कर रोम्या रोलाँ से मिलीं। रोम्या रोलाँ ने ही मैडेलिन को गाँधी के बारे में बताया और कहा कि गाँधी आज के समय के एक मसीहा हैं। वार्तालाप के दौरान रोम्या रोलाँ ने गाँधी पर लिखी अपनी पुस्तक का भी उल्लेख किया।

इसके तुरंत बाद ही मैडेलिन ने रोम्या रोलाँ की गाँधी पर लिखी पुस्तक पढ़ी और तत्काल भारत जाने का फ़ैसला किया और अपनी समुद्री यात्रा का टिकट भी ले लिया। लेकिन गाँधी से मिलने की इस उतावली के बावजूद मैडेलिन को यह महसूस हुआ कि भारत में और गाँधी के साथ रहने के लिए उन्हें अपने आप को तैयार करना होगा। इस तैयारी के लिए अगले एक साल तक मैडेलिन ने कठोर अनुशासन के साथ इंग्लैण्ड में अपने घर ही में आश्रम का जीवन जीना शुरू किया। 1925 में मैडेलिन ने गाँधी को बीस पाउंड का अनुदान भेजा और एक पत्र में भारत आ कर गाँधी के साथ रहने का अनुरोध किया। गाँधी ने जवाब में कहा कि मैडेलिन यदि भारत और आश्रम के कष्टसाध्य जीवन के लिए तैयार हैं तो उनका स्वागत है। गाँधी ने यह भी लिखा कि अगर मैडेलिन अपने जहाज़ के बारे में पूर्व-सूचना दे देंगी तो गाँधी किसी व्यक्ति को मुम्बई भेज देंगे जो मैडेलिन के भारत पहुँचने पर उनके साथ रहेगा। छह नवम्बर, 1925 को मैडेलिन मुम्बई पहुँचीं जहाँ उन्हें दादाभाई नौरोजी के घर ठहराया गया। लेकिन नौरोजी परिवार के सारे अनुरोधों के बावजूद मैडेलिन उसी दिन ट्रेन से अहमदाबाद रवाना हो गयीं।

सरदार वल्लभ भाई पटेल मैडेलिन को लेकर सात नवम्बर की सुबह साबरमती आश्रम पहुँचे। मैडेलिन के शब्दों में गाँधी को देख कर वे अपनी सुधबुध खो बैठीं। बाद में उन्होंने गाँधी को कहते सुना : तुम मेरी बेटी होगी। आश्रम म मैडेलिन के कमरे में एक टेबल-कुर्सी और बिस्तर रखा गया था जिसे उन्होंने हटा कर ज़मीन पर ही सोना शुरू कर दिया। मैडेलिन ने आश्रम में ही सूती सफ़ेद साड़ी पहनना शुरू की, अपने बाल कटवा लिए और आजीवन ब्रह्मचर्य का व्रत लिया। गाँधी के कहने पर उन्होंने पूरी निष्ठा से चरखा चलाया, सूत की कतायी-बुनायी की। आश्रम के अन्य दैनिक कार्य एवं हिंदी सीखना शुरू किया। इसी दौरान उन्हें उनका नया नाम मीरा बेन मिला।

साबरमती आश्रम में कुछ दिन रुकने के बाद मीरा गाँधी के साथ विनोबा भावे के वर्धा आश्रम गयीं यहाँ की आश्रम व्यवस्था और आश्रमवासियों के व्यवहार से बहुत प्रभावित हुईं। भारत आने के एक साल बाद मीरा के पिता का निधन हो गया लेकिन उन्होंने इंग्लैण्ड जाने के स्थान पर भारत

में ही रहने का निर्णय लिया और हिंदी सीखने के लिए नयी दिल्ली के कन्या गुरुकुल और फिर गुरुकुल कांगड़ी चली गयीं। 1928 में मीरा ने खादी के प्रचार के लिए बिहार की यात्रा की। इसी बीच नमक आंदोलन में गाँधी जी की गिरफ़्तारी हो गयी। मीरा ने राजनीति के स्थान पर रचनात्मक कार्यों को प्राथमिकता देना जारी रखा। उन्होंने चरखे और खादी को बढ़ावा देने के लिए भारत के विभिन्न स्थानों की यात्राएँ की। 1931 की दूसरी गोलमेज़ बैठक में गाँधी के साथ इंग्लैण्ड में उन्होंने स्थानीय ब्रिटिश लोगों और गाँधी के बीच मध्यस्थ की भूमिका अदा की। इंग्लैण्ड से लौटने के तुरंत बाद ही कांग्रेस को ग़ैरक़ानूनी घोषित करते हुए गाँधी को भी जेल में डाल दिया गया और सारे देश के समाचार पत्रों पर सेंसरशिप लगा दी गयी। तब मीरा बेन ने मुम्बई में रह कर विदेशी अख़बारों को भारत के बारे में गुप्त रूप से जानकारी भेजना शुरू किया। कुछ दिनों के बाद ब्रिटिश हुकूमत को मीरा की इन गतिविधियों की जानकारी मिली तो उन्हें तीन महीने के लिए ज़ेल भेज दिया गया। ज़ेल से छूटने पर भी मीरा के मुम्बई प्रवेश पर प्रतिबंध लगा रहा जिसका उल्लंघन करने पर उन्हें और एक साल के कारावास की सज़ा मिली। 1933 में मीरा अपनी इंग्लैण्ड यात्रा के दौरान विंस्टन चर्चिल से मिलीं और गाँधी के बारे में चर्चिल की कटूक्तियों का बड़ी शालीनता और दृढ़ता से जवाब दिया। मीरा ने कई अवसरों पर भारत के वायसराय और कांग्रेस की कार्यसमिति के सदस्यों और पदाधिकारियों से गाँधी की व्यक्तिगत संदेश वाहक के रूप में मुलाक़ात की। युरोप और अमेरिका में भारत की स्वतंत्रता और गाँधी के दृष्टिकोण के बारे में आम लोगों में जागरूकता बढ़ाने का काम किया।

मीरा बेन (1892–1982)

वर्धा से आठ किलोमीटर की दूरी पर सेगाँव नामक एक गाँव में गाँधी ने एक नया आश्रम बनाया, जिसे बाद में सेवाग्राम का नाम दिया गया। यहाँ पर गाँधी कस्तूरबा और मीरा के साथ कई दिनों तक रहे। 1939 में चेकोस्लोवाकिया गणराज्य पर नाज़ी आक्रमण के बाद मीरा वहाँ भी एक अहिंसक आंदोलन चलाना चाहती थीं लेकिन खान अब्दुल गफ़्फ़ार ख़ान के सुझाव पर वे उत्तर पश्चिम सीमांत इलाक़े में गयीं और पठानों के बीच समाज-सुधार में उन्होंने हिस्सा लिया। गाँधी आश्रम में और अन्य सामाजिक गतिविधियों के दौरान मीरा सरदार पृथ्वी सिंह के प्रति आकृष्ट हुईं और मीरा ने गाँधी से इस विषय पर बात भी की। लेकिन अंततः इस लगाव का कोई निश्चित परिणाम नहीं निकल पाया। इसके बाद मीरा ने लगभग एक साल के लिए एकांतवास और मौन व्रत का निर्णय लिया। अपने इस एकांतवास में मीरा बेन ने ऋग्वेद का अंग्रेज़ी भाषा में अनुवाद भी किया।

द्वितीय विश्व-युद्ध में भारत पर जापानी आक्रमण का अंदेशा देखते हुए मीरा ने उड़ीसा प्रांत में लोगों को संगठित व जाग्रत करने के उद्देश्य से वहाँ की यात्रा की और 1942 में गाँधी से इस विषय पर बात करने के लिए मुम्बई आयीं। वहाँ मीरा को गाँधी और कस्तूरबा के साथ गिरफ़्तार करके आग़ा ख़ान महल में रखा गया। इसी नज़रबंदी के दौरान गाँधी के सहायक महादेव देसाई और कस्तूरबा का निधन हो गया। ज़ेल से छूटने के बाद मीरा बेन ने रुड़की के पास किसान आश्रम की स्थापना की। 1946 में संयुक्त प्रदेश (उत्तर प्रदेश) में कांग्रेस की प्रांतीय सरकार ने मीरा को कृषि एवं पशुपालन के क्षेत्र का विशेष सलाहकार भी नियुक्त किया। 1947 में मीरा बेन ने ऋषिकेश के निकट पुष्पलोक के नाम से एक गोसेवा आश्रम स्थापित किया। हरे-भरे मैदानों व हिमाच्छादित पर्वत शृंखलाओं के बीच वे बड़े उत्साह से इस काम में लग गयीं। 30 जनवरी, 1948 को गाँधी जी की हत्या के बाद स्तब्ध मीरा बेन ने अपना दुःख व्यक्त नहीं किया बल्कि अपने आश्रम के कामों में ही जुटी रहीं। यहाँ तक कि वे गाँधी के अंतिम दर्शनों के लिए नयी दिल्ली तक नहीं गयीं। 1952 में उन्होंने टिहरी गढ़वाल में गोपाल आश्रम स्थापित किया और यहीं से भारतीय पर्यावरण एवं वानिकी के पुनरुद्धार का अभियान चलाया। मीरा जानती थीं कि औपनिवेशिक शासन ने भारत के जंगलों में स्थानीय पर्यावरण के उपयुक्त वृक्ष हटा कर उनके स्थान पर केवल व्यापारिक लाभ के पेड़ लगा दिये हैं। स्थानीय वन संपदा की रक्षा में मीरा की मुहिम से प्रेरणा लेकर सरला बेन और सुन्दरलाल बहुगुणा ने वन संरक्षण का व्यापक अभियान शुरू किया।

गाँधीजी के निधन के बाद उनका कांग्रेस पार्टी, भारत सरकार या भारतीय राजनीति से कोई संबंध नहीं रहा। 1959 में अपनी आत्मकथा के प्रकाशन के सिलसिले में मीरा इंग्लैण्ड गयीं, लेकिन वहाँ उनका मन नहीं लगा। मीरा दोबारा बीथोवेन की खोज करना चाहती थीं, इसलिए उन्होंने इंग्लैण्ड छोड़ कर ऑस्ट्रिया में वियना शहर से कोई पचास किलोमीटर की दूरी पर एक गाँव में रहना शुरू किया। यहाँ मीरा बेन की देखभाल के लिए गढ़वाल से आया उनका एक भारतीय सहायक भी था। मीरा यहाँ अकेले ही रहीं और उन्होंने बीथोवेन पर एक पुस्तक भी लिखी जिसे उस समय भारत या इंग्लैण्ड का कोई प्रकाशक छापने को तैयार नहीं हुआ। अकेले रहते भी मीरा स्थानीय लोगों की सहायता के लिए हमेशा तैयार रहती थीं। 20 जुलाई, 1982 को मीरा बेन का देहांत हो गया।

गाँधी-मीरा के संबंधों पर अनेक किवदंतियाँ-कथाएँ भी हैं. लेकिन मीरा बेन ने इस विषय पर कभी भी विस्तार से चर्चा नहीं की और न ही अपनी आत्मकथा में इसका पूरा वर्णन किया। गाँधी के प्रति मीरा का अनुराग समर्पण-उत्सर्ग की सीमा तक था। गाँधी के प्रति अपनी भक्ति में मीरा भक्तिकालीन कवयित्री मीरांबाई के समान ही मानी जाती हैं।

देखें : उपनिवेशवाद विरोधी आंदोलन-1, 2 और 3, भारत में सशस्त्र संघर्ष-1, 2 और 3, मोहनदास कर्मचंद गाँधी-1 से 3 तक, उपनिवेशवाद, सविनय अवज्ञा, विजय लक्ष्मी पण्डित, प्रभावती देवी, सुचेता कृपलानी, पण्डिता रमाबाई सरस्वती, ऐनी बेसेंट, संतोष कुमारी देवी, अरुणा आसफ़ अली, कमला देवी चट्टोपाध्याय, दुर्गाबाई देशमुख।

संदर्भ

1 मीरा बेन (1960), *स्प्रिट्स पिल्ग्रिमेज़,* लोंगमेन, लंदन.
2. महात्मा गाँधी और मीरा बेन (1949), *बापूज़ लेटर्स टू मीरा 1924-1948,* नवजीवन पब्लिशिंग हाउस,अहमदाबाद
3. थॉमस वेबर (2005), *गाँधी एज़ डिसाइपल ऐंड मेंटर,* केम्ब्रिज युनिवर्सिटी प्रेस, केम्ब्रिज.

— रवि दत्त वाजपेयी

मीरांबाई और प्रेमाभक्ति

(Meerabai and *Premabhakti*)

हिंदी के कृष्ण-भक्त कवियों में राजस्थान की कवयित्री मीरांबाई (संवत् 1573-1603) का कई कारणों से विशिष्ट स्थान है। उनका संबंध किसी वैष्णव सम्प्रदाय से नहीं रहा है, फिर भी 'गिरधर नागर' को आलम्बन मानकर उन्होंने जिस भक्तिमार्ग का आधार ग्रहण किया, उसने राजस्थान की मरुभूमि को भक्ति की तन्मयता से रससिक्त कर दिया। मीरां में भक्त और कवि दोनों का मेल हुआ है, लेकिन उनका कवि रूप ही प्राय: बहुत उभारा गया है। उनकी प्रमुख चर्चा एक समर्पित भक्त के रूप में ही की गयी है। उनके भक्त में उनके योगी संत का अद्भुत मेल मिलता है। यही कारण है कि मीरां के भक्त-हृदय में साधनारत योगी का निवास है। यह योगी काव्य को साध्य न मानकर भक्ति को साध्य-साधन दोनों रूप में अपनाता रहा है। राजस्थान के सामंतवाद-मर्दवाद को मीरां ने चुनौती दी और महलों से निकल पड़ीं। पर्दानशीन रानी गलियों में संतों के साथ गाती चलें यह बात राजाओं को अपनी मान-प्रतिष्ठा के प्रतिकूल लगती थी। मीरां की सास-ननद मीरां को 'कुलनाशी' कहने लगीं। लेकिन मीरां के अस्वीकार भरे साहस ने राजसत्ता को चुनौती देकर कहा, 'नहि चाहिए थारो देसड़ों रंग सड़ों-थारे देसां राणा साधू नहि छे लोग बसहि सब कूड़ों।' भक्तिकालीन सामंतवादी समाज में मीरां का यह विद्रोह आज बहुवचनात्मक भाष्य माँगता है। मीरां की योग-समाधि की तन्मयता को अभी हिंदी की समीक्षा में कम समझा गया है, जबकि उसे नये संदर्भों में, विशेषकर स्त्री-विमर्श के संदर्भों में, समझा जाना चाहिए। मीरां का कृतित्व साक्षी है कि प्रबल सांसारिक झंझावातों को झेलकर भी वे भक्तिमार्ग के प्रेमपंथ पर अडिग चलती रहीं। ससुराल तथा समाज के अनेक अत्याचार उन्हें भक्तिमार्ग से विचलित नहीं कर सके। आज उस मध्ययुगीन नारी में ऐसा जुझारू साहस हमें विस्मय-विमुग्ध करता है।

इतिहास साक्षी है कि मीरां के भक्ति-संस्कारों की घुट्टी में कृष्ण-भक्ति के संस्कार थे। उनके पितृकुल में कृष्ण-भक्ति के संस्कार कई पीढ़ियों से चले आ रहे थे। रावदूदा, बीरमदेव, जयमल आदि उनके परिवार के सभी सदस्य परम वैष्णव थे। इस वंश परम्परा के प्रभाव से मीरां के भक्ति-संस्कारों को विकसित होने का अवसर मिला। उनके भक्ति-संस्कार उज्ज्वल भक्ति-रस से सिंचित होकर साधना के शिखर तक पहुँचे। बाल्यावास्था में मीरां का भोजराज से विवाह हुआ और भोजराज के देहावसान के बाद जीवन में उनका सामना उमड़ते अंधकार और नैराश्य से हुआ। इस वैधव्य के कष्ट को मीरां ने कृष्ण-भक्ति की शक्ति से दूर किया। राजरानी मीरां को राजमहलों का सुख-वैभव लुभा नहीं सका। उनके देवर राणा जी ने उन्हें बहुत कष्ट दिये। राजस्थान के सामंतवाद-मर्दवाद को मीरां ने चुनौती दी और महलों से निकल पड़ी।

दरअसल, मीरां के समय तक भक्ति आंदोलन जर्जरित सामंतवाद के खम्भों को हिला चुका था। दक्षिण के आचार्य उत्तर भारत में आकर इस भक्ति आंदोलन को लोकप्रिय एवं व्यापक बना चुके थे। विष्णु स्वामी, मध्वाचार्य, निम्बार्काचार्य, वल्लभाचार्य, चैतन्य महाप्रभु जैसे आचार्य पूरी शक्ति से जनता के मुरझाये मनों को भक्ति-जल से सींच रहे थे। वल्लभाचार्य के शुद्धाद्वैतवाद-पुष्टिमार्ग में दीक्षित अनेक भक्त-कवि अपने सम्प्रदाय की मान्यताओं के अनुसार अपनी भक्ति का मार्ग निश्चित कर चुके थे। इन सभी कृष्णभक्त आचार्यों एवं कवियों ने महाभारत के कृष्ण को नहीं चुना। सभी ने भागवत के भाव-लीलानायक, लोकरंजन, लोकरक्षक कृष्ण को चुना। सभी ने कृष्ण को अपनी रागानुगा भक्ति का आलम्बन बनाया, साथ ही अपनी मनोभावना के अनुकूल कृष्ण को सखा, पति, स्वामी, आराध्यदेव के रूप में देखा।

इन सभी ने भगवान के साथ अनेक प्रकार के संबंध स्थापित किये।

भक्ति-आंदोलन से संबंधित अनेक सम्प्रदाय और मार्ग मीरां के समय तक आ चुके थे। खोजने पर लगभग सभी सम्प्रदायों का प्रभाव मीरां में मिल जाता है, किंतु मीरां की भक्ति के स्वरूप पर किसी एक सम्प्रदाय की मान्यताओं का असर नहीं है। उनकी भक्ति-भावना पर पितामह रावदूदा की वैष्णव-भक्ति की छाप पड़ी है। मीरां ने अपने को कृष्णप्रेम की गोपी माना और 'लोकलाज कुलशृंखला तजि' गिरधर की शरण में चली गयीं। उनके अनेक पदों की अंतर्ध्वनि यही है कि मीरां को राणा ने विष का प्याला भेजा। उस प्याले को मेड़तणि मीरां ने पी लिया। यह भी प्रसिद्ध है कि मीरां को मारने के लिए 'सांप पिटारा राणाजी भेज्या' था। पर वह पिटारी खोलने पर सर्प शालिग्राम बन गया।

चैतन्य के गौड़ीय सम्प्रदाय में जीवगोस्वामी और रूपगोस्वामी भी नामी आचार्य रहे हैं। *भक्तिरसामृत सिंधु* और *उज्ज्वल नीलमणि* ग्रंथों ने इन नामों और आचार्यत्व को अमर किया। लोक में प्रसिद्ध है मीरां ने जीवगोस्वामी के पुरुष-दम्भ को तोड़ा था— स्त्री-पुरुष के भेद-भ्रम का उच्छेदन किया। मीरां के मन में वृंदावन, जमुना, संत-भक्त-गायक सभी के लिए बहुत सम्मान है। मधुर-भाव को अपनाने वाली गोपियों को मीरां ने अपना आदर्श माना। उनके पदों में यही कृष्णभक्ति साकार हो उठी। मीरां ने लोकरक्षक गिरधर को अपना पति स्वीकार किया, 'म्हारा तो गिरधर गोपाल दूसरो न कोई-जाके सिर मोर मुकुट मेरो पति सोई।' इस गिरधर गोपाल ने मीरां को आंतरिक बल दिया। मीरां इसी के बूते कृष्ण और राम के भेद के फेर में नहीं पड़ीं। यह कथन, 'पायो जी मैंने रामरतन धन पायो' और कभी, 'राम नाम रस पीजैय मनुआ' कि गुहार। भेद बुद्धि का नाश होने से ही मीरां भक्ति के बहुत ऊँचे शिखर को स्पर्श कर सकीं।

अगर हम मीरां के विरह-मिलन के पदों को देखते हैं तो पाते हैं कि मीरां को राम और कृष्ण में सामंजस्य और सौंदर्य दिखाई देता है। सच बात तो यह है कि मीरां के प्रभु गिरधर नागर ही भिन्न रूपों में सामने आते हैं। उनमें निर्गुण-सगुण दोनों रूप समाये हुए हैं। मीरां ने अनेक पदों में निर्गुणिए संतों की तरह अपने आराध्यदेव को निर्गुण, निरंजन, अविनाशी जैसे नामों से सम्बोधित किया है। यह आराध्य घट-घट में व्याप्त है, उसकी सेज गगन-मण्डल में बिछी हुई है, सूली ऊपर सेज है। 'गगन मण्डल में सेज पिया की केहि विधि मिलना होय।' इस बात को बराबर ध्यान में रखना होगा कि मीरां ने गिरधर-नागर को योगी रूप में देखा है। हो सकता है कि यह नाथपंथी योगियों का प्रभाव हो। मीरां इस योगी की रात-दिन प्रतीक्षा करती हैं और उसके सान्निध्य में ही अमृतानुभव करती हैं। विनय करती हैं, 'जोगी मतजा मतजा, पाँइ परूँण मैं तेरी' और यह अहसास भी है कि, 'जोगिया से प्रीत किये दुख होय'। वस्तुतः मीरां का योगी न तो गीता का योगी ब्रह्म है न हठयोग-सम्मत योगी। ये दोनों रूप मिल गये हैं और एक नये रूप का निर्माण हुआ है। यह प्रीतम इंद्रियातीत निर्गुण रूप है- लेकिन प्रेम प्रवाह के वेग में अमूर्त-इंद्रियातीत निर्गुण रूप टिक नहीं पाता। ऐसा इसलिए है कि मीरां के हृदय में कृष्ण का छबीला सगुण रूप भरा हुआ है :

> बसो मेरे नैनन में नंदलाल।
> मोहिनी मूरत सांवरी सूरत, नैण्यं बने है विसाल।
> अधर सुधारस मुरलीराजत, उर बैजन्ती माल।
> क्षुद्र घंटिका कटिपट सोभित, नूपुर सबद रसाल।
> मीरां प्रभु संतन सुरुनयी, भगत बछलगोपाल।

यह भगत-बछल गोपाल नाथ-पंथ, न संतमत, न चैतन्यमत, न वल्लभमत, किसी के भी रपटे में नहीं है- उसकी साधना में एक मुक्तभाव है जो जड़ता को काटता है। मीरां ने कभी भी क़ायदे से किसी सम्प्रदाय की दीक्षा नहीं ली और न ही वे सम्प्रदाय विशेष के खण्डन-मण्डन में पड़ीं। उनके समय में विचारों की जो हवा बह रही थी उसका उन्होंने केवल प्रभावमात्र ग्रहण किया। प्रेम-मगन होकर कनफटा जोगियों की तरह गेरुआ वस्त्र, जटा, भस्म, माला, मुडा, मेखला आदि चिह्नों को अपनाने के लिए आकुल-व्याकुल हैं :

> पाटल ऊपरि भसम रमाऊँ, खोर करूँ सिर केस,
> भगवाँ भेख धरूँ तुम कारण, ढूँढ़त च्यारूँ देस॥
> माला मुन्दरा मेखलाँ, रे बाला, खरपर लूँगी हाथ,
> जोगिण होय जुग ढूँढ़सूँ रे, म्हारे राखन पारीं साथ॥

प्रेमाभक्ति के क्षणों में मीरां वल्लभाचार्य के पुष्टिमार्ग के बेहद पास हैं। पुष्टिमार्ग का गहरा प्रभाव मीरां पर दिखाई भी देता है। यह प्रभाव पाने का कारण यह है कि मीरां कीर्तन-पद्धति, प्रभुसेवा और रागानुगा भक्ति में उन सभी को अपनाती हैं। पुष्टिमार्गी और चैतन्य मार्गियों से मीरां को कोई परहेज़ नहीं है। चैतन्यमार्गी भक्तों की मधुरा-भक्ति मीरां के प्राणों में रची-बसी है। हो सकता है चैतन्य महाप्रभु के शिष्य जीवगोस्वामी के सम्पर्क में आने पर मीरां में इस तरह का मधुर कृष्ण-राधा-रस झलक पड़ा हो, क्योंकि मीरां ने किसी आचार्य से मत-विशेष की दीक्षा नहीं ली। उनमें बँधकर भी अपने को खुला रखा है, इसलिए ही किसी भी मत की सम्प्रदायगत संकीर्णताओं ने उनका पीछा नहीं किया। मीरां ने त्रिकुटी महल से झाँक कर

प्रियतम के दर्शन किये और प्रेमरस पीकर मन मतवाला हो गया। प्रेम की ऐसी निश्छल-निगूढ़ गहराई के अनुभूति और कहीं नसीब ही नहीं होती।

माधुर्य-भाव की भक्ति की व्यापकता को मीरां ने अर्थ दिया। सम्पूर्ण भाव-सत्य को संदर्भ से जोड़ दिया। काव्यानुभूति की लय अंततः लौ बनकर फूट पड़ी। नारी के राधा-सीता-पार्वती, तीनों रूप मिलकर यहाँ प्रेमगान बन गये। चित्त का सब कलुष जल गया। रह गया केवल उज्ज्वल राग। सावित्री सिन्हा ने *मध्ययुगीन हिंदी कवयित्रियाँ* शीर्षक अपने शोध-प्रबंध में लिखा है कि, 'जन्म से ही अलौकिक प्रेम का वरदान लेकर वे (मीरां) बड़ी हुईं। परिस्थिति ने इस जन्मजात प्रवृत्ति को विकास का अवसर दिया, जो सांसारिकता के सब बंधनों को तोड़ती, मिलन की पूर्ण अनुभूति पाने की चेष्टा में आगे बढ़ती गयीं। मार्ग में जो कुछ मिला उसने ग्रहण किया, जो रोड़े बनकर अड़े उन्हें उनके दृढ़ पगों ने हटाकर अपना मार्ग बनाया। उनकी अनुभूतियाँ ही प्रेरक तथा पोषक थीं। भावनाओं की मुक्त अभिव्यक्ति की इच्छा सम्प्रदायों का बंधन कैसे स्वीकार करतीं? स्वैच्छिक इष्ट की कल्पना तथा स्वच्छंद भावनाओं की अभिव्यक्ति की अभिलाषा सदैव मुक्त रही।' भगवान में भक्त का परम अनुराग ही भक्ति है, जिसे प्राप्त कर मनुष्य अमृतत्व को प्राप्त हो जाता है। भक्त और भगवान का संबंध अनेक प्रकार का है, लेकिन उसे सघनता-प्रगाढ़ता अनुभूति से ही प्राप्त होती है। भक्त की मनोवृत्ति तथा आलम्बन के स्वरूप और प्रकृति के अनुरूप भक्ति-भाव में भिन्नता आ जाती है। भक्ति के दो प्रमुख भेद हैं— रागानुगा भक्ति या प्रेमा-भक्ति या मधुरा भक्ति और दूसरी मर्यादा-भक्ति जैसे कि नवधा-भक्ति।

मीरां में नवधा-भक्ति अर्थात् श्रवण, कीर्तन, स्मरण, पाद-सेवन, अर्चन, वंदन, सख्य, आत्मनिवेदन सभी के तत्त्व पाये जाते हैं, साथ ही उनका राग-भाव पूर्वराग, प्रेम, विरह और मिलन के रूप में भी माधुर्यभाव लिए हुए है। सच बात तो यह है कि माधुर्यभाव ही मीरां की भक्ति का प्रधान भाव है। वे गोपीभाव से तन्मय भक्ति करतीं हैं। लोक में प्रसिद्ध है कि मीरां स्वयं को कृष्ण की अष्ट सखियों में प्रधान सखी ललिता का अवतार मानती थीं। उनमें अहं का समर्पण और अहं के विगलन के कारण चरमकोटि का दास्य-भाव भी जगह-जगह मिलता है। उनकी विनय-भावना का स्वरूप और बीजभाव यही है। विनय के पदों की संख्या सीमित है फिर भी जितने विनय के पद हैं उनमें नारी-मन के पूर्ण समर्पण का पावन-भाव है, जैसे कि- 'भज मन चरण कमल अविनाशी' या 'तुम सुणौ दयाल म्हारी अरजी'। मीरां में आत्मविश्वास के स्वर ने सूर-तुलसी की तरह दैन्य भाव नहीं आने दिया। उनका भीतरी संकल्प इस क्षेत्र में उन्हें आत्म-प्रकाश देता है। वे बार-बार गणिका, सदना, अजामिल आदि भक्तों के नाम लेकर भगवान से प्रार्थना करती हैं। उनके विरह के पद हृदय की उमड़न को व्यंजित करते हैं। उनका विरही मन पीड़ा को भीतर ही भीतर झेलता है। विशेष बात यह है कि इस विरह में जिस पीड़ा की अभिव्यक्ति हुई है, वह अनिर्वचनीय हैं- जैसे, 'हेरी मैं तो प्रेम दीवाणी मेरा दरद न जाणै कोय। घायल की गति घायल जाणै कि जिन घायल होय'। पीड़ा में कह पाना कठिन होता है— शब्द थम जाते हैं। मीरां का 'गिरधरनागर' ही इस अथाह दर्द की थाह पा सकता है।

मीरां की भक्ति में नारी मनोभूमि के अनुकूल दाम्पत्य-प्रेम की गहन अभिव्यक्ति हुई है। पति-पत्नी का प्रगाढ़ प्रेम यहाँ दीपक की तरह प्रकाश करता है। यह जलन का अनुभव दाम्पत्य-प्रेम का एक सात्विक अनुभव है— यही मधुररस है। यहाँ इंद्रियों के भोग वाला स्थूल श्रृंगार नहीं है और इसे पार्थिव-अपार्थिव श्रृंगार कहना भी उचित नहीं है। मीरां के नटनागर-गिरधर अनन्त प्रेम के पयोनिधि हैं और मीरां उनकी जन्म-जन्म की प्रिया। बचपन का कृष्णप्रेम परिपक्व होकर मीरां में मनोरम सौंदर्य की सृष्टि करता है। मीरां ने मोहन के रूप की लुभावनी छवि पर अपने को न्यौछावर किया हुआ है। मीरां का प्रेम कोई सीमा नहीं मानता। उनकी भारी व्याकुलता ही उनकी आंतरिक बेचैनी का संकेत देती है, जैसे- 'कैसे प्राण पिया बिनु राखूँ जीवन मूर जड़ी।' जो पिया जीवनाधार है उसकी मीरां 'पंथ निहारू अपने भवन खड़ी।' फिर यह पिया हृदय में ऐसे प्रवेश कर गया है कि हृदय उसका ही हो गया है- 'चित्त चढ़ी मेरे माधुरी मूरत उर बिच आन अड़ी'। आप कितनी ही कल्पना कीजिये, मीरां की थाह नहीं है- प्रियतम भी अलौकिक और अथाह। मीरां भी अपार्थिव प्रेम की अथाह प्रेमपिया।

मीरां के प्रेम में ऐंद्रिकता नहीं है। शारीरिक प्रेम के अभाव में गिरधर के प्रति मीरां का प्रेम-भाव गहन-गम्भीर है। इसी गम्भीरता के कारण मीरां ने शारीरिक अतृप्ति का वर्णन नहीं किया। वहाँ कामुकता नहीं है- भावों के विरेचन-व्यापार की पवित्रता है। प्रेम की इस अनन्यता में मीरां का इष्टदेव अपूर्व है। यह ऐसा विरह-विदग्ध नारी-मन है, जिसमें 'ज्यूँ चातक घन को रटै, मछरी जिमि पानी हो' की तड़प है। प्रेम में 'नीर-नसानी' है और 'प्रिय को पंथ निहारत सिगरी रैन बिहानी हो' का भाव है- यह ऐसा प्रेम जागरण है जिसमें 'अंतर वेदन विरह की वह पीर न जाती है'। कहीं-कहीं ऐसा भी लगता है कि मीरां पर सूफ़ी-प्रेम-दर्शन की गहरी छाया है। नारी-भाव का वह

चरम समर्पण है जो अद्वैत की भूमि को पा गया है, जिसमें- 'जहाँ बैठावे तित ही बैठूं, बेचै तो बिक जाऊँ' की ध्वनि है। यह ऐसी उज्ज्वल भावभूमि है जिसे भक्तिशास्त्र उज्ज्वलनीलमणि का नाम देता है। इसमें कर्म, योग, ज्ञान सब एकाकार हैं। ज्ञानमार्ग अकड़ खोकर प्रेममार्ग में मिल गया है। मीरां उस प्रिय के लिए काषाय धारण करती हैं- त्रिकुटी महल में समाधि लगाती हैं, यहाँ तक कि, कासी करवट की व्यथा भी झेलने को तैयार है। अद्‌भुत बात यह है कि मीरां ने अपने प्रियतम को सगुण-निर्गुण दोनों रूपों में पाया है। आत्मा-परमात्मा का भावनात्मक रहस्यवाद एक ख़ास अनुभव के साथ यहाँ मौजूद है— यहाँ प्रेम-लीला का कृष्ण-रस है और राधा-रस की अनन्य तन्मयता। राजकुल के प्रतिकूल आचरण का आलम यह है कि वे मंदिरों में नाचती-गाती थीं- उनके स्वजन उनसे रुष्ट रहते थे। द्वारका और वृंदावन के मंदिरों में भजन गा कर मीरां ने मन को पावन किया था।

देखें : अष्टछाप, 'अंग्रेज़ी हटाओ' आंदोलन, गजानन माधव मुक्तिबोध-1 और 2, छायावाद, डायग्लॉसिया, नंद दुलारे वाजपेयी, नगेंद्र और सैद्धांतिक समीक्षा, नयी कविता, नामवर सिंह, पाश्चात्य काव्यशास्त्र, प्रेमचंद, प्रयोगवाद, प्रगतिवाद, भक्ति आंदोलन-1 और 2, भक्ति-काव्य-1 और 2, भारतेंदु हरिश्चंद्र, भारतेंदु युग-1 और 2, भाषा नियोजन-1 से 4 तक, भाषा के मार्क्सवादी सिद्धांत, महादेवी वर्मा, महावीर प्रसाद द्विवेदी, राहुल सांकृत्यायन, रामानुजाचार्य, रामानंद, रामचंद्र शुक्ल-1 और 2, रामविलास शर्मा, राष्ट्रीय-सांस्कृतिक कविता, रीतिकाल-1 और 2, विजय देव नारायण साही, वैष्णव धर्म, श्याम सुंदर दास, सम्पर्क भाषा-1 से 4 तक, सगुण और निर्गुण-1 और 2, संस्कृत काव्यशास्त्र, संविधान सभा में भाषा-विवाद-1, 2 और 3, संत-काव्य, सिद्ध-नाथ परम्परा, सूफ़ीयत और प्रेमाख्यान, हजारी प्रसाद द्विवेदी, हिंदी विरोधी आंदोलन, हिंदी जाति-1 से 3 तक, हिंदी साहित्य का आदिकाल, हिंदी साहित्य का इतिहास, हिंदी साहित्य का इतिहास : नए परिप्रेक्ष्य, हिंदी-पद्य में इतिहास, हिंदी-जगत और 'लोकप्रिय'-1 और 2, हिंदी नवजागरण, हिंदी-संस्थाएँ।

संदर्भ

1. परीता मुक्ता (1997), *अपहोल्डिंग द कॉमन लाइफ़ : द कम्युनिटी ऑफ़ मीरांबाई,* ऑक्सफ़र्ड युनिवर्सिटी प्रेस, नयी दिल्ली.
2. कुमकुम संगारी (1990), *मीराबाई ऐंड द स्पिरिचुअल इकॉनॉमी ऑफ़ भक्ति,* अंक 28, ऑकेज़नल पेपर्स ऑन हिस्ट्री ऐंड सोसाइटी, नेहरू मेमोरियल म्यूज़ियम लाइब्रेरी, नयी दिल्ली.
3. रामचंद्र शुक्ल (1940), *हिंदी साहित्य का इतिहास,* नागरी प्रचारिणी सभा, काशी,
4. सावित्री सिन्हा (1990), *मध्ययुगीन हिंदी कवयित्रियाँ,* नैशनल पब्लिशिंग हाउस, नयी दिल्ली.
5. डॉ. राम विलास शर्मा (1981), *परम्परा का मूल्यांकन,* राजकमल प्रकाशन, नयी दिल्ली.
6. कृष्णदत्त पालीवाल (2007), *भक्तिकाव्य से साक्षात्कार,* भारतीय ज्ञानपीठ, नयी दिल्ली.

— कृष्णदत्त पालीवाल

मुकुंद लाठ

(Mukund Lath)

अध्येता, विचारक, कवि और सांस्कृतिक इतिहासकार मुकंद लाठ (1937-) ने साहित्य, संगीत, नाटक, नृत्य, सौंदर्यशास्त्र तथा धर्म और दर्शन जैसे विषयों पर बहुआयामी लेखन करके भारतीय ज्ञान-प्रणाली के समग्रतावादी स्वरूप का मौलिक उद्‌घाटन किया है। संगीत-चिंतन और धर्म-नीति विषयक भारतीय विमर्श मुकुंद लाठ के अध्यवसाय के विशिष्ट क्षेत्र रहे हैं। संगीत, जिसे शिल्प-मात्र समझा जाता है, को विचार के रूप में ग्रहण करके मुकुंद लाठ ने उसके भीतर भाव और बुद्धि में एक विशेष प्रकार की जुगलबंदी देखी और उसे अपने संगीतविषयक विमर्श में विस्तार से साधा। धर्म-नीतिविषयक चिंतन में उन्होंने भारतीय नीति-मीमांसा के गहन गुण-सूत्रों का उद्‌घाटन करते हुए उसका अभिनव आलोचनात्मक अनुशीलन किया है। उनका यह अनुशीलन शास्त्र-परम्परा के भीतर से उद्‌भूत विमर्श है लेकिन इस विमर्श में शास्त्र प्रमाण रूप में प्रस्तुत नहीं हुआ है बल्कि विचार की स्वकीय भूमि पर शास्त्र को एक नया सौष्ठव प्रदान किया गया है।

कलकत्ता के एक सम्भ्रांत परिवार में जन्मे मुकुंद लाठ की शिक्षा कलकत्ता और दिल्ली में हुई। साठ के दशक में पश्चिमी बर्लिन के तुलनात्मक संगीत अध्ययन संस्थान में उन्होंने प्राचीन भारतीय संगीत से संबंधित *दत्तिलम* नामक एक दुर्लभ ग्रंथ पर अनुसंधान किया। वस्तुतः इसी ग्रंथ पर कार्य करते हुए मुकुंद लाठ ने प्राचीन संगीत-चिंतन और गांधर्व विद्या के गहन अवधारणात्मक गुण-सूत्रों को आत्मसात् किया। वे न केवल शास्त्रीय संगीत के प्राचीनतम और आधुनातन रूपों के पारखी हैं, बल्कि उन्होंने अपने संगीतशास्त्रीय स्वाध्याय को पण्डित मणिराम और पण्डित जसराज के साथ संगीत-साधना में भी रूपांतरित किया है। संगीत के ऐतिहासिक, सांस्कृतिक एवं अवधारणात्मक अध्ययन के क्षेत्र में उनकी प्रमुख कृतियाँ हैं : *अ स्टडी ऑफ़ दत्तिलम* (1978), *द हिंद पदावली ऑफ़ नामदेव* (1989), *संगीत एवं चिंतन* (1992) तथा *ट्रांसफ़ार्मेशन एज़ क्रियेशन* (1998)। भारत में आत्मकथा की प्राचीन शैली और परम्परा की खोज भी मुकुंद लाठ की साहित्यिक अभिरुचि का विषय रहा है। इस विधा में उन्होंने *कल्पसूत्र* (1977) का अंग्रेज़ी अनुवाद किया है। *कल्पसूत्र* प्राकृत भाषा में वर्द्धमान महावीर की जीवनी है। इसके अतिरिक्त 1981 में प्रकाशित *अर्द्धकथानक (हॉफ़ ए टेल)* उनकी एक प्रसिद्ध कृति है जो सत्रहवीं शताब्दी के एक जैन व्यापारी एवं साधक बनारसी

दास द्वारा आत्मलोचनपूर्वक हिंदी में लिखी गयी आत्मकथा के अध्ययन पर आधारित है। मुकुंद लाठ कवि भी हैं। उनकी काव्य प्रतिभा *स्वीकरण* (1991) तथा *अनरहनी रहने दो* (2013) के माध्यम से अभिव्यक्त हुई है। इन्होंने *तिर रही वन की गंध* (1998) शीर्षक से कुछ प्राकृत कविताओं का हिंदी अनुवाद भी किया है। अनुवाद के क्षेत्र में उन्होंने पंद्रहवीं सदी के ग्रंथ *वास्तुविद्या* (2004) का भी अंग्रेज़ी अनुवाद किया है। मुकुंद लाठ यद्यपि दर्शन-परम्परा में दीक्षित नहीं हैं फिर भी धर्म-नीतिपरक दार्शनिक चिंतन के क्षेत्र में उन्होंने उल्लेखनीय योगदान किया है। *धर्म-संकट* (2004) के माध्यम से उन्होंने भारतीय दार्शनिक चिंतन के एक ऐसे आयाम को उद्घाटित किया है जिसमें वे सम्प्रति अकेले खड़े व्यक्ति हैं। भारतीय कला-चिंतन और कला-साधना के दुर्लभ पक्षों को उन्होंने अपने बहुविध राष्ट्रीय एवं अंतर्राष्ट्रीय व्याख्यानों के माध्यम से बुद्धिजीवियों के बीच विमर्श का विषय बनाया है। मुकुंद लाठ को विविध सम्मानों और पुरस्कारों से नवाज़ा गया है।

भारत के पारम्परिक और शास्त्रीय विमर्श में नाट्यार्थ और काव्यार्थ को जितना केंद्रीय स्थान प्राप्त हुआ, उतना संगीत को नहीं। मुकुंद लाठ की विशेषता यह है कि उन्होंने संगीत को कलात्मक स्वायत्तता प्रदान करके न केवल उसे विमर्श का विषय बनाया बल्कि यह भी प्रतिपादित किया कि नाट्य आदि कलाओं की तरह संगीत में भी रस की निष्पत्ति होती है। संगीत की कलात्मक स्वायत्ता के लिए यह प्रतिपादन अत्यंत महत्त्वपूर्ण है। वस्तुतः धुन, राग और आलाप के व्यूहबद्ध ताने-बाने में व्याकृत हुआ संगीत अपनी संरचना में भाव-चित्त के विमर्श का एक पूरा संसार अपने में समोये रहता है। संगीतविषयक अध्यवसाय इसी संसार के भावलोक को उद्घाटित करता है। इस उद्घाटन में राग और धुन, स्वर और शब्द तथा रस और सत्य संगीतशिल्प के घटक नहीं बल्कि संगीत-विचार के प्रत्यय बन जाते हैं और इस तरह संगीत-साधना के भीतर ही संगीत-विचार वैसे ही व्याकृत होता है जैसे संगीत।

संगीत के तत्त्व (राग और धुन) की बुद्धिगम्यता को संदर्भ बनाकर मुकुंद लाठ भारतीय और पश्चिमी संगीत में मूलगामी अंतर प्रतिपादित करते हुए विचारधर्मी संगीत चिंतन के लिए व्यापक अवकाश निर्मित करते हैं। संगीत के स्वरूप के बारे में पश्चिम की मान्यता है कि बाख़-बीथोवेन आदि की रचनाएँ शुद्धि-बुद्धि विषयक हैं। उनका प्रयोग जो हम कानों से सुनते हैं वह उनका शुद्ध रूप नहीं है, बल्कि शुद्ध रूप की छाया है। प्रयोग या व्यवहार में धुन का शुद्ध बुद्धिगम्य परमार्थ मलिन हो जाता है। मलिन ही नहीं वह अनेकांत भी हो जाता है। इस अनेकांत का कारण यह है कि बाख या बीथोवेन ने अपनी धुनें स्वरलिपि-बद्ध की हैं। इन स्वरलिपियों को प्रयोग में उतारते समय, उनको कर्णगोचर रूप देते समय प्रयोगकर्ता को उसे अपनी पकड़ से निभाना पड़ता है। दूसरे शब्दों में स्वरलिपि को अपनी तरह से समझ कर अपनी तरह से उसका व्यवहार करना पड़ता है। पश्चिम में संगीतकर्मियों का ऐसा भी सम्प्रदाय है जो इस प्रायोगिक निभाव को विकार समझ कर बाख़-बीथोवन को सुनने की अपेक्षा उनके द्वारा रचित स्वरलिपि को पढ़ना अधिक उचित समझते हैं।

इसी जगह मुकुंद लाठ के लिए यह देखना सम्भव हो जाता है कि पश्चिमी संगीत अपने स्वरूप में ही किस प्रकार एक प्लेटो जैसी तत्त्वदृष्टि को समोये हुए है। और यह दृष्टि है कि प्रतिभा-दृष्ट वस्तु का शुद्ध अविकृत स्वभाव उसके व्यवहृत रूप में नहीं होता बल्कि एक ऐसे अतींद्रिय जगत में होता है जो शुद्ध बुद्धिगम्य है। परन्तु मुकुंद लाठ की विचारधर्मिता यहीं विश्रांत नहीं होती। वे भारतीय संगीत में निहित तत्त्वदृष्टि को भी उतनी ही मूलगामिता से पकड़ते हैं। भारतीय परम्परा में 'साम' भी एक तरह से धुन ही है और इस धुन का संबंध भी लोकोतीर्ण प्रतिभा-दृष्ट परमार्थ से है। परंतु यह परमार्थ प्लेटो का परमार्थ नहीं जो विकृत और छाया रूप से ही व्यवहार में अवतरित हो सकता है। साम धुन की किसी निरीन्द्रिय निर्धारित वस्तु-रूप में कल्पना नहीं है। यद्यपि साम दृष्ट है, आर्ष है, किसी उर्ध्व सत्य की प्रज्ञालब्ध अभिव्यक्ति है, पर यह इंद्रिय-बोध मात्र की दृष्ट या लौकिक उपलब्धि नहीं। धुन रूप में उसका स्वरूप किसी इंद्रियातीत बुद्धि जगत की वस्तु नहीं है। ऐसा भी नहीं कि साम किसी अतिक्रामी लोक में ही निर्विकार रहता हो और यहाँ इस लोक में विकृत रूप में ही प्रकट हो सकता है। साम अपने इंद्रियग्राह्य रूप में ही ऋषि दृष्ट है। ऋक मंत्रों की अक्षरयोजना जैसे अपने शब्द रूप में ही आर्ष है, वैसे ही साम अपनी स्वरानुक्रमी स्वर-योजना में श्रुति है। साम किसी अतींद्रिय लोक में भी होता है परंतु साम के लिए स्वरलिपि की भूमिका सहायक की है, उसके संरक्षण के लिए उसका मूल-रूप नहीं, जैसा कि बाख़-बीथोवेन में है। पश्चिम में संगीत और लिपि का संबंध भाषा और लिपि जैसा ही है लेकिन भारतीय परम्परा में संगीत के विदग्धतम शास्त्रीय रूप में आलाप ही प्रधान है। इस तरह कहा जा सकता है कि मुकुंद लाठ का संगीत-विमर्श संगीत के तत्त्व और विभिन्न संस्कृतियों में अभिव्यक्त उसके विविध रूप-कलापों, उनके अंतर्संबंधों तथा संगीतशास्त्र को अन्य विचारधर्मी शास्त्र परम्पराओं के साथ अन्त:पदीय संबंध में रखते हुए एक व्यापक अवधारणात्मक योजना के तहत विचार का विषय बनाता है।

प्रायः आलोचनात्मक स्वर में कहा जाता है कि भारत में विधि-निषेधमूलक और आचार-संहितापरक नैतिक चिंतन

का तो समृद्ध इतिहास रहा है, परन्तु यहाँ नैतिक-दार्शनिक चिंतन उस व्यवस्थित रूप में नहीं हुआ है जिस तरह ग्रीक दार्शनिकों और आधुनिक पाश्चात्य नैतिक चिंतकों में मिलता है। मुकुंद लाठ के धर्म-नीतिविषयक चिंतन की मौलिकता इस बात में निहित है कि उन्होंने आत्मचेतन हुई चेतना के जगद्भाव में ही व्यष्टि-समष्टि और स्वार्थ-परार्थ के बीच श्रेय-प्रेय, हेय-उपादेय, औचित्य-अनौचित्य और प्रवृत्ति-निवृत्ति के प्रश्नों पर सार्थक विचार किया है। मुकुंद लाठ ने यद्यपि अपनी औचित्य मीमांसा को विशुद्ध भारतीय भूमि पर खड़ा किया है, तथापि उन्होंने सांस्कृतिक तटस्थता बरतने का हर सम्भव प्रयास भी किया है और इसी कारण उनका औचित्य-विमर्श मानवोचित सार्वभौमिकता को लिए हुए है।

देखें : आर्यभट्ट और *आर्यभटीय,* उपनिषद्, कपिल, *अर्थशास्त्र* और कौटिल्य, गोपीनाथ कविराज, गोविंद चंद्र पाण्डे, चैतन्य महाप्रभु, जैन दर्शन, न्याय दर्शन, दया कृष्ण, नंद किशोर देवराज, न्याय दर्शन, नागार्जुन, पतंजलि और *योगसूत्र,* पाणिनि और *अष्टाध्यायी,* पाश्चात्य काव्यशास्त्र, पुराण, पूर्व-मीमांसा दर्शन, बदरी नाथ शुक्ल, बादरायण, बौद्ध दर्शन, *भगवद्गीता,* भरत और *नाट्यशास्त्र, भागवत पुराण, महाभारत,* यशदेव शल्य, योग दर्शन, रामानुजाचार्य, लोकायत, वात्स्यायन और *कामसूत्र,* वेदांत दर्शन, वैशेषिक दर्शन, शंकराचार्य, षड्-दर्शन-1 और 2, संस्कृत काव्यशास्त्र, स्मृति-साहित्य, सांख्य दर्शन-1 और 2, सिद्ध-नाथ परम्परा।

संदर्भ

1. मुकुंद लाठ (2007), *संगीत एवं चिंतन,* राका प्रकाशन, इलाहाबाद.
2. मुकुंद लाठ (2004), *धर्म-संकट,* राका प्रकाशन, इलाहाबाद.
3. मुकुंद लाठ (2009), *कर्म चेतना के आयाम,* राका प्रकाशन इलाहाबाद.
4. यशदेव शल्य (1998), *साहित्य चिंतन और युग चिंतन,* राका प्रकाशन, इलाहाबाद.
5. मुकुंद लाठ (1998), 'संगीत एवं चिंतन : शल्यजी से दो बातें', *उन्मीलन,* वर्ष 12, अंक 1.

— अम्बिकादत्त शर्मा

मुसलिम राजनीतिक विचार

(Muslim Political Thought)

भारत में आधुनिक मुसलिम राजनीतिक चिंतन का विकास उपनिवेशवाद और उसके ख़िलाफ़ चले राष्ट्रीय आंदोलन के प्रति अनुक्रिया के दौरान हुआ। उन्नीसवीं सदी के आख़िरी पच्चीस और बीसवीं सदी के पहले पचास सालों के बीच इस विचार की शक्ल-सूरत को मुख्यत: दो प्रमुख धाराओं के बीच बाँट कर समझा जा सकता है : ब्रिटिश-विरोधी और ब्रिटिश-समर्थक। साम्प्रदायिक, सेकुलर, कट्टरपंथी, सुधारवादी या धार्मिक पहलू दोनों धाराओं में मिलते हैं। लेकिन सामाजिक धरातल पर दोनों ही धाराओं का समर्थन आधार अलग-अलग था। ब्रिटिश विरोधी धारा निचले तबक़े के मुसलमानों की राजनीतिक गोलबंदी के आधार पर पनपी, और समर्थक धारा ने कुलीन मुसलमानों के हितों को तरजीह दी। तीसरी और अभी तक विकासमान धारा विभाजन और आज़ादी के बाद की परिस्थितियों में सामने आयी। इसके भीतर मुसलमान समाज की वह भीतरी जद्दोजहद देखी जा सकती है जिसके मुताबिक़ वह लोकतांत्रिक चुनावी राजनीति की पेचादगियों में ख़ुद को परिभाषित करने की कोशिश कर रहा है।

उन्नीसवीं सदी में ब्रिटिश विरोधी धारा के शीर्ष पर वहाबी और फ़राइज़ी आंदोलन नज़र आते हैं। वहाबियों की प्रवृत्तियाँ ख़ासी रैडिकल क़िस्म की थीं। उन्हें मुसलमानों के बीच काम करने वाले कम्युनिस्ट सरीखे आंदोलनकारियों की संज्ञा भी दी जाती है। वे मुसलमानों को अंग्रेज़ों की उत्पीड़नकारी हुकूमत से ही नहीं बल्कि ख़ुद मुसलमान उत्पीड़कों और निहित स्वार्थों के शोषण से भी निजात दिलाने के इच्छुक थे। 1857 में जनरल बख़्त ख़ाँ के नेतृत्व में नयी दिल्ली में स्थापित हुई विद्रोही सिपाहियों की सरकार इस वहाबी रुझान का स्पष्ट प्रमाण थी। इस सरकार द्वारा जारी किये गये आदेशों का अध्ययन करने से ज़ाहिर हो जाता है कि उसका मक़सद केवल अंग्रेज़ी शासन का उन्मूलन करना ही नहीं बल्कि आम लोगों को एक अधिक न्यायपूर्ण शासन देना भी था। वहाबी अंग्रेज़ विरोधी हिंदू-मुसलमान एकता के ज़बरदस्त हिमायती थे। फ़राज़ियों का दृष्टिकोण भी इसी से मिलता-जुलता था। उन्होंने बंगाल को दार-उल-हर्ब घोषित कर दिया था। इसका सीधा मतलब था कि वे ख़ुद को अंग्रेज़ हुक्मरानों के ख़िलाफ़ शत्रुतापूर्ण अंतर्विरोध में देख रहे थे। उन्होंने जनता का आह्वान किया कि वह फ़िरंगियों के ख़िलाफ़ जिहाद करे। वहाबियों और फ़राज़ियों का वायदा था कि वे ज़मींदारों की ज़मीन छीन लेंगे, क्योंकि ख़ुदा की ज़मीन

पर किसी को लगान वसूलने का हक़ नहीं है। इन दोनों आंदोलनों का समर्थन आधार ग़रीब और खेतिहर तबक़ा था। किसानों के अलावा दर्जियों, कसाइयों, जुलाहों, चमड़ा बेचने वालों, छोटे-मँझोले दूकानदारों ने इन दोनों राजनीतिक प्रवृत्तियों का दिल खोल कर साथ दिया।

1860 के दशक में मुहम्मद क़सिम ननौतवी ने देवबंद मदरसे की स्थापना की। उन्होंने आधुनिक विज्ञान का विरोध नहीं किया, लेकिन इसलाम के मुताबिक़ दी जाने वाली पारम्परिक शिक्षा पर ज़ोर दिया। साथ ही उन्होंने ब्रिटिश शासन को स्वीकार करने को ग़ुलामी स्वीकार करने के बराबर क़रार देते हुए विदेशी हुकूमत को इसलाम विरोधी बताया। भारतीय राष्ट्रीय कांग्रेस की स्थापना के बाद इस प्रवृत्ति के उलेमाओं ने लगातार उसका समर्थन किया। इन उलेमाओं और कांग्रेस की एकता ख़िलाफ़त आंदोलन में व्यक्त हुई। इन ब्रिटिश विरोधी उलेमाओं की स्पष्ट मान्यता थी कि धर्मिक विश्वास के परे जा कर लोगों के बीच एकता होनी चाहिए। लोगों के राजनीतिक और धार्मिक अधिकारों की हिफ़ाज़त की जानी चाहिए। ये उलेमा स्वतंत्रता आंदोलन में जनता की सक्रिय भागीदारी और सामाजिक सुधारों की वकालत करते थे। दरअसल, ब्रिटिश विरोधी राजनीतिक विचार का यह रुझान सामासिक राष्ट्रवाद का पैरोकार था। उन्होंने धर्म के आईने में राष्ट्र को परिभाषित करने से परहेज़ करते हुए राष्ट्र की भू-क्षेत्रीय अवधारणा पर ज़्यादा बल दिया। 1917 की रूसी क्रांति के बाद कई उलेमा उसके आदर्शों से इतने प्रभावित हुए कि उन्होंने इसलाम और साम्यवादी विचारों के बीच समानता देखनी शुरू कर दी। मौलाना हसरत मोहानी जैसी शख़्सियत इसी माहौल की देन थी।

ब्रिटिश समर्थक राजनीतिक विचार की अभिव्यक्ति सर सैयद अहमद ख़ाँ द्वारा चलाये गये अलीगढ़ आंदोलन में दिखाई दी। यह प्रवृत्ति अंग्रज़ों के शासन को प्रगतिशील, लोकतांत्रिक और मुक्तिकारी मानती थी। यह आंदोलन धार्मिक मामलों और मुसलमानों के सामाजिक रीति-रिवाज़ों में सुधार का पक्षधर था। सैयद अहमद ख़ाँ की शिक्षा यह थी कि शासक भले ही उत्पीड़नकारी हो, लोगों को उसके ख़िलाफ़ बगावत के चक्कर में नहीं पड़ना चाहिए, क्योंकि इसलाम के मुताबिक़ हुक्मरान को ख़ुदा के सामने जवाब देना ही पड़ेगा। वे कांग्रेस को न केवल मुसलमानों के बल्कि हिंदुओं के लिए भी नुक़सानदेह मानते थे। सैयद अहमद ख़ाँ के एक समर्थक का तो यहाँ तक कहना था कि इसलाम और अंग्रेज़ी क़ानून के बीच कोई ख़ास फ़र्क़ नहीं है, क्योंकि दोनों का ही मक़सद सुरक्षा मुहैया कराना है। सर सैयद के नेतृत्व में जो तहरीक़ खड़ी हुई, वह निचले तबक़े के मुसलमानों के प्रति तिरस्कार से भरी हुई थी। उसकी दिलचस्पी इसलाम द्वारा प्रतिपादित समानता के विचार में कम और कुलीन मुसलमानों के हितों को साधने में ज़्यादा थी।

दिलचस्प बात यह है कि साम्राज्यवाद विरोधी और समर्थक धाराओं के बीच परस्पर विरोध के बावजूद एक ऐसी समानता भी थी जिसने आगे चल कर दोनों के समर्थन आधार को द्वि-राष्ट्र सिद्धांत के तहत मुसलिम लीग के नेतृत्व में एक कर दिया। वहाबियों और फ़राजियों ने अपने तमाम रैडिकलिज़म के बावजूद एक विचारधारा के रूप में इसलाम के महत्त्व को हमेशा रेखांकित किया था। ये दोनों आंदोलन मुसलमान समाज के भीतर मौजूद ऐसी किसी भी आस्था के इसलामीकरण के पक्ष में थे जो परम्परा के प्रति पूरी तरह से वफ़ादार न हो। दूसरी तरफ़ साम्राज्यवाद समर्थक धारा धर्म और उदारतावादी राजनीति के बीच अन्योन्यक्रिया को तरजीह देती थी। कुल मिला कर इन दोनों प्रवृत्तियों की भाषा और उनका मुहावरा इसलामीकृत था।

मुसलमान राजनीति पर इसलामीकरण के प्रभाव से मुख्यतः तीन प्रवृत्तियाँ निकलीं। अब्दुल कलाम आज़ाद (कांग्रेस), अब्दुल अला मौदूदी (जमात-ए-इसलामी), मुहम्मद अली जिन्ना और मुहम्मद इक़बाल (मुसलिम लीग) जैसे नेताओं और चिंतकों का उभार हुआ जो राजनीतिक आधुनिकता और इसलामीकरण के सहअस्तित्व की नुमाइंदगी कर रहे थे। आज़ाद अपने बौद्धिक प्रशिक्षण में परम्परानिष्ठ पर राजनीति में सेकुलर और लोकतांत्रिक प्रवृत्तियों के वाहक थे। उन्होंने साम्राज्यवाद समर्थक अलीगढ़ की तहरीक़ को ख़ारिज करके मुसलमानों को राष्ट्रीय आंदोलन से जोड़ने का कार्यक्रम पेश किया। उनके ऊपर जमालुद्दीन अफ़ग़ानी और शिबली नोमानी जैसे चिंतकों का असर था। उनकी इसलाम की समझ भू-क्षेत्रीय राष्ट्रवाद, अखिल-इसलामवाद और साम्राज्यवाद विरोध के साथ आसानी से समरस हो जाती थी। अपने इन्हीं विचारों के कारण वे कांग्रेस के प्रमुख नेता बने। लेकिन मौदूदी की मान्यताएँ अबू मुसलेह के विचारों से प्रभावित थीं। वे राष्ट्रवाद और लोकतंत्र के विरोधी थे। राष्ट्रवाद के इसलिए कि वह मुसलमानों को जातीयता और भूगोल के आधार पर बाँटने का प्रस्ताव करता था, और लोकतंत्र का इसलिए कि वह ईश्वर की सम्प्रभुता के मुक़ाबले लोगों की सम्प्रभुता की स्थापना करता था। सार्विक मताधिकार को मौदूदी धार्मिक रूप से हराम क़रार देते थे क्योंकि इससे अल्लाह की एकल सर्वोच्चता का उल्लंघन होता था। मौदूदी ने कम्युनिज़म और समाजवाद का भी विरोध किया। इन विचारों का राजनीतिक परिणाम राष्ट्रीय आंदोलन को ग़ैर-इसलामिक या इसलाम विरोधी क़रार देने में निकला। मौदूदी ने कांग्रेस को राजनीतिक रूप से भारतीय, वैचारिक रूप से कम्युनिस्ट और सांस्कृतिक रूप से पश्चिमी संगठन के तौर पर परिभाषित किया। इक़बाल भी शुरू में

आज़ाद की तरह अफ़ग़ानी के विचारों से प्रभावित थे। उन्हें यक़ीन था कि अखिल-इसलामिक एकता के दम पर पश्चिमी प्रभुत्व को पराजित किया जा सकता है। जिन्ना की ग़ैर-मौजूदगी में उन्होंने लीग का नेतृत्व सँभाला।

इसलामीकरण ने एक और भूमिका निभायी। उसने मुसलमान अभिजन और निचले तबक़े के मुसलमानों के बीच एक सूत्र क़ायम किया। इस प्रक्रिया में भाषाई और क्षेत्रीय विभिन्नताएँ एक हद तक भुला दी गयी। मुसलमान समुदाय में ख़ुद को एकाश्म समुदाय के रूप में देखने की प्रवृत्ति पैदा हुई और उसे सचेत रूप से इसी तरह व्याख्यायित भी किया गया। दूसरी तरफ़ समुदाय का नेतृत्व उच्च और मध्यमवर्गीय मुसलमानों के हाथ में चला गया। इस तरह द्वि-राष्ट्र सिद्धांत के लिए मुसलमान समुदाय के बीच ज़मीन बनने लगी।

इस परिस्थिति में कांग्रेस की तत्कालीन राजनीति और अन्यान्य कारणों के अलावा मुसलमान पूँजीपति वर्ग के उभार ने भी उल्लेखनीय भूमिका निभायी। चालीस के दशक में मुस्लिम लीग को केवल मुसलमान ज़मींदारों का ही समर्थन नहीं मिल रहा था, बल्कि इस्पहानी और आदमजी जैसे मुसलमान पूँजीपति भी उसके साथ थे। कलकत्ता के इस्पहानी घराने की मदद से ही जिन्ना बंगाल की मुसलमान राजनीति में फ़ज़लुल हक़ जैसे जमे हुए नेता को परास्त कर पाये। लीग के दोनों अख़बार *स्टार ऑफ़ इण्डिया* और *डॉन* भी इन्हीं की आर्थिक मदद का नतीजा थे। इसी प्रकार मुसलमान चैम्बर्स ऑफ़ कॉमर्स ऐंड इण्डस्ट्रीज़ की शुरुआत हुई, और एक मुसलमान बैंक और एयरलाइंस की योजनाएँ भी बनायी गयीं।

भारत के विभाजन के बाद मुसलमान राजनीति में आमूल-चूल परिवर्तन हुआ। शुरुआती राजनीतिक असुरक्षाओं और साम्प्रदायिक दंगों की हिंसा के दौर से गुज़रने के बाद आज स्थिति यह है कि मुसलमान समाज में एक तरह की 'नागरिक राजनीति' अपने पैर जमाती हुई दिख रही है। इसका आधार नौकरियों, आमदनी, शिक्षा वग़ैरह की माँगें हैं। इस राजनीति को सेकुलरीकरण और आधुनिकीकरण की प्रक्रिया के साथ जोड़ कर परिभाषित किया जा सकता है। एक दूसरी धारा भी है जिसे सामुदायिक और धार्मिक आधार पर विशेष सुविधाओं की दावेदारियाँ और उसके आधार पर होने वाली राजनीति के रूप में देखा जा सकता है। ख़ास बात यह है कि ये दोनों ही धाराएँ लोकतांत्रिक राजनीति के दायरे में सक्रिय हैं। दोनों के ऊपर मुसलमान समाज के उच्च और मध्यम वर्गों के हितों का प्रभाव अधिक दिखाई देता है। कमज़ोर वर्ग के मुसलमान या तो हाशिये पर खड़े नज़र आते हैं, या फिर पसमांदा मुस्लिम महाज़ के ज़रिये अपनी राजनीति करने की कोशिश कर रहे हैं।

देखें : अल-किंदी, अल-ग़ज़ाली, अबू-अला मौदूदी, इब्न ख़ाल्दून, इब्न-रश्द, प्रारम्भिक इसलाम, जिहाद, दलित-पसमंदा मुसलमान, प्रारम्भिक इसलाम, फ़लसिफ़ा और कलाम, भारतीय इसलाम, मसजिद, हज़रत मुहम्मद-1 और 2, मुहम्मद अली जिन्ना, मुहम्मद इक़बाल, सैयद अहमद ख़ाँ।

संदर्भ

1. मोइन शाकिर (1986), 'डायनामिक्स ऑफ़ मुसलमान पॉलिटिकल थॉट', थॉमस पेंथम और केनेथ एल. ड्यूश (सम्पा.), *पॉलिटिकल थॉट इन इण्डिया,* सेज, नयी दिल्ली.
2. मुशीरुल हसन (1979), *नैशनलिज़्म ऐंड कम्युनल पॉलिटिक्स इन इण्डिया,* मनोहर, नयी दिल्ली.
3. मोइन शाकिर (1973), *सेकुलराइज़ेशन ऑफ़ मुसलमान बिहेवियर,* मिनर्वा एसोसिएट्स, कलकत्ता.
4. जावीद आलम (2008), 'द कंटम्परेरी मुसलमान सिचुएशन इन इण्डिया : अ लोंग टर्म व्यू', *इकॉनॉमिक ऐंड पॉलिटिकल वीकली,* खण्ड 43, अंक 2.

— अभय कुमार दुबे

मुहम्मद अली जिन्ना

(Muhammad Ali Jinnah)

मुहम्मद अली जिन्ना (1876-1948) का राजनीतिक प्रस्तुतीकरण काफ़ी दिलचस्प और विरोधाभासी है। पाकिस्तान में उन्हें दक्षिण एशिया की आधुनिक मुसलिम राजनीति का प्रवर्तक माना जाता है। वे पाकिस्तान के राष्ट्रपिता और क़ायद-ए-आज़म (महानतम नेता) हैं। इसके विपरीत भारतीय स्वतंत्रता की आधिकारिक कहानी में जिन्ना की स्थिति एक खलनायक की है। इसके तहत हमें बताया जाता है कि मुसलिम पृथकतावाद और जिन्ना की राजनीतिक हठधर्मिता की वजह से भारत का विभाजन हुआ। जिन्ना पर हुए शोध भी इसी तरह के राष्ट्रीय/सरकारी विरोधाभासों से प्रभावित हैं। कुछ विद्वानों का मत है कि जिन्ना अत्यंत महत्त्वाकांक्षी व्यक्ति थे इसलिए उन्होंने सेकुलर राजनीति छोड़ कर मुसलिम ध्रुवीकरण की राजनीति अपनायी जिसका नतीजा भारत-विभाजन में निकला। जबकि कुछ की राय में जिन्ना का क़ायद-ए-आज़म के रूप में उत्थान 1940 के राजनीतिक परिदृश्य से जुड़ा है। विभाजन केवल और केवल जिन्ना की वजह से नहीं हुआ, बल्कि इस प्रक्रिया में अन्य राजनीतिक खिलाड़ी भी शामिल थे।

जिन्ना/पाकिस्तान/विभाजन का यह विमर्श काफ़ी असंतुलित है। जहाँ एक ओर जिन्ना का व्यक्तित्व और

मुहम्मद अली जिन्ना (1876-1948)

राजनीति इस विमर्श का केंद्र है, वहीं दूसरी ओर जिन्ना के राजनीतिक विचारों और आधुनिकता की उनकी समझ पर कोई व्यवस्थित शोध नहीं मिलता। दिलचस्प बात यह है कि पाकिस्तान में भी जिन्ना के विचारों पर कोई विशेष ध्यान नहीं दिया गया है। उन्हें क़ायद-ए-आज़म की उपाधि तो दे दी गयी, पर उनके वैचारिक विमर्श का अकादमिक मूल्यांकन नहीं किया गया। इसीलिए जिन्ना का समर्थन या विरोध करने से पहले यह बेहद ज़रूरी है कि उनकी राजनीति और विचारों की गतिशीलता को समझा जाए। इस तरह के विश्लेषण के लिए जिन्ना की उदारतावाद संबंधी समझ और उनकी मुसलिम राजनीति को संदर्भ बिंदु माना जा सकता है।

पाकिस्तान की आधिकारिक वेबसाइट के अनुसार जिन्ना का जन्म सिंध प्रांत के कराची ज़िले के वज़ीर मेसन में 25 दिसम्बर, 1876 को हुआ था। जिन्ना के माता-पिता (मिठीबाई और जिन्नाभाई पुंजा) गुजराती मूल के मुसलमान थे। ऐसा भी कहा जाता है कि इस परिवार के पूर्वज हिंदू थे जिन्होंने कुछ पीढ़ी पूर्व ही इसलाम क़बूल किया था। जिन्ना के पिता एक सम्पन्न व्यापारी थे जो काठियावाड़ छोड़कर सिंध में बस गये थे। यह भी कहा जाता है कि सिंध में बसने के बाद ही जिन्ना और उनके भाई-बहनों का मुसलिम नामकरण हुआ। उनका मूल नाम मुहम्मदाली जिनोभाई था। इंग्लैण्ड में उन्होंने अपना आधिकारिक नाम एम.ए. जिन्ना रखा। जिन्ना ने कराची के मदरसा-उल-इसलाम, गोकुलदास तेज प्राथमिक विद्यालय (मुम्बई) और क्रिश्चियन मिशनरी स्कूल, कराची से अपनी स्कूली शिक्षा पूरी करके मुम्बई विश्वविद्यालय से मैट्रिक पास किया। इसके बाद वे उच्च शिक्षा के लिए इंग्लैण्ड चले गये। इस बीच उनका पहला विवाह एक गुजराती मुसलिम लड़की से हुआ। लेकिन यह विवाह ज़्यादा नहीं चला। उनके इंग्लैण्ड प्रवास के दौरान ही उनकी पत्नी की मृत्यु हो गयी। जिन्ना ने उन्नीस साल की उम्र में वकालत पास की। इंग्लैण्ड में रहते हुए ही वे राजनीतिक गतिविधियों में रुचि लेने लगे और दादाभाई नौरोजी और फिरोजशाह मेहता जैसे उदारतावादी नेताओं के प्रशंसक बन गये। ब्रिटिश संसद में दादाभाई नौरोजी के प्रवेश के लिए उन्होंने छात्रों के साथ प्रचार भी किया।

इंग्लैण्ड से वापस आकार जिन्ना ने मुम्बई में अपनी वकालत शरू की। थोड़े ही समय में जिन्ना को एक स्थापित वकील के रूप में जाना जाने लगा। अपने आरम्भिक वर्षों में उन्होंने कई मशहूर व्यक्तियों के मुक़दमे लड़े जिनमें बाल गंगाधर तिलक भी शामिल थे। जिन्ना के जीवन का यह समय उनकी आधुनिकता को समझने के लिए एक महत्त्वपूर्ण स्रोत है। वे सम्भ्रांत घरों के अन्य भारतीयों की तरह इंग्लैण्ड से वकालत पास करने के बाद एक सफल वकील बन चुके थे। वे नरमपंथी राजनीति के क़रीब आ चुके थे जिसका मुख्य विमर्श संविधानवाद के इर्द-गिर्द घूमता था। इस काल में जिन्ना की मुसलिम पहचान उनके सफल व्यावसायिक कॅरियर और राजनीतिक रुझानों के बीच धूमिल होती सी लगती है। वे पश्चिमी राजनीति और संवैधानिक मूल्यों के जानकार के रूप में उभरते है।

जिन्ना ने अपने राजनीतिक जीवन की औपचारिक शुरुआत 1896 में की। वे भारतीय राष्ट्रीय कांग्रेस में शामिल हो गये। कांग्रेस में जिन्ना नरमपंथियों के क़रीब थे और मूलतः संवैधानिक तरीक़ों से भारत में उत्तरदायी शासन लाना चाहते थे। यही वजह थी कि वे संस्थागत राजनीति में सक्रिय तौर पर हिस्सा लेने लगे। वकालत की ही तरह वे इस विधायी राजनीति में भी काफ़ी सफल रहे। 1906 में वे प्रेसिडेंसी मजिस्ट्रेट बने, 1909 में इम्पीरियल लेजिस्लेटिव कौंसिल में मनोनीत हुए और 1910 में मुम्बई लेजिस्लेटिव कमेटी के सदस्य चुने गये। यूँ तो जिन्ना 1913 में मुसलिम लीग में शामिल हो गये थे, लेकिन उनका रुझान कांग्रेस की राजनीति में ज़्यादा था। यही कारण था कि मुसलिम लीग में होने के बावजूद वे गोखले के साथ इंग्लैण्ड गये और लंदन इण्डियन एसोसिएशन के गठन में महत्त्वपूर्ण भूमिका निभायी। उनकी यह सेकुलर राजनीति भारत आ कर भी जारी रही। वे कांग्रेस-लीग और विशेषकर हिंदू-मुसलिम एकता के प्रचारक बन गये। 1916 का कांग्रेस-लीग समझौता जिन्ना की इस राजनीतिक सक्रियता का सशक्त उदाहरण है।

जिन्ना के राजनीतिक जीवन के इस काल में उनके राजनीतिक विचारों को एक नयी गति मिलती सी दिखती है। वे मुसलिम राजनीति के सम्पर्क में आते ज़रूर हैं, लेकिन मुसलिम लीग की राजनीतिक सीमाओं को ख़ारिज करते हैं। इस समय तक उनका व्यापक उद्देश्य भारत के लिए उत्तरदायी शासन हासिल करना है। उल्लेखनीय बात यह है कि जिन्ना के राजनीतिक विरोध का तरीक़ा संवैधानिक रहता है और वे उस समय के स्थापित उदारवादियों की तरह जनांदोलन से बचते हैं।

अपने राजनीतिक जीवन के इसी पड़ाव पर जिन्ना का दूसरा विवाह हुआ। 1918 में उन्होंने एक पारसी लड़की रत्तीबाई से शादी की। इस अंतर्धार्मिक विवाह का पारसी और कट्टरपंथी मुसलिम समाज में व्यापक विरोध हुआ। (पाकिस्तानी इतिहासकारों के अनुसार उनकी पत्नी ने इसलाम क़बूल कर लिया था!) जिन्ना का यह विवाह एक बार फिर यह बात साबित करता है कि उनकी आधुनिकता मूलत: उदारतावाद के स्थापित मूल्यों पर टिकी थी। इस आधुनिकता में धर्म या तो व्यक्ति का निजी मामला हो सकता था या फिर महज़ एक संस्कृति। यही करण था कि जिन्ना ने इसलाम के सुधारवादी आंदोलनों से हमेशा दूरी बना कर रखी।

जिन्ना के राजनीतिक जीवन का तीसरा दौर 1920 से शुरू हुआ, जब उन्होंने कांग्रेस से इस्तीफ़ा दे दिया। कांग्रेस छोड़ने के पीछे केवल गाँधी से व्यक्तिगत मतभेद नहीं थे। दरअसल जिन्ना और गाँधी दो अलग-अलग विचारधाराओं का प्रतिनिधित्व कर रहे थे। गाँधी के लिए स्वराज का अर्थ केवल उत्तरदायी शासन नहीं था। उनके लिए स्वराज एक व्यापक और आमूल परिवर्तन का नाम था। इस परिवर्तन के लिए ज़रूरी था कि न केवल ब्रिटिश राजनीति का विरोध हो बल्कि आधुनिक सभ्यता के स्थापित मानकों को भी परास्त किया जाए। यही करण था कि गाँधी आम लोगों, विशेषकर ग्रामीण भारत, के राजनीतीकरण पर बल दे रहे थे ताकि आज़ादी की लड़ाई जनांदोलन का रूप ले ले। जिन्ना, इसके विपरीत, ब्रिटिश संवैधानिक राजनीति की उपज थे। वे किसी भी तरह के जनांदोलन के समर्थक नहीं थे। उनका मत था कि राजनीतिक जनांदोलन को नियंत्रित करना बहुत मुश्किल होता है और उसका नतीजा उल्टा भी निकल सकता है। जिन्ना के विरोध का दूसरा आधार धर्म और राजनीति के अंतर्संबंध थे। जिन्ना के लिए धर्म का अर्थ संस्कृति या पंथ था। इसे आधुनिक राजनीति में सामूहिक अधिकारों की माँग के लिए तो जायज़ ठहराया जा सकता था, परंतु धार्मिकता के ज़रिये राजनीति करना नहीं। यही करण था कि जिन्ना ने ख़िलाफ़त आंदोलन में भी सक्रिय हिस्सा नहीं लिया। ख़लीफ़ा जैसी किसी भी राजनीतिक संस्था का जिन्ना के राजनीतिक प्रोजेक्ट में कोई स्थान नहीं था।

1923-30 तक का काल जिन्ना के लिए राजनीतिक उथल-पुथल का समय रहा। हालाँकि वे 1923 में मुम्बई से सेंट्रल लेजिस्लेटिव असेम्बली के सदस्य चुने गये, परंतु अब उन्हें किसी सशक्त केंद्रीय राजनीतिक मुद्दे की तलाश थी जो उनकी विचारधारा और राजनीति दोनों के लिए उपयुक्त हो। यह तलाश मुसलिम प्रतिनिधित्व के सवाल पर आ कर टिकी और यहीं से मुसलिम लीग उनकी राजनीति का केंद्र बनने लगी। सबसे महत्त्वपूर्ण घटना 1929 में घटी जब जिन्ना ने मोतीलाल नेहरू रिपोर्ट के जवाब ने अपने 14 सूत्र प्रतिपादित किये। ये सूत्र जिन्ना की राजनीतिक आधुनिकता और उनकी 1940 के दशक की राजनीति का आधार कहे जा सकते हैं। इन 14 सूत्रों में जिन्ना ने दो राजनीतिक सिद्धांत स्थापित किये। पहला, भारत के भावी संविधान का ढाँचा पूरी तरह से संघीय होना चाहिए जिसमें प्रांतों को केंद्र से ज़्यादा शक्तियाँ हासिल हों; दूसरे, मुसलमानों को एक राजनीतिक सम्प्रदाय माना जाए, संविधान में उन्हें अलग प्रतिनिधित्व मिले तथा उनकी संस्कृति और हितों की रक्षा के लिए विशेष प्रावधान हो। 1930-34 में हुई गोलमेज़ कांफ्रेंस के नाकाम होने के बाद जिन्ना इंग्लैण्ड में ही रुक गये। उनकी दूसरी पत्नी, जिनसे उनका तलाक़ तो पहले ही हो चुका था, का तब तक देहांत हो चुका था और उनकी पुत्री दीना उनकी बहन फ़ातिमा जिन्ना के साथ इंग्लैण्ड में ही थीं। जिन्ना स्वयं राजनीतिक संन्यास की कगार पर थे। लेकिन भारत के मुसलिम लीग नेताओं और विशेषकर इक़बाल के आमंत्रण पर जिन्ना 1934 में भारत लौट आये।

1935 के बाद जिन्ना की राजनीतिक कार्य-शैली में एक बड़ा परिवर्तन आया। उन्होंने मुसलिम राजनीतिक प्रतिनिधित्व की जन-राजनीति शुरू की और इस तरह मुसलिम लीग का पुनर्गठन प्रारम्भ हुआ। लीग, जो अब तक शहरों तक सीमित थी, कस्बों और गाँव में भी पहुँचने लगी। इसका परिणाम साफ़ था। जिन्ना के नेतृत्व में लीग ने 1937 में हुए सेंट्रल लेजिस्लेटिव असेम्बली का चुनाव लड़ा और मुसलिम आरक्षित क्षेत्रों की ज़्यादातर सीटों पर सफल रही। हालाँकि मुसलिम बहुल पंजाब, सिंध और पश्चिमोत्तर सीमांत प्रांत में लीग को हार का सामना करना पड़ा।

1940 तक आते-आते जिन्ना की मुसलिम प्रतिनिधित्व की राजनीति अब दो-राष्ट्र सिद्धांत में बदल चुकी थी। 1940 के लाहौर अधिवेशन में जिन्ना ने कहा कि हिंदू और मुसलमान दो राष्ट्र हैं और उनका एक साथ रहना मुमकिन नहीं है। इसी सिद्धांत के आधार पर उन्होंने कांग्रेस को हिंदू पार्टी और मुसलिम लीग को मुसलमानों की प्रतिनिधि पार्टी कहना शुरू किया। हालाँकि यह कोई नयी बात नहीं थी। सैयद अहमद

ख़ाँ से लेकर इक़बाल तक कांग्रेस को हिंदू जमात कहते आ रहे थे। लेकिन जिन्ना ने हिंदू-मुसलिम विरोधाभास को राष्ट्रीयता के रूप में परिभाषित करके आत्मनिर्णय के उदारतावादी सिद्धांत से जोड़ दिया। लीग जो अब तक प्रांतीय स्वायत्तता की माँग कर रही थी अब आज़ाद मुल्क की बात करने लगी। पाकिस्तान का विचार जो अब तक इक़बाल और रहमत अली जैसे मुसलिम नेताओं के भाषणों और दस्तावेज़ों तक सीमित था, अब मुसलिम लीग का नारा बन गया।

जिन्ना की 1942-48 तक की कहानी भारत विभाजन और पाकिस्तान के निर्माण से जुड़ी है। लेकिन सवाल यह है कि क्या जिन्ना ने अपने उदारतावाद को दरकिनार करके अपने जीवन के अंतिम वर्षों में मुसलिम साम्प्रदायिकता की राजनीति शुरू कर दी थी? इस सवाल का अर्थ हमें जिन्ना की विचारधारा की गतिशीलता में खोजना चाहिए, क्योंकि भारत और पाकिस्तान का सरकारी इतिहास हमें महज़ राजनीतिक तौर पर सही जवाब ही दे सकता है।

जिन्ना का उदारतावाद बदलता रहा। अपनी राजनीति के शुरुआती दौर में जिन्ना सांविधिक उदारतावादी थे जिसके लिए धर्म मूलत: एक निजी मामला था। मुसलिम राजनीति ने जिन्ना के उदारतावाद को एक नयी दिशा दी। उन्होंने मुसलमानों को अल्पसंख्यक समुदाय के रूप में देखना शुरू किया और मुसलिम प्रतिनिधित्व उनकी राजनीति का आधार बन गया। जिन्ना का दो-राष्ट्र सिद्धांत उनके उदारतावाद का अंतिम चरण है। दिलचस्प बात यह है कि मुसलमानों को एक राष्ट्र के रूप परिभाषित करने के लिए जिन्ना ने पुन: पश्चिमी राष्ट्र-राज्य की अवधारणा का सहारा लिया। उदारतावाद के प्रति इसी आस्था के कारण शायद जिन्ना ने पाकिस्तान की संविधान सभा में कहा था कि पाकिस्तानी राज्य एक सेकुलर राज्य होगा जहाँ राज्य नागरिकों के धर्मिक मामलों में दख़ल नहीं देगा।

1947 की विभाजन त्रासदी, 1971 में पूर्वी पाकिस्तान का बांग्लादेश बनना और पाकिस्तान में लोकत्रांतिक संस्थाओं के पतन ने जिन्ना के उदारतावाद को प्रश्नांकित कर दिया है। उदारतावाद की जिस क़िस्म की पैरोकारी जिन्ना करते थे, उसका हश्र राजनीतिक सिद्धांत के नज़रिये से एक नये अनुसंधान की माँग करता है।

देखें : अबू-अला मौदूदी, अबुल कलाम आज़ाद, आरक्षण और धर्म, जवाहरलाल नेहरू, बांग्ला देश के लिए मुक्ति संग्राम, भारतीय इसलाम, उपनिवेशवाद, उपनिवेशवाद विरोधी आंदोलन-1, 2 और 3, उपनिवेशवाद विरोधी संघर्ष में स्त्री-नेतृत्व-1, पसमंदा मुसलमान, प्रारंभिक इसलाम, मोहनदास कर्मचंद गाँधी-1, 2 औ 3, मुसलिम राजनीतिक विचार, मुहम्मद इक़बाल, मुहम्मद : एक जीवनी-1 और 2, सैयद अहमद ख़ाँ।

संदर्भ

1. अकबर अहमद (1997), *जिन्ना, पाकिस्तान, ऐंड मुसलिम आइडेंटिटी : द सर्च फ़ॉर सलादीन,* रॉटलेज, लंदन.
2. आयशा जलाल (1985), *द सोल स्पोक्समैन : जिन्ना, द मुसलिम लीग ऐंड द डिमांड फ़ॉर पाकिस्तान,* केम्ब्रिज युनिवर्सिटी प्रेस, केम्ब्रिज.
3. स्टेनली वोलपर्ट (2007), *जिन्ना : मुहम्मद अली से क़ायद-ए-आज़म तक,* अनु. अभय कुमार दुबे, वाणी प्रकाशन, नयी दिल्ली.

— हिलाल अहमद

मुहम्मद इक़बाल

(Muhammad Iqbal)

उर्दू के महाकवि मुहम्मद इक़बाल (1877-1938) का निरूपण आम तौर पर दो तरह से होता है। उन्हें 'सारे जहाँ से अच्छा हिंदोस्ताँ हमारा' गीत के रचयिता के रूप में जाना जाता है। यह गीत अनौपचारिक रूप से भारत का राष्ट्रीय गीत है जिसे राष्ट्रीय पर्वों के अवसर पर राष्ट्र-गान के बाद गाये जाने की परम्परा विकसित हुई है। इक़बाल का उर्दू-फ़ारसी साहित्य भारतीय विश्वविद्यालयों में पढ़ाया जाता है और उनकी उर्दू शायरी का नागरी लिप्यंतरण बेहद लोकप्रिय है। इस छवि के अनुसार कुल मिला कर इक़बाल को भारत में उर्दू के सबसे महत्त्वपूर्ण प्रतिनिधि कवि और विचारक का दर्जा हासिल है। इसके बरक्स पाकिस्तान में इक़बाल को मुफ़क्किर-ए-पाकिस्तान (पाकिस्तान का विचारक) माना जाता है। पाकिस्तान सरकार की आधिकारिक वेबसाइट के अनुसार इक़बाल पाकिस्तान के विचार के जनक थे और उन्हीं के राजनीतिक चिंतन के परिणामस्वरूप पाकिस्तान वजूद में आ सका। उनके जन्म-दिन को इक़बाल डे कहा जाता है। पाकिस्तान का उर्दू सिनेमा और थिएटर भी इक़बाल को राष्ट्रीय और इसलामी एकता के प्रतीक के रूप में पेश करते हैं। इक़बाल के ये प्रस्तुतीकरण विरोधाभासपूर्ण भी हैं और निहायत रोचक भी। एक ओर इक़बाल भारत की राष्ट्रीय एकता के आधिकारिक गायक हैं, तो दूसरी ओर पाकिस्तान में वे सिर्फ़ और सिर्फ़ मुसलिम राजनीतिक चेतना के प्रतीक माने जाते हैं। अगर जिन्ना से उनकी तुलना करें तो यह बात और साफ़ हो सकती है। जिन्ना पाकिस्तान में क़ायद-ए-आज़म हैं पर भारत की आज़ादी की कहानी में मुख्य विलेन हैं। परंतु इक़बाल दोनों देशों की सरकारी कहानियों में हीरो की हैसियत रखते हैं। यही वजह है कि हिंदुस्तान और

पाकिस्तान के राजनीतिक हलक़ों, शैक्षणिक संस्थानों और मजहबी इदारों में इक़बाल अलग-अलग छवियाँ के साथ नुमायाँ हो कर दक्षिण एशिया के सार्वजनिक विमर्श का अभिन्न अंग बन जाते है। इक़बाल की राजनीति, दर्शन और शायरी पर उर्दू, हिंदी, अंग्रेज़ी, फ़ारसी में असंख्य पुस्तकें लिखी जा चुकी है, पर दक्षिण एशिया में उनके बहुआयामी प्रस्तुतीकरण पर कोई ख़ास शोध नहीं हुआ है। इसलिए समाजशास्त्र के नज़रिये से इक़बाल की तीन प्रासंगिक छवियों पर बात करना ज़रूरी है: इक़बाल एक इसलामिक विद्वान के रूप में; इक़बाल एक दार्शनिक कवि के रूप में और इक़बाल एक मुसलिम राजनीतिक प्रतिनिधि के रूप में।

मुहम्मद इक़बाल का जन्म नौ नवम्बर, 1877 को सियालकोट, पंजाब में हुआ था। उनके पूर्वज कश्मीरी पण्डित थे जो बाद में मुसलमान हो गये। इक़बाल की प्रारम्भिक शिक्षा-दीक्षा लाहौर में ही हुई। केम्ब्रिज विश्वविद्यालय से बीए करने के बाद उन्होंने म्युनिख़ से दर्शनशास्त्र में पीएचडी की उपाधि हासिल की। लाहौर कॉलेज में कुछ दिन तक दर्शनशास्त्र पढ़ाने के बाद उन्होंने कुछ समय तक वकालत भी की। बाद के वर्षों में लेखन ही उनकी मुख्य प्रयोजन रहा।

इक़बाल की इसलाम की समझ उनके दर्शन का एक बेहद अहम पक्ष है। उनकी शायरी में शाश्वत कहे जाने वाले इसलामी सिद्धांतों और बीसवीं सदी के मुसलमानों की दशा के बीच का विरोधाभास उजागर होता है। अपनी मशहूर लम्बी कविता 'शिकवा' में वे खुदा से पूछते हैं कि इसलाम के उसूलों पर चलने के बावजूद मुसलमानों का पतन क्यों हुआ। वे इसलामी इतिहास के स्वर्णिम युग को याद दिलाते हुए खुदा से शिकायत करते हैं कि आखिर वह क्यों मुसलमानों को इस बेहाल ज़िंदगी से निजात नहीं दिलवाता। इक़बाल लिखते हैं :

है बजा शेवा-ए-तसलीम में, मशहूर हैं हम
क़िस्सा-ए-दर्द सुनाते हैं कि मजबूर हैं हम
साज़-ए-ख़ामोश हैं, फ़रियाद से मामूर हैं हम
नाला आता है अगर लब पे, तो माज़ूर हैं हम
ऐ ख़ुदा, शिकवा-ए-अरबाब-ए-वफ़ा भी सुन ले
ख़ूगर-ए-हम्द से थोड़ा सा ग़िला भी सुन ले ।

इस कविता का जवाब उन्होंने चार साल बाद लिखा जिसका शीर्षक था : 'जवाब-ए-शिकवा'। यह जवाब खुदा की जानिब से मुसलमानों के लिए है। इस कविता में खुदा मुसलमानों के बीच मौजूद जाति, नस्ल और वर्ग के विभाजनों की और इशारा करते हुए याद दिलाता है कि मुसलमानों की बुरी हालत के लिए वे ख़ुद ज़िम्मेदार हैं, क्योकि उन्होंने इसलाम के बुनियादी पैग़ाम को नज़रअंदाज़ कर दिया है। इक़बाल कहते हैं :

यूँ तो सैयद भी हो, मिर्ज़ा भी हो, अफ़ग़ान भी हो,
तुम सभी कुछ हो, बताओ तो मुसलमान भी हो ?
... की मुहम्मद से वफ़ा तूने तो हम तेरे हैं
ये जहाँ चीज है क्या, लौह-ओ-क़लम तेरे हैं।

इन रचनाओं में इक़बाल इसलामी सिद्धांत की सर्वमान्यता को नये सिरे से परिभाषित करते हैं। उनके लिए इसलाम का अर्थ एक अल्लाह में आस्था और पैग़म्बर मुहम्मद को मान्य ठहराना भर नहीं है, बल्कि इसलामी आस्था का वास्तविक अर्थ है इसलाम के पैग़ाम के अनुसार अपनी ज़िंदगी को ढालना और उस पर अमल करना। इक़बाल इस तथ्य को उजागर करते हैं कि इसलाम के पैग़ाम की वास्तविकता तक पहुचने के लिए पैगंबर द्वारा बताये गये शुद्ध इसलाम की समझ ज़रूरी है। इसीलिए वे इसलाम के नाम पर चलने वाली ग़ैर-इसलामी परम्पराओं का विरोध करते है। उनके अनुसार इसलाम के आधारभूत सिद्धांत तभी सर्वमान्य हो सकेंगे जब मुसलमान पैग़म्बर मुहम्मद के अनुयायियों की तरह के आदर्श मुसलमान बनेंगे। इसलाम की यह पुनर्व्याख्या इक़बाल की अंग्रेज़ी पुस्तक *रिकंस्ट्रक्शन ऑफ़ रिलीजस थॉट इन इसलाम* में देखी जा सकती है जो इसलामी दर्शन पर दिये गये उनके विभिन्न व्याख्यानों पर आधारित है। इक़बाल की यही इसलामपरस्ती उन्हें एक विशुद्ध इसलामी छवि प्रदान करती है। यही वजह है कि वे दक्षिण एशिया के इसलामी इदारों में एक चिंतक के रूप में बेहद मक़बूल हैं। भारतीय मुसलिम विद्वान अली मियाँ नदवी का इक़बाल पर लेखन इस विषय में उल्लेखनीय है।

इक़बाल की कविता की लोकप्रियता का कारण उनके काव्य की दार्शनिकता है। किसी भी आम कवि की तरह इक़बाल सिर्फ़ शब्दों से नहीं खेलते; बल्कि कविता के ज़रिये राजनीतिक तर्क देते हैं। यही कारण है उनकी कविताओं में व्यक्तियों, घटनाओं, स्मारकों और यहाँ तक कि विचारधाराओं पर भी तीखी टिप्पणी मिल जाती है। दूसरे शब्दों में कहें तो इक़बाल के लिए कविता सामाजिक विमर्श की आंतरिक अभिव्यक्ति का सशक्त माध्यम है। उदाहरण के लिए वे राम को इमाम-ए-हिंद बताते हुए लिखते हैं :

है राम के वजूद पे हिंदोस्ताँ को नाज़,
अहले-नज़र समझते हैं उसको इमामे-हिंद।

इसी तरह अपनी मशहूर नज़्म 'नया शिवाला' में वे कहते हैं :

सूनी पड़ी हुई है मुद्दत से दिल की बस्ती
आ इक नया शिवाला इस देस में बना दें
दुनिया के तीरथों से ऊँचा हो अपना तीरथ
दामान-ए-आस्माँ से इस का कलस मिला दें।

इक़बाल के काव्य की इस व्यापकता ने उन्हें बेपनाह लोकप्रियता दी है। उनकी प्रमुख रचनाएँ *असरार-ए-ख़ुदी, रुमुज़-ए-बेख़ुदी,* और *बंग-ए-दारा* साहित्यिक हलकों में मील

का पत्थर मानी जाती हैं। उनकी शायरी की लोकप्रियता के कारण उनकी एक लचीली छवि का निर्माण हुआ है। उनके साहित्य में इसलामपरस्त मौलवियों से लेकर सेकुलर राष्ट्रवादियों तक के लिए मसाला मौजूद है। यहाँ तक कि मार्क्सवादी भी उनकी नज़्मों को क्रांति के तरानों की तरह ग्रहण करते रहे हैं। उनकी मशहूर कविता 'लेनिन ख़ुदा के हुज़ूर में' इसका एक सशक्त उदाहरण है। कुल मिला कर इक़बाल का साहित्य अब तक एक विमर्श में बदल चुका है। उनके लेखन में होने वाले उतार-चढ़ाव और विरोधाभासों को भुला कर सबने अपनी-अपनी पसंद के इक़बाल को चुन लिया है। यही वज़ह है कि इक़बाल सबके प्रिय भी हैं और राजनीतिक तौर पर सर्वमान्य भी।

मुहम्मद इक़बाल (1877-1938)

इक़बाल की तीसरी छवि मुसलिम राजनीतिज्ञ की है। मुसलिम पृथकतावाद के विश्लेषण के लिए अक्सर जिन्ना के दो-राष्ट्र सिद्धांत और इक़बाल के राजनीतिक विचारों के बीच तारतम्यता स्थापित की जाती है। इक़बाल द्वारा मुसलिम लीग के इलाहाबाद अधिवेशन (1930) में दिये गये अध्यक्षीय भाषण को उद्धृत करके यह साबित किया जाता है कि दरअसल इक़बाल ही ने पाकिस्तान के विचार का प्रतिपादन किया था। दिलचस्प बात यह है कि इक़बाल के इस मशहूर भाषण की चर्चा हमेशा टुकड़ों में होती है। भाषण का वह हिस्सा जिसमें इक़बाल ने मुसलिम बहुल प्रांतों (विशेषकर ब्रिटिश भारत के उत्तर-पश्चिम प्रांत) को राजनीतिक स्वायत्तता की बात की थी, बढ़ा-चढ़ा कर पेश किया जाता है। इसके विपरीत भाषण का पहला हिस्सा जिसमें उन्होंने राष्ट्रवाद और इसलाम के बीच मौजूद सैद्धांतिक दुविधा की तरफ़ इशारा किया था, अमूमन नज़रअंदाज़ कर दिया जाता है।

दरअसल, इक़बाल के इस भाषण को मौलाना हुसैन अहमद मदनी के साथ उनकी बहस के संदर्भ में देखना चाहिए। मदनी, जिनका संबंध देवबंद तहरीक़ से था, मुत्ताहिदा क़ौमियत (संयुक्त राष्ट्रीयता) का सिद्धांत मानने वाले थे। उनका मत था कि हिंदू-मुस्लमान एक क़ौम हैं और इन्हीं कारणों से भारत में सेकुलर राज्य की स्थापना कि माँग क़तई ग़ैर-इसलामी नहीं है। इसके बरक्स इक़बाल के लिए इसलामी मिल्लत क्षेत्रीय सीमाओं से बढ़ कर थी। उनके लिए सेकुलर राज्य का अर्थ युरोप की तर्ज़ का नास्तिक राज्य था जिसमें धर्म के लिए कोई स्थान नहीं था। 1930 का यह भाषण इक़बाल की इसी राजनीतिक समझ से निकली तीन व्यापक प्रस्थापनाएँ उजागर करता है। पहली, इसलाम राष्ट्रवाद से ज़्यादा व्यापक विचारधारा है इसलिए मुसलमानों को इसलामी विचारधारा को अपनाना चाहिए न कि राष्ट्रवाद को। दूसरे, ब्रिटिश भारत में साम्प्रदायिकता के अंत के लिए मुसलमानों के लिए पृथक राजनीतिक प्रतिनिधित्व होना ज़रूरी है। तीसरे, आज़ाद हिंदुस्तान के भावी संविधान में प्रांतों को ज़्यादा आज़ादी होनी चाहिए न कि केंद्र को।

ये तीनों ही प्रस्थापनाएँ निस्संदेह मुसलिम लीग की 1930 के दशक की राजनीति का केंद्र रहीं, लेकिन 1940 की भारतीय राजनीति को इक़बाल के इस भाषण की रोशनी में देखना इक़बाल के तर्कों को ज़रूरत से ज़्यादा खींचने जैसा होगा। इक़बाल की पाकिस्तानी छवि को समझने के लिए यह याद रखना ज़रूरी है कि इक़बाल की मृत्यु (21 अप्रैल, 1938) जिन्ना के मशहूर दो-राष्ट्र सिद्धांत वाले भाषण से दो वर्ष पूर्व हो चुकी थी।

लेकिन इसका अर्थ यह भी नहीं है कि इक़बाल मुसलिम लीग से दूर थे। वे मुसलिम लीग की राजनीति के वाहकों में एक थे। जिन्ना के साथ उनका पत्राचार दिखाता है कि मुसलमानों का राजनीतिक प्रतिनिधित्व उनके राजनीतिक एजेंडे के केंद्र में था। लेकिन इसके बावजूद इक़बाल की मुसलिम राजनीति बेहद अस्पष्ट और धुँधली है। इक़बाल के ये विभिन्न स्वरूप निस्संदेह उनके दार्शनिक और काव्यात्मक व्यक्तित्व की व्यापकता के कुछ पहलुओं को ही उजागर करते हैं। क्या ही बेहतर हो कि इक़बाल को जानने का दावा करने से पहले हम उस ज्ञान-परम्परा की शिनाख़्त कर लें जिसके ज़रिये इक़बाल हम तक पहुँचाए जाते हैं।

देखें : अल-किंदी, अल-ग़ज़ाली, अबू-अला मौदूदी, इब्न ख़ाल्दून, इब्न-रश्द, प्रारम्भिक इसलाम, जिहाद, दलित-पसमंदा मुसलमान, प्रारम्भिक इसलाम, फ़लसिफ़ा और कलाम, भारतीय इसलाम, मसजिद, मुसलिम राजनीतिक विचार, हज़रत मुहम्मद-1 और 2, मुहम्मद अली जिन्ना, सैयद अहमद ख़ाँ।

संदर्भ

1. मीर मस्तानसिर (2006), *इक़बाल,* आई.बी. टॉरिस, लंदन.
2. मुहम्मद इक़बाल (1980), *रिकंस्ट्रक्शन ऑफ़ रिलीजस थॉट इन इसलाम,* इसलामिक बुक सर्विस, लाहौर.
3. रियाज़ हुसैन (1977), *टुवर्ड्स पाकिस्तान : द पॉलिटिक्स ऑफ़ इक़बाल,* इसलामिक बुक सर्विस, लाहौर.

— हिलाल अहमद

मूल्य

(Value)

किसी पण्य (वस्तु या सेवा) की बुनियादी कीमत या दाम को मूल्य की संज्ञा दी जाती है। किसी भी वस्तु या सेवा की एक निश्चित उपयोगिता होती है जिसके आधार पर उसका उपयोग-मूल्य निर्धारित होता है जिसकी प्रकृति अपेक्षाकृत स्थाई समझी जाती है। आदान-प्रदान की प्रक्रिया में उस जिंस का विनिमय-मूल्य निर्धारित होता है जो समय, स्थान और परिस्थितियों के मुताबिक़ बदलता रहता है। इस प्रकार एक जिंस के कई विनिमय-मूल्य हो सकते हैं। विभिन्न जिंसों से उसका विनिमय अलग-अलग विनिमय-मूल्यों के आधार पर होता है। आजकल पश्चिमी अर्थशास्त्र की दुनिया मूल्य के सिद्धांत पर कम और उसकी क़ीमत वाले पहले से संबंधित सिद्धांत पर ही अधिक विचार किया जाता है।

प्राचीन यूनान के दार्शनिकों के बीच भी मूल्य के उद्‌गम और प्रकृति पर चर्चा होती थी। अरस्तू उपयोग-मूल्य और और विनिमय-मूल्य (बाज़ार के दाम) के बीच अंतर करते थे। उनके इसी विचार के आधार पर क्लासिकल अर्थशास्त्र के संस्थापकों ऐडम स्मिथ, डेविड रिकार्डो और कार्ल मार्क्स ने अपने मूल्य सिद्धांत का विकास किया। उपयोग और विनिमय के बीच अंतर को समझने की प्रक्रिया में स्मिथ ने देखा कि उपयोग की दृष्टि से न के बराबर मूल्य वाली जिंस का विनिमय के लिहाज़ से काफ़ी मूल्य हो सकता है। मसलन, पानी एक बेहद उपयोगी चीज़ है, पर उसका मूल्य कम है। पर हीरा बहुत कम उपयोगी होने के बावजूद विनिमय के लिहाज़ से बहुत बड़ा मूल्य रखता है। स्मिथ का विचार था कि पानी के मुक़ाबले बहुत मुश्किल से उपलब्ध होने के कारण हीरे के दाम बढ़ जाते हैं। पर, नियोक्लासिकल अर्थशास्त्रियों ने आगे चल कर इसी विरोधाभास को इस तरह से समझा कि हीरे की उपयोगिता भले ही कितनी ही कम हो, पर वह बहुत ऊँची होती है। उन्होंने इसे उच्चतर सीमांत उपयोगिता का नाम दिया जिसके आधार पर हीरे के दाम निर्धारित होते हैं।

जैसे-जैसे विनिमय का अर्थशास्त्र आगे बढ़ा, चीज़ों का बाज़ार मूल्य तय करना आवश्यक होता चला गया। मध्य युग के एक्विना और स्काउटुस जैसे विचारकों के बीच किसी जिंस के न्यायसंगत दाम पर बहस मिलती है। श्रेणीगत समाज के लिहाज़ से इन चिंतकों की मान्यता थी कि मूल्य एक ही होना चाहिए। बाज़ार मूल्य भी उसी में शामिल हो। बाद में मूल्य-निर्धारण में किसी भी क़िस्म के ऊँच-नीच को रोकने के लिए जिंस का एक मानक तात्त्विक मूल्य तय करने की कोशिश की गयी, हालाँकि इससे पहले समझा जाता था कि इस तरह का तात्त्विक मूल्य तय करने की कोशिश व्यर्थ है। तात्त्विक मूल्य के निर्धारण का मुख्य आधार जिंस के उत्पादन की बुनियादी लागत को बनाया गया।

विलियम पेटी ने श्रम को भौतिक सम्पदा का पिता और पृथ्वी को माता क़रार देते हुए मूल्य निर्धारण का आधार बनाने की कोशिश की। इसी मान्यता का विकास करते हुए रिचर्ड कैंटिलन ने दिखाया कि श्रम का मूल्य श्रमिक के परिवार के भरण-पोषण के लिए आवश्यक भूमि के मूल्य से जोड़ कर भूमि या श्रम की इकाइयों के रूप में मूल्य निर्धारण किया जा सकता है। ऐडम स्मिथ ने इसी तर्क को आगे बढ़ाते हुए निष्कर्ष निकाला कि भूमि, श्रम और पूँजी के प्राकृतिक दाम होते हैं और उनका योगफल उत्पादित जिंस के प्राकृतिक दाम के बराबर होता है। इस लिहाज़ से इस प्रकार हासिल किया गया प्राकृतिक मूल्य केंद्रीय दाम समझा जा सकता है जिसके इर्द-गिर्द माँग में होने वाली तब्दीली के मुताबिक़ बाज़ार के दाम बढ़ने-घटने चाहिए। स्मिथ ने श्रम को भी तीन भागों में बाँट कर समझने की चेष्टा की : उत्पादन करने में किया गया श्रम, विनिमय के लिए दूसरों से करवाया गया श्रम और श्रम की मात्रा।

रिकार्डो और मार्क्स ने लागत के रूप में केवल श्रम को ही देखने का आग्रह किया। रिकार्डो का तर्क था कि उपयोगिता को किसी जिंस के विनिमय-मूल्य की अनिवार्य शर्त के रूप में देखा जाना चाहिए। दुर्लभ मूर्तियों या चित्रों के अपवादों को छोड़ कर रिकार्डो किसी चीज़ की अपेक्षाकृत दुर्लभता को उसके विनिमय-मूल्य का आधार बनाने के लिए तैयार नहीं थे। वे मानते थे कि अन्य सभी चीज़ों के मामले में उन्हें बनाने में किये गये श्रम के आधार पर उनका मूल्य तय किया जाना चाहिए। कौशल और श्रम की सघनता की अहमियत मानने से इनकार करते हुए रिकार्डो का आग्रह था कि जिंसों को बाज़ार में लाने में लगे वक़्त का फ़र्क़ उनके मूल्य पर छह से सात फ़ीसदी तक असर डाल सकता है। इसी वजह से रिकार्डो के मूल्य सिद्धांत को 'श्रम का 93 फ़ीसदी मूल्य सिद्धांत' भी कहा जा सकता है।

मार्क्स ने रिकार्डो के मूल्य सिद्धांत को आधार बनाते हुए अपनी रचना *कैपिटल* के पहले खण्ड में कहा है कि उपयोग-मूल्य संबंधित पण्य (जिंस) के भौतिक गुणों पर निर्भर होता है जिसकी प्राप्ति उस वस्तु के उपभोग की प्रक्रिया में होती है। मार्क्स के अनुसार मूल्य एक तकनीकी संबंध न हो कर मनुष्यों के बीच का एक सामाजिक संबंध है जो पूँजीवाद के तहत एक ख़ास तरह का भौतिक रूप अख़्तियार करके जिंस के रूप में प्रकट होता है। अर्थात् मूल्य सिर्फ़ एक दिमाग़ी अवधारणा नहीं है, बल्कि पूँजीवादी

सामाजिक संबंध उसे भौतिक रूप दे देते हैं।

मार्क्स ने दिखाया कि विनिमय-मूल्य परिवर्तनशील होता है और समय व स्थान के मुताबिक़ बदलता रहता है। विनिमय के दौरान जो चीज़ समान रहती है वह है जिंसों में निहित श्रम। मार्क्स ने यह मानने से इनकार किया कि मज़दूर आलसी और कम कुशल होता है इसलिए अधिक उत्पादन करने के लिए उसे लम्बे समय तक काम करना चाहिए। उन्होंने 'सामाजिक रूप से आवश्यक श्रम-अवधि' की धारणा का प्रतिपादन किया और इसके लिए सामान्य उत्पादन, कार्यकुशलता के औसत स्तर और श्रम की गहनता को आधार बनाया। मानवीय क्षमता के बीच फ़र्क़ पर ज़ोर देने के बजाय उन्होंने तर्क दिया कि कौशल की प्राप्ति प्रशिक्षण से हो सकती है। प्रशिक्षण के माध्यम से जटिल क़िस्म का श्रम साधारण क़िस्म के श्रम में बदल जाता है।

मार्क्स का मूल्य-सिद्धांत मार्क्सवाद की सभी स्थापनाओं में सबसे ज़्यादा विवादास्पद है। ग़ैर-मार्क्सवादियों ने तो उसे कई तरह की त्रुटियों का स्रोत बता कर ख़ारिज किया ही है, स्वयं मार्क्सवादियों के बीच भी उसके इर्द-गिर्द काफ़ी बहस की गयी है। कुछ मार्क्सवादी कहते हैं कि पूँजीवाद की ठोस आर्थिक परिघटना की समझ बनाने के लिहाज़ से यह मूल्य-सिद्धांत निरर्थक है। इसके आधार पर शोषण के बुनियादी तात्पर्य को ग्रहण नहीं किया जा सकता। लेकिन कुछ अन्य मार्क्सवादियों की मान्यता है कि बिना इस मूल्य-सिद्धांत के धन और पूँजी को नहीं समझा जा सकता और न ही पूँजीवाद की गतिशीलता पकड़ में आ सकती है।

देखें : अर्थ-विज्ञान का समाजशास्त्र, आर्थिक जनसांख्यिकी, अल्फ्रेड मार्शल, अमर्त्य कुमार सेन, अंतर्राष्ट्रीय मुद्रा कोष, आधार और अधिरचना, ऑस्कर लांगे, एडम स्मिथ, करारोपण, कल्याणकारी अर्थशास्त्र, क्लासिकल अर्थशास्त्र, कार्ल हाइनरिख़ मार्क्स-3, कार्ल मेंगर, कींसियन अर्थशास्त्र, गुन्नार मिर्डाल, जोआन रोबिंसन, जॉन कैनेथ गालब्रेथ, जॉन मेनार्ड कींस, जॉन स्टुअर्ट मिल, जोसेफ़ शुमपीटर, जैव विविधता, डेविड रिकार्डो, थामस मुन और वणिकवाद, थामस रॉबर्ट माल्थस, दक्षता, धन, नियोक्लासिकल अर्थशास्त्र, नीतिशास्त्र और अर्थशास्त्र, निकोलस काल्दोर, नियोजन, नियोजन : मार्क्सवादी विमर्श, पण्य, पण्य-पूजा, पॉल सेमुअलसन, पियरो स्राफ़ा, पूँजी, प्रतियोगिता, फ्रांस्वा केस्ने और प्रकृतिवाद, फ्रेड्रिख़ वॉन हायक, बहुराष्ट्रीय निगम, बाज़ार, बाज़ार की विफ़लताएँ, बाज़ार-समाजवाद, बौद्धिक सम्पदा अधिकार, ब्रेटन वुड्स प्रणाली, मार्क्सवादी अर्थशास्त्र, मिल्टन फ्रीडमेन।

संदर्भ

1. डेविड रिकार्डो (1821), *ऑन द प्रिंसिपल्स ऑफ़ पॉलिटिकल इकॉनॉमी,* ऐंड टेक्सेशन, जॉन मरे, लंदन.
2. ऐडम स्मिथ (1759/1976), ऐन *इनक्वारी इनटु द नेचर ऐंड काज़िज़ ऑफ़ वेल्थ ऑफ़ नेशंस,* ऑक्सफ़र्ड युनिवर्सिटी प्रेस, ऑक्सफ़र्ड.
3. कार्ल मार्क्स (1876/1976), *कैपिटल : अ क्रिटीक ऑफ़ पॉलिटिकल इकॉनॉमी* (1867), अनुवाद : बी. फ़ाउकेस, पेंगुइन, हार्मंड्सवर्थ.

— **अभय कुमार दुबे**

मेघालय

(Meghalaya)

मेघालय भारत के उत्तर-पूर्व में स्थित राज्य है। मेघालय शब्द का शाब्दिक अर्थ है बादलों का घर। यद्यपि मेघालय में संसदीय राजनीति काफ़ी मज़बूत है, लेकिन हिंसक विद्रोही गतिविधियाँ चलाने वाले संगठन भी यहाँ सक्रिय है। हथियारबंद राजनीति यहाँ बाहर से आये लोगों के ख़िलाफ़ ही शुरू हुई थी। हाइनेउट्रेप अचिक लिबरेशन कौंसिल (एचएएलसी) इस तरह के आंदोलनों की नेतृत्वकारी शक्ति थी। यह प्रभुत्वशाली जनजातियों खासी, जैयंतिया और गारो के हितों का प्रतिनिधित्व करने का दावा करती थी। 1992 में इसका विभाजन हो गया और अब यह दो संगठनों के रूप में मौजूद है। पहला, हाइनेउट्रेप नैशनल लिबरेशन कौंसिल (एचएनएलसी) जो राज्य में खासी जनजाति का वर्चस्व क़ायम करना चाहती है; और दूसरा, अचिक मैतग्रिक लिबरेशन आर्मी (एएमएलए)। बाद में एएमएलए की जगह अजिक नेशनल वालंटियर्स कौंसिल (एवीएनसी) ने ले ली। ये संगठन गारो पहाड़ियों के क्षेत्र में गारो लोगों के लिए होमलैण्ड बनाना चाहते थे। इन दोनों संगठनों ने यूनाइटेड लिबरेशन फ्रंट ऑफ असम (उल्फा) और नैशनल सोशलिस्ट कौंसिल ऑफ़ नगालैण्ड-इसाक मोइवा (एनएससीएन-इसाक मोइवा) से भी रणनीतिक संबंध बनाये। दरअसल, इन संगठनों के लक्ष्य कमोबेश एक जैसे ही थे। सैन्य कार्रवाइयों के दबाव में एवीएनसी को सरकार से 2004 में युद्धविराम करना पड़ा। लेकिन अब भी मेघालय में कई विद्रोही संगठन हैं और कई नये संगठन भी बन गये हैं। यह ज़रूर कहा जा सकता है कि ये संगठन नगालैण्ड के विद्रोही संगठनों जितने मज़बूत नहीं है, लेकिन फिर भी इनकी मौजूदगी को नकारा नहीं जा सकता।

मेघालय देश के पूर्वी भाग में (पूर्व-पश्चिम) तक़रीबन तीन सौ किमी लम्बी और तक़रीबन 10 किलोमीटर चौड़ी पहाड़ियों की एक श्रृंखला है। इसकी राजधानी शिलांग है। इसकी सीमाएँ उत्तर और पूरब में असम से तथा दक्षिण और पश्चिम में बांग्लादेश से मिलती हैं। इसका कुल भौगोलिक क्षेत्रफल 22,720 वर्ग किमी है। क्षेत्रफल के हिसाब से यह

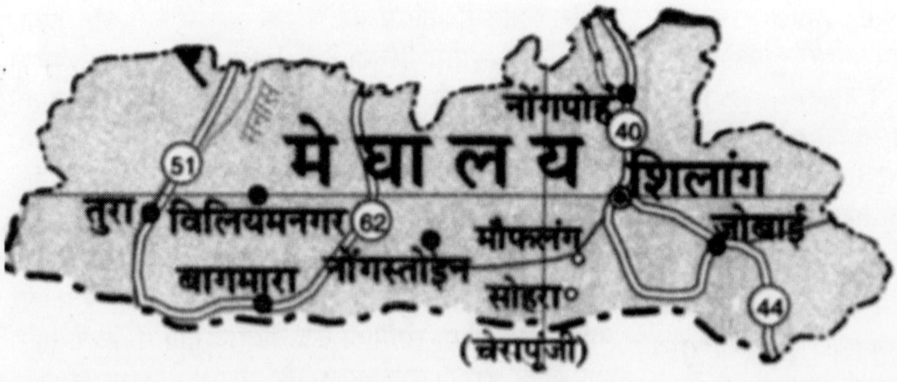

मेघालय : संसदीय बनाम हथियारबंद राजनीति

1947 में देश को आज़ादी मिलने के समय वर्तमान मेघालय असम के दो ज़िलों के रूप में था और इसे राज्य के भीतर सीमित स्वायत्तता मिली हुई थी। लेकिन मेघालय के लोग इससे संतुष्ट नहीं हुए और ज़्यादा आज़ादी के लिए वे शांतिपूर्ण और संवैधानिक संघर्ष करते रहे। उन्होंने 1969 में संसद द्वारा पारित असम पुनर्गठन मेघालय अधिनियम ने मेघालय को स्वायत्तशासी हैसियत प्रदान की। आख़िरकार, संसद द्वारा उत्तर-पूर्वी क्षेत्र (पुनर्गठन) क़ानून, 1971 पारित किया गा। इसमें मेघालय के स्वायत्तशासी राज्य को पूर्ण राज्य का दर्जा दिया गया।

भारत का बाईसवाँ सबसे बड़ा राज्य है। 2011 की जनगणना के अनुसार यहाँ की कुल जनसंख्या 2,964,007 है और इस हिसाब से भारत में इसका स्थान तेइसवाँ है। यहाँ का जनसंख्या घनत्व 130.5 व्यक्ति प्रति वर्ग किमी है और यहाँ की साक्षरता दर 72.1 प्रतिशत है। यह भारत का पंद्रहवाँ सबसे ज़्यादा साक्षर राज्य है। 2011 की जनगणना के अनुसार मेघालय में एक हज़ार पुरुषों पर 986 महिलाएँ हैं। इस संदर्भ में मेघालय की स्थिति भारत के राष्ट्रीय औसत 940 की तुलना में काफ़ी अच्छी है। मेघालय की विधायिका एकसदनीय है और यहाँ की विधानसभा में कुल 60 सदस्य होते हैं। यहाँ से लोकसभा के दो और राज्यसभा के एक सदस्य चुने जाते हैं। गुवाहाटी उच्च न्यायालय ही मेघालय के उच्च न्यायालय की भूमिका निभाती है। खासी, पनेर, गारो, हिंदी और अंग्रेज़ी मेघालय की राजकीय भाषाएँ हैं।

एक अलग राज्य के रूप में मेघालय का निर्माण 21 जनवरी, 1972 को असम के दो ज़िलों को अलग करके किया गया। ये दो जिले थे : संयुक्त खासी हिल्स और जयंतिया हिल्स तथा गारो हिल्स। उन्नीसवीं सदी में ब्रिटिश प्रशासन के अंतर्गत आने से पहले खासी, जयंतिया और गारो जनजातियों के अपने-अपने राज्य थे। 1835 में अंग्रेज़ों ने इन सभी को असम में मिला दिया। ब्रिटिश साम्राज्य से समझौता करने के कारण इस क्षेत्र को अर्ध-स्वतंत्र दर्जा मिला रहा। अक्टूबर, 1905 में लार्ड कर्जन द्वारा बंगाल का विभाजन किये जाने के बाद मेघालय नये प्रांत 'पूर्वी बंगाल और असम' का भाग बन गया। 1912 में बंगाल का विभाजन ख़त्म होने पर भी मेघालय असम का ही भाग बना रहा। 1935 के भारत शासन अधिनियम के बाद वर्तमान मेघालय में आने वाले कुछ क्षेत्रों को भी 'बहिष्कृत' और कुछ को 'आंशिक रूप से बहिष्कृत' क्षेत्रों की श्रेणी में रखा गया।

मेघालय की जनसंख्या में जनजातियों का बहुमत है। ख़ासी यहाँ का सबसे बड़ा जनजाति समूह है। यहाँ गारो और जयंतिया जनजातियों के लोगों की संख्या भी अच्छी-ख़ासी है। इसके अलावा, यहाँ कोच, राजबोगंसी, बोडो, हजोंग, दिमासा, हमर, कुकी आदि जनजातियाँ भी हैं। मेघालय में दो लाख से ज़्यादा नेपाली मूल के लोग हैं जो सभी ज़िलों में फैले हुए हैं। ईस्ट ख़ासी हिल्स और जयंतिया हिल्स में नेपाली मूल के लोग ज़्यादा संख्या में मौजूद हैं। मेघालय भारत के उन तीन राज्यों में से एक है जहाँ ईसाई लोगों का बहुमत है (बाक़ी दो राज्य नगालैण्ड और मिज़ोरम हैं)। यहाँ की जनसंख्या के 70.3 प्रतिशत लोग ईसाई धर्म और 13.3 प्रतिशत लोग हिंदू धर्म को मानते हैं। इसके अलावा 11.5 प्रतिशत लोग एनीमिस्ट या सर्वात्मवादी (जिसे जनगणना में 'अन्य' के रूप में दर्ज किया जाता है) हैं, और 4.1 प्रतिशत लोग इसलाम के अनुयायी हैं।

आल पार्टी हिल्स लीडर्स कांफ्रेंस (एपीएचएलसी) के नेता डब्ल्यू.ए. संगमा मेघालय के पहले मुख्यमंत्री थे। इस संगठन ने अलग असम से अलग मेघालय राज्य बनाने में महत्त्वपूर्ण भूमिका निभायी थी। नवम्बर, 1976 में संगमा एमएचएलसी के एक धड़े के साथ कांग्रेस में शामिल हो गये और वे कांग्रेस के नेता के रूप में मार्च, 1978 तक मुख्यमंत्री रहे। इसके बाद, 1990 तक कांग्रेस और एपीएचएलसी के बीच सत्ता की अदल-बदल होती रही। मार्च, 1978 से मई, 1979 तक एपीएचएलसी के डी.पी. पुग राज्य के मुख्यमंत्री रहे। इसके बाद मई, 1979 से मई, 1981 तक एपीएचएलसी के ही बी.बी. लिंगदोह राज्य के मुख्यमंत्री रहे। बी.बी.

लिंगदोह 1983 के मार्च महीने में भी 28 दिनों के लिए राज्य के मुख्यमंत्री बने। अस्सी के दशक में कांग्रेस के डब्ल्यू.ए. संगमा (मई, 1981 से फ़रवरी, 1983; अप्रैल, 1983 से फ़रवरी, 1988) और पी.ए. संगमा (फ़रवरी, 1988-मार्च, 1990) मुख्यमंत्री रहे। मार्च, 1990 से अक्टूबर, 1991 तक लिंगदोह मुख्यमंत्री रहे, लेकिन उनकी सरकार को बर्ख़ास्त कर दिया गया। इसके बाद राज्य में अक्टूबर, 1991 से फरवरी 1992 तक राष्ट्रपति शासन रहा। उसके बाद कांग्रेस के डी.डी. लपांग (फ़रवरी, 1992-फ़रवरी, 1993) मुख्यमंत्री बने।

इसी समय बी.बी. लिंगदोह ने अपने सहयोगियों से मिलकर यूनाइटेड डेमॉक्रैटिक पार्टी बनायी। इस तरह राज्य की राजनीति से एपीएचएलसी की विदाई हो गयी। 1993 में हुए चुनावों के बाद कांग्रेस ने सरकार बनायी और एस.सी. मारक अपने पूरे कार्यकाल (फ़रवरी, 1993-फ़रवरी, 1998) तक राज्य के मुख्यमंत्री रहे। 1998 के चुनावों के बाद यूडीपी की सरकार बनी और इस सरकार ने अपना कार्यकाल पूरा किया और इस दौरान तीन मुख्यमंत्री बने : बी.बी. लिंगदोह (मार्च, 1998-मार्च, 2000), ई.के. मावलौंग (मार्च, 2000-दिसम्बर, 2001) और एफ.ए. खोंगलम (दिसम्बर, 2001-मार्च, 2003)। 2003 के चुनावों के बाद फिर से कांग्रेस की सरकार बनी। लेकिन इसे अपने बलबूते पर बहुमत नहीं मिला था, इसलिए इसने कुछ छोटे दलों के साथ मिल कर मेघालय डेमॉक्रैटिक एलांयस (एमडीए) बनाया। इस पूरे कार्यकाल में तक़रीबन एक साल छोड़ कर 2008 तक डी.डी. लपांग राज्य के मुख्यमंत्री बने। बीच में जून, 2006 से मार्च, 2007 तक कांग्रेस के ही जे.डी. रेमबाई मुख्यमंत्री रहे। 2008 के विधानसभा चुनावों के बाद किसी पार्टी को बहुमत नहीं मिला। कांग्रेस 25 सीटों के साथ सबसे बड़ी पार्टी, और पी.ए. संगमा के नेतृत्व वाली राष्ट्रवादी कांग्रेस पार्टी 14 सीटों के साथ दूसरे स्थान पर आयी। इसके अलावा, यूनाइटेड डेमॉक्रैटिक पार्टी को 11 सीटों पर जीत मिली। विधानसभा चुनावों के बाद शुरू में कांग्रेस ने सरकार बनायी लेकिन डी.डी. लपांग बहुमत साबित नहीं कर पाये। इसके बाद यूडीपी ने राष्ट्रवादी कांग्रेस पार्टी और कुछ दूसरे दलों के साथ मिलकर सरकार बनायी। यह सरकार एक साल चली (19 मार्च, 2008-18 मार्च, 2009)। इस सरकार के गिर जाने के बाद राज्य में राष्ट्रपति शासन (18 मार्च, 2009-12 मई, 2009) लागू कर दिया गया। फिर से कांग्रेस के नेतृत्व में मेघालय यूनाइटेड एलायंस की सरकार बनी। डी.डी. लपांग मुख्यमंत्री (13 मई, 2009-19 अप्रैल, 2010) बने। लपांग के इस्तीफा दे देने पर कांग्रेस ने मुकुल संगमा को राज्य का मुख्यमंत्री बनाया (20 अप्रैल, 2010-अब तक)।

नब्बे के बाद की मेघालय की राजनीति में तुलनात्मक रूप से अस्थिरता ही रही है। एस.सी. मराक के अलावा कोई भी नेता मुख्यमंत्री के रूप में अपना कार्यकाल पूरा नहीं कर पाया। शुरुआत में एपीएचएलसी और बाद में यूडीपी ने राज्य की राजनीति में कांग्रेस का वर्चस्व क़ायम नहीं होने दिया। 2008 के विधानसभा चुनावों में किसी को बहुमत न मिलने पर कांग्रेस को भी गठजोड़ की राजनीति में भागीदारी करनी पड़ी। उत्तर-पूर्व के अन्य राज्यों की तरह ही मेघालय की संसदीय राजनीति को भी केंद्र की राजनीति के बजाय स्थानीय मुद्दे ज़्यादा प्रभावित करते हैं। नब्बे के दशक में उत्तर बारत की राजनीति पर गहरा प्रभाव छोड़ने वाली 'मण्डल, मंदिर और मार्केट' का यहाँ कोई उल्लेखनीय असर नहीं पड़ा। पर यहाँ के नेता पी.ए. संगमा ने केंद्र की राजनीति में अपनी गहरी छाप जरूर छोड़ी। वे लोकसभा के अध्यक्ष (25 मई, 1996-23 मार्च, 1998) रहे। उन्होंने सोनिया गाँधी के विदेशी मूल के मुद्दे पर कांग्रेस पार्टी छोड़ कर शरद पवार के नेतृत्व में 1999 में राष्ट्रवादी कांग्रेस पार्टी बनाने में भी महत्त्वपूर्ण भूमिका निभायी।

देखें : असम, अरुणाचल प्रदेश, आंध्र प्रदेश, उत्तर प्रदेश, उत्तराखण्ड, ओडीशा, कर्नाटक, केरल, गुजरात, छत्तीसगढ़, जम्मू और कश्मीर, झाड़खण्ड, तमिलनाडु, त्रिपुरा, दिल्ली, नगालैण्ड, पश्चिम बंग, पंजाब, बिहार, महाराष्ट्र, मध्य प्रदेश, मणिपुर, मिज़ोरम, भारतीय संघवाद, राजस्थान, राज्यों का पुनर्गठन-1, 2 और 3, राज्यों की राजनीति, संघवाद, हरियाणा।

संदर्भ

1. एस. गुरुदेव (1996), *एनाटॅमी ऑफ़ रिवोल्ट इन नॉर्थ-ईस्ट इण्डिया,* लैंसर्स बुक, नयी दिल्ली, 1996.
2. बी. पकेम, (सम्पा.) (1993), *रीज़नलिज़म इन इण्डिया : विद स्पेशल रिफरेंस टू नॉर्थ-ईस्ट इण्डिया,* हर आनंद पब्लिकेशंस, नयी दिल्ली.
3. सजल नाग (2002), *कांटेस्टिंग मार्जिनलिटी : एथ्निसिटी, इनसर्जेंसी, सब-नेशनलिज़म इन नॉर्थ ईस्ट इण्डिया,* मनोहर, नयी दिल्ली.

— कमल नयन चौबे

मैक्स वेबर

(Max Weber)

जर्मन इतिहासकार, अर्थशास्त्री और विधि-सिद्धांतकार मैक्स वेबर (1864-1920) समाजशास्त्र के संस्थापकों में से एक थे। समाज, संस्कृति, सत्ता, सामाजिक स्तरीक़रण, नौकरशाही, विकास और आधुनिक पूँजीवाद के अध्ययन में उनके चिंतन और अनुसंधान ने बुनियादी योगदान किया है। वैचारिक जगत पर वेबर के प्रभाव के विस्तार और विविधता का अंदाज़ा इस बात से लगाया जा सकता है कि समाज-विज्ञान की दुनिया में उन्हें 'पूँजीवादियों के मार्क्स' की संज्ञा से विभूषित किया जाता है। हालाँकि वेबर कार्ल मार्क्स की बौद्धिक उपलब्धियों को आदर की निगाह से देखते थे और कई मामलों में उनसे प्रभावित भी थे, लेकिन मार्क्स की प्रस्थापनाओं को उनके कई निष्कर्षों ने गहरी चुनौती दी। इतिहास में विचारों की भूमिका, सामाजिक और ऐतिहासिक व्याख्याओं की प्रकृति, पूँजीवाद के उद्‌गम और आधुनिकता के स्वभाव जैसे प्रश्नों पर उनके चिंतन ने वेबेरियन कहे जाने वाले ग़ैर-मार्क्सवादी वैचारिक रवैये की स्थापना की। वेबर की रचनाएँ स्पष्ट रूप से कोई मानकीय सिद्धांत पेश करने का दावा नहीं करतीं, लेकिन उनका लेखन कई मानकीय सिद्धांतों का स्रोत है। वेबर राजनीतिक शासन के विधेयक आधार की खोज करते हुए इस निष्कर्ष पर पहुँचे कि प्राधिकार को तीन मॉडलों की रोशनी में समझा जा सकता है : पारम्परिक प्राधिकार, करिश्माई प्राधिकार और विधिक-बुद्धिसंगत प्राधिकार। दरअसल, वेबर यह भी समझने की कोशिश कर रहे थे कि पारम्परिक समाज औद्योगिक समाजों में कैसे बदले और फिर औद्योगिक समाजों ने उन आधुनिक समाजों का रूप कैसे ग्रहण किया जिनका संचालन शक्तिशाली अधिकारीतंत्रों के हाथ में होता है।

इरफ़र्ट (जर्मनी) में पैदा हुए मैक्स वेबर के पिता एक प्रमुख वकील और जर्मन संसद के सदस्य थे। एक छात्र के रूप में वेबर काफ़ी प्रतिभाशाली साबित हुए और उन्होंने कई विषयों का सफलतापूर्वक अध्ययन किया। वे अर्थशास्त्र, क़ानून और राजनीतिशास्त्र के प्रोफ़ेसर रहे और एक बार संसद का चुनाव भी लड़ा। 1897 में हुए एक मानसिक विचलन के बाद उन्होंने अध्यापन छोड़ दिया। अपने जीवनकाल में ही उन्हें महानतम समाजशास्त्रियों में शुमार किया जाने लगा था।

आधुनिक विश्व के बारे में वेबर के सामान्य अवलोकनों ने कई राजनीतिक चिंतकों को प्रभावित किया है। ग़ैर-मार्क्सवादी ही नहीं, मार्क्सवादी विद्वत्ता भी उनका बौद्धिक ऋण स्वीकार करती है। आधुनिकता को लोहे के पिंजरे की संज्ञा देने वाले उनके अवलोकनों का प्रभाव फ्रेड्रिख़ हायक और माइकिल ओकशॉट जैसे अनुदारवादियों पर ही नहीं, बल्कि ग्योर्ग लूकाच, हरबर्ट मारक्यूज़े और थियोडोर एडोर्नो जैसे मार्क्सवादियों पर देखा जा सकता है। वेबर ने समकालीन जर्मनी की राजनीति पर भी लेखन किया, लेकिन अपनी इस तरह की तजवीज़ों और भविष्यवाणियों को अपने 'वैज्ञानिक' निष्कर्षों से दूर रखने के मामले में हमेशा सतर्कता बरती।

मार्क्सवादी और वेबेरियन चिंतन के बीच बुनियादी पद्धतिमूलक भिन्नताएँ हैं। सामाजिक और ऐतिहासिक व्याख्याएँ करने के लिए मार्क्सवादी सामाजिक और आर्थिक शक्तियों की अन्योन्यक्रिया पर निगाह डालते हैं, पर अपनी व्याख्याओं के लिए वेबर ने घटनाक्रम के भागीदारों के बारे में समझ विकसित करने पर ज़ोर दिया। वेबर का आग्रह था कि लोगों की क्रियाओं और पहलक़दमियों का संबंध उनके विश्व-दृष्टिकोण और यथार्थ की उनकी समझ से होता है, इसलिए उनके निहितार्थों को समझने के तौर-तरीक़े विकसित करने ज़रूरी हैं। वेबर ने बुद्धिसंगत व्यवहार और सोच-विचार की अलग-अलग क़िस्मों की विस्तृत विवेचना की, उन कारणों पर ग़ौर किया जो क्रियाओं के पीछे होते हैं और उन क्रियाओं को तात्पर्य प्रदान करने वाली वजहों की खोज की। कोई क़दम उठाने के पीछे जज़्बात हो सकते हैं, परम्परा के आग्रहों की भूमिका हो सकती है, किसी उद्देश्य को प्राप्त करने की इच्छा हो सकती है या मूल्यगत सरोकार हो सकते हैं। वेबर का विचार था कि लोग मिले-जुले कारणों से कुछ करने का निर्णय लेते हैं पर उनमें कोई एक कारण प्रमुख होता है। इस लिहाज़ से वेबर ने नतीजा निकाला कि एक सार्थक जगत के दायरे में अंजाम दिया गया सार्थक व्यवहार ही सामाजिक क्रिया का जनक हो सकता है। उन्होंने दावा किया कि लोग जिस तरह से सोचते हैं और उनके जो विचार होते हैं, सामाजिक-आर्थिक परिवर्तन उन्हीं के आधार पर घटित होते हैं। मार्क्स ने जहाँ सामाजिक हैसियत को वर्ग-आधारित माना, वहीं वेबर ने उसमें वर्ग के साथ-साथ संस्कृति, जीवन-शैली के रूपों और उपभोग के प्रारूपों की भूमिका पर भी बल दिया। इस तरह वेबर ने मार्क्स प्रदत्त अंतर्दृष्टि का विकास करते हुए 'स्टैटस ग्रुप' की अवधारणा का प्रतिपादन किया।

वेबर ने आधुनिकता की प्रकृति, विकास और उसके पश्चिम में ही उभरने के कारणों पर ग़ौर किया। उनका ख़याल था कि सभी प्राक्-आधुनिक समाजों में (चाहे वे पूर्व के हों या पश्चिम के) धर्म ही विश्व-दृष्टिकोण और बौद्धिक गतिविधियों का स्रोत था, इसलिए विभिन्न सभ्यताओं के तहत धर्म का विश्लेषण किये बिना आधुनिकता के स्रोतों के बारे में पता नहीं लगाया जा सकता। उन्होंने तमाम धर्मों और अर्थव्यवस्था और क़ानून जैसे समाज के विभिन्न आयामों के साथ उनके संबंधों की जाँच की ताकि यह जाना जा सके कि पश्चिमी ईसाइयत में ऐसी क्या ख़ास बात थी कि आधुनिकता

मैक्स वेबर (1864–1920)

की ज़मीन पहली बार वहीं तैयार हुई।

वेबर की सबसे मशहूर रचना है *द प्रोटेस्टेंट इथिक्स ऐंड द स्पिरिट ऑफ़ कैपिटलिज़्म* (1905) जिसमें वे कहते हैं कि पूँजीवाद केवल आर्थिक कारकों या प्रौद्योगिकीय विकास की देन नहीं हो सकता। प्रोटेस्टेंट मत अपने कुछ आयामों में अन्य धर्मों से अलग था। वह सेकुलर दायरे को स्पष्ट रूप से रेखांकित करते हुए दुनियावी कामयाबियों को अहमियत देता था। कैल्विनिस्ट आस्थाओं के मुताबिक़ व्यक्ति को मोक्ष मिलेगा या नहीं, यह पहले ही तय हो चुका होता है। चूँकि भौतिक जगत में उसके द्वारा की गयी गतिविधियों से इस फ़ैसले पर कोई फ़र्क़ नहीं पड़ता, इसलिए धमभीरु लोग मोक्ष संबंधी व्यग्रताओं का शिकार रहते थे, जिनसे अपना ध्यान हटाने के लिए कठोर और निरंतर परिश्रम करते हुए वे उन संकेतों को टटोलते रहते थे जिनके ज़रिये ईश्वरीय दण्ड से बचना मुमकिन हो सकता हो। कठोर श्रम के माध्यम से कमाये गये मुनाफ़े का आनंद उठाने के बजाय उसका पुन: निवेश कैल्विनिस्ट आस्थाओं के मुताबिक़ एक ऐसा ही तरीक़ा था। प्रोटेस्टेंट चिंतन के इसी पहलू ने पूँजी संचय की शुरुआत की जो प्रकारांतर से स्वयं का पुनरुत्पादन करने वाली प्रक्रिया में बदल गयी। वेबर ने कहा कि प्रोटेस्टेंट मत द्वारा प्रदत्त इस ग़ैर-आर्थिक आवेग के बिना पूँजीवाद घटित नहीं हो सकता था। शुरुआती पूँजीपतियों के लिए ज़रूरी था कि वे आर्थिक लाभों के लिए प्रयास करते हुए भी स्वयं सादगी और किफ़ायत का जीवन जियें, अनुशासित रहें और वक़्त की बचत करें। वेबर का ख़याल था कि ईसाई शुद्धतावाद के प्रभाव में ये प्रवृत्तियाँ मज़बूत हुईं और पूँजीवाद के उभार की परिस्थितियाँ बनीं।

ऐसी बात नहीं कि वेबर ने मार्क्सवादियों की भाँति पूँजीवाद को आधुनिकता का मुख्य लक्षण मान कर संतोष कर लिया हो। पूँजीवाद को आधुनिकता के सारतत्त्व का एक पहलू मानने के बाद उन्होंने शासन, सामाजिक संगठन और बौद्धिक जीवन के आधारभूत कारणों पर निगाह डालते हुए देखा कि आधुनिकता के ये तमाम पहलू 'सुसंगतीकरण' (रैशनलाइज़ेशन) से सम्पन्न हैं। उन्होंने इसकी बुनियाद में भी पश्चिमी ईसाइयत की ख़ूबियाँ रेखांकित कीं। वेबर ने तर्क दिया कि पश्चिमी ईसाइयत जगत को निस्सार मान कर त्याग देने के बजाय ईश्वर के औज़ार के रूप में व्यक्ति को दुनिया के समस्त कार्य-व्यापार में सक्रिय भागीदारी का संदेश देती है। इसी के कारण पश्चिम द्वारा प्रदत्त कर्त्ता साधन और साध्य के बुद्धिसंगत क्रम में यक़ीन की तरफ़ जाता है। इसके विपरीत पूर्वी समाजों का रहस्यवादी चिंतन और भौतिक जगत के प्रति त्यागवृत्ति के कारण वहाँ की आत्मपरकताओं में यह ख़ूबी पैदा नहीं हो पाती। वेबर की निगाह में पूँजीवाद साधन-साध्य के तर्कपरक सिलसिले की सर्वाधिक सुसंगत अभिव्यक्ति थी। एक आर्थिक संगठन के रूप में पूँजीवाद पिछले ज़माने के धर्म आधारित और मूल्यगत आग्रहों से मुक्त था। न तो उसका यक़ीन किसी तरह के '**न्यायसंगत दाम**' की अवधारणा में था, और न ही सूदख़ोरी की अनैतिकता में। वह बाज़ार के तौर-तरीक़ों के ज़रिये हर चीज़ की गणना मुद्रा या धन के रूप में करता था।

वेबर ने साधन-साध्य की तर्कपरकता को केवल आर्थिक दायरे में ही नहीं देखा। उन्होंने उसे आधुनिक संगठन को समझने के लिए भी इस्तेमाल किया। अधिकारीतंत्र या नौकरशाही के प्रभाव की जाँच करते हुए वेबर ने देखा कि वेतनभोगी अफ़सरों का पदानुक्रमवादी यह संगठन बनाया तो शासन चलाने के लिए गया था, पर अब उसने पूँजीवादी संगठनों समेत समाज के अधिकतर हिस्सों को अपने नियंत्रण में ले लिया है। अधिकारीतंत्र सर्वाधिक सक्षम मानवीय संगठन होने के साथ-साथ वेबर की निगाह में नितांत निर्वैयक्तिक और इसलिए अमानवीकरण का स्रोत भी था। उन्होंने निष्कर्ष निकाला कि नौकरशाही व्यक्ति का विखण्डन कर देती है। पूँजीवाद के साथ मिल कर सामाजिक जीवन का उत्तरोत्तर सुसंगतीकरण होता जाता है जिससे व्यक्ति की हैसियत एक विशाल आक्रांतकारी सामाजिक-आर्थिक मशीन के दाँते से अधिक नहीं रह जाती। अपने विश्लेषण के इस मुक़ाम पर पहुँच कर वेबर ने आधुनिकता का वर्णन लोहे के एक पिंजरे की तरह किया। पूँजीवाद और समाजवाद की तुलना करते हुए वेबर कहते हैं कि पूँजीवाद में व्यक्ति की निजता और सृजनशीलता के लिए थोड़ी बहुत गुंजाइश होती है, पर समाजवाद में सरकार और आर्थिक नौकरशाही का भीषण संगम सभी तरह की निजता को पूरी तरह से कुचल डालता है।

पूँजीवाद, पश्चिमी समाज और सुसंगतीकरण के समीकरण को और आगे बढ़ाते हुए वेबर कहते हैं कि पश्चिमी ईसाइयत ने विज्ञान और दर्शन की यूनानी विरासत को आत्मसात करके आधुनिक विज्ञान के विकास की परिस्थितियाँ पैदा की हैं। यह अलग बात है कि धर्म की यह भूमिका ही मूल्यगत और नीतिगत आध्यात्मिकता को सुसंगतीकरण के विकल्प द्वारा प्रतिस्थापित कर देती है। ज्ञान के विस्तार, उससे पैदा होने वाली समृद्धि, यथार्थ को नियंत्रित कर सकने वाली और सांगठनिक क्षमताओं ने धार्मिक विश्वासों को आधारहीन कर दिया है। नतीजे के तौर पर दुनिया धर्म के जादू से निकल कर 'डिसइंचेंटिड' हो गयी है। हम दुनिया को तार्किक रूप से सार्थक मानते हैं लेकिन इसी के कारण यथार्थ की हमारी धारणा किसी भी तरह के नैतिक मूल्य से वंचित हो कर अंततः निरर्थक हो जाती है। मानवीय जीवन पर इसका प्रभाव यह पड़ा है कि मूल्यगत आस्थाएँ निजी दायरे में चली गयी हैं।

अपने एक निबंध 'द प्रोफ़ेशन ऐंड वोकेशन ऑफ़ पॉलिटिक्स' में वेबर कहते हैं कि अपने नैतिक आवेगों को संतुष्ट करने के लिए व्यक्ति किसी मक़सद या विचारधारा के साथ जुड़ते हैं। स्थावर सिद्धांतों के प्रति उनका समर्पण इस दर्जे का होता है कि वे यथार्थ के साथ कोई समझौता करने से इनकार करके नीतियों के नुक़सानदेह प्रभावों का इलज़ाम दूसरों पर मढ़ते रहते हैं। अपनी नैतिकता को परम मान कर चलने वाला रवैया विनाशकारी अंदेशों से भरा होता है। इसलिए राजनीति में लक्ष्य के प्रति समर्पण तो चाहिए, पर उत्तरदायित्व के आग्रह से पैदा होने वाला संयम भी ज़रूरी है। वेबर राजनीति को काफ़ी-कुछ निराशाजनक दृष्टिकोण से देखते थे। उनकी मान्यता थी कि राष्ट्रों के बीच और उनके भीतर होने वाले संघर्षों और टकरावों के कारण शांति और भाईचारे के यूटोपिया के लिए गुंजाइश नहीं बची है। इसी तरह से सोचते हुए वेबर ने निष्कर्ष निकाला कि एक निश्चित भू-क्षेत्र में हिंसा पर राज्य की संस्था की वैध इजारेदारी होती है। राजनेता दैहिक हिंसा का डर दिखा कर ही लोगों से अपने काम करवा पाते हैं। राजनीति में अच्छे लक्ष्यों की प्राप्ति अक्सर आपत्तिजनक साधनों से की जाती है। अपनी इसी प्रकृति के कारण राजनीति में एक तरह का अनैतिक और एक तरह का दुखांत पहलू पैदा हो जाता है।

विचारों से उदारतावादी होने के बावजूद वेबर पर नीत्शे के चिंतन से प्राप्त निराशावादी दृष्टिकोण का असर था। वे पश्चिमी सभ्यता को पतनोन्मुख मानते थे और उनकी निगाह में किसी मूल्यगत या नीतिगत व्यवस्था के सुसंगत आधार की सम्भावनाएँ उज्ज्वल नहीं थीं। उन्होंने पूँजीवाद के विकास को केवल समाज के संगठित सुसंगतीकरण के रूप में देख कर नतीजा निकाला कि वह व्यक्ति की स्वतंत्रता को, निजता को अंततः कुचल डालेगा। पर उनकी भविष्य-दृष्टि उत्तर-औद्योगिक असंगठित पूँजीवाद को कल्पित नहीं कर पायी जिसमें व्यक्ति-स्वातंत्र्य और सृजनशीलता की अधिक गुंजाइशें होती हैं।

देखें : अल्फ्रेड लुइस क्रोबर, ऑग्युस्त कॉम्त, क्लॉद लेवी-स्ट्रॉस, क्लिफ़र्ड गीर्ट्ज़, जार्ज ज़िमेल, टैलकॉट पार्संस, डेविड एमील दुर्खाइम, पिएर बोर्दियो, फ्रेंज़ उरी बोआस, मारग्रेट मीड, मारसेल मौज़, मार्गरेट मीड, मिल्टन सिंगर, रुथ बेनेडिक्ट।

संदर्भ

1. एंथनी गिडेंस (1972), *पॉलिटिक्स ऐंड सोसियोलॅजी इन द थॉट ऑफ़ मैक्स वेबर*, मैकमिलन, बेसिंगस्टोक.
2. डी. बीथम (1974), *मैक्स वेबर ऐंड द थियरी ऑफ़ मॉडर्न पॉलिटिक्स*, जॉर्ज एलन ऐंड अनविन, लंदन.
3. डी. सेयर (1991), *कैपिटलिज़्म ऐंड मॉडर्निटी : ऐन एक्सकर्सज ऑन मार्क्स ऐंड वेबर*, रॉटलेज, लंदन.
4. एस. टर्नर (2000), *द केम्ब्रिज कम्पैनियन टु वेबर*, केम्ब्रिज युनिवर्सिटी प्रेस, केम्ब्रिज.

— **अभय कुमार दुबे**

मैरी वोल्सनक्रॉफ़्ट

(Mary Wollstonecraft)

अट्ठारहवीं सदी की ब्रिटिश लेखिका मैरी वोल्सनक्रॉफ़्ट (1759-1797) दार्शनिक और स्त्री-अधिकारों की पैरोकार थीं। उनकी विख्यात रचना *अ विंडीकेशन ऑफ़ द राइट्स ऑफ़ वुमॅन* (1792) ने एक ऐसे विमर्श और राजनीति की शुरुआत की जिसे नारीवाद की आधारशिला रखने का श्रेय जाता है। स्त्री-मुक्ति की वैचारिक पीठिका तैयार करने की दिशा में शुरुआती कोशिश करते हुए वोल्सनक्रॉफ़्ट ने इस रचना में स्त्रियों के उत्पीड़न और दासता का इतिहास एवं प्रतिरोध का साक्ष्य प्रस्तुत किया। उन्होंने साहसिक और तर्कपूर्ण प्रतिवाद करते हुए यह मानने से इनकार कर दिया कि स्त्रियों की अधीनस्थता एक स्वाभाविक और प्राकृतिक स्थिति है। युरोप में ज्ञानोदय के दौर में मैरी ने पितृसत्ता की चुनौतीपूर्ण समीक्षा करने का साहस दिखाया। उन्होंने स्त्री-समुदाय के बीच नयी चेतना के बीज बोये और मुक्ति के प्रश्न पर चिंतन किया। अमेरिका और युरोप की बूर्ज्वा-लोकतांत्रिक क्रांतियों की पूर्वबेला में जब स्त्री-प्रश्न को अहमियत मिल रही थी, तब मैरी ने उसे वैचारिक सबलता और व्यापक आधार देने का काम किया। उनके प्रयासों से

मैरी वोल्सनक्रॉफ़्ट (1759–1797)

पहली बार स्त्रियों के प्राकृतिक अधिकारों की घोषणा व माँग की गयी। स्त्री–पुरुष समानता और स्त्री–अधिकारों के विविध पक्षों को लेकर बहस आरम्भ हुई, मुक्ति संघर्षों में स्त्रियों की भागीदारी बढ़ने लगी है और विभिन्न सामाजिक क्रांतियों के बाद स्त्रियों की स्थिति में आये परिवर्तन से स्त्री–प्रश्न महत्त्वपूर्ण बन गया। इस लिहाज़ से मैरी को स्त्री–विमर्श के आदि–सिद्धांतकार की संज्ञा दी जा सकती है।

मैरी वोल्सनक्रॉफ़्ट का जन्म स्पिटलफ़ील्ड्स, लंदन में हुआ था। उनके पिता कपड़ा बुनने का काम करते थे। अपने बौद्धिक जीवन की शुरुआत में ही वे रिचर्ड प्राइस और जोसेफ़ प्रीस्टली जैसे बुद्धिवादियों के संसर्ग में आयीं। यह एक ऐसा दायरा था जो अपनी असहमति की आवाज़ के लिए जाना जाता था। निजी जीवन व परिवार में मैरी ने कई तरह की आर्थिक दिक़्क़तों का सामना किया। वे अपने समय में यह भी देख रही थीं कि स्त्रियों के लिए आमदनी का ज़रिया बनने लायक पेशे बहुत कम थे। उनका विचार बना कि स्त्रियों के लिए यह बहुत दुर्भाग्यपूर्ण स्थिति है कि वे ऐसी शिक्षा प्राप्त कर रही हैं जिससे वे अपने भाग्य में किसी तरह का बदलाव नहीं ला सकतीं। समाज में स्त्रियों की समानता को आवश्यक मानते हुए उन्होंने शिक्षा के उस छद्म व कपट को उजागर किया जो स्त्रियों की स्वतंत्रता में बाधक था। मैरी ने कहा कि यह शिक्षा मध्यवर्ग की स्त्रियों को स्त्रैणता के झूठे मिथ्याभास व आदर्शों के दायरे में जीवन बसर करने के लिए तैयार करती है। स्त्रियों की देह के हिसाब से उनके मस्तिष्क की संरचना को गढ़ा जाता है और शरीर एक पिंजरे की तरह बन जाता है जिसकी क़ैद में स्त्रियाँ जीना सीख लेती हैं।

एक साल तक आया का काम करने के बाद मैरी ने स्वतंत्र रूप से लेखक बनने का निर्णय लिया। 1787 में लंदन के प्रकाशक जोसेफ़ जॉनसन की मदद से उन्हें जीवकोपार्जन और लेखन का अवसर मिला है। जॉनसन उस वक़्त के सबसे बड़े पुस्तक विक्रेता और प्रकाशक थे। उन्होंने मैरी की पुस्तक *थॉट्स आन द एजुकेशन ऑफ़ डॉटर्स* (1787) का प्रकाशन किया। 1784 में मैरी ने अपनी बहनों के साथ मिल कर स्त्री–यूटोपिया की कल्पना की और उसे व्यावहारिक रूप देने के लिए 'न्यूविगंटन ग्रीन, अ डिसेंटिंग कम्युनिटी' नामक एक स्कूल का निर्माण किया जो आर्थिक समस्याओं के कारण विफल हो गया। इसके बाद उन्होंने *मैरी : अ फ़िक्शन* शीर्षक से उपन्यास लिखा। आया का काम करते हुए उन्होंने बच्चों के लिए *ओरिजिनल स्टोरीज़ फ्रॉम रियल लाइफ़* पुस्तक भी लिखी। उन्होंने फ्रांसीसी और जर्मन भाषाएँ सीखीं और कई महत्त्वपूर्ण अनुवाद किये। जॉनसन के साथ मिल कर मैरी ने *पीरियॉडिकल ऐनालिटिकल रिव्यू* का सम्पादन किया और उसमें कई उपन्यासों की समीक्षाएँ लिखीं। जिस समय उनकी बौद्धिक गतिविधियाँ बढ़ रही थीं, उनका सम्पर्क दार्शनिक विलियम गॉडविन से हुआ जो आगे चल कर उनके पति बने। 1790 में ही एडमण्ड बर्क की रचना *रिफ़्लेक्शंस ऑन द रेवोल्यूशन ऑफ़ फ्रांस* का प्रकाशन हुआ था जिसमें बर्क ने फ्रांसीसी क्रांति के रैडिकलिज़म पर कठोर प्रहार किये थे। मैरी ने बर्क की पुस्तक के उत्तर में इसी वर्ष *विंडिकेशन ऑफ़ द राइट्स ऑफ़ द मेन* लिख कर ख्याति प्राप्त की जिसमें उन्होंने क्रांति और उसके आधारभूत विचार की तरफ़दारी की। अपने विचारों का विस्तार करते हुए मैरी ने दो साल बाद अपनी सबसे विख्यात रचना *विंडिकेशन ऑफ़ द राइट्स ऑफ़ वुमॅन* लिखी।

1793 से 1795 के बीच मैरी एक अमेरिकी व्यापारी गिलबर्ट इमले के साथ पत्नी बन कर रहीं। इस दौरान युरोप में राजनीतिक स्थिति ख़राब होने लगी थी। कुछ ख़ास तरह की परिस्थितियों में मैरी और इमले के साथ विवाह का पंजीकरण तो हुआ पर वे औपचारिक रूप से कभी पति–पत्नी बन कर नहीं रहे। इसी समय मैरी के कई मित्रों को बंदी बना कर ज़ेल में डाल दिया गया या बेरहमी से मार दिया गया। मैरी ने मिसेज़ इमले बन कर अपनी संतान व ख़ुद को सुरक्षित कर लिया। इमले मैरी को एक घरेलू स्त्री मान कर क्रांति व संघर्ष के बीच छोड़ कर चला गया। मैरी के पत्रों से पता चलता है इस वैवाहिक संबंध में उन्होंने कितना दुःख और पीड़ा झेली। इसी दौर में उन्होंने दो बार आत्महत्या करने की कोशिश भी की। मैरी विवाह के संदर्भ में लिखती हैं कि स्त्री–पुरुष में प्रेम और मित्रता का होना ज़रूरी है। अत्यधिक लाड़ व प्रभुत्व संबंधों में असमानता पैदा करता है। पुरुष–समाज

अपेक्षा करता है कि पत्नी हमेशा प्रेमिका बन कर रहे जबकि स्त्री का प्रेम व आत्मगौरव अपमान सहने के लिए विवश रहता है। पति जब प्रेमी नहीं रह जाता और रिझाने की सभी इच्छाएँ मंद पड़ने लगती हैं तब संबंधों में कटुता पैदा होने लगती है। स्त्रियाँ पुरुषों के मन बहलाव का साधन बनी रहती हैं। ऐसी स्थिति में स्त्रियों की विनम्रता और सुकुमारता सद्गुण न रह कर अपमान का साधन बन जाते हैं। मैरी ने इस प्रचलित सामाजिक धारणा का खण्डन किया कि स्त्रियाँ प्राकृतिक या नैसर्गिक रूप से पुरुषों से कमज़ोर व हीन होती हैं। उनका मानना था कि स्त्री व पुरुष दोनों को तर्कशील प्राणी के रूप में देखा जाना चाहिए और समाज के भविष्य का निर्माण तर्क के आधार पर ही होना चाहिए न कि अंधविश्वासों व धार्मिक मान्यताओं के आधर पर।

मैरी के देहांत के बाद उनके पति विलियम गॉडविन ने उनकी कई अधूरी रचनाओं को छपवाया। 1798 में गॉडविन ने *मेमोयर्स ऑफ़ द ऑथर ऑफ़ अ विंडीकेशन ऑफ़ द राइट्स ऑफ़ वुमॅन* का प्रकाशन किया जिससे मेरी के ग़ैर-पारम्परिक और अराजक जीवन की जानकारी मिली। मैरी की इस जीवन-शैली के लिए उन्हें लम्बे समय तक अवमानित किया गया। कंज़रवेटिव हलक़ों ने मैरी को बदनाम करने के लिए कोई कसर नहीं छोड़ी। ख़ुद बर्क ने उनके लिए 'पेटीकोट पहने हुए बघर्रा' की उपमा उछाली। उन्नीसवीं सदी की शुरुआत में नारीवादियों ने मैरी के साथ ख़ुद को जोड़ना पसंद नहीं किया। लेकिन 1881 में जब सूज़न एंथनी, एलिज़ाबेथ स्टेंटन और मैटिल्डा जोसिलिन केज की कृति *हिस्ट्री ऑफ़ वुमॅन सफ़रेज* का प्रकाशन हुआ तो जिन हस्तियों को यह विख्यात रचना समर्पित की गयी थी उनकी सूची में मैरी का नाम सबसे ऊपर था। बीसवीं सदी के आरंभ में नारीवादी आंदोलनों के उभार के साथ मैरी के विचारों का महत्त्व स्थापित हो गया। उन्हें स्त्री-अधिकारों और परम्परागत स्त्रैण मान्यताओं की समीक्षा करने वाली शुरुआती नारीवादी दार्शनिक के रूप में देखा जाने लगा।

देखें : अश्वेत नारीवाद, आनंदीबाई जोशी, इसलामिक नारीवाद, गायत्री चक्रवर्ती स्पिवाक, चिपको आंदोलन, जूडिथ बटलर, जेंडर, दलित नारीवाद, देवदासी, देवकी जैन, नारीवाद, नारीवाद की पहली लहर, नारीवाद की दूसरी लहर, नारीवाद की तीसरी लहर, नारीवाद और अर्थशास्त्र, नारीवादी फ़िल्म-सिद्धांत, नारीवादी इतिहास-लेखन, नारीवाद और अर्थशास्त्र, नारीवादी दर्शन, नारीवाद और साम्प्रदायिकता, नैंसी शोदॅरौ, पर्यावरणीय नारीवाद, पब्लिक-प्राइवेट, पण्डिता रमाबाई सरस्वती, पितृसत्ता, प्रेम, प्रेम-अध्ययन और नारीवादी दर्शन, भारत में स्त्री-आरक्षण-1 और 2, महादेवी वर्मा, राजनीतिक दर्शन के नारीवादी आयाम, रमाबाई रानाडे, ल्यूस इरिगरे, स्त्री और साम्प्रदायिकता, स्त्री-श्रम, सम्पत्ति : नारीवादी परिप्रेक्ष्य, सिमोन द बोउवार, स्त्री-आरक्षण, हेलन सिचू।

संदर्भ

1. जी. केली (1992), *रेवोल्यूशनरी फ़ेमिनिज़्म : द माइंड ऐंड कॅरियर ऑफ़ मैरी वोल्सनक्रॉफ़्ट*, मैकमिलन, बेसिंगस्टोक.
2. जे. टॉड (2000), *मैरी वूल्सनक्रॉफ़्ट : एक रेवोल्यूशनरी लाइफ़*, वीडनफ़ील्ड ऐंड निकल्सन, लंदन.
3. आर. वार्डिल (1966), *मैरी वोल्सनक्रॉफ़्ट : ए क्रिटिकल बायोग्राफ़ी*, युनिवर्सिटी ऑफ़ कंसास प्रेस, लिंकन, केएस.

— **शिवानी चोपड़ा**

मैसूर नरसिम्हचार श्रीनिवास

(Maisoor Narsimhchar Shrinivas)

मैसूर नरसिम्हचार श्रीनिवास (1916-1999) औपचारिक रूप से भारतीय समाजशास्त्र के आदि-पुरुष भले ही न हों, लेकिन स्वतंत्र भारत में इस अनुशासन को उन्होंने अपने सैद्धांतिक योगदान, जाति की विलक्षण समझ और सहभागी प्रेक्षण की पद्धति के इस्तेमाल से जितना समृद्ध किया है वह उन्हें देश के शीर्षतम समाज-विज्ञानियों में शामिल करने के लिए पर्याप्त है। समाजशास्त्र में उन्हें संस्कृतीकरण, प्रभुत्वशाली जाति और वोट बैंक जैसी मौलिक प्रस्थापनाओं के लिए जाना जाता है। श्रीनिवास संस्थाओं के निर्माता भी थे। बड़ौदा और दिल्ली विश्वविद्यालय में समाजशास्त्र के विभागों की स्थापना का श्रेय उन्हीं को जाता है। शोध और अध्ययन के उच्चस्तरीय संस्थानों की स्थापना और दिशा-निर्देशन के लिहाज़ से भी भारतीय समाजशास्त्र के विकास में उनका योगदान कालजयी माना जाएगा। ग्रामीण समुदाय और जाति की संरचना के विशिष्ट अध्ययन के अलावा एम.एन. श्रीनिवास ने विज्ञान के सामाजिक प्रभाव, गाँधी के धार्मिक चिंतन, मानवशास्त्र के इतिहास से लेकर जेंडर जैसे विषयों पर भी विचारोत्तेजक काम किया है।

श्रीनिवास का कृतित्व वस्तुनिष्ठ पर्यवेक्षण, विश्लेषण की महीनताओं तथा सैद्धांतिक गहराई का दुर्लभ संगम माना जाता है। उनका लेखन अंतर-विषयकता को एक ख़ास तरह का ज़मीनी संदर्भ प्रदान करता है। श्रीनिवास की समाजशास्त्रीय दृष्टि घटनाओं की बाहरी बनावट को भेद कर उन्हें गढ़ने वाली संरचनाओं और ऐतिहासिक शक्तियों की थाह लेती है। सामुदायिक जीवन के बारीक ब्योरों और अंतर्दृष्टियों को सरल भाषा में प्रस्तुत करने की उनकी क्षमता उन्हें समकालीन समाजशास्त्रियों से एक अलग व्यक्तित्व प्रदान करती है। इस अर्थ में वे विषयगत शब्दावली का

मैसूर नरसिम्हचार श्रीनिवास (1916-1999)

अतिक्रमण करते हुए साधारण और प्रचलित भाषा को चुनते हैं। इसे उनकी विद्वत्ता का जनवाद ही कहा जाएगा कि उनकी सैद्धांतिक अवधारणाएँ अपने कूटार्थों में उलझाने के बजाय विषय को समझने में ज़्यादा मदद करती हैं।

श्रीनिवास ने विचाराधारा के स्तर पर भारतीय समाजशास्त्र के लिए एक नयी ज़मीन तैयार की। उल्लेखनीय है कि जिस दौर में श्रीनिवास भारतीय समाज के अध्ययन की तैयारी कर रहे थे उस समय समाज-विज्ञानों पर अमेरिकी और ब्रिटिश अकादमिक प्रस्थापनाएँ हावी थी। अमेरिकी विश्वविद्यालयों में प्रचलित दृष्टिकोण भारतीय उपमहाद्वीप के समाज को समझने के लिए संस्कृतनिष्ठ परम्पराओं पर ज़ोर देता था। इसके असर में भारतीय समाजशास्त्री समकालीन यथार्थ के अध्ययन के लिए संस्कृत के स्रोतों और भारत-विद्या/इण्डोलॅजी को ज़्यादा प्रामाणिक मानते थे। श्रीनिवास पहले समाजशास्त्री थे जिन्होंने इस वर्चस्वकारी स्थिति को चुनौती दी। उन्होंने अपने लेखन से साबित किया कि समाजशास्त्र में समाज के वास्तविक कार्यकलापों और गतिविधियों का अध्ययन शास्त्रीय संदर्भों पर निर्भर रहने से ज़्यादा श्रेयस्कर है।

श्रीनिवास द्वारा प्रस्तुत प्रभुत्वशाली जाति तथा संस्कृतीकरण की अवधारणाओं का राजनीति विज्ञानियों के अलावा इतिहास-लेखन की सबाल्टर्न जैसी धाराओं के इतिहासकारों ने व्यापक प्रयोग किया गया है। इस अर्थ में उनके कृतित्व को एक बौद्धिक परम्परा की श्रेणी में रखा जा सकता है जो नये-पुराने विद्वानों के लिए एक ज़रूरी संदर्भ की हैसियत हासिल कर चुका है। प्रसंगवश, प्रभुत्वशाली जाति की अवधारणा संख्या बल, भू-स्वामित्व, शिक्षा और नौकरी जैसे कारकों के कारण किसी जाति के गाँव या क्षेत्र विशेष में दबदबे को जाहिर करती है तो संस्कृतीकरण निम्न जातियों द्वारा उच्च जातियों ख़ास तौर पर ब्राह्मण वर्ग की संस्कृति, रीति-रिवाज़ों, भाषा और वेशभूषा आदि को अपनाने की प्रवृत्ति को ज्ञापित करती है। हालाँकि उनकी तीसरी अवधारणा वोट बैंक, समाज-विज्ञानों में स्थाई जगह नहीं बना पायी परंतु राजनीति के दैनिक विमर्श और मीडिया जगत में इस पद का धड़ल्ले से इस्तेमाल किया जाता है।

स्वतंत्र भारत की राजनीतिक और सामाजिक संरचना के अध्ययन में ये तीनों अवधारणाएँ और उससे जुड़े विमर्श तात्त्विक महत्त्व हासिल कर चुके हैं। प्रभुत्वशाली जाति और संस्कृतीकरण की अवधारणाएँ भारत की सामाजिक व्यवस्था और उसके सांगठनिक ढाँचे के निर्णायक तत्त्वों को समझने में मदद करती हैं। हालाँकि ब्राह्मणवादी आदर्शों की घटती वैधता के कारण संस्कृतीकरण की अवधारणा अब उतनी महत्त्वपूर्ण नहीं मानी जाती लेकिन यह तथ्य है कि बीसवीं सदी के एक बड़े कालखण्ड और स्वतंत्रता के बाद भी लम्बे समय तक संस्कृतीकरण एक ख़ासी उल्लेखनीय प्रवृत्ति थी। दलित आंदोलन और मण्डल आयोग के बाद उभरी राजनीति में संस्कृतीकरण की प्रवृत्ति क्षीण होती गयी है लेकिन प्रभुत्वशाली जाति की अवधारणा को भारत के ग्रामीण समाज में चलने वाली राजनीतिक प्रक्रियाओं का विश्लेषण करने में आज भी एक जरूरी औजार की तरह देखा जाता है।

कई समकालीन समाजशास्त्री श्रीनिवास के कृतित्व को राष्ट्रवादी समाजशास्त्र के बृहत्तर संदर्भ में रखकर आँकने का आग्रह करते रहे हैं। उनका कहना है कि स्वतंत्र भारत का शहरी अभिजन औपनिवेशिक शासन के आधुनिकीकरण की परियोजना को जारी रखना चाहता था। इसलिए राष्ट्रवादी समाजशास्त्रियों के कृतित्व में चिंतन और विचार की वही औपनिवेशिक सरणियाँ सक्रिय थी जिनके आधार पर ब्रिटिश सत्ता अपने शासन को वैध ठहराती आयी थी। इन विद्वानों का कहना है कि जाति और समुदाय पर केंद्रित श्रीनिवास जैसे समाजशास्त्रियों का कृतित्व एक अखिल भारतीय संस्कृतवादी हिंदू धर्म की समझ को पीठिका प्रदान करता है। लेकिन श्रीनिवास की दृष्टि को प्रकट या अप्रकट तौर पर ब्रिटिश या अमेरिकी मानवशास्त्र की स्थापनाओं से निर्देशित बताना जल्दबाजी की दलील है जो सुबूतों की कमी के बावजूद आरोप पत्र तैयार करने की हिमाकत करती है। यह दलील श्रीनिवास के कृतित्व की उस प्रवृत्ति को लक्षित करने में चूक करती है जिसमें श्रीनिवास समुदाय का अध्ययन करते हुए समुदाय और अपने संबंधों के द्वैत पर भी विचार करते हैं। श्रीनिवास समाजशास्त्र और मानवशास्त्र की बुनियादी

प्रस्थापनाओं पर भी ठीक इसी तरह विचार करते हैं। ग़ौरतलब है कि श्रीनिवास सहभागी अध्येता के तौर पर ख़ुद को एक ऐसे अध्येता के रूप में परिभाषित करते हैं जिसकी इयत्ता अपने विषय यानी लोगों से अलग नहीं है। श्रीनिवास जिन लोगों या समुदाय का अध्ययन करते थे उन्हें वे अन्य की श्रेणी में नहीं रखते थे।

इस संबंध में कई ब्रिटिश मानवशास्त्री यह मानते रहे हैं अपने समाज का अध्ययन करने वाले मानवशास्त्री को अलग तरह की मुश्किलों का सामना करना पड़ता है। उनके अनुसार विकसित देश का मानवशास्त्री एक देशज मानवशास्त्री को उसकी निम्नतर स्थिति की ओर इशारा करके हमेशा एक ख़ास साँचे में क़ैद रखना चाहता है। श्रीनिवास ने इस मसले पर देशज मानवशास्त्री की स्थिति को स्पष्ट करते हुए लिखा था कि जब कोई भारतीय मानवशास्त्री भारत की किसी जाति या अन्य समूह का अध्ययन करता है तो वह जाति या समूह उसके लिए अन्य भी होता है लेकिन साथ ही इस बात को दरकिनार नहीं करना चाहिए कि उस जाति या समूह के कतिपय सांस्कृतिक रूप, विश्वास और मूल्य उक्त अध्येता से भी मेल खाते हैं। यानी ऐसी स्थिति में भारतीय मानवशास्त्री असल में एक तरह से अन्य में स्व का भी अध्ययन करता है। इस मायने में वह जाति या समूह उसके लिए नितांत अपरिचित या अन्य नहीं रह जाता क्योंकि दोनों एक ही संस्कृति से जुड़े होते हैं। श्रीनिवास इस स्थिति को असामान्य ढंग से जटिल, बहुपरती और द्वैधपूर्ण मानते हैं। ध्यान से देखें तो श्रीनिवास अपने विषय के साथ अंतर और समानता के जिन बिंदुओं बात करते हैं उन्हें देखते हुए उन पर राष्ट्रवादी समाजशास्त्री होने का आरोप दमदार नहीं लगता। वास्तव में श्रीनिवास इस बात पर ज़ोर देते हैं कि अध्ययन में आत्म और अन्य की यह बहुलता मानवशास्त्री के अपने समुदाय का सदस्य होने या बाहरी होने की एकलता से कहीं ज़्यादा श्रेयस्कर है।

यह ग़ौरतलब है कि अपने शोध अध्ययन के लिए श्रीनिवास ने जिस रामपुरा गाँव को चुना था उसकी जाति व्यवस्था के अध्ययन में वे शिकागो स्कूल के कई प्रेक्षणों का उपयोग करते हैं। वर्ण की प्राक्-ब्रिटिश अवधारणा को श्रीनिवास किताबी नज़रिया सिद्ध करते हुए यह कहते हैं कि यह दृष्टि जाति के गतिशील पक्षों को गौण कर देती है। हालाँकि श्रीनिवास का जाति-अध्ययन एक गाँव की स्थानीय संरचना पर केंद्रित था लेकिन वह इस परिघटना की अखिल भारतीय व्याप्ति को लेकर भी सचेत थे। अपने एक लेख में वे इस तथ्य की ओर इशारा करते हैं कि जाति निस्संदेह एक अखिल भारतीय संरचना है, क्योंकि देश में हर जगह ऐसे समूह देखे जा सकते हैं जो पैतृकता तथा वैवाहिक संबंधों के आधार पर एक विशिष्ट समूह का निर्माण करते हैं। श्रीनिवास इस संबंध में इन समूहों के पारम्परिक रोज़गार का हवाला भी देते हैं। उनका यह भी कहना है कि देश में हर जगह ब्राह्मण, अछूत, किसान, दस्तकार, व्यापारी और दूसरों की सेवा करने वाली जातियों का अस्तित्व देखा जा सकता है। जाति के इस अध्ययन में श्रीनिवास क्षेत्रीय भिन्नताओं और पश्चिमी शिक्षा, प्रशासनिक नौकरी, शहर से मिलने वाली आय जैसे कारकों का भी उल्लेख करते हैं जिनका जाति की संरचना पर व्यापक असर पड़ा है।

इस तरह दीर्घ अवधि के लिहाज से देखें तो एक समाजशास्त्री के तौर पर श्रीनिवास ने भारतीय ग्राम और जाति की संरचना को औपनिवेशिक धारणाओं के सैद्धांतिक वर्चस्व से भी मुक्त कराया है। और साथ ही ड्यूमों जैसे समाजशास्त्री की मान्यताओं का भी प्रतिवाद किया जो यह प्रतिपादित कर रहे थे कि जातिगत विभिन्नताएँ भारतीय गाँव को समुदाय का रूप नहीं लेने देती। श्रीनिवास जब ग्रामीण समुदाय की संकल्पना और गाँवों की आर्थिक-सांस्कृतिक अंतर-निर्भरता की बात करते हैं तो वे अव्यक्त ढंग से अखिल भारतीय सभ्यता की बात भी करते हैं। कुछ विद्वानों का मानना है कि श्रीनिवास ने जाति के अध्ययन में ब्राह्मणवादी या उच्च जाति का दृष्टिकोण अपनाया है। लेकिन इस दलील को सही कोण से देखें तो वह दरअसल औपनिवेशिक समाजशास्त्र से निकली प्रतीत होती है। श्रीनिवास की तर्क-योजना वास्तव में पश्चिमी समाजशास्त्रियों की भारत के ग्रामीण समुदायों के संबंध में प्रतिपादित स्थूल और अल्प-चिंतित धारणाओं को उजागर करती है। संक्षेप में कहा जाए तो श्रीनिवास का कृतित्व पश्चिमी ज्ञानशास्त्रीय प्रस्थापनाओं, स्व, समुदाय तथा राष्ट्र की धारणाओं के आलोचकीय विमर्श में कई बुनियादी तर्क मुहैया कराता है।

देखें : इरावती कर्वे, जातियों का राजनीतीकरण, जाति और जाति-व्यवस्था-1 से 4 तक, गोविंद सदाशिव घुर्ये, प्रभुत्वशाली जाति, भारतीय समाजशास्त्र-1 और 2, देवकी जैन, धीरूभाई शेठ, धूर्जटि प्रसाद मुखर्जी, नीरा देसाई, योगेश अटल, राधा कमल मुखर्जी, वेरियर एलविन, संस्कृतीकरण, श्यामा चरण दुबे-1 और 2.

संदर्भ

1. रामचंद्र गुहा और ए.एम. शाह (2009), *ऑक्सफ़र्ड इण्डिया श्रीनिवास,* ऑक्सफ़र्ड युनिवर्सिटी प्रेस, नयी दिल्ली.
2. निकोलस बी. डर्क्स (2001), *कास्ट्स ऑफ़ माइंड : कोलोनियलिज़्म ऐंड द मेकिंग ऑफ़ मॉर्डन इण्डिया,* प्रिंसटन युनिवर्सिटी प्रेस, प्रिंसटन, एनजे.
3. वीणा दास (2000), 'इन मेमोरिअम : एम.एन श्रीनिवास 1916-1999', *सेमिनार,* 2000
4. क्रिस फुलर , *ऐन इंटरव्यू विद एम.एन. श्रीनिवास* (ऑनलाइन). एलएसई रिसर्च ऑनलाइन, लंदन, http://eprints.lse.ac.uk/archive/00000467 पर उपलब्ध.

— नरेश गोस्वामी

मोहनदास कर्मचंद गाँधी-1

इंद्रियानुभववादी ज्ञानमीमांसा की आलोचना

(Mohandas Karmchand Gandhi-1)

भारतीय राष्ट्र-राज्य के संस्थापक, उपनिवेशवाद विरोधी आंदोलन के सर्वप्रमुख नेता, सामाजिक और सभ्यतामूलक चिंतक मोहनदास कर्मचंद गाँधी (1869-1948) आधुनिक राजनीति में सत्य, अहिंसा, अपरिग्रह, विनय, सेवा, स्वराज, स्वदेशी, सत्याग्रह, सविनय अवज्ञा, ट्रस्टीशिप, सर्वोदय और अंत्योदय जैसी अवधारणाओं के समावेश के लिए विश्व-विख्यात हैं। गाँधी ने कई अवसरों पर कहा कि मेरा जीवन ही मेरा संदेश है। उन्होंने अपने एक निकटतम सहयोगी से यह भी कहा था कि उन्हें समझने के लिए उन्हें उनकी सतत क्रियाशीलता के बीच देखना होगा। इसके बावजूद यह भी एक तथ्य है कि गाँधी अहर्निश लेखक-पत्रकार भी थे और उनका चिंतन ख़ुद उनके लिखे हुए शब्दों में कोई नब्बे से ज़्यादा खण्डों में संकलित है। गाँधी एक सुव्यवस्थित और प्रणालीबद्ध चिंतक नहीं थे, पर उनके विचारों ने पिछली आधी सदी से दुनिया के प्रत्येक विचार-पंथ के अनुयायियों को प्रभावित किया है। गाँधी की सर्वाधिक प्रभावशाली रचना *हिंद स्वराज* मानी जाती है जो उन्होंने अपने बौद्धिक जीवन के शुरुआत में ही गुजराती में लिखी थी। संवाद-शैली में लिखी गयी इस रचना में उन्होंने आधुनिक पश्चिमी सभ्यता की दूरगामी दृष्टि से गहन आलोचना की है। *हिंद स्वराज* के पृष्ठ उस संज्ञानात्मक दासता की दुश्चिंताओं और उनके विरुद्ध चेतावनी से भरे हुए हैं जिनका शिकार उपनिवेशवाद के ख़िलाफ़ संघर्ष करने वाला राष्ट्रवादी मानस आसानी से हो सकता है।

गाँधी के विचारों पर थोरो, तॉल्स्तॉय और रस्किन के साथ-साथ बाइबिल के संदेशों, हिंदू-वैष्णव मूल्यों, भगवद्‌गीता और अद्वैत वेदांत का मिला-जुला प्रभाव था। इन्हीं आधारों पर उन्होंने एक ऐसा नैतिक, राजनीतिक और आर्थिक कार्यक्रम तैयार किया जो व्यक्तिगत और सामाजिक जीवन के हर आयाम को स्पर्श करता है। परम्परा-समर्थक एवं परम्परा-विरोधी दोनों ही अपने तर्क का समर्थन गाँधी-चिंतन में खोजते हुए मिल जाते हैं। वहीं आधुनिकतावादी और उत्तर-आधुनिकतावादी भी गाँधी को अपने पक्ष में खड़ा करने हेतु प्रयत्नशील दिखाई पड़ते हैं। मार्क्सवाद को आलोचनात्मक दृष्टि से देखने वाले समाजवादियों ने भी अपने को गाँधी के साथ जोड़ कर गाँधीवादी समाजवाद का सृजन कर लिया है। हिंदुत्ववादियों के राजनीतिक प्रतिनिधियों ने भी गाँधी की विरासत से वैधता हासिल करने की कोशिश की है। अराजकतावादियों ने गाँधी को नैतिक अराजकतावादी बताकर ख़ुद से जोड़ा है। दरअसल, गाँधी के विचारों की मौलिकता और रैडिकलिज़्म की प्रकृति कुछ ऐसी है कि उन्हें किसी पूर्व-स्थापित खाँचे में फ़िट नहीं किया जा सकता। आम तौर पर उनके व्यक्तित्व और कृतित्व का दार्शनिक पक्ष उनकी अभूतपूर्व राजनीतिक उपलब्धियों और विवादों के साथ-साथ उनकी महात्मा छवि के पीछे छिप जाता है और उनकी वैचारिकता का पूरा संधान नहीं हो पाता।

गाँधी ने अहिंसा के प्रत्यय का उपनिवेशवाद विरोधी आंदोलन के ख़िलाफ़ गोलबंदी में कामयाबी से इस्तेमाल किया। एक विचार के तौर पर अहिंसा का स्रोत गाँधी की धार्मिक पृष्ठभूमि में तो है ही, राजनीतिक दर्शन के लिहाज़ से गाँधी यह विचार युरोपीय ज्ञानोदय से उद्‌भूत विचारधाराओं की सर्वांगीण आलोचना की ज़मीन पर स्थित है। साथ ही गाँधी की अहिंसा ज्ञानोदय से क़रीब सौ साल पहले विकसित हुए उस बौद्धिक प्रतिमान की सम्पूर्ण आलोचना पर भी टिकी हुई है जिसके आधार पर जीवन और जगत को समझने और नियंत्रित करने का काम विज्ञान को अंतिम रूप से सौंप दिया गया था। अहिंसा के विचार और रणनीति का एक दूसरा पहलू भी है। उदारतावादी राजनीतिक सिद्धांत मान कर चलता है कि अगर राजनीतिक कार्रवाई संवैधानिक दायरे में की जाए तो उसे हिंसक रुझान लेने से रोका जा सकता है। लेकिन गाँधी की राजनीतिक रणनीति न केवल अहिंसक थी, बल्कि वह ग़ैर-संविधानपरक भी थी। सविनय अवज्ञा के उसूल का यह सारतत्व उदारतावादी चिंतन से परे जाता है।

गाँधी का विचार था कि हिंसक क्रांतिकारी कार्रवाई व्यापक पैमाने पर जन-भागीदारी को प्रोत्साहित नहीं कर सकती। दूसरे, वे यह भी नहीं चाहते थे कि उदीयमान भारतीय राष्ट्रवाद उच्च-मध्यमवर्गीय सुशिक्षित और वकीलों की तरह बहस में प्रशिक्षित पुरुष-अभिजन की ठेकेदारी बन कर रह जाए। इसलिए उन्होंने आज़ादी की लड़ाई को विधायिकाओं और गोलमेज़ सम्मेलनों की बहस के साथ-साथ जनांदोलन की राजनीति के रूप में भी कल्पित किया। इस प्रक्रिया में कांग्रेस पार्टी, जो गाँधी के दक्षिण अफ़्रीका से भारत लौटते समय नरम दल बनाम गरम दल की दुविधा में फँसी हुई थी, कुछ ही वर्षों में एक सशक्त जनांदोलन में बदल गयी। ध्यान रखने वाली बात है कि गाँधी सत्य का संधान करने वाले जिस सत्याग्रही को कल्पित करते हैं, वह लेनिन द्वारा कल्पित हरावल दस्ते का ऐसा सदस्य नहीं है जिसे क्रांति का नेतृत्व करना है। सत्याग्रही को तो केवल नैतिक उदाहरण की तरह विशाल किसान जनता के सामने ख़ुद को पेश करना था। वह कम्युनिस्ट आइडियॉलॉग की तरह इतिहास की अनिवार्य अग्रगति का प्रवक्ता नहीं था। तीसरे, गाँधी चाहते थे कि भारतीय जनता सिर्फ़ अंग्रेज़ों को देश छोड़ कर चले जाने के

मोहनदास कर्मचंद गाँधी (1869-1948)

लिए ही न कहे, बल्कि इसके लिए वह कुछ ऐसे साधन अपनाये जो उन विचारों और संस्थाओं से भिन्न हों जो उपनिवेशवादियों ने भारत पर थोपे थे।

गाँधी ने मुख्य रूप से हिंद स्वराज में एवं आनुषांगिक रूप से अपने फुटकर लेखन में आधुनिक पश्चिमी सभ्यता के प्राय: सभी पक्षों की आलोचनात्मक समीक्षा की है। आधुनिक सभ्यता को परिपुष्ट करने वाली इंद्रियानुभववादी ज्ञानमीमांसा, आधुनिक सभ्यता द्वारा निर्मित अहंवादी एवं स्व-केंद्रित मानव प्रकृति, आधुनिक सभ्यता के आर्थिक पक्ष की मेरुदण्ड मशीन एवं उद्योग गाँधी की दृष्टि में अनीति को बढ़ावा देने वाले हैं। गाँधी ने कार्य-विशेषीकरण से उत्पन्न पराश्रितता एवं विभेद, संगठित शक्ति से व्युत्पन्न हिंसा और अमर्यादित स्वतंत्रता तथा छद्म समानता के समीकरणों का जन्म देने के लिए भी आधुनिक सभ्यता को उत्तरदायी ठहराया है। गाँधी भौतिक एवं प्राकृतिक शक्तियों के प्रयोग की क्षमता के रूप में सभ्यता को परिभाषित करने की प्रवृत्ति नकारते हैं। इस रूप में जब सभ्यता को परिभाषित किया जाता है तब अनिवार्य रूप से इसकी परिणति आधुनिक सभ्यता की श्रेष्ठता स्थापित करने में होती है। इसकी जगह गाँधी सभ्यता को परिभाषित करते हुए परिणामवादी दृष्टिकोण अपनाते हैं। उनकी दृष्टि में सभ्यता का तात्पर्य है अपने असली स्वरूप की पहचान जो मन एवं इंद्रियों को वश में रखने और कर्त्तव्य पालन से प्रकट होती है।

इसके उलट सामाजिक डार्विनवाद से उत्प्रेरित चिंतन के प्रभाव के तहत उदारतावाद की मान्यताओं ने आधुनिक सभ्यता में मनुष्य को स्वार्थी, हिंसक एवं स्व-केंद्रित प्राणी के रूप में परिभाषित किया है। स्वयं गाँधी भी मनुष्य में एक ही साथ दैवी एवं आसुरी प्रवृत्तियों को समाहित मानते हैं और यह भी स्वीकार करते हैं कि इन दोनों प्रवृत्तियों की तीव्रता प्राय: समान ही होती है। कितु गाँधी निरंतर अभ्यास से दैवी प्रवृत्तियों के उत्थान में मानव को सक्षम मानते हैं। मानव की यही सक्षमता गाँधी की दृष्टि में मानवीय गरिमा का आधार है। गाँधी ने आधुनिक सभ्यता की आलोचना के क्रम में यह दर्शाया है कि आधुनिक सभ्यता मनुष्य की स्वार्थी प्रवृत्ति को प्रोत्साहित करने के आधार पर ही टिकी हुई है। विशालकाय उद्योगों में बड़े पैमाने पर उत्पादित वस्तुओं की खपत स्वार्थ एवं भोगलिप्सा के बिना सम्भव नहीं है। गाँधी ने इस तथ्य को बख़ूबी समझा है कि आधुनिक सभ्यता का पोषक उदारतावाद जिस मानवीय विवेक को प्रोत्साहित करता है वह मनुष्य को उत्पादक, उपभोक्ता एवं वितरक के रूप में परिष्कृत करने में जितना सहयोगी है उतना स्वार्थ को परमार्थ के रूप में परिमार्जित करने में नहीं है।

आधुनिक सभ्यता की इंद्रियानुभववादी ज्ञानमीमांसा को भी गाँधी ने अपूर्ण बताया है। साथ ही आधुनिक सभ्यता द्वारा 'विवेक' को अतिशय महत्व दिये जाने का भी विरोध किया है। गाँधी का मानना है कि तार्किक विचारों द्वारा असत्य को जाना जा सकता है परंतु सत्य को जानने और मानने के लिए अतार्किक आत्मीय मनोभावों का भी सहारा लेना पड़ता है। गाँधी के अनुसार व्यक्ति का समग्र व्यक्तित्व मस्तिष्क मन, बौद्धिकता एवं नैतिकता का समाविष्ट स्वरूप है। इन सब का स्पष्ट पारदर्शी विभाजन सम्भव नहीं है। बौद्धिकता मस्तिष्क को प्रेरित करती है पर किसी महान कार्य के संचालन के लिए मस्तिष्क एवं हृदय दोनों की प्रेरणा आवश्यक होती है।

गाँधी समझते हैं कि प्रेम, विश्वास और क्षमा का मूल स्रोत विवेक नहीं है, लेकिन इनके बिना सर्वोत्तम प्राणी के रूप में मनुष्य की परिकल्पना भी सम्भव नहीं है। प्रेम, विश्वास और क्षमा को गाँधी मनुष्य की विकासात्मक क्षमता की परिपूर्णता के लिए आवश्यक मानते हैं। इसके अभाव में मनुष्य हरबर्ट मारक्यूज़ के शब्दों में 'एकायामी' बन कर रह जाता है। कोरा इंद्रियानुभववादी ज्ञान मनुष्य के समक्ष उदात्त मानवीय लक्ष्यों को प्रस्तुत करने में भी अक्षम है। यह भौतिक तृप्ति के लिए मानवीय संवेगों की यथार्थता को परिपुष्ट तो अवश्य करता है लेकिन इससे जिस उपभोक्ता रूपी मानव का सृजन होता है वह साहचर्यजनित उदात्त मानवीय पक्ष की उपेक्षा करता है। आधुनिक सभ्यता की आलोचना का यही पक्ष तरुण मार्क्स में बेगानगी की संकल्पना और उसकी पीड़ा के रूप में व्यक्त हुआ है। गाँधी के चिंतन में कर्त्तव्य-पालन की संकल्पना वस्तुत: मानवीय साहचर्य एवं संयम के माध्यम से आधुनिक सभ्यता की उस पीड़ा का शमन प्रस्तुत करती है जिसे सार्त्र ने चयन की स्वतंत्रता से उत्पन्न माना है। आधुनिक सभ्यता द्वारा निर्मित एकाकी मानव एवं 'अणुवादी समाज' का द्वंद्व गाँधी की निगाह में उसकी अपनी ही ज्ञानमीमांसा में निहित है।

आधुनिक सभ्यता के निर्माण एवं विकास में मशीनीकरण एवं उद्योगीकरण मेरुदण्ड की भाँति है। मशीनीकरण एवं उद्योगीकरण दक्षता आधारित श्रम-शक्ति के अभाव में संचालित नहीं हो सकता। गाँधी ने आधुनिक सभ्यता के इन तीनों पक्षों का सूक्ष्म विश्लेषण किया है। उन्होंने स्वार्थी मनुष्य की संकल्पना को उद्योगवाद के प्रेरक के रूप में प्रस्तुत किया। यह उद्योगवाद जिस केंद्रीकृत उत्पादन-पद्धति को जन्म देता है उससे एक तो क्षेत्रीय असंतुलन का जन्म होता है और दूसरे यह उपभोग के मनोविज्ञान को निरंतर संचार माध्यमों के प्रयोग से प्रेरित करता रहता है। उपभोग के मनोविज्ञान का प्रभाव अंततः मनुष्य के स्वतंत्र कर्ता के स्वरूप को भी धूमिल कर देता है और मानवीय विवेक की स्वतंत्रता भी यांत्रिक होकर रह जाती है।

गाँधी ने उद्योगीकरण के माध्यम से अधिशेष उत्पादन की दो अन्य समस्याओं का भी उल्लेख किया है, जिसमें एक है वितरण की समस्या और दूसरी है अधिशेष उत्पादन की खपत के लिए उपनिवेशीकरण की नीति को प्रश्रय। मार्क्स सदृश विचारकों में उपनिवेशवाद का तीव्र विरोध तो है, पर इसे दूर करने के लिए वे गाँधी की तरह औद्योगिक उत्पादन के विरुद्ध नहीं खड़े होते। न ही इन विचारकों ने केंद्रीकृत उत्पादन पद्धति पर गाँधी की तरह प्रहार किया है। वस्तुतः मार्क्स सदृश विचारकों ने 'ज़हर की दवा ज़हर' के तर्क में ही मानवता का कल्याण खोजा है। गाँधी केंद्रीकृत पूँजीवादी औद्योगिक उत्पादन के साधनों पर सामाजिक नियंत्रण के माध्यम से आधुनिक सभ्यता के दोषों के निराकरण के प्रयास को अपर्याप्त मानते हैं। वे इसकी जगह स्वदेशी की संकल्पना और ग्राम आधारित स्वयं-पर्याप्त इकाइयों की स्थापना को श्रेयस्कर समझते हैं। वे इंद्रिय संयम के प्रयोग द्वारा उपभोक्तावादी मनोविज्ञान को बदल कर व्यापक पैमाने पर उत्पादन की आवश्यकता को ही नष्ट करना चाहते हैं।

देखें : अहिंसा, आज़ादी के लिए सशस्त्र संघर्ष-1, 2, और 3, आर्थिक राष्ट्रवाद-1 और 2, आम्बेडकर-गाँधी विवाद, आशिस नंदी-1 और 2, उपनिवेशवाद विरोधी आंदोलन-1, 2 और 3, उपनिवेशवाद विरोधी संघर्ष में स्त्री-नेतृत्व-1 और 2, गोपाल कृष्ण गोखले, चेतपट वेंकटसुब्बन शेषाद्रि, जय प्रकाश नारायण, जोसेफ़ चेल्लादुरै कुमारप्पा, ट्रस्टीशिप, नरेंद्र देव, बाल गंगाधर तिलक, भारतीय राष्ट्रवाद, राममनोहर लोहिया, भीखू छोटालाल पारिख, लेव निकोलाइविच तॉल्स्तॉय, वर्धा शिक्षा योजना, विवेकानंद, वि-उपनिवेशवाद, विनोबा भावे, सर्वोदय, सविनय अवज्ञा, हेनरी डेविड थोरो।

संदर्भ

1. जैनेंद्र कुमार (1985), *अकालपुरुष गाँधी,* पूर्वोदय प्रकाशन, नयी दिल्ली.
2. रामजी सिंह (1986), *गाँधी दर्शन मीमांसा,* बिहार हिंदी ग्रंथ अकादमी, पटना.
3. महात्मा गाँधी (1981), *आत्मकथा : सत्य के साथ मेरे प्रयोग,* सस्ता साहित्य मण्डल प्रकाशन, नयी दिल्ली.
4. महात्मा गाँधी (2006), *हिंद स्वराज्य,* सर्व सेवा संघ प्रकाशन, वाराणसी.
5. अम्बिका दत्त शर्मा (2009), 'हिंद स्वराज एवं कम्युनिस्ट मैनिफ़ेस्टो का पुनर्पाठ', *उन्मीलन,* वर्ष 23, अंक 2.

— विश्वनाथ मिश्र और उपासना पाण्डेय

मोहनदास कर्मचंद गाँधी-2

उदारतावाद और लोकतंत्र की गहन मीमांसा

(Mohandas Karmchand Gandhi-2)

गाँधी ने आधुनिक सभ्यता को बढ़ावा देने में यंत्रों की भूमिका को भी उजागर किया है और इससे उत्पन्न विकृतियों की पहचान की है। गाँधी के चिंतन का यह पक्ष अनेक स्पष्टीकरण के साथ समझे जाने की प्रत्याशा रखता है। गाँधी मानव के शरीर को भी एक नाज़ुक यंत्र के रूप में देखते हैं और दाँत-कुरेदनी भी उनके लिए एक यंत्र ही है। वे सिलाई मशीन की उपयोगिता और चरखे के महत्त्व को भी रेखांकित करते हैं जो मूलतः यंत्र ही है। वस्तुतः गाँधी द्वारा मशीनों के विरोध के पीछे मानवीय श्रम का बड़े पैमाने पर विस्थापन है। भीखू पारिख लिखते हैं कि गाँधी यंत्र के प्रयोग से समय एवं श्रम के बचत के महत्त्व की उपेक्षा नहीं करते हैं, पर वे यंत्रों के प्रयोग के लालच और यंत्रों के प्रयोग से उत्पन्न शोषण का विरोध करते हैं। आधुनिक सभ्यता के यांत्रिक पक्ष को गाँधी ने मानवीय श्रम की महत्ता को कम करने और विशेषीकृत यंत्रों के प्रयोग के लिए विशेषीकृत ज्ञान की आवश्यकता के कारण भी निषिद्ध बताया है। गाँधी के अनुसार विशेषीकृत ज्ञान 'आत्मकेंद्रित-अहंवाद' को पुष्ट करता है और इससे मानव-मानव में श्रेणीगत विभेद भी पैदा होता है।

मशीनों के प्रयोग से आरामदायक ज़िंदगी की परिकल्पना की गाँधी ने मशीनों पर मनुष्य की निर्भरता के रूप में व्याख्या की है। गाँधी की दृष्टि में मशीनों के प्रयोग यथा संचार, रेल, छापाख़ाना आदि ने आधुनिक सभ्यता के दोषों का संवहन किया है। गाँधी की दृष्टि में मशीनों का प्रयोग साथी मनुष्य की सहयोगी वृत्ति से तादात्म्य स्थापित करने में बाधक बनती है। मशीन मनुष्य को स्वयं पर्याप्त होने की छद्म चेतना से ढक लेती है और चारों ओर से मशीनों से घिरा हुआ मनुष्य अन्ततः नितांत असहाय सा बन जाता है। तब वह एक

दक्षिण अफ्रीका में अपने सहयोगियों के साथ गाँधी

ओर तो साथी मनुष्यों से कट जाता है और दूसरी ओर स्वयं अपनी क्षमता के उपयोग की शक्ति को भी मशीन के हवाले कर देता है।

गाँधी आधुनिक सभ्यता के दोषों का उल्लेख करते हुए श्रम विभाजन एवं विशेषीकरण की कमियों का भी उल्लेख करते हैं। डॉक्टर एवं वकील के पेशे के उदाहरण के माध्यम से गाँधी ने दक्षता आधारित श्रम-विभाजन एवं विशेषीकरण को सामाजिक जीवन की सरलता को नष्ट करने वाला बताया है। आधुनिक सभ्यता में ऐसे विशेषज्ञों को गाँधी ने मानवीय नैतिकता से बढ़ कर व्यवसायगत नैतिकता के पक्षपोषण का हिमायती बताया है। ऐसे विशेषज्ञ आधुनिक सभ्यता के अनुकूल व्यक्ति को ढालने का यत्न करते हैं, जिससे आधुनिक सभ्यता की विकृतियों को भी वैधता प्राप्त हो जाती है। विशेषज्ञ अपनी विशेषज्ञता का उपयोग अपनी व्यक्तिगत समृद्धि को बढ़ाने और अपने पेशे के आर्थिक महत्व को स्थापित करने में करते हैं। वे विकृतियों, दोषों एवं रोगों को समूल नष्ट करने के लिए उनके मूल कारणों की खोज और उसके निदान के बजाय तात्कालिक राहत प्रदान कराने का कार्य करते हैं। विशेषज्ञों की इस प्रवृत्ति से तात्कालिक राहत पाकर पीड़ित व्यक्ति पुनः उन कार्यों में संलग्न हो जाता है जिससे उसमें विकृति आयी है। वह पुनः पीड़ित होकर विशेषज्ञों की शरण में जाता है और यह दुष्चक्र चलता ही रहता है। गाँधी ने विशेषज्ञता आधारित कर्मों के आर्थिक महत्त्व को मानवीय गुणों को विकसित होने के मार्ग में भी बाधक माना है। साथ ही विशेषज्ञता अर्जन की प्रवृत्ति को मानवीय क्षमता के बहुमुखी विकास में भी अवरोधक बताया है।

गाँधी ने आधुनिक सभ्यता के नियंत्रक एवं पथ प्रदर्शक के रूप में लोकतंत्र की भूमिका की भी गहन मीमांसा की है। गाँधी अल्पमत एवं बहुमत के आधार पर सत्य को परिभाषित करने की मान्यता को नकारते हैं। प्रजातंत्र में सत्य की परख अल्पमत और बहुमत में भिन्न-भिन्न हो जाती है। संसदीय प्रजातंत्र की तो गाँधी ने अत्यंत कटु आलोचना की है। उनके अनुसार शासन की यह प्रणाली दबाव के अभाव में सक्रिय ही नहीं होती है। यह जनता के धन का अपव्यय करती है और जिन विधियों का यह निर्माण करती है उनके पालन के प्रति स्वयं जनप्रतिनिधि ही निष्ठावान नहीं होते हैं। गाँधी ने प्रजातंत्र को समुदाचार (मास बिहेवियर) को बढ़ावा देने के लिए भी कटघरे में खड़ा किया है। यद्यपि गाँधी ने सत्य के सापेक्षिक स्वरूप के साथ निरपेक्ष स्वरूप के अस्तित्व को स्वीकार किया है और वे पूर्ण सत्य की प्राप्ति के लिए सत्य के एकांश को भी स्वीकारते हैं, फिर भी वे इस तथ्य से सहमत नहीं हैं कि समुदाचार में निहित विचार सदैव कल्याणकारी ही होगा। संसदीय प्रजातंत्र की दलबंदी एवं संसद में बहस के गिरते स्तर को भी गाँधी ने रेखांकित किया है। गाँधी ने संसदीय प्रजातंत्र को यंत्र, उद्योग एवं अर्थव्यवस्था के अनुगामी के रूप में चित्रित किया है। वस्तुतः इन शक्तियों पर प्रभुत्व रखने वाले वर्ग द्वारा ही संसदीय प्रजातंत्र नियंत्रित होता है। संसदीय प्रजातंत्र द्वारा प्रक्षेपित स्वतंत्रता एवं समानता की धारणा को भी गाँधी ने सीमित एवं अपर्याप्त बताया है।

आधुनिक सभ्यता की स्वतंत्रता एवं समानता की धारणा जिस उदारतावादी परिवेश में अस्तित्व ग्रहण करती है गाँधी के अनुसार वह मानव स्वभाव की भ्रांत धारणा एवं भ्रांत लक्ष्य पर आधारित है। आधुनिक सभ्यता में उदारतावाद ने उस व्यक्ति की स्वतंत्रता का लक्ष्य सामने रखा है जो समाज से कटा हुआ है। वास्तव में यह व्यक्ति की अमूर्त धारणा है और उदारतावाद ने ऐसे व्यक्ति के लिए निरपेक्ष स्वतंत्रता की पृष्ठभूमि तैयार की है। समाज में न तो अमूर्त व्यक्ति होता है न ही निरपेक्ष स्वतंत्रता। गाँधी इस तथ्य के प्रति भी सचेत हैं कि आधुनिक सभ्यता में उदारतावाद पर लोकतंत्र के दबाव ने समानता के विचार को बढ़ावा दिया है। वास्तव में आधुनिक सभ्यता की मौलिक ज्ञानमीमांसा में समानता का विचार अत्यंत क्षीण है। समानता के विचार को प्रश्रय आधुनिक सभ्यता में लोकतंत्र के प्रक्रियात्मक पहलू ने दिया है। समानता का यह विचार भी स्वतंत्रता के सम्प्रत्यय की ही तरह छद्म एवं प्रक्षेपित है। गाँधी मानव-मात्र की समानता में विश्वास करते हैं, लेकिन उन्हें आधुनिक सभ्यता की समानता की धारणा स्वीकार्य नहीं है। यह भौतिक उपलब्धियों को प्राप्त करने के क्षेत्र तक ही समानता को सीमित करती है।

बढ़ती हुई हिंसात्मक वृत्ति को आधार बनाकर भी गाँधी ने आधुनिक सभ्यता की आलोचना की है। आधुनिक सभ्यता की हिंसात्मक वृत्ति अनेक रूपों में प्रकट होती है। श्रम एवं लाभ का शोषण जहाँ हिंसा के एक स्रोत हैं। वहीं वैचारिक, राजनीतिक, धार्मिक एवं सांस्कृतिक प्रभुत्व की

स्थापना या इसके प्रयास हिंसा के दूसरे स्रोत हैं। गाँधी ने इन हिंसाओं को रोकने के नाम पर राज्य की बढ़ती हुई शक्ति को संदेह की नज़र से देखा है। गाँधी किसी भी संगठित शक्ति को हिंसा के मूर्तिमान पुंज के रूप में ही देखते हैं। गाँधी ने राज्यों के मध्य व्याप्त शास्त्रों की जिस होड़ को देखा था वह आज 'अतिमारकता' के युग तक आ पहुँचा है। गाँधी शस्त्रों की होड़ और सैन्य प्रतिस्पर्धा को आधुनिक सभ्यता की बर्बर निशानी मानते हैं। गाँधी ने आधुनिक सभ्यता में साहचर्य आधारित संबंधों के टूटने के दुष्परिणाम के रूप में राज्य की बढ़ती शक्ति को रेखांकित किया है। गाँधी का विचार है कि आधुनिक राज्यों की शक्ति में वृद्धि मात्र आर्थिक तकनीकी एवं प्रशासनिक आवश्यकताओं के कारण ही नहीं हुई है। अपितु यह मानवीय साहचर्य के घटते हुए परिवेश की खाई को पाटने के उद्देश्य से भी हुई है। किन्तु विडम्बना यह है कि जैसा कि हान्ना एरेंत भी स्वीकार करती हैं कि मानवीय साहचर्य के परिवेश को सृजित करने में आधुनिक राज्यों की भूमिका अत्यंत नकारात्मक है। आधुनिक सभ्यता के छलावे मनुष्य को ऐसे प्रलोभन में रखते हैं जहाँ मनुष्य के भीतर दमनात्मक सहनशीलता का जन्म हो जाता है।

गाँधी-विचार का ज्ञानमीमांसक विश्लेषण करते हुए उनकी राजनीतिक रणनीति की जेंडर-संवेदनशीलता रेखांकित करना ज़रूरी है। यह गाँधी की दूरदृष्टि ही थी जिसने यह माना कि जब तक अबला को सबला नहीं बनाया जाएगा तब तक स्वराज का निहितार्थ सिद्ध नहीं होगा। गाँधी स्वराज की डोर स्त्रियों के हाथ में देना चाहते थे, क्योंकि वे स्त्री-शक्ति के प्रति पूर्णत: आश्वस्त थे। वे कहते थे यदि शक्ति का मतलब केवल पशु बल ही होता है तो बेशक स्त्रियों में पशु बल कम है। लेकिन यदि उसका अर्थ नैतिक शक्ति होता है तो स्त्रियों की शक्ति से पुरुषों की शक्ति की कोई तुलना नहीं की जा सकती। गाँधी ने माना कि स्त्रियों का भी एक अलग व्यक्तित्व है एवं इस व्यक्तित्व की भी अपनी एक गरिमा है। समाज के उत्थान में यदि इस व्यक्तित्व को स्थान नहीं मिलता तो किसी भी प्रकार का स्वराज मात्र आंशिक ही होगा।

गाँधी ने स्वराज की अहिंसक लड़ाई में स्त्रियों का विशेष रूप से आह्वान किया। उनकी मान्यता थी कि अहिंसक संघर्ष में स्त्रियाँ पुरुषों से अधिक भाग ले सकती हैं, क्योंकि वे त्याग और दया की और इसीलिए अहिंसा की मूर्ति हैं। पुरुष अहिंसा और धर्म को केवल बुद्धि से ही समझते हैं वहीं स्त्रियों के लिए यह एक ऐसी वस्तु है जिसे वे जन्म से ही जानती हैं। पारिवारिक उत्तरदायित्वों का सतत निर्वहन स्त्रियों में प्रकृति प्रदत्त सेवा भाव संबंधी गुणों का उत्तरोत्तर विकास करता है जिससे वे हृदय-परिवर्तन संबंधी अहिंसक युद्ध के अंतिम ध्येय को सहज ही प्राप्त कर लेती हैं। सत्याग्रह का मर्म कष्ट सहने में है और स्त्रियों को तो कष्ट सहने की अदम्य शक्ति प्रकृति से ही प्राप्त है। गाँधी के आह्वान पर अनगिनत स्त्रियों ने अहिंसात्मक सत्याग्रह की कमान सँभाली तथा यथायोग्य अंशदान दिया। गाँधी का अभिप्राय कभी भी स्त्रियों द्वारा पुरुषों की नक़ल करना अथवा दोनों के स्वभावगत अंतर को अनदेखा कर देना नहीं था। गाँधी स्वीकारते हैं कि आत्मिक रूप से एक होते हुए भी स्त्री और पुरुष में प्रकृतिगत विभेद है और यही उनकी समाज के प्रति भूमिका की विभिन्नता को दर्शाता है।

आधुनिक युग में स्त्रियों की बदतर स्थिति के लिए भी गाँधी ने आधुनिक सभ्यता की आलोचना की है। आधुनिक सभ्यता ने एक ओर विशेषज्ञता आधारित कर्मों के आर्थिक महत्व को स्थापित करके स्त्रियोचित गुणों के सृजनात्मक एवं पोषणात्मक कर्मों की अपेक्षा की है दूसरी ओर इसने भौतिक बल की श्रेष्ठता को स्थापित करके स्त्रियों के नैतिकबल को ढक दिया है। आधुनिक सभ्यता ने स्त्रियों को उपभोग्या के रूप में प्रस्तुत करके उनके शोषण को बढ़ावा दिया है। गाँधी ने स्त्रियों में सत्यानुशीलन की क्षमता एवं अहिंसा के लिए आवश्यक सतत प्रेम की प्रवृत्ति को पुरुषों की अपेक्षा अधिक माना है। किन्तु आधुनिक सभ्यता ने स्त्रियों में प्राकृतिक रूप से निहित इन गुणों को आलोकित करने के बजाय स्त्रियों के लिए भी पुरुषोचित मापदण्डों को ही सामने रखा है। फलत: आधुनिक सभ्यता में स्त्रियाँ पुरुषोचित दक्षता को प्राप्त करके अपने को सशक्त मानने के प्रयत्नों में संलग्न हैं। किन्तु इससे एक तो स्त्रियाँ निरन्तर पुरुषों से पीछे रह जाती हैं और दूसरे अपने मूल स्वरूप से भटक जाती है।

गाँधी का सभ्यता विमर्श जितना विस्तृत एवं व्यापक है प्राय: उतनी विस्तृत एवं व्यापक आलोचना इस विमर्श के संदर्भ में देखने को नहीं मिलती है। इस संदर्भ में गाँधी को कभी परम्परावादी मूल्यों का पोषक मान लिया जाता है और कभी आदर्शवादी। लेकिन जब गाँधी को आधुनिक एवं उत्तर-आधुनिक विचारक के रूप में भी प्रतिष्ठित किया जा रहा हो तब प्राय: गाँधी की आलोचनाओं से ही गाँधी का प्रत्युत्तर निकल आता है। वस्तुत: आधुनिक सभ्यता की मीमांसा हेतु गाँधी ने जितने विस्तृत फलक का प्रयोग किया है वह अतुलनीय है। आधुनिक सभ्यता की आलोचना के क्रम में गाँधी जितने समग्र दृष्टिकोण को अपनाते हैं, उतनी समग्रता मार्क्सवादियों, नारीवादियों, उत्तर-आधुनिकतावादियों या स्वच्छंदतावादियों में देखने को नहीं मिलती है।

देखें : अहिंसा, आज़ादी के लिए सशस्त्र संघर्ष-1, 2, और 3, आर्थिक राष्ट्रवाद-1 और 2, आम्बेडकर-गाँधी विवाद, आशिस नंदी-1 और 2, उपनिवेशवाद विरोधी आंदोलन-1, 2 और 3, उपनिवेशवाद विरोधी संघर्ष में स्त्री-नेतृत्व-1 और 2, गोपाल कृष्ण गोखले, चेतपट वेंकटसुब्बन शेषाद्रि, जय प्रकाश नारायण, जोसेफ़ चेल्लादुरै कुमारप्पा, ट्रस्टीशिप, नरेंद्र देव, बाल गंगाधर तिलक, भारतीय राष्ट्रवाद, भीखू

छोटालाल पारिख, राममनोहर लोहिया, लेव निकोलाइविच तॉल्स्तॉय, वर्धा शिक्षा योजना, विवेकानंद, वि-उपनिवेशवाद, विनोबा भावे, सर्वोदय, सविनय अवज्ञा, हेनरी डेविड थोरो।

संदर्भ

1. भिखू पारिख (1989), *गाँधीज पॉलिटिकल फ़िलॉसफ़ी, अ क्रिटिकल एग्ज़ामिनेशन,* मैकमिलन प्रेस, लंदन.
2. रोनाल्ड जे टर्चेक (1998), *गाँधी : स्ट्रगलिंग फ़ॉर ऑटोनॉमी,* विस्तार प्रकाशन, नयी दिल्ली.
3. जे.बी. कृपलानी (1956), *गाँधी : एक राजनीतिक अध्ययन,* सर्व सेवा संघ प्रकाशन, वाराणसी.
4. के.जी. मशरूवाला (1962), *गाँधी विचार दोहन,* सस्ता साहित्य प्रकाशन, नयी दिल्ली.

— विश्वनाथ मिश्र और उपासना पाण्डेय

मोहनदास कर्मचंद गाँधी-3

दक्षिण अफ्रीका, सत्याग्रह और असहयोग

(Mohandas Karmchand Gandhi-3)

गुजरात के पोरबंदर में दो अक्टूबर को जन्मे मोहनदास अपने पिता कर्मचंद गाँधी की चार संतानों में सबसे छोटे थे। पिता से गाँधी को अनुशासनप्रियता की सीख मिली एवं माता पुतली बाई से धर्माचरण की प्रेरणा। अपनी आत्मकथा *सत्य के साथ मेरे प्रयोग* में गाँधी ने ख़ुद को साधारण क़िस्म का विद्यार्थी बताया है। तेरह वर्ष की अल्पायु में ही उनका कस्तूरबा से विवाह हुआ। हाईस्कूल में ही पिता से छिप कर गाँधी ने मदिरापान किया और पश्चाताप की वेदना में पिता को पत्र लिखा। पिता द्वारा कुछ भी न कहने लेकिन उनकी आखों से गिरते हुए आँसुओं ने पहली बार गाँधी को प्रेम और अहिंसा की शक्ति से परिचित कराया। आख़िरी क्षणों में मृत्यु-शैया पर पड़े पिता के समक्ष न रह पाने और उस समय पत्नी के साथ समागमरत रहने की घटना ने गाँधी के मन को बुरी तरह से आहत किया। इसी के परिणामस्वरूप वे अधीरता, आसक्ति और कामना की वृत्ति परिमार्जित करने के लिए प्रेरित हुए।

1887 में तृतीय श्रेणी से हाईस्कूल की परीक्षा उत्तीर्ण करने के बाद गाँधी ने कॉलेज-शिक्षा के लिए भावनगर के शामलदास कॉलेज में प्रवेश लिया। लेकिन विधि स्नातक की शिक्षा प्राप्ति हेतु दिवंगत पिता के इच्छा के सम्मान और अपने अग्रज द्वारा लंदन में पढ़ाई के लिए धन की व्यवस्था कर दिये जाने के कारण गाँधी ने विलायत का रुख़ किया। वे बड़ी बेबाक़ी से लिखते हैं कि शिक्षा प्राप्ति हेतु लंदन जाना उनके लिए आकर्षण का विषय नहीं था। वे तो यह सोच कर लंदन जा रहे थे कि वहाँ परिवार से दूर रहने पर अनिच्छापूर्वक पढ़ाई करने के ताने से बच सकेंगे। लंदन के विख्यात इनर टेम्पल में प्रवेश के बाद क़ानून के पारम्परिक अध्ययन-अध्यापन ने उन्हें आकर्षित नहीं किया। लेकिन गाँधी ने भाषा, पोशाक एवं व्यवहार की ऐसी बारीकियों को सीखने का प्रयत्न अवश्य किया जो उन दिनों एक सभ्य अंग्रेज़ से अपेक्षित थीं। 1891 को उन्होंने वकील के रूप में कार्य करने हेतु लंदन के हाई कोर्ट में पंजीयन कराया और 12 जून, 1891 को स्वदेश रवाना हो गये। भारत आने पर गाँधी ने कुछ समय के लिए अध्यापन का कार्य करना चाहा, पर मौक़ा नहीं मिला। अधिवक्ता के रूप में काम करते हुए भी गाँधी को अपनी सफलता के लक्षण प्राय: नगण्य दिखाई पड़े।

1893 में गाँधी को एक मुक़दमे में पैरवी के लिए दक्षिण अफ्रीका जाने हेतु निमंत्रण मिला। यह यात्रा एक ऐसी घटना साबित हुई जिसने गाँधी का जीवन बदल दिया। दक्षिण अफ्रीका में मुक़दमे की पैरवी के लिए उन्हें डरबन से प्रिटोरिया जाना था। इसी रेल मार्ग पर ट्रांसवाल की राजधानी मेरित्सबर्ग के पास टिकट परीक्षक ने अपने दो गोरे सहयोगियों के साथ प्रथम श्रेणी में वैध टिकट होने पर भी चमड़ी का रंग काला होने के कारण गाँधी को अपमानित करके सामान सहित नीचे उतार दिया। इस अपमान, इसे उत्प्रेरित करने वाली विधि तथा राजनीतिक व्यवस्था की प्रचंड भौतिक शक्ति और अपनी ही कमियों के कारण पैदा हुई असहायता पर विचार करते हुए गाँधी ने मेरित्सबर्ग की वह सर्द रात स्टेशन पर गुज़ारी। प्रतिरोधस्वरूप उन्होंने कुछ नहीं किया और अगले दिन पुन: ज़लालत सहते हुए प्रिटोरिया चले गये। लेकिन वहाँ पहुँच कर गाँधी ने एक सप्ताह के भीतर वहाँ के भारतीयों की सभा बुलायी और अपने भाषण मे सत्य बोलने, जात-पाँत और अशुचिता के आचरण को त्यागने तथा अंग्रेज़ी सीखने पर बल दिया। इस तरह गाँधी ने वहाँ कई सभाओं का आयोजन किया। जब तक गाँधी डरबन लौटे तब तक प्रिटोरियावासी भारतीयों ने अपना एक संगठन बना लिया था। गाँधी के लिए एक संगठनकर्ता के रूप में यह अपनी क्षमता पहचानने का अवसर था। डरबन से भारत वापसी की तैयारी में लगे गाँधी की उनके सहयोगियों ने समारोहपूर्वक विदाई भी कर दी, लेकिन *नेटाल मर्क्री* की इस ख़बर ने गाँधी को रोक लिया कि दक्षिण अफ्रीका की रंगभेदी सरकार विधान मण्डल का सदस्य बनने के अधिकार से भारतीयों को वंचित करने हेतु विधेयक लाने वाली है। गाँधी ने इस विधेयक का विरोध करने का आह्वान किया और उनके सहयोगियों ने भी इस कार्य में उनके सहयोग की याचना की। गाँधी एक महीना

रुकने हेतु तैयार हो गये। लेकिन इसके बाद वे बीस साल तक वहीं रहे और गिरमिटिया मजदूरों के हितों की रक्षा के लिए संघर्ष किया।

दक्षिण अफ़्रीका के संघर्ष-काल में गाँधी ने अंग्रेज़ी पोशाक पहनना तो नहीं छोड़ा, लेकिन उनमें आंतरिक रूपांतरण का वह क्रम आरम्भ हो गया जिसने अंततः उन्हें वह गाँधी बनाया जिसे आज सारी दुनिया जानती है। जिस निष्क्रिय प्रतिरोध का प्रयोग तिलक ने बंग-भंग के अवसर पर किया था, और माँग से पहले योग्यता (डिज़र्व देन डिज़ायर) की जिस बात पर गोखले बल दिया करते थे, उसे गाँधी ने दक्षिण अफ़्रीका के अपने अहिंसक संघर्ष में व्यवहार में उतार कर दिखाया। गाँधी ने सदैव अपने उद्देश्य को सर्वव्यापक मानवता के कल्याण की दृष्टि से परिभाषित किया। दक्षिण अफ़्रीका में भी गाँधी के संघर्ष का मक़सद भारतीयों के साथ गोरों के समान व्यवहार करने की माँग तक सीमित नहीं था। उनका कहना था कि जब भारतीय भी ब्रिटिश साम्राज्य के नागरिक हैं तब उन्हें भी विधि के तहत वही अधिकार और स्वतंत्रताएँ प्राप्त होनी चाहिए जो अंग्रेज़ों को हासिल हैं। आगे चल कर गाँधी का यह उद्देश्य विराट स्वरूप ग्रहण करता हुआ मनुष्य द्वारा मनुष्य के शोषण के निषेध तक पहुँचा। गाँधी की इस दृष्टि ने ही राष्ट्रीय आंदोलन में गाँधी के आगमन के बाद भारतीय स्वतंत्रता के प्रश्न को मानवजाति की स्वतंत्रता के प्रश्न में बदल दिया।

सविनय अवज्ञा : नमक आंदोलन

1899 से 1902 के मध्य दक्षिण अफ़्रीका के बोअर विद्रोह में गाँधी ने बोअरों से सहानुभूति रखते हुए भी अंग्रेज़ों के पक्ष में भारतीय सैनिकों की नियुक्ति की मुहिम चलाई। यह बोअर लोगों की उचित माँगों की पूर्ति हेतु अनुचित तरीक़े के प्रयोग के विरुद्ध प्रतिक्रिया थी, लेकिन गाँधी ने मानवता के धर्म का पालन करते हुए घायलों की सेवा के लिए एक दल भी तैयार किया जिसमें लगभग स्वतंत्र भारतीय एवं आठ सौ गिरमिटिये मज़दूर थे। दक्षिण अफ़्रीका के संघर्ष काल में गाँधी ने एक सफल अधिवक्ता के रूप में भी अपने को स्थापित कर लिया था। आजीविका के इस साधन को गाँधी ने अधिवक्ता के प्रचलित धर्म से परे इस्तेमाल करते हुए विवादों का निस्तारण कचहरी से बाहर सुलह एवं मध्यस्थता से कराने में विशेष ध्यान दिया। 1903 में गाँधी ने *इण्डियन ओपीनियन* नामक साप्ताहिक पत्र आरम्भ किया और डरबन के पास 1904 में फ़ीनिक्स आश्रम की स्थापना की। इसका विचार गाँधी के मन में जॉन रस्किन की पुस्तक *अन टू दिस लास्ट* को पढ़ कर आया। यह पुस्तक गाँधी को एस.एल. पोलक ने दी थी। गाँधी का कहना है कि इस पुस्तक ने मेरी जीवन-धारा बदल दी। वे लिखते है कि यह पुस्तक रक्त और आँसुओं से लिखी गयी है।

गाँधी ने वासनाओं पर विजय पाने के प्रयत्न के रूप में 1906 में ब्रह्मचर्य का व्रत लिया और आजीवन इसका पालन करते रहे। उनका उद्देश्य इंद्रियों का दमन न हो कर इंद्रियों की सद्वृत्तियों के परिमार्जन के रूप में इस व्रत का उपयोग करना था। 1906 में ही दक्षिण अफ़्रीका की रंगभेदी सरकार की पहचान-पत्र नीति के अनौचित्य के विरुद्ध गाँधी ने सामूहिक प्रतिरोध की व्यक्तिगत नीति का सूत्रपात किया और उसका नाम सत्याग्रह रखा। मगन लाल गाँधी ने इसके लिए सदाग्रह शब्द सुझाया था, लेकिन गाँधी ने इस शब्द के संशोधित रूप को स्वीकार किया। 30 जून, 1914 को लम्बे संघर्ष के बाद सत्याग्रह एवं अहिंसा की भौतिक बल पर जीत हुई और रंगभेदी पहचान-पत्र की नीति को सरकार ने वापस ले लिया। नौ जनवरी, 1915 को गाँधी स्वदेश लौट गये।

दक्षिण अफ़्रीका से जब गाँधी भारत आये तब भारतीय राष्ट्रीय आंदोलन के मंच पर उदारतावादी युग का पटाक्षेप हो चुका था और गरमदली शक्तियाँ अपनी जड़ें जमा रही थीं। बाल गंगाधर तिलक, गोपाल कृष्ण गोखल और मदन मोहन मालवीय सरीखे जन-नायकों के बीच अपनी उपस्थिति दर्ज करा पाना किसी के लिए भी महान चुनौती से कम नहीं थी। तिलक के नेतृत्व में स्वदेशी बहिष्कार और निष्क्रिय प्रतिरोध का एक व्यापक जन आंदोलन भी सम्पन्न हो चुका था जिसके कारण बंगाल विभाजन की घोषणा को ब्रिटिश सरकार वापस लेने पर मजबूर हुई थी। भारत आ कर फ़ीनिक्स के प्रयोग ने साबरमती के आश्रम में रूपांतरित होकर परिष्कृत स्वरूप ग्रहण किया। *इण्डियन ओपीनियन* के प्रयोग ने हिंदी के हरिजन और अंग्रेज़ी के *यंग इण्डिया* के रूप में आकार लिया। 1915 से 1919 के बीच गाँधी ने स्थानीय स्तर पर तीन संघर्षों का संचालन किया जिससे उनकी दक्षिण अफ़्रीका में प्राप्त ख्याति और बढ़ गयी। ये तीन आंदोलन थे : बिहार के चम्पारन में नील की खेती करने वालों के दमन के ख़िलाफ़ होने वाला संघर्ष, गुजरात के खेड़ा ज़िले में चला किसानों का

आंदोलन और अहमदाबाद में हुई मज़दूर हड़ताल में उनका हस्तक्षेप। 1919 में गाँधी ने कुख्यात रौलट एक्ट के ख़िलाफ़ अखिल भारतीय हड़ताल का आह्वान करके उपनिवेशवादी आंदोलन में अपने राष्ट्रीय हस्तक्षेप की शुरुआत की।

गाँधी ने दक्षिण अफ्रीका में सत्याग्रह की जिस रणनीति को आज़माया था, वह भारत में भी सफल साबित हुई। उपनिवेशवाद विरोधी आंदोलन की गाँधीवादी शैली की तीन विशेषताएँ दृष्टव्य हैं : सांगठनिक और वित्तीय ब्योरों पर विस्तृत और बारीक नज़र, सत्याग्रही के रूप में एक अनुशासित और एक हद तक प्रशिक्षित कार्यकर्ता-पंक्ति का निर्माण, हमेशा समझौता वार्ता करने और संकट पैदा होने पर एकतरफ़ा तौर पर आंदोलन वापस लेने तक के लिए तैयार रहने का लचीलापन। गाँधी की राजनीति की एक ख़ास बात यह भी थी कि वे दो राजनीतिक मुहिमों के बीच के अंतराल को भरने के लिए कार्यकर्ताओं और जनता को रचनात्मक कार्यक्रम में लगने का सुझाव देते थे। रचनात्मक कार्यक्रम के केंद्र में चरखा और स्वदेशी का विचार था जिसमें उपनिवेशवादी लूट की आलोचना, आत्मनिर्भरता, पश्चिमी विचारों का प्रतिरोध और नागरिक जीवन के सुधार के आग्रह थे। पुणे में फैले प्लेग ने गाँधी को सार्वजनिक स्वच्छता के अभियान का वह अवसर उपलब्ध कराया जिसमें शौचालयों का निरीक्षण और सफ़ाई का ऐसा कार्य सम्मिलित था जिसे सम्पादित करना तब के ख्यातिनाम भारतीय नेताओं के लिए पाप जैसा ही था। गाँधी के इस सेवाधर्मी कार्य ने उन्हें आम जनता की परिस्थितियों से परिचित होने का अवसर दिया। दूसरी तरफ इसी प्रक्रिया में उन्होंने दरिद्र नारायण की सेवा में सब कुछ देखा। सार्वजनिक स्वच्छता, सार्वजनिक शिक्षा, सार्वजनिक जागरूकता, आत्मसंयम का अभ्यास, स्त्रियों एवं हरिजनों की स्थिति में सुधार, कुरीतियों के उन्मूलन आदि के लिए गाँधी, उनका आश्रम एवं उनके सत्याग्राही निरंतर लगे रहते थे।

प्रथम विश्वयुद्ध के समय गाँधी ने ब्रिटेन के युद्ध-प्रयास का पुन: उसी प्रकार समर्थन किया जिस प्रकार उन्होंने बोअर युद्ध के समय अंग्रेजों का किया था। इस समय उनका तर्क था कि वे ब्रिटेन की कमज़ोर स्थिति का लाभ उठाकर भारतीय समस्या का हल नहीं चाहते। विश्व-युद्ध में गाँधी द्वारा भारतीयों की सेना में भर्ती हेतु चलाये गये अभियान पर तीखी प्रतिक्रिया हुई। ऐसी प्रतिक्रियाओं में प्राय: गाँधी की उस पहल को भुला दिया जाता है जो उन्होंने चम्पारण सत्याग्रह के माध्यम से अंग्रेज़ मालिकों द्वारा नील की खेती के लिए बाध्य किये जा रहे किसान-हितों की रक्षा के लिए की थी। युद्ध प्रयत्नों में सहयोग से जिस सहानुभूति की अपेक्षा गाँधी को थी उसे रौलट एक्ट ने एक झटके से नष्ट कर दिया। विश्व-युद्ध जनित परिस्थितियों ने 1916 में कांग्रेस के लखनऊ अधिवेशन में नरमपंथियों एवं गरमपंथियों को एकजुट कर दिया था। इसी तरह ख़िलाफ़त के प्रश्न पर हिंदू-मुसलिम एकता का लक्ष्य प्राप्त करने का माहौल बना।

जब देश में ब्रिटिश शासन के ख़िलाफ़ जनांदोलन के लक्षण स्पष्ट दिख रहे थे जलियाँवाला बाग के हत्याकाण्ड ने जन-आक्रोश को तीव्र कर दिया। ऐसी परिस्थितियों में गाँधी ने 1920 में असहयोग आंदोलन छेड़ा जिसमें नरमपंथियों के 'प्रेयर, प्रोटेस्ट एवं प्लीडिंग' की नीति के साथ-साथ गरमपंथियों के राष्ट्रीय शिक्षा, स्वदेशी एवं बहिष्कार की नीति का सम्मिलित प्रयोग था। चौरीचौरा के घटनाक्रम के कारण गाँधी ने इस आंदोलन को वापस ले लिया। लेकिन सामाजिक प्रभाव, भारतीय जनमानस में आत्मगौरव जगाने की दृष्टि से और सामाजिक जड़ता को तोड़ने में योगदान की दृष्टि से यह आंदोलन अद्वितीय सिद्ध हुआ।

साइमन कमीशन की विफलता से उपजने वाली स्थिति ने गाँधी के आंदोलनकारी पक्ष को पुन: आगे आने का अवसर दिया। इस समय सत्य, अहिंसा एवं सत्याग्रह का प्रयोग सविनय अवज्ञा के संस्करण में हुआ। गाँधी ने विनय एवं अहिंसा का पालन करते हुए आंदोलन के गतिमान रहने पर एक वर्ष के भीतर स्वराज प्राप्ति का भरोसा दिलाया। यद्यपि सविनय अवज्ञा की परिणति इस रूप में तो नहीं हुई और यह आंदोलन धीरे-धीरे विच्छिन्न सा हो गया लेकिन इसने जन-जागरूकता की वह लहर उत्पन्न की जिसके कारण ब्रिटिश शासन के लम्बे समय तक भारत में टिके रहने के बुनियादी दावे पर ब्रिटेन में भी पुनर्विचार होने लगा।

सविनय अवज्ञा के ही काल में रैम्जे मैक्डानल्ड के साम्प्रदायिक अधिनिर्णय के विरोध में गाँधी ने अपने जीवन का सबसे लम्बा उपवास किया जिसकी परिणति पुणे पैक्ट के रूप में हुई। गाँधी केवल एक बार 1924 में ही कांग्रेस के अध्यक्ष रहे थे लेकिन उसके संगठन पर गाँधी की पकड़ लम्बे समय तक बनी रही। इस शक्ति का आधार आम जनता से निरंतर संवाद और सम्पर्क में रहने की गाँधी की आदत और संत के रूप में निरंतर स्थापित होती जा रही गाँधी की गरिमा थी। स्वाधीनता आंदोलन के अंतिम पड़ाव पर जब ब्रिटेन ने भारतवासियों की इच्छा के विरुद्ध भारत को युद्ध में झोंक दिया तो गाँधी को पुन: जनांदोलन का अवसर मिला। इस समय स्थितियाँ भिन्न थीं। मित्र राष्ट्रों के विजय के संदर्भ में विश्वासपूर्वक कुछ कहना कठिन था। साम्राज्य के व्यापक हितों को देखते हुए ब्रिटिश हुकुमत भारत के लिए ईमानदारी से रियायतों की घोषणा हेतु तत्पर न थी। देश में विप्लव जैसी स्थितियाँ उत्पन्न होती जा रही थी। ऐसी स्थिति भारत से यह विश्वव्यापी संदेश जाना जरूरी था कि वह किसी भी हिंसक शक्ति के साथ नहीं है। यह संदेश गाँधी के नेतृत्व में 1942 में भारत छोड़ो आंदोलन के माध्यम से दिया गया। इस

आंदोलन की व्यापकता ने यह सिद्ध कर दिया कि भारत में अंग्रेज़ी शासन अब कुछ ही दिनों की बात है।

लेकिन इस आंदोलन की सफलता के बाद स्वयं गाँधी के लिए एक ऐसी अवधि आयी जब उन्हें पहली बार लगा कि उनके नेतृत्व में चलने वाली कांग्रेस और स्वयं उनकी शिष्य-मण्डली सत्ता के हस्तांतरण के लिए बेचैन है। गाँधी कहते रहे कि देश का विभाजन मेरी लाश पर होगा— लेकिन घटनाचक्र पर न उनका नियंत्रण रहा और न ही उनके सहयोगियों का। गाँधी के अनेक समर्थकों का विश्वास था कि आगे चल कर स्वयं गाँधी के प्रयत्नों से ही विभाजन का अंत हो जाएगा। भारत द्वारा पाकिस्तान को दिये जाने वाले पचपन करोड़ रुपयों के भुगतान को लेकर गाँधी अनशन पर बैठने वाले थे, लेकिन नाथूराम गोडसे ने उन्हें 30 जनवरी, 1948 में गोलियों का निशाना बना दिया।

देखें : अहिंसा, आज़ादी के लिए सशस्त्र संघर्ष-1, 2, और 3, आर्थिक राष्ट्रवाद-1 और 2, आम्बेडकर-गाँधी विवाद, आशिस नंदी-1 और 2, उपनिवेशवाद विरोधी आंदोलन-1, 2 और 3, उपनिवेशवाद विरोधी संघर्ष में स्त्री-नेतृत्व-1 और 2, गोपाल कृष्ण गोखले, चेतपट वेंकटसुब्बन शेषाद्रि, जय प्रकाश नारायण, जोसेफ़ चेल्लादुरै कुमारप्पा, ट्रस्टीशिप, नरेंद्र देव, बाल गंगाधर तिलक, भारतीय राष्ट्रवाद, भीखू छोटालाल पारिख, राममनोहर लोहिया, लेव निकोलाइविच तॉल्स्तॉय, वर्धा शिक्षा योजना, विवेकानंद, वि-उपनिवेशवाद, विनोबा भावे, सर्वोदय, सविनय अवज्ञा, हेनरी डेविड थोरो।

संदर्भ

1. धीरेंद्र मोहन दत्त (1985), *महामना गाँधी का दर्शन*, बिहार ग्रंथ अकादमी, पटना.
2. डेनिस डेल्टन (1999), *गाँधीज़ पावर : नॉन वायलेंस इन एक्शन*, ऑक्सफोर्ड यूनिवर्सिटी प्रेस, न्यूयॉर्क.
3. राधवन अय्यर सं. (1986), *मॉरल ऐंड पॉलिटिकल राइटिंग्ज़ ऑफ़ महात्मा गाँधी*, ऑक्सफोर्ड युनिवर्सिटी प्रेस, लंदन.
4. ऐंथनी जे. परेल (2007) *गाँधीज़ पॉलिटिकल फ़िलॉसफ़ी ऐंड द क्वेस्ट फॉर हारमोनी*, केम्ब्रिज प्रेस, केम्ब्रिज.

— विश्वनाथ मिश्र और उपासना पाण्डेय

अनुक्रमणिका

अनुक्रमणिका में उल्लिखित रचनाओं (पुस्तकें, लेख, कविताएँ, नाटक और फ़िल्में) के शीर्षकों में ए, ऐन और द का प्रयोग मुख्य शीर्षक के बाद किया गया है। अभिनव गुप्त और मण्डन मिश्र जैसे क्लासिकल नाम प्रथम नाम में दिये गये हैं। चीनी नाम भी प्रथम नाम के रूप में ही हैं। जिन प्रविष्टियों के साथ भारतीय लगा है,उनकी स्वतंत्र प्रविष्टि बनायी गयी है, न कि मुख्य प्रविष्टि की उप-प्रविष्टि के रूप में। प्रविष्टियों के शीर्षक और उनकी पृष्ठ-संख्या विशेष रूप से उभारी गयी है।

अ

आ

इ

ई

उ

ऋ

ए

ऐ

ओ

औ

अं

क

ख

ग

घ

च

छ

ज

झ

ट

ठ

ड

ढ

त

थ

द

ध

न

प

फ

ब

भ

य

र

ल

व

श

ष

स

ह

क्ष

त्र

ज्ञ

समाज-विज्ञान

विश्वकोश

खण्ड 5

ज्ञान शांति मैत्री

महात्मा गांधी अंतरराष्ट्रीय हिंदी विश्वविद्यालय, वर्धा (महाराष्ट्र)

समाज-विज्ञान

विश्वकोश

खण्ड 5

सम्पादक
अभय कुमार दुबे
फ़ेलो और निदेशक, भारतीय भाषा कार्यक्रम,
विकासशील समाज अध्ययन पीठ, नयी दिल्ली

सहायक-सम्पादक
बीर पाल सिंह यादव
असिस्टेंट प्रोफ़ेसर एवं प्रकाशन प्रभारी
महात्मा गांधी अंतरराष्ट्रीय हिंदी विश्वविद्यालय, वर्धा (महाराष्ट्र)

राजकमल प्रकाशन

ISBN : 978-81-267-2849-7

मूल्य : ₹ 3600 (छह जिल्दों में)

पहला संस्करण : 2013
दूसरा संस्करण : 2016
पहली आवृत्ति : 2023

प्रकाशक : राजकमल प्रकाशन प्रा.लि.
1-बी, नेताजी सुभाष मार्ग, दरियागंज
नई दिल्ली-110 002

शाखाएँ : अशोक राजपथ, साइंस कॉलेज के सामने, पटना-800 006
पहली मंज़िल, दरबारी बिल्डिंग, महात्मा गांधी मार्ग, प्रयागराज-211 001

वेबसाइट : www.rajkamalprakashan.com
ई-मेल : info@rajkamalprakashan.com

सम्पादकीय सहयोग
नरेश गोस्वामी, कमल नयन चौबे, सुमेल सिंह सिद्धू, मनोहर नायक, मनोज मोहन

डिज़ाइन : मृत्युंजय चटर्जी
अनुक्रमणिका : मंजू खन्ना
टंकण एवं अन्य सहयोग : चंदन शर्मा, संजय कुमार

मुद्रक : बी.के. ऑफसेट
नवीन शाहदरा, दिल्ली-110 032

SAMAJ-VIGYAN VISHWAKOSH-5
Edited by Abhay Kumar Dubey

खण्ड

5

सलाहकार-मण्डल

रविकांत
एसोसिएट फ़ेलो, विकासशील समाज अध्ययन पीठ, दिल्ली

राकेश पाण्डेय
एसोसिएट फ़ेलो, विकासशील समाज अध्ययन पीठ, दिल्ली

राजकुमार
प्रोफ़ेसर, हिंदी विभाग, बनारस हिंदू विश्वविद्यालय, वाराणसी (उप्र)

राजीव भार्गव
निदेशक और वरिष्ठ फ़ेलो, विकासशील समाज अध्ययन पीठ, दिल्ली

राधावल्लभ त्रिपाठी
प्रोफ़ेसर, डॉ. हरीसिंह गौर विश्वविद्यालय, सागर (मप्र)

विजय बहादुर सिंह
पूर्व निदेशक, विकासशील समाज अध्ययन पीठ, दिल्ली

शैल मायाराम
वरिष्ठ फ़ेलो, विकासशील समाज अध्ययन पीठ, दिल्ली

सौम्यव्रत चौधरी
वरिष्ठ फ़ेलो, सेंटर फॉर स्टडीज़ ऑफ़ सोशल साइंसेज़, कोलकाता (पश्चिम बंग)

सतीश देशपांडे
प्रोफ़ेसर, दिल्ली स्कूल ऑफ़ इकॉनॉमिक्स, नयी दिल्ली

स्मिता तिवारी जस्सल
विज़िटिंग फ़ेलो, विकासशील समाज अध्ययन पीठ, दिल्ली

सुधीश पचौरी
प्रोफ़ेसर और डीन, दिल्ली विश्वविद्यालय, दिल्ली

हिलाल अहमद
एसोसिएट फ़ेलो, विकासशील समाज अध्ययन पीठ, दिल्ली

लेखक-मण्डल

अभय कुमार दुबे
फ़ेलो और निदेशक, भारतीय भाषा कार्यक्रम,
विकासशील समाज अध्ययन पीठ, दिल्ली

अजय कुमार पांडेय
स्वतंत्र अध्येता, बलिया (उप्र)

अनामिका
फ़ेलो, नेहरू मेमोरियल म्यूज़ियम ऐंड लाइब्रेरी, नयी दिल्ली

अनुराग पांडेय
अनुसंधानकर्ता, राजनीतिशास्त्र विभाग, दिल्ली विश्वविद्यालय, दिल्ली

अनुष्का सिंह
अनुसंधानकर्ता, राजनीतिशास्त्र विभाग, दिल्ली विश्वविद्यालय, दिल्ली

अमितेश कुमार
अनुसंधानकर्ता, हिंदी विभाग, दिल्ली विश्वविद्यालय, दिल्ली

अम्बिका दत्त शर्मा
विभागाध्यक्ष, दर्शनशास्त्र विभाग, डॉ. हरीसिंह गौर विश्वविद्यालय, सागर (मप्र)

अम्बरीष सक्सेना
मीडिया विशेषज्ञ, नयी दिल्ली

अविनाश कुमार
ऑक्सफ़ेम, नयी दिल्ली

अविनाश झा
पुस्तकालयाध्यक्ष,
विकासशील समाज अध्ययन पीठ, दिल्ली

आकांक्षा कुमारी
शोधार्थी, स्त्री-अध्ययन विभाग, महात्मा गांधी अंतरराष्ट्रीय हिंदी विश्वविद्यालय, वर्धा (महाराष्ट्र)

आदित्य निगम
वरिष्ठ फ़ेलो, विकासशील समाज अध्ययन पीठ, दिल्ली

आलोक टंडन
स्वतंत्र अध्येता, समाज-दर्शन, हरदोई (उप्र)

इंद्रजीत कुमार झा
अनुसंधानकर्ता, राजनीतिशास्त्र विभाग,
दिल्ली विश्वविद्यालय, दिल्ली

उपासना पाण्डेय
असिस्टेंट प्रोफ़ेसर, राजनीतिशास्त्र विभाग,
वसंत महिला महाविद्यालय, वाराणसी (उप्र)

अंकिता पाण्डेय
असिस्टेंट प्रोफ़ेसर, इंद्रप्रस्थ कॉलेज,
दिल्ली विश्वविद्यालय, दिल्ली

कनक तिवारी
अध्यक्ष, छत्तीसगढ़ संस्कृति प्रतिष्ठान, रायपुर (छत्तीसगढ़)

कमल नयन चौबे
जूनियर फ़ेलो, नेहरू मेमोरियल म्यूज़ियम ऐंड लाइब्रेरी, नयी दिल्ली

कविता रतूड़ी
अनुसंधानकर्ता, जवाहरलाल नेहरू विश्वविद्यालय, नयी दिल्ली

कृष्णदत्त पालीवाल
पूर्व विभागाध्यक्ष, हिंदी विभाग, दिल्ली विश्वविद्यालय, दिल्ली

गोपाल प्रधान
एसोसिएट प्रोफ़ेसर, भारतरत्न डॉ. भीमराव आम्बेडकर विश्वविद्यालय, दिल्ली

धीरूभाई शेठ
पूर्व निदेशक, विकासशील समाज अध्ययन पीठ, दिल्ली

नरेश गोस्वामी
अनुसंधानकर्ता, भारतीय भाषा कार्यक्रम, विकासशील समाज अध्ययन पीठ, दिल्ली

नवीन चंद्र
अनुसंधानकर्ता, दिल्ली विश्वविद्यालय, दिल्ली

निर्मल कुमार पाण्डेय
अनुसंधानकर्ता, भारतीय इतिहास अनुसंधान परिषद, नयी दिल्ली

पंकज कुमार झा
अनुसंधानकर्ता, राजनीतिशास्त्र विभाग, दिल्ली विश्वविद्यालय, दिल्ली

पुनीत कुमार
विभागाध्यक्ष, राजनीतिशास्त्र विभाग, गवर्नमेंट एस.एम.एस. पी.जी. कॉलेज, शिवपुरी (मप्र)

प्रियव्रत शुक्ल
प्रोफ़ेसर, रानी दुर्गावती विश्वविद्यालय, जबलपुर (मप्र)

प्रीति सागर
एसोसिएट प्रोफ़ेसर, साहित्य विभाग, महात्मा गांधी अंतरराष्ट्रीय हिंदी विश्वविद्यालय, वर्धा (महाराष्ट्र)

बालगोविंद सिंह
विभागाध्यक्ष, शिक्षा विभाग, रमेश झा महिला कॉलेज, सहरसा (बिहार)

बीर पाल सिंह यादव
असिस्टेंट प्रोफ़ेसर, साहित्य विभाग, महात्मा गांधी अंतरराष्ट्रीय हिंदी विश्वविद्यालय, वर्धा (महाराष्ट्र)

मनहर चरण
पूर्व शोधार्थी, अहिंसा एवं शांति विभाग, महात्मा गांधी अंतरराष्ट्रीय हिंदी विश्वविद्यालय, वर्धा (महाराष्ट्र)

मनीष मिश्र
पोस्ट-डॉक्टॅरल रिसर्च एसोसिएट, राजीव गाँधी समकालीन अध्ययन पीठ, बरकुतल्लाह विश्वविद्यालय, भोपाल (मप्र)

मीना मनरल
असिस्टेंट प्रोफ़ेसर, कुमायूँ विश्वविद्यालय, अल्मोड़ा (उत्तराखण्ड)

मोहन दास नैमिशराय
पूर्व फ़ेलो, उच्च अध्ययन संस्थान, शिमला (हिमाचल प्रदेश)

योगेश अटल
पूर्व निदेशक (समाज-विज्ञान), यूनेस्को

रवि दत्त वाजपेयी
स्वतंत्र लेखक, ऑस्ट्रेलिया

राकेश श्रीवास्तव
स्वतंत्र लेखक और अनुवादक, नयी दिल्ली

राजकुमार
प्रोफ़ेसर, हिंदी विभाग, बनारस हिंदू विश्वविद्यालय, वाराणसी (उप्र)

राधावल्लभ त्रिपाठी
प्रोफ़ेसर, डॉ. हरीसिंह गौर विश्वविद्यालय, सागर (मप्र)

रोहित मिश्र
समाज-कार्य विभाग, लखनऊ विश्वविद्यालय, लखनऊ (उप्र)

विकास कुमार
असिस्टेंट प्रोफ़ेसर, ज़ाकिर हुसैन कॉलेज, नयी दिल्ली

विजय कुमार झा
अनुसंधानकर्ता, सेंटर फ़ॉर वुमंस डिवेलपमेंट स्टडीज़, नयी दिल्ली

विवेक रत्न
असिस्टेंट प्रोफ़ेसर, राजनीतिशास्त्र विभाग, दिल्ली विश्वविद्यालय, दिल्ली

विश्वनाथ मिश्र
असिस्टेंट प्रोफ़ेसर, राजनीतिशास्त्र विभाग, आर्य महिला पीजी कालेज, वाराणसी (उप्र)

वीरभारत तलवार
प्रोफ़ेसर, जवाहरलाल नेहरू विश्वविद्यालय, नयी दिल्ली

वैभव सिंह
असिस्टेंट प्रोफ़ेसर, हिंदी विभाग, दयाल सिंह कॉलेज, नयी दिल्ली

शम्भू जोशी
असिस्टेंट प्रोफ़ेसर, महात्मा गांधी अंतरराष्ट्रीय हिंदी विश्वविद्यालय, वर्धा (महाराष्ट्र)

श्यामा सिंह
रिसर्च एसोसिएट, सम्पूर्णानंद संस्कृत विश्वविद्यालय, वाराणसी (उप्र)

शिवानी चोपड़ा
फ़ेलो, उच्च अध्ययन संस्थान, शिमला (हिमाचल प्रदेश)

श्रुति
एसोसिएट प्रोफ़ेसर, हिंदी विभाग, लखनऊ विश्वविद्यालय, लखनऊ (उप्र)

हिलाल अहमद
फ़ेलो, विकासशील समाज अध्ययन पीठ, दिल्ली

सुकेश लोहार
अनुसंधाकर्ता, हिंदी विभाग, बनारस हिंदू विश्वविद्यालय, वाराणसी (उप्र)

सुप्रिया पाठक
असिस्टेंट प्रोफ़ेसर, स्त्री-अध्ययन विभाग, महात्मा गांधी अंतरराष्ट्रीय हिंदी विश्वविद्यालय, वर्धा (महाराष्ट्र)

सुमेल सिंह सिद्धू
स्वतंत्र अध्येता और इतिहासकार, दिल्ली

सुनील कुमार,
अनुसंधानकर्ता, राजनीतिशास्त्र विभाग, दिल्ली विश्वविद्यालय, दिल्ली

संजय सिंह बघेल
एसोसिएट प्रोफ़ेसर, हिंदी पत्रकारिता, आत्माराम सनातन धर्म कॉलेज, साउथ कैम्पस, नयी दिल्ली

संजय कुमार
फ़ेलो, विकासशील समाज अध्ययन पीठ, दिल्ली

संदीप जोशी
निदेशक, मध्य प्रदेश समाज-विज्ञान अनुसंधान संस्थान, उज्जैन (मप्र)

प्रविष्टि-क्रम

List of Entrees

विषयानुसार प्रविष्टि-क्रम

अर्थशास्त्र

इतिहास

अंतर्राष्ट्रीय संबंध

गाँधी-विचार

दर्शन

भारत संबंधी प्रविष्टियाँ

मनोविज्ञान

मार्क्सवादी विमर्श

मीडिया-अध्ययन, फ़िल्म-अध्ययन, टीवी-अध्ययन

राजनीतिशास्त्र

व्यक्तित्व-कृतित्व

समाजशास्त्र, मानवशास्त्र

स्त्री-अध्ययन, सेक्शुअलिटी-अध्ययन

साहित्य-अध्ययन, भाषाशास्त्र

प्रविष्टियाँ

य

यथार्थवाद

(Realism)

यथार्थवाद के अनुसार वस्तुएँ मनुष्य द्वारा किये जा सकने वाले अपने हर सम्भव वर्णन से स्वतंत्र अस्तित्व रखती हैं; अर्थात् यथार्थवादी वह है जिसकी मान्यता के अनुसार यह जगत हमारे विचारों के बाहर स्थित है। हम इस बाहरी हक़ीक़त की कसौटी पर कस कर अपने विचारों और चिंतन में निहित सच्चाई को नाप सकते हैं। इमैनुएल कांट के विमर्श में यथार्थवाद को दो श्रेणियों में बाँट कर समझने की चेष्टा की गयी है : आनुभविक और अनुभवातीत। आनुभविक यथार्थवादी मानते हैं कि भौतिक वस्तुओं के अस्तित्व और प्रकृति का ज्ञान प्राप्त करना दिक् और काल के दायरे में सम्भव है। अनुभवातीत यथार्थवादी कहते हैं कि यह ज्ञान असल में वस्तुओं की प्रकृति और अस्तित्व संबंधी हमारे बोध पर निर्भर है। कांट का तर्क था कि दोनों तरह के यथार्थवाद का मिलन नामुमकिन है, पर बाद में दार्शनिकों ने पाया कि बोध आधारित ज्ञान और ज्ञान आधारित बोध का संगम हो सकता है। एक अवधारणा के रूप में यथार्थवाद की सबसे बड़ी चुनौती यह है कि क्या दुनिया को उसी रूप में देखा जाना चाहिए जिस रूप में वह है, या फिर उसे जैसी वह बनती जा रही है के संदर्भ में समझा जाना बेहतर होगा। यथार्थवादी जब वास्तविकता की स्थावर समझ के फेर में फँस जाते हैं तो यथार्थ का विकृत बोध पैदा होता है। दूसरी ओर यथार्थवाद विरोधी अपने आदर्शों का बाह्य जगत के साथ सार्थक तादात्म्य बैठाने में नाकाम रहते हैं। इसीलिए राजनीतिक सिद्धांत में यह भी माना जाता है कि यथार्थवाद और यूटोपियनिज़म को आपस में गूँथने से ही रूपांतरित होती हुई दुनिया को देखने की वह निगाह मिलती है जिसके तहत तजवीज़ किये जाने वाले विकल्पों की जड़ें हक़ीक़त की ज़मीन में होती हैं।

ज्ञान के विभिन्न अनुशासनों में यथार्थवाद के अलग-अलग संस्करण प्रचलित हैं। मसलन, विज्ञान के क्षेत्र में यथार्थवाद आग्रह करता है कि वस्तुएँ अपनी वैज्ञानिक जाँच के दायरे के बाहर मौजूद रहती हैं। विज्ञान उन वस्तुओं को समझने के लिए सैद्धांतिक मॉडल बनाता चला जाता है। राजनीतिक सिद्धांत में यथार्थवाद का इस्तेमाल कभी-कभी भौकितवाद की जगह भी होता है। लेकिन अंतर्राष्ट्रीय संबंधों में यथार्थवाद का मतलब है सम्प्रभु राज्यों के बीच संबंधों का अध्ययन। इस मान्यता के अनुसार सम्प्रभु राज्यों के भीतर तो राजनीति नैतिक प्रगति, संविधान सम्मत शासन और समाज रचना की प्रक्रिया पर आधारित हो सकती है, पर उनकी सीमाओं के बाहर यानी उन राज्यों के बीच होने वाली राजनीति तक़रीबन मत्स्य-न्याय के आधार पर ही चलती है। यानी हर राज्य को अपने बचे रहने के लिए संघर्ष करना पड़ता है। इस लिहाज़ से यथार्थवाद अंतर्राष्ट्रीय संबंधों की एक संगीन तस्वीर पेश करता है। ऐसे यथार्थवादी मानवीय प्रकृति को मूलतः त्रुटिपूर्ण मानते हैं। इसीलिए उन्हें अनुदार और निराशावादी भी कहा जाता है। यथार्थवादी चिंतन का प्रस्थान-बिंदु स्वतंत्रता के बजाय आवश्यकता की धारणा के इर्द-गिर्द रहता है। वे शक्ति-संतुलन की राजनीति के तहत लगातार संकटों और अंदेशों से घिरे अंतर्राष्ट्रीय संबंधों को परिकल्पित करते हैं। उनके चिंतन में सम्प्रभु राज्यों के बीच सम्भव सार्वदेशिक न्याय की कोई जगह नहीं होती। उनके लिहाज़ से अंतर्राष्ट्रीय संबंध प्रभुत्व के लिए होड़ और संघर्ष के लिए अभिशप्त हैं। इतिहास में सतत शांति जैसा कुछ नहीं होता।

ज्याँ बौद्रिया (1929-2007)

सौंदर्यशास्त्र के दायरे में यथार्थवाद की चर्चा उन्नीसवीं सदी के कथा साहित्य और चित्रकला के संदर्भ में होती है। इसका संबंध निरूपित वस्तु और कलाकृति के बीच कुछ न कुछ सादृश्य पैदा कर देने वाली कलात्मक निरूपण की शैलियों से है। वस्तु और उसके निरूपण की यह समानता और उसका प्रभाव शैली के मुताबिक़ बदलता है। मसलन, एक चित्र या उपन्यास किसी घटनाक्रम का वर्णन इस तरह से करने में सफल हो सकता है कि उसका प्रभाव लोगों पर पड़े उस घटना के असर जैसा ही हो। दूसरी तरफ़ यथार्थवादी की निगाह में एक अभिव्यंजनावादी चित्र हक़ीक़त की बिगड़ी हुई तस्वीर ही पेश कर सकता है। मार्क्सवादी सौंदर्यशास्त्र के पैरोकारों ने यथार्थवाद को आधुनिकतावाद के मुक़ाबले रख कर बहस चलायी है कि दोनों में ज़्यादा प्रगतिशील कौन है। ग्योर्ग लुकास ऐसी कला की वकालत करते हैं जिसमें घटनाक्रम के चित्रण के ज़रिये सतह के नीचे काम कर रही सामाजिक-आर्थिक-राजनीतिक शक्तियों की सम्पूर्ण तस्वीर उभर कर आ सके। सम्पूर्ण सामाजिक यथार्थ के चित्रण का दावा करने वाला यह आकर्षक सिद्धांत व्यवहार में मध्यवर्गीय चरित्रों और परिस्थितियों के ज़रिये जीवन के औसत अनुभव का निरूपण ही साबित हुआ है। उन्नीसवीं सदी के कलाकार पहले तो समाज के कच्चे यथार्थ को मनमाने तरीक़े से छाँट-बीन कर पेश करते थे, और फिर पाठकों से उनकी उम्मीद होती थी कि वे उनके गढ़े गये चरित्रों में ख़ुद को देखें।

दूसरी तरफ़ मार्क्सवाद से ही निकले फ्रैंकफ़र्ट स्कूल के सिद्धांतकारों ने यथार्थवाद के समर्थकों को इस तर्क के आधार पर आड़े हाथों लिया है कि वे उन तौर-तरीक़ों, आचरणों और रिवाज़ों पर ग़ौर नहीं करते जिनकी वजह से कलाकृति का उत्पादन प्रभावित होता है। इसी कारण से यथार्थवाद समाज का विचारधारात्मक विवरण पेश करके रह जाता है। ग़ैर-मार्क्सवादी सौंदर्यशास्त्रियों ने यथार्थवादी और ग़ैर-यथार्थवादी कृतियों के बीच किये जाने वाले भेद पर ही आपत्ति की है। उनका कहना है कि यथार्थवाद का आग्रह दरअसल निरूपण के स्थापित तौर-तरीक़ों से संचालित होने के कारण असल में काफ़ी कृत्रिम है।

बीसवीं सदी में ज्याँ बौद्रिया ने फ़ोटोग्राफ़ी, फ़िल्म और मीडिया के दूसरे रूपों द्वारा यथार्थ को अपने तरीक़े से पेश करने की प्रक्रिया का अध्ययन किया है। सिनेमाई यथार्थवाद के अध्येता फ़िल्म के कैमरे को यथार्थ के दृश्यात्मक बयान के लिए एक स्वाभाविक औज़ार की संज्ञा देते हुए दावा करते हैं कि लिखे हुए शब्द के मुक़ाबले यह कैमरा एक दोहरा यथार्थवाद पेश करता है। एक परत कथांकन की रहती है और दूसरी दृश्यात्मकता की। इस प्रक्रिया में कथांकन की संरचनाओं के तहत भौतिक यथार्थ और मनोगत यथार्थ का संगम हो कर एक मानीख़ेज़ वक्तव्य बनता है। सामाजिक मुद्दों पर रोशनी डालने के लिए इस सिनेमाई यथार्थवाद का ख़ूब इस्तेमाल किया गया। पर जल्दी ही लगने लगा कि कथांकन का जहाँ उपसंहार करते समय फ़िल्मकार को समस्याओं का आसान सा समाधान तजवीज़ करना पड़ता है जिससे समाज के तनावों और द्वंद्वों की तल्ख़ी कुछ नरम पड़ जाती है और ऐसा सिनेमा दर्शक को गहन सोच-विचार करने के लिए मजबूर नहीं कर पाता। इस उलझन ने फ़िल्मकारों और विमर्शकारों को सिनेमाई यथार्थवाद की जटिल प्रकृति पर सोचने के लिए विवश किया। परिणामस्वरूप यथार्थवाद के इर्द-गिर्द कई परिष्कृत सिद्धांतों और आचार-संहिताओं का विकास हुआ।

देखें : अस्तित्ववाद, आत्मनिष्ठता-वस्तुनिष्ठता, इयत्ता, इमैनुएल कांट, इंद्रियानुभववाद, ईसैया बर्लिन, उत्तर-आधुनिकतावाद, उत्तर-औपनिवेशिकता, उदारतावाद, कल्पित समुदाय, ग्योर्ग विल्हेल्म फ्रेड्रिख़ हीगेल, घटनाक्रियाशास्त्र और एडमण्ड हसर, चेतना, जॉन लॉक, ज़ाक लकाँ, ज्याँ-फ्रांस्वा ल्योतर, ज्याँ-पॉल सार्त्र, ज़ाक देरिदा, तत्त्वमीमांसा और अस्तित्वमीमांसा, तात्त्विकतावाद, थियोडोर लुडविग वीज़ेनग्रंड एडोर्नो, द्वैतवाद, परिणामवाद, फ्रांसिस बेकन, फ्रेड्रिख़ नीत्शे-1 और 2, बुद्धिवाद, भाववाद, भौतिकवाद, मनोविश्लेषण, मिशेल पॉल फ़ूको-1 और 2, युरोपीय पुनर्जागरण, युरगन हैबरमास, युरोपीय ज्ञानोदय, रेने देकार्त, लुई अलथुसे, संत ऑग्स्तीन, सोरेन आबी कीर्केगार्द, संरचनावाद और उत्तर-संरचनावाद, हरबर्ट स्पेंसर, ज्ञानमीमांसा, ज्ञान का समाजशास्त्र।

संदर्भ

1. एच. पुतनैम (1983), *रियलिज़म ऐंड रीज़न,* केम्ब्रिज युनिवर्सिटी प्रेस, केम्ब्रिज, 1983

2. आर. बर्की (1971), *ऑन पॉलिटिकल रियलिज़्म*, डेंट, लंदन, 1981
3. हेनरी आरवोन (1971), *मार्क्सिस्ट एस्थेटिक्स*, अनु. हेलन लेन, इथाका, न्यूयॉर्क.
4. ग्योर्गी लूकाच (1962), द *हिस्टोरिकल नॉवेल*, न्यूयॉर्क.
5. आंद्रे बाज़िन (1967), *व्हाट इज़ सिनेमा ?*, खण्ड 1, युनिवर्सिटी ऑफ़ कैलिफ़ोर्निया प्रेस, बर्कले.
6. जे. डोनेली (2000), *रियलिज़्म ऐंड इंटरनैशनल रिलेशंस*, केम्ब्रिज युनिवर्सिटी प्रेस, केम्ब्रिज.

— अभय कुमार दुबे

यथार्थवाद

(संदर्भ : अंतर्राष्ट्रीय संबंध)

(Realism : International Relations)

प्रथम विश्व-युद्ध से ले कर तीस के दशक तक अंतर्राष्ट्रीय संबंधों का अध्ययन मुख्यत: आदर्शवादी नज़रिये से होता था। लेकिन इसके बाद समाज-विज्ञान के इस अनुशासन में एक नये सैद्धांतिक दृष्टिकोण का बोलबाला होता चला गया जिसे रियलिज़्म या यथार्थवाद की संज्ञा दी जाती है। यथार्थवादियों की मान्यता है कि औपचारिक रूप से सम्प्रभु राज्यों के भीतर तो राजनीति नैतिक प्रगति, संविधानसम्मत शासन और समाज रचना की प्रक्रिया पर आधारित हो सकती है, पर उनकी सीमाओं के बाहर यानी उन राज्यों के बीच होने वाली राजनीति तक़रीबन मत्स्य-न्याय के आधार पर ही चलती है। यानी हर राज्य को अपने बचे रहने के लिए संघर्ष करना पड़ता है। इस लिहाज़ से यथार्थवाद अंतर्राष्ट्रीय संबंधों की एक संगीन तस्वीर पेश करता है। यथार्थवादी मानवीय प्रकृति को मूलत: त्रुटिपूर्ण मानते हैं। इसीलिए उन्हें अनुदारवादी और निराशावादी भी कहा जाता है। यथार्थवादी चिंतन का प्रस्थान-बिंदु स्वतंत्रता के बजाय आवश्यकता की धारणा के इर्द-गिर्द रहता है। वे शक्ति-संतुलन की राजनीति के तहत लगातार संकटों और अंदेशों से घिरे अंतर्राष्ट्रीय संबंधों को परिकल्पित करते हैं। उनके चिंतन में सम्प्रभु राज्यों के बीच सम्भव सार्वदेशिक न्याय की कोई जगह नहीं होती। उनकी निगाह अंतर्राष्ट्रीय संबंधों में अराजकता की स्थिति है जिसके तहत प्रभुत्व के लिए होड़ और सुरक्षा के लिए संघर्ष होते रहते हैं। वे इतिहास का हवाला देते हुए कहते हैं कि युद्ध और द्वंद्व ही अंतर्राष्ट्रीय संबंधों की चालक शक्ति रहे हैं। उनके मुताबिक़ इतिहास में सतत शांति जैसी किसी कोई चीज़ नहीं मिलती।

आदर्शवाद के बोलबाले को ख़त्म करके यथार्थवादी दृष्टिकोण की स्थापना में ब्रिटिश मार्क्सवादी ई.एच. कार और हैंस जे. मोरगेंथाउ की मुख्य भूमिका रही है। इन दोनों विद्वानों ने दोनों युद्धों के बीच की अवधि में अपनाये जाने वाले आदर्शवादियों के दावों का खण्डन करते हुए कहा कि विभिन्न देशों के हितों के बीच किसी तरह की स्वाभाविक समरसता की कल्पना करना भी उचित नहीं है। इसलिए यह उम्मीद भी नहीं करना चाहिए कि अंतर्राष्ट्रीय क़ानून, लोकतंत्रीकरण और अंतर्राष्ट्रीय व्यापार जैसी प्रक्रियाओं से उनके बीच होने वाला शक्ति-संघर्ष मंद किया जा सकता है। इन दोनों को ही एक सैद्धांतिक अभिव्यक्ति के रूप में 'यथार्थवाद' का प्रयोग करने का पहला श्रेय जाता है। कार और मोरगेंथाउ ने लीग ऑफ़ नेशंस की नाकामी का उदाहरण देते हुए कहा कि आदर्शवादी नज़रिये की नाकामी का नतीजा ही है कि यह संस्था द्वितीय विश्व-युद्ध रोक पाने में नाकाम रही और इसीलिए हिटलर को युरोप-विजय से नहीं रोका जा सका।

कार ने 1946 में प्रकाशित अपनी रचना द *ट्वेंटी इयर्स क्राइसिस* में तर्क दिया कि आदर्शवाद अपने प्रभुत्व और सत्ता से संतुष्ट हो जाने वाली महाशक्तियों के राजनीतिक दर्शन की नुमाइंदगी करने वाला सिद्धांत है। उसके आधार में सार्वभौम लक्ष्यों से प्रेरित किसी तरह की चिरंतन नैतिक संहिता देखने की कोशिश बेकार है। उसका जन्म तो एक ख़ास तरह के सामाजिक, ऐतिहासिक और राजनीतिक हालात में हुआ था। कार ने यह भी कहा कि आदर्शवादी अंतर्राष्ट्रीय संबंधों में शक्ति और प्रभुत्व की भूमिका के प्रति बचकाना रवैया अख़्तियार करते रहे हैं। जो देश अंतर्राष्ट्रीय व्यवस्था के शीर्ष पर हैं उनकी भाषा शांति की होती है, और जो अपना प्रभुत्व क़ायम करना चाहते हैं वे कुछ और चाहते हैं।

अंतर्राष्ट्रीय संबंधों के अनुशासन के तहत यथार्थवाद के पैरोकारों का कहना है कि अभी से नहीं बल्कि प्राचीन काल से ही यथार्थवाद विभिन्न देशों के आपसी संबंधों का आधार बना रहा है। वे पेलोपोनेसियन युद्ध के इतिहासकार थुसिडिडस का हवाला देते हुए बताते हैं कि ईसा से सवा चार सौ साल पहले एथेंस और स्पार्टा के बीच युद्ध का कारण था एथेंस की फ़ौजी ताक़त में होने वाली बढ़ोतरी जिसके कारण स्पार्टा को असुरक्षा की अनुभूति होने लगी थी। थुसुडिडस ने ऐसे ही उदाहरणों के आधार पर हुकूमतों के व्यवहार को सिद्धांतबद्ध करने की कोशिश की। आदर्शवाद के पैरोकार अपने बौद्धिक पूर्वजों में निकोलो मैकियावेली, थॉमस हॉब्स और मैक्स वेबर को भी शामिल करते हैं। दरअसल, यथार्थवादी नज़रिये से मिलते-जुलते वक्तव्य और प्रेक्षण अतीत के बहुत से विद्वानों के साहित्य से मिल सकते हैं, पर उनमें से शायद ही कोई ख़ुद को यथार्थवादी के रूप में देखता हो। एक सिद्धांत के रूप में यथार्थवाद की उत्पत्ति तीस के

दशक के आख़िरी वर्षों और चालीस के दशक के शुरुआती वर्षों में ही मानी जाती है।

इसमें कोई शक नहीं कि यथार्थवादी नज़रिया 1945 के बाद से विश्व में अंतर्राष्ट्रीय संबंधों के अध्ययन पर छाया रहा है, पर उसके आलोचकों की भी कमी नहीं है। यहाँ तक कि उसकी बुनियादी मान्यताओं के प्रति हमदर्दी रखने वालों ने भी उसे आड़े हाथों लिया है। वे मोरगेंथाउ से ख़ास तौर पर नाराज़ है जिन्होंने 'पॉवर' नामक पद का इतने तरह से और इतने अर्थों में प्रयोग किया है कि उसका मुख्य तात्पर्य समझने में ख़ासी दिक़्क़त आती है। साठ और सत्तर के दशक में कई विद्वानों ने तजवीज़ की कि सम्प्रभु देशों के बीच संस्थागत और आर्थिक परस्पर-निर्भरता की स्थितियों में यथार्थवाद को फिर से परिभाषित करने का वक्त आ गया है।

यथार्थवाद की इस धारणा को कठोर आलोचना का शिकार होना पड़ा है कि युद्धों का मुख्य कारण मनुष्य की अंतर्निहित बुराई है। आलोचक पूछते हैं कि अगर बात यही है तो फिर समय-समय पर शांति और सहयोग के दौर क्यों आते हैं? इसी तरह के प्रश्नों के आलोक में कुछ विद्वानों द्वारा *नियोरियलिज़म* का सूत्रीकरण करने का प्रयास भी किया गया है। इस नये सिद्धांत के प्रमुख प्रवक्ता हैं कैनथ वाल्ज़ जिनका कहना है कि यथार्थवाद को मनुष्य की प्रकृति में बुराई तलाश करके युद्धों का कारण खोजने की कोई ज़रूरत नहीं है। वे अंतर्राष्ट्रीय संबंधों में व्याप्त अराजकता की संरचनाओं को युद्धों के प्रमुख कारण के रूप में देखने के पक्षधर हैं। ऐसी बात नहीं कि नियोरियलिज़म की आलोचना न हुई हो। उसके पैरोकार जब अपने संरचनावादी दृष्टिकोण को विज्ञानसम्मत बताते हैं तो बदले में उन्हें व्यापक आपत्तियों का सामना करना पड़ता है। मसलन, आलोचक कहते हैं कि नियोरियलिज़म अंतर्राष्ट्रीय व्यवस्था को बचाए रखने के नाम पर शीत-युद्ध के दौरान हुए ध्रुवीकरण का बचाव करता है और नैतिक प्रश्नों को दरकिनार करके अपना काम चलाता है।

आजकल यथार्थवाद के समर्थकों से एक सवाल यह भी पूछा जा रहा है कि भूमण्डलीकरण के दौर में उनके सिद्धांत की क्या प्रासंगिकता है? आज तो संप्रभु राज्यों के बीच होने वाले युद्धों की जगह राज्यों के भीतर होने वाले संघर्ष लेते जा रहे हैं। इन आलोचनाओं के बावजूद यह मानना होगा कि यथार्थवाद ने वक्त और परिस्थिति के साथ ख़ुद को बदलने और अपना पुनर्संस्कार करने का असाधारण माद्दा दिखाया है। उसके दिवंगत होने की भविष्यवाणी करने वाले कई बार निराश हो चुके हैं। उनकी प्रतीक्षा भूमण्डलीकरण के दौर में भी जारी है।

देखें : आदर्शवाद, आतंकवाद, अंतर्राष्ट्रीय मुद्रा कोष, इमैनुएल कांट, इतिहास का अंत, एडवर्ड हैलेट कार, जाति-संहार, पृथकतावाद, तृतीय विश्व, द्वितीय विश्व-युद्ध, नस्लवाद, नव-उपनिवेशवाद, निर्भरता सिद्धांत, निःशस्त्रीकरण, पेटेंट, प्रथम विश्व-युद्ध, प्रगति, बौद्धिक सम्पदा अधिकार, ब्रेटन वुड्स प्रणाली, भारत में पेटेंट क़ानून, रंगभेद, उपनिवेशवाद, युद्ध, युरोपीय यूनियन, रचनात्मकतावाद, राजनय, विश्व व्यापार संगठन, विश्व बैंक, विश्व-सरकार, वि-उपनिवेशीकरण, सभ्यताओं का संघर्ष, सम्प्रभुता, संयुक्त राष्ट्र, साम्राज्यवाद, शक्ति-संतुलन, शांति, शांतिवाद, शस्त्र-नियंत्रण, हथियारों की होड़।

संदर्भ

1. जे. डोनेली (2000), *रियलिज़म ऐंड इंटरनैशनल रिलेशंस,* केम्ब्रिज युनिवर्सिटी प्रेस, केम्ब्रिज.
2. ई.एच. कार (1946), *द ट्वेंटी इयर्स क्राइसिस 1919-1939,* दूसरा संस्करण, मैकमिलन, लंदन.
3. आर. क्रॉफ़र्ड (2000), *आइडियलिज़म ऐंड रियलिज़म इन इंटरनैशनल रिलेशंस,* रॉटलेज, लंदन.
4. एम. ग्रिफ़िथ (1995), *रियलिज़म, आइडियलिज़म ऐंड इंटरनैशनल पॉलिटिक्स,* रॉटलेज, लंदन.
5. कैनेथ वाल्ज़ (1979), *थियरी ऑफ़ इंटरनैशनल पॉलिटिक्स,* एडिसन-वेज़ली, रीडिंग, एमए.

—अभय कुमार दुबे

यशदेव शल्य

(Yashdeva Shalya)

श्री अरविंद के बाद इस देश में दार्शनिक गतिविधियों से सरोकार रखने वाली कई हस्तियों को 'भारत का दार्शनिक' तो कहा जा सकता है, लेकिन एक 'संस्थापक भारतीय दार्शनिक' की पदवी से केवल यशदेव शल्य (1928-) ही अभिहित किये जा सकते हैं। भारत के वैचारिक स्वराज और भाषीय राजपथ पर अपना चिंतन अग्रसारित करते हुए उन्होंने जो स्थापनाएँ प्रस्तुत की हैं, वे स्वातंत्र्योत्तर भारत की महत्त्वपूर्ण दार्शनिक उपलब्धि हैं। यशदेव शल्य की प्रमुख स्थापना है चिद्द्वैतवाद जिसे चेतनामूलक अद्वैतवाद भी कहा जा सकता है। उनके लिए 'दर्शन' तमाम ज्ञान-विधाओं की तरह कोई विषयमूलक-व्यवस्था नहीं, बल्कि ज्ञान का एक आत्मोन्मुख व्यापार है जो निरंतर अपने आरंभ बिंदु से प्रारम्भ कर उसी पर लौटता है। यशदेव शल्य द्वारा प्रस्तुत 'मनुष्य के जगद्भाव' की तत्त्वमीमांसा से मानवीय सर्जना के सभी पक्षों की व्याख्या एक आश्चर्यजनक मौलिकता के साथ सम्भव हो सकी है। यदि उनकी तुलना किसी पाश्चात्य दार्शनिक से की जाए तो उनका दार्शनिक अध्यवसाय हसर और हाइडैगर के समकक्ष ठहरता

यशदेव शल्य (1928-)

है। यह बात अलग है कि भारत का दार्शनिक जगत उनके दार्शनिक अध्यवसाय से परिचित नहीं हो सका है। सम्भवत: इसका कारण यह है कि भीष्म संकल्प के साथ उन्होंने लिखा तो बहुत, लेकिन सब कुछ हिंदी में ही लिखा है।

यशदेव शल्य के जीवन-वृत्त पर दृष्टिपात करने से पता चलता है कि दार्शनिक अध्ययन और लेखन उनके लिए कभी विद्वत्ता लाभ और पांडित्य प्रदर्शन का साधन न हो कर आत्म सर्जन का कर्म रहा है। उन्हीं की एक स्थापना के अनुसार मनुष्य के कर्म मात्र का औचित्य भी यही है कि वह आत्मचेतनपूर्वक किये गये अपने समस्त कर्मों द्वारा अपना आत्मक्रियान्वयन ही करता है। अन्यथा मनुष्य अर्थलोक की सृष्टि और अवगाहन कर ही नहीं सकता। ऐसे यशदेव शल्य का जन्म 26 जून, 1928 को फ़रीदकोट (पंजाब) में हुआ। प्रारम्भिक शिक्षा फ़रीदकोट के ही एक प्राइमरी स्कूल से प्राप्त करने के बाद वे रायकोट (लुधियाना) स्थित एक गुरुकुल में सातवीं कक्षा तक पढ़े। वहीं रह कर उन्होंने संस्कृत कॉलेज, जयपुर की 'साहित्योपाध्याय' और पंजाब विश्वविद्यालय की 'प्रभाकर' परीक्षाएँ किसी तरह से उत्तीर्ण कीं। इसके बाद घर पर ही रह कर उन्होंने अंग्रेज़ी की दसवीं और बारहवीं की परीक्षाएँ उत्तीर्ण कर संस्थागत पठन-पाठन की इतिश्री कर दी और स्वतंत्र अध्ययन में लग गये। सबसे पहले वे साहित्य की आलोचनात्मक विधा तथा कविता-लेखन की ओर उन्मुख हुए। 1951 में उनकी पहली रचना *पंत का काव्य और युग* प्रकाशित हुई। साहित्य के क्षेत्र में उनकी दूसरी पुस्तक *काव्य विमर्श* है। एक साहित्यकार में दर्शन का बीज कैसे अंकुरित हुआ, यह कहना तो कठिन है लेकिन 1952 में *प्रतीक* पत्रिका के एक अंक में उन्होंने 'व्यष्टि और समष्टि' शीर्षक से एक लेख लिखा। 1954 में उन्होंने अखिल भारतीय दर्शन परिषद् की स्थापना की और साथ ही *दार्शनिक* त्रैमासिक पत्रिका का प्रकाशन किया। इस प्रकार 1954 से ही उनका जीवन भारत में दार्शनिक उन्नयन और अपने दार्शनिक चिंतन को आकार देने में समर्पित हो गया। अनवरत चिंतन-मनन करते हुए उन्होंने लगभग डेढ़ दर्जन पुस्तकों का प्रणयन किया है जिसमें उनके विचार-वितान और भाषा की संरचना नितांत मौलिक है। उनकी रचनाओं को सर्वत्र सम्मान भी मिला। अपने समय के मूर्धन्य विद्वानों ने उन पर समीक्षाएँ लिखीं तथा शंकर पुरस्कार, मूर्तिदेवी पुरस्कार जैसे राष्ट्रीय स्तर के पुरस्कारों से उन्हें सम्मानित भी किया गया। वे *दार्शनिक त्रैमासिक, दर्शन समीक्षा, तत्त्वचिंतन* और *उन्मीलन* जैसी पत्रिकाओं के संस्थापक सम्पादक भी रहे। विश्वविद्यालयीय व्यवस्था से विमुक्त रहने के बावजूद भारतीय दार्शनिक अनुसंधान परिषद् एवं भारतीय समाज-विज्ञान अनुसंधान परिषद् ने उन्हें अपना वरिष्ठ फ़ैलो बना कर अपने को सम्मानित किया है।

पचास साल से जारी यशदेव शल्य के अविचल चिंतन ने अपने आप में एक सम्पूर्ण तंत्र का रूप ले लिया है। यद्यपि उनका चिंतन सर्वथा मौलिक है तथापि एक प्रकार से वे अद्वैत वेदांत की परम्परा में आते हैं। यह दूसरी बात है कि यह परम्परा उनके चिंतन में आधारभूत रूप से नवीनीकृत हुई है। यशदेव शल्य ने स्वयं ही अपने दार्शनिक प्रस्थान को चिद्द्वैतवाद की संज्ञा दी है। सत्ता की चिद्द्वैतवादी अनुसंधान परम्परा में यशदेव शल्य की दार्शनिक यात्रा का आरम्भ आधुनिक पाश्चात्य अनुभववादी-तार्किक प्रत्यक्षवादी परम्परा के तहत चिंतन के साथ हुआ। इसी सिलसिले में उन्होंने *दार्शनिक विश्लेषण* (1961) नामक पुस्तक भी लिखी। किंतु उन्हें अनुभववादियों की अनुभव की अवधारणा में कोई युक्तियुक्तता नहीं दिखाई दी। उन्हें सबसे बड़ा दोष यह लगा कि यह परम्परा विषय को मात्र संवेदन प्रदत्त की तरह स्वीकार करती है। इससे एक ओर तो समानांतर विषय की परिकल्पना करने से अनावश्यक विषयों को मानना पड़ता है तो दूसरी ओर उन्हें एक सूत्र में बाँधने की समस्या खड़ी होती है ताकि योजनाबद्ध क्रिया की व्याख्या की जा सके। इस प्रकार अनुभववाद अपने विकसित प्रारूप में भी संवेदन-प्रदत्त और वस्तु के बीच की खायी नहीं पाट पाता है। अत: यशदेव शल्य एक प्रकार से 'सावधान अनुभववाद' को ध्यान में रखते हुए अवधारणात्मक सापेक्षतावाद (वस्तु का स्वरूप अवधारणामूलक मानना) की ओर उन्मुख हुए। इसका प्रतिपादन उन्होंने *ज्ञान और सत्* (1967) नामक पुस्तक में किया। लेकिन यह दृष्टि भी उनके लिए अधिक समय तक संतोषप्रद नहीं बनी रह सकी। उन्होंने स्वीकार किया है कि बाह्य विषय के संबंध में अवधारणात्मक-सापेक्षता की बात फिर भी किसी तरह चल सकती है किंतु कर्त्तव्य, आत्मा आदि विषयों के संदर्भ में नहीं। अपनी इस दृष्टि का पल्लवन उन्होंने *संस्कृति : मानव कर्तृत्व की व्याख्या* (1969) नामक पुस्तक में किया है। इस तरह यशदेव शल्य अपने ही अवधारणा-

सापेक्षतावाद से उत्तीर्ण होकर अपने चिंतन के दूसरे महत्त्वपूर्ण सोपान पर पहुँचे जिसे चैत्त-सापेक्षतावाद (वस्तु को चित्त-सापेक्ष देखना) से निरपेक्ष चैतन्य उत्क्रमण के रूप में समझा जा सकता है। इन दोनों ही विचार-ध्रुवों के मध्य दोलायमान उनके चिंतन को *विषय एवं आत्म* (1972) नामक पुस्तक में देखा जा सकता है। इस पुस्तक में उन्होंने एक ओर बाह्य विषय को सापेक्षता से मुक्त कर उसे उसका वस्तुगत आधार लौटाने का प्रयास किया तो दूसरी ओर आत्मा को सापेक्ष विषयिता से मुक्त कर आत्मसत्ता में प्रतिष्ठित करने का एक विलक्षण प्रत्ययवादी प्रयत्न किया।

अपने दार्शनिक अध्यवसाय में लगभग डेढ़ दशक तक इस सोपान पर स्थित यशदेव शल्य को बाद में यह भान हुआ कि वे अपने प्रयत्न में पूर्णत: सफल नहीं हो सके हैं। उन्होंने स्वीकार किया कि मैं विषय की बाह्यता के चिद्गत स्रोतों एवं आत्मा की ऐसी तात्त्विकता की खोज में था जो वस्तुरूप न होकर भाव्यात्मक हो। उन्होंने स्वयं कहा है : 'अब 'विषय और आत्म' में जबकि मैं विषय के चिद्गत स्रोतों को देख पाया, स्वयं चेतना अथवा आत्मा के उस स्वरूप को नहीं देख पाया जिससे ये स्रोत उद्गत होते हैं।' इस प्रकार चेतना अथवा आत्मा के उस स्वरूप का संधान, जिससे अनंत विषयों के स्रोत उद्गत होते हैं, यशदेव शल्य के दार्शनिक चिंतन का तृतीय और अंतिम प्रस्थान है। उनकी इस दृष्टि का विकास *चिद्विमर्श* (1978) नामक ग्रंथ में हुआ है। अपने इस चिंतन में उन्होंने आत्मचेतन चेतना के ज्ञानात्मक, संकल्पात्मक और भावात्मक तीनों ही अभिवृत्तियों एवं मानव पर्येषणा के समस्त पक्षों (समाज, संस्कृति, सौंदर्य, कला, साहित्य, भाषा और इतिहास दर्शन) तथा मनुष्य के समस्त मूल्यात्मक अभिनिवेशों की मौलिक व्याख्या की है। यही यशदेव शल्य के दर्शन का चरम प्रस्थान है जिसका बहुआयामी पल्लवन उनके परवर्ती ग्रंथों, *सत्ताविषयक अन्वीक्षा* (1987), *समाज : दार्शनिक परिशीलन* (1992), *मूल्यतत्त्वमीमांसा* (1994), *तत्त्वचिंतन* (2003) और *चित् की आत्मगवेषणा* (2009) में हुआ है।

इस तरह देखा जाए तो यशदेव शल्य के दार्शनिक चिंतन की विकासात्मक यात्रा में सोपान क्रम से चित्तसत्तावाद का ही बहुविध प्रतिपादन हुआ है। इनके चित्तसत्तावाद में पारम्परिक दृष्टि से बुद्धिवाद और इस विमर्श के आत्मस्रोतांवेषण के वाचक अध्यात्मवाद का यौगपद्य देखा जाना अधिक उपयुक्त है। यही कारण है कि यशदेव शल्य के दर्शन में तार्किक अनुभववाद और तर्कीय प्रत्यक्षवाद के तत्त्वमीमांसक प्रत्याख्यानवादी अभियान को एक ज़बरदस्त भारतीय प्रत्युत्तर प्राप्त हुआ है। यह उनके दर्शन की बेहद अहम दार्शनिक पुनर्रचना है जिसे उनके चिंतन में 1970 के बाद प्रकट रूप से देखा जा सकता है। किसी को लग सकता है कि यशदेव शल्य की दर्शन-साधना का प्रारम्भ तत्त्वदर्शन-विरोधी बौद्धिक परम्परा के दायरे में हुआ, परंतु वास्तविकता यह है कि उनके चिंतन का प्रौढ़ पक्ष तत्त्वमीमांसा के औचित्य प्रतिपादन में ही चरितार्थ हुआ है।

यशदेव शल्य के अनुसार युरोप में जन्मे ज्ञान की अधिकांश विधाओं का अगुआ, यहाँ तक कि उनका सांस्कृतिक नेता, विज्ञान ही रहा है। विज्ञान के लिए जगत की यथातथ्य प्रदत्तता ही उसका अंतिम सत्य है। इस दृष्टि से सत् उनका जगत्पर्यंत ही है लेकिन ध्यान रहे कि मनुष्य की कल्पना जगत्पर्यवसायी नहीं है। अत: सत् को जगत्पर्यंत मानने वाली दार्शनिक प्रवृत्ति क्या इस प्रश्न पर कभी विचार कर सकती है कि जब मानवीय कल्पना जगत्पर्यवसायी नहीं है तो उसका सत् किस प्रकार केवल जगत्पर्यंत हो सकता है? ऐसा पूर्वाग्रह न तो सम्पूर्ण मानवीय पर्येषणाओं के साथ न्याय कर सकता है और न ही इस मर्म की समुचित व्याख्या कर सकता है कि मानवीय कल्पना क्यों जगत्पर्यवासियता का अतिक्रमण करती है। वस्तुत: इसी अतिक्रमणशीलता में मनुष्य की विशिष्टता और सत्ता का रहस्य छिपा हुआ है। मनुष्य के क्रिया-कलापों में प्राप्त स्थिति से उबरने और उससे आगे अपने को प्रतिष्ठित करने की प्रवृत्ति इसी बात का संकेत करती है कि उसका कोई गंतव्य है जिसके सापेक्ष वह अपने को न्यून पाता है। यदि इस बात को स्वीकार किया जाए तो तत्त्वमीमांसा के गहरे पानी में गोता लगाना ही होगा और सत्ता की अन्वीक्षा उस रूप में करनी होगी ताकि मानवीय पर्येषणा की उत्तरोत्तरगामिता की समुचित व्याख्या की जा सके।

यशदेव शल्य के अनुसार मनुष्य, पशु और भौतिक वस्तुओं को अस्तित्व के इतिहास में क्रमश: जगद्भावापन्न चैतन्य, चित् और अचित् कहा जा सकता है। इसमें भौतिक अस्तित्व भीतर-बाहर उभयत: बंद है; पाशव और अस्तित्व भीतर से बंद और बाहर से इतरोन्मुख रहता है। यह केवल भारतीय अस्तित्व ही है जो भीतर और बाहर दोनों ओर खुला रहता है। इस प्रकार खुले होने से उसमें पर्याप्तता की स्मृति या आभास भी अंतर्निहित होता है जिससे वह वियुक्त है। मानवीय चेतना में एक मूलगामी आत्म-अतिक्रामिता में, उसके आत्म संशोधनात्मक सभी प्रयत्नों में यह सब कुछ भली-भाँति देखा जा सकता है। शल्य के अनुसार आहंकारिक चैतन्य की आत्म-अपर्याप्तता दूसरे अस्तित्वों से इस अर्थ में गम्भीर एवं तीव्र है कि इसका प्रत्यय आत्म-बाह्य नहीं हो कर आत्मप्रकाशित होता है। अर्थात् यह केवल अन्य-व्यावृत्त नहीं हो कर आत्म-व्यावृत्त या आत्मनिर्वासित भी होता है। यह अपने भीतर अपने अभाव से, अपने वैपरीत्य से, अनात्म से दंशित है। यह परिस्थिति इसे एक-दूसरा ही आयाम प्रदान करती है। अर्थात् इसे अपने से अतिक्रामी सत्त्व दे देती है। यही वह अतिक्रमण है जो प्लेटो द्वारा श्रेयस् को ज्ञान और सत् से ऊपर अतिसत् के रूप में रखने में अभिप्रेत है और जो

'तत्त्वमसि श्वेतकेतो!' में श्वेतकेतु का सत्त्व श्वेतकेतु से ऊपर ब्रह्म में स्थापित करने को सार्थकता देता है। इसलिए मानवीय चैतन्य की विशिष्टता उसकी आत्मप्रकाशित आत्म-अपर्याप्तता का बोध है जो स्वयं व्यक्ति में अपने भाव से ऊपर उठने के अतिक्रांत संकल्प के रूप में दृष्टिगत होता है। मानो अस्तित्व के इतिहास में मानव इसी संकल्प के साथ अपनी आँखें खोलता है।

एक अतिक्रामी संकल्प के साथ मनुष्य द्वारा अपनी आँखें खोलने का तात्पर्य यह है कि चेतना मनुष्य के माध्यम से पहली बार आत्मचेतन होती है और सत् के अन्वेषण में प्रवृत्त होती है। मनुष्य की यह खोज अपने होने के अर्थ, उसके आधार और गंतव्य की जिज्ञासा के रूप में होती है। इस सृष्टि में मनुष्य के अतिरिक्त किसी अन्य सत्त्व में यह जिज्ञासा प्रकट नहीं होती— मानो मनुष्य के माध्यम से सत्ता स्वयं ही प्रश्न उठाती है कि सत्ता क्या है? शल्य के अनुसार इसका उत्स जगद्भाव में चेतना का अपने आप को आत्म-अभावापन्न, आत्म-अपर्याप्त अथवा आत्मनिर्वासित पाना है। तत्त्वमीमांसीय गति और प्रवृत्ति इसी मूल अभाव और अपर्याप्तता के स्रोत की खोज है। इस स्रोत की खोज में जगद्भावापन्न चैतन्य (मनुष्य) अपार अर्थ राशि का सृजन, अवगाहन और उसका अतिक्रमण करते हुए अपने मूल स्वरूप की ओर द्वितीयावर्तन करता है। यह द्वितीयावर्तन वास्तव में सत्कार्यात्मक नहीं बल्कि असत्कार्यात्मक अर्थ में आत्मोन्मुख निवर्तन (बहिर्मुखी चेतना का अंदर की ओर उन्मुख होना) है, जो चेतना की प्रत्यङ्.मुखता (चेतना की अंतरोन्मुखता), जो मानवीय स्थिति की विलक्षण विशिष्टता है, एक मौलिक रूप से नव्य परिच्छेद है।

इस नव्य परिच्छेद की सर्वाधिक महत्त्वपूर्ण विशेषता 'अतिक्रमणशीलता', अर्थात् अपने प्राप्त रूप का निषेध और आदर्श-पर्येष्य रूप का आक्षेप है। इसी के चलते मनुष्य सदैव अपने आदर्श से परिभाषित अस्तित्व रखता है। शल्य के अनुसार 'मैं हूँ' यह अस्तित्व की ही आद्य और अधिष्ठानभूत घोषणा नहीं है बल्कि अधिक मौलिक रूप से यह अपनी भाव्यता की भी घोषणा है। यहाँ से ही सृजन की, आरोहण की, अनात्म से मुक्ति की, आत्मव्यवधान के निवारण की और अपने मूल स्वरूप की सिद्धि की यात्रा आरम्भ होती है। वस्तुतः शल्य के चिंतन में प्रत्यङ्.मुख चेतना की जैसी गम्भीर और गहन विवेचना हुई है वैसी अन्यत्र दुर्लभ है। ऐसा प्रतीत होता है कि उनका सम्पूर्ण दर्शन प्रत्यङ्.मुख चेतना के भाष्य, वार्तिक और अलंकार रूप विवेचना में ही फलित और प्रमाणित होता है। चैतन्य की मानुषी स्थिति में पराङ्.मुख (चेतना का इंद्रियों के माध्यम से बहिर्मुखी होना) और प्रत्यङ्.मुख (चेतना की अंतरोन्मुखता) नामक दो विपरीत दिशाओं में गति देखी जाती है। विषयोन्मुख इंद्रिय-वृत्ति में चेतना का अपने विषयों में निश्शेष हो जाना, उसको समर्पित हो जाना, यह पराङ्.मुखता की पराकाष्ठा है। इसके विपरीत प्रत्यङ्.मुखता आत्मोन्मुख अतिक्रमण के रूप में एक पूर्णतः मूलगामी घटना है। शल्य की सत्ताविषयक अन्वीक्षा में यह मूलगामी आत्मोन्मुख अतिक्रमण विषय से उसकी मूलाग्र अवधारणाओं में, अवधारणाओं से उनकी मूलाग्र चिद्वृत्तियों में और इन चिद्वृत्तियों से निरूपाधिक चैतन्य में अपनी पर्यन्तता को अधिगत करता है।

जगद्भावापन्न चैतन्यरूप मनुष्य के आत्मोन्मुख अतिक्रमण के मर्म को हृदयंगमित किये बिना 'तत्त्वमीमांसा क्या है' को बाहरी तौर पर तो किसी तरीक़े से विश्लेषित किया जा सकता है, लेकिन 'तत्त्वमीमांसा क्यों है' को अभ्यांतरिक रूप से उद्घाटित नहीं किया जा सकता। आचार्य यशदेव शल्य की सत्ताविषयक अन्वीक्षा में तत्त्वमीमांसा का जो प्रस्ताव है वह अपने आप में 'तत्त्वमीमांसा क्यों' का भी समुचित उत्तर प्रदान करता है। वस्तुतः 'तत्त्वमीमांसा क्यों' के मर्म को उद्घाटित करने के प्रयास में ही यशदेव शल्य का चिद्द्वैतवाद सृजनशीलता का दर्शन और दर्शन की सृजनात्मकता दोनों को अपने में समाविष्ट करता है।

देखें : आर्यभट्ट और *आर्यभटीय,* उपनिषद्, कपिल, *अर्थशास्त्र* और कौटिल्य, गोपीनाथ कविराज, गोविंद चंद्र पाण्डे, चैतन्य महाप्रभु, जैन दर्शन, न्याय दर्शन, दया कृष्ण, नागार्जुन, पतंजलि और *योगसूत्र,* पाणिनि और *अष्टाध्यायी,* पुराण, पूर्व-मीमांसा दर्शन, बदरी नाथ शुक्ल, बादरायण, बौद्ध दर्शन, *भगवद्गीता,* भरत और *नाट्यशास्त्र,* मुकुंद लाठ, *भागवत पुराण, महाभारत,* योग दर्शन, रामानुजाचार्य, रामअवतार शर्मा, लोकायत, वात्स्यायन और *कामसूत्र,* वेदांत दर्शन, वैशेषिक दर्शन, शंकराचार्य, षड्-दर्शन-1 और 2, संस्कृत काव्यशास्त्र, स्मृति-साहित्य, सांख्य दर्शन-1 और 2, सिद्धनाथ परम्परा।

संदर्भ

1. छाया राय और के.एल. शर्मा (सम्पा.) (2002), *यशदेव शल्य का दर्शन,* भारतीय दार्शनिक अनुसंधान परिषद, नयी दिल्ली.
2. अम्बिकादत्त शर्मा (सम्पा.) (2006), *दार्शनिक प्रकरण : भारतीय दर्शन के 50 वर्ष,* विश्वविद्यालय प्रकाशन, सागर.
3. यशदेव शल्य (1978), *चिद्विमर्श,* दर्शन प्रतिष्ठान, जयपुर.
4. यशदेव शल्य (1987), *सत्ताविषयक अन्वीक्षा,* भारतीय दार्शनिक अनुसंधान परिषद, नयी दिल्ली.
5. अम्बिका दत्त शर्मा और संजय कुमार शुक्ला (सम्पा.) (2008), *इन डिफ़ेंस ऑफ़ मेटाफ़िज़िक्स : ऐन इण्डियन एनकाउंटर विद लॉजिकल पॉज़िटिविज़्म,* विश्वविद्यालय प्रकाशन, सागर.

— अम्बिका दत्त शर्मा

युद्ध

(War)

एक पृथक् अवधारणा के रूप में युद्ध को आधुनिक युग में पैदा हुई प्रवृत्ति माना जाता है। इससे पहले भी युद्ध होते थे और ख़ूब होते थे, पर सत्रहवीं सदी से पहले युद्ध और शांति की अवधियों के बीच स्पष्ट विभाजन करना मुश्किल था। उस ज़माने में अंतर्राष्ट्रीय सीमाएँ भी बहुत जल्दी-जल्दी परिवर्तित होती रहती थीं। आधुनिक युग में दो या दो से अधिक देशों की सेनाओं का अंतर्राष्ट्रीय सीमाओं पर संघर्ष युद्ध कहलाता है। अंतर्राष्ट्रीय संबंधों के अनुशासन के अनुसार ऐसी किसी लड़ाई को बाक़ायदा युद्ध मानने के लिए ज़रूरी है कि उसमें कम से कम एक हज़ार लोग मारे जाएँ। किसी देश के भीतर विभिन्न राजनीतिक ताक़तों के बीच होने वाले हथियारबंद संघर्ष को गृहयुद्ध की संज्ञा दी जाती है। मरने वालों की संख्या के लिहाज़ से भी ऐसी कई हिंसाओं को युद्ध की श्रेणी में रखा जा सकता है। महाद्वीपों के आर-पार फैली हुई और कई-कई वर्षों तक विभिन्न देशों के गठजोड़ों के बीच होने वाली लड़ाइयों को विश्व-चीरयुद्ध की संज्ञा दी गयी है। ऐसे विश्वयुद्ध आज तक केवल दो ही हुए हैं : 1914 से 1918 के बीच हुआ प्रथम विश्व-युद्ध और 1939 से 1945 के बीच होने वाला द्वितीय विश्व-युद्ध।

शीत-युद्ध की राजनीति ने कई बार तीसरे विश्वयुद्ध के अंदेशे पैदा किये थे जिसके आणुविक चरित्र के कारण अत्यंत विनाशकारी होने का डर था। लेकिन, शीतयुद्ध ख़त्म हो जाने के बाद अब समझा जा रहा है कि अब दुनिया तीसरे विश्व-युद्ध से बच जाएगी। इस समझ का दावा है कि युद्ध होते रहेंगे, पर उनका चरित्र अधिकतर स्थानीय और राष्ट्रों के भीतर होने वाले हथियारबंद संघर्षों का रह जाएगा। इसका पहला कारण तो यह बताया जाता है कि दुनिया एक ध्रुवीय हो गयी है। अमेरिकी अकेली महाशक्ति है जिसके पास सबसे ज़्यादा फ़ौजी ताक़त है, पर वह आर्थिक रूप से पहले की तरह शक्तिशाली देश नहीं रह गया है। दूसरा कारण यह है कि विकसित और शक्तिशाली देशों की परस्पर निर्भरता बहुत अधिक बढ़ जाने के कारण उनके बीच किसी तरह के युद्ध की सम्भावना देखना मुश्किल है। शीतयुद्ध के बाद के हालात में भले ही चीन, युरोपीय देशों और अमेरिका के बीच भले ही बहुत अच्छे संबंध न रहें, लेकिन राष्ट्रीय हितों की ख़ातिर उनके बीच पारम्परिक हथियारों से या आणुविक हथियारों से हो सकने वाला युद्ध अंतर्राष्ट्रीय संबंधों के प्रेक्षकों को कल्पनातीत ही लगता है।

आगे जा कर युद्धों की बारंबारता कम हो जाएगी, इसके पक्ष में एक तर्क यह भी दिया जाता है कि अतीत की तरह अब युद्ध की प्रक्रिया राज्य-निर्माण की पर्याय नहीं रह गयी है; अर्थात् राज्य की संस्था और युद्ध के बीच का संबंध बदल गया है। युरोप में होने वाले युद्ध एक ज़माने में 'राज्य-रचना' की परियोजना के अंग हुआ करते थे। युद्धों के कारण राज्यों में आंतरिक एकता पैदा होती थी और युरोपीय उपनिवेशवाद अपने विस्तार की तरफ़ क़दम बढ़ाता था। आज तीसरी दुनिया के संदर्भ में युद्ध के ऐसे ही फलितार्थों का पूर्व-आकलन कर पाना मुश्किल है।

ऐसे कई सिद्धांत हैं जिनके ज़रिये देशों के बीच युद्ध और शांति के कारणों की व्याख्या करने की कोशिश की गयी है। कुछ विद्वानों की मान्यता है कि अंतर्राष्ट्रीय संबंधों में सत्ता और गठजोड़ की संरचनाओं में जब परिवर्तन होते हैं तो उनका परिणाम युद्ध में निकलता है। कुछ अन्य विद्वानों का मानना है कि युद्धों का जन्म राज्य की संस्था के भीतरी राजनीतिक, आर्थिक, सामाजिक और मनोवैज्ञानिक पहलुओं से होता है। तीसरे क़िस्म के विद्वान उदार लोकतांत्रिक देशों को शांतिकामी मानते हैं और अधिनायकवादी शासन प्रणाली अपनाने वाले देशों को युद्धप्रिय क़रार देते हैं। मार्क्सवादी विद्वानों का कहना है कि पूँजीवादी राज्य अपनी सीमाओं के बाहर अपने बाज़ारों का विस्तार करने के लिए, निवेश के अवसरों को बढ़ाने के लिए और सस्ता कच्चा माल पाने के लिए युद्धों की स्थितियाँ पैदा करते हैं। कुछ ऐसे उदाहरण भी हैं जिनसे लगता है कि कुछ राष्ट्रों के नेताओं ने भीतरी शांति क़ायम करने के लिए आक्रामक विदेश नीति अपनायी और युद्ध करने की हद तक चले गये। युद्धों की नौबत ग़लतफ़हमी और संकटग्रस्त स्थितियों में हुई निर्णय संबंधी भूलों के कारण भी आती है।

ज़ाहिर है कि युद्धों के कारणों को स्पष्ट करने वाला कोई एक सिद्धांत उपलब्ध नहीं है। ज़्यादा से ज़्यादा केवल कैनेथ वाल्ज़ का एक कथन याद आता है। युद्धों की वजहों पर किये गये अपने मशहूर सर्वेक्षण में वाल्ट्ज़ ने नतीजा निकाला था कि अगर दुनिया में कोई विश्व-सरकार होती तो युद्धों को टाला जा सकता था। बहरहाल, तीन अलग-अलग आयामों का अध्ययन करके किसी युद्ध की वजह खोजने की कोशिश की जाती है। सबसे पहले तो उन स्थितियों की शिनाख़्त की जाती है जिनके बिना पर युद्ध को टाला जा सकता था। दूसरे, एक लम्बी अवधि के दौरान युद्ध और शांति के पैटर्न का अध्ययन किया जाता है। तीसरे, अलग-अलग युद्धों को विश्लेषण के विभिन्न धरातलों पर समझने की कोशिश की जाती है।

युद्धों को मुख्यत: तीन श्रेणियों में बाँट कर देखा जाता है। हुकूमतों द्वारा जानबूझ कर किये जाने वाले युद्ध ताकि

उनके ज़रिये कोई इच्छित राष्ट्रीय उद्देश्य हल किया जा सके। उन्नीसवीं सदी ऐसे ही 'रेशनल' युद्धों का युग मानी जाती है जिसमें कई बार युद्ध छेड़ने के पहले से तय परिणाम निकले। 1816 तक 1911 के बीच हुए हर पाँच में से चार युद्धों में उन्हीं ताक़तों को जीत भी हासिल हुई जिन्होंने उनकी शुरुआत की थी। इसी रुझान से 'पहले मारे सो मीर' जैसी कहावतें निकलती हैं। दूसरे क़िस्म के युद्ध तब होते हैं जब सरकारों के आकलन पूरी तरह ग़लत साबित होते हैं और घटनाक्रमों के बारे में उनके पूर्वानुमान सही नहीं निकलते। ऐसे युद्धों के परिणाम के बारे में कोई भविष्यवाणी नहीं की जा सकती। बीसवीं सदी के हर पाँच में से केवल दो युद्ध ही लड़ाई शुरू करने वाले देशों के द्वारा जीते गये। यानी 1911 के बाद युद्ध शुरू करने वाले देशों की पराजय की सम्भावना बढ़ती दिखती है। इससे एक नतीजा यह भी निकाला जा सकता है कि हुकूमतें अब पहले की तरह समझदार नहीं रह गयी हैं, उन पर घरेलू राजनीति का दबाव इतना बढ़ गया है कि युद्ध के ज़रिये उससे बच निकलाने का दुस्साहस करने लगी हैं और अंतर्राष्ट्रीय प्रणाली इतनी पेचीदा हो गयी है कि उसके विकास-क्रम का पूर्वानुमान लगाना आसान नहीं रह गया है। तीसरी श्रेणी में वे युद्ध आते हैं जिन्हें शांति के भय के कारण शुरू किया गया। कुछ सरकारों को लगता है कि अगर उन्होंने युद्ध प्रारंभ नहीं किया तो कई साल तक उन्हें असहनीय शांति झेलनी पड़ेगी। समझा जाता है कि 1941 में अमेरिकी बंदरगाह पर्ल हारबर पर बमबारी करने का फ़ैसला जापानी सरकार ने इसी मानसिकता के तहत लिया था।

अमेरिकी सामरिक नियोजकों का विचार यह भी है कि फ़ौजी मामलों में हुए क्रांतिकारी विकास (रेवोल्यूशन इन मिलिट्री एफ़ेयर्स यानी आरएमए) के कारण इक्कीसवीं सदी ख़त्म होते-होते उनके देश द्वारा किये जाने वाले सभी युद्ध ज़्यादा से ज़्यादा स्वचालित और सैनिकविहीन होते चले जाएँगे। यानी, मोर्चों पर होने वाली लड़ाई कम से कम होती चली जाएगी, चालकविहीन बमबार और लड़ाकू विमानों का इस्तेमाल होने लगेगा और मिसाइलें पानी में आधी डूबी रहने वाली पनडुब्बियों या पोतों से दागी जाएँगी। दूर बैठे हुए कमांडर युद्ध की यह कार्रवाई वीडियो पर देखेंगे और वहीं से निर्देश जारी होते रहेंगे। वे अपनी स्क्रीन पर दिखने वाले लक्ष्यों को बटन दबा कर नष्ट करने की क्षमता से सम्पन्न भी होंगे। आरएएम थीसिस के मुताबिक़ आज से अस्सी-नब्बे साल बाद होने वाले युद्ध गोलियों के साथ-साथ सूचनाओं के युद्ध भी होंगे। पेंटागन (अमेरिकी युद्ध मंत्रालय) ने इस तरह के सूचना युद्ध का नियोजन शुरू भी कर दिया है। इसके तहत पहली गोली दागे जाने से पहले ही कम्प्यूटर द्वारा शत्रु की कम्प्यूटर प्रणाली की तोड़-फ़ोड़ और वित्तीय व संचार प्रणाली की तबाही हो जाएगी।

आरएमए के राजनीतिक फलितार्थ बहसतलब हैं। एक पक्ष का कहना है कि इसके ज़रिये नागरिक और फ़ौजी लक्ष्यों में सटीक भेद किया जा सकेगा। इसी आधार पर नाटो की फ़ौजों ने कोसोवो में दावा किया था कि उन्होंने तो केवल फ़ौजियों और सैनिक मुक़ामों पर ही हमला किया है। दूसरे पक्ष का कहना है कि अमेरिकी सैनिकों की जान दाँव पर लगाये बिना युद्ध की क्षमता विकसित कर लेने के बाद तो अमेरिका अंतर्राष्ट्रीय संबंधों की समस्याएँ उत्तरोत्तर ज़ोर-ज़बरदस्ती हल करने की कोशिश करने लगेगा।

देखें : आदर्शवाद, आतंकवाद, अंतर्राष्ट्रीय मुद्रा कोष, इमैनुएल कांट, इतिहास का अंत, एडवर्ड हैलेट कार, जाति-संहार, पृथकतावाद, तृतीय विश्व, द्वितीय विश्व-युद्ध, नस्लवाद, नव-उपनिवेशवाद, निर्भरता सिद्धांत, नि:शस्त्रीकरण, पेटेंट, प्रथम विश्व-युद्ध, प्रगति, बौद्धिक सम्पदा अधिकार, ब्रेटन वुड्स प्रणाली, भारत में पेटेंट क़ानून, रंगभेद, उपनिवेशवाद, यथार्थवाद, युरोपीय यूनियन, रचनात्मकतावाद, राजनय, विश्व व्यापार संगठन, विश्व बैंक, विश्व-सरकार, वि-उपनिवेशीकरण, सभ्यताओं का संघर्ष, सम्प्रभुता, संयुक्त राष्ट्र, साम्राज्यवाद, शक्ति-संतुलन, शांति, शांतिवाद, शस्त्र-नियंत्रण, हथियारों की होड़।

संदर्भ

1. के. होल्स्ती (1991), *पीस ऐंड वार : आर्म्ड कॉन्फ्लिक्ट ऐंड इंटरनैशनल ऑर्डर, 1648-1989,* केम्ब्रिज युनिवर्सिटी प्रेस, केम्ब्रिज.
2. के. होल्स्ती (1996), द *स्टेट, वार, ऐंड द स्टेट ऑफ़ वार,* केम्ब्रिज युनिवर्सिटी प्रेस, केम्ब्रिज.
3. जे. म्युलर (1996), *रिट्रीट फ़ॉर डूम्सडे : द ऑब्सोलेंस ऑफ़ मेजर वार,* युनिवर्सिटी ऑफ़ रोशेस्टर प्रेस, न्यूयॉर्क.
4. एम. वैन क्रेवेल्ड (1991), द *ट्रांसफ़ॉर्मेशन ऑफ़ वार,* साइमन ऐंड शुस्टर, न्यूयॉर्क.

— अभय कुमार दुबे

युरगन हैबरमास

(Jurgen Habermas)

अपनी पीढ़ी के सर्वाधिक चर्चित जर्मन समाजशास्त्री और दार्शनिक युरगन हैबरमास (1929-) को उपयोगितामूलक विवेकवाद (इंस्ट्रूमेंटल रैशनलिटी), जीवन-संसार (लाइफ़-वर्ल्ड) और पब्लिक स्फ़ेयर (लोक-वृत्त) जैसे सूत्रीकरणों के लिए जाना जाता है। हैबरमास ऐसे विचारक हैं जिन्होंने युरोपीय ज्ञानोदय से जन्मी और विकसित हुई आधुनिकता की अवधारणा को सही मानते हुए उसके पक्ष में बहस की। ज्ञानोदय से उद्‌भूत मूल्यों में समाज और जनता की राजनीतिक मुक्ति एवं नागरिक अधिकारों की रक्षा की जगह काफ़ी अहम थी। हैबरमास ने इन्हीं मूल्यों की बुनियाद पर अपनी विचारोत्तेजक संकल्पनाओं को विकसित किया। अपनी उर्वर बौद्धिकता के बल पर हैबरमास ने प्रभावशाली सैद्धांतिक संरचनाएँ निर्मित कीं जिनमें भाषा-सिद्धांत तथा बोधात्मक-विकासमूलक मनोविज्ञान की व्याख्या, नीतिशास्त्र, राज्य, क़ानून एवं इतिहास का मार्क्सवादी मूल्यांकन और युरोप तथा जर्मनी की समकालीन घटनाओं पर विचारोत्तेजक टिप्पणियाँ शामिल हैं।

हैबरमास के लेखन की तरफ सबसे पहले ध्यान उनके द्वारा विकसित मुक्तिमूलक समाज-विज्ञान (इसे क्रिटिकल थियरी भी कहा जाता है) के कारण गया। यह थियरी श्रम की धारणा, भाषिक सम्प्रेषण एवं शक्ति को मानवीय क्रिया और ज्ञान के तीन स्रोतों के रूप में देखने पर आधारित है। इसमें श्रम का संबंध प्रकृति, विज्ञान व तकनीक से, भाषा का अध्ययन व्याख्याशास्त्र से और राजनीतिक शक्ति के साथ का शोषण एवं उत्पीड़न से मानवता के उद्धार से संबंध है। यह थियरी मुख्यत: मार्क्सवाद तथा मनोविश्लेषण को अपना आदर्श बनाती है। मनोविश्लेषण अपनी मूल स्थापनाओं में मरीज़ के स्वायत्त आचरण-व्यवहार को नष्ट-भ्रष्ट करने वाले कारणों को संबोधित करके स्नायु-रोग का समाधान करता है। मनोविश्लेषण पुराने मूल सांघातिक अनुभव से जोड़ते हुए न्युरोसिस के अर्थ को समझने की चेष्टा करता है। वह मरीज की स्मृति में इस अर्थ की पुनर्स्थापना करने और इसके ज़रिये मरीज की इच्छाशक्ति के अधीन उसके कामों को लाने का काम करता है। मुक्तिमूलक समाज-विज्ञान भी यही तरीक़ा अपनाते हुए सामाजिक संरचना में मौजूद उन ताकतों का विवेचन करता है जो समाज के क्रियाशील लोगों पर बाध्यताएँ थोपती हैं। इस विश्लेषण के ज़रिये यह समाज-विज्ञान समाज पर लोगों के नियंत्रण को स्थापित करता है।

सत्तर और अस्सी के दशक में हैबरमास ने सम्प्रेषणात्मक क्रिया का सिद्धांत विकसित किया जो उनकी महत्त्वपूर्ण पुस्तक द *थियरी ऑफ़ कम्युनिकेटिव एक्शन* (1981) में विस्तार से मौजूद है और उनकी दूसरी समस्त अवधारणाओं का आधार है। इसके अनुसार सभी मानव मूलत: संप्रेषणशील अस्तित्व होते हैं। वे परस्पर विचारों का आदान-प्रदान करना चाहते हैं। हैबरमास सम्प्रेषण की इसी संरचना का विश्लेषण करते हुए कहते हैं कि अभिव्यक्ति (बयान देने, प्रश्न करने या आरोप लगाने आदि के रूप में) के दौरान कोई भी वक्ता अपने श्रोता के बरक्स अपनी वैधता के ऊपर चार प्रकार के दावों का सामना करता है। उसे लगता है कि उसकी अभिव्यक्ति की सार्थकता, अभिव्यक्ति की सत्यता, अभिव्यक्ति के प्राधिकार और अभिव्यक्ति की गम्भीरता पर प्रश्न किया जा रहा है या किया जा सकता है। इसी आधार पर हैबरमास ने आदर्श अभिव्यक्ति अवस्था की अवधारणा प्रतिपादित की जिसमें संवाद तथा बातचीत के सभी सहभागी किसी अन्य वक्ता की बात को चुनौती देने तथा उस पर प्रश्न करने के लिए पूर्ण स्वतंत्र होते हैं।

लेकिन हैबरमास स्वयं भी मानते हैं कि हक़ीक़त में इस तरह का कोई आदर्श संवाद कभी घटित नहीं होता। दरअसल, संवाद में भागीदारी करने वाले लोग भिन्न-भिन्न शक्ति-समूहों के सदस्य होते हैं और इसी कारण संवाद को व्यवस्थित तरीक़े से विकृत भी करते हैं। हैबरमास के इस सैद्धांतिक मॉडल से ही विमर्श की नैतिकता के विचार का विकास हुआ। इसका उद्देश्य यह स्थापित करना भी है कि भाषा संबंधी प्रयोग के मामले में चेतना व ज्ञान के एक विशेष स्तर पर पहुँच चुके सभी लोग बहस में भाग लेने के लिए स्वतंत्र होते हैं। स्वतंत्र भागीदारी से किसी भी कारणवश किसी को रोकना अन्याय का प्रतीक है।

हैबरमास के सम्प्रेषण सिद्धांत से ही लोगों में उनके द्वारा प्रतिपादित पब्लिक स्फ़ेयर या लोक-वृत्त के बारे में दिलचस्पी जाग्रत हुई। लोकतंत्र की विकास-प्रक्रिया को समझने का प्रयास करने वाला यह सिद्धांत उन्होंने अपनी पुस्तक द *स्ट्रक्चरल ट्रांसफ़ॉरमेशन ऑफ़ द पब्लिक स्फ़ेयर* में व्याख्यायित किया है। लोक-वृत्त सामाजिक जीवन का वह मुक्त क्षेत्र होता है जहाँ विभिन्न मुद्दों पर जनता की राय बनती और बदलती है। ऐतिहासिक रूप से यह अट्‌ठारहवीं सदी के बूर्ज्वा समाज की उपज है जिसमें पत्रिकाओं और मुक्त प्रेस का भी योगदान है। लोक-वृत्त एक जन-इच्छा की रचना का प्रयास करता है जिससे राज्य की गतिविधियों पर अंकुश लगने की सम्भावना पैदा होती है। यह ऐसा क्षेत्र है जहाँ लोगों के एकत्र होने से कई तरह की बहसें, विचार और प्रतिक्रियाएँ जन्म लेती हैं। इसमें समस्त प्रकार के विवाद स्वतंत्र एवं मुक्त से सम्भव होते हैं। हैबरमास ने लिखा है कि लोक-वृत्त को किसी संस्था अथवा संगठन की तरह नहीं देखा जा सकता

युरगन हैबरमास (1929–)

बल्कि वह सूचनाओं एवं विचारों के आदान-प्रदान के नेटवर्क की भाँति होता है।

हैबरमास फ़ासीवाद के त्रासद अनुभवों से गुज़रे थे और फ्रैंकफ़र्ट स्कूल के प्रमुख हस्ताक्षर एडोर्नो के शोध-सहायक के रूप में काम करने के दौरान उनसे प्रभावित भी हुए थे। इसीलिए हैबरमास को यह उम्मीद कम थी कि वे ऐसे राजनीतिक दर्शन का विकासत कर सकेंगे जो पूँजीवाद या राज्य की निरंकुशता को एकदम समाप्त कर सके। इसीलिए उन्होंने लोक-वृत्त की अवधारणा सामने रखी जो समस्याओं का निदान सुझाने वाला राजनीतिक सिद्धांत न हो कर परिस्थितियों पर विचार करने वाली ऐसी अवधारणा है जिसके माध्यम से एक स्वस्थ तथा न्यायपूर्ण राजनीतिक जीवन सम्भव होता है। हैबरमास के मुताबिक़ लोक-वृत्त को व्यावसायिक हितों या राज्य के नियंत्रण से बचाना चाहिए। जब तक वह इस तरह के नियंत्रण से मुक्त रहेगा तभी तक वह लोकतांत्रिक परिस्थितियाँ भी पैदा कर सकता है।

मीडिया से जुड़े सिद्धांतकारों ने हैबरमास की इस अवधारणा का प्रयोग लोकतंत्र में सम्प्रेषण को स्थापित करने के लिए किया। इसमें यह मान्यता भी निहित रही है कि मीडिया के माध्यम से आम नागरिक सूचनाएँ प्राप्त करते हैं और यह उन्हें देश-समाज के जीवन में सक्रियता से हिस्सेदारी करने में सक्षम बनाता है। नारीवादी विचारकों ने लोक-वृत्त की अवधारणा की आलोचना करते हुए इसके मूल रूप में निहित अलगावमूलक और अभिजनवादी प्रवृत्तियों को रेखांकित किया। दरअसल, हैबरमास की अवधारणा मुख्यत: बहस तथा ज्ञान-विनिमय पर आधारित है। वह लोक-वृत्त के चरित्र अथवा उसकी सफ़लता के निर्धारण में भागीदारों के वर्ग या सामाजिक स्थिति पर विचार नहीं करती। इसलिए नारीवादी आलोचना कहती है कि स्त्रियों से ऐतिहासिक भेदभाव, या नस्ली अथवा सम्पत्तिगत अंतर के कारण लोक-वृत्त संबंधी धारणा को निरपेक्ष रखना सम्भव नहीं है। उल्टे विभिन्न समूहों में जो भेद हैं उनकी उपेक्षा करने से लोक-वृत्त का दायरा तंग और संकीर्ण हो जाने का ख़तरा रहेगा। इसका समाधान यह है कि हम किसी इकलौते लोक-वृत्त पर ध्यान न दें वरन लोक-वृत्तों की बहुलता को देखें यानी ऐसे एकाधिक क्षेत्रों की बात करें। इससे यह आरोप ग़लत सिद्ध किया जा सकेगा कि लोक-वृत्त में भागीदारी का आनंद केवल वर्चस्वशाली समूहों के सदस्य ही प्राप्त कर सकते हैं।

हैबरमास ने संप्रेषणात्मक विवेकवाद को आधुनिक समाजों की बुनियाद बताते हुए इसके ऊपर मँडराते ख़तरों की चर्चा भी की है। इन ख़तरों के विश्लेषण के अंतर्गत हैबरमास ने जीवन-संसार या लाइफ़-वर्ल्ड और व्यवस्था या सिस्टम को सामाजिक अस्तित्व के दो पूरक अंगों के रूप में विश्लेषित किया। इसमें से लाइफ़-वर्ल्ड की धारणा उन्होंने हसर और शुल्ज के घटनाक्रियाशास्त्र से ग्रहण की। लाइफ़-वर्ल्ड सामुदायिक ज्ञान एवं विरासत में मिले सामाजिक गुणों से निर्मित होता है। यह परस्पर मेलजोल तथा स्वीकृति के ज़रिये विश्व को अर्थपूर्ण मानने से निर्मित तथा संचालित होता है। इसमें समुदाय की परम्परा का महत्त्व है और परम्पराएँ निजी स्तर पर समाजीकरण का स्रोत हैं।

इसके विपरीत सामाजिक व्यवस्था उपयोगितामूलक विवेकवाद से संचालित होती है और उसके नियम निश्चित उद्देश्यों को हासिल करने की ज़रूरत को ध्यान में रख कर बनते हैं। हैबरमास के अनुसार सबसे प्रभावशाली सामाजिक व्यवस्था वह होती है जिसके ज़रिये समाज में शक्ति तथा सम्पत्ति का वितरण होता है। इस व्यवस्था का कामकाज जीवन-संसार से उद्भूत समाज के सदस्यों के निजी सामाजिक कौशल पर टिका होता है। यानी लाइफ़-वर्ल्ड और सिस्टम के बीच संबंध परस्पर लाभप्रद होते हैं। पर सच यह भी है कि सिस्टम आगे चल कर लाइफ़-वर्ल्ड का औपनिवेशीकरण भी कर सकता है। औपनिवेशीकरण की प्रक्रिया में व्यवस्था के नियम सम्प्रेषणात्मक तार्किकता को कमज़ोर करते हैं ताकि समाज के लोग उनके लिए तय की जाने वाली गतिविधियों की सच्चाई को न समझ सकें और न उसके बारे में प्रश्न कर सकें। हैबरमास ने इसे मनोविश्लेषण की पद्धति से समझाने की चेष्टा की और बताया कि लाइफ़-वर्ल्ड के औपनिवेशीकरण से व्यक्ति अपने कामों की सार्थकता को पूरी तरह से ग्रहण नहीं कर पाता और इससे

स्नायुविक असंतुलन पैदा होने का अंदेशा बन जाता है। हैबरमास का सम्प्रेषणात्मक गतिविधि का सिद्धांत उनके पहले के मुक्तिकामी समाज-विज्ञान के सिद्धांत की ही परम्परा में सामने आता है।

देखें : अस्तित्ववाद, आत्मनिष्ठता-वस्तुनिष्ठता, इयत्ता, इमैनुएल कांट, इंद्रियानुभववाद, ईसैया बर्लिन, उत्तर-आधुनिकतावाद, उत्तर-औपनिवेशिकता, उदारतावाद, कल्पित समुदाय, ग्योर्ग विल्हेल्म फ्रेड्रिख़ हीगेल, घटनाक्रियाशास्त्र और एडमण्ड हसर, चेतना, जॉन लॉक, ज़ाक लकाँ, ज्याँ-फ्रांस्वा ल्योतर, ज्याँ-पॉल सार्त्र, ज़ाक देरिदा, तत्त्वमीमांसा और अस्तित्वमीमांसा, तात्त्विकतावाद, थियोडोर लुडविग वीज़ेनग्रंड एडोर्नो, द्वैतवाद, परिणामवाद, फ्रांसिस बेकन, फ्रेड्रिख़ नीत्शे-1 और 2, बुद्धिवाद, भाववाद, भौतिकवाद, मनोविश्लेषण, मिशेल पॉल फ़ूको-1 और 2, यथार्थवाद, युरोपीय पुनर्जागरण, युरोपीय ज्ञानोदय, रेने देकार्त, लुई अलथुसे, संत ऑग्स्तीन, सोरेन आबी कीर्केगार्द, संरचनावाद और उत्तर-संरचनावाद, हरबर्ट स्पेंसर, ज्ञानमीमांसा, ज्ञान का समाजशास्त्र।

संदर्भ

1. रेमण्ड गेस (1981), *द आइडिया ऑफ़ क्रिटिकल थियरी*, केम्ब्रिज युनिवर्सिटी प्रेस, केम्ब्रिज.
2. जे.जी. फ़िनलेसन (2004), *हैबरमास : अ वेरी शॉर्ट इंट्रोडक्शन*, ऑक्सफ़र्ड युनिवर्सिटी प्रेस, ऑक्सफ़र्ड.
3 जेन ब्रैटेन (1991), *हैबरमासेज़ क्रिटिकल थियरी ऑफ़ सोसाइटी*, स्टेट युनिवर्सिटी ऑफ़ न्यूयार्क प्रेस, न्यूयॉर्क.
4. एरिक आडवर एरिकसन और जार्ले विगर्ड (2004), *अंडरस्टैंडिंग हैबरमास, कम्युनिकेटिव एक्शन ऐंड डेलिबरेटिव डेमॉक्रैसी*, कांटिनुइम इंटरनैशनल पब्लिशिंग, न्यूयॉर्क.

— वैभव सिंह

युरोकेंद्रीयता

(Eurocentrism)

एक विचार के रूप में युरोकेंद्रीयता की प्रवृत्तियों का स्रोत रिनेसाँ काल में देखा जा सकता है। रिनेसाँ में प्राचीन यूनान और रोम की कला और दर्शन को ही ज्ञान के मुख्य स्रोत के रूप में मान्यता दी गयी थी। इसके बाद की अवधियों में युरोप की श्रेष्ठता का यह विचार तरह-तरह से सूत्रबद्ध किया जाता रहा। धीरे-धीरे उपनिवेशवादी आग्रहों के तहत युरोप और युरोपीय सांस्कृतिक पूर्वधारणाओं को स्वाभाविक, नैसर्गिक और सार्वभौम मान कर उन्हीं के आधार पर बाक़ी दुनिया की व्याख्या और विश्लेषण करने के रवैये के रूप में 'युरोप-सेंट्रिक' दृष्टिकोण उभरा। बीसवीं सदी में द्वितीय विश्वयुद्ध के बाद से पूँजीवाद और साम्राज्यवाद के आलोचक युरोकेंद्रीयता को एक विचारधारा के रूप में देखने लगे। सत्तर के दशक से पहले ऑक्सफ़र्ड डिक्शनरी में यह शब्द नहीं मिलता था। पर अस्सी के दशक में समीर अमीन के मार्क्सवादी लेखन ने इसे बौद्धिक जगत में अक्सर इस्तेमाल की जाने वाली अवधारणा में बदल दिया। विडम्बना यह है कि मार्क्सवादी विद्वानों द्वारा गढ़ा गया यह पद मार्क्स के लेखन की आलोचना करने के लिए भी इस्तेमाल किया जाता है। मार्क्स को युरोसेंट्रिक क़रार देने वालों की कमी नहीं है। हालाँकि मार्क्स के लेखन में युरोपीय श्रेष्ठता का सहजात आग्रह तलाश करना मुश्किल है, पर आलोचकों का कहना है कि विश्व-इतिहास की उनकी समझ युरोपीय अनुभव के आधार पर ही बनी थी और वे मानवता के भविष्य को समग्र रूप से युरोपीय मॉडल के आईने में ही देखते थे।

1851 से ही दुनिया के नक़्शों के लोंगीट्यूड मेरीडियन के केंद्र में ग्रीनविच, लंदन को रखा जाना युरोकेंद्रीयता का ही एक तथ्य है जिसे बिना किसी सांस्कृतिक आपत्ति के सारी दुनिया ने हज़म कर लिया है। उत्तर-औपनिवेशिक अध्ययन के तहत युरोकेंद्रीयता का एक उल्लेखनीय उदाहरण मरकेटर एटलस को माना जाता है। इस एटलस में युरोप का समशीतोष्ण इलाका दूसरे क्षेत्रों के मुक़ाबले कहीं बड़े आकार का दिखाया गया है। इस एटलस में विश्व का मानचित्र विभिन्न महाद्वीपों को प्रदर्शित करने वाली वस्तुनिष्ठ रेखाओं से ही चित्रित नहीं है। मानचित्र में स्पेस विचारधारात्मक रूप से मूर्त किया गया है और इसमें नक़्शे के साथ दिये गये पाठ और अन्य चित्रों की मदद भी ली गयी है। परिणामस्वरूप यह नक्शा युरोप को विश्व के स्थानिक और सांस्कृतिक तात्पर्यों के केंद्र में स्थापित कर देता है।

एडवर्ड सईद की कृति ओरिएंटलिज़्म में युरोकेंद्रीयता की कड़ी जाँच-पड़ताल की गयी है। सईद का कहना है कि यह विचार न केवल अन्य संस्कृतियों को प्रभावित करके उन्हें अपने जैसा बनाने की तरफ़ धकेलता है, बल्कि उन्हें अपने अनुभव के दायरे में एक ख़ास मुक़ाम पर रखने के ज़रिये उन पर पश्चिम का प्रभुत्व थोप देता है। सईद के मुताबिक़ ज्ञानोदय के बाद से ही युरोपीय संस्कृति ने एक प्रणालीबद्ध अनुशासन विकसित कर लिया है जिसके औज़ारों से वह पूर्व की दुनिया को प्रबंधित करते हुए गढ़ती है।

युरोकेंद्रीयता साहित्य-अध्ययन, इतिहास-लेखन और मानवशास्त्र के अनुशासन के माध्यम से भी पुष्ट हुई है। साहित्य के क्षेत्र में इसके पैरोकारों ने बड़ी चालाकी से अपनी धारणाओं को साहित्य के सार्वभौम की तरह स्थापित करने की परियोजना चलाई। इतिहास में विजेताओं के दृष्टिकोण से लेखन किया गया। मानवशास्त्र की दुनिया में युरोकेंद्रीयता ने स्वजातिवादी आग्रह के रूप में घुसपैठ की और ग़ैर-युरोपीय संस्कृतियों को युरोपीय सभ्यतामूलक मानकों के बरक्स

'आदिम' क़रार दिया। कुछ संस्कृति-समीक्षकों की तो मान्यता है कि अगर युरोकेंद्रीय विचार पहले से स्थापित न होता तो मानवशास्त्र के शुरुआती रूपों का उपनिवेशवाद के साथ इतना घनिष्ठ रिश्ता स्थापित ही न हो पाता। ईसाइयत के प्रचार-प्रसार के लिए मिशनरियों द्वारा चलायी जाने वाली शैक्षणिक गतिविधियों में भी युरोकेंद्रीयता की पुष्टि करने का रुझान रहता है। इन्हीं सब कारणों से ग़ैर-युरोपीय समाजों ने आधुनिकीकरण की प्रक्रिया में युरोकेंद्रीयता को इतना जज़्ब कर लिया है कि पश्चिम से आने वाली हर चीज़ या कृति को श्रेष्ठ मानने का विचार विज्ञान, उद्योग, गणित, कला, मनोरंजन और संस्कृति जैसे सभी महत्त्वपूर्ण क्षेत्रों पर लगभग स्थाई रूप से हावी हो चुका है। यहाँ तक कि युरोकेंद्रीयता के प्रति सतर्क रहने वाले लोग भी अंततः उसके साथ तालमेल बैठाते हुए पाये जाते हैं।

ऐतिहासिक दृष्टि से देखें तो युरोपीय श्रेष्ठता का विचार पंद्रहवीं सदी में युरोपीय साम्राज्यवाद के साथ-साथ सुदृढ़ हुआ। वैज्ञानिक क्रांति, वाणिज्यिक क्रांति और औपनिवेशिक साम्राज्यों के विस्तार ने आधुनिक युग के उदय के रूप में स्वयं को अभिव्यक्ति किया। इसे 'युरोपीयन चमत्कार' का दौर माना जाता है जिससे पहले युरोप आर्थिक और प्रौद्योगिक दृष्टि से तुर्की की ऑटोमन ख़िलाफ़त, भारत के मुग़ल साम्राज्य और चीन के मिंग साम्राज्य के मुक़ाबले नहीं ठहर सकता था। अट्ठारहवीं और उन्नीसवीं सदी की औद्योगिक क्रांति और युरोपीय उपनिवेशीकरण की दूसरी लहर के साथ ही यह अवधारणा अपने चरम पर पहुँच गयी। युरोपीय ताक़तें दुनिया में व्यापार और राजनीति पर छा गयीं। प्रगतिवाद और उद्योगवाद के आधार पर तेज़ी से विकसित हुई युरोपीय सभ्यता को विश्व का सार्वभौम केंद्र मानने वालों ने आखेट, खेती और पशुपालन पर आधारित समाजों के प्रति तिरस्कारपूर्ण विमर्श रचे। अट्ठारहवीं सदी में ही युरोपीय लेखकों को युरोप और दुनिया के दूसरे महाद्वीपों की तुलना में यह कहते हुए पाया जा सकता था कि युरोप भौगोलिक क्षेत्रफल में दूसरों से छोटा ज़रूर है, पर विभिन्न कारणों से उसकी स्थिति ख़ास तरह की है। इसके बाद यह ख़ास स्थिति युरोपीय रीति-रिवाज़ों, शिष्टता, विज्ञान और कला में उसकी महारत का तर्क दे कर परिभाषित की जाती थी।

युरोकेंद्रीयता के बारे में एक सवाल यह भी उठाया जाता है कि क्या यह प्रवृत्ति दुनिया के अन्य भागों में पाये जाने वाले स्वजातिवाद की ही एक क़िस्म नहीं है? चीनियों और जापानियों में भी सांस्कृतिक श्रेष्ठता का दम्भ है। 'अमेरिकन सदी' की दावेदारियाँ भी स्वजातिवाद का ही एक नमूना है। लेकिन युरोकेंद्रीयता को जैसे ही उपनिवेशवाद के परिप्रेक्ष्य में रख कर देखा जाता है, वैसे ही यह विचार सामान्य स्वजातिवाद से अलग एक विशिष्ट संरचना की तरह दिखाई देने लगता है। युरोकेंद्रीयता की साख में क्षय की शुरुआत भी उपनिवेशवाद विरोधी आंदोलनों के ज़ोर पकड़ने और द्वितीय विश्वयुद्ध के बाद चली वि-उपनिवेशीकरण की युगप्रवर्तक प्रक्रिया से हुई। आज़ादी के आंदोलनों द्वारा किये स्थानीय परम्पराओं और मूल्यों के राष्ट्रवादी दावों ने पश्चिमी सांस्कृतिक अहम् को चुनौती दी। भारत और अमेरिकी महाद्वीप के मध्य व दक्षिणी हिस्सों में इसी मक़सद से नये इतिहास का सृजन हुआ और नयी सांस्कृतिक अस्मिताएँ गढ़ी गयीं। युरोकेंद्रीयता के बरक्स विश्व-सभ्यता की बहुकेंद्रीय तस्वीरों में रंग भरे गये। रवींद्र नाथ ठाकुर जैसी पूर्वी हस्तियों के विचारों की विश्वव्यापी प्रतिष्ठा और गाँधी प्रदत्त पश्चिम की सभ्यतामूलक आलोचना ने भी युरोकेंद्रीयता को मंच से धकेलने में उल्लेखनीय भूमिका निभायी।

देखें : उत्तर-औपनिवेशिकता, एडवर्ड विलियम सईद, एंतोनियो ग्राम्शी, क्लाँद लेवी-स्त्राँस, गायत्री चक्रवर्ती स्पिवाक, परस्पर विपरीत द्विभाजन, प्राधिकार, भारतीय इतिहास-लेखन-1 से 4 तक, मिशेल पॉल फ़ूको-1 और 2, रणजीत गुहा, वर्चस्व, संरचनावाद और उत्तर-संरचनावाद।

संदर्भ

1. दीपेश चक्रबर्ती (2000), *प्रोविंशियलाइज़िंग युरोप : पोस्टकोलोनियल थॉट ऐंड हिस्टोरिकल डिफ़रेंस,* प्रिंसटन युनिवर्सिटी प्रेस, प्रिंसटन, एनजे.
2. वासिलिस लैम्ब्रोपोलस (1993), द *राइज़ ऑफ़ युरोसेंट्रिज़्म : एनाटॉमी ऑफ़ इंटरप्रिटेशन,* प्रिंसटन युनिवर्सिटी प्रेस, प्रिंसटन, एनजे.
3. एला शोहात और रॉबर्ट स्टैम (1994), *अनथिंकिंग युरोसेंट्रिज़्म : मल्टीकल्चरलिज़्म ऐंड द मीडिया,* रॉटलेज, लंदन.
4. जे.एम. ब्लॉट (1993), द *कोलोनाइज़र्स मॉडल ऑफ़ द वर्ल्ड : जियोग्राफ़ीकल डिफ्यूज़ंस ऐंड युरोसेंट्रिक हिस्ट्री,* गिलफ़र्ड प्रेस, न्यूयॉर्क.

— अभय कुमार दुबे

योग दर्शन

(Philosophy of Yoga)

'योग' संस्कृत को दो धातुओं से बना शब्द है। पहली धातु है 'युजिर्योगे'। इसका अर्थ है जोड़ना। आयुर्वेद तथा जैन धर्म में इसका यही अर्थ किया गया है। दूसरी धातु 'युज्-समाधौ' है। समाधि का अर्थ पंतजलि ने 'चित्त-वृत्तियों का निरोध' किया है। जहाँ तक साधना का प्रश्न है, इन दोनों अर्थों में विशेष भेद नहीं है। मन को परमात्मा या ईश्वर के चिंतन में लगाना अथवा ब्राह्य विषयों से हटाना ही योग है। इन्हीं को पंतजलि ने क्रमश: सम्प्रज्ञात समाधि तथा असम्प्रज्ञात समाधि की संज्ञा दी है। योग दर्शन का मुख्य विषय साधना है। इस रूप में भारत ही नहीं, विश्व के सभी धार्मिक सम्प्रदायों ने इसे अपनाया है। जैन, बौद्ध, शैव, शाक्त, वैष्णव आदि प्रत्येक परम्परा में इसका विकास हुआ है। किंतु षड्-दर्शन में इसकी गणना पंतजलि द्वारा प्रतिपादित योग-पद्धति के रूप में हुई है। जिस प्रकार न्याय दर्शन ने तर्क विद्या होने पर भी विश्व-व्यवस्था के रूप में वैशेषिक दर्शन को अपना आधार बनाया, उसी प्रकार योग दर्शन ने सांख्य द्वारा प्रतिपादित व्यवस्था को अपना आधार माना। इसीलिए न्याय-वैशेषिक के समान सांख्य-योग का भी जोड़ा माना जाता है। योग और सांख्य का लक्ष्य लगभग एक ही था। पंतजलि का उद्देश्य कपिल की अवधारणाओं को व्यावहारिक रूप देना प्रतीत होता है। सत्य को खोज लेना ही पर्याप्त नहीं था, उसे प्राप्त भी करना चाहिए। अत: व्यावहारिक अभ्यास भी उतना आवश्यक है, जितना सैद्धांतिक अध्ययन। इसी कार्य को पूरा करना योग का लक्ष्य था। भेद इतना ही है कि सांख्य दर्शन ईश्वर की सत्ता को नहीं मानता, किंतु योग दर्शन उसके अस्तित्व को स्वीकार करता है। इसीलिए इसे 'सेश्वर-सांख्य' भी कहा गया है। *भगवद्गीता* में सांख्य और योग को एक ही बताया गया है और उन्हें परस्पर भिन्न समझने वालों की निंदा की गयी है। वहाँ सांख्य का अर्थ ज्ञान और योग का अर्थ साधना है, और दोनों को एक दूसरे का पूरक माना गया है। इस दर्शन का आदिग्रंथ पंतजलिकृत *योगसूत्र* है और इस पर व्यास लिखित *योगभाष्य* अत्यंत प्रामाणिक टीका मानी जाती है।

योग दर्शन ने अपनी तत्त्वमीमांसा के लिए सांख्य दर्शन को ही अपना आधार माना है। साथ ही, ईश्वर का अस्तित्व भी स्वीकार किया है, किंतु उसका प्रतिपादन ध्यान के लक्ष्य के रूप में किया है, जगत-कर्ता के रूप में नहीं। साधक उस लक्ष्य की ओर बढ़ना चाहता है, अत: उस पर मन को एकाग्र करना योग-सिद्धि का अंग माना गया है। ज्ञान का स्वरूप और प्रमाण-व्यवस्था के लिए भी योग दर्शन ने प्राय: सांख्य को ही अपनाया है। यहाँ भी मोक्ष जीवन का लक्ष्य है। उपाय के रूप में यहाँ विवेक-ख्याति अर्थात्-प्रकृति और पुरुष के परस्पर-भेद-ज्ञान का प्रतिपादन है। उस अवस्था को पाने के लिए मन को एकाग्र करने की आवश्यकता है। योग दर्शन के प्रथम समाधि-पाद में समाधि अर्थात् योग का स्वरूप और उसकी विविध अवस्थाओं का वर्णन है। दूसरे साधन-पाद में योग के अंतिम लक्ष्य विवेक-ख्याति और कैवल्य का स्वरूप बताया गया है।

योग दर्शन का काल-निर्धारण काफ़ी कठिन है। सिंधु घाटी सभ्यता के अवशेषों में कई प्रस्तर-मूर्तियाँ और मुहरें मिली हैं, जिन पर योग मुद्रा वाली पुरु आकृतियाँ चिह्नांकित हैं। इससे आर्यों के भारत आगमन से पहले से ही योग के प्रचलन का पता चलता है। श्वेताश्वतर और कठोपनिषद आदि उपनिषदों में योग दर्शन की चर्चा मिलती है। बौद्ध और जैन स्त्रोतों के आधार पर ईसा पूर्व छठी शताब्दी में भी योग का महत्त्व था। ज्ञान प्राप्त करने से पूर्व बुद्ध और महावीर दोनों ने ही वर्षों तक योग साधना की थी। पंतजलि का जीवन-काल कुछ विद्वान ईसा पूर्व चौथी शताब्दी मानते हैं, तो कुछ ईसा पूर्व दूसरी शताब्दी और कुछ उससे पहले। योग को एक दार्शनिक प्रणाली के रूप में व्यवस्थित करने का श्रेय पंतजलि को जाता है किंतु वे योग दर्शन के प्रस्थापक नहीं बल्कि सम्पादक थे। योग दर्शन के दो बड़े भाष्यकार वाचस्पति मिश्र और विज्ञान भिक्षु का भी यही ख़याल है। इस प्रकार योग संबंधी मौलिक विश्वास और क्रियाएँ पंतजलि के योग सूत्र में मौजूद दार्शनिक विचारों से कहीं अधिक पुरानी रही होंगी।

समग्र रूप से देखने पर ऐसा प्रतीत होता है कि योग दर्शन में विकासवादी पारमाणविक सिद्धांतों को सांख्य प्रणाली के पच्चीस तत्त्वों और प्रत्यक्ष, अनुमिति और साक्ष्य इन तीन प्रमाणों को अपनाया। किंतु ईश्वर के सवाल पर दोनों में भेद है। सांख्य ईश्वर के अस्तित्व को अस्वीकार करता है और योग ईश्वर को स्वीकारता है। चित्त की वृत्तियों का शमन करके या चित्त को बाह्य विषयों से हटाकर ईश्वर में लगाना ही योग है। व्यक्ति का चित्त प्राय: एक जगह स्थिर नहीं रहता, चंचल बना रहता है। उसकी इस चंचलता का समूल नाश ही योग का काम है। साधक समाधि अवस्था में पहुँचकर इसे हासिल करता है। सांख्य सम्मत बुद्धि, अहंकार और मन इन तीनों को मिला कर योग के अंतर्गत चित्त नाम दिया गया है। क्षिप्त, मूढ़, विक्षिप्त, एकाग्र और निरुद्ध पाँच तरह की चित्त की अवस्थाएँ होती हैं। विक्षप्तावस्था में रजो गुण की प्रधानता होती है और चित्त एक विषय से दूसरे विषय पर दौड़ता रहता है। मूढ़ावस्था में चित्त में तम की प्रधानता रहती है। क्षिप्तावस्था चित्त की आंशिक स्थिरता की अवस्था है। एकाग्रावस्था में चित्त देर तक एक विषय पर लगा रहता

है। यह किसी वस्तु पर मानसिक केंद्रीकरण की अवस्था है। इसके पश्चात अंतिम अवस्था निरुद्धावस्था में पहुँचने पर साधक की चित्त की वृत्तियों का लोप हो जाता है और चित्त अपनी स्वाभाविक स्थिर शांत अवस्था में आ जाता है। एकाग्र और निरुद्ध अवस्थाओं में सत्त्वगुण का आधिक्य होता है। एकाग्र अवस्था को 'सम्प्रज्ञात-समाधि तथा निरुद्धावस्था को 'असम्प्रज्ञात समाधि' कहा जाता है। और सामान्यत: दोनों को संयुक्त रूप से समाधि-योग कहा जाता है।'

सम्प्रज्ञात समाधि की ध्येय विषयों के आधार पर संप्रज्ञात समाधि की चार कोटियाँ मानी गयी हैं : सवितर्क, सविचार, सानंद और चौथी कोटि सास्मित समाधि की है। इस कोटि में पहुँचकर साधक आत्म-साक्षात्कार की स्थिति प्राप्त करता है। और असम्प्रज्ञात समाधि की दो कोटियाँ— भवप्रत्यय और उपायप्रत्यय होती हैं। चित्तवृत्तियों के निरोध होने पर भी चित्त अविद्या में लीन हो जाए तो यह अवस्था भवप्रत्यय कहलाती है। उपायप्रत्यय वास्तविक असम्प्रज्ञात समाधि है। उपाय से तात्पर्य शुद्ध ज्ञान या प्रज्ञा है। प्रज्ञा के उदय से वृत्तियों एवं संस्कारों का सर्वथा नाश हो जाता है और साधक नित्य विशुद्ध चैतन्य में प्रतिष्ठित हो जाता है। श्रद्धा, वीर्य, स्मृति और समाधि प्रज्ञा के साधक हैं। प्रज्ञा के लिए आवश्यक है कि अंत:करण सर्वथा निर्विकार, शुद्ध और शांत हो। चित्त की शुद्धि के लिए योग ने आठ प्रकार साधन बताये हैं, इन्हें अष्टांग योग के नाम से भी जाना जाता है :

यम : अहिंसा, सत्य, अस्तेय, ब्रह्मचर्य और अपरिग्रह। ये आचार-शुद्धि के मूल आचार हैं। पंतजलि ने इन्हें सार्वभौम कहा है, अर्थात् प्रत्येक परिस्थिति में इनका पालन आवश्यक है। ये देश, काल, परिस्थिति और व्यक्ति की मर्यादा से परे हैं। पंतजलि का यह भी कथन है, कि जो अहिंसा को जीवन में उतार लेता है, उसके समीप अन्य प्राणी भी परस्पर वैर-भाव भूल जाते हैं। जो सत्य को जीवन में उतार लेता है, उसे वचन-सिद्धि प्राप्त हो जाती है। उसके मुँह से निकली कोई बात निष्फल नहीं होती। अस्तेय को जीवन में उतार लेने पर संसार की सारी सम्पत्तियाँ प्राप्त हो जाती हैं। ब्रह्मचर्य को उतारने पर शक्ति प्राप्त होती है। अपरिग्रह से पूर्व जन्म स्मृति होने लगती हैं।

नियम : शौच- मन, वाणी और शरीर की शुद्धि; संतोष- लोभ न करना। अनायास प्राप्ति से तृप्त रहना; तप- अनशन आदि; स्वाध्याय-शास्त्र-चिंतन या आत्म-रमण; ईश्वर-प्रणिधाम। अंतिम तीन को क्रियायोग भी कहते हैं।

आसन : योग दर्शन के अनुसार लक्षण— स्थिर सुखनासमम्, पद्मासन, सिद्धासन आदि।

प्राणायाम : *योगसूत्र* के अनुसार लक्षण— रोचक, पूरक, कुम्भक आदि। इससे आवरण का क्षय होता है और मन धारणा के योग्य बनता है।

प्रत्याहार : इंद्रियों का बाहरी विषयों से हटकर अंतर्मुखी बनना, इस अभ्यास से इंद्रियाँ वश में हो जाती हैं।

धारणा : चित्त को किसी एक विषय पर स्थिर करना।

ध्यान : मन को उसी विषय पर लगाये रखना।

समाधि : अपने-आपको भूल कर विषय में लीन हो जाना।

धारणा, ध्यान और समाधि का एक ही विषय पर अभ्यास संयम कहा जाता है। इसके सिद्ध होने पर 'प्रज्ञालोक' अर्थात् बौद्धिक प्रकाश प्राप्त होता है। उसे चित्त की विविध भूमि में स्थिर किया जाता है, अर्थात् स्थूल भूमिकाओं में स्थिर करते हुए उत्तरोत्तर सूक्ष्म भूमिकाओं की ओर बढ़ा जाता है। प्रथम पाँच अंगों की तुलना में अंतिम तीन अंतरंग हैं, और निर्बीज समाधि की तुलना में ये भी बहिरंग हैं। योगाभ्यास के दौरान साधक को अणिमा, लघिमा, महिमा, प्राप्ति, प्राकाम्य, वशित्व, ईशित्व और यत्रकाभावसायित्व ये आठ प्रकार की सिद्धियाँ प्राप्त होती हैं। किंतु साधकों को इन सिद्धियों की आकांक्षा करने के बजाय आत्म-साक्षात्कार उपलब्ध करने का प्रयास करना चाहिए। योग का यही अंतिम लक्ष्य है।

पंतजलि की ईश्वर की अवधारणा विश्व के सृष्टिकर्ता ईश्वर के समान नहीं थी। रिचर्ड गार्वे के अनुसार योग दार्शनिकों का अपनी प्रणाली में ईश्वर को शामिल करने का लक्ष्य केवल आदर्शवादी विचार के सिद्धांतकारों को तुष्ट करना और सांख्य सिद्धांतों का प्रचार सुगम बनाना था। यदि ईश्वर का उल्लेख उसमें से निकाल दिया जाए तो भी इस प्रणाली की क्रमबद्धता में कोई अंतर नहीं आयेगा। डॉ. राधाकृष्णन का मानना है कि योग दर्शन में जिस शरीरधारी ईश्वर का ज़िक्र है, उसका संबंध इस दर्शन के शेष भाग के साथ बेहद शिथिल है। इस दर्शन का संदेश है कि मानवीय महत्त्वाकांक्षा का लक्ष्य ईश्वर के साथ सम्मिलन नहीं, बल्कि पुरुष का प्रकृति से सर्वथा पृथकत्व है।

योग दर्शन के मुताबिक़ ईश्वरभक्ति परम मोक्ष तक पहुँचने के अन्य अनेक उपायों में से एक है। ईश्वर केवल एक विशेष आत्मा (पुरुष विशेष) है, विश्व का स्रष्टा अथवा संरक्षक नहीं है। वह मनुष्यों को उनके कर्मों के लिए पुरस्कार या दण्ड नहीं देता। लेकिन जब वह एक बार प्रकट हो गया तो उसके लिए कोई न कोई कार्य निकालना ही चाहिए। कहा जाता है कि अपने भक्तों की उन्नति में जो बाधाएँ आती हैं, उन्हें दूर करने में वह सहायता करता है। भक्त प्राणिधान अर्थात् नि:स्वार्थ भक्ति से ईश्वर की दया के पात्र बनने के योग्य हो जाते हैं। ईश्वर मोक्षप्राप्ति में सहूलियत तो देता है, किंतु सीधा मोक्ष का दाता नहीं। नि:संदेह इस प्रकार का ईश्वर-विषयक विचार बताता है कि योग दर्शन ने ईश्वर के विचार को लोकाचार के विचार से और जनसाधारण के मन को आकृष्ट करने के लिए ही अपनाया है।

योग के अनुसार आत्मा की वास्तविकता को मन के वस्तुनिष्ठ उपयोग द्वारा नहीं, वरन उसकी क्रियाओं का दमन करके तथा मन की उस निचली सतह पर पहुँचकर जो हमारे दैनिक जीवन और क्रिया-कलापों के द्वारा हमारे दैवी स्वरूप को छिपाये रहती है, प्राप्त किया जा सकता है। इस प्रकार साधक परमानंद की अवस्था में पहुँच कर भौतिक जगत का लोप करके पूर्णता को प्राप्त करता है। यह माना जाता था कि उचित व्यायाम तथा चित्त और शरीर के नियंत्रण द्वारा चेतना के उस उच्चतर स्तर प्राप्त किया जा सकता है। इस अर्थ में योग भौतिकवादी नहीं वरन आदर्शवादी है।

देखें : आर्यभट्ट और *आर्यभटीय,* उपनिषद्, कपिल, *अर्थशास्त्र* और कौटिल्य, गोपीनाथ कविराज, गोविंद चंद्र पाण्डे, चैतन्य महाप्रभु, जैन दर्शन, न्याय दर्शन, दया कृष्ण, नागार्जुन, पतंजलि और *योगसूत्र,* पाणिनि और *अष्टाध्यायी,* पुराण, पूर्व-मीमांसा दर्शन, बदरीनाथ शुक्ल, बादरायण, बौद्ध दर्शन, *भगवद्गीता,* भरत और *नाट्यशास्त्र,* मुकुंद लाठ, *भागवत पुराण, महाभारत,* यशदेव शल्य, रामानुजाचार्य, रामअवतार शर्मा, लोकायत, वात्स्यायन और *कामसूत्र,* वेदांत दर्शन, वैशेषिक दर्शन, शंकराचार्य, षड्-दर्शन-1 और 2, संस्कृत काव्यशास्त्र, स्मृति-साहित्य, सांख्य दर्शन-1 और 2, सिद्ध-नाथ परम्परा।

संदर्भ

1. वियोगी हरि (सम्पा.) (2011), *हमारी परम्परा,* सस्ता साहित्य मण्डल प्रकाशन, नयी दिल्ली.
2. के. दामोदरन (2001), *भारतीय चिंतन परम्परा,* अनुवाद : जी. श्रीधरन, पीपुल्स पब्लिशिंग हाउस, नयी दिल्ली.
3. सर्वपल्ली राधाकृष्णन (2012), *भारतीय दर्शन,* भाग 2, अनुवाद : नंद किशोर गोभिल, राजपाल ऐंड संस, दिल्ली.
4. चंद्रधर शर्मा (1991), *भारतीय दर्शन : आलोचना और अनुशीलन,* मोतीलाल बनारसी दास, दिल्ली.

— अजय कुमार पाण्डेय

योगेश अटल

(Yogesh Atal)

समाजशास्त्री योगेश अटल (1937-) ने भारतीय ग्रामों में आ रहे बदलावों तथा जाति-संबंधित अध्ययन में उल्लेखनीय योगदान किया है। 1968 में प्रकाशित उनकी रचना द *चेंजिंग फ्रंटिअर्स ऑफ़ कास्ट* में जाति व्यवस्था में हो रहे क्षेत्रीय बदलावों को रेखांकित किया गया है। भारत में चुनाव-अध्ययन हेतु पेनल तकनीक का प्रयोग भी सबसे पहले अटल ने 1967 के चुनावों के दौरान किया। इस अध्ययन के लिए आपस में जुड़े हुए तीन समुदायों का चयन करते हुए उत्तरदाताओं के पैनलों का चयन किया गया और उनसे साक्षात्कार की प्रक्रिया तीन बार चलायी गयी। दो बार चुनावों के पूर्व एवं एक बार चुनावों के बाद। 1967 के चुनावों पर लिखित अटल का प्रबंध *लोकल कम्युनिटीज़ ऐंड नैशनल पॉलिटिक्स* 1971 में प्रकाशित हुआ जिसे एक अहम योगदान के रूप में स्वीकृति मिली। इस अध्ययन में अटल ने गाँवों एवं बृहद समाज के मध्य की राजनीतिक कड़ी तथा ग्रामीण समुदाय के अलगाव के टूटने की स्थिति में इसकी भूमिका खोजने का प्रयास किया। इससे उन्हें राष्ट्रीय एकीकरण का अध्ययन करने हेतु दिशा मिली और उन्होंने 'इंसुलेटर्स' (भित्तिया) तथा 'अपर्चर्स' (वातायन) की अवधारणाएँ प्रतिपादित करते हुए तर्क प्रस्तुत किया कि राष्ट्रीय एकीकरण की प्रक्रिया में इनका महत्त्वपूर्ण स्थान है।

अटल मानते हैं कि परिवर्तनों के माहौल में पहचान बनाये रखने की क्षमता संस्कृति को उत्थान-शक्ति ही प्रदान नहीं करती वरन उन्हें लचीला भी बनाती है। जो संस्कृतियाँ परिवर्तन का स्वागत नहीं करतीं, वे टूट जाती हैं। उनकी प्रगति का मार्ग अवरुद्ध हो जाता है। प्रगति और परिवर्तन के स्रोत आभ्यांतरित भी होते हैं और बाह्य भी। समाज के सदस्य भी परिवर्तन में योग देते हैं और बाहरी समाजों से भी परिवर्तन की प्रेरणा मिलती है। समाजों के आपसी सम्पर्क बढ़ने से उनमें बहुलता आने लगती है। बाहर से आकर बसे लोग धीरे-धीरे अपने नये परिवेश के अनुकूल ढल जाते हैं और अपनाये हुए देश की संस्कृति के कई तत्त्वों को ग्रहण कर लेते हैं। इस प्रकार इन लोगों की जीवन-विधि का जो स्वरूप निख़रता है उसमें अपने पूर्वज समाज और पोषद समाज की संस्कृतियों का अद्भुत मिश्रण होता है। ऐसी उपसंस्कृतियों को अटल ने संधिवीचि संस्कृति (सैंडविच कल्चर) की संज्ञा दी है। अटल के अनुसार ऐसी संस्कृतियों के प्रादुर्भाव से सम्पूर्ण विश्व सांस्कृतिक बहुलता वाले देशों का समुदाय होता जा रहा है। ऐसी स्थिति में केवल भाषा या धर्म या प्रजाति के आधार पर राष्ट्रों को परिभाषित नहीं किया जा सकता।

योगेश अटल का जन्म 9 अक्टूबर, 1937 को हुआ था। सागर, पंजाब, आगरा विश्वविद्यालयों एवं भारतीय प्रौद्योगिकी संस्थान, दिल्ली में अध्यापन के अतिरिक्त वे 1972-74 के दौरान भारतीय समाज-विज्ञान अनुसंधान परिषद के निदेशक रहे। उन्होंने 1974 से 1997 तक यूनेस्को में समाज-विज्ञान के प्रधान निदेशक तथा 1997 से 1999 तक भारतीय शिक्षण संस्थान, पुणे के महानिदेशक की भूमिका निभायी। आजकल वे मध्य प्रदेश सामाजिक विज्ञान शोध

संस्थान, उज्जैन में प्रोफ़ेसर एमेरिटस हैं। अंग्रेज़ी ही नहीं, हिंदी में भी समान क्षमता से समाज-विज्ञान रचने वाले योगेश अटल का समाज-विज्ञानों के संस्थागत उन्नयन में भी महत्त्वपूर्ण योगदान रहा है। राष्ट्रीय स्तर पर एक शोध प्रशासक के रूप में उन्होंने युवा शोधार्थियों एवं विश्वविद्यालय / महाविद्यालयीय शिक्षकों हेतु लघु अवधि के शोध-प्रविधि पाठ्यक्रम प्रारम्भ किये जो एक लम्बे कालांतर के बाद आज भी प्रासंगिक होकर युवा शोध छात्रों एवं शिक्षकों के मध्य लोकप्रिय हैं। भारतीय समाज-विज्ञान अनुसंधान परिषद के निदेशक के रूप में उन्होंने मानवशास्त्र, समाजशास्त्र, राजनीतिशास्त्र, मनोविज्ञान, लोक प्रशासन तथा भूगोल के बृहद् साहित्य सर्वेक्षण के माध्यम से महत्त्वपूर्ण योगदान दिया। अंतर्राष्ट्रीय पटल पर योगेश अटल ने एशिया-प्रशांत क्षेत्र में यूनेस्को के क्षेत्रीय सलाहकार के रूप में समाज-विज्ञानों के उन्नयन हेतु अग्रणी भूमिका का लगभग 19 साल तक निर्वहन किया। उनके नेतृत्व में विभिन्न देशों में समाज-विज्ञानों की स्थिति का अध्ययन करने हेतु समाज-विज्ञान सर्वेक्षण का कार्य प्रारम्भ किया गया जिन्हें आगे चल कर *सोशल साइंसेज इन एशिया* शीर्षक के तहत चार खण्डों में प्रकाशित किया गया। इनमें 21 देशों के समाज-विज्ञानों के बारे में जानकारी थी।

योगेश अटल (1937-)

जाति की परिभाषा करने से जुड़ी कठिनाइयों पर योगेश अटल का मानना है कि समाजशास्त्रीय विश्लेषण में जाति को एक संरचनात्मक संज्ञा माना जाना चाहिए। वे कहते हैं कि समाजशास्त्रीय दृष्टि से वर्ण, गोत्र, परिवार की उपाधि या क्षेत्र अथवा पेशे से जुड़ी संज्ञाओं को 'जाति' कहना ग़लत और भ्रामक है। उनके अनुसार जाति को परिभाषित करने में आने वाली मुख्य बाधाएँ हैं : कई प्रकार की जातियाँ होने के कारण उत्पन्न होने वाली कठिनाइयाँ, अन्य जातियों के बारे में जानकारी का अभाव या उनके प्रति उदासीनता के कारण उत्पन्न कठिनाइयाँ, तथा 'आदर्श' और 'यथार्थ' के बीच अंतर से उपजी भ्रांतियाँ। जाति के लचीलेपन और परिवर्तनशीलता से उत्पन्न कठिनाइयों को भी वे जाति को परिभाषित करने में बाधा के रूप में देखते हैं।

अटल के अनुसार समाज का वही समूह जाति कहा जा सकता है जो न्यूनतम स्तर पर अंतर्विवाही हो। जाति-व्यवस्था के लक्षणों को मूलभूत/धुरीय लक्षण, समुचित प्रासंगिक लक्षण तथा परिधीय लक्षण के रूप में विभाजित करते हुए तीनों लक्षणों की उपस्थिति की स्थिति को उन्होंने जाति-व्यवस्था के रूप में परिभाषित किया है। अटल ने ग़ैर-हिंदुओं में जाति और छुआछूत पर भी विस्तार से लिखा है। उनके अनुसार जाति व्यवस्था ढाँचागत दृष्टि से कई समाजों में पायी जाती है तथा जातियों का सोपानीकरण किसी भी समाजशास्त्री के लिए सहज नहीं है। राजस्थान और मध्य प्रदेश के गाँवों के अध्ययन हेतु अटल ने मेरियट द्वारा सुझाई विधियों का प्रयोग कर जातियों को सोपानीकृत करने का प्रयास किया, परंतु यह स्तरीकरण धार्मिक क्षेत्र तक ही सीमित था। उन्होंने माना कि जाति का अध्ययन एक क्षेत्र के स्तर पर अधिक उपयोगी है ताकि जाति-एककों के बीच की पारस्परिक अंत:क्रियाओं को भी समझा जा सके। समस्त नीची जातियों को 'अस्पृश्य' या 'दलित' कहने को भी अटल उचित नहीं मानते क्योंकि अश्पृश्यता के भी कई प्रकार देखे जाते हैं। दरअसल, वे अस्पृश्यता को वे एक सापेक्षिक संज्ञा के रूप में देखते हैं।

प्रभुत्वशाली जाति एवं वोट बैंक की अवधारणाओं पर विस्तार से लिखते हुए योगेश अटल ने साफ़ किया है कि एम.एन. श्रीनिवास के इन सूत्रीकरणों के दायरे में गाँवों की वस्तुस्थिति नहीं समा सकती। उनकी मान्यता है कि श्रीनिवास के इन सूत्रीकरणों के प्रभाव में भारतीय राजनीति को जातियों की राजनीति और वोट बैंक की राजनीति मानने की ग़लती दोहरायी जा रही है। वे अभीष्ट के लिए अपनायी गयी रणनीति और उसके प्रतिफल में अंतर करने को आवश्यक मानते हैं। ग़लत आधार पर जाति द्वारा चुनाव परिणामों का विश्लेषण करके तथा जाति को वोट बैंक की संज्ञा देकर चुनाव परिणामों की उचित व्याख्या नहीं की जा सकती। इस क्रम में अटल मानते हैं कि राजनीतिक क्षेत्र में परिधीय लक्षणों के आधार पर जाति की पहचान होने लगी है और उसके समुचित-प्रासंगिक लक्षण और मूल लक्षणों की बलि दी जा रही है। अटल की मान्यता है कि जाति के नाम पर बनने वाले प्रादेशिक या अखिल भारतीय संगठन वस्तुत: वर्ण के स्तर पर हैं। उनके अनुसार जाति के भीतर स्तरण न केवल धार्मिक दायरे में वरन धन और शक्ति के आधार पर भी होता है। इस दृष्टि से जाति भी वर्गीकृत हो रही है और एक ही वर्ग के लोग अंतर्जातीय स्तर पर नयी अंत:क्रियाओं में जुड़ने लगे हैं। उनका मानना है कि आज की जाति की समझ के लिए शास्त्रीय मीमांसाएँ उपयोगी नहीं हैं तथा समाजशास्त्रीय विवेचन हेतु वस्तुस्थिति के निरपेक्ष अध्ययन की आवश्यकता है।

अटल ने भ्रष्टाचार और उसके समाजशास्त्रीय परिप्रेक्ष्य पर भी विचार किया है। उनका मानना है कि समाज-विज्ञान

में ऐसे साहित्य का अभाव है जो भ्रष्टाचार के उदय और प्रसार की प्रक्रिया का वस्तुपरक अध्ययन करता हो। वस्तुत: भ्रष्टाचार और उसे पोषित करने वाली जटिल प्रक्रिया आम तौर से समाजशास्त्रीय चिंतन के केंद्र में नहीं रही है। इसलिए समाज-विज्ञान को उसके अध्ययन के लिए नयी तकनीक का विकास करना होगा। सर्वेक्षण की पद्धति को इस हेतु उपयुक्त न मानते हुए उन्होंने भ्रष्टाचार पर अनुसंधान करने के सर्वांग परिप्रेक्ष्य के अभाव को रेखांकित किया है।

अटल ने हिंदी के माध्यम से भी समाज-विज्ञानों के उन्नयन में महत्त्वपूर्ण योगदान किया है। जिस ज़माने में कोई समाज-वैज्ञानिक हिंदी में लेखन नहीं करता था, अटल ने विभिन्न पत्र-पत्रिकाओं में अपने लेखन एवं अनुवाद द्वारा एक नयी परम्परा का सूत्रपात किया।

देखें : इरावती कर्वे, गोविंद सदाशिव घुर्ये, जातियों का राजनीतीकरण, जाति और जाति-व्यवस्था-1 से 4 तक, प्रभुत्वशाली जाति, भ्रष्टाचार का समाजशास्त्र-1 और 2, भारतीय समाजशास्त्र-1 और 2, मैसूर नरसिम्हचार श्रीनिवास, देवकी जैन, धीरूभाई शेठ, धूर्जटि प्रसाद मुखर्जी, नीरा देसाई, राधाकमल मुखर्जी, वेरियर एलविन, संस्कृतीकरण, श्यामा चरण दुबे-1 और 2, त्रिलोकी नाथ मदन।

संदर्भ

1. योगेश अटल (1979), द *चेंजिंग फ्रंटियर्स ऑफ़ कास्ट,* नैशनल पब्लिशिंग हाउस, नयी दिल्ली.
2. सुरेंद्र गुप्ता (सम्पा.) (2004), *इमर्जिंग सोशल साइंस कंसर्न्स,* कंसेप्ट पब्लिशिंग हाउस, नयी दिल्ली.
3. योगेश अटल, 'आउटसाइडर्स एज़ इनसाइडर्स : द फ़ेनोमिना ऑफ़ सैंडविच क्लचर', *सोसियोलॅजिकल बुलेटिन,* खण्ड 38, अंक 1.
4. योगेश अटल (2003), *भारतीय समाज : बदलता परिवेश,* राजेश प्रकाशन, दिल्ली.
5. योगेश अटल (2003), *इण्डियन सोसियोलॅजी : फ़्रॉम व्हेयर टु व्हेयर,* रावत पब्लिकेशंस, जयपुर.

— संदीप जोशी

र

रचनात्मकतावाद

(संदर्भ : अंतर्राष्ट्रीय संबंध)

(Constructivism : International Relations)

रचनात्मकतावाद अंतर्राष्ट्रीय संबंधों के अध्ययन का तीसरा दृष्टिकोण है। आदर्शवाद और यथार्थवाद के मुक़ाबले यह नज़रिया विश्व-राजनीति की जाँच सामाजिक धरातल पर करने की तजवीज़ करता है। रचनात्मकतावादियों का दावा है कि अंतर्राष्ट्रीय संबंधों की सही समझ केवल भौतिक सीमाओं के दायरे में होने वाली तर्कसंगत अन्योन्यक्रियाओं से ही नहीं हासिल की जा सकती (जैसा कि यथार्थवादियों का आग्रह है), और न ही उन्हें संस्थागत सीमाओं के भीतर परखने से काम चल सकता है (जैसा कि आदर्शवादी कहते रहे हैं)। रचनात्मकतावादियों के अनुसार सम्प्रभु राज्यों के बीच बनने वाले संबंध केवल उनके स्थिर राष्ट्रीय हितों पर ही आधारित नहीं होते। उन्हें लम्बी अवधि के दौरान बनी अस्मिताओं के प्रभाव में उठाये जाने वाले क़दमों को प्रारूपों के तौर पर देख कर समझना पड़ता है। रचनात्मकतावादी अपना ध्यान अंतर्राष्ट्रीय समुदाय के स्तर पर मौजूद संस्थाओं पर केंद्रित करते हुए अंतर्राष्ट्रीय क़ानून, राजनय और सम्प्रभुता को अहमियत देते हैं। शासन-व्यवस्थाएँ भी उनके लिए महत्त्वपूर्ण हैं, क्योंकि वे भी विनियमकारी और विधेयक संरचनाएँ पैदा करती हैं। उनके हाथों एक सामाजिक जगत रचा जाता है जिसकी मदद से राज्य के व्यवहार और आचरण तात्पर्यों का अंदाज़ा लगाया जा सकता है।

रचनात्मकतावाद का सिद्धांत भौतिक आयामों की उपेक्षा नहीं करता, पर वह उनके साथ-साथ अंतर्राष्ट्रीय व्यवस्था को समझने के लिए सामाजिक आयामों को भी जोड़ देता है। इसके तहत जब संस्थाओं की चर्चा की जाती है तो उसका मतलब केवल सांगठनिक ढाँचा ही नहीं होता। संस्था का तात्पर्य है अस्मिताओं और हितों की एक स्थिर संरचना। एक ऐसी संरचना जिसमें साझी समझ, साझी अपेक्षाएँ और सामाजिक ज्ञान अंतर्निहित है। रचनात्मकतावादी संस्थाओं को मूलतः एक संज्ञानात्मक अस्तित्व की तरह देखते हैं जिन्हें अपने कर्त्ताओं के विचारों की सीमाओं के दायरे में ही रहना पड़ता है। संस्थागत संरचनाओं के मानकीय प्रभाव के साथ-साथ रचनात्मकतावाद बदलते हुए मानकों और अस्मिताओं व हितों के बीच बने सूत्रों की जाँच करता है। चूँकि राज्य और अन्य कर्त्ताओं की गतिविधियों के कारण संस्थाओं में लगातार परिवर्तन होता रहता है, इसलिए रचनात्मकतावाद संस्थाओं और कर्त्ताओं को परस्पर अनुकूलन करते रहने वाले अस्तित्वों की तरह देखता है।

इस विवरण से लग सकता है कि एक सैद्धांतिक रवैये के तौर पर रचनात्मकतावाद पर अमल करना कुछ मुश्किल ही होगा। दरअसल, राज्यों के व्यवहार का अंदाज़ा लगाने के लिए किसी एक ख़ास सामाजिक संरचना को चुनने की सिफ़ारिश करने के बजाय यह दृष्टिकोण कहता है कि किसी एक परिस्थिति में मौजूद संरचना की जाँच-पड़ताल करके उसके विशिष्ट दायरे में राज्य के व्यवहार का अनुमान लगाया जा सकता है। अगर अनुमान ग़लत साबित होता है तो इसका मतलब यह हुआ कि उस संरचना को ठीक से समझा नहीं गया है या वह अचानक बदल गयी है। मसलन, अगर यथार्थवादी कहते हैं कि अंतर्राष्ट्रीय संबंधों में अराजकता व्याप्त है, तो रचनात्मकतावादी कहेंगे कि उनकी यह धारणा हॉब्स द्वारा प्रतिपादित 'प्रकृत अवस्था' के आईने में अंतर्राष्ट्रीय समुदाय को देखने से उपजी है। इस प्रकृत अवस्था का निष्कर्ष सामाजिक संबंधों की एक विशिष्ट

संरचना से निकाला गया है जो अब बदल चुकी है।

संरचनावादियों की मान्यता के अनुसार अंतर्राष्ट्रीय संस्थाएँ विनियमन भी करती हैं और विधेयक भूमिका भी निभाती हैं। विनियमनकारी भूमिका का अर्थ है कुछ ख़ास तरह के व्यवहारों और आचरणों को मान्य या प्रतिबंधित करना। विधेयक भूमिका का मतलब है किसी व्यवहार या आचरण को परिभाषित करते हुए उसे एक निश्चित तात्पर्य से सम्पन्न करना। राज्य उनकी निगाह में एक नैगमिक (कॉरपोरेट) अस्मिता है। वह अपने बुनियादी लक्ष्यों (सुरक्षा, स्थिरता, मान्यता और आर्थिक विकास) का निर्धारण करता है। पर इन लक्ष्यों की प्राप्ति सामाजिक अस्मिताओं पर निर्भर है; अर्थात् राज्य ख़ुद को अंतर्राष्ट्रीय समाज के संदर्भ में जिस तरह समझेगा, उसी तरह उसकी सामाजिक अस्मिताएँ बनेंगी। इसी तरह की अस्मिताओं के आधार पर राज्य का राष्ट्रीय हित संरचित होगा।

संरचनावादी यथार्थवादियों द्वारा अराजकता को दिये जाने वाले महत्त्व को पूरी तरह नज़रअंदाज़ नहीं करते, पर उनका कहना है कि अराजकता अपने आप में अहम नहीं हो सकती। संबंधों की अराजकता दो मित्र राज्यों को बीच भी हो सकती है, और दो शत्रु राज्यों के बीच भी। दोनों का मतलब अलग-अलग होगा। इस लिहाज़ से अराजकता नहीं, बल्कि उसके प्रभाव में बन सकने वाले सामाजिक संबंधों की क़िस्में ही महत्त्वपूर्ण हो सकती हैं। इन क़िस्म-क़िस्म के सामाजिक संबंधों के मुताबिक़ ही राज्य अपने हितों को परिभाषित करते हैं। मसलन, शीत-युद्ध के दौरान अमेरिका और सोवियत संघ के बीच का रिश्ता भी एक सामाजिक संबंध था जिसके तहत वे दोनों एक-दूसरे को शत्रु की तरह देखते थे और उसी के मुताबिक़ उनके राष्ट्रीय हितों की संरचना होती थी। जब उन्होंने एक-दूसरे को उस सामाजिक संबंध के आईने में देखना बंद कर दिया, या उस तरह के सामाजिक संबंध की परिस्थितियाँ ही नहीं रह गयीं तो उसके परिणामस्वरूप शीत-युद्ध ख़त्म हो गया।

ज़ाहिर है कि रचनात्मकतावाद एक व्याख्यात्मक सिद्धांत के तौर पर अपनी उपयोगिता बहुत स्पष्ट नहीं कर पाया है। इसके बावजूद उसे एक सैद्धांतिक ढाँचा पेश करने में कामयाबी अवश्य मिली है। रचनात्मकतावाद के प्रचलित होने के पीछे यथार्थवादी और आदर्शवादी दृष्टिकोणों की अपर्याप्तताओं की भूमिका भी है।

देखें : आदर्शवाद, आतंकवाद, अंतर्राष्ट्रीय मुद्रा कोष, इमैनुएल कांट, इतिहास का अंत, एडवर्ड हैलेट कार, जाति-संहार, पृथकतावाद, तृतीय विश्व, द्वितीय विश्व-युद्ध, नस्लवाद, नव-उपनिवेशवाद, निर्भरता सिद्धांत, नि:शस्त्रीकरण, पेटेंट, प्रथम विश्व-युद्ध, प्रगति, बौद्धिक सम्पदा अधिकार, ब्रेटन वुड्स प्रणाली, भारत में पेटेंट क़ानून, रंगभेद, उपनिवेशवाद, यथार्थवाद, युद्ध, युरोपीय यूनियन, राजनय, विश्व व्यापार संगठन, विश्व बैंक, विश्व-सरकार, वि-उपनिवेशीकरण, सभ्यताओं का संघर्ष, सम्प्रभुता, संयुक्त राष्ट्र, साम्राज्यवाद, शक्ति-संतुलन, शांति, शांतिवाद, शस्त्र-नियंत्रण, हथियारों की होड़।

संदर्भ

1. ई. एडलर (1997), 'सीज़िंग द मिडिल ग्राउंड : कंस्ट्रक्टिविज़म इन वर्ल्ड पॉलिटिक्स', *युरोपियन जरनल ऑफ़ इंटरनैशनल पॉलिटिक्स,* अंक 3.
2. टी. बीर्सटेकर और सी. वेबर (सम्पा.) (1992), *स्टेट सोवरनिटी एज़ सोशल कंस्ट्रक्ट,* केम्ब्रिज युनिवर्सिटी प्रेस, केम्ब्रिज.
3. टी. होफ़ (1998), 'द प्रोमिस ऑफ़ कंस्ट्रक्टिविज़म इन इंटरनैशनल रिलेशंस थियरी', *इंटरनैशनल सिक्योरिटी,* अंक 23.

—अभय कुमार दुबे

रजनी कोठारी

(Rajni Kothary)

भारत के प्रमुख राजनीतिशास्त्री और विकासशील समाज अध्ययन पीठ (सीएसडीएस) के संस्थापक रजनी कोठारी (1928-) ने पिछली आधी सदी में भारतीय राजनीति के सिद्धांतीकरण में अभूतपूर्व योगदान किया है। दलीय प्रणाली के अध्ययन में कोठारी ने मुख्यत: दो उल्लेखनीय स्थापनाएँ जोड़ी हैं। द्विदलीय और बहुदलीय प्रणालियों की प्रचलित व्याख्याओं से अलग हट कर उन्होंने भारतीय दलीय प्रणाली की एक पार्टी के वर्चस्व वाली प्रणाली के रूप में मौलिक व्याख्या की; और कांग्रेस को प्रचलित परिभाषाओं के तहत एक राजनीतिक दल के रूप में देखने के बजाय कांग्रेस 'प्रणाली' के रूप में पेश किया। आगे चल कोठारी ने ग़ैर-दलीय राजनीति के सिद्धांतीकरण में भी योगदान किया। जाति-प्रथा और आधुनिक संसदीय राजनीति के बीच अन्योन्यक्रिया देखने की कोठारी की दृष्टि भी अनूठी साबित हुई। इस सिलसिले में उनका पहला सूत्रीकरण तो यह है कि भारत जैसे परम्पराबद्ध समाज के आधुनिकीकरण का रास्ता दरअसल सामाजिक संरचनाओं के राजनीतीकरण से होकर जाता है। इसी से जुड़ा हुआ दूसरा सूत्रीकरण यह है कि जिस परिघटना को हम राजनीति में जातिवाद क़रार देते हैं, वह दरअसल जातियों का राजनीतीकरण है जिसके कारण जातिगत संरचनाओं का स्वरूप भीतर से बदल रहा है। कोठारी एक प्रचुर रचनाकार रहे हैं। उनकी पहली पुस्तक 1969 में *पॉलिटिक्स इन इण्डिया* प्रकाशित हुई थी जो भारतीय

रजनी कोठारी (1928-)

राजनीति को समझने का तर्कपूर्ण मॉडल पेश करती है।

रजनी कोठारी का जन्म एक समृद्ध गुजराती व्यापारिक घराने में हुआ था। उनके पिता बर्मा में हीरों का व्यापार करते थे। उनकी शुरुआती शिक्षा-दीक्षा आयंगारों द्वारा चलाए जाने वाले रंगून के एक स्कूल में हुई। परिवार में बौद्धिकता की कोई परम्परा न होने के बावजूद कोठारी के पिता ने उन्हें सुशिक्षित करने में कोई कसर न छोड़ी। उनका बचपन बर्मा के अपेक्षाकृत खुले समाज में बीता। घर की छतों पर होने वाले सामूहिक नृत्यों, मंगोल और बौद्ध संस्कृति के मिले-जुले लुभावने रूप, दक्षिण भारतीय चेट्टियारों, गुजराती बनियों, वोहराओं, खोजाओं और मुसलमान व्यापारियों के मिश्रित भारतीय समुदाय के बीच गुज़ारे गये शुरुआती वर्षों ने उन्हें एक उदार मानस प्रदान किया। लंदन स्कूल ऑफ़ इकॉनॉमिक्स से उच्च शिक्षा प्राप्त करने के बाद रजनी कोठारी ने कुछ दिन बड़ोदरा में क्लासिकल अर्थशास्त्र पढ़ाया। इस दौरान वे भारतीय मार्क्सवाद के प्रारम्भिक व्याख्याता और बाद में रैडिकल मानवतावाद के प्रमुख प्रवक्ता मानवेंद्र नाथ राय से भी प्रभावित हुए। अपने जीवन के अंतिम दौर में पत्नी हंसा कोठारी और बड़े बेटे स्मितु कोठारी के निधन से आहत प्रोफ़ेसर कोठारी दिल्ली स्थित आवास में अपना समय गुज़ारते हैं।

रजनी कोठारी के बौद्धिक जीवन को तीन भागों में बाँट कर समझा जा सकता है। अपने राजनीतिक चिंतन की शुरुआत में कोठारी ने भारतीय समाज और राजनीति के तथ्यगत विश्लेषण को प्राथमिकता दी। ख़ास बात यह है कि इस प्रक्रिया में वे प्रत्यक्षवादी रवैये से प्रभावित नहीं हुए। यह दौर वह था जब साठ के दशक में नेहरू युग अपने पटाक्षेप की तरफ़ देख रहा था। यह एक संक्रमणकालीन समय था जिसमें लोकतंत्र के क्षय और नाश की भविष्यवाणियाँ हो रही थीं। इसी माहौल में कोठारी ने भारतीय लोकतंत्र के मॉडल की विशिष्टता की शिनाख़्त करने में प्रमुख भूमिका निभायी। उस समय अधिकतर समाज-विज्ञानी भारतीय अनुभव को पश्चिमी लोकतंत्रों के अनुभव की रोशनी में देखने की कोशिश कर रहे थे। इसी समय रजनी कोठारी समाजशास्त्री श्यामा चरण दुबे के प्रोत्साहन पर राष्ट्रीय सामुदायिक विकास संस्थान से जुड़ गये। उन्होंने अपने फ़ील्ड वर्क के दौरान पूरे देश का सघन दौरा किया। वे ऐसे इलाक़ों में भी गये जहाँ जाना आम तौर से काफ़ी मुश्किल माना जाता था। इस अनुभव ने उन्हें बदलते हुए या बदलने के लिए तैयार भारत के दर्शन कराये। तभी एक सुखद संयोग के तहत उन्हें भावनगर (गुजरात) में कांग्रेस के एक अधिवेशन को देखने का मौक़ा मिला। उन्हीं दिनों तत्कालीन *इकॉनॉमिक वीकली* (आज का *ईपीडब्ल्यू*) के छह अंकों में उनकी एक लेखमाला छपी जिसका शीर्षक था 'भारतीय राजनीति का रूप और सार'। इन लेखों ने उनके क़दम राजनीतिशास्त्र की दुनिया में जमा दिये। इनमें क्रमशः केंद्र-राज्य संबंध, पंचायती राज, सरकार के संसदीय रूप, अफ़सरशाही, दलीय प्रणाली और अंत में लोकतंत्र के भविष्य पर गहन चर्चा की गयी थी। इस लेखमाला में जिस सैद्धांतिक ढाँचे का इस्तेमाल किया गया था, उसी ने आगे चल कर कोठारी के विशद वाङ्मय की आधारशिला रखी। इन लेखों की प्रकृति विवादात्मक थी। उन्होंने एक त्रिकोणात्मक कसौटी पेश की जिसका एक कोण था लोकतंत्र के मान्य सिद्धांतों का, दूसरा कोण था पश्चिमी दुनिया के लोकतांत्रिक अनुभवों का और तीसरा कोण था भारतीय अनुभव की विशिष्टता का। इससे पहले राजनीतिशास्त्र में संस्थागत और संविधानगत अध्ययन ही हुआ करते थे। राजनीति के विकासक्रम को देखने की यह एक अनूठी निगाह थी। इन लेखों में लास्की के सिद्धांतों से लेकर जयप्रकाश नारायण की विकेंद्रीकरण की थीसिस पर आलोचनात्मक टिप्पणियाँ थीं।

इसके बाद कोठारी अपने सैद्धांतिक कौशल से लैस हो कर सर्वेक्षणों के ज़रिये बार-बार आम भारतीय के पास गये

और पता लगाया कि हमारा लोकतंत्र ज़मीन पर किस तरह काम कर रहा है। इस तरह लोकतंत्र की भारतीय क़िस्म के विकास के अध्ययन के ठोस आधारों का सूत्रीकरण होने की सम्भावनाएँ खुलीं। कोठारी ने सिद्धांतों और उपसिद्धांतों की एक पूरी शृंखला तैयार की जिसे कुंजी की तरह इस्तेमाल करके उन्होंने बार-बार साबित किया कि भारत में जिस तरह के लोकतंत्र की रचना हो रही है वह पश्चिम के लोकतंत्रों से अलग क़िस्म का निकलेगा। समरूपीकरण करने वाले राष्ट्र-राज्य पर आधारित न हो कर यह लोकतंत्र भारतीय संस्कृति द्वारा प्रदत्त बहुलतावाद को अपनी बुनियाद बनायेगा।

दलीय प्रणाली से संबंधित कोठारी के विख्यात सूत्रीकरण इसी दौर की देन हैं। उन्होंने दिखाया कि भारतीय दलीय प्रणाली न तो विकसित पूँजीवादी देशों की तरह दो या तीन दलों की राजनीतिक प्रतियोगिता वाली प्रणाली के मॉडल में फ़िट होती है, न ही इसमें किसी बहुदलीय प्रणाली की अराजकता है। वे पश्चिमी प्रेक्षकों के इस अवलोकन से भी सहमत नहीं थे कि राजनीतिक जीवन पर कांग्रेस के हावी होने के कारण भारत को एक दलीय प्रणाली समझा जाना चाहिए। बल्कि, उनका कहना था कि यहाँ दल तो कई हैं, पर बोलबाला एक दल का है। और, यह वर्चस्व एक ऐसी प्रणाली के तौर पर काम करता है जिसमें न केवल सत्ता पक्ष की संरचनाएँ संसाधित होती हैं, वरन विपक्षी संरचनाएँ भी अपनी भूमिका निभाती रहती हैं। इसी दौर में कोठारी ने जाति-प्रथा और आधुनिक संसदीय लोकतांत्रिक राजनीति के बीच लेन-देन का बारीक ख़ाका पेश किया। उनका कहना था कि राजनीति में भागीदारी करके जाति-समुदाय लोकतंत्र को प्रदूषित नहीं करते बल्कि अपने कर्मकाण्डीय रूप की जकड़ से काफ़ी-कुछ मुक्त हो कर अपने पहले से मौजूद सेकुलर रूपों को प्राथमिकता देने के लिए मजबूर हो जाते हैं।

कोठारी की दूसरे दौर की रचनाएँ उस समय की हैं जब इंदिरा गाँधी की करिश्माई राजनीति अपने लोकलुभावन और निरंकुश रुझानों के साथ भारतीय राजनीति का स्वरूप बदलने पर तुली हुई थीं। शुरू में कोठारी को लगा कि इंदिरा गाँधी के नेतृत्व में रैडिकल परिवर्तनों का आग़ाज़ करने की सम्भावना निहित है। लेकिन जल्दी ही उन्हें दिखाई दे गया कि राज्य की जिस संस्था को मानव-मुक्ति की ऐतिहासिक ज़िम्मेदारी पूरी करनी है, वह न केवल भारत में लोकतंत्र को समृद्ध करने से मुँह चुरा रही है, बल्कि दुनिया भर में उसकी यह भूमिका साँसत का शिकार बनती जा रही है। आपातकाल में इंदिरा गाँधी के साथ किसी भी तरह के सहयोग से परहेज़ करने के बाद उन्होंने 1977 में कांग्रेस विरोधी जनता पार्टी की नीतिगत ढाँचा बनाने में भी योगदान किया।

जनता प्रयोग के विफल हो जाने और सत्ता में इंदिरा गाँधी वापसी के बाद कोठारी ने अपनी रचनाओं में दुनिया के पैमाने पर उत्तर बनाम दक्षिण यानी विकसित बनाम अविकसित का द्वंद्व रेखांकित करते हुए राज्य और चुनावी राजनीति के परे जाने की तजवीज़ें विकसित करने की कोशिश शुरू की। इसी मुक़ाम पर उन्होंने ग़ैर-पार्टी राजनीति के सिद्धांतीकरण में अपना योगदान किया। कोठारी की सृजनशीलता का यह दूसरा दौर ख़ासा लम्बा साबित हुआ। उन्होंने पश्चिम के सभ्यतामूलक प्रतिमानों को चुनौती देने वाले गाँधी के विचारों का सहारा लिया और एक नया यूटोपिया पेश करने की कोशिश की। अपने इसी दौर में रजनी कोठारी ने महज़ बुद्धिजीवी रहने के बजाय सामाजिक-राजनीतिक कार्यकर्ता की भूमिका भी ग्रहण की। उन्होंने अपने सहयोगी विद्वान धीरूभाई शेठ द्वारा स्थापित लोकायन नामक अध्ययन कार्यक्रम में भागीदारी की जिसका मक़सद ग़ैर-पार्टी राजनीतिक संरचनाओं को समाज-विज्ञान की दुनिया से जोड़ना था। इन्हीं वर्षों में कोठारी पीपुल्स यूनियन ऑफ़ सिविल लिबर्टीज के राष्ट्रीय अध्यक्ष भी रहे।

अपने रचनाकाल के तीसरे दौर में कोठारी ने आधुनिकता के वैचारिक ढाँचे को ख़ारिज किये बिना वैकल्पिक राजनीति का संधान करने का प्रयास किया। दरअसल, उनका यह चरण आलोचनात्मक होने के साथ-साथ आत्मालोचनात्मक भी था। उन्होंने अतीत के अपने कई प्रयासों को कड़ी निगाह से देखा और पाया कि ग़ैर-पार्टी राजनीति वास्तव में वैकल्पिक राजनीति के रूप में विकसित नहीं हो पा रही है। उदारतावाद, मार्क्सवाद, गाँधीवाद और नये सामाजिक आंदोलनों की परिघटना भारतीय लोकतंत्र के बदलते हुए चेहरे की व्याख्या करने में असमर्थ है। इस मुक़ाम पर कोठारी ने अपनी शास्त्रीय प्रतिभा का इस्तेमाल दलित-पिछड़ी राजनीति को सूत्रबद्ध करने और अंतर्राष्ट्रीय स्तर पर भूमण्डलीकरण की ताक़तों के ख़िलाफ़ बौद्धिक नाकेबंदी करने के लिए किया। उन्होंने राज्य की संस्था में आयी विकृतियों की शिनाख़्त की और उसे जनोन्मुख़ता से वंचित प्रबंधकीय-तकनीकशाही प्रवृत्तियों वाला राज्य क़रार दिया। उन्होंने दिखाया कि किस तरह यह राज्य प्रचलित सैद्धांतिक समझ के विपरीत विविधताओं के प्रति असहिष्णु, ग़रीबों को हाशिये पर रख कर भूल जाने वाला और साम्प्रदायिक राजनीति के साथ तालमेल करके चलने वाला होता है।

देखें : कांग्रेस 'प्रणाली', ग़ैर-कांग्रेसवाद, ग़ैर-सरकारी संस्थाएँ, ग़ैर-सरकारी संस्थाएँ : भारत में, ग़ैर-दलीय राजनीति, जातियों का राजनीतीकरण, धीरूभाई शेठ, नागरिकता, नागरिकता : अन्य परिप्रेक्ष्य, नागर समाज, नागरिक समाज पर भारतीय बहस, परम्परा की आधुनिकता, पार्थ चटर्जी, मानवाधिकार, भारत में उपनिवेशवाद, भारत में नागर समाज और ग़ैर-दलीय राजनीति-1 से 3 तक, भारत में नागरिकता-विमर्श-1 से 3 तक, भारत में मानवाधिकार, भारत में मानवाधिकार आंदोलन, भारत में सार्विक मताधिकार, भीखू छोटालाल पारिख, राजनीतिक समाज, स्वतंत्रता : भारतीय विचार, सुदीप्त कविराज।

संदर्भ

1. रजनी कोठारी (2005), *भारत में राजनीति : कल और आज,* हिंदी प्रस्तुति : अभय कुमार दुबे, सीएसडीएस-वाणी, नयी दिल्ली,
2. अभय कुमार दुबे (सम्पा.) (2003), *राजनीति की किताब : रजनी कोठारी का कृतित्व,* सीएसडीएस-वाणी, नयी दिल्ली,
3. रजनी कोठारी (2005), *रिथिंकिंग डेमॉक्रैसी,* ओरिएंट ब्लैकस्वान, नयी दिल्ली.
4. रजनी कोठारी (2008), *कास्ट इन इण्डियन पॉलिटिक्स,* ओरिएंट ब्लैकस्वान, नयी दिल्ली.

— अभय कुमार दुबे

रणजीत गुहा

(Ranajit Guha)

'जनता की राजनीति एक स्वायत्त अधिकार-क्षेत्र है' जैसी उद्‌घोषणा करने वाले रणजीत गुहा (1922-) इतिहास-लेखन की सबाल्टर्न धारा अर्थात् निम्नवर्गीय प्रसंग के प्रणेता हैं। 1963 में रणजीत गुहा ने औपनिवेशिक भूमि-नीति पर *अ रूल ऑफ़ प्रॉपर्टी फ़ॉर बंगाल : ऐन एसे ऑन द आइडिया ऑफ़ परमानेंट सेटलमेंट* की रचना की जिसे इतिहासकारों और बुद्धिजीवियों के बीच स्थापित होने के लिए अस्सी के दशक तक का इंतज़ार करना पड़ा। 1982 में रणजीत गुहा ने ब्रिटेन और ऑस्ट्रेलिया में रह रहे आठ अन्य इतिहासकारों के साथ मिल कर सबाल्टर्न स्टडीज़ नाम से शोध-ग्रंथों का सम्पादन शुरू किया। ये इतिहासकार मानने के लिए तैयार नहीं थे कि अंग्रेज़ों के ख़िलाफ़ होने वाले सभी विद्रोह लाज़मी तौर पर राष्ट्रीय चेतना की मंज़िल की तरफ़ ले जाने वाले थे। न ही वे हर ऐतिहासिक आख्यान को वर्ग-चेतना के चश्मे से देखना चाहते थे। उन्होंने वर्ग की जगह सबाल्टर्नीयता को चुना। गुहा ने *कन्साइज़ ऑक्सफ़र्ड डिक्शनरी* का हवाला देते हुए बताया कि कैसे वे इस शब्द का उपयोग दक्षिण एशियाई समाज में मातहत वर्ग के प्रतीक के तौर पर करते हैं। इसे और स्पष्ट करते हुए गुहा ने बताया कि कैसे वे जन और निम्नवर्गीय को एक-दूसरे के पर्याय के रूप में इस्तेमाल करते हैं जो इस श्रेणी में शामिल समूह और तात्त्विक रूप से सम्भ्रांत समाज और समूह से बिलकुल अलग हैं। गुहा द्वारा प्रवर्तित सबाल्टर्न अध्ययन परियोजना दावा करती है कि भारतीय राष्ट्रवाद का इतिहास-लेखन अभी तक दोनों तरह के सम्भ्रांतवाद, उपनिवेशवादी सम्भ्रांतवाद और बूर्ज्वा राष्ट्रवादी सम्भ्रांतवाद, से ग्रस्त रहा है। गुहा यह भी मानते हैं कि यह इतिहास-लेखन भारत में ब्रिटिश शासन के विमर्श से प्रभावित था। अनेक मतभेदों के बावजूद कई मामलों में दोनों तरह के इतिहासकार एक ही ढंग से सोचते थे और सबसे महत्त्वपूर्ण बात यह थी कि उनके इतिहास में जनता की राजनीति पूरी तरह से ग़ायब थी।

रणजीत गुहा का जन्म 23 मई, 1922 को तत्कालीन बंगाल के बारीसाल डिवीज़न में सिद्धकटी गाँव के एक मध्यवर्गीय परिवार में हुआ था। उन्होंने कोलकाता में इतिहास की पढ़ाई की और छात्र राजनीति में वामपंथी विचारधारा के साथ सक्रिय रहे। लेकिन 1956 में हंगरी पर सोवियत संघ के आक्रमण के बाद उन्होंने कम्युनिस्ट पार्टी से ख़ुद को अलग कर लिया। 1959 में वे इंग्लैण्ड जा बसे और अभी आस्ट्रिया की राजधानी वियना में रहते हैं।

सबाल्टर्न इतिहास-लेखन के मार्फ़त रणजीत गुहा ने माँग की है कि इतिहास को निम्न वर्गों की दृष्टि से लिखा जाना चाहिए। इतिहास-लेखन में इस दृष्टिकोण और ऐतिहासिक कालक्रम में जनता की राजनीति का अन्यतम स्थान है, क्योंकि यह सम्भ्रांत राजनीति से अलग स्वायत्त क्षेत्र था और इसका अस्तित्व भी उस पर निर्भर नहीं था। रणजीत गुहा मानते हैं कि जनता की राजनीति सम्भ्रांतों की राजनीति से कई मामलों में निर्णयात्मक रूप से अलग होती है। एक ओर वे चिह्नित करते हैं कि कैसे इसकी जड़ें जाति और संबंधों के फैलाव, जनजाति-बंधुत्व, क्षेत्रीयता आदि जैसी परम्परागत संरचनाओं में होती है, वहीं दूसरी ओर गुहा इस बात की ओर इशारा करते हैं कि सम्भ्रांत गोलबंदी की प्रकृति उर्ध्व होती है, पर तरफ़ जनता की लामबंदी क्षैतिज होती है। सम्भ्रांत लामबंदी को क़ानूनी दायरे में सीमित और शांत मानते हुए रणजीत गुहा इस बात का खुलासा करते हैं कि निम्नवर्गीय लामबंदी अपेक्षाकृत उग्र होती है। सतर्क और नियंत्रित सम्भ्रांत लामबंदी से इतर निम्नवर्गीय प्रतिरोध स्वत:स्फूर्त ढंग से उभर कर सामने आता है।

1983 में उनकी सबसे महत्त्वपूर्ण किताब द *एलिमेंटरी आस्पेक्ट्स ऑफ़ पीजेंट इंसर्जेंसी इन कोलोनियल इण्डिया* का प्रकाशन हुआ। इसके अलावा इटैलियन एकेडमी व्याख्यानमाला के तहत दिये गये व्याख्यानों का संकलन *हिस्ट्री ऐट द लिमिट ऑफ़ वर्ल्ड हिस्ट्री* (2002) के रूप में सामने आया। रणजीत गुहा की अन्य महत्त्वपूर्ण कृतियाँ हैं : *ऐन इण्डियन हिस्टोरिओग्राफ़ी ऑफ़ इण्डिया : ए नाइंटींथ सेंचुरी एजेंडा ऐंड इट्स इम्प्लीकेशंस* (1988), *डोमिनैंस विदाउट हेजेमनी : हिस्ट्री ऐंड पॉवर इन कोलोनियल इण्डिया* (1997) और निबंधों का संकलन द *स्मॉल वॉइस ऑफ़ हिस्ट्री* (2009)।

निम्नवर्गीय प्रसंग के तीसरे खण्ड की प्रस्तावना में रणजीत गुहा ने इस परियोजना के उद्देश्यों को शब्दबद्ध करते हुए कहा कि सबाल्टर्न इतिहासकारों ने आलोचना के लिए

रणजीत गुहा (1922-)

साझा प्रतीकों का इस्तेमाल किया ताकि दक्षिण एशियाई अध्ययन क्षेत्र में व्याप्त सम्भ्रांतता की सचेत व्यवस्थित आलोचना की जा सके। निम्नवर्गीय प्रसंग का उद्देश्य दक्षिण एशियाई अध्ययन क्षेत्र में सबाल्टर्न विषयों पर व्यवस्थित और सूचनायुक्त विमर्श को आगे बढ़ाने के साथ-साथ अनुसंधान और शैक्षिक क्रिया-कलापों में सम्भ्रांत पूर्वग्रहों को दूर करने में मदद करना था। रणजीत गुहा इस बात को ज़ोरदार तरीक़े से उठाते हैं कि सम्भ्रांतीय मानसिकता का विरोध निम्नवर्गीय परियोजना का आधार है। उन्होंने इतिहास-लेखन और समाज-विज्ञान के क्षेत्र में कार्यरत हर उस आग्रह का विरोध किया जो यह नहीं मानता था कि सबाल्टर्न अपनी नियति ख़ुद निर्धारित कर सकते हैं। गुहा यह मानते हैं कि आलोचना और निषेधात्मकता ही निम्नवर्गीय परियोजना का आधारभूत और अंगीभूत हृदयस्थल है। चूँकि दक्षिण एशियाई अध्ययन क्षेत्र में सम्भ्रांतवाद की जड़ें इतनी गहरी थीं कि इसका दूसरा रूप नहीं हो सकता था।

द प्रोज़ ऑफ़ काउंटर इंसर्जेंसी में गुहा ने भारत के किसान-क़बीला विषयक इतिहासकारों को आड़े हाथों लिया क्योंकि उनके लेखन में किसान आंदोलनों को आकस्मिक और अनियोजित बताते हुए उनमें विद्रोह की चेतना को नकारा गया था। गुहा के अनुसार उस इतिहास-लेखन में कृषक विद्रोह की चर्चा अपनी इच्छाशक्ति और तर्कों के द्वारा प्रतिरोध का एक सकारात्मक माहौल बनाने वाली अस्मिता से इतर सिर्फ़ एक स्थूल व्यक्ति अथवा वर्ग के सदस्य के रूप में की गयी है। साथ ही कृषक-आंदोलनों से जुड़े दृष्टांतों और आख्यानों का सीधे-सीधे भाषाई आधार पर केवल एक स्वाभाविक प्राकृतिक घटना के रूप में ही चित्रण किया गया है। रणजीत गुहा ने सरकारी रपटों से लेकर वामपंथी इतिहासकारों द्वारा लिखे गये बगावत के ब्योरों की आलोचना करते हुए उन पर यह आरोप लगाया कि उन्होंने प्रति-विद्रोह का पाठ लिखा है और विद्रोही को अपना नायक मानने से इनकार कर दिया है।

अ रूल ऑफ़ प्रॉपर्टी फ़ॉर बंगाल में रणजीत गुहा ने एलेग्ज़ेंडर डॉ से थॉमस लॉ तक के काल में उन विचारों की पड़ताल की जिनमें बंगाल के दुर्भाग्य और दुर्दिनों का रामबाण इलाज यह बताया गया था कि भूमि को स्थाई निजी सम्पत्ति का रूप दे दिया जाए। वे बताते हैं कि कैसे एक व्यापारी एलेग्ज़ेंडर डॉ. जिसका संबंध मूलत: बंगाल के एक वाणिज्यिक वसूली विभाग से था, का स्थाई भूमि बंदोबस्त का प्रस्ताव वास्तव में बंगाल में क़ाग़ज की मुद्रा के प्रचलन की वकालत के पश्च-प्रस्ताव के तौर पर उभर कर सामने आया। हेनरी पैटुलो ने इसका क्रम उलट दिया और वाणिज्य-व्यापार के बरक्स भूमि की महत्ता को वरीयता दे कर उसे लाभ और महत्त्व के केंद्र में ला खड़ा किया। इसके बाद गुहा ने अपने मुख्य चरित्र फ़िलिप फ्रांसिस की राजनीति और नायकत्व की चर्चा करते हुए बताया कि कैसे हेनरी फ्रांसिस ने अपनी 1776 की योजना में बंगाल में बेहतर ज़मींदार वर्ग की रचना की प्रस्तावना रखा। उन्हें ज़रूरत पड़ने पर बिचौलिया वर्ग की मदद से भी कोई गुरेज़ नहीं था। साथ ही गुहा इस कृति में उस विरोधाभास को भी चिह्नित करते हैं जिसमें भूमि की ख़रीद-फ़रोख़्त में वृद्धि की चाह और भूमिधारी अभिजात वर्ग बनने की इच्छा का परस्पर प्रतिस्पर्धी व्यवहार अपने को मज़बूती से दिखा रहा था। इसके बाद गुहा ने लॉर्ड कार्नवालिस के परामर्शदाता थॉमस लॉ की विवेचना की जिनके कारण पूर्व-पूँजीवादी चिंतन के बचे-खुचे अवशेषों का भी लोप हो गया और बंगाल में भू-सम्पत्ति हेतु पूँजीवाद का नया ब्लू-प्रिंट स्थाई बंदोबस्त की शक्ल में प्रकट हुआ।

एलिमेंटरी आस्पेक्ट्स में रणजीत गुहा ने विद्रोही-चेतना के तर्कों को परिभाषित करने के क्रम में प्रतिवाद, अस्वीकरण, द्विधार्थकता, रूपवाद, सुदृढ़ीकरण, पारगमन और क्षेत्रीयता जैसे अवधारणात्मक पैमाने विकसित किये। प्रभुत्वशाली भूमिपति, महाजनों और आधिकारिक बिचौलियों के प्रति कृषकों के नकारात्मक बोध द्वारा गुहा ने कृषक-चेतना को अस्मिता के आईने में परिभाषित किया। गुहा ने तर्क दिया कि कैसे खेतिहर किसान अपने गुणों और विशेषताओं की बजाय या तो नकारात्मकता या फिर अपने से श्रेष्ठ की तुलना में स्वयं की कमतरी की अनुभूति द्वारा ख़ुद की पहचान करते हैं। श्रेष्ठ और निम्न को गुहा प्रभु-वर्ग और

अधीनस्थ के रूप में शब्दबद्ध करते हुए दिखाते हैं कि स्रोतों के तौर पर इस्तेमाल दस्तावेज़ सम्भ्रांत लोगों द्वारा तैयार किये जाने के कारण सम्भ्रांत की मानसिकता और भाषा का ही प्रतिनिधित्व करते हैं। इसलिए उन्हें सावधानीपूर्वक पड़ताल के बाद ही इस्तेमाल किया जाना चाहिए।

डोमिनेंस विदआउट हेजिमनी मूलत: अलग-अलग निबंधों का संकलन है। यद्यपि उनके परिप्रेक्ष्य में एकरूपता नहीं है फिर भी सबाल्टर्न दृष्टि से ब्रिटिश राज के तहत भारत के अतीत को निरूपित करने का यह एक अच्छा प्रयास है। इस कृति में गुहा औपनिवेशिक भारत में वर्चस्व की संरचना को प्रस्तुत करते हुए बरास्ते इतिहास-लेखन इसकी कार्यप्रणाली अनावृत करते हैं।

रणजीत गुहा को इतिहास-लेखन में निम्नवर्गीय झुकाव पर काफी विरोध का सामना करना पड़ा। कई विद्वानों ने किसान विद्रोह की स्वत:स्फूर्तता को ग़लत ढंग से पेश करने के लिए रणजीत गुहा की आलोचना की और कहा कि गुहा स्वत:स्फूर्तता को प्रतिवर्तित कार्रवाई का पर्याय मान बैठे हैं साथ ही यह भी कहा गया कि गुहा का पूरा ज़ोर स्वत:स्फूर्तता को एक राजनीतिक प्रविधि के रूप में पुनर्स्थापित करने पर रहा। इसके अलावा उन पर यह भी आरोप लगाया गया कि उन्होंने विद्रोहियों की चेतना में धर्म की प्रमुखता पर बल देकर अंग्रेज़ों के उस आधिकारिक दृष्टिकोण का ही समर्थन किया था जो विद्रोह में निहित तर्कहीनता पर बल दे कर उपनिवेशवाद को ग्रामीण तथा क़बीलाई समुदायों के सामाजिक और आर्थिक ढाँचे में विघटनकारी भूमिका से मुक्त करता है। सबाल्टर्न स्टडीज़ के आरंभिक खण्डों की आलोचना करते हुए रोज़ालिंड ओ हैनलन ने बताया कि कैसे इसके मूल में अनिवार्य तौर पर एक पूर्वग्रह और आत्मनिर्धारण का तत्त्व मौजूद रहा है।

सबाल्टर्न स्टडीज़ के चौथे खण्ड की प्रस्तावना में रणजीत गुहा ने अपने आलोचकों को स्थापित विचारों का वाहक और पुराने जमाने के जंग लगे शिक्षाविद् करार दिया जो अपने उदारतावादी और वामपंथी घेरे के भीतर सरकारी सत्य के रखवाले प्रतीत होते हैं। गुहा के ख़िलाफ़ हीगेलवाद और प्रत्यक्षवाद के आरोपों को परस्पर अंतर्विरोधी घोषित करते हुए और गुहा पर लगे आरोपों का खण्डन करते हुए दीपेश चक्रवर्ती ने कहा है कि तथाकथित विफलता ही निम्नवर्गीय-परियोजना का सचेतन प्रयास है। चक्रवर्ती के अनुसार निम्नवर्गीय प्रसंग परियोजना का सबसे प्रमुख उद्देश्य उस चेतना को समझना है, जिसके तहत निम्न वर्ग सम्भ्रांत वर्ग से बिलकुल और स्वतंत्र राजनीति करता है। जनता की यही राजनीति एक स्वायत्त अधिकार-क्षेत्र है जिसे रणजीत गुहा ने अपने पूरे चिंतन, लेखन और शोध का आधार बनाया है।

देखें : आनंद केंटिश कुमारस्वामी, आर्य-अवधारणा, आर्थर लेवेलिन बाशम, काशी प्रसाद जायसवाल, बिपन चंद्र-1 और 2, भारतीय इतिहास-लेखन-1 से 4 तक, दामोदर धर्मानंद कोसम्बी-1 और 2, रमेश चंद्र दत्त, रमेश चंद्र मजूमदार, रामकृष्ण गोपाल भण्डारकर, रमेश चंद्र मजूमदार, रामशरण शर्मा, रोमिला थापर, वासुदेव शरण अग्रवाल, पांडुरंग वामन काणे, विश्वनाथ काशीनाथ राजवाड़े, सखाराम गणेश देउस्कर।

संदर्भ

1. दीपेश चक्रवर्ती (1998), 'पोस्टकोलोनियलिटी ऐंड आर्टिफ़ायिस ऑफ़ हिस्ट्री', रणजीत गुहा (सम्पा.), *अ सबाल्टर्न स्टडीज़ रीडर,* 1986-1995, ऑक्सफ़र्ड युनिवर्सिटी प्रेस, नयी दिल्ली.
2. रणजीत गुहा (1988), *एन हिस्टोरिओग्राफ़ी ऑफ़ इण्डिया: ए नाइंटींथ सेंचुरी एजेंडा ऐंड इट्स इम्प्लीकेशंस,* के.पी. बागची ऐंड कम्पनी, कोलकाता.
3. डेविड लडन (2001), *रीडिंग सबाल्टर्न स्टडीज़ : क्रिटिकल हिस्ट्री, कंटेस्टेड मीनिंग ऐंड द ग्लोबलाइज़ेशन ऑफ़ साउथ एशिया,* परमानेंट ब्लैक, नयी दिल्ली.
4. रणजीत गुहा (1988), *द प्रोज़ ऑफ़ काउंटर इंसर्जेंसी,* रणजीत गुहा और गायत्री चक्रवर्ती स्पिवाक (सम्पा.), सेलेक्टेड सबाल्टर्न स्टडीज़, ऑक्सफ़र्ड युनिवर्सिटी प्रेस, नयी दिल्ली.

— निर्मल कुमार पाण्डेय

रमाबाई रानाडे

(Ramabai Ranaday)

उन्नीसवीं सदी के महाराष्ट्र में हुए सांस्कृतिक नवजागरण की प्रमुख हस्ती रमाबाई रानाडे (1862-1924) ने अपनी परिस्थितियों से टकरा कर न सिर्फ़ अपना जीवन सँवारा बल्कि कई विपदाग्रस्त स्त्रियों को स्वाभिमान के साथ जीने के साधन प्रदान किये। सेवा सदन नामक संस्थान स्थापित करके रमाबाई ने स्त्रियों को आत्मसम्मान के साथ जीवन जीने लायक विभिन्न प्रकार के प्रशिक्षण की व्यवस्था की। रमाबाई ने भारत में नर्सिंग (स्वास्थ्य परिचर्या) की संस्था को उसके मुश्किल दिनों में सहेजा और सँजोया। नर्सिंग के माध्यम से उन्होंने आर्थिक-सामजिक तौर पर कमज़ोर महिलाओं को सबल बनाया और रूढ़िवादी भारतीय समाज में नर्सिंग के पेशे को समुचित सम्मान और स्वीकृति दिलायी। 1904 में भारतीय महिला सम्मेलन की स्थापना हुई जिसका अध्यक्ष रमाबाई को ही बनाया गया। यरवदा जेल के अधीक्षक के तौर पर रानाडे ने स्त्री क़ैदियों को कई तरह की सुविधाएँ दिलाने की पहलक़दमी ली। पारिवारिक अंधविश्वासों ने उन्हें प्राथमिक शिक्षा से भी वंचित रखा, लेकिन इसके बावजूद

स्वाध्याय के बल पर वे लेखिका बनीं और न केवल मराठी में अपनी आत्मकथा *आमच्या आयुष्यातील कही आठवणी* की रचना की, बल्कि अनेक पुस्तकों की समीक्षा भी लिखी।

हालाँकि रमाबाई न्यायमूर्ति महादेव गोविंद रानाडे जैसे महान समाज-सुधारक की पत्नी थीं, लेकिन अपने विद्वान और विख्यात पति के व्यक्तित्व के आगे उनकी अपनी प्रभा मंद होने के बजाय और निखरी। ज़स्टिस रानाडे की मृत्यु के बाद उनके व्याख्यानों का संकलन रमाबाई की देख-रेख में ही प्रकाशित हुआ। यह अलग बात है कि रमाबाई रानाडे ने ख़ुद को अपने पति की छाया क़रार देते हुए अपनी हर उपलब्धि का श्रेय उन्हीं को दिया। रैडिकल समाज-सुधारों के आलोचक बाल गंगाधार तिलक जैसे नेता रमाबाई के इस रवैये के बड़े प्रशंसक थे।

रमाबाई रानाडे (1862–1924)

रमाबाई रानाडे ने स्त्री-अधिकारों का संघर्ष अपने तरीक़े चलाया। उन्होंने महिलाओं के लिए अनिवार्य प्राथमिक शिक्षा के आंदोलन में हिस्सा लिया। 1921–1922 में उन्होंने महिलाओं को मतदान का अधिकार दिलाने के लिए हुए आंदोलन में सक्रिय हिस्सेदारी की। उनके अनुसार यह केवल महिलाओं के मतदान के अधिकार की लड़ाई नहीं थी, बल्कि राजनीतिक सुधारों की प्रक्रिया में महिलाओं को पुरुषों के बराबर प्रतिनिधित्व दिलाने का संघर्ष था। आज उन्हें भारतीय नारीवाद की पुरोधाओं की उस पंक्ति में सम्मान के साथ स्थान दिया जाता है जिसके शीर्ष पर पण्डिता रमाबाई सरस्वती और आनंदीबाई जोशी जैसी हस्तियों के ऐतिहासिक योगदान दर्ज हैं।

रमाबाई रानाडे का जन्म यमुना कार्लेकर के नाम से महाराष्ट्र के सतारा ज़िले के एक ब्राह्मण परिवार में हुआ था। उन्हें प्राथमिक शिक्षा भी नहीं दी गयी जो उस समय के हिसाब से भी हैरत की बात थी। महाराष्ट्र के ब्राह्मण परिवारों में लड़कियों को कम से कम प्राथमिक शिक्षा देने का चलन हो चुका था। रमाबाई को शिक्षा से वंचित रखने के पीछे सामाजिक नहीं बल्कि अंधविश्वासों से भरा हुआ पारिवारिक माहौल था। उनके परिवार की एक महिला में धार्मिक पुस्तकें और धार्मिक छंद पढ़ने की योग्यता थी। उसके पति का निधन होने के ज़िम्मेदारी घर वालों ने उस महिला के शिक्षित होने पर मढ़ दी। कहा गया कि इस कारण से ही उसके पति का असमय निधन हुआ है। इसके बाद से रमाबाई रानाडे के पितृ-परिवार में महिलाओं की शिक्षा के बारे में सोचना तक पाप समझा जाने लगा।

यह वही दौर था जब पुणे में अपने समय के प्रख्यात समाज सुधारक न्यायमूर्ति रानाडे के समाज-सुधारों से महाराष्ट्रीय समाज को एक नया उछाल मिल रहा था। रानाडे विधवा विवाह के ज़बरदस्त समर्थक थे। जब उनकी पत्नी का देहांत हुआ तो न्यायमूर्ति के कई मित्रों ने उनसे आग्रह किया कि अब वे किसी विधवा से विवाह करके समाज-सुधार की व्यक्तिगत मिसाल पेश करें। यह देख कर रानाडे के पिता को भय सताने लगा कि उनका पुत्र किसी विधवा से विवाह न कर ले। उधर रमाबाई के पिता भी अपनी 'बड़ी' हो रही कन्या के लिए सुयोग्य वर की तलाश कर रहे थे। वैवाहिक संबंधों की पारस्परिक तलाश के परिणामस्वरूप 1873 में एक 11 वर्षीय बालिका-वधू रमाबाई और 32 वर्षीय विधुर न्यायाधीश रानाडे का विवाह हुआ। पिता के दबाव में हुए इस विवाह से न्यायाधीश खिन्न थे क्योंकि वे तो किसी विधवा से विवाह करना चाहते थे। बालिका-वधू की मनोदशा भी बहुत अच्छी नहीं थी क्योंकि विदाई के समय रमाबाई के पिता ने उन्हें अच्छा ख़ासा भाषण पिला कर अपने नये घर में संयम और सहन-शक्ति के साथ रहने की हिदायत दी थी। रमाबाई को पिता की तरफ़ से हिदायत मिली थी कि वे ससुराल में अपने साथ घट रही पारिवारिक परेशानियों का दुखड़ा पति के सामने कभी न रोयें।

जस्टिस रानाडे ने अपनी नव-विवाहिता पत्नी की परीक्षा लेने के उद्देश्य से पूछा कि वे (रानाडे) कौन हैं और उनका नाम क्या है? अबोध बालिका ने उनका पूरा नाम और परिचय दे दिया। उस समय की परम्परा के मुताबिक़ भारतीय पत्नी अपने पति का नाम ज़ुबान पर नहीं लाती थी। लेकिन रमाबाई को इस बारे कुछ पता नहीं था। वैसे इस वार्तालाप से महादेव रानाडे को अपनी पत्नी के बुद्धिमान होने का विश्वास हो गया। उन्होंने रमाबाई को पढ़ाने का संकल्प लिया। न्यायाधीश रानाडे रमाबाई को घर पर स्वयं ही पढ़ाते थे। उनके संयुक्त परिवार की अन्य महिलाओं ने महिला शिक्षा के इस पूर्णत: निजी अभियान का तीव्र विरोध किया। रमाबाई ने अपनी आत्मकथा में लिखा है, 'घर की नौ महिलाओं ने मेरे ख़िलाफ़ एक मोर्चा बना लिया था। शाम को मेरी पढ़ाई घर की पहली मंजिल पर होती। मराठी सीखने-पढ़ने मे मुझे सबसे ज़्यादा परेशानी कविता पढ़ने में होती। इसलिए नहीं कि

मैं मराठी पढ़ नहीं सकती थी, बल्कि इसलिए कि यदि मैं धीमे स्वर में पढ़ती तो वे (रानाडे) नाराज़ हो जाते और यदि उच्च स्वर में पढ़ती तो अन्य महिलाएँ, जो कान लगा कर मेरी बातें सुनती थीं, अगले दिन सुबह मेरे उच्चारण और पाठ करने की विधि का मज़ाक उड़ातीं।'

सौभाग्यवश बालिका रमाबाई रानाडे जितनी दृढ़ निश्चयी थीं, उसके पति भी अपनी पत्नी की शिक्षा के लिए उतने ही दृढ संकल्पी थे। मराठी के बाद जब अंग्रेज़ी सीखने की शुरुआत हुई तो रमाबाई को नयी मुश्किलों का सामना करना पड़ा। पहली मंज़िल के अपने कमरे से नीचे उतर कर घर की दूसरी महिलाओं के सामने आने में भी उन्हें बहुत डर लगता था। रमाबाई का अंग्रेज़ी सीखना बाक़ी महिलाओं को बिल्कुल नागवार लगा था। इतनी छोटी उम्र में भी रमाबाई इतनी समझदार थीं कि उन्होंने संयुक्त परिवार के भारी विरोध के बीच पत्नी की शिक्षा के लिए अत्यंत महत्त्वाकांक्षी पति के अनुशासन के साथ बाक़ी सारे पारिवारिक कार्यों के बावजूद भी पढ़ाई को निर्बाध चलाये रखा। संयोग से बाद में महादेव रानाडे का तबादला पुणे से नासिक हो गया। संयुक्त परिवार के पुणे में ही छूट जाने के बाद रमाबाई के अध्ययन का मार्ग प्रशस्त हुआ।

1881 में मुंबई आने के बाद से न्यायमूर्ति रानाडे प्रार्थना समाज की बैठकों में सपत्नीक उपस्थित होने लगे। यहाँ पर रमाबाई ने महिलाओं को प्रोत्साहन देने के लिए आयोजित की गयी प्रार्थना समाज की बैठकों में भाषण देना शुरू किया। न्यायमूर्ति रानाडे ने उस समय की प्रख्यात विदुषी पण्डिता रमाबाई को व्याख्यान देने के लिए अपने घर पर बुलाया। बाद में आर्य महिला समाज की स्थापना और संचालन में रमाबाई ने अपनी नामराशि पण्डिता को भरपूर सहयोग दिया। रमाबाई रानाडे ने 1894 में हिंदू महिला सामाजिक क्लब की स्थापना की ताकि स्त्रियों को पढ़ने-पढ़ाने व सिलाई-बिनाई सिखायी जा सके। 1901 में न्यायमूर्ति रानाडे के निधन के बाद रमाबाई ने स्वयं को सभी सामाजिक गतिविधियों से अलग कर लिया।

1904 में विभिन्न सामाजिक संगठनों के नेताओं ने भारतीय महिला सम्मेलन की स्थापना करने का निर्णय लिया और रमाबाई रानाडे से इसका अध्यक्ष पद स्वीकार करने का आग्रह किया। इसी वर्ष उन्हें यरवदा जेल का अधीक्षक भी नियुक्त किया गया जहाँ दौरान रमाबाई ने महिला क़ैदियों और उनके बच्चों को समुचित सुविधाएँ देने के कई प्रयास किये। 1908 में एक पारसी समाज सुधारक मलबारी और गिडूमल ने रमाबाई रानाडे से प्रेरणा लेकर मुम्बई में सेवा सदन की स्थापना की। उन्होंने सर्वसम्मति से रमाबाई को इस संस्था का आजीवन सलाहकार और अध्यक्ष चुना। रमाबाई का हिंदू महिलाओं का क्लब पुणे में पहले से ही काम कर रहा था। 1909 में सेवासदन की एक शाखा ने पुणे में काम शुरू किया। इस संस्था का उद्देश्य महिलाओं में आपसी सहयोग बढ़ाना और शिक्षा के माध्यम से उनके व्यक्तित्व का विकास करते हुए उन्हें सामाजिक कार्यों के लिए प्रेरित करना था।

उस दौर के भारत में असंख्य महिलाओं की असमय मृत्यु का एकमात्र कारण महिला डॉक्टरों और प्रशिक्षित नर्सों की कमी थी। इसलिए रमाबाई ने सेवासदन के माध्यम से 1911 में नर्सिंग और प्रसूति की शिक्षा देना शुरू किया। आरम्भ में जिन महिलाओं ने इस शिक्षा के लिए तत्परता दिखाई, उनके लिए अंग्रेज़ी भाषा में प्रशिक्षण असम्भव था। संस्थान ने यह पाठ्यक्रम मराठी में तैयार किया। परम्पराओं और रूढ़िवादी विचारों के कारण इन महिलाओं को पुरुष रोगियों का उपचार करने में बहुत हिचक थी। इस हिचक को तोड़ने के लिए रमाबाई रानाडे ने उन नर्सों से पुरुष रोगी को अपने पिता और भाई जैसा मान कर उपचार करने को कहा। रमाबाई ने यह सुनिश्चित किया कि हर रोगी का समुचित उपचार व सम्पूर्ण देखभाल हो, चाहे वह किसी भी जाति, पंथ, धर्म या वर्ग का हो। वहाँ काम करने वाली महिलाओं ने तो इस समतावादी दर्शन को स्वीकार कर लिया लेकिन इन महिलाओं के घर वालों ने जात-धर्म-वर्ग भेद भुलाने के दण्ड में उन्हें घर से निष्कासित कर दिया। इसी कारण से रमाबाई रानाडे ने अपने ही घर में एक महिला छात्रावास भी शुरू कर दिया। नर्सिंग और प्रसूति सीखने वाली प्रारम्भिक बारह लड़कियों में से 11 विधवाएँ थीं। अपने जीवन-काल में रमाबाई रानाडे ने सेवासदन के माध्यम से हज़ारों में महिलाओं को नर्स के रूप में प्रशिक्षित किया। नव-प्रसूताओं और नवजात शिशुओं के स्वास्थ्य की देखभाल में सेवासदन को पूरे महाराष्ट्र में अग्रणी माना जाता था।

देखें : अरुणा आसफ़ अली, आनंदीबाई जोशी, उपनिवेशवाद विरोधी आंदोलन में स्त्री-नेतृत्व-1 और 2, कमला देवी चट्टोपाध्याय, दलित-नारीवाद, दुर्गाबाई देशमुख, पण्डिता रमाबाई सरस्वती, महाराष्ट्र में सुधारणा-1 से 5 तक, महादेवी वर्मा, संतोष कुमारी देवी।

संदर्भ

1. रमाबाई रानाडे (1901), *आमच्या आयुष्यातील कही आठवणी,* वरदा ,पुणे.
2. रमाबाई रानाडे (1963), *रानाडे : हिज़ वाइफ़ रेमिनिंसेस,* प्रकाशन विभाग, सूचना एवं प्रसारण मंत्रालय, भारत सरकार.
3. शेफ़ाली चंद्रा (2012), *द सेक्शुअल लाइफ़ ऑफ़ इंग्लिश : लैंग्वेजेज़ ऑफ़ कास्ट ऐंड डिजायर इन कोलोनियल इण्डिया,* ड्यूक युनिवर्सिटी प्रेस, डरहम, यूएसए.
4. पद्मा अंगोल (2006), *द ऐमर्जेन्स ऑफ़ फ़ेमिनिज़्म इन इण्डिया,* (1850-1920), ऐशगेट पब्लिकेशंस, यूके.

— रवि दत्त वाजपेयी

रमेश चंद्र दत्त

(Ramesh Chunder Dutt)

भारतीय राष्ट्रवाद के पुरोधाओं में से एक रमेश चंद्र दत्त (1848-1909) का आर्थिक विचारों के इतिहास में प्रमुख स्थान है। दादाभाई नौरोज़ी और मेजर बी.डी. बसु के साथ दत्त तीसरे आर्थिक चिंतक थे जिन्होंने औपनिवेशिक शासन के तहत भारतीय अर्थव्यवस्था को हुए नुक़सान के प्रामाणिक विवरण पेश किये और विख्यात 'ड्रेन थियरी' का प्रतिपादन किया। इसका मतलब यह था कि अंग्रेज़ अपने लाभ के लिए निरंतर निर्यात थोपने और अनावश्यक अधिभार वसूलने के ज़रिये भारतीय अर्थव्यवस्था को निचोड़ रहे हैं। अपने गहन अनुसंधान और विश्लेषण से दत्त ने दिखाया कि ब्रिटिश शासन न केवल भारत की भौतिक स्थिति सुधारने में विफल रहा, बल्कि उसके काल में भारत का वि-उद्योगीकरण हुआ। ब्रिटिश आर्थिक नीति के परिणामस्वरूप भारत के दस्तकारी उत्पादन में ज़बरदस्त गिरावट आयी और उसकी भरपाई के रूप में औद्योगिक उत्पादन में बढ़ोतरी नहीं हुई। न ही भारतीय उद्योगों को किसी भी तरह का संरक्षण प्रदान किया गया। नतीजे के तौर पर भारतीय अर्थव्यवस्था पहले से कहीं ज़्यादा खेती पर निर्भर होने के लिए मजबूर हो गयी। भारतीय समाज का देहातीकरण होता चला गया। दत्त का कहना था कि ब्रिटिश उपनिवेशवाद के कथित रचनात्मक क़दमों से भी भारत को लाभ नहीं हुआ। अंग्रेज़ों द्वारा शुरू किये गये रेल-परिवहन के कारण पारम्परिक परिवहन सेवाएँ मारी गयीं और ट्रेनों का इस्तेमाल ब्रिटिश कारख़ानों में बने माल की ढुलाई के लिए होता रहा। दत्त का निष्कर्ष था कि भारतीय अर्थव्यवस्था अविकसित नहीं है, बल्कि उसका विकास अवरुद्ध कर दिया गया है। उनके द्वारा लिखा गया इतिहास विद्वानों के एक हिस्से में प्रचलित उस मार्क्सवादी धारणा को झुठलाता है जिसके मुताबिक़ ब्रिटिश उपनिवेशवाद की भूमिका अनभिप्रेत रूप से प्रगतिशील ठहरायी जाती है।

रमेश चंद्र दत्त का जन्म 1848 में कोलकाता के एक ऐसे परिवार में हुआ था जिसने ईस्ट इण्डिया कम्पनी के तहत व्यापार करके काफ़ी सम्पत्ति अर्जित की थी। 1869 में वे आईसीएस बने और 1882 में बंगाल के विभिन्न ज़िलों में प्रशासनिक कामकाज देखते रहे। 1883 में ज़िला मजिस्ट्रेट बनने के बाद 1894 में बर्दवान ज़िले के डिप्टी कमिश्नर नियुक्त किये गये। उन्नीसवीं सदी में इतने बड़े पद पर पहुँचने वाले वे पहले भारतीय थे। 1897 में उन्होंने आईसीएस से अवकाश ग्रहण किया और 1904 तक की अवधि युरोप में गुज़ारी। वे लंदन के युनिवर्सिटी कॉलेज में इतिहास के प्रोफ़ेसर भी रहे। 1899 में भारतीय राष्ट्रीय कांग्रेस के लखनऊ अधिवेशन ने उन्हें अपना अध्यक्ष निर्वाचित किया।

ब्रिटिश आर्थिक नीति के दुष्परिणामों पर प्रकाश डालने के अलावा आर्थिक विचारों के विकास में दत्त का दूसरा प्रमुख योगदान यह था कि उन्होंने अर्थव्यवस्था में सरकारी हस्तक्षेप की सीमा निर्धारित करने की वकालत की। यह सिफ़ारिश उन्होंने बीसवीं सदी की शुरुआत में एक ऐसे समय में की जब अन्य भारतीय अर्थशास्त्री आर्थिक जीवन में सरकार के हस्तक्षेप को कम करने की माँग कर रहे थे। दत्त का कहना था कि सरकार को निजी पहलक़दमी घटाने वाले हस्तक्षेपों से बचना चाहिए, लेकिन ख़ास परिस्थितियों में दख़लअंदाज़ी के लिए तैयार रहना चाहिए ताकि अस्थाई क़िस्म के संकटों से बचते हुए हितों का टकराव टाला जा सके। यथार्थ का आकलन करने की दत्त की पद्धति भी उस ज़माने के हिसाब से अलग तरह की थी। वास्तविकता के अनेक कारणों में एक को प्रमुख और दूसरों को उसका प्रभाव मान कर चलने के बजाय दत्त ने आर्थिक और राजनीतिक तथ्यों की परस्पर निर्भरता की अवधारणा विकसित की। उनकी मान्यता थी कि समाज के तंत्र में हर चीज़ एक-दूसरे पर निर्भर है, परस्पर जुड़ी हुई है इसलिए संतुलन बिगाड़ने जैसा कोई भी काम नहीं करना चाहिए। लेकिन, साथ में दत्त यह भी समझते थे कि संतुलन हमेशा एक जैसा नहीं रहता है। वह लगातार बदलता रहता है। इसलिए सरकार को हस्तक्षेप करते समय की फ़ौरी स्थिति की अंतर्निहित गतिशीलता पर अपना ध्यान केंद्रित करना चाहिए, वरना उसके हस्तक्षेपकारी क़दमों का परिणाम विपरीत भी निकल सकता है।

अर्थशास्त्र पर दत्त की रचनाओं का प्रकाशन 1900 से शुरू हुआ। उनकी पहली पुस्तक थी भारत में पड़ने वाले अकालों का अध्ययन करने वाली *फ़ेमिंस ऐंड लैण्ड एसेसमेंट इन इण्डिया* जिसकी सराहना रूसी अराजकतावादी दार्शनिक प्रिंस क्रोपाटकिन ने भी की थी। उनकी इस कृति से ज़ाहिर था कि वे भारतीय किसान की जीवन-स्थितियों में कितनी दिलचस्पी रखते हैं और उनका आर्थिक चिंतन किस तरह से उसकी स्थिति सुधारने पर केंद्रित है। दत्त ने सवाल उठाया कि 1858 के बाद से चालीस साल की अवधि में भारत की जनता को दस भीषण अकालों का सामना क्यों करना पड़ा? उन्होंने पूछा कि इस दौरान हुकूमत ईस्ट इण्डिया कम्पनी के बजाय सम्राज्ञी के हाथ में थी। इस दौरान आम तौर पर शांति रही और केवल एक ही युद्ध हुआ। हुकूमत के पास प्रशिक्षित प्रशासक थे जिन्हें भारतीय परिस्थितियों का पर्याप्त अनुभव था। ज़मीन उपजाऊ थी, किसान उद्यमी और किफ़ायतशार थे। ऐसी अनुकूल परिस्थितियों के बावजूद ऐसा क्यों हुआ कि इन अकालों के दौरान क़रीब डेढ़ करोड़ लोग भूख के शिकार

हो कर जान से हाथ से धो बैठे?

दत्त यह मानने के लिए तैयार नहीं हुए कि अकालों का कारण आबादी में तेज़ रफ़्तार से हुई बढ़ोतरी है या भारत के किसान लापरवाह, काहिल और फ़िज़ूलख़र्च हैं। उन्होंने यह भी स्वीकार नहीं किया कि किसानों का सूदखोर महाजनों के शिकंजे में फँसा होना अकाल का कारण हो सकता है। दत्त ने अपने अध्ययन में दिखाया कि भारत में आबादी बढ़ने की रफ़्तार इंग्लैण्ड के मुक़ाबले न केवल हमेशा कम रही, बल्कि उनके अध्ययन से पहले के दस वर्षों में इस देश की आबादी में बढ़ोतरी रुक ही गयी थी। दत्त के अनुसार भारत से ज़्यादा परिश्रमी और कम ख़र्च में गुज़र-बसर करने वाले किसान दुनिया में और कहीं नहीं हैं। उन्होंने अकाल के कारणों की जाँच करने वाले आयोगों की रपटों का हवाला देते हुए कहा कि सरकारी राजस्व की कठोरतापूर्वक वसूली के कारण ही किसानों को महाजनों पर निर्भर होना पड़ता है। अंग्रेज़ सरकार को आईना दिखाते हुए दत्त ने प्रदर्शित किया कि अकाल के बावजूद ऐसा कोई साल नहीं था जब सारी फ़सलें चौपट हो गयी हों। सरकारी गोदामों में अनाज हमेशा भरा रहा। एक प्रांत में अगर फ़सल ख़राब हो गयी हो, तो दूसरे प्रांत में फ़सल अच्छी हुई। खेती का विस्तार हुआ है, वह सघन भी हुई है, पहले के मुक़ाबले पैदावार भी बढ़ी है, खेतिहर उपज की क़ीमतें भी बढ़ी हैं, पर इसके बाद भी किसानों की हालत लगातार ख़राब होती गयी है। इसके लिए दत्त ने ब्रिटिश नीतियों को ज़िम्मेदार ठहराया।

रमेश चंद्र दत्त (1848-1909)

1902 में दत्त के महान ग्रंथ द *इकॉनॉमिक हिस्ट्री ऑफ़ ब्रिटिश इण्डिया* का पहला खण्ड प्रकाशित हुआ। इसे ब्रिटिश हुक़ूमत पर लिखे गये सबसे बेहतरीन ग्रंथ की संज्ञा दी जाती है। इसमें 1757 में अंग्रेज़ों की सत्ता की स्थापना से लेकर सम्राज्ञी की हुक़ूमत लागू होने तक का आर्थिक इतिहास पेश किया गया था। इसमें ईस्ट इण्डिया कम्पनी के तहत अपनायी गयी खेती और भूमि बंदोबस्त संबंधी नीतियों, व्यापार और कारख़ाना उत्पादन संबंधी नीतियों के साथ-साथ वित्त और प्रशासन संबंधी नीतियों का विश्लेषणात्मक विवरण था। पुस्तक के ब्रिटिश समीक्षकों ने भी इसकी निष्पक्षता और गहराई का लोहा माना। 1904 में इस महाग्रंथ का दूसरा खण्ड प्रकाशित हुआ। उन्होंने प्रामाणिक तथ्यों के आधार पर दावा किया कि ब्रिटिश शासन के प्रारम्भिक वर्षों में अपनायी गयी स्वार्थपूर्ण नीतियाँ भारतीय उद्योगों के पतन के लिए ज़िम्मेदार रही हैं।

दत्त ने भारत में ग़रीबी के कारणों पर प्रकाश डालते हुए साबित किया कि अंग्रेज़ों की नीति के कारण देशी उद्योग और हस्तकलाओं को तबाह हो जाना पड़ा। लाखों लोग बेरोज़गार हो गये जिससे जीवन-यापन के लिए उनके सामने खेती के अलावा कोई और चारा नहीं रह गया। इस तरह खेती के भरोसे जीवित रहने वालों की संख्या हद से ज़्यादा बढ़ गयी और सभी के रहन-सहन का स्तर गिर गया। इसके साथ-साथ अंग्रेज़ भारत पर हुक़ूमत करने के लिए भारी धन ख़र्चते रहे जिसका मुल्क को कोई फ़ायदा नहीं पहुँचा। राजकोषीय नीति और भू-राजस्व प्रणाली कुछ इस तरह की बनायी गयी कि किसान के पास सिर्फ़ ज़िंदा बचे रहने लायक संसाधन ही रह गये। दत्त के पास इन समस्याओं का इलाज करने का नुस्ख़ा भी था। उन्होंने सिफ़ारिश की कि भारतीय मिल उद्योग से उत्पादन शुल्क हटा लिया जाए, नीची दरों के नरम लगान के अलावा बाक़ी सभी टैक्सों से किसानों को छुटकारा दिया जाए, इंग्लैण्ड में होने वाले फ़ौजी और शाही ख़र्च भारत से नहीं वसूले जाने चाहिए और भारत में भी फ़ौजी ख़र्च घटाये जाने चाहिए।

दत्त ने जैसे ही ये सुझाव दिये, ब्रिटिश हुक़ूमत और उसके हिमायतियों ने उनकी चौतरफ़ा आलोचना शुरू कर दी। उनके तथ्यों और विश्लेषण को ख़ारिज करने की कोशिश की गयी। ध्यान रहे कि दत्त इण्डियन सिविल सर्विसेज़ के वरिष्ठ अधिकारी थे और ब्रिटिश शासन की सेवा करने के दायित्व से बँधे हुए थे। लेकिन, अपनी बात पर जमे रह कर उन्होंने अपने विरोधियों के साथ बहस की और सरकार से लगातार अनुरोध किया कि वह भारत की आर्थिक दशा में सुधार के लिए नीतियाँ बदले।

आर्थिक इतिहासकार के अलावा रमेश चंद्र दत्त एक प्रतिभाशाली और कुशल सांस्कृतिक इतिहासकार भी थे। बंगीय साहित्य परिषद् के संस्थापक अध्यक्ष रहने के साथ-साथ उन्होंने *महाभारत* और *रामायण* का अंग्रेज़ी में संक्षिप्त कव्यानुवाद भी किया। संस्कृत साहित्य के प्रमाणों के आधार पर दत्त ने भारत की प्राचीन सभ्यता के इतिहास की रचना भी की। उनका निधन 1909 में हुआ।

देखें : आनंद केंटिश कुमारस्वामी, आर्य-अवधारणा, आर्थर लेवेलिन बाशम, एडवर्ड विलियम सईद, काशी प्रसाद जायसवाल, बिपन चंद्र-1 और 2, भारतीय इतिहास-लेखन-1 से 4 तक, दामोदर धर्मानंद कोसम्बी-1 और 2, प्राच्यवाद, रमेश चंद्र मजूमदार, रणजीत गुहा, रामकृष्ण गोपाल भण्डारकर, रामशरण शर्मा, रोमिला थापर, वासुदेव

शरण अग्रवाल, पांडुरंग वामन काणे, विश्वनाथ काशीनाथ राजवाड़े, सखाराम गणेश देउस्कर, सामंतवाद : एक बहस।

संदर्भ

1. मीनाक्षी मुखर्जी (2009), ऐन *इण्डियन फ़ॉर आल सीज़ंस : द मेनी लाइव्ज़ ऑफ़ आर.सी. दत्त,* पेंगुइन, नयी दिल्ली.
2. पॉलिन रूल (1977), *द परसूट ऑफ़ प्रोग्रेस : अ स्टडी ऑफ़ इंटलेक्चुअल डिवेलपमेंट ऑफ़ रमेश चंद्र दत्त, 1848-1888,* एडीशंस इण्डियन, कोलकाता.
3. पी.के. गोपालकृष्णन (1980), *भारत में अर्थशास्त्र संबंधी विचारों का विकास,* पीपुल्स पब्लिशिंग हाउस, नयी दिल्ली.
4. जे.एन.बी. गुप्त (1911), *लाइफ़ ऐंड वर्क ऑफ़ रमेश चंद्र दत्त,* जे.एम. डेंट ऐंड संज़, लंदन.

— अभय कुमार दुबे

रमेश चंद्र मजूमदार

(Rumesh Chandra Majumdar)

राष्ट्रवादी इतिहास-लेखन के महत्त्वपूर्ण हस्ताक्षर रमेश चंद्र मजूमदार (1884-1980) आधुनिक, मध्यकाल तथा प्राचीन भारतीय इतिहास एवं संस्कृति विषयक अध्ययन के साथ-साथ दक्षिण-पूर्व एशियाई इतिहास एवं संस्कृति पर शोध करने वाले एकमात्र इतिहासकार थे। जर्मन, फ्रेंच, डच भाषाओं पर अतिरिक्त महारत ने रमेश चंद्र मजूमदार को दक्षिण और दक्षिण-पूर्व एशिया के इतिहास और संस्कृति की तथ्यगत पेचीदगियाँ सुलझाने में सहूलियत दी। दक्षिण-पूर्व एशिया के भारतीयकृत राज्यों का विर्णन हिंदू उपनिवेश के तौर पर करने के कारण रमेश चंद्र मजूमदार पर उपनिवेशवादी होने का आरोप लगाया जाता है। इस आरोप पर एच.बी. सरकार का कहना है कि दसवीं सदी में जब इस्लाम इस क्षेत्र में एक राजनीतिक या सांस्कृतिक शक्ति के रूप में नहीं उभरा था तब भारतीय लेखन, कला, साहित्य, विधि-ग्रंथ, राज-काज, राजाओं के देवत्वीकरण के सैद्धांतिक ढाँचे के साथ-साथ भारतीय धर्म, सामाजिक व्यवस्था, कला और स्थापत्य के बिना तत्कालीन दक्षिण-पूर्व एशिया की कल्पना भी नहीं की जा सकती थी। दक्षिण-पूर्व एशिया पर मजूमदार प्रदत्त अवदान पर जी. कोएडेस ने इसी तरह के तर्कों के साथ लिखा है कि कैसे दक्षिण-पूर्व एशिया में भारत के योगदान का ज़िक्र महज़ इसलिए आवश्यक हो जाता है कि सभ्यता वहाँ भारत के ज़रिये ही पहुँची थी। भारत के बिना इस क्षेत्र का अतीत अज्ञात रहता और सम्भवत: दक्षिण-पूर्व एशिया के बारे में भी हम उतना ही जान पाते जितना न्यू गिनी या ऑस्ट्रेलिया के अतीत के बारे में जानते हैं। इन अर्थों में एच.बी. सरकार यह नहीं मानते कि राजनीतिक प्रभुत्व की बजाय सांस्कृतिक उपनिवेश के अर्थ में मजूमदार द्वारा उपनिवेश पद का प्रयोग अनुचित है।

रमेश चंद्र मजूमदार का जन्म 4 दिसंबर, 1884 को वर्तमान बांग्लादेश के फ़रीदपुर ज़िले के खंदारपाड़ा गाँव में हुआ था। मजूमदार ने *आंध्रा कृषाण एज* नाम से शोध प्रबंध लिखा। 91 साल की अवस्था में 12 फ़रवरी, 1980 को उनका निधन हुआ। उनकी विद्वत्ता की स्मृति में आर.सी मजूमदार इंस्टिट्यूट ऑफ़ हिस्टोरिकल रिसर्च की स्थापना हुई और 1981 में डी.सी. सरकार के सम्पादकत्व में इसी नाम के जर्नल की शुरुआत भी की गयी। अपनी रचना *द सिपॉय म्युटिनी इन द रिवोल्ट ऑफ़ 1857* में मजूमदार ने भारतीय इतिहास की इस घटना को राष्ट्रीय स्वतंत्रता संग्राम मानने से इनकार करते हुए सिपाही विद्रोह की संज्ञा दी। मजूमदार का कहना था कि 1857-58 की विभीषिका और रक्तपात भारत में स्वतंत्रता आंदोलन की प्रसव पीड़ा के बजाय मध्यकाल के जीर्ण-शीर्ण अभिजन और सामंतवाद के विघटन की प्रक्रिया की तरफ़ इशारा था। मजूमदार ने दिखाया कि कैसे राष्ट्रीय, राजनीतिक और धार्मिक कारणों के बजाय भौतिक लाभ की आशाओं से प्रेरित होकर सिपाहियों ने इस विद्रोह को अंजाम दिया। लेकिन इस तरह के मूल्यांकन के बावजूद शक्तिशाली ब्रिटिश सत्ता के लिए चुनौती का प्रतीक मानते हुए मजूमदार ने 1857 की इस घटना के अप्रत्यक्ष और परवर्ती महत्त्व से इनकार नहीं किया और माना कि राष्ट्रीय स्वतंत्रता संग्राम की सारी गरिमा 1857 की इस घटना में अंतर्भूत थी। भारतीय स्वतंत्रता संग्राम के इतिहास-लेखन के लिए गठित समिति के निदेशक के तौर पर 1857 की घटना को महज़ सिपाही विद्रोह मानने की वजह से तत्कालीन शिक्षा मंत्री अबुल कलाम आज़ाद से मतभेदों के चलते मजूमदार उस समिति से अलग हो गये। यह कृति उन मतभेदों का ही परिणाम थी।

मजूमदार ने भारतीय स्वतंत्रता संघर्ष का मूल अंग्रेज़ी शिक्षा से लैस भारतीय मध्यवर्ग को माना और बताया कि इसकी पहली उपस्थिति 1905 के बंग-भंग आंदोलन से हुई। मजूमदार के भारतीय स्वतंत्रता संघर्ष संबंधी विचारों का विस्तृत प्रतिबिम्बन *हिस्ट्री ऑफ़ द फ्रीडम मूवमेंट ऑफ़ इण्डिया* में हुआ। रमेश चंद्र मजूमदार ने ग्यारह खण्डों में भारतीय संस्कृति और इतिहास पर व्यापक संकल्पना, विस्तार और प्रस्तुति के साथ *हिस्ट्री ऐंड कल्चर ऑफ़ द इण्डियन पीपुल* का सम्पादन किया। इसके कृति के चौथे खण्ड में दिल्ली सल्तनत के दौरान हिंदू-मुसलिम संबंधों पर लिखते हुए मजूमदार ने दोनों समुदायों के बीच कभी न समाप्त होने वाले वैमनस्य को रेखांकित करते हुए दर्शाया कि कैसे पीढ़ियों की नज़दीकी के बावजूद दोनों समुदायों के आपसी संबंध बहुत छिछले थे। मजूमदार का कहना था कि इस्लाम में

निहित समानता और बंधुत्व ने जातिप्रथा एवं अस्पृश्यता के रूप में हिंदू सामाजिक जड़ीभूत चेतना पर कोई प्रभाव नहीं डाला। न ही सहिष्णुता और सर्वधर्म समभाव की हिंदू भावना ने मुसलमानों पर कोई प्रभाव डाला। मजूमदार ने यह भी बताया कि सल्तनत युग में मुसलमानों ने हिंदू मंदिरों और देव प्रतिमाओं को नष्ट करने के उत्साह में कोई कमी नहीं आने दी। उनके लिए हिंदू महज़ एक जिम्मी था अर्थात् एक ऐसा मनुष्य जिसे मुसलिम राज्य द्वारा कुछ निश्चित सेवाएँ अर्पित करने और कुछ ख़ास राजनीतिक तथा नागरिक संदर्भों में अधिकार गँवाने की शर्तों पर संरक्षण प्रदान किया जाता था।

रमेश चंद्र मजूमदार द्वारा के.के. दत्त और एच.सी. रायचौधरी के साथ पुरातात्विक, मुद्राशास्त्रीय, भाषाशास्त्रीय, पुरालेखीय और साहित्यिक स्रोतों को आधार बनाकर लिखी गयी *ऐन एडवांस्ड हिस्ट्री ऑफ़ इण्डिया* (1946) में एक ओर पुरापाषण युग से शुरू हुए प्राचीन भारतीय इतिहास का लेखा-जोखा है, वहीं मध्यकाल और ब्रिटिश काल के सांस्थानिक, सामाजिक और आर्थिक विकास की ऐतिहासिक संकल्पनाओं और स्थापनाओं का भी विस्तृत वर्णन हुआ है।

1967 में दिये गये एक व्याख्यान में इतिहास-लेखन पर अपने विचार प्रस्तुत करते हुए मजूमदार ने ऐतिहासिक व्याख्या में व्यक्तिपरक सोच से इतर तथ्यों की महत्ता पर जोर दिया। उन्होंने किसी सिद्धांत के प्रतिपादन, किसी दर्शन अथवा विचारधारा की प्रस्तुति हेतु तथ्यों को हाशिये पर रखने से इनकार किया और कहा कि सत्य से विच्छिन्न इतिहास राष्ट्र की सहायता नहीं करता। इसलिए इतिहास का भविष्य छद्म के रेतीले धरातल की बजाय सत्य की स्थाई नींव पर टिका होना चाहिए।

देखें : आनंद केंटिश कुमारस्वामी, आर्य-अवधारणा, आर्थर लेवेलिन बाशम, काशी प्रसाद जायसवाल, बिपन चंद्र-1 और 2, भारतीय इतिहास-लेखन-1 से 4 तक, दामोदर धर्मानंद कोसम्बी-1 और 2, रमेश चंद्र दत्त, रमेश चंद्र मजूमदार, रणजीत गुहा, रामकृष्ण गोपाल भण्डारकर, रामशरण शर्मा, रोमिला थापर, वासुदेव शरण अग्रवाल, पांडुरंग वामन काणे, विश्वनाथ काशीनाथ रजवाड़े-1 और 2, सखाराम गणेश देउस्कर।

संदर्भ

1. एच.बी. सरकार (1982), 'आर.सी. मजूमदार ऐंड हिज़ वर्क ऑन साउथ ऐंड साउथ-ईस्ट एशिया : अ पैनोरमिक रिव्यू', द *जर्नल ऑफ़ इण्डियन हिस्ट्री,* डायमंड जुबली वॉल्यूम.
2. आर.सी. मजूमदार (सम्पा.)(1964), *हिस्ट्री ऐंड कल्चर ऑफ़ द इण्डियन पीपुल,* चार खण्ड, भारतीय विद्या भवन, मुम्बई.
3. आर.सी. मजूमदार (1967), *हिस्टोरिओग्राफ़ी इन मॉडर्न इण्डिया,* एशिया पब्लिशिंग हाउस, बंबई.
4. एस.पी. सेन (सम्पा.)(1973), *हिस्टोरियंस ऐंड हिस्टोरियोग्राफ़ी इन मॉडर्न इण्डिया,* इंस्टिट्यूट ऑफ़ हिस्टोरिकल स्टडीज़, कोलकाता.

— **निर्मल कुमार पाण्डेय**

रवींद्रनाथ ठाकुर

(Rabindranath Tagore)

रवींद्रनाथ ठाकुर (1861-1941) का साहित्यिक, सांस्कृतिक, कलात्मक और शिक्षा संबंधी योगदान ही उन्हें बीसवीं सदी की महानतम भारतीय हस्तियों में से एक का दर्ज़ा दिलाने के लिए पर्याप्त है। लेकिन राजनीतिक और सामाजिक विचारक के रूप में भी उनकी यात्रा इतनी सघन और अपूर्व है कि उसके स्पर्श के बिना भारत की आधुनिक अस्मिता की कल्पना भी नहीं की जा सकती। 'विश्व-कवि' और 'गुरुदेव' की उपाधियों से विभूषित एशिया के पहले नोबेल पुरस्कार विजेता के विचारों में ऐसे विकल्पों की पेशकश है जिनके आधार पर हम अपने अतीत को समझ कर भविष्य के साथ उसका रिश्ता तय कर सकते हैं। आजकल छोटी पहचानों और लघु परम्पराओं की अक्सर चर्चा होती है। इन विचारों और दावेदारियों के सूत्र रवींद्रनाथ के चिंतन में स्पष्ट रूप से दिखाई देते हैं। आधुनिक रहते हुए आधुनिकता की सकारात्मक आलोचना करने वाले विचारक के रूप में रवींद्रनाथ का चिंतन अपने युग की उत्तर-आधुनिकता का प्रतिनिधित्व करता है।

विख्यात समाज-मनोविद् आशिस नंदी के अनुसार रवींद्रनाथ अपने युग के 'असहमतों के बीच असहमत' थे। उनकी मान्यता थी कि एक नयी, विवेकसम्पन्न और सेकुलर सार्वभौमिकता द्वारा अंग्रेज़ी राज की औपनिवेशिकता की जगह लेने का राष्ट्रवादी सपना कभी साकार नहीं होगा। जब तक भारत की सांस्कृतिक विरासत और नाना प्रकार की जीवन-शैलियों के आधार पर साम्राज्यवाद विरोधी आंदोलन को एक सर्वथा नये विचार से अनुप्राणित नहीं किया जायेगा तब तक आज़ाद भारत का स्वप्न अधूरा ही रहेगा।

रवींद्रनाथ एक ऐसे संक्रमणकालीन समय में सक्रिय रहे जब उपनिवेशवाद के संसर्ग से भारतीय समाज आधुनिक बनते हुए राष्ट्रीय स्वतंत्रता के लिए राजनीतिक संघर्ष कर रहा था। उन परिस्थितियों में देशभक्ति, राष्ट्रवाद और साम्राज्यवाद विरोध के विचार एक-दूसरे के पर्यायवाची समझे जाते थे। सभी उपनिवेशकालीन भारतीय चिंतकों में सम्भवत: केवल रवींद्रनाथ के पास ही ऐसी दृष्टि थी जिसके ज़रिये उन्होंने इन तीनों प्रत्ययों में फ़र्क़ किया। अंग्रेज़ों का विरोध करते हुए भी उन्होंने 'स्वदेश-चिंता' की पृथक धारा का सूत्रीकरण करते हुए राष्ट्रवादी आंदोलन की गाँधीवादी प्रविधियों की आलोचना की। गाँधी की तरह उन्होंने भी पश्चिमी सभ्यता को आड़े हाथों लिया, पर आधुनिकता के मुक्तिकामी आयामों से नाता नाता तोड़ने के लिए तैयार नहीं हुए। वे युरोपीय पुनर्जागरण समेत युरोप की शास्त्रीय परम्पराओं की मदद भी लेना चाहते

रवींद्रनाथ ठाकुर (1861-1941)

थे, और भारत की अपनी लोक-परम्पराओं और ज़मीन से फूटने वाली जन-परम्पराओं पर भी निर्भर रहना चाहते थे। विरोधाभास यह है कि राष्ट्रवाद को भौगोलिक राक्षस कह कर नये भारत के लिए त्याज्य घोषित करने वाले इस महाकवि की दो रचनाएँ आज भी भारत (जन-गण-मन) और बांग्लादेश (आमार शोनार बांग्ला) के राष्ट्रगीत बने हुए हैं। विपिनचंद्र पाल जैसे विख्यात स्वतंत्रता सेनानी ने डंडाधारी ब्रिटिश पुलिस का सामना रवींद्रनाथ की कविताएँ गाते हुए ही किया था।

कोलकाता के एक पिराली ब्राह्मण कुल में जन्मे रवींद्रनाथ देवेंद्रनाथ और शारदा देवी की तेरह संतानों में से एक थे। माँ का बचपन में ही देहांत हो जाने और पिता की यायावरी के कारण उनका लालन-पालन अपने भव्य पैतृक भवन जोड़ासांको में नौकरों की देख-रेख में ही हुआ। आठ साल की उम्र से काव्य-रचना करने वाले रवींद्रनाथ ने अपनी आत्मकथा *जीवन स्मृति* में कुलीन बंगालियों के घरों में चलने वाली इस व्यवस्था को 'भृत्यरंजकतंत्र' की संज्ञा दे कर उसकी तुलना मध्ययुग में भारत पर हुकूमत करने वाले गुलाम वंश के हुक्मरानों से की है। क़ानून की पढ़ाई करने के लिए जब उन्हें इंग्लैण्ड भेजा गया तो वहाँ उन्हें औद्योगिक क्रांति का भद्दा चेहरा दिखा। उन्हें लगा कि वहाँ का साधारण व्यक्ति किस तरह बंजर जीवन गुज़ार रहा है और अंग्रेज़ स्त्रियों की जीवन-स्थितियाँ कितनी ख़राब हैं। इस अनुभव के बाद रवींद्रनाथ कभी पश्चिम के रुतबे में नहीं आये।

उन्नीसवीं सदी के बंगाली नवजागरण के दौरान हिंदू मेले के नवें संस्करण (1875) में भागीदारी करने के ज़रिये रवींद्रनाथ ने अपना सार्वजनिक जीवन शुरू किया। उस समय उनकी समझ इतनी विश्वजनीन नहीं थी, और वे न केवल मुसलमानों और ईसाइयों को मुख्यधारा से बाहर मानते थे, बल्कि उनकी निगाह में हिंदू धार्मिक खाँचे में न फ़िट हो पाने वाली लघु संस्कृतियाँ भी बहिष्कार योग्य थीं। रवींद्रनाथ की दृष्टि में व्यापकता तब आयी जब बीसवीं सदी की शुरुआत में उन्होंने उस बंगाल रिनेसाँ पुनर्जागरण को आलोचनात्मक नज़रिये से देखना शुरू किया जिसके आख़िरी आधारस्तम्भ वे स्वयं थे। उन्होंने 1901 में *नष्टनीड़* की रचना की (जिस पर सत्यजीत राय ने *चारुलता* जैसी क्लासिक फ़िल्म बनायी)। रवींद्रनाथ का विचार था कि नवजागरण का नेतृत्व करने वाला भद्रलोक अपने निजी और पारिवारिक जीवन में उन मूल्यों को उतारने में नाकाम रहा है जिनकी वह सार्वजनिक जीवन में वकालत करता था। नवजागरण के अग्रदूत राममोहन राय के प्रति निस्संकोच कृतज्ञताभाव होते हुए भी रवींद्रनाथ ने बंगाली प्रभुवर्ग के इस द्वैध को आँखों से ओझल नहीं होने दिया।

1905 के बाद उनका दृष्टिकोण सर्वसमावेशी होता चला गया। उनकी कहानियाँ और उपन्यास उनके राजनीतिक विचारों के वाहक बन गये। *घरे-बाइरे, चार अध्याय* और *गोरा* की रचना करके उन्होंने न केवल राजनीतिक आधुनिकता पर आधारित भविष्य-निर्माण की लोकप्रिय दावेदारियों की कड़ी जाँच-पड़ताल की, बल्कि सावरकर और राष्ट्रीय स्वयंसेवक संघ के आविर्भाव से बहुत पहले ही हिंदुत्ववादी राष्ट्रवाद के ख़तरों के प्रति सचेत कर दिया। 1919 में जलियाँवाला बाग़ हत्याकाण्ड के ख़िलाफ़ नाइटहुड की उपाधि त्यागते समय तक रवींद्रनाथ राजनीति के तत्कालीन रूपों को समाज परिवर्तन की दृष्टि से संदेह की निगाह से देख रहे थे। उनके विचारों से नाराज़ हो कर 1916 में सैन फ्रांसिस्को के एक होटल में एक भारतीय प्रवासी उनकी हत्या करने के मक़सद से गया, पर रवींद्रनाथ के साथ बहस में फँस जाने के कारण उसे अपना यह इरादा त्याग देना पड़ा। रवींद्रनाथ में अलोकप्रियता का ख़तरा उठा कर भी अपने विचार व्यक्त करने की दुर्लभ क्षमता थी। उन्होंने जापान में राष्ट्रवाद-प्रेमी श्रोताओं के सामने राष्ट्रवाद की आलोचना और सोवियत संघ में जाकर कम्युनिस्टों में क्षमाभाव की कमी रेखांकित करने की जुर्रत की। दूसरी तरफ़ सोवियत साम्यवाद के प्रति प्रशंसा-भाव के कारण अमेरिका में उनकी किताबों की बिक्री पर विपरीत असर पड़ा। इटली यात्रा के दौरान मुसोलिनी से उनकी मुलाक़ात ने भी उनके प्रशंसकों के बीच काफ़ी बेचैनियाँ पैदा कीं, हालाँकि उन्होंने कुछ समय बाद ही फ़ासीवाद की भर्त्सना करनी शुरू कर दी।

रवींद्रनाथ ने स्वदेशी आंदोलन में अपनी भागीदारी बीच में ही रोक दी थी और गाँधी के असहयोग आंदोलन से भी वे सहमत नहीं थे। पर इससे पहले और बाद में उनकी

यह प्रश्नाकुलता उन्हें राजनीति के प्रति उदासीन नहीं बना सकी। 1908 का पबना सम्बोधन, 1917 में कांग्रेस के खुले अधिवेशन में दिया गया भाषण, 1919 में नाइटहुड का परित्याग और 1931 में हिजली जेल के क़ैदियों पर चली गोली की सार्वजनिक भर्त्सना इसका प्रमाण है। वे उपनिवेशवाद विरोधी राष्ट्रवाद की राजनीतिक कार्रवाइयों का कभी छिपा और कभी खुला समर्थन करते रहे। हिंदू-जर्मन षड्यंत्र पर चले मुक़दमे और बाद के ब्योरे बताते हैं कि वे गदर पार्टी के क्रांतिकारियों से भी हमदर्दी रखते थे। सुभाष चंद्र बोस और रासबिहारी बोस के संदर्भ में राष्ट्रवादी उद्देश्यों के लिए उन्होंने जापानी प्रधानमंत्री तेरुआची मासाताके से समर्थन भी माँगा था। अपने समय की राजनीतिक स्थिति के प्रति वे हमेशा सचेत रहे। 'चित्त जेठा भयशून्यो' और 'एकला चलो रे' जैसी राजनीति-आवेशित रचनाओं ने उन्हें स्वतंत्रता सेनानियों के बीच काफ़ी लोकप्रियता दिलायी। गाँधी-आम्बेडकर विवाद के दौरान गाँधी का आमरण अनशन ख़त्म कराने में भी रवींद्रनाथ की उल्लेखनीय भूमिका रही।

राधारमण चक्रवर्ती ने रवींद्रनाथ के राजनीतिक व्यक्तित्व का भाष्य करते हुए लिखा है कि वे राजनीति को केवल राज्य के संदर्भ में और व्यक्ति से काट कर ग्रहण करने के लिए तैयार नहीं थे। समाज और राज्य को अलग-अलग देखने और समाज को प्राथमिकता देने का आग्रह उन्होंने कभी नहीं छोड़ा। यद्यपि रवींद्रनाथ आज़ाद भारत देखने के लिए जीवित नहीं रहे, पर हुमायूँ कबीर के मुताबिक़ भारतीय विदेश नीति को गुटनिरपेक्षता पर आधारित करने का विचार उन्हीं की देन था। अगर वे उपनिवेशवाद द्वारा भारत को थमाई गयी युरोकेंद्रीयता का प्रतिकार न करते तो एशिया और अफ़्रीका के साथ भारत के प्राचीन संबंधों को पुनर्जीवन न मिलता। रवींद्रनाथ को भारतीय संघवाद का आदि प्रणेता भी माना जाता है। बीसवीं सदी की शुरुआत में ही उन्होंने घोषित कर दिया था कि 'अगर ईश्वर चाहता तो सारे भारतवासियों को एक ही भाषा बोलने वाला बना सकता था ... भारत की एकता हमेशा से विविधता में एकता के उसूल पर निर्भर थी और रहेगी।'

रवींद्रनाथ का निधन लम्बी बीमारी के बाद कोलकाता के उसी ज़ोरासांको भवन में हुआ जिसमें उन्होंने अपना बचपन गुज़ारा था।

देखें : अरविंद घोष, उपनिवेशवाद विरोधी आंदोलन-1, 2 और 3, कुमारन् आशान्, गोवर्धन राम त्रिपाठी और गुजराती अस्मिता, फ़क़ीर मोहन सेनापति और ओडिया अस्मिता, बंकिम चंद्र चटर्जी, बंगाल का नवजागरण, भारतेंदु हरिश्चंद्र, भारतीय आधुनिकता, भारतीय नवजागरण : तुलनात्मक परिप्रेक्ष्य, महाराष्ट्र में सुधारणा-1 से 5 तक, मोहनदास करमचंद गाँधी-1 से 3 तक, राममोहन राय, युरोपीय पुनर्जागरण, विवेकानंद, हिंदी नवजागरण।

संदर्भ

1. राधारमण चक्रवर्ती (1986), 'टैगोर : पॉलिटिक्स ऐंड बियोंड', थॉमस पेंथम और केनेथ एल. ड्यूश (सम्पा.), *पॉलिटिकल थॉट इन मॉडर्न इण्डिया,* सेज, नयी दिल्ली,
2. आशिस नंदी (2005), *देशभक्ति बनाम राष्ट्रवाद : रवींद्रनाथ ठाकुर और इयत्ता की राजनीति,* अनुवाद : अभय कुमार दुबे, वाणी, नयी दिल्ली,
3. धूर्जटि प्रसाद मुखर्जी (1972), *टैगोर : ए स्टडी,* कोलकाता, 1972
4. हुमायूँ कबीर (1961), 'रवींद्रनाथ वाज़ नो ऑब्सकरंटिस्ट', *केलकटा म्युनिसिपल गज़ेट 1961,* रवींद्रनाथ जन्म शताब्दी अंक.
5. रवींद्रनाथ ठाकुर (2004), 'सभ्यता का संकट', शंभुनाथ (सम्पा.), *सामाजिक क्रांति के दस्तावेज,* भाग-1, वाणी, नयी दिल्ली,
6. रवींद्रनाथ ठाकुर (1985), *नैशनलज़िम* (1917), पुनर्मुद्रण, मद्रास : मैकमिलन,

— अभय कुमार दुबे

रंगभेद

(Apartheid)

दक्षिण अफ़्रीका में रहने वाले डच मूल के श्वेत नागरिकों की भाषा अफ़्रीकांस में एपार्थाइड का शाब्दिक अर्थ है, पार्थक्य या अलहदापन। यही अभिव्यक्ति कुख्यात रंगभेदी अर्थों में 1948 के बाद उस समय इस्तेमाल की जाने लगी जब दक्षिण अफ़्रीका में हुए चुनावों में वहाँ की नैशनल पार्टी ने जीत हासिल की और प्रधानमंत्री डी.एफ़. मलन के नेतृत्व में कालों के ख़िलाफ़ और श्वेतांगों के पक्ष में रंगभेदी नीतियों को क़ानूनी और संस्थागत जामा पहना दिया गया। नैशनल पार्टी अफ़्रीकानेर समूहों और गुटों का एक गठजोड़ थी जिसका मक़सद गोरों की नस्ली श्रेष्ठता के दम्भ पर आधारित नस्ली भेदभाव के कार्यक्रम पर अमल करना था। मलन द्वारा चुनाव के दौरान दिये गये नारे ने ही एपार्थाइड को रंगभेदी अर्थ प्रदान किये। रंगभेद के दार्शनिक और वैचारिक पक्षों के सूत्रीकरण की भूमिका बोअर (डच मूल) राष्ट्रवादी चिंतक हेनरिक वरवोर्ड ने निभायी। इसके बाद रंगभेद अगली आधी सदी तक दक्षिण अफ़्रीका के राजनीतिक, सामाजिक और आर्थिक जीवन पर छा गया। उसने अंतर्राष्ट्रीय संबंधों को भी प्रभावित किया। नब्बे के दशक में अफ़्रीकन नैशनल कांग्रेस और नेलसन मंडेला के नेतृत्व में बहुसंख्यक अश्वेतों का लोकतांत्रिक शासन स्थापित होने के साथ ही रंगभेद का अंत हो गया।

दक्षिण अफ़्रीका के संदर्भ में नस्ली भेदभाव का इतिहास बहुत पुराना है। इसकी शुरुआत डच उपनिवेशवादियों द्वारा कैप टाउन को अपने रिफ़्रेशमेंट स्टेशन के रूप में स्थापित करने से मानी जाती है। एशिया में उपनिवेश क़ायम करने के लिए डच उपनिवेशवादी इसी रास्ते से जाते थे। इसी दौरान इस क्षेत्र की अफ़्रीकी आबादी के बीच रहने वाले युरोपियनों ने ख़ुद को काले अफ़्रीकियों के हुक़्मरानों की तरह देखना शुरू किया। शासकों और शासितों के बीच श्रेष्ठता और निम्नता का भेद करने के लिए कालों को युरोपियनों से हाथ भर दूर रखने का आग्रह पनपना ज़रूरी था। परिस्थिति का विरोधाभास यह था कि गोरे युरोपियन मालिकों के जीवन में कालों की अंतरंग उपस्थिति भी थी। इसी अंतरंगता के परिणामस्वरूप एक मिली-जुली नस्ल की रचना हुई जो 'अश्वेत' कहलाए।

रंगभेद के ख़िलाफ़ करीब आधी सदी तक संघर्ष चला.

हालाँकि रंगभेदी क़ानून 1948 में बना, पर दक्षिण अफ़्रीका की गोरी सरकारें कालों के ख़िलाफ़ भेदभावपूर्ण रवैया अपनाना जारी रखे हुए थीं। कुल आबादी के तीन-चौथाई काले थे, और अर्थव्यवस्था उन्हीं के श्रम पर आधारित थी। लेकिन सारी सुविधाएँ मुट्ठी भर गोरे श्रमिकों को मिलती थीं। सत्तर फ़ीसदी ज़मीन भी गोरों के क़ब्ज़े के लिए सुरक्षित थी। इस भेदभाव ने उन्नीसवीं सदी में एक नया रूप ग्रहण कर लिया जब दक्षिण अफ़्रीका में सोने और हीरों के भण्डार होने की जानकारी मिली। ब्रिटिश और डच उपनिवेशवादियों के सामने स्पष्ट हो गया कि दक्षिण अफ़्रीका की ख़ानों पर क़ब्ज़ा करना कितना ज़रूरी है। सामाजिक और आर्थिक संघर्ष की व्याख्या आर्थिक पहलुओं की रोशनी में की जाने लगी। उन्नीसवीं सदी के उत्तरार्ध की दक्षिण अफ़्रीकी राजनीति का मुख्य संदर्भ यही था।

इसी दौर में ब्रिटेन ने अफ़्रीका महाद्वीप के दक्षिणी हिस्से में डच मूल के बोअर गणराज्यों के साथ महासंघ बनाने की विफल कोशिश की। इसके बाद दक्षिण अफ़्रीकी गणराज्य के मुक़ाबले अंग्रेज़ों को अपने पहले युद्ध में पराजय नसीब हुई। विटवाटर्सरैंड में जर्मन और ब्रिटिश पूँजी द्वारा संयुक्त रूप से किये जाने वाले सोने के खनन ने स्थिति को और गम्भीर कर दिया। ये पूँजीपति गणराज्य के राष्ट्रपति पॉल क्रूगर की नीतियों के दायरे में काम करने के लिए तैयार नहीं थे। उन्हें खनन में इस्तेमाल किये जाने वाले डायनामाइट पर टैक्स देना पड़ता था। क्रूगर का यह भी मानना था कि इन विदेशी ख़ान मालिकों और उनके खनिज कैम्पों के प्रदूषण से बोअर समाज को बचाया जाना चाहिए। उधर खनन में निवेश करने वाले और कैप कॉलोनी के प्रधानमंत्री रह चुके सेसिल रोड्स और उनके सहयोगियों का मक़सद ब्रिटिश प्रभाव का विस्तार करना था। इस प्रतियोगिता के गर्भ से जो युद्ध निकला उसे बोअर वार के नाम से जाना जाता है। 1899 से 1902 तक जारी रहे इस युद्ध के दोनों पक्ष रंगभेद समर्थक युरोपियन थे, लेकिन दोनों पक्षों की तोपों में चारे की तरह काले सिपाहियों को भरा जा रहा था। कालों और उनके राजनीतिक नेतृत्व को उम्मीद थी कि बोअर युद्ध का परिणाम उनके लिए राजनीतिक रियायतों में निकलेगा। पर ऐसा नहीं हुआ। अंग्रेज़ों और डचों ने बाद में आपस में संधि कर ली और मिल-जुल कर रंगभेदी शासन को क़ायम रखा।

1911 तक ब्रिटिश उपनिवेशवाद दक्षिण अफ़्रीका में पूरी तरह पराजित हो गया, लेकिन कालों को कोई इंसाफ़ नहीं मिला। 1912 में साउथ अफ़्रीकन यूनियन के गठन की प्रतिक्रिया में अफ़्रीकी नैशनल कांग्रेस (एएनसी) की स्थापना हुई जिसका मक़सद उदारतावाद, बहुसांस्कृतिकता और अहिंसा के उसूलों के आधार पर कालों की मुक्ति का संघर्ष चलाना था। मध्यवर्गीय पढ़े-लिखे कालों के हाथ में इस संगठन की बागडोर थी। इसे शुरू में कोई ख़ास लोकप्रियता नहीं मिली, पर चालीस के दशक में इसका आधार विस्तृत होना शुरू हुआ। एएनसी ने 1943 में अपनी युवा शाखा बनायी जिसका नेतृत्व नेलसन मंडेला और ओलिवल टाम्बो को मिला। यूथ लीग ने रैडिकल जन-कार्रवाई का कार्यक्रम लेते हुए वामपंथी रुझान अख़्तियार किया।

1948 में बने रंगभेदी क़ानून के पीछे समाजशास्त्र के प्रोफ़ेसर, सम्पादक और बोअर राष्ट्रवादी बुद्धिजीवी हेनरिक वरवोर्ड का दिमाग़ काम कर रहा था। वरवोर्ड अपना चुनाव हार चुके थे, पर उनकी बौद्धिक क्षमताओं का लाभ उठाने के लिए मलन ने उनके कंधों पर एक के बाद एक कई सरकारी ज़िम्मेदारियाँ डालीं। वरवोर्ड ने ही वह क़ानूनी ढाँचा तैयार किया जिसके आधार पर रंगभेदी राज्य का शीराज़ा खड़ा हुआ। इनमें सबसे ज़्यादा कुख्यात क़ानून अफ़्रीकी जनता के आवागमन पर पाबंदियाँ लगाने वाले थे। 1948 में रंगभेद के साथ प्रतिबद्ध नैशनल पार्टी के सत्तारूढ़ होने के साथ ही एएनसी ने इण्डियन कांग्रेस, कलर्ड पीपुल्स कांग्रेस और व्हाइट कांग्रेस ऑफ़ डैमोक्रेट्स के साथ गठजोड़ कर लिया। श्वेतों के इस समूह पर दक्षिण अफ़्रीकी कम्युनिस्ट पार्टी का

प्रभाव था जिसे सरकार ने प्रतिबंधित कर रखा था। 1955 में एएनसी ने फ्रीडम चार्टर पारित किया जिसमें सर्वसमावेशी राष्ट्रवाद के प्रति प्रतिबद्धता जारी की गयी। वरवोर्ड द्वारा तैयार किया गया एक और प्रावधान था 1953 का बानटू एजुकेशन एक्ट जिसके तहत अफ्रीकी जनता की शिक्षा पूरी तरह से वरवोर्ड के हाथों में चली गयी। इसी के बाद से अफ्रीकी शिक्षा प्रणाली रंगभेदी शासन के ख़िलाफ़ प्रतिरोध का केंद्र बनती चली गयी।

साठ के दशक में रंगभेदी सरकार ने अपना विरोध करने वाली राजनीतिक शक्तियों को प्रतिबंधित कर दिया, उनके नेता या तो गिरफ़्तार कर लिए गये या उन्हें जलावतन कर दिया गया। सत्तर के दशक में श्वेतों के बीच काम कर रहे उदारतावादियों ने भी रंगभेद के ख़िलाफ़ मोर्चा सँभाला और युवा अफ्रीकियों ने काली चेतना को बुलंद करने वाली विचारधारा के पक्ष में रुझान प्रदर्शित करने शुरू कर दिये। 1976 के सोवेतो विद्रोह से इन प्रवृत्तियों को और बल मिला। इसी दशक में अफ्रीका के दक्षिणी हिस्सों में गोरी हुकूमतों का पतन शुरू हुआ। धीरे-धीरे अंतर्राष्ट्रीय स्तर पर भी दक्षिण अफ्रीका की गोरी हुकूमत के साथ हमदर्दी रखने वालों को समझ में आने लगा कि रगंभेद को बहुत दिनों तक टिकाये रखना मुमकिन नहीं है। अंतर्राष्ट्रीय प्रतिबंधों का सिलसिला शुरू हुआ जिससे गोरी सरकार अलग-थलग पड़ती चली गयी। 1979 तक मजबूर हो कर उसे ब्लैक ट्रेड यूनियन को मान्यता देनी पड़ी और कालों के साथ किये जाने वाले छोटे-मोटे भेदभाव भी ख़त्म कर दिये गये। इससे एक साल पहले ही वरवोर्ड के राजनीतिक उत्तराधिकारी प्रधानमंत्री पी.डब्ल्यू. बोथा ने एक अभिव्यक्ति के रूप में 'एपार्थाइड' से पल्ला झाड़ लिया था।

1984 में हुए संवैधानिक सुधारों में जब बहुसंख्यक कालों को कोई जगह नहीं मिली तो बड़े पैमाने पर असंतोष फैला। दोनों पक्षों की तरफ़ से ज़बरदस्त हिंसा हुई। सरकार को आपातकाल लगाना पड़ा। अंतर्राष्ट्रीय समुदाय ने उस पर और प्रतिबंध लगाए। शीत युद्ध के खात्मे और नामीबिया की आज़ादी के बाद रंगभेदी सरकार पर पड़ने वाला दबाव असहनीय हो गया। गोरे मतदाता भी अब पूरी तरह से उसके साथ नहीं थे। डच मूल वाला कट्टर राष्ट्रवादी बोअर अफ्रीकानेर समुदाय भी वर्गीय विभाजनों के कारण अपनी पहले जैसी एकता खो चुका था। नैशनल पार्टी के भीतर दक्षिणपंथियों को अपेक्षाकृत उदार एफ़.डब्ल्यू. डि क्लार्क के लिए जगह छोड़नी पड़ी। क्लार्क ने नेलसन मंडेला और उनके साथियों को जेल से छोड़ा, राजनीतिक संगठनों से प्रतिबंध उठाया और 1992 तक रंगभेदी क़ानून ख़त्म कर दिये गये। बहुसंख्यक कालों को मताधिकार मिला। एएनसी अपना रैडिकल संघर्ष (जिसमें हथियारबंद लड़ाई भी शामिल थी) ख़त्म करने पर राजी हो गयी। सरकार और उसके बीच हुए समझौते के तहत 1994 में चुनाव हुआ जिसमें ज़बरदस्त जीत हासिल करके एएनसी ने सत्ता सँभाली और नेलसन मंडेला रंगभेद विहीन दक्षिण अफ्रीका के पहले राष्ट्रपति बने।

देखें : आदर्शवाद, आतंकवाद, अंतर्राष्ट्रीय मुद्रा कोष, इमैनुएल कांट, इतिहास का अंत, एडवर्ड हैलेट कार, जाति-संहार, पृथकतावाद, तृतीय विश्व, द्वितीय विश्व-युद्ध, नस्लवाद, नव-उपनिवेशवाद, निर्भरता सिद्धांत, निःशस्त्रीकरण, पेटेंट, प्रथम विश्व-युद्ध, प्रगति, बौद्धिक सम्पदा अधिकार, ब्रेटन वुड्स प्रणाली, भारत में पेटेंट क़ानून, उपनिवेशवाद, यथार्थवाद, युद्ध, युरोपीय यूनियन, रचनात्मकतावाद, राजनय, विश्व व्यापार संगठन, विश्व बैंक, विश्व-सरकार, वि-उपनिवेशीकरण, सभ्यताओं का संघर्ष, सम्प्रभुता, संयुक्त राष्ट्र, साम्राज्यवाद, शक्ति-संतुलन, शांति, शांतिवाद, शस्त्र-नियंत्रण, हथियारों की होड़।

संदर्भ

1. हरमन गिलिओमी और लारेंस श्लेमर (1989), *फ्रॉम एपार्थाइड टु नेशन बिल्डिंग,* ऑक्सफ़र्ड युनिवर्सिटी प्रेस, कैपटाउन.
2. पीटर वारविक (सम्पा.) (1980), *द साउथ अफ्रीकन वार : एंग्लो-बोअर वार, 1899 1902,* लोंगमेन, लंदन.
3. केविन शिलिंगटन (1987), *हिस्ट्री ऑफ़ साउथ अफ्रीका,* लोंगमेन ग्रुप, हांगकांग.

— अभय कुमार दुबे

राज कुमार तलवार

(Raj Kumar Talwar)

विख्यात बैंकर राज कुमार तलवार (1922-2002) को भारतीय लघु उद्योग क्षेत्र का मसीहा कहा जाता है। उन्होंने इम्पीरियल बैंक से स्टेट बैंक बने भारत के सबसे बड़े बैंक की शाही कार्यशैली को बदला। पहले यह बैंक सूददारों के साथ-साथ व्यक्तिगत सम्पर्कों के आधार पर आसानी से क़र्ज़ देता था। उसके स्थान पर तलवार ने बैंक के क़र्ज़ देने की प्रक्रिया को पारदर्शी बनाया और ऋण लेने वाली हर संस्था की वित्तीय अवस्था की भरपूर पड़ताल को अनिवार्य कर दिया। 1962 में जब स्टेट बैंक को लघु उद्योग क्षेत्र के लिए ऋण देने ज़िम्मेदारी मिली तो बैंक के शीर्ष प्रबंधन में इस काम के लिए कोई विशेष उत्साह नहीं था। लेकिन तलवार ने इस काम में बहुत दिलचस्पी दिखाई। वे उस समय तमिलनाडु में तैनात थे। उन्होंने लघु उद्योगों को बढ़ावा देने के लिए पूरे राज्य का दौरा किया और अपने अधिकारियों को इस योजना को हर हाल में सफल बनाने की हिदायतें दीं। आज यदि

तमिलनाडु देश के शीर्ष औद्योगिक राज्यों में से एक है तो इसमें तलवार का बड़ा योगदान है। आर.के. तलवार ने लघु उद्योगों को क़र्ज़ देने की संस्कृति को ही उलट दिया और ऋण देने की पद्धति को लेनदार की प्रतिभूति-जमानत पर नहीं बल्कि लेनदार की आवश्यकता पर आधारित करने की परम्परा डाली। तलवार का मानना था कि ऐसी हर आर्थिक गतिविधि, जिससे उपयोगी सामान या सेवा बन सके, को बैंक का आर्थिक संरक्षण मिलना चाहिए। वे स्टेट बैंक के सबसे युवा मुखिया थे। मुम्बई के स्टेट बैंक मुख्यालय की लिफ्ट लॉबी में तलवार ने लिखवाया था 'ईमानदारी सर्वोत्तम सुरक्षा है', लेकिन एक सरकारी मुलाज़िम होने के नाते अपनी इसी नीति के कारण तलवार का सरकारी तंत्र से टकराव होता रहा।

राज कुमार तलवार (1922-2002)

1967 में तलवार को केवल 47 साल की उम्र में स्टेट बैंक का प्रबंध निदेशक बनाया गया। तलवार से पहले केवल आईएएस या आईसीएस अधिकारी ही बैंक के मुखिया बनते थे। 1969 में बैंकों के राष्ट्रीयकरण के बाद स्टेट बैंक का भी सरकारीकरण हो गया। यह तलवार की दूरदृष्टि ही थी कि उन्होंने 1970 में स्टेट बैंक के संगठन की कायापलट के लिए विदेशी सलाहकार मेकिंज़ी के स्थान पर आईआईएम, अहमदाबाद के दो विशेषज्ञों का चुनाव करके उनसे ऐसे सुझाव देने को कहा जिनसे बैंक के शाखा प्रबंधक बैंक की मुख्यधारा से जुड़ सकें। तलवार के नेतृत्व ने भारतीय स्टेट बैंक के कर्मचारियों-अधिकारियों को उनकी विशिष्ट पहचान दिलायी। यह तलवार के ही प्रयासों का ही फल था कि इस बैंक के अधिकारियों को उच्चतम ईमानदारी एवं पेशेवर दक्षता के साथ ही उनकी प्रचुर योग्यता-क्षमता के लिए जाना गया। भारतीय रिज़र्व बैंक और भारत सरकार में यह आम धारणा थी कि बैंक अधिकारियों के किसी भी समूह में स्टेट बैंक के अधिकारियों को दूर से ही पहचाना जा सकता है। औद्योगिक संबंध मोर्चे पर तलवार ने लिपिक और अधिकारियों संघों के साथ द्विपक्षीय विचार-विमर्श के लिए सलाहकार निकायों की स्थापना की। टकराव की स्थिति से निबटने के लिए तलवार ने विवाद निपटान मण्डल जैसी व्यवस्था ईज़ाद की। 1975 में बैंकों में ग्राहक सेवा के लिए बनी तलवार समिति के सुझाव आज तक प्रासंगिक बने हुए हैं।

भारतीय स्टेट बैंक ने एक निजी सीमेंट कम्पनी को क़र्ज़ दिया। कम्पनी के कुप्रबंधन के चलते यह बीमार ऋण बन गया। क़र्ज़-उगाही के लिए बैंक ने कम्पनी के लिए एक पुनर्गठन पैकेज़ बनाया। इसमें सीमेंट कम्पनी मालिक, जो इसके अध्यक्ष-सीईओ भी थे, के स्थान पर किसी पेशेवर व्यक्ति की नियुक्ति का निर्देश दिया गया। अपने डूबते क़र्ज़ को बचाने हेतु यह किसी भी बैंक की साधारण प्रक्रिया लग सकती है। लेकिन इसमें दो असाधारण बातें थीं : पहली, यह 1976 का भारत था जब इमरजेंसी लगी हुई थी। और दूसरी यह कि सीमेंट कम्पनी का मालिक तत्कालीन प्रधानमंत्री के पुत्र संजय गाँधी का दोस्त था. संजय गाँधी के निर्देश पर वित्त मंत्री ने तलवार से कहा कि सीमेंट कम्पनी के प्रबंधन में बदलाव वाली शर्त निरस्त की जाए। तलवार ने पहले मामले का अध्ययन किया और फ़िर मंत्री को बताया कि यह शर्त नहीं हटेगी। मंत्री ने तलवार को नयी दिल्ली तलब किया और स्पष्ट कहा कि शर्त हटाने का आदेश राष्ट्र के सर्वोच्च अधिकारी ने दिया है। लेकिन तलवार अपने निर्णय पर अडिग रहे। संजय गाँधी ने तलवार को अपने दरबार में हाज़िर होने का फ़रमान भेजा तो तलवार ने संजय-दर्शन से इनकार करते हुए कहा कि संजय कोई संवैधानिक अधिकारी नहीं हैं। अब तलवार को हटाने की जुगत शुरू हुई। लेकिन स्टेट बैंक ऑफ़ इण्डिया एक्ट में इसके अध्यक्ष को पर्याप्त कारण बिना हटाना मुश्किल था। सरकारी तंत्र ने भारतीय स्टेट बैंक अधिनियम में संशोधन करवाया ताकि तलवार को बिना कारण बर्ख़ास्त किया जा सके। आपातकालीन संसद से पारित इस नये अधिनियम के बावजूद सरकार तलवार को बर्ख़ास्त करने की हिम्मत नहीं जुटा पायी। उन्हें 13 महीने के अवकाश पर जाने को कहा गया। 4 अगस्त 1976 में मात्र 54 वर्ष की आयु में आर.के. तलवार ने अपना पद त्याग दिया। आज तक भारतीय स्टेट बैंक अधिनियम के उस परिवर्तन को 'तलवार संशोधन' के नाम से जाना जाता है।

तलवार से संबंधित एक और घटना उल्लेखनीय है। रुस्तम सुहराब नागरवाला नामक एक पूर्व सेना कप्तान और खुफ़िया अधिकारी ने 24 मई, 1971 को स्टेट बैंक की संसद मार्ग शाखा में फ़ोन पर मुख्य ख़ज़ांची वेद प्रकाश मल्होत्रा को प्रधानमंत्री इंदिरा गाँधी की आवाज़ में उन्हें एक 'बांग्लादेशी' को 60 लाख रुपये देने का आदेश दिया। इस समय भारत-पाकिस्तान के बीच बांग्लादेश की सीमा पर युद्ध के आसार थे। ख़ज़ांची मलहोत्रा ने इस मौखिक निर्देश का पालन करने से पहले ठीक से जाँच पड़ताल नहीं की। जब तक मलहोत्रा को अपनी ग़लती का एहसास हुआ तब तक नागरवाला पैसे लेकर जा चुका था। तत्काल पुलिस कार्रवाई से नागरवाला गिरफ़्तार हुआ, अधिकतर पैसे भी मिल गये लेकिन इसके बाद अनेकों विवादों-षड्यंत्रों की अफ़वाहें चल पड़ीं कि

बहुत सा राजनीतिक-धन स्टेट बैंक में छुपा कर रखा गया है। 1977 में केंद्र में जनता पार्टी की सरकार बनने के बाद आपातकाल में ज़्यादतियों के शिकार लोगों का पुनरुद्धार किया गया, लेकिन इसमें तलवार का नाम नहीं था। काफ़ी दिनों बाद जब तलवार को एक बेहद मामूली पद देने का प्रस्ताव मिला तो उन्होंने प्रधानमंत्री मोरारजी देसाई से मिलने का समय माँगा। इस पूरी बैठक में मोरारजी देसाई ने तलवार पर नागरवाला काण्ड में पैसे के लेन-देन में भूमिका का दबाव बनाया। जिस दबाव का तलवार ने पूरी नम्रता, पर दृढ़ता से प्रतिकार किया। इस मुलाक़ात के बाद तलवार को देसाई सरकार के कार्यकाल में कोई काम नहीं मिला।

आईआईएम, कोलकाता के मैनेजमेंट सेंटर फ़ॉर ह्यूमन वैल्यूज़ ने 1997-2000 के बीच स्टेट बैंक के तीन हज़ार उच्चस्थ अधिकारियों से ह्यूमन वैल्यूज़ ऐंड विज़्डम लीडरशिप पर सेमिनार के दौरान जब पूछा तो बैंक के हर प्रतिभागी ने अपने आदर्श के रूप में आर.के. तलवार का नाम लिया। ज़ाहिर है कि नौकरी छोड़ने के 25 साल बाद भी तलवार अपने बैंक के लिए आदर्श बने हुए थे।

आर.के. तलवार का जन्म 3 जून, 1922 को झेलम, पंजाब (वर्तमान पाकिस्तान) में हुआ। उन्होंने कराची में दीवान दयाराम जेठामल सिंध कॉलेज से स्नातक की उपाधि प्राप्त की और इसके बाद गवर्नमेंट कॉलेज, लाहौर से गणित में स्नातकोतर उपाधि के साथ पंजाब विश्वविद्यालय में उच्चतम अंक लाने का नया कीर्तिमान स्थापित किया। 1943 में तलवार इम्पीरियल बैंक ऑफ़ इण्डिया में परिवीक्षाधीन अधिकारी के रूप शामिल हुए और सन् 1946 में प्रशिक्षण के समाप्ति के बाद उन्हें लाहौर में नियुक्त किया गया। अक्टूबर, 1946 में उनका शक्ति चोपड़ा से विवाह हुआ, विभाजन के दौरान लाहौर में हो रहे हिंसक दंगों से सुरक्षित रखने के लिए तलवार के मुसलमान दोस्तों ने उनकी पत्नी (जो उस समय गर्भवती थीं) को एक पाकिस्तानी सैन्य ट्रक से भारत भेज दिया। काफ़ी दिनों बाद तलवार अपने परिवार से मिल पाये। कोलकाता में उनकी नियुक्ति के साथ ही इम्पीरियल बैंक का राष्ट्रीयकरण हुआ जिसने न केवल तलवार के कॅरियर में उन्नति के द्वार खोले, बल्कि एक बैंकर के रूप में अपनी पहचान बनाने का अवसर भी दिया। तलवार महर्षि अरविंद और श्री माँ के अनन्य भक्त थे। सेवानिवृत्ति के बाद उनके पाण्डिचेरी आश्रम में रहने लगे। जब आश्रम में आंतरिक कलह बढ़ गयी तो वे पांडिचेरी में एक बहुत छोटे से घर में रहने लगे। उस समय वे एक साइकिल पर चलते थे। 2002 में पाण्डिचेरी में ही राज कुमार तलवार का निधन हुआ।

देखें : अब्दुल हमीद, आर.के. तलवार, इला भट्ट, एलाट्टुवलापिल श्रीधरन, कन्हैयालाल माणिकलाल मुंशी, कमला देवी चट्टोपाध्याय, गिजुभाई बधेका, पी.एस. वारियर, देवकी जैन, धोंडो केशव कर्वे, नीरा देसाई, भारतीय लोकतंत्र का संस्थानीकरण-1, 2 और 3, विक्रम साराभाई, वी.के.आर.वी. राव, विद्याबेन शाह, संस्था, संस्थान और संस्थानीकरण।

संदर्भ

1. ऐन वाग़ुल (2012), *आर.के.तलवार : वैल्यूज इन लीडरशिप*, श्रेनुज ऐंड कम्पनी लिमिटेड, मुम्बई.
2. सैमुअल पॉल (2012), *अ लाइफ़ ऐंड इट्स लेसंस : मैमॉयर्स*, पब्लिक अफ़ेयर्स सेंटर, बंगलुरु.
3. लास्जलो ज्सोल्नै (2004), *स्पिरिचुअलिटी ऐंड एथिक्स इन मैनेजमेंट (इश्यूज इन बिज़नेस एथिक्स)*, स्प्रिंगर, न्यूयॉर्क.
4. आर. नरसिम्हन (2005), *फ्रॉड्स इन बैंक्स*, इक्फ़ाई युनिवर्सिटी प्रेस, हैदराबाद.

— रवि दत्त वाजपेयी

राजकोषीय नीति / मौद्रिक नीति

(Fiscal Policy/Monetory Policy)

ऐसी कोई अर्थव्यवस्था नहीं है जो राजकोषीय नीति या मौद्रिक नीति के बिना चल सकती हो। पर बहस इस बात की है कि आर्थिक प्रबंधन के लिए दोनों में कौन सी नीति की भूमिका मुख्य होनी चाहिए। सरकारी निर्माण परियोजनाओं, जम कर टैक्स लगाने और आर्थिक जीवन में अन्य हस्तक्षेपों के ज़रिये माँग और रोज़गार बढ़ाने के पक्षधर राजकोषीय नीतियों के विवेकसम्मत इस्तेमाल को आर्थिक वृद्धि की चालक शक्ति मानते हैं। घाटे की अर्थव्यवस्था को यह विचार मुख्यत: कींसियन अर्थशास्त्र की देन है। यह रवैया राजकोषीय नीतियों को प्रमुखता प्रदान करता है। कींसियन अर्थशास्त्र का बोलबाला होने से पहले मौद्रिक नीति के ज़रिये आर्थिक प्रबंधन करने का चलन था। साठ के दशक में पश्चिमी अर्थव्यवस्थाएँ एक बार फिर मौद्रिक नीति को मुख्य उपकरण बनाने की तरफ़ झुकीं। उन्होंने कींसियन दृष्टिकोण की आलोचना की। मौद्रिक नीति के समर्थकों की मान्यता है कि टैक्स कम लगाने चाहिए और मौद्रिक नीति को सरकार के विवेक के भरोसे छोड़ने के बजाय कुछ निश्चित नियम-क़ानूनों के तहत चलाया जाना चाहिए। केवल इसी तरह से अर्थव्यवस्था का बेहतर प्रबंधन हो सकता है और राजकोषीय घाटे को नियंत्रण में रखा जा सकता है। अर्थशास्त्र की भाषा में इस विचार को मौद्रिकवाद या मोनेटरिज़्म की संज्ञा दी

जाती है।

मौद्रिक नीति का संचालन मुख्यत: अर्थव्यवस्था के केंद्रीय बैंक (जैसे भारत का रिज़र्व बैंक) द्वारा किया जाता है। यह बैंक तयशुदा समष्टिगत आर्थिक नीतियों के तहत सरकार के कहने पर भी क़दम उठाता है और सरकार से स्वतंत्र निर्णय भी लेता है। शुरू में मौद्रिक नीति आम तौर पर केवल ब्याज दरों में परिवर्तन और खुले बाज़ार के कामकाज के आधार पर ही चलती थी। बाद में मुद्रा बाज़ार का अनुभव और अन्य मौद्रिक उपकरणों के विकास के बाद मौद्रिक नीति का संचालन उत्तरोत्तर परिष्कृत होता चला गया। अमेरिका में गवर्नरों के फ़ेडरल रिज़र्व बोर्ड ने 1913 से ही आरक्षित मुद्रा की आवश्यकताओं और अर्थव्यवस्था में सकल मुद्रा की वृद्धि का जिम्मा सँभाल रखा है। बैंक ऑफ़ इंग्लैण्ड ने 1951 के बाद से मौद्रिक नीति के संबंध में कई तरह के प्रयोग किये हैं जिनमें उपभोक्ताओं को दिये जाने वाले ऋण के नियम निर्धारित करना, अर्थव्यवस्था में तरलता (नक़दी की मात्रा) को समग्र रूप से देखना और मौद्रिक आधार को नियंत्रित करना शामिल है।

अन्ना श्वार्ज़ (1915–2012)

मौद्रिक नीति निर्धारित लक्ष्यों के हिसाब से चलती है। जैसे, कितनी मुद्रास्फीति होनी चाहिए, ब्याज दरों का कौन सा स्तर उचित होगा, बेरोज़गारी घटाने का समष्टिगत उद्देश्य कैसे पूरा किया जाए, सकल घरेलू उत्पाद कैसे बढ़ाया जाए, अर्थव्यवस्था की दीर्घकाल तक कैसे स्थिर रखा जाए, वित्तीय क्षेत्र की स्थिरता के उपाय कैसे किये जाएँ, उत्पादन और दामों की स्थिरता कैसे क़ायम रखी जाए। मौद्रिकवाद के पैरोकार चाहते हैं कि सरकारी ख़र्च में कटौती की जाए और अर्थव्यवस्था पर लगे हुए नियंत्रण हटाये जाएँ। इनका दावा है कि अगर इतने महत्त्वपूर्ण लक्ष्यों को वेधने के लिए नीति के साथ अक्सर छेड़-छाड़ की जाएगी तो परिणामों की आकस्मिकता अस्थिरता पैदा कर सकती है। इसलिए ऐसे नियम बनाये जाने चाहिए कि सरकार न तो उधार ले सके और न ही बाज़ार में मनी की सप्लाई बढ़ा सके। इन अर्थशास्त्रियों को लगता है कि मौद्रिक नीति के संचालन में सरकार और राजनेताओं को कोई हस्तक्षेप नहीं करना चाहिए। लेकिन, ऐसा होना व्यावहारिक रूप से सम्भव नहीं होता। मोनेटरी पॉलिसी कमेटी के सदस्यों की नियुक्तियों के ज़रिये सरकार इस नीति को प्रभावित करती रहती है। सरकार नीतिगत उद्देश्यों में तब्दीली करके और समष्टिगत नीतियों को अपने हिसाब से बदल कर स्वतंत्र मौद्रिक नीति के आग्रह को पनपने नहीं देती।

मिल्टन फ्रीडमेन (1912–1906)

मौद्रिकवाद के मुख्य प्रणेता अमेरिकी अर्थशास्त्री मिल्टन फ्रीडमैन और उनकी साथी अन्ना श्वार्ज़ हैं। इन दोनों ने अर्थव्यवस्था में धन की मात्रा से संबंधित सिद्धांतों के आधार पर दीर्घावधि में होने वाली मनी सप्लाई और आर्थिक गतिविधियों के बीच संबंध का अध्ययन करके अपने निष्कर्ष निकाले हैं। लेकिन, जब मौद्रिकवाद के सिद्धांत अमेरिकी, ब्रिटिश और अन्य युरोपीय देशों में लागू किये गये तो कई तरह की दिक़्क़तें सामने आयीं। धनापूर्ति (मनी सप्लाई) को परिभाषित करना बहुत मुश्किल साबित हुआ। देखा गया कि अर्थव्यवस्था में धन की आपूर्ति का लक्ष्य बार-बार गड़बड़ा जाता है इसलिए हर बार नयी परिभाषा की ज़रूरत पड़ती है। धन के परिसंचरण और फैलाव की रफ़्तार उतनी स्थिर और निरंतर साबित नहीं हुई जितना पहले समझा जा रहा था।

राजकोषीय नीति का मतलब है सरकार अपने ख़जाने से क्या ख़र्च करना चाहती है और किस तरह के टैक्स लगा कर राजस्व हासिल करने की इच्छुक है। इसी नीति के साथ सरकार की ऋण नीति भी जुड़ी होती है ताकि अगर पर्याप्त राजस्व न प्राप्त होने की दशा में क़र्ज़ उगाहे जा सकें। राजकोषीय नीति के आधार पर तय किया जाता है कि राष्ट्रीय आमदनी का कितना प्रतिशत कराधान से उगाहा जाना चाहिए। इसी के साथ सवाल जुड़ा रहता है कि कम टैक्स लगा कर उद्यमशीलता को बढ़ावा दिया जाए या ज़्यादा टैक्स लगा कर लोकोपकारी परियोजनाएँ चलायी जाएँ जिससे आमदनी का समतामूलक पुनर्वितरण किया जा सके। राजकोषीय नीति का दूसरा सरोकार यह होता है कि टैक्स लगाये जाएँ तो किस प्रकार के। प्रत्यक्ष कर (जैसे आय कर) लगाये जाएँ या फिर बिक्री, माल और मूल्यवर्धन जैसे अप्रत्यक्ष कर लगाए जाएँ। अप्रत्यक्ष करों का प्रभाव सभी लोगों की आमदनी पर पड़ता है। वह राजकोषीय नीति तटस्थ समझी जाती है जिसके कारण एक समूह के उपभोग दूसरे की अपेक्षा प्रभावित नहीं होता।

राजकोषीय नीति युद्ध और शांति के समय भिन्न-भिन्न होती है। युद्ध के समय सेना पर होने वाले ख़र्च की भरपाई के लिए उतने ही टैक्स लगाने के बजाय लोभ यह

होता है कि ऋण लेकर काम चलाया जाए। दूसरी तरफ़ अगर सरकार के ऊपर काफ़ी क़र्ज लदा हुआ है तो शांतिकाल में वह लोकोपकारी योजनाएँ चलाने के लिए राजस्व की जुगाड़ करने के बजाय क़र्ज़ उतारने में धन ख़र्च करती नज़र आयेगी। राजकोषीय नीति के ज़रिये बुद्धिमान सरकारें राष्ट्रीय अर्थव्यवस्था को स्थिर करने की भूमिका निभा सकती हैं। मसलन, अगर मंदी का दौर चल रहा है तो सरकार कम टैक्स लगाने और अधिक ख़र्चे करने का फ़ैसला ले सकती है। तेज़ी के दौर में ज़्यादा टैक्स लगाये जा सकते हैं और ख़र्चा कम करके सार्वजनिक वित्त यानी सरकारी खज़ाने की हालत सुधारी जा सकती है।

राजकोषीय संघवाद इसी नीति का अंग है। इसके तहत राष्ट्रीय, प्रादेशिक और शहर के स्तर पर अलग-अलग कराधान और व्यय संबंधी नीतियाँ अपनायी जाती हैं।

देखें : अर्थ-विज्ञान का समाजशास्त्र, आर्थिक जनसांख्यिकी, अल्फ्रेड मार्शल, अमर्त्य कुमार सेन, अंतर्राष्ट्रीय मुद्रा कोष, आधार और अधिरचना, ऑस्कर रायज़ार्ड लांगे, ऐडम स्मिथ, करारोपण, कल्याणकारी अर्थशास्त्र, क्लासिकल अर्थशास्त्र, कार्ल हाइनरिख़ मार्क्स-3, कार्ल मेंगर, कींसियन अर्थशास्त्र, गुन्नार मिर्डाल, जोआन रॉबिंसन, जान कैनेथ गालब्रेथ, जॉन मैनार्ड कींस, जॉन स्टुअर्ट मिल, जोसेफ़ शुमपीटर, जैव विविधता, ट्रस्टीशिप, डेविड रिकार्डो, ढाँचागत समायोजन कार्यक्रम, थॉमस मन और वणिकवाद, थॉमस रॉबर्ट माल्थस, दक्षता, धन, नियोक्लासिकल अर्थशास्त्र, नीतिशास्त्र और अर्थशास्त्र, निकोलस काल्दोर, नियोजन, नियोजन : मार्क्सवादी विमर्श, पण्य, पण्य-पूजा, पेटेंट, पॉल सेमुअलसन, पियरो स्राफ़ा, पूँजी, प्रतियोगिता, फ्रांस्वा केस्ने और प्रकृतिवाद, फ्रेड्रिख़ वॉन हायक, बहुराष्ट्रीय निगम, बाज़ार, बाज़ार की विफलताएँ, बाज़ार-समाजवाद, बौद्धिक सम्पदा अधिकार, ब्रेटन वुड्स प्रणाली, भारत में बहुराष्ट्रीय निगम, भारत में नियोजन, भारत में पेटेंट क़ानून, भारत में शेयर संस्कृति, भूमण्डलीकरण और पूँजी बाज़ार, भूमण्डलीकरण और वित्तीय पूँजी, भूमण्डलीकरण और वित्तीय उपकरण, मार्क्सवादी अर्थशास्त्र, मिल्टन फ्रीडमैन, मूल्य, रॉबर्ट ओवेन, विलफ्रेडो परेटो, विश्व व्यापार संगठन, विश्व बैंक, विलियम पेटी, विलियम स्टेनली जेवंस, वैकासिक अर्थशास्त्र, शोषण, साइमन कुज़्नेत्स।

संदर्भ

1. ए. पीकॉक और जी.के. शॉ (1971), *द इकॉनॉमिक थियरी ऑफ़ फ़िश्कल पॉलिसी,* जॉर्ज एलेन और अनविन, लंदन.
2. पी. बोफिंगर (2001), *मोनेटरी पॉलिसी : गोल्स, इंस्टीट्यूशंस, स्ट्रैटजीज़ ऐंड इंस्ट्रूमेंट्स,* ऑक्सफ़र्ड युनिवर्सिटी प्रेस, ऑक्सफ़र्ड.
3. एम. ब्लॉग वग़ैरह (1995), *द क्वांटिटी थियरी ऑफ़ मनी फ्रॉम लॉक टू कींस ऐंड फ्रीडमैन,* एडवर्ड एलगर, एल्डरशॉट.
4. मिल्टन फ्रीडमैन (1968), 'रोल ऑफ़ मोनेटरी पॉलिसी', *अमेरिकन इकॉनॉमिक रिव्यू,* 58.

— अभय कुमार दुबे

राजस्थान

(Rajasthan)

राजस्थान भारत के पश्चिमी भाग में स्थित है। ब्रिटिश भारत में इसका अधिकांश हिस्सा रजवाड़ों के आधिपत्य में था और इसे राजपूताना के नाम से भी जाना जाता था। इसका गठन 1 नवम्बर, 1956 को हुआ था। राजस्थान की राजनीति नब्बे के दशक के बाद से मुख्यतः कांग्रेस और भारतीय जनता पार्टी के बीच द्वि-दलीय होड़ के आधार पर चलती है। यहाँ पिछड़ी जातियों का उभार बिहार या उत्तर प्रदेश की तरह नहीं हुआ है। यह ज़रूर है कि लोकतंत्रीकरण और आधुनिकीकरण के कारण यहाँ के दलित, पिछड़े और जनजातीय समुदाय में भी चेतना आयी है और अब ज़्यादा से ज़्यादा पिछड़े समूह राज्य के संसाधनों में अपना हिस्सा पाने की होड़ में शामिल हो गये हैं। इस संदर्भ में राजस्थान में पिछले दशकों में अनुसूचित जनजाति की श्रेणी में शामिल किये जाने की माँग को लेकर गुर्ज़रों द्वारा चलाया गया आंदोलन बहुत ही महत्त्वपूर्ण है। राजस्थान के बारे में यह एक दिलचस्प तथ्य है कि यहाँ की राजनीति पहले में जनसंघ और फिर भाजपा प्रभावी रही है लेकिन उग्र हिंदुत्व की राजनीति कभी हावी नहीं हुई। इस स्तर पर राजस्थान भाजपा की उदार और नरम हिंदूवादी राजनीति का प्रतिनिधित्व करता है। राजस्थान की चुनावी राजनीति समझने के लिए उसे 1952 से लेकर अभी तक तीन चरणों में बाँट कर देखा जा सकता है : पहला 1952 से 1977 तक का चरण, दूसरा, 1977 से 1990 तक का चरण और तीसरा 1990 से अब तक।

क्षेत्रफल के लिहाज़ से यह भारत का सबसे बड़ा राज्य है। राजपूताना और वर्तमान राजस्थान में मुख्य अंतर यह है कि इसमें अजमेर-मेरवारा प्रांत के कुछ हिस्सों को शामिल किया गया है और भौगोलिक रूप से राजपूताना के बाहर पड़ने वाले सुमेल-टप्पा क्षेत्र को मध्य प्रदेश में शामिल कर दिया गया। इस राज्य में भारत के रेगिस्तान का अधिकांश हिस्सा (थार मरुस्थल) आता है। राज्य की पश्चिमी सीमा पाकिस्तान से लगी हुई है, इसके दक्षिण-पश्चिम में गुजरात, दक्षिण-पूर्व में उत्तर प्रदेश, उत्तर-पूर्व में उत्तर प्रदेश और हरियाणा और उत्तर में पंजाब है। राजस्थान का क्षेत्रफल 3,42,269 वर्ग किमी है। 2011 की जनगणना के अनुसार राजस्थान की जनसंख्या 6,86,21,012 है और जनसंख्या घनत्व 220.25 प्रति वर्ग किमी है। इस हिसाब से यह भारत का आठवाँ सबसे बड़ा राज्य है। साक्षरता दर 68 प्रतिशत है और इस हिसाब से भारत में इसका स्थान बीसवाँ है। राजस्थान की विधायिका एकसदनीय है। विधानसभा में कुल 200 सदस्य होते हैं। यहाँ से लोकसभा के 25 और राज्यसभा के 10 सदस्य चुने जाते हैं। मारवाड़ी, राजस्थानी और हिंदी

राजस्थान : द्विदलीय राजनीतिक प्रतियोगिता

राजस्थान की अधिकारिक भाषाएँ हैं।

सामाजिक स्तर पर राजस्थान में बहुस्तरीय जाति व्यवस्था विद्यमान है। अनेक जातियाँ हैं लेकिन किसी भी एक जाति का बहुमत नहीं है। सिर्फ़ जाटों का फैलाव पूरे राज्य में मिलता है। विकासशील समाज अध्ययन पीठ (सीएसडीएस)ने 1931 में हुई जाति आधारित जनगणना के आधार पर विभिन्न जातियों का जनसंख्या में मौजूदा अनुपात निकाला है। इसके अनुसार अगड़ी जातियाँ राजस्थान की जनसंख्या का लगभग 20 प्रतिशत हैं, अन्य पिछड़ी जातियाँ लगभग 40 प्रतिशत, अनुसूचित जातियों का हिस्सा लगभग 17 प्रतिशत और जनजातियों का हिस्सा लगभग 13 प्रतिशत है। राजस्थान की जनसंख्या में मुसलिम 8.5 प्रतिशत और सिक्ख 1.4 प्रतिशत है।

समाजशास्त्रीय भाषा में राज्य के मुख्य सामाजिक समूहों को तीन भागों में विभाजित किया जा सकता है। पहला समूह राजपूत, ब्राह्मण, महाजन और कायस्थ समुदायों का है। इन्हें सामंती जातियाँ कहा जा सकता है। दूसरा समूह उभरती हुई भू-स्वामी कृषक जातियों का है जो कि पहले 'खालसा' या 'जागीर' ज़मीनों पर खेती किया करती थीं। 1950 में हुए भूमि सुधारों से इन्हें ज़मीन का मालिक़ाना हक मिला। इनमें जाट, बिश्नोई, यादव, डांगी, धाकड़, काछी, गुर्जर, सिरवी आदि प्रमुख हैं। राज्य के अलग-अलग क्षेत्रों में इनमें से विभिन्न जातियाँ जनसंख्यात्मक रूप से मज़बूत स्थिति में हैं जिससे चुनावी राजनीति में इनका महत्त्व बढ़ जाता है। तीसरा समूह उन जातियों का है जो पारम्परिक रूप से हस्तशिल्प और विभिन्न सेवाओं से जुड़ी हुई थीं। ये अपने सामाजिक-आर्थिक अस्तित्व के लिए सामंती जातियों पर निर्भर थीं। इनमें माली, कुम्हार, सुथार, चमार, बलाई, मेघवाल, रैगड़ आदि जातियों का उल्लेख किया जा सकता है। आजकल ये अन्य पिछड़ा वर्ग और अनुसूचित जाति की श्रेणी में शामिल हैं। इस तीसरे समूह में हम अनुसूचित जनजातियों को भी शामिल कर सकते हैं। ये राज्य की कुल जनसंख्या का लगभग 13 प्रतिशत है। इनमें भील, मीणा, सहरिया, गरासिया आदि प्रमुख हैं। वर्तमान में मीणा समुदाय को छोड़ कर बाक़ी अनुसूचित जनजातियों की स्थिति अच्छी नहीं है।

राजस्थान के पहले चरण की राजनीति में कांग्रेस का स्पष्ट दबदबा रहा। इस दौरान चुनावी राजनीति पर पूर्व राजनीतिक घरानों, जागीरों और उद्योगपतियों का स्पष्ट प्रभाव था। इनमें से कुछ ने कांग्रेस और कुछ ने पूर्व जनसंघ का समर्थन किया। विपक्षी दल के रूप में जनसंघ अन्य दलों की तुलना में ज़्यादा मज़बूत स्थिति में था। 1967 के चुनावों में दो चुनाव-पूर्व गठबंधन बने। एक ओर जनसंघ तथा स्वतंत्र पार्टी तथा दूसरी ओर संयुक्त सोशलिस्ट पार्टी और वामपंथ दलों का गठबंधन। इन गठबंधनों ने कांग्रेस को अच्छी टक्कर ली, लेकिन हरा पाने में नाकाम रहे।

राजस्थान के पहले मुख्यमंत्री हीरालाल शास्त्री (7 अप्रैल, 1949-5 जनवरी, 1951) थे। इस दौर की राजनीति की एक मुख्य विशेषता यह रही कि कांग्रेस पार्टी के नेता मोहनलाल सुखाड़िया एक लम्बे समय (13 नवम्बर, 1954 से 9 जुलाई, 1971) तक राज्य के मुख्यमंत्री रहे। इसके अलावा इस दौर में बरकतुल्लाह ख़ान (9 जुलाई, 1971 से 11 अगस्त, 1973) भी राज्य के मुख्यमंत्री बने जो राजस्थान के एकमात्र मुसलमान मुख्यमंत्री हैं। दूसरा चरण 1977 में हुए चुनावों में जनता पार्टी की लहर लेकर आया। कांग्रेस की ज़बरदस्त हार हुई। कांग्रेस के कुल 41 उम्मीदवार जीते, जबकि जनता पार्टी गठबंधन के 150 विधायक चुने गये। इस पूरे दौर में भैरो सिंह शेखावत राज्य के मुख्यमंत्री रहे। बहरहाल, यह सरकार स्थाई साबित नहीं हुई। 1980 में केंद्र में कांग्रेस की सरकार बन जाने पर राजस्थान की सरकार को बर्ख़ास्त कर दिया गया। इस समय तक जनता पार्टी टूट चुकी थी और जनसंघ भारतीय जनता पार्टी के रूप में सामने आ चुका था। नये चुनावों में कांग्रेस फिर से सत्ता में वापस आयी। उसे कुल 133 सीटों पर जीत मिली, जबकि मुख्य विपक्षी दल भाजपा को 33 सीटों पर ही जीत मिल सकी। 1985 के विधानसभा चुनावों में भी कांग्रेस को जीत मिली। इन चुनावों में इसे 112 सीटें मिलीं जबकि विपक्षी भाजपा को 59

सीटों पर जीत हासिल हुई। इन चुनावों में कांग्रेस को इंदिरा गांधी की हत्या के कारण उपजी सहानुभूति लहर का फ़ायदा मिला। यह बात लोकसभा चुनावों में ज़्यादा स्पष्ट रूप से सामने आयी जिसमें कांग्रेस को राज्य की सभी 25 सीटों पर जीत मिली।

बहरहाल, इस दौरान राज्य की राजनीति में कांग्रेस आलाकमान का दख़ल बहुत ज़्यादा बढ़ गया। नतीजा यह हुआ कि 1980 से 1990 के बीच राजस्थान में छह मुख्यमंत्रियों को बदला गया। अंतहीन गुटबाज़ी के कारण राज्य में कांग्रेस नेतृत्व दिशाहीन हो गया। भाजपा की स्थिति इससे अलग थी। राष्ट्रीय स्तर पर 1975 के बाद भाजपा ने उग्र हिंदुत्ववादी राजनीति का सहारा ले लिया था। लेकिन राजस्थान में इसके सबसे बड़े और राष्ट्रीय स्तर के नेता भैरों सिंह शेखावत की छवि एक उदार नेता की थी। इसके दो नतीजे हुए। एक तो भाजपा का प्रभाव तेज़ी से बढ़ा और दूसरा कुछ उत्तर और पश्चिमी राज्यों की तरह राजस्थान का साम्प्रदायिकीकरण नहीं हुआ। 1989 में लोकसभा चुनावों में राजस्थान में भाजपा और नवगठित जनता दल के गठबंधन ने सभी 25 सीटों पर क़ब्ज़ा कर लिया। 1990 में आयोजित विधानसभा चुनावों में भाजपा को 85, जनता दल को 55 और माकपा को एक विधानसभा क्षेत्र पर जीत मिली थी। दूसरी ओर कांग्रेस को सिर्फ़ 50 सीटों पर सफलता मिली।

1990 के बाद की राजनीति को राज्य की राजनीति का तीसरा चरण माना जा सकता है। इस चरण की ख़ास विशेषता यह रही कि इसमें राजस्थान की राजनीति दो दलों यानी कांग्रेस और भाजपा के बीच सिमटती चली गयी। 1989 के लोकसभा चुनावों और 1990 के विधानसभा चुनावों में जनता दल को अच्छी सफलता मिली थी। लेकिन इसके बाद इसकी स्थिति में बहुत गिरावट आयी और यह पूरी तरह से हाशिये पर चला गया। मसलन 1989 में लोकसभा चुनावों में जनता दल को 25.68 प्रतिशत वोट मिले थे, जो 2004 में चुनावों में घटकर 0.45 प्रतिशत रह गया। इसी तरह राज्य के कुछ क्षेत्रों में वामपंथी दलों का कुछ जनाधार था जिसमें लगातार गिरावट आयी। स्पष्टत: इस तीसरे चरण में राज्य की चुनावी राजनीति में दलीय प्रणाली के उस राजनीतिशास्त्रीय नियम को लागू किया जा सकता है जिसमें पार्टी-बहुल चुनावी व्यवस्था के द्विदलीय ध्रुवीकरण की बात कही गयी है। यह बात 1990 के बाद हुए विधानसभा चुनावों से पूरी तरह स्पष्ट है। इन चुनावों के बाद भैरों सिंह शेखावत के नेतृत्व में भाजपा-जनता दल गठबंधन की सरकार बनी। लेकिन 6 दिसम्बर, 1992 को बाबरी मसज़िद विध्वंस के बाद इस सरकार को बर्ख़ास्त कर दिया गया। 1993 में हुए चुनावों में भाजपा को 96 और कांग्रेस को 76 सीटें मिलीं। भाजपा ने निर्दलीय और कुछ छोटे दलों के विधायकों की मदद से अपनी सरकार बनायी। भैरों सिंह शेखावत राज्य के मुख्यमंत्री बने। इसके बाद राज्य के अगले तीन चुनावों में सत्ता में बारी-बारी से कांग्रेस और भाजपा की वापसी हुई। 1998 में कांग्रेस को 153 सीटें मिलीं, जबकि भाजपा को सिर्फ़ 33 सीटों पर संतोष करना पड़ा। इन चुनावों के बाद अशोक गहलोत राज्य के मुख्यमंत्री बने। इन चुनावों में भाजपा को 120 और कांग्रेस को 56 सीटें मिलीं। इस तरह, 2008 के चुनावों में कांग्रेस को जीत मिली। जीत का अंतर थोड़ा कम था। कांग्रेस को 96 और भाजपा को 78 सीटों पर जीत मिली और कांग्रेस ने निर्दलीय विधायकों की मदद से अपनी सरकार बनायी और एक बार फिर अशोक गहलोत मुख्यमंत्री बने।

इस बात में कोई संदेह नहीं है कि आज़ादी के बाद से राजस्थान की राजनीति में काफी बदलाव हुए हैं। यहाँ भी काफ़ी हद तक पिछड़ी जातियों का उभार हुआ है। लेकिन बिहार और उत्तर प्रदेश की तरह ज़्यादा उग्र रूप में सामने नहीं आया और इन राज्यों की तरह यहाँ ग़ैर-कांग्रेस, ग़ैर-भाजपा दलों का उभार नहीं हुआ। इसके बजाय, कांग्रेस और भाजपा के भीतर पिछड़े समूहों के नेताओं का दबदबा बढ़ा। खास तौर पर, कांग्रेस में पिछड़ी जाति के नेता अशोक गहलोत पार्टी के प्रमुख चेहरे के रूप में उभरे। इसी तरह राजस्थान में एक मज़बूत ग़ैर-कांग्रेसी दल के रूप में भाजपा का उभार हुआ। लेकिन यहाँ भाजपा ने अपनी उग्र हिंदुत्ववादी राजनीति नहीं चलायी। राजस्थान में कई समूह, ख़ास तौर पर गुज्जर ख़ुद को अनुसूचित जनजातियों में शामिल करने की माँग कर रहे हैं। यह इस बात का प्रमाण है कि विविध समूह राज्य द्वारा प्रदत्त अवसरों के बारे में जागरूक हुए हैं। स्पष्टत: राजस्थान की राजनीति सामाजिक बदलाव, सामंजस्य और टकराव की अनुपम मिसाल पेश करती है।

देखें : अरुणाचल प्रदेश, असम, आंध्र प्रदेश, उत्तर प्रदेश, उत्तराखण्ड, ओडीशा, कर्नाटक, केरल, गोवा, गुजरात, छत्तीसगढ़, जम्मू और कश्मीर, झाड़खण्ड, तमिलनाडु, त्रिपुरा, दिल्ली, नगालैंड, पंजाब, पश्चिम बंग, बिहार, मणिपुर, महाराष्ट्र, मध्य प्रदेश, मिज़ोरम, मेघालय, सिक्किम, हरियाणा।

संदर्भ

1. संजय लोढ़ा (2009), 'राजस्थान की चुनावी राजनीति की प्रकृति, विकास और निर्धारक तत्त्व', अरविंद मोहन (सम्पा.), *लोकतंत्र का नया लोक: चुनावी राजनीति में राज्यों का उभार*, भाग-2, वाणी प्रकाशन-लोकनीति-सीएसडीएस, नयी दिल्ली.
2. इकबाल नारायण और पी.सी. माथुर, 'अ थाउजेंड ईयर राज : राजपूत हिंदुइज़्म इन राजस्थान बिफ़ोर ऐंड आफ़्टर 1947', फ्रैंसीन फ्रैंकेल और एम.एस.ए. राव (सम्पा.), *डॉमिनेंस ऐंड स्टेट पॉवर इन मॉडर्न इण्डिया: डिक्लाइन ऑफ़ अ सोशल ऑर्डर*, ऑक्सफ़र्ड युनिवर्सिटी प्रेस, नयी दिल्ली.

— कमल नयन चौबे

राज्य-1

(मैकियावेली और हॉब्स)

(State-1)

राज्य आधुनिक विश्व की अनिवार्य सच्चाई है। दुनिया के अधिकांश लोग किसी-न-किसी राज्य के नागरिक हैं। जो लोग किसी राज्य के नागरिक नहीं हैं, उनके लिए वर्तमान विश्व व्यवस्था में अपना अस्तित्व बचाये रखना काफ़ी कठिन है। असल में, राज्य शब्द का उपयोग तीन अलग-अलग तरीक़े से किया जा सकता है। पहला, इसे एक ऐतिहासिक सत्ता माना जा सकता है; दूसरा इसे एक दार्शनिक विचार अर्थात् मानवीय समाज के स्थाई रूप के तौर पर देखा जा सकता है; और तीसरा, इसे एक आधुनिक परिघटना के रूप में देखा जा सकता है। यह आवश्यक नहीं है कि इन सभी अर्थों का एक-दूसरे से टकराव ही हो। असल में, इनके बीच का अंतर सावधानी से समझने की आवश्यकता है। वैचारिक स्तर पर राज्य को मार्क्सवाद, नारीवाद और अराजकतावाद आदि से चुनौती मिली है। लेकिन अभी राज्य से परे किसी अन्य मज़बूत इकाई की खोज नहीं हो पायी है। राज्य अभी भी प्रासंगिक है और दिनों-दिन मज़बूत होता जा रहा है।

कई राजनीतिक दार्शनिकों की मान्यता है कि सबसे पहले निकोलो मैकियावेली के लेखन में आधुनिक अर्थों में राज्य के प्रयोग को देखा जा सकता है। 1532 में प्रकाशित अपनी विख्यात रचना द *प्रिंस* में उन्होंने स्टेटो (या राज्य) शब्द का प्रयोग भू-क्षेत्रीय सम्प्रभु सरकार का वर्णन करने के लिए किया। मैकियावेली की एक अन्य रचना द *डिस्कोर्सिज़* की विषय-वस्तु अलग है, लेकिन बुनियादी वैचारिक आधार उसका भी द *प्रिंस* जैसा ही है। मैकियावेली के अनुसार राजशाही में केवल प्रिंस ही स्वाधीन है, पर गणराज्य में हर व्यक्ति प्रिंस है। उसे अपनी सुरक्षा, स्वतंत्रता और सम्पत्ति बचाने के लिए वैसे ही कौशल अपनाने का अधिकार है। मैकियावेली के अनुसार गणराज्य में प्रिंस जैसी ख़ूबियों को सामूहिक रूप से विकसित करने की ज़रूरत है, और ये ख़ूबियाँ मित्रता और परोपकार जैसे पारम्परिक सद्गुणों के आधार पर नहीं विकसित हो सकतीं। गणराज्य में हर व्यक्ति नाम और नामा हासिल करने के मक़सद से दूसरे के साथ खुले मंच पर सहयोग करेगा। मैकियावेली मानते थे कि राजशाही के मुक़ाबले गणराज्य अधिक नफ़ासत से काम कर सकेगा, उसमें प्रतिरक्षा की अधिक क्षमता होगी और वह युद्ध के ज़रिये अपनी सीमाओं का अधिक कुशलता से विस्तार कर सकेगा। मैकियावेली के अनुसार यह सब करने की प्रक्रिया में ही शक्तिशाली, अदम्य और आत्म-निर्भर व्यक्तियों की रचना हो सकेगी।

ऐसे गणराज्यों को निरंकुशता में बदलने से कैसे रोका जा सकेगा ? मैकियावेली इसके लिए दो शर्तें पेश करते हैं : हर गणराज्य को टिके रहने के लिए ऐसा प्रबंध करना होगा जिसमें हर व्यक्ति दूसरे के साथ सृजनात्मक ढंग से होड़ कर सके, किसी एक व्यक्ति को इतनी शक्ति अर्जित करने से रोकना होगा कि वह दूसरों पर प्रभुत्व जमा सके। उच्च-कुलीन अभिजनों या व्यापारिक प्रभुवर्ग और आम जनता के बीच प्रभुत्व को लेकर संघर्ष होता रहेगा जिनके गर्भ से गणराज्य को नयी ऊर्जा मिलेगी और अच्छे क़ानूनों का जन्म होगा, बशर्ते बेहतर राजनीतिक संस्थाओं के ज़रिये उन संघर्षों को काबू में रखा जा सके। क़ानून ऐसे होने चाहिए जिनकी जानकारी लोगों के सामने साफ़ कर सके कि गणराज्य में वे क्या-क्या बेखटके कर सकते हैं, और क्या करने पर उन्हें दण्ड भोगना होगा। आर्थिक समृद्धि की इजाज़त होनी चाहिए, पर निजी स्तर पर अत्यधिक सम्पत्ति अर्जित करने पर क़ानूनन रोक होनी चाहिए। नागरिक गुणों के विकास के लिए राज्य का एक धर्म होना चाहिए, पर मैकियावेली ईसाई धर्म को यह हैसियत देने के लिए तैयार नहीं थे। फ्लोरेंस की प्रतिरक्षा करने के अपने अनुभव के आधार पर मैकियावेली ने निष्कर्ष निकाला था कि गणराज्य को आक्रमणों से बचाने के लिए नागरिकों की सेना होना चाहिए।

क्वेंटिन स्किनर मानते हैं कि मैकियावेली ने जब राज्य की चर्चा की तो वे एक प्रिंस के राज्य की बात कर रहे थे। वह उस अर्थ में निर्वैयक्तिक नहीं था, जिस अर्थ में आज इसका प्रयोग किया जाता है। युरोपीय आधुनिकता के शुरुआती दौर में चर्च और राजा दोनों के पास ही राजनीतिक शक्ति होती थी और दोनों के पास अपनी-अपनी सेनाएँ भी होती थीं। इससे चर्च और राजा के बीच युद्ध की भी सम्भावना बनी रहती थी। 1648 में तीस वर्षीय युद्ध के बाद वेस्टफ़ेलिया की संधि हुई। इसने चर्च की शक्ति कम की और राजा को उसके अपने क्षेत्र में प्राधिकार दिया। इसने अंतराष्ट्रीय स्तर पर सम्प्रभु राज्यों के अस्तित्व को स्वीकार किया।

दार्शनिक स्तर पर समाज के लिए राज्य की अनिवार्यता स्थापित करने का श्रेय सत्रहवीं सदी के विचारक थॉमस हॉब्स और उनकी रचना *लेवायथन* को जाता है। इस पुस्तक के पहले संस्करण के आवरण पर एक दैत्याकार मुकुटधारी व्यक्ति का चित्र उकेरा गया था जिसकी आकृति छोटी-छोटी मानवीय उँगलियों से बनी थी। इस दैत्याकार व्यक्ति के एक हाथ में तलवार थी, और दूसरे में राजदण्ड। दरअसल, हॉब्स इस भौतिकवादी और आनंदवादी विचार के प्रतिपादक थे कि मनुष्य का उद्देश्य अधिकतम आनंद और कम से कम पीड़ा भोगना है। अगर दूसरे के आनंद में मनुष्य को सुख मिल सकता है, तो हॉब्स के अनुसार वह परोपकार के लिए भी सक्षम है। लेकिन, अगर संसाधन कम हुए या किसी क़िस्म

का भय हुआ, तो मनुष्य आत्मकेंद्रित और तात्कालिक आग्रहों के अधीन हो कर परोपकार को मुल्तवी कर देगा। ऐसी स्थिति में उसे अपने ऊपर किसी सरकार का नियंत्रण चाहिए, वरना वह अपने सुख को अधिकतम और दु:ख को न्यूनतम करने का अबाध प्रयास करते हुए सभ्यता और संस्कृति से हीन प्राकृतिक अवस्था में पहुँच जायेगा। जो कुछ उसके पास है, उसे खोने के डर से मनुष्य शक्ति के एक मुक़ाम से दूसरे मुक़ाम तक पहुँचने की कोशिशों में लगा रहेगा जिसका अंत केवल उसकी मृत्यु से ही हो सकेगा। अगर मज़बूत राज्य ने उसकी इन कोशिशों को संयमित न किया तो मानव जाति प्राकृतिक अवस्था में पहुँच जायेगी जहाँ हर व्यक्ति दूसरे के दुश्मन के रूप में परस्पर विनाशकारी गतिविधियों में लगा होगा। मनुष्य को नियंत्रित करने वाला यही परम शक्तिशाली और सर्वव्यापी राज्य हॉब्स के शब्दों में *लेवायथन* है। हॉब्स को कोई शक नहीं था कि अगर यह दैत्याकार हस्ती लेवायथन मनुष्य को शासित नहीं करेगी तो वह शांति और व्यवस्था हासिल करने के तर्कसंगत निर्णय पर नहीं पहुँच सकता। उस सूरत में मनुष्य एक-दूसरे को हानि न पहुँचाने के परस्पर अनुबंध पर भी नहीं पहुँच पायेगा। तर्कों की यह श्रृंखला हॉब्स को दिखाती है कि मनुष्य एक सामाजिक समझौते के तहत एक समाज रचता है जिसमें हर कोई अपना हित साधना चाहता है और इसीलिए दूसरों से क़रार करता है कि वह किसी दूसरे के हित पर चोट नहीं करेगा बशर्ते बदले में उसके हित पर चोट न की जाए। हॉब्स का विचार था कि इस समझौते का उल्लंघन न हो, इसलिए एक सम्प्रभु सत्ता की ज़रूरत पड़ेगी ताकि सार्वजनिक शांति और सुरक्षा की गारंटी की जा सके। यह सम्प्रभु केवल ताक़त के डर से ही अपनी सत्ता लागू नहीं करेगा। हॉब्स ने *लेवायथन* के दूसरे अध्याय '*ऑफ़ द कॉमनवेल्थ*' में कई तरह के सम्भव संवैधानिक रूपों की चर्चा की है। लेकिन, सिद्धांततः हॉब्स अविभाजित सत्ता के पक्ष में नज़र आते हैं। इसके लिए उन्हें राजशाहीनुमा सत्ता की वकालत करने में भी कोई हर्ज नहीं लगता।

हॉब्स की निगाह में यह सम्प्रभु निरंकुश नहीं होगा क्योंकि स्वयं को क़ायम रखने लायक़ परिस्थितियाँ सुनिश्चित करने के लिए उसे अपनी प्रजा को एक हद तक (आंतरिक ख़तरे और बाह्य अशांति से उसे सुरक्षित रखने के उद्देश्यों के मुताबिक़) आज़ादी भी देनी होगी। भौतिक जिंसों और समृद्धि का वितरण इस तरह सुनिश्चित करना होगा जिससे उस टकराव के अंदेशे हमेशा ठण्डे होते रहें जो परस्पर लेन-देन की प्रक्रिया से अक्सर पैदा होता रहता है। हॉब्स का ख़याल था कि धर्म निजी मामला है, पर उसके सार्वजनिक पहलुओं को पूरी तरह राज्य के मुखिया के फ़ैसले पर छोड़ देना चाहिए। राज्य का मुखिया ही चर्च का मुखिया होना चाहिए। बाइबिल जिन मामलों में स्पष्ट निर्देश नहीं देती, वहाँ राज्य के मुखिया का निर्देश अंतिम समझा जाना चाहिए। अपने इन्हीं विचारों के कारण हॉब्स ने कैथॅलिक चर्च को अंधकार के साम्राज्य की संज्ञा दी, क्योंकि वह अपने अनुयायियों से राज्य के प्रति वफ़ादारी से भी परे जाने वाली वफ़ादारियों की माँग करता है। उन्होंने शुद्धतावादियों के ख़िलाफ़ आवाज़ उठायी जो अंत:करण के आधार पर राज्य के ख़िलाफ़ खड़े होने की अपील करते थे। हॉब्स का मतलब साफ़ था कि अगर शांति-व्यवस्था के साथ रहना है तो राजकीय प्राधिकार के उल्लंघन से बाज़ आना होगा। ज़रूरी नहीं कि राज्य की सम्प्रभुता का प्रतीक कोई व्यक्ति ही हो। वह किसी सभा और किसी संसद की सम्प्रभुता भी हो सकती है। इस लिहाज़ से हॉब्स के सिद्धांत में संसदीय सम्प्रभुता के लिए भी गुंजाइश है।

हॉब्स द्वारा पेश किये गये राज्य संबंधी सिद्धांत ने बाद के युरोपीय चिंतकों को प्रभावित करना जारी रखा। इस प्रक्रिया में एक सामान्य समझ उभरी जिसके मुताबिक़ राज्य राजनीतिक संस्थाओं का एक ऐसा समुच्चय माना गया जो एक निश्चित सीमाबद्ध भू-क्षेत्र में मुश्तरका हितों के नाम पर अपना प्रभुत्व स्थापित करता है। यह परिभाषा मैक्स वेबर की उस व्याख्या से बहुत प्रभावित है जो उन्होंने अपनी रचना 'दि प्रोफ़ेशन ऐंड वोकेशन ऑफ़ पॉलिटिक्स' में पेश की थी। इसमें वेबर ने आधुनिक राज्य के तीन पहलू बताये थे : उसकी भू-क्षेत्रीयता, हिंसा करने का उसका अधिकार और वैधता। वेबर का तर्क था कि अगर किसी सुनिश्चित भू-भाग में रहने वाले समाज में कोई संस्था हिंसा का डर दिखा कर लोगों से किन्हीं नियम-क़ानूनों का पालन नहीं करायेगी तो अराजकता फैल जाएगी। वेबर ने इस प्रश्न का उत्तर देने की कोशिश भी की है कि आख़िर लोग राज्य की बात क्यों मानते हैं? क्या केवल हिंसा के दम पर? या आज्ञापालन का कोई तर्क भी होता है? वेबर का जवाब यह है कि हिंसा का डर दिखाने के साथ-साथ राज्य अपने प्रभुत्व को वैध साबित करने की क़वायद भी करता है ताकि आज्ञापालन का अहिंसक औचित्य प्रमाणित किया जा सके।

देखें : अधिकार, अधिकार : सैद्धांतिक यात्रा, अरस्तू, अफ़लातून, अनुदारतावाद, अराजकतावाद, अन्य-अन्यीकरण, उदारतावाद, उपयोगितावाद, ऐडमंड बर्क, क्रांति, ज्याँ ज़ाक रूसो, जॉन लॉक, जेरेमी बेंथम, जॉन स्टुअर्ट मिल, जॉन रॉल्स, थॉमस हॉब्स, थॉमस पेन, न्याय, न्याय : नारीवादी आलोचना, न्याय : रॉल्स का सिद्धांत, नागरिकता, नागरिकता : अन्य परिप्रेक्ष्य-1 और 2, नागर समाज, पेनॉप्टिकन, प्रतिनिधित्व, प्रगति, प्रगति : आलोचनात्मक परिप्रेक्ष्य, प्रशासन, फ़ासीवाद, फ्रेड्रिख़ वॉन हायक, बहुसंस्कृतिवाद, बहुसंख्यकवाद, बहुसंख्यक-अल्पसंख्यक, बुद्धिवाद, माइकेल जोसेफ़ ओकशॉट, माइकिल वाल्ज़र, मिशेल पॉल फ़ूको-1 और 2, यूटोपिया, राजनीतिक दर्शन के नारीवादी आयाम-1 और 2, रॉबर्ट नॉज़िक, राज्य-1 और 2, राज्य की मार्क्सवादी अवधारणा, विल किमलिका, सविनय अवज्ञा, स्वतंत्रतावाद, सर्वसत्तावाद, सम्प्रभुता, समाजवाद, सरकारियत, सामाजिक समझौता, हेनरी डेविड थोरो।

संदर्भ

1. क्यू.आर.डी. स्किनर (1978), *मैकियावेली,* ऑक्सफ़र्ड युनिवर्सिटी प्रेस, ऑक्सफ़र्ड.
2. एस. पीटर डोनाल्डसन (1989), *मैकियावेली ऐंड मिस्ट्री ऑफ़ स्टेट,* केम्ब्रिज युनिवर्सिटी प्रेस, केम्ब्रिज.
3. क्वेंटिन स्किनर (1996), *रीज़न ऐंड रेटरिक इन द फ़िलॉसफ़ी ऑफ़ हॉब्स,* केम्ब्रिज युनिवर्सिटी प्रेस, केम्ब्रिज.
4. एस. टर्नर 92000), द *केम्ब्रिज कंपेनियन टु वेबर,* केम्ब्रिज युनिवर्सिटी प्रेस, केम्ब्रिज.

— कमल नयन चौबे, अभय कुमार दुबे और नरेश गोस्वामी

राज्य-2

(विभिन्न मत और फ़ूको का विचार)

(State-2)

राज्य की संस्था लोगों से कैसे अपनी बात मनवाती है— इस समझ में सबसे ताज़ा और विचारोत्तेजक विकास मिशेल फ़ूको ने किया है। पूँजीपति वर्ग राज्य में अपनी सामाजिक सत्ता केवल हिंसा के उपकरणों (फ़ौज, पुलिस वग़ैरह) के ज़रिये ही स्थापित नहीं करता। वह तरह-तरह के सांस्कृतिक रूपों का इस्तेमाल करके भी अपनी सामाजिक सत्ता की निरंतरता सुनिश्चित करता है। इसलिए राज्य की संरचनाओं को उनके सांस्कृतिक रूपों में समझना भी आवश्यक है। आख़िरकार राज्य के पक्ष में सहमति पैदा करने की ज़िम्मेदारी ये सांस्कृतिक संरचनाएँ ही निभाती हैं।

फ़ूको बताते हैं कि आधुनिक समाज में लोगों को नियंत्रित या अनुशासित करने के लिए निगरानी की एक बहुस्तरीय व्यवस्था के अलावा दूसरों द्वारा किये गये फ़ैसलों को आत्मसात् करने तथा परीक्षा प्रणाली जैसे उपाय अपनाये जाते हैं। फ़ूको ज़ोर देकर कहते हैं कि लोगों पर नज़र रखने मात्र से सत्ता का आधा काम पूरा हो जाता है। इसके लिए वे स्टेडियम की व्यवस्था का हवाला देते हैं जिसमें सीटों की व्यवस्था इस तरह की जाती है कि दर्शक किसी कार्यक्रम को आसानी से देख पायें पर साथ ही यह व्यवस्था सत्ता के नियंत्रकों को दर्शकों पर निगाह रखने की सहूलियत भी प्रदान करती है। यहाँ फ़ूको अनुशासन और नियंत्रण की सत्ता का मॉडल चिह्नित करने के लिए राजनीतिक चिंतक जेरेमी बैंथम द्वारा कल्पित जेल पनोप्टिकॉन का उल्लेख भी करते हैं। जिसकी मूल वास्तु-योजना कुछ ऐसी थी कि कोठरियों में बंद क़ैदी एक दूसरे के लिए तो अदृश्य रहें लेकिन जेल के केंद्रीय टॉवर की निगरानी से बाहर न हो पायें। क़ैदियों को कभी इस बात का पता नहीं चलता कि उन पर निगाह रखी जा रही है या नहीं पर उनके ज़ेहन में यह बात बैठ जाती है कि कोई उन पर नज़र रखता है। फ़ूको पैनॉप्टिकन के सिद्धांत को एक ऐसे रूपक की तरह देखते हैं जो जेल की चौहद्दी के पार जाकर स्कूलों, फ़ैक्टिरियों और अस्पतालों में अनुशासन का आम ढर्रा बन जाता है। हालाँकि बैंथम की यह प्रस्तावित जेल कभी मूर्त रूप नहीं ले पायी लेकिन एक सिद्धांत के रूप में वह आधुनिक समाज की लगभग हर गतिविधि पर क़ाबिज़ हो गयी है। आधुनिक समाज में अनुशासन क़ायम करने वाली व्यवस्थाओं के लिए वह एक ऐसा औज़ार सिद्ध हुई है जिसने प्राक्-आधुनिक काल के राजाओं और हाक़िमों को अपदस्थ कर उनकी जगह ख़ुद को स्थापित कर लिया है।

इस क्रम में फ़ूको यह भी दर्शाते हैं कि आधुनिक सत्ता या अनुशासन क़ायम करने वाली व्यवस्था सिर्फ़ लोगों की गतिविधियों पर ही नज़र नहीं रखती बल्कि वह लोगों को उनकी अक्षमता दिखाकर भी नियंत्रित करती है। उनके अनुसार आधुनिक सत्ता समझ, प्रतिभा, सामान्य और असामान्य व्यवहार जैसी कोटियों का निर्माण करती है और जब कोई व्यक्ति इसके द्वारा स्थापित कसौटियों या मानकों पर ख़रा नहीं उतरता तो व्यवस्था ऐसे व्यक्ति को कमतर या असामान्य घोषित करने का मौक़ा नहीं चूकती। इस संदर्भ में फ़ूको यह याद दिलाना नहीं भूलते कि आधुनिक समाज की इन अनुशासनकारी संस्थाओं का यह रवैया किसी तरह के प्रतिशोध से नहीं बल्कि सुधार से प्रेरित होता है। जिसका अंतिम लक्ष्य यह होता है कि व्यक्ति समाज की प्रदत्त कसौटियों या मानकों को स्वीकार कर ले। ग़ौर करें कि समाज की मान्यताओं के ज़रिये अनुशासन क़ायम करने का यह ढंग न्यायिक दण्ड की उस व्यवस्था से ख़ासा अलग है जिसमें किसी व्यक्ति को सिर्फ़ इस आधार पर दण्डित किया जाता था कि उसका कृत्य क़ानून सम्मत है या नहीं। ऐसे किसी फ़ैसले में यह नहीं कहा जाता था कि व्यक्ति सामान्य है या असामान्य। लेकिन आधुनिक समाज शैक्षिक कार्यक्रमों, चिकित्सा के तौर-तरीक़ों तथा उद्योग व उत्पादों के मामलों में कुछ निश्चित मानक स्थापित करने पर ज़ोर देता है और इन मानकों का वर्चस्व इतना चौतरफ़ा होता है कि व्यक्ति का व्यवहार और व्यक्तित्व उन्हीं के हिसाब से ढलने लगता है।

सामान्यत: राज्य को शासन, संगठन या राजनीतिक समुदाय के तौर पर देखा जाता है। माना जाता है कि इतिहास के हर दौर में इसके विविध रूप मौजूद रहे हैं। इसमें होने वाले बदलाव इतिहास के प्रमुख विषय रहे हैं। सिर्फ़ आदिम घुमंतू राजनीतिक समुदायों को राज्य का दर्ज़ा नहीं दिया जाता है। माना जाता है कि इन समुदायों में इस अवधारणा के साथ-

साथ उससे जुड़ी सुनिश्चित व्यवस्था का अभाव होता है। असल में राज्य होने के लिए यह आवश्यक है कि समुदाय और भू-क्षेत्र के बीच तक़रीबन स्थाई संबंध हो। इस सामान्य तरीक़े से उपयोग किये जाने पर यह शब्द इस विचार को अभिव्यक्त करता है कि राजनीतिक समुदाय की कुछ ऐसी निश्चित सार्वभौमिक विशेषताएँ होती हैं, जो समय और स्थान (या स्पेस) से परे होती हैं; अर्थात् ग्रीक पोलिस, मध्ययुगीन रेगनम और आधुनिक गणतंत्रों के बीच कुछ सामान्य विशेषता हैं। क्या इस गुण या विशेषता को ज़्यादा संकुचित रूप में परिभषित किया जा सकता है?

यह बात तो स्पष्ट है कि यदि राज्य की कोई परिभाषा इसे शाश्वत और अपरिवर्तनशील वस्तु या संगठन के रूप में पेश करती है, तो ऐसा करके वह इतिहास में बदलाव और विकास की प्रक्रिया की उपेक्षा करती है। इसलिए एक वैध परिभाषा को दूसरे पहलुओं और कार्यों पर ध्यान देना चाहिए। इतिहास यह दिखाता है कि एक सार्वभौमिक परिघटना के रूप में राज्य एक ऐसी गतिविधि या संगठन है, जो मनुष्य पर आवश्यकताओं के रूप में थोपी गयी है। इस तरह की गतिविधि के रूप में इसकी कुछ मुख्य विशेषताएँ इस प्रकार हैं : यह मनुष्यों और उनकी सम्पत्ति के बीच में एक निश्चित संबंध बनाता है; या दूसरे शब्दों में यह मनुष्यों के बीच एकता या समाज का निर्माण करता है। इसलिए राज्य का अस्तित्व विशिष्ट तौर पर एक बुनियादी चीज़ है। दूसरा, यह मनुष्यों के बीच व्यवस्था की शक्ति, या शासन के एक रूप या आदेश और आज्ञा पालन का एक संबंध स्वीकार करता है। तीसरा, राज्य को बनाने और क़ायम रखने वाली गतिविधि विशिष्ट होती है, जो हमेशा ख़ुद को उन लोगों के ख़िलाफ़ पेश करती है, जो इस समुदाय का भाग नहीं होते हैं।

बहरहाल, राज्य को एक ऐतिहासिक परिघटना के रूप में देखने के बावजूद इस बात से इनकार नहीं किया जा सकता है कि इस पर होने वाले लेखन में एक दार्शनिक पहलू हमेशा शामिल रहा है। इसके तहत प्रश्न उठता है कि राज्य जिस तरह की व्यवस्था या लोगों के बीच संबंध स्थापित करना चाहता है, उसका आदर्श रूप क्या है? क्या वह आदर्श रूप हासिल कर लिया गया है? क्या शासन का वर्तमान तरीक़ा सही है? क्या समुदाय के बाहरी संबंधों को सही तरीक़े से संचालित किया जा रहा है? असल में, इस नज़रिये से विचार करने पर राज्य सिर्फ़ मनुष्यों पर थोपी गयी आवश्यकता के रूप में ही सामने नहीं आता है, बल्कि यह मनुष्यों के सामने 'सही' के चुनाव की समस्या के रूप में भी सामने आता है। राज्य में सिर्फ़ अराजकता की जगह एक व्यवस्था स्थापित करने का ही संघर्ष नहीं है। इसकी बजाय, यह एक ऐसी व्यवस्था स्थापित करने का भी संघर्ष है, जो सच्ची, प्रामाणिक और न्यायपूर्ण हो। इसलिए, प्लेटो, अरस्तू, हॉब्स, हीगेल आदि के लेखन को इस सवाल का दार्शनिक उत्तर खोजने की कोशिश के रूप में देखा जा सकता है कि राज्य कैसा होना चाहिए। इन विद्वानों ने राज्य और दूसरे तरह के मानव-संगठनों के बीच अंतर करने की कोशिश की है और इसके साथ ही इन्होंने अपने आदर्श राज्य की परिकल्पना और उसके पक्ष में तर्क भी प्रस्तुत किये हैं।

सार्वभौम ऐतिहासिक परिघटना के रूप में राज्य और एक दार्शनिक अवधारणा के रूप में राज्य को देखने के विचार के साथ राज्य को विशेष रूप से आधुनिक परिघटना मानने के विचार को भी जोड़ने की आवश्यकता है। ऐसे बहुत से इतिहासकार और राजनीतिक सिद्धांतकार हैं, जो यह तर्क देते हैं कि 'राज्य' शब्द का उपयोग युरोप में पुनर्जागरण और धर्म-सुधार के बाद सामने आयी व्यवस्था के लिए किया जाना चाहिए। इनका यह मानना है कि राज्य का सिद्धांत दरअसल इसी विशिष्ट परिघटना से जुड़ा हुआ सिद्धांत है। इसलिए यदि इसका प्रयोग इतिहास के दूसरे दौर में मौजूद संगठनों के लिए किया जाता है, तो इससे इसके अर्थ के बारे में भ्रम बढ़ेगा। एक संगठित व्यवस्था के रूप में राज्य शब्द का उदय भी चौदहवीं सदी के अंत और सत्रहवीं सदी के बीच हुआ। राज्य का अंग्रेज़ी शब्द 'स्टेट' लैटिन शब्द 'स्टेयर' से निकला है, जिसका अर्थ है खड़ा होना। इस तरह यह एक स्थिति के बारे में बताता है। राज्य को एक आधुनिक अवधारणा मानने के पीछे एक मुख्य विचार यह भी है कि आधुनिक राज्य का उभार प्रभुसत्ता की अवधारणा के साथ हुआ। यह एक स्पष्ट आधुनिक मान्यता है कि जो राज्य प्रभुसत्ता-सम्पन्न नहीं है, वह सही अर्थों में राज्य ही नहीं है। प्रभुसत्ता का अर्थ यह है कि राज्य अपने अधिकार में आने वाले भू-क्षेत्र में राजनीतिक प्राधिकार का सर्वोच्च स्रोत है। प्रभुसत्ता के दो पहलू हैं— आंतरिक पहलू और बाहरी पहलू। आंतरिक पहलू का अर्थ है कि राज्य की सीमाओं के भीतर राज्य से ऊँचा कोई भी प्राधिकारी नहीं है। राज्य सर्वोच्च है और नागरिक राज्य के ख़िलाफ़ किसी अन्य प्राधिकारी से अपील नहीं कर सकता है। बाहरी प्रभुसत्ता का अर्थ है— किसी विशिष्ट राज्य को दूसरे राज्यों द्वारा दी जाने वाली मान्यता। साथ ही, इसमें यह भी स्वीकार किया जाता है कि कोई राज्य अंतर्राष्ट्रीय मामलों में अपने नागरिकों की ओर से बोल सकता है। यह अधिकार अंतर्राष्ट्रीय दायरे में राज्य की स्वायत्तता और प्रभुसत्ता को व्यक्त करता है।

राज्य को एक आधुनिक परिघटना मानने का मतलब यह नहीं है कि इसे एक ऐतिहासिक सत्ता या दार्शनिक विचार के रूप में भी ख़ारिज कर दिया जाये। यह भी नहीं कहा जा सकता है कि आधुनिक राज्य की कोई भी विशेषता इतिहास के पहले के दौर में मौजूद नहीं थी। असल में, आधुनिक दौर के पहले के 'राज्य' और आधुनिक दौर के साथ सामने आये

'राज्य' की कई विशेषताएँ समान हैं। इसी तरह, यह नहीं कहा जा सकता कि एक दार्शनिक विचार के रूप में राज्य आधुनिक राज्य की 'पूर्ण अवधारणा' का प्रतिनिधित्व करता है। असल में दार्शनिक रूप से राज्य की अवधारणा अलग-अलग तरीक़ों से कल्पित और विवेचित की जाती रही है। मसलन, उदारतावादियों ने राज्यों को एक 'तटस्थ' संस्था के रूप में देखा, लेकिन राज्य की भूमिका के बारे में उदारतावाद के भीतर गम्भीर और विविध चर्चा होती रही है। मार्क्सवाद के भीतर भी राज्य के लेकर वाद-विवाद की समृद्ध परम्परा रही है। इसमें राज्य को पूँजीपति वर्गों का साधन मानने के साथ ही 'राज्य की सापेक्षिक स्वायत्तता' से जुड़ा वाद-विवाद भी शामिल रहा है। अराजकतावादियों ने राज्य को एक अप्राकृतिक सत्ता माने हुए इसे पूरी तरह ख़त्म करने की वक़ालत की है। मार्क्स-एंगेल्स के लेखन में भी एक ऐसी साम्यवादी स्थिति की कल्पना की गयी है, जिसमें राज्य पूरी तरह ख़त्म हो जायेगा। लेकिन अराजकतावादी ऐसी किसी स्थिति का इंतज़ार करने की बजाय राज्य को जल्द-से-जल्द ख़त्म करना चाहते हैं। इनका मानना है कि राज्य मनुष्य की स्वाभाविक प्रकृति के ख़िलाफ़ हिंसा पर आधारित है। दूसरी ओर, अनुदारतावादी राज्य की तरफ़दारी इसलिए करते हैं ताकि वह कई पीढ़ियों से संचित परम्पराओं और मूल्यों का संरक्षण कर पाये। नारीवादियों के भीतर की विभिन्न धाराओं में राज्य के बारे में अलग-अलग तरह से विचार किया गया है। उदाहरण के तौर पर, उदारतावादी-नारीवाद यह मानता है कि एक संस्था के रूप में राज्य पुरुष वर्चस्व की ओर झुका हुआ है, लेकिन क़ानून बनाकर राज्य की इस प्रवृत्ति में सुधार किया जा सकता है और इसका उपयोग पुरुष-महिला समानता स्थापित करने के लिए किया जा सकता है। दूसरी ओर, समाजवादी-नारीवाद राज्य के पूँजीवादी चरित्र को महिलाओं की समस्या का मुख्य कारण मानता है। इसकी मान्यता है कि पूँजीवादी राज्य ख़त्म करने से ही स्त्रियों की स्थिति में सुधार हो सकता है। तीसरा, रैडिकल नारीवादी विचार के मुताबिक़ राज्य पितृसत्ता पर आधारित परिवार और उसके द्वारा आगे बढ़ाये जाने वाले मूल्यों की हिफ़ाज़त का काम करता है। इसलिए पितृसत्ता को पूरी तरह ख़त्म करने के लिए आवश्यक है कि राज्य को भी ख़त्म किया जाए।

स्पष्ट तौर पर, राज्य, इसकी प्रकृति और भूमिका के बारे में बहुत विविध और गहन वाद-विवाद है। हाल के दौर में युरोपीय यूनियन जैसी संरचनाओं के उभार के कारण यह तर्क दिया गया है कि राज्य धीरे-धीरे अप्रासंगिक हो रहा है। लेकिन यह तर्क बहुत मज़बूत नहीं है। यह सच है कि युरोपीय यूनियन में शामिल देशों ने एक मज़बूत क्षेत्रीय संगठन को बनाने के लिए अपनी सहमति दी है। फिर भी, वे एक राष्ट्र-राज्य के रूप में अपनी-अपनी पहचान ख़त्म नहीं करना चाहते हैं। दूसरे कई क्षेत्रीय संगठनों ने भी क्षेत्र के देशों के बीच सहयोग बढ़ाया है, लेकिन इस बात की कोई सम्भावना नज़र नहीं आती है कि वे राष्ट्र-राज्य का विकल्प साबित होंगे। समकालीन दुनिया में राज्य एक ऐसी हक़ीक़त है, जिसके ख़त्म होने का कोई आसार नहीं है। वैचारिक रूप से इसका विरोध करने वाले कई विचारधाराओं के अनुयायी व्यावहारिक मौक़ा मिलने पर भी राज्य की संस्था को ख़त्म कर पाने में नाक़ाम रहे हैं।

देखें : अधिकार, अधिकार : सैद्धांतिक यात्रा, अरस्तू, अफ़लातून, अनुदारतावाद, अराजकतावाद, अन्य-अन्यीकरण, उदारतावाद, उपयोगितावाद, ऐडमंड बर्क, क्रांति, ज्याँ ज़ाक रूसो, जॉन लॉक, जेरेमी बेंथम, जॉन स्टुअर्ट मिल, जॉन रॉल्स, थॉमस हॉब्स, थॉमस पेन, न्याय, न्याय : नारीवादी आलोचना, न्याय : रॉल्स का सिद्धांत, नागरिकता, नागरिकता : अन्य परिप्रेक्ष्य-1 और 2, नागर समाज, पनोप्टिकॉन, प्रतिनिधित्व, प्रगति, प्रगति : आलोचनात्मक परिप्रेक्ष्य, प्रशासन, फ़ासीवाद, फ्रेड्रिख़ वॉन हायक, बहुसंस्कृतिवाद, बहुसंख्यकवाद, बहुसंख्यक-अल्पसंख्यक, बुद्धिवाद, माइकेल जोसेफ़ ओकशॉट, माइकिल वाल्ज़र, मिशेल पॉल फ़ूको-1 और 2, यूटोपिया, राजनीतिक दर्शन के नारीवादी आयाम-1 और 2, राज्य की मार्क्सवादी अवधारणा, रॉबर्ट नॉज़िक, राज्य-1 और 2, विल किमलिका, सविनय अवज्ञा, स्वतंत्रतावाद, सर्वसत्तावाद, सम्प्रभुता, समाजवाद, सरकारियत, सामाजिक समझौता, हेनरी डेविड थोरो।

संदर्भ

1 जे. बरनौर और डी. रैसमुसेन (सम्पा.) (1998), द *फ़ाइनल फ़ूको,* एमआइटी प्रेस, केम्ब्रिज.

2. के. डायसन (1980), *द स्टेट ट्रेडिशन इन वेस्टर्न युरोप,* मार्टिन राबर्टसन, ऑक्सफ़र्ड.

3. डेविड हेल्ड (1998), *पॉलिटिकल थियरी ऐंड मॉडर्न स्टेट,* वर्ल्ड व्यू-माया पब्लिशर्स, नयी दिल्ली.

4. स्वाहा दासा (2011), 'राज्य', संकलित, राजीव भार्गव और अशोक आचार्य (सम्पा.), *राजनीति सिद्धांत : एक परिचय,* (अनुवाद : कमल नयन चौबे) पियर्सन, नयी दिल्ली.

— कमल नयन चौबे, अभय कुमार दुबे और नरेश गोस्वामी

राज्य की मार्क्सवादी अवधारणा

(Marxist Conception of State)

कार्ल मार्क्स ने अपने पीएचडी शोध-प्रबंध के बाद लिखी गयी पहली लम्बी रचना में काफ़ी गहनता से राज्य की अवधारणा का विश्लेषण किया था। इस रचना का शीर्षक था : *क्रिटीक ऑफ़ हीगेल्स फ़िलॉसफ़ी ऑफ़ स्टेट* (1843)। बाद में मार्क्स ने अपने ऐतिहासिक लेखन में राज्य पर गहराई से विचार किया। इस संदर्भ में *क्लास स्ट्रगल इन फ्रांस* (1850), *एट्टींथ ब्रूमेर ऑफ़ लुई बोनापार्ट* (1852) और *सिविल वार इन फ्रांस* (1871) का विशेष रूप से उल्लेख किया जा सकता है। एंगेल्स ने भी *एंटी-ड्युहरिंग* (1878) और *ऑरिजिन ऑफ़ फैमिली* (1894) में राज्य पर विस्तार से चर्चा की है। लेनिन ने बोल्शेविक क्रांति से ठीक पहले लिखे गये अपने प्रबंध *स्टेट ऐंड रेवोल्यूशन* में राज्य के मार्क्सवादी सिद्धांत की पुनर्व्याख्या करने की कोशिश की। परवर्ती मार्क्सवादी चिंतकों में ग्राम्शी ने भी राज्य की भूमिका पर गहराई से विचार किया। लेकिन द्वितीय विश्व युद्ध के बाद मार्क्सवाद में होने वाले वाद-विवाद में राज्य पर कम ध्यान दिये जाने का एक बड़ा कारण आधिकारिक या सोवियत मार्क्सवाद के भीतर स्तालिनवाद का वर्चस्व था। इसके तहत कोशिश रहती थी कि मार्क्सवाद के भीतर विभिन्न श्रेणियों के बारे में किसी गहरे वाद-विवाद को बढ़ावा न दिया जाए। इसके अलावा, मार्क्सवाद पर अक्सर हावी होने वाले आर्थिक निर्धारणवाद के कारण भी राज्य की अवधारणा की उपेक्षा की गयी। इसके तहत मान लिया गया था कि राज्य अधिरचना का भाग है, जिसकी रूपरेखा और प्रकृति हमेशा ही आर्थिक आधार द्वारा तय होती है। लेकिन साठ के दशक से मार्क्सवाद के भीतर राज्य और इसकी 'सापेक्षिक स्वायत्तता' के बारे में काफ़ी गहराई से वाद-विवाद शुरू हुआ। इसमें अलथुसे, पोलांत्साज़ और मिलिबैंड जैसे विद्वानों ने योगदान किया।

मार्क्स ने हीगेल के राजनीतिक दर्शन की समीक्षा करते हुए राज्य के बारे में अपने विचारों का विकास किया। हीगेल ने *फ़िलॉसफ़ी ऑफ़ राइट्स* में यह बताया है कि सामाजिक जीवन के तीन स्तर होते हैं : परिवार, नागर समाज और राज्य। परिवार के भीतर 'विशिष्ट परमार्थवाद' होता है, जिसमें व्यक्ति अपने परिजनों की भलाई के लिए अपने हितों को भी क़ुर्बान कर देता है। दूसरी ओर, नागर समाज 'सार्वभौम अहंवाद' (युनिवर्सल इगोइज़्म) का क्षेत्र है। यहाँ हर व्यक्ति दूसरों के हितों की तुलना में अपने हितों को ज़्यादा महत्त्व देता है। नागर समाज में लोग एक-दूसरे पर निर्भर भी होते हैं। लेकिन दूसरों के प्रति उसका व्यवहार यांत्रिक और स्वार्थ से भरा होता है। हीगेल मानते हैं कि राज्य एक ऐसा दायरा है जो 'सार्वभौमिक परमार्थवाद' (युनिवर्सल अल्ट्रूइज़्म) का प्रतिनिधित्व करता है। वे इसे मानवीय चेतना का आख़िरी और सर्वोच्च पड़ाव मानते हैं। उनकी निगाह में राज्य हर व्यक्ति की इच्छाओं को प्रतिबिम्बित करता है।

मार्क्स परिवार और नागर समाज के बारे में तो हीगेल के विचारों को स्वीकार करते हैं, लेकिन राज्य के बारे में नहीं। मार्क्स का कहना है कि नागर समाज में विभिन्न व्यक्तियों और वर्गों के बीच होने वाली होड़ का विस्तार राज्य तक होता है। प्रभुत्वशाली वर्ग (पूँजीवाद में पूँजीपति वर्ग) अपने हितों को पूरा करने और दूसरे वर्गों पर अपना प्रभुत्व क़ायम करने के लिए राज्य का उपयोग करता है। असल में, मार्क्स के लेखन में पूँजीवादी राज्य के बारे में दो तरह के विचार मिलते हैं। आम तौर पर पहले सिद्धांत की ज़्यादा चर्चा होती जिसका वर्णन कम्युनिस्ट मैनिफ़ेस्टो (1848) में किया गया है। इसके अनुसार, 'आधुनिक राज्य की कार्यपालिका पूरे बूर्ज्वा मामलों का प्रबंधन करने वाली समिति है।' यहाँ राज्य को शासक वर्ग के एक यंत्र के रूप में देखा गया है। यानी पूँजीवादी व्यवस्था में पूँजीपतियों का इस पर आधिपत्य होता है। इस तरह मार्क्स उदारतावादी राज्य के बुनियादी विचार को ख़ारिज करते हैं कि राज्य समाज के सभी लोगों के हितों के बारे तटस्थ और निष्पक्ष रूप से फ़ैसला करता है।

लेकिन मार्क्स ने *एट्टींथ ब्रूमेर ऑफ़ लुई बोनापार्ट* (1852) में राज्य के बारे में दूसरा दृष्टिकोण भी पेश किया है। इसमें मार्क्स ने 1848 से 1851 के बीच फ्रांस की क्रांतिकारी घटनाओं का परीक्षण करते हुए तर्क दिया है कि 'राज्य सापेक्षिक रूप से स्वायत्त' होता है। इसका अर्थ यह है कि राज्य समाज पर अपनी इच्छा थोपने में समर्थ है। मार्क्स के अनुसार इसका कारण यह था कि फ्रांस में बोनापार्टवाद बूर्ज्वा के एक हिस्से और सर्वहारा के एक हिस्से के बीच अवसरवादी और लोकलुभावनवादी गठजोड़ था। इसका मुख्य लक्ष्य अपने शासन के लिए वैधता हासिल करना था। इसने यह दिखाया कि यदि समाज में वर्ग-शक्तियों के बीच स्पष्ट संतुलन हो तो राज्य की स्वायत्तता हासिल की जा सकती है। राज्य ऐसी स्थिति में अपनी इच्छा थोपने में समर्थ होता है। मार्क्स का यह दृष्टिकोण उनके पहले दृष्टिकोण से अलग है। यहाँ राज्य प्रभुत्वशाली वर्ग का यंत्र नहीं है, बल्कि उसे कुछ स्वायत्तता भी मिली हुई है। लेकिन राज्य की स्वायत्तता असीम नहीं होती। उसे सिर्फ़ आंशिक स्वायत्तता ही मिली होती है। राज्य आपस में होड़ करने वाले वर्गों के बीच मध्यस्थता करता है। इस तरह, यह वर्गों के अस्तित्व को भी क़ायम रखता है।

मार्क्स और एंगेल्स ने इस बात पर ज़ोर दिया है कि पूँजीवाद की समाप्ति के साथ पूँजीवादी राज्य भी ख़त्म हो

जाएगा और सर्वहारा की तानाशाही स्थापित होगी। स्पष्टतः मार्क्स ने यह माना कि राज्य एक ऐसा यंत्र (या साधन) है जिसके द्वारा आर्थिक रूप से प्रभुत्वशाली वर्ग दूसरे वर्गों का दमन कर सकता है। इसलिए हर राज्य वर्ग-तानाशाही का उदाहरण है। यहाँ सर्वहारा के फ़ायदों का मतलब यह है कि क्रांति के फ़ायदों का सुरक्षित रखा जाए और बूर्ज़्वा वर्ग की प्रति-क्रांति को रोका जाए। लेनिन ने बोल्शेविक क्रांति के बाद सोवियत यूनियन की आवश्यकताओं और अनुभवों के आधार पर सर्वहारा वर्ग की तानाशाही के विचार को ज़्यादा स्पष्टता प्रदान की। उन्होंने *स्टेट ऐंड रेवोल्यूशन* (1917) में इस 'संशोधनवादी' विचार का विरोध किया बूर्ज़्वा राज्य को सुधारा जा सकता है। उन्होंने मार्क्सवाद के भीतर इस विचार को पूरी तरह स्थापित करने की कोशिश की कि बूर्ज़्वा राज्य को उखाड़ फेंकना ही एकमात्र विकल्प है। उन्होंने मार्क्सवाद में लोकतांत्रिक केंद्रवाद के आधार पर पार्टी के गठन का विचार जोड़ा और पार्टी की भूमिका को स्पष्ट रूप से रेखांकित किया। उनके अनुसार क्रांति के बाद सर्वहारा वर्ग की तानाशाही स्थापित होगी जिसमें पूँजीवादी शासन के दौरान मौजूद कुछ ख़ास संस्थाओं को हटाया जाएगा और इनकी जगह ऐसी संस्थाएँ स्थापित होंगी जो लोगों को राज्य-सत्ता के प्रयोग में समर्थ बनाएँगी। जैसे-जैसे लोग खुद राज्य-सत्ता उपयोग करने लगेंगे, वैसे-वैसे राज्य-सत्ता की आवश्यकता और भूमिका कम होती जाएगी।

लेनिन के बाद स्तालिन ने यह सिद्धांत स्थापित करने की कोशिश की कि राज्य सिर्फ़ अल्पसंख्यक या बहुसंख्यक के हितों का प्रतिनिधित्व नहीं करता है, बल्कि इसमें हर किसी का हित शामिल है। इस तरह स्तालिन ने राज्य और इसके फ़ैसलों को सर्वोच्च बना दिया। लेनिन की निगाह में यह ख़तरा मौजूद था कि सर्वहारा की तानाशाही पार्टी की तानाशाही में तब्दील हो सकती है। स्तालिन ने अपने शासन द्वारा इस आशंका को सही साबित किया। दूसरे देशों में भी जहाँ पार्टी को केंद्र में रख कर मार्क्सवादी क्रांति की गयी, वहाँ क्रांति के बाद सर्वहारा वर्ग की तानाशाही व्यवहार में कम्युनिस्ट पार्टी की तानाशाही बन गयी। इसने असहमति की अभिव्यक्ति को असम्भव बना दिया। कम्युनिस्ट पार्टी द्वारा शासित देशों में इसके कारण व्यापक हिंसा और राजकीय दमन हुआ।

पारम्परिक रूप से मार्क्सवाद के भीतर राज्य को दमन या बल-प्रयोग से जोड़ा जाता रहा है। इटली के मार्क्सवादी चिंतन एंतोनियो ग्राम्शी ने मार्क्सवाद में एक नये विचार की शुरुआत की। उनके अनुसार शासक वर्ग सिर्फ़ दमन या बल-प्रयोग द्वारा अपना प्रभुत्व क़ायम नहीं रखता है। इसके लिए वह विचारधारात्मक औज़ारों का भी प्रयोग करता है। वह बल-प्रयोग से ही अपना काम नहीं चलाता, बल्कि वर्चस्व की रचना भी करता है। वर्चस्व द्वारा शासक वर्ग उन वर्गों की सहमति हासिल करता है जिस पर उसे प्रभुत्व क़ायम रखना है। शिक्षा और जनसंचार माध्यम इसमें मदद करते हैं। इन्हें विचारधारात्मक राज्य-तंत्र की भी संज्ञा दी जा सकती है। ग्राम्शी ने स्पष्ट किया कि राज्य और शासक वर्ग कई दफ़ा शासित वर्गों की बहुत सी माँगों को स्वीकार करते हैं। शासितों को यह अहसास दिलाया जाता है कि राज्य के काम पूरी तरह उनके हित में भी हैं। इस तरह ग्राम्शी ने राज्य के मार्क्सवादी विश्लेषण में एक नया आयाम जोड़ा।

फ्रांसीसी विद्वान् लुई अलथुसे ने विचारधारात्मक राज्य-तंत्र और दमनकारी राज्य-तंत्र का विचार विकसित किया। अलथुसे संरचनावादी हैं। उन्होंने इस बात पर ज़ोर दिया कि विचारधारात्मक राज्य-तंत्र और दमनकारी राज्य-तंत्र दोनों ही शासक वर्ग के हितों के अनुरूप व्यवस्था बनाये रखने का काम करते हैं। ये दोनों साधन या तरीक़े अलग-अलग होने के बावजूद आपस में जुड़े हुए हैं। पहला, दमनकारी राज्य-तंत्र है, जिसमें क़ानून, न्यायालय, पुलिस, सेना और राज्य की दूसरी संस्थाएँ शामिल हैं। यदि कोई व्यक्ति राज्य के निर्देशों का पालन नहीं करता है तो उस पर जुर्माना लगाकर या उसे जेल भेजकर सज़ा दी जाती है। दूसरा विचारधारात्मक राज्य-तंत्र है जो ताक़त की बजाय विचारधारा के माध्यम से काम करता है। इसमें वे क्षेत्र शामिल हैं, जहाँ हम अपने व्यक्तिगत विचार और आज़ादी हासिल करते हैं और उनका प्रयोग करते हैं। अलथुसे स्पष्ट करते हैं कि दमनकारी राज्य-तंत्र सिर्फ़ बल-प्रयोग पर ही आधारित नहीं होता, बल्कि उसे भी विचारधारा की मदद लेनी पड़ती है। मसलन, सेना, न्यायालय आदि भी एक स्तर पर किसी ख़ास विचारधारा के अनुरूप ही काम करते हैं। इसी तरह विचारधारात्मक राज्य-तंत्र के अंतर्गत आने वाली संस्थाओं, मसलन चर्च, स्कूल आदि में सिर्फ़ विचारधारा का प्रयोग नहीं होता है बल्कि इसमें समय-समय पर बल प्रयोग भी किया जाता है (जैसे कि स्कूल में मिलने वाली सज़ा; चर्च द्वारा दी जाने धार्मिक सज़ा आदि)। अलथुसे वैचारिक राज्य-तंत्र में शिक्षा की भूमिका को काफ़ी महत्त्वपूर्ण मानते हैं। ग्राम्शी के विपरीत वे इसे सिर्फ़ मानक, मूल्यों, समाज की संकल्पना आदि के विकास से ही नहीं जोड़ते हैं, बल्कि उनका मानना है कि यह श्रम-विभाजन में संजीदा भूमिका अदा करता है। अर्थात् यह विशिष्ट लोगों को विशिष्ट श्रम के लायक़ बनाता है।

बहरहाल, ग्राम्शी की तरह अलथुसे भी मानते हैं कि कोई भी शासक वर्ग तभी अपना वर्चस्व क़ायम रख सकता है जब वह दमनकारी राज्य-तंत्र और विचारधारात्मक राज्य-तंत्र, दोनों पर अपना नियंत्रण रखे। ग्राम्शी की तरह ही वे भी मानते हैं कि विचारधारात्मक स्तर पर शासक वर्गों को चुनौती

देना आवश्यक है। अलथुसे और ग्राम्शी के विचारों में कुछ समानताएँ होने के बावजूद यह स्पष्ट है कि अलथुसे ने संरचनावादी के रूप में अपने विचार व्यक्त किये और व्यक्ति की बजाय संरचनाओं की भूमिका को ज़्यादा तरजीह दी। उन्होंने प्रस्तावित किया कि मार्क्स की उत्पादन प्रणाली की अवधारणा में तीन विशिष्ट संरचाएँ या स्तर होते हैं (आर्थिक, राजनीतिक और विचारधारात्मक)। ये तीनों नज़दीकी रूप से और आंतरिक तौर पर जुड़ कर उत्पादन प्रणाली की मैट्रिक्स का निर्माण करते हैं। किसी सामाजिक व्यवस्था में आर्थिक, राजनीतिक और विचारधारात्मक में से कोई भी प्रभुत्वशाली राजनीतिक संरचना हो सकती है, लेकिन आर्थिक संरचना हमेशा यह तय करती है कि इन तीनों में से कौन सबसे प्रभुत्वशाली होगा।

निकोस पोलांत्साज़ ने अलथुसे द्वारा गार्क्स की संरचनावादी व्याख्या का प्रयोग राज्य के अध्ययन के लिए किया। यह भी उल्लेखनीय है कि पोलांत्साज़ की पहली रचना और दूसरी रचना के बीच में उनके विचारों में बदलाव आया। उनकी पहली किताब *पॉलिटिकल पॉवर ऐंड सोशल क्लासेज़* 1968 में प्रकाशित हुई थी और दूसरी *स्टेट पॉवर ऐंड सोशलिज़म* 1978 में। पहली किताब पूरी तरह से संरचनावादी थी। इसमें राज्य वर्ग-संरचना का पुनरुत्पादन करता दिखाया गया है, क्योंकि यह राजनीतिक क्षेत्र में आर्थिक वर्ग संबंधों की अभिव्यक्ति होता है। इसलिए राज्य का स्वरूप और कार्य वर्ग संबंधों की संरचना से तय होता है। अपने इस शुरुआती काम में पोलांत्साज़ यह भी तर्क देते हैं कि हीगेलवादी आदर्श की तरह कोई सर्वसमावेशी और समयातीत राज्य नहीं होता है। विशिष्ट उत्पादन प्रणाली के अनुसार ही राज्य भी होता है, जैसे कि पूँजीवादी राज्य, सामंती राज्य आदि। इसके अलावा अपनी इस किताब में वे अलथुसे के इस विचार का भी प्रयोग करते हैं कि राजनीति और अर्थशास्त्र को 'सापेक्षिक स्वायत्तता' (रिलेटिव ऑटोनॉमी) मिली होती है। इसकी मदद से वे तर्क देते हैं कि पूँजीवादी राज्य वर्गीय राज्य है और निश्चित तौर पर इसे प्रभावकारी तरीक़े से काम करने के लिए उत्पादन में होने वाले वर्ग-संघर्ष से सापेक्षिक रूप से स्वायत्त होना चाहिए। इस तर्क के अनुसार पूँजीपति वर्ग कई धड़ों में बँटा होता है और इनमें से जिस समूह का वर्चस्व है, उसके संगठन के रूप में सापेक्षिक रूप से स्वायत्त राज्य एक ऐसे स्थान के रूप में होता है, जो कई धड़ों में बँटे पूँजीपति वर्ग के वर्चस्व वाले समूह के संगठन के रूप में होता है। मजदूरों का संघर्ष केवल उसी सीमा तक राज्य को प्रभावित करता है, जिस सीमा तक वह उत्पादन में वर्ग-संबंधों का भाग होता है।

पोलांत्साज़ के इस लेखन की बहुत सारे स्तरों पर आलोचना हुई। इस संदर्भ में *न्यू लेफ्ट रिव्यू* में, 1969-70 में रॉल्फ़ मिलिबैंड और पोंलात्साज़ के बीच हुए वाद-विवाद का मार्क्सवाद के भीतर महत्त्वपूर्ण स्थान है। मिलिबैंड ने 1969 में प्रकाशित अपनी किताब *द स्टेट इन कैपिटलिस्ट सोसायटी* में पोलांत्साज़ द्वारा प्रस्तुत राज्य के बहुलवादी मॉडल की आलोचना की। इसमें उन्होंने पूँजीवादी वर्ग-समाज में राज्य की भूमिका के बारे में मार्क्सवादी विचार का अपना संस्करण पेश किया। अमूमन मिलिबैंड के नज़रिये को यांत्रिकवाद (इंस्ट्रूमेंटलिज़म) और पोलांत्साज़ के नज़रिये को संरचनावाद (स्ट्रक्चरलिज़म) की संज्ञा दी जाती है। मिलिबैंड पोलांत्साज़ द्वारा प्रस्तुत बहुलवादी मॉडल की आलोचना करते हुए कहते हैं कि पूँजीवादी वर्ग के सदस्यों की राज्य-तंत्र और सरकार में सीधी भागीदारी होती है। इस कारण राज्य बूर्ज्वा हितों से सीधे बँधा होता है और उन्हीं हितों को अभिव्यक्त करता है। पोलांत्साज़ ने इसकी आलोचना करते हुए कहा कि बूर्ज्वा वर्ग और राज्य के बीच वस्तुनिष्ठ संबंध होता है। इसका अर्थ यह है कि यदि राज्य के कार्य सामाजिक व्यवस्था को तय करते हैं और इस सामाजिक व्यवस्था में प्रभुत्वशाली वर्ग का हित राज्य के हितों से मिलता है, तो यह इस व्यवस्था का एक बन जाता है। ऐसे में शासक वर्ग के सदस्यों की राज्य-संयंत्र में सीधी भागीदारी इस वस्तुनिष्ठ संबंध का कारण नहीं होती है, बल्कि इसका प्रभाव होती है। इसके जवाब में मिलिबैंड ने यह तर्क दिया कि शासक वर्ग की अवधारणा की जगह वस्तुनिष्ठ संरचना और वस्तुनिष्ठ संबंधों की अवधारणा लाने का मतलब यह है एक ख़ास तरह का 'संरचनात्मक निर्धारणवाद' या 'संरचनात्मक अति निर्धारणवाद' लाना। इन दोनों के बीच चली इस बहस के संदर्भ में मार्टिन कॉरनॉय ने यह तर्क दिया है कि असल में दोनों के ही लेखन में यांत्रिक या निर्धारणवादी प्रवृत्तियाँ मौजूद हैं। इसलिए किसी एक को यांत्रिकवादी और दूसरे को संरचनावादी कहना ठीक नहीं है।

बहरहाल, इस वाद-विवाद और दूसरे कई तरह के विचारों के सामने आने के बाद पोलांत्साज़ ने अपने विचारों में थोड़ा संशोधन किया। अपने बाद के काम में पोलांत्साज़ ने संरचनावादी राज्य के विचार को छोड़ दिया। इसकी जगह, उन्होंने इस बात पर ज़ोर दिया कि राज्य का स्वरूप खुद वर्ग-संघर्ष द्वारा तय होता है। 1973 में पोलांत्साज़ ने यह तर्क दिया कि सामाजिक वर्गों और राज्य के बीच अलग तरह का संबंध होता है, जो कि पूँजीवादी विकास के चरण पर निर्भर करता है। इसलिए पूँजीवादी उत्पादन संबंधों में बदलाव राजनीतिक संस्थाओं के स्वरूप को तय करता है। पूँजीवादी राज्य की 'संरचना' कोई 'संरचना' नहीं होती है। इसके बजाय, यह संरचनाएँ वर्ग-संघर्ष और इसके कारण पूँजीवादी उत्पादन में होने वाले बदलावों से तय होती हैं। *स्टेट, पॉवर ऐंड सोशलिज़म* में वे राज्य की 'सापेक्षिक स्वायत्तता को द्वंद्वात्मक बना देते हैं। इस दलील के मुताबिक़ राज्य-तंत्रों के भीतर वर्ग-संघर्ष की सम्भावना होती है क्योंकि 'स्वायत्तता' के

भीतर ही विरोधाभास निहित होता है। उन्होंने इस बात पर ज़ोर दिया कि ये विरोधाभास और सामाजिक आंदोलन राज्य का स्वरूप तय कर रहे हैं।

मिलिबैंड-पोलांत्साज़ वाद-विवाद ने उत्तर-औपनिवेशिक पूँजीवादी-लोकतांत्रिक राज्यों में राज्य के विश्लेषण का नया आयाम खोला। मसलन, भारत में कई विद्वानों ने राज्य की सापेक्षिक स्वायत्तता को आधार बनाकर भारतीय राज्य की प्रकृति का विश्लेषण करने की कोशिश की। उल्लेखनीय है कि सोवियत संघ के पतन के बाद कई मार्क्सवादी पार्टियाँ राज्य के प्रति दोहरा रवैया अपना रही हैं। एक ओर वे राज्य के नव-उदारवादी एजेंडे और उसके बढ़ते दमनकारी स्वरूप का विरोध कर रही हैं, वहीं दूसरी ओर उनका इस बात पर ज़ोर है कि राज्य ग़रीबों और हाशिये के समूहों की भलाई के लिए सक्रियता से काम करे। यह कहा जा सकता है कि सैद्धांतिक स्तर पर मार्क्स-एंगेल्स और लेनिन ने एक समय के बाद राज्य के धीरे-धीरे ख़त्म हो जाने की कल्पना की थी, लेकिन क्रांति के बाद सोवियत यूनियन और चीन जैसे राज्यों में क्रांति को सुरक्षित रखने में राज्य की महत्त्वपूर्ण भूमिका को स्वीकार किया गया। बाद के दौर में मार्क्सवाद के भीतर राज्य में विभिन्न समूहों की भूमिका, राज्य द्वारा शोषित या सर्वहारा समूहों को नियंत्रित करने की तकनीक और राज्य के स्वायत्त होने की सम्भावनाओं पर भी गम्भीरता से विचार-विमर्श होता रहा है।

देखें : अर्नेस्टो चे गुएवारा, आधार और अधिरचना, ऑस्कर रायज़ार्ड लांगे, आंगिक बुद्धिजीवी, एंतोनियो ग्राम्शी, कार्ल हाइनरिख़ मार्क्स-1, 2. 3 और 4, क्रांति, क्रांति : मार्क्सवादी विमर्श, ग्योर्गी लूकाच, नयी सदी में मार्क्सवादी विमर्श-1 से 9 तक, निष्क्रिय क्रांति, फ्रेड्रिख़ एंगेल्स, भारत में किसान संघर्ष-2 और 4, भारतीय कम्युनिस्ट पार्टी, भारतीय कम्युनिस्ट पार्टी (मार्क्सवादी), भारतीय इतिहास लेखन-1 से 4 तक, भाषा के मार्क्सवादी सिद्धांत, भ्रांत चेतना, बोल्शेविक क्रांति, फ्रांस्वा-चार्ल्स मारी फ़ूरिये, क्यूबा की क्रांति, फ्रैंज़ फ़ानो, हिंसा, मानवेंद्र नाथ राय, माओ त्से-तुंग, माओवाद और माओ विचार, मार्क्सवाद-1 से 5 तक, मार्क्सवादी इतिहास-लेखन, मार्क्सवादी समाजशास्त्र, मार्क्सवाद और पारिस्थितिकी, मार्क्सवादी अर्थशास्त्र, समाजवादी वसंत-1, 2, 3, और 4, रॉबर्ट ओवेन, लेनिनवाद, लियोन ट्रॉट्स्की, लिबरेशन थियोलॅजी, सांस्कृतिक क्रांति, सैं-सिमो, स्तालिन और स्तालिनवाद, सोवियत समाजवाद-1, 2 और 3, सोवियत सिनेमा, वर्चस्व, व्लादिमिर इलीच लेनिन।

संदर्भ

1. मार्टिन कारनॉय (1984), *द स्टेट ऐंड पॉलिटिकल थियरी,* प्रिंसटन युनिवर्सिटी प्रेस, प्रिंसटन, न्यू जर्सी.
2. वी.आई, लेनिन (1917), स्टेट ऐंड रिवोल्यूशन, कलेक्टेड वर्क्स, फ़ॉरेन लैंगवेज़ पब्लिशिंग हाउस, मॉस्को.
3. बॉब जेशॉप (1982), *द कैपिटलिस्ट स्टेट : मार्क्सिस्ट थियरीज़ ऐंड मेथड्स,* मार्टिन रॉबर्टसन, न्यूयॉर्क युनिवर्सिटी प्रेस, न्यूयॉर्क.

— कमल नयन चौबे

राज्यों का पुनर्गठन-1

(भारत के आंतरिक भूगोल की नयी कल्पना)

(Reorganisation of States-1)

प्रदेशों का भू-क्षेत्रीय पुनर्गठन एक ऐसी युक्ति है जिसके माध्यम से भारतीय राज्य कई लक्ष्यों को वेधने में सफल रहा है। पहले 1956 से 1966 के बीच भारत में दो बार नये राज्यों का गठन हुआ। इस प्रक्रिया का आधार आम तौर पर भाषाई समरसता को बनाया गया था। उसके बाद तीसरे दौर में उत्तर-पूर्वी क्षेत्र में नये राज्य बने जिनके पीछे सीमाई इलाक़े से जुड़े हुए वे सरोकार थे जिनका राष्ट्रीय सुरक्षा के प्रश्न से सीधा ताल्लुक था। चौथे दौर में झाड़खण्ड और छत्तीसगढ़ जैसे आदिवासी राज्यों और उत्तराखण्ड जैसे पहाड़ी राज्य का गठन किया गया। इस घटनाक्रम के फलस्वरूप भारतीय संघ के केंद्राभिमुख चरित्र में संघात्मकता के विविध पहलुओं का समावेश हुआ। क्षेत्रीय आधार पर चल रहे अलगाववादी आंदोलनों की धार कुंठित हुई। सांस्कृतिक अस्मिताओं को भाषाई आधार मिलने के कारण उनका सेकुलरीकरण हुआ। क्षेत्रीय राजनीति को एक ऐसा रूप मिला जिसके तहत वह धीरे-धीरे नयी दिल्ली में होने वाली राष्ट्रीय राजनीति का सकारात्मक घटक बनने की तरफ़ बढ़ी। नतीजे के तौर पर हद दर्ज़े की संस्कृति-बहुलता के बावजूद राजनीतिक एकजुटता क़ायम की जा सकी। राज्यों के पुनर्गठन के कारण इस समय भारत व्यावहारिक रूप से एक बहुभाषी, बहुसांस्कृतिक और बहुजातीय संघ है। प्रत्येक प्रमुख भाषाई समुदाय को राजनीतिक मान्यता मिल चुकी है। विभिन्न जातीय समुदायों को या तो उनके पूर्ण राज्य मिल चुके हैं या फिर उन्हें स्वायत्तशासी परिषद का दर्ज़ा दिया जा चुका है।

उल्लेखनीय है कि राष्ट्र-निर्माण की इतनी कामयाब रणनीति होने के बावजूद भारतीय राज्य और उसके हुक़्मरानों ने इसे अपनाने से पहले काफ़ी हिचक और हीले-हवाले का परिचय दिया, बावजूद इसके कि बीस के दशक में कांग्रेस ने न सिर्फ़ आज़ादी के बाद भारत के भाषावार पुनर्गठन को मंज़ूरी दी थी, बल्कि उसी आधार पर अपना सांगठनिक पुनर्गठन किया था। हर बार जब नये प्रांत बने, तो उसके लिए ज़बरदस्त आंदोलन चलाने पड़े। लगभग हर आंदोलन का सरकारों ने शुरुआत में दमन किया, और बाद में उनकी माँगों के सामने घुटने टेके। देश के कई इलाक़ों में असंतुलित विकास के तर्क को केंद्र में रख कर एक बार फिर नये राज्य बनाने की माँगें उठ रही हैं। इसके पीछे आग्रह यह है कि छोटे राज्य बेहतर प्रशासन और विकास की गुंजाइश देते हैं। इसी मक़सद से नया राज्य पुनर्गठन आयोग बनाने का सुझाव दिया जा रहा है। कुछ विशेषज्ञों की मान्यता है कि राज्यों के

पुनर्गठन में जो ख़ामियाँ छूट गयी हैं, उन्हें इस नये पुनर्गठन के दौरान दूर किया जा सकता है। दूसरी तरफ़ इस सुझाव के आलोचकों का ख़याल है कि राज्यों की सीमाओं में फिर से हेर-फेर करने और छोटे-छोटे नये राज्य गढ़ने से असंतुलित विकास की समस्या हल नहीं होगी।

अंग्रेज़ों से पहले का भारत 21 प्रशासनिक इकाइयों (सूबों) में बँटा हुआ था। इनमें से कई सूबों की सांस्कृतिक पहचान सुस्पष्ट थी और कुछ में संस्कृतियों का मिश्रण था। लेकिन भारत को अपना उपनिवेश बनाने के बाद अंग्रेज़ों ने प्रशासनिक सुविधा का ख़याल करते हुए मनमाने तरीक़े से भारत को नये सिरे से बड़े-बड़े प्रांतों में बाँटा। एक भाषा बोलने वालों की भू-क्षेत्रीय समरसता पूरी तरह भंग कर दी गयी। बहुभाषी व बहुजातीय प्रांत बनाये गये। इतिहासकारों की मान्यता है कि भले ही इन प्रांतों को 'फूट डालो और राज करो' के हथकंडे का इस्तेमाल करके नहीं बनाया गया था, पर उनमें अपनी सत्ता टिकाने के लिए अंग्रेज़ों ने इस फ़ार्मूले का जम कर उपयोग किया।

उपनिवेशवाद विरोधी आंदोलन का पहला दौर अंग्रेज़ी हुकूमत के इस प्रशासनिक तरीक़े पर अपनी आपत्ति दर्ज करने में नाकाम रहा। लेकिन, बीस के दशक में जैसे ही गाँधी के हाथ में कांग्रेस का नेतृत्व आया, आज़ादी के आंदोलन की अगुआयी करने वाले अभिजनों को लगा कि जातीय-भाषाई अस्मिताओं पर ज़ोर दे कर वे उपनिवेशवाद विरोधी मुहिम को एक लोकप्रिय जनाधार दे सकते हैं। उल्लेखनीय है कि गाँधी के आगमन से पहले कांग्रेस मुख्यत: प्रतिवेदनों और ज्ञापनों के ज़रिये अंग्रज़ों के सामने हुक़ूमत में अपनी भागीदारी की दावेदारियाँ पेश करती थी। वह मुख्यत: इंग्लैण्ड से पढ़-लिख कर आये लोगों, उदीयमान शहरी अभिजनों, ज़मींदारों और पारम्पिक भद्र वर्गों की पार्टी थी। उसका चरित्र दबाव-गुट जैसा था। इस परिदृश्य को बदल कर आम जनता की पार्टी बनने के लिए कांग्रेस ने अंग्रेज़ों द्वारा रचे गये 'औपनिवेशिक प्रांत' की जगह ख़ुद को 'प्रदेश' नामक प्रशासनिक इकाई के इर्द-गिर्द संगठित किया।

यह 'प्रदेश' नामक इकाई अपने बुनियादी चरित्र में अधिक लोकतांत्रिक, सांस्कृतिक (जातीय और भाषाई) अस्मिता के प्रति अधिक संवेदनशील और क्षेत्रीय अभिजनों की राजनीतिक महत्त्वाकांक्षाओं के प्रति जागरूक थी। इस तरह नये भारत की कल्पनाशीलता को उसका आधार मिला। यह नयी कल्पनाशीलता आश्वासन देती थी कि आज़ाद भारत एक संघात्मक रचना होगी जिसके तहत प्रदेशों को सत्ता में मुनासिब हिस्सेदारी प्राप्त होगी। कांग्रेस के इस पुनर्गठन के बाद राष्ट्रीय आंदोलन भाषाई अस्मिताओं से सुनियोजित पोषण प्राप्त करने लगा। पहले असहयोग आंदोलन की ज़बरदस्त सफलता के पीछे मुख्य कारण यही था। 1926 के कराची अधिवेशन में कांग्रेस ने राज्यों को अधिक अधिकार देने की जो माँग रखी थी, उसके पीछे यही दूरगामी नज़रिया था कि भविष्य में बनने वाली प्रतिनिधित्वमूलक सरकार को भाषाई आधार पर गठित संघीय ढाँचे की ज़रूरत पड़ेगी। 1928 में मोतीलाल नेहरू के नेतृत्व में बनी कमेटी ने अपनी रपट में आने वाले भारत की जो तस्वीर पेश की वह भाषाई संघवाद के रंगों में ही रँगी हुई थी। आगे चल कर 1946 में कैबिनेट मिशन प्लैन ने भारत के लिए जिस महासंघ की तजवीज़ की उसमें ज़्यादातर अधिकार राज्यों के पास थे, और केंद्र को केवल वैदेशिक मामलों, प्रतिरक्षा और संचार की बागडोर दी गयी थी। केंद्र केवल इन्हीं ज़िम्मेदारियों के निर्वहन के लिए वित्तीय संसाधन उगाह सकता था। कैबिनेट मिशन के इस प्रस्ताव पर कांग्रेस अध्यक्ष जवाहरलाल नेहरू का कहना था कि जैसे ही भारत की नयी संविधान सभा गठित होगी, उनकी पार्टी के लिए इसकी कोई अहमियत नहीं रह जायेगी। इसके जवाब में मुसलिम लीग ने भी यह कह कर कैबिनेट मिशन का प्रस्ताव इस अंदेशे के आधार पर ख़ारिज कर दिया कि नयी संविधान सभा मुसलमान-बहुमत वाले इलाक़ों के हितों की हिफ़ाज़त करने में नाकाम रहेगी।

कांग्रेस ने उपनिवेशवाद विरोधी गोलबंदी की जो कार्यनीति अपनायी थी वह भाषा आधारित थी, जबकि मुसलिम लीग की राजनीति धर्म-आधारित थी। बंग-भंग के ख़िलाफ़ चली मुहिम ने एक तरफ़ तो भाषाई आधार पर होने वाली एकजुटता की स्थापना की थी, तो दूसरी तरफ़ इसी प्रक्रिया ने धार्मिक अस्मिताओं का राजनीतीकरण भी कर दिया था। अंग्रेज़ों ने जब जन-असंतोष के दबाव में विभाजन वापिस लिया तो पूर्वी बंगाल के मुसलमान अभिजनों को लगा कि अपने आर्थिक, सामाजिक और राजनीतिक हितों का तन्हा मालिक बनने का मौक़ा उनके हाथ से चला गया है। कांग्रेस भाषा आधारित एकता की पैरोकार बनी। मुसलिम लीग और हिंदू संगठन धार्मिक एकता के पक्षधर हो गये।

स्वातंत्र्य-पूर्व राजनीति के इस आख्यान का उपसंहार धार्मिक आधार पर देश के दुखद और रक्तरंजित विभाजन में हुआ। कांग्रेस के प्रमुख नेताओं को लगा कि देश के विभाजन की प्रक्रिया इसी जगह नहीं रुकेगी। अगर उन्होंने विभिन्न राजनीतिक अस्मिताओं (जिनमें भाषाई अस्मिता प्रमुख थी) पर ज़ोर देना जारी रखा तो मुल्क के कई टुकड़े हो जाएँगे। ख़ुद जवाहरलाल नेहरू इस तरह के अंदेशों के सबसे ज़्यादा शिकार थे। नतीजे के तौर पर एक बहु-सांस्कृतिक भारतीय संघ बनाने के विचार को ज़बरदस्त ठेस लगी। बहुलतावाद के प्रति प्रतिबद्धता और प्रदेशों को अधिकार देने के वायदे के बावजूद कांग्रेस ने देश की अखण्डता और एकता के पहलू

को ज़्यादा प्राथमिकता दी। नेहरू को यह तो लगता था कि देश के आंतरिक भूगोल का कुछ न कुछ पुनर्गठन तो ज़रूर करना पड़ेगा, पर वे सिर्फ़ भाषा के बजाय अन्य सांस्कृतिक, भौगोलिक और आर्थिक आधारों पर करना चाहते थे।

संविधान सभा ने एक विशेष कमेटी बना कर भाषावार प्रदेशों के प्रस्ताव की जाँच की। डार आयोग (17 जून, 1948) के नाम से मशहूर इस कमेटी से नतीजा निकला कि भाषा को आधार बना कर अगर प्रदेशों की रचना की गयी तो यह राष्ट्र के बृहत्तर हित में नहीं होगा। डार आयोग की रपट का विश्लेषण करने के लिए बनी कांग्रेस की एक समिति (जिसके सदस्य नेहरू, पटेल और पट्टाभि सीतारमैया थे) ने सुझाव दिया कि फ़िलहाल नये राज्यों के गठन के लिए यह सही समय नहीं है। इसे टालना चाहिए, क्योंकि अभी विभाजन के फ़ौरन बाद लोगों के जज़्बात भड़के हुए हैं, हालाँकि यह कमेटी कुछ शर्तों पर आंध्र प्रदेश के पुनर्गठन के लिए तैयार थी।

इस पृष्ठभूमि से समझा जा सकता है कि जब देश की सामाजिक संरचना संघात्मकता के प्रबल आग्रहों की माँग कर रही थी तो उसके बावजूद शुरुआती अवधि में उसकी संस्थागत अभिव्यक्तियाँ क्यों कमज़ोर रहीं। डॉ. आम्बेडकर ने संविधान का मसविदा-दस्तावेज़ पेश करते हुए पहले ही स्पष्ट कर दिया था कि वे पूरे देश के लिए एक ही नागरिकता का प्रावधान करने जा रहे हैं। लोग केवल भारत के ही नागरिक हो सकते हैं, प्रदेशों की अलग से नागरिकता के लिए कोई गुंजाइश नहीं है। संविधान ने अपने अनुच्छेद 5, 11, 14. 15. 44, 131-41 और 312 से भी साफ़ कर दिया कि भारतीय राज्य संघात्मक होते हुए भी केंद्राभिमुख है। अनुच्छेद 365 के तहत संघीय संसद और कार्यपालिका को राज्यों के बरक्स सभी मामलों में बढ़ोतरी दी गयी है। चाहे राज्यों की सूची में दर्ज मामलों के बारे में क़ानून बनाने का सवाल हो, राज्यपालों की नियुक्ति और बर्ख़ास्तगी का मुद्दा हो या राज्यों के हाई कोर्टों में जजों की नियुक्ति का प्रश्न हो, भारतीय राज्यतंत्र केंद्र की तरफ़ पूरी तरह से झुका हुआ है।

देखें : असम, अरुणाचल प्रदेश, आंध्र प्रदेश, उत्तर प्रदेश, उत्तराखण्ड, ओडीशा, कर्नाटक, केरल, गुजरात, छत्तीसगढ़, जम्मू और कश्मीर, झाड़खण्ड, तमिलनाडु, त्रिपुरा, दिल्ली, नगालैण्ड, पश्चिम बंग, पंजाब, महाराष्ट्र, मध्य प्रदेश, मणिपुर, मिज़ोरम, मेघालय, भारतीय संघवाद, बिहार, राजस्थान, राज्यों की राजनीति, संघवाद, हरियाणा।

संदर्भ

1. माया चड्ढा (2002), 'इंटीग्रेशन थ्रू इंटरनल रिऑर्गनाइज़ेशन : कंटेनिंग एथनिक कांफ्लिक्ट इन इण्डिया', द *ग्लोबल रिव्यू ऑफ़ एथनिक पॉलिटिक्स,* खण्ड 2, अंक 1.
2. आशीष बनर्जी (1992), 'फ़ेडलरिज़्म ऐंड नैशनलिज़्म', निर्मल बनर्जी और बलवीर अरोड़ा (सम्पा.), *फ़ेडरलिज़्म इन इण्डिया: ओरिजिंस ऐंड डिवेलपमेंट,* विकास पब्लिशिंग हाउस, नयी दिल्ली.
3. रशीदुद्दीन ख़ान (1992), *फ़ेडरल इण्डिया: अ डिज़ाइन फ़ॉर चेंज,* विकास पब्लिशिंग हाउस, नयी दिल्ली.
4. रजनी कोठारी (1988), 'इंटीग्रेशन ऐंड एक्सक्ल्यूज़न इन इण्डियन पॉलिटिक्स', *इकॉनॉमिक ऐंड पॉलिटिकल वीकली,* खण्ड 23, अंक 43.

— अभय कुमार दुबे

राज्यों का पुनर्गठन-2

(संघवाद का भाषाई आधार)

(Reorganisation of States-2)

सन् 1950 में पारित हुए संविधान में केंद्राभिमुख प्रवृत्तियाँ तो थीं, लेकिन साथ में वह देश के आंतरिक भूगोल को बदलने की सुविधा भी प्रदान करता था। भारतीय संघवाद पर टिप्पणी करते हुए एल्फ्रेड स्तेपान ने संविधान के अनुच्छेद 3 के बारे में कहा है कि इसके प्रावधान 'जीवंत राजनीतिक बहुराष्ट्रीयता' से सम्पन्न भारत जैसे देश के लिए काफ़ी उपयोगी हैं। संविधान अपने अनुच्छेद 3 के तहत केंद्रीय संसद को नये राज्य बनाने का ऐसा अधिकार देती है जो अन्य देशों का संविधान नहीं देता। राज्यों की सीमाओं में फ़ेर-बदल करने के लिए संसद को दो-तिहाई बहुमत की भी नहीं बल्कि साधारण बहुमत की ही आवश्यकता है। नेहरू के नेतृत्व में कांग्रेस के अंदेशों के कारण राज्यों का पुनर्गठन टल ज़रूर गया, पर पहले आम चुनाव (1952) के दो साल बाद ही नेहरू की ही सरकार को पहले राज्य पुनर्गठन आयोग का गठन करना पड़ा। जिसके बाद अनुच्छेद 3 के तहत मिली शक्तियों का इस्तेमाल करके भारतीय संसद ने एक नहीं बल्कि चार-चार बार नये राज्यों का निर्माण किया।

1947 में आज़ादी मिलते ही मद्रास के तमिलभाषी हिस्सों से अलग करके तेलुगुभाषी ज़िलों को मिला कर पृथक् आंध्र प्रदेश गठित करने की माँग होने लगी थी। कांग्रेस का स्थानीय नेतृत्व इस माँग का समर्थन करने के लिए मजबूर था। 1949 में एक प्रस्ताव पार करके केंद्र से यह अनुरोध भी कर चुका था। लेकिन केंद्रीय नेतृत्व को यह डर था कि अगर आंध्र प्रदेश बनाने की माँग मान ली तो फिर उसी तर्ज़ पर दूसरी माँगें उठने लगेंगी, और देश की पहले से ही कमज़ोर एकता साँसत में पड़ जायेगी। एक तरह से उसका अंदेशा सही

था। जल्दी ही तेलुगुभाषियों से प्रेरणा पा कर जगह-जगह भाषाई आधार पर राज्यों के पुनर्गठन की आवाज़ उठने लगी। कांग्रेस आलाकमान ने अपनी प्रादेशिक इकाइयों को आदेश दिया कि वे कहीं भी भाषाई आंदोलन में भागीदारी न करें जिसके कारण कांग्रेस-कार्यकर्त्ता दो भागों में बँट गये। दूसरी पार्टियाँ इन आंदोलनों में जम कर भागीदारी कर रही थीं।

तत्कालीन स्थिति के लिहाज़ से देश उस समय चार तरह के प्रदेशों में बँटा हुआ था। अ श्रेणी के राज्यों में वे प्रांत थे जिन्हें ब्रिटिश भारत का सदस्य माना जाता था (असम, बिहार, बम्बई, मद्रास, ओडीशा, पंजाब, उत्तर प्रदेश और पश्चिम बंगाल)। बी श्रेणी के राज्यों में वे प्रांत थे जो देशी रियासतों के भारत में विलय के कारण बने थे (हैदराबाद, जम्मू और कश्मीर, मैसूर, राजस्थान, सौराष्ट्र, मध्य भारत और ट्रावणकोर कोचीन)। सी श्रेणी में अजमेर, भोपाल, नयी दिल्ली, हिमाचल प्रदेश, कछ, मणिपुर और त्रिपुरा के इलाक़े थे जिन पर पहले मुख्य आयुक्त का प्रशासन चलता था। डी श्रेणी में अंडमान और निकोबार द्वीप था। पहली नज़र डालते ही साफ़ हो जाता था कि देश का यह भौगोलिक गठन किसी सुसंगत भू-क्षेत्रीय योजना का फल न हो कर मनमाने क़िस्म के बँटवारे का नतीजा था।

कांग्रेस की कोशिश यह थी कि राज्यों की सीमाओं का बंदोबस्त कुछ इस तरह से किया जाए कि जातीयता आधारित राष्ट्रीयता को पूरी तरह से नकारते हुए एक बृहत्तर भारतीय नागरिकता में सभी जातीय अस्मिताओं में समावेश की परियोजना सम्पन्न की जा सके। लेकिन आंध्र प्रदेश का गठन करवाने के पक्ष में हुए लोकतांत्रिक जन-उभार के सामने यह रवैया धराशायी हो गया। एक आंदोलनकारी श्रीरामुलु ने अनशन करते हुए अपने प्राण त्याग दिये। उनकी शहादत के सामने सरकार को झुकना पड़ा। 1953 में तेलुगुभाषियों की प्रमुखता वाला आंध्र प्रदेश बनाना पड़ा।

नयी परिस्थिति में राज्यों के पुनर्गठन का प्रश्न पूरी शिद्दत के साथ केंद्र सरकारी का आँखों में झाँकने लगा। महाराष्ट्र, गुजरात और देश के दूसरे इलाक़ों में भी ऐसे ही आंदोलन उठ खड़े हुए। अशांति फैल गयी और जगह-जगह पुलिस को लाठी-गोली का प्रयोग करना पड़ा। 1954 में इस मसले की जाँच करने के लिए राज्य पुनर्गठन आयोग बनाया गया। भाषावार राज्यों के समर्थकों ने इस आयोग के सामने अपने पक्ष में चार मुख्य तर्क रखे : इससे मिले-जुले इलाक़ों के अल्पसंख्यकों की दुश्चिंताएँ दूर हो जाएँगी, क्षेत्रों के भीतरी तनावों की समरसता पैदा होगी जिससे कुल मिला कर राष्ट्रीय एकता को लाभ होगा, एकल भाषा वाले राज्यों को प्रशासनिक पेचीदगियों का सामना नहीं करना पड़ेगा जिससे उनकी दक्षता बढ़ेगी, और अधिक समरूप राजनीतिक इकाइयाँ बेहतर लोकतांत्रिक शासन का रास्ता साफ़ करेंगी। आयोग के आधार पर 1956 में राज्यों का पुनर्गठन हुआ। चार तरह के इलाक़ों के बजाय देश में केवल राज्य और केंद्रशासित प्रदेश रह गये।

दिक़्क़त यह हुई कि इस पुनर्गठन में भी भाषाई आधार को आंशिक मान्यता ही मिल पायी थी। इसलिए एक बार फिर 1960 में जनांदोलन के दबाव के सामने झुकते हुए बम्बई के प्रांत को महाराष्ट्र और गुजरात में बाँटा गया। 1966 में पंजाबी भाषियों का अलग प्रांत बनाने के लिए ज़बरदस्त आंदोलन चला जिसमें दर्शन सिंह फेरूमान ने अनशन करते हुए शहादत दी। परिणामस्वरूप तत्कालीन पंजाब को तीन भागों में विभाजित किया गया : पंजाब, हरियाणा और हिमाचल प्रदेश। आदिवासियों का अलग प्रांत बनाने के लिए कई दशकों तक झाड़खण्ड मुक्ति मोर्चा ने आंदोलन चलाया। उसकी यह माँग 2000 में पूरी हुई जब बिहार और मध्य प्रदेश के आदिवासी क्षेत्रों को मिला कर दो आदिवासी प्रांत झाड़खण्ड और छत्तीसगढ़ गठित किये गये। इसी के साथ अपनी प्रशासानिक उपेक्षा से परेशान उत्तर प्रदेश के पहाड़ी इलाक़ों की जनता को भी काफ़ी आंदोलन के बाद अपना अलग प्रांत उत्तराखण्ड मिला।

प्रश्न यह है कि आख़िर भाषाई आधार क्या था जिसके नाम पर नये राज्य बनवाने के लिए देश में कई बार इतनी ज़्यादा गोलबंदी की गयी? दरअसल केवल वही समुदाय अलग राज्य की माँग कर सके जिनकी भाषाओं को अंग्रेज़ों के जमाने में सरकारी मान्यता मिल चुकी थी। इन भाषाओं का एक हद तक मानकीकरण और साहित्यिक विकास हो चुका था। ये भाषाएँ एक निश्चित भू-क्षेत्र के तहत स्कूली शिक्षा में अपनी उपस्थिति क़ायम कर चुकी थीं। ऐसी भाषाओं के आधार पर बनने वाली राजनीतिक अस्मिता के लिए व्यावहारिक रूप से आवश्यक था कि वह अपने पक्ष में जन-गोलबंदी करके दिखाये। तभी उसे अलग राज्य गठित करने के अधिकार से सम्पन्न किया जा सकता था।

पॉल ब्रास ने दिखाया है कि भारत का भाषाई संघवाद चार नियमों के आधार पर काम करता है : पहला, अलग राष्ट्र बनाने की किसी माँग को स्वीकार नहीं किया जायेगा, क्योंकि संविधान किसी राज्य को अलग होने का अधिकार नहीं देता। केंद्र सरकार उत्तर-पूर्व, पंजाब और कश्मीर में इस तरह की माँगों के ख़िलाफ़ अर्धसैनिक बलों और फ़ौज का इस्तेमाल करके यह दिखा चुकी है। हाँ, अगर कोई पृथकतावादी माँगें छोड़ता है तो उसके साथ बातचीत के ज़रिये कोई बीच का रास्ता निकाला जा सकता है। साठ के दशक में तमिलनाडु में द्रविड़ मुन्नेत्र कषगम इसी तरह से मुख्यधारा की पार्टी बन सकी थी। पृथकतावादी कहे जाने

वाले कई नेताओं को अलग होने का माँग छोड़ने के बाद भारतीय राज्य उनके राज्यों के मुख्यमंत्री के रूप में स्वीकार कर चुका है। दूसरा, धार्मिक आधार पर राज्य के गठन की कोई माँग स्वीकार नहीं की जाएगी। पंजाबी भाषा के आधार पर पंजाब के पुनर्गठन में लगने वाली देर के पीछे यही कारण समझा जाता है कि उसका व्यावहारिक मतलब सिक्ख बहुमत वाला राज्य बनाना ही था। जब सरकार ने समझ लिया कि पंजाबी सूबे के लिए चलने वाले नेताओं की भारत के प्रति निष्ठा असंदिग्ध है, तभी वह इसके लिए राज़ी हुई। तीसरा, केवल अलग भाषाई समुदाय होना ही काफ़ी नहीं है, उसकी राजनीतिक अभिव्यक्ति भी होनी चाहिए। अगर वह अभिव्यक्ति केवल साहित्यिक और सांस्कृतिक हलकों तक ही सीमित होगी तो उसे भी काफ़ी नहीं माना जाएगा। उसके पीछे आम जनता का समर्थन दिखाना ज़रूरी है, ताकि नये राज्य के दावे को राजनीतिक वैधता मिल सके। चौथा, अगर किसी इलाक़े के केवल एक ही भाषाई समुदाय ने अलग राज्य की माँग की है तो उसे नहीं माना जायेगा। मद्रास प्रांत को इसलिए जल्दी पुनर्गठित कर दिया गया क्योंकि वहाँ तेलुगुभाषी और तमिलभाषी दोनों ही इस पक्ष में थे। बम्बई के पुनर्गठन में देर लगी क्योंकि यह माँग केवल मराठी बोलने वाले कर रहे थे और गुजराती बोलने वाले इस पक्ष में नहीं थे।

भाषाई राज्य बनने के बाद उनके भीतर के भाषाई अल्पसंख्यकों की स्थिति का प्रश्न अभी तक नहीं सुलझ पाया है। मसलन, असम में पहले बांग्लाभाषियों का बोलबाला था जिसके कारण असमी से भेदभाव होता था। जब असमियों के हाथ में राज्य का नियंत्रण आया तो बंगालियों के साथ भेदभाव होने लगा। इसी तरह उत्तर प्रदेश और बिहार में हिंदी के बोलबाले के कारण उर्दू की और उर्दू में शिक्षा के प्रश्न पर भेदभाव की स्थिति बनी रहती है। पंजाब और हरियाणा की सरकारें तो मानतीं ही नहीं कि उनके यहाँ कोई अल्पसंख्यक भाषाई समुदाय भी हैं। भाषावार राज्यों में रहने वाले भाषाई अल्पसंख्यकों का संघर्ष संविधान के अनुच्छेद 350ए को लागू करवाने का है जिसके मुताबिक़ हर बच्चे को प्राथमिक शिक्षा के दौरान अपनी मातृभाषा में पढ़ने का अधिकार है।

ज़ाहिर है कि भाषाई आधार पर राज्यों के पुनर्गठन की भी कुछ सीमाएँ हैं। लेकिन ये सीमाएँ उन लाभों के मुक़ाबले बहुत हल्की हैं जो इस पुनर्गठन के कारण भारतीय राज्य को हुए हैं। जवाहरलाल नेहरू और कांग्रेस के तत्कालीन नेतृत्व को लगता था कि भाषाई अस्मिता देश की एकता कमज़ोर कर सकती है। यह पूरी तरह से ग़लत साबित हुआ है। इस पुनर्गठन ने तो देश के राजनीतिक मानचित्र को तर्कसंगत बना दिया है।

देखें : असम, अरुणाचल प्रदेश, आंध्र प्रदेश, उत्तर प्रदेश, उत्तराखण्ड, ओडीशा, कर्नाटक, केरल, गुजरात, छत्तीसगढ़, जम्मू और कश्मीर, झाड़खण्ड, तमिलनाडु, त्रिपुरा, दिल्ली, नगालैण्ड, पश्चिम बंगाल, पंजाब, महाराष्ट्र, मध्य प्रदेश, मणिपुर, मिज़ोरम, मेघालय, भारतीय संघवाद, बिहार, राजस्थान, राज्यों की राजनीति, संघवाद, हरियाणा।

संदर्भ

1. पॉल ब्रास (1990), द *पॉलिटिक्स ऑफ़ इण्डिया सिंस इण्डिपेंडेंस,* केम्ब्रिज युनिवर्सिटी प्रेस, केम्ब्रिज.
2. राजीव भार्गव (2006), 'दि इवोल्यूशन ऐंड डिस्टिंक्टिवनेस ऑफ़ इण्डियाज़ लिंग्विस्टिक फ़ेडरलिज़्म', डेविड टर्टन (सम्पा.), *एथनिक फ़ेडलरिज़्म,* जेम्स करी, ऑक्सफ़र्ड.
3. संजीव बरुआ (2010), 'रीज़नलिज़्म ऐंड ससेशनिज़्म', संकलित : नीरजा गोपाल जयल और प्रताप भानु मेहता (सम्पा.), द *ऑक्सफ़र्ड कम्पेनियन टु पॉलिटिक्स इन इण्डिया,* ऑक्सफ़र्ड युनिवर्सिटी प्रेस, नयी दिल्ली.
4. एल्फ्रेड स्तेपान (2001), *आरगुइंग कम्परेटिव पॉलिटिक्स,* ऑक्सफ़र्ड युनिवर्सिटी प्रेस, न्यूयॉर्क.

— अभय कुमार दुबे

राज्यों का पुनर्गठन-3

(छोटे राज्यों का तर्क)

(Reorganisation of States-3)

सन् 1953 से 1966 के बीच भाषाई राज्यों की संरचना का दौर पूरा हो जाने के कुछ ही वर्ष बाद देश के आंतरिक भूगोल को नये सिरे से रचने की माँग फिर शुरू हो गयी। हालाँकि कुछ माँगों का स्वर जातीयतावादी भी था, पर इस बार उसके पीछे भाषा का तर्क न हो कर मुख्य तौर पर बेहतर प्रशासन और विकास की दलील थी। इसके मुताबिक़ कहा जा रहा था कि अगर राज्य आकार में छोटे होंगे तो इस लक्ष्य को आसानी से वेंधा जा सकता है। राज्य पुनर्गठन की अभी तक चली प्रक्रिया के तहत राष्ट्रीय एकता और सांस्कृतिक-भाषाई समरसता तो कमोबेश हासिल कर ली गयी थी, पर क्षेत्रीय संगठन के अन्य मानकों को अनदेखा किया गया था। प्रदेशों के आकार, विकास के स्तर, प्रशासनिक सुविधा, सामाजिक समरूपता और राजनीतिक तर्क पर ध्यान न के बराबर दिया गया था।

साठ के दशक में उत्तर प्रदेश की आबादी साढ़े सात करोड़ थी और दुनिया की सबसे बड़ी प्रशासनिक इकाई के

रूप में वह एक बेहद अप्रबंधनीय और बेडौल आकार का राज्य था। उसका पहाड़ी इलाक़ा लगातार विकास की कमी की ओर ध्यान खींचता रहता था। इसी तरह मध्य प्रदेश चार ऐतिहासिक रूप से अलग-अलग क़िस्म के क्षेत्रों से गठित किया गया था। बिहार और मध्य प्रदेश के आदिवासी इलाक़ों में अपने अलग राज्य की राजनीतिक महत्त्वाकांक्षाएँ मौजूद थीं। आंध्र प्रदेश बना कर तेलुगुभाषियों की माँग तो पूरी हो गयी थी, पर यह राज्य एक हद तक विकसित तटीय इलाक़े और तेलंगाना जैसे बेहद पिछड़े क्षेत्र के जोड़ से बना था। तेलंगाना की शिकायत थी कि उसकी लगातार उपेक्षा हो रही है। देखते-देखते सत्तर और अस्सी के दशक में छोटे-छोटे कई राज्यों की दावेदारियाँ सामने आ गयीं। पश्चिम बंगाल के उत्तरी इलाक़े में रहने वाले गोरखाओं ने गोरखालैण्ड का परचम बुलंद कर दिया, पश्चिम बंगाल और असम के हिस्सों को मिला कर बृहत्तर कूच बिहार की माँग की जाने लगी। महाराष्ट्र के विदर्भ क्षेत्र में उपेक्षा का तर्क देकर अलग प्रांत के लिए आंदोलन होने लगा। उत्तर प्रदेश को तो चार भागों में बाँटने की तजवीज़ की जाने लगी : पूर्वांचल, बुंदेलखण्ड और हरित प्रदेश और बचा हुआ मध्य उत्तर प्रदेश। राजस्थान के रेतीले इलाक़ों से मरु प्रदेश बनाने की चर्चा होने लगी। कर्नाटक के कुर्ग क्षेत्र में कोडागु की सुगबुगाहट सुनायी दी। बिहार में अलग मिथिलांचल और अलग भोजपुर के लिए गोलबंदी की कोशिशें शुरू हो गयीं।

विशालकाय राज्यों को विभाजित करके छोटे राज्य बनाने के तर्क को सबसे ज़्यादा बल सन् 2000 में मिला जब संसद ने तीन नये राज्य बनाने का प्रस्ताव पारित किया। बिहार और मध्य प्रदेश के आदिवासी इलाक़ों का पुनर्गठन करके झाड़खण्ड और छत्तीसगढ़ की रचना की गयी। उत्तर प्रदेश के पहाड़ी क्षेत्र को उत्तराखण्ड के नाम से अलग प्रांत बना दिया गया। इन राज्यों के पीछे भी लम्बे अरसे तक की गयी राजनीतिक गोलबंदी थी। आदिवासियों का अलग प्रदेश बनाने के एजेंडे के साथ झाड़खण्ड मुक्ति मोर्चा कई दशकों तक आंदोलन करता रहा। अलग उत्तराखण्ड बनवाने के लिए पहाड़ों की जनता ने जुझारू आंदोलन चलाया। राज्य पुनर्गठन के इस चौथे दौर के बाद छोटे राज्यों की दलील 2009 में फिर से सामने आयी जब केंद्र सरकार आंदोलनकारी दबाव में अलग तेलंगाना बनाने के प्रस्ताव पर सिद्धांतत: सहमत हो गयी। अगस्त 2013 में केंद्र सरकार ने एक अलग तेलंगाना राज्य बनाने का औपचारिक फैसला कर लिया।

एक अनुमान के अनुसार नयी सदी में पहले दशक के अंत तक उत्तर प्रदेश की आबादी 20 करोड़ से थोड़ी ही कम होगी; अर्थात् वह ब्राज़ील, रूस और पाकिस्तान से भी बड़ी प्रशासनिक इकाई है। इसी तरह महाराष्ट्र, पश्चिम बंगाल और आंध्र प्रदेश फ्रांस और ब्रिटेन से भी बड़े हैं। दूसरी तरफ़ सिक्किम में केवल साठ लाख लोग रहते हैं। मिज़ोरम और अरुणाचल प्रदेश की आबादी क्रमश: 11 और 13 लाख है। योजना आयोग के साथ लम्बे अरसे तक जुड़े रहे सार्वजनिक वित्त के विशेषज्ञ एन.जे. कुरियन की मान्यता है कि देश में इस समय अत्यंत विषम आकारों वाले 28 राज्य हैं और इस संख्या को बढ़ा कर 50 तक किया जा सकता है। हर बड़े राज्य को दो या तीन टुकड़ों में बाँटा जाना ताकि हर राज्य की आबादी एक से चार करोड़ के बीच रह जाए।

झाड़खण्ड, छत्तीसगढ़ और उत्तराखण्ड के 2004-5 और 2008-9 के बीच हुए विकास पर अगर निगाह डाली जाए तो पहली नज़र में पलड़ा छोटे राज्यों के पक्ष में झुका हुआ नज़र आता है। स्थापना के तुरंत बाद इन राज्यों के शुरुआती दिक़्क़तों से ज़रूर जूझना पड़ा, पर इस दौर के गुज़र जाने के बाद ये राज्य औसतन क्रमश: 8.45 प्रतिशत, 7.35 प्रतिशत और 9.31 प्रतिशत की दर से विकसित हुए। आँकड़ों के लिहाज़ से आकर्षक लगने वाली यह विकास-दर हासिल होने के कारणों पर भी विचार किया गया है। उत्तराखण्ड को पहाड़ी राज्य होने के कारण केंद्र सरकार ने हिमाचल प्रदेश और कश्मीर जैसी टैक्ट-रियायतें दे रखी हैं। इसी वजह से इस प्रदेश ने बड़े पैमाने पर औद्योगिक निवेश आकर्षित किया है। झाड़खण्ड और छत्तीसगढ़ खनिजों (कोयला और लौह अयस्क) की दृष्टि से काफ़ी समृद्ध राज्य हैं। बिहार व मध्य प्रदेश के हिस्से के रूप में उनका यह आर्थिक लाभ पटना और भोपाल चला जाता था। अलग राज्य बनने के बाद यह फ़ायदा वे स्वयं उठा रहे हैं। लेकिन झाड़खण्ड और छत्तीसगढ़ की बढ़ी हुई विकास-दर का कारण केवल खनिज-सम्पत्ति ही नहीं है। ये दोनों राज्य 2001 के बाद से देश के सबसे ज़्यादा औद्योगिक उत्पादन करने वाले दस राज्यों की सूची में भी शामिल हैं। कारख़ाना-निर्माण क्षेत्र में उन्हें असाधारण कामयाबी मिली है और उन्होंने राजस्थान, पंजाब, महाराष्ट्र, हरियाणा और तमिलनाडु से बेहतर परिणाम हासिल किये हैं।

क्या पूर्वांचल, हरित प्रदेश, भोजपुर, मरु प्रदेश और बुंदेलखण्ड की रचना होने पर उन्हें भी इसी तरह के आर्थिक उछाल का लाभ मिलेगा? विशेषज्ञों की राय में इसकी कोई गारंटी नहीं है। इनमें न तो कोई पहाड़ी इलाक़ा है, और न ही इन क्षेत्रों में खनिज सम्पदा है। केवल गोरखालैण्ड के समर्थक दावा कर सकते हैं कि उनका क्षेत्र दार्जिलिंग की वजह से पर्यटन की आमदनी वाला है और वहाँ चाय के बागान हैं। गोरखालैण्ड वनोपजों से भी सम्पन्न है।

ज़ाहिर है कि औद्योगिक मोर्चे पर छोटे राज्यों ने बड़े राज्यों के मुक़ाबले कहीं बेहतर प्रगति करके दिखाई है। पर प्रशासन, क़ानून और व्यवस्था और राजनीतिक संस्कृति के मामले में इन्हें छोटे होने के कारण कोई विशेष लाभ नहीं दिखाई दे रहा है। छत्तीसगढ़ और झाड़खण्ड के आदिवासी

इलाक़े माओवादी हिंसा से बुरी तरह पीड़ित है जिसके कारण राज्यों के अन्य हिस्सों में हो रहे औद्योगिक विकास का उनकी जनजातियों को फ़ायदा नहीं हो पा रहा है। इसके मुक़ाबले अगर आंध्र प्रदेश जैसे विशाल राज्य द्वारा माओवादी समस्या से मुक़ाबला करने का रिकॉर्ड देखा जाए तो वह अधिक बेहतर लगता है।

राजनीतिक दृष्टि से छत्तीसगढ़ में स्थिरता है, पर झाड़खण्ड बार-बार सरकारें बदलने के कारण अस्थिरता का नमूना बन चुका है। छत्तीसगढ़ और झाड़खण्ड दोनों ही माओवादी विद्रोह का केंद्र बने हुए हैं। उत्तराखण्ड भी कमोबेश स्थिर है। इससे लगता है कि किसी राज्य का छोटा होना अपने-आप में बेहतर राजनीतिक संस्कृति की कोई गारंटी नहीं है। राज्य का आकार कैसा भी हो, उसे सक्षम राजनीतिक नेतृत्व मिलना एक ऐसी पूर्व-शर्त है जिसका कोई विकल्प नहीं हो सकता।

देश के संघीय ढाँचे और केंद्र-राज्य संबंधों की समस्या पर ग़ौर करने वाले विशेषज्ञों में छोटे राज्यों की माँग के बारे में एकराय है कि भाषाई आधार पर राज्यों के पुनर्गठन के बाद उठी छोटे राज्यों की माँग के पीछे राजनीतिक और आर्थिक प्रबंधन की समस्या है। तेलंगाना के उदाहरण से इसे समझा जा सकता है। 1956 में तेलंगाना के नेताओं और आंध्र प्रदेश के राजनीतिक नेतृत्व के बीच एक समझदारी बनी थी कि इस पिछड़े हुए इलाक़े के विकास पर विशेष ध्यान दिया जायेगा। इसी वायदे के मुताबिक़ इस क्षेत्र के लिए बजट में अलग से प्रावधान किया जाता था, पर 1973 के बाद ऐसा नहीं किया गया जिसके परिणामस्वरूप परस्पर अविश्वास बढ़ता चला गया। जिन राज्यों में वित्तीय बँटवारा नीचे तक करने पर ध्यान दिया गया है, वहाँ अलग राज्यों की माँगें थोड़ी-बहुत सुगबुगाहट के बाद ख़ामोश हो जाती हैं।

देखें : असम, अरुणाचल प्रदेश, आंध्र प्रदेश, उत्तर प्रदेश, उत्तराखण्ड, ओडीशा, कर्नाटक, केरल, गुजरात, छत्तीसगढ़, जम्मू और कश्मीर, झाड़खण्ड, तमिलनाडु, त्रिपुरा, दिल्ली, नगालैण्ड, पश्चिम बंगाल, पंजाब, महाराष्ट्र, मध्य प्रदेश, मणिपुर, मिज़ोरम, मेघालय, भारतीय संघवाद, बिहार, राजस्थान, राज्यों की राजनीति, संघवाद, हरियाणा।

संदर्भ

1. स्वामीनाथन अंकलेसरैया (2009), 'दि इकॉनॉमिक केस फ़ॉर क्रिएटिंग स्माल स्टेट्स', *इकॉनॉमिक टाइम्स*, नयी दिल्ली.

— अभय कुमार दुबे

राज्यों की राजनीति

(Politics of States)

अस्सी के दशक के आख़िरी वर्षों में कांग्रेस की पराजय और केंद्र में गठजोड़ सरकारों के सिलसिले की शुरुआत के बाद से तुलनात्मक राजनीति के विद्वानों ने अपना ध्यान राज्यों की राजनीति पर केंद्रित किया है। इससे पहले राजनीतिक विमर्श में राज्यों में होने वाली राजनीति की समझ केंद्र की राजनीति की रोशनी में बनायी जाती थी, और राज्य अपने-आप में अध्ययन का स्वतंत्र विषय नहीं थे। लेकिन पिछले बीस साल के घटनाक्रम का विश्लेषण स्पष्ट करता है कि असल में केंद्रीय राजनीति राज्यों के राजनीतिक रुझानों का जोड़ बन चुकी है। राज्य एक स्वतंत्र राजनीतिक दायरे के रूप में उभर चुके हैं और अब उनके नेताओं को केंद्र की सत्तारूढ़ ताक़तों का छत्रप या सूबेदार भर मानना एक भूल होगी। राष्ट्रीय राजनीति में एक ख़ास तरह के क्षेत्रवाद का उदय हुआ है जो अपने वजूद में स्वायत्त होते हुए भी राष्ट्रीय इकाई के साथ परस्पर अभिन्न संबंधों में सकारात्मक रूप से बँधा हुआ है। मतदाता अब केवल कांग्रेस और उसके ख़िलाफ़ खड़े विपक्ष में से किसी एक को चुनने के लिए ही मजबूर नहीं हैं। हर राज्य में उनके पास चयन के अलग-अलग विकल्प मौजूद हैं। विचारधाराएँ और आंदोलन न केवल राज्यों के स्तर पर स्वयं को अभिव्यक्त करते हैं, बल्कि उनका असर कहीं देर तक रहता है। राज्यों के स्तर पर राजनीतिक सहभागिता का स्तर उच्चतर और सघन हुआ है जिससे लोकतंत्र के आधार को व्यापकता मिली है। राज्यों की राजनीति की एक अन्य विशेषता वहाँ की प्रभुत्वशाली जाति या समुदाय द्वारा सत्ता में लम्बे अरसे तक टिके रहना भी है। अध्येताओं ने जानने की कोशिश भी की है कि इस विकास-क्रम में भारतीय लोकतंत्र के लिए किस तरह के फलितार्थ निहित हैं।

राज्यों की राजनीति को आधार बना कर सैद्धांतिक सूत्रीकरण की शुरुआत साठ के दशक में मायरन वीनर ने की थी। इस लिहाज़ से वीनर को अपने समय से आगे माना जायेगा कि उन्होंने कांग्रेस के वर्चस्व के ज़माने में राज्यों के अध्ययन के आधार पर एक तुलनात्मक परिप्रेक्ष्य विकसित करने का आग्रह किया। वीनर की यह राय समाज-वैज्ञानिकों की उस प्रवृत्ति के ख़िलाफ़ जाती थी जिसके तहत या तो राजनीति के अखिल भारतीय प्रारूपों की खोज की जाती थी, या फिर किसी एक राज्य को केंद्र बना कर अध्ययन किये जाते थे। अस्सी के दशक के उत्तरार्ध में कई समाज-वैज्ञानिकों ने दो या दो से अधिक राज्यों के तुलनात्मक अध्ययन पेश करके वीनर की परम्परा को आगे बढ़ाया। नब्बे के दशक के राजनीतिक घटनाक्रम ने राज्यों को राजनीतिक

कारोबार के प्रमुख मंच के रूप में स्थापित कर दिया। राज्य आधारित पार्टियों की गतिविधियों पर गहरी नज़र डाली जाने लगी और राज्य स्तरीय चुनावी परिणामों के विश्लेषण के माध्यम से राष्ट्रीय नतीजों को स्पष्ट किया जाने लगा।

राज्यों की राजनीति के देर से हुए उभार के पीछे एक ख़ास तरह का इतिहास है। अंग्रेज़ों के ज़माने में ब्रिटिश शासित क्षेत्रों में राजनीतिक गोलबंदी कहीं सघन और विकसित थी, बमुक़ाबले देशी रियासतों के। यह पैटर्न आज़ादी के बाद भी जारी रहा और शुरुआती सालों में पूर्व-राजाओं और स्वतंत्र पार्टी को उन राज्यों में उल्लेखनीय सफलता मिली जहाँ अंग्रेज़ों और उपनिवेशवाद विरोधी राज्यों के बीच सीधा अंतर्विरोध नहीं था। आज़ादी के साठ साल बाद आज यह इतिहास राज्यों की राजनीति पर असर डालने लायक़ नहीं रह गया है। लेकिन तीस और चालीस के दशक की विचारधारात्मक विरासत अभी भी राज्यों को प्रभावित करती है। जो कम्युनिस्ट या समाजवादी आंदोलन उस ज़माने में केरल, पश्चिम बंगाल, त्रिपुरा, बिहार और उत्तर प्रदेश में राजनीतिक गहमागहमी के केंद्र हुआ करते थे, उनका असर आज भी देखा जा सकता है। इसी तरह आंध्र प्रदेश, कर्नाटक, महाराष्ट्र और ओडीशा जैसे प्रांतों में चलने वाले प्रतिरोध आंदोलनों की छाप आज भी इन राज्यों की राजनीति पर है। कुछ राज्यों के पास सामाजिक न्याय के आंदोलनों की विरासत है (तमिलनाडु और केरल), और कुछ के पास आम्बेडकर आंदोलन की (महाराष्ट्र और उत्तर प्रदेश)। कुछ राज्यों पर उस ज़माने में पैदा हुए पृथकतावादी रुझान आज भी दिखाई पड़ते हैं (नगालैण्ड, मिज़ोरम और पंजाब)।

आज़ादी के बाद कुछ राज्यों का अस्तित्व केवल भौगोलिक भर था। मध्य प्रदेश और उत्तर प्रदेश जैसे विशाल राज्य एक अपेक्षाकृत समरूप राजनीतिक समुदाय के रूप में नहीं उभर पाये थे। भाषा और राजनीतिक संस्कृति के अस्मितागत रूपों के लिहाज़ से ये राज्य आज भी देश के कई राज्यों से पीछे हैं। लेकिन कुल मिला कर यह कहा जा सकता है कि भाषाई आधार पर राज्यों की रचना से कई राज्य (आंध्र प्रदेश, महाराष्ट्र, पंजाब) को उनकी अलग राजनीतिक अस्मिता प्राप्त कर चुके हैं। तमिलनाडु को द्रविड़ आंदोलन ने, असम को बहिरागत विरोधी मुहिम ने, मिज़ोरम को पृथकतावादी बग़ावत ने और पश्चिम बंगाल को कम्युनिस्ट आंदोलन ने एक राजनीतिक समुदाय में गठित कर दिया है। महाराष्ट्र और गुजरात ने भी पिछले दिनों अपनी क्षेत्रीय अस्मिता के ज़रिये इसी दिशा में क़दम बढ़ा दिये हैं। राज्यों के इस अस्मितागत विकास में जातिगत और धार्मिक चेतना की भी भूमिका है।

विविध कारकों के आधार पर राज्यों के अधिकाधिक एकीकृत राजनीतिक इकाई में बदलते जाने के दो मुख्य परिणाम निकले हैं। अब वे केंद्र के साथ अधिक विश्वास के साथ संबंध रख सकते हैं अर्थात् राज्य जितना एकीकृत होगा, उतने ही गहरे संबंध उसके केंद्र आधारित बृहत्तर संघ के साथ होंगे। दूसरी ओर यह भी देखने में आया है कि अस्मितागत विकास के बावजूद राज्यों में उपक्षेत्रीय पहचानों का उभार जारी है। राज्यों के राजनीतिक समरूपीकरण की प्रतिक्रिया में उत्तर बंगाल, पश्चिमी ओडीशा, पूर्वांचल, हरित प्रदेश, बुंदेलखण्ड, तेलंगाना और विदर्भ जैसी उप-क्षेत्रीय अस्मिताओं की दावेदारी पहले के मुक़ाबले और मुखर हुई है। उप-क्षेत्रीय अस्मिताओं को क्षेत्रीय विकास परिषदों और स्वायत्तशासी परिषदों के प्रावधान के ज़रिये संतुष्ट करने की कोशिश में राज्य और संघ के बीच एक तरह का गठजोड़ देखा जा सकता है। लेकिन इसका दूसरा पहलू यह भी है कि राज्य इन उप-क्षेत्रीय अस्मिताओं के साथ सत्ता में साझेदारी करने के लिए तैयार नहीं है। अगर वे उनगें ऐसी साझेदारी के लिए राजनीतिक इच्छा-शक्ति होती तो इन परिषदों की आवश्यकता ही न पड़ती। राज्यों के भीतर पंचायती राज संस्थाओं के विकास ने लोकतांत्रिक विकेंद्रीकरण की प्रक्रिया को प्रभावित किया है। 73वें संविधान संशोधन के गर्भ से निकले पंचायती राज संस्थाओं के नये रूप ने स्त्रियों, दलितों और अन्य पिछड़े वर्ग की स्थानीय शक्तियों के लिए सहभागिता का रास्ता साफ़ किया है।

राज्यों के उभार ने राष्ट्रीय मंच पर क्षेत्रीय रंगों में रँगी राजनीति तो पेश कर दी है, पर इससे राज्यों के भीतर लोकतांत्रिक संस्कृति की गारंटी नहीं हो पायी है। राज्यों के भीतर उभरने वाले बहुसंख्यकवाद के विभिन्न रूपों और परिणामवादी रवैये के मुक़ाबले सच्चे लोकतांत्रिक विचार की स्थापना अभी बाक़ी है। जहाँ तक सत्ता के सामाजिक आधार का सवाल है, गुजरात, महाराष्ट्र, आंध्र प्रदेश, कर्नाटक, हरियाणा और पंजाब में मँझोली जातियों ने अपना वर्चस्व क़ायम करने में सफलता प्राप्त की है। केरल, तमिलनाडु, बिहार और उत्तर प्रदेश में यह प्रक्रिया इन जातियों के परे चली गयी है। पश्चिम बंगाल, ओडीशा, मध्य प्रदेश, छत्तीसगढ़, राजस्थान, हिमाचल और उत्तराखण्ड जैसे राज्यों में पारम्परिक रूप से ऊँची जातियों के हाथ में ही सत्ता की बागडोर है।

आर्थिक दृष्टि से देखा जाए तो ऐसा प्रतीत होता है कि पिछले बीस साल से चल रही भूमण्डलीकरण की प्रक्रिया और बाज़ार की ताक़तों के स्थापित हो रहे वर्चस्व ने राज्यों की वह क्षमता घटा दी है जिसके ज़रिये वे कॉरपोरेट और अन्य संगठित हितों का प्रतिरोध कर पाते थे। ऐसे कई उदाहरण सामने आये हैं जिनसे लगता है कि राज्य सरकारों को आर्थिक रूप से प्रभुत्वशाली ताक़तों के एजेंट की तरह काम करने में कोई हिचक नहीं रह गयी है।

देखें : असम, अरुणाचल प्रदेश, आंध्र प्रदेश, उत्तर प्रदेश, उत्तराखण्ड, ओडीशा, कर्नाटक, केरल, गुजरात, छत्तीसगढ़, जम्मू और कश्मीर, झाड़खण्ड, तमिलनाडु, त्रिपुरा, दिल्ली, नगालैण्ड, पश्चिम बंगाल, पंजाब, महाराष्ट्र, मध्य प्रदेश, मणिपुर, मिज़ोरम, मेघालय, भारतीय संघवाद, बिहार, राजस्थान, राज्यों का पुनर्गठन-1, 2 और 3, भारतीय संघवाद, हरियाणा।

संदर्भ

1. मायरन वीनर (1968), *स्टेट पॉलिटिक्स इन इण्डिया,* प्रिंसटन युनिवर्सिटी प्रेस, प्रिंसटन.
2. योगेंद्र यादव और सुहास पलशीकर (2009), 'टेन थीसिज़ ऑन स्टेट पॉलिटिक्स इन इण्डिया', संदीप शास्त्री, के.सी. सूरी और योगेंद्र यादव (सम्पा.), *इलेक्ट्रोरल पॉलिटिक्स इन इण्डियन स्टेट्स,* ऑक्सफ़र्ड युनिवर्सिटी प्रेस, नयी दिल्ली.
3. रॉब जेनकिंस (1984), *रीजनल रिफ्लेक्शंस : कम्पेयरिंग पॉलिटिक्स एक्रॉस इण्डियाज़ स्टेट्स,* ऑक्सफ़र्ड युनिवर्सिटी प्रेस, नयी दिल्ली.

— अभय कुमार दुबे

राजनय

(Diplomacy)

राजनय वह कला है जिसके ज़रिये कोई राज्य किसी दूसरे राज्य या राज्यों से युद्ध, शांति, व्यापार, अर्थशास्त्र, संस्कृति, पर्यावरण और मानवाधिकार संबंधी मसले सुलझाता है। इस कला में पारंगत राजनयिकों के हाथ में ही विदेश नीति की बागडोर रहती है। उन्हें विभिन्न देशों में स्थित दूतावासों में तैनात किया जाता है। ये प्रशिक्षित राजनयिक ही विभिन्न स्तरों पर संबंधित प्रश्नों पर समझौता वार्ताएँ चला कर संधियों और समझौतों की ज़मीन तैयार करते हैं जिन्हें बाद में सत्तारूढ़ प्रतिष्ठान द्वारा स्वीकृति प्रदान की जाती है। ये वार्ताएँ द्विपक्षीय भी हो सकती हैं और बहुपक्षीय भी। डिप्लोमेसी को राजनय के साथ किंचित नकारात्मक अर्थों में कूटनीति के तौर पर भी देखा जाता है, क्योंकि राजनयिक अपनी कुशलता से बिना युद्ध में उतरे सामरिक लाभ की स्थिति में आने का उपक्रम करने की कोशिशें करते हैं। राजनय के दो मुख्य पहलू होते हैं : इसी के ज़रिये राज्य दुनिया के सामने अपना प्रतिनिधित्व करते हुए अपनी दावेदारियाँ पेश करता है, और अंतर्राष्ट्रीय स्तर पर होने वाली राष्ट्रीय हितों की प्रतियोगिता में राज्य के हितों की रक्षा की जाती है। समझा जाता है कि 1815 के बाद अंतर्राष्ट्रीय ताक़तों के बीच जब भी टकराव की नौबत आयी, केवल दस फ़ीसदी मामलों में ही बात युद्ध तक पहुँची, वरना बाक़ी सभी प्रकरणों में राजनय के ज़रिये समस्याएँ सुलझा ली गयीं।

विदेश नीति के दस्तावेज़ अक्सर सामान्य पदावली और भाषा में तैयार किये जाते हैं, और नीति-विषयक लक्ष्यों को धरती पर उतारने के लिए स्पष्ट उपायों का उनमें ज़िक्र नहीं होता। एक कुशल राजनयिक से उम्मीद की जाती है कि वह हर बार ताज़े हालात की रोशनी में उन सामान्य वक्तव्यों के भीतर ठोस अर्थों को पढ़ने में कामयाब होगा। एक बेहतर राजनियक से नीतिगत वक्तव्यों को परे जाकर राज्य के व्यापक हित में काम करने की अपेक्षा भी की जाती है। ऐसी सरकार शायद ही कोई होगी जिसकी विदेश नीति में अंतर्विरोध और विच्छिन्नताएँ न हों। विदेश नीति एक-दूसरे को काटते स्वरों और व्याख्याओं के बीच से निकाल कर सुसंगत संरचना प्रदान करने का काम राजनयिकों द्वारा किया जाता है।

आधुनिक राजनय का उद्गम तेरहवीं सदी के इटली में माना जाता है जब मिलान के फ्रांसेस्को सेफ़रोज़ा उत्तरी इटली के दूसरे नगर-राज्यों में अपने स्थाई दूतावास क़ायम किये। पहले रिनेसाँ के इस दौर में त्युस्केनी और वेनिस भी राजनय के केंद्र बने। राजदूत द्वारा अपना परिचय-पत्र राज्य के मुखिया के सामने पेश करने की परम्परा भी युरोप के इसी क्षेत्र में पड़ी। मिलान ने ही 1455 में पहली बार अपना प्रतिनिधि फ्रांस के राजदरबार में भेजा। लेकिन, मिलान ने फ्रांस के दूत को स्वीकार करने से इनकार कर दिया। उसे शक था कि फ्रांसीसी दूत स्थानीय हुक़ूमत के कामकाज में हस्तक्षेप न करने लगे। बहरहाल, कुछ ही वर्षों के भीतर प्रमुख युरोपीय ताक़तें आपस में दूतों की अदला-बदली करने लगीं। स्पेन ने 1487 में पहली बार इंग्लैण्ड के दरबार में अपना स्थाई प्रतिनिधि भेजा। सोलहवीं सदी तक आते-आते दूसरे देशों में अपने स्थाई राजदूत रखने की परम्परा तक़रीबन स्थापित हो गयी।

एशियाई राज्य व्यवस्थाओं में भी राजनय की पुरानी परम्परा है। ईसा पूर्व तीसरी सदी में चंद्रगुप्त मौर्य के महामात्य (प्रधानमंत्री) विष्णुगुप्त चाणक्य (कौटिल्य) द्वारा रचित ग्रंथ अर्थशास्त्र में राजनय से संबंधित सिद्धांत का प्रतिपादन किया गया है। इसके मुताबिक़ राजनय की भूमिका राजा को दूसरे राज्यों से गठबंधन बनाने के ज़रिये प्रतिद्वंद्वी राज्यों को मात देने की होनी चाहिए। कौटिल्य ने सिफ़ारिश की है कि दूसरे दरबारों में भेजे गये दूतों को वहाँ लम्बी अवधियों तक रहना चाहिए। वे यह भी सलाह देते हैं कि ज़रूरत पड़ने पर विदेशी दूतों को निष्कासित करने के लिए भी तैयार रहना चाहिए।

ईसा से छह सौ वर्ष पूर्व चीन के सामरिक रणनीतिकार सुन ज़ू द्वारा रचित ग्रंथ *द आर्ट ऑफ़ वार* में भी राजनय की कला के बारे में उल्लेखनीय चर्चा मिलती है।

अंतर्राष्ट्रीय संबंधों के विद्वानों ने राजनय के कामकाज को तीन भागों में बाँटा है : सूचना एकत्रित करना, छवि का प्रबंधन और नीतिगत कार्यान्वयन। किसी भी देश के दूतावास की पहली जिम्मेदारी यह पता लगाने की होती है कि उस देश का स्थानीय राजनीतिक नेतृत्व क्या सोच रहा है, उसकी अर्थव्यवस्था की स्थिति क्या है और सत्तारूढ़ ताक़तों को किस क़िस्म के राजनीतिक विरोध का सामना करना पड़ रहा है। इन्हीं सूचनाओं के आधार पर यह आकलन किया जा सकता है कि उस देश के संदर्भ में किस तरह की विदेश नीति अपनायी जायेगी। कोई भी सरकार अपने राजनयिकों की आँखों और कानों से ही किसी अन्य देश को देखती और सुनती है। राजनयिकों द्वारा भेजे गये तारों और संदेशों के आधार पर ही विदेश नीति का विकास होता है। दूतावास अपने देश की छवि बेहतर करने का नियोजित प्रयास भी करता है। पब्लिक रिलेशंस के नेटवर्क और आधुनिक संचार साधनों की मदद से दूतावास स्थानीय मीडिया को फ़ायदेमंद क़िस्म की सूचनाएँ सप्लाई करता है और उसकी कोशिश होती है कि किसी क़िस्म की नकारात्मक पब्लिसिटी न होने पाये। दूतावासों को अपने देश के वैदेशिक कार्यक्रमों के कार्यान्वयन की जिम्मेदारी भी निभानी पड़ती है। फ़ौजी अड्डे खोलने के अधिकारों से लेकर विदेशी निवेश सुलभ कराने के क़दमों तक और आर्थिक सहायता के वितरण से लेकर तकनीकी मदद प्राप्त करने तक का उत्तरदायित्व दूतावासों के कंधों पर रहता है।

इस बात पर अच्छी-ख़ासी बहस है कि आज के ज़माने में राजनय की उपयोगिता बढ़ी है या कम हुई है। कुछ विद्वानों की मान्यता है कि संचार और आवागमन के साधनों का जैसे-जैसे विकास हो रहा है, वैसे-वैसे राजदूतों की अहमियत घटती जा रही है। जिस ज़माने में यात्रा और संचार की सुविधाएँ मुहैया नहीं थीं, राजदूत लम्बे अरसे तक किसी देश में तैनात रहते थे। उनकी हैसियत एक हद तक स्वायत्त रहती थी और विदेश नीति पर अमल काफ़ी-कुछ उनके विवेक पर निर्भर रहता था। उन्हें अपनी सरकार की तरफ़ से बहुत कम निर्देश मिल पाते थे। आज स्थिति बदल गयी है। राजदूतों को विदेश मंत्रालयों से नित्य-प्रति संदेशों, सुझावों, निर्देशों और विश्लेषणों की डाक मिलती रहती है। राज्यों के मुखिया अब किसी दूसरे राज्य के मुखिया से सम्पर्क करने के लिए अपने राजदूत के मोहताज नहीं रह गये हैं। वे टेलिफ़ोन पर आपस में सीधी बात कर लेते हैं और उनके बीच अक्सर होने वाली शिखर वार्ताओं में राजदूत की भूमिका ज़्यादा से ज़्यादा पूरक और सहयोगी की रह गयी है। आजकल सर्वोच्च नीति-निमाताओं के बीच शटल डिप्लोमेसी या विशेष दूत भेजने का चलन भी बढ़ गया है। सत्तर के दशक में अमेरिका के राष्ट्रपति निक्सन और उनके विदेश मंत्री हेनरी किसिंगर द्वारा की गयी शटल डिप्लोमेसी इसका उदाहरण है।

दूसरी तरफ़ एक विचार यह भी है कि भूमण्डलीकरण की प्रक्रिया ने विभिन्न राज्यों के बीच अंतर-निर्भरता की मात्रा बहुत बढ़ा दी है। अब दुनिया पुरानी युरोकेंद्रित राज्य प्रणाली पर टिकी रहने के बजाय एक भूमण्डलीय अंतर्राष्ट्रीय समाज जैसी बनती जा रही है। इस परिस्थिति ने बहुपक्षीय राजनय की सम्भावनाएँ बढ़ायी हैं। ऐसे मुद्दों की कोई कमी नहीं है जिनमें विभिन्न सरकारों के बीच सहयोग क़ायम करने के लिए बहुपक्षीय प्रबंधन की आवश्यकता हो। आणुविक प्रसार, शस्त्र-नियंत्रण, वाणिज्य, आतंकवाद निरोध जैसे प्रश्नों पर तो बहुपक्षीय राजनय की भूमिका अनिवार्य मानी जाती है। इसी तरह संयुक्त राष्ट्र और उसकी संस्थाएँ समय-समय पर खाद्य, जनसंख्या वृद्धि, पर्यावरण और अन्य वैश्विक सरोकारों से संबंधित सम्मेलनों और बैठकों का आयोजन करती रहती हैं। इस संदर्भ में भी बहुपक्षीय राजनय की भूमिका प्रबल होती है।

देखें : आदर्शवाद, आतंकवाद, अंतर्राष्ट्रीय मुद्रा कोष, इमैनुएल कांट, इतिहास का अंत, एडवर्ड हैलेट कार, जाति-संहार, पृथकतावाद, तृतीय विश्व, द्वितीय विश्व-युद्ध, नस्लवाद, नव-उपनिवेशवाद, निर्भरता सिद्धांत, नि:शस्त्रीकरण, पेटेंट, प्रथम विश्व-युद्ध, प्रगति, बौद्धिक सम्पदा अधिकार, ब्रेटन वुड्स प्रणाली, भारत में पेटेंट क़ानून, रंगभेद, उपनिवेशवाद, यथार्थवाद, युद्ध, युरोपीय यूनियन, रचनात्मकतावाद, राजनय, विश्व व्यापार संगठन, विश्व बैंक, विश्व-सरकार, वि-उपनिवेशीकरण, सभ्यताओं का संघर्ष, सम्प्रभुता, संयुक्त राष्ट्र, साम्राज्यवाद, शक्ति-संतुलन, शांति, शांतिवाद, शस्त्र-नियंत्रण, हथियारों की होड़।

संदर्भ

1. सर अर्नेस्ट सेटौ (1917/1998), अ *गाइड टू डिप्लोमेटिक प्रेक्टिस,* ग्रीन ऐंड को., लंदन और न्यूयॉर्क
2. जी.आर. बेरिज (2005), *डिप्लोमेसी : थियरी ऐंड प्रेक्टिस,* तीसरा संस्करण, पालग्रेव, बेसिंगस्टोक.
3. किशन एस. राणा और जोबन कुरबालिजा (सम्पा.) (2007), *.फ़ॉरेन मिनिस्ट्रीज़ : मैनेजिंग डिप्लोमेटिक नेटवर्क्स ऐंड ऑप्टीमाइज़िंग वेल्यू,* डिप्लोफ़ाउंडेशन.
4. जॉर्ज कनिंघम (2005), *जरनी टु बिकम अ डिप्लोमेट : विद अ गाइड टु .क़ैरियर इन वर्ल्ड एफ़ेयर्स,* एफ़पीए ग्लोबल विज़न बुक्स.

— अभय कुमार दुबे

राजनीति में व्यक्ति की भूमिका

(Individual's Role in Politics)

राजनीतिक के साथ सामाजिक की धारणा गुँथी हुई है। प्रश्न यह है कि राजनीति और समाज के इस समीकरण में व्यक्ति की भूमिका क्या है? इसी सवाल को इस तरह से भी पूछा जा सकता है कि क्या लेनिन के होने या न होने से रूसी इतिहास की गति पर कोई फ़र्क़ पड़ने वाला था? अगर 1920 में पोलियो से विकलांग होने के बजाय रूज़वेल्ट का देहांत हो जाता तो क्या अमेरिका महामंदी और द्वितीय विश्व-युद्ध की परिस्थिति का उसी तरह मुक़ाबला करता? अगर भारतीय राजनीति में गाँधी का उदय न होता तो प्रतिवेदन और ज्ञापन देने वाली कांग्रेस पार्टी उपनिवेशवाद विरोधी जनांदोलन में बदल पाती? या अगर साठ के दशक के आख़िरी सालों में इंदिरा गाँधी की जगह किसी और के हाथों में पार्टी की बागडोर होती तो क्या बिखरती हुई 'कांग्रेस-प्रणाली' का रूपांतरण लोकलुभावन और करिश्माई नेतृत्व वाले दल में हो पाता? इसी तरह अगर मार्गरेट थैचर ने राजनीति करने के बजाय वकालत करने का फ़ैसला किया होता तो अस्सी के दशक में ब्रिटिश राजनीति की शक्ल-सूरत क्या होती? अगर 1994 में जॉन स्मिथ की मृत्यु न हो गयी होती और उनकी जगह टोनी ब्लेयर ने न ली होती तो क्या लेबर पार्टी नया रूप धारण कर पाती? अगर चीनी कम्युनिस्ट पार्टी ने दो लाइनों के संघर्ष में माओ की बात न मान कर उनके आलोचकों की मानी होती तो क्या चीन क्रांति सम्पन्न कर पाता? समाज-विज्ञान की दुनिया के पास इन प्रश्नों का कोई सैद्धांतिक उत्तर नहीं है। इतिहास या विज्ञान हमारे सामने इस उलझन का कोई समाधान पेश नहीं करता कि संस्थागत, वैचारिक और सामाजिक परिवेश से परे जाकर कोई व्यक्ति इतिहास और राजनीति पर अपनी मुहर कैसे लगाता है।

(ऊपर से) फ्रेंकलिन डिलानो रूज़वेल्ट (1882-1945), इंदिरा गाँधी (1917-1984) और मार्गरेट थैचर (1925-2012)

दार्शनिकों और चिंतकों ने इस बात पर काफ़ी दिमाग़ खपाया है कि राजनीतिक विश्लेषण के केंद्र में नेतृत्वकारी हस्तियों की आकांक्षाएँ, आस्थाएँ और उपलब्धियाँ होनी चाहिए या फिर उसे उन निर्वैयक्तिक शक्तियों की जाँच-पड़ताल करनी चाहिए जो व्यक्तियों के आचरण को तय करती हैं? राजनीति को सिर्फ़ व्यक्तियों के आईने में देखने वाले मानते हैं कि उसकी रचना महान नेताओं के हाथों होती है। यही विचार उस समय अतिवादी रूप ग्रहण कर लेता है जब 'फ़ासिस्ट फ़्यूहररशिप' या 'सर्वोच्च नेता' या 'राजनीतिक प्राधिकार' या 'महान खेवनहार' के हाथों में कोई देश या समूह अपना भविष्य सौंप देता है। फ़ासीवाद के पैरोकार मुसोलिनी और हिटलर को सर्वशक्तिमान और सर्वज्ञानी नेता के रूप में पेश करते थे। भारत में नक्सलवादी आंदोलन में चारु मजूमदार को राजनीतिक प्राधिकार का मूर्तिमान स्वरूप मान लिया गया था। चीनी कम्युनिस्ट पार्टी माओ त्से-तुंग को महान खेवनहार मानती थी। ज़ाहिर है कि राजनीति और व्यक्ति के रिश्ते को समझने का यह तरीक़ा उन सामाजिक, आर्थिक, सांस्कृतिक और ऐतिहासिक पहलुओं को नज़रअंदाज़ करता है जो इतिहास की गति को लाज़मी तौर पर प्रभावित करते हैं।

इसके विपरीत दूसरा रवैया सामाजिक-आर्थिक कारकों को इतना महत्त्व दे देता है कि राजनीतिक प्रक्रिया में व्यक्ति की भूमिका इतिहास की कठपुतली से ज़्यादा नहीं रह जाती। इस यांत्रिक मार्क्सवादी रवैये का उदाहरण सोवियत संघ और पूर्वी युरोप के कई कम्युनिस्ट राज्यों के रूप में मिल सकता है। यह नज़रिया आर्थिक नियतिवाद की देन था जिसके अनुसार मान लिया जाता है कि राजनीतिक, विधिक, सांस्कृतिक और बौद्धिक जीवन 'आर्थिक उत्पादन की विधि' द्वारा निर्धारित होता है। इतिहास और मानवीय व्यवहार का प्रत्येक आयाम वर्ग-संघर्ष के विकास की रोशनी में देखा जाता है। ऐसा सिद्धांत मानवीय व्यवहार का आकलन करने में निजी अस्मिता या स्वेच्छा की भूमिका को तरज़ीह नहीं देता। हर घटना की एजेंसी इतिहास को मान लिया जाता है। मार्क्स इस तरह के संकीर्ण नियतिवाद के समर्थक नहीं थे, पर वे आत्मगत कार्रवाई को निर्णायक महत्त्व देने के लिए भी तैयार नहीं थे। उनका कहना था : मुर्दा पीढ़ियों की परम्पराओं का बोझ ज़िंदा पीढ़ियों के दिमाग़

पर एक दु:स्वप्न की तरह लदा रहता है। मार्क्स के अधिकतर अनुयायी उनके द्वारा प्रस्तावित इस रूपक का रचनात्मक और परिष्कृत इस्तेमाल करने में नाकाम रहे हैं।

एक तरह से व्यक्ति की भूमिका का आकलन करने के मामले में मार्क्स के साथ-साथ नीत्शे के सिद्धांतों को भी एकतरफ़ा दोहन का शिकार होना पड़ा है। मार्क्स के चिंतन से सोवियत सिद्धांतकारों ने आर्थिक नियतिवाद निकाला, तो नीत्शे के चिंतन का बेजा इस्तेमाल नाज़ीवादियों ने किया। नीत्शे ने अपनी रचना *दस स्पोक ज़रथुस्त* (1883-85) में 'सुपरमैन' का विचार प्रतिपादित किया था। सुपरमैन के ज़रिये वे एक ऐसे व्यक्ति की सम्भावनाओं की तरफ़ इशारा कर रहे थे जो चालू नैतिकताओं की सीमाओं से आगे जाकर अपने लिए अलग तरह के मूल्यों और जीवन की सृष्टि कर सके।

इन दो दृष्टिकोणों के बीच क्या कोई तीसरा दृष्टिकोण भी है? दरअसल, व्यक्ति राजनीति और इतिहास की रचना करते हैं, पर ऐसा करते समय वे कुछ विशिष्ट बौद्धिक, संस्थागत, सामाजिक और ऐतिहासक परिस्थितियों के दायरे में होते हैं। बहुत कम राजनेता ऐसे होते हैं जिन्होंने चिंतन के क्षेत्र में भी उल्लेखनीय योगदान किया हो। लेनिन, माओ और गाँधी जैसे लोग बहुत कम हुए हैं। ज़्यादातर नेताओं का कृतित्व किसी न किसी युग के चिंतकों से प्रभावित होता है। मसलन, थैचराइज़ेशन और रेगनोमिक्स में ऐडम स्मिथ और रिकार्डो से लेकर हायक और फ्रीडमैन तक के क्लासिकल और नियोक्लासिकल अर्थशास्त्र के तत्त्व थे। मार्क्स और कींस के विचारों को भी राजनीतिक इतिहास की रचना का श्रेय दिया जाता है, पर दिलचस्प बात यह है कि इन असाधारण चिंतकों के विचार भी कुछ विशिष्ट बौद्धिक परम्पराओं से प्रभावित थे। लेकिन इन लोगों ने उन परम्पराओं के इतर जा कर सृजनशील होने की क्षमता दिखाई। इसका एक दिलचस्प उदाहरण फ्रांसीसी क्रांति के पितामह समझे जाने वाले रूसो के कृतित्व में मिलता है। समझा जाता है कि रूसो की देन समझे जाने वाले कुछ विचार सबसे पहले उनके साथ उठने-बैठने वाली चिंतक-मण्डली के अन्य विद्वानों के दिमाग़ में आये थे, पर उन्होंने सामाजिक और राजनीतिक प्रभाव तभी डाला जब रूसो ने अपने विशिष्ट दृष्टिकोण से उनकी व्याख्या कर दी।

दूसरे, व्यक्तियों और संस्थाओं के बीच का संबंध भी बहुत-कुछ असर डालता है। संस्थागत पहलू का प्रभाव धीरे-धीरे काफ़ी बढ़ गया है जिसके कारण राजनीतिक गति में व्यक्ति की विशिष्ट भूमिका कुछ कमतर लगने लगी है। जर्मन समाजशास्त्री मैक्स वेबर की मान्यता थी कि आधुनिक औद्योगिक समाजों में विधिक और बुद्धिसंगत प्राधिकार के संस्थागत रूपों ने मोटे तौर पर करिश्माई और पारम्परिक प्राधिकार के रूपों को पृष्ठभूमि में धकेल दिया है। आज अमेरिका, ब्रिटेन और भारत के सर्वोच्च पदों (राष्ट्रपति और प्रधानमंत्री) पर बैठे लोगों के लिए निजी तौर पर करिश्माई होना ज़रूरी नहीं रह गया है। उनका संस्थागत महत्त्व ही सर्वोपरि है।

लेकिन इसका मतलब यह नहीं निकाला जा सकता कि पद और संस्था का हर नेता एक सा ही उपयोग करेगा। इसीलिए कहा जाता है कि ब्रिटेन का प्रधानमंत्री पद उस व्यक्ति के मुताबिक़ काम करता है जो उस पर आरूढ़ होता है। करिश्माई और मज़बूत इच्छा-शक्ति वाले प्रधानमंत्री उन्हीं शक्तियों के आधार पर भिन्न नतीजे निकाल लेते हैं। 1979 से 1990 के बीच मार्गरेट थैटर ने जो कर दिखाया वह उनके पहले और बाद के कई प्रधानमंत्री नहीं कर पाये। भारत में जवाहरलाल नेहरू और इंदिरा गाँधी के कार्यकाल इसी तरह की मिसालें पेश करते हैं।

देखें : अधिकार, अधिकार : सैद्धांतिक यात्रा, अरस्तू, अफ़लातून, अनुदारतावाद, अराजकतावाद, अन्य-अन्यीकरण, उदारतावाद, उपयोगितावाद, ऐडमंड बर्क, क्रांति, ज्याँ ज़ाक रूसो, जॉन लॉक, जेरेमी बेंथम, जॉन स्टुअर्ट मिल, जॉन रॉल्स, थॉमस हॉब्स, थॉमस पेन, न्याय, न्याय : नारीवादी आलोचना, न्याय : रॉल्स का सिद्धांत, नागरिकता, नागरिकता : अन्य परिप्रेक्ष्य-1 और 2, नागर समाज, पनॉप्टिकन, प्रतिनिधित्व, प्रगति, प्रगति : आलोचनात्मक परिप्रेक्ष्य, प्रशासन, फ़ासीवाद, फ्रेड्रिख़ वान हायक, बहुसंस्कृतिवाद, बहुसंख्यकवाद, बहुसंख्यक-अल्पसंख्यक, बुद्धिवाद, माइकेल जोसेफ़ ओकशॉट, माइकिल वाल्ज़र, मिशेल पॉल फ़ूको-1 और 2, यूटोपिया, राजनीतिक दर्शन के नारीवादी आयाम-1 और 2, राज्य-1 और 2, रॉबर्ट नॉज़िक, राज्य-1 और 2, व्यक्तिवाद, विल किमलिका, सविनय अवज्ञा, स्वतंत्रतावाद, सर्वसत्तावाद, सम्प्रभुता, समाजवाद, सरकारियत, सामाजिक समझौता, हेनरी डेविड थोरो।

संदर्भ

1. डेनियल बायनम और केनेथ पोलॉक (2001), 'लेट अस प्रेज़ नाव ग्रेट मेन', *इंटरनैशनल सिक्यूरिटी,* खण्ड 25, अंक 4.
2. जी.वी. प्लेखानोव (1898), 'द रोल ऑफ़ द इंडिविडुअल इन हिस्ट्री', *नौच्नोये औबोज़्रिनी (साइंटिफ़िक रिव्यू),* मास्को. आर्ट-बिन.कोम/आर्ट/ओपीएलईसीएचइएनजी.एचटीएमएल : 11 सितम्बर, 2013 को देखा गया.
3. देबोराह जी. मार्टिन, सूज़न हैंसन और डेनियाले फ़ोंटेन (2007), 'व्हाट काउंट्स एज़ एक्टिविज़म? द रोल आफ़ इंडिविजुअल इन क्रिएटिंग चेंज', *वुमंस स्टडीज़ क्वार्टरली,* खण्ड 35, अंक 3/4.

— अभय कुमार दुबे

राजनीतिक अर्थशास्त्र

(Political Economy)

राजनीतिक अर्थशास्त्र किसी समाज में राजनीतिक और आर्थिक सत्ता के बँटवारे की जानकारी देते हुए बताता है कि सत्ता का यह वितरण वैकासिक और अन्य नीतियों पर किस तरह का प्रभाव डाल रहा है। इसी बात को इस तरह भी कहा जा सकता है कि राजनीतिक अर्थशास्त्र उन बुद्धिसंगत फ़ैसलों का अध्ययन करता है जो राजनीतिक और आर्थिक संस्थाओं के संदर्भ में लिए जाते हैं। इस अध्ययन में तर्कसंगत आधारों की रोशनी में समष्टिगत प्रभावों पर ग़ौर किया जाता है। अट्ठारहवीं सदी के मध्य में प्रकाशित ऐडम स्मिथ की रचना *वेल्थ ऑफ़ नेशंस* से लेकर उन्नीसवीं सदी में प्रकाशित जॉन स्टुअर्ट मिल की रचना *प्रिंसिपल्स ऑफ़ पॉलिटिकल इकॉनॉमी* और कार्ल मार्क्स की रचना *कैपिटल : अ क्रिटीक ऑफ़ पॉलिटिकल इकॉनॉमी* तक के लम्बे दौर में अर्थशास्त्र का अनुशासन मुख्य तौर से राजनीतिक अर्थशास्त्र के नाम से ही जाना जाता था। दरअसल, समाज-वैज्ञानिकों की मान्यता थी कि राजनीतिक कारक आर्थिक परिणामों पर अनिवार्य ही नहीं बल्कि निर्णयकारी प्रभाव डालते हैं। बीसवीं सदी में राजनीतिशास्त्र और अर्थशास्त्र के अनुशासन अलग होते चले गये। नियोक्लासिकल अर्थशास्त्र के प्रभाव में अर्थशास्त्र की पद्धतियाँ राजनीति से अपेक्षाकृत स्वायत्त हो कर विकसित हुईं और अर्थशास्त्रियों का ज़ोर उपभोक्ताओं और कम्पनियों के ऊपर पड़ने वाले सरकारी नियंत्रणों और बाज़ार के विकास की परिस्थितियों पर होता चला गया। अभी पिछले कुछ दशकों से एक बार फिर राजनीति और अर्थशास्त्र के गठजोड़ की बातें होने लगी हैं, और नये राजनीतिक अर्थशास्त्र की चर्चा सुनायी देने लगी है। राजनीतिक अर्थशास्त्र का इस नये उभार में ख़ास बात यह है कि यह राजनीति के आर्थिक महत्त्व को रेखांकित करने के लिए आधुनिक अर्थशास्त्र की परिष्कृत विश्लेषणात्मक पद्धतियों का इस्तेमाल करता है।

कार्ल हाइनरिख़ मार्क्स (1818-1883)

जॉन स्टुअर्ट मिल (1806-1873)

आर्थिक विज्ञान के इतिहासकारों के मुताबिक़ पॉलिटिकल इकॉनॉमी (राजनीतिक अर्थशास्त्र) का पद पहली बार 1615 में मोंक्रेतीन द वातविले द्वारा प्रयोग किया गया था। फ्रांस का यह वणिकवादी विद्वान् चाहता था कि आर्थिक विज्ञान की परिभाषा को उन सीमाओं से बाहर निकाला जाए जिनमें यूनानी चिंतकों ने उसे सीमित कर दिया है। प्राचीन यूनानियों के अनुसार अर्थशास्त्र का क्षेत्र घर-ख़र्च तक सीमित था। मोंक्रेतीन ने इस विचार में राज्य की संस्था के इर्द-गिर्द होने वाले चिंतन यानी राजनीति को भी जोड़ दिया। 1761 में सर जेम्स स्टुअर्ट पहले अंग्रेज़ अर्थशास्त्री थे जिन्होंने इस पद का उल्लेख अपनी पुस्तक ऐन *इनक्वैरी इनटु द प्रिंसिपल्स ऑफ़ पॉलिटिकल इकॉनॉमी* के शीर्षक में किया।

ऐडम स्मिथ का विचार था कि राजनीतिक अर्थशास्त्र का काम जनता को जीवनयापन के लिए पर्याप्त आमदनी उपलब्ध कराने की प्रावधान करना है, और दूसरी ओर सरकार के लिए इतने राजस्व का इंतज़ाम करना है जिससे सार्वजनिक उद्देश्यों की पूर्ति हो सके। राजनीतिक अर्थशास्त्र को स्मिथ द्वारा दी गयी परिभाषा के दायरे से निकाल कर कहीं व्यापक अर्थ देने का काम कार्ल मार्क्स ने किया। उनके समकालीन जे.एस. मिल की दिलचस्पी पूँजीवाद की आलोचना में नहीं थी (हालाँकि आधी सदी तक उनकी रचना आर्थिक विज्ञान के अध्यापन में इस्तेमाल की जाती रही), लेकिन उन्होंने मूल्य, व्यापार, धन, आबादी, वेतन, आर्थिक प्रणाली और आर्थिक नीति के संदर्भ में राजनीतिक अर्थशास्त्र की व्याख्या की। पर मार्क्स ने ब्रिटिश राजनीतिक अर्थशास्त्र से ग्रहण किया कि आर्थिक विनिमय तभी समतामूलक हो सकता है जब दोनों पक्षों द्वारा लगाया गया श्रम-मूल्य बराबर हो। लेकिन, जब एक पक्ष श्रम ख़रीदने वाला और दूसरा श्रम बेचने वाला होता है तो श्रम ख़रीदने वाला हमेशा ही किसी भी विनिमय में बहुत ज़्यादा लाभ हासिल कर लेता है। इसी लाभ के दम पर उसके पास उत्तरोत्तर पूँजी जमा होती चली जाती है। इस पूँजी संचय के गहन और दूरगामी आर्थिक-सामाजिक फलितार्थ होते हैं और इसके गर्भ से प्रभुत्व व अधीनस्थता की सामजिक संरचनाएँ जन्म लेती हैं। दरअसल, मार्क्स जिस उलझन का हल सुझा रहे थे, वह कभी अरस्तू ने अपनी *निकोमैकियन इथिक्स* में उठायी थी। अरस्तू के इस विमर्श में आधुनिक राजनीतिक अर्थशास्त्र के बीज निहित थे। अरस्तू का कहना था कि दो लोग जब किन्हीं दो चीज़ों का आपस

में विनिमय करते हैं तो उनमें से एक बेहतर और एक कमतर होती ही है। ऐसे में दोनों में से किसी एक पक्ष को दूसरे के मुक़ाबले अधिक लाभ होना लाज़मी है। उनका सवाल था कि दोनों के लाभों को बराबर कैसे किया जाए, क्योंकि लाभों की असमता एक विषम समाज को जन्म दे सकती है। अरस्तू के पास इस समस्या का हल नहीं था। मार्क्स का युग तो राष्ट्रों के विकास का युग था, इसलिए उन्होंने निष्कर्ष निकाला कि पूँजीवाद बड़े पैमाने पर सम्पत्ति जमा करता चला जाता है और एक मुक़ाम पर पहुँच कर राष्ट्र के विकास में मुख्य भूमिका निभाता है। लेनिन ने मार्क्स के इसी विचार का विस्तार करते हुए दिखाया कि किस तरह उपनिवेशवाद और साम्राज्यवाद के ज़रिये पूँजीवाद अपना अंतर्राष्ट्रीय विस्तार करता है।

मार्क्स और लेनिन के विमर्श का लाभ उठा कर अर्थशास्त्री कई तरह की रैडिकल धारणाओं का प्रतिपादन कर पाये। उन्होंने योजनापूर्वक राजनीति और अर्थशास्त्र को आपस में मिला दिया, पूँजीवाद की प्रकृति और राजनीतिक दलों के इरादों की जाँच की। इसी सिलसिले में सार्वजनिक उत्पादन, उस पर पड़ने वाले बाहरी प्रभावों और इज़ारेदारियों का विश्लेषण किया गया। अलग-अलग सरकारों द्वारा संसाधनों का बँटवारा करने की प्रक्रिया की भी व्याख्या की गयी। लोकोपकारी राज्य की अवधारणा के सूत्रीकरण में राजनीतिक अर्थशास्त्र के वामपंथी पहलुओं की प्रमुख भूमिका रही। पचास के दशक में रिचर्ड एम. टिटमस ने युरोप की ज़मीन पर लोकोपकारी राज्य को तीन मॉडलों में बाँट कर देखा। उन्होंने बताया कि एंग्लो-सेक्सन देश लोक उपकार की राजनीति केवल तभी अपनाते हैं जब बाज़ार विफल हो जाता है। यह आंशिक क़िस्म का लोक उपकार है। जर्मनी और नीदरलैण्ड जैसे देशों में लोक उपकार की राजनीति अर्थशास्त्र में औद्योगिक उपलब्धियों को बेहतर बनाने के लिए मिश्रित की जाती है। स्कैंडिवेनियन देशों में संस्थागत पुनर्वितरणकारी मॉडल की तरह लोक उपकार की राजनीति की जाती है। हाल ही में लोकोपकारी राज्य की व्याख्या कल्याणकारी पूँजीवाद के रूप में भी की गयी है। द *थ्री वर्ल्ड्स ऑफ़ वेलफ़ेयर कैपिटलिज़म* में गोस्ता एस्पिंग-ऐंडरसन ने लोकोपकारी राज्य की पूँजीवादी जड़ों को स्पष्ट करते हुए दिखाया है कि ये मॉडल उदारतावादी, अनुदारतावादी और सामाजिक-जनवादी क़िस्म के हैं।

बीसवीं सदी के मध्य में हुए नियो-क्लासिकल अर्थशास्त्र ने राजनीतिक अर्थशास्त्र के विपरीत राजनीति के प्रभाव से स्वतंत्र आर्थिक विज्ञान की वकालत की। इस प्रवृत्ति के बोलबाले के दौर में सम्भवत: जोसेफ़ शुमपीटर की रचना *कैपिटलिज़म, सोशलज़िम ऐंड डेमॉक्रैसी* एक ऐसी कृति थी जिसमें अंतर्निहित था कि अर्थशास्त्र का अध्ययन राजनीति के अध्ययन से जुड़ा है। बाज़ार की विफलता की रोशनी में राजनीतिक अर्थशास्त्र ने पिछले कुछ दशकों में अपनी दावेदारी फिर से पेश की है। इसका एक बड़ा प्रमाण उस समय मिला जब दिसम्बर, 2007 में नोबेल पुरस्कार लेते हुए तीन अर्थशास्त्रियों (लियोनिड हुरविज़, एरिक मैस्किन और रोज़र मेयरसन) ने अलग-अलग भाषण दिये। तीनों ने अपने-अपने तरीक़ों से राजनीतिक संस्थाओं और आर्थिक संस्थाओं के एकीकरण की ज़रूरत को रेखांकित ही नहीं किया बल्कि यह भी कहा कि यह एकीकरण आम तौर पर हो चुका है। उनका कहना था कि आख़िरकार दोनों ही क़िस्म की संस्थाएँ अपने-अपने क़िस्म के तंत्रों की नुमाइंदगी करती हैं, उनके बीच परस्पर निर्भरता है, और दोनों ही परिणाम हासिल करने में अनिवार्य भूमिका निभाती हैं। मेयरसन का कहना था कि अर्थशास्त्र को प्रमुखता देनी आवश्यक है, पर यह उसे राजनीति से काट कर नहीं दी जा सकती। प्रत्येक सामाजिक संस्था विभिन्न तरह के प्रोत्साहनों को आर्थिक और राजनीतिक पहलुओं से मिला कर खड़ी की जाती है। बेहतर सामाजिक संस्था वह होती है जिसमें यह मिश्रण बुद्धिमानीपूर्वक किया जाता है। तभी वह ग़लत निर्णयों और विभिन्न बाधाओं से पार पाने के लिए सक्रिय और समन्वित प्रयास कर पाती है।

इसमें कोई शक नहीं कि अर्थशास्त्र और राजनीतिशास्त्र के अलगाव ने ज्ञान के क्षेत्र को विकसित करने में अहम योगदान किया है। विद्वानों की कई पीढ़ियों ने एक-दूसरे से स्वतंत्र और स्वायत्त अध्ययन करके न जाने कितने सिद्धांतों और विचारों का प्रतिपादन किया है। इस प्रक्रिया में नये और बेहतर विश्लेषणात्मक परिप्रेक्ष्यों में विषय को पुन: परिभाषित किया गया है। लेकिन, व्यावहारिक दृष्टिकोण से यह अलगाव कभी विशुद्ध आर्थिकी या विशुद्ध राजनीतिक-विज्ञान के विकास का रास्ता नहीं खोल पाया। अब एक बार फिर दोनों के एकीकरण की चर्चा होने लगी है, हालाँकि दोनों ही अनुशासनों के विद्वान पहले से ही परस्परव्यापी क्षेत्रों में कार्यरत हैं। यहाँ तक कि नवउदारतावादी नीतियों में भी यह निर्भरता बढ़ी है।

देखें : अर्थ-विज्ञान का समाजशास्त्र, आर्थिक जनसांख्यिकी, अल्फ्रेड मार्शल, अमर्त्य कुमार सेन, अंतर्राष्ट्रीय मुद्रा कोष, आधार और अधिरचना, ऑस्कर रायज़ार्ड लांगे, ऐडम स्मिथ, करारोपण, लोकोपकारी अर्थशास्त्र, क्लासिकल अर्थशास्त्र, कार्ल हाइनरिख़ मार्क्स-3, कार्ल मेंगर, कींसियन अर्थशास्त्र, गुन्नार मिर्डाल, जोआन रोबिंसन, जॉन कैनेथ गालब्रेथ, जॉन मेनार्ड कींस, जॉन स्टुअर्ट मिल, जोसेफ़ शुमपीटर, जैव विविधता, ट्रस्टीशिप, डेविड रिकार्डो, ढाँचागत समायोजन कार्यक्रम, थॉमस मन और वणिकवाद, थॉमस रॉबर्ट माल्थस, दक्षता, धन, नियोक्लासिकल अर्थशास्त्र, नीतिशास्त्र और अर्थशास्त्र, निकोलस काल्दोर, नियोजन, नियोजन : मार्क्सवादी विमर्श, पण्य, पण्य-पूजा, पेटेंट, पॉल सेमुअलसन, पियरो स्राफ़ा, पूँजी, प्रतियोगिता, फ्रांस्वा केस्ने और प्रकृतिवाद, फ्रेड्रिख़ वॉन हायक, बहुराष्ट्रीय निगम, बाज़ार, बाज़ार की विफलताएँ, बाज़ार-समाजवाद, बौद्धिक सम्पदा

अधिकार, ब्रेटन वुड्स प्रणाली, भारत में बहुराष्ट्रीय निगम, भारत में नियोजन, भारत में पेटेंट क़ानून, भारत में शेयर संस्कृति, भूमण्डलीकरण और पूँजी बाज़ार, भूमण्डलीकरण और वित्तीय पूँजी, भूमण्डलीकरण और वित्तीय उपकरण, मार्क्सवादी अर्थशास्त्र, मिल्टन फ्रीडमैन, मूल्य, राजकोषीय नीति और मौद्रिक नीति, राजनीतिक अर्थशास्त्र : भारतीय आयाम, रॉबर्ट ओवेन, विलफ्रेडो परेटो, विश्व व्यापार संगठन, विश्व बैंक, विलियम पेटी, विलियम स्टेनली जेवंस, वैकासिक अर्थशास्त्र, शोषण, साइमन कुज़्नेत्स।

संदर्भ

1. जेम्स स्टुअर्ट मिल (1844), *एसेज़ ऑन द अनसेटल्ड क्वेश्चंस ऑफ़ पॉलिटिकल इकॉनॉमी*, जेडब्ल्यू पार्कर, लंदन.
2. कार्ल मार्क्स (1867/1976), *कैपिटल : अ क्रिटीक ऑफ़ पॉलिटिकल इकॉनॉमी*, पेंगुइन.
3. ए. ड्रैज़ेन (2000), *पॉलिटिकल इकॉनॉमी इन मैक्रोइकॉनॉमिक्स*, प्रिंसटन युनिवर्सिटी प्रेस, प्रिंसटन, एनजे.
4. ए. लिंडबेक (1971), द *पॉलिटिकल इकॉनॉमी ऑफ़ लेफ्ट : ऐन आउटसाइडर्स व्यू*, हार्पर ऐंड रो, न्यूयॉर्क.
5. ए.एच. मेल्ट्ज़र (1991), *पॉलिटिकल इकॉनॉमी*, ऑक्सफ़र्ड युनिवर्सिटी प्रेस, न्यूयॉर्क और ऑक्सफ़र्ड.

— अभय कुमार दुबे

राजनीतिक अर्थशास्त्र, भारतीय परिदृश्य

(Political Economy, Indian Perspective)

राजनीतिक अर्थशास्त्र के दृष्टिकोण से भारतीय राज्य की आर्थिक सफ़लताओं और विफलताओं का व्यापक और गहन अध्ययन किया गया है। मोटे तौर पर विद्वान् इस निष्कर्ष पर पहुँचे हैं कि भारतीय अर्थव्यवस्था की समष्टिगत (मैक्रो) तस्वीर अन्य विकासशील देशों के मुक़ाबले ख़राब नहीं रही है, पर व्यष्टिगत (माइक्रो) आयामों के लिहाज़ से भारतीय राज्य की विफलताएँ अफ़सोसनाक हैं। यह स्थिति उस ज़माने में भी थी जब वाणिज्य और उद्योग पर ख़ासे सरकारी नियंत्रण थे, और पब्लिक सेक्टर की ज़बरदस्त अहमियत थी। अस्सी के दशक से धीरे-धीरे और नब्बे के दशक में तेज़ी से हटे नियंत्रणों, बाज़ारोन्मुख नीतियों के बोलबाले और पब्लिक सेक्टर के विनिवेशीकरण के बावजूद अर्थव्यवस्था का यह विरोधाभास ख़त्म नहीं हुआ। यह अलग बात है कि अर्थव्यवस्था के समष्टिगत बंदोबस्त की मोटे तौर पर प्रशंसा करने वाले इस दायरे की दो प्रमुख विफलताओं को नज़रअंदाज़ कर देते हैं। भारतीय राज्य की पहली मैक्रो नाकामी है भूमि-सुधारों का असमान स्तर। बड़े-बड़े इलाक़ों में भूमि-सुधार आज़ादी के साठ साल बाद भी सिरे से गायब हैं। दूरगामी आर्थिक असर वाले इस उपाय की कसौटी पर भारतीय राज्य की राजनीतिक इच्छा-शक्ति ख़ुद को कसने में कामयाब नहीं हो पायी है। दूसरी मैक्रो नाकामी है आर्थिक सुधारों से पहले और उनके होने के बीस साल बाद भी राजकोषीय घाटे को नियंत्रित न कर पाना। इसका परिणाम अधिरचनात्मक क्षेत्रों में पर्याप्त निवेश न कर पाने की मजबूरी के रूप में सामने आया है।

कुल मिला कर इस परिस्थिति का नतीजा यह निकला है कि आज़ादी के बाद कभी धीमे तो कभी तेज़ गति से हुई आर्थिक वृद्धि का लाभ बड़े और मँझोले व्यापारिक घरानों, बड़े और मँझोले किसानों, वेतनभोगी तबके की ऊपरी सतह और मज़दूर वर्ग के संगठित हिस्से की ऊपरी परत को ही सबसे ज़्यादा हुआ है। यही लोग मिल कर भारतीय अभिजन की रचना करते हैं। दूसरी तरफ़ नैशनल सैम्पल सर्वे के आँकड़ों के मुताबिक़ 1991 यानी आर्थिक सुधार शुरू होने से पहले तक देश के आधे से ज़्यादा घर-परिवारों के पास महज़ पचास हज़ार रुपये की सम्पत्तियाँ थीं। देहात में केवल दस फ़ीसदी और शहर में केवल चौदह फ़ीसदी घर ऐसे थे जिनके पास ढ़ाई लाख रुपये से ज़्यादा की सम्पत्तियाँ पायी गयी थीं। नैशनल कौंसिल ऑफ़ एप्लायड इकॉनॉमिक रिसर्च के अनुसार सुधार शुरू हो जाने के आठ-नौ साल बाद भी यानी 1998-99 तक देश के केवल बारह फ़ीसदी घरों की आमदनी ही 1.05 लाख रुपये का आँकड़ा पार कर पायी थी। चालीस फ़ीसदी घरों की हालत तो यह थी कि उन्हें केवल 35 हज़ार रुपये प्रति वर्ष की आमदनी पर गुज़र-बसर करनी पड़ रही थी। व्यष्टिगत नाकामियों के कारण भारत अपने नागरिकों को बुनियादी सामाजिक सेवाएँ देने के मामले में कई विकासशील देशों से भी पीछे है। चाहे वे सेवाएँ वयस्क साक्षरता की हों, टीकाकरण अभियान या कुपोषण के ख़िलाफ़ संघर्ष हो। ग़रीबी घटाने, शिक्षा और स्वास्थ्य सेवाओं के मामले में भारतीय राज्य योजनाएँ बनाने और घोषणाएँ करने में तो अन्य विकासशील देशों से बहुत आगे रहता है, पर परिणामों के मामले में उसे पिछड़ना पड़ता है। अपने घोषित आर्थिक-राजनीतिक लक्ष्यों को न वेध पाने की इस भारतीय कमी पर विद्वानों ने काफ़ी दिमाग़ खपाया है।

राजनीतिक अर्थशास्त्रीय दृष्टि से किये गये एक विश्लेषण के अनुसार अभिजन दायरे में आने वाले विभिन्न तबकों ने आर्थिक वृद्धि का लाभ तो उठाया है, पर वे एकीकृत अभिजन की भूमिका निभाने में नाकाम हैं। भारतीय अभिजन अन्य देशों के अभिजन के मुक़ाबले सामाजिक रूप से कहीं अधिक बँटा हुआ है। राजनीतिशास्त्रियों के लिहाज़ से यह विभेदीकरण सामूहिक कार्रवाई करने की उसकी क्षमता सीमित कर देता है। पहले तो एक लक्ष्य पर एकमत

होना मुश्किल होता है, और अगर मतैक्य बन भी गया तो उसे वेधने के लिए ज़रूरी आपसी तालमेल की उपलब्धि नहीं हो पाती। भारतीय अभिजन जानते हैं कि देश की राजनीतिक-आर्थिक समस्याओं की जड़ में अधिरचनात्मक ख़ामियाँ हैं। न हमारे पास ज़रूरत के मुताबिक़ बिजली है, न सड़कें हैं, न परिवहन है, न दूरसंचार उतना विकसित है, न ही उतने बंदरगाह हैं और न ही सिंचाई की आवश्यकतानुसार व्यवस्था है। अधिरचनात्मक निवेश को फल देने में लम्बा समय लगता है, और उसके लिए अभिजनों को अपने कुछ लाभ भी छोड़ने पड़ सकते हैं। उन्हें कम क़ीमत पर मिलने वाली बिजली, विश्वविद्यालयी शिक्षा, खाद, सिंचाई, पेट्रोल, डीज़ल, रसोई और गैस का लोभ छोड़ना होगा, क्योंकि रियायती दरों पर उन्हें मुहैया करायी जाने वाली इन सुविधाओं के कारण अर्थव्यवस्था को लगातार राजकोषीय घाटे के संकट का सामना करना पड़ता है। इससे भारतीय राज्य की अधिरचनात्मक निवेश करने की क्षमता कमज़ोर पड़ जाती है। अभिजन सब्सिडियों के ज़रिये मिलने वाले लाभों का एक अंश भी छोड़ने के लिए तैयार नहीं हैं। यह एक हक़ीक़त है कि दो-तिहाई सरकारी सब्सिडियाँ अपेक्षाकृत खुशहाल तबके ही खा जाते हैं।

इस समस्या का एक दूसरा पहलू भी है। लोकतंत्र के विस्तार और गहनता में वृद्धि होने के कारण पिछले कुछ दशकों में समाज के ऐसे हिस्सों को प्रगति करने का मौक़ा मिला है जो कभी मातहत स्थिति में हुआ करते थे, या सामाजिक बहिर्वेशन का शिकार थे। अब ये तबके भी भारतीय राज्य के संसाधनों पर अपनी दावेदारी पेश कर रहे हैं। अभिजन में हाल-फ़िलहाल शामिल हुए ये समुदाय भी सब्सिडियों का लाभ उठाना चाहते हैं। विभिन्न समुदायों के राजनीतिक प्रतिनिधियों के बीच लेन-देन के आधार पर कुशलतापूर्वक हुकूमत चलाने वाली 'कांग्रेस' प्रणाली के ख़ात्मे और उसकी जगह छोटी और क्षेत्रीय पार्टियों के बोलबाले के कारण दीर्घकालीन दृष्टिकोण से नीतियाँ बनाना और उन पर अमल करना मुश्किल होता जा रहा है।

विरोधाभास यह भी है कि अपनी इन कमज़ोरियों के बावजूद भारतीय राज्य को राजनीतिक अर्थशास्त्र के आईने में अभी तक एक 'ताक़तवर राज्य' के रूप में ही देखा जाता है। इसके पीछे कारण शायद यह है कि कोटा-परमिट राज्य के अपेक्षाकृत ख़ात्मे और आर्थिक सुधारों के बीस वर्ष बाद भी खेतिहर क्षेत्र के बाहर उत्पादन, सम्पत्ति और रोज़गार के संगठित क्षेत्रों में भारतीय राज्य सबसे बड़ा खिलाड़ी बना हुआ है। लेकिन ताक़तवर राज्य वह होता है जो दूरगामी नीतियाँ बना सके और अल्पकालीन क़िस्म के राजनीतिक दबावों के सामने झुकने से इनकार कर दे। ज़ाहिर है कि भारतीय राज्य ऐसा नहीं कर पा रहा है। मुश्किल यह भी है कि भारतीय राज्य अपनी आर्थिक विफलता के लिए तक़रीबन किसी के सामने ठोस रूप से जवाबदेह नहीं है। कहने के लिए चुनाव होते हैं और मतदाता अक्सर तत्कालीन सरकारों को उखाड़ देते हैं, लेकिन आर्थिक प्रश्नों पर चुनावी गोलबंदी के उदाहरण भारत में तलाशने पर भी कठिनाई से मिलेंगे। अस्मिता की राजनीति करने वाला एक नेता हो सकता है कि एक के बाद एक कई चुनाव जीतता चला जाए, पर साथ ही यह भी हो सकता है कि उसके समर्थन आधार की गरिमा, उसके भीतर अशिक्षा का बोलबाला और स्वास्थ्य सेवाओं की बुरी दशा की ज़िम्मेदारी उसी नेता द्वारा की गयी दीर्घकालीन नीतियों की उपेक्षा से जुड़ी हो।

भारतीय संघवाद से जुड़ी दुविधाओं ने भी राजनीतिक अर्थशास्त्र के भारतीय परिदृश्य को प्रभावित किया है। क्षेत्रीय सरकारें एक तरफ़ तो केंद्रीय राजनीति की नियामक बनती जा रही हैं, पर दूसरी तरफ़ केंद्र पर उनकी राजकोषीय निर्भरता भी बढ़ती जा रही है। उन्हें भी अपने राज्य में राजनीति को साधने के लिए तरह-तरह की माँगों के सामने झुकना पड़ता है जिसके कारण उनमें से कई वित्तीय रूप से दिवालिया होने के कगार पर पहुँच चुकी हैं। आर्थिक रूप से सक्षम और अक्षम राज्यों के बीच की खाई लगातार बढ़ती जा रही है।

आर्थिक विकेंद्रीकरण की हालत यह है कि 73वें और 74वें संविधान संशोधन के कारण पंचायतों और स्वायत्तशासी संस्थाओं को अधिकार-सम्पन्न किया जा सका है, पर तीन-चार राज्यों के अलावा कहीं और प्रभावी विकेंद्रीकरण नहीं हुआ है। मीडिया का आकार और राजनीतिक प्रभाव बढ़ने के साथ-साथ सूचना के अधिकार का क़ानून बन जाने के कारण उम्मीद बँधी है कि योजनाओं पर होने वाले ख़र्चे और उसके परिणामों के बीच की खाई के संबंध में सरकारी उत्तरदायित्व में बढ़ोतरी होगी। यह दूसरी बात है कि अभी तक इन दोनों आयामों के सकारात्मक प्रभावों के बारे में जो भी जानकारी मिली है, वह पर्याप्त नहीं है।

बुनियादी सामाजिक सेवाएँ न दे पाने और अपनी ही योजनाओं को लागू न कर पाने की निरंतर अक्षमता के कारण धीरे-धीरे एक राय यह बनती जा रही है कि स्वास्थ्य, शिक्षा आदि के मामले में बेहतर प्रबंधन करने के लिए राज्य को निजी क्षेत्र को मौक़ा देना चाहिए, भले ही इन सेवाओं के लिए निवेश राज्य को ही करना पड़े। प्राइवेट-पब्लिक पार्टनरशिप के तौर पर भी व्यक्त किये जाने वाले इस प्रस्ताव के राजनीतिक फलितार्थों पर अभी तक गम्भीरता से नहीं सोचा गया है।

कुल मिला कर भारत में दिक़्क़त यह है कि ख़राब गवर्नेंस, दोषपूर्ण मॉनेटरिंग, भ्रष्टाचार, धीमी न्याय-व्यवस्था, काले धन के बोलबाले, बढ़ती हुई ग़रीबी, सामाजिक हितों के बजाय अभिजनों (पूँजीपति, प्रशासक, राजनेता) द्वारा अपने स्वहित के लिए प्रयासरत रहने के कारण अर्थव्यवस्था अल्पविकास और विषमताओं से ग्रस्त रही है।

देखें : अर्थ-विज्ञान का समाजशास्त्र, आर्थिक जनसांख्यिकी, अल्फ्रेड मार्शल, अमर्त्य कुमार सेन, अंतर्राष्ट्रीय मुद्रा कोष, आधार और अधिरचना, ऑस्कर रायज़ार्ड लांगे, ऐडम स्मिथ, करारोपण, लोकोपकारी अर्थशास्त्र, क्लासिकल अर्थशास्त्र, कार्ल हाइनरिख़ मार्क्स-3, कार्ल मेंगर, कींसियन अर्थशास्त्र, गुन्नार मिर्डाल, जोआन रोबिंसन, जॉन कैनेथ गालब्रेथ, जॉन मेनार्ड कींस, जॉन स्टुअर्ट मिल, जोसेफ़ शुमपीटर, जैव विविधता, ट्रस्टीशिप, डेविड रिकार्डो, ढाँचागत समायोजन कार्यक्रम, थॉमस मन और वणिकवाद, थॉमस रॉबर्ट माल्थस, दक्षता, धन, नियोक्लासिकल अर्थशास्त्र, नीतिशास्त्र और अर्थशास्त्र, निकोलस काल्दोर, नियोजन, नियोजन : मार्क्सवादी विमर्श, पण्य, पण्य-पूजा, पेटेंट, पॉल सेमुअलसन, पियरो स्राफ़ा, पूँजी, प्रतियोगिता, फ्रांस्वा केस्ने और प्रकृतिवाद, फ्रेड्रिख़ वॉन हायक, बहुराष्ट्रीय निगम, बाज़ार, बाज़ार की विफ़लताएँ, बाज़ार-समाजवाद, बौद्धिक सम्पदा अधिकार, ब्रेटन वुड्स प्रणाली।

संदर्भ

1. प्रणव वर्धन (1998), द *पॉलिटिकल इकॉनॉमी ऑफ़ डिवेलपमेंट इन इण्डिया,* ऑक्सफ़र्ड युनिवर्सिटी प्रेस, नयी दिल्ली.
2. देवेश कपूर (2010), 'द पॉलिटिकल इकॉनॉमी ऑफ़ स्टेट', नीरजा गोपाल जयल और प्रताप भानु मेहता (सम्पा.), द *ऑक्सफ़र्ड कम्पेनियन टु द पॉलिटिक्स इन इण्डिया,* ऑक्सफ़ोड युनिवर्सिटी प्रेस, नयी दिल्ली.
3. ज्याँ ड्रेज़ और अमर्त्य कुमार सेन (2002), *इण्डिया: डिवेलपमेंट ऐंड पार्टिसिपेशन,* ऑक्सफ़र्ड युनिवर्सिटी प्रेस, न्यूयॉर्क.
4. विजय जोशी और आई.एम.डी. लिटिल (1994), *इण्डियाज़ मैक्रोइकॉनॉमिक्स ऐंड पॉलिटिकल इकॉनॉमी, 1964-91,* वर्ल्ड बैंक, वाशिंगटन डीसी.
5. अतुल कोहली (1987), द *स्टेट ऐंड पॉवर्टी इन इण्डिया: द पॉलिटिक्स ऑफ़ रिफ़ॉर्म्स,* केम्ब्रिज युनिवर्सिटी प्रेस, केम्ब्रिज.

— अभय कुमार दुबे

राजनीतिक और राजनीति

(Political and Politics)

समाज-विज्ञान में 'राजनीतिक' या 'पॉलिटिकल' महज़ एक गुण अथवा विशेषण का नाम नहीं है जिसका काम किसी अन्य पद के साथ मिल कर उसके राजनीतिक तत्त्व के बारे में बताना भर हो। इसे पाँच विशिष्ट अर्थों के संदर्भ में समझा जाता है : किसी समुदाय द्वारा अपने उत्तम जीवन की प्राप्ति के लिए निर्णय लेने की सामूहिक प्रक्रिया, एक समुदाय द्वारा दूसरे पर अपनी सत्ता आरोपित करने की विधियाँ, समुदाय के कल्याण के लिए राज्य की सत्ता का इस्तेमाल, राज्य की सत्ता की मदद से एक समूह द्वारा दूसरे पर अपनी सत्ता थोपना और उन मूल्यों की संकल्पना करना जिनके आधार पर कोई समूह अपना जीवन और आचरण चलाना चाहता है। इन पाँचों में मानकीय पहलू भी हैं और अनुभवपरक आयाम भी।

इस पद का इतिहास प्राचीन यूनान से शुरू होता है। यूनानी भाषा में 'पोलिस' का शाब्दिक अर्थ है नगर, पर उसका व्यापक अर्थ एक ऐसी जगह से है जो एक मुश्तरका दुनिया या एक समुदाय से ताल्लुक रखती हो। इस लिहाज़ से पॉलिटिकल का मतलब हुआ उस समुदाय द्वारा या उसमें किया गया कुछ भी, और उसके बारे में या उसमें लिए गये निर्णय और उन्हें लेने की प्रक्रिया। यहाँ निर्णय प्रक्रिया का तात्पर्य फ़ैसले करने की एक ख़ास विधि से है : अर्थात् हिंसा और बल प्रयोग के बिना शब्दों के इस्तेमाल और समझाने-बुझाने के ज़रिये किये गये निर्णय। राजनीतिक की प्रकृति शब्दों से बनती है, ताक़त से नहीं। इसके दूसरे मतलब का ताल्लुक इससे है कि लिए जाने वाले निर्णय किस बारे में हैं।

पहले संदर्भ में राजनीतिक के तहत न केवल समुदाय के जीवन के बारे में बल्कि अनिवार्यतः उसके उत्तम जीवन के बारे में चर्चा की जाती थी। यह तय किया जाता था कि समुदाय की सदस्यता किसे और क्यों मिलनी चाहिए, उसके ऊपर शासन करने अथवा समुदाय के बारे में बुनियादी निर्णय करने का अधिकार किसे होना चाहिए, संसाधनों का आबंटन किसे और कैसे होना चाहिए। ऐसा सोच-विचार करने में अनुभवपरक और मानकीय विधियाँ पूरी तरह मिल जाती थीं। सामाजिक व राजनीतिक दायरों का, प्राइवेट-पब्लिक का और घर-बाहर का फ़र्क़ भी मिट जाता था। इसीलिए इस दौर में सामाजिक सिद्धांत राजनीतिक सिद्धांत की भाषा में ही व्यक्ति होता था। उस युग के दार्शनिकों की रचनाओं में राजनीतिक और सामाजिक विषय वस्तुएँ परस्पर गुँथी हुई मिलती हैं।

चूँकि वे तमाम फ़ैसले समुदाय के बुनियादी विषयों के बारे में किये जाते थे और उन्हें करने की प्रक्रिया में माना जाता था कि पूरा समुदाय भागीदारी कर रहा है, इसलिए निर्णय प्रक्रिया समुदाय की सामूहिक ताक़त पर निर्भर करती थी। समुदाय की इस सामूहिक सत्ता का अध्ययन ही राजनीतिशास्त्र, राजनीति विज्ञान या राजनीतिक दर्शन था। लेकिन, जैसा कि हमें पता है कि यूनान के उस निर्णयकारी समुदाय की सामूहिकता में दासों, स्त्रियों और विजातीय तत्त्वों की भागीदारी नहीं थी। सामूहिकता की वह परिभाषा उस समय के लोगों को स्वाभाविक लगती थी, लेकिन आज हम जानते हैं कि व्यावहारिक रूप में वह कुछ लोगों की कुछ दूसरे लोगों पर सत्ता के अलावा कुछ नहीं थी।

आधुनिक युग में इस सत्ता का तात्पर्य काफ़ी हद तक स्पष्ट हो चुका है। आज सत्ता का अर्थ है कुछ लोगों द्वारा

कुछ दूसरों के हितों के बारे में फ़ैसले लेने का अधिकार ताकि वे उन्हें हाशिये पर डाल सकें, उनका बहिर्वेशन कर सकें, और इस प्रकार उन्हें अपने और अपने भविष्य के बारे में किसी भी तरह का फ़ैसला करने के अधिकार से वंचित कर सकें। इस तरह प्राचीन यूनान में राजनीतिक और राजनीति विज्ञान सत्ता की जिस अवधारणा का अध्ययन करता था उसका मानकीय अर्थ सामुदायिक और सामूहिक सत्ता से था। आधुनिक युग में राजनीतिक विज्ञान द्वारा सत्ता की उन प्रक्रियाओं, तौर-तरीक़ों और संस्थाओं का अध्ययन किया जाता है जिनके ज़रिये लोगों का एक समूह दूसरे समूह को निर्णय प्रक्रिया में भाग लेने से वंचित करता है।

आधुनिकता ने राजनीतिक और राजनीति को एक अन्य अर्थ भी दिया है। इसका संबंध राज्य की संस्था की गतिविधियों से है जिसके तहत समाज को प्रभावित करने वाले सभी निर्णय उससे अलग हो कर एक संस्थागत ढाँचे के तहत किये जाते हैं। जैसे ही राजनीति के केंद्रीय सरोकारों में राज्य को प्रमुखता मिलती है, वैसे ही राजनीतिक में गुँथी हुई सामाजिक की अवधारणा उससे छूट कर अलग हो जाती है। सामाजिक के राजनीतिक से अलग होते ही, राजनीति विज्ञान और राजनीतिक सिद्धांत की अधिकतर ऊर्जा राज्य की विवेचना में खपने लगी है। उसकी विषय-वस्तुएँ सरकार, न्यायपालिका, अधिकारीतंत्र, सेना और पुलिस जैसे राज्य के अंगों के आस-पास गोलबंद होने लगती हैं। दूसरी तरफ़ समाज-विज्ञान और सामाजिक सिद्धांत का काम उन संरचनाओं और संस्थाओं का अध्ययन करना हो जाता है जो राज्य के दायरे के बाहर रहती हैं।

इस विश्लेषण के आधार पर राजनीतिक और राजनीति के चार अर्थ उभरते हैं : पहला, समुदाय के उत्तम जीवन के बारे में निर्णय लेने के लिए सामूहिक सत्ता की अभिव्यक्ति जिसमें राजनीतिक का तात्पर्य सत्ता से भी है और नैतिक मूल्यों से भी। दूसरा, कुछ समूहों द्वारा अन्य समूहों को अधीनस्थ बनाने के लिए सत्ता का इस्तेमाल जिसके पीछे मुख्यतः संकीर्ण उद्देश्य ही होते हैं और जिनके तहत सत्ता और स्वार्थ आपस में मिल जाते हैं। तीसरा, सार्वजनिक कल्याण अथवा मूल्यों को हासिल करने के लिए राज्य की सत्ता का प्रयोग। चौथा, एक समूह द्वारा दूसरे समूह पर अपना प्रभुत्व जमाने के लिए राज्य की सत्ता का प्रयोग।

सवाल यह है कि राजनीतिक के दायरे में ये चारों अर्थ एक साथ कैसे काम कर सकते हैं? पहला और तीसरा आख़िर दूसरे और चौथे के साथ कैसे रह सकता है? इसी मुक़ाम पर मानकीय और अनुभवपरक के बीच एक तरह का विभाजन नज़र आता है। अधीनस्थ समूह निर्णय प्रक्रिया से बाहर कर दिया जाता है, पर इस वंचना के प्रभाव में वह एक ऐसे जगत की कल्पना और रचना का कार्यक्रम ले सकता है जिसमें हर व्यक्ति साझे हितों और मूल्यों के आधार पर निर्णय प्रक्रिया में भागीदारी कर सके। इस तरह पहला और तीसरा तात्पर्य मानकीय और नैतिक बन कर वह हासिल करने की कोशिश करता है जो दूसरे और चौथे के तहत बहुत कम या बिल्कुल ही नहीं प्राप्त हो सकता।

इसी जगह हमें राजनीतिक और राजनीति का एक पाँचवाँ मतलब भी मिलता है। जैसे ही हम राजनीति का इस्तेमाल उन मूल्यों के संदर्भ में करना शुरू करते हैं जिनका संबंध किसी एक नगर या समुदाय के सदस्यों से परे जा कर समग्र मानवता और उसके समान मूल्यों से हो, वैसे ही पोलिस के साथ कॉस्मोपोलिस जुड़ जाता है। इस पाँचवें अर्थ के अंतर्गत ही राजनीति नये मूल्यों और नयी दुनियाओं को कल्पित करने के उद्यम के रूप में उभरती है। ज़ाहिर है कि राजनीति विज्ञान का यह पाँचवाँ अर्थ कमोबेश अमूर्त होगा, और धरती की ठोस हक़ीक़तों से परे भी जाएगा।

देखें : अधिकार, अधिकार : सैद्धांतिक यात्रा, अरस्तू, अफ़लातून, अनुदारतावाद, अराजकतावाद, अन्य-अन्यीकरण, उदारतावाद, उपयोगितावाद, ऐडमंड बर्क, क्रांति, ज्याँ जाक रूसो, जॉन लॉक, जेरेमी बेंथम, जॉन स्टुअर्ट मिल, जॉन रॉल्स, थॉमस हॉब्स, थॉमस पेन, न्याय, न्याय : नारीवादी आलोचना, न्याय : रॉल्स का सिद्धांत, राजनीति में व्यक्ति की भूमिका, नागरिकता, नागरिकता : अन्य परिप्रेक्ष्य-1 और 2, नागर समाज, पनोप्टिकॉन, प्रतिनिधित्व, प्रगति, प्रगति : आलोचनात्मक परिप्रेक्ष्य, प्रशासन, फ़ासीवाद, फ्रेड्रिख़ वॉन हायक, बहुसंस्कृतिवाद, बहुसंख्यकवाद, बहुसंख्यक-अल्पसंख्यक, बुद्धिवाद, माइकेल जोसेफ़ ओकशॉट, माइकल वाल्ज़र, मिशेल पॉल फ़ूको-1 और 2, यूटोपिया, राजनीतिक दर्शन के नारीवादी आयाम-1 और 2, राज्य-1 और 2, रॉबर्ट नॉज़िक, व्यक्तिवाद, विल किमलिका, सविनय अवज्ञा, स्वतंत्रतावाद, सर्वसत्तावाद, सम्प्रभुता, समाजवाद, सरकारियत, सामाजिक समझौता, हेनरी डेविड थोरो।

संदर्भ

1. राजीव भार्गव, (2008), 'व्हाट इज़ पॉलिटिकल थियरी', राजीव भार्गव और अशोक आचार्य (सम्पा.), *पॉलिटिकल थियरी : ऐन इंट्रोडक्शन,* पियर्सन लोंगमेन, नयी दिल्ली.
2. टेरेंस बाल, (1989), जेम्स फैर और रसेल एल. हेंसन (सम्पा.), *पॉलिटिकल इन्नोवेशंस ऐंड कंसेप्चुलअल चेंज,* केम्ब्रिज, केम्ब्रिज युनिवर्सिटी प्रेस.
3. जॉन ड्रायज़ेक, (2006),बीन. होनिंग अऔ ऐन फ़िलिप्स (सम्पा.), *अ हेंडबुक ऑफ़ पॉलिटिकल थियरी,* ऑक्सफ़र्ड, ऑक्सफ़र्ड युनिवर्सिटी प्रेस.
4. स्टीवन ल्यूक्स, (1979), 'पॉवर ऐंड एथॉरिटी', टॉम बोटमोर और रॉबर्ट निस्बेट (सम्पा.), *अ हिस्ट्री ऑफ़ सोसियोलॉजिकल एनालैसिस,* लंदन, हाइनमेन.

— अभय कुमार दुबे

राजनीतिक दर्शन के नारीवादी आयाम

(सम्पत्ति, लोकतंत्र और न्याय)

(Feminist Aspects of Political Philosophy)

राजनीतिक दर्शन की दुनिया में नारीवादी सिद्धांतकारों ने उन दायरों को रेखांकित किया है जिन्हें पारम्परिक रूप से अ-अराजनीतिक माना जाता रहा था। उन्होंने परिवार, बच्चों के लालन-पालन, जेंडर, देह, सेक्शुअलिटी और मानवीय संबंधों के इर्द-गिर्द नयी विषय-वस्तुओं का सूत्रीकरण किया। इस प्रक्रिया में नारीवादियों ने जॉन लॉक, कार्ल मार्क्स, ज़िग्मंड फ्रॉयड के साथ-साथ जॉन राल्स जैसे दार्शनिकों की परियोजनाओं को अपनी कसौटी पर कस कर देखा और व्यक्ति और राज्य के अंत:संबंधों के नये विन्यास के सुझाव दिये।

नारीवादी राजनीतिक दर्शन आधुनिक राजनीतिक सिद्धांत की इस दावेदारी से सहमत नहीं है कि जिस व्यक्ति या इनडिविजुअल के इर्द-गिर्द उसने अपनी धारणाएँ सूत्रबद्ध की हैं, वह लैंगिक रूप से तटस्थ है यानी व्यक्ति का मतलब स्त्री भी हो सकता है और पुरुष भी। नारीवाद का कहना है कि यह व्यक्ति नामक शै दरअसल केवल पुरुष और पुरुष ही है। इस सिलसिले में कैरॅल पेटमन ने विशेष रूप से जॉन लॉक की रचना *टू ट्रीटाइज़िज़ ऑफ़ गवर्नमेंट* में स्त्रियों को सम्पत्ति के दायरे से बहिष्कृत करने का उल्लेख किया है। पेटमन के मुताबिक़ लॉक का राजनीतिक सिद्धांत ज़ाहिरा तौर पर रॉबर्ट फ़िलमर द्वारा किये गये पितृसत्ता के बचाव के ख़िलाफ़ सूत्रबद्ध किया गया था, पर वह अंत में पितृसत्ता के आधुनिक रूप को न्यायसंगत ठहराता हुआ नज़र आता है। लॉक की निगाह में स्त्री और पुरुष के बीच समानता नहीं हो सकती। वे कहते हैं कि स्त्री की हैसियत स्वाभाविक रूप से पुरुष की अधीनस्थ है, और पत्नी की पति के प्रति अधीनता का आधार प्रकृति में है। पेटमन मानती हैं कि लॉक का सिद्धांत तत्कालीन समाज में मौजूद कई सामंती विषमताओं को चुनौती देता है, पर वह परिवार के भीतर मौजूद लैंगिक ऊँच-नीच को प्रश्नांकित करने में दिलचस्पी नहीं दिखाता। इसका कारण यह है कि परिवार सार्वजनिक दायरे से बाहर समझा जाता है, और स्त्री परिवार के दायरे में सीमित रहने के लिए बाध्य है। परिवार निजी और ग़ैर-राजनीतिक दायरे में आता है और उसके भीतर स्त्री की सक्रियता उसे सम्पत्ति, संसाधनों और अधिकारों से वंचित कर देती है। परिणामस्वरूप पुरुष नागरिकता के सम्पूर्ण अधिकार प्राप्त कर पाता है, और स्त्री पूरी तरह से नागरिक नहीं बन पाती। लॉक के बाद आधुनिक लोकतंत्रों ने लम्बे अरसे तक स्त्रियों को कई नागरिक अधिकारों से महरूम रखा। उन्हें न तो वोटिंग का अधिकार मिला, और न ही पिता की सम्पत्ति में हिस्सेदारी मिली। हर जगह पुरुष को उनका प्रतिनिधि मान लिया गया। पुरुष को मिले अधिकारों में ही स्त्री के अधिकार निहित समझ लिए गये।

पेटमन का विचार है कि राजनीतिक सिद्धांत सामाजिक और राजनीतिक दायरों की चौहद्दी इस आधार पर तय करता है कि उसमें क्या-क्या शामिल है और क्या-क्या शामिल नहीं है। वह पारिवारिक और नातेदारी के संबंधों को सार्वजनिक जीवन में शामिल नहीं करता। वह सामाजिक स्पेस, जिसमें स्वतंत्र और समान हैसियत वाले व्यक्ति अन्योन्यक्रिया करते हुए अपना काम करते हैं, पारिवारिक दुनिया के लिए अपने दरवाज़े बंद रखता है। इसी दृष्टिकोण के आधार पर नारीवाद द्वारा परिवार के भीतर सम्पत्ति के वितरण का सवाल उठाया गया है, क्योंकि यह वितरण ही तय करता है कि नागरिक के तौर पर स्त्री का सामाजिक अस्तित्व कैसे परिभाषित होगा। नारीवादियों के अलावा राजनीतिक सिद्धांत ने परिवार की संस्था पर समानता और न्याय के लिहाज़ से ग़ौर करने में हमेशा हिचक दिखाई है।

दक्षिण एशिया के संदर्भों में बीना अग्रवाल ने सरकारी नीतियों के सूत्रीकरण और कार्यान्वयन में व्यक्त होने वाले ऐसे रवैये की आलोचना की है। अपनी रचना *जेंडर ऐंड कमांड ओवर प्रॉपटी* में वे बीसवीं सदी के उत्तरार्ध में कई दक्षिण एशियायी देशों में कार्यान्वित पुनर्वितरणकारी नीतियों की अंतर्निहित प्रवृत्तियों को सामने लाती हैं। अग्रवाल का कहना है कि जब भूमि सुधार होते हैं या किसी अन्य संसाधन का बँटवारा होता है तो ज़मीन के पट्टे परिवार के मुखियाओं को दिये जाते हैं जो आम तौर पर पुरुष ही होते हैं। चूँकि परिवार समानता और न्याय के सार्वजनिक दायरे से बाहर की संस्था है इसलिए पचास और साठ के दशक में भारत, श्रीलंका और पाकिस्तान में लागू की गयी भूमि वितरण की नीतियों के तहत ज़मीन स्वतंत्र रूप से स्त्रियों को नहीं मिल सकी। अग्रवाल दूसरा महत्त्वपूर्ण सवाल स्वामित्व और नियंत्रण का उठाती हैं। अगर सम्पत्ति के क़ानूनी स्वामित्व के मामले में लैंगिक समानता का ध्यान रखा भी जाता है, तो भी व्यवहार में स्वामित्व मिलने के बावजूद स्त्रियाँ सम्पत्ति पर व्यावहारिक नियंत्रण से वंचित ही रहती हैं। पारम्परिक पूर्वग्रहों और वास्तविक सत्ता संबंधों के कारण ज़्यादातर एशियाई स्त्रियों को ज़मीन पर अपने मालिकाना हक़ की ठोस दावेदारी में दिक़्क़त आती है। इस तरह स्त्री और सम्पत्ति के समीकरण में न केवल वैधानिक बल्कि सामाजिक और सांस्कृतिक पहलू भी महत्त्वपूर्ण बन जाते हैं।

नारीवाद ने उदारतावादी लोकतंत्र को भी गहराई से प्रश्नांकित किया है। उसका कहना है कि लोकतंत्र का यह बहु-प्रचलित रूप परिवार और घर के दायरे को

लोकतंत्रीकरण की प्रक्रिया के बाहर रखता है, जबकि इस दायरे में श्रम विभाजन से लेकर सत्ता संबंध तक असमान हैं। परिवार और घर को निजी दायरे में डाल देने से वह क्षेत्र राजनीति से अलग पड़ जाता है जिसके कारण उसका लोकतंत्रीकरण सम्भव ही नहीं रह जाता। सार्वजनिक और निजी का बँटवारा भी कुछ इस तरह से किया जाता है कि घरेलू कामकाज और बच्चों के लालन-पालन में स्त्रियों द्वारा किये जाने वाले श्रम का अवमूल्यन हो जाता है। स्त्री-श्रम के अवमूल्यन की यह प्रवृत्ति अन्य क्षेत्रों में भी जारी रहती है। नारीवादियों ने समानता की उदारतावादी अवधारणा की इस दृष्टि से भी आलोचना की है कि उसके कारण पुरुषों का लैंगिक वर्चस्व और पुष्ट होता है। समानता का मतलब अगर विभेदों को ख़त्म करना है तो असमान सत्ता संबंधों की परिस्थितियों में इसका परिणाम पहले से हावी पक्ष के प्रभुत्व के सुदृढ़ होने में निकलना लाज़मी है। स्त्री और पुरुष के बीच विभेद ख़त्म करने का मतलब हक़ीक़त में पौरुष संबंधी मानकों को ही स्त्रियों के लिए कसौटी मान लेना ही हो सकता है। नारीवादियों का दावा है कि अगर लोकतांत्रिक सिद्धांत को वास्तव में समतामूलक बनाना है तो उसके भीतर विभेदों की मान्यता और स्वीकारोक्ति के साथ समतामूलक के आग्रह का समावेश करना होगा। नारीवादी लोकतंत्र में प्राथमिकताओं और हितों को स्वाभाविक रूप से प्रदत्त मानने के भी ख़िलाफ़ हैं। उसकी जगह वे सशक्तीकरण के विचार को स्थापित करने की तजवीज़ करती हैं ताकि उसके ज़रिये वे शोषण के प्रति सजग हो सकें, आत्मविश्वास हासिल करते हुए अपनी परिस्थितियों को बदलने की सक्रिय पहलक़दमी कर सकें। ऐसा करने के लिए ज़रूरी है कि स्त्रियाँ लोकतांत्रिक गतिविधियों में अधिक भागीदारी करें, पर ऐसा तभी हो सकता है जब उदारतावादी लोकतंत्र सहभागिता को सीमित रखने के अपने रवैये में संशोधन करे।

नारीवादी दार्शनिक राजनीतिक सिद्धांत में प्रचलित न्याय की उस परिभाषा से सहमत नहीं हैं जिसके आधार में नीतिशास्त्र की सार्वभौम, वस्तुनिष्ठ और निर्वैयक्तिक मान्यताएँ मौजूद हैं। कैरॅल गिलिगन ने तर्क दिया है कि व्यक्ति की आत्मपरकता को समझने के दो रास्ते हैं। एक रास्ता वह है जिसे जॉन रॉल्स अपनी रचना *अ थियरी ऑफ़ जस्टिस* में अपनाते हैं और जिसके मुताबिक़ एक अलग-थलग और अमूर्त क़िस्म की आत्मपरकता कल्पित की जाती है। दूसरा रास्ता नारीवादियों का है जिसके तहत व्यक्ति की इयत्ता को समझने के लिए एक संयोजी (जुड़ी हुई और जोड़ने वाली) संकल्पना सामने आती है। अमूर्त आत्मपरकता पुरुष के रवैये के अनुकूल है जिसके आधार पर निष्पक्ष, सार्वभौम और वस्तुनिष्ठ न्याय की अवधारणा उभरती है। लेकिन, स्त्री के भीतर व्यक्ति होने वाली संयोजी आत्मपरकता मुख्यत: देखभाल, स्नेह और परवाह करने के गुणों पर आधारित है। एक अन्य नारीवादी विद्वान ने न्याय की इन दो अलग-अलग नीतियों के उदाहरण के रूप में इब्राहीम और सेरेस के दृष्टांत पेश किये हैं। वे कहती हैं कि इब्राहीम तटस्थ, सार्वभौम और बुद्धिसंगत उसूलों के लिए अपने बेटे की बलि देने के लिए तैयार हो गये थे, पर सेरेस अपने बेटे की सुरक्षा और देखभाल को प्राथमिकता देते हुए किसी भी सिद्धांत की बलि देने के लिए तैयार दिखती हैं।

कैथरीन मैकिनन और जोआन ट्रोंटो जैसी विदुषियाँ कहती हैं कि इस तरह का द्विभाजन अंत में दोनों लिंगों की वर्तमान रूढ़ छवियों को ही मज़बूत करता नज़र आएगा। आख़िर यह क्यों मान लिया जाए कि पुरुष स्नेह और देखभाल करने के गुणों से वंचित ही होता है? इसी तरह यह क्यों मान लिया जाना चाहिए कि स्त्री के भीतर बुद्धिसंगत, सार्वभौम और वस्तुनिष्ठ होने की क्षमता हो ही नहीं सकती? यह सही है कि आज की दुनिया में इस तरह का द्विभाजन कई बार हक़ीक़त के तौर पर नज़र आता है, पर असल में यह अट्ठारहवीं सदी के बाद युरोप में हुए कई परिवर्तनों का फलितार्थ है। दरअसल, स्त्री की परस्पर संयोजी प्रवृत्ति और पुरुष की स्वायत्त प्रवृत्ति आम तौर पर एक असमान संदर्भ का नतीजा है। इसी असमान संदर्भ के कारण स्त्री और पुरुष के भीतर विषम मूल्यांकन के आधार पर इयत्ता की भिन्न-भिन्न अनुभूतियाँ पैदा होती हैं। संयोजी बोध अपने आप में मूल्यवान है पर उसे इयत्ता के स्वायत्त बोध का आनुषंगिक बनना होगा, न कि उसका प्रतिलोम।

सूज़न मोलर ओकिन ने नारीवादी नज़रिये से न्याय के सिद्धांत को गढ़ने का सबसे ज़ोरदार प्रयास किया है। अपनी रचना *जस्टिस, जेंडर ऐंड फ़ेमिली* में वे कहती हैं कि न्याय पर होने वाली दार्शनिक चर्चाओं में परिवार के दायरे को शायद ही कोई महत्त्व दिया जाता हो। रॉल्स भी परिवार को अपने विमर्श में शामिल नहीं करते। परिवार को 'निजी' दायरे में मान लिया जाता है, और न्याय को 'सार्वजनिक'। इस हक़ीक़त की कोई परवाह नहीं की जाती कि न्याय का विचार क़ानूनों और संस्थाओं की जिस दुनिया का विधेयक है, वह दुनिया ही परिवार और उसके कामकाज के लिए विधेयक की हैसियत रखती है। आख़िरकार सम्पत्ति, उत्तराधिकार, तलाक, गोद लेने जैसे क़ानून ही पारिवारिक जीवन को नियंत्रित-संचालित करते हैं। यानी जो सार्वजनिक है उसका सीधा असर निजी दायरे पर पड़ता है। सार्वजनिक दायरे में लोगों का जीवन पारिवारिक दायरे में उनके जीवन के तत्त्वों से रचा जाता है। परिवार के भीतर श्रम का असमान विभाजन बाहर की दुनिया में स्त्रियों के जीवन को तरह-तरह से समस्याग्रस्त करता है। वे उन विषमताओं का शिकार होती जाती हैं जिन्हें सामाजिक परम्पराओं द्वारा पुष्ट किया जाता है। रसोई, बच्चों

के लालन-पालन और घर का कामकाज उनकी ऊर्जा को इस क़दर सोख लेता है कि वे घर की दहलीज़ से बाहर के जीवन का आनंद उठाने लायक ही नहीं रह जातीं।

ओकिन की दलील है कि परिवार के भीतर की असमानताओं के प्रति मौन रखने वाला न्याय का कोई भी सिद्धांत अपूर्ण है। उदारता, त्याग, धैर्य और सेवा जैसे गुणों की आड़ में अगर परिवार में अन्याय पाला पोसा जाता है, और बच्चे उसी माहौल में बड़े होते हैं, तो उनके भीतर न्याय-बोध कैसे पैदा हो सकता है? इस पहलू की उपेक्षा करने की ग़लती रॉल्स ने भी की है। रॉल्स की दुनिया में तो केवल परिवार के पुरुष मुखिया एक साथ बैठ कर न्याय के उसूल को स्वीकार करते नज़र आते हैं। वे परिवार की संस्था को समाज की बुनियादी इकाई मान कर कहते हैं कि न्याय के उसूल उसी के लिए बनाने ज़रूरी हैं, पर परिवार के भीतर होने वाले अन्याय की चर्चा नहीं करते। ओकिन सुझाव देती हैं कि रॉल्स जिसे 'नाजानकारी का आवरण' कह रहे हैं, उसमें व्यक्ति को यह भी नहीं पता नहीं होना चाहिए कि वह पुरुष है या स्त्री। अपने लिंग को जाने बिना ही उससे उम्मीद की जानी चाहिए कि वह उस परिवार का मूल्यांकन करे जो समाज की बुनियादी संरचना है। तभी वह परिवार के भीतर होने वाली नाइंसाफ़ियों का मूल्यांकन कर पायेगा और केवल तभी न्याय का एक वास्तविक मानवीय विचार सूत्रबद्ध किया जा सकेगा।

नारीवादी राजनीतिक दार्शनिक सत्ता को पितृसत्ता की अवधारणा की रोशनी में परखते हैं। पितृसत्ता प्रभुत्व की एक ऐसी सर्वव्यापी संरचना है जो हर स्तर पर काम करती है। पितृसत्ता के तहत कोई स्त्री व्यक्तिगत स्तर पर सत्तावान भी हो सकती है। लेकिन उसे पितृसत्तात्मक शासन द्वारा तय की गयी सीमाओं में ही काम करना होगा। मसलन, घर के दायरे में स्त्री सास के रूप में तो एक हद तक सत्ताधारी हो सकती है, पर बेटी, बहू, पत्नी या बहिन के रूप में नहीं। हर जगह उसकी स्थिति पुरुष के सापेक्ष और उसके साथ संबंध के तहत ही परिभाषित होने के लिए मजबूर है। अकेली और पृथक् कोई अस्मिता न होने के कारण वह अदृश्य और सत्ता से वंचित होने के लिए अभिशप्त है।

देखें : अश्वेत नारीवाद, आनंदीबाई जोशी, इस्लामिक नारीवाद, गायत्री चक्रवर्ती स्पिवाक, चिपको आंदोलन, जूडिथ बटलर, जेंडर, दलित नारीवाद, देवदासी, देवकी जैन, नारीवाद, नारीवाद की पहली लहर, नारीवाद की दूसरी लहर, नारीवाद की तीसरी लहर, नारीवादी दर्शन, नारीवाद और अर्थशास्त्र, नारीवादी फ़िल्म-सिद्धांत, नारीवादी इतिहास-लेखन, नारीवाद और अर्थशास्त्र, नैंसी शोदॅरौ, पर्यावरणीय नारीवाद, पब्लिक-प्रायवेट, पण्डिता रमाबाई सरस्वती, पितृसत्ता, प्रेम, प्रेम-अध्ययन और नारीवादी दर्शन, भारत में स्त्री-आरक्षण-1 और 2, महादेवी वर्मा, मैरी वोल्सनक्रॉफ़्ट, रमाबाई रानाडे, ल्यूस इरिगरे, स्त्री और साम्प्रदायिकता, स्त्री-श्रम, सम्पत्ति : नारीवाद परिप्रेक्ष्य, सिमोन द बोउवार, स्त्री-आरक्षण, हेलन सिचू।

संदर्भ

1. मैरी वोल्सनक्रॉफ़्ट (1792/1975), *अ विंडीकेशन ऑफ़ द राइट्स ऑफ़ वुमॅन,* पेंगुइन बुक्स, हारमंड्सवर्थ.
2. एल. एल्कॉफ़ और ई. पॉटर (1993), *फ़ेमिनिस्ट इपिस्टेमोलॅजीज़,* रॉटलेज़, लंदन.
3. एल. एंटनी और सी. विट (सम्पा.) (1993), *अ माइंड ऑफ़ वंस ओन,* वेस्टव्यू प्रेस, बोल्डर, सीओ.
4. नैसी शौदॅरो (1978), द *रिप्रोडक्शन ऑफ़ मदरिंग,* युनिवर्सिटी ऑफ़ केलिफ़ोर्निया प्रेस, बर्कले.
5. जे. फ्लेक्स (1983), 'पॉलिटिकल फ़िलॉसफ़ी ऐंड पैर्टियार्कल अनकांशस', सांद्रा हार्डिंग और एम. हिंतिका (सम्पा.), *डिस्कवरिंग रियलिटी : फ़ेमिनिस्ट पर्सपेक्टिव्ज़ ऑन इपिस्टेमोलॅजी, मेटाफ़िज़िक्स, ऐंड द फ़िलॉसफ़ी ऑफ़ साइंस,* डी. रीडल, लंदन.
6. विल किमलिका (2009), *'नारीवाद',* विल किमलिका, समकालीन राजनीति दर्शन, दूसरा संस्करण (अनुवाद : कमल नयन चौबे) पियर्सन नयी दिल्ली.

— श्रुति

राजनीतिक मनोविज्ञान

(Political Psychology)

राजनीतिक मनोविज्ञान कोई स्वतंत्र अनुशासन न होकर राजनीतिशास्त्र और मनोविज्ञान का एक ख़ास तरह का जोड़ है। इसकी संरचनागत बनावट द्वितीय विश्व-युद्ध के पहले तैयार हुई थी। इसे राजनीतिशास्त्र का एक उप-क्षेत्र भी कहा जाता है। इसके ज़रिये मनोविश्लेषण का इस्तेमाल करके राजनीतिक नेतृत्व और राजनीतिक प्रवृत्तियों के बारे में गहरी अंतर्दृष्टियाँ विकसित की गयी हैं। इसके अलावा राजनीतिक मनोविज्ञान के औज़ारों की मदद से वोट डालने का फ़ैसला लेने, जनमत बनाने की प्रक्रिया और प्रतीकों का राजनीति का भी विश्लेषण किया गया है। प्रौद्योगिकी के विकास ने राजनीतिक मनोविज्ञान को नये चरण में पहुँचा दिया है। मानस की गहराइयों में झाँक सकने वाले सवालों (प्रोजेक्टिव क्वेश्चंस) के ज़रिये लिए गये साक्षात्कारों, प्रवृत्तिमूलक पैमानों (एटीट्यूडनल स्केल्स) और भावनात्मक सूचकांकों (इमोशनल कोशेंट) के चलन के साथ-साथ कम्प्यूटर की अनूठी मदद मिलने से राजनीतिक मनोविज्ञान पहले के मुक़ाबले समाज-विज्ञान में अपनी दावेदारी अधिक मज़बूती से पेश कर रहा है।

तीस के दशक में हैरल्ड ड्वाइट लैसवेल ने राजनीति में भागीदारी के आधारभूत निजी कारणों की बेहद सृजनशील जाँच करते हुए राजनीतिक विज्ञान (पॉलिटिकल साइंस) और मनोविज्ञान (साइकोलॉजी) के संश्रय से हो सकने वाले बौद्धिक लाभों पर रोशनी डाली थी। लैसवेल को राजनीतिक मनोविज्ञान का पितामह माना जाता है। मनोविश्लेषकों की मदद से तैयार की गयी एडोर्नो की रचना द *एथॉरिटेरियन पर्सनैलिटी* राजनीतिक मनोविज्ञान की एक बेहतरीन कृति है। इसके निष्कर्षों के मुताबिक़ माँ-बाप द्वारा थोपी गयी दण्डात्मक हिंसा और कठोर अनुशासन के तहत बड़े होने वाले बच्चे आगे चल कर निरंकुश नेताओं के सामने समर्पण करते नज़र आते हैं। ऐसा बचपन गुज़ारने वाले लोग परम्परानिष्ठ होने के साथ-साथ विध्वंसकारी, अंधविश्वासी और अपने व्यक्तित्व के दरवाज़े बंद रखने वाली शख़्सियतों में विकसित हो जाते हैं। एडोर्नो ने अपना यह काम चालीस के दशक के एकदम आख़िर में किया था।

(दायें से) हैरल्ड ड्वाइट लैसवेल (1902-1978), सुधीर कक्कड़ (1938-), आशिस नंदी (1937-) और कर्ट लेविन (1890-1947)

लेकिन, पचास और साठ के दशक में तस्वीर बदल गयी। व्यवहारवादी रुझानों के तहत राजनीतिशास्त्र को प्राकृतिक विज्ञानों के तर्ज़ पर गढ़ने का उद्यम किया जाने लगा। इस दौर में राजनीतिक मनोविज्ञान को कुछ उपेक्षा के दौर से गुज़रना पड़ा। लेकिन जैसे ही कोरे व्यवहारवाद क़ी सीमाएँ साफ़ हुईं, राजनीति में व्यक्ति की भूमिका और निजी धरातल पर उसकी चालक-शक्ति रेखांकित करने के लिए एक बार फिर राजनीतिशास्त्रियों को मनोविज्ञान के औज़ारों की तरफ़ देखना पड़ा। भारतीय राजनीतिशास्त्र में भी प्रशिक्षित मनोविदों ने योगदान किया है। इनमें आशिस नंदी और सुधीर कक्कड़ प्रमुख हैं। इसी तरह भारत के प्रमुख राजनीतिशास्त्री रजनी कोठारी ने मनोविज्ञान की मदद लेकर भारतीय राजनीतिक शख़्सियत के समाजीकरण का सूत्रीकरण किया है।

चाहे समाजशास्त्र हो या राजनीतिकशास्त्र, इन अनुशासनों में इस बात को लेकर विवाद होता रहा है कि सामूहिकता के व्यक्तिगत आयामों पर कितना ध्यान दिया जाना चाहिए। जर्मन समाजशास्त्री मैक्स वेबर ने कहा था कि सामूहिक रूप से किया गया कोई भी आचरण, भले ही वह राजनीतिक क्यों न हो, व्यक्तिगत सक्रियताओं और अन्योन्यक्रियाओं का ही योगफल होता है। अमेरिकी लोकतंत्र के फ्रांसीसी अध्येता टॉकवील ने भी राजनीतिक प्रणालियों के कामकाज की पड़ताल करते समय उनमें अंतर्निहित मनोवैज्ञानिक पहलुओं पर विशेष ध्यान दिया था। मनो विश्लेषण (साइकोएनालिसिस) को राजनीतिक विश्लेषण के लिए इस्तेमाल करने की सम्भावनाओं का सुराग इस सिद्धांत के जनक फ्रॉयड की रचनाओं से मिलता है। फ्रॉयड ने लियोनार्डो द विंची की मनोवैज्ञानिक जीवनी लिखने के लिए उनके मानस में झाँक कर यह पता लगाने की कोशिश की थी कि युरोपीय ज्ञानोदय के इन अनूठे महारथी की रचनात्मकता के स्रोत कहाँ निहित थे। फ्रॉयड द विंची द्वारा देखे गये एक सपने का विश्लेषण करके नतीजा निकाला था कि उनकी सृजनशीलता का उद्गम उनकी दमित समलैंगिक यौन-कामनाओं में निहित था। फ्रॉयड की इस रचना ने मनोवैज्ञानिक जीवनी लिखने की विधा का ही सूत्रपात कर दिया।

फ्रॉयड से प्रेरणा लेकर कर्ट लेविन ने बच्चों के तीन अलग-अलग समूहों की गतिविधियों का बारीक़ अध्ययन करके यह पता लगाने की कोशिश की कि नेतृत्व की निरंकुश क़िस्म, मनमौजी क़िस्म और लोकतांत्रिक क़िस्म के फलितार्थ क्या-क्या हो सकते हैं। लेविन जानना चाहते थे कि हिटलर के नेतृत्व में ऐसी क्या मोहक-शक्ति थी जिसके कारण उसके साथी हर हालत में उसके अनुयायी बने रहते थे। लेविन ने देखा कि नेतृत्व की निरंकुश प्रवृत्तियों की चुगली खाने वाला बच्चों का दल कठोर परिश्रमी तो है, पर उसे निगरानी की ज़रूरत रहती है। दूसरे, वह बच्चों के दूसरे दलों के मुक़ाबले तीस गुना ज़्यादा आक्रामक है, वह अपनी ही चीज़ें नष्ट कर डालता है और उसकी ज़िम्मेदारी दूसरों पर डालने से नहीं हिचकता। इस तरह से वह अपनी कुंठाएँ, अपना गुस्सा और

अपनी आक्रामकता कमज़ोर बच्चों पर निकालता है।

अनुसंधान का यह सिलसिला लैसवेल की रचनाओं में अपने चरम पर पहुँचा। उन्होंने राजनीतिशास्त्र और मनोविज्ञान को स्पष्ट रूप से जोड़ते हुए अपना विमर्श तैयार किया। उनका दावा था कि व्यक्ति अपने मनोगत द्वंद्वों को अपने से बाहर मौजूद राजनीति की दुनिया पर प्रक्षेपित करता है जिसके गहरे और दूरगामी नतीजे निकलते हैं। लैसवेल के बाद राजनीतिक मनोविज्ञान का विकास उनके दिखाये हुए रास्ते पर ही हुआ। लेकिन उनके प्रभाव से अनुसंधान की प्रक्रिया में एकतरफ़ापन भी आया। आज भी राजनीतिक मनोविज्ञान व्यक्ति के मानसिक द्वंद्वों के राजनीति पर पड़ने वाले असर की तो जाँच करता है, पर राजनीति के व्यक्ति के मानस पर पड़ने वाले प्रभाव की उपेक्षा कर देता है।

इस एकतरफ़ापन के बावजूद इस हक़ीक़त से इनकार नहीं किया जा सकता है कि राजनीतिक मनोविज्ञान ने कई मशहूर राजनीतिक हस्तियों (जैसे वुड्रो विल्सन, हिटलर, स्तालिन) और उनके द्वारा किये गये फ़ैसलों के भीतरी कारणों का पता लगाने में कामयाबी हासिल की है। साथ ही इस अनुशासन के तहत कई बार निजी इरादों और उनके सामाजिक फलितार्थों के बीच संबंध को उघाड़ा जा सका है। इस तरह के अध्ययनों के आधार पर विद्वानों ने निष्कर्ष निकाला है कि राजनेता सामान्य लोगों से भिन्न कुछ अलग तरह के व्यक्ति होते हैं। उन्हें एक-दूसरे के ख़िलाफ़ खड़े विकल्पों में से किसी एक को चुनने का ज़ोखिम उठाना पड़ता है, वे हमेशा जीत या हार की जद्दोजहद में फँसे रहते हैं, और अक्सर उनके लिए हुए फ़ैसलों के पीछे न्याय या निष्पक्षता के आग्रह भी देखे जा सकते हैं। इस लिहाज़ से राजनीतिक मनोविज्ञान ने राजनेताओं के जीवन में कई तरह की चालक-शक्तियों की शिनाख़्त की है : प्रतिष्ठा या हैसियत पाने की लालसा, ठोस मुद्दों के लिए काम करने का रुझान, मित्रता और सहकार की आवश्यकता, नैतिक दायित्व पूरा करने का आग्रह, राजनीतिक अखाड़े में जम कर प्रतियोगिता करने की इच्छा, कमतर होने के एहसास का मुक़ाबला करने के लिए राजनीतिक जीवन का आसरा लेना और जीवन की एकरसता ख़त्म करने के लिए प्रेरणादायक लक्ष्यों का चुनाव। ज़रूरी नहीं कि किसी एक नेता में ये सभी रुझान पाये जायें। इन आग्रहों के विभिन्न विन्यास हो सकते हैं जिनसे अलग-अलग राजनीतिक शख़्सियतों का जन्म हो सकता है। मसलन, एक विनम्र संन्यासी की भाँति क्रांति का आह्वान करने वाला नेता अपने नैतिक उग्रवाद को कसौटी की तरह पेश करने वाले नेता से भिन्न हो सकता है। बावजूद इसके दोनों ऊपर से देखने में एक से लग सकते हैं। इसी तरह अपने ही ऊपर मुग्ध रहने वाले नेता और जनता के विभिन्न तबक़ों को आसानी से लुभा लेने वाले नेताओं में भी फ़र्क़ होता है।

मतदाता द्वारा वोट डालने का फ़ैसला करने की प्रक्रिया के जो भी अध्ययन हुए हैं, उन पर भी मनोविज्ञान के अनुशासन की स्पष्ट छाप है। 1960 में एक समाज-मनोविद फ़िलिप कनवर्स ने *अमेरिकन वोटर* नामक रचना प्रकाशित की। इसके मुताबिक़ मतदाता द्वारा लिया गया निर्णय काफ़ी-कुछ उन राजनीतिक निष्ठाओं और परिप्रेक्ष्यों से प्रभावित होता है जिनके बीच उसका लालन-पालन होता है। इस प्रक्रिया में पास-पड़ोस, शिक्षा, जातीय-धार्मिक-वर्गीय निष्ठाएँ भी अहम भूमिका निभाती हैं। राजनीतिक मनोविज्ञान के परिप्रेक्ष्य के ही तहत एक भिन्न सूत्रीकरण के अनुसार वोटर आम तौर पर टूटे-फूटे राजनीतिक ज्ञान का शिकार होने के कारण बचकाना रवैया अपनाता है। उसे ग़लत, अप्रासंगिक और अपूर्ण सूचनाओं की ख़ुराक दी जाती है, और वह मीडिया या चुनाव-मुहिम के शोरगुल में डूब कर अपने फ़ैसले लेता है। इसके ठीक विपरीत एक तीसरा सूत्रीकरण मान कर चलता है कि मतदाता में बुद्धिसंगत निर्णय लेने की क्षमता होती है। यह थियरी मतदाता को एक ऐसे उपभोक्ता की तरह देखती है जो ख़रीद-फ़रोख़्त करने से पहले फ़ायदे-नुक़सान का विश्लेषण करने में यक़ीन करता है।

देखें : एरिक फ्रॉम, कार्ल गुस्ताव युंग, ज़ाक लकाँ, ज़िंगमंड फ्रॉयड-1 और 2. मनोविज्ञान-1 और 2, मनोविश्लेषण, मनोविश्लेषण और नारीवाद।

संदर्भ

1. हैरल्ड लैसवेल (1930), *साइकोपैथालॅजी ऐंड पॉलिटिक्स,* युनिवर्सिटी ऑफ़ शिकागो प्रेस, शिकागो.
2. थियोडोर एडोर्नो वग़ैरह (1950), द *एथॉरिटेरियन पर्सनैलिटी,* हार्पर, न्यूयॉर्क.
3. बी. ग्लैड (1991), 'पॉलिटिकल साइकोलॅजी : व्हेयर हैव वी बीन? व्हेर आर वी गोइंग?', डब्ल्यू. क्रोटी (सम्पा.), *पॉलिटिकल साइंस : लुकिंग टु द फ़्यूचर* (खण्ड 3), नार्थवेस्टर्न युनिवर्सिटी प्रेस, इवांस्टन, आईएल.
4. जी. सियर्स, एल. हडी और आर, जेरविस (2003), *ऑक्सफ़र्ड हैंडबुक ऑफ़ साइकोलॅजी,* ऑक्सफ़र्ड युनिवर्सिटी प्रेस, ऑक्सफ़र्ड, यूके.
5. एम. एल्डमैन (1985), द *सिम्बोलिक यूज़ ऑफ़ पॉलिटिक्स,* युनिवर्सिटी ऑफ़ इलिनॉइ प्रेस, शिकागो.

— अभय कुमार दुबे

राजनीतिक समाज

(Political Society)

राजनीतिक समाज की अवधारणा भारतीय समाज-वैज्ञानिक पार्थ चटर्जी की देन है। इसके ज़रिये उन्होंने नागर समाज की सीमाओं को स्पष्ट करते हुए कम आमदनी पर गुज़र-बसर करने वाले अधिकार-वंचित तबकों के दैनंदिन जीवन-संघर्ष और उसकी राजनीति का सिद्धांतीकरण किया है। पार्थ चटर्जी राजनीतिक समाज के आईने में भारतीय राज्य के बदले हुए चरित्र की भी शिनाख़्त करते हैं। इस विचार के मुताबिक़ राजनीतिक समाज के दायरे में ऐसे लोग (जैसे झुग्गीवासी, रिक्शा चालक, फ़ेरी और रेहढ़ी-पटरी लगा कर ज़िंदगी गुज़ारने वाले देहाती और शहरी ग़रीब) आते हैं जिनके साथ सरकार और उसकी वैधानिकता पूर्णतः अधिकारसम्पन्न नागरिकों जैसा सुलूक करने के लिए तैयार नहीं होती। हालाँकि भारत में पैदा होने के नाते उनके पास संविधानसम्मत नागरिकता है, पर उसके बावजूद राज्य की निगाहों में उनकी रिहाइश और रोज़ी वैधानिकता के हाशिये पर रहती है। परिणामस्वरूप उन्हें नागर समाज की सदस्यता का मौक़ा नहीं मिल पाता। दिलचस्प बात यह है कि सम्पूर्ण वैधानिकता का उपभोग न करने के बावजूद आबादी के बड़े-बड़े हिस्सों का निर्माण करने वाले इन समुदायों के लिए सरकार को कोई न कोई नीति बनानी पड़ती है। उन्हें राज्य प्रदत्त सुविधाएँ मिलती तो हैं, पर इस तरह नहीं कि उन सुविधाओं के ज़रिये वे नियमित नागरिकों की श्रेणी में आ जाएँ। पार्थ चटर्जी का तर्क है कि नागर समाज पर हावी शहरी मध्य-वर्ग के मानस पर कॉरपोरेट पूँजी ने अपना दबदबा क़ायम कर लिया है, जबकि यह राजनीतिक समाज ग़ैर-कॉरपोरेट पूँजी की नुमाइंदगी करता है। राजनीतिक समाज के लोग अनौपचारिक क्षेत्र में तो आते हैं, पर इसका मतलब यह नहीं निकाला जा सकता कि वे किसी भी तरह के संगठन से वंचित हैं। यह ज़रूर है कि उनकी गतिविधियाँ पूँजी संचय के तर्क के मुताबिक़ संचालित नहीं होतीं, पर उनके पास अपने हितों को बुलंद करने के लिए अक्सर बड़े-बड़े और प्रभावी संगठन होते हैं।

2004 में प्रकाशित अपनी कृति *द पॉलिटिक्स ऑफ़ गवर्न्ड : रिफ़्लेक्शंस ऑन पॉलिटिकल सोसाइटी इन मोस्ट ऑफ़ द वर्ल्ड* में पार्थ चटर्जी ने राजनीतिक समाज का सिद्धांत पेश किया है। वे भारतीय राजनीतिक जीवन को दो दायरों में बाँट कर देखते हैं : नागर समाज और राजनीतिक समाज। नागर समाज वह है जिसकी रचना विधिसम्मत और सुपरिभाषित घटकों से मिल कर हुई है। इसका गठन पूँजीवादी लोकतंत्र के क्लासिकल मॉडल की तरह हुआ है। यह समाज सामाजिक महत्त्वाकांक्षाओं से लैस उन शिक्षित और पेशेवर तबक़ों से भरा हुआ है जिन्होंने अपनी क़िस्मत की डोर कॉरपोरेट पूँजी के भविष्य से बाँध ली है। इस समाज के सदस्य नागरिक होने के लिए क़ानूनी अधिकारों पर ज़ोर देते हैं। उनका आग्रह होता है कि सार्वजनिक स्थानों और संस्थाओं को स्थापित शिष्टाचार के आधार पर चलाया जाना चाहिए। ये लोग अनौपचारिक क्षेत्र से जुड़ी अव्यवस्था और अराजकता को सख़्ती से नापसंद करते हैं। दूसरी तरफ़ राजनीतिक समाज है जिसकी गतिविधियाँ पूँजीपति वर्ग द्वारा स्थापित मानकों के मुताबिक़ नहीं चलतीं। किसी भी शिक्षित और शहरी मध्यवर्गीय की तरह नागरिक होने के बावजूद इस समाज के सदस्यों को सरकारी एजेंसियों से अपने हक़ और सुविधाओं के लिए जद्दोजहद करनी पड़ती है। सरकार इन लोगों के साथ संवैधानिक रूप से परिभाषित अधिकारों और क़ानूनों के स्थिर दायरे में संवाद नहीं करती। सरकारी एजेंसियाँ उन्हें एक तरह के अस्थाई, वक़्त के मुताबिक़ बदलते रहने वाले और अस्थिर बंदोबस्त के तहत देखती हैं।

पार्थ चटर्जी का कहना है कि नागर समाज से इतर मौजूद राजनीतिक समाज ही भारत को पश्चिमी लोकतंत्रों की प्रतिकृति होने से बचाता है। हमारे देश में होने वाली लोकतांत्रिक राजनीति का ज़्यादातर हिस्सा इसी समाज के सदस्यों से बनता है। पूँजीपति वर्ग की नैतिक-राजनीतिक अगुआयी से मुक्त राजनीतिक समाज की अवधारणा का इस्तेमाल पार्थ चटर्जी ने यह दिखाने में भी किया है कि इसके कारण भारतीय 'पैसिव रेवोल्यूशन' की संरचना बदल गयी है। सुदीप्त कविराज ने ग्राम्शी प्रदत्त पैसिव रेवोल्यूशन की अवधारणा का सहारा ले कर यह दिखाया था कि उत्तर-औपनिवेशिक भारत में प्रभुत्वशाली वर्गों का विन्यास भारत की विशेष स्थितियों के कारण अलग तरह का है। चूँकि कोई भी वर्ग अपना एकांत वर्चस्व क़ायम करने लायक़ ताक़त नहीं रखता, इसलिए इन वर्गों को वर्चस्व में साझेदारी करनी पड़ रही है। कविराज ने औद्योगिक पूँजीपतियों, ग्रामीण अभिजन और नौकरशाह-प्रबंधकीय प्रभुवर्ग के सापेक्षिक उभार और गिरावट के इतिहास का संक्षिप्त वर्णन करते हुए कहा था कि इनके साझे वर्चस्व के भीतर हमेशा एक खींचातानी चलती रहती है। यह प्रतियोगिता जिस राजनीतिक स्पेस में घटित होती है, उसका संचालन औद्योगिक या ग्रामीण पूँजीपतियों के असर से काफ़ी-कुछ आज़ाद भारतीय राज्य के हाथों में है। चटर्जी कहते हैं कि अब ऐसी स्थिति नहीं रही। भारतीय राज्य अब स्वायत्त न रह कर कॉरपोरेट पूँजी के नैतिक-राजनीतिक वर्चस्व के तले आ गया है। पार्थ चटर्जी के मुताबिक़ केंद्र और राज्यों की सरकारों पर नियंत्रण करने के लिए कॉरपोरेट पूँजी राजनीतिक दलों और चुनावी गोलबंदी के बजाय नौकरशाह-प्रबंधकों, मुद्रित व दृश्य-श्रव्य मीडिया और न्यायपालिका वग़ैरह का इस्तेमाल करती है। राजकीय क्षेत्र पर इस पूँजी का रुतबा इस क़दर छा गया है कि

पार्थ चटर्जी (द *पॉलिटिक्स ऑफ़ द गवर्न्ड : रिफ़्लेक्शंस ऑन पॉलिटिकल सोसाइटी*)

मार्क्सवादी समेत तक़रीबन सभी तरह की पार्टियाँ निजी निवेश पर आधारित तेज़ आर्थिक विकास की रणनीति पर सहमत हो गयी हैं।

चटर्जी के मुताबिक़ राजनीतिक समाज एक ऐसी संरचना है जो ग्राम्शी की निष्क्रिय क्रांति से बाहर खड़ी है। नागरिक होते हुए भी सरकार द्वारा पूर्ण नागरिकता के वाहक न समझे जाने वाले तबकों को अपनी रिहाइश और रोज़ी-रोटी की गारंटी के लिए बड़ी-बड़ी एसोसिएशनें और संगठन बनाने पड़ते हैं ताकि पालिका अधिकारियों, पुलिस, ऋणदाता बैंकों वग़ैरह से निबटा जा सके। ये एसोसिएशनें मुनाफ़े, आधुनिक बाज़ार, माँग और सरकारी स्पेस की स्थितियों के मुताबिक़ कार्यरत रहती हैं। एक इलाक़े में रेहड़ी लगाने वालों का संगठन नये खोमचे वालों को वहाँ नहीं घुसने देता ताकि उसके सभी सदस्यों की रोज़ी ठीक से चलती रहे। लेकिन अगर धंधा अच्छा चल रहा है तो वह नये लोगों को भी उसमें साझा करने देगा। यह प्रवृति कॉरपोरेट पूँजी से अलग है जिसकी दिलचस्पी अपने संचय में होती है। एसोसिएशनों का स्थानीय राजनेताओं, इलाक़े के प्रभावी राजनीतिक दलों और उनके ज़रिये सत्ता के सोपानों से ताल्लुक़ रहता है। राजनीतिक समाज के ये संगठन एक साथ आर्थिक और राजनीतिक भूमिकाएँ निभाते हैं।

राजनीतिक समाज का यह मॉडल अगर कॉरपोरेट पूँजी और नागर समाज से भिन्न है, तो यह सहकारी आंदोलन और कम्युनिस्ट सरकारों द्वारा चलाये गये सामूहिकतावादी प्रयोगों से भी मेल नहीं खाता। चटर्जी को लगता है कि राजनीतिक समाज की संरचनाएँ शहरों के अनौपचारिक क्षेत्र में अधिक प्रभावशाली हैं। ग्रामों में इनकी स्थिति कमज़ोर है। इसका मतलब यह हुआ कि देहात में छोटे और भूमिहीन किसान बहुत हद तक अपने टिके रहने के लिए प्रत्यक्ष सरकारी मदद पर निर्भर हैं। इस स्थिति का ताल्लुक किसानों की आत्महत्याओं और उद्योगों के लिए ज़मीन अधिग्रहण करने से जुड़े विवादों से है।

पार्थ चटर्जी का यह भी दावा है कि राजनीतिक समाज को शासकीयता के अराजनीतिकृत विचार की रोशनी में नहीं देखा जाना चाहिए। राजनीतिक समाज केवल लाभों और सेवाओं के यांत्रिक विनिमय के दायरे में ही सक्रिय नहीं रहता। सरकार से अपनी माँगें मनवाने के लिए उसे अक्सर प्रत्यक्ष सामूहिक राजनीतिक कार्रवाई (जो परिस्थिति के अनुसार जुझारू और हिंसक भी हो सकती है) का आसरा लेना पड़ता है। सरकार उसकी बात अक्सर मजबूरन ही मानती है, और मानते हुए भी उसे नियम के मुताबिक़ न कह कर अपवाद क़रार देती है। अगर कुछ लोगों ने किसी ज़मीन पर ग़ैर-क़ानूनी क़ब्ज़ा कर लिया है या उसे जोतने लगे हैं, अथवा अगर कुछ लोग किसी सड़क की पटरी पर सामान बेचते रहने के बाद उसे अधिकार की तरह पेश करने लगे हैं, तो एक तरह वे सरकार को निमंत्रित करते हैं कि वह उन्हें अपवाद मान कर ऐसा करते रहने की इजाज़त दे दे।

देखें : अनुसूचित जातियाँ, अनुसूचित जनजातियाँ, अन्य पिछड़े वर्ग, आरक्षण, आधुनिकता, अरविंद घोष, आधुनिकीकरण, कन्हैयालाल माणिकलाल मुंशी, जवाहरलाल नेहरू, जातियों का राजनीतीकरण, धीरूभाई शेठ, पार्थ चटर्जी, बंगाल का नवजागरण, भारतीय अभिजन, भारतीय आधुनिकता, भारतीय इस्लाम, भारतीय उदारतावाद, भारतीय डायसपोरा, भारत में उपनिवेशवाद, भारतीय नवजागरण : तुलनात्मक परिप्रेक्ष्य, भारत में नियोजन, भारत में प्रातिनिधिक प्रणाली, भारत में पृथकतावादी राजनीति, भारत में मतदान-व्यवहार-1 से 6 तक, भारत में सामाजिक आंदोलन, भारतीय राज्य, भारतीय राष्ट्रवाद, भारतीय लोकतंत्र, भारतीय लोकतंत्र का संस्थानीकरण-1 से 3 तक, भारतीय स्वभाव और राजनीति, भारतीय संविधान-1 से 8 तक, भारतीय सामाजिक आंदोलन, भीमराव रामजी आम्बेडकर, रजनी कोठारी, राज्य-1 और 2, राज्य की मार्क्सवादी अवधारणा, राजा राममोहन राय, विवेकानंद, विनायक दामोदर सावरकर, सुदीप्त कविराज, संविधान सभा में भाषा-विवाद-1 से 3 तक, सामाजिक आंदोलन।

संदर्भ

1. पार्थ चटर्जी (2004), द *पॉलिटिक्स ऑफ़ द गवर्न्ड : रिफ़्लेक्शंस ऑन पॉलिटिकल सोसाइटी इन मोस्ट ऑफ़ द वर्ल्ड*, कोलम्बिया युनिवर्सिटी प्रेस, न्यूयॉर्क.
2. सुदीप्त कविराज (1989), 'ए क्रिटीक ऑफ़ पैसिव रेवोल्यूशन', *इकॉनॉमिक ऐंड पॉलिटिकल वीकली*, खण्ड 23, अंक 45-7.

— अभय कुमार दुबे

राजनीतिक समाजशास्त्र

(Political Sociology)

राजनीतिक समाजशास्त्र सामाजिक विन्यास के राजनीतिक परिणामों और राजनीतिक विन्यास के सामाजिक परिणामों पर ध्यान देता है। पार्टियाँ हों, दबाव-समूह हों या सामाजिक आंदोलन, हर क़िस्म का राजनीतिक कर्ता अपनी कार्रवाइयाँ एक व्यापक सामाजिक संदर्भ में करता है। इस प्रक्रिया में वह जेंडर, वर्ग और राष्ट्रीयता जैसी सामाजिक संरचनाओं को प्रभावित करता है, और बदले में वे संरचनाएँ उस पर प्रभाव डालती हैं। चूँकि ये संरचनाएँ असमान हैं इसलिए उनके बीच सत्ता का बँटवारा भी लाज़मी तौर पर असमान रहता है। किसी राजनीतिक समाजशास्त्री के लिए यह सत्ता उस क्षमता का नाम है जिसके ज़रिये किसी लक्ष्य की प्राप्ति का या किसी हित को साधने का प्रयास किया जाता है, भले ही वह लक्ष्य या हित किसी अन्य के लक्ष्य या हित के टकराव में हो। इस लिहाज़ से राजनीतिक समाजशास्त्री हित-समूहों, राज्य की रचना-प्रक्रिया, पुराने और नये सामाजिक आंदोलनों, वर्गीय आधार, जनमत, अभिजनों, मज़दूर संगठनों, नागर समाज और राजनीतिक सहभागिता जैसी विषय-वस्तुओं का अध्ययन करते समय सत्ता और प्रभुत्व की संरचनाओं को रेखांकित करते हैं। वे पता लगाते हैं कि सामाजिक जीवन में सत्ता किस तरह काम करती है; व्यक्तियों, संगठनों, समुदायों और देशों में उसका बँटवारा किस तरह से होता है; और सत्ता के किसी भी बँटवारे के सामाजिक कारण और फलितार्थ क्या हो सकते हैं। राजनीतिक समाजशास्त्र दो विकसित अनुशासनों का संकर रूप है, इसलिए मुख्य तौर पर समाजशास्त्र में प्रशिक्षित विद्वान राजनीतिक समाजशास्त्री की भूमिका निभाते समय 'सोसियोलॉजी ऑफ़ पॉलिटिक्स' का परिप्रेक्ष्य अपनाते नज़र आते हैं, और दूसरी तरफ़ मुख्यत: राजनीतिशास्त्र में प्रशिक्षित समाज-वैज्ञानिक 'पॉलिटिकल साइंस ऑफ़ सोसाइटी' के नज़रिये का इस्तेमाल करते हैं।

गैब्रियल ए. आलमोंड (1911-2002)

सेमूर मार्टिन लिपसेट (1922-2006)

उन्नीसवीं सदी और बीसवीं सदी की शुरुआत के कई समाज-वैज्ञानिकों के विमर्श में राजनीतिशास्त्र और समाजशास्त्र का रचनात्मक संश्रय दिखाई पड़ता है। मार्क्स, स्पेंसर, वेबर, पार्संस और दुर्खाइम की रचनाएँ इसका प्रमाण हैं। लेकिन द्वितीय विश्व-युद्ध के बाद इस संकर अनुशासन को उस समय अपने विस्तार का काफ़ी मौक़ा मिला जब आधुनिकीकरण का प्रत्यय और उसकी प्रक्रिया सदी का केंद्रीय आयाम बन कर उभरी। राजनीतिक समाजशास्त्रियों की पहली पीढ़ी के प्रमुख हस्ताक्षर थे गैब्रियल आलमोंड, सेमूर मार्टिन लिपसेट, स्टाइन रोक्कन और रॉबर्ट दाह्ल। इन लोगों ने पूँजीवादी समाज में लोकतंत्र की सम्भावनाओं का आकलन करने के लिहाज़ से सत्ता के बँटवारे पर सामाजिक विन्यास के प्रभाव का अध्ययन किया। इस विमर्श के गर्भ से तीन तरह की सैद्धांतिकियाँ निकलीं : अभिजन सिद्धांत, बहुलवादी सिद्धांत और वर्ग आधारित सिद्धांत।

अभिजन सिद्धांत इस विश्वास पर आधारित है कि आधुनिक समाज में विभिन्न समूह लगातार सत्ता और प्रभुत्व की जद्दोजहद में लगे रहते हैं। टकराव के इन सिलसिलों के कारण समाज प्रभुत्व स्थापित करने वालों और प्रभुत्व स्वीकार करने वालों में बँट जाता है। परिणामस्वरूप एक अभिजन वर्ग की रचना होती है। चूँकि समाज भी समरूप नहीं है, इसलिए यह अभिजन भी समरूप नहीं होता। उसके भीतर भी एक मथानी सी चलती रहती है। अभिजन एक-दूसरे को प्रतिस्थापित करते रहते हैं। साथ में पुराने और नये अभिजन का एक-दूसरे के साथ अभिन्न जुड़ाव भी होता है। यह परिघटना व्यापक समाज में भी घटित होती है, और राजनीतिक पार्टियों जैसे संगठनों में भी। आधुनिकीकरण के तहत होने वाला समाज-परिवर्तन इसी तरह आगे बढ़ता है।

बहुलवादी सिद्धांत आधुनिक समाज को एक बेहद पेचीदा और विभेदित संरचना के रूप में देखता है। इसलिए एक ही क़िस्म का अभिजन सभी जगह सत्ता हासिल नहीं करता, बल्कि तरह-तरह के अभिजन विभिन्न क्षेत्रों में सत्ता हासिल करते हैं। इनमें आपस में टकराव तो होता है, लेकिन बहुलवादी सिद्धांतकारों के मुताबिक़ यह टकराव लोकतंत्र के लिए हानिकारक नहीं होता। उल्टे प्रगति की सम्भावना खुलती है और विभिन्न समूहों के हित सधते हैं। अभिजनों के बीच का टकराव विनाशकारी रूप न ग्रहण कर ले, इसलिए इन सिद्धांतकारों ने सामाजिक समूहों के परस्पर-व्यापी होने पर ज़ोर दिया है। अगर ऐसा होगा तो इस विमर्शकारों के

मुताबिक़ आधुनिकीकरण का परिणाम लोकतंत्रीकरण में निकलेगा।

वर्ग आधारित सिद्धांत ने अपनी प्रेरणाएँ पारम्परिक मार्क्सवाद से ग्रहण नहीं की। उसके लिए वर्ग के मुख्यत: दो मतलब हैं : औद्योगिक उत्पादन की प्रक्रिया में किसी का स्थान कहाँ है (जैसे मज़दूर वर्ग), और सामाजिक तारतम्यता में किसका क्या मुक़ाम है (जैसे मध्य वर्ग या शासक वर्ग)। मोटे तौर पर इन सिद्धांतकारों की मान्यता है कि आधुनिकीकरण न केवल समाज की जटिलता और विभेदीकरण में बढ़ोतरी करता है, उसके कारण उत्पादन क्षमता और अमीरी भी बढ़ती है। परिणामस्वरूप वर्ग-संघर्ष मंद हो जाता है और वितरणमूलक समझौतों की आवश्यकता बढ़ती चली जाती है। उभरता हुआ मध्य वर्ग राजनीतिक अधिकारों की दावेदारी करता हुआ लोकतांत्रिक मूल्यों को प्रोत्साहन देने लगता है। इन तमाम पहलुओं के मिले-जुले असर के कारण ऊँचे आर्थिक विकास के दौर से गुज़र रहे देशों में लोकतंत्रीकरण की प्रक्रिया समृद्ध होती है।

रॉबर्ट एलन डाहल (1915-)

ज़ाहिर है कि ये तीनों सैद्धांतिक रवैये अलग-अलग मुक़ामों से किये गये अध्ययनों के निचोड़ के तौर पर सामने आये थे। तीनों में एक प्रवृत्ति समान थी कि वे पूँजीवादी समाज और उदारतावादी लोकतंत्र को ही क्रमिक मानवीय विकास के अंतिम लक्ष्य के तौर पर देख रहे थे। इस प्रयोजनमूलकता को सख़्ती से आड़े हाथों लिया गया। इसे विचारधारात्मक रूप से पक्षपातपूर्ण और ज्ञानमीमांसा के लिहाज़ से अनावश्यक क़रार दिया गया। आलोचना के सिलसिले ने तीन वैकल्पिक सैद्धांतिकियों को जन्म दिया।

पहला वैकल्पिक सिद्धांत मार्क्सवाद की देन था। इसके पैरोकारों ने दावा किया कि पूँजीवाद और उदारतावादी लोकतंत्र मानव समाज का अंतिम लक्ष्य न हो कर महज़ एक संक्रमणकालीन चरण है। मार्क्सवादियों ने राज्य की संस्था की रचना और उसके विकास पर विशेष ध्यान दिया। साथ ही उन्होंने सत्तामूलक सामाजिक-आर्थिक विषमताओं को रेखांकित करने का फ़ैसला किया। बैरिंगटन मूर की रचना *सोशल ओरिजंस ऑफ़ डिक्टेटरशिप ऐंड डेमॉक्रैसी* इस विमर्श का बेहतरीन परिणाम मानी जाती है। साठ के दशक के आख़िर में निकोस पूलांत्साज़ द्वारा किये गये पूँजीवादी समाज के वर्गीय और सत्तामूलक विश्लेषण ने भी इस विमर्श को गहराई से प्रभावित किया।

राजनीतिक समाजशास्त्र के इस मार्क्सवादी अध्याय की ख़ास बात यह थी कि इसमें आर्थिक पहलुओं पर पर्याप्त ज़ोर देते हुए भी इस सिलसिले में किसी भी तरह के घटाववादी रुझान को ख़ारिज कर दिया गया था। इन विद्वानों ने राजनीतिक और सामाजिक परिघटना की दोतरफ़ा अन्योन्यक्रिया पर बल दिया ताकि सत्ता और प्रभुत्व की संरचनाओं का खुलासा हो सके। इसी प्रक्रिया को और आगे बढ़ाते हुए और सरलीकृत मार्क्सवादी रुझानों से और पीछा छुड़ाते हुए नव-मार्क्सवादी विद्वानों ने टकराव सिद्धांत और फ़्रैंकफ़र्ट स्कूल द्वारा विकसित क्रिटिकल थियरी (आलोचनात्मक सिद्धांत) का सहारा लिया। टकराव सिद्धांत की आधारभूत मान्यता यह थी कि संसाधन सीमित हैं इसलिए उन पर क़ब्ज़े के लिए या उनके बँटवारे के लिए स्वाभाविक तौर पर टकराव और प्रतियोगिता होनी है। इसलिए मानवीय संबंधों की आधारभूत प्रकृति सहयोग और सहमति न हो कर टकराव मानी जानी चाहिए। इस बौद्धिक रवैये के गर्भ से *पॉवर इलीट* जैसी धारणाएँ निकलीं। क्रिटिकल थियरी प्राकृतिक विज्ञानों के प्रभाव के कारण आधुनिकीकरण के अध्ययन पर हावी प्रत्यक्षवादी रुझानों की सफ़ाई का एजेंडा लेकर सामने आयी। इन प्रयासों ने बोर्दियो के ज़रिये सांस्कृतिक पूँजी और हेबरमास के ज़रिये पब्लिक स्फ़ेयर (या सार्वजनिक दायरा)जैसे विमर्शों को जन्म दिया।

उत्तर-आधुनिकतावाद और उत्तर-संरचनावाद ने राजनीतिक समाजशास्त्र में सांस्कृतिक आयाम का समावेश किया। फ़ूको और गिडेंस की रचनाएँ इस दौर को परिभाषित करती नज़र आयीं। बुद्धिसंगत चयन के सिद्धांत ने एक बार फिर राज्य और समाज के अध्ययन में आर्थिक प्रश्न को रेखांकित किया। सोवियत संघ के विघटन के बाद नब्बे के दशक में राजनीतिक समाजशास्त्रियों की नयी पीढ़ी ने नयी परिस्थितियों की रोशनी में पचास और साठ के दशक में विकसित हुए विमर्श पर एक बार फिर निगाह डाली। इनपुट (जैसे मतदान संबंधी निर्णय) के ज़रिये व्यष्टिगत और आउटपुट (जैसे राजनीतिक सुधार) के ज़रिये समष्टिगत करने के अभ्यस्त रहे राजनीतिक समाजशास्त्रियों के सामने सवाल यह था कि सैद्धांतिकियों के इस ख़ज़ाने के माध्यम से भूमण्डलीकरण की प्रक्रिया के कारण हुए परिवर्तनों और नयी प्रौद्योगिकियों के चलन के कारण तेज़ हुई बदलाव की गति की व्याख्याएँ की जा सकती हैं? ज़ाहिर है कि आज सोशल और पॉलिटिकल पहले की तरह अलग-अलग श्रेणियाँ नहीं रह गयी हैं। आज के राजनीतिक समाजशास्त्रियों के सामने अस्मिताओं की बढ़ती हुई जटिलता, नागरिकता के नये रूपों और नये सामाजिक आंदोलनों के अध्ययन की चुनौती है।

देखें : अधिकार, अधिकार : सैद्धांतिक यात्रा, अरस्तू, अफ़लातून, अनुदारतावाद, अराजकतावाद, अन्य-अन्यीकरण, उदारतावाद,

उपयोगितावाद, ऐडमंड बर्क, क्रांति, ज्याँ ज़ाक रूसो, जॉन लॉक, जेरेमी बेंथम, जॉन स्टुअर्ट मिल, जॉन रॉल्स, थॉमस हॉब्स, थॉमस पेन, न्याय, न्याय : नारीवादी आलोचना, न्याय : रॉल्स का सिद्धांत, राजनीति में व्यक्ति की भूमिका, नागरिकता, नागरिकता : अन्य परिप्रेक्ष्य-1 और 2, नागर समाज, पनोप्टिकॉन, प्रतिनिधित्व, प्रगति, प्रगति : आलोचनात्मक परिप्रेक्ष्य, प्रशासन, फ़ासीवाद, फ्रेड्रिख़ वॉन हायक, बहुसंस्कृतिवाद, बहुसंख्यकवाद, बहुसंख्यक-अल्पसंख्यक, बुद्धिवाद, माइकेल जोसेफ़ ओकशॉट, माइकल वाल्ज़र, मिशेल पॉल फ़ूको-1 और 2, यूटोपिया, राजनीतिक और राजनीति, राजनीतिक दर्शन के नारीवादी आयाम-1 और 2, राजनीतिक मनोविज्ञान, राज्य-1 और 2, रॉबर्ट नॉज़िक, व्यक्तिवाद, विल किमलिका, सविनय अवज्ञा, स्वतंत्रतावाद, सर्वसत्तावाद, सम्प्रभुता, समाजवाद, सरकारियत, सामाजिक समझौता, हेनरी डेविड थोरो।

संदर्भ

1. माइकल मान (1986), *द सोर्सिज़ ऑफ़ सोशल पॉवर, खण्ड 1, अ हिस्ट्री ऑफ़ पॉवर फ्रॉम द बिगिनिंग टु एडी 1760*, कैम्ब्रिज युनिवर्सिटी प्रेस, न्यूयॉर्क.
2. बैरिंगटन मूर जूनियर (1066), *सोशल ओरिजंस ऑफ़ डिक्टेटरशिप ऐंड डेमॉक्रैसी : लॉर्ड ऐंड पीज़ेंट इन द मेकिंग ऑफ़ मॉडर्न वर्ल्ड*, बीकन प्रेस, बोस्टन.
3. के. फ़ॉक्स (2000), *पॉलिटिकल सोसियोलॅजी : ए क्रिटिकल इंट्रोडक्शन*, न्यूयॉर्क युनिवर्सिटी प्रेस, न्यूयॉर्क.
4. टी. जानोस्की, आर. अल्फ़र्ड, ए. हिक और एम.ए. श्वार्ज (सम्पा.) (2005), द *हैंडबुक ऑफ़ पॉलिटिकल सोसियोलॅजी : स्टेट्स, सिविल सोसाइटीज़ ऐंड ग्लोबलाइज़ेशन*, कैम्ब्रिज युनिवर्सिटी प्रेस, केम्ब्रिज, यूके.

— अभय कुमार दुबे

राजा राममोहन राय

(Raja Rammohan Roy)

राजा राममोहन राय (1772-1833) भारतीय आधुनिकता के पहले सिद्धांतकार और स्त्री-मुक्ति के पुरोगामी थे। हालाँकि उनका कर्मक्षेत्र उन्नीसवीं सदी के पूर्वार्ध में बंगाली नवजागरण तक सीमित था, लेकिन उनका सामाजिक-धार्मिक कार्यक्रम अगली एक सदी तक समग्र भारतीय समाज के लिए रैडिकल सुधारों का वाहक साबित हुआ। राममोहन के जीवन का मनो-राजनीतिक अध्ययन करने वाले आशिस नंदी के मुताबिक़ वे पहले आधुनिक भारतीय थे जिन्होंने अपनी प्राचीनता पर गर्व करने वाले एक कृषि प्रधान समाज में स्त्रीत्व और पुरुषत्व की स्थापित भूमिकाओं और समझ को सिद्धांत और व्यवहार में प्रश्नांकित करते हुए उलटने की तजवीज़ की। उन्होंने आग्रह किया कि चिंतन की दृढ़ता, संकल्प, भरोसे और पुण्य के संदर्भ में स्त्री स्वाभाविक रूप से पुरुष के मुक़ाबले श्रेष्ठ होती है। इसलिए उसे अपना 'सत' साबित करने के लिए मृत पति की चिता पर जलने की ज़रूरत नहीं है। राममोहन की मान्यता थी कि स्त्री के बजाय 'सत' साबित करने की ज़िम्मेदारी तो पुरुष की होनी चाहिए जो स्वाभाविक रूप से दुर्बल होता है। उनके प्रयासों से न केवल सती प्रथा पर क़ानूनी रोक लगने की पुख़्ता ज़मीन तैयार हुई, बल्कि स्त्री का सवाल समाज सुधारों के अखिल भारतीय एजेंडे के केंद्र में आ गया।

राममोहन राय के व्यक्तित्व और कृतित्व को कुछ ऐसे व्यापक प्रभाव वाले मानकों का वाहक भी समझा जा सकता है जिन्होंने आगे चल कर सार्वजनिक क्रियाशीलता और मूल्यवत्ता, राजसत्ता के सामाजिक उपयोग एवं परम्परा के साथ आधुनिकता के रिश्ते को निर्णायक रूप से परिभाषित किया। उन्होंने धर्म, राजनीति, सार्वजनिक प्रशासन, शिक्षा, भाषा और साहित्य के क्षेत्र में अभूतपूर्व योगदान किये। उनके नेतृत्व में समाज सुधारकों, विद्वानों और समर्पित कार्यकर्ताओं की लम्बी परम्परा शुरू हुई जिसने बीसवीं सदी के प्रारम्भिक वर्षों तक बंगाली समाज को परिवर्तनशील और विचारोत्तेजित बनाये रखा। रजनी कोठारी ने अपनी क्लासिक रचना *भारत में राजनीति : कल और आज* में राममोहन राय के बारे में लिखा है कि भारतवासियों को उदारतावादी मूल्यों की शिक्षा देने में उन्होंने अपना सारा जीवन खपा दिया।

राममोहन की निजी जीवन-शैली पर धार्मिक या आध्यात्मिक प्रभाव बहुत कम था। पर वे मानते थे कि हिंदुओं को धर्म-सुधार की बहुत ज़रूरत है, क्योंकि उसके बिना वे राजनीतिक लाभों की उपलब्धि नहीं कर सकते। उनका कहना था, 'हिंदुओं की मौजूदा व्यवस्था उनके राजनीतिक लाभ की दृष्टि से सुनियोजित नहीं है। ... ज़रूरी है कि कम से कम राजनीतिक लाभ और सामाजिक राहत के लिए ही उनके धर्म में कुछ तब्दीलियाँ की जाएँ।' 1816 में अंग्रेज़ी भाषा में 'हिंदूइज़म' शब्द का पहली बार प्रयोग करने वाले राममोहन ने ईसाई, इस्लाम और हिंदू धर्मों के श्रेष्ठ तत्त्वों को आपस में जोड़ कर *ब्रह्म समाज* आंदोलन की स्थापना की जिसके फ़ौरी और दूरगामी प्रभाव बंगाली समाज में परिवर्तन के उल्लेखनीय कारक साबित हुए।

कलकत्ता से क़रीब सौ किमी. दूर स्थित राधानागोर गाँव में जन्मे राममोहन के पिता रमाकांत राय कुलीन वैष्णव ब्राह्मण थे, पर उनकी माता तारिणी देवी शाक्ति परिवार से थीं। इस परिवार की यह धार्मिक विविधता उस समय के बंगाल के लिहाज़ से अनूठी थी। राममोहन के बचपन की दूसरी अनूठी बात यह थी कि एक विस्तृत संयुक्त परिवार के बजाय वे एक ऐसे छोटे परिवार में पले-बढ़े जिसमें पिता के

राजा राममोहन राय (1772–1833)

बजाय माँ की हुकूमत चलती थी। दस साल की उम्र तक ही राममोहन की तीन शादियाँ हो चुकी थीं। उनकी पहली पत्नी बचपन में ही चल बसीं, दूसरी (जिनसे उन्हें रमा प्रसाद और राधा प्रसाद नामक दो पुत्र हुए) की मृत्यु 1824 में हुई और तीसरी पत्नी की मृत्यु के बाद भी कुछ दिन तक जीवित रहीं। राममोहन के जीवन का सबसे बड़ा विरोधाभास यह था कि जिस माँ के दबंग व्यक्तित्व से उन्हें स्त्री की स्वाभाविक दृढ़ता का सुराग मिला, उसी माँ के ख़िलाफ़ वे सम्पत्ति और पारिवारिक मामलों को लेकर आजीवन मुक़दमेबाज़ी करते रहे।

गाँव की पाठशाला में उन्होंने बंगाली के साथ-साथ कुछ-कुछ संस्कृत और फ़ारसी सीखी। नौ साल की उम्र में पटना के एक मदरसे में उन्होंने फ़ारसी और अरबी की बाक़ायदा शिक्षा प्राप्त करनी शुरू की। इस पढ़ाई-लिखाई के कारण उन्हें क़ुरान की शिक्षाओं का ज्ञान हुआ जिसका उनके शुरुआती चिंतन पर गहरा प्रभाव पड़ा। आम तौर पर उन दिनों किसी बंगाली ब्राह्मण बालक पर इस तरह के प्रभाव अपवादस्वरूप ही पड़ते थे। कहा जाता है कि उनकी माँ इससे चौंक गयीं जिसके कारण दो साल बाद ही उन्हें बनारस भेज दिया गया जहाँ उन्होंने संस्कृत, वेदों-उपनिषदों समेत हिंदू शास्त्रों का अध्ययन शुरू किया। लेकिन, क़ुरान, सूफ़ीमत और एकेश्वरवाद के शुरुआती प्रभावों के कारण राममोहन ने हिंदू धर्मग्रंथों को उसी रोशनी में समझना जारी रखा। आगे चल कर जिस तीखेपन के साथ उन्होंने मूर्तिपूजा विरोधी रवैया अख़्तियार किया, उसके पीछे यही पृष्ठभूमि थी। राममोहन की संस्कृत शिक्षा पूरी नहीं हो पायी और वे बनारस में टिकने के बजाय लम्बी-लम्बी यात्राएँ करने लगे। 1794 में पिता द्वारा भेजा गया खोजीदल उन्हें कुछ बौद्धों की सोहबत से निकाल कर परिवार में वापस लाया।

1795 में राममोहन की मुलाक़ात संस्कृत के विद्वान और तांत्रिक हरिहरानंद विद्यावागीश ने ईसाई मिशनरी विलियम कैरी से करवायी। कैरी का मक़सद था ब्राह्मणों की मदद से बाइबिल का स्थानीय भाषाओं में अनुवाद करके ईसाइयत के प्रसार में योगदान करना। क़रीब दो साल तक विद्यावागीश और कैरी की सोहबत में राममोहन ने जिन विचारों का विकास किया, वे ही आगे चल कर ब्रह्म समाज आंदोलन की आधारभूत सामग्री बने। इन्हीं विचारों के आधार पर विद्यावागीश के साथ मिल कर राममोहन ने अत्यंत विवादास्पद पुस्तक 'महानिर्वाण तंत्र' की रचना भी की। 1797 में राममोहन कलकत्ता आकर ग़रीब अंग्रेज़ों को सूद पर कर्ज़ देने का महाजनी धंधा करने लगे। 1803 से 1815 तक उन्होंने मुर्शिदाबाद की अपील अदालत के रजिस्ट्रार थॉमस वुडफ़र्ड के निजी मुंशी की नौकरी की। कुछ आरोपों के कारण यह काम छोड़ने के बाद कम्पनी के एक कलेक्टर जॉन डिग्बी के साथ जुड़ गये जिसके कारण इस अवधि में उनका ज़्यादातर समय रंगपुर में गुज़रा।

उन्नीसवीं सदी के अधिकतर भारतीय अभिजनों की ही तरह राममोहन राय के जीवन में भी परम्परा और आधुनिकता का द्वैध विद्यमान था। वे दो एकदम अलग-अलग क़िस्म के घरों में अपना समय गुज़ारते थे। ख़ान-पान, वेशभूषा और रहन-सहन के लिहाज़ से एक घर में वे किसी विक्टोरियन जेंटिलमेन की भाँति रहते, और दूसरे में अपनी पत्नियों और संतानों के साथ पारम्परिक बंगाली ब्राह्मण की तरह। पारम्परिक घर में जब पत्नियाँ उनके कमरे में घुसतीं, पश्चिमी शिष्टाचार के तहत वे कुर्सी से खड़े हो जाते थे, हालाँकि उनके रूढ़िभंजक रवैये के कारण पत्नियों से उनकी कभी नहीं पटी।

दरअसल, उनके व्यक्तित्व और कृतित्व की सबसे बड़ी विशेषता थी पूर्व और पश्चिम का संश्लेषण। लेकिन, यह दृष्टांत भी उनके रूढ़िभंजक लेकिन जटिल व्यक्तित्व को पूरी तरह से परिभाषित नहीं करता। शौक़ीन तबीयत के धनी राममोहन बंगाली, मुग़लई और पश्चिमी व्यंजनों का आनंद लेते थे। अपने युरोपीय दोस्तों के साथ बेहतरीन सुराओं का पान करने वाले राममोहन ने एक मुसलमान रसोइया भी रख रखा था जिससे परम्परानिष्ठ कोलकाता वासियों को बड़ी

उलझन होती थी। इसके बावजूद जब वे लंदन गये तो अपने साथ एक ब्राह्मण रसोइये को ले गये। ईस्ट इण्डिया कम्पनी के निदेशकों ने जब उनके सम्मान में भोज दिया तो उन्होंने पक्के ब्राह्मण की तरह केवल उबला हुआ भात और पानी ग्रहण करना ही पसंद किया।

1820 में उनकी कृति *परसेप्ट्स ऑफ़ जीसस* का प्रकाशन हुआ जिसमें ईसा के नैतिक संदेश को ईसाई तत्वज्ञान और चमत्कार कथाओं से अलग करके पेश किया गया था। बंगाल में सक्रिय ईसाई पादरी वर्ग उनकी इस कोशिश से नाराज़ हो गया। उसके विरोध के परिणामस्वरूप राममोहन राय ने ईसाई जनता के नाम तीन अपीलें जारी करके अपने विचारों को और स्पष्टता प्रदान की। इसी के साथ उन्होंने *ब्राह्मनीकल मैगज़ीन* का प्रकाशन करके हिंदू आस्तिकता के वैचारिक नैरंतर्य को रेखांकित करने की चेष्टा भी की। राममोहन ने अपने धार्मिक विचारों को धरती पर उतारने के लिए 20 अगस्त, 1828 को ब्रह्म सभा का गठन किया और इसी वर्ष वेदांत कॉलेज की स्थापना भी की। इस प्रक्रिया का परिणाम 1830 में एक चर्च की स्थापना के रूप में निकला जिसमें किसी भी तरह की छवि या चित्र ले जाने की मुमानियत थी। इसी के साथ ब्रह्म समाज आंदोलन शुरू हुआ। 1818 से 1829 के बीच राममोहन राय ने सती प्रथा पर आक्रमण करते हुए तीन रचनाएँ प्रकाशित कीं। सती प्रथा के ख़िलाफ़ जनमत बनाने और अंग्रेज़ों को उस पर प्रतिबंध लगाने के लिए मनाने का श्रेय उनके प्रयासों को ही दिया जाता है। राममोहन ने भारतीय और पश्चिमी शिक्षा के संश्रय पर बल देते हुए वेदांत कॉलेज के साथ-साथ हिंदू कॉलेज और एंग्लो-हिंदू स्कूल की स्थापना की। उन्होंने आधुनिक शिक्षा और विशेष तौर से स्त्री शिक्षा के प्रसार में अगुआ भूमिका निभायी। बांग्ला व्याकरण की एक पुस्तक के रचयिता के रूप में उन्हें बांग्ला गद्य का निर्माता भी कहा जाता है। पत्रकार के तौर पर भी राममोहन को भारतीय पत्रकारिता का पुरोधा कहा जा सकता है। उनकी पत्रिका *संवाद कौमुदी* काफ़ी लोकप्रिय थी जिसमें प्रेस की आज़ादी, ऊँचे पदों पर भारतवासियों की तैनाती, कार्यपालिका व न्यायपालिका के पृथक्करण जैसे मुद्दों पर चर्चा की जाती थी। कम्पनी सरकार द्वारा प्रेस का दमन करने पर 1829 और 1830 में उन्होंने इस नीति के ख़िलाफ़ दो प्रतिवेदन भी दिये।

राममोहन के प्रयासों को दुहरे विरोध का सामना करना पड़ा। एक तरफ़ उनका विरोध राधाकांत देव, गौरीकांत भट्टाचार्य और भवानी चरण बनर्जी जैसे सुधार विरोधी परम्परानिष्ठ लेखक और विद्वान कर रहे थे, वहीं उन्हें फ्रांसीसी क्रांति और इंग्लिश रेडिकलिज़म से अनुप्राणित आलोचना का भी सामना करना पड़ा जिसका नेतृत्व 'यंग बंगाल' और उसके एंग्लो-इण्डियन नेता हेनरी विवियन डेरॉज़ियो के हाथों में था। यह अलग बात है कि डेरॉज़ियो के अनुयायी अपने कामों और वक्ताओं से समाज को चौंकाने के अलावा कोई स्थाई असर नहीं डाल पाये। लेकिन, राममोहन की परम्परा के आधार पर समाज सुधारों का नरम कार्यक्रम उनकी मृत्यु के बाद भी जारी रहा। उसकी कमान देवेंद्रनाथ ठाकुर और अक्षय कुमार दत्त ने सँभाली। 1831 में राममोहन मुग़ल साम्राज्य के राजदूत के रूप में इंग्लैण्ड की यात्रा पर गये ताकि लॉर्ड बेंटिक द्वारा जारी किये गये सती विरोधी क़ानून के पक्ष में पैरोकारी की जा सके। वहाँ से उन्होंने फ्रांस की यात्रा भी की। 27 सितंबर, 1833 को ब्रिस्टल के पूर्व में स्थित स्टैपलेटन नामक गाँव में मैनिनजाइटिस के रोग से उनका देहांत हो गया। राममोहन को दक्षिणी ब्रिस्टल के एमोस वेल कब्रिस्तान में दफ़न किया गया। 1843 में राममोहन के साथी और अनुयायी द्वारकानाथ ठाकुर ने इसी जगह उनका मक़बरा बनवाया जिसका जीर्णोद्धार आजकल कुछ कोलकातावासियों और कुछ भारतीय व्यापारियों के सहयोग से किया जा रहा है।

देखें : अरविंद घोष, उपनिवेशवाद विरोधी आंदोलन-1, 2 और 3, क़ुमारन् आशान्, गोवर्धन राम त्रिपाठी और गुजराती अस्मिता, फ़क़ीर मोहन सेनापति और ओडिया अस्मिता, बंकिम चंद्र चटर्जी, बंगाल का नवजागरण, भारतेंदु हरिश्चंद्र, भारतीय आधुनिकता, भारतीय नवजारण: तुलनात्मक परिप्रेक्ष्य, महाराष्ट्र में सुधारणा-1 से 5 तक, मोहनदास कर्मचंद गाँधी-1 से 3 तक, युरोपीय पुनर्जागरण, रवींद्रनाथ ठाकुर, विवेकानंद, हिंदी नवजागरण।

संदर्भ

1. सोफ़िया डी. कोलेट (1962), द *लाइफ़ ऐंड लैटर्स ऑफ़ राजा राममोहन राय,* सम्पादक : डी.के. विश्वास और पी.सी. गांगुली, साधारण ब्रह्म समाज, कोलकाता.
2. रजत के. राय द्वारा लिखित 'परिचय', वी.सी. जोशी (सम्पा.) (1975), *राममोहन राय ऐंड द प्रोसेस ऑफ़ मॉडर्नाइज़ेशन इन इण्डिया,* विकास, नयी दिल्ली.
3. कालिदास नाग और दिव्यज्योति बर्मन (सम्पा.) (1945-58), द *इंग्लिश वर्क्स ऑफ़ राजा राममोहन राय,* खण्ड 1, कोलकाता, साधारण ब्रह्म समाज.
4. एस.सी. चक्रवर्ती (सम्पा.) (1935), द *फ़ादर ऑफ़ मॉडर्न इण्डिया,* कोलकाता, राममोहन राय सेंटेनरी कमेटी, खण्ड 2.
5. सुशोभन सरकार (1981), 'रिलीजस थॉट ऑफ़ राममोहन राय', *बंगाल रिनेसाँ ऐंड अदर एसेज़,* पीपीएच, नयी दिल्ली.

— अभय कुमार दुबे

राधाकमल मुखर्जी

(Radhakamal Mukerjee)

अर्थशास्त्र, समाजशास्त्र और कला-चिंतन के महारथी राधाकमल मुखर्जी (1889-1968) बंगाली नवजागरण से जन्मी बौद्धिक संस्कृति की देन थे। उनका विमर्श समाजशास्त्र, इतिहास, सामाजिक पारिस्थितिकी, नैतिक मूल्य और भारतीय सभ्यता-संस्कृति से संबंधित विषयों पर गहराई से ग़ौर करता है। पहले बरहामपुर और फिर कोलकाता विश्वविद्यालय में अध्यापन कार्य करने के बाद 1921 में लखनऊ विश्वविद्यालय की स्थापना होने पर वे वहाँ अर्थशास्त्र और समाजशास्त्र के प्रोफ़ेसर और विभागाध्यक्ष बने और तीस वर्ष तक शिक्षण-कार्य किया। मुखर्जी काफ़ी मँजे हुए और प्रचुर लेखक थे जिन्होंने अनेक विषयों पर लिखा। उनकी 27 पुस्तकें प्रकाशित हुईं जिनमें प्रमुख हैं : *द रीजनल बैलेंस ऑफ़ मैन* (1938), *इण्डियन वर्किंग क्लास* (1940), *सोशल इकॉलजी* (1945), *द सोशल स्ट्रक्चर ऑफ़ वैल्यूज़* (1955), द *फ़िलॉसफ़ी ऑफ़ सोशल साइंस* (1960) और *द डेस्टिनी ऑफ़ सिविलाइज़ेशन* (1964)। मुखर्जी ने समाज के अध्ययन को व्यापक रूप प्रदान करने की चेष्टा की और स्थानीयता और सार्वभौमिकता के प्रतिमानों के बीच सामंजस्य पैदा किया।

भारतीय समाज के अध्ययन के लिए राधाकमल ने मुख्यत: पारम्परिक व्यवस्था और अर्थव्यवस्था की बीच संबंध की छानबीन का रास्ता अपनाया। पश्चिम में जिस प्रकार बाज़ार के प्रारूप का विकास हुआ उसमें बाज़ार बहुत सी परम्पराओं और सामाजिक पहचानों से मुक्त था। राधाकमल का विचार था कि यह बाज़ार-प्रारूप भारतीय संदर्भों के उपयुक्त नहीं है। इसीलिए उन्होंने ग्रामीण भारत की आर्थिक बनावट समझने के लिए संस्कृति के प्रतिमानों को केंद्र में रखना पसंद किया। उनका आग्रह उन जीवन-मूल्यों को समझना था जो व्यक्ति के चुनाव व आचरण को निर्धारित करते हैं और जिनका असर उसके आर्थिक व्यवहार पर भी पड़ता है। मसलन, सवर्ण हिंदू द्वारा गोमांस न खाने या मुसलमान-यहूदी द्वारा सुअर के मांस से परहेज़ जैसी पारम्परिक प्रवृत्तियाँ दिखाती हैं कि संस्कृति व आर्थिक ढाँचे का संबंध कितना गहरा होता है।

मुखर्जी ने सामाजिक पारिस्थितिकी से संबंधित धारणा का विकास किया। इसके तहत इतिहास के पटल पर मनुष्य की जीविका व आवास, पर्यावरण, भौगोलिक विशेषताओं और राजनीति की परस्पर निर्भरता का अध्ययन किया जाता है। उदाहरण के लिए जब कोई शासक किसी राज्य या क्षेत्र को जीत कर वहाँ अपने लोगों को बसाने का उपक्रम करेगा तो वहाँ के पर्यावरण के अनुरूप उसे नये क़िस्म की सांस्कृतिक विशेषताएँ भी देखने को मिलेंगी। मानव-समाज इसी प्रकार राजनीति, पर्यावरण, भूगोल आदि विभिन्न कारकों के सम्मिलित प्रभाव को ग्रहण करता है और यही सामाजिक पारिस्थितिकी है। इस पूरी अवधारणा में समाज की मास्टर-साइंस यानी उच्चतर या महान विज्ञान की धारणा भी मौजूद है जो समाज का समग्र ज्ञान प्राप्त करने में हमारी सहायता कर सकती है। इस ज्ञान के आधार पर ही समाज का सामान्य सिद्धांत विकसित हो सकेगा। यह सामान्य सिद्धांत विभिन्न सामाजिक विज्ञानों को एकसूत्र में बाँधेगा और उनके बीच पायी जाने वाली सैद्धांतिक ज्ञान संबंधी दूरियों को भी समाप्त कर सकेगा।

मुखर्जी मानव व्यवस्था व शहरीकरण की प्रक्रिया में भारतीय मूल्यों की उपेक्षा न करने की वकालत भी करते थे और इस मामले में उनके उन पाश्चात्य समाजशास्त्रियों से मतभेद भी थे जो केवल शहरीकृत समस्याओं व मूल्य-निरपेक्ष योजनाओं को महत्त्वपूर्ण मानते थे। मुखर्जी का भरोसा शहरी नियोजन, नव-निर्माण व विकास, जनसंख्या के स्थानांतरण आदि को पारम्परिक संस्कृति के अनुरूप मूल्य-आधारित बनाने पर था। वे अंधाधुंध औद्योगिकीकरण के विनाश से बचने के लिए सामाजिक पारिस्थितिकी-विज्ञान से दिशा-निर्देश ग्रहण करने की अपील भी करते थे। उन्होंने भारत की पारम्परिक अर्थव्यवस्था, जिसमें दस्तकारी, बुनाई-नक्काशी, ग्रामोद्योग, शिल्प आदि शामिल है, को क्षेत्रीय विकास के लिए संरक्षित और विकसित करने की ओर ध्यान दिलाया। मुखर्जी की एक बड़ी चिंता भारतीय अर्थव्यवस्था के विस्तार के साथ असमान विकास को लेकर भी थी। इसलिए उन्होंने कुछ क्षेत्रों के विकसित होने और अन्य के अविकसित रह जाने के परिणामों के बारे में सचेत किया। गाँव की क़ीमत पर शहरों के विकास को उन्होंने विकास के सबसे ख़राब तरीक़ों में गिनाया है जिससे पूरा समाज असुंतलन का शिकार हो जाता है।

मुखर्जी ने समाज-विज्ञान में मूल्यों की अवधारणा को भी काफ़ी महत्त्व दिया है। इस बारे में उन्होंने अपनी दो पुस्तकों द *सोशल स्ट्रक्चर ऑफ़ वैल्यूज़* (1949) और द *डाइमेंशन्स ऑफ़ वैल्यूज़* (1964) में विस्तार से लिखा है। मूल्यों को उन्होंने ऐसी मान्यताओं के रूप में देखा जो सामाजिक रूप से स्वीकृत इच्छाओं व लक्ष्यों का रूप तो लेती हैं पर समाजीकरण की प्रक्रिया में निजी या आत्मनिष्ठ प्राथमिकताओं का रूप ग्रहण कर लेती है। उन्होंने मूल्यों को दो भागों में विभाजित किया। ये हैं साध्य मूल्य और साधन मूल्य। साध्य मूल्य वे होते हैं जो स्वयं में पूर्ण होते हैं, और व्यक्ति उन्हें आचरण में आत्मसात करता है। जैसे बौद्ध धर्म

में करुणा व अहिंसा का मूल्य; और हिंदुओं में सत्य, शिव व सुंदर के मूल्य जो मनुष्य के आंतरिक जीवन के लिए स्थाई महत्त्व रखते हैं और अपने-आप में लक्ष्य होते हैं। इसके विपरीत साधन मूल्यों का संबंध समाज के भौतिक जीवन से और साध्य मूल्यों के अनुरूप जीवन जीने से होता है। यानी अपनी शिक्षा, जीवनयापन, सम्पत्ति, सुरक्षा संबंधी ज़रूरतों की पूर्ति के लिए मनुष्य इन मूल्यों को ग्रहण करता है। मुखर्जी के अनुसार साध्य मूल्य वास्तव में अमूर्त मूल्य और साधन मूल्य विशिष्ट या अस्तित्वमूलक मूल्य के रूप में भी पहचाने जा सकते हैं। उन्होंने कुछ अन्य आधारों पर भी मूल्यों का श्रेणीगत विभाजन किया है। जैसे कि मूल्यों की जैविक, सामाजिक और आध्यात्मिक श्रेणियाँ उन्होंने मूल्यों के प्रकार्यात्मक पक्षों का विवेचन करते हुए यह भी बताया है किस प्रकार पर्यावरण व प्राकृतिक साधनों के अनुरूप कुछ मूल्य मानव-अस्तित्व और जीवन को सुचारु रूप से संचालित करते रहते हैं। उन्होंने नकारात्मक सामाजिक मूल्यों की भी चर्चा करते हुए बताया है कि सामाजिक जीवन में मूल्यों के साथ ग़ैर-मूल्य भी मौजूद होते हैं। ये ग़ैर-मूल्य ही नकारात्मक मूल्य हैं। मसलन, अपने स्वार्थ के लिए सभी साधनों का इस्तेमाल करने या युद्ध व प्रेम में सब जायज़ है या ख़ून का बदला ख़ून जैसे मूल्य।

मुखर्जी ने भारतीय परम्परा और मूल्यों के प्रति सराहना भाव व्यक्त करते हुए भी सार्वभौमिकता और सार्वभौम सभ्यता संबंधी प्रतिमानों के विकास में ख़ास दिलचस्पी दिखाई। उन्होंने राष्ट्र, जाति और नृजातीयता की संकीर्ण भावनाओं में मनुष्यता को क़ैद रखने के स्थान पर मानव-समाज द्वारा सार्वभौमिकता का लक्ष्य प्राप्त करने की प्रक्रिया को अधिक महत्त्वपूर्ण माना। शायद इसीलिए जब 1946 में संयुक्त राष्ट्र के मानवाधिकारों की घोषणा हुई (जिसमें मानव -अस्तित्व की रक्षा व सम्मान संबंधी मूल्यों की सार्वभौमिकता का विशेष महत्त्व था) तो उन्होंने इसका ख़ास तौर पर स्वागत किया। इन मानवाधिकारों के तहत पूरे विश्व में सभी लोगों के स्वाधीनता और सम्मान संबंधी अधिकारों को मान्यता प्रदान की गयी थी। मुखर्जी ने सामाजिक असमानता और विभिन्न देशों के मध्य शक्ति के आधार पर असमानता को दूर करने की ज़रूरत पर ज़ोर दिया और विभिन्न क्षेत्रों और विभिन्न लोगों के बीच सम्पत्ति और संसाधनों के न्यायसंगत वितरण का समर्थन किया है।

मुखर्जी को भारतीय कला, संस्कृति और इतिहास में विशेष दिलचस्पी थी। इस संबंध में उन पर प्राच्यवाद और इंडोलॅजी का भी प्रभाव दिखता है। आर्थिक जीवन और सामाजिक मूल्यों के बीच संबंधों के अध्ययन को महत्त्व देने की भाँति ही उन्होंने भारतीय कलाओं और सामाजिक मूल्यों के अंत:संबंधों की तरफ़ ध्यान खींचा है। पश्चिम व भारतीय कला के बीच अंतर स्पष्ट करते हुए उन्होंने कहा कि भारतीय और एशियाई कला में सामुदायिकता, एकात्मकता और विराट आध्यात्मिकता का भाव प्रधान है, जबकि पश्चिमी कला के पीछे वैयक्तिकता का भाव प्रबल होता है या फिर कला ही उस कला का लक्ष्य होती है न कि अन्य मानवीय और आध्यात्मिक मूल्य। उन्होंने हिंदू, जैन और बौद्ध धर्म की अहिंसा व अनाक्रामकता की विशेष प्रशंसा करते हुए इन मूल्यों का भी भारतीय कला से संबंध जोड़ा। यानी सहिष्णु धर्म के साथ कलागत मूल्यों की सहिष्णुता को उन्होंने चिह्नित किया।

प्राच्यवाद के असर में हिंदू धर्म के बारे में कोई आलोचनात्मक दृष्टि अपनाने के स्थान पर उसके धर्मशास्त्रों और विधि-विधानों के लचीलेपन की प्रशंसा की। राधाकमल मुखर्जी ने प्रकृति व मानव-समाज के संबंधों पर बल देते हुए प्रकृति के विनाश के ख़तरों के बारे में चेतावनी दी। उन्होंने वनों की कटाई से होने वाले प्राकृतिक नुक़सान के बारे में बहुत लिखा है। जैसे कि पेड़ों की कटाई के कारण मिट्टी का अनुपजाऊपन बढ़ना और बाढ़ में मिट्टी का बह जाना, इत्यादि। इसी प्रकार एक ही खेत में पूरे साल एक ही नक़दी फ़सल उगाने व प्राकृतिक संसाधनों के अत्यधिक दोहन को उन्होंने विनाशकारी माना।

देखें : इरावती कर्वे, जातियों का राजनीतीकरण, जाति और जाति-व्यवस्था-1, 2, 3 और 4, गोविंद सदाशिव घुर्ये, प्रभुत्वशाली जाति, भारतीय समाजशास्त्र-1 और 2, मैसूर नरसिम्हचार श्रीनिवास, देवकी जैन, धीरूभाई शेठ, धूर्जटि प्रसाद मुखर्जी, नीरा देसाई, योगेश अटल, वेरियर एलविन, संस्कृतीकरण, श्यामा चरण दुबे-1 और 2, त्रिलोकी नाथ मदन।

संदर्भ

1. राधाकमल मुखर्जी (1984), द *कल्चर ऐंड आर्ट ऑफ़ इण्डिया,* मुंशीराम मनोहर लाल प्रकाशन, नयी दिल्ली.
2. राधाकमल मुखर्जी (2005), द *सोशल स्ट्रक्चर ऑफ़ वैल्यूज़,* राधा पब्लिकेशन्स, नयी दिल्ली.
3. राधाकमल मुखर्जी (2005), द *डायनमिक्स ऑफ़ मॉरल्स,* राधा पब्लिकेशन्स, नयी दिल्ली.
4. राधाकमल मुखर्जी (1971), द सोशल फ़ंक्शन ऑफ़ आर्ट, ग्रीनवुड प्रेस.
5. राधाकमल मुखर्जी (2006), द *कम्युनिटी ऑफ़ कम्युनिटीज़,* राधा पब्लिकेशंस, नयी दिल्ली.

— वैभव सिंह

रामअवतार शर्मा

(Ramawatar Sharma)

कवि और दार्शनिक रामअवतार शर्मा (1877–1928) *परमार्थदर्शनम्* जैसी विलक्षण कृति के रचियता हैं। यह ग्रंथ षड्दर्शनों से आगे एक सातवाँ दर्शन रचने के उद्देश्य से लिखा गया था। रामअवतार शर्मा के दर्शन में न परब्रह्म है, न ईश्वर, न माया, न (वेदांत की) मुक्ति। न निर्गुण निराकार है, न सगुण साकार। जो है वह सर्वगुण और सर्वाकार है। परमार्थदर्शन के इस प्रवक्ता का प्रश्न है कि सर्वत्र साकार व्याप्त है, तो यह साकार निराकार से कैसे जन्म ले सकता है? असत् से सत् नहीं उपज सकता। इस तर्क से शर्माजी ने वेदांत के निर्गुण ब्रह्म और बौद्धों के शून्यवाद दोनों की छुट्टी कर दी है। उन्होंने दोनों की ओर से बनने वाले पूर्वपक्षों पर अपने सिद्धांत पक्ष को कसा नहीं है। वे पूछते हैं कि यदि आपने स्वयं विश्ववैचिर्त्यवाद द्वारा सर्वात्मक सत्ता को अंशत: अज्ञेय मान लिया, तो वह निराकार नहीं है— यह दावे से कैसे कहा जा सकता है। रामअवतार शर्मा का परमार्थदर्शन एक ईश्वरविहीन और मायाविहीन विश्व की परिकल्पना प्रस्तुत करता है। ममता का त्याग उनके यहाँ मुक्ति की अनिवार्य शर्त है। गोविंद चंद्र पाण्डे ने लिखा है कि रामअवतार शर्मा एक मौलिक आलोचनाप्रवण तथा आधुनिक दार्शनिक थे। वे अपने विचारों में दयानंद से कहीं अधिक ज़्यादा क्रांतिकारी थे। अपनी बात पर वज़न देते हुए वे उन्हें आधुनिक भारत के सर्वाधिक मौलिक और व्यवस्थित दार्शनिकों में एक बताते हैं। यदि अपने ही देश में शर्माजी को एक दार्शनिक के रूप में प्रतिष्ठा नहीं मिली, तो इसका कारण पाण्डे की दृष्टि में यही है कि उन्होंने अपनी रचनाएँ संस्कृत में लिखीं।

रामअवतार शर्मा हमारे समय की सर्वाधिक दिलचस्प और विलक्षण विभूतियों में से एक हैं। वे अपने जीवन काल में ही एक किंवदंती बन गये थे। उनका जन्म बिहार के छपरा में एक भूमिहार ब्राह्मण परिवार में हुआ। बारह वर्ष की आयु में वे अध्ययन के लिए काशी गये और उस समय के उद्भट विद्वान पण्डित गंगाधर शास्त्री से अध्ययन किया। पंद्रह वर्ष की आयु में उन्होंने जिस वर्ष काव्यतीर्थ की परीक्षा उत्तीर्ण की, उसी वर्ष संस्कृत में *धीरनैषधम्* नाम का एक बड़ा नाटक लिख डाला। इसके बाद बनारस के क्वींस कॉलेज से (जो बाद में वाराणसेय संस्कृत विश्वविद्यालय बना और अब सम्पूर्णानंद संस्कृत विश्वविद्यालय कहलाता है) सर्वाधिक अंक प्राप्त कर साहित्याचार्य की उपाधि प्राप्त की। इस कॉलेज के प्रधानाध्यापक प्रख्यात प्राच्यविद्याविद् डॉ. वेनिस ने उन्हें अंग्रेज़ी का अभ्यास भी करने का सलाह दी। अपनी एकमात्र सम्पदा एक लोटा गिरवी रख कर युवा रामावतार ने इनसाइक्लोपीडिया ब्रिटेनिका के खण्ड प्राप्त किये और उसका पाठ कर डाला। कहा जाता है कि पूरे इनसाइक्लोपीडिया ब्रिटेनिका में किस पृष्ठ पर कौन सी प्रविष्टि है, यह वे उस प्रविष्टि की तफ़सीलों के साथ ज़ुबानी बता देते थे। बाद में यह भी कहा जाने लगा कि उन्हें पूरी चैम्बर्स डिक्शनरी कंठस्थ है। यही समय था जब उन्होंने पाण्डे गोत्र नाम तज कर अपने आप को शर्मा कहना शुरू किया। चूँकि घर की हालत बेहद ख़स्ता थी, इसलिए बनारस से साहित्याचार्य की पदवी ले कर छपरा हाई स्कूल में नौकरी करने चले आये।

1901 में वे फिर बनारस लौटे और सेंट्रल हिंदू कॉलेज में प्रवक्ता हो गये। इन्हीं दिनों उन्होंने अपने दो गुरुओं गंगाधर शास्त्री तथा स्वामी श्रद्धानंद को शास्त्रार्थ में पराजित किया। सेंट्रल हिंदू कॉलेज में कोट और पैंट पहन कर आने का ऐनी बेसेंट का आदेश उन्हें मान्य नहीं था, इसलिए कॉलेज की नौकरी छोड़ कर घर चले आये। तब तक उनके पाण्डित्य की ख्याति इतनी फैल गयी थी कि पटना विश्वविद्यालय ने उन्हें संस्कृत और हिंदी का विभागाध्यक्ष बनाया। उनके शिष्यों में एक डॉ. राजेंद्र प्रसाद बाद में भारत के राष्ट्रपति बने। मदनमोहन मालवीय के आग्रह पर वे काशी हिंदू विश्वविद्यालय आ गये, पर 1922 में इस घोषणा के साथ बनारस छोड़ कर पटना लौट गये कि ग़रीब बिहार को उनकी ज़रूरत है।

वेदांत पर आशुतोष मुकर्जी के आग्रह पर कोलकाता में तथा उसके बाद ऑक्सफ़र्ड में दिये गये उनके व्याख्यान इस विषय पर सबसे प्रामाणिक वक्तव्यों में गिने जाते हैं। *धीरनैषधम्* (संस्कृत नाटक), *मारुतिशतकम्* (स्तुतिकाव्य) *मुद्गरदूतम्* (पैरोडी काव्य), *भारतीयेतिवृत्तम्* (भारत का इतिहास पद्य में), *वाङ्मयमहार्णव* (पद्यात्मक विश्वकोश) तथा *परमार्थदर्शनम्* उनकी मौलिक संस्कृत रचनाएँ हैं। *प्रियदर्शिप्रशस्तय:* अशोक के शिलालेखों का संस्कृत रूपांतर है। *सदुक्तिकर्णामृत* जैसे विशालकाय सुभाषित संग्रह का सम्पादन उन्होंने किया। अंग्रेज़ी में उनका ज़्यादातर लेखन विवेचनात्मक है। संस्कृत की अपनी अनोखी कृति *मुद्गरदूतम्* को उन्होंने हिंदी *मुद्गरानन्दचरित* नाम से नये सिरे से लिखा। इसके अतिरिक्त हिंदी व्याकरण, भाषाशास्त्र और दर्शन पर भी उनका हिंदी में महत्त्वपूर्ण लेखन है। उनकी अनेक रचनाएँ अप्रकाशित रह गयीं। अनेक *सरस्वती, सुधा, माधुरी* तथा अन्य पत्रिकाओं में प्रकाशित तो हैं, पर अब अलभ्य हैं।

रामअवतार शर्मा के दर्शन की प्रेरणाभूति वेदांत है। लेकिन वेदांत की ज़मीन पर खड़े हो कर उन्होंने उसकी प्रमुख जड़ को काट कर फेंक दिया है। वे ब्रह्म को निरपेक्ष और परमसत्ता नहीं मानते। उनके लिए परमचैतन्य साक्षी है, विश्व साक्ष्य या विषय। साक्षी और विषय मिल कर एक

अविभाज्य सर्वात्मक सत्ता निर्मित करते हैं। शर्माजी वेदांत के विवर्तवाद का खण्डन करते हैं। विवर्तवाद में जगत ब्रह्म का विवर्त (काल्पनिक मानसिक सृष्टि) है। रस्सी में साँप का या सीपी में चाँदी का भ्रम होता है, तो साँप या चाँदी क्रमश: रस्सी और सीपी के विवर्त हैं। पण्डित शर्मा वेदांती को खूब डपटते हुए पूछते हैं कि जगत् का लोप होता ही कब है, जो इसे विवर्त कहा जाये? इसी तरह शैवदर्शन का प्रतिबिम्बवाद और स्पंदसिद्धांत भी उनके परमार्थदर्शनम् में अस्वीकार्य हो जाता है। वह दर्शन बौद्ध, जैन तथा चार्वाक दर्शनों से भी तालमेल नहीं बना सकता। इसकी जीव, आत्मा, शरीर, चैतन्य जगत और परमसत्ता की अवधारणाएँ इन सब दर्शनों से भिन्न लगती हैं। जनार्दन शास्त्री पांडे ने अन्य दर्शनों से इसे एकदम अलग बताते हुए कहा है कि कपिल का सांख्य द्रष्टा और दृश्य में कृत्रिम पार्थक्य मानता है, चार्वाक केवल दृश्य को सत्य कहते हैं और वेदांत अंतत: केवल द्रष्टा को। शेष दर्शन एक की अनेक में परिणति कराते हैं। परमार्थदर्शन इस तरह के भेद पर आधारित परिणति को नकारता है और इन सबसे अलग है। उसका कहना है कि यदि अविभाज्यता है, तो परिणति कैसी होगी?

सम्भवत: परमार्थदर्शन की परिकल्पना पर नव्य भौतिकी का परोक्ष रूप से असर आया है। रामअवतार शर्मा अपना यह ग्रंथ उस समय लिख रहे थे, जब पश्चिम में भौतिकशास्त्र में हो रहे नये प्रयोगों और तज्जन्य अवधारणाओं ने जीवन और जगत की सारी परिकल्पना में उथलपुथल कर दी थी। मैक्स प्लैंक क्वांटम थियरी पर अपना शोधपत्र 1900 में प्रस्तुत कर चुके थे। हो सकता है कि 1905 में जब आइंस्टाइन का सापेक्षवाद सामने आया, तो उसके बाद शर्मा ने अपना परमार्थदर्शन लिखना शुरू किया हो। विज्ञान में उनकी रुचि थी। ज्ञान को वे सर्वात्मक सत्ता के दो रूप मानते हैं और दोनों में तालमेल दिखाते हैं। विज्ञान से भी उनका आशय साइंस से है, बौद्ध दर्शन या अन्य दर्शनों में परिभाषित विज्ञान से नहीं। प्रश्न करना और प्रचलित अवधारणाओं को तोड़ना उनकी प्रवृत्ति थी। मसलन सभी भारतीय दर्शन पञ्चमहाभूतों के जो गुण बताते हैं, उसमें शब्द को आकाश का गुण माना गया है। अर्थात् शब्द आकाश में समवेत है। शर्मा के पहले शायद दर्शन में इस अवधारणा पर प्रश्नचिह्न नहीं लगाया गया। साइंस की अपनी जानकारी का उपयोग करते हुए शर्मा कहते हैं कि किसी कक्ष में सारी हवा निकाल कर यदि शून्य (वैक्यूम) पैदा कर दिया जाय, तो आकाश तो उस कक्ष में रहेगा, पर क्या शब्द उस कक्ष में रह सकता है? नहीं रह सकता, इसलिए शब्द को आकाश का गुण मानना ग़लत है। यहाँ शर्मा इस बात को दबा गये हैं कि दर्शन में शब्द वही नहीं है जो कानों से सुन पड़ता है। वे यह भी स्थापित नहीं करते कि आकाश को शब्दगुण न माना जाय, तो क्या वायु को मान लिया जाय? चूँकि द्रष्टा और दृश्य अविभाज्य हैं, इसलिए आत्मा हमारी देह में व्याप्त है। देह में व्याप्त आत्मा जीव है। देह और जीव दोनों को शर्माजी ने अयुतसिद्ध (दो ऐसी वस्तुओं का जोड़ा, जो नष्ट होने तक अलग नहीं होतीं) माना है। अपने ग्रंथ के चतुर्थ अध्याय के द्वितीय आह्निक के पहले सूत्र में वे कहते हैं : शरीर भेदाज्जीवभेद: और अगले सूत्र में जोड़ते हैं- शरीरात्मनोरयुतसिद्धिर्न सिद्धयोर्योग: जितने शरीर हैं, उतने ही जीव हैं,और जीव और आत्मा एक साथ अविभाज्यतया ही जन्मते और नष्ट हो जाते हैं।

मार्क्सवाद और वेदांत, दोनों भी पदार्थ और चेतना को अविभाज्य मानते हैं। पर एक में पदार्थ पहले आता है, बाद में चेतना उसमें पनपती हैं। दूसरे में चेतना पहले है, पदार्थ उसका विवर्त है। इन दोनों से हटकर शर्मा एक विश्वात्मक चैतन्य को सत्य मानते हैं। मार्क्स की तरह केवल जगत् भी सत्य नहीं, वेदांत की तरह केवल ब्रह्म ही सत्य नहीं। ये दोनों अलग-अलग सत्य हों, ऐसा भी नहीं। परमार्थदर्शनम् जब सर्वात्मक सत्ता और जगत् या विश्व जैसे शब्दों का अलग-अलग आशय से इस्तेमाल करता है, तो इसमें यह सवाल अनुत्तरित रह जाता है कि दोनों में कौन पहले आया? मार्क्सवाद और वेदांत में इस सवाल के उत्तर साफ़ हैं शर्माजी इसके उत्तर में विश्ववैचिर्त्य का सिद्धांत उपस्थित कर देते हैं। सर्वात्मक सत्ता और जगत् दोनों की तरह विश्ववैचिर्त्य भी शाश्वत और अगम्य है। परमार्थदर्शन के एक सूत्र के भाष्य में शर्माजी कहते हैं : बुदबुदविशेष के नाश या जन्म से समुद्र का नाश या जन्म नहीं (माना जा सकता), जिस तरह मनुष्य रूपी एक व्यक्ति के जन्म या नाश से मनुष्यमात्र के जन्म या नाश का निर्णय नहीं किया जा सकता, उसी प्रकार समष्टि या सर्वात्मक समुद्र का भी जन्म या नाश इस विश्वरूपी बुदबुदविशेष के जन्म या नाश से कल्पित नहीं किया जाना चाहिए। एक बुलबुले के नाश के समय पहले उत्पन्न हुए बुलबुले बने रहते हैं, और उसके मरने के बाद अनेक जन्म लेते हैं। अत: व्यक्ति: ही सादि और सांत है, सर्वात्मा नहीं। यह सर्वात्मा आकाशवत् सहस्त्रशीर्षा है। जीव की स्थूल देह उसकी अभिव्यक्ति है, उसी तरह सर्वात्मा की अभिव्यक्ति यह सारा विश्व है। जीव देह में व्याप्त या ओत-प्रोत है, और यह देह त्वचा में आवृत्त है। उसी तरह आकाश (स्पेस) सर्वात्मा के विश्वदेह की त्वचा है। इस विश्व को प्रकृति भी कहते हैं। आकाश, जिससे अविच्छिन्न होकर विश्वात्मा का प्रकृतिदेह अवस्थित है, न शून्य है, न शब्दगुण वाला द्रव्यविशेष है, न अभाव ही। वह प्रकाशगुणात्मक सर्वव्यापी अनंत सत्ता है।

एक सर्वात्मक सत्ता वेदांत भी मानता है, और परमार्थदर्शन भी। अंतर यहीं आता है कि वेदांत व्यवहार के

स्तर पर जगत् को अलग सत्ता स्वीकार कर लेता है, परमार्थदर्शन इस विभाजन को नकारता तो है, पर भाषिक व्यवहार में विश्व और चैतन्य का पृथक्-पृथक् प्रयोग करता है, जैसे भाषिक व्यवहार में हम समुद्र और बुलबुले को अलग अलग कहते हैं। इसलिए वेदांत के साथ अपने दर्शन के सूक्ष्म विवेक पर रामअवतार शर्मा ने इत्मीनान से चर्चा नहीं की है। शैवदर्शन का तो नोटिस ही नहीं लिया है। सम्भव है परमार्थदर्शनम् की सारी प्रस्तुति में कुछ अनुपपत्तियाँ या ख़ामियाँ इसलिए भी लगती हैं कि इस ग्रंथ पर शर्मा के लिखे हुए भाष्य का लगभग एक तिहाई हिस्सा तो हमें उपलब्ध नहीं हैं।

परमार्थदर्शनम् में तीन सिद्धांत प्रमुख हैं : सर्वात्मकतावाद, विश्वैचिर्त्यवाद तथा देहात्मवाद। विश्ववैचिर्त्यवाद में कुछ वेदांत का भी पुट है, कुछ नये विज्ञान का भी। उनका चिदात्मत्व जो शरीरवत् , आकाशवत्, तथा समुद्रवत् है, न पूर्णतया ज्ञेय है, न अज्ञेय। यहाँ वेदांत के अनिर्वचनीयतावाद के निकट आते आते ही वह उससे छिटक कर अलग भी हो जाता है। शर्मा सर्वात्मकसत्ता को अंशतः ज्ञेय और सर्वतः अज्ञेय साबित करने के लिए प्रतिबिम्बवाद का सहारा लेते हैं। यदि मणियों से कोई पांचालिका (गुड़िया) बनायी जाय, तो उन मणियों में उस गुड़िया का खण्ड-खण्ड रूप ही प्रतिबिम्बित हो कर भासेगा। व्यक्तिमन मणियाँ है, और गुड़िया सर्वात्मक सत्ता। मन में इस सर्वात्मक सत्ता का स्वरूप अंशतः भासित हो ही सकता है, अतः सर्वात्मक सत्ता अंशतः ज्ञेय ठहरती है। मन में सर्वात्मिक सत्ता का पूरा प्रतिबिम्ब उतर सके, यह असम्भव है। अतः सर्वात्मक सत्ता सर्वांशतः अज्ञेय है। मन इस सर्वात्मक सत्ता के महासागर के बुलबुले सा ही है, उनमें पूरी की पूरी सत्ता का अक्स कैसे उतर सकता है? आधुनिक विज्ञान का सहारा लेते हुए शर्मा कहते हैं कि जब कोई मनुष्य अपने देह को ही भीतर और बाहर से सर्वांश में नहीं जान पाता, तो वह सर्वात्मक सत्ता को समग्रतः कैसे जानेगा? इस सरणि पर शर्मा द्विविध जीवन, व्यक्ति जीवन और सर्वात्मीय जीवन की परिकल्पना करते हैं। भारतीय शास्त्र परम्परा में यह नयी पदावली का प्रवेश है। चिदात्मा की ज्ञान और विज्ञान ये दो कोटियाँ शक्तियाँ हैं, जिनके अनुसार जीवन की ये दो कोटियाँ बनती हैं।

इसी जगह पर परमार्थदर्शनम् का भाष्य अस्पष्ट है और पाठ में त्रुटि लगती है। व्यक्तिजीवन और सर्वात्मीय जीवन के तारतम्य का खुलासा इस भाष्य से नहीं हो पाता। व्यक्तिजीवन सामान्य और साधारण है, सर्वात्मीय जीवन विशिष्ट और अद्वितीय— यदि ऐसा कहते हैं, तो वेदांत से अंतर कहाँ रह जाता है? पर जीवन की द्विविध कोटि के इस विवेचन से मुक्ति को हम पुनः परिभाषित कर सकते हैं। व्यक्ति के अपने सीमित जीवन से बाहर निकल कर सर्वात्म जीवन को जीने योग्य बनते जाना ही मुक्त होना है। तब मुक्ति उसी तरह अंशतः प्राप्य और सर्वांशतः अप्राप्य हो जाएगी, जिस तरह सर्वात्मक सत्ता अंशतः ज्ञेय और सर्वांशतः अज्ञेय है। जितने मन के हिस्से में सर्वात्मक सत्ता ज्ञेय है, उतना ही वह मुक्त है और जितने में वह अज्ञेय है, उतने हिस्से में मन बँधा हुआ है। जब ब्रह्म जैसी निरपेक्ष सत्ता नकार दी, तो मुक्ति ही निरपेक्ष क्यों मानी जाये? तब यह स्थिति बनेगी कि हम लोगों में से बहुत से लोग ऐसे होंगे जो कुछ-कुछ मुक्त भी हैं , कुछ कुछ बँधे भी हैं।

इस दुनिया में न तो स्वर्ग का प्रलोभन है, न नरक का डर। स्वर्ग के बारे में शर्मा वही कहते हैं जो उनके समकालीन गालिब कह गये हैं। पुराणों को शर्मा गपोड़पंथी मानते हैं। भारतीय मानस की भीरुता और दोहरे चरित्र पर वे डट कर छींटाकशी करते हैं। अपनी उम्दा कल्पनाशीलता से बढ़िया क़िस्से गढ़ते हुए उन्होंने परमार्थदर्शन का एक बड़ा हिस्सा छोटे-छोटे दृष्टांतों द्वारा तंत्र, मंत्र, सिद्धि आदि के खोखलेपन की खिल्ली उड़ाने पर ख़र्च किया है। शास्त्रीय शैली की सारी गंभीरता को भी उन्होंने इस स्तर पर आकर अपने खिलंदड़ेपन से तोड़ दिया है। अपना प्रस्थान पुष्ट करने के लिए उन्होंने उपनिषदों का भरपूर अवलंबन लिया है। उपनिषद् रूपी गौ का पुनः दोहन कर परमार्थ का नवनीत परमार्थदर्शनकार ने निकाला। उसमें ज्ञान, कर्म, और भक्ति मिल कर एक समन्वित पथ है, अलग-अलग पथ नहीं। चैतन्य से समवेत साकार जगत् एक अविभाज्य सत्ता है, जिसके परे और जिससे पृथक् कोई सत्ता नहीं है। यह सत्ता ही वह समग्र है, जिसे उपनिषद् 'भूमा' कहते हैं। उस भूमा से जुड़ना ही आनंद है, क्योंकि यह असीम है। सुख असीम में है, ससीम में नहीं।

परमार्थदर्शनम् बुद्धिजीवी का दर्शन है, और विद्वान को केंद्र में रखता है। शर्मा के अनुसार विद्वान दो प्रकार के होते हैं- ऋषि और संग्रहीता। ऋषित्व का लक्षण है अनधिगतदर्शित्व, अर्थात् जो पहले नहीं देखा गया, उसे देख सकने वाला ऋषि है। संग्रहीता पूर्वप्राप्त सामग्री का संकलन करता है। ऋषि की पुरानी परिभाषा (ऋषिदर्शनात्) को शर्मा ने विस्तार दिया है। उनका कहना है कि जिस प्रकार संहिताकाल में वसिष्ठ, वामदेव, विश्वामित्र आदि ने अग्नि, सूर्य, सवितृ आदि देवों के स्वभाव को देख लिया और सृष्टि के सर्वात्मत्व का साक्षात्कार किया, उसी प्रकार पृथ्वी की गुरुत्वाकर्षण शक्ति के रहस्य को देख लेने वाले आर्यभट जैसे ऋषि भी उसके बाद में हुए। भारत में ही नहीं, दूसरे देशों में भी ऐसे ऋषि होते आये हैं, और पुराने समय में ही नहीं आज तक वे होते रहते हैं। पृथुगौर (पाइथोगोरस), यकलीढ (युक्लिड), आर्कमीढ (आर्केमिडीज), कुपर्णिक (कोपरनिक), नवतनु (न्यूटन), दारुवीण (डार्विन) आदि ऐसे ऋषि हैं। (और भी पाश्चात्य नाम शर्माजी ने गिनाये हैं,

इस अज्ञ लेखक से इतने ही संस्कृतीकृत नामों का पुनः पाश्चात्यीकरण हो सका)।

इस दृष्टि से शर्मा स्वयं एक संग्रहीता हैं। उन्होंने वेद और उपनिषद् के वचनों का नया विन्यास किया है। विन्यास की नवीनता के कारण परमार्थदर्शन सातवाँ दर्शन लगता है। इस तरह का विन्यास कर पाना एक महत्कार्य है। विन्यास शर्माजी ने वेदांत और न्याय आदि का भी परमार्थदर्शन के भीतर किया है। इस विन्यास में इस दर्शनों के पदार्थों को नयी अर्थवत्ता भी कहीं कहीं मिली है। उदाहरण के लिए संशय न्यायदर्शन के सोलह पदार्थों में है। संशय के बिना न्याय की शुरुआत ही नहीं होती। (देकार्त ने भी अपने दर्शन के लिए इस तरह की बात कही है।) शर्मा भी संशय को स्वीकार करते हैं, और प्रतिपक्ष का प्रश्न उठाते हैं कि यदि संशय और निषेध को स्वीकार किया गया तो सर्वात्मक सत्ता पर भी संशय और निषेध लागू हो जाएँगे। उत्तर में वे कहते हैं— संशय और निषेध भी तो चिदात्मक या इसी सर्वात्मक सत्ता के रूप हैं, अतः संशय और निषेध करके भी हम उसी को सत्यापित करते हैं। एक वस्तु का उच्छेद स्वयं उसी वस्तु के द्वारा नहीं किया जा सकता ।

रामअवतार शर्मा ने वैदिक संहिताओं से आरम्भ हुई परम्पराओं या परिभाषाओं के नवविन्यास में अर्थविस्तार या अर्थपरिवर्तन अवश्य किया है। ऋषित्व की अवधारणा की ही तरह उनकी मंत्र की अवधारणा है। इसके अनुसार स्पष्टार्थबोधक सांकेतिक वर्णविन्यास मंत्र हैं। ह्रीं क्लीम् इत्यादि निरर्थक वर्णसमुदाय इस लक्षण पर खरे नहीं उतरते, इसलिए वे मंत्र नहीं हैं। रसायन शास्त्र के सूत्र जैसे ज=ह^2 अ या (एच$_2$+ओ$_2$=एच$_2$ओ) स्पष्टअर्थबोधक तथा सांकेतिक वर्णविन्यास हैं— इसलिए वे मंत्र हैं। मंत्र जप या पाठ के लिए नहीं होते, वे तो कुंजी खोलकर उसमें निहित अर्थ के अनुसार अनुष्ठान करने पर सिद्धि करने के लिए होते हैं। सिद्धि भी संस्कृत मन में संकल्प धारण करने से होती है। इस तरह रामअवतार शर्मा के दर्शन में मंत्र, अनुष्ठान और सिद्धि के अर्थ आधुनिक विज्ञान की तकनीकों में परिणति पा लेते हैं।

देखें : आर्यभट्ट और *आर्यभटीय,* उपनिषद्, कपिल, *अर्थशास्त्र* और कौटिल्य, गोपीनाथ कविराज, गोविंद चंद्र पाण्डे, चैतन्य महाप्रभु, जैन दर्शन, न्याय दर्शन, दया कृष्ण, नागार्जुन, पतंजलि और *योगसूत्र,* पाणिनि और *अष्टाध्यायी,* पुराण, पूर्व-मीमांसा दर्शन, बदरी नाथ शुक्ल, बादरायण, बौद्ध दर्शन, *भगवद्गीता,* भरत और *नाट्यशास्त्र,* मुकुंद लाठ, *भागवत पुराण, महाभारत,* यशदेव शल्य, योग दर्शन, रामानुजाचार्य, लोकायत, वात्स्यायन और *कामसूत्र,* वेदांत दर्शन, वैशेषिक दर्शन, शंकराचार्य, षड्-दर्शन-1 और 2, संस्कृत काव्यशास्त्र, स्मृति-साहित्य, सांख्य दर्शन-1 और 2, सिद्ध-नाथ परम्परा।

संदर्भ

1. *गोपालबसु मलिक लैक्चर्स ऑन वेदांतिज़म* (1908), कोलकाता विश्वविद्यालय, कोलकाता.
2. *युरोपीय दर्शन* (1905), काशी नागरी प्रचारिणी सभा, काशी.
3. रामअवतार शर्मा (1911-13/1994), *परमार्थदर्शनम्* द्वितीय संस्करण, सम्पा. जनार्दनशास्त्री पाण्डे, मोतीलाल बनारसीदास, दिल्ली.

— राधावल्लभ त्रिपाठी

रामकृष्ण गोपाल भण्डारकर

(Ramkrishna Gopal Bhandarkar)

प्राच्यवादी अध्ययनशास्त्र के बहुश्रुत विद्वान रामकृष्ण गोपाल भण्डारकर (1837-1925) भारत के पहले आधुनिक स्वदेशी इतिहासकार थे। दादाभाई नौरोज़ी के शुरुआती शिष्यों में प्रमुख भण्डारकर ने पाश्चात्य चिंतकों के आभामण्डल से अप्रभावित रहते हुए अपनी ऐतिहासिक कृतियों, लेखों और पर्चों में हिंदू धर्म और उसके दर्शन की विशिष्टताएँ इंगित करने वाले प्रमाणिक तर्कों को आधार बनाया। उन्होंने उन्नीसवीं सदी के मध्य भारतीय परिदृश्य में उठ रहे पुनरुत्थानवादी सोच को एक स्थिर और मज़बूत ज़मीन प्रदान की। अपने तर्कनिष्ठ और वस्तुनिष्ठ रवैये और नवीन स्रोतों के एकत्रण की अन्वेषणशीलता के बदौलत भण्डारकर ने सातवाहनों के दक्षिण के साथ-साथ वैष्णव एवं अन्य सम्प्रदायों के इतिहास की पुनर्रचना की। ऑल इण्डिया सोशल कांफ्रेंस (अखिल भारतीय सामाजिक सम्मलेन) के सक्रिय सदस्य रहे भण्डारकर ने अपने समय के सामाजिक आंदोलनों में अहम भूमिका निभाते हुए अपने शोध आधारित निष्कर्षों के आधार पर विधवा विवाह का समर्थन किया। साथ ही उन्होंने जाति-प्रथा एवं बाल विवाह की कुप्रथा का खण्डन भी किया। प्राचीन संस्कृत साहित्य के विद्वान की हैसियत से भण्डारकर ने *संस्कृत की प्रथम पुस्तक* और *संस्कृत की द्वितीय पुस्तक*, जो अंग्रेज़ी माध्यम से संस्कृत सीखने की सबसे आरम्भिक पुस्तकों में से एक हैं, की रचना भी की। भण्डारकर यद्यपि अंग्रेज़ों के विरोधी नहीं थे, पर वे राष्ट्रवादी चेतना के धनी थे। वे ऐसे प्रथम स्वदेशी इतिहासकार थे जिन्होंने भारतीय सभ्यता पर विदेशी प्रभावों के सिद्धांत का पुरज़ोर और तार्किक विरोध किया।

प्राच्यवादी विद्वानों के शोध-निष्कर्षों को एक मंच पर साझा करने के लिये 1872 में जेम्स वर्गीज़ ने *इण्डियन*

ऐंडटक्वेरी (भारतीय पुरावेत्ता) नामक शोध पत्रिका भी शुरू की थी। इसी के साथ भण्डारकर की बौद्धिकता भी परवान चढ़ी। भण्डारकर उन लोगों में एक थे जिन्हें इस शोध पत्रिका की ज़िम्मेदारी सँभालने हेतु भरोसेमंद समझा जाता था। उन्होंने अपनी भूमिका निभाने में कोई कोताही भी नहीं बरती। *इण्डियन ऐंडटक्वेरी* के अलावा जिन शोध पत्रिकाओं और संगठनों ने उनका ध्यान खींचा उनमे 1804 में जेम्स मैकिंटोश द्वारा स्थापित रॉयल एशियाटिक सोसाइटी की मुम्बई शाखा प्रमुख थी। भण्डारकर के साथ के.टी. तैलंग इस सोसाइटी के तीसरी पीढ़ी के सदस्यों में से थे।

इण्डियन ऐंडटक्वेरी से शुरू हुई बौद्धिक यात्रा की शुरुआत में भण्डारकर 1872 से 1874 के बीच बर्लिन के प्रोफ़ेसर वेबर से उलझे। उन्होंने उनके साथ पतंजलि के काल और पतंजलि का महाभाष्य के मुद्दों पर उत्साहपूर्ण तार्किक और विवादस्पद बहस की। 'पतंजलि का काल' लेख में भण्डारकर ने वेबर के निष्कर्षों के उलट (जिसमें उन्होंने उसे कई शताब्दियों बाद की रचना बतायी थी) सफलतापूर्वक सिद्ध किया कि पतंजलि के महाभाष्य की रचना ईसा पूर्व दूसरी शताब्दी के मध्य की गयी थी। बाद में दूसरे कारणों से इसी तरह के निर्णय पर गोल्डस्टकर भी पहुँचे। 1873 में ही भण्डारकर ने *जर्नल ऑफ़ मुम्बई ब्रांच ऑफ़ रॉयल एशियाटिक सोसाइटी* के एक लेख द्वारा कर्नल एलिस के दृष्टिकोण (जिसमें कर्नल एलिस में महाभारत काल को 1521 ईस्वी सन् का ठहराया था) में सुधार किया। अपने एक अन्य लेख में भण्डारकर ने पतंजलि और कात्यायन के मूल निवास के सवाल पर गोल्डस्टकर और वेबर से असहमति दर्ज की। वेबर की इस मान्यता के विपरीत कि पतंजलि पाटलिपुत्र से भी पूर्वी क्षेत्र के थे, भण्डारकर ने उन्हें पश्चिमी अवध के किसी उत्तर-पश्चिमी स्थान का मूल निवासी माना। उन्होंने कात्यायन को दक्षिण का मूल निवासी सिद्ध किया। *इण्डियन ऐंडटक्वेरी* के 1874 के एक लेख 'पतंजलि महाभाष्य में कृष्ण के संकेत' *(एल्युज़ंस टू कृष्णा इन पतंजलिज़ महाभाष्य)* में भण्डारकर महाभाष्य के कई उद्धरणों, शब्दों की निर्मिति और उनके मूल के बारे में विस्तृत व्याख्या के ज़रिये इस प्रस्तावना पर पहुँचे कि जैसे हिंदू काल में समकालीन प्रचलित स्थापनाएँ / मान्यताएँ नाटकीय रूप से पौराणिक काल की हैं, उसी तरह कृष्ण अथवा वासुदेव द्वारा कंस का वध और बलि की अधीनता संबंधी कहानियाँ पतंजलि के काल में लोकप्रिय और चर्चित थीं। इस कारण महाभारत का काल पतंजलि के काल की तरह ही बहुत पहले की घटना थी, न कि कर्नल एलिस के मुताबिक़ सोलहवीं सदी की। 1974 में ही *इण्डियन ऐंडटक्वेरी* के मई अंक में 'वेदाज़ इन इण्डिया' शीर्षक एक लम्बे आलेख में स्पष्ट और सारगर्भित ढंग से भण्डारकर ने बताया कि कैसे वैदिक पाठ करने वाले ब्राह्मण परिवारों द्वारा वेदों के अध्ययन से संस्कृत शिक्षा की परिपाटी शुरू की गयी।

इसी दौरान भारतीय संस्कृति का श्रेष्ठ विद्वान होने की ख्याति ने भण्डारकर को 1874 में लन्दन में हुए प्राच्यवादियों के अंतराष्ट्रीय सम्मेलन में शामिल होने का न्यौता दिलाया। भण्डारकर सम्मेलन में नहीं गये पर उन्होंने सातवाहन काल के राजाओं और उनके उद्‌गम पर प्रकाश डालने वाला लेख वहाँ भेजा। यह लेख *ट्रांज़ेक्शंस ऑफ़ ओरिएंटल कांग्रेस,* 1874 में प्रकाशित हुआ। इसने भण्डारकर की विद्वत्ता की साख और बढ़ाई। उन्हें अंतर्राष्ट्रीय रूप से स्थापित विद्वान का दर्ज़ा देते हुए अगले साल रॉयल एशियाटिक सोसाइटी का सदस्य बनाया गया। जब 1876 में विल्सन फ़िलोलोज़ी लेक्चरशिप शृंखला की शुरुआत हुई तो उसका पहला व्याख्यान रामकृष्ण गोपाल भण्डारकर ने ही दिया। भण्डारकर ने संस्कृत और पाली के सुबद्ध और शैक्षिक इस्तेमाल से भाषाशास्त्रीय विज्ञान की स्थापना को एक मज़बूती दी। 1876 में उन्होंने एक संस्कृत नाटक *मालती माधव* का प्रकाशन कराया। बाद में 1886 में वियना में आयोजित प्राच्यवादियों के अंतराष्ट्रीय सम्मेलन में भी वे शामिल हुए।

राजनीतिक इतिहास पर भण्डारकर ने दो प्रबंध *द अर्ली हिस्ट्री ऑफ़ द डेक्कन* (1884) और *अ पीप इनटू द अर्ली हिस्ट्री ऑफ़ इण्डिया* (1900) लिखे। *द अर्ली हिस्ट्री ऑफ़ द डेक्कन* को भण्डारकर केवल तथ्यों का एक संकलन मात्र मानते थे। इस रचना में उन्होंने प्राचीनतम काल से मुसलमानों की विजय तक पश्चिमी भारत का ऐतिहासिक विवरण प्रस्तुत किया है जिससे राजनीतिक इतिहास के साथ आलोच्यकाल के दौरान दक्कन की सामाजिक, आर्थिक, धार्मिक, साहित्य और कला की स्थिति पर रोशनी पड़ती है। दूसरे ग्रंथ में भण्डारकर ने मौर्य काल के प्रारम्भ से गुप्त साम्राज्य के समापन चरण तक का ब्योरा दिया है जब गुप्तों के अधीन ब्राह्मणवादी विचारधारा का पुनरुत्थान हुआ और जिसकी अभिव्यक्ति गुप्त कालीन धर्म, कला और साहित्य में प्रतिबिंबित होती है। 1913 में भण्डारकर ने अपनी सर्वश्रेष्ठ ऐतिहासिक कृति *वैष्णविज़म, शैविज़म ऐंड द माइनर रिलीजस सेक्ट्स* लिखी जो अपनी तकनीकी संरचना के बावजूद आज भी गुप्तकालीन धार्मिक आस्थाओं में होने वाले परिवर्तन के अध्ययन का महत्त्वपूर्ण ज़रिया है। भण्डारकर ने *इनसाइक्लोपीडिया ऑफ़ इंडो-आर्यन रिसर्च* के रूप में जिस परम्परा की शुरुआत की उसे बाद में जी. भुल्लर और एँफ़. किल्हम ने आगे बढ़ाया।

दि क्रिटिकल, कोआपरेटिव ऐंड हिस्टोरिकल मेथड ऑफ़ इंक्वायरी शीर्षक शोधपत्र में भण्डारकर ने दिखाया है कि कैसे अनुसंधान पद्धति में विभिन्न स्रोतों की गहरी छानबीन करके ऐतिहासिक सत्य और सटीक वर्णनात्मकता का इस्तेमाल करना चाहिए। इस पद्धति की सीमाओं का निर्धारण करते हुए उन्होंने इतिहासकार में वकील की तरह

जिरह करने वाली प्रवृत्ति को हतोत्साहित किया और एक न्यायाधीश जैसी कठोर निष्पक्षता पर बल दिया। उनकी दृष्टि में विद्वान का लक्ष्य शुष्क सत्य का संधान होना चाहिए, साथ ही उसे उपलब्ध साक्ष्यों की विश्वसनीयता निर्धारित करने का हरसम्भव प्रयास करना चाहिए। जनश्रुति में ऐतिहासिक सत्य के अंश की खोज को अनुसंधान पद्धति के माध्यम से परीक्षणोपरांत अपनाने की सिफ़ारिश भण्डारकर ने केवल अवसर के रूप में सीमित रखने की हिदायत दी। वे मानते थे कि इतिहास का वर्णन उसी रूप में होना चाहिए जैसा वह वस्तुतः था।

अपनी सामाजिक भूमिका के बारे में बेहद जागरूक भण्डारकर ने यह सिद्ध किया कि प्राचीन ग्रंथों के अध्ययन से आधुनिक सुधारों की प्रेरणा नहीं मिली, बल्कि इसके उलट आधुनिक सुधारों ने प्राचीन ग्रंथों के अध्ययन की ओर प्रेरित किया था। बदले में सुधारकों को इन ग्रथों से एक ऐसी ज़ुबान मिली जिससे वे जनता से बातचीत कर सकें। अर्थात् सुधार की मूल प्रेरणा आधुनिक जीवन पद्धति से निकली और फिर सुधारकों द्वारा प्राचीन मूल्यों के पुनरुत्थान से उन सुधारों को आगे बढ़ने में आसानी हुई। विद्यार्थी जीवन से ही भण्डारकर सामाजिक और धार्मिक सुधारवादी कार्यक्रमों से सक्रिय रूप से जुड़ गये थे। तत्कालीन समाज की रूढ़िवादी जाति प्रथा के ख़िलाफ़ गुप्त रूप से सक्रिय परमहंस सभा में 1853 से ही सक्रिय थे। 1867 में केशवचन्द्र सेन के मुम्बई आगमन के पश्चात् कोलकाता के ब्रह्म समाज के तर्ज़ पर मुम्बई में प्रार्थना समाज की स्थापना हुई जिससे भण्डारकर 1869 में जुड़ गये। इस संस्था में ईसाई दर्शन से निर्देशित पूर्व-मान्यताओं का खण्डन करते हुए उन्होंने प्रार्थना समाज को परिष्कृत हिंदूवाद बताते हुए यह सिद्ध किया कि भारतीय धर्म और दर्शन ने युरोपीय विचारों को किस तरह प्रभावित किया है। उन्होंने चेताया कि हिंदू धर्म और भारतीय सभ्यता के प्रति किसी तरह की अवहेलना विषादपूर्ण परिणामों को जन्म देगी। 1912 में दलित वर्ग के एक सम्मेलन को संबोधित करते हुए अपने संस्कृत और पाली ग्रंथों से निकाले गये उद्धरणों के साथ महिला शिक्षा और विधवा विवाह की वकालत की, बाल-विवाह का खण्डन किया और अस्पृश्यता उन्मूलन हेतु हिंदुओं का आह्वान किया। उदाहरणों के माध्यम से उन्होंने समझाया कि इसे उत्पीड़ित वर्गों पर मेहरबानी की तरह नहीं बल्कि समाज को टिकाये रखने की आवश्यकता के तौर पर स्वीकार करना होगा।

भण्डारकर के प्रशंसकों और बौद्धिक अनुयाइयों ने सर रतन टाटा और सर दोराबजी टाटा के सहयोग के साथ-साथ मुम्बई प्रशासन की मदद से भण्डारकर ओरिएंटल रिसर्च इंस्टीट्यूट की पुणे में स्थापना की जिसका उद्घाटन जुलाई, 1917 में मुम्बई क़े गवर्नर लार्ड विलिंग्डन ने किया। 1919 में यहाँ आल-इण्डिया कॉन्फ्रेस ऑफ़ ओरिएंटल स्कालर्स नाम से प्राच्यवादियों का प्रथम अखिल भारतीय अधिवेशन आयोजित हुआ। भण्डारकार इसके प्रथम अध्यक्ष निर्वाचित हुए।

रामकृष्ण गोपाल भण्डारकर का जन्म 6 जुलाई, 1837 को महाराष्ट्र के रत्नागिरी ज़िले के मालवण में हुआ था। उनके पिता मालवण के मामलेदार के अधीनस्थ मुंशी थे। शुरुआती शिक्षा में आयी कठिनाई के बाद जब उनके पिता का स्थानांतरण रत्नागिरी ज़िले के राजस्व विभाग में हुआ तो उन्हें अंग्रेज़ी स्कूल में पढ़ने का मौक़ा मिला। इसी विद्यालय से उनके समकालीन मांडलिक और बर्वे ने शिक्षा प्राप्त की थी। रत्नागिरी से स्कूली शिक्षा पूरी करके 1853 में भण्डारकर ने मुम्बई के एलिंफ़स्टन कॉलेज में दाखिला लिया जहाँ उन्होंने जिन जानी मानी हस्तियों से शिक्षा प्राप्त की उनमें प्रथम राष्ट्रवादी चिंतक और ड्रेन थियरी के प्रतिपादक दादाभाई नौरोज़ी प्रमुख थे। दादाभाई नौरोज़ी के प्रोत्साहन के कारण ही अंग्रेज़ी साहित्य, प्राकृतिक विज्ञान और गणित के प्रति रुचि के बावजूद भण्डारकर ने संस्कृत और पाली के ज्ञान के सहारे गौरवशाली अतीत के पुनर्निर्माण हेतु इतिहास-लेखन को अपनाया। 1862 में भण्डारकर एल्फ़िस्टन कॉलेज के पहले बैच से ग्रेजुअट होने वालों में से एक थे। 1863 में ही उन्होंने परास्नातक की उपाधि अर्जित की। कुछ समय तक सिंध के हैदराबाद और रत्नागिरी के राजकीय विद्यालयों में हेडमास्टर के तौर पर कार्य करने के बाद वे एल्फ़िस्टन कॉलेज में व्याख्याता पद पर नियुक्त हुए और आगे चल कर पुणे के डेक्कन कॉलेज में संस्कृत के प्रथम भारतीय प्रोफ़ेसर हुए। 1894 में अपनी सेवानिवृत्ति से पूर्व भण्डारकर मुम्बई विश्वविद्यालय के उपकुलपति रहे। 1885 में जर्मनी की गोतिन्गे युनिवर्सिटी ने उन्हें डॉक्टरेट की उपाधि प्रदान की। प्राच्यवादियों के अंतर्राष्ट्रीय सम्मेलन मे शामिल होने के लिए वे लंदन (1874) और वियना (1886) भी गये। शिक्षाशास्त्री के तौर पर भण्डारकर 1903 में भारतीय परिषद् के अनाधिकारिक सदस्य चुने गये। गोपाल कृष्ण गोखले भी उस परिषद् के सदस्य थे। 1911 में रामकृष्ण गोपाल भण्डारकर को नाइट की उपाधि से सम्मानित किया गया। सामाजिक रूढ़िवादी माहौल के बावजूद भण्डारकर ने अपनी पुत्रियों और पौत्रियों को विश्वविद्यालयी शिक्षा दिलायी और अपनी पसंद का जीवन साथी चुनने की परिपक्वता प्राप्ति तक उनका विवाह नहीं किया। उन्होंने अपनी विधवा पुत्री के पुनर्विवाह के लिए भी अनुमति दी। 24 अगस्त, 1925 को उनका का निधन हुआ।

देखें : आनंद केंटिश कुमारस्वामी, आर्य-अवधारणा, आर्थर लेवेलिन बाशम, एडवर्ड विलियम सईद, काशी प्रसाद जायसवाल, बिपन चंद्र-1 और 2, भारतीय इतिहास-लेखन-1 से 4 तक, दामोदर धर्मानंद कोसम्बी-1 और 2, प्राच्यवाद, रमेश चंद्र दत्त, रमेश चंद्र मजूमदार,

रणजीत गुहा, रामशरण शर्मा, रोमिला थापर, वासुदेव शरण अग्रवाल, पांडुरंग वामन काणे, विश्वनाथ काशीनाथ राजवाड़े, सखाराम गणेश देउस्कर, सामंतवाद : एक बहस।

संदर्भ

1. ए.डी. पुलस्कर (1973), 'आर.जी. भण्डारकर', एॅस. पी. सेन (सम्पा.), *हिस्टोरियंस ऐंड हिस्टोरियोग्राफ़ी इन मॉडर्न इण्डिया,* इण्डियन हिस्टोरिकल रिसर्च, कोलकाता.
2. रामशरण शर्मा (1983), *मैटेरियल कल्चर ऐंड सोशल फ़ार्मेशन इन ऐंडशएंट इण्डिया,* मैक्मिलन, नयी दिल्ली.
3. रोमिला थापर (1966), *अ हिस्ट्री ऑफ़ इण्डिया,* भाग 1, पेंगुइन बुक्स, लंदन.
4. अरुण तिकेरा एवं अरुणा तिकेरा (2006), *द क्लाइस्टरस पेल : अ बायोग्राफ़ी ऑफ़ द युनिवर्सिटी ऑफ़ मुम्बई,* पॉपुलर प्रकाशन, मुम्बई.

— निर्मल कुमार पाण्डेय

रामविलास शर्मा

(Ramvilas Sharma)

साहित्यालोचक, भाषाशास्त्री, इतिहासकार, सभ्यता-समीक्षक, मार्क्सवादी सिद्धांतकार, कवि, अनुवादक और संगठक रामविलास शर्मा (1912-2000) हिंदी-जगत के शलाका पुरुष माने जाते हैं। चालीस के दशक से नयी सदी की शुरुआत तक फैले हुए विशद कृतित्व की साक्षी उनकी सौ रचनाएँ हैं जिनमें उन्होंने प्रेमचंद से लेकर वेदों तक साहित्य-संस्कृति और इतिहास के विविध पहलुओं पर अधिकारपूर्वक लिखा और सर्वाधिक पढ़े-गुने गये। सभ्यता-समीक्षक के रूप में उन्होंने जीवन भर तीन अनसुलझी उलझनों से मुठभेड़ की। पहली उलझन यह थी कि मार्क्सवादी कसौटियों के मुताबिक जो समाज पिछड़ा हुआ मान लिया गया हो, उसमें दर्शन, कला और साहित्य का इतना उत्कृष्ट विकास कैसे और क्यों होता है? यह पिछड़ा हुआ समाज भारत भी हो सकता है और अफ़लातून के ज़माने का यूनान भी। दूसरी उलझन यह थी कि ऋग्वेद से चली आयी पाँच हज़ार साल पुरानी भारतीय परम्परा का मूल्यांकन कैसे किया जाना चाहिए? आधुनिकता के साथ इस परम्परा के रिश्ते की शिनाख़्त कैसे होगी? तीसरी उलझन यह थी कि एक बहुभाषी, बहुधार्मिक, बहुसांस्कृतिक और बहुजातीय देश में एक स्वदेशी सम्पर्क-भाषा का तर्क कैसे स्थापित किया जा सकता है? इन्हीं आपस में गुँथी हुई उलझनों से जद्दोजहद की प्रक्रिया में रामविलास शर्मा ने मार्क्सवाद प्रदत्त अंतर्दृष्टियों का मौलिक इस्तेमाल करते हुए हिंदी जाति की अवधारणा का सूत्रीकरण किया। उन्होंने भक्ति-काल का सूत्रीकरण लोक-जागरण की एक ऐसी अवधि के रूप में किया जो विश्व-इतिहास में अनूठी है। हिंदी प्रदेश में उन्नीसवीं सदी के उत्तरार्ध को उन्होंने एक ऐसे हिंदी नवजागरण की संज्ञा दी जिसके केंद्र में भारतेंदु हरिश्चंद्र और उनके इर्द-गिर्द सक्रिय रहने वाले लेखक थे।

वर्तमान उत्तर प्रदेश के उन्नाव ज़िले के ऊँचगाँव में जन्मे रामविलास शर्मा ने अंग्रेज़ी साहित्य में पीएचडी करने के बाद लखनऊ और आगरा में इसी विषय का अध्यापन किया। लेकिन तीस के दशक से ही वे हिंदी-लेखन से प्रतिबद्ध हो गये। विवेकानंद और दयानंद के विचारों से गुज़रते हुए वे मार्क्सवाद तक पहुँचे और कम्युनिस्ट पार्टी से जुड़ने के बाद चालीस के दशक में प्रगतिशील लेखक संघ के महामंत्री रहे। मार्क्सवादी होने के बावजूद रामविलास शर्मा ने इस विचारधारा की बँधी-बँधाई लीक पर चलने से इनकार करते हुए कहा कि भारत को समझने के लिए मार्क्स की आवश्यकता है लेकिन मार्क्स को समझने के लिए भारत की भी ज़रूरत है। रामविलास शर्मा के बारे में माना जाता है कि उनके ज़रिये हिंदी आलोचना को एक साम्राज्यवाद विरोधी युग मिला। उन्होंने रामचंद्र शुक्ल की आलोचना-दृष्टि के बीज भावों को नये भाष्यों- व्याख्याओं के साथ पल्लवित-पोषित किया। ज्ञान, प्रतिभा, समर्पण, प्रतिबद्धता और मौलिक कल्पनाशीलता के लिहाज़ से लासानी उनकी विरासत हिंदी-जगत के लिए उन्मोचक है और रहेगी। वे तीसरी दुनिया की उन सबसे चमकदार प्रतिभाओं में से एक थे जिन्होंने मार्क्सवाद को युरोकेंद्रीयता से मुक्त करके न केवल भारत और हिंदी-क्षेत्र के लिए अपना बनाने का कठिन उद्यम किया; पश्चिम और अंग्रेज़ी की कथित श्रेष्ठता और दम्भ से पूरी तरह मुक्त बौद्धिकता का संधान किया; और सबसे अलग और सबसे ऊपर उठते हुए उन्होंने अपने अहर्निश रचना-कर्म से दुनिया के सामने चुनौती फेंकी कि विचारधारा कोई भी हो, पर पूर्व का ज्ञान प्राप्त करने के लिए पश्चिम की ज़मीन से हट कर पूर्व की धरती पर क़दम रखना ही होगा।

स्वाधीनता आंदोलन से उपजी साम्राज्यवाद विरोधी आलोचना को केंद्रस्थ करने वाले उनके रचना-संसार की पहली सीढ़ी है *प्रेमचंद और उनका युग*। दूसरी सीढ़ी है *आचार्य रामचंद्र शुक्ल और हिंदी आलोचना*। तीसरी सीढ़ी है *निराला की साहित्य साधना*। चौथी सीढ़ी है *भारतेंदु युग और हिंदी भाषा की विकास परम्परा* और पाँचवीं सीढ़ी है *महावीर प्रसाद द्विवेदी और हिंदी नवजागरण*। गहन, विविध और व्यापक अध्ययन ने उन्हें बताया कि परम्पराएँ अनेक हैं। उनके सामने प्रश्न था कि नर्मदा की अनेक धाराओं की तरह बहने वाली इन परम्पराओं से निर्मित मनुष्य को कैसे समझा जा

सकता है। उनके लिए आलोचना-साहित्य का दर्शनशास्त्र जटिल-संश्लिष्ट प्रत्ययों की सीमा रेखा को स्पष्ट करने से जुड़ा था। इस दृष्टि से आलोचना उनके लिए केवल वाद-विवाद का संकट न हो कर एक ऐसा 'प्रभाव' है जिसे रचना द्वारा पाकर हम भीतर से बदलते हैं। उससे हमारी ज्ञानात्मक-संवेदनात्मक चेतना का विस्तार और परिष्कार होता है और हम देश-काल की मनोभूमि का साक्षात्कार कर पाते हैं। रामविलास शर्मा के लिए इसी अर्थ में रचना-आलोचना दोनों सहयोगी प्रयास हैं।

जिसे 'मिलियू' या युगबोध कहा जाता है, उसकी प्रथम सशक्त अभिव्यक्ति हिंदी पाठक रामविलास शर्मा के चिंतन में पाता है। अपने प्रेमचंद संबंधी विमर्श में उन्होंने लिखा है, 'प्रेमचंद के समय में समाजवादी विचारधारा की मुख्य भूमिका थी स्वाधीनता आंदोलन को साम्राज्य विरोधी मार्ग पर सुसंगत रूप से आगे बढ़ाना। यद्यपि *प्रेमाश्रम* और *गोदान* में किसान-ज़मींदार और किसान-महाजन की समस्याएँ मुख्य हैं, फिर भी *प्रेमाश्रम* में किसान को सीधे साम्राज्यवादी तंत्र का सामना करना होता है और *गोदान* में भी महाजनी शोषण की पृष्ठभूमि में बैंकपतियों का पूँजीवाद मौजूद है। प्रेमचंद की 'महाजनी सभ्यता' केवल सामान्य पूँजीवादी सभ्यता नहीं है, वह अंतर्राष्ट्रीय बैंकपतियों की सभ्यता भी है। प्रेमचंद ने संसार की बहुसंख्यक जनता को इन बैंकपतियों के चंगुल में फँसा देखा था।' भारतेंदु, महावीर प्रसाद द्विवेदी, प्रेमचंद, निराला, रामचंद्र शुक्ल, माखनलाल चतुर्वेदी पर डॉ. शर्मा ने बहुत विस्तार से युगभूमि की मनोभूमिका के संदर्भ में विचार किया है। युग की भावनाओं, धारणाओं, विचारों, उद्देश्यों, अभिप्रायों, प्रणालियों पर सशक्त विचार करने की दृष्टि से वे बेहद महत्त्वपूर्ण आलोचक हैं। द्विवेदी-युग और छायावादी-युग की क्रांतिपरक धाराएँ उनकी मानसिकता का निर्माण करती हैं। उनकी आलोचना का चरम निराला और माखनलाल चतुर्वेदी की साधना में दिखाई देता है।

रामविलास शर्मा (1912-2000)

रामविलास शर्मा की पूरी मानसिकता का बीजभाव है भारतीय स्वाधीनता आंदोलन। इसी बीजभाव से ही उनका पूरा नवजागरण और हिंदी जाति से संबंधित चिंतन जुड़ा है। यही चिंतन ब्रिटिश साम्राज्यवाद विरोध की बुनियाद में है। इस तरह साम्राज्यवाद विरोध देशभक्ति की अनंत छवियों के साथ उनके लेखन में आता रहा है।

रामविलास शर्मा साहित्य में रीतिवाद के कड़े विरोधी थे। रामचंद्र शुक्ल ने रहस्यवाद-अध्यात्मवाद का विरोध करते हुए रीतिवाद से हिंदी आलोचना को मुक्ति दिलाने की मुहिम शुरू की थी। उन्होंने स्वयं भी शुक्ल की आलोचना-दृष्टि आगे बढ़ाते हुए उन लोगों से संग्राम किया जिन्होंने इस आलोचना-दृष्टि को छोटा करने की कोशिश की। उनकी मान्यता थी कि छायावाद के सांस्कृतिक-नवजागरण का विरोध वे लोग ही करते हैं जो साहित्य को तंत्र-मंत्रवाद और रीतिवाद से पाट देना चाहते हैं। छायावाद मुक्ति की चेतना का आंदोलन है, वह भावावेश का नहीं। शर्मा मानते हैं कि 'छायावाद साम्राज्यवाद विरोधी चेतना के निखार का साहित्य है' और 'छायावाद भाषा और कथन की मल्लविद्या के प्रति विद्रोह है। विद्रोह दोनों ओर है। पहले विद्रोह से स्वाधीनता की प्राप्ति होगी, दूसरे से माधुर्य की। दोनों में लुका-छिपी की वृत्ति सामान्य है।'

रामविलास शर्मा की दो रचनाएँ *भारतेंदु युग और हिंदी भाषा की विकास परम्परा* और *भारतेंदु हरिश्चंद्र और हिंदी नवजागरण* दो ऐसी पुस्तकें हैं जिनमें साम्राज्यवाद विरोधी चेतना का प्रबल विस्फोट मिलता है। इसी विचार का अगला निखरा रूप महावीर प्रसाद द्विवेदी पर लिखी उनकी अनूठी पुस्तक में मिलता है। इन्हीं विचारों से जुड़ी महत्त्वपूर्ण सामग्री *भारत में अंग्रेज़ी राज और मार्क्सवाद* में और यही विचार-विस्तार *निराला की साहित्य साधना* के दूसरे और तीसरे खण्ड में है। रामविलास शर्मा को निराला के साथ माखनलाल चतुर्वेदी का क्रांतिकारी जीवन भी बहुत प्रिय रहा है। उनका इरादा निराला की साहित्य-साधना की तरह माखनलाल चतुर्वेदी की भी साहित्य-साधना पर एकाग्र होकर कार्य करना था जिसे वे शुरू नहीं कर पाये।

राष्ट्रवादी इतिहासकारों के स्वर में स्वर मिलाते हुए रामविलास शर्मा ने हिंदी-जगत को बताया कि अंग्रेज़ी साम्राज्यवाद के वर्चस्व से पहले भारतीय उद्योग-धंधों के तैयार माल से विदेशी सोना देश में आता था। अंग्रेज़ी राज ने यह प्रक्रिया उलट दी। यहाँ का सोना लूटमार के ज़रिये इंग्लैण्ड ले जाया गया और भारत को खेतिहर देश बनाया गया। हमारे बाज़ार पर अंग्रेज़ों का क़ब्ज़ा हो गया। इस तरह भारत के व्यापार का नाश करके अंग्रेज़ों ने यहाँ औद्योगिक विकास को चौपट कर दिया। अंग्रेज़ों को पता चल गया था कि भारत के कच्चेमाल पर जिस देश का क़ब्जा होगा वही देश दुनिया पर राज करेगा। अंग्रेज़ों ने डचों-फ्रांसीसियों से लड़ाई लड़ कर उन्हें खदेड़ दिया और वे पूरे व्यापार के मालिक बन गये। नतीजतन निर्धन इंग्लैण्ड में औद्योगिक

क्रांति करने में वे सफल हुए, और भारतीय किसान उत्तरोत्तर ग़रीब होता चला गया। यह जिज्ञासा सहज है कि रामविलास शर्मा को बालमुकुंद गुप्त, महावीर प्रसाद द्विवेदी, प्रेमचंद, माखनलाल चतुर्वेदी हरदम क्यों याद आते हैं? ऐसा इसलिए है कि इन रचनाकारों का ध्यान भारतीय निर्धन-अशिक्षित लाचार जनता के साम्राज्यवाद विरोधी नवजागरण या लोकजागरण पर रहा है। विशेष रूप से हिंदी जाति पर उनका ध्यान इसलिए जाता है कि हिंदी प्रदेशों की इसी किसान-मज़ूदर जनता ने खड़ी बोली में स्वाधीनता-संग्राम की लड़ाई लड़ी थी। दरअसल रामविलास शर्मा ने 'अंग्रेज़ी लूट और किसान संघर्ष' पर व्यापक दृष्टि से विचार किया है। उन्होंने अंग्रेज़ों की इस स्थापना का खण्डन करते हुए कि भारत केवल कृषि प्रधान देश रहा है, अपने तर्कों और ऐतिहासिक सामग्री से सिद्ध किया कि इस देश में व्यापार का एक समृद्ध इतिहास रहा है। इसे अंग्रेज़ी साम्राज्यवाद ने नष्ट किया।

अपने जीवन के आख़िरी दौर में रामविलास शर्मा ने वैदिक काल पर विशेष रूप से ध्यान देते हुए दावा किया कि उनका यह लेखन मार्क्सवाद से अलग न होते हुए कुल मिला कर उनकी 'मार्क्सवादी परियोजना' का ही अंग है। आर्यों के आक्रमण की थीसिस का विरोध करने वाले रामविलास शर्मा की मान्यता थी कि वेद पुरोहित वर्ग के नहीं बल्कि तत्कालीन शिल्पी वर्ग की रचनाएँ हैं। *वैदिक हड़प्पंस* के रचयिता भगवान सिंह रामविलास शर्मा की मौलिक अंतदृष्टि के बारे में यह कह कर आश्चर्य ज़ाहिर कर चुके हैं, 'मैं कई बार यह देख कर भौंचक रह जाता हूँ कि जिन बातों की ओर मुझसे पहले किसी का ध्यान नहीं गया था, उनकी तरफ़ रामविलासजी का ध्यान गया था।'

देखें : अष्टछाप, 'अंग्रेज़ी हटाओ' आंदोलन, गजानन माधव मुक्तिबोध-1 और 2, छायावाद, डायग्लॉसिया, नंद दुलारे वाजपेयी, नगेंद्र और सैद्धांतिक समीक्षा, नयी कविता, नामवर सिंह, पाश्चात्य काव्यशास्त्र, प्रेमचंद, प्रयोगवाद, प्रगतिवाद, भक्ति आंदोलन-1 और 2, भक्ति-काव्य-1 और 2, भारतेंदु हरिश्चंद्र, भारतेंदु युग-1 और 2, भाषा नियोजन-1 से 4 तक, भाषा के मार्क्सवादी सिद्धांत, महादेवी वर्मा, महावीर प्रसाद द्विवेदी, मीरांबाई और प्रेमाभक्ति, राहुल सांकृत्यायन, रामानुजाचार्य, रामानंद, रामचंद्र शुक्ल-1 और 2, राष्ट्रीय-सांस्कृतिक कविता, रीतिकाल-1 और 2, विजय देव नारायण साही, वैष्णव धर्म, श्याम सुंदर दास, सम्पर्क भाषा-1 से 4 तक, सगुण और निर्गुण-1 और 2, संस्कृत काव्यशास्त्र, संविधान सभा में भाषा-विवाद-1, 2 और 3, संत-काव्य, सिद्ध-नाथ परम्परा, सूफ़ीयत और प्रेमाख्यान, हजारी प्रसाद द्विवेदी, हिंदी विरोधी आंदोलन, हिंदी जाति-1 से 3 तक, हिंदी साहित्य का आदिकाल, हिंदी साहित्य का इतिहास, हिंदी साहित्य का इतिहास : नये परिप्रेक्ष्य, हिंदी-पद्य में इतिहास, हिंदी-जगत और 'लोकप्रिय'-1 और 2, हिंदी नवजागरण, हिंदी-संस्थाएँ।

संदर्भ

1. रामविलास शर्मा (1999), *भारतीय संस्कृति और हिंदी प्रदेश*, खण्ड-दो, किताबघर प्रकाशन, नयी दिल्ली.
2. रामविलास शर्मा (1977), *महावीर प्रसाद द्विवेदी और हिंदी नवजागरण*, राजकमल प्रकाशन, नयी दिल्ली.
3. रामविलास शर्मा (2000), *गाँधी, लोहिया और आम्बेडकर*, वाणी प्रकाशन,नयी दिल्ली.
4. रामविलास शर्मा (1999), *पश्चिमी एशिया और ऋग्वेद*, हिंदी माध्यम कार्यान्वयन निदेशालय, दिल्ली विश्वविद्यालय, दिल्ली.

— कृष्णदत्त पालीवाल

राम शरण शर्मा

(Ram Sharan Sharma)

राम शरण शर्मा (1921-2011) दामोदर धर्मानंद कोसम्बी द्वारा स्थापित प्राचीन भारत की मार्क्सवादी इतिहास-लेखन परम्परा के बेहतरीन प्रतिनिधियों में से एक थे। उन्हें साम्राज्यवादी, औपनिवेशिक तथा सांस्कृतिक अंध-राष्ट्रवाद से प्रेरित इतिहास-लेखन के कई मानदण्ड भंग करने का श्रेय दिया जाता है। वे ऐतिहासिक साहित्य, पुरालेख और पुरातात्त्विक स्रोतों के माध्यम से पड़ताल करने की कला में सिद्धहस्त थे। प्राचीन भारतीय सामाजिक ढाँचे, भौतिक और आर्थिक जीवन, राज्य-व्यवस्था के निर्माण और राजनीतिक विचारों के उद्भव और धर्म-दर्शन की सामाजिक पृष्ठभूमि पर अपनी कृतियों से महती प्रकाश डालने वाले राम शरण शर्मा के बारे में इरफ़ान हबीब मानते हैं कि भारतीय इतिहास में खेतिहर वर्ग का प्रवेश कोसम्बी और राम शरण शर्मा की ही देन थी। राम शरण शर्मा द्वारा प्रस्तुत भारतीय सामंतवाद की प्रकृति और संरचना के इर्द-गिर्द एक अत्यंत महत्त्वपूर्ण बहस की शुरुआत हुई जिसमें कई इतिहासकारों ने हिस्सा लिया। सौ पुस्तकों के लेखक और पंद्रह भाषाओं में अनूदित राम शरण शर्मा की कृतियाँ आज भी भारत ही नहीं पश्चिम के भी कई विश्वविद्यालयों में पढ़ाई जाती हैं।

राम शरण शर्मा का जन्म 26 नवम्बर, 1919 को बिहार में बेगुसराय के बरौनी नामक स्थान पर एक भूमिहार ब्राह्मण परिवार में हुआ था। 1937 में मैट्रिकुलेशन करके शर्मा ने पटना कॉलेज में इंटरमीडिएट से लेकर परा-स्नातक तक की पढ़ाई की। युवावस्था में ही कार्यानंद शर्मा और सहजानंद सरस्वती जैसे किसान नेताओं और राहुल सांकृत्यायन जैसे विद्वान के सम्पर्क में आये राम शरण वामपंथ के प्रति

राम शरण शर्मा (1921-2011)

आकर्षित हुए। ए.एल. बाशम के शोध-निर्देशन में उन्होंने अपनी पीएचडी युनिवर्सिटी ऑफ़ लंदन के स्कूल ऑफ़ ओरिएंटल ऐंड अफ़्रीकन स्टडीज़ से की।

अभिजनपरक पूर्ववर्ती इतिहास-लेखन की परम्परा से इतर राम शरण शर्मा ने अपने लेखन की शुरुआत 1958 में प्रकाशित अपनी कृति *शूद्राज़ इन ऐंशिएंट इण्डिया* (शूद्रों का प्राचीन इतिहास) से की। इसके केंद्र में वैदिक काल से गुप्त काल के बीच उत्पादन के साधनों और निम्न सामाजिक आधार वाले वर्गों के बीच संबंधों की पड़ताल थी। इस कृति में उन्होंने दिखाया कि कैसे जाति या वर्ण-व्यवस्था की गहरी छानबीन प्राचीन भारत के सम्पूर्ण इतिहास में सामाजिक संबंधों की प्रकृति समझने की दृष्टि से केंद्रीय महत्त्व रखती है। मुख्य रूप से साहित्यिक स्रोतों पर आधारित इस कृति में शर्मा ने अत्यंत विद्वत्तापूर्ण ढंग से समाज के निम्न वर्गों के साथ उत्पादन के साधनों और उच्च वर्गों के संबंध पर प्रकाश डाला। यह कृति दर्शाती है कि कैसे बड़े पैमाने पर खेती के लिए लोहे के इस्तेमाल ने ईसाई पूर्व छठी शताब्दी तक जनजातीय पशुचारक और सर्वकल्याणकारी वर्ग-विहीन वैदिक समाज को पूर्ण रूप से वर्गों में विभाजित कर डाला और इस तरह सामाजिक व्यवस्था में रूपांतरण कर दिया। राम शरण शर्मा ने यह भी दिखाया कि परिवर्तन के बाद कैसे इस नयी व्यवस्था को चलाये रखने के लिए आवश्यक कार्य-बल ज़ोर-ज़बरदस्ती हासिल किया गया, और कैसे इस तरह बनी सामाजिक संरचना की इमारत में विधि, धर्म और विचारधारा का इस्तेमाल महज़ गारे की तरह किया गया। यही संरचनागत इमारत वर्ण-व्यवस्था कहलायी। धर्मशास्त्रों द्वारा निर्देशित किया गया कि शूद्र को अन्य तीन उच्चतर वर्णों की सेवा करनी है। मनु ने उसके लिए दासता की परिस्तिथि निर्धारित कर दी। शर्मा इस कृति में दिखाते हैं कि कैसे भारतीय दास को आर्थिक, राजनीतिक-वैधानिक, सामाजिक और धार्मिक सभी मोर्चों पर विभिन्न प्रकार की कठिनाईयों से जूझना पड़ता था और वह एक सर्वमान्य दासता का जीवन जीने के लिए विवश था। शूद्रों के कौशल और वैश्य किसानों द्वारा उत्पादित कृषि अधिशेष ने मिल कर प्राचीन भारतीय समाज के विकास के लिए भौतिक आधार-भूमि विकसित की जो इस अर्थ में एक वैश्य-शूद्र संघटन था। यह ज़रूर है कि गुप्त काल के दौरान शूद्रों को यद्यपि कुछ धार्मिक तथा नागरिक अधिकार प्राप्त हुए और कई अर्थों में उन्हें वैश्यों के समतुल्य माना गया। अनेक शूद्र व्यापक सामाजिक और धार्मिक अधिकारों वाले किसान हो गये। इसके बावजूद यह कृति वही सवाल उठाती है जिसे ग्यारहवीं सदी में अल-बरूनी ने भी महसूस किया था कि कैसे वैश्यों और शूद्रों के बीच भेद को समझ पाना कठिन था, पर साथ ही संस्कृति के अधोवर्ती चरणों में अनेक शूद्र कारीगरों और शिल्पकारों तथा जनजातीय लोगों को अछूतों की श्रेणी में धकेल दिया गया।

सांस्कृतिक राष्ट्रवाद और पुनरुत्थानवादी ऐतिहासिक सोच के उलट राम शरण शर्मा ने एक साल बाद आयी अपनी कृति *आस्पेक्ट्स ऑफ़ पॉलिटिकल आइडियाज़ ऐंड इंस्टीट्यूसंस इन ऐंशिएंट इण्डिया* (1959) में इस बात पर ज़ोर दिया कि शक्ति संरचना के मूल में भौतिकवादी तत्त्व थे। 1960 में आयी उनकी रचना द *ऑरिजिन ऑफ़ द स्टेट इन इण्डिया* का एक मुख्य बिंदु यही था।

सामंतवाद को लेकर भारत में विश्लेषण की देशज परम्परा की शुरुआत कोसम्बी ने की थी। इसमें उन्होंने बताया था कि यद्यपि भारतीय समाज में युरोप की तर्ज़ पर दास प्रथा और उत्पादन की पद्धति का हूबहू विकास नहीं हुआ था, और न ही मार्क्स द्वारा प्रवर्तित एशियायी उत्पादन की अवधारणा ही पूर्णतः भारत पर लागू होती है, फिर भी संरचनागत विभिन्नता के बावजूद भारत में सामंतवाद की परम्परा मौजूद थी। कोसम्बी से कुछ मतों पर भिन्न विचार रखने के बावजूद इसी विचार-परम्परा को अपनी रचना *इण्डियन फ्यूडलिज़्म* (1965) द्वारा राम शरण शर्मा ने आगे बढ़ाया। उन्होंने बताया कि कैसे उत्तर-गुप्त काल में व्यापार में गिरावट ने राज्याधिकारियों को वेतन के बदले भूमि और धार्मिक कर्मकाण्डों की एवज में ब्राह्मणों को अनुदान में दिये गये अग्रहारों से सामाजिक संबंधों में बदलाव आया। परिणामस्वरुप कृषक वर्ग उनका मातहत बनता गया। वह भूमिपतियों पर आश्रित होता गया। इन भूपतियों पर न्यायिक अधिकार भी हुआ करते थे। शर्मा ने दिखाया कि कैसे इस

दौरान किसान एक जगह भूमि से बँध कर रह गये। उनसे ज़बरन मज़दूरी कराई जाने लगी और वे बिचौलियों के रहमोकरम पर जीने के लिए मजबूर हुए। शर्मा ने बताया कि युरोप के तर्ज़ पर भारत में भी लम्बी दूरी के व्यापारों के पुनरुत्थान, शहरों के उदय, किसानों के पलायन और मुद्रा आधारित अर्थव्यवस्था के विकास से सामंतवाद का पतन हुआ। राम शरण शर्मा की इस अवधारणा के अनुसार भारत में सामंतवाद का उदय चौथी शताब्दी के आसपास हुआ और बारहवीं शताब्दी में इसका पतन हुआ। शर्मा ने इन निष्कर्षों पर पहुँचने के लिए विभिन्न श्रेणियों के सामंतों के उल्लेखयुक्त उत्तर के लिए भारत के अभिलेखीय साक्ष्यों का प्रयोग किया।

शर्मा ने सामंतवाद के बहाने भारतीय इतिहास-लेखन के क्षेत्र में एक बौद्धिक बहस छेड़ दी। शर्मा के तर्कों से असहमत हरबंस मुखिया ने 1981 में प्रकाशित अपने लेख 'क्या भारतीय इतिहास में कभी सामंतवाद था?' में कई सवाल उठाये। उन्होंने कहा कि लम्बी दूरी के व्यापारों के उत्थान और पतन से सामंतवाद का रिश्ता बहुत स्पष्ट नहीं है। मुखिया के मुताबिक़ यह कहना मुश्किल है कि आरम्भिक मध्यकालीन भारत में व्यापार और शहरों का कोई ख़ास पतन हुआ या नहीं। मुखिया ने कहा कि यह स्वीकार करना मुश्किल लगता है कि सामंतवाद जैसा जटिल सामाजिक ढाँचा प्रशासनिक और क़ानूनी कार्रवाइयों से खड़ा किया जा सकता है। सामंतवाद के एक प्रमुख तथ्य— भूमिपतियों पर किसानों की निर्भरता— के बारे में मुखिया ने दावा किया कि भारत में इसका कोई प्रमाण नहीं मिलता। मुखिया ने सामंतवाद को परिभाषित करते हुए लिखा कि इसमें भूमिपतियों पर किसान पूरी तरह आश्रित होता है। मुखिया की दलील थी कि सामंतवाद पूरी दुनिया की व्यवस्था नहीं थी। वह अपने पूरे इतिहास में एक विशिष्ट सामाजिक आर्थिक संगठन था जिसकी मौजूदगी पूरी दुनिया में एक जैसी नहीं थी। वह एक ख़ास समय और क्षेत्र तक सीमित था जहाँ उत्पादन के लिए विशिष्ट प्रविधि अपनायी गयी और संगठन का निर्माण किया गया। वह एक संक्रमणकालीन व्यवस्था थी।

राम शरण शर्मा ने 1985 में इसका जवाब दिया। अपने 'भारतीय सामंतवाद किस प्रकार सामंती था?' शीर्षक लेख में यह स्वीकारते हुए कि सामंतवाद एक सार्वभौम परिघटना नहीं थी, उन्होंने ज़ोरदारी से कहा कि सभी पूर्व-पूँजीवादी समाजों पर यह बात लागू नहीं होती। मुखिया के तर्कों को काटते हुए उन्होंने बताया कि देश के कई हिस्सों में ज़बरन मज़दूरी के प्रमाण मिलते हैं, साथ ही यह भी कि आरम्भिक मध्यकाल में सामंतवाद मौजूद था जिसमें भूमिपतियों और मातहत किसानों का एक वर्ग शामिल था। दोनों ही कृषक अर्थव्यवस्था पर आश्रित थे। इससे पता चलता है कि व्यापार और शहरीकरण का ह्रास हुआ और धातु से बनी मुद्राओं में तेज़ी से कमी आयी। सामंतवाद की इस बहस को इरफ़ान हबीब और बर्टन स्टीन ने आगे बढ़ाया।

1966 में राम शरण शर्मा की कृति *लाइट ऑन अर्ली इण्डियन सोसाइटी ऐंड इकॉनॉमी* का प्रकाशन हुआ। इसमें प्राचीन भारत के सामाजिक एवं आर्थिक इतिहास से सम्बद्ध अनेक अनछुए पहलुओं (जैसे, स्वछंद यौनाचार, महाकाव्यों एवं पुराणों में महिला एवं सम्पत्ति के संयुक्त दृष्टिकोण, दासता, जाति, विवाह, भूमि-अनुदान और महाजनी व्यवस्था) पर प्रकाश डाला गया है। 1987 में उनकी पुस्तक *अरबन डिके इन इण्डिया* प्रकाशित हुई। इसी विषय पर वे देव राज चानन स्मृति व्याख्यान 'सोशल चेंजेज़ इन अर्ली मेडिवल इण्डिया' दे चुके थे। यह रचना भारत में सामंतवाद की उत्पत्ति और विकास से संबंधित उनके विचारों को और अधिक दृढ़ता से दर्शाती है। इस क्रम में शर्मा मध्यकालीन भारत में नगर-केंद्रों का पतन दर्शाने के लिए पुरातात्त्विक प्रमाणों की एक प्रभावशाली शृंखला पेश करते हैं। उन्होंने दिखाया कि कैसे मौर्योत्तर काल शहरों, हस्तकलाओं और व्यापार की दृष्टि से महत्त्वपूर्ण था और 200 ईसापूर्व से 300 ईस्वी के मध्य शहर कैसे प्रगति के शिखर पर पहुँच गये थे। यह भी कि कैसे लम्बी दूरी के व्यापार में आयी कमी ने नगरीय पतन की शुरुआत की जिसे रोमन साम्राज्य के अंदरूनी बिखरावों ने बाद में और तेज़ कर दिया। सम्भवतः यही बात चीन के हान, कुषाण, पार्थियन और सातवाहन साम्राज्यों के पतन का मुख्य कारण बनी। शर्मा यह भी इंगित करते हैं कि नगरीय पतन का दूसरा परंतु कम व्यापक चरण छठी शताब्दी के बाद दृष्टिगत होता है जिसके तहत बैजेंटाइन के साथ मसालों और रेशम के उन्नत व्यापार से जुड़े मध्यवर्ती गंगा के मैदान में स्थित कई शहरों को पतन ने अपनी चपेट में ले लिया। शर्मा इस कृति को इस निष्कर्ष के साथ ख़त्म करते हैं कि कैसे नागर-पतन के इस पूरे काल-खण्ड के दौरान विशाल भूमि-अनुदानों और अग्रहारों के वितरण के रूप में सामंतीकरण की प्रक्रिया सतत और तीव्रतर होती जा रही थी। इस कृति के लिए शर्मा को एच.के. पुजारी अवार्ड से सम्मानित किया गया।

राम शरण शर्मा द्वारा 1977 में राष्ट्रीय शैक्षिक अनुसंधान प्रशिक्षण परिषद् के लिए लिखी गयी प्राचीन भारतीय इतिहास के अभिधारणात्मक शोधों से सारांशित पाठ्य पुस्तक *ऐंशिएंट इण्डिया* काफ़ी लोकप्रिय हुई। महाभारत की कुछ घटनाओं और कृष्ण की ऐतिहासिकता पर उठाये गये प्रश्नों के कारण 1978 में जनता सरकार द्वारा जब इस पुस्तक पर प्रतिबंध लगा दिया गया तो उन्होंने इसके प्रति-उत्तर में *इन डिफेंस ऑफ़ ऐंशिएंट इण्डिया* (1979) लिखी। परिणामस्वरूप *ऐंशिएंट इण्डिया* पाठ्य पुस्तक के रूप में जल्द ही पुनर्स्थापित हो गयी। आर्यों के मुद्दे पर राम शरण शर्मा द्वारा लिखी गयी दो कृतियाँ *लुक्किंग फ़ॉर द आर्यंस* (1995) और

एडवेंट ऑफ़ द आर्यंस इन इण्डिया (1999) इतिहास-लेखन की उस विचारधारा और मान्यताओं का खण्डन करती हैं जो यह मानती हैं कि आर्य मूलतः भारत के ही मूल निवासी थे और हड़प्पा संस्कृति उन्हीं मूल निवासियों की रचना थी। अपनी रचनाओं में राम शरण शर्मा ने प्राचीन भारतीय समाज की ढाँचागत संरचना, उसके भौतिक-आर्थिक जीवन, राजनीतिक विचारों के उद्‌भव, राज्य की अवधारणा, धर्म-दर्शन की वैचारिक-सामाजिक पृष्ठभूमि के निर्माण की प्रक्रिया को रेखांकित किया जिसके बिना भारतीय संस्कृति और सभ्यता को समझ पाना कठिन होता। साहित्यिक स्रोतों के साथ पुरातात्त्विक और पुरालेखीय साक्ष्यों से अंतर्भूत अपनी शोध-पद्धति द्वारा प्राचीन भारतीय इतिहास के पहलुओं पर प्रकाश डालते हुए शर्मा ने परिवर्तन और निरंतरता के तत्त्व का सदैव ध्यान रखा।

नेहरू फ़ेलो के तौर पर कार्य करते हुए उन्होंने 1985 में प्राचीन भारत में भौतिक संस्कृति और वर्गीय समाज के निर्माण की प्रक्रिया के विवेचन हेतु *मैटेरियल कल्चर ऐंड सोशल फ़ार्मेशंस इन ऐंशिएंट इण्डिया* की रचना की। पुरातात्त्विक और साहित्यिक स्रोतों के आधार पर ऋग्वैदिक काल से बुद्धकाल तक की समयावधि पर केंद्रित यह कृति ऐतिहासिक विश्लेषण और व्याख्या की मार्क्सवादी धारा का अनुसरण करते हुए दर्शाती है कि कैसे घुमंतू प्रवृत्ति वाली ऋग्वैदिक पशुचारक अर्थव्यवस्था व्यापक स्तर पर कृषि, लोहे और चित्रित धूसर मृदभाण्डों के प्रयोग द्वारा तुलनात्मक रूप से अत्यंत विकसित वैदिक कालीन अर्थव्यवस्था में परिणत होती है। गंगा के मैदानों में इस प्रक्रिया ने तीव्र प्रगति की, जिसे बुद्ध काल तक आते आते उत्तरी काले पालिशदार मृदभाण्ड के प्रयोग, ढलवाँ लोहे के उत्पादन, टकसालों में सिक्कों की ढलाई और लोहे के हल से धान की खेती के दृष्टान्तों द्वारा समझा जा सकता है। इन दृष्टांतों द्वारा शर्मा यह दिखाते हैं कि कैसे भौतिक उत्पादन में परिवर्तन ने राजनैतिक एवं सामाजिक परिवर्तनों का सूत्रपात किया। फलस्वरूप कृषि उत्पादन के व्यापक अधिशेष ने विशाल ग्रामीण बस्तियों की स्थापना, व्यापार का विकास, धातु मुद्रा के प्रयोग, नगरों के उदय और नियमित कराधान प्रणाली, सुव्यवस्थित प्रशासन तंत्र और स्थाई सेना से लैस विस्तृत प्रादेशिक राज्यों के उदय का मार्ग प्रशस्त किया। विशाल भू-सम्पदा की उत्पादकता के लिए विशाल श्रम-शक्ति की आवश्यकता ने इसी पृष्ठभूमि में वर्ण-व्यवस्था का सूत्रपात किया। इसी दौरान जनजातीय समाज वर्गीय और व्यावसायिक समूहों में विभाजित हो गया। लोहे से निर्मित हल द्वारा खेती में प्रगति से पशुधन वृद्धि और बौद्धधर्म द्वारा पशुबलि की प्रथा के विरोध को बल मिला। पर बाद में इसी बौद्ध धर्म, जिसका प्रमुख समर्थक वैश्य वर्ग था और जिसके हित व्यापार से जुड़े थे, ने व्यापार में वृद्धि के लिए आतुर महाजनी व्यवस्था द्वारा दास-प्रथा को अनपेक्षित पर ज़रूरी बढ़ावा देने का दबाव बनाया।

राम शरण शर्मा ने *अर्ली मेडिवल इण्डियन सोसाइटी : अ स्टडी इन फ्यूडलाइज़ेशन* (2001) में अपने आलोचकों के तर्कों का बिंदुवार खण्डन किया। इसके लिए उन्होंने ऐतिहासिक भौतिकवाद के सिद्धांत का प्रयोग न केवल सामाजिक भेद और आर्थिक विकास का चरण दर्शाने के लिए किया वरन् विचारधारा के क्षेत्र में भी किया। सामंती सोच और तंत्रवाद के सामाजिक आर्थिक आधार को लेकर शर्मा द्वारा की गयी छानबीन ऐतिहासिक शोध की नयी दिशा खोलती है।

राम शरण शर्मा ने हर तरह के साम्प्रदायिकता की भर्त्सना की और अपनी पुस्तिका *कम्युनल हिस्ट्री ऐंड रामाज़ अयोध्या* में दिखाया कि सम्भवतः मध्यकालीन भारत में अयोध्या तीर्थस्थान के तौर पर उभरा और इसका पौराणिक राम से कोई साम्य नहीं है। न ही विष्णु स्मृति में चिह्नांकित 52 पवित्र स्थानों में इसका उल्लेख मिलता है। बाबरी मसजिद के ध्वंस के बाद वे सूरज भान, एम. अतहर अली और डी.एन. झा के साथ *हिस्टोरियंस रिपोर्ट टु द नेशन* के साथ जुड़े। रपट में स्पष्ट रूप से कहा गया कि साम्प्रदायिक तत्त्वों ने विवादित स्थल पर मंदिर मानने की भूल की है। और, बाबरी विध्वंस साम्प्रदायिक ख़ेमे की कोरी असभ्य और बर्बर करतूत के अलावा कुछ और नहीं है।

देखें : आनंद केंटिश कुमारस्वामी, आर्य-अवधारणा, आर्थर लेवेलिन बाशम, एडवर्ड विलियम सईद, काशी प्रसाद जायसवाल, बिपन चंद्र-1 और 2, भारतीय इतिहास-लेखन-1 से 4 तक, दामोदर धर्मानंद कोसम्बी-1 और 2, प्राच्यवाद, रमेश चंद्र दत्त, रमेश चंद्र मजूमदार, रणजीत गुहा, रामकृष्ण गोपाल भण्डारकर, रोमिला थापर, वासुदेव शरण अग्रवाल, पांडुरंग वामन काणे, विश्वनाथ काशीनाथ राजवाड़े, सखाराम गणेश देउस्कर, सामंतवाद : एक बहस।

संदर्भ

1. द्विजेंद्र नारायण झा, (1996), *सोसाइटी ऐंड आइडियोलॉजी इन इण्डिया: एसेज इन ऑनर ऑफ़ आर.एस, शर्मा,* मुंशीराम मनोहरलाल, नयी दिल्ली.
2. एन.एम.पी. श्रीवास्तव (2005), 'प्रोफ़ेसर आर.एस. शर्मा : द मैन विद मिशन', *प्रज्ञा-भारती,* खण्ड 11, के.पी. जायसवाल रिसर्च इंस्टिट्यूट प्रकाशन, पटना.
3. ब्रजदुलाल चट्टोपाध्याय (2006), *स्टडीइंग अर्ली इण्डिया : आर्कियालॅजी, टेक्स्ट ऐंड हिस्टोरिकल इशूज़,* एंथम प्रेस, नयी दिल्ली.
4. राम शरण शर्मा (1990), *शूद्राज इन ऐंशिएंट इण्डिया: अ सोशल हिस्ट्री ऑफ़ द लोअर आर्डर डाउन टू सिरका ए.डी. 600,* मोतीलाल बनारसीदास, नयी दिल्ली.

— निर्मल कुमार पाण्डेय

रामचंद्र शुक्ल-1

(लोकहृदय, लोकमंगल, लोकमानस)

(Ramchandra Shukla-1)

आलोचक, सिद्धांतकार, इतिहासकार, कवि और प्रचुर अनुवादक रामचंद्र शुक्ल (1884-1940) को हिंदी का पहला आधुनिक आलोचक होने का श्रेय दिया जा सकता है। आलोचना की वैविध्यपरक प्रकृतियों के बीच आचार्य शुक्ल ने परम्परागत आलोचना शैलियों के प्रति सम्मान का भाव रखते हुए अपने युग की नब्ज़ को पहचाना और उसके अनुकूल आधुनिक दृष्टि-सम्पन्न आलोचना को सही अर्थों-संदर्भों में जन्म दिया। काशी हिंदू विश्वविद्यालय में अध्यापन से विश्राम लेने के बाद रामचंद्र शुक्ल ने नागरी प्रचारिणी सभा द्वारा प्रायोजित *हिंदी शब्द सागर* का सम्पादन आरम्भ किया। इसी दौर में उन्होंने अपने समय की सभी पत्र-पत्रिकाओं में निरंतर लेखन के साथ सभी तरह के साहित्यिक-सांस्कृतिक वाद-विवादों-संवादों में प्रभावी हस्तक्षेप किया। *हिंदी शब्द सागर* की भूमिका के रूप में साहित्य के इतिहास की रचना करते हुए शुक्ल ने जो व्यवस्थित ढाँचा निर्मित किया उसे हम उनकी कालजयी कृति *हिंदी साहित्य का इतिहास* के रूप में जानते हैं। मलिक मुहम्मद जायसी के महान प्रबंध-काव्य *पद्मावत* के भाष्य और सम्पादन के साथ शुक्ल ने तुलसीदास और सूरदास की रचनाओं की विद्वत्तापूर्ण भूमिकाएँ भी लिखीं।

रचनाकारों पर तुलनात्मक दृष्टि से विचार करते हुए उन्होंने मूल्यांकनपरक मत व्यक्त किये, लेकिन रचनाकार के संदर्भ से हट कर रचना को केंद्र-बिंदु बनाया। आलोचना के इतिहास में रामचंद्र शुक्ल की भूमिका एक युग-पुरुष की रही है। उनकी महिमा-महत्ता का ही प्रमाण है कि हिंदी में ठोस मूल्य-दृष्टि से सम्पन्न आलोचना का दौर चला। उनके प्रयासों से हिंदी आलोचना ने रीतिवाद और गुण-दोष विवेचन की सतही पद्धति से छुटकारा पाने का प्रयत्न किया। शुक्ल ने देव और बिहारी की तुलनात्मक आलोचना के दायरे से हिंदी आलोचना को निकाल कर भक्तिकालीन चिंतन दृष्टि की ओर मोड़ा। उनके इस प्रयास से हिंदी-आलोचना का केंद्र ही बदल गया। शुक्ल पत्र-पत्रिकाओं में अंग्रेज़ी में भी लिखते थे और अनुवाद में भी रुचि लेते थे। उन्होंने राखालदास बनर्जी के बांग्ला उपन्यास का 'शशांक' नाम से, एडीसन के निबंध 'प्लेज़र्स ऑफ़ इमैजिनेशन' का 'कल्पना का आनंद' और अर्नेस्ट हेकल की पुस्तक 'रिडिल ऑफ़ द युनिवर्स' का 'विश्व प्रपंच' नाम से अनुवाद किया और उस पर एक लम्बी भूमिका लिखी। इस अनुवाद का उनकी आलोचना-दृष्टि पर गहरा प्रभाव पड़ा। रामचंद्र शुक्ल कवि भी थे और *मधुस्रोत* नाम से उनका एक काव्य-संकलन पाठकों के लिए उपलब्ध है। कई तरह का लेखन उन्होंने *सरस्वती* और *नागरी प्रचारिणी पत्रिका* में शुरू किया। *सरस्वती* पत्रिका के 1909 अंक में उनका प्रसिद्ध निबंध '*कविता क्या है*' प्रकाशित हुआ। यही वह निबंध है जिसे संशोधन-परिवर्तन के साथ वे जीवन भर लिखते रहे।

रामचंद्र शुक्ल ने काव्य और काव्यशास्त्र की चिंतन परम्परा का नया भाष्य किया जिससे हिंदी की पूरी साहित्यिक परम्परा के पुनर्गठन से एक नया पाठ तैयार हो गया। इसमें अस्वीकार के साहस को भरपूर स्थान मिला। रामचंद्र शुक्ल के इसी महत्त्व को समझते हुए हजारी प्रसाद द्विवेदी ने अपने ग्रंथ *हिंदी साहित्य की भूमिका* में लिखा है, 'भारतीय काव्यालोचन शास्त्र का इतना गम्भीर और स्वतंत्र विचारक हिंदी में तो कोई दूसरा हुआ है या नहीं, अन्यान्य भारतीय भाषाओं में हुआ है या नहीं, ठीक नहीं कह सकते। शायद नहीं हुआ। अलंकार शास्त्र के प्रत्येक अंग पर उन्होंने सूक्ष्म विचार किया था शब्द-शक्ति, गुण-दोष, अलंकार विधान, रस आदि सभी विषयों पर उनका अपना सुचिंतित मत था। वे प्राचीन भारतीय आलंकारिकों को ख़ूब समझते थे, पर उनका अंधानुकरण करने वाले नहीं थे। रामचंद्र शुक्ल से सर्वत्र सहमत होना सम्भव नहीं। वे इतने गंभीर और कठोर थे कि उनके वक्तव्यों की सरसता उनकी बुद्धि की आँच से सूख जाती थी और उनके मतों का लचीलापन जाता रहता था। आपको या तो 'हाँ' कहना पड़ेगा या 'न', बीच में खड़े होने का कोई उपाय नहीं। उनका 'अपना' मत सोलह आने 'अपना' है। वे तन कर कहते हैं, "मैं ऐसा मानता हूँ तुम्हारे मानने न मानने की मुझे परवाह नहीं।" फिर भी शुक्लजी प्रभावित करते हैं। नया लेखक उनसे डरता है। पुराना घबराता है, पण्डित सिर हिलाता है। वे पुराने की ग़ुलामी पसंद नहीं करते और नये की ग़ुलामी तो उनके लिए असह्य है। शुक्लजी इसी बात में बड़े हैं और इसी जगह उनकी कमज़ोरी है।'

रामचंद्र शुक्ल ने रीतिवाद का खण्डन किया और भक्तिकालीन साहित्य की तरफ़ झुके। पर वे यहीं नहीं रुके, उन्होंने आधुनिक काल की मूल्यांकनपरक दृष्टि को अपनाया। शुक्ल ने काव्य में चमत्कारवाद और 'लक्षणों की क़वायद' का विरोध किया। उन्होंने कला-निपुणता से ज़्यादा सहृदयता को आदर दिया। रस में सर्वाधिक महत्त्व दिया अनुभूति को और उसे लोकमानस में प्रतिष्ठित किया। सच्चे काव्य का प्रकृत लक्ष्य वे मानते हैं 'हमारी रागात्मिका वृत्ति का सामंजस्य।' उनके विचार में 'प्रत्येक भाव का प्रथम अवयव विषय बोध ही होता है।' रसवाद को व्यक्ति से आगे बढ़ कर उन्होंने लोकहृदय, लोकमानस के साथ सम्बद्ध करके प्रस्तुत किया। इसलिए वे विषयबद्धता को तिरस्कृत करते रहे।

रामचंद्र शुक्ल (1884-1940)

अपनी रचना *रस मीमांसा* के निबंधों में उन्होंने स्थापना की है, 'लोकहृदय में हृदय के लीन होने की दशा का नाम ही रसदशा है।' रस में विभावन-व्यापार पर उनकी दृष्टि विशेष रूप से केंद्रित रही। उन्होंने मुक्तक-काव्य से ज़्यादा प्रबंध-काव्य के सौंदर्य की सराहना की। इसका कारण यह है कि उन्होंने जीवन की विविधता के सौंदर्य को आदर देते हुए उसमें लोक-मंगल को सर्वोपरि स्थान दिया। रामचंद्र शुक्ल ने काव्य के भावयोग को ज्ञानयोग तथा कर्मयोग के समकक्ष माना। उनका कहना था कि कविता के अनुभूतियोग के अभ्यास से हमारे मनोविकारों का परिष्कार होता है और शेष सृष्टि के साथ हमारे रागात्मक संबंध की रक्षा होती है और निर्वाह होता है। व्यक्ति-सत्ता को काव्य से मिटाने का काम करुणा करती है— भावों में करुणा को महत्त्व देने का कारण भी यही है। लोकमंगल, लोकभूमि, लोकहृदय की संगति बैठा कर रामचंद्र शुक्ल ने मानव-मन की अंतर्वृत्तियों का विवेचन किया। काव्य की भावभूमि पर लोकमंगल का विधान करने के कारण ही वे उसे न 'लोकोत्तर' बनाना चाहते थे न 'ब्रह्मानंद सहोदर।' उन्हें काव्य में आध्यात्मिकता फूटी आँखों पसंद न थी। इसी तरह वे काव्य को कला मानने के पक्ष में नहीं थे।

काव्य में कल्पना की जो मुनादी पश्चिम में की गयी है— उसकी निंदा में रामचंद्र शुक्ल डटे रहे क्योंकि उनका कहना था कि काव्य में व्यक्तित्व का लय हो जाना मानव हृदय का 'स्वार्थ संबंधों के संकुचित मण्डल से ऊपर उठकर लोक-सामान्य की भावभूमि पर पहुँच जाना ही है।' इस तरह शुक्ल के सम्पूर्ण चिंतन की चिंता लोक-सामान्य अर्थात् साधारण मनुष्य की चिंता है। यह साधारण-मानव ही उनके केंद्रीय सिद्धांत की धुरी रहा है। काव्य में साधारणीकरण सिद्धांत की महत्त्व-प्रतिष्ठा के पीछे प्राय: उनकी यही दृष्टि रही है। इसी दृष्टि के कारण उन्होंने काव्य में व्यक्ति-वैचित्र्यवाद की विरोध किया है। उन्होंने काव्य में क़बीर के रहस्यवाद का विरोध किया। इसका कारण यह है कि रामचंद्र शुक्ल तंत्र-मंत्र, रसायन, हठयोग का संबंध प्रकृत भावों से बैठाने के लिए तैयार नहीं थे। यही कारण है कि उन्होंने पूरी ताक़त से व्यक्तिवाद, कलावाद, रसवाद और अभिव्यंजनावाद के ख़िलाफ़ झण्डा बुलंद किया। इसी तरह रामचंद्र शुक्ल के लिए उन्हें काव्य के प्रकृत स्वरूप की अभिव्यक्ति 'आनंद' शब्द से नहीं होती थी। उनके लिए काव्य में लोक-मंगल की साधनावस्था ही कवि-कर्म का चरमसाध्य थी, क्योंकि वे मानते थे कि इसमें 'लोक-धर्म के सौंदर्य' के साथ 'विरुद्धों के सामंजस्य की शक्ति' है। इसे ही उन्होंने काव्य का 'बीज-भाव' घोषित किया। शुक्ल के अनुसार सच्चा कवि वही है जिसका हृदय प्रकृति के कोमल-मधुर रूप के साथ विराट-विकट रूपों में भी जीवन का सौंदर्य पाता है। यह बड़ी बात है कि उन्होंने काव्य में आलम्बन का क्षेत्र विस्तृत किया और उसमें नरेतर प्रकृति को स्थान दिया। यहाँ उन्होंने प्रकृत रहस्यवाद का समर्थन किया और प्रकृत स्वच्छंदतावाद को आदर से अपनाया।

शुक्ल ने सावधानी के साथ साहित्य की आलोचना को 'समालोचना' तथा आलोचना के सिद्धांत को 'काव्य मीमांसा' नाम दिया। इस तरह आलोचना और आलोचना-सिद्धांतों के अंतर स्पष्ट करके वे आगे बढ़ें। पश्चिम के कलावाद-रूपवाद और अंलकारवाद का अपने तरह से विरोध करते हुए शुक्ल ने छायावाद और अभिव्यंजना की नूतन शैली का आंदोलन माना- कहीं-कहीं उसे 'फ़ांट्समेटा' या ईसाई-प्रतीकवाद, चित्रभाषावाद तक कहा है। यह संयोग मात्र नहीं है कि आचार्य शुक्ल काव्य में विभावन-व्यापार को सर्वोपरि मानते थे- और अमूर्त्त- अरूप से बचकर मूर्त्त-विधान का समर्थन करते हैं। उन्होंने इस विचार पर बल दिया कि 'कविता में अर्थग्रहण मात्र से काम नहीं चलता, बिम्ब ग्रहण अपेक्षित होता है।' उन्होंने यह भी कहा कि, 'बिम्ब ग्रहण निर्दिष्ट गोचर और मूर्त्त विषय का ही हो सकता है।' इस तरह उन्होंने काव्य में वास्तु-तत्त्व की प्रतिष्ठा की और उसका संबंध चित्र-विधान या मूर्त्त-विधान से जोड़ा। काव्य को ललित कलाओं से जोड़कर कहा कि, 'जिस प्रकार मूर्त्त विधान के लिए कविता चित्र-विधा की प्रणाली का अनुशरण करती है, उसी प्रकार नाद-सौष्ठव के लिए संगीत का कुछ सहारा लेती है।' *रस-मीमांसा* में उन्होंने इस विचार को रेखांकित किया

कि, 'नाद-सौंदर्य से कविता की आयु बढ़ती है।'

देखें : अष्टछाप, 'अंग्रेज़ी हटाओ' आंदोलन, गजानन माधव मुक्तिबोध-1 और 2, छायावाद, डायग्लॉसिया, नंद दुलारे वाजपेयी, नगेंद्र और सैद्धांतिक समीक्षा, नयी कविता, नामवर सिंह, पाश्चात्य काव्यशास्त्र, प्रेमचंद, प्रयोगवाद, प्रगतिवाद, भक्ति आंदोलन-1 और 2, भक्ति-काव्य-1 और 2, भारतेंदु हरिश्चंद्र, भारतेंदु युग-1 और 2, भाषा नियोजन-1 से 4 तक, भाषा के मार्क्सवादी सिद्धांत, महादेवी वर्मा, महावीर प्रसाद द्विवेदी, मीरांबाई और प्रेमाभक्ति, राहुल सांकृत्यायन, रामानुजाचार्य, रामानंद, रामविलास शर्मा, राष्ट्रीय-सांस्कृतिक कविता, रीतिकाल-1 और 2, विजय देव नारायण साही, वैष्णव धर्म, श्याम सुंदर दास, सम्पर्क भाषा-1 से 4 तक, सगुण और निर्गुण-1 और 2, संस्कृत काव्यशास्त्र, संविधान सभा में भाषा-विवाद-1, 2 और 3, संत-काव्य, सिद्ध-नाथ परम्परा, सूफ़ीयत और प्रेमाख्यान, हजारी प्रसाद द्विवेदी, हिंदी विरोधी आंदोलन, हिंदी जाति-1 से 3 तक, हिंदी साहित्य का आदिकाल, हिंदी साहित्य का इतिहास, हिंदी साहित्य का इतिहास : नये परिप्रेक्ष्य, हिंदी-पद्य में इतिहास, हिंदी-जगत और 'लोकप्रिय'-1 और 2, हिंदी नवजागरण, हिंदी-संस्थाएँ।

संदर्भ

1. रामचंद्र शुक्ल (1940), *हिंदी साहित्य का इतिहास,* काशी नागरी प्रचारिणी सभा, काशी
2. रामचंद्र शुक्ल (1970), *रस-मीमांसा,* काशी नागरी प्रचारिणी सभा, काशी
3. रामचंद्र शुक्ल (1942), *मधु स्रोत,* काशी नागरी प्रचारिणी सभा, काशी
2. राम विलास शर्मा (1975), *आचार्य रामचंद्र शुक्ल और हिंदी आलोचना,* राजकमल प्रकाशन, नयी दिल्ली.
3. रास्वरूप चतुर्वेदी (1993), *हिंदी साहित्य और संवेदना का विकास,* लोकभारती प्रकाशन, इलाहाबाद.
4. धीरेंद्र वर्मा (सम्पा.) (1957), *हिंदी साहित्य कोश,* भाग-2, ज्ञानमण्डल, बनारस.

— कृष्णदत्त पालीवाल

रामचंद्र शुक्ल-2

(हिंदी साहित्य का इतिहास)

(Ramchandra shukla-2)

रामचंद्र शुक्ल ने *हिंदी शब्द सागर की भूमिका* (1929) के रूप में हिंदी साहित्य का इतिहास लिखा है। साहित्य के इतिहास के प्रथम संस्करण के वक्तव्य में उनकी इतिहास-दृष्टि प्रकट होती है। शुक्ल के अनुसार, 'शिक्षित जनता की जिन-जिन प्रवृत्तियों के अनुसार हमारे साहित्य के स्वरूप में जो परिवर्तन होते आये हैं, जिन प्रभावों की प्रेरणा से काव्यधारा की भिन्न-भिन्न शाखाएँ फूटती रही हैं— उन सबके सम्यक निरूपण और उनकी दृष्टि से किये गये सुसंगत काल-विभाजन के बिना साहित्य के इतिहास का सच्चा अध्ययन कठिन दिखाई देता है।' साहित्य के इतिहास का 'सच्चा अध्ययन' करने का संकल्प लेकर आगे बढ़ने वाले शुक्ल का कहना था, 'मेरा उद्देश्य अपने साहित्य के इतिहास का एक पक्का और व्यवस्थित ढाँचा खड़ा करना था न कि कवि-कीर्तन करना।' उन्होंने 'काल-विभाग' के अंतर्गत साहित्येतिहास-दर्शन स्पष्ट करने की दृष्टि से कहा, 'जबकि प्रत्येक देश का साहित्य वहाँ की जनता की चित्तवृत्ति का संचित प्रतिबिम्ब होता है, तब यह निश्चित है कि जनता की चित्तवृत्ति के परिवर्तन के साथ-साथ साहित्य के स्वरूप में परिवर्तन होता चला जाता है। आदि से अंत तक इन्हीं चित्तवृत्तियों की परम्परा को परखते हुए साहित्य परम्परा के साथ सामंजस्य दिखाना ही 'साहित्य का इतिहास' कहलाता है। जनता की चित्तवृत्ति बहुत कुछ राजनीतिक, सामाजिक, साम्प्रदायिक और धार्मिक परिस्थिति के अनुसार होती है। इन परिस्थितियों का किंचित दिग्दर्शन भी साथ ही साथ आवश्यक होता है। इस दृष्टि से हिंदी-साहित्य का विवेचन करने में यह बात ध्यान में रखनी होगी की किसी विशेष समय में लोगों में रुचि विशेष का संचार पोषण किधर और किस प्रकार हुआ।'

इसी व्यवस्था के अनुसार शुक्ल ने हिंदी साहित्य के नौ सौ वर्षों के इतिहास को चार कालों में विभक्त किया : आदिकाल (वीरगाथा काल : संवत् 1050-1375), पूर्वमध्यकाल (भक्तिकाल : संवत् 1375-1700), उत्तर मध्यकाल (रीतिकाल : संवत् 1700-1900) और आधुनिक काल (गद्यकाल : संवत 1900-1984)। रचनाओं की प्रकृति के अनुसार ही इन कालों का नामकरण किया गया था। शुक्ल के इतिहास की सबसे बड़ी विशेषता यह है कि उन्होंने अपने आलोचनात्मक लेखन या इतिहास में कहीं भी साहित्येतर मानदण्डों को स्वीकार नहीं किया। उनकी प्रिय रचना *रामचरितमानस* थी और उसी में से उन्होंने अपने काव्य-मूल्य विकसित किये। विलक्षण बात यह भी रही कि उन्होंने अध्यात्म को काव्य-कला के विवेचन में प्रासंगिक नहीं माना। अपने विवेचन में न तो वे शास्त्र (क्लासिकल) को प्रधानता देते हैं और न ही रोमांटिक भाव धारा को। देखा जाए तो वे रचना को स्वायत्त मानते हैं, पर समाज से स्वतंत्र नहीं। उनका यह भी विचार था कि साहित्य को केवल राजनीतिक दलों की बातों को ले कर ही नहीं चलना चाहिए, 'साहित्य को राजनीति के ऊपर रहना चाहिए, सदा उसके इशारे पर ही न नाचना चाहिए।' यही बात प्रेमचंद ने कही है कि, 'वह (साहित्य) वह देशभक्ति एवं राजनीति के पीछे चलने वाली नहीं, बल्कि उनके आगे मशाल दिखाती हुई चलने वाली सच्चाई है।'

यह एक तथ्य है कि रामचंद्र शुक्ल के बाद हिंदी

साहित्य का इतिहास लिखने के कई प्रयास हुए। लेकिन कोई भी इतिहास वैसी प्रतिष्ठा नहीं प्राप्त कर पाया जो शुक्ल के इतिहास को मिली। हाँ, शुक्ल के इतिहास की आलोचना कम नहीं हुई है। इतिहास-चिंतन में एक बड़ी घटना तब घटी जब हजारी प्रसाद द्विवेदी की पुस्तक *हिंदी साहित्य की भूमिका* का 1941 में प्रकाशन हुआ। द्विवेदी ने शुक्ल की धारणा से कुछ हटते हुए 'शिक्षित जनता की चित्तवृत्तियों के आगे अशिक्षित जनता' को स्थान दिया और शास्त्र से ज़्यादा लोक तथा लोक-धर्म को सामने रखकर यह इतिहास-ग्रंथ लिखा। उन्होंने 'हिंदी साहित्य प्राण-धारा' के साथ 'भारतीय चिंतन धारा के स्वाभाविक विकास' को गहराई और विस्तार से प्रस्तुत किया। साथ ही सिद्धों-नाथों के साहित्य को महत्त्व देकर निर्गुणियाँ संतधारा का महत्त्व समझाया। रीति काल को सेकुलर लिटरेचर घोषित करते हुए उन्होंने एक नवीन दृष्टि का विकास किया। उन्होंने *हिंदी साहित्य का आदिकाल* तथा *हिंदी साहित्य उद्‌भव और विकास* शीर्षिक से भी हिंदी साहित्य का निरूपण किया।

रामचंद्र शुक्ल ने विदेशी लेखकों को एकाग्रभाव से पढ़ा था, जैसे फ्रायड, डंटन, रिचर्ड्स, एलियट, कमिंग्ज, क्रोचे आदि। वे मार्क्स को अपने विचार की परिधि में स्वीकार नहीं करते। इस दृष्टि से यह बात महत्त्वपूर्ण है कि 1936 में प्रगतिशील लेखक की स्थापना हो चुकी थी। हिंदी पर सोवियत प्रभाव की हवाओं का असर साफ़ था, लेकिन उन्होंने प्रगतिवाद को अपने विवेचन में स्थान नहीं दिया। व्यंग्य शैली में छायावाद के वाद-विवाद-संवाद को तो अपनी कविताओं तक में स्थान दिया, लेकिन 'प्रगतिवाद' को नहीं। रहस्यवाद को न मध्यकालीन काव्य में स्वीकृति दी न आधुनिक साहित्य में। हाँ, प्रकृत रहस्य भावना को स्थान दिया जैसे पंत जी के काव्य में। वे ब्राह्म समाज से भी दूर रहे और रवींद्रनाथ से भी। गाँधी और तॉल्स्तॉय में भी कहीं भी कभी भी नहीं रमे। उनका मत साफ़ है कि अज्ञात-अरूप- अमूर्त्त का हृदय से कोई संबंध नहीं हो सकता।

यह समझना भूल होगी कि शुक्ल ने छायावाद को दो रूपों में देखा। इतिहास की 'नयी धारा' में रहस्यवाद के अर्थ में और दूसरा काव्य-शैली या काव्य-पद्धति के अर्थ में। छायावाद की लाक्षणिक-चित्रात्मक शैली या चित्र भाषा के वे प्रशंसक रहे। हिंदी आलोचना में प्राय: छायावाद और रहस्यवाद को लेकर काफ़ी विवाद रहा है। शुक्ल छायावाद को साधना का क्षेत्र मानते हैं और छायावाद को काव्य का। वैसे ये दोनों ही प्रवृत्तियाँ बहुत बार एक-दूसरे में प्रवेश करती मिलती हैं। वे कहीं भी अज्ञात-अरूप को लेकर प्रेम को सम्भव नहीं मान पाते। उनकी मान्यता है प्रेम ज्ञात-जगत की ही मूल्यवान भावना है- 'सचमुच ही यदि प्रेम कहीं है, ज्ञात छोड़ वह कहीं नहीं है।' इसी विचार की पुष्टि उन्होंने अपने निबंध 'काव्य में रहस्यवाद' में की है।

रामचंद्र शुक्ल को इस बात का श्रेय है कि निर्गुण सूफ़ी कवियों में जायसी, सगुण कवियों में तुलसीदास-सूरदास और छायावादी कवियों में जयशंकर प्रसाद व सुमित्रानंदन पंत का उन्होंने मनोयोगपूर्वक विवेचन किया। *जायसी ग्रंथावली* की विस्तृत भूमिका उनके लेखन का प्रतिमान है। उनकी आलोचना दृष्टि गूढ़-गम्भीर है। वे कहते हैं कि 'जायसी का क्षेत्र तुलसी की अपेक्षा परिमित है— पर प्रेम-वेदना उनकी अत्यंत गूढ़ है।' अपनी ख़ास परख के कारण वे पंत को छायावाद का प्रथम प्रतिनिधि कवि मानते हैं और कहते हैं कि, 'सबसे अधिक लाक्षणिक साहस पंतजी ने *पल्लव* में दिखाया।' आचार्य शुक्ल प्रबंध-काव्य को महत्त्व देने पर भी छायावाद के गीतकाव्य को भीतर से समझने में पीछे नहीं रहे। अच्छी बात यह कि उनकी आलोचना और इतिहास-दृष्टि मूलत: उनके युग से निर्मित होती है। उनकी आलोचना-सामर्थ्य का प्रमाण उनकी आलोचना-भाषा देती है— एकदम पैनी और सटीक। रचनानुभव की यह भाषा गढ़ने की चूकती नहीं। साथ ही वे 'विरोधों का सामंजस्य' और 'लोकमंगल' जैसे विशिष्ट प्रयोग करने में वे बेहद सफल रहे हैं। वे इसी शक्ति से 'लोक' और 'जनता' जैसे शब्दों का अलग विवेक रखते हैं— 'जनता' शब्द में समान और 'लोक' में समाज के पिछड़े वर्ग का बोध वे समझते-समझाते हैं। कविता में नाद-सौंदर्य की महिमा मानकर ही वे कहते हैं कि, 'नाद सौंदर्य से कविता की आयु बढ़ती है।'

आश्चर्य की बात यह है कि भारतीय और पाश्चात्य दोनों परम्पराओं से विचार ग्रहण करने पर भी वे आतंकित किसी से नहीं हैं। अपनी मौलिक आलोचना-दृष्टि से वे हिंदी-समीक्षाशास्त्र की दृढ़ नींव रखते हैं। *रस-मीमांसा* के निबंध रचना-आलोचना के प्रतिमानों को सूत्रबद्ध करने का ही प्रयत्न है। कलावाद-अलंकारवाद-रीतिवाद से अलग उन्होंने आलोचना का एक मार्ग विकसित किया और शास्त्र की मौलिक व्याख्या करके उसे समयोपयोगी बनाया। उनके रस की पूरी चिंता लोक-चिंता से, सामाजिकता से जुड़ती है। उसको लोकोत्तरता की भूमि से उतार कर लोक-भूमि पर स्थापित करने का शुक्ल द्वारा किया गया कार्य अनन्य और अविस्मरणीय है।

देखें : अष्टछाप, 'अंग्रेज़ी हटाओ' आंदोलन, गजानन माधव मुक्तिबोध-1 और 2, छायावाद, डायग्लॉसिया, नंद दुलारे वाजपेयी, नगेंद्र और सैद्धांतिक समीक्षा, नयी कविता, नामवर सिंह, पाश्चात्य काव्यशास्त्र, प्रेमचंद, प्रयोगवाद, प्रगतिवाद, भक्ति आंदोलन-1 और 2, भक्ति-काव्य-1 और 2, भारतेंदु हरिश्चंद्र, भारतेंदु युग-1 और 2, भाषा नियोजन-1 से 4 तक, भाषा के मार्क्सवादी सिद्धांत, महादेवी वर्मा, महावीर प्रसाद द्विवेदी, मीरांबाई और प्रेमाभक्ति, राहुल सांकृत्यायन, रामानुजाचार्य, रामानंद, रामविलास शर्मा, राष्ट्रीय-सांस्कृतिक कविता, रीतिकाल-1 और 2, विजय देव नारायण साही, वैष्णव धर्म, श्याम सुंदर दास, सम्पर्क भाषा-1 से 4 तक, सगुण और निर्गुण-1 और 2, संस्कृत काव्यशास्त्र, संविधान सभा में भाषा-विवाद-1, 2 और 3, संत-काव्य,

सिद्ध-नाथ परम्परा, सूफ़ीयत और प्रेमाख्यान, हजारी प्रसाद द्विवेदी, हिंदी विरोधी आंदोलन, हिंदी जाति-1 से 3 तक, हिंदी साहित्य का आदिकाल, हिंदी साहित्य का इतिहास, हिंदी साहित्य का इतिहास : नये परिप्रेक्ष्य, हिंदी-पद्य में इतिहास, हिंदी-जगत और 'लोकप्रिय'-1 और 2, हिंदी नवजागरण, हिंदी-संस्थाएँ।

संदर्भ

1. रामचंद्र शुक्ल (1940), *हिंदी साहित्य का इतिहास,* काशी नागरी प्रचारिणी सभा, काशी
2. रामचंद्र शुक्ल (1970), *रस-मीमांसा,* काशी नागरी प्रचारिणी सभा, काशी
3. रामचंद्र शुक्ल (1942), *मधु स्रोत,* काशी नागरी प्रचारिणी सभा, काशी
2. राम विलास शर्मा (1975), *आचार्य रामचंद्र शुक्ल और हिंदी आलोचना,* राजकमल प्रकाशन, नयी दिल्ली.
3. रास्वरूप चतुर्वेदी (1993), *हिंदी साहित्य और संवेदना का विकास,* लोकभारती प्रकाशन, इलाहाबाद.
4. धीरेंद्र वर्मा (सम्पा.) (1957), *हिंदी साहित्य कोश,* भाग-2, ज्ञानमण्डल, बनारस.

— कृष्णदत्त पालीवाल

रामजन्मभूमि आंदोलन-1

(इतिहास के आईने में)

(Ramjanmabhoomi Movement-1)

अस्सी के दशक में शुरू हुआ और क़रीब छह साल तक चला रामजन्मभूमि आंदोलन (इसे अयोध्या विवाद, अयोध्या आंदोलन या राम मंदिर आंदोलन की संज्ञा भी दी जाती है) स्वतंत्र भारत की सबसे महत्त्वपूर्ण घटनाओं में से एक है। भारतीय राजनीतिक और सामाजिक जीवन को गहरायी से प्रभावित करने वाले इस दक्षिणपंथी आंदोलन में आज़ादी के बाद सबसे बड़ी जन-गोलबंदी हुई। सम्भवत: इससे पहले इतनी बड़ी और व्यापक गोलबंदी 1942 के भारत-छोड़ो आंदोलन में ही हुई थी। विडम्बना यह रही कि अगर भारत छोड़ो आंदोलन के परिणामस्वरूप भारत को उपनिवेशवाद से मुक्ति मिली थी, तो इस आंदोलन का नतीजा 6 दिसम्बर, 1992 को कारसेवकों द्वारा बाबरी मसजिद ढहाये जाने की भीषण त्रासदी में निकला। इसके कारण देश में साम्प्रदायिक राजनीति की जड़ें मज़बूत हुईं और जन-मानस के साम्प्रदायिकीकरण में बढ़ोतरी हुई। राजनीति के विमर्श को सेकुलर बनाम साम्प्रदायिक के द्विभाजन ने लगभग स्थाई रूप से अपनी गिरफ़्त में ले लिया। बहुसंख्यकवादी राजनीति को बल मिला जिसके परिणामस्वरूप 1980 में केवल 16 और 1984 में सिर्फ़ दो संसदीय सीटें जीतने वाली भारतीय जनता पार्टी (भाजपा) ने न केवल राजनीति में अपने उखड़े हुए पैर मज़बूती से जमा लिए बल्कि गठजोड़ राजनीति का इस्तेमाल करके केंद्रीय सत्ता में भी आ गयी। आंदोलन का प्रत्येक चरण पूरा होने के बाद साम्प्रदायिक दंगे हुए। बाबरी मसजिद ध्वंस के बाद तो देश ने आज़ादी के बाद के सबसे भीषण दंगों का साक्षात्कार किया।

आंदोलन में धार्मिक और सांस्कृतिक पदावली का जम कर इस्तेमाल हुआ। कारसेवक और कारसेवा जैसे शब्द सिक्ख धर्म से लिए गये। लेकिन यहाँ भी एक अंतर था। सिक्ख निर्माण के लिए कारसेवा करते हैं, पर हिंदुत्ववादियों ने विध्वंस के लिए कारसेवा की। दरअसल, अपने नाम से सांस्कृतिक और धार्मिक लगने वाला यह आंदोलन विशुद्ध रूप से राजनीतिक था। इस आंदोलन की ज़िम्मेदारी संघ परिवार और विश्व हिंदू परिषद् (विहिप), बजरंग दल और भाजपा जैसे उसके संगठनों पर ठीक ही डाली जाती है, लेकिन इस राजनीति की ज़मीन बनाने में राजीव गाँधी के नेतृत्व वाली कांग्रेस की भूमिका को नज़रअंदाज़ नहीं किया जा सकता। भाजपा के नेता अटल बिहारी वाजपेयी का वह वक्तव्य नहीं भुलाया जा सकता जिसमें उन्होंने कहा था कि 'भाजपा ने अयोध्या का मुद्दा ज्वलंत नहीं बनाया। यह तो कांग्रेस का किया-धरा है। उसने ही शिलान्यास कार्यक्रम की इजाज़त दी थी। यह राजीव गाँधी ही थे जिन्होंने फ़ैजाबाद से अपनी चुनावी मुहिम शुरू की और रामराज्य लाने के नाम पर वोट माँगे। भाजपा को इस रणनीति का जवाब तो देना ही था।' दरअसल, रामजन्मभूमि के मुद्दे के इर्द-गिर्द कांग्रेस और भाजपा दोनों ने ही अस्सी के दशक में हिंदू वोट बैंक बनाने की राजनीति की। एक बार जब यह मुद्दा बन गया तो हिंदुत्ववादी संगठनों, ख़ास कर विश्व हिंदू परिषद् ने समझा कि कांग्रेस के मुक़ाबले इसके दोहन की क्षमता उसमें अधिक है। उसका रवैया हमलावर होता चला गया। उसने नारा दिया कि जब तक मंदिर नहीं बनेगा, तब तक यह संघर्ष चलेगा। जब कांग्रेस ने देखा कि परिषद् की राजनीति परवान चढ़ती चली जा रही है, उसने 1989 में हिंदुओं को अपनी ओर खींचने के लिए विवादित स्थल के निकट राम मंदिर का शिलान्यास करने की इजाज़त दे दी। शिलान्यास के बाद विहिप ने दावा किया कि इस शिलान्यास में केवल प्रस्तावित राम मंदिर की नींव ही नहीं रखी गयी है बल्कि लोगों के हृदय में हिंदू राष्ट्र की नींव पड़ गयी है। शिलान्यास करवाना कांग्रेस की तरफ़ से हिंदू कार्ड खेलने की अंतिम कोशिश थी। इसके बाद यह मुद्दा पूरी तरह से संघ परिवार की हिंदुत्ववादी महत्त्वाकांक्षाओं की भेंट चढ़ गया। हालाँकि इस मुद्दे की

रामजन्मभूमि आंदोलन : साम्प्रदायिकीकरण का वाहक

चुनावी अहमियत अब काफ़ी घट गयी है, पर रामजन्मभूमि का यह मुद्दा विभिन्न तरीक़ों से देश की राजनीति को आज भी प्रभावित कर रहा है। इस आंदोलन के कारणों को समझने के लिए इसकी ऐतिहासिक और समकालीन पृष्ठभूमि को समझना आवश्यक है।

मुगल शासक बाबर ने 1525 भारत पर आक्रमण किया। उसने पहले इब्राहिम लोधी को पानीपत की पहली लड़ाई में हराया तथा उसके बाद चित्तौड़गढ़ के राजा राणा संग्राम सिंह को ख़ानवा के युद्ध में पराजित किया। इन जीतों के बाद बाबर का क़ब्ज़ा उत्तर भारत के एक बड़े हिस्से पर हो गया। मीर बक़ी ख़ान नामक उसके एक सिपहसालार ने 1528 में अयोध्या में अपने सुल्तान की बेटी के नाम पर बाबरी मसजिद का निर्माण कराया।

हिंदू मानस में अयोध्या का महत्त्व एक तीर्थस्थल के तौर पर दर्ज है। प्रचलित मान्यता के अनुसार विष्णु के अवतार समझे जाने वाले राम का जन्म अयोध्या में ही हुआ था। यह भी दावा किया जाता है कि दो हज़ार साल पुराने स्कंद पुराण (जिसमें भारत के प्राचीन तीर्थस्थलों का वर्णन है) में राम के जन्म-स्थल की शिनाख़्त की गयी है और वह स्थान वही है जहाँ मीर बकी ने मसजिद बनवायी थी।

ज़ाहिर है कि इस पुराणगत दावेदारी की ऐतिहासिक पुष्टि नहीं हो सकती। अयोध्या का पिछले तीन सौ साल का इतिहास वहाँ कुछ साम्प्रदायिक टकरावों का संकेत तो देता है, पर उनकी प्रकृति रामजन्मभूमि आंदोलन जैसी कभी नहीं थी। अयोध्या का शाब्दिक अर्थ ही है वह जगह जहाँ युद्ध न होता हो। अवध के जिस सांस्कृतिक क्षेत्र में अयोध्या स्थित है वह आम तौर पर साम्प्रदायिक तनाव और दंगों से मुक्त रहा है। मुग़ल साम्राज्य के पतन के ज़माने में अवध के शिया नवाबों का वैभव शिखर पर था। उनकी मान्यता थी कि प्रजा के बहुसंख्यक हिस्से की धार्मिक निष्ठाओं का आदर किया जाना चाहिए। उनका प्रशासन ज़्यादातर खत्री और कायस्थ अफ़सरों के हाथ में रहता था, और उनकी फ़ौज दशनामी नगा साधू योद्धाओं की टुकड़ियों पर निर्भर थी। कभी-कभी तो उनके सिपहसालारों में हिंदुओं की संख्या मुसलमानों से ज़्यादा हो जाती थी। अयोध्या के ज़्यादातर मंदिर अट्ठारहवीं सदी में नवाबों के शासन के तहत ही बनवाये गये थे। ये मंदिर अन्य भारतीय शहरों के मंदिरों जैसे भी नहीं हैं। इनके दरवाज़े हिंदू, ग़ैर-हिंदू, ब्राह्मण, अछूत, नास्तिक या आस्तिक सभी के लिए खुले रहते हैं। दो मंदिरों को तो मुसलमानों ने भी बनवाया था जिनमें से एक का इंतज़ाम तो आज भी मुसलमानों के पास ही है। कुछ मशहूर मंदिरों का निर्माण तो मुसलमान सामंतों द्वारा इसी मक़सद से दी गयी ज़मीन पर ही हुआ है। हनुमान गढ़ी का मंदिर इसका उदाहरण है जिसे बनवाने के लिए नवाब सफ़दर जंग ने निर्वाणी अखाड़े के महंत अभयराम को ज़मीन दी थी। पीटर वान डर वीर की मान्यता है कि अयोध्या की प्रतिष्ठा नवाबों का हस्तक्षेप ख़त्म होने के कारण नहीं बल्कि उनके संरक्षण के कारण बढ़ी। कुछ पुजारियों का तो यह भी दावा है कि शहंशाह बाबर ने यह शहर वैष्णव सम्प्रदाय के आचार्यों को उपहारस्वरूप भेंट किया था। आज भी सभी मंदिरों में चढ़ाये जाने वाले फूल मुसलमान ही उगाते हैं। पूजा से पहले मूर्तियों के श्रृंगार की सामग्री भी उन्हीं के हाथों बनती है। कुछ साल पहले तक देवी-देवताओं के मुकुट बनाने पर रहमत सुनार और नन्नू सुनार जैसे दस्तकारों का इजारेदारी थी। देवताओं के सिंहासन बनाने का काम बालम नामक मुसलमान बढ़ई द्वारा किया जाता है जिसकी समाज में बड़ी इज़्ज़त है।

इतिहासकार बिपिन चंद्र के अनुसार उत्तर प्रदेश के इस हिस्से में जैरामजी या जैसियाराम के अभिवादन हिंदुओं में ही नहीं बल्कि मुसलमानों में भी प्रचलित रहा है। लेकिन साम्प्रदायिक सौहार्द्र की इस तस्वीर से यह मान लेना उचित नहीं होगा कि रामजन्मभूमि आंदोलन से पहले अयोध्या में हिंदू-मुसलमान तनाव कभी नहीं रहा। बीसवीं सदी से पहले भी वहाँ रामजन्मभूमि को केंद्र बना कर हिंदू-मुसलमान टकराव हो चुका है। उस ज़माने में यह टकराव मुसलमानों द्वारा हनुमानगढ़ी पर की गयी दावेदारी के कारण हुआ था। पर इस तरह के विवादों के बाद आपसी समायोजन के लम्बे दौर

भी चलते थे। युरोपीय सैलानी विलियम फिंच ने देखा था कि 1608 से 1611 के बीच बाबरी मसजिद में हिंदुओं को पूजा करने की इजाज़त थी। उन दिनों यह मसजिद नयी-नयी ही बनी थी।

यह भी एक तथ्य है कि बाबरी मसजिद के परिसर में एक छोटा सा मंदिर अपने गर्भ गृह के साथ मौजूद था और इसे रामजन्मभूमि मंदिर भी कहा जाता था। इसी के साथ यह भी हक़ीक़त है कि इसी परिसर के पास बने हुए और भी कई मंदिर थे जिनका दावा था कि वे ही रामजन्मभूमि मंदिर हैं। उन्नीसवीं सदी तक बाबरी मसजिद के परिसर में एक साथ पूजा एवं नमाज़ होती थी। उन्नीसवीं सदी में कुछ हिंदुओं ने यह दावा किया कि जिस जगह पर मसजिद बनी हुई है, वहाँ पहले एक मंदिर था और उसी मंदिर में राम का जन्म हुआ था। 1885 में महंत रघुवर राम ने बाबरी मसजिद परिसर के बाहर एक मंदिर बनाने के लिए कोर्ट में याचिका दायर की। याचिका का दावा मानने के बावजूद फैज़ाबाद के ज़िला न्यायधीश ने 'काफ़ी समय बीत जाने का' हवाला देते हुए 18 मार्च, 1886 को मामले को ख़ारिज कर दिया।

देखें : केशवराव बलिराम हेडगेवार, बहुसंख्यकवाद, बहुसंख्यक-अल्पसंख्यक, भारतीय जनता पार्टी-1 और 2, माधवराव सदाशिवराव गोलवलकर, मुसलिम राजनीतिक विचार, राष्ट्रीय स्वयंसेवक संघ, विनायक दामोदर सावरकर, विवेकानंद, हिंदुत्व।

संदर्भ

1. डेनियल गोल्ड (1991), 'ऑर्गनाइज़्ड हिंदुत्व : फ्रॉम वैदिक ट्रुथ टु हिंदू नेशन', मार्टिन ई. मार्ती और आर. स्कॉट एपलबाई (सम्पा.), *फंडामेंटलिज़्म ऑब्ज़र्व्ड*, युनिवर्सिटी ऑफ़ शिकागो प्रेस, शिकागो.
2. पीटर वान डर वीर (1989), *गॉड्स ऑन अर्थ : द मैनेजमेंट ऑफ़ रिलीजियस एक्सपीरिएंस ऐंड आइडेंटिटी इन अ नॉर्थ इण्डियन पिलग्रिमेज सेंटर*, ऑक्सफ़र्ड युनिवर्सिटी प्रेस, नयी दिल्ली.
3. रामचंद्र गाँधी (1992), *सीताज़ किचन : अ टेस्टिमॅनी ऑफ़ फ़ेथ ऐंड इनक्वैरी*, पेंगुइन, नयी दिल्ली.
4. के.एन. पणिक्कर (सम्पा.) (1991), *कम्युनलिज़्म इन इण्डिया: हिस्ट्री, पॉलिटिक्स ऐंड कल्चर*, मनोहर पब्लिशर्स, नयी दिल्ली.

— कमल नयन चौबे और अनुराग पांडेय

रामजन्मभूमि आंदोलन-2

(अस्सी के दशक की राजनीति)

(Ramjanmabhoomi Movement-2)

आज़ादी मिलने के बाद 1948 में भारत सरकार ने मुसलमानों को निर्देश दिया गया कि वे 'विवादित स्थल' से दो सौ गज़ की दूरी से अधिक नज़दीक नहीं जा सकते। हालाँकि मुख्य दरवाज़ा बंद कर दिया गया, लेकिन हिंदू तीर्थयात्रियों के लिए एक तरफ़ के दरवाज़े से प्रवेश की अनुमति प्रदान की गयी। इस मुद्दे ने दिसम्बर, 1949 में गम्भीर रूप धारण किया जब साम्प्रदायिक मानसिकता वाले एक ज़िला अधिकारी ने कुछ हिंदुओं को मसजिद में जाने तथा वहाँ राम और सीता की मूर्तियाँ स्थापित करने की इजाज़त दे दी। उसी समय प्रधानमंत्री जवाहरलाल नेहरू और गृहमंत्री सरदार पटेल ने इस कार्रवाई की निंदा की। लेकिन उत्तर प्रदेश सरकार ने नाज़ुक परिस्थिति भाँपते हुए यह भी महसूस किया कि वह इस नयी स्थिति को उलट नहीं सकती। इसलिए उसने मसजिद पर ताला लगा कर दोनों समुदायों के लोगों के आने-जाने पर पाबंदी लगा दी। उस समय इसे कमोबेश एक अस्थाई हल के रूप में स्वीकार कर लिया गया। अर्द्ध सरकारी मुसलमान वक़्फ़ बोर्ड (जो मुसलमानों का न्यास है) के साथ-साथ हिंदू पक्ष ने इस दीवानी मुक़दमे दायर किये। तत्पश्चात् भारतीय सरकार ने स्थल को 'विवादित' घोषित करते हुए मसजिद में ताला लगवा दिया।

भारतीय राजनीति में अस्सी का दशक बड़ा उथल-पुथल भरा था। 1980 में इंदिरा गाँधी की प्रधानमंत्री पद पर वापिसी हुई। लेकिन 1977 की भीषण चुनावी पराजय झेल चुकने के बाद वे दस साल पहले वाली आश्वस्त इंदिरा गाँधी नहीं थीं। उन्होंने कांग्रेस के पुराने समर्थन आधार, ख़ास कर मुसलमान वोटों को अपना साथ छोड़ते देखा था। रजनी कोठारी ने अपने साम्प्रदायिकता संबंधी अध्ययन में असम में दिये गये उनके एक भाषण का ज़िक्र किया है। इस भाषण में इंदिरा गाँधी ने मुसलमानों की देशभक्ति पर संदेह किया। कोठारी की मान्यता है कि उनके दिमाग़ में हिंदू कार्ड की राजनीति पक रही थी। कांग्रेस की इस राजनीति को दक्षिणपंथी नेतृत्व ने ध्यान से देखा। शिव सेना के प्रमुख बाल ठाकरे ने तो इसी दौर में इंदिरा गाँधी से प्रेरणा लेकर हिंदू हृदय सम्राट के तौर पर अपना नया अवतार लिया। इससे पहले तो मुम्बई के मराठीभाषियों को दक्षिणभारतीयों से लड़ाने की राजनीति करते थे। यही वह दौर था जब सुस्त पड़ी हुई विश्व हिंदू परिषद् जागी और उसने रामजन्मभूमि का मसला उठाया। अस्सी के दशक को असम में बहिरागत विरोधी

अयोध्या में विश्व हिंदू परिषद का विवादित स्थल पर शिलान्यास-कार्यक्रम.

आंदोलन, पंजाब में सिक्ख आतंकवाद, ऑपरेशन ब्लू स्टार, इंदिरा गाँधी की हत्या, राजीव गाँधी के उदय और भाजपा की चुनाव में क़रारी हार के लिए भी जाना जाता है। समाज-विज्ञान के लिए भी अस्सी का दशक सेकुलरवाद के मसले पर विद्वत्तापूर्ण बहसों का था। इसी दशक में आशिस नंदी ने अपना बहुचर्चित 'एंटी सेकुलर मेनिफ़ेस्टो' प्रकाशित किया जिसके इर्द-गिर्द सेकुलरवाद के भारतीय मॉडल को लेकर एक के बाद एक कई रचनाएँ प्रकाश में आयीं। यह देखना दिलचस्प होगा कि जब संघ परिवार की राजनीतिक शाखा भाजपा संसद में केवल दो सीटों पर सिमट गयी थी, उसके अन्य संगठनों ने हिंदुत्व की राजनीति के लिए सामग्री कहाँ से प्राप्त की।

पचास के दशक की शुरुआत में एक बार संघ परिवार ने अयोध्या में राम मंदिर बनवाने की मुहिम छेड़ने का मामूली सा प्रयास किया था। तब उसका नारा था : *आ के बोलो, ज़ोर से बोलो, रामजन्मभूमि का ताला खोलो।* अस्सी के दशक में उसके पास विश्व हिंदू परिषद् जैसा संगठन था जिसकी स्थापना 1966 में की गयी थी। अस्सी तक आते-आते विहिप हिंदुओं को संगठित करने वाले एक प्रमुख औज़ार की शक्ल ग्रहण कर चुकी थी। अस्सी के दशक की शुरुआत में तमिलनाडु के धर्मपुरी में दलितों के इस्लाम में हुए धर्मांतरण ने हिंदुत्ववादी ताक़तों में बड़ी बेचैनी पैदा की। 1983 में विहिप ने एकात्मता यज्ञ आयोजित किया जिसमें विभिन्न पवित्र नदियों के जल को एक जगह ला कर भारत की सांस्कृतिक एकता का प्रदर्शन किया गया। अगले साल उसने नयी दिल्ली में धर्म संसद आयोजित की जिसमें बांग्लादेश के हिंदुओं की सम्पत्ति फिर से हासिल करने, रामजन्मभूमि और काशी विश्वनाथ मंदिर की मुक्ति के मसलों पर विचार किया गया। यह एक दिलचस्प तथ्य है कि रामजन्मभूमि आंदोलन के पहले चरण में विहिप की कोशिशों को सेकुलर दलों और समूहों के किसी सक्रिय विरोधी का सामना नहीं करना पड़ा।

अचानक 1 फ़रवरी, 1986 को अयोध्या के ज़िला जज ने मसजिद पर लगे ताले खोलने और हिंदुओं को वहाँ पूजा करने की इजाज़त देने का फ़ैसला किया। इसी वर्ष राजीव गाँधी के नेतृत्व वाली केंद्र सरकार ने वहाँ राम मंदिर का शिलान्यास करवाया। इसके पीछे स्पष्ट रूप से यह सोच काम कर रहा था कि ऐसा करके कांग्रेस दक्षिणपंथियों से से उसका एक प्रमुख मुद्दा छीन लेगी। कांग्रेस के नेताओं को ऐसा लगता था कि हिंदू जनमानस में राम के प्रति आस्था गहराई से पैठी हुई है, इसलिए मंदिर शिलान्यास करवाने से चुनावों में उन्हें भी इसका फ़ायदा मिल सकता है। ज़ाहिर है कि कांग्रेस का इरादा मसजिद के साथ कोई छेड़छाड़ करना नहीं था। 1986 में ही शाहबानो मामले में कांग्रेस सरकार का रुख उसके दोतरफ़ा साम्प्रदायिक इरादों की चुगली खा रहा था। इस मामले में एक तलाक़शुदा मुसलमान महिला शाहबानो को उसका हक़ देने के सर्वोच्च न्यायालय के फ़ैसले को कांग्रेस सरकार ने संसद में क़ानून बनाकर पलट दिया क्योंकि वह मुसलमानों के पर्सनल लॉ में दख़ल नहीं देना चाहती थी। दरअसल, वह अपने दोनों हाथों में लड्डू चाहती थी। वह मुसलमान और हिंदू साम्प्रदायिकताओं के बीच होड़ के ज़रिये अधिकतम चुनावी लाभ उठाने की फ़िराक़ में थी।

लेकिन, ज़िला कोर्ट के आदेश के बाद बाबरी मसजिद के ताले खोलते ही विहिप को वह मुद्दा मिल गया जिसकी उसे तलाश थी। यह अलग बात है कि इस घटनाक्रम में उसकी कोई प्रत्यक्ष भूमिका नहीं थी, पर फ़ायदा उसी ने सबसे ज़्यादा उठाया। देखते-देखते 1987 के अंत तक उसने पूरे देश में रामजन्मभूमि समितियों का गठन कर डाला। 1988 में उसने दुनिया भर में अनिवासी हिंदुओं के सात सम्मेलन (नैरोबी, काठमाण्डू, सिंगापुर, कुआलालाम्पुर, बैंकाक, हेग और इंग्लैण्ड) आयोजित किये ताकि उसकी गतिविधियों को उनका आर्थिक समर्थन मिलता रहे।

27 जनवरी, 1989 को विहिप ने कुम्भ मेले के दौरान तीन दिनों के राष्ट्रीय सम्मेलन की घोषणा की। 29 जनवरी को इस सम्मेलन में 'राम-जन्म भूमि की मुक्ति' का संकल्प पारित किया। साथ ही यह फ़ैसला भी लिया गया कि वह बाबरी मसजिद विवाद पर अदालत या किसी भी कार्यकारी निकाय के निर्णय या फ़ैसले का विरोध करेगी तथा राम मंदिर के निर्माण के लिए शिलान्यास आयोजित करेगी। विहिप ने अपील की कि प्रत्येक हिंदू (शहर या गाँव) अपने साथ रामशिला ('राम' शब्द लिखी हुई पवित्र ईंटें) लेकर अयोध्या की ओर कूच करे तथा राम मंदिर के निर्माण के लिए धन इकट्ठा करे। विहिप ने दावा किया कि देश में छह लाख गाँव हैं तथा अस्सी करोड़ हिंदुओं की जनसंख्या है। अगर प्रत्येक गाँव से हर हिंदू एक ईंट तथा एक रुपया पच्चीस पैसा समर्पित करे तो रामजन्मभूमि को मुक्त कराने का यह संघर्ष आधा

जीत लिया जायेगा। विहिप समेत संघ परिवार के संगठनों ने हज़ारों गाँवों में शिलापूजन के कार्यक्रम आयोजित किये। लाल कपड़े में लिपटी और पवित्र धागों में बँधी स्वस्तिक चिह्न वाली ये ईंटें आम श्रद्धालुओं के लिए पूजा की वस्तु बन गयीं। गतिविधियों को ज़बरदस्त सफ़लता प्राप्त हुई।

विहिप की इन कोशिशों की प्रतिक्रिया में मुसलमान नेतृत्व ने भी अपनी गोलबंदी शुरू कर दी। ऑल इण्डिया बाबरी मसजिद एक्शन कमेटी ने 'हिफ़ाज़ती दस्ता' संगठित करने तथा शिला पूजन एवं प्रस्तावित राम मंदिर निर्माण का विरोध करने का ऐलान किया। हिंदू-मुसलमान संघर्ष की स्थिति समाप्त करने के उद्देश्य से केंद्र एवं राज्य की सरकारों ने विहिप के साथ एक समझौता किया। इसके तहत विहिप ने सरकार को आश्वासन दिया कि वह उच्च न्यायालय के 14 अगस्त, 1949 के फ़ैसले का सम्मान करते हुए शांति एवं सौहार्द्र बनाये रखेगी। जवाब में सरकार ने आश्वासन दिया कि वह विहिप के रामशिला जुलूस को सुरक्षा प्रदान करेगी। किंतु साम्प्रदायिक सौहार्द बनाये रखने का यह प्रयास विफल रहा और देश के कई हिस्सों में साम्प्रदायिक दंगे हुए। कांग्रेस की सरकार ने शिलान्यास समारोह को रोकने का कोई प्रयास नहीं किया और 9 नवम्बर, 1989 को शिलान्यास कार्यक्रम शुरू हुआ। 10 नवम्बर को हुए शिलान्यास में पहली ईंट बिहार के एक दलित कामेश्वर चौपाल के हाथों रखवायी गयी।

देखें : केशवराव बलिराम हेडगेवार, बहुसंख्यकवाद, बहुसंख्यक-अल्पसंख्यक, भारतीय जनता पार्टी-1 और 2, माधवराव सदाशिवराव गोलवलकर, मुसलिम राजनीतिक विचार, राष्ट्रीय स्वयंसेवक संघ, विनायक दामोदर सावरकर, विवेकानंद, हिंदुत्व।

संदर्भ

1. प्रदीप नायक, *द पॉलिटिक्स ऑफ़ अयोध्या डिस्प्यूट : राइज़ ऑफ़ कम्युनलिज़्म ऐंड फ़्यूचर वोटिंग बिहेवियर*, कॉमनवेल्थ पब्लिशर्स, नयी दिल्ली.
2. वी.बी. सिंह और योगेंद्र मलिक, *हिंदू नैशनलिज़्म इन इण्डिया: द राइज़ ऑफ़ भारतीय जनता पार्टी*, वेस्ट न्यू प्रेस, यू.एस.ए.
3. रोमिला थापर, *इमेजिंड रिलिज़ियस कम्यूनिटीज़ : ऐंडशएंट हिस्ट्री एड द मॉर्डन सर्च फ़ॉर अ हिंदू आइडेन्टिटी*, क्रिटिकल क्वेस्ट, नयी दिल्ली.
4. सिटीज़ंस ट्रिब्युनल ऑन अयोध्या (1993), *रिपोर्ट ऑफ़ द इनक्वैरी*, नयी दिल्ली.

— कमल नयन चौबे और अनुराग पांडेय

रामजन्मभूमि आंदोलन-3

(छह दिसम्बर, 1992 की त्रासदी)

(Ramjanmabhoomi Movement-3)

शिलान्यास के पीछे एक क़ानूनी स्थिति भी थी। कोर्ट का निर्णय था कि जिस भूखण्ड पर शिलान्यास किया जा रहा है वह निर्विवादित है। उत्तर प्रदेश सरकार ने घोषित किया कि प्लॉट नंबर 596 (जिसे वक़्फ़ बोर्ड अपनी सम्पत्ति बताता था) के दो भाग हैं। एक विवादित तथा दूसरा निर्विवादित। शिलान्यास कार्यक्रम की विपक्षी दलों तथा मुसलमान समुदाय के बड़े तबक़े ने आलोचना की। मुसलमानों ने विहिप के इस क़दम को स्वीकार नहीं किया तथा सैकड़ों मुसलमानों ने शिलान्यास कार्यक्रम वाले दिन ही विरोध स्वरूप गिरफ़्तारियाँ दीं। 1989 के चुनावों के बाद विश्वनाथ प्रताप सिंह ने केंद्र में भारतीय जनता पार्टी के समर्थन से राष्ट्रीय मोर्चा की सरकार बनायी तथा उत्तर प्रदेश में मुलायम सिंह यादव मुख्यमंत्री बने। विहिप ने 23 जून, 1990 के अपने हरिद्वार सम्मेलन में घोषणा की कि वह 30 अक्टूबर, 1990 से अयोध्या में राम मंदिर का निर्माण शुरू कर देगी। संघ के अन्य संगठनों ने राष्ट्रीय मोर्चा सरकार पर राम मंदिर के निर्माण की माँग मनवाने के लिए दबाव डालना शुरू कर दिया। इससे बनी जटिल राजनीतिक परिस्थिति के कयी आयाम थे।

पहला, अयोध्या मुद्दे को हल कर पाने में असमर्थ विश्वनाथ प्रताप सिंह ने 7 अगस्त, 1990 को मण्डल आयोग की उस रपट के कार्यान्वयन की घोषणा की जिसमें अन्य पिछड़े वर्गों को शिक्षण संस्थानों में आरक्षण का प्रावधान किया गया था। ऊँची जातियाँ में सरकार के इस क़दम की तीखी आलोचना हुई। आरक्षण विरोधी आंदोलन शुरू हो गया।

दूसरा, भारतीय जनता पार्टी भी रामजन्मभूमि आंदोलन में खुल कर क़ूद पड़ी। अभी तक उसने इस आंदोलन में औपचारिक भागीदारी की घोषणा नहीं की थी। राजनीतिक विश्लेषकों की मान्यता है कि वी.पी. सिंह द्वारा खेले गये मण्डल के दाँव ने भाजपा को इसके लिए मजबूर किया। पार्टी के अध्यक्ष लाल कृष्ण आडवाणी ने सोमनाथ से अयोध्या तक रथयात्रा की घोषणा की। यह यात्रा मण्डल रिपोर्ट के असर को कम करने के लिए तथा हिंदुओं को संगठित करने के उद्देश्य से की गयी थी। 25 सितम्बर, 1990 में सोमनाथ से शुरू हुई रथयात्रा का समापन 30 अक्टूबर, 1990 को अयोध्या में तय किया गया। आडवाणी की रथयात्रा को अभूतपूर्व कामयाबी मिली। उसका जगह-जगह भव्य स्वागत हुआ। आडवाणी अपनी रथ यात्रा पूरी नहीं कर पाये और बिहार के समस्तीपुर ज़िले में 23 अक्टूबर, 1990 को उन्हें

गिरफ़्तार कर लिया गया। इसी के साथ भाजपा ने केंद्र की सरकार से अपना समर्थन भी वापिस ले लिया। कांग्रेस के समर्थन से चार महीने तक चंद्रशेखर के नेतृत्व में केंद्र सरकार चली और कांग्रेस के ही समर्थन वापसी के बाद दसवें आम चुनावों की घोषणा हुई।

तीसरा, विहिप ने इस बीच रामजन्मभूमि आंदोलन को सघन करने की प्रक्रिया जारी रखी। एक ओर रथयात्रा चल रही थी, दूसरी ओर 30 अक्टूबर को कारसेवकों के अयोध्या पहुँचाने की योजनाओं पर अमल किया जा रहा था। तीसरी ओर उत्तर प्रदेश की मुलायम सिंह सरकार बाबरी मसजिद की रक्षा के लिए प्रतिबद्ध हो कर प्रदेश में सद्भावना रैलियाँ आयोजित कर रही थीं। लेकिन कड़े सुरक्षा बंदोबस्त के बावजूद हज़ारों की संख्या में कारसेवक 30 अक्टूबर को अयोध्या में एकत्रित हुए। सुरक्षा बलों एवं कारसेवकों के मध्य उस समय संघर्ष हुआ जब उन्होंने ज़बरदस्ती मसजिद परिसर में प्रवेश करने का प्रयास किया। कारसेवकों ने बाबरी मसजिद की बाहरी दीवारों को क्षतिग्रस्त कर दिया तथा उसके गुबंदों पर भगवा ध्वज फ़हराया। सुरक्षा बलों एवं कारसेवकों के मध्य संघर्ष में कम से कम एक दर्जन व्यक्तियों की मृत्यु हुई। मसजिद की बाहरी दीवारों के क्षतिग्रस्त होने तथा भगवा ध्वज फ़हराये जाने की घटना को विहिप ने प्रतीकात्मक विजय के रूप में प्रचारित किया। कारसेवकों की मृत्यु को शहादत के रूप में प्रस्तुत किया गया।

देश भर में साम्प्रदायिक हिंसा फूट पड़ी, लेकिन इससे बेपरवाह विहिप ने हिंदुओं को संगठित करने के लिए भस्मि यात्रा या अस्थि कलश यात्रा (मृत कारसेवकों की राख का कलश) की घोषणा की। ये अस्थि कलश यात्रा जिस क्षेत्र से गुज़रे वहाँ पहले से मौजूद तनावपूर्ण स्थिति और बिगड़ी तथा लगभग हर जगह साम्प्रदायिक दंग़े हुए।

रामजन्मभूमि आंदोलन का लाभ विहिप को संसदीय कामयाबी के रूप में मिला। 1991 के चुनाव में उत्तर प्रदेश और मध्य प्रदेश से उसके बीस से ज़्यादा नेता भाजपा के टिकट से संसद सदस्य चुने गये। इनमें से कई धार्मिक नेता और पुजारी थे। इन सफलताओं से विहिप की महत्त्वाकांक्षाएँ और बढ़ीं। उसने ऐलान किया कि अयोध्या में तो वह हर क़ीमत पर राम मंदिर बनायेगी ही, काशी विश्वनाथ मंदिर और मथुरा के कृष्णजन्मभूमि मंदिर को भी मुक्त कराया जायेगा। हिंदुत्ववादियों की संसदीय कामयाबी उत्तर प्रदेश में ही शिखर पर पहुँची जब 1990 में हुए राज्य विधान सभा चुनावों में भाजपा को पूर्ण बहुमत मिला। कल्याण सिंह प्रदेश के मुख्यमंत्री बने। उधर केंद्र में हुए मध्यावधि चुनावों में भी भाजपा को ज़बरदस्त फ़ायदा हुआ। उसे कुल 120 लोकसभा सीटों पर जीत मिली। इसी राजनीतिक फ़ायदे को मज़बूत बनाने के लिए भाजपा और विश्व हिंदू परिषद् ने दिसम्बर, 1992 के पहले हफ़्ते में अयोध्या में कारसेवा का आयोजन किया। उत्तर प्रदेश के तत्कालीन मुख्यमंत्री कल्याण सिंह ने अदालत में हलफ़नामा दायर करके यह कहा कि वे बाबरी मसजिद की हिफ़ाज़त करेंगे। लेकिन 6 दिसम्बर, 2004 को भाजपा द्वारा बुलाये गये कारसेवकों की भीड़ ने बाबरी मसजिद गिरा दी। यह ग़ौरतलब है कि जिस समय यह घटना हुई लालकृष्ण आडवाणी, मुरली मनोहर जोशी और उमा भारती समेत भाजपा के कई बड़े नेता यहाँ मौजूद थे।

बाबरी मसजिद कैसे गिरायी गयी— इस प्रश्न का विस्तृत उत्तर देने वाले एक अनुसंधान के मुताबिक़ 5 जुलाई, 1992 को मसजिद की पूर्वी दिशा में प्रस्तावित राम मंदिर के 'एक हिस्से' का कारसेवकों और साधुओं-पुजारियों द्वारा निर्माण शुरू कर दिया गया। पर्यटकों की सुविधाओं के नाम पर जो जगह उत्तर प्रदेश की भाजपा सरकार ने अधिग्रहीत की थी, यह निर्माण वहीं पर शुरू हुआ। सबसे पहले एक सिंह द्वार की नींव रखी गयी। यहाँ पहले से मौजूद मंदिर धराशायी कराके यह जगह ख़ाली करायी गयी थी। मंदिर तोड़ कर मसजिद बनाने का आरोप लगाने वालों ने स्वयं मंदिर तोड़ कर नये मंदिर की पेशबंदी की थी। 28 नवम्बर को इलाहाबाद उच्च न्यायालय ने आदेश दिया कि निर्माण की सभी गतिविधियाँ विवादित स्थल की सीमा पर ही रुक जानी चाहिए। शुरू में अयोध्या में कारसेवकों की संख्या केवल कुछ सौ ही थी, पर धीरे-धीरे यह बढ़ कर हज़ारों में पहुँच गयी। प्रधानमंत्री पी.वी. नरसिंह राव ने इस बीच में चार महीने की मोहलत हासिल कर ली और कहा कि अगर कारसेवक विवादित स्थल से हटा लिए जाएँ तो वे मामला हल कर देंगे। सरकार और आंदोलन के बीच एक क़रार भी हो गया। विहिप ने कारसेवक विवादित स्थल से हटा कर पास के अविवादित स्थल पर निर्माण की गतिविधियाँ चलाते रहने के लिए भेज दिया। वहाँ लक्ष्मण के नाम पर एक मंदिर प्रस्तावित था। सितम्बर से नवम्बर तक हिंदू और मुसलमान नेताओं के बीच क़रीब नब्बे बैठकें हुईं, लेकिन सरकार इसके अलावा कुछ नहीं कर पायी। इसी बीच विहिप ने खड़ाऊँ पूजन कार्यक्रम शुरू कर दिया। बातचीत के बीच सरकार ने 31 अक्टूबर को कारसेवा की तारीख छह दिसम्बर घोषित कर दी। 28 नवम्बर को उत्तर प्रदेश सरकार ने सुप्रीम कोर्ट को हलफ़नामा दिया कि कारसेवा प्रतीकात्मक ही होगी और विवादित स्थल की सुरक्षा की जाएगी। यह झूठा हलफ़नामा इसलिए दिया गया था ताकि अयोध्या में कारसेवकों और पार्टी नेताओं के आने-जाने पर कोई रोक न लगे। नवम्बर के अंत तक अयोध्या में बीस हज़ार कारसेवक पहुँच चुके थे।

यह पूरा आयोजन संघ के हाथों में था। आख़िर तक क़रीब दो लाख लोग अयोध्या में आ गये थे जिसमें उत्तर-पूर्व के लोगों को छोड़ कर सभी स्वयंसेवक ही थे।

प्रतीकात्मक कारसेवा का मतलब था सरयू से पानी ला कर राम चबूतरे की धुलाई और सफ़ाई, शिलान्यास वाले गड्ढे को रेत से भरना, शेषावतार मंदिर के पास निचली ज़मीन को समतल किया जाना और एक अघोषित स्थान पर ईंटें चिनना। लेकिन छह दिसम्बर को ऐसा कुछ नहीं हुआ। आशिस नंदी, शिखा त्रिवेदी, शैल मायाराम और अच्युत याग्निक की बहुचर्चित पुस्तक *राष्ट्रवाद का अयोध्या कांड : रामजन्मभूमि आंदोलन और आत्मभय की राजनीति* में दिये गये ब्योरे के अनुसार पाँच दिसम्बर को आधी रात से ठीक पहले बजरंग दल के नेता विनय कटियार और अवध क्षेत्र में संघ की गतिविधियों के मुखिया चंपत राय ने अस्थाई दरवाज़े और शिलान्यास स्थल वाले गड्ढे के बीच वाले इलाक़े का सर्वेक्षण किया। इसी अस्थाई दरवाज़े से मसजिद की तरफ़ जाने का एकमात्र दरवाज़ा खुलता था। सुबह होते-होते वहाँ एक भगवा झण्डा भी लगा हुआ दिखने लगा। यही वह जगह थी जहाँ से अगले दिन सैकड़ों कारसेवक ज़बरन अंदर घुसे। पहले उन्होंने विवादित स्थल पर लगी बाड़ तोड़ी और फिर मसजिद पर हमला बोल दिया।

देखें : केशवराव बलिराम हेडगेवार, बहुसंख्यकवाद, बहुसंख्यक-अल्पसंख्यक, भारतीय जनता पार्टी-1 और 2, माधवराव सदाशिवराव गोलवलकर, मुसलिम राजनीतिक विचार, राष्ट्रीय स्वयंसेवक संघ, विनायक दामोदर सावरकर, विवेकानंद, हिंदुत्व।

संदर्भ

1. असगर अली इंजीनियर, ( ) *लिफ्टिंग द वेल : कम्युनल वायलेंस ऐंड कम्युनल हारमॅनी इन कंटेम्परेरी इण्डिया,* संगम बुक्स, हैदराबाद.
2. क्रिस्टोफ़ जैफ़्रलो (1999), द हिंदू नैशनलिस्ट मूवमेंट ऐंड इण्डियन पॉलिटिक्स, पेंगुइन, नयी दिल्ली.
3. क्रिस्टोफ़ जेफ़रलॉट (2007), *हिंदू नैशनलिज़म : अ रीडर,* प्रिंसटन युनिवर्सिटी प्रेस, प्रिंसटन.
4. आशिस नंदी, शैल मायाराम, शिखा त्रिवेदी, अच्युत याग्निक (1995), द *रामजन्मभूमि मूवमेंट ऐंड द फ़ियर ऑफ़ द सेल्फ़,* ऑक्सफ़र्ड युनिवर्सिटी प्रेस, नयी दिल्ली.

— कमल नयन चौबे और अनुराग पाण्डेय

रामजन्मभूमि आंदोलन-4

(मसजिद-ध्वंस के राजनीतिक फलितार्थ)

(Ramjanmabhoomi Movement-4)

छह दिसम्बर को सुबह सात बजे बाबरी मसजिद के आसपास का पूरा इलाक़ा संघ के लोगों की छोटी-छोटी टीमों के नियंत्रण में आ गया। दस बजे के आसपास विवादित स्थल के इर्द-गिर्द के क्षेत्र कारसेवकों से भर गया। 11 बजे भाजपा और संघ के शीर्ष नेता विवादित स्थल पर आने शुरू हो गये। वे वहाँ पौने बारह बजे तक रहे और फिर चले गये। फिर अचानक पीएसी के जवानों ने वह जगह ख़ाली कर दी। इसके बाद थोड़ी देर बाद ही हथौड़ों, लोहे की छड़ों, कुदालियों, सब्बलों, बाँसों और बेलचों से लैस कारसेवकों की भीड़ बैरियर तोड़ मसजिद की तरफ़ झपटी। उन्हें रोकने के लिए वहाँ पुलिस बहुत कम थी। ठीक इसी समय कारसेवकों के झुण्ड मसजिद की बगल और पीछे की दीवारों पर चढ़ने लगे। सुरक्षाकर्मी वहाँ खड़े हुए तमाशा देखते रहे। मसजिद के सामने टावर पर खड़ा संघ का एक व्यक्ति बार-बार सीटी बजाते हुए झण्डी लहरा रहा था जैसे किसी कार्यदल का निर्देशन कर रहा हो। मसजिद पर हमले के बाद साढ़े बारह बजे थोड़ी दूर पर मानस भवन के ठीक नीचे एक छोटे से तालाब सरीखे ईंटों और मिट्टी के एक गड्ढे में पम्प के ज़रिये पानी भरा जाने लगा। इसी गढ्ढे में सीमेंट मिला कर मसजिद के मलबे पर प्लेटफ़ॉर्म और मंदिर की दीवार बनायी जानी थी।

मसजिद गिराने के साथ-साथ पत्रकारों और फ़ोटोग्राफ़रों पर नियोजित हमला किया जाने लगा। ज़्यादातर पत्रकारों को कैमरे पटक कर तोड़ डाले गये। उनकी नोटबुकें फ़ाड़ दी गयीं और टेप रिकॉर्डर तोड़ दिये गये। कई पत्रकार पिटायी से घायल हो गये। कारसेवकों द्वारा अयोध्या में घुसने के सभी रास्तों को रोक दिया गया ताकि केंद्रीय सुरक्षा बल न आ सकें। कारसेवकों के एक दूसरे दल ने शहर में मुसलमानों के घरों में आगज़नी और लूटमार शुरू कर दी। मसजिदों और ईदगाहों को तबाह किया गया। पाँच सौ साल पुरानी मसजिद धीरे-धीरे ढह गयी। विहिप के नेता अशोक सिंघल ने गर्व से घोषित किया कि हिंदुओं के विद्रोह की शुरुआत का क्षण आ पहुँचा है। शाम पौने छह बजे तक बाबरी मसजिद का आख़िरी गुम्बद ढहा। अयोध्या में आगज़नी का धुआँ उठ रहा था। जिस समय अयोध्या में ये घटनाएँ घट रही थीं, उत्तर प्रदेश के मुख्यमंत्री कल्याण सिंह चैन से अपने सरकारी निवास में आराम फ़रमा रहे थे। सुबह उन्होंने जाड़ों की धूप सेंकी, और दिन भर कारसेवकों को अयोध्या में ताण्डव करने दिया। आचार्य धर्मेंद्र के अनुसार कारसेवक अयोध्या को हिंदुओं का

वेटिकन बनाने में लगे हुए थे।

बाबरी मसजिद ढहाये जाने की घटना की जाँच के लिए केंद्र सरकार ने 16 दिसम्बर, 1992 को लिब्राहन आयोग गठित किया। जस्टिस लिब्राहन ने अपनी रिपोर्ट 30 जून 2009 को प्रधानमंत्री श्री मनमोहन सिंह को सुपुर्द की जिसमें 68 व्यक्तियों को विवादित ढाँचा गिराने का दोषी पाया, जिनमें लालकृष्ण आडवाणी, मुरली मनोहर जोशी, अटल बिहारी वाजपेयी तथा कल्याण सिंह जैसे प्रमुख भाजपा नेता शामिल हैं। रिपोर्ट ने राष्ट्रीय स्वयंसेवक संघ को बाबरी मसजिद विध्वंस के मुख्य कर्ताधर्ता के रूप में प्रस्तुत किया तथा इसको पूरे हिंदू साम्प्रदायिक संगठनों का मुखिया क़रार दिया।

बाबरी मसजिद टूटने के साथ ही रामजन्मभूमि आंदोलन का पटाक्षेप हो गया। बाबरी मसजिद गिराये जाने के बाद केंद्र सरकार ने भाजपा शासित सभी राज्यों की सरकारों को बर्ख़ास्त कर दिया। लेकिन यह कार्रवाई पूरे देश में इस घटना की प्रतिक्रिया नहीं रोक पायी और जगह-जगह दंगे फूट पड़े। मसजिद गिराये जाने के बाद के दौर में उग्र हिंदुत्व के आधार पर की जाने वाली राजनीति की सीमाएँ सामने आने लगीं। मसलन, 1993 में हुए उत्तर प्रदेश विधानसभा चुनावों में भाजपा को हार का मुँह देखना पड़ा और समाजवादी पार्टी और बहुजन समाज पार्टी के गठजोड़ को जीत मिली। उत्तर प्रदेश को हिंदुत्ववादी राजनीति की प्रयोगशाला बनाने के उद्यम की उल्टी गिनती शुरू हो गयी। इसके बाद भाजपा उत्तर प्रदेश में कभी अपने दम पर बहुमत हासिल नहीं कर पायी। इसमें उसके भीतरी अंतर्विरोधों की भूमिका भी रही।

1996 के लोकसभा चुनावों के बाद केंद्र में भाजपा सबसे बड़े दल के रूप में उभरी। अटल बिहारी वाजपेयी के नेतृत्व में भाजपा की सरकार बनी लेकिन वह सिर्फ़ 13 दिनों तक ही चल पायी। इसका कारण यह था कि भाजपा अपनी हिंदुत्ववादी छवि के कारण दूसरे दलों का समर्थन नहीं जुटा पायी। कोई भी बड़ा क्षेत्रीय दल उसे समर्थन देने के लिए तैयार नहीं था। आख़िरकार, 1998 के लोकसभा चुनावों के बाद अटल बिहारी वाजपेयी के नेतृत्व में फिर से भाजपा की सरकार बनी। इस बार, भाजपा ने दूसरे दलों का समर्थन हासिल करने के लिए अपने तीनों साम्प्रदायिक मुद्दों अर्थात् राम मंदिर का निर्माण, समान नागरिक संहिता के आग्रह और धारा 370 को ख़त्म करने की माँग को स्थगित कर दिया। 1999 में राष्ट्रीय जनतांत्रिक गठबंधन का गठन होने के बाद भी यही स्थिति क़ायम रही। जब तक भाजपा ने राम मंदिर का मुद्दा ठण्डे बस्ते में नहीं डाल दिया, वह अपने नेतृत्व में राष्ट्रीय गठजोड़ नहीं बना पायी।

रामजन्मभूमि आंदोलन ने भारतीय राजनीति के कई पहलुओं को रेखांकित किया : पहला, इससे स्पष्ट हो गया कि सेकुलरवाद के मूल्य भारतीय जीवन में धर्म के महत्त्व से सामंजस्य नहीं बिठा पाया है। संविधान और राज्य ने जहाँ सेकुलर होने का दावा किया, वहीं आम लोगों के जीवन में धर्म और उसके प्रतीकों की अहमियत बनी रही। इसी वजह से इन प्रतीकों के आधार पर लोगों को आसानी से गोलबंद किया जा सका। दूसरा, इसने कांग्रेस की नरम सम्प्रदायवाद की नीति और इसकी सीमाओं को भी रेखांकित किया। आख़िरकार राम मंदिर का शिलान्यास ख़ुद राजीव गाँधी ने करवाया था ताकि वे हिंदू जनमत को लुभा सकें। लेकिन उग्र हिंदुत्व ने यह काम उनसे बेहतर तरीक़े से किया, क्योंकि उसने खुलकर साम्प्रदायिक राजनीति की। तीसरा, इसने राम मंदिर जैसे पहचान के मुद्दे के आधार पर होने वाली राजनीति की सीमाएँ भी स्पष्ट कर दी। ज़ाहिर हो गया कि इस तरह के मुद्दे किसी दल को एक क्षेत्र या राज्य में तो सफ़लता दिला सकते हैं, लेकिन वे इसे राष्ट्रीय स्तर पर स्वीकार्य नहीं बना सकते। भाजपा को राम मंदिर का मुद्दा आख़िरकार स्थगित करना ही पड़ा। केंद्र में भाजपा की सरकार ज़रूर बनी, लेकिन अयोध्या मुद्दे का चुनावी लाभ भारतीय जनता पार्टी केवल एक बार ही भुना पायी। अंततः यह मुद्दा काठ की हाँडी साबित हुआ।

मसजिद ध्वंस के दस साल बाद देश में एक और बहुत बड़ा साम्प्रदायिक काण्ड हुआ। इसकी लगाम भी हिंदुत्ववादियों के हाथों में थी। यह था 2002 के गुजरात में हुआ मुसलमानों का नरसंहार। दोनों घटनाओं में एक उल्लेखनीय समानता यह थी कि 1992 का काण्ड भी भाजपा की राज्य सरकार की देखरेख में हुआ, और 2002 का रक्तपात भी एक भाजपा सरकार के तहत ही किया गया। इससे संकेत मिलता है कि राज्य और साम्प्रदायिक विचारधारा का गठजोड़ कितनी बड़ी मानवीय त्रासदियों का कारण बन सकता है।

2003 के पहले तक मान्यता थी कि बाबरी मसजिद का निर्माण रामजन्मभूमि पर हुआ है तथा मसजिद के निर्माण से पहले उस भूखण्ड पर राम मंदिर स्थित था। भारतीय पुरातत्त्व सर्वेक्षण द्वारा 1970, 1992 तथा 2003 में की गयी विवादस्पद स्थल की ख़ुदाई में इस बात का कोई प्रमाण नहीं मिला है कि वहाँ कोई राम मंदिर रहा होगा। 2003 की ख़ुदाई में इस बात के तो प्रमाण मिले हैं कि विवादास्पद स्थल पर एक भव्य हिंदू स्मारक रहा होगा, परंतु उसे राम मंदिर नहीं माना गया क्योंकि उसके अवशेष शिव मंदिर से काफ़ी मिलते-जुलते हैं। इसके अतिरिक्त इस विवादित स्थल पर बौद्ध धर्म के अवशेष भी मिले हैं। कई इतिहासकारों (जैसे रोमिला थापर, राम शरण शर्मा इत्यादि) ने संघ परिवार के

विवादित स्थल पर राम मंदिर होने के दावों को सिरे से ख़ारिज किया है।

इस विवादित स्थल पर इलाहाबाद उच्च न्यायालय में मुख्य रूप से तीन याचिकाएँ दायर की गयी। प्रथम याचिका 1950 में श्री गोपाल सिंह नाम के व्यक्ति ने दायर की जो विवादित स्थल पर 'पूजा' करने की अनुमति प्रदान करने के संदर्भ में थी। दूसरी याचिका निर्मोही अखाड़ा ने 1959 में दायर की। अखाड़े की माँग थी कि विवादित स्थल पर उनका दावा वैध क़रार दे कर उन्हें इस स्थल का संरक्षक घोषित किया जाए। तीसरी याचिका मुसलमान वक़्फ़ बोर्ड ने दायर की। 30 सितम्बर, 2010 को इलाहाबाद उच्च न्यायालय की एक पीठ (जस्टिस एस.यू. ख़ान, सुधीर अग्रवाल तथा डी.वी. शर्मा) ने यह फ़ैसला दिया कि विवादित स्थल का तीन भागों में बँटवारा कर दिया जाए। रामलला मूर्ति का स्थल उस वादी को दिया जाए जो 'रामलला विराजमान' का प्रतिनिधित्व कर रहा है, निर्मोही अखाड़े को सीता रसोई एवं राम चबूतरा का स्थल देने का प्रस्ताव दिया गया तथा सुन्नी वक़्फ़ बोर्ड को बाक़ी बची हुई ज़मीन पर अधिकार देने का फ़ैसला सुनाया। अदालत ने तीन महीने तक यथास्थिति बनाये रखने का भी फ़ैसला सुनाया। हालाँकि तीनों समूहों ने इस फ़ैसले का स्वागत किया, लेकिन सुन्नी वक़्फ़ बोर्ड ने इस फ़ैसले के विरुद्ध सर्वोच्च न्यायालय में अपील करने की घोषणा भी की।

देखें : केशवराव बलिराम हेडगेवार, बहुसंख्यकवाद, बहुसंख्यक-अल्पसंख्यक, भारतीय जनता पार्टी-1 और 2, माधवराव सदाशिवराव गोलवलकर, मुसलिम राजनीतिक विचार, राष्ट्रीय स्वयंसेवक संघ, विनायक दामोदर सावरकर, विवेकानंद, हिंदुत्व।

संदर्भ

1. प्रदीप कुमार दत्त, 'वीएचपीज़ राम एट अयोध्या : रीइनकारनेशन थ्रू आइडियोलॅजी' *इकॉनॉमिक ऐंड पॉलिटिकल वीकली,* खण्ड 26, अंक 44, पृष्ठ 2518-2521.
2. कोनराड एल्स्ट (1991), *व्हाट आफ़्टर अयोध्या : इशूज़ बिफ़ोर हिंदू सोसाइटी,* वॉयस ऑफ़ इण्डिया, नयी दिल्ली.

— कमल नयन चौबे और अनुराग पांडेय

रामानंद

(Ramanand)

वैष्णव आचार्य स्वामी रामानंद (1299-1410) मध्यकालीन भारतीय चिंतन और साहित्य के मेरुदण्ड माने जाते हैं। भारतीय भक्ति आंदोलन की परम्पराओं ने उनमें पुनर्नवा रूप प्राप्त किया और उनकी उदार लोक-जागरण दृष्टि ने जाति-पाँति पर प्रहार करते हुए सभी वर्णों के लिए भक्ति का मार्ग खोल दिया। भक्ति-मार्ग में उदारता-सहिष्णुता के बीज बोने वाले स्वामी रामानंद पहले लोकसिद्ध आचार्य हैं जिन्होंने भेदभाव भुला कर हिंदुओं को ही नहीं मुसलमानों को भी अपना शिष्य बनाया। 'जाति-पाँति बूझै नहीं कोई। हरि कौ भजै सो हरि का होई' कह कर उन्होंने शूद्र जातियों के लिए भक्ति के रास्ते खोले। यह सिद्धांत-वाक्य रामानंद के चिंतन का शिखर है। रामानंद के शिष्य कबीर के साथ रैदास भी हैं। रामानंद द्वारा प्रचलित यही उदारता असम के शंकरदेव और बंगाल के चैतन्य महाप्रभु में भी देखी जा सकती है। रामानंदी चिंतन से हुए जागरण से संत परम्परा में सुधार-चेतना और आत्म-निरीक्षण की ऐसी लहर उठी कि पूरा देश उसके प्रभाव में आ गया। स्वामी रामानंद ने पूरे देश में पर्यटन करके अपने रामावत-सम्प्रदाय का प्रचार-प्रसार किया। यह एक विरोधाभास है कि स्वामी रामानंद तत्कालीन समाज-संस्कृति में व्याप्त वर्णाश्रम का बंधन मानते थे। यही कारण है कि उन्होंने अपनी रचना *आनंद भाष्य* में शूद्रों को वेद पढ़ने का अधिकार नहीं दिया। दूसरी तरफ़ वे जाति-बंधन को भक्ति-मार्ग की बाधा मान कर उसे तोड़ने के आकांक्षी भी थे।

आचार्य रामचंद्र शुक्ल ने *हिंदी साहित्य का इतिहास* में स्वामी रामानंद का समय खोजते हुए लिखा है कि, 'शेरुतकि और कबीर का संवाद प्रसिद्ध ही है। इससे सिद्ध होता है कि रामानंदजी नयी दिल्ली के बादशाह सिकंदर लोदी के समय में वर्तमान थे। सिकंदर लोदी संवत् 1546 से संवत् 1574 तक गद्दी पर रहा। अत: इन अट्ठाइस वर्षों के काल विस्तार के भीतर, चाहे आरम्भ की ओर, चाहे अंत की ओर, रामानंद जी का वर्तमान रहना ठहरता है।' कहते हैं सेनभगत ने रामानंद से दीक्षा ली थी। *श्रीरामार्चन पद्धति* में रामानंद पूरी तरह परम्परावादी हैं। रामानंद ने लोक में लीला-विस्तार के लिए राम का आश्रय लिया। इनके मूल-मंत्र नाम पड़ा- 'ओउम् रामाय नम:।' राम नाम ही मूल-मंत्र है। आज रामानंद के रचे हुए संस्कृत के दो ग्रंथ मिलते हैं : *वैष्णवमताब्ज भास्कर* तथा *श्री रामार्चन पद्धति*। कुछ विद्वान *गीताभाष्य* को भी रामानंद की टीकाओं में स्थान देते हैं।

प्रयाग में जन्मे रामानंद ने श्रीसम्प्रदाय की दीक्षा काशी

में आचार्य राघवानंद से ली थी। राघवानंद उन रामानुजाचार्य की चौथी पीढ़ी में आते हैं जो आलवारों की संत परम्परा में थे। उनके सभी उत्तराधिकारी वैष्णव आचार्य, चिंतक और दार्शनिक हुए। शंकराचार्य द्वारा वेदांत को पुनर्जीवित करने के बाद यह प्रश्न उठा कि वेदांत से तमिल-प्रबंधम् का संबंध कैसे स्थापित किया जाए। नाथ मुनि को यह श्रेय है कि उन्होंने तमिल प्रबंधम् को सार्वजनिक पूजा-उपासना में समाविष्ट कराया। इतना ही नहीं, उन्होंने तमिल-प्रबंधम् की जन-मन में प्रतिष्ठा के लिए उसे वेद का दर्ज़ा दिलाया। उनके पौत्र यामुनाचार्य ने पंचरात्र-पद्धति की महिमा स्थापित करने के बाद शंकर के मायावाद का प्रबल तर्कों से खण्डन करने के साथ ही प्रपत्तिवाद का सिद्धांत अपनाया। इसी राह पर चल कर बारहवीं शताब्दी की शुरुआत में रामानुजाचार्य ने विशिष्टाद्वैतवाद की महत्त्व-प्रतिष्ठा की।

स्वामी रामानंद (1299-1410)

रामानुजाचार्य के तीन प्रमुख ग्रंथ हैं : *वेदांत-संग्रह, गीता की टीका* और *वेदांत-सूत्र का श्रीभाष्य*। शंकर ने उपनिषदों से अद्वैत का जो अर्थ निकाला था, रामानुज ने उसका खण्डन किया। लेकिन वे केवल खण्डन में ही नहीं लगे रहे, उन्होंने श्रीभाष्य में दार्शनिक-सिद्धांतों की स्थापना की और गीता के भक्ति-पक्ष का गुणगान किया। रामानुज की विशेषता यह थी कि उन्होंने वेदांत के निराकार ब्रह्म में ईश्वरत्व की स्थापना और ईश्वरवादी व्याख्या की है। उनके यहाँ ईश्वर, जीवन तथा प्रकृति तीनों अनादि थे। भक्त मुक्ति या निर्वाण न चाह कर इस संसार का गुण-कीर्तन करते हुए जीना चाहते थे। उनका संदेश था कि ज्ञान, कर्म और भक्ति में भक्ति ही श्रेष्ठ है। इस तरह रामानुजाचार्य के भक्ति सम्प्रदाय ने सहस्रों-सहस्रों शूद्रों और अन्त्यजों को अपना कर बहुत बड़ा कार्य किया। इसी मार्ग पर उत्तरी भारत में स्वामी रामानंद बढ़े। इसी मार्ग को उनके शिष्यों ने, विशेषकर कबीर और तुलसीदास ने, आगे बढ़ाया।

रामानुज का श्रीसम्प्रदाय विष्णु और उनकी शक्ति लक्ष्मी की पूजा में तो विश्वास करता है, लेकिन विष्णु के रामावतार की पूजा का प्रचलन श्रीसम्प्रदाय में नहीं था। वस्तुत: रामोपासना का प्रचलन-प्रवर्तन स्वामी रामानंद ने ही किया। यही कारण है कि स्वामी रामानंद का विशिष्टाद्वैतवादी सम्प्रदाय 'रामावत सम्प्रदाय' कहलाया। यह सम्प्रदाय विष्णु के अवतार राम की उपासना करता है। रामानंद दूरदर्शी महात्मा थे और भक्ति का एक नया समाजशास्त्र उनके मन में उमड़ रहा था, इसीलिए उन्होंने रामोपासक वैरागियों का संगठन एक स्वतंत्र सम्प्रदाय के रूप में किया। इस संगठन में प्रवेश पाने का अधिकार शूद्रों, मुसलमानों तथा वैष्णवों को भी मिला। ध्यान एकाग्र करते हुए रामानंद ने ब्रह्मसूत्र, उपनिषद्, गीता (प्रस्थानत्रयी) की टीकाएँ प्रस्तुत कीं। *आनंद भाष्य* उनके द्वारा की गयी ब्रह्मसूत्र ही टीका है। यहाँ ब्रह्म को 'ब्रह्मशब्दवाच्य' श्रीराम माना गया है और उसे निर्गुण-सगुण दोनों रूपों में मान्यता दी गयी है। यह मान्यता ही धर्म और समाज दोनों को लेकर रामानंद में भक्ति के नये भक्तिशास्त्र-समाजशास्त्र को निर्मित करने की चिंता है। स्वामी रामानंद के दीक्षा-संस्कारों में विष्णु रचे-बसे थे, लेकिन समाज को एक त्राणकारी आध्यात्मिक प्रतीक की आवश्यकता थी। रामोपासना ने इसी कारण ज़ोर पकड़ा। एक नया धर्म चिंतन राम को लेकर खड़ा किया गया। परम्परा ने राम में ही शील-शक्ति और सौंदर्य का अनुपम रूप पाया।

विष्णु के अवतार के रूप में रामोपासना पहले से ही चल रही थी। राम इतने पूजनीय थे कि बौद्धों ने उन्हें बोधिसत्व और जैनों ने आठवाँ बलदेव मान लिया था। स्वयं वैदिक धर्म में राम किसी न किसी रूप में पूजनीय थे। महाकवि कालिदास ने भी राम को विष्णु का अवतार माना है। दक्षिण के वैष्णव आलवार दूसरी-तीसरी शताब्दी में नारायण की भक्ति करते थे, लेकिन भक्ति-धर्म तथा भक्तिशास्त्र के तहत उन्होंने अवतारों की पूजा शुरू की। वामनोपासना का समाज में श्रीगणेश हुआ और कृष्ण तथा बलराम की पूजा का सिलसिला चल निकला। महत्त्वपूर्ण बात यह है कि इन आलवार भक्तों ने ही रामोपासना की शुरुआत की। आलवार भक्त कुलशेखर राम के भक्त थे और उनके सृजन का एक बड़ा भाग दाशरथि राम से सम्बद्ध है। यह भी एक ऐतिहासिक तथ्य है कि रामायण तमिल में पहले लिखी गयी, हिंदी में बाद में। रामानंद दक्षिण में वर्षों भ्रमण करते रहे और रामभक्ति का प्रसाद उन्हें दक्षिण में ही मिला और वहीं से वे भक्ति को उत्तर भारत में लाए। 'भक्ती द्राविड़ उपजी लाये रामानंद' एक ऐसा पाठ है जिसके बहुवचनात्मक पाठ के ज़रिये बहुतेरे रहस्यों पर से पर्दा उठता है।

विद्वानों का ये विचार धीरे-धीरे दृढ़ हो गया है कि जिस रामभक्ति का प्रचार-प्रसार दक्षिण-उत्तर में हुआ उसका आधार ग्रंथ *अध्यात्म रामायण* थी। लेकिन आज यह पता लगाना कठिन है कि *अध्यात्म रामायण* की रचना दक्षिण में हुई थी या उत्तर में। बहुत से लोगों का अनुमान है कि *अध्यात्म रामायण* की रचना स्वामी रामानंद ने की थी। कुछ विद्वानों की यह भी मान्यता है कि रामानुजाचार्य तथा रामानंद के भक्ति-चिंतन पर इस्लाम और सूफ़ी चिंतन का प्रभाव

पड़ा। लेकिन सूफ़ियों पर पड़े हिंदू-चिंतन के प्रभाव को देखते हुए यह मान्यता कोई ख़ास दमदार नहीं लगती। सूफ़ी तो स्वयं हिंदू-चिंतन से बहुत प्रभावित थे।

आज का नया चिंतन स्वामी रामानंद को लेकर यह है कि वे पुरानों में आधुनिक थे और पुराने-नये का अंत:संघर्ष उनमें सक्रिय था। लेकिन उनके भक्ति-संस्कार इतने उजले थे कि किसी ब्राह्मण या शूद्र का अनादर वे नहीं कर सकते थे। मूलत: वे समाज को नयी दिशा देने वाले कृपालु आचार्य थे। कृपालु न होते तो वर्णाश्रम धर्म की कठोरता का निषेध न कर पाते। उनका विष्टिाद्वैत वेद का नया पाठ है और लोक-विश्वास का नया प्रारूप। इसी नमनशील ज्ञान-धारा ने समाज को तुलसीदास तथा नाभादास जैसे भक्त-कवि के रूप में दिये। रामानंद की मृत्यु के बाद उनके अनुयायी दो दलों में बँट गये और चिंतन की विभिन्नता में एक नया सौंदर्य कबीर ने उजागर किया। ज़्यादातर भक्त वेद और वर्णाश्रम-धर्म का विरोध करते रहे हैं। कबीर ने वेद और रामभक्ति की सभी प्रचलित धारणाओं को बदल दिया। उन्होंने ज़ोर देकर कहा कि राम दशरथ के पुत्र नहीं हैं। 'दशरथ सुत तेहुँ लोक बख़ाना। राम नाम का मरम में जाना' कह कर यह विचार भी जोड़ दिया कि राम न चतुर्भुज ब्रह्म हैं, न विष्णु के अवतार। 'निर्गुण राम जपहु रे भाई' का पाठ हुआ कि वे सगुण ब्रह्म दशरथ पुत्र, विष्णु के अवतार नहीं हैं। वे तो अरूप, अनाम, अपार हैं। वे राम- रहीम हैं।

स्वामी रामानंद का कोई प्रामाणिक वृत्त न मिलने से उनके संबंध में कई प्रकार के प्रवादों का प्रचार भी है। कहते हैं कि वे अद्वैतियों के ज्योतिर्मठ के ब्रह्मचारी थे। लोक में प्रसिद्ध है कि रामानंद ने बारह वर्ष तक गिरनार या आबू पर्वत पर योगसाधना करके सिद्धि प्राप्त की थी। लेकिन इसका खण्डन यह कहकर किया जाता है कि वे योगमार्गी नहीं थे, बल्कि विशुद्ध भक्तिमार्ग के अनुयायी थे। *भक्तमाल* ग्रंथ में रामानंद के बारह शिष्य कहे गये हैं : अनंतानंद, सुख़ानंद, सुरसुतनंद, नरहर्यानंद, भावानंद, पीया, कबीर, धन्ना भगत, रैदास, पद्मावती तथा सुरसुरी। अनंतानंद के शिष्य कृष्णदास पथहारी हुए, जिन्होंने आमेर-राजपूताना में रामानंद सम्प्रदाय की गद्दी स्थापित की। कृष्णदास से पहले वहाँ नाथपंथी कनफटे योगियों की धूनी रमती थी, जिस पर कृष्णदास ने रामानंदी वैष्णव-भक्तों का वर्चस्व क़ायम किया। पीछे से रामानंद की वैरागी शाखा तपसी शाखा के नाम से प्रसिद्ध हुई। रामानंद के नाम से दो ग्रंथ और भी जोड़े जाते हैं : *राम रक्षा स्त्रोत* और *योग चिंतामणि*। कुछ लोगों ने झाड़-फूँक वाले स्त्रोत भी रामानंद के नाम से लोक में फैलाये हैं। आज भी सिक्खों के गुरुग्रंथ साहब में निर्गुण उपासना के दो पद रामानंद के नाम से मिलते हैं। लेकिन इस संबंध में आचार्य रामचंद्र शुक्ल का विचार है कि दोनों ही पद रामानंद के नहीं हैं। रामानंद समय-समय पर विनय और स्तुति के पद हिंदी में रचकर गाया करते थे। यह तथ्य भी विद्वानों की खोज से सामने आया कि रामानंद ने हनुमान की स्तुति के पद गाये हैं। उनकी यह स्तुति आज भी मंदिरों में गायी जाती है। दरअसल, उत्तरी भारत में हनुमान-पूजा का पूरा ताना-बाना भी रामानंद की देन है।

देखें : अष्टछाप, 'अंग्रेज़ी हटाओ' आंदोलन, गजानन माधव मुक्तिबोध-1 और 2, छायावाद, डायग्लॉसिया, नंद दुलारे वाजपेयी, नगेंद्र और सैद्धांतिक समीक्षा, नयी कविता, नामवर सिंह, पाश्चात्य काव्यशास्त्र, प्रेमचंद, प्रयोगवाद, प्रगतिवाद, भक्ति आंदोलन-1 और 2, भक्ति-काव्य-1 और 2, भारतेंदु हरिश्चंद्र, भारतेंदु युग-1 और 2, भाषा नियोजन-1 से 4 तक, भाषा के मार्क्सवादी सिद्धांत, महादेवी वर्मा, महावीर प्रसाद द्विवेदी, मीरांबाई और प्रेमाभक्ति, राहुल सांकृत्यायन, रामानुजाचार्य, रामचंद्र शुक्ल-1 और 2, रामविलास शर्मा, राष्ट्रीय-सांस्कृतिक कविता, रीतिकाल-1 और 2, विजय देव नारायण साही, वैष्णव धर्म, श्याम सुंदर दास, सम्पर्क भाषा-1 से 4 तक, सगुण और निर्गुण-1 और 2, संस्कृत काव्यशास्त्र, संविधान सभा में भाषा-विवाद-1, 2 और 3, संत-काव्य, सिद्ध-नाथ परम्परा, सूफ़ीमत और प्रेमाख्यान, हजारी प्रसाद द्विवेदी, हिंदी विरोधी आंदोलन, हिंदी जाति-1 से 3 तक, हिंदी साहित्य का आदिकाल, हिंदी साहित्य का इतिहास, हिंदी साहित्य का इतिहास : नये परिप्रेक्ष्य, हिंदी-पद्य में इतिहास, हिंदी-जगत और 'लोकप्रिय'-1 और 2, हिंदी नवजागरण, हिंदी-संस्थाएँ।

संदर्भ

1. रामचंद्र शुक्ल (1940), *हिंदी साहित्य का इतिहास,* नागरी प्रचारिणी सभा, काशी.
2. हजारी प्रसाद द्विवेदी (1941), *हिंदी साहित्य की भूमिका,* राजकमल प्रकाशन, नयी दिल्ली.
3. रामस्वरूप चतुर्वेदी (1980), *हिंदी साहित्य और संवेदना का विकास,* लोकभारती प्रकाशन, प्रयाग.
4. रामविलास शर्मा (1981), *परम्परा का मूल्यांकन,* राजकमल प्रकाशन, नयी दिल्ली.
5. रामधारी सिंह 'दिनकर' (1966), *संस्कृति के चार अध्याय,* उदयाचल प्रकाशन, पटना.

— कृष्णदत्त पालीवाल

रामानुजाचार्य

(Ramanujacharya)

आदर्शवादी भारतीय दर्शन की प्रणाली विशिष्टाद्वैत के संस्थापक रामानुजाचार्य (1037–1137) को आदि शंकर और मध्वाचार्य के साथ उन तीन प्रमुख विभूतियों में से एक माना जाता है जिनकी विद्वत्ता और प्रयासों से हिंदुओं के आध्यात्मिक जीवन को वह समेकित आधार मिला जिस पर वह आज तक खड़ा हुआ है। दिलचस्प बात यह है कि दार्शनिक दृष्टि से ये तीनों हस्तियाँ एक-दूसरे की समर्थक नहीं थीं। रामानुजाचार्य तो शंकर द्वारा प्रतिपादित अद्वैतवादी एकेश्वरवाद और मायावाद के कड़े विरोधी थे। उन्होंने *न्यायतत्त्व* और *योगरहस्य* के रचयिता नाथ मुनि और उनके पौत्र यमुनाचार्य को अपना गुरु बनाया। उनकी सबसे महत्त्वपूर्ण कृति *श्री भाष्य* है जो उन्होंने बादरायण के *ब्रह्मसूत्र* के भाष्य के तौर पर लिखी थी। ए.बी. कीथ *ब्रह्मसूत्र* पर लिखे गये तमाम भाष्यों में रामानुज के *श्री भाष्य* को ही श्रेष्ठ मानते हैं। उनकी अन्य मुख्य कृतियाँ *भगवद्गीता भाष्य, वेदांत संग्रह, वेदांतदीप, नित्यग्रंथ,* और *वेदांतसार* हैं। इन रचनाओं में रामानुजाचार्य की दार्शनिक प्रणाली विशिष्टाद्वैत की मूलभूत प्रस्थापनाएँ मिलती हैं।

रामानुजाचार्य को पूरे मध्ययुग को आंदोलित करने वाली भक्ति-धारा के दार्शनिक आधार की रचना करने का श्रेय भी दिया जाता है। उन्होंने आग्रहपूर्वक कहा कि केवल वैदिक सूत्रों और उपनिषदों के मंत्रों को रट लेने और उन्हें दोहराते रहने से ही ज्ञान प्राप्त नहीं होता। ज्ञान का स्रोत तो ईश्वर की भक्ति में है। निष्काम कर्म सच्ची भक्ति की शुरुआत होता है। रामानुजाचार्य की शिक्षाओं के मुताबिक़ कर्म का उद्देश्य न तो आध्यात्मिक संतोष और न भौतिक लाभ ही होना चाहिए। कर्म करते समय मन में इस प्रकार का कोई निहित स्वार्थ होना ही नहीं चाहिए। इस प्रकार कर्म योग ही ज्ञान योग का मार्ग प्रशस्त करेगा। ज्ञान मनुष्य को अपने ऊपर पूर्ण विजय प्राप्त करने तथा स्वयं को ईश्वर को पूर्णत: अर्पित करने में सहायता करता है। रामानुज के विख्यात शिष्य रामानंद ने उत्तर भारत में भक्ति-दर्शन के वाहक की भूमिका निभाई और विशिष्टाद्वैत का प्रचार किया। तुलसी और कबीर जैसे संत कवि रामानंद के ही शिष्य थे।

रामानुज की भक्ति अंधश्रद्धा पर आधारित नहीं थी। उनके अनुसार ईश्वर का निरंतर चिंतन करते रहने से उच्चतम ज्ञान प्राप्त होता है और मनुष्य निष्काम कर्म के लिए प्रवृत्त होता है। यह चिंतन आत्मा को ब्रह्म से एकत्व स्थापित करने के लिए उत्प्रेरित करता है। उनके सिद्धांतों का जनसाधारण पर सीधा प्रभाव पड़ा। शंकराचार्य की प्रतिभापूर्ण किंतु अत्यंत उलझी हुई तर्क प्रणाली से आतंकित लोगों को रामानुज की शिक्षाओं में बहुत ही सरल और हृदय को आंदोलित करने वाले तत्त्व मिले। सम्भवत: इसका एक कारण यह भी था कि रामानुज ने धार्मिक भावनाओं का तारतम्य तर्कसंगत विचार के दावों के साथ बैठाने का भरसक प्रयास किया।

विशिष्टाद्वैत दर्शन के मुताबिक़ मुख्य तत्त्व तीन होते हैं— 'चित्' (जीवन), अचित् (जगत्) तथा ईश्वर। इन तीनों में ईश्वर ही प्रधान तत्त्व है। वह स्वतंत्र तथा नियामक है। जीवन तथा जड़— ये दोनों ईश्वर के अधीन हैं। जीव तथा जगत नित्य तथा स्वतंत्र पदार्थ होने के बावजूद ईश्वर की अधीनता में ही रहते हैं। इसका एक कारण है। भोक्ता (जीव) तथा भोग्य (जड़ पदार्थ) के भीतर ईश्वर अंतर्यामी रूप से रहता है अर्थात् वह इन दोनों के भीतर रहकर उन्हें प्रेरणा दिया करता है और इसीलिए वह 'अन्तर्यामी' नाम से पुकारा जाता है। इसलिए चित् तथा अचित् ईश्वर के शरीर या प्रकार माने जाते हैं। अद्वैत वादियों के समान रामानुज ब्रह्म (निर्गुण) तथा ईश्वर (सगुण) में पार्थक्य नहीं मानते। उनकी दृष्टि में ब्रह्म सर्वदा सगुण ही होता है और 'निर्गुण' कभी नहीं हो सकता। तो उपनिषदों में ब्रह्म को निर्गुण कहने का तात्पर्य क्या है? इसका आशय इतना ही है कि अल्पज्ञ जीव के राग-द्वेष आदि उसमें विद्यमान नहीं रहते, अन्यथा वह कल्याण-गुणों का आगार है। वह अनंतज्ञान, आनंदरूप तथा ज्ञान, शक्ति आदि अनंत कल्याण-गुणों से विभूषित रहता है। हेय गुणों से शून्य होने के कारण ही वह निर्गुण कहलाता है।

वेदांतियों की दृष्टि से भेद तीन प्रकार के होते हैं— सजातीय भेद : उसी जाति के पदार्थ का उसी जाति के अन्य पदार्थ से भिन्न होना। जैसे एक गाय का दूसरी गाय से भेद। विजातीय भेद : एक जाति के पदार्थ का दूसरी जाति के पदार्थ से भेद। जैसे एक गाय का किसी दूसरे पशु से भेद। स्वगत भेद : किसी वस्तु के एक अंग के साथ भेद। जैसे गाय के सींग तथा पूँछ में भेद। अद्वैत वेदांत के अनुसार ब्रह्म में ये तीनों भेद पाये जाते हैं, परंतु रामानुज के अनुसार ब्रह्म में पहले के दो भेद तो हैं, परंतु अंतिम भेद नहीं मिलता। ईश्वर का चिद्-अंश अचिद्-अंश से भिन्न होता है। फ़लत: ईश्वर में स्वगत भेद विद्यमान रहता है। दोनों मतों द्वारा की गयी ईश्वर-कल्पना में यह भी एक भिन्नता है। ईश्वर के साथ चित्-अचित् उसके अंश हैं— आत्मा तथा शरीर की भाँति। ईश्वर इन दोनों को भीतर से नियमित करता है और इसलिए अंतर्यामी कहलाता है। शरीर यदि अंधा या लंगड़ा हो जाए तो क्या आत्मा में भी ये दोष आ जाते हैं? नहीं। उसी प्रकार चिद्चिद् के दोषों से ईश्वर प्रभावित नहीं होता।

विशिष्टाद्वैत के मुताबिक़ चित् या जीवन देह, इंद्रिय,

प्राण तथा मन से विलक्षण होता है। वह नित्य, अनंत, आनंदमय तथा अणु होता है। जीवन को अणु मानना वैष्णव दर्शनों की विशिष्टता है। इसके विपरीत शंकर जीव को विभु मानते हुए जीवन को ईश्वर का अंश क़रार देते हैं। इसका अर्थ यही है कि चिंगारी जैसे अग्नि का अंश है, वैसे ही जीव ब्रह्म का अंश है। दोनों में एक और भी संबंध है— विशेषण-विशेष्य भाव का। जीव विशेषण है तथा ईश्वर विशेष्य है। जड़ तथा ईश्वर का संबंध भी इसी प्रकार है। जगत या जड़ विशेषण तथा ईश्वर विशेष्य है। रामानुज ज्ञान-कर्म-समुच्चयवादी हैं, अर्थात् उनकी दृष्टि में न ज्ञान द्वारा और न कर्म द्वारा बल्कि ज्ञान और कर्म के सम्मिलन द्वारा ही मोक्ष की प्राप्ति होती है।

रामानुज ने शंकर के माया संबंधी सिद्धांत का ज़बरदस्त विरोध किया। उन्होंने कहा कि सभी ज्ञान वास्तविकता का ज्ञान है और वास्तविकता सिर्फ़ मन का भ्रम नहीं होती। रस्सी को देख कर ग़लती से साँप समझा जा सकता है। परन्तु साँप को अवास्तविक जान कर उसकी उपेक्षा नहीं की जा सकती है। क्योंकि रस्सी और साँप, दोनों ही, जल, पृथ्वी, अग्नि आदि मूल तत्त्वों से बने हैं। रस्सी को देख कर जब हम साँप समझ बैठते हैं तो हम दरअसल इन्हीं आधारभूत तत्त्वों को देखते हैं जो वास्तविक हैं। ब्रह्म यथार्थ है, अतः उस पर आधारित यह जगत भी यथार्थ है।

रामानुज ने शंकराचार्य के रस्सी-सर्प सिद्धांत की आलोचना में कहा कि रस्सी-सर्प के विषय में अस्तित्वहीन का जो संज्ञान उत्पन्न होता है वह एक विशिष्ट स्थान और समय संबंधित है; अतः उसमें अंतर्विरोध है। एक निर्णय दूसरे निर्णय को हटा देता है और हटाया हुआ निर्णय ख़त्म हो जाता है। परंतु यदि कोई वस्तु एक समय में और एक स्थान पर दिखाई देती है, किंतु वही दूसरे समय में और दूसरे स्थान पर नहीं दिखाई देती तो इसका तात्पर्य यह नहीं कि वह वस्तु सदा भ्रम से आवृत रहती है। इसलिए इस प्रकार उसका न दिखाई देना उसके अवास्तविक होने का कारण नहीं बन जाता। दूसरी ओर, यह कहना कि जो उपस्थित है वह वास्तविक है क्योंकि वह दिखाई देता रहता है, पहले से ही सिद्ध बात को सिद्ध करना है, जिसके लिए किसी सबूत की ज़रूरत नहीं। रामानुज के मुताबिक़ 'अतः केवल सत् ही यथार्थ को व्यक्त नहीं करता। और चूँकि चेतना और उसके विषय के बीच भेद— जो उस और विषय के आलम्बन के बीच संबंध पर आधारित होता है— प्रत्यक्ष द्वारा सिद्ध होता है, अतः यह दावा भी खण्डित हो जाता है कि केवल चेतना का ही वास्तविक अस्तित्व है।'

रामानुज ने भक्ति की आवश्यकता रेखांकित की। उनका मत था कि आत्मा कर्मों तथा भौतिक शरीर से बँधी हुई है। मुक्ति का अर्थ आत्मा को इन बंधनों से मुक्त करना है। रामानुज के अनुसार मुक्ति के तीन मार्ग हैं— कर्म योग, ज्ञान योग और भक्ति योग। वे स्वयं भक्ति मार्ग के समर्थक थे। कर्म भक्ति को शुद्ध करता है; ज्ञान उसे गहन बनाता है। इस प्रकार, भक्तियोग के ये दो महत्त्वपूर्ण सहायक साधन हैं। भक्ति के अन्तर्गलत सात तत्त्व आते हैं— विवेक, विमोह, अभ्यास, क्रिया, कल्याण, अनवसाद और अनुद्धर्ष।

विशिष्टाद्वैत दर्शन के मुताबिक़ जीवात्मा का अंतिम लक्ष्य ब्रह्म से ऐक्य स्थापित करना है। अतः रामानुज ने चेतावनी दी कि शरीर और जगत के बीच अंतर समझने में यदि भूल हो गयी, तो मनुष्य भौतिक जीवन के विषय-भोग में निमग्न रह जाएगा। अज्ञानवश मनुष्य यह समझता है कि शरीर ही सब कुछ है। वह मान लेता है कि शरीर का जन्म होना ही अस्तित्व का आरम्भ और मृत्यु होना उसका अंत है। यही सभी मानवीय वासनाओं, संवेदनाओं और इच्छाओं का मूल स्रोत है। किंतु मनुष्य जब यह समझ लेता है कि आत्मा इस भौतिक जगत और स्थूल शरीर से भिन्न है और जब वह जान लेता है कि वह ब्रह्म का एक अंश है तो सभी सांसारिक दुःखों और यातनाओं से छुटकारा पा लेता है।

रामानुज ने तत्कालीन समाज-व्यवस्था की परिधि के भीतर ही अपने सिद्धांतों का विकास किया। इस सीमा के बावजूद जाति-प्रथा के प्रति उनका दृष्टिकोण शंकराचार्य जितना रूढ़ नहीं था। उन्होंने घोषणा की कि भक्ति सभी जाति-भेदों से ऊपर है और वे ईश्वर की आराधना में सबके लिए समानता के समर्थक हैं। उनके अनुसार विष्णु के सभी भक्त समान हैं क्योंकि सभी लोग— ऊँची जाति वाले और नीची जाति वाले— ब्रह्म की ही अभिव्यक्ति हैं। उन्हें अछूत जाति के एक भक्त तिरुप्पन आलवार द्वारा रचित 'तिरु वैमोली' को वैष्णवों का वेद स्वीकार करने में कोई आपत्ति नहीं हुई। इन बातों के बावजूद उन्हें उन जातिबंधनों को तोड़ने में कठिनाइयों का सामना करना पड़ा जो वैष्णव समाज को विभाजित किये हुए थे। इन्हीं कठिनाइयों से पार पाने उन्होंने नियम बनाया गया कि सभी भक्त भोजन तो अलग-अलग करेंगे, किंतु भजन-प्रार्थना एक साथ करेंगे। बाद में अपने धार्मिक आंदोलन द्वारा रामानुज के अनुयायियों ने इस अवरोध को भी तोड़ दिया। रामानुज ने यहाँ तक कहा कि ईश्वर की भक्ति के लिए, अंतिम विश्लेषण में, किसी पुरोहित वर्ग की भी ज़रूरत नहीं। यही कारण है कि मध्य युग में रामानुज की शिक्षाएँ इतनी लोकप्रिय हुईं, जबकि शंकराचार्य के सिद्धांतों के प्रति— जो इतने अमूर्त थे कि लोगों के हृदय को स्पर्श नहीं कर पाते थे और समाज के ऊपरी हिस्सों के कुछ गिने-चुने बौद्धिक भद्रजनों के लिए ही आकर्षण के विषय थे— आम लोगों में उदासीनता थी।

रामानुज का जन्म ग्यारहवीं शताब्दी के मध्य में दक्षिण भारत में कांचीपुरम के निकट श्री पेरुपुथुर में हुआ था।

बचपन में वे वैष्णव संतों के सम्पर्क में आये जो अलवार कहलाते थे। उन्होंने वेदों, उपनिषदों तथा अन्य धार्मिक एवं दार्शनिक ग्रंथों का अध्ययन किया। शंकराचार्य की तुलना में उन्हें दीर्घ जीवन प्राप्त हुआ और 1137 में उनकी मृत्यु हुई।

देखें : आर्यभट्ट और *आर्यभटीय*, उपनिषद्, कपिल, *अर्थशास्त्र* और कौटिल्य, गोपीनाथ कविराज, गोविंद चंद्र पाण्डे, चैतन्य महाप्रभु, जैन दर्शन, न्याय दर्शन, दया कृष्ण, नागार्जुन, पतंजलि और *योगसूत्र*, *पाणिनि* और *अष्टाध्यायी*, पुराण, पूर्व-मीमांसा दर्शन, बदरी नाथ शुक्ल, बादरायण, बौद्ध दर्शन, *भगवद्गीता*, भरत और *नाट्यशास्त्र*, मुकुंद लाठ, *भागवत पुराण*, *महाभारत*, यशदेव शल्य, योग दर्शन, रामअवतार शर्मा, लोकायत, वात्स्यायन और *कामसूत्र*, वेदांत दर्शन, वैशेषिक दर्शन, शंकराचार्य, षड्-दर्शन-1 और 2, संस्कृत काव्यशास्त्र, स्मृति-साहित्य, सांख्य दर्शन-1 और 2, सिद्ध-नाथ परम्परा।

संदर्भ

1. के. दामोदरन (1982), *भारतीय चिंतन परम्परा*, पीपुल्स पब्लिशिंग हाउस, नयी दिल्ली.
2. चंद्रधर शर्मा (1991), *भारतीय दर्शन : आलोचना और अनुशीलन*, मोतीलाल बनारसी दास, नयी दिल्ली.
3. आचार्य बलदेव उपाध्याय (1999), *भारतीय दर्शन की रूपरेखा*, चौखम्भा पब्लिशर्स, वाराणसी.

— अजय कुमार पाण्डेय

राष्ट्र-भाषा और राज-भाषा

(National Language and State Language)

प्राक्-आधुनिक राज्यों को, चाहे वे विशाल साम्राज्य ही क्यों न हों, राष्ट्र-भाषा की आवश्यकता नहीं होती थी। उन राज्यों में भौगोलिक और सांस्कृतिक एकता हासिल करने की प्रौद्योगिकी मुख्यत: प्रभुत्व आधारित थी। इसलिए इनके पास शासन के संचालन के लिए केवल एक राज-भाषा होना पर्याप्त था। उन्हें अपनी प्रतीकात्मक प्रामाणिकता राजा या सम्राट की हस्ती में मिल जाती थी। लेकिन, राजशाहियाँ कमज़ोर होने के बाद उभरे आधुनिक राज्यों में यह एकता वर्चस्व और प्रभुत्व की मिली-जुली प्रौद्योगिकी से स्थापित की जाती है। प्रभुत्व प्रशासनिक सुसंगतीकरण के ज़रिये स्थापित किया जाता है और वर्चस्व सांस्कृतिक एकजुटता के माध्यम से। इसलिए आधुनिक राज्यों को एक तरफ़ तो प्रशासनिक सुसंगतीकरण के लिए राज-भाषा की ज़रूरत पड़ती है, और दूसरी ओर सांस्कृतिक समरूपता और वर्चस्व क़ायम करने के लिए राष्ट्र-भाषा की आवश्यकता होती है। भाषाशास्त्री जोशुआ फ़िशमैन ने राज-भाषा की आवश्यकता को राष्ट्रता (नैशनिज़म) की संज्ञा दी है, और राष्ट्र-भाषा की आवश्यकता को राष्ट्रवाद (नैशनलिज़म) क़रार दिया है। जिन देशों में राष्ट्र और राष्ट्रवाद की नुमाइंदगी एक ही भाषा के ज़रिये की जा सकती है, वहाँ भाषाई प्रश्न किसी क़िस्म का तनाव पैदा नहीं करता। लेकिन जिन राष्ट्रों में इन दोनों मक़सदों के लिए अलग-अलग भाषाओं की ज़रूरत पड़ती है, वहाँ की भाषाई नीति पेचीदा होती है और अक्सर उसके इर्द-गिर्द होने वाली राजनीति सार्वजनिक जीवन में समस्याएँ पैदा करती रहती है।

जिन देशों में नेशनज़िम और नैशनलिज़म के लिए एक ही भाषा का इस्तेमाल होता है, उन्हें आम तौर पर एक भाषाभाषी देश की श्रेणी में डाल कर देखने का चलन है। लेकिन यह धारणा उन देशों के भाषाई यथार्थ की नुमाइंदगी नहीं करती। दुनिया में सिर्फ़ एक भाषा का इस्तेमाल करने वाला शायद कोई देश हो। दरअसल, बहुभाषिता एक ऐसी परिघटना है जो सारी दुनिया में व्याप्त है। विश्व में कोई दो सौ राष्ट्र होंगे जिनमें मोटे तौर पर 6,800 भाषाएँ हैं। 'एक भाषा-एक राष्ट्र' के आग्रह के तहत फ्रांस में लोग फ्रेंच बरतने के लिए बाध्य हैं, पर सभी लोगों की वह पहली भाषा नहीं है। फ्रांस के बहुत से क्षेत्रों में लोग बचपन में अल्सेशियन जर्मन, डच, ब्रेटन, बेस्क, कैटलन, ऑक्सिटन अथवा कोरसिकन मातृभाषा के रूप में सीखते हैं। फ्रेंच का ज्ञान उन्हें औपचारिक शिक्षा प्राप्त करने के दौरान ही मिलता है। स्पेन में भी स्पेनिश के साथ-साथ गैलिसियन, बेस्क और कैटलन भाषाएँ हैं; जर्मनी में फ्रिज़ियन और वेंडिश है; अमेरिका में अंग्रेज़ी के साथ-साथ दूसरे देशों से आये लोगों की भाषाएँ तो हैं ही, नैवाहो, होपी, लाकोटा और दर्जनों देशज भाषाएँ भी हैं। रूस और चीन में सौ से ज़्यादा अल्पसंख्यक भाषाएँ हैं। बहुभाषिता के इस तक़रीबन सार्वभौम यथार्थ के बावजूद युरोपीय संकल्पना की बुनियाद में एकभाषिता को आदर्श माना जाता है। युरोपीय भाषाशास्त्रियों की नज़र में बहुभाषिता का मतलब है अ-विकास और भाषाई समरूपता का पर्याय है विकास। द्विभाषिता और बहुभाषिता अगर है भी, तो इस विचार के मुताबिक़ उसे संक्रमणकालीन भूमिका निभाते हुए अंतत: उसे एकभाषिता में ही तब्दील होना होगा।

प्राक्-औपनिवेशिक हालात में नेशनिज़म और नैशनलिज़म के लिए एक ही भाषा का इस्तेमाल सुनिश्चित करने की स्थिति बेहद कड़ायी से किये गये भाषा-नियोजन का परिणाम है। इसके उदाहरण फ्रांस, स्पेन और नीदरलैण्ड के साथ-साथ कई पश्चिमी देशों के भाषाई इतिहास से मिलते हैं। इंग्लैण्ड में लैटिन और फ्रेंच का इस्तेमाल करने वालों से आर्थिक जुर्माना वसूला जाता था ताकि अंग्रेज़ी को प्रोत्साहन

मिले। युजेन वेबर की मशहूर रचना *पीज़ेंट्स एज़ फ्रेंचमेन* बताती है कि फ्रेंच को अनिवार्य राष्ट्र-भाषा कैसे बनाया गया और किस तरह की ज़ोर-ज़बरदस्ती से फ्रांसीसी किसानों को यह भाषा सीखने के लिए मजबूर किया गया। यह एक दिलचस्प तथ्य है कि युरोप में हुए प्राक्-औपनिवेशिक भाषा-नियोजनों के ज़रिये हर जगह उन भाषाओं को ही सरकारी रुतबा मिला जो सांस्कृतिक और साहित्यिक प्रतिष्ठा में अपेक्षाकृत कमज़ोर थीं। मसलन, इंग्लैण्ड में लैटिन और फ्रेंच के मुक़ाबले अंग्रेज़ी की सांस्कृतिक हैसियत कुछ नहीं थी। इसी तरह फ़िनलैण्ड में फ़िनिश भाषा प्रशासनिक कामकाज के लिहाज़ से ही नहीं, बल्कि शब्द-सामर्थ्य के मामले में बेहद दरिद्र थी। स्पेन के सदियों से स्वायत्त रहे ताक़तवर क्षेत्रीय अभिजन स्पेनी नहीं बोलते थे। कैटेलन उनकी पसंदीदा भाषा थी। लेकिन वहाँ स्पेनिश के पक्ष में भाषाई सुसंगतीकरण किया जा सका। ज़ाहिर है कि बीसवीं सदी के उत्तरार्ध का भारत युरोप नहीं था। फ्रांस के राजा फ्रांस्वा प्रथम ने जिस राजकीय कठोरता से अपने किसानों को फ्रेंच सीखने पर मजबूर किया या स्पेन के राजा फ़िलिप पंचम ने जिस बेलौस ढंग से क्षेत्रीय अभिजनों के गले स्पेनिश उतारी, वह लोकतांत्रिक भारत में सम्भव नहीं था। जर्मनी में फ्रेड्रिख़ द्वितीय को भाषाई सुसंगतीकरण करने का श्रेय जाता है। ये तीनों राजा अपने-अपने ढंग से राष्ट्र-निर्माता थे। हमें नहीं भूलना चाहिए कि फ़िलिप और फ्रेड्रिख़ दोनों ही अपनी भाषा फ्रांसीसी मानते थे। लेकिन उत्तर-औपनिवेशिक परिस्थितियाँ इस तरह के भाषा-नियोजन के अनुकूल साबित नहीं हो सकती थीं। लोकतंत्र, राष्ट्रवाद और अस्मिताओं की राजनीति के युग में एक भाषा को दूसरे भाषा-भाषियों के ऊपर थोपा नहीं जा सकता। इसलिए एक भिन्न तरह के भाषा-नियोजन की आवश्यकता पड़ती है।

भाषा-नियोजन का सिद्धांत बताता है कि एक बहुभाषी नज़ारे में विभिन्न भाषाएँ राज्य की मान्यता के लिए संघर्ष करती हैं और राज्य थोड़े-बहुत हीले-हवाले के बाद उन्हें यह मान्यता दे देता है। लेकिन मान्यता देने की इसी प्रक्रिया में वह अपना सुसंगतीकरण (रैशनलाइज़ेशन) करने की ख़ातिर राष्ट्रवाद की प्रौद्योगिकी का इस्तेमाल करके किसी एक भाषा को 'फ़र्स्ट अमंग ईक्वल्स' के दर्जे पर बैठा देता है। इस चरण को मल्टीलिंगुअलिज़म का नाम दिया गया है। इसके बाद दूसरे चरण की लम्बी प्रक्रिया शुरू होती है जिसमें क़ानूनी और सांस्कृतिक प्रौद्योगिकियों के ज़रिये उस भाषा को दूसरे भाषा-भाषी समूहों के गले उतारने का अभियान चलाया जाता है। इस चरण को लेंग्वेज रैशनलाइज़ेशन कहा जाता है। दूसरा चरण जिस समय अपने परिपक्व दौर में पहुँच रहा होता है, उसी दौरान लोकतांत्रिक राज्य एक भाषा के पक्ष में किये जा रहे लेंग्वेज रैशनलाइज़ेशन के कारण दूसरी भाषाओं को हो रहे नुक़सान की भरपाई करने के लिए लेंग्वेज मेंटीनेंस के क़दम उठाता है जिसके तहत पिछड़ रही भाषाओं को केंद्र में रख केराज्य द्वारा प्रोत्साहन की मुहिमें चलायी जाती हैं। भाषा-नियोजन का यह पैटर्न फ्रांस, इंग्लैण्ड, स्पेन, जर्मनी, जापान, थाइलैण्ड और चीन जैसे देशों में कामयाब होते हुए देखा जा सकता है। बहुभाषी होने के बावजूद इन देशों में राज्य की ताक़त भाषाई संस्कृतियों की बहुलता पर एक भाषा और एक लिपि आरोपित करने में सफल रही। इस काम में वहाँ के शासकों को राज्य-सुसंगतीकरण के अन्य पहलुओं (जैसे, एक मुद्रा, पूरे देश में फ़ौज में भर्ती के एक ही मानक और एक ही धर्म) पर होने वाले ख़र्च से भी कम संसाधन ख़र्च करने पड़े। इन कोशिशों का बहुत मामूली सा ही विरोध हुआ और थोड़े-बहुत हीले-हवाले के बाद विभिन्न भाषाई पहचानें और उनकी नुमाइंदगी करने वाले क्षेत्रीय अभिजन सरकारी भाषा सीखने की ज़िम्मेदारी उठाने के लिए तैयार हो गये। इन देशों ने जो भाषाई एकरूपता हासिल की, वह एक जटिल राजनीतिक, सामाजिक और आर्थिक शक्तियों की अन्योन्यक्रिया का परिणाम थी।

भाषाशास्त्रियों ने बहुभाषिता के लिहाज़ से देशों को तीन श्रेणियों में बाँट कर देखा है। टाइप ए की श्रेणी में उन देशों को रखा गया है जिनके पास ऐसी कोई विराट भाषाई सांस्कृतिक परम्परा या अतीत नहीं है जो उन्हें आधुनिक राष्ट्र-राज्य के रूप में एकताबद्ध रख सके। ऐसे देशों की छोटी-छोटी लघु भाषाई परम्पराएँ स्थानीय स्तर पर सम्पर्क की भूमिका निभाती रहती हैं, और राष्ट्रीय भूमिका निभाने की ज़िम्मेदारी किसी पश्चिमी भाषा (जैसे, अंग्रेज़ी, फ्रेंच या स्पेनिश) को दे दी जाती है। इन देशों की हुकूमत और सांस्कृतिक संरचनाओं पर क़ाबिज़ दोनों तरह के प्रभु-वर्ग, राष्ट्रीय और क्षेत्रीय, इस बंदोबस्त को न केवल स्वीकार कर लेते हैं बल्कि मोटे तौर पर उसी को श्रेयस्कर मान कर चलते हैं। टाइप बी की श्रेणी में वे देश आते हैं जिनके पास एक विराट भाषिक और सांस्कृतिक अतीत की विरासत है। इन देशों के प्रभु-वर्ग की आत्म-छवि कुछ इसी प्रकार की है। इसलिए वे अपनी आधुनिकता के विन्यास के लिए किसी पश्चिमी भाषा की उपस्थिति न केवल अनावश्यक मानते हैं, बल्कि इससे उन्हें सांस्कृतिक ठेस भी लगती है। यह प्रभु-वर्ग अपनी भाषिक विविधता के ऊपर लगभग बिना किसी विवाद के राष्ट्रीय एकता-अखण्डता के स्थाई प्रतीक के रूप में अपनी मिट्टी से ही उपजी कोई एक भाषा आरोपित करने में कामयाब रहता है। इस मामले में उसके क्षेत्रीय और राष्ट्रीय अभिजन में सम्पूर्ण एकता होती है। टाइप सी की श्रेणी में वे देश हैं जो किसी एक विराट भाषिक और सांस्कृतिक परम्परा के बजाय ऐसी कई बड़ी-बड़ी परम्पराओं और विरासतों से सम्पन्न हैं। साठ के दशक में विकसित हुए इस रवैये के तहत

इन भाषाशास्त्रियों ने ए श्रेणी में अफ्रीका के कैमरून, घाना और गाम्बिया जैसे देशों को रखा था। बी श्रेणी में फ़िलीपीन, इण्डोनेशिया, तंज़ानिया, इज़रायल, थाइलैण्ड, सोमालिया और इथियोपिया को जगह दी गयी थी। सी श्रेणी में भारत, पाकिस्तान, श्रीलंका और मलेशिया रखे गये थे।

जोशुआ फ़िशमैन ने टाइप सी देशों के बारे में अवधारणात्मक विश्लेषण करते हुए लिखा है कि टाइप सी की श्रेणी से संबंधित निर्णय लेने वाले देशों में राष्ट्रवाद सुविकसित तो अवश्य होता है, लेकिन एक परिघटना के तौर पर उसकी प्रकृति क्षेत्रीय परम्परा से अर्थात् उपराष्ट्रीयता से जुड़ती है। चाहे धार्मिक एकता का सवाल हो, या राजनीतिक अथवा आर्थिक एकजुटता का, कई देशों के अभिजन इस हक़ीक़त से वाक़िफ़ हैं। राष्ट्र-निर्माण के लिए भाषा चुनते समय सी श्रेणी से जुड़े फ़ैसले लेते समय क्षेत्रीय स्तर पर पेचीदगी का स्तर बी श्रेणी से ज़्यादा नहीं होता, क्योंकि बड़ी-बड़ी क्षेत्रीय परम्पराओं के पास अपनी भाषाएँ होती ही हैं। जटिलता तब पैदा होती है जब फ़ैसले राष्ट्रीय पैमाने को ध्यान में रख कर किये जाते हैं। कारण यह है कि राष्ट्र-भाषा के लिए किसी एक देशी भाषा को उम्मीदवार बनाते ही राष्ट्रीय मामलों के प्रबंधन में उसके मूल-भाषियों को दूसरों के मुक़ाबले नाजायज़ फ़ायदा मिलता दिखने लगता है। किसी पक्ष को ऐसा एकतरफ़ा लाभ न मिलने देने और राष्ट्र-भाषा की दावेदारियाँ करने वालों के बीच लगातार होने वाली होड़ से बचने के लिए राष्ट्रीय स्तर पर व्यापक संचार सुलभ कराने वाली एक विदेशी भाषा या तो क़ानूनी रूप से चुन ली जाती है या व्यावहारिक रूप से सहायक-सरकारी भाषा के तौर पर उसका इस्तेमाल शुरू कर दिया जाता है (कभी-कभी उसे देशी जड़ों वाली राष्ट्र-भाषा के साथ जोड़ दिया जाता है, जबकि असलियत में राष्ट्र-भाषा का इस्तेमाल उसके प्रकट अभिभावक बहुत कम ही करते हैं)। लेकिन सी श्रेणी के फ़ैसलों के लिए क्षेत्रीय स्तर पर होने वाला सामाजिक-सांस्कृतिक और राजनीतिक-कार्यगत एकीकरण बेहद अहम और ऊर्जावान साबित होता है। परिणामस्वरूप क्षेत्रीय स्तर पर मान्यता प्राप्त प्रत्येक राज-भाषा अपने क्षेत्रीय शासकीय, शैक्षिक, प्रौद्योगिकीय और आधुनिक सांस्कृतिक उद्देश्यों की प्राप्ति के लिए आधुनिकीकरण की ज़रूरत महसूस करती है। इसका मतलब यह नहीं है कि सी श्रेणी के देशों में राष्ट्रीय स्तर पर कोई भाषा-नियोजन नहीं होता। राष्ट्र का कामकाज चलाने वाले अधिकारियों को अक्सर व्यापक संचार सुलभ कराने वाली सहायक-सरकारी भाषा और देशी जड़ों वाली राष्ट्र-भाषा को नियोजन की प्रक्रिया से गुज़ारने की नाज़ुक ज़िम्मेदारी उठानी पड़ती है। दोनों ही भाषाओं का विरोध करने वाले किसी न किसी क्षेत्र में मौजूद रहते ही हैं। क्षेत्रीय स्तर पर भविष्य के आदर्श नागरिक से न्यूनतम द्विभाषी होने की अपेक्षा तो होती ही है। राष्ट्रीय परिप्रेक्ष्य में भी देशी जड़ों वाली राष्ट्र-भाषा और व्यापक संचार सुलभ कराने वाली विदेशी भाषा बरत सकने वाली द्विभाषिता अक्सर स्वाभाविक और वांछित मानी जाती है। इस प्रकार सी श्रेणी के देशों का आदर्श नागरिक बहुभाषी के रूप में देखा जाता है जो अपने प्रयोग की भाषाओं से सुपरिभाषित क़िस्म के अलग-अलग काम लेता है।

देखें : अर्थ-विज्ञान, डायग्लॉसिया, नोआम चोमस्की, फ़र्दिनैंद द सॅस्यूर, भाषा के मार्क्सवादी सिद्धांत, लक्षण-विज्ञान।

संदर्भ

1. एस. रोमेन (2009), 'लेंग्वेज पॉलिसी इन मल्टीलिंगुअल कांटेक्स्ट्स, जेकब मे (सम्पा.) *कंसाइज़ इनसाइक्लोपीडिया ऑफ़ प्रैगमेटिक्स,* एल्सेवियर, ऑक्सफ़र्ड.
2. जोनाथन पूल (1995), 'नैशनल डिवेलपमेंट ऐंड लेंग्वेज डायवर्सिटी', जोशुआ ए. फ़िशमैन (सम्पा.), *एडवांसिज़ इन सोसियोलॅजी ऑफ़ लेंग्वेज,* मौटन, द हेग.
3. चार्ल्स ए. फ़रग्युसन, ज्योतिरिंद्र दास गुप्ता और जोशुआ फ़िशमैन (सम्पा.) (1968), *लेंग्वेज प्रॉब्लम्स ऑफ़ डिवेलपिंग नेशंस,* जॉन विली, न्यूयॉर्क.
4. जोशुआ ए. फ़िशमैन (1969), 'नैशनल लेंग्वेजिज़ ऐंड लेंग्वेजिज़ ऑफ़ वायडर कम्युनिकेशन इन डिवेलपिंग नेशंस', *एंथ्रोपोलॅजीकल लिंग्विस्टिक्स,* खण्ड 11, अंक 4.

—अभय कुमार दुबे

राष्ट्र-राज्य

(Nation-State)

जैसा कि नाम से प्रकट है राष्ट्र-राज्य की अवधारणा और संरचना दो भिन्न प्रत्ययों से मिल कर बनी है। राज्य एक निश्चित सीमा वाले भू-क्षेत्र के निवासियों पर शासन करता है, क़ानून बनाता है, उनका अनुपालन करवाता है और टैक्स लगाता है। उसके पास एक अधिकारी-तंत्र होता है, मुद्रा होती है, पुलिस, फ़ौज और संचार-व्यवस्था होती है। अपने इन तमाम औज़ारों के दम पर उस भू-क्षेत्र में सम्प्रभुता का दावा करते हुए राज्य आक्रमण या प्रतिरक्षा के लिए युद्ध करता है, आंतरिक शांति और व्यवस्था क़ायम रखता है, लोगों को जेल में डालता है और अनगिनत तरीक़ों से लोगों के जीवन को नियंत्रित और विनियमित करता है। इसके विपरीत राष्ट्र साझा इतिहास, परम्परा, जातीयता और संस्कृति के तत्त्वों को मिला

कर कल्पित किया जाने वाला राजनीतिक समुदाय है। स्वयं को इस समुदाय का प्रतिनिधि मानने वाले लोग आत्म-निर्णय के अधिकार का दावा करते हुए एक राजनीतिक कार्यक्रम और परियोजना की रचना करते हैं ताकि उनके राष्ट्र को राज्य मिल सके।

सारी दुनिया राष्ट्र-राज्यों में बँटी हुई है, पर राष्ट्रत्व की सभी दावेदारियों को उनका राज्य प्राप्त नहीं है। मसलन, फ़्रांसीसियों, डचों, मिस्त्रियों, जापानियों, चीनियों, भारतीयों आदि को उनका राज्य मिल गया है। लेकिन यही बात फ़िलिस्तीनियों, श्रीलंकाई तमिलों, तिब्बतियों, चेचेन्यावासियों और कुर्दों के लिए नहीं कही जा सकती। राष्ट्रों को बहुत लम्बी अवधि तक बिना किसी भू-क्षेत्र के रहना पड़ सकता है। इसका उदाहरण यहूदियों का राष्ट्रत्व है जो आधुनिक युग में काफ़ी समय तक (1948 से पहले तक) अपनी धरती और अपने राज्य के बिना रहे हैं। एक राष्ट्र-राज्य के भीतर अपने राज्य की कामना करने वाले राष्ट्र हो सकते हैं (जैसे, मयनमार के भीतर करेन और संयुक्त राज्य के भीतर सियोक्स)। राज्य की कामना करने वाला राष्ट्र कई राज्यों की सीमाओं में फैला हो सकता है, जैसे कुर्द जिनकी आबादी कम से कम चार राज्यों में रहती है। अंतर्राष्ट्रीय समुदाय का बहुमत मानता है कि फ़िलिस्तीनियों को उनका राज्य मिलना चाहिए, फिर भी उन्हें दूसरे राज्यों के न्याय-क्षेत्रों के तहत रहना पड़ता है। लेकिन इसी तरह के दूसरे राष्ट्रों के दावे को इस तरह की मान्यता नहीं है, जैसे कोसोवो। संयुक्त राष्ट्र की स्थापना के समय उसके सदस्यों की संख्या 51 थी जो उपनिवेशवाद के पतन के बाद बढ़ कर 190 हो चुकी है।

राज्य बनते-बिगड़ते रहते हैं। युद्धों, आंतरिक विग्रह, एकीकरण, समझौता वार्ताओं और संधियों के ज़रिये उनकी सीमाओं में परिवर्तन होता है। चेकोस्लोवाकिया, युगोस्लाविया, पूर्व जर्मनी, पूर्वी पाकिस्तान, उत्तरी और दक्षिणी यमन, सोवियत संघ इसी तरह की प्रक्रियाओं के शिकार हो कर ख़त्म हो चुके हैं। कभी-कभी पैसे के लिए अपने राज्य की सीमा का एक हिस्सा दूसरे राज्य को बेच दिया जाता है। अलास्का का रूस से अमेरिका को हस्तांतरण इसी तरह से हुआ है। चूँकि राष्ट्र एक कल्पित अस्तित्व है इसलिए राज्य के ख़त्म हो जाने के बावजूद कुछ या बहुत से लोगों के लिए उसकी भावना और परिणामस्वरूप उसकी ज़रूरत बनी रह सकती है।

एक प्रश्न अक्सर उठता है कि राष्ट्र की कल्पना के आधार पर राज्य बनता है, या राज्य स्थापित होने के बाद उस पर राष्ट्रत्व आरोपित होता है? राष्ट्रवाद का इतिहास बताता है कि अगर युरोप में केंद्रीकृत सत्ता से सम्पन्न सर्वसत्तावादी राज्य का उदय न हुआ होता तो राष्ट्रवाद का विचार इस तरह से न पनपता। वेस्टफ़ेलिया की संधि के परिणामस्वरूप युरोपीय राज्य प्रणाली ने शक्ल-सूरत ग्रहण की। उत्तरी और पश्चिमी युरोप के क्लासिकल राष्ट्र-राज्य तत्कालीन भू-क्षेत्रीय राज्यों की सीमाओं में बने। लेकिन दूसरी पीढ़ी के राष्ट्र-राज्य (जैसे इटली, जर्मनी और मध्य व पूर्वी युरोप के देश) राष्ट्रवादी चेतना के प्रसार का नतीजा थे। राज्य पहले बनता है या राष्ट्र, इसका फ़ैसला बहुत कुछ परिस्थितियों और राष्ट्रनिर्माताओं के चरित्र व उद्गम पर भी निर्भर करता है। स्थापित राज्यों के राष्ट्रों में बदलने की प्रक्रिया बहुत कुछ राजा के दरबार में कार्यरत वकीलों, राजनयिकों और फ़ौजी अफ़सरों और उनसे मिल कर बनी नौकरशाही के हाथ में रही। जबकि राष्ट्रीय भावनाओं के फ़ैलने के बाद अस्तित्व में आए राष्ट्र-राज्यों के पीछे लेखकों, इतिहासकारों, विद्वानों और बुद्धिजीवियों का हाथ होता रहा है जिनकी कल्पनाशीलता और कार्यक्रमगत प्रयासों से चली राजनीतिक, राजनयिक और फ़ौजी एकीकरण की प्रक्रियाओं ने नयी इकाइयों का जन्म होता है।

द्वितीय विश्व-युद्ध के बाद तीसरी पीढ़ी के राष्ट्र-राज्य अंतर्राष्ट्रीय क्षितिज पर उभरे, जो अफ्रीका और एशिया में चली अ-उपनिवेशीकरण की प्रक्रिया का परिणाम थे। इन देशों में उपनिवेशवाद विरोधी संग्राम राष्ट्रवादी भावनाओं के तहत चलाया गया जिसके प्रभाव में राष्ट्र पहले कल्पित हुआ और फिर उसके आधार पर राज्य की रचना हुई। इस समीकरण की जटिलता यह थी कि राष्ट्रीय भावनाएँ अ-उपनिवेशीकरण को प्रोत्साहित कर रही थीं, जबकि राज्य-निर्माण की प्रक्रिया औपनिवेशिक प्रभुओं द्वारा तय डिज़ाइन के मुताबिक़ चल रही थी। चौथी पीढ़ी के राष्ट्र-राज्य सोवियत संघ के पराभव और उसके प्रभाव वाले पूर्वी युरोप के विखण्डन के कारण बीसवीं सदी के आख़िरी वर्षों में उभरे।

पिछले तीस साल के विकास-क्रम ने राष्ट्र-राज्य की सम्प्रभुता को भूमण्डलीकरण के रूप में उल्लेखनीय चुनौती दी है। वाणिज्य, संचार, उत्पादन और वित्त का भूमण्डलीकरण इतनी तेज़ रफ़्तार से हुआ है कि उससे पैदा होने वाली समस्याओं का निदान राष्ट्र-राज्य और राष्ट्रों के आपसी संबंधों के दायरे में पहले की तरह होना मुमकिन नहीं रह गया है। अंतर्राष्ट्रीय संबंधों के विद्वानों की मान्यता है कि अगर यही रुझान जारी रहा तो राष्ट्रीय सम्प्रभुता का क्षय और बढ़ जाएगा। नतीजतन ऐसी संस्थाएँ उभरेंगी जिनका चरित्र राष्ट्रेतर होगा। इन प्रेक्षकों ने यहाँ तक कहा है कि मौजूदा समय में राष्ट्र-राज्यों की भूमिका कमोबेश म्युनिसिपैलिटी की रह गयी है जिसका काम पूँजी निवेश आकर्षित करने के लिए अधिरचनात्मक सुविधाएँ मुहैया कराने तक सीमित है।

दूसरी श्रेणी उन प्रेक्षकों और विद्वानों की है जो मानते हैं कि किसी भी राजनीतिक या सामाजिक समुदाय को

अस्मिता की ज़रूरत होती है। जब अन्य अस्मिताएँ कमज़ोर पड़ जाती हैं या अनुपयोगी साबित होने लगती हैं तो राष्ट्र-राज्य इस ज़रूरत को पूरा करता है। उसने पहले भी यह भूमिका निभाई है और आज भी निभा रहा है। राष्ट्र-राज्य उस परिस्थिति में कम कामयाब होता है जब उसकी आबादी बड़े-बड़े हिस्सों में विभक्त हो और वे हिस्से अपनी पहले से जारी अस्मिताओं को राष्ट्रीय अस्मिता के तहत करने के लिए तैयार न हों। मलेशिया, इंडोनेशिया और युगोस्लाविया में इस तरह के उदाहरण देखे जा चुके हैं।

भूमण्डलीकरण की प्रक्रिया एक दूसरे कोण से भी राष्ट्र-राज्य के सामाजिक चरित्र को प्रभावित कर रही है। उसके सांस्कृतिक प्रभाव समाज को एटोमाइज़ेशन (व्यष्टीकरण) की तरफ़ धकेल रहे हैं। पुरानी सामाजिक, राजनीतिक और सांस्कृतिक इकाइयाँ टूटने की तरफ़ हैं। यहाँ तक कि छोटा परिवार भी टूटने के जोखिम का शिकार हो चुका है। विकसित देशों में यह प्रक्रिया तेज़ी से चल रही है। परिणामस्वरूप राष्ट्र-राज्य के संस्थागत प्राधिकार पर सवालिया निशान लगने लगा है।

भूमण्डलीकरण का एक अन्य लक्षण है क्षेत्रीयकरण। युरोपियन यूनियन की रचना इसका प्रभावशाली उदाहरण है। राष्ट्र-राज्यों ने अपने कई तरह के आर्थिक काम-काज क्षेत्रीय संगठनों के हवाले कर दिये हैं। भूमण्डलीकरण के कारण ही ग्लोबल सिटी जैसी परिघटना का भी उदय हुआ है। न्यूयॉर्क, लंदन और टोक्यो पहले दर्जे के ग्लोबल सिटी हैं। दूसरे दर्जे के ग्लोबल शहरों में लास एंजेलिस, फ्रैंकफ़र्ट, ज्यूरिख, पेरिस, सिडनी और सिंगापुर की गिनती है। ऐसे कई पहलू हैं जिनके कारण इन शहरों के अपने-अपने राष्ट्र-राज्यों से रिश्ते अब पहले जैसे नहीं रह गये हैं। मौद्रिक नीति, ब्याज दरों, वाणिज्यिक संधियों और आव्रजन जैसे मामलों में इन शहरों की नीतियाँ उनके राष्ट्र-राज्य से भिन्न हो सकती हैं।

देखें : अन्य-अन्यीकरण, उदारतावाद, कल्पित समुदाय, पार्थ चटर्जी, फ़ासीवाद, बहुसंख्यकवाद, बहुसंख्यक-अल्पसंख्यक, राज्य-1 और 2, राष्ट्रवाद, राष्ट्रवाद का इतिहास, राष्ट्र : सांस्कृतिक या राजनीतिक, राष्ट्रवाद और नारीवाद, विनायक दामोदर सावरकर, सर्वसत्तावाद, सम्प्रभुता, हिंदुत्व।

संदर्भ

1. ए.डी. स्मिथ (1991), *थियरीज़ ऑफ़ नैशनलिज़म,* डकवर्थ, लंदन.
2. पी. स्पेंसर और एच. वूलमैन (2002), *नैशनलिज़म : अ क्रिटिकल इंट्रोडक्शन,* सेज, लंदन.
3. जे. बारकिन और बी. क्रोनिन (1994), 'द स्टेट ऐंड द नेशन : चेंजिंग नॉर्म्स ऐंड द रूल्स ऑफ़ सोवरिनिटी इन इंटरनैशनल रिलेशंस', *इंटरनैशनल ऑर्गनाइज़ेशन,* अंक 48.
4. एम. क्रेवेल्ड (1999), *द राइज़ ऐंड द डिक्लाइन ऑफ़ द स्टेट,* केम्ब्रिज युनिवर्सिटी प्रेस, केम्ब्रिज.
5. आर. जैक्सन और ए. जेम्स (सम्पा.) (1993), *स्टेट्स इन अ चेंजिंग वर्ल्ड,* क्लैरेंडन प्रेस, ऑक्सफ़र्ड.

— अभय कुमार दुबे

राष्ट्र : सांस्कृतिक / राजनीतिक

(Nation : Cultural/Political)

राष्ट्रवाद के सैद्धांतिक संदर्भ में यह बहस लम्बे अरसे से चल रही है कि राष्ट्र मुख्यतः सांस्कृतिक होता है या राजनीतिक। अगर राष्ट्र के राजनीतिक स्वरूप पर उसका सांस्कृतिक आधार हावी है, तो क्या इसे सकारात्मक समीकरण समझा जाना चाहिए या नकारात्मक? या अगर किसी राष्ट्र की संरचना में प्राथमिकता राजनीतिक स्वरूप को मिली हुई है तो उसका मूल्य-निर्धारण किस प्रकार किया जाएगा? इसी प्रश्न को एक दूसरे नज़रिये से इस तरह भी पूछा जा सकता है कि राजनीतिक और सांस्कृतिक राष्ट्रवादों में से कौन सा रूप अधिक समावेशनकारी है और कौन सा बहिर्वेशनकारी?

आम तौर पर समझा जाता है कि समान भाषा, साझी परम्परा, समरूप प्रजातीय आधार, जातीयता और ऐतिहासिक चेतना से किसी राष्ट्र का सांस्कृतिक आधार बनता है। साझी भाषा और संस्कृति का यह आधार दो तरह की राष्ट्रवादी परियोजनाओं को जन्म देता है। पहली, किसी बड़ी और प्रधान राष्ट्रीयता के तहत ख़ुद को उत्पीड़ित मानने वाली छोटी राष्ट्रीयताओं की सांस्कृतिक दावेदारी जिसकी अभिव्यक्ति लोकतांत्रिक तरीक़े से भी हो सकती है और हथियारबंद तरीक़ों से भी। दूसरी, प्रधान राष्ट्रीयता द्वारा राजनीतिक अधिकारों के बदले छोटी राष्ट्रीयताओं को अपनी संस्कृति के साथ समरस करने की कोशिशें जिनका नतीजा खुली बहुसंख्यकवादी राजनीति में भी निकलता है (जैसे, भारत में प्रचलित हिंदुत्ववादी राष्ट्रवाद जिसकी अभिव्यक्ति लोकतांत्रिक तौर-तरीक़ों से होती है और श्रीलंका में सिंहली राष्ट्रवाद जिसकी अभिव्यक्ति फ़ौजी दमन में होती है)।

स्विट्ज़रलैण्ड कई भाषाओं और इंडोनेशिया कई धर्मों का राष्ट्र है। भारत में कई धर्म और कई भाषाएँ हैं। अमेरिकी राष्ट्र कई तरह की ऐतिहासिक परम्पराओं और जातीय पृष्ठभूमियों से मिल कर बना है। सारी दुनिया में फैली हुई सफल राष्ट्रों की बहुसांस्कृतिकता साबित करने वाली ये मिसालें समरूप सांस्कृतिक आधार को ही राष्ट्रवाद की एकमेव परिभाषा नहीं बनने देतीं। इसके बरक्स अगर राष्ट्रवाद

में निहित समान राजनीतिक पहलुओं पर ग़ौर किया जाए तो स्पष्ट हो जाता है कि उनके बिना राष्ट्रवाद एक सिद्धांत और व्यवहार के तौर पर सम्भव ही नहीं है। स्वतंत्र और सम्प्रभु राज्यत्व की माँग करने वाला राजनीतिक कार्यक्रम और परियोजना उसका अनिवार्य आयाम है।

जैसे ही कोई राष्ट्रीयता स्वतंत्र राज्यत्व की माँग छोड़ती है, वैसे ही वह किसी अन्य राष्ट्रत्व के अधीन महज़ स्वायत्तता प्राप्त करके संतुष्ट होने के लिए मजबूर हो जाती है। पृथक् सम्प्रभु राज्य के कई संघर्ष बरसों तक हिंसक कार्रवाई का सहारा लेने के बाद भी सफलता की कोई उम्मीद न होने के कारण एक क़दम पीछे हटा कर स्वायत्तता की माँग पर समझौता कर लेते हैं। स्वायत्तता का पैकेज कई तरह के राजनीतिक अधिकारों से मिल कर बनता है। पर ऐसी राष्ट्रीयताएँ सत्ता पर क़ाबिज़ प्रधान राष्ट्रीयता द्वारा अपनायी जाने वाली सांस्कृतिक आत्मसातीकरण की प्रत्यक्ष या प्रच्छन्न नीतियों से हमेशा चौकन्नी रहती हैं। राष्ट्रवाद के राजनीतिक आयाम छोड़ने के कारण उन्हें अपनी भाषा और संस्कृति के पृथक् अस्तित्व और विकास की रक्षा के लिए लगातार जद्दोज़हद चलानी पड़ती है।

कुछ उदाहरणों पर ग़ौर करने से राष्ट्र के सांस्कृतिक और राजनीतिक आयामों की इस पेचीदगी का मुज़ाहिरा हो सकता है। मसलन, ऐसी राष्ट्रीयताएँ भी हैं जिनका एक हिस्सा सांस्कृतिक राष्ट्रवाद से आगे नहीं बढ़ना चाहता, पर उन्हीं का दूसरा हिस्सा सीधे-सीधे स्वतंत्र और सम्प्रभु राज्य पाने के लिए प्रयासरत रहता है। फ्रांस में बेस्क राष्ट्रवादी अपना आंदोलन केवल अपनी भाषा और संस्कृति की हिफ़ाज़त तक सीमित रखते हैं, पर स्पेन के बेस्क राष्ट्रवादी पृथक् राष्ट्र के लिए संघर्ष तक जाने के लिए तैयार हैं। भारत में सिक्ख राष्ट्रीयता का बड़ा हिस्सा एक तरफ़ आनंदपुर साहब प्रस्ताव में दर्ज माँगों के आधार पर क्षेत्रीय अधिकारों और स्वायत्तता की राजनीति संसदीय और लोकतांत्रिक ढंग से करता है (उसकी भाषा और संस्कृति संबंधी राजनीति इसी का एक हिस्सा है), और दूसरी तरफ़ उसका एक छोटा सा उग्रवादी हिस्सा ख़ालिस्तान के नाम से पृथक् राष्ट्र की माँग के लिए आतंकवादी हिंसा का रास्ता अपनाता है। वेल्स राष्ट्रवाद मुख्यतः भाषा और संस्कृति की रक्षा में दिलचस्पी रखता है। ब्रिटनी के ब्रेटन लोगों का राष्ट्रवाद फ्रांस से अलग होने के बजाय सिर्फ़ सांस्कृतिक आंदोलन के रूप में ही अभिव्यक्त होता है। संयुक्त राज्य अमेरिका में अफ्रीकी-अमेरिकी और अफ्रीकी-कैरेबियायी मूल के नागरिकों के बीच काफ़ी विकसित सांस्कृतिक समरसता है। पर वे अमेरिकी राष्ट्र के दायरे में रहते हुए ही अपनी विशिष्टता व्यक्त करना चाहते हैं। उनकी हैसियत जातीय अल्पसंख्यक की है।

दरअसल दुनिया के कई बड़े और सफल राष्ट्र अपनी अस्मिता की संरचना में मुख्य तौर से राजनीतिक हैं। यूनाइटिड किंगडम, फ्रांस, संयुक्त राज्य और भारत को इस राजनीतिक राष्ट्रवाद का क्लासिक उदाहरण माना जा सकता है। ब्रिटिश राष्ट्र चार राष्ट्रीयताओं के सांस्कृतिक मिलन पर स्थापित है। ये हैं इंग्लिश, वेल्स, स्कॉट और नार्दन आइरिश। अगर इस राष्ट्रवाद का राजनीतिक रूप प्रमुख न होता तो इतनी प्रबल और ऐतिहासिक रूप से विशिष्ट ये राष्ट्रीयताएँ लगातार एक साथ नहीं रह सकती थीं। अमेरिका ख़ुद को एक ऐसी सांस्कृतिक कुठाली (मेल्टिंग पॉट) की तरह पेश करता है जो संविधान आधारित उदारतावादी-लोकतांत्रिक मूल्यों की राजनीति में पगे हुए व्यापक राष्ट्रत्व के बंधनों में बँधा हुआ है। फ्रांस का राष्ट्रत्व तो अपने सूत्र 1789 की क्रांति से जोड़ कर उसे स्पष्ट रूप से आज़ादी, बराबरी और भाईचारे के आधारभूत उसूलों पर आधारित कर देता है। भारतीय राष्ट्रवाद की पश्चिमी प्रेक्षकों द्वारा अक्सर सांस्कृतिक कह कर आलोचना की जाती है, पर उसके राजनीतिक पहलुओं की प्रधानता की अनदेखी नहीं की जा सकती। भारतीय राष्ट्रवाद के संविधानसम्मत राजनीतिक रूप के कारण ही उसकी बहुसांस्कृतिकता, बहुजातीयता और बहुभाषिकता ने धीरे-धीरे पृथकतावाद के कई झटकों के बाद एक अनूठी भारतीय राष्ट्रीयता के तहत सह-अस्तित्व का जीवन गुज़ारना सीख लिया है।

विकासशील देशों के राष्ट्रवाद पर राजनीतिक पहलू शुरू से ही हावी हैं। ऐसे अधिकतर देशों औपनिवेशिक ग़ुलामी के ख़िलाफ़ संघर्ष करके राष्ट्रत्व और फिर राज्यत्व उपलब्ध किया है। इसलिए उनकी राष्ट्रीय अस्मिता की बुनियाद में एकजुटता क़ायम रखने की तीव्र अनुभूति है। इस राष्ट्रवाद के उपनिवेशवादी विरोधी चरित्र ने अब विशिष्ट उत्तर-औपनिवेशिक रूप ग्रहण कर लिया है जिसे राष्ट्रवाद की एक अलग क़िस्म के तौर पर भी पढ़ा जा सकता है।

तो क्या इन उदाहरणों के आधार पर मान लिया जाना चाहिए कि राजनीतिक राष्ट्रवाद ही श्रेयस्कर है? इस प्रश्न का उत्तर निर्विवाद क़िस्म की हाँ में नहीं दिया जा सकता। सोवियत संघ, युगोस्लाविया और चेकोस्लोवाकिया का कई राष्ट्रों में विघटन राजनीतिक राष्ट्रवाद के एक ख़ास तरह के मॉडल की नाकामी का प्रतीक है। ब्रिटिश राष्ट्रवाद की अपील पिछले दिनों कमज़ोर हुई है। वेल्स व स्कॉटिश राष्ट्रीय भावनाएँ मज़बूत हुई हैं। अफ्रीकी देशों ने अपने औपनिवेशिक प्रभुओं से जिस क़िस्म की राष्ट्रीय सीमाएँ प्राप्त की हैं, उनके कारण वहाँ जातीय और क़बीलाई संघर्ष एकता की संरचनाओं को लगातार संकटग्रस्त बनाये रखते हैं।

देखें : अन्य-अन्यीकरण, उदारतावाद, कल्पित समुदाय, पार्थ चटर्जी,

फ़ासीवाद, बहुसंख्यकवाद, बहुसंख्यक-अल्पसंख्यक, राज्य-1 और 2, राष्ट्रवाद, राष्ट्रवाद का इतिहास, राष्ट्र-राज्य, राष्ट्रवाद और नारीवाद, विनायक दामोदर सावरकर, सर्वसत्तावाद, सम्प्रभुता, हिंदुत्व।

संदर्भ

1. डी. ब्राउन (2000), *कंटेम्परेरी नैशनलिज़म : सिविक, एथनोक्लचरल ऐंड मल्टीकल्चरल पॉलिटिक्स,* रॉटलेज, लंदन.
2. एम. कैनोवन (1996), *नेशनहुड ऐंड पॉलिटिकल थियरी,* एलगर, शेल्टनहैम.
3. ए.डी. स्मिथ (1991), *थियरी ऑफ़ नैशनलिज़म,* डकवर्थ, लंदन, 1991
4. अर्नेस्ट गेलनर (1983), *नेशंस ऐंड नैशनलिज़म,* बेसिल ब्लैकवेल, ऑक्सफ़र्ड.

— अभय कुमार दुबे

राष्ट्रवाद

(Nationalism)

राष्ट्रवाद लोगों के किसी समूह की उस आस्था का नाम है जिसके तहत वे ख़ुद को साझा इतिहास, परम्परा, भाषा, जातीयता और संस्कृति के आधार पर एकजुट मानते हैं। इन्हीं बंधनों के कारण वे इस निष्कर्ष पर पहुँचते हैं कि उन्हें आत्म-निर्णय के आधार पर अपने सम्प्रभु राजनीतिक समुदाय अर्थात् 'राष्ट्र' की स्थापना करने का आधार है। राष्ट्रवाद के आधार पर बना राष्ट्र उस समय तक कल्पनाओं में ही रहता है जब तक उसे एक राष्ट्र-राज्य का रूप नहीं दे दिया जाता। हालाँकि दुनिया में ऐसा कोई राष्ट्र नहीं है जो इन कसौटियों पर पूरी तरह से फिट बैठता हो, इसके बावजूद अगर विश्व की एटलस उठा कर देखी जाए तो धरती की एक-एक इंच ज़मीन राष्ट्रों की सीमाओं के बीच बँटी हुई मिलेगी। राष्ट्रवाद का उदय अट्ठारहवीं और उन्नीसवीं सदी के युरोप में हुआ था, लेकिन अपने सिर्फ़ दो-ढाई सौ साल पुराने ज्ञात इतिहास के बाद भी यह विचार बेहद शक्तिशाली और टिकाऊ साबित हुआ है। राष्ट्रीय सीमाओं के भीतर रहने वाले लोगों को अपने-अपने राष्ट्र का अस्तित्व स्वाभाविक, प्राचीन, चिरंतन और स्थिर लगता है। इस विचार की ताक़त का अंदाज़ा इस हक़ीक़त से भी लगाया जा सकता है कि इसके आधार पर बने राष्ट्रीय समुदाय वर्गीय, जातिगत और धार्मिक विभाजनों को भी लाँघ जाते हैं। राष्ट्रवाद के आधार पर बने कार्यक्रम और राजनीतिक परियोजना के हिसाब से जब किसी राष्ट्र-राज्य की स्थापना हो जाती है तो उसकी सीमाओं में रहने वालों से अपेक्षा की जाती है कि वे अपनी विभिन्न अस्मिताओं के ऊपर राष्ट्र के प्रति निष्ठा को ही अहमियत देंगे। वे राष्ट्र के क़ानून का पालन करेंगे और उसकी आंतरिक और बाह्य सुरक्षा के लिए अपने प्राणों का बलिदान भी दे देंगे। यहाँ यह स्पष्ट कर देना ज़रूरी है कि आपस में कई समानताएँ होने के बावजूद राष्ट्रवाद और देशभक्ति में अंतर है। राष्ट्रवाद अनिवार्य तौर पर किसी न किसी कार्यक्रम और परियोजना का वाहक होता है, जबकि देशभक्ति की भावना ऐसी किसी शर्त की मोहताज नहीं है।

राष्ट्रवाद के आलोचकों की कमी नहीं है और न ही उसे ख़ारिज करने वालों के तर्क कम प्रभावशाली हैं। एक महाख्यान के तौर पर राष्ट्रवाद छोटी पहचानों को दबा कर पृष्ठभूमि में धकेल देता है। अंग्रेज़ों के ख़िलाफ़ चले राष्ट्रवादी आंदोलन के दौरान रवींद्रनाथ ठाकुर जैसी हस्तियाँ इस विचार को संदेह की निगाह से देखती थीं। पर दिलचस्पी का विषय तो यह है कि राष्ट्रवाद के ज़्यादातर आलोचक राष्ट्र की सीमा में रहने के लिए ही विवश नहीं हैं, पर उनमें से कई हस्तियाँ किसी न किसी राष्ट्र की स्थापना में योगदान करते हुए नज़र आती हैं। राष्ट्रवाद विभिन्न विचारधाराओं को भी अपने आगोश में समेट लेता है। भारत के उदाहरण पर ग़ौर करने से साफ़ हो जाता है कि किस प्रकार आधुनिकतावादी जवाहरलाल नेहरू, मार्क्सवादी कृष्ण मेनन, उद्योगवादविरोधी महात्मा गाँधी और इसी तरह कई तरह की विचारधाराओं के पैरोकारों ने मिल कर भारतीय राष्ट्रवाद का निर्माण किया है।

राष्ट्रवाद के प्रश्न के साथ कई सैद्धांतिक उलझनें जुड़ी हुई हैं। मसलन, राष्ट्रवाद और आधुनिक संस्कृति व पूँजीवाद का आपसी संबंध क्या है? पश्चिमी और पूर्वी राष्ट्रवाद के बीच क्या फ़र्क़ है? एक राजनीतिक परिघटना के तौर पर राष्ट्रवाद प्रगतिशील है या प्रतिगामी? हालाँकि धर्म को राष्ट्र के बुनियादी आधार के तौर पर मान्यता प्राप्त नहीं है, फिर भी भाषा के साथ-साथ धर्म के आधार पर भी राष्ट्रों की रचना होती है। सवाल यह है कि ये कारक राष्ट्रों को एकजुट रखने में नाकाम क्यों हो जाते हैं? सांस्कृतिक और राजनीतिक राष्ट्रवाद को अलग-अलग कैसे समझा जा सकता है? इन सवालों का जवाब देना आसान नहीं है, क्योंकि राजनीति विज्ञान में एक सिद्धांत के तौर पर राष्ट्रवाद का सुव्यवस्थित और गहन अध्ययन मौजूद नहीं है। विभिन्न राष्ट्रवादों का परिस्थितिजन्य चरित्र भी इन जटिलताओं को बढ़ाता है। यह कहा जा सकता है कि ऊपर वर्णित समझ के अलावा राष्ट्रवाद की कोई एक ऐसी सार्वभौम थियरी उपलब्ध नहीं है जिसे सभी पक्षों द्वारा मान्यता दी जाती हो।

मार्क्सवाद भी राष्ट्रवाद से संबंधित सिद्धांत मुहैया कराने में नाकाम रहा है। दुनिया भर के मज़दूरों को एक होने का नारा देने वाले मार्क्स और एंगेल्स मानते थे कि मज़दूरों

का कोई देश नहीं होता। अपने लेखन में उन्होंने वर्ग-विभाजन के परे जा कर राजनीतिक-सामाजिक और सांस्कृतिक एकता करने वाली किसी परिघटना को तरजीह नहीं दी। अपने युग के कुछ राष्ट्रीय संघर्षों के बारे में तो उनकी तिरस्कारपूर्ण धारणा यह थी कि वे नष्ट हो जाने के लिए अभिशप्त हैं। राष्ट्रवाद का कोई मुकम्मल सिद्धांत देने के बजाय उनकी रचनाएँ अपने युग की व्यावहारिक राजनीति के तहत राष्ट्रीय प्रश्न पर विचार करती हैं। दूसरे और तीसरे इंटरनैशनल में राष्ट्रवाद पर काफ़ी बहस हुई। लेनिन ने एक विशाल बहुजातीय साम्राज्य में क्रांति करने की समस्याओं से जूझते हुए राजनीतिक लोकतंत्र की आवश्यकता को अपने राष्ट्रवाद संबंधी विश्लेषण के केंद्र में रखा। उनका निष्कर्ष था कि राष्ट्रों को आत्म-निर्णय का अधिकार मिलना चाहिए। इसके बाद स्तालिन की विख्यात रचना *मार्क्सिज़म ऐंड नैशनल क्वेश्चन* सामने आयी जिसमें उन्होंने राष्ट्रवाद की थियरी देने की कोशिश की। स्तालिन ने राष्ट्र के पाँच मुख्य तत्त्व बताये : एक स्थिर और नैरंतर्य से युक्त समुदाय, एक अलग भू-क्षेत्र, समान भाषा, आर्थिक सुसंगति और सामूहिक चरित्र। चूँकि स्तालिन राष्ट्रों के उभार को उद्योगीकरण की ज़रूरतों से जोड़ कर देख रहे थे इसलिए उनका सिद्धांत राष्ट्रवाद की ऐतिहासिक पृष्ठभूमि और उससे उभरने वाले बहुत से प्रश्नों की उपेक्षा कर देता था। कुल मिला कर मार्क्सवादी मानते रहे कि राष्ट्रवाद पूँजीवाद के विकास में उसका सहयोगी बन कर उभरा है। इस लिहाज़ से उसे एक बूर्ज्वा विचारधारा की श्रेणी में रखा जाना चाहिए। राष्ट्रवाद प्रभुत्वशाली वर्गों को एकजुट करके राजनीतिक समुदाय की एक भ्रांत अनुभूति पैदा करता है ताकि पूँजीपतियों द्वारा किये जाने वाले अहर्निश शोषण और दरिद्रीकरण के बावजूद आम लोग धनी वर्ग के साथ एकता का एहसास करते रहें। मार्क्सवादी विमर्श का एक विरोधाभास यह है कि राष्ट्रवाद को पूँजीवादी वर्ग की विचारधारा मानने के बाद भी क्रांतिकारी राजनीति के धरातल पर कई कम्युनिस्ट पार्टियों ने राष्ट्रवाद को अपनी गोलबंदी का आधार बनाया है। क्रांति के पश्चात् समाजवादी समाज की रचना के लिए भी राष्ट्रवादी भावनाओं का इस्तेमाल किया गया है।

सत्तर के दशक में होरेस बी. डेविस ने मार्क्सवादी तर्कों का सार-संकलन करते हुए राष्ट्रवाद के एक रूप को ज्ञानोदय से जोड़ कर बुद्धिसंगत क़रार दिया, और दूसरे रूप को संस्कृति और परम्परा से जोड़ कर भावनात्मक बताया। लेकिन, डेविस ने भी राष्ट्रवाद को एक औज़ार से ज़्यादा अहमियत नहीं दी और कहा कि हथौड़े से हत्या भी की जा सकती है और निर्माण भी। राष्ट्रवाद के ज़रिये जब उत्पीड़ित समुदाय अपनी आज़ादी के लिए संघर्ष करते हैं तो वह एक सकारात्मक नैतिक शक्ति बन जाता है, और जब राष्ट्र के नाम पर आक्रमण की कार्रवाई की जाती है तो उसका नैतिक बचाव नहीं किया जा सकता। राष्ट्रवाद की सभी मार्क्सवादी व्याख्याओं में सर्वाधिक चमकदार थियरी बेनेडिक्ट ऐंडरसन द्वारा प्रतिपादित 'कल्पित समुदाय' (इमैजिन्ड कम्युनिटीज़) की मानी जाती है। ऐंडरसन का मुख्य सरोकार यह है कि एक-दूसरे से कभी न मिलने वाले और एक-दूसरे से पूरी तरह अपरिचित लोग राष्ट्रीय एकता में किस तरह बँधे रहते हैं।

दरअसल, राष्ट्रवाद से संबंधित सभी व्याख्याएँ थोड़ी दूर चलने के बाद पेचीदा हो जाती हैं। इनमें एक प्रमुख व्याख्या यह है कि आधुनिकीकरण की प्रक्रिया राष्ट्रवाद के ज़रिये ख़ुद को ज़मीन पर उतारती है। इस तरह राष्ट्रवाद 'आधुनिकीकरण के धर्म' के तौर पर उभरता है। आधुनिकता के कारण सामाजिक जीवन में आयी ज़बरदस्त आर्थिक और राजनीतिक उथल-पुथल के बीच राष्ट्रवाद के ज़रिये ही व्यक्ति एक अस्मिता और संसक्ति के सूत्र हासिल कर पाया। दूसरी तरफ़ यह भी एक हक़ीक़त है कि राष्ट्रवाद कई बार आधुनिकीकरण को रोकने या सीमित करने वाली ताक़त भी साबित हुआ है। राष्ट्रवादी दलीलों के आधार पर ही ऐसे कई व्यापार समझौतों का विरोध किया जाता है जिनसे राष्ट्रीय उद्योगीकरण और आर्थिक समृद्धि की प्रक्रिया को गति मिल सकती है। राष्ट्रवाद के धार्मिक संस्करण (जैसे, ईरान का इस्लामिक राष्ट्रवाद या भारतीय राजनीति के धार्मिक पहलू) सेकुलरीकरण की प्रक्रिया को अगर पूरी तरह ठप नहीं कर पाते तो धीमा अवश्य कर देते हैं। दूसरे, तीसरी दुनिया के अधिकतर देशों में राष्ट्रवाद क़रीब आधी सदी बीत जाने के बाद भी उद्योगीकरण और खेतिहर अर्थव्यवस्था की जद्दोजहद में फँसा हुआ है।

पश्चिमी और पूर्वी राष्ट्रवादों की तुलना करने के दौरान कुछ विद्वानों ने पूर्वी राष्ट्रवाद को पश्चिमी राष्ट्रवाद के स्वस्थ मूल्यों की कमी का शिकार बताया है। कुछ विद्वान पश्चिमी राष्ट्रवाद को राजनीतिक और पूर्वी राष्ट्रवाद को सांस्कृतिक की श्रेणी में रखते हैं। इन धारणाओं के विपरीत कुछ अन्य विद्वान उल्टी मान्यता पेश करते करते हैं : युरोपियन राष्ट्रवाद एक देशज ऐतिहासिक प्रक्रिया से निकलने के कारण कहीं अधिक सांस्कृतिक है, जबकि पूर्वी राष्ट्रवाद उपनिवेशवाद विरोधी राजनीतिक आंदोलनों के हाथों गढ़े जाने के कारण मूलत: राजनीतिक है। दूसरे, अगर तीसरी दुनिया के देशों के राष्ट्रवाद पर प्रजातीय, जातीय और सांस्कृतिक पहलू हावी हैं तो उनके पीछे उपनिवेशवाद की भूमिका है जिसकी ज़िम्मेदारी पश्चिम पर ही डाली जानी चाहिए। उपनिवेशवादियों ने मनमाने ढंग से स्थानीय जातीयताओं की उपेक्षा की जिसके कारण अफ़्रीका में कई क़बीलाई और जातायी समुदाय दो परस्पर संघर्षरत राष्ट्रों में विभाजित हो गये हैं। तीसरे, भारत समेत ऐसे कई समाज हैं जो पारम्परिक

रूप से सांस्कृतिक, धार्मिक और भाषाई विविधता से सम्पन्न हैं। ऐसे समाजों में राष्ट्रवाद का अनुभव पश्चिमी अनुभव से भिन्न होना लाज़मी है। ऐसी परिस्थितियों में कभी तो राष्ट्रवाद बहुलताओं के बीच परस्पर संसक्ति के सूत्र का काम करता है, और कभी उपराष्ट्रीयताओं के बीच हिंसक संघर्ष और प्रतियोगिता में फँस जाता है।

पश्चिमी राष्ट्रवाद के प्रशंसक पूर्वी राष्ट्रवाद के कई कुछ पहलुओं को तर्कबुद्धि से परे बता कर उसके महत्त्व को ख़ारिज करते हैं। लेकिन कुछ विद्वानों ने ध्यान दिलाया है कि इस तरह के तत्त्व पश्चिमी राष्ट्रवाद में भी निर्णायक रूप से मौजूद हैं। मसलन, अगर भारतीय राष्ट्रवादी किसी ज़माने में काली देवी की आराधना करके प्रेरणा प्राप्त करते थे, तो युरोप के रोमानी राष्ट्रवादी भी इसी प्रकार के सामूहिकतावादी, हिंसक और आध्यात्मिक आयामों से प्रेरित होते रहे हैं। पश्चिम के राष्ट्रवाद को उदार, समझदार और सार्वदेशिक साबित करना एक व्याख्यात्मक आदर्श की उपलब्धि तो करा सकता है, पर व्यावहारिक रूप से ऐसा नहीं है। पश्चिमी राष्ट्रवाद हो या पूर्वी राष्ट्रवाद, दोनों ही परिस्थितियों में सांस्कृतिक और राजनीतिक राष्ट्रवाद एक-दूसरे से प्रतियोगिता करते हुए एक-दूसरे को पुष्ट करते चलते हैं।

भूमण्डलीकरण की प्रक्रिया ने राष्ट्रवाद को ज़बरदस्त चुनौती दी है। बीसवीं सदी के आख़िरी दो दशकों और इक्कीसवीं सदी के पहले दशक के बाद कहा जा सकता है कि कम से कम दुनिया का प्रभु वर्ग एक सी भाषा बोलता है, एक सी यात्राएँ करता है, एक सा ख़ाना खाता है। उसके लिए राष्ट्रीय सीमाओं के कोई ख़ास मायने नहीं रह गये हैं। इसके अलावा आर्थिक भूमण्डलीकरण, बड़े पैमाने पर होने वाली लोगों की आवाजाही, इंटरनेट और मोबाइल फ़ोन जैसी प्रौद्योगिकीय प्रगति ने दुनिया में फ़ासलों को बहुत कम कर दिया है। ऐसे लोगों की संख्या बढ़ती जा रही है जो अपने देश और सांस्कृतिक माहौल से दूर काम और जीवन की सार्थकता की तलाश में जाना चाहते हैं। युरोप की धरती ने राष्ट्रवाद को जन्म दिया था, और वहीं अब युरोपीय संघ का उदय राष्ट्रवाद का महत्त्व कम कर रहा है। इस नयी परिस्थिति में कुछ विद्वान कहने लगे हैं कि जिन ताक़तों ने कभी राष्ट्रवाद को मज़बूत किया था, वे ही उसके पतन का कारण बनने वाली हैं। राष्ट्रीय संरचनाओं के बजाय राष्ट्रों से परे जाने वाले आर्थिक और राजनीतिक गठजोड़ आने वाली सदियों पर हावी रहेंगे।

इन दावों में सच्चाई तो है, लेकिन केवल आंशिक क़िस्म की। एक राजनीतिक ताक़त के रूप में राष्ट्रवाद आज भी निर्णायक बना हुआ है। पूर्व में चल रहे सांस्कृतिक पुनरुत्थानवादी आंदोलन, दुनिया भर में हो रही नस्ल और आव्रजन संबंधी बहस और पश्चिम का बीपीओ (बिजनेस प्रोसेस आउटसोर्सिंग) संबंधी विवाद इसका प्रमाण है। आज भी फ़िलिस्तीनियों द्वारा राष्ट्रीय आत्म-निर्णय का आंदोलन जारी है। ईस्ट तिमूर इण्डोनेशिया से हाल ही में आज़ाद हो कर अलग राष्ट्र बना है।

भूमण्डलीकरण की प्रक्रिया ने राष्ट्रवाद के बोलबाले को कुछ संदिग्ध अवश्य कर दिया है, पर इस तथ्य से इनकार नहीं किया जा सकता कि उदारतावादी और लोकतांत्रिक राज्य से गठजोड़ करके ग़रीबी और पिछड़ेपन के शिकार समाजों को आगे ले जाने में राष्ट्रवाद की ऐतिहासिक भूमिका को नकारा नहीं जा सकता। सभी उत्तर-औपनिवेशिक समाजों ने अपने वैकासिक लक्ष्यों को वेधने के लिए राष्ट्रवाद का सहारा लिया है। ख़ास तौर से भारत जैसे बहुलतामूलक समाजों को एक राजनीतिक समुदाय में विकसित करने में राष्ट्रवाद एक प्रमुख कारक रहा है।

देखें : अन्य-अन्यीकरण, उदारतावाद, कल्पित समुदाय, पार्थ चटर्जी, फ़ासीवाद, बहुसंख्यकवाद, बहुसंख्यक-अल्पसंख्यक, बेनेडिक्ट ऐंडरसन, राज्य-1 और 2, राष्ट्रवाद का इतिहास, राष्ट्र-राज्य, राष्ट्र : सांस्कृतिक या राजनीतिक, राष्ट्रवाद और नारीवाद, विनायक दामोदर सावरकर, सर्वसत्तावाद, सम्प्रभुता, हिंदुत्व।

संदर्भ

1. ई.जे. हॉब्सबॉम (1089), *नेशंस ऐंड नैशनलिज़म सिंस 1789,* केम्ब्रिज युनिवर्सिटी प्रेस, केम्ब्रिज.
2. एस. सेठ (1995), *मार्क्सिस्ट थियरी ऐंड नैशनलिस्ट पॉलिटिक्स,* सेज, नयी दिल्ली.
3. ए. स्मिथ (1994), *नैशनलिज़म : अ रीडर,* खण्ड 1, ऑक्सफ़र्ड युनिवर्सिटी प्रेस, ऑक्सफ़र्ड.
4. सुनलिनी कुमार (2008), 'नैशनलिज़म', राजीव भार्गव और अशोक आचार्य (सम्पा.), *पॉलिटिकल थियरी : ऐन इंट्रोडक्शन,* पियर्सन लोंगमेन, नयी दिल्ली.

— अभय कुमार दुबे

राष्ट्रवाद और नारीवाद

(Nationalism and Feminism)

एक विचार के तौर पर राष्ट्रवाद और नारीवाद अपने विकास के लिए एक-दूसरे पर निर्भर हैं। युरोप की ज़मीन पर दोनों का इतिहास अलग-अलग परवान चढ़ने को है। युरोप में स्त्री के अधिकारों की दावेदारी जब शुरू हुई, उस समय तक राष्ट्रवाद के क़दम वहाँ पूरी तरह से जम चुके थे। विरोधाभास यह था कि उसकी जीत में औरतों की हिस्सेदारी थी, पर उसके बदले औरत को उसका हिस्सा देने के लिए वह क़तई तैयार नहीं था। अंततः युरोपीय राष्ट्रवाद एक पौरुषपूर्ण प्रोजेक्ट के रूप में कल्पित किया गया था जिसके तहत पराक्रमी मर्द को 'स्त्री की तरह अरक्षित राष्ट्र' की हिफ़ाज़त करने के लिए अपना सब कुछ होम कर देना था। नारीवादी चिंतकों ने इस ओर भी ध्यान दिलाया है कि राष्ट्र को एक 'स्वाभाविक' निर्मिति के रूप में स्थापित करने के लिए परिवार के रूपक का इस्तेमाल किया गया है। एक बार जब राष्ट्र परिवार की तरह ही स्वाभाविक मान लिया जाता है, तो फिर वह बदले में स्त्रियों और बच्चों की अधीनस्थता की बुनियाद पर टिकी परिवार की संस्था के निरंतर वैधीकरण का शक्तिशाली स्रोत बन जाता है। इन्हीं दो मुख्य कारणों से नारीवाद का राष्ट्रवाद के साथ छत्तीस का आँकड़ा बन गया। पश्चिमी राष्ट्रवाद का परवर्ती विकास जिन परिस्थितियों में हुआ, उसने भी नारीवाद और राष्ट्रवाद के इस रिश्ते को तल्ख़ी प्रदान की। चूँकि नारीवाद के बुनियादी संघर्षों में एक प्रमुख संघर्ष परिवार की संरचना में मूलभूत संशोधन के लिए भी चलाया जाता है, इसलिए उसे राष्ट्रवाद की न केवल आलोचना करनी पड़ी, बल्कि वर्तमान और भविष्य का निर्माण करने वाले औज़ार के रूप में उसे ख़ारिज करने की हद तक जाना पड़ा।

लेकिन भारतीय ज़मीन पर राष्ट्रवाद और नारीवाद के ताल्लुकात युरोप जैसे नहीं हैं। सरोजिनी नायडू ने 1928 में लंदन में एक इंटरव्यू देते हुए भारतीय स्त्रियों के आंदोलन को 'नारीवादी' मानने से इनकार कर दिया था। इसके बाद 1930 में आल इण्डिया वुमंस कांफ्रेंस की सालाना बैठक की अध्यक्षता करते हुए उन्होंने फिर यही दावा दोहराया। लेकिन आंदोलन में सक्रिय महिलाएँ 'फ़ेमिनिस्ट' लकब का इस्तेमाल करती रहीं। इसमें कोई शक नहीं कि इन नारीवादियों की निगाह में युरोपीय राष्ट्रवाद की तरह भारतीय राष्ट्रवाद भी एक पौरुषपूर्ण प्रोजेक्ट था। राष्ट्रवाद के इस संस्करण पर किये गये समाज-वैज्ञानिक चिंतन ने दिखाया है कि किस प्रकार इसकी मुख्य प्रवृत्ति स्त्री के प्रश्न को सार्वजनिक धरातल पर हल करने के बजाय परिवार के दायरे में रखने की रही है। उन्नीसवीं सदी में समाज सुधार की राजनीति से लेकर बीसवीं सदी में उपनिवेशवाद से सीधी टक्कर लेने की राजनीति तक राष्ट्रवादी परियोजना पूरी कोशिश करती है कि पुरानी की जगह आधुनिक प्रतीत होने वाली एक नयी पितृसत्ता खड़ी की जाए। लेकिन इस सीमा के बावजूद ऐतिहासिक परिस्थितियाँ भिन्न होने के कारण भारतीय ज़मीन पर नारीवाद और राष्ट्रवाद के बीच युरोप से अलग क़िस्म की अन्योन्यक्रिया दिखाई पड़ती है।

एक ही समय में साथ-साथ पनपने वाले इन दोनों विचारों के बीच भारतीय संदर्भ में एकता और संघर्ष के रिश्ते बने। उपनिवेशवाद विरोधी गोलबंदी के शिखर पर होने के नाते राष्ट्रवाद तेज़ी से अपना वर्चस्व स्थापित करता चला गया। नारीवाद उसकी मदद लेता हुआ धीरे-धीरे आगे बढ़ते हुए समाज के भीतर अपनी गुंजाइशें तलाशता रहा। उसका प्रसार और गहराई आधुनिकीकरण की उस प्रक्रिया पर निर्भर था जो मुख्यतः राजनीतीकरण की अगुआयी में चलनी शुरू हुई थी। ऐसी बात नहीं कि उपनिवेशवाद विरोधी राष्ट्रवाद के वर्चस्व को चुनौती देने वाली ताक़तें मौजूद न रही हों। मद्रास प्रेसीडेंसी में रामस्वामी नायकर पेरियार का आत्मसम्मान आंदोलन गाँधी के नेतृत्व में चल रही मुहिम के साथ नाता तोड़ ही चुका था। महाराष्ट्र में ज्योतिराव फुले के आदर्शों का अनुगमन कर रही दलित-बहुजन धारा और उनके उत्तराधिकारी भीमराव आम्बेडकर भी इस राष्ट्रवादी धारा के अंग बनने के लिए तैयार नहीं हुए। विनायक दामोदर सावरकर द्वारा प्रतिपादित 'हिंदुत्व' नामक राजनीतिक विचारधारा ने भी आज़ादी के आंदोलन को हाथ भर दूर से ही देखना पसंद किया। लेकिन इतिहास गवाह है कि अपने अधिकारों के प्रति जागरूक हो रही भारतीय स्त्रियों ने ऐसा न करके एक दोहरी लड़ाई लड़ी। उन्होंने राष्ट्रवाद की उपनिवेशवाद विरोधी राजनीतिक दावेदारी में अपना स्वर मिलाना मंजूर किया, क्योंकि उसके माध्यम से उनके लिए एक नया दिगंत खुल रहा था। दूसरी तरफ़ उन्होंने राष्ट्रवाद की मर्दवादी सांस्कृतिक अभिव्यक्तियों और जकड़बंदियों को चुनौतियाँ देते हुए राष्ट्रवादी एजेंडे में नारीवादी एजेंसी के ज़रिये पितृसत्ता विरोधी पहलुओं का समावेश करने का यत्न किया। भारतीय नारीवाद की यह रणनीति मोटे तौर पर एशिया और मध्य-पूर्व के अधिकतर देशों में उपनिवेशवाद विरोधी संघर्ष के दौरान विकसित हुए राष्ट्रवाद और नारीवाद के कुछ अलग क़िस्म के रिश्ते के मुताबिक़ ही थी।

इस रणनीति की पहली सुव्यवस्थित अभिव्यक्ति उस समय दिखाई दी जब भारतीय नारीवादियों और उनके संगठनों (वुमंस इण्डियन एसोसिएशन, आल-इण्डिया वुमंस कांफ्रेंस और नैशनल कौंसिल फ़ॉर वूमॅन) ने बीसवीं सदी के तीसरे दशक में अपनी सरगर्मियों से राष्ट्रवाद पर दबाव डालने में

कमोबेश कामयाबी हासिल की। यह मौक़ा उन्हें नस्लवादी और उपनिवेशवाद समर्थक रुझानों के लिए शोहरतयाफ़्ता अमेरिकी पत्रकार कैथरीन मेयो की कुख्यात पुस्तक *मदर इण्डिया* ने दिया। इस पुस्तक का प्रतिकार करने के लिए गाँधी के उपनिवेशवाद विरोधी आंदोलन को स्त्रियों की विशेष पहलक़दमी की ज़रूरत पड़ी। एक ब्रिटिश ख़ुफ़िया अधिकारी द्वारा सुझाई गयी विषयवस्तु को केंद्र बना कर मेयो ने *मदर इण्डिया* में यह दिख़ाने की कोशिश की थी कि जिस देश में स्त्रियों की हालत इतनी ख़राब हो, उसकी जनता को स्व-शासन माँगने का कोई अधिकार नहीं है। मेयो की इस पॉलिमिक्स के ज़रिये अंग्रेज़ राष्ट्रवादियों की उस चुनौती का जवाब भी देना चाहते थे जिसके प्रभाव में भारत का आधुनिकीकरण करने की उनकी दावेदारियाँ लगातार आहत होती जा रही थीं। मेयो के आरोपों एक हद तक तथ्यात्मक सच्चाई भी थी, पर उन्होंने ब्राह्मणवादी पितृसत्ता के साथ अंग्रेज़ महाप्रभुओं की साठगाँठ को पूरी तरह से छिपा लिया था। आज़ादी के आंदोलन के साथ सक्रिय नारीवादी संगठनों ने मेयो के आरोपों पर लीपापोती करने के बजाय इस मौके का फ़ायदा उठा कर स्त्री-प्रश्न को पूरी ज़ोरदारी के साथ केंद्रित किया। उन्हीं की कोशिशों से बालिकाओं का विवाह रोकने वाला शारदा एक्ट प्रस्तावित हुआ। मेयो द्वारा किये गये आक्रमण का परिणाम यह निकला कि राष्ट्रवाद के कंज़रवेटिव प्रवक्ताओं को भी हिचक के साथ ही सही, पर शारदा एक्ट का समर्थन करना पड़ा। हालाँकि शारदा एक्ट भी एक सीमित सुधार ही था, पर उसकी राजनीति ने भारतीय नारीवाद द्वारा भविष्य में अपनाये जाने वाले रास्ते की रूपरेखा बना दी। इसके बाद नारीवाद और राष्ट्रवाद के बीच एकता और संघर्ष के रिश्ते बनते चले गये।

राष्ट्रवाद के इन पहलुओं में भारतीय स्त्री को मुक्ति के रास्ते पर चलाने की प्रेरणाएँ अवश्य मौजूद थीं, लेकिन अंग्रेज़ों के ख़िलाफ़ जीत हासिल कर लेने के बाद उसकी सम्भावित भूमिका के बारे में कुल मिला कर एक दोहरा रवैया दिख रहा था। आधुनिकीकरण के राजनीतिक वाहकों का काम तो एक सामरिक चुप्पी से चल जाता था। स्त्री-प्रश्न हल करने की ज़िम्मेदारी वे आज़ाद भारत के राजनीतिक-आर्थिक निज़ाम पर डाल देते थे। लेकिन सांस्कृतिक राष्ट्रवाद के पहरुए मुखर थे। उनकी दिलचस्पी भविष्य की स्त्री गढ़ने में थी। उन्हें यह कहने में कोई हिचक नहीं थी कि आधुनिक हो या पारम्परिक, अंतत: स्त्री के पास पातिव्रत्य के अलावा और कोई विकल्प नहीं है। परम्परानिष्ठ राष्ट्रवादी जब ऐसी बातें बोलते थे, तो उनके पीछे एक ख़ास तरह के इतिहास की ताक़त होती थी। वे उस लीक को आगे बढ़ा रहे थे जिसने बौद्धिक आवेश से थरथराती उन्नीसवीं सदी में ही किसी राष्ट्रवादी नायिका की सम्भावनाओं को ख़त्म करने की हर सम्भव कोशिश की थी। नायिका बनने के लिए स्त्री को जिस साहस, उछाल और बहिर्मुखी रवैये की ज़रूरत पड़नी थी, उसकी सम्भावनाएँ भूदेव मुखोपाध्याय जैसे राष्ट्रवादी विद्वानों ने 'लज्जाशीलता' का विमर्श स्थापित करके पहले ही ख़त्म कर दी थीं। इस रोशनी में देखने पर पता चलता है कि सीमित सुधार का कार्यक्रम देने वाले उदारतावादी नायकों के मुक़ाबले स्त्री-मुक्ति की रैडिकल दावेदारी करने की जुर्रत करने वाली पण्डिता रमाबाई सरस्वती को भारतीय स्त्रियों की पहली नायिका मानने से इनकार क्यों किया गया, और फिर राष्ट्रवाद के महाआख्यान के तले उनकी स्मृति तक अँधेरे कोनों में कैसे दफ़्न हो गयी। क्या यह एक विचारणीय विरोधाभास नहीं है कि 1878-79 में जिस समय रमाबाई बंगाल के ब्रह्मसमाजियों और अन्य समाजसुधारकों के हाथों सम्मानित हो कर 'पण्डिता' और 'सरस्वती' की उपाधियाँ प्राप्त कर रही थीं, उसके चार-पाँच साल के भीतर ही भूदेव मुखोपाध्याय 'पारिवारिक प्रबंध' और 'लज्जाशीलता' जैसी रचनाएँ प्रकाशित कर रहे थे जिनका मक़सद आधुनिक होते हुए भारत में घरेलू जीवन संगठित करने के नये पितृसत्तात्मक मानक स्थापित करना था।

भारतीय राष्ट्रवाद और भारतीय नारीवाद के बीच इस विरोधाभासी संबंध की रोशनी में देखने से लगता है कि भारतीय राष्ट्रवाद के उन पहलुओं की उपेक्षा नहीं की जा सकती जो स्त्री-मुक्ति के लिए सकारात्मक थे। उन्नीसवीं सदी से ही आधुनिकीकरण के धरातल पर जिस राष्ट्रवादी नायक की छवि गढ़ी जा रही थी, वह इकहरे क़िस्म के स्त्री-विरोध का शिकार नहीं था। उसकी तस्वीर में राममोहन राय, ईश्वर चंद्र विद्यासागर और महादेव गोविंद रानाडे द्वारा स्त्रियों को परम्परा की ज़्यादतियों से मुक्त कराने की असाधारण कोशिशों के उदारतावादी रंग भरे हुए थे। भारतीय नारीवाद इन प्रयासों को हमदर्द निगाह देखता है। भारतीय नवजागरण के दोनों प्रमुख मुक़ामों (बंगाल और महाराष्ट्र) की घटनात्मकता बताती है कि पुरुषों के सुधारवादी और अनुदारतावादी खेमों के बीच स्त्री के प्रश्न को लेकर उस समय कैसा संग्राम चल रहा था। इस संघर्ष में किसी की पूरी जीत या हार नहीं हुई, पर पलड़ा उदारतावादियों का ही भारी रहा। इसीलिए स्त्रियों को उपनिवेशवाद विरोधी आंदोलन के मैदान में उतारने का कार्यक्रम पेश करके गाँधी सुधारवादी परम्परा के बेहतरीन उत्तराधिकारी के रूप में उभर सके।

देखें : अन्य-अन्यीकरण, उदारतावाद, कल्पित समुदाय, पार्थ चटर्जी, फ़ासीवाद, बहुसंख्यकवाद, बहुसंख्यक-अल्पसंख्यक, राज्य-1 और 2, राष्ट्रवाद, राष्ट्रवाद का इतिहास, राष्ट्र-राज्य, राष्ट्र : सांस्कृतिक या राजनीतिक, विनायक दामोदर सावरकर, सर्वसत्तावाद, सम्प्रभुता, हिंदुत्व।

संदर्भ

1. अभय कुमार दुबे (2012), 'पटरी से उतरी हुई औरतों का यूटोपिया और राष्ट्रवाद का प्रति-आख्यान', *प्रतिमान समय समाज संस्कृति,* प्रवेशांक.
2. मृणालिनी सिन्हा (2000), 'रिफ़ेशनिंग मदर इण्डिया: फ़ेमिनिज़्म ऐंड नैशनलिज़्म इन लेट-कोलोनियल इण्डिया', *फ़ेमिनिस्ट स्टडीज़,* खण्ड 26, अंक 3, पाइंट्स ऑफ़ डिपार्चर : इण्डियाऐंड साउथ एशियन डायस्पोरा.
3. जान जिंडी पैटमेन (1998), 'नैशनलिज़्म ऐंड आफ्टर', *रिव्यू ऑफ़ इंटरनैशनल स्टडीज़,* खण्ड 24, द एटी इयर्स क्राइसिस 1919-1999.
4. रंजू सियोदू हेर (2003), 'द पॉसिबिलिटी ऑफ़ नैशनलिस्ट फ़ेमिनिज़्म', *हायपैतिया,* खण्ड 18, अंक 3.
5. पार्थ चटर्जी (1999), 'द नैशनलिस्ट रिज़ोल्यूशन ऑफ़ वुमंस क्वेश्चन', कुमकुम संगारी और सुदेश वैद (सम्पा.), *रिकॉस्टिंग वुमॅन : एसेज़ इन कोलोनियल हिस्ट्री,* काली फ़ॉर वुमॅन प्रेस.

— अभय कुमार दुबे

राष्ट्रवाद का इतिहास

(Nationalism : A History)

राष्ट्रवाद और आधुनिक राज्य के इतिहास के बीच एक संरचनागत संबंध है। सोलहवीं और सत्रहवीं सदी के आस-पास युरोप में आधुनिक राज्य का उदय हुआ जिसने राष्ट्रवाद के उभार में सर्वाधिक महत्त्वपूर्ण भूमिका निभायी। राज्य का यह रूप अपने पहले के रूपों से भिन्न था। इसकी सत्ता केंद्रीकृत, सम्प्रभु और अविभाजित थी। इसके विपरीत मध्ययुगीन युरोप में राजसत्ता किसी एक सम्प्रभु शासक या सरकार के पास रहने के बजाय बँटी हुई थी। आधुनिक राज्य ने सत्ता का यह बँटवारा ख़त्म कर दिया जिसके आधार पर राष्ट्रवाद का विचार पनप सका। राष्ट्रवाद के सिद्धांत को समझने के लिए उस घटनाक्रम को समझना आवश्यक है जिसने आधुनिक राजसत्ता के जन्म के हालात बनाये।

मध्य युग में सम्राटों और राजवंशों का अस्तित्व था, पर उन्हें क्षैतिज रूप से चर्च के साथ और स्तम्भीय रूप से सामंतों और सूबेदारों के साथ सत्ता में साझेदारी करनी पड़ती थी। चर्च इतना ताक़तवर था कि वह हुक्मरानों जितना और कभी-कभी उनसे भी ज़्यादा ताक़तवर हुआ करता था। चौथी सदी में रोमन सम्राट कॉन्स्टेटाइन द्वारा ईसाई धर्म अपना लेने के बाद से चर्च की शक्ति में लगातार बढ़ोतरी होती चली गयी थी। राजकीय धर्म हो जाने के कारण ईसाइयत का प्रसार न केवल युरोप के कोने-कोने में हो गया, बल्कि पूर्व में तुर्की और रूस तक फैलता चला गया। छठीं सदी तक युरोप में जगह-जगह कैथॅलिक चर्च और हुक्मरानों के बीच परस्परव्यापी सत्ता की संरचनाएँ विकसित हो गयीं। राजाओं का दावा यह था कि वे दैवी आदेश से हुकूमत कर रहे हैं, और दूसरी तरफ़ चर्च ग़ैर-धार्मिक अर्थों में एक हद तक राजनीतिक बागडोर अपने हाथ में रखता था। चर्च के पास प्रजा पर टैक्स लगाने तक के अधिकार थे। चर्च और राजा के बीच का यह असहज संबंध एक सर्वशक्तिमान क़िस्म की राजसत्ता के उदय में बाधक था। दूसरी तरफ़ सम्राट को श्रेणीक्रम के आधार पर संचालित प्रणाली के आधार पर ताक़तवर कुलीनों और सामंतों के साथ भी सत्ता में साझेदारी करनी पड़ती थी। राजनीतिक और आर्थिक स्तरों पर काम करने वाली यह जटिल प्रणाली जनसाधारण और मालिक वर्ग को लार्ड्स और भू-दासों में बाँट देती थी। स्थानीय स्तर पर लार्ड अपने जागीरदार पर और जागीरदार अपने अधीनस्थ जागीरदार पर हुक्म चलाता था।

दरअसल, युरोप की तत्कालीन परिस्थितियाँ कई कारणों से एक निश्चित भू-क्षेत्र और आबादी के दायरे में केंद्रीकृत राजनीतिक समुदाय बनने से रोकती थीं। परिवहन और संचार के नेटवर्कों का अभाव भी एक वजह थी जिसके कारण सत्ता में हिस्सेदारी करना एक मजबूरी थी। लगातार युद्धों, जीत-हार और अलग राज्य बना लेने की प्रवृत्तियों के कारण हुकूमतों की सीमाएँ लगातार बनती-बिगड़ती रहती थीं। शाही ख़ानदानों के बीच होने वाली शादियों में पूरे-पूरे के भू-क्षेत्र दहेज़ और तोहफ़ों के तौर पर दे दिये जाते थे जिससे एक इलाक़े की जनता रातों-रात दूसरे राज्य की प्रजा बन जाती थी। लेकिन इस राजनीतिक परिवर्तन से जनता के रोज़मर्रा के जीवन पर कोई ख़ास फ़र्क़ नहीं पड़ता था। लोगों की एक इलाक़े से दूसरे में आवाजाही पर कोई पाबंदी नहीं थी। कोई कहीं भी जा कर काम शुरू कर सकता था, कहीं भी विवाह कर सकता था। राजनीति, प्रशासन, क़ानून और संस्कृति इसी तरह से विकेंद्रीकृत ढंग से चलते रहते थे। पूरा युरोप बोलचाल, रीति-रिवाज और आचार-व्यवहार में बेहद विविधतापूर्ण था। संस्कृति में कोई समरूपता नहीं थी।

इस विकेंद्रीकृत स्थिति में परिवर्तन की शुरुआत इंग्लैण्ड में ट्यूडर और फ्रांस में बोरबन राजवंशों के सुदृढ़ीकरण से हुई। इन दोनों वंशों ने तिजारती पूँजीपतियों की मदद से अपनी सत्ता मज़बूत की। व्यापार से कमायी गयी धन-दौलत के बदौलत ये राजवंश आमदनी के लिए अपने जागीरदारों पर उतने निर्भर नहीं रह गये। धीरे-धीरे सामंती गवर्नरों से उनकी सत्ता छिनने लगी। सामंतों की जगह तिजारती पूँजीपति आ गये। दूसरी तरफ़ पंद्रहवीं सदी के दौरान चर्च में हुए धार्मिक सुधारों ने कैथॅलिक चर्च की ताक़त

को काफ़ी हद तक घटा दिया। इन दोनों परिवर्तनों ने सम्राटों को पूरे क्षेत्र पर सम्पूर्ण और प्रत्यक्ष शासन करने का मौक़ा प्रदान किया। भू-क्षेत्रीय सीमाओं का अनुपालन होने लगा। धर्म, शिक्षा और भाषा के मामले में जनसाधारण को मानकीकरण के दौर से गुज़रना पड़ा। नागरिकों के आवास और यात्रा पर भी नियम-क़ानून आरोपित किये जाने लगे। स्थाई शाही सेनाओं की भरती और रख-रखाव पर विशेष ध्यान दिया जाने लगा। परिवहन, संचार और शासन की प्रौद्योगिकियों का विकास हुआ जिनके कारण नरेशों और सम्राटों को अपने राजनीतिक लक्ष्य प्रभावी ढंग से वेधने में आसानी होने लगी।

इस घटनाक्रम के दूरगामी प्रभाव पड़े। एक सर्वसत्तावादी राज्य का उदय हुआ जो सम्प्रभुता, केंद्रीकृत शासन और स्थिर भू-क्षेत्रीय सीमाओं के लक्षणों से सम्पन्न था। आज के आधुनिक राज्य में भी यही ख़ूबियाँ हैं। फ़र्क़ यह है कि तत्कालीन राज्य पर ऐसे राजा का शासन था जो घमण्ड से कह सकता था कि मैं ही राज्य हूँ। लेकिन, इसी सर्वसत्तावादी चरित्र के भीतर सांस्कृतिक, भाषाई और जातीय समरूपता वाले 'राष्ट्र' की स्थापना की परिस्थितियाँ मौजूद थीं। सामंती वर्ग को प्रतिस्थापित करने वाला वणिक बूर्ज्वा (जो बाद में औद्योगिक बूर्ज्वा में बदल गया) राजाओं का अहम राजनीतिक सहयोगी बन चुका था। एक आत्मगत अनुभूति के तौर पर राष्ट्रवाद का दर्शन इसी वर्ग के अभिजनों के बीच पनपना शुरू हुआ। जल्दी ही ये अभिजन अधिक राजनीतिक अधिकारों और प्रतिनिधित्व के लिए बेचैन होने लगे। पूरे पश्चिमी युरोप में विधानसभाओं और संसदों में इनका बोलबाला स्थापित होने लगा। इसका नतीजा युरोपीय आधुनिकता की शुरुआत में राजशाही और संसद के बीच टकराव की घटनाओं में निकला। 1688 में इंग्लैण्ड में हुई ग्लोरियस रेवोल्यूशन इसका सबसे बड़ा प्रमाण है। इस द्वंद्व में पूँजीपति वर्ग के लिए लैटिन भाषा का शब्द 'नेशियो' महत्त्वपूर्ण बन गया। इसका मतलब था जन्म या उद्गम या मूल। इसी से 'नेशन' बना।

अट्ठारहवीं सदी में जब सामंतवाद चारों तरफ़ पतनोन्मुख था और युरोप औद्योगिक क्रांति के दौर से गुज़र रहा था, पूँजीपति वर्ग के विभिन्न हिस्से राष्ट्रवाद की विचारधारा के तले एकताबद्ध हुए। उन्होंने ख़ुद को एक समरूप और घनिष्ठ एकता में बँधे राजनीतिक समुदाय के प्रतिनिधियों के तौर पर देखा। नेशन की इस भावना पर प्राचीनता आरोपित करने का कार्यभार जर्मन रोमानी राष्ट्रवाद के हाथों पूरा हुआ। ख़ुद को नेशन कह कर यह वर्ग आधुनिक राज्य से राजनीतिक सौदेबाज़ी कर सकता था। दूसरी तरफ़ इस वर्ग से बाहर का साधारण जनता ने राष्ट्रवाद के विचार का इस्तेमाल राजसत्ता के आततायी चरित्र के ख़िलाफ़ ख़ुद को एकजुट करने में किया। जनता को ऐसा इसलिए करना पड़ा कि पूँजीपति वर्ग के समर्थन से वंचित होती जा रही राजशाहियाँ अधिकाधिक निरंकुश और अत्याचारी होने लगी थीं। जनता बार-बार मजबूरन सड़कों पर उतरने के लिए मजबूर थी जिसका नतीजा फ्रांसीसी क्रांति जैसी युगप्रवर्तक घटनाओं में निकला। कहना न होगा कि हुक्मरानों के ख़िलाफ़ जन-विद्रोहों का इतिहास बहुत पुराना था, पर अट्ठारहवीं और उन्नीसवीं सदी के युरोप में यह गोलबंदी राष्ट्रवाद के झण्डे तले हो रही थी। इनका नेतृत्व अभिजनों के हाथ में रहता था, और लोकप्रिय तत्त्व घटनाक्रम में ज्वार-भाटे का काम करते थे। किसी भी स्थानीय विद्रोह का लाभ उठा कर पूँजीपति वर्ग राजशाही के ख़िलाफ़ सम्पूर्ण राष्ट्रवादी आंदोलन की शुरुआत कर देता था।

यह इतिहास बताता है कि प्राक्-आधुनिक युरोपीय राज्य की विकेंद्रीकृत सत्ता किस प्रकार सर्वसत्तावादी राज्य में बदली। फिर वह राज्य धीरे-धीरे राष्ट्रवादी आंदोलनों के दबाव में सीमित क़िस्म के संवैधानिक राज्य में विकसित हुआ। उन्नीसवीं सदी के आख़िर तक राष्ट्रवाद पूँजीपति वर्ग के लिए और साथ में आम जनता के लिए भी राजनीतिक अधिकारों हेतु गोलबंदी का बहुत बड़ा कारक बन गया।

यह मानना ग़लत होगा कि राष्ट्रवाद का विचार पूरे युरोप में एक ही तरह से फैला। फ्रांस में इसकी अभिव्यक्ति हिंसक जन-भागीदारी से हुई, जबकि इंग्लैण्ड में इसने स्वयं को अपेक्षाकृत शांतिपूर्वक संसदीय ढंग से व्यक्त किया। जो साम्राज्य बहुजातीय और बहुभाषी थे, वे पहले बहुराष्ट्रीय राज्य बने और बाद में कई हिस्सों में टूट गये। लेकिन, दूसरी तरफ़ राष्ट्रवाद ने कुछ बहुभाषी और बहुजातीय राज्यों को एकजुट रखने का तर्क भी प्रदान किया। राष्ट्रवादी विचार जैसे-जैसे युरोपीय ज़मीन से आगे बढ़ कर एशिया, अफ्रीका और लातीनी अमेरिकी में पहुँचा, उसकी युरोप से भिन्न क़िस्में विकसित होने लगीं। इन क्षेत्रों में उपनिवेशवाद विरोधी मुक्ति संघर्षों को राष्ट्रवादी भावनाओं ने जीत के मुक़ाम तक पहुँचाया। परिणामस्वरूप अ-उपनिवेशीकरण और राष्ट्रवाद का अनूठा संश्रय बना।

देखें : अन्य-अन्यीकरण, उदारतावाद, कल्पित समुदाय, पार्थ चटर्जी, फ़ासीवाद, बहुसंख्यकवाद, बहुसंख्यक-अल्पसंख्यक, राज्य-1 और 2, राष्ट्रवाद, राष्ट्र-राज्य, राष्ट्र : सांस्कृतिक या राजनीतिक, राष्ट्रवाद और नारीवाद, विनायक दामोदर सावरकर, सर्वसत्तावाद, सम्प्रभुता, हिंदुत्व।

संदर्भ

1. सुनलिनी कुमार (2008), 'नैशनलिज़्म', राजीव भार्गव और अशोक आचार्य (सम्पा.), *पॉलिटिकल थियरी : ऐन इंट्रोडक्शन,* पियर्सन लोंगमेन, नयी दिल्ली.
2. बेनेडिक्ट ऐंडरसन (1983), *इमेजिंड कम्युनिटीज़ : रिफ्लेक्शंस ऑन द ओरिजिंस ऐंड ग्रोथ ऑफ़ नैशनल कोंशसनेस,* वरसो,

लंदन,.
3. एल. ग्रीनफ़ील्ड (1992), *नैशनलिज़्म : फ़ाइव रोड्स टु मॉडर्निटी,* हार्वर्ड युनिवर्सिटी प्रेस, केम्ब्रिज, एमए.
4. जे. मेआल (1989), नैशनलि*ज़्म ऐंड इंटरनैशनल सोसाइटी,* केम्ब्रिज युनिवर्सिटी प्रेस, केम्ब्रिज.

— अभय कुमार दुबे

राष्ट्रीय जनतांत्रिक गठजोड़

(National Democratic Alliance)

राष्ट्रीय जनतांत्रिक गठबंधन (राजग) भारतीय राजनीति में ग़ैर-कांग्रेसी एवं ग़ैर-कम्युनिस्ट दलों का एक गठजोड़ है। केंद्रीय राजनीति में सत्ता का प्रमुख दावेदार यह मोर्चा कांग्रेस के नेतृत्व वाले संयुक्त प्रगतिशील गठबंधन (संप्रग) से होड़ करता है। इसका नेतृत्व भारतीय जनता पार्टी के हाथों में है। इसमें कई क्षेत्रीय राजनीतिक दल शामिल हैं। राजग के बारे में एक दिलचस्प तथ्य यह है कि इसमें भाजपा, अकाली दल और शिव सेना जैसी ग़ैर-सेकुलर और साम्प्रदायिक गोलबंदी के आधार पर राजनीति करने वाली पार्टियाँ तो हैं ही, बिहार की जनता दल (एकीकृत), ओडिशा का बीजू जनता दल, तमिलनाडु की द्रविड़ पार्टियाँ, आंध्र प्रदेश की तेलुगु देशम पार्टी और बंगाल की तृणमूल कांग्रेस जैसी सेकुलर पार्टियाँ भी साम्प्रदायिक राजनीति का विरोध करने के बावजूद इसमें आती-जाती रहती हैं। हाँ, कुछ क्षेत्रीय राजनीतिक दल ऐसे ज़रूर हैं जिन्होंने साम्प्रदायिकता के प्रश्न पर राजग से दूरी बनाये रखी। इनमें उप्र की समाजवादी पार्टी और बिहार के राष्ट्रीय जनता दल का नाम लिया जा सकता है। राजग के घटक दलों के इस विलक्षण मिश्रण के पीछे दो बातों की भूमिका है। पहली, भाजपा द्वारा अपनी साम्प्रदायिक समझी जाने वाली माँगों को ठण्डे बस्ते में डालने के लिए राज़ी हो जाना, और दूसरी, राज्यों में कांग्रेस के वर्चस्व के ख़िलाफ़ क्षेत्रीय दलों की राजनीति जो उन्हें अपनी विचारधारात्मक और व्यावहारिक आपत्तियों के बावजूद भाजपा के ध्रुव के इर्द-गिर्द गोलबंदी करने की तरफ़ ले जाती है। राजग की एक और विशेषता है। यह एक चुनाव-पूर्व गठजोड़ है और इसका अवतरण गठजोड़ राजनीति के मंच पर संप्रग के आगमन से पहले हुआ था। एक तरह से कहा जा सकता है कि केंद्र की राजनीति में गठजोड़ राजनीति का मुहावरा राजग के प्रयोग की सफलता से ही स्थापित हुआ है। राजग का गठन और इसकी सफलताएँ इसलिए भी काफ़ी महत्त्वपूर्ण हैं कि ये कट्टर हिंदुत्ववादी राजनीति की सीमाओं को रेखांकित करती हैं। भाजपा जैसी समरूप हिंदुत्व की वकालत करने वाली पार्टी के हाथ में राजग की बागडोर ज़रूर है, पर इस मोर्चे की निरंतर प्रासंगिकता साबित करती है कि भारत जैसे विविधता सम्पन्न देश में समन्वय की राजनीति द्वारा ही शासन किया जा सकता है।

राजग का गठन मई, 1999 में हुआ। नब्बे के दशक में अपनी हिंदुत्ववादी राजनीति के कारण देश के कुछ क्षेत्रों में भाजपा की स्थिति ख़ासी मज़बूत हो गयी थी। राममंदिर आंदोलन, मुसलमान तुष्टीकरण और समान नागरिक संहिता तथा धारा 370 जैसे मुद्दे उठाकर भाजपा ने उत्तर भारत में ऊँची जातियों और ग़ैर-यादव पिछड़े समुदायों का ध्रुवीकरण अपने पक्ष में करने में सफलता हासिल कर ली थी। पी.वी. नरसिंह राव के नेतृत्व वाली अल्पमतीय कांग्रेस सरकार की विफलताओं और इस पर लगने वाले भ्रष्टाचार कें आरोपों ने भी भाजपा की स्थिति मज़बूत की। इसके अलावा, भाजपा को अटल बिहारी वाजपेयी के नेतृत्व का भी फ़ायदा मिला, जो कि आमतौर पर एक ईमानदार और तुलनात्मक रूप से उदार नेता माने जाते थे। इन कारकों के चलते 1996 के लोकसभा चुनावों में भाजपा सबसे बड़े राजनीतिक दल के रूप में सामने आयी लेकिन लोकसभा में पूर्ण बहुमत से उसकी सीटें तक़रीबन सौ कम थीं। इसलिए केंद्र में वाजपेयी के नेतृत्व में बनी सरकार अपना बहुमत साबित न कर पाने के कारण केवल तेरह दिनों में ही गिर गयी। असल में, उग्र हिंदुत्ववादी राजनीति के कारण अधिकांश क्षेत्रीय दलों ने इस पार्टी से दूरी बना कर रखी। भाजपा ने इससे सबक लेते हुए क्षेत्रीय दलों ख़ुद से जोड़ने की कोशिश की। नतीजे के तौर पर राजग का गठन हुआ। उल्लेखनीय है कि राजग के गठन के समय भाजपा अपने सहयोगी दलों को संतुष्ट करने के लिए अपनी हिंदुत्ववादी राजनीति से जुड़े तीन विवादास्पदों मुद्दों को छोड़ने का फ़ैसला किया। ये तीन मुद्दे थे : राममंदिर निर्माण, समान संहिता और कश्मीर को विशेष दर्जा देने वाले धारा 370 को ख़त्म करने की माँग। भाजपा की इन मजबूरियों ने स्पष्ट कर दिया कि शासन करने लायक़ समर्थन हासिल करने के लिए साम्प्रदायिक मुद्दों को ठंडे बस्ते में डालना आवश्यक है।

1996 में वाजपेयी सरकार के पतन के बाद कांग्रेस के समर्थन से संयुक्त मोर्चे की सरकार बनी थी, जिसका नेतृत्व बारी-बारी से एच. डी. देवेगौड़ा और इंद्र कुमार गुजराल ने किया। लेकिन कांग्रेस के समर्थन वापस लेने के कारण 1998 में मध्यावधि चुनाव हुए। चुनावों के बाद केंद्र में अटल बिहारी वाजपेयी के नेतृत्व में गठबंधन सरकार बनी। इस बार सहयोगी दलों का समर्थन होने के कारण शुरुआती तौर पर यह सरकार स्थिर रही। इस सरकार ने एक महत्त्वपूर्ण क़दम पोखरण में परमाणु परीक्षण करके उठाया जिसने भारत को

मई, 1998 में राष्ट्रीय जनतांत्रिक गठजोड़ (राजग) का गठन हुआ.

परमाणु शक्ति-सम्पन्न देश के रूप में स्थापित कर दिया। कुछ आलोचक यह भी मानते हैं कि दरअसल इस परमाणु परीक्षण के सहारे भाजपा ने उग्र राष्ट्रवाद की राजनीति को बढ़ावा देने की कोशिश की। बहरहाल, क्षेत्रीय दलों, ख़ासतौर पर जयललिता के नेतृत्व वाले अन्नाद्रमुक की लगातार खींचतान के कारण आख़िरकार 13 महीने के बाद अप्रैल, 1999 में यह सरकार गिर गयी। संसद में अविश्वास प्रस्ताव में सिर्फ़ एक वोट से हारने के कारण इस सरकार का पतन हुआ। वाजपेयी ने अपने इन तेरह महीनों के कार्यकाल में पाकिस्तान से संबंध सुधारने की कोशिश की। ख़ास तौर पर पोखरण-2 के बाद पाकिस्तान द्वारा भी परमाणु परीक्षण किया गया। इससे दोनों देशों पर आपसी संबंध सुधारने का दबाव बहुत ज़्यादा बढ़ गया था। इसी कारण वाजपेयी ने मई, 1999 में नयी दिल्ली-लाहौर बस सेवा शुरू करवाई और ख़ुद बस से लाहौर गये। लेकिन इसके कुछ महीने बाद ही उनकी सरकार गिर गयी। वे अगले चुनावों तक देश के कार्यवाहक प्रधानमंत्री रहे। इसी दौरान यह पता चला कि कारगिल की पहाड़ियों पर पाकिस्तानी सैनिकों ने अपने अड्डे बना लिए हैं। इन घुसपैठिये सैनिकों को वहाँ से निकालने के लिए भारतीय सेना को तीन महीने तक अभियान चलाना पड़ा। इसमें तक़रबीन पाँच सौ भारतीय सैनिक भी मारे गये।

कारगिल युद्ध के कुछ महीने बाद ही 1999 में फिर से लोकसभा का मध्यावधि चुनाव हुआ। भाजपा ने तय किया कि वह अपना चुनाव घोषणापत्र भी जारी नहीं करेगी और राजग के घोषणापत्र पर ही चुनाव लड़ेगी। इन चुनावों में राजग पूर्ण बहुमत के काफ़ी क़रीब पहुँच गया और भाजपा को भी 182 सीटों पर जीत मिली। राजग को कुल 270 सीटों पर जीत मिली। कुछ अन्य दलों के समर्थन से इसकी सीटों की संख्या तीन सौ के पार चली गयी। एक बार फिर से केंद्र में वाजपेयी के नेतृत्व में भाजपा की सरकार बनी। यह एक स्थिर सरकार थी। एक न्यूनतम साझा कार्यक्रम बनाया गया जिसके तहत गठबंधन की राजनीति संतुलित ढंग से चली। राजग की समन्वय समिति की बागडोर समाजवादी नेता जॉर्ज फ़र्नांडीज़ के हाथों में रही। भाजपा ने विवादास्पद मुद्दे उठाने से परहेज़ किया। वाजपेयी ने अपनी सहयोगी दलों से विचार-विमर्श करके और समन्वय समिति की नियमित बैठकें करके सहयोगियों को संतुष्ट रखने की कोशिश की।

वाजपेयी ने अपने इस शासन में आर्थिक सुधारों की गति तेज़ करने का प्रयास किया। विनिवेश की गति बढ़ाने के लिए एक विनिवेश मंत्रालय का गठन किया गया। वाजपेयी सरकार ने भारत की विदेश नीति में एक बुनियादी बदलाव किया। कांग्रेसी सरकारों ने अमूमन गुटनिरपेक्षता की नीति अपनायी थी और शीत युद्ध के दौर में यह माना जाता था कि भारत अमेरिका की तुलना में सोवियत संघ के ज़्यादा नज़दीक है। लेकिन, वाजपेयी के नेतृत्व वाली राजग सरकार ने भारतीय विदेश नीति में अमेरिका के साथ मधुर संबंधों को बहुत ज़्यादा तरजीह दी। भाजपा ने राजग सरकार की नीतियों से अपने विवादास्पद मुद्दों को तो दूर रखा, लेकिन कुछ ख़ास क्षेत्रों में इस तरह बदलाव करने की कोशिश की गयी जिससे दक्षिणपंथी नज़रिये को ज़्यादा महत्त्व मिले। मसलन, मानव संसाधन विकास मंत्री के रूप में भाजपा नेता मुरली मनोहर जोशी ने स्कूली स्तर के पाठ्य पुस्तकों में कुछ ख़ास तरह के बदलाव किये। इसका मक़सद यह था कि इन किताबों में, ख़ास तौर पर इतिहास की किताबों में दक्षिणपंथी वर्णनों को स्थान मिले। राजग सरकार की सबसे बड़ी परीक्षा फ़रवरी-मार्च, 2002 गुजरात में मुसलमानों के ख़िलाफ़ हुए दंगों में हुई। गुजरात में भाजपा की सरकार थी और नरेंद्र मोदी वहाँ के मुख्यमंत्री थे। दंगे रोकने में राज्य सरकार की उदासीनता स्पष्ट थी। यह आरोप भी लगा कि उसने कुल मिला कर मुसलमान विरोधी हिंसा को शह भी दी। इन दंगों में दो हज़ार से भी ज़्यादा मुसलमान मारे गये। राजग ने उग्र हिंदुत्व के मुद्दे का अपने एंजेंडे से बाहर रखा था, लेकिन इसके घटक दलों ने गुजरात के दंगे में नरेंद्र मोदी की भूमिका पर कोई गम्भीर सवाल खड़ा नहीं किया। केवल रामविलास पासवान के नेतृत्व वाली लोक जनशक्ति पार्टी राजग से इन दंगों के कारण अलग हुई,और बाक़ी घटक दल मूकदर्शक बने रहे। यह प्रकरण राजग की राजनीति में भाजपा के वर्चस्व को भी दिखाता है।

बहरहाल, वाजपेयी शासन की आर्थिक मोर्चे पर कामयाबी से खुश भाजपा नेतृत्व ने 2004 में जल्दी चुनाव कराने का फ़ैसला किया। राजस्थान और मध्य प्रदेश राज्य विधानसभा के चुनाव जीत लेने के कारण भी उसे यह निर्णय लेने का प्रोत्साहन मिला। राजग ने 'इण्डिया शाइनिंग' या 'भारत उदय' के नारे के आधार पर चुनाव लड़ा। चुनाव-पूर्व सर्वेक्षणों में राजग की स्थिति काफ़ी मज़बूत मानी जा रही थी। दूसरी तरफ़ राजग की सफलता से सबक लेते हुए कांग्रेस ने भी कई क्षेत्रीय दलों से गठजोड़ क़ायम किया। इन लोकसभा

चुनावों में राजग को मामूली अंतर से हार का सामना करना पड़ा। राजग की पराजय का विश्लेषण बताता है कि गुजरात में हुई भीषण साम्प्रदायिक हिंसा के ख़िलाफ़ कोई क़दम न उठाना ही उसके लिए महँगा पड़ा। हालाँकि प्रधानमंत्री अटल बिहारी वाजपेयी ने अपनी पार्टी की गुजरात सरकार को राजधर्म निभाने की नसीहत दी थी, और भाजपा की भीतरी राजनीति में वे इस सरकार को बर्ख़ास्त करने के पक्ष में भी थे। लेकिन उनके प्रमुख सहयोगी लाल कृष्ण आडवाणी और अन्य हिंदुत्ववादी रुझान वाले नेता इससे सहमत नहीं थे। 2004 के वोटों का विश्लेषण स्पष्ट संकेत करता है कि गुजरात की घटनाओं के कारण भाजपा से ऐसे वोट अलग हटे जो नब्बे के दशक में उसे एक राष्ट्रवादी और कांग्रेस का विकल्प देने में सक्षम पार्टी मान कर उसके साथ गये थे।

बहरहाल, अपनी नज़दीकी पराजय से हिल जाने के बावजूद राजग एक गठजोड़ के रूप में विपक्ष की भूमिका निभाता रहा। लेकिन कांग्रेस ने संयुक्त प्रगतिशील गठबंधन (संप्रग) का गठन करके और वामपंथी दलों से गठजोड़ क़ायम करके एक स्थिर सरकार देने में सफलता हासिल की। इस सरकार द्वारा उठाये गये प्रगतिशील क़दमों के कारण इसे 2009 के लोकसभा चुनावों में भी जीत मिली। यहाँ तक कि राजग के 2004 के प्रदर्शन में भी गिरावट आयी। जहाँ 2004 में राजग को कुल 176 सीटों पर जीत मिली थी, वहीं 2009 में इसे 159 सीटों पर ही जीत मिली।

2009 के लोकसभा चुनावों के बाद संप्रग सरकार का प्रदर्शन बहुत अच्छा नहीं रहा। इस सरकार में बहुत सारे घोटाले सामने आये। इनके कारण संप्रग सरकार की छवि तो धूमिल हुई, लेकिन राजग कोई वैकल्पिक रूपरेखा पेश करने या प्रतिरोध कोई आंदोलन करने में नाकाम रहा। इसका एक कारण यह भी रहा है कि जिन राज्यों में राजग के घटक दलों की सरकार रही है, वहाँ भी भ्रष्टाचार के बहुत सारे मामले उभरकर सामने आये हैं। दूसरी तरफ़ भारतीय जनता पार्टी के भीतर नेतृत्व के सवाल पर लगातार फूट पड़ी रही। संप्रग की नाकामियों के ख़िलाफ़ अण्णा हजारे और अरविंद केजरीवाल जैसे लोगों ने राजग या भाजपा के मुक़ाबले ज़्यादा मज़बूती से आवाज़ उठायी है। राजग की दूसरी समस्या यह भी रही है कि उसके पास अब अटल बिहारी वाजपेयी जैसा कोई नेता नहीं है, जो अपने व्यक्तित्व के कारण न सिर्फ़ अपनी पार्टी में, बल्कि दूसरी पार्टियों में भी पूरी तरह से स्वीकार्य हो। भाजपा द्वारा उग्र हिंदुत्ववादी राजनीति पर वापस जाने की कोशिशों ने भी राजग के सामने चुनौती पैदा की है। भाजपा और संघ परिवार का एक मज़बूत धड़ा उग्र हिंदुत्ववादी राजनीति पर वापस जाने के लिए नरेंद्र मोदी को आगे लाना चाहता है।

राजग का गठन नब्बे के दशक के बाद की राजनीति की एक महत्त्वपूर्ण घटना है। इसने साबित किया है कि गठजोड़ की सरकारें भी स्थाई हो सकती हैं और बेहतर समन्वय से काम कर सकती हैं। 2004 के बाद राजग से कई राजनीतिक दल बाहर भी निकले हैं। लेकिन फिर भी मुख्य विपक्षी गठजोड़ के रूप में उसने अपना अस्तित्व क़ायम रखा है। इस गठजोड़ का भविष्य कुछ हद तक कांग्रेस की नाकामियों पर निर्भर ज़रूर करता है, पर इससे भी ज़्यादा ज़रूरी यह है कि राजग एक सही नेतृत्व और बेहतर समन्वय के साथ ख़ुद को कांग्रेस के विकल्प के रूप में पेश कर पाए।

देखें : अकाली दल, कांग्रेस 'प्रणाली', ग़ैर-कांग्रेसवाद, गठजोड़ राजनीति, जनता दल और उसकी विरासत-1 और 2, तेलुगु देशम पार्टी, दलीय प्रणाली, पार्टी-गठजोड़ की राजनीति, भारत में गठजोड़ राजनीति, भारतीय जनता पार्टी-1 और 2, भारत में मतदान-व्यवहार-1, 2, 3, 4, 5 और 6, भारतीय राष्ट्रीय कांग्रेस-1 और 2, भारतीय कम्युनिस्ट पार्टी, भारतीय कम्युनिस्ट पार्टी (मार्क्सवादी), वाम मोर्चा, शिव सेना, समाजवादी पार्टी, बहुजन समाज पार्टी-1 और 2, शिरोमणि अकाली दल, समाजवादी पार्टी, संयुक्त प्रगतिशील गठजोड़।

संदर्भ

1. ओलीवर हीथ (1999), 'द एनाटॉमी ऑफ़ बीजेपीज़ राइज़ टू पावर : सोशल, रीजनल ऐंड पॉलिटिल एक्सपैंशन इन 1990ज़', *इकॉनॉमिक ऐंड पॉलिटिकल वीकली*, खण्ड 34, अंक 34-35.
2. सुमंत बनर्जी (2002), 'गुजरात कारनेज ऐंड अ सिनिकल डेमोक्रेसी', *इकॉनॉमिक ऐंड पॉलिटिकल वीकली*, खण्ड 37, अंक 18.
3. असगर अली इंजीनियर (2001), 'एनडीए : इलेक्टोरल परफ़रमेंस ऐंड फ्यूचर स्ट्रैटेजीज़', *इकानॉमिक ऐंड पॉलिटिकल वीकली*, खण्ड 36, नंबर 28.
4. असगर अली इंजीनियर (2004), 'कम्युनल डार्कनेस इन शाइनिंग इण्डिया', *इकॉनॉमिक ऐंड पॉलिटिकल वीकली*, खण्ड 39, नंबर 4.
5. संदीप शास्त्री, के. सी. सूरी और योगेंद्र यादव (2009), *इलेक्टोरल पॉलिटिक्स इन इण्डियन स्टेट्स : लोकसभा इलेक्शंस इन 2004 ऐंड बियांड*, ऑक्सफ़र्ड युनिवर्सिटी प्रेस, नयी दिल्ली.
6. प्रदीप छिब्बर (2009), 'आर नैशनल इलेक्शन एनी मोर दैन एग्रीगेशंस ऑफ़ स्टेट लेविल वरडिक्ट्स?', *इकॉनॉमिक ऐंड पॉलिटिकल वीकली*, खण्ड 44, नंबर 29.

— कमल नयन चौबे

राष्ट्रीय स्वयंसेवक संघ

(Rashtriya Swayamsevak Sangh)

भारत के राष्ट्रत्व को सेकुलर और आधुनिक के बजाय सांस्कृतिक और धार्मिक संदर्भों में परिभाषित करने वाले संगठन राष्ट्रीय स्वयंसेवक संघ की स्थापना 1925 में नागपुर में हुई थी। सावरकर द्वारा प्रतिपादित हिंदुत्व के विचार को मूलभूत सिद्धांत की तरह अपनाने वाली इस संस्था का मक़सद 'भारत के स्वर्णिम अतीत' से मिलने वाली प्रेरणाओं के आधार पर 'हिंदू-समाज के विभिन्न समूहों को एकताबद्ध' करना है ताकि 'भारत का चौतरफ़ा विकास' हो सके। अल्पसंख्यक विरोध का पर्याय बन चुका संघ मानता है कि भारत-भूमि पर रहने वाले सभी लोग हिंदू हैं, भले ही उनकी पूजा-पद्धति कोई भी हो। इस्लाम और ईसाइयत जैसे ग़ैर-हिंदू धर्मों के बारे में संघ का स्पष्ट मत है कि उनके अनुयायियों को हिंदू-संस्कृति अपनाते हुए भारत-भूमि और उसकी प्राचीन परम्पराओं के प्रति असहिष्णुता और कृतघ्नता त्याग देना चाहिए। अगर वे ऐसा नहीं कर सकते तो उन्हें पूरी तरह से हिंदू-राष्ट्र की मातहती में रहना होगा, उन्हें किसी तरह की माँग या विशेष सुविधा का अधिकार नहीं मिलेगा। यहाँ तक कि उन्हें पूरे नागरिक-अधिकार भी नसीब नहीं होंगे। यह विचारधारा धार्मिक अल्पसंख्यकों के लिए सांस्कृतिक अधिकारों के संवैधानिक प्रावधानों के ख़िलाफ़ है। संघ अखण्ड भारत की पैरोकारी करता है और इस लिहाज़ से वह पाकिस्तान और बांग्लादेश के वैध अस्तित्व के विरोध में भी है। संघ ने उपनिवेशवाद विरोधी आंदोलन के किसी भी दौर में भागीदारी नहीं की। 1950 के बाद भारतीय जनसंघ के ज़रिये चुनावों में भागीदारी करने से पहले संघ राष्ट्रीय ध्वज तिरंगे को भी मान्यता नहीं देता था। संघ को तीन बार ग़ैर-क़ानूनी संगठन घोषित किया जा चुका है।

संघ की हज़ारों शाखाएँ पूरे देश में फैली हुई हैं। उत्तर और पश्चिमी भारत में उनका नेटवर्क सघन है। पिछले कुछ वर्षों से उसके क़दम दक्षिण भारत में भी जमने लगे हैं। वह अपने सदस्यों का कोई पंजीकृत लेखाजोखा नहीं रखता, पर समझा जाता है कि कोई पचास लाख लोग उसकी गतिविधियों में नियमित रूप से हिस्सा लेते हैं। संघ का सांगठनिक चरित्र एक तरफ़ अर्धसैनिक अनुशासन वाला है, और दूसरी तरफ़ वह एक विशाल हिंदू परिवार की तरह काम करता है। उसके दिशा-निर्देशन में कई अखिल भारतीय संगठन सक्रिय रहते हैं जिनमें देश का दूसरे नंबर का राजनीतिक दल भारतीय जनता पार्टी, सबसे बड़े ट्रेड यूनियन संगठनों में से एक भारतीय मज़दूर संघ, विश्व हिंदू परिषद, भारतीय किसान संघ, विद्यार्थी परिषद, वनवासी कल्याण आश्रम, विद्या भारती, सेवा भारती, राष्ट्र सेविका समिति, राष्ट्रीय सिक्ख संगत और बजरंग दल जैसी संस्थाएँ शामिल हैं। ये संगठन संघ के प्रचारकों के नेतृत्व में सामाजिक जीवन के लगभग सभी क्षेत्रों में सक्रिय रहते हैं।

अर्धसैनिक प्रवृत्तियों के बावजूद संघ अपने लक्ष्यों को हिंसक साधनों के ज़रिये हासिल करने में विश्वास नहीं करता, हालाँकि संघ पर कई बार साम्प्रदायिक तनाव भड़काने और उसके सदस्यों पर साम्प्रदायिक हिंसा में भाग लेने के आरोप लग चुके हैं। तकनीकी तौर पर राजनीति में सीधी भागीदारी करने के बजाय संघ परिवार अपने विभिन्न संगठनों के ज़रिये लोकतांत्रिक प्रक्रिया में हस्तक्षेप करता है। उसके सामाजिक-राजनीतिक-सांस्कृतिक प्रयास नब्बे के दशक में उस समय शिखर पर पहुँचे जब विश्व हिंदू परिषद के नेतृत्व में चले रामजन्मभूमि आंदोलन के फलस्वरूप एक तरफ़ तो अयोध्या की बाबरी मसजिद कार सेवकों द्वारा ढहा दी गयी, और दूसरी तरफ़ गठजोड़ राजनीति का नेतृत्व करते हुए उसकी राजनीतिक शाखा भारतीय जनता पार्टी केंद्र में छह वर्ष तक सत्तारूढ़ रही।

ख़ास बात यह है कि अपनी कल्पनाओं का हिंदू-समाज बनाने की दीर्घकालीन परियोजना के लिए संघ प्रकटत: राजसत्ता को औज़ार बनाने के बजाय त्याग-तपस्या और समाज-सेवा के मॉडल को प्रोत्साहन देता है, लेकिन केंद्र में सत्ता हासिल करने के लिए वह भाजपा को अपने कार्यक्रम के प्रमुख विचारधारात्मक मुद्दों को ठंडे बस्ते में डाल देने की इजाज़त देने के लिए तैयार हो गया। बिना इन मुद्दों को छोड़े ख़ुद को सेकुलर कहने वाली क्षेत्रीय पार्टियाँ भाजपा के साथ गठजोड़ बनाने के लिए तैयार नहीं थीं। यह भी एक दिलचस्प विरोधाभास है कि भारत गणराज्य के संविधान के प्रति पूरी तरह से निष्ठावान न होते हुए भी इस अल्पकालीन राजनीतिक सफलता के चलते संघ के स्वयंसेवकों को देश के सर्वोच्च पदों (उपराष्ट्रपति, प्रधानमंत्री, उपप्रधानमंत्री, गृहमंत्री, राज्यपाल और मुख्यमंत्री आदि) पर रहने का मौक़ा मिला है।

संघ के संस्थापक डॉ. केशवराव बलिराम हेडगेवार सेंट्रल प्रोविंसिज़ की कांग्रेस कमेटी के एक सक्रिय नेता थे। कांग्रेस के उपनिवेशवाद विरोधी आंदोलन में दो बार जेल-यात्रा करने वाले हेडगेवार की वैचारिक शिक्षा उग्र हिंदू-राष्ट्रवादी नेता डॉ. बालकृष्ण मुंजे की देखरेख में हुई थी। वे कांग्रेस में तिलकपंथियों के घटते हुए प्रभाव, गाँधी द्वारा ख़िलाफ़त आंदोलन को तरजीह देने और गोरक्षा को कांग्रेस के एजेंडे पर जगह न देने से असंतुष्ट थे। उनका कहना था कि गाँधी के रवैये के कारण मुसलमानों के अलगाववाद को प्रोत्साहन मिल रहा है। कांग्रेस के नागपुर स्थित संगठन भारत

राष्ट्रीय स्वयंसेवक संघ के स्वयंसेवकों द्वारा की जाने वाली दण्ड-क्रमिकाएँ.

स्वयंसेवक मण्डल में फैली अनुशासनहीनता से निराश हेडगेवार की मान्यता थी कि गाँधी का अहिंसक राजनीतिक कार्यक्रम देशभक्त युवकों का प्रेरणा स्रोत नहीं बन सकता। कांग्रेस में काम करते-करते उन्हें धीरे-धीरे यक़ीन हो गया कि जब तक राष्ट्र के प्राचीन इतिहास और परम्पराओं पर आधारित समर्पित कार्यकर्त्ताओं का संगठन नहीं बनाया जाएगा तब तक राष्ट्रीय जीर्णोद्धार की बुनियादी शर्त पूरी नहीं होगी।

बनारस में हुए 1923 के हिंदू महासभा सम्मेलन में मदन मोहन मालवीय द्वारा प्रस्तावित हिंदू लड़के-लड़कियों को शिक्षित करने, अखाड़े स्थापित करने और महासभा के फ़ैसलों को मनवाने के लिए हिंदुओं को समझाने-बुझाने हेतु स्वयंसेवकों का संगठन बनाने का कार्यक्रम हेडगेवार को पसंद आया। 1924-25 के दौरान नागपुर में हुए हिंदू-मुसलमान दंगों की उत्तेजक पृष्ठभूमि में हेडगेवार ने सावरकर की कृति *हिंदुत्व : हू इज़ अ हिंदू ?* पढ़ी जिसका उनके ऊपर गहरा असर पड़ा। मार्च, 1925 में वे सावरकर से सलाह लेने गये और दो दिन तक उनके साथ रहे। इसी के बाद दशहरे के दिन उन्होंने नागपुर के एक छोटे से मैदान में अपने कुछ साथियों के साथ राष्ट्रीय स्वयंसेवक संघ का गठन किया जिसका झंडा शिवाजी का भगवा ध्वज था और जिसके सदस्यों की वर्दी नागपुर कांग्रेस अधिवेशन के स्वयंसेवकों जैसी ही थी : ख़ाकी कमीज़, ख़ाकी निक्कर, काली टोपी, लम्बे मोज़े और बूट। हेडगेवार ने संघ को अंग्रेज़ी हुकूमत के विरोध से दूर रखने की रणनीति अपनायी ताकि उनके संगठन को सरकारी प्रकोप न झेलना पड़े।

शुरू में संघ की गतिविधियाँ काफ़ी सीमित क़िस्म की थीं। हेडगेवार ने ख़ूब सोच-समझ कर अनुशासन का महत्त्व प्रदर्शित करने के लिए पहला बड़ा कार्यक्रम चुना। अप्रैल, 1926 में वे रामटेक गाँव में लगने वाले रामनवमी के मेले में अपने वर्दीधारी स्वयंसेवकों के साथ गये और गुरु रामदास के भजन गाते हुए तीर्थयात्रियों की सेवा में जुट गये। उन्होंने दर्शनार्थियों की लाइनें लगवायीं, उन्हें पानी पिलाया और संदिग्ध मुसलमान फ़क़ीरों और ब्राह्मण साधुओं को रोका ताकि वे गाँववालों से पैसे न वसूल सकें। संघ में भर्ती के इच्छुक लोगों को उन दिनों दो अच्छे स्वयंसेवकों से संस्तुति करवानी पड़ती थी। फिर हेडगेवार स्वयं उनकी तर्कशक्ति की गहरी परीक्षा लेकर संगठन के प्रति पूर्ण समर्पण की शपथ दिलवाते थे। इस तरह स्वयंसेवकों की पहली खेप तैयार हुई जो हेडगेवार के साथ निकट से जुड़ी हुई थी। इन लोगों में से लगभग सभी ब्राह्मण थे, हालाँकि संघ वैचारिक रूप से जातिगत भेदभाव के ख़िलाफ़ था।

1927 से इस संगठन का विकास अपने नागपुर-वर्धा आधार के बाहर होना शुरू हुआ। हेडगेवार ने संघ को एक कुटुम्ब के तौर पर कल्पित किया जिसमें ख़ुद उनकी भूमिका पारम्परिक गुरु सरीखी या पितृतुल्य नेता की रही। वे हमेशा स्वयंसेवकों को पढ़ाई-लिखाई में मन लगाने और समाज में अच्छी हैसियत हासिल करने का सुझाव देते ताकि संघ और हिंदू समाज दोनों को लाभ हो सके। हेडगेवार ने एक घंटे तक चलने वाली सुबह और शाम की शाखाओं में नियमित होने वाली व्यायाम की गतिविधियों के साथ-साथ मंगल और गुरुवार को स्वयंसेवकों की विचारधारात्मक शिक्षा के लिए राजनीतिक कक्षा का प्रावधान किया जिसे बाद में 'बौद्धिक' कहा जाने लगा।

1929 में संघ के नेताओं की बैठक में हेडगेवार ने तय किया कि संगठन का एक सर्वोच्च नेता होना चाहिए जिसे सरसंघचालक कहा जाएगा जिसकी आज्ञा बिना किसी हीले-हवाले के सभी को माननी होगी। उन्होंने सरकार्यवाह (महामंत्री) और सेनापति के दो मुख्य पद और बनाये। संघ ने छात्र प्रचारकों के ज़रिये हिंदी भाषी इलाक़ों में संघ के काम का प्रसार करने की रणनीति अपनायी। उन्होंने ख़ुद उत्तर भारत के कई इलाक़ों को दौरा किया और छात्र-प्रचारकों को चारों ओर भेजा। ये प्रचारक विश्वविद्यालयों में जाते, नये छात्रों को स्वयंसेवक बनाते, शाखाएँ खोलते और इसी प्रक्रिया में विश्वविद्यालय के अध्यापक भी संगठन की ओर आकर्षित होते। 21 जून, 1940 को निधन से ठीक पहले डॉ. हेडगेवार ने स्वयंसेवकों में गुरुजी के नाम से लोकप्रिय माधवराव सदाशिवराव गोलवलकर को अपना उत्तराधिकारी नियुक्त किया। गोलवलकर के तैंतीस साल तक चले नेतृत्व में संघ का उल्लेखनीय प्रसार हुआ। 1940-48 के बीच संघ की उपस्थिति तक़रीबन सभी प्रांतों में हो चुकी थी। आज़ादी के बाद लम्बे अरसे तक संघ का प्रभाव शहरी इलाक़ों में अधिक था, पर 1967 के बाद उसने योजनाबद्ध रूप से पिछड़ी हिंदू

जातियों को अपनी ओर खींचने और उनके बीच से नेतृत्व विकसित करने पर ध्यान दिया जिसका राजनीतिक लाभ उसकी राजनीतिक शाखा जनसंघ और उसके बाद भारतीय जनता पार्टी को भी मिला। 1973 में उनके निधन के बाद मधुकर दत्तात्रेय देवरस, राजेंद्र सिंह और कुप्पहल्ली सीतारमैया सुदर्शन ने एक के बाद संघ की कमान सँभाली। इस समय मोहन मधुकर भागवत सरसंघचालक हैं।

संघ ने अपनी विचारधारा के अधिकतर सूत्र सावरकर की रचनाओं और हिंदू महासभा के कार्यक्रम से प्राप्त किये हैं, पर संगठन और गतिविधियों के मामले में वह अन्य किसी भी हिंदू संगठन से अलग है। उसकी गतिविधियाँ प्रत्यक्ष रूप से किसी हिंदू कर्मकांड या रीति-रिवाज का पालन करती हुई नहीं लगतीं। उसके स्वयंसेवकों और पदाधिकारियों के बीच विज्ञान और गणित में शिक्षित लोगों की बहुतायत है। लेकिन वह हमेशा ऐसे मुद्दे (जैसे गोरक्षा, राम मंदिर और धर्मपरिवर्तन) उठाता है जिससे समाज में मुसलमान और ईसाई अल्पसंख्यकों के प्रति क्षोभ की भावना फैले। एकचालकानुवर्तित्त्व के सिद्धांत पर आधारित संघ के संगठन की बुनियादी इकाई शाखा है जो सुबह या शाम को एक घंटे तक लगायी जाती हैं। यहाँ स्वयंसेवक शारीरिक व्यायाम और विचारधारात्मक बौद्धिक के दौर से गुज़रते हैं। शाखा की शुरुआत भगवा ध्वज फ़हरा कर और मातृभूमि के प्रति समर्पण घोषित करने वाली प्रार्थना से होती है।

प्रत्येक स्वयंसेवक के लिए सरसंघचालक के आदेश में परम निष्ठा का प्रदर्शन करना अनिवार्य है। सरसंघचालक के बाद सरकार्यवाह और राष्ट्रीय कार्यकारिणी समिति रहती है। प्रांतीय कार्यकारिणियाँ पाँच कार्यवाह चुनती हैं जो सांस्कृतिक प्रशिक्षण, शारीरिक प्रशिक्षण, संगठन प्रमुख और कोषाध्यक्ष जैसी ज़िम्मेदारियाँ सँभालते हैं। संघ का एक लिखित संविधान है और नीति-निर्माता संस्था के रूप में एक अखिल भारतीय प्रतिनिधि सभा है जो प्रांतीय कार्यकारिणियों द्वारा चुनी जाती है। संगठन का यही ढाँचा प्रांतीय, ज़िला, शहर, तहसील स्तरों पर क़ायम किया जाता है। संगठन की धुरी जीवनदान और ब्रह्मचर्य की शपथ लेने वाले प्रचारकों से मिल कर बनती है। प्रचारकों और वरिष्ठ स्वयंसेवकों के प्रशिक्षण हेतु संघ में तीस के दशक से ही हर वर्ष प्रशिक्षण शिविर लगाये जाते हैं। हर प्रचारक अपने से ऊपर के प्राधिकार के आदेश पर चलता है। संघ परिवार से निकले सभी संगठनों का कामकाज केंद्रीय निर्णय के तहत किसी न किसी प्रचारक के हाथ में रहता है।

समझा जाता है कि संघ का प्रभाव और प्रसार सबसे ज़्यादा उस समय बढ़ा जब केंद्र में भाजपा के नेतृत्व वाले राष्ट्रीय जनतांत्रिक गठजोड़ (राजग) की हुकूमत थी। लेकिन 2004 में इस गठजोड़ की पराजय के बाद संघ की शाखाओं की संख्या में उल्लेखनीय कमी आयी है। ऐसा लगता है कि राजग सरकार से संघ को फ़ौरी फ़ायदा तो हुआ, पर अंत में नुक़सान ही उठाना पड़ा। रोज़मर्रा की राजनीति से खुले तौर पर जुड़ जाने के कारण उसके ख़ास चरित्र और छवि का क्षय हुआ। उसे एक सांस्कृतिक और समाजोन्मुख संगठन की तरह देखने वालों को अब यक़ीन नहीं रह गया है कि संघ के प्रचारक क्षुद्र-राजनीति करने वाले नेताओं से अलग क़िस्म के हैं। उन्हें नहीं लगता कि जब बाढ़ आयेगी या कोई अन्य विपदा आयेगी तो यह संगठन आगे आ कर मदद करेगा। इस तरह के कामों से संघ की प्रतिष्ठा बढ़ती थी, पर राजनीतिक प्रक्रिया में कूद कर उसने अपना यह करिश्मा खो दिया है। उसने हिंदुत्व की जिस राजनीति का आगाज़ किया था, वह भी नाकामी के कगार पर खड़ी है। आज जनता को रामशिलाएँ अयोध्या ले जाने के लिए तैयार करने का समय निकल चुका है।

देखें : केशवराव बलिराम हेडगेवार, बहुसंख्यकवाद, बहुसंख्यक-अल्पसंख्यक, भारतीय जनता पार्टी-1 और 2, माधवराव सदाशिवराव गोलवलकर, मुसलिम राजनीतिक विचार, रामजन्मभूमि आंदोलन-1 से 4 तक, राष्ट्रीय स्वयंसेवक संघ, विनायक दामोदर सावरकर, विवेकानंद, हिंदुत्व।

संदर्भ

1. वाल्टर के. ऐंडरसन और श्रीधर डी. दामले (1987), *ब्रदरहुड इन सेफ़रन : द राष्ट्रीय स्वयंसेवक संघ ऐंड हिंदू रिवाइवलिज़म*, विस्तार पब्लिशर्स, नयी दिल्ली.
2. प्रलय क़ानूनगो (2002), *ट्रिस्ट विद पॉलिटिक्स : फ्रॉम हेडगेवार टु सुदर्शन*, मनोहर, नयी दिल्ली.
3. क्रिस्टोफ़ जैफ्रेलो (1987), *हिंदू नैशनलिज़म : अ रीडर*, प्रिंसटन युनिवर्सिटी प्रेस.
4. के.आर. मलकानी (1980), द *आरएसएस स्टोरी*, इम्पेक्स, नयी दिल्ली.

— अभय कुमार दुबे

राष्ट्रीय-सांस्कृतिक कविता

(Rashtriya Sanskritik Kavita)

आधुनिक हिंदी साहित्य की एक उल्लेखनीय प्रवृत्ति है राष्ट्रीय-सांस्कृतिक कविता। श्रोताओं और पाठकों के बीच अत्यंत लोकप्रिय इस कविता को 'राष्ट्र-प्रेम' और 'देशभक्ति' की कविता कह कर कुछ तिरस्कार के साथ कमतर समझ कर कोने में डाल दिया जाता है। यदाकदा इसके ऊपर दक्षिणपंथी होने का बिल्ला भी चस्पाँ किया गया है। लेकिन हिंदी के छोटे-बड़े, महत्त्वपूर्ण या मामूली कवियों ने, यहाँ तक कि वामपंथी और क्रांतिकारी समझे जाने वाले कवियों ने भी अपने कृतित्व से इस प्रवृत्ति में कभी न कभी योगदान अवश्य किया है। दरअसल, इस काव्य-प्रवृत्ति पर अभी तक कोई गंभीर शोध नहीं हुआ है। इस कविता ने उपनिवेशवाद विरोधी आंदोलन में प्रेरणादायी भूमिका का निर्वाह किया और उन दिनों जातीय-स्मृति और जातीय-चेतना के अखण्डवत स्वरूपों की दावेदारी की जब भारतीय राष्ट्र मुख्य रूप से स्वतंत्रता सेनानियों के सपनों में ही बन रहा था। दरअसल, इस कविता की आधार-भूमि भारतेंदु युग में ही बननी शुरू हो गयी थी। 'भारत दुर्दशा न देखी जाई' के परिवेश में भारतेंदु और उनके युग के सभी कवियों ने उपनिवेशवाद विरोधी कविता और नाटकों का सृजन किया। 'सब रस लिए जात अंगरेज' का भारतेंदु-स्वर जनता की समझ में आने लगा। इसके बाद द्विवेदी युग में विशेष रूप से राष्ट्रीय-सांस्कृतिक कविता ने शिखर छुए। आज उस युग के कई कवियों के नाम 'राष्ट्र-कवि' के आदरयुक्त सम्बोधन के साथ लिए जाते हैं। आज़ादी के बाद यह कविता एक भिन्न भाषा में निर्मल वर्मा के शब्दों में 'भारतीय होने का अर्थ' तलाशती हुई आयी। दरअसल, यह राष्ट्रीय-सांस्कृतिक कविता अस्तित्ववाद, मार्क्सवाद, कुण्ठा, संत्रास, अकेलेपन वग़ैरह के बजाय राष्ट्रीय एकता-अखण्डता के प्रति अधिक सरोकार रखती थी और इसने स्वतंत्रता के तुरंत बाद के दशकों में प्रतीक, प्रबंध और गेयता के माध्यम से कई तरह के सामाजिक-राजनीतिक मुद्दों को स्पर्श किया।

भारतेंदु-युग की कविता में राष्ट्रीयता-स्वतंत्रता की भावना समाज-सुधार के चिंतन से गुँथी हुई है। 'ये धन विदेश विदेश चलि जात इहै अति खारी' का भाव सामने आने लगा है। आलोचकों ने भारतेंदु-युग के कवियों की राष्ट्रीयता को सीमित अर्थ में हिंदू राष्ट्रीयता के आईने में भी देखा है, पर उसमें सभी को साथ लेकर बढ़ने का भाव भी था। 'भारत की डूबी नाव उबारौ कोई' की पुकार वहाँ सुनायी देती है। भारतेंदु, प्रेमघन, प्रतापनारायण मिश्र, बालमुकुंद गुप्त की कविताओं में भाषा-प्रेम, प्रकृति-प्रेम और देश-प्रेम का संयुक्त सौंदर्य-राग है। ठाकुर मोहन सिंह ने भी परम्परागत प्रकृति-वर्णन अपनाने से परहेज़ नहीं किया है। भारतेंदु-युग की शृंगारिक कविता में भी रीतिकालीन केलि-क्रीड़ा का वर्णन नहीं है। वस्तुतः भारतेंदुयुगीन सृजन में सामाजिक-राजनीतिक चिंताओं, समस्याओं को प्रमुखता से अभिव्यक्ति मिली है। उस समय की राष्ट्रीय-सांस्कृतिक कविता का यही मुख्य स्वर है।

द्विवेदी-युग में आकर गद्य-पद्य दोनों की भाषा खड़ी बोली हो गयी। हिंदी प्रदेशों से पूरा स्वाधीनता-संग्राम खड़ी बोली में लड़ा गया। इस तरह खड़ी बोली की साहित्य में प्रतिष्ठा द्विवेदी युग की सबसे बड़ी देशभक्ति से भरी घटना है। उस काल के सभी कवियों ने, द्विवेदी मण्डल के कवि और द्विवेदी मण्डल से बाहर के, श्रीधर पाठक, अयोध्या सिंह उपाध्याय हरिऔध, मैथिलीशरण गुप्त, सियारामशरण गुप्त, गयाप्रसाद शुक्ल सनेही, श्यामनारायण पाण्डेय, गोपालशरण सिंह, रामनरेश त्रिपाठी, मुकुटधर पाण्डेय ने राष्ट्रीय-सांस्कृतिक कविता लिख कर खड़ी बोली का विकास-परिष्कार किया। इस युग में मैथिलीशरण गुप्त का *जयद्रथ-वध* और *भारत-भारती*, रामनरेश त्रिपाठी की कृति *पथिक* तो इतना प्रसिद्ध हुआ कि खड़ी बोली बोलने वालों के कण्ठ में उतर गयी। हरिऔध ने काव्य-भाषा में कई तरह के प्रयोग किये। संस्कृत-प्रधान, उर्दू-प्रधान, बोलचाल की काव्य-शैली। इसीलिए वे 'कवि सम्राट' कहलाये।

द्विवेदी-युग की इस कविता में 'समाज' बहुत है। समाज-सुधार और जागरण-युग की हलचल में राष्ट्रीयता का स्थान प्रमुख है। इस राष्ट्रीयता में उपेक्षितों की हिस्सेदारी भी इस कविता के माध्यम से सामने आती है। श्रीधर पाठक ने विधवाओं-अनाथों की समस्या को उठाया, तो हरिऔध और नाथूराम शर्मा शंकर ने सामाजिक विषयों पर लिखा। मैथिलीशरण गुप्त, सियारामशरण गुप्त ने अपनी रचनाओं में नारी जागरण, उपेक्षिताओं के उद्धार और दलित-दमित-अछूत समस्या को स्पर्श किया। दीन-दलित या शोषित-प्रताड़ित, भुखमरी-अकाल से पीड़ित समाज की समस्या पर रामनरेश त्रिपाठी ने प्रभावशाली काव्य-सृजन किया : 'मैं ढूँढ़ता तुझे था जब कुंज और वन में / तू खोजता मुझे था तब दीन के सदन में। तू आह बनकर किसी की मुझको पुकारता था / मैं था तुझे बुलाता संगीत के भवन में'। उस समय गोपालशरण नेपाली गा रहे थे, 'जग की सेवा करना ही है बस सब सारों का सार। विश्व-प्रेम बंधन में ही मुझ को मिला मुक्ति का द्वार'।

राष्ट्रीय-सांस्कृतिक कविता के इस संस्करण ने अपनी देशभक्ति भावना को राम और कृष्ण, शिव और पार्वती, राणाप्रताप और शिवाजी, पौराणिक-ऐतिहासिक-प्रतीकों-

मिथकों-आख्यानों से व्यक्त किया। सभी परम्परागत चरित्रों को नव-दृष्टि से नया रूप-रंग दिया। यह ज़रूर है कि कहीं-कहीं इतिवृत्तात्मक कविता ने उपदेशात्मक रूप ग्रहण कर लिया, लेकिन इस कविता का स्थाई भाव देश-प्रेम और मानवतावाद था। इन कवियों ने अतीत में जाकर वर्तमान की आराधना की। *भारत भारती* , *पंचवटी* और *साकेत* के कवि मैथिलीशरण गुप्त ने सिक्ख गुरुओं के स्मरण पर काव्य रचा और मुहम्मद साहब पर *काबा-कर्बला,* चैतन्य महाप्रभु की पत्नी पर *विष्णु-प्रिया* की रचना की और बुद्धकाल में जाकर *यशोधरा* लिखी। वैदिक-युग में जाकर वे *नहुष* रचते हैं। कार्ल मार्क्स की पत्नी जैनी पर भी कविता लिखते हैं। अंग्रेज़ी साम्राज्यवाद की और अंग्रेज़ी भाषा की भी उन्होंने खूब ख़बर ली। गाँधी ने ख़ूब समझ-बूझ कर 'मैथिली मानग्रंथ' भेंट करते हुए उन्हें 'राष्ट्रकवि' की उपाधि दी थी। गुप्तजी रामायण, महाभारत काल में ही नहीं रमते, वे उपेक्षिताओं के उद्धार और नारी-जागरण के कवि भी हैं। वामपंथी आलोचकों द्वारा बनायी गयी उनकी 'हिंदू कवि' की छवि में उनकी यह विविधता नहीं अँटती।

इस परम्परा को एक नया स्वर तब मिला जब हिंदी कविता के मंच पर माखनलाल चतुर्वेदी, बालकृष्ण शर्मा नवीन, भगवतीचरण वर्मा, नरेंद्र शर्मा, सुभद्राकुमारी चौहान, रामधरी सिंह दिनकर, हरिवंशराय बच्चन का ज़ोरदार प्रवेश हुआ। इन सभी ने राष्ट्र के यौवन की कविता लिखी। यह प्रबंध कविता का युग था जिसमें स्वाधीनता आंदोलन की जवान लय को संवेदनात्मक धरातल पर महसूस किया जा सकता था। छायावाद (1920 से 1936) की कविता भी एक दृष्टि से द्विवेदी-युग की राष्ट्रीय-सांस्कृतिक कविता का विस्तार-परिष्कार है। इस युग की बहुत सी कविताओं का केंद्रीय भाव है देशभक्ति। इस कविता में 'उत्साह' की प्रधानता है और राग-रस में देश-प्रेम की अभिव्यक्ति है। यह व्यक्तिपरक कविता न होकर लोक-मंगल की साधनावस्था की कविता है। कविताओं में 'स्व' का विस्तार विश्व-प्रेम तक है। छायावादी कवियों ने देश का गौरव-गान प्रसाद के गीत 'हिमालय के आँगन' में और 'अरुण यह मधुमय देश हमारा' के रूप में गाया। साथ ही 'हिमाद्रि तुंग श्रृंग से प्रबुद्ध शुद्ध भारती/स्वयं प्रभा समुज्वला स्वतंत्रता पुकारती' का जयघोष भी हुआ। प्रसाद-निराला में देशभक्ति ने साकार रूप ग्रहण किया। छायावाद के सभी कवियों की 'जागो-जागो' की पुकार ने सांस्कृतिक नवजागरण को अर्थ-प्रकाश दिया।

राष्ट्रीय-सांस्कृतिक कविता में देशवासियों के प्रति राग का विस्तार कवियों का ध्यान जनता के कष्टों-अभावों-यातनाओं की ओर ले जाता है। गाँधी के नेतृत्व में प्रांतीयता, साम्प्रदायिकता से ऊपर उठ कर पूरा देश एक इकाई के रूप में संगठित हुआ था और राजनीतिक-चेतना विस्तृत हुई थी। गाना फूट पड़ा 'अब लौ यही लगन लगी थी हर जवान को/ आज़ाद करके छोड़ेंगे हिंदुस्तान को'। माखनलाल चतुर्वेदी की ये पंक्तियाँ अविस्मरणीय हैं : 'तन में आग, आँख में मस्ती, ओठों पर मनचाही/कैसे रुकूँ देश-सेवा में मैं हूँ एक सिपाही'। राजपूत, मराठा और जाट योद्धाओं पर लिखी गयी कविता भी देशभक्ति की कोटि में आती है। छत्रसाल और शिवाजी के युद्धों में भी राष्ट्रीयता के दर्शन किये गये।

देशभक्ति की कविता में राग-चेतना, साहसपूर्ण उमंग और बलिदान के आह्वान का भाव रहता है। 'मातृ मंदिर में हुई पुकार/चढ़ा दो मुझको हे भगवान' (सुभद्राकुमारी चौहान) और 'मुझे तोड़ लेना वनमाली, उस पथ पर तुम देना फेंक' (माखनलाल चतुर्वेदी) की विख्यात कविताएँ इसी श्रेणी में आती हैं। सोहनलाल द्विवेदी की काव्य पुकार थी : 'बिना चढ़ाये शीश नहीं टूटेगी माँ कड़ियाँ'। इन सोहनलाल द्विवेदी से भवानी प्रसाद मिश्र ने बहुत कुछ पाया और देशभक्तिभाव को पुष्ट किया। 'शीश दान' के 'पाठ' में निहित अनेक भाव भवानी बाबू में मिलते हैं। आल्हाखण्ड की एक परम्परा मैथिलीशरण गुप्त, माखनलाल चतुर्वेदी और भवानी प्रसाद मिश्र में नयी-नयी छवियों के साथ अवतरित होती रहती है।

राष्ट्रवाद का एक रूप है सांस्कृतिक प्रतीकों से नये अर्थ की तलाश। देश की भक्ति का मूर्त रूप इन प्रतीकों से ही सामने आता है, जैसे हिमालय, गंगा, नर्मदा, प्रयाग, मथुरा, द्वारका, दिल्ली, चित्तौड़, हल्दीघाटी, झाँसी आदि से जुड़े प्रतीक। मैथिलीशरण गुप्त से लेकर निराला तक हमारे सभी कवियों ने मातृभूमि-वंदना की है। यहाँ बंकिम और रवींद्रनाथ की प्रेरणा भी सक्रिय दिखती है। निराला ने 'भारति जय विजय करे' में 'मुकुट शुभ्र हिम तुषार/ प्राण प्रणव ओंकार/ ध्वनित दिशाएँ उदार/ शतमुख शतरव मुखरे' का स्वर उठाया। पंत ने 'भारतमाता ग्रामवासिनी' कहकर देश की मूल चिंता का संकेत किया। पूरी कविता में मटमैले उदास चित्र हैं। भारतमाता के साथ हिमालय और गंगा भी है, प्रयाग और पानीपत भी। दिनकर की 'हिमालय' और 'पाटलिपुत्र की गंगा', 'दिल्ली' आदि कविताएँ भी प्रसिद्ध रही हैं।

देखें : अष्टछाप, 'अंग्रेज़ी हटाओ' आंदोलन, गजानन माधव मुक्तिबोध-1 और 2, छायावाद, डायग्लॉसिया, नंद दुलारे वाजपेयी, नगेंद्र और सैद्धांतिक समीक्षा, नयी कविता, नामवर सिंह, पाश्चात्य काव्यशास्त्र, प्रेमचंद, प्रयोगवाद, प्रगतिवाद, भक्ति आंदोलन-1 और 2, भक्ति-काव्य-1 और 2, भारतेंदु हरिश्चंद्र, भारतेंदु युग-1 और 2, भाषा नियोजन-1 से 4 तक, भाषा के मार्क्सवादी सिद्धांत, महादेवी वर्मा, महावीर प्रसाद द्विवेदी, मीरांबाई और प्रेमाभक्ति, राहुल सांकृत्यायन, रामानुजाचार्य, रामानंद, रामचंद्र शुक्ल-1 और 2, रामविलास शर्मा, रीतिकाल-1 और 2, विजय देव नारायण साही, वैष्णव धर्म, श्याम सुंदर दास, सम्पर्क भाषा-1 से 4 तक, सगुण और निर्गुण-1 और 2, संस्कृत काव्यशास्त्र, संविधान सभा में भाषा-विवाद-1, 2 और 3, संत-काव्य,

सिद्ध-नाथ परम्परा, सूफ़ीयत और प्रेमाख्यान, हजारी प्रसाद द्विवेदी, हिंदी विरोधी आंदोलन, हिंदी जाति-1 से 3 तक, हिंदी साहित्य का आदिकाल, हिंदी साहित्य का इतिहास।

संदर्भ

1. विजयदेव नारायण साही (1987), *छठवाँ दशक,* हिंदुस्तानी अकादमी, इलाहाबाद.
2. रामस्वरूप चतुर्वेदी (1993), *हिंदी साहित्य और संवेदना का विकास,* लोकभारती प्रकाशन, इलाहाबाद.
3. डॉ. नगेंद्र (1968), *आस्था के चरण,* नैशनल पब्लिशिंग हाउस, नयी दिल्ली.
4. नंदकिशोर आचार्य (2012), *स्वराज के सवाल,* सूर्य प्रकाशन मंदिर, बीकानेर.
5. स.ही. वात्स्यायन अज्ञेय (1986), *स्मृति-लेखा,* नैशनल पब्लिशिंग हाउस, नयी दिल्ली.

— कृष्णदत्त पालीवाल

राहुल सांकृत्यायन

(Rahul Sankrityayan)

महापण्डित की उपाधि से विख्यात राहुल सांकृत्यायन (1893–1963) स्वातंत्र्योत्तर भारत के ऐसे बहुश्रुत विद्वान और साहित्यकार थे कि उनके योगदान को किसी एक अनुशासन में नहीं बाँधा जा सकता। इतिहासज्ञ, भाषाविद् और पुरातत्त्ववेत्ता होने के साथ-साथ उनके दर्शन, साहित्य और संस्कृति विषयक ज्ञान का पारावार नहीं था। 1961 में प्रकाशित उनकी कृति *दर्शन-दिग्दर्शन* से उनके दार्शनिक अध्यवसाय का अंदाज़ा लगाया जा सकता है। *घुमक्कड़शास्त्र* जैसी अनूठी पुस्तक के रचयिता राहुल एक अथक यायावर थे। मध्य एशिया और तिब्बत की गुफ़ाओं में जा कर उन्होंने बौद्ध दर्शन की पाण्डुलिपियाँ जमा करने और के.पी. जायसवाल इंस्टीट्यूट, पटना का सहयोग पाकर उनका पुनरुद्धार करने का अपूर्व उद्यम किया जिससे स्वातंत्र्योत्तर भारत में बौद्ध दर्शन और बौद्ध न्याय के अध्ययन को एक आधारभूमि प्राप्त हुई। उन्होंने बौद्ध धर्म और मार्क्सवाद का वैचारिक संश्रय निकालने का उद्यम भी किया। हर क्षण अध्यवसायी राहुल का कहना था कि एक ही जन्म मिला है इसलिए इसमें जो चाहो कर लो। उन्होंने समाज-संस्कृति-परम्परा को आजीवन चुनौतियाँ दीं। हिंदी भाषी क्षेत्रों में बदलाव की गति धीमी थी और रूढ़िवाद जड़ जमाये था। बुद्ध और कबीर की परम्परा स्मृति में ही रह गयी थी। राहुल ने इस क्षेत्र को अपने चिंतन से झकझोरा और सांस्कृतिक जागरण के अग्रदूत बने। हिंदी के प्रश्न कम्युनिस्ट पार्टी की सदस्यता छोड़ने वाले राहुल ने इस भाषा को डेढ़ सौ ग्रंथों का विशाल वांङ्मय दिया। उनकी गति कामशास्त्र, तंत्रवाद, बौद्ध दर्शन, संत-सिद्ध चिंतन के समाजशास्त्र, इतिहास, दर्शन, धर्म-संस्कृति, साहित्य-कला सभी में थी; और वे इनका अपने ढंग से भाष्य करने में सक्षम थे। गाँवों की परम्परा, संस्कृति, समाज, इतिहास पर ध्यान देने वाले भारतीय विद्वानों में अग्रणी राहुल ने *वोल्गा से गंगा* जैसा अद्‌भुत उपन्यास लिखा जिसके केंद्र में संस्कृतियों का संवाद था। राहुल का व्यक्तित्व और कृतित्व मुक्त-विचार प्रवाह, प्रभाव-ग्रहण से ज्ञान-सम्पदा और मानवीयता के विस्तार का संदेश देता है। उनका साहित्य और विमर्श हमारे सामने एक ऐसा मानव पेश करता है जो सार्वदेशिक है।

राहुल सांस्कृत्यायन वर्तमान उत्तर प्रदेश के आज़मगढ़ ज़िले के पंद्रहा ग्राम में गोवर्धन पाण्डे और कुलवंती के घर पैदा हुए। पिता से मिला नाम था केदारनाथ पाण्डे। 1930 के आसपास जब वे बौद्ध हुए तो उनका नाम राहुल पड़ा। बौद्ध होने से पूर्व राहुल जी दामोदर शास्त्री के नाम से भी पुकारे जाते थे। राहुल के साथ सांकृत्यायन इसलिए लगा कि उनका पितृकुल सांकृत्य गोत्रीय था। उनके नाना राम शरण पाठक ने गाँव में ही राहुल को आरम्भिक शिक्षा दिलवायी। उनके पास बालक राहुल को सुनाने के लिए अनेक कहानियाँ थीं। कभी शिकार के वृत्तांत, कभी नदियों के वर्णन, कभी अजंता-एलोरा की किंवदंतियाँ। राहुल ने दर्जा तीन की उर्दू पुस्तक में नवा ज़िंदा-वाज़िंदा का शेर पढ़ा— 'सैर कर दुनिया की गाफ़िल फिर कहाँ, ज़िंदगी गर कुछ रही तो नौजवानी फिर कहाँ।' यह विचार उनके दिल-दिमाग़ में स्थाई रूप से बस गया और वे चिर-यायावर हो गये। कुछ समय पश्चात् घर छोड़ कर वे वाराणसी चले गये। वहाँ जाकर मंदिर में रहे, संतों का साथ किया। जम कर संस्कृत-व्याकरण, भाषा साहित्य का अध्ययन किया। तंत्रशास्त्र में रमे और उसे मथ डाला। कामशास्त्र का ग्रंथ हाथ लगा *अनंगराग,* तो उस पर भी गहन चिंतन किया।

राहुल ने अपनी विख्यात रचना *वोल्गा से गंगा* की बीस कहानियों द्वारा उन्होंने सात-आठ हज़ार साल के समूचे भारतीय इतिहास की एक अपूर्व झलक उपस्थित की। उन्होंने जो बीस कहानियाँ चुनीं उनका विस्तार प्रागैतिहासिक काल से लेकर 1942 तक है। उन्होंने दिखाया कि भारत कहाँ से चल कर, कहाँ-किस दिशा में जा रहा है। एक राहुल वह है जो अपने गाँव कनैला की कथा कहता है और वोल्गा से गंगा की तरह प्रागैतिहासिक काल से चल कर वर्तमान तक आता है। अपने पुरातत्व ज्ञान के सहारे सब कुछ खोजता हुआ आर्यों के आदि देश पर विचार करता है। इस गाँव की कथा के

राहुल सांकृत्यायन (1893-1963)

माध्यम से राहुल ने यह भी कहा कि कैसे भारत में अनेक नस्लों-जातियों का संगम हुआ। कनैला गाँव की इस कहानी में संस्कृति-सभ्यता के न जाने कितने पाठ मौजूद हैं। गाँव की कथा में राहुल ने ध्यान दिलाया कि इस गाँव में जैन, बौद्ध, अबौद्ध सभी तरह की मूर्तियाँ मिलती हैं। यह ग्राम-संस्कृति सच्चे अर्थों में अनेकता में एकता का सौंदर्य जीती रही है।

राहुल की जीवन-यात्रा स्वयं में एक बड़ा 'पाठ' है, जिसे ठीक से पढ़ पाना चुनौती है। वे वाराणसी से कोलकाता गये, घूमे-फिरे और फिर कोलकाता आने के बाद हिमालय यात्रा पर निकल गये। 1910 से 1914 तक हिमालय तथा वैराग्य का संत-राग चलता रहा। मन से विवश यह यायावर दक्षिण-भारत की यात्रा को निकल पड़ा। बीच में मुसाफ़िर विद्यालय, आगरा आकर फिर पढ़ाई की और ऊब कर लाहौर गये। फिर यायावरी ने ज़ोर मारा। कुर्ग में रहे। 1921-27 के बीच राजनीति की। बाढ़ पीड़ितों की सेवा की और सत्याग्रह-आंदोलन में छह माह की जेल काटी। असहयोग आंदोलन में जेल जाने वाले वे पहले लेखक थे। उसके बाद तो मैथिलीशरण गुप्त, जैनेंद्र, भवानी प्रसाद मिश्र और अज्ञेय आदि अनेक लेखक सत्याग्रह में जेल गये। राजनीति से मन उचाट होने पर लंका के लिए प्रस्थान कर गये। नेपाल में अज्ञातवास जिया, तिब्बत गये और वहाँ सवा बरस रहे। सत्याग्रह में भाग लेने के लिए वापस आये और फिर लंका चले गये। 1932-33 में युरोप यात्रा पर गये। फिर लद्दाख, तिब्बत, जापान, कोरिया, मंचूरिया, सोवियत भूमि की यात्राएँ कीं। 1934 में किसान मज़दूर आंदोलन-में भाग लिया। फिर 1940 में जेल यात्रा की। इसके बाद पुनः सोवियत रूस, चीन और लंका का सफ़र किया।

राहुल ने अपने उद्यम से दक्खिनी हिंदी साहित्य और अपभ्रंश काव्य साहित्य जैसी लुप्तप्राय निधि का उद्धार किया। उन्होंने प्राचीन-अर्वाचीन इतिहास के उन अंगों पर प्रकाश डाला जिन पर अब तक ध्यान ही नहीं गया था। उन्होंने मध्य एशिया का इतिहास लगभग पाँच हज़ार पृष्ठों का ऐसा विशालकाय ग्रंथ लिखा जिसकी टक्कर का कोई ग्रंथ भारतीय भाषाओं में नहीं है। लगभग दो दशकों तक वे इस ग्रंथ के लिए सामग्री एकत्रित करते रहे। उसके लिए अनेक भाषाएँ सीखीं। अब उस ग्रंथ का अंग्रेज़ी अनुवाद हो रहा है। राहुल संस्कृत में छंदोबद्ध-कविताएँ रचते थे। लेकिन संस्कृत का अतिक्रमण करके वे पालि की ओर गये। फिर पालि का अतिक्रमण करके अपभ्रंश की ओर। हिंदी में राहुल पहली हस्ती हैं जिन्होंने *हिंदी काव्यधारा* नामक पुस्तक में सरहयादाचार्य, कण्णापादाचार्य, स्वयंभू और पुष्पदंत से लेकर अनेक जैन-मुनियों, बौद्ध-सिद्धों और नाथों की परम्परा को खोज कर प्रस्तुत किया है। साथ ही यह विचार भी स्पष्ट किया है कि केवल वेद-वेदांत ही भारतीय परम्परा नहीं है। राहुल के अनुसार वेदों में गोमांस भक्षण है, सोमपान है, प्रकृति के विराटत्व की पूजा है, सूर्य-इंद्र को नमन है। उपनिषदों में पुनर्जन्म की चर्चा है और उसका निषेध भी। वेद-पुराणों में ही राहुल ने 'प्रभा' जैसी अमर कहानी को पाया जो अश्वघोष के बारे में है। भारतीय-संस्कृति में लोकधर्मी परम्पराओं का भी बहुत कुछ मूल्यवान मिला हुआ है। वेद-विरोधी बुद्ध के बिना भारतीय संस्कृति का इतिहास पूरा नहीं होता। राहुल बुद्ध से मार्क्स को जोड़ना चाहते थे, किंतु इस जोड़ की गाँठों पर भी उनका ध्यान था।

राहुल ने प्रचुर लेखन किया है जिसमें अनेकानेक विषयों पर पुस्तकें हैं। विषयों की विविधता देखकर चकित होना पड़ता है। उन्होंने उपन्यास और कहानियाँ लिखीं। इनमें *जीने के लिए, विस्मृतयात्री, वोल्गा से गंगा, कनैला की कथा* आदि प्रमुख हैं। उन्होंने अनुवाद भी ख़ूब किया। *शैतान की आँख, विस्मृति के गर्भ में, जादू का मुल्क, सोने की ढाल, जो दास थे, अनाथ* और *सूदखोर की मौत* प्रमुख अनूदित रचनाएँ हैं। उनके द्वारा लिखीं अनेक जीवनियाँ काफ़ी चर्चित हुईं। इनमें *मेरी जीवन यात्रा* (दो खण्ड), *बचपन की स्मृतियाँ,*

अतीत से वर्तमान, स्तालिन, कार्ल मार्क्स, लेनिन, माओ त्से तुंग, असहयोग के मेरे साथी, जिनका मैं कृतज्ञ प्रमुख हैं। यायावरी से संचित अनुभवों को भी अनेक रचनाओं में साकार किया जो देश-विदेश के बारे में जानकारी और ज्ञान बढ़ाने वाली हैं। *घुमक्कड़ शास्त्र* तो काफ़ी मशहूर रचना है। इसके अलावा *सोवियत भूमि* (दो खण्ड), *सोवियत मध्य एशिया, किन्नर देश में, नेपाल, हिमालय प्रदेश, आजमगढ़* और *पुरातत्त्व* जैसी अनेक पुस्तकें लिखीं। यहाँ *मेरी लद्दाख यात्रा, लंका यात्रावली, तिब्बत में सवा वर्ष, मेरी युरोप यात्रा, मेरी तिब्बत यात्रा, यात्रा के पन्ने, जापान, रूस में पच्चीस मास, एशिया के दुर्गम खण्डों में* जैसी महत्त्वपूर्ण पुस्तकों का उल्लेख करना ज़रूरी है। इसके अलावा राजनीति, धर्म, धर्मशास्त्र, दर्शन, भाषा, इतिहास आदि पर कुछ महत्त्वपूर्ण पुस्तकें इस तरह हैं— राजनीति *साम्यवाद, बाईसवीं सदी, साम्यवाद ही क्यों, दिमाग़ी ग़ुलामी, क्या करें, सोवियत कम्युनिस्ट पार्टी का इतिहास, आज की समस्याएँ, भागो नहीं दुनिया को बदलो, कम्युनिस्ट क्या चाहते हैं?, विश्व की रूपरेखा, इस्लाम धर्म की रूपरेखा, तिब्बत में बौद्ध धर्म, पुरातत्व निबंधावलि, हिंदी काव्य-धारा (अपभ्रंश), बौद्ध संस्कृति, बौद्ध दर्शन, साहित्य निबंधावलि, हिंदी की कहानियाँ, दक्खिनी हिंदी काव्य-धारा, ऋग्वैदिक आर्य और भारत में अंग्रेज़ी राज्य के संस्थापक*। संस्कृत साहित्य पर भी उन्होंने काफ़ी काम किया। इस क्षेत्र में उनकी पुस्तकें हैं : *संस्कृत पाठमाला, अभिधर्म कोश टीका, विज्ञप्तिमात्रता सिद्ध, प्रमाणवार्त्तिक स्ववृत्ति, हेतु बिंदु, महापरिनिर्वाण सूत्र, संस्कृतकाव्य धारा, प्रमाणवर्तिक (अंग्रेज़ी), तिब्बती व्याकरण*। राहुल एक साल में कई-कई पुस्तकें लिखते थे।

देखें : अष्टछाप, 'अंग्रेज़ी हटाओ' आंदोलन, गजानन माधव मुक्तिबोध-1 और 2, छायावाद, डायग्लॉसिया, नंद दुलारे वाजपेयी, नगेंद्र और सैद्धांतिक समीक्षा, नयी कविता, नामवर सिंह, पाश्चात्य काव्यशास्त्र, प्रेमचंद, प्रयोगवाद, प्रगतिवाद, भक्ति आंदोलन-1 और 2, भक्ति-काव्य-1 और 2, भारतेंदु हरिश्चंद्र, भारतेंदु युग-1 और 2, भाषा नियोजन-1 से 4 तक, भाषा के मार्क्सवादी सिद्धांत, महादेवी वर्मा, महावीर प्रसाद द्विवेदी, मीरांबाई और प्रेमाभक्ति, रामानुजाचार्य, रामानंद, रामचंद्र शुक्ल-1 और 2, रामविलास शर्मा।

संदर्भ

1. धीरेंद्र वर्मा (सम्पा.) (1963), *हिंदी साहित्य कोश भाग-2*, ज्ञानमण्डल लिमिटेड, वाराणसी.
2. नामवर सिंह (1955), *आलोचना और विचारधारा*, राजकमल प्रकाशन, नयी दिल्ली.
3. राहुल सांकृत्यायन (1944), *हिंदी काव्यधारा*, किताब महल, इलाहाबाद.

— कृष्णदत्त पालीवाल

रियलिटी टीवी

(Reality Television)

आधुनिक समाज में यथार्थ को उसके अनगढ़ रूप में देखने और महसूस करने की कितनी ज़बरदस्त भूख है, इसका अंदाज़ा दुनिया भर में रियलिटी टेलीविज़न की हाई रेटिंग से लगाया जा सकता है। यह एक ऐसा माध्यम है जिसे टीवी अध्ययन के विद्वानों ने आधुनिक युग के मौजूदा चरण के लिए सर्वथा उपयुक्त क़रार दिया है। टीवी का यह संस्करण एक ऐसा सांस्कृतिक स्पेस मुहैया कराता है जिसमें समकालीन व्यग्रताओं को मनोरंजन की शक्ल-सूरत में एक तयशुदा नाटकीय संरचना के तहत खुल कर खेलने दिया जाता है। उपग्रहीय मनोरंजन चैनलों पर प्रसारित किये जाने वाले ये कार्यक्रम जो न तो वृत्त-चित्र जैसे होते हैं, और न ही उन्हें कथा-चित्र की परम्परा में बनाया जाता है। इन कार्यक्रमों में किसी गुज़र चुकी घटना का वर्णन नहीं होता। न ही कोई किसी किरदार का अभिनय करता है। इनकी विषय-वस्तु समाज के विभिन्न वर्गों से आने वाले वास्तविक लोगों, उनकी असली जीवन-स्थितियों और आम तौर पर अनाम रहने वाले लोगों के प्रथम-पुरुष वृत्तांतों के इर्द-गिर्द बुनी जाती है। अपनी कहानी कहने के लिए वे लोग ख़ुद टीवी-स्क्रीन पर आते हैं। टीवी का कैमरा इन लोगों के जीवन के एक अंश में अपनी ख़ास निगाह से झाँकता है जिसके कारण इन कार्यक्रमों को एक ख़ास तरह की प्रामाणिकता मिल जाती है।

रूप के लिहाज़ से रियलिटी टीवी में कई तरह की शैलियों का मिश्रण होता है। इसमें वृत्त चित्रात्मकता के पहलू तो हैं ही, उनके साथ खोजी पत्रकारिता के रोमांचक पहलुओं का समावेश भी किया जाता है। रियलिटी टीवी में टेबिलॉयड पत्रकारिता की सनसनी, कैमकॉर्डर (घरेलू मूवी कैमरा) के माध्यम से यथार्थ का अंकन करने वाला कार्यकर्तापन और सामाजिक कार्रवाई में निहित डॉक्यूड्रामा के पहलू समाविष्ट रहते हैं। रियलिटी टीवी ने गेम-शो की शैली को 'बिग बॉस' या 'बिग ब्रदर' के रूप में आत्मसात् कर लिया है। दिलचस्प बात यह है कि अगर दर्शकों के सामने परोसा गया फुटेज ख़राब क्वालिटी का है, तो वे उसे यथार्थ का और भी प्रामाणिक नमूना मान कर ग्रहण करते हैं। इसलिए हिलता हुआ कैमरा, ख़राब प्रकाश-योजना, ध्वनि प्रसारण की विकृतियाँ, केंद्र से हिली हुई फ्रेमिंग, टूटा-फूटा सम्पादन मनोरंजन के किसी भी अन्य कार्यक्रम को भले ही डुबा दे, पर रियलिटी टीवी के लिए वरदान का काम करता है।

भारत में इक्कीसवीं सदी के टीवी-मनोरंजन की दुनिया में रियलिटी टीवी अपनी बेतहाशा लोकप्रियता के

कारण व्यावसायिक प्रतिष्ठा क़ायम कर चुका है। मोटे तौर पर इसकी शुरुआत नब्बे के दशक के उत्तरार्ध में फ़िल्मी गीतों के गायन की एक प्रतियोगिता 'सा रे गा मा' और फ़िल्मी गानों पर ही आधारित अंत्याक्षरी के लोकप्रिय कार्यक्रमों से हुई थी। जल्दी ही टीवी प्रोड्यूसरों को इनकी व्यावसायिक सम्भावनाओं का एहसास हो गया। नये-नये रियलिटी कार्यक्रमों की संकल्पना करना उनके लिए मुश्किल नहीं था, क्योंकि अमेरिका में इस तरह का टीवी अस्सी के दशक में ही अपने झंडे गाड़ चुका था। नब्बे के दशक में अमेरिकी 'बिग ब्रदर' के प्रसारण के बाद टीवी मनोरंजन की यह शैली दूसरे देशों द्वारा भी अपनायी जाने लगी। देखते ही देखते अमेरिकी तर्ज़ पर भारत में भी साधारण लोगों की संगीत और नृत्य प्रतिभा को प्रतियोगिता के मंच पर लाने वाला, उनके सामान्य ज्ञान की परीक्षा करने वाला, जोखिम और ख़तरों से खेलने की प्रवृत्तियों और सेक्शुअल जीवन समेत निजी रिश्तों की उलझनों पर रोशनी डालने वाला रियलिटी टीवी अपने विविध रंगों में उभर आया।

इसमें कोई शक नहीं है कि रियलिटी टीवी ने समाज में छिपी हुई प्रतिभाओं को बाहर निकालने के माध्यम की भूमिका निभाई है। साथ ही इसके ज़रिये बहुत सी अनाम ज़िंदगियों को सार्वजनिक पहचान भी मिली है। कम से कम एक हद तक टीवी को काल्पनिक की जगह तथ्यात्मक प्रोग्रामिंग की तरफ़ धकेलने का काम भी रियलिटी टीवी की कामयाबी ने किया है।

इस टीवी ने बाज़ारू संस्कृति के क्षेत्र में एक तरह के टीवी-लोकतंत्र की संरचना भी खड़ी कर दी है जिसके तहत टीवी दर्शकों के वोटों से सफल या विफल प्रतियोगियों का फ़ैसला होता है। रियलिटी टीवी के इस पहलू के राजनीतिक मायने भी हैं। ग़ैर-लोकतांत्रिक शासन वाले कई देशों में रियलिटी टीवी के माध्यम से ही आम लोगों ने पहली बार वोटिंग का स्वाद चखा है। चीन में अमेरिकी 'पॉप आइडॅल' की तर्ज़ पर बने रियलिटी टीवी शो 'सुपर गर्ल' में अस्सी लाख लोगों ने एसएमएस की ज़रिये वोट डाले। चीनी सरकार ने इस शो की आलोचना की और इसमें निहित लोकतांत्रिक प्रवृत्तियों व 'अत्यधिक अश्लीलता' के कारण इसे 2006 में प्रतिबंधित कर दिया। अरब देशों में प्रसारित होने वाले 'स्टार एकेडमी अरब वर्ल्ड' नामक रियलिटी शो में सामाजिक मर्यादाओं को चुनौती देते हुए अनजान स्त्री-पुरुषों को साथ-साथ रहते हुए दिखाया गया था। लेकिन, 'बिग ब्रदर' का अरब संस्करण 2004 में काफ़ी विरोध के बाद प्रतिबंधित कर दिया गया।

टीवी अध्ययन के विद्वानों का कहना है कि यह शैली टीवी के लिए सर्वथा नयी घटना नहीं है। तत्काल और आँखों देखा हाल दिख़ाने की क्षमता हमेशा से टीवी के सौंदर्यशास्त्र का अंग रही है। टीवी ने शुरू से ही ख़ुद को एक ऐसे माध्यम के रूप में स्थापित किया है जो अन्य माध्यमों के मुक़ाबले यथार्थ के अधिक नज़दीक जा सकता है। वह अख़बारी मीडिया की तरह घटनाओं के पीछे ही नहीं भागता, बल्कि स्टिंग ऑपरेशन की जगह घटनाएँ गढ़ता भी है। 1948 में एलेन फ़ुंट ने 'कैंडिड कैमरा' नाम का एक कार्यक्रम बनाया था जिसे रियलिटी टीवी के पितामह की हैसियत मिली हुई है। इस कार्यक्रम में कैमरे से लैस टीवी वालों का दल किसी भी व्यक्ति को हास्यजनक परिस्थिति में फँसा लेता था। इस तरह के रियलिटी टीवी कार्यक्रम भारतीय दर्शकों ने भी 'एमटीवी बकरा' के रूप में देख रखे हैं। पचास के दशक में 'बीट द क्लॉक' और 'ट्रुथ ऑर कांसिक्वेंसिज़' जैसे गेम-शो प्रसारित किये गये जिनकी आज तक सारी दुनिया में नकल की जाती है। टीवी के साथ एक वैसी दैनंदिनीयता जुड़ी हुई है जैसी परिवार की भीतरी ज़िंदगी में समाई रहती है। यह रोज़ानापन और अनगढ़ यथार्थ को प्रसारित करने की क्षमता से इस माध्यम को समकालीनता प्राप्त होती है।

रियलिटी टीवी के समाजवैज्ञानिक आख्यान का मुख्य तौर से चार हिस्सों में बाँट कर जायज़ा लिया जा सकता है। पहली बात तो यह है कि टेलीविज़न प्रोड्यूसर समकालीन सामाजिक जीवन के ऐसे पहलुओं को दिखाना पसंद करता है जो रुचि के निष्कृष्टतम ख़ाने में फिट हो सकें। इसके लिए वह बिना किसी हिचक के दृश्यात्मकता का सहारा लेता है। दूसरा पक्ष रियलिटी टीवी के 'डैमोक्रेटमेंट' वाले पहलुओं पर ज़ोर देता है। वह कहता है कि पारम्परिक क़िस्म के तथ्यात्मक टीवी में सहभागी पहलू नहीं थे जिन्हें संचार क्रांति ने सम्भव बना दिया है। चूँकि यह टीवी वास्तविक लोगों, उनकी वास्तविक ज़िंदगी, वास्तविक मनोभावों और उनके जीवन के वास्तविक अनुभवों का इस्तेमाल करता है, इसलिए उसे अधिक लोकतांत्रिक माध्यम के रूप में परिभाषित करने में कोई जोखिम नहीं है। तीसरा पहलू रियलिटी टीवी की नैतिकता और सामाजिक उत्तरदायित्व के सवाल उठाता है। इस पक्ष का कहना है कि रियलिटी टीवी मानवीय दुखों और त्रासदियों को दर्शनीय बना कर परोसने की समस्या से ग्रस्त है। चौथी आलोचना कहती है कि रियलिटी टीवी एक ऐसे अराजक समाज का मॉडल पेश करता है जिसका कोई केंद्र नहीं है और अनैतिहासिक एवं भविष्यहीन है। इस लिहाज़ से रियलिटी टीवी सामाजिक-ऐतिहासिक, राजनीतिक और आर्थिक संदर्भों की रियलिटी से कतराने की कोशिश का नाम है।

रियलिटी टीवी एक ग्लोबल परिघटना बन चुका है। अमेरिकी के 'बिग ब्रदर' और 'पॉप आइडियल' जैसे कार्यक्रम ब्रिटेन, ऑस्ट्रेलिया, फ्रांस और युरोप के अन्य हिस्सों में न केवल प्रसारित होते हैं बल्कि दिलचस्पी से देखे

भी जाते हैं। इसकी लोकप्रियता के कारणों को समझने के लिए टेक्स्चुअल, सामाजिक, सांस्कृतिक, मनोवैज्ञानिक, आर्थिक और प्रौद्योगिकीय कारकों की बहुअनुशासनीय परख आवश्यक है।

देखें : अतिनाटकीयता, अनुपस्थिति-उपस्थिति, कला सिनेमा, अवाँगार्द और प्रति-सिनेमा, टीवी और समाचार, टीवी और सेक्शुअलिटी, टीवी और टीवी-अध्ययन, तीसरा सिनेमा, तीसरी दुनिया का सिनेमा, दक्षिण भारतीय सिनेमा और राजनीति, नारीवादी फ़िल्म-सिद्धांत, फ़िल्म और सेक्शुअलिटी, फ़िल्म और टीवी सेंसरशिप, फ़िल्मांतरण, फ़िल्म-सिद्धांत, फ़्लैश-बैक, भारतीय सिनेमा-1, 2 और 3, भारतीय फ़िल्म-अध्ययन, भारतीय स्टार सिस्टम, विचारधारा और हिंदी सिनेमा, वृत्त-चित्र, सेलेब्रिटी, सोप ओपेरा, सिनेमाई यथार्थवाद, नव-यथार्थवाद, सोवियत सिनेमा, स्टार, हिंदी सिनेमा का समाजशास्त्र।

संदर्भ

1. एम. आंद्रेजेविक (2003), *रियलिटी टीवी : द वर्क ऑफ़ बीइंग वाच्ड, रोमैने ऐंड लिटिल फ़ील्ड,* न्यूयॉर्क.
2. ए. बिरेसी और एच. नुन (2004), *रियलिटी टीवी : रियलिज़्म ऐंड रेवेलेशन,* वालफ्लॉवर प्रेस, लंदन.
3. जे. बिगनेल, *बिग ब्रदर : रियलिटी टीवी इन ट्वेंटी फ़र्स्ट सेंचुरी,* पालग्रेव मैकमिलन (2005), हैमशायर,.
4. सी. कालवर्ट (2000), *वॉयर नेशन : मीडिया, प्राइवेसी ऐंड पीयरिंग इन मॉडर्न कल्चर,* वेस्टव्यू प्रेस, कोलराडो.
5. एनेट हिल (2005), *रियलिटी टीवी : ऑडिऐंडसज़ ऐंड पाप्युलर फैक्चुअल टेलीविज़न,* रॉटलेज, लंदन.

— अभय कुमार दुबे

रीतिकाल-1

(विशुद्ध काव्य-कला, रसिकता, ऐंद्रिकता)

(Reeti Kal-1)

हिंदी साहित्य के विकास में रीतिकाल संवत् 1700 से 1900 तक माना जाता है। हिंदी में रीति का प्रयोग लक्षण ग्रंथों के लिए किया जाता है। जिन ग्रंथों में काव्य के विभिन्न अंगों का लक्षण-उदाहरण सहित विवेचन किया जाता है उन्हें 'रीतिकाव्य' और जिस विधान या पद्धति के अनुसार यह भाष्य-विमर्श किया जाता है उसे 'रीतिशास्त्र' कहते हैं। प्रायः इन ग्रंथों को संस्कृत में काव्यशास्त्र या अलंकारशास्त्र कहा जाता है। संस्कृत में रीति का एक विशेष अर्थ है। उस सम्प्रदाय विशेष को 'रीति-सम्प्रदाय' का नाम दिया गया है और इसके तहत रीति का अर्थ है 'विशिष्ट पद रचना'। रीति-सम्प्रदाय काव्य के बाह्याकार को आधार मानकर विवेचन-विमर्श में आगे बढ़ता है। हिंदी में आम तौर पर शुरुआत में रीति शब्द का मूल संकेत रीति-सम्प्रदाय से ज़रूर लिया गया, लेकिन हिंदी में रीति शब्द 'काव्य रचना संबंधी नियमों के विधान' के लिए प्रयुक्त होता है। डॉ. नगेंद्र ने *रीतिकाव्य की भूमिका* नामक अपनी प्रसिद्ध पुस्तक में लिखा है, 'जिस ग्रंथ में रचना संबंधी ग्रंथों का विवेचन हो, वह रीति ग्रंथ और जिस ग्रंथ की रचना इन नियमों से आबद्ध वे रीतिकाव्य हैं। स्वभावतः इस काव्य में वस्तु की अपेक्षा रीति अथवा आकार की, आत्मा के उत्कर्ष की अपेक्षा शरीर के अलंकरण की प्रधानता मिलती है।' संस्कृत-प्राकृत-अपभ्रंश की रीति परम्परा का कलात्मक विकास रीतिकाव्य में हुआ। इसीलिए इस काल को शृंगारकाल, अलंकृतकाल के साथ 'कलाकाल' भी कहा जाता है। इन कवियों की काव्यकला पर राजपूत-शैली, मुगल-शैली, आभीर-शैली आदि का चित्रकला के अनुपम विकास का असर हुआ है। ललित कलाओं के लिए भी रीतिकाव्य का स्मरण अवश्य किया जाना चाहिए।

वस्तुतः रीति शब्द का एक विशिष्ट प्रयोग हिंदी का अपना प्रयोग है और माना जा सकता है कि यह प्रयोग रीतिकाल के कवियों से ही आया हुआ है। रीतिकाल के अधिकांश कवियों ने 'काव्य की रीति' और 'अलंकार रीति' की चर्चा की है और यह प्रयोग उस अर्थ का संकेत देता है। भिखारीदास ने *काव्य निर्णय* ग्रंथ में स्पष्ट कहा है, 'काव्य की रीति सिखी सुकवीन सो, देखी सुनी बहुलोक की बातें'। मुग़लकालीन समाज के अनेक काव्यानुभव रीति काव्य के प्रेरक आधार रहे हैं। रीतिकाल के मेधावी कवि पद्‌माकर ने अपने ग्रंथ *पद्‌माभरण* में अलंकार विवेचन को 'अलंकार रीति' कहा है। 'रीति' को एक प्रणाली या पद्धति मानते हुए मिश्र बंधुओं ने *मिश्र बंधु विनोद* में इस युग का नामकरण 'अलंकृतकाल' किया तथा इस काल के कवियों के ग्रंथों को रीतिग्रंथ कहा। रीतिकाल के आचार्य कविता करने की रीति या प्रणाली सिखाते हैं। ज़ाहिर है कि हिंदी में प्रयुक्त यह शब्द आचार्य रामचंद्र शुक्ल का आविष्कार नहीं है। वह तो काफ़ी पहले से हिंदी में चल रहा था। इसलिए आचार्य शुक्ल ने इस काल को 'रीतिकाल' कह कर कहीं भी इस रीति शब्द की व्याख्या नहीं की है। यह अलग बात है कि आचार्य शुक्ल की प्रतिभा ने रीति शब्द को शास्त्रीय आधार दे कर इस शब्द का स्वरूप निश्चित किया। उनके बाद बहुत से विद्वानों ने इस काल को 'शृंगारकाल' तथा 'अलंकृतकाल' कहना उचित समझा। हालाँकि उन्हें इस काल को रीतिकाल कहना उपयुक्त नहीं लगा, पर आज हिंदी के पाठक और विद्वान केशवदास, चिंतामणि, मतिराम, बिहारी, देव, पद्‌माकर, ठाकुर, घनानंद के इस काल को रीतिकाल कह कर ही याद करते हैं।

रीतिकाल से संबंधित काव्यशास्त्र में कवि और

आचार्य अलग-अलग थे, लेकिन हिंदी के दायरे में इस काल के कवि और आचार्य एक हो गये। इस काल के ज़्यादातर कवि आचार्य बनने का अरमान पाले हुए हैं। संस्कृत में दण्डी, राजशेखर आदि कवि थे, किंतु उन्होंने अपने को 'आचार्य' बनाने की चाह व्यक्त नहीं की। संस्कृत के आचार्य शताब्दियों तक खण्डन-मण्डन में लगे रहे। संस्कृत काव्यशास्त्र के उत्तरार्द्ध में रीतिग्रंथ लिखने की परिपाटी चल पड़ी जिसका उद्देश्य 'कवि शिक्षा' देना था। इनके उदाहरण प्रायः स्वरचित होते थे। शृंगार-रस की बढ़ती लोकप्रियता ने नायक-नायिका भेद का प्रचलन किया। इस तरह संस्कृत काव्यशास्त्र का प्रौढ़ विवेचन यहाँ आते-आते अपनी मौलिकता खो बैठा। प्राकृत तथा अपभ्रंश के ग्रंथ इसी सतही परिपाटी को लेकर चले तथा हिंदी का रीतिकाव्य इसी का विकास कहा जा सकता है। यही कारण है कि इसमें कवि और आचार्य का घालमेल होता चला गया।

रीतिकाव्य के आश्रयदाता राजा, रईस, सामंत और बड़े धन्नासेठ थे। परिणामस्वरूप रीतिकाव्य में जनता की अभिरुचियों का नहीं, बल्कि इन्हीं राजाओं-रईसों की अभिरुचियों का पोषण हुआ। कविता में काम-केलि क्रीड़ा के साथ मांसल देहवाद को स्थान मिला। कलाकारगण औरंगजेब की मृत्यु के बाद बिखराव के शिकार हो गये। कवि, गायक, चित्रकार, कलाकार, शिल्पी सभी छोटे-छोटे सामंतों के यहाँ आश्रय खोजने लगे जिनका जीवन काम-केलि क्रीड़ा में गर्क था। उनके पास विलास के लिए भरपूर समय था और दरबार के साथ-साथ रनिवास स्त्रियों से भरा पड़ा था। दूतियाँ और कुट्टनियाँ सुंदर युवतियों को बहला-फुसला कर इन सामंतों की हवस का शिकार बनाती थीं। सामंतों में न तो कोई गौरव शेष बचा था न चरित्र की नैतिकता। इनका दृष्टिकोण ऐंद्रिक रह गया था और ध्यान केवल भोग पर केंद्रित था।

रीतिकाल के कविगण निम्नवर्ग या निम्न-मध्यवर्ग से आये थे। साहित्य के संस्कार पैतृक-परम्परा से कमा कर वे कवि बने थे, इसलिए इनका ध्यान काव्य-साधना और काव्य-कला पर कम न था। इनकी प्रतिभा में कल्पना-विलास का विस्तार था और कला में नयी चित्रमयता का प्राधान्य। डॉ. नगेंद्र का कथन यहाँ भी ध्यान देने योग्य है कि 'हिंदी साहित्य के प्राचीन इतिहास में यही युग ऐसा था जब कला को शुद्ध कला के रूप में ग्रहण किया गया था। अपने शुद्ध रूप में रीति-कविता न तो राजाओं और सैनिकों को उत्साहित करने को थी, न धार्मिक-प्रचार अथवा भक्ति का माध्यम थी, न सामाजिक या राजनीतिक सुधार की प्रचारिका ही। काव्य कला का अपना स्वतंत्र महत्त्व था।'

रीति-निरूपण दृष्टि से इन कवियों की स्वतंत्र प्रवृत्तियाँ अलग से दिखाई देती हैं। यहाँ ऐसे कवियों का भी एक वर्ग है, जिन्होंने लक्षण-ग्रंथों का निर्माण किया। दूसरा उन कवियों का है जिन्होंने रीतिशास्त्र के पण्डित होने पर भी लक्षण-उदाहरण के फेर में न पड़कर केवल लक्ष्य ग्रंथों की रचना की। ज़ाहिर है कि रीतिशास्त्र के पीछे एक शक्तिशाली परम्परा सक्रिय थी। विडम्बना यह है कि यह सब होने पर भी उस युग में मूल सिद्धांत विषयक उद्‌भावनाएँ प्रायः चुक गयी थीं। इनमें न कोई मौलिक आविष्कार की शक्ति बची थी और न मूलसिद्धांतों के विवेचन-विमर्श का उचित ज्ञान। संस्कृत की जिस उत्तरकालीन मूल परिपाटी का ये सब लोग अनुकरण कर रहे थे वह परिपाटी स्वयं अपनी सर्जनात्मकता खो चुकी थी। सूक्ष्म चिंतन के साथ खण्डन-मण्डन की शक्ति भी निःशेष हो गयी थी। अब तो केवल रसिक-विलासियों का एक समुदाय था जिसमें ज्ञान की सूक्ष्मताओं को सामने लाने का विचार तक नहीं था। केवल कान्यांग-निरूपण का सहारा लेकर ये लोग अपनी नैया खे रहे थे। गद्य की विवेचन शैली के अभाव में विचार का परिपक्व कौशलशास्त्र ज्ञान की आवश्यकताओं से निबटने में असमर्थ था।

दरअसल, दरबारी कवि जिस उद्देश्य को सामने रख कर चले थे, उसमें प्रमुख था रिझाने वाले सरस काव्य की रचना और विलासप्रिय शौक़ीन मिजाज राजाओं, रईसों को काव्यांगों का साधारण ज्ञान करा देना। यही कारण है कि रीतिकाल का कोई-कोई कवि ही पाण्डित्य-प्रदर्शन के फेर में पड़ा है। इसी कारण ज़्यादातर कवि मौलिक सिद्धांतों की रचना वाले सिद्धांत-ग्रंथ नहीं रच सके। *चंद्रालोक, कुब्लपानंद, रसमंजरी* की दौड़ *काव्य प्रकाश* और *साहित्य दर्पण* तक थी, लेकिन *ध्वन्यालोक, लोचन, वक्रोक्ति जीवितम्* जैसे ग्रंथों तक नहीं। इसीलिए कवियों ने काव्यांग निरूपण तो किया, लेकिन खण्डन-मण्डन की प्रवृति से दूर रहे। रस-निष्पत्ति, रस-स्वरूप, साधारणीकरण, काव्य में आत्मा आदि का कुलपति मिश्र जैसे अपवादों को छोड़कर ज़्यादातर ने तो संकेत तक नहीं दिया। काव्य-लक्षण, शब्द-शक्ति, गुण-अलंकार जैसे भेद भी प्रायः अस्पष्ट रहे।

प्रायः हिंदी के रीति-ग्रंथों में तीन प्रकार की निरूपण-शैली, व्यवहार में लाया गया : सभी काव्यांगों पर प्रकाश डालने वाली, *काव्य-प्रकाश* की शैली, शृंगार-निरूपण तथा नायिका-भेद वाली *शृंगार-तिलक* की शैली और अलंकारों का लक्षण-उदाहरण देने वाली *चंद्रालोक* की शैली। गद्य का माध्यम उपलब्ध न होने के कारण सभी कवि-आचार्य जटिलताओं का विवेचन नहीं कर सके। ज़्यादातर शब्द-शक्तियों, अलंकार के भेदों के निरूपण में ही उलझकर रह गये। कुछ अपवादों को छोड़ कर हिंदी के कवि-आचार्य न तो हिंदी के ठीक उदाहरण दे पाते हैं न स्पष्ट लक्षण बता पाते हैं। वे प्रायः संस्कृत पद्यों से उदाहरण देते हैं। कुलपति तथा भिखारी दास ने गद्य में विवेचन का प्रयास तो किया, किंतु

भाषा की ठोकरें लगती रहीं और वे आगे नहीं बढ़ पाये। इस गद्य-सीमा के कारण हिंदी में आचार्यगण मौलिक सिद्धांतों का निरूपण नहीं कर सके। दूसरे संस्कृत से मुक्त होकर मौलिक सिद्धांत-निरूपण का इनमें साहस भी नहीं था।

हिंदी में रीतिकाल के कवि-आचार्यों की मौलिक उद्‌भावनाओं की चर्चा कुछ विद्वानों ने की है। इन विद्वानों पर आचार्य रामचंद्र शुक्ल ने कठोर प्रहार किये हैं। उन्होंने प्रबल तर्कों से सिद्ध किया है रीतिकालीन कवि-आचार्यों में मौलिक उद्‌भावना करने वाली प्रतिभा का अभाव था। ये तो संस्कृत काव्यशास्त्र का माल हिंदी में ला रहे थे, और वह भी तमाम भ्रांतियों के साथ। यह भी ध्यान में रखना होगा कि इस युग में केवल शृंगार-रस तथा अलंकारों का वर्णन हुआ, ध्वनि-वक्रोक्ति की ओर ये आचार्य नहीं गये। रीतिकाल के सभी आचार्यों ने एकस्वर से शृंगार का रसराजत्व घोषित किया है। पर यह न उनकी नवीन कल्पना थी, न ही उद्‌भावना। शताब्दियों पूर्व *अग्निपुराणकार* और *शृंगारतिलक* जैसे संस्कृत-ग्रंथ शृंगार को रसराज घोषित कर चुके थे। *अग्निपुराणकार* ने कहा था कि आनंद से अलंकार की उत्पत्ति होती है, अहंकार से अभिमान की, अभिमान से रति की- जिसके कि शृंगार-हास्य आदि विभिन्न रूप हैं। यह विचार भी कई तरह से व्यक्त किया गया कि रस तो केवल एक ही है और वह है शृंगार रस। इसके मुताबिक़ वास्तव में हमारा अहंकार ही अनुकूल परिस्थितियाँ पाकर विभाव, अनुभाव, संचारी आदि भावों के द्वारा आनंद रूप में रसत्व को प्राप्त होता है। इस शृंगार-रस चिंतन का आधार रहा है— कामशास्त्र। इसका मनोवैज्ञानिक निरूपण आचार्यों ने किया है। केशवदास ने सभी रसों को शृंगार में ठेल कर अंतर्भुक्त करने की कोशिश तो की, लेकिन इस कार्य में सफल नहीं हो सके। देव ने रस का विस्तार-भेद से विवेचन तो किया लेकिन उनका अभिप्रेत अर्थ आनंदजन्यरति ही रहा।

लोक में तथा शास्त्र में रति, उत्साह, शम् ये तीन उदात्त वृत्तियाँ ही नहीं हैं— करुणा भी हैं। हिंदी के रीति कवियों ने भाव-वर्णन बहुत ही उपेक्षा से किया। कामदशाओं के वर्णन में भी वे *रस तरंगिणी* का पल्ला थामे रहे। आम तौर पर कहा जा सकता है कि इसमें कोई नवीनता नहीं है। इसकी तुलना में हिंदी का नायिका-भेद काफ़ी व्यवस्थित और विस्तृत है। यह भी कहा जाता है कि दो सौ वर्षों तक हिंदी कविता कामिनी की लटों-भौहों में अटकी रही। यहाँ अनुकरण संस्कृत के ही रीतिग्रंथों का है। यही वजह है कि नायिका-भेद में अनेक प्रभेद-पाठ आने पर भी कुछ नया प्रवेश नहीं पा सका। रीतिकाल का एक प्रमुख वर्ण्य-विषय है- अलंकार। अलंकारों पर जमकर ग्रंथ लिखे गये। इस क्षेत्र में केशवदास ने चकित करने वाला चमत्कारवाद पैदा किया। समस्त काव्य-सौंदर्य को अलंकार का पर्याय माना गया। अलंकार को काव्य का शोभाकारण धर्म भी कहा गया। इस तरह रस, गुण, ध्वनि आदि को अलंकार के भीतर ही समाहित करने का प्रत्यन किया गया।

कृष्णशंकर शुक्ल ने *केशव की काव्य-कला* पुस्तक में विस्तार से सिद्ध किया है कि केशव संस्कृत-काव्यशास्त्र के अलंकार विवेचन से बाहर नहीं निकल सके। इसलिए केशव जैसे आचार्य भी अलंकार-क्षेत्र में कोई मौलिक योगदान नहीं दे सके। इनकी प्रतिभा केवल पिष्टपेषण में ही भटकती रही। मूल बात यह है कि ज़्यादातर कवि अलंकारवादी न होकर रसवादी थे। मतिराम, देव, घनानंद, ठाकुर, नेवाज, बोधा आदि रसवादी थे। केवल बिहारीलाल ध्वनिवाद की ओर गये और लक्षण-ग्रंथ की रचना न करके भी ध्वनि को सिद्ध किया। अन्य कवि तो रसराज के चारों और चक्कर लगाते थे और मौक़ा पाते ही *लटहज़ारा, तिलकहज़ारा* लिखते रहे। रसिकों के लिए रस का अर्थ था, शृंगार रस। इन सभी ने 'अभिधा उत्तमकाव्य' का उद्‌घोष किया, क्योंकि उसके सम्प्रेषण में कहीं भी व्यवधान नहीं है। घनानंद, ठाकुर, बोधा, आनंद आदि कवि रीति से मुक्त हुए, लेकिन कवित्त-रस में शृंगार-रस ही बरसाते रहे। किसी ने वक्रोक्ति की चर्चा तक नहीं की। इसलिए रसवाद की दृष्टि से यह काल शृंगारकाल है। इस कविता की धमनियों में शृंगारिकता बहती है। *'प्रेम सारशृंगार'* की ध्वनि का इतना विस्तार बोध जागा कि देव ने नायिका को माया तथा पुरुष को ब्रह्म कह दिया। ज़्यादातर कवियों ने अपनी कृति का आरम्भ ही प्राय: बेधड़क हो कर नायिका-भेद से किया है। वास्तविकता यह है कि रीतिकालीन शृंगारिकता की प्रवृत्तियों का सच्चा प्रतिनिधित्व यही कवि करते हैं। यहाँ इनका उद्देश्य आचार्यत्व का प्रदर्शन न होकर मर्मस्पर्शी कला की साधना है, ऐसी कला जिसमें रसात्मक कला का सौंदर्य हो।

यहाँ एक वर्ग ऐसे कवियों का भी है, जिसके अंतर्गत मतिराम की रचना *ललित ललाम* और भूषण के *शिवराज भूषण* को लिया जा सकता है। इन ग्रंथों के रचनाकार आचार्यत्व को लक्ष्य बनाकर नहीं चले। इन्होंने लक्ष्यों से ज़्यादा सरस उदाहरणों को महत्त्व दिया। भूषण ने तो शायद स्वतंत्र छंद लिखकर फिर उन्हें रीतिबद्ध किया, इसलिए उनका अलंकार-निरूपण किनारे चला गया। वे रीति-शिक्षक से ज़्यादा निपुण कवि की काव्यात्मकता को लेकर पाठकों के सामने आये। रीतिग्रंथ चमत्कारवाद के लिए शब्द-क्रीड़ा में रमते गये। यह कार्य महाकवि सूरदास *साहित्य लहरी* में पहले ही कर चुके थे। केशव जैसे आचार्य चित्र-काव्य के विवेचन में बहुत-सी उक्ति-क्रीड़ाओं की चर्चा कर चुके थे। चित्रकाव्य को अधमकाव्य कहकर 'बायस चामय बात' कहना भी भूले नहीं। संस्कृत में अप्पय दीक्षित ने *चित्र-मीमांसा* ग्रंथ में जो स्थापनाएँ की थी, उनका तार्किक खण्डन

पण्डितराज ने अपने *चित्र-मीमांसा खण्डन* में किया है।

रीति कालीन कविता का आधार उज्ज्वल प्रेम न हो कर विलासी-कला की रसिकता है। यह रसिकता शुद्ध ऐंद्रिक है, इसलिए जगह-जगह वासना का विस्तार है और इस वासना का उदात्तीकरण करने में ये कवि असमर्थ रहे हैं। ज़्यादातर दरबारी कविता बाज़ारी इश्क की क्रीड़ा है। यह देहवाद की कविता है जिसमें नखशिख-वर्णन और बारहमासा की आरती घूम रही है। इन कवियों ने जीवन के गम्भीर प्रश्नों का सामना कविता में कहीं नहीं किया है। इसलिए इनका भौतिक जीवन-दर्शन स्वस्थ नहीं है। रीतिकालीन धार्मिकता तथा भक्ति स्वरूप देहवाद पर केंद्रित होकर रह गया। अनेक बार नायक के लिए 'हरि' और नायिका के लिए 'राधा' का प्रयोग होने पर भी इस काव्य में भक्ति नहीं है— भक्ति की नाम-स्मृति है। इन कवियों ने 'शृंगार को सार-किशोर किशोरी' कहने के बाद उन्मुक्त मन से यह भी कह दिया कि 'आगे के सुकवि रीझि हैं तौ कविताहि। न तौ राधिका कान्ह सुमिरन को बहानो है'। मूलतः यह कवि *'निजितीरत हरिराधिका, तनद्युति कर अनुराग'* की ऐंद्रियता में विश्वास रखते हैं। हाँ, यह काल काव्य-भाषा का अलंकृत काल है। भक्तिकाल में प्रौढ़ता को प्राप्त काव्य-भाषा रीतिकाल में अलंकार के सौंदर्य-भार से झुकने लगी। नतीजा यह हुआ कि इस काल के कवियों ने काव्य के रूपाकार को कई प्रकार से अलंकृत किया। शब्दार्थ की व्यंजना का विकास किया और रंगभरी शब्दावली से कविता का शरीर चमका दिया। यह भाषा जन-भाषा से दूर हट कर केवल काव्य की भाषा रह गयी।

रीतिकाल का साहित्यिक पृष्ठ आधार मुक्तक कविता के विकास के लिए अनुकूल था। यही कारण है कविगण प्रबंध का विस्तृत क्षेत्र छोड़कर जीवन के छोटे-छोटे अनुभवों को कविता में स्थान देने लगे। इस काल में आभीर संस्कृति का आर्य संस्कृति पर गहरा प्रभाव पड़ा। भारतीय मन परलोक की चिंता से मुक्त होकर लौकिक जीवन के रस में निमग्न रहने लगा। बिहारीलाल की *सतसई* रीतिकाव्य की प्रेरणा बनी। प्राकृत गाथाओं की स्थूल मांसलता कविता के केंद्र में आ गयी और कविता में स्वभावोक्ति का सौंदर्य निखरने लगा। अमरुक कवि का *अमरुक शतक,* गोवर्धन की *आर्यासप्तशती* की राह पर कविता चल पड़ी। *चंडी शतक, दुर्गासप्तशती तथा कृष्णलीलामृत* जैसे ग्रंथ स्रोत ग्रंथों के रूप में प्रतिष्ठित हुए। इनमें शिव-पार्वती, राधा-कृष्ण की लीलाओं का वर्णन मिलता है। लगता है विद्यापति के गीत इन्हीं काव्यों की शृंगारिक कोख से फूट-फूट कर सामने आये।

इन्हीं के साथ कामशास्त्र-कामसूत्र की परम्परा में *रतिरहस्य, अनंगरंग* जैसे न जाने कितने ग्रंथ आते रहे। हिंदी साहित्य को इन ग्रंथों की परम्पराएँ कम-ज़्यादा मिली हैं। विद्यापति के पद केलिक्रीड़ा का बड़ा क्षेत्र सामने लाते हैं। इस वज़न को लेकर कृपाराम की *हिततरंगिणी* आती है। इस नायिका-भेदी ग्रंथ ने मतिराम-पद्माकर जैसे कवियों के भाव-विधान को दिशा दी है। सूरदास की *साहित्य लहरी* के दृष्टिकूट पद, तुलसी की *बरवै रामायण,* रहीम का *बरवै नायिका भेद,* और नंददास की *रसमंजरी* रीतिकाल की प्रेरणा बनी हैं।

देखें : अष्टछाप, 'अंग्रेज़ी हटाओ' आंदोलन, गजानन माधव मुक्तिबोध-1 और 2, छायावाद, डायग्लॉसिया, नंद दुलारे वाजपेयी, नगेंद्र और सैद्धांतिक समीक्षा, नयी कविता, नामवर सिंह, पाश्चात्य काव्यशास्त्र, प्रेमचंद, प्रयोगवाद, प्रगतिवाद, भक्ति आंदोलन-1 और 2, भक्ति-काव्य-1 और 2, भारतेंदु हरिश्चंद्र, भारतेंदु युग-1 और 2, भाषा नियोजन-1 से 4 तक, भाषा के मार्क्सवादी सिद्धांत, महादेवी वर्मा, महावीर प्रसाद द्विवेदी, मीरांबाई और प्रेमाभक्ति, राहुल सांकृत्यायन, रामानुजाचार्य, रामानंद, रामचंद्र शुक्ल-1 और 2, रामविलास शर्मा, राष्ट्रीय-सांस्कृतिक कविता, विजय देव नारायण साही, वैष्णव धर्म, श्याम सुंदर दास, सम्पर्क भाषा-1 से 4 तक, सगुण और निर्गुण-1 और 2, संस्कृत काव्यशास्त्र, संविधान सभा में भाषा-विवाद-1, 2 और 3, संत-काव्य, सिद्ध-नाथ परम्परा, सूफ़ीयत और प्रेमाख्यान, हजारी प्रसाद द्विवेदी, हिंदी विरोधी आंदोलन, हिंदी जाति-1 से 3 तक, हिंदी साहित्य का आदिकाल, हिंदी साहित्य का इतिहास, हिंदी साहित्य का इतिहास : नये परिप्रेक्ष्य, हिंदी-पट्टी में इतिहास, हिंदी-जगत और 'लोकप्रिय'-1 और 2, हिंदी नवजागरण, हिंदी-संस्थाएँ।

संदर्भ

1. डॉ. नगेंद्र (1949), *रीतिकाव्य की भूमिका,* नैशनल पब्लिशिंग हाउस, नयी दिल्ली.
2. आचार्य रामचंद्र शुक्ल (1940), *हिंदी साहित्य का इतिहास,* नागरी प्रचारिणी सभा, काशी.
3. हजारी प्रसाद द्विवेदी (1941), *हिंदी साहित्य की भूमिका,* राजकमल प्रकाशन, नयी दिल्ली.
4. जगदीश गुप्त (1960), *रीतिकाव्य संग्रह,* साहित्य भवन, इलाहाबाद.
5. भगीरथ मिश्र (1965), *हिंदी रीति साहित्य,* राजकमल प्रकाशन, नयी दिल्ली.

— कृष्णदत्त पालीवाल

रीतिकाल-2

(हिंदी साहित्य में स्थान)

(Reeti Kal-2)

हिंदी-साहित्य में रीतिकाव्य प्राय: निष्पक्ष आलोचना के अभाव में उपेक्षा का ही शिकार हुआ है। नीतिवादी आलोचकों ने इस कविता में नैतिकतावादी मूल्यों को तिरस्कृत पाकर इस ओर से मुँह फेर लिया और सांस्कृतिक नवजागरण के प्रतीक छायावादी कवि-चिंतक इस काव्य को स्थूल-ऐंदिक कहकर अधम कोटि का समझते रहे। प्रगतिवादी समीक्षकों ने इस काव्य को सामंतवाद की खुली अभिव्यक्ति कह कर 'प्रतिक्रियावादी' क़रार दिया। एक ख़ास तरह की सामाजिक-राजनीतिक दृष्टि का प्रतिनिधित्व करने वाली कविता मान कर इस काव्य के समाजशास्त्र, अर्थशास्त्र, सौंदर्यशास्त्र और कलाशास्त्र पर कम ही विचार हुआ। इस कविता की प्रवृत्तियों के विश्लेषण-मूल्यांकन का बहुत कम प्रयास होने के कारण रीतिकाल को केवल कलाकाल, शृंगारकाल या दरबारीकाव्य कह कर चलता कर दिया गया। समीक्षकों ने इस काल को चमत्कारवादी, नायक-नायिका की निरूपणवादी कविता तथा संस्कृत काव्यशास्त्र का पिष्टपेषण करने वाली काव्य-परम्परा में डाल कर मान्यता स्थापित की कि इस काव्य-क्षेत्र में तो कवि तथा आचार्य बनने की होड़ होती रहती थी। रस, रीति, अलंकार आदि सबके लिए 'अलंकार' शब्द का व्यवहार किया गया। इसलिए कुछ आलोचकों ने इस काल को 'अलंकारकाल' या 'अलंकृतकाल' की संज्ञा भी दी है। इस दौर में लक्षण-ग्रंथों की भरमार देखी जाती है। कविता लिखने की यह प्रणाली भी इसी दौर की देन है कि पहले दोहे में रस या अलंकार का लक्षण दिखाया जाए और फिर उदाहरण के रूप में कवित्त-सवैया लिखने की चतुरता प्रदर्शित की जाए।

रामचंद्र शुक्ल ने इस पूरी स्थिति पर विचार करने के बाद *हिंदी साहित्य का इतिहास* में रीतिकाल का सामान्य परिचय देते हुए लिखा है कि 'हिंदी साहित्य में यह एक अनूठा दृश्य खड़ा हुआ। संस्कृत साहित्य में कवि और आचार्य दो भिन्न श्रेणियों के व्यक्ति रहे। हिंदी काव्य-क्षेत्र में यह भेद लुप्त सा हो गया। इस एकीकरण का प्रभाव अच्छा नहीं पड़ा। आचार्यत्व के लिए जिस सूक्ष्म विवेचन और पर्यालोचन शक्ति की अपेक्षा होती है उसका विकास नहीं हुआ। कवि लोग एक दोहे में अपर्याप्त लक्षण देकर अपने कवि-कर्म में प्रवृत रहे। काव्यांगों का विस्तृत विवेचन, तर्क द्वारा खण्डन-मण्डन, नये-नये सिद्धांतों का प्रतिपादन आदि कुछ भी नहीं हुआ। इसका कारण यह भी था कि उस समय गद्य का विकास नहीं हुआ था। जो कुछ भी लिखा जाता था वह पद्य में ही लिखा जाता था। अपर्याप्त लक्षण-ग्रंथों के कारण हिंदी साहित्यशास्त्र का भी भला इस काल में नहीं हो सका। केशवदास जैसे लक्षण ग्रंथकार कवियों ने सारे लक्षण संस्कृत काव्य शास्त्र से ग्रहण किये किंतु वे इस क्षेत्र में कोई नवीन उद्‌भावना नहीं कर सके। रस, रीति, ध्वनि, वक्रोक्ति, औचित्य जैसे वादों के लिए कोई नया रास्ता नहीं निकला।

दरअसल, रीतिग्रंथों के रचयिता बड़े संवेदनशील कवि थे। उनका उद्देश्य मनोहारी सरस कविता करना था। इन कवियों द्वारा बड़ा कार्य यह हुआ कि सरस पद्यों का उदाहरण के रूप में और शृंगार-रस के अंतर्गत सुंदर मुक्तक काव्य का विकास हुआ। इनका झुकाव नायक-नायिका भेद की ओर अधिक रहा। रस का सारा वैभव नायिका-भेद के अंतर्गत ही दिखाया गया है। हिंदी के ज़्यादातर लक्षण-ग्रंथों में 'नायिका भेद' का ही निरूपण अधिक हुआ। यहाँ रस के आलम्बन का वर्णन एक स्वतंत्र विषय हो गया और न जाने कितने नखशिख वर्णन और षड्‌ऋतु वर्णन के ग्रंथ लिखे गये। कुछ कवियों ने विरह संबंधी 'बारह मासे' भी लिखे।

इन सबका एक प्रभाव तो पड़ना ही था कि जीवन-जगत को लेकर कवि-दृष्टि सीमित हो जाती। इससे अनुभव के बहुत से क्षेत्र सामने आने से रह गये। लेकिन दूसरी तरफ़ लाभ यह हुआ कि सैकड़ों कवियों द्वारा भाषा का परिमार्जन किया गया। इस काल में काव्य की भाषा ब्रजभाषा रही और इस भाषा ने इस काल की कविता में कलात्मकता के शिखर चूमे। ब्रजभाषा में मुसलमानों से सम्पर्क के कारण फ़ारसी के शब्द आये, साथ ही बोलियों से भी अनेक शब्द ग्रहण किये गये। बिहारी लाल पर तो फ़ारसी शैली का प्रभाव अनेक कोणों से पड़ा है। फ़ारसी के भावों ने बिहारी-काव्य का रूपरंग ही बदल दिया है। शृंगार में इस काल की कविता ने सेक्शुअलिटी का समावेश किया जिसे कुछ समीक्षकों द्वारा अश्लीलता क़रार दिया गया। रामचंद्र शुक्ल ने इस संबंध में दलील दी है कि 'इसका कारण जनता की रुचि नहीं, आश्रयदाता राजाओं की रुचि थी जिनके लिए वीरता और कर्मण्यता का जीवन बहुत कम रह गया था।'

हजारी प्रसाद द्विवेदी ने रीतिकाव्य को 'सेकुलर-काव्य' कहा है। इस काव्य में धर्म की जकड़न नहीं है। उन्होंने रीतिकाव्य के विद्वानों में तीन तरह के भेद किये हैं : रीतिबद्ध-काव्य (इस धारा के प्रतिनिधि कवि हैं महाकवि भूषण), रीतिसिद्ध-काव्य (इस धारा के अंतर्गत बिहारी की *सतसई* को स्थान दिया जाता है) और रीतिमुक्त-काव्य (इस धारा के प्रतिनिधि कवि हैं घनआनंद या घनानंद, ठाकुर आदि)। आज रीतिसिद्ध, रीतिबद्ध, रीतिमुक्त इन तीनों प्रकार का काव्य न्याय माँगता है। यह पूरा का पूरा काव्य निंदा-

तिरस्कार के योग्य नहीं है। इस में बहुत-सा काव्य कलात्मक और प्रभावशाली है। आचार्य रामचंद्र शुक्ल ने मतिराम, घनानंद, ठाकुर आदि कवियों की प्रशंसा की है। हाँ, केशवदास के छंद-चमत्कारवाद से उनका मन क्षुब्ध हुआ है। दूसरी तरफ़ रायप्रवीण के दोहों की भावुकता और कथन भंगिमाओं से उनका मन भीगा है। कल्पना प्रायः नये ढंग के बिम्बों का सृजन करती हैं। देव-पद्माकर की रचनाओं में पर्वों, त्योहारों, उत्सवों का वर्णन ग्राम जीवन की स्मृति जगाता है। इस काल में लिखे गये बहुत से कवित्त, दोहे, छप्पय, कुंडलियाँ लोक-स्मृति के अंग बन गये हैं। इसमें प्रकृति-प्रदेश का मुग्धकारी सौंदर्य है। साथ ही इन कवियों की शब्द-चयन कला से आज भी बहुत कुछ सीखा जा सकता है।

रीतिकालीन कवियों की कला की बहुत सी जातीय विशेषताओं के कारण रामविलास शर्मा इस कविता के अभिव्यंजना शिल्प के प्रशंसक रहे हैं। ब्रज भाषा के न जाने कितने ही जातीय शब्दों ने इधर खड़ी बोली भाषा को नूतन सर्जनात्मकता प्रदान की है। रीतिकालीन चित्रमयता एवं सजग शब्द योजना से आज भी नये कवि बहुत कुछ सिख सकते हैं। रीतिकाल के अंतर्गत संवत् 1700 से लेकर संवतः 1900 तक पूरी दो शताब्दियाँ आती हैं। यह काल मुग़ल साम्राज्य के उत्कर्ष एवं विघटन दोनों की राजनीतिक कहानी कहता है। जहाँगीर-शाहजहाँ के काल में कला अपने चरम वैभव पर थी। शाहजहाँ ने इसी काल में मयूर सिंहासन और ताजमहल का निर्माण कराया था।

इसी काल में दाराशिकोह और औरंगजेब का सांस्कृतिक-राजनीतिक युद्ध हुआ। औरंगज़ेब का अधिकांश समय दक्षिण के विद्रोहों को दबाने में बीता। आगरा, इलाहाबाद, अवध में भी कम उपद्रव नहीं हुए। इसी वातावरण में मथुरा में केशवदेव तथा काशी में विश्वनाथ का मंदिर ध्वस्त कराया गया। बुंदेलखण्ड में छत्रसाल तथा मराठा राज्य में शिवाजी विद्रोही बन कर उभरे। जोधपुर के राजा जसवंत सिंह ने साम्राज्य की ओर से युद्ध करते हुए प्राण गँवाए। पंजाब में गुरु तेग बहादुर की हत्या और गुरु गोविंद सिंह के बच्चों पर होने वाले अत्याचार ने सिक्ख-धर्म का धैर्य तोड़ दिया। नादिरशाह का आक्रमण हुआ और पानीपत की पराजय से मराठा शक्ति चौपट होने लगी।

रामविलास शर्मा का विचार है कि रीतिकालीन काव्य की परम्परा हिंदी भाषी प्रदेश के सामंतवर्ग की अपनी विशिष्ट सांस्कृतिक परम्परा है। सामंत वर्ग ब्रजभाषा काव्य के अभ्युदय के बहुत पहले इन हिंदी भाषी प्रदेशों में विद्यमान रहा है और यहं काव्य परम्परा भी बहुत पहले से ही संस्कृत में थी। यही कारण है कि रीतिकाल के ज़्यादातर आचार्यों ने अपनी सिद्धांत-दृष्टि संस्कृत-आचार्यों से ग्रहण की। यह अलग बात है कि ब्रजभाषा काव्य के उदय तक उत्तरी भारत का सामंती वर्ग अपनी ऐतिहासिक भूमिका पूरा करके जातीय विकास के मार्ग में अवरोधक शक्ति बन गया था। सामंती-संस्कृति का विरोध करने वाले नयी शक्तियाँ सामने आ गयीं थीं। यहाँ ध्यान में रखने की बात है कि संस्कृत रीतिकाव्य के उत्कर्षकाल में सामंत इतने पतित नहीं हुए थे, जितने सत्रहवीं-अठारहवीं शताब्दी में। अतिशय वैभव और विलास के इस युग को हिंदी साहित्य में देहवाद-भोगवाद के युग की तरह भी देखा जाता है। इस युग का बीज-मंत्र था, 'तजि तीरथ हरि राधिका तन दुति कर अनुराग। जेहि ब्रज केलि निकुंज मग पग-पग होत प्रयाग'। इसी कारण से भारतेंदु, बालकृष्ण भट्ट, बालमुकुंद गुप्त, महावीर प्रसाद द्विवेदी, मैथिलीशरण गुप्त, सुमित्रानंदन पंत, सूर्यकांत त्रिपाठी 'निराला' तथा प्रेमचंद ने रीतिवाद विरोधी अभियान चला कर लोकमंगल की दृष्टि से एक नया दृष्टिकोण स्थापित करने की चेष्टा की। आधुनिककाल के सभी रचनाकारों ने रीतिवाद पर प्रहार किया। इन स्थापित संस्कारों के कारण साहित्य में आज भी रीतिवाद की परम्परा को निर्मूल करने की कोशिश जारी है।

रीतिकालीन कवियों ने संस्कृत की चमत्कारवादी परम्परा अपना कर घोषित तौर पर कहा कि, 'भूषण बिनु न बिराजई, कविता, वनिता, मित्र'। चाहे कविता सरस क्यों न हो, उसका काम आभूषणों की चमक-दमक के बिना नहीं चलता। रीतिवाद के कवियों द्वारा नायक-नायिका-भेद पर ज़ोर दिये जाने को हजारी प्रसाद द्विवेदी ने इस तरह व्याख्यायित किया है : 'इस प्रकार समूचा नायिका-भेद का साहित्य नाट्यशास्त्र के सामान्य अंग पर लोकगम्य भाषी के सिवा और कुछ नहीं हैं।' संस्कृत कामशास्त्र का भी व्यापक प्रभाव इस रीतिकाव्य पर पड़ा। कवियों-आचार्यों ने नायिकाओं के वर्गीकरण में अपनी काव्य प्रतिभा को खपा दिया। फिर भी वे इस कार्य में किसी गहराई का एहसास नहीं करा सके। बौद्धिक कलावादी कविता प्रदर्शनवादी चमत्कार बनकर रह गये। हिंदी के अलंकार ग्रंथ संस्कृत ग्रंथों की नकल या अनुकृति बनकर रह गये, जिनमें मौलिकता का अभाव खटकता है। कहना ही होगा कि यहाँ रीतिकाव्य-परम्परा का सैद्धांतिक-पक्ष बहुत दुर्बल है। आज के आलोचक नायिक-भेदी साहित्य का सामाजिक-सांस्कृतिक मूल्य खोजते हैं और इस खोज़ से पाते हैं कि यह नायिका-भेद पतनशील समाज का दर्पण है, जिसमें जीवन के उदात्त मूल बहिष्कृत हैं। मुग्धा, प्रौढ़ा, धीरा, खण्डिता, पोषित पतिका, कलहांतरिला जैसे भेद नारी की यथार्थ भावना को समझाने में अक्षम हैं। आचार्य रामचंद्र शुक्ल का कथन है कि, इस काल में एक विशेष प्रकार का मक़रजध्वजवाद पोषित किया गया। मक़रजध्वजवादियों में नारी केवल भोग की वस्तु

थी। इसमें प्रेम का पवित्र रूप न था। केवल विलास था। इनकी पूरी मनोभूमिका भक्तिकाव्य की राधा से अलग बनी है। इन्होंने कहा है कि, 'आगे के सुकवि रीझि हैं तौ कविताई। न तो राधिका कान्ह सुमिरन को बहानो हैं'। यहाँ राधा-कृष्ण अपनी दिव्यता खोकर सामान्य नर-नारी रह गये हैं। नारी के नायिका रूप का भाष्य पहले है, कविता बाद में। बँधी-बँधाई लीकों में ढलकर कविता प्रकृत भावभूमि से दूर जा पड़ी है। इनके छंद भी कल्पना के चमत्कार में चकित करते रह गये हैं।

देखें : अष्टछाप, 'अंग्रेज़ी हटाओ' आंदोलन, गजानन माधव मुक्तिबोध-1 और 2, छायावाद, डायग्लॉसिया, नंद दुलारे वाजपेयी, नगेंद्र और सैद्धांतिक समीक्षा, नयी कविता, नामवर सिंह, पाश्चात्य काव्यशास्त्र, प्रेमचंद, प्रयोगवाद, प्रगतिवाद, भक्ति आंदोलन-1 और 2, भक्ति-काव्य-1 और 2, भारतेंदु हरिश्चंद्र, भारतेंदु युग-1 और 2, भाषा नियोजन-1 से 4 तक, भाषा के मार्क्सवादी सिद्धांत, महादेवी वर्मा, महावीर प्रसाद द्विवेदी, मीरांबाई और प्रेमाभक्ति, राहुल सांकृत्यायन, रामानुजाचार्य, रामानंद, रामचंद्र शुक्ल-1 और 2, रामविलास शर्मा, राष्ट्रीय-सांस्कृतिक कविता, विजय देव नारायण साही, वैष्णव धर्म, श्याम सुंदर दास, सम्पर्क भाषा-1 से 4 तक, सगुण और निर्गुण-1 और 2, संस्कृत काव्यशास्त्र, संविधान सभा में भाषा-विवाद-1, 2 और 3, संत-काव्य, सिद्ध-नाथ परम्परा, सूफ़ीयत और प्रेमाख्यान, हजारी प्रसाद द्विवेदी, हिंदी विरोधी आंदोलन, हिंदी जाति-1 से 3 तक, हिंदी साहित्य का आदिकाल, हिंदी साहित्य का इतिहास, हिंदी साहित्य का इतिहास : नये परिप्रेक्ष्य, हिंदी-पद्य में इतिहास, हिंदी-जगत और 'लोकप्रिय'-1 और 2, हिंदी नवजागरण, हिंदी-संस्थाएँ।

संदर्भ

1. राम विलास शर्मा (1981), *परम्परा का मूल्यांकन,* राजकमल प्रकाशन, नयी दिल्ली.
2. रामधारी सिंह दिनकर (1961), *संस्कृति के चार अध्याय,* उदयाचल, पटना.

— कृष्णदत्त पालीवाल

रुक्मिणी देवी अरुंडेल

(Rukmini Devi Arundel)

भारत के सांस्कृतिक नवजागरण की अग्रदूत रुक्मिणी देवी अरुंडेल (1904–1986) ने दक्षिण भारत की अत्यंत प्राचीन नृत्य शैली भरतनाट्यम को न केवल पुनर्जीवन दिया, बल्कि उसे शास्त्रीय कलाओं के क्षेत्र में प्रतिष्ठित करने में सफलता प्राप्त की। रुक्मिणी देवी का व्यक्तित्व बहुआयामी था। वे उपनिवेशवाद विरोधी संघर्ष में भी शामिल थीं और साथ ही भरतनाट्यम की नृत्य-शैली को तत्कालीन कर्मकाण्डी व जातिवादी संकीर्णताओं से मुक्त कराने के लिए संघर्ष भी कर रही थीं। उनकी भूमिका एक दार्शनिक की तो थी ही जो सौंदर्य और कला के माध्यम से जीवन की सच्चाई का अनुभव करता है। साथ ही वे एक शास्त्रीय नृत्यशास्त्री भी थीं जिनका नृत्य समृद्ध परम्परा, गहरे अनुसंधान और सम्पूर्ण समर्पण की अभिव्यक्ति था। एक सौन्दर्यशास्त्री के रूप में उन्होंने समूह नृत्य शैली को एक नयी परिभाषा दी। एक भविष्य-द्रष्टा के रूप में उन्होंने इस नृत्य-शैली के संरक्षण-प्रशिक्षण के लिए एक संस्थान कलाक्षेत्र की स्थापना की। रुक्मिणी देवी में छिपे मानवतावादी ने उनसे राज्य सभा के एक निजी सदस्य के रूप में पशुओं के प्रति क्रूरता की रोकथाम के लिए एक विधेयक पेश करवाया। 1954 में राज्य सभा में इस विधेयक को पेश करते हुए दिया उनका भाषण संसदीय वक्तृत्व का उत्कृष्ट उदाहरण था। भारत गणराज्य के इतिहास यह पहला अवसर था जब एक निजी सदस्य द्वारा प्रस्तुत विधेयक एक अधिनियम का रूप ले पाया। रुक्मिणी देवी शाकाहारी थी और मंदिरों आदि में पशुओं पर हिंसा के सख़्त ख़िलाफ़ थीं। 1957 में उन्होंने भारत में विश्व शाकाहार सम्मलेन का आयोजन किया।

1924 में अपनी थियोसिफ़िकल सोसाइटी के काम से की गयी लंदन यात्रा के दौरान रुक्मिणी देवी को महान बैले नर्तकी अन्ना पावलोवा का नृत्य देखने का अवसर मिला। रुक्मिणी देवी इस नृत्य शैली की कायल हो गयीं। 1925 में अपनी ऑस्ट्रेलिया यात्रा के दौरान रुक्मिणी को अन्ना पावलोवा से बातें करने का अवसर मिला। रुक्मिणी देवी ने अन्ना पावलोवा से कहा कि मैं आप जैसा नृत्य कभी नहीं कर सकती। पर रुक्मिणी देवी के रूप-लावण्य-भंगिमा को देख कर अन्ना पावलोवा का जवाब था, 'नहीं, तुम्हें नृत्य करने की ज़रूरत ही नहीं है। यदि तुम केवल मंच पर पैदल चलो तो उसे देखने को ही भारी भीड़ आ जायेगी।' कुल मिला कर अन्ना पावलोवा से हुई इस मुलाकात से रुक्मिणी देवी को नृत्य सीखने की प्रेरणा मिली। भारत लौट कर रुक्मिणी देवी को दक्षिण भारत की नाट्य परम्परा का प्रदर्शन देखने का अवसर मिला।

दक्षिण भारत की नाट्य परम्परा बहुत प्राचीन और गौरवशाली है। औपनिवेशिक शासन के दौरान राजसी और मंदिर-संरक्षण के अभाव में यह परम्परा अ-प्रतिष्ठा के गर्त में गिर कर केवल देवदासियों के जीवन-यापन का ज़रिया बन कर ही रह गयी थी। लेकिन कलापारखी रुक्मिणी देवी ने इस नृत्य में निहित लय, ताल, सुंदरता और हाव-भाव के मर्म को समझा। 28 वर्ष की आयु में उन्होंने नाट्य शास्त्र का अध्ययन किया और तमिलनाडु में नृत्य के एक प्रसिद्ध गुरु मीनाक्षी सुंदरम पिल्लै से नृत्य सीखना आरम्भ करके इस कला में महारत हासिल की। यह रुक्मिणी देवी का अदम्य साहस और दृढ़ विश्वास ही था कि तीस वर्ष की आयु में पहली बार उन्होंने चेन्नई में थियोसोफ़िकल सोसाइटी के अंतर्राष्ट्रीय सम्मलेन में अपनी नृत्य कला का सार्वजनिक प्रदर्शन किया। रूढ़िवादी समाज रुक्मिणी देवी के इस क़दम से बहुत रुष्ट हुआ। उस समय रुक्मिणी देवी जैसी विशिष्ट महिला से सादिर (नाट्य के लिए घृणित नाम) में भाग लेना उसके पथभ्रष्ट होने का प्रमाण था। लेकिन भरतनाट्यम का यह प्रदर्शन इतना सुरुचिपूर्ण, शास्त्रीय और मनोहारी साबित हुआ कि रुक्मिणी देवी के सबसे कर्कश आलोचक भी उनकी प्रतिभा के कायल हो गये। इसके बाद रुक्मिणी देवी ने सबसे पहले अपनी इस नृत्यशैली को अपमानजनक सूचक शब्द सादिर से मुक्त कराया और उसके स्थान पर भरतनाट्यम का प्रचलन किया। उनका ख़्याल था कि इस नामांतरण से यह नृत्य भरतमुनि का नृत्य कहा जा सकेगा।

रुक्मिणी देवी अरुंडेल (1904-1986)

इसके बाद रुक्मिणी देवी ने थियोसोफ़िकल सोसाइटी के प्रांगण में एक बरगद के वृक्ष की छाँव में अंतर्राष्ट्रीय कला अकादमी की स्थापना की और अपनी भतीजी राधा के रूप में अपनी पहली शिष्या को भरतनाट्यम का प्रशिक्षण देना शुरू किया। रुक्मिणी देवी ने भरतनाट्यम में अनेक नये प्रयोग किये। उन्होंने कलाकारों की वेशभूषा, बनाव-शृंगार, आभूषण आदि को प्राचीन मूर्तियों व चित्रों की शैली में बनवाया। अपने चेहरे के हाव-भाव और अभिनय द्वारा मानवीय संवेदनाओं को प्रदर्शित करने की शुरुआत की। नाट्य प्रस्तुति में मंच पर पेड़-पौधे, पशु-पक्षी, प्राकृतिक दृश्यों को पृष्ठभूमि में प्रस्तुत किया। रुक्मिणी देवी ने अपने नृत्य के साथ गायन और वादन के लिए पहली बार वंशानुगत कलाकारों के स्थान पर सामान्य कलाकारों से काम लिया। यह पुरानी परम्परा से बिलकुल अलग था। रुक्मिणी देवी को कला के लोकाचार की अत्यंत बारीक़ समझ थी। वे यह जानती थीं कि कला की सामंजस्यपूर्ण प्रस्तुति के लिए अलग-अलग क्षमताओं में आपसी तालमेल आवश्यक है। रुक्मिणी देवी ने भरतनाट्यम में शृंगार के स्थान पर भक्ति को प्राथमिकता दी जिसके कारण समाज के सम्भ्रांत और पारम्परिक लोगों में भी इस कला के प्रति आदर का भाव उत्पन्न हुआ। इसी कारण से रुक्मिणी देवी पर भरतनाट्यम के ब्राह्मणीकरण का आरोप भी लगता रहा है। आलोचकों का कहना है कि उन्होंने नृत्य में से शृंगार हटा कर उसके स्थान पर केवल भक्ति और वात्सल्य शामिल किया और देवदासियों की भड़कीली वेशभूषा तथा बनाव-शृंगार को पारम्परिक वस्त्रों-आभूषणों में तब्दील कर दिया।

रुक्मिणी देवी द्वारा स्थापित अंतर्राष्ट्रीय कला अकादमी को सन 1938 से कलाक्षेत्र के नाम से पुकारा जाने लगा। चेन्नई के अडयार इलाक़े में स्थित कलाक्षेत्र प्राचीन गुरुकुल परम्परा पर आधारित था। उसका उद्देश्य भरतनाट्यम को सर्वोत्तम नृत्य कला के रूप में स्थापित करना था। कलाक्षेत्र में आध्यात्मिक साहित्य व शास्त्रीय संगीत पर आधारित नृत्य प्रस्तुत करने के लिए उन्होंने संस्कृत के विद्वानों, शास्त्रीय संगीत के महारथियों तथा पारम्परिक नृत्यशास्त्र के मनीषियों-कलाकारों को आमंत्रित किया। आरंभिक दिनों में कलाक्षेत्र में विद्यार्थियों का अभाव था क्योंकि अधिकतर परिवार अपने बच्चों को नृत्य सिखाने के लिए तैयार नहीं थे। रुक्मिणी देवी ने अपने इस गुरुकुल में विद्यार्थियों को लाने के लिए अपने संदेशवाहक बहत दूर-दूर तक भेजे। धीरे-धीरे रुक्मिणी देवी के नृत्य की कलात्मकता एवं कला की शुद्धता की प्रसिद्धि के साथ कलाक्षेत्र में विद्यार्थियों की संख्या भी बढ़ने लगी।

रुक्मिणी देवी ने भरतनाट्यम रामायण शृंखला की एक नयी परम्परा शुरू की। उनके पहले नृत्य नाटिका में रामायण पर कभी कोई विधिवत् प्रस्तुति नहीं हुई थी। अपने दक्षिणपूर्व एशिया (विशेषकर इंडोनेशिया) प्रवास के दौरान रुक्मिणी देवी ने वहाँ पर रामायण का मंचन देखा था। उनके नृत्य नाटिका प्रस्तुतीकरण में यह प्रभाव देखा जा सकता है। रुक्मिणी देवी ने वाल्मीकि रामायण का गहन अध्ययन किया था। शास्त्रीय नाट्य शास्त्र पर आधारित रामायण के विभिन्न प्रसंगों की इस नृत्य शृंखला ने भरतनाट्यम तथा रुक्मिणी देवी को अद्वितीय स्थान पर पहुँचा दिया।

रुक्मिणी देवी का सौंदर्य-बोध उनकी हर गतिविधि में झलकता था। कलाक्षेत्र संस्थान के नये परिसर का विन्यास उन्हीं की कल्पना पर आधारित है। रुक्मिणी देवी ने साड़ी के प्राचीनतम पैटर्न बुनने के लिए कलाक्षेत्र में ही करघे लगवाये। इन साड़ियों को अत्यंत फ़ैशनेबुल अडयार साड़ी के नाम से जाना जाता है। रासायनिक रंगों के ज़हरीले प्रभाव के प्रति

रुक्मिणी देवी बेहद गंभीर थीं। उन्होंने कलाक्षेत्र में प्राकृतिक रंगों के प्रयोग पर काम बहुत पहले ही शुरू कर दिया था।

नीलकंठ शास्त्री और शेषअम्मल की आठवीं संतान के रूप में 29 फ़रवरी, 1904 को रुक्मिणी देवी का जन्म हुआ। एक रूढ़िवादी ब्राह्मण परिवार के सदस्य होने के बावजूद उनके पिता इंजीनियर भी थे और संस्कृत के प्रकांड विद्वान भी। एनी बेसेंट के सम्पर्क में आने के बाद उनका सारा परिवार थेओसोफ़ाएट हो गया। 1920 में मात्र सत्रह साल की आयु में जब रुक्मिणी देवी ने थियोसोफ़िकल सोसाइटी के एक 41 वर्षीय अँगरेज़ डॉ. जी.एस. अरुंडेल से विवाह का निर्णय लिया तो चेन्नई के भारतीय और अंग्रेज़ समाजों द्वारा इसकी तीव्र भर्त्सना हुई। अभिजन अंग्रेज़ समाज उम्र के इस बड़े फ़ासले को लेकर नाराज़ था, तो भारतीय समाज एक वेदांतिक ब्राह्मण कन्या के विजातीय विवाह से आगबबूला था। इस विवाह को अंतत: एनी बेसेंट की देखरेख में सम्पन्न किया गया।

देखें : अरविंद घोष, कन्हैयालाल माणिकलाल मुंशी, क़ाज़ी नज़रुल इस्लाम, कुमारन् आशान्, गजानन माधव मुक्तिबोध, गोवर्धन राम त्रिपाठी और गुजराती अस्मिता, प्रेमचंद, फ़क़ीर मोहन सेनापति और ओडिया अस्मिता, बंकिम चंद्र चट्टोपाध्याय, भारतेंदु हरिश्चंद्र, महादेव गोविंद रानाडे, महावीर प्रसाद द्विवेदी, रवींद्रनाथ ठाकुर, राजा राममोहन राय, रामविलास शर्मा, रामचंद्र शुक्ल, वल्लत्तोल नारायम मेनन, सच्चिदानंद हीरानंद वात्स्यायन अज्ञेय, सुब्रह्मण्यम भारती, हजारी प्रसाद द्विवेदी।

संदर्भ

1. लीला सैमसन (2010), *रुक्मिणी देवी अरुंडेल : अ लाइफ़*, पेंगुइन बुक्स इण्डिया, नयी दिल्ली.
2. अवन्ती मेदुरी (2005), *रुक्मिणी देवी अरुंडेल (1904-1986) : अ विज़नरी आर्किटेक्ट ऑफ़ इण्डियन कल्चर ऐंड परफ़ार्मिंग आर्ट्स*, मोतीलाल बनारसी दास, नयी दिल्ली
3. शकुंतला रमानी (2004), *रुक्मिणी देवी अरुंडेल : बर्थ सेंटेनरी वॉल्यूम*, कलाक्षेत्र फ़ाउंडेशन, चेन्नई.

— रवि दत्त वाजपेयी

रुथ बेनेडिक्ट

(Ruth Benedict)

सांस्कृतिक मानवशास्त्र के शीर्ष विद्वानों और सिद्धांतवेत्ताओं में एक रुथ फ़ुल्टन बेनेडिक्ट (1887-1948) ने अपने अनुशासन की सीमाओं का विस्तार करते हुए संस्कृति की व्याख्याओं में नये आयामों का समावेश किया। उन्होंने व्यक्तित्त्व, कला, भाषा और संस्कृति के संबंधों के बारे में स्थापना की कि इनमें से किसी भी प्रवृत्ति को अलगाव में नहीं समझा जा सकता। संस्कृतियों का उनकी सम्पूर्णता में अध्ययन करना ज़रूरी है और केवल तभी उनके अपने नैतिक और मूल्यगत संसार के गहरे तात्पर्यों को ग्रहण किया जा सकता है। बेनेडिक्ट दूसरी संस्कृतियों का अध्ययन और विश्लेषण करते समय मानवशास्त्री की अपनी संस्कृति के मानक हावी हो जाने के प्रचलित रुझान को अनुचित क़रार देती थीं। उनके शिक्षक और आधुनिक मानवशास्त्र के संस्थापक फ्रेंज़ बोआस उन्हें अपना उत्तराधिकारी मानते थे। बोआस द्वारा प्रतिपादित सांस्कृतिक सापेक्षतावाद की विरासत को आगे बढ़ाते हुए बेनेडिक्ट ने दावा किया कि सभी संस्कृतियाँ प्रारूपबद्ध होती हैं, पर उनके प्रारूप मानवीय रचनाशीलता के हाथों समय के साथ बदलते रहते हैं। इसीलिए दुनिया भर की संस्कृतियाँ अपने अलग-अलग विशिष्ट लक्षणों से सम्पन्न हो जाती हैं।

रुथ बेनेडिक्ट का जन्म न्यूयॉर्क शहर में हुआ था। उनके पिता होम्योपैथिक की डॉक्टरी से अच्छी कमायी करते थे। बचपन में पिता का देहांत हो जाने और अपनी माँ को लगातार पिता की याद में रोते देखने का रुथ पर गहरा असर हुआ। वे मृत्यु के बारे में अक्सर सोचने लगीं और सार्वजनिक रूप से आँसू बहाने या अपनी भावनाओं के इज़हार को उन्होंने एक कमज़ोरी के रूप में ग्रहण किया। रुथ की शिक्षा-दीक्षा एक ऐसे समय में हुई जब पुरुषों को स्त्रियों से अकादमीय तौर पर श्रेष्ठ माना जाता था, और स्त्रियों को बहुत पढ़ाने-लिख़ाने का चलन नहीं था। जिस जमाने में रुथ ने अपनी सर्वाधिक महत्त्वपूर्ण पुस्तक *'पैट्‌र्स ऑफ़ कल्चर'* की रचना की, उस समय स्त्रियाँ समान अधिकारों के लिए संघर्ष कर रही थीं। ऐसे माहौल में एक स्त्री के लिए कोलंबिया जैसे प्रतिष्ठित विश्वविद्यालय में प्रोफ़ेसर के रूप में सफलतापूर्वक कार्य करना आसान नहीं था। लेकिन रुथ बेनेडिक्ट ने अपनी सहयोगी विद्वान मार्गरेट मीड के साथ मिल कर निजी उदाहरण पेश करके स्त्री-जीवन से जुड़ी हुई रूढ़ छवियों को तोड़ने में सफलता प्राप्त की।

तीस के दशक की शुरुआत से चालीस के दशक के

रुथ फुल्टन बेनेडिक्ट (1887-1948)

मध्य तक रुथ बेनेडिक्ट अपने अनुशासन की सबसे महत्त्वपूर्ण हस्तियों में से एक थीं। सैद्धांतिक रूप से उनका विमर्श मनोवैज्ञानिक मानवशास्त्र की श्रेणी में आता है। मानवशास्त्र की इस प्रवृत्ति को 'कल्चर ऐंड पर्सनैलिटी' के लकब से भी जाना जाता है। संस्कृति और व्यक्तित्व के रिश्तों के इर्द-गिर्द विकसित हुए इस मानवशास्त्रीय विचार की मुख्य तौर पर तीन अभिव्यक्तियाँ हैं। पहली अभिव्यक्ति व्यक्तित्व पर संस्कृति के प्रभावों को समझने पर ज़ोर देती है। दूसरी संस्कृति पर व्यक्तित्त्व के असर का अध्ययन करना चाहती है। तीसरी अभिव्यक्ति इन दोनों प्रकार के प्रभावों के अध्ययन का आग्रह करती है। रुथ बेनेडिक्ट दूसरी प्रवृत्ति की अगुआ थीं।

बोआस के साथ मिल कर बेनेडिक्ट ने उत्तर और दक्षिण अमेरिकी इण्डियनों की संस्कृतियों के विशद अध्ययन की परियोजना चलाई। वे अमेरिकी एंथ्रोपोलॉजिकल एसोसिएशन की अध्यक्ष और अमेरिकी फ़ोकलोर सोसाइटी की प्रमुख सदस्य रहीं। बेनेडिक्ट की रचना *'पैट्र्स ऑफ़ कल्चर'* का दुनिया की चौदह भाषाओं में अनुवाद हुआ। लम्बे अरसे तक यह पुस्तक मानवशास्त्र की कक्षाओं में पढ़ाई जाती रही। द्वितीय विश्व-युद्ध के दौरान अमेरिकी सरकार ने उन्हें युद्ध संबंधी अनुसंधान और परामर्श के लिए आमंत्रित किया। इस दौरान बेनेडिक्ट ने अपने साथी जीन वेल्टफ़िश के साथ मिल कर 'रेसिज़ ऑफ़ मेनकाइंड' जैसा पर्चा लिखा जिसमें सरल भाषा और कार्टूनों की मदद से नस्लवादी आस्थाओं का वैज्ञानिक खण्डन किया गया था। अपने युद्धकालीन अनुसंधानों के निष्कर्षों के आधार पर बेनेडिक्ट ने 'दि क्रिसएंथेमम ऐंड द स्वोर्ड' की रचना की जिसमें जापानी समाज और संस्कृति का अध्ययन पेश किया गया है।

बेनेडिक्ट की रचना *'पैट्र्स ऑफ़ कल्चर'* दक्षिण-पश्चिमी अमेरिकी में किये गये उनके फ़ील्डवर्क का परिणाम थी। इस अध्ययन के दौरान वे यह देख कर चकित रह गयीं कि भौगोलिक लिहाज़ से एक-दूसरे के सम्पर्क में रहने वाले समुदायों के बीच किस तरह के सांस्कृतिक विभेद हैं। उन्होंने मानवीय अस्तित्व के आधारभूत मूल्यों तक पहुँचने के लिए मूल्यों के प्रारूपों (पैटर्स) की शिनाख़्त की। मूल्यों के इस प्रारूपीकरण के माध्यम से अपनी इस रचना में बेनेडिक्ट ने संस्कृति का एक सम्पूर्ण सिद्धांत पेश करने के साथ-साथ तीन अलग-अलग संस्कृतियों के विवरण भी प्रस्तुत किये। उन्होंने मानवशास्त्र को 'रीति-रिवाजों के विज्ञान' के रूप में परिभाषित करते हुए कहा कि रिवाजी आचरण और सोच-विचार के मामूली प्रतीत होने वाले विवरणों के आधार पर ही प्रत्येक व्यक्ति की यथार्थगत समझ बनती है। उन्होंने दूसरा निष्कर्ष यह निकाला कि रीति-रिवाज और संस्कृति से संबंधित तथ्य अपनी स्थानीयता के हिसाब से विविध होते हैं। चूँकि जीवन-शैलियों की सम्भावनाएँ लगभग अनंत हैं, इसलिए प्रत्येक मानव समूह का अपना अलग और विलक्षण सांस्कृतिक प्रारूप होता है। इतिहास के क्रम में अलग-अलग सांस्कृतिक प्रवृत्तियाँ आपस में गुँथ कर एक ऐसा बुनियादी प्रारूप रचती हैं जिसे केवल बाक़ी सभी के साथ उसके संबंधों की रोशनी में ही समझा जा सकता है।

रुथ बेनेडिक्ट ने संस्कृति संबंधी अपनी धारणा का प्रतिपादन इस प्रकार किया : संस्कृति इतिहास का उत्पादन है न कि नस्ल का। जैविकीय संदर्भों में मानवीय विविधता को समझने से केवल भ्रांतियों का जन्म ही हो सकता है। इसी तरह संस्कृति को भूगोल, पर्यावरण या प्रौद्योगिकी के आईने में देखना भी उतना ही भ्रांतिमूलक होगा। यानी संस्कृति अपने-आप में दोनों सिरों पर खुली संरचना है जो कभी भी बदल सकती है। इसलिए उसके किसी एक निश्चित प्रकार (टाइपोलॉजी) की स्थापना नहीं की जा सकती। संस्कृतियों को 'अपने आप में एक अलग जगत' और 'अपेक्षाकृत स्थिर' संरचना की तरह देखने के इस प्रभावी दृष्टिकोण की आलोचना सिडनी वाल्ट्ज़ और एरिक वोल्फ़ ने यह कह कर की कि यह नज़रिया संस्कृतियों पर साम्राज्यवाद, उपनिवेशवाद और भूमण्डलीय पूँजीवादी अर्थव्यवस्था के प्रभावों की अनदेखी करता है।

मानवशास्त्री दूसरी संस्कृतियों को अपनी संस्कृति की कसौटियों के आधार पर समझने की कोशिश करते हैं। इस प्रवृत्ति को आड़े हाथों लेते हुए रुथ बेनेडिक्ट ने *दि क्रिसएंथेमम ऐंड द स्वोर्ड* में जापानी संस्कृति के उन पहलुओं

की चर्चा की जो अमेरिकनों की निगाह में सर्वाधिक विचित्र, अंतर्विरोधी और न समझ में आने वाले थे। उन्होंने कहा कि किसी संस्कृति के विदेशज लगने वाले तथ्य उन स्थानीय संदर्भों में पढ़े जाने चाहिए जिनमें वे सहज और प्रकट रूप से मौजूद रहते हैं। उन्होंने बताया कि जापानी समाज एक निश्चित पदानुक्रम में व्यक्ति को मिलने वाले दर्जे और पूर्वजों व समकालीनों के प्रति उसकी कृतज्ञता-अनुभूति को बहुत महत्त्व देता है। इसके उलट अमेरिकी समाज समानता और स्वतंत्रता के मूल्यों को बुलंद करने वाला है। ये दोनों प्रवृत्तियाँ अपने-अपने संदर्भों में महत्त्व और तात्पर्य से सम्पन्न हैं। इसके बावजूद दोनों संस्कृतियाँ एक-दूसरे के प्रति ग़लतफ़हमियों की शिकार हैं। जापानी अमेरिकनों को नियम-क़ानूनों से वंचित और मनमानी करने वाला मानते हैं और अमेरिकनों की मान्यता है कि जापानियों का लोकतंत्र के विचार से कोई नाता नहीं है। दरअसल, दोनों देशों में नागरिक का आत्म-सम्मान अलग-अलग मानकों से बँधा हुआ है। अमेरिका में वह व्यक्ति द्वारा अपने मामलों का प्रबंधन ख़ुद किये जाने के आग्रह से जुड़ा है, जबकि जापान में वह कृपालुओं के ऋण से उऋण होने का पर्याय है।

दिलचस्प बात यह है कि जापानी संस्कृति का यह अध्ययन किसी फ़ील्डवर्क पर आधारित नहीं था। यह 'दूर से की गयी एंथ्रोपोलॅजी' था जिसमें अख़बारी कतरनों, साहित्य और फ़िल्म रिकॉर्डिंगों को सामग्री के तौर पर इस्तेमाल किया गया था। जापानी संस्कृति के इस अध्ययन से रुथ बेनेडिक्ट अंतर-सांस्कृतिक समझ की पैरोकार के रूप में सामने आती हैं। लेकिन उन्हें सांस्कृतिक सापेक्षतावाद की अंधाधुंध समर्थक के रूप में देखना भी ठीक नहीं होगा। उन्हें लगता था कि मानवशास्त्र के माध्यम से लोग अपने समाज की संस्थाओं को नयी रोशनी में समझ सकते हैं, पर अगर वे नयी समझ के मुताबिक़ अपने रीति-रिवाज बदलने में लग जाएँगे तो तुलनात्मक परिप्रेक्ष्य में उनकी यह कोशिश तर्कहीन और नुक़सानदेह प्रतीत होगी। लोगों को दूसरी संस्कृतियों से सीखना चाहिए, पर अपने तरीक़े और अपनी ज़रूरतों के मुताबिक़ न कि ताक़तवर और चमकदार संस्कृतियों की शर्तों पर।

देखें : अल्फ्रेड लुइस क्रोबर, ऑग्युस्त कॉम्त, क्लॉद लेवी-स्त्रॉस, क्लिफ़र्ड गीर्ट्ज़, जार्ज ज़िमेल, टैलकॉट पार्संस, डेविड एमील दुर्ख़ाइम, पिएर बोर्दियो, फ्रैंज़ उरी बोआस, मारग्रेट मीड, मारसेल मौज़, मार्गरेट मीड, मिल्टन सिंगर, मैक्स वेबर।

संदर्भ

1. रुथ बेनेडिक्ट (1935), *पैट्र्स ऑफ़ कल्चर,* रॉटलेज, लंदन.
2. रुथ बेनेडिक्ट (1946), द *क्रिसेंथमम ऐंड द स्वोर्ड,* हॉटन मिफ़िंस, बोस्टन.
3. मार्गरेट मीड (1974), *रुथ बेनेडिक्ट,* कोलंबिया युनिवर्सिटी प्रेस, न्यूयॉर्क.
4. जूडिथ शैच्टर मॉडेल (1983), *रुथ बेनेडिक्ट : पैट्र्स ऑफ़ लाइफ़,* युनिवर्सिटी ऑफ़ पेंसिलवानिया प्रेस, फ़िलाडेल्फ़िया.

— अभय कुमार दुबे

रेने देकार्त

(Rene Descartes)

महान गणितज्ञ, सत्रहवीं सदी की वैज्ञानिक क्रांति की प्रमुख हस्ती और 'आधुनिक दर्शन के पितामह' रेने देकार्त (1596-1650) के बारे में माना जाता है कि दर्शन का सभी परवर्ती विकास उनके चिंतन की अनुक्रिया-प्रतिक्रिया में हुआ है। उनकी विख्यात रचना *मेडीटेशंस ऑन फ़र्स्ट फ़िलॉसफ़ी* (1641) आज तक ज़्यादातर विश्वविद्यालयों के दर्शन विभागों में एक मानक पुस्तक के रूप में पढ़ाई जाती है। देकार्त की कृति *डिस्कोर्स ऑन मैथड* (1637) के चौथे हिस्से में उनकी विश्वविख्यात उक्ति दर्ज है : 'मैं सोचता हूँ, इसीलिए मैं हूँ।' देह और मस्तिष्क के द्वैत से जुड़ी सारी बहसों का स्रोत देकार्त के चिंतन में निहित है। वे विश्लेषणात्मक ज्यामिति के संस्थापक थे जिसने बीजगणित और ज्यामिति के बीच सेतु की भूमिका निभाई। इसके बिना समाकलन और अवकलन (केलकुलस) का आविष्कार सम्भव नहीं था। देकार्त के सिद्धांतों ने न्यूटन की भौतिकी के लिए भी रास्ता साफ़ किया।

देकार्त ने पूरी तरह से सुनिश्चित एक ऐसी आधारशिला बनाने का प्रयास किया जिसकी बिना पर ईश्वर का अकाट्य अस्तित्व सिद्ध किया जा सके, विज्ञान की उपयुक्तिपद्धति स्थापित की जा सके और भौतिक जगत के अस्तित्व को प्रमाणित किया जा सके। उनका उद्देश्य धर्मशास्त्र और अपने युग के उदीयमान नये विज्ञान को आपस में समरस करना था।

देकार्त अपने चिंतन को पूर्ववर्ती विद्वानों से अलग करके पेश करना चाहते थे। *पैशंस ऑफ़ द सोल* (1649) में उन्होंने दावा भी किया है कि वे मनोभावों के बारे में इस तरह लिखेंगे कि जैसे पहले किसी ने इस विषय में न लिखा हो। हालाँकि उनके दर्शन में अरस्तू, स्टोइकवाद और संत ऑगस्टीन के विचारों की छाप दिखाई पड़ती है, लेकिन वे इनसे कई मुद्दों पर मतभेद भी रखते थे। वे दैहिक तत्त्व का विश्लेषण द्रव्य और स्वरूप में करने के विरोधी थे। उनकी मान्यता थी कि प्रकृति की परिघटना व्याख्यायित करने के

रेने देकार्त (1596-1650)

लिए न तो किसी दैवी स्रोत के सहारे की ज़रूरत है, न ही अनुभववादियों की तरह प्रकृत अवस्था संकल्पित करने की। अपने समय में ज्ञान की अवस्था से असंतुष्ट देकार्त को लगता था कि केवल गणित एक ऐसी विद्या है जिस पर नपी-तुली नियमबद्ध प्रक्रिया के कारण भरोसा किया जा सकता है। इसलिए उन्होंने दर्शन के क्षेत्र में भी गणितीय पद्धतियों को अपनाया। संत ऑगस्तीन की भाँति उन्होंने भी 'बाक़ायदा संदेह' से सोचना शुरू किया। दर्शन की यह विधि संशयमूलक पद्धतिवाद कहलाती है जिसमें दार्शनिक संदेश से आरम्भ करके विश्वास तक यात्रा करता है। देकार्त ऐसे हर विचार को ख़ारिज करते हैं जिस पर संदेह किया जा सकता है, और फिर उस पर विचार करते हुए उसकी पुनर्स्थापना करते हैं ताकि सच्चे ज्ञान की मज़बूत बुनियाद रखी जा सके।

देकार्त की पहली मान्यता यह है कि विचार का अस्तित्व है, और चूँकि उसे मुझसे अलग नहीं किया जा सकता इसलिए मेरा भी अस्तित्व है। इसीलिए उन्होंने दावा किया : *कोजिटो अरगो सम* ('मैं सोचता हूँ, इसीलिए मैं हूँ')। देकार्त ने निष्कर्ष निकाला कि जब वे संदेह कर रहे हैं तो इसका मतलब है कि कोई न कोई संदेह कर रहा है। यानी उनका संदेह करना ही उनके अस्तित्व को सिद्ध करता है। लेकिन इस अस्तित्व का स्वरूप क्या है? हालाँकि स्वरूप अर्थात् काया का एहसास इंद्रियों के ज़रिये होता है, पर इंद्रियाँ देकार्त को विश्वसनीय नहीं लगतीं। मोम से बनी एक वस्तु की मिसाल से उन्होंने इंद्रियों की सीमा का प्रदर्शन किया। *वेक्स आर्गूमेंट* के नाम से प्रसिद्ध इस तर्क के ज़रिये देकार्त दिखाते हैं कि इंद्रियाँ मोम के टुकड़े के रंग, आकार, गंध आदि के प्रति निश्चित हैं, पर आग की लौ के पास जाते ही इस टुकड़े के लक्षण पूरी तरह से बदल जाते हैं। फिर भी लगता है कि वह चीज़ वही है। इंद्रियाँ उसके बदले हुए रूप को समझने में मदद नहीं कर पातीं, जिसके लिए मस्तिष्क की मदद लेनी पड़ती है। इंद्रियगोचरता की अविश्वसनीयता सिद्ध हो जाने के बाद मस्तिष्क की मदद से किया गया निगमन एकमात्र पद्धति के रूप में रह जाता है।

तीसरे और पाँचवें *मेडिटेशन* में देकार्त दयालु ईश्वर का सत्तामीमांसक प्रमाण देते हुए कहते हैं कि इंद्रियों की वास्तविकता का एहसास उन्हें उस कारगर मस्तिष्क और संवेदी तंत्र के ज़रिये होता है जो ईश्वरप्रदत्त है। यह उनके साथ कभी छल नहीं कर सकता, इसलिए बोध और निगमन के ज़रिये जगत का ज्ञान प्राप्त किया जा सकता है।

पैशंस ऑफ़ द सोल और अपनी मृत्यु के बाद प्रकाशित द *डिस्क्रिप्शन ऑफ़ द ह्यूमन बॉडी* (1647) में देकार्त दिखाते हैं कि शरीर मशीन की तरह काम करता है। भौतिकी के नियमों के अनुसार उसमें विस्तार और गति है। दूसरी तरफ़ मस्तिष्क भौतिकी के नियम नहीं मानता और पाइनियल ग्रंथि के स्तर पर काया के साथ उसकी अन्योन्यक्रिया होती है। यह एक द्वैत है जिसमें मस्तिष्क काया का नियंत्रक है, पर काया भी उस मस्तिष्क को प्रभावित कर सकती है जो बुद्धिसंगत होते हुए भी भावावेग के अधीन हो जाता है। देकार्त से पहले काया और मस्तिष्क का आपसी संबंध आम तौर से एकतरफ़ा ही बताया जाता था।

पशुओं को मस्तिष्कविहीन और पाइनियल ग्रंथि से वंचित मानने के कारण देकार्त की धारणा यह बनी कि वे पीड़ा की अनुभूति नहीं कर सकते। यह धारणा उन्हें जीवित पशुओं के अंगोच्छेदन पर आधारित प्रयोगों की तरफ़ ले गयी। युरोप में नवजागरण अवधि तक अंगोच्छेदन की निर्मम प्रवृत्ति जारी रही।

देकार्त का जन्म फ्रांस के ला हाये ऐन तौराइन के एक अमीर परिवार में हुआ। उनके पिता प्रांतीय संसद के सदस्य भी थे। देकार्त ने पिता की इच्छा के मुताबिक़ वकील बनना पसंद नहीं किया। आइज़क बीकमेन की सोहबत के कारण उनकी दिलचस्पी गणित और भौतिकी की नयी समस्याओं में पैदा हुई। फ्रांस में पैदा होने और युरोप की यात्राएँ करने के बावजूद देकार्त का अधिकतर रचनाशील समय हालैण्ड में गुज़रा जहाँ वे बीस साल रहे। विचित्र बात यह थी कि इस अवधि में उन्होंने अपना पता कम से कम चौदह बार बदला। 1633 में जब रोमन कैथोलिक चर्च ने गैलीलियो और उनके विज्ञान की भर्त्सना की तो देकार्त ने अपनी रचना *ट्रीटाइज़ ऑन द वर्ल्ड* का प्रकाशन स्थगित कर दिया ताकि उनका हाल भी वैसा ही न हो। उनका देहांत निमोनिया की बीमारी से स्टाकहोम, स्वीडन में हुआ।

धार्मिक आस्था से रोमन कैथोलिक देकार्त ने ईश्वर को अकाट्य रूप से प्रमाणित करने की चेष्टा तो की, पर उनका वैज्ञानिक रवैया चर्च को नाराज़ करने के लिए काफ़ी था। चर्च के अधिकारी मानते थे कि वे एक छिपे हुए नास्तिक या देववादी हैं। 1663 में पोप द्वारा उनकी रचनाओं को प्रतिबंधित पुस्तकों की सूची में डाल दिया गया।

देकार्त दर्शन के बुद्धिवादी स्कूल का प्रतिनिधित्व करते थे। उन्होंने बारुश स्पिनोज़ा और गोटफ्रीड लाइबिनित्ज़ के मिल कर द्वैतवाद की त्रयी बनायी। अनुभववादियों ने उनका विरोध किया। हॉब्स, लॉक, बर्कले और ह्यूम ने उनके प्रत्ययों की आलोचना की। हॉब्स ने देकार्त के दार्शनिक प्रोजेक्ट की जो आलोचना लिखी वह *फ़र्स्ट फ़िलॉसफ़ी* में देकार्त के उत्तर के साथ संकलित है।

देकार्त ने जैविकी का सहारा ले कर जिस तरह द्वैतवाद को सिद्ध करने का प्रयास किया, वह विवादास्पद था। वे आत्मा यानी मस्तिष्क (जो देकार्त के अनुसार सिर्फ़ मनुष्यों के पास होता है) को एकात्मक मानते थे और पाइनियल ग्रंथि भी उनके हिसाब से एकात्मक थी। देकार्त के ये दोनों दावे ग़लत साबित हुए। पाइनियल ग्रंथि दो गोलार्धों से मिल कर बनी होती है, और पशुओं में भी पायी जाती है। मस्तिष्क पशुओं के पास भी होता है।

बीसवीं सदी में नारीवादियों ने देकार्तवादी दर्शन की सुव्यविस्थत आलोचना पेश की। नारीवादी दार्शनिक हस्तक्षेप ने दिखाया कि किस तरह देकार्त ने विचार प्रक्रिया को ही पौरुषपूर्ण बना दिया है। नारीवादियों ने कहा कि अगर मनुष्य एक मशीन है तो मशीन प्रजनन नहीं कर सकती। अगर सारे जगत की व्याख्या गणितीय समीकरणों के ज़रिये की जाएगी तो इनसान एक डरावने परायेपन का शिकार हो जाएगा। दरअसल, देकार्त प्रवर्तित विज्ञान के दर्शन (जो आधुनिकता के मूलतत्त्वों में शामिल है) का संबंध आंतरिक प्रकृति, बाह्य प्रकृति और स्त्री के दमन से है। यह दर्शन अनिवार्यत: पुरुषवादी और स्त्रीत्व से पलायन की इच्छा का शिकार है।

देखें : अफ़लातून, अरस्तू, आग्युस्त कॉम्त, इमैनुएल कांट, ईसैया बर्लिन, कार्ल हाइनरिख़ मार्क्स-1, 2, 3 और 4, कार्ल रायमंड पॉपर, ज्याँ ज़ाक रूसो, चार्ल्स-लुई द सेकोंद मोंतेस्क्यू, जार्ज विल्हेल्म फ्रेड्रिख़ हीगेल, निकोलो मैकियावेली, मार्सिलियस पाडुआ के, सुकरात, संत थॉमस एक्विना।

संदर्भ

1. स्टीफ़न गाउक्रोगर (1995), *देकार्त : ऐन इंटलेक्चुअल बायोग्राफ़ी,* ऑक्सफ़र्ड युनिवर्सिटी प्रेस, ऑक्सफ़र्ड.
2. ए.सी. ग्रेलिंग (2005), *देकार्त : द लाइफ़ ऐंड टाइम्स ऑफ़ अ जीनियस,* वाकर पब्लिशिंग हाउस, न्यूयॉर्क.
3. सूज़न बोर्डो (1997), द *फ्लाइट टु ऑब्जेक्टिविटी : एसेज़ ऑन कार्टेज़ियनिज़्म ऐंड कल्चर,* स्टेट युनिवर्सिटी ऑफ़ न्यूयॉर्क प्रेस, अल्बेनी.
4. कार्ल स्टेर्न (1965), द *फ्लाइट फ्रॉम वुमन,* नूनडे, न्यूयॉर्क.

— अभय कुमार दुबे

रोज़ा लक्ज़ेमबर्ग

(Rosa Luxemburg)

युरोप के क्रांतिकारी समाजवादी आंदोलन की शीर्ष नेताओं में से एक, मार्क्सवाद को क्रांति के बजाय सुधारवाद के रास्ते पर ले जाने की कठोर आलोचक, शिक्षाविद् और असाधारण मार्क्सवादी सिद्धांतकार रोज़ा लक्ज़ेमबर्ग (1870-1919) का सारा जीवन क्रांति के लिए समर्पित रहा और क्रांति की वेदी पर ही उन्होंने अपने जीवन की आहुति दी। उन्होंने तीन युरोपीय देशों, पोलैण्ड, जर्मनी और रूस, के समाजवादी आंदोलन में प्रमुख भूमिका निभाई। सोशल डेमोक्रैसी ऑफ़ द किंगडम ऑफ़ पोलैण्ड की प्रमुख संस्थापकों में से एक रोज़ा अपने राजनीतिक जीवन के दूसरे दौर में जर्मन सामाजिक जनवादी पार्टी (एसपीडी) के वामपंथी धड़े की प्रमुख सिद्धांतकार बन कर उभरीं। जर्मनी की क्रांतिकारी राजनीति में नेतृत्वकारी भूमिका निभाने के साथ-साथ रोज़ा ने रूस में क्रांति के लिए भी लेनिन के साथ काम किया, लेकिन वे पार्टी संगठन को हरावल दस्ते की तरह देखने के बोल्शेविक रवैये के प्रति असहज थीं। अक्टूबर क्रांति होने के बाद बोल्शेविक सरकार में लोकतंत्र और स्वतंत्रता की कमी के सवाल पर भी रोज़ा ने उसके प्रति आलोचनात्मक रुख अपनाया। इन आलोचनाओं के बावजूद लेनिनवादियों के बीच रोज़ा आज तक सम्मान की निगाह से देखी जाती हैं। रोज़ा यह तो मानती थीं कि पूँजीवादी शासन का हिंसक तख़्तापलट ज़रूरी है, लेकिन साथ में उनका यह भी आग्रह था कि मज़दूरों के शासन को आज़ादी और लोकतंत्र से भरपूर होना चाहिए। उनका कहना था : 'केवल सरकार के समर्थकों के लिए और केवल एक पार्टी के सदस्यों के लिए, भले ही वे संख्या में कितने भी अधिक क्यों न हों, स्वतंत्रता अपने सार में स्वतंत्रता होती ही नहीं। ... भिन्न विचार रखने वाले को दी जाने वाली स्वतंत्रता ही हमेशा सच्ची स्वतंत्रता होती है।' रोज़ा चाहती थीं कि मज़दूरों के राज्य में आम चुनाव कराए जाएँ और अभिव्यक्ति की पूरी आज़ादी हो। लेनिन और उनके बीच चली बहस आज भी दुनिया भर के समाजवादियों के लिए शिक्षाप्रद बनी हुई है। अपने ख़ात्मे से पहले जिस समय सोवियत संघ संकट के दौर से गुज़र रहा था, सारी दुनिया में मार्क्सवादी प्रेक्षकों को रोज़ा की वे चेतावनियाँ याद आयीं जो उन्होंने बीसवीं सदी के दूसरे दशक में अक्टूबर क्रांति की आलोचना करते हुए दी थीं।

पोलैण्ड के एक मध्यवर्गीय यहूदी परिवार में पैदा हुई रोज़ा बचपन से ही बेहद प्रतिभाशाली थीं। मिडिल स्कूल में पढ़ने के दौरान ही वे क्रांतिकारी राजनीति के सम्पर्क में आ गयी थीं। उन्होंने स्विट्ज़लैण्ड के ज़्यूरिख विश्वविद्यालय में

रोज़ा लक्ज़ेमबर्ग (1870-1919)

पोलैण्ड के आर्थिक विकास पर अनुसंधान किया। मार्क्सवादी चिंतक और नेता रोज़ा की शुरुआत पॉलिश प्रश्न में हस्तक्षेप करने से हुई। वे पोलैण्ड की स्वतंत्रता और राष्ट्रीय आत्म-निर्णय के उसके अधिकार की सैद्धांतिक विरोधी थीं। लेनिन के विचारों के विपरीत उन्होंने पूरे रूसी साम्राज्य के मज़दूर वर्ग के एकीकृत आंदोलन का पक्ष लिया।

1898 में वे जर्मनी पहुँची और जर्मन पार्टी में काम करते हुए उन्होंने कार्ल काउत्स्की द्वारा सम्पादित पत्रिका में नियमित योगदान किया। पार्टी के क्रांतिकारी हिस्से के सैद्धांतिक प्रवक्ता के रूप में उन्होंने संशोधनवादी विचारक एडुअर्ड बर्न्सटीन की आलोचना करते हुए मार्क्सवाद के क्रांतिकारी सार की रक्षा करने का प्रयास किया। मार्क्सवाद में संशोधन के हिमायतियों का कहना था कि मार्क्स द्वारा किया गया मज़दूर क्रांति का आह्वान आधुनिक पूँजीवाद और तत्कालीन जर्मन यथार्थ के लिए प्रासंगिक नहीं रह गया है। बर्न्सटीन का विचार था कि पूँजीवादी विकास अर्थव्यवस्था को सामाजिक रूप से संगठित करता चला जाता है और उसमें समाजवादी दिशा में क्रमश: विकसित होते चले जाने की स्वाभाविक प्रवृत्ति होती है, इसलिए समाजवाद की स्थापना करने के लिए सत्ता पर क़ब्ज़ा करने की कोई आवश्यकता नहीं है। रोज़ा ने 1899 में प्रकाशित अपनी रचना *रिफ़ॉर्म ऑर रेवोल्यूशन?* और 1903 में प्रकाशित *स्टेगनेशन ऐंड प्रोग्रेस ऑफ़ मार्क्सिज़्म* में इस नज़रिये पर आक्रमण करते हुए कहा कि समाज-सुधार और सामाजिक क्रांति का आपस में कोई मुक़ाबला नहीं किया जा सकता। संशोधनवादी रास्ते पर चल कर जर्मन सामाजिक जनवादी पार्टी (एसपीडी) समाजवाद की स्थापना करने के बजाय पूँजीवाद में सुधार करने वाला दल बन जाएगी। रोज़ा ने माना कि पूँजीवाद के तहत उत्पादन उत्तरोत्तर सामाजिक चरित्र ग्रहण करता चला जाता है, पर उसके साथ-साथ बड़ी-बड़ी कम्पनियों और कॉरपोरेशनों की सत्ता भी क़ायम होती जाती है। इसका नतीजा श्रम के भीषण शोषण और दमन में निकलता है। बर्न्सटीन के विपरीत रोज़ा का दावा था कि अपने ही अंतर्विरोधों के कारण पूँजीवाद के ढह जाने की मार्क्स द्वारा भविष्यवाणी अभी ग़लत साबित नहीं हुई है। इसलिए मार्क्सवादियों को संसद में भागीदारी के ज़रिये समाज-परिवर्तन के फेर में नहीं पड़ना चाहिए।

1913 में प्रकाशित द *एक्युमुलेशन ऑफ़ कैपिटल* को रोज़ा की सर्वश्रेष्ठ रचना और मार्क्सवादी विचार में मौलिक योगदान माना जाता है। यह किताब एसपीडी के सेंट्रल पार्टी स्कूल में कार्यकर्त्ताओं को पढ़ाते हुए रोज़ा द्वारा दिये गये लेक्चर्स का नतीजा थी। इस रचना के कम से कम चार आयाम ऐसे थे जो उसे तत्कालीन मार्क्सवादी चिंतकों से अलग करते थे। पहला, साम्राज्यवाद का गहन आर्थिक विश्लेषण करते हुए रोज़ा का निष्कर्ष था कि विकसित पूँजीवादी देशों में शोषण के कारण कम उजरत पाने से मज़दूर वर्ग की क्रय-शक्ति कम हो जाती है और वह ज़िंसों का पूरी तरह से उपभोग नहीं कर पाता। इसीलिए पूँजीपतियों को विकसित बाज़ारों से बाहर कच्चे माल, उत्पादन और उपभोग की सम्भावनाएँ तलाश करनी पड़ती हैं। दूसरा, साम्राज्यवाद को पूँजीवाद की उच्चतम अवस्था या कोई नयी अवस्था मानने के बजाय रोज़ा की मान्यता थी कि साम्राज्यवाद के पहलू तो पूँजीवाद के शुरुआती चरण में ही मौजूद थे जिसे मार्क्स ने पूँजी का आदिम संचय क़रार दिया था। संचय की यह प्रक्रिया बिना रुके पूरी रफ़्तार से हर दम जारी रहती है। इस सिलसिले में पूँजीवाद को अपनी सम्पूर्ण परिपक्वता हासिल करने के लिए ग़ैर-पूँजीवादी तबकों और सामाजिक संगठनों के साथ सहअस्तित्व में रहना पड़ता है। तीसरा, रोज़ा ने पूँजीवादी विस्तार के सांस्कृतिक आयामों को भी रेखांकित किया। अपने तर्क की पुष्टि के लिए उन्होंने पूँजीवाद के हाथों अंग्रेज़ किसानों और कारीगरों की बर्बादी, अमेरिकी रेड इण्डियनों की हिंसक तबाही, अमेरिका के कई इलाक़ों में छोटे स्तर की खेती के ख़ात्मे, युरोपीय ताक़तों द्वारा अफ़्रीकी जनता को ग़ुलाम बनाने और अल्जीरिया में फ़्रांसीसी उपनिवेशवाद, भारत में ब्रिटिश उपनिवेशवाद की विस्तृत मिसालें दीं। चौथा, रोज़ा ने सैन्यवाद की आर्थिक भूमिका पर भी प्रकाश डाला। उनका कहना था कि पूँजी अपने इतिहास के हर अहम मुक़ाम पर फ़ौजों की मदद से संचय करती है। फ़ौज पर होने वाला ख़र्चा ही अपने आप में एक तरह का संचय है। इसके कारण

आधुनिक राज्य उन ज़िंसों का बड़े पैमाने पर ख़रीददार बन जाता है जिनके साथ बेशी मूल्य जुड़ा होता है।

1904 में रोज़ा ने *ऑर्गनाइज़ेशनल क्वेश्चंस ऑफ़ रशियन सोशल डेमोक्रैसी* लिख कर बोल्शेविकों द्वारा हरावल दस्ते नुमा एक ऐसी पार्टी बनाने की आलोचना की जो कड़े अनुशासन और केंद्रीकरण पर आधारित थी। इसी आलोचना को विस्तृत करते हुए रोज़ा ने 1906 में प्रकाशित अपनी अनूठी रचना *मास स्ट्राइक, पॉलिटिकल पार्टी ऐंड ट्रेड युनियंस* में सर्वहारा क्रांति संबंधी अपनी संकल्पना पेश की। उनकी मान्यता थी कि हड़तालों, प्रदर्शनों, जुलूसों और सभाओं की विशाल लहर में डूबता-उतराता मज़दूर वर्ग अपने प्रयासों, अनुभवों और ग़लतियों से सीख कर ही परिपक्व हो सकता है। उसे क्रांतिकारी पार्टी के दिशा-निर्देशों की आवश्यकता तो होती है, लेकिन पार्टी की जकड़बंदी की नहीं। 1918 में प्रकाशित द *रशियन रेवोल्यूशन* में रोज़ा ने चेतावनी देते हुए कहा कि अगर आम चुनाव नहीं होंगे, प्रेस और सभा-संगठन की असीमित आज़ादी नहीं होगी, अगर विभिन्न मतों को एक-दूसरे का सामना नहीं करने दिया जाएगा तो सार्वजनिक संस्थाओं की जीवनी-शक्ति समाप्त हो जाएगी। सक्रियता और पहलक़दमी के नाम पर नौकरशाही का बोलबाला होगा। सार्वजनिक जीवन निष्क्रिय हो कर मुट्ठी भर नेताओं और मज़दूर वर्ग के ऊपरी तत्त्वों का मोहताज हो जाएगा। मज़दूर बीच-बीच में मीटिंगों में नेताओं के भाषणों पर ताली बजाते रहेंगे और प्रस्तावों पर उनकी मुहर लगती रहेगी। इसका परिणाम कुछ लोगों की तानाशाही में निकलेगा, न कि सर्वहारा की तानाशाही में।

अपने क्रांतिकारी विचारों और सांगठनिक सक्रियता के लिए रोज़ा को जीवन में कई बार दमन का सामना करना पड़ा। ज़ार की निरंकुशता के ख़िलाफ़ आयी क्रांतिकारी लहर में भागीदारी करने के लिए उन्हें रूस में गिरफ़्तार किया गया। प्रथम विश्व-युद्ध में जर्मनी की भूमिका का एसपीडी ने समर्थन किया। रोज़ा और उनके साथी इसके विरोध में थे। पार्टी से निकाले जाने के बाद उन्होंने कार्ल लीबनेख़्त के साथ स्पार्टाकस लीग का गठन किया। युद्ध के दौरान उनका ज़्यादातर वक़्त जेल में बीता। नवम्बर, 1918 में छूटने के बाद रोज़ा ने रैडिकल सोशलिस्टों के एक छोटे से गुट के साथ मिल कर जर्मन कम्युनिस्ट पार्टी बनायी 1919 में जनवरी के दूसरे हफ़्ते में रोज़ा की चेतावनियों के बावजूद लीबनेख़्त और उनके साथियों ने बिना पूरी तैयारी के क्रांतिकारी उग्रवाद के वशीभूत हो कर हथियारबंद बग़ावत शुरू कर दी। नतीजा ख़ूनी दमन में निकला। अर्धसैनिक बलों ने वाइमर रिपब्लिक की हिफ़ाज़त करने के नाम पर क्रांतिकारियों की योजनाबद्ध हत्याएँ कीं। रोज़ा और लीबनेख़्त को पकड़ कर यातनाएँ दी गयीं और बिना मुक़द्दमा चलाये गोली मार दी गयी।

देखें : अर्नेस्टो चे गुएवारा, आधार और अधिरचना, ऑस्कर रायज़ार्ड लांगे, आंगिक बुद्धिजीवी, एंतोनियो ग्राम्शी, कार्ल हाइनरिख़ मार्क्स-1 से 4 तक, क्रांति, क्रांति : मार्क्सवादी विमर्श, ग्योर्गी लूकाच, नयी सदी में मार्क्सवादी विमर्श-1 से 9 तक, निष्क्रिय क्रांति, पेटी बूर्ज़्वा, फ्रेड्रिख़ एंगेल्स, फ्रैंकफ़र्ट स्कूल, भारत में किसान संघर्ष-2 और 4, भारतीय कम्युनिस्ट पार्टी, भारतीय कम्युनिस्ट पार्टी (मार्क्सवादी), भारतीय इतिहास लेखन, भाषा का मार्क्सवादी सिद्धांत, भ्रांत चेतना, बोल्शेविक क्रांति, फ्रांस्वा-चार्ल्स मारी फ़ूरिये, क्यूबा की क्रांति, फ्रैंज़ फ़ानो, हिंसा-1 और 2, मानवेंद्र नाथ राय, माओ त्से-तुंग, माओवाद और माओ विचार, मार्क्सवाद-1 से 5 तक, मार्क्सवादी इतिहास-लेखन, मार्क्सवादी समाजशास्त्र, मार्क्सवाद और पारिस्थितिकी, मार्क्सवादी अर्थशास्त्र, समाजवादी वसंत-1 से 4 तक, रॉबर्ट ओवेन, राज्य की मार्क्सवादी अवधारणा, लेनिनवाद, लियोन ट्रॉट्स्की, लिबरेशन थियोलॉजी, सर्वहारा, सांस्कृतिक क्रांति, सैं-सिमो, स्तालिन और स्तालिनवाद, सोवियत समाजवाद-1 से 3 तक, सोवियत सिनेमा, वर्चस्व, व्लादिमिर इलीच लेनिन।

संदर्भ

1. पी. फ्रोलिख़ (1972), *रोज़ा लक्ज़ेमबर्ग : हर लाइफ़ ऐंड वर्क,* मंथली रिव्यू प्रेस, न्यूयॉर्क.
2. पी. हुडिस और के. ऐंडरसन (सम्पा.) (2004), द *रोज़ा लक्ज़ेमबर्ग रीडर,* मंथली रिव्यू प्रेस, न्यूयॉर्क.
3. एन. गेराज़ (1983), द *लीगेसी ऑफ़ रोज़ा लक्ज़ेमबर्ग,* वरसो, लंदन.
4. जे.पी. नेटल (1966), *रोज़ा लक्ज़ेमबर्ग,* ऑक्सफ़र्ड युनिवर्सिटी प्रेस, ऑक्सफ़र्ड.
5. एम.ए. वाटर्स (1970), *रोज़ा लक्ज़ेमबर्ग स्पीक्स,* पाथफ़ाइंडर, न्यूयॉर्क.

— अभय कुमार दुबे

रोमिला थापर

(Romila Thapar)

रोमिला थापर (1931-) भारतीय इतिहास-लेखन की नवीन मार्क्सवादी धारा की उस परिपाटी की प्रमुख हस्ताक्षर हैं जो औपनिवेशिक इतिहास-लेखन की रूढ़िवादी और एकांगी परम्परा के विपरीत है। रोमिला थापर ने भारत के प्राचीन इतिहास को एक नयी दृष्टि से देखा और प्राच्यवादी निरंकुशता, आर्य प्रजाति और अशोक की अहिंसा संबंधी स्थापित मान्यताओं का खण्डन करते हुए अनुसंधान का दायरा विकसित किया। बीसवीं सदी के मध्य में भारतीय इतिहास को सामाजिक-आर्थिक परिप्रेक्ष्य में देखने की मार्क्सवादी परम्परा का आगाज़ डी.डी. कोसम्बी के खाँटी

रोमिला थापर (1931-)

भारतीय तरीक़े से हुआ था। इसी को राम शरण शर्मा के साथ रोमिला थापर ने आगे बढ़ाया। उनकी प्रमुख रचनाएँ हैं : *अशोक ऐंड द डिक्लाइन ऑफ़ द मौर्याज़* (1963), *हिस्ट्री ऑफ़ इण्डिया* (1966), *ऐंशिएंट इण्डियन सोशल हिस्ट्री* (1978), *फ्रॉम लीनियेज टू स्टेट* (1983), और *इंटरप्रिटिंग अर्ली इण्डिया* (1992)। आर्यों के आक्रमण, उनके आप्रवासन के सिद्धांत, सोमनाथ मंदिर के ऐतिहासिक विवेचन और महाकाव्यों पर अपनी टिप्पणियों के लिए विवादों में आयीं थापर ने 1992 और 2005 में भारत सरकार द्वारा दिये जाने वाले पद्मभूषण पुरस्कार को यह कहते हुए अस्वीकार कर दिया कि वह केवल अकादमिक संस्थाओं या फिर पेशागत रूप से किये गये कार्यों के लिए प्रदत्त पुरस्कारों को ही स्वीकार करेंगी। पिछले एक हज़ार साल के इतिहास को केवल हिंदू और मुसलमान समुदाय के परस्पर-विरोध तथा संघर्ष की सतत चली आ रही एकल और पूर्वग्रहग्रस्त धारणा से ओत-प्रोत बताने की साम्प्रदायिक प्रवृत्ति की प्रखर आलोचक रोमिला थापर मानती हैं कि साम्प्रदयिक तत्त्व इतिहास की पुनर्व्याख्या चालाकी से चुने गये उद्धरणों के ज़रिये करते हैं।

रोमिला थापर का जन्म 30 नवम्बर, 1931 को लखनऊ में एक सम्पन्न पंजाबी परिवार में हुआ। पंजाब विश्वविद्यालय से स्नातक करने के बाद थापर ने युनिवर्सिटी ऑफ़ लंदन के स्कूल ऑफ़ ओरिएंटल ऐंड अफ्रीकन स्टडीज़ से ए.एल. बाशम के शोध-निर्देशन में 1958 में पीएचडी की उपाधि अर्जित की। पंजाब में अपने अध्यापन की शुरुआत के बाद 1963 में वे नयी दिल्ली विश्वविद्यालय के इतिहास विभाग से बतौर रीडर जुड़ीं। 1970 में वे जवाहरलाल नेहरू युनिवर्सिटी में प्राचीन भारतीय इतिहास की विशेषज्ञ प्रोफ़ेसर बनीं और सेवानिवृत्ति के बाद से वहीं 1993 से प्रोफ़ेसर एमेरिटस हैं।

रोमिला थापर ने अपनी इतिहास-लेखन की यात्रा का प्रारंभ 1963 में प्रकाशित *अशोक ऐंड द डिक्लाइन ऑफ़ द मौर्याज़* से किया, जो पचास वर्षों बाद भी सम्बद्ध विषय की सर्वाधिक उद्धृत होने वाली पुस्तक बनी हुई है। एक ओर इस कृति में मौर्य सम्राट अशोक के इतिहास की पुनर्व्याख्या है। इसमें धम्म की उसकी नीति को आदर्शवादी शासक की दैवी चेतना से इतर तत्कालीन समय की राजनीतिक और सामाजिक आवश्यकता के रूप में चित्रित किया गया है। रोमिला थापर बताती हैं कि कैसे दक्षिणवर्ती तमिल भाग छोड़ कर सम्पूर्ण भारतीय उपमहाद्वीप में फैल चुके मौर्य साम्राज्य के विविध नृजातीय एवं सांस्कृतिक तत्त्वों पर साम्राज्यिक प्रभुत्व स्थापित करने और उसे अक्षुण्ण बनाये रखने के लिए मौर्य साम्राज्य को जिस बाध्यकारी कारक की आवश्यकता थी, उसी की पूर्ति के लिए अशोक ने धम्म का उपयोग किया। धम्म की नीति उच्च सामाजिक आचार और नागरिक दायित्व पर आधारित सामाजिक व्यवहार की संहिता थी, जो न्यूनतम सीमा तक साम्प्रदायिक थी। उसने अत्यधिक नैतिक प्रकृति के सामाजिक उत्तरदायित्वों पर ज़ोर दिया।

दूसरी ओर, मौर्य साम्राज्य के पतन के कारणों का विश्लेषण करते हुए रोमिला थापर मौर्यों की अत्यधिक केंद्रीकृत प्रशासनिक प्रणाली के समुचित संचालन हेतु बहुत हद तक शासक की व्यक्तिगत योग्यता को ज़िम्मेदार मानती हैं। थापर का विवेचन मुख्य रूप से मौर्ययुगीन प्रशासनिक व्यवस्था की विशेषताओं पर आधारित है। उन्होंने शासन में केंद्रीकरण की प्रधानता का उल्लेख किया है। ऐसे शासन के लिए बेहद ज़रूरी था कि शासक काफ़ी योग्य हो। केंद्र की शिथिलता के कारण शासन का कमज़ोर पड़ना स्वाभाविक था। अशोक की मृत्यु के बाद, विशेषकर जब साम्राज्य का विभाजन हो गया, केंद्र का नियंत्रण ढीला पड़ गया और प्रांत साम्राज्य से पृथक् होने लगे। थापर लिखती हैं कि असाधारण क्षमता वाले शासकों की अनुपस्थिति में भी साम्राज्य का विघटन रोकना सम्भव हो सकता था यदि उस समय एक प्रकार की राष्ट्रव्यापी चेतना विद्यमान होती जिसके अंतर्गत राज्य की अवधारणा को सम्राट, प्रशासन और सामाजिक व्यवस्था की अपेक्षा अधिक महत्त्व दिया जाता और प्रत्येक नागरिक की निष्ठा को इस दृष्टि से आवश्यक माना जाता। पर मौर्यकालीन भारत में ऐसी किसी चेतना का अस्तित्व नहीं मिलता।

पतन के लिए ज़िम्मेदार अर्थव्यवस्था का ज़िक्र करते हुए रोमिला थापर ने डी.डी. कोसम्बी के इस मत का उल्लेख किया है कि उत्तरवर्ती मौर्यों के राज्य काल में अर्थव्यवस्था संकटग्रस्त थी। कर वृद्धि के लिए अनेक उपाय अपनाये गये, और इस काल के सिक्कों में काफ़ी मिलावट मिलती है। परंतु थापर ने इस मत का खण्डन किया है। वे बताती हैं कि मौर्यों के ही काल में सर्वप्रथम राज्य की आय के प्रमुख साधन के रूप में करों के महत्त्व को समझा गया। विकसित अर्थ व्यवस्था और राज्य के कार्यक्षेत्र के विस्तार के साथ करों में

वृद्धि होना स्वाभाविक ही है। सिक्कों में मिलावट होने से यह नतीजा निकाला जा सकता है कि अर्थव्यवस्था पर भारी दबाव था। उत्तरवर्त्ती मौर्यों के शासन में क्षीण-नियंत्रण के कारण मिलावट वाले सिक्के अधिक मात्रा में जारी होने लगे, विशेषकर उन प्रदेशों में जो साम्राज्य से अलग हो गये थे। चाँदी की अधिक माँग होने के कारण हो सकता है कि चाँदी के सिक्कों में चाँदी की मात्रा कम हो गयी हो। इसके अलावा कोसम्बी की यह धारणा इस आधार पर बनी कि ये आहत सिक्के मौर्य काल के हैं, किंतु यह भी निश्चित नहीं है। हस्तिनापुर तथा शिशुपालगढ़ की खुदाइयों से जो मौर्यकालीन अवशेष मिले हैं, उनसे एक विकसित अर्थव्यवस्था तथा भौतिक समृद्धि का ही परिचय मिलता है।

वैदिक संस्कृति से शुरू होकर सोलहवीं सदी में युरोपियनों के आगमन तक के विस्तृत काल को समाहित करते हुए अपनी दूसरी कृति *हिस्ट्री ऑफ़ इण्डिया* (खण्ड-1) (1966) की रचना रोमिला थापर ने इतिहास में सामान्य रुचि रखने वाले पाठक वर्ग को ध्यान में रख कर की है। राजनीतिक इतिहास और राजवंशों के ऐतिहासिक अध्ययन और विश्लेषण की पूर्वस्थापित परम्परा से अलग हट कर रोमिला थापर इस कृति में नयी प्राथमिकताओं पर बल देते हुए बताती हैं कि कैसे राजनीतिक प्रणाली में परिवर्तन आर्थिक संरचना में परिवर्तनों से अविच्छिन्न रूप से जुड़ा था और कैसे इन परिवर्तनों ने समन्वित रूप से सामाजिक संबंधों पर गहरा प्रभाव डाला था। वे यह भी कहती हैं कि ये परिवर्तन एक जनसमुदाय और एक संस्कृति का निर्माण भी करते हैं। थापर की यह कृति जहाँ एक ओर भारतीय जन-जीवन का प्रतीकात्मक रूप दिखाती है, वहीं दूसरी ओर संस्कृति को भौतिक जनजीवन में आधारभूत और उसी के द्वारा पुष्पित-पल्लवित मानती है। इसके अलावा इस कृति में थापर ने आर्थिक, धार्मिक, सामाजिक, कला और साहित्यिक पहलुओं को उनके अंतर्संबंधों के आलोक में तथा राजनीतिक इतिहास के प्रमुख तत्त्वों, जैसे उद्योग, ग्राम्य-नगरीय जीवन, वाणिज्य-व्यापार और सामुद्रिक गतिविधियों का विशेष ऐतिहासिक निरूपण किया है।

रोमिला थापर की रचना *ऐंशिएंट इण्डियन सोशल हिस्ट्री* प्राचीन काल से ईसा के उपरांत पहली सहस्राब्दी तक के प्राचीन भारतीय सामाजिक जीवन से संबंधित विषयों पर केंद्रित है। थापर ने इसी पुस्तक में संकलित निबंध 'सोसाइटी ऐंड लॉ इन द हिंदू ऐंड बुद्धिस्ट ट्रेडीशंस' शीर्षक निबंध में जहाँ एक तरफ़ हिंदू और बौद्ध धर्म की सामाजिक-धार्मिक व्यवस्था का तुलनात्मक अध्ययन किया है, वहीं दूसरी तरफ़ जाति व्यवस्था में सामाजिक प्रतिरोध और सामाजिक गतिशीलता के रुझान के पीछे बौद्ध धर्म की भूमिका की पड़ताल भी की है। थापर बताती हैं कि हिंदू परम्परा सामान्यतः राजनीति और शासन के संदर्भ में राजसत्तात्मक और सर्वाधिकारवादी, क़ानून में भेद-भावपरक, सामाजिक संबंधों में जातीयताग्रस्त और विद्वेषपूर्ण तथा मानव स्वतंत्रता और व्यक्ति के अधिकारों के प्रति नकारात्मक थी। उसकी तुलना में ग़ैर-रूढ़िवादी बौद्ध और जैन परम्परा ब्राह्मणवादी प्रणाली के रूपवाद (फ़ॉर्मलिज़म) पर अनुभववादी चिंतन के महत्त्व को स्थापित करते हुए, मनुष्यों में समता तथा विधि के समक्ष उनकी समानता पर बल देती थी। इन परम्पराओं ने दास-प्रथा का खण्डन किया और महिलाओं के उच्चतर सामाजिक दर्जे को प्रोत्साहित किया।

इसी कृति के एक अन्य निबंध 'इथिक्स, रिलिजन ऐंड सोशल प्रोटेस्ट इन द फ़र्स्ट मिलेनियम बीसी इन नार्दर्न इण्डिया' में थापर ने बौद्ध धर्म की व्याख्या आचार प्रणाली और धर्म के सामाजिक प्रतिवाद के साधन के रूप में की। 'सोशल मोबिलिटी इन ऐंशिएंट इण्डियाविद स्पेशल रेफ़रेंस टु इलीट ग्रुप्स' नामक एक अन्य लेख में थापर ने प्राचीन काल में वर्ण आधारित भारतीय समाज के जड़ होने की धारणा पर कड़ी आपत्ति की। एक हज़ार ईसा पूर्व से एक हज़ार ईस्वी तक के बारे में थापर ने बताया कि कि कैसे रीति-रिवाज के बाह्य-स्तर पर न सही लेकिन वास्तविक अर्थों में सामाजिक प्रस्थिति में एक प्रकार की गतिशीलता विद्यमान रही।

1996 के अपने लेख 'थियरी ऑफ़ आर्यन रेस ऐंड इण्डिया: हिस्ट्री ऐंड पॉलिटिक्स' शीर्षक लेख में आर्य आगमन के सिद्धांतों की व्याख्या के दौरान रोमिला थापर ने प्राचीन भारत के सामाजिक इतिहास के अध्ययन में दृष्टिकोणों के नये अभिमुखन पर बल दिया। उन्होंने बताया कि पहले तो पुरातात्त्विक साक्ष्यों से यह संकेत नहीं मिलता कि बड़े पैमाने पर आर्यों का आक्रमण अथवा आप्रवास हुआ होगा। इंडो-आर्यों द्वारा बोली जाने वाली भाषा को उन नवागंतुकों के लघु समूहों द्वारा अव्यवस्थित रूप से अपनाया गया जो लोहे और घोड़े का प्रयोग करते थे। थापर की दूसरी धारणा थी कि जाति के उद्भव को गौरवर्ण आर्यों द्वारा श्यामवर्ण अनार्यों पर प्रभुत्व के परिणाम के रूप में नहीं अपितु सामाजिक नृतत्त्वशास्त्रीय दृष्टिकोण से देखना चाहिए क्योंकि जातीय समाज का मूल रूप हड़प्पा संस्कृति में भी विद्यमान हो सकता है। अपनी तीसरी अवधारणा प्रस्तुत करते हुए थापर उल्लेख करती हैं कि उत्तर वैदिक साहित्य के धार्मिक पक्षों में अनेक अनार्य व्यवहार और विश्वास की प्रस्थापनाओं से यह मानना पूरी तरह असंगत लगता है कि यह साहित्य विशुद्ध रूप से आर्यों द्वारा ही रचा गया था।

रोमिला थापर कृत फ़्रॉम *लीनियेज टू स्टेट* में ईसा पूर्व प्रथम सहस्राब्दी में मध्यवर्ती गंगा के मैदान में राज्य-निर्माण की प्रक्रिया का ऐतिहासिक विश्लेषण है। इस कृति में रोमिला

थापर ने सवाल पूछा कि पूर्ववर्ती इतिहासकारों ने राज्य के इतिहास की पूर्वकल्पना कैसे कर ली थी बिना इस बात को जाने कि वह अस्तित्व में कैसे आया। थापर ने गंगा घाटी में राज्य-निर्माण के कारणों को बज़रिये कृषि उत्पादन की वंश पद्धति से निजी भू-सम्पदा की कृषक अर्थव्यवस्था एवं क्रमशः लगातार बढ़ते नगरीकरण की दिशा की संक्रमणकालीन अवस्था में तलाशा। थापर ऋग्वैदिक समाज को कुल आधारित मानते हुए राज्य निर्माण के लिए ऐसी निर्वैयक्तिक अवस्था में लोहे के प्रयोग, हल से खेती में उन्नति तथा गृहपति या सम्भ्रांत कृषकों के एक वर्ग के रूप में उदय को ज़िम्मेदार मानती हैं। वे बताती हैं कि कैसे इन सम्भ्रांत कृषकों ने कृषि अधिशेष के एक अंश को व्यापार और वाणिज्य में लगा कर व्यापार को बढ़ावा दिया, और कैसे इस प्रक्रिया ने बाज़ारों की स्थापना, नगरीकरण, मुद्रा के प्रचलन और बैंकिंग और व्यापार को प्रारंभ किया। साथ ही यह भी कि ऐसे समाज ने ही अपने हितों के संरक्षण और प्रोत्साहन हेतु राज्य रूपी ऐसे सांगठनिक ढाँचे की आवश्यकता का मार्ग प्रशस्त किया, जो व्यापार-वाणिज्य के अधिशेष पर करारोपण द्वारा चालित-संचालित होता। पूर्ववर्ती कुलाधारित कुरु और पांचाल राज्यों से भिन्न मगध और कोशल जैसे राज्यों के उदय के पीछे थापर इन्हीं परिस्थितियों को ज़िम्मेदार मानती हैं। यह व्यवस्था कोषागार और पेशेवर स्थाई सेना की व्यवस्था पर आधारित था। ऐसी व्यवस्था ने निर्वैयक्तिक एवं अधिक औपचारिक प्रकृति के राजनीतिक संबंधों को बढ़ावा दिया।

'आइडियोलॅजी ऐंड द इंटरप्रिटेशन ऑफ़ अर्ली इण्डियन हिस्ट्री' (1992) शीर्षक लेख में रोमिला थापर ने भारतीय इतिहास की आधुनिक व्याख्याओं, आर्य प्रजाति का सिद्धांत और प्राच्य निरंकुशता की अवधारणा पर प्रश्नचिह्न लगाया। एक ओर उन्होंने पुरातत्त्व-विज्ञान, भाषाशास्त्र और सामाजिक मानवशास्त्र द्वारा प्रदत्त साक्ष्यों द्वारा आर्य आक्रमण के सिद्धांतों पर सवाल उठाया। दूसरी ओर यह स्थापित करने का प्रयास भी किया कि धर्मशास्त्रों और अर्थशास्त्र द्वारा बिक्री, वसीयत और भूमि पर वंशगत स्वामित्व एवं निजी सम्पत्ति के अन्य रूपों के साथ, व्यापार में सिक्कों, ऋणपत्रों और प्रतिज्ञापत्रों के अलावा आरम्भिक पाली ग्रंथों और *कामसूत्र* जैसी कृतियों में वर्णित शहरी समाज के विवरण प्राच्य निरंकुशता (इसके तहत माना जाता है कि भारतीय अतीत की प्रकृति अपरिवर्तनशील थी) की अवधारणा का खण्डन करते हैं।

देखें : आनंद केंटिश कुमारस्वामी, आर्य-अवधारणा, आर्थर लेवेलिन बाशम, एडवर्ड विलियम सईद, काशी प्रसाद जायसवाल, बिपन चंद्र-1 और 2, भारतीय इतिहास-लेखन-1 से 4 तक, दामोदर धर्मानंद कोसम्बी-1 और 2, प्राच्यवाद, रमेश चंद्र दत्त, रमेश चंद्र मजूमदार, रणजीत गुहा, रामकृष्ण गोपाल भण्डारकर, रामशरण शर्मा, वासुदेव शरण अग्रवाल, पांडुरंग वामन काणे, विश्वनाथ काशीनाथ राजवाड़े, सखाराम गणेश देउस्कर, सामंतवाद : एक बहस।

संदर्भ

1. रोमिला थापर (1987), *ऐंशिएंट इण्डियन सोशल हिस्ट्री : सम इंटरप्रिटेशंस,* ओरियंट लांगमैन, नयी दिल्ली.
2. अर्नाल्ड पी. कमिंसकी, रोज़र डी. लांग (सम्पा.) (2011), *इण्डियाटुडे : ऐन इनसाइक्लोपीडिया ऑफ़ द लाइफ़ इन द रिपब्लिक,* ए.बी.सी. क्लियो पब्लिकेशन, कैलिफ़ोर्निया.
3. रोमिला थापर (1992), *इंटरप्रिटिंग अर्ली इण्डिया,* ऑक्सफ़र्ड युनिवर्सिटी प्रेस, नयी दिल्ली.
4. मृदुला मुखर्जी, आदित्य मुखर्जी (सम्पा)(2002), *कम्युनलाइज़ेशन ऑफ़ एजुकेशन : द हिस्ट्री टेक्स्टबुक कंट्रोवर्सी,* डेल्ही हिस्टोरियंस ग्रुप, नयी दिल्ली.
5. आर. चम्पकलक्ष्मी, सर्वपल्ली गोपाल (सम्पा.) (1996), *ट्रेडिशन, डिस्डसेंट ऐंड आइडियॉलॅजी : एसेज़ इन आनर ऑफ़ रोमिला थापर,* ऑक्सफ़र्ड युनिवर्सिटी प्रेस, नयी दिल्ली.

—निर्मल कुमार पाण्डेय

रोलाँ बार्थ

(Roland Barthes)

बीसवीं सदी की साहित्य-समीक्षा और सांस्कृतिक चिंतन में एक विशिष्ट स्थान रखने वाले रोलाँ बार्थ (1915-1980) के समस्त कृतित्व को ठीक से इंगित करने के लिए कई पदों का इस्तेमाल करना पड़ता है। इन सारे पदों को एक जगह रखा जाए तो उन्हें साहित्य का सिद्धांतकार, आलोचक, दार्शनिक, भाषाशास्त्री और लोकप्रिय संस्कृति का अध्येता कहा जाएगा। उन्हें किसी पूर्व-परिभाषित वैचारिक शिविर में रखने के प्रयास प्रायः निष्फल रहे हैं। उन्होंने सचेत ढंग से अपने पीछे न कोई परम्परा छोड़ी न अनुगामियों की मण्डली तैयार की। 'लेखक की मृत्यु' जैसी बहु-व्याख्यायित उक्ति का सृजन करने वाले बार्थ का रचना कर्म भाषा, लोकप्रिय संस्कृति से लेकर फ़ोटोग्राफ़ी और संगीत जैसे भिन्न-भिन्न विषयों तक फैला है। अपने लेखन में बार्थ स्थापित रूढ़ियों और मान्यताओं से इस क़दर बच कर चलते थे कि कई समकालीन विद्वानों ने तो उनके लेखन को अ-बौद्धिक और आत्म-प्रलाप घोषित कर दिया था। विचार के क्षेत्र में हमेशा नये, मूल और स्वतंत्र चिंतन के पक्षधर बार्थ के कृतित्व की संरचनावाद, लक्षणशास्त्र तथा उत्तर-संरचनावाद के विकास में अहम

रोलाँ बार्थ (1915-1980)

भूमिका मानी जाती है। हालाँकि एक विचारक के रूप में उनके प्रभाव की चर्चा मूलत: इन्हीं क्षेत्रों में की जाती रही है लेकिन सूचनाओं को प्रस्तुत करने के तरीक़ों और संचार के मॉडलों जैसे कम्प्यूटर, फ़ोटोग्राफ़ी, संगीत तथा साहित्य के अनुशासनों में भी उनकी अंतर्दृष्टि का व्यापक प्रभाव देखा जा सकता है।

बार्थ का जीवन भी उनके लेखन की तरह ढर्रे से अलग था। उनका जन्म फ्रांस के देहात में हुआ। शिक्षा पेरिस जैसे शहर में संपन्न हुई लेकिन अध्यापकीय जीवन छोटे शहरों के शिक्षा संस्थानों तक सीमित रहा। अपने कई समकालीन विद्वानों की तरह वे स्टार सिस्टम का हिस्सा नहीं बने। लेकिन छठे दशक के आसपास उनके कृतित्व को व्यापक स्वीकृति मिलने लगी थी और उनके विश्लेषण की ओर अकादमिक व सार्वजनिक बुद्धिजीवियों का ध्यान जाने लगा।

बार्थ ने जिस दौर में अपनी बौद्धिक यात्रा शुरू की, उस समय अस्तित्ववाद का बोलबाला था। सार्त्र *व्हाट इज़ लिटरेचर* नामक अपनी पुस्तक में लेखन के स्थापित रूपों के साथ साथ अवाँगार्द लेखकों की प्रयोगधर्मिता को भी नाकाफ़ी बता चुके थे। सार्त्र का कहना था कि अवाँगार्द लेखन पाठकों में बेगानगी पैदा करता है। पाँचवें दशक में प्रकाशित अपनी शुरुआती किताब *राइटिंग डिग्री ज़ीरो* में बार्थ साहित्य की अर्थवत्ता से जुड़े इस विमर्श को आगे बढ़ाते हुए यह कहते हैं कि रूढ़ियों ने भाषा और शैली दोनों को इतना आक्रांत कर रखा है कि उनकी सर्जनात्मकता नष्ट हो गयी है। बार्थ रूढ़ियों की जगह रूप को तरजीह देते थे। उनका कहना था कि लेखन का विशुद्ध कर्म यानी लेखक का अपनी विशिष्ट शैली के ज़रिये रूढ़ियों का दोहन करके इच्छित प्रभाव पैदा करना ही एक ऐसा कर्म है जिसे अद्वितीय/बेमिसाल और सर्जनात्मक कहा जा सकता है। लेकिन यह प्रतिपादित करते हुए बार्थ इस बात के प्रति सावधान थे कि लेखक जिस विशिष्ट रूप का संधान करता है वह पाठकों के बीच जाने पर ख़ुद भी रूढ़ि बन सकता है। लिहाजा वे यह चेतावनी भी देते हैं कि सृजन बदलाव और प्रतिक्रिया की एक निरंतर चलने वाली प्रक्रिया होनी चाहिए। बार्थ अवाँगार्द लेखकों की इस बात के लिए प्रशंसा करते थे कि वे अपने पाठकों से एक निश्चित दूरी बनाये रखते हैं और आत्मगत सत्यों का दावा करने के बजाय एक ऐसी कृत्रिमता का निर्वाह करते हैं जो किसी तरह का भ्रम पैदा नहीं करती। बार्थ का कहना था कि इस लिहाज से अवाँगार्द लेखक पाठकों को इस बात की छूट देते थे कि रचना के संबंध में वे अपना स्वतंत्र और वस्तुनिष्ठ परिप्रेक्ष्य बना सकें। इस विश्लेषण के आधार पर बार्थ ने यह सूत्रीकरण किया कि कला को दुनिया की व्याख्या करने के बजाय उसे प्रश्नांकित करना चाहिए।

बार्थ की 1957 में प्रकाशित पुस्तक *माइथोलॅजी* फ्रांस की तत्कालीन बूर्ज्वा संस्कृति के अध्ययन में मानक की तरह प्रतिष्ठित है, जिसमें वे सांस्कृतिक चिह्नों, रूपों और उत्पादों की समीक्षा के ज़रिये यह दिखाते हैं कि बूर्ज्वा समाज इन चिह्नों के द्वारा किस तरह अपने मूल्यों की स्थापना करता है। सांस्कृतिक रूपों के इस अध्ययन में बार्थ ने सीमियोटिक्स यानी लक्षणशास्त्र का उपयोग करते हुए दिखाया कि बूर्ज्वा समाज के सांस्कृतिक मिथक किस तरह चिह्नों के ज़रिये वैधता और स्वीकार्यता हासिल करते जाते हैं। बार्थ इस संदर्भ में शराब के उदाहरण के ज़रिये बताते हैं कि फ्रांसीसी समाज में शराब को उसके दुष्प्रभावों के बावजूद कैसे एक सेहतमंद आदत के तौर पर प्रतिष्ठित कर दिया गया है। बार्थ का मानना था कि चिह्नों को एक ख़ास मक़सद के लिए नियोजित करने की यह चालाकी उत्पादों को बेचने के अलावा साथ ही यथास्थिति को बनाये रखने का काम भी करती है।

बार्थ ने फ़ैशन की प्रवृत्तियों में आने वाले बदलावों का अध्ययन करने के लिए भी चिह्नों का इस्तेमाल किया था। पूर्वोक्त रचना में बार्थ ने यह दर्शाया है कि फ़ैशन की दुनिया के प्रबंधक-नियंत्रक किसी भी शब्द को बूर्ज्वा आदर्श की तरह स्थापित करने में माहिर होते हैं। मसलन, अगर फ़ैशन की दुनिया में ब्लाउज़ के पहनावे को किसी ख़ास अवसर के लिए सबसे फ़ैशनेबल परिधान घोषित कर दिया जाए तो उसे तुरंत ही सहज सत्य की तरह स्वीकार कर लिया जाता है जबकि हक़ीक़त यह है कि एक वास्तविक चिह्न के तौर पर ब्लाउज को स्कर्ट या वेस्ट की श्रेणी में भी रखा जा सकता है। लेकिन एक समय बाद बार्थ का यह टिप्पणीपरक लेखन इतना लोकप्रिय हो गया था कि लोगबाग उनसे किसी ख़ास

सांस्कृतिक परिघटना पर टिप्पणी करने के लिए कहने लगे थे। पर बार्थ को सांस्कृतिक घटना के अदृश्य लक्षणों को निरावृत्त करने का यह काम एक समय बाद अनावश्यक लगने लगा।

बार्थ भाषा की संरचना के अध्ययन में भी नयी ज़मीन तोड़ते हैं। आख्यान की संरचना से संबंधित अपने एक लेख में बार्थ वाक्य की संरचना और आख्यान की वृहत्तर संरचना के सहसंबंधों पर विचार करते हुए रचना के तत्त्वों को उनकी बुनियादी विशिष्टताओं में बाँटकर यह थाह लेने की कोशिश करते हैं कि रचना के प्रकार्य उसके कार्य-व्यापार को गढ़ने और अंततः यथार्थ को उद्‌घाटित करने में आख्यान की सामर्थ्य को किस तरह प्रभावित करते हैं। इस तरह बार्थ अपने संरचनात्मक सैद्धांतीकरण का इस्तेमाल भी बूर्ज़्वा संस्कृति की भ्रामक कार्यप्रणाली को उजागर करने के लिए करते हैं।

बार्थ के परवर्ती लेखन में संरचनावाद से उनका मोहभंग देखा जा सकता है। इसके पीछे देरिदा आदि जैसे दार्शनिकों के नव-चिंतन की भी भूमिका थी। ग़ौरतलब है कि छठे दशक में देरिदा संरचनावाद की सीमाओं पर चिंतन करने के क्रम में लगातार यह प्रतिपादित कर रहे थे कि संरचनावाद, अपरिवर्तनीय प्रतीक तथा सार्वभौमिक अर्थ की व्यवस्था पर टिका है। दूसरे शब्दों में कहें तो मूल्यांकन के किसी नियमित मानक के बिना आलोचना की ऐसी कोई भी पद्धति उपयोगी नहीं हो सकती जो रचना से बाहर के संदर्भों पर विचार न करे। लेकिन रचना के संसार में स्थिर/स्थाई प्रतीक या सार्वभौमिक अर्थवत्ता जैसी कोई चीज़ नहीं होती इसलिए संरचनावाद को लेखन के मूल्यांकन का आधार मानना एक कमज़ोर दावा साबित होता है।

संरचनावाद के संबंध में इस नवचिंतन का बार्थ के कृतित्व पर दूरगामी प्रभाव पड़ा। उनके परवर्ती लेखन में न केवल चिह्नों और प्रतीकों की सीमाओं का भान दिखता है बल्कि वे स्थिरता और अंतिम मानकों की मान्यताओं से भी विमुख होने लगते हैं। अपनी जापान यात्रा के दौरान बार्थ को वहाँ की संस्कृति में लोकोत्तर सिगनीफॉयर की अनुपस्थिति ने गहराई से प्रभावित किया। उनकी रचना *एम्पायर ऑफ़ साइंस* इस यात्रा का वैचारिक प्रभाव मानी जाती है। इस रचना में बार्थ यह बात विशेष रूप से दर्ज करते हैं कि जापानी संस्कृति में कोई ऐसा महती केंद्र बिंदु नहीं है जिससे बाक़ी के मानक तय किये जाते हों। वे तोक्यो के शाही महल को सत्ता के सर्वोच्च केंद्र के बजाय एक मौन, अव्यक्त और विनम्र उपस्थिति बताते हैं। इस पर्यवेक्षण के आधार पर बार्थ यह भी कहते हैं कि जापान में चिह्न चिह्नित के मूल अर्थ में विद्यमान रह सकते हैं। बार्थ जापानी समाज को *माइथोलॅजी* के समाज से नितांत भिन्न पाते हैं जिसमें चिह्न हमेशा उसके प्राकृतिक अर्थ पर हावी रहते हैं।

बार्थ साहित्यिक पाठ की आलोचना में लेखक की धारणा या लेखकीय सत्ता को पाठ के अंतिम अर्थ पर एक जबरिया आरोपण मानते हैं। उनके अनुसार किसी साहित्यिक कृति में अंतिम और इच्छित अर्थ ढूँढना असल में उसकी अंतिम व्याख्या करने जैसा है। बार्थ इस बात पर ख़ास ज़ोर देते हैं कि भाषा में अर्थ की अनेकांतता और लेखक की मनोदशा को न जान पाने की सच्चाई किसी भी तरह के अंतिम अर्थ या स्थिति को निरस्त कर देती है। इसी आधार पर बार्थ ने 'लेखक की मृत्यु' जैसा सूत्र प्रतिपादित किया था। इस क्रम में बार्थ आगे कहते हैं कि पाठ में किसी निश्चित अर्थ का दावा करना पश्चिमी बूर्ज़्वा संस्कृति के सम्भ्रम को क़ायम रखने की तरह है। इस सूत्र को आगे ले जाते हुए बार्थ यह प्रतिपादित करते हैं कि किसी कृति को अंतिम और निश्चित अर्थ प्रदान करने का मतलब उसे पूँजीवादी बाज़ार में स्थापित करना और उपभोग की ज़द में लाना है।

सातवें दशक में बार्थ लोकप्रिय संस्कृति और तटस्थ भाषा के अंतर्विरोधों की ओर प्रवृत्त हुए। इस संबंध में उनका मानना था कि लोकप्रिय संस्कृति की भाषा अपने विवरण और शीर्षकों के कारण एक सीमा और दड़बे में क़ैद होने लगती है। तटस्थ भाषा के बारे में उनका यह कहना था कि वह दोनों सिरों पर खुली और अप्रतिबद्ध होती है। भाषा के इन दो अंतर्विरोधी रूपों को बार्थ दोक्सा और पैरा-दोक्सा जैसे पारिभाषिक शब्द देते हैं। एक समय बार्थ की आलोचना दृष्टि मार्क्सवाद के लगभग समानांतर चलती प्रतीत होती थी लेकिन इस दौर में वे यह कहने लगे थे कि भाषा और अर्थ की आक्रामकता के लिहाज से मार्क्सवादी सिद्धांत बूर्ज़्वा साहित्य से बहुत अलग नहीं है।

बार्थ का साहित्य-चिंतन मनुष्य द्वारा गढ़ी गयी छवियों के अर्थ-विश्लेषण के लिए एक अहम स्रोत की तरह काम करता है। मसलन साहित्यिक कृति की बनावट की पड़ताल करने के क्रम में बार्थ एक कृति को दूसरी कृति से इस आधार पर अलग करते हैं कि उनमें लेखक पाठक को केवल उपभोक्ता बनने तक सीमित रखता है या कि उसे पाठ का सृजक बनने का अवसर भी देता है। इस प्रसंग में बार्थ आगे कहते हैं कि पाठकीय रचना में पाठक को अपने निजी अर्थ का सृजन करना ज़रूरी नहीं लगता और वह रचना का उपभोक्ता बना रहता है यानी ऐसी रचनाएँ अपने समय की प्रचलित संस्कृति के अंतर्विरोधों की शिनाख़्त करने के बजाय आम धारणाओं या समझ को प्रश्रय देती है, जबकि लेखकीय रचना पाठक को प्रचलित संस्कृति और उसके पाठों के प्रति सचेत बनाती है। इस तरह पाठकीय रचना एक तरह का उत्पाद बन जाती है जबकि लेखकीय रचना में पाठक ख़ुद

सर्जक की भूमिका में होता है।

बाद के वर्षों में बार्थ यह मानने लगे थे कि आधुनिक दुनिया में लेखक की भूमिका लिप्यंतरणकार की हो गयी है, जिसकी सारी सत्ता इस बात तक सीमित होती है कि वह पहले से मौजूद पाठों को नये रूप में प्रस्तुत भर कर दे। लिहाज़ा लिप्यंतरणकार का कोई अतीत नहीं होता। वह केवल पाठ की रचना के साथ जन्म लेता है। इस सिलसिले में बार्थ यह तर्क भी रखते हैं कि जब कृति के अर्थ पर लेखक का नियंत्रण नहीं रह जाता तो एक सक्रिय और सचेत पाठक के लिए व्याख्या के नये क्षितिज खुलने लगते हैं। इस परिघटना को बार्थ लेखक की मृत्यु और पाठक के जन्म की संज्ञा देते हैं।

लेकिन बार्थ के स्थाई अवदान के बारे में बात करते हुए इस बात का ख़याल रखा जाना चाहिए कि उनका लेखन किसी भी तरह की स्थिरता और शास्त्र-निर्माण को ख़ारिज करते हुए ख़ुद को लगातार नवीकृत करता चलता है। इसलिए उनके चिंतन को किसी तरह के शास्त्र में निबद्ध नहीं किया जा सकता। शायद यह एक बड़ी वजह रही है कि जब कोई बार्थ का अनुसरण करना चाहता है तो उसे पहले से तैयार मॉडल नहीं मिलता। लिहाजा मार्क्स, फूको या फ्रायड या किसी अन्य समाज-विज्ञानी की तरह उनके नाम से कोई वाद शुरू नहीं होता।

देखें : ज्याँ-पाल सार्त्र, टीवी और टीवी अध्ययन, टीवी और सेक्शुअलिटी, टीवी और समाचार, पिएर बोर्दियो, बाज़ारू संस्कृति, बहुसंस्कृतिवाद, युरोकेंद्रीयता, लुई अलथुसे, संस्कृति, संस्कृति-अध्ययन, संस्कृति : मार्क्सवादी परिप्रेक्ष्य, संस्कृति-उद्योग, सांस्कृतिक साम्राज्यवाद, सोप ओपेरा।

संदर्भ

1. ग्राहम ऐलन (2003), *रोलाँ बार्थ*, रॉटलेज, लंदन.
2. सूसन सोंटैग (1980), 'रिमेम्बरिंग बार्थ', संकलित : *अंडर द साइन ऑफ़ सैटर्न* (संकलित), फ़र्रार, स्ट्रास ऐंड गिरॉक्स, न्यूयॉर्क.
3. सूसन सोंटैग (सम्पा.) (1982) , *ए बार्थ रीडर*, हिल ऐंड वांग, न्यूयॉर्क.
4. स्टीवन उंगर (1983), *रोलाँ बार्थ : प्रोफ़ेसर ऑफ़ डिज़ायर*, युनिवर्सिटी ऑफ़ नेब्रास्का प्रेस.

— नरेश गोस्वामी

रॉबर्ट ओवेन

(Robert Owen)

ब्रिटिश समाजवाद के प्रमुख संस्थापक रॉबर्ट ओवेन (1771-1858) उन्नीसवीं सदी के उन विचारकों और क्रांतिकारी सुधारकों में से एक थे जिन्होंने श्रमिक वर्ग की समृद्धि को राष्ट्र की समृद्धि से जोड़ा और जिनके प्रयासों से कम्युनिस्ट विचारधारा और आंदोलन का रास्ता साफ़ हुआ। जिस युग में ग़रीब जनता औद्योगिक क्रांति के चक्के के नीचे पिस रही थी, ओवेन ने दरिद्र जनता के हितों को सर्वोपरि प्राथमिकता देने वाले आदर्श समुदायों की स्थापना का न केवल प्रस्ताव किया, बल्कि अपने प्रयासों से इस तरह के प्रयोग भी करके दिखाये। एक अर्थशास्त्री के रूप में ओवेन ने न तो किसी आर्थिक संबंध की स्थापना की, न ही विश्लेषण की कोई विधि खोजी और न ही कोई आर्थिक सिद्धांत उनके नाम से जाना जाता है, लेकिन उन्होंने नीतिगत स्तर पर अभूतपूर्व योगदान किया। उन्हें आज के ज़माने के सभी श्रम क़ानूनों का पुरोगामी क़रार दिया जा सकता है। चाहे बाल श्रम के ख़िलाफ़ बने क़ानून हों, न्यूनतम वेतन अधिनियम हो या काम की बेहतर अवस्था का आग्रह करने वाले नियम हों, सभी पर ओवेन की छाप है। मानवीय पूँजी की अवधारणा उन्हीं के प्रयासों का फल है। ओवेन की मान्यता थी कि बिना मानवीय पूँजी का विकास किये ग़रीबी का उन्मूलन नहीं किया जा सकता। ओवेन का विचार था कि पूँजीवादी प्रणाली मानवता के एक बड़े हिस्से को बदहाली के गर्त में धकेलने के लिए ज़िम्मेदार है। अपनी यूटोपियायी दृष्टि के आधार पर वे मानते थे कि सूझ-बूझ के साथ बनायी गयी नीतियों का इस्तेमाल करके श्रमिकों और अन्य ग़रीबों की हालत सुधारी जा सकती है।

रॉबर्ट ओवेन का जन्म वेल्स स्थित छोटे से कस्बे न्यूटाउन के मामूली से परिवार में हुआ था। बचपन में उन्हें साधारण से स्कूल में शिक्षा मिली। वे महज़ लिखना-पढ़ना और जोड़-बाक़ी करना ही सीख पाये। पर उन्होंने अपने निजी प्रयासों से जम कर अध्ययन किया जिसके आधार पर वे समाज और जीवन के बारे में मौलिक दृष्टि विकसित करने में सफल रहे। दस साल की उम्र में वे लंदन गये और अपने भाई के साथ रह कर छोटे-मोटे कामों के ज़रिये जीवन-यापन शुरू किया। धीरे-धीरे हुई प्रगति के परिणामस्वरूप उन्हें एक सूत मिल की मैनेजरी मिल गयी। आगे चल कर अपनी जमा सम्पत्ति, पत्नी के पिता के साठ हज़ार पाउण्ड और कुछ अमीर पार्टनरों की मदद से उन्होंने न्यू लैनार्क की मिलें ख़रीद लीं।

1815 में फ्रांस के साथ युद्ध का अंत हो जाने के बाद

ब्रिटिश सरकार को लड़ाई के साज-सामान की ज़रूरत नहीं रह गयी। इससे बाज़ार में माँग घटी, लेकिन खेतों और कारख़ानों ने माल का उत्पादन जारी रखा जिससे भण्डारगृह भरते चले गये। खेतिहर श्रमिकों और फ़ैक्टरी मज़दूरों को बड़े पैमाने पर नौकरी से निकाला जाने लगा। दूसरी तरफ़ मशीनीकरण ने भी श्रम की ज़रूरत कम करके बेरोज़गारी की समस्या में योगदान किया। आर्थिक दुरवस्था बढ़ती चली गयी। खेतिहर मज़दूरी पचास फ़ीसदी गिर गयी और आबादी का तक़रीबन आधा हिस्सा ज़बरदस्त ग़ुरबत का शिकार हो गया। ऐसे विकट समय में ओवेन बेरोज़गारी और ग़रीबी की समस्या के समाधान की तजवीज़ ले कर आए।

उन्होंने कहा कि न तो मशीनरी का इस्तेमाल बंद किया जा सकता है और न ही लाखों लोगों को बिना रोज़गार के भूखों मरने दिया जा सकता है। न ही सरकार बेरोज़गारी बीमा के ज़रिये राहत बाँट सकती है। ओवन ने प्रस्ताव रखा कि सरकार को बारह-बारह सौ लोगों के छोटे-छोटे गाँव क़ायम करने में अपने संसाधन ख़र्च करने चाहिए। ये समुदाय 'सहयोग आधारित गाँव' होंगे और अपना जीवन-यापन करने के लिए बाज़ार से न्यूनतम ख़रीदारी करते हुए स्वयं उत्पादन करेंगे। अगर उनके पास कुछ अधिशेष बचता है तो उसका व्यापार करके गाँव वाले उन चीज़ों को ख़रीदेंगे जिनका उत्पादन उनके लिए मुमकिन नहीं है।

रॉबर्ट ओवेन (1771-1858)

ओवेन ने तर्क दिया कि इंग्लैण्ड के श्रमिकों को अगर बेहतर माहौल में काम करने का मौक़ा दिया जाए तो वे न केवल अपनी ग़रीबी दूर कर सकते हैं, बल्कि राष्ट्र की समृद्धि में भी योगदान कर सकते हैं। न्यू लैनार्क स्थित मिलों के मालिक और प्रबंधक की हैसियत से ओवेन ने अपने नज़रिये को व्यावहारिक रूप देने का निश्चय किया। उन्होंने इस कारख़ाने को शैक्षिक और औद्योगिक सुधार की प्रयोगशाला में बदल दिया। जल्दी ही ओवेन और उनका कारख़ाना अपनी इन गतिविधियों के कारण चर्चित होने लगा। ओवेन के हाथ में जब न्यू लैनार्क की बागडोर आयी तो उस समय उस क़स्बे में 1,500 परिवार रहते थे। इनके अलावा पास के इलाक़ों से मज़दूरी करने के लिए लाये गये पाँच सौ बच्चे भी यहाँ के वासी थे। परिवारों को रहने के लिए मिल ने केवल एक-एक कमरे की खोलियाँ दे रखी थीं जिनमें साफ़-सफ़ाई का कोई इंतज़ाम नहीं था। मज़दूरों के बीच शराबख़ोरी और चोरी-चकारी का बोलबाला था। कस्बे की मिलों के बाहर और भीतर जीवन-स्थितियाँ बहुत ख़राब थी। काम के घंटे बहुत लम्बे होते थे, तनख़्वाहें कम और स्वास्थ्य सेवा का नाम भी नहीं था।

ओवेन ने प्रत्येक खोली के ऊपर एक-एक कमरा और बनवाने से शुरुआत की ताकि हर मज़दूर के पास कम से कम दो कमरे हो जाएँ। उन्होंने कस्बे में सड़कें बनवानी शुरू कीं, कचरा उठवाने का इंतज़ाम किया और घरों के बाहर सफ़ाई रखने के लिए मज़दूरों की कमेटियाँ गठित कीं। इसके बाद ओवेन ने कस्बे की सारी दूकानें ख़रीद लीं। उन्होंने खाद्य और ईंधन थोक में ख़रीदा और मुनाफ़े की कोई चिंता नहीं की। इससे मज़दूरों को कम दर पर ज़रूरत की चीज़ें मिलने लगीं। केवल इतनी कार्रवाइयों से ही मज़दूरों की जीवन-स्थितियों में 25 फ़ीसदी का सुधार हो गया। ओवेन ने एक सामुदायिक कोष भी स्थापित किया जिसमें प्रत्येक मज़दूर अपनी आमदनी के छठें हिस्से का योगदान करता था ताकि सभी को मुफ़्त स्वास्थ्य सेवाएँ हासिल हो सकें।

ओवेन ने लैनार्क के बच्चों पर विशेष ध्यान दिया। वे मानते थे कि व्यक्ति को जीवन की शुरुआत में ही अगर सही माहौल मिले तो उसके चरित्र और व्यक्तित्व पर सकारात्मक असर पड़ता है। वे छोटे बच्चों से काम लेने के एकदम ख़िलाफ़ थे। उन्होंने तय किया कि वे आस-पास के इलाक़ों से दरिद्र बच्चों को लाकर एप्रेंटिसी में नहीं खपाएँगे। जब इंग्लैण्ड की फैक्टरियों में छह और सात साल के बच्चे पूरे समय श्रम करते थे, ओवेन ने दस साल से कम के बच्चों से श्रम करवाना बंद कर दिया। उन्होंने पार्क और खेल के मैदान बनवाये ताकि बच्चों को खेल-कूद का मौक़ा मिल सके। लैनार्क के दस वर्ष तक के बच्चों को मुफ़्त शिक्षा की व्यवस्था की गयी। आज के ज़माने में सार्वभौम शिक्षा का सिद्धांत लगभग सभी जगह लागू है, पर उन्नीसवीं सदी में ओवेन का यह प्रयास बेहद रैडिकल था। उस समय मान्यता यह थी कि शिक्षा तो केवल उच्चवर्गीय सुविधा है, मज़दूर बच्चों को इसकी कोई ज़रूरत नहीं होनी चाहिए। ग़रीब बच्चों को शिक्षित करने की वकालत करने वाले सुधारक भी उनकी पढ़ाई केवल जोड़-बाक़ी सिखाने, लिखने और बाइबिल पढ़ने तक ही सीमित रखते थे। पर ओवेन चाहते थे कि बच्चे शिक्षा के ज़रिये सोचना और जीवन को समझना सीखें, उनके भीतर सांस्कृतिक गुणों का विकास हो। उनकी मान्यता थी कि शिक्षा से न केवल चरित्र निर्माण होता है, बल्कि वर्गों के बीच की खाई भी पटती है।

ओवेन की लैनार्क स्थिति यह सामाजिक प्रयोगशाला धीरे-धीरे कई वर्ष में एक आदर्श समुदाय में बदल गयी। काम की स्थितियाँ बेहतर हो गयीं, मज़दूर संतोषजनक जीवन गुज़ारने लगे और मिलों का मुनाफ़ा भी बढ़ा। मज़दूर ओवेन

को एक आदर्श पुरुष के रूप में देखने लगे। लेकिन, ये कामयाबियाँ ओवेन के पार्टनरों के लिए महत्त्वहीन थीं। वे तो ज़्यादा से ज़्यादा मुनाफ़ा चाहते थे और इसके लिए उनके पास मज़दूरों के अधिकतम दोहन का फ़ार्मूला था ताकि उत्पादन की लागत और घटायी जा सके। पार्टनरों का दबाव पड़ने पर ओवेन ने सोचा कि जब तक उनके सुधारों का चरित्र सार्वभौम नहीं होगा तब तक मिल मालिक बाल श्रम के आधार पर, मज़दूरों से बदसलूक़ी करके और उनके बच्चों को शिक्षा से वंचित रख कर मुनाफ़े की होड़ में आगे निकलने की कोशिश करते रहेंगे। इसके बाद ओवेन ने नियमित रूप से फ़ैक्टरियों के हालात पर लिखना शुरू कर दिया। उन्होंने तर्क दिया कि कारख़ानों को केवल समृद्धि बढ़ाने के ज़रिये के तौर पर ही नहीं देखा जाना चाहिए, बल्कि मानवीय चरित्र और स्वास्थ्य पर पड़ने वाले उनके असर के लिहाज़ से भी उनका मूल्यांकन किया जाना ज़रूरी है।

ओवेन के प्रयासों से पहला फ़ैक्टरी एक्ट 1819 में पारित हुआ जिसमें बाल श्रम को केवल कुछ ख़ास तरह के कारख़ानों में ही थोड़ा सा सीमित किया गया। लेकिन, इससे एक नयी बात हुई। पहली बार सरकार की तरफ़ से फ़ैक्टरी मालिकों को किसी नियंत्रण में लाने की कोशिश हुई और सरकार ने यह भी समझा कि दुर्बलों की रक्षा करना उसके दायित्वों में से एक है।

हालाँकि यह कामयाबी ओवेन की उम्मीद से बहुत कम थी, इसलिए उन्हें आम तौर पर निराशा ही हुई। दूसरी तरफ़ फ्रांस के साथ युद्ध ख़त्म होने पर पैदा हुई बेरोज़गारी की समस्या का हल करने के लिए ओवेन ने सहकारी ग्राम समुदायों के गठन का प्रस्ताव रखा। इस सुझाव की न केवल उपेक्षा की गयी, बल्कि उनका मज़ाक भी उड़ाया गया। अपने देशवासियों के रवैये से हताश हो कर ओवेन ने नयी दुनिया का रास्ता पकड़ा और 1824 में अमेरिका जा कर इण्डियाना में न्यू हार्मनी नाम से एक आदर्श सहकारी समुदाय की स्थापना की। लेकिन ओवेन की यह योजना लैनार्क की तरह कामयाब नहीं हुआ। उनका आदर्श समुदाय अपना जीवन-यापन करने लायक उत्पादन नहीं कर पाया। उसके सदस्य लगातार कामचोरी करते पाये गये और उनके बीच की कलह का भी कोई हल नहीं निकला। इस नाकामी के कारण ओवेन की ज़िंदगी के आख़िरी दिन निराशा में बीते।

ओवेन के समाजवादी रुझानों से निकली दलीलों और सुझावों के ख़िलाफ़ पूँजीवाद के समर्थकों और उनके बौद्धिक प्रतिनिधियों ने कड़ी प्रतिक्रिया की। उनके समकालीन अर्थशास्त्री माल्थस ने कहा कि अगर आमदनी का वितरण अधिक समतामूलक कर दिया गया और अगर सामाजिक सुधारों के ज़रिये मज़दूर वर्ग की हालत सुधार दी गयी तो मज़दूर और ज़्यादा बच्चे पैदा करना शुरू कर देंगे। नतीजतन उनकी ग़रीबी वैसी की वैसी ही बनी रहेगी। इसी तर्क के आधार पर माल्थस ने ग़रीबों को राहत देने के लिए क़ानून बनाने का विरोध किया। वे ग़रीबों को किसी भी तरह का अनुदान देने के विरोधी थे। माल्थस ने यह भी तर्क दिया कि कि ग़रीबों को दी जाने वाली राहत के कारण ही इंग्लैण्ड में मक्का के दाम बढ़ गये हैं। परिणामस्वरूप न केवल ग़रीबों की दिक़्क़तें बढ़ी हैं, बल्कि सभी ब्रिटिश नागरिक परेशानी में फँस गये हैं।

देखें : अर्नेस्टो चे गुएवारा, आधार और अधिरचना, ऑस्कर रायज़ार्ड लांगे, आंगिक बुद्धिजीवी, एंतोनियो ग्राम्शी, कार्ल हाइनरिख़ मार्क्स-1 से 4 तक, क्रांति, क्रांति : मार्क्सवादी विमर्श, ग्योर्गी लूकाच, नयी सदी में मार्क्सवादी विमर्श-1 से 9 तक, निष्क्रिय क्रांति, पेटी बूर्ज्वा, फ्रेड्रिख़ एंगेल्स, फ़्रैंकफ़र्ट स्कूल, भारत में किसान संघर्ष-2 और 4, भारतीय कम्युनिस्ट पार्टी, भारतीय कम्युनिस्ट पार्टी (मार्क्सवादी), भारतीय इतिहास लेखन, भाषा के मार्क्सवादी सिद्धांत, भ्रांत चेतना, बोल्शेविक क्रांति, फ्रांस्वा-चार्ल्स मारी फ़ूरिये, क्यूबा की क्रांति, फ्रेंज़ फ़ानो, हिंसा-1 और 2, मानवेंद्र नाथ राय, माओ त्से-तुंग, माओवाद और माओ विचार, मार्क्सवाद-1 से 5 तक, मार्क्सवादी इतिहास-लेखन, मार्क्सवादी समाजशास्त्र, मार्क्सवाद और पारिस्थितिकी, मार्क्सवादी अर्थशास्त्र, समाजवादी वसंत-1 से 4 तक, रॉबर्ट ओवेन, राज्य की मार्क्सवादी अवधारणा, रोजा लक्ज़ेमबर्ग, लेनिनवाद, लियोन ट्रॉट्स्की, लिबरेशन थियोलॉजी, सर्वहारा, सांस्कृतिक क्रांति, सैं-सिमो, स्तालिन और स्तालिनवाद, सोवियत समाजवाद-1 से 3 तक, सोवियत सिनेमा, वर्चस्व, व्लादिमिर इलीच लेनिन।

संदर्भ

1. ग्रेगरी क्लेज़ (सम्पा.) (1993), *सिलेक्टिड वर्क्स ऑफ़ रॉबर्ट ओवेन (1836-44)*, पिकरिंग, लंदन.
2. रॉबर्ट ओवेन (1991), *अ न्यू व्यू ऑफ़ सोसाइटी (1813-14)*, कैसेल, न्यूयॉर्क.
3. जी.डी.एच. कोल (1925), द *लाइफ़ ऑफ़ रॉबर्ट ओवेन*, फ्रैंक कैसे ऐंड कम्पनी, लंदन.
4. मार्गरेट कोल (1953), *रॉबर्ट ओवेन ऑफ़ न्यू लैनार्क*, बैचवर्थ प्रेस, लंदन.
5. डी.सी. जॉनसन (1929), *पायनियर ऑफ़ रिफ़ॉर्म्स*, बट्र फ्रैंकलिन, न्यूयॉर्क.

— अभय कुमार दुबे

ल

लक्षण-विज्ञान

(Semiotics)

लक्षण-विज्ञान अर्थात् मानवीय अन्योन्यक्रियाओं के सामाजिक और सांस्कृतिक लक्षणों का भाषाशास्त्रीय अध्ययन। यह शास्त्र इस धारणा के आधार पर विकसित हुआ है कि किसी चाक्षुष या मुद्रित पाठ का अर्थग्रहण निष्क्रिय ढंग से नहीं होता। बावजूद इसके कि स्वत:स्फूर्त ढंग से अर्थग्रहण करने वाले अधिकांश दर्शकों-पाठकों के पास इसका कोई प्रशिक्षण नहीं होता, यह प्रक्रिया कई तरह की सांस्कृतिक संहिताओं, अनुभवों, विमर्शों और विचारधाराओं से ओतप्रोत प्रक्रियाओं के आईने में सक्रिय ढंग से चलती हैं। लक्षण-विज्ञान की तकनीक अर्थग्रहण की इसी गतिविधि को आत्म-चिंतन और आलोचनात्मकता का स्पर्श देती है। बीसवीं सदी की शुरुआत में स्विस भाषाशास्त्री फ़र्दिनैंद द सॅस्यूर ने संरचनागत भाषाशास्त्र पर दिये गये अपने व्याख्यानों के दौरान इस पद्धति का प्रतिपादन किया था। लक्षण-विज्ञान के विकास के साथ-साथ ही यह समझ विकसित हुई कि भाषा किस तरह अर्थवान् बनती है और उसके अर्थ समाज के धरातल पर किस तरह सम्प्रेषित होते हैं। इसका समाज-विज्ञान के विभिन्न अनुशासनों पर गहरा असर पड़ा। विभिन्न पाठों (चाहे वे साहित्यिक हों, फ़िल्मी हों या मीडिया-उत्पादित हों) का तात्पर्य-निरूपण करने के लिए लक्षण-विज्ञान के औज़ारों का प्रचुरता से इस्तेमाल किया जाने लगा। सीमियोटिक्स के अनुसार लक्षण (साइन) के तीन मुख्य गुण होते हैं : उसका कोई एक दैहिक रूप होना चाहिए जिससे उसे देखा-सुना अथवा स्पर्श किया जा सके; उसके ज़रिये ख़ुद उसके बजाय किसी और का हवाला मिलना चाहिए; और उसकी शिनाख़्त किसी न किसी साझा सांस्कृतिक संहिता या प्रणाली के एक तत्त्व की तरह होनी चाहिए। संस्कृति-अध्ययन के क्षेत्र में काम करने वाले विद्वानों द्वारा लक्षण-विज्ञान को मार्क्सवाद और मनोविश्लेषण से गूँथ कर सिनेमा-अध्ययन में नयी ज़मीन तोड़ी गयी।

सॅस्यूर ने अपनी इस पद्धति को सीमियॉलॅजी का नाम दिया था। समाज-विज्ञान में इसके महत्त्व की स्थापना 1957 में हुई जब रोलाँ बार्थ की रचना *मायथोलॅजीज़* के साथ ही संरचनावाद सामने आया। लक्षण-विज्ञान में अमेरिकी भाषाशास्त्री सी.एस. पर्स का योगदान भी उल्लेखनीय है। उन्होंने लक्षण (साइन) और चिह्न (सिम्बल) के बीच अंतर की स्थापना की। पर्स ने लक्षण को स्वाभाविक और चिह्न को गढ़ा गया क़रार दिया। पर्स के बाद इस अनुशासन को उन्हीं के दिये गये नाम सीमियॉटिक्स से जाना गया।

पहले भाषा का अध्ययन उसके क्रम-विकास के आईने में (अर्थात् फ़िलोलॅजी) के आईने में होता था। सॅस्यूर ने पहली बार यह पता लगाने की कोशिश की कि भाषा काम कैसे करती है और उसके अर्थों का उत्पादन किस तरह होता है। उन्होंने *लांगे* (व्याकरणसम्मत लिखी हुई भाषा जो बोली भी जा सकती है) और *पारोल* (बोली गयी भाषा) के आधारभूत प्रतिमान की स्थापना की। सॅस्यूर ने दिखाया कि भाषा लक्षणों की एक प्रणाली की तरह काम करती है लेकिन उन लक्षणों का उन वस्तुओं के साथ कोई सीधा संबंध नहीं होता जिनका अर्थ वे सम्प्रेषित करते हैं। भाषाई लक्षण कोई नाम नहीं होता जिसे किसी वस्तु से जोड़ा जा सके। वह तो सूचक (सिग्नीफ़ायर) और सूचित (सिग्नीफ़ायड) का अर्थात् शब्द और धारणा का संयोग होता है। चूँकि भाषा वस्तुओं की प्रत्यक्ष अभिव्यक्ति नहीं है, इसलिए उसके ज़रिये यथार्थ हम तक सीधे-सीधे नहीं पहुँचता। वह तो अपनी

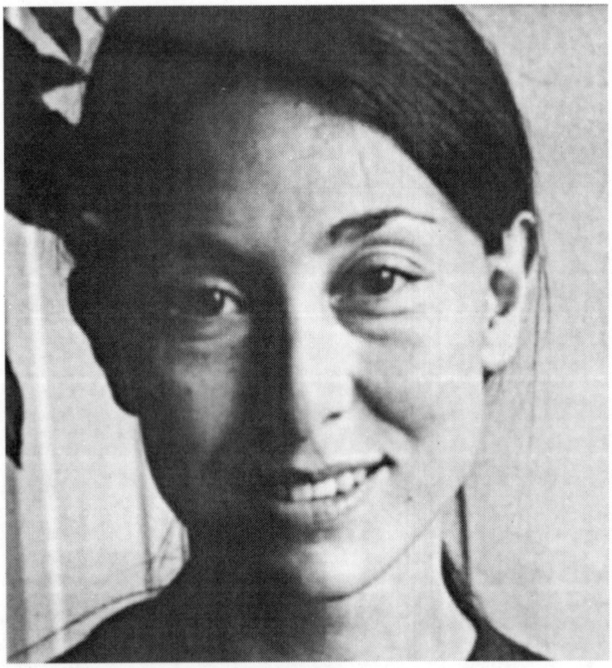

जूलिया क्रिस्टेवा (1941-)

फ़र्दिनैंद द सॅस्यूर (1857-1913)

सूचक-प्रणाली के माध्यम से यथार्थ को श्रवणेंद्रियों के सामने परोस देती है। अर्थात् भाषा जिसकी वाहक बनती है वह एक मीडियेटिड (प्रत्यक्ष के बजाय परोक्ष) यथार्थ होता है। सॅस्यूर यह भी कहते हैं कि भाषाई लक्षणों और वस्तुओं के बीच का यह संबंध काफ़ी मनमाने तरीक़े से बनता है। भाषाओं के बीच अंतर की वज़ह भी यही मनमानापन है। इसी मनमानेपन के कारण भाषा की लक्षण-प्रणाली अन्य माध्यमों की लक्षण-प्रणाली को सम्बोधित कर सकती है। यही वह ख़ूबी है जिसके आधार पर लक्षण-विज्ञान भाषाशास्त्र के दायरे से निकल कर साहित्य, सिनेमा, टेलिविज़न, विज्ञापन, पॉप संगीत, स्पोर्ट्स और फ़ैशन जैसे उन सभी क्षेत्रों में तात्पर्य-निरूपण के लिए इस्तेमाल किया जाता है जो अपनी-अपनी लक्षण-पद्धति से सामाजिक अर्थों का उत्पादन करते हैं। ये सामाजिक अर्थ हमेशा ही संदर्भगत हैं। मसलन, वैलेंटाइन डे को प्रेमी द्वारा प्रेमिका को दिया गया गुलाब, संतान द्वारा माँ-बाप को भेंट किया गया गुलाब और किसी राजनीतिक दल के चुनाव चिह्न के रूप में गुलाब व्यक्तिगत, सामाजिक और सांस्कृतिक स्तर पर अलग-अलग अर्थों का द्योतक है।

चूँकि भाषा द्वारा सम्प्रेषित यथार्थ प्रत्यक्ष के बजाय परोक्ष या मीडियेटिड है, इसलिए उसकी यह भूमिका वैसी ही है जैसी यथार्थ के सम्प्रेषण में विचारधारा की होती है। रोलाँ बार्थ ने सीमियोटिक्स का प्रयोग करके पचास के दशक में प्रचलित सांस्कृतिक रूपों के तात्पर्य का पता लगाया और मास कल्चर की भाषा का पता लगाया। उन्होंने दिखाया कि संस्कृति के क्षेत्र में सूचित होने की प्रक्रिया डिनोटेशन (सतही शाब्दिक अर्थ) और फिर कनोटेशन (गुणार्थ) के क्रम से चलती है जिसके परिणामस्वरूप एक तीसरी चीज़ पैदा होती है जिसे विचारधारा कहते हैं। सतही शाब्दिक अर्थ से गुणार्थ तब पैदा होता है जब उसमें सांस्कृतिक मूल्य और विमर्श अपना निवेश करते हैं। गुणार्थ पैदा करने का यह सिलसिला मिथक-रचना की स्थितियाँ पेश करता है। बार्थ के मुताबिक़ मिथक का अर्थ समझ कर हम अपनी संस्कृति के निहितार्थों तक पहुँच सकते हैं।

उदाहरण के लिए अगर कोई दर्शक मीना कुमारी का फ़ोटोग्राफ़ देखता है। सतही अर्थों में उसके लिए वह एक फ़िल्म अभिनेत्री का कैमरा-चित्र है। गुणार्थक रूप से वह स्त्रियोचित भारतीय सौंदर्य, दमित सेक्शुअलिटी, प्रेम और यौनतुष्टि की अतृप्त कामना, वैवाहिक विफलता और एक गुमराह जीवन का भी चित्र है। इस तस्वीर को देखने वाला हर दर्शक इसका तात्पर्य-निरूपण अपने-अपने तरीक़े से करेगा। लेकिन उन सभी तात्पर्यों में एक समुदाय के सांस्कृतिक मानस का संकेत देने वाला एक साझा तात्पर्य भी होगा जिसकी रचना में स्त्री से संबंधित विचारधाराएँ, पूर्वग्रह, सेक्शुअलिटी से जुड़े हुए प्रचलित विमर्शों की निर्णायक भूमिका होगी। इसे इंटरसब्जेक्टिविटी का नाम दिया गया है। एक तरफ़ तस्वीर के प्रेक्षक की निजी अनुक्रिया है जिसे संस्कृति संसाधित कर रही है, और दूसरी तरफ़ उसी अनुक्रिया के माध्यम से वह प्रेक्षक ख़ुद को अपनी संस्कृति के मातहत किये दे रहा है। यह दुतरफ़ा गतिशीलता ही वह सिलसिला है जिससे विचारधारा अपना काम करती है।

समझ के इस मुक़ाम पर पहुँचते ही लक्षण-विज्ञान मनोविश्लेषण और मानवशास्त्र से भी जुड़ जाता है।

मानवशास्त्रियों, ख़ास तौर से क्लॉद लेवी-स्ट्रॉस द्वारा मिथकों की जाँच करने के लिए सॅस्यूर की अवधारणाओं का इस्तेमाल किया गया है। नारीवादी सिद्धांतशास्त्र में जूलिया क्रिस्टेवा ने प्राक्-भाषाई रूपों (जैसे ध्वनियाँ, धुनें, बच्चे के गले से निकलने वाली आवाज़ें, कविता की भाषा आदि) को सीमियॉटिक की संज्ञा दी है। क्रिस्टेवा का कहना है कि ये प्राक्-भाषाई रूप अर्थहीन नहीं होते, लेकिन इन्हें भाषा संबंधी लक्षणों और प्रतीकों में सीमित भी नहीं किया जा सकता।

देखें : अर्थ-विज्ञान, डायग्लॉसिया, नोआम चोमस्की, फ़र्दिनैंद द सॅस्यूर, भाषा के मार्क्सवादी सिद्धांत, राष्ट्र-भाषा और राज-भाषा।

संदर्भ

1. रोलाँ बार्थ (1967), *एलीमेंट्स ऑफ़ सीमियॉलॅजी*, अनु. एने लेवर्स और कोलिंस स्मिथ, लंदन.
2. रोलाँ बार्थ (1957/1973), *मायथोलॅजीज़*, पालाडिन, सेंट अल्बांस.
3. उम्बर्तो ईको (1977), *अ थियरी ऑफ़ सीमियॉटिक्स*, लंदन, 1977
4. ए.जे. ग्रीमाज़ (1987), *ऑन मीनिंग : सिलेक्टिड राइटिंग्स इन सीमियॉटिक थियरी*, अनु. पॉल पेरन और फ्रैंक कोलिंस, मिनियापोलिस, एमएन.

— अभय कुमार दुबे

लिबरेशन थियोलॅजी

(Liberation Theology)

लिबरेशन थियोलॅजी की सैद्धांतिक रचना मार्क्सवाद-लेनिनवाद और ईसाइयत की शिक्षाओं के संयोग से हुई है। इस आंदोलन की शुरुआत साठ और सत्तर के दशक में लातीनी अमेरिकी देशों से हुई। निकारागुआ में हुई मार्क्सवादी सेंडिनिस्टा क्रांति में लिबरेशन थियोलॅजी का उल्लेखनीय योगदान था। लेनिन द्वारा प्रतिपादित साम्राज्यवाद की व्याख्या अपनाते हुए इस सैद्धांतिकी ने दावा किया कि तीसरी दुनिया के देशों की दरिद्रता और उत्पीड़न के पीछे उत्तर के विकसित देशों (युरोप, अमेरिका, कनाडा आदि) का हाथ है। लिबरेशन थियोलॅजी के पैरोकारों के मुताबिक क्राइस्ट की निगाह में ग़रीबों का स्थान सबसे ऊँचा था, इसलिए चर्च को ग़रीब देशों मे रैडिकल समाजवादी क्रांति का नेतृत्व करना चाहिए और ऐसी कम्युनिस्ट व्यवस्थाएँ स्थापित करनी चाहिए जो मेहनतकशों का लोकतांत्रिक राज्य स्थापित करते हुए अमीरों से धन-सम्पत्ति छीन कर ग़रीबों में वितरित करके साम्राज्यवादी ताक़तों को निकाल बाहर करें। इसका सैद्धांतिक प्रतिपादन 1971 में प्रकाशित जीसूट पादरी गुस्तावो गुतिरेज़ मेरिनो की रचना *अ थियोलॅजी ऑफ़ लिबरेशन* में किया गया है। गुतिरेज़ का आग्रह था कि धर्मशास्त्र को निजी दायरे से निकाल कर सामाजिक विश्लेषण के दायरे में लाया जाना चाहिए। इस तरह उन्होंने धर्म को व्यक्ति की निजी मुक्ति का साधन बनने के बजाय सामाजिक मुक्ति का वाहक बनने का प्रस्ताव किया। पाउलो फ्रेरे की विख्यात रचना *उत्पीड़ितों का शिक्षाशास्त्र* के सूत्र भी लिबरेशन थियोलॅजी से जुड़े हुए हैं। आज सारी दुनिया में लिबरेशन थियोलॅजी के कई संस्करण प्रचलित हो चुके हैं, जैसे ब्लैक लिबरेशन थियोलॅजी, ज्युइश लिबरेशन थियोलॅजी, एशियन लिबरेशन थियोलॅजी और लातीनी अमेरिकी लिबरेशन थियोलॅजी। पश्चिमी पूँजीवादी समाजों में भी फ्रैंकफ़र्ट स्कूल से प्रभावित पॉलिटिकल थियोलॅजी के सिद्धांत के प्रति आकर्षण महसूस विचार जाता है। युरोप, भारत, लातीनी अमेरिका, श्रीलंका और संयुक्त राज्य अमेरिका में बहुत से धर्मशास्त्री, पादरी और धार्मिक कार्यकर्त्ता आज भी लिबरेशन थियोलॅजी में आस्था रखते हैं।

लिबरेशन थियोलॅजी के ऐतिहासिक उद्गम के दो सिरे हैं। एक मार्क्सवाद में और दूसरा कैथलिक ईसाइयत में। 1921 में अंर्स्ट ब्लॉख़ ने एंगेल्स की प्रस्थापनाओं से बहस करते हुए इस मार्क्सवादी समझ में संशोधन करने का प्रयास किया कि 1524 के किसान युद्ध के पीछे जो कारण थे उनमें सेकुलर राजनीति की प्रच्छन्न मौजूदगी थी। ब्लाख़ का तर्क था कि थॉमस मुंज़र द्वारा इस्तेमाल की गयी भाषा ऐसी गहन धार्मिक अनुभूतियों को व्यक्त करने वाली थी जिनमें राजनीतिक प्रतिबद्धता को बढ़ावा देने की गुंजाइश थी। दूसरे सिरे को रोमन कैथलिक चर्च के चिंतन और आचरण में आ रहे उन परिवर्तनों के सापेक्ष देखा जा सकता है जिनके पीछे द्वितीय विश्व-युद्ध के बाद के हालात में धर्म की रूढ़िमुक्त व्याख्या करने के आग्रह थे। 1955 में लातीनी अमेरिका के रोमन कैथलिक चर्च के तहत बिशप्स की एक कांफ्रेंस हुई जिससे कोंसेजो इपिस्कोपल लैटिनोअमेरिकानो (सिलम) का जन्म हुआ। सिलम ने 1968 में कोलम्बिया में और 1974 में मैक्सिको में दो सम्मेलन किये। इसी बीच गुतिरेज़ ने ईसाई और मार्क्सवादी पहलुओं और विचार-परम्पराओं को आपस में मिला कर लातीनी अमेरिका की देशज थियोलॅजी का शीराज़ा तैयार कर डाला। बाद में उनके इस बौद्धिक प्रयास से लियोनार्डो बॉफ़ जैसे धर्मशास्त्री भी जुड़ गये। गुतिरेज़ का कहना था कि चर्च समाज में चल रहे वर्ग-संघर्ष के प्रति तटस्थ नहीं रह सकता और राजनीति करने का ठेका केवल कैथलिक चर्च के शीर्ष नेताओं के हवाले नहीं किया जाना चाहिए। गुतिरेज़ को हिंसक क्रांति से भी परहेज़ नहीं था।

गुस्तावो गुतिरेज़ मेरिनो (1928-)

उन्होंने बाइबिल को मार्क्सवादी-लेनिनवादी श्रेणियों के आईने में देख कर दावा किया कि क्रांतिकारी व्यवहार ही ईसाई आचरण संहिता का एकमात्र वैध रूप समझा जाना चाहिए।

गुतिरेज़ ने बाइबिल में वर्णित एक्ज़ोडस (पलायन) के प्रकरण को मुक्ति के रूपक की तरह इस्तेमाल किया। एक्ज़ोडस वाले अध्याय में धार्मिक आस्था और राजनीति साथ-साथ चलते हैं और उसी प्रकार मनुष्य की कार्रवाई ईश्वर की कार्रवाई के साथ एकमेक हो कर आगे बढ़ती है जिससे राजनीतिक तथ्य और धर्मशास्त्रीय आयाम आपस में घुलमिल जाते हैं। एक्ज़ोडस न केवल फ़राऊन द्वारा बरपाये जाने वाले राजकीय उत्पीड़न से मुक्ति का आख्यान है, बल्कि उसके ज़रिये संघर्षशील उत्पीड़क मुक्त धरती तक भी पहुँचते हैं। इस लिहाज़ से एक्ज़ोडस को बाइबिल के अनुयाइयों के लिए क्रांति के वाहक की तरह पेश किया जा सकता है।

लिबरेशन थियोलॉजी ने लातीनी अमेरिका में साठ और सत्तर के दशकों में कई राजनीतिक और सामाजिक आंदोलनों को जन्म दिया। इसकी प्रेरणा से 1980 तक दक्षिण अमेरिका में एक लाख से ज़्यादा छोटे-छोटे क्रांतिकारी समूह उभर चुके थे। स्थानीय स्तर पर अनगिनत ईसाई पादरियों, ननों और धर्मशास्त्रियों ने गुतिरेज़ की थीसिस स्वीकार कर ली थी। ये लोग ग़रीब शहरी और ग्रामीण जनता में साक्षरता के प्रसार के लिए ज़मीनी काम करने में जुट गये और बाइबिल का अध्ययन क्रांतिकारी राजनीति के प्रसार का माध्यम बन गया। इस प्रक्रिया के परिणामस्वरूप निकारागुआ में अनास्तासिओ समोज़ा की तानाशाही के ख़िलाफ़ मार्क्सवादी-लेनिनवादी आंदोलन को बल मिलने लगा, और 1979 में सेंडिनिस्टा क्रांति ने उसे उखाड़ फेंका। इस क्रांति की नेतृत्वकारी शक्तियों में अर्नेस्टो कार्डिनल जैसे पादरी और लिबरेशन थियोलॉजी के पैरोकार भी शामिल थे। एल सल्वाडोर के आर्कबिशप ऑस्कर रोमेरो ने भी लिबरेशन थियोलॉजी अपना ली जिसका नतीजा अर्धसैनिक बलों के हत्यारे दस्तों द्वारा उन्हें जान से मार दिये जाने में निकला। हत्या के समय रोमेरे मास (सामूहिक प्रार्थना सभा) का नेतृत्व कर रहे थे। छह जीसूट पदारियों का क़त्ल करने के अलावा हत्यारे दस्तों ने सेगुंडो मोंत्स और इग्नैसियो एलाक्यूरिया जैसे पादरियों की भी हत्या की जो लिबरेशन थियोलॉजी के स्थापित प्रवक्ता थे।

लिबरेशन थियोलॉजी केवल कैथलिकों तक ही सीमित नहीं रही। प्रोटेस्टेंटों ने भी उसमें रुचि लेनी शुरू कर दी। इसी प्रकार उसका प्रभाव लातीनी अमेरिका के बाहर भी फ़ैला। 1976 में दार-ए-स्सलाम, तंज़ानिया में इक्युमेनिकल एसोसिएशन ऑफ़ थर्ड वर्ल्ड थियोलॉजियंस का गठन हुआ। इसका मक़सद एक ऐसा मंच बनाना था जिस पर लिबरेशन थियोलॉजी के विकास पर सैद्धांतिक चर्चा हो सके। उत्तरी अमेरिका के धर्मशास्त्री जेम्स एच. कॉन ने काले अमेरिकनों के लिए उसका विकास किया। दरअसल, लिबरेशन थियोलॉजी के क़दम अमेरिका में नारीवादी, अश्वेतों/कालों और सामाजिक न्याय के आंदोलनों के ज़रिये ही पड़े। इपिस्कोपल, प्रेस्बिटेरियन, और मेथॅडिस्ट जैसे पुराने प्रोटेस्टेंट चर्चों ने इसे अपनाया। इसके प्रवक्ताओं ने तर्क दिया कि श्वेत पुरुषों ने लौकिक सत्ता पर अपना क़ब्ज़ा जमा रखा है जिसे आक्रमण करके पराजित किया जाना चाहिए ताकि सत्ता उत्पीड़ितों को हस्तांतरित की जा सके। लिबरेशन थियोलॉजी ने दावा किया कि सरकार, उद्योग-धंधों, शिक्षा, फ़ौज और चर्च जैसी संस्थाएँ इस लौकिक सत्ता के केंद्रों की तरह काम करती हैं इसलिए या तो उन्हें ख़त्म किया जाए या उनके ढाँचे में रैडिकल संशोधन किये जाएँ।

अनुदारवादी राजनीति और धर्मप्रचारवादी चर्चों में इस तरह के आह्वानों के ख़िलाफ़ कड़ी प्रतिक्रिया हुई। रिपब्लिकन पार्टी ने राष्ट्रपति रोनाल्ड रेगन के नेतृत्व में और बैप्टिस्टों के इवांजिलिकल चर्चों ने ख़ास तौर पर लिबरेशन थियोलॉजी का विरोध किया। रोमन कैथलिक चर्च की तरफ़ से भी इसकी अधिकारिक निंदा की गयी। 1979 में जब सिलम की मैक्सिको सिटी में कांफ्रेंस हो रही थी, पोप जॉन पाल द्वितीय ने शहर का दौरा करते हुए लिबरेशन थियोलॉजी की आलोचना की। इस आलोचना की तत्कालीन प्रिफ़ेक्ट ऑफ़ द कांग्रिगेशन ऑफ़ फ़ेथ कार्डिनल जोसेफ़ रैट्ज़िंगर (जो बाद में सोलहवें पोप बेनेडिक्ट बने) ने भी पुष्टि की। पोप का कहना यह था कि ईसाई धर्म में वर्ग-संघर्ष की धारणा के लिए कोई जगह नहीं है। मार्क्सवाद की भौतिकवादी शिक्षाओं को अपनाने वालों का धर्मशास्त्र में अंतर्निहित भावातीत आयामों से कोई संबंध नहीं हो सकता।

देखें : अर्नेस्टो चे गुएवारा, आधार और अधिरचना, ऑस्कर रायज़ार्ड लांगे, आंगिक बुद्धिजीवी, एंतोनियो ग्राम्शी, कार्ल हाइनरिख़ मार्क्स-1, 2. 3 और 4, क्रांति, क्रांति : मार्क्सवादी विमर्श, ग्योर्गी लूकाच, नयी सदी में मार्क्सवादी विमर्श-1, 2. 3,4 5, 6, 7, 8 और 9, निष्क्रिय क्रांति, फ्रेड्रिख़ एंगेल्स, भारत में किसान संघर्ष-2 और 4, कम्युनिस्ट

पार्टियाँ-1, 2 और 3, भारतीय इतिहास लेखन-4 और 5, भाषा के मार्क्सवादी सिद्धांत, भ्रांत चेतना, बोल्शेविक क्रांति, फ्रांस्वा-चार्ल्स मारी फ़ूरिये, क्यूबा की क्रांति, फ्रेंज़ फ़ानो, हिंसा, मानवेंद्र नाथ राय, माओ त्से-तुंग, माओवाद और माओ विचार, मार्क्सवाद-1, 2, 3, 4 और 5, मार्क्सवादी इतिहास-लेखन, मार्क्सवादी समाजशास्त्र, मार्क्सवाद और पारिस्थितिकी, मार्क्सवादी अर्थशास्त्र, समाजवादी वसंत-1, 2, 3, और 4, लेनिनवाद, लियोन ट्रॉट्स्की, सांस्कृतिक क्रांति, स्तालिन और स्तालिनवाद, सोवियत समाजवाद-1, 2 और 3, सोवियत सिनेमा, वर्चस्व, वर्ग और वर्ग-संघर्ष, व्लादिमिर इलिच लेनिन।

संदर्भ

1. गुस्तावो गुतिरेज़, *अ थियलॅजी ऑफ़ लिबरेशन*, ओरबिस, न्यूयॉर्क.
2. लियोनार्डो बॉफ़ और सी. बॉफ़, *इंट्रोड्यूसिंग लिबरेशन थियोलॅजी*, बर्न्स ऐंड ओट्स, टर्नब्रिज वेल्स.
3. पॉल फ्रेरे, *पेडागॉजी ऑफ़ द ऑप्रेस्ड*, हर्डर ऐंड हर्डर, न्यूयॉर्क
4. आर. हाइग्ट, *एन आल्टरनेटिव विज़न : एन इंटरप्रिटेशन ऑफ़ लिबरेशन थियोलॅजी*, पॉलिस्ट प्रेस, माहवाह, एन.जे.

— अभय कुमार दुबे

लियोन ट्रॉट्स्की

(Leon Trotsky)

प्रतिभाशाली मार्क्सवादी चिंतक, नेतृत्व के करिश्माई गुणों से सम्पन्न, प्रचुर लेखक और नाटकीय वक्ता लिओन ट्रॉट्स्की (1879-1940) सोवियत क्रांति के शीर्ष नेताओं में से एक थे। क्रांति के बाद हुए भीषण गृह युद्ध में विजयी रही लाल सेना की कमान ट्रॉट्स्की के हाथ में ही थी। एक सिद्धांतकार के रूप में स्थायी क्रांति की थियरी के ज़रिये मार्क्सवादी विमर्श में योगदान किया। इसके साथ ही ट्रॉट्स्की ने एक नियम का प्रतिपादन भी किया कि पूँजीवाद के विकास का स्तर सभी जगह एक सा नहीं होता जिसका परिणाम पिछड़े देशों में सामाजिक और ऐतिहासिक विकास के दो चरणों के एक साथ घटित हो जाने में निकलता है। बीसवीं सदी के पहले दशक में मार्क्सवादियों के बीच चल रहे बहस-मुबाहिसे के बीच ट्रॉट्स्की की इस सैद्धांतिक उपलब्धि ने रूस जैसे औद्योगिक रूप से पिछड़े देश में क्रांति करने के तर्क को मज़बूती प्रदान की। लेनिन के देहांत के बाद ट्रॉट्स्की ने स्तालिन द्वारा प्रवर्तित एक देश में समाजवाद की स्थापना के सिद्धांत का विरोध किया, लेकिन वे पार्टी के भीतर होने वाले संघर्ष में अकेले पड़ते चले गये। पहले उन्हें पार्टी से निकाला गया, और फिर सोवियत राज्य के ख़िलाफ़ साज़िश करने के आरोप में देश-निकाला दे दिया गया। निष्कासन के दौरान ट्रॉट्स्की ने स्तालिन के नेतृत्व में बन रहे सोवियत संघ की कड़ी आलोचना करते हुए उसे नौकरशाह, निरंकुश और राजकीय पूँजीवादी राज्य की संज्ञा दी। सोवियत सीक्रेट पुलिस से बचने के लिए सारी दुनिया में भटकते हुए ट्रॉट्स्की ने *परमानेंट रेवोल्यूशन* (1930), *रेवोल्यूशन बिट्रेड* (1937) और तीन खण्डों में *द हिस्ट्री ऑफ़ रशियन रेवोल्यूशन* (1931-33) जैसे क्लासिक ग्रंथ की रचना की। विश्व-क्रांति के अपने सपने को धरती पर उतारने के लिए उन्होंने चौथे कम्युनिस्ट इंटरनैशनल की स्थापना भी की जिसे कोई ख़ास कामयाबी नहीं मिली। निष्कासन के दौरान ही मैक्सिको में स्तालिन के एक एजेंट के हाथों उन्हें जान से हाथ धोना पड़ा। ट्रॉट्स्की के अनुयायियों ने दुनिया के कई देशों में छोटी-छोटी कम्युनिस्ट पार्टियाँ बना रखी हैं। सोवियत शैली के कम्युनिज़्म के विकल्प के रूप में उनके विचारों को ट्रॉट्स्कीवाद की संज्ञा मिल चुकी है।

ट्रॉट्स्की का असली नाम लेव डेविडोविच ब्रोंस्टीन था। बहुत कम उम्र में ही वे मार्क्सवाद के प्रति आकर्षित हुए और भूमिगत राजनीति करते हुए ट्रॉट्स्की का गुप्त नाम अपना लिया। उनके जीवन को तीन भागों में बाँट कर देखा जा सकता है। पहला हिस्सा वह है जब रूसी मार्क्सवाद के एक स्वतंत्र हस्ताक्षर की तरह वे क्रांतिकारी आंदोलन में भाग लेते हुए पहले लेनिन के नज़दीक आये और फिर उनका साथ देने से इनकार कर दिया। दूसरा हिस्सा 1917 से शुरू हो कर 1923 तक चला जब उन्होंने लेनिन के साथ कंधे से कंधा मिला कर सोवियत क्रांति को अग्रगति प्रदान की। इसके बाद उनके जीवन का तीसरा दौर शुरू हुआ जब उन्होंने क्रांति के लाभों की रक्षा करने के लिए स्तालिनवाद के ख़िलाफ़ अभियान छेड़ा।

बोल्शेविक नेताओं में केवल ट्रॉट्स्की ही ऐसे थे जिन्हें लेनिन का प्रमुख साथी होने के बावजूद उनके अनुयायी के तौर पर नहीं देखा जाता था। 1903 में रूसी सामाजिक जनवादी मज़दूर पार्टी (आरएसडीएलपी) जब बोल्शेविकों और मेंशेविकों में विभाजित हुई, तो ट्रॉट्स्की ने लेनिन का साथ नहीं दिया। शुरुआत में उन्होंने बोल्शेविज़्म की यह कह कर निंदा की कि यह तो सर्वहारा की नहीं बल्कि सर्वहारा पर तानाशाही का फ़ॉर्मूला है। उस समय उन्हें शक था कि लेनिन रॉब्सपियरे जैसे षड्यंत्रकारी नेता हैं जिनके कारण रूस का समाजवादी आंदोलन पथभ्रष्ट हो जाएगा। उस समय ट्रॉट्स्की का विचार था कि ख़ुफ़िया राजनीतिक काम करने वाली पेशेवर क्रांतिकारियों की अनुशासित पार्टी के हाथ में क्रांति की कमान देने से समाजवाद का लक्ष्य नहीं हासिल किया जा सकता। वे एक अधिक लोकतांत्रिक और खुले चरित्र की पार्टी बनाने के पक्ष में थे। 1905 में वे सेंट पीटर्सबर्ग की सोवियत नेता के रूप में उभरे। रूस की इस पहली सोवियत

लिओन ट्रॉट्स्की (1879-1940)

ने 1905 की क्रांति में प्रमुख भूमिका का निर्वाह किया था, और ट्रॉट्स्की इसे प्रामाणिक लोकतंत्र का नमूना मानते थे। क्रांति विफल हो जाने के बाद ज़ारशाही ने उन्हें गिरफ़्तार करके साइबेरिया भेज दिया। ट्रॉट्स्की वहाँ से भाग निकले और अगला दशक उन्होंने युरोप में गुज़ारा। इस दौरान सांगठनिक रूप से वे मेंशेविकों के साथ रहे। 1917 में वे रूस लौटे जब फ़रवरी क्रांति के कारण ज़ारशाही का पतन हो चुका था। इस मुक़ाम पर वे बोल्शेविकों के साथ आ गये क्योंकि उन्हें लगा कि उनके और लेनिन के विचारों में काफ़ी समानता आ चुकी है। स्वयं लेनिन ट्रॉट्स्की की राजनीतिक और सैद्धांतिक क्षमताओं के प्रशंसक थे। बोल्शेविक पार्टी में ट्राट्स्की का क़द तेज़ी से बढ़ा। उन्होंने विदेशी मामलों के कमिसार के तौर पर जर्मनों के साथ शांति-वार्ता में भाग लिया। फ़ौजी कमिसार के रूप में ट्रॉट्स्की ने लाल सेना के गठन में प्रमुख भूमिका निभायी और गृह युद्ध में उसका शानदार नेतृत्व किया। इन सफलताओं के कारण ट्रॉट्स्की को लेनिन के सम्भावित उत्तराधिकारियों में एक के रूप में देखा जाने लगा।

लेनिन की ही तरह ट्रॉट्स्की को रूसी सर्वहारा वर्ग की रचनात्मक क्षमताओं में गहरा यक़ीन था। इस विश्वास के आधार में विश्व-पूँजीवाद के अध्ययन से निकली उनकी एक ख़ास तरह की सैद्धांतिक समझ थी। ट्रॉट्स्की का विचार था कि अपने पिछड़ेपन से छुटकारा पाने के लिए किसी देश को उन चरणों से क्रमवार गुज़रने की ज़रूरत नहीं होती जिनसे विकसित देश गुज़र चुके होते हैं। इन देशों में पिछड़ेपन के साथ-साथ अगड़ेपन के लक्षण भी उभरते हैं। इस थियरी के आधार पर विश्लेषण करते हुए ट्रॉट्स्की ने दिखाया कि रूस का ज़्यादातर हिस्सा पिछड़ा और अविकसित है लेकिन उसमें पश्चिमी प्रभावों ने भी घुसपैठ कर ली है। कई जगहों पर आर्थिक उत्पादन और संबंधों के विकसित तौर-तरीक़े अपनाए जाने लगे हैं। औद्योगिक विकास के इन मुक़ामों ने शहरी केंद्रों में एक अच्छा-ख़ासा सर्वहारा वर्ग और एक पश्चिमीकृत बौद्धिक अभिजन पैदा कर दिया है। परिणामस्वरूप राजनीतिक प्रतिरोध और सक्रियता के रैडिकल रूप प्रचलित हो गये हैं। चूँकि उद्योगीकरण ऊपर से थोपा गया है इसलिए स्थानीय पूँजीपति वर्ग कमज़ोर है, लेकिन सर्वहारा वर्ग मज़बूत है। पूँजीवादी वर्ग लोकतांत्रिक क्रांति करने से डरता है और अपनी अक्षमता के कारण अपना ऐतिहासिक दायित्व नहीं निभा पा रहा है, इसलिए यह ज़िम्मेदारी सर्वहारा वर्ग के कंधों पर आ गयी है। किसानों को अपने नेतृत्व में लेते हुए उनके साथ मोर्चा बना कर मज़दूर वर्ग को सामंतशाही और उसके सभी अवशेषों का उन्मूलन करते हुए समाजवाद की तरफ़ बढ़ना होगा।

ट्रॉट्स्की ने अपने सिद्धांत को स्थायी क्रांति क़रार दिया। 1850 में मार्क्स कम्युनिस्ट लीग की जनरल कौंसिल को संबोधित करते हुए इस पद का इस्तेमाल कर चुके थे। ट्रॉट्स्की के मुताबिक़ प्राक्-पूँजीवादी मानसिकता वाले किसान इस क्रांतिकारी प्रक्रिया में मज़दूरों का साथ बहुत दूर तक नहीं दे पाएँगे। उनकी दिलचस्पी ज़मीन का मालिकाना मिल जाने तक ही रहेगी। किसानों के साथ बनाया गया जो मोर्चा क्रांति के लिए रास्ता साफ़ करता है, वही समाजवाद की रचना में बाधक साबित होगा। इसलिए एक देश में, ख़ास कर रूस में, समाजवाद का निर्माण तब तक सफल नहीं हो सकता जब तक अन्य देशों में भी क्रांति नहीं हो जाती। इसलिए रूस की क्रांति को विश्व-क्रांति, ख़ास कर विकसित देशों में क्रांति के शुरुआती चरण के तौर पर ही देखा जाना चाहिए। दिलचस्प बात यह है कि ट्रॉट्स्की की इन बातों और प्रथम विश्व-युद्ध के बाद लेनिन द्वारा प्रतिपादित कई सिद्धांतों में काफ़ी समानता प्रतीत होती है। कुछ ट्रॉट्स्कीवादियों ने यह आरोप भी लगाया है कि 1917 की क्रांति में लेनिन द्वारा ट्रॉट्स्की के ही सिद्धांतों का इस्तेमाल किया गया था। यह अलग बात है कि ख़ुद ट्रॉट्स्की ने 1917 में लेनिन का नेतृत्व स्वीकार करने के बाद कभी ऐसा नहीं कहा।

लेनिन की मृत्यु के बाद स्तालिन ने एक देश में समाजवाद के निर्माण की थीसिस तैयार की। इस मामले में बुखारिन जैसे सिद्धांतकार भी स्तालिन के साथ थे। पर ट्रॉट्स्की ने चेतावनी दी कि इस थियरी पर अमल करने के नतीजे रूस के लिए विनाशकारी निकलेंगे। उन्होंने कहा कि

खेती के सामूहिकीकरण का वक़्त अभी नहीं आया है। ट्रॉट्स्की लेनिन द्वारा स्थापित कोमिंटर्न (कम्युनिस्ट इंटरनैशनल) को सोवियत विदेश नीति के औज़ार में सीमित कर देने के भी ख़िलाफ़ थे। उनका तर्क था कि सोवियत संघ को उद्योगीकरण और आधुनिकीकरण के रास्ते पर ज़रूर चलना चाहिए, पर इन उपलब्धियों को समाजवाद का पर्याय नहीं समझा जा सकता। समाजवाद का मतलब है श्रम की ऊँची उत्पादकता, उसके परिणामस्वरूप बेहतर जीवन-स्तर और अपने पूँजीवाद के सर्वाधिक विकसित रूपों जैसा समाज। यह तभी हो सकता है कि जब सर्वहारा के हाथ में विश्व-अर्थव्यवस्था की बागडोर हो। ट्रॉट्स्की का कहना था कि स्तालिन के तहत जो सोवियत व्यवस्था है, उसे महज़ संक्रमणकालीन समझा जाना चाहिए। अभी इस बात की गारंटी नहीं की जा सकती कि इसका विकास समाजवाद में होगा या यह पतित हो कर पूँजीवाद के किसी संस्करण में बदल जाएगी। ट्रॉट्स्की मानते थे कि रूस पर हुकूमत कर रही नौकरशाही एक नये वर्ग की शक्ल लेती जा रही है। भले ही सोवियत समाज राजकीय पूँजीवाद की स्थिति में न पहुँचा हो, लेकिन उसकी स्थिति मज़दूरों के एक कमतर राज्य जैसी तो है ही।

ट्रॉट्स्की के विचारों की ख़ास बात यह थी कि उनमें मार्क्सवाद को हर समस्या की अचूक औषधि के रूप में देखने की प्रवृत्तियों का विरोध निहित था। इसी तरह वे मार्क्सवाद के नाम पर कला-साहित्य और ज्ञान के विभिन्न क्षेत्रों को एक ख़ास दिशा में धकेले जाने के भी ख़िलाफ़ थे। अपने इन रैडिकल विचारों के बावजूद वे पार्टी का बहुमत अपने पक्ष में नहीं कर सके। पार्टी के भीतर उन्हें एक ऐसे नेता के रूप में देखा जाता था जो संकट आने पर तो करिश्माई नेतृत्व प्रदान कर सकता है, लेकिन पार्टी के भीतर होने वाली रोज़मर्रा की उठा-पटक से निबटने में दिलचस्पी नहीं रखता, और जो अपनी बौद्धिक चमक-दमक में अकेला रहना पसंद करता है। जब ट्रॉट्स्की की उम्मीदों के मुताबिक़ युरोप में क्रांति नहीं हुई, तो उन्होंने विश्व-क्रांति का लक्ष्य छोड़ कर केवल एक देश में समाजवाद का निर्माण करने में लग जाने की स्तालिनीय परियोजना को इसका ज़िम्मेदार ठहराया। ट्रॉट्स्की ने यह कभी नहीं माना कि स्तालिनकालीन ग़लतियों की जड़ में पार्टी और राजनीति का लेनिनिस्ट-बोल्शेविक विचार है जिसके कारण एक पार्टी द्वारा संचालित राज्य पूरे समाज को अपना ताबेदार बनाने में कामयाब हो गया है। दरअसल, ट्रॉट्स्की ने जीवन के तीसरे दौर में निष्कासन भोगते हुए भी 1903 से 1914 के बीच की गयी लेनिन और बोल्शेविकवाद की अपनी कठोर आलोचनाओं को कभी नहीं दोहराया।

देखें : अर्नेस्टो चे गुएवारा, आधार और अधिरचना, ऑस्कर रायज़ार्ड लांगे, आंगिक बुद्धिजीवी, एंतोनियो ग्राम्शी, कार्ल हाइनरिख़ मार्क्स-1 से 4 तक, क्रांति, क्रांति : मार्क्सवादी विमर्श, ग्योर्गी लूकाच, नयी सदी में मार्क्सवादी विमर्श-1 से 9 तक, निष्क्रिय क्रांति, पेटी बूर्ज्वा, फ्रेड्रिख़ एंगेल्स, फ्रैंकफ़र्ट स्कूल, भारत में किसान संघर्ष-2 और 4, भारतीय कम्युनिस्ट पार्टी, भारतीय कम्युनिस्ट पार्टी (मार्क्सवादी), भारतीय इतिहास लेखन, भाषा के मार्क्सवादी सिद्धांत, भ्रांत चेतना, बोल्शेविक क्रांति, फ्रांस्वा-चार्ल्स मारी फ़ूरिये, क्यूबा की क्रांति, फ्रैंज़ फ़ानो, हिंसा-1 और 2, मानवेंद्र नाथ राय, माओ त्से-तुंग, माओवाद और माओ विचार, मार्क्सवाद-1 से 5 तक, मार्क्सवादी इतिहास-लेखन, मार्क्सवादी समाजशास्त्र, मार्क्सवाद और पारिस्थितिकी, मार्क्सवादी अर्थशास्त्र, समाजवादी वसंत-1 से 4 तक, रॉबर्ट ओवेन, राज्य की मार्क्सवादी अवधारणा, रोज़ा लक्ज़ेमबर्ग, लेनिनवाद, लिबरेशन थियोलॅजी, सर्वहारा, सांस्कृतिक क्रांति, सैं-सिमों, स्तालिन और स्तालिनवाद, सोवियत समाजवाद-1 से 3 तक, सोवियत सिनेमा, वर्चस्व, व्लादिमिर इलीच लेनिन।

संदर्भ

1. आइज़क ड्यूशर (1954, 1959, 1963), *द प्रोफ़ेट आर्म्ड, द प्रोफ़ेट अनआर्म्ड, द प्रोफ़ेट आउटकास्ट,* तीन खण्ड, ऑक्सफ़र्ड युनिवर्सिटी प्रेस, लंदन.
2. ई. मैंडल (1995), *ट्रॉट्स्की एज़ आल्टरनेटिव,* वरसो, लंदन.
3. लियोन ट्रॉट्स्की (1973-79), *राइटिंग्स ऑफ़ लियोन ट्रॉट्स्की,* सम्पा. जी. ब्रीटमैन वग़ैरह, 1929-1940, चौदह खण्ड, पाथफ़ाइंडर प्रेस, न्यूयॉर्क.
4. बी. नी-पैज़ (1978), *द सोशल ऐंड पॉलिटिकल थॉट ऑफ़ लियोन ट्रॉट्स्की,* ऑक्सफ़र्ड युनिवर्सिटी प्रेस, ऑक्सफ़र्ड.

— अभय कुमार दुबे

लुई अलथुसे

(Louis Althusser)

फ्रांसीसी दार्शनिक लुई अलथुसे (1918-1990) मार्क्सवाद के एक ऐसे बहुचर्चित और प्रभावशाली व्याख्याकार थे जिन्होंने बीसवीं सदी के छठे दशक में पश्चिम के अकादमिक जगत में संरचनावादी सूत्रों और औज़ारों का इस्तेमाल करके एक अनूठा भाष्य खड़ा किया। ग़ौरतलब है कि मार्क्सवाद और संरचनावाद विचारों की दो विपरीतधर्मी पद्धतियाँ हैं। मार्क्सवाद में सामाजिक ऐतिहासिक विश्लेषण को प्रमुखता दी जाती है जबकि संरचनावाद में सामाजिक ऐतिहासिक दृष्टि की कोई उपयोगिता नहीं समझी जाती। अलथुसे के इस संश्रय ने मार्क्सवाद के दायरों में एक व्यापक बहस का सूत्रपात किया था। अलथुसे की रचनाएँ *फ़ॉर मार्क्स* तथा *रीडिंग कैपिटल* मार्क्स के चिंतन और कृतित्व को मौलिक ढंग से प्रश्नांकित करती हैं। अलथुसे छठे दशक में प्रचलित

लुई अलथुसे (1918-1990)

मार्क्सवाद के रूमानी संस्करण के लिए एंतोनियो ग्राम्शी तथा फ्रैंकफ़र्ट स्कूल के चिंतकों को ज़िम्मेदार मानते थे। उनका कहना था कि इन विचारकों ने अपने मानवतावादी आग्रहों के मोह में मार्क्स को महज़ मनुष्य के बेगानेपन का सिद्धांतकार बना दिया था। अलथुसे के मुताबिक मार्क्सवाद का यह रूमानी संस्करण मार्क्स की दृष्टि के सबसे प्रबल तत्त्व वैज्ञानिकता को अपदस्थ कर देता है। हालाँकि अलथुसे यह तो स्वीकार करते हैं कि युवावस्था के दौरान मार्क्स ने बेगानेपन जैसे मसलों पर निश्चय ही विचार किया था, लेकिन 1844 की पेरिस पांडुलिपियों के बाद मार्क्स खुद ही अपने विश्लेषण में मानवतावादी और नैतिक उद्‌बोधन की प्रवृत्तियों से मुक्त होने लगे थे।

इस तरह अलथुसे मार्क्स के चिंतन में दो अवधियों को लक्षित करते हैं। उनके मुताबिक मार्क्स के शुरुआती लेखन में मानवतावादी और सैद्धांतिक विवेचन की प्रधानता है जबकि दूसरी अवधि में उनका लेखन वैज्ञानिकता से लैस होने लगता है। *दास कैपिटल* को अलथुसे दूसरी अवधि की रचना मानते हैं जिसमें मार्क्स एक प्रौढ़ वैज्ञानिक चिंतक के रूप में प्रकट होते हैं। अलथुसे का आग्रह था कि *दास कैपिटल* को एक लाक्षणिक पाठ की तरह पढ़ा जाना चाहिए ताकि उसके विमर्श में न्यस्त अनुपस्थितियों, अंतरालों और चुप्पियों को उजागर किया जा सके। मार्क्स के कृतित्व की इन दो अवस्थाओं के बीच एक स्पष्ट अंतर को चिह्नित करते हुए अलथुसे उसे ज्ञानमीमांसागत विच्छिन्नता कहते हैं।

परवर्ती मार्क्सवाद को एक पूर्ण वैज्ञानिक चिंतन घोषित करते हुए अलथुसे प्रतिपादित करते हैं कि पूँजीवादी उत्पादन प्रणाली की आर्थिक संरचना उद्‌घाटित करने की प्रक्रिया में मार्क्स एक नये विज्ञान का विकास करते हैं जो न केवल पूँजीवाद की पड़ताल करता है बल्कि अपने विकास की परिस्थितियों का भी निरूपण करता है। लेकिन इसके साथ ही वे यह भी कहते हैं कि मार्क्स की उपलब्धियों और समझ की कुछ सीमाएँ भी हैं। अलथुसे का मानना है कि उनका यह बौद्धिक हस्तक्षेप मार्क्सवादी विज्ञान के रिक्त स्थानों को भरने का प्रयत्न है।

अलथुसे हीगेल के इन बुनियादी विचार सूत्रों को अस्वीकार करते हैं कि इतिहास द्वंद्वात्मक प्रक्रिया के ज़रिये आगे बढ़ता है तथा पूर्ण के आधार पर उसके खंडों का निर्धारण किया जा सकता है। हीगेल के इन अमूर्त विचारों को अलथुसे वैज्ञानिक लिहाज़ से अनुपयोगी समझते हैं। उन्हें मार्क्सवाद का वह द्विभाजन भी दिक़्क़त तलब लगता है जिसके तहत आर्थिक संरचना को आधार तथा सांस्कृतिक व वैचारिक ढाँचे को अधिरचना में विभाजित कर दिया जाता है। इन अवधारणाओं की जगह अलथुसे अंतर्विरोध तथा अतिनिर्धारण के पदों का इस्तेमाल करते हैं।

अलथुसे पूँजीवाद को एक ऐसी व्यवस्था मानते हैं जो अपनी बनावट में ही अंतर्विरोधी है, क्योंकि इस व्यवस्था में एक तरफ़ मज़दूर और पूँजीपतियों के हितों में टकराव रहता है तो दूसरी तरफ़ निजी हित और सार्वजनिक हित एक दूसरे के ख़िलाफ़ खड़े रहते हैं। लेकिन इसके बावजूद उन्हें लगता है कि मार्क्सवादी विश्लेषण को आर्थिक विश्लेषण की रटंत से आगे बढ़ना चाहिए। अलथुसे की तर्क-योजना में प्रत्येक अंतर्विरोध पहले से ही अतिनिर्धारित होता है क्योंकि राजनीति, विचारधारा तथा अर्थशास्त्र में मौजूद अंतर्विरोध एक दूसरे को प्रभावित करते रहते हैं। अलथुसे के अनुसार राजनीति या अर्थशास्त्र जैसे क्षेत्र न केवल अपेक्षाकृत स्वायत्त होते हैं बल्कि उनकी एक अपनी एक अंदरूनी गतिशीलता भी होती है। लेकिन इसके बावजूद वे एक दूसरे को प्रभावित करते हैं। इसलिए अगर राजनीति के दायरे में कोई घटना घटती है तो वह आर्थिक गतिविधियों और फ़ैसलों को भी प्रभावित कर सकती है। अलथुसे के तईं उत्पादन का प्रणाली का कोई केंद्र नहीं होता। इसलिए सामाजिक संरचना के वैचारिक, राजनीतिक और आर्थिक तत्त्वों की केवल आर्थिक कारकों के आधार पर व्याख्या नहीं की जा सकती। हालाँकि अलथुसे यह भी स्वीकार करते हैं कि अंतत: किसी भी उत्पादन प्रणाली में उसका आर्थिक पहलू ही निर्णायक होता है लेकिन ऐसा अंतिम स्थिति में ही होता है। और ऐसी आख़िरी घड़ी कभी-कभार ही आती है।

अलथुसे द्वारा प्रतिपादित विचारधारा का सिद्धांत मार्क्सवादी दर्शन में उनका विशिष्ट योगदान माना जाता है। अनेक मार्क्सवादी व्याख्याकारों की तरह अलथुसे विचारधारा को सिर्फ़ सामाजिक जीवन की भ्रांत व्याख्या कहकर नहीं रुक जाते। उनके अनुसार विचारधारा ही व्यक्ति या समूहों की चेतना का निर्माण करती है। और इस नाते वह व्यक्ति या समूह के दृष्टिकोण और मूल्यों को भी रचती है। फ्रॉयड की तरह अलथुसे भी यह दलील देते हैं कि विचारधाराएँ अवचेतन के स्तर पर सक्रिय रहती हैं। विचारधारा का आशय स्पष्ट करने के लिए अलथुसे लकाँ की अवधारणा— इमैजिनरी का भी उपयोग करते हैं जो यह बताती है कि मनुष्य का जीवन अपने और दूसरों के बारे में कुछ छवियों तथा फ़ंतासियों के इर्द-गिर्द संगठित होता है। इस तरह व्यक्ति का अपने अस्तित्व की वास्तविक परिस्थितियों से प्रत्यक्ष नहीं बल्कि एक काल्पनिक संबंध होता है। व्यक्ति इस संबंध को वास्तविक मानता है जबकि अन्य व्यक्तियों के साथ उसके संबंध एक प्रतीति भर होते हैं। इस अर्थ में अलथुसे के लिए विचारधारा एक काल्पनिक संबंध का प्रतिनिधित्व करती है। विचारधारा के इस संदर्भ में अलथुसे व्यवस्था-तंत्र और समाज के संबंधों की संरचना का विश्लेषण करते हुए व्यवस्था की विचारधारा का प्रचार-प्रसार करने वाले उपकरणों की भी निशानदेही करते हैं। अलथुसे ज़ोर देकर कहते हैं कि परिवार, शैक्षिक संस्थाएँ, धर्म और क़ानून व्यवस्था आदि वास्तव में इस विचारधारा के उपकरण होते हैं जिन्हें व्यक्ति या समूह अपनी चेतना में इस क़दर आत्मसात कर लेता है कि उनसे निर्धारित होने वाले व्यवहार को आदर्श मान लेता है। इसका परिणाम यह होता है कि व्यक्ति और समाज राज्य व्यवस्था के कुछ ख़ास विचारों, मूल्यों और जीवन-दृष्टि को स्वत:स्फूर्त ढंग से अपनाते चले जाते हैं।

अलथुसे के अनुसार हम विचारधारा में अंतस्थ (इंटरपेलेटिड) होते हैं लेकिन हमारा दावा यह होता है कि हम सब कुछ अपनी मर्ज़ी से करते हैं। इस तरह विचारधारा ही मनुष्य को गढ़ने लगती है। चूँकि वह मनुष्य को 'कर्ता भी बनाती है और उसे एक संज्ञा भी देती है इसलिए व्यक्ति ख़ुद को स्वायत्त या स्वतंत्र समझने लगता है। लेकिन ईश्वर तथा राष्ट्र जैसी सार्वभौम अवधारणाओं को अनुष्ठानों और परम्पराओं की शक्ल देकर हम विचारधारा का ही अनुसरण कर रहे होते हैं। परंतु कर्ता या व्यक्ति के विचार की तरह ऐसे विश्वासों की अहमियत भी मिथक से ज़्यादा नहीं होती। व्यक्ति इन संरचनाओं का निर्माता होने के बजाय उनका वाहक होता है। अलथुसे यह भी दिखाते हैं कि व्यक्ति का जीवन श्रम-विभाजन तथा निजी पूँजी जैसे भौतिक दबावों से रचित होता है जो उसकी चेतना या बोध की पकड़ में नहीं आ पाते। पर साथ ही उसे भाषा और यौनिकता जैसी अभौतिक संरचनाएँ भी प्रतिकृत करती हैं।

उल्लेखनीय है कि अलथुसे की स्थापनाएँ एक तरह से क्रांति की सम्भावना को ख़ारिज करती है। मसलन, एक तरफ़ लेनिन तो यह प्रतिपादित करते हैं कि बदलाव अंतर्विरोधी शक्तियों के द्वंद्व का परिणाम होता है जबकि अलथुसे ज़ॉक लकाँ की अवधारणा को आधार बनाकर यह तजवीज़ करते हैं कि किसी व्यवस्था की अंतर्विरोधी शक्तियाँ एक समग्रता के दायरे में काम करती हैं। इस समग्रता में अंतर्विरोधी शक्तियाँ हर समय एक दूसरे को प्रभावित करती रहती हैं जिन्हें सामान्य और उपयोगपरक अवधारणाओं में घटाना सम्भव नहीं होता। ऐसे में किसी एक शक्ति को प्रधान मानना एक भ्रांति ही होगी। अलथुसे ने लकाँ की इस अवधारणा का सामाजिक संरचना के विश्लेषण में इस्तेमाल करते हुए यह कहा कि समाज में एक विकेंद्रित समग्रता होती है जिसमें हर तत्त्व अपनी विशिष्ट परिस्थितियों , संबंधों, गतिशीलता और प्रकृति के आधार पर इस समग्रता को प्रभावित करता है। इसलिए किसी भी व्यवहार को दूसरे का उपलक्षण नहीं कहा जा सकता। इस तरह राजनीति के क्षेत्र में वर्ग-संघर्ष को महज़ पूँजी और मज़दूरों के बीच का आर्थिक संघर्ष कहना ग़लत होगा, क्योंकि तमाम सामाजिक और राजनीतिक संघर्ष समाज की संरचना में अलग अलग बिंदुओं पर स्थित होते हैं और एक दूसरे को निरंतर प्रभावित-निर्धारित करते रहते हैं। ज़ाहिर है कि अलथुसे इस समग्रता में कोई सार-तत्त्व नहीं देखते। इसलिए वे यह भी कहते हैं कि इतिहास को रैखिक विकास के रूप में नहीं समझा जा सकता।

मार्क्सवाद की व्याख्या और विचारधारा के विश्लेषण में मनोवैज्ञानिक प्रस्थापनाओं का इस्तेमाल करने के कारण अलथुसे का प्रभाव ख़ासा व्यापक रहा है। फ़ूको और देरिदा जैसे ग़ैर-मार्क्सवादी विद्वानों पर उनका यह प्रभाव ख़ास तौर पर देखा जा सकता है। ऐसे विद्वानों ने अलथुसे के इस सूत्रीकरण को विभिन्न रूपों में आत्मसात् किया है कि मनुष्य संरचनाओं को नहीं बनाता बल्कि संरचनाएँ ही मनुष्य को गढ़ती हैं। अलथुसे की तरह वे भी समाज को एक अकेंद्रित सम्पूर्णता की तरह देखते हैं जिसमें आर्थिक, राजनीतिक और वैचारिक तत्त्व एक दूसरे में इस तरह धँसे होते हैं कि समाज की संरचना में किसी एक तत्त्व को दूसरे के मुक़ाबले ज़्यादा प्राथमिकता नहीं दी जा सकती।

देखें : अर्नेस्टो चे गुएवारा, आधार और अधिरचना, ऑस्कर रायज़ार्ड लांगे, आंगिक बुद्धिजीवी, एंतोनियो ग्राम्शी, कार्ल हाइनरिख़ मार्क्स-1 से 4 तक, क्रांति, क्रांति : मार्क्सवादी विमर्श, ग्योर्गी लूकाच, नयी सदी में मार्क्सवादी विमर्श-1 से 9 तक, निष्क्रिय क्रांति, पेटी बूर्ज़्वा, फ्रेड्रिख़ एंगेल्स, फ्रैंकफ़र्ट स्कूल, भाषा के मार्क्सवादी सिद्धांत, भ्रांत चेतना, बोल्शेविक क्रांति, फ्रांस्वा-चार्ल्स मारी फ़ूरिये, क्यूबा की क्रांति, फ्रैंज़ फ़ानो, हिंसा-1 और 2, मानवेंद्र नाथ राय, माओ त्से-तुंग, माओवाद

और माओ विचार, मार्क्सवाद-1 से 5 तक, मार्क्सवादी इतिहास-लेखन, मार्क्सवादी समाजशास्त्र, मार्क्सवाद और पारिस्थितिकी, मार्क्सवादी अर्थशास्त्र, समाजवादी वसंत-1 से 4 तक, रॉबर्ट ओवेन, राज्य की मार्क्सवादी अवधारणा, रोज़ा लक्ज़ेमबर्ग, लेनिनवाद, लियोन ट्रॉट्स्की, लिबरेशन थियोलॅजी, सर्वहारा, संशोधनवाद, सांस्कृतिक क्रांति, सैं-सिमो, स्तालिन और स्तालिनवाद, सोवियत समाजवाद-1 से 3 तक, सोवियत सिनेमा, वर्चस्व, व्लादिमिर इलीच लेनिन।

संदर्भ

1. बी. स्टीवन स्मिथ (1994), *रीडिंग अलथुसे : एन एस्से ऑन स्ट्रक्चरल मार्क्सिज़म,* कॉर्नल युनिवर्सिटी प्रेस, इथाका, न्यूयॉर्क.
2. आर.पी रेश (1992), *अलथुसे एंड द रिनुअल ऑफ़ मार्क्सिस्ट सोशल थियरी,* युनिवर्सिटी ऑफ़ कैलिफ़ोर्निया प्रेस, बर्कले.
3. ई.ए. कैपलन तथा एम. स्प्रिंकलर (सम्पा.) (1993), *द अलथुसेरिअन लीगेसी,* वर्सो, न्यूयॉर्क.
4. डब्ल्यू. मोन्टैग (2003), *लुई अलथुसे,* पालग्रेव मैकमिलन, न्यूयॉर्क.

— नरेश गोस्वामी

ल्यूस इरिगरे

(Luce Irigaray)

बेल्जियम में जन्मी लेकिन ज़्यादातर समय फ्रांस में रहीं नारीवादी दार्शनिक, भाषाशास्त्री और मनोविश्लेषक ल्यूस इरिगरे (1932-) ज्ञान के क्षेत्र में अपने इस दावे के लिए विख्यात हैं कि विचारों की पुरुष प्रधान प्रणालियाँ स्त्री और उसकी कामना को समझ पाने, उसे अभिव्यक्त कर पाने और उसका प्रतिनिधित्व कर पाने में पूरी तरह से विफल हैं। इरिगरे ने अपनी दो रचनाओं *स्पेकुलम ऑफ़ द अदर वुमॅन* और *द सेक्स विच इज़ नॉट वन* के ज़रिये पुरुषवादी दार्शनिक विचार का विकल्प सूत्रीकृत करने के अनूठे प्रयास किये हैं। नारीवादी विमर्श की दुनिया में इरिगरे हेलन सिचू और जूलिया क्रिस्टेवा के साथ मिल कर विदुषियों की वह त्रयी बनाती हैं जो स्त्री की विशिष्ट सेक्शुअलिटी को उसकी विशिष्ट भाषा के साथ जोड़ कर देखती है। लेकिन, इरिगरे सिचू और क्रिस्टेवा से एक मायने में अलग भी हैं। वे मानती हैं अपने विशिष्ट ऐंद्रिक अनुभव में स्त्री अनन्या है। इरिगरे के विमर्श में स्त्री की ऐंद्रिक अन्यता इतनी रैडिकल है कि उसे अलग अस्मिता की तरफ़ ले जाती है। इसी ऐंद्रिक अन्यता के आधार पर वे एक ऐसी भिन्न सांकेतिक व्यवस्था की कल्पना करती हैं जिसमें स्त्री के पुरुष से विभेद का उत्सव मनाया जा सकता है। इरिगरे का आधारभूत तर्क यह है कि स्त्री को अपनी सेक्शुअलिटी के दमन के लिए हमेशा मजबूर किया गया है, और जब वह उसे दोबारा हासिल करेगी तो उसके बेइंतिहा मुक्तिकामी प्रभाव होंगे। इरिगरे के ऊपर तात्त्विकतावाद के चक्कर में फँसने का आरोप भी लगाया गया है, लेकिन उनके विचारों ने उत्तर-नारीवादी विमर्श को भी गहरायी से प्रभावित किया है।

इरिगरे ने अपने बौद्धिक करियर की शुरुआत ज़ाक लकाँ द्वारा स्थापित फ्रॉयडवादी मनोविश्लेषकों की संस्था ईकोल फ्रॉयदीन द पारिआ की सदस्यता से की थी। लेकिन जब उन्होंने मनोविश्लेषण की कड़ी आलोचना की तो उन्हें इस संस्था से निष्कासित कर दिया गया। इरिगरे का कहना था कि मनोविश्लेषण को पितृसत्ता की जाँच के विमर्श के तौर पर पेश किया जाता है, पर दरअसल वह पितृसत्ता का ही एक उदाहरण है। 1974 में वे अपने मतभेदों के प्रभावशाली सूत्रीकरण के साथ उस समय सामने आयीं जब उनकी पुस्तक *स्पेकुलम ऑफ़ द अदर वुमॅन* प्रकाशित हुई। स्पेकुलम (वक्राकार दर्पण नुमा वीक्षण-यंत्र) के ज़रिये स्त्री के यौनांगों की जाँच की जाती है। स्पेकुलम का इस्तेमाल करके पुरुष चिकित्सक स्त्रीत्व के भीतर झाँकता है, लेकिन उसे उस वक्राकार दर्पण में महज़ अपना ही अक्स दिखाई पड़ता है। इस रचना में इरिगरे ने प्लेटो से लेकर फ्रॉयड तक पश्चिमी विचार की पुरुषवादी संरचना को आड़े हाथों लिया।

इरिगरे के मुताबिक़ प्लेटो का दर्शन हिस्टिरा (गुफ़ा यानी उद्‌गम यानी स्त्री का गर्भ) के आकारहीन रूप के ऊपर एक विन्यास थोपने की कोशिश करता है। इस प्रक्रिया में गुफ़ा दमित होती है, उसका बहिर्वेशन होता है। थोपे गये विन्यास के बाहर जो रह गया है, उसकी न तो कोई शिनाख़्त है, न ही कोई विशिष्टता है और न ही उसे व्यक्त किये जाने क़ाबिल समझा जाता है। इरिगरे फ्रॉयड द्वारा किये गये सेक्शुअलिटी के अध्ययन की कड़ी समीक्षा करती हैं। वे मानती हैं कि फ्रॉयड का चिंतन विमर्श के दार्शनिक विन्यास को बदलने का अवसर प्रदान करता है, लेकिन सेक्शुअल भिन्नता पर विचार करते ही वह ख़ुद उसी विन्यास की मातहती में चला जाता है। जब फ्रॉयड कहते हैं, 'अब हमें छोटी बच्ची को छोटे से पुरुष के रूप में देखना होगा', तो वे दो लिंगों का विभेद पहले से निर्धारित पुरुषवादी दृष्टि से ही देख रहे हैं। उनकी निगाह में उस छोटी सी बच्ची को अंततः पुरुष ही बनना है, बस उसमें कुछ बातें या कुछ गुण अलग तरह के होंगे।

इरिगरे के मुताबिक़ फ्रॉयड की मनोवैश्लेषिक प्रणाली फ़ैलस यानी लिंग की प्रधानता के इर्द-गिर्द बुनी गयी है। चूँकि स्त्री के पास लिंग नहीं है, इसलिए लिंग की कमी ही उसकी परिभाषा का आधार बन जाती है। फ्रॉयड स्त्री को लिंग उपलब्ध करने की कामना की कामना में जड़ीभूत देखते

ल्यूस इरिगरे (1932-)

हैं, और उसकी यह कामना कभी पूरी नहीं हो सकती। इसलिए स्त्री की भूमिका केवल ऐसे पात्र की रह जाती है जिसे पुरुष के 'उत्पाद' को अपने भीतर रखना भर है। फ्रॉयड कहते हैं कि बालिका का सेक्शुअल सफ़र भगनासा से योनि-प्रदत्त आनंद के मुक़ाम तक होता है जिसके कारण वह पुरुष के लिए वह सुराखनुमा म्यान बन जाती है जिसका काम शिश्न की मालिश करना भर है। इस तरह उनका विमर्श स्त्री की सेक्शुअलिटी और यौनानंद को अदृश्य कर देता है। पुरुष के विमर्श और उससे जुड़ी संस्थाओं से स्त्री की सेक्शुअलिटी पूरी तरह से बहिष्कृत हो जाती है।

अपनी दूसरी महत्त्वपूर्ण रचना दिस *सेक्स विच इज़ नॉट वन* (1977) में इरिगरे ने फ्रॉयड और लकाँ के ख़िलाफ़ अपने असंतोष को और विस्तार दिया। उन्होंने लकाँ की इस धारणा का खण्डन किया कि स्त्री की भगनासा दरअसल एक छोटा शिश्न-भर है। उन्होंने दावा किया कि स्त्री अपने यौन-सुख के लिए केवल जननांगों पर निर्भर नहीं है। इस पुस्तक में वे बताती हैं कि स्त्रीत्व के रूप में अन्य दरअसल है क्या। उनके अनुसार स्त्री के लिए यौन-सुख देखने में नहीं बल्कि स्पर्श में है। देखने (गेज़) का अर्थशास्त्र स्त्री को एक निष्क्रिय वस्तु में बदलना चाहता है। पर स्पर्श वह परिघटना है जो स्त्री के भीतर स्थित है और उसे ऐसी कामना का वाहक बना देता है जो देखने के अर्थशास्त्र द्वारा सीमित नहीं की जा सकती। उसकी योनि दो होंठों से मिल कर बनी है जो लगातार एक-दूसरे के स्पर्श में हैं। अपने भीतर वह दो है, पर उन दो को एक-एक के रूप में विभाजित करके अलग नहीं किया जा सकता। वे दोनों लगातार एक दूसरे को सहला रहे हैं। इस तरह पुरुष सेक्शुलिटी के एकल मुक़ाम यानी लिंग के मुक़ाबले उसका सेक्स दोहरा है। इन अर्थों में स्त्री के सेक्स की बहुल-प्रकृति समझी जा सकती है। उसके लिए जो परिभाषित किया गया है, उसका सेक्स हमेशा उसके आधिक्य में है, और अन्य के साथ उसका संबंध भी बुनियादी रूप से अलग है क्योंकि उस अन्य का मुक़ाम उसके भीतर ही है। इरिगरे का निष्कर्ष है कि स्वामित्व और सम्पत्तिशीलता के मुक़ाबले स्त्री निकटत्व के अर्थशास्त्र से संचालित होती है।

इरिगरे ने मनोविश्लेषण के फ्रॉयड और लकाँ द्वारा प्रतिपादित सिद्धांत नारीवाद की कसौटियों पर कसे हैं। लकाँ के मुताबिक़ शिशु माँ से अलग हो कर भाषा की सांकेतिक व्यवस्था के ज़रिये पिता के संसार में पहुँचता है। *स्पेकुलम* में वे कहती है कि जो भाषा माँ से बच्चे की पृथकता सम्भव बनाती है, वह दरअसल पितृसत्तात्मक भाषा है। पुरुष इस भाषा के माध्यम से स्त्री को महज़ एक वस्तु के रूप में ही जान पाता है। शिशु अगर बेटा है तो सबसे पहले माँ का वस्तुकरण करता है और यहीं उसे माँ के साथ सम्भोग की वर्जना (इंसेस्ट या कौटुम्बिक व्यभिचार) का पता लगता है। अर्थात् भाषा का सांकेतिक विन्यास उसे अपने बारे में ज्ञान प्राप्त कराता है। लेकिन अगर शिशु बेटी है तो उसके लिए भाषा की वह सांकेतिक व्यवस्था निरर्थक है। वह उसे अपने बारे में ज्ञान प्राप्त करने में कोई मदद नहीं करती। भाषा का पितृसत्तात्मक विन्यास बेटी के लिए विजातीय और अनुपयुक्त रहता है। पितृसत्तात्मक भाषा-व्यवस्था के लिए स्त्री एक सम्भावित माँ होती है, न कि एक ख़ुदमुख़्तार कर्ता। चूँकि उसे भाषा का सान्निध्य नहीं मिल सका और इसीलिए वह समाज तक अपनी पहुँच से वंचित हो गयी, इसलिए स्त्री मनोविकृति के अंदेशे का पुरुष के मुक़ाबले अधिक सामना करती है। दूसरी तरफ़ इसी कारण से वह पितृसत्तात्मक भाषा-व्यवस्था के मक़ाबले कहीं अधिक निजी भाषा की तरफ़ झुकती है जिसके ज़रिये एक स्त्री का दूसरी से संवाद सम्भव होता है।

इरिगरे कहती हैं कि भाषा के संसार में पितृसत्तात्मक बंदोबस्त अपना नैरंतर्य प्राप्त करता है, लेकिन भाषा के ही संसार में वह नैरंतर्य गड़बड़ाया जा सकता है। जैसे ही पितृसत्तात्मक सांकेतिक व्यवस्था में 'अन्य' यानी स्त्री का समावेशन होता है, पुरुष-विमर्श को लगता है कि स्त्री की भाषा तो उसकी समझ में ही नहीं आ रही है। दरअसल, स्त्री जो बोलती है वह हमेशा उसके इच्छित तात्पर्य के मुताबिक़ नहीं होता है, इसलिए कि भाषा स्त्रीपन को व्यक्त करने में असमर्थ है। ऑल्टरिटी (प्रत्यावर्तन) की इस स्थिति के मुक़ाम पर इरिगरे सुझाव देती हैं कि इसके माध्यम से मौजूदा संरचनाएँ बदली जा सकती हैं। स्त्री जब पुरुष विमर्श की प्रणाली में क़दम रखती है तो पहले वह मिमिक्री करती हुई नज़र आती है। इसलिए उसकी भूमिका सुचिंतित तरीक़े से

समझनी पड़ती है। जब उसकी अधीनस्थता में निहित ताक़त का तात्पर्य पकड़ में आयेगा, तभी वह दावेदारी में तब्दील होगी। इरिगरे के अनुसार स्त्री से उम्मीद की जाती है कि वह पुरुष 'कर्ता' की तरह बोलेगी और भाषा के साथ उसका खिलवाड़ अदृश्य रहेगा। लेकिन स्त्री भाषा का बर्ताव करते हुए न तो कर्ता है और न ही वस्तु। वह तो सिद्धांत गढ़ने की मशीनरी ठप्प कर देना चाहती है। वह भाषा की एक ऐसी ज़्यादती पेश करना चाहती है जो पितृसत्तात्मक भाषा-व्यवस्था को गड़बड़ा दे और वे तमाम भाषाई संरचनाएँ निरर्थक हो जाएँ जो स्त्री के सार को अधीनस्थता और शोषण के गहराइयों में झोंकने के लिए रची गयी थीं। इरिगरे ने जिस तरह का सिद्धांतीकरण किया, उसी तरह की भाषा रचने की कोशिश भी की। उनका लेखन शब्दों के खिलवाड़ और ऐसी वाक्य-रचना के लिए जाना जाता है जिसमें अर्थों और तात्पर्यों को पकड़ने की प्रचलित सुविधा नहीं मिलती। एक पंक्ति में कहें तो इरिगरे की मान्यता यह है कि स्त्री-भाषा भी यौन-तंत्रियों की तरह बहुकेंद्रीय होती है। उनकी भाषा रैखिक और प्रयोजनमूलक आख्यानधर्मिता नहीं मानती। और, इस उसूल का पालन इरिगरे न केवल अपने पाठ की रचना के लिए करती हैं, बल्कि दूसरे की व्याख्या करने के लिए भी यही युक्ति अपनाती हैं।

देखें : अश्वेत नारीवाद, आनंदीबाई जोशी, इस्लामिक नारीवाद, गायत्री चक्रवर्ती स्पिवाक, चिपको आंदोलन, जूडिथ बटलर, जूलिया क्रिस्टेवा, जेंडर, दलित नारीवाद, देवदासी, देवकी जैन, नारीवाद, नारीवाद की पहली लहर, नारीवाद की दूसरी लहर, नारीवाद की तीसरी लहर, नारीवादी दर्शन, नारीवाद और अर्थशास्त्र, नारीवादी फ़िल्म-सिद्धांत, नारीवादी इतिहास-लेखन, नारीवाद और अर्थशास्त्र, नारीवाद और साम्प्रदायिकता, नैंसी शोदॅरौ, पर्यावरणीय नारीवाद, पब्लिक-प्रायवेट, पण्डिता रमाबाई सरस्वती, पितृसत्ता, पुरुषत्व, प्रजनन प्रौद्योगिकी, प्रेम, प्रेम-अध्ययन और नारीवादी दर्शन, महादेवी वर्मा, मनोविश्लेषण और नारीवाद, मैरी वोल्सनक्रॉफ़्ट, राजनीतिक दर्शन के नारीवादी आयाम, रमाबाई रानाडे, स्त्री और साम्प्रदायिकता, स्त्री-श्रम, सम्पत्ति : नारीवाद परिप्रेक्ष्य, सिमोन द बोउवार, स्त्री-आरक्षण, हेलन सिचू।

संदर्भ

1. ल्यूस इरिगरे (1974), *स्पेकुलम ऑफ़ द अदर वुमॅन,* कार्नेल युनिवर्सिटी प्रेस, इथाका, न्यूयॉर्क.
2. ल्यूस इरिगरे (1977), *सेक्स विच इन नॉट वन,* कार्नेल युनिवर्सिटी प्रेस, इथाका, न्यूयॉर्क.
3. मार्गरेट व्हाइटफ़ोर्ड (1991), *ल्यूस इरिगरे : फ़िलॉसफ़ी इन द फ़ेमिनिन,* रॉटलेज, लंदन.
4. सूज़न सेलर्स (1991), *लेंग्वेज ऐंड सेक्शुअल डिफ़रेंस : फ़ेमिनिस्ट राइटिंग इन फ़्रांस,* मैकमिलन, लंदन.

— अनामिका

ल्यूसियाँ फ़ेब्र

(Lucien Febvre)

ल्यूसियाँ फ़ेब्र (1878-1956) इतिहास-लेखन और दर्शन की एक बेहद प्रभावशाली धारा अनाल के संस्थापक और सूत्रधार थे। उन्होंने न केवल इतिहास-लेखन की प्रक्रिया को तात्त्विक ढंग से समृद्ध किया बल्कि एक अनुशासन के तौर पर उसकी रूढ़िवादी प्रस्थापनाओं से ज़िरह करते हुए उसके सरोकारों का भी विस्तार किया। फ़ेब्र की बौद्धिक बनावट में उनके भाषाविद् पिता, दार्शनिक हेनरी बर्गसाँ, भूगोलवेत्ता ब्लांचे, कला-इतिहासकार एमिली मेले, साहित्यालोचक हेनरी ब्रीमोन तथा भाषाशास्त्री एंतोइन मेली का अहम योगदान था। फ़ेब्र ने अपने यौवन काल में इन विद्वानों की गोष्ठियों में शिरकत की और बाद में जूले मिशले, जैकब बुर्खार्ड तथा ज्याँ ज़ॉरे जैसे इतिहासकारों और राजनीतिक विचारकों का गहन अध्ययन किया। फ़ेब्र के लेखन की अंतरविषयकता को एक तरह से इन बहुरंगी और बहुलतावादी प्रभावों का तार्किक विकास माना जा सकता है। चूँकि फ़ेब्र का दृष्टिकोण विभिन्न विचारों और चिंतन प्रणालियों से निर्मित हुआ था इसलिए वे इतिहास लेखन के क्षेत्र में पूर्व-प्रचलित मान्यताओं और प्रस्थापनाओं के दबदबे के ख़िलाफ़ संघर्ष कर पाये। फ़ेब्र ने जिस दौर में अपनी बौद्धिक यात्रा की शुरुआत की उस समय इतिहास-लेखन पर जर्मन विचारधारा का वर्चस्व था। इसके तहत वैज्ञानिकता के नाम पर इतिहास के अध्ययन में राजनीतिक और सैन्य घटनाओं को विशेष महत्त्व दिया जाता था। फ़ेब्र इस धारणा के पूरी तरह ख़िलाफ़ थे। उन्हें इतिहास का भूगोल, मानवशास्त्र, समाजशास्त्र, अर्थव्यवस्था तथा भाषाशास्त्र से मिलता-जुलता ढाँचा ज़्यादा सही लगता था।

इसलिए यह अकारण नहीं है कि जब फ़ेब्र ने सोलहवीं सदी के स्पेनी शासक फ़िलिप द्वितीय के एक फ़्रांसीसी प्रांत के बारे में शोध-प्रबंध लिखा तो उन्होंने उक्त क्षेत्र की सामाजिक-भौगोलिक विशेषताओं के विस्तार में जाते हुए यह भी लक्षित किया कि उस दौर में पूँजीपति वर्ग किस तरह लगातार समृद्ध होता जा रहा था और कुलीन वर्ग कर्ज़ में डूबता जा रहा था। फ़ेब्र के प्रबंध-ढाँचे में कुलीन और बूर्ज़्वाजी का यह आर्थिक, राजनीतिक और भावनात्मक द्वंद्व तथ्यों की सपाटबयानी से ज़्यादा अहमियत रखता था।

फ़ेब्र ने अपने जीवन में दोनों विश्व-युद्धों की विभीषिका देखी। पहले विश्व-युद्ध में तो उन्होंने बाक़ायदा लड़ाई के मोर्चे पर काम भी किया। चौतरफ़ा पसरे ध्वंस के इस माहौल में फ़ेब्र के लिए इतिहास महज़ तथ्यों का संकलन

ल्यूसियाँ फ़ेब्र (1878–1956)

और राजनीतिक घटनाओं का ब्योरा नहीं हो सकता था। लिहाज़ा उन्होंने इस बात पर ज़ोर दिया कि देश, सभ्यता, शांति और स्वतंत्रता के तक़ाज़े पूरा करने के लिए इतिहासकार को तथ्यों का अंधाधुंध इस्तेमाल करने; राष्ट्रवादी, वैचारिक और राजनीतिक पूर्वाग्रहों के अलावा घटनाओं को फ़र्ज़ी सिद्धांतों का पर्याय बनाने की प्रवृत्ति से भी बचना चाहिए।

फ़ेब्र के इतिहास चिंतन में भूगोल एक ख़ास जगह रखता है। अपनी पुस्तक *अ जियॉग्राफ़िकल इंट्रोडक्शन टू हिस्ट्री* में फ़ेब्र तत्कालीन चिंतक फ्रेड्रिख़ रैट्ज़ेल के इस प्रतिपादन का खण्डन करते हैं कि मनुष्य का भाव जगत, बदलती आकांक्षाएँ और उसकी नियति मूलतः भौतिक परिस्थितियों से तय होती है। इसके विपरीत फ़ेब्र आग्रह करते हैं कि भौतिक परिस्थितियों के प्रति मनुष्य अलग-अलग ढंग से अनुक्रिया करता है। मसलन किसी समुदाय के लिए पहाड़ बाधा का प्रतीक हो सकता है तो दूसरे समुदाय के लिए वह प्रदत्त सीमाओं का अतिक्रमण करने की प्रेरणा भी बन सकता है। इस संबंध में फ़ेब्र यह विलक्षण अंतर्दृष्टि उपलब्ध कराते हैं कि भौतिक परिस्थितियाँ मनुष्य पर सीधे-सीधे नहीं बल्कि सामाजिक संरचनाओं तथा विचारों के ज़रिये प्रभाव डालती हैं। अपनी बात स्पष्ट करने के लिए फ़ेब्र फ़िर एक उदाहरण पेश करते हैं कि एक समूह को नदी अड़चन प्रतीत हो सकती है कि जबकि किसी दूसरे समूह के लिए वही नदी व्यापार का मार्ग साबित हो सकती है। इस तरह फ़ेब्र के अनुसार किसी व्यक्ति के दुनियावी नज़रिये के पीछे उसके समाज की मान्यताएँ सक्रिय रहती हैं।

इतिहास और भूगोल के अंतःसंबंधों की यह पड़ताल फ़ेब्र के राईन नदी से संबंधित अध्ययन में भी जारी रहती है। अल्बर्ट डेमनजिऑन के साथ किये गये इस संयुक्त अध्ययन में फ़ेब्र कहते हैं कि राईन को लेकर लोगों की जो धारणाएँ बनी हैं वे प्राकृतिक न होकर मनुष्य के अनुभवों पर आधारित हैं। वे तर्कपूर्वक कहते हैं कि राईन नदी को किसी राजकीय सत्ता ने क़ायम नहीं किया था। लेकिन उसे राजनीतिक विवादों, राष्ट्रीय गौरव या घृणा का विषय बनाया जा सकता है। इसलिए उनका मानना था कि राईन के मानसिक सीमांतों पर चर्चा करके राष्ट्रीय मिथकों को सही परिप्रेक्ष्य में रखा जा सकता है।

स्त्रॉसबर्ग विश्वविद्यालय में फ़ेब्र की मुलाक़ात मध्यकालीन इतिहास के विशेषज्ञ मार्क ब्लॉक से हुई। यह विचारों और बौद्धिक सहयोग की शुरुआत करने वाली एक ऐसी मुलाकात थी जो ब्लॉक की असमय मृत्यु तक जारी रही। यहीं रहकर फ़ेब्र और ब्लॉक ने 1929 में आधुनिक इतिहास लेखन की सबसे विचारोत्तेजक धारा और उसके मुखपत्र *अनाल* की स्थापना की। *अनाल* के ज़रिये फ़ेब्र मानविकी के अनुशासनों को एक मंच पर लाने के अलावा इतिहास को प्राचीन, मध्यकालीन और आधुनिक काल में बाँटने के चलन को प्रश्नांकित करना चाहते थे। उनकी दृष्टि में समाज को आदिम या सभ्य की श्रेणियों में बाँटना एक अतार्किक समझ थी। उन्होंने *अनाल* में तथ्यों और विशेषज्ञता के महिमामंडन के ख़िलाफ़ अनेकानेक समीक्षाएँ और लेख लिखे।

इतिहास लेखन में फ़ेब्र का एक अन्यतम योगदान रिनेसाँ और पुनर्जागरण की नयी व्याख्या है। उन्होंने इन विषयों पर सिलसिलेवार लिखते हुए बताया कि रिनेसाँ को एक नयी परिघटना साबित करने के उत्साह में इतिहासकारों ने इस बात पर पर्याप्त ध्यान नहीं दिया कि रिनेसाँ का एक अनिवार्य संदर्भ मध्यकाल में खुलता है। फ़ेब्र ने *अनाल* में प्रकाशित कई लेखों में यह प्रतिपादित किया कि पूँजीपति वर्ग (बूर्ज्वाज़ी) का उदय दोनों काल में समांतर ढंग से चलने वाली घटना थी। उन्होंने पुनर्जागरण आंदोलन की उस प्रचलित व्याख्या को भी चुनौती दी जिसके तहत उसे कैथोलिक चर्च की ज़्यादतियों के ख़िलाफ़ विद्रोह मानकर शेष प्रश्न स्थगित कर दिये गये थे। फ़ेब्र के मुताबिक़ धर्म के इतिहास को चर्च की किन्हीं ख़ास संस्थाओं तक सीमित न होकर जनता के धार्मिक विचारों, भावनाओं और प्रवृत्तियों का भी जायज़ा लेना चाहिए। फ़ेब्र का कहना था कि पुनर्जागरण

की परिघटना इसलिए सम्भव हुई क्योंकि नये उभर रहे बूर्ज़्वाज़ी को एक ऐसे स्पष्ट, मानवीय और बंधुत्व की भावना से भरे चर्च की तलाश थी जो बाइबिल के अध्ययन पर लगी वर्गीय बंदिशों का प्रतिकार करके और आस्तिक और ईश्वर के बीच सीधे संवाद को प्रश्रय दे सके।

बूर्ज़्वाज़ी का उत्थान फ़ेब्र के लिए एक ऐसा विषय है जिसकी ओर वे बार-बार लौटते हैं। मार्टिन लूथर के जीवन पर एकाग्र उनकी पुस्तक को कई विद्वान बूर्ज़्वाज़ी के उदय का भाष्य भी मानते हैं। फ़ेब्र कहते हैं कि लूथर के विचारों के प्रति सबसे सकारात्मक रवैया बूर्ज़्वाज़ी का ही था। लेकिन साथ ही लूथर के विचारों को बूर्ज़्वाज़ी के विचार मानने की ग़लती नहीं की जानी चाहिए क्योंकि डच सुधारक इरैज़्मज़ और किसानों की निंदा करने के मामले में बूर्ज़्वाज़ी के एक हिस्से ने लूथर के विचारों का सख़्त विरोध भी किया था।

धार्मिकता के अध्ययन का यह क्रम फ़ेब्र की एक अन्य महत्त्वपूर्ण व विवादास्पद मानी जाने वाली पुस्तक द *प्रॉब्लम ऑफ़ अनबिलीफ़ इन द सिक्सटींथ सेंचुरी* में एक नयी ऊँचाई हासिल करता है जहाँ वे फ्रैंको रैबेले के ग्रंथ *गारगांतुआ ऐंड पैंतायुएल* से संबंधित विवादों के ज़रिये यह दर्शाते हैं कि रैबेले का मक़सद ईसाइयत की निंदा करना नहीं था। फ़ेब्र रैबेले के ख़िलाफ़ लगाये गये नास्तिकता के आरोपों की पड़ताल करते हुए बताते हैं कि सोलहवीं सदी के माहौल में किसी पर नास्तिक होने का आरोप लगाना एक आमफ़हम सी गाली थी जिसे आस्तिकों के बीच हंगामा खड़ा करने के लिए कभी भी इस्तेमाल कर लिया जाता था। इस प्रवृत्ति का सामान्यीकरण करते हुए फ़ेब्र इस नतीजे पर पहुँचते हैं कि अतीत में प्रचलित शब्दों व धारणाओं को हू ब हू स्वीकार नहीं करना चाहिए क्योंकि ऐसे शब्दों के हमेशा दो अर्थ होते हैं। उनका एक अर्थ एब्सोल्यूट होता है तो दूसरा आपेक्षिक। इसलिए नास्तिकता का सटीक अर्थ ईश्वर का नकार नहीं है। सोलहवीं सदी में नास्तिकता का आरोप किसी निंदनीय या हंगामाख़ेज़ घटना का बयान करने के लिए किया जाता था। इस संबंध में फ़ेब्र यह भी लक्षित करते हैं कि पीढ़ियों के अंतराल में चीज़ों को देखने-परखने के दृष्टिकोण में अंतर आ जाता है इसलिए अतीत के उद्धरणों का अभिप्राय स्थिर करने में एहतियात बरती जानी चाहिए। शब्दों और धारणाओं के इस अर्थ-दोष के कारण फ़ेब्र यह प्रस्तावित करते हैं कि रैबेले के बारे में यह पक्के तौर पर नहीं कहा जा सकता कि वे नास्तिक थे या नहीं।

रैबेले के आकलन में फ़ेब्र उस दौर की बृहत्तर सामाजिक संरचना का संदर्भ इस्तेमाल करते हुए इस बात पर ज़ोर देते हैं कि डच सुधारक इरैस्मस की तरह रैबेले भी मध्यकालीन चर्च के चाल-चलन और मान्यताओं के कुछ ख़ास पहलुओं की मुख़ालिफ़त करते थे लेकिन उन्हें उम्मीद थी कि चर्च की इन कमियों को तर्क और सहिष्णुता के सहारे दुरुस्त किया जा सकता है।

सोलहवीं सदी में धर्म की सामाजिक भूमिका का विहंगम दृश्य खींचते हुए फ़ेब्र इस स्थूल निष्कर्ष पर पहुँचते हैं कि उस ज़माने में विज्ञान और दर्शनशास्त्र आदि भी धर्म की इस सर्वोच्चता के सामने ख़ुद को निरुपाय पाते थे। स्थिति यह थी कि दार्शनिक और वैज्ञानिक चिंतन के पैरोकार भी मूर्त-अमूर्त, परम-आपेक्षिक के बारे में विचार करने से गुरेज करते थे, और इस द्वैध से ग्रस्त रहते थे कि किसी घटना के कारणों में जाने की हिम्मत की जाए या उससे बचकर सामाजिक निरंतरता की बात की जाए। फ़ेब्र इन सूत्रों को एक साथ जोड़ते हुए यह जोखिम भरी दलील पेश करते हैं कि अवधारणाओं के अभाव और दिक़्क़ाल की अटकल भरी समझदारी के कारण सोलहवीं सदी का मानसिक क्षितिज आधुनिक काल के मुक़ाबले एक अलग ही लोक बन जाता है। फ़ेब्र की यह किताब बीसवीं सदी के इतिहास लेखन की महत्त्वपूर्ण उपलब्धि मानी जाती है। परंतु कुछ इतिहासकारों की राय में फ़ेब्र अपने विश्लेषण में कई जगह असंतुलित हो गये हैं। उनके अनुसार फ़ेब्र सोलहवीं सदी में धर्म को एक सर्वसत्तावादी उपस्थिति की तरह दर्शाते हैं और उस दौर में प्रचलित समय, स्पेस तथा सौंदर्य की अवधारणाओं को अनगढ़ और अविकसित क़रार देते हैं। जबकि कई विद्वानों ने ऐसे तथ्यों को सामने रखा है जिनसे संकेत मिलता है कि स्पेन और इटली में कई अल्पज्ञात चिंतक बाक़ायदा संदेहवादी थे लिहाज़ा सोलहवीं सदी में विचार और आस्था का दायरा फ़ेब्र के विश्लेषण से कहीं ज़्यादा बहुलतावादी था।

दूसरे विश्व-युद्ध के बाद फ़ेब्र के लेखन में ठहराव आने लगा। एक तरफ़ ब्लॉक की मृत्यु के कारण उनकी कई संयुक्त परियोजनाएँ अधूरी रह गयी तो दूसरी ओर उनकी प्रशासनिक और सम्पादकीय ज़िम्मेदारियाँ बढ़ गयी। परंतु इस दौर में भले ही उनके नाम से कोई पुस्तक प्रकाशित न हुई हो लेकिन इस बीच मानविकी, समाजविज्ञानों तथा कला संबंधी किताबों पर प्रकाशित होने वाले उनके समीक्षात्मक निबंधों की संख्या ही इतनी विशाल है कि किसी भी पायेदार विद्वान के लिए ईर्ष्या और अनुकरण का कारण बन सकती है।

देखें : अनाल स्कूल, अर्नोल्ड जोसेफ़ टॉयनबी, ओसवाल्ड स्पेंगलर, फ़र्नैंद ब्रॉदेल, मार्क्सवादी इतिहास-लेखन, मार्क ब्लॉक, इतिहास और आख्यान।

संदर्भ

1. पीटर बर्क (1990), द *फ्रैंच हिस्टोरिकल रेवोल्यूशन : द अनाल स्कूल, 1929-1989*, पॉलिटी, कैंब्रिज.
2. एस. क्लार्क (1990), द *अनाल स्कूल : क्रिटिकल एसेस्मेंट्स*, चार खंड, रॉटलेज, लंदन.
3. सी. फिंक (1989), *मार्क ब्लॉक : अ लाइफ़ इन हिस्ट्री*, केम्ब्रिज युनिवर्सिटी प्रैस, केम्ब्रिज.

4. एच.एस. ह्यूजेस (1969), द *ऑब्सट्रक्टिड पाथ : फ्रेंच सोशल थॉट इन द ईयर्स ऑफ़ डेस्परेशन 1930-1960*, न्यूयॉर्क, हारपर ऐंड रो.

— नरेश गोस्वामी

लेनिनवाद

(Leninism)

लेनिनवाद एक उत्तर-लेनिन वैचारिक परिघटना है। लेनिन का देहांत 1924 में हुआ। अपने जीवन में उन्होंने ख़ुद न तो लेनिनवाद शब्द का प्रयोग किया, और न ही उसके प्रयोग को प्रोत्साहित किया। वे अपने विचारों को मार्क्सवादी, समाजवादी और कम्युनिस्ट श्रेणियों में रख कर व्यक्त करते थे। लेनिन के इस रवैये के विपरीत उनके जीवन के अंतिम दौर में यानी 1920 से 1924 के बीच सोवियत कम्युनिस्ट पार्टी के शीर्ष कम्युनिस्ट नेताओं और सिद्धांतकारों ने लेनिन के प्रमुख सिद्धांतों, रणनीतियों और कार्यनीतियों के इर्द-गिर्द विभिन्न राजनीतिक और रणनीतिक परिप्रेक्ष्य विकसित किये जिनके आधार पर आगे चल कर लेनिनवाद का विन्यास तैयार हुआ। इन नेताओं में निकोलाई बुखारिन, लियोन ट्रॉट्स्की, जोसेफ़ स्तालिन, ग्रेगरी ज़िनोवीव और लेव कामेनेव प्रमुख थे। उत्तर-लेनिन अवधि में हुए सत्ता-संघर्ष में स्तालिन की जीत हुई जिसके परिणामस्वरूप बाक़ी नेताओं को जान से हाथ धोना पड़ा। नतीजतन आज लेनिनवाद का जो रूप हमारे सामने है, उस पर प्रमुख तौर पर स्तालिन की व्याख्याओं की छाप है। स्तालिन ने 1934 में दो पुस्तकें लिखीं : *फ़ाउंडेशंस ऑफ़ लेनिनिज़्म* और *प्रॉब्लम्स ऑफ़ लेनिनिज़्म* जो लेनिनवाद की अधिकारिक समझ का प्रतिनिधित्व करती हैं। अगर स्तालिन द्वारा दी गयी परिभाषा मानें तो लेनिनवाद साम्राज्यवाद और सर्वहारा क्रांति के युग का मार्क्सवाद होने के साथ-साथ सर्वहारा की तानाशाही की सैद्धांतिकी और कार्यनीति है। ज़ाहिर है कि स्तालिन इस परिभाषा के ज़रिये लेनिनवाद को एक सार्वभौम थियरी की तरह पेश करना चाहते थे। उन्हें अपने इस लक्ष्य में जो सफलता मिली, उसके पीछे लेनिन द्वारा सोवियत क्रांति के बाद 1919 में स्थापित कोमिंटर्न (कम्युनिस्ट इंटरनेशनल) की भूमिका को नज़रअंदाज़ नहीं किया जा सकता।

स्तालिन की कामयाबी का अंदाज़ा इस तथ्य से लगाया जा सकता है कि दुनिया के अधिकतर मार्क्सवादी कार्यकर्त्ता और नेता मार्क्सवाद को लेनिनवाद के बिना अपूर्ण समझते हैं। दरअसल, लेनिनवाद क्लासिकल मार्क्सवाद में कुछ नयी बातें जोड़ता है। पहली बात तो यह है कि वह केवल क्रांतिकारी सर्वहारा पर निर्भर रहने के बजाय क्रांतिकारी मेहनतकशों यानी मज़दूरों और किसानों के गठजोड़ की मुख्य क्रांतिकारी शक्ति के रूप में शिनाख़्त करता है। अपने इस योगदान के कारण लेनिनवाद मार्क्सवाद को विकसित औद्योगिक पूँजीवाद की सीमाओं से निकाल कर अल्पविकसित और अर्ध-औपनिवेशिक देशों के राष्ट्रीय मुक्ति संग्रामों के लिए उपयोगी विचारधारा बना देता है। लेनिनवाद ऐसे सभी देशों के कम्युनिस्टों और अन्य रैडिकल तत्त्वों के लिए क्रांति करने की व्यावहारिक विधि का प्रावधान बन कर उभरा है। लेनिनवाद के इस आयाम के महत्त्व का अनुमान इस बात से लगाया जा सकता है कि मज़दूरों और किसानों के क्रांतिकारी मोर्चे की अवधारणा चीन, वियतनाम, कोरिया और लातीनी अमेरिका में कम्युनिस्ट क्रांति को अग्रगति देने में कामयाब रही है। जिन देशों, जैसे भारत, में कम्युनिस्ट क्रांतियाँ नहीं भी हो पायीं, वहाँ के कम्युनिस्ट भी लेनिनवाद की इसी केंद्रीय थीसिस पर अमल करते हैं।

लेनिनवाद क्रांतिकारी राजनीतिक कार्रवाई को सर्वोच्च प्राथमिकता देता है, और इस कार्रवाई की बागडोर उसने पेशेपर क्रांतिकारियों द्वारा संचालित और लोकतांत्रिक केंद्रवाद पर आधारित अनुशासित कम्युनिस्ट पार्टी को थमायी है। लेनिनवाद की मान्यता है कि मज़दूर वर्ग केवल अपने आर्थिक संघर्षों और अन्य राजनीतिक गतिविधियों के चलते स्वतःस्फूर्त ढंग से क्रांतिकारी नहीं बन सकता। उसके लिए क्रांतिकारी चेतना की वाहक यह पार्टी ही बनेगी।

लेनिनवाद का यह दूसरा पहलू भी उतना ही महत्त्वपूर्ण है। कुछ विद्वान तो यह भी मानते हैं कि पार्टी-संगठन का उसूल ही लेनिनवाद का मर्म है और इसी में एक पार्टी की हुकूमत वाले राज्य की संकल्पना निहित है। बीसवीं सदी के एकदम शुरुआत में रूसी सामाजिक जनवादी पार्टी के भीतर संघर्ष करते हुए लेनिन ने रूसी परिस्थिति को जर्मन परिस्थिति से अलग दिखाते हुए एक जन-आधारित पार्टी के बजाय गोपनीय राजनीति में माहिर एक छोटी और अनुशासित कार्यकर्त्ता आधारित पार्टी बनाने की तजवीज़ की थी। पेशेवर सर्वहारा क्रांतिकारियों की यह पार्टी उस क्रांतिकारी-लोकतांत्रिक रुझान की वाहक होनी थी जिसे लेनिन की क्रांति-पूर्व रचनाओं, ख़ास कर *स्टेट ऐंड रेवोल्यूशन* में स्पष्ट रूप से देखा जा सकता है, हालाँकि इस रचना में पार्टी के सवाल पर कोई चर्चा नहीं है। लेनिन का पार्टी संबंधी चिंतन 1918 से 1922 के बीच फिर से सामने आया जब नवजात सोवियत राज्य आर्थिक घेरेबंदी, विदेशी आक्रमण और गृह युद्ध से जूझ रहा था। इस दौरान लेनिन की पार्टी का जो स्वरूप उभरा, उसके कई पहलू पहले वाले क्रांतिकारी-लोकतांत्रिक रुझान के अनुकूल नहीं थे।

पार्टी-संगठन संबंधी लेनिनवाद के निर्देशों को संक्षेप में इस प्रकार देखा जा सकता है : मज़दूर वर्ग की पार्टी को एक क्रांतिकारी मार्क्सवादी कार्यक्रम पर आधारित होना चाहिए जिस पर अमल करते समय ध्यान रखना होगा कि समाजवाद के लिए संघर्ष में प्रगति हो रही है या नहीं; पार्टी की सदस्यता क्रांतिकारी कार्यक्रम से पूर्णतः सहमत कार्यकर्त्ताओं को ही दी जाएगी और वे ही पार्टी पर समग्र रूप से नियंत्रण रखेंगे; क्रांतिकारी कार्यक्रम का विकास करते हुए उसका कार्यान्वयन करने की सामूहिक ज़िम्मेदारी कार्यकर्त्ताओं की ही होगी; अगर हुकूमत के दमन के कारण पार्टी को भूमिगत या अर्ध-भूमिगत स्थितियों में काम नहीं करना पड़ रहा है, तो पार्टी खुले रूप से काम करते हुए लोकतांत्रिक गतिविधियाँ करेगी और ऊपर से नीचे चुनाव के ज़रिये उसके पदाधिकारी तय होंगे; प्रत्येक पार्टी इकाई लोकतांत्रिक रूप से प्रतिनिधियों को चुनेगी जो पार्टी की सर्वोच्च निर्णयकारी संस्था कांग्रेस में भाग लेंगे जिसका आयोजन हर दो साल के अंतराल पर होगा; कांग्रेस के आयोजन से पहले सदस्यों के लिए अहम समझे जाने वाले सभी सवालों पर पूरी पार्टी में खुल कर निस्संकोच विचार-विमर्श करना होगा और इसके लिए चर्चा-पत्र तैयार करने होंगे और विशेष बैठकें करनी होंगी; दो कांग्रेसों के बीच की अवधि में क्रांतिकारी कार्यक्रम और कांग्रेस के निर्णयों के आधार पर पार्टी का संचालन करने के लिए कांग्रेस के प्रति जवाबदेह एक केंद्रीय समिति गठित करनी होगी; केंद्रीय समिति पार्टी के रोज़मर्रा संचालन के लिए विभिन्न स्तरों पर कमेटियाँ गठित करेगी जिनका काम सभी स्थानीय इकाइयों और सदस्यों को संगठन के अनुभवों, गतिविधियों, और फ़ैसलों से वाक़िफ़ कराते रहना होगा; क्रांतिकारी कार्यक्रम पर व्यापक एकता होते हुए भी पार्टी के भीतर कार्यनीतिक और व्यावहारिक प्रश्नों पर मतभेद हो सकते हैं जिनके भीतर पार्टी के फ़ोरमों पर खुल कर बहस चलानी होगी ताकि पार्टी-कार्यक्रम का विकास हो सके और उसके संबंध में राजनीतिक स्पष्टता हासिल हो सके; इन मतभेदों को व्यक्त करने के लिए समय, स्थान और हालात का ध्यान रखना होगा; सभी सदस्यों को पूरी पार्टी के सामने अपने विचारों को रखने और उन पर बहस का आह्वान करने का मौक़ा होगा; उन्हें अपने विचारों के इर्द-गिर्द समूह बनाने या मंच बनाने का भी अधिकार होगा; सभी सवालों पर अंतिम फ़ैसला बहुमत तय करने वाले मतदान के ज़रिये होगा; एक बार फ़ैसला हो जाने पर अल्पमत को उस पर निष्ठापूर्वक अमल करना होगा; इस तरह लागू की गयी किसी भी नीति की सफलता, विफलता या आंशिक सफलता से पूरी पार्टी सबक सीखने के लिए तैयार रहेगी; स्थानीय इकाइयाँ पार्टी-कार्यक्रम के तहत कार्यरत रहेंगी और सारे फ़ैसलों का पालन करेंगी, और इसी ढाँचे के तहत उन्हें स्थानीय नेतृत्व के लोकतांत्रिक निर्देशों के तहत काम करना होगा।

लेनिनवाद पार्टी के इस ढाँचे को लोकतांत्रिक केंद्रवाद की संज्ञा देता है और दुनिया की अधिकतर कम्युनिस्ट पार्टियाँ इसी का पालन करती हैं। लेकिन पहली नज़र में साफ़-सुथरा और तर्कसंगत लगने वाला यह ढाँचा कम्युनिस्ट आंदोलन के भीतर और बाहर काफ़ी विवादित रहा है। लेनिन की समकालीन सिद्धांतकार रोज़ा लक्ज़ेमबर्ग ने भी इसकी आलोचना की थी, हालाँकि वे बोल्शेविकों की आम कार्यदिशा से सहमत थीं। रोज़ा लेनिन के इस सूत्रीकरण से सहमत नहीं थीं कि मज़दूर वर्ग में स्वतःस्फूर्त क्रांतिकारी चेतना विकसित करने की क्षमता नहीं होती। इस पार्टी-ढाँचे के आलोचकों का आरोप है कि इसके भीतर लोकतंत्र पर हमेशा केंद्रवाद हावी रहता है इसलिए यह बुनियादी तौर पर अलोकतांत्रिक होता है। ऐसे संगठन में सर्वहारा वर्ग की तानाशाही के नाम पर एक पार्टी की तानाशाही स्थापित करने का ज़बरदस्त रुझान मौजूद रहता है। अंतिम विश्लेषण में ऐसी पार्टी मज़ूदर वर्ग के हवाले से जो हुकूमत करती है उसमें वह लोकतांत्रिक केंद्रवाद को पार्टी-संगठन की सीमाओं से परे जा कर सामाजिक संगठन के उसूल में बदल देती है।

लेनिन रूस में क्रांति की सफलता और उसके टिके रहने को विश्व-क्रांति की गतिशीलता के साथ जोड़ कर देखते थे। इसलिए उन्होंने दुनिया भर में कम्युनिस्ट पार्टियों की स्थापना और उनकी राजनीति के मार्गदर्शन के लिए कोमिंटर्न का गठन किया था। कोमिंटर्न ने ऐसा किया भी। 1921 में स्थापित चीनी कम्युनिस्ट पार्टी उसकी मदद के बिना गठित नहीं की जा सकती थी। लेकिन लेनिन के बाद कोमिंटर्न की भूमिका बदलती चली गयी। स्तालिन की देख-रेख में विश्व-क्रांति के हित सोवियत संघ की भू-राजनीतिक रणनीतियों के मातहत होते चले गये। दुनिया के दूसरे देशों में क्रांति की सम्भावनाओं पर स्तालिन द्वारा परिभाषित लेनिनवाद का मॉडल थोपा जाने लगा। चीन की कम्युनिस्ट क्रांति तभी सफलता के रास्ते पर चल पायी, जब उसने कोमिंटर्न के ज़रिये भेजे गये स्तालिन के आदेशों को मानने से इनकार कर दिया। माओ त्से-तुंग ने लेनिनवाद को मार्गदर्शक के रूप में स्वीकार किया, पर वे लेनिनवाद की स्तालिनीय व्याख्या से दूर होते चले गये। एक स्थिति तो यह आयी थी कि माओ ने कोमिंटर्न के प्रतिनिधियों से मिलने तक से इनकार कर दिया था। यह एक ऐतिहासिक तथ्य है कि 1949 में जिस समय माओ चीन लोक गणराज्य की स्थापना का ऐलान कर रहे थे, उस समय भी सोवियत संघ ने कुओमिंगतांग और उसके नेता कम्युनिस्ट विरोधी नेता च्यांग काई शेक के साथ संधि कर रखी थी। माओ ने बाद में स्तालिन की आलोचना करते हुए कहा भी कि वे क्रांति को 'फ़र्ज़ी' मानते थे।

स्तालिनीय लेनिनवाद की आलोचना के कुछ अन्य परिप्रेक्ष्य भी हैं जिनमें युरोकम्युनिज़म का रुख उल्लेखनीय है। मार्क्सवाद का यह संस्करण मानता है कि लेनिनवाद मुख्यत: रूसी परिस्थितियों की देन होने के कारण युरोपीय सर्वहारा के संघर्ष के लिए प्रासंगिक नहीं है। इसके पैरोकार मानते हैं कि पूँजीवादी राज्य के हिंसक तख़्तापलट की राजनीति करने की बजाय युरोपीय सर्वहारा अपने लक्ष्यों की प्राप्ति के लिए पूँजीवादी राज्य-तंत्र में भागीदारी करके लाभ उठा सकता है।

देखें : अर्नेस्टो चे गुएवारा, आधार और अधिरचना, ऑस्कर रायज़ार्ड लांगे, आंगिक बुद्धिजीवी, एंतोनियो ग्राम्शी, कार्ल हाइनरिख़ मार्क्स-1 से 4 तक, क्रांति, क्रांति : मार्क्सवादी विमर्श, ग्योर्गी लूकाच, नयी सदी में मार्क्सवादी विमर्श-1 से 9 तक, निष्क्रिय क्रांति, पेटी बूर्ज़्वा, फ्रेड्रिख़ एंगेल्स, फ़्रैंकफ़र्ट स्कूल, भारत में किसान संघर्ष-2 और 4, भारतीय कम्युनिस्ट पार्टी, भारतीय कम्युनिस्ट पार्टी (मार्क्सवादी), भारतीय इतिहास लेखन, भाषा का मार्क्सवादी सिद्धांत, भ्रांत चेतना, बोल्शेविक क्रांति, फ्रांस्वा-चार्ल्स मारी फ़ूरिये, क्यूबा की क्रांति, फ्रैंज़ फ़ानो, हिंसा-1 और 2, मानवेंद्र नाथ राय, माओ त्से-तुंग, माओवाद और माओ विचार, मार्क्सवाद-1 से 5 तक, मार्क्सवादी इतिहास-लेखन, मार्क्सवादी समाजशास्त्र, मार्क्सवाद और पारिस्थितिकी, मार्क्सवादी अर्थशास्त्र, समाजवादी वसंत-1 से 4 तक, रॉबर्ट ओवेन, राज्य की मार्क्सवादी अवधारणा, रोज़ा लक्ज़ेमबर्ग, लियोन ट्रॉट्स्की, लिबरेशन थियोलॅजी, सर्वहारा, सांस्कृतिक क्रांति, सैं-सिमों, स्तालिन और स्तालिनवाद, सोवियत समाजवाद-1 से 3 तक, सोवियत सिनेमा, वर्चस्व, व्लादिमिर इलीच लेनिन।

संदर्भ

1. एम. लीबमैन (1980), *लेनिनिज़्म अंडर लेनिन*, मर्लिन प्रेस, लंदन, 1980
2. जे.वी. स्तालिन (1972), 'फ़ाउंडेशन ऑफ़ लेनिनिज़्म' और 'प्रॉब्लम्स ऑफ़ लेनिनिज़्म', बी. फ्रैंकलिन (सम्पा.), द *इसेंशियल स्तालिन, 1905-1952*, एंकर बुक्स, न्यूयॉर्क.
3. पी. ल'ब्लांक (1903), *लेनिन ऐंड द रेवोल्यूशनरी पार्टी*, ह्यूमेनिटी बुक्स, एमहर्स्ट, एनवाई.

— अभय कुमार दुबे

लेव निकोलाइविच तॉल्स्तॉय

(Lev Nikolayevich Tolstoy)

लेव निकोलाइविच तॉल्स्तॉय (1828-1910) दुनिया के महान् साहित्यकारों में से एक होने के साथ-साथ उन्नीसवीं सदी के प्रमुख चिंतकों में से भी एक थे। इतिहासकार, शिक्षाविद्, नैतिकतावादी, कला-सिद्धांतकार, समाज-सुधारक और एक नये धर्म के संस्थापक के रूप में अनूठी उपलब्धियाँ करने वाले लेव तॉल्स्तॉय के चिंतन ने बीसवीं सदी की राजनीति पर गहरा असर डाला। भारतीय उपनिवेशवाद विरोधी आंदोलन तक उनका प्रभाव गाँधी के ज़रिये पहुँचा। तॉल्स्तॉय द्वारा प्रवर्तित बुराई के अप्रतिरोध के संदेश गाँधी ने व्यावहारिक राजनीति में उतारा। *युद्ध और शांति* एवं *अन्ना कैरिनीना* जैसे क्लासिक उपन्यासों के लेखक तॉल्स्तॉय सेना-प्रशिक्षण और युद्ध का विरोध करने वाले और राज्य की संस्था के विरोधी थे। लेकिन अन्य अराजकतावादियों की तरह उनकी आस्था क्रांतिकारी हिंसा में नहीं थी। उनका कहना था कि क्रांति सरकार से मुक्ति नहीं दिला सकती। क्रांतिकारी परिवर्तनों में पीड़ा सामान्य जन को ही होती है। नयी सरकार के आने से हिंसा कम नहीं होती, बल्कि बढ़ती है।

लेव तॉल्स्तॉय का जन्म 28 अगस्त (नये कैलेंडर के अनुसार नौ सितम्बर),1828 को मास्को के दक्षिणी भाग स्थित तुला प्रोविंस के यास्याना पोल्याना नामक स्थान पर एक जमींदार घराने में हुआ। तॉल्स्तॉय के पिता नाटककार एलेक्सी तॉल्स्तॉय के रिश्तेदारों में से थे और माता कवि पुश्किन की दूर की रिश्तेदार थीं। यह कहा जा सकता है कि साहित्यिक परम्परा उन्हें घुट्टी में मिली थी। वे बालक ही थे कि उनके माता-पिता का एक के बाद एक देहांत हो गया। उनका और उनके भाई-बहनों का जिम्मा उनकी चाची तात्याना अलेक्सेंद्रा ने सँभाला। प्रारम्भिक शिक्षा घर पर हुई।

तॉल्स्तॉय ने राजनयिक बनने के लिए कज़ान विश्वविद्यालय के प्राच्य विद्या विभाग में दाख़िला लिया। 1845 में उन्हें क़ानून विभाग में दाख़िला मिला। क़ानून का अध्ययन करते समय उनकी रुचि मृत्युदण्ड और तुलनात्मक विधिशास्त्र में हुई जिसकी अभिव्यक्ति आगे चलकर उनकी साहित्यिक रचनाओं में अनेक स्थानों पर हुई। इसी समय उन्हें अंग्रेज़ी उपन्यासकार लारेंस स्टेर्न और चार्ल्स डिकेंस की रचनाओं के अध्ययन का मौक़ा मिला। रूसो के विचारों से उनका परिचय भी इसी दौरान हुआ। 1847 में पुन: यास्याना पोल्याना लौट कर उन्होंने स्वाध्याय और अपनी ज़मींदारी व्यवस्थित करने और अपने मातहतों की बहबूदी में समय लगाया। 1851 में उन्होंने सेना की परीक्षा पास की और

लेव निकोलाइविच तॉल्स्तॉय (1828–1910)

काकेशस के पर्वतीय क़बीलों से होने वाली दीर्घकालीन लड़ाई में भाग लिया।

1852 में *बचपन* के लेखन से उनकी साहित्यिक यात्रा शुरू हुई जिसका चरमोत्कर्ष 1869 में *युद्ध और शांति* के प्रकाशन के साथ हुआ। लगभग छह सौ चरित्रों वाला यह उपन्यास कई भाषाओं में अनूदित हुआ और तॉल्स्तॉय की ख्याति दुनिया भर में फैल गयी। *अन्ना केरेनिना* उपन्यास लिखते समय (1875–77) तॉल्स्तॉय एक तरह से आस्था के संकट से गुज़र रहे थे। उन्होंने जीवन में मूल्यों की खोज और अस्तित्व के प्रयोजन के बारे में विचार करना शुरू कर दिया था। इसी का परिणाम आगे चलकर *माई कंफ़ेशन* नामक कृति में निकला जिसमें रूसी ऑर्थोडॉक्स चर्च पर तीखा प्रहार किया गया। उन्होंने 1901 में ख़ुद को चर्च से अलग कर लिया।

तॉल्स्तॉय का विचार था कि धरती पर जीवन का उद्देश्य अपनी निम्न पशु-प्रवृत्तियों की सेवा न हो कर अपने भीतर विद्यमान ऊँची और उदात्त प्रवृत्तियों की सेवा करना है। ऐसा करने की शक्ति सभी के पास होती है। यही शक्ति हमें बताती है कि अच्छा क्या है। हमारे तर्क व चेतना का स्रोत भी यही शक्ति है और इसी के अनुसार बिताने पर जीवन आनंदपूर्ण बनता है। तॉल्स्तॉय एक प्रचुर लेखक थे। उनका वांगमय नब्बे से ज़्यादा खण्डों में संकलित है। आख़िरी दौर में प्रकाशित अपनी रचना *व्हाट इज़ टु बी डन?* में उन्होंने स्पष्ट संदेश दिया है : 'तुम्हें क्या करना है यह इससे तय नहीं होता कि ज़ार, गवर्नर, पुलिस अफ़सर, ड्यूमा या कोई राजनीतिक दल तुमसे क्या करवाना चाहता है। तुम्हें तो वह करना चाहिए जो एक व्यक्ति के रूप में करना तुम्हारे लिए सबसे ज़्यादा स्वाभाविक है और जो तुमसे वह ताक़त करवाना चाहती है जिसने तुम्हें इस दुनिया में भेजा है।' भाईचारा तॉल्स्तॉय का केंद्रीय आदर्श था। रूसी यूटोपियाई दार्शनिक एन. फ्योदोरोव के साथ-साथ वे अपने ऊपर रूसो का भी गहरा असर मानते थे।

तॉल्स्तॉय को ईसाई अराजकतावाद का सिद्धांतकार भी माना जाता है। 1893 में प्रकाशित उनकी कृति *द किंगडम ऑफ़ गॉड इज़ विदिन यू* में घोषणा की गयी है कि बुराई के मुक़ाबले अप्रतिरोध के सिद्धांत को सरकारों पर लागू करना चाहिए। सरकारें अनैतिक होने के साथ-साथ अमीरों और शक्तिशालियों के लिए बनी व टिकी हुई हैं। टैक्स वसूल कर सरकारें जेलों का निर्माण करती हैं और युद्ध में हिंसा का सहारा लेकर जनता को उसमें शामिल करना भी उनका काम है। इस पुस्तक के पहले भाग में बुराई के प्रति अप्रतिरोध के मत की विभिन्न आलोचनाओं का विवेचन करके उन लोगों के प्रति श्रद्धा अर्पित की गयी है जिन्होंने सार्वजनिक रूप से इसका प्रचार-प्रसार किया है। तॉल्स्तॉय का कहना था कि ईसाई चर्च ईसा की शिक्षाएँ विकृत करते हैं ताकि आम जनता पर उनका प्रभुत्व बना रहे और उनकी आमदनी भी बढ़ती रहे।

तॉल्स्तॉय ने *रिलीजन ऐंड मॉरलिटी* (1893), *द क्रिश्चियन टीचिंग्ज़* (1898), *रिप्लाई टू द साइडोनाइस इडिक्ट ऑफ़ एक्सकम्युनिकेशन* (1901) और *व्हाट इज़ रिलीजन ऐंड वेअर इन लाइज़ इट्स एसेन्स* (1902) जैसी धार्मिक विचारों वाली रचनाएँ लिखीं। *रिलीज़न ऐंड मॉरलिटी* में उन्होंने अनेक धर्मों के माध्यम से यह उत्तर प्राप्त करने का प्रयास किया कि धर्म क्या है? क्या नैतिकता इसके बिना हो सकती है? *रिप्लाई टू द साइडोनाइस इडिक्ट ऑफ़ एक्सकम्युनिकेशन* उन्हें चर्च से निष्कासित करने का प्रभावशाली प्रत्युत्तर है। *व्हाट इज़ रिलीजन ऐंड वेअर इन लाइज़ इट्स एसेंस* उनके धर्म संबंधी विचारों की उपयोगी पुस्तक है। तॉल्स्तॉय ने ईसा की सीख, विशेष तौर पर 'सरमन ऑन द माउण्ट' को विशेष अहमियत देते हुए ईसाई रहस्यवाद, कर्मकांड और चमत्कार वग़ैरह को पूरी तरह से ख़ारिज कर दिया।

दरअसल, तॉल्स्तॉय का धार्मिक दर्शन प्रमुख दार्शनिक-धार्मिक मतों के समान गुणों और मनुष्यता के नैतिक दर्शन की मौलिक विवेचना है। 1880 के दशक में तॉल्स्तॉय ने सभी प्रमुख धर्मों हिंदू, बौद्ध, ईसाई, यहूदी, इस्लाम, ताओ, बहाई आदि का विशद अध्ययन किया। जीवन के अंतिम वर्षों में तॉल्स्तॉय ने शांति पर बहुत लिखा। उन्होंने भविष्यवाणी की कि विज्ञान के आश्चर्यजनक विकास का उपयोग युद्ध के विनाशक यंत्रों को बनाने में अधिक होगा। उन्होंने युद्ध थोपने वाली सामाजिक-राजनीतिक-आर्थिक

ताक़तों का भी खुलासा किया। तॉल्स्तॉय ने आधुनिक प्रगति को भी प्रश्नांकित किया। अपने एक निबंध में वे साफ़ कहते हैं कि राष्ट्रभक्ति एक झूठा विचार है जो ईसा की सीख के ख़िलाफ़ जाता है। *एड्रेस टू स्वीडिश पीस कांग्रेस* (1909) तॉल्स्तॉय की युद्ध और उसका समर्थन करने वाली शक्तियों के विरोध की सर्वाधिक सशक्त अभिव्यक्ति है। उन्होंने इस समस्या को मनुष्य की नैतिक माँग और वर्तमान सामाजिक व्यवस्था के बीच साफ़ अंतर्विरोध के रूप में देखा। इस लेख के अंत में उन्होंने लिखा कि कांग्रेस के हर सदस्य को अपनी-अपनी सरकारों पर जनता का नैतिक दबाव डालना होगा ताकि सरकार को यह समझाया जा सके कि युद्ध राष्ट्रभक्ति नहीं है और न ही किसी देश की सेवा है, अपितु यह हत्या के नग्न अपराधी व्यवसाय की सेवा है।

तॉल्स्तॉय के अनुसार मनुष्य शरीर मात्र नहीं है। अगर शरीर मात्र होता तो नैतिक विचारों की ज़रूरत नहीं होती। शारीरिक ज़रूरत ही सब कुछ का पैमाना होता। लेकिन मनुष्य शरीर से कुछ अलग है। तॉल्स्तॉय कहते हैं कि मनुष्य मूलतः आत्मा है। यानी मनुष्य शरीर और आत्मा में विभक्त है। मनुष्य को धारण करने वाली शक्ति आत्मा ही है। यह आत्मा सभी में वैयक्तिक मगर समान रूप से व्याप्त है। विवेक इसी आत्मा की आवाज़ है।

तॉल्स्तॉय थोरो के साहित्य से परिचित थे। उनके अनेक पत्रों व लेखों में थोरो का उल्लेख मिलता है। तॉल्स्तॉय ने गाँधी के साथ भी पत्र व्यवहार किया। गाँधी ने दक्षिण अफ्रीका में चल रहे अपने अहिंसक आंदोलन के बारे में उन्हें पत्र लिखा था। तॉल्स्तॉय द्वारा महात्मा गाँधी को बाद में लिखा गया पत्र *अ लैटर टू अ हिंदू* बहुत प्रसिद्ध हुआ। 1889 में तॉल्स्तॉय का महत्त्वपूर्ण उपन्यास *रिज़रेक्शन* आया जिसकी पूरी आमदनी उन्होंने रूस के शांतिवादी ईसाई दुखोबार सम्प्रदाय को रूस छोड़ कर कनाडा में जाकर बसने के लिए दे दी। तॉल्स्तॉय के वैवाहिक जीवन का उत्तरार्द्ध दुखद रहा। 7 नवम्बर (नयी तिथि 20 नवम्बर), 1910 को निमोनिया से हृदयगति बंद हो जाने के कारण ऐस्तापोवो नामक रेल्वे स्टेशन (रयाजान प्रोविन्स) पर उनका देहांत हो गया।

देखें : अरविंद घोष, कन्हैयालाल माणिकलाल मुंशी, क़ाज़ी नज़रुल इस्लाम, कुमारन् आशान्, गजानन माधव मुक्तिबोध, गोवर्धन राम त्रिपाठी और गुजराती अस्मिता, प्रेमचंद, फ़क़ीर मोहन सेनापति और ओडिया अस्मिता, बंकिम चंद्र चट्टोपाध्याय, भारतेंदु हरिश्चंद्र, महादेव गोविंद रानाडे, महावीर प्रसाद द्विवेदी, रवींद्रनाथ ठाकुर, राजा राममोहन राय, रामविलास शर्मा, रामचंद्र शुक्ल, रुक्मिणी देवी अरुंडेल, वल्लतोल, सच्चिदानंद हीरानंद वात्स्यायन अज्ञेय, सुब्रह्मण्यम भारती, हजारी प्रसाद द्विवेदी।

संदर्भ

1. एच. गिफ़र्ड (1982), *तॉल्स्तॉय,* ऑक्सफ़र्ड युनिवर्सिटी प्रेस, ऑक्सफ़र्ड.
2. ईसैया बर्लिन (1967), *द हेजहॉग ऐंड द फ़ॉक्स : ऐन एसे ऑन द तॉल्स्तॉयज़ व्यू ऑफ़ द हिस्ट्री,* वीडनफ़ील्ड ऐंड निकल्सन, लंदन.
3. एम.ई. जोंस (सम्पा.) (1978), *न्यू एसेज़ ऑन तॉल्स्तॉय,* केम्ब्रिज युनिवर्सिटी प्रेस, केम्ब्रिज.
4. वी. श्क्लोव्स्की (1978), *लियो तॉल्स्तॉय,* प्रोग्रेस पब्लिकेशंस, मास्को.

— शम्भू जोशी

लोकविद्या

(Lokavidya)

समाज में व्याप्त जो ज्ञान है उसे ही लोकविद्या कहते हैं। आदिवासियों, किसानों, कारीगरों, छोटे दुकानदारों और तरह-तरह के काम करने वाले करोड़ों लोगों का ज्ञान लोकविद्या है। लेकिन यह ऐसे लोगों का ज्ञान है जो शायद कभी किसी कॉलेज या विश्वविद्यालय में नहीं पढ़े। यह कोई बचा-खुचा पारम्परिक ज्ञान न हो कर समाज में स्थित ऐसा सक्रिय ज्ञान है जो लगातार लोगों के अनुभवों, प्रयोगों और उनकी तर्क-बुद्धि से नवीकृत होता रहता है। आधुनिक समाज ने ऐसे ज्ञान को ज्ञान मानने से ही इनकार कर दिया है। आधुनिक विज्ञान यानी साइंस के दृष्टिकोण से ऐसे ज्ञान को अवैज्ञानिक और अंधविश्वासों का पुलिंदा क़रार दिया गया है। बहुत हुआ तो ऐसे ज्ञान को हुनर के रूप में पहचाना गया है। लोकविद्या के अपने मूल्य, अपनी तर्क-पद्धति और दर्शन हो सकता है, यह आधुनिकता की समझ से बाहर है। ऐसा मान लिया गया कि समाज के निर्माण व पुनर्निर्माण में लोकविद्या की कोई प्रासंगिकता नहीं है। विश्वविद्यालय से निकले या उसके द्वारा प्रतिष्ठित ज्ञान को ही ज्ञान मानते हुए औद्योगिक युग में लोकविद्या का अस्तित्व सार्वजनिक दुनिया से विलुप्त-सा कर दिया गया है। इसी तिरस्कार और दमन के चलते लोकविद्या सार्वजनिक दुनिया से परे परिवार, जाति, गाँव व जंगलों में सिमटी हुई प्रतीत होती है। इससे ऐसा भ्रम हो सकता है कि लोकविद्या का स्वभाव इन्हीं बंधनों में रहने का है। लेकिन लोकविद्या कभी विलुप्त नहीं होती और न ही आधुनिकता के दवाब में हुई है। भारत के 60 से 80 प्रतिशत नागरिकों ने कभी विश्वविद्यालय की शिक्षा नहीं पायी। अपने प्रति उदासीन या आक्रामक इस औद्योगिक युग में ये लोग

अपनी विद्या के बल पर ही अपना जीवन चलाते रहे हैं। 'अनौपचारिक अर्थ-व्यवस्था' के रूप में आधुनिक अर्थशास्त्र कभी-कभी इनकी टोह लेने की कोशिश करता है।

सूचना क्रांति : पिछले बीस वर्षों में दुनिया में एक बड़ा बदलाव आया है जिसमें अर्थ व्यवस्था, संस्कृति, शिक्षा, वित्त आदि सभी आयामों में एक आमूल परिवर्तन दिखता है। इन सारे बदलावों के केंद्र में सूचना प्रौद्योगिकी की क्रांति है जिसके कारण इस युग को 'सूचना युग' का नाम भी दिया गया है। इसके कारण से ज्ञान की दुनिया में एक ज़बरदस्त मंथन हो रहा है। आज 'ज्ञान' शब्द हमारी भाषा में जगह-जगह पर लक्षित होता है। ज्ञान-समाज, ज्ञान-अर्थव्यवस्था, ज्ञान-मज़दूर जैसे शब्द ख़बरों में रहते हैं। राष्ट्रीय सरकारें एवं अंतर्राष्ट्रीय संस्थान ज्ञान-आधारित समाज बनाने के लिए हमेशा ही नयी योजनाएँ बनाते रहते हैं। सोचने की बात यह है कि जब हम ज्ञान-आधारित समाज या ज्ञान-आधारित अर्थ-व्यवस्था की बात करते हैं तो हमारा अभिप्राय वैज्ञानिक पद्धति से प्राप्त ज्ञान ही नहीं होता है। ज्ञान-आधारित समाज का अर्थ है सूचना प्रौद्योगिकी के आधार पर ऐसे समाज का निर्माण जो ज्ञान-प्रबंधन का आश्रित है। अगर ऐसा नहीं होता तो आई.टी. पार्क इत्यादि को नॉलेज़ पार्क क्यों कहा जाता। इससे संकेत मिलता है कि आज की दुनिया में ज्ञान की एक नयी परिभाषा और नयी कसौटियाँ बन रही हैं। इस नयी दृष्टि में किसी भी ज्ञान के लिए महत्त्वपूर्ण यह नहीं है कि उसे किस पद्धति से प्राप्त किया गया। महत्त्वपूर्ण ये है कि क्या इस ज्ञान को सूचना प्रौद्योगिकी द्वारा व्यवस्थित कर बौद्धिक संपत्ति के रूप में इसका दोहन किया जा सकता है ?

औद्योगिक क्रांति के समय से मनुष्य की वैचारिक और व्यावहारिक गतिविधियों के केंद्र में वस्तुओं का 'उत्पादन' तथा इस उत्पादन में लगा 'श्रम' रहा है। उत्पादन के साधन, मालिकाना, नियंत्रण, प्रबंधन आदि बहस के मुद्दे रहे हैं। श्रम का मूल्य तथा इसका शोषण और इसके ख़िलाफ़ लड़ाई समाजिक परिवर्तन के विचारों तथा आंदोलनों के केंद्र में रही है। लेकिन सूचना युग में 'ज्ञान' केंद्र में आ गया लगता है। इसके साथ ही ज्ञान-गतिविधियों का एक नया वर्चस्वशाली क्षेत्र अस्तित्व में आ गया है, जिसे हम इंटरनेट के नाम से जानते हैं। लोकविद्या का विमर्श हमारे सामने सूचना युग व इंटरनेट इत्यादि का एक दार्शनिक और राजनीतिक पाठ प्रस्तुत करता है। समकालीन दुनिया में शक्ति के स्रोतों की पहचान तथा समाज में बुनियादी परिवर्तन लाने के रास्तों को पड़ताल के रूप में लोकविद्या विचार पिछले दशक में उभरा है।

लोकविद्या और सामान्य जीवन : लोकविद्या दर्शन के मूल में यह स्थापना है कि मनुष्य एक ज्ञानवान प्राणी है। ज्ञान और विवेक उसके स्वाभाविक गुण हैं। मनुष्य का यह स्वाभाविक गुण सामान्य जीवन में मुखर होता है। सामान्य जीवन ही लोकविद्या का घर है। दैनंदिन सामान्य जीवन की अवधारणा पर ही लोकविद्या की दार्शनिक समझ टिकी हुई है। सामान्य जीवन की कोई शर्त नहीं होती। सामान्य जीवन किसी ख़ास ज्ञान-संरचना या नॉलेज़ सिस्टम से बँधा नहीं होता। न ही यह किसी ख़ास धर्म या प्रौद्योगिकी पर टिका होता है। विज्ञान, धर्म, प्रौद्योगिकी बदल जाएँगे, पर सामान्य जीवन व उसकी क्रियाएँ चलती रहेंगी। सामान्य जीवन हमेशा सत्य, नैतिकता या सादगी से युक्त हो ही, यह ज़रूरी नहीं। उसमें झूठ और अनैतिक व्यवहार भी होता है। लेकिन उसमें सत्य, नैतिकता और न्याय की कसौटियाँ ज़रूर उपलब्ध होती हैं, जिनके संदर्भ सतत प्रभावशील रहते हैं। सामान्य जीवन मनुष्य समाज के अस्तित्व की शर्त है। लोकविद्या सामान्य जीवन के प्रवाह में गुँथा हुआ ज्ञान का प्रवाह है। जिस तरह हर व्यक्ति ज्ञानवान होता है, उसी तरह हर समाज एक ज्ञान-समाज होता है। जब ज्ञान के संगठन का कोई एक तरीक़ा समाज पर हावी हो जाता है और वह जीवन को किसी ख़ास नॉलेज सिस्टम के तहत ढालना चाहता है तो सामान्य जीवन आहत और ज्ञान-प्रवाह बाधित हो जाता है।

लोकविद्या में सत्य के निर्माण और पुनर्निर्माण की प्रक्रिया न्याय और नैतिकता के मूल्यों से जुड़ी होती है। लोकविद्या के लिए सत्य कोई अमूर्त वस्तु नहीं है। न ही सत्य कोई ऐसी वस्तु है जिसकी खोज़ में भटकना पड़े। जीवन की ज़रूरत, अनुभव और संवेदनाओं के मार्फत सत्य का निर्माण होता है। लोकविद्या और लोकस्थ होने की क्रियाएँ सत्य के पुनर्निर्माण का हिस्सा हैं। लोकविद्या के चिंतकों ने माना है कि लोकविद्या का दर्शन संत परम्परा का दर्शन है और अपने समय की आततायी ताक़तों से असहयोग का दर्शन है। यह मनुष्य को लालची और स्वार्थी प्राणी के रूप में न देख कर सत्य और अहिंसा में मौलिक आस्था रखने वाले जीव के रूप में देखता है। हमारे समाज के अधिकांश लोग लोकविद्याधर हैं। कॉलेज़ या विश्वविद्यालय में नहीं पढ़ने के बावजूद उनके पास अपना-अपना विस्तृत ज्ञान है। अपने ज्ञान के बल पर ये घर-परिवार चलाते हैं और तरह-तरह की सुविधाएँ और वस्तुएँ पूरे समाज को मुहैया कराते हैं। लोकविद्याधरों के समाज की दुर्दशा का कारण है कि इनके ज्ञान की कोई पूछ नहीं है। देश और समाज के संचालक मूल्यों, नीतियों और व्यवस्थाओं पर लोकविद्याधारक-समाज की समीक्षा व राय लेने की ज़रूरत ही नहीं समझी जाती है। ज़रूरत है ऐसे सार्वजनिक स्थानों और कार्यों की जहाँ लोकविद्याधर अपने ज्ञान के बल पर समाज में सही-ग़लत की पहचान करें तथा इसे सारे समाज के सामने रखें।

विचार और कार्य : लोकविद्या की अवधारणा पर आधारित पहला सार्वजनिक कार्य 1998 में वाराणसी में

आयोजित 'लोकविद्या महाधिवेशन' को माना जा सकता है। इस महाधिवेशन की पृष्ठभूमि में कई वर्षों से कार्यरत तीन संस्थाओं की अहम भूमिका थी। मज़दूर किसान नीति (कानपुर), पैट्रियोटिक ऐंड पीपल-ओरिएंटेड साइंस ऐंड टेक्नोलॉज़ी ग्रुप (पी.पी.एस.टी., चेन्नई) तथा नारी हस्तकला उद्योग समिति (वाराणसी) के माध्यम से विज्ञान, प्रौद्यौगिक, ज्ञान आदि पर पहले से विचारों का मंथन चल रहा था। 1993 में तथा 1995 में चेन्नई में 'पारम्परिक ज्ञान और प्रौद्योगिक' पर दो बड़े सम्मेलन हो चुके थे तथा तीसरा सम्मेलन वाराणसी में होना तय था। वाराणसी सम्मेलन के तैयारी के लिए वैचारिक बहसों में 'लोकविद्या' का विचार उभर कर आया। परिणामस्वरूप इस सम्मेलन का नाम बदलकर 'लोकविद्या महाधिवेशन' रखा गया। लोकविद्या की अवधारणा के विकास में कई लोगों और संस्थाओं का योगदान रहा है। परन्तु इसके राजनैतिक व दार्शनिक आधार सबसे विकसित और मज़बूत रूप में सुनील सहस्त्रबुद्धे और चित्रा सहस्त्रबुद्धे के कार्य और विचारों में सामने आये। सुनील सहस्त्रबुद्धे ने लोकविद्या विचार को मार्क्स तथा गाँधी के युगांतरकारी विचारों के सिलसिलेवार विकास के क्रम में उभारा।

लोकविद्या की प्रतिष्ठा के उद्देश्य से आयोजित वाराणसी महाधिवेशन में क़रीब डेढ़ हज़ार लोगों ने हिस्सा लिया और समाज से जुड़े तमाम मुद्दों पर वार्त्ता हुई। किसानों, कारीगरों और महिलाओं के सम्मेलनों के मार्फत उनके अपने ज्ञान के दावे पेश किये गये। इस अधिवेशन का विचार बिन्दु वर्चस्वशाली आधुनिक विज्ञान के साये से निकाल कर लोकविद्या को सार्वजनिक दुनिया में पेश करना था। सूचना युग के ख़तरे और इसकी सम्भावनाएँ अभी तक सामने नहीं आयीं थीं। नयी सदी में यह स्थिति बदली। 2003 से 'समाज में ज्ञान पर संवाद' का एक सिलसिला शुरू किया गया जो कि विश्व सामाजिक मंच के हैदराबाद, मुम्बई, दिल्ली तथा कराची सम्मेलनों में आयोजित हुआ। इस संवादों में सूचना युग में आये बदलावों का विश्लेषण मुखर था। 2005 में सारनाथ, वाराणसी में 'विद्या आश्रम' की स्थापना हुई। इसमें सक्रिय कार्यकर्त्ता समूह किसान आंदोलनों की देन हैं। कारीगर, आदिवासी, देश के विभिन्न स्थानों में कार्यरत कई दार्शनिक, शोधकर्त्ता, प्रोफ़ेसर, इंजीनियर इत्यादि भी विद्या आश्रम के क्रिया-कलापों और वैचारिक बहसों में भाग लेते रहे हैं। 2002-9 में युरोप अवस्थित कार्यकर्ता-चिंतकों के एक नेटवर्क 'एडू-फैक्टरी' द्वारा आज के विश्वविद्यालय में आ रहे बदलावों पर चलायी गयी बहसों में विद्या आश्रम ने भाग लिया और उनसे सम्पर्क बनाया।

इस क्रम में 'लोकविद्या जन आन्दोलन' का विचार सामने आया और नवम्बर, 2011 में लोकविद्या जन आन्दोलन का प्रथम अधिवेशन सारनाथ में हुआ जिसमें देश के विभिन्न भागों से आये क़रीब चार सौ कार्यकर्त्ताओं ने भाग लिया। इस अधिवेशन का मूल विचार यह था कि लोकविद्याधर-समाज अपने ज्ञान के बल पर एक बराबरी के समाज का दावा पेश करे। इसके पृष्ठभूमि में यह दृष्टि है कि सूचना युग में सामाजिक बराबरी के लिए परिवर्तन का आधार ज्ञान की बराबरी में ही निहित है।

सूचना युग की गतिविधियों को वैधता इस दावे से मिलती है कि एक ज्ञान-आधारित समाज का निर्माण हो रहा है। कम्प्यूटर, इंटरनेट और मोबाइल का दुनिया भर में विस्तार हो रहा है और इन पर आधारित अन्य उद्योग जैसे मीडिया, मनोरंजन, शिक्षा आदि भी फल-फूल रहे हैं। इनके फलने-फूलने की प्रक्रिया को ही ज्ञान-आधारित समाज के निर्माण का पर्यायवाची मान लिया गया है। लोकविद्या दृष्टिकोण के अनुसार इस प्रक्रिया में ज्ञान पर क़ब्ज़े और उसके शोषण पर आधारित समाज बन रहा है। आम आदमी को ज्ञान-प्राप्ति से और उसके अपने ज्ञान के इस्तेमाल से रोकने की व्यवस्थाएँ बन रही हैं। एक तरफ़ तो शिक्षा महँगी होती चली जा रही है। दूसरी ओर लोकविद्याधर-समाज द्वारा बनायी गयी वस्तुओं और उनके द्वारा मुहैया की गयी सेवाओं का मूल्य घटता जा रहा है। ज्ञान की गतिविधियाँ अब ज़्यादा कम्प्यूटर व इंटरनेट पर हो रही हैं, और इन तक आम जनता की पहुँच अभी भी काफ़ी सीमित है। पेटेंट बना कर कम्प्यूटर में संगृहीत कर लोकविद्या पर पूँजिपतियों का अधिकार बन रहा है।

लोकविद्या जनांदोलन बहुसंख्यक ग़रीब लोगों के शोषण और बदहाली का ज्ञान के दृष्टिकोण से विश्लेषण करता है। यह लोकविद्याधर समाज का ज्ञान-आंदोलन है। आज देश भर में विस्थापन का मुद्दा कई सामाजिक आंदोलनों का केंद्रीय सरोकार बना हुआ है। किसान अपनी ज़मीन से ज़बरदस्ती बेदख़ल हो रहे हैं, आदिवासियों को जंगल से बेदख़ल किया जा रहा है और पटरी के दुकानदारों को शहरों के नुक्कड़ों और सड़कों से। ये सारे लोग लोकविद्याधर समाज से ही हैं। और विस्थापन से हुई पीड़ा के मूल में है उनके अपने ज्ञान के आधार पर अपनी जीविका चलाने से उन्हें रोकना। सारे विस्थापित दैनिक मज़दूर बनने पर मजबूर हैं क्योंकि उन्हें वहाँ स्थानांतरित किया जाता है जहाँ वे अपने ज्ञान का इस्तेमाल नहीं कर सकते। ये विविध स्थानीय समाज जो कि सारे लोकविद्याधर हैं, इनके ज्ञान के दावे को पेश करना लोकविद्या जनान्दोलन का उद्देश्य है।

इसके अलावा ज्ञान के संदर्भ में लोकविद्या जिन मूल्यों को स्थापित करना चाहती है वह आज की दुनिया में हो रहे ज्ञान के व्यवसायीकरण के ख़िलाफ़ है। लोकविद्या में ज्ञान को जीविका, संस्कृति और मुक्ति के वाहन के रूप में देखा जाता

है। लोकविद्या ज्ञान को मुनाफ़े की वस्तु के रूप में देखने के ख़िलाफ़ है। वह ज्ञान के व्यवसायीकरण के ख़िलाफ़ पूरी मानवता की पक्षधर है। लोकविद्याधर समाज के ज्ञान-आंदोलन के रूप में वह ग़रीबों की पैरोकार है।

देखें : आशिस नंदी-1 और 2, आनंद केंटिश कुमारस्वामी, गोपीनाथ कविराज, गोविंद चंद्र पाण्डे, चेतपट वेंकटसुब्बन शेषाद्रि, जोसेफ़ चेल्लादुरै कुमारप्पा, दया कृष्ण, धीरुभाई शेठ, बदरी नाथ शुक्ल, भमुकुंद लाठ, मोहनदास कर्मचंद गाँधी-1 से 3 तक, यशदेव शल्य, रजनी कोठारी, राम अवतार शर्मा, वासुदेव शरण अग्रवाल।

संदर्भ

1. अनन्या वाजपेयी (2006), 'द नॉलेज डिबेट रिओपंड', *इकॉनॉमिक ऐंड पॉलिटिकल वीकली,* खण्ड 46, अंक 51.
2. विद्या आश्रम, वाराणसी द्वारा प्रकाशित 'ज्ञान की राजनीति' पुस्तकमाला के तहत प्रकाशित पाँच पुस्तिकाएँ : *लौकिक सत्याग्रह, लोगों के हित की राजनीति और ज्ञान का सवाल, ज्ञान मुक्ति आह्वान, युवा ज्ञान शिविर* और *लोकविद्या.*
3. लोकविद्या विचार और आंदोलन की विस्तृत जानकारी के लिए देखें वेबसाइट : डब्ल्यूडब्ल्यूडब्ल्यू.विद्याश्रम.ओआरजी.

— अविनाश झा

लोकायत

(Lokayat)

भारतीय चिंतन परम्परा का एक पहलू अगर ईश्वरवादी है तो दूसरा अनीश्वरवादी। ईश्वरवादी दर्शन आत्मा, परमात्मा, जीव, जगत, माया, अध्यात्म व परलोक पर आधारित है तथा अनीश्वरवादी दर्शन पूरी तरह से इन सारी मान्यताओं और अवधारणाओं के विरुद्ध आत्मा, परमात्मा और लोक आधारित भौतिकवादी दर्शन की प्रस्थापना करता है। इस दृष्टि से लोकायत दर्शन काफ़ी महत्त्वपूर्ण है। इसे जड़वादी या चार्वाक दर्शन के नाम से भी जाना जाता है। लोकायत मत बहुत सी प्रचलित परम्पराओं और मान्यताओं को अस्वीकार करता है क्योंकि वे न तो इंद्रियबोध्य हैं और न ही प्रमाण-सिद्ध। भारतीय चिंतन परम्परा में यह एकमात्र दर्शन है जो किसी चीज़ के अस्तित्व के लिए उसके प्रति प्रमाण-सिद्धता का आग्रही है। वह हर चीज़ को तर्क की कसौटी पर कस कर मानता है। इस तरह से यह दर्शन वेद, ईश्वर, अंधविश्वास आदि को नकारता हुआ वैज्ञानिक-दृष्टिकोण ले कर प्रस्तुत होता है। अपनी तर्कशीलता के कारण ही वह तत्कालीन समाज में काफ़ी लोकप्रिय व आम जन-जीवन में व्याप्त रहा। इस मत का महत्त्व इस बात से भी समझा जा सकता है कि कौटिल्य के *अर्थशास्त्र* में राजकुमारों को निर्देश दिया गया है कि वे सांख्य और योग प्रणालियों के साथ-साथ लोकायत दर्शन का भी अध्ययन करें।

उपनिषदों के प्रादुर्भाव के अनंतर तथा *महाभारत* की रचना के पूर्व भारतीय तत्त्वज्ञान के इतिहास में एक ऐसे अनूठे युग की शुरुआत हुई थी जिसमें आध्यात्मिक विचारों को जनसाधारण में अविश्वास की दृष्टि से देखता था। चार्वाक-दर्शन का प्रादुर्भाव इसी युग से संबंध रखता है। लोकायत या चार्वाक दर्शन नामकरण के पीछे कई अवधारणाएँ हैं। एक प्रबल धारणा के अनुसार लोकायत का अर्थ है— लोक में आयत अर्थात् व्याप्त सिद्धांत। इस आधार पर अपनी लोकप्रियता एवं जनसामान्य में व्याप्ति की वजह से इस दर्शन को लोकायत कहा गया। चार्वाक नाम पड़ने का कारण बताया जाता है कि इसकी प्रस्थापना आचार्य वृहस्पति के शिष्य चार्वाक ऋषि ने की। कुछ लोग कहते हैं कि चार्वाक किसी व्यक्ति का नाम नहीं था। वे 'चारुवाक्' से चार्वाक की निष्पत्ति मानते हैं। कुछ अन्य विद्वानों के अनुसार 'चार्वाक' शब्द 'चर्व' धातु से निष्पन्न है। 'वर्क्' का अर्थ चबाना या भोजन करना है। चूँकि चार्वाक मत में खाने-पीने पर ज़्यादा ज़ोर दिया जाता है इसलिए इसका नाम चार्वाक पड़ा। विद्वानों का एक समुदाय इसके प्रस्थापक ऋषि चार्वाक के अनुयायियों को भी 'चार्वाक' कहे जाने के पक्षधर हैं। एक विचार यह भी मानता है कि उनके वचन मधुर व चारु (सुंदर) वाक् होने के कारण वे चार्वाक कहलाए। कुछ का तो यह भी कहना है कि ऋषि चार्वाक सुरों के गुरु वृहस्पति का ही दूसरा नाम है। उन्होंने इस मत का प्रतिपादन इसलिए किया था कि असुर उसका अनुसरण करके समाप्त हो जाएँ। अत: वृहस्पति प्रणीत दर्शन होने के कारण इसे ब्राहस्पत्य दर्शन भी कहा जाता है। फिर भी लोकायत चार्वाक नाम ही आम प्रचलन में है।

वास्तविकता चाहे जो हो, इतना तो तय है कि एक युग में यह दर्शन भारत में लोकप्रिय रहा है। वाल्मीकि कृत *रामायण* (अयोध्या काण्ड, 102/38-39) में इस मत के लिए लोकायत शब्द का प्रयोग हुआ तथा इसके ज्ञानियों को लोकायतिक कहा गया है। वाल्मीकि ने लोकायतियों की आलोचना करते हुए कहा कि वे अपने को बड़ा पण्डित समझते हैं, लेकिन बाल-बुद्धि होते हैं और अनर्थ करने में ही दक्ष होते हैं। वाल्मीकि के अनुसार लोकायति धर्मशास्त्र का निरादर कर अपनी तर्क बुद्धि से निरर्थक बातें करते हैं।

लोकायत के बारे में जानकारी के लिए अनेक ग्रंथों में सामग्री मिलती है लेकिन अभी तक कोई ऐसा ग्रंथ नहीं उपलब्ध है जो स्वयं इसका प्रतिपादन और प्रतिनिधित्व करता हो। ब्राह्मण, बौद्ध और जैन दार्शनिकों ने अपने सिद्धांतों की स्थापना की प्रक्रिया में चार्वाक मत का खण्डन किया है। इन्हीं उल्लेखों के आधार पर इस मत का स्वरूप-सिद्धांत

खड़ा होता है। *ब्रह्मसूत्र शांकर भाष्य* (3/3/53-54 सूत्र), कमलशील कृत *तत्त्वसंग्रह पंजिका, विवरण-प्रमेय संग्रह, न्यायमंजरी, सर्वसिद्धांत संग्रह, सर्वदर्शन-संग्रह* (प्रथम परिच्छेद), *नैषधीय चरित* (17वाँ सर्ग) आदि ग्रंथों में चार्वाक सिद्धांतों का उल्लेख है। ये ग्रंथ चार्वाक दर्शन का प्रतिपादन पूर्व-पक्ष की दृष्टि से करते हैं लेकिन सम्भवत: भट्ट जयराशि विरचित *तत्त्वोपल्लव सिंह* ही प्रथम ग्रंथ है, जिसमें इस मत का सैद्धांतिक विवेचन उत्तर-पक्ष के रूप में किया गया है। इस संबंध में बृहस्पति विरचित कतिपय *बार्हस्पत्य सूत्र* पूर्वोक्त ग्रंथों एवं अन्य जगहों पर उद्‌धृत किये गये हैं। इनकी संख्या बमुश्किल बीस होगी और इन्हीं के आधार पर लोकायत मत की सैद्धांतिकी और स्वरूप का निरूपण होता है।

देवी प्रसाद चट्टोपाध्याय
(1933-)

बार्हस्पत्य सूत्र के आधार पर लोकायत के सैद्धांतिक आधार-बिंदु इस प्रकार हैं : पृथ्वी, जल, अग्नि और वायु ही तत्त्व हैं; इनके मिलन से शरीर, इंद्रिय और विषय बनते हैं; जिस प्रकार किण्वादि से (अंगूर आदि के रस में विकार उत्पन्न करके बनाई गयी मदिरा में) मादक शक्ति उत्पन्न होती है, उसी प्रकार जड़ तत्त्वों से (उनके विविध अनुपात में मिश्रण से जीवित शरीर में) चैतन्य उत्पन्न होता है; काम ही एकमात्र पुरुषार्थ है; मरण ही मोक्ष है।

तत्त्वमीमांसा : लोकायत की तत्त्वमीमांसा के अनुसार उसके अनुयायी दु:खों से मुक्ति के लिए तत्त्वों का संज्ञान आवश्यक मानते हैं। इसके तहत पृथ्वी, जल, तेज़ व वायु को तत्त्व रूप में स्वीकार किया जाता है। इन तत्त्वों से ही जगत्, हमारा शरीर तथा अन्य सभी भौतिक पदार्थों की रचना हुई है। प्राणियों का जन्म तत्त्वों के संयोग से होता है। मृत्यु के बाद फिर भूतों में ही विलीन हो जाता है। इनमें संयोजन या सम्मिश्रण की मात्रा भिन्न-भिन्न होती है और इसलिए इनसे उत्पन्न वस्तुओं के गुणों में अंतर होता है। शरीर में पृथ्वी, जल आदि पदार्थों के अतिरिक्त 'चैतन्य' भी है। हम चेतन हैं। चारों तत्त्व जड़ हैं लेकिन जड़ पदार्थों से चैतन्य कैसे पैदा हो जाता है— इसके जवाब में बृहस्पति का कहना है कि जिस तरह चूना, कत्था, सुपारी, और हरे पान की पत्ती के विशिष्ट मिश्रण से लाली पैदा हो जाती है उसी प्रकार चारों मूलभूत तत्त्वों से चैतन्य की उत्पत्ति होती है। चैतन्य कोई पृथक् सिद्ध वस्तु नहीं, प्रत्युत तत्त्वों का ही एक विकार है। चेतनायुक्त स्थूल शरीर ही पुरुष या आत्मा है। इसके अतिरिक्त आत्मा का कोई अस्तित्व नहीं है। चैतन्य विशिष्ट यह स्थूल शरीर ही आत्मा है। फलत: शरीर के नाश के साथ ही इस आत्मा का भी नाश हो जाता है। इसलिए इसके किसी परलोक जाने का सवाल ही नहीं उठता है। परलोक जो गया वह कोई लौट कर वहाँ से आया ही नहीं कि कोई कुछ बता पाता। इसलिए यह श्रोत्रियों की कपोल-कल्पना है। दु:खों से मुक्ति ही मोक्ष है। दुखों का ज्ञान हमें शरीर के ज़रिये ही होता है। मरने के बाद उसका ज्ञान नहीं रह जाता है इसलिए मरण ही मोक्ष है और यही मुक्ति है।

प्रमाणमीमांसा : लोकायत प्रत्यक्ष को ही एकमात्र प्रमाण मानता है। वह अनुमान, उपमान, शब्द आदि जैसे अन्य प्रमाणों को अस्वीकार करता है तथा इंद्रियगोचरता को सत्यता की कसौटी मानता है। इंद्रियों द्वारा जो कुछ भी गम्य है, बोध्य है, ज्ञेय है, वही सच्चा है, प्रामाणिक है, मान्य है तथा विश्वास्य है। चार्वाक के अनुसार विश्वास योग्य व्यक्तियों से ज्ञान शब्द के रूप में मिलता है और शब्दों का सुनना तो प्रत्यक्ष है इस तरह शब्द-ज्ञान प्रत्यक्ष द्वारा होता है। इसलिए इसे प्रामाणिक मानना चाहिए। यदि शब्द से ऐसी वस्तुओं का बोध हो जो प्रत्यक्ष से परे हों, अर्थात् यदि शब्द से अप्रत्यक्ष वस्तुओं का बोध होता हो तो इसको दोष-रहित नहीं कहा जा सकता है। तथाकथित शब्द-प्रमाण से प्राय: मिथ्या ज्ञान ही प्राप्त होता है। चूँकि यह सिद्ध नहीं हो सकता कि अनुमान तथा शब्द विश्वास्य है; इसलिए प्रत्यक्ष ही प्रमाण है।

वेदों का विरोध करते हुए लोकायत कहता है कि अनेक व्यक्तियों को वेद में पूर्ण विश्वास है किंतु वेद उन पुरोहितों का कृत्य है जिन्होंने झूठी आशाएँ तथा झूठे प्रलोभन देकर मनुष्यों को धोखे में डाल कर अपनी जीविका का प्रबंध किया है।

आचारमीमांसा : सामान्यत: भारतीय दर्शनों में धर्म, अर्थ, काम और मोक्ष के रूप में चार पुरुषार्थों की परिकल्पना की गयी है। इन्हें ही जीवन का प्राप्य व लक्ष्य माना गया है। मीमांसकों की दृष्टि में वेद द्वारा प्रतिपादित तथा इष्ट अर्थ को देने वाला अनुष्ठान ही 'धर्म' कहलाता है। किंतु लोकायत मत काम को ही मुख्य पुरुषार्थ और भौतिक सुख को ही जीवन का लक्ष्य मानता है। चूँकि सुख धन-दौलत के बिना सम्भव नहीं इसलिए अर्थ अवांतर पुरुषार्थ है। आदमी का अस्तित्व शरीर में तथा वर्तमान जीवन तक ही सीमित है। अत: इस शरीर द्वारा जो सुख प्राप्त हो सकता है वही हमारा एकमात्र लक्ष्य होना चाहिए। परलोक-सुख की झूठी आशा में रह कर हमें इस जीवन के सुख को ठुकरा नहीं देना चाहिए। इसलिए यह दर्शन 'यावज्जीवेत् सुखं जीवेत्, ऋणं कृत्वा घृतं पिवेत्' का विचार देता है।

समाज-व्यवस्था : लोकायत मत मनु के समान ही मानता है कि 'दण्ड ही प्रजाओं का पालन करता है। दण्ड के भय से प्रजा अपने कार्यों का पालन करती है। दण्ड का भय

यदि उठा दिया जाए तो प्रजा उच्छृंखल बन जाए और मनमाने रास्तों पर चल कर एक-दूसरे का जीना कठिन कर दे। महाभारत और स्मृति ग्रंथों में मानव-समाज के व्यवस्थापन के निमित्त दण्ड के आविर्भाव का जो वर्णन मिलता है, वह चार्वक को भी मान्य है।

ईश्वर का खण्डन : यह मत ईश्वर के अस्तित्व को अस्वीकार करता है क्योंकि उसे प्रत्यक्षत: साबित नहीं किया जाता और वह इंद्रियगोचर नहीं है इसलिए वह नहीं है। किंतु ईश्वर अवश्य है। निग्रह और अनुग्रह करने में समर्थ व्यक्ति ही ईश्वर है। प्रजा के ऊपर शासन करने वाला, उन्हें कुमार्ग से हटा कर सन्मार्ग पर ले जाने वाला, अपराधियों को दण्ड देने वाला, शोभन कार्य करने वालों पर अनुग्रह करने वाला— ऐसे प्रत्यक्ष शासक के अलावा कोई दूसरा ईश्वर और नहीं है। हालाँकि लोकायत मत अतिभौतिकवादी सुखवाद का प्रबल पक्षधर है किंतु अनियंत्रित जीवन पर उसकी सख़्त निगाह है। उसकी मान्यता है कि समाज के भीतर रह कर ही व्यक्ति व्यवस्थित तथा मर्यादित जीवन बिता सकता है, समाज से बहिर्मुख होने पर नहीं। इसीलिए समाज को दण्ड द्वारा शासित करने वाला राजा उसकी दृष्टि में ईश्वर है।

देखें : आर्यभट्ट और *आर्यभटीय,* उपनिषद्, कपिल, *अर्थशास्त्र* और कौटिल्य, गोपीनाथ कविराज, गोविंद चंद्र पाण्डे, चैतन्य महाप्रभु, जैन दर्शन, न्याय दर्शन, दया कृष्ण, नागार्जुन, पतंजलि और *योगसूत्र,* पाणिनि और *अष्टाध्यायी,* पुराण, पूर्व-मीमांसा दर्शन, बदरी नाथ शुक्ल, बादरायण, बौद्ध दर्शन, *भगवद्गीता,* भरत और *नाट्यशास्त्र,* मुकुंद लाठ, *भागवत पुराण, महाभारत,* यशदेव शल्य, योग दर्शन, रामानुजाचार्य, राम अवतार शर्मा, वात्स्यायन और *कामसूत्र,* वेदांत दर्शन, वैशेषिक दर्शन, शंकराचार्य, षड्-दर्शन-1 और 2, संस्कृत काव्यशास्त्र, स्मृति-साहित्य, सांख्य दर्शन-1 और 2, सिद्ध-नाथ परम्परा।

संदर्भ

1. देवी प्रसाद चट्टोपाध्याय (2005), *लोकायत : प्राचीन भौतिकवाद का अध्ययन,* राजकमल प्रकाशन,नयी दिल्ली.
2. सर्वपल्ली राधाकृष्णन (2012), *भारतीय दर्शन,* खण्ड 2, अध्याय 7, राजपाल ऍंड संज़, नयी दिल्ली.
3. के. दामोदरन (1982), *भारतीय चिंतन परम्परा,* पीपुल्स पब्लिशिंग हाउस, नयी दिल्ली.
4. आचार्य बलदेव उपाध्याय (2000), *भारतीय दर्शन की रूपरेखा,* चौखम्भा प्रकाशन, वाराणसी.

— अजय कुमार पाण्डेय

लोकतंत्र

(Democracy)

लोकतंत्र यानी डेमॉक्रैसी यूनानी भाषा के दो शब्दों डेमोस (जनता) और क्रेटिया (तंत्र) से मिल कर बना है। इसका सीधा मतलब निकलता है जनता का तंत्र। प्रत्येक राजनीतिक समुदाय को यह तय करना पड़ता है कि उस पर कौन शासन करेगा, सरकार किन उसूलों के आधार पर बनाई जाएगी और इस मक़सद के लिए किस तरह के संस्थागत विन्यास की आवश्यकता होगी। लोकतंत्र का विचार इस तरह के सामूहिक फ़ैसले लेने का आधार मुहैया कराता है। इस लिहाज़ से लोकतंत्र न केवल एक निर्णय लेने संबंधी विधि है, बल्कि वह कुछ विशेष मूल्यों और आचरणों की संहिता भी है जिसके ज़रिये लोग फ़ैसलों पर पहुँचते हैं। राजनीतिक समानता के केंद्रीय मूल्य के तहत लोकतंत्र इस मानक पर चलता है कि मत, हित और नैतिकता के लिहाज़ से प्रत्येक व्यक्ति का मूल्य समान है इसलिए राजनीतिक प्रक्रिया से किसी को बाहर नहीं किया जा सकता। इसी आग्रह से 'एक व्यक्ति-एक वोट' के सिद्धांत का जन्म हुआ है जो किसी पदानुक्रम या विरासत में मिली हैसियत या उस पर आधारित भेदभाव को ख़ारिज करता है। इस लोकतांत्रिक मानक को स्वीकार करने के पीछे बहुत लम्बे संघर्ष की कहानी है। शुरू में मतदान का अधिकार केवल युरोप और अमेरिका के सम्पदाधारियों और श्वेतांगों को ही प्राप्त था। फिर क्रमश: यह अधिकार सभी तरह के शिक्षितों, मज़दूरवर्गीय श्वेत नागरिकों, अश्वेतों और स्त्रियों को मिला। एशिया और अफ़्रीका में हुए उपनिवेशवाद विरोधी संघर्षों की जीत ने भारत जैसे देशों की जनता के लिए स्वशासन का रास्ता खोला। भारत में 'एक वोट-एक व्यक्ति' का अधिकार बिना किसी भेदभाव के प्रत्येक नागरिक को एक साथ दिया गया।

आजकल लोकतंत्र के विचार का इस क़दर बोलबाला है कि भूमण्डलीय पैमाने पर वर्तमान कालावधि को निर्विवाद रूप से लोकतंत्र का युग ही क़रार दे दिया गया है। फ़ौजी शासक, तानाशाह और राजशाहियाँ तक ख़ुद को लोकतंत्र कहना पसंद करती हैं। किसी को अलोकतांत्रिक कहना एक गंभीर आरोप की तरह लिया जाता है।

लोकतंत्र की यह साख हमेशा से ही ऐसी नहीं थी। बहुत समय तक लोकतंत्र को भीड़-तंत्र या अक्षम शासन की संज्ञा दी जाती रही है। इस अवधारणा पर समाज-विज्ञान और सामान्य राजनीति के हलकों में ज़बरदस्त विवाद होता रहा है। इसके साथ कुछ बुनियादी सवाल हमेशा से जुड़े रहे हैं : लोकतंत्र का मतलब अगर जनता का शासन है तो फिर जनता

किसे समझा जाना चाहिए, और वह किस तरह हुकूमत करेगी? उसके शासन का दायरा क्या होगा, सरकार चलाने में किन संस्थाओं से काम लिया जाएगा और किन उद्देश्यों की पूर्ति की जाएगी? इन प्रश्नों का अगर उत्तर खोजा जाए तो हमारे हाथ लोकतंत्र की एक सर्वमान्य क़िस्म नहीं लगती। कई क़िस्में और मॉडल सामने आते हैं। लोकतंत्र उदारतावादी होता है, सामाजिक होता है, प्रत्यक्ष या अप्रत्यक्ष हो सकता है। लोकतंत्र रैडिकल हो सकता है, विचारात्मक हो सकता है, क्रियाविधिक या तात्त्विक हो सकता है, बलशाली या दुर्बल हो सकता है, सहचारी हो सकता है, बहुलवादी या अभिजनोन्मुख हो सकता है।

बहरहाल, लोकतंत्र कैसा भी हो, उसके मर्म में लोकप्रिय सत्ता की अवधारणा निहित है जिसके तहत सत्ता और प्राधिकार अंततः जनता के हाथ में माना जाता है। अलोकतांत्रिक सरकार में निर्णय जनता की सहमति के बिना ले कर उस पर थोप दिये जाते हैं। लेकिन, लोकतांत्रिक व्यवस्था सुनिश्चित करती है कि सत्ताधारी कारकुन जनता के प्रति जवाबदेह रहें। जनता की यह सहमति ही सरकार के प्राधिकार को वैध बनाती है। सहमति का प्रश्न सहभागिता के प्रश्न की तरफ़ ले जाता है। आख़िर जनता की सहभागिता किस सीमा तक होनी चाहिए ताकि उससे निकलने वाली सहमति पर्याप्त रूप से वैध मानी जा सके?

ईसापूर्व पाँचवीं और चौथी सदी में प्राचीन एथेंस के नगर-राज्य में प्रत्यक्ष लोकतंत्र का मॉडल प्रचलित था जिसमें हर निर्णय में प्रत्येक नागरिक भागीदारी करता था। एक सार्वजनिक स्थान पर सभी जमा होते थे और आपस में बहस करके शासन संबंधी फ़ैसले लिए जाते थे। पर्चियाँ डाल कर खुली सभाओं में कार्याधिकारियों का चुनाव होता था और सभी अधिकार अल्पावधि के लिए ही अधिकारसम्पन्न किये जाते थे ताकि एक-एक करके सभी को शासन में सीधी भागीदारी मिल सके। यह मॉडल उच्च स्तर की राजनीतिक जवाबदेही, राजनीतिक सक्रियता और नागरिक जागरूकता पर टिका हुआ था। नागरिक के लिए सहभागिता एक पवित्र कर्तव्य और पूर्णकालिक कार्य था। नागरिकों से अपेक्षा की जाती थी कि वे अपने निजी स्वार्थों को पूरी तरह से छोड़ कर केवल सामुदायिक हितों को ही तरज़ीह देंगे ताकि सभी के लिए उत्तम जीवन उपलब्ध किया जा सके। यह माना जाता था कि सहभागिता के ज़रिये ही नागरिक अपना बुद्धिसंगत विकास कर सकते हैं। प्राचीन रोम में भी एथेंस के लोकतंत्र के इन्हीं मूल्यों को अपनाया गया था। रोम के तंत्र को नागरिक गणराज्यवाद की संज्ञा भी दी जाती है।

सिद्धांत के तौर पर प्रत्यक्ष लोकतंत्र की मानकीय विरासत इतनी आकर्षक है कि रूसो जैसे अट्ठारहवीं सदी के चिंतक से लेकर आज के नारीवादियों और समाजवादियों तक अपने लोकतांत्रिक सिद्धांत की, इसी के आधार पर व्याख्या करते हैं। पर इस मॉडल के साथ ऐतिहासिक रूप से दो समस्याएँ जुड़ी हुई हैं : पहली बात तो यह है कि एक छोटे नगर-राज्य में ही लागू किया जा सकता है। दूसरी यह कि स्त्रियों, दासों और नगर-राज्य में बाहर से आने वाले लोगों को नागरिक होने के अधिकार प्राप्त नहीं थे। इन गैर-नागरिकों के श्रम और आर्थिक गतिविधियों के आधार पर ही वयस्क पुरुष नागरिक अपनी सहभागिता सुनिश्चित कर पाते थे। इस तरह यह मॉडल नागरिकों की समानता पर गैर-नागरिकों के बहिर्वेशन और असमानता पर आधारित था।

लोकतंत्र का दूसरा मॉडल अप्रत्यक्ष अथवा प्रातिनिधिक लोकतंत्र का है जिसके तहत जनता अपने प्रतिनिधि चुन कर भेजती है जो जनता और सरकार के बीच सूत्र बनते हैं। उनके ज़रिये जनता सत्ता के बेजा इस्तेमाल को रोकती है। उदारतावादी लोकतंत्र इसी विधि से चलता है। आज की दुनिया में अधिकतर लोकतंत्र अप्रत्यक्ष क़िस्म के और प्रातिनिधिक हैं। प्रतिनिधि और जनता के बीच रिश्ते को लेकर मुख्यतः तीन मत हैं : पहला, अपने चुनाव क्षेत्र की जनता के हितों का ध्यान रखना प्रतिनिधियों का पहला कर्तव्य होना चाहिए; दूसरा, प्रतिनिधि मतदाताओं की राय से बँधा नहीं रह सकता, क्योंकि उसे अपने विवेक का सहारा लेकर जनता के नाम पर सक्रिय रहना चाहिए; तीसरा, उसे अपनी राजनीतिक पार्टी द्वारा निर्धारित नीतियों और कार्यक्रमों को अमल करने का दायित्व निभाना चाहिए, क्योंकि वह उसी के ज़रिये प्रतिनिधित्व प्राप्त करता है। दरअसल, प्रतिनिधित्व के ये तीनों आधारभूत उसूल जनता की सहभागिता की गारंटी नहीं करते। ठोस जवाबदेही की कमी इस तरह की व्यवस्था में नौकरशाहीकरण, भ्रष्टाचार, केंद्रीकरण, पारदर्शिता के अभाव की समस्याएँ पैदा करती हैं।

हालाँकि प्रत्यक्ष और अप्रत्यक्ष लोकतंत्रों को एक-दूसरे के ख़िलाफ़ रख कर देखा जाता है, पर राजनीतिक सिद्धांत की दुनिया में हुई बहसें दोनों को जोड़ने की तजवीज़ करती हुई नज़र आती हैं। इसलिए उनमें सहभागिता के स्तर को लेकर हमेशा संशय बना रहता है। लगातार कोशिश की जाती रहती है कि इसे बढ़ाने की विधियाँ निकाली जाएँ। भारत में हाल ही में पारित सूचना का अधिकार एक ऐसी ही पहलक़दमी है जिसके ज़रिये सरकार का कामकाज जनता की निगाहों के लिए खुल जाता है। इसी तरह केंद्रीकरण की समस्या से निबटने के लिए विकेंद्रीकरण के उपायों को तलाशा जाता है। जन-सुनवायी, स्थानीय निकायों को अधिकार सम्पन्न करना, रेज़ीडेंट वेलफेयर एसोसिएशनों के ज़रिये सहभागिता में वृद्धि के प्रयास इसी दृष्टि से देखे जाने चाहिए। भारत में ग्राम सभा की संस्था प्रत्यक्ष लोकतंत्र का एक उदाहरण है, पर उसे प्रातिनिधिक लोकतंत्र के साथ जोड़

दिया गया है। इसी तरह जनमत संग्रह, जनता की पहलक़दमी और जनता द्वारा प्रतिनिधि वापस बुलाने की प्रक्रिया भी प्रत्यक्ष लोकतंत्र की ही बानगियाँ हैं जिन्हें प्रातिनिधिक लोकतंत्र के साथ जोड़ने की वकालत की जाती रहती है।

देखें : अधिकार, अधिकार : सैद्धांतिक यात्रा, अरस्तू, अफ़लातून, अनुदारतावाद, अराजकतावाद, अन्य-अन्यीकरण, उदारतावाद, उपयोगितावाद, एडमण्ड बर्क, क्रांति, ज्याँ ज़ाक रूसो, जॉन लॉक, जेरेमी बेंथम, जॉन स्टुअर्ट मिल, जॉन रॉल्स, थॉमस हॉब्स, थॉमस पेन, न्याय, न्याय : नारीवादी आलोचना, न्याय : रॉल्स का सिद्धांत, राजनीति में व्यक्ति की भूमिका, नागरिकता, नागरिकता : अन्य परिप्रेक्ष्य-1 और 2, नागर समाज, पनोप्टिकॉन, प्रतिनिधित्व, प्रगति, प्रगति : आलोचनात्मक परिप्रेक्ष्य, प्रशासन, फ़ासीवाद, फ्रेड्रिख़ वॉन हायक, बहुसंस्कृतिवाद, बहुसंख्यकवाद, बहुसंख्यक-अल्पसंख्यक, बुद्धिवाद, माइकेल जोसेफ़ ओकशॉट, माइकिल वाल्ज़र, मिशेल पॉल फ़ूको-1 और 2, यूटोपिया, राजनीतिक और राजनीति, राजनीतिक दर्शन के नारीवादी आयाम-1 और 2, राजनीतिक मनोविज्ञान, राजनीतिक समाजशास्त्र, राज्य-1 और 2, रॉबर्ट नॉज़िक, राष्ट्र-राज्य, राष्ट्र : सांस्कृतिक या राजनीतिक, राष्ट्रवाद, राष्ट्रवाद का इतिहास, लोकतंत्र की आलोचनाएँ, व्यक्तिवाद, विल किमलिका, सविनय अवज्ञा, स्वतंत्रतावाद, सर्वसत्तावाद, सम्प्रभुता, समाजवाद, सरकारियत, सामाजिक समझौता, हेनरी डेविड थोरो।

संदर्भ

1. सत्यपाल गौतम (2001), *समाज दर्शन*, देखें 'लोकतंत्र' पर अध्याय, हरियाणा साहित्य अकादमी, चण्डीगढ़.
2. जानकी श्रीनिवासन (2008), 'डेमॉक्रैसी', राजीव भार्गव और अशोक आचार्य (सम्पा.), *पॉलिटिकल थियरी : ऐन इंट्रोडक्शन*, पियर्सन लोंगमेन, नयी दिल्ली.
3. एंथनी अलबास्टर (1994), *डेमॉक्रैसी : कंसेप्ट्स इन द सोशल साइंसिज़*, ओपन युनिवर्सिटी प्रेस, न्यूयॉर्क.
4. फ्रैंक कनिंघम (2002), *थियरीज़ ऑफ़ डेमॉक्रैसी : अ क्रिटिकल इंट्रोडक्शन*, लंदन, रॉटलेज, न्यूयॉर्क.

— **अभय कुमार दुबे**

लोकतंत्र की आलोचनाएँ

(Critiques of Democracy)

लोकतंत्र के आलोचक मुख्यतः दो खेमों में बँटे हुए हैं : एक वे जो लोकतंत्र को ही आपत्तिजनक मानते हैं, और दूसरे वे जो किसी ख़ास तरह के लोकतंत्र की अपर्याप्तताओं से नाराज़ हैं और उसे बेहतर बनाना चाहते हैं। लोकतंत्र की ये आलोचनाएँ प्रकारांतर से उसके सर्वाधिक प्रचलित संस्करण उदारतावादी लोकतंत्र पर भी लागू होती हैं।

प्लेटो पहले क़िस्म के आलोचक थे जिन्होंने एथेंस के प्रत्यक्ष लोकतंत्र को आड़े हाथों लेते हुए उसे अक्षम और अकुशल व्यवस्था क़रार दिया था। उनकी मान्यता थी कि सरकार चलाने विशेषज्ञों का काम है और हर व्यक्ति को शासन करने लायक मानना मानवीय प्रकृति की भ्रांत समझ का परिणाम है। इनसानों को बुनियादी रूप से असमान मानने वाले प्लेटो के मुताबिक़ हुकूमत वही कर सकता है जिसमें राजा और दार्शनिक के मिले-जुले गुण हों। यह फ़िलॉसफ़र-किंग की अवधारणा थी। साधारण लोगों के शासन में निहित जोखिमों को देखते हुए ही अरस्तू ने लोकतंत्र को अशुद्ध प्रणालियों की श्रेणी में रखा था।

लेकिन दूसरे ख़ेमे के आलोचकों ने भी लोकतंत्र के मौजूदा संस्करणों में बहुत सी ख़ामियाँ खोज निकाली हैं। उन्नीसवीं सदी में युरोपीय और अमेरिकी लोकतंत्रों के अनुभव का सार-संकलन करते हुए टॉकवील ने 'बहुमत की निरंकुशता' जैसी अभिव्यक्ति का इस्तेमाल करके लोकतंत्र के तहत अल्पसंख्यकों और व्यक्तिगत स्वतंत्रता के लिए पैदा होने वाले ख़तरों की तरफ़ इशारा किया था। टॉकवील इसके सांस्कृतिक फलितार्थों से ख़ास तौर पर चिंतित थे। बहुमत के सांस्कृतिक मानकों का बोलबाला न केवल विविधता को समाप्त करता है, बल्कि नैतिकताओं, शिष्टताओं और सृजनशीलता की दुनिया को दरिद्र भी कर देता है। 'लोकप्रिय दायरे' में संस्कृति और अभिरुचियों का स्तर गिर जाता है। यही तर्क जन-हित को होने वाले नुक़सान की ओर भी इंगित करता है। लोकप्रिय होने की चाहत या वोट पाने के लिए लोकप्रिय भावनाओं के सामने घुटने टेकने की प्रवृत्ति से वास्तविक जन-हित को ठेस लग सकती है, सही और बुद्धिसंगत नीतियाँ बनने में बाधा पड़ सकती है। जॉन स्टुअर्ट मिल ने भी बहुमत की निरंकुशता और घटिया सरकार को लोकतंत्र की सबसे बड़ी दुर्बलताओं के रूप में देखा है। अल्पमत की आवाज़ें ख़ामोश कर दी जाती हैं, और कमतर क़िस्म के लोग अहम जिम्मेदारियाँ निभाते हुए देखे जाते हैं। बहुमत का उसूल

अल्पमत की राय, विशेषज्ञों और प्रतिभाशाली लोगों की भागीदारी को हाशिये पर न डाल सके, इसके लिए मिल ने आनुपातिक प्रतिनिधित्व और पर्याप्त रूप से शिक्षितों को एक से अधिक वोट का अधिकार देने का सुझाव दिया था। उनकी मान्यता थी कि बहुमत के शासन में समरूपता और अनुपालन थोपने की प्रवृत्ति होती है, जबकि प्रगति के लिए अनुपालन विरोधी प्रतिभा की आवश्यकता होती है। वे विधि निर्माण का काम विशेषज्ञों की कमेटी को और शासन का काम कुशल अधिकारी तंत्र को देने के पक्ष में थे। उन्होंने जिस प्रातिनिधिक विधायिका की कल्पना की थी, उसका काम विधि-निर्माण पर बहस-मुबाहिसा करना और सरकार के कामकाज पर नज़र रखना था। सैद्धांतिक दृष्टि से देखा जाए तो मिल अभिजनोन्मुखता, सहभागिता और समानता को जोड़ देते हैं। उदारतावादी चिंतन के लिहाज़ से यह एक अनूठी तजवीज़ है। यह अलग बात है कि उन्होंने भारत जैसे औपनिवेशिक देश में प्रातिनिधिक लोकतंत्र के लिए अपनी सहमति नहीं दी थी, क्योंकि वे इस तरह का लोकतंत्र केवल 'सभ्य' देशों में ही सम्भव मानते थे। भारत तो उनके लिए एक 'बर्बर' देश था जहाँ उस समय तक निरंकुश शासन की ज़रूरत थी जब तक वह लोकतंत्र ग्रहण करने योग्य न हो जाए।

लोकतंत्र की एक और आलोचना अभिजनों के नज़रिये से की गयी है। इसके अनुसार कारगर लोकतंत्र सम्भव ही नहीं है क्योंकि हर जगह सत्ता अभिजनों के हाथ में ही केंद्रित हो जाती है। हर जगह अभिजनों का छोटा सा समूह समाज के ज़्यादा बड़े हिस्से पर अपने हितों को साधते हुए हुकूमत करता है। ये अल्पजन अपनी बेहतर कुशलता, योग्यता, मनोबल, राजनीतिक दक्षता और बेहतर एकता के कारण बहुजनों पर हावी होने में कामयाब हो जाते हैं। अभिजनवादी चिंतक बहुलवादी चिंतकों के इस दावे का खण्डन करते हैं कि सत्ता पूरे समाज में बँटी होती है। सी. राइट मिल्स द्वारा किये गये अमेरिकी लोकतंत्र के अध्ययन में 'पॉवर इलीट' की अवधारणा उभरती है। ये सत्तारूढ़ अभिजन घनिष्ठ रूप से एकजुट होने के साथ-साथ समान पृष्ठभूमि और मूल्यों से सम्पन्न दिखाये गये हैं। लोकतंत्र के नाम पर दरअसल कार्यकारी सत्ता पर इसी वर्ग के लोगों का क़ब्ज़ा रहता है। मिशेल्स द्वारा की किये गये सोशलिस्ट पार्टियों के अध्ययन में भी यह तथ्य उभर कर आता है कि निर्णय प्रक्रिया की बागडोर नौकरशाहीकरण और केंद्रीकरण की वजह से एक छोटे से नेतृत्वकारी गुट के हाथों में चली जाती है। यह गुट मज़दूर वर्ग से कोई सलाह-मशविरा नहीं करता और अक्सर इसके फ़ैसले उस वर्ग के हितों के विपरीत जाते हैं। इसे मिशेल्स ने 'आइरन लॉ ऑफ़ ओलिगार्की' कहा है।

लोकतंत्र की इन ख़ामियों को भारतीय लोकतंत्र में भी देखा जा सकता है जहाँ वंश शासन की प्रवृत्ति विद्यमान है। पहले तो इस कुटैव की आलोचना भी होती थी, पर अब वह भी बंद हो गयी है। दरअसल, कुछ परिवारों के हाथों में लोकतांत्रिक राजनीति की बागडोर केंद्रित होती चली जा रही है। ऐसे परिवार केंद्र में भी हैं, और राज्यों में भी। यह परिघटना लगभग सभी देशों में किसी न किसी रूप में पायी जाती है।

अगर लोकतंत्र अपने सारतत्त्व में अभिजनों का शासन ही है तो इसका मतलब यह हुआ कि जनता को अभिजनों के बीच से ही अपने शासक चुनने की छूट होती है। जोसेफ़ शुमपीटर ने अपनी विख्यात रचना *कैपिटलिज़्म, सोशलिज़्म ऐंड डेमॉक्रैसी* में प्रतियोगितामूलक अभिजनवाद का मॉडल पेश करते हुए दावा किया है कि यह मॉडल आधुनिक औद्योगिक समाजों के लिए सबसे ज़्यादा कारगर है। वे मानते हैं कि निष्क्रिय नागरिकता अच्छे शासन के लिए अच्छी बात है। शुमपीटर की निगाह में लोगों को केवल आपस में होड़ कर रहे अभिजनों के बीच से निर्वाचन करने तक ही सीमित रहना चाहिए। इस तरह वे लोकतंत्र को अभिजनों के शासन को वैधता देने का एक ज़रिया बना देना चाहते हैं।

लोकतंत्र की इन तमाम आलोचनाओं में एक ख़ूबी तो निश्चित रूप से है ही कि ये लोकतांत्रिक व्यवहार की असलियत को उघाड़ कर सामने ला देती हैं। लेकिन, दूसरी तरफ़ अगर लोकतंत्र की इन समस्याओं को अशोधनीय मान लिया जाएगा तो इनसानों की असमानता के सिद्धांत को भी मान्यता देनी पड़ेगी। कुल मिला कर ये आलोचनाएँ अपनी प्रवृत्ति में निराशाजनक हैं।

देखें : अधिकार, अधिकार : सैद्धांतिक यात्रा, अरस्तू, अफ़लातून, अनुदारतावाद, अराजकतावाद, अन्य-अन्यीकरण, उदारतावाद, उपयोगितावाद, एडमण्ड बर्क, क्रांति, ज्याँ ज़ाक रूसो, जॉन लॉक, जेरेमी बेंथम, जॉन स्टुअर्ट मिल, जॉन रॉल्स, थॉमस हॉब्स, थॉमस पेन, न्याय, न्याय : नारीवादी आलोचना, न्याय : रॉल्स का सिद्धांत, राजनीति में व्यक्ति की भूमिका, नागरिकता, नागरिकता : अन्य परिप्रेक्ष्य-1 और 2, नागर समाज, पनोप्टिकॉन, प्रतिनिधित्व, प्रगति, प्रगति : आलोचनात्मक परिप्रेक्ष्य, प्रशासन, फ़ासीवाद, फ्रेड्रिख़ वॉन हायक, बहुसंस्कृतिवाद, बहुसंख्यकवाद, बहुसंख्यक-अल्पसंख्यक, बुद्धिवाद, माइकेल जोसेफ़ ओकशॉट, माइकिल वाल्ज़र, मिशेल पॉल फ़ूको-1 और 2, यूटोपिया, राजनीतिक और राजनीति, राजनीतिक दर्शन के नारीवादी आयाम-1 और 2, राजनीतिक मनोविज्ञान, राजनीतिक समाजशास्त्र, राज्य-1 और 2, रॉबर्ट नॉज़िक, राष्ट्र-राज्य, राष्ट्र : सांस्कृतिक या राजनीतिक, राष्ट्रवाद, राष्ट्रवाद का इतिहास, लोकतंत्र, व्यक्तिवाद, विल किमलिका, सविनय अवज्ञा, स्वतंत्रतावाद, सर्वसत्तावाद, सम्प्रभुता, समाजवाद, सरकारियत, सामाजिक समझौता, हेनरी डेविड थोरो।

संदर्भ

1. भीखू पारेख (1992), 'दि कल्चरल पर्टीकुलरिटी ऑफ़ लिबरल डेमॉक्रैसी', *पॉलिटिकल स्टडीज़* XL, विशेषांक.
2. सत्यपाल गौतम (2001), *समाज दर्शन,* देखें 'लोकतंत्र' पर अध्याय, हरियाणा साहित्य अकादमी, चंडीगढ़.
3. जानकी श्रीनिवासन (2008), 'डेमॉक्रैसी', राजीव भार्गव और अशोक आचार्य (सम्पा.), *पॉलिटिकल थियरी : ऐन इंट्रोडक्शन,* पियर्सन लोंगमेन, नयी दिल्ली.

— अभय कुमार दुबे

व

व्यक्तिवाद

(Individualism)

समाज-विज्ञान के कई राजनीतिक सिद्धांतों और सामाजिक व्याख्याओं के मर्म में व्यक्तिवाद का विचार है। तत्त्व-चिंतन की दृष्टि से व्यक्तिवाद ब्रह्माण्ड को अलग-अलग की जा सकने वाली व्यक्तिगत इकाइयों से रचा हुआ मान कर चलता है। ईसाई तत्त्व-चिंतन में इसका संबंध प्रोटेस्टेंट आस्थाओं से जोड़ा जाता है जो पादरी या चर्च के हस्तक्षेप के बिना व्यक्ति और ईश्वर के बीच सीधे तादात्म्य की स्थिति देखती हैं। हालाँकि मनुष्य और भगवान के बीच निजी धरातल पर सीधे तादात्म्य का सिद्धांत हिंदू तत्त्व-चिंतन में भी प्रधान हैसियत रखता है, पर समाज-विज्ञान के हल्कों में इसकी शिनाख़्त व्यक्तिवाद के स्रोत के तौर पर नहीं की जाती। मुख्यत: यह एक पश्चिमी विचार है और उदारतावाद जैसे महा-सिद्धांत के लिए इसका महत्त्व विधेयक माना जाता है। उदारतावादी चिंतक व्यक्ति के अविभाज्य अधिकारों के समर्थक हैं। सामाजिक समझौते का सिद्धांत राजनीतिक व्यक्तिवाद की पद्धति का इस्तेमाल करके ही रचा गया है।

राज्य के अधिकार सीमित रखने के आग्रह, मुक्त बाज़ार, अभिव्यक्ति की स्वतंत्रता और व्यक्तिगत सम्पत्ति जैसी अवधारणाएँ व्यक्तिवाद के बिना नहीं पनप सकती थीं। इनके मुताबिक़ सरकार नागरिकों के रूप में व्यक्तियों की सहमति से बनती है और उसकी भूमिका उन्हीं नागरिकों के अधिकारों की रक्षा तक ही सीमित रहनी चाहिए। उन्नीसवीं सदी के अमेरिकी व्यक्तिवादी चिंतकों का मत तो यहाँ तक था कि व्यक्ति को किसी भी क़ीमत पर अपना अंत:करण किसी निर्वाचित या किसी भी अन्य तरह के नेता के अधीन नहीं करना चाहिए। व्यक्तिवाद का यह आयाम उसे अराजकतावादी फलितार्थों के नज़दीक पहुँचा देता है। लेकिन, व्यक्तिवाद का दिलचस्प पहलू यह है कि आधुनिक समय में इसके ज़रिये समाज-विज्ञान में सामाजिक कल्याण और राज्य के हस्तक्षेप की धारणाओं को भी पुष्ट किया गया है। व्यक्तिवादी सूत्रीकरणों का इस्तेमाल वामपंथियों ने भी किया है और दक्षिणपंथियों ने भी। इस दोतरफ़ा उपयोग के बावजूद सभी व्यक्तिवादी चिंतक इस बात पर एकमत हैं कि व्यक्ति की गरिमा, उसकी निजता और उसके अंतर्भूत मूल्य को हर परिस्थिति में सर्वोच्च प्राथमिकता दी जानी चाहिए।

राज्य की भूमिका को सीमित रखने का आग्रह रखने वाले व्यक्तिवादी मुक्त बाज़ार आधारित पूँजीवाद का पक्ष लेते हैं। वे मान कर चलते हैं कि व्यक्ति आत्म-निर्भर और स्व-हित में दिलचस्पी रखने वाली शै है जो मुक्त विनिमय के ज़रिये सम्पत्ति का उत्पादन कर सकता है। वह अपनी क्षमताओं का ख़ुद मालिक है और किसी भी अर्थ में वह समाज का ऋणी नहीं है। लेकिन, व्यक्तिवाद के सिद्धांत का इस्तेमाल एल.टी. हॉबहाउस और टी.एच. ग्रीन ने आर्थिक जीवन में राज्य के हस्तक्षेप को जायज़ ठहराने के लिए किया है। वे व्यक्ति को अपने स्व-हित की संकीर्णता में ही सीमित नहीं देखना चाहते। वे उसे सामाजिक रूप से उत्तरदायी और साथी मनुष्यों के प्रति परोपकारी भावनाओं से परिपूर्ण की तरह देखते हैं। जॉन स्टुअर्ट मिल ने अपनी रचना *ऑन लिबर्टी* में वैयक्तिकता के सिद्धांत का सूत्रीकरण किया। उन्होंने मुक्त व्यापार की वकालत ऐडम स्मिथ की तरह भौतिक ख़ुशहाली की ख़ातिर न करके व्यक्तिगत स्तर पर आत्म-विकास की ख़ातिर की। स्वतंत्रता पर लिखी गयी इस विख्यात रचना में मिल ने जेरेमी बेंथम के विचारों को और परिष्कृत रूप में पेश किया। उन्होंने तर्क दिया कि किसी व्यक्ति के मत का समाज या राज्य के सामूहिक निर्णय के आधार पर दमन नहीं किया

जा सकता। वे निजी स्वाधीनता को बचाने की पैरोकारी करते हैं और बेंथम से परे जाते हुए सुख को वैयक्तिकता की रक्षा के रूप में देखते हैं। उनके यहाँ वैयक्तिकता मनुष्य की इयत्ता के विकास की पूर्वशर्त है। प्रगति तभी होगी जब अपनी वैयक्तिकता में दूसरों से भिन्न हो कर व्यक्ति समाज के लिए उपयोगी होगा। मिल स्वाधीनता के तीन आयाम बताते हैं : विचार और बहस की स्वतंत्रता, वैयक्तिकता का सिद्धांत और व्यक्ति की क्रियाओं पर राज्य और समाज के नियंत्रण की सीमा।

ज़ाहिर है कि व्यक्तिवादी चिंतन की यह दूसरी धारा इस सिद्धांत को व्यक्तिगत लालच की सीमाओं से निकाल कर उसका विस्तार व्यक्तिगत आत्म-विकास तक करती है। अहंवादी व्यक्तिवाद इन व्याख्याओं के तहत वैकासिक व्यक्तिवाद का रूप ले लेता है। इसी कारण से कुछ समाजवादी चिंतकों ने भी व्यक्तिवाद को अपनाया है। उनके अनुसार अगर मनुष्य स्वाभाविक रूप से सामाजिक प्राणी है तो व्यक्तिवाद का तात्पर्य स्व-हित तक सीमित न रह कर बिरादराना सहयोग और सामुदायिक जीवन से जुड़ा होना चाहिए। फ्रांसीसी समाजवादी ज्याँ जौरेज़ ने तो उन्नीसवीं सदी में समाजवाद को व्यक्तिवाद की तार्किक परिणति तक क़रार दिया था। एंथनी गिडेंस जैसे समकालीन विद्वान तीसरी धारा की नुमाइंदगी करते हैं। व्यक्तिवाद की नयी परिभाषा करते हुए उन्होंने स्वायत्तता सम्पन्न व्यक्ति को आपसी निर्भरता और पारस्परिकता के माहौल में सक्रिय हस्ती के रूप में देखा है।

सेमुअल स्माइल्स ने 1859 में *सेल्फ़-हेल्प* नामक किताब लिखी थी, जिसे व्यक्तिवाद की बाइबिल समझा जाता है। स्माइल्स ने उद्यम, एकाग्रता और टिकाऊपन की विक्टोरियन ख़ूबियों की सराहना करते हुए बिना किसी बाहरी मदद (यानी समाज-कल्याण) के की गयी 'सेल्फ़-हेल्प' को व्यक्ति के सच्चे विकास का आधार क़रार दिया था। इन विचारों को हरबर्ट स्पेंसर द्वारा प्रतिपादित सामाजिक डार्विनवाद को सर्वोच्च अभिव्यक्ति मिली। इस तरीक़े से स्पेंसर ने व्यक्तिवाद को जैविक आधार प्रदान करने की कोशिश की। इन विचारों को अस्सी के दशक में रेगनोमिक्स और थैचराइज़ेशन के तहत नव-दक्षिणपंथी स्वर मिला। नये दक्षिणपंथियों ने लोकोपकारी राज्य को 'निर्भरता की संस्कृति' कह कर आड़े हाथों लिया। उनकी भाषा में ग़रीब और बेरोज़गार 'वेलफ़ैयर जंकी' क़रार दे दिये गये।

व्यक्तिवाद का महत्त्व न केवल एक मानकीय सिद्धांत के रूप में है, बल्कि उसका एक पद्धतिमूलक स्वरूप भी है। इसके तहत व्यक्ति के पूर्व-स्थापित मॉडल के आधार पर मान लिया जाता है कि उसकी आवश्यकताएँ, कामनाएँ और चालक-तत्त्व क्या-क्या हो सकते हैं। इसी 'निर्धारित' और 'प्रदत्त' मानवीय प्रकृति के आधार पर सत्रहवीं सदी में सामाजिक समझौते के सिद्धांत रचे गये थे और बीसवीं सदी के राजनीति विज्ञान में इसी का इस्तेमाल करके बुद्धिसंगत-चयन की थीसिस तैयार की गयी। व्यक्तिवाद की पद्धति के मुताबिक़ ही क्लासिकल और नियोक्लासिकल अर्थशास्त्र के सिद्धांतों का सूत्रीकरण हुआ। पद्धतिमूलक व्यक्तिवाद की सबसे बड़ी समस्या यह है कि ग़ैर-सामाजिक और अनैतिहासिक है। मानवीय प्रकृति समाज-दर-समाज बदलती रहती है। उसका कोई सार्वभौम निर्धारित या प्रदत्त रूप नहीं हो सकता।

समुदाय का प्रश्न आते ही व्यक्तिवाद को आलोचनाओं का सामना करना पड़ता है। व्यक्तिवाद की आलोचना समय-समय पर समाजवादी, समुदायवादी, अनुदारवादी, राष्ट्रवादी और सबसे ज़्यादा फ़ासीवादी चिंतकों द्वारा की गयी है। इन आलोचनाओं के केंद्र में मुख्यत: दो प्रश्न हैं : क्या व्यक्ति को समुदाय से स्वतंत्र और आत्म-निर्भर होना चाहिए? क्या ऐसा करने से सामाजिक एकता असम्भव नहीं हो जाएगी और व्यक्ति अलगाव व असुरक्षा का शिकार नहीं हो जाएगा?

देखें : अधिकार, अधिकार : सैद्धांतिक यात्रा, अरस्तू, अफ़लातून, अनुदारतावाद, अराजकतावाद, अन्य-अन्यीकरण, उदारतावाद, उपयोगितावाद, एडमण्ड बर्क, क्रांति, ज्याँ ज़ाक रूसो, जॉन लॉक, जेरेमी बेंथम, जॉन स्टुअर्ट मिल, जॉन रॉल्स, थॉमस हॉब्स, थॉमस पेन, न्याय, न्याय : नारीवादी आलोचना, न्याय : रॉल्स का सिद्धांत, राजनीति में व्यक्ति की भूमिका, नागरिकता, नागरिकता : अन्य परिप्रेक्ष्य-1 और 2, नागर समाज, पनोप्टिकॉन, प्रतिनिधित्व, प्रगति, प्रगति : आलोचनात्मक परिप्रेक्ष्य, प्रशासन, फ़ासीवाद, फ्रेड्रिख़ वॉन हायक, बहुसंस्कृतिवाद, बहुसंख्यकवाद, बहुसंख्यक-अल्पसंख्यक, बुद्धिवाद, माइकेल जोसेफ़ ओकशॉट, माइकिल वाल्ज़र, मिशेल पॉल फ़ूको-1 और 2, यूटोपिया, राजनीतिक और राजनीति, राजनीतिक दर्शन के नारीवादी आयाम-1 और 2, राजनीतिक मनोविज्ञान, राजनीतिक समाजशास्त्र, राज्य-1 और 2, रॉबर्ट नॉज़िक, राज्य-1 और 2, राष्ट्र-राज्य, राष्ट्र : सांस्कृतिक या राजनीतिक, राष्ट्रवाद, राष्ट्रवाद का इतिहास, लोकतंत्र, लोकतंत्र की आलोचनाएँ, व्यवहारवाद, विल किमलिका, सविनय अवज्ञा, स्वतंत्रतावाद, सर्वसत्तावाद, सम्प्रभुता, समाजवाद, सरकारियत, सामाजिक समझौता, हेनरी डेविड थोरो।

संदर्भ

1. जे. किंगडम (1992), *नो सच थिंग एज़ सोसाइटी? इंडिविडुअलिज़्म ऐंड क्म्युनिटी,* ओपन युनिवर्सिटी प्रेस, बकिंघम.
2. एस. ल्यूक्स (1973), *इनडिविडुअलिज़म,* ब्लैकवेल, ऑक्सफ़र्ड.
3. जी. ज़िमेल (1971), *ऑन इनडिविडुअलिटी ऐंड सोशल फ़ॉर्म्स,* युनिवर्सिटी ऑफ़ शिकागो प्रेस, शिकागो.

— अभय कुमार दुबे

वर्धा शिक्षा योजना

(Wardha Plan for Education)

वर्धा शिक्षा योजना गाँधी की देन है। उन्होंने शिक्षा पर सोचना और लिखना अपने दक्षिण अफ्रीका प्रवास में शुरू कर दिया था। गाँधी ने अपने शिक्षा संबंधी चिंतन को धरती पर उतारने का प्रयोग भी फ़ीनिक्स आश्रम में ही किया था। आश्रम के छोटे बच्चों को पढ़ाने की ज़िम्मेदारी उन्होंने स्वयं ली थी। अपने इन्हीं अनुभवों को आगे चलकर उन्होंने शिक्षा के क्षेत्र में भी स्थापित किया। वर्धा शिक्षा योजना के पीछे आधारभूत विचार इस प्रकार था : 'राष्ट्र के रूप में हम शिक्षा में इतने पिछड़े हुए हैं कि यदि हमने शिक्षा का यह कार्यक्रम धन पर आधारित किया, तो हम राष्ट्र के प्रति शिक्षा के अपने उत्तरदायित्वों का इस पीढ़ी से थोड़े समय में निर्वाह करने की आशा नहीं कर सकते। अत: मैंने रचनात्मक योग्यता की ख्याति को संकट में डालकर यह प्रस्ताव करने का साहस किया है कि शिक्षा आत्मनिर्भर होनी चाहिए। शिक्षा से मेरा तात्पर्य है बच्चे एवं पुरुष की सम्पूर्ण मानसिक तथा आत्मिक शक्तियों का सर्वतोमुखी विकास। साक्षरता न तो शिक्षा का अंत है और न आदि। यह तो अनेक साधनों में एक साधन है जिसके द्वारा मनुष्य एवं स्त्री को शिक्षित किया जा सकता है। साक्षरता स्वयं शिक्षा नहीं है। अत: मैं बच्चे की शिक्षा उसे एक उपयोगी हस्तशिल्प सिखा कर और जिस समय से वह अपनी शिक्षा प्रारम्भ करता है उसी समय से उसे उत्पादन करने योग्य बना कर प्रारम्भ करना चाहता हूँ। इस प्रकार राज्य विद्यालयों में निर्मित वस्तुओं को लेने का उत्तरदायित्व ले लें तो प्रत्येक विद्यालय आत्मनिर्भर बनाया जा सकता है।'

गाँधी जिस समय उपरोक्त शिक्षा संबंधी चिंतन में लगे हुए थे, उसके पहले यानी बीसवीं सदी के पहले तथा दूसरे दशक में लॉर्ड कर्ज़न द्वारा आयोजित शिक्षा सम्मेलन, और बंग-भंग जैसी प्रशासनिक नीतियों ने भारतीय जनमानस में नीतिगत संशय पैदा कर दिया था। इसी की संगठित अभिव्यक्ति राष्ट्रीय शिक्षा आंदोलन के रूप में सामने आयी। इस आंदोलन ने लोगों में शिक्षा के प्रश्न पर कुछ हद तक जागरूकता पैदा की, लेकिन यह जागरूकता विशेष रूप से बाहरी क्षेत्रों तथा स्वतंत्रता के लिए आंदोलन कर रहे लोगों तक ही सीमित थी। लेकिन इसके बावजूद राष्ट्रीय स्तर पर इस आंदोलन के प्रभाव से इनकार नहीं किया जा सकता। शिक्षा के क्षेत्र में अंतर्राष्ट्रीय परिदृश्य में कुछ ऐसी घटनाएँ घट रही थीं जिनका प्रभाव भी इस आंदोलन पर पड़ा। कई यूरोपीय देशों ने अपने यहाँ प्राथमिक शिक्षा अनिवार्य करनी प्रारम्भ कर दी थी। सर्वप्रथम स्वीडन ने 1842 में प्रारम्भिक शिक्षा अनिवार्यत: लागू की। 1852 में संयुक्त राज्य अमेरिका ने, 1860 में नार्वे ने, 1870 में इंग्लैण्ड ने और 1905 में हंगरी ने भी प्रारम्भिक शिक्षा को अनिवार्य कर दिया। शिक्षा के क्षेत्र में इन महत्त्वपूर्ण परिवर्तनों ने एक तरफ़ औपनिवेशिक शासकों पर नैतिक दबाव बनाया ही, साथ ही दूसरी तरफ़ देश के अंदर शिक्षा की माँग बढ़ी। कांग्रेस के नेताओं का ध्यान भी इधर गया। इसी कड़ी में गाँधी भी *हरिजन* में 'नयी तालीम' शीर्षक के तहत आलेखों की शृंखला प्रकाशित कर रहे थे।

इन्हीं परिस्थितियों में गाँधी ने प्रारम्भिक शिक्षा (प्राथमिक) की एक परियोजना प्रस्तुत की और उसका नाम नयी तालीम रखा। उनका मक़सद परम्परागत अंग्रेज़ी शिक्षा से हट कर तत्कालीन आवश्यकताओं एवं संसाधनों के आलोक में एक ऐसी शिक्षा व्यवस्था खड़ी करना था जो इस नाम को चरितार्थ कर सके। *हरिजन* के आलेखों में गाँधी ने प्राय: नयी तालीम शब्द का ही प्रयोग किया है, लेकिन आगे चलकर 1937 के वर्धा शिक्षा सम्मेलन में गठित समिति ने संशोधन करते हुए इसे बुनियादी तालीम नाम दिया। लेकिन यह नाम भी स्थायी नहीं रहा। कुछ दिन बाद इसे बेसिक शिक्षा के नाम से जाना गया।

गाँधी ने अपने शिक्षा संबधी विचार की जाँच करने के उद्देश्य से वर्धा में 22 तथा 23 अक्टूबर, 1937 को मारवाड़ी हाई स्कूल की रजत जयंती के अवसर पर अखिल भारतीय स्तर का शिक्षा सम्मेलन आयोजित किया। जिसमें बुद्धिजीवियों, शिक्षाविदों, राजनीतिकों शिक्षकों सहित समाज के अन्य वर्गों के प्रतिनिधियों ने भी शिरकत की। इसका सभापतित्व स्वयं गाँधी ने किया। गहन विचार-विमर्श के बाद एक प्रस्ताव पारित हुआ जिसके अनुसार यह तय किया गया कि प्राथमिक शिक्षा सात वर्ष आयु वर्ग के सभी बच्चों को अनिवार्यत: दी जायेगी। शिक्षा हस्तशिल्प पर आधारित होगी और राज्य बच्चों द्वारा किये गये उत्पादन का क्रय करेगा जिससे धीरे-धीरे अध्यापकों को वेतन मिलना प्रारम्भ हो जाएगा। इस प्रस्ताव को कार्य रूप में परिणत करने के लिए जामिया मिलिया विश्वविद्यालय के तत्कालीन उपकुलपति डॉ. ज़ाकिर हुसैन की अध्यक्षता में एक समिति का गठन किया गया जिसे ज़ाकिर हुसैन समिति के नाम से जाना जाता है। हुसैन समिति का अध्ययन क्षेत्र सम्मेलन में पारित प्रस्ताव के आधार पर बेसिक शिक्षा (यह नाम वर्धा सम्मेलन के प्रस्ताव में पहली बार आया) की पाठ्यचर्या संबंधी सुझाव देना था। समिति ने अपना पहला प्रतिवेदन 1937 में ही गाँधी के समक्ष प्रस्तुत किया जो जल्दी ही आयोजित होने वाली हरिपुरा कांग्रेस में स्वीकार कर लिया गया। इस सुझाव में पाठ्यचर्या के निर्माण के परम्परागत सिद्धांतों का विस्तृत विवरण था। 1937 के प्रस्ताव के छोटे से अंतराल के बाद 1938 में हुसैन समिति ने दूसरा प्रतिवेदन भी गाँधी के समक्ष

प्रस्तुत कर दिया। दूसरे प्रतिवेदन में पाठ्यचर्या की समस्त विषयवस्तु एवं विभिन्न प्रकार के हस्तशिल्पों का विस्तृत विवरण तो था ही, साथ ही पूरे सत्र की समय-सारणी एवं प्रतिवेदन की समय-सारणी भी प्रस्तुत कर दी गयी। इन दोनों प्रस्तावों को कांग्रेस पार्टी के सम्मेलनों में स्वीकार कर लिया गया। 1938 के हरिपुरा कांग्रेस सम्मेलन में पार्टी ने आल इण्डिया एजूकेशन बोर्ड की स्थापना का प्रस्ताव पारित किया। हिंदुस्तानी तालीमी संघ नामक संस्था बनायी गयी जिसके अध्यक्ष ज़ाकिर हुसैन नियुक्त किये गये।

इसी बीच ब्रिटिश सरकार ने 1935 के इण्डिया एक्ट के द्वारा भारतीय उपनिवेश के प्रांतों में स्वशासन के उद्देश्य की पूर्ति के लिए चुनाव का आयोजन किया। इसमें 11 राज्यों में से 7 राज्यों में कांग्रेस पार्टी की सरकार बनी जिसके बाद प्रांतीय सरकारों की नैतिक ज़िम्मेदारी हो गयी कि बेसिक शिक्षा की योजना प्राथमिक विद्यालयों में लागू करे। यह प्रयास भी किया गया लेकिन वित्त संबंधी समस्या बेसिक शिक्षा लागू करने में आड़े आ रही थी। मुख्य वजह यह थी कि सरकार की आय के स्रोत सीमित थे। शराब से आने वाले कर कांग्रेसी सरकारों को नहीं मिल रहे थे। गाँधी की नीति के अनुसार कांग्रेस शासित राज्यों में पूर्ण मद्य-निषेध लागू था। ऊपर से ब्रिटिश सरकार भी इन प्रदेशों को समुचित मात्रा में धन उपलब्ध नहीं कराती थी।

राजनीतिक परिस्थितियों वश वर्धा शिक्षा योजना लागू तो नहीं हो पायी, पर गाँधी के इन विचारों पर शिक्षाविदों सहित तमाम बुद्धिजीवियों में बहस शुरू हो गयी। जवाहरलाल नेहरू के नेतृत्व में कुछ व्यापारियों, जो कांग्रेस के सदस्य भी थे, और अन्य नेताओं ने इस परियोजना की मुख़ालफ़त की। उन्होंने तर्क दिया कि आधुनिक औद्योगिक युग में यह शिक्षा हास्यस्पद होगी क्योंकि इसमें लोगों की आवश्यकताओं को पूरा करने की क्षमता इसमें नहीं है। यह भी कहा गया कि बेसिक शिक्षा में विद्यार्थियों को बाल-श्रम करना पड़ेगा। मुसलिम लीग ने भी वर्धा शिक्षा का विरोध किया था, लेकिन पटना में आयोजित एक शिक्षा सम्मेलन में ज़ाकिर हुसैन ने उनकी तमाम भ्रांतियों को दूर कर दिया।

वर्धा शिक्षा सम्मेलन से जुड़ी घटनाओं को ध्यान में रख कर तत्कालीन मुम्बई प्रान्त के मुख्यमंत्री बी.जी. खेर की अध्यक्षता में (1938) एक समिति का गठन किया गया जिसका मक़सद बेसिक शिक्षा योजना की जाँच करना था। इस समिति ने दो प्रतिवेदन प्रस्तुत किये। दोनों प्रतिवेदनों में समिति ने ज़ाकिर हुसैन समिति के लगभग सभी सुझावों को माना। केवल थोड़ा सा परिवर्तन यह किया कि प्राथमिक शिक्षा की अवधि सात वर्ष के स्थान पर आठों वर्ष की होगी जिसमें दो स्तर होंगे। पहला स्तर पाँच वर्ष का तथा दूसरा स्तर तीन वर्ष का होगा। शिक्षा प्रारम्भ करने की आयु छह वर्ष तथा समाप्त करने की आयु चौदह वर्ष की होगी। इन परिवर्तनों सहित बेसिक शिक्षा योजना को केंद्रीय शिक्षा सलाहकार बोर्ड ने मान लिया तथा सार्जेन्ट शिक्षा योजना में सम्मिलित करके इसके क्रियान्वयन का सुझाव केंद्रीय सरकार के सामने रखा। सरकार ने भी इसे स्वीकार करते हुए बेसिक शिक्षा योजना को 1944 में लागू कर दिया।

वर्धा शिक्षा योजना गाँधी का शिक्षा के प्रति व्यावहारिक दृष्टिकोण था। जब वे बुनियादी तालीम की पाठ्यचर्या की बात करते हैं तब पूर्णत: प्रयोजनवादी प्रतीत होते हैं। शिक्षा के दर्शन एवं पाठ्यचर्या निर्माण के सिद्धांत में गाँधी ने कोई नयी पहल नहीं की, बल्कि भारत की तत्कालीन परिस्थितियों में शिक्षा के परम्परागत दर्शन एवं सिद्धांतों की बात की। इसके अतिरिक्त उन्होंने शिक्षा में भाषा के लिए मातृभाषा की बात कही। इस योजना में संसाधनों की कमी के कारण विद्यालयों को आत्मनिर्भर बनाने की चर्चा की गयी है। तमाम ख़ूबियों के साथ बेसिक शिक्षा योजना में कुछ दोष भी थे। जैसे, हस्तशिल्प क्रिया पर बहुत कम बल, समय-सारणी में शारीरिक श्रम के लिए मात्र दस मिनट की अवधि आदि। आज भी भारत के ग्रामीण क्षेत्रों, छोटे शहरों एवं कस्बों में वे ज़रूरतें किसी न किसी रूप में उपस्थित है जिनकी शिनाख़्त 1937 की वर्धा शिक्षा योजना में की गयी थी।

देखें : औपनिवेशिक शिक्षा, गिजूभाई बधेका, धोंडो केशव कर्वे।

संदर्भ

1. बी.जी. सिंह (2010), *भारत में शिक्षा का अधिकार एवं प्रारम्भिक शिक्षा,* शारदा बुक डिपो, इलाहाबाद.
2. एम.के. गाँधी (1951), *बेसिक एजुकेशन,* नवजीवन पब्लिशिंग हाउस, अहमदाबाद.
3. जे.पी. नाइक (1966), *एलीमेंट्री एजुकेशन इन इण्डिया,* एशिया पब्लिशिंग हाउस, मुम्बई.

— बाल गोविंद सिंह

व्यवहारवाद

(Behaviourism and Behaviouralism)

हिंदी का पद व्यवहारवाद समाज-विज्ञान के दो पदों, बिहेवियरिज़्म और बिहेवियरलिज़्म, के लिए काम आता है। संस्कृति-अध्ययन ने बिहेवियरिज़्म को मनोविज्ञान से लेकर अपनाया है। व्यवहारवाद की इस क़िस्म के अनुसार मनोविज्ञान केवल तभी सच्ची वैज्ञानिकता का वाहक हो सकता है जब वह अपने अध्ययन का आधार व्यक्ति की मांसपेशीय और ग्रंथिमूलक अनुक्रियाओं को बनाये। राजनीति-विज्ञान में बिहेवियरलिज़्म एक ऐसा प्रभावशाली राजनीतिक सिद्धांत है जिसने राजनीतिक अध्ययन करने में मूल्यों को तरजीह देने का विरोध किया। व्यवहारवाद की यह क़िस्म राजनीति को प्राकृतिक विज्ञानों के तर्ज़ पर समझना चाहती है। व्यवहारवादी विद्वानों ने राजनीति को एक प्रणाली के रूप में देखा और गुणात्मक के बजाय मात्रात्मक विश्लेषण पर ज़ोर दे कर उसे एक विशुद्ध विज्ञान बनाने की कोशिश की। दिलचस्प बात यह है कि बिहेवियरिज़्म के प्रचलन के पीछे भी अमेरिकी विद्वानों का हाथ था और बिहेवियरियलिज़्म तो राजनीति-विज्ञान पर अमेरिकी छाप के रूप में जाना ही जाता है। दोनों अनुशासनों की नींव बीसवीं सदी की शुरुआत में पड़ी। पचास और साठ के दशक में वे अपने शिखर पर पहुँचे।

बिहेवियरलिज़्म : अमेरिकी राजनीति-विज्ञान में बीसवीं सदी के दूसरे दशक से ही राजनीतिक सैद्धांतिकी को अधिकाधिक विज्ञानसम्मत बनाने के रुझान पैदा होने लगे थे। राजनीति-विज्ञान के पिता समझे जाने वाले चार्ल्स मेरियम के नेतृत्व में राजनीतिक विचार का ऐतिहासिक अध्ययन करने के साथ-साथ इस विद्या को राजनीतिक व्यवहार के वैज्ञानिक अध्ययन पर आधारित करने की कोशिशें शुरू हो चुकी थीं। इसका मक़सद था राजनीति-विज्ञान को व्यावहारिक राजनीतिक लक्ष्यों की सेवा में लगाना। मेरियम के ये सरोकार तीस और चालीस के दशक में आये आर्थिक-राजनीतिक संकट के कारण मंद हो गये, लेकिन इनका उभार एक बार फिर पचास के दशक में हुआ। इसे राजनीति-विज्ञान में व्यवहारवादी क्रांति की संज्ञा दी गयी जिससे इस अनुशासन के भविष्य को गहरायी से प्रभावित किया। साठ के दशक में इस व्यवहार के प्रमुख प्रवक्ता के रूप में डेविड ईस्टन की रचनाएँ सामने आयीं।

इस दौर में शीत-युद्ध अपने चरम पर था जिसके प्रभाव में राजनीति को एक निश्चित मूल्य-प्रणाली की दृष्टि से देखने वाले आग्रहों का अवमूल्यन हुआ। अमेरिकी विद्वानों ने राजनीति-विज्ञान को नागरिक-शिक्षण और राजनीतिक सुधारों का ज़रिया बनाने के बजाय विशुद्ध विज्ञान बनाने की ठानी। उनके इस संकल्प के पीछे तर्कपरक प्रत्यक्षवाद था जिसका जन्म इंद्रियानुभववाद के गर्भ से हुआ था। द्वितीय विश्व-युद्ध के बाद पचास और साठ के दशक में नयी पीढ़ी के समाज-वैज्ञानिकों ने राजनीति की समझ बनाने के लिए औपचारिक संस्थाओं की सत्ता और प्राधिकार पर विचार करने या राजनीतिक विचारों का इतिहास खँगालने के बजाय 'तथ्यों के अध्ययन' पर ज़ोर देना उचित समझा। इसके तहत आग्रह किया गया कि राजनीति का विज्ञानसम्मत अध्ययन तभी सम्भव है जब किसी भी तरह के नीतिगत, निजी या आस्थागत रुझान से साफ़ बचते हुए सिर्फ़ तथ्यों और आँकड़ों के दम पर राजनीति और समाज को समझने के मॉडल बनाये जाएँ। औपचारिक संस्थाओं की जगह मतदाताओं, हित-समूहों, राजनीतिक दलों और अन्य राजनीतिक कर्त्ताओं के व्यवहार पर रोशनी डाली जाए। इसी के साथ औपचारिक पदों पर बैठे विधिकर्त्ताओं, अधिकारियों और न्यायाधीशों वग़ैरह के तौर-तरीक़ों की जाँच की जाए। इस व्यवहारवादी समाज-विज्ञान ने राजनीतिक दर्शन की उपयोगिता को एकदम ठुकरा दिया और सभी तरह के मानकीय प्रश्नों और विचार-विमर्श से किनारा कर लिया। यह दृष्टि बहुत कुछ प्राकृतिक विज्ञानों से ली गयी थी।

इसी योजना के तहत नार्मेटिव (मानकीय) की जगह इम्पिरिकल (तथ्यात्मक और अनुभवसिद्ध) विश्लेषण पद्धति और अनुसंधान पर ज़ोर दिया जाने लगा। राजनीतिक व्यवहार और राजनीतिक प्रक्रियाओं के तथ्यपरक अध्ययन और विवेचन को तरजीह दी गयी, सर्वेक्षण-तकनीकें अपनायी जाने लगीं, राजनीतिक तंत्रों को मॉडलों के रूप में समझने का सिलसिला शुरू हुआ और चुनाव आदि के आँकड़ों के विश्लेषण के माध्यम से राजनीतिक व्यवहार का सूत्रीकरण किया जाने लगा। व्यवहारवाद के इस हस्तक्षेप ने राजनीतिक-विज्ञान में रिसर्च का एजेंडा पूरी तरह बदल डाला। अमेरिकी संस्थानों ने भी इस तरह के अनुसंधान में जम कर संसाधनों का निवेश किया और सारी दुनिया में राजनीति को समझने के लिए व्यवहारवादी शोध की धूम मच गयी।

दिलचस्प बात यह है कि जिन दिनों व्यवहारवाद अपना दबदबा बना रहा था, समाज-विज्ञान में उसकी आलोचना भी पनप रही थी। तीस के दशक से ही अमेरिका में जर्मनी से ऐसे विद्वानों के आने का ताँता लगा हुआ था जो समाज-विज्ञान को अपने मानकीय सरोकारों से अलग करके वस्तुनिष्ठ विज्ञान बनाने के पक्ष में नहीं थे। इनमें प्रमुख थे लेवी-स्त्रॉस, एरिक वोजलिन, हान्ना अरेंत, थियोडोर एडोर्नो और हरबर्ट मारक्यूज़। वामपंथी हों या दक्षिणपंथी, विद्वत्ता के क्षेत्र में इन विद्वानों ने उस अमेरिकी रवैये से असहमति व्यक्त

डेविड ईस्टन (1917-)

की जो वैज्ञानिकता, उदारतावाद और ऐतिहासिक प्रगति के पक्ष में अत्यधिक झुका हुआ था। इन लोगों ने व्यवहारवादियों के इस दावे का खण्डन किया कि मानकीय आधार पर विकसित हुई राजनीतिक सैद्धांतिकी का ज़माना अब गुज़रता जा रहा है। स्त्रॉस ने कहा कि राजनीति को नया विज्ञान बनाने की कोशिशों में निहित प्रत्यक्षवादी रवैयों के कारण राजनीति की बेहतर समझ बनाना नामुमकिन होता जा रहा है। पूरे पचास के दशक में राजनीतिक सिद्धांत को केंद्र बना कर व्यवहारवाद और उसके आलोचकों के बीच बहस छिड़ी रही। इसी के परिणामस्वरूप साठ के दशक में राजनीतिक सिद्धांत की दुनिया तीन श्रेणियों में बँट गयी। एक श्रेणी में वे सिद्धांतकार आते थे जिनकी प्राथमिकता राजनीतिक विचारों के इतिहास को केंद्र बना कर अध्ययन-मनन की थी। दूसरी श्रेणी मानकीय राजनीतिक सिद्धांत की और तीसरी श्रेणी राजनीतिक के तथ्यात्मक अनुभवसिद्ध ज्ञान पर आधारित थी। तीसरी श्रेणी के प्रमुख हस्ताक्षर डेविड ईस्टन, कार्ल ड्यूश और रॉबर्ट दाह्ल थे जिन्होंने जिन्होंने एक इलाक़े के तथ्यों का विश्लेषण करते हुए मॉडल रचे और सामान्य सिद्धांतों की रचना कर डाली।

साठ के दशक के अंत में व्यवहारवादियों को कई क्षेत्रों से आलोचना के नये दौर का सामना करना पड़ा। राजनीति के अध्ययन को विशुद्ध विज्ञान बना देने के आग्रहों पर आरोप लगा कि उनके कारण उस दौर के कई सामाजिक और राजनीतिक मुद्दों की समझ विकसित नहीं हो पायी है। इस आलोचना की रोशनी में ईस्टन ने व्यवहारवाद में संशोधन तजवीज़ किया और उसे 'पोस्ट-बिहेवियरल रेवोल्यूशन' की संज्ञा दी। सत्तर और अस्सी के दशक में व्यवहारवाद की इसी संशोधित छवि का विकास होता रहा जिसके तहत वैज्ञानिक पद्धति और तकनीक के साथ-साथ राजनीति-विज्ञान के सामाजिक और मूल्यगत दायित्वों का भी ध्यान रखा गया। सत्तर के दशक में ही तर्कपरक प्रत्यक्षवाद की आलोचनाएँ सामने आयीं जिन्होंने समाज-विज्ञान के दर्शन को प्रभावित किया। यही वह दौर था जिसमें युरगन हैबरमास, रॉबर्ट नॉज़िक और जॉन रॉल्स की रचनाएँ प्रकाशित हुईं जो व्यवहारवाद के बजाय मानकीय राजनीतिक सिद्धांत की क़वायद पर आधारित थीं।

भारतीय समाज-विज्ञान पर भी साठ और सत्तर के दशक में इस प्रवृत्ति का असर पड़ा। विकासशील समाज अध्ययन पीठ (सीएसडीएस) के विद्वानों ने इस दौर में रजनी कोठारी के नेतृत्व में भारतीय राजनीति को समझने के लिए विचारधारात्मक रुझानों से मुक्त मॉडल बनाने का प्रयास किया। लेकिन जल्दी ही साफ़ हो गया कि कोठारी के इस मॉडल में इम्पिरिकल आग्रहों के साथ-साथ तथ्यों के मूल्यांकन के लिए समाज-विज्ञान के मानकीय आयामों का भी सहारा लिया गया है।

बिहेवियरिज़्म : मनोविज्ञान में व्यवहारवाद की शुरुआत बीसवीं सदी के पहले दशक में जे.बी. वाटसन द्वारा की गयी। उन दिनों मनोवैज्ञानिकों से माँग की जा रही थी कि वे आत्म-विश्लेषण की तकनीक विकसित करें। वाटसन का कहना था कि इसकी कोई ज़रूरत नहीं है क्योंकि किसी व्यक्ति का व्यवहार उसकी भीतरी और निजी अनुभूतियों पर आधारित नहीं होता। वह अपने माहौल से निर्देशित होता है। मानसिक स्थिति का पता लगाने के लिए किसी बाह्य उत्प्रेरक के प्रति व्यक्ति की अनुक्रिया का प्रेक्षण करना ही काफ़ी है। वाटसन के इस सूत्रीकरण के बाद व्यवहारवाद अमेरिकी मनोविज्ञान में प्रमुखता प्राप्त करता चला गया। एडवर्ड हुदरी, क्लार्क हुल और बी.एफ़. स्किनर ने व्यवहारवाद के सिद्धांत को अधिक परिष्कृत स्वरूप प्रदान किया। इन विद्वानों की प्रेरणा से मनोचिकित्सकों ने व्यवहारमूलक थेरेपी की विभिन्न तकनीकें विकसित कीं ताकि मनोरोगियों को तरह-तरह की भीतों और उन्मादों से छुटकारा दिलाया जा सके।

देखें : अधिकार, अधिकार : सैद्धांतिक यात्रा, अरस्तू, अफ़लातून, अनुदारतावाद, अराजकतावाद, अन्य-अन्यीकरण, उदारतावाद, उपयोगितावाद, एडमण्ड बर्क, क्रांति, ज्याँ ज़ाक रूसो, जॉन लॉक, जेरेमी बेंथम, जॉन स्टुअर्ट मिल, जॉन रॉल्स, थॉमस हॉब्स, थॉमस पेन, न्याय, न्याय : नारीवादी आलोचना, न्याय : रॉल्स का सिद्धांत, राजनीति में व्यक्ति की भूमिका, नागरिकता, नागरिकता : अन्य परिप्रेक्ष्य-1 और 2, नागर समाज, पनोप्टिकॉन, प्रतिनिधित्व, प्रगति, प्रगति : आलोचनात्मक परिप्रेक्ष्य, प्रशासन, फ़ासीवाद, फ्रेड्रिख़ वॉन हायक, बहुसंस्कृतिवाद, बहुसंख्यकवाद, बहुसंख्यक-अल्पसंख्यक, बुद्धिवाद, माइकेल जोसेफ़ ओकशॉट, माइकिल वाल्ज़र, मिशेल पॉल फ़ूको-1

और 2, यूटोपिया, राजनीतिक और राजनीति, राजनीतिक दर्शन के नारीवादी आयाम-1 और 2, राजनीतिक मनोविज्ञान, राजनीतिक समाजशास्त्र, राज्य-1 और 2, रॉबर्ट नॉज़िक, राज्य-1 और 2, राष्ट्र-राज्य, राष्ट्र : सांस्कृतिक या राजनीतिक, राष्ट्रवाद, राष्ट्रवाद का इतिहास, लोकतंत्र, लोकतंत्र की आलोचनाएँ, व्यक्तिवाद, विल किमलिका, सविनय अवज्ञा, स्वतंत्रतावाद, सर्वसत्तावाद, सम्प्रभुता, समाजवाद, सरकारियत, सामाजिक समझौता, हेनरी डेविड थोरो।

संदर्भ

1. डी. रिकी (1984), *द ट्रैजेडी ऑफ़ पॉलिटिकल साइंस,* येल युनिवर्सिटी प्रेस, न्यू हैविन, कनेक्टीकट.
2. डी. वाल्डो (1975), 'पॉलिटिकल साइंस : ट्रैडिशन, डिसिप्लिन, प्रोफ़ेशन, साइंस, एंटरप्राइज़', एफ़. ग्रीनस्टाइन और एन. पोल्बी (सम्पा.), *द हैंडबुक ऑफ़ पॉलिटिकल साइंस,* खण्ड 1, एडिसन-वेज़ली, रीडिंग, मेसाचुसेट्स.
3. बी.एफ़. स्किनर (1974), *एबाउट बिहेवियरिज़्म,* जोनाथन कैप, लंदन.

— **अभय कुमार दुबे**

व्लादिमिर इलीच लेनिन

(Vladimir Ilyich Lenin)

रूस की अक्टूबर क्रांति के सर्वोच्च नेता, दुनिया के पहले समाजवादी राज्य सोवियत संघ के संस्थापक और आधुनिक साम्यवाद के पितामह व्लादिमिर इलीच लेनिन (1870-1924) की बौद्धिक और सांगठनिक सफलताओं के कारण ही बीसवीं सदी की राजनीति पर मार्क्सवाद अपनी निर्णायक छाप छोड़ सका। रूस जैसे औद्योगिक रूप से पिछड़े हुए देश में मज़दूर वर्ग की अगुआयी में कम्युनिस्ट क्रांति करने और उसके ज़रिये विश्व भर में क्रांतिकारी आंदोलनों की धारा प्रोत्साहित करने के लिए लेनिन ने मार्क्सवादी सिद्धांत में मुख्यत: तीन मौलिक योगदान किये। पहला, उन्होंने मज़दूर वर्ग की क्रांतिकारी पार्टी की संरचना, समाज में वर्गों के साथ उसके संबंध और राजनीतिक गोलबंदी में उसकी भूमिका का सैद्धांतिक सूत्रीकरण किया। दूसरा, साम्राज्यवाद को पूँजीवाद की चरम अवस्था के रूप में परिभाषित करके लेनिन ने तत्कालीन मार्क्सवाद को उस बहस की जकड़ से निकाला जिसके तहत विद्वानगण और नेता सिर्फ़ यह विचार करते रहते थे कि विकसित पूँजीवादी देशों में क्रांति होने की मार्क्स की भविष्यवाणी क्यों सफल नहीं हुई। तीसरा, मार्क्स के कुछ उपेक्षित पड़े हुए सूत्रीकरणों को रेखांकित करते हुए लेनिन ने सर्वहारा की तानाशाही का चरित्र स्पष्ट किया और मज़दूर वर्ग की हुकूमत के चरित्र की सैद्धांतिक-संरचनागत व्याख्या की। लेनिन का एक अन्य मौलिक योगदान राष्ट्रीयता के सवाल पर आत्म-निर्णय के अधिकार का सूत्रीकरण है। राष्ट्रीय उत्पीड़न के सवाल को औपनिवेशिक प्रश्न से सीधे-सीधे जोड़ कर उन्होंने तत्कालीन मार्क्सवाद को सैद्धांतिक और व्यावहारिक अग्रगति देने में सफलता प्राप्त की।

अपने इन तीनों योगदानों के लिए लेनिन को दूसरे सोशलिस्ट इंटरनैशनल के नेताओं से ही संघर्ष नहीं करना पड़ा, उन्होंने रूसी मार्क्सवाद के पहले से स्थापित विद्वानों और नेताओं की कड़ी आलोचना और तीखे बहस-मुबाहिसे का सामना भी करना पड़ा। यहाँ तक कि बोल्शेविकों के प्रति दोस्ताना भाव और हमदर्दी रखने वाले रोज़ा लक्ज़ेमबर्ग जैसे सिद्धांतकारों ने भी लेनिन के कई सूत्रीकरणों को आलोचना की कसौटियों पर कसा। लेकिन रूसी कम्युनिस्ट आंदोलन के विकास ने हर मोड़ पर लेनिन को ही सही साबित किया, जबकि उनके आलोचक अपने-अपने देशों में क्रांतियाँ सम्पन्न नहीं कर पाये। लेनिन की इस व्यावहारिक कामयाबी ने उनके सिद्धांतों की साख बढ़ाने में प्रमुख भूमिका निभायी। व्यवहार और सिद्धांत के इस अनूठे मेल के कारण सारी दुनिया ने उनका लोहा माना, और उनके विचार बीसवीं सदी में मार्क्सवाद के पूरक बन गये। आज लेनिन द्वारा स्थापित सोवियत संघ का निशान भी मिट चुका है, लेकिन इसके बावजूद उनके विचार सारी दुनिया में होने वाली राजनीतिक बहसों के लिए प्रासंगिक बने हुए हैं।

वोल्गा नदी के किनारे बसे एक प्रांतीय शहर शिम्बुर्स्क में एक मध्यवर्गीय शिक्षित परिवार में 22 अप्रैल, 1870 को जन्मे व्लादिमिर इलीच उल्यानोव (पार्टी का नाम लेनिन) के पिता सरकारी स्कूलों के निदेशक थे। उनके बड़े भाई अलेक्सांदेर को क्रांतिकारियों के साथ मिल कर ज़ार की हत्या करने की साज़िश के आरोप में फ़ाँसी पर चढ़ा दिया गया। उस समय लेनिन की उम्र 17 साल की थी। अपने प्यारे भाई की राजनीतिक हत्या से लेनिन को ज़बरदस्त धक्का लगा, लेकिन इस दु:ख के बावजूद असाधारण संयम और दृढ़ता का प्रदर्शन करते हुए सर्वश्रेष्ठ अंकों के साथ परीक्षा पास की और कज़ान विश्वविद्यालय में दाख़िला लिया। लेकिन इसी साल ज़ारशाही के ख़िलाफ़ एक प्रदर्शन में भाग लेते हुए गिरफ़्तार होने के बाद उन्हें विश्वविद्यालय से निकाल दिया गया। 1891 में उन्होंने सेंट पीटर्सबर्ग के विश्वविद्यालय से क़ानून की परीक्षा पास की। वकील के रूप में कुछ महीने गुज़ारने के बाद वे एक पूर्णकालिक पेशेवर क्रांतिकारी हो गये। शुरुआत में उनके मानस पर उन्नीसवीं सदी के रूसी क्रांतिकारियों और गोपनीय राजनीति करने वाले लोकप्रिय आंदोलन *नरोदनाया वोल्या* (जन-इच्छा) की गतिविधियों की

व्लादिमिर इलीच लेनिन (1870-1924)

गहरी छाप थी। ज़ार विरोधी राजनीतिक गतिविधियों के कारण उन्हें 1900 से 1905 तक देश-निकाले का सामना करना पड़ा। इस दौरान म्युनिख, लंदन और जिनेवा में अपनी पत्नी क्रुप्सकाया के साथ अत्यंत अभावग्रस्त और कठोर जीवन बिताते हुए भी उन्होंने रूस में रैडिकल आंदोलन को निर्देशित करना जारी रखा। जिनेवा में उन्होंने अपने से वरिष्ठ रूसी मार्क्सवादी नेता और विद्वान गियोर्गी प्लेखानोव के साथ मिल कर *ईस्क्रा* (चिंगारी) नामक पत्रिका का प्रकाशन किया।

हर परिस्थिति में वर्ग-शक्तियों का संतुलन समझने की आवश्यकता और वर्ग-संघर्ष की केंद्रीयता रेखांकित करने वाले लेनिन ने प्रचुर वैचारिक साहित्य रचा। क्रांति-प्रक्रिया की उलझनें सुलझाने के मक़सद से लिखी गयी उनकी ज़्यादातर रचनाएँ विवादात्मक शैली की हैं। लेनिन रूसी सामाजिक जनवादी दल (आरएसडीपी) को जर्मनी की सामाजिक जनवादी पार्टी (एसपीडी) की तर्ज़ पर एक जन-आधारित संगठन बनाने के ख़िलाफ़ थे। रूस मुख्यत: एक खेतिहर देश था। मज़दूरों की संख्या जर्मनी के मुक़ाबले बहुत कम थी। ऊपर से ज़ारशाही की निरंकुशता के आरएसडीपी को भूमिगत राजनीति करनी पड़ती थी। 1902 में प्रकाशित अपनी विख्यात रचना *क्या करें?* में लेनिन ने कहा कि ऐसी परिस्थितियों के लिए रूसी कम्युनिस्टों को एक नये तरह की पार्टी बनानी चाहिए जो छोटी हो और जिसका संचालन मार्क्सवादी सिद्धांत में पूरी तरह से पारंगत समर्पित पेशेवर क्रांतिकारियों के हाथ में हो। ऐसी पार्टी के सांगठनिक उसूल को लेनिन ने लोकतांत्रिक केंद्रवाद की संज्ञा दी। इसके मुताबिक़ पार्टी में निचले से ऊँचे स्तर तक किसी भी प्रश्न पर खुली बहस चलायी जा सकती थी, पर एक बार फ़ैसला हो जाने के बाद पार्टी को अनुशासित ढंग से उसे लागू करना था। लेनिन की यह पार्टी सर्वहारा के हरावल की तरह कल्पित की गयी थी। अर्थात् उसे मज़दूर वर्ग से अलग न हो कर उसके सर्वाधिक वर्ग-सचेत और राजनीतिक रूप से सक्षम सदस्यों का दल होना था। पारम्परिक मार्क्सवादियों की तरह लेनिन यह मानने के लिए तैयार नहीं थे कि मज़दूरों के आर्थिक संघर्षों से क्रांतिकारी चेतना का अपने-आप जन्म हो जाएगा। उनका कहना था कि ट्रेड यूनियनें क्रांति की पाठशाला ज़रूर हैं, पर उनसे ज़्यादा से ज़्यादा ट्रेड यूनियन चेतना ही पैदा हो सकती है। मज़दूर वर्ग में क्रांतिकारी चेतना का इंजेक्शन लगाने का काम तो क्रांतिकारी पार्टी को करना होगा। लेनिन के इन प्रस्तावों के कारण आरएसडीपी में विभाजन हो गया। लेनिन के साथ गये लोग बोल्शेविक कहलाये और प्लेखानोव जैसे परम्परानिष्ठ मार्क्सवादी नेताओं के साथ रह गये कम्युनिस्ट मेंशेविकों के नाम से जाने गये। इस विभाजन का विश्लेषण लेनिन ने अपनी 1904 की रचना *एक .क़दम आगे, दो .क़दम पीछे* में किया।

प्लेखानोव का विचार था कि रूस में समाजवाद तब तक नहीं आ सकता जब तक ज़ारशाही के ख़ात्मे के बाद पश्चिम युरोपीय तर्ज़ पर वहाँ पूँजीवाद के विकास का लम्बा दौर न चले। ऐसा होने पर ही वे परिस्थितियाँ बनेंगी जिनके तहत मज़दूर वर्ग सत्ता हस्तगत कर पायेगा। इस दलील को ग़लत साबित करने के लिए लेनिन 1899 में ही *द डिवेलपमेंट ऑफ़ कैपिटलिज़म इन रशिया* लिख कर मार्क्सवाद में अपने मौलिक योगदान की बुनियाद डाल चुके थे। रूसी अर्थव्यवस्था से जुड़े सभी उपलब्ध आँकड़ों का इस्तेमाल करके लेनिन ने अपनी इस रचना में बड़ी सैद्धांतिक नफ़ासत के साथ दिखाया था कि श्रम बेच कर गुज़ारा करने की परिघटना रूसी समाज के सभी क्षेत्रों में व्याप्त हो चुकी है। लेकिन केवल औद्योगिक मज़दूर ही इतने सचेत हैं कि अपने श्रम के शोषण को समझ कर उसका विरोध कर सकें। ज़ाहिर है कि प्लेखानोव के विपरीत यहाँ लेनिन का तर्क था कि रूस में उद्योगीकरण पश्चिमी युरोप के मुक़ाबले पिछड़ा हुआ ज़रूर है, पर वह इस स्तर पर पहुँच ही गया है कि सर्वहारा वर्ग सत्ता पर क़ब्ज़ा कर सके। लेनिन की निगाह में रूसी मज़दूर वर्ग स्थानीयता और अन्य संकीर्ण आग्रहों से परे जाते हुए समग्र रूस की राजनीतिक आवश्यकताओं का परिप्रेक्ष्य ग्रहण करने योग्य बन चुका था। उनका विचार था कि मज़दूर वर्ग की पार्टी को अपना श्रम बेच कर पेट भरने वाले किसानों का समर्थन जीतना होगा। वे ही मज़दूरों के स्वाभाविक मित्र हो सकते हैं, न कि पूँजीपति वर्ग का रैडिकल हिस्सा। प्लेखानोव रूसी किसानों को प्रतिक्रियावाद के आगार की

तरह देखते थे, पर लेनिन की मान्यता थी कि ये किसान ज़ारशाही को उखाड़ फेंकने में मददगार साबित हो सकते हैं, बशर्ते उन्हें मज़दूर वर्ग के नेतृत्व में गोलबंद किया जा सके। 1905 की क्रांति में लेनिन की कार्यनीति उनके इन्हीं सूत्रीकरणों पर आधारित थी।

प्रथम विश्व-युद्ध छिड़ते ही लेनिन ने तत्कालीन पूँजीवाद पर नये सिरे से सोचना शुरू किया। इस चिंतन का नतीजा उनकी सबसे विख्यात रचना *साम्राज्यवाद, पूँजीवाद की चरम अवस्था* (1916) के रूप में सामने आया। इस रचना में लेनिन ने माना कि बाज़ार की होड़ के प्रभाव में पूँजीवाद उत्पादक शक्तियों उत्तरोत्तर बेहतर बनाने की तरफ़ ले गया। इस प्रक्रिया में नयी विधियों और नवाचारों को प्रोत्साहन मिला। लेकिन पूँजीवाद की यह प्रगतिशील भूमिका नयी सदी की शुरुआत में उस समय ख़त्म हो गयी जब उसने इजारेदार स्वरूप ग्रहण कर लिया। वह प्रतिगामी हो कर उपनिवेशों के शोषण पर निर्भर हो गया। इस प्रक्रिया में पूँजीवाद के अंतर्विरोधों का सार्वभौमीकरण हो गया। लेनिन ने निष्कर्ष निकाला कि इसके परिणामस्वरूप युरोपीय समाजवादी क्रांति उपनिवेशवाद विरोधी राष्ट्रीय मुक्ति संग्रामों से जुड़ गयी है। पूँजीवाद का विकास असमान हुआ है जिसके कारण दुनिया में आर्थिक संसाधनों के बँटवारे के लिए बार-बार युद्ध होने की अनिवार्यता सामने आ गयी है। जो पूँजीवाद घरेलू बाज़ार में होड़ से चलता था, वह अब पूँजीपति वर्ग के क़ब्ज़े वाले राज्यों के बीच फ़ौजी होड़ के ज़रिये पनपता है। इसी वजह से राज्य की संस्था का आकार बढ़ता चला गया है और वह उत्तरोत्तर दमनकारी होती जा रही है। लेनिन ने विश्लेषण किया कि पूँजीवाद का ऐतिहासिक मिशन कहीं पीछे छूट चुका है। उसके इजारेदार रूप ने बैंकों के पास पूँजी का संकेंद्रण करके उत्पादन और वितरण को ट्रस्टों और कार्टेलों के हवाले करके एक ऐसे तंत्र की रचना कर डाली है जिसमें निर्वाचित शासन द्वारा संसाधनों का तर्कसंगत आबंटन किया जाता है। इस तरह पूँजीवाद ने अपने साम्राज्यवादी चरण में अंतर्राष्ट्रीय समाजवादी रूपांतरण के लिए वस्तुगत परिस्थितियों को जन्म दे दिया है।

फ़रवरी क्रांति के फ़ौरन बाद अस्थायी सरकार की पुलिस से बचने के लिए फ़िनलैण्ड में प्रवास करते हुए लेनिन ने मार्क्स द्वारा पेश किये गये पेरिस कम्यून के विवरण पर चढ़ गयी वक़्त की धूल झाड़-पोंछ कर साफ़ की। मार्क्स ने अपनी दो रचनाओं *द एट्टींथ ब्रुमेर ऑफ़ लुई बोनापार्ट* और *द सिविल वार इन फ्रांस* में ज़ोर दे कर कहा था कि अभी तक की क्रांतियाँ राज्य-तंत्र पर क़ब्ज़ा करके उसे अपने इस्तेमाल के लायक़ बनाती हैं। जबकि मज़दूरों की क्रांति का मक़सद तो पहले से चले आ रहे राज्य-तंत्र को नष्ट करके उसकी जगह एकदम नये क़िस्म का राज्य स्थापित करना चाहिए जो अपनी स्थापना के पहले दिन से ही तिरोहित होने लगे। मार्क्स एक ऐसे राज्य की परिकल्पना कर रहे थे जिसमें हुकूमत के काम ज़्यादा से ज़्यादा आम लोगों के हाथ में होंगे जिसके कारण एक विशेषाधिकारप्राप्त अल्पसंख्यकों (नौकरशाही, फ़ौज और अन्य राजकीय कर्मचारी) में सत्ता के आरोपण की ज़रूरत ही नहीं रह जाएगी।

राज्य और क्रांति में लेनिन ने मज़दूरों के राज्य के लिए पेरिस कम्यून के मॉडल की सिफ़ारिश की। उन्होंने कम्यून को समाजवाद के बुनियादी प्रशासनिक ढाँचे की तरह और सोवियतों (प्रत्यक्ष निर्वाचन से चुनी गयी मज़दूरों-किसानों की परिषदें) को रैडिकल लोकतंत्र की अभिव्यक्तियों की तरह देखा। उनके लिए सोवियत का मतलब था एक तरह का रैडिकल लोकतंत्र जिसके तहत जनता को न केवल प्रतिनिधियों की वापसी का अधिकार मिलना था, बल्कि सोवियतों के पास विधायी, कार्यकारी, न्यायिक और क़ानून-व्यवस्था लागू करने के अधिकार भी होने थे। सोवियतों पर आधारित लोकतंत्र माध्यम से लेनिन पूँजीवादी राज्य के ढाँचे को प्रतिस्थापित करना चाहते थे जिनमें मज़दूरों की कौंसिलों को प्रमुख भूमिका निभानी थी। यह प्रत्यक्ष लोकतंत्र तो नहीं था, पर लोकप्रिय सत्ता का अर्ध-प्रत्यक्ष लोकतंत्र अवश्य था। यह थी लेनिन की निगाह में सर्वहारा की तानाशाही जिसका मक़सद लोकतंत्र का रैडिकल विस्तार था, न कि उसका ख़ात्मा। ख़ास बात यह है कि लेनिन ने अपनी अन्य रचनाओं के मुक़ाबले इस कृति में पार्टी के लिए केंद्रीय भूमिका की बजाय सहायक भूमिका की संस्तुति की है। पूरी किताब में पार्टी की ज़िक्र केवल तीन बार आता है जिसमें से केवल एक बार वे पार्टी को सामाजिक जीवन के संचालन और संगठन के मक़सद से नेतृत्व की भूमिका में रखते हैं। यह पुस्तक दरअसल किसी की मध्यस्थता से पूरी तरह मुक्त लोकप्रिय शासन की संकल्पना करती है।

दुर्भाग्य से सोवियतों के रैडिकल लोकतंत्र का यह विचार अक्टूबर क्रांति के बाद धरती पर नहीं उतारा जा सका। मई, 1918 में लेनिन ने अपने ही इन विचारों के आधार पर रैडिकल डेमॉक्रैसी की माँग करने वाले बोल्शेविक वामपंथियों के रवैये को लफ़्फ़ाजी और बचकाने मर्ज़ की संज्ञा दी। असल में क्रांति के बाद परिस्थिति पूरी तरह से बदल चुकी थी। लेनिन रूसी क्रांति की सफलता को एक राष्ट्रीय परिघटना के रूप में न देख कर अंतर्राष्ट्रीय दृष्टिकोण से देखते थे। इसका मतलब यह था कि अक्टूबर क्रांति के बाद युरोप के अन्य देशों में भी क्रांति होनी चाहिए थी, और केवल तभी सोवियत संघ राजनीतिक-सामाजिक विकास के इच्छित रास्ते पर चल सकता था। इसी युरोपीय क्रांति का इंतज़ार करते हुए शुरुआती दौर में क्रांति को पूँजीवादी देशों द्वारा की गयी आर्थिक-राजनीतिक घेरेबंदी, सशस्त्र हस्तक्षेप,

गृह युद्ध और कई तरह के अन्य गम्भीर संकटों का सामना करना पड़ा। अनुभव की कमी के कारण भी नये सोवियत राज्य से कई ग़लतियाँ हुईं जिन्हें लेनिन ने समय-समय पर स्वीकारा भी। इन दिक़्क़तों से निबटने के लिए लेनिन और उनके साथियों ने केंद्रीकरण, राज्य की ताक़त और प्रशासनिक तौर-तरीक़ों का अधिकाधिक सहारा लिया। उत्पादन तेज़ी से बढ़ा कर पूँजीवादी देशों का मुक़ाबला करने के मक़सद से ख़ुद लेनिन ने फैक्ट्रियों को मज़दूर कौंसिलों के अधीन करने के टेलर सिस्टम के तर्ज़ पर 'वन मैन मैनेजमेंट' की पद्धति की वकालत की। इन तमाम कारणों से सर्वहारा की तानाशाही में लोकतंत्र की मात्रा न के बराबर ही रह गयी और वह एक पार्टी की तानाशाही में पतित होने लगा। पार्टी के संचालन का सिद्धांत लोकतांत्रिक केंद्रवाद विस्तृत हो कर सामाजिक संगठन के उसूल के तौर पर देखा जाने लगा।

जीवन के अंतिम दौर में लेनिन सोवियत राज्य और पार्टी के इन रुझानों के प्रति बहुत चिंतित थे। उन्होंने पार्टी और राज्य के आमूल-चूल पुनर्गठन के बारे में सोचना शुरू कर दिया था। 1922 और 1923 की उनकी रचनाओं में इस बात से सुराग साफ़ तौर पर मिलते हैं। लेकिन, बिगड़ते हुए स्वास्थ्य ने उन्हें अपने चिंतन को धरती पर उतारने की गुंजाइश नहीं दी। दूसरी बार दिल के दौरे को उनका पहले से ही कमज़ोर शरीर झेल नहीं पाया और 21 जनवरी, 1924 को मास्को से थोड़ी दूर गोर्की गाँव में उनका देहांत हो गया।

देखें : अर्नेस्टो चे गुएवारा, आधार और अधिरचना, ऑस्कर रायज़ार्ड लांगे, आंगिक बुद्धिजीवी, एंतोनियो ग्राम्शी, कार्ल हाइनरिख़ मार्क्स-1 से 4 तक, क्रांति, क्रांति : मार्क्सवादी विमर्श, ग्योर्गी लूकाच, नयी सदी में मार्क्सवादी विमर्श-1 से 9 तक, निष्क्रिय क्रांति, पेटी बूर्ज्वा, फ्रेड्रिख़ एंगेल्स, फ्रैंकफ़र्ट स्कूल, भारत में किसान संघर्ष-2 और 4, भारतीय कम्युनिस्ट पार्टी, भारतीय कम्युनिस्ट पार्टी (मार्क्सवादी), भारतीय इतिहास लेखन, भाषा का मार्क्सवादी सिद्धांत, भ्रांत चेतना, बोल्शेविक क्रांति, फ्रांस्वा-चार्ल्स मारी फ़ूरिये, क्यूबा की क्रांति, फ्रेंज़ फ़ानो, हिंसा-1 और 2, मानवेंद्र नाथ राय, माओ त्से-तुंग, माओवाद और माओ विचार, मार्क्सवाद-1 से 5 तक, मार्क्सवादी इतिहास-लेखन, मार्क्सवादी समाजशास्त्र, मार्क्सवाद और पारिस्थितिकी, मार्क्सवादी अर्थशास्त्र, माइकिल बाख़्तिन, समाजवादी वसंत-1 से 4 तक, रॉबर्ट ओवेन, राज्य की मार्क्सवादी अवधारणा, रोज़ा लक्ज़ेमबर्ग, लेनिनवाद, लियोन ट्रॉट्स्की, लिबरेशन थियोलॅजी, सर्वहारा, सांस्कृतिक क्रांति, सैं-सिमो, स्तालिन और स्तालिनवाद, सोवियत समाजवाद-1 से 3 तक, सोवियत सिनेमा, वर्चस्व।

संदर्भ

1. एन.के. क्रुप्सकाया (1970), *रेमिनिसेंसिज़ ऑफ़ लेनिन*, इंटरनैशनल पब्लिशर्स, न्यूयॉर्क.
2. वी.आई. लेनिन (1960-70), *संकलित रचनाएँ*, 45 खण्ड, प्रोग्रेस पब्लिशर्स, मास्को.
3. आर.सी. टकर (1975), द *लेनिन एंथोलॅजी*, डब्ल्यू.डब्ल्यू. नॉर्टन, न्यूयॉर्क.
4. एन. हार्डिंग (1975, 1981), *लेनिन्स पॉलिटिकल थॉट*, दो खण्ड, सेंट मार्टिंस प्रेस, न्यूयार्क.
5. ए.बी. उलम (1966), *लेनिन ऐंड द बोल्शेविक्स*, सेकर ऐंड वारबर्ग, लंदन.

— अभय कुमार दुबे

व्याख्या-शास्त्र

(Hermeneutics)

किसी भी पाठ या वैचारिक संरचना को समझने और उसका भाष्य करने की विधियाँ व्याख्या-शास्त्र के तहत आती हैं। ज़रूरी नहीं कि यह प्रक्रिया विवादात्मक हो, पर हरमेनुटिक्स के ज़रिये कोई एक विद्वान किसी पाठ के साथ जूझता हुआ अपनी ही धारणाओं से विवाद करता रह सकता है। यह अनुशासन इस बुनियादी मान्यता पर आधारित है कि इस जगत की संतोषजनक व्याख्या महज़ प्राकृतिक विज्ञानों द्वारा बतायी गयी विधियों से नहीं हो सकती। मानवीय गतिविधियाँ और उन्हें व्यक्त करने वाले पाठ किसी न किसी सामाजिक-सांस्कृतिक दायरे में ही सम्पन्न होते हैं। इसलिए उनका अर्थ-ग्रहण करने के लिए उस दायरे से सूचित होना ज़रूरी है। यूनानी देवताओं के दूत हरमीज़ के नाम से 'हरमेनुइन' और हरमेनुटाइनिक' शब्द बने जिनका मतलब होता है व्याख्या करना और व्याख्या की कला। इसकी अहमियत ईसाई धर्म-सुधार के बाद बढ़ी, क्योंकि प्रोटेस्टेंटों ने बाइबिल की सटीक व्याख्याओं पर ज़ोर देना शुरू किया। हरमेनुटिक्स के संस्थापक फ्रेड्रिख़ डेनियल अंर्स्ट श्लीरमाकर की गिनती प्लेटो के अध्येता के साथ-साथ महान प्रोटेस्टेंट धर्मशास्त्री के रूप में भी होती है। 1819 में उन्होंने अपने व्याख्यानों में पाठ और वक्तृता की व्याख्या का व्यवस्थित सिद्धांत पेश किया। उनसे पहले 1808 में प्लेटो के एक अन्य अध्येता फ्रेड्रिख़ एस्ट की रचना *एलिमेंट्स ऑफ़ ग्रामर, हरमेनुटिक्स ऐंड क्रिटिसिज़म* का प्रकाशन हो चुका था।

श्लीरमाकर के अनुसार व्याख्याकार का पहला काम तो यह है कि वह किसी पाठ को उसके मूल लेखक जितना तो समझे ही। इसके बाद दूसरे चरण में व्याख्याकार को मूल लेखक से भी बेहतर समझ बनाने की कोशिश करनी चाहिए। चूँकि व्याख्याकार को रचना करते समय लेखक के दिमाग़ की कोई जानकारी नहीं होती, इसलिए वह उन तमाम बातों की

फ़्रेड्रिख़ डेनियल अंर्स्ट श्लीरमाकर (1768-1834)

जानकारी प्राप्त करने की कोशिश करता है जो लेखक के अवचेतन में रही होंगी। लेखक भी अपने अवचेतन का साक्षात्कार अपनी ही रचना को एक पाठ की तरह पढ़ते समय कर पाता है। पाठ की व्याख्या करने की यह प्रक्रिया दो तरह से चलती है : व्याकरण और भाषा की ज़मीन पर, और मनोविज्ञान के धरातल पर जिसके तहत लेखक की मन:स्थिति का विकास होता है। श्लीरमाकर कहते हैं कि व्याख्याकार न तो भाषा का पूर्ण ज्ञान प्राप्त कर सकता है और न ही लेखक के मानस का। इसलिए वह व्याकरण और मनोविज्ञान के बीच आवाजाही करता रहता है, और इस प्रक्रिया को किन्हीं तयशुदा नियमों के मातहत नहीं चलाया जा सकता। दरअसल, किसी भाषा, व्यक्ति या पाठ को तब तक पूरी तरह नहीं समझा जा सकता जब तक उसके सभी अंशों को अलग-अलग न समझ लिया जाए और उसके अंशों की समझ तभी बनायी जा सकती है जब उसका अर्थ सम्पूर्णता में ग्रहण कर लिया जाए। अर्थात् भाष्य के हर चरण में व्याख्याकार एक हरमेनुटिकल सरकिल (व्याख्यात्मक-वृत्त) में घूमता हुई सम्पूर्ण और अंश के बीच आवागमन करता रहेगा। कोई भी रचना किसी एक पाठ से अपना सम्पूर्ण अर्थ नहीं देती। हर पाठ के बाद उसकी समझ बढ़ती है।

श्लीरमाकर के बाद उनके जीवनीकार विल्हेल्म डिल्थी ने व्याख्या-शास्त्र के दायरे का विस्तार सभी तरह के मानवीय व्यवहार और उत्पादों तक किया। उन्होंने 'समझ' और 'व्याख्या' के बीच अंतर करते हुए कहा कि समझने का काम प्राकृतिक विज्ञानों का है, पर पाठ का व्याख्यात्मक अर्थ-ग्रहण सांस्कृतिक आयामों के साथ-साथ अतीत की सामाजिक संरचनाओं से निकले उत्पादों की रोशनी में किया जाना चाहिए।

व्याख्या-शास्त्र को और गहन बनाने का श्रेय मार्टिन हाइडैगर को जाता है। अपनी रचना *बीइंग ऐंड टाइम* में उन्होंने *दासीन* के रूप में एक ऐसे मानवीय अस्तित्व की अवधारणा पेश की जो ख़ुद अपने वजूद के बारे में सवाल पूछता रहता है। हाइडैगर के लिए उनका *दासीन* व्याख्यात्मक अर्थ-ग्रहण के लौकिक ढाँचे का विधेयक तत्त्व है। वह हर समय व्याख्या की गतिविधि में संलग्न रहता है, क्योंकि अर्थ और उसकी प्राप्ति इस जगत में उसके वजूद की बुनियादी शर्त है। हाइडैगर का दावा है कि *दासीन* को हरमेनुटिकल सरकिल के बाहरी मुक़ाम से नहीं समझा जा सकता। इस तरह वे निष्कर्ष निकालते हैं कि सभी व्याख्याएँ मूलत: उसी तत्त्व की होती हैं जिसका अर्थ पहले ही निकाला जा चुका होता है।

हाइडैगर के शिष्य हैंस-गियोर्ग गैडमर ने 'दार्शनिक व्याख्या-शास्त्र' का सूत्रीकरण किया है। वे अपने गुरु की इस दलील को आगे बढ़ाते हैं कि व्याख्या की गतिविधि के ज़रिये ही किसी पाठ का अर्थ-ग्रहण होता है। गैडमर का पहला दावा तो यह है कि व्याख्या का आधार पूर्व-धारणा, पूर्व-दृष्टि और पूर्व-ज्ञान में निहित है। उनका दूसरा दावा है कि व्याख्या ज्ञानोदय-प्रदत्त मॉडल के हिसाब से आगे नहीं बढ़ती। अर्थात् वह एक खुले और बुद्धिसंगत मानक पर आधारित रास्ता नहीं अपनाती। इस तरह गैडमर श्लीरमाकर से प्रेरित हो कर नतीजा निकालते हैं कि व्याख्या का आधार तो पूर्वग्रह होता है। लेकिन इसके बाद श्लीरमाकर से अलग हटते हुए उनका विमर्श कहता है कि पाठ का तात्पर्य व्याख्या के शुरुआती या इच्छित प्रयोजन के मुताबिक़ नहीं प्राप्त होता, बल्कि भाषा, मानक, परम्परा और ऐसे ही उन तत्त्वों की वजह से होता है जिनकी सामग्री से आत्मपरकता रची जाती है। आत्मपरकताओं की अन्योन्यक्रिया से परम्परा निकलती है और परम्परा से व्याख्या से पहले का दृष्टि-बिंदु मिलता है।

इस विश्लेषण से स्पष्ट है कि व्याख्या पूर्वग्रह से बच कर नहीं की जा सकती। लेकिन गैडमर यह भी कहते हैं कि पूर्वग्रह व्याख्या को पूरी तरह से निर्धारित नहीं करता, क्योंकि व्याख्या पाठ और उसके पाठक के बीच होने वाला परस्पर-संवाद है। व्याख्याकार अपने काम की शुरुआत पूर्वग्रह से ज़रूर करता है, लेकिन पाठ में उसकी पूर्व-धारणाओं को बदल देने की क्षमता होती है। किसी पाठ को मनमाने ढंग से पढ़ने की कोशिश के ख़िलाफ़ पाठ की तरफ़ से प्रतिरोध किया जा सकता है। यह दोतरफ़ा सिलसिला व्याख्यात्मक प्रयोजन की सीमाओं से परे जाते हुए उसे दोनों सिरों से खोल देता है।

युरगन हैबरमास ने व्याख्या-शास्त्र के औज़ारों से किये जाने वाले विश्लेषण की अपर्याप्तताओं की तरफ़ इशारा किया है। वे कहते हैं कि इस सिद्धांत की दिलचस्पी दिन-प्रतिदिन की भाषा से मिलने वाली शब्दावली में हुई व्याख्या तक सीमित है। सामाजिक जीवन के प्रत्येक रूप के साथ उसका

संवाद क़ायम नहीं होता। जबकि जिन पाठों या उत्पादों की व्याख्या की जा रही होती है, हक़ीक़त में वे इस दैनंदिन भाषा से स्वतंत्र परिस्थितियों की सामग्री से बनते हैं।

देखें : अस्तित्ववाद, आत्मनिष्ठता-वस्तुनिष्ठता, इयत्ता, इंद्रियानुभववाद, उत्तर-आधुनिकतावाद, उत्तर-औपनिवेशिकता, उदारतावाद, कल्पित समुदाय, घटनाक्रियाशास्त्र और एडमंड हसर, चेतना, तत्त्वमीमांसा और अस्तित्वमीमांसा, तात्त्विकतावाद, द्वैतवाद, परिणामवाद, बुद्धिवाद, भाववाद, भौतिकवाद, यथार्थवाद, यूटोपिया, यूटोपिया : अन्य परिप्रेक्ष्य, संरचनावाद और उत्तर-संरचनावाद, ज्ञानमीमांसा, ज्ञान का समाजशास्त्र।

संदर्भ

1. के. मुलर-वॉलमर (सम्पा.) (1986), *द हरमेनुटिक्स रीडर*, ऑक्सफ़र्ड युनिवर्सिटी प्रेस, ऑक्सफ़र्ड.
2. पॉल रिकूर (1981), *हरमेनुटिक्स ऐंड द ह्यूमन साइंसिज़*, अनु. और सम्पा. जे.बी. थॉमसन, केम्ब्रिज युनिवर्सिटी प्रेस, केम्ब्रिज.
3. हैंस-गियोर्ग गैडमर (1962/1975), *ट्रुथ ऐंड मैथड*, अनु. गैरेट बारडेन और जॉन कमिंग, शीड ऐंड वार्ड, लंदन.
4. मार्टिन हाइडैगर (1927/1962), *बीइंग ऐंड टाइम*, अनु. जॉन मैकक्वैरी और एडवर्ड रोबिंसन, ब्लैकवेल, ऑक्सफ़र्ड.

— अभय कुमार दुबे

व्यापारिक पूँजी और भारत की प्राक्-आधुनिकता-1

(Merchant Captial and India's Early-Moderntiy-1)

पूँजीवाद के विकास में व्यापारिक पूँजी की भूमिका पर अर्थशास्त्र के क्षेत्र में तो काफ़ी विचार-विमर्श हुआ ही है, इतिहासकारों ने भी इसे समझने में अपना योगदान दिया है। अर्थशास्त्र के एक पूरे प्रसंग के केंद्र में वणिकवाद (या व्यापारवाद), थॉमस मन जैसे वणिकवादी अर्थशास्त्रियों, उनके युग व रचनाओं की समीक्षा है। लेकिन व्यापारिक पूँजी के महत्त्व पर मध्ययुगीन इतिहास के दृष्टिकोण से उस समय एक भिन्न तरह की रोशनी पड़ी है जब इस युग का हाल बताने वाले इतिहासकारों ने ख़ुद को 'अर्ली-मॉडर्न' परिघटना यानी प्राक्-आधुनिकता के आविष्कारक के तौर पर पेश करना शुरू किया। इतिहास-लेखन के इस उद्यम ने जब ग़ैर-युरोपीय दुनिया पर अपनी ये स्थापनाएँ लागू कीं तो व्यापारिक पूँजी और प्राक्-आधुनिकता का आपसी संबंध और ज़्यादा रैडिकल लगने लगा। एक नया, पर बहसतलब, आग्रह यह निकल कर आया कि मध्य युग में व्यापारिक पूँजी की गतिविधियाँ इस स्तर तक पहुँच चुकी थीं कि अगर औपनिवेशिक आधुनिकता का संसर्ग न भी मिला होता तो भी एशिया जैसे महाद्वीपों में स्थानीय संसाधनों और प्रक्रियाओं के दम पर सामाजिक संबंधों की प्रकृति पूँजीवादी और आधुनिक हो सकती थी।

'अर्ली-मॉडर्न' इतिहास-लेखन ने मध्ययुगीन समाज के उन रूपों को रेखांकित किया जिनके तहत व्यापारी वर्ग कारीगरों से माल बनवा कर मुनाफ़ा कमाने के लिए विश्व-मण्डी में भागीदारी करता था। इस प्रक्रिया में स्थानीय बाज़ारों और विश्व-बाज़ार के बीच एक तरह का संश्रय बनता जाता था। इस व्यापारी वर्ग की प्रबंधन शैली तत्कालीन सामाजिक सत्ता पर हावी कुलीनता और जन्मना श्रेणीक्रम पर आधारित सामंती वर्ग के मुक़ाबले कहीं अधिक बुद्धिसंगत थी। इस अर्ली-मॉडर्न अवधि में शासन-व्यवस्था बड़ी-बड़ी एकीकृत राजशाहियों के हाथ में थी। दरअसल, ये राजशाहियाँ ख़ुद भी व्यापार में दिलचस्पी रखते हुए और भागीदारी करते हुए व्यापारियों और व्यापारिक मार्गों को संरक्षण देती थीं। इनके बिना व्यापारिक पूँजी और उसके वाहकों की सुरक्षा की गारंटी नहीं हो सकती थी।

'अर्ली-मॉडर्न' इतिहास-लेखन ने अपना यह उद्यम दक्षिण एशिया (ख़ास कर भारत) के संबंध में भी चलाया। उल्लेखनीय है कि इन इतिहासकारों ने तो मुख्यतः नब्बे के दशक में अपनी रचनाओं के ज़रिये भारत का 'अर्ली-मॉडर्न' गढ़ना शुरू किया, लेकिन इससे काफ़ी पहले से मार्क्सवादी बुद्धिजीवी और इतिहासकार प्राक्-आधुनिकता से संबंधित भारतीय सम्भावनाओं को व्यापारिक पूँजी के विकास के साथ जोड़ कर दिखाने में लगे हुए थे। इनमें ई.एम.एस. नम्बूदिरीपाद, इरफ़ान हबीब और रामविलास शर्मा के नाम विशेष रूप से उल्लेखनीय हैं।

वणिकवाद और व्यापारिक पूँजी : व्यापारिक पूँजी पर टिका वणिकवाद पंद्रहवीं से सत्रहवीं सदी तक अर्थशास्त्रीय चिंतन पर हावी रहा और उसका कुछ-कुछ असर अट्ठारहवीं सदी के आर्थिक चिंतन पर भी देखा गया। यह उस ज़माने की प्रवृत्ति है जब मानवीय श्रम को हर तरह की समृद्धि का स्रोत समझने के विचार का सूत्रीकरण नहीं हुआ था। वणिकवाद का आग्रह था कि राष्ट्रों की समृद्धि वाणिज्य से होने वाली आमदनी पर निर्भर होती है, इसलिए हर देश को विदेश व्यापार के ज़रिये अपनी सम्पत्ति और ख़ज़ाने में बढ़ोतरी करनी चाहिए। उसे चाहिए कि मूल्य की दृष्टि से वह दूसरों को अपनी चीज़ें ज़्यादा बेचे और उनकी चीज़ों का कम उपभोग करे। समझा जाता था कि ज़्यादा निर्यात और कम आयात के ज़रिये व्यापार-अधिशेष की स्थिति प्राप्त करना ही किसी देश की अमीरी का मुख्य कारण है। वणिकवादी विचारों को अट्ठारहवीं सदी में पहले फ़्रांस्वा केने और अन्य

प्रकृतिवादियों द्वारा और फिर ऐडम स्मिथ और डेविड ह्यूम द्वारा कड़ी आलोचना का सामना करना पड़ा। उन्नीसवीं सदी में क्लासिकल अर्थशास्त्र के विकास और औद्योगिक पूँजीवाद के उभार ने वणिकवाद को पूरी तरह पृष्ठभूमि में धकेल दिया।

बीसवीं सदी में वणिकवाद के कम से कम एक पहलू को पुनः सकारात्मक निगाह से देखा गया जब जॉन मेनार्ड कींस ने व्यापार-अधिशेष के ज़रिये माँग बढ़ने के सिलसिले में उसकी प्रशंसा की। कींस ने अपनी रचना *जनरल थियरी ऑफ़ एम्पलायमेंट, इंटरेस्ट ऐंड मनी* (1936) के अध्याय 'नोट्स ऑन मर्केंटलिज़्म' में कहा कि व्यापार-अधिशेष की मदद से रोज़गार और माँग में बढ़ोतरी की जा सकती है। द्वितीय विश्व-युद्ध के बाद जापानी अर्थव्यवस्था ने भी वणिकवादी फ़ॉर्मूलों का इस्तेमाल करके विश्व-व्यापार में अपनी हैसियत बनायी। जापान ने अपने कारख़ानों में माल बनाया और दुनिया के बाज़ार में बेचा। आयात-निर्यात के इस विनिमय में जापान कई क्षेत्रों में अपनी तक़रीबन इजारेदारी क़ायम की और अपना अधिशेष बढ़ाने में कामयाबी हासिल की। आज आर्थिक हलकों में भले ही वणिकवाद के सिद्धांतों की चर्चा न हो, पर इस हक़ीक़त से इनकार नहीं किया जा सकता कि निर्यातोन्मुख विकास की लोकप्रिय थीसिस की जड़ें इसी चिंतन में निहित हैं। निर्यात बढ़ा कर विदेश-व्यापार के ज़रिये अधिशेष जमा करने के सूत्र को आर्थिक वृद्धि का केंद्रीय पहलू बनाना वणिकवादी सूझ-बूझ का ही परिणाम था।

एक तरफ़ सैद्धांतिक नकार और दूसरी तरफ़ व्यावहारिक स्वीकार ने आर्थिक विमर्श को व्यापारिक पूँजी के संदर्भ मे अस्पष्ट बना दिया है। आधुनिकता और पूँजीवाद के विकास में व्यापारिक पूँजी की भूमिका के बारे में अभी तक कोई आम सहमति नहीं बन पायी है। मार्क्सवादी विद्वानों के बीच तो सामाजिक संरचनाओं को पूँजीवादी बनाने में व्यापारिक पूँजी की भूमिका पर पहले से ही काफ़ी वाद-विवाद है। यहाँ तक कि इस मसले पर मार्क्स और एंगेल्स के अवलोकनों में भी अंतर था। एंगेल्स ने एक जगह तर्क दिया है कि व्यापारिक पूँजी ही वह वाहन था जिस पर सवार हो कर पूँजीवाद ने सामंती समाज को प्रतिस्थापित किया। दूसरी तरफ़ *कैपिटल* के तीसरे भाग के बीसवें अध्याय में मार्क्स साफ़ तौर पर कहते हैं कि व्यापारिक पूँजी अपने-आप में उस संक्रमण को प्रोत्साहित करने लायक क्षमता से लैस नहीं होती जिससे उत्पादन का एक रूप दूसरे में बदलता है। मार्क्स यह भी कहते हैं कि व्यापारिक पूँजी के प्रभुत्व वाली प्रणाली हर जगह पूँजीवादी उत्पादन रूपों के रास्ते में रुकावट डालती है। मार्क्स के इस विश्लेषण के बिना पर कुछ विद्वानों ने यहाँ तक कहा है कि व्यापारिक पूँजी उन स्थानीय प्रतिक्रियावादी तत्त्वों से साँठगाँठ कर लेती है जो प्राक्-पूँजीवादी क़िस्म के होते हैं।

किताबी मार्क्सवाद के इस विरोधाभास के विपरीत भारत की मार्क्सवादी विद्वत्ता ने मध्ययुगीन इतिहास के जो ब्योरे पेश किये हैं, उनमें व्यापारिक पूँजी प्राक्-आधुनिक सामाजिक संरचनाओं की वाहक प्रतीत होती है। 1951 में कम्युनिस्ट नेता और बुद्धिजीवी ई.एम.एस. नम्बूदिरीपाद ने *द नैशनल क्वेश्चन इन केरला* में मलयाली समाज में पूँजीवाद के प्राक्-औपनिवेशिक रूपों की तरफ़ इशारा किया। नम्बूदिरीपाद ने केरल में पंद्रहवीं और सोलहवीं सदी में 'राष्ट्र' जैसी संरचना के उदय को भी रेखांकित किया। इसके बाद साठ के दशक के आख़िर में इरफ़ान हबीब ने मुग़ल काल में व्यापारिक पूँजी की गतिविधियों के विस्तृत ब्योरे पेश किये। हालाँकि हबीब अपनी रचना 'पोटेंशियलिटीज़ ऑफ़ कैपिटलिस्ट डिवेलपमेंट इन द इकॉनॉमी ऑफ़ मुग़ल इण्डिया' के निष्कर्ष में इनकार करते हैं कि भारत में अपने संसाधनों से पूँजीवाद का विकास हो सकता है, पर उनके दिये गये तथ्य देशी पूँजीवाद की सम्भावनाओं से धड़क रहे थे। हबीब ने अपने अनुसंधान में दिखाया कि मुग़ल काल में निजी उपभोग से परे जा कर बाज़ार के लिए होने वाला खेतिहर और ग़ैर-खेतिहर उत्पादन तत्कालीन अर्थव्यवस्था के बहुत बड़े हिस्से का निर्माण करता था। खेती में ख़ुद-काश्त कृषि की मौजूदगी थी यानी आज के ज़माने की पूँजीवादी खेती की तरह खेतिहर मज़दूरों को पगार पर रख कर खेती करवायी जाती थी जिसमें नक़दी फ़सलें होती थीं। व्यापारिक पूँजी शक्तिशाली थी, अर्थव्यवस्था का काफ़ी मौद्रीकरण हो चुका था। दस्तकारी उत्पादन संगठित रूप से किया जाता था। हबीब ने मैक्स वेबर के इस अवलोकन को मानने से इनकार कर दिया कि जाति-प्रथा जैसी सामाजिक संस्थाओं की वजह से भारत में दस्तकारी उत्पादन में जड़ता आयी। वेबर के विपरीत हबीब ने बताया कि केवल एक जाति ही एक दस्तकारी कला की वाहक नहीं होती थी। बल्कि एक क़िस्म की कारीगरी कई-कई जातियाँ करती थीं। दूसरे, कारीगर ज़रूरत पड़ने पर खेतिहर उत्पादन में लौट जाते थे, और माँग

इरफ़ान हबीब (1931-)

बढ़ने पर फिर दस्तकारी उत्पादन करने लगते थे।

अस्सी और नब्बे के दशक के बाद जब इतिहास-लेखन के दरवाज़े पर अर्ली-मॉडर्न हिस्टीरियोग्राफ़ी ने अपनी दस्तक दी तो कई देशी-विदेशी इतिहासकारों ने ऐसे कई विवरण पेश करने शुरू किये जो नम्बूदिरीपाद और हबीब के लेखन की याद दिलाते थे। यह अर्ली-मॉडर्न हिस्टीरियोग्राफ़ी आयी कहाँ से थी ? अनाल स्कूल के नाम से मशहूर इतिहास-लेखन की पद्धति के उत्तराधिकारी फ़र्नैंद ब्रॉदेल ने अपने तीन खण्डों के महाग्रंथ *सिविलाइज़ेशन ऐंड कैपिटलिज़म, 15थ-18थ सेंचुरी* (फ्रेंच में पहली बार 1967 में प्रकाशित) में पंद्रहवीं से अट्ठारहवीं सदी के बीच की अवधि को मध्ययुग कहने के बजाय अर्ली-मॉडर्न क़रार दिया था। अनाल स्कूल इतिहास को प्राचीन, शुरुआती मध्य, बाद का मध्य और आधुनिक युगों में बाँट कर देखने का विरोध करते हुए आग्रह करता था कि सारी दुनिया के इतिहास को अलग-अलग करके पढ़ने के बजाय समग्र दृष्टि से देखना चाहिए।

देखें : एलमकुलम मनक्कल शंकरन नम्बूदिरीपाद, ऐडम स्मिथ, जॉन मेनार्ड कींस, थॉमस मन और वणिकवाद, फ़र्नैंद ब्रॉदेल, भारतीय इतिहास-लेखन-1 से 4 तक, मार्क्सवादी इतिहास-लेखन, रामविलास शर्मा, मैक्स वेबर।

संदर्भ

1. ई.एम.एस.नम्बूदिरीपाद (1951), *द नैशनल क्वेश्चन इन केरला,* बंबई.
2. इरफ़ान हबीब (1969), 'पोटेंशियलिटीज़ ऑफ़ कैपिटलिस्ट डिवेलपमेंट इन द इकॉनॉमी ऑफ़ मुग़ल इण्डिया', द *जरनल ऑफ़ इकॉनॉमिक हिस्ट्री,* खण्ड 29, अंक 1, द टास्क्स ऑफ़ इकॉनॉमिक हिस्ट्री.
3. फ़र्नैंद ब्रॉदेल, *सिविलाइज़ेशन ऐंड कैपिटलिज़म, 15थ-18थ सेंचुरी,*
4. ए.बी. एनीकिन (1983), *आर्थिक विज्ञान का युवा काल : मार्क्स-पूर्व का राजनीतिक अर्थशास्त्र,* पीपुल्स पब्लिशिंग हाउस, नयी दिल्ली.

— अभय कुमार दुबे

व्यापारिक पूँजी और भारत की प्राक्-आधुनिकता-2

(Merchant Captial and India's Early-Moderntiy-2)

फ़र्नैंद ब्रॉदेल द्वारा छोड़े गये इस सुराग को कुछ अध्यवसायी इतिहासकारों ने अस्सी और नब्बे के दशक में पकड़ा। युरोप में आधुनिकता के शुरुआती रूपों की खोज करने वाले विद्वानों के अलावा इस मण्डली में ऐसे इतिहासकार भी थे जो उपनिवेशवाद से पीड़ित रहे देशों को युरोकेंद्रित इतिहास-दृष्टि से मुक्ति दिलाने के लिए जद्दोजहद कर रहे थे। इन लोगों ने देखा और दिखाया कि पंद्रहवीं सदी में 1442 से पहले पूँजीवाद के उदय में अफ़्रीका, एशिया और युरोप बराबर के साझीदार थे। इस तारीख़ के बाद युरोप आगे बढ़ गया। ऐसा इसलिए हुआ कि युरोप अमेरिका के नज़दीक स्थित था। युरोपियनों ने न केवल अमेरिका की अकूत सम्पत्ति हासिल कर ली, बल्कि बाद में एशिया और अफ़्रीका की अकूत सम्पत्ति भी उन्हें मिल गयी। युरोप इसलिए आगे नहीं बढ़ा कि वह ग़ैर-युरोपियनों से अधिक प्रतिभाशाली, अधिक साहसी, अधिक बेहतर, अधिक आधुनिक, अधिक प्रगतिशील या अधिक बुद्धिसंगत था। इन इतिहासकारों ने ज़ोर दे कर कहा कि ये बातें तो युरोकेंद्रित प्रसार के मिथक के अलावा कुछ नहीं हैं जिन्हें जल्दी से जल्दी भुला दिया जाना चाहिए।

इतिहास-लेखन का यह अर्ली-मॉडर्न उद्यम कितना कामयाब रहा, इसका अंदाज़ा इस स्वीकृति से लगाया जा सकता है जो उनके प्रशंसकों की नहीं बल्कि उसके आलोचकों की है : 'यह विद्वत्ता इस विचार को पलट देने में ज़बरदस्त रूप से कामयाब रही कि युरोप से बाहर की दुनिया किसी न किसी तरह उत्पादन के 'सामंती' रूपों में फँस कर रह गयी थी या किसी अपरिवर्तनीय 'एशियाई उत्पादन पद्धति' का शिकार हो गयी थी।' और यह कि 'आधुनिकता के प्रारम्भिक रूप खोजने वाली विद्वत्ता ने औपनिवेशिक आधुनिकता को दिये गये निर्णायक महत्त्व का पर्दाफ़ाश करने और आधुनिक को औपनिवेशिक की गिरफ़्त से छुटकारा दिलाने की सराहनीय ज़िम्मेदारी निभा दी है।'

नम्बूदिरीपाद या हबीब जैसे विद्वान सोलहवीं से अट्ठारहवीं सदी की अवधि को 'मुग़ल भारत' या 'बाद के मध्ययुगीन भारत' या 'बाद का प्राक्-औपनिवेशिक भारत' के रूप में चिह्नित करते हैं। दूसरे, भारत के इतिहास को विश्व-इतिहास के साथ जोड़ कर अध्ययन करना उनकी

प्राथमिकताओं में शामिल नहीं था। लेकिन, अर्ली-मॉडर्न के दावेदारों ने सोलहवीं से अट्ठारहवीं सदी के बीच दुनिया के विकास को बड़े पैमाने पर प्रभावित करने वाली छह विशिष्ट प्रक्रियाओं की शिनाख़्त की और पाया कि दक्षिण एशिया भी इन सभी पैमानों पर न केवल ख़रा उतरता है, बल्कि पश्चिम से कई मामलों में आगे दिखाई देता है। ये छह प्रक्रियाएँ इस प्रकार थीं : सारी मानवता को आपस में जोड़ने वाले समुद्री रास्तों और उत्तरोत्तर सक्षमता से उनका इस्तेमाल करने वाले परिवहन नेटवर्क की रचना; लम्बी दूरी के व्यापार पर आधारित और प्रत्येक महाद्वीप में विस्तारमान अर्थव्यवस्थाओं को जोड़ने वाली एक सच्ची विश्व-मण्डी का उदय; इन तीन सौ साल में दुनिया की आबादी का दोगुना हो जाना; सारी दुनिया में विशाल आकार की स्थिर, शक्तिशाली, सुसंगठित, सुसक्षम और लम्बी भू-क्षेत्रीय पहुँच वाली राज्य-संरचनाओं का उदय; उत्पादन के विस्तार के लिए धरती का उत्तरोत्तर सघन इस्तेमाल; बहुत सी नयी प्रौद्योगिकियों का प्रसार (जैसे, नयी दुनिया से आयी खेती की नयी तकनीकें, बारूद, छापे की तकनीक आदि)।

अर्ली-मॉडर्न परिघटना का दावा करने वाले अनुसंधानकर्ताओं ने सुव्यवस्थित तरीक़े से प्रमाणित किया कि अगर इन छह मानकों के कारण युरोपीय समाज में आधुनिकता की ज़मीन बन रही थी, तो इनकी प्रबल मौजूदगी भारत के बारे में हमें यही पैग़ाम देती है। जॉन रिचर्ड्स के मुताबिक़ भारत अपने बंदरगाहों और सक्रिय जहाज़रानी के ज़रिये सदियों से बंगाल की खाड़ी, मलक्का जलडमरूमध्य, चीन सागर, अरब सागर, लाल सागर और भूमध्यसागर के परिवहन नेटवर्कों का अंग था। रिचर्ड्स का आकलन है कि भारत हीरों, मिर्च, सूती और रेशमी कपड़ों, और अन्य वस्तुओं के व्यापार और निर्माण में बहुत आगे था। डच ईस्ट इण्डिया कम्पनी की बंगाल संबंधी गतिविधियों के अध्येता ओम प्रकाश का तो कहना है कि बंगाल से डच व्यापारी इतना कपड़ा ख़रीदते थे कि सत्रहवीं सदी में उनसे उस पूरे क्षेत्र के लिए एक लाख नये रोज़गारों का सृजन हो सकता था। रिचर्ड्स का कहना है कि सारे भारत से टैक्स वसूलने, राजनीतिक स्थिरता कमोबेश क़ायम रखने, सबसे बड़ी फ़ौज का रख-रखाव करने के मानकों के साथ अपनी विशालता, सक्षमता और अकूत सम्पत्ति के मामले में मुग़ल साम्राज्य की तुलना ऑटोमन और सफ़ाविद साम्राज्यों से की जा सकती है। एटलस ऑफ़ वर्ल्ड पॉपुलेशन हिस्ट्री का हवाला देते हुए रिचर्ड्स ने यह भी दिखाया कि पंद्रह सौ की शुरुआत में भारतीय उपमहाद्वीप की आबादी दस करोड़ थी जो अट्ठारह सौ तक साढ़े अट्ठारह करोड़ हो गयी। दिलचस्प बात यह है कि इरफ़ान हबीब ने द *केम्ब्रिज इकॉनॉमिक हिस्ट्री ऑफ़ इण्डिया* में इससे भी आगे बढ़ कर कहा था कि सत्रहवीं सदी के शुरू में भारत की आबादी चौदह से पंद्रह करोड़ के बीच थी जो अट्ठारहवीं सदी में पूरी बीस करोड़ हो गयी। नयी दुनिया से लाई हुई तम्बाकू और जौ की खेती इन दिनों दक्षिण एशिया में तेज़ी से फैली। मिर्च की खेती की तकनीक धीरे-धीरे पर सारे इलाक़े में फैल गयी। बारूद की प्रौद्योगिकी पर मुग़लों को महारत थी ही। भारत में फ़ौजी इस्तेमाल के लिए तोपें-बंदूकें ख़ूब बनती थीं। कुल मिला कर भारत की अर्थव्यवस्था न केवल लगभग दोगुनी हो चुकी आबादी की आवश्यकताएँ पूरी करने के लिए उत्पादन कर रही थी, बल्कि विश्व-मण्डी की माँग के मुताबिक़ माल की आपूर्ति करने में भी सफल थी।

रिचर्ड्स ने सबसे ज़्यादा चुनौती भरा सवाल यह उठाया कि क्या भारत की इन 'अर्ली-मॉडर्न' सदियों में लोगों, जिंसों और विचारों का परिसंचरण आधुनिक युग से मिलता-जुलता यानी सघन और तीव्र था? समाज की गतिशीलता के इस प्रमाण के लिए रिचर्ड्स ने पूरे विश्वास के साथ लोकप्रिय धार्मिक आंदोलन के कारण होने वाले नये क़िस्म के सांस्कृतिक उत्पादन का उल्लेख किया। रिचर्ड्स का कहना है कि मात्रा, सघनता और विविधता के लिहाज़ से उत्तरोत्तर बढ़ते हुए इस सांस्कृतिक उत्पादन का केंद्र उत्तर भारत था। उनकी चर्चा यहीं आ कर इस अपील के साथ ख़त्म हो गयी कि हमें औपनिवेशिक चश्मा उतार कर नयी आँखों से इन तीन सौ सालों में बनी नयी संस्थाओं, नये सामाजिक रूपों, नयी सांस्कृतिक अभिव्यक्तियों और नयी उत्पादकता को देखना चाहिए।

इतिहास-लेखन के 'अर्ली-मॉडर्न' उद्यम की कड़ी आलोचनाएँ भी हुई हैं। जैक गोल्डस्टोन ने इस प्रवृत्ति को कड़ाई से आड़े हाथों लेते हुए कहा है कि यह इतिहास के विकास को चरणबद्ध ढंग से दिखाने की मार्क्सवादी थियरी प्रमाणित करने की नयी कोशिश है। चूँकि सामंतवाद और औद्योगिक पूँजीवाद के बीच के अंतराल को पाटना था इसलिए व्यापारिक पूँजी की मदद ली गयी, उसके ज़रिये एक ग़ैर-सामंती मोड ऑफ़ प्रोडक्शन दिखाया गया, ताकि इतिहास की चालक शक्ति बेखटके उत्पादक शक्तियों के विकास के सुपुर्द की जा सके। गोल्डस्टोन यह भी कहते हैं कि दरअसल यह पश्चिमी इतिहास की श्रेणियों को पूर्व के समाजों पर आरोपित करने की ही एक युक्ति है। इसी जगह हम गोल्डस्टोन की इस आलोचना को भी नज़रअंदाज़ नहीं कर सकते कि व्यापारिक पूँजी की गतिविधियाँ तो पूरे एशिया में चार हज़ार साल पहले भी दिखाई पड़ती हैं। वे पूछते हैं कि 'क्या यह दावा करना सार्थक होगा कि असीरिया के प्राचीन बंदरगाहों, मिस्र, बेबीलोन, दसवीं सदी के चीन और ग्यारहवीं सदी के जावा में होने वाली व्यापारिक पूँजी की गतिविधियाँ इन क्षेत्रों के पूर्ण आधुनिकता में संक्रमण की

नुमाइंदगी कर रही थीं। क्या यह तर्क दिया जा सकता है कि इन समाजों में अट्ठारहवीं सदी के इंग्लैण्ड और उन्नीसवीं सदी फ्रांस के साथ समानताएँ थीं?'

भारत के संदर्भ में गोल्डस्टोन से भी ज़्यादा गहरी आलोचना प्रथमा बनर्जी की है। वे कहती हैं कि अर्ली-मॉडर्न श्रेणी का इस्तेमाल करने से भारत में विकसित हुई विचार-प्रक्रिया और इतिहास पर बेवजह ही आधुनिकता का रुतबा ग़ालिब हो जाता है। प्रथमा आधुनिक को अंतहीन और कालातीत बनाने के ख़िलाफ़ हैं; और चाहती हैं कि आज की श्रेणियों में फँसने से इनकार करने वाले अतीत के साथ हमारी समकालीनता के संबंधों को खुला रखा जाए। अतीत को आधुनिकता के आईने में देखने की यह सीमा उन भारतीय विद्वानों में भी दिखाई पड़ती है जो मध्ययुग में व्यापारिक पूँजी की परिघटना को पूँजीवादी सामाजिक संबंधों की सम्भावना से ओतप्रोत मानना चाहते हैं। इनमें हिंदी-क्षेत्र के एक बड़े हस्ताक्षर रामविलास शर्मा का नाम प्रमुख है।

पेशेवर इतिहासकार न होते हुए भी रामविलास शर्मा ने भारत में आधुनिकता के प्राक्-औपनिवेशिक रूपों से संबंधित प्रश्नों पर पहले तो अपनी विशाल कृति *भारत में अंग्रेज़ी राज और मार्क्सवाद* (1982) में ग़ौर किया और फिर *मार्क्स और पिछड़े हुए समाज* (1986) में। इन रचनाओं में कमोबेश उन्हीं धारणाओं का बहुत सारे ऐतिहासिक और सैद्धांतिक साक्ष्यों समेत विस्तृत विवेचन था जो उन्होंने पचास और साठ के दशक में लिखे अपने निबंधों में सूत्र रूप में पेश की थीं।

देखें : एलमकुलम मनक्कल शंकरन नम्बूदिरीपाद, ऐडम स्मिथ, जॉन मेनार्ड कींस, थॉमस मन और वणिकवाद, फ़र्नैंद ब्रॉदल, भारतीय इतिहास-लेखन-1 से 4 तक, मार्क्सवादी इतिहास-लेखन, रामविलास शर्मा, मैक्स वेबर।

संदर्भ

1. जे.एम. ब्लॉट (1993), द *कोलोनाइज़र्स मॉडल ऑफ़ द वर्ल्ड,* गुइलफ़र्ड प्रेस, न्यूयॉर्क.
2. एफ़. जॉन रिचड (1997), 'अर्ली मॉडर्न इण्डिया ऐंड वर्ल्ड हिस्ट्री', *जर्नल ऑफ़ वर्ल्ड हिस्ट्री,* खण्ड 8, अंक 2, युनिवर्सिटी ऑफ़ हवाई प्रेस.
3. जैक ए. गोल्डस्टोन (1998), 'द प्रॉब्लम ऑफ़ 'अर्ली मॉडर्न' वर्ल्ड', *जर्नल ऑफ़ इकॉनॉमिक ऐंड सोशल हिस्ट्री ऑफ़ द ओरिएंट,* खण्ड 41,अंक 3.
4. ओम प्रकाश, द डच *ईस्ट इण्डिया कम्पनी ऐंड इकॉनॉमी ऑफ़ बंगाल, 1630-1720,* प्रिंसटन युनिवर्सिटी प्रेस, प्रिंसटन, एनजे.
5. रामविलास शर्मा (1982), *भारत में अंग्रेज़ी राज और मार्क्सवाद,* राजकमल प्रकाशन, नयी दिल्ली.

— अभय कुमार दुबे

व्यापारिक पूँजी और भारत की प्राक्-आधुनिकता-3

(Merchant Captial and India's Early-Moderntiy-3)

यह मानना ग़लत होगा कि ऐसा करने वाले रामविलास शर्मा पहले विद्वान थे जिन्होंने पश्चिम के भारत में क़दम पड़ने से पहले हमारे समाज में मौजूद आधुनिकता के पहलुओं की तरफ़ इशारा किया हो। पिछले पचास साल में हमारे पास धर्म, कला, साहित्य और मानवशास्त्र के क्षेत्र में काम करने वाले इतिहासकारों और विद्वानों की समृद्ध परम्परा रही है जिनकी रचनाएँ बार-बार बताती हैं कि दक्षिण एशियाई समाज और संस्कृति जड़ होने के बजाय ऊर्जावान और गतिशील थी। अर्ली-मॉडर्न इतिहास-लेखन और इन विद्वानों की दृष्टि में एक अंतर यह ज़रूर रहा है कि इनमें से कोई उस ऊर्जा और गतिशीलता को आधुनिकता की नुमाइंदगी करने वाले सामाजिक-सांस्कृतिक रूपों की प्रारम्भिक शक्ल में नहीं देखता। जबकि रामविलास शर्मा ने दोनों काम किये। वे हबीब की तरह पूँजीवाद के देशी विकास की उन सम्भावनाओं की तरफ़ तो इशारा करते ही हैं जिन्हें अंग्रेज़ों ने नष्ट किया, साथ में वे 'अर्ली-मॉडर्न' के इतिहासकारों की तरह प्रारम्भिक आधुनिकता की नुमाइंदगी करने वाली सामाजिक-सांस्कृतिक अभिव्यक्तियों को भी रेखांकित करते हैं।

रिचड्र्स ने नवीन सांस्कृतिक उत्पादन का कारण बने जिस लोकप्रिय धार्मिक आंदोलन को उत्तर भारत में केंद्रित बताया था, और जिसे हम सब भक्ति आंदोलन के नाम से जानते हैं, वह एक अखिल भारतीय परिघटना था। रामविलास शर्मा के इतिहास लेखन में यह भक्ति आंदोलन लोक-जागरण की सामाजिक परिघटना के रूप में उभरता है। एक मार्क्सवादी की तरह वे इस परिघटना के पीछे काम कर रही इतिहास की चालक-शक्ति की शिनाख़्त मोड ऑफ़ प्रोडक्शन में करते हैं, और अपने अध्ययन-अनुसंधान को प्राचीन भारत से लेकर मध्ययुगीन भारत तक पगार-प्रथा (वेज लेबर) की प्रचुर मौजूदगी साबित करने में खपाते हैं। वे दिखाते हैं कि किस तरह मध्य युग में पगार देने वाले व्यापारी हैं, और व्यापारिक पूँजी घरेलू और विदेशी बाज़ार के लिए बड़े पैमाने पर उत्पादन कर रही है जिसमें बहुसंख्य कारीगर-शिल्पी वर्ग लगा हुआ है।

रामविलास शर्मा का उद्यम भारतीय आधुनिकता की प्राक्-औपनिवेशिक उर्वर ज़मीन की शिनाख़्त करना है और इस काम के लिए उन्हें मार्क्सवाद के औज़ार पर्याप्त लगते हैं।

इसलिए वे मार्क्स और लेनिन के उद्धरणों का इस्तेमाल करते हुए व्यापारिक पूँजी और व्यापारियों की मौजूदगी को व्यापारिक पूँजीवाद की श्रेणी में बदल डालते हैं। उनकी इस बौद्धिक कारीगरी पर अभी तक किसी समाज-वैज्ञानिक द्वारा ध्यान नहीं दिया गया है।

पहले उन्होंने वणिकवाद (मर्केंटलिज़्म) को व्यापारिक पूँजीवाद की संज्ञा दी जो मार्क्स द्वारा प्रतिपादित श्रेणियों के लिहाज़ से काफ़ी विवादास्पद था : 'हमें व्यापारिक पूँजीवाद जैसी किसी कोटि को मानना चाहिए या नहीं? ...विनिमय में विकास होगा, बाज़ार निर्मित होगा तब उसके बाद उद्योग-धंधों के विकास की ज़रूरत पड़ेगी। अगर बड़ा बाज़ार पहले से है नहीं तो माल किसके लिए तैयार करेंगे? ...फिर इसे व्यापारिक पूँजीवाद क्यों कहते हैं? ...व्यापारिक पूँजीवाद में व्यापारी का प्रभुत्व होता है, औद्योगिक पूँजीवाद में उद्योगपति का प्रभुत्व होता है और महाजनी पूँजीवाद में इन दोनों को दबा कर महाजन सबसे ऊपर रहता है। ...व्यापारिक पूँजीवाद में उत्पादन की क्या भूमिका थी? ...भारत में कारीगरों की बहुत महत्त्वपूर्ण भूमिका थी। उनको पगार देने की प्रथा थी। कौटिल्य के समय में यह प्रथा इतनी बढ़ी हुई थी कि राजा और राजघराने के लोग भी पगार पाते थे। राजा के बड़े बेटे से अधिक पगार राज्य का सबसे बड़े मिस्त्री को दी जाती थी। ...उत्पादन का विकास इस बात पर निर्भर है कि आप कारीगर को कैसे रखते हैं। भारत गोदाम बना हुआ था सूती माल का—पगार प्रथा के कारण ही। हिंदुस्तान में लूटमार बहुत हुई। मैंने सवाल उठाया है कि दौलत लूट ले गये, फिर दौलत कैसे पैदा हुई। इसका उत्तर पगार-प्रथा है। चूँकि पगार-प्रथा का नाश नहीं हुआ, इसलिए हिंदुस्तान के नगर पूरी तरह से कभी तबाह नहीं हुए। थोड़ी देर के लिए देश पिछड़ा, फिर उठा। अंग्रेज़ी राज में जिस तरह का देहातीकरण हुआ, वैसा इस देश में कभी नहीं हुआ। एक सीधा सा प्रश्न है कि अंग्रेज़ी राज क़ायम होने के बाद देहात की आबादी बढ़ी या घटी? आम तौर से हम जानते हैं कि देहात की आबादी बढ़ी। उद्योगीकरण हो रहा है तो देहात की आबादी कम होनी चाहिए, शहर की आबादी बढ़नी चाहिए। यहाँ उल्टी प्रक्रिया है। यह सीधी सी बात लोगों की समझ में नहीं आती।'

रामविलास शर्मा के इस 'ग़ैर-पेशेवराना' इतिहास-लेखन को हिंदी-क्षेत्र के भीतर से ही कड़ी आलोचनाओं का सामना करना पड़ा है। वीर भारत तलवार ने चार विशाल लेखों में उनकी रचना *मार्क्स और पिछड़े हुए समाज* की विस्तृत आलोचना की है। उनके अनुसार 'भारत में पगार देने की प्रथा के सबूत पेश कर रामविलासजी ने दिखाया है कि : 'इस प्रथा के आधार पर यहाँ व्यापारिक पूँजीवाद का विस्तार हुआ।' रामविलास शर्मा ने ध्यान दिलाया है कि : 'भारत के पिछड़ेपन पर जिन देशी-विदेशी विद्वानों ने लिखा है, उन्होंने पगारजीवी श्रम की परम्परा पर विचार नहीं किया।' उनका दावा है कि 'इस परम्परा से भारत के सामाजिक-सांस्कृतिक इतिहास के लिए जो निष्कर्ष निकलते हैं, उनकी वे कल्पना नहीं कर सकते।' वीर भारत पूछते हैं कि 'इससे निकलने वाले निष्कर्ष क्या हैं, यह रामविलासजी को ज़रूर बतलाना चाहिए क्योंकि उन्होंने ऐसे श्रम की परम्परा पर विचार किया है। लेकिन वे हमें इस बारे में साफ़ तौर से नहीं बतलाते, बल्कि उपर्युक्त दावे के साथ ही उनका पगारजीवी श्रम के अध्ययन वाला अध्याय ख़त्म हो जाता है। शायद ये निष्कर्ष जो उन्होंने अंत में पेश नहीं किये, उनके विस्तृत विवेचन में ही कहीं मौजूद हों।' तलवार ने रोमिला थापर, इरफ़ान हबीब और डी.डी. कोसम्बी के हवालों का इस्तेमाल करते हुए दिखाया है कि व्यापारिक पूँजी की प्रचुर मौजूदगी की बात इन इतिहासकारों ने पहले ही मान ली थी, इसलिए रामविलास शर्मा ने इसमें कोई नयी बात नहीं कही है। तलवार ने अपने श्रमसाध्य विश्लेषण के ज़रिये दिखाया है कि रामविलास शर्मा ने मार्क्स के कथनों को तोड़-मरोड़ कर अपनी बात साबित की है।

इस आलोचना की रोशनी में अगर रामविलास शर्मा की समग्र परियोजना पर ध्यान दिया जाए तो उनके दो मक़सद दिखाई पड़ सकते हैं जिनकी शिनाख़्त उनके आलोचकों ने शायद नहीं कर पायी है। वे पगार-प्रथा और व्यापारिक पूँजी का तानाबाना इसलिए बुन रहे हैं कि किसी न किसी तरह जातियों के निर्माण और विकास की भारतीय प्रक्रिया को एक मार्क्सवादी तर्क प्रदान कर सकें। और, प्रकारांतर से यह दिखा सकें कि उत्कृष्ट और रैडिकल क़िस्म के दार्शनिक और साहित्यिक उत्पादन के लिए व्यापारिक पूँजी की यथेष्ट मौजूदगी आवश्यक आर्थिक-सामाजिक आधार मुहैया कराने के लिए पर्याप्त है। रामविलास शर्मा के इतिहास-लेखन पर सरसरी नज़र डालने से ही साफ़ हो जाता है कि उसमें व्यापार के समुद्री रास्तों के नेटवर्क, ताक़तवर और विकासमान व्यापारिक पूँजी, सामंतशाही राज्य के साथ उसका द्वंद्व, स्थिर राजनीतिक व्यवस्था, नयी प्रौद्योगिकियाँ और पगार-प्रथा के प्रमाणों का जम कर उल्लेख किया गया है। ये अर्ली-मॉडर्न इतिहास-लेखन के लक्षण हैं। वैसे, इन्हें 'अर्ली-मॉडर्न के अर्ली-सिम्टम्स' भी कहा जा सकता है, क्योंकि दक्षिण एशिया पर इस इतिहास-लेखन का वैभव नब्बे के दशक में सामने आया, जबकि रामविलास की सभी तत्संबंधित रचनाएँ अस्सी के दशक में ही प्रकाशित हो चुकी थीं। रामविलास शर्मा ने मध्ययुग के शुरुआती हिस्से में और उससे पहले प्राचीन भारत में नगरों के विकास की चर्चा की है, संस्कृत साहित्य की विशद व्याख्याएँ ही हैं, भारत में दर्शन के विकास और दार्शनिकों के अखिल भारतीय नेटवर्क की तरफ़ ध्यान दिलाया है। इसके पीछे उनकी दिलचस्प मान्यता यह है : 'यूनान और अरबों का संबंध, भारत और अरबों का संबंध,

यूनान और ईरान का संबंध, भारत और ईरान का संबंध, यूनान और अंग्रेज़ों का संबंध, भारत और अंग्रेज़ों का संबंध— यह हमारे अध्ययन का विषय है। उसमें भारत की भूमिका कैसे उभर कर आती है और किन परिस्थितियों में यहाँ दर्शन का विकास हुआ— ये सब हमारे अध्ययन का विषय है।' ज़ाहिर है कि उनका अर्ली-मॉडर्न थोड़ा अलग क़िस्म का है। व्यापारिक पूँजी, जाति-निर्माण और भक्ति आंदोलन के बीच गर्भनाल के रिश्तों का जैसा व्याख्यात्मक इतिहास उनकी रचनाओं में मिलता है, वह अर्ली-मॉडर्न स्कूल के इतिहासकारों के लिए दुर्लभ है। यही है वह 'क्रिएटिव कल्चरल टर्न' जिसे रामविलासजी के इतिहास-लेखन की मौलिक विशेषता कहा जा सकता है।

रामविलास शर्मा ने व्यापारिक पूँजी को क्यों टटोला? इसे और साफ़ करने के लिए उनका यह अवलोकन देखा जाना चाहिए कि जहाँ-जहाँ वित्त की.टक्कर सामंतशाही से होती है, वहाँ-वहाँ सामाजिक धरातल पर जन्मना वर्ण-व्यवस्था को ख़ारिज करने वाले स्वर उठते हैं। व्यापारिक पूँजी, जाति-वर्ण संबंधी अभिजात्य का निषेध, किसान-कारीगरों का उभार, साहित्य-रचना में उसकी विपुल भागीदारी और उसके परिणामस्वरूप भक्ति-काव्य के ज़रिये लोकजागरण की परिघटना का अनूठा समीकरण प्रदर्शित करने वाला ऐसा सूत्रीकरण हिंदी के मंच पर पहले कभी किसी ने पेश नहीं किया। रामविलास शर्मा पेशेवर मार्क्सवादी विद्वान या इतिहासकार नहीं थे। वे तो साहित्य और संस्कृति के दायरे में मार्क्सवादी युक्तियों का रचनात्मक इस्तेमाल कर रहे थे। एक मार्क्सवादी की तरह उनका अपने-आप से यह पूछना जायज़ है कि जब सारे भारत में भक्ति काव्य उमड़ रहा था, तो उसका कोई न कोई सामाजिक-आर्थिक आधार ज़रूर होगा। यह उसी प्रश्न का भारतीय रूप है जो उन्होंने मार्क्स पर यूनानी दर्शन के प्रभाव की टोह लेने के लिए पिछड़े समाजों में हुए दार्शनिक उन्मेष के बारे में उठाया था। वहाँ वे इस निष्कर्ष पर पहुँचे थे कि यूनान में व्यापारिक पूँजी के तहत होने वाले उत्पादन में केवल दासों की भूमिका नहीं थी। उसमें पगारजीवी कारीगरों की भी महत्त्वपूर्ण भूमिका थी। यही चिंतन करते-करते उन्हें भक्ति काल में साहित्य-व्यापारिक पूँजी-कारीगर वर्ग-लोकजागरण का अनूठा चतुष्कोण दिखाई दिया। इससे वे इस नतीजे पर पहुँचे कि व्यापारिक पूँजी (भले ही वह सामंतवाद के खोल में विकसित हो रही हो) की सक्रियता वाले समाजों में साहित्य और दर्शन के विकास के लिए उर्वर ज़मीन तैयार होती है जिसका सामाजिक संरचनाओं पर कुछ न कुछ प्रगतिशील असर पड़ना लाज़मी है।

देखें : एलमकुलम मनक्कल शंकरन नम्बूदिरीपाद, ऐडम स्मिथ, जॉन मेनार्ड कींस, थॉमस मन और वणिकवाद, फ़र्नैंद ब्रॉदल, भारतीय इतिहास-लेखन-1 से 4 तक, मार्क्सवादी इतिहास-लेखन, रामविलास शर्मा, मैक्स वेबर।

संदर्भ

1. रामविलास शर्मा (1986), *मार्क्स और पिछड़े हुए समाज,* राजकमल प्रकाशन, नयी दिल्ली.
2. रामविलास शर्मा (2009), *भारतीय संस्कृति और हिंदी प्रदेश* (दो खण्ड). किताबघर, नयी दिल्ली.
3. रामविलास शर्मा (2011), *मेरे साक्षात्कार,* किताबघर, नयी दिल्ली.
4. वीर भारत तलवार (2005), *सामना : रामविलास शर्मा की विवेचन-पद्धति और मार्क्सवाद तथा अन्य निबंध,* वाणी प्रकाशन, नयी दिल्ली.

— अभय कुमार दुबे

वर्चस्व

(Hegemony)

समाज-विज्ञान में वर्चस्व का सिद्धांत प्रचलित करने का श्रेय इतालवी मार्क्सवादी चिंतक एंतोनियो ग्राम्शी को है। उनसे पहले वर्चस्व या हेजेमनी का प्रयोग किसी महासंघ के घटक राज्यों पर किसी एक राज्य के प्रभुत्व के लिए किया जाता था। लेकिन ग्राम्शी के विमर्श के बाद अब वर्चस्व का तात्पर्य प्रभुत्व की उस संरचना से है जो सहमति के आधार पर लागू की जाती है या जो प्रकट ज़ोर-ज़बरदस्ती के बिना नफ़ीस क़िस्म के तौर-तरीक़ों (आर्थिक सत्ता, मीडिया, शिक्षा, प्रचार और लोकोपकारी नीतियाँ) का इस्तेमाल करके समाज में अपने लिए सहमति क़ायम कर लेती है। ग्राम्शी के अनुसार किसी शासक वर्ग का वर्चस्व तब स्थापित होता है जब वह बाक़ी सभी वर्गों को यह यक़ीन दिला देता है कि उसी के हित में सभी का हित है। वर्चस्व की अवधारणा से इस बात का सुराद्व] मिलता है कि उपनिवेशकारी ताक़तें अपने से बहुत बड़ी संख्या के बावजूद उपनिवेशितों पर कैसे हुकूमत कर पायीं। केवल फ़ौजी ताक़त से वे अपना शासन नहीं चला सकती थीं। उसके लिए उन्हें उपनिवेशितों को यक़ीन दिलाना पड़ा कि सामाजिक शांति-व्यवस्था, स्थिरता और प्रगति के फल चखने के लिए ज़रूरी है कि वे आत्मनिर्णय के अधिकार पर ज़्यादा ज़ोर न दें।

हेजेमनी यूनानी शब्द हेजेमॅन से बना है जिसका अर्थ होता है नेता, मार्गदर्शक या शासक। ग्राम्शी के नाम के साथ हेजेमनी शब्द इस क़दर जुड़ गया कि वही इसके प्रथम मार्क्सवादी प्रयोक्ता समझे जाने लगे। असल में 1917 की रूसी अक्तूबर क्रांति के पहले तक बोल्शेविक और मेंशेविक पार्टियों के बहस-मुबाहिसे में हेजेमनी (जेजमोनिया)

सर्वाधिक प्रयुक्त होने वाले प्रचार-शब्द था। इन दोनों ही पार्टियों को यह अभिव्यक्ति प्लेख़ानोव और एक्जेलरॉड सरीखे मार्क्सवादी सिद्धांतकारों से विरासत में मिली थी। उन्होंने इसका प्रयोग रूसी पूँजीपति वर्ग के अल्पविकसित होने की स्थिति में जारशाही निरंकुशता के ख़िलाफ़ पूँजीवादी क्रांति में मज़दूर वर्ग द्वारा अन्य सभी शोषितों एवं वंचितों का नेतृत्व करने के अर्थ में किया था। पेरी एंडरसन का मत है कि अक्तूबर क्रांति के उपरांत यह रूसी राजनीतिक परिदृश्य से ग़ायब-सा हो गया, लेकिन कमिंटर्न (कम्युनिस्ट इंटरनेशनल) के दस्तावेज़ों में इसकी मौजूदगी बनी रही और ग्राम्शी तक सम्भवत: इसी माध्यम से पहुँचा।

अपने जेल-पूर्व लेखन में ग्राम्शी ने इसका जो एकाध प्रयोग किया वह उनके रूसी पूर्ववर्तियों द्वारा प्रचलित अर्थ में किया गया था। इटली में मज़दूरों के सामने अपने रूसी साथियों की तरह जारशाही जैसी किसी निरंकुश सत्ता उखाड़ कर पूँजीवादी जनतांत्रिक क्रांति करने का कार्यभार नहीं था। बल्कि उन्हें तो पूँजीवादी जनतंत्र आधारित व्यवस्था को ख़त्म करके सीधे सर्वहरा क्रांति करनी थी। ग्राम्शी ने स्पष्ट किया कि अन्य शोषित एवं वंचित समूह (ग्राम्शी विशेषकर किसानों की बात कर रहे थे) इस क्रांति के लिए मज़दूरों के नेतृत्व में तभी गठबंधन बनाएँगे जब वे महज़ अपने हितों यानी आर्थिक प्रश्नों के दायरे में सीमित न रहकर सभी की आकांक्षाओं का भी ख़याल रखा जाएगा। ग्राम्शी का विचार था कि नेतृत्व ज़बरन नहीं लादा जा सकता और संयोगवश यदि मज़दूर वर्ग को नेतृत्व का मौक़ा मिल भी जाए (जैसा कि रूस में अक्तूबर क्रान्ति में हुआ) तब भी उसके नेतृत्व का बरक़रार रहना उन सभी की सहमति पर निर्भर करेगा जिन्हें साथ बनाये रखे बिना क्रांति का अभियान पूरा किया ही नहीं जा सकता। यही वजह है कि जेल में डाले जाने से ठीक पहले 1926 में ग्राम्शी ने रूसी सर्वहारा को सम्बोधित करते हुए कहा था कि किसानों के साथ उसका गठबंधन और उसमें उनकी नेतृत्वकारी भूमिका तभी स्थायी रूप ले सकेगी जब वे अपने तात्कालिक (आर्थिक) हितों के दायरे से मुक्त होकर सामान्य व बृहत्तर हितों के परिप्रेक्ष्य में सोचना शुरू कर देगा।

अपने जेल-लेखन में ग्राम्शी ने पूँजीवादी उत्पादन-पद्धति पर आधारित पश्चिमी पूँजीवादी जनतंत्र की शासन-प्रणाली की समझ बनाने के लिए हेजेमनी शब्द का प्रयोग करके इस अभिव्यक्ति का कायांतरण कर दिया। इससे मार्क्सवादी चिंतन में एक नया अध्याय शुरू हुआ। ग्राम्शी के मुताबिक़ हेजमनी विचारधारा नहीं है। विचारधारा ज़बरन थोपी जा सकती है लेकिन हेजेमनी नहीं। विचारधारात्मक होना इसका एक पहलू है जो ज़रूरत पड़ने पर आर्थिक रूप भी ले सकता है और राजनीतिक भी। भारत में राष्ट्रीय ग्रामीण रोज़गार योजना हेजेमनी के आर्थिक रूप की ठोस मिसाल है जो बेरोज़गारी और ग़रीबी मिटाने का स्थायी समाधान न होने के बावजूद ग्रामीण बेरोज़गार मज़ूदरों की व्यवस्था के प्रति सहमति बटोरने के स्तर पर सार्थक साबित हुई है।

ग्राम्शी ने पहले तो यह सूत्रीकरण किया कि बूर्ज़्वा शासन बल-प्रयोग एवं जन-सहमति दोनों की संयुक्त बुनियाद पर टिका हुआ है। फिर उन्होंने बल-प्रयोग के कार्य-क्षेत्र के रूप में राज्य और जनसहमति के कार्य-क्षेत्र के रूप में नागर समाज की शिनाख़्त की। नागरिक समाज के विभिन्न घटकों, जैसे परिवार, शिक्षा-संस्थान, धर्म-संस्थान, संचार-माध्यम आदि, के स्तर पर व्यवस्था के प्रति जनसहमति देखते हुए ही ग्राम्शी ने नागर समाज को संघर्ष का मुख्य अखाड़ा होने का तर्क दिया। निकोस पूलांत्साज़ का मत है कि शासितों द्वारा व्यवस्था को सहमति प्रदान करना केवल आधुनिक बूर्ज़्वा राष्ट्र-राज्यों की ख़ासियत नहीं, बल्कि इससे पहले की व्यवस्थाओं में भी शासक वर्ग शासितों से सहमति बटोरते रहे हैं। आधुनिक संदर्भ में सहमति की यदि कोई ख़ासियत है तो वह है इसका अधार्मिक चरित्र। लेकिन पेरी एंडरसन पूलांत्साज़ से सहमत नहीं हैं। एंडरसन के मुताबिक़ बूर्ज़्वा-शासन के प्रति जनसहमति का अनूठापन इसका अधार्मिक होना नहीं ,बल्कि इसका जनमानस में गहरे पैठ बना चुकी इस धारणा पर आधारित है कि जनतंत्र जनता का, जनता के लिए, जनता के द्वारा शासन है। यह दावा भी इसी क़िस्म का है कि इस व्यवस्था में सभी बराबर हैं, कोई किसी से श्रेष्ठ नहीं और न ही कोई किसी का शासक है। प्राचीन समाज का कोई दास अथवा सामंती-व्यवस्था का कोई मज़दूर ऐसी दावेदारी की कल्पना तक नहीं कर सकता था। वह शासक को श्रेष्ठ मानता था। लोग अपने शासक ख़ुद हैं— यह धारणा और बूर्ज़्वा राज्य की तथाकथित निष्पक्षता वर्चस्व के राजनीतिक रूप हैं। वस्तुत: अन्य सहमतियाँ (आर्थिक अथवा नागरिक) राजनीतिक वर्चस्व पर आधारित एवं उसकी पूरक हैं।

इसी तर्क के आधार पर ग्राम्शी द्वारा सहमति के कार्य-स्थल के रूप में नागर समाज की राज्य से अलग शिनाख़्त पेरी एंडरसन को उचित नहीं लगती। बल-प्रयोग और हिंसा पर राज्य का एकाधिकार है ही। पुलिस, सेना, न्याय-व्यवस्था और दिन-प्रतिदिन के स्तर पर मौजूद अनुशासन के पीछे राज्य के दंड-विधान का हाथ होने से इनकार नहीं किया जा सकता। बूर्ज़्वा शासन की सफलता अथवा उसका स्थायित्व इस बात पर निर्भर करता है कि वह अपने शासन में बल-प्रयोग एवं सहमति के अनुपात में सहमति का अंश ज़्यादा रखता है या नहीं। बल-प्रयोग की मात्रा ज़्यादा होने की स्थिति में उसे विरोध का सामना करना पड़ सकता है। भारतीय राजनीति में आपात काल लागू किया जाना इसका उम्दा उदाहरण है। यही वजह है कि शासक-वर्ग नागर समाज

के स्तर पर अपने शासन के अनुकूल जन-मानस रचने में लगा रहता है। उसकी कोशिश रहती है व्यवस्था को स्वाभाविक का क़रार दिया जाए। इसे स्वाभाविक न मानने वालों यानी इससे असहमति जताने वालों पर राज्य दंडात्मक कार्रवाई कर सकता है और इस बात को भी जनसहमति प्राप्त होती है।

वर्चस्व की धारणा से मार्क्सवादी चिंतन परम्परा के तहत विचारधारा की अवधारणा भी समृद्ध हुई। विचारधारा की अमूर्त संरचना को ग्राम्शी ने रोज़ाना की ज़िंदगी के तहत विचार एवं व्यवहार में आबद्ध होने की बात करके जीवंत बना दिया। रेमंड विलियम्स के मुताबिक़ हेजेमनी कोई ऐसी चीज़ नहीं जिसे एक बार हासिल कर लेने के बाद बेफ़िक्र हुआ जा सकता है। यह निरंतर चलने वाली प्रक्रिया है। चुनौती देती ताक़तों से क्रिया-प्रतिक्रिया करते हुए शासक वर्ग को अपनी नीतियों का नवीकरण करते रहना पड़ता है।

ग्राम्शी का ख़याल था कि यदि सर्वहारा वर्ग वर्ग-विहीन समाज का निर्माण करना चाहता है तो उसे बूर्ज़्वा वर्चस्व के बरअक्स अपने वर्चस्व की रचना करनी होगी। तमाम शोषितों एवं वंचितों को साथ लेकर उसी भाँति ऐतिहासिक ब्लॉक खड़ा करना होगा जिस भाँति बूर्ज़्वा वर्ग ने कर रखा है। इस पर कोई राय नहीं बन पायी है कि सर्वहारा को पहले क्या करना चाहिए। वह सत्ता पर क़ाबिज़ होने के उपरांत वैकल्पिक वर्चस्व की रचना करे अथवा उससे पहले? संसदीय जनतंत्र के संदर्भ में मार्क्सवादी चिंतक एजाज़ अहमद ग्राम्शी से सहमत नहीं हैं। उनके मुताबिक़ ग्राम्शी के जेल-लेखन का निकट परिप्रेक्ष्य संसदीय जनतंत्र नहीं बल्कि फ़ासीवाद है। व्यवस्था को मिलने वाली सहमति की जो बात वे करते हैं वह भी प्रायः फ़ासीवाद के लिए है न कि संसदीय जनतंत्र के लिए।

देखें : अर्नेस्टो चे गुएवारा, आधार और अधिरचना, ऑस्कर रायज़ार्ड लांगे, आंगिक बुद्धिजीवी, एंतोनियो ग्राम्शी, कार्ल हाइनरिख़ मार्क्स-1 से 4 तक, क्रांति, क्रांति : मार्क्सवादी विमर्श, ग्योर्गी लूकाच, नयी सदी में मार्क्सवादी विमर्श-1 से 9 तक, निष्क्रिय क्रांति, पेटी बूर्ज़्वा, फ्रेड्रिख़ एंगेल्स, फ्रैंकफ़र्ट स्कूल, भारत में किसान संघर्ष-2 और 4, भारतीय कम्युनिस्ट पार्टी, भारतीय कम्युनिस्ट पार्टी (मार्क्सवादी), भारतीय इतिहास लेखन, भाषा के मार्क्सवादी सिद्धांत, भ्रांत चेतना, बोल्शेविक क्रांति, फ्रांस्वा-चार्ल्स मारी फ़ूरिये, क्यूबा की क्रांति, फ्रेंज़ फ़ानो, हिंसा-1 और 2, मानवेंद्र नाथ राय, माओ त्से-तुंग, माओवाद और माओ विचार, मार्क्सवाद-1 से 5 तक, मार्क्सवादी इतिहास-लेखन, मार्क्सवादी समाजशास्त्र, मार्क्सवाद और पारिस्थितिकी, मार्क्सवादी अर्थशास्त्र, समाजवादी वसंत-1 से 4 तक, रॉबर्ट ओवेन, राज्य की मार्क्सवादी अवधारणा, रोज़ा लक्ज़ेमबर्ग, लेनिनवाद, लियोन ट्रॉट्स्की, लिबरेशन थियोलॅजी, सर्वहारा, सांस्कृतिक क्रांति, सैं-सिमो, स्तालिन और स्तालिनवाद, सोवियत समाजवाद-1 से 3 तक, सोवियत सिनेमा, *व्लादिमिर इलीच लेनिन।*

संदर्भ

1. पेरी एंडरसन (1976-77), 'दी एंटिनॅमी ऑफ़ एंतोनियो ग्राम्शी', *न्यू लेफ्ट रिव्यू*, अंक 100.
2. एंतोनियो ग्राम्शी (1988), *अ ग्राम्शी रीडर : सिलेक्टिड राइटिंग्ज़ 1916-1935*, सम्पा. डेविड फ़रगास, लारेंस ऐंड विशार्ट, लंदन.
3. टेरी ईगल्टन (1991), *आइडियॉलॅजी : ऐन इंट्रोडक्शन*, वरसो, न्यूयॉर्क.
4. निकोस पूलांत्साज़ (1973), *पॉलिटिकल पावर एंड सोशल क्लासेज़*, वरसो, लंदन.

— **विजय कुमार झा**

वृत्त-चित्र

(Documentory)

सिनेमा में वृत्त-चित्र (डॉक्युमेंटरी) की परम्परा कथा-चित्र (फ़ीचर फ़िल्म) से भी पुरानी है। उन्नीसवीं सदी के आख़िरी वर्षों में लुमीरे भाइयों, ऑग्युस्त और लुई ने जिन फ़िल्मों के प्रदर्शन के ज़रिये चल-चित्र की युगांतरकारी शक्ति का प्रदर्शन किया था, वे असल में मिनट-मिनट भर या उससे भी कम की डॉक्युमेंटरीज़ ही थीं। सिनेमा के साथ टीवी और वीडियो प्रौद्योगिकी जुड़ जाने के बाद एक माध्यम के रूप में वृत्त-चित्र की उपयोगिता बहुआयामी हो गयी है। अब यह केवल फ़िल्मकारों का ही माध्यम नहीं रहा, बल्कि विमर्श, विचारधारा और आंदोलन के उद्देश्य से विभिन्न संगठन और समूहों द्वारा भी इसे अपनाया जाता है। अब कोई भी व्यक्ति स्वतंत्र रूप से अपनी डॉक्युमेंटरी बना सकता है। माध्यम के इस ज़बरदस्त लोकतंत्रीकरण के बावजूद वृत्त-चित्र फ़िल्मकारों के बीच एक गम्भीर और सम्माननीय विधा बनी हुई है। राष्ट्रीय-अंतर्राष्ट्रीय स्तर पर वृत्त-चित्रों के अलग से महोत्सव भी आयोजित किये जाते हैं। भारत सरकार द्वारा स्थापित फ़िल्म्स डिवीज़न दुनिया में सबसे ज़्यादा वृत्त-चित्र बनाने वाला संस्थान है। उसकी न्यूज़ रील भारतीय समाचार चित्र के रूप में सिनेमा घरों में फ़िल्म शुरू होने से पहले कई दशक तक दिखाई जाती रही है। विभिन्न फ़िल्म रूपों की दर्शकों के बीच लोकप्रियता का विश्लेषण करने वालों का विचार है कि नयी सदी में डॉक्युमेंटरीज़ टिकट खिड़की पर भी सफल होने लगी हैं।

वृत्त-चित्र शिक्षा, सूचना और प्रचार के साथ-साथ समांतर इतिहास-रचना का उपकरण भी है। उसकी इसी ख़ूबी के चलते उसने वृत्त-चित्रात्मक सिनेमा पर गहरी छाप छोड़ी

है और डॉक्यू-ड्रामा जैसा सिनेमा का प्रकार उभरा है। निकट इतिहास की घटनाओं को दस्तावेजी प्रमाणों की रोशनी में चतुराईपूर्ण निर्देशन और सम्पादन के ज़रिये अभिनेताओं की मदद से मंचित करके यह सिनेमा दर्शकों को एक नये इतिहास की अनुभूति देता है और विवादास्पद घटनाओं के बारे में नये सवाल उठा कर सोये हुए विवादों को जीवित कर देता है। दरअसल, डॉक्यू-ड्रामा के ज़रिये व्यावसायिक स्तर पर एक क़िस्म का खोजी (इन्वेस्टीगेटिव) सिनेमा विकसित हुआ है। केवल राजनीतिक या विवादास्पद ही नहीं, वृत्त-चित्रों के माध्यम से खोये हुए सांस्कृतिक रूपों के इतिहास और वर्तमान को व्यापक समाज के सामने पेश करके उन्हें लुप्त होने से बचाया जा सकता है। पर्यावरण, वन-संरक्षण और पारिस्थितिकी के क्षेत्र में वृत्त-चित्र को एक अनिवार्य माध्यम के रूप में स्वीकार किया गया है।

बीसवीं सदी की शुरुआत में फ़िल्म प्रौद्योगिकी का विकास होने के साथ एक माध्यम के रूप में वृत्त-चित्र की अहमियत साफ़ होती चली गयी। सबसे पहले इसे सूचना, शिक्षा और प्रचार के असरदार माध्यम के रूप में परिभाषित किया गया। इसका श्रेय ब्रिटिश फ़िल्म-निर्माता और आलोचक जॉन ग्रियर्सन को जाता है। बीस और तीस के दशक में जब दुनिया के कई हिस्सों में आधुनिक राज्य और राष्ट्र की संरचनाएँ पुष्ट हो रही थीं, वृत्त-चित्र विधा इस प्रक्रिया में महत्त्वपूर्ण भूमिका निभा रही थी। एक तरफ़ अमेरिका और ब्रिटेन में लोकतंत्र अभिजन दायरों से निकल कर जन-साधारण से जुड़ने में लगा हुआ था, और दूसरी तरफ़ सोवियत संघ में पूँजीवाद के विकल्प के रूप में एक नये समाज के सपने को धरती पर उतारने की कोशिशें की जा रही थीं। इसी दौरान ब्रिटेन में अगर *इंडस्ट्रियल ब्रिटेन* जैसी डॉक्युमेंटरीज़ बनायी गयीं, तो उधर सोवियत फ़िल्मकार ज़िगा वेरतोव ने सर्वहारा वर्ग के हित में रची जाने वाली कला की सर्वश्रेष्ठ अभिव्यक्ति के रूप में वृत्त-चित्र शैली अपना कर सिनेमाई दृष्टि से उल्लेखनीय समझे जाने वाले वृत्त-चित्रों की रचना की। वेरतोव के वृत्त-चित्रों की विशेषता यह थी कि वे समाजवादी समाज की रचना की विचारधारात्मक आवश्यकताओं की पूर्ति करने के लिए ज़रूर बनायी गयी थीं, पर उन पर युरोप के अवाँगार्द रूपवाद का गहरा असर था। साथ ही उनमें सम्पादन की मोंटाज तकनीक का प्रयोग किया गया था जो सोवियत सिनेमा की तरफ़ से विश्व-सिनेमा में अहम योगदान मानी जाती है। इन फ़िल्मों की बिम्बात्मकता उन्हें उनके प्रचारात्मक उद्देश्यों से परे ले जाती थी। ये फ़िल्में *किनो-प्रावदा* (फ़िल्म-सत्य) के नाम से इतिहास में दर्ज हैं। बीस के दशक में वृत्त-चित्र का इस्तेमाल मानवशास्त्री उद्देश्यों से अन्य संस्कृतियों को रिकॉर्ड करने के लिए भी किया गया (एस्किमो लोगों पर फ़िल्म बनायी गयी)। चालीस के दशक उत्तरार्ध में ब्रिटिश फ़िल्मकार लिंडसे ऐंडरसन ने ग्रियर्सन के रवैये की कड़ी आलोचना की और वृत्त-चित्र को प्रोपेगंडा के औज़ार की सीमित परिभाषा से निकालने के लिए सुचिंतित प्रयास किये जिसके परिणामस्वरूप वृत्त-चित्रों के सिनेमाई सौंदर्यशास्त्र का स्वतंत्र विकास शुरू हुआ।

द्वितीय विश्व-युद्ध के दौरान कवि और चित्रकार हम्फ्री जेनिंग्स की पहलकदमियों से वृत्त-चित्रों के संसार में अतियथार्थवाद, मार्क्सवाद, साहित्य और विज्ञान का आगमन हुआ। सोवियत संघ से बाहर वामपंथी चिंतकों ने इस फ़िल्म-माध्यम के साथ जुड़ कर आम आदमी की ज़िंदगी को परदे पर उतारना शुरू किया। द्वितीय विश्व-युद्ध के तुरंत बाद युरोप में आर्थिक दिक़्क़तों के चलते कई महत्त्वाकांक्षी फ़िल्मकारों ने वृत्त-चित्रों के ज़रिये अपना कला का प्रदर्शन किया। उनके वृत्त-चित्र राजनीतिक सार से सम्पन्न थे।

साठ के दशक में फ्रांस के सिनेमा-वेरिते ग्रुप और अमेरिका के डायरेक्ट सिनेमा आंदोलन ने स्टूडियो आधारित फ़िल्म-निर्माण संहिताओं की प्रतिक्रिया में वृत्त-चित्र शैली की फ़िल्मों में रचनात्मक हस्तक्षेप किया। मानवशास्त्री फ़िल्मकार ज्याँ रूश ने पचास के दशक में फ्रेंच प्रभात वाले अफ़्रीका में जा कर देशज लोगों के जीवन को सीधे-सीधे सेल्युलाइड पर उतारने के प्रयास किये थे। इस सिनेमा में न तो सम्पादन शामिल था, और न ही किसी तरह की दृश्य-सज्जा। साठ के दशक में रूश ने इस विशुद्ध वस्तुनिष्ठता से थोड़ा हटते हुए जनसाधारण के जीवन पर फ़िल्में बनायीं जिनमें वे और उनके साथी लोगों से उनके दैनंदिन जीवन और समस्याओं से संबंधित प्रश्न पूछते थे। इस लिहाज़ से सिनेमा-वेरिते एक अमंचित, अ-नाटकीय, कथांकन-मुक्त फ़िल्मों का वाहक साबित हुआ। इस आंदोलन के कारण वृत्त-चित्र विधा इतिहास-लेखन की वर्चस्वी और संस्थागत प्रवृत्तियों के समांतर नया इतिहास गढ़ने के औज़ार के रूप में स्थापित हुई।

सत्तर के दशक में पश्चिमी समाजों के सांस्कृतिक रूप से उदार माहौल का लाभ उठा कर फ़िल्मकारों के कई अनौपचारिक समूहों और स्वतंत्र फ़िल्मकारों ने व्यवस्था और स्थापित मूल्यों को चुनौती देने वाले वृत्त-चित्र बनाये। नारीवादी वृत्त-चित्रों की शुरुआत हुई जिनके केंद्र में मातृत्व, वेश्यावृत्ति और नौकरीपेशा स्त्रियों की समस्याएँ थीं। ब्लैक स्त्रियों और अश्वेत स्त्रियों ने वृत्त-चित्रों के माध्यम से फ़िल्म-निर्माण की डगर पर पहले क़दम बढ़ाये। इसी के साथ वैकल्पिक सेक्शुअलिटीज़ (गे और लेस्बियन) आंदोलन ने भी वृत्त-चित्र माध्यम से समलैंगिकों के अदृश्य वजूद को दृश्य करने का उपक्रम शुरू किया। सत्तर के दशक में वृत्त-चित्र माध्यम गर्भपात, नस्लवाद, सेक्शुअल अस्मिता और आर्थिक शोषण जैसी विषयवस्तुओं की तरफ़ नागर समाज का ध्यान खींचने में सफल रहा।

टेलिविज़न के लोकप्रिय होने से वृत्त-चित्र की उपयोगिता में काफ़ी इज़ाफ़ा हुआ है। टीवी पर आने वाले समाचारों ने सूचना की दृश्यात्मकता को व्यापक समाज के धरातल पर स्थापित कर दिया है। आज सारी दुनिया में करोड़ों लोग टीवी के समाचार चैनलों पर रोज़-ब-रोज़ अनगिनत वृत्त-चित्र देखते हैं। वीडियो प्रौद्योगिकी के प्रसार, पहले सीडी और अब डीवीडी के सस्ते होते चले जाने के कारण वृत्त-चित्र बनाना काफ़ी सस्ता हो गया है। आधुनिक हल्के-फुल्के डिजिटल वीडियो कैमरे और कम्प्यूटर आधारित सम्पादन के कारण एक साधारण व्यक्ति के लिए भी डॉक्यूमेंटरी बनाना सम्भव हो चुका है। जिसने सारी दुनिया में इस विधा के उत्तरोत्तर लोकतंत्रीकरण का रास्ता खोल दिया है।

देखें : अतिनाटकीयता, अनुपस्थिति-उपस्थिति, कला सिनेमा, अवाँगार्द और प्रति-सिनेमा, टीवी और समाचार, टीवी और सेक्शुअलिटी, टीवी और टीवी-अध्ययन, तीसरा सिनेमा, तीसरी दुनिया का सिनेमा, दक्षिण भारतीय सिनेमा और राजनीति, श्रोता, दर्शक और पाठक, फ़िल्म-सिद्धांत, फ़िल्म और सेक्शुअलिटी, फ़िल्म और टीवी सेंसरशिप, फ़िल्मांतरण, फ़िल्म-सिद्धांत, फ़्लैश-बैक, भारतीय सिनेमा-1, 2 और 3, भारतीय फ़िल्म-अध्ययन, भारतीय स्टार सिस्टम, रियलिटी टीवी, विचारधारा और हिंदी सिनेमा, सेलेब्रिटी, सोप ओपेरा, सिनेमाई यथार्थवाद, नव-यथार्थवाद, सोवियत सिनेमा, स्टार, हिंदी सिनेमा का समाजशास्त्र।

संदर्भ

1. आर. एम. बरसाम (1992), *नॉन-फ़िक्शन फ़िल्म : अ क्रिटिकल हिस्ट्री*, इण्डियाना युनिवर्सिटी प्रेस, इण्डियाना पोलिस और ब्लूमिंगटन.
2. बी. निकोल्स (1991), *रिप्रेज़ेंटिंग रियलिटी : इशूज़ ऐंड कंसेप्ट्स इन डॉक्युमेंटरी*, इण्डियाना युनिवर्सिटी प्रेस, ब्लूमिंगटन.
3. एम. रेनोव (सम्पा.) (1973), *थियराइज़िंग डॉक्युमेंटरी*, रॉटलेज, न्यूयॉर्क ऐंड लंदन.
4. ए. लोवेल और जे. हिलर (1972), *स्टडीज़ इन डॉक्युमेंटरी*, सेकर और वारबर्ग, लंदन.

— **अभय कुमार दुबे**

वल्लत्तोल नारायण मेनन

(Valltol Narayan Menon)

मलयालम के महाकवि और राष्ट्रीय-सांस्कृतिक जागरण के प्रमुख अग्रदूतों में एक वल्लत्तोल नारायण मेनन (1878–1957) का कृतित्व मातृभूमि-पूजा और गाँधी विचार-दर्शन की चेतना से सम्पन्न है। उपनिवेशवाद विरोधी असहयोग आंदोलन और समाज-सुधार उनके साहित्य में शब्द-मूर्त हुआ। किसी ज़माने में अंग्रेज़-भक्ति से भरे पाँच पद्यों 'भारत चक्रवर्ती पंचकम' रचने वाले वल्लत्तोल ने गाँधी की आवाज़ पर देश-प्रेम और राष्ट्रीयता में रची-बसी कविताएँ लिखीं। उनकी कविता 'मातृ वंदनम्' में मातृभूमि पूजा का अनुपम भाव लोक है। भारत की महत्त्व-महिमा ही वल्लत्तोल की कविता की अंतर्वस्तु रही है। हालाँकि वल्लत्तोल की कविता भारतीय मिथक माला से भरी हुई है, पर उन्होंने हिंदू-धर्म की असमानताओं, जाति-प्रथा, हरिजन पीड़ा के ख़िलाफ़ जम कर आवाज़ उठायी। उनकी एक कविता 'एक्य ही सबसे बड़ी सेवा है' में अगड़ी-पिछड़ी जातियों की एकता को ही मानव-सेवा बताया गया है। छुआछूत में जकड़ा हिंदू-समाज कवि वल्लत्तोल की चिंता का विषय रहा है। 'जाति प्रभाव' कविता का मूल कथ्य है कि हर क़ीमत पर 'जातिवाद' को समाप्त करना है। हिंदू-मुसलमान एकता स्थापित किये बिना यह देश आगे बढ़ नहीं सकता। उनकी एक सशक्त कविता है 'गुलामी' जो स्वामी श्रद्धानंद की मृत्यु पर लिखी गयी है। 'मेरे गुरुनाथ' जैसी कविता गाँधी के बारे में है। 'मेरा प्रयाग-स्नान' में ऋषियों की वंदना है। हर साँस में वल्लत्तोल ने इतिहास-पुराण मिथक गाते हुए अतीत को वर्तमान में लाकर उससे हृदय-संवाद किया है।

साहित्य की दुनिया में नारायण मेनन अपने पारिवारिक नाम वल्लत्तोल से लोकप्रिय हुए। ब्राह्मण पिता और वल्लत्तोल घराने की कुहिप्पारू अम्मा के इकलौते पुत्र का गाँव चेन्नारा वेहंतुनारं में साहसी राजाओं और कवियों की भावस्थली थी। मलयालम काव्य के जन्मदाता तुंचत्तु एषुत्तच्छन यहीं के थे। इसलिए वल्लत्तोल को एक विशेष परिवेश मिला। गाँव में उनकी शिक्षा मलयालम तथा संस्कृत में हुई। अपने वैद्य मामा रामुण्णि मेनन से संस्कृत की दीक्षा ली। काव्य और नाटकों का अध्ययन करने के बाद वे संस्कृत के विद्वान राम वारिवर से पढ़ने गये। उन्होंने *आंष्टग हृदयम* वैद्यक का ग्रंथ पढ़ा था और समस्यापूर्ति में आनंद प्राप्त किया था। 'अक्षरश्लोकम' जैसा साहित्यिक खेल खेलने में भी उन्हें रस आता था। मित्र-मण्डली के साथ वे कथकली की ओर आकृष्ट हुए। आसपास कहीं भी कथकली हो, वे अवश्य

जाते थे। इस तरह उन्हें कविता तथा कथकली का संस्कार मिला। अपने अभ्यास की गति के कारण वे संस्कृत और मलयालम में कविता करने लगे। माँ के निधन पर उन्होंने संस्कृत में एक शोक-गीत की रचना की। इक्कीस वर्ष की अवस्था में कालिदास के *ऋतुसंहार* के अनुकरण पर *ऋतु विलासम्* काव्य की रचना की। सौभाग्यवश उन्हें वरिष्ठ रचनाकारों-कलाकारों का स्नेह प्राप्त हुआ और वे नये काव्य की रचना परम्परा में रम गये।

वल्लत्तोल नारायण मेनन (1878-1957)

देवों के प्रति कृतज्ञता ज्ञापन करने के लिए वल्लत्तोल ने इष्टदेवी की स्तुतियाँ, पौराणिक विषयों पर वर्णनात्मक कविताएँ लिखीं। कुछ अनुवाद भी किये। अचानक उन्हें केरल कल्पद्रुम प्रेस का मैनेज़र बनने का निमंत्रण तीस रुपये माहवार पर मिला। उस समय यह बड़ी रक़म थी। वल्लत्तोल ने यह कार्य स्वीकार किया और त्रिशूर गये जहाँ उनके साहित्यिक व्यक्तित्व ने निखार पाया। उनका घर साहित्यकारों का अड्डा बन गया। अचानक हुए जुकाम से पूर्णत: बहरे हुए वल्लत्तोल ने बधिर पीड़ा को ले कर *बधिर विलापम्* नामक आत्मकथात्मक कृति की रचना की। 1890 में कल्पद्रुम प्रेस की नौकरी छोड़ कर गाँव आये और एक महाकाव्य की रचना में समर्पित हो गये। उस समय मलयालम का काव्य-प्रतिमान था उल्लूर परमेश्वर अय्यर द्वारा रचित *उमा केरलम्*। इसी परम्परा के अनुरूप वल्लत्तोल ने *चित्रयोगम्* की रचना की जो सोमदेव कृत संस्कृत के *कथासरितसागर* की कथा पर आधारित है। 1,590 श्लोकों के इस काव्य पर उन्होंने दो वर्ष लगाये। मलयालम के एक दूसरे महाकवि कुमारन् आशान् को यह काव्य परम्परागत रूढ़िवादिता के कारण पसंद नहीं आया।

इसके बाद वल्लत्तोल ने कई प्रकार की रचनाएँ कीं, नाटकीय, प्रगीतात्मक, वर्णनात्मक। अनेक आख्यान-काव्य लिखे। *चित्रयोगम्* तो एक लम्बा आख्यान-काव्य है ही, आलोचकों ने एक स्वर से उनके पाँच आख्यान-काव्यों को उनकी कीर्ति का आधार माना है। ये हैं : *बंदी अनिरुद्ध, शिष्य और पुत्र, मगदलन मरियम्, छोटी सीता, पिता और पुत्री*। वल्लत्तोल उषा-अनिरुद्ध की कहानी से बहुत प्रसिद्ध हुए। उषा-अनिरुद्ध की प्रेम-कथा में मानव मन के रागों का विस्तार है और कथा में प्रकरण-वक्रता का सौंदर्य। *बंदी अनिरुद्ध* के चार वर्ष बाद 'शिष्य और पुत्र' कविता पाठकों के सामने आती है। परशुराम को छोड़ कर सभी पात्र स्वर्ग के निवासी हैं। नाटकीय तत्त्वों से भरपूर यह कविता परशुराम के कैलाश-गमन से शुरू होती है। परशुराम कैलाश जाकर शिव के घर के सामने उनके सुपुत्र गणेश और सुब्रह्मण्य को देखते हैं। उन्हें जल्दी नमस्कार कर आगे बढ़ते हैं तो गणेश रोकते हैं। बात बढ़ जाने पर युद्ध होता है। गणपति परशुराम को खिलौने सा घुमा देते हैं और परशुराम शिव से मिले कटार से गणेश का गजदंत काट देते हैं जो तेज़ शब्द-नाद के बाद गिर जाता है। आगे का कथानक शिव-पार्वती और परशुराम की कथाओं से सम्बद्ध है। पार्वती का मातृत्व एक नये सौंदर्य के साथ सामने आता है। यहाँ कृष्ण और राम को भी कथा में स्थान मिला है। देवताओं का मानवीय रूप वल्लत्तोल की दृष्टि में रहा है और इसी दृष्टि से शिव-पार्वती, कृष्ण-राधा और सीता यहाँ मानव-रूप में जीवन-सौंदर्य पैदा करते हैं।

साहित्य मंजरी के कई खण्ड हैं जो 1917-30 के बीच प्रकाशित होते रहे। उन्होंने संस्कृत के नाटक *पंचरात्रम्* तथा *स्वप्नवासवदत्तम्* का मलयालम में अनुवाद किया। *केरलोदयम* साहित्यिक पत्र का सम्पादन करने के साथ-साथ वे *क़वन कौमुदी* और *आत्मपोषिणी* जैसी पत्रिकाओं से भी जुड़े रहे। उन्होंने यौवनकाल में एडवर्ड सप्तम की प्रशंसा के गीत लिखे। लेकिन बाद में ऐसा बदलाव आया कि गाँधी के शिष्य हो गये। कविता के लिए राजकीय पुरस्कार अस्वीकार करके वे राष्ट्रीय काव्य-धारा की ओर मुड़ गये। 1930 में केरल कला मण्डपम की स्थापना की तथा कथकली के प्रति पूजा-भाव व्यक्त किया। 1939 में वे रवींद्रनाथ के पास शांतिनिकेतन गये तथा कथकली नृत्य का प्रदर्शन किया। कथकली के पुनरोद्धार के लिए प्रयास करने के साथ इस दौर में उन्होंने *साहित्यलहरी* के चार खण्ड, काव्य-संकलन *विषक्कणी, दिवास्वरनम्* और वीर-शृंखला का प्रकाशन किया। वामपंथी विचारों से प्रभावित हो कर भी उन्होंने कुछ कविताएँ लिखीं। अनुवाद के क्षेत्र में कालिदास के *शाकुंतलम्*, वत्सराज के चार नाटक *कपट केलि, कर्पूरचरितम्, रुक्मिणी हरणम्*, तथा *त्रिपुर दहन* का अनुवाद किया।

वल्लत्तोल को अंग्रेज़ी नहीं आती थी। लेकिन इसका लाभ उन्हें यह हुआ कि उनकी सर्जनात्मकता का देसीपन अक्षुण्ण रहा। उन्होंने अपनी परम्परा को कमाया और संस्कृत की ज्ञान-संवेदना से स्वयं को स्वाधीन चिंतन में प्रवृत्त किया। वल्लत्तोल का परम्परावादी होना भारतीय जीवन की लय को मज़बूती से ग्रहण करना है। मणि प्रवालम् शैली में वाल्मीकि, कालिदास-भास-भारवि एक साथ बोलते-मिलते हैं। प्रवाह के क्षणों में वल्लत्तोल की कविता में संस्कृत की शब्दावली

बढ़ जाती है। विद्वानों का कहना है कि हिंदू-धर्म की शब्दावली वल्लत्तोल में आसन जमाये बैठी रहती है और वे एक परम्परागत हिंदू की तरह विचार रखते हैं। पुराण तथा साहित्य के मेल से बना वल्लत्तोल का काव्य-संसार एक संस्कारी हिंदू के लिए बेहद रसमय है। उनकी प्रसिद्ध कविता है 'गोकुल में पहुँचे अक्रूर'। 'मेरे गुरुनाथ' में उन्होंने कहा है कि गीता की मातृभूमि ही ऐसे कर्मयोगी को जन्म दे सकती है। एक अन्य कविता 'पापमोचन' में उन्होंने गाँधी की युद्ध-वीरता को भीष्म की युद्ध-वीरता से जोड़कर देखा है। 'मेरी मगदलेन' में वे ईसा को कृष्णा मानते हैं।

वल्लत्तोल भारतीय दर्शन के गहन संसार में नहीं उतरते। वे पुराण में तथा महाकाव्यों में जीवन-सौंदर्य के रंग पाते हैं। भक्ति-प्रवाह ने वल्लत्तोल के कवि-हृदय में स्थान बनाया है। प्रकृति-सौंदर्य और ईश्वर-भक्ति में राग का स्पर्श बेहद मुग्धकारी है। उन्हें कविता ऐंद्रिकता का सुखद-भण्डार दिखाई देती है। नारी-सौंदर्य के मांसल-वर्णन में कवि-मन खिल उठता है और काली आँखों का अनुपम लोक उनकी कविता में रचा-बसा है। नारी और प्रकृति के अनगिनत रंग मिल कर वल्लत्तोल की कविता को एक नये सौंदर्य-लोक में ले जाते हैं। वल्लत्तोल की कविता पाठक को यह ध्यान बराबर दिलाती रहती है कि परम्परा स्मृति है और उसे हर कवि को कमाना पड़ता है।

वल्लत्तोल की छोटी कविताएँ *साहित्य-मंजरी* के ग्यारह खण्डों में संकलित की गयी हैं। कुछ अन्य संकलन भी हैं। कुल मिलाकर इन संकलनों में अनेक मन:स्थितियों, शैलियों और शिल्प प्रयोगों की कविताएँ हैं। वे 'किलिकोंचल' में सीता की माता पर ध्यान देते हैं। स्वामी विवेकानंद के जीवन पर नरेंद्र की प्रार्थना करते हैं और श्रमजीवी किसानों का गीत गाते हैं। उनकी कविता में किसान गाते हैं : 'पर विदेशी सत्ता के सामने झुकना मत / कंधे पर हल ख़ुशी से / पर कभी अपने स्वार्थ को उठाना मत।' कवि की आदर्शवादी कविताएँ भी कोरा उपदेश नहीं हैं— संकल्प हैं। वल्लत्तोल एक फटे पुराने तकिये से बात करते हैं। जीवन की मधुर स्मृतियों के बिम्ब इस कविता में झिलमिलाते हैं। प्रेमालाप सुनता तकिया मधुर क्षणों की स्मृति-मंजूषा है। लेकिन तकिये के वे दिन बीत गये, आज रह गया है मरुस्थल।

उन्होंने 1924 में एक प्रसिद्ध कविता का सृजन किया। 'मेरी मातृभाषा' कविता का छंद माकंद मंजरी है। इसमें पर्वत की स्थिरता, समुद्र की गम्भीरता, गोकर्ण के मंदिर की पुष्पलता, कन्याकुमारी की प्रसन्नता, पेरियार नदी की गंगा जैसी छवि, चंदन की चीज़ों की गंध, नारियल-पानी का माधुर्य, संस्कृत भाषा का नाद-सौंदर्य और तमिल की सुंदरता का वर्णन है। वल्लत्तोल के लिए मातृभाषा मनुष्य की जन्मदात्री माँ है, अन्य भाषाएँ धाय हैं। वेद, शास्त्र, काव्य उनके लिए अपनी मातृभाषा में ही हृदय-वास करते हैं। उनकी भाषा केरली पंचमवेद सुनाती है। वह असमर्थ भाषा नहीं है। वल्लत्तोल में मातृभाषा-गौरव का स्वर प्रधान रहा है।

वल्लत्तोल ने ईसाई मित्रों के आग्रह पर बाइबिल को अपनी कविता में स्थान दिया। उनकी कृति *मगदलन मरियम* 1929 प्रकाशित हो कर लोकप्रियता की दृष्टि से आगे रही। पाँच खण्डों की इस कविता की अंतर्योजना खण्डित नहीं है और काव्यात्मकता में बिम्बयोजना ने साथ दिया है। वल्लत्तोल का गद्यकार-समालोचक रूप भी पाठक का ध्यान आकृष्ट करता है। *केरलोदयम्* के बाद *आत्मपोषिणी* के सम्पादक बने। उनकी महत्त्वपूर्ण समीक्षाओं को उनके सखा कुहिकृष्ण ने *ग्रंथविहारम्* शीर्षक से 1925 में प्रकाशित किया।

वल्लत्तोल स्वच्छंद प्रकृति के कवि हैं। उन्हें पश्चिमी ढंग का स्वच्छंदतावादी कवि नहीं कहा जा सकता। उनमें देशी स्वच्छंदधारा का प्रवाह श्रीधर पाठक और रामनरेश त्रिपाठी की तरह प्रवाहित है। समय-समाज धर्म-राजनीति की नूतन प्रवृत्तियों ने उनकी युगीन मानसिकता तथा काव्यानुभूति की बनावट का रूप तय किया है। हिंदी के छायावादी कवियों की तरह वल्लत्तोल में आंतरिक भावों की लुका-छिपी नहीं है, बल्कि विषय को आत्म-भाषण बना देने की प्रवृत्ति है— चाहे वह शोकगीत हो या प्रेमगीत। उन्हें न छायावादी कहा जा सकता है, न प्रतीकवादी। वे अपनी संवेदना में जीवन के सहज रागों के गायक हैं।

देखें : अरविंद घोष, कन्हैयालाल माणिकलाल मुंशी, क़ाज़ी नज़रुल इस्लाम, कुमारन् आशान्, गजानन माधव मुक्तिबोध, गोवर्धन राम त्रिपाठी और गुजराती अस्मिता, प्रेमचंद, फ़क़ीर मोहन सेनापति और ओडिया अस्मिता, बंकिम चंद्र चट्टोपाध्याय, भारतेंदु हरिश्चंद्र, महादेव गोविंद रानाडे, महावीर प्रसाद द्विवेदी, रवींद्रनाथ ठाकुर, राजा राममोहन राय, रामविलास शर्मा, रामचंद्र शुक्ल, रुक्मिणी देवी अरुंडेल, सच्चिदानंद हीरानंद वात्स्यायन अज्ञेय, सुब्रह्मण्यम भारती, हजारी प्रसाद द्विवेदी।

संदर्भ

1. डॉ. नगेंद (सम्पा.) (1998), *भारतीय साहित्य का समेकित इतिहास,* हिंदी माध्यम कार्यान्वयन निदेशालय, दिल्ली विश्वविद्यालय, दिल्ली.
2. वी. उण्णिकृष्णन नायर (1962), 'वल्लत्तोल', *मातृभूमि,* कालीकट.
3. *मातृभूमि वल्लत्तोल अंक* (1958), कालीकट.

— कृष्णदत्त पालीवाल

वल्लभभाई पटेल
(Vallabhbhai Patel)

उपनिवेशवाद विरोधी आंदोलन को सर्वोच्च नेताओं में से एक, स्वतंत्र भारत के पहले गृहमंत्री और उप-प्रधानमंत्री, 562 देशी रियासतों को भारतीय संघ में सफलतापूर्वक मिलाने वाले सरदार वल्लभभाई पटेल (1885-1950) की गणना उन राष्ट्र-निर्माताओं में की जाती है जिनके बिना आधुनिक भारत के वर्तमान रूप की कल्पना भी नहीं की जा सकती। हालाँकि आज़ादी के बाद प्रधानमंत्री का पद जवाहरलाल नेहरू को मिला, लेकिन साठ और सत्तर की पीढ़ी के बहुत से राजनीतिकृत भारतीय पटेल को ही इस पद का सच्चा हक़दार मानते रहे हैं। पटेल की अहमियत का अंदाज़ा इस बात से भी लगाया जा सकता है कि आज़ादी के पहले भी वे कांग्रेस के प्रमुख रणनीतिकार थे। चालीस के दशक में जब मुसलिम लीग, जिन्ना और अंग्रेज़ों के साथ कांग्रेस एक शतरंज जैसी बाज़ी में उलझी हुई थी, पटेल को कौशल और दूरंदेशी ने कई बार भारत-विरोधी तत्त्वों को मात दी। गाँधी अपने जिन तीन शिष्यों की मदद से कांग्रेस की बागडोर सँभालते थे, जवाहरलाल नेहरू और राजेंद्र प्रसाद के बाद तीसरे पटेल ही थे। स्वतंत्रता प्राप्ति के बाद पटेल बहुत कम जीवित रहे, पर अपने छोटे से ही कार्यकाल में उन्होंने लोकतांत्रिक राज्य की आधारशिला रखने में निर्णायक भूमिका का निर्वाह किया। पटेल की रणनीति ने सुनिश्चित किया कि उत्तर-औपनिवेशिक भारत छोटे-छोटे टुकड़ों में नहीं बँटेगा। जब जम्मू और कश्मीर, हैदराबाद और जूनागढ़ ने भारत में विलय से इनकार कर लिया, तो पटेल ने सेना का इस्तेमाल करके हैदराबाद और जूनागढ़ का भारत में विलय कराया। बदली हुई परिस्थितियों में जम्मू और कश्मीर के शासक द्वारा भारतीय संघ में शामिल होने के पीछे भी पटेल की ही भूमिका थी। उनकी दृढ़ता और असाधारण योगदान के कारण ही उन्हें लौह-पुरुष के नाम से पुकारा जाता है।

सरदार पटेल का जन्म गुजरात के खेड़ा ज़िले में नांदेड़ नामक स्थान पर 31 अक्तूबर, 1875 को एक साधारण किसान परिवार में हुआ था। इनके पिता झवेरभाई एक छोटे किसान थे जिनके पास 11-12 एकड़ ज़मीन थी। वल्लभभाई बचपन से ही बहुत मेहनती और लगनशील थे। वे करमसाड के प्राथमिक स्कूल में पढ़ने के साथ ही खेतों में अपने पिता की मदद भी किया करते थे। माध्यमिक स्तर की शिक्षा के लिए उन्हें अपने गाँव से 14 किलोमीटर दूर जाना पड़ता था। पटेल स्कूल के दिनों से ही काफ़ी मुखर भी थे। अपने कुछ समकालीन नेताओं, ख़ासतौर पर मोतीलाल नेहरू और उनके पुत्र जवाहरलाल के विपरीत पटेल को अपनी शिक्षा के लिए ख़ुद काम भी करना पड़ा। बाईस साल की उम्र में उन्होंने यह तय कर लिया था कि वे ग़रीबों के लिए न्याय की लड़ाई लड़ेंगे। उन्होंने क़ानून की पढ़ाई की और गोधरा में वकालत शुरू की जहाँ उनके बड़े भाई विट्ठलभाई पटेल वकील के रूप में पहले ही ख़ासा नाम कमा चुके थे। बाद में, वल्लभभाई वकालत करने के लिए बोरसाड चले गये।

वल्लभभाई फ़ौजदारी के एक बेहद कुशल वकील साबित हुए। अपनी मेहनत, योग्यता और किफ़ायत के कारण उन्होंने तीन सालों की प्रैक्टिस से अच्छा-ख़ासा पैसा जमा कर लिया। इसके बाद उन्होंने लंदन के मिडिल टैम्पल में नामांकन के लिए आवेदन किया। लेकिन ट्रैवेल एजेंट की ग़लती से टिकट उनके भाई के पते पर पहुँच गया। टिकट पर इनका नाम मिस्टर वी.जे. पटेल लिखा था, जो उनके भाई विट्ठलभाई पटेल का नाम भी हो सकता था। विट्ठलभाई भी लंदन जाना चाहते थे। उन्होंने वल्लभभाई से आग्रह किया कि वे उन्हें जाने दें। वल्लभभाई अपने बड़े भाई की बहुत इज़्ज़त करते थे, इसलिए वे ख़ुद नहीं गये और अपने बड़े भाई को लंदन में क़ानून की पढ़ाई के लिए भेज दिया।

इसके कुछ समय बाद पटेल की पत्नी जवेरीबाई का निधन हो गया। उस समय पटेल आणंद की अदालत में अपने मुवक्किल के पक्ष में जिरह कर रहे थे। जब इन्हें इस बारे में तार मिला तो उन्होंने उसे पढ़ने के बाद भी शांत होकर अपना काम पूरा किया। उस समय उनकी बेटी मणिबेन छह साल की थी और बेटा दयाभाई चार साल का। वल्लभभाई ने तय किया वे अपने बच्चों की ख़ातिर दोबारा शादी नहीं करेंगे। उन्होंने देश-सेवा में अपना जीवन लगाने का निश्चय किया। विट्ठलभाई के लंदन से लौटने के बाद वल्लभभाई 1910 में क़ानून की आगे की पढ़ाई के लिए लंदन के मिडिल टैम्पल गये। पटेल के पास बहुत ज़्यादा पैसा नहीं था, इसलिए उन्हें लंदन में अपने गुज़ारे के लिए बहुत मेहनत करनी पड़ी। वे हर रोज मिडिल टैम्पल की लाइब्रेरी, जो उनके निवास से अच्छा-ख़ासा दूर थी, तक पैदल जाते थे। अक्सर वे रात में लाइब्रेरी बंद होने तक पढ़ा करते थे। अपनी कड़ी मेहनत के कारण उन्होंने एक साल पहले ही अपना कोर्स पूरा कर लिया। उन्हें अपनी आख़िरी परीक्षा में प्रथम श्रेणी और पचास पाउंड का इनाम भी मिला।

क़ानून की पढ़ाई ख़त्म करने के बाद भारत मुम्बई के मुख्य न्यायाधीश ने पटेल को गवर्नमेंट लॉ कॉलेज में प्रोफ़ेसरशिप देने का प्रस्ताव किया। लेकिन पटेल ने अहमदाबाद में ही रहने का फ़ैसला किया। इस समय तक उनका पूरी तरह से पश्चिमीकरण हो चुका था। वे हमेशा कोट-पैंट पहनते थे और अहमदाबाद में उनकी वकालत की आमदनी भी बहुत ज़्यादा बढ़ गयी थी। 1916 तक अहमदाबाद के वकीलों में पटेल की फ़ीस सबसे ज़्यादा होती

सरदार वल्लभभाई पटेल (1885-1950)

थी। एक साल बाद उन्होंने अहमदाबाद में म्युनिसिपल कौंसिलर का चुनाव लड़ा और सफल हुए। इसी दौर में गाँधी ने भी अहमदाबाद में अपना आश्रम स्थापित किया।

कहा जाता है कि पटेल ने पहली बार गुजरात क्लब में गाँधी के भाषण को सुनने से मना कर दिया था अहिंसक सत्याग्रह द्वारा आज़ादी पाने के गाँधी के विचारों के बारे में व्यंग्यात्मक टिप्पणियाँ की। लेकिन बिहार के चम्पारण में गाँधी द्वारा नील की खेती करने वाले किसानों के पक्ष में चलाये गये आंदोलन ने पटेल के नज़रिये में बदलाव किया। इसके बाद जल्दी ही गाँधी उनके राजनीतिक गुरु बन गये और जीवन भर उनके नेता रहे। गाँधी के साहस ने पटेल को बहुत प्रभावित किया। उन्होंने अपनी जमी-जमाई प्रैक्टिस छोड़ दी और ख़ुद को गाँधी के नेतृत्व में भारत की स्वतंत्रता के लिए समर्पित कर दिया। जब भी उनके बीच में कोई मतभेद होता था, पटेल खुल कर अपने विचार व्यक्त करते थे, लेकिन आख़िरकार वे काम गाँधी के निदेशों के अनुसार ही करते थे। मज़ाकिया लहज़े में पटेल कहा करते थे कि उन्होंने अपने दिमाग़ में ताला लगा लिया है और उसकी चाबी गाँधी को दे दी है।

1917 में अहमदाबाद में प्लेग फैला। इस समय पटेल अहमदाबाद स्वच्छता कमेटी के अध्यक्ष थे। गाँधी की प्रेरणा के कारण ही इस समय पटेल ने अपनी व्यक्तिगत सुरक्षा के लिए शहर से बाहर जाने से मना कर दिया और लोगों की देखभाल के काम में लगे रहे। पटेल का पहला बड़ा सत्याग्रह उनके नेतृत्व में गुजरात के खेड़ा ज़िले में किया गया किसानों का आंदोलन (1918-19) था। यहाँ किसानों की फ़सल बहुत ज़्यादा बारिश होने के कारण ख़राब हो गयी थी। इसलिए उन्होंने सरकार से लगान कम करने और कुछ समय तक इसकी वसूली रोकने का आग्रह किया था। सरकार ने उनके अनुरोध को ठुकरा कर पूरा लगान वसूलने का फ़ैसला किया। गाँधी के कहने पर पटेल ने इस क्षेत्र के हर गाँव का दौरा किया। लोगों की स्थिति के बारे में आँकड़े तैयार किये और उनसे यह कहा कि वे टैक्स न दें। सरकार ने बहुत से लोगों के घरों और फ़सलों की नीलामी करवा दी। लेकिन अधिकतर किसान आंदोलन के साथ डटे रहे और यह संघर्ष छह महीने तक चला। आख़िरकार सरकार को झुकना पड़ा और उसने सिर्फ़ आठ प्रतिशत लगान वसूलने का फ़ैसला किया।

असहयोग आंदोलन में गाँधी के आह्वान पर अहमदाबाद में पटेल ने आंदोलन का नेतृत्व किया। उन्होंने अपने विलायती कपड़े जला दिये और अपनी बेटी मणिबेन को ब्रिटिश स्कूल से वापस बुला लिया। उनके वकालत छोड़ लेने के कारण परिवार को बहुत सी समस्याओं का भी सामना करा पड़ा। 1922 में गाँधी की गिरफ़्तारी के बाद पटेल ने अपनी पूरी ऊर्जा अपने राजनीतिक गुरु के आदर्शों के प्रचार-प्रसार में लगा दी। 1928 में पटेल ने बारदोली में ग़रीब किसानों के संघर्ष का नेतृत्व किया। यहाँ लगान में बहुत ज़्यादा बढ़ोतरी होने के कारण किसान बहुत दुखी थे। पटेल ने गाँवों का दौरा किया और लोगों को अपनी उदासीनता छोड़कर आंदोलन करने के लिए प्रेरित किया। उन्होंने किसानों से अपना आंदोलन शांतिपूर्ण रखने की भी अपील की। सरकार ने किसानों की सम्पत्ति की कुर्की शुरू की। लेकिन आख़िरकार किसानों के आंदोलन के दबाव में सरकार ने बढ़ी हुई लगान की दर को 22 से कम करके 7 प्रतिशत कर लिया। यह पटेल के नेतृत्व में हुआ दूसरा सफल सत्याग्रह था जिसमें कोई हिंसा नहीं हुई और बड़ी जीत हासिल की गयी। इसी समय गाँव के किसानों ने पटेल को सरदार का दर्जा लिया और इस उपनाम से वे पूरे देश में प्रसिद्ध हुए। मार्च, 1931 में सरदार पटेल ने भारतीय राष्ट्रीय कांग्रेस के कराची अधिवेशन की अध्यक्षता की। अपने अध्यक्षीय भाषण में उन्होंने पूर्ण-स्वराज और हिंदू-मुसलिम एकता पर बल दिया। कराची अधिवेशन में ही कांग्रेस ने औपचारिक रूप से नागरिकों के मूल अधिकारों की अवधारणा को स्वीकार किया; और इसी दौरान केसरिया, सफ़ेद और हरे के साथ भारत के तिरंगे झंडे को अपनाया गया।

1935 के गवर्नमेंट ऑफ़ इण्डिया एक्ट के बाद ग्यारह ब्रिटिश प्रांतों में कांग्रेस की सरकार बनी। इन चुनावों में

उम्मीदवारों की जीत और सरकारों के बेहतर समन्वय में भी पटेल ने महत्त्वपूर्ण भूमिका निभायी। इस पूरे दौर में पटेल गाँधी की राजनीति का समर्थन करते रहे। 1942 में नेहरू समेत बहुत सारे नेता भारत छोड़ो आंदोलन छेड़ने के पक्ष में नहीं थे। लेकिन पटेल ने गाँधी के फ़ैसले का समर्थन किया। आंदोलन शुरू होने के बाद गाँधी, नेहरू, मौलाना आज़ाद आदि प्रमुख कांग्रेस नेताओं की तरह पटेल को भी गिरफ़्तार कर लिया गया। उन्हें जून 1945 में जेल से रिहा किया गया।

1945 के बाद सत्ता-हस्तांतरण के मसले पर नेहरू और पटेल ने बेहद महत्त्वपूर्ण भूमिका निभायी। गाँधी के सख़्त विरोध के बावजूद नेहरू और पटेल, दोनों ही भारत के विभाजन के लिए तैयार हो गये। शायद उन्हें यह उम्मीद थी कि ऐसा करके वे देश को मुसलिम लीग की नकारात्मक और विघटनकारी राजनीति से बचा लेंगे। पटेल स्वतंत्र भारत की पहली सरकार में गृहमंत्री और उप-प्रधानमंत्री बने। 562 रजवाड़ों का भारत में विलय करवाना उनका ऐतिहासिक योगदान था। ये रजवाड़े भारत के कुल भौगोलिक क्षेत्र का एक-तिहाई थे। पटेल की कूटनीति और रणनीतिक कुशलता के कारण अधिकांश रजवाड़ों ने भारत में विलय स्वीकार कर लिया। जूनागढ़, हैदराबाद और जम्मू और कश्मीर ने ऐसा नहीं किया। जूनागढ़ और हैदराबाद में पटेल ने सैन्य शक्ति क मदद ली। जम्मू और कश्मीर में ऐसी स्थितियाँ पैदा हुईं जिसके कारण वहाँ के शासक को भारत में विलय के लिए मजबूर होना पड़ा। इसके बाद पटेल ने वहाँ सेना भेजकर भारत की स्थिति मज़बूत की।

यद्यपि पटेल ने गाँधी को अपना राजनीतिक गुरु मानते थे। लेकिन गाँधी की राजनीति के कई पहलुओं से उनका गहरा अलगाव भी था। मसलन, गाँधी सैन्य शक्ति और परमाणु बम के बिल्कुल ही ख़िलाफ़ थे, जबकि पटेल राष्ट्र की सुरक्षा के लिए उनका उपयोग करने को तैयार थे। नेहरू की तरह की पटेल भी गाँधी के *हिंद-स्वराज* में पेश किये गये आधुनिकता के विरोध की अवधारणा को नहीं मानते थे। एक राष्ट्र और राज्य निर्माता के तौर पर भारत विभाजन के समय उन्होंने भारत में रुकने वाले मुसलमानों को राष्ट्र के प्रति निष्ठा रखने का उपदेश लिया। उन्होंने मध्य युग में महमूद गजनवी द्वारा तोड़े गये सोमनाथ मंदिर का पुनर्निर्माण भी कराया। वे इसे भी राष्ट्रवाद से जोड़ कर देखते थे। उनके इन क़दमों का गाँधी की राजनीति और नेहरू की सेकुलरवादी राजनीति से गहरा विरोध था। 15 दिसम्बर, 1950 में अपनी मृत्यु तक वे एक मज़बूत, समृद्ध और एकताबद्ध भारत के लिए काम करते रहे।

देखें : अबुल कलाम आज़ाद, उपनिवेशवाद विरोधी आंदोलन-1 से 3 तक, एलमकुलम मनक्कर शंकरन नम्बूदिरीपाद, कांशी राम, गोपाल कृष्ण गोखले, चरण सिंह, जवाहर लाल नेहरू, जय प्रकाश नारायण, दादाभाई नौरोजी, नरेंद्र देव, बाल गंगाधर तिलक, मोहनदास कर्मचंद गाँधी-1 से 3 तक, राममनोहर लोहिया, विनायक दामोदर सावरकर, सहजानंद सरस्वती।

संदर्भ

1. पी.एन. चोपड़ा (1995), *द सरदार ऑफ़ इण्डिया,* एलाइड पब्लिशर्स, नयी दिल्ली.
2. पी.एन. चोपड़ा और प्रभा चोपड़ा (2002), *सरदार पटेल, नेहरू, गाँधी ऐंड सुभाष बोस,* कोणार्क पब्लिशर्स, नयी दिल्ली.
3. राजमोहन गाँधी (1990), *पटेल : अ लाइफ,* नवजीवन पब्लिशिंग हाउस, अहमदाबाद.

— कमल नयन चौबे

वाचिकता

(Orality)

जब सम्प्रेषण का माध्यम केवल बोलने और सुनने तक सीमित हो, तो वह वाचिकता की स्थिति होती है। वाचिकता के दो प्रकार हैं। प्राथमिक वाचिकता उन संस्कृतियों और समुदायों की विशेषता रही है जो अपनी विश्व-दृष्टि, विमर्श, वक्तृता और मानस की रचना में साक्षरता की व्यापक अनुपस्थिति के लिए जाने जाते हैं। ये समाज वाचिक संस्कृति की श्रेणी में आते हैं। इनमें बोले गये और सुने गये शब्द और ध्वनि का सम्पूर्ण प्रभुत्व होता है। यहाँ तक कि कभी-कभी तो इन संस्कृतियों में वर्ण-विन्यास (मानकीय लेखन प्रणाली) भी नहीं होता। द्वितीयक वाचिकता आधुनिक संस्कृतियों और समाजों की परिघटना है। औपचारिक शिक्षा को सर्वोच्च मूल्य की तरह ग्रहण करने वाले इन समाजों में साक्षरता का विधिवत् और निरंतर प्रसार किया जाता है। लेकिन इन समाजों में भी वाचिकता मौजूद रहती है। उसकी मदद से नन्हें बच्चों को शुरुआती शिक्षा दी जाती है। रेडियो, टेलिविज़न, फ़िल्म और टेलिफ़ोन वग़ैरह माध्यमों में प्रौद्योगिकी के ज़रिये शब्दों और ध्वनियों का सम्प्रेषण किया जाता है। वैसे तो सुनने-बोलने-सुनने का समीकरण मानवीय जीवन में औपचारिक प्रशिक्षण के बिना ही विकसित हो जाता है, लेकिन आधुनिक समाजों में पढ़ने-लिखने की ही तरह वाचिक क्षमताएँ विकसित करने की बाक़ायदा ट्रेनिंग मिलती है। शिक्षाशास्त्रियों और अकादमीशियनों ने इसे ओरेसी या ओरेलसी का नाम दिया है। लिखित पाठ की मदद के बिना भाषण देने की कला (आर्ट ऑफ़ ओरेशन) राजनीति में

सफल होने के लिए बहुत ज़रूरी है। जिनके पास यह कला है, माना जाता है कि उनमें नेतृत्व के गुण हैं। सायास वाचिकता का यह उदाहरण भी द्वितीयक श्रेणी में आता है।

समाज-विज्ञान में वाचिकता की चर्चा दो तरह से आती है। वाचिक संस्कृति की अवधारणा के रूप में, और वाचिकता बनाम साक्षरता की बहस के रूप में। वाचिक संस्कृति की अवधारणा उन महत्त्वपूर्ण सांस्कृतिक आख्यानों के संदर्भ में विकसित की गयी थी जो अपने लिखे जाने से पहले केवल बोले गये रूपों में मौजूद थे। एक पीढ़ी से दूसरी पीढ़ी तक इन आख्यानों का संचरण स्मृति और वाचिकता के संयोग से ही होता था। शुरुआती दौर में विद्वानों ने उनके लिखित रूपों में निहित उन आयामों को रेखांकित करने का प्रयास किया जिनमें बोला गया विमर्श झलकता था। आगे चल कर मनोवैज्ञानिकों, समाजशास्त्रियों, मानवशास्त्रियों, लोकगाथाओं और मिथकों के अध्येताओं ने अपने-अपने हस्तक्षेप से वाचिकता-अध्ययन को समृद्ध किया। उन्होंने बाल्कन देशों, पूर्व सोवियत संघ के देशों, ऑस्ट्रेलिया, अफ़्रीका और ऐसी ही अन्य जगहों में पहले और आज भी मौजूद रहे वाचिक-जगत पर गहरा अनुसंधान करके दिखाया कि वाचिकता की समझ के बिना साहित्यिक विश्लेषण किस तरह अधूरा रह जाता है।

वाल्टर जैक्सन ओंग (1912-2003)

वाचिकता और साक्षरता के बीच तुलनात्मक बहस की केंद्रीय विभूति वाल्टर जैक्सन ओंग हैं। 1982 में उनकी रचना *ओरलिटी ऐंड लिटरेसी* प्रकाशित हुई जिसने विभिन्न अनुशासनों को वाचिकता के बारे में सोचने के लिए मजबूर किया। साहित्यिक और समाज-वैज्ञानिक स्रोतों की मदद से ओंग ने दिखाया कि किस तरह साक्षरता का जन्म वाचिकता से हुआ है। ओंग ने यह दावा किया कि प्राथमिक वाचिक संस्कृतियों में बहस और विवादप्रियता के रुझान थे। इसके साथ ही ये संस्कृतियाँ वक्तृता के सामुदायिक रूपों को अपनाती थीं। अगर वाचिक संस्कृतियों के इन पहलुओं की तुलना साक्षर संस्कृतियों से करें, तो ओंग की यह दलील और स्पष्ट हो जाती है कि प्राथमिक क़िस्म की वाचिकता सहभागिता और परानुभूति को प्रोत्साहित करती है। इस वाचिकता में दो पक्षों का आमने सामने होना ज़रूरी है। चुनौती और संघर्ष की भावना से किया गया मौखिक संवाद ऐसी स्थितियों में टकराव भी पैदा कर सकता है। इसके विपरीत आधुनिक समाज में द्वितीयक वाचिकता के लिए दोनों पक्षों का होना आवश्यक नहीं होता। मसलन, टेलिफ़ोन के ज़रिये होने वाला संवाद, रेडियो-टीवी-फ़िल्म के ज़रिये होने वाला संवाद। इस वाचिकता में सहभागिता, परानुभूति और जद्दोजहद की सम्भावना बहुत कम रह जाती है।

ओंग ने अपनी इस विख्यात रचना में यह भी कहा कि वाचिक संस्कृतियाँ कुछ ऐसे निर्देशक सिद्धांतों पर अमल करती थीं जो साक्षर संस्कृतियों में बेतुके लगते हैं। लेखन की ग़ैर-मौजूदगी समाज में स्मृति की हैसियत को एक अलग शक्ल दे देती है। इस संस्कृतियों में ऐसा कोई पाठ होता ही नहीं जिसे याद किया जा सके। इसलिए रटने जैसे किसी कृत्य का इन समाजों को पता ही नहीं होता। ऐसे समाज 'होमियोस्टेटिक' हो जाते हैं अर्थात् उनमें स्मृति हमेशा स्वाभाविक रूप से छँटाई के दौर से गुज़रती रहती है ताकि आगे के इस्तेमाल के लिए बौद्धिक गुंजाइश हमेशा बनी रहे। प्राथमिक वाचिकता में बहुत कम ही ऐसा होता है कि शब्दों के अर्थों की कई परतें हों। चूँकि ऐसी संस्कृतियों में शब्दों का भण्डारण शब्दकोशों में नहीं होता इसलिए उन्हें दोबारा प्राप्त करना, या उनका जीर्णोद्धार करना या उनका अर्थ-विस्तार करना मुमकिन नहीं होता।

ओंग यह भी कहते हैं कि साक्षर संस्कृतियों में नये विचारों का आगमन अपेक्षाकृत कम जोखिम भरा होता है, क्योंकि पुराने विचार अपनी लिखित मौजूदगी के कारण हमेशा हाथ भर की दूरी पर उपलब्ध रहते हैं। जबकि वाचिक संस्कृति में पारम्परिक आस्थाएँ और आचरण लम्बे अरसे तक जारी रहते हैं क्योंकि उन संस्कृतियों के वासियों को नये विचारों पर आधारित प्रयोगों में जोखिम प्रतीत होता है। एक प्रचलित जीवन-शैली से मिलने वाले आराम और स्थायित्व की गारंटी होती है, जबकि जीवन-शैली बदलने के प्रस्ताव से यह गारंटी अस्थिर हो जाती है।

ज़ाहिर है कि ओंग के विचार में प्राथमिक क़िस्म की वाचिकता परिस्थितिजन्य है। उसका अमूर्तन से वास्ता नहीं होता। इन संस्कृतियों में रहने वाले लोगों विचारों से ऐसे औज़ारों का काम लेते हैं जिनसे रोज़मर्रा की ज़रूरतें पूरी हो सकें और चुनौतियों का सामना किया जाता रहे। इसीलिए वाचिक महाकाव्यों में हर परिस्थिति का चित्रण अपने आप में एक सम्पूर्ण अनुभव की तरह उभर कर आता है। ओंग ने यह निष्कर्ष भी निकाला है कि इन्हीं वजहों से वाचिक संस्कृतियों को नफ़ीस क़िस्म की गणितीय या तर्कशास्त्रीय प्रणालियों की आवश्यकता नहीं होती। न ही उन्हें अपने से बाहर झाँकना पड़ता है। वाचिक संस्कृतियों की दुनिया अपने तत्कालीन परिवेश और शारीरिक क्षमताओं से परे जाने में दिलचस्पी नहीं दिखाती। वह उस क्षण और उस जगह में ही

जीवित रहती है जिसमें उसका वास है।

ऐसी संस्कृतियों के मुक़ाबले औद्योगिक समाजों की साक्षर दुनिया अतीत और वर्तमान की अमूर्त कल्पनाओं में जीती है। वह प्रतीकों और चिह्नों के संसार में खोयी रहती है, इस क़दर कि अक्सर प्रामाणिक अनुभव उसके पास से गुज़र जाते हैं और उसे उनका एहसास भी नहीं होता। इसीलिए ओंग ने इन संस्कृतियों में मिलने वाली वाचिकता को द्वितीयक क़रार दिया है। यह वाचिकता प्राथमिक वाचिकता की नक़ल करती है। इसका आधार दरअसल लिखित या पाठीय होता है, चाहे वह प्रौद्योगिकी के किसी भी रूप द्वारा प्रसारित हो रहा हो। जो पढ़ा जाता है, वह भी लिखित पाठ को रट कर याद कर लिया जाता है। चाहे नाटकों की वाचिकता हो या फ़िल्मों या रेडियो की, उसके पीछे लिखित पटकथा का नियंत्रण मौजूद रहता है।

ओंग के सूत्रीकरणों पर काफ़ी बहस हुई है। मसलन, कुछ सिद्धांतकार कहते हैं कि वाचिकता और साक्षरता की तुलना दरअसल साक्षरता के आईने में देख कर की जा रही है। इसके कारण वाचिक संस्कृतियाँ कमतर लगने लगती हैं। उन पर प्राक्-साक्षर जैसे लकब चस्पाँ किये जाते हैं। बजाय इसके कि साक्षरता बोले गये शब्द को संहिताबद्ध करने की प्रक्रिया की तरह देखी जाए, और बजाय इसके कि साक्षरता मानवीय भाषा की मौखिक बुनियाद की प्रतीक-चिह्नों के रूप में अभिव्यक्ति की तरह देखी जाए, उल्टी प्रक्रिया चलने लगती है। लिखित के ज़रिये मौखिक को वैध किया जाने लगता है। वाचिक साहित्य जैसी श्रेणियाँ बनायी जाने लगती हैं, जबकि साहित्य या लिटरेचर अपने आप में वाचिक संस्कृतियों से उपजने वाले आख्यानों की प्रकृति और महत्त्व का निषेध है। इसी प्रक्रिया में एक ग़लतफ़हमी और फैलती है। निरक्षरता को प्राथमिक वाचिकता समझा जाने लगता है। प्राथमिक वाचिक संस्कृतियों में तो निरक्षरता सम्भव ही नहीं है, क्योंकि उनके लिए तो साक्षरता का अस्तित्व ही नहीं है।

वाचिकता के अध्ययन की दूसरी आलोचना उस विडम्बना की तरफ़ इशारा करती है जिसके तहत हम वाचिकता के बारे में किताबों, लेखों, प्रतिलेखनों और रिकॉर्डिड सामग्री के ज़रिये जानने की कोशिश करते हैं। इस तरह प्राथमिक वाचिकता को द्वितीयक में बदल कर उसके बारे में लिखित भाष्य किया जाता है। इंटरनेट के उद्‌भव ने संचार की जिस तात्कालिकता को जन्म दिया है, उससे ओरलिटी का महत्त्व नये सिरे से रेखांकित हुआ है।

देखें : अभिजन, अभिरुचि, आत्महत्या, उन्मूलनवाद, एजेंसी, कर्मकाण्ड, कारागार, गोपनीयता, गृहविहीनता, जादू, जीवन-शैली, टेलरवाद, परम्परा, परस्पर विपरीत द्विभाजन, प्रति-(संस्कृति, विमर्श, इतिहास, वर्चस्व, स्मृति), प्राइवेसी, प्रौद्योगिकी, फ़ुरसत, बचपन, बहुपत्नी प्रथा, बहुपति प्रथा, बुद्धिसंगत चयन का सिद्धांत, बुज़ुर्गियत का समाजशास्त्र, बेगानगी, भीड़, भ्रष्टाचार का समाजशास्त्र-1 और 2, मानव-प्रकृति, मानवशास्त्र और मार्क्सवाद, मानवशास्त्र और संस्कृति की राजनीति, सेवानिवृत्ति, विचलन, ज्ञान का समाजशास्त्र।

संदर्भ

1. डब्ल्यू.जे. ओंग (1982), *ऑरैलिटी ऐंड लिटरेसी : द टेक्नोलॉजाइज़िंग ऑफ़ द वर्ड,* रॉटलेज, लंदन.
2. एम.जे. कलिंग्सवर्थ (1993), 'प्रोडक्ट ऐंड प्रोसेस, लिटरेसी ऐंड ओरलिटी : ऐन एसे ऑन कम्पोज़ीशन ऐंड कल्चर', *कॉलेज कम्पोज़ीशन ऐंड कम्युनिकेशन,* खण्ड 44, अंक 1.
3. ई.ए. हैवलोक (1986), *द म्यूज़ लर्न्स टु राइट : रिफ़्लेक्शंस ऑन ऑरैलिटी ऐंड लिटरेसी ऐंड लिटरेसी फ़्रॉम एंटीक्विटी टु द प्रज़ेंट,* येल युनिवर्सिटी प्रेस, न्यू हैविन
4. ओ. फ़ॉक्स (2009), 'ओरलिटी', जेकब एल. मे (सम्पा.), *कंसाइज़ इनसाइक्लोपीडिया ऑफ़ प्रैग्मेटिक्स,* एल्सेवियर, ऑक्सफ़र्ड

— **अभय कुमार दुबे**

वात्स्यायन और *कामसूत्र*

(Vatsyayana and *Kamsutra*)

ऐंद्रिक प्रेम पर केंद्रस्थ आचार्य वात्स्यायन मल्लनाग रचित *कामसूत्र* को लगभग ढाई हज़ार साल पहले की कृति माना जाता है। जिस तरह कौटिल्य का *अर्थशास्त्र* राजनीति, प्रशासन, अर्थव्यवस्था और समाज-व्यवस्था का प्रावधान करने वाली एक विस्तृत संहिता है और जिस तरह भरत का *नाट्यशास्त्र* कला-कौशल और रस-सिद्धांत की तर्कपूर्ण निष्पत्ति करता है, उसी तरह वात्स्यायन का कामसूत्र भी यौनक्रिया, स्त्री-पुरुष संबंध और उनसे जुड़ी हुई सामाजिकता की सेकुलर आचार-संहिता के रूप में सामने आता है। भारतीय समाज-विज्ञान ने वात्स्यायन की इस विश्व-विख्यात रचना पर बहुत कम ध्यान दिया है। मनोशास्त्री सुधीर कक्कड़, वेंडी डोनिगर और कुमकुम राय आम तौर से की गयी इस उपेक्षा के अपवाद हैं।

कामसूत्र में सात अधिकरण, 36 अध्याय, 64 प्रकरण और 1250 सूत्र संकलित हैं। अपनी रचना के बारे में वात्स्यायन का कहना है कि उन्होंने समाज को जीवंत और जाग्रत बनाये रखने के लिए *कामसूत्र* की रचना की है, कामुकता के प्रचार के लिए नहीं। वे बताते हैं कि उन्होंने पूर्वाचार्यों के शास्त्रों को एकत्र कर उनका अध्ययन किया और उनके प्रयोगों का परीक्षण करके बड़े यत्न से संक्षेप में इसे रचा। वात्स्यायन का यह भी दावा है

कि इस कामशास्त्र के तत्त्व को भलीभाँति समझने वाला व्यक्ति धर्म, अर्थ, काम, आत्मविश्वास और लोकाचार को देखते-समझते हुए आगे बढ़ता है न कि राग या कामुकता से। सूत्रकार का कहना है कि इसमें प्रकरणवश अच्छी और बुरी सभी बातें दी गयी हैं लेकिन वे सभी प्रयोग के लिए नहीं हैं। शास्त्र का विषय व्यापक सार्वभौम होता है लेकिन प्रयोग देश-काल से बँधे होते हैं। अपनी कृति का प्रयोजन स्पष्ट करते हुए वात्स्यायन कहते हैं कि *कामसूत्र* की रचना अमोघ ब्रह्मचर्य और निर्विकल्प समाधि द्वारा लोक-व्यवहार को सुचारु-सफल बनाने के लिए की गयी है। इसका प्रयोजन और विधान रति-राग नहीं है और जो *कामसूत्र* का तत्त्वज्ञ है और धर्म, अर्थ और काम की स्थिति एवं अपने लोक-व्यवहार की रक्षा करता है। वह जितेंद्रिय होता है।

वात्स्यायन के जीवन-काल के बारे में तथ्यात्मक स्पष्टता नहीं है। म.म. हरप्रसाद शास्त्री उन्हें ईसा की पहली शताब्दी का मानते हैं। कुछ इतिहासकार उन्हें तीसरी का तो कुछ चौथी शती का मानते हैं। आचार्य सूर्यनारायण व्यास वात्स्यायन को ईसा पूर्व पहली शती का स्वीकारते हैं। हेमचंद्र, वैजयंती, त्रिकाण्ड शेष और नाममालिका कोशों में कौटिल्य और वात्स्यायन दोनों को एक ही बताया गया है। इसके अलावा चाणक्य, विष्णुगुप्त, मल्लनाग, पक्षिलस्वामी, द्रामिल या द्रोमिण, वररुचि मेयजित पुनर्वसु और अंगुल जैसे नाम भी कौटिल्य और वात्स्यायन के नाम बताये गये हैं। ऐसा लगता है कि किन्हीं परिस्थितियों में ये नाम परस्पर जोड़ दिये गये और यह त्रुटि उत्तरोत्तर दोहरायी जाती रही। हिंदी विश्वकोष के अनुसार *नीतिसार* के रचयिता कामन्दक चाणक्य अर्थात् कौटिल्य के प्रधान शिष्य थे। कुछ कोशकारों का मत है कि कामन्दक ही वात्स्यायन थे। कामन्दकीय *नीतिसार* की *उपाध्याय-निरपेक्षिणी टीका* के टीकाकार ने कौटिल्य को ही *न्यायभाष्य, कौटिल्य भाष्य* (अर्थशास्त्र), *वात्स्यायनभाष्य* और *गौतम स्मृतिभाष्य* का रचियता बताया है। सुबंधुकृत *वासवदत्ता* में कामसूत्रकार का नाम मल्लनाग उल्लिखित है। *कामसूत्र* के प्रसिद्ध टीकाकार यशोधर ने भी वात्स्यायन का मूल नाम मल्लनाग माना है। इस प्रकार विभिन्न विद्वानों ने कौटिल्य, वररुचि और मल्लनाग तीनों वात्स्यायन के बारे में भी कोई एक राय नहीं बन पायी है कि दोनों के रचनाकार एक थे या अलग-अलग। आचार्य सूर्य नारायण व्यास ने दोनों को एक ही माना है। वात्स्यायन के जीवन पर *कामयोगी (एसेटिक ऑफ़ डिज़ायर)* शीर्षक से उपन्यास लिखने वाले सुधीर कक्कड़ भी कामसूत्रकार का पूरा नाम वात्स्यायन मल्लनाग ही स्वीकार करते हैं।

कामसूत्र की रचना की पृष्ठभूमिक स्वयं वात्स्यायन ने अपनी कृति के प्रारंभ में ही बतायी है। इसके अनुसार मानव-समाज को व्यवस्थित रूप से चलाने के लिए ब्रह्मा ने एक लाख अध्यायों में बहुआयामी जीवन-संदर्भों का समन्वयन एवं निरूपण किया। विभिन्न मनीषियों ने विषयानुसार इस ग्रंथ के अलग-अलग हिस्सों पर पुस्तकें लिखीं। मनु ने सामाजिक मूल्यों एवं नैतिक आचरण के व्यवस्थापन के लिए संहिता रची। आचार्य बृहस्पति ने उसमें से सत्ता संबंधी विषयों को लेकर *बार्हस्पत्यम् अर्थशास्त्र* की रचना की। इसके बाद आचार्य नंदी ने कामशास्त्र विषयक भाग लेकर क़रीब एक हज़ार अध्यायों वाला एक विशाल ग्रंथ लिखा जिसे श्वेतकेतु औद्दालिक ने पाँच सौ अध्यायों में संक्षिप्त कर दिया। पाञ्चाल देश निवासी ब्राभव्य ने श्वेतकेतु कृत संस्करण को डेढ़ सौ अध्यायों वाले एक संक्षिप्त संस्करण में रचा। इसे सात भागों में बाँटा गया था। यहीं से कामशास्त्र की रचना-परम्परा की शुरुआत हुई।

कामशास्त्र को शास्त्रीय रूप-प्रदान करने का श्रेय बाभ्रव्य ऋषि को ही दिया जाता है। ब्राभव्य की रचना को मिली लोकप्रियता को देख कर पाटलिपुत्र की गणिकाओं के अनुरोध पर आचार्य दत्तक ने उसी को आधार-सामग्री के रूप में इस्तेमाल करते हुए उसके छठे भाग के वैशिक नामक प्रकरण को अलग से सम्पादित किया। इसी प्रक्रिया में बाभ्रव्य के ही कामशास्त्र से आचार्य चारायण ने साधारण नामक अधिकरण, आचार्य सुवर्णनाभ ने साम्प्रयोगिक अधिकरण आचार्य घोटकमुख ने कन्यासम्प्रयुक्त अधिकरण, आचार्य गोनर्दीय ने भार्याधिकारिक अधिकरण, आचार्य गोणिकापुत्र ने पारदारिक अधिकरण और आचार्य कुचुमार ने औपनिषदिक नामक अधिकरण का प्रणयन किया। लेकिन ये कृतियाँ कामशास्त्र के पक्ष-विशेष पर ही केंद्रित थीं। अंत में एक सम्पूर्ण ग्रंथ की आवश्यकताओं को केंद्र में रखकर आचार्य वात्स्यायन ने इस समस्त ज्ञान को अपने *कामसूत्र* में समन्वित करते हुए 'ग्रन्थेन कामसूत्रमिदं प्रणीतम्' कहते हुए थोड़े में ही सभी प्रयोजनों का समावेश कर दिखाया।

वात्स्यायन ने अपनी रचना को अधिकरणों में तथा प्रत्येक अधिकरण को अध्यायों में बाँटा है। प्रत्येक अध्याय प्रकरणबद्ध है। प्रथम अधिकरण का प्रथम प्रकरण 'शास्त्र संग्रह' कहा गया है। यही प्रथम अधिकरण का पहला प्रकरण एवं पहला अध्याय भी है। कामसूत्र के प्रथम अधिकरण का नाम 'साधारण' है। इसमें ग्रंथगत सामान्य विषयों का परिचय है। इस अधिकरण में पाँच अध्याय और इतने ही प्रकरण हैं। विषय-विवेचन के आधार पर अध्यायों और प्रकरणों के नामकरण किये गये हैं। 'शास्त्रसंग्रह प्रकरण' में मंगलाचरण, कामशास्त्र का उद्भव और विकास तथा कामसूत्र की संक्षिप्त विषय सूची दी गयी है। प्रथम अधिकरण में मुख्य रूप से धर्म, अर्थ और काम की प्राप्ति के संदर्भ में चर्चा है। इसमें श्रुति, स्मृति, अर्थविद्या आदि के साथ ही कामशास्त्र के

अध्ययन की आवश्यकता पर बल दिया गया है। कामसूत्रकार का आग्रह है कि व्यक्ति पहले विद्या-अध्ययन करे, फिर अर्थोपार्जन और फिर विवाह करके गार्हस्थ्य जीवन में प्रवेश कर नागरिक के लिए उचित आचरण करे। वात्स्यायन की सलाह है कि विवाह से पूर्व किसी दूत या दूती की मदद से व्यक्ति अगर योग्य नायिका से परिचय प्राप्त कर प्रेम-संबंध क़ायम करके विवाह करता है तो गार्हस्थ्य जीवन सदैव सुखी और शान्तिपूर्ण रहने की सम्भावना होती है।

द्वितीय अधिकरण 'साम्प्रयोगिक' नाम से संयोजित है। सम्प्रयोग शब्द का सम्भोग के अर्थ में प्रयोग किया गया है। इसमें दस अध्याय एवं सत्रह प्रकरण हैं। इस अधिकरण में संभोग की विभिन्न अवस्थाओं और विभिन्न रूपों की चर्चा है। वात्स्यायन ने अर्थ, धर्म और काम की प्राप्ति के लिए स्त्री की आवश्यकता बतायी है। उनका कहना है कि पुरुष को त्रिवर्ग की समुचित प्राप्ति एवं आनंद के उपभोग के लिए सम्भोग कला का सम्यक् ज्ञान आवश्यक है।

तीसरे अधिकरण 'कन्यासम्प्रयुक्त' में बताया गया है कि किस प्रकार की कन्या से विवाह करना चाहिए। उससे किस प्रकार परिचय प्राप्त कर प्रेम-संबंध स्थापित किया जाना चाहिए ताकि उसे अपनी ओर आकृष्ट कर विवाह के उद्देश्य से उसका विश्वास जीता जा सके। इस अधिकरण में पाँच अध्याय और नौ प्रकरण हैं। कामसूत्रकार ने विवाह को धार्मिक बंधन और दो हृदयों का मिलन माना है। वात्स्यायन की मान्यता है कि दो हृदयों के बीच परस्पर प्रेम और विश्वास क़ायम होने के बाद ही विवाह करना चाहिए। यह अधिकरण सामाजिक और धार्मिक मर्यादाओं के दायरे में ही प्रेम संबंध की इजाज़त देता है।

चौथा 'भार्याधिकारिक' अधिकरण है जिसमें दो अध्याय और आठ प्रकरण हैं। पहले अध्याय में दो प्रकरण (एकचारिणी वृत्त तथा प्रवासचर्या) प्रकरण दिये गये हैं। दूसरे अध्याय में सपत्नियों में ज्येष्ठावृत्त प्रकरण है। इसमें पत्नी और सौत के प्रति पति के अधिकार तथा दायित्वों का वर्णन किया है। इसी अध्याय में ज्येष्ठादिवृत्त प्रकरण के अंतर्गत वात्स्यायन ने मूर्खता, चरित्र-हीनता, दुर्भाग्य, संतानहीनता अथवा बार-बार लड़कियों के पैदा होने से अथवा पति की चंचल वृत्ति के कारण एक पत्नी रहते हुए दूसरे विवाह के लिए कहा है। उन्होंने पत्नी द्वारा सौत के प्रति बहन-सा व्यवहार करने तथा सौत की ग़लतियों को नज़रअंदाज़ करने की सलाह दी है। इसी अध्याय में स्त्रियों के लिए भी दूसरा विवाह करने के प्रावधान हैं।

पाँचवाँ 'पारदारिक अधिकरण' है। इस अधिकरण में छह अध्याय और दस प्रकरण हैं। परस्त्रीगमन पर केंद्रित इस अधिकरण में परस्त्री एवं परपुरुष के बीच प्रेम-संबंध क़ायम होने की परिस्थितियों, उसकी प्रगाढ़ता एवं विच्छिन्नता पर चर्चा है। परस्त्री गमन राजा आदि के लिए निषिद्ध बताया गया है। कहा गया है कि राजाओं, मंत्रियों, बड़े लोगों को परस्त्री-गमन जैसे निंदनीय कार्य नहीं करने चाहिए। इसमें व्यभिचारियों से स्त्री-रक्षा के उपाय बताये गये हैं। वात्स्यायन ने एक जगह यह भी कहा है कि परायी स्त्रियों से संबंध बनाना दोनों लोकों को बिगाड़ता है। अतः बुद्धिमान पुरुषों को यह हानिकारक प्रवृत्ति शोभा नहीं देती।

छठे अधिकरण को 'वैशिक' कहा गया है। यह अधिकरण वेश्याओं के कर्त्तव्य, उनकी प्रवृत्तियों एवं चरित्र का सूक्ष्म विश्लेषण करता है। कामसूत्रकार ने वेश्यागमन को दुर्व्यसन मानते हुए कहा है कि यह शरीर व अर्थ दोनों के लिए हानिकारक है। *कामसूत्र* का अंतिम और सातवाँ अधिकरण 'औपनिषदिक' अधिकरण है जिसमें दो अध्याय और छह प्रकरण हैं। 'औपनिषदिक' का प्रयोग यहाँ टोटका' के अर्थ में हुआ है। नायक-नायिका का मंत्र, यंत्र, तंत्र, औषधि आदि प्रयोगों से एक-दूसरे का प्रेम प्राप्त करना, नष्टराग की पुनः स्थापना, रूप-सौंदर्य का संवर्द्धन एवं बाजीकरण आदि इसके प्रतिपाद्य विषय हैं। इस बात पर विवाद है कि यह सातवाँ अध्याय वास्तव में वात्स्यायन का ही लिखा हुआ है या नहीं। यशोधर की *जयमंगला टीका* भी छठे अधिकरण तक ही जाती है। कुछ विद्वानों की मान्यता है कि वात्स्यायन ने *कामसूत्र* के सिर्फ़ छह अधिकरण ही लिखे थे, लेकिन कुछ का विचार है कि टीका सातवें अधिकरण की भी लिखी गयी होगी जो कालांतर में नष्ट हो गयी होगी। औपनिषदिक अधिकरण के प्रारम्भ में 'व्याख्यातं कामसूत्रम्' सूत्र से अनुमान किया जाता रहा है कि वात्स्यायन ने छठे अधिकरण तक ही *कामसूत्र* लिखा था इसलिए यशोधर ने वहीं तक टीका लिखी लेकिन 'औपनिषदिके विधिं वक्ष्यति' वाक्य से *कामसूत्र* का सातवाँ अधिकरण 'औपनिषदिक' होना तथा यशोधर द्वारा सातवें अधिकरण की टीका लिखा जाना भी प्रमाणित होता है।

देखें : आर्यभट्ट और *आर्यभटीय,* उपनिषद्, कपिल, *अर्थशास्त्र* और कौटिल्य, गोपीनाथ कविराज, गोविंद चंद्र पाण्डे, चैतन्य महाप्रभु, जैन दर्शन, न्याय दर्शन, दया कृष्ण, नागार्जुन, पतंजलि और *योगसूत्र,* पाणिनि और *अष्टाध्यायी,* पुराण, पूर्व-मीमांसा दर्शन, बदरी नाथ शुक्ल, बादरायण, बौद्ध दर्शन, *भगवद्गीता,* भरत और *नाट्यशास्त्र,* मुकुंद लाठ, *भागवत पुराण, महाभारत,* यशदेव शल्य, योग दर्शन, रामानुजाचार्य, राम अवतार शर्मा, लोकायत, वेदांत दर्शन, वैशेषिक दर्शन, शंकराचार्य, षड्-दर्शन-1 और 2, संस्कृत काव्यशास्त्र, स्मृति-साहित्य, सांख्य दर्शन-1 और 2, सिद्ध-नाथ परम्परा।

संदर्भ

1. वात्स्यायन मल्लनाग (2002), *कामसूत्र,* अनु. वेंडी डोनिगर और सुधीर कक्कड़ (यशोधर इंद्रपाद की टीका जयमंगला और देवदत्त शास्त्री की टीका जया के अंशों समेत), ऑक्सफ़र्ड युनिवर्सिटी प्रेस, नयी दिल्ली.

२. कुमकुम राय (२००८), 'कामसूत्र पर नयी रोशनी', मैरी जॉन और जानकी नायर (सम्पा.), *कामसूत्र से कामसूत्र तक : आधुनिक भारत में सेक्सुअलिटी के सरोकार,* अनु. अभय कुमार दुबे, वाणी प्रकाशन, नयी दिल्ली.

2. वात्स्यायन मुनि (1964), *कामसूत्रम्,* हिंदी व्याख्याकार : देवदत्त शास्त्री, चौखंभा संस्कृत संस्थान, वाराणसी.

3. आचार्य बलदेव उपाध्याय (1999), *भारतीय दर्शन की रूपरेखा,* प्रकाशक: चौखंभा पब्लिशर्स, वाराणसी.

4. चंद्रधर शर्मा (1991), भारतीय दर्शन : आलोचन और अनुशीलन, मोतीलाल बनारसी दास, दिल्ली.

— अजय कुमार पाण्डेय

वाम मोर्चा

(Left Front)

भारत की संसदीय राजनीति में मुख्य रूप तीन बड़े वामपंथी दल सक्रिय हैं : भारतीय कम्युनिस्ट पार्टी (भाकपा), दूसरा भारतीय कम्युनिस्ट पार्टी (मार्क्सवादी) यानी माकपा और तीसरा भारतीय कम्युनिस्ट पार्टी (मार्क्सवादी-लेनिनवादी-लिबरेशन) यानी भाकपा (माले-लिबरेशन)। इन तीनों दलों में से दो दल भाकपा और माकपा ने मिलकर 1977 से एक वाम मोर्चा का गठन किया है, जबकि भाकपा (माले) स्वतंत्र रूप से अपनी अलग राजनीति करती है। वाम मोर्चा के साथ कई छोटे वामपंथी दल भी जुड़े हुए हैं। कम से कम तीन राज्यों (पश्चिम बंग, केरल और त्रिपुरा) की राजनीति में और केंद्रीय स्तर पर वाम मोर्चा ने महत्त्वपूर्ण और प्रासंगिक भूमिका निभायी है। इसने सबसे पहले प्रादेशिक स्तर पर गठबंधन की सरकारें सफलतापूर्वक चला कर दिखाईं और साथ में उदाहरण पेश किया कि एक पार्टी को बहुमत मिलने के बावजूद गठबंधन के छोटे-बड़े सभी घटकों को उचित प्रतिनिधित्व और सम्मान मिलना चाहिए। वाम मोर्चे ने ग़ैर-कांग्रेसी और ग़ैर-भाजपाई राजनीतिक करके राष्ट्रीय स्तर पर सेकुलर और जनपक्षीय राजनीति को बढ़ावा देने में भी महत्त्वपूर्ण भूमिका निभायी है।

1977 तक दोनों कम्युनिस्ट पार्टियों ने कभी भी संयुक्त रूप से मोर्चा बना कर राजनीति नहीं की। यहाँ तक कि आपातकाल के दौरान भाकपा ने इंदिरा गाँधी की सरकार का समर्थन किया और माकपा ने उसका विरोध किया था। भाकपा और माकपा के बारे में रोचक तथ्य यह है कि एक राजनीतिक दल के रूप में भाकपा की मौजूदगी देश के बहुत से राज्यों में थोड़ी-थोड़ी रही, पर माकपा ने कम से कम तीन राज्यों में अपनी स्थिति काफ़ी मज़बूत बना ली। सत्तर के दशक के आख़िरी वर्षों में और अस्सी के शुरुआती दशकों से माकपा पश्चिम बंगाल, केरल और त्रिपुरा में सत्ता की दावेदार बन कर उभरी। इन राज्यों में उसने यह सुनिश्चित करने की कोशिश की कि वह छोटे लेकिन वामपंथी रुझान वाले दलों के साथ गठजोड़ क़ायम करके वामपंथ का एक व्यापक समर्थन आधार तैयार किया जाए। उल्लेखनीय है कि केरल और पश्चिम बंग में सक्रिय वाम मोर्चे स्थानीय परिस्थितियों के अनुसार कुछ अलग-अलग हैं। लेकिन एक बात समान है। मोर्चे की सबसे बड़ी पार्टी हर जगह माकपा ही है और विधान सभा में पूर्ण बहुमत की स्थिति रहते हुए भी वह पार्टी की सरकार बनाने के बजाय मोर्चे की सरकार बनाने को ही प्राथमिकता देती है।

1977 के चुनावों तक दोनों कम्युनिस्ट पार्टियों के नेताओं के बीच यह सहमति बनने लगी थी कि देश में वामपंथी राजनीति की मज़बूती के लिए वाम दलों में एकता आवश्यक है। 1977 के बाद पश्चिम बंगाल में वाम मोर्चे की सरकार बनी। माकपा के नेतृत्व वाली इस सरकार के मुख्यमंत्री ज्योति बसु ने यह सुनिश्चित करने की कोशिश की कि दूसरे वामपंथी दल भी इस सरकार के भागीदार बनें। बंगाल के वाम मोर्चे में माकपा के साथ भाकपा, रेवोल्यूशनरी सोशलिस्ट पार्टी, ऑल इण्डिया फ़ारवर्ड ब्लॉक, रेवोल्यूशनरी कम्युनिस्ट पार्टी ऑफ़ इण्डिया, मार्क्सिस्ट फ़ॉरवर्ड ब्लॉक, डेमॉक्रैटिक सोशलिस्ट पार्टी, विप्लवी बांग्ला कांग्रेस और वर्कर्स पार्टी ऑफ़ इण्डिया ने हिस्सेदारी की। बसु सरकार ने ऑपेरशन बर्गा द्वारा यह सुनिश्चित किया कि वास्तविक जोतदारों के पास ही ज़मीन रहे और उन्हें मनमाने तरीक़े से बेदख़ल न किया जाए। इसके अलावा ग्रामीण स्तर पर किये गये दूसरे कई सुधारों ने राज्य में वाम मोर्चे के आधार को विस्तार और गहरायी प्रदान की। इसी कारण ज्योति बसु लम्बे समय तक राज्य के मुख्यमंत्री (1977-2000) रह पाये। जब उन्होंने स्वास्थ्य के आधार पर मुख्यमंत्री पद छोड़ने का फ़ैसला किया तो उनकी जगह बुद्धदेव भट्टाचार्य ने राज्य केवाम-मोर्चा सरकार की कमान सँभाली। भट्टाचार्य के दूसरे शासनकाल (2006-2011) में वाम-मोर्चे की सरकार को कई मुश्किलों का सामना करना पड़ा। ख़ास तौर पर नंदीग्राम और सिंगूर जैसे स्थानों पर उद्योग स्थापित करने के लिए किसानों से ज़मीन लेकर उद्योगपतियों को देने के राज्य सरकार के फ़ैसलों का स्थानीय लोगों ने जम कर विरोध किया। राज्य सरकार ने इस विरोध को बलपूर्वक दबाने की

1977 में वामपंथी दलों ने मिल कर वाम मोर्चे का गठन किया.

कोशिश की। इसके कारण सरकार की काफ़ी तीखी आलोचना हुई। यहाँ तक कि ख़ुद कई वापमंथी बुद्धिजीवियों ने भी उसे आड़े हाथों लिया। यह आर्थिक नीतियों और निजी उद्यगियों के पूँजी निवेश के बारे में वाम मोर्चे की अस्पष्ट नीति का भी एक उदाहरण था। इस सबके कारण राज्य सरकार की छवि काफ़ी ख़राब हुई और 2011 के विधानसभा चुनावों में उसे ज़बरदस्त हार का सामना करना पड़ा।

केरल में वाम मोर्चा को लेफ्ट डेमॉक्रैटिक फ्रंट (या एलडीएफ़) के नाम से जाना जाता है। इसमें माकपा, भाकपा, रेवोल्यूशनरी सोशलिस्ट पार्टी, जनता दल (सेकुलर), नैशनलिस्ट कांग्रेस पार्टी, इण्डियन कांग्रेस (सोशलिस्ट) और केरल कांग्रेस (ऐंटी मरजर ग्रुप) जैसे राजनीतिक दल जुड़े हुए हैं। उल्लेखनीय है कि केरल में इस मोर्चे में मुख्य रूप से माकपा और कुछ हद तक भाकपा का ही प्रभाव है। 1980 के चुनावों के ठीक पहले माकपा के नेतृत्व में एलडीएफ़ और कांग्रेस के नेतृत्व में यूनाइटेड डेमॉक्रैटिक फ्रंट (यूडीएफ़) का गठन हुआ। उसके बाद से यहाँ की राजनीति इन्हीं दो गठबंधनों के आस-पास केंद्रित रही। केरल में एलडीएफ़ को पश्चिम बंगाल के वाम मोर्चे की सरकार की तरह लगातार शासन करने का मौक़ा नहीं मिला। अमूमन हर पाँच साल के बाद एलडीएफ़ और यूडीएफ़ के बीच सत्ता की अदला-बदली होती रही। मसलन, राज्य में 1980-1981, 1987-1991, 1996-2001, और 2006-2011 के बीच एलडीएफ़ की सरकार रही है। ई.के. नयनार 2001 तक बनी एलडीएफ़ सरकार में मुख्यमंत्री रहे। 2006-2011 के दौरान वी.एस. अच्युतानंदन ने एलडीएफ़ सरकार का नेतृत्व किया।

केरल में एलडीएफ़ सरकार की नियोजित विकास योजनाओं की खूब तारीफ़ हुई है। ख़ासतौर पर, देश में उदारीकरण की नीति अपना लिए जाने के बाद के दौर भी एलडीएफ़ सरकार ने ऐसी नीतियों को बढ़ावा दिया जिसमें लोगों तक कल्याणकारी योजनाओं को पहुँचाने में राज्य के अंगों की सक्रिय भूमिका सुनिश्चित की गयी। पश्चिम बंगाल और त्रिपुरा की तुलना में केरल के वाम मोर्चे अर्थात् एलडीएफ़ की मुख्य विशेषता यह रही है कि इसने कई मर्तबा राज्य में सक्रिय मुसलिम लीग के साथ भी गठजोड़ किया है। कई बार इसने ईसाई मतदाताओं को लुभाने के लिए उनकी धार्मिक आस्था को महत्त्व दिया है। वाम मोर्चे में देश के दूसरे भागों में इस तरह की धार्मिक पहचानों को इतने खुले रूप में स्वीकार नहीं किया है। यह उल्लेख करना भी ज़रूरी है कि एलडीएफ़ के गठन से पहले राज्य में भाकपा की भी अच्छी उपस्थिति थी। यहाँ तक कि इसके नेता राज्य के मुख्यमंत्री भी बने, लेकिन बाद में भाकपा का प्रभाव सीमित होता गया। अब यह एलडीएफ़ के अंतर्गत माकपा की छोटी सहयोगी पार्टी बनकर रह गयी है।

त्रिपुरा में तो वाम मोर्चा वहाँ की रजनीति की मुख्य धुरी बन कर उभरा है। 1977 के बाद बंगाल के साथ त्रिपुरा में भी वाम मोर्चे का गठन हुआ। यहाँ भी माकपा को आधार काफ़ी मज़बूत था। 1978 में इसकी सरकार बनी। यहाँ के मोर्चे में माकपा, भाकपा, रेवोल्यूशनरी सोशलिस्ट पार्टी और ऑल इण्डिया फ़ारवर्ड ब्लॉक शामिल हैं। 1978 से लेकर 1988 तक वाम मोर्चे की सरकार रही और माकपा नेता नृपेन चक्रवर्ती राज्य के मुख्यमंत्री रहे। इसके बाद 1993 में फिर से राज्य में वाम मोर्चे की सरकार बनी और अभी तक वहाँ वाम मोर्चे की ही सरकार है। 1993 से 1998 तक दशरथ देब इस सरकार में मुख्यमंत्री रहे और इसके बाद माणिक सरकार राज्य के मुख्यमंत्री बने। माणिक सरकार एक मुख्यमंत्री के रूप में अपने सकारात्मक प्रदर्शन के कारण काफ़ी चर्चित रहे हैं। उनके सादगीपूर्ण जीवन की चर्चा होती रही है। उनके नेतृत्व ने त्रिपुरा में वाम-मोर्चे की स्थिति काफ़ी मज़बूत कर दी है।

केंद्रीय स्तर पर भी वाम मोर्चा ने ग़ैर-कांग्रेसी और ग़ैर-भाजपाई दलों को एकजुट करने की कोशिश की। 1989 में विश्वनाथ प्रताप सिंह के नेतृत्व में बनी राष्ट्रीय मोर्चा सरकार, 1996-1997 के दौरान एच. डी. देवेगौड़ा और इंद्र कुमार गुज़राल के नेतृत्व में बनी संयुक्त मोर्चा सरकारों में वाम मोर्चे ने महत्त्वपूर्ण भूमिका निभायी। यहाँ तक 1996 में संयुक्त मोर्चा की ओर से ज्योति बसु को प्रधानमंत्री बनाने का प्रस्ताव भी आया था, जिसे उनकी पार्टी माकपा ने नकार दिया। बहरहाल, संयुक्त मोर्चा सरकारों की उल्लेखनीय बात यह थी कि इनमें पहली बार एक वामपंथी दल अर्थात् भाकपा सरकार में शामिल हुई। यह इस बात का भी प्रमाण है कि वाम मोर्चा के रूप में संयुक्त राजनीति करने के बावजूद इन दलों ने कई मसलों पर बिल्कुल अलग तरह से भी फ़ैसला किया। 1998-2004 के बीच वाम मोर्चा ने सक्रिय रूप से राजग सरकार की नीतियों का विरोध किया। 2004 के चुनावों के बाद इनसे कांग्रेस के नेतृत्व वाली संयुक्त प्रगतिशील गठबंधन (संप्रग या यूपीए) की सरकार को अपना समर्थन प्रदान दिया। 2004-2008 के बीच वाम मोर्चे ने संप्रग सरकार

द्वारा कई प्रगतिशील क़ानून बनवाने और कार्यक्रम शुरू करवाने में महत्त्वपूर्ण भूमिका निभायी। लेकिन 2008 में इसने अमेरिका के साथ परमाणु क़रार के मुद्दे पर सम्प्रग से समर्थन वापस ले लिया। 2009 के चुनावों के बाद संसद में इसकी शक्ति में कमी आयी है।

वाम मोर्चा की राजनीति में कुछ बुनियादी कमियाँ भी रही हैं। पहली कमी तो यह है कि वाम मोर्चा नये क्षेत्रों में अपना विस्तार कर पाने में नाकाम रहा है। देश के महज़ तीन भागों में ही इसका प्रभाव है। दूसरे, इसमें माकपा का वर्चस्व बहुत ज़्यादा है और कई मर्तबा ऐसा लगता है कि दूसरी पार्टियाँ, यहाँ तक भाकपा भी अपनी स्वतंत्र पहचान क़ायम रखने में सफल नहीं हो पा रही है। तीसरे, वाम मोर्चा आर्थिक नीतियों के संदर्भ में कोई ठोस वैकल्पिक नीति देने में नाकाम रहा है। यह नाकामी सिंगूर, नंदीग्राम जैसी घटनाओं से साफ़ तौर पर सामने आती है। चौथा, रैडिकल वामपंथी दलों, मसलन भाकपा (माले-लिबरेशन) या माओवादी-नक्सलवादी समूह वाम मोर्चे की राजनीति को सीमित और बूर्ज्वा रूपरेखा के भीतर राजनीति की संज्ञा देते हैं। संसदीय राजनीति में सक्रिय भाकपा (माले-लिबरेशन) का आरोप रहा है कि वाम मोर्चा का जुझारू और संघर्षशील राजनीति से बहुत कम जुड़ाव है।

देखें : अकाली दल, कांग्रेस 'प्रणाली', ग़ैर-कांग्रेसवाद, गठजोड़ राजनीति, जनता दल और उसकी विरासत-1 और 2, तेलुगु देशम पार्टी, पार्टी-गठजोड़ की राजनीति, भारत में गठजोड़ राजनीति, भारतीय जनता पार्टी-1 और 2, भारत में मतदान-व्यवहार-1, 2, 3, 4, 5 और 6, भारतीय राष्ट्रीय कांग्रेस-1 और 2, भारतीय कम्युनिस्ट पार्टी, भारतीय कम्युनिस्ट पार्टी (मार्क्सवादी), राष्ट्रीय जनतांत्रिक गठजोड़, वाम मोर्चा, शिव सेना, समाजवादी पार्टी, बहुजन समाज पार्टी-1 और 2, शिरोमणि अकाली दल, समाजवादी पार्टी, संयुक्त प्रगतिशील गठजोड़।

संदर्भ

1. मनोरंजन मोहंती (1986) 'आइडियालॅजी ऐंड स्ट्रैट्जी ऑफ़ कम्युनिस्ट मूवमेंट इन इण्डिया', थॉमस पैंथम और कैनेथ एल. ड्युश (सम्पा.), *पॉलिटिकल थॉट इन मॉडर्न इण्डिया,* सेज पब्लिकेशंस, नयी दिल्ली.
2. दीपंकर राय चौधरी और सत्या शिवारामन (2007), 'नंदीग्राम : सिक्स मंथ्स लेटर', *इकॉनॉमिक ऐंड पॉलिटिकल वीकली,* खण्ड 42, अंक 41.
3. उत्सा पटनायक (2010), 'ज्योति बसु ऐंड बंगाल', *सोशल साइंटिस्ट,* खण्ड 38, अंक 7/8.
4. सुखेंदु देबरमा और मौसमी देबरमा (2009), 'फ़िफ़्थ विक्टरी इन अ रो फ़ॉर सीपीआई (एम) इन त्रिपुरा', इकॉनॉमिक ऐंड पॉलिटिकल वीकली, खण्ड 44, नंबर 39,.
5. जे. प्रभाष (2000), 'सीपीआई (एम)' सा मुसलिम लीग डायलेमा', *इकॉनॉमिक ऐंड पॉलिटिकल वीकली,* खण्ड 35, नंबर 34.

— कमल नयन चौबे

वासुदेव शरण अग्रवाल

(Vasudev Sharan Agrawal)

प्राच्यविद्या के अप्रतिम विद्वान और भारतविद् वासुदेव शरण अग्रवाल (1904-1966) की गिनती राष्ट्रवादी चेतना से लबरेज़ उन इतिहासकारों में होती है जिन्होंने संहिताओं, ब्राह्मणों, उपनिषदों और पुराणों जैसे साहित्यिक स्रोतों के साथ-साथ वास्तुशास्त्र, शिलालेख, पुरालिपि और पुरातत्त्व जैसी प्रामाणिक वैज्ञानिक विधाओं के संगम से भारतीय सभ्यता और संस्कृति की ऐतिहासिक संरचना प्रस्तुत की। उनका इतिहास पाश्चात्य विद्वानों की सतही, औपनिवेशिक उपयोगितावादी और विभेदकारी स्थापनाओं का खण्डन करता है। पारिवारिक पृष्ठभूमि से प्राप्त धार्मिक ग्रंथों के शुरुआती प्रशिक्षण और संस्कृत भाषा पर पकड़ ने वासुदेव शरण अग्रवाल को वैदिक संहिताओं से लेकर पौराणिक रचनाओं और साहित्यिक स्रोतों को समझने की कुंजी प्रदान की। इससे उन्हें प्राचीन भारत के इतिहास और संस्कृति पर प्रकाश डालने की देशज दृष्टि मिली। अपनी इसी देशज दृष्टि से उन्होंने ख़ुद को स्थानीय लोक-संस्कृति से जोड़ा और पाया कि वैदिक रचनाओं और लोक-परम्पराओं में एक भाषाई और सांस्कृतिक निरंतरता विद्यमान है। इसे उन्होंने वैदिक साहित्य में भाषाशास्त्रीय हस्तक्षेप द्वारा सिद्ध किया और इसी उद्देश्य से उन्होंने चालीस के दशक में देवेंद्र सत्यार्थी और बनारसी दास चतुर्वेदी के साथ जनपदीय लोक-संस्कृति आंदोलन भी चलाया।

वासुदेव शरण अग्रवाल का जन्म 7 अगस्त, 1904 को तब के यूनाईटेड प्रोविंसेज ऑफ़ आगरा ऐंड अवध के मेरठ और आज के उत्तर प्रदेश के वर्तमान गाज़ियाबाद के पिलखुआ क्षेत्र के खेड़ा गाँव में हुआ था। यहीं उन्होंने अपने दादा लाला छब्बामल के सान्निध्य में प्रारम्भिक शिक्षा प्राप्त की। फिर वे लखनऊ आ गये जहाँ उनके पिता गोपीनाथ कार्यरत थे। लखनऊ के अमीनाबाद हाई स्कूल से उन्होंने मैट्रिक की परीक्षा पास की। स्थानीय ग्रामीण संस्कृति और संस्कृत की साहित्यिक परम्परा की दोहरी पृष्ठभूमि के साथ वासुदेव शरण अग्रवाल ने 1923 से 1927 तक के चार साल बनारस हिंदू विश्वविद्यालय में बिताये और वहाँ से इंटरमीडिएट और स्नातक किया। उसके बाद लखनऊ विश्वविद्यालय से राधाकुमुद मुखर्जी के निर्देशन और सान्निध्य में प्राचीन भारतीय इतिहास और संस्कृति विषय में परा-स्नातक की उपाधि प्राप्त की। इसी दौरान वैदिक विषय पर 'अद्वैतवाद' नामक लेख लिखकर, जो ख्यातिलब्ध हिंदी मासिक पत्रिका *माधुरी* में प्रकाशित हुआ, से चर्चा में आये। इसके लिए महावीर प्रसाद द्विवेदी ने उन्हें बधाई पत्र भेजा था।

पाणिनि कृत *अष्टाध्यायी* के सूत्रों में वर्णित भारतीय सभ्यता के बिखरे सूत्रों को इकट्ठा कर उन्होंने *इण्डिया ऐज़ नोन टु पाणिनि* (1941) की रचना की। इस शोध ने पाणिनिकालीन समाज की जिन मान्यताओं को रेखांकित किया उसने काल-निर्धारण की नयी परिपाटी अपनाने के लिए भारतविदों को प्रेरित किया। बाटा कृष्ण घोष जैसे विद्वानों ने जो पहले जर्मन जे. जॉली द्वारा निर्धारित कौटिल्य के *अर्थशास्त्र* का काल चौथी शताब्दी ईसवी से मानते थे, वे वासुदेव शरण अग्रवाल के शोधोपरांत इस निर्णय पर पहुँचे कि कौटिल्य का काल पाणिनि-काल के ज़्यादा करीब बैठता है, और इसलिए कौटिल्य द्वारा वर्णित कालक्रम ईसा पूर्व चौथी शताब्दी के बाद नहीं रखा जा सकता। इस शोध ने *अर्थशास्त्र* के काल को आठ सौ साल पहले का सिद्ध कर दिया।

वासुदेव शरण अग्रवाल (1904-1966)

ऐतिहासिक स्रोतों की छानबीन और अतीत के पुनर्निर्माण के लिए आवश्यक आधुनिक विधाओं वास्तुशास्त्र, शिलालेखीय अध्ययन, पुरालिपि और पुरातत्त्व की तकनीकों के इस्तेमाल हेतु संस्कृत, अंग्रेज़ी और हिंदी में प्रवीणता ने वासुदेव शरण अग्रवाल को इस क्षेत्र में बढ़ने हेतु प्रेरित किया। मथुरा, लखनऊ और दिल्ली में संग्रहाध्यक्ष (क्यूरेटर) के रूप में कार्य करते हुए वासुदेव शरण अग्रवाल को भारत की समृद्ध वास्तुशास्त्रीय और पुरालेखीय विरासत के अध्ययन और पुनर्विवेचन करने का अवसर प्राप्त हुआ। अग्रवाल ने न केवल इन संग्रहालयों को पुनर्व्यवस्थित, वर्गीकृत और सूचीबद्ध किया वरन् संस्कृत साहित्य में टुकड़ों में बिखरी भारतीय कला परम्परा को सूत्रबद्ध भी किया। इस प्रक्रिया में अग्रवाल ने जिन कृतियों की रचना की उनमें प्रमुख हैं : *हैंडबुक टु द स्कल्पचर्स इन द कर्ज़न म्यूजियम ऑफ़ आर्कियोलॉजी, मथुरा* (1939); *मथुरा म्यूज़ियम कैटेलॉग* (चार भाग); *अ गाइड टू प्रोविंशियल म्यूज़ियम, लखनऊ; गुप्ता आर्ट* (1947); *एक्ज़िबिशन ऑफ़ इण्डियन आर्ट : अ कैटलॉग* (1948); *इण्डियन मिनियेचर्स : ऐन एल्बम* (1961); *सारनाथ : अ गाइड* (1956), *स्टडीज़ इन इण्डियन आर्ट* (1965); *मास्टरपीस ऑफ़ मथुरा स्कल्पचर्स* (1965); *इण्डियन आर्ट- भाग-1* (1965); *इवोल्यूशन ऑफ़ द हिंदू टेम्पल ऐंड अदर एसेज़* (1966); *चक्रध्वज ऑर द व्हील फ्लेम ऑफ़ इण्डिया* (1966)।

भारतीय कला और संग्रहालीय विज्ञान से इतर वासुदेव शरण अग्रवाल का रुझान शुरू से ही वेदों के अध्ययन और उसकी व्याख्या में था। इसे वे वेद-विद्या कहा करते थे। लखनऊ युनिवर्सिटी में विद्यार्थी जीवन में ही अपने पहले निबंध '*अद्वैतवाद*' से वेद-विद्या का अध्ययन जो उन्होंने शुरू किया, वह 1937 में *उरु-ज्योति* के नाम से पहले निबंध संग्रह के रूप में आगरा से प्रकाशित हुआ। मथुरा म्यूज़ियम में कार्य करने के दौरान अग्रवाल पण्डित मधुसूदन ओझा (1866-1939) के सम्पर्क में आये। पण्डित मधुसूदन ओझा ने पाश्चात्य वैदिक विद्वानों के विपरीत मूल संस्कृत स्रोतों तथा संहिताओं, ब्राह्मणों, उपनिषदों और पुराणों के अध्ययन में गहरे उतरकर वैदिक पाठों का मूल अर्थ जानने का प्रयास किया था। वे इस निर्णय पर पहुँचे थे कि वैदिक पाठ सृष्टि-विज्ञान (साइंस ऑफ़ कॉस्मोलॅजी) से जुड़े हैं। वासुदेव शरण अग्रवाल ने ओझा की रचनाओं को तीन ग्रंथों *ब्रह्म-सिद्धांत, रजोवडा* और *ब्रह्म-विनय* नाम से सम्पादित किया। पाश्चात्य विद्वानों द्वारा वैदिक व्याख्या के प्रस्तावों का खण्डन करते हुए अग्रवाल ने *ब्रह्म-सिद्धांत* (1961) की प्रस्तावना में लिखा कि वेदों को लेकर वर्तमान शोध की जो इमारत खड़ी की गयी है वह पिछले डेढ़ सौ साल के पाश्चात्य विद्वानों द्वारा वैदिक सूक्तों और ब्राह्मणों, उपनिषदों में वर्णित पारम्परिक टीकाकारों और भाष्यकारों के निष्कर्षों की सतही धरपकड़ का नतीजा है। इसकी अभिव्यक्ति तुलनात्मक-धर्म, तुलनात्मक-संस्कृति और तुलनात्मक भाषाशास्त्र के रूप में हुई है। इसने बमुश्किल वैदिक व्याख्या की वास्तविक समस्या वैदिक तत्त्वमीमांसा और कॉस्मिक प्रतीकवाद के रहस्यों पर से पर्दा उठाने की कोशिश कर पायी है। ये विद्वान तत्त्व-मीमांसीय व्याख्या के अविरल तंत्र के निर्माण और वैदिक गुप्त ज्ञान के मायनों की गहरायी समझने में विफल रहे हैं। साथ ही यह भी स्पष्ट है कि अकेली भाषाशास्त्रीय शोध-दृष्टि वैदिक पाठों को समझने के किये अपर्याप्त है। उसकी सही व्याख्या संहिताओं, ब्राह्मणों, उपनिषद् और पुराण सरीखे साहित्यिक स्रोतों की मदद से ही सम्भव है।

अग्रवाल ने अपने वेदशास्त्रीय अध्ययन को *कल्प-वृक्ष* नाम से हिंदी में लिखे गये अपने निबंधों को 1953 में प्रकाशित कराया। 1962 में प्रकाशित *स्पार्क्स फ्रॉम द वैदिक फ़ायर* द्वारा अग्रवाल ने वैदिक शब्दों और पारिभाषिक शब्दावलियों के पीछे छुपे प्रतीकवाद का विश्लेषण किया। इसकी प्रस्तावना में वे लिखते हैं कि ऋग्वेद में वर्णित विचार प्रतीकों के साँचे में ढाले गये हैं। इसलिए प्रतीकवादी दृष्टिकोण वैदिक व्याख्या और समझ का द्वार खोलते हैं और वही अर्थों की समझ को अपूर्व समृद्धि प्रदान करते हैं। वास्तव में प्रतीकवाद का यह प्राचीन पारम्परिक तरीक़ा ब्राह्मण ग्रंथों से ही लिया गया है। 1963 में अग्रवाल ने ऋग्वेद

के कुछ सूक्तों पर *नारदीय सूक्त* और *अस्य वामीय सूक्त* नाम से टीका लिखी। वेदों के अलावा अग्रवाल ने संस्कृत और प्राकृत साहित्यों में प्रतीकवादी दृष्टिकोण का इस्तेमाल किया। 1950 से महाभारत पर शुरू किये गये अपने पंद्रह वर्षीय अध्ययन के उपरांत उन्होंने इसके 24 हज़ार श्लोकों पर *भारत-सावित्री* नाम से तीन भागों में टीका लिखी। 1964 में *भगवद्गीता* पर *गीता नवनीत* नाम से एक टीका रची। भारतीय सभ्यता और इतिहास के बिखरे तत्त्वों को इकट्ठा करने की जिस प्रक्रिया की शुरुआत अग्रवाल ने *इण्डिया एज़ नोन टु पाणिनि* से की थी, उसे उन्होंने सातवीं सदी के बाणभट्ट कृत *हर्षचरित* और *कादंबरी;* कालिदास के *मेघदूत,* मलिक मुहम्मद जायसी कृत *पद्मावत* और मैथिल कवि विद्यापति के *कीर्तिलता* में वर्णित इतिहास के सांस्कृतिक अध्ययन के मार्फ़त आगे बढ़ाया।

वेद-विद्या और उसकी व्याख्या में रुचि ने विस्तृत किंतु उपेक्षित पुराण साहित्य की ओर अग्रवाल का ध्यान आकर्षित किया। उन्हीं के प्रयासों से रामनगर, वाराणसी में स्थापित आल-इण्डिया काशिराज ट्रस्ट ने पुराणों के अध्ययन को बढ़ावा दिया। इसी ट्रस्ट से 1959 एक अर्धवार्षिक पत्रिका *पुराणम* का प्रकाशन शुरू किया गया। अग्रवाल ने पुराणों पर आधारित अनेक ग्रंथों की रचना की— *मार्कंडेय-पुराण : एक अध्ययन, मत्स्य-पुराण : अ स्टडी, वामन पुराण : अ स्टडी, देवी-महात्म्य* (1963), *सोलर सिम्बॉलिज़्म ऑफ़ द बोअर* (1963), *शिव महादेव : द ग्रेट गॉड* (1966)। अपने अध्ययनों से उन्होंने बताया कि वैदिक प्रतीकवाद मिथकीय रूप में पुराणों के माध्यम से ही आम जन के पास पहुँच पाया। पुराणों ने प्राचीन वैदिक विचार प्रक्रिया को क़िस्सागोई के इन्हीं रुचिकर तरीक़ों से आमजन को शिक्षित किया।

भारतीय भाषा और संस्कृति में उनकी अगाध श्रद्धा थी। 1962 के भाषा एक्ट द्वारा अंग्रेज़ी शिक्षा के दबाव का राम मनोहर लोहिया के साथ उन्होंने भी विरोध किया। वे भारतीय भाषाओं को ही भारतीय संस्कृति की चालक शक्ति मानने के पैरोकार थे। 1921 से ही स्वतंत्रता की चाह रखने वाले योद्धा की तरह अग्रवाल ने भारतीय राष्ट्र की एकता और नैतिकता को प्रभावित करने वाले हर सूत्र के प्रति सजग पर एक लक्ष्यबद्ध विद्वान की भूमिका का हमेशा ख़याल रखा। अध्ययन क्षेत्र की अपनी विविधता के स्पष्टीकरण के तौर पर बनारसी दास चतुर्वेदी को लिखे एक पत्र में बकौल खुद अग्रवाल ने लिखा था कि मेरा मस्तिष्क ज्ञान-कक्षों के कई खण्डों में विभाजित है और मेरा मस्तिष्क एक कक्ष से दूसरे कक्ष में लगातार विचरण करता रहता है। प्राच्य विद्या के विभिन्न क्षेत्रों में एक साथ कई रंगतों में वासुदेव शरण अग्रवाल की उपस्थिति इसी विचरण का परिणाम है।

अग्रवाल ने 1931-1941 तक दस साल मथुरा संग्रहालय में, 1941 से 1946 तक लखनऊ संग्रहालय में क्यूरेटर के तौर पर कार्य किया। 1946 से 1951 तक वे तत्कालीन नवनिर्मित राष्ट्रीय संग्रहालय दिल्ली में एशियन एंटीक्विटीज़ डिपार्टमेंट के अध्यक्ष रहे जिसके पहले निदेशक मार्टिमर व्हीलर थे। मथुरा संग्रहालय में कार्य करने के दौरान उन्होंने ब्रज भाषा और धार्मिक मान्यताओं से सम्बद्ध प्राचीन सांस्कृतिक, साहित्यिक और पुरातात्त्विक स्रोतों को इकट्ठा किया। यहीं उन्होंने वैदिक विषय पर आधारित *उरु-ज्योति* की रचना की। 1951 में वे बनारस हिंदू विश्वविद्यालय में भारतविद्या के अध्ययन हेतु नव-स्थापित कॉलेज ऑफ़ इंडोलॅजी से सम्बद्ध हुए और अंतिम पंद्रह साल अकादमिक और शैक्षणिक जीवन व्यतीत किया। 1960 में निदेशक के तौर पर अग्रवाल ने बनारस हिंदू विश्वविद्यालय में स्कूल ऑफ़ वैदिक स्टडीज़ की स्थापना की, जिसमें छुट्टियों के दौरान ग्रीष्म शिविर का आयोजन होता था जहाँ प्रबुद्ध वैदिक विद्वान अपने विचारों के प्रस्तुतीकरण के लिए आमंत्रित किये जाते थे।

मधुमेह से पीड़ित होने के कारण वासुदेव शरण अग्रवाल का 26 जुलाई, 1966 को वाराणसी में देहांत हुआ।

देखें : आनंद केंटिश कुमारस्वामी, आर्य-अवधारणा, आर्थर लेवेलिन बाशम, एडवर्ड विलियम सईद, काशी प्रसाद जायसवाल, बिपन चंद्र-1 और 2, भारतीय इतिहास-लेखन-1 से 4 तक, दामोदर धर्मानंद कोसम्बी-1 और 2, प्राच्यवाद, रमेश चंद्र दत्त, रमेश चंद्र मजूमदार, रणजीत गुहा, रामकृष्ण गोपाल भण्डारकर, रामशरण शर्मा, रोमिला थापर, पांडुरंग वामन काणे, विश्वनाथ काशीनाथ राजवाड़े, सखाराम गणेश देउस्कर, सामंतवाद : एक बहस।

संदर्भ

1. क्लाज के. क्लोस्टरमायर (2007), 'त्रिमार्ग : द थ्री हिंदू पाथ्स टू लिबरेशन', *अ सर्वे ऑफ़ हिंदुइज़्म,* स्टेट युनिवर्सिटी ऑफ़ न्यूयॉर्क प्रेस, अल्बेनी.
2. वासुदेव शरण अग्रवाल (सम्पा.)(1961), *ब्रह्म-सिद्धांत,* देखें, 'प्रस्तावना', बनारस हिंदू युनिवर्सिटी प्रेस, वाराणसी.
3. वासुदेव शरण अग्रवाल (1949), *मदर अर्थ,* नेहरू अभिनंदन ग्रंथ, नेहरू अभिनंदन ग्रंथ कमेटी.
4. रामशरण शर्मा (1983), *मैटेरियल कल्चर ऐंड सोशल फ़ार्मेशन इन एंशियंट इण्डिया,* मैकमिलन, नयी दिल्ली.

— निर्मल कुमार पाण्डेय

वि-उपनिवेशीकरण

(Decolonisation)

उपनिवेशित समाजों द्वारा संवैधानिक राजनीतिक स्वतंत्रता और सम्प्रभुता प्राप्त करने की प्रक्रिया वि-उपनिवेशीकरण कहलाती है। अवधि के लिहाज़ से इसकी भूमिका प्रथम विश्व-युद्ध के बाद ही बननी शुरू हो गयी थी। बोल्शेविक क्रांति की पहली रात (सात-आठ नवम्बर, 1917) सेंट पीटर्सबर्ग के एक मकान के छज्जे पर खड़े हो कर लेनिन डिक्री ऑन पीस नाम फ़रमान जारी किया था जिसमें युद्धरत शक्तियों से तुरंत लड़ायी बंद करने और ग़ुलाम देशों को आज़ाद करने की अपील की गयी थी। इसके पीछे उनके द्वारा प्रतिपादित राष्ट्रीयताओं के आत्मनिर्णय का ऐतिहासिक सिद्धांत था। यह डिक्री आगे चल कर सोवियत विदेश नीति का मुख्य घटक बनी। प्रथम विश्व-युद्ध के बाद जब वर्साई संधि हुई तो इसी सोवियत नीति के प्रभाव में अमेरिकी राष्ट्रपति वुड्रो विल्सन द्वारा चौदह सूत्रीय चार्टर पेश किया गया जिसके परिणामस्वरूप लीग ऑफ़ नेशन गठित हुआ। लेनिन ने इस संस्था को लीग अगेंस्ट नेशंस करार दिया, क्योंकि उन्हें साफ़ दिख रहा था कि विजयी राष्ट्र पराजित राष्ट्रों के उपनिवेश हड़प रहे हैं। यह बंदरबाँट सबसे ज़्यादा अफ़्रीका में हुई। द्वितीय विश्व-युद्ध के खात्मे अर्थात् 1945 के बाद का दौर वि-उपनिवेशीकरण का माना जाता है जो अभी तक जारी है। इस युद्ध में सोवियत संघ की विजय, पूर्वी युरोप में वामपंथी सत्ता-संरचनाओं का उदय और चीनी क्रांति ने वि-उपनिवेशीकरण को अग्रगति दी। राष्ट्रवाद और आत्म-निर्णय की दावेदारियाँ इस प्रक्रिया के केंद्र में मानी जाती हैं।

वि-उपनिवेशीकरण का सिलसिला सभी जगह एक सा नहीं चला। औपनिवेशिक ताक़तों के रवैये पर उसकी गति और तीव्रता निर्भर रही। कहीं-कहीं उपनिवेशों को आज़ादी तेज़ी से मिली और कहीं स्व-शासन के लिए उन्हें लम्बी जद्दोजहद चलानी पड़ी। स्वतंत्रता की गोलबंदी के लिए अपनायी गयी रणनीतियाँ भी परिस्थिति के अनुसार काफ़ी अलग-अलग थीं। मसलन, भारत में यही आंदोलन पहले संवैधानिक सुधारों की राजनीति और बाद में जनांदोलनों की अहिंसक राजनीति के तहत चला। लेकिन वियतनाम में हो ची मिन्ह और कम्युनिस्टों को पहले फ़्रांसीसियों और फिर अमेरिकनों के ख़िलाफ़ लम्बा छापामार युद्ध करना पड़ा। फ़िलस्तीनियों ने अंतर्राष्ट्रीय आतंकवाद को औज़ार की तरह इस्तेमाल किया। दूसरे, उपनिवेशवादियों के चले जाने के बाद कई देशों को भीषण गृह युद्धों का सामना करना पड़ा। उनका नया प्रभु वर्ग देश में शांति और एकता स्थापित करने में नाकाम रहा। उनकी स्थानीय अर्थव्यवस्था नयी ज़िम्मेदारियों का बोझ नहीं उठा पायी और उनके बाज़ार तितर-बितर हो गये।

ज़ाहिर है कि वि-उपनिवेशवाद किसी भी तरह से सहज साबित नहीं हुआ। कई बार उपनिवेशवादियों को उसे नियंत्रित करने का मौक़ा भी मिला। ब्रिटिश उपनिवेशवादी अपने ज़्यादातर उपनिवेशों में एडमण्ड बर्क द्वारा प्रतिपादित संविधानवाद के तहत इस प्रक्रिया को नियंत्रित करने और उसके इच्छित परिणाम प्राप्त करने में कामयाब रहे। उन्होंने राष्ट्रवादी आंदोलन के रैडिकल तत्त्वों को दरकिनार करने की राजनीति खेली और अंत में सत्ता की बागडोर राष्ट्रवादियों के उस हिस्से को सौंपी जो उनका पसंदीदा था। अंग्रेज़ों का विचार था कि वि-उपनिवेशीकरण के बाद होने वाली अंतर्राष्ट्रीय राजनीति में उन्हें नव-स्वतंत्र देशों के इस उदीयमान प्रभु वर्ग का सहयोग मिलता रहेगा और वे अपने पूर्व-उपनिवेशों की अपने प्रभाव वाले क्षेत्रों के रूप में गिनती कर पाएँगे। फ़्रांसीसी उपनिवेशवाद का सोच भिन्न था। उन्होंने राष्ट्रवादी आंदोलनों का सख्ती से दमन किया और आख़िरी दम तक उनकी सत्ता नहीं छोड़ी। वे अपने उपनिवेशों के फ़्रांसीसी राष्ट्र में सम्पूर्ण आत्मसातीकरण के पक्ष में थे, जबकि अंग्रेज़ स्थानीय राजनीति और सामाजिक संरचनाओं में बिना कोई हस्तक्षेप किये केवल व्यापार, प्रतिरक्षा और विदेश नीति के पहलू ही नियंत्रित करना चाहते थे। जिन उपनिवेशों में बर्क द्वारा तजवीज़ किया गया संवैधानिक सुधारों का रास्ता नहीं अपनाया गया वहाँ काफ़ी हिंसा हुई। फ़्रेंज़ फ़ानो द्वारा सूत्रबद्ध किये गये 'उपचारात्मक हिंसा' के उपनिवेशवाद विरोधी सिद्धांत को इस रोशनी में समझा जा सकता है।

प्रथम विश्व-युद्ध के बाद साम्राज्यवाद का प्रभाव तेज़ी से घटने की परिघटना और वि-उपनिवेशीकरण के बीच गहरा संबंध है। दूसरे विश्व-युद्ध के खात्मे के बाद से स्पष्ट हो गया कि अंतर्राष्ट्रीय समुदाय पर उपनिवेशवाद विरोधी रुझान हावी हो चुके हैं। इस विश्व-युद्ध में जापानी, इतालवी और जर्मन आक्रमण पराजित ज़रूर हो गया था, पर इसने पुराने युरोपीय साम्राज्यों की बढ़ती हुई दुर्बलता स्पष्ट कर दी। इस बड़ी लड़ाई में उपनिवेशवादी ताक़तों को उपनिवेशित समाजों की मदद लेनी पड़ी। बहुत बड़ी संख्या में अफ़्रीकी, एशियाई और कैरीबियायी योद्धाओं ने ब्रिटेन, फ़्रांस और अमेरिका की तरफ़ से मोर्चा सँभाला। समझा जाता है कि इस घटनाक्रम ने भी उपनिवेशों के राष्ट्रवादियों को यक़ीन दिला दिया कि अब उनके लिए विजातीय हुकूमत से छुटकारा प्राप्त करने के दिन आ गये हैं। 1942 में भारत में चले 'अंग्रेज़ो भारत छोड़ो' और 1945 में मैनचेस्टर में हुई पैन-अफ़्रीकी कांग्रेस द्वारा राजनीतिक आज़ादी की माँग ने वि-उपनिवेशीकरण के विचार को और मज़बूत किया। भारत को आज़ादी मिलने से साल भर पहले अमेरिका ने अपने उपनिवेश फ़िलीपीन को

आज़ाद कर दिया। युरोप की हालत इस समय तक पतली हो चुकी थी। वह दूर-दराज़ क्षेत्रों में फैले हुए उपनिवेशों की आर्थिक लागत उठाने की हालत में नहीं था। युरोपीय देशों के भीतर भी जनमत का एक प्रभावशाली हिस्सा उपनिवेशवाद को नापसंद करने लगा था। नतीजे के तौर पर 1947 से 1980 के बीच में ब्रिटेन को क्रमश: भारत, बर्मा, घाना, मलाया और ज़िम्बाब्वे का क़ब्ज़ा छोड़ना पड़ा। इसी सिलसिले में आगे डच साम्राज्यवादियों को 1949 में इण्डोनेशिया से जाना पड़ा और अफ़्रीका में आख़िरी औपनिवेशिक ताक़त के रूप में पुर्तगाल ने अपने उपनिवेशों को 1974-75 में आज़ाद कर दिया। 1954 में इंडो-चीन क्षेत्र और 1962 में अल्जीरिया के रक्तरंजित संघर्ष के सामने फ्रांस को घुटने टेकने पड़े। साठ के दशक में ही भारत के प्रांत गोवा से पुर्तगाल ने अपना बोरिया-बिस्तर समेटा। 1980 से 1985 के बीच ज़िम्बाब्वे, बेलीज़, एंटीगा और ब्रुनेई को ब्रिटेन से आज़ादी मिली। इंडोनेशिया के औपनिवेशिक क़ब्ज़े से ईस्ट तिमूर को हाल ही में मुक्ति मिली है।

उपनिवेशवादियों का रवैया जो भी रहा हो, इन देशों को राजनीतिक आज़ादी आसानी से नहीं मिली। भारत में 1940 से 47 के बीच बेहद पेचीदा राजनीति हुई जिसका नतीजा भारतीय उपमहाद्वीप के दुखद बँटवारे में निकला। इंडो-चीन क्षेत्र में फ्रांस 1946 से 54 तक फँसा रहा। अल्जीरिया को स्वतंत्रता देने के प्रश्न ने तो फ्रांसीसी राजनीति में ही दरारें पैदा कर दीं। डच उपनिवेशवादियों ने इंडोनेशिया में 1945 से 49 तक और बेल्जियम ने कोंगो में 1959 से 60 तक वि-उपनिवेशीकरण को टालने की कोशिश की। संयुक्त राष्ट्र ने भी उपनिवेशों में चल रहे राष्ट्रवादी आंदोलनों के प्रभाव में वि-उपनिवेशीकरण की प्रक्रिया को प्रोत्साहित करते हुए 1960 में उसके पक्ष में उद्घोषणा पारित की।

उपनिवेशवाद के आलोचकों की मान्यता है कि केवल विदेशी शासकों की जगह देशी शासकों के हाथ में सत्ता की बागडोर आ जाने भर को सम्पूर्ण वि-उपनिवेशीकरण की संज्ञा देना जल्दबाज़ी होगी। उपनिवेशित समाजों और व्यक्तियों के मानस, उन देशों के पर्यावरण और संस्कृति पर उपनिवेशवाद के प्रभाव बहुत गहरे साबित हुए हैं। इस लिहाज़ से यह कहना मुश्किल है कि किसी देश के लिए वि-उपनिवेशीकरण का क्रम कब शुरू और कब ख़त्म होता है। इस प्रश्न पर समाज-विज्ञान में मतैक्य नहीं है कि उपनिवेशवादियों की सत्ता के ख़िलाफ़ गोलबंदी शुरू होने को ही इस प्रक्रिया की शुरुआत माना जा सकता है या उपनिवेशवादियों के चले जाने के बाद राजनीतिक-आर्थिक समायोजन की लम्बी अवधि को भी इसमें शामिल किया जाना चाहिए। वि-उपनिवेशीकरण का अनूठा अध्ययन करने वाले आशिस नंदी ने अपनी विख्यात रचना *द इंटीमेट एनेमी* में दिखाया है कि उपनिवेशवाद के ख़िलाफ़ संघर्ष करने वाली ताक़तें किस तरह एक अन्य नज़रिये से उसी की हमशक्ल बनती चली जाती हैं।

दूसरे, वि-उपनिवेशीकरण को राष्ट्रीय प्रभुसत्ता में विदेशी हस्तक्षेप के लाज़मी अंत के तौर पर नहीं पढ़ा जा सकता। अंतर्राष्ट्रीय और भूमण्डलीय पैमाने पर ताक़तवर शक्तियाँ अपने प्रभाव-क्षेत्रों को क़ायम रखने के लिए आर्थिक रिश्तों का इस्तेमाल करती हैं। ब्रेटन वुड्स संस्थाओं (आईएमएफ़ और विश्व बैंक) के दबाव में अर्थनीतियों को बदलवाया जाता है और बहुराष्ट्रीय निगमों के ज़रिये किसी धरती पर क़ब्ज़ा किये बिना नव-उपनिवेशवाद के कभी छिपे और कभी खुले रूपों का इस्तेमाल किया जाता है।

देखें : आदर्शवाद, आतंकवाद, अंतर्राष्ट्रीय मुद्रा कोष, इमैनुएल कांट, इतिहास का अंत, एडवर्ड हैलेट कार, जाति-संहार, पृथकतावाद, तृतीय विश्व, द्वितीय विश्व-युद्ध, नस्लवाद, नव-उपनिवेशवाद, निर्भरता सिद्धांत, निरस्त्रीकरण, पेटेंट।

संदर्भ

1. एफ़. रेमण्ड बेट्स (1998), *डिकोलोनाइज़ेशन,* रॉटलेज, लंदन और न्यूयॉर्क.
2. रूपर्ट इमर्सन (1960), *फ़्रॉम एम्पायर टु नेशन : द राइज़ टु सेल्फ़ एसर्शन ऑफ़ एशियन ऐंड अफ़्रीकन पीपुल,* हार्वर्ड युनिवर्सिटी प्रेस, केम्ब्रिज, एमए.
3. जॉन स्प्रिंगहाल (2001), *डिकोलोनाइज़ेशन सिंस 1945 : द कॅलेप्स ऑफ़ युरोपियन ओवरसीज़ एम्पायर्स,* पालग्रेव, हाउंड्समिल, यूके और न्यूयॉर्क.
4. थॉमस ग्लैडविन और अहमद सिआदिन (1980), *स्लेव्ज़ ऑफ़ द व्हाइट मिथ : द साइकोलॅजी ऑफ़ न्यू कोलोनियज़्म,* ह्यूमेनिटीज़ प्रेस, अटलांटिक हाइलैण्ड, एनजे.

— अभय कुमार दुबे

विक्रम साराभाई

(Vikram Sarabhai)

स्वतंत्र भारत के प्रमुख वैज्ञानिक, अंतरिक्ष अनुसंधान के पितामह एवं संस्थान-निर्माताओं में से एक विक्रम साराभाई (1919-1971) को यक़ीन था कि वैज्ञानिक शोध के ज़रिये भारत के आम लोगों के विकास की प्रक्रिया में योगदान किया जा सकता है। वे चाहते थे कि वैज्ञानिक शोध-अनुसंधान को भारत में सामाजिक, आर्थिक और शैक्षणिक परिवर्तन लाने के लिए इस्तेमाल किया जाए। उपग्रह टेलिविज़न द्वारा दूरस्थ क्षेत्रों में पड़े हुए साधनहीन बच्चों को आधुनिक शिक्षा देने का स्वप्न

विक्रम साराभाई (1919-1971)

देखने वाले पहले भारतीय साराभाई ही थे। केवल 28 वर्ष की आयु में अपने संसाधनों से उन्होंने भारत में पहली फ़िज़िकिल रिसर्च लेबोरेटरी की स्थापना की। इसके बाद उनके प्रयासों से संस्थान निर्माण का एक बेहतरीन सिलसिला शुरू हुआ जो 1971 तक चलता रहा। इस प्रक्रिया ने आधुनिक भारत में लोकतांत्रिक राज्य के तहत संस्थानीकरण की प्रक्रिया में अभूतपूर्व योगदान किया। अपने जीवन में विक्रम साराभाई ने 35 वैज्ञानिक, औद्योगिक, शैक्षणिक और सांस्कृतिक संस्थानों की नींव डाली। उन्होंने न केवल संस्थानों की स्थापना की, वरन उनका सफल भविष्य सुनिश्चित करने के लिए उचित नेतृत्व की तलाश भी करते थे। एक कपड़ा उद्योगपति के रूप में उन्होंने इस उद्योग में नवीनतम अनुसंधान करने के लिए 1949 में अहमदाबाद टेक्स्टाइल इंडस्ट्री रिसर्च एसोसियेशन स्थापित की। वे भारत में उच्च स्तरीय प्रबंधन की शिक्षा एवं प्रशिक्षण के हिमायती थे। प्रबंधन-शिक्षा के प्रचार हेतु उन्होंने 1957 में अहमदाबाद मैनेजमेंट एसोसिएशन की स्थापना की थी। 1960 में उत्पादन प्रक्रिया में गुणवत्ता-सुधार हेतु सांख्यिकी के प्रयोग के लिए बने ऑपरेशन रिसर्च ग्रुप (ओआरजी) की स्थापना भी उन्हीं की देन थी। भारत में पेशेवर प्रबंधन के शिक्षण व अनुसंधान के लिए 1962 में शुरू हुए अहमदाबाद स्थित भारतीय प्रबंधन संस्थान (आईआईएम) को स्थापित करने में विक्रम साराभाई अग्रणी थे। स्थापना के बाद से 1965 तक वे इस संस्थान के मानद निदेशक भी रहे।

विक्रम साराभाई का विचार था कि उत्कृष्ट नेतृत्व के बिना किसी भी संस्थान का दीर्घायु और लाभदायक होना असम्भव है, इसलिए उन्होंने बहुत गम्भीरता व तत्परता से अपने संस्थानों के लिए योग्य व सक्षम नेतृत्व की खोज की। शीर्ष नेतृत्व के चयन के प्रति उनकी गम्भीरता इसी बात से सिद्ध होती है कि अपनी व्यस्तताओं, जैसे अपने निजी उद्यमों, व्यवसायों, वैज्ञानिक शोध तथा अन्य संस्थानों की देख-रेख के बावजूद उन्होंने संस्थान का शीर्ष नेतृत्व तब तक अपने पास रखा जब तक कि समुचित विकल्प उनके हाथ नहीं लग गया। 1949 में अहमदाबाद टेक्स्टाइल इंडस्ट्री रिसर्च एसोसियेशन की स्थापना के बाद से सन् 1956 तक वे इस संस्थान के मानद निदेशक बने रहे। इसी तरह आईआईएम, अहमदाबाद में विक्रम साराभाई तब तक इसके मानद निदेशक बने रहे जब तक उन्हें रवि मथायी के रूप में अपने से बेहतर विकल्प नहीं मिल गया। निदेशक पद हेतु 38 वर्षीय रवि मथाई का चुनाव तब एक बहुत चौंकाने वाला निर्णय था। दरअसल, रवि मथाई के पास अध्यापन का विशेष अनुभव या बड़ी अकादमिक उपाधि नहीं थी, पर रवि मथाई को आज तक आईआईएम, अहमदाबाद का सबसे प्रतिभाशाली निदेशक माना जाता है।

अहमदाबाद में फ़िज़िकिल रिसर्च लेबोरेटरी और अहमदाबाद टेक्स्टाइल इंडस्ट्री रिसर्च एसोसियेशन की स्थापना के पीछे एक नयी और व्यावहारिक सोच थी। द्वितीय विश्व-युद्ध ख़त्म होने के बाद केम्ब्रिज विश्वविद्यालय से 1947 में पीएचडी करके लौटे साराभाई अपनी रिसर्च लेबोरेटरी में ब्रह्माण्डीय किरणों की विविधता पर काम करते थे, जबकि अनुभवी मौसम विज्ञानी के.आर. रामनाथन के पास उच्च वायुमण्डलीय भौतिकी पर अनुसंधान का जिम्मा था। टेक्स्टाइल इंडस्ट्री रिसर्च एसोसियेशन के लिए अहमदाबाद उस समय सबसे उपयुक्त स्थान था। एक कपड़ा उद्योगपति के रूप में साराभाई इस पुरातनपंथी उद्योग में नवीनतम तकनीक लाने की प्रेरणा के स्रोत बने। 1956 में जब साराभाई ने अहमदाबाद मैनेजमेंट एसोसियेशन की स्थापना की, तो उस समय भारत में प्रबंधन की पढ़ाई के बारे में कहीं कोई चर्चा भी नहीं थी। दवा निर्माण उद्योग में विक्रम साराभाई ने पहली बार गुणवत्ता और उत्पादकता में सुधार के लिए आपरेशन रिसर्च जैसी नयी तकनीक का प्रयोग किया और इसके विकास तथा शोध के लिए बड़ौदा में आपरेशन रिसर्च ग्रुप और साराभाई रिसर्च सेंटर की स्थापना भी की।

विक्रम साराभाई ने संस्थानों में अध्ययन, शोध व अकादमिक गतिविधियों में होने वाली नियुक्तियों पर बहुत ध्यान दिया। वे जानते थे कि यही लोग किसी भी संस्थान की आत्मा हैं। साराभाई इन नियुक्तियों के लिए अर्जित की जा चुकी उपलब्धियों से कहीं ज़्यादा भविष्य में सम्भावित योगदान को अहमियत देते थे। आईआईएम, अहमदाबाद के शुरू के दिनों में तो कई विषयों की कक्षाओं में छात्रों के साथ ही उनके अध्यापक भी विद्या अर्जन करते थे। साराभाई के इन संस्थानों ने कर्मचारी-अधिकारी नहीं, बल्कि विचारकों और मार्गदर्शकों की रचना की परम्परा डाली। साराभाई की मान्यता थी कि संस्थान प्रमुख का मुख्य योगदान उस संस्थान

में ऐसी कार्य-संस्कृति का सृजन करना है जो उस वहाँ कार्यरत लोगों की आकांक्षाओं एवं प्रवृत्तियों के अनुरूप हो। उनके लिए कार्य-संस्कृति का अर्थ सिर्फ़ एक कठोर प्रशासनिक नियमावली न था। वे किसी भी संस्था में सख़्त नियमों व नियंत्रण के ख़िलाफ़ थे। अपने समय में विक्रम साराभाई ने संस्थान-प्रबंधन की जो शैली अपनायी उसे कहीं बहुत बाद में मैनेजमेंट गुरु पीटर ड्रेकर ने लक्ष्यों तथा आत्म नियंत्रण द्वारा प्रबंधन का नाम दिया।

विक्रम साराभाई ने अपने संस्थानों के लिए उस समय के सबसे प्रतिष्ठित विद्वानों को संरक्षक के रूप में जोड़ा। स्थापना और संचालन के लिए उन्होंने आंतरिक व बाह्य संगठनों के बीच अद्‌भुत तारतम्य स्थापित किया था। इसी तरह आईआईएम को मुम्बई से अहमदाबाद लाने, आईआईएम की स्थापना और इसके आरम्भिक दिनों में इसके आतंरिक व बाह्य संगठनों के बीच अनूठी जुगलबंदी बनाने का श्रेय साराभाई को ही जाता है। यह सामंजस्य बनाने के लिए ही आईआईएम में अध्यापकों को पढ़ाने के साथ ही निजी स्तर पर बाहर का काम करने या कंसल्टेंसी करने की स्वतंत्रता दी गयी थी।

1950 से 1960 के बीच एक प्रगतिशील उद्यमी के रूप में विक्रम साराभाई ने बड़ौदा में कैमिकल, ग्लास, औषधि के अनेक औद्योगिक सयंत्र स्थापित किये जिनमें नवीनतम तकनीक व मशीनों का प्रयोग किया गया। मुम्बई की स्वस्तिक ऑयल मिल्स को अपने नितंत्रण में लेकर साराभाई ने तेल निष्कर्षण और सिंथेटिक डिटर्जेंट और सौंदर्य प्रसाधनों के निर्माण में नयी तकनीक की शुरुआत की। कोलकाता में स्टैंडर्ड फ़ार्मास्युटिकल्स लिमिटेड में विक्रम साराभाई ने पेनिसिलिन के उत्पादन को कई गुना बढ़ाया और अनेक नयी दवाओं का भारत में पहली बार निर्माण किया। 1960 में उन्होंने प्राकृतिक और सिंथेटिक औषधीय उत्पादों की जाँच के लिए बड़ौदा में साराभाई रिसर्च सेंटर स्थापित किया।

1962 में डॉ. साराभाई भारतीय अंतरिक्ष अनुसंधान की राष्ट्रीय समिति के अध्यक्ष बनाये गये और उन्होंने भारत में अंतरिक्ष अनुसंधान का दायित्व अपने ऊपर लिया। साराभाई के पर्यवेक्षण में ही थुम्बा इक्वेटोरियल रॉकेट स्टेशन का आरम्भ हुआ और भारत में रॉकेट निर्माण का कार्यक्रम शुरू हुआ। इसके तहत थुम्बा में रोहिणी और मेनका नामक रॉकेट बनाये गये। डॉ. होमी जहाँगीर भाभा की आकस्मिक मृत्यु के बाद 1966 में विक्रम साराभाई को भारतीय परमाणु ऊर्जा आयोग का अध्यक्ष बनाया गया। 1965 में बच्चों में विज्ञान की शिक्षा और वैज्ञानिक दृष्टिकोण के प्रसार के लिए विक्रम साराभाई ने एक संस्था सामुदायिक विज्ञान केंद्र, अहमदाबाद की स्थापना की ताकि विज्ञान-शिक्षा के क्षेत्र में नये विचारों को आम लोगों तक पहुँचाया जा सके। विक्रम साराभाई केवल एक वैज्ञानिक नहीं थे, बल्कि उन्होंने 1948 में अपनी पत्नी मृणालिनी साराभाई के साथ मिल कर भारतीय कला व प्राचीन भारतीय संस्कृति के प्रचार-प्रसार के लिए एक सांस्कृतिक संस्था दर्पण की स्थापना की ताकि कलाकारों को उनके काम की स्वतंत्रता और नृत्य और नाटक में नये प्रयोगों के लिए पूरी गुंजाइश मिल सके।

विक्रम साराभाई का जन्म अहमदाबाद के एक अत्यंत सम्पन्न व प्रतिष्ठित परिवार में हुआ था। उनकी प्रारम्भिक शिक्षा उनके अपने घर पर ही हुई जहाँ साराभाई परिवार मोंटेसरी पद्धति पर आधारित एक स्कूल चलाता था। गुजरात कॉलेज से इंटर की पढ़ाई पूरी करने के बाद उच्च शिक्षा के लिए विक्रम साराभाई केम्ब्रिज विश्वविद्यालय गये और 1940 में ट्राईपोस परीक्षा उत्तीर्ण की। द्वितीय विश्व-युद्ध के दौरान विक्रम साराभाई वापस भारत आ गये और भारतीय विज्ञान संस्थान बंगलौर में सी.वी. रमन के सहयोग से कॉस्मिक रेज़ (अंतरिक्ष या ब्रह्माण्डीय) किरणों पर अनुसंधान किया। इस दौरान साराभाई ने इन ब्रह्माण्डीय किरणों के वितरण तथा व्यवहार को समझने के लिए बंगलूर, पुणे एवं हिमालय में कई उपकरण भी स्थापित किये। साराभाई ने पूरे विश्व में पहली बार ब्रह्माण्डीय किरणों पर इतना विस्तृत अध्ययन ही नहीं किया बल्कि विज्ञान अकादमी में अपना शोध पत्र भी प्रस्तुत किया। अपने बंगलूर प्रवास के दौरान ही विक्रम साराभाई ने 1942 में मृणालिनी स्वामीनाथन से विवाह किया। विक्रम और मृणालिनी साराभाई के एक पुत्र कार्तिकेय और पुत्री मशहूर नृत्यांगना मल्लिका साराभाई हैं। 30 दिसंबर, 1971 को जब केरल के कोवलम में विक्रम साराभाई का नींद में दिल का दौरा पड़ने से निधन हुआ तो भी उनके शरीर पर एक अधखुली किताब पड़ी हुई थी, मानो अंतिम समय में भी वे कुछ नया सीखने को तैयार हों।

देखें : अब्दुल हमीद, आर.के. तलवार, इला भट्ट, एलाट्टुवलापिल श्रीधरन, कन्हैयालाल माणिकलाल मुंशी, कमला देवी चट्टोपाध्याय, गिजुभाई बधेका, पी.एस. वारियर, देवकी जैन, धोंडो केशव कर्वे, नीरा देसाई, भारतीय लोकतंत्र का संस्थानीकरण-1, 2 और 3, राज कुमार तलवार, वी.के.आर.वी. राव, विद्याबेन शाह, संस्था, संस्थान और संस्थानीकरण।

संदर्भ

1. अमृता शाह (2007), *विक्रम साराभाई : अ लाइफ़*, पेंगुइन-वाइकिंग प्रेस, नयी दिल्ली.
2. के.आर. रामनाथन (सम्पा.) (1970), *सिलेक्टेड साइंटिफ़िक पेपर्स ऑफ़ विक्रम साराभाई*, फ़िज़िकल रिसर्च लेबोरेटरी, अहमदाबाद.
3. कमला चौधरी (सम्पा.) (1974), *मैनेजमेंट फ़ॉर डिवेलपमेंट : अ कलेक्शन ऑफ़ पेपर्स विक्रम साराभाई*, विकास पब्लिशिंग हाउस, नयी दिल्ली.

—रवि दत्त वाजपेयी

विचलन

(Deviance)

सामाजिक विचलन का सिद्धांत समाजशास्त्र में केंद्रीय महत्त्व रखता है। विचलन को ऐसा व्यवहार, आचरण या जीवन-शैली माना जाता है जो कि समाज की अपेक्षाओं, नियम, आचार-प्रथाओं तथा परम्पराओं आदि का उल्लंघन करता हो। विचलन को सकारात्मक या नकारात्मक, दोनों ही रूपों में देखा जाता है। जैसे कि युद्ध क्षेत्र में सामान्य अपेक्षाओं के विपरीत जाकर भी कोई व्यक्ति जान की बाज़ी लगा सकता है, या प्रचलित वैज्ञानिक सिद्धांतों पर प्रश्न-चिह्न लगा कर नये सिद्धांतों का आविष्कार कर सकता है। मनोवैज्ञानिकों, जीव-वैज्ञानिकों तथा व्यक्तिवादियों के विपरीत समाजशास्त्र में विचलन की अवधारणा को सामाजिक मूल्य-प्रतिमान तथा सामाजिक संरचना के संदर्भ में व्याख्यायित किया जाता है जिसके दायरे में केवल नियम या परम्परा के उल्लंघन को ही नहीं बल्कि नियम-परम्परा के निर्माण, उन्हें लागू करने एवं उनके प्रसार की प्रक्रियाएँ भी आती हैं। विचलन क्या है, क्या नहीं, इसके बारे में भी कोई आम सहमति बनना मुश्किल है क्योंकि इसका निर्धारण संस्कृति एवं सामाजिक मूल्यों के सापेक्ष होता है। समाजशास्त्रियों का मत है कि विचलन का निर्धारण तथा इसके बारे में सामाजिक प्रतिक्रिया का अध्ययन बग़ैर सामाजिक संदर्भ या सामाजिक उद्देश्यों का पता लगाये नहीं हो सकता है।

फ्रांसीसी समाजशास्त्री एमील दुर्खाइम ने माना है कि अपराध (इसी के अंतर्गत विचलन भी) पूरी तरह से सामाजिक व्यवस्था के लिहाज से प्रकार्यात्मक (फ़ंक्शनल) तथा सामान्य होते हैं। सामूहिक चेतना को झकझोर देने के कारण वे उसे सुदृढ़ होने का मौक़ा प्रदान करते हैं और इस प्रकार सामाजिक समूह के मूल्यों तथा आचारों को पुनः लागू होने का मौक़ा मिलता है। दुर्खाइम द्वारा प्रवर्तित प्रतिमानहीनता (एनॉमी) की धारणा, जो कि विचलन के स्रोत को परिभाषित करती है। इसका प्रयोग तथा विकास दूसरे समाजशास्त्रियों ने किया। राबर्ट मर्टन ने कहा कि विचलन केवल व्याधकीय व्यक्तित्व (पैथालॅजीकल पर्सनैलिटी) से नहीं पैदा होता है बल्कि इसकी जड़ें संस्कृति तथा सामाजिक संरचना में मौजूद होती हैं। उनका मानना है कि समाज मूल्य-सहमति पर टिका होता है, लेकिन सामाजिक संरचना में समाज के सदस्य भिन्न-भिन्न स्थितियों में होते हैं, जैसे कि अलग-अलग वर्गों की सदस्यता होना, इसलिए वे साझे उद्देश्यों को एक साथ हासिल करने में असमर्थ होते हैं। इस प्रसंग में मर्टन ने अमेरिकी समाज का उदाहरण दिया जहाँ सम्पत्ति तथा भौतिक संसाधन जुटाना हर व्यक्ति के जीवन का उद्देश्य है। इस उद्देश्य को हासिल करने के लिए कुछ संस्थागत साधन तथा मूल्य होते हैं। पर उन साधनों-मूल्यों के स्थान पर किसी भी प्रकार से सफलता प्राप्त करना अहम हो जाता है। यानी नियम-क़ायदे ताक़ पर रखकर सफल होना ही सबसे बड़ा लक्ष्य बन जाता है। इससे समाज में विचलन तथा प्रतिमानहीनता बढ़ती है। इस तरह मर्टन ने भी विचलन को व्यक्ति की प्रकृति के स्थान पर समाज की प्रकृति के संदर्भ में व्याख्यायित किया।

बाद में राबर्ट मर्टन की विचलन संबंधी व्याख्या की एक अन्य समाजशास्त्री अलबर्ट कोहेन ने आलोचना की। उन्होंने कहा कि मर्टन केवल व्यक्ति को केंद्र में रखकर विचलन की व्याख्या करते हैं जबकि कई बार लोग सामूहिक रूप से सामाजिक मान्यताओं-नियमों का उल्लंघन करते हैं। कई ऐसे अपराध होते हैं जिनका सामाजिक सफलता प्राप्त करने के उपायों से कोई संबंध नहीं होता। जैसे कि तोड़फ़ोड़, हिंसा या तेज गति से मोटर चलाना आदि। कोहेन ने पूछा कि क्या इन विचलनों का सफलता प्राप्त करने के मुख्यधारा के उद्देश्यों से कोई संबंध है या नहीं। कोहेन ने विचलन की व्याख्या करते हुए बताया कि सामाजिक स्तरीकरण के कारण एक बड़ा समूह सफलता संबंधी मुख्यधारा के उद्देश्यों को प्राप्त नहीं कर सकता है। इस कारण वह अपने वैकल्पिक उद्देश्यों को ही गढ़ लेता है और उसमें तरह-तरह से सफलता प्राप्त करने की चेष्टा करता है। इसी कारण से एक विचलनकारी उपसंस्कृति का विकास होता है। निम्न वर्ग के युवा इससे ख़ास प्रभावित होते हैं जो सफलता संबंधी मुख्यधारा की परिभाषाओं को नकार देते हैं जो उनके द्वारा सामूहिक समस्या का सामूहिक निदान होता है।

विचलन की व्याख्या करने के लिए 1920 के दशक में कुछ समाजशास्त्रियों ने सामाजिक जीवन की भौगोलिक-जलवायुपरक व्याख्या की जिसे शिकागो स्कूल के नाम से जाना गया। उन्होंने शहर को कई क्षेत्रों में विभाजित किया और अपराध, हिंसा तथा अनाचार के आँकड़े एकत्र कर नतीजा निकाला कि शहर के जिस केंद्रीय क्षेत्र में सबसे अधिक जनसंख्या का स्थानांतरण होता है और जहाँ व्यवसाय केंद्रित होते हैं वहाँ कोई समुदाय स्थायी रूप से नहीं बस पाता और सामाजिक विखण्डन के हालात पैदा हो जाते हैं। इससे सामाजिक विचलन भी अधिक मात्रा में इन इलाक़ों में पाया जाता है। जैसे-जैसे शहर के केंद्रीय क्षेत्र से शहर की परिधि पर बढ़ते हैं, अपराध तथा संघर्ष में कमी आती जाती है।

1960-70 के दशक तक आते-आते संरचनात्मक-प्रकार्यवादी एवं आरम्भिक उपसंस्कृतिवादी (सब-कल्चरिस्ट) दृष्टिकोण को चुनौती मिलने लगी। समाजशास्त्र एवं अपराधशास्त्र में विचलन की व्याख्या ज़्यादा ठोस एवं वस्तुगत ढंग से करने पर ज़ोर दिया जाने लगा। इस दौर में विचलन को

सापेक्षता एवं संदर्भगत स्थितियों से जोड़कर देखा जाने लगा। प्रतीकात्मक अंत:क्रियावादियों (सिम्बॉलिक-इंटरएक्शनिस्ट) ने विचलनकारी व्यवहार एवं गतिविधियों की व्याख्या तथा परिवर्तन के लिए सामाजिक प्रतिक्रिया, दर्शक समूह और सामाजिक अर्थों के महत्त्व पर ज़ोर दिया। अपराधविदों ने विचलन के विवेचन के लिए शक्ति-संरचना एवं राज्य से उसके संबंध को समझने की कोशिश की और नव-मार्क्सवादी सिद्धांतों तथा कॉन्फ्लिक्ट थियरीज़ का समन्वय करने का प्रयास किया। इसी प्रकार युवा-संस्कृति के विश्लेषकों ने अधीनस्थता के ख़िलाफ़ विद्रोह व्यक्त करने के लिए विचलनकारी आचरण के अंतर्गत प्रतीकों एवं कुछ ख़ास घटनाओं का युवाओं द्वारा सहारा लिए जाने की व्याख्या की। इसी तरह अश्वेतों के विचलनकारी आचरण जैसे हिंसा, मादक पदार्थों के सेवन तथा अपराध आदि की व्याख्या समाज में मौजूद नस्लवाद तथा वर्ग-विषमता के माध्यम से करने के प्रयास किये गये।

अपराध की नारीवादी व्याख्या प्रस्तुत करने वाली चिंतकों ने मुख्यधारा के विचलनों और उससे संबंधित यौन-पूर्वग्रहों की आलोचना प्रस्तुत की। पुरुषवादी संस्कृति-सत्ता में स्त्रियों के बेहद सामान्य व्यवहार भी परम्परा-संस्कृति के अपमान के रूप में आसानी से देख लिए जाते हैं। समाज में लैंगिक विभाजन तथा अपराध के बीच के संबंधों पर ध्यान देने की सिफ़ारिश भी की गयी। अंत:क्रियावादियों में विचलन की सबसे प्रामाणिक व्याख्या हावर्ड एस. बेकर ने अपनी लेबलिंग थियरी के अंतर्गत प्रस्तुत की। बेकर के अनुसार-सामाजिक समूह नियमों का निर्माण करके विचलन को पैदा करते हैं क्योंकि कई परिस्थितियाँ में उन नियमों की अवहेलना करना आवश्यक हो जाता है। उन्हीं नियमों की कसौटी के आधार पर कुछ लोगों को बाहरी, असामान्य या समाज-विरोधी घोषित कर दिया जाता है। बेकर ने इसे स्पष्ट करने के लिए युवाओं के बीच होने वाली झड़प तथा हिंसा का उदाहरण दिया। उन्होंने बताया कि इस तरह की गतिविधियाँ जब ग़रीब लोगों के इलाक़ों में होती हैं तो इसे अपराध की श्रेणी में रखा जाता है, जबकि उच्चवर्गीय लोगों के इलाक़ों में इसे युवाओं के अदम्य जोश तथा उत्साह का प्रमाण माना जाता है। यानी व्यक्ति को एक ख़ास खाँचे में रखना भी विचलन के घटित होने को पुष्ट करता है। अगर किसी पर अपराधी, मनोरोगी या समलैंगिक का ठप्पा लगा दिया जाए तो पिता, कर्मचारी, पड़ोसी या मित्र जैसी उसकी दूसरी हैसियतें गौण हो जाती हैं। अन्य लोग भी उसके ऊपर लगे ठप्पे या उसकी निर्मित की गयी छवि के अनुसार उसके साथ व्यवहार करते हैं और मान लेते हैं कि वह बुनियादी तौर पर कुछ नकारात्मक गुणों से ग्रस्त है।

विचलन के बारे में मार्क्सवादी नज़रिये के अंतर्गत भी समाज की वर्ग-स्थिति, शासकवर्गीय विचारधारा एवं क़ानून आदि को विचलन से जोड़ कर देखा जाता है। उन्होंने मार्क्सवादी विचारधारा की आधार-अधिरचना संबंधी अवधारणा की सहायता लेते हुए इस पर बल दिया कि क़ानून, स्कूल तथा सामाजिक नियंत्रण की अन्य संस्थाएँ अधिरचना के रूप में समाज के आर्थिक आधार का परिणाम होती हैं। यह अधिरचना समाज के शासकवर्ग की इच्छाओं को पूरा करती है और जो लोग सम्पत्तिहीन एवं दरिद्र होते हैं, उनका नियंत्रण अधिरचना के इन्हीं अंगों के माध्यम से किया जाता है। राज्य की मदद से ऐसे क़ानून बनाये जाते हैं जो सम्पत्तिशाली एवं प्रभुत्वशाली वर्गों के हित में होते हैं। वे क़ानून समाज की मूल्य-सहमति पैदा करने के स्थान पर अल्पसंख्यक शासकों की मदद करते हैं और उनके द्वारा शक्ति प्रयोग को जायज़ ठहराते हैं।

अपराध की वर्गीय व्याख्या प्रस्तुत करते हुए फ्रैंक पियर्स जैसे अध्येता अपनी पुस्तक *क्राइम्स ऑफ़ द पावरफुल* में इस नतीजे पर भी पहुँचे कि समाज के ग़रीब, साधनहीन एवं श्रमिक वर्ग की तुलना में कॉरपोरेट जगत में अपराध अधिक हैं पर प्राय: उन्हें विचलन की श्रेणी में न रख कर कॉरपोरेट संस्कृति का सामान्य हिस्सा मान लिया जाता है। उनका कहना है कि अमेरिकी समाज में वहाँ के कॉरपोरेट जगत द्वारा सुनियोजित ढंग से संगठित अपराध को प्रोत्साहित किया जाता है या उसके दमन को रोका जाता है। इस प्रकार मार्क्सवादी विवेचन के अंतर्गत अपराध का मुख्य संबंध उत्पादन के साधनों एवं पूँजी के निजी स्वामित्व से जुड़ा हुआ है। अपराध की यह विचारधारात्मक व्याख्या अस्सी के दशक तक काफ़ी लोकप्रिय रही, हालाँकि इसके माध्यम से कम्युनिस्ट देशों में होने वाले विभिन्न क़िस्म के अपराधों की संतोषजनक व्याख्या नहीं की जा सकी।

देखें : अर्थव्यवस्था का समाजशास्त्र, अभिजन, अभिरुचि, आत्महत्या, उन्मूलनवाद, एजेंसी, कर्मकाण्ड, कारागार, गोपनीयता, गृहविहीनता, जादू, जीवन-शैली, टेलरवाद, धर्म, प्राइवेसी, फ़ुरसत, बचपन, बुज़ुर्गियत का समाजशास्त्र, बेगानापन, भीड़, भ्रष्टाचार का समाजशास्त्र-1 और 2, ज्ञान का समाजशास्त्र।

संदर्भ

1. हावर्ड बेकर (1963), *आउटसाइडर्स*, फ्री प्रेस, न्यूयॉर्क.
2. डेविड डाउंस और पाल रॉक (2003), *अंडरस्टैंडिंग डेवियंस : अ गाइड टू द सोसियोलॅजी ऑफ़ क्राइम ऐंड रूल ब्रेकिंग*, ऑक्सफ़र्ड युनिवर्सिटी प्रेस, ऑक्सफ़र्ड.
3. डेविड मात्ज़ा (1969), *बिकमिंग डेवियंट*, प्रेंटिस-हाल, एंगलवुड क्लिफ्स, एनजे.
4. कोलिन समनर (1994), *कोलिन : द सोसियोलॅजी ऑफ़ डेवियेंस : एन ओबिचुअरी*, ओपन यूनिवर्सिटी प्रेस, बकिंघम.

— **वैभव सिंह**

विचारधारा और सिनेमा

संदर्भ : हिंदी फ़िल्में

(Ideology and Cinema)

सिनेमा एक ऐसा माध्यम है जिसकी बुनियादी संरचना में ही विचारधारात्मक पक्षधरता अंतर्निहित है। फ़िल्में एक ऐसी प्रौद्योगिकी की उपज होती हैं जिसके माध्यम से कोई भी परिस्थिति, दृश्य या कथानक रुपहले पर्दे पर बिना किसी जोड़ या सीवन के पेश किया जा सकता है। उसकी इस प्रवाहपूर्ण संधिहीनता के कारण दर्शकों की नज़र से वह तरक़ीब छिप जाती है जिसका इस्तेमाल करके फ़िल्म का अर्थ पैदा होता है। तात्पर्य-निरूपण की विधि अदृश्य कर देने के कारण दर्शक तात्पर्य को कुछ इस प्रकार ग्रहण करता है जैसे वह उसके लिए स्वाभाविक हो। इसीलिए माना जाता है कि सिनेमा विचारधारात्मक प्रचार का सबसे ताक़तवर माध्यम है। सोवियत संघ में अक्टूबर क्रांति के तुरंत बाद गृह-युद्ध के दौरान और फिर समाजवादी समाज की रचना के लिए इस माध्यम का घोषित और नियोजित इस्तेमाल किया गया था। लेकिन अगर घोषणा न भी की जाए तो भी सिनेमा किसी न किसी विचारधारा का ही निरूपण करता है। मसलन, सेक्शुअलिटी-अध्ययन के विद्वानों ने ध्यान दिलाया है कि किसी विचारधारा का अनुयायी न होने का दावा करने वाले व्यावसायिक सिनेमा के लगभग हर प्रकार की इबारत पर इतरलैंगिकता के आग्रह उत्कीर्ण होते हैं। इसके अलावा निरूपण के क्षेत्र में वर्ग, नस्ल, जेंडर और आयु से संबंधित आग्रहों का बोलबाला देखा जा सकता है। सिनेमा के विविध प्रकार पूँजीवादी व्यवस्था को बनाये रखने और मज़बूत करने की भूमिका निभाते हैं। वे पेचीदा से पेचीदा समस्याओं का भाष्य कुछ इस विधि से करते हैं कि अंत में एक आसान सा समाधान परोस दिया जाता है ताकि कठिनाइयों के निरूपण से पैदा होने वाला असंतोष और क्षोभ पृष्ठभूमि में धकेला जा सके।

सिनेमा-प्रौद्योगिकी की इस विचारधारात्मक प्रकृति का दूसरा पहलू यह है कि वह जिन हक़ीक़तों को छिपाने का प्रयास करता है वे अपनी अनुपस्थिति के ज़रिये दर्शकों का ध्यान अपनी ओर खींच लेती हैं। भारतीय फ़िल्मों के संदर्भ में इसका एक उदाहरण रिचर्ड एटनबरो निर्मित 'गाँधी' है। गाँधी को इतिहास से परे एक मिथक के रूप में स्थापित करने का प्रयास करने वाली यह फ़िल्म जिन्ना को छोड़ कर कांग्रेस के भीतर और बाहर गाँधी के लगभग सभी विरोधियों (आम्बेडकर, सावरकर और सुभाष बोस) का वजूद तक नहीं स्वीकारती। इन चरित्रों की ग़ैर-मौजूदगी आज़ादी से पहले की राजनीति में सामान्य सी दिलचस्पी भी रखने वाले दर्शक को उनके प्रति कहीं ज़्यादा सचेत कर देती है। इसी तरह मेलोड्रामा और स्त्री-फ़िल्मों की श्रेणी में आने वाले सिनेमा में रोमानी प्रेम, परिवार और मातृत्व के मूल्यों को प्राथमिकता दी जाती है। लेकिन नारीवादी विद्वानों ने बताया है कि पितृसत्तात्मक विचारधारा की प्रच्छन्नता किस तरह उसकी ताक़त का प्रमाण बन कर उभरती है।

भारतीय सिनेमा अपने जन्म से ही विचारधाराओं का वाहक रहा है। पहली भारतीय फ़िल्म बनाने वाले दादा साहेब फ़ालके फ़िल्म-निर्माण को एक 'राष्ट्रीय' या 'स्वदेशी' उद्यम के रूप में ग्रहण करते थे। इसके बाद सांस्कृतिक, राजनीतिक और सामाजिक क्षेत्रों के प्रतिनिधियों ने सिनेमा-प्रौद्योगिकी को अपने-अपने मक़सदों से इस्तेमाल किया। यह अलग बात है कि यह प्रौद्योगिकी अपने-आप में एक तटस्थ औज़ार नहीं थी इसलिए उसका उपयोग उन सांस्कृतिक-राजनीतिक दायरों के लिए ठीक वैसा नहीं निकला जिसकी उम्मीद की गयी थी। राष्ट्रवादी परियोजना चाहती थी कि सिनेमा एक ऐसे आधुनिक सौंदर्यशास्त्र का प्रतिनिधित्व करे जिससे उदीयमान भारतीय राष्ट्र का वैकासिक तर्क उत्तरोत्तर पुष्ट होता चला जाए।

सिनेमा को अपने काम में लगाने के लिए ज़रूरी था कि भारतीय राज्य उसे हॉलीवुड के वर्चस्व से बचाने की शर्त का पालन करता। युरोपीय देशों ने यह काम सरकारी पैसे से बनाये गये 'राष्ट्रीय सिनेमा' के ज़रिये किया था जो दरअसल कभी मज़बूती से अपने क़दम नहीं जमा पाया। भारतीय राज्य ने आयात और सेंसर संबंधी क़ानूनी पाबंदियों का इस्तेमाल करके हॉलीवुड के व्यापक प्रसार को रोक दिया। उसने सरकारी निवेश के आधार पर एक ख़ास तरह के सिनेमा को प्रोत्साहित करने की नीति भी अपनायी, लेकिन कुल मिला कर वह इस क्षेत्र को अपने-आप पनपने देने के ही पक्ष में रहा। इस तरह मोटे तौर पर भारत का व्यावसायिक सिनेमा ही अपने-आप में राष्ट्रीय सिनेमा का रूप ग्रहण करता चला गया जिसमें हिंदी-सिनेमा की भागीदारी सबसे बड़ी और प्रबल थी।

सरकारी मदद के बिना विकसित हुए हिंदी सिनेमा के विशाल संसार ने राष्ट्र-निर्माण के उद्यम में अपनी तरह से भागीदारी की। यह मानना ग़लत होगा कि केवल प्रकट राष्ट्रीय विषय-वस्तु वाली फ़िल्मों ने (जैसे, जागृति, शहीद, उपकार, पूरब और पश्चिम, आदि) ही यह कार्यभार उठाया। भारतीय फ़िल्म-अध्ययन के विद्वानों ने स्पष्ट रूप से दिखाया है कि किस तरह नाच-गाने, मारपीट, मेलोड्रामा और रंगीन मनोरंजन से भरी फ़ार्मूला फ़िल्मों को भी इस श्रेणी से अलग नहीं रखा जा सकता। दरअसल, भारतीय राज्य की सामाजिक-राजनीतिक संरचना का सांस्कृतिक उत्पादन के

सभी प्रकारों गहरा प्रभाव था जिससे व्यावसायिक फ़िल्में नहीं बच सकती थीं। दूसरी तरफ़ से भूमण्डलीय पूँजीवादी संरचनाएँ (जिनमें हॉलीवुड भी एक था : उसकी फ़िल्मों का प्रसार रोका जा सकता था पर भारतीय फ़िल्मों पर उसका असर प्रतिबंधित करना नामुमकिन था) भी एक साथ भारतीय राज्य और सांस्कृतिक उत्पादन के भारतीय मुक़ामों पर अपना असर डाल रही थीं।

व्यावसायिक हिंदी-सिनेमा ने आधुनिकता और परम्परा की उसी द्विभाजनकारी बहस को अपना केंद्रीय विषय बनाया जो आधुनिक होते हुए भारत की सामाजिक संरचनाओं के केंद्र में थी। एक तरफ़ ऐसी सामाजिक संरचना थी जिसमें ऊँची-नीची उत्पादन विधियाँ पूँजी की औपचारिक-अनौपचारिक मातहती में कार्यरत थीं। इस संरचना में राजनीतिक सत्ता शहरी बूर्ज्वा, गाँवों के प्रभुत्वशाली सरबराहों और नौकरशाह प्रभुओं के हाथ में थी। दूसरी तरफ़ हिंदी-सिनेमा था जिसकी कथाभूमि 'कल्याणकारी' और 'चिरंतन' पारम्परिक मूल्यों को 'विघटनकारी' और 'संकीर्ण' आधुनिक मूल्यों पर प्राथमिकता देता नज़र आता था। लेकिन यही सिनेमा आधुनिक विकास की विचारधारा का तिरस्कार करने के लिए तैयार नहीं था। उसने चेतना के धरातल पर परम्परा और भौतिक धरातल पर आधुनिक विकास के संयोग से सिनेमाई लोकलुभावनवाद का शीराज़ा खड़ा करने का प्रयास किया। ज़ाहिर है कि यह एक असहज कोशिश थी, जिसे नब्बे के दशक तक हिंदी सिनेमा ने अपनी फ़िल्मों के लगभग सभी प्रकारों में निभाया।

नब्बे के दशक में भारतीय राज्य ने भूमण्डलीय संरचनाओं के साथ अपना रिश्ता बदलने की शुरुआत की। यह 'नेशनल' और 'ग्लोबल' के बीच अंतर्विरोधों को सहज बनाने का प्रक्रम भी था। इसी के साथ हिंदी फ़िल्मों ने भी परम्परा और आधुनिकता के द्विभाजन को एक नयी दृष्टि से व्याख्यायित करना शुरू कर दिया। सिनेमाई राष्ट्रीय उद्यम के पहले दौर में अगर आधुनिकता को परम्परा की कसौटी पर खरा उतरना पड़ता था, तो दूसरे दौर में परम्परा को बार-बार आधुनिकता की कसौटी पर खरा उतरने के लिए मजबूर किया गया। अर्थात् हिंदी-फ़िल्मों की बुनियादी ज़मीन परम्परा से आधुनिकता की तरफ़ स्थानांतरित हो गयी। साथ में उसकी स्थानिकता में भी ग्रामीण के बजाय शहरी भावभूमि प्राथमिकता प्राप्त करती चली गयी।

दिलचस्प बात यह है कि आधुनिकता को उसके वैकासिक प्रोजेक्ट के साथ-साथ उसकी मूल्य-प्रणाली को भी स्वीकार करने वाले इस दौर में अब सत्तर और अस्सी के दशक की भाँति की तरह देशभक्ति और राष्ट्रवाद का आह्वान करने वाली फ़िल्में नहीं बनतीं। हिंदी-फ़िल्मों का यह प्रकार एक-दो अपवादों को छोड़ कर व्यावसायिक रूप से विफल मान लिया गया है। अब हिंदी-फ़िल्में राष्ट्रीय परियोजना के संकटग्रस्त पहलुओं पर रोशनी डालती हैं और इस लिहाज़ से वे सत्तर और अस्सी के दशक की अपेक्षाकृत ग़ैर-व्यावसायिक फ़िल्मों का मुहावरा अपना रही हैं जिनमें यही बात व्यवस्था के ख़िलाफ़ विद्रोह के विमर्श के तौर पर सामने आयी थी।

हिंदी-फ़िल्मों की विचारधारा का ऐतिहासिक आख्यान पेश करते हुए एम. माधव प्रसाद ने आधुनिक/परम्परा संबंधी द्विभाजन के पहले दौर को 'औपचारिक सन्निवेश की विचारधारा' क़रार दिया है। उनकी मान्यता है कि भारतीय राज्य के स्वरूप को लेकर होने वाली जद्दोजहद हिंदी-सिनेमा के केंद्र में है। उसके लिए भारतीय राज्य केवल एक प्रशासनिक शै नहीं है। भारतीय राज्य की राजनीतिक अंतर्वस्तु उसके लिए अधिक महत्त्वपूर्ण है जिसमें होने वाले परिवर्तनों की झलक तो हिंदी का रुपहला पर्दा देता ही है, उस राज्य को एक ख़ास तरह से गढ़ने की विचारधारात्मक कोशिश भी उसके उद्यम का हिस्सा है।

देखें : अतिनाटकीयता, अनुपस्थिति-उपस्थिति, कला सिनेमा, अवाँगार्द और प्रति-सिनेमा, टीवी और समाचार, टीवी और सेक्शुअलिटी, टीवी और टीवी-अध्ययन, तीसरा सिनेमा, तीसरी दुनिया का सिनेमा, दक्षिण भारतीय सिनेमा और राजनीति, नारीवादी फ़िल्म-सिद्धांत, फ़िल्म और सेक्शुअलिटी, फ़िल्म और टीवी सेंसरशिप, फ़िल्मांतरण, फ़िल्म-सिद्धांत, फ़्लैश-बैक, भारतीय सिनेमा-1, 2 और 3, भारतीय फ़िल्म-अध्ययन, भारतीय स्टार सिस्टम, रियलिटी टीवी, वृत्त-चित्र, सेलेब्रिटी, सोप ओपेरा, सिनेमाई यथार्थवाद, नव-यथार्थवाद, सोवियत सिनेमा, स्टार, हिंदी सिनेमा का समाजशास्त्र।

संदर्भ

1. रवि वासुदेवन (2010), द *मेलोड्रैमैटिक पब्लिक : फ़िल्म फ़ॉर्म ऐंड स्पेक्टेटरशिप इन इण्डियन सिनेमा,* परमानेंट ब्लैक, नयी दिल्ली.
2. एम. माधव प्रसाद (1998), 'इंट्रोडक्शन : द आइडियॉलॅजी ऑफ़ फ़ॉर्मल सब्सम्पशन', *आइडियॉलॅजी ऑफ़ हिंदी फ़िल्म : हिस्टोरिकल कंस्ट्रक्शन,* ऑक्सफ़र्ड युनिवर्सिटी प्रेस, 1998, नयी दिल्ली.
3. सुमिता एस. चक्रवर्ती (1993), नैशनल *आइडेंटिटी इन इण्डियन पाप्युलर सिनेमा, 1947-1987,* युनिवर्सिटी ऑफ़ टेक्सास प्रेस, ऑस्टिन.
4. के.एम. गोकुल सिंह और डब्ल्यू. दिसानायके (1999), *इण्डियन पाप्युलर सिनेमा : अ नैरेटिव ऑफ़ कल्चरल चेंज,* ट्रैंथमबुक्स, स्टैफ़ड्रशायर.

— अभय कुमार दुबे

विजयदेव नारायण साही

(Vijaydev Narayan Sahi)

हिंदी में नयी कविता-आंदोलन के प्रमुख सिद्धांतकार विजयदेव नारायण साही (1927-1982) पारम्परिक सैद्धांतिकता के अनुसरण में आस्था से अधिक नये सिद्धांतों की खोज और उनके विमर्श में विश्वास रखते थे। उनकी मान्यता थी कि नवीन चिंतन और सृजन नयी वैचारिक भूमि से ही उपजते हैं। वे यह भी ज़रूरी मानते थे कि पुराने सिद्धांतों के विश्लेषण में नयी समझ को जोड़ते चलना ज़रूरी है। 1959 में प्रकाशित अपनी कृति *जायसी* के माध्यम से उन्होंने समसामयिक आलोचना को गहरायी से प्रभावित किया। साही ने 'लघु मानव के बहाने हिंदी कविता पर बहस' शीर्षक से लिखे गये एक लम्बे निबंध में आलोचना के सरोकारों पर प्रकाश डालते हुए कहा कि आलोचना का काम साहित्यिक कृति की संवेदना को ज़बरदस्ती खींच कर पाठक तक पहुँचाना नहीं है। आलोचना पाठक को उसके वैचारिक और धारणात्मक पूर्वग्रहों के बावजूद उचित तत्परता की अवस्था में पहुँचाने का काम करती है ताकि वह उस ओर उन्मुख हो सके जहाँ से काव्य का 'प्रभाव' प्रवाहित हो रहा है। इस निबंध में लघुमानव-सिद्धांत की महत्त्व-प्रतिष्ठा करते हुए साही ने 'परम्परा' की नये ढंग से व्याख्या की। साही का कहना था कि 'आलोचना साहित्य का दर्शनशास्त्र है और उसका एक काम यह है कि वह संश्लिष्ट उत्तर का विश्लेषण करके उसकी सीमा रेखा को सुस्पष्ट और तीक्ष्ण बनाये।' अज्ञेय द्वारा सम्पादित *तीसरा सप्तक* (1959) के महत्त्वपूर्ण कवि और गाँधी-लोहिया विचार से प्रभावित विजयदेव नारायण साही इलाहाबाद में सक्रिय साहित्यकारों के परिमल समूह के प्रमुख सदस्य थे। उन्होंने 'मार्क्सवादी समीक्षा और उसकी कम्युनिस्ट परिणति' पर विचार करके हिंदी में प्रगतिशीलता के स्वरूप को प्रश्नांकित किया। साही के वैचारिक निबंधों, जैसे 'साहित्य और राजनीति', 'साहित्य में गतिरोध', 'साहित्यकार और उसका परिवेश', 'नितांत समसामयिकता का आग्रह' ने विचारोत्तेजन के लिए नयी पीढ़ी को काफ़ी सामग्री दी।

साही ने अपनी पुस्तक *जायसी* में जो स्थापनाएँ कीं, उन्हें कई आलोचकों ने 'अप्रत्याशित' माना। साही ने कहा *पद्मावत* सूफ़ी ग्रंथ नहीं है, भले ही उसमें सूफ़ीमत के तत्त्व कथा के प्रधान अंग के रूप में हैं। साही की निगाह में जायसी तो सूफ़ी कवि थे, सूफ़ी सिद्धांतकार नहीं। जायसी की मूल सर्जनात्मक वृत्ति के उद्घाटन के लिए साही ने 'पारदर्शी निर्वैयक्तिकता' जैसे नये प्रत्यय गढ़े हैं। उन्हें लगा कि जायसी 'अध्यात्मवादियों के बीच भौतिकवादी और भौतिकवादियों के बीच अध्यात्मवादी' हैं। इस तरह साही ने वह उद्घाटित किया है जो रामचंद्र शुक्ल और वासुदेवशरण अग्रवाल की 'दृष्टि से अलक्षित' रह गया था। उन्होंने प्रमाण देकर सिद्ध किया कि कैसे जायसी में अवधी पहली बार हिंदी भाषा के सहज काव्य-प्रवाह में बहने लगती है। इसलिए एक ख़ास अर्थ में जायसी हिंदी के पहले विधिवत् कवि हैं। साही ने कहा कि कबीर कवि नहीं थे, संत अधिक थे। जायसी सूफ़ी संत नहीं हैं, कुजात सूफ़ी हैं। इसीलिए सम्पूर्ण *पद्मावत* की सूफ़ी व्याख्या असम्भव है।

साही ने जायसी के सिंहल द्वीप को 'यूटोपिया' मानते हुए उसे उनके मूल्यबोध का महत्त्वपूर्ण अंग माना है। जायसी का सिंहल-द्वीप आधा स्वप्न, आधी वास्तविकता है। जायसी की समस्या है दो तरह की पौराणिकताओं का निषेध करके केवल विध्वंस को जन्म देना। इसी से समस्या को 'ट्रेजिक विज़न' मिलता है— जिसे साही 'विषादयोग' नाम दिया है। उनके अनुसार हठयोग की स्थापना भी जायसी की प्रमुख साधना नहीं है। रामचंद्र शुक्ल ने *पद्मावत* को भागवत प्रतीक के रूप में देखा और वासुदेव शरण अग्रवाल ने बिम्ब-प्रतिबिम्बवाद के रूप में या प्रतीकवाद के रूप में। साही ने 'पद्मावत का विश्लेषण' में कहा कि आलोचक का यह कर्त्तव्य होता है कि वह कलाकृति को सम्पूर्ण इकाई के रूप में देखकर 'पाठ विश्लेषण' करे। खण्डित दृष्टिवालों ने *पद्मावत* को तसव्वुफ़ के रूप में देखा तथा कृति के उत्तरार्द्ध को भुला दिया। यह भी भुला दिया कि फ़ारसी या उर्दू में मसनवी प्रबंध काव्य की कोई शैली नहीं है। जायसी ने पद्मिनी और गोरा-बादल की कथा इतिहास से न ले कर लोक से ली है। जायसी का युग इस्लामी सामंतवाद की रस्साकशी का युग है— लेकिन काव्य का रूप इस युग में यूनानी त्रासदी जैसा नहीं है। पद्मावती संस्कृति का एक प्रश्न है जिसका रूप-रंग भारतीय है।

'लघुमानव के बहाने हिंदी कविता पर एक बहस' में साही ने कहा कि पाठक रचना के पाठ में प्रवेश करके उसके 'प्रभाव' को जीता है किंतु रचना का सत्य रचना में ही निवास करता है। इस 'काव्य के प्रभाव' को स्पष्ट करने के लिए उन्होंने यंत्र-जगत की एक उपमा का प्रयोग किया : 'यंत्र जगत की एक स्थूल उपमा द्वारा हम यों कह सकते हैं कि रेडियो की सुई को उचित लहरमान पर ला कर लगा भर देना आलोचना का काम है, बाक़ी ट्रांसमीटर से आता हुआ गायन तो रेडियो सेट स्वयं पकड़ेगा। अब अगर कहीं से गायन आ ही न रहा हो या आवाज़ में गड़बड़ी हो, तो आलोचक गाने वाले के स्वर से स्वर मिलाकर गा नहीं सकता।' मार्क्सवादी आग्रहों पर टिप्पणी करते हुए साही ने मान्यता व्यक्त की कि 'सहज मनुष्य' की परिभाषा वैज्ञानिक न होकर सर्जनात्मक ही होगी। लेकिन इसका मतलब यह भी नहीं है कि परिभाषा की

ही न जाए। असीम होना हमारी विवशता है, लेकिन असीम को सीमा में लाकर विचार करना हमारी दृष्टि है। साहित्य कभी सहज मनुष्य को नहीं पकड़ता – उस केंद्रित कालबद्ध मनुष्य पर जाल फेंकता है जो सहज आभासित होता है। इसलिए 'लघुमानव' को 'सहज मानव' का विरोधी होना कुछ जँचता नहीं है। 'लघु मानव' के प्रति एक आपत्ति यह रही है कि यह कल्पना मनुष्य की महत्ता या महानता का निषेध करती है— मनुष्य में जो श्रेष्ठ एवं विराट है उसके संबंध को तोड़ देती है। जयशंकर प्रसाद का उदाहरण देते हुए साही ने माना कि वे यथार्थ को लघु से और आदर्श को महत् से जोड़ देते हैं। प्रसाद ही क्यों, सारे छायावाद की कोशिश इस भेद को मिटाने की रही। इसी वज़न पर 'यथार्थोन्मुख आदर्शवाद' और 'आदर्शोन्मुख यथार्थवाद' की गढ़ंत हुई है। दरअसल, लघु की कल्पना महत् का निषेध नहीं करती।

साही ने 'शमशेर की काव्यानुभूति की बनावट' पर मौलिक चिंतन किया। इस निबंध का हिंदी आलोचना में अविस्मरणीय महत्त्व है। इसका मूल विचार यह है कि कविता में जब बदलाव आता है तब उसका फ़ॉर्म ही नहीं बदलता, अनुभूति (कंटेंट) भी बदलती है। साही के मुताबिक़ 'नयी कविता की बहसों में यह मान्यता अंतर्भूत रही है कि न सिर्फ़ कविता का ऊपरी कलेवर बदला है या नये प्रतीकों, या बिम्बों या शब्दावली की तलाश हुई है, बल्कि गहरे स्तर पर काव्यानुभूति की बनावट में ही परिवर्तन आ गया है। लेकिन बहस में इस पर बल कम दिया गया है। चेतना के जो तत्त्व काव्यानुभूति के आवश्यक अंग दिखते थे, उनमें से कुछ अनुपयोगी या असार्थक दिखने लगे, कुछ अन्य जो पहले अनावश्यक या विरोधी लगते थे, काव्यानुभूति के केंद्र में आ गये। कुल मिलाकर काव्यानुभूति और जीवन की काव्येतर अनुभूतियों में जो रिश्ता दिखता था, वह रिश्ता भी बदल गया।' साही के अनुसार शमशेर बहादुर सिंह ने वक्तव्य 'सारे प्रगतिवाद के पक्ष में दिये हैं, कविताएँ उन्होंने बराबर वह लिखीं जो प्रगतिवाद की कसौटी पर खरी नहीं उतरतीं। इसलिए 'शमशेर की कविता के प्रतिमान की ज़रूरत नहीं है, बल्कि कविता के नये प्रतिमान की ज़रूरत है'।

साही ने अज्ञेय को प्रसाद की परम्परा से जोड़ते हुए कहा कि 'यदि परम्परा हमेशा परिवर्तन और वैपरीत्य की दिशाओं में फूटती हुई चलती है, तो अज्ञेय, आगे के इतिहासकार को प्रसाद की 'परम्परा' में ही दिखलायी पड़ेंगे।' प्रसाद और अज्ञेय की समानताएँ उन्हें चकित करती हैं। अज्ञेय की व्याख्या करते हुए साही ने लिखा कि 'प्राकृतिक गति, मानवीय संकल्प, वर्जित स्पर्श और अनुभूति की अर्थवत्ता आदि के संदर्भ में अज्ञेय मनुष्य की एक ऐसी तस्वीर प्रस्तुत करते हैं जो प्रसाद के पैटर्न के बहुत निकट होती हुई भी बहुत भिन्न है। अनुभूति और दर्शन के संबंध का अनुसंधान अज्ञेय का भी उद्देश्य है। लेकिन इसके लिए वे प्रसाद के रास्ते को बिल्कुल उलट देते हैं और एक नयी राह निकालते हैं। यह उलटना बच्चन से भिन्न ढंग का है। यदि हम हीगेलवादी शब्दावली का उपयोग करें तो यों कह सकते हैं कि, छायावाद और बच्चन आदि के मानवीय रूपों की थीसिस, एंटीथीसिस की सिंथीसिस अज्ञेय की चेतना में प्रकट हो रही है। यों वैपरीत्य भी एक प्रकार का साधर्म्य है। प्रसाद जी का सत्य एक दार्शनिक सत्य है जो 'मान्य' अथवा 'आस्था सम्मत' मूल्यों के समान हमारे मानस में सूक्ष्म रूप से वर्तमान रहता है। अज्ञेय का सत्य साक्षात्कार का एक क्षण है – एक द्वीप है जिसे हम भीतर के जड़ और चेतन के संकल्पित संयोग से अनुभूत करते हैं। इस प्रकार *कामायनी* में जो अनुभूति दर्शन में परिवर्तित हो जाती थी- उसे अज्ञेय फिर दर्शन से अनुभूति में परिवर्तित करते हैं। कविता संबंधी हमारी धारणाओं में इससे गहन परिवर्तन हो जाता है— विशेषतया अनुभूति की सार्वजनिकता को लेकर।'

साही ने यह विचार भी उठाया कि चूँकि सभी रचनाकारों की मनोभूमि एक सी नहीं होती, इसलिए मनोभूमि की अभिव्यक्ति भी एक जैसी नहीं होती। उनके अनुसार 'छायावाद की मनोभूमि के कवि, प्रगतिवाद की मनोभूमि से अलग तरह के हैं। छायावादी 'परिवर्तनवादी' हैं, लेकिन मेटाफ़िज़िक्स के साथ। जबकि मेटाफ़िज़िक्स उतनी अनुभव की विद्या नहीं है जितनी काव्यात्मक मुद्रा। छायावादी कवियों को लगता है कि मेटाफ़िजिक्स होना ही भारतीय संस्कृति परम्परा से जुड़ जाना है। आश्चर्य की स्थिति यह है कि छायावाद के वाद का न सिर्फ़ बहिर्जगत अध्यात्मविहीन है, बल्कि अंतर्जगत भी आध्यात्मिक नहीं है। हिंदुस्तान के इतिहास में पहली बार यह हुआ कि भीतर पैठने पर 'आत्मा' के दर्शन नहीं हुए। नयी कविता की आध्यात्मिकता उस अर्थ में आध्यात्मिक नहीं है जिस अर्थ में छायावाद की 'आंतरिकता'। प्रश्न उठता है कि इस आध्यात्मिक मुद्रा का विनाश किसने किया? पहले पापियों में आज के कवि-कथाकार नहीं आयेंगे। 'जड़ खोदने का काम तो दिनकर, बच्चन, भगवतीचरण वर्मा आदि ने ही शुरू किया था। अज्ञेय या उनके साथ या बादवालों ने तो सिर्फ़ मट्ठा ही डाला।'

साही कहते हैं कि मेटाफ़िजिकल तत्त्व गाँधी के चिंतन की शैली में विद्यमान हैं। सत्याग्रह युग के दो विशाल आच्छादन हैं— गाँधी और रवींद्रनाथ। दोनों उस मनोभूमि के निर्माता हैं जहाँ सत्त्व और सत्य तक पहुँचने का रास्ता एक सा है। उपन्यासकार की कलाकृति की तरह गाँधी का मनुष्य इतिहास के भीतर भी है और कालबद्ध भी, कालातीत भी। सत्य को अंतर्ध्वनित होते हुए पकड़ना— यह शैली गाँधी की है। छायावाद की चर्चा में अक्सर युरोपीय रोमांटिसिज़म का नाम चिपका दिया जाता है। पर साही ने हिंदी के सत्याग्रह युग पर रोमांटिक विशेषण लगाने से परहेज़ किया है।

साही की दो पुस्तकों *लोकतंत्र की कसौटियाँ* तथा

वर्धमान और पतनशील ने लोकतंत्र को साहित्य-चिंतन में स्थापित किया है। उनकी लिखी क़ानून की पुस्तकें पढ़ कर महिला बुनकरों और मज़दूरों की लड़ायी सुप्रीम कोर्ट तक लड़ी जाती रही। सोशलिस्ट पार्टी के शिक्षण-शिविरों में उनके भाषण होते थे। नरेंद्र देव के चिंतन से प्रेरणा पाकर साही जी ने समता और स्वतंत्रता की मूल्य-चेतना के अनेक पक्षों पर पहली बार हिंदी आलोचना में अपने देशी तर्कों से विचार किया। लोहिया-जयप्रकाश नारायण पर दिये गये उनके भाषण नयी पीढ़ी के लिए प्रेरणा के स्रोत रहे हैं। अंग्रेज़ी के प्रोफ़ेसर साही ने *आलोचना* तथा *नयी कविता* का कुछ समय तक सम्पादन भी किया। उनके दो काव्य-संग्रह *मछली घर* तथा *साखी* बहुचर्चित हुए। उन्होंने 'सेकुलर ऐंड नॉनसेकुलर ट्रेंडस इन नार्थ इण्डियन लिटरेचर' तथा 'वेस्टर्निज़म ऐंड कल्चरल चेंज इन इण्डिया' जैसी रचनाएँ भी कीं।

देखें : अष्टछाप, 'अंग्रेज़ी हटाओ' आंदोलन, गजानन माधव मुक्तिबोध-1 और 2, छायावाद, डायग्लॉसिया, नंद दुलारे वाजपेयी, नगेंद्र और सैद्धांतिक समीक्षा, नयी कविता, नामवर सिंह, पाश्चात्य काव्यशास्त्र, प्रेमचंद, प्रयोगवाद, प्रगतिवाद, भक्ति आंदोलन-1 और 2, भक्ति-काव्य-1 और 2, भारतेंदु हरिश्चंद्र, भारतेंदु युग-1 और 2, भाषा नियोजन-1 से 4 तक, भाषा के मार्क्सवादी सिद्धांत, महादेवी वर्मा, महावीर प्रसाद द्विवेदी, मीरांबाई और प्रेमाभक्ति, राहुल सांकृत्यायन, रामानुजाचार्य, रामानंद, रामचंद्र शुक्ल-1 और 2, रामविलास शर्मा, राष्ट्रीय-सांस्कृतिक कविता, रीतिकाल-1 और 2, वैष्णव धर्म, श्याम सुंदर दास, सम्पर्क भाषा-1 से 4 तक, सगुण और निर्गुण-1 और 2, संस्कृत काव्यशास्त्र, संविधान सभा में भाषा-विवाद-1, 2 और 3, संत-काव्य, सिद्ध-नाथ परम्परा, सूफ़ीयत और प्रेमाख्यान, हजारी प्रसाद द्विवेदी, हिंदी विरोधी आंदोलन, हिंदी जाति-1 से 3 तक, हिंदी साहित्य का आदिकाल, हिंदी साहित्य का इतिहास, हिंदी साहित्य का इतिहास : नये परिप्रेक्ष्य, हिंदी-पद्य में इतिहास, हिंदी-जगत और 'लोकप्रिय'-1 और 2, हिंदी नवजागरण, हिंदी-संस्थाएँ।

संदर्भ

1. रामस्वरूप चतुर्वेदी (1993), *हिंदी साहित्य और संवेदना का विकास*, लोकभारती प्रकाशन, इलाहाबाद.
2. विजयदेव नारायण साही (1987), *छठवाँ दशक*, हिंदुस्तानी अकादमी, इलाहाबाद.
3. विजयदेव नारायण साही (1983), *जायसी*, हिंदुस्तानी अकादमी, इलाहाबाद.
4. विजयदेव नारायण साही (1991), *लोकतंत्र की कसौटियाँ*, हिंदुस्तानी अकादमी, इलाहाबाद.
5. विजयदेव नारायण साही (1991), *वर्धमान और पतनशील*, वाणी प्रकाशन, नयी दिल्ली.
6. विजयदेव नारायण साही (1993), *साखी*, वाणी प्रकाशन, नयी दिल्ली.

— कृष्णदत्त पालीवाल

विजयलक्ष्मी पण्डित

(Vijaylakshmi Pandit)

स्वाधीनता सेनानी, राजनेता और राजनयिक विजयलक्ष्मी पण्डित (1900-1990) झाँसी की रानी लक्ष्मीबाई से प्रेरित और सरोजिनी नायडू से प्रभावित हो कर असहयोग आंदोलन में कूदीं। 1932 में एक साल तक अंग्रेज़ हुकूमत द्वारा दिया गया कठोर कारावास भुगतने के बाद वे 1940 में और फिर 1942 के भारत छोड़ो आंदोलन में अपनी भागीदारी के चलते जेल गयीं। संयुक्त राष्ट्र महासभा की पहली महिला अध्यक्ष के पद पर सुशोभित होने वाली विजयलक्ष्मी पण्डित ने सैन फ्रांसिस्को में हुई संयुक्त राष्ट्र की पहली बैठक में भी भाग लिया। इण्डियन कौंसिल ऑफ़ वर्ल्ड एफ़ैयर्स के प्रतिनिधिमण्डल की नेता के रूप में विजयलक्ष्मी ने अमेरिका के हॉट स्प्रिंग्स में आयोजित पेसिफ़िक रिलेशंस कांफ्रेंस में भी हिस्सा लिया। मोतीलाल नेहरू की बेटी और जवाहरलाल नेहरू की बहिन होने के बावजूद विजयलक्ष्मी ने अपने विख्यात पिता और भाई की छत्रछाया से अलग अपने व्यक्तित्व की रचना की। वे 1936 और 1946 में संयुक्त प्रांत की विधानसभा के लिए चुनी जा कर मंत्रिपद पाने वाली पहली महिला बनीं। आज़ादी के बाद वे राजनयिक सेवा की सदस्य बनीं और कई देशों (सोवियत संघ, अमेरिका, मैक्सिको, आयरलैण्ड और स्पेन) में भारत के राजदूत की भूमिका निभायी। महाराष्ट्र की राज्यपाल रहने के बाद विजयलक्ष्मी पण्डित ने संसद का चुनाव भी जीता। वे अपनी भांजी और प्रधानमंत्री इंदिरा गाँधी की नीतियों की कठोर आलोचक थीं।

विजयलक्ष्मी के पिता और उपनिवेशवाद विरोधी आंदोलन की प्रमुख हस्ती मोतीलाल नेहरू के परिवार में वैभव और ऐश्वर्य की कोई कमी नहीं थी। मोतीलाल स्वयं भी ब्रिटिश व्यवस्था, रहन-सहन व खान-पान के घोर समर्थक थे। लेकिन जवाहरलाल नेहरू द्वारा गाँधी के सम्पर्क में आने के बाद पूरे परिवार ने स्वाधीनता आंदोलन में भरपूर योगदान दिया। अपने आधुनिक दृष्टिकोण और राष्ट्रीयता के प्रति प्रतिबद्धता के कारण इस परिवार की स्त्रियों ने भी स्वाधीनता आंदोलन में हिस्सा लिया। जवाहरलाल नेहरू की माता स्वरूप रानी, बहनें विजय लक्ष्मी और कृष्णा, पत्नी कमला और बेटी इंदिरा ने आंदोलन में कोई न कोई भूमिका निभायी।

18 अगस्त, 1900 को इलाहाबाद में जन्म के समय विजयलक्ष्मी का नाम स्वरूप कुमारी था जो विवाह के समय बदल कर विजयलक्ष्मी हो गया। विजयलक्ष्मी का बचपन

विजयलक्ष्मी पण्डित (1900-1990)

पाश्चात्य संस्कृति और अनुशासन के समर्थक पिता और भारतीय संस्कृति व धार्मिकता से जुड़ी माँ के बीच में रह कर बड़े गुज़ारने का मौक़ा मिला। मोतीलाल नेहरू ने अपनी लड़कियों की पाश्चात्य तरीक़े की देखभाल और शिक्षा के लिए अपने घर पर एक युरोपियन गवर्नेस रखी हुई थी। उन्होंने अपनी बेटियों को अंग्रेज़ी के अलावा घुड़सवारी और खेलकूद में भी भाग लेने किया उत्साहित किया। घर पर ही उनके संस्कृत व हिंदी के अध्ययन के व्यवस्था भी की। मोतीलाल के इलाहाबाद स्थित घर आनंद भवन में उस समय के ब्रिटिश अधिकारियों के अलवा दिग्गज भारतीय राजनीतिक नेता भी नियमित रूप से आते रहते थे। उनकी चर्चाओं का विजयलक्ष्मी पर भी काफ़ी असर पड़ा। 1917 में ब्रिटिश प्रशासन ने जब एनी बेसेंट को नज़रबंद कर दिया तो मोतीलाल नेहरू एवं जवाहरलाल नेहरू ने इस क़दम का खुल कर विरोध किया। जवाहरलाल नेहरू इलाहाबाद में होम रूल लीग के संस्थापक सचिव बने। उस समय मात्र 16 वर्ष की आयु में विजयलक्ष्मी भी इस लीग की सदस्य बनना चाहती थीं लेकिन कम उम्र के कारण उन्हें एक स्वयंसेवक के रूप में लीग के कार्यालय में चिट्ठियों पर पते लिखने और लोगों के संदेश लेने का काम दिया गया। इसी साल विजयलक्ष्मी की चचेरी बहन रामेश्वरी नेहरू ने इलाहाबाद विश्वविद्यालय में एक राजनीतिक सभा का आयोजन किया जिसमें भारतीय मूल के मज़दूरों के साथ दक्षिण अफ्रीका में हो रहे अत्याचारों का विरोध किया गया था। विजयलक्ष्मी को एक स्वयंसेवक के रूप में इस सभा में भाग लेने का अवसर मिला। 1919 में अमृतसर के जलियाँवाला बाग में प्रदर्शनकारी भारतीयों पर सैनिकों की गोलीबारी के बाद हुए राष्ट्रीय आंदोलन में गाँधी और नेहरू परिवार के बीच सम्पर्क बढ़ा। इसके साथ ही अपने बाक़ी परिवार की तरह विजयलक्ष्मी ने भी वैभवशाली जीवन-शैली के स्थान पर सादगीपूर्ण जीवन अपनाने का निर्णय किया।

1921 में विजयलक्ष्मी ने पोरबंदर के एक बैरिस्टर और महात्मा गाँधी के अनुयायी रंजीत सीताराम पण्डित से विवाह किया। विवाह के बाद पति-पत्नी ने संयुक्त रूप से स्वतंत्रता आंदोलन में हिस्सा लेना शुरू कर दिया और असहयोग आंदोलन, स्वदेशी आंदोलन और विदेशी वस्तुओं के बहिष्कार जैसे अभियानों में भागीदारी की। स्वतंत्रता संग्राम के दौरान सविनय अवज्ञा आंदोलन में भाग लेने के कारण 1931 में विजय लक्ष्मी पण्डित को 18 महीने के लिए जेल की सज़ा दी गयी थी। जेल से छूट कर उन्होंने इलाहाबाद नगर पालिका का चुनाव लड़ा और भारी बहुमत से जीत कर नगर पालिका शिक्षा समिति की अध्यक्ष नामांकित हुईं। उन्होंने शहर में शिक्षा के प्रसार के लिए अनेक नये कार्यक्रमों की शुरुआत की। 1937 में विजयलक्ष्मी ने संयुक्त प्रांत (उत्तर प्रदेश) में कानपुर शहर से विधानसभा का चुनाव जीता और उन्हें स्वास्थ्य और लोक-प्रशासन विभाग का मंत्री नियुक्त किया गया। विजय लक्ष्मी भारत में मंत्रीपद सँभालने वाली पहली महिला थी। स्वास्थ्य मंत्री के रूप में उन्होंने सारे प्रदेश के ग्रामीण क्षेत्रों में जन-स्वास्थ्य के लिए नये उपायों की शुरुआत की और लोक-प्रशासन मंत्री के रूप मेंने भारत में पहली बार विधायिका में पंचायती राज्य अधिनियम प्रस्तुत किया। 1940 से 1942 के दौरान विजयलक्ष्मी अखिल भारतीय महिला सम्मलेन की अध्यक्ष भी रहीं। 1942 के भारत छोड़ो आंदोलन में भाग लेने के कारण उन्हें गिरफ़्तार करके नैनीं जेल भेज दिया गया। ख़राब स्वास्थ्य के चलते विजयलक्ष्मी को नौ माह के बाद जेल से छोड़ दिया गया। छूटने के तुरंत बाद ख़राब स्वास्थ्य के बावजूद उन्होंने 1943 के बंगाल के भीषण अकाल में राहत कार्यों में भाग लिया और अखिल भारतीय महिला सम्मलेन के तत्त्वावधान में बच्चों को बचाने के लिए एक सहयोग निधि की स्थापना भी की।

1944 में विजयलक्ष्मी के पति का असामयिक निधन हो गया। विजयलक्ष्मी पर अपनी तीनों बेटियों की देख भाल की ज़िम्मेदारी पहले से ही थी जिसे वे अपने राजनीतिक-सामाजिक दायित्वों के साथ ही निभा रही थीं। रंजीत सीताराम पण्डित ने क़ानूनी वसीयत नहीं छोड़ी थी और उनके केवल तीन बेटियाँ ही थीं। अतः रंजीत पण्डित की सारी सम्पति हिंदू संयुक्त परिवार के नियमों के अंतर्गत उनके भाई को मिल गयी। विजयलक्ष्मी और उनकी बेटियों

को कुछ भी नहीं दिया गया। विजयलक्ष्मी के लिए यह बेहद कठिन समय था। उनके भाई और मार्गदर्शक जवाहरलाल नेहरू भी उस समय क़ैद में थे और पिता मोतीलाल नेहरू का पहले ही निधन हो चुका था। विजयलक्ष्मी पण्डित ने अपने प्रयासों और भारतीय महिला सम्मलेन के माध्यम से हिंदू उत्तराधिकार क़ानून में परिवर्तन की माँग उठायी जो बहुत समय बाद हिंदू कोड बिल के रूप में सामने आयी।

विजयलक्ष्मी पारम्परिक भारतीय विधवा जैसा जीवन नहीं स्वीकार किया। वे सार्वजनिक कार्यों में अपना योगदान करती रहीं। गाँधी के निर्देश पर तेज़ बहादुर सप्रू के नेतृत्व में गठित वैश्विक मामलों की भारतीय परिषद के साथ वे अमेरिका की यात्रा पर गयीं और वर्जिनिया में प्रशांत क्षेत्रीय सम्मलेन में भारतीय स्वतंत्रता का पक्ष प्रस्तुत किया। अमेरिका के अपने इस दौरे में विजयलक्ष्मी पण्डित ने सैन फ्रांसिस्को में आयोजित संयुक्त राष्ट्र का चार्टर बनाने हेतु दक्षिण एशिया का प्रतिनिधित्व किया और भारत में औपनिवेशक शासन और इसके रंगभेदी आचरण को नये विश्व संगठन और सभ्य समाज के लिए एक नैतिक चुनौती बताया। अमेरिका से वापसी के बाद विजयलक्ष्मी पण्डित भारत के नये संविधान की रचना के लिए गठित संविधान सभा के लिए संयुक्त प्रदेश से सदस्य चुनी गयीं। 1946-47 के दौरान वे एक बार फिर इसी प्रांत की स्वास्थ्य तथा लोक-प्रशासन विभाग की मंत्री बनायी गयीं।

स्वतंत्र भारत में विजयलक्ष्मी ने एक कुशल राजनायिक की भूमिका निभायी, अंतर्राष्ट्रीय संगठनों और विदेशों में भारत का प्रतिनिधित्व किया, राजदूत के रूप में उन्होंने भारत के अत्यंत प्रमुख साझीदारों जैसे सोवियत रूस, अमेरिका, मैक्सिको, आयरलैण्ड, इंग्लैण्ड और स्पेन में भारतीय विदेश नीति के अनुरूप योगदान दिया। सोवियत रूस में विजयलक्ष्मी पण्डित के कार्यकाल को साधारण ही माना जाता है, क्योंकि कठोर व नियंत्रित स्तालिनवादी व्यवस्था में विजय लक्ष्मी पण्डित के मुक्त और आज़ाद विचारों के बीच समन्वय असम्भव था। 1952 में भारत के पहले आम चुनावों में विजय लक्ष्मी पण्डित को लोक सभा का सदस्य निर्वाचित किया गया। 1953 में विजयलक्ष्मी को संयुक्त राष्ट्र की आम सभा का अध्यक्ष नियुक्त किया गया। वे यह गौरव प्राप्त करने वाली विश्व की पहली महिला और पहली एशियाई थीं। संयुक्त राष्ट्र में विजयलक्ष्मी ने मानवाधिकारों की सुरक्षा के लिए बेहद गम्भीर रुख अपनाया और दक्षिण अफ्रीका की रंगभेदी नीतियों का तीव्र विरोध किया।

ऐसा समझा जाता था कि अपनी कूटनीतिक ज़िम्मेदारियों के बाद भारत लौटने पर उन्हें उप-राष्ट्रपति नियुक्त किया जाएगा लेकिन कांग्रेस के आंतरिक राजनीतिक समीकरणों के चलते उन्हें महाराष्ट्र का राज्यपाल नियुक्त किया गया। 1964 में जवाहरलाल नेहरू के निधन से रिक्त हुए फूलपुर लोकसभा क्षेत्र से विजयलक्ष्मी पण्डित ने चुनाव जीता और 1964 से 68 तक लोकसभा की सदस्य रहीं। नेहरू के बाद प्रधानमंत्री बने लाल बहादुर शास्त्री ने इंदिरा गाँधी को अपने मंत्रिमण्डल में शामिल होने का न्यौता दिया तो इंदिरा गाँधी ने शास्त्री के तहत काम करने से मना कर दिया। लेकिन जब शास्त्री ने अपने मंत्रिमण्डल में विजयलक्ष्मी को शामिल करने की योजना बनायी तो इंदिरा गाँधी फ़ौरन मंत्रिमण्डल में आने के लिए राज़ी हो गयीं। 1968 के बाद बदले हुए राजनीतिक परिवेश में विजय लक्ष्मी पण्डित ने सार्वजनिक जीवन से अवकाश ले लिया और देहरादून में रहने लगीं। 1975 में जब इंदिरा गाँधी ने देश में आपातकाल लागू करके सारे नागरिक अधिकारों को निलंबित कर दिया तो विजयलक्ष्मी पण्डित ने अपने अपनी भतीजी का सार्वजनिक रूप से विरोध किया। 1977 के आम चुनावों में विजयलक्ष्मी पण्डित ने इंदिरा गाँधी के ख़िलाफ़ पूरी ताक़त से चुनाव प्रचार में हिस्सा लिया। लेकिन विजयी जनता पार्टी सरकार में उन्होंने कोई पद, सम्मान या लाभ स्वीकार नहीं किया। एक दिसम्बर, 1990 को उनका देहरादून में निधन हुआ।

देखें : अरुणा आसफ़ अली, आनंदीबाई जोशी, उपनिवेशवाद विरोधी आंदोलन में स्त्री-नेतृत्व-1 और 2, कमला देवी चट्टोपाध्याय, दलित-नारीवाद, पण्डिता रमाबाई सरस्वती, महादेवी वर्मा, दुर्गाबाई देशमुख, रमाबाई रानाडे, संतोष कुमारी देवी।

संदर्भ

1. विजय लक्ष्मी पण्डित (1979), *द स्कोप ऑफ़ हैप्पीनेस : अ पर्सनल मेमॉयर*, वाईडेनफ़ैल्ड एवं निकलसन, लंदन.
2. एंड्रूज़ रोबर्ट हार्वी (1967), अ *लैंप फ़ॉर इण्डिया : द स्टोरी ऑफ़ मैडम पण्डित*, बार्कर, लंदन.
3. वेरा ब्रिटेन (1965), *एन्वोय एक्स्ट्रा आर्डिनरी : अ स्टडी ऑफ़ विजय लक्ष्मी पण्डित ऐंड हर कॉन्ट्रिब्यूशंस टू मॉडर्न इण्डिया*, एलन एवं उनविन , लदन.

— रवि दत्त वाजपेयी

वितरणमूलक न्याय

(Distributive Justice)

वितरणमूलक न्याय का सिद्धांत माँग करता है कि समाज में धन-सम्पत्ति, सुविधाओं और वस्तुओं का आबंटन समता के आग्रह की रोशनी में करने से ही न्याय की शर्तें पूरी हो सकती हैं। इस लिहाज़ से वितरणमूलक न्याय के पैरोकार जीवन-स्तर और सम्पत्ति के स्वामित्व की विषमता जैसे पहलुओं पर ग़ौर करते हुए उन्हें मानवाधिकारों, मानवीय गरिमा और सर्वसाधारण के हितों की पूर्ति के साथ जोड़ते हैं। यह सिद्धांत तर्क देता है कि राज्य और समाज का समृद्ध हिस्सा ज़रूरतमंद लोगों की मदद करने की ज़िम्मेदारी से मुँह नहीं मोड़ सकता। उनकी अपील होती है कि सरकारें अधिक आमदनी पर अधिक टैक्स लगाएँ और इस ज़रिये मिले राजस्व को लोक-कल्याण के कार्यक्रमों पर ख़र्च करें। इस सिद्धांत के कई पहलू हैं जिन पर ग़ौर करना ज़रूरी है। जैसे, जिन वस्तुओं का वितरण किया जाना है वे कौन सी हैं, जिन लोगों को उनका वितरण किया जाना है वे कौन हैं, और वे कौन-कौन से आधार हैं जिनकी बिना पर वितरण किया जाना चाहिए। आम तौर पर जिनका वितरण किया जाता है उन्हें आमदनी, सम्पत्ति और अवसरों के रूप में परिभाषित किया जाता है। जिन्हें वितरण किया जाना है वे व्यक्ति और समुदाय भी हो सकते हैं, संस्थाएँ भी और राज्य भी। वितरण का आधार समता हो सकती है, संघवाद हो सकता है और बाज़ार का तंत्र भी हो सकता है। उदारतावादी चिंतक जॉन रॉल्स ने वितरणमूलक न्याय के प्रश्न पर गम्भीरता से ग़ौर करके उसका सकारात्मक सूत्रीकरण किया है। लेकिन, स्वतंत्रतावादी चिंतक, अनुदारवादी सिद्धांतकार और बाज़ारवादी अर्थशास्त्रियों ने वितरणमूलक न्याय की कड़ी आलोचना की है।

चाहे पूँजीवाद हो, समाजवाद हो या कोई और आर्थिक प्रणाली हो, तक़रीबन सभी व्यवस्थाओं में किसी न किसी प्रकार सम्पत्ति के एक हाथ से दूसरे हाथ में स्थानांतरण का प्रावधान होता है। अर्थात् हर व्यवस्था वितरण की किसी न किसी योजना पर चलती है। व्यवस्था का चरित्र इस बात से तय होता है कि वितरण के दौरान किससे ले कर किसे दिया जा रहा है। वितरणमूलक न्याय के पक्ष में सर्वाधिक सहज तर्क सामाजिक और आर्थिक समता के पैरोकारों का है। इस दलील के मुताबिक़ उसूलन हर व्यक्ति के पास वस्तुओं और सेवाओं का समान स्तर होना चाहिए। सभी समान आदर के अधिकारी हैं और यह शर्त पूरी करने के लिए ज़रूरी है कि उनके पास स्वामित्व और अवसरों की संख्या और मात्रा समान हो।

इस सिलसिले में पिगू-डाल्टन सिद्धांत उल्लेखनीय है। इसके अनुसार अमीर से लेकर ग़रीब को देने से विषमता घटती है बशर्ते अमीर व्यक्ति ग़रीब का स्थान लेने के लिए मजबूर न हो और ग़रीब का स्तर बेहतर हो जाए। यह सिद्धांत यह नहीं मानता कि सम्पत्ति के पुनर्वितरण से आर्थिक प्रगति पर विपरीत असर ही पड़ेगा। ह्यू डाल्टन कहते हैं कि दोनों तरह के प्रभाव पड़ सकते हैं, लेकिन हर हालत में सामूहिक कल्याण की स्थिति बेहतर ही होगी।

वितरणमूलक न्याय के कुछ पैरोकारों की मान्यता है कि इसके ज़रिये घटने वाली विषमताओं से कुल मिला कर दूरगामी तौर पर आर्थिक संकट के अंदेशे घटते हैं जिसका परिणाम अर्थव्यवस्था में अधिक सार्वजनिक आस्था में निकलता है। कींसियन अर्थशास्त्रियों और कुछ मार्क्सवादी अर्थशास्त्रियों ने भी वितरणमूलक न्याय के पक्ष में इसी तरह के तर्क दिये हैं।

राजनीतिक सिद्धांत के क्षेत्र में समता के उसूल का बेहद परिष्कृत सूत्रीकरण करते हुए जॉन रॉल्स ने अपनी पुस्तक *ए थियरी ऑफ़ जस्टिस* में एक ऐसी परिस्थिति कल्पित की है जिसमें हर व्यक्ति स्वतंत्रता के सर्वाधिक विस्तृत उस स्वरूप को चुनेगा जो दूसरों की स्वतंत्रता के पूरी तरह से अनुकूल हो। रॉल्स के मुताबिक़ ऐसे लोग सामाजिक और आर्थिक विषमताओं का विन्यास इस प्रकार करेंगे कि सबसे कम लाभान्वित होने वाले को सर्वाधिक लाभ हो सके, और निष्पक्ष समानता व अवसर की परिस्थितियों के तहत सभी के लिए पद और हैसियत प्राप्त करने के मौक़े खुले रहें।

न्याय का यह सिद्धांत काफ़ी-कुछ भारतीय संविधान द्वारा अपनाये गये न्याय के सिद्धांत से मेल खाता है। हमारा संविधान इस बुनियादी अवधारणा को मान कर चलता है कि अगर समाज के सबसे ज़्यादा कमज़ोर लोगों के लिए न्याय हासिल करना है तो समानता के कुछ मानकों से हटने के सुचिंतित उपाय करने पड़ेंगे। इस लिहाज़ से संविधान में औपचारिक समानता के कुछ पहलुओं को छोड़ने वाले प्रावधान किये गये हैं ताकि ऐतिहासिक रूप से वंचित समूहों को लाभान्वित करने की परिस्थितियाँ पैदा की जा सकें। आरक्षण की नीति एक ऐसा ही उपाय है।

वितरणमूलक न्याय का एक और प्रचलित आधार लोक-कल्याण है। इसका मुख्य तर्क उपयोगितावादी सिद्धांत से निकलता है। यह दर्शन कल्याण की समता पर विचार करता है। इसके प्रतिपादक जेरेमी बेंथम कल्याण को सुख के रूप में देखते हैं जो किसी के जीवन में पीड़ा के ऊपर आनंद के अधिशेष के रूप में परिभाषित होता है।

लेकिन उपयोगितावाद के आलोचकों का कहना है कि आजकल सुख की परिभाषा नये तरीक़े से दी जाने लगी है। इसके मुताबिक़ हर किसी के जीवन पर कल्याण का कम या

ज़्यादा प्रभाव होता है, और उसी के मुताबिक़ उसकी कामनाएँ और प्राथमिकताएँ संतुष्ट हो पाती हैं। उसी हिसाब से वह अपने जीवन को बेहतर और कमतर मानता है। इस लिहाज़ से जो समाज कल्याण के समान वितरण में यक़ीन करेगा, वह इस बात की चिंता नहीं करेगा कि व्यक्तिगत रूप से लोगों को कितने संसाधन मिल रहे हैं और उनके आधार पर लोग अपनी प्राथमिकताओं की कितनी पूर्ति कर पा रहे हैं। लेकिन, अगर कल्याण को प्राथमिकताओं का पर्याय मान लिया जाएगा तो उस लिहाज़ से किया गया वितरण संसाधनों की विषमता को जन्म देगा। ऐसा समाज मानेगा कि महँगी कार चलाने वाले और साइकिल पर चलने वाले का कल्याण समान रूप से हो रहा है। परिणामस्वरूप विवाद पैदा होगा कि महँगी कार का शौक़ रखने वाले का ख़र्च समाज को क्यों उठाना चाहिए? इसी तरह समाज के संसाधनों को एक जुआरी के जोखिम की भरपाई करने का आश्वासन क्यों देना चाहिए, और कार मैकेनिक बनने की इच्छा रखने वाले के प्रशिक्षण पर होने वाला अपेक्षाकृत कम ख़र्च उठाने पर ज़ोर क्यों नहीं देना चाहिए? ज़ाहिर है कि इस प्रकार के कल्याण की समता न्याय, आत्म-सम्मान और भाईचारे की नैतिक कसौटियों पर खरी नहीं उतर सकती। कई उदारतावादियों ने इस पर आपत्ति की है। वे इसके आधार पर सामाजिक-आर्थिक नीतियाँ बनाने के पक्ष में नहीं हैं।

योग्यता को वितरण का आधार बनाने की तजवीज़ भी की गयी है। इस प्रस्ताव के मोटे तौर पर तीन पहलू हैं : लोगों को अधिक आबंटन का पुरस्कार सामाजिक उत्पादन में उनके योगदान के मूल्य के आधार पर दिया जाना चाहिए, लोगों को उनके प्रयास के आधार पर पुरस्कृत किया जाना चाहिए, और श्रम करते समय लगने वाली लागत के आधार पर आबंटन तय किया जाना चाहिए। ज़ाहिर है कि वितरणमूलक न्याय का यह प्रस्ताव अपने तीनों आयामों में इस बात पर निर्भर करता है कि लोगों के योगदान, प्रयास और लागत को कैसे नापा जाए।

उपयोगितावाद के संदर्भ से कुछ-कुछ स्पष्ट हो जाता है कि अनुदारवादी, स्वतंत्रतावादी और नियोक्लासिकल अर्थशास्त्र के समर्थक वितरणमूलक सिद्धांत को नापसंद करते हैं। उनकी निगाह में अमीर से लेकर ग़रीब को देने की प्रक्रिया न्याय न हो कर वैध तरीक़ों से हासिल की गयी सम्पत्ति की चोरी है। इसी तरह पब्लिक च्वॉयस थियरी का दावा है कि वितरणमूलक न्याय का असली लाभ वे समुदाय और हित-समूह उठाते हैं जिनके पास राजनीतिक ताक़त आ जाती है। वे सरकारी खर्चे और नीतियों को अपने पक्ष में मोड़ लेते हैं और असली ज़रूरतमंदों तक उन्हें नहीं पहुँचने देते।

वितरणमूलक न्याय के ख़िलाफ़ पीओयूएम हायपोथैसिस (प्रॉस्पेक्ट्स ऑफ़ अपवार्ड मोबिलिटी) भी पेश की गयी है। इसके मुताबिक़ औसत से कम आमदनी वाले लोग भी लोक-कल्याण के नाम पर लगाये गये टैक्सों को नापसंद करते हैं। इन टैक्सों से उनकी अपने प्रगति करने की क्षमता पर विपरीत असर पड़ता है।

देखें : अधिकार, अधिकार : सैद्धांतिक यात्रा, अरस्तू, अफ़लातून, अनुदारतावाद, अराजकतावाद, अन्य-अन्यीकरण, उदारतावाद, उपयोगितावाद, एडमण्ड बर्क, क्रांति, ज्याँ ज़ाक रूसो, जॉन लॉक, जेरेमी बेंथम, जॉन स्टुअर्ट मिल, जॉन रॉल्स, थॉमस हॉब्स, थॉमस पेन, न्याय, न्याय : नारीवादी आलोचना, न्याय : रॉल्स का सिद्धांत, राजनीति में व्यक्ति की भूमिका, नागरिकता, नागरिकता : अन्य परिप्रेक्ष्य-1 और 2, नागर समाज, पनोप्टिकॉन, प्रतिनिधित्व, प्रगति, प्रगति : आलोचनात्मक परिप्रेक्ष्य, प्रशासन, फ़ासीवाद, फ्रेड्रिख़ वॉन हायक, बहुसंस्कृतिवाद, बहुसंख्यकवाद, बहुसंख्यक-अल्पसंख्यक, बुद्धिवाद, माइकेल जोसेफ़ ओकशॉट, माइकिल वाल्ज़र, मिशेल पॉल फ़ूको-1 और 2, यूटोपिया, राजनीतिक और राजनीति, राजनीतिक दर्शन के नारीवादी आयाम-1 और 2, राजनीतिक मनोविज्ञान, राजनीतिक समाजशास्त्र, राज्य-1 और 2, रॉबर्ट नॉज़िक, राज्य-1 और 2, राष्ट्र-राज्य, राष्ट्र : सांस्कृतिक या राजनीतिक, राष्ट्रवाद, राष्ट्रवाद का इतिहास, लोकतंत्र, लोकतंत्र की आलोचनाएँ, व्यक्तिवाद, व्यवहारवाद, विल किमलिका, सविनय अवज्ञा, स्वतंत्रतावाद, सर्वसत्तावाद, सम्प्रभुता, समाजवाद, सरकारियत, सामाजिक समझौता, हेनरी डेविड थोरो।

संदर्भ

1. सेमूल मेलमान (सम्पा.) (1958), *इंस्पेक्शन फ़ॉर डिसआर्मामेंट,* कोलंबिया युनिवर्सिटी प्रेस, न्यूयॉर्क.
2. अल्वा मिर्डाल (1978), *द गेम ऑफ़ डिसआर्मामेंट : हाउ द यूनाइटिड स्टेट्स ऐंड रशिया रन द आर्म्स रेस,* पेंथियन, न्यूयॉर्क.

— अभय कुमार दुबे

विदेशी-द्वेष

(Xenophobia)

इस अवधारणा का सीधा ताल्लुक़ यूनानी इतिहास से है। यूनानी भाषा में ज़ेनोस शब्द का मतलब है 'अजनबी' या 'विदेशी' और फ़ोबोस का मतलब है 'डर'। यूनानी किसी भी तरह के ग़ैर-यूनानियों को विदेशी-द्वेष के तहत अर्धमानव के रूप में चित्रित करते थे। यह प्रवृत्ति यूनानियों के बीच उस ज़माने में पनपी जब उनकी संस्कृति और सभ्यता ने ग़ैर-यूनानी समाजों को प्रभावित करना शुरू किया। इसी दौर में ग़ैर-यूनानियों के साथ होने वाली अन्योन्यक्रिया के कारण उन्हें अपनी संस्कृति को विदेशी प्रभाव से सुरक्षित रखने की ज़रूरत महसूस हुई जिसका परिणाम ज़ेनोफ़ोबिया में

निकला। वैसे तो फ़ोबिया का अर्थ है भीति या डर, पर ज़ेनोफ़ोबिया के संदर्भ में फ़ोबिया भीति से अधिक घृणा का अर्थ देता है। किसी भी तरह से बाहरी, विदेशी, विजातीय या 'अन्य' समझे जाने वाले लोगों के प्रति स्थानीय वासियों की अरुचि और घृणा को विदेशी-द्वेष की संज्ञा दी जाती है। ज़ेनोफ़ोबिया के एहसास के तहत 'अन्य' की श्रेणी में आने वालों को स्थानीय समाज में भागीदारी देने से इनकार किया जाता है। ज़ेनोफ़ोबिया का निशाना बाहर से आने वाले सैलानी नहीं बनते, क्योंकि वे कुछ दिनों बाद लौट जाते हैं। विदेशी-द्वेष के प्रमाण प्राचीन संस्कृतियों में भी मिलते हैं। यूनान का उदाहरण ऊपर दिया जा चुका है। विदेशी-द्वेष की अनुभूति उन हमलावरों के प्रति भी पैदा होती है जो विजित प्रदेशों में बस कर वहीं के समाज में भागीदारी की कोशिश करते हैं। भारतीय समाज में विदेशी आक्रांताओं को 'म्लेच्छ' के रूप में चिह्नित करने को इसके एक उदाहरण के रूप में लिया जा सकता है।

मनोविज्ञान ज़ेनोफ़ोबिया को 'पोस्ट ट्रॉमेटिक डिस्ट्रेस डिसऑर्डर' के रूप में परिभाषित करता है। इसके लिए दो उदाहरण दिये जाते हैं : एक गौरांग महिला पर एक काला व्यक्ति हमला करता है जिसके कारण उसकी रीढ़ की हड्डी में चोट लग जाती है। इसके बाद वह महिला सड़क पर जब भी किसी काले व्यक्ति को देखती है उस पर घबराहट का दौरा पड़ता है। वह वहीं फुटपाथ पर गिर कर गुड़ी-मुड़ी हो जाती है। वियतनाम युद्ध में लड़ने गया एक सिपाही वियेतकांग गुरिल्लों के हाथों अपने एक साथी की निर्मम हत्या देखता है। इसके बाद वह जब भी किसी मंगोल नस्ल के व्यक्ति को देखता है तो उसे नफ़रत के दौरे पड़ने लगते हैं। दोनों ही उदाहरणों में विदेशियों के प्रति डर और नफ़रत की अनुभूति किसी भी तरह से तर्कसंगत नहीं है।

आधुनिक युग में आबादियों द्वारा बड़े पैमाने पर एक भौगोलिक और सांस्कृतिक क्षेत्र से दूसरे सांस्कृतिक क्षेत्र में जीवन-अवसरों की तलाश में आवाजाही करने और सम्भावना वाले इलाक़ों में स्थायी रूप से बस जाने की प्रतिक्रिया विदेशी-द्वेष के रूप में होती है। विदेशी-द्वेष किसी न किसी रूप में समुदायों और समाजों के मानस का अंग रहा है। इस लिहाज़ से यह उदारतावाद और समाजवाद जैसी सार्वभौम विचारधाराओं के लिए हमेशा चुनौती की तरह उभरता है। पिछली दो सौ सालों में उपनिवेशवाद, नस्लवाद और राष्ट्रवाद की राजनीतिक परिघटनाओं ने भी ज़ेनोफ़ोबिया को बल दिया है। जिन समाजों में पारम्परिक संरचनाएँ भंग हो जाती हैं, वहाँ विदेशी-द्वेष की प्रवृत्तियाँ आसानी से पनपने लगती हैं। जर्मनी में 1918 के बाद और पूर्वी युरोप में नब्बे के दशक में कम्युनिज़्म के पराभव के बाद ज़ेनोफ़ोबिया के प्रभाव की शिनाख़्त की गयी थी।

ज़ेनोफ़ोबिया की संरचनाओं को समझने के लिए ज़रूरी है कि उससे मिलती-जुलती समझी जाने वाली अन्य संरचनाओं से उसके फ़र्क़ की शिनाख़्त कर ली जाए। फ़्रांसीसी भाषा के शब्द शावनिज़्म और अंग्रेज़ी के शब्द जिंगोइज़्म अत्यधिक देशभक्ति या राष्ट्रीय गौरव की उग्र भावना के द्योतक हैं। इस लिहाज़ से इन नकारात्मक संरचनाओं के पास कुछ सकारात्मक आधार भी माना जा सकता है। पर विदेशी-द्वेष पूरी तरह नकारात्मक है। दूसरी तरफ़ ज़ेनोसेंट्रिज़्म ज़ेनोफ़ोबिया का विलोम है। ज़ेनोसेंट्रिज़्म (विदेश-केंद्रितता) सांस्कृतिक आधार पर बनी हुई एक ऐसी प्रवृत्ति है जिसके तहत लोग विदेशी संस्कृतियों को अपनी संस्कृति के मुक़ाबले अधिक महत्त्व देने लगते हैं। विदेश-केंद्रितता की धारणा लोगों में इस यक़ीन को जन्म देती है कि जो कुछ विदेशी है वही बेहतर है। अपने समाज, जीवन-शैली, उत्पाद, विचार और प्रौद्योगिकी को कमतर समझा जाने लगता है। तीसरी दुनिया के विकासशील देशों में अक्सर मध्यवर्ग के कुछ बेचैन तत्त्व अगर ज़ेनोफ़ोबिया के शिकार रहते हैं तो कुछ दूसरे तत्त्व ज़ेनोसेंट्रिज़्म के। इसी तरह विदेशी-द्वेष नस्लवाद भी नहीं है। अगर कोई भिन्न नस्ल का है, तो ज़रूरी नहीं कि उसकी गिनती विजातीय के रूप में की जाए। नस्लवादी घृणा की संरचना विदेशी-द्वेष से अलग होती है। एक ही नस्ल के लोग एक-दूसरे के प्रति विदेशी-द्वेष से पीड़ित हो सकते हैं। मसलन, भारत में महाराष्ट्रियायी और उत्तर भारतीयों में प्रजातीय तौर पर कोई फ़र्क़ नहीं है। पर उत्तर भारतीयों के ख़िलाफ़ मुम्बई में विदेशी-द्वेष की स्पष्ट झलक देने वाली मुहिमें चलायी जाती रहती हैं।

संयुक्त राज्य अमेरिका के इतिहास में विदेशी-द्वेष के प्रचुर उदाहरण उपलब्ध हैं। चूँकि अमेरिकी समाज की संरचना ही तरह-तरह के आप्रवासी समूहों से हुई है इसलिए वहाँ अट्ठारहवीं सदी में आयरलैण्डवासियों के ख़िलाफ़, उन्नीसवीं सदी में एशियावासियों के ख़िलाफ़, बीसवीं सदी में लातीनी अमेरिका के वासियों और जापानियों के ख़िलाफ़ विदेशी-द्वेष भरी मुहिमें चलती रही हैं।

विदेशी-द्वेष का सबसे घिनौना उदाहरण युरोप का है जहाँ यहूदियों को इस अनुभूति के तहत बुरी तरह सताया गया। एंटी-सेमेटिज़्म के आग्रहों के कारण उन्हें मानवाधिकारों से वंचित किया गया और फ़ासिस्टों ने उन्हें जाति-संहार का शिकार भी बनाया जिसे 'होलोकास्ट' के नाम से जाना जाता है। 1989 में बर्लिन दीवार के गिरने के बाद भी जर्मनी में विदेशी-द्वेष के कई प्रकरण हो चुके हैं। आप्रवासी समूहों को जर्मनों की तरफ़ से हिंसक हमलों का सामना करना पड़ा है। ऑस्ट्रेलिया में भारत से पढ़ाई करने जाने वाले छात्र भी विदेशी-द्वेष से फ़ूटने वाली हिंसा का शिकार बने हैं।

उपनिवेशवाद से पीड़ित समाजों के लोग उपनिवेशित करने वालों के प्रति विदेशी-द्वेष की अनुभूतियाँ बना लेते हैं। भारत में गोरों को फ़िरंगी (फ़िरंग रोग से ग्रस्त) कहना इसका प्रमाण है। उन्नीसवीं सदी के शुरू में लातीनी अमेरिका में स्पैनियों और पुर्तगालियों के प्रति घृणा पायी जाती थी। इस भावना का उपयोग राष्ट्रीय एकीकरण और नये राष्ट्रों में राष्ट्रवाद की भावना सुदृढ़ करने में भी किया गया। मैक्सिको में स्पैनवंशियों पर दंगाई भीड़ हमले करती रही है, उनकी सम्पत्ति लूटी जाती रही है। कई जगह पूर्व उपनिवेशों से स्पेनियों को निष्कासित भी किया गया है। ब्राज़ील में पुर्तगालियों को स्थानीय वासियों द्वारा सताये जाने के प्रकरण प्रकाश में आये हैं। ख़ास तौर से आज़ादी मिलने के बाद पहले दशक में पुर्तगालियों के राजनीतिक प्रभाव से पैदा होने वाली चिढ़ की इस विदेशी-द्वेष में भूमिका थी। उन्नीसवीं सदी और बीसवीं सदी के शुरुआती सालों में पुर्तगाल से ब्राज़ील की तरफ़ होने वाले सतत आव्रजन ने भी इस विदेशी-द्वेष को बढ़ावा दिया था।

देखें : अधिकार, अधिकार : सैद्धांतिक यात्रा, अरस्तू, अफ़लातून, अनुदारतावाद, अराजकतावाद, अन्य-अन्यीकरण, उदारतावाद, उपयोगितावाद, एडमण्ड बर्क, क्रांति, ज्याँ ज़ाक रूसो, जॉन लॉक, जेरेमी बेंथम, जॉन स्टुअर्ट मिल, जॉन रॉल्स, थॉमस हॉब्स, थॉमस पेन, न्याय, न्याय : नारीवादी आलोचना, न्याय : रॉल्स का सिद्धांत, राजनीति में व्यक्ति की भूमिका, नागरिकता, नागरिकता : अन्य परिप्रेक्ष्य-1 और 2, नागर समाज, पनोप्टिकॉन, प्रतिनिधित्व, प्रगति, प्रगति : आलोचनात्मक परिप्रेक्ष्य, प्रशासन, फ़ासीवाद, फ्रेड्रिख़ वॉन हायक, बहुसंस्कृतिवाद, बहुसंख्यकवाद, बहुसंख्यक-अल्पसंख्यक, बुद्धिवाद, माइकेल जोसेफ़ ओकशॉट, माइकिल वाल्ज़र, मिशेल पॉल फ़ूको-1 और 2, यूटोपिया, राजनीतिक और राजनीति, राजनीतिक दर्शन के नारीवादी आयाम-1 और 2, राजनीतिक मनोविज्ञान, राजनीतिक समाजशास्त्र, राज्य-1 और 2, रॉबर्ट नॉज़िक, राज्य-1 और 2, राष्ट्र-राज्य, राष्ट्र : सांस्कृतिक या राजनीतिक, राष्ट्रवाद, राष्ट्रवाद का इतिहास, लोकतंत्र, लोकतंत्र की आलोचनाएँ, व्यक्तिवाद, व्यवहारवाद, विल किमलिका, वितरणमूलक न्याय, सविनय अवज्ञा, स्वतंत्रतावाद, सर्वसत्तावाद, सम्प्रभुता, समाजवाद, सरकारियत, सामाजिक समझौता, हेनरी डेविड थोरो।

संदर्भ

1. डेल टी. नोबेल (1996), *अमेरिका फ़ॉर द अमेरिकंस: द नेटिविस्ट मूवमेंट इन द यूनाइटेड स्टेट्स*, ट्वाइन, न्यूयॉर्क, 1996
2. दीपंकर गुप्ता (1982), *नेटिविज़्म इन मेट्रोपोलिस*, मनोहर पब्लिशर्स, नयी दिल्ली.
3. जॉन चार्ल्स चेस्टीन (2000), *बोर्न इन ब्लड ऐंड फ़ायर : अ कंसाइज़ हिस्ट्री ऑफ़ लैटिन अमेरिका*, डब्ल्यू.डब्ल्यू. नॉर्टन, न्यूयॉर्क, 2000

— अभय कुमार दुबे

विद्याबेन शाह

(Vidyaben Shah)

विद्याबेन शाह (1922-) को बाल कल्याण और स्त्री-अधिकारों के क्षेत्र में अभिनव प्रयोगों एवं संस्थानीकरण में अपने अनूठे योगदान के लिए जाना जाता है। बहिनजी के सम्बोधन से परिचित विद्याबेन ने परिवार कल्याण, नागरिक प्रशासन, ललित कला और संस्कृति, विकलांग, वरिष्ठ नागरिकों के कल्याण, पुनर्वास तथा राहत कार्य के लिए कार्यरत संगठनों के साथ आजीवन काम किया। उन्होंने सरकारी व निजी संस्थाओं और व्यक्तियों के बीच पारस्परिक सहयोग की एक ऐसी व्यवस्था बनायी जिससे पूरे देश में सामाजिक कार्यों के लिए नेतृत्व की एक प्रणाली विकसित की जा सके। 1948 में राजकोट में उन्हें बाल न्यायालय का मानद मजिस्ट्रेट नियुक्त किया गया। इस पद पर उन्होंने अगले आठ साल काम किया। इस कार्यकाल के दौरान उन्होंने बाल अपराधियों के प्रति एक सहानुभूतिपूर्ण दृष्टिकोण विकसित करके इन बच्चों के पुनर्बारा और समुचित देखभाल के बारे में गम्भीरता से काम करना शुरू किया। इसका परिणाम विद्याबेन द्वारा 1958 में राजकोट में भारत के पहले बाल भवन की स्थापना के रूप में निकला। यह भारत में बाल भवन आंदोलन का अग्रदूत था।

1956 में जब मनुभाई शाह को केंद्रीय मंत्रिमण्डल में स्थान मिला तो विद्याबेन भी उनके साथ नयी दिल्ली आयीं जहाँ उनके सामाजिक कार्यों का और विस्तार हुआ। 1954 में इंदिरा गाँधी ने नयी दिल्ली में असहाय, अनाथ और उपेक्षित बच्चों को समुचित सुरक्षा व देखभाल के उद्देश्य से बाल सहयोग संस्था स्थापित की थी। भारत के प्रधानमंत्री इस संस्था के पदेन संरक्षक बनाये गये थे। नयी दिल्ली आने के साथ ही विद्याबेन शाह बाल सहयोग से जुड़ गयीं। इस संस्था का मुख्य कार्य उन किशोर अपराधियों का पुनर्वास था जो नयी दिल्ली के ग़रीब इलाक़ों से आते थे और अस्वस्थ सामाजिक परिवेश और अशांत पारिवारिक वातावरण के कारण अपराधी बनते जा रहे थे। बाल सहयोग ऐसे बच्चों को एक नया वातावरण देने के उद्देश्य से बनाये गये एक घर की तरह था जहाँ हर बच्चे को सुरक्षित बचपन देकर उनकी बौद्धिक, व्यावहारिक और आध्यात्मिक क्षमताओं को विकसित किया जाना था ताकि वे एक सार्थक वयस्क जीवन जीते हुए राष्ट्र-निर्माण में योगदान कर सकें। विद्याबेन की देख-रेख में न केवल बाल सहयोग संस्था का विकास हुआ बल्कि इसकी गतिविधियों से अनेक बच्चों को अपना जीवन सँवारने का अवसर मिला। बाल कल्याण में विद्याबेन के योगदान को देखते हुए उन्हें भारतीय बाल कल्याण परिषद का

अध्यक्ष बनया गया और इस पद पर वे क़रीब बारह साल तक रहीं। अपने कार्यकाल में उन्होंने भारतीय बाल कल्याण परिषद में कई नयी योजनाओं का क्रियान्वयन किया और अनेक अंतर्राष्ट्रीय मंचों पर भारत का प्रतिनिधित्व भी किया। विद्याबेन ने भारतीय बाल कल्याण परिषद को बच्चों की देखभाल और संरक्षण के क्षेत्र में नवाचार के लिए एक केंद्र के रूप में विकसित करते हुए भारत के राष्ट्रीय क़ानूनों में बच्चों की गरिमा और अधिकारों को शामिल करने की वकालत की।

1960 में विद्याबेन शाह नयी दिल्ली गुजराती समाज की अध्यक्ष बनीं। उनके नेतृत्व में इस संस्था ने कई शैक्षणिक, सांस्कृतिक व सामाजिक महत्त्व के कार्य किये। अपने अध्यक्षीय कार्यकाल उन्होंने एक उच्च विद्यालय और एक अतिथि गृह का निर्माण किया। इस अथिति गृह में बहुत कम शुल्क पर नयी दिल्ली में बाहर से आने वाले ज़रूरतमंद लोगों और छात्रों के रहने की व्यवस्था है। नयी दिल्ली में सांस्कृतिक गतिविधियों को बढ़ावा देने के लिए उन्होंने गाँधी सांस्कृतिक केंद्र भी स्थापित किया।

विद्याबेन शाह (1922-)

1973 में जब वे नयी दिल्ली महानगर पालिका की उपाध्यक्ष थीं तो उन्होंने स्कूली शिक्षा के क्षेत्र में एक नया प्रयोग किया। सरकारी विद्यालयों में भी निजी स्कूलों जैसी पढ़ाई व अन्य सुविधाओं के लिए उन्होंने नवयुग शैक्षणिक संस्था की स्थापना की ताकि आर्थिक रूप से कमज़ोर बच्चों को भी उच्च स्तरीय शिक्षा दी जा सके। पहला नवयुग विद्यालय नयी दिल्ली के सरोजिनी नगर में शुरू किया गया और इसे स्कूल फ़ॉर गिफ्टेड चिल्ड्रेन की संज्ञा दी गयी। इस स्कूल में आर्थिक रूप से पिछड़े पर प्रतिभा सम्पन्न बच्चों को प्रवेश मिला। कुछ ही समय में नयी दिल्ली में ग्यारह नवयुग विद्यालय स्थापित चलने लगे। संगीत, नृत्य और चित्रकला के लिए नयी दिल्ली के विख्यात त्रिवेणी कला संगम के निर्माण हेतु कोष जुटाने में भी विद्याबेन शाह ने अग्रणी भूमिका निभायी। इसी तरह नयी दिल्ली के अनूठे सरदार पटेल विद्यालय के संचालन में भी विद्याबेन शाह का प्रमुख हाथ था। सरदार पटेल विद्यालय की सबसे अनोखी बात उसमें शिक्षण का माध्यम है। नर्सरी से पाँचवीं कक्षा तक पढ़ाने का माध्यम हिंदी है, जबकि छठी से लेकर बारहवीं कक्षा में शिक्षण का माध्यम अंग्रेज़ी है। कक्षा छह और सात के बीच के विद्यार्थियों को उर्दू, तमिल, बंगाली और गुजराती जैसी चार क्षेत्रीय भाषाओं में से एक भाषा को जानने का अवसर भी मिलता है। भारतीय विद्या भवन के नयी दिल्ली केंद्र की स्थापना में भी विद्याबेन शाह ने भरपूर योगदान दिया।

दो साल बाद वे नयी दिल्ली महानगर पालिका की स्त्री अध्यक्ष मनोनीत हुईं। इस पद पर आने वाले वे पहली. ग़ैरसरकारी व्यक्ति थीं। अपने कार्यकाल में उन्होंने नयी दिल्ली में आर्थिक रूप से कमज़ोर वर्गों, विशेष रूप से गंदी बस्ती के बच्चों और स्त्रियों की उन्नति के लिए कई परियोजनाओं की शुरुआत की। इन परियोजनाओं में बेसहारा बच्चों के लिए घर, परित्यक्त बच्चों के लिए घर, कामकाजी स्त्रियों के लिए हॉस्टल और मानसिक रूप से विकलांग लोगों के लिए पुनर्वास केंद्र भी शामिल हैं। 1995 में विद्याबेन शाह को केंद्रीय समाज कल्याण बोर्ड का अध्यक्ष मनोनीत किया गया। अपने तीन साल के कार्यकाल में उन्होंने इस संस्था की हुलिया दुरुस्त करने के लिए कई प्रयास किये। उन्होंने बोर्ड को और व्यापक बनाने के लिए परिवार परामर्श केंद्र, कामकाजी स्त्रियों के लिए हॉस्टल, स्त्रियों के लिए व्यावसायिक प्रशिक्षण तथा शिशुओं के देखभाल केंद्र जैसी नयी सुविधाओं की शुरुआत की। उनका प्रयास था कि परिवार परामर्श केंद्र तथा कामकाजी स्त्रियों के लिए छात्रावास और हॉस्टल जैसी सुविधाएँ भारत के हर ज़िले में उपलब्ध हों।

अपनी बढ़ती उम्र के बावजूद विद्याबेन शाह सामाजिक सरोकार के कार्यों में आज भी पूरी तरह से सक्रिय हैं। 2007 में उन्हें सामाजिक न्याय और समान अधिकारों के मुद्दे पर विचार करने के लिए गठित संसद की स्थायी समिति में सदस्यता के लिए आमंत्रित किया गया। भारतीय संसद ने बुज़ुर्ग माता-पिता और वरिष्ठ नागरिकों के कल्याण और देखभाल संबंधित विधेयक पर सलाह हेतु विद्याबेन शाह को आमंत्रित किया। वे वरिष्ठ नागरिक सेवा फ़ोरम की अध्यक्ष भी रही हैं और वरिष्ठ नागरिकों के अधिकारों व सुविधाओं के लिए आज भी कार्यरत हैं।

गुजरात के एक छोटे से कस्बे जेतपुर में 7 नवम्बर, 1922 को शिक्षाविद ब्रजलाल शाह और चम्पाबेन के घर विद्याबेन का जन्म हुआ। वे जब सन् 1942 में जब स्नातक की परीक्षा दे रही थीं तभी भारत छोड़ो आंदोलन का सूत्रपात हुआ। जागरूक और देशभक्त विद्याबेन इस आन्दोलन से जुड़ गयीं। 1940 में उनकी मुलाक़ात एक अत्यंत प्रतिभाशाली कैमिकल इंजिनियर और स्वतंत्रता सेनानी मनुभाई शाह से हुई। दोनों का विवाह 1945 में ही हो पाया क्योंकि इस दौर में मनुभाई शाह का अधिकतर समय स्वतंत्रता आंदोलन में भाग लेने के कारण अंग्रेज़ी सरकार के कारावास में बीता। स्वतंत्र भारत में मनुभाई शाह जवाहरलाल नेहरू, लाल बहादुर शास्त्री और इंदिरा गाँधी की सरकारों में कैबिनेट मंत्री रहे। विद्याबेन ने राष्ट्रीय आपदाओं में राहत प्रदान करने में अग्रणी

भूमिका निभायी है। सत्तर के दशक में बिहार में बाढ़ और आंध्र प्रदेश के चक्रवात-पीड़ित लोगों की मदद के लिए उन्होंने धन-संग्रह का व्यापक अभियान चलाया। 1984 में भारत की तत्कालीन प्रधानमंत्री इंदिरा गाँधी की हत्या के बाद नयी दिल्ली में भड़की हिंसा और आगजनी रोकने के लिए उन्होंने शांति यात्रा आयोजित की। 2002 में गुजरात में गोधरा दंगों के बाद अपनी बढ़ती उम्र के बावजूद विद्याबेन ने गुजरात के विभिन्न ज़िलों में शांति और साम्प्रदायिक सद्‌भाव की स्थापना हेतु यात्राएँ कीं।

देखें : अरुणा आसफ़ अली, आनंदीबाई जोशी, उपनिवेशवाद विरोधी आंदोलन में स्त्री-नेतृत्व-1 और 2, कमला देवी चट्टोपाध्याय, दलित-नारीवाद, पण्डिता रमाबाई सरस्वती, महादेवी वर्मा, दुर्गाबाई देशमुख, रमाबाई रानाडे, विजय लक्ष्मी पण्डित, संतोष कुमारी देवी।

संदर्भ

1. विजय कौशिक और बेला रानी शर्मा (1998), *इनसाइक्लोपीडिया ऑफ़ ह्यूमन राइट्स ऐंड डिवेलपमेंट : वर्ल्ड डिवेलपमेंट ऐंड वर्ल्ड डिवेलपमेंट*, सरूप ऐंड संज़, नयी दिल्ली.
2. सिम्मी जैन (2003), *इनसाइक्लोपीडिया ऑफ़ वुमॅन थ्रू द एजेज़ : पीरियड ऑफ़ फ्रीडम स्ट्रगल*, कल्पज़ पब्लिकेशंस, दिल्ली.
3. 'बाल कल्याणासाठी समर्पित जीवन', दैनिक एक्य, 1 फरवरी, 2013, एचटीटीपी://डब्ल्यूडब्ल्यूडब्ल्यू.दैनिक एक्य.कॉम/20130201/5216949982722910574.एचटीए, 10 अगस्त, 2013 को देखा.

— रवि दत्त वाजपेयी

विनायक दामोदर सावरकर

(Vinayak Damodar Savarkar)

हिंदुत्व के राजनीतिक दर्शन का सूत्रीकरण करने वाले विनायक दामोदर सावरकर (1883-1966) को भारत में हिंदू-राष्ट्रवादी आंदोलन के वैचारिक पितामह की हैसियत प्राप्त है। जुझारू स्वाधीनता सेनानी, क्रांतिकारी, राजनेता, मराठी के सिद्ध रचनाकार, ओजस्वी वक्ता और अपने ब्रिटिश विरोधी कारनामों के कारण 'वीर' की उपाधि से विभूषित सावरकर ऐसे पहले सिद्धांतकार थे जिन्होंने 1857 के सिपाही विद्रोह की भारत के प्रथम स्वतंत्रता संग्राम के रूप में शिनाख़्त की। वे कांग्रेस और गाँधी के नेतृत्व में चले उपनिवेशवाद विरोधी आंदोलन से कभी सहमत नहीं रहे। सावरकर द्वारा प्रवर्तित सांस्कृतिक राष्ट्रवाद का हिंदूवादी संस्करण अगर बीसवीं सदी के पूर्वार्ध में लोकप्रिय ज़मीन हासिल कर लेता तो आज के भारत की शक्ल-सूरत एकदम अलग होती। उनकी परिकल्पना में मुसलमानों के राजनीतिक प्रतिनिधियों द्वारा की जाने वाली समकक्षता की दावेदारी के लिए कोई जगह नहीं थी। हिंदुत्व के विचार का लक्ष्य कांग्रेस द्वारा प्रतिपादित भू-क्षेत्रीय राष्ट्रवाद की अवधारणा ख़ारिज करते हुए निचली जातियों द्वारा की जाने वाली माँगों को नज़रअंदाज़ करके हिंदू-समाज की राजनीतिक एकता हासिल करने का था। सावरकर अपने जीवन में सफल नहीं हुए, लेकिन उनकी वैचारिक प्रेरणाओं के आधार पर गठित राष्ट्रीय स्वयंसेवक संघ और उसके संगठनों ने लोकतांत्रिक राजनीति के दायरे में एक हद तक कामयाबी अवश्य हासिल की है।

प्रशिक्षित इतिहासकार न होने के बावजूद सावरकर ने मराठी में इतिहास की तीन महत्त्वपूर्ण पुस्तकें रचीं जो अंग्रेज़ी में अनूदित हो कर बहुचर्चित हुईं। 1909 में पहली किताब *द इण्डियन वार ऑफ़ इण्डिपेंडेंस 1857* लंदन में प्रकाशित हुई जिसे अंग्रेज़ों ने तुरंत प्रतिबंधित कर दिया। इस समय तक सावरकर हिंदू-एकता के पैरोकार नहीं बने थे। उपनिवेशीकरण के ख़िलाफ़ सभी भारतीय समुदायों की एकता की वकालत करने वाले इस ग्रंथ को मादाम भीखाजी कामा के प्रयासों से हालैण्ड, फ्रांस और जर्मनी में प्रकाशित किया गया। विद्रोहियों के नेता मौलवी अहमद शाह की प्रशंसा करते हुए सावरकर ने इस पुस्तक में लिखा था कि इस बहादुर मुसलमान का जीवन बताता है कि इस्लाम में गहरी आस्था और भारत की मिट्टी के प्रति समर्पण और प्रेम के बीच कोई अंतर्विरोध नहीं है। एक मुसलमान अपनी इस मातृभूमि के लिए जान देने में गर्व का अनुभव कर सकता है।

लेकिन सावरकर के ये विचार 1920 तक बदल चुके थे। इस परिवर्तन की पृष्ठभूमि में आम्बेडकर के नेतृत्व में निरंतर लोकप्रिय हो रही निचली जातियों की दावेदारियाँ थीं जिनसे महाराष्ट्र की ज़मीन पर ब्राह्मणों का सामाजिक वर्चस्व संकटग्रस्त हो गया था। दूसरे, आर्य समाज आंदोलन द्वारा चलायी जाने वाली शुद्धि और संगठन की मुहिम ने महाराष्ट्र में भी हिंदू पुनरुत्थानवाद के लिए माहौल तैयार कर दिया था। तीसरे, कांग्रेस-ख़िलाफ़त गठजोड़ की नाकामी और गाँधी द्वारा असहयोग आंदोलन वापस लिए जाने के बाद देश में जगह-जगह साम्प्रदायिक दंगे फूट पड़े थे।

सावरकर की बदली हुई समझ की ठोस अभिव्यक्ति उनकी जेल में लिखी गयी 1923 की पुस्तक *हिंदुत्व : हू इज़ अ हिंदू ?* में देखी जा सकती है। भारत को सभी समुदायों के एकताबद्ध राष्ट्र के बजाय केवल हिंदुओं के राष्ट्र की तरह पेश करने वाली यह पुस्तक हिंदू और हिंदूपन को ग़ैर-धार्मिक और कर्मकाण्डीय संदर्भों में परिभाषित करते हुए सांस्कृतिक और राजनीतिक अस्मिता प्रदान करती है। हिंदू-

विनायक दामोदर सावरकर (1883-1966)

राष्ट्रवादियों को गहरायी से प्रभावित करने वाली इस पुस्तक के मुताबिक़ हिंदू वह है जो भारत की धरती को अपनी पितृभूमि के साथ-साथ पुण्यभूमि भी मानता हो। 'हिंदू पॉलिटी' या हिंदू-राजतंत्र के तीन बुनियादी आधारों की व्याख्या करते हुए उन्होंने सबसे पहले दिखाया कि धर्म राष्ट्रीयता का निर्णायक लक्षण है अर्थात् धर्म बदलने का मतलब है राष्ट्रीयता बदल लेना। दूसरे, सावरकर ने जाति, धर्म और भाषा जैसे विभेदों को नज़रअंदाज़ करते हुए सिक्खों, बौद्धों, लिंगायतों और जैनों को भी हिंदू दायरे में बेहिचक शामिल करके हिंदू दायरे का विस्तार कर दिया। तीसरे, उन्होंने कहा कि मुसलमान, यहूदी और ईसाई इस धरती को अपनी पितृभूमि तो कह सकते हैं पर यह उनकी पुण्यभूमि नहीं है इसलिए वे भारतीय राष्ट्र के अनिवार्य अंग नहीं बन सकते।

सावरकर के अनुसार राष्ट्रवाद को बहुसंख्यक समुदाय के राष्ट्रीय सम्प्रदायवाद के रूप में ही परिभाषित किया जा सकता है। बहुसंख्यकों के इस राष्ट्र में धार्मिक अल्पसंख्यकों के साथ सत्ता मे साझेदारी सम्भव थी, पर उसकी कुछ शर्तें थीं। सावरकर का कहना था कि एकताबद्ध भारत की रचना में अल्पसंख्यकों का सहयोग लेने के बदले हिंदू उन्हें विधायिकाओं, नौकरियों और नागरिक-सार्वजनिक जीवन में समान अधिकार और प्रतिनिधित्व देने के लिए तैयार हो सकते हैं, बशर्ते वे किसी तरह की विशेष सुविधा या प्रोत्साहन की माँग न करें। अल्पसंख्यक धार्मिक और सांस्कृतिक सुरक्षा के अधिकारों का उपभोग कर सकते हैं, पर उन्हें हिंदुओं के ख़िलाफ़ किसी भी तरह का आक्रामक रवैया अपनाने से बाज़ आना होगा।

अगले साल 1924 में इसी राजनीतिक विचारधारा के आधार पर सावरकर ने *सिक्स ग्लोरियस चैप्टर्स ऑफ़ इण्डियन हिस्ट्री* की रचना की। इस पुस्तक ने सिक्खों को मुसलमानों द्वारा किये जाने वाले धार्मिक उत्पीड़न के मुक़ाबले हिंदूवाद के पराक्रमी रक्षक के रूप में पेश किया; और बौद्धों पर आरोप लगाया कि उनकी ग़ैरवफ़ादारी की वजह से हिंदू-राष्ट्र की पराजय हुई। इस पुस्तक के 14 अध्यायों में सावरकर ने हिंदुओं और मुसलमानों के बीच होने वाले महायुद्ध का वर्णन किया है। उनका कहना है कि यूनानी, शकों और हूणों जैसे हमलावरों के विपरीत मुसलमानों की महत्त्वाकांक्षा केवल राजनीतिक प्रभुत्व की ही नहीं थी, बल्कि वे तो धार्मिक और सांस्कृतिक प्रभुत्व भी चाहते थे। अपनी अगली पुस्तक *द मराठा मूवमेंट* में सावरकर ने शिवाजी की हिंदू पदपादशाही का भव्य चित्र खींचा।

इन दोनों पुस्तकों में सावरकर ने मध्ययुगीन भारतीय इतिहास की तमाम पेचीदगियों को दरकिनार करते हुए हिंदू-राष्ट्रवादियों को सुविधाजनक लगने वाला दावा किया कि हिंदू मुसलमानों के ख़िलाफ़ सात सौ साल से एक स्वायत्त हिंदू-राष्ट्र बनाने के लिए लड़ रहे हैं। हिंदुओं और मुसलमानों को 'हम' और 'वे' में बाँट कर उन्होंने एक आंतरिक दुश्मन की रचना की। सावरकर का तर्क था कि इस शत्रु को परास्त करने के लिए जिस तरह के पुरुषत्व की आवश्यकता है वह हिंदुओं को संगठन और फ़ौजीकरण की प्रक्रिया के ज़रिये विकसित करना होगा। मर्दानगी का यह विमर्श सीधे-सीधे गाँधी की राजनीति के मुक़ाबले खड़ा हुआ था। वे गाँधी की अहिंसा को हिंदू समुदाय को पुंसत्वहीन बनाने का पर्याय मानते थे।

सावरकर का जन्म महाराष्ट्र में नासिक के पास स्थित भागुर गाँव के चितपावन ब्राह्मण परिवार में हुआ था। उनके माँ-बाप बचपन में ही गुज़र गये और बड़े भाई गणेश की देख-रेख में उनका लालन-पालन हुआ। युवावस्था में ही सावरकर ने मित्र मेला संगठन की स्थापना की। सावरकर कांग्रेस के भीतर प्रभावी गरम दल के नेताओं बाल गंगाधर तिलक, विपिन चंद्र पाल और लाला लाजपत राय के विचारों से प्रभावित थे। 1902 में उन्होंने पुणे के फ़र्ग्युसन कॉलेज में दाखिला लिया और उपनिवेशवाद विरोधी राजनीति में भाग लेने लगे। कॉलेज में ही उन्होंने छात्रों और दोस्तों की मदद से अभिनव भारत नामक राजनीतिक संगठन बनाया। उनके क्रांतिकारी जोश से प्रभावित हो कर तिलक और राष्ट्रवादी नेता श्यामजी कृष्ण वर्मा ने उन्हें क़ानून की पढ़ाई करने के लिए इंग्लैण्ड भेजने के लिए छात्रवृत्ति दिलवायी।

इंग्लैण्ड के ग्रेज़ इन लॉ कॉलेज में पढ़ते हुए सावरकर ने इण्डिया हाउस की गतिविधियों में भाग लेना शुरू किया और फ़्री इण्डिया सोसाइटी की स्थापना की। इसी दौरान उन्होंने *द इण्डियन वार ऑफ़ इण्डिपेंडेंस 1857* की रचना की। जब उनके मित्र और अनुयायी मदनलाल धींगरा ने ब्रिटिश सांसद कर्ज़न वायली की हत्या की, तो उन्होंने धींगरा के कृत्य की भर्त्सना करने वालों के साथ जम कर मोर्चा लिया।

राजद्रोह के आरोप में अपनी गिरफ़्तारी से बचने के लिए सावरकर ने पेरिस में मादाम भीखाजी कामा के घर में शरण ली, पर उन्हें 13 मार्च, 1910 को गिरफ़्तार कर लिया गया। पानी के जहाज़ एस.एस. मोरिया से भारत ले जाते समय सावरकर एक पोर्टहोल से निकल भागे और लम्बी दूरी तक तैर कर किनारे पहुँचे। पर योजना के मुताबिक़ उनके सहयोगी वहाँ समय पर पहुँचने में नाकाम रहे इसके कारण उन्हें फिर से गिरफ़्तार कर लिया गया। बंबई के यरवदा जेल में क़ैद करके उनके ऊपर मुक़द्दमा चलाया गया। अंग्रेज़ों ने उन्हें पचास साल की सज़ा दी और अंडमान स्थित सेल्युलर जेल में काला पानी भुगतने के लिए भेज दिया। जेल जीवन बहुत कठोर था। उन्हें लकड़ी काटनी पड़ती और कोल्हू में जोता जाता। दूसरे क़ैदियों से बात करने की भी मनाही थी। तरह-तरह की बदसलूकियों और यातनाएँ झेलते हुए सावरकर ने ख़राब स्वास्थ्य की दलील देते हुए सज़ा माफ़ करने की अपील की। 1920 में गाँधी, विट्ठलभाई पटेल और तिलक ने भी बाहर से उनकी रिहाई के लिए दबाव बनाया। लेकिन अंग्रेज़ों ने उन्हें हिंसा छोड़ने के शपथ-पत्र पर दस्तख़त कराये बिना नहीं छोड़ा। जेल से रिहाई के बावजूद सावरकर पर कई पाबंदियाँ लगी रहीं।

बीस के दशक के मध्य में उन्होंने डॉ. हेडगेवार को राष्ट्रीय स्वयंसेवक संघ की स्थापना करने की प्रेरणा दी। 1930 में वे हिंदू महासभा के अध्यक्ष बने। उन्होंने तिलक के शिवाजी महोत्सव और गणेश उत्सव फिर से शुरू किये, 'राजनीति का हिंदूकरण, हिंदुओं का फ़ौजीकरण' जैसा नारा दिया और अंग्रेज़ों के साथ सहयोग की नीति अपनाते हुए विधान परिषदों के चुनावों में भाग लिया। भारत विभाजन के ख़िलाफ़ सावरकर द्वारा कांग्रेस-मुसलिम लीग की वार्ताओं के ख़िलाफ़ महासभा की तरफ़ से सक्रिय प्रतिरोध का आयोजन किया गया। 1948 में हिंदू महासभा के सदस्य नाथूराम गोडसे द्वारा गाँधी की हत्या की साज़िश में शामिल होने के आरोप में सावरकर को गिरफ़्तार किया गया। उन्होंने अपना मुक़द्दमा ख़ुद लड़ा और सरकारी गवाह के बयान के बावजूद मज़बूत सबूतों के अभाव में उन्हें छोड़ दिया गया। लेकिन गाँधी की हत्या के इलज़ाम में शामिल होने के कारण सावरकर को जनरोष का सामना भी करना पड़ा और बंबई में उनके घर पर पत्थर फेंके गये।

आज़ादी के बाद हिंदू महासभा का प्रभाव और सदस्यता घटती चली गयी। धीरे-धीरे सावरकर की गतिविधियाँ मौक़े-ब-मौक़े व्याख्यान देने और अपने लेखन के प्रकाशन तक सीमित रह गयीं। 1966 में 'देह-त्याग' का निश्चय करके उन्होंने दवा, भोजन और पानी छोड़ दिया और अंतिम साँस ली।

देखें : केशवराव बलिराम हेडगेवार, बहुसंख्यकवाद, बहुसंख्यक-अल्पसंख्यक, भारतीय जनता पार्टी-1 और 2, माधवराव सदाशिवराव गोलवलकर, मुसलिम राजनीतिक विचार, रामजन्मभूमि आंदोलन-1 से 4 तक, राष्ट्रीय स्वयंसेवक संघ, विवेकानंद, हिंदुत्व।

संदर्भ

1. प्रभा दीक्षित (1986), 'दि आइडियॉलॅजी ऑफ़ हिंदू नेशनलिज़म', थॉमस पेंथम और केनेथ एल. ड्यूश (सम्पा.), *पॉलिटिकल थॉट इन मॉडर्न इण्डिया,* सेज, नयी दिल्ली.
2. मेघा कुमार (2006), 'हिस्ट्री ऐंड जेंडर इन सावरकर्स नेशनलिस्ट राइटिंग्स', *सोशल साइंटिस्ट,* खण्ड 34, अंक 11/12.
3. जे.डी. जोगलेकर (1989), 'वीर सावरकर : प्रोफ़ाइल ऑफ़ अ प्रोफ़ैट', *वीर सावरकर : कमेमोरेशन वोल्यूम,* बम्बई.
4. वी.डी. सावरकर (1917), *इण्डियन वार ऑफ़ इण्डिपेंडेंस 1857,* लंदन, 1909 और बोम्बे.
5. वी.डी. सावरकर (1969), *हिंदुत्व : हू इज़ अ हिंदू?,* वीर सावरकर प्रकाशन, बंबई, पाँचवाँ संस्करण.

— अभय कुमार दुबे

विनोबा भावे

(Vinoba Bhave)

स्वातंत्र्योत्तर भारत में गाँधी-विचार की ग़ैर-निर्वाचनीय और ग़ैर-राजकीय धारा के सर्वोच्च सिद्धांतकार आचार्य विनोबा भावे (1895-1982) सर्वोदय आंदोलन की केंद्रीय विभूति थे। 1940 में गाँधी ने पहले व्यक्तिगत सत्याग्रही के रूप में विनोबा का चुनाव करके उनकी तरफ़ पूरे देश का ध्यान आकर्षित किया। असहयोग आंदोलन और भारत छोड़ो आंदोलन में भागीदारी करने वाले विनोबा ने गाँधी के देहांत के डेढ़ महीने बाद ही सेवाग्राम आश्रम में बापू के कुछ अनुयायियों के साथ विचार-विमर्श करके सर्वोदय की स्थापना की और अगले कुछ वर्षों में इस आंदोलन का संगठनात्मक ढाँचा खड़ा कर दिया। भूदान-ग्रामदान कार्यक्रम के ज़रिये विनोबा ने आज़ाद भारत में भूमि-सुधारों की प्रक्रिया को एक स्वैच्छिक आयाम प्रदान करने की कोशिश

आचार्य विनोबा भावे (1895-1982)

की, हालाँकि इस प्रक्रिया में उन्हें वामपंथ विरोधी होने के आरोपों का सामना करना पड़ा। भूदान-यज्ञ के लिए उन्होंने एक दशक से ज़्यादा समय तक पूरे देश की पैदल यात्राएँ कीं और ज़मींदारों व भूमिहीन किसानों के बीच वर्ग-संघर्ष की जगह सहयोग और सहमति का संदेश देते हुए समाज-परिवर्तन की प्रक्रिया को नयी दिशा देने की कोशिश की। कई भारतीय भाषाओं पर महारत रखने वाले विनोबा की मान्यता थी कि सरल संस्कृत को राष्ट्र-भाषा बनाया जाना चाहिए, क्योंकि वही उत्तर को दक्षिण से जोड़ सकती है। गाँधी की ही भाँति उन्हें व्यक्ति के जीवन में मूल्यगत हस्तक्षेप करके उसका हृदय-परिवर्तन करने की सम्भावना में अगाध विश्वास था। अपने गीता-भाष्य के लिए विख्यात विनोबा का चिंतन गाँधी समेत उन भारतीय चिंतकों की श्रेणी में आता है जिन्होंने समाज की स्वायत्तता पर अत्यधिक बल देते हुए राज्य को न के बराबर अधिकार देने का आग्रह किया है। अपने जीवन के अंतिम वर्षों में विनोबा सर्वोदय आंदोलन के राजनीतीकरण के प्रश्न पर जयप्रकाश नारायण के साथ मतभेदों के चलते अपने ही साथियों के बीच अल्पमत में आ गये। आपातकाल और इंदिरा सरकार को सकारात्मक दृष्टि से देखने के कारण उन्हें अपने प्रशंसकों की आलोचना का सामना करना पड़ा।

आचार्य विनोबा भावे का जन्म 11 सितम्बर, 1895 को नासिक, महाराष्ट्र के एक चितपावन ब्राह्मण परिवार में कोलाबा के पास गगोडे गाँव में हुआ था। उनका वास्तविक नाम विनायक नरहरि भावे था। छोटी उम्र में ही विनोबा भावे ने रामायण, महाभारत और गीता का अध्ययन कर लिया और इनसे बहुत ज़्यादा प्रभावित भी हुए। विनोबा मानते थे कि उनके मानस और जीवन को सही दिशा देने और उन्हें अध्यात्म की ओर प्रेरित करने में उनकी माँ का ही योगदान है। विनोबा भावे गणित में भी पारंगत थे। लेकिन 1916 में जब वे दसवीं की परीक्षा के लिए मुम्बई जा रहे थे तो उन्होंने गाँधी का एक लेख पढ़ कर शिक्षा से संबंधित अपने सभी दस्तावेज़ों को आग के हवाले कर दिया। पत्रों के माध्यम से परस्पर संवाद करने के बाद 7 जून, 1916 को विनोबा भावे पहली बार गाँधी जी से मिले और पाँच साल बाद उन्होंने वर्धा स्थित आश्रम के प्रभारी का स्थान ले लिया। इस दौरान विनोबा ने *महाराष्ट्र धर्म* के नाम से एक मराठी की मासिक पत्रिका निकाली जिसमें निबंधों और उपनिषदों का प्रकाशन किया जाता था। 1932 में दूसरे असहयोग आंदोलन के दौरान विनोबा भावे को धूलिया जेल भेज दिया गया। जेल में उन्होंने साथी क़ैदियों के सामने मराठी में गीता का भाष्य किया जो बाद में एक पुस्तक के रूप में संकलित कर प्रकाशित किया गया। विनोबा बहुभाषी थे। उन्हें लगभग सभी भारतीय भाषाओं (कन्नड़, हिंदी, उर्दू, मराठी, संस्कृत) का ज्ञान था। उन्होंने गीता, कुरान, बाइबल जैसे धर्म ग्रंथों के अनुवाद के साथ ही इनकी टीकाएँ भी कीं। विनोबा भावे पहले ऐसे व्यक्ति थे जिन्हें 1958 में अंतर्राष्ट्रीय रेमन मैगसेसे सम्मान प्राप्त हुआ था। नवंबर, 1982 में विनोबा भावे बेहद बीमार पड़ गये। उन्होंने अपना जीवन समाप्त करने का निश्चय करके भोजन और औषधि लेने से इनकार कर दिया। 15 नवंबर को उनका निधन हो गया। 1983 में उन्हें मरणोपरांत भारत के सर्वोच्च नागरिक सम्मान भारत रत्न से नवाज़ा गया।

चालीस, पचास और साठ के दशकों में विनोबा अपनी रचनाओं, वक्तव्यों और अहर्निश सर्वोदयी गतिविधियों के माध्यम से समाज-परिवर्तन का ऐसा मॉडल पेश करते रहे जिसमें रैडिकल राजनीति और राज्य के हस्तक्षेप की गुंजाइश न के बराबर ही थी। हालाँकि सरकार ने भूदान-ग्रामदान एक्ट पारित करके सर्वोदय को अपने भूमि-सुधार प्रयासों का अनुषंगी बना लिया, और सर्वोदय की तरफ़ से भी इस सरकारी सहयोग का स्वागत किया गया, लेकिन अगर विनोबा के सैद्धांतिक सूत्रीकरणों पर निगाह डाली जाए तो साफ़ लगता है कि कामकाज की व्यावहारिकता से परे वे राज्य के सहयोग के पक्षधर नहीं थे। सत्तारूढ़ कांग्रेस ने जब उनसे राय माँगी तो उन्होंने उसे ग्राम-स्वराज का पाठ पढ़ाया। योजना आयोग की पहली बैठक में नेहरू के निमंत्रण पर वे गये, पर जब उन्होंने देखा कि आयोग सर्वोदय की कार्यदिशा को छोड़ कर बड़े उद्योगों, बड़े पैमाने पर उत्पादन और उपभोग की समीकरण धरती पर उतारना चाहता है, तो उन्होंने

नियोजन-प्रक्रिया से अपना पल्ला छुड़ा लिया।

उन्होंने जीवन के सभी आयामों के रूपांतरण के लिए सम्पूर्ण क्रांति की अवधारणा का विकास किया। विनोबा के लिए क्रांति का मतलब सामाजिक-राजनीतिक उथल-पुथल या सत्ता पलट न हो कर व्यक्तिगत और सामुदायिक स्तर पर उच्चतर अवस्था प्राप्त करने के लिए क्रमिक विकास का रास्ता अख़्तियार करना था। ऐसा बहुआयामी विकास तभी हो सकता था जब एक नया मनुष्य बनाने और नया समाज बनाने का आग्रह किया जाए। केंद्रीकृत शासन यह काम नहीं कर सकता था। विनोबा केवल इससे संतुष्ट नहीं थे कि कुशासन का विरोध किया जाए, उनके मुताबिक़ सर्वोदय का मतलब सुशासन या बहुमत का शासन भी नहीं है। उसका मतलब तो सरकार से छुटकारा है, यानी सत्ता का विकेंद्रीकरण सर्वोदय का प्रमुख उद्देश्य होना चाहिए। विनोबा की निगाह में सर्वोदय का दूसरा लक्ष्य था स्वराज की उपलब्धि। यहाँ भी उनका ज़ोर व्यक्तिगत स्तर पर न किसी की अधीनस्थता स्वीकार करने और न ही किसी का शोषण करने पर था। वही व्यक्ति स्वराज का वाहक हो सकता है न जो न तो किसी को अपने ऊपर नियंत्रण करने दे और न ही किसी का नियंत्रण स्वीकार करे। विनोबा मानते थे कि सरकार एक तरफ़ तो सेवाएँ देने और लाभान्वित करने का दावा करती है, पर दूसरी ओर वह लोगों से आज्ञापालन की अपेक्षा भी करती है जिसे स्वीकार नहीं किया जाना चाहिए।

अपने विचारों को स्पष्ट करने के लिए विनोबा ने राज्य के तीन सिद्धांतों का भाष्य किया। उन्होंने दिखाया कि राज्य के तिरोहित होते जाने के पक्षधर अपने लक्ष्यों की पूर्ति के लिए राज्य की ताक़त का ही ज़्यादा से ज़्यादा इस्तेमाल करते हैं। ऐसे लोग पहले चरण में सर्वसत्तावादी और अंतिम चरण में अराजकतावादी होते हैं। राज्य की दूसरी थियरी आग्रह करती है कि राज्य हमेशा था और हमेशा रहेगा। इसलिए राज्य का इस्तेमाल करके ज़्यादा से ज़्यादा लोगों को लाभ पहुँचाने की कोशिश करनी चाहिए। ज़ाहिर है कि यह सिद्धांत समाज को राज्य के साथ स्थायी रूप से बाँध देता है। इसी संदर्भ में नियोजित अर्थव्यवस्था की अवधारणा को आड़े हाथों लेते हुए विनोबा ने कहा कि इसके लिए केंद्रीकृत शासन आवश्यक है, और केंद्रीकरण हमें कभी राज्यविहीनता की स्थिति में नहीं पहुँचा सकता। इससे तो राजनीति और सत्ता के प्रति लिप्सा ही पैदा होगी। विनोबा ने कहा कि तीसरी थियरी उनकी अपनी है जो राज्यविहीन समाज तो चाहती है पर उसके लिए राज्य की स्थापना करना या उसके उपकरणों का मोहताज होना ज़रूरी नहीं समझती। यह थियरी प्रशासन और प्राधिकार को विकेंद्रीकृत करते चले जाने पर निर्भर है। इस प्रक्रिया के ज़रिये राज्य से छुटकारा पाने में कुछ देर अवश्य लग सकती है, पर इसके माध्यम से 'अंतिम चरण' की उस दिशा में निश्चित रूप से बढ़ा जा सकता है जब कोई दमनकारी यंत्र नहीं रह जाएगा। केवल नैतिक प्राधिकार ही रहेगा। विनोबा ने दावा किया कि ऐसा करने के लिए ही वे उत्पादन, वितरण, प्रतिरक्षा, शिक्षा यानी हर चीज़ का स्थानीयकरण करने के पक्ष में हैं। अर्थात् केंद्र के पास न्यूनतम प्राधिकार रहना चाहिए। क्षेत्रीय आत्म-निर्भरता के माध्यम से विकेंद्रीकरण उपलब्ध किया जा सकता है।

विनोबा ने राज-नीति और लोक-नीति के बीच में फ़र्क़ किया : राजनीति यानी सत्ता हासिल करने की गतिविधियाँ अर्थात् राजनीतिक दलों के बीच लगातार प्रतियोगिता और टकराव; और लोकनीति यानी सच्चा लोकतंत्र अर्थात् चुनाव और पार्टियों से अलग आम-सहमति के आधार पर हितों की एकात्मकता क़ायम करते हुए सामाजिक समरसता की उपलब्धि। उन्होंने अहिंसा को सर्वोच्च शक्ति क़रार देते हुए उसे आत्म-शक्ति का पर्याय क़रार दिया। अपने इन्हीं विचारों के कारण विनोबा ने हमेशा सर्वोदय आंदोलन को सत्ता की राजनीति से अलग रखने की कोशिश की।

सर्वोदय आंदोलन में विनोबा के आलोचकों का आरोप है कि उन्होंने अपनी मुहिम के संगठनात्मक ढाँचे पर कभी ध्यान नहीं दिया। लेकिन, दूसरी तरफ़ यह भी एक सच्चाई है कि विनोबा ने सर्वोदय के झंडे तले कई तरह के व्यावहारिक और अवधारणात्मक नावाचार किये। सर्वोदय की शुरुआत ही उन्होंने कंचन-मुक्ति (धन पर निर्भरता से छुटकारा) और ऋषि-खेती (प्राचीन काल के ऋषियों की तरह बैलों का इस्तेमाल किये बिना खेती करना) जैसे नवाचारों से की थी। ग्रामदान के दायरे में आने वाले गाँवों में गाँव सभाएँ बना कर एक स्वायत्त समाज की नींव रखना एक ऐसा ही प्रयोग था। इन पहलक़दमियों में एसोसिएशन फ़ॉर सर्व सेवा फ़ार्म्स, गो-रक्षा अभियान, आचार्यकुल, भारतीय शांति सेना, स्त्री-शक्ति की अवधारणा, ब्रह्म विद्या मंदिर, हरिजन सेवक संघ और रचनात्मक कार्यकर्ता समाज का उल्लेख किया जा सकता है।

सत्तर के दशक में जब जयप्रकाश नारायण ने मुशहरी (बिहार) में डेढ़ साल तक ग्रामदान का प्रयोग करने के बाद इंदिरा सरकार के ख़िलाफ़ सत्याग्रह का आह्वान किया तो विनोबा ने अपनी असहमति दर्ज कराते हुए इसे नकारात्मक सत्याग्रह की संज्ञा दी। विनोबा और जयप्रकाश के इस मतभेद ने सर्वोदय आंदोलन की प्रमुख संस्था सर्व सेवा संघ में विभाजन कर दिया। विनोबा ने इस मौक़े पर इंदिरा गाँधी की प्रशंसा की और कहा कि वे देश की एकता सुरक्षित रखने का प्रयास कर रही हैं। उन्होंने अंतर्राष्ट्रीय राजनीति में भी इंदिरा गाँधी की भूमिका की सराहना की। आपातकाल को

अनुशासन पर्व कहने और सरकारी कर्मचारियों को लोक-सेवक बताने के कारण जयप्रकाश समर्थकों ने सरकारी संत कह कर उनका उपहास किया।

देखें : आशिस नंदी-1 और 2, आनंद केंटिश कुमारस्वामी, गोपीनाथ कविराज, गोविंद चंद्र पाण्डेय, चेटपट वेंकटसुब्बन शेषाद्रि, जोसेफ़ चेल्लादुरै कुमारप्पा, दया कृष्ण, धीरूभाई शेठ, बदरी नाथ शुक्ल, भारतीय दर्शन-1 से 5 तक, मुकुंद लाठ, मेघनाद साहा, मोहनदास कर्मचंद गाँधी-1 से 3 तक, यशदेव शल्य, रजनी कोठारी, राम अवतार शर्मा, लोकविद्या, वासुदेव शरण अग्रवाल, विनोबा भावे।

संदर्भ

1. वी. नारायण करन रेड्डी (1963), *सर्वोदय आइडियोलॅजी ऐंड आचार्य विनोबा भावे,* आंध्र प्रदेश सर्वोदय मण्डल, हैदराबाद.
2. गीता एस. मेहता (1995), *फ़िलॉसफ़ी ऑफ़ विनोबा भावे : अ न्यू पर्सपेक्टिव इन गाँधियन थॉट,* हिमालय पब्लिशिंग हाउस, नयी दिल्ली.
3. डेनिस डाल्टन (1986), 'दि आइडियोलॅजी ऑफ़ सर्वोदय : कंसेप्ट्स ऑफ़ पॉलिटिक्स ऐंड पॉवर इन पॉलिटिकल थॉट', थॉमस पेंथम और केनेथ एल. ड्यूश (सम्पा.), *पॉलिटिकल थॉट इन मॉडर्न इण्डिया,* सेज, नयी दिल्ली.
4. ईश्वर सी. हैरिस (1986), 'दि भूदान मूवमेंट : ऐन इनवेस्टीगेशन इनटु विनोबा भावेज़ लीगेसी इन कंटेम्परेरी इंडिया', *एशियन थॉट ऐंड सोसाइटी,* जुलाई-नवम्बर.

— अभय कुमार दुबे

विमर्श

(Discourse)

वैसे तो धार्मिक प्रवचन को भी *डिस्कोर्स* कहा जाता है, पर धर्म से इतर संदर्भों में इसका निपट अर्थ है दो वक्ताओं के बीच संवाद या बहस या सार्वजनिक चर्चा। लैटिन की क्रिया *डिसक़रर* से व्युत्पन्न यह शब्द समाज-विज्ञान की दुनिया में भिन्न अर्थ ग्रहण कर लेता है। विमर्श-विश्लेषण की परम्परा सॅस्यूर के भाषाशास्त्र द्वारा दिये गये 'भाषाई मोड़' से शुरू हुई। मनोविश्लेषण और ज्ञान के संबंध पर लकाँ और हैबरमास की बहस के रास्ते नारीवादी अध्ययन, मानवशास्त्र, संस्कृति अध्ययन, साहित्य-सिद्धांत और विचारों के इतिहास में अत्यंत समृद्ध होती चली गयी। विद्वानों ने स्वयं *डिस्कोर्स* की धारणा को ही अध्ययन का विषय बनाया है। इन्हीं बारीकियों के चलते पहले से स्थापित आधुनिकतावादी डिस्कोर्स की जगह नयी पद्धति के डिस्कोर्स ने ले ली है।

हिंदी में *डिस्कोर्स* को साठ के दशक में अनुवाद के ज़रिये 'वार्ता' (जैसे, *रूसो की तीन वार्ताएँ*) कहा गया था, पर जैसे-जैसे भाषाई समाज-विज्ञान का विकास हुआ, इसके लिए विमर्श / आख्यान / क़लाम जैसे शब्द प्रचलित होते चले गये। उत्तर-आधुनिक पदावली में विमर्श का अर्थ होता है अभिव्यक्ति के उन तत्त्वों और आयामों की संरचना जो अपने कुल जोड़ से परे जा कर कोई ख़ास अर्थ देने की क्षमता रखते हों। अर्थात् एक निश्चित सामाजिक संदर्भ में भाषा के ज़रिये किसी एक विषय के इर्द-गिर्द होती हुई बहस द्वारा व्याख्याओं, तात्पर्यों और मान्यताओं के निर्माण की प्रक्रिया को विमर्श का नाम दिया जा सकता है।

विमर्श की प्रक्रिया के ज़रिये ही दुनिया के महानतम विचारकों ने अपने चिंतन को सार्वजनिक वाणी दी है। दरअसल, विमर्श 'विशिष्ट ज्ञान' का द्योतक है जो विशेषज्ञों की भाषा में व्यक्त होता है। डॉक्टरों के सम्मेलन में होने वाला विचार-विनिमय चिकित्सकीय विमर्श होगा जिसकी तकनीकी शब्दावली उसे आम लोगों की समझ से परे ले जाएगी। इसी तरह किसी भी विषय या वस्तु के बारे में साधारण लोगों के साझा अनुभव या ज्ञान राशि से विमर्श नहीं बनता, लेकिन उसके आधार पर विद्वानों और विशेषज्ञों द्वारा किये गये विश्लेषण और खोजबीन से विमर्श-रचना होती है।

समाज-विज्ञानों में *विमर्श* का उपयोग पहले भी होता रहा है, लेकिन मिशेल फ़ूको के बाद तो विमर्श के इस्तेमाल से कतराना तक़रीबन नामुमकिन ही हो गया है। फ़ूको की दुनिया में विमर्श किसी विषय पर ख़ास तरह से सोचने का नाम है जिसे भाषा के ज़रिये व्यक्त किया जाता है। विमर्श से एक सामाजिक चौहद्दी बनती है जिसके भीतर एक विशिष्ट विषय पर कही जा सकने वाली बातें आ जाती हैं। फ़ूको के लिए विमर्श का अर्थ है धारणाओं, प्रवृत्तियों, सक्रियता के तरीक़ों, आस्थाओं और आचरणों से मिल कर बनी विचारों की प्रणालियाँ जिनसे विभिन्न आत्मपरकताओं और विभिन्न संसारों को वाणी मिलती है। विमर्श बदलने से एक ही शब्द के अर्थ पूरी तरह से बदल सकते हैं। विमर्श समयांतर से विमर्श बदलता है। जैसे, पागलपन के मध्यकालीन और आधुनिक विमर्श में अंतर है। उस समय पागल को एक प्रज्ञावान व्यक्ति समझा जाता था, पर बीसवीं सदी में उसे मानसिक रूप से बीमार घोषित करके उसका चिकित्सकीय उपचार ज़रूरी कर दिया गया। दूसरी तरफ़, एक ही समय में एक ही विषयवस्तु कई विमर्शों के हाथों अलग-अलग ढंग से व्याख्यायित भी होती है। मसलन, छापामार आंदोलन की परिघटना को स्वाधीनता सेनानियों की तरह भी व्यक्त किया जा सकता है, और आतंकवादियों की तरह भी। रैडिकल शब्द के तक़रीबन विपरीत क़िस्म के अर्थ इसका सबसे बड़ा सबूत हैं। यहाँ फ़र्क़ विमर्श का है जिसके मुताबिक़ छापामार आंदोलन या रैडिकल होने का वर्णन करने की शब्दावली,

अभिव्यक्तियाँ और सम्प्रेषण की शैली बदल जाती है।

समाज-विज्ञानों में विमर्श के अति-प्रचलन को आधुनिकतावाद से उत्तर-आधुनिकतावाद की तरफ़ हुई यात्रा से भी जोड़ा जा सकता है। आधुनिकतावादी सिद्धांतकारों का मुख्य ज़ोर प्रगति के विचार पर था। उनकी मुख्य आस्था ऐसे प्राकृतिक और सामाजिक नियमों के अस्तित्व में थी जिनका ज्ञान के विकास के लिए सार्वभौम इस्तेमाल किया जा सके। इसके ज़रिये समाज की बेहतर समझ हासिल करने का दावा करते हुए वे देश-काल से परे जाने वाले सत्य और यथार्थ की उपलब्धि करना चाहते थे। इस लिहाज़ से उनके लिए विमर्श की प्रकृति प्रकार्यात्मक, कारगर और प्रयोजनमूलक थी। वे चाहते थे कि विमर्श के माध्यम से वे सटीक शब्द और अभिव्यक्तियाँ तय की जाएँ जिनसे नयी खोजों का वर्णन किया जा सके। आधुनिकतावाद के इस रवैये ने भाषा और विमर्श को सत्ता और विचारधारा से विलग करके सामान्य ज्ञान या प्रगति के स्वाभाविक उत्पादों की तरह देखा। अधिकारों, समता, स्वाधीनता और न्याय के प्रचलित आधुनिकतावादी विमर्शों का जन्म इसी प्रक्रिया से हुआ।

उत्तर-आधुनिकता ने इस दावे को ख़ारिज कर दिया कि समाज के सभी आयामों की व्याख्या करने के लिए कोई एक सैद्धांतिक उपागम हो सकता है। बजाय इसके उन्होंने व्यक्तियों और समुदायों के अनुभवों को उनकी विविधता में जाँचने का फ़ैसला किया। उन्होंने समानताओं और एक से अनुभवों के ऊपर विभेदों को प्राथमिकता दी। सामाजिक नियमों की धारणा बेमानी हो गयी। सत्य खोजने का प्रयास करने के बजाय उन्होंने यह खोजा कि सत्य कैसे रचा गया और फिर उसकी संरचना कैसे टिकायी गयी। उत्तर-आधुनिकों ने दावा किया कि सत्य और ज्ञान बहुलतापूर्ण, संदर्भगत और विमर्शों के ज़रिये ऐतिहासिक रूप से पैदा किया जाता है। यह विचार उत्तर-आधुनिक चिंतकों को पाठों, भाषा, नीतियों और आचरणों के विमर्शों के विश्लेषण की तरफ़ ले गया। अगर उत्तर-आधुनिकता के तत्त्वावधान में विमर्श की नयी पद्धति लोकप्रिय न होती और आधुनिकतावादी सिद्धांतकारों का प्रगतिवादी रैखिक विमर्श चलता रहता तो महा-आख्यानों के बोझ तले कई तरह के पहचानें दबी रहतीं। इसी के चलते नारीवादियों द्वारा जेंडर की रोशनी में सत्ता, विचारधारा, भाषा और विमर्श के बीच पेचीदा संबंधों की गहन जाँच सम्भव हो सकी है, वरना नारीवाद भी एक रैखिक विचारधारा बना कर रह जाता। इसी के चलते राजनीतिक सिद्धांतों की समझ कहीं अधिक विविधतासम्पन्न हो सकी है और सभी तरह की बुनियादपरस्ती पर सवालिया निशान लगाये जा सके हैं। उदारतावादी लोकतंत्र की ख़ूबियों के पुराने विमर्श का हश्र इसका एक उल्लेखनीय उदाहरण है। अगर इस पुराने विमर्श को वैसा का वैसा ही माना जाता रहता तो इसके शब्दाडम्बर और यथार्थ के बीच की खायी कभी सामने न आ पाती। इस लिहाज़ से कहा जा सकता है कि विमर्श की नयी पद्धति ने दर्शनशास्त्र और अन्य समाज-विज्ञानों को उनके सामाजिक और नैतिक कार्यभार के प्रति पहले से कहीं ज़्यादा सचेत किया है।

देखें : अस्तित्ववाद, इयत्ता, इंद्रियानुभववाद, उत्तर-आधुनिकतावाद, उत्तर-औपनिवेशिकता, उदारतावाद, कल्पित समुदाय, चेतना, तत्त्वमीमांसा और अस्तित्वमीमांसा, तात्त्विकतावाद, द्वैतवाद, परिणामवाद, बुद्धिवाद, भाववाद, भौतिकवाद, यथार्थवाद, संरचनावाद और उत्तर-संरचनावाद, ज्ञानमीमांसा।

संदर्भ

1. मिशेल फ़ूको (1972), *आर्कियॉलॉजी ऑफ़ नॉलेज,* पैंथियन, न्यूयॉर्क.
2. डी. हावर्थ (2000), *डिस्कोर्स,* ओपन युनिवर्सिटी प्रेस, फ़िलाडेल्फ़िया, पीए.
3. डी. मेकडोनाल्ड (1986), *थियरीज़ ऑफ़ डिस्कोर्स : ऐन इंट्रोडक्शन,* 1986.
4. जे. संडरलैण्ड (2004), *जेंडर्ड डिस्कोर्सिज़,* पालग्रेव मैकमिलन, न्यूयॉर्क.
5. एस. बेस्ट और डी. केलनर (1997), *द पोस्टमॉडर्न टर्न,* द गिलफ़र्ड प्रेस, न्यूयॉर्क.

अभय कुमार दुबे

विल किमलिका

(Will Kymlicka)

कनाडा के राजनीतिक दार्शनिक विल किमलिका (1962-) बहुसंस्कृतिवाद में अपने योगदान के लिए जाने जाते हैं। अस्सी के दशक में समुदायवादियों ने उदारतावाद और ख़ास तौर पर जॉन रॉल्स द्वारा प्रवर्तित न्याय के सिद्धांत की तीखी आलोचना प्रस्तुत की थी। किमलिका उन प्रमुख राजनीतिक सिद्धांतकारों में से एक हैं जिन्होंने समुदायवादी आलोचना को उदारतावाद में समायोजित करने में महत्त्वपूर्ण भूमिका निभायी और बहुसंस्कृतिवाद के लिए दार्शनिक आधार तैयार किया। किमलिका का शोध मुख्य रूप से लोकतंत्र और विविधता के मुद्दों पर केंद्रित है। किमलिका ने बहुसंस्कृतिवाद और राजनीतिक दर्शन पर विस्तार से लेखन किया है। उनका ध्यान मुख्य तौर पर बहुसांस्कृतिक समाजों में नागरिकता और सामाजिक न्याय के मॉडलों पर केंद्रित रहा है। किमलिका ने समुदायवादियों की इस आलोचना को नकारा है कि उदारतावादी व्यक्ति को अणु रूप में प्रस्तुत करते हैं। उन्होंने दावा किया कि उदारतावादी व्यक्तिवाद पर ज़ोर देते हैं लेकिन वे हमारी सामाजिक प्रकृति और हमारे सहभागी समुदाय की कीमत पर ऐसा नहीं करते। उन्होंने लोकतांत्रिक समाज के

विल किमलिका (1962-)

भीतर अल्पसंख्यकों के सांस्कृतिक अधिकारों की भी वकालत की। विल किमलिका ने प्रतिनिधित्व और सदस्यता की एक ऐसी रूपरेखा प्रस्तुत की जो सांस्कृतिक और समूह-विभेदों को इस तरह समायोजित करती है जिससे व्यक्ति को अपने समूह की सदस्यता या सांस्कृतिक समुदाय की सदस्यता के कारण किसी तरह के नुक़सान का सामना न करना पड़े। साथ ही किमलिका सांस्कृतिक समुदायों के स्व-हिफ़ाज़त के अधिकार तथा उदारतावादी समाज में व्यक्तियों को मिलने वाले अधिकारों के बीच एक जुड़ाव या संयोजन बिंदु खोजने की कोशिश करते हैं।

किमलिका सुझाव देते हैं कि कुछ तरीक़े अपनाकर लोकतांत्रिक नागरिकता की रूपरेखा के भीतर राष्ट्रीय अल्पसंख्यकों और जातीय समूहों की माँगों को समायोजित किया जा सकता है : (क) सभी नागरिकों के सामान्य अधिकारों की सुरक्षा। बुनियादी रूप से इसका अर्थ है व्यक्ति के नागरिक और राजनीतिक अधिकारों की सुरक्षा। इनमें मुख्य रूप से साहचर्य बनाने की आज़ादी, अपना धर्म मानने की आज़ादी, अभिव्यक्ति की आज़ादी, कहीं भी आने-जाने की आज़ादी और इसके साथ ही इसमें किसी समूह के द्वारा अपने विभेदों की सुरक्षा के लिए राजनीतिक संगठन बनाने की आजादी भी शामिल है। (ख) विशेष क़ानूनी और संवैधानिक प्रावधानों के द्वारा सांस्कृतिक विविधता का समायोजन। इसमें विशिष्ट समूहों को विशेष अधिकारों की गारंटी शामिल है।

किमलिका ने तीन तरह के समूह-विभेदीकृत अधिकारों के बारे में बताया है : (क) स्वशासन अधिकार, (ख) बहु-जातीय अधिकार, और (ग) विशेष प्रतिनिधित्व अधिकार। स्वशासन अधिकार राष्ट्रीय अल्पसंख्यकों के लिए किसी न किसी तरह की राजनीतिक स्वायत्तता या भू-क्षेत्रीय अधिकारक्षेत्र को मान्यता देते हैं। राष्ट्रीय अल्पसंख्यकों का दावा होता है कि व्यापक राज्य में (आमतौर पर अनैच्छिक रूप से) शामिल होने के समय उन्होंने अपने स्वशासन का अधिकार नहीं छोड़ा था। इस तरह के अधिकार संघीय संरचना में अभिव्यक्त हो सकते हैं, जहाँ संघीय उप-इकाईयों को सीमा के भीतर कुछ स्वायत्तता दी जाती है। बहु-जातीय अधिकार आप्रवासी समुदायों के विशिष्ट अधिकारों से संबंधित हैं। ये अधिकार आंग्ल-अनुरूपता मॉडल को एक चुनौती पेश करते हैं। इस मॉडल में यह माना जाता है कि आप्रवासी समूहों को अपने जातीय परम्परा के सभी पहलूओं को छोड़ देना चाहिए और उन्हें ख़ुद को इन समाजों में पहले से क़ायम सांस्कृतिक मानकों और व्यवहारों में मिला लेना चाहिए। इन अधिकारों में शुरुआती तौर पर यह माँग की जा सकती है कि इन समूहों को अपनी विशिष्टताओं और विभेदों को अभिव्यक्त की आज़ादी होनी चाहिए। इसके लिए यह ज़रूरी है कि इन्हें बहुसंख्यक सांस्कृतिक समूहों से किसी तरह के ख़तरे का दबाव का सामना न करना पड़े। लेकिन जातीय समूहों ने इस अधिकार का विस्तार किया है। इन समूहों ने भेदभाव को ख़त्म करने के लिए और विशिष्ट समुदायों के रूप में अपनी पहचान क़ायम रखने के लिए राज्य से सकारात्मक कार्रवाई की माँग की है। इन समूहों ने राज्य से यह माँग की है कि वह इनकी सुरक्षा और इनके जीवनशैली के विशिष्ट पहलुओं के प्रोत्साहन के लिए सकारात्मक कार्रवाई करे। कुछ जातीय और सांस्कृतिक अल्पसंख्यकों ने अपने विभिन्न तरह के सांस्कृतिक कार्यक्रमों के लिए सार्वजनिक कोष से आर्थिक मदद की भी माँग की है। मसलन, कई जातीय समूहों ने जातीय साहचर्यों पत्रिकाओं और त्यौहारों के लिए राज्य से आर्थिक मदद की माँग की है। जातीय समूहों द्वारा की जाने वाली माँगों में शायद सबसे विवादास्पद माँग यह रही है कि इन समूहों को ऐसे क़ानूनों से छूट मिलनी चाहिए जिनका इनके धार्मिक व्यवहारों से टकराव हो। मसलन, ब्रिटेन में यहूदियों और मुसलमानों ने रविवार की छुट्टी से छूट की माँग की है। इसी तरह, संयुक्त-राज्य में यहूदी लोगों ने सैनिक सेवा के दौरान यरमुल्का पहनने की इजाज़त देने की माँग की है। इसी तरह, फ्रांस और ब्रिटेन में मुसलिम लड़कियों ने 'स्कूल ड्रेस कोड' (अर्थात् एक ही तरह का स्कूल ड्रेस पहनने के नियम) से छूट की माँग की है। उन्होंने यह माँग की है कि उन्हें हिजाब या चादर ओढ़ने की इजाज़त मिलनी चाहिए।

विशेष-प्रतिनिधित्व अधिकारों में राष्ट्रीय और जातीय समूहों के साथ-ही-साथ ग़ैर-जातीय श्रेणियों ने भी रुचि दिखायी है। इन ग़ैर-जातीय श्रेणियों में महिलाएँ, ग़रीब और

अपाहिज लोग शामिल हैं। बुनियादी रूप से, विशेष-प्रतिनिधित्व अधिकारों ने राज्य की संरचनाओं को ज़्यादा प्रतिनिधिमूलक बनाकर उनका लोकतंत्रीकरण किया है। मसलन, इसके कारण विधायिका में जातीय और नस्लीय अल्पसंख्यकों, महिलाओं, ग़रीबों, अपाहिजों आदि के सदस्य आये हैं। इस कारण अब विधायिका में समाज के ज़्यादा व्यापक समूहों का प्रतिनिधित्व होने लगा है। दो आधारों पर इन अधिकारों की तरफ़दारी की गयी है— पहला, इन्हें समूहों के साथ हुए दमन में सुधार के रूप में देखा गया है। दूसरा, यह माना गया है कि इनके माध्यम से समूहों को आत्म-निर्णय का अधिकार दिया जा रहा है।

इसलिए किमलिका ने इस बात पर ज़ोर दिया कि बहुसंस्कृतिवाद के पक्ष में दिये जाने वाले तर्क सिर्फ़ 'ऐतिहासिक ग़लतियों' को सुधारने या भेदभाव को ख़त्म करने से संबंधित नहीं हैं। समुदाय क़ायम रखने की वचनबद्धता की बुनियाद में यह विश्वास शामिल है कि अलग-अलग तरह के समुदाय राजनीतिक समुदाय में बहुत ज़्यादा योगदान देते हैं। विविधता को मान्यता देने के पीछे इस विश्वास का भी महत्त्वपूर्ण योगदान है कि प्रत्येक संस्कृति में मूल्यवान तत्त्व हैं, जिन्हें दूसरी संस्कृति के लोगों को जानना चाहिए। हर संस्कृति से दूसरी संस्कृति के लोग बहुत कुछ सीख सकते हैं। यह विश्वास ही राजनीतिक समुदाय को एक ऐसा सहभागी राजनीतिक 'स्पेस' (स्थान) बना सकती है, जहाँ समानता एक महत्त्वपूर्ण मूल्य हो। अब राजनीतिक समुदाय को समरूप निकाय के रूप में नहीं देखा जाता है। इसकी जगह अब यह माना जाता है कि राजनीतिक समुदाय विविधताओं से भरा हुआ है। इसके अलावा, इस विविधता को लोकतांत्रिक राजनीतिक 'स्पेस' (या स्थान) के लिए मूल्यवान माना जाता है। बहुसंस्कृतिवाद समुदाय में व्यक्ति के विचार और समुदाय की प्राथमिकता को स्थापित करने की कोशिश करता है। लेकिन किमलिका यह मानते हैं कि इसमें यह ख़तरा भी मौजूद है कि यह समुदाय के भीतर व्यक्ति के आलोचनात्मक और सृजनशील सदस्यता के अधिकार को नकार सकता है। बहुसंस्कृतिवाद समुदाय की सुरक्षा पर बहुत ज़्यादा ध्यान देता है। ऐसे में इनके तर्क समुदाय की बाहरी पाबंदियों से हिफ़ाज़त की तरफ़दारी करते हैं। लेकिन साथ ही ये समुदाय के इस अधिकार को भी मान्यता देते हैं कि वह अपने सदस्यों पर आंतरिक पाबंदियाँ लगा सकता है। समुदाय को आंतरिक पाबंदियाँ लागू करने की शक्ति देकर यह उस प्राधिकार की संरचना को क़ायम रखता है, जो व्यक्ति की आज़ादी को नुक़सान पहुँचाती हैं। दूसरे शब्दों में, इस रूपरेखा के भीतर अल्पसंख्यक समुदायों से जुड़े व्यक्तियों के अधिकारों का कोई महत्त्व नहीं है। किमलिका का महत्त्व इसलिए भी है कि वे अल्पसंख्यक समूहों के सांस्कृतिक अधिकारों की वकालत व्यक्तियों के व्यक्तिगत अधिकारों की क़ीमत पर नहीं करते हैं। वे मानते हैं कि यदि व्यक्ति और समुदाय के अधिकारों के बीच टकराव हो तो व्यक्ति के अधिकारों को प्राथमिकता दी जानी चाहिए। लेकिन कई दफ़ा इस आधार पर किमलिका के बहुसंस्कृतिवाद संबंधी विचारों की आलोचना की जाती है कि यह आर्थिक पहलुओं की उपेक्षा करता है।

उनकी कुछ महत्त्वपूर्ण रचनाएँ हैं : *लिबरलिज़्म, कम्युनिटी ऐंड कल्चर* (1989); *कंटेम्परेरी पॉलिटिकल फ़िलॉसफ़ी* (1990) और *मल्टीकल्चरल सिटीज़नशिप* (1995)। इसके अलावा उनकी कुछ और भी रचनाएँ प्रसिद्ध हैं : *फ़ाइंडिंग अवर वे : रिथिंकिंग एथ्नोकल्चरल रिलेशंस इन कनाडा* (1998); *पॉलिटिक्स इन वर्नाकुलर : नेशनलिज़्म, मल्टीकल्चरलिज़्म ऐंड सिटजनशिप* (2001), *मल्टीकल्चरल ओडिसीज़* (2007)। किमलिका ने कनाडा के अलावा विश्व के दूसरे भागों में बहुसंस्कृतिवाद के विभिन्न पहलुओं की पड़ताल की है। किमलिका के विचारों ने न सिर्फ़ समुदायवादी चिंताओं को उदारतावाद के भीतर समायोजित करने में महत्त्वपूर्ण भूमिका निभायी है, बल्कि राष्ट्रीय अल्पसंख्यकों सहित अन्य अल्पसंख्यकों के सांस्कृतिक अधिकारों संबंधी चिंताओं को एक ज़ोरदार आवाज़ दी है। भारत जैसे सांस्कृतिक रूप से विविधता से भरे समाजों के लिए इनकी सैद्धांतिक रूपरेखा महत्त्वपूर्ण भूमिका निभा सकती है। मसलन, भारत में कश्मीर, श्रीलंका में तमिलों की समस्या में किमलिका का राष्ट्रीय अल्पसंख्यकों का मॉडल एक प्रभावकारी भूमिका निभा सकता है।

देखें : अधिकार, अधिकार : सैद्धांतिक यात्रा, अरस्तू, अफ़लातून, अनुदारतावाद, अराजकतावाद, अन्य-अन्यीकरण, उदारतावाद, उपयोगितावाद, एडमण्ड बर्क, क्रांति, ज्याँ ज़ाक रूसो, जॉन लॉक, जेरेमी बेंथम, जॉन स्टुअर्ट मिल, जॉन रॉल्स, थॉमस हॉब्स, थॉमस पेन, न्याय, न्याय : नारीवादी आलोचना, न्याय : रॉल्स का सिद्धांत, नागरिकता, नागरिकता : अन्य परिप्रेक्ष्य-1 और 2, नागर समाज, पनोप्टिकॉन, फ्रेड्रिख़ वॉन हायक, बुद्धिवाद, माइकिल ओकशॉट, माइकिल वाल्ज़र, मिशेल पॉल फ़ूको-1 और 2, युटोपिया, राजनीतिक दर्शन के नारीवादी आयाम-1 और 2, रॉबर्ट नॉज़िक, राज्य-1 और 2, स्वतंत्रतावाद, सर्वसत्तावाद, सम्प्रभुता, समाजवाद, सरकार और सरकारियत-1 और 2, सामाजिक समझौता।

संदर्भ

1. विल किमलिका (1989), *लिबरलिज़्म, कम्युनिटी ऐंड कल्चर*, क्लेरेंडन प्रेस, ऑक्सफ़र्ड, 1989.
2. विल किमलिका (2009), *समकालीन राजनीतिक दर्शन*, दूसरा संस्करण (अनुवाद : कमल नयन चौबे), पियर्सन, नयी दिल्ली.
3. अनुपमा राय (2011), 'नागरिकता', राजीव भार्गव और अशोक आचार्य, *राजनीतिक सिद्धांत : एक परिचय*, (अनुवाद : कमल नयन चौबे), पियर्सन, नयी दिल्ली.

— कमल नयन चौबे

विलफ्रेडो परेटो

(Vilfredo Pareto)

अर्थशास्त्र के इतिहास में विलफ्रेडो परेटो (1848-1923) का नाम एक ऐसे विद्वान के रूप में दर्ज है जिसने इस अनुशासन को पहले तो गणितीय और वैज्ञानिक आधार देने की भूमिका निभायी, और फिर उसे ऐतिहासिक और समाजशास्त्रीय अंतर्दृष्टियों से सम्पन्न करने के लिए काम किया। अर्थशास्त्र में कई तात्त्विक योगदान करने वाले परेटो के बौद्धिक जीवन का यह एक उल्लेखनीय तथ्य है कि गणितीय रूपों को आर्थिक विश्लेषण में स्थापित करने के बाद वे ख़ुद इन विधियों से असंतुष्ट हो गये। अमूर्त आर्थिक सिद्धांतों का पल्ला छोड़ कर उन्होंने ऐतिहासिक और सामाजिक-राजनीतिक संदर्भों की ज़मीन पर अर्थव्यवस्थाओं के प्रदर्शन को समझने की कोशिश की। उन्होंने इन पहलुओं को व्यापार चक्रों के विश्लेषण में इस्तेमाल करते हुए दिखाया कि सामाजिक कारक किस तरह बचत, श्रम और उपभोग को प्रभावित करते हैं जिससे अंत में पूरी अर्थव्यवस्था पर असर पड़ता है। उन्होंने आर्थिक जड़ता और वृद्धि का समाजशास्त्रीय सिद्धांत विकसित किया। उनका कहना था कि आर्थिक वृद्धि तब तक उपलब्ध नहीं की जा सकती जब तक कठोर परिश्रम करते हुए उसके आर्थिक फल भोगने की इच्छा को कुछ समय के लिए स्थगित न कर दिया जाए। इसके लिए उन्होंने मेहनत के साथ-साथ किफ़ायत और पेशेवराना रुझान के विकास की सिफ़ारिश की। उन्होंने देखा कि आर्थिक वृद्धि होने पर ये प्रवृत्तियाँ नरम पड़ जाती हैं और समाज में अधिक सुखधर्मिता पैदा होती है। सट्टेबाज़ी होने लगती है और फटाफट पैसा बनाने की होड़ लग जाती है। लेकिन एक मुक़ाम पर उपभोक्ता ऋण में बेतहाशा बढ़ोतरी होने के कारण उपभोक्ताओं का विश्वास डगमगाने लगता है। नतीजे के तौर पर व्यय में कटौती होती है और आर्थिक वृद्धि में धीमापन आता है। लेकिन, इसी प्रक्रिया में भविष्य की आर्थिक वृद्धि की बुनियाद रखी जाती है और एक बार फिर आगे किये जाने वाले निवेश के लिए बचत करने के रुझान पैदा होते हैं।

विलफ्रेडो परेटो इतालवी पिता की संतान थे जिन्हें इटली की सरकार की नीतियों का विरोध करने के कारण पेरिस में निर्वासित जीवन व्यतीत करना पड़ रहा था। उनके मध्यवर्गीय परिवार ने उनकी प्राथमिक शिक्षा का अच्छा प्रबंध किया और उन्हें कठोर अध्यवसाय व सादगीपूर्ण जीवन जीने के संस्कार दिये। 1858 में इटली लौट कर उन्होंने इंजीनियरिंग की डिग्री ली। इंजीनियर की नौकरी करने के दौरान परेटो ने इंग्लैण्ड और स्कॉटलैण्ड की कई यात्राएँ कीं और इस दौरान उन्हें ब्रिटिश अर्थव्यवस्था का अवलोकन करने का मौक़ा मिला। उन्होंने देखा कि मुक्त बाज़ार नीति का ब्रिटेन को कितना फ़ायदा हो रहा है। वे ऐडम स्मिथ सोसाइटी के सक्रिय सदस्य बन गये और लोकतंत्र व मुक्त व्यापार के समर्थन में लेखन करने लगे। परेटो को रात में नींद कम आती थी। इस समय का सदुपयोग उन्होंने राजनीतिक अर्थशास्त्र और समाजशास्त्र के अध्ययन में किया। रिटायर होने के बाद उन्होंने अपनी इंजीनियरिंग ट्रेनिंग का फ़ायदा उठा कर आर्थिक विश्लेषण को गणितीय रूपों में व्यक्त करना शुरू किया। जल्दी ही उनकी ख्याति बढ़ गयी और उन्हें लुज़ाने विश्वविद्यालय में लियोन वालरस की जगह नियुक्ति मिल गयी। आगे चल कर परेटो गणितीय विधियों की संकीर्णता से उकता गये और ऐतिहासिक और सांस्कृतिक संदर्भों के आईने में आर्थिक गतिविधियों को परखने का प्रयास करने लगे। अपने चाचा से विरासत में प्राप्त सम्पत्ति से उन्होंने एक विशाल बंगला ख़रीदा जिसमें किसी संन्यासी की तरह अकेले अपनी पालतू बिल्लियों के साथ रहते हुए उन्होंने अपना जीवन अर्थशास्त्र की समस्याओं पर ग़ौर करते हुए गुज़ारा।

अर्थशास्त्र को गणितीय आधार देने के अलावा परेटो अपने तीन अन्य योगदानों के लिए भी जाने जाते हैं। उन्होंने आमदनी वितरण के नियम का विकास किया जो आज भी उनके नाम से ही जाना जाता है। उन्होंने अर्थशास्त्रियों का ध्यान कार्डिनल उपयोगिता से हटा कर ओर्डिनल उपयोगिता की तरफ़ दिलाया। उन्होंने एक ऐसी परीक्षा विधि भी विकसित की जिसके ज़रिये पता लगाया जा सकता था कि आर्थिक परिणाम सुधारे जा सकते या नहीं। इसे परेटो द्वारा प्रतिपादित अनुकूलतम परिस्थिति के सिद्धांत के नाम से भी जाना जाता है।

परेटो ने विभिन्न राष्ट्रों में आमदनी की विषमताओं का अध्ययन किया और देखा कि यह आय-वितरण एक सहज पैटर्न के मुताबिक़ होता है। उन्होंने परिवारों का क्रम उनकी आमदनी के हिसाब से लगाया और फिर उनकी आमदनी दर्ज करके उसका विश्लेषण किया। नतीजा यह निकला कि आय अनुपात में या अंकगणितीय रूप से नहीं बढ़ रही है। सबसे ज़्यादा ग़रीब परिवार से लेकर सबसे ज़्यादा अमीर परिवार तक के क्रम में आय ज्यामितीय रूप से बढ़ती दिखी। अगर आय अंकगणितीय क्रम से बढ़ती तो तीसवें नंबर का परिवार बीसवें नंबर के परिवार से बीस फ़ीसदी ज़्यादा कमाता और यही क्रम सौवें और नब्बेवें परिवार के बीच प्राप्त होता। लेकिन आमदनी बढ़ने की ज्यामितीय दर बता रही थी कि तीसवें स्थान का परिवार बीसवें स्थान वाले परिवार से दस फ़ीसदी ज़्यादा कमा रहा था जबकि पचासवें स्थान का परिवार चालीसवें स्थान के परिवार से पचास फ़ीसदी ज़्यादा और सौवें स्थान वाला परिवार नब्बेवें स्थान वाले परिवार से सौ फ़ीसदी ज़्यादा कमा रहा था।

विलफ्रेडो परेटो (1848–1923)

परेटो ने अमेरिका और कई युरोपियन देशों में आय वितरण पर निगाह डाली और पाया कि विषमता की स्थिति एक पैटर्न के रूप में तक़रीबन ऐसी ही है। इसलिए उन्होंने इसे नियम की संज्ञा दी। परेटो का ख़याल था कि विषमता इसी तरह जारी रहेगी क्योंकि मालदार लोग अपने राजनीतिक रुतबे का फ़ायदा उठा कर वितरण के इस पैटर्न को बदलने ही नहीं देंगे। परेटो के इस नियम से बहुत विवाद पैदा हुआ, क्योंकि इसके साथ कई सामाजिक-राजनीतिक मुद्दे जुड़े हुए थे जिन पर विचार करने से अर्थशास्त्री आम तौर पर कतराते रहते थे। लेकिन, परेटो की इस खोज को आर्थिक विज्ञान में होने वाली एक महत्त्वपूर्ण प्रगति का दर्जा भी मिला। परेटो से पहले किसी अर्थशास्त्री ने दुनिया के बहुत से देशों की आमदनियों के आँकड़ों का विश्लेषण नहीं किया था।

ओर्डिनल उपयोगिता को कार्डिनल उपयोगिता पर प्राथमिकता दे कर परेटो ने अर्थशास्त्रियों से आग्रह किया कि वे उपभोक्ता से बहुत ज़्यादा अपेक्षाएँ न करें। कार्डिनल उपयोगिता के मुताबिक़ उपभोक्ता से न केवल यह उम्मीद की जाती थी कि वह एक वस्तु के ऊपर दूसरी को प्राथमिकता देना जानता होगा, बल्कि यह भी जानता होगा कि उस प्राथमिकता की मात्रा क्या होगी। जबकि ओर्डिनल उपयोगिता के उसूल के मुताबिक़ उपभोक्ता से केवल प्राथमिकता देने की आशा ही की जानी चाहिए थी। व्यवहार में कार्डिनल और ओर्डिनल उपयोगिता के बीच अंतर इस तरह समझा जा सकता है : अगर एक उपभोक्ता अनन्नास के ऊपर आम को प्राथमिकता देता है, तो उससे यह जानने की अपेक्षा करना ग़लत होगा कि वह आम को अनन्नास से दो सौ फ़ीसदी उपयोगी मानता है या डेढ़ सौ फ़ीसदी। उपभोक्ता का ख़रीद-व्यवहार ऐसी कोई सूचना नहीं देता। परेटो के इस आग्रह का परिणाम यह हुआ कि विभिन्न लोगों द्वारा ग्रहण की जाने वाली उपयोगिता को नापना ज़रूरी नहीं रह गया। जेरेमी बेंथम और जेम्स स्टुअर्ट मिल द्वारा विकसित उपयोगितावाद का दर्शन में इस उलझन से ग्रस्त था। परेटो के सूत्रीकरण का नतीजा यह हुआ कि उपयोगिता नापने का पैमाना बनाने की कोशिशें ही रुक गयीं। इसी तरह अंतर्वैयक्तिक संबंधों में भी उपयोगिता की तुलनाएँ करने का रवैया छोड़ दिया गया। यही काफ़ी समझा जाने लगा कि अगर दो व्यक्ति दो चीज़ों का विनिमय कर रहे हैं तो वे जो दे रहे हैं उसके मुक़ाबले उनके लिए प्राप्त की जाने वाली चीज़ की उपयोगिता अधिक है। अगर ऐसा न होता तो वे यह विनिमय करते ही क्यों।

परेटो का तीसरा योगदान अनुकूलतम परिस्थिति के सिद्धांत के रूप में सामने आया। आर्थिक मामलों की अनुकूलतम स्थिति की खोज करते समय परेटो इस नतीजे पर पहुँचे कि कुछ आर्थिक परिणाम किसी भी तरीक़े से बेहतर नहीं किये जा सकते। अगर किसी एक व्यक्ति की स्थिति को बेहतर किया जाना है तो उसके लिए किसी दूसरे व्यक्ति की स्थिति को कमतर करना होगा। यानी कुल मिला कर स्थिति में कोई सुधार नहीं होगा। परेटो का कहना था कि दो व्यक्ति तभी कोई लेन-देन करते हैं जब दोनों को फ़ायदे की उम्मीद हो। अगर लाभ किसी एक को ही होगा तो विनिमय होगा ही नहीं। ऐसी स्थिति के बावजूद अगर दबाव डाल कर वस्तुओं का पुनर्वितरण करने की कोशिश की जाएगी तो कुल मिला कर स्थिति में या आर्थिक प्रदर्शन में कोई सुधार नहीं होगा। इसलिए बाज़ार में मुक्त विनिमय की स्थिति ही अनुकूलतम कही जा सकती है।

परेटो के इस सिद्धांत के नतीजे नीतिगत क्षेत्र में निकलने लाज़मी थे। कल्याणकारी अर्थशास्त्र की पैरोकारी के लिए भी इसका इस्तेमाल किया गया। इसके मुताबिक़ बिना किसी का नुक़सान किये अगर हर व्यक्ति की बेहतरी हो सके तो आर्थिक कल्याण में सुधार हो सकता है। यह अनुकूलतम परिस्थिति पैदा हो सके इसलिए लाज़मी समझा गया कि उपभोक्ताओं के स्तर पर जिस सीमांत दर से उपभोग में प्रतिस्थापन हो, उसी सीमांत दर से उत्पादक अपने उत्पादन में तब्दीली करें। परेटो के अनुसार केवल ऐसा होने पर ही सभी उत्पादन प्रक्रियाओं की सीमांत लागत सीमांत आमदनी के बराबर हो सकती है। दूसरी तरफ़, तीस के दशक में अर्थशास्त्रियों का यह ख़याल भी था कि मूल्यगत विवेक का इस्तेमाल किये बिना अनुकूलत ये परिस्थिति के इस सिद्धांत के ज़रिये आर्थिक प्रदर्शन का मूल्यांकन किया जा सकता है।

इसलिए उन्होंने इस प्रश्न पर काफ़ी दिमाग़ खपाया और यह पता लगाने की कोशिश की कि कुछ विशेष परिस्थितियों में यह उसूल कारगर होने से चूकता तो नहीं है। परेटो के इस उसूल को अमीरों को टैक्स रियायतें देने के लिए इस्तेमाल किया जाता है : अगर मालदार लोगों को ये रियायतें मिलेंगी तो वे निवेश ज़्यादा कर सकेंगे और आर्थिक उछाल आएगा और नतीजे के तौर पर ग़रीबों की भी बेहतरी होगी। इस स्थिति में इसे परेटो-सुपीरियर की संज्ञा दी जाएगी। अगर टैक्स रियायतों से आर्थिक उछाल नहीं आया तो राजस्व की भरपाई किसी न किसी की जेब से तो करनी ही होगी। मालदारों को फ़ायदा होगा, और आम आदमी की जेब ख़ाली होगी। यह परेटो-ओप्टिमल माना जाएगा।

परेटो ओप्टिमल की आलोचना करते हुए अमर्त्य सेन ने दावा किया है कि इस सिद्धांत से निकलने वाले नतीजे मूल्य-तटस्थ या वैज्ञानिक नहीं कहे जा सकते। यह सिद्धांत इस पूर्वधारणा पर आधारित है कि अगर कोई परिवर्तन व्यक्ति को ख़ुशहाल बनाता है तो इससे कुल मिला कर वह समाज भी ख़ुशहाल होता है। इस मान्यता को सही नहीं माना जा सकता। दूसरे, यह सिद्धांत सभी परिस्थितियों में श्रेयस्कर नहीं है। मसलन, अकाल की स्थिति क़ायदे से परेटो ओप्टिमल है और जनता को भुखमरी से बचाने के लिए किया गया पुनर्वितरण परेटो ओप्टिमल के ख़िलाफ़ चला जाएगा।

देखें : अर्थ-विज्ञान का समाजशास्त्र, आर्थिक जनसांख्यिकी, अल्फ्रेड मार्शल, अमर्त्य कुमार सेन, अंतर्राष्ट्रीय मुद्रा कोष, आधार और अधिरचना, ऑस्कर रायज़ार्ड लांगे, एडम स्मिथ, करारोपण, कल्याणकारी अर्थशास्त्र, क्लासिकल अर्थशास्त्र, कार्ल हाइनरिख़ मार्क्स-3, कार्ल मेंगर, कींसियन अर्थशास्त्र, गुन्नार मिर्डाल, जोआन रोबिंसन, जॉन कैनेथ गालब्रेथ, जॉन मेनार्ड कींस, जॉन स्टुअर्ट मिल, जोसेफ़ शुमपीटर, जैव विविधता, ट्रस्टीशिप, डेविड रिकार्डो, ढाँचागत समायोजन कार्यक्रम, थॉमस मन और वणिकवाद, थॉमस रॉबर्ट माल्थस, दक्षता, धन, नियोक्लासिकल अर्थशास्त्र, नीतिशास्त्र और अर्थशास्त्र, निकोलस काल्दोर, नियोजन, नियोजन : मार्क्सवादी विमर्श, पण्य, पण्य-पूजा, पेटेंट, पॉल सेमुअलसन, पियरो स्राफ़ा, पूँजी, प्रतियोगिता, फ्रांस्वा केस्ने और प्रकृतिवाद, फ्रेड्रिख़ वॉन हायक, बहुराष्ट्रीय निगम, बाज़ार, बाज़ार की विफलताएँ, बाज़ार-समाजवाद, बौद्धिक सम्पदा अधिकार, ब्रेटन वुड्स प्रणाली, भारत में बहुराष्ट्रीय निगम, भारत में नियोजन, भारत में पेटेंट क़ानून, भारत में शेयर संस्कृति, भूमण्डलीकरण और पूँजी बाज़ार, भूमण्डलीकरण और वित्तीय पूँजी, भूमण्डलीकरण और वित्तीय उपकरण, मार्क्सवादी अर्थशास्त्र, मिल्टन फ्रीडमेन, मूल्य, राजनीतिक अर्थशास्त्र, राजनीतिक अर्थशास्त्र : भारतीय आयाम, राजकोषीय नीति और मौद्रिक नीति, रॉबर्ट ओवेन, विश्व व्यापार संगठन, विश्व बैंक, विलियम पेटी, विलियम स्टेनली जेवंस, वैकासिक अर्थशास्त्र, शोषण, साइमन कुज़्नेत्स।

संदर्भ

1 रेनाटो सिरिलो (1979), *द इकॉनॉमिक्स ऑफ़ विलफ्रेडो परेटो*, फ्रैंक कैस, लंदन.

2. एच. चार्ल्स पावर्स (1987), *विलफ्रेडो परेटो*, सेज पब्लिकेशंस, न्यूबरी पार्क.

3. जोसेफ़ शुमपीटर (1949), 'विलफ्रेडो परेटो 1848-1923', *क्वार्टरली जरनल ऑफ़ इकॉनॉमिक्स*, 63.

— अभय कुमार दुबे

विलियम पेटी

(William Petty)

अर्थशास्त्र को मात्रात्मक और सांख्यकीय विज्ञान बनाने वाले शुरुआती विद्वानों में विलियम पेटी (1623-1687) का नाम सर्वाधिक महत्त्वपूर्ण है। उन्होंने न केवल सार्वजनिक वित्त का अध्ययन किया और अधिशेष मूल्य की धारणा व्याख्यायित करके आर्थिक विज्ञान में अहम योगदान दिया, बल्कि आँकड़ों और संख्याओं का इस्तेमाल करके अर्थव्यवस्था के वास्तविक कामकाज को समझने की विधियों को भी स्थापित किया। पेटी ने अपने ज़माने में ब्रिटिश अर्थव्यवस्था को समझने के लिए कुछ पैमाने बनाने का प्रयास करके आँकड़ों के खेल को 'राजनीतिक अंकगणित' की संज्ञा दी। पेटी ने सरकारों से अपील की कि वे अपने-अपने आर्थिक बंदोबस्त से संबंधित जानकारियाँ और आँकड़े जमा करने पर ज़ोर दें ताकि उनकी मदद से पता लगाया जा सके कि अर्थव्यवस्था में होने वाले परिवर्तनों के कारण क्या हैं। ज़ाहिर है कि सत्रहवीं सदी में सरकारें पेटी की यह इच्छा पूरी नहीं कर सकीं। विश्लेषण हेतु भरोसेमंद सांख्यिकी की नियमित उपलब्धि के लिए अर्थशास्त्रियों को अगले दो सौ साल तक इंतज़ार करना पड़ा।

विलियम पेटी दक्षिण इंग्लैण्ड में हैमशायर के एक ग़रीब कपड़ा मज़दूर के बेटे थे। उन दिनों निम्न वर्ग के बच्चों की पढ़ाई-लिखाई मुख्य तौर पर पाठ रटने तक सीमित रहती थी। पर पेटी ने अपने प्रयासों से यह सीमा भी लाँघी और साहित्य व विज्ञान का अध्ययन किया। 13-14 साल की उम्र में उन्हें एक जहाज़ पर बैरे की नौकरी करनी पड़ी। जब उनका जहाज़ इंग्लिश चैनल के फ्रांसीसी तट पर पहुँचने वाला था, तभी दुर्घटनावश पेटी की टाँग टूट गयी। चूँकि जहाज़ मालिक के लिए उनकी कोई उपयोगिता नहीं रह गयी थी इसलिए उसने पेटी को वहीं उतार दिया। मौक़ा देख कर पेटी फ्रांस में ही रुक गये और केन के जीसूट कॉलेज में दाख़िला ले लिया। उन्होंने 1640 में वापसी की और तीन

विलियम पेटी (1623-1687)

साल नौ सेना में बिताये। इसके बाद वे शरीरशास्त्र और औषधि विज्ञान का अध्ययन करने हालैण्ड चले गये। 1646 में इंग्लैण्ड लौट कर पेटी ने ऑक्सफ़र्ड से औषधि विज्ञान में डॉक्टरेट की और वहीं शरीरशास्त्र के प्रोफ़ेसर हो गये। लेकिन अपना पहला व्याख्यान देने के बाद ही उन्हें लगा कि अकादमिक जीवन उन्हें रास नहीं आएगा। उन्होंने आयरलैण्ड का मुख्य सर्वेक्षक बनना पसंद किया। सैनिक भूमि सर्वेक्षण पेटी के लिए सोने की ख़ान साबित हुआ और वे जल्दी ही एक अमीर भू-स्वामी बन गये। 1660 के दशक में पेटी ने लंदन की रॉयल सोसाइटी की स्थापना में मदद की ताकि प्राकृतिक जगत और समाज का अध्ययन करने के लिए प्रेक्षण और प्रयोग की फ्रांसिस बेकन द्वारा स्थापित विधियों का इस्तेमाल किया जा सके।

1671 में प्रकाशित अपनी रचना *पॉलिटिकल अर्थमेटिक* में पेटी ने दावा किया कि वे उनका मक़सद इंग्लैण्ड की अर्थव्यवस्था से संबंधित प्रचलित विश्वासों का खण्डन करना है। वे यह मानने के लिए तैयार नहीं थे कि अर्थव्यवस्था में गिरावट आ रही है या उससे व्यापार का ह्रास हो रहा है। उन्होंने रॉयल सोसाइटी के अनुसंधान कार्यक्रम को आर्थिक परिघटना पर लागू करके साबित किया कि इंग्लैण्ड किसी भी ज़माने के मुक़ाबले अधिक समृद्ध है। चूँकि उस युग में न तो सरकारें आँकड़े जमा करती थीं और न ही अख़बार वित्तीय तथ्य प्रकाशित करते थे, इसलिए पेटी ने सांख्यिकी एकत्रित करने का ज़िम्मा ख़ुद उठाने का फ़ैसला किया। आर्थिक और सामाजिक आयामों की हक़ीक़त का पता लगाने के लिए संख्याओं का प्रयोग उस ज़माने के लिए एक नयी बात थी। पेटी की निगाह में यह प्रक्रिया न केवल इंग्लैण्ड के लिए इस्तेमाल की जानी चाहिए थी, बल्कि उसका विस्तार दुनिया के आर्थिक-सामाजिक यथार्थ को जानने के लिए भी किया जाना चाहिए था। उनकी कोशिशों के परिणामस्वरूप आर्थिक विश्लेषण नैतिकताओं और व्यक्तिगत आस्थाओं की जकड़ से मुक्त हो कर एक वस्तुनिष्ठ विज्ञान बनने की तरफ़ बढ़ पाया।

लंदन की समृद्धि और आर्थिक विकास को साबित करने के लिए पेटी ने दिखाया कि पेरिस के मुक़ाबले लंदन में लोग भी ज़्यादा रहते हैं और घरों की संख्या भी अधिक है। दोनों शहरों की मृत्यु दर समान मान कर पेटी ने यह भी दिखाया कि लंदन के कब्रिस्तानों में अधिक लोग दफ़्नाए जाते हैं। अधिक आबादी का मतलब उनके लिए बेहतर आर्थिक स्थिति था। आज के ज़माने में पेटी का यह तर्क कुछ विचित्र लग सकता है, क्योंकि कई देशों की ग़रीबी का कारण उनकी बढ़ी हुई आबादी में ढूँढ़ा जाता है। पर सत्रहवीं सदी में समृद्धि नापने के लिए इस तरह के अप्रत्यक्ष तरीक़ों का इस्तेमाल करना पेटी की मजबूरी थी। जन्म दर नियंत्रण की आधुनिक विधियाँ विकसित होने से पहले आबादी और उसकी बढ़ोतरी इस बात पर निर्भर करती थी कि किसी देश में बच्चे जीवित रह पा रहे हैं या नहीं। बच्चों की उत्तरजीविता और बेहतर राष्ट्रीय समृद्धि के बीच सीधा संबंध स्थापित किया जा सकता था। दूसरी तरफ़ से देखने पर अधिक राष्ट्रीय समृद्धि का परिणाम आबादी की तेज़ वृद्धि के रूप में दिखाई पड़ता था। उस युग की सीमाओं के लिहाज़ से पेटी का यह विश्लेषण सर्वश्रेष्ठ था।

अर्थशास्त्र के इतिहास में पेटी को कई बार वणिकवादी विचारों के साथ जोड़ दिया जाता है, पर पेटी व्यापार अधिशेष का इस्तेमाल थॉमस मन के तर्ज़ पर ख़ज़ाना भरने के लिए नहीं बल्कि रोज़गार बढ़ाने के लिए करना चाहते थे। वणिकवादियों के विपरीत वे मुक्त अंतर्राष्ट्रीय व्यापार के लाभों को भी समझते थे। उनकी निगाह में आर्थिक ख़ुशहाली का रास्ता केवल व्यापार अधिशेष जमा करते रहना ही नहीं था। उनकी तजवीज़ यह थी कि सार्वजनिक वित्त, सरकारी ख़र्च और टैक्स लगाने की नीतियों पर भी ध्यान दिया जाना चाहिए। उन्होंने इंग्लैण्ड की कर प्रणाली की कड़ी आलोचना की क्योंकि उसके तहत टैक्स वसूलने की लागत काफ़ी ऊँची थी। इसके बावजूद जिन पर टैक्स बक़ाया होता था, उनसे वसूली नहीं हो पाती थी। कर वसूली की प्रक्रिया कई तरह की नाइंसाफ़ियों का कारण भी थी। पेटी ने राजस्व जमा करने के लिए सरकार द्वारा लॉटरियाँ बेचने की भी निंदा की। वे लोगों पर उनकी समृद्धि या सम्पत्ति के हिसाब से कर लगाने

के पक्षधर थे। उन्होंने उपभोग पर आनुपातिक कर लगाने की सिफ़ारिश भी की।

पेटी का ध्यान कर-राजस्व ख़र्च करने के तरीक़ों पर भी था। उनका विचार था कि अगर राजस्व आर्थिक परिसंचरण से हटा लिया जाएगा तो अर्थव्यवस्था को नुक़सान पहुँचेगा। सरकार को चाहिए कि वह राजस्व आमदनी को ख़र्च करे ताकि लोगों को उसके ज़रिये काम मिल सके। पेटी का दावा था कि करारोपण और व्यय से उपभोग और उच्च उत्पादकता वाले जिंसों के उत्पादन में वृद्धि होती है जिससे राष्ट्रीय उत्पादन बढ़ता है। पेटी के इस प्रेक्षण को बीसवीं सदी में निकोलस काल्दोर जैसे अर्थशास्त्रियों की स्थापनाओं में ध्वनित होते देखा जा सकता है।

पेटी के कई विचार कींस के सिद्धांतों में भी झलकते हैं। मसलन, वे चाहते थे कि सरकार प्रतिरक्षा, न्याय, स्कूलों, ग़रीबों को राहत देने और सार्वजनिक निर्माण पर तो ख़र्च करे ही, उसे ऐसे अनुपयोगी लगने वाले आइटमों पर भी ख़र्च करने से नहीं कतराना चाहिए जिनसे रोज़गार पैदा हो सकते हों और निठल्लेपन का उन्मूलन हो सकता हो। इस सिलसिले में पेटी का यह कथन मशहूर है कि अगर सेलिसबरी के मैदान में एक व्यर्थ का पिरामिड भी बनवाना पड़े तो भी बनवाना चाहिए। इससे लोगों को पत्थर ढोने का काम तो मिलेगा।

पेटी का योगदान केवल तथ्यात्मक और व्यावहारिक क़िस्म का ही नहीं था। अधिशेष मूल्य के विचार को परिभाषित करने वाले वे पहले अर्थशास्त्री थे। ज़मीन के लगान को अधिशेष मूल्य की तरह समझने का श्रेय आम तौर से केस्ने और उनके प्रकृतिवादी साथियों को दिया जाता है, पर दरअसल यह सिद्धांत पेटी ने विकसित किया था।

अर्थशास्त्र की दुनिया में पेटी के वास्तविक योगदान के सवाल पर कुछ विवाद है। उनके कुछ आलोचक उन्हें वणिकवादियों की श्रेणी में रखते हैं। कुछ उनका ताल्लुक प्रकृतिवादियों से जोड़ते हैं। जोसेफ़ शुमपीटर के अनुसार मार्क्स ने पेटी के योगदान का बढ़ा-चढ़ा कर बताया है। शुमपीटर यह भी नहीं मानते कि पेटी को अधिशेष की धारणा परिभाषित करने का श्रेय दिया जाना चाहिए।

देखें : अर्थ-विज्ञान का समाजशास्त्र, आर्थिक जनसांख्यिकी, अल्फ्रेड मार्शल, अमर्त्य कुमार सेन, अंतर्राष्ट्रीय मुद्रा कोष, आधार और अधिरचना, ऑस्कर रायज़ार्ड लांगे, एडम स्मिथ, करारोपण, कल्याणकारी अर्थशास्त्र, क्लासिकल अर्थशास्त्र, कार्ल हाइनरिख़ मार्क्स-3, कार्ल मेंगर, कींसियन अर्थशास्त्र, गुन्नार मिर्डाल, जोआन रोबिंसन, जॉन कैनेथ गालब्रेथ, जॉन मेनार्ड कींस, जॉन स्टुअर्ट मिल, जोसेफ़ शुमपीटर, जैव विविधता, ट्रस्टीशिप, डेविड रिकार्डो, ढाँचागत समायोजन कार्यक्रम, थॉमस मन और वणिकवाद, थॉमस रॉबर्ट माल्थस, दक्षता, धन, नियोक्लासिकल अर्थशास्त्र, नीतिशास्त्र और अर्थशास्त्र, निकोलस काल्दोर, नियोजन, नियोजन : मार्क्सवादी विमर्श, पण्य, पण्य-पूजा, पेटेंट, पॉल सेमुअलसन, पियरो स्राफ़ा, पूँजी, प्रतियोगिता, फ़्रांस्वा केस्ने और प्रकृतिवाद, फ़्रेड्रिख़ वॉन हायक, बहुराष्ट्रीय निगम, बाज़ार, बाज़ार की विफलताएँ, बाज़ार-समाजवाद, बौद्धिक सम्पदा अधिकार, ब्रेटन वुड्स प्रणाली, भारत में बहुराष्ट्रीय निगम, भारत में नियोजन, भारत में पेटेंट क़ानून, भारत में शेयर संस्कृति, भूमण्डलीकरण और पूँजी बाज़ार, भूमण्डलीकरण और वित्तीय पूँजी, भूमण्डलीकरण और वित्तीय उपकरण, मार्क्सवादी अर्थशास्त्र, मिल्टन फ्रीडमेन, मूल्य, राजनीतिक अर्थशास्त्र, राजनीतिक अर्थशास्त्र : भारतीय आयाम, राजकोषीय नीति और मौद्रिक नीति, रॉबर्ट ओवेन, विलफ्रेडो परेटो, विश्व व्यापार संगठन, विश्व बैंक, विलियम स्टेनली जेवंस, वैकासिक अर्थशास्त्र, शोषण, साइमन कुज़्नेत्स।

संदर्भ

1. ए.वी. एनीकिन (1983), *आर्थिक विज्ञान का युवा काल : मार्क्स-पूर्व का अर्थशास्त्र,* अनुवाद : गिरीश मिश्र, पीपुल्स पब्लिशिंग हाउस, नयी दिल्ली.
2. टेरेंस हचिसन (1988), *बिफ़ोर ऐडम स्मिथ : द इमरजेंस ऑफ़ पॉलिटिकल इकॉनॉमी,* 1662-1776, बेसिल ब्लैकवेल, ऑक्सफ़र्ड.
3. अलेसांद्रो रॉकाग्लिया (1985), *पेटी,* एम.ई. शार्प, आरमंक, न्यूयॉर्क.
4. एरिक स्ट्रॉस (1954), *सर विलियम पेटी : पोर्ट्रेट ऑफ़ अ जीनियस,* बोडले हेड, लंदन.
5. सी.एच. हल (सम्पा.) (1989), *द इकॉनॉमिक राइटिंग्स ऑफ़ सर विलियम पेटी,* केम्ब्रिज युनिवर्सिटी प्रेस, केम्ब्रिज.

— अभय कुमार दुबे

विलियम स्टेनली जेवंस

(William Stanley Jevons)

क्लासिकल और नियोक्लासिकल अर्थशास्त्र के बीच संक्रमण काल में आर्थिक विज्ञान पर जिन अर्थशास्त्रियों ने अपनी विशिष्ट छाप छोड़ी उनमें विलियम स्टेनली जेवंस (1835-1882) का नाम प्रमुख है। उनका प्रमुख योगदान सीमांत उपयोगिता के सिद्धांत का विकास माना जाता है। उन्होंने अपने इस सूत्रीकरण का इस्तेमाल यह समझने में भी किया कि उपभोग और श्रम संबंधी निर्णयों का क्या आधार होता है। जेवंस का आर्थिक विमर्श अलग तरह का था और उसकी अंतर्दृष्टियों ने अर्थशास्त्र के अनुशासन को काफ़ी लाभ पहुँचाया। उपभोक्ता और उपभोक्ता-व्यवहार को आर्थिक विश्लेषण के केंद्र में लाने का श्रेय उन्हीं को है। उन्नीसवीं सदी में सम्भवत: जेवंस को छोड़ कर ऊर्जा संसाधनों के क्षय को लेकर चिंतित होने वाला समाजवैज्ञानिक कोई दूसरा नहीं था।

विलियम स्टेनली जेवंस (1835-1882)

उन्होंने व्यापार चक्रों के इतिहासकार की भूमिका भी निभायी। क्लासिकल अर्थशास्त्रियों की मान्यता थी कि वस्तुओं के सापेक्षिक दाम उनके उत्पादन की लागत पर निर्भर करते हैं। जेवंस ने सीमांत उपयोगिता के विचार का इस्तेमाल करते हुए तर्क दिया कि सापेक्षिक दाम लोगों द्वारा किये जाने वाले उस आकलन पर निर्भर करते हैं जिसका आधार वह संतोष होता है जो उन्हें किसी चीज़ को ख़रीदने से मिलता है।

लिवरपूल, इंग्लैण्ड के एक उच्च-मध्यमवर्गीय परिवार में पैदा हुए विलियम स्टेनली जेवंस को बचपन में बेहतरीन शिक्षा प्राप्त हुई। उन्होंने धातुविज्ञान और गणित का अध्ययन किया। लेकिन, ब्रिटिश रेलवे व्यवसाय में आये उछाल का अंत हो जाने के कारण जेवंस का परिवार दिवालिया हो गया जिसके कारण उन्हें अपनी पढ़ाई रोकनी पड़ी। ऑस्ट्रेलिया में नौकरी करते हुए न्यू साउथ वेल्स के लिए रेलवे लाइन बनाने में पैसा लगाने के सवाल पर हुए विवाद से उनकी दिलचस्पी अर्थशास्त्र में पैदा हुई। उन्होंने स्मिथ, माल्थस और मिल का गहन अध्ययन किया। इंग्लैण्ड लौट कर उन्होंने फिर से गणित, राजनीतिक अर्थशास्त्र, दर्शन और इतिहास का अध्ययन शुरू किया। मैनचेस्टर में तेरह साल तक अध्यापन करने के बाद जेवंस युनिवर्सिटी कॉलेज, लंदन में राजनीतिक अर्थशास्त्र के प्रोफ़ेसर हो गये। इसी दौरान उन्होंने लेखन कार्य शुरू किया। अध्यापन के कारण लेखन में बाधा पड़ने के कारण उन्होंने नौकरी छोड़ दी, लेकिन तब तक अत्यधिक परिश्रम के कारण उनका स्वास्थ्य ख़राब हो चुका था। दो साल बाद तैरते समय डूबने से उनकी मृत्यु हुई।

जेवंस ने अर्थशास्त्री के रूप में अपना क़ॅरियर द *कोल क्वैश्चन* (1865) शीर्षक से लिखी गयी पुस्तक से शुरू किया। इसमें उन्होंने भविष्यवाणी की कि इंग्लैण्ड जल्दी ही ऊर्जा की ज़बरदस्त कमी का शिकार होने वाला है। कोयले की कुल सप्लाई का तख़मीना लगा कर और साथ में कोयले की ख़पत के अनुमान के ज़रिये उन्होंने निष्कर्ष निकाला कि माँग बढ़ रही है पर सप्लाई उसके मुताबिक़ बढ़ती हुई नहीं दिख रही है। इसके कारण कोयले के दाम तेज़ी से बढ़ेंगे, और ख़तरा यह है कि इंग्लैण्ड की आर्थिक वृद्धि रुक सकती है। जेवंस को यह उम्मीद नहीं थी कि कोयले की जगह इस्तेमाल होने वाली ऊर्जा मिल जाएगी। वे यह मानने के लिए भी तैयार नहीं हुए कि ऊर्जा संरक्षण के उपायों से कोई फ़र्क़ पड़ेगा। जेवंस ने कोयले पर टैक्स लगने और ब्रिटिश कोयले के निर्यात पर रोक जैसे क़दमों के प्रभाव पर भी विचार नहीं किया। उनकी सिफ़ारिश थी कि ब्रिटेन को अपना राष्ट्रीय क़र्ज़ फ़ौरन उतार देना चाहिए ताकि आर्थिक वृद्धि ठप हो जाने की सूरत में आने वाली पीढ़ियों पर कोई बोझ न रहे।

अपनी ख़ामियों के बावजूद द *कोल क्वैश्चन* ने जेवंस को रातों-रात मशहूर कर दिया। जॉन स्टुअर्ट मिल ने संसद में उनकी तारीफ़ की और कोयले की उपलब्धता पर विचार करने के लिए एक शाही कमीशन गठित किया गया। अख़बारों ने भी ऊर्जा संकट के अंदेशों के बारे में अटकलें लगानी शुरू कर दीं।

बहरहाल, अर्थशास्त्र की दुनिया में जेवंस को ऊर्जा संकट की भविष्यवाणियों के लिए नहीं बल्कि उपयोगिता-विश्लेषण को इस अनुशासन का अंग बनाने के लिए जाना जाता है। दरअसल, उपयोगिता के आत्मपरक आकलन का सूत्रीकरण दरअसल तीन अर्थशास्त्रियों ने अलग-अलग स्वतंत्र रूप से किया था। जेवंस के अलावा ऑस्ट्रियाई अर्थशास्त्री कार्ल मेंगर और जे.बी. क्लार्क को भी यह श्रेय जाता है। लेकिन, जेवंस मेंगर से भी आगे निकल गये और उन्होंने उपयोगिता विश्लेषण को न केवल आर्थिक विमर्श में स्थापित किया, बल्कि उसके फलितार्थों और सम्भव प्रयोगों की रूपरेखा भी पेश की।

इस सिद्धांत की खोज जेवंस ने ऑस्ट्रेलिया में काम करते हुए की। 1860 में अपने भाई को लिखे पत्र में उन्होंने इस विचार को सहज रूप से इस प्रकार सूत्रबद्ध किया : किसी व्यक्ति द्वारा खाये जाने वाले साधारण खाद्य की मात्रा बढ़ने के साथ ही उस खाद्य के अंतिम उपभोग किये जाने वाले अंश की उपयोगिता या लाभ की डिग्री घट जाती है। कई साल बाद जेवंस ने सम्पूर्ण उपयोगिता और उपयोगिता की डिग्री या सीमांत उपयोगिता (मार्ज़िनल उपयोगिता) के बीच सटीक अंतर करके दिखाया जिससे उपभोक्ता व्यवहार

के आधुनिक सिद्धांत का जन्म हुआ। जेवंस ने देखा कि अगर लोग किसी वस्तु का अधिकाधिक इस्तेमाल करते हैं तो उसके उपभोग से प्राप्त होने वाली उपयोगिता उनके लिए आम तौर पर बढ़ जाती है। लेकिन जब उपभोग और बढ़ता जाता है तो उस वस्तु की अतिरिक्त मात्रा से मिलने वाली उपयोगिता घटने लगती है। अपने सूखे गले को तर करने वाले व्यक्ति को पहली बियर अधिक उपयोगी लगती है, दूसरी उससे कम और तीसरी उससे भी कम। पाँचवें और छठवें गिलास की नौबत आने तक पीने वाला अगले गिलास से किसी तरह की अतिरिक्त उपयोगिता प्राप्त नहीं कर पाता।

उपयोगिता के आत्मपरक आकलन के मुताबिक़ उपभोक्ता वही वस्तु ख़रीदता है जो उसे सबसे ज़्यादा संतोष दे सके। उपभोक्ता उस समय संतुलनावस्था को प्राप्त कर लेता है जब उसके व्यय में होने वाला कोई परिवर्तन उसकी सम्पूर्ण उपयोगिता को नहीं बढ़ा पाता। अगर वह अधिक उपयोगिता से सम्पन्न वस्तुएँ ख़रीद सके और कम उपयोगिता वाली वस्तुओं की अपेक्षाकृत कम ख़रीद करे तो वह ख़ुद को बेहतर स्थिति में महसूस करेगा। इस विभेद और सिद्धांत का प्रतियोगी बाज़ारों में कीमत-निर्धारण प्रक्रिया की समझ हासिल करने के लिए अहम इस्तेमाल हुआ। उत्पादक और अनुत्पादक श्रम में विभेद का आधार और मक़सद पूँजी-निर्माण प्रक्रिया में दोनों का भिन्न-भिन्न योगदान होता है। सेवाओं आदि के उत्पादन का बचत और पूँजी-निर्माण में प्रत्यक्ष योगदान नहीं हो पाता है, क्योंकि सेवाओं के प्रतिफल को भविष्य के लिए बचा कर नहीं रखा जा सकता।

इस सिद्धांत के नीतिगत फलितार्थ यह हुए कि सरकारें उपभोक्ताओं द्वारा ख़रीदी जाने वाली वस्तुओं और सेवाओं को विनियमित करने से बाज आने लगीं। मसलन, अगर सिगरेट और एल्कोहल बिना किसी बाधा के उपलब्ध है तो उपभोक्ता उनकी उतनी ही मात्रा ख़रीदेगा जितने से उसे अधिकतम उपयोगिता हासिल हो सके। लेकिन, अगर सरकारी नीतियों के कारण इनका ख़रीदना कठिन हो जाए तो देश भर में उपभोक्ताओं के संतोष की मात्रा गिर जाएगी। जेवंस ने यही सिद्धांत श्रम पर भी लागू करके दिखाया कि मज़दूरी का निर्धारण कैसे होता है और श्रम-बाज़ार कैसे काम करता है। इसमें जेवंस यह पूर्वधारणा बना कर चले कि मज़दूर अनिच्छा से श्रम करता है इसलिए वह नकारात्मक उपयोगिता का शिकार है। पर दूसरी तरफ़ वह मज़दूरी प्राप्त करके अपनी आमदनी से वस्तुएँ ख़रीदता है जिससे सकारात्मक उपयोगिता पैदा होती है। उन्होंने नतीजा निकाला कि उपभोग की उपयोगिता श्रम का अ-उपयोगिता के मुक़ाबले ज़्यादा रहेगी, लोग श्रम करते रहेंगे। अगर इसका उल्टा हुआ तो लोग काम करना बंद करके फ़ालतू बैठना पसंद करेंगे।

जेवंस के इस विश्लेषण का नतीजा यह हुआ कि केय्ने द्वारा उत्पादक और अनुत्पादक श्रम के बीच किया गया फ़र्क़ ग़लत साबित हो गया। जेवंस के कारण मज़दूर द्वारा किया हर तरह का श्रम उत्पादक समझा जाने लगा क्योंकि उससे निजी तौर पर मज़दूर के लिए सकारात्मक उपयोगिता पैदा होती है। जेवंस के विश्लेषण ने मज़दूरी की क्लासिकल थियरी को भी संदिग्ध कर दिया। अर्थशास्त्रियों को लगा कि मज़दूर अपना जीवनयापन करने भर की मज़दूरी पर काम करने के लिए मजबूर नहीं हैं। अगर मज़दूरी कम मिले और वे उससे मनचाही वस्तुएँ नहीं ख़रीद पाएँ तो वे कम तनख़्वाह पर काम करने के बजाय फ़ुरसत का मज़ा लेना पसंद कर सकते हैं। रिकार्डो और मार्क्स के मुक़ाबले जेवंस ने श्रम और पूँजी के बीच विरोध देखने से इनकार किया। दोनों ही पक्ष अपने-अपने हितों को ध्यान में रख कर श्रम करने या न करने और निवेश करने या न करने का फ़ैसला करते हैं।

जेवंस के चौंका देने वाले ऊर्जा संबंधी अवलोकन सही साबित नहीं हुए। उनका हताशापूर्ण दृष्टिकोण पेट्रोलियम, प्राकृतिक गैस और पनबिजली जैसे कोयले के विकल्पों की सम्भावनाओं को समझने में नाकाम रहा। दरअसल, जेवंस निजी तौर पर तरह-तरह के अंदेशों और भयों के शिकार भी रहते थे। लिखने के क़ाग़ज की कमी के डर के कारण उन्होंने एक बार इतना क़ाग़ज ख़रीद कर रख लिया था कि उनकी संतानें भी उसका पूरा इस्तेमाल करने में नाकाम रहीं।

देखें : अर्थ-विज्ञान का समाजशास्त्र, आर्थिक जनसांख्यिकी, अल्फ्रेड मार्शल, अमर्त्य कुमार सेन, अंतर्राष्ट्रीय मुद्रा कोष, आधार और अधिरचना, ऑस्कर रायज़ार्ड लांगे, एडम स्मिथ, करारोपण, कल्याणकारी अर्थशास्त्र, क्लासिकल अर्थशास्त्र, कार्ल हाइनरिख़ मार्क्स-3, कार्ल मेंगर, कींसियन अर्थशास्त्र, गुन्नार मिर्डाल, जोआन रोबिंसन, जॉन कैनेथ गालब्रेथ, जॉन मेनार्ड कींस, जॉन स्टुअर्ट मिल, जोसेफ़ शुमपीटर, जैव विविधता, ट्रस्टीशिप, डेविड रिकार्डो, ढाँचागत समायोजन कार्यक्रम, थॉमस मन और वणिकवाद, थॉमस रॉबर्ट माल्थस, दक्षता, धन, नियोक्लासिकल अर्थशास्त्र, नीतिशास्त्र और अर्थशास्त्र, निकोलस काल्दोर, नियोजन।

संदर्भ

1. जॉन मेनार्ड कींस (1951), 'विलियम स्टेनली जेवंस, 1835-82', *एसेज़ इन बॉयोग्राफ़ी*, नॉर्टन, न्यूयॉर्क.
2. मार्गरेट शैबास (1990), *अ वर्ल्ड रूल्ड बाई नंबर्स, विलियम स्टेनली जेवंस ऐंड द राइज़ ऑफ़ मैथमैटिकल इकॉनॉमिक्स*, प्रिंसटन युनिवर्सिटी प्रेस, प्रिंसटन, न्यू जर्सी.
3. आ.डी. कोलिसन ब्लैक (1981), 'विलियम स्टेनली जेवंस, 1835-82', डी.पी. ओब्रायन और जॉन आर. प्रेस्ले (सम्पा.), *पायनियर्स ऑफ़ मॉडर्न इकॉनॉमिक्स इन ब्रिटेन*, मैकमिलन, लंदन.

— अभय कुमार दुबे

विवेकानंद

(Vivekanand)

उन्नीसवीं सदी में हिंदू धर्म के आधुनिकीकरण की प्रक्रिया पर निर्णायक प्रभाव डालने वाले स्वामी विवेकानंद (1863-1902) को भारतीय राष्ट्रवाद का आदि-सिद्धांतकार माना जाता है। उन्होंने उस ज़माने में राष्ट्र-निर्माण की प्रक्रिया जनसाधारण के संदर्भ में संकल्पित की जब वह केवल अभिजन विमर्श में ही सीमित थी। आध्यात्मिक प्रगति के लिए भौतिक समृद्धि की शर्त लगा कर विवेकानंद ने धार्मिक ज्ञान के दरवाज़े समाज के सभी लोगों के लिए खोलने की वकालत की। उन्होंने समाज सुधारों और धर्म सुधारों के प्रश्न को सामाजिक न्याय का परिप्रेक्ष्य प्रदान करके समाज और राजनीति के स्तर पर उदारतावादी रुझानों की शुरुआत की। इस लिहाज़ से विवेकानंद को भारतीय उदारतावाद की एक विशिष्ट धारा के उद्गम के रूप में भी देखा जाता है। साथ ही उनके विचारों के कुछ पहलुओं का हिंदुत्ववादी विचारधारा के पैरोकारों ने भी दोहन किया है।

विवेकानंद ने हिंदू धर्म और दर्शन को विश्व-धर्म के रूप में युरोप और अमेरिका में प्रचारित-प्रसारित करने में प्रमुख भूमिका का निर्वाह किया। 1893 में शिकागो में आयोजित की गयी विश्व धर्म संसद में विवेकानंद द्वारा दिया गया भाषण किंवदंती का रूप ले चुका है। भारतीय और पश्चिमी दर्शन में पारंगत, चुम्बकीय व्यक्तित्व के धनी और अत्यंत प्रभावशाली वक्ता विवेकानंद ने युरोप और अमेरिका को वेदांत और योग से परिचित कराया। रामकृष्ण परमहंस के उत्तराधिकारी के रूप में रामकृष्ण मिशन की स्थापना करने वाले विवेकानंद ने राजनीति को अपने विचारों का वाहक नहीं बनाया, पर उनके संदेश ने बीसवीं सदी में उपनिवेशवाद विरोधी संघर्ष में लगे हुए राजनेताओं और समाज सुधारकों को गहरायी से प्रभावित किया। गाँधी, जवाहरलाल नेहरू, सुभाष चंद्र बोस, अरविंद घोष, सर्वपल्ली राधाकृष्णन और रवींद्रनाथ ठाकुर ने विवेकानंद को भारत के प्रमुखतम राष्ट्र-निर्माताओं में से एक की संज्ञा दी है।

विवेकानंद ने जिस वेदांत को राष्ट्रीय जीर्णोद्धार का आधार बनाया, वह किन्हीं स्वीकृत अर्थों में धार्मिक नहीं है। वह हिंदुओं के बजाय भारतवासियों को संबोधित है। विवेकानंद की अभिव्यक्ति में एक सचेत हिंदू रुझान है, पर केवल एक सीमा तक ही। वे एक हिंदू तत्त्वज्ञानी और दार्शनिक की भाषा अपनाने वाले वक्ता की तरह सामने आते हैं, पर हिंदू दायरे से बाहर की आस्थाओं को जोड़ते जाने का सरोकार इस उद्यम के साथ-साथ चलता रहता है। उनकी मान्यता थी कि वेदांत में सभी धर्मों की एकात्मकता व्यक्त होती है। उन्नीसवीं सदी में ब्रह्म समाज आंदोलन द्वारा जिस सामासिकता की वकालत की जाती थी, उसका आधार धार्मिक सहिष्णुता था। विवेकानंद धर्मों की जिस एकात्मकता का प्रतिपादन कर रहे थे, वह सहिष्णुता की अवधारणा से सहमत होने के बजाय सभी धर्मों के एक ही परमतत्त्व के सागर में विलीन होने की बात कहती थी। लेकिन इस विचार का मतलब यह नहीं था कि विवेकानंद बाक़ी धर्मों के पृथक् अस्तित्व के ख़िलाफ़ थे। उनका कथन था : 'हम सभी धर्मों को महज़ सहने के पक्ष में नहीं हैं, हम उन सभी को सच्चा मानते हैं।' इसी कारण से विवेकानंद ने किसी अलग सम्प्रदाय की स्थापना का विरोध किया और एक धर्म को दूसरे से श्रेष्ठ बताने वाले प्रोपेगंडे को पूरी तरह से ख़ारिज कर दिया। विवेकानंद द्वारा दी गयी अद्वैत की यह परिभाषा आगे चल कर बहुत से स्वतंत्रता सेनानियों के लिए स्वराज के उपनिवेशवाद विरोधी आग्रह का तात्त्विक आधार बनी।

विवेकानंद के पास राष्ट्रनिर्माण की एक कार्य-योजना भी थी। वे पूर्व की मूल्य प्रणाली और पश्चिम की वैज्ञानिक व प्रौद्योगिकीय उपलब्धियों का संयोग चाहते थे। बंगाली भद्रलोक के सुधार-कार्यों को तिरस्कार की दृष्टि से देखते हुए उनका कहना था कि कुछ लोगों को स्नातक बनाने से राष्ट्र की भित्ति नहीं खड़ी होगी। उसके लिए साधारण-जन को शिक्षित करना होगा। उन्होंने साफ़ तौर से कहा कि वे जिस अध्यात्म की वकालत कर रहे हैं वह भूखे पेटों के बीच और निरक्षरता के अंधकार में नहीं पनप सकता। उसके लिए पश्चिम सरीखी शक्तिशाली भौतिक सभ्यता विकसित करना आवश्यक है। राष्ट्रवाद और वेदांत का जो संयोग उन्होंने निकाला था उसमें एक भिन्न तरह के सांस्कृतिक राष्ट्रवाद की सम्भावना थी। संघ परिवार के आग्रह के विपरीत विवेकानंद हिंदू परम्परा के ब्राह्मण मर्म को उपेक्षा के साथ देखते थे। वेदांती होने के बावूजद वे ग़ैर-ब्राह्मणों को वेद-ज्ञान से वंचित रखने के लिए शंकराचार्य तक की आलोचना करते थे। कायस्थ घर में पैदा होने के कारण उनके संन्यासी और शास्त्रज्ञ होने के अधिकार पर परम्परानिष्ठ बंगालियों द्वारा आपत्ति की गयी थी। यह भी कहा गया था कि विदेश यात्रा करके भी उन्होंने समुद्र पार न करने की मर्यादा का उल्लंघन किया है। धार्मिक अनुदारपंथियों को यह भी शक था कि विदेश में विवेकानंद ने ख़ान-पान की शुचिता का ध्यान भी नहीं रखा होगा। विवेकानंद ने इस आलोचना का जवाब बेहिचक दिया : 'मैं एक परम्परानिष्ठ पुराणपंथी हिंदू था ही कब? मैंने धर्मशास्त्रों को ध्यान से पढ़ा है और मैं जानता हूँ कि अध्यात्म और धर्म शूद्रों के लिए है ही नहीं। अगर कोई शूद्र विदेश यात्रा के दौरान खान-पान की बंदिशों का पालन करता है तो भी उसे कोई श्रेय नहीं मिलने वाला, ऐसी सारी

स्वामी विवेकानंद (1863-1902)

कोशिशें बेकार हैं। मैं शूद्र हूँ और म्लेच्छ हूँ। फिर मुझे इन सब बातों की चिंता क्यों होने लगी?' भविष्य के बारे में विवेकानंद की दृष्टि साफ़ देख रही थी कि आगे चल कर इस राष्ट्र पर कमज़ोर जातियों का प्रभुत्व होगा। उनकी यह भविष्यवाणी समाजवादी चिंतक किशन पटनायक की विख्यात कृति 'भारत शूद्रों का होगा!' में ध्वनित होते दिख सकती है।

1993 में विवेकानंद के शिकागो भाषण की शताब्दी मनायी गयी जिसमें विश्व हिंदू परिषद ने उनके व्यक्तित्व और कृतित्व का हिंदुत्ववादी राजनीति के लिए विनियोग करने की चेष्टा की। संघ परिवार के प्रचार साहित्य में विवेकानंद के चित्रों की निरंतर मौजूदगी और कन्याकुमारी में विवेकानंद शिला स्मारक के निर्माण के साथ हिंदुत्ववादियों का जुड़ाव भी उन्नीसवीं सदी के इस महान संत की कुछ ऐसी छवि पेश करता है जैसे कि वे आज के हिंदू राष्ट्रवादियों के सिद्धांतकार रहे हों। वस्तुस्थिति इसके विपरीत है। चाहे शिकागो में दिया गया विख्यात भाषण हो, या युरोप की यात्रा के दौरान दिये गये प्रवचन हों, विवेकानंद की वक्तृताओं में आज की हिंदुत्ववादी राजनीति की लेशमात्र आहट भी नहीं सुनायी देती। वे मुख्यत: वेदांती तत्त्वज्ञान की चर्चा करते नज़र आते हैं। वे अनासक्त कर्म, समर्पण के रास्ते पर ले जाने वाली भक्ति, ज्ञान और पतंजलि के योगसूत्र से ली गयी राज-योग की तकनीक पर बोलते हैं, न कि धर्म के किसी प्रचलित कर्मकाण्डीय पहलू पर।

पश्चिम में विवेकानंद का एजेंडा द्विपक्षीय था। उन्होंने ईसाई मिशनरियों द्वारा किये जाने वाले भारत-दुर्दशा के वर्णन का खण्डन किया और भारत की ग़रीबी का लाभ उठा कर धर्म परिवर्तन की मुहिम चलाने वाले इंजीली उत्साह की जम कर भर्त्सना की। दूसरी तरफ़ वे दिखाना चाहते थे कि ईसाइयत पर हिंदू और बौद्ध दर्शन का प्रभाव किस तरह पड़ा है। विवेकानंद ने आधुनिक युरोपीय सभ्यता में इस्लाम के योगदान की भव्य प्रशंसा भी की। ईसाइयत और इस्लाम के ऐतिहासिक रिकॉर्ड की तुलनात्मक व्याख्या करते हुए वे इस्लाम के पक्ष में काफ़ी झुके नज़र आते हैं। इस्लाम और भारतीय सभ्यता के अंतर्संबंधों पर ग़ौर करते हुए विवेकानंद इस निष्कर्ष पहुँचे कि भारतीय-इस्लामिक अतीत इस क्षेत्र की देशज विरासत है। वे मुग़लकालीन सांस्कृतिक उपलब्धियों के प्रति सराहना भाव रखते थे। दिलचस्प बात यह है कि हिंदू स्त्रियों से विवाह करने की मुग़ल नीति भी उन्हें पसंद थी। आज के हिंदू पुनरुत्थानवादियों के लिए इस तरह के विचार कल्पनातीत हैं। विवेकानंद के चिंतन के इन पहलुओं का बाबरी मसजिद विध्वंस के बाद वामपंथी सेकुलर प्रचारकों ने भी इस्तेमाल किया है।

विवेकानंद के रूढ़िभंजक विचारों का उद्‌गम उनकी अपनी जीवन-यात्रा में भी देखा जा सकता है। कलकत्ता के एक कुलीन कायस्थ परिवार में पैदा हुए असाधारण प्रतिभासम्पन्न बालक नरेंद्रनाथ दत्त का शुरू से ही आग्रह था कि अगर ईश्वर है तो उसका होना बाक़ायदा प्रमाणित किया जाना चाहिए। वह सभी से यही सवाल पूछता था। वयस्क होने पर ब्रह्मसमाज की सदस्यता ग्रहण करने के बाद उसने इस आंदोलन के नेता देवेंद्रनाथ ठाकुर और केशवचंद्र सेन के सामने भी इसी तरह की जिज्ञासा पेश की। उनके उत्तरों से संतुष्ट न होने पर नरेंद्रनाथ ने अपनी खोज जारी रखी और उसी प्रक्रिया में दक्षिणेश्वर के संत रामकृष्ण परमहंस से उसकी भेंट हुई। फिर वही प्रश्न, पर इस बार उत्तर भिन्न मिला। रामकृष्ण परमहंस ने कहा : हाँ, मैं ईश्वर का अस्तित्व प्रमाणित कर सकता हूँ। जैसे तुम्हें यहाँ देख रहा हूँ, उसी तरह मैं ईश्वर को देखता हूँ पर कहीं अधिक गहनता से।

ऐसा जवाब पाने के बाद नरेंद्र अक्सर परमहंस के पास जाने लगा। वह नयी-नयी जिज्ञासाएँ करता और परमहंस उन्हें शांत करते। लेकिन बेचैन और विद्रोही प्रकृति के नरेंद्र ने उन्हें आसानी से अपना गुरु नहीं माना। शुरू में नरेंद्रनाथ ने अद्वैत वेदांत को भी न केवल ख़ारिज किया बल्कि उसका उपहास भी किया। पर परमहंस धैर्य के साथ उसे सत्य को सभी कोणों से देखने की सीख देते रहे। पाँच वर्ष तक चले इस प्रशिक्षण ने नरेंद्रनाथ को विवेकानंद बनाया। गुरु के सान्निध्य में उन्हें 'निर्विकल्प समाधि' की अनुभूति हुई। अंतिम दिनों में रामकृष्ण ने उन्हें अपना उत्तराधिकारी घोषित किया और भगवा वस्त्र पहनने के लिए दिये। गुरु के देहांत के बाद

विवेकानंद ने रामकृष्ण मिशन की स्थापना की और परिव्राजक संन्यासी के रूप में सिर्फ़ एक दण्ड और कमण्डल लेकर भ्रमण पर निकल गये। वे देश के कोने-कोने में गये, इस प्रक्रिया में असली भारत के दर्शन किये, विभिन्न धर्मावलम्बियों के साथ संवाद स्थापित किया और आम लोगों के जीवन को निकट से देखा। राष्ट्र-निर्माण से संबधित विवेकानंद का विचार इसी दौर में सूत्रबद्ध हुआ। उन्होंने दो बार लम्बी-लम्बी विदेश यात्राएँ कीं और अपने भाषणों और प्रवचनों के कारण अंतर्राष्ट्रीय ख्याति प्राप्त की। भारत लौटने पर कई जगहों पर उनका भव्य स्वागत हुआ। विवेकानंद का देहांत केवल 39 वर्ष की अवस्था में उस समय हुआ जब वे समाधिस्थ थे। उनके नज़दीकियों के अनुसार वे काफ़ी पहले से कहने लगे थे कि वे चालीस पार नहीं करेंगे।

अद्वैत वेदांत के अनुयायी होने के बावजूद विवेकानंद का चिंतन किसी विशेष अनुशासन की सीमा में बँधा हुआ नहीं था। उनके विचारों में कई तरह के विरोधाभास पाये जाते हैं। इसीलिए भी उनके विचारों के विभिन्न अंश वामपंथियों से लेकर दक्षिणपंथियों द्वारा अपने-अपने समर्थन में इस्तेमाल किये जाते रहते हैं। कई बार बौद्धिक आवेश में वे ऐसी बातें बोल जाते थे जिनसे उनके समर्थकों को भी उलझन होने लगती थी। मसलन, वे इस्लामी शरीर (सामाजिक संगठन) और हिंदू मस्तिष्क (वेदांती चिंतन) का संयोग चाहते थे। कुछ सेकुलर प्रचारक उनकी इस इच्छा का साम्प्रदायिकता विरोधी इस्तेमाल करते हैं, पर इसका एक अर्थ यह भी निकलता है कि विवेकानंद की निगाह में इस्लामी तत्त्वज्ञान कमतर था।

देखें : अरविंद घोष, उपनिवेशवाद विरोधी आंदोलन-1, 2 और 3, कुमारन् आशान्, गोवर्धन राम त्रिपाठी और गुजराती अस्मिता, फ़क़ीर मोहन सेनापति और ओडिया अस्मिता, बंकिम चंद्र चटर्जी, बंगाल का नवजागरण, भारतेंदु हरिश्चंद्र, भारतीय आधुनिकता, भारतीय नवजारण : तुलनात्मक परिप्रेक्ष्य, महाराष्ट्र में सुधारणा-1 से 5 तक, मोहनदास कर्मचंद गाँधी-1 से 3 तक, राजा राममोहन राय, युरोपीय पुनर्जागरण, रवींद्रनाथ ठाकुर, हिंदी नवजागरण।

संदर्भ

1. विलियम रेडिस (सम्पा.) (1999), *स्वामी विवेकानंद ऐंड द मॉडर्नाइज़ेशन ऑफ़ हिंदुत्व,* ऑक्सफ़र्ड युनिवर्सिटी प्रेस, नयी दिल्ली.
2. तपन रायचौधुरी (1999), 'स्वामी विवेकानंद्स कंस्ट्रक्शन ऑफ़ हिंदुइज़्म', संकलित : विलियम रेडिस (सम्पा.), *स्वामी विवेकानंद ऐंड द मॉडर्नाइज़ेशन ऑफ़ हिंदुत्व,* ऑक्सफ़र्ड युनिवर्सिटी प्रेस, नयी दिल्ली.
3. निमाई साधन बोस (1999), 'स्वामी विवेकानंद ऐंड द चेलैंज टु फंडामेंटलिज़्म', विलियम रेडिस (सम्पा.), *स्वामी विवेकानंद ऐंड द मॉडर्नाइज़ेशन ऑफ़ हिंदुत्व,* ऑक्सफ़र्ड युनिवर्सिटी प्रेस, नयी दिल्ली.

— अभय कुमार दुबे

विश्वनाथ काशीनाथ राजवाड़े-1

(मराठों और विवाह संस्था का इतिहास)

(Vishwanath Kashinath Rajwade-1)

भारतीय बुद्धिवाद के ख़िलाफ़ पाश्चात्य आरोपों का प्रतिकार करने वाले इतिहासकार, वैयाकरण, समालोचक और भाष्यकार विश्वनाथ काशीनाथ राजवाड़े (1869-1926) चिपलूणकर से तिलक तक की मराठी बुद्धिजीवी परम्परा के श्रेष्ठ प्रतिनिधि थे। प्राच्यवादी मान्यताओं की मुख़ालफ़त करते हुए राजवाड़े ने युरोपियनों पर यह आरोप लगाया कि पहले तो वे ऐतिहासिक स्मृतियों को नष्ट करते हैं, फिर वे कहते हैं कि हमारा कोई इतिहास ही नहीं है। उनकी मान्यता के खिलाफ़ राजवाड़े ने *विल टू हिस्ट्री* के माध्यम से दावा किया कि हमारा इतिहास है, लेकिन हम ऐतिहासिक स्मृतियों को कहीं भूल बैठे हैं जिन्हें पुन: प्राप्त किया जाना है। इतिहासाचार्य की जनप्रिय उपाधि से विभूषित राजवाड़े को तर्कनिष्ठ और वस्तुनिष्ठ दृष्टिकोण के साथ भारत के सामाजिक राजनीतिक इतिहास के पुनर्निर्माण का श्रेय जाता है। विशुद्ध अनुसंधान की धुन में राजवाड़े ने महाराष्ट्र भर में गाँव-गाँव घूम कर संस्कृत की पांडुलिपियों और मराठा इतिहास के स्रोत जमा किये। इस सामग्री को बाईस खण्डों में प्रकाशित किया गया। वैदिक तथा अन्य शास्त्रों के ठोस आधार पर आधारित राजवाड़े द्वारा मराठी में लिखित *भारतीय विवाह संस्थेचा इतिहास* (1926) एक सर्वकालीन प्रासंगिक ग्रंथ है।

भारतीय विवाह संस्था का इतिहास हिंदी में भी काफ़ी पढ़ी जाने वाली पुस्तक है। लेखक ने गहरी पैठ के साथ इस कृति में भारत में विवाह की संस्था के विकास के विभिन्न सोपानों की चर्चा की है। राजवाड़े ने स्वयं बताया है कि वे विष्णुकांत चिपलूणकर के लेखों, काव्य-इतिहासकार रायबहादुर काशीनाथ पंत साने के ऐतिहासिक पत्र एवं परशुराम गोडबोले द्वारा प्रकाशित काव्य से प्रभावित हुए। उन्हें महाराष्ट्र की ज्ञान-परम्परा के लिए गर्व की अनुभूति हुई। एरिक वुल्फ़ ने अपनी प्रसिद्ध कृति *युरोप ऐंड द पीपुल विदाउट हिस्ट्री* में कहा है कि मानवशास्त्र इतिहास का अन्वेषण करता है। राजवाड़े के लेखन में भी इतिहास और मानवविज्ञान के अंत:संबंधों का यह पहलू भारतीय विवाह-संस्था और परिवार-व्यवस्था के इतिहास और मराठों के उद्‌भव तथा विकास के इतिहास बखूबी दिखायी पड़ता है।

विश्वनाथ काशीनाथ राजवाड़े का जन्म 24 जून, 1863 को महाराष्ट्र के रायगढ़ ज़िले के वरसई गाँव में हुआ था। जब

वे तीन वर्ष के थे उनके पिता का देहांत हो गया। आगे का लालन-पालन उनके ननिहाल वरसई में हुआ। बाद में वे अपने चाचा के पास पुणे के नज़दीक वडगाँव में आ गये। पुणे में राजवाड़े का प्राथमिक शिक्षण शनिवार पेठ की पाठशाला में हुआ। बाबा गोखले की पाठशाला, विष्णुकांत चिपलूणकर के न्यू स्कूल और फिर बाद में मिशन स्कूल से उन्होंने माध्यमिक की शिक्षा पूरी की। 1882 में राजवाड़े ने मैट्रिकुलेशन किया। आगे की शिक्षा के लिए बॉम्बे के एल्फ़िंस्टन कॉलेज में दाख़िला लिया पर धनाभाव के कारण वे अध्ययन जारी नहीं रख पाये। बाद में पुणे में पब्लिक सर्विस सेकण्ड ग्रेड परीक्षा में बैठने वाले विद्यार्थियों को पढ़ा कर उन्होंने धनोपार्जन किया और डेक्कन कॉलेज में आगे की पढ़ाई के लिए नाम दर्ज कराया। यद्यपि कॉलेज के पाठ्यक्रम में लगी पाठ्यपुस्तकों से राजवाड़े कभी संतुष्ट नहीं हुए, फिर भी रामकृष्ण गोपाल भण्डारकर, जो तब पुणे के डेक्कन कॉलेज में प्रोफ़ेसर थे और न्यायकोशकर्ता म.म. झलकीकर जैसे विद्वानों के सान्निध्य में उन्होंने काफ़ी कुछ सीखा। अपनी रुचि के विषयों इतिहास, अर्थशास्त्र, धर्मशास्त्र, नीतिशास्त्र, राजनीतिशास्त्र, दर्शनशास्त्र, तर्कशास्त्र, समाजशास्त्र का अध्ययन करते हुए राजवाड़े ने 1891 में बीए की परीक्षा उत्तीर्ण की। इसी दौरान 1988 में उनका विवाह हुआ, गृहस्थी की ज़िम्मेदारी हेतु स्नातकोपरांत उन्होंने पुणे के न्यू इंग्लिश स्कूल में अध्यापन कार्य शुरू किया, पर पत्नी की मृत्यु हो जाने बाद उन्होंने 1893 में नौकरी छोड़ दी।

विश्वनाथ काशीनाथ राजवाड़े
(1869-1926)

प्राथमिक शिक्षा से लेकर कॉलेज तक की उच्च शिक्षा से संबंधित अपने अनुभव को राजवाड़े ने ग्रंथमाला मासिक पत्रिका में 'कनिष्ठ, मध्यम व उच्च शालान्तीत स्वानुभव' (प्राथमिक, माध्यमिक एवं उच्चशालाओं के मेरे अनुभव) शीर्षक निबंध द्वारा प्रस्तुत किया। इस रचना में उन्होंने शिक्षा के व्यावसायिक हितों को सामाजिक उत्तरदायित्वों पर वरीयता देने की तत्कालीन परम्परा की कठोर आलोचना की।

1894 में अनुवाद आधारित *भाषांतर* नामक मराठी पत्रिका सम्पादित करने के अलावा 1910 में उन्होंने पुणे में भारत इतिहास संशोधक मण्डल की स्थापना की और अपने द्वारा इकट्ठे किये गये ऐतिहासिक स्रोतों, कृतियों और स्वयं द्वारा किये गये ऐतिहासिक कार्यों को मण्डल के सुपुर्द कर दिया। उच्च रक्तचाप से ग्रस्त राजवाड़े 1926 के मार्च महीने में टिप्पणियों से भरे ट्रंक के साथ धुले गये। वहीं इस महान अन्वेषक, वैयाकरण, मानवशास्त्री और इतिहासकार का 31 दिसंबर, 1926 को देहांत हुआ। 1926 में उनकी असामयिक मृत्यु के पश्चात् धुले-स्थित राजवाड़े संशोधक मण्डल की स्थापना हुई और उनके कार्य और स्रोत सामग्रियाँ वहीं रखी गयीं। आज भी ये दोनों संस्थान अपने योगदान से भारतीय इतिहास और संस्कृति को समृद्ध करने में लगे हुए हैं। उनके सम्मान में भारतीय इतिहास कांग्रेस ने विश्वनाथ काशीनाथ राजवाड़े अवार्ड की संस्तुति की जो भारतीय इतिहास के क्षेत्र में जीवन-पर्यंत योगदान के लिए दिया जाता है।

राजवाड़े का मानना था कि ग्रांट डफ़ सहित अन्य औपनिवेशिक इतिहासकारों द्वारा लिखित भारत का इतिहास विजेताओं द्वारा लिखित विजित देश का इतिहास है। इसलिए उसमें सत्य का अभाव है और महत्त्वहीन घटनाओं को बढ़ा-चढ़ा कर दिखाया गया है। पूर्व-लिखित इतिहास की छानबीन के पश्चात् राजवाड़े इस निष्कर्ष पर पहुँचे कि सच्चे इतिहास को प्रकाश में लाये बिना राष्ट्र में स्वत्व की चेतना का न तो निर्माण ही हो पायेगा न ही विकास। इसी बीच अपने एक विद्यार्थी काका राव पण्डित को मिले कुछ स्रोतों की जानकारी मिलने पर राजवाड़े उन स्रोतों को हस्तगत किया और दो माह के अविश्रांत परिश्रम द्वारा 1896 में *मराठ्यांच्या इतिहासाची साधने* (मराठों के इतिहास के स्रोत) शीर्षक पुस्तक का पहला खण्ड प्रकाशित हुआ। पानीपत के युद्ध से संबंधित 202 पत्र इसी खण्ड में हैं।

इतिहास स्रोत-सामग्री जुटाने की इसी रीति के साथ राजवाड़े ने दृढ़ और अनथक प्रयासों से पूरे महाराष्ट्र का दौरा किया। ऐतिहासिक दृष्टि से महत्त्वपूर्ण स्थानों के बार-बार निरीक्षण, वास्तुशास्त्रीय अध्ययन दृष्टि और पुरातात्त्विक साक्ष्यों की मदद से राजवाड़े ने महाराष्ट्र के जनजीवन, वहाँ की भाषा, रीति-रिवाज़ों और साहित्य के मानवशास्त्रीय और समाजशास्त्रीय दृष्टि से अध्ययन के उपरांत जो निष्कर्ष निकाले उसके फलस्वरूप मराठों के इतिहास की स्रोत सामग्री के बाईस खण्ड प्रकाशित हुए। उनकी मृत्यु के समय अर्थात् 1926 तक इससे भी ज़्यादा अप्रकाशित संग्रह राजवाड़े के पास एकत्र हो चुका था।

इन खण्डों में राजवाड़े ने दीर्घ प्रस्तावनाएँ लिखी हैं। उन्होंने इतिहास-बोध, इतिहासविषयक तर्कनिष्ठ और वस्तुनिष्ठ दृष्टिकोण की चर्चा करते हुए उन्होंने कहा कि इतिहास वैज्ञानिक पद्धति से ही लिखा जाना चाहिए। उल्लेखनीय है कि राजवाड़े ने वन्य समाज और प्रागैतिहासिक समाज की स्थितियों का विश्लेषण व आर्ष प्रथाओं का विवेचन करते समय पुराणों, श्रुतियों, संहिताओं, *महाभारत* तथा *हरिवंश* आदि उपलब्ध साक्ष्यों को अपने अनुसंधान का आधार बनाया। उन्होंने माना कि परिस्थिति तथा मानव के संघर्ष से इतिहास बनता है। उसमें ईश्वरीय संकेतों अथवा एक ही व्यक्ति के कृतित्व के बजाय साधारण

और असाधारण व्यक्तियों के जीवन-चरित्र का मिश्रण होता है। इतिहास की व्यापकता पर दृष्टिपात करते हुए राजवाड़े बताते हैं कि इतिहास तत्कालीन समाज का भौतिक तथा आत्मिक चरित्र है।

राजवाड़े हिंदूवाद के कद्दावर रक्षक होने के साथ-साथ उसके कट्टर आलोचक भी थे। हिंदूवाद को वे सामाजिक-आर्थिक व्यवस्था मानते थे। शिवाजी जयंती के अवसर पर 1911 में तिलक के पत्र *केसरी* में लिखते हुए उन्होंने चातुर्वर्ण्य व्यवस्था का समर्थन किया और इसे सामाजिक संगठन का उत्तम रूप बतलाया। साथ ही उन्होंने मराठी समाज पर यह आरोप भी लगाया कि इस व्यवस्था का ठीक से पालन न करना ही उसके पतन का कारण बना। हिंदूवाद अथवा ब्राह्मणवाद की आड़ में राजवाड़े ने हमेशा मराठी भाषा-भाषी लोगों के उत्तरदायित्व और कर्तव्यों को सामूहिक रूप से महाराष्ट्र धर्म के रूप में व्यक्त किया, और उसकी उन्नति के लिए उसपर ज़ोर दिया।

राजवाड़े इतिहास को केवल इति-हा-अस अर्थात् वह जो घटित हुआ ही नहीं मानते थे। उनकी मान्यता थी कि सैद्धांतिक पहलुओं से साथ इतिहास को समाज-विज्ञान ही माना जाए। उनका यह मत हीगेल की इस बात से मेल खाता है कि इतिहास अपने सही अर्थों में दर्शन के रूप में व्यक्त होता है। राजवाड़े ने शाहजी पर लिखे निबंध में मराठों के शक्ति-लोप को पुनर्स्थापित करने हेतु डायलेक्टिस ऑफ़ डिफ़ीट अर्थात् हार के द्वंद्व पर चर्चा करते हुए बताया कि उत्तम, सुडौल तथा निश्चित हथियार बनाने की कला के विकास के लिए वैज्ञानिक ज्ञान की जो पूर्व तैयारी आवश्यक होती है, वह उस समय महाराष्ट्र में नहीं थी। भक्तिकालीन कवियों पर हमला बोलते हुए राजवाड़े ने बताया कि जब (शाहजी के जीवन काल में) युरोप में देकार्त, बेकन आदि विचारशील लोग, सृष्टि में रहने वाले विविध पदार्थों की खोज करने वालों को प्रोत्साहित कर रहे थे, उसी समय अपने यहाँ एकनाथ, तुकाराम, दासोपंत, निपटनिरंजन आदि संत-महात्मा पंच महाभूतों को नष्ट कर ब्रह्म साक्षात्कार का मार्ग दिखाने का प्रयास कर रहे थे। इनके उलट राजवाड़े ने सत्रहवीं सदी के संत समर्थ गुरु रामदास की तत्त्व-मीमांसा का स्वागत किया। जिनकी कविताओं में मराठा शक्ति की पुनर्स्थापना की आकांक्षा समेटने वाली राजनीतिक गोलबंदी और मराठी राष्ट्रीयता के पुनरुत्थान की भावनाएँ व्यक्त होती थीं। इसके अलावा भारतीय मार्क्सवादियों से बहुत पहले राजवाड़े पहले चिंतक थे जिन्होंने राष्ट्रीयता की बात की और भारत को एक बहु-राष्ट्रीय राज्य बताया।

1920-23 के दौरान भारतीय विवाह पद्धति पर लिखे उनके निबंध संकलित रूप में *भारतीय विवाह संस्थेचा इतिहास* (भारतीय विवाह संस्था का इतिहास) के रूप में 1926 में प्रकाशित हुए। इसका पहला अध्याय 'स्त्री-पुरुष समागम' में कई अतिप्राचीन आर्य प्रथाओं का ज़िक्र था। यह पहली बार 1923 की मई में पुणे की *चित्रमयजगत* पत्रिका में प्रकाशित हुआ था। इसमें वेद संहिता, *महाभारत* और *हरिवंश* के उद्धरणों और साक्ष्यों द्वारा यह कहा गया था कि अत्यंत प्राचीन आर्य समाज में भाई-बहन और पिता-पुत्री के बीच शारीरिक संबंध होते थे। इन निर्बंध शारीरिक संबंधों का आगे किस प्रकार विकास हुआ यही इस निबंध का विषय था। इस पुस्तक का दूसरा अध्याय 'स्त्रियों की वंश-प्रवर्तक शक्ति और प्रजापति संस्था' में उन्होंने यह दिखाया कि कैसे एक बालक को दूसरे से अलग पहचानने के लिए पिता की जगह मातृकुल का नाम दिया गया, क्यों कि तब स्त्री-पुरुष संबंध मिले-जुले होते थे। साथ ही राजवाड़े इसमें यह भी दिखाते हैं कि प्रजापति संस्था से पूर्व वंशावतरण स्त्रियों के अधीन था और प्रजापति संस्था के प्राचीन आर्य समाज के रूप में विकसित होने के तीन परिणाम निकले। पहला यह कि प्रजापति कुल की पृथक् रूप में स्थापना की प्रक्रिया शुरू हुई। दूसरा यह कि दूर देशों में जाकर बस्तियाँ बसाने की प्रथा चल पड़ी। बहु-भार्याक और एकपतिक प्रजापति संस्था में क्रमागत रूप से परिवर्तन शुरू हुआ। इस ग्रंथ का तीसरा अध्याय 'आतिथ्य की एक आर्य प्रथा' में प्रमाणस्वरूप *महाभारत* के उद्योग पर्व के पैंतालीसवें अध्याय में वर्णित 'इष्टान पुत्रान विभवान स्वान्श्च दारान' अर्थात् 'संकटकाल में अपनी स्त्री भी अपने मित्र को निर्मल अंत:करण से अर्पित की जाए' द्वारा राजवाड़े ने यह बताया कि भारतीय ऐसा कभी नहीं मानते थे कि अपने मित्र को स्व-स्त्री सम्भोगार्थ देने में कोई नीतिभंग होता है। इसका समर्थन पाणिनि ने द्विगोर्लुगनपत्ये (4-1-88) सूत्र में 'द्वायोर्मित्रयोरपत्यं द्वैमित्रि' अर्थात् दो मित्रों के अपत्य या संतति को द्वैमित्रि कह कर किया है। इस स्थिति में पितृत्व दोनों ही मित्रों को मिलता है। इस ग्रंथ के चौथे अध्याय 'अग्नि और यज्ञ' में भारतीय विवाह संस्था के इतिहास और परम्परा का विस्तार से स्पष्टीकरण करने के लिए अग्नि का सामाजिक इतिहास बताते हुए राजवाड़े ने यज्ञ की प्रक्रिया, फल-श्रुति और उनसे सम्बद्ध दंत कथाओं का उल्लेख किया है। साथ ही इसमें उन्होंने स्त्री-पुरुष के सामूहिक रूप से लैंगिक समागम में एकनिष्ठ विवाह (मोनोगैमी) पद्धति के ऐतिहासिक विकास की प्रक्रिया दर्शायी है। इस ग्रंथ में क्षेपक रूप में भारतीय विवाह संस्था के इतिहास विषय पर राजवाड़े द्वारा लिखित टिप्पणियाँ 'लग्नसंस्था ' शीर्षक के अंतर्गत सम्मिलित की गयीं।

भारतीय विवाह संस्थेचा इतिहास के हिंदी संस्करण का मूल्यांकन करते एक समीक्षक ने लिखा है कि 'हमारे पुनर्जागरण के कई मनीषी दूर अतीत में स्वर्णलोक की कल्पना में लीन थे। राजवाड़े उनसे बिलकुल अलग थे।

भारतीय विवाह संस्था का इतिहास में वे इतिहास परिकल्पना को बिलकुल उलट देते हैं। वे जो लिखते हैं उसका निष्कर्ष कुछ यह है कि सतयुग और द्वापर दरअसल पाशविक, बर्बर और अर्धमानवीय संस्कारों और नैतिक मूल्यों के युग थे और जिन महान नैतिक (ख़ास तौर से स्त्री-पुरुष संबंधों में) मूल्यों पर हम अपना सीना फुलाए रहते हैं, वे कलियुग की देन हैं। वैदिक और वेद-पूर्व समाजों का रूप कुछ और ही था, वह नहीं जिसे हम मोहवश मान बैठते हैं। राजवाड़े का मानवशास्त्र, पुरातत्त्व और सांस्कृतिक इतिहास से जुदा बोध पुरातनियों को पचेगा नहीं। जहाँ सब कुछ दिव्य और दैवी माना जाता हो, वहाँ मनुष्य के लाखों बरसों के संघर्ष और विकास से उत्पन्न समाज-व्यवस्था का विचार अजनबी जान पड़ेगा लेकिन राजवाड़े पुरातनियों की ज़मीन छीन लेते हैं।'

देखें : आनंद केंटिश कुमारस्वामी, आर्य-अवधारणा, आर्थर लेवेलिन बाशम, एडवर्ड विलियम सईद, काशी प्रसाद जायसवाल, बिपन चंद्र-1 और 2, भारतीय इतिहास-लेखन-1 से 4 तक, दामोदर धर्मानंद कोसम्बी-1 और 2, प्राच्यवाद, रमेश चंद्र दत्त, रमेश चंद्र मजूमदार, रणजीत गुहा, रामकृष्ण गोपाल भण्डारकर, रामशरण शर्मा, रोमिला थापर, वासुदेव शरण अग्रवाल, पांडुरंग वामन काणे, सखाराम गणेश देउस्कर, सामंतवाद : एक बहस।

संदर्भ

1. जी.पी. देशपांडे (1992), 'राजवाड़ेज़ वेल्टनचुंग ऐंड जर्मन थाट', *इकॉनॉमिक ऐंड पोलिटिकल वीकली,* खण्ड 27, अंक 43/44.
2. राम शरण शर्मा (2009), *रीथिंकिंग इण्डियाज़ पास्ट्स,* ऑक्सफ़र्ड युनिवर्सिटी प्रेस, नयी दिल्ली.
3. प्राची देशपांडे (2007), *क्रिएटिव पास्ट्स : हिस्टोरिकल मेमोरी ऐंड आइडेंटिटी इन वेस्टर्न इण्डिया 1700-1960,* कोलंबिया युनिवर्सिटी प्रेस, कोलंबिया.

— निर्मल कुमार पाण्डेय

विश्वनाथ काशीनाथ राजवाड़े-2

(भाषाशास्त्र और वर्ण-व्यवस्था)

(Vishwanath Kashinath Rajwade-2)

मराठा इतिहास के संकलन और अन्वेषण की प्रक्रिया के दौरान राजवाड़े को संत एकनाथ के काल के पहले की *ज्ञानेश्वरी* की प्रतिलिपि प्राप्त हुई जिसे उन्होंने सम्पादित-प्रकाशित करने के साथ ही *ज्ञानेश्वरीतील मराठी व्याकरण* (ज्ञानेश्वरी से उद्भूत मराठी व्याकरण) नामक भाषाशास्त्रीय दृष्टि से महत्त्वपूर्ण ग्रंथ लिखा। इसके अलावा जयराम पिंडये द्वारा शिवाजी के पिता शाहजी के चरित्र पर लिखे *राधामाधवविलासचम्पू* नामक काव्य ग्रंथ और वर्तमान मुम्बई के माहिम अर्थात् महिकावती के इतिहास पर आधारित *महिकावतीची बखर* का राजवाड़े ने विस्तृत विश्लेषण सहित सम्पादन किया। उन्होंने इसकी प्रस्तावना में अपने अध्ययन और शोधोपरांत निकाले गये निष्कर्षों को महाराष्ट्र की बस्तियों और वहाँ के सामाजिक जीवन के ऐतिहासिक प्रतिबिम्बन द्वारा प्रकट किया। तत्कालीन शोध संबंधी संस्थागत समस्या के बावजूद अल्प-अनुसंधान और अपर्याप्त साधनों में राजवाड़े द्वारा लिखे गये प्रस्तावना-लेखों के मार्फ़त मराठी जन-जीवन पर प्रामाणिक चर्चा की भूमिका भी कम महत्त्वपूर्ण नहीं है। इसके अलावा, तीन भागों में विभक्त *राजवाड़े लेख-संग्रह* के नाम से प्रकाशित निबंधों का संकलन राजवाड़े द्वारा समाज-विज्ञान को एक महत्त्वपूर्ण देन है।

लैंगिक और विवाह संस्था पर लिखने से पूर्व राजवाड़े ने जिन सवालों को उठाया उनमें प्रमुख हैं : पहला, वर्ण तथा जाति-संस्थाएँ आर्यों द्वारा कहाँ, कब, क्यों और कैसे निर्मित की गयीं? इसका जवाब देते हुए राजवाड़े 'हिंदू समाज में बहरी लोगों का समावेश' शीर्षक लेख में बताते हैं कि कैसे मनुष्य जाति को अग्नि का ज्ञान होते ही उसके आर्थिक जीवन और आर्थिक परिस्थितियों में परिवर्तन हुआ। अधिक संख्याबल की आवश्यकता ने निर्बंध लैंगिक संबंधों को बढ़ावा दिया। बाद में रक्तबीजशुद्धि का ज्ञान और सगोत्र संबंधों से उत्पन्न अपत्यों पर हुए परिणामों की रोशनी में माता-पुत्र, भाई-बहन आदि के बीच यौन-संबंधों पर नियंत्रण रखकर उन्हें निषिद्ध किया गया। इस तरह के संबंधों के अवशेष वेदों में यम-यमी के सम्भाषण और वर्णभेद रहित यमन-क्रियावाचक क्षत्तापालागली के सम्भाषण में वेदोक्त यज्ञक्रियाबद्ध धर्मरक्षण के रूप में मिलते हैं। समाजशास्त्र के लिए इन प्रमाणों का सबसे पहले राजवाड़े ने ही इस्तेमाल किया। बाद में जैसे-जैसे उत्पादन के साधन बढ़ते गये, अनेक वस्तुओं का उत्पादन करने वाले विविध औज़ारों का निर्माण हुआ, वैसे-वैसे इन औज़ारों की क्षमता बढ़ाना ज़रूरी होता गया और अनेक जाति-धंधे वाचक समाज-संगठन अस्तित्व में आते चले गये। जाति को परिभाषित करते हुए राजवाड़े बताते हैं कि जिस समाज की प्रवृत्ति अपने समाज में ही लैंगिक संबंध की होती है और किसी अन्य प्रकार की नहीं होती, उस समाज को जाति कहते हैं। राजवाड़े बताते हैं कि कैसे कौशल के पायदान पर संबंध दृढ़ हुए, जाति-जाति के बीच संबंध और संकरण की प्रक्रिया रोकने की प्रवृत्ति बढ़ी। पहले, चारों वर्णों के आपसी विवाह पर प्रतिबंध लगाये गये और अंत में सम्पत्ति उत्पन्न करने के साधन और उनके सतत उपयोग से प्राप्त अनुभवजन्य कौशल के अनुसार, जो जातियाँ या वर्ण बने, उन पर बहुत कड़ा सामाजिक नियंत्रण रखे जाने

से, वर्ण और जातियाँ और रूढ़बद्ध होती चली गयीं।

राजवाड़े जो दूसरा महत्त्वपूर्ण प्रश्न खड़ा करते हैं वह था कि क्या त्रिवर्ण व्यवस्था से चातुर्वर्ण्य व्यवस्था में पहुँचने की प्रक्रिया आर्यों के समाज में घटित होने वाली सामाजिक क्रांति थी? *राधामाधवविलासचम्पू* में इस बात पर विचार करते हुए राजवाड़े बताते हैं कि कैसे शूद्रों के आगमन और उनके समन्वय ने त्रैवर्णिक आर्यों के समाज को चातुर्वर्णिक रूप में संक्रमित किया। इसके अतिरिक्त, पाणिनि, कात्यायन और पतंजलि के ग्रंथों में वर्णित शब्द या वाक्य की प्रक्रिया द्वारा समाज-इतिहास को दिखाने हेतु राजवाड़े ने अभिवादन तथा प्रत्याभिवादन करने की प्रथा के विकास और ह्रास का विवेचन किया। ग़ुलाम वह है जो अपने विचारों को व्यक्त नहीं कर सकता— इस उक्ति के साथ राजवाड़े ने भाषा और व्याकरण को साम्राज्यवाद से लड़ने का औज़ार माना। व्याकरण के माध्यम से समाज के विकास अथवा ह्रास पर दृष्टिपात द्वारा इतिहास-रचना राजवाड़े का भारतीय समाज-विज्ञान को प्रदत्त अनुपम तोहफ़ा है।

इतिहास-विषयक कार्यों के अतिरिक्त भाषाशास्त्रीय रचनाओं में भी राजवाड़े की प्रतिभा द्रष्टव्य है। *राजवाड़े धातुकोश* और *राजवाड़े शब्द व्युत्पत्ति कोश* उनके मौलिक प्रयत्न के परिचायक हैं। *धातुकोश* में उन्होंने पाणिनि के दो हज़ार धातु पाठों के बरक्स सोलह हज़ार धातुपाठों के माध्यम से मानवशास्त्रीय अध्ययन हेतु महत्त्वपूर्ण स्रोत मुहैया कराया है। धातुकोश विषय का सामाजिक महत्त्व समझाने के उद्देश्य से *राजवाड़े धातुकोश* के संपादक के.पी. कुलकर्णी ने इसकी प्रस्तावना में लिखा है कि कोई समाज प्रगति की किस अवस्था में है, यह देखना हो तो उस समाज की भाषा का अध्ययन कीजिये। उसके शब्द समूह और उसका धातु पाठ मानवशास्त्रीय दृष्टिकोण से अध्ययन हेतु महत्त्वपूर्ण स्थान रखता है।

'भाव-विचार प्रदर्शन के साधनों का विकास' शीर्षक लेख में राजवाड़े ने लिखा कि अक्षर विचारों का एक साधन है। इसी के साथ धर्म-भावना-अभिव्यक्ति के संबंध में लिखते हुए राजवाड़े बताते हैं कि हमारा विधान और सामाजिक ताना-बाना पूर्ण रूप से सेकुलर नहीं है बल्कि मूर्ति, वन्य-पशु-पक्षी आदि जैसे मूर्त तथा स्वर्ग, नरक, देवता, देवदूत, जिवोहा, अल्लाह और गॉड जैसी अमूर्त भ्रांत धारणाओं से आच्छादित है। इस लेख में उन्होंने सहज-विक्षेप, ध्वनियों के अनुकरण द्वारा भाषा की उत्पत्ति, ध्वनिवाचक और जातिवाचक संज्ञाओं, मौलिक ध्वनि परम्पराओं, अभिप्राय-दर्शक चित्र-रेखन, चित्रों और ध्वनियों के पृथक्करण, चित्र-लिपि के उदय, मूलाक्षरों की लिपि, विचारसूचक अभिनय, आकृति निर्माण, वास्तविक तथा भ्रामक कलाओं का विकास, भाव-विचार प्रदर्शनों के साधन, लोक-भ्रम और देवकल्पना के संबंध में मूल-भ्रम की चर्चा की। इसके द्वारा उन्होंने इसमें भाव-विचार प्रदर्शन के चालीस साधनों का वर्णन किया है जिसके माध्यम से किसी भी देश अथवा विगत और उसके वर्तमान लोगों का इतिहास ज्ञात किया जा सकता है।

हिस्टोरियंस हिस्ट्री ऑफ़ द वर्ल्ड ग्रंथ में लिखित राजवंशों एवं जनसमूहों की नामावलियाँ देकर राजवाड़े ने *आमची पुराणे व असिरियातील नवे शोध* (हमारे पुराण एवं असीरिया की नयी खोजें) लेख के माध्यम से युरोप के इतिहासकारों की पूर्वमान्यताओं के उलट दिया और भारत के अति-प्राचीन इतिहास का नया अध्याय उजागर किया। मानवशास्त्र, व्याकरण और इतिहास के अलावा राजवाड़े 'कादंबरी' नामक निबंध में कहते हैं कि समाज के पतित भाग की स्थिति का चित्रण प्रत्येक उपन्यासकार को अपना प्रथम कर्तव्य समझना चाहिए। वे पूछते हैं कि इस देश की निर्धनताग्रस्त, रोग-पीड़ित और अशिक्षित सामान्य जनसमूह की सहायता सहृदयता के मूर्तिमान रूप उपन्यासकारों को छोड़ कर और कौन करेगा? इस निबंध में वर्णित साहित्य-विषयक चर्चा मराठी साहित्य में हो रहे तत्कालीन विवादों पर प्रकाश डालती हैं। इसके अलावा दामले के व्याकरण पर लिखे गये उनके समालोचनात्मक लेख 'सुबंत विचार तथा तिङ्कत विचार' और उसके साथ *संस्कृत भाषेचा उलगड़ा* (संस्कृत भाषा का स्पष्टीकरण) जैसे ग्रंथ राजवाड़े की स्वतंत्र विचार-प्रणाली के द्योतक हैं।

संस्कृत भाषेचा उलगड़ा में व्युत्पत्ति के आधार पर राजवाड़े ने मानव-इतिहास के अर्थ को विशद बनाने का मौलिक कार्य किया। साथ ही यह सवाल भी उठाया कि *अष्टाध्यायी* में अस्मद-युष्मद शब्दों की सात विभक्तियों के प्रत्यय लगाकर इक्कीस रूप बनाने के लिए पाणिनि को जिन सूत्रों की रचना करनी पड़ी थी, उसका कारण यह था कि उन्हें पूर्वकालीन समाज के मिश्रण तथा समन्वय की घटना का पर्याप्त ज्ञान नहीं था। इसका स्पष्टीकरण राजवाड़े इसे आनुनासिक स्वर और अनुनासिक-विरत भाषा समूहों के सम्मिलन के उपरांत आयी द्विलिंगात्मक भाषा के अस्तित्व में आने के रूप में दिया। साथ ही उन्होंने बताया कि पाणिनीय संस्कृत और वैदिक भाषा में नपुंसक लिंग के प्रवेश की वास्तविकता भी यही है। पाणिनि की अनैतिहासिक दृष्टि की आलोचना करते हुए राजवाड़े प्रश्न खड़ा करते हैं कि *अष्टाध्यायी* का एक भी शब्द या कथन इस बात की पुष्टि नहीं करता कि संस्कृत भाषा का जन्म वैदिक भाषा से हुआ। संस्कृत भाषा वैदिक भाषा का अपभ्रंश या वि-परिणाम है, इस बात की कल्पना का भी *अष्टाध्यायी* में अभाव मिलता है, और इसी अभाव के कारण पाणिनि की कृति ऐतिहासिक रूप से समस्याग्रस्त हो जाती है।

देखें : आनंद केंटिश कुमारस्वामी, आर्य-अवधारणा, आर्थर लेवेलिन बाशम, एडवर्ड विलियम सईद, काशी प्रसाद जायसवाल, बिपन चंद्र-1 और 2, भारतीय इतिहास-लेखन-1 से 4 तक, दामोदर धर्मानंद कोसम्बी-1 और 2, प्राच्यवाद, रमेश चंद्र दत्त, रमेश चंद्र मजूमदार, रणजीत गुहा, रामकृष्ण गोपाल भण्डारकर, रामशरण शर्मा, रोमिला थापर, वासुदेव शरण अग्रवाल, पांडुरंग वामन काणे, विश्वनाथ सखाराम गणेश देउस्कर, सामंतवाद : एक बहस।

संदर्भ

1. वी.के. राजवाड़े (1935), 'द सोशल ऑर्गनाइज़ेशन ड्यूरिंग शिवाजीज़ टाइम्स 1630-1680', *राजवाड़े लेख-संग्रह,* खण्ड 3, भारत इतिहास संशोधक मण्डल, पुणे.
2. लक्ष्मीकांत जोशी (सम्पा.) (1967), 'इवोल्यूशन ऑफ़ द मींस ऐंड इंस्ट्रूमेंट्स ऑफ़ एक्सपेशन ऑफ़ डिज़ायर ऐंड थॉट्स', *सेलेक्टेड एसेज़,* साहित्य अकादेमी, दूसरा संस्करण.

— निर्मल कुमार पाण्डेय

विश्व सामाजिक मंच

(World Social Forum)

विश्व सामाजिक मंच (डब्ल्यूएसएफ़) नव-उदारतावादी भूमण्डलीकरण का विरोध करने वाली प्रमुख संरचना के रूप में उभरा है। मंच का दावा है कि वह भूमण्डलीकरण के तहत बनने वाली विश्व-व्यवस्था को चुनौती देने वाली सामाजिक परिवर्तन की प्रक्रिया सुगम करने का काम कर रहा है। वह अपने-आप में कोई विचारधारा, आंदोलन, पार्टी, मोर्चा या संघ न हो कर दुनिया के पैमाने पर काम कर रही चौपाल की तरह का एक क्षैतिज स्पेस है जिसका मक़सद नागर समाज के संघर्षशील और जनोन्मुख संगठनों की नेटवर्किंग को बढ़ावा देना है।

विश्व सामाजिक मंच का पहला आयोजन सन् 2001 में पोर्टो अलेगरो (ब्राज़ील) में हुआ था। इसकी विशेषता यह है कि जिस तारीख़ को दावोस में नव-उदारतावादी आर्थिक निज़ाम की नुमाइंदगी करने वाला वर्ल्ड इकॉनॉमिक फ़ोरम आयोजित होता है, उसी दिन 'प्रति-सम्प्रेषण' की कार्रवाई के तौर पर वर्ल्ड सोशल फ़ोरम किया जाता है। विश्व सामाजिक मंच का नारा है : 'दूसरी दुनिया मुमकिन है'। इस यूटोपियायी ख़याल को धरती पर उतारने के लिए इस फ़ोरम ने ख़ुद को एक मध्यवर्ती भूमिका में रखा है। अर्थात् जिस दूसरी दुनिया को बनाने की चर्चा की जा रही है, उसकी रचना फ़ोरम के नेतृत्व में नहीं होगी, बल्कि उसकी बागडोर नागर समाज के हाथों में होगी। दरअसल यह फ़ोरम नागर समाज को एक नये राजनीतिक अभिनेता के तौर पर देखता है जिसके ज़रिये समाज ख़ुद को बदल सकता है। इसीलिए फ़ोरम सारी दुनिया में फैले नागर समाज के उन संगठनों के आपस में मिलने, नेटवर्किंग करने और एक-दूसरे से सीखने का मुक्त स्पेस मुहैया कराता है जो तरह-तरह की राजनीतिक कार्रवाइयों में संलग्न हैं। फ़ोरम चाहता है कि उसके आयोजनों के ज़रिये सिविल सोसाइटी की संस्थाएँ दुनिया के प्रत्येक देश में उभरें ओर मज़बूत हों।

भूमण्डलीकरण के ख़िलाफ़ संघर्ष करने के लिए गुज़रे ज़माने के राजनीतिक रूपों को अपर्याप्त मानने वाले विश्व सामाजिक मंच के लिए ओडेड ग्रेजेंयू, फ्रांसिस चीको व्हिटेकर और बर्नार्ड कैसेन द्वारा पहलक़दमी ली गयी थी। ब्राज़ीलियन वर्कर्स पार्टी और पोर्टो अलेगरो की शहर कौंसिल द्वारा इसका समर्थन किया गया। पहले आयोजन की ज़बरदस्त सफलता के बाद 2002 और 2003 में फिर से पोर्टो अलेगरो में ही इसके आयोजन हुए। इराक पर अमेरिकी हमले के ख़िलाफ़ गोलबंदी में इस मंच की प्रमुख भूमिका रही। 2004 में विश्व सामाजिक मंच का मुम्बई में आयोजित हुआ ताकि एशिया और अफ़्रीका की भागीदारी बढ़ाई जा सके। इसमें क़रीब 75,000 प्रतिनिधियों ने भाग लिया। 2006 में इसका आयोजन तीन शहरों (वेनेज़ुएला के काराकास, माली के बमाको और पाकिस्तान के कराची) में हुआ। 2007 में फ़ोरम नैरोबी (केन्या) में किया गया और 2011 का फ़ोरम डाकार (सेनेगल) में प्रस्तावित है। 2002 से ही युरोप के पैमाने पर भी अलग से सोशल फ़ोरम (पेरिस, लंदन, एथेंस, मालमो) आयोजित किये जा रहे हैं।

पहले विश्व सामाजिक मंच के ब्राज़ीलियन आयोजकों ने उसे एक ऐसे महान सम्मेलन के रूप में आयोजित करने से इनकार किया जिसमें दुनिया के बड़े-बड़े रैडिकल बुद्धिजीवियों और नेताओं को बुलाया जाता, वे आपस में विचार-विमर्श करके एक विकल्प तैयार करते और फिर सारी दुनिया में परिवर्तन का नेतृत्व करने के लिए निकल जाते। उन्होंने फ़ोरम को जुझारू तत्त्वों के एक ऐसे महान प्रदर्शन या सभा में सीमित करने से भी परहेज़ किया जिससे भूमण्डलीकरण के ख़िलाफ़ चल रही मुहिम में एक घटना और जुड़ जाती।

फ़ोरम का सांगठनिक चरित्र अपने-आप में चर्चा के योग्य है। यह न तो किसी पार्टी जैसा है, न ही मोर्चे जैसा, न ही किसी संघ जैसा। वैश्विक पैमाने पर हो रहे भूमण्डलीकरण का प्रतिरोध करने के लिए और नव-उदारतावादी राजनीति के जमे हुए रूपों को जनोन्मुख रूपों से प्रतिस्थापित करने के लिए विश्व सामाजिक मंच के रूप में एकदम नये क़िस्म की संरचना उभरी है। इसी संरचना के

पोर्टो अलेगरो (ब्राज़ील) में विश्व सामाजिक मंच की स्थापना (2001) हुई.

कारण फ़ोरम को भूमण्डलीकरण के ख़िलाफ़ खड़ी कई विचारधारात्मक पार्टी-पॉलिटिक्स वाली ताक़तों की तरफ़ से आलोचना का सामना भी करना पड़ता है, लेकिन इसी के साथ-साथ ये तमाम ताक़तें फ़ोरम में किसी न किसी रूप में भागीदारी भी करती रहती हैं।

फ़ोरम और नागर समाज : 'नागर समाज' से फ़ोरम का मतलब है ग़ैर-सरकारी संस्थाएँ, एसोसिएशनें, आंदोलन और ट्रेड यूनियन संगठन। अर्थात् समाज का वह हिस्सा जो किन्हीं विशिष्ट लक्ष्यों की प्राप्ति के लिए ख़ुद को संगठित करता है और इस तरह समाज से अलग-थलग पड़ी हुई निजी स्तर पर की जाने वाली कार्रवाई से परे चला जाता है। नागर समाज की इस परिभाषा में फ़ोरम ने राजनीतिक दलों को शामिल नहीं किया है। सरकारें, उनकी अंतर्राष्ट्रीय संस्थाएँ और फ़ौजी संगठन भी उसमें शामिल नहीं हैं। राजनीतिक दलों को इसलिए बाहर रखा गया है कि उनके, सरकारों के और अंतर्राष्ट्रीय संस्थाओं के पास पहले से ही तरह-तरह के फ़ोरम और जमावड़े हैं जहाँ वे मिल सकते हैं। पार्टियों, सरकारों और अंतर्राष्ट्रीय अंतर-सरकारी संस्थाओं को फ़ोरम में अपने प्रेक्षक भेजने की इजाज़त है। फ़ोरम के प्रतिभागियों के साथ वे बहस में भी हिस्सा ले सकते हैं। फ़ौजी संगठनों को इतनी इजाज़त भी नहीं है।

वैसे तो नागर समाज के कई संगठनों के पास अपने मिलने-जुलने और गतिविधियों के समन्वय के लिए पहले से ही कई दायरे हैं, पर विश्व सामाजिक मंच घटित होने से पहले नागर समाज के पास अपने संगठनों की समस्त बहुलता और विविधता के लिए स्थानीय, राष्ट्रीय, क्षेत्रीय और दुनिया के स्तर पर इस तरह का कोई मिलन स्थल उपलब्ध नहीं था। समाज के संगठित हिस्सों के पास समाज की असंगठित संरचनाओं के बीच से उभरने का कोई ज़रिया मौजूद नहीं था।

फ़ोरम की प्रकृति : फ़ोरम के आयोजक इस बात पर ज़ोर देते हैं कि उसकी प्रकृति क्षैतिज रहे और उसकी स्वरूप खुले स्पेस जैसा हो। खुला स्पेस होने के कारण ही फ़ोरम इतनी बड़ी संख्या में नागर समाज के संगठनों को अपनी ओर खींच पाया। खुले स्पेस का मतलब था कि फ़ोरमों पर न तो किसी की मिल्कियत होगी, न ही किसी तरह की संकीर्णतावाद होगा और न ही हुक्म चलाने वाला या अपना कोई एजेंडा थोपने वाला कोई संगठन उस पर हावी होगा। फ़ोरम बिना किसी पुलिसिया नियंत्रण और निगरानी के सभी तरह के लोगों और संगठनों का स्वागत करता है। फ़ोरम के आयोजक गारंटी देते हैं कि उसमें शिरकत के लिए किसी की स्वायत्तता पर कोई आँच नहीं आयेगी और न ही किसी अन्य लक्ष्य के लिए उनकी वैधता, शक्ति या प्रभाव को दोहन किया जाएगा।

फ़ोरम की प्रकृति किसी विचारधारात्मक बैठक की तरह नहीं है। न ही वह विभिन्न मसलों पर अपनी राय निर्धारित करने वाली कोई संस्था बनना चाहता है। फ़ोरम किसी भी तरह का अंतिम दस्तावेज़ जारी करने के पक्ष में नहीं है। वह कोई सामाजिक आंदोलन भी नहीं है। विश्व सामाजिक मंच के आयोजक मानते हैं कि सारी दुनिया में फ़ोरमों का प्रसार होने के कारण कई तरह के आयोजकों को फ़ोरम नाम दिया जाने लगा है। सांसदों, स्थानीय अधिकारियों, मजिस्ट्रेटों आदि के फ़ोरम वर्ल्ड सोशल फ़ोरम और क्षेत्रीय सोशल फ़ोरमों के आयोजन के पहले, दौरान या बाद में होने लगे हैं। इनमें और विश्व सामाजिक मंच की प्रवृत्तियों के बीच अंतर हो सकता है।

पहले विश्व सामाजिक मंच में आयोजन समिति ने अपने सोच के हिसाब से कुछ कांफ्रेंसों और बहसों का आयोजन ज़रूर किया था। उस समय तक किसी को नहीं पता था फ़ोरम की ओर कितने लोग आकर्षित होंगे। इसलिए प्रतिभागियों को अपनी ओर खींचने के लिए दुनिया भर के मशहूर बुद्धिजीवियों, कार्यकर्त्ताओं और अपने संघर्षों के लिए प्रतिष्ठित लोगों को निमंत्रित किया था ताकि वे लोगों को अपने 'अनुभवों' की जानकारी दे सकें। आयोजकों द्वारा उनका किराया-भाड़ा तक अदा किया गया। इन हस्तियों के भाषणों और वक्तव्यों के लिए फ़ोरम स्थल पर सबसे अच्छे और बड़े स्थान आबंटित किये गये थे। अपनी विषयवस्तुओं के कारण ये कार्यक्रम फ़ोरम के शो-केस बन गये और अन्य कार्यक्रमों की अहमियत कम सी हो गयी। लेकिन, इसी के समांतर एक और गतिविधि चलती रही। आयोजकों ने प्रतिभागियों से आग्रह किया कि वे ख़ुद अपनी पहल पर स्व-आयोजित गतिविधियाँ करें। इस तरह फ़ोरम के लिए स्व-

आयोजन, स्व-प्रबंधन और स्व-दायित्व की प्रक्रिया चल निकली। 2004 के मुम्बई सोशल फ़ोरम में शो-केसनुमा कार्यक्रम काफ़ी कम किये गये। 2005 के फ़ोरम में किसी बड़े कार्यक्रम की पेशकश नहीं की गयी। बजाय इसके आयोजकों ने सहभागिता सुगम करने और अंत:सम्बद्धता प्रोत्साहित करने के लिए फ़ोरम के सम्पूर्ण स्पेस को छोटे-छोटे स्पेसों में बाँट दिया। इन छोटे-छोटे स्पेसों का नामकरण उन मुद्दों और चुनौतियों के आधार पर किया गया ज़िनके बारे में उनके भीतर चर्चा होनी थी।

यह नियम भी बनाया गया कि प्रतिभागियों के तौर पर फ़ोरम में केवल संगठन के प्रतिनिधियों का पंजीकरण ही किया जाए। इससे अ-प्रतिबद्ध बुद्धिजीवियों का आगमन हतोत्साहित हुआ जो फ़ोरम के आयोजनों में केवल सोशल टूरिस्ट के तौर पर, थोड़ा-बहुत दिशा-बोध करने या केवल उत्सुकता के कारण ही आ सकते थे। इससे गारंटी हुई कि केवल वे लोग ही फ़ोरम की तरफ़ आकर्षित हों जो किसी न किसी संघर्ष में लगे हुए हैं।

फ़ोरम की तरफ़ से यह प्रयास भी होता है कि उसकी खुला स्पेस क्षैतिज रहे। यानी न तो उसका कोई नेता हो, न ही कोई अनुयायी। किसी क़िस्म का स्तम्भीय पदानुक्रम न हो। फ़ोरम के किसी भी संस्करण के नाम पर किसी को यह अधिकार नहीं दिया जाता कि वह सभी सहभागियों की नुमाइंदगी का दावा करते हुए कोई अधिकारिक बयान दे सके। फ़ोरम में होने वाली एक गतिविधि को दूसरी पर महत्त्व देने को कोई संस्थागत कोशिश नहीं होती। आयोजक लगातार इस तरह की प्रवृत्तियों के प्रति सतर्क रहते हैं। इस प्रकार विश्व सामाजिक मंच एक बहुलतावादी, विविधतामूलक, किसी स्व-घोषणा में यक़ीन न करने वाला, ग़ैर-सरकारी और ग़ैर-दलीय संदर्भ के रूप में उभरता है जो नयी दुनिया के ठोस कार्यभार में लगे संगठनों और आंदोलनों को विकेंद्रित शैली में अंत:संबंधित करने की कोशिश करता है।

अपनी सांगठनिक रचना को क्षैतिज रखने के उसूल के कारण फ़ोरम किसी भी पिरामिडनुमा सांगठनिक संरचना को लोकतांत्रिक मानने से इनकार करता है। यह उसूल फ़ोरम के आयोजन को नेटवर्किंग के एक गहन क्षण में बदल देता है। जिसका न कोई मुखिया होता है और न ही कमांडर। एक ऐसा नेटवर्क बनने की सम्भावना निकलती है जिसमें प्रत्येक संगठन, व्यक्ति या आंदोलन को सम्पूर्ण स्वायत्तता की गारंटी होगी।

राजनीतिक कार्रवाई की संकल्पना : विश्व सामाजिक मंच राजनीतिक कार्रवाई के नाम पर की जाने वाली हिंसा को अस्वीकार करता है। साथ ही वह मानता है कि सड़कों पर किये जाने वाले प्रदर्शन वग़ैरह राजनीतिक कार्रवाई के स्थापित रूप हैं, पर केवल उन्हें ही राजनीतिक कार्रवाई मानना उचित नहीं है। इंटरनेट, फैक्स और सेलफ़ोन जैसे क्षैतिज जनसंचार माध्यमों का इस्तेमाल करके भी काफ़ी प्रभावी गोलबंदियाँ की जा सकती हैं, लोगों को कार्रवाई में उतारा जा सकता है। मसलन, उपभोक्ताओं से कहा जा सकता है कि वे अमुक उत्पादों का बॉयकाट करें। ऐसी नागरिक मुहिमें चुनावी फ़ायदा तक दिला सकती हैं।

विश्व सामाजिक मंच मानता है कि दूसरी दुनिया बनाने की कार्रवाई को सत्ता हासिल करने से जोड़ना उचित नहीं होगा। इस विचार के अनुसार दूसरी दुनिया उस दिन बनना शुरू नहीं होगी, जब भूमण्डलीकरण विरोधियों को सत्ता मिलेगी। दरअसल, ऐसा कोई दिन तो आने वाला है ही नहीं। दूसरी दुनिया बनने की प्रक्रिया तो शुरू हो चुकी है। वह भीतर से बाहर की ओर और नीचे से ऊपर की ओर बन रही है। वह असंख्य कार्रवाइयों के ज़रिये पुरानी दुनिया से छीनी गयी ज़मीन पर बन रही है। इन कार्रवाइयों से सांस्कृतिक परिस्थितियों समेत ऐसे हालात बन रहे हैं जिनके आधार पर एक ख़ास मुक़ाम पर आ कर परिवर्तन की प्रक्रिया को सुदृढ़ किया जा सकता है।

देखें : अंतर्राष्ट्रीय मुद्रा कोष, ढाँचागत समायोजन कार्यक्रम, पेटेंट, ब्रेटन वुड्स प्रणाली, बौद्धिक सम्पदा अधिकार, भारत का भूमण्डलीकरण, भारत में पेटेंट क़ानून, भारत में बहुराष्ट्रीय निगम, भारत में शेयर संस्कृति, भूमण्डलीकरण, भूमण्डलीकरण का इतिहास-1 और 2, भूमण्डलीकरण और बेरोज़गारी, भूमण्डलीकरण और ग़रीबी, भूमण्डलीकरण और पूँजी बाज़ार, भूमण्डलीकरण और लोकतंत्र, भूमण्डलीकरण और राज्य, भूमण्डलीकरण और राष्ट्रीय सम्प्रभुता, भूमण्डलीकरण और वित्तीय पूँजी, भूमण्डलीकरण और वित्तीय उपकरण, भूमण्डलीकरण के आलोचक, भूमण्डलीकरण के ख़िलाफ़ प्रतिरोधष विश्व बैंक, विश्व व्यापार संगठन।

संदर्भ

1. फ्रांसिस्को 'चीको' व्हिटेकर फ़रेरा (2009), *वर्ल्ड सोशल फ़ोरम : दुनिया की चौपाल (हस्तक्षेप की नयी पगडण्डियाँ)*, अनु. अभय कुमार दुबे, साउथ एशियन डॉयलॉग ऑन इकॉलॉजिकल डेमॉक्रेसी, नयी दिल्ली.
2. डब्ल्यू. फ़िशर और टी. पोनियाह (सम्पा.) (2004), *अनदर वर्ल्ड इज़ पॉसिबिल,पॉपुलर आल्टरनेटिव्ज़ टु ग्लोबलाइज़ेशन एट द वर्ल्ड सोशल फ़ोरम*, लंदन और न्यूयॉर्क, ज़ेड बुक्स.
3. जय सेन, अनिता आनंद, ए. एस्कोबार और सी. वाटरमेन (सम्पा.) (2004), *वर्ल्ड सोशल फ़ोरम : चैलेंजिंग एम्पायर्स*, नयी दिल्ली, विवेक फ़ाउंडेशन.

— अभय कुमार दुबे

विश्व व्यापार संगठन

(World Trade Organisation)

सत्तर के दशक में ब्रेटन वुड्स प्रणाली के ध्वस्त हो जाने के बाद से विश्व की बड़ी आर्थिक ताक़तों के पास ऐसा कोई संस्थागत बंदोबस्त नहीं था जो राष्ट्रों के बीच होने वाले व्यापार से संबंधित विवादों को न केवल सुलझा सके, बल्कि उन नियम-क़ानूनों और हिदायतों का सूत्रीकरण भी कर सके जिनके आधार पर विभिन्न देशों की व्यापार संबंधी नीतियाँ उदार बनायी जा सकें। बीसवीं सदी के आख़िरी वर्षों में भूमण्डलीकरण की प्रक्रिया के गति पकड़ लेने के बाद से तो यह ज़रूरत और प्रबल हो गयी थी। जनरल एग्रीमेंट ऑन टैरिफ़्स ऐंड ट्रेड (गैट) सीमित उद्देश्यों को लेकर बनायी गयी अस्थायी चरित्र की संस्था थी। यह विश्व में सीमाओं के आर-पार हो रहे पूँजी के सतत प्रवाह की माँग थी ताकि नियोक्लासिकल अर्थशास्त्र के सिद्धांतों पर आधारित दुनिया का नया आर्थिक निज़ाम खड़ा किया जा सके। विश्व व्यापार संगठन (डब्ल्यूटीओ) की रचना इसी आवश्यकता के परिणामस्वरूप की गयी है।

भूमण्डलीय आर्थिक प्रणाली के शीर्ष पर स्थित विश्व व्यापार संगठन (डब्ल्यूटीओ) की स्थापना सात साल तक चलने वाली बहुपक्षीय व्यापार वार्ता के उरुग्वे-चक्र की समाप्ति के साल भर बाद 1 जनवरी, 1995 को की गयी। यह वार्ता गैट द्वारा आयोजित की गयी थी। गैट इससे पहले भी व्यापार संबंधी कई वार्ता-चक्र आयोजित कर चुका था। शुरुआत के वार्ता-चक्रों का मक़सद आयात और अन्य शुल्कों को घटाने से जुड़ा था। इनमें सबसे ज़्यादा कामयाबी कैनेडी-चक्र को मिली थी जिसका समापन 1967 में हुआ था। इसके बाद 1974 में शुरू हुआ टोक्यो-चक्र 1979 तक चला। उरुग्वे-चक्र सर्वाधिक विवादास्पद रहा, और कई बार इसके नाक़ाम होने के अंदेशे भी व्यक्त किये गये। लेकिन इसकी ख़ास बात यह रही कि इसके परिणामस्वरूप गैट की संरचना ख़त्म कर दी गयी और उसकी जगह डब्ल्यूटीओ ने ले ली। गैट की स्थापना ब्रेटन वुड्स सम्मेलन अंतर्राष्ट्रीय मुद्रा कोष और विश्व बैंक के साथ ही की गयी थी। दरअसल, सम्मेलन के मूल प्रस्ताव में आईएमएफ़ और विश्व बैंक के साथ एक अंतर्राष्ट्रीय व्यापार संगठन (आईटीओ) की स्थापना का ज़िक्र था। पर सम्मेलन के भागीदारों की असहमति के कारण इसकी जगह गैट की अस्थायी संरचना बनायी गयी थी। गैट का मक़सद केवल कारख़ाना निर्मित वस्तुओं के अंतर्राष्ट्रीय व्यापार की शर्तों को उदार बनाने तक सीमित था। एक औपचारिक और सम्पूर्ण संगठन के रूप में डब्ल्यूटीओ का कार्यक्षेत्र कहीं व्यापक है। इसके तीन घटक हैं : संशोधित गैट, जनरल एग्रीमेंट ऑन ट्रेड इन सर्विसेज़ (जीएटीएस) और एग्रीमेंट ऑन ट्रेड-रिलेटिड इंटलेक्चुअल प्रॉपर्टी इशूज़ (ट्रिप्स)।

गठन के समय इस संस्था के प्रभावी होने को लेकर कई तरह के शक व्यक्त किये जा रहे थे। 1999 में इसके सदस्य देशों की सिएटल में बैठक हुई जिसका मक़सद मुक्त व्यापार को बढ़ावा देने और अंतर्राष्ट्रीय व्यापार को अवरोध मुक्त करने के उद्देश्य से नीतियाँ बनाने के लिए आयोजित किये जाने वाले वार्ता-चक्र की कार्यसूची तय करना था। जिनेवा में हुई शुरुआती बातचीत में सदस्य देशों के बीच तीखे मतभेदों के कारण बात आगे नहीं बढ़ पायी। अमेरिका चाहता था कि युरोपीय देश अपने खेतिहर उत्पादों पर दी जाने वाली सबसिडी घटाएँ ताकि वह उनके बाज़ारों में अपना माल बेच सके। युरोपीय देश इसके लिए तैयार नहीं थे। उन्हें लग रहा था कि अगर उन्होंने इस मामले में अमेरिका द्वारा दिया जाने वाला मुक्त व्यापार का तर्क मान लिया तो उनके किसानों का दिवाला निकल जाएगा। इसी तरह विकासशील देश अपनी व्यापार नीतियों का और ज़्यादा उदारीकरण करने के मूड में नहीं थे। अमीर औद्योगिक देशों की ट्रेड यूनियनें चाहती थीं कि विकासशील देश अपने यहाँ न्यूनतम श्रम-मानकों का पालन करें। इन देशों की दिक़्क़त यह थी कि अगर उन्होंने ये मानक मान लिए तो उनकी अर्थव्यवस्थाएँ निवेश के लिए अनाकर्षक हो जाएँगी। आगे की व्यापार-वार्ताओं का भविष्य इस बात पर निर्भर था कि डब्ल्यूटीओ के सदस्य देश इस तरह की बातचीत में अपना फ़ायदा किस तरह से देख रहे हैं। ज़ाहिर था कि तुलनात्मक रूप से क्षेत्रीय सहयोग में लाभ दिखने पर उनके लिए डब्ल्यूटीओ जैसा मंच कम उपयोगी साबित हो सकता था।

लेकिन ये शुरुआती नाकामियाँ डब्ल्यूटीओ का आकर्षण और उपयोगिता कम नहीं कर पायीं। जल्दी ही इसके सदस्यों की संख्या बढ़ने लगी। चीन द्वारा इसकी सदस्यता प्राप्त कर लेने के बाद से तो दुनिया में इसके प्रति रही-सही विचारधारात्मक हिचक भी ख़त्म हो गयी है। इक्कीसवीं सदी का पहला दशक ख़त्म होने तक डब्ल्यूटीओ व्यापार का उदारीकरण करने वाले पुलिसमैन की तरह ख़ुद को स्थापित कर चुका है। कुल मिला कर डब्ल्यूटीओ के तीन घटक मुख्य तौर से चार तरह के उद्देश्यों की पूर्ति करते हैं।

विश्व व्यापार संगठन की पहली भूमिका तो यह है कि वह अपने सदस्य देशों के लिए सूचनाओं के आदान-प्रदान, विचार-विमर्श और समझौता वार्ताओं के लिए प्रमुख मंच की तरह काम करता है। हर देश के वाणिज्य मंत्री प्रत्येक दो साल में एक बार उच्चस्तरीय वार्ता के ज़रिये व्यापार नीतियों पर चर्चा करते हैं। सदस्य देश पर्यावरण या स्पर्धा जैसे मुद्दों पर गठित किये गये कार्यदलों के माध्यम से भी आपस में संवाद स्थापित करते रहते हैं। अगर कोई देश व्यापार में अवरोध पैदा करने वाली नीतियाँ अपनाना चाहता है, तो उसे पहले

डब्ल्यूटीओ को सूचित करना पड़ता है। यह संस्था अपने सदस्यों पर ज़िम्मेदारी डालती है कि वे अपने किसी नये तकनीकी नियम की जानकारी पर्याप्त समय पहले ही दे देंगे ताकि निर्यातकों को उसके साथ तालमेल बैठाने का मौक़ा मिल जाए।

डब्ल्यूटीओ का ध्येय है कि दुनिया में सभी देश व्यापार में भेदभाव वाली नीतियों को न अपनाएँ। इस लिहाज़ से उसकी दूसरी भूमिका यह सुनिश्चित करने की है कि उसके सदस्य देशों को किन सीमाओं में रह कर आर्थिक गतिविधियाँ चलानी चाहिए। इन देशों को क्या करना चाहिए और क्या नहीं, इसके लिए डब्ल्यूटीओ विस्तार से हिदायतें देता है। इनमें कई हिदायतें वही हैं जो गैट के पुराने दस्तावेज में दर्ज थीं। डब्ल्यूटीओ ने इनमें कई नये पहलू भी जोड़ दिये हैं। जैसे, वह चाहता है कि सदस्य देश अपनी प्रशुल्क दरों को उस स्तर से ऊपर न बढ़ाएँ जब उन्होंने सदस्यता ग्रहण की थी या जब वे बहुपक्षीय वार्ताओं में भाग ले रहे थे। इस स्तर को डब्ल्यूटीओ टैरिफ़ बाइंडिंग (प्रशुल्क-बाध्यता) कहता है। वह अपने सदस्य देशों को व्यापार के रास्ते में ग़ैर-प्रशुल्क अवरोध आरोपित करने से भी रोकता है।

इस संस्था की तीसरी भूमिका राष्ट्रों के बीच होने वाली संधियों से जुड़ी है। उसने अपवादों की एक सूची तैयार की है जिनके साथ उनके कारणों व साधनों की तजवीज़ भी जुड़ी है। उसकी मान्यता है कि सरकारों के बीच होने वाले पेचीदा क़रारों में उनसे बाहर निकलने की व्यवस्था भी शामिल की जा जानी चाहिए। समझौते करते समय कोई यह गारंटी से नहीं कह सकता कि उनके नतीजे फ़ायदेमंद ही होंगे। डब्ल्यूटीओ उन तौर-तरीक़ों का काफ़ी विस्तार से प्रावधान करता है जिनका लाभ उठा कर विभिन्न पक्ष किसी समझौते से बिना नुक़सान उठाये निकल सकते हैं।

चौथी भूमिका है सदस्य देशों के बीच विवादों के निपटान की। अगर किसी देश को शिकायत है कि दूसरा देश उसके साथ किये गये समझौते का उल्लंघन कर रहा है तो वह पहले उसके साथ विचार-विमर्श की याचिका पेश करता है ताकि द्विपक्षीय स्तर पर मामले का समाधान हो सके। नाकामी होने पर शिकायतकर्ता देश तीन तटस्थ सदस्यों की जाँच कमेटी बनाने की अपील करता है। यह कमेटी अपनी तत्संबंधित विशेषज्ञता का लाभ उठाते हुए डब्ल्यूटीओ के नियमों की रोशनी में विवाद की पड़ताल करके रपट जारी करती है। इस रपट को स्वत: स्वीकार्य माना जाता है बशर्ते कोई एक पक्ष उस पर आपत्ति न करे या सदस्य देश उसके ख़िलाफ़ फ़ैसला न दे दें। इसके बाद भी विवाद निबटारा न होने पर एक सात सदस्यीय अपील कमेटी बनती है जिसमें वे तीन सदस्य भी शामिल होते हैं। उसकी रपट सभी को स्वीकार्य होती ही है, बशर्ते सभी सदस्य देश सर्वसम्मति से उसे ख़ारिज न कर दें।

इस प्रक्रिया के पूरे होने के बाद सभी राज्यों को उस रपट की सिफ़ारिशें माननी पड़ती हैं। न मानने की सूरत में शिकायतकर्ता देश मुआवज़े के अधिकारी होते हैं या फिर अवज्ञाकारी देशों को मिलने वाली व्यापार संबंध रियायतें रोक दी जाती हैं।

भूमण्डलीकरण के आलोचकों का कहना है कि डब्ल्यूटीओ नियोक्लासिकल आर्थिक सिद्धांत के आधार पर काम करने वाला संगठन है और उसकी प्राथमिकता घुमा-फिरा कर धनी देशों के हितों की सुरक्षा करना है। वह एक ग्लोबल पूँजीवादी व्यवस्था की शीर्ष संस्था है जिसे आलोचकों ने 'मैक-वर्ल्ड', 'टरबो-कैपिटलिज़म', 'मार्केट फंडामेंटलिज़म', 'कैसीनो कैपिटलिज़म', और 'कैंसर-स्टेट कैपिटलिज़म' जैसी संज्ञाएँ दी हैं।

देखें : अंतर्राष्ट्रीय मुद्रा कोष, ढाँचागत समायोजन कार्यक्रम, पेटेंट, ब्रेटन वुड्स प्रणाली, बौद्धिक सम्पदा अधिकार, भारत का भूमण्डलीकरण, भारत में पेटेंट क़ानून, भारत में बहुराष्ट्रीय निगम, भारत में शेयर संस्कृति, भूमण्डलीकरण, भूमण्डलीकरण का इतिहास-1 और 2, भूमण्डलीकरण और बेरोज़गारी, भूमण्डलीकरण और ग़रीबी, भूमण्डलीकरण और पूँजी बाज़ार, भूमण्डलीकरण और लोकतंत्र, भूमण्डलीकरण और राज्य, भूमण्डलीकरण और राष्ट्रीय सम्प्रभुता, भूमण्डलीकरण और वित्तीय पूँजी, भूमण्डलीकरण और वित्तीय उपकरण, भूमण्डलीकरण के आलोचक, भूमण्डलीकरण के ख़िलाफ़ प्रतिरोध, विश्व बैंक, विश्व सामाजिक मंच।

संदर्भ

1. एम. बर्नार्ड और एम. कोस्टेक (1995), द *पॉलिटिकल इक्नॉमी ऑफ़ वर्ल्ड ट्रेडिंग सिस्टम,* ऑक्सफ़र्ड युनिवर्सिटी प्रेस, ऑक्सफ़र्ड.
2. जगदीश भगवती (1994), 'दि वर्ल्ड ट्रेडिंग सिस्टम', *जरनल ऑफ़ इंटरनैशनल एफ़ैयर्स,* अंक 48.
3. जे. जेक्सन (1989), द *वर्ल्ड ट्रेडिंग सिस्टम,* एमआईटी प्रेस, केम्ब्रिज, एमए.

— अभय कुमार दुबे

विश्व बैंक

(World Bank)

विश्व बैंक का पूरा नाम है इंटरनैशनल बैंक फ़ॉर रिकंस्ट्रक्शन ऐंड डिवेलपमेंट (आईबीआरडी)। इसकी स्थापना 1944 में हुए ब्रेटन वुड्स सम्मेलन में पारित एक प्रस्ताव के तहत हुई थी। बैंक ने 1946 में जिस समय अपना कामकाज शुरू किया, कुल 38 देश उसके सदस्य थे। उसकी शुरुआती ज़िम्मेदारी द्वितीय विश्व-युद्ध से तबाह हुई युरोपीय अर्थव्यवस्थाओं के लिए ऋण उपलब्ध कराने की थी। पचास के दशक के मध्य में जब युरोपीय देश आर्थिक प्रगति की राह पर फिर से चल निकले, तो विश्व बैंक ने अपना ध्यान एशिया, अफ्रीका और लातीनी अमेरिका के देशों पर देना शुरू किया। इस ब्रेटन वुड्स संस्था की यह भूमिका उत्तरोत्तर विवादास्पद होती चली गयी। बैंक ने दावा किया कि उसका मक़सद ऋण देकर, गारंटियों की व्यवस्था करके, तकनीकी सहायता प्रदान करके और निवेश संबंधी परामर्श देकर तीसरी दुनिया के देशों को ग़रीबी के गर्त से निकालना है। बैंक का यह भी कहना था कि आधुनिकीकरण और विकास में लगे हुए मँझोली आमदनी वाले देशों के रास्ते में आने वाले राजनीतिक जोखिमों को कम करना भी उसका उद्देश्य है। नब्बे के दशक में सोवियत ख़ेमे के बिखराव के बाद बैंक ने पूर्वी युरोप के देशों के लिए आर्थिक मदद मुहैया करानी शुरू कर दी है। इस समय बैंक की सदस्य संख्या 180 हो चुकी है। इसका मुख्यालय वाशिंगटन, डीसी में है। संयुक्त राष्ट्र उसे अपनी प्रमुख एजेंसी के रूप में मान्यता देता है।

विश्व बैंक की गतिविधियों को सारी दुनिया में आलोचनाओं का सामना करना पड़ा है। आलोचकों के मुताबिक़ ग़रीबी-उन्मूलन की आड़ में विश्व बैंक इन देशों के बाज़ारों को अंतर्राष्ट्रीय निजी पूँजी के लिए खोलने की परियोजना पर अमल करता रहा है। विश्व बैंक को प्रथम विश्व यानी विकसित पूँजीवादी देशों का एजेंट बताने वाले उसके आलोचक उसे 'भेड़ की खाल में भेड़िया' क़रार देते हैं। आँकड़े बताते हैं कि बैंक की सलाहों के कारण तीसरी दुनिया के देश क़र्ज़ में दबते चले गये हैं। विकास और आधुनिकीकरण का वाहक होने का दावा करने वाले बैंक का एक प्रमुख रुझान बड़ी-बड़ी परियोजनाओं के लिए क़र्ज़ प्रदान करना है। वह सड़क निर्माण, दूरसंचार नेटवर्क की रचना, बंदरगाहों के निर्माण और बाँध बनाने जैसी भारी-भरकम योजनाओं को छोटी और स्थानीय महत्त्व की योजना की तुलना में प्राथमिकता देता है। पूरी लागत का एक हिस्सा बैंक ख़ुद देता है, और बाक़ी के लिए उसकी शर्त होती है कि उसे निजी निवेशकों, कराधान और पूँजी बाज़ारों से उगाहा जाएगा।

भारत में भी बैंक का नाम सिंगरौली विद्युत परियोजना और सरदार सरोवर बाँध परियोजना के साथ जुड़ा हुआ है जिनके ख़िलाफ़ चलने वाली ज़मीनी जनांदोलन अक्सर चर्चा में रहते हैं। आलोचकों की मान्यता है कि विश्व बैंक हर देश-काल में दैत्याकार प्रोजेक्टों के ज़रिये विकास-प्रक्रिया में हस्तक्षेप करके स्थानीय आवश्यकताओं और परिस्थितियों की अनदेखी करता है। इसकी कई परियोजनाओं के कारण बड़े पैमाने पर मानव-विस्थापन और पर्यावरण-क्षति का परिणाम निकला है। पिछले दिनों बैंक की तिब्बत नीति काफ़ी विवादास्पद हुई है। तिब्बत में क़रीब 58,000 हानवंशी चीनियों और चीनी मुसलमान किसानों को तिब्बत में बसाने के लिए बैंक 16 करोड़ डॉलर की सहायता देने के लिए तैयार हो गया है। तिब्बत को चीन के क़ब्ज़े से छुटकारा दिलाने के लिए संघर्ष कर रहे समूहों की मान्यता है कि इस क़दम से बैंक उनके गृह प्रदेश में आबादी की सामाजिक संरचना बदलने की चीनी साज़िश में योगदान कर रहा है।

पचास के दशक के बाद बैंक का काम-काज युरोपीय सीमाओं को पार करके जैसे-जैसे बढ़ा, उसने अपनी मदद के लिए चार अन्य संस्थाएँ खड़ी कीं। ये हैं : इंटरनैशनल फ़ाइनेंस कारपोरेशन (आईएफ़सी), इंटरनैशनल डिवेलपमेंट एसोसिएशन (आईडीए), इंटरनैशनल सेंटर फ़ॉर द सेटिलमेंट ऑफ़ इन्वेस्टमेंट डिस्प्यूट्स (आईसीएसआईडी) और मल्टीलेटर इन्वेस्टमेंट गारंटी एजेंसी (एमआईजीए)। आईएफ़सी मुख्य तौर पर निजी कम्पनियों, ख़ास कर बहुराष्ट्रीय कम्पनियों को क़र्ज़ देती है ताकि उसके आधार पर निजी निवेश पूँजी आकर्षित की जा सके। 1960 में गठित आईडीए अत्यंत दरिद्र देशों को बिना ब्याज के दीर्घावधि क़र्ज़ देने का फ़ैसला करती है। अपनी पितृ संस्था विश्व बैंक के मुक़ाबले आईडीए का ज़ोर छोटी-छोटी परियोजनाओं (जैसे, जल-शुद्धि, स्वच्छता, स्वास्थ्य, परिवार नियोजन, खेतिहर उत्पादन आदि) की आर्थिक मदद पर रहता है। आईसीएसआईडी का काम सरकारों और निवेशकों के बीच होने वाले विवादों में मध्यस्थता करना है। एमआईजीए निजी निवेश को सभी तरह के राजनीतिक जोखिमों (तख़्तापलट, राष्ट्रीयकरण आदि) से बचाने के लिए सक्रिय रहती है। बैंक स्वयं कई तरह के स्रोतों से धन प्राप्त करता है। वह व्यावसायिक संस्थाओं से क़र्ज़ लेता है और उसे अपने क़र्ज़दारों और निवेश से ब्याज की आमदनी होती है। बैंक पेंशन फंड्स, बीमा कम्पनियों और बहुराष्ट्रीय कम्पनियों को बांड्स भी बेचता है। लेकिन, इस पूरे बंदोबस्त से ऊपर बैंक की आमदनी का सर्वाधिक स्थिर स्रोत उसके सदस्य देशों द्वारा दिया जाने वाला सालाना अनुदान है। अकेले अमेरिका ने ही आज तक विश्व बैंक को पचास अरब डॉलर से ज़्यादा का अनुदान दिया है।

बैंक की रोज़मर्रा की गतिविधियाँ 22 निदेशकों वाले एक कार्यकारी बोर्ड के हाथों में रहती हैं। इनमें से पाँच सबसे ज़्यादा अनुदान देने वाले (अमेरिका, जापान, जर्मनी, ब्रिटेन और फ्रांस) देशों निदेशक स्थायी होते हैं। बाक़ी का चुनाव सदस्य देशों के बीच से किया जाता है। कार्यकारी निदेशकों का नेतृत्व अध्यक्ष और गवर्नर्स का बोर्ड करता है। प्रत्येक सदस्य देश के प्रतिनिधित्व वाला यह बोर्ड विभिन्न देशों द्वारा दिये जाने वाले आर्थिक अनुदान के अनुपात में तय की जाने वाली मतदान क्षमता के आधार पर निर्णय करता है। चूँकि अमेरिका सबसे बड़ा अनुदानदाता है, इसलिए उसके पास सबसे ज़्यादा वोट भी है। बैंक का अध्यक्ष कार्यकारी निदेशकों द्वारा पाँच साल के लिए नियुक्त किया जाता है।

विश्व बैंक और भारत : अपनी स्थापना के बाद से ही विश्व बैंक भारतीय अर्थव्यवस्था से जुड़ा रहा है। पचास के दशक में विश्व बैंक के अध्यक्ष और भारत के वित्त मंत्री के बीच हुए पत्राचार से बैंक के इरादे स्पष्ट हो जाते हैं। 1956 में भारत ने बैंक से राउरकेला इस्पात संयत्र के लिए आर्थिक मदद माँगी। बैंक ने शर्त लगायी कि संयंत्र के लिए प्रौद्योगिकी देने वाली जर्मन कम्पनी के अधिकारों को बढ़ाया जाना चाहिए। चूँकि उस समय भारत के पास विदेशी मुद्रा का पर्याप्त भण्डार था इसलिए उसने बैंक के सामने झुकने से इनकार कर दिया। लेकिन अगले ही साल भारत को पहले विदेशी मुद्रा संकट का सामना करना पड़ा। इस कमज़ोरी का फ़ायदा उठाते हुए बैंक ने विदेशी पूँजी को अधिक गुंजाइश और प्रोत्साहन देने का दबाव डाला। उसके अध्यक्ष यूजेन ब्लैक ने वित्त मंत्री को पत्र लिखा और अर्थव्यवस्था के दरवाज़े विदेशी पूँजी के निवेश के लिए खुलने लगे। 1956 से 1965 के बीच विदेशी निवेश दोगुना हो गया। 1966 में भारत को दूसरे विदेशी मुद्रा संकट का सामना करना पड़ा जिसके चलते बैंक भारतीय मुद्रा रुपये का अवमूल्यन कराने में कामयाब रहा। उसने अपनी शर्तें रखीं और बदले में 90 करोड़ डॉलर की ऐसी मदद देने का वायदा किया जो किसी ख़ास प्रोजेक्ट से बँधी हुई नहीं थी। बैंक की सारी शर्तें मानने के बावजूद भारत को केवल 46.5 करोड़ डॉलर ही मिले। नतीजे के तौर पर भारत सरकार को देश के भीतर कड़ी आलोचना झेलनी पड़ी और बैंक की सार्वजनिक छवि पर विपरीत असर पड़ा।

आलोचना से बेपरवाह हो कर बैंक लगातार इस फ़िराक़ में रहा कि अर्थव्यवस्था की कमज़ोरियों का फ़ायदा उठा कर भारतीय विकास के रास्ते को कैसे बदल सकता है। यह मौक़ा उसे 1991 में मिला जब विदेशी मुद्रा के ज़बरदस्त संकट के कारण भारत के सामने बैंक और अंतर्राष्ट्रीय मुद्रा कोष के कहने पर ढाँचागत समायोजन कार्यक्रम चलाने के सिवा कोई और चारा ही नहीं रहा।

देखें : आदर्शवाद, आतंकवाद, अंतर्राष्ट्रीय मुद्रा कोष, इमैनुएल कांट, इतिहास का अंत, एडवर्ड हैलेट कार, जाति-संहार, पृथकतावाद, तृतीय विश्व, द्वितीय विश्व-युद्ध, नस्लवाद, नव-उपनिवेशवाद, निर्भरता सिद्धांत, निरस्त्रीकरण, पेटेंट, प्रथम विश्व-युद्ध, प्रगति, बौद्धिक सम्पदा अधिकार, ब्रेटन वुड्स प्रणाली, भारत में पेटेंट क़ानून, रंगभेद, उपनिवेशवाद, यथार्थवाद, युद्ध, युरोपीय यूनियन, रचनात्मकतावाद, राजनय, विश्व व्यापार संगठन, विश्व-सरकार, वि-उपनिवेशीकरण, सभ्यताओं का संघर्ष, सम्प्रभुता, संयुक्त राष्ट्र, साम्राज्यवाद, शक्ति-संतुलन, शांति, शांतिवाद, शस्त्र-नियंत्रण, हथियारों की होड़।

संदर्भ

1. के. डैनैहर (1994), *50 इयर्स आर इनफ़ : द केस अगेंस्ट द वर्ल्ड बैंक ऐंड इंटरनैशनल मोनेटरी फंड,* साउथ ऐंड प्रेस, लंदन.
2. डी. कपूर (1997), *द वर्ल्ड बैंक : इट्स फ़र्स्ट हाफ़ सेंचुरी,* ब्रुकिंग्स, वाशिंगटन, डीसी.
3. आर. शैरुफ्क (1999), *डू वर्ल्ड बैंक ऐंड आईएमएफ्ज़ पॉलिसीज़ वर्क?,* सेंट मार्टिंस प्रेस, न्यूयॉर्क.
4. *द वर्ल्ड बैंक ऐंड इण्डिया* (1996), पब्लिक इंटरेस्ट रिसर्च ग्रुप, नयी दिल्ली.

— अभय कुमार दुबे

विश्व-सरकार

(World Government)

दुनिया में इस समय कोई विश्व-सरकार नहीं है। लेकिन उसकी संकल्पनाएँ और सिद्धांत हैं। उदारतावाद और समाजवाद जैसी विचार-दृष्टियाँ राष्ट्रों के परे मानवता के साझा स्वरूपों की कल्पना करती रही हैं, लेकिन उसके शासकीय रूप को धरती पर उतारना अभी तक सम्भव नहीं हो पाया है। विश्व-सरकार का मतलब होगा राष्ट्रेतर संगठन का सर्वोच्च रूप और एक ऐसा भूमण्डलव्यापी राज्य जो अन्य सभी राज्यों और राजनीतिक संरचनाओं से ऊपर होगा। विश्व-सरकार बन जाने और प्रभावी हो जाने के बाद राष्ट्रीय सम्प्रभुता, संयुक्त राष्ट्र जैसे राष्ट्रेतर संगठन और युरोपीय संघ जैसे संघात्मक संगठन उसकी मातहती में चले जाएँगे। विश्व-सरकार बनाने का तर्क उन्नीसवीं सदी से विकसित होना शुरू हुआ था। बीसवीं सदी के आख़िरी वर्षों में भूमण्डलीकरण की निरंतर व्याप्ति के कारण बुद्धिजीवियों के बीच इसके आकर्षण में काफ़ी बढ़ोतरी हुई है।

विश्व-सरकार का विचार सर्वप्रथम दाँते के साहित्य में दिखाई दिया था। इसकी आधुनिक अवधारणा

औपनिवेशिक युग की देन है जब औपनिवेशिक ताक़तें पूरी दुनिया को हथियाने पर आमादा थीं। विश्व-सरकार का वर्तमान विमर्श मुख्य तौर पर उसके दो मॉडलों पर आधारित है। पहला मॉडल आग्रह करता है कि एक सर्वशक्तिमान महा-राज्य द्वारा सारी दुनिया पर अपना प्रभुत्व क़ायम करने से ही विश्व-सरकार क़ायम हो सकती है। प्राचीन रोमन साम्राज्य को इसके शुरुआती उदाहरण के रूप में पेश किया जा सकता है, भले ही वह साम्राज्य तत्कालीन दृष्टि से 'ज्ञात' दुनिया तक ही सीमित था। बीसवीं सदी में अगर एडोल्फ़ हिटलर के लेखन को गम्भीरता से लिया जाए तो लगता है कि वह सारी दुनिया को कथित आर्य प्रभुत्व के तहत लाने की परियोजना पर काम कर रहा था। ज़ाहिर है कि रोमन या आर्य साम्राज्य जैसी विश्व-सरकार केवल फ़ौजी ताक़त से दुनिया जीतने के ज़रिये ही क़ायम और टिकायी जा सकती है, जो व्यावहारिक रूप से असम्भव है।

विश्व-सरकार का दूसरा मॉडल है 'राज्यों का राज्य' स्थापित करना। जर्मन दार्शनिक इमैनुएल कांट ने 'लीग ऑफ़ नेशंस' के प्रस्ताव में जिस तरह की संरचना की तजवीज़ की है, वह विश्व-सरकार की धारणा से मिलती-जुलती लगती है। राज्यों का यह राज्य एक स्वैच्छिक समझौते पर आधारित होगा। समझा जाता है कि इस समझौते के पीछे सामाजिक समझौते का एक अंतर्राष्ट्रीय रूप काम करेगा। ऐसा भूमण्डलीय राज्य संघात्मक चरित्र का ही हो सकता है जिसकी केंद्रीय सरकार अंतर्राष्ट्रीय मामलों की देखरेख करेगी, आर्थिक अन्योन्यक्रियाओं के समन्वय पर ध्यान देगी, राष्ट्रों के बीच होने वाले विवादों का निबटारा करेगी और सारी दुनिया में मानवता को सामूहिक सुरक्षा मुहैया कराने की ज़िम्मेदारी उठाएगी। क्या ऐसी विश्व-सरकार के पास फ़ौजी ताक़त भी होगी? इस प्रश्न का उत्तर यह है कि इस सरकार के पास भी किसी भी अन्य राज्य की तरह वैध हिंसा की इजारेदारी होना अनिवार्य है। इसलिए ज़रूरी है कि उसके पास अपने किसी भी घटक राज्य से ज़्यादा ताक़तवर सैन्य शक्ति हो।

विश्व-सरकार के तर्क की बुनियाद में भी वही वैचारिक आग्रह है जो राज्य की संस्था के मूल में है। सत्रहवीं और अट्ठारहवीं सदी में कई राजनीतिक चिंतकों ने राज्यविहीन स्थिति को 'प्रकृत-अवस्था' क़रार दिया था। उनकी मान्यता थी कि अगर व्यक्तियों को नियंत्रित करने के लिए कुछ क़ानूनों को आरोपित न किया गया तो सामाजिक जीवन अव्यवस्था और परस्पर हिंसा का शिकार हो जाएगा। इसलिए आवश्यक है कि तर्कसंगत ढंग से सोचने वाले लोग आपस में एक सामाजिक समझौता क़ायम करें जिसके आधार पर क़ानूनसम्मत शासन-व्यवस्था स्थापित की जा सके। जिस जमाने में राज्य की संस्था की संकल्पना की गयी थी, मानवीय समाज के विभिन्न हिस्से अपेक्षाकृत छोटे थे और समझा गया था कि राज्य की सत्ता स्वाभाविक रूप से राष्ट्रीय सरकारों के हाथों में जानी चाहिए। सत्ता के केंद्र के रूप में उस समय राष्ट्र का कोई विकल्प नहीं था। लेकिन, उन्नीसवीं सदी में परिस्थिति बदलनी शुरू हुई। यात्रा, पर्यटन, आर्थिक जीवन के अंतर्राष्ट्रीयकरण, आधुनिक प्रौद्योगिकी के विकास, मीडिया के प्रसार और राष्ट्रों के बीच होने वाले सांस्कृतिक आदान-प्रदान में उत्तरोत्तर वृद्धि के कारण एक अंतर्राष्ट्रीय समुदाय का उदय होना शुरू हुआ।

इन नये विकास की रोशनी में सामाजिक समझौते की सीमाओं के विस्तार की सम्भावनाओं पर ग़ौर शुरू हुआ। बीसवीं सदी में प्रथम विश्व-युद्ध के बाद जी.एल. डिकिंसन ने दावा किया कि अगर कोई विश्व-व्यवस्था न खड़ी की गयी तो प्रत्येक राज्य अपने राष्ट्रीय स्वार्थ के तहत काम करेगा और दुनिया अंतर्राष्ट्रीय अराजकता में फँस जाएगी। इसी विचार के तहत समझा गया कि जिस तरह प्रकृत-अवस्था से निकलने के लिए व्यक्तियों को राज्य की ज़रूरत महसूस हुई थी, उसी तरह राज्यों को एक ग्लोबल राज्य की आवश्यकता है। लेकिन, इस विचार को धरती पर उतारने में विश्व-प्रभुत्व की उसी राजनीति ने बाधा पहुँचायी जिसके कारण विश्व-सरकार इतनी वांछनीय लग रही थी। आर्थिक और फ़ौजी दृष्टि से शक्तिशाली राज्यों को लगा कि अराजकता की स्थिति उनके लिए लाभकारी है। वे विश्व-सरकार जैसी किसी राष्ट्रेतर संरचना के साथ सत्ता का साझा करने के लिए तैयार नहीं हुए।

पहले लीग ऑफ़ नेशंस की विफलता और फिर संयुक्त राष्ट्र की मौजूदा हालत इसका सबूत है। संयुक्त राष्ट्र को विश्व-सरकार की दिशा में एक महत्त्वपूर्ण प्रयोग के तौर पर देखा जा सकता है। वह अंतर्राष्ट्रीय शांति और सुरक्षा की फ़िक्र करने के साथ-साथ राजनीतिक-आर्थिक-सामाजिक और मानवीय समस्याओं के संदर्भ में अंतर्राष्ट्रीय सहयोग बढ़ाने का प्रयास भी करता है। उसके पास एक साझी क़िस्म की फ़ौज भी है। लीग ऑफ़ नेशंस के मुक़ाबले संयुक्त राष्ट्र को काफ़ी कामयाब समझा जाएगा, क्योंकि उसने ख़ुद को स्वतंत्र और सम्प्रभु राष्ट्रों से मिल कर बनी एक विश्व-संस्था के रूप में स्थापित कर लिया है। उसने प्रभुत्व की राजनीति के कारण पैदा होने वाले कई अंदेशों से दुनिया को बचाया भी है। उसने दो बार फ़ौजी हस्तक्षेप की सिफ़ारिश भी की है। एक बार 1950 में कोरिया के मामले में और दूसरी बार 2001 में अफ़ग़ानिस्तान की तालिबान सरकार के ख़िलाफ़। लेकिन, शीत-युद्ध के दौरान अमेरिका और सोवियत संघ के बीच शक्ति के ध्रुवीकरण के कारण संयुक्त राष्ट्र की सुरक्षा परिषद कई बार निर्णायक क़दम नहीं उठा पायी। 2003 में इराक पर हमला करने के मामले में अमेरिका ने संयुक्त राष्ट्र को अपनी निर्णय लेने की स्वतंत्रता बाधित करने की इजाज़त नहीं दी। सोवियत राज्य-व्यवस्था के बिखरने के बाद पैदा हुई एक-ध्रुवीयता की रोशनी में देखने पर विश्व-सरकार का विचार अमेरिकी प्रभुत्व के अंदेशों से ग्रस्त भी लगने लगता

है। विश्व-सरकार के विचार के आलोचकों की मान्यता है कि ज़ोर बहुध्रुवीय विश्व की आवश्यकता पर दिया जाना चाहिए। एक-ध्रुवीयता एक नये क़िस्म के उपनिवेशवाद और साम्राज्यवाद को जन्म दे सकती है।

भूमण्डलीकरण की प्रक्रिया ने विश्व-सरकार बनाने की कल्पनाशीलता को और हवा दी है, ताकि सरकारों के बीच संबंधों को नये परिप्रेक्ष्य में विनियमित किया जा सके। चूँकि ऐसी सरकार व्यावहारिक रूप से नहीं बन पायी है, इसलिए भूमण्डलीकरण के आलोचकों की मान्यता है कि यह ज़िम्मेदारी मोटे तौर से अमेरिका निभा रहा है। कॉपीराइट क़ानूनों, पेटेंट और विश्व व्यापार समझौतों के रूप में स्थापित हुए ग्लोबल मानकों पर अमल के लिए मजबूर करने की ज़िम्मेदारी अमेरिका और उसकी चौधराहट में चलने वाले संगठनों ने उठानी शुरू कर दी है। एक अंतर्राष्ट्रीय अपराध न्यायालय और अंतर्राष्ट्रीय न्याय आंदोलन की रचना की गयी है और ग्लोबल प्रशासकीय क़ानून का उदय हुआ है। ग्लोबल मानकों और नियम-क़ानूनों के बढ़ते दबावों ने राष्ट्रीय सम्प्रभुता को कमज़ोर कर दिया है।

सवाल यह है कि क्या संयुक्त राष्ट्र जैसी संस्था का विकास ही अधिक सक्षम विश्व-सरकार में होगा या इसके लिए कोई और संस्था उभरेगी ? इसका उत्तर दो पहलुओं पर निर्भर करता है। पहला, अंतर्राष्ट्रीय विश्वास और सहयोग कितने ऊँचे स्तर पर पहुँचता है। दूसरा, विश्व-नागरिकता की अवधारणा व्यावहारिक धरातल पर विकसित होती है या नहीं। किसी भी राष्ट्रेतर संस्था की सफलता इस बात पर टिकी रहती है कि उसे दुनिया की निगाहों में किस हद तक वैध समझा जाता है। विश्व-नागरिकता का विचार जितना सार्थक और आकर्षक बनेगा, विश्व-सरकार उतनी ही व्यावहारिक होती जाएगी।

देखें : आदर्शवाद, आतंकवाद, अंतर्राष्ट्रीय मुद्रा कोष, इमैनुएल कांट, इतिहास का अंत, एडवर्ड हैलेट कार, जाति-संहार, पृथकतावाद, तृतीय विश्व, द्वितीय विश्व-युद्ध, नस्लवाद, नव-उपनिवेशवाद, निर्भरता सिद्धांत, निरस्त्रीकरण, पेटेंट, प्रथम विश्व-युद्ध, प्रगति, बौद्धिक सम्पदा अधिकार, ब्रेटन वुड्स प्रणाली, भारत में पेटेंट क़ानून, रंगभेद, उपनिवेशवाद, यथार्थवाद, युद्ध, युरोपीय यूनियन, रचनात्मकतावाद, राजनय, विश्व व्यापार संगठन।

संदर्भ

1. आर.जी. रज्जी (1998), *कंस्ट्रक्टिंग द वर्ल्ड पॉलिटी,* रॉटलेज़, लंदन.
2. के. ओहमाए (1995), *द ऐंड ऑफ़ नेशन-स्टेट,* हारपर कोलिंस.
3. एम. बर्गेस और ए.जी. गैग्नन (सम्पा.) (1993), *कम्परेटिव फैडरलिज़्म ऐंड फ़ैडरेशन,* हारवेस्टर व्हीटशीफ़, हेमेल हेम्पस्टीड.

— **अभय कुमार दुबे**

वी.के.आर.वी. राव

(V.K.R.V. Rao)

स्वतंत्रता के बाद आर्थिक नीति-निर्माण और संस्थान-रचना में बेहद अहम और कारगर भूमिका निभाने वाले विजयेंद्र कस्तूरी रंगा वरदराजा राव (1908-1991) अपने लम्बे और सुंदर नाम के अनुरूप ही एक बहुमुखी प्रतिभा से सम्पन्न अर्थशास्त्री थे। आर्थिक नीतियों के अलावा राव ने शिक्षाविद, नीति-निर्धारक, प्रशासक और सबसे ऊपर एक महान संस्थान निर्माता की भूमिका भी निभायी। राव के लिए अर्थशास्त्र महज़ एक विषय नहीं बल्कि बृहत सामाजिक अध्ययन का अंग था। उन्होंने समाज-विज्ञान के विभिन्न अनुशासनों और अर्थशास्त्र को साथ ले कर अर्थशास्त्र के मानवीयकरण का काम किया। राव पहले व्यक्ति थे जिन्होंने भारत की राष्ट्रीय आय के आकलन का असम्भव काम किया कर दिखाया और वह भी तब जब वे इंग्लैण्ड में अर्थशास्त्र की पढ़ाई कर रहे थे। वे व्यापक सामाजिक-आर्थिक सुधारोंका सूत्रपात करना चाहते थे। इसलिए उन्होंने अर्थशास्त्र के सिद्धांतों से ज़्यादा उसके प्रायोगिक पहलुओं पर काम किया। भारत सरकार के आर्थिक सलाहकार के रूप में राव ऐसी आर्थिक नीतियों के पक्षधर थे जिनसे भारत की बहुसंख्यक जनता के जीवन-स्तर को सुधारा जा सके। इसके लिए उन्होंने ठोस सर्वेक्षण आधारित जानकारी एकत्रित करने पर ज़ोर दिया ताकि इन आँकड़ों से आर्थिक नीतियों को व्यावहारिक और प्रभावी बनाया जा सके। इंग्लैण्ड से भारत वापसी के बाद राव ने अनेक सरकारी व निजी नौकरियों के प्रस्ताव ठुकरा कर शिक्षण को चुना क्योंकि वे ऐसे संस्थान स्थापित करना चाहते थे जिनसे भारत में ही विश्वस्तरीय अर्थशास्त्री प्रशिक्षित किये जा सकें।

वी.के.आर.वी. राव का बचपन दक्षिण भारत के श्रीरंगम शहर में बीता। उनके पिता एक मामूली सरकारी नौकरी करते थे जिसे एक दिन अचानक छोड़ कर वे ज्योतिषाचार्य के रूप में अपना भविष्य बनाने मुम्बई चले गये। चार बच्चों के लालन-पालन करने की सारी ज़िम्मेदारी माँ पर आ गयी। दो वर्ष के बाद पिता ने अपने परिवार को मुम्बई बुलाया जहाँ पर सारे बच्चों में से सिर्फ़ राव को ही सबसे पौष्टिक भोजन दिया जाता था। 1920-30 के दशकों में आर्थिक मंदी और इन्फ्लुएंजा महामारी के बाद हज़ारों पढ़े लिखे दक्षिण भारतीय क्लर्क-स्टेनोग्राफ़र का काम करने के लिए मुम्बई आने लगे। इस पारिवारिक पृष्ठभूमि ने राव के अर्थशास्त्र को मानवीय पक्ष से जोड़ा। मुम्बई में अपने विद्यार्थी जीवन में राव यंग सोशलिस्ट लीग से जुड़े, लेकिन अपनी पारिवारिक स्थिति देखते हुए उन्होंने राजनीति के स्थान

विजयेंद्र कस्तूरी रंगा वरदराजा राव (1908-1991)

पर उच्च अध्ययन करने का निर्णय लिया।

1929 में मुम्बई से एमए की उपाधि लेने के बाद राव केम्ब्रिज विश्वविद्यालय से अर्थशास्त्र में डॉक्टरेट हासिल करने वाले पहले भारतीय थे। केम्ब्रिज में राव के अध्यापकों में जॉन मेनार्ड कींस भी थे जिन्होंने प्रतिभाशाली राव को उस समय के प्रख्यात पॉलिटिकल इकॉनॉमी क्लब का सदस्य भी बनाया था। कल्याणकारी अर्थशास्त्र के जनक ए.सी. पिग्यु भी केम्ब्रिज में राव के अध्यापक थे। पिग्यु के प्रभाव से ही राव ने विकासशील देशों में मानव कल्याण के लिए सरकारी हस्तक्षेप को आवश्यक माना। अपनी डॉक्टरेट के लिए राव ने भारत की राष्ट्रीय आय का आकलन किया जो भारतीय अर्थव्यवस्था के अध्ययन पर एक शाहकार माना जाता है।

राव ने नयी दिल्ली विश्वविद्यालय में नयी दिल्ली स्कूल ऑफ़ इकॉनॉमिक्स की स्थापना की जो आज भारत और दुनिया का विशिष्ट शिक्षा-संस्थान है। इसके अलावा उन्होंने नयी दिल्ली में इंस्टीट्यूट फ़ॉर इकॉनॉमिक ग्रोथ और बंगुलुरु में सामाजिक एवं आर्थिक परिवर्तन संस्थान भी स्थापित किया। अर्थशास्त्र एवं आर्थिक नीतियों पर काम करने वाले ये तीनों संस्थान आज भी शोध, अनुसंधान व नीति निर्धारण में अहम योगदान दे रहे हैं। भारतीय सामाजिक विज्ञान अनुसंधान परिषद (आईसीएसएसआर) के माध्यम उन्होंने एक ऐसी व्यापक व्यवस्था का निर्माण सम्भव किया जिसके द्वारा भारत भर में समाज-विज्ञान के विभिन्न संस्थानों को आर्थिक-संस्थागत सहयोग दिया जा सके। इसके अलावा मुम्बई में जनसंख्या अध्ययन के लिए अंतर्राष्ट्रीय केंद्र और नयी दिल्ली में भारतीय विदेश व्यापार संस्थान भी अपने तरह के अनूठे संस्थान हैं जिनकी स्थापना वी.के.आर.वी. राव द्वारा की गयी। इसके अलवा उन्होंने भारत के विभिन्न भागों में कृषि आर्थिक अनुसंधान केंद्रों और जनसांख्यिकी अनुसंधान इकाइयों की स्थापना की थी। एक संस्थान निर्माता के रूप में वी.के.आर.वी. राव ने अपने इन संस्थानों के आधारभूत दर्शन, संगठन, प्रयोजन व नेतृत्व को इतना दृढ़ बनाया कि ये संस्थान आज तक भारतीय लोकतंत्र की सेवा कर रहे हैं।

1944 में नयी दिल्ली विश्वविद्यालय का अर्थशास्त्र विभाग कुल जमा अस्थायी बैरक के दो छोटे कमरों और तीन प्राध्यापकों (राव, बी.एन. गांगुली और पी.एन. धर) से चलता था। इसी सामग्री के बूते पर राव ने अध्ययन-अध्यापन-शोध के लिए एक ऐसा संस्थान बनाने का स्वप्न देखा था जो लंदन स्कूल ऑफ़ इकॉनॉमिक्स के समकक्ष हो। राव भारत में अर्थशास्त्र के ऐसे विद्वान चाहते थे जो भारत की सर्वांगीण प्रगति के लिए समर्पित हों और जो तकनीकी दक्षता व सामाजिक जागरूकता से परिपूर्ण हो। 1948 में जब नयी दिल्ली स्कूल ऑफ़ इकॉनॉमिक्स की स्थापना हुई तो वहाँ आधिकारिक नियमनिष्ठता के स्थान पर प्रतिभा को प्राथमिकता दी गयी। राव ने 32 वर्षीय के.एन. राज को इस संस्थान में प्रोफ़ेसर का पद दिया जो किसी भी नियम के तहत असम्भव सी बात थी। आज के.एन. राज भारत की पंचवर्षीय योजना के निर्माताओं में से एक माना जाता है। राव ने स्वयं अपना प्रोफ़ेसर पद अमर्त्य कुमार सेन को दिया। आज नोबेल पुरस्कार विजेता अमर्त्य सेन एक विश्वविख्यात अर्थशास्त्री और दार्शनिक हैं। 1955 में राव ने उस्मानिया विश्वविद्यालय से एक अध्यापक को कृषि-अर्थशास्त्र पर काम करने के लिए आमंत्रित किया। वही ए.एम. खुसरो भारत के सबसे सम्मानित कृषि अर्थशास्त्री बने। समाज-विज्ञान की सम्पूर्णता के पक्षधर डॉ. राव की दृष्टि के अनुरूप ही नयी दिल्ली स्कूल में अर्थशास्त्र के अलावा समाजशास्त्र, भूगोल और वाणिज्य विभाग भी सफलतापूर्वक स्थापित किये गये। यहाँ समाजशास्त्र के अध्ययन-अध्यापन के लिए उन्होंने भारत के सर्वश्रेष्ठ समाजशास्त्री एम.एन. श्रीनिवास को आमंत्रित किया। पचास के दशक में राव को नयी दिल्ली स्कूल की स्वायत्तता बनाये रखने में कठिनाइयों का एहसास हुआ। शोध-अनुसंधान को सरकारी हस्तक्षेप से पूर्णत: स्वतंत्र रखने के लिए 1958 में उन्होंने आर्थिक विकास संस्थान (इंस्टीट्यूट ऑफ़ इकॉनॉमिक ग्रोथ) की स्थापना की। इस संस्थान को सँवारने के लिए राव ने नयी दिल्ली विश्वविद्यालय के उपकुलपति का पद भी छोड़ दिया।

राव ने एक ऐसे निकाय की कल्पना भी की जो समाज-विज्ञान अनुसंधान के लिए उचित सुविधाएँ जुटाये, अनुसंधान का प्रायोजक बने, संस्थाओं-विद्वानों को आर्थिक

व अन्य अनुदान मुहैया कराये और भारत में समाज-विज्ञान की नयी पत्रिकाओं को बढ़ावा दे। भारत सरकार ने समाज-विज्ञान अनुसंधान को बढ़ावा देने के लिए राव के सुझावों पर अमल करते हुए 1969 में भारतीय सामाजिक विज्ञान अनुसंधान परिषद का गठन किया जो विश्वविद्यालय प्रणाली के बाहर समाज-विज्ञान के अनुसंधान हेतु एक संरक्षक संगठन है। इसके अंतर्गत देश के 25 से अधिक संस्थानों को आर्थिक अनुदान व प्रशासनिक सहयोग जैसी सुविधाएँ दी जाती हैं। 1972 में राव ने बंगलुरु में इंस्टीट्यूट फ़ॉर सोशल ऐंड इकॉनॉमिक चेंज की स्थापना की जिसका उद्देश्य ज़मीनी स्तर पर ऐसी शोध करना था जिससे समुचित सार्वजनिक नीति बनायी जा सके।

1979 में अपनी एक पुस्तक में राव ने स्वामी विवेकानंद को वेदांतिक समाजवाद का देवदूत पुकारा। वी.के.आर.वी. राव ने अपने जीवन में कभी स्वप्न देखना नहीं छोड़ा। प्रसिद्ध समाजशास्त्री त्रिलोकी नाथ मदन ने एक घटना का उल्लेख करते हुए कहा बताया है कि 1980 के आस-पास मैंने राव को अकेले एक छड़ी के सहारे टहलते हुए देखा। उन्होंने अपने ख़ास उत्साह के साथ बताया कि वे पूरे देश में राष्ट्रीय विवेकानंद क्लब बनाने जा रहे हैं। यह क्लब रोटरी क्लब जैसा ही होगा और इसके सदस्य भारत के आर्थिक व सामाजिक तौर से पिछड़े लोगों की सेवा करेंगे। डॉ. राव ने सेवा शब्द का प्रयोग किया था उत्थान का नहीं। इस क्लब के सदस्यों को रोटेरियन की तरह विवेकियन पुकारा जाएगा। दुर्भाग्यवश ख़राब स्वास्थ्य ने डॉ. राव को एक और संस्थान बनाने से रोक दिया।

वी.के.आर.वी. राव लोकसभा के सदस्य भी चुने गये और केंद्रीय सरकार में परिवहन व जहाज़रानी, फिर शिक्षा व युवा मामलों के मंत्री बनाये गये। एक प्रख्यात अर्थशास्त्री के रूप में शायद वी.के.आर.वी. राव को इस बात का मलाल रहा कि उन्हें कभी भी आर्थिक मामलों का मंत्रालय नहीं दिया गया और शायद इसीलिए उनके जैसे कुशल वक्ता का संसदीय क़ॅरियर फ़ीका रहा। कई अवसरों पर राव विवादों में भी रहे। 1969 में तमिलनाडु के पहले द्रमुक मुख्यमंत्री सी.एन. अन्नादुरै की मृत्यु की ग़लत ख़बर फैल गयी तो राव, जो तब केंद्रीय मंत्री भी थे, ने अख़बारों को फ़ोन पर अपना शोक संदेश प्रेषित कर दिया। जब इस ख़बर के ग़लत होने के बारे में एक अख़बार के नयी दिल्ली ब्युरो राव को बताया तो पछतावा व्यक्त करने या वापस लेने के बजाय राव ने कहा कि उस शोक संदेश को उपयुक्त अवसर के लिए रखा जा सकता है। उनका देहांत 83 साल की उम्र में 25 जुलाई, 1991 को हुआ।

देखें : अब्दुल हमीद, आर.के. तलवार, इला भट्ट, एलाट्टुवलापिल श्रीधरन, कन्हैयालाल माणिकलाल मुंशी, कमला देवी चट्टोपाध्याय, गिजुभाई बधेका, पी.एस. वारियर, देवकी जैन, धोंडो केशव कर्वे, नीरा देसाई, भारतीय लोकतंत्र का संस्थानीकरण-1, 2 और 3, राज कुमार तलवार, विक्रम साराभाई, विद्याबेन शाह, संस्था, संस्थान और संस्थानीकरण।

संदर्भ

1. किरण मिश्रा (1997), *वी.के.आर.वी. राव : हिज़ लाइफ़ ऐंड टाइम्स,* विकास पब्लिशिंग हाउस, नयी दिल्ली.
2. एस.एल. राव (सम्पा.) (2009), *द पार्शियल मेमोइर्स ऑफ़ वी.के.आर.वी. राव,* ऑक्सफ़र्ड युनिवर्सिटी प्रेस, नयी दिल्ली.
3. एस.एल. राव, एन. जयराम, वी. एम. राव, एम. वी. नादकर्णी (2009), *अ पैशनेट ह्युमेनिटेरियन : वी.के.आर.वी. राव,* अकादमिक फ़ाउंडेशन इंस्टिट्यूट ऑफ़ सोशल ऐंड इकॉनॉमिक चेंज. बंगलुरु.

— रवि दत्त वाजपेयी

वेदांत दर्शन

(Philosophy of Vedanta)

वेदांत शब्द का यौगिक अर्थ है वेद का अंत, अथवा वे सिद्धांत जो वेदों के अंतिम अध्यायों में प्रतिपादित किये गये हैं, और ये ही उपनिषद् हैं। वेदों के जो अंतिम लक्ष्य व सार हैं वही उपनिषदों के भी विचार हैं। ब्रह्म संबंधी सिद्धांत की व्याख्या करने के कारण इसे ब्रह्मसूत्र के नाम से भी जाना जाता है तथा इसका एक दूसरा नाम शारीरक सूत्र भी है। जहाँ एक ओर पूर्व-मीमांसा के जनक जैमिनि द्वारा प्रतिपादित *मीमांसासूत्र* वेदविहित धर्म तथा उसके फलाफल का अनुसंधान है, वहाँ *ब्रह्मसूत्र* के रचयिता बादरायण का उत्तर-मीमांसा दर्शन उपनिषदों के दार्शनिक व ईश्वर-ज्ञान संबंधी विचारों का वर्णन करता है। दोनों मिल कर सम्पूर्ण वेद के प्रतिपाद्य विषयों का क्रमबद्ध अनुसंधान करते हैं। वेदों का प्रथम भाग मंत्रों का है। इसका अध्ययन सबसे पहले किया जाता है। उसके बाद ब्राह्मण-ग्रंथों का अध्ययन किया जाता है, जिनमें यज्ञादि कर्मकाण्ड का प्रतिपादन है। इसका मुख्य संबंध गृहस्थाश्रम से है। अंतिम अवस्था में जब मनुष्य घर-बार छोड़ कर एकांत में रहने लगता है और आत्मा, मोक्ष आदि की ओर झुकता है, तब उपनिषदों का अध्ययन किया जाता है। इनमें से कुछ को आरण्यक कहा जाता है। इसका अर्थ है अरण्य अर्थात् वन में रह कर पढ़ा जाने वाला साहित्य। उपनिषदों में मूलतः विचार सादृश्य होते हुए भी परस्पर विभिन्नताएँ हैं। इन्हीं विभिन्नताओं का

परिहार कर बादरायण ने उपनिषदों का भाष्य लिख कर उनके बीच मतैक्य स्थापित करने का प्रयास किया। यद्यपि उपनिषद्, *ब्रह्मसूत्र* और *भगवद्गीता* (इन तीनों को प्रस्थानत्रयी भी कहा जाता है) जैसे तीन आधारभूत ग्रंथों पर ही वेदांत की सारी परम्पराएँ निर्भर हैं, लेकिन उपनिषद् ही उसका मुख्य आधार है। उपनिषदों की संख्या सैकड़ों हैं लेकिन दार्शनिक महत्त्व के उपनिषद् ग्यारह ही माने गये हैं और उन्हीं पर भाष्य लिखे गये हैं। वेदांत के कई प्रस्थान विकसित हुए हैं, जैसे अद्वैत वेदांत, द्वैत वेदांत, द्वैताद्वैत वेदांत और शुद्धाद्वैत वेदांत।

हालाँकि उपनिषद् सत्य के प्रति विविध दृष्टिकोणों से किये गये दृष्टिपातों की एक शृंखला मात्र है, और उन्हें महत्त्वपूर्ण प्रश्नों पर अंतिम विचार नहीं माना जा सकता; फिर भी उन्हें ईश्वरीय प्रेरणा द्वारा प्राप्त सत्य मानने वाले यह साबित करने का यत्न करते हैं कि उनकी शिक्षाएँ एक सुसंगत और परिपूर्ण इकाई हैं। उपनिषदों का भाष्य करने वाली बादरायण की रचना *ब्रह्मसूत्र* इसी प्रयास का सर्वोच्च उदाहरण है। यह ग्रंथ क्रमबद्ध दर्शन न होकर ईश्वर ज्ञान-विषयक एक व्याख्या है। बादरायण के ग्रंथ का उपनिषदों के साथ वही संबंध है जैसा कि ईसाई रूढ़िवादियों का *न्यू टेस्टामेंट* के साथ है। बादरायण उपनिषदों की उन शिक्षाओं को संसाधित करते हैं जो ईश्वर, जगत तथा आत्मा के संसार-चक्र में भ्रमण तथा मोक्ष की अवस्थाओं के विषय में है। उनका *ब्रह्मसूत्र* उपनिषदों में प्रत्यक्ष में दिखाई पड़ने वाली सिद्धांत-संबंधी असंगतियों का निराकरण करता है। उन्हें परस्पर क्रमबद्ध रूप में जोड़ता है, और विशेषकर उपनिषदों को विरोधियों के आक्षेपों से बचाता है।

भारतीय दर्शन में जीव, ईश्वर और माया के संबंध में विभिन्न मान्यताएँ रही हैं, लेकिन प्राय: सभी दर्शनों ने जगत की रचना के दो कारण स्वीकार किये हैं : जड़ और चेतन। पहले कारण जड़ को किसी ने परमाणु, प्रकृति या पुद्गल के रूप में माना है, तो दूसरे कारण चेतन को ईश्वर, जीव या पुरुष आदि अनेक रूपों में स्वीकार किया गया है। जड़ को जगत का उपादान कारण तथा चेतन को निमित्त कारण माना गया है। वेदांत-दर्शन की मान्यता इसके ठीक विपरीत है। वह एक ही तत्त्व को उपादान और निमित्त दोनों मानता है। जिस प्रकार मक़ड़ी जाला बुनने के लिए किसी बाहरी तत्त्व पर निर्भर न होकर अपने पेट से ही तंतु निकालकर वह जाला बुनती है। वेदांत के अनुसार इसी तरह से ईश्वर ने इस जगत की रचना की है। वह विश्व के कण-कण में व्याप्त है। विश्व छोटा है और ईश्वर महान। ईश्वर इस जगत का मूल तत्त्व, ब्रह्मरूप है तथा जगन्नियंता है। इस तरह से वह सर्वव्यापी है तथा यह जगत उसकी माया है।

अद्वैत वेदांत के प्रमुख संस्थापक आदि शंकराचार्य ने कहा है कि आत्मा और अनात्मा, प्रकाश और अंधकार यद्यपि परस्पर विरोधी हैं, फिर भी दुनिया का सारा व्यवहार दोनों को मिलाकर चलता है। हम पिछले संस्कारों के कारण एक वस्तु का दूसरी वस्तु पर आरोप करते हैं। आकाश का कोई रंग नहीं होता, फिर भी उसे नीला कहा जाता है। चंद्रमा बहुत बड़ा होता है, फिर भी तश्तरी-जितना दिखाई देता है। आत्मा बहरी, गूँगी या लँगड़ी नहीं होती है, फिर भी कहा जाता है, मैं बहरा, गूँगा या लँगड़ा हूँ। इसी तरह से अध्यासवाद (भ्रमपूर्ण व्यवहार) के सहारे दुनिया अपना काम चलाती है। इस जगत व्यवहार में एक वस्तु का दूसरी वस्तु पर आरोप होता है। शंकराचार्य ने प्रत्यक्ष, अनुमान आदि प्रमाणों को भ्रम-आधारित माना। उन्होंने कहा कि प्राय: हम आँखों से जो देखते हैं उसे सही मान लेते हैं परंतु प्रत्येक परिस्थिति में उसे सत्य नहीं माना जा सकता। एक ही वस्तु विभिन्न परिस्थितियों में अलग-अलग दिखाई देती है। एक ही पहाड़ भिन्न-भिन्न स्थानों से भिन्न-भिन्न आकार का दिखाई देता है। शंकराचार्य ने इन तथ्यों के आधार पर सत्ता यानी अस्तित्व के तीन स्तर बताये। स्वप्न में जो चीज़ें दिखाई देती हैं उनकी सत्ता स्वप्न चलने तक ही होती हैं। उसके बाद समाप्त हो जाती है। लेकिन जाग्रत अवस्था में जो वस्तुएँ हमें दिखाई देती है और उनकी सत्ता अन्य दिनों में भी ज्यों की त्यों बनी रहती हैं। संसार की सारी सांसारिकताएँ इसी आधार पर चलती हैं। बाह्य जगत की ये सत्ताएँ किसी न किसी दिन समाप्त हो जाती हैं। लेकिन इसके अलावा एक ब्रह्मरूप सत्ता भी है जो नष्ट नहीं होती है। यही सत्ता वास्तविक होती है बाक़ी सब अवास्तविक है। इस तरह से क्रमशः प्रातिभासिक, व्यावहारिक तथा पारमार्थिक सत्ता के तीन प्रकारों की व्याख्या शंकराचार्य ने की है।

वेदांत दर्शन के अनुसार प्रत्येक व्यक्ति के ज्ञान में 'उद्देश्य' और 'विधेय' के रूप में दो प्रकार के अंश मिले होते हैं। उद्देश्य हर जगह एक जैसे होते हैं, विधेय बदलते रहते हैं। विधेय की वजह से ही लोगों में परस्पर विवाद और सच्चे-झूठे का झगड़ा होता रहता है क्योंकि उसमें जानने वाला अपने जमे हुए संस्कार और पूर्वग्रह मिला देता है। एक ही आदमी किसी को शत्रु दिखाई देता है और किसी को मित्र। इसका कारण यह है कि वे अपने मन में जमे हुए शत्रुता और मित्रता के भावों को उस व्यक्ति के साथ जोड़ देते हैं। विधेय के रूप में प्रतीत होने वाले सारे पदार्थ कल्पना मात्र हैं। लेकिन कल्पना निराधार नहीं होती। यदि विश्व कल्पना मात्र है तो ब्रह्म उसका आधार है। उनमें एक चित्र के समान है और ब्रह्म उस दीवार या पट के सामान जिस पर चित्र अंकित होता है। ब्रह्म का अपना कोई स्वरूप नहीं होता। उसे अनेक दृष्टांतों और दूसरे अन्य उपायों से जाना जा सकता है। प्रत्येक ज्ञान में अस्तित्व, आभास, आत्म, नाम और रूप इन पाँच बातों का भान होता है। इनमें से अस्तित्व, आभास और आत्म सभी ज्ञानों में एक जैसे रहते हैं और

अंतिम दो बदलते रहते हैं। प्रथम तीन ब्रह्म रूप हैं और अंतिम दो माया या कल्पना। प्रथम तीन के आधार पर ब्रह्म को सत्-चित्-आनंद कहा जाता है।

वेदांत दर्शन की स्थापना है कि ब्रह्म ही सत्य है। वह ब्रह्म, ईश्वर, जीव, जीव और ईश्वर के परस्पर भेद, अविद्या तथा अविद्या और चैतन्य के परस्पर भेद जैसी छह अनादि बातों के जरिये प्रतीयमान विश्व की व्याख्या करता है। अविद्या से पाँच महाभूतों की उत्पत्ति होती है। सर्वप्रथम आकाश उत्पन्न होता है। आकाश से वायु, वायु से अग्नि, अग्नि से जल और जल से पृथ्वी। इन्हें सूक्ष्म या शुद्ध भूत कहा जाता है। सूक्ष्म भूतों से सूक्ष्म शरीर उत्पन्न होता है। इसके सत्रह अवयव हैं— पाँच ज्ञानेंद्रियाँ, पाँच कर्मेंद्रियाँ, पाँच वायु, बुद्धि और मन। ज्ञानेंद्रियाँ आकाशादि के सात्विक अंश से बनती हैं। आकाश से श्रोत्र, वायु से स्पर्शन, अग्नि से चक्षु, जल से रसना और पृथ्वी से घ्राणेंद्रिय का निर्माण होता है। बुद्धि और मन में सभी तत्त्वों का सम्मिश्रण रहता है। आकाशादि के रजांश से क्रमशः पाँच कर्मेंद्रियाँ उत्पन्न होती हैं। ये हैं : वाणी, हाथ, पैर, गुदा, अपान, व्यान, उदान और समान। सूक्ष्म भूतों के पंचीकरण से स्थूल शरीर तथा स्थूल भूत उत्पन्न होते हैं। पंचीकरण का अर्थ है परस्पर सम्मिश्रण। प्रत्येक स्थूल भूत में आधा अंश उसका अपना रहता है, और शेष आधा भाग अन्य चार भूतों के अष्टमांशों का मिलकर बनता है। इन्हीं स्थूल भूतों से समस्त विश्व की रचना होती है।

साधन-चतुष्टय : वेदांत दर्शन कहता है कि जिस व्यक्ति के मन में सांसारिक आकांक्षाएँ बनी हुई हों, जिसका चित्त शांत नहीं है, जो इंद्रियों के विषय में आसक्त है, वह वेदांत का अधिकारी नहीं है। इसके लिए कर्म और उपासना का विधान है। शमादि (क) शम यानी चित्त का शांत होना, (ख) दम यानी इंद्रियों का दमन, (ग) उपरति यानी सांसारिक सुखों से विरक्ति, (घ) तितिक्षा यानी सहनशीलता, सुख में फूल न जाना और दुःख में व्याकुल न होना, (च) समाधि अर्थात् मन की एकाग्रता, (छ) श्रद्धा यानी उपनिषदों में प्रतिपादित तत्त्वों पर दृढ़ विश्वास), संसार की स्थायी और नश्वर वस्तुओं की समझ (नित्यानित्य वस्तु विवेक), ऐहिक और पारलौकिक सुखों से विरक्ति (इहामूत्रार्थ भोग-विराग) और मोक्ष प्राप्त करने की उत्कट अभिलाषा (मुमुक्षत्व) का वेदांत विद्या के लिए होना आवश्यक है। साधना के क्रम में श्रवण यानी शास्त्र तथा गुरु के उपदेशों को अच्छी तरह सुनना और समझना, गुरु की सुनी बातों पर युक्ति-युक्त विचार करना तथा बात समझ में आ जाने पर साधक को उसका बार-बार चिंतन-मनन करना चाहिए। वेदांत दर्शन अपने अनुयायियों को संदेश देता है कि एकमेवाद्वितीयम्, तत्त्वमसि, सर्व खल्विदं ब्रह्म, और अहंब्रह्मास्मि इन महावाक्यों का साधक द्वारा अनवरत चिंतन करने पर सर्वत्र ब्रह्म ही ब्रह्म दिखाई देने लगता है। ब्रह्म साक्षात्कार से अविद्या का नाश हो जाता है और जीव ब्रह्म में लीन हो जाता है।

देखें : आर्यभट्ट और *आर्यभटीय*, उपनिषद्, कपिल, *अर्थशास्त्र* और कौटिल्य, गोपीनाथ कविराज, गोविंद चंद्र पाण्डे, चैतन्य महाप्रभु, जैन दर्शन, न्याय दर्शन, दया कृष्ण, नागार्जुन, पतंजलि और *योगसूत्र*, पाणिनि और *अष्टाध्यायी*, पुराण, पूर्व-मीमांसा दर्शन, बदरी नाथ शुक्ल, बादरायण, बौद्ध दर्शन, *भगवद्गीता*, भरत और *नाट्यशास्त्र*, मुकुंद लाठ, *भागवत पुराण*, *महाभारत*, यशदेव शल्य, योग दर्शन, रामानुजाचार्य, राम अवतार शर्मा, लोकायत, वात्स्यायन और *कामसूत्र*, वैशेषिक दर्शन, शंकराचार्य, षड्-दर्शन-1 और 2, संस्कृत काव्यशास्त्र, स्मृति-साहित्य, सांख्य दर्शन-1 और 2, सिद्ध-नाथ परम्परा।

संदर्भ

1. वियोगी हरि (सम्पा.) (2011), *हमारी परम्परा*, सस्ता साहित्य मण्डल, नयी दिल्ली.
2. चंद्रधर शर्मा (1991), *भारतीय दर्शन : आलोचन और अनुशीलन*, मोतीलाल बनारसी दास, नयी दिल्ली.
3. सर्वपल्ली राधाकृष्णन (2012), *भारतीय दर्शन*, दो खण्ड, राजपाल ऐंड संज़, नयी दिल्ली.
3. के. दामोदरन (2001), *भारतीय चिंतन परम्परा*, अनुवाद : जी. श्रीधरन, पीपुल्स पब्लिशिंग हाउस, नयी दिल्ली.

— अजय कुमार पाण्डेय

वेरियर एलविन

(Verrier Elwin)

विद्वान, एक्टिविस्ट और प्रशासक वेरियर एलविन (1902-1964) का कृतित्व भारत में आदिवासियों के मुद्दे को पूरी शिद्दत के साथ उठाने के लिए जाना जाता है। ब्रिटेन और शहरी भारत के अरामदेह जीवन की बजाय उन्होंने न केवल आदिवासियों के हितों को ज़ोरदार वकालत की, बल्कि आदिवासी समाज से ज़मीनी स्तर पर जुड़ कर उनकी संस्कृति और खान-पान को भी अपनाया। भारतीय राष्ट्रीय आंदोलन में हाशिये पर पड़े आदिवासी सवाल को बहस के केंद्र में लाने की जी-तोड़ कोशिश करने वाले एलविन आदिवासियों को बाक़ी समाज से पूरी तरह अलग-थलग रखने के पक्ष में नहीं थे। लेकिन वे 'एकीकरण' और 'विकास' के नाम आदिवासियों के संसाधनों पर बाहरी लोगों के कब्जे या आदिवासियों के अपने सांस्कृतिक मूल्यों के क्षरण के भी सख़्त ख़िलाफ़ थे। अंग्रेज़ होने के बावजूद उन्होंने भारत की

वेरियर एलविन (1902-1964)

आज़ादी के आंदोलन में भाग लिया। वे पादरी थे लेकिन उन्होंने आदिवासियों का धर्म परिवर्तन करवाने से इनकार कर दिया। वे गाँधी के अनुयायी थे, लेकिन उन्हें यह कहने में हिचक नहीं हुई कि गाँधी की शराबबंदी और चरखा कातने जैसे कार्यक्रम आदिवासियों के लिए निरर्थक हैं। इस तरह उनका नज़रिया आलोचनात्मक बना रहा।

1902 में एक बिशप परिवार में जन्मे एलविन का लालन-पालन बेहद परम्परानिष्ठ धार्मिक वातावरण में हुआ। इस माहौल से बचने के लिए वे 1927 में क्रिस्टा सेवा संघ (सीएसएस) के सदस्य के रूप में भारत आये। इस समय वे नये-नये पादरी बने थे और उनके पास अंग्रेज़ी और धर्मशास्त्र में प्रथम श्रेणी की डिग्री भी थी। क्रिस्टा सेवा संघ एक ऐसा संगठन था जो भारतीय ज़मीन में ईसाई धर्म की जड़ जमाना चाहता था। इसके सदस्य अपने बनाये हुए कपड़े पहनते और शाकाहारी भोजन करते थे। इस संगठन के सदस्यों ने भारतीय संस्कृति के मूलभाव को अपने व्यवहार में उतारने की कोशिश की। सीएसएस पुणे में स्थित था। इस शहर में रहते हुए एलविन यहाँ की सुधारवादी और उदार परम्परा से परिचित हुए। यहीं उनका परिचय कांग्रेस की नेता कमलादेवी चट्टोपाध्याय से भी हुआ जो 1920 के दशक के आख़िरी वर्षों में पुणे में रहती थीं। इस दौरान एलविन गाँधी के सम्पर्क में भी आये जो उस समय अक्सर पुणे आते-जाते रहते थे। इस समय गाँधी का मुख्य अड्डा अहमदाबाद स्थित अपने आश्रम में था। पुणे से अहमदाबाद में बहुत ज़्यादा दूरी नहीं थी और रात की ट्रेन पकड़कर सुबह अहमदाबाद पहुँचा जा सकता था। एलविन गाँधी के प्रति बहुत आकर्षित हुए। वे मानते थे कि गाँधी ईसा मसीह के संदेश के सबसे अच्छे आधुनिक व्याख्याकार हैं।

भारत के ग़रीबों के जीवन से ख़ुद को सीधे जोड़ने के लिए एलविन ने 1931 में सीएसएस छोड़ दिया। पहले उन्होंने सोचा कि वे बंबई में किसी अछूत क्वार्टर में अपना घर बनायेंगे। लेकिन बाद में उन्होंने मध्य भारत के आदिवासी लोगों के साथ काम करने का फ़ैसला किया। सीएसएस के अपने एक दोस्त शामराव हिवाले के साथ वे नर्मदा घाटी के ऊपरी भाग में स्थित एक गाँव में चले गये। यहाँ उन्होंने गोंड आदिवासियों के बीच आधुनिक शिक्षा और स्वास्थ्य सेवा के लिए काम किया। उन्होंने आदिवासियों की ज़िंदगी बेहतर बनाने की कोशिश की, लेकिन आदिवासियों ने उन्हें अपने रंग में रंग लिया। एलविन आदिवासियों के संगीत और नृत्य से प्यार तथा सेक्स और शादी के बारे में उनके मुक्त नज़रिये से बहुत प्रभावित हुए। लेकिन उन्हें आदिवासियों की ख़राब आर्थिक स्थिति को लेकर काफ़ी चिंता थी। वे देख रहे थे कि साहूकारों ने उनकी ज़मीन पर क़ब्ज़ा कर लिया है और उनके जंगल पर राज्य ने अपना आधिपत्य क़ायम कर लिया है।

एलविन ने आदिवासियों का धर्म परिवर्तन करने का विरोध किया। इसके कारण 1936 में इंग्लैण्ड के चर्च द्वारा उनका पादरी होने का लाइसेंस रद्द कर दिया गया। चार साल बाद उन्होंने एक गोंड लड़की से शादी कर ली। इस तरह गोंड लोगों से उनका जुड़ाव और भी गहरा हो गया। एक दशक के बाद यह शादी टूट गयी। इसके बाद एलविन ने एक दूसरी आदिवासी लड़की से शादी की। इस बीच उन्होंने आदिवासी जीवन और संस्कृति के विभिन्न पहलुओं के बारे में निबंधों और किताबों का प्रकाशन करना शुरू किया। उनके कुछ काम वर्णनात्मक और एथनोग्राफ़िक हैं, जबकि कुछ काम विश्लेषणात्मक और वाद-विवाद शैली में लिखे गये हैं। वे आदिवासी क्षेत्र में एक समाज-सुधारक के रूप में गये थे, लेकिन बाद में उन्होंने उनकी संस्कृति और समस्याओं को देश और दुनिया के सामने रखने को अपना मुख्य एजेंडा बना लिया। असल में भारतीय राष्ट्रीय आंदोलन में स्त्रियों, मुसलमानों और अछूतों की समस्याओं पर तो बहुत ज़्यादा ध्यान दिया गया, लेकिन आदिवासियों की समस्याओं की कोई फ़िक्र नहीं की गयी। वेरियर एलविन ने आदिवासियों की स्थिति और उनके हक़ की बात करके इस कमी को पूरा करने की कोशिश की। 1940 के दशक में एलविन ने अलग-अलग जनजातियों पर किताबों की एक पूरी श्रृंखला प्रकाशित की। उन्होंने नीतिगत मसलों पर अख़बारों और पत्रिकाओं में कई लेख भी लिखे। उनका यह लेखन आदिवासियों के प्रति

उनकी गहरी हमदर्दी का प्रमाण है।

भारत को आज़ादी मिलने के बाद एलविन भारतीय गणराज्य के नागरिक बन गये। 1954 में जवाहरलाल नेहरू ने इन्हें नार्थ ईस्ट फ्रंटियर ऐजेंसी (नेफ़ा) के आदिवासी मामलों के प्रशासन का सलाहकार नियुक्त किया। यह एक बहुत बड़ा भू-क्षेत्र था जिसकी अंतर्राष्ट्रीय सीमा चीन और बर्मा से मिलती थी। यहाँ रहने वाली अलग-अलग जनजातियों के बारे में प्रशासन को कोई ख़ास जानकारी नहीं थी। एलविन को ऐसी नीति बनाने की ज़िम्मेदारी दी गयी जिससे इन क्षेत्रों का भारत के साथ तेज़ सांस्कृतिक एकीकरण हो सके। उन्होंने उत्तर-पूर्व में दस साल गुज़ारे और वहाँ के विभिन्न भागों का दौरा किया। असम और नगालैण्ड में वे इसके बाद भी रहे। पहले की तरह ही उन्होंने इन क्षेत्रों के आदिवासियों और उनके लोकगीतों के बारे में लिखा। लेकिन इसके साथ ही उन्होंने ज़मीन और वन नीति के बारे में भी अपने विचार व्यक्त किये।

वेरियर एलविन ने अपने लेखन द्वारा भारत के आदिवासियों के जीवन के सकारात्मक पहलुओं को उभारा। उन्होंने आदिवासियों के अधिकार छीन लेने और झूम खेती जैसी उनकी परम्पराओं में हस्तक्षेप करने के लिए ब्रिटिश सरकार की तीखी आलोचना की। उन्होंने इस बात पर ज़ोर दिया कि आदिवासियों की सबसे बड़ी समस्या यह है कि उन्होंने अपनी ज़मीन खो दी है। इसके अलावा एलविन ने यह तर्क दिया कि बाहरी शिक्षा और सभ्यता के प्रसार ने आदिवासी जीवन पर बहुत ही नकारात्मक प्रभाव डाला है। मसलन, शराब आदिवासी जीवन का एक अभिन्न अंग है जिसका प्रयोग वे अपने हर सामाजिक और धार्मिक समारोह में करते हैं। लेकिन बाहरी शिक्षा और सभ्यता के प्रसार में इसे पूरी तरह ग़लत माना गया। इस तरह के उदाहरण द्वारा एलविन ने गाँधी की शराबबंदी की योजना की परोक्ष आलोचना की। लेकिन उन्होंने यह भी रेखांकित किया कि कांग्रेस ने उदारता का परिचय देते हुए इस तरह की शराबबंदी के कार्यक्रम आदिवासी क्षेत्रों में लागू नहीं करने का फ़ैसला किया है।

एलविन ने यह भी तर्क दिया कि आधुनिक शिक्षा में आदिवासियों की जीवन-शैली को नकारात्मक तरीक़े से पेश किया जा रहा है, जिसके कारण उनके सामुदायिक जीवन का पतन हो रहा है। आदिवासियों के बारे में अपनी योजना पेश करते हुए एलविन ने उन्हें दो समूहों में बाँटकर देखने की तजवीज़ की। पहला, ऐसे आदिवासी या जनजाति समूह जो 'मुख्यधारा' सभ्यता के नज़दीक आ गये हैं। इन समूहों की समस्याओं को ग्रामीण भारत की समस्याओं से जोड़कर देखना चाहिए। अर्थात् एलविन मानते हैं कि सामान्य ग्रामीणों की तरह इन आदिवासियों की समस्याएँ शिक्षा, जीविका, खेती की अच्छी सुविधा आदि हैं। एलविन के हिसाब से आदिवासियों की कुल जनसंख्या का तक़रीबन अस्सी प्रतिशत हिस्सा इस स्थिति में है। दूसरी ओर वे यह मानते हैं आदिवासियों की बाक़ी बीस प्रतिशत जनसंख्या 'अर्ध-सभ्य' की स्थिति में है यानी यह 'मुख्यधारा' के जीवन से काफ़ी दूर है। ये लोग जंगलों में या उसके आस-पास के इलाक़ों में रहते हैं। उनके अनुसार जब तक सही तरीक़े से प्रशिक्षित शिक्षक न हों और जब तक कि इतना पैसा न हो कि इन्हें सभ्यता से जोड़ने का काम सही तरीक़े से हो सके तब तक उनकी ज़िंदगी में कोई दख़ल नहीं दिया जाना चाहिए।

'मुख्यधारा' के नज़दीक रहने वाले आदिवासियों और 'अर्ध-सभ्य' या जंगल में या उसके नज़दीक रहने वाले आदिवासियों के जनसंख्यात्मक अनुपात के बारे में विवाद किया जा सकता है। अर्थात् एलविन का यह मानना पूरी तरह सही नहीं है कि सिर्फ़ बीस प्रतिशत आदिवासी ही जंगल या उसके आस-पास के इलाक़ों में रह रही है। लेकिन आदिवासियों के संदर्भ में वे उन्हें 'पूरी तरह से मुख्यधारा में मिलाने' या 'अकेले छोड़ देने' की नीति के बीच का रास्ता अपनाने पर ज़ोर देते हैं। दोनों ही श्रेणियों के बारे में उनका यह स्पष्ट मानना है कि आदिवासियों को अपने ज़मीन और संसाधनों पर हक़ होना चाहिए। इस संदर्भ में यह बात उल्लेखनीय है कि जवाहरलाल नेहरू ने एलविन की किताब की प्रस्तावना में ही आदिवासियों के प्रति अपनी प्रसिद्ध 'पंचशील' नीति की घोषणा की थी जिसमें आदिवासियों को उनकी परम्परा और संसाधनों आदि के संदर्भ में स्वायत्तता देने की वकालत की गयी थी। एलविन के विचार आज के दौर में ज़्यादा प्रासंगिक हैं क्योंकि 'विकास' और आदिवासियों को 'मुख्यधारा' से जोड़ने के नाम पर उनकी जंगल और ज़मीन निजी पूँजी के हाथों में दी जा रही है। वेरियर एल्विन की मृत्यु 1964 में हुई।

देखें : अनुसूचित जनजातियाँ, आदिवासी प्रश्न-1, 2, 3 और 4, गोविंद सदाशिव घुर्ये, छत्तीसगढ़, झाड़खण्ड, भारत में किसान-संघर्ष-1, 2 और 4, भारतीय राज्य, माओवाद और माओ विचार, सामाजिक बहिर्वेशन, सुदीप्त कविराज।

संदर्भ

1. रामचंद्र गुहा (1999), *सैवेजिंग द सिविलाइज़्ड : वेरियर एलविन, हिज ट्राइबल्स ऐंड इण्डिया,* ऑक्सफ़र्ड युनिवर्सिटी प्रेस, नयी दिल्ली.
2. वेरियर एलविन (1944), *द एबोरिजनल्स,* ऑक्सफ़र्ड युनिवर्सिटी प्रेस, बंबई.
3. वेरियर एलविन (1959), *अ फ़िलॉसफ़ी फ़ॉर नेफ़ा,* एडवाइज़र टु गवर्नर ऑफ़ असम, शिलांग.

— कमल नयन चौबे

वैकल्पिक मीडिया

(Alternative Media)

व्यावसायिक मीडिया, सरकारी मीडिया और व्यवस्था का समर्थन करने वाली किसी संस्था या पार्टी के नियंत्रण में चलने वाले मीडिया के मुक़ाबले वैकल्पिक दृष्टिकोण पेश करने वाले माध्यमों को वैकल्पिक मीडिया की संज्ञा दी जाती है। व्यवस्था की आलोचना करते हुए असहमति का स्वर बुलंद करने वाला मीडिया का कोई भी रूप (पत्रिका, पर्चा, अख़बार, रेडियो, टेलिविज़न, फ़िल्म, इंटरनेट) वैकल्पिक मीडिया होने का दावा कर सकता है। वह या किसी भी अन्य रूप में हो सकता है। सार्वजनिक जीवन में वैकल्पिक मीडिया से मिलती-जुलती क़िस्मों के मीडिया भी सक्रिय हैं जिन्हें टेक्टिकल मीडिया, स्ट्रेटजिक मीडिया या अंडरग्राउंड प्रेस की संज्ञा दी जाती है। वैकल्पिक मीडिया और उसके ये रूप कम से कम दो अर्थों में व्यावसायिक या सरकारी मीडिया से अलग होते हैं। पहला, व्यावसायिक या सरकारी मीडिया ख़ुद को निष्पक्ष और तटस्थ बताता है। लेकिन वैकल्पिक मीडिया कहता है कि निष्पक्षता का विचार तो असल में एक आवरण है जिसे पीछे निहित-स्वार्थों की चालाक तरफ़दारी छिपी हुई है। इस 'पक्षपात' के मुक़ाबले वह ख़ुद को बिना किसी लाग-लपेट के ग़रीबों, वंचितों, हाशियाग्रस्त समूहों की पैरोकारी करने वाला यानी 'पक्षधर' क़रार देता है। इसी पक्षधरता से इक्कीसवीं सदी के पहले दशक में 'एडवोकेसी जर्नलिज़म' का जन्म हुआ है। दूसरा, वैकल्पिक मीडिया अपने तेवर के साथ-साथ अपनी सारवस्तु, प्रस्तुतीकरण, उत्पादन, वितरण और अपने ग्रहणकर्त्ताओं के साथ अपने संबंध के सिलसिले में भी मुख्य धारा के मीडिया से अलग होता है। अ-व्यावसायिक होना इस भिन्नता के केंद्र में है।

एडवर्ड एस. हरमन और नोम चोम्स्की ने अमेरिकी मीडिया के पक्षपातपूर्ण रवैये का अध्ययन करके एक 'प्रोपेगंडा मॉडल' विकसित किया है। उनकी मान्यता है कि यह मीडिया पेशेवराना पत्रकारिता के नाम पर कॉरपोरेट हितों की आलोचना से बचता है और नव-उदारतावादी नीतियों और उनके आधार पर खड़े किये गये निज़ाम के हक़ में प्रोपेगंडा करता है। फ्रांसीसी चिंतक लुई अलथुसे ने भी व्यवस्था समर्थक प्रेस की समस्याओं के बारे में विस्तार से लिखा है। चोम्स्की और अलथुसे के लेखन ने वैकल्पिक मीडिया विकसित करने वाले कई प्रयासों को प्रेरित किया है। संचार की प्रक्रिया का समाजवादी दृष्टिकोण से अध्ययन करने वाले विद्वान रॉबर्ट एम. मेकचेस्नी ने तो मीडिया के राजनीतिक अर्थशास्त्र, वैकल्पिक मीडिया के विकास और मीडिया संबंधित नीति में विस्तृत सुधारों की आवश्यकता पर बल दिया है।

टेक्टिकल और अंडरग्राउण्ड मीडिया : वैकल्पिक मीडिया का ही एक रूप है टेक्टिकल मीडिया जिसकी प्राथमिकता स्थायित्व ग्रहण करने के बजाय मीडियास्फ़ैयर में अचानक हस्तक्षेप करके हलचल मचाने की रहती है। हालाँकि मीडिया की इन प्रवृत्तियों का जन्म साठ के दशक में उभरे प्रति-संस्कृति के आंदोलनों से हुआ था, पर बर्लिन की दीवार गिरने के साथ इसका एक बार फिर से उदय हुआ। समझा जाता है कि फ्रांसीसी दार्शनिक मिशेल दसर्त द्वारा 1984 में लिखे गये निबंध 'दि प्रेक्टिस ऑफ़ एवरीडे लाइफ़' से मीडिया की इन प्रवृत्तियों को उनका नाम यह नाम मिला। भूमण्डलीकरण के दौर में मीडिया-हस्तक्षेप की इस प्रवृत्ति ने ख़ासा ज़ोर पकड़ा है। इसके कई पैरोकार वर्ल्ड सोशल फ़ोरम से जुड़े हुए हैं। टेक्टिकल मीडिया ने कई तरह के कला (दादावाद, अतियथार्थवाद) और सामाजिक आंदोलनों से अपनी रणनीति ग्रहण की है। उसके कार्यकर्त्ता किसी भी पहले से मौजूद कलाकृति, किसी भी व्यावसायिक बिलबोर्ड या राजनीतिक मुहिम को आलोचनात्मक नज़रिये से ग्रहण करके उसका अपने तात्पर्यों के लिए विनियोग कर डालते हैं। मुख्य धारा के मीडिया के संदेश को रैडिकली बदल कर यह मीडिया एंटी-थीसिस के ज़रिये अपना प्रभाव छोड़ता है।

अंडरग्राउण्ड प्रेस का चलन साठ और सत्तर के दशक में प्रति-संस्कृति के आंदोलनों के दौरान हुआ था। अमेरिका, कनाडा, ब्रिटेन और युरोप के अन्य देशों में इस दौरान ऐसे पत्र-पत्रिकाओं के प्रकाशन का सिलसिला शुरू हुआ जो प्रेस की आज़ादी का लाभ उठाते हुए खुले तौर पर छपते और बँटते थे, पर जिनकी सामग्री असहमति के आंदोलनों को मज़बूत करती थी। नतीजे के तौर पर उन्हें प्रशासन के प्रकोप का सामना करना पड़ता था। इसी दौरान सोवियत ख़ेमे के देशों में भी अंडरग्राउण्ड प्रेस की परिघटना उभरी जो पूरी तरह से ग़ैरक़ानूनी और इस लिहाज़ से चालीस के दशक में नाज़ी क़ब्ज़े वाले देशों में प्रकाशित होने वाले भूमिगत अख़बारों के तर्ज़ पर थी। सोवियत संघ में *सामिज़्दात* और पोलैण्ड में *बिबुता* जैसे प्रकाशन इस सिलसिले में उल्लेखनीय हैं।

वैकल्पिकता का प्रश्न : किसी मीडिया की 'वैकल्पिक' स्थिति ज़रूरी नहीं कि स्थायी ही हो। वह परिस्थिति-सापेक्ष भी हो सकती है। मसलन, किसी अधिनायकवादी सत्ता का विरोध कर रहे आंदोलन का दृष्टिकोण पेश करने वाला मीडिया वैकल्पिक की श्रेणी में माना जाता है। पर, उस सत्ता को अपदस्थ करके सरकार में आने वाली राजनीतिक ताक़त का समर्थन करने वाला वही मीडिया वैकल्पिक होने का श्रेय लेने में नाकाम हो सकता है। अगर वह परिस्थिति बदलने पर भी सत्तासीनों के प्रति आलोचनात्मक नज़रिया अपनाता रहता है, तो अलग बात है।

भारत में उपनिवेशवाद विरोधी आंदोलन के दौरान अंग्रेज़ी और भारतीय भाषाओं के मीडिया की भूमिका इस परिस्थिति-सापेक्षता की ऐतिहासिक प्रमाण हैं। अंग्रेज़ी के ज़्यादातर अख़बार ब्रिटिश समर्थक होने के नाते सत्ता-प्रदत्त सुविधाओं को भोग रहे थे। आज़ादी के दृष्टिकोण का समर्थक होने के नाते भारतीय भाषाओं का मीडिया अत्यल्प साधनों में काम कर रहा था। उसके पास त्याग और प्रतिबद्धता की आभा और राष्ट्रवाद प्रदत्त नैतिक ऊँचाई थी। लेकिन, 1947 के बाद यह स्थिति बदल गयी। भारतीय भाषाओं के कई अख़बार भी व्यावसायिकता, मुनाफ़ाख़ोरी और व्यवस्थापोषक रास्तों पर चले गये। एडवोकेसी जर्नलिज़म तो पूरी तरह से परिस्थिति-सापेक्ष है। वह मुद्दा-आधारित होता है और मुद्दा महत्त्वपूर्ण न रहने पर उसका तर्क और आधार ख़त्म हो जाता है।

वैकल्पिक मीडिया के 'वैकल्पिक' होने के बारे में दो तरह के विवाद हैं। पहला प्रश्न यह है कि क्या अ-शासकीय या अ-व्यावसायिक होना वैकल्पिक होने के लिए काफ़ी है? यह सवाल अस्सी के दशक में सारी दुनिया में सक्रिय हुए ग़ैर-सरकारी संगठनों (एनजीओ) की परिघटना के बाद ख़ास तौर से महत्त्वपूर्ण हो गया है। तीसरी दुनिया के देशों में 'विकास' को आम जनता तक पहुँचाने की परियोजना में लगे हुए इन संगठनों में से ज़्यादातर को अमीर देशों से आर्थिक सहायता मिलती है। इनके ज़रिये बड़े पैमाने पर छपी हुई, डिजिटल और फ़िल्मीकृत सामग्री प्रसारित की जाती है। तकनीकी रूप से ये न तो मुनाफ़ा कमाने वाले संगठन हैं, और न ही सरकार इन्हें अपना अंग मानती है। इनमें काम करने वाले कार्यकर्त्ताओं की आत्म-छवि भी वैकल्पिक समाज और राजनीति के लिए जद्दोजहद चला रहे व्यक्तियों जैसी होती है। लेकिन यह एनजीओ सेक्टर आज तक इस आलोचना का उत्तर देने में नाकाम रहा है कि जो 'विकास' वे जनता तक ले जाने की ज़िम्मेदारी उठा रहे हैं, उससे अंततः किसका उद्देश्य हल होता है।

व्यवस्था को उखाड़ फेंकने के लिए सक्रिय 'क्रांतिकारी' समूहों की मान्यता है कि मीडिया के ऐसे रूप अधिकतर एक दबाव-गुट के रूप में ही काम कर पाते हैं। आमूलचूल परिवर्तन के लिए रास्ता साफ़ करने के बजाय वे व्यवस्था में सुधार के निमित्त बन कर अंततः उसे मज़बूत करने के ही काम आते हैं। यह अलग बात है कि सत्ता का तख़्ता उलटने की कार्रवाई में लगे हुए संगठन व्यवस्था पर दबाव डालने वाले मीडिया की कार्रवाइयों को अपने पक्ष में इस्तेमाल भी करते हैं।

वैकल्पिकता की परिभाषा के साथ जुड़ा हुआ दूसरा प्रश्न विचारधारा का है। एनजीओ सेक्टर से निकलने वाले मीडिया को अगर छोड़ दिया जाए तो वैकल्पिक मीडिया के अधिकतर प्रकाशनों की चालक-शक्ति विभिन्न राजनीतिक विचारधाराएँ हैं। इस संबंध में उस सूरत में पेचीदगी पैदा हो जाती है जब एक विचारधारा के पैरोकार एक ही मुद्दे पर अलग-अलग रवैया अपनाते दिखते हैं। भूमण्डलीकरण एक ऐसा ही मुद्दा है। भारत में आर्थिक सुधार और विदेशी पूँजी के ख़िलाफ़ चल रही मुहिम में हिंदुत्ववादी विचारधारा के समर्थक स्वदेशी जागरण मंच द्वारा संचालित मीडिया धुर-विरोधी रुख अख़्तियार करता है, और उसी विचारधारा की समर्थक भारतीय जनता पार्टी नव-उदारतावादी आर्थिक नीतियों को लागू करने की कोशिशों में जुटी नज़र आती है। भाजपा के साथ बिरादराना संबंध रखने के बावजूद स्वदेशी जागरण मंच वैकल्पिक दावेदारियाँ करने वाले हलकों का भी सदस्य बना रहता है।

देखें : अभिलेखागार, आख्यान, इंटरएक्टिविटी-प्रौद्योगिकीय विमर्श, इंटरएक्टिविटी-सामाजिक विमर्श, इंटरफ़ेस, एक्टर-नेटवर्क थियरी, डिजिटल डिवायड, दिन-प्रति दिन के अभिलेखागार, नया मीडिया, नेटवर्क, नेटवर्क सोसाइटी, प्रेस की स्वतंत्रता, प्रोपेगंडा, बाज़ारू संस्कृति, भारत में संचार-क्रांति, भारतीय मीडिया-1, 2 और 3, भारतीय मीडिया स्फ़ेयर, मास मीडिया, मीडिया और राज्य, मीडिया और राजनीति, मीडिया और भारतीय राजनीति, मीडिया-पक्षपात, मीडिया-अध्ययन, संचार, संचार-क्रांति, स्मृति और अभिलेखागार, सोशल नेटवर्क विश्लेषण, सूचना, सूचना-समाज।

संदर्भ

1. क्रिस एटन (2002), *आल्टरनेटिव मीडिया*, सेज, थाउज़ेंड ओक्स, सीए.
2. डब्ल्यू. रॉबर्ट मेकचेस्नी (2008), *कम्युनिकेशन रिवोल्यूशन : क्रिटिकल जंक्चर्स ऐंड द फ़्यूचर ऑफ़ मीडिया*, द न्यू प्रेस, न्यूयॉर्क.
3. ग्राहम मीकिल (2002), 'टर्निंग साइंस इन टु क्वेश्चन मार्क्स', *फ़्यूचर एक्टिव : मीडिया एक्टिविज़्म ऐंड द इंटरनेट*, रॉटलेज, न्यूयॉर्क.
4. केन वाशबर्गर (सम्पा.) (1993), *वॉयसिज़ फ़्रॉम द अंडरग्राउण्ड*, मिका प्रेस, टेम्पे, एज़ैड.

— अभय कुमार दुबे

वैकासिक अर्थशास्त्र

(Development Economics)

प्रति व्यक्ति सकल घरेलू उत्पाद (जीडीपी) के मामले में पिछड़े रहने वाले देशों को उनकी ग़रीबी से निजात दिलाने के लिए प्रस्तावित आर्थिक सिद्धांतों और नीतियों को वैकासिक अर्थशास्त्र की संज्ञा दी जाती है। 'डिवेलपमेंट' और 'ग्रोथ' के प्रत्ययों में स्पष्ट अंतर पर ज़ोर देने वाले विद्वानों की राय है कि दरअसल यह अर्थशास्त्र वैकासिक या विकासवादी के बजाय आर्थिक संवृद्धि के अर्थशास्त्र के रूप में पेश किया जाना चाहिए। बहरहाल, इसकी शुरुआती झलकियाँ विलियम पेटी के वणिकवाद और ऐडम स्मिथ के क्लासिकल अर्थशास्त्र में देखी जा सकती हैं। अट्ठारहवीं सदी में स्मिथ और उनके साथियों ने आर्थिक वृद्धि की प्रक्रिया को मानव इतिहास के विभिन्न चरणों के ज़रिये समझने की कोशिश की थी। इसके मुताबिक़ सबसे पहले आखेट आधारित आदिम अवस्था थी जिसका विकास घुमंतू पशुपालन में हुआ। तीसरे चरण में खेती के आधार पर आर्थिक संबंध बने और अंत में वाणिज्य और कारख़ाना उत्पादन की प्रक्रियाएँ सामने आयीं। वैकासिक अर्थशास्त्र के पीछे यही बुनियादी थीसिस काम करती है कि अगर ग़रीब देशों की कृषि आधारित अर्थव्यवस्थाओं को निर्यात-आयात आधारित वाणिज्य और कारख़ाना उत्पादन का आधार मिल जाए तो उनका आर्थिक कल्याण सम्भव है।

वैकासिक अर्थशास्त्र के सिद्धांत दीर्घकालीन बचत, उसके निवेश और प्रौद्योगिकीय प्रगति की भूमिका के इर्द-गिर्द सूत्रबद्ध होते हैं। इस लिहाज़ से आर्थिक विज्ञान की यह शाखा सैद्धांतिक और व्यावहारिक अर्थशास्त्र का मिला-जुला रूप है। इसमें एक तरफ़ मुक्त व्यापार का रवैया अपनाते हुए बाज़ार के ज़रिये आर्थिक वृद्धि हासिल करने की कोशिश की जाती है। दूसरी ओर राष्ट्रीय सरकारों के हस्तक्षेप और आर्थिक नियोजन का सहारा लिया जाता है। इसका तीसरा पहलू है अंतर्राष्ट्रीय वित्तीय संस्थाओं द्वारा किया जाने वाला हस्तक्षेप। इन संस्थाओं में अंतराष्ट्रीय मुद्रा कोष, विश्व बैंक और अन्य क्षेत्रीय ऋणदाता बैंक शामिल हैं। इसी मिले-जुले रूप के कारण वैकासिक अर्थशास्त्र नियोक्लासिकल और मार्क्सवादी अर्थशास्त्रियों की आपसी टकराहट का अखाड़ा बना रहता है। नियोक्लासिकल तर्क ग़रीब देशों में बाज़ार की विफलता को उनकी कमज़ोरी का कारण बताता है। उसकी तरफ़ से सुझाव आता है कि इन देशों को अपनी शुल्क प्रणाली, विनिमय दरें और मौद्रिक प्रणालियों में परिवर्तन करने चाहिए ताकि बाज़ारों में सुधार हो सके। मार्क्सवादी रवैया अंतर्राष्ट्रीय दृष्टिकोण अपनाते हुए पूँजीवादी शोषण को दूसरी अर्थव्यवस्थाओं के हाशिये पर रह जाने का कारण बताता है।

ज़ाहिर है कि वैकासिक अर्थशास्त्र के फ़ार्मूले विकासशील देशों में ही आज़माये जाते हैं। विश्व अर्थव्यवस्था में इन देशों को एक 'स्पेशल केस' के तौर पर देखते हुए अक्सर माना जाता है कि इनकी समस्याएँ मोटे तौर पर एक सी हैं। शुरू में इन देशों के प्रति व्यक्ति जीडीपी के निचले स्तर को उनके अल्पविकास का पर्याय माना गया। बाद में महसूस किया गया कि खेती से होने वाला काफ़ी उत्पाद बाज़ार में जाने के बजाय किसानों द्वारा अपने इस्तेमाल में ख़र्च कर लिया जाता है इसलिए जीडीपी नापने की विधियाँ राष्ट्रीय आमदनी का सही-सही अनुमान नहीं लगा पातीं। परिणामस्वरूप इन देशों की आमदनी के सही आकलन के लिए पूरक अनुमान लगाने की विधि अपनायी गयी।

अल्पविकास के शिकार अधिकतर देश एशिया और अफ़्रीका में पाये जाते हैं। कम जीडीपी के अलावा अल्पविकास का मतलब है सड़कों, स्कूलों और अस्पतालों के रूप में ख़राब ढाँचागत सुविधाएँ। इन देशों की राजनीतिक और आर्थिक संस्थागत संरचना भी बहुत कमज़ोर है। लोकतंत्र के अभाव और बैंकिंग व कॉरपोरेट ढाँचे की ख़ामियों ने इनकी आर्थिक वृद्धि को और मुश्किल बना दिया है। आबादी का बहुत कम प्रतिशत साक्षर है और इस लिहाज़ से ये देश मानवीय पूँजी के लिहाज़ से भी दरिद्र हैं।

वैकासिक अर्थशास्त्र संबंधी लेखन में संतुलित वृद्धि की रणनीति अपनाने, वृद्धि का प्रसार करने वाले ध्रुवों और वृद्धि को उत्प्रेरित करने वाली नीतियों के आग्रह की चर्चा मिलती है। लेकिन, इस अर्थशास्त्र ने अर्थव्यवस्था में राज्य की संस्था के हस्तक्षेप के सवाल पर ख़ासी बहस को भी जन्म दिया है। नियोक्लासिकल अर्थशास्त्र के पैरोकारों की मान्यता है कि विकासशील देशों को जिस पूँजी की ज़रूरत है, वह उन्हें उन देशों में उत्पादन की कम लागत के कारण अपने-आप प्राप्त हो जाएगी। इसलिए सरकारों को आर्थिक जीवन में हस्तक्षेप करने की परेशानी में नहीं फँसना चाहिए। अ-हस्तक्षेपकारी नीतियों के एक प्रमुख समर्थक पीटर बाउर ने पश्चिम अफ़्रीकी और एशियाई अर्थव्यवस्थाओं में अपनाये जाने वाले परम्परागत तौर-तरीक़ों के सकारात्मक पहलुओं का उदाहरण देते हुए दावा किया है कि आर्थिक मामलों में सरकारों की नौकरशाहाना दख़लंदाज़ी से इन देशों के विकास पर विपरीत असर पड़ा है।

वैकासिक अर्थशास्त्र के विशेषज्ञों में आर्थर लेविस, गुन्नार मिर्डाल, राउल प्रेबिश, पॉल रोज़ेंस्टीन-रोदाँ, हला मिंट, हांस सिंगर और अमर्त्य कुमार सेन के नाम प्रमुख हैं। इन सभी विद्वानों ने आर्थिक विज्ञान की इस शाखा के किसी न किसी पहलू में विशेष योगदान किया है। मसलन, आर्थर लेविस ने ग़रीब देशों की अर्थव्यवस्था में दुहरी संरचना पर रोशनी डाली है। इसके मुताबिक़ इन देशों की अर्थव्यवस्था

का एक हिस्सा बड़े शहरों, उद्योगों, सेवाओं और अंतर्राष्ट्रीय वाणिज्य से बनता है। दूसरे हिस्से में कम उत्पादकता वाला खेतिहर क्षेत्र सक्रिय रहता है। गुन्नार मिर्डाल ने आर्थिक और समाजशास्त्रीय रवैया अपना कर एशियाई वैकासिक समस्याओं का विश्लेषण किया है, और साथ में भ्रष्टाचार की समस्या पर भी प्रकाश डाला है। राउल प्रेबिश ने स्थानीय उद्योग और अन्य उत्पादन को संरक्षित करने वाली नीतियों पर ग़ौर करते हुए अल्पविकसित देशों के लिए आयात-प्रतिस्थापन की नीतियों की सिफ़ारिश की है ताकि वे अपनी व्यापार की शर्तों में सुधार कर सकें। प्रेबिश ने ग़रीब देशों की अवस्था में चौतरफ़ा गिरावट रोकने के लिए दीर्घकालीन ऋणों की आवश्यकता पर भी बल दिया है। रोज़ेंस्टीन-रोदाँ ने सुझाव दिया है कि ग़रीब देशों को उद्योगीकरण से होने वाले उत्तरोत्तर बढ़ने वाली आमदनी से लाभ उठाने की कोशिश करनी चाहिए। मिंट ने अंतर्राष्ट्रीय वाणिज्य के साथ आर्थिक विकास को जोड़ा है और सिंगर ने संतुलित वृद्धि का सुझाव दिया है।

अमर्त्य सेन ने क्षमताओं की समानता हासिल करने का विचार दिया है। वे आमदनी या संसाधनों की समता के बजाय लोगों की क्षमताओं को बराबर करने पर ज़ोर देते है। अमर्त्य सेन के मुताबिक़ अगर सामाजिक नीति इस तरह बनायी जाए कि उसके आधार पर लोग विभिन्न काम करने लायक क्षमताएँ विकसित कर सकें तो समता का आदर्श प्राप्त किया जा सकता है। मसलन, अगर किसी क्षेत्र में निरक्षरता है, तो संसाधनों की समता में यक़ीन करने वालों के लिए यह पर्याप्त होगा कि राज्य और समाज उपलब्ध संसाधन किताबों और शिक्षा संबंधी सेवाओं पर ख़र्च करें। पर, क्षमताओं की समता के पैरोकार चाहेंगे कि लोगों के भीतर शिक्षा नामक एक आंतरिक योग्यता पैदा करने के उपाय किये जाएँ। अमर्त्य सेन चाहते हैं कि विषमता का विश्लेषण करते समय मानवीय विविधता का पूरी बारीक़ी से ध्यान रखा जाना चाहिए। यह विविधता आंतरिक (उम्र, जेंडर, प्रतिभाएँ, स्वास्थ्य आदि) भी होती है और बाह्य (सम्पत्ति का स्वामित्व, सामाजिक पृष्ठभूमि, पर्यावरण स्थितियाँ आदि) भी। मसलन, वैसे तो हर स्त्री जेंडर संबंधी भेदभाव की शिकार होती है, पर दलित स्त्री और ऊँची जाति की स्त्री की परिस्थितियाँ एकदम अलग-अलग हो सकती हैं। इसी तरह नयी दिल्ली की एक दलित स्त्री और राजस्थान या हरियाणा की किसी सवर्ण विधवा की जीवन-स्थितियों के बीच फ़र्क़ का ध्यान रखा जाना चाहिए। सामाजिक नीतियाँ अगर इन अंतरों का ख़याल करके बनायी जाएँगी तो क्षमताओं की समता अधिक बेहतर ढंग से प्राप्त की जा सकेगी।

कार्ल मार्क्स द्वारा प्रवर्तित साम्राज्यवाद के सिद्धांत से प्रेरणा लेकर आंद्रे गुंदर फ्रैंक द्वारा निर्भरता के सिद्धांत का प्रतिपादन किया गया है। इस स्थापना ने वैकासिक अर्थशास्त्र में आमूल परिवर्तन ला दिया है। फ्रैंक की मान्यता है कि दुनिया के पैमाने पर पूँजीवाद विकसित देशों द्वारा तीसरी दुनिया के देशों के दोहन के आधार पर चल रहा है। प्रौद्योगिकी और बाज़ार पर नियंत्रण के माध्यम से विश्व अर्थव्यवस्था के केंद्र में बैठे हुए ये देश हाशिये पर पड़े हुए ग़रीब देशों से अतिरिक्त मूल्य खींच रहे हैं।

वैकासिक अर्थशास्त्र से जुड़ी एक और बहस विकास की सीमा और लक्ष्य को लेकर भी है। त्रुटिपूर्ण आकलन और दूरंदेशी के अभाव की शिकार विकास नीतियों के कारण पर्यावरण और पारिस्थितिकी को हुई क्षति को ध्यान में रखते हुए 1987 में ब्राण्डलैण्ड रिपोर्ट के ज़रिये टिकाऊ विकास की अवधारणा पेश की गयी है ताकि मौजूदा आवश्यकताओं का भविष्य की ज़रूरतों के साथ तालमेल बैठाया जा सके।

देखें : अर्थ-विज्ञान का समाजशास्त्र, आर्थिक जनसांख्यिकी, अल्फ्रेड मार्शल, अमर्त्य कुमार सेन, अंतर्राष्ट्रीय मुद्रा कोष, आधार और अधिरचना, ऑस्कर रायज़ार्ड लांगे, एडम स्मिथ, करारोपण, कल्याणकारी अर्थशास्त्र, क्लासिकल अर्थशास्त्र, कार्ल हाइनरिख़ मार्क्स-3, कार्ल मेंगर, कींसियन अर्थशास्त्र, गुन्नार मिर्डाल, जोआन रोबिंसन, जॉन कैनेथ गालब्रेथ, जॉन मेनार्ड कींस, जॉन स्टुअर्ट मिल, जोसेफ़ शुमपीटर, जैव विविधता, ट्रस्टीशिप, डेविड रिकार्डो, ढाँचागत समायोजन कार्यक्रम, थॉमस मन और वणिकवाद, थॉमस रॉबर्ट माल्थस, दक्षता, धन, नियोक्लासिकल अर्थशास्त्र, नीतिशास्त्र और अर्थशास्त्र, निकोलस काल्दोर, नियोजन, नियोजन : मार्क्सवादी विमर्श, पण्य, पण्य-पूजा, पेटेंट, पॉल सेमुअलसन, पियरो स्राफ़ा, पूँजी, प्रतियोगिता, फ्रांस्वा केस्ने और प्रकृतिवाद, फ्रेड्रिख़ वॉन हायक, बहुराष्ट्रीय निगम, बाज़ार, बाज़ार की विफलताएँ, बाज़ार-समाजवाद, बौद्धिक सम्पदा अधिकार, ब्रेटन वुड्स प्रणाली, भारत में बहुराष्ट्रीय निगम, भारत में नियोजन, भारत में पेटेंट क़ानून, भारत में शेयर संस्कृति, भूमण्डलीकरण और पूँजी बाज़ार, भूमण्डलीकरण और वित्तीय पूँजी, भूमण्डलीकरण और वित्तीय उपकरण, मार्क्सवादी अर्थशास्त्र, मिल्टन फ्रीडमेन, मूल्य, राजनीतिक अर्थशास्त्र, राजनीतिक अर्थशास्त्र : भारतीय आयाम, राजकोषीय नीति और मौद्रिक नीति, रॉबर्ट ओवेन, विलफ्रेडो परेटो, विश्व व्यापार संगठन, विश्व बैंक, विलियम पेटी, विलियम स्टेनली जेवंस, शोषण, साइमन कुज़्नेत्स।

संदर्भ

1. एन. ज़िमेल (सम्पा.) (1987), *सर्वेज़ इन डिवेलपमेंट इकॉनॉमिक्स*, ब्लैकवेल, ऑक्सफ़र्ड.
2. जी.एम. मीर (2005), *बॉयोग्राफ़ी ऑफ़ अ डिवेलपमेंट : ऐन इवोल्यूशन ऑफ़ डिवेलपमेंट इकॉनॉमिक्स*, ऑक्सफ़र्ड युनिवर्सिटी प्रेस, ऑक्सफ़र्ड.

— अभय कुमार दुबे

वैधता

(Legitimacy)

वैधता वह गुण है जिसके आधार पर सत्ता की संरचनाएँ लोगों की निगाह में न्यायसंगत प्राधिकार का रूप ले लेती हैं। वैधता के ज़रिये किसी सरकार, क़ानून, प्रथा या सामाजिक-आर्थिक कार्यक्रम को वह बाध्यकारी शक्ति मिलती है जिसके कारण उसका अनुपालन डर के बजाय एक तरह के कर्तव्य के तहत किया जाता है। वैधता का अर्थ क़ानूनी वैधता से भी जुड़ा है, और जन-वैधता या सामाजिक वैधता से भी। यहाँ लीगलिटी और लेजिटिमेसी का फ़र्क़ साफ़ करना ज़रूरी है। कुछ ऐसी परिस्थितियाँ भी होती हैं जब क़ानूनी वैधता और जन-वैधता एक-दूसरे के ख़िलाफ़ खड़ी हो जाती हैं। मसलन, सती प्रथा निर्विवाद रूप से क़ानूनन अवैध है। लेकिन, क्या जन-वैधता भी यही कहती है? समाज का रवैया इस प्रथा के प्रति मिला-जुला है। उसके कुछ हिस्से क़ानूनी वैधता को सही ठहराते हुए सती प्रथा के ख़िलाफ़ हैं, पर कुछ हिस्से ऐसे भी हैं जो सती को आज भी आदर की दृष्टि से देखते हैं। इसका मतलब यह निकलता है कि क़ानूनी वैधता (या वैधानिकता) अपने आप में सम्पूर्ण वैधता की गारंटी नहीं देती। हाँ, यह ज़रूर कहा जा सकता है कि किसी मुद्दे पर क़ानूनी वैधता उसके प्रति जन-वैधता विकसित होने का रास्ता खोल देती है। वैधता की अवधारणा में इस जगह एक दिलचस्प अंतर्विरोध उभर कर आता है। ऐसी बहुत सी सरकारें हुई हैं और होती हैं जिनकी राजनीतिक सफलता ने उनके लिए बहुत बड़े पैमाने पर जन-वैधता की रचना की। उन्होंने अपनी जन-वैधता को वैधानिकता का जामा भी पहना दिया था। लेकिन, विश्व-जनमत का बड़ा हिस्सा उनकी इस जन-वैधता को एक सम्पूर्ण वैधता के रूप में स्वीकार करने के लिए तैयार नहीं हुआ। फ़ासीवादी सरकारें और कम्युनिस्ट सरकारें अपने युग की बेहद लोकप्रिय हुकूमतें थीं। पर उनमें वैधता के उन गुणों का अभाव था जो उदारतावादी लोकतांत्रिक व्यवस्थाओं में दिखाई देते हैं।

कई बार वैधता और प्राधिकार का प्रयोग कुछ इस तरह से होता है कि जैसे दोनों अभिव्यक्तियाँ पर्यायवाची हों। व्यक्तियों के संदर्भ में प्राधिकार का और राजनीतिक व्यवस्था के संदर्भ में वैधता के प्रश्न उठाये जाते हैं। भले ही दोनों के बीच सामान्यत: ज़रूरी अंतर न किया जाता हो, लेकिन विचार-श्रेणियों के प्रति सतर्क लोग इस तरह के फ़र्क़ के प्रति लापरवाह नहीं रह सकते। इसीलिए राजनीतिक सिद्धांत की दुनिया ने इस प्रश्न पर काफ़ी विचार किया है कि किसी सरकार को किन आधारों पर वैध कहा जा सकता है। क्या केवल निर्वाचित बहुमत के आधार पर गठित सरकार वैधता सम्पन्न कही जा सकती है? वैधानिकता की दृष्टि से यह बात सही हो सकती है। पर, भारतीय लोकतंत्र का अनुभव बताता है कि भारी बहुमत से चुनी हुई सरकारें भी दो-तीन साल बाद अपनी जन-वैधता खोने लगती हैं, और अगले चुनाव से काफ़ी पहले ही लगने लगता है कि वे दोबारा सत्ता में वापिस नहीं आएँगी। राजनीतिक प्रेक्षकों के अनुसार आम तौर पर पहले छह महीनों से साल भर तक तो जनता और विपक्ष की तरफ़ से बिना किसी आपत्ति के सरकार को अपना काम करने दिया जाता है। यह 'हनीमून पीरियड' कहलाता है। पर, इसके बाद जनता के असंतोष और विपक्ष के सरकार विरोधी गतिविधियों का दौर शुरू हो जाता है। सरकार की वैधानिकता बनी रहती है (क्योंकि उसे संविधान के प्रावधानों के अनुसार पाँच साल के लिए चुना गया है), पर उसकी वैधता का क्षय शुरू हो जाता है। अपनी वैधता खो चुकी सरकार डराने-धमकाने, डंडेबाज़ी और हिंसा के ज़रिये ही टिकी रह सकती है। ऐसी सरकार ऊपर से कितनी भी दमनकारी हो, पर वास्तव में वह कमज़ोर होती है। इसीलिए *द सोशल कांट्रेक्ट* (1762) में रूसो ने कहा था कि कोई कितना भी ताक़तवर क्यों न हो, उसके हाथ में स्वामित्व तभी रह सकता है जब वह उसकी शक्ति को लोग उसका अधिकार मानें और उसकी आज्ञा के पालन को अपना कर्तव्य। जो सरकार इस कसौटी पर खरी नहीं उतर पाती वह सत्तारूढ़ होते हुए भी अपनी वैधता खो देती है।

मैक्स वेबर के अनुसार अगर लोग किसी निज़ाम का हुक्म मानने के लिए तैयार हैं अर्थात् उन्हें उसकी 'वैधता में आस्था' है, तो उस हुकूमत को वैध कहा जाना चाहिए। भले ही वह निज़ाम किसी भी क़िस्म का हो। लेकिन, अतीत के और आज के बहुत से राजनीतिक दार्शनिक वेबर के इस प्रतिपादन से सहमत नहीं हैं। वे वैधता की दावेदारी को परखने के लिए किसी तर्कसंगत या नैतिक कसौटी का इस्तेमाल करना चाहते हैं। अरस्तू का ख़याल था कि शासक के स्वार्थ के बजाय पूरे समाज के स्वार्थ में काम करने वाली हुकूमत ही वैध मानी जा सकती है। रूसो ने वैधता की परख के लिए 'जन-इच्छा' (जर्नल विल) की थीसिस दी थी। *द लेजिटिमेशन ऑफ़ पॉवर* (1991) में डेविड बीथम ने भी वेबर से अलग विचार व्यक्त करते हुए कहा है कि महज़ वैधता में आस्था से काम नहीं चल सकता। यह भी देखना होगा कि वह आस्था कैसे पैदा की गयी है। रंग-रुतबे वाले लोग प्रोपेगंडे का नियोजित इस्तेमाल करके यह आस्था लोगों के गले उतार सकते हैं। इस तरक़ीब को धता बताने के लिए बीथम वैधता की तीन शर्तें प्रतिपादित करते हैं : पहली, सत्ता का प्रयोग स्थापित नियमों के अनुसार ही होना चाहिए, फिर चाहे वे नियम औपचारिक रूप से बनाये गये हों या

अनौपचारिक रिवाज़ों पर आधारित हों। दूसरी, उन नियमों को शासकों और शासितों के साझा विश्वासों के आधार पर न्यायसंगत ठहराना आवश्यक है। तीसरी, वैधता पर शासितों की सहमति की मुहर लगना बहुत ज़रूरी है।

समाज-विज्ञान में वैधीकरण की प्रक्रिया पर भी काफ़ी बहस हुई है। कुछ प्रेक्षकों का विचार है कि शासन व्यवस्था चाहे किसी भी क़िस्म की हो, वह अपने नागरिकों की जानकारियों, आस्थाओं और निष्ठाओं के साथ खेलते हुए अपने पक्ष में वैधता गढ़ने की कोशिश करती ही है। ये प्रेक्षक वैधता को विचारधारात्मक वर्चस्व के आईने में देखते हैं। मुसोलिनी ने इटली में, हिटलर ने जर्मनी में, कम्युनिस्टों ने रूस, चीन और पूर्वी युरोप में लोकप्रिय सहमति के गर्भ से वैधता प्राप्त करने का रास्ता चुना। बड़े-बड़े जनमत-संग्रहनुमा चुनावों, रैलियों, मार्चों, प्रदर्शनों आदि के माध्यम से इस सहमति का मुज़ाहिरा किया गया। एक पार्टी और एक उम्मीदवार के आधार पर चुनाव भी आयोजित किये गये। लेकिन, वैधता प्राप्त करने के ये तरीक़े बहु-पार्टी प्रणाली के तहत होने वाले लोकतांत्रिक चुनावों जैसी वैधता प्राप्त नहीं कर पाये।

वैधता का आधार संवैधानिक होना ज़रूरी है, पर हर तरह के संविधान के भीतर से वैधता नहीं निकलती। मसलन, सोवियत संघ ने 1918, 1924, 1936 और 1977 में चार बार संविधानों को पारित किया। पर उसकी शासन प्रणाली केवल एक सीमित वैधता ही हासिल कर पायी। संविधान बनाने की चार कवायदों में एक बार भी व्यक्तिगत अधिकारों को जगह नहीं दी गयी। न ही कम्युनिस्ट पार्टी की सत्ता पर इजारेदारी को चुनौती देने वाले किसी प्रावधान पर विचार किया गया। महज़ संविधान वैधता की गारंटी नहीं कर सकता, क्योंकि कुछ संविधान अपने आप में ही वैधता के संकट के शिकार होते हैं। इसीलिए बीथम का दावा है कि केवल वही संविधान वैधता प्रदान कर सकता है जो समाज में व्यापक रूप से स्वीकृत मूल्यों और आस्थाओं की नुमाइंदगी करता हो। शासित जनता मानती हो कि उस संविधान के नियम और प्रावधान समुचित और स्वीकारोग्य हैं।

देखें : अधिकार, अधिकार : सैद्धांतिक यात्रा, अरस्तू, अफ़लातून, अनुदारतावाद, अराजकतावाद, अन्य-अन्यीकरण, उदारतावाद, उपयोगितावाद, एडमण्ड बर्क, क्रांति, ज्याँ ज़ाक रूसो, जॉन लॉक, जेरेमी बेंथम, जॉन स्टुअर्ट मिल, जॉन रॉल्स, थॉमस हॉब्स, थॉमस पेन, न्याय, न्याय : नारीवादी आलोचना, न्याय : रॉल्स का सिद्धांत, राजनीति में व्यक्ति की भूमिका, नागरिकता, नागरिकता : अन्य परिप्रेक्ष्य-1 और 2, नागर समाज, पनोप्टिकॉन, प्रतिनिधित्व, प्रगति, प्रगति : आलोचनात्मक परिप्रेक्ष्य, प्रशासन, फ़ासीवाद, फ्रेड्रिख़ वॉन हायक, बहुसंस्कृतिवाद, बहुसंख्यकवाद, बहुसंख्यक-अल्पसंख्यक, बुद्धिवाद, माइकेल जोसेफ़ ओकशॉट, माइकिल वाल्ज़र, मिशेल पॉल फ़ूको-1 और 2, यूटोपिया, राजनीतिक और राजनीति, राजनीतिक दर्शन के नारीवादी आयाम-1 और 2, राजनीतिक मनोविज्ञान, राजनीतिक समाजशास्त्र, राज्य-1 और 2, रॉबर्ट नॉज़िक, राज्य-1 और 2, राष्ट्र-राज्य, राष्ट्र : सांस्कृतिक या राजनीतिक, राष्ट्रवाद, राष्ट्रवाद का इतिहास, लोकतंत्र, लोकतंत्र की आलोचनाएँ, व्यक्तिवाद, व्यवहारवाद, विल किमलिका, वितरणमूलक न्याय, विदेशी-द्वेष, वैधता का संकट, सविनय अवज्ञा, स्वतंत्रतावाद, सर्वसत्तावाद, सम्प्रभुता, समाजवाद, सरकारियत, सामाजिक समझौता, हेनरी डेविड थोरो।

संदर्भ

1. डेविड हेल्ड (1989), 'पॉवर ऐंड लेजिटिमेसी', संकिलत : *पॉलिटिकल थियरी ऐंड द मॉडर्न स्टेट : एसेज़ ऑन स्टेट, पॉवर ऐंड डेमॉक्रेसी,* स्टेनफ़र्ड युनिवर्सिटी प्रेस, स्टेनफ़र्ड.
2. डेविड बीथम (1988), *द लेजिटिमेशन ऑफ़ पॉवर,* पॉलिटी प्रेस, केम्ब्रिज.
3. निवेदिता मेनन (2008), 'पॉवर', राजीव भार्गव और अशोक आचार्य (सम्पा.), *पॉलिटिकल थियरी : ऐन इंट्रोडक्शन,* पियर्सन लोंगमेन, नयी दिल्ली.
4. कार्ल श्मिड्ट (2004), *लीगैलिटी ऐंड लेजिटिमेसी,* अनु. और सम्पा. जेफ़री सीट्ज़ेर, ड्यूक युनिवर्सिटी प्रेस, डरहम.

— अभय कुमार दुबे

वैधता का संकट

(Crisis of Legitimacy)

राजनीतिक व्यवस्थाएँ एक तरफ़ अपने लिए वैधता गढ़ने का उपक्रम चलाती रहती हैं, और दूसरी तरफ़ उनमें 'वैधता का संकट' पनपता रहता है। ऐसी कोई सरकार नहीं है जो कभी न कभी वैधता के संकट से न गुज़रती हो और ऐसी भी कोई सरकार नहीं होती जो इस दौर से केवल दाब-धौंस और दमन के ज़रिये निकल गयी हो। समाज-विज्ञान ने न केवल किसी व्यवस्था के वैधीकरण की प्रक्रिया पर ध्यान दिया है, बल्कि उन परिस्थितियों का अध्ययन भी किया है जिनके कारण उनकी वैधता पर सवालिया निशान लगता है। युरगन हैबरमास ने अपनी रचना *लेजिटिमेशन क्राइसिस* (1975) में तर्क दिया है कि उदारतावादी लोकतंत्रों में 'संकट की प्रवृत्तियाँ' होती हैं जिनके कारण उन व्यवस्थाओं की स्थिरता संकट में फँसती रहती है। इस संकट के मर्म में निजी उद्यम अथवा पूँजीवादी अर्थव्यवस्था और लोकतांत्रिक राजनीतिक प्रणाली के बीच का तनाव होता है। हैबरमास की इस दलील से यह नतीजा भी निकाला जा सकता है कि पूँजीवादी लोकतंत्र में अस्थिरता अंतरनिहित होती है। हैबरमास कहते हैं कि एक पक्ष अपनी वैधता पर ज़ोर देता है और दूसरा उसे ठुकराने में लगा रहता है। इस तरह से वैधता का संकट राजनीतिक व्यवस्था की

स्थायी समस्या में बदल जाता है।

हैबरमास ने यहाँ मैक्स वेबर द्वारा प्रतिपादित राजनीतिक वैधता की अवधारणा का विकास करने की कोशिश की है, पर वैचारिक रूप से हैबरमास नव-मार्क्सवादी खेमे के विद्वान माने जाते हैं, इसलिए पूँजीवाद को आलोचनात्मक दृष्टि से देखना उनके लिए स्वाभाविक है। लेकिन जिन देशों के पूँजीवाद को पूरी तरह से विकसित नहीं माना जाता, वहाँ लोकतंत्र की वैधता के संकट का दारोमदार इस तनाव पर डालना उचित नहीं होगा। यद्यपि ऐसे समाजों में राजनीतिक व्यवस्था के संकटग्रस्त होने की परिस्थितियों का बहुत व्यवस्थित अध्ययन नहीं हुआ है, लेकिन भारत में राजनीतिक संकट का अध्ययन करते हुए धीरूभाई शेठ ने उसे समाज और चुनावी लोकतंत्र पर आधारित राज्य-व्यवस्था के अंतर्विरोध का परिणाम क़रार दिया है।

दरअसल, व्यवस्था संकट में तब फँसती है जब लोकतांत्रिक प्रक्रिया के कारण सरकार पर जनता का दबाव बढ़ता है। एक तरफ़ राजनीतिक पार्टियाँ सत्ता के लिए होड़ करती हुई इस परिस्थिति का फ़ायदा उठाती हैं, और दूसरी तरफ़ विभिन्न दबाव-गुट सत्तारूढ़ ताक़तों के सामने माँग पर माँग रखते चले जाते हैं। इन्हें पूरा करने के चक्कर में सरकार का खर्चा बढ़ता है और साथ में उसकी ज़िम्मेदारियाँ भी बढ़ जाती हैं जिससे पूँजीवादी अर्थव्यवस्था के दूरगामी स्वास्थ्य और टिकाऊपन पर ख़राब असर पड़ता है। एंथनी किंग ने इस परिघटना को सरकार के संदर्भ में 'ओवरलोड' की संज्ञा दी है। राजकोषीय घाटा, करों की ऊँची दरें, बढ़ती हुई मुद्रास्फीति जैसे परिणाम इसी ओवरलोड की अभिव्यक्ति माने जाते हैं। सत्तर के दशक की परिस्थितियों में हैबरमास को लगा था कि इस ओवरलोड की प्रतिक्रिया में उदारतावादी लोकतांत्रिक व्यवस्थाएँ या तो जनता की माँगों की उपेक्षा करते हुए उसे ज़ोर-ज़बरदस्ती काबू में करने की कोशिश करेंगी, या फिर माँगें पूरी करने के चक्कर में पूँजीवादी अर्थतंत्र की शर्तों का उल्लंघन होगा। अर्थात् हर हालत में उन्हें अपनी वैधता क़ायम रखने में दिक़्क़त आएगी।

लेकिन सत्तर के दशक के बाद की परिस्थितियों में हैबरमास की यह भविष्यवाणी सटीक नहीं निकली। अस्सी और नब्बे के दशक में देखा गया कि चुनाव-तंत्र आधारित उदारतावादी लोकतंत्रों ने उन्हें बढ़-चढ़ कर की जाने वाली माँगों के साथ समायोजन करने का अवसर दिया। जिसका फ़ायदा उठा कर व्यवस्था किसी न किसी तरह ऊँचे स्तर की वैधता क़ायम रख सकी। उसकी नीतियों की आलोचना तो हुई और यदा-कदा जन-असंतोष भी पैदा हुआ, पर अंतिम विश्लेषण में वैधता का उल्लेखनीय क्षय नहीं हुआ। राज्य द्वारा हस्तक्षेपकारी नीतियाँ अपनाने वाली लोकतांत्रिक सरकारों ने लचीलेपन का परिचय देते हुए बाज़ारवाद अपना लिया, और ज़रूरत पड़ने पर फिर से हस्तक्षेपकारी नीतियों पर आंशिक वापिसी कर ली। कई हुकूमतों ने बाज़ार और राज्य के हस्तक्षेप का समयानुकूल मिश्रण भी अपनाया गया। इन व्यवस्थाओं में कभी तो सत्ता वामोन्मुखी रुझान अपनाते हुए दिखी, तो कभी दक्षिणोन्मुखी रुझान।

अमेरिका में रोनाल्ड रेगन और ब्रिटेन में मार्गरेट थैचर की नीतियों को सत्तर के दशक में पैदा हुए वैधता के संकट की अनुक्रिया में अपनाये गये नव-दक्षिणपंथी रुझान के तौर पर देखा जा सकता है। इसकी कामयाबी से एकबारगी लगा कि दक्षिणपंथ अपना वर्चस्व लम्बे अरसे तक क़ायम रखने में कामयाब होगा। लेकिन, इन देशों का राजनीतिक यथार्थ इतना इकहरा साबित नहीं हुआ। अमेरिका में डेमॉक्रेटिक राजनीति ने क्लिंटन के नेतृत्व में इन रेगन की नीतियों में संशोधन किया, और ब्रिटेन में यही काम लेबर पार्टी के नये संस्करण ने सत्तारूढ़ होने के बाद कर दिखाया।

वैधता के संकट और उससे निबटने की राजनीति के इस परिदृश्य की रोशनी में अगर विकासशील देशों और कम्युनिस्ट देशों की समस्याओं को देखा जाए तो एक अलग ही नज़ारा सामने आता है। लोकतांत्रिक शासन प्रणाली के नतीजे के तौर पर उभरने वाली माँगों और जन-आकांक्षाओं की पूर्ति करने में कई विकासशील देशों की सरकारें विफल रही हैं। उनकी अर्थव्यवस्थाएँ लाइलाज अल्पविकास, नक़दी फ़सलों पर हद से ज़्यादा निर्भरता और पश्चिमी वित्तीय संस्थाओं के भारी क़र्ज़ जैसी संरचनागत समस्याओं की शिकार होने के कारण वैधता के संकट का मुक़ाबला करने लायक़ गुंजाइशें मुहैया नहीं करा पायी।

1989 से 1991 के बीच पूर्वी युरोप और सोवियत संघ में कम्युनिस्ट शासनों का बिखराव वैधीकरण की समस्याओं के अध्येताओं के लिए एक नमूना बन चुका है। राजनीतिक रूप से एक पार्टी के शासन और आर्थिक रूप से केंद्रीय नियोजन पर आधारित अर्थ-व्यवस्था ने तो वैधता के संकट में योगदान किया ही, इन प्रणालियों की सामाजिक सफलताएँ भी दूरगामी तौर पर उनके ख़िलाफ़ चली गयीं। कम्युनिस्टों द्वारा चलाया गया उद्योगीकरण और जन-शिक्षा का प्रोजेक्ट निर्विवाद रूप से कामयाब रहा, पर इसी कामयाबी के गर्भ से नागरिकों द्वारा की गयी नागरिक अधिकारों और उपभोक्ता वस्तुओं की माँगों ने जन्म लिया। इन तमाम तत्त्वों ने मिल कर कम्युनिस्ट हुकूमतों की वैधता का क्षय कर दिया।

भारत में वैधता का संकट : समाज वैज्ञानिकों ने आज़ादी मिलने से लेकर साठ के दशक के पूर्वार्ध की अवधि को भारतीय राजनीतिक व्यवस्था का संकटहीन दौर क़रार दिया है। यह कांग्रेस 'प्रणाली' के बोलबाले का ज़माना था। धीरूभाई शेठ के अनुसार कांग्रेस 'प्रणाली' जनता के बीच

राजनीतीकरण के अपेक्षाकृत निचले स्तर के कारण यह उपलब्धि कर पायी। कांग्रेस 'प्रणाली' ने विकास का एक ऐसा नौकरशाह ढाँचा खड़ा किया जो न समाजवादी था और न ही पूँजीवादी। वह दुर्घटनावश पूँजीवादी रुझान अपना लेता था, और समाजवाद के नाम पर अक्सर धोखाधड़ी करके काम चलाता था। दूसरे कांग्रेस 'प्रणाली' के पास कोई दीर्घकालीन परिप्रेक्ष्य भी नहीं था इसलिए उसने इस संकटहीन अवधि का सदुपयोग आर्थिक इजारेदारी को ख़त्म करने, भूमि सुधारों को अंजाम देने, दलों, शासन और निर्णयकारी संस्थाओं के प्रगतिशील लोकतंत्रीकरण को प्रोत्साहित करने का काम नहीं किया।

1964 में नेहरू और फिर थोड़े ही दिन बाद लाल बहादुर शास्त्री के अवसान से कांग्रेस के भीतर नेतृत्व के लिए जद्दोजहद चालू हो गयी। कांग्रेस की भीतरी सांगठनिक अस्थिरता के साथ-साथ उधर सामाजिक विकास की प्रक्रिया ने तत्कालीन विभेदीकरण का संरचनात्मकस्वरूप पहले जैसा नहीं रहने दिया। राजनीतिक और सामाजिक जागरूकता में बदलाव आया। लोगों ने सरकारी नीतियों की विफलता के लिए सत्तारूढ़ ताक़तों और नेताओं को ज़िम्मेदार ठहराना शुरू किया। सत्तर के दशक की शुरुआत में कांग्रेसी नेतृत्व ने इस परिवर्तन के महत्त्व को समझे बिना राजनीतिक जोड़-तोड़ या क़ानून-व्यवस्था के मसलों की रोशनी में देखा। वह उचित राजनीतिक और आर्थिक अनुक्रिया नहीं कर सका जिसके कारण व्यवस्था एक प्रणालीगत संकट में फँस गयी। नतीजे के तौर पर 1975 में आंतरिक आपातकाल थोपना पड़ा और संवैधानिक निरंकुशता का आसरा लेकर सत्ता को टिकाया जा सका। इसके बाद के घटना-क्रम ने दिखाया कि राजनीतिक संस्थाओं में जनता का विश्वास किस तरह घटता जा रहा है।

यह राजनीतिक प्राधिकार की वैधता का संकट था जिसकी अभिव्यक्ति भारी बहुमत से चुनी गयी सरकारों के बार-बार अलोकप्रिय होने में हुई। क्षेत्रीय दलों के उभार ने राष्ट्रीय दलों की जनाधार कमज़ोर कर दिया। चुनावों की बारंबारता बढ़ती चली गयी। नब्बे का दशक आते-आते किसी एक पार्टी को बहुमत मिलने की सम्भावनाएँ भी दरकिनार हो गयीं। मजबूरन सरकार बनाने के लिए गठजोड़ राजनीति का सिलसिला चला।

यह भारतीय राज्य व्यवस्था की ख़ुशक़िस्मती थी कि राजनीतिक प्राधिकार की वैधता के संकट से पैदा हुई राजनीतिक अस्थिरता का दौर दस साल से ज़्यादा नहीं चला। गठजोड़ राजनीति ने राष्ट्रीय और क्षेत्रीय ताक़तों के मिले-जुले दो या तीन बड़े गठजोड़ों की होड़ को जन्म दिया। इससे दलीय प्रणाली को एक नया संस्कार मिलने की सम्भावना पैदा हुई।

फ़िलहाल, यह कहना मुश्किल है कि भारतीय लोकतंत्र प्रणालीगत संकट से पूरी तरह से निकल गया है। गठजोड़ों के बनने और बिगड़ने की प्रक्रिया अभी तक किसी तरह के राजनीतिक मानकों के अधीन नहीं हो पायी है। अल्पकालीन लाभों और अवसरवादी आग्रहों के मुताबिक़ होने वाली राजनीति लोकतंत्र को परिपक्वता की तरफ़ जाने से रोकती है।

देखें : अधिकार, अधिकार : सैद्धांतिक यात्रा, अरस्तू, अफ़लातून, अनुदारतावाद, अराजकतावाद, अन्य-अन्यीकरण, उदारतावाद, उपयोगितावाद, एडमण्ड बर्क, क्रांति, ज्याँ ज़ाक रूसो, जॉन लॉक, जेरेमी बेंथम, जॉन स्टुअर्ट मिल, जॉन रॉल्स, थॉमस हॉब्स, थॉमस पेन, धीरूभाई शेठ, न्याय, न्याय : नारीवादी आलोचना, न्याय : रॉल्स का सिद्धांत, राजनीति में व्यक्ति की भूमिका, नागरिकता, नागरिकता : अन्य परिप्रेक्ष्य-1 और 2, नागर समाज, पनोप्टिकॉन, प्रतिनिधित्व, प्रगति, प्रगति : आलोचनात्मक परिप्रेक्ष्य, प्रशासन, फ़ासीवाद, फ्रेड्रिख़ वॉन हायक, बहुसंस्कृतिवाद, बहुसंख्यकवाद, बहुसंख्यक-अल्पसंख्यक, बुद्धिवाद, माइकेल जोसेफ़ ओकशॉट, माइकिल वाल्ज़र, मिशेल पॉल फ़ूको-1 और 2, यूटोपिया, राजनीतिक और राजनीति, राजनीतिक दर्शन के नारीवादी आयाम-1 और 2, राजनीतिक मनोविज्ञान, राजनीतिक समाजशास्त्र, राज्य-1 और 2, रॉबर्ट नॉज़िक, राज्य-1 और 2, राष्ट्र-राज्य, राष्ट्र : सांस्कृतिक या राजनीतिक, राष्ट्रवाद, राष्ट्रवाद का इतिहास, लोकतंत्र, लोकतंत्र की आलोचनाएँ, व्यक्तिवाद, व्यवहारवाद, विल किमलिका, वितरणमूलक न्याय, विदेशी-द्वेष, वैधता, सविनय अवज्ञा, स्वतंत्रतावाद, सर्वसत्तावाद, सम्प्रभुता, समाजवाद, सरकारियत, सामाजिक समझौता, हेनरी डेविड थोरो।

संदर्भ

1. युरगन हैबरमास (1979), 'लेजिटिमेशन प्रॉब्लम्स इन मॉडर्न स्टेट', संकलित : *कम्युनिकेशन ऐंड द इवोल्यूशन ऑफ़ सोसाइटी*, हइनमान, लंदन.
2. धीरूभाई शेठ (1991), 'क्राइसिस ऑफ़ रिप्रज़ेंटेशन', *सेमिनार*, अंक 385, सितंबर.
3. धीरूभाई शेठ (2003), 'राजनीतिक प्राधिकार की वैधता का क्षय', संकलित : अभय कुमार दुबे (सम्पा.), *लोकतंत्र के सात अध्याय*, सीएसडीएस-वाणी, नयी दिल्ली.

— अभय कुमार दुबे

वैश्विक न्याय
(Global Justice)

अंतर्राष्ट्रीय स्तर पर लागू किये जा सकने वाले वैश्विक न्याय की संकल्पना जॉन रॉल्स की रचना 1999 में प्रकाशित *द लॉ ऑफ़ पीपुल्स* से निकली है। उन्होंने अपनी प्रसिद्ध रचना *अ थियरी ऑफ़ जस्टिस* में एक बेहतर उदारतावादी समाज के संचालन के संदर्भ में भेदमूलक सिद्धांत के ज़रिये रेखांकित किया था कि आर्थिक और सामाजिक असमानताओं को कुछ इस तरह समायोजित किया जाना चाहिए कि हीनतम स्थिति वाले व्यक्ति को सबसे ज़्यादा फ़ायदा हो। यहाँ रॉल्स का इरादा न्याय संबंधी इस युक्ति को राष्ट्र की सीमाओं में लागू करने का है। पर चार्ल्स बिज और फिर थॉमस पोगे का आग्रह था कि रॉल्स द्वारा प्रस्तुत इन सिद्धांतों को अंतर्राष्ट्रीय पैमाने लागू किया जाना चाहिए। उनकी दलील थी कि जिन कारणों से रॉल्स इन्हें एक राष्ट्र-राज्य के भीतर लागू करना चाहते हैं, वे वैश्विक स्तर पर भी मौजूद हैं। इन लोगों को उस वक़्त निराशा हुई जब रॉल्स ने स्पष्ट किया कि उनके द्वारा दिया गया सिद्धांत वैश्विक न्याय से संबंधित नहीं है। अंतर्राष्ट्रीय स्तर पर न्याय की अपनी संकल्पना व्यक्त करने के लिए रॉल्स ने *द लॉ ऑफ़ पीपुल्स* (1999) की रचना करके उन क़ानूनों को स्पष्ट किया जिनके बारे में उनका मत है कि उनसे 'सुव्यवस्थित लोग' सहमत होंगे। रॉल्स ने सुव्यवस्थित लोगों की श्रेणी में उदारतावादी लोगों (पीपुल्स) और 'शालीन ग़ैर-उदारतावादी लोगों' को शामिल किया है।

रॉल्स ने *द लॉ ऑफ़ पीपुल* में यथार्थवादी यूटोपिया अपनाया है। रॉल्स के अनुसार यह यथार्थवादी इसलिए है कि इसमें कई वास्तविक स्थितियों पर ध्यान दिया गया है। मसलन, वास्तविक दुनिया में विविधता बहुत ज़्यादा है, और दुनिया के सभी लोग न उदारतावादी मूल्यों को अपनाते हैं और न ही उनसे इन मूल्यों को अपनाने की उम्मीद भी की जा सकती है। अपने सिद्धांत का निर्माण कई स्तरों पर करते हुए सबसे पहले केवल उन लोगों पर ध्यान दिया है जो उदारतावादी हैं। उसके लिए उन्होंने दो मूल स्थितियों का प्रयोग किया है जिनमें पहली संवैधानिक लोकतांत्रिक शासन की उदारतावादी संकल्पना के लिए सामाजिक समझौते से संबंधित है। दूसरी मूल स्थिति उदारतावादी लोगों के प्रतिनिधियों के लिए है। पहली मूल स्थिति में लोग इस बात पर फ़ैसला करते हैं कि समाज की बुनियादी संरचना नियंत्रित करने की निष्पक्ष शर्तें क्या होंगी। उदारतावादी समाज के संचालक सिद्धांतों को सुनिश्चित करने के बाद रॉल्स अंतर्राष्ट्रीय स्तर की तरफ़ मुड़ते हुए तय करते हैं कि उदारतावादी लोग किस तरह की विदेश नीति का चुनाव करेंगे। रॉल्स के मुताबिक़ इस मुक़ाम पर उदारतावादी लोगों के प्रतिनिधियों की आँखों पर एक विशिष्ट 'अज्ञान का पर्दा' पड़ा होता है। मसलन उन्हें यह जानकारी नहीं है कि वे किस भौगोलिक क्षेत्र से हैं और उसकी शक्तियाँ क्या हैं, आदि। रॉल्स स्पष्ट करते हैं कि उदारतावादी लोग आठ सिद्धांतों और तीन संस्थाओं का चुनाव करते हैं। इस मूल स्थिति में ग्रहण किये गये आठ सिद्धांतों में लोगों के समान होने, उनकी स्वतंत्रता का सम्मान करने, उनके द्वारा समझौतों और किये गये वायदों का पालन करने, अ-हस्तक्षेप की नीति पर चलने और आत्मरक्षा पर ध्यान देने की बात की गयी है। साथ ही स्पष्ट किया गया है कि इन उसूलों के मुताबिक़ आत्मरक्षा के अलावा किसी भी अन्य कारण से युद्ध का सहारा नहीं ले सकते हैं। इसके अलावा इन आठ सिद्धांतों में इस बात पर जोर दिया गया है कि लोग मानवाधिकारों का समर्थन करेंगे, युद्ध के समय भी कुछ आचरण संबंधी पाबंदियों का पालन करेंगे, और उनका कर्त्तव्य होगा कि वे ऐसे लोगों की मदद करें जो प्रतिकूल स्थितियों के कारण न्यायपूर्ण या मर्यादित या शालीन राजनीतिक और सामाजिक व्यवस्था हासिल नहीं कर पा रहे हैं। रॉल्स के अनुसार उदारतावादी लोगों द्वारा चुनी गयी तीन संस्थाओं में से एक संस्था लोगों के बीच न्यायपूर्ण व्यापार सुनिश्चित करेगी, दूसरी लोगों को कोऑपरेटिव बैंकिग संस्था से उधार लेने में समर्थ बनायेगी और तीसरी संस्था वही भूमिका निभायेगी जो संयुक्त-राष्ट्र द्वारा निभायी जाती है। रॉल्स के मुताबिक़ यह स्थिति कांफेडेरेशंस ऑफ़ पीपुल (राज्य नहीं बल्कि लोगों का परिसंघ) की है।

उदारतावादियों के बाद रॉल्स का ध्यान उन लोगों पर जाता है कि किस तरह शालीन या मर्यादित ऊँच-नीच वाले लोग भी इस तरह के सिद्धांतों और संगठनों का चुनाव करेंगे। रॉल्स के अनुसार इस तरह के शालीन लोगों की श्रेणी में आने के लिए चार कसौटियों पर ख़रा उतरना आवश्यक है। ये चार कसौटियाँ हैं। पहली, समाज को आक्रामक नहीं होना चाहिए। उसे अपना काम इस तरह से करना चाहिए जो दूसरे समाजों के लिए शांतिपूर्ण और सम्मानजनक हो। दूसरी, इसकी क़ानूनी व्यवस्था और न्याय के विचार को समाज के सभी सदस्यों के बुनियादी अधिकारों की सुरक्षा करनी चाहिए। इसे कम-से-कम हर किसी के जीवन के अधिकार यानी जीविका और सुरक्षा के अधिकार, स्वतंत्रता का अधिकार अर्थात् दासता से मुक्ति, व्यक्तिगत सम्पत्ति के अधिकार और औपचारिक समानता के अधिकार को मान्यता देनी चाहिए। रॉल्स मानते हैं कि उदारतावादियों और ग़ैर-उदारतावादियों की तरफ़ से इस तरह के अधिकारों के अधिकारों को मान्यता मिलना चाहिए। तीसरी, शालीन लोगों को ऐसी व्यवस्था अपनानी चाहिए जिसमें क़ानूनी व्यवस्था का प्रशासन करने वाले लोगों को यह विश्वास हो कि क़ानून में सामान्य शुभ शामिल है। चौथी,

शालीन लोगों के पास विचार-विमर्श की एक मर्यादित पदसोपानीय प्रक्रिया होनी चाहिए जिसमें समाज के सभी सदस्यों के अहम हितों को स्थान मिल सके।

रॉल्स शालीन पदसोपानीय व्यक्तियों के उदाहरण के रूप में एक काल्पनिक स्थान कैज़ानिस्तान की कल्पना करते हैं। उनके अनुसार कैज़ानिस्तान को सुव्यवस्थित लोगों के एक समाज के रूप में देखा जा सकता है। उनका आग्रह है कि उदारतावादी समाज अपनी विदेश नीति में कैज़ानिस्तान जैसे राज्यों को सहन करने की क्षमता विकसित करें। रॉल्स के मुताबिक़ यथार्थवादी रूप से ज़्यादा-से-ज़्यादा कैज़ानिस्तान जैसी किसी व्यवस्था की ही उम्मीद की जा सकती है। वे इस बात पर भी ज़ोर देते हैं कि उदारतावादियों द्वारा शालीन ग़ैर-उदारतावादियों को प्रोत्साहित करते हुए इस बात पर ज़ोर नहीं देना चाहिए कि हर समाज उदारतावादी ही हो। ऐसे आग्रह से इन शालीन लोगों की जीवंतता ख़त्म हो सकती है। रॉल्स मानते हैं कि लोग उदारतावादी हों या ग़ैर-उदारतावादी, उनके बीच पारस्परिक सम्मान का क़ायम रहना सबसे ज़रूरी है।

ग़रीब देशों को मदद करने के संदर्भ में भी सार्वदेशिकता के समर्थकों और रॉल्स के विचारों में अंतर है। रॉल्स मानते हैं कि कुछ समाजों में सुव्यवस्थित बनने के लिए आवश्यक राजनीतिक और सांस्कृतिक परम्पराओं, मानवीय पूँजी, ज्ञान, भौतिक तथा तकनीकी संसाधनों का अभाव होता है। सुव्यवस्थित लोगों का कर्त्तव्य है कि वे ऐसे समाजों को सुव्यवस्थित लोगों जैसा बनने में मदद करें। अर्थात् यहाँ न्यायपूर्ण (या शालीन) संस्थाओं की स्थापना करना ही उनका प्रमुख काम है। अतीत के बोझ से दबे या पिछड़े समाजों की मदद करने का यही लक्ष्य है। रॉल्स के अनुसार एक बार यह लक्ष्य हासिल हो जाने पर आगे किसी मदद की ज़रूरत नहीं रहती, भले ही यह समाज तुलनात्मक रूप से ग़रीब बनारहे। रॉल्स के अनुसार किन्हीं ख़ास समाजों की सम्पन्नता में उस समाज की राजनीतिक संस्कृति की महत्त्वपूर्ण भूमिका होती है। सम्पत्ति जमा संसाधनों से नहीं बल्कि किसी ख़ास समाज की राजनीतिक संस्कृति से उत्पन्न होती है। इसमें उस समाज की राजनीतिक और सामाजिक संस्थाओं की बुनियादी संरचना को पुष्ट करने वाली धार्मिक, दार्शनिक और नैतिक परम्पराएँ भी महत्त्वपूर्ण भूमिका निभाती है। इसके अलावा अध्यवसाय और सहयोग की प्रवृत्ति की भी बड़ी भूमिका होती है। दरअसल ये सभी पहलू मिल कर किसी समाज की सम्पन्नता बढ़ाते हैं।

रॉल्स इन्हीं कारणों के आधार पर *अ थियरी ऑफ़ जस्टिस* में पेश किये गये न्याय के सिद्धांत को राज्यों के बीच अंतर्राष्ट्रीय स्तर पर लागू करने का विरोध करते है। रॉल्स की स्पष्ट मान्यता है कि एक बार लोगों को आत्म-निर्धारण में और 'तार्किक रूप से' अपने मामलों के बारे में समर्थ बना देने के बाद मदद करने का कर्तव्य ख़त्म हो जाता है।

कई आलोचकों का विचार है कि रॉल्स 'पीपुल' (या लोगों) से संबंधित विचार पर्याप्त रूप से स्पष्ट नहीं है। रॉल्स का यह मानना ग़लत है कि राज्य एक-दूसरे से इतने स्वतंत्र होते हैं कि उन्हें अपने नागरिक की स्थिति के लिए पूरी तरह ज़िम्मेदार ठहराया जा सकता है। दरअसल, एक भेदभाव-आधारित अंतर्राष्ट्रीय राजनीतिक अर्थव्यवस्था की मौजूदगी भी ख़ास राज्यों की ग़रीबी और कुछ सम्पन्नता के लिए ज़िम्मेदार होती है। थॉमस पोगे ने स्पष्ट किया है कि दो अंतर्राष्ट्रीय अधिकार ख़ासतौर पर भूमिका निभाते हैं : पहला अंतर्राष्ट्रीय उधार विशेषाधिकार और अंतर्राष्ट्रीय संसाधन विशेषाधिकार। कोई सरकार अपने राज्य में अपनी शक्तियों का किस तरह प्रयोग कर रही है, इसकी चिंता अंतर्राष्ट्रीय समुदाय नहीं करता। उसे इस बात से भी बहुत ज़्यादा फ़र्क़ नहीं पड़ता है कि यह समूह सत्ता में कैसे आया या यह अपनी सत्ता का इस्तेमाल कैसे कर रहा है। दमनकारी सरकारें अपने देश की ओर से उधार ले सकती हैं— यह उनका अंतर्राष्ट्रीय संसाधन विशेषाधिकार होता है, या वे अपने देश के प्राकृतिक संसाधनों को बेच सकती हैं— यह इनका अंतर्राष्ट्रीय संसाधन विशेषाधिकार होता है। पोगे के अनुसार चूँकि इससे अंतर्राष्ट्रीय स्तर पर अमीर देशों को फ़ायदा होता है, इसलिए वे भी इस स्थिति को स्वीकार कर लेते हैं। इसलिए हमें आर्थिक पहलुओं पर भी ध्यान देना चाहिए। पोगे इस बात पर ज़ोर देते हैं कि सम्पन्न विकसित समाजों में रहने वाले लोगों की यह ज़िम्मेदारी बनती है कि वे अन्यायपूर्ण वैश्विक व्यवस्था को ख़त्म करें और ग़रीब लोगों को इससे होने वाले नुक़सानों से बचाएँ। पोगे यह सुझाव देते हैं कि लगभग एक प्रतिशत का वैश्विक संसाधन टैक्स लगना चाहिए जिसका इस्तेमाल विकासशील समाजों के सबसे ग़रीब लोगों की भलाई के लिए हो। विकसित समाज के लोगों का यह दायित्व है कि ग़रीब समाज के लोगों की मदद करें।

रॉल्स ने आर्थिक रूप से दुनिया के ग़रीबों की मदद करने के किसी स्पष्ट दायित्व को रेखांकित नहीं किया है, जबकि थॉमस पोगे ने रॉल्स से आगे जाते हुए इस पर ज़ोर दिया कि अमीर लोगों का दायित्व है कि वे ग़रीब लोगों की मदद करें। लेकिन पोगे ने जिस रूप में वैश्विक न्याय की कल्पना की उसकी मुख्य सीमा यह है कि यह सिर्फ़ सम्पन्न देशों के लोगों की नैतिक एजेंसी का ही आह्वान करती है। लेकिन ग़रीब लोगों की एजेंसी पर कोई ध्यान नहीं दिया है। अर्थात् इस सिद्धांत में इस बात की पूरी तरह से उपेक्षा की जाती है कि ग़रीब लोग वैश्विक अन्याय या न्याय को किस रूप में देखते हैं। कुल मिला कर रॉल्स, बिज या पोगे के बीच का सिद्धांतीकरण अमीर देशों के लोगों के बीच में चलने वाला विमर्श लगता है।

देखें : अधिकार, अधिकार : सैद्धांतिक यात्रा, अरस्तू, अफ़लातून, अनुदारतावाद, अराजकतावाद, अन्य-अन्यीकरण, उदारतावाद,

उपयोगितावाद, एडमण्ड बर्क, क्रांति, ज्याँ ज़ाक रूसो, जॉन लॉक, जेरेमी बेंथम, जॉन स्टुअर्ट मिल, जॉन रॉल्स, थॉमस हॉब्स, थॉमस पेन, न्याय, न्याय : नारीवादी आलोचना, न्याय : रॉल्स का सिद्धांत, राजनीति में व्यक्ति की भूमिका, नागरिकता, नागरिकता : अन्य परिप्रेक्ष्य-1 और 2, नागर समाज, पनोप्टिकॉन, प्रतिनिधित्व, प्रगति, प्रगति : आलोचनात्मक परिप्रेक्ष्य, प्रशासन, फ़ासीवाद, फ्रेड्रिख़ वॉन हायक, बहुसंस्कृतिवाद, बहुसंख्यकवाद, बहुसंख्यक-अल्पसंख्यक, बुद्धिवाद, भीखू छोटालाल पारिख, माइकेल जोसेफ़ ओकशॉट, माइकिल वाल्ज़र, मिशेल पॉल फ़ूको-1 और 2, यूटोपिया, राजनीतिक और राजनीति, राजनीतिक दर्शन के नारीवादी आयाम-1 और 2, राजनीतिक मनोविज्ञान, राजनीतिक समाजशास्त्र, राज्य-1 और 2, रॉबर्ट नॉज़िक, राज्य-1 और 2, राष्ट्र-राज्य, राष्ट्र : सांस्कृतिक या राजनीतिक, राष्ट्रवाद, राष्ट्रवाद का इतिहास, लोकतंत्र, लोकतंत्र की आलोचनाएँ, व्यक्तिवाद, व्यवहारवाद, विल किमलिका, विदेशी-द्वेष, वैधता, वैधता का संकट, सविनय अवज्ञा, समानता, समानता : चार अवधारणाएँ, समतावाद, सर्वसत्तावाद, स्मृति की राजनीति, स्वतंत्रता, स्वतंत्रतावाद, स्वजातिवाद, स्वच्छंदतावाद, सत्ता, सर्वसत्तावाद, सम्प्रभुता, समाजवाद, सरकारियत, सम्पत्ति, सम्पत्ति : साझा और सरकारी, सम्पत्ति : मार्क्सवादी परिप्रेक्ष्य।

संदर्भ

1. थॉमस पोगे (2002), *वर्ल्ड पॉवर्टी ऐंड ह्यूमन राइट्स,* पॉलिटी प्रेस, केम्ब्रिज.
2. जॉन रॉल्स (1999), *द लॉ ऑफ़ पीपुल्स,* हार्वर्ड युनिवर्सिटी प्रेस, केम्ब्रिज, मेसाचुसेट्स.
3. जॉन रॉल्स (1971), *अ थियरी ऑफ़ जस्टिस,* द बेलनैप प्रेस, हार्वर्ड युनिवर्सिटी प्रेस, केम्ब्रिज.

— कमल नयन चौबे

वैश्विक प्रणाली

(World-System Theory)

दुनिया राष्ट्र-राज्यों में बँटी हुई है, पर उसे एक वैश्विक प्रणाली के रूप में देखने का आग्रह करने वाले विद्वान इस विभाजन को एकता के संदर्भ में समझने का प्रयास करते हैं। उनकी मान्यता है कि सामाजिक सीमाओं और सामाजिक निर्णय-प्रक्रिया का अध्ययन करने के लिए राष्ट्र-राज्यों को एक इकाई के रूप में ग्रहण करने के बजाय वैश्विक प्रणाली को विश्लेषण का आधार बनाया जाना चाहिए। इस बौद्धिक परियोजना के आधार पर किये गये सूत्रीकरण को 'वैश्विक प्रणाली-सिद्धांत' के रूप में जाना जाता है। इसका विकास पचास के दशक में प्रतिपादित निर्भरता-सिद्धांत की रैडिकल प्रस्थापनाओं और इतिहास-लेखन के फ्रांसीसी अनाल स्कूल से प्रभावित है। वर्ल्ड-सिस्टम थियरी के मुख्य जनक इमैनुएल वालर्स्टीन हैं। वालर्स्टीन और वैश्विक प्रणाली के अन्य सिद्धांतकार मानते हैं कि विश्व की पूँजीवादी अर्थव्यवस्था चार बुनियादी अंतर्विरोधों से ग्रस्त है जिनके कारण उसका अंत अवश्वयम्भावी है, भले ही शीत-युद्ध के ख़ात्मे और सोवियत संघ के पराभव के कारण फ़िलहाल सारी दुनिया में उसका बोलबाला हो गया हो। इनमें पहला अंतर्विरोध है आपूर्ति और माँग के बीच का लगातार जारी असंतुलन। यह असंतुलन तब तक जारी रहेगा जब तक उत्पादन संबंधी निर्णय फ़र्म के स्तर पर लिए जाते रहेंगे। दूसरा है उपभोग से पैदा हुए अधिशेष मूल्य के एक हिस्से को अपने मुनाफ़े के तौर पर देखने की पूँजीपतियों की प्रवृत्ति। अधिशेष को और बड़े पैमाने पर पैदा करने के लिए आगे चल कर मौजूदा अधिशेष का पुनर्वितरण करना होगा। तीसरा अंतर्विरोध राज्य की क्षमताओं से ताल्लुक़ रखता है कि आख़िर कब तक राज्य की संस्था पूँजीवाद की वैधता क़ायम रखने के लिए मज़दूरों का समर्थन हासिल करने में कामयाब होती रहेगी। चौथा अंतर्विरोध एक वैश्विक प्रणाली और अनगिनत राज्यों के बीच है। इन दोनों के सह-अस्तित्व से प्रणाली का विस्तार तो हुआ है, पर साथ ही प्रणालीगत संकटों से निबटने के लिए ज़रूरी बेहतर आपसी सहयोग की सम्भावनाएँ भी कम हुई हैं।

विश्व पूँजीवादी अर्थव्यवस्था के प्रति आलोचनात्मक रवैया रखने वाले ये विद्वान इस प्रणाली को एक ऐतिहासिक व्यवस्था के तौर पर देखते हैं जिसकी संरचनाएँ उसके भीतर मौजूद किसी भी राजनीतिक इकाई के मुक़ाबले भिन्न स्तर पर काम करती हैं। वालर्स्टीन ने समकालीन वैश्विक प्रणाली का उद्‌गम 1450 से 1670 के बीच माना है। इस अवधि को वे 'दि लोंग सिक्सटींथ सेंचुरी' की संज्ञा देते हैं। इससे पहले पश्चिमी युरोप सामंती दौर में था और आर्थिक उत्पादन तक़रीबन पूरी तरह खेतिहर पैदावार पर निर्भर था। वालर्स्टीन के मुताबिक़ 1300 के बाद एक तरफ़ तो खेतिहर उत्पादन में तेज़ गिरावट हुई और दूसरी ओर युरोपीय जलवायु के कारण किसान आबादी के बीच पहले से कहीं ज़्यादा महामारियाँ फैलने लगीं। सोलहवीं सदी में ही युरोप पूँजीवादी विश्व-अर्थव्यवस्था की स्थापना की तरफ़ बढ़ा। सामंतवाद के तहत उत्पादन उत्पादकों के अपने उपभोग के लिए होता था, पर नयी प्रणाली में उत्पादन का मक़सद बाज़ार में विनिमय हो गया। बाज़ार आधारित अर्थव्यवस्था के कारण उत्पादकों की आमदनी अपने उत्पादन के मूल्य से कम हो गयी और भौतिक वस्तुओं का अनंत संचय ही पूँजीवाद की चालक शक्ति बन गया।

नये युग में आर्थिक वृद्धि की प्रक्रिया बाज़ार के दायरे को भौगोलिक विस्तार की तरफ़ ले गयी, श्रम पर नियंत्रण के विभिन्न रूप विकसित हुए और युरोप में ताक़तवर राज्यों का उदय हुआ। जो नयी अर्थव्यवस्था बनी वह दो मायनों में पहले

से चली आ रही व्यवस्था से भिन्न थी। वह साम्राज्यों की सीमा से परे जाते हुए एक से अधिक राजनीतिक प्रभुत्व-केंद्रों के साथ बनी रह सकती थी, और उसका प्रमुख लक्षण था केंद्र और परिधि के बीच श्रम का एकमात्र अंतर्राष्ट्रीय विभाजन।

वैश्विक प्रणाली के सिद्धांतकार मानते हैं कि इस परिवर्तन से सर्वाधिक फ़ायदा जिन देशों को हुआ, उन्हीं ने इसके केंद्र की रचना की। शुरू में उत्तर-पश्चिमी युरोप के फ्रांस, इंग्लैण्ड और हालैण्ड जैसे देशों ने यह भूमिका निभायी। इस क्षेत्र की विशेषता थी मज़बूत केंद्र वाली सरकारें और उनके नियंत्रण में तैनात रहने वाली भाड़े पर काम करने वाली बड़ी-बड़ी फ़ौजें। केंद्रीय सत्ता से सम्पन्न इन सरकारों की मदद से पूँजीपति वर्ग को अंतर्राष्ट्रीय व्यापार के सूत्र अपने हाथ में लेने का मौक़ा मिला और वह इससे आर्थिक अधिशेष खींचने लगा। शहरों में होने वाले कारख़ाना आधारित निर्माण में जैसे-जैसे बढ़ोतरी हुई, वैसे-वैसे बहुत बड़ी संख्या में भूमिहीन किसान शहरों की तरफ़ जाने लगे। दूसरी तरफ़ कृषि संबंधी प्रौद्योगिकी में हुए विकास के कारण खेती की पैदावार भी बढ़ती गयी। वैश्विक प्रणाली के केंद्र में जो क्षेत्र था, उसमें पूँजी का संकेद्रण होता चला गया। बैंकों, विभिन्न व्यवसायों, व्यापार और कारख़ाना आधारित कुशल उत्पादन के विस्तार ने मज़दूरी आधारित श्रम पर आधारित अर्थव्यवस्था के जारी रहने की परिस्थितियाँ पैदा कीं।

दूसरी तरफ़ परिधि के क्षेत्र थे जिनके बारे में वैश्विक प्रणाली के सिद्धांतकारों की मान्यता थी कि उनमें स्थित राज्यों में मज़बूत केंद्र वाली सरकारें नहीं थीं और वे मज़दूरी आधारित श्रम पर निर्भर होने के बजाय बाध्यकारी श्रम के आधार पर अपना उत्पादन संयोजित करते थे। परिधि में स्थित ये क्षेत्र केंद्र स्थित राज्यों को कच्चा माल सप्लाई करके अपनी अर्थव्यवस्थाएँ चलाते थे। सोलहवीं सदी में परिधि के मुख्य क्षेत्र लातीनी अमेरिका और पूर्वी युरोप में माने गये। लातीनी अमेरिका में स्पेनी और पुर्तगीज़ शासन के कारण स्थानीय नेतृत्व नष्ट हो गया था और उनकी जगह कमज़ोर नौकरशाहियाँ युरोपीय नियंत्रण के तहत काम कर रही थीं। देशी आबादी पूरी तरह ग़ुलामी के बंधन में थी। अफ़्रीका से ग़ुलामों का आयात करके खेती और ख़नन का काम करवाया जाता था। स्थानीय कुलीनतंत्र विदेशी मालिकानों के साथ साठ-गाँठ किये हुए था। युरोपीय ताक़तों का मक़सद ऐसे माल का उत्पादन करना था जिसका उपभोग उनके गृह-राज्यों में हो सके।

वैश्विक प्रणाली के सिद्धांतकारों ने अर्ध-परिधि के तीसरे क्षेत्र की शिनाख़्त भी की जो केंद्र और परिधि के बीच बफ़र की भूमिका निभा रहा था। अर्ध-परिधि के क्षेत्र केंद्र वाले इलाक़ों में भी हो सकते थे, और उनका ताल्लुक़ अतीत की समृद्ध अर्थव्यवस्थाओं से भी हो सकता था। लेकिन सोलहवीं सदी के दौरान वे अपेक्षाकृत गिरावट के दौर से गुज़र रहे थे। केंद्रस्थ राज्य उनका शोषण करते थे और उनके द्वारा बदले में परिधि वाले क्षेत्रों का दोहन किया जा रहा था।

वालर्स्टीन और उनके अनुयायी सोहलवीं से इक्कीसवीं सदी तक वैश्विक प्रणाली के विकास को दो चरणों में व्याख्यायित करते हैं : पहला चरण अट्ठारहवीं सदी तक चला। इस दौरान युरोपियन राज्य और ताक़तवर हुए। एशिया और अमेरिका से हुए व्यापार के कारण मज़दूरी पर काम करने वाले श्रमिकों की क़ीमत पर अमीर और प्रभावशाली व्यापारियों का एक छोटा सा हिस्सा मालामाल हो गया। राजशाहियों की ताक़त बढ़ी और सर्वसत्तावादी राज्य ने अपना झंडा गाड़ दिया। अल्पसंख्यकों के निष्कासन, ख़ासकर यहूदियों को जलावतन कर दिये जाने के बाद युरोप की आबादी समरूपीकरण की तरफ़ बढ़ी।

दूसरे चरण के तहत अट्ठारहवीं सदी में उद्योगीकरण ने खेतिहर उत्पादन की जगह लेनी शुरू की। युरोपीय राज्य नये-नये बाज़ारों की खोज में लग गये। अगले दो सौ साल तक आधुनिक विश्व-प्रणाली में एशिया और अफ़्रीका जैसे नये-नये क्षेत्रों को शामिल करने की प्रक्रिया जारी रही। परिणाम स्वरूप आर्थिक अधिशेष बढ़ता गया। बीसवीं सदी के शुरुआती दशकों में इस वैश्विक प्रणाली का चरित्र वास्तव में भूमण्डलीय बना।

देखें : अंतर्राष्ट्रीय मुद्रा कोष, ढाँचागत समायोजन कार्यक्रम, पेटेंट, ब्रेटन वुड्स प्रणाली, बौद्धिक सम्पदा अधिकार, भारत का भूमण्डलीकरण, भारत में पेटेंट क़ानून, भारत में बहुराष्ट्रीय निगम, भारत में शेयर संस्कृति, भूमण्डलीकरण, भूमण्डलीकरण का इतिहास-1 और 2, भूमण्डलीकरण और बेरोज़गारी, भूमण्डलीकरण और ग़रीबी, भूमण्डलीकरण और पूँजी बाज़ार, भूमण्डलीकरण और लोकतंत्र, भूमण्डलीकरण और राज्य, भूमण्डलीकरण और राष्ट्रीय सम्प्रभुता, भूमण्डलीकरण और वित्तीय पूँजी, भूमण्डलीकरण और वित्तीय उपकरण, भूमण्डलीकरण के आलोचक, भूमण्डलीकरण के ख़िलाफ़ प्रतिरोध, विश्व बैंक, विश्व व्यापार संगठन, विश्व सामाजिक मंच।

संदर्भ

1. इमैनुएल वालर्स्टीन (1974-1989), *द मॉडर्न वर्ल्ड सिस्टम*, तीन खण्ड, एकेडेमिक प्रेस, न्यूयॉर्क.
2. ए. ज़ोलबर्ग (1981), 'ओरिजिंस ऑफ़ मॉडर्न वर्ल्ड सिस्टम', *वर्ल्ड पॉलिटिक्स*, अंक 33.
3. आर. डेनमार्क (1999), 'वर्ल्ड सिस्टम हिस्ट्री : फ्रॉम ट्रेडिशनल इंटरनैशनल पॉलिटिक्स टु द स्टडी ऑफ़ ग्लोबल रिलेशंस', *इंटरनैशनल स्टडीज़ रिव्यू*, अंक 1.
4. ए. फ्रैंक और बी. जिल्स (सम्पा.) (1993), द *वर्ल्ड सिस्टम : फ़ाइव हंड्रेड इयर्स ऑर फ़ाइव थाउज़ेंड इयर्स ?*, रॉटलेज, लंदन.
5. टी. होपकिंस (1982), *वर्ल्ड सिस्टम्स एनालैसिस : थियरी ऐंड मैथडॉलॉजी*, सेज, बेवर्ली हिल्स, सीए.

— अभय कुमार दुबे

वैशेषिक दर्शन

(Vaisheshik Darshan)

भारतीय दार्शनिक प्रणालियों में वैशेषिक दर्शन सर्वाधिक प्राचीन तथा क्रमबद्ध है। इसका आदि प्रवर्तक कणाद को माना जाता है, जिनका वास्तविक नाम उलूक था। इसके अलावा ये काश्यप और कणभुक आदि नामों से भी जाने जाते हैं। कहा जाता है कि कटाई के बाद खेतों में बचे हुए अनाज के बिखरे कणों को बीन कर भोजनार्थ प्रयोग करने के कारण उनका नाम कणाद या कणभुक् हो गया। इसलिए वैशेषिक दर्शन का एक दूसरा नाम कणाद या 'औलूक्य' दर्शन भी है। इस दर्शन का सबसे पहला प्रामाणिक और प्रस्थापक ग्रंथ कणादकृत *वैशेषिक-सूत्र* है जो दस अध्यायों में विभक्त है और प्रत्येक अध्याय दो-दो अनुच्छेद में हैं। इसमें 370 सूत्र संकलित हैं, जो वैशेषिक दर्शन की प्रस्थापना करते हैं। नंदलाल सिन्हा का मानना है कि कणाद का जीवन काल ईसा पूर्व दसवीं से छठी शताब्दी के मध्य रहा होगा। कुछ लोग इस काल को 300 साल ईसापूर्व मानते हैं। कणाद का ऐसा मानना था कि प्रकृति और ब्रह्माण्ड के विशिष्ट गुणों और उनकी विशिष्टताओं के हर पहलू के अध्ययन से ही इनके आधारभूत यथार्थों को भलीभाँति समझा जा सकता है। विशिष्टताओं पर ज़ोर देने के कारण ही इसका नाम वैशेषिक दर्शन पड़ा। सांख्य-दर्शन विश्व के मूल में दो तत्त्व मानता है जबकि वेदांत एक तत्त्व। वैशेषिक दर्शन अनेक तत्त्वों का प्रतिपादन करता है, और उनमें परस्पर मौलिक भेद बताता है। इस परस्पर भेद का ही दूसरा नाम 'विशेष' है। यही वैशेषिक दर्शन का मूल है।

कणाद के अनुसार इस संसार का अस्तित्व वस्तुगत रूप से है। यह मनुष्य की चेतना से बाहर और उससे स्वतंत्र है। उसका विश्लेषण मनुष्य अपने प्रयत्नों से कर सकता है। प्रत्यक्ष, लैंगिक, स्मृति तथा आर्ष— इन चार विधियों द्वारा वैध ज्ञान समझा जा सकता है। वैशैषिक सूत्र की शुरुआत 'धर्म की व्याख्या' की घोषणा के साथ होती है। कणाद के अनुसार धर्म वह है जिससे प्रगति और अंतिम कल्याण सम्भव है। वह ईश्वर या शाश्वत नियति पर आधारित नहीं है। वास्तविक तत्त्वों के ज्ञान द्वारा ही स्थायी कल्याण प्राप्त किया जा सकता है। ज्ञान केवल तभी यथार्थ होता है जब वह वस्तुओं की प्रकृति के अनुरूप होता है, अन्यथा वह झूठा है। सत्य की पुष्टि केवल ऐसी व्यावहारिक क्रियाओं द्वारा ही की जा सकती है, जो उस ज्ञान पर आधारित हों और सफल सिद्ध हों। विभिन्न पदार्थों के सारतत्त्व के ज्ञान, उनमें साम्यता और विषमता, समानता और भिन्नता के ज्ञान से ही सर्वोपरि कल्याण होता है। पदार्थ से तात्पर्य है वह वस्तु जिसका किसी 'पद' (शब्द) से बोध होता है। अतः जितनी भी वस्तुएँ हैं या जिनका नामकरण सम्भव है, वे सभी पदार्थ हैं।

कणाद ने सभी वस्तुओं को जिनके बारे में भविष्यवाणी करना और जिन्हें संज्ञाएँ देना सम्भव था उन्हें छह पदार्थों (द्रव्य, गुण, कर्म, सामान्य, विशेष और समवाय) में विभाजित किया। प्रकृति और जगत के सारे घटनाक्रम पदार्थ की इन छह श्रेणियों में घटित होते हैं। आगे चलकर श्रीधर और उदयन जैसे भाष्यकारों ने इन छह के अलावा एक अन्य पदार्थ— अभाव को भी जोड़ दिया। और तब से अब तक किसी वस्तु के अस्तित्व की तरह ही अभाव को भी वास्तविक माना जाता है।

वैशेषिक दार्शनिक प्रणाली में द्रव्य को मूल पदार्थ माना जाता है और वह समस्त भौतिक तथा अभौतिक घटनाक्रमों का सार है। वैशेषिक दर्शन ने सभी भौतिक और मानसिक वस्तुओं को, पृथ्वी, आपस् (जल), तेज़स् (अग्नि), वायु, आकाश, काल, दिक्, आत्मन् और मनस् के नौ द्रव्यों में विभाजित किया है। इन द्रव्यों के संयोग और सम्मिश्रण से ही विभिन्न वस्तुओं और घटनाक्रमों का निर्माण होता है।

पृथ्वी, जल, अग्नि और वायु का निर्माण अविभाज्य परमाणुओं से हुआ है तथा ये भौतिक पदार्थ हैं। आकाश, दिक्, काल, आत्मन्, और मनस् अ-भौतिक पदार्थ हैं। इस तरह से द्रव्य के अंतर्गत अनुभवजन्य सभी भौतिक व अ-भौतिक वस्तुएँ आती हैं। मनस् और आत्मन् उतने ही प्राथमिक पदार्थ हैं, जितने तेज़स् और जल। कुछ अन्य प्रणालियों से अलग हटते हुए वैशेषिक काल और दिक् को अ-ययार्थ पदार्थ नहीं मानता। वे उतने ही वास्तविक हैं, जितने अन्य द्रव्य। द्रव्य ही इस जगत के अधोस्तर, उसके आधार हैं। वे ही उनके संयुक्त प्रभावों के, जो बाद में भौतिक वस्तुओं का रूप धारण कर लेते हैं, मूल कारण हैं। वे स्वयं अपने में वर्तमान रहते हैं, और उन्हें जाना जा सकता है। वे मात्र विचार अथवा संज्ञान नहीं हैं। वे ऐसी वस्तुएँ हैं जिनका संज्ञान प्राप्त किया जा सकता है। वे ही ऐसी मूलभूत श्रेणियाँ हैं जिनमें कर्म होता है और जिनमें विभिन्न गुणों का निवास है। गुण और क्रियाएँ द्रव्यों में अंतर्निहित हैं। कोई भी द्रव्य गुणों के बिना रह ही नहीं सकता, ठीक उसी प्रकार जैसे कोई गुण द्रव्य के बिना नहीं हो सकता।

वैशेषिक दर्शन के अनुसार भौतिक जगत की वस्तुओं का विकास अत्यंत सूक्ष्म कणों यानी परमाणुओं के योग से हुआ है। ये परमाणु संख्यात्मक रूप से भिन्न-भिन्न होने के साथ ही गुण, परिमाण, भार, आयतन, रूप आदि में भी भिन्न-भिन्न होते हैं। परमाणु शाश्वत और अनश्वर हैं। एक

ही वर्ग और एक जैसे गुणवाले परमाणु परस्पर मिलकर स्थूल तत्त्वों का निर्माण करते हैं। वे मृत, निष्क्रिय और स्थैतिक न होकर अपने-अपने गुणों के आधार बिना किसी अभिकरण की सहायता के सतत परिवर्तित और परिचालित होते रहते हैं। इस तरह से पदार्थ कोई स्थिर या अचल वस्तु नहीं बल्कि अस्तित्व में आने की निरंतर प्रक्रिया है। और उनका न तो कभी नाश किया जा सकता है और न ही निर्माण। उनकी मौजूदगी अनंत काल से ही।

वैशेषिक दर्शन के अनुसार, रूप, रस, गंध, स्पर्श, संख्या, परिमाण, प्रत्येकत्व, संयोग, विभाग, परत्व, अपरत्व, वृद्धि, सुख, दुःख, इच्छा, द्वेष, और प्रयत्न— ये सत्रह प्रकार के गुण द्रव्यों में होते हैं। चौथी शताब्दी में आगे चलकर प्रशस्तपाद ने गुरुत्व, द्रवत्व, स्नेह, धर्म, अधर्म, शब्द और संस्कार इन सात प्रकार के और गुणों को शामिल कर दिया। इस तरह से इस दर्शन में द्रव्यों के कुल 24 गुण स्वीकार किये गये। सामान्यतः रंग, रस, गंध, स्पर्श, परत्व, अपरत्व, गुरुत्व, द्रवत्व, स्नेह, और गति स्थूल वस्तुओं के गुण हैं, जबकि बुद्धि, सुख, दुःख, इच्छा, द्वेष, प्रयत्न, धर्म, अधर्म, संस्कार और शब्द अ-भौतिक वस्तुओं के गुण हैं तथा संख्या, परिमाण, पृथकत्व, संयोग व विभाग दोनों के ही गुण हैं। प्रत्येक द्रव्य में सिर्फ़ एक ही गुण नहीं होता और न ही सारे के सारे गुण एक ही द्रव्य में होते हैं बल्कि एक द्रव्य में कई-कई गुण हो सकते हैं।

वैशेषिक दर्शन में कर्म को लेकर भी काफ़ी चर्चा हुई है। वहाँ कर्म से तात्पर्य सब प्रकार की गति से है। गति ही कर्म की उत्पत्ति का कारण है। कर्म किसी पदार्थ में अंतर्निहित होता है और वह गुणविहीन, संयोग और विभाग का सीधा-सीधा परिणाम होता है। कर्म अथवा गति के रूप, ऐसे यथार्थ हैं जो तत्संबंधी पदार्थों में अंतर्निहित रहते हैं। गुण के समान कर्म की उस द्रव्य से स्वतंत्र, जिसमें वह अंतर्निहित होता है, कोई क्रिया नहीं होती है। इस प्रकार द्रव्य गुणों तथा कर्म से अभिन्न रूप से जुड़ा हुआ है और वही उनका आधार होता है। इसका अर्थ यह है कि पदार्थ निरंतर गति, परिवर्तन तथा विकास की अवस्था में रहता है।

जहाँ तक एक वस्तुओं के गुण का सवाल है, एक से अधिक वस्तु में पाये जाने वाले समान गुणों को सामान्य गुण तथा जो गुण एक वस्तु को दूसरे से भिन्न बनाता है उसे विशेष गुण कहा जाता है। अपने इस विशेष गुण की वजह से ही वस्तुएँ एक दूसरे से भिन्न होती हैं। इस दर्शन में 'समवाय' विचार भी महत्त्वपूर्ण है। जब दो वस्तुएँ परस्पर एक दूसरे से जुड़ती हैं, तो उनके योग को संयोग कहा जाता है। संयोग का वियोग भी हो सकता है अर्थात् दोनों का बिलगाव हो सकता है और इस बिलगाव से दोनों वस्तुओं के अस्तित्व पर कोई फ़र्क़ नहीं पड़ता। दोनों का ख़ुद का अस्तित्व बना रहता है। संयोग के ठीक विपरीत समवाय नित्य संबंध है। यह दो पदार्थों का वह संबंध है जिसके कारण एक दूसरे में समवेत रहता है। अवयवी अपने अंशों में, गुण या कर्म, द्रव्यों में, सामान्य, व्यक्तियों में तथा विशेष, नित्य निरवयव द्रव्य में रहते हैं। इस प्रकार धागों में कपड़ा, गुलाब के फूल में गुलाबी रंग, बहते हुए पानी में गति, भिन्न-भिन्न स्त्री-पुरुषों में सामान्य धर्म 'मनुष्यत्व' और एक परमाणु में उसका अपना धर्म 'विशेष' समवेत है। इसमें से किसी को किसी से अलग नहीं किया जा सकता है।

वैशेषिक दर्शन में 'समवाय' विचारण के क्रम में यह एक स्वाभाविक प्रश्न उठता है कि वस्तुगत भौतिक जगत ठीक-ठीक किस प्रकार शाश्वत और अनश्वर परमाणुओं से विकसित हुआ? क्या ईश्वर अथवा ब्रह्म जैसे बाह्य अभिकरण ने प्रथम आद्य पदार्थ को गति प्रदान की? क्या ब्रह्म ही इस जगत का अंतिम कारण है? कणाद इसका समाधान करते हैं कि इस जगत का आदि कारण ब्रह्म नहीं बल्कि शाश्वत परमाणु हैं जिनका किसी ने निर्माण नहीं किया है। इन परमाणुओं में चूँकि गतिशील होने और एक दूसरे से जुड़ने और मिश्रित होने की प्रवृत्ति अंतर्निहित होती है, इसलिए संसार की उत्पत्ति के लिए ब्रह्म या किसी बाह्य अभिकरण की कोई ज़रूरत ही कभी नहीं थी। समवाय ही वह सिद्धांत है जो परमाणुओं को एक-दूसरे से सम्बद्ध करता है जिससे विभिन्न संयोजन उत्पन्न होते हैं। विभिन्न भौतिक वस्तुओं तथा इंद्रियों, मस्तिष्क, चेतना इत्यादि से सज्जित प्राणवान जीवों से भरा यह जगत परमाणुओं से विकसित हुआ है; यह ऐसी विभिन्न वस्तुओं का एक विराट योग है जो समय और अवकाश में एक-दूसरे पर क्रिया-प्रतिक्रिया करती रहती है।

कणाद के अनुसार मनस् और आत्मा की अलग-अलग क्रियाएँ हैं। संख्या, परिमाण, पृथकत्व, संयोग, विभाग, परत्व, इत्यादि मन के गुण हैं। बुद्धि, सुख, दुःख, इच्छा, द्वेष, प्रयत्न, धर्म, अधर्म, प्रवृत्ति, संख्या, परिमाण, पृथकत्व, संयोग और विभाग आत्मा के गुण हैं। श्वास और उच्छ्वास, पलकों का खोलना और बंद करना, जीवन, मन की गति तथा अन्य इंद्रियों की क्रियाएँ, साथ ही सुख, दुःख, इच्छा, द्वेष और प्रयत्न आत्मा के गुण हैं। आत्मा अन्य पदार्थों के समान ही एक पदार्थ है, जिसमें चेतना का अस्तित्व है। चेतना, संज्ञान, बुद्धि इत्यादि पदार्थ के संश्लिष्ट सम्मिश्रणों की उपज हैं। आत्मा के घटक उस पदार्थ में अंतर्निहित होते हैं जो जीवों का मूलाधार होता है और वे उससे बाहर अथवा स्वतंत्र नहीं रहते। किसी वस्तु का ज्ञान केवल तब होता है जब उस वस्तु के आत्मा और इंद्रियों का सम्पर्क होता है। आत्मा मन से संयुक्त होने पर ही क्रियाशील होती है। किंतु ज्ञान प्राप्त करने के लिए बाह्य यथार्थ का विद्यमान होना आवश्यक है। अतः

जो भी अनुभव हम करते हैं। उसके समानांतर बाह्य जगत में यथार्थ मौजूद रहता है।

भारतीय दर्शन परम्परा में वैशेषिक दर्शन महर्षि कणाद की एक महत्त्वपूर्ण प्रस्थापना के रूप में उभरता है। उन्होंने मस्तिष्क के अलावा जीवन और शक्ति के स्रोत के रूप में आत्मा की अवधारणा प्रतिपादित की, लेकिन ईश्वर द्वारा आत्मा की निर्मिति मानने से इनकार कर दिया। पृथ्वी, अग्नि, जल आदि की ही तरह विशिष्ट गुण सम्पन्न आत्मा को भी एक मूल पदार्थ के रूप में माना। कर्म को परमाणुओं में गति उत्पन्न करने वाला बताया। परिणामत: इस कर्म ने एक रहस्यवादी अभिकरण का रूप धारण कर लिया और आगे के अनेक भाष्यकारों ने इस दर्शन के अंतर्गत ईश्वर की अवधारणा स्थापित करने के लिए इसका भरपूर इस्तेमाल किया। उन्होंने तर्क दिया कि ये अपरिवर्तनीय परमाणु स्वत: ब्रह्माण्ड को जन्म नहीं दे सकते। इस तरह एक तर्कसंगत भौतिकवादी दर्शन होते हुए भी आदर्शवादी भाष्यकारों के हाथों पड़ कर इसमें कई विकृतियाँ एवं विसंगतियाँ पैदा हो गयीं।

देखें : आर्यभट्ट और *आर्यभटीय,* उपनिषद्, कपिल, *अर्थशास्त्र* और कौटिल्य, गोपीनाथ कविराज, गोविंद चंद्र पाण्डे, चैतन्य महाप्रभु, जैन दर्शन, न्याय दर्शन, दया कृष्ण, नागार्जुन, पतंजलि और *योगसूत्र,* पाणिनि और *अष्टाध्यायी,* पुराण, पूर्व-मीमांसा दर्शन, बदरी नाथ शुक्ल, बादरायण, बौद्ध दर्शन, *भगवद्गीता,* भरत और *नाट्यशास्त्र,* मुकुंद लाठ, *भागवत पुराण, महाभारत,* यशदेव शल्य, योग दर्शन, रामानुजाचार्य, राम अवतार शर्मा, लोकायत, वात्स्यायन और *कामसूत्र,* वेदांत दर्शन, शंकराचार्य, षड्-दर्शन-1 और 2, संस्कृत काव्यशास्त्र, स्मृति-साहित्य, सांख्य दर्शन-1 और 2, सिद्ध-नाथ परम्परा।

संदर्भ

1. वियोगी हरि (सम्पा.) (2011), *हमारी परम्परा,* सस्ता साहित्य मण्डल प्रकाशन, नयी दिल्ली.
2. के. दामोदरन (2001), *भारतीय चिंतन परम्परा,* अनुवाद : जी. श्रीधरन, पीपुल्स पब्लिशिंग हाउस, नयी दिल्ली.
3. सर्वपल्ली राधाकृष्णन (2012), *भारतीय दर्शन (2),* अनु. नंद किशोर गोभिल, राजपाल ऐंड संज़, नयी दिल्ली.
4. चंद्रधर शर्मा (1991), *भारतीय दर्शन : आलोचना और अनुशीलन,* मोतीलाल बनारसी दास, नयी दिल्ली.

— अजय कुमार पाण्डेय

वैष्णव धर्म

(Vaishnavism)

भारत के सांस्कृतिक नवजागरण का एक बड़ा भाग वैष्णव धर्म के मूल सिद्धांत-चिंतन से जुड़ा है। इस चिंतन का एक विशिष्ट पक्ष है अवतारवाद। इस सूत्रीकरण के मुताबिक़ लोक-कल्याण के लिए ब्रह्म अवतार धारण करता है और लोक के कष्टों को दूर करता है। इस तरह अवतारवाद ने ब्रह्म के मनुष्य-रूप में जन्म लेने का सिद्धांत दिया। वैदिककाल से ही विष्णु का जागरण रूप मिलता है। ऋग्वेद में विष्णु का स्थान इंद्र और वरुण के बाद है। वह वैदिक काल का प्रधान देव नहीं है। अचानक सामाजिक स्थितियों ने पलटा खाया और पौराणिक काल में विष्णु का चरित्र सभी देवों से ऊपर आ गया। देखते-देखते महाभारत में ब्रह्मा और महेश के बीच विष्णु की प्रतिष्ठा हो गयी। इसके बाद तो विष्णु पुराण तक आते-आते विष्णु की महिमा का लोक बहुत व्यापक हो गया— उनकी छवि में अस्त्र-शस्त्र, शंख, चक्र आदि शामिल हो गये। विष्णु का यह रूप वैष्णव-भक्तों में प्रेम-रस सिंधु, कृपासिंधु बनकर उपासना-क्षेत्र में छा जाता है। भागवत पुराण के समय तक वैष्णव सम्प्रदाय 'पांचरात्र सम्प्रदाय' के रूप में महत्त्वपूर्ण स्थान प्राप्त कर लेता है। विकास की इस लम्बी यात्रा में वैष्णव-भावना ने कई रूप प्राप्त किये। विष्णु-नारायण-वासुदेव के मिलन से विष्णु का वर्चस्व अनंत हो गया। मत्स्य, कूर्म, वाराह, वामन, नारद, ब्रह्मवैवर्त, विष्णु, भागवत आदि पुराणों ने परम्परा का पुनराविष्कार किया— निरंतर नये होने वाले मिथक, आख्यान, रूपक जुड़े-बने। अवतारवाद ने राम और कृष्ण को लीला के केंद्र में लाकर वैष्णव-भावना की सर्जनात्मकता को उत्पाद्य-लावण्य की शक्ति से सम्पन्न बना दिया।

कालगति के साथ वैष्णव-भावना का दार्शनिक-सामाजिक आधार मज़बूत हुआ और विचारधारा के नाम पर उसके साथ अनेक संदर्भ और गोष्ठी-संवाद जुड़ गये। उदाहरणार्थ महाभारत के नारायणीय उपाख्यान में भक्ति का विस्तृत वर्णन-दर्शन है। वेदों का यज्ञवादी कर्मकाण्ड, उपनिषदों का ज्ञानकाण्ड यहाँ आकर भावना-व्यापार में सामने आया। श्वेतद्वीप के भक्तजन उज्ज्वल नीलमणि की तरह पवित्र हैं— और द्वेषहीन। इसी सामाजिक प्रवाह में गीता का भक्तियोग आया और भक्ति को परम योग के बराबर स्थान मिला। भागवत का प्रेम-रस, कथा-रस जीवन में शक्ति पाने लगा। श्रवण-कीर्तन, अर्चना-वंदना का संसार-संगीतमय होने लगा। बौद्ध-धर्म, जैन-धर्म के प्रभाव से वैष्णव-धर्म में जो शिथिलता आयी थी, उसे शंकराचार्य ने और बढ़ाया। शंकर

का अद्वैतवाद वैष्णव-भक्ति भावना के प्रतिकूल पड़ा। फिर मायावाद का जटिल चिंतन-तंत्र जनता के मन से दूर रहा। संयोग ऐसा बना कि दक्षिण में शंकर का अद्वैतवाद जिस समय जूझ रहा था उसी समय दक्षिण के आलवार भक्त (पाँचवीं से लेकर नौवीं शताब्दी तक) वैष्णव-भक्ति भावना का प्रसार कर रहे थे। दक्षिण में भक्ति की दूसरी परम्परा शैव नायनमार भक्तों की थी और उसमें भी एक नया जनाधार उमड़ रहा था। शिव-भक्ति धारा तथा विष्णु भक्ति-धारा ने शंकर के अद्वैतवाद का पूरा पाठ ही पलट दिया। ग्यारहवीं शताब्दी में सगुण भक्ति के आचार्य रामानुजाचार्य ने वैष्णव धर्म को एक शक्तिशाली भक्ति आंदोलन में बदल डाला। श्री सम्प्रदाय के प्रवर्तक रामानुजाचार्य ने विशिष्टाद्वैतवाद के रूप में भक्ति को समर्थ दार्शनिक आधार प्रदान किया। रामानुजाचार्य के वैष्णव धर्म चिंतन को रामानंद उत्तरी-भारत में लाये। पूरे देश में भक्ति-आंदोलन का प्रवाह तेज़ गति से प्रवाहित हुआ। दक्षिण के प्रस्थान ग्रंथों में भागवत तथा तमिल दिव्य प्रबंधन ने पल्लव राजाओं का आश्रय पाकर भक्ति को नया आयाम दिया। भक्ति में सभी वर्गों और जातियों के लोग भेदभाव भूलकर आये। पिछड़ी जातियों ने अपने संत और कवि पैदा किये। यहाँ तिरुप्पल जैसे अन्त्यज हैं, तो अंडाल जैसे नारी-भक्त हैं। संत नाथमुनि ने नवीं शताब्दी में *दिव्य प्रबंधक* के पदों का संग्रह किया और श्रीरंग जी के मंदिर में पद-गायन, कीर्तन-संगीत की व्यवस्था की।

शैव-नायनार, वैष्णव-आलवार भक्तों ने शास्त्र की मर्यादाओं को तोड़कर आगे क़दम बढ़ाया। लोक को पुष्ट करने के कारण जन-मन में भक्ति-भाव और वैष्णव पूजा उपासना-अर्चना का प्रसार-प्रसार हुआ। भक्ति-सिद्धांत में प्रेम ही परम पुरुषार्थ बताया गया। उसमें बाह्य आडम्बर तथा कर्मकाण्ड को स्थान नहीं दिया गया। नतीजा यह हुआ कि लोक भाषाओं में लोक संस्कृति की सर्जनात्मकता का द्वार खुल गया। प्रपत्तिवाद और शरणागति ने अहं के विसर्जन तथा समर्पण को अपनाया। आलवारों ने सगुणवाद को लेकर कृष्ण और राम को व्यापक समर्थन दिया।

रामानुजाचार्य की शिष्य परम्परा में रामानंद आये। उन्होंने राम के लोक कल्याणकारी रूप को जनता में प्रतिष्ठित किया। वल्लभाचार्य ने विष्णु के अवतार रूप कृष्ण भक्ति का प्रचार किया। उनके द्वारा प्रवर्तित मार्ग 'पुष्टिमार्ग' नाम से प्रसिद्ध हुआ। भगवान के अनुग्रह से प्राणी प्रेम प्रधान-भक्ति की ओर अग्रसर हुआ। यहाँ लीलामय-प्रेममय-रसमय कृष्ण का पूर्णावतार रूप प्रकट हुआ इस तरह वैष्णव धर्म प्रधान भक्ति आंदोलन पंद्रहवीं-सोलहवीं शताब्दी में राम और कृष्ण के लोक नायकत्व को लेकर पूरे देश में फैल गया।

भक्ति काल को 'स्वर्णयुग' बनाने का बड़ा भारी श्रेय इन वैष्णव भक्तों-कवियों-आचार्यों को जाता है। सुर-तुलसी की अपार सर्जनात्मक प्रतिभा ने काव्य कला के शिखर-सोपान स्पर्श किये। भारतीय चिंतन-धारा का स्वाभाविक विकास इन वैष्णव कवियों के कवि-कर्म में हुआ। उनकी प्रतिभा से पुरोहितवाद-कर्मकाण्डवाद के दाँत ढीले पड़ गये, देवभाषा कही जाने वाली संस्कृत का वर्चस्व टूटा और लोक-भाषाओं में लीलागान शुरू हो गया। कृष्णलीला-रासलीला ने ब्रज-रस का हृदयों में विस्तार किया और राधा की छवि लोक के चित्त को रंजित-उद्वेलित करने लगीं। आद्या-शक्ति माया का सीता—राधा के रूप में प्राकट्य हुआ। कुंज-कुटीरों में कृष्ण राधा के पैरों को पलोटने लगे। यहाँ झोपड़ियों ने महलों को चुनौती दी। गीत-काव्य की धारा में हृदय फूट पड़ा तथा बहुत सा पशुचारण काव्य गाया गया। कृषि-संस्कृति के मनोहारी रूपों ने संगीत-कला-दर्शन का नया सौंदर्यशास्त्र ही निर्मित कर दिया।

वैष्णव भावना के नवीन उन्मेष में रामानंद, वल्लभाचार्य, मध्वाचार्य, चैतन्य महाप्रभु तथा अनेक नामदेव-ज्ञानदेव जैसे मराठी संतों की भूमिका का हाथ रहा है। वल्लभ, मध्वाचार्य, निम्बार्काचार्य, रामानंद जैसे वैष्णवाचार्यों ने वैष्णव भक्ति का दार्शनिक वैचारिक आधार दृढ़ किया और भक्ति-मार्ग से जो बाधाएँ थीं उन बाधाओं को दूर करने का प्रयत्न किया। इससे स्थिति में क्रांतिकारी परिवर्तन आया। रामानंद के जाति-पाँति तोड़क भक्तिवाद ने नाई, धोबी, जुलाहा, कुम्हार, धानुक सभी पिछड़ी-दलित जातियों के लोगों को आकृष्ट किया। इन सभी जातियों ने अपने संत-कवि पैदा किये और लोक-भाषाओं की सर्जनात्मकता में उन्मेष आया। कबीर, धन्मा, रैदास, रज्जब, पलटूदास जैसे संत कवियों की विद्रोही चेतना के मूल में रामानंद ही हैं। इस दृष्टि से रामानंद को मध्यकालीन भक्ति-आंदोलन के चिंतन का मेरुदण्ड मानना चाहिए।

विद्वानों ने यह तक़रीबन मान लिया है कि वैष्णव-भावना का उदार मानवतावादी आधार सामाजिक प्रसार की दृष्टि से रामानंद की देन है। मध्यकाल के सामंती परिवेश में रामानंद का यह लोक-जागरण क्रांतिकारी क़दम है। महाप्रभु वल्लभाचार्य ने अष्टछाप तथा कृष्ण-भक्ति से सूर नंददास जैसी प्रतिभाओं को जनता के सामने प्रस्तुत किया और हलवाहा-चरवाहा-संस्कृति को आधार देकर काव्यात्मकता में प्रतिष्ठित किया। महाप्रभु चैतन्य ने न केवल जातियों के बंधन तोड़े बल्कि विधवा-विवाहों को प्रोत्साहन दिया। वैष्णव-भावना ने 'रामहि केवल प्रेम पियारा' के चिंतन को केंद्र में लाकर प्रेम को पाँचवा पुरुषार्थ घोषित किया। प्रेम-चिंतन का बैकुंठी-भाव अपनी उज्ज्वल भावना से मीरां बना, रसखान बना और जायसी बना। मूल बात यह कि भारत में सर्वधर्म समभाव का यह व्यापक प्रयोग था जिसे वैष्णव भक्ति-भावना ने आगे बढ़ाया। इसी प्रयत्न से गुजरात, महाराष्ट्र, बंगाल,

असम का पद-साहित्य प्रस्तुत किया गया। भारतीय भाषाओं पर इस वैष्णव-चिंतन ने अनेक प्रकार से प्रभाव डाला।

मराठी के संत क्रांतिकारिता और बौद्धिकता से अधिक सम्पन्न रहे हैं। ज्ञानेश्वर, एकनाथ, नामदेव आदि संत जाति-बंधन को अस्वीकार करते हैं। असम में शंकरदेव ने रामभक्ति का नया भाष्य किया। पंजाब में गुरु नानक देव ने वर्ण व्यवस्था और मूर्तिपूजा को अस्वीकार किया। चमत्कारवाद, करामाती करतबों से दूर रह कर वैष्णव संतों ने प्रेम-गीत गाकर 'हृदय-संवाद' स्थापित किया। मूल विचार यह कि वैष्णव-भावना में आलवार भक्तों का कावेरी प्रवाह, रामानंद की पतित उद्धारणी गंगा-धारा, कबीर की सुधार भावना, तुलसीदास का लोकधर्म, चैतन्य का प्रेमरस विस्तार, नानक का मूर्तिपूजा खण्डन, सूफ़ियों का प्रेम विस्तार सभी मिलकर एक अनूठे रासायनिक मिश्रण की निष्पत्ति करते हैं। वैष्णवाचार्य शास्त्र-चर्चा और दार्शनिक-चर्चा में नये भाष्य, नये विमर्श प्रस्तुत करते हैं। यह सभी-गतिविधियाँ लोक भाषाओं में होती हैं, जिससे लोकानुभूति एवं लोक संवेदना का रचनात्मक प्रकाश फैलता है। यहाँ जड़वादी शास्त्रवाद, पुरोहितवाद, कर्मकाण्डवाद, ब्राह्मणवाद को स्वीकृति नहीं है। हाँ, संतों ने आत्मालोचन, आत्मसाक्षात्कार, सगुण-निर्गुण उपासना पर ज़ोर दिया। साथ ही ब्राह्मणवाद, पुरोहितवाद, शास्त्रवाद का वर्चस्व तोड़कर एक नया जागरण जनता में उत्पन्न किया। ईश्वर की स्वीकृति मनुष्य में दी। लीलावाद और रसवाद के मोरपंख खोल दिये। गीता का 'परित्राणभव साधुनां, विनाशाय च दुष्कृताम' का संदेश-दर्शन राम और कृष्ण के माध्यम से प्रकट हुआ। वल्लभाचार्य ने लीला-ब्रह्म के लीला भाव को एक सांस्कृतिक-दार्शनिक आधार क्या दिया, रासलीला की धूम मच गयी। इस चिंतन से कलाओं का, विशेषकर संगीत का नया प्रवर्तन हुआ। नवधा-भक्ति की परम्परा में कुम्भनदास का संगीत विशेष रंग लाया।

वैष्णव-भक्ति भावना का लोकजागरण-भाव आधुनिक भारतीय-भाषाओं के साहित्य को नयी संजीवनी शक्ति देता रहा है। यहाँ पुरोहितवाद का निषेध क्या हुआ—मानव-धर्म या लोक-धर्म नये अर्थों को लेकर सामने आया। महाभारत का कर्मयोगी कृष्ण भागवत-भाव में मधुरा भक्ति, प्रेमा-भक्ति के रूप में प्रकट हुआ। प्रेमा-भक्ति ने सभी सीमाओं को तोड़कर रीतिकाल में 'केलिक्रीड़ा' भाव से देहवाद-भोगवाद का रूप धारण कर लिया। भक्तिकाल में मनुष्य और प्रकृति तदाकार रहे। यमुना, गाय-ग्वाले सभी एक अनन्य भाव में बँधकर कृष्ण को गा उठे। विरह में 'मधुवन तुम कत रहत हरे' का प्रेम-दर्शन निखर कर उमड़ पड़ा। वर्ण, जाति, समुदाय, कुल, वर्ग की अस्वीकृति ने पूरा दृश्य ही बदल दिया। यही दृश्य आचार्य क्षितिमोहन सेन तथा रवींद्रनाथ को प्रभावित करता है और वे लोग कबीर को सराहते हैं। वैष्णव चिंतन से ही भारतेंदु बाबू तथा रवींद्रनाथ ठाकुर ने उच्चतर मानव मूल्य ग्रहण किये। निराला, मैथिलीशरण गुप्त, माखनलाल चतुर्वेदी तथा दिनकर जैसे कवियों ने अध्यात्मवाद का आग्रह छोड़कर 'परम्परा' का पुनर्भाष्य किया। वैष्णव-भावना ही अज्ञेय को आकृष्ट करके भागवत भूमि यात्रा की ओर ले गयी। हिंदी के अनेक बड़े रचनाकारों ने मथुरा से द्वारका तक का निरंतर भ्रमण किया और राम व कृष्ण के लोकनायकत्व पर विचार करके निष्कर्ष निकाला कि यह देश वैष्णव छाते के नीचे ही अपना मूल अर्थ पा सका है। 'भारत भारती' की प्रार्थना ने देश-प्रेम को नया अर्थ-विस्तार किया और मैथिलीशरण गुप्त, गाँधी, लोहिया आदि ने भारतीय जीवन का नया मंगलाचरण नरसी मेहता, तुलसी के कंठ से कंठ मिला कर गाया। इसी भूमि पर सुब्रह्मण्यम भारती, वल्लतोल खड़े होकर नया देश-प्रेम-रस जनता को पिलाते रहे। काका साहब कालेलकर ने देशभक्ति-रस को वैष्णव-चेतना से जोड़कर क्रांतिकारी रूप दिया। उपनिवेशवाद विरोधी संघर्ष के दौरान वैष्णव का अर्थ लिजलिजापन न रहा, बल्कि खरापन और विद्रोही-चिंतन का विचार हो गया।

देखें : अष्टछाप, 'अंग्रेज़ी हटाओ' आंदोलन, गजानन माधव मुक्तिबोध-1 और 2, छायावाद, डायग्लॉसिया, नंद दुलारे वाजपेयी, नगेंद्र और सैद्धांतिक समीक्षा, नयी कविता, नामवर सिंह, पाश्चात्य काव्यशास्त्र, प्रेमचंद, प्रयोगवाद, प्रगतिवाद, भक्ति आंदोलन-1 और 2, भक्ति-काव्य-1 और 2, भारतेंदु हरिश्चंद्र, भारतेंदु युग-1 और 2, भाषा नियोजन-1 से 4 तक, भाषा के मार्क्सवादी सिद्धांत, महादेवी वर्मा, महावीर प्रसाद द्विवेदी, मीरांबाई और प्रेमाभक्ति, राहुल सांकृत्यायन, रामानुजाचार्य, रामानंद, रामचंद्र शुक्ल-1 और 2, रामविलास शर्मा, राष्ट्रीय-सांस्कृतिक कविता, रीतिकाल-1 और 2, विजय देव नारायण साही, श्याम सुंदर दास, सम्पर्क भाषा-1 से 4 तक, सगुण और निर्गुण-1 और 2, संस्कृत काव्यशास्त्र, संविधान सभा में भाषा-विवाद-1, 2 और 3, संत-काव्य, सिद्ध-नाथ परम्परा, सूफ़ीयत और प्रेमाख्यान, हजारी प्रसाद द्विवेदी, हिंदी विरोधी आंदोलन, हिंदी जाति-1 से 3 तक, हिंदी साहित्य का आदिकाल, हिंदी साहित्य का इतिहास, हिंदी साहित्य का इतिहास : नये परिप्रेक्ष्य, हिंदी-पद्य में इतिहास, हिंदी-जगत और 'लोकप्रिय'-1 और 2, हिंदी नवजागरण, हिंदी-संस्थाएँ।

संदर्भ

1. रामविलास शर्मा (2000), *भारतीय संस्कृति और हिंदी प्रदेश* भाग 1-2, किताब घर प्रकाशन, नयी दिल्ली.
2. रामविलास शर्मा (1981), *परम्परा का मूल्यांकन,* राजकमल प्रकाशन, नयी दिल्ली.
3. रामविलास शर्मा (2000), *लोक जागरण और रामचंद्र शुक्ल,* वाणी प्रकाशन, नयी दिल्ली.
4. आचार्य रामचंद्रशुक्ल (1940), हिंदी साहित्य का इतिहास, काशी नागरी प्रचारिणी सभा, काशी.
5. रामधारी सिंह दिनकर (1966), *संस्कृति के चार अध्याय,* उदयाचल, पटना.

— कृष्णदत्त पालीवाल

श

श्यामा चरण दुबे-1

(ग्राम्य अध्ययन के पुरोधा)

(Shyama Charan Dubey-1)

भारतीय समाजशास्त्र में ग्राम्य अध्ययन के प्रणेता, विकास की अवधारणा और उसके व्यावहारिक पक्षों के सतत अन्वेषी तथा देशज सामाजिक विज्ञानों के विवेकशील पैरोकार श्यामा चरण दुबे (1922-1996) समाजशास्त्रियों की उस पीढ़ी के सदस्य थे जिसने आज़ादी के बाद वैश्विक ज्ञान-व्यवस्था में अपने कृतित्व और पक्षधरता के दम पर ख़ास मुक़ाम हासिल किया है। हिंदीभाषी क्षेत्र के लिहाज़ से तो दुबे उन विरल समाजशास्त्रियों में थे जिन्होंने अपने मौलिक लेखन के लिए अंग्रेज़ी के साथ-साथ हिंदी को भी चुना। जीवन के आख़िरी दौर में तो उन्होंने अंग्रेज़ी में लिखना पूरी तरह से बंद कर दिया था। दुबे के समकालीन समाजशास्त्री उनकी अन्वीक्षण क्षमता के साथ उनके भाषाई कौशल के भी कायल थे। अनुशासनगत प्रशिक्षण के लिहाज़ से श्यामा चरण दुबे राजनीति विज्ञान की पृष्ठभूमि से आये थे जबकि उनकी पहचान मानवशास्त्री और समाजशास्त्री के तौर पर क़ायम हुई। उनके बौद्धिक अंतरण का यह आयाम इस बात का परिचायक माना जा सकता है कि दुबे की दृष्टि अपनी बनावट में ही अंतर-विषयक थी। शायद इसी कारण उन्हें सीमांतों का अन्वेषी भी कहा गया है। कई पवित्रतावादी विद्वान उन्हें औपचारिक समाजशास्त्री या मानवशास्त्री का दर्जा देने में संकोच करते रहे लेकिन दुबे का बौद्धिक पराक्रम कुछ ऐसा था कि उन्होंने अनुशासनों की सँकरी सीमाओं को कभी मंजूर नहीं किया। इसलिए कई विद्वान उन्हें समाजशास्त्री के बजाय समाज-विज्ञानी कहना ज़्यादा पसंद करते हैं।

दुबे बहुकृतिक समाज-विज्ञानी थे। समाज और मानवशास्त्र के अनुशासनों में उनका लेखन न केवल विपुल है बल्कि विषयों के चयन की दृष्टि से भी राज्य, व्यक्ति और समाज के ज्वलंत मसलों के नज़दीक बैठता है। हालाँकि अनुशासनगत शोध के लिहाज़ से दुबे की ख्याति का आधार उनकी दो पुस्तकें *इण्डियन विलेज* तथा *इण्डियाज़ चेंजिंग विलेजिज़* मानी जाती हैं, लेकिन एक उदीयमान समाजशास्त्री के रूप में वे अपने शुरुआती अध्ययन *.फ़ॉक सांग्ज़ ऑफ़ छत्तीसगढ़* और *द कमार* में ही पर्यवेक्षण की सूक्ष्म क्षमता, ब्योरों की बहुलताओं को साधने की विशिष्टता और विचारों की प्रस्तुति को जीवंत बनाने की कला में अपनी जगह पक्की कर चुके थे। कई समाजशास्त्री *द कमार* को एथनोग्राफ़ी विवरण का अनुकरणीय उदाहरण मानते हैं। उनकी अन्य उल्लेखनीय कृतियों में *एक्सप्लेनेशन ऐंड मैनेजमेंट ऑफ़ चेंज, कंटेम्पररी इण्डिया ऐंड इट्स मॉडर्नाइज़ेशन, ऑन क्राइसिस ऐंड कमिटमेंट इन सोशल साईंसिज़, मॉडर्नाइज़ेशन ऐंड डिवेलपमेंट : सर्च फ़ॉर आल्टरनेटिव्ज़, इण्डियन सोसाइटी, ट्रेडिशन ऐंड डिवेलपमेंट, डिवेलपमेंट पर्सपेक्टिव्ज़ फ़ॉर द नाइंटीन ऐटीज़, अंडरस्टैंडिंग चेंज : एंथ्रोपॉलोजिकल ऐंड सोसियोलॉजिकल पर्सपेक्टिव्ज़* शुमार की जाती हैं। उन्होंने अंग्रेज़ी के अलावा हिंदी में भी प्रचुर और नियमित लेखन किया। *मानव और संस्कृति, शिक्षा और समाज, परम्परा, इतिहास बोध और संस्कृति; शिक्षा, समाज और भविष्य, संक्रमण की पीड़ा, भारतीय ग्राम, समय और संस्कृति, विकास का समाजशास्त्र* जैसी रचनाओं ने हिंदी में समाजशास्त्रीय चिंतन और लेखन के लिए पूर्व-पीठिका का काम किया। इस तथ्य पर अलग से ध्यान नहीं दिया जाता कि जीवन के अंतिम वर्षों में दुबे मुख्यत: हिंदी में ही लिखने लगे थे।

श्यामा चरण दुबे की बौद्धिक यात्रा एक तरह से भारत में समाजशास्त्र और मानवशास्त्र की विकास यात्रा भी कही

श्यामा चरण दुबे (1922-1996)

जा सकती है। इन अनुशासनों के ढाँचे और विन्यास को गढ़ने में उनकी प्रमुख भूमिका रही है। पाँचवें दशक के दौरान उन्होंने ग्राम्य अध्ययन के क्षेत्र में एक नयी प्रवृत्ति का सूत्रपात किया। उनकी कृति *इण्डियन विलेज* गाँव पर केंद्रित पहला मुकम्मल अध्ययन था। इसे आज भी एक क्लासिक ग्रंथ माना जाता है। यह कृति इसलिए भी उल्लेखनीय मानी जाती है कि एक मानवशास्त्री आदिवासियों के बजाय गाँव की संरचना का अध्ययन कर रहा था। यह पुस्तक शोध के क्षेत्र में एक नये प्रस्थान बिंदु का भी प्रतीक थी क्योंकि इस पुस्तक में निहित शोध-कार्य किसी एक व्यक्ति के बजाय पूरे समूह ने किया था। 1958 में उन्होंने भारत के सामुदायिक कार्यक्रम पर भी एक किताब लिखी। इन दो रचनाओं ने उन्हें ग्राम्य अध्ययन का शीर्ष विद्वान साबित किया।

अपनी क्लासिक कृति *इण्डियन विलेज* में दुबे गाँव की विस्तृत संरचना का विवेचन करते हुए इस तथ्य की ओर ध्यान दिलाते हैं कि देश के ग्रामीण क्षेत्रों की समस्याएँ भले ही एक जैसी दिखती हों लेकिन इस प्रतीति के आधार पर गाँव की सामाजिक और सांस्कृतिक संरचना को पूरे देश में एक समान मानने की गलती नहीं की जानी चाहिए। गाँव दुबे के लिए एक बहुलतावाचक संज्ञा है। इसलिए वे इस बात पर ज़ोर देते हैं कि गाँव के विभिन्न प्रकारों का समुचित अध्ययन करने के लिए उनके आकार, आबादी, भू-क्षेत्र; जनजातीय संघटन तथा जातियों के विवरण; भू-स्वामित्व के पैटर्न; प्राधिकार की संरचना और सत्ता के पदानुक्रम; दूसरे गाँवों से पृथकता; तथा स्थानीय परम्पराओं आदि का जायज़ा लिया जाना चाहिए। इन विवरणों के आधार पर दुबे यह सूत्र प्रतिपादित करते हैं कि किसी भी गाँव को ग्रामीण भारत का प्रारूपिक या प्रतिनिधि उदाहरण नहीं माना जा सकता। लिहाज़ा, उनके अनुसार जब तक देश के विभिन्न क्षेत्रों में ग्राम समुदायों का उनकी बनावट और मान्यताओं के आधार पर सिलेसिलेवार अध्ययन नहीं किया जाता तब तक ग्रामीण भारत की सामाजिक व्यवस्था की तस्वीर धुँधली बनी रहेगी।

ग्राम्य-अध्ययन के महत्त्व की ओर इंगित करते हुए दुबे भारतीय गाँव के संरचनात्मक तत्त्वों पर रोशनी डालते हुए यह कहते हैं कि गाँव एक इलाक़ाई, सामाजिक, आर्थिक और आनुष्ठानिक इकाई के साथ एक पृथक और सुस्पष्ट संरचना भी है। वे गाँव को मिश्रित आबादी की संरचना के तौर पर देखते हैं जिसमें हिंदू जातियों के अलावा आदिवासी व अन्य धर्मों के सदस्य भी हो सकते हैं। जहाँ तक ग्रामीण आबादी के हिंदू हिस्से का सवाल है तो उसके विभिन्न समूह समुदाय की सामाजिक, आर्थिक, आनुष्ठानिक तथा प्रशासनिक बनावट का अंग होते हैं। उनके मुताबिक़ गाँव में कोई भी जाति पूरी तरह आत्मनिर्भर नहीं हो सकती क्योंकि उसे अन्य दस्तकार व व्यवसाय करने वाली जातियों की सेवाएँ लेनी पड़ती हैं। दुबे बताते हैं कि आपसी सहयोग और श्रम पर आधारित यह व्यवस्था केवल आर्थिक गतिविधियों पर ही नहीं बल्कि कर्मकाण्डों और अनुष्ठानों पर भी लागू होती है। पुस्तक में दुबे इस बात पर भी ज़ोर देते हैं कि गाँव को एक स्पष्ट और पृथक इकाई के साथ अन्य गाँवों की अंतर-सांगठनिक शृंखला में एक कड़ी के तौर पर भी देखा जाना चाहिए। इस तरह अगर हम किसी एक गाँव की बात करें तो उसकी बनावट को परिभाषित करने वाले कई पहलू एक ओर भारत की वृहत्तर परम्पराओं से अपने तत्त्व ग्रहण करते हैं तो दूसरी तरफ़ उसकी मूल्यव्यवस्था, मान्यताओं और सामान्य जीवन की परिपाटी को उस इलाक़े या सांस्कृतिक क्षेत्र की परम्पराएँ भी व्यापक अर्थ में प्रभावित करती हैं। उनके इस प्रतिपादन को सूत्रबद्ध करें तो भारतीय गाँव को एक ऐसी दोहरी संरचना के रूप में व्याख्यायित किया जा सकता है जो बृहत्तर समुदाय से पृथक तो दिखाई देती है लेकिन उसे वृहत्तर समुदाय से पूरी तरह अलग थलग भी नहीं कहा जा सकता। लिहाज़ा उसे वृहत्तर समुदाय में अवस्थित एक अन्य समुदाय के तौर पर देखा जाना चाहिए।

एक समाजशास्त्री के तौर पर उनका मानना था कि बदलावों को समझने के लिए सामाजिक संरचना की विभिन्न इकाइयों को पड़ताल का विषय बनाया जाना चाहिए। दुबे

सामाजिक संरचना में आने वाले बदलावों को इन्हीं इकाईगत विवरणों के ज़रिये चिह्नित करते हैं। उनका मानना है कि बदलावों की दिशा चिह्नित करने के लिए समाज में काम कर रही विभिन्न शक्तियों और कारकों तथा उनकी अंतक्रियाओं का अध्ययन किया जाना चाहिए। भारतीय सामाजिक संरचना को प्रभावित करने वाली शक्तियों में दुबे पश्चिमी प्रभाव के स्वरूप उभरी प्रशासनिक, न्यायिक तथा विधायी संस्थाओं; संचार और परिवहन की नयी प्रणाली तथा औद्योगिकीकरण; पश्चिमी शिक्षा प्रणाली; राष्ट्रीय जागरण से उद्भूत बदलावों; तथा औपनिवेशिक सरकार द्वारा राष्ट्र निर्माण से जुड़ी गतिविधियों व आज़ादी के बाद सामुदायिक विकास कार्यक्रम के अंतर्गत शुरू किये गये कार्यों को सबसे प्रमुख मानते हैं। उनके अनुसार इन शक्तियों और कारकों का भारतीय ग्राम समुदायों की संरचना और संघटन पर अचूक प्रभाव पड़ा है। दुबे का कहना है कि इन प्रक्रियाओं के कारण ही सामाजिक संरचना में व्यक्ति की हैसियत जाति की प्रदत्त व्यवस्था के साथ व्यक्ति की अपनी क्षमता, सामर्थ्य और उपलब्धियों से भी तय होने लगी है।

लेकिन दुबे ग्रामीण संरचना में आ रहे बदलावों की पड़ताल में यह भी लक्षित कर रहे थे कि जाति की संरचना एक छोर पर भले ही कमज़ोर पड़ रही हो पर वह कई अप्रत्याशित दिशाओं में मजबूत भी होती जा रही है। सामाजिक बदलावों के विश्लेषण में उनकी यह अंतर्दृष्टि कई दशक बीतने के बाद भी ध्यान खींचती है कि समुदाय के उच्च स्तरों पर जहाँ आधुनिकीकरण को ज़्यादा अहमियत दी जाती है वहीं समुदाय के निचले स्तर पर संस्कृतीकरण को ज़्यादा महत्त्व दिया जाता है। यह ग़ौरतलब है कि पाँचवें दशक में जहाँ समाजशास्त्रियों का एक समूह यह क़यास लगा रहा था कि आधुनिकीकरण और पश्चिमीकरण के प्रभाव स्वरूप ग्रामीण समुदाय धीरे धीरे विखंडित होने लगेगा, वहीं दुबे अर्ध-शहरी क्षेत्रों में नातेदारी और जाति की संस्थाओं की दृढ़ता के आधार पर यह प्रतिपादित कर रहे थे कि ग्रामीण समुदायों के सामने कोई तात्कालिक ख़तरा मौजूद नहीं है। उनका कहना था कि कस्बों और शहरों के विस्तार के बावजूद गाँव अपनी पहचान क़ायम रखने में सफल रहेंगे।

दुबे की एक अन्य महत्त्वपूर्ण रचना *इण्डियाज़ चेंजिंग विलेजिज़* भारत में सामाजिक बदलावों की गतिकी को समझने के लिए आज भी एक अनिवार्य संदर्भ मानी जाती है। हालाँकि उस दौरान भारत में हो रहे सामाजिक सांस्कृतिक परिवर्तनों की आम प्रवृत्तियों को दुबे आधुनिकीकरण और पश्चिमीकरण की बृहत्तर प्रक्रियाओं से जोड़ कर देख रहे थे लेकिन नव-स्वाधीन भारत में शुरू किये गये सामुदायिक विकास कार्यक्रम की एक परियोजना के गहन अध्ययन ने उन्हें यह समझने की ओर प्रवृत्त किया कि बाहर से किये जाने वाले बदलावों और नवाचारों को लोग क्यों स्वीकार या खारिज करते हैं। इस क्रम में उन्होंने यह प्रतिपादित किया कि किसी भी नवाचार की सफलता बदलाव के एजेंट और ग्रहणकर्ता, ग्रहणकर्ता की सामाजिक हैसियत, प्रशासनिक जटिलताओं, गाँवों की राजनीतिक गुटबंदी आदि जैसे अनेकानेक कारकों पर निर्भर करती है।

देखें : इरावती कर्वे, गोविंद सदाशिव घुर्ये, जातियों का राजनीतीकरण, जाति और जाति-व्यवस्था-1 से 4 तक, प्रभुत्वशाली जाति, *भारतीय समाजशास्त्र-1 और 2,* मैसूर नरसिम्हचार श्रीनिवास, देवकी जैन, धीरूभाई शेठ, धूर्जटि प्रसाद मुखर्जी, नीरा देसाई, योगेश अटल, राधा कमल मुखर्जी, वेरियर एलविन, संस्कृतीकरण, त्रिलोकी नाथ मदन।

संदर्भ

1. योगेश अटल (सम्पा) (1992), *अंडरस्टैंडिंग इण्डियन सोसाइटी : फ़ेस्टश्रिफ्ट इन ऑनर ऑफ़ प्रोफ़ेसर एस.सी. दुबे,* हर-आनंद पब्लिकेशंस, नयी दिल्ली.
2. टी.एन. मदन (1996), *'श्यामा चरण दुबे* (1922-96) : *अ मेमॉअर', कंट्रीब्यूशन टू इण्डियन सोसियोलॉजी* (एन.एस.), खण्ड 30, अंक 2.

— नरेश गोस्वामी

श्यामा चरण दुबे-2

(देशज समाज-विज्ञान के पैरोकार)

(Shyama Charan Dubey-2)

श्यामा चरण दुबे के परवर्ती लेखन में विकास एक स्थाई जिज्ञासा और सरोकार की तरह मौजूद रहा है जहाँ वे अपने शोध-अनुभवों, समाज व मानवशास्त्रीय सिद्धांतों का दीर्घकालिक परिप्रेक्ष्य में इस्तेमाल करते हैं। कई समाजशास्त्रियों के अनुसार उनका यह लेखन नये शोधकर्ताओं और नीति-निर्माताओं को बदलाव की व्याख्या करने और दिशा-निर्धारण में ज़रूरी औज़ार मुहैया कराता है। इस अर्थ में कई विद्वान दुबे के परवर्ती लेखन को प्रस्थापनापरक लेखन भी मानते हैं। विकास और परम्परा के अंतर्संबंधों पर विचार करते हुए दुबे परम्परा को आधुनिकता के प्रसार में बाधक बताने वाले विकासवादी चिंतकों के पूर्वाग्रहों का जमकर खंडन करते हैं। वे इस धारणा को भ्रामक मानते हैं कि पारम्परिक समाज जड़ होते हैं। उन्होंने ऐसे चिंतकों की इस दलील का भी प्रत्याख्यान किया कि पारम्परिक समाजों की संस्कृति और संरचना एक सार होती

है। दुबे भारतीय संस्कृति को भी इसी नज़रिये से देखते हैं। भारतीय संस्कृति के एकत्व को वे एक ऐसी बहुलता के रूप में देखने का आग्रह करते हैं जिसने समय के साथ एक स्थिर आकार ग्रहण कर लिया है। भारतीय संस्कृति के लिए उन्होंने वृक्ष के बजाय नदी का रूपक चुना। जिससे यह ज़ाहिर होता है कि वे भारतीय संस्कृति के विकास और उसकी समृद्धि में कई तरह के ऐतिहासिक स्रोतों का योगदान मानते हैं। शायद यह भी एक वजह है कि दुबे परम्परा को विकास में अनिवार्य रूप से बाधक नहीं मानते। उन्हें परम्पराएँ अतीत का अवशेष नहीं लगती। उनका तर्क है कि परम्पराएँ इसलिए ज़िंदा रहती हैं क्योंकि समुदाय की अस्मिता, सामाजिक एकता, तथा अनिश्चय और संशय के काल में उनकी एक निश्चित भूमिका होती है। लिहाज़ा उन्हें समुचित और कारगर व्यवस्था का निर्माण किये बिना पारम्परिक संरचनाओं को अपदस्थ करने का ख़याल विचारणीय नहीं लगता। दुबे स्पष्ट शब्दों में कहते हैं कि केवल आर्थिक वृद्धि और विकास के लिए परम्पराओं को ख़ारिज नहीं किया जा सकता।

लेकिन ज़ाहिरा तौर पर परम्पराओं और संस्कृति की तरफ़दारी करते हुए दुबे इस बात पर भी ज़ोर देते हैं कि सांस्कृतिक पहचान को ज़्यादा तूल देने का मतलब एक विकृत इतिहास को प्रश्रय देना भी होता है। वे संस्कृति के राजनीतीकरण के ख़तरों से आगाह करते हुए यह कहते हैं कि ऐसी कोशिशें अक्सर संस्कृति के केंद्रीय मूल्यों और सर्जनात्मकता को नष्ट करके टकराव और हिंसा को बढ़ावा देती हैं। दुबे के संस्कृति चिंतन का सबसे प्रमुख तत्त्व यह है कि वे मानव संस्कृति के विकास को वैश्विक संदर्भ में रखकर आँकते हैं।

श्यामा चरण दुबे केवल समकालीन भारत के सामाजिक-सांस्कृतिक बदलावों के अध्येता ही नहीं थे। भारत में सामाजिक विज्ञानों की दशा और दिशा को लेकर भी उनकी चिंताएँ बहुत साफ़ थीं। उनका मानना था कि भारत में सामाजिक विज्ञानों का अध्यापन और शोध की स्थिति औपनिवेशिक मानसिकता से आक्रांत है। इस तरह दुबे को भारतीय समाजशास्त्र उधार की अवधारणाओं और शोध-पद्धतियों का समाजशास्त्र लगता था। उनके अनुसार इस औपनिवेशिक प्रभाव के कारण भारतीय समाजशास्त्र की सर्जनात्मकता कुंद हो गयी है। अपने लेखन में वे लगातार इस बात पर ज़ोर देते हैं कि भारतीय समाजशास्त्रियों को पश्चिम के चमकदार मॉडलों और छद्म बौद्धिकता की मरीचिका का पीछा छोड़ देना चाहिए। लेकिन जैसा कि हमने परम्परा और संस्कृति के संदर्भ में देखा, सामाजिक विज्ञानों के मामले में भी दुबे एकला चलो की नीति की हिमायत नहीं करते थे। उनकी उन अतीतजीवी बौद्धिकों से हमेशा बहस होती रहती थी जो समकालीन मसलों की व्याख्या प्राचीन शास्त्रों में ढूँढ़ने का दावा करते थे। पर इसके साथ ही वे भारतीय समाज की रैडिकल आलोचना करने वाले विद्वानों से भी मुठभेड़ करने को तत्पर रहते थे जो मार्क्स के बहाने भारतीय समाज के विश्लेषण में रैडिकल भंगिमा तो अपना लेते थे लेकिन स्थाई विश्लेषण के तौर पर कुछ ख़ास नहीं कर पाते थे।

एक चिंतक के तौर पर दुबे की अहम चिंता यह भी थी कि समाज-विज्ञानों के शोध कार्य का समाज के बृहत्तर यथार्थ से वास्ता क्यों नहीं है। उनका कहना था कि भारतीय समाजशास्त्री कई ग़ैर-ज़रूरी विषयों पर ही इतनी ऊर्जा ख़र्च कर डालते हैं कि उनका गम्भीर मसलों पर ध्यान ही नहीं जा पाता। इस प्रसंग में उनका यह सवाल आज भी उतना ही प्रासंगिक है कि आज़ादी की पीड़ा और विभीषिका के प्रति भारतीय समाजशास्त्र का रवैया इतना सुस्त और सरोकारहीन क्यों रहा है। उनका यह प्रश्न भी उत्तर की प्रतीक्षा में है कि भारत में समाजशास्त्र मानवीय सरोकारों और उद्देश्यों से लैस क्यों नहीं हो पाया है। सातवें दशक में समाजशास्त्र में नये विषयों की फ़ैशनपरस्ती को लेकर दुबे का नज़रिया ख़ासा सख़्त होने लगा था। प्रासंगिक और सार्थक विषयों के संधान के बजाय पश्चिम की शोध-प्रवृत्तियों की नक़ल-चेपी को लेकर बाद के वर्षों में दुबे का लेखन उद्वेलन से भरा दिखता है। उन्हें ऐसा शोध तार्किक कलाबाज़ी, सांख्यकीय गणनाओं की उत्पीड़ित कर देने वाली क़वायद और चुस्त मगर अर्थहीन शब्दावली का कोलाहल लगता था। मानवशास्त्र और जनजातीय विज्ञानों के दिल्ली में आयोजित एक सम्मेलन में उन्होंने साफ़ शब्दों में कहा था कि तीसरे दुनिया के मानवशास्त्री अभी तक सिद्धांत और शोध-पद्धति; शोध के विषयों तथा विश्लेषण के तौर-तरीक़ों के मामले में ख़ुद को औपनिवेशिक वर्चस्व से मुक्त नहीं कर पाये हैं।

भारतीय समाजशास्त्र और मानवशास्त्र की अनुशासनगत कमज़ोरियों की ओर इशारा करते हुए दुबे जब-तब यह कहने से संकोच नहीं करते थे कि ये अनुशासन एक ख़ास तरह के ढर्रे में फँस गये हैं। उनका कहना था कि इन अनुशासनों के विद्वान समकालीन दौर की समस्याओं पर एकाग्र होने के बजाय इस बात को लेकर ज़्यादा सजग रहते हैं कि किसी समस्या पर किस अनुशासन के तहत विचार किया जाए। उनका इन अनुशासनों में सामान्यीकरण की जगह किसी एक क्षेत्र विशेष में विशेषज्ञता हासिल करने की प्रवृत्ति से भी विरोध था। उनका मानना था कि अकादमिक ज्ञान को स्वायत्त बनाने के फेर में समाज-विज्ञान के ज़्यादातर विषय सामाजिक सरोकारों से ही विरत हो गये हैं। इस संबंध में उनका यह भी कहना था कि सामाजिक विज्ञानों में शोध का दायरा बेशक बढ़ा हो लेकिन संस्थाओं के निर्माण पर समुचित ध्यान नहीं दिया गया है।

भारतीय समाजशास्त्र की दशा को लेकर दुबे की एक आपत्ति यह थी कि वह प्रतिबद्ध नहीं है। हालाँकि उन्होंने कहीं यह स्पष्ट नहीं किया है कि प्रतिबद्धता की अवधारणा से उनका अभिप्राय क्या है परंतु उनके विस्तृत लेखन से इस बात का अंदाज़ा लगाया जा सकता है कि उनके लिए प्रतिबद्धता क्या मायने रखती है। दुबे एक जगह स्पष्ट करते हैं कि प्रतिबद्धता से उनका आशय किसी राजनीतिक दल या विचारधारा से नहीं बल्कि उन लोगों की तरफ़दारी से है जिनका समाजशास्त्री अध्ययन करते हैं। विकास के विमर्श और परियोजनाओं के निर्धारण में लोगों की अनदेखी से क्षुब्ध दुबे ने अपने लेखन में विकास के लक्ष्यों के अभिजनवादी आग्रहों, वंचितों के समुदाय के साधनों का अपहरण और उनकी विकल्पहीनता, सांस्कृतिक स्वायत्तता के क्षरण और आम जन के ख़त्म होते आत्म-सम्मान को गहरायी से प्रश्नांकित किया है। उनका मानना था कि भारत में विकास का मौजूदा मॉडल लोगों को विस्थापित करता जाता है जबकि उसके लाभ बहुत सीमित होते हैं। उनके तईं प्रतिबद्ध समाज-विज्ञानी का शोध प्रासंगिक, राष्ट्रीय ज़रूरतों पर केंद्रित और समाज की बुनियादी समस्याओं के प्रति संवेदनशील होता है। दुबे समाज-विज्ञानी से यह भी उम्मीद करते हैं कि उसे सामाजिक आलोचक की भूमिका भी निभानी चाहिए। शोध के मामले में दुबे शुद्ध और व्यावहारिक के विभाजन को एक तरह का फ़र्जी विभाजन मानते थे। और इस बात पर ज़ोर देते थे कि समाज-विज्ञानी को मौजूदा समय के महत्त्वपूर्ण और अहम मसलों पर उद्देश्यपरक शोध करना चाहिए।

कई विद्वानों का आरोप रहा है कि दुबे समाजशास्त्र में सैद्धांतिकी के निर्माण को पर्याप्त महत्त्व नहीं देते थे लेकिन असल में थियरी के प्रति उनका दुचित्तापन इस बात से प्रेरित था कि सिद्धांत निर्माण का मतलब डेटा/सूचनाओं का अवमूल्यन नहीं होना चाहिए। असल में वे स्थापित अवधारणाओं के वर्चस्व के प्रति आगाह करने वाले समाजशास्त्री थे। उनका कहना था कि सजगता के अभाव में कई बार सिद्धांत चिंतन और सूचनाओं के संग्रहण में बाधक बन जाते हैं। ख़ुद अपने लेखन में दुबे सिद्धांतों के प्रतिपादन से बचते हैं। शायद इसी कारण कई समीक्षकों को उनकी लेखन शैली रोचक और जीवंत लगती रही है। लेकिन कई अन्य समीक्षक इसे उनकी प्रच्छन्न आलोचना भी मानते हैं। लेकिन दुबे ऐसी आलोचनाओं से अप्रतिहत रहते थे। उनका स्पष्ट मानना था कि पठनीय होने का मतलब अ-बौद्धिक होना नहीं होता। असल में दुबे समाज-विज्ञान को महज़ विद्वत दायरों तक सीमित रखने वाले समाजशास्त्री नहीं थे। इसीलिए वे बौद्धिक आत्मरति और फ़र्ज़ी सैद्धांतिकी के विरुद्ध थे। उनकी मान्यता थी कि सिद्धांत साधना का मनोग्रह पब्लिक पॉलिसी / सार्वजनिक नीति के बृहत्तर मसलों को अपने घटाटोप में फ़ाँस लेता है। अपने एक लेख में दुबे बिना किसी लागलपेट के कहते हैं कि बेशक सिद्धांत अपनी जगह बेहद महत्त्वपूर्ण है लेकिन उसका मानवीय सरोकारों की क़ीमत पर संधान करना एक व्यर्थ की साधना है। वे आँकड़ों, सूचनाओं और पर्यवेक्षण पर आधारित अध्ययन की सीमाओं से वाकिफ़ थे लेकिन तथ्यों के सुदृढ़ आधार के बिना उन्हें सैद्धांतीकरण उचित नहीं लगता था।

भारतीय समाजशास्त्रियों के कुल में श्यामा चरण दुबे एक ऐसा व्यक्तित्व है जिसे आसानी से किसी वैचारिक शिविर में नहीं रखा जा सकता। उनके देहांत के बाद कई समाजशास्त्रियों ने अपने स्मृति-लेखों में उन्हें सम्मान से याद करते हुए यह अफ़सोस भी जताया था कि एक समाजशास्त्री के रूप में दुबे जिस क्षमता और प्रतिभा के धनी थे, उसके हिसाब से उनकी उपलब्धियाँ कम रहीं। कई विद्वान पब्लिक पॉलिसी के क्षेत्र में उनके सक्रिय हस्तक्षेप को उनके समाजशास्त्री होने के लिए घातक मानते थे। लेकिन दुबे के अवदान पर समग्रता से विचार करें तो यह कहना अतिकथन नहीं होगा कि वे एक ऐसे समाजशास्त्री थे जिन्होंने सूक्ष्म के बजाय बृहत्तर को चुना और उसे अपने शोध और सधे हुए विश्लेषण से अपने विषय को विश्वविद्यालयों के प्रांगण और गुरु-गम्भीर सम्मेलनों के साथ सार्वजनिक वृत्त में भी प्रतिष्ठित किया। उन्होंने अपने कई समकालीन समाजशास्त्रियों की तरह अपनी कोई अलग गद्दी स्थापित नहीं की। लेकिन अपने विपुल लेखन से उन्होंने ख़ासकर हिंदी क्षेत्र में समाज-विज्ञानों के लिए एक ऐसी परम्परा क़ायम की जो अपने आप में एक विद्यापीठ की हैसियत रखती है।

देखें : इरावती कर्वे, गोविंद सदाशिव घुर्ये, जातियों का राजनीतीकरण, जाति और जाति-व्यवस्था-1 से 4 तक, प्रभुत्वशाली जाति, *भारतीय समाजशास्त्र-1* और 2, मैसूर नरसिम्हचार श्रीनिवास, देवकी जैन, धीरूभाई शेठ, धूर्जटि प्रसाद मुखर्जी, नीरा देसाई, योगेश अटल, राधा कमल मुखर्जी, वेरियर एलविन, संस्कृतीकरण, त्रिलोकी नाथ मदन।

संदर्भ

1. आंद्रे बेत्ते (1996), 'श्यामा चरण दुबे (1922-1996)', *इकॉनॉमिक ऐंड पॉलिटिकल वीकली,* खण्ड 31, अंक 13.
२. कृष्ण कुमार (१९९६), 'एस.सी. दुबे, लैटर्स टू द एडिटर, *इकॉनॉमिक ऐंड पॉलिटिकल वीकली,* अंक 31, संख्या 26.

— नरेश गोस्वामी

श्याम सुंदर दास

(Shayam Sundar Das)

हिंदी साहित्य और बौद्धिकता के पथ-प्रदर्शकों में श्याम सुंदर दास का नाम अविस्मरणीय नाम है। हिंदी-क्षेत्र के साहित्यिक-सांस्कृतिक नवजागरण में उनका योगदान विशेष रूप से उल्लेखनीय है। उन्होंने और उनके साथियों ने मिल कर काशी नागरी प्रचारिणी सभा की स्थापना की। विश्वविद्यालयों में हिंदी की पढ़ाई के लिए अगर बाबू साहब के नाम से मशहूर श्याम सुंदर दास ने पुस्तकें तैयार न की होतीं तो शायद हिंदी का अध्ययन-अध्यापन आज सबके लिए इस तरह सुलभ न होता। उनके द्वारा की गयी हिंदी साहित्य की पचास वर्षों तक निरंतर सेवा के कारण कोश, इतिहास, भाषा-विज्ञान, साहित्यालोचन, सम्पादित ग्रंथ, पाठ्य-सामग्री निर्माण आदि से हिंदी-जगत समृद्ध हुआ। उन्हीं के अविस्मरणीय कामों ने हिंदी को उच्चस्तर पर प्रतिष्ठित करते हुए विश्वविद्यालयों में गौरवपूर्वक स्थापित किया। उनके लिए यह कहावत प्रसिद्ध रही है : 'राष्ट्रभाषा के हुए जो विगत वर्ष पचास। नाम उनका एक है बस श्याम सुंदर दास।'

रामचंद्र शुक्ल ने *हिंदी साहित्य का इतिहास* में लिखा है : 'बाबू साहब ने बड़ा भारी काम लेखकों के लिए सामग्री प्रस्तुत करने का किया है। हिंदी पुस्तकों की खोज के विधान द्वारा आपने साहित्य का इतिहास, कवियों के चरित और उन पर प्रबंध आदि लिखने का बहुत बड़ा मसाला इकट्ठा करके रख दिया। इसी प्रकार हिंदी के नये-पुराने लेखकों के जीवनवृत्त *हिंदी कोविद रत्नमाला* के दो भागों में संगृहीत किये हैं। शिक्षोपयोगी तीन पुस्तकों, *भाषा विज्ञान, हिंदी भाषा और साहित्य* तथा *साहित्य लोचन,* भी आपने लिखी या संकलित की है।' श्याम सुंदर दास न केवल संस्थान-निर्माता थे, बल्कि प्रबंध-कला में भी बेजोड़ थे। साहित्य के समस्त क्षेत्रों के अभावों को दूर करने के लिए उन्होंने संकल्पबद्ध होकर श्रम किया। भाषा तत्त्ववेत्ता के रूप में या सिद्धांतों के व्याख्याता रूप में उन्हीं की उपलब्धियों के कारण साहित्यालोचन हिंदी के विद्यार्थियों का बहुत समय तक कंठहार बना रहा। इनके मन में यह धारणा निर्भ्रांत रही कि हिंदी की सैद्धांतिक समीक्षा का आधार संस्कृत और पश्चिमी आलोचना-सिद्धांतों को मिला कर और उन्हें एक ख़ास सामंजस्य के साथ ही बनाया जाना चाहिए।

श्याम सुंदर दास से पहले हिंदी और नागरी लिपि के लिए विशेष रूप से संकटपूर्ण समय था। प्रताप नारायण मिश्र ने कई स्थानों पर हिंदी के प्रचार के लिए सभाएँ स्थापित की थीं। ऐसी ही एक सभा 1884 में 'हिंदी उद्धारिणी प्रतिनिधि मध्य भारत सभा' के नाम से प्रयाग में प्रतिष्ठित की गयी। सरकारी दफ़्तरों में नागरी के प्रवेश के लिए भारतेंदु हरिश्चंद्र ने भी कई बार उद्यम किया, पर उन्हें सफलता नहीं मिल सकी। इसके बावजूद प्रयत्न बराबर चलता रहा। अदालती भाषा उर्दू होने के कारण नवशिक्षितों में उर्दू पढ़ने वालों की संख्या अधिक थी, जिससे हिंदी पुस्तकों के प्रकाशन का कार्य आगे नहीं बढ़ पाता था। इस साहित्य-संकट के अतिरिक्त नागरी का प्रवेश सरकारी दफ़्तरों में न होने से नागरी जानने वाली जनता के सामने घोर संकट था। इसी दौर में कुछ उत्साही छात्रों के उद्योग से, जिनमें बाबू श्याम सुंदर दास प्रमुख थे, 1893 में काशी नागरी प्रचारिणी सभा की स्थापना की गयी। यहाँ भी रामचंद्र शुक्ल का कथन याद रखना चाहिए कि, 'सच पूछिए तो इस सभा की सारी समृद्धि और कीर्ति बाबू श्याम सुंदर दास के त्याग और सतत परिश्रम का फल है। वे आदि से अंत तक इसके प्राणस्वरूप स्थित होकर बराबर इसे अनेक बड़े उद्योगों में तत्पर करते रहे। इसके प्रथम सभापति भारतेंदु के फुफ़ेरे भाई राधाकृष्ण दास हुए।' नागरी प्रचार के आंदोलन ने हिंदी-प्रेमियों में नया उत्साह पैदा किया और बहुत से लोग साहित्य की श्रीवृद्धि में समर्पित भाव से लग गये।

बाबू श्याम सुंदर दास का जन्म विद्वानों की काशी में 1875 में हुआ और देहावसान सन् 1945 में। इनका परिवार लाहौर से आकर काशी में बस गया था और कपड़े का व्यापार करता था। बाबूजी ने 1899 में बीए पास करने के बाद एक स्कूल में नौकरी कर ली। उसके बाद लखनऊ के कालीचरन स्कूल में बहुत दिनों तक हेडमास्टर रहे। संयोग ऐसा बना कि वे 1921 में काशी हिंदू विश्वविद्यालय में हिंदी विभाग के अध्यक्ष पद पर नियुक्त किये गये। काशी हिंदू विश्वविद्यालय में आने से पूर्व उन्होंने 1900 में हिंदी साहित्य की समृद्धि के लिए न्यायालयों में हिंदी के प्रवेश का आंदोलन चलाया। 1900 तक श्याम सुंदर दास ने ही *सरस्वती* पत्रिका का सम्पादन किया, हस्तलिखित ग्रंथों की खोज की तथा *हिंदी शब्द सागर* का भी सम्पादन किया। 1902 में नागरी प्रचारिणी सभा के भवन का निर्माण भी उन्हीं की देखरेख में कराया गया। 1907 में उन्होंने हिंदी आर्य भाषा पुस्तकालय की स्थापना की, प्राचीन महत्त्वपूर्ण ग्रंथों का सम्पादन किया और शिक्षा स्तर के अनुरूप पाठ्य पुस्तकों का निर्माण कार्य भी आरंभ किया।

श्याम सुंदर दास ने अपना पूरा जीवन हिंदी-सेवा को समर्पित कर दिया। उनके इस तप-यज्ञ से अनेक पुस्तकें साहित्य को प्राप्त हुईं : जैसे *नागरी वर्णमाला* (1896), *हिंदी कोविद रत्नमाला* (भाग 1 और 2) (1900), *हिंदी हस्तलिखित ग्रंथों का वार्षिक खोज विवरण* (1900-05), *हिंदी हस्तलिखित ग्रंथों की खोज* (1906-08), *साहित्य*

लोचन (1922), *भाषा-विज्ञान* (1929), *हिंदी भाषा का विकास* (1924), *हस्तलिखित हिंदी ग्रंथों का संक्षिप्त विवरण* (1933), *गद्य कुसुमावली* (1925), *भारतेंदु हरिश्चंद्र* (1927), *हिंदी भाषा और साहित्य* (1930), *गोस्वामी तुलसीदास* (1931), *रूपक रहस्य* (1913), *भाषा रहस्य* (भाग-1, 1935), *हिंदी गद्य के निर्माता* (भाग 1 और 2) (1940) और आत्मकथा *मेरी आत्म कहानी* (1941)।

श्याम सुंदर दास ने सम्पादन के क्षेत्र में तो अद्‌भुत-अपूर्व प्रतिभा का परिचय दिया : जैसे, *नासिकेतोपाख्यान अर्थावली* (1901), *छत्रप्रकाश* (1903), *रामचरितमानस* (1904), *पृथ्वीराज रासो* (1904), *हिंदी वैज्ञानिक कोष* (1906), *वनिता विनोद* (1906), *इंद्रावती* (भाग-1, 1906), *हम्मीर रासो* (1908), *शकुंतला नाटक* (1908), *प्रथम हिंदी साहित्य सम्मेलन की लेखावली* (1911), *बाल विनोद* (1913), *हिंदी शब्द सागर* (खण्ड- 1 से 4 तक, 1916), *मेघदूत* (1920), *दीनदयाल गिरि ग्रंथावली* (1921), *परमाल रासो* (1921), *अशोक की धर्मलिपियाँ* (1923), *रानीखेत की कहानी* (1925), *भारतेंदु नाटकावली* (1924), *कबीर ग्रंथावली* (1928), *राधाकृष्ण ग्रंथावली* (1930), *द्विवेदी अभिनंदन ग्रंथ* (1933), *रत्नाकर* (1933), *सतसई सप्तक* (1933), *बाल शब्द सागर* (1935), *त्रिधारा* (1935), *नागरी प्रचारिणी पत्रिका* (1 से 18 तक), *मनोरंजन पुस्तक माला* (1 से 50 तक), *सरस्वती* (1900 तक)। बाबू श्याम सुंदर दास ने इतना काम हिंदी साहित्य के लिए किया है कि वे एक व्यक्ति से ज़्यादा संस्था बन गये। उन्होंने *मानस सूक्तावली* (1920), *संक्षिप्त रामायण* (1920), हिंदी *निबंधमाला* (भाग-1/2, 1922), *संक्षिप्त पद्यावली* (1927) और *हिंदी निबंध रत्नावली* (1941) का सम्पादन भी किया।

विद्यार्थियों के लिए उन्होंने उच्चस्तरीय पाठ्य पुस्तकें तैयार कीं। इस तरह की पाठ्य पुस्तकों में *भाषा सार संग्रह* (1902), *भाषा पत्रबोध* (1902), *प्राचीन लेखमाला* (1903), *हिंदी पत्र-लेखन* (1904), *आलोक चित्रण* (1902), *हिंदी प्राइमर* (1905), *हिंदी की पहली पुस्तक* (1905), *हिंदी ग्रामर* (1906), *हिंदी संग्रह* (1908), *गवर्नमेण्ट ऑफ़ इण्डिया* (1908), *बालक विनोद* (1908), *नूतन-संग्रह* (1919), *अनुलेख माला* (1919), *हिंदी रीडर* (भाग-6/7, 1923), *हिंदी संग्रह* (भाग-1/2, 1925), *हिंदी कुसुम संग्रह* (भाग-1/2, 1925), *हिंदी कुसुमावली* (1927), *हिंदी-सुमन* (भाग-1 से 4, 1927), *हिंदी प्रोज़ सिलेक्शन* (1927), *गद्य रत्नावली* (1931), *साहित्य प्रदीप* (1932), *हिंदी गद्य कुसुमावली* (1936), *हिंदी प्रवेशिका पद्यावली* (1939), *हिंदी गद्य संग्रह* (1945), *साहित्यिक लेख* (1945)। श्याम सुंदर दास जीवन के अंतिम क्षण तक साहित्य-सेवा में सक्रिय रहे। स्वतंत्रता से ठीक पहले और बाद की हिंदी की पूरी पीढ़ी ही बाबूजी के कंधों पर बैठकर ही बढ़ी हुई।

समय-समय पर विभिन्न विषयों पर सम्मेलनों में दिये जाने वाले उनके वक्तव्यों की संख्या अनगिनत है। इस समस्त चिंतन पर दृष्टि डालने पर यह स्पष्ट हो जाता है कि वे किस तरह हिंदी साहित्य को अनेक विषयों से जोड़कर आगे बढ़ाना चाहते थे। आज भी बाबूजी की बहुत बड़ी देन है पाठ्य-सामग्री की प्रामाणिक रचना तथा अध्ययन के क्षेत्र का विवेक। विद्यार्थियों के लिए ताज़ा सामग्री लाने के उनके हर क्षण के प्रयास का नतीजा यह हुआ कि वे संग्रहकार बनते रहे। आलोचना की जाती है कि इसी कारण उनके लेखन में गहरायी और मौलिकता का अभाव होता गया। लेकिन देखने की बात यह है कि उनकी समन्वयवादी बुद्धि अनेक ज्ञान-क्षेत्रों की सामग्री-संग्रह में निमग्न रही। यहाँ तक कि व्यावहारिक-आलोचना में भी बाबूजी ने सामंजस्यवाद का सौंदर्य स्थापित किया। इसीलिए उनकी आलोचना में तुलना, ऐतिहासिक दृष्टि, व्याख्या, भाष्य आदि का प्रवेश होता गया। इस तरह हिंदी में व्यावहारिक-आलोचना का आरम्भिक मार्ग भी उन्होंने तैयार किया। उनका यह कुशल नेतृत्व आगे चलकर हिंदी-भाषी क्षेत्र के लिए वरदान सिद्ध हुआ।

देखें : अष्टछाप, 'अंग्रेज़ी हटाओ' आंदोलन, गजानन माधव मुक्तिबोध-1 और 2, छायावाद, डायग्लॉसिया, नंद दुलारे वाजपेयी, नगेंद्र और सैद्धांतिक समीक्षा, नयी कविता, नामवर सिंह, पाश्चात्य काव्यशास्त्र, प्रेमचंद, प्रयोगवाद, प्रगतिवाद, भक्ति आंदोलन-1 और 2, भक्ति-काव्य-1 और 2, भारतेंदु हरिश्चंद्र, भारतेंदु युग-1 और 2, भाषा नियोजन-1 से 4 तक, भाषा के मार्क्सवादी सिद्धांत, महादेवी वर्मा, महावीर प्रसाद द्विवेदी, मीरांबाई और प्रेमाभक्ति, राहुल सांकृत्यायन, रामानुजाचार्य, रामानंद, रामचंद्र शुक्ल-1 और 2, रामविलास शर्मा, राष्ट्रीय-सांस्कृतिक कविता, रीतिकाल-1 और 2, विजय देव नारायण साही, वैष्णव धर्म, सम्पर्क भाषा-1 से 4 तक, सगुण और निर्गुण-1 और 2, संस्कृत काव्यशास्त्र, संविधान सभा में भाषा-विवाद-1, 2 और 3, संत-काव्य, सिद्ध-नाथ परम्परा, सूफ़ीयत और प्रेमाख्यान, हजारी प्रसाद द्विवेदी, हिंदी विरोधी आंदोलन, हिंदी जाति-1 से 3 तक, हिंदी साहित्य का आदिकाल, हिंदी साहित्य का इतिहास, हिंदी साहित्य का इतिहास : नये परिप्रेक्ष्य, हिंदी-पद्य में इतिहास, हिंदी-जगत और 'लोकप्रिय'-1 और 2, हिंदी नवजागरण, हिंदी-संस्थाएँ।

संदर्भ

1. धीरेंद्र वर्मा (सम्पा.) (संवत 2020), *हिंदी साहित्य कोश,* भाग-2, ज्ञानमण्डल लिमिटेड, वाराणसी.
2. रामचंद्र शुक्ल (1940), *हिंदी साहित्य का इतिहास,* काशी नागरी प्रचारिणी सभा, काशी.
3. हजारी प्रसाद द्विवेदी (1941), *हिंदी साहित्य की भूमिका,* राजकमल प्रकाशन, दिल्ली.
4. रामस्वरूप चतुर्वेदी (1993), *हिंदी साहित्य और संवेदना का विकास,* लोकभारती प्रकाशन, इलाहाबाद.

— कृष्णदत्त पालीवाल

श्वेत क्रांति

(White Revolution)

श्वेत क्रांति की परिघटना के केंद्र में एक वैकासिक प्रतिमान है जिसकी रचना मुख्य तौर पर बड़े पैमाने पर किये जाने वाले लघु सहकारी ग्रामीण उत्पादन के आधार पर हुई है। इसकी सफलता में विदेशी आर्थिक मदद और शहरी बाज़ार पर ज़ोर देने वाले मार्केटिंग नेटवर्क की प्रमुख सहयोगी भूमिका रही है। सरकारी हल्कों में श्वेत क्रांति को ऑपरेशन फ़्लड कहा जाता है। इसका सीधा मतलब है देश में दूध की नदियाँ बहा देना। 1970 में गुज़रात के अमूल प्रयोग के तर्ज़ पर शुरू हुई यह मुहिम दुनिया के सबसे बड़े डेरी डिवेलपमेंट प्रोजेक्ट की तरह देखी जाती है। श्वेत क्रांति के कारण ही भारत तीस साल के भीतर-भीतर दुग्ध उत्पादन में अमेरिका से आगे निकल गया, और इसी कार्यक्रम के कारण 2010-11 में दुनिया के दुग्ध उत्पादन में भारत की हिस्सेदारी 17 फ़ीसदी हो चुकी थी। इस प्रोजेक्ट ने देहाती इलाक़ों में बड़े पैमाने पर रोज़गार पैदा किये और ग़रीबी कम करने में मदद की। इस कार्यक्रम की असाधारण प्रभावकारिता से इनकार करना मुश्किल है, लेकिन इसके फ़ौरी और दूरगामी फलितार्थों के साथ-साथ इसकी प्रतिमानमूलक व्याख्याओं के सवाल पर समाज-विज्ञानियों में काफ़ी मतभेद हैं। अस्सी का दशक इस कार्यक्रम के पक्ष-विपक्ष में हुई बहसों से भरा रहा है।

श्वेत क्रांति के ब्योरों में जाने से पहले इसके और हरित क्रांति के बीच बुनियादी और संरचनात्मक अंतर रेखांकित करना आवश्यक है। हरित क्रांति के विपरीत श्वेत क्रांति शुरू से ही इस समझ पर आधारित रही है कि किसी भी तरह के ज़िंसों का ग्रामीण उत्पादन तभी कामयाब हो सकता है जब उसके पीछे विपणन की प्रभावशाली रणनीति हो। अगर तैयारशुदा बाज़ार नहीं होगा तो चाहे दस्तकारी का माल हो या दूध जैसा आवश्यक पौष्टिक आहार, ग्रामवासी उनका उत्पादन करने के बावजूद ग़रीब ही बने रहेंगे। दूसरे, श्वेत क्रांति शुरू से ही दूध उत्पादकों के लिए वाजिब दामों की गारंटी करने की शर्त का पालन भी करती रही है। तीसरे, दूध की उत्पादकता बढ़ाने के लिए प्रौद्योगिकी नवाचार की सतत प्रक्रिया भी श्वेत क्रांति के कार्यक्रम में अंतर्निहित है। श्वेत क्रांति के प्रबंधकों ने आपस में जुड़ कर काम करने वाले एक अधिसंरचानात्मक ढाँचे के ज़रिये नयी प्रौद्योगिकी सभी उत्पादकों तक पहुँचाने में सफलता हासिल की है। चौथे, श्वेत क्रांति प्रबंधन के आधुनिक तौर-तरीक़ों, ब्रांडिंग, समझ-बूझ कर किये जाने वाले नियोजन, निगरानी और समन्वय पर शुरू से ही निर्भर रही है।

श्वेत क्रांति की बुनियाद में आणंद (गुज़रात) में सक्रिय खेड़ा ज़िला सहकारी दुग्ध उत्पादक संघ का सफल मॉडल है। इसका गठन 1946 में बल्लभभाई पटेल के प्रोत्साहन पर हुआ था। दो साल बाद इसने मुम्बई मिल्क स्कीम के लिए ढाई सौ लीटर दूध का पास्चुरीकरण करना शुरू किया। धीरे-धीरे इसके साथ 378 गाँवों के 65,000 दुग्ध किसान जुड़ गये। सुरती नस्ल की सवा लाख भैंसों से साठ हज़ार टन दूध जमा होने लगा। यूनियन के दूध और उसके उत्पादों की गुजरात, महाराष्ट्र और सारे भारत में बिक्री होने लगी। इसने अमूल ब्रांड की स्थापना की। यूनियन की इस कामयाबी के पीछे एक डेरी इंजीनियर वर्गीज़ कूरियन का करिश्माई नेतृत्व था। लाल बहादुर शास्त्री के प्रधानमंत्रित्व में इस प्रयोग को सारे देश में फैलाने की योजना बनी और 1965 में आणंद में ही नैशनल डेयरी डिवेलपमेंट बोर्ड की स्थापना की गयी, और 1970 में ऑपरेशन फ़्लड शुरू हुआ। इसका प्रबंधन भी कूरियन के हाथ में रहा। यूनाइटिड नेशंस डिवेलपमेंट प्रोग्राम और फूड ऐंड एग्रीकल्चर ऑर्गनाइज़ेशन ने तकनीकी मदद दी।

वर्गीज कुरियन (1921-2012)

ऑपरेशन फ़्लड तीन चरणों में चला। 1970-80 के बीच युरोपीय आर्थिक समुदाय द्वारा विश्व खाद्य कार्यक्रम के तहत सहायता के रूप में भेजे गये दूध के पाउडर और घी (बटर ऑयल) की बिक्री का पैसा इसमें लगाया गया। इस पूरी मदद के समझौता वार्ता करना, उसका नियोजन और कार्यांवयन बोर्ड के हाथ में रहा। इस पहले चरण में दिल्ली, मुम्बई, कोलकाता और मद्रास में मदर डेयरियाँ खोली गयीं

और इन बड़े शहरों के उपभोक्ताओं को लक्ष्य बनाया गया। दूसरे चरण (1981–1985) में इसका विस्तार 290 शहरों में किया गया। इस दौर में इसके साथ जुड़े हुए दुग्ध उत्पादक गाँवों की संख्या 43,000 हो गयी और 42,50,000 दुग्ध किसान इसके ज़रिये अपना दूध बेचने लगे। तीसरे दौर (1985–1996) में दुग्ध उत्पादक सहकारी समितियों का और विस्तार किया गया, मवेशियों के टीकों के ज़रिये इलाज़ की सिक्काबंद व्यवस्था की गयी और उनके चारे की गारंटी करने के लिए उपाय किये गये। विदेशी फ्रीज़ियन और अन्य नस्लों के साँड़ों के फ्रोज़न वीर्य से भारतीय गायों का गर्भाधान करने की प्रौद्योगिकी का प्रयोग किया गया ताकि बड़े पैमाने पर दूध देने वाली गायों की नस्ल विकसित की जा सके। इस दौर में ऑपरेशन फ़्लड में लगे हुए कार्यकर्ताओं को प्रशिक्षण देने का कार्यक्रम चलाये गये। दुग्ध क्रांति को सफल मानने वालों का तर्क है कि तीसरे दौर में मवेशियों के स्वास्थ्य और पौष्टिक आहार के बारे में अनुसंधान और विकास पर ज़ोर रहा।

ऑपरेशन फ्लड की कामयाबी के इन आँकड़ों को समाज-वैज्ञानिकों ने वैसा का वैसा ही स्वीकार नहीं किया। इसकी आलोचना तब शुरू हुई जब दुग्ध क्रांति अपने दूसरे चरण के अंत में पहुँची। आलोचकों का आम तौर पर कहना था कि मवेशियों की आयातित नस्ल को प्राथमिकता देने के कारण भारतीय नस्ल के मवेशी ख़त्म होते चले जाएँगे। दूसरे, विदेशी नस्ल के जानवर कहीं ज़्यादा दूध तो देंगे, पर उन्हें चारा भी ज़्यादा चाहिए होगा जिसे भारतीय परिस्थितियों में लम्बे अरसे तक निभाना मुश्किल हो जाएगा। आलोचकों की एक दलील यह भी थी कि डेयरी-क्षेत्र पर अत्यधिक ज़ोर देने वाली इस विकास-नीति के कारण भारतीय खेती के अन्य पहलुओं के विकास, अनुसंधान और विस्तार पर विपरीत असर पड़ रहा है।

अस्सी के दशक के मध्य में रजनी कोठारी और क्लॉड अलवारिस के नेतृत्व में दुग्ध क्रांति के ख़िलाफ़ एक पूरा विमर्श विकसित किया गया। रजनी कोठारी ने मुख्यतः चार राजनीति मुद्दे उठाते हुए उस वैकासिक प्रतिमान की आलोचना की जो दुग्ध क्रांति के आधार में समझा जाता था। कोठारी का कहना था कि दुग्ध क्रांति डेयरी-क्षेत्र ऐसे के तकनीकशाहों की जकड़ में है जो सार्वजनिक जवाबदेही के उसूल में यक़ीन नहीं करते। बहुराष्ट्रीय कंपनियों की भूमिका को चालाकीपूर्वक छिपाया जाता है, मीडिया के इस्तेमाल के ज़रिये ग़लत प्रचार होता है और अमूल कोआपरेटिव की मुनाफ़ाखोरी बेलगाम होती जा रही है।

अलवारिस 1983 से ही श्वेत क्रांति की सफलता की कहानियों को सफ़ेद झूठ क़रार दे रहे थे। इसी साल नवम्बर में द *इलस्ट्रेटिड वीकली* में एक बहुचर्चित खोजपरक लेख लिख कर उन्होंने तर्क दिया कि ऑपरेशन फ़्लड की पूरी डिज़ाइन भारत के पूरे डेयरी सेक्टर को आयात पर निर्भर बनाती जा रही है। एक तरफ़ दूध उत्पादन को नज़रअंदाज़ किया जा रहा है, और दूसरी ओर मार्केटिंग के जाल का और विस्तार किया जा रहा है। यह मार्केटिंग देहाती क्षेत्रों से दूध सोख लेती है ताकि शहरों के ख़ुशहाल लोगों की ज़रूरतों की पूर्ति हो सके। मवेशियों के आहार का निर्यात कर दिया जाता है जिससे दुग्ध क्रांति के लिए आवश्यक पौष्टिकता देश के बाहर चली जाती है। युरोपीय साँड़ों के वीर्य से भारतीय मवेशियों की क्रॉसब्रीडिंग आर्थिक और पारिस्थितिकीय दृष्टि से अनुपयुक्त है। ऑपरेशन फ़्लड को चला रही एजेंसियाँ तरह-तरह के हथकण्डों से इन तथ्यों को छिपा रही हैं।

अलवारिस का लेख छपते ही ज़बरदस्त बहस शुरू हो गयी। कार्यान्वयन एजेंसियों ने 'व्हाइट लाइ' के जवाब में 'ए ब्लैक लाइ' शीर्षक से पुस्तिका छापी। संसद में हंगामा हुआ और ऑपरेशन फ़्लड के दूसरे चरण के मूल्यांकन के लिए झा कमेटी नियुक्त कर दी गयी। अलवारिस ने एक अन्य लेख में श्वेत क्रांति के आधारभूत मॉडल यानी अमूल के प्रयोग को ही आड़े हाथों लिया। उनका आरोप था कि अमूल की गतिविधियाँ भारत में उसी तरह अनैतिक हैं जैसी नेस्ले जैसी बहुराष्ट्रीय कम्पनी सारी दुनिया में करने के लिए बदनाम है। अलवारिस के मुताबिक़ अमूल अपने विज्ञापनों में झूठ बोलता है जिससे अमूल का दूध पीने वाले बच्चों की तंदुरुस्ती अंदेशों की शिकार हो गयी है। युरोप के बेशी दूध का आयात करके उसके दम पर देश में एक अमूल लॉबी ताक़तवर हो गयी है जिसका विरोध करना लगभग नामुमकिन हो चुका है। 1983-84 में ही *इकॉनॉमिक ऐंड पॉलिटिकल वीकली* के पृष्ठों में समाज-वैज्ञानिकों के बीच भी एक लम्बी बहस आयोजित हुई जिसमें इस मुद्दे पर होने वाले अनुसंधान की नाकाफ़ियत पर रोशनी डाली गयी।

देखें : हरित क्रांति, हरित क्रांति : एक मूल्यांकन।

संदर्भ

1. के.टी. आचार्य और विनोद के. हुरिया (1986), 'रूरल पॉवर्टी ऐंड ऑपरेशन फ़्लड', *इकॉनॉमिक ऐंड पॉलिटिकल वीकली,* खण्ड 21, अंक 37.
2. एल.के. झा वग़ैरह (1984), *रिपोर्ट ऑफ़ द इवेलुएशन कमेटी ऑन ऑपरेशन फ्लड II,* कृषि मंत्रालय, भारत सरकार.
3. क्लॉड अलवारिस (सम्पा.) (1985), *एनअदर रेवोल्यूशन फ़ेल्स : ऐन इनवेस्टीगेशन इनटु हाउ ऐंड व्हाई इण्डियाज़ ऑपरेशन फ्लड प्रोजेक्ट, टाउटिड एज़ द वर्ल्ड्स लार्जेस्ट डेयरी डिवेलपमेंट प्रोग्राम, फंडिड बाई द ईईसी, वेंट ऑफ़ द रेल्स,* अजंता बुक्स इंटरनैशनल, नयी दिल्ली.
4. शांति जार्ज (1985), 'ऑपरेशन फ्लड ऐंड रूरल इण्डिया : वेस्टिड ऐंड डाइवेस्टिड इंटरेस्ट', *इकॉनॉमिक ऐंड पॉलिटिकल वीकली,* खण्ड 20, अंक 49.

— अभय कुमार दुबे

शस्त्र-नियंत्रण

(Arms Control)

हथियारों की होड़ से पैदा हुई समस्याओं और युद्ध की हिंसा से बचने के लिए शस्त्र-नियंत्रण संधियों का हमेशा से इस्तेमाल किया जाता रहा है। हालाँकि शस्त्र-नियंत्रण संधियों का इतिहास ढाई हज़ार साल से भी अधिक पुराना है, पर द्वितीय विश्व-युद्ध के बाद शुरू हुए शीत-युद्ध के संदर्भ में इनकी भूमिका पर अंतर्राष्ट्रीय संबंधों के अनुशासन के तहत काफ़ी विचार-विमर्श किया गया है। इस दौरान इन संधियों के कारण अमेरिका और सोवियत संघ के बीच तनाव घटाने में उल्लेखनीय मदद मिली, लेकिन इसी के साथ-साथ इन उपायों की सीमाएँ भी साफ़ हुईं। शस्त्र-नियंत्रण के तहत राष्ट्रीय सरकारों को इस बात के लिए विवश करना नामुमकिन साबित हुआ है कि वे हथियारों के बारे में सही-सही पूरी जानकारी दें। सरकारें अपने हथियारों को छिपाने के लिए ख़ुफ़िया फैक्ट्रियाँ स्थापित करती हैं और हथियारों के ज़खीरे एक जगह से दूसरी जगह ले जाती रहती हैं ताकि उनका पता न लगाया जा सके। अगर कोई सरकार सहयोग न करने पर आमादा हो, तो वह अंतर्राष्ट्रीय एजेंसियों के इंस्पैक्टरों को आराम से धता बता सकती है। उपग्रहीय निगरानी की प्रौद्योगिकी का विकास होने के बाद से तो यह सुनिश्चित करना तक़रीबन असम्भव हो गया है कि विभिन्न देश शस्त्र नियंत्रण की संधियों का पालन कर रहे हैं या नहीं।

लगभग ढाई सहस्राब्दी पहले एथेंस और स्पार्टा के बीच शस्त्र-नियंत्रण संधि हुई थी। उन्नीसवीं सदी में रश-बैजोट ट्रीटी (1817) के तहत अमेरिका और कनाडा के बीच सीमाओं पर से फ़ौजों की तैनाती ख़त्म कर दी गयी थी। यहाँ यह स्पष्ट कर देना ज़रूरी है कि शस्त्र-नियंत्रण और नि:शस्त्रीकरण अलग-अलग धारणाएँ हैं। नि:शस्त्रीकरण के पैरोकारों का दावा है कि हथियारों को पूरी तरह से प्रतिबंधित करने से ही शांतिपूर्ण अंतर्राष्ट्रीय संबंधों की स्थापना हो सकती है। इसके विपरीत शस्त्र-नियंत्रण का उद्देश्य महज़ विनियमनकारी है। इसका मक़सद शांति और परस्पर सौहार्द पर आधारित नयी विश्व-व्यवस्था बनाना नहीं हो सकता। इसके ज़रिये मौजूदा व्यवस्था को प्रतिबंधित ही किया जा सकता है। शस्त्र-नियंत्रण की संधियों के साथ-साथ हथियारों के प्रसार की प्रक्रिया भी चलती रहती है।

शस्त्र-नियंत्रण की मोटे तौर पर पाँच क़िस्में हो सकती हैं : उन शस्त्रों की क़िस्में सीमित करना जिनका युद्ध में क़ानूनी तौर पर इस्तेमाल किया जा सकता हो, गोला-बारूद की मात्रा में कटौती करना ताकि युद्ध के दौरान विध्वंस कम से कम हो, शस्त्रों की कुल संख्या में कटौती करना, ऐसी प्रौद्योगिकियों को प्रतिबंधित करना जिनसे विश्व में शक्ति-संतुलन को नुक़सान पहुँच रहा हो, और राष्ट्रों के बीच परस्पर विश्वास पैदा करने वाले उपायों को विकसित करना। शस्त्र-नियंत्रण की संधियाँ आम तौर पर कुछ क़िस्म के शस्त्रों और शस्त्र-प्रणालियों को प्रतिबंधित कर देती हैं, प्रयोग किये जा सकने वाले शस्त्रों की संख्या सीमित कर देती हैं, कुछ ख़ास तरह के शस्त्रों (जैसे रासायनिक अस्त्र-शस्त्र) के उत्पादन को पूरी तरह से बंद करवा दिया जाता है, ऐसी प्रौद्योगिकियों का विकास या तो रोक दिया जाता है या धीमा कर दिया जाता है जिनसे युद्ध के अंदेशों में बढ़ोतरी होती हो। इन संधियों के तहत संचार, पुष्टि और अनुपालन की नयी पद्धतियाँ अपनायी जाती हैं। 1945 से ही कई शस्त्र-नियंत्रण संधियाँ आणुविक, रासायनिक और जैविक शस्त्रों को सीमित करने या उनके उन्मूलन पर ध्यान दे रही हैं। उनकी कोशिश है कि एंटी-बैलेस्टिक मिसाइल प्रणालियों के विकास को रोका जाए और दुनिया भर में आणुविक परीक्षणों को बारंबारता घटाई जाए।

बीसवीं सदी में कई मशहूर शस्त्र-नियंत्रण संधियाँ हुई हैं : 1925 में जिनेवा प्रोटोकोल पर दस्तख़त हुए जिसके तहत गैसों और बैक्टीरियोलॉजिकल हथियारों का इस्तेमाल प्रतिबंधित कर दिया गया। 1959 में अंटार्कटिक ट्रीटी हुई जिसके बाद से अंटार्कटिका के क्षेत्र का फ़ौजी उद्देश्यों से प्रयोग बंद कर दिया गया। 1972 के बॉयलॉजीकल वेपंस कन्वेंशंस के तहत जैविक हथियारों को बनाने और रखने पर पाबंदी लगा दी गयी। 1968 में आणुविक अप्रसार संधि (एनपीटी) हुई जिसके बाद से ग़ैर-आणुविक देशों को आणुविक हथियार या प्रौद्योगिकी देने की प्रक्रिया सीमित हो गयी। 1972 में स्ट्रैटज़िक आर्म्स लिमिटेशन टॉक्स (साल्ट-वन) के तहत एंटी-बैलेस्टिक मिसाइलों के विकास को नियंत्रित किया गया। 1989 में हुई कंवेंशनल फ़ोर्सिज़ इन युरोप (सीएएफई) ट्रीटी ने इस महाद्वीप में परम्परागत हथियारों की संख्या तय कर दी। 1991-92 में हुई वार्ता (स्ट्रैटज़िक आर्म्स रिडक्शन टाक्स : स्टार्ट-वन) के तहत महाशक्तियों के आणुविक हथियारों में कटौती की गयी। 1993 में कैमिकल वेपंस कंवेंशन (सीडब्ल्यूसी) पर हस्ताक्षर करने वाले देशों को हिदायत दी गयी कि वे दस साल के भीतर अपने रासायनिक हथियारों को नष्ट कर दें। 1998 में एंटी-परसनल लैण्डमाइंस ट्रीटी पर दस्तख़त किये गये।

शस्त्र-नियंत्रण के लिए भेजे जाने वाले निरीक्षकों के दलों को धोखा देने की घटनाओं के साथ-साथ यह भी देखा गया है कि विभिन्न राष्ट्र उन पर दस्तख़त करने के बावजूद उन्हें नज़रअंदाज़ करना जारी रखते हैं। मसलन, अमेरिका ने 1993 में कैमिकल्स वेपंस कंवेंशन पर हस्ताक्षर करने के बाद भी पिछले पंद्रह साल में ढेर सारे रासायनिक हथियारों का

ज़खीरा खड़ा कर लिया है। केवल यह उदाहरण ही इन संधियों की प्रभावकारिता प्रश्नांकित करने के लिए काफ़ी है।

ख़ास बात यह है कि शस्त्र-नियंत्रण के लिए ख़ास तौर पर ज़िम्मेदार समझे जाने वाले कई बड़े देश अंतर्राष्ट्रीय पैमाने पर हथियारों के सबसे बड़े सप्लायर भी हैं। शीत-युद्ध ख़त्म हो जाने पर उम्मीद थी कि ख़तरनाक हथियार बनाने वाली फ़ैक्ट्रियाँ अब शांतिपूर्ण उपयोग की सामग्री बनाने लगेंगी। पर ऐसा नहीं हुआ और शस्त्र-नियंत्रण संधियों के समांतर इक्कीसवीं सदी में भी हथियारों का उत्पादन उसी रफ़्तार से चलता रहा। ऐसी बात नहीं कि शीत-युद्ध ख़त्म होने का असर इस उद्योग पर न पड़ा हो। दरअसल, सोवियत संघ और कम्युनिस्ट ब्लॉक का जैसे-जैसे पराभव हुआ, इस उद्योग का कारोबार घटता गया और कुछ वर्षों के बात क़रीब आधा रह गया। नाटो जैसे फ़ौजी संगठन ने भी अपनी फ़ौजें घटाईं। अपनी आमदनी घटते देख कर हथियारों के व्यापारी देशों और उनके उद्योगों ने हथियारों के निर्यात की नयी विधियाँ और ज़रियों को ईज़ाद करने की शुरुआत की। नतीजे के तौर पर अमेरिका आज भी दुनिया का सबसे बड़ा शस्त्र-आपूर्तिकर्ता है। हथियारों के बाज़ार के पचास फ़ीसदी हिस्सा उसी के हाथ में है। वह क़रीब बीस अरब डॉलर प्रति वर्ष का फ़ौजी सामान बेचता है। रूसियों के हाथ में हथियारों के कुल बाज़ार का क़रीब दस फ़ीसदी हिस्सा है। ब्रिटेन और फ्रांस भी इस धंधे के बड़े खिलाड़ी हैं। धीरे-धीरे चीन भी इस मार्केट में अपनी उपस्थिति बढ़ाता जा रहा है। हथियार बनाने वाले प्रमुख देशों ने अपने समग्र प्रौद्योगिकीय विकास को इस उद्योग के साथ जोड़ दिया है। इससे मिलिट्री-इंडस्ट्रियल कॉम्प्लेक्स की धारणा सामने आयी है। तीसरी दुनिया के देश कुल हथियार निर्यात का दो-तिहाई प्राप्त करते हैं। मध्य-पूर्व का इलाक़ा सम्भवत: सबसे ज़्यादा हथियार आयात करता है।

सवाल यह है कि संप्रभु राष्ट्रों की दुनिया में शस्त्र-नियंत्रण संधियों को कैसे लागू किया जाए? प्रतिबंध लगाने, आर्थिक प्रलोभन देने और राजनयिक दबाव डालने की विधियाँ कभी कामयाब होती है, कभी नहीं। उल्लंघन करने वाले देशों में फ़ौजी हस्तक्षेप भी किये गये हैं, पर उनके नतीजे अक्सर और भी अधिक विध्वंसकारी साबित होते रहे हैं। दाब-धौंस के तौर-तरीक़े छोटे, आर्थिक रूप से कमज़ोर देशों के ख़िलाफ़ तो कुछ काम भी कर जाते हैं, पर अमेरिका, रूस या चीन जैसे देशों के संदर्भ में तो इनके इस्तेमाल की कल्पना भी नहीं की जा सकती। इन्हीं सब कारणों से कई विद्वानों ने अंतर्राष्ट्रीय स्थिरता की स्थापना और विकास की प्रक्रिया में इन संधियों की उपयोगिता पर शक प्रगट किया है। तीसरी दुनिया के कई देशों ने तर्क दिया है कि जिस तरह 1968 की अप्रसार संधि (एनपीटी) को दुनिया की बड़ी ताक़तों ने अंतर्राष्ट्रीय प्रणाली पर अपना वर्चस्व बनाये रखने के लिए इस्तेमाल किया, उसी तरह अन्य शस्त्र-नियंत्रण संधियों का भी यही हश्र होने वाला है।

देखें : आदर्शवाद, आतंकवाद, अंतर्राष्ट्रीय मुद्रा कोष, इमैनुएल कांट, इतिहास का अंत, एडवर्ड हैलेट कार, जाति-संहार, पृथकतावाद, तृतीय विश्व, द्वितीय विश्व-युद्ध, नस्लवाद, नव-उपनिवेशवाद, निर्भरता सिद्धांत, नि:शस्त्रीकरण, पेटेंट, प्रथम विश्व-युद्ध, प्रगति, बौद्धिक सम्पदा अधिकार, ब्रेटन वुड्स प्रणाली, भारत में पेटेंट क़ानून, रंगभेद, उपनिवेशवाद, यथार्थवाद, युद्ध, युरोपीय यूनियन, रचनात्मकतावाद, राजनय, विश्व व्यापार संगठन, विश्व बैंक, विश्व-सरकार, वि-उपनिवेशीकरण, सभ्यताओं का संघर्ष, सम्प्रभुता, संयुक्त राष्ट्र, साम्राज्यवाद, शक्ति-संतुलन, शांति, शांतिवाद, हथियारों की होड़।

संदर्भ

1. ई. एडलर (1992), *द इंटरनैशनल प्रैक्टिस ऑफ़ आर्म्स कंट्रोल,* जॉन हॉपकिंस युनिवर्सिटी प्रेस, बाल्टीमोर.
2. एल. फ्रीडमैन (1981), *द इवोल्यूशन ऑफ़ न्यूक्लियर स्ट्रैटजी,* मैकमिलन, बेसिंगस्टोक.
3. एन. गैलेघर (1998), *आर्म्स कंट्रोल : द न्यू एप्रोचिज़ टु द थियरी ऐंड पॉलिसी,* फ्रैंक कैस, लंदन.
4. ए. पिएर (1997), *कास्केड ऑफ़ आर्म्स : कंट्रोलिंग कन्वेंशनल वेपंस प्रोलिफ़रेशन इन द 1990ज़,* ब्रुकिंग्स इंस्टीट्यूट, वाशिंगटन, डीसी.

—अभय कुमार दुबे

शक्ति-संतुलन

(Balance of Power)

अंतर्राष्ट्रीय संबंधों के क्षेत्र में शक्ति-सुतंलन को एक ऐसी स्थिति के रूप में परिभाषित किया जा सकता है जो किसी एक राष्ट्र को किसी दूसरे राष्ट्र पर हावी होने से रोकती हो। शक्ति-संतुलन के तहत देशों से अपेक्षा की जाती है कि वे दुनिया या क्षेत्रीय पैमाने पर ताक़त हासिल करने की कोशिश करते हुए मर्यादित रहेंगे। दूसरी तरफ़ व्यावहारिक रूप से शक्ति-संतुलन की अवधारणा का तात्पर्य है राष्ट्रों के बीच शक्ति का बँटवारा, जो समान भी हो सकता है और असमान भी। अंतर्राष्ट्रीय संबंधों के विशेषज्ञों के बीच शक्ति-संतुलन से अधिक बहसतलब कोई और धारणा नहीं है। कई तरह से परिभाषित किये जाने के बावजूद इसकी रूपरेखा अभी तक अस्पष्ट ही है। इसका सर्वाधिक सकारात्मक पहलू इस मान्यता के मुताबिक़ समझा जाता है कि दुनिया में शक्ति की असंतुलित संरचनाएँ

ख़तरनाक हो सकती हैं इसलिए उसका कोई न कोई संतुलन बनाये रखना ही उचित है। अगर किसी तरह के संतुलन के तहत कोई राष्ट्र ख़ुद को नुक़सान की स्थिति में समझता है तो वह समान हितों के आधार पर अन्य देशों के साथ कोई गठबंधन कर सकता है ताकि किसी आक्रामक लगने वाले या वर्चस्व क़ायम करने की मंशा रखने वाले देश के इरादों की रोक-थाम की जा सके। इसी तरह शक्ति-संतुलन की संरचना में कोई एक देश सचेत रूप से संतुलनकारी भूमिका भी निभा सकता है। ऐसा देश ज़रूरत पड़ने पर इस या उस पक्ष का समर्थन या विरोध करने से नहीं चूकता। प्रभावी शक्ति-संतुलन के अभाव में विभिन्न देश किसी एक अत्यधिक शक्तिशाली होते जा रहे देश के ख़िलाफ़ भय, शत्रुभाव और प्रतिक्रिया की स्थिति में जा सकते हैं जिससे विश्व या क्षेत्रीय शांति के लिए ख़तरा पैदा हो सकता है।

शक्ति-संतुलन की विभिन्न प्रणालियाँ मुख्यत: तीन तरह की स्थितियों में काम करती हैं : एकध्रुवीयता, बहुध्रुवीयता और द्विध्रुवीयता। एकध्रुवीयता में किसी एक महाशक्ति का अंतर्राष्ट्रीय व्यवस्था पर प्रभुत्व होता है। दुनिया की मौजूदा स्थिति एकध्रुवीयता की ही है जिसमें केवल एक महाशक्ति संयुक्त राज्य अमेरिका का चारों तरफ़ दबदबा समझा जाता है। द्विध्रुवीयता की स्थिति तब बनती है जब मोटे तौर पर समान ताक़त वाली दो महाशक्तियाँ या दो बड़े शक्ति-समूह एक-दूसरे से प्रतियोगिता कर रहे हों। द्वितीय विश्व-युद्ध के बाद अमेरिका और सोवियत संघ के नेतृत्व में दो शक्ति-समूह उभरे थे जिनके बीच अगले चार दशक तक जम कर प्रतियोगिता हुई जिसे शीत-युद्ध की संज्ञा दी जाती है। सोवियत संघ आर्थिक रूप से कमज़ोर था, पर आणुविक शस्त्रों की होड़ में वह अमेरिका के साथ लगातार क़दम से क़दम मिला कर उस समय तक दौड़ता रहा जब तक उसका ढाँचा बिखराव का शिकार नहीं हो गया। बहुध्रुवीयता वह स्थिति है जिसमें कम से कम तीन बड़ी ताक़तें आपस में प्रतियोगिता करें। उन्नीसवीं सदी के युरोप में यही स्थिति थी।

शक्ति-संतुलन के संदर्भ में एक अन्य विचारणीय पहलू क्षेत्रीय या स्थानीय और अंतर्राष्ट्रीय शक्ति-संतुलन के पहलुओं के बीच अंतर का है। अट्ठारहवीं और उन्नीसवीं सदी के दौरान इतिहासकार अक्सर युरोपीय देशों के शक्ति-संतुलन का ज़िक्र कुछ इस अंदाज़ में करते हैं जैसे कि उसके आईने में पूरे तत्कालीन विश्व के शक्ति-संतुलन को देखा जा सकता हो। पर इस तरह का विचार केवल उसी अवधि के लिए ही सही था जब कुछ युरोपियन देशों की चौधराहट दुनिया के अधिकतर हिस्सों पर थी। आज स्थिति यह है कि दुनिया में कई क्षेत्रीय शक्ति-संतुलन प्रणालियाँ काम कर रही हैं जिन्हें कुल मिला कर अंतर्राष्ट्रीय शक्ति-संतुलन के साथ तालमेल बैठाना पड़ता है।

एक तीसरा आयाम भी है : वस्तुनिष्ठ और आत्मनिष्ठ शक्ति-संतुलनों का। इक्कीसवीं सदी में किसी शक्ति-संतुलन का आकलन करना काफ़ी कठिन हो गया है। मसलन, कुछ देशों के पास शक्ति के संसाधन होते हैं, पर इस आधार पर उनकी ताक़त तय नहीं होती क्योंकि वे उन संसाधनों को नियंत्रित करने और इस्तेमाल करने की क्षमता से सम्पन्न नहीं होते। इस बुनियादी कारण ने एक नयी परिस्थिति पैदा कर दी है जिसमें सत्ता के संसाधन बड़ी ताक़तों के बीच भी असमान रूप से वितरित हैं। मसलन, अमेरिका निश्चित रूप से प्रबलतम फ़ौजी ताक़त है। पर यही बात आर्थिक संदर्भ में नहीं कही जा सकती। आर्थिक ताक़त अमेरिका, पश्चिमी युरोप और जापान के बीच बँटी हुई है और धीरे-धीरे चीन जैसी ताक़तें भी अपनी दावेदारी ले कर अंतर्राष्ट्रीय मंच पर उभर रही हैं।

किसी वैध केंद्रीय प्राधिकार के नियंत्रण से पूरी तरह स्वतंत्र कई सम्प्रभु देश आपस में मिल कर शक्ति-संतुलन के किसी बंदोबस्त की रचना करते हैं। उनके बीच महत्त्वपूर्ण और मुश्किल से हासिल होने वाले संसाधनों के लिए होने वाली निरंतर प्रतियोगिता अथवा मूल्यों के संघर्ष को यह प्रणाली नियंत्रित ढंग से संचालित करती है। इन सम्प्रभु देशों के बीच हैसियत, सम्पत्ति और शक्ति की सम्भावनाओं का असमान वितरण इस दौरान जारी रहता है। प्रणाली में सभी सदस्य देशों की साझेदारी तो होती है, पर परस्पर असमानता और युद्ध के ख़तरे की मिली-जुली मजबूरियों के कारण शक्ति-संतुलन के बंदोबस्त में उनकी दिलचस्पी अलग-अलग स्तर की होती है। बावजूद इसके कि अधिकतर प्रणालियाँ ताक़तवर देशों के पक्ष में झुकी रहती हैं, कमज़ोर देश भी अंतत: किसी न किसी ऐसी प्रणाली में रहना पसंद करते हैं जो उन्हें अंतर्राष्ट्रीय संबंधों के अराजकतापूर्ण हालात से बचा सके।

बड़ी शक्तियों के पास ज़बरदस्त फ़ौजी ताक़त होती है और उनके हाथ में विभिन्न प्रौद्योगिकियों का नियंत्रण भी होता है। इसीलिए वे विभिन्न शक्ति-संतुलन प्रणालियों के नियंता की भूमिका अदा कर पाती हैं। अपनी इस भूमिका को जायज़ ठहराने के लिए इन ताक़तों को अपेक्षाकृत दुर्बल देशों को आर्थिक मदद देनी पड़ती है और अंतर्राष्ट्रीय सुरक्षा का आश्वासन भी देना पड़ता है। ज़ाहिर है कि बड़ी ताक़तों को इसका लाभ प्रणाली के अन्य सदस्यों के मुक़ाबले ज़्यादा मिलता है, पर साथ में वे प्रणाली को होने वाले नुक़सानों को दूसरों की अपेक्षा अधिक झेलने के लिए तैयार रहती हैं।

अंतर्राष्ट्रीय संबंधों के अध्ययन में शक्ति-संतुलन और अंतर्राष्ट्रीय व्यवस्था की स्थिरता के बीच संबंधों का प्रश्न सर्वाधिक विवादित है। स्थिरता का एक मतलब शांति

निकलता है, पर इसका अन्य तात्पर्य किसी शक्ति-संतुलन प्रणाली का टिकाऊ चरित्र भी है। भले ही वह प्रणाली शांति की गारंटी करती हो या नहीं। कुछ विद्वानों की दलील है कि बहुध्रुवीयता एकध्रुवीयता या द्विध्रुवीयता के मुक़ाबले अस्थिर होती है। बहुध्रुवीयता के तहत शांति और स्थिरता के लिए ख़तरे का अंदाज़ा लगाना मुश्किल होता है। एक देश के पास अपनी ज़िम्मेदारी दूसरे पर मढ़ कर बच निकलने का मौक़ा रहता है। इसकी एक मिसाल दक्षिण एशिया है जिसमें भारत पाकिस्तान पर आंतकवाद को बढ़ावा देने का आरोप लगाता है और पाकिस्तान इस ज़िम्मेदारी से कतराने की कोशिशों में संलग्न रहता है। आतंकवाद इस क्षेत्र की राजनीतिक स्थिरता के लिए बड़ा ख़तरा है, पर इसके बावजूद इस क्षेत्र में अभी तक एकध्रुवीयता या द्विध्रुवीयता की स्थिति नहीं बन पायी है। इसकी दूसरी मिसाल उन युद्धों के रूप में देखी जा सकती है जो महाशक्तियों ने अपने समर्थक राष्ट्रों के ज़रिये लड़े और जिनमें लाखों लोगों को जान से हाथ धोना पड़ा।

देखें : आदर्शवाद, आतंकवाद, अंतर्राष्ट्रीय मुद्रा कोष, इमैनुएल कांट, इतिहास का अंत, एडवर्ड हैलेट कार, जाति-संहार, पृथकतावाद, तृतीय विश्व, द्वितीय विश्व-युद्ध, नस्लवाद, नव-उपनिवेशवाद, निर्भरता सिद्धांत, नि:शस्त्रीकरण, पेटेंट, प्रथम विश्व-युद्ध, प्रगति, बौद्धिक सम्पदा अधिकार, ब्रेटन वुड्स प्रणाली, भारत में पेटेंट क़ानून, रंगभेद, उपनिवेशवाद, यथार्थवाद, युद्ध, युरोपीय यूनियन, रचनात्मकतावाद, राजनय, विश्व व्यापार संगठन, विश्व बैंक, विश्व-सरकार, वि-उपनिवेशीकरण, सभ्यताओं का संघर्ष, सम्प्रभुता, संयुक्त राष्ट्र, साम्राज्यवाद, शांति, शांतिवाद, शस्त्र-नियंत्रण, हथियारों की होड़।

संदर्भ

1. ई. हास (1953), 'दि बैलेंस ऑफ़ पॉवर : प्रेस्क्रिप्शन, कंसेप्ट ऑर प्रोपेगंडा?', *वर्ल्ड पॉलिटिक्स,* 5.
2. सी. केगली और जी. रेमण्ड (1992), 'मस्ट वी फ़ियर अ पोस्ट-कोल्ड वार मल्टीपोलर सिस्टम?', *जरनल ऑफ़ कांफ्लिक्ट रिज़ोल्यूशन,* अंक 36.
3. सी. लेन (1993), 'दि यूनीपोलर इल्यूज़न : व्हाई न्यू ग्रेट पॉवर्स विल एराइज़', इंटरनैशनल सिक्यूरिटी, अंक 17.
4. जे. मीर्शीमर (1990), 'बैक टु द फ्यूचर : इंस्टेबिलिटी ऑफ़ युरोप आफ्टर द कोल्ड वार', *इंटरनैशनल सिक्यूरिटी,* अंक 15.

— अभय कुमार दुबे

शिव सेना

(Shiv Sena)

महाराष्ट्रीय पहचान और भूमि-पुत्र की अवधारणा पर आधारित राजनीतिक दल शिव सेना का गठन 1966 में मुम्बई में हुआ। ख़ुद को मराठा नरेश छत्रपति शिवाजी की सेना के रूप में पेश करने वाले इसके संस्थापक बाल ठाकरे पेशे से कार्टूनिस्ट थे। उग्रपंथी जुझारू आंदोलन के रूप में उभरे संगठन ने अपने विकास के पहले दौर में देशज मराठा पहचान को आक्रामक ढंग से बुलंद किया। दूसरे दौर में इसने पूरे महाराष्ट्र में हिंदू राष्ट्रवाद की दावेदारियों के साथ अल्पसंख्यक विरोधी राजनीति की, और भारतीय जनता पार्टी के साथ दीर्घकालीन गठजोड़ बना कर राज्य और केंद्र की सत्ता में एकाधिक बार हिस्सा बँटाया। मराठावाद से हिंदुत्व तक की इस यात्रा में शिव सेना एक ख़ास तरह के 'ब्राह्मणवाद विरोधी हिंदुत्व' के पैरोकार के रूप में उभरी। उसके ज़्यादातर कार्यकर्ता निचली जातियों से ही आते हैं। शिव सेना ने उन मराठी युवाओं के आक्रोश को अभिव्यक्ति दी, जिन्हें मुम्बई (उस समय बम्बई) में दक्षिण भारत से आये लोगों की कामयाबी पर बहुत ज़्यादा गुस्सा था। इन युवाओं को यह लगता था कि दक्षिण भारत के लोगों ने उनके हक़ पर क़ब्ज़ा कर लिया है। 'व्हाइट कॉलर' नौकरियों और अच्छी आय वाले छोटे व्यापारों और पेशों पर दक्षिण भारतीयों का ही वर्चस्व था। स्थानीय युवकों के लिए रोज़गार का प्रश्न कितना महत्त्वपूर्ण था, इसका अंदाज़ा इस तथ्य से लगाया जा सकता है कि शिव सेना के दफ़्तर रोज़गार कार्यालयों की तरह भी काम करते थे। दक्षिण भारतीयों के अलावा शिव सेना ने मुम्बई में गुज़राती लोगों और दूसरे समुदायों के ख़िलाफ़ भी स्थानीय युवाओं के गुस्से को भड़काया। उसने शहर की बिगड़ती क़ानून-व्यवस्था और बढ़ते अपराधीकरण के लिए बाहर से आये ग़ैर-महाराष्ट्रीय लोगों को ज़िम्मेदार ठहराया। इस प्रक्रिया में शिव सेना ने पकी उम्र के मराठीभाषियों की हमदर्दी हासिल करने की भी कोशिश की। मुम्बई में ज़मीन की कमी ने भी शिव सेना की भूमिका को अहमियत दी। ज़मीन पर क़ब्ज़े के लिए विभिन्न गुटों में होने वाले संघर्ष में शिव सेना का समर्थन निर्णायक साबित हुआ।

शिव सेना ने अपनी राजनीति की शुरुआत मुम्बई में पहले से स्थापित ट्रेड यूनियनों को कमज़ोर करने से की। साठ के दशक में मुम्बई के मज़दूर आंदोलन पर कम्युनिस्टों और समाजवादियों का प्रभुत्व था। शिव सैनिकों ने कम्युनिस्ट और समाजवादी कार्यकर्ताओं से हिंसक मुठभेड़ें भी कीं, और धीरे-धीरे उन्हें कमज़ोर करते हुए ट्रेड यूनियन गतिविधियों

बाल केशव ठाकरे (1926-2012)

की बागडोर उनके हाथ से छीन ली। इस नियंत्रण के कारण मुम्बई में उसकी संगठनात्मक शक्ति में बहुत ज़्यादा बढ़ोतरी हुई। इसके अलावा शहर में होने वाली वसूली में भी उसका दबदबा बना। उसकी ये गतिविधियाँ पारम्परिक लोकतांत्रिक राजनीति से अलग तरह की थीं। हिंसा, संकीर्णता, भड़काऊ भाषा और धमकियों की राजनीति उनका मुख्य रूप था। इसके बावजूद साठ और सत्तर के दशक की कांग्रेस सरकारों ने इस पार्टी के नेतृत्व और शिव सैनिकों के ख़िलाफ़ राज्य की ताक़त का गम्भीर इस्तेमाल नहीं किया। कांग्रेस की शिव सेना के प्रति यह छिपी हुई हमदर्दी उसके आगे बढ़ते रहने का रहस्य थी। कांग्रेस की भीतरी गुटीय राजनीति में शिव सेना एक मोहरे के रूप में इस्तेमाल हुई, और दूसरी तरफ़ इस कारण मिली छूट से उसके रंग-रुतबे में धीरे-धीरे बढ़ोतरी होती रही। ज़ाहिर है कि यह एक रणनीति थी जिसकी असंदिग्ध कामयाबी का श्रेय शिव सेना के निर्विवाद नेता बाल ठाकरे के अलावा और किसी को नहीं दिया जा सकता।

बाल ठाकरे जब तक जीवित रहे, तब तक शिव सेना में वही सर्वाधिक सर्वशक्तिशाली व्यक्ति थे। मिजाज़ से हिटलरी, व्यवहार में शालीन लेकिन ज़हर बुझे भाषणों में पारंगत और संसदीय लोकतंत्र के प्रति घृणा से भरे हुए बाल ठाकरे की मुहर पार्टी से जुड़े हर फ़ैसले पर आवश्यक थी। शिव सेना के कार्यकर्ताओं पर ज़बरदस्त असर रखने वाले ठाकरे ने नब्बे के दशक में एक ऐसे स्वयंभू व्यक्ति की हैसियत हासिल कर ली जो सेना-भाजपा गठजोड़ की सरकार को रिमोट कंट्रोल से चलाने के साथ-साथ हर मसले पर अपनी बेबाक राय रखता था। अधिकतर मौक़ों पर उनके विचार संकुचित राजनीति से प्रेरित होते थे। उन्होंने कई दफ़ा मुसलमानों और भारतीय राष्ट्रवाद के प्रति उनकी निष्ठा पर सवालिया निशान लगाया। ठाकरे ने शिव सैनिकों की मदद से बहुत से ग़ैर-क़ानूनी काम भी करवाये। शिव सैनिकों ने ठाकरे के निर्देशों के तहत पाकिस्तान के साथ होने वाली क्रिकेट रोकने के लिए पिच खोदने से लेकर प्रसिद्ध अभिनेता दिलीप कुमार और प्रसिद्ध चित्रकार मक़बूल फ़िदा हुसेन के घरों के सामने साम्प्रदायिक प्रदर्शन करने जैसे कारनामे किये।

शिव सेना ने मराठी लोगों की रोज़ी-रोटी का मुद्दा उठाने के साथ-साथ गौरवमय महाराष्ट्रीय इतिहास की बात करनी शुरू की। इस प्रक्रिया में उसने मराठों की फ़ौजी जीतों और दरबारी संस्कृति पर ज़ोर दिया। उसने हिंदू राष्ट्रवाद और मराठा क्षेत्रवाद का अद्‌भुत मिश्रण तैयार किया। एक ओर इसने इस बात पर ज़ोर दिया कि मराठा शासकों के कारण ही भारत में मुसलमान शासन का पतन हुआ, दूसरी ओर इसने दूसरे प्रांतों या जातियों की तुलना में मराठों के पराक्रमी चरित्र को उभारा। शिव सेना ने शिवाजी के नाम का इस्तेमाल एक ऐसे मराठा हिंदू शासक के रूप में किया जिसने किसी भी दूसरे हिंदू शासक की तुलना में मुसलमानों के ख़िलाफ़ ज़्यादा शिद्दत से संघर्ष किया। शिव सेना ने आर्थिक और सांस्कृतिक मुद्दों और प्रतीकों का प्रयोग करके ख़ास तौर पर शहरी निम्न-मध्यवर्गीय मराठीभाषियों में अपने आधार का विस्तार किया। इस कारण से समझा जा सकता है कि मुम्बई नगर निगम पर लम्बे समय से शिव सेना का वर्चस्व क्यों रहा है।

अस्सी के दशक के आख़िरी वर्षों में जब विश्व हिंदू परिषद और भाजपा ने रामजन्मभूमि के मुद्दे को भारतीय राजनीति के केंद्र में स्थापित किया, तो शिव सेना ने भी मराठी होने से पहले 'हिंदू' होने के नारे को अपना लिया। वह अयोध्या में राम मंदिर बनाने के आंदोलन में जुट गयी। 1992 में बाबरी मसजिद गिराये जाने के बाद मुम्बई में भीषण दंगे हुए जिनमें हज़ारों मुसलमानों की हत्या कर दी गयी। कई जगहों पर हिंदुओं पर भी हमला किया गया। शिव सेना और बाल ठाकरे पर दंगे भड़काने में सक्रिय भूमिका का आरोप लगा। शिव सेना ने ख़ुद को महाराष्ट्र के भीतर हिंदुओं के रक्षक के रूप में पेश किया। इस साम्प्रदायिक राजनीति के परिणामस्वरूप महाराष्ट्र में 1995 के विधानसभा चुनावों में शिव सेना और भाजपा गठबंधन को जीत मिली। यह जीत इसलिए महत्त्वपूर्ण थी क्योंकि शिव सेना इस गठजोड़ में बड़े पार्टनर की भूमिका में थी। शिव सेना के नेता मनोहर जोशी ही मुख्यमंत्री बने। उनके बाद नारायण राणे। इन दोनों को सेना के सुप्रीमो बाल ठाकरे ने मनोनीत किया था।

केंद्रीय राजनीति में भी भारतीय जनता पार्टी के साथ

शिव सेना का गठजोड़ लम्बे समय से चला आ रहा है। वह भाजपा के नेतृत्व में गठित राष्ट्रीय जनतांत्रिक गठबंधन का भी सदस्य है। 1998-2004 के बीच केंद्र में अटल बिहारी वाजपेयी के नेतृत्व वाली सरकार में शिव सेना भी शामिल थी। गठजोड़ की राजनीति के कारण ही इसके नेता मनोहर जोशी 2002-2004 के बीच लोकसभा के अध्यक्ष रहे। उल्लेखनीय है कि सत्ता से बाहर होने के बाद भी शिव-सेना और भाजपा का गठजोड़ क़ायम रहा। 1999 के बाद से महाराष्ट्र में यह गठजोड़ विपक्ष का नेतृत्व कर रहा है। चुनावों में पराजय के बावजूद गठजोड़ क़ायम रहने का अहम कारण है दोनों दलों के बीच वैचारिक नज़दीकी।

शिव सेना भारतीय राजनीति की एक ख़ास परिघटना का प्रतिनिधित्व करती है। पहली बात तो यह है कि एक राजनीतिक दल के रूप में इसने हमेशा ही संकुचित मुद्दों को तरजीह दी है। इसकी राजनीति में हमेशा ही किसी-न-किसी समूह को निशाना बनाया जाता रहा है। शुरुआत में इसने दक्षिण भारतीयों पर हमला किया और फिर गुज़रातियों पर। मुसलमान हमेशा से ही इसके निशाने पर रहे हैं। नब्बे के दशक में इसने उत्तर भारतीयों, और ख़ासतौर पर बिहारियों को भी अपना निशाना बनाना शुरू किया। दूसरे, इसने कई मर्तबा खुल कर क़ानून को अपने हाथों में लिया है। कांग्रेस के नेतृत्व वाली सरकारों ने भी शिव सेना या शिव सैनिकों के ख़िलाफ़ कभी सख़्त कार्रवाई नहीं की। यहाँ तक कि मुम्बई दंगों की जाँच के लिए गठित श्रीकृष्ण आयोग द्वारा दंगों के लिए बाल ठाकरे को दोषी माने जाने के बावजूद उनके ख़िलाफ़ कोई कार्रवाई नहीं हुई। तीसरे, शिव सेना एक ऐसी पार्टी रही है जिसका मुख्य प्रभाव क्षेत्र शहरों तक ही सीमित रहा है। राज्य में एक बार सत्ता में आने और कई मर्तबा मुख्य विपक्षी दल रहने के बावजूद अभी ग्रामीण क्षेत्रों में इसका कोई ख़ास आधार नहीं है। चौथे, हिंदुत्व और मराठा पहचान की राजनीति करने के बावजूद शिव सेना वंशवाद के शिकंजे से नहीं बच पायी। शुरुआत से ही यह बाल ठाकरे की जागीर की तरह थी। बाल ठाकरे द्वारा अपने भतीजे राज ठाकरे की बजाय पुत्र उद्धव ठाकरे को उत्तराधिकारी बनाने के कारण 2005 में राज ने शिव सेना छोड़ कर अपनी अलग पार्टी बना ली। उनकी पार्टी महाराष्ट्र नवनिर्माण सेना (मनसे) शिव सेना से भी ज़्यादा आक्रामक अंदाज़ में मराठा हित की राजनीति करती है। इसने उत्तर भारतीयों के ख़िलाफ़ कई बार अभियान चलाया है। चुनावी राजनीति के संदर्भ में कहा जा सकता है कि मनसे ने शिवसेना के आधार पर क़ब्ज़ा करने की कोशिश की है और इसमें कुछ जगहों पर उसे सफलता भी मिली है।

नवम्बर, 2012 में बाल ठाकरे की मौत के बाद शिव सेना का भविष्य इस बात पर निर्भर करता है कि उद्धव ठाकरे किस सीमा तक बाल ठाकरे शैली की राजनीति कर पाते हैं। इस संदर्भ में मनसे और शिव सेना के संबंध और शिव सेना द्वारा ग्रामीण क्षेत्रों में अपना प्रसार करने की कोशिशें भी महत्त्वपूर्ण साबित हो सकती हैं। आज शिव सेना की महाराष्ट्र के स्थानीय निकायों, विधानसभा और दिल्ली की लोकसभा में मौजूदगी है। उत्तर प्रदेश, गुज़रात, पंजाब, मध्य प्रदेश, कर्नाटक, दिल्ली और हरियाणा में उसकी शाखाएँ सक्रिय हैं। अकेली मुम्बई में उसके झंडे तले पचास हज़ार से ज़्यादा शिव सैनिक काम कर रहे हैं। वामपंथी, सेकुलर और उदारतावादी राजनीति के पैरोकारों की आँख का काँटा होने के बावजूद शिव सेना राजनीति के मैदान में अपनी अहमियत बनाये हुए है।

देखें : अकाली दल, कांग्रेस 'प्रणाली', ग़ैर-कांग्रेसवाद, गठजोड़ राजनीति, जनता दल और उसकी विरासत-1 और 2, तेलुगु देशम पार्टी, पार्टी-गठजोड़ की राजनीति, भारत में गठजोड़ राजनीति, भारतीय जनता पार्टी-1 और 2, भारत में मतदान-व्यवहार-1, 2, 3, 4, 5 और 6, भारतीय राष्ट्रीय कांग्रेस-1 और 2, भारतीय कम्युनिस्ट पार्टी, भारतीय कम्युनिस्ट पार्टी (मार्क्सवादी), राष्ट्रीय जनतांत्रिक गठजोड़, वाम मोर्चा, शिव सेना, समाजवादी पार्टी, बहुजन समाज पार्टी-1 और 2, शिरोमणि अकाली दल, समाजवादी पार्टी, संयुक्त प्रगतिशील गठजोड़।

संदर्भ

1. अभय कुमार दुबे (1997), *बाल ठाकरे : एक राजनीतिक अध्ययन,* राजकमल प्रकाशन, नयी दिल्ली.
2. जूलिया एम. एकर्ट (2002), *द शिव सेना ऐंड द पॉलिटिक्स ऑफ़ वायलेंस,* ऑक्सफ़र्ड युनिवर्सिटी प्रेस, ऑक्सफ़र्ड.
3. थॉमस ब्लूम हैनसेन (2001), *वेजेज़ ऑफ़ वायलेंस : नेमिंग ऐंड आइडेंटिटी इन पोस्ट-कोलोनियल वायलेंस,* प्रिंसटन युनिवर्सिटी प्रेस, प्रिंसटन एन.जे.
4. मेरी डेनसॉफ़ केट्ज़स्टीन और अन्य (1997), 'द रिबर्थ ऑफ़ द शिव सेना : द सिम्बायोसिस ऑफ़ डिस्कर्सिव ऐंड ऑर्गनाइज़ेशनल पॉवर', *जर्नल ऑफ़ एशियन स्टडीज़,* खण्ड 56, अंक 2.
5. सुहास पल्शीकर (2004), 'शिव सेना : अ टाइगर विद मेनी फ़ेसेज़', *इकॉनॉमिक ऐंड पॉलिटिकल वीकली,* खण्ड 39, अंक 14/15.
6. दीपंकर गुप्ता (1982), *नेटिविज़्म इन मेट्रोपोलिस,* मनोहर पब्लिशर्स, नयी दिल्ली.

—कमल नयन चौबे

शिरोमणि अकाली दल

(Shiromani Akali Dal)

भारत के सबसे पुराने क्षेत्रीय दलों में से एक शिरोमणि अकाली दल मुख्यत: पंजाब की राजनीति में सक्रिय है। उल्लेखनीय है कि पंजाब में शिरोमणि अकाली दल के नाम से कई दल हैं, लेकिन चुनाव आयोग ने प्रकाश सिंह बादल के नेतृत्व वाले अकाली दल को ही शिरोमणि अकाली दल का दर्जा दिया है। इसके लिए अकाली दल (बादल) शब्द का भी प्रयोग किया जाता है। यह सिक्खों की धार्मिक संस्थाओं शिरोमणि गुरुद्वारा प्रबंधक कमेटी और दिल्ली सिक्ख गुरुद्वारा प्रबंधन कमेटी को नियंत्रित करता है। आज़ादी से पहले और आज़ादी के बाद के दौर में अकाली दल सिक्खों के हितों की राजनीति ही करता रहा है। आज़ादी के बाद उसने ग़ैर-कांग्रेसवादी राजनीति में भागीदारी की है। इसका एक बड़ा कारण यह भी है कि पंजाब में इसका सीधा मुक़ाबला कांग्रेस से ही होता है। 1990 के दशक के मध्य में भाजपा के नेतृत्व में बने राष्ट्रीय जनतांत्रिक गठबंधन (राजग) में अकाली दल की प्रमुख भूमिका रही है। इसके माध्यम से इसने न सिर्फ़ केंद्र में एक स्थाई गठबंधन सरकार बनाने में मदद की है, बल्कि ग़ैर-कांग्रेसवाद की राजनीति को मजबूती देने का भी प्रयास किया है।

मास्टर तारा सिंह (1885-1967)

अकाली दल की विशेषता यह है कि मुख्यत: सिक्खों की धर्म आधारित राजनीतिक गोलबंदी पर आधारित होने के बावजूद यह पार्टी बीच-बीच में अपने जनाधार को बहुधर्मी करने की विफल चेष्टा करती रही है। अगर परिभाषा के तौर पर देखा जाए तो अकाली दल एक सम्प्रदाय आधारित दल है, पर उसकी राजनीति का चरित्र ज़्यादा से ज़्यादा नरमपंथी क़िस्म की साम्प्रदायिकता वाला ही कहा जा सकता है। मुख्यत: हिंदू गोलबंदी पर आधारित भारतीय जनता पार्टी के साथ अकाली दल के गठजोड़ ने भी उसे अपने सिक्ख साम्प्रदायिक आधार को नरम रखने की तरफ़ धकेला है। यहीं सवाल उठता है कि क्या पंजाब के सभी सिक्ख अकाली दल के जनाधार के अंग हैं? इसका उत्तर इतना सीधा नहीं है। सिक्खों के बीच अनुसूचित जातियों के समुदायों द्वारा कई बार बहुजन समाज पार्टी का समर्थन करने का रुझान प्रदर्शित करने से एक स्थाई जनाधार के रूप में अकाली दल के पास मुख्यत: जाट सिक्खों का समर्थन रहता है। सामाजिक-आर्थिक रूप से बेहद ताक़तवर यह समुदाय जब स्वयं को सिक्खों के समग्र प्रतिनिधित्व का दावेदार कहता है तो अन्य सिक्ख समुदायों की आवाज़ इसके सामने दब जाती है।

अकाली दल का गठन 14 दिसम्बर, 1920 को हुआ था। सिक्खों की धार्मिक संस्था शिरोमणि गुरुद्वारा प्रबंधक कमेटी के सक्रिय जत्थे के रूप में इसका गठन हुआ था। इसका मक़सद गुरुद्वारों को उन भ्रष्ट महंतों के चंगुल से मुक्त कराना था जिन्हें औपनिवेशिक शासन का समर्थन मिला हुआ था। 1920-1925 के दौरान इसके लिए अकाली दल के नेतृत्व में गुरुद्वारा-मुक्ति का जबर्दस्त आंदोलन चला। इसी के परिणामस्वरूप अंग्रेज़ सरकार ने 1925 में सभी गुरुद्वारों का प्रबंध सिक्खों की एक निर्वाचित संस्था को सौंप दिया। इसे शिरोमणि गुरुद्वारा प्रबंधक कमेटी कहा गया। इस आंदोलन ने राष्ट्रीय आंदोलन के साथ भी अपना जुड़ाव क़ायम किया। 1930 के दशक में अकाली दल मास्टर तारा सिंह के नेतृत्व में कांग्रेस के काफ़ी नज़दीक आया। 1937-38 में मास्टर तारा सिंह ने अकाली सदस्यों को कांग्रेस का सदस्य बनने के लिए भी कहा। लेकिन द्वितीय विश्व-युद्ध आते-आते कांग्रेस के साथ उसके रिश्ते ख़राब हो गये। तारा सिंह को यह लगा कि कांग्रेस सिक्खों के अधिकारों के प्रति गम्भीर नहीं है। उधर कांग्रेस ने भी तारा सिंह पर अविश्वास किया। अकाली दल ख़ुद को सिक्खों के हितों का प्रतिनिधित्व करने वाला एकमात्र दल मानता था। इसलिए आज़ादी के संघर्ष के दौरान जब मुसलिम लीग और इसके नेता मुहम्मद अली जिन्ना ने मुसलमानों के लिए अलग राष्ट्र की माँग रखनी शुरू कर दी, तो मास्टर तारा सिंह ने भी सिक्खों के लिए एक अलग राष्ट्र-राज्य बनाने की माँग की। लेकिन इसके लिए कोई ख़ास समर्थन न मिलने के कारण उन्होंने इस पर ज़ोर नहीं दिया।

आज़ादी के बाद भी अकाली दल ने अपनी नरमपंथी साम्प्रदायिकता की नीति जारी रखी। उसने पंजाबीभाषियों के लिए एक अलग राज्य की माँग की। इसके पीछे मान्यता यह थी कि गुरुमुखी लिपि में लिखी जाने वाली पंजाबी सिक्खों की भाषा है। अंतिम विश्लेषण में भाषा की आड़ में अकाली दल की यह माँग धर्म (यानी सिक्ख धर्म) के आधार पर एक अलग राज्य माँग बनाने की ही थी। इसलिए शुरुआत में नेहरू सरकार ने इस पर कोई ख़ास ध्यान नहीं दिया। लेकिन मास्टर तारा सिंह के नेतृत्व में अकाली दल ने इस माँग पर ज़ोर देना जारी रखा। अपनी माँग की वैधता को बढ़ाने के लिए तारा सिंह के बाद अकाली नेतृत्व ने तर्क देना शुरू किया कि असल में पंजाब राज्य की माँग पूरी तरह से भाषा पर आधारित राज्य की माँग है। अलग पंजाब के गठन के लिए हुए आंदोलन में इस माँग के पक्ष में अनशन करते हुए दर्शन

सिंह फ़ेरूमान को अपनी जान भी गँवानी पड़ी। मार्च, 1966 में प्रधानमंत्री इंदिरा गाँधी ने एक पंजाबीभाषी राज्य पंजाब और हिंदीभाषी राज्य हरियाणा के गठन की घोषणा की। आख़िरकार नवम्बर, 1966 में पंजाब एक अलग राज्य बन गया। पंजाब और हरियाणा ने अपनी-अपनी राजधानी बनाने के लिए चंडीगढ़ पर अपना दावा पेश किया। केंद्र सरकार ने विवाद सुलझने तक चंडीगढ़ को केंद्रशासित प्रदेश बना कर दोनों राज्यों की राजधानी बना दिया।

पॉल ब्रास ने दिखाया है कि भारत का भाषाई संघवाद जिन चार शर्तों पर काम करता है, उनमें एक यह भी है कि धार्मिक आधार पर राज्य के गठन की कोई माँग स्वीकार नहीं की जाएगी। पंजाबी भाषा के आधार पर पंजाब के पुनर्गठन में लगने वाली देर के पीछे यही कारण समझा जाता है कि उसका व्यावहारिक मतलब सिक्ख बहुमत वाला राज्य बनाना ही था। जब सरकार ने समझ लिया कि पंजाबी सूबे के लिए आंदोलन चलाने वाले नेताओं की भारत के प्रति निष्ठा असंदिग्ध है, तभी वह इसके लिए राज़ी हुई। भाषाई राज्य बनने के बाद उनके भीतर के भाषाई अल्पसंख्यकों की स्थिति का प्रश्न भी सरकार की उलझन का कारण था। पंजाब और हरियाणा की सरकारें तो मानती ही नहीं कि उनके यहाँ कोई अल्पसंख्यक भाषाई समुदाय भी है।

हालाँकि अकाली दल ने पंजाब राज्य के निर्माण के लिए लगातार कोशिश की और उसे सिक्खवाद से जोड़ते हुए आगे बढ़ाया, लेकिन उसकी यह साम्प्रदायिक राजनीति पंजाब की राजनीति पर उसका वर्चस्व क़ायम नहीं करवा पायी। वह एक मजबूत दल के रूप में मौजूद रहा, लेकिन बाज़ी कांग्रेस के हाथों रही। राज्य का गठन होने के बाद पहली सरकार कांग्रेस के नेतृत्व में ही बनी। सत्तर के दशक में इंदिरा गाँधी द्वारा लगायी गयी इमरजेंसी का अकाली दल ने डट कर विरोध किया। अकाली जत्थों ने आपातकाल की पूरी अवधि में गिरफ़्तारियाँ देने का कार्यक्रम जारी रखा। 1977 में इंदिरा सरकार के पतन ने पंजाब में प्रकाश सिंह बादल के नेतृत्व में विपक्ष की सरकार बनवायी। लेकिन जनता पार्टी प्रयोग की विफलता ने अस्सी की शुरुआत में इंदिरा गाँधी की वापसी करवाई। इंदिरा गाँधी ने पंजाब में अकालियों के बढ़ते प्रभाव को रोकने के लिए जो राजनीति की उसका नतीजा आगे चल कर विनाशकारी निकला। लेकिन, अकालियों की समस्या कांग्रेस के अलावा आंतरिक भी थी जिसके कारण भी 1987 में राज्य में सिक्ख आतंकवाद के उभार से पहले अकाली दल का कोई भी नेता मुख्यमंत्री के रूप में अपना कार्यकाल पूरा करने में सफल नहीं हुआ था। पार्टी आम तौर पर आंतरिक कलह की शिकार रहती थी। पार्टी की ओर से गुरनाम सिंह, लक्ष्मण सिंह गिल, प्रकाश सिंह बादल और सुरजीत सिंह बरनाला को राज्य के मुख्यमंत्री बनने का मौक़ा मिला, लेकिन कोई भी पूरी अवधि तक सरकार नहीं चला पाया।

अस्सी के दशक में पंजाब में आंतकवाद और पृथकतावादी आंदोलनों के उभार में अकाली दल की भूमिका बहसतलब रही है। प्रेक्षकों का एक पक्ष उनकी नरम साम्प्रदायिक राजनीति को इसका ज़िम्मेदार मानता है। यह रुख रखने वाले विश्लेषक कहते हैं कि सिक्ख राजनीतिक समुदाय राष्ट्रीय स्तर पर अल्पसंख्यक की भूमिका में ज़रूर है, पर पंजाब में उसकी हैसियत एक ताक़तवर बहुसंख्यक समुदाय की है। एक तरफ़ अल्पसंख्यक मानस और दूसरी तरफ़ बहुसंख्यक मानस का मिश्रण राजनीति को काफ़ी जटिल बना देता है। सिक्खों के साथ होने वाले तथाकथित अन्याय को पंजाब के साथ होने वाले अन्याय का पर्याय बताने के बावजूद अकाली दल इस माँग के साम्प्रदायिक पहलू को ओझल नहीं कर पाता। पंजाब की ग़ैर-सिक्ख जनता इस मामले में उनका साथ देते हुए नज़र नहीं आती। अकाली माँग तो करते हैं, पर उसे मनवाने के लिए केंद्र सरकार पर दबाव नहीं बना पाते। उनकी इस नाकामी से ही सिक्खों के बीच ज़्यादा उग्रवादी क़िस्म के नेताओं और आंदोलनों के उभार की ज़मीन तैयार हुई। इस सिलसिले में आनंदपुर साहब प्रस्ताव का ज़िक्र करना ज़रूरी है। अकाली दल का यह प्रस्ताव मुख्य रूप से क्षेत्रीय स्वायत्तता की दावेदारी पर आधारित था। लेकिन राजनीतिक घटनाक्रम ने इसे पंजाब में ग़ैर-सिक्खों के बीच और राज्य के बाहर इसकी छवि पृथकतावाद प्रोत्साहित करने वाले प्रस्ताव के रूप में बना दी। दूसरी तरफ़ कई बार यह तर्क भी दिया जाता है कि अकालियों द्वारा अपना जनाधार विस्तृत करने और सिक्ख सीमाओं के बाहर ले जाने की कोशिश नाकाम करने के लिए कांग्रेस ने पंजाब के उग्रपंथी और कट्टर सिक्ख तत्त्वों (जिनकी नुमाइंदगी जनरैल सिंह भिंडरावाले के हाथ में थी) को शह दी। पृथकतावाद को प्रश्रय दिया गया और एक अलग राष्ट्र के रूप में ख़ालिस्तान आंदोलन को पनपने दिया गया। इसी के परिणामस्वरूप अकाली दल में कुछ ज़्यादा उग्र रवैया अपनाने वाले नेताओं ने अपना अलग अकाली दल बना लिया। मसलन, सिक्ख-पहचान के मुद्दे पर ज़्यादा उग्र रवैया रखने वाले सिमरनजीत सिंह मान ने अकाली दल (मान) का गठन किया।

यह राजनीति धीरे-धीरे बिगड़ती चली गयी। स्वर्ण मंदिर उग्रपंथियों का केंद्र बनता चला गया। अंत में केंद्र की इंदिरा गाँधी सरकार ने भिण्डरावाले जैसे उग्रपंथी नेताओं के ख़िलाफ़ 1984 में 'ऑपरेशन ब्लू स्टार' के तहत कार्रवाई की। स्वर्ण मंदिर में सेना घुसकर भिण्डरावाले को मार गिराया गया, और बड़ी संख्या में हथियार भी ज़ब्त किये गये। इस की कार्रवाई ने सिक्खों की धार्मिक भावनाओं को गहरी ठेस पहुँचायी। अकाली दल ने भी इसकी ज़बरदस्त आलोचना की। नतीजतन पंजाब में आंतकवाद ने ज़ोर पकड़ा। परिणाम

इंदिरा गाँधी की हत्या के रूप में सामने आया जिसके बाद देश के विविध भागों में हुए दंगों में हज़ारों निर्दोष सिक्खों की हत्या कर दी गयी। इन घटनाओं ने सिक्खों के भीतर अलगाववाद की भावना और मज़बूत की। अकाली दल के एक बड़े हिस्से ने ख़ालिस्तान का कभी समर्थन नहीं किया। लेकिन ऑपरेशन ब्लू स्टार का विरोध ज़रूर किया। साथ ही सिक्ख पहचान के उग्र और हिंसक उभार ने काफ़ी हद तक अकाली राजनीति के नरम सम्प्रदायवादी रुख को अप्रासंगिक बना दिया।

1987 से 1992 तक पंजाब में उग्रवादी ख़ालिस्तानी आंदोलन का ज़ोर रहा। ख़ालिस्तान समर्थकों ने अल्पसंख्यक हिंदुओं और कांग्रेस या भारतीय राज्य से हमदर्दी रखने वाले सिक्खों को अपना निशाना बनाया। इस कारण इस पूरे दौर में राज्य में राष्ट्रपति शासन लागू रहा। 1992 में राज्य विधानसभा के चुनाव करवाये गये। अकाली दल ने इन चुनावों का बहिष्कार किया। चुनावों में बहुत कम मतदान हुआ और कांग्रेस को जीत मिली। बेअंत सिंह राज्य के मुख्यमंत्री बने। उन्होंने पंजाब में पुलिस महानिरीक्षक के.पी.एस. गिल को ख़ालिस्तान समर्थकों के दमन की खुली छूट दे दी। इसके बाद पंजाब में अलोकतांत्रिक, क्रूर और दमनकारी तरीक़े से ख़ालिस्तान-विचार के प्रति हमदर्दी रखने वाले युवकों की हत्याएँ की गयीं। इससे ख़ालिस्तानी आंदोलन का तो दमन हो गया, लेकिन मानवाधिकारों की खुलकर धज्जियाँ उड़ीं। अकाली दल ने कांग्रेस की इस रणनीति का खुलकर विरोध किया। बेअंत सिंह की अगस्त, 1995 में हत्या कर दी गयी। इसके बाद कांग्रेस के शासनकाल में हरचरण सिंह बरार और राजेंद्र कौर भट्टल के हाथ में राज्य की बागडोर रही। 1997 में हुए राज्य विधानसभा चुनावों में अकाली दल ने भी हिस्सा लिया। इस समय तक पंजाब की राजनीति में उग्रवादी आंदोलन तक़रीबन ख़त्म हो चुका था। अकाली दल ने चुनावों में कांग्रेस के कुशासन के साथ ही साथ सिक्ख भावनाओं को भी भुनाने की कोशिश की। उसे बहुमत मिला और प्रकाश सिंह बादल राज्य के मुख्यमंत्री बने। लेकिन 2002 में हुए चुनावों में अकाली दल को हार का मुँह देखना पड़ा और कांग्रेस को जीत मिली। लेकिन इसके बाद हुए दो विधानसभा चुनावों (2007 और 2012) में अकाली दल को लगातार जीत मिली। 2012 के चुनावों की जीत इसलिए ज़्यादा महत्त्वपूर्ण है क्योंकि 1992 के बाद हुए विधानसभा चुनावों में ऐसा पहली बार हुआ कि किसी सत्तारूढ़ दल को जनता ने दुबारा जनादेश दिया हो।

पंजाब की राजनीति में कांग्रेस और अकाली दल दो ध्रुवों के रूप में स्थापित हैं। अकाली दल ने केंद्र में ग़ैर-कांग्रेसवाद की नीति के आधार पर भाजपा से गठजोड़ क़ायम कर रखा है। पंजाब में बसपा जैसे दल भी ज़ोर-आज़माइश करते हैं। लेकिन बसपा या कोई दूसरा दल राज्य में अपनी स्थिति बहुत मज़बूत नहीं कर पाया है। गौरतलब है कि ख़ालिस्तान आंदोलन के पहले अकाली दल जिस तरह साम्प्रदायिक मुद्दों को बढ़ावा देता था, अब वह उससे काफ़ी पीछे हटा है। अब सामाजिक-आर्थिक मुद्दों को ज़्यादा तरजीह दी जा रही है। लेकिन उसने सिक्ख-अस्मिता की राजनीति को छोड़ा नहीं है जो आज भी उसकी राजनीति का बुनियादी आधार है। इसका एक प्रमुख उदाहरण यह है कि बेअंत सिंह हत्याकाण्ड के आरोपी बलवंत सिंह रजोवाणा की फ़ाँसी की सज़ा माफ़ करवाने के लिए अकाली दल ने काफ़ी सक्रियता दिखाई है। इसका कारण यह नहीं है कि यह दल फ़ाँसी की सज़ा को ख़त्म करने की वकालत करता है। असल में रजोवाणा के सिक्ख पहचान का प्रतिनिधि बन जाने के कारण अकाली दल ने उनके फ़ाँसी की सज़ा ख़त्म करने की माँग की है। 1992 के बाद के दौर में अकाली दल की राजनीति की एक प्रमुख विशेषता प्रकाश सिंह बादल का वर्चस्व भी है। बादल का विरोध करने वाले कद्दावर नेताओं ने या तो पार्टी छोड़ दी या उन्होंने बादल के वर्चस्व को पूरी तरह स्वीकार कर लिया। अब काफ़ी हद तक यह भी स्पष्ट हो गया है कि प्रकाश सिंह बादल के बेटे सुखबीर सिंह बादल ही उनके उत्तराधिकारी होंगे। इसके अलावा दक्षिण भारत के परिवार केंद्रित क्षेत्रीय दलों की तरह ही अकाली दल ने भी अपना टीवी चैनल आदि शुरू कर दिया है। अकाली दल में बादल परिवार के वर्चस्व को देश की राजनीति में परिवारवाद के एक अन्य उदाहरण के रूप में ही रेखांकित किया जा सकता है।

देखें : अकाली दल, कांग्रेस 'प्रणाली', ग़ैर-कांग्रेसवाद, गठजोड़ राजनीति, जनता दल और उसकी विरासत-1 और 2, तेलुगु देशम पार्टी, पार्टी-गठजोड़ की राजनीति, भारत में गठजोड़ राजनीति, भारतीय जनता पार्टी-1 और 2, भारत में मतदान-व्यवहार-1, 2, 3, 4, 5 और 6, भारतीय राष्ट्रीय कांग्रेस-1 और 2, भारतीय कम्युनिस्ट पार्टी, भारतीय कम्युनिस्ट पार्टी (मार्क्सवादी), राष्ट्रीय जनतांत्रिक गठजोड़, वाम मोर्चा, शिव सेना, समाजवादी पार्टी, बहुजन समाज पार्टी-1 और 2, शिरोमणि अकाली दल, समाजवादी पार्टी, संयुक्त प्रगतिशील गठजोड़।

संदर्भ

1. सुरिंदर एस. जोधका (2009), 'पहचान, राष्ट्र और लोकतंत्र : 1990 के दशक में भारतीय राजनीति में पंजाब', अरविंद मोहन (सम्पा.), *लोकतंत्र का नया लोक : चुनावी राजनीति में राज्यों का उभार*, वाणी प्रकाशन-लोकनीति (सीएसडीएस), नयी दिल्ली.
2. योगेन्द्र एस. मलिक (1986), 'द अकाली पार्टी ऐंड सिक्ख मिलिटेंसी : मूव फ़ॉर ग्रेटर ऑटोनॉमी ऑर सिसेनिज़म इन पंजाब', *एशियन सर्वे*, खण्ड 38, अंक 4.
3. के. आर. बोम्बवॉल (1986), 'सिक्ख आइडेंटिटी, अकाली दल ऐंड फ़ेडरल पॉलिटी', *इकॉनॉमिक ऐंड पॉलिटिकल वीकली*, खण्ड 21, नंबर 17.

4. आशुतोष कुमार (2004), 'इलेक्टोरल पॉलिटिक्स इन पंजाब : स्टडी ऑफ़ अकाली दल', *इकॉनॉमिक ऐंड पॉलिटिकल वीकली*, खण्ड 39, नंबर 14.

— कमल नयन चौबे

शीत-युद्ध

(Cold War)

द्वितीय विश्व-युद्ध की समाप्ति के बाद विजयी मित्र राष्ट्रों (अमेरिका, फ्रांस, ब्रिटेन और सोवियत संघ) के बीच प्रभाव क्षेत्रों के बँटवारे के बाद हुई अंतर्राष्ट्रीय राजनीति पर शीत-युद्ध की परिघटना क़रीब चार दशक से ज़्यादा समय तक छाई रही। यह अवधि 1945 से नब्बे के दशक के शुरुआती वर्षों तक मानी जाती है। इसे दो महाशक्तियों (अमेरिका और सोवियत संघ) के बीच हथियारों का इस्तेमाल किये बिना चले विश्व-प्रभुत्व के संघर्ष के रूप में भी देखा जाता है। सोवियत ख़ेमे की पराजय और बिखराव के कारण आज शीत-युद्ध इतिहास की घटना बन कर रह गया है, लेकिन पचास, साठ और सत्तर के दशक में आणुविक हथियारों की होड़ के कारण ऐसा कई बार लगा कि शीत-युद्ध की राजनीति के कारण कहीं विनाशकारी तीसरा विश्व-युद्ध शुरू न हो जाए। इस परिस्थिति की एक व्याख्या यह भी है कि शीत-युद्ध के कारण ही तीसरा विश्व-युद्ध रोका जा सका। शीत-युद्ध के कारणों और इतिहास के बारे में अंतर्राष्ट्रीय संबंधों के विद्वानों के बीच एक राय नहीं है। यह भी माना जाता है कि अमेरिकी राष्ट्रपति रूज़वेल्ट द्वारा दिये गये फ़ुल्टन भाषण से इसकी शुरुआत हुई। सोवियत संघ ने 1979 में अफ़ग़ानिस्तान में सैन्य हस्तक्षेप किया तो अमेरिका ने उसे नये शीत-युद्ध या दूसरे शीत-युद्ध की संज्ञा दी थी।

कम से कम तीन दृष्टिकोण ऐसे हैं जो शीत-युद्ध की प्रकृति, उसके अंत और उसकी विरासत के बारे में एक-दूसरे से बहस करते हुए देखे जा सकते हैं। पहला और शायद सबसे लोकप्रिय विचार यह है कि यह दो महाशक्तियों के बीच का संघर्ष था जिसका अंत एक के ख़ात्मे के साथ हो गया। इस संघर्ष को युद्ध इसलिए कहा जाता है कि इस दौरान दोनों पक्षों के बीच ज़बरदस्त तनाव रहा, आणुविक अस्त्र-शस्त्रों के इस्तेमाल की नौबत रही और तनाव-शैथिल्य की प्रक्रिया बार-बार चलने के बावजूद नाकाम होती रही। इस युद्ध को शीत अर्थात् ठंडे की संज्ञा इसलिए दी जाती है कि इस संकटग्रस्त परिस्थिति के बावजूद दोनों पक्षों की सेनाएँ आपस में नहीं टकरायीं और युद्ध कभी उष्ण अर्थात् गर्म नहीं हुआ। लेकिन यह सरल सी परिभाषा भी उस समय विवादग्रस्त हो जाती है जब यह तय करने की नौबत आती है कि शीत-युद्ध का ज़िम्मेदार असल में कौन था। इसी के साथ इस परिघटना के इतिहास की दो अलग-अलग व्याख्याएँ सामने आ जाती हैं। इन्हें परम्परानिष्ठ और संशोधनवादी श्रेणियों में रखा जाता है।

शीत-युद्ध पर परम्परानिष्ठ विचार के पैरोकार इसे दो तरह की सार्वभौम मूल्य-प्रणालियों के टकराव के तौर पर देखना पसंद करते हैं। इस व्याख्या के तहत पश्चिम यानी अमेरिका बाज़ार आधारित अर्थव्यवस्था और बहुदलीय लोकतंत्र से जुड़े मूल्यों का प्रतिनिधित्व कर रहा था, और पूर्व यानी सोवियत संघ के पास एक पार्टी की प्रधानता वाले राज्य और उसके निर्देशों पर चलने वाली नौकरशाही नियंत्रित शासन व्यवस्था के मूल्यों की नुमाइंदगी थी। दोनों में से कोई भी पक्ष अपने-अपने आग्रहों से हटने के लिए तैयार नहीं था। परम्परानिष्ठ विचार के हामी शीत-युद्ध की ज़िम्मेदारी सोवियत संघ के ऊपर थोपते हैं कि विश्व-युद्ध ख़त्म होने के बाद उसने आक्रामक और विस्तारवादी रवैया अपनाया जिसकी प्रतिक्रिया में अमेरिका को मोर्चेबंदी करनी पड़ी और शीत-युद्ध शुरू हो गया। यह भी कहा जाता है कि सोवियत संघ इसके अलावा कुछ कर भी नहीं सकता था, क्योंकि यह उसकी बुनियादी और अंतर्निहित प्रवृत्ति थी। अगर आणुविक हथियार न होते और म्युचुअली एश्योर्ड डिस्ट्रक्शन (एमएडी) की परिस्थितियाँ न होतीं तो यह शीत-युद्ध कई बार बाक़ायदा युद्ध में बदल गया होता। सोवियत संघ अमेरिका के साथ शस्त्रों की होड़ में टिक नहीं पाया और अंततः बिखर गया। इसका परिणाम शीत-युद्ध आधारित अंतर्राष्ट्रीय व्यवस्था के अंत में निकला। परम्परानिष्ठ विचार के समर्थक इस अंत का श्रेय अमेरिका और उसके सहयोगी राष्ट्रों को देते हैं कि वे हथियारों की होड़ में लगातार सोवियत संघ से एक क़दम आगे रहे। अब शीत-युद्ध ख़त्म हो गया है और दुनिया एक ध्रुवीय हो गयी है। अमेरिकी वर्चस्व अपने आप में काफ़ी नरम और हानिरहित क़िस्म का है, इसलिए यह एक ध्रुवीयता चिंताजनक नहीं कही जा सकती।

इसके विपरीत संशोधनवादी विचार शीत-युद्ध के कारणों के बारे में परम्परानिष्ठों से सहमत होते हुए उसका दोष अमेरिका पर मढ़ता है। संशोधनवादी व्याख्याएँ साठ के दशक में वियतनाम युद्ध के समय प्रचलित हुईं। यह तर्क इस तरह आगे बढ़ता है : विश्व-युद्ध में अमेरिका ने अपने चार लाख नागरिकों को खोया लेकिन अपनी ज़मीन पर युद्ध न लड़ने के कारण उसकी अर्थव्यवस्था फ़ायदे में रही। इसके विपरीत सोवियत संघ के दो करोड़ सत्तर लाख नागरिक मारे गये और उसका पूरा अर्थतंत्र तक़रीबन नष्ट हो गया। अपनी लाभ की स्थिति को आगे बढ़ाते हुए अमेरिका ने अपने राष्ट्रीय हितों को पुष्ट करने के लिए अंतर्राष्ट्रीय अर्थव्यवस्था

याल्टा कांफ्रेंस में (बायें से) विंस्टन चर्चिल, फ्रेंकलिन रूज़वेल्ट और जोसेफ़ स्तालिन

को नये सिरे से रचने की मुहिम चलायी। जबकि सोवियत संघ केवल एक प्रतिरक्षात्मक पैंतरा लेते हुए पूर्वी युरोप में सुरक्षा क्षेत्र बनाना चाहता था। यानी सोवियत ख़तरे का अमेरिकी तर्क काल्पनिक और मनगढ़ंत दलीलों पर आधारित था। संशोधनवादी विचार यह तो मानता है कि शीत-युद्ध ख़त्म होने के पीछे सोवियत संघ की आर्थिक कमज़ोरी थी, पर साथ में उनकी मान्यता यह भी है कि इसे बहुत पहले हथियारों की होड़ में फँसे बिना ख़त्म किया जा सकता था। शीत-युद्ध ख़त्म होने के बाद एक-ध्रुवीयता का लाभ उठा कर अमेरिका सारी दुनिया पर अपने विचार थोपना चाहता है। यह एक ख़तरनाक स्थिति है।

शीत-युद्ध को मुख्यत: शत्रुतापूर्ण बताने वाली व्याख्याओं के विपरीत एक तीसरा दिलचस्प विचार यह भी है कि यह परिघटना दोनों पक्षों के लिए फ़ायदेमंद साबित हुई। इसके कारण अमेरिका को जापान और जर्मनी की समस्याओं से निबटने का मौक़ा मिल गया। इन्हीं दोनों देशों ने विश्व-युद्ध की शुरुआत की थी। सोवियत संघ और अमेरिका ने जो शीत-युद्ध चलाया, उसके दबाव में पश्चिमी और पूर्वी युरोप की सामाजिक-राजनीतिक रूपरेखा स्थिर हो गयी। शीत-युद्ध से महाशक्तियों और उनके सहयोगियों के बीच एक तरह का कठोर आणुविक पदानुक्रम बन गया। इसी तरह का पदानुक्रम आणुविक और ग़ैर-आणुविक देशों के बीच तैयार हुआ। इस दौरान आणुविक टकराव की सम्भाव्यता सैद्धांतिक रूप से बनी रही जिसके फलस्वरूप दोनों पक्ष वास्तविक टकराव से बचते रहे और एक तरह की भूमण्डलीय स्थिरता क़ायम रखी जा सकी। यह व्याख्या दावा करती है कि दोनों पक्षों की तरफ़ से उनके भीतर मौजूद ताक़तवर घरेलू हितों का स्वार्थ शीत-युद्ध चालू रखने के साथ जुड़ा था। हथियारों की होड़ चलाते रहने के पीछे अमेरिकी मिलिट्री-इंडस्ट्रियल कॉम्प्लेक्स के हित काम कर रहे थे। इसने दुनिया के विभिन्न हिस्सों में अमेरिकी सशस्त्र हस्तक्षेप को जायज़ ठहराया, एक नैशनल सिक्योरिटी स्टेट की स्थापना करवाई और अमेरिकी संघीय सरकार के ऊपर राष्ट्रपति की सत्ता स्थापित की। दूसरी तरफ़ सोवियत संघ में शीत-युद्ध के नाम पर किसी भी तरह के असंतोष और विरोध के दमन को जायज़ क़रार दिया गया, समाज के नागरिक क्षेत्रों को फ़ौजी हलकों के मातहत कर दिया गया, और एक ऐसी निरंकुश प्रणाली स्थापित की गयी जिसका मक़सद था भू-राजनीतिक दायरे में अमेरिका के बराबर आने की कोशिश करते रहना।

हालाँकि शीत-युद्ध के बारे में की गयी इन तीनों व्याख्याओं में सच्चाई का पुट है, पर तीनों में से कोई शीत-युद्ध को युरोप की स्थिति के साथ जोड़ कर नहीं देखती। शीत-युद्ध युरोप में लम्बे अरसे से चली भू-राजनीतिक उथल-पुथल का नतीजा भी था। दोनों महाशक्तियाँ ग़ैर-युरोपीय थीं, और दोनों की राजनीतिक प्रणालियों के बीच कोई समानता नहीं थी। राजनय की शैली में भी बहुत फ़र्क़ था। इसलिए दोनों के बीच कोई न कोई टकराव होना लाज़मी था, पर टकराव के साथ-साथ सहयोग के पहलू भी मौजूद थे। दोनों ने युरोप को अपने-अपने प्रभाव क्षेत्रों में बाँट लिया था। साठ के दशक के आख़िरी सालों के बाद से तनाव-शैथिल्य (देताँ) की अवधि से ही दोनों पक्षों को तीसरा विश्व-युद्ध टालने में अपना-अपना हित दिखने लगा था।

जो भी हो, शीत-युद्ध के एक परिणाम पर किसी को संदेह नहीं है। इस लड़ाई में सोवियत संघ और कम्युनिस्ट ख़ेमे को पराजय नसीब हुई। लेकिन, अमेरिका का वर्चस्व अपने आप में समस्याहीन नहीं है। एक महाशक्ति दुनिया भर के देशों की ज़रूरतों को पूरा करने में लगातार असमर्थ साबित हो रही है। इसका असर ख़ुद अमेरिका की अपनी स्थिति पर पड़ रहा है।

देखें : आदर्शवाद, आतंकवाद, अंतर्राष्ट्रीय मुद्रा कोष, इमैनुएल कांट, इतिहास का अंत, एडवर्ड हैलेट कार, जाति-संहार, पृथकतावाद, तृतीय विश्व, द्वितीय विश्व-युद्ध, नस्लवाद, नव-उपनिवेशवाद, निर्भरता सिद्धांत, नि:शस्त्रीकरण, पेटेंट, प्रथम विश्व-युद्ध, प्रगति, बौद्धिक सम्पदा अधिकार, ब्रेटन वुड्स प्रणाली, भारत में पेटेंट क़ानून, रंगभेद, उपनिवेशवाद, यथार्थवाद, युद्ध, युरोपीय यूनियन, रचनात्मकतावाद, राजनय, विश्व व्यापार संगठन।

संदर्भ

1. के. बूथ (सम्पा.), *स्टेटक्राफ्ट ऐंड सिक्यूरिटी : कोल्ड वार ऐंड बियांड*, केम्ब्रिज युनिवर्सिटी प्रेस, केम्ब्रिज, 1998
2. आर. क्रोकेट, *द फ़िफ़्टी इयर्स वार*, रौटलेज, लंदन, 1995
3. जे. गैडिस, *स्ट्रैटजीज़ ऑफ़ कंटेनमेंट*, ओयूपी, ऑक्सफ़र्ड, 1982
4. जे. गैडिस, *वी नो नाउ : रिथिंकिंग कोल्ड वार हिस्ट्री*, ओयूपी, ऑक्सफ़र्ड, 1997
5. जे. इसाक और टी. डाउनिंग, *द कोल्ड वार*, बेंटम प्रेस, लंदन, 1998

— अभय कुमार दुबे

शोषण

(Exploitation)

शोषण एक ऐसे सामाजिक संबंध का नाम है जिसके तहत किसी लाभ के लिए व्यक्ति, समूह या किसी समाज और देश का अनुचित इस्तेमाल किया जाता है। तर्क चाहे कोई भी दिया जाए, पर शोषण की धारणा किसी भी तरह से नैतिकता की कसौटियों पर ख़री नहीं उतरती। किसी साध्य की प्राप्ति के लिए मनुष्य को महज़ साधन में घटाए बिना शोषण नहीं किया जा सकता, इसीलिए शोषित शोषण करने वाले की निगाह में केवल एक संसाधन मात्र होता है जिसके वर्तमान या भविष्य की उसे कोई चिंता नहीं होती। शोषण के ज़रिये लोगों के अधिकार छीने जाते हैं, मनमाने विनिमय के माध्यम से उन पर नुक़सान थोप दिया जाता है और प्रत्यक्ष या अप्रत्यक्ष रूप से उन्हें कम या न के बराबर मज़दूरी पर काम करने के लिए मजबूर किया जाता है। व्यक्तिगत संदर्भों से ले कर भूमण्डलीय संदर्भों तक शोषण की अनगनित निजी और संस्थागत क़िस्में हैं। शोषण पारम्परिक संरचनाओं का तो स्थाई आयाम था ही, आधुनिक संरचनाओं में भी बदले हुए रूपों में शोषणगत सामाजिक संबंधों की स्पष्ट शिनाख़्त की जा सकती है। हालाँकि शोषण की धारणा का इस्तेमाल अक्सर मार्क्सवादियों और वामपंथियों द्वारा सामंती और पूँजीवादी संरचनाओं की आलोचना करने के लिए किया जाता है, पर उदारतावादी और अनुदारवादी विचार परम्पराओं ने भी शोषण को एक नकारात्मक विचार के रूप में ग्रहण किया है। यह बात अलग है कि शोषण के कारणों और उसके निदान के बारे में उनकी तजवीज़ें मार्क्सवादियों से काफ़ी अलग हैं।

शोषण की प्रचलित समझ के अनुसार शोषक हमेशा शोषित की दुर्बलता को निशाना बनाता है। इस परिभाषा के मुताबिक़ एक चालाक दोस्त, किसी ख़ुदग़र्ज़ आशिक और यहाँ तक कि स्नेह की तलाश करने वाली किसी संतान के माँ-बाप तक को शोषक की श्रेणी में गिना जा सकता है। इसी तरह पाठकों की अश्लीलता में रुचि का बेजा फ़ायदा उठाने वाला प्रकाशक और राजनीति में जनता की धार्मिक भावनाओं लाभ उठाने वाले राजनेता भी शोषक माने जा सकते हैं। लेकिन, शोषण की यह परिभाषा समाज-विज्ञान के लिहाज़ से कुछ ज़्यादा ही व्यापक है।

मार्क्सवादी विचार परम्परा में शोषण का एक विशिष्ट तात्पर्य है। इसका सीधा ताल्लुक मार्क्स द्वारा बताये गये उन तरीक़ों से है जिनके मुताबिक़ पूँजीवाद काम करता है। मार्क्स का तर्क था कि सभी तरह के समाज वर्गों में बँटे रहते हैं। उन पर मानवीय श्रम द्वारा उत्पादन के दौरान पैदा हुए अधिशेष मूल्य पर आर्थिक नियंत्रण करने वाले एक छोटे से वर्ग का प्रभुत्व होता है। जिस समाज की प्रौद्योगिकीय क्षमता अधिक होती है, उसमें यह अधिशेष मूल्य और ज़्यादा पैदा होता है। इसे हड़पने की प्रक्रिया को ही मार्क्सवाद शोषण की संज्ञा देता है। मार्क्स के मुताबिक़ प्राचीन यूनानी और रोमन समाजों में यह अधिशेष मूल्य दास-श्रम के ज़रिये पैदा होता था और दास-मालिक उसे हड़प लेते थे। युरोप के सामंती समाज में यही अधिशेष मूल्य भू-दासों के श्रम का फलितार्थ था जिसका विनियोग भू-स्वामियों द्वारा कर लिया जाता था। भू-दासों का शोषण करके ही सामंतों को वे संसाधन मिलते थे जिनके दम पर उनका फ़ौज-फाँटा क़ायम रहता था। इसी तरह का विनियोग औद्योगिक समाजों में पूँजीपति अपने कारख़ाना श्रमिकों द्वारा पैदा किये जाने वाले अधिशेष मूल्य का करते हैं। मज़दूर द्वारा अपने मेहनताने को कमाने में ख़र्च किये गये श्रम-समय और पूँजीपति के लिए अधिशेष मूल्य पैदा करने में ख़र्च किये गये श्रम-समय के अनुपात को मार्क्स ने 'शोषण की दर' क़रार दिया है।

शोषण की अवधारणा मार्क्सवाद के दायरे में दो तरह के काम करती है। सबसे पहले मार्क्सवाद यह दिखाता है कि मनुष्य का शोषण करके पूँजीवाद व्यक्ति की सृजनशीलता के उन्मुक्त विकास को रोक देता है। शोषित व्यक्ति अपने ही श्रम के उत्पाद के प्रति परायेपन के एहसास पीड़ित हो कर अपने सम्पूर्ण सार की उपलब्धि में असमर्थ हो जाता है। दूसरे, मार्क्सवाद शोषण को रेखांकित करके वर्ग-संघर्ष के तर्क का विकास करता है। वह आशा ही नहीं, विश्वास व्यक्त करता है कि शोषित वर्ग शोषक वर्ग के ख़िलाफ़ संगठित हो जाएँगे।

समाज को उत्पादक और शोषक वर्गों के बीच बाँट कर शोषण के विचार का प्रतिपादन करने वाली इस थीसिस की आलोचना यूजेन वॉन बोम-बावर्क ने 1884 में प्रकाशित अपनी रचना 'हिस्ट्री ऐंड क्रिटीक ऑफ़ इंटरेस्ट थियरी' में की। पूँजीपतियों को मज़दूरों के शोषण ज़िम्मेदार मानने से इनकार करते हुए उन्होंने तर्क दिया कि मिल मालिक तो अपने श्रमिकों को उनके उत्पादन से आमदनी के पहले ही अग्रिम आमदनी मुहैया कराते हैं। उनका दूसरा तर्क यह था कि श्रमिक पूँजी की क़ीमत पर अपने हिस्से में बढ़ोतरी कर ही नहीं सकते। बोन-बावर्क का विचार था कि शोषण का सिद्धांत उत्पादन में ख़र्च होने वाली समयावधि को नज़रअंदाज़ करता है। दूसरे, उत्पाद का समग्र मूल्य श्रमिक द्वारा पैदा नहीं किया जाता। तीसरे, मज़दूरी तो अनुमानित उत्पादन के तत्कालीन मूल्य के आधार पर ही तय की जा सकती है।

उदारतावादी आर्थिक चिंतन शोषण के दो मुक़ामों की शिनाख़्त करता है : सांगठनिक स्तर पर और संरचनागत स्तर

पर। माइक्रो स्तर पर होने वाला शोषण संगठन के भीतर घटित होता है। हर संगठन बाज़ार में स्थित होने के नाते कर्मचारियों से लिए जाने वाले काम और उसकी उजरत का निर्धारण निर्वैयक्तिक आधार पर करता है। कर्मचारियों की अपनी ज़रूरतें और माँगें उस आर्थिक संबंध को तय नहीं करतीं जो उनके और मालिक के बीच होता है। मैक्रो स्तर पर होने वाला यानी संरचनागत शोषण उन सामाजिक संरचनाओं पर केंद्रित करता है जिसमें आबादी का एक हिस्सा दूसरे हिस्से की दुर्बलताओं से लाभ उठा कर उसका शोषण करता है। इसी के साथ आंतरिक उपनिवेश की धारणा भी संबंधित है। यह धारणा किसी समाज के एक हिस्से द्वारा दूसरे हिस्से का अपने लाभ के लिए दोहन किये जाने की प्रायः दिखाई देने वाली परिघटना की तरफ़ इशारा करती है।

विकासशील देशों का संदर्भ : कई प्रेक्षकों ने भूमण्डलीय अर्थव्यवस्था के तहत विकासशील देशों के भीतर बहुराष्ट्रीय कंपनियों की भूमिका को शोषणकारी माना है। उनका कहना है कि नाइकी और गैप जैसी कंपनियाँ ग़रीब देशों में अपना उत्पादन-तंत्र इसलिए ले जाती हैं ताकि वहाँ बाल-श्रम का दोहन कर सकें और अपने मज़दूरों को विकसित देशों में प्रचलित वेतन और सुविधाओं के मुक़ाबले कहीं कम भुगतान करके अधिक मुनाफ़ा कमा सकें। कम लागत में बने उनके उत्पादन विकसित देशों के उपभोक्ताओं तक बाज़ार के दामों में पहुँचते हैं, लेकिन उनका निर्माण करने वाले मज़दूरों को अपनी गुज़र-बसर करने के लिए प्रति दिन अंतर्राष्ट्रीय मानकों के लिहाज़ से कहीं ज़्यादा समय तक खटना पड़ता है। तीसरी दुनिया के देशों में बहुराष्ट्रीय कंपनियों की फैक्ट्रियों में काम की स्थितियाँ भी असुरक्षित क़िस्म की होती हैं।

बहुराष्ट्रीय कंपनियों पर लगे शोषण के इस आक्षेप के मद्देनज़र अमेरिका में एक माँग यह भी उठायी गयी है कि तीसरी दुनिया में बने माल को अमेरिकी बाज़ारों में बिकने की तभी इजाज़त दी जाए जब उन्हें बनाने वाली कंपनियाँ निर्माण-प्रक्रिया में उचित मानकों के प्रयोग की गारंटी करने के लिए तैयार हों। इसकी जवाबी तर्क यह है कि अगर बहुराष्ट्रीय कंपनियों पर इस तरह की विवशताएँ आरोपित की जाएँगी तो तीसरी दुनिया में निवेश करने में उनकी दिलचस्पी घट जाएगी, और परिणामस्वरूप नुक़सान विकासशील देशों की अर्थव्यवस्थाओं का ही होगा। इस दलील का सूत्रीकरण विख्यात अर्थशास्त्री मिल्टन फ्रीडमैन ने किया है। इस बहस से यह तथ्य भी निकल कर आता है कि विकासशील देशों की सरकारें भी अपने मज़दूरों के इस प्रकार के शोषण में भागीदार हैं। उन्हें डर सताता रहता है कि अगर विदेशी कंपनियों का मुनाफ़ा किसी भी तरह से कम हुआ तो वे विनिवेश करने लगेंगे। दावोस में हर साल होने वाले वर्ल्ड इकॉनॉमिक फ़ोरम में निवेश की तलाश में जाने वाले ग़रीब देशों के अर्थमंत्रियों से सबसे पहले यह आश्वासन माँगा जाता है कि वे विनिवेश की गारंटी करने के लिए तैयार हैं या नहीं। विनिवेश का मतलब होता है अ-उद्योगीकरण और बड़े पैमाने पर निवेश अंतराल। निवेश अंतराल के कारण ग़रीब देशों की अर्थव्यवस्थाएँ ऋण के फंदे में फँसने के अंदेशे की शिकार हो जाती हैं।

देखें : अर्थ-विज्ञान का समाजशास्त्र, आर्थिक जनसांख्यिकी, अल्फ्रेड मार्शल, अमर्त्य कुमार सेन, अंतर्राष्ट्रीय मुद्रा कोष, आधार और अधिरचना, ऑस्कर रायज़ार्ड लांगे, एडम स्मिथ, करारोपण, कल्याणकारी अर्थशास्त्र, क्लासिकल अर्थशास्त्र, कार्ल हाइनरिख़ मार्क्स-3, कार्ल मेंगर, कींसियन अर्थशास्त्र, गुन्नार मिर्डाल, जोआन रोबिंसन, जॉन कैनेथ गालब्रेथ, जॉन मेनार्ड कींस, जॉन स्टुअर्ट मिल, जोसेफ़ शुमपीटर, जैव विविधता, ट्रस्टीशिप, डेविड रिकार्डो, ढाँचागत समायोजन कार्यक्रम, थॉमस मन और वणिकवाद, थॉमस रॉबर्ट माल्थस, दक्षता, धन, नियोक्लासिकल अर्थशास्त्र, नीतिशास्त्र और अर्थशास्त्र, निकोलस काल्दोर, नियोजन, नियोजन : मार्क्सवादी विमर्श, पण्य, पण्य-पूजा, पेटेंट, पॉल सेमुअलसन, पियरो स्राफ़ा, पूँजी, प्रतियोगिता, फ्रांस्वा केस्ने और प्रकृतिवाद, फ्रेड्रिख़ वॉन हायक, बहुराष्ट्रीय निगम, बाज़ार, बाज़ार की विफ़लताएँ, बाज़ार-समाजवाद, बौद्धिक सम्पदा अधिकार, ब्रेटन वुड्स प्रणाली, भारत में बहुराष्ट्रीय निगम, भारत में नियोजन, भारत में पेटेंट क़ानून, भारत में शेयर संस्कृति, भूमण्डलीकरण और पूँजी बाज़ार, भूमण्डलीकरण और वित्तीय पूँजी, भूमण्डलीकरण और वित्तीय उपकरण, मार्क्सवादी अर्थशास्त्र, मिल्टन फ्रीडमेन, मूल्य, राजनीतिक अर्थशास्त्र, राजनीतिक अर्थशास्त्र : भारतीय आयाम, राजकोषीय नीति और मौद्रिक नीति, रॉबर्ट ओवेन, विलफ्रेडो परेटो, विश्व व्यापार संगठन, विश्व बैंक, विलियम पेटी, विलियम स्टेनली जेवंस, वैकासिक अर्थशास्त्र, साइमन कुज़्नेत्स।

संदर्भ

1. जॉन रोमर (1986), 'शुड मार्क्सिस्ट्स बी इंटरेस्टिड इन एक्सप्लॉयटेशन?', संकलित : जॉन रोमर (सम्पा.), *एनालैटिकल मार्क्सिज़म*, केम्ब्रिज, 1986
2. रिचर्ड आरनेसन (1981), 'व्हाट्स रोंग विद एक्सप्लॉयटेशन', *इथिक्स*, 1981
3. रॉबर्ट पी. मर्फ़ी, *बोह्म-बावर्क्ज़ क्रिटीक ऑफ़ द एक्सप्लॉयटेशन थियरी*, माइज़िज़ इंस्टीट्यूट (एचटीटीपी://माइज़िज़.ओआरजी/स्टोरी/1680)
2. 'एक्सप्लॉयटेशन', *स्टेनफ़र्ड इनसाइक्लोपीडिया ऑफ़ फ़िलॉसफ़ी*, (एचटीटीपी://प्लेटो.स्टैनफ़र्ड.ईडीयू/एंट्रीज़/एक्सप्लॉयटेशन/)

— अभय कुमार दुबे

शंकराचार्य

(Shamkaracharya)

आठवीं सदी के अंतिम दौर में सक्रिय रहे महान दार्शनिक, धर्मशास्त्री और संगठक शंकराचार्य (788-820) अद्वैत मत के प्रमुख प्रतिपादक थे। उन्होंने एक नयी प्रत्ययवादी विचार-प्रणाली को जन्म दिया जो अद्वैत वेदांत के नाम से प्रसिद्ध है। वे केवल 32 वर्ष जीवित रहे लेकिन भारत के कोटि-कोटि हिंदू समुदाय के आध्यात्मिक जीवन पर उनका प्रभाव आज तक अक्षुण्ण है। उन्होंने अपनी प्रतिभा से समकालीनों को चकित कर दिया और जगद्गुरु कहलाए। वेदों, उपनिषदों तथा विविध दार्शनिक प्रणालियों के गहन अध्ययन के आधार पर उन्होंने नये सूत्रीकरण करके वैचारिक जगत में हलचल मचा दी। उन्होंने भारत के सभी भागों का दौरा करके अपने सिद्धांतों का प्रचार किया। शास्त्रार्थ करके उन्होंने अपने बौद्धिक विरोधियों को अपने शक्तिशाली तर्कों से चुनौतियाँ दीं। उन्होंने बादरायण के *ब्रह्मसूत्र,* प्रमुख उपनिषदों और *भगवद्गीता* पर सविस्तार भाष्य लिखे। हिंदू मंदिरों में पूजा की परिपाटी में सुधार किये और देश के चारों कोनों में चार मठ स्थापित किये। मैसूर का शृंगेरी मठ, उड़ीसा का पुरी मठ, काठियावाड़ का द्वारका मठ और हिमालय की हिमाच्छादित चोटियों पर मौजूद बद्रीनाथ मठ शंकराचार्य की धार्मिक विरासत के प्रमाण हैं। ये चारों मठ श्रद्धालुओं के बीच प्रमुख तीर्थस्थलों की तरह मान्य हैं। आदि-शंकर के इन्हीं मठों से शंकराचार्यों की परम्परा शुरू हुई जो आज तक जारी है। शंकराचार्य ने प्रस्थानत्रयी (उपनिषद्, *भगवद्गीता* तथा *ब्रह्मसूत्र*) पर भाष्य रचे। *सौंदर्य लहरी* तथा *विवेक चूड़ामणि* उनकी अन्य कृतियाँ हैं जिनमें गम्भीर दार्शनिक काव्य तथा अन्य श्लोक हैं। दार्शनिक दृष्टि से इन्हें सबसे महत्त्वपूर्ण भाष्य माना जाता हैं इन्हीं के माध्यम से ही उन्होंने अपने मूलभूत दृष्टिकोण और उपदेशों को विकसित किया था।

उपनिषदों को वैदिक विचारधारा के विकास का शिखर माना जाता है। इसीलिए उपनिषदों को वेदांत या वेदों का अंत भी कहा जाता है। वेदों के मूल सिद्धांत पहले उपनिषदों में अभिव्यक्त हुए, फिर बादरायण ने उन्हें अपने *ब्रह्मसूत्र* में संकलित किया। उसके बाद भाष्यकारों ने सूत्रों के भाष्य लिखे। इन भाष्यों में शंकर तथा रामानुज के भाष्य सबसे अधिक विख्यात हैं। अन्य दर्शनों की अपेक्षा वेदांत दर्शन से, विशेषत: शांकर वेदांत से भारतीयों का जीवन बहुत अधिक प्रभावित हुआ। दरअसल, शंकराचार्य का अद्वैत उपनिषदों, *गीता* और *ब्रह्मसूत्र* के सिद्धांतों का प्रतिपादन अथवा पुनर्स्थापन मात्र नहीं था। उन्होंने कई पुरानी अवधारणाओं में संशोधन किये, नयी अवधारणाएँ जोड़ीं और अपने मौलिक योगदान द्वारा भारत के प्रत्ययवादी दर्शन को समृद्ध किया; यद्यपि वे सदा यही दावा करते रहे कि उन्होंने अपनी प्रणाली को औपनिषदिक तत्त्ववाद पर ही आधारित किया है। उन्होंने अपने अद्वैत वेदांत दर्शन स्थापित करने के लिए वैशेषिक, न्याय और सांख्य को वैदिक दर्शन मानने से इनकार कर दिया। शंकराचार्य में सांख्य को वेदांत का 'प्रधान मल्ल' (मुख्य प्रतिद्वंद्वी) बताया और द्वैतवादी होने के कारण उसे श्रुति-प्रतिकूल सिद्ध किया।

पूर्व-मीमांसा में स्थापना है कि वेद क्रियार्थक है तथा वेद के वे भाग जो स्पष्ट रूप से कर्म-परक नहीं हैं, परोक्षत: कर्म का अंग बनकर ही सार्थक हो सकते हैं। शंकराचार्य ने इस व्याख्या को उलट दिया और यह सिद्ध किया कि वेद का मुख्य लक्ष्य परमतत्त्व को प्रकाशित करना है। अत: वेद का ज्ञान-परक मंत्रभाग और उपनिषद्-भाग मुख्य हैं तथा वेद के कर्म एवं उपासनापरक भाग गौण हैं, क्योंकि इनका प्रयोजन चित्त-शुद्धि है। उन्होंने उपनिषद् और *ब्रह्मसूत्र* के उन प्राचीन व्याख्याकारों के मत का खण्डन किया जो ब्रह्मपरिणामवाद की पैरोकारी करते हैं। उन्होंने भेदाभेदवाद के स्थान पर अद्वैतवाद का प्रतिपादन किया। उन्होंने स्पष्ट किया कि निर्विशेष या निर्गुण ब्रह्म 'शून्य' नहीं है, यदि 'शून्य' का अर्थ सर्व-निषेध हो। 'नेति-नेति' ब्रह्मविषयक निर्वचनों का निषध करती है, स्वयं ब्रह्म का नहीं। निर्विशेष ब्रह्मवाद निरपेक्ष अद्वैतवाद है। उन्होंने बौद्ध विज्ञानवाद का मार्मिक खण्डन करके अपने नित्य औपनिषद आत्म चैतन्यवाद को उससे पृथक् सिद्ध किया और सिद्ध किया कि उपनिषद् में तात्त्विक भेद, द्वैत, परिणाम आदि का कोई स्थान नहीं है।

शंकर ने उपनिषदों की व्याख्या सविस्तार की है। उनके अनुसार उपनिषदों में विशुद्ध अद्वैत की शिक्षा दी गयी है। ब्रह्म एकमात्र सत्य है। इसका अर्थ केवल यह नहीं कि ईश्वर के अतिरिक्त और कोई सत्ता नहीं है, बल्कि ईश्वर के अंतर्गत भी कोई दूसरी सत्ता नहीं है। कुछ उपनिषदों में इस बात का उल्लेख है कि ब्रह्म या आत्म द्वारा संसार की सृष्टि हुई है। किंतु अन्य उपनिषदों में, यहाँ तक कि वेदों में भी, संसार की सृष्टि की तुलना इंद्रजाल से की गयी है। ईश्वर को मायावी माना गया है जो अपनी माया-शक्ति से संसार की रचना करता है। शंकर का कथन है कि यदि पारमार्थिक सत्ता एक है तो संसार की सृष्टि वस्तुत: सृष्टि नहीं है। ईश्वर अपनी माया द्वारा संसार का इंद्रजाल रचते हैं। अविद्या के कारण हम ब्रह्म का सच्चा स्वरूप नहीं जान सकते। हम उसे नाना रूपों में देखते हैं। बाज़ीगर एक मुद्रा को कई मुद्राओं में परिणत हुआ दिखलाता है। इस भ्रमात्मक प्रतीति का कारण

जादूगर के लिए तो उसकी जादू दिखाने की शक्ति है। किंतु हमारे लिए उसका कारण हमारा अज्ञान है। अज्ञानवश हम एक मुद्रा को कई मुद्राओं के रूप में देखते हैं। इसी प्रकार यद्यपि ब्रह्म एक है, फिर भी माया शक्ति के कारण उसके अनेक रूप दिखाई पड़ते हैं। साथ ही साथ हमारा अज्ञान भी ब्रह्म की अनेकरूपता का कारण है। हमें यदि अज्ञान न हो तो हम ब्रह्म की अनेकरूपता के भ्रम में न पड़ें। अत: माया और अविद्या वस्तुत: एक हैं। दृष्टि-भेद से दो मालूम पड़ती हैं। यही कारण है कि माया को न समझ पाना अज्ञान कहा जा सकता है कि शंकर विशुद्ध अद्वैत का प्रतिपादन नहीं कर सके क्योंकि वे ईश्वर तथा माया जैसे दो तत्त्वों को मानते हैं। किंतु शंकर के अनुसार माया ईश्वर की ही एक शक्ति है। जो संबंध आग तथा जलाने की शक्ति में है वही संबंध ईश्वर तथा माया के बीच होता है।

इस कथन से मालूम पड़ता है कि ईश्वर माया से विशिष्ट है। किंतु ऐसा कहना भी समीचीन नहीं है। यदि संसार की अनेकरूपता को सत्य माना जाए तथा ईश्वर को संसार की दृष्टि से देखा जाए तो अवश्य ही ईश्वर की प्रतीति स्रष्टा या मायावी के रूप में होगी। किंतु जैसे ही संसार के मिथ्यात्व का ज्ञान हो जाता है, वैसे ही ईश्वर को स्रष्टा के रूप में देखना अर्थहीन हो जाता है। जो व्यक्ति जादूगर के खेल से धोखा नहीं खाता, उसके छल को समझता है, उसके लिए वह जादूगर नहीं है। उसके लिए उस जादूगर के पास धोखा देने की कला भी नहीं है। इसी प्रकार जो मनुष्य विश्व को पूर्णत: ब्रह्ममय देखता है, उसके लिए ब्रह्म में माया या सृष्टि-शक्ति नहीं रह जाती है।

इन विचारों को युक्तिपूर्ण बनाने के लिए शंकर दो दृष्टियों का विभेद करते हैं— व्यावहारिक दृष्टि तथा पारमार्थिक दृष्टि। व्यावहारिक दृष्टि साधारण मनुष्यों के लिए है जो संसार को सत्य मानते हैं। हमारा व्यावहारिक जीवन इसी दृष्टि पर निर्भर है। इसके अनुसार सत्य है। ईश्वर इसका सर्वज्ञ तथा सर्वशक्तिमान स्रष्टा, रक्षक तथा संरक्षक है। इस दृष्टि से ईश्वर के अनेक गुण हैं। अर्थात् वह सगुण है। शंकर इस सृष्टि के अनुसार बह्म को सगुण ब्रह्म या ईश्वर कहते हैं। इसके अनुसार आत्मा एक शरीरबद्ध सत्ता है। इसी में अहंभाव की उत्पत्ति होती है। पारमार्थिक दृष्टि ज्ञानियों की है जो यह समझ जाते हैं कि संसार और ब्रह्म के अतिरिक्त अन्य कोई सत्ता नहीं है। संसार की असत्यता का ज्ञान हो जाने पर ब्रह्म को स्रष्टा नहीं माना जा सकता। ब्रह्म के लिए सर्वज्ञता का, सर्वशक्तिमता आदि गुणों का कोई अर्थ नहीं रह जाता। ब्रह्म में स्वगत भेद भी नहीं रहता है। इस पारमार्थिक दृष्टि के अनुसार ब्रह्म निर्विकल्प तथा निर्गुण हो जाता है। इसे निर्गुण ब्रह्म कहते हैं। इसके अनुसार शरीर भी भ्रांति-मूलक हो जाता है और आत्मा तथा ब्रह्म में कोई भेद नहीं रह जाता है। यह पारमार्थिक दृष्टि अविद्या दूर होने पर ही सम्भव है। अविद्या का नाश वेदांत के ज्ञान होने पर ही होता है।

अविद्या दूर करने के लिए मनुष्य में इंद्रिय तथा मन का संयम, भोग्य वस्तुओं से विराग, वस्तुओं की अनित्यता का ज्ञान तथा मुमुक्षुत्व अर्थात् मुक्ति के लिए प्रबल इच्छा होना आवश्यक है। इन सबके अलावा ऐसे व्यक्ति को किसी योग्य गुरु से वेदांत का श्रवण करना चाहिए और उसके सिद्धांतों का ध्यान-मनन करना चाहिए। ऐसे शिष्य के योग्य हो जाने पर गुरु उससे कहता है— तुम ब्रह्म हो। गुरु की इस उक्ति का वह मनन करता है और अंत में उसे साक्षात् ज्ञान होता है कि मैं ब्रह्म हूँ। यही पूर्णज्ञान है और इसी को मोक्ष कहते हैं। ऐसा ज्ञानी तथा मुक्त जीव शरीर में तथा संसार में रह कर भी अनासक्त रहता है। सांसारिक वस्तुओं को वह असत्य समझता है। उनके प्रति उसे कोई आसक्ति नहीं होती। वह संसार में रहकर भी संसार से विरक्त रहता है। किसी प्रकार की आसक्ति या किसी प्रकार की भ्रांति उसकी बुद्धि को विचलित नहीं कर सकती। मिथ्या-ज्ञान के कारण वह पहले अपने को ब्रह्म से पृथक समझता था। मिथ्या-ज्ञान के दूर होने पर उसके दु:खों का भी अंत हो जाता है। जिस तरह ब्रह्म आनंद-स्वरूप है, उसी तरह मुक्त आत्मा भी वैसी ही हो सकती है।

शंकर ने सिर्फ़ मीमांसा और सांख्य दर्शन के अनुयायियों से ही लोहा नहीं लिया, उन्होंने बौद्ध और जैन दर्शन के कुछ विचार-पंथों से भी टक्कर ली। दिलचस्प बात यह है कि शंकराचार्य के गुरु के गुरु गौडपाद (जिन्होंने अद्वैतवाद का पहला विश्लेषण *मांडूक्य कारिका* के रूप में पेश किया) स्वयं बौद्ध दर्शन के कुछ पहलुओं से प्रभावित थे। उनके पहले बौद्ध ग्रंथों में मायावाद की व्याख्या हो चुकी थी। शंकराचार्य के दर्शन के बारे में एक प्रवाद यह भी है कि वे प्रच्छन्न बौद्ध थे और उन्होंने केवल पारिभाषिक शब्दावली बदल कर बौद्धों द्वारा प्रयुक्त अभिव्यक्ति संवृतिसत् को ही व्यावहारिक दृष्टि के रूप में पेश किया। फ़र्क़ केवल यह था कि संवृतिसत् के अनुसार जो व्यावहारिक दृष्टि से सत्य होते हुए भी पारमार्थिक दृष्टि से मिथ्या है। शंकर ने दोनों दृष्टियों को अलग-अलग कर दिया, और कुल मिला कर बौद्ध दर्शन का भी अपने विचार-पंथ में विनियोग कर लिया।

एक आध्यात्मिक नेता के रूप में शंकराचार्य की सफलता असंदिग्ध है, पर उनकी आलोचना भी पर्याप्त होती है। कहा जाता है कि तमाम पांडित्य और प्रतिभा के बावजूद शंकराचार्य ने जाति-व्यवस्था का समर्थन किया, जो सामंती समाज के उच्च वर्गों के लिए ज़रूरी थी। उनके अनुसार समाज में धनी और निर्धन के बीच विभाजन, उच्चतर जातियों और नीची जातियों के बीच विभाजन पूर्व-निर्धारित और अपरिवर्तनीय था। 'कोई विचारक', राधाकृष्णन ने लिखा है,

'जो सत्य के प्रति एक बृहदतर अवधारणा की ओर बढ़ रहा होता है, अपने युग की सामान्य मान्यताओं से पूर्णत: छुटकारा नहीं पा लेता। यद्यपि जात-पाँत की व्यवस्था का शंकराचार्य की नज़रों में विशेष महत्त्व नहीं होना चाहिए था, तो भी वे उसमें विश्वास की पूरी गुंजाइश छोड़ते हैं। यह परम्परागत सिद्धांत कि किसी जाति विशेष में जन्म लेने पर जाति बदली नहीं जा सकती, बल्कि वह पूर्वजन्म का अनिवार्य परिणाम है, शंकराचार्य को उच्च वर्गों, देवताओं और ऋषियों के इस दावे को मानने के लिए प्रेरित करता है कि वेदों का अध्ययन करना उनका ही विशिष्ट अधिकार है।'

उनकी दूसरी प्रमुख आलोचना यह है कि शंकराचार्य ने एक ओर तो मीमांसा में प्रतिपादित कुछ अनुष्ठानों और कर्मकाण्डों का विरोध किया, और दूसरी ओर स्वयं ही कुछ नये कर्मकाण्डों और नयी संहिताओं का विधान प्रस्तुत कर दिया। वे इस बात पर ज़ोर देते थे कि ब्राह्मणों को जाति द्वारा निर्धारित कर्तव्यों का पूरी तत्परता से पालन करना चाहिए और चारों आश्रमों का अनुसरण करना चाहिए। इतना ही नहीं शंकराचार्य ने, जिन्होंने अपने अद्वैत सिद्धांत के द्वारा यह दावा किया था कि अनंत, अरूप और निर्गुण ब्रह्म ही एकमात्र सत्य है, सगुण देवताओं और मूर्तियों की पूजा को न्यायसंगत ठहराया। उन्होंने स्वयं अनेकानेक देवी-देवताओं की स्तुतियाँ रचीं। ये स्पष्ट विरोधाभास और अंतर्विरोध तत्कालीन सत्तारूढ़ सामंती सामाजिक संबंधों एवं जाति-व्यवस्था न्यायसंगत ठहराने के शंकराचार्य के प्रयत्नों में देखे जा सकते हैं। कुछ विद्वानों का मत है कि ये सारे स्तुति-काव्य दार्शनिक शंकराचार्य के हैं यह पूरी तरह से प्रमाणित नहीं है। उनके नाम से मिलने वाले कुछ काव्यों में जाति-पाँति का खण्डन भी है।

आदि शंकर के जीवन का विवरण *शंकर विजय* शीर्षक से लिखी रचनाओं में उपलब्ध है। दूत का जन्म 788 ईस्वी में केरल के कालड़ी गाँव के एक नम्बूदिरी ब्राह्मण परिवार में हुआ था। पिता की बचपन में ही मृत्यु हो जाने के कारण उनका उपनयन संस्कार कुछ देर से हुआ। उन्होंने बचपन से ही वेदों के अध्ययन में असाधारण प्रतिभा का प्रदर्शन किया। संन्यास लेने के बाद वे गुरु की तलाश में उत्तर भारत की तरफ़ निकल गये। नर्मदा के किनारे ओंकारेश्वर में उनकी भेंट गोविंद भागवत्पाद से हुई जो अद्वैतवादी दार्शनिक गौडपाद के अनुयायी थे। उन्होंने शंकर को अपने शिष्य के तौर स्वीकार किया, और उन्हीं के मार्गदर्शन में शंकर ने बादरायण के *ब्रह्मसूत्र* का भाष्य लिखा। फिर शंकर ने काशी की यात्रा की जहाँ उन्होंने सदानंद को अपना पहला शिष्य बनाया। मीमांसा दार्शनिक कुमारिल भट्ट के शिष्य मण्डन मिश्र और उनकी पत्नी उभय भारती के साथ हुआ उनका शास्त्रार्थ अपने आप में किंवदंती का रूप ले चुका है। इसके बाद शंकर ने पूरे भारत का भ्रमण करके मीमांसा, सांख्य, चार्वाक, बौद्ध और जैन दर्शन के अनुयायी विद्वानों के साथ शास्त्रार्थ किये और अद्वैत वेदांत का प्रचार-प्रसार किया। उनके इस भ्रमण को शंकर दिग्विजय भी कहा जाता है।

देखें : आर्यभट्ट और *आर्यभटीय,* उपनिषद्, कपिल, *अर्थशास्त्र* और कौटिल्य, गोपीनाथ कविराज, गोविंद चंद्र पाण्डे, चैतन्य महाप्रभु, जैन दर्शन, न्याय दर्शन, दया कृष्ण, नागार्जुन, पतंजलि और *योगसूत्र,* पाणिनि और *अष्टाध्यायी,* पुराण, पूर्व-मीमांसा दर्शन, बदरी नाथ शुक्ल, बादरायण, बौद्ध दर्शन, *भगवद्गीता,* भरत और *नाट्यशास्त्र,* मुकुंद लाठ, *भागवत पुराण, महाभारत,* यशदेव शल्य, योग दर्शन, रामानुजाचार्य, रामअवतार शर्मा, लोकायत, वात्स्यायन और *कामसूत्र,* वेदांत दर्शन, वैशेषिक दर्शन, षड्-दर्शन-1 और 2, संस्कृत काव्यशास्त्र, स्मृति-साहित्य, सांख्य दर्शन-1 और 2, सिद्ध-नाथ परम्परा।

संदर्भ

2. के. दामोदरन (1982), *भारतीय चिंतन परम्परा,* पीपुल्स पब्लिशिंग हाउस नयी दिल्ली.
3. चंद्रधर शर्मा (1991), *भारतीय दर्शन : आलोचना और अनुशीलन,* मोतीलाल बनारसी दास, दिल्ली.
4. आचार्य बलदेव उपाध्याय (2000), *भारतीय दर्शन की रूपरेखा,* चौखम्भा पब्लिशर्स, वाराणसी.

— अजय कुमार पाण्डेय

शांति

(Peace)

अंतर्राष्ट्रीय संबंधों के अध्ययन में शांति का तात्पर्य होता है युद्ध या किसी तरह के हिंसक टकराव की अनुपस्थिति। लेकिन, शांति का यह अर्थ नकारात्मक है। दरअसल, शांति एक ऐसी अवस्था है जिसके ज़रिये व्यक्तियों अथवा देशों के आपसी संबंधों या किसी समाज या समुदाय के भीतर मेल-मिलाप, मैत्री और समरसता की स्थितियों का वर्णन किया जाता है। विश्व-शांति की बहुचर्चित अवधारणा अंतर्राष्ट्रीय व्यवस्था में चिर-शांति क़ायम रखने की कामना पर टिकी हुई है। इस कामना के दो पक्ष हैं : युद्ध का उन्मूलन और न्यायपूर्ण विश्व की स्थापना। यह दूसरी बात है कि तमाम कोशिशों के बावजूद इन दोनों पक्षों का उपयुक्त समीकरण आज तक हासिल नहीं किया जा सका है। आधुनिक विचार के दायरे में शांति की चर्चा का इतिहास अट्ठारहवीं सदी के ज्ञानोदय काल से मिलता है जब युरोप में *पीस प्रोजेक्ट्स* के रूप में शांति के बारे में बौद्धिक विमर्श की शुरुआत हुई थी। इसके पीछे मानवीय प्रगति की अवश्यम्भाविता में प्रबल आस्था की भूमिका थी। बीसवीं सदी में शांति और संघर्ष संबंधी अध्ययनों (पीस ऐंड कॉन्फ़्लिक्ट स्टडीज़) के तहत कई तरह

के सिद्धांतों का सूत्रीकरण किया गया है। सक्रियता के लिहाज़ से दुनिया में शांति आंदोलन पहले के मुक़ाबले आज कहीं अधिक महत्त्व प्राप्त कर चुका है। नोबेल शांति पुरस्कार, भारत द्वारा दिया जाने वाला गाँधी शांति पुरस्कार, युनिवर्सिटी ऑफ़ न्यू मैक्सिको द्वारा कलाकार पॉल री की स्मृति में दिया जाने वाला शांति पुरस्कार और कई जगह स्थापित किये गये पीस म्यूज़ियम इसके संस्थागत प्रमाण हैं।

ज्ञानोदय काल में चले *पीस प्रोजेक्ट्स* के साथ जुड़े हुए विद्वानों का ख़याल था कि इनसान नैतिक रूप से एक मुकम्मल वजूद हासिल कर सकता है बशर्ते वह तर्कबुद्धि आधारित क्रम-विकास के दर्शन पर भरोसा करता हुआ क़दम-ब-क़दम आगे बढ़ता चला जाए। इन विद्वानों में इमैनुएल कांट का नाम प्रमुख है। उन्होंने अंतर्राष्ट्रीय व्यवस्था में फैली हुई अराजकता के संदर्भ में शांति की सतत उपस्थिति की आवश्यकता पर बल दिया। कांट ने हॉब्स जैसे राजनीतिक चिंतकों द्वारा मानवीय स्वभाव के प्रति नकारात्मक दृष्टिकोण अपनाने की आलोचना की।

कांट का कहना था कि अगर युद्ध मानवता की एक प्राकृतिक स्थिति है तो सभी व्यक्तियों और राज्यों को उससे बचने के सकारात्मक प्रयास करने चाहिए। वैसे तो कांट अपनी कई रचनाओं में इस विषयवस्तु को स्पर्श करते हैं, पर 1796 में प्रकाशित अपने लेख 'परपीचुअल पीस : अ फ़िलॉसफ़ीकल स्केच' में उन्होंने विशेष रूप से दावा किया कि अगर दुनिया भर के राज्य एक ग्लोबल क़िस्म के कॉस्मोपॉलिटन समुदाय के सदस्य हो जाएँ तो स्थाई शांति उपलब्ध की जा सकती है। कांट सारी दुनिया पर एक विश्व-सरकार थोपने के पक्ष में नहीं थे। ऐसे किसी भी प्रयास को उन्होंने 'आत्महीन निरंकुशता' की संज्ञा दी थी। इस लेख के पहले हिस्से में कांट कुछ ऐसे प्रतिबंधात्मक क़ानूनों की रचना पर ज़ोर देते हैं जिनके कारण राज्यों को एक-दूसरे के प्रति बेहतर सुलूक करने पर मजबूर होना पड़ेगा। इन्हीं में से एक क़ानून धीरे-धीरे स्थाई सेनाओं को ख़त्म करते चले जाने के बारे में था। दूसरा क़ानून एक राज्य द्वारा दूसरे के संविधान में दख़लंदाज़ी न करने से जुड़ा था। लेख के दूसरे हिस्से में कांट ने माँग की थी कि हर राज्य गणराज्यात्मक (रिपब्लिकन) चरित्र का संविधान तैयार करे, हर राज्य स्वतंत्र राज्यों का संघ हो, और आगंतुकों के स्वागत व आवागमन की स्वतंत्रता के सार्वभौम नियमों पर चले।

ऐसी बात नहीं कि कांट को अंतर्राष्ट्रीय मामलों में सत्ता और प्रभुत्व की अहमियत का एहसास नहीं था। फिर भी वे मानते थे कि राज्य अंततः एक-दूसरे के ख़िलाफ़ युद्ध करते-करते नैतिक, आर्थिक और जनसंख्यात्मक रूप से थक जाएँगे। पहले वे शांति क़ायम करने के कई आधे-अधूरे प्रयास करेंगे और फिर आख़िर में उन्हें आपस में एक सार्वदेशिक क़िस्म का गठजोड़ करना ही होगा। कांट को 'नैतिक औचित्य' की विजय में विशेष आस्था थी। वे कहते थे कि एक तानाशाह को भी समय-समय पर क़ानून के नाम पर काम करना पड़ता है, और एक से एक मौक़ापरस्त हुक्मरान भी पूरी तरह से सिद्धांतहीन नहीं होते। हुक्मरानों के सामने दो विकल्प होंगे : स्थाई शांति या कब्रिस्तान की शांति। इन दोनों में उन्हें एक को चुनना होगा।

बीसवीं सदी के उत्तरार्ध में शांति अध्ययनों का बहुअनुशासनीय क्षेत्र विकसित हुआ। इन अकादमीय प्रयासों को साठ के दशक में चले वियतनाम युद्ध विरोधी आंदोलन से काफ़ी उछाल मिला। इसके बात शीत-युद्ध के विभिन्न चरणों में आणुविक हथियारों का प्रसार रोकने और निःशस्त्रीकरण की मुहिमों ने भी पीस स्टडीज़ को बल प्रदान किया। इसी दौरान उभरे कई सिद्धांतों में शांति का लोकतांत्रिक सिद्धांत, शांति का सक्रिय सिद्धांत और शांति का बहुलवादी सिद्धांत उल्लेखनीय है। डेमाक्रैटिक पीस थियरी के इस आस्था के इर्द-गिर्द अपने तर्कों का विन्यास करती है कि लोकतांत्रिक व्यवस्था वाले देश (यहाँ उनका तात्पर्य पश्चिमी नमूने के उदारतावादी लोकतंत्रों से है) शायद ही कभी आपस में युद्ध करते हों, इसलिए उनके बीच कमोबेश स्थाई शांति क़ायम रह सकती है।

एक्टिव पीस थियरी योहान गालटुंग द्वारा प्रवर्तित 'सकारात्मक शांति' के सिद्धांत पर आधारित है। गालटुंग शांति अध्ययनों के संस्थापक माने जाते हैं। उनका कहना है कि आम तौर पर शांति को नकारात्मक रूपों में समझा और महसूस किया जाता रहा है। अंतर्राष्ट्रीय संबंधों के क्षेत्र में हथियारबंद टकराव की ग़ैर-मौजूदगी शांति के रूप में पेश की जाती है। चूँकि युद्ध प्रेक्षणीय है, उसे नापा जा सकता है और उसके प्रभावों की प्रत्यक्ष अनुभूति की जा सकती है, इसलिए शांति उसका वांछनीय विलोम बन जाती है। इसी आधार पर सोवियत संघ और अमेरिका के बीच चले शीत युद्ध की पूरी अवधि के दौरान न्यूकिल्यर डिटरेंस (एक-दूसरे के ख़िलाफ़ एटमी हथियारों के इस्तेमाल का डर) और म्युचुअली एश्योर्ड डिस्ट्रक्शन (एमएडी) के समर्थक सिद्धांतकार कहते रहे कि क़ीमत जो भी चुकानी पड़े, दीर्घकालीन शांति इसी तरह क़ायम रखी जा सकती है। इसके विपरीत गालटुंग युद्ध को टालने या रोकने पर ज़ोर न दे कर ऐसी परिस्थितियों को सकारात्मक शांति की संज्ञा देते हैं जो लोगों की बुनियादी आवश्यकताओं की पूर्ति की सम्भावनाएँ पैदा करती हों। राजनीतिक स्वतंत्रता की बढ़ी हुई मात्रा और सामाजिक न्याय के हालात भी सकारात्मक शांति के प्रमुख अवयव की तरह देखे जाते हैं क्योंकि बिना उनके संरचनागत हिंसा से नहीं बचा जा सकता। शांति अध्ययन के कुछ जर्मन विद्वानों का दावा है कि शांति की कोई एक सार्वभौम और

सभी परिस्थितियों को अपने आगोश में समेट लेने वाली परिभाषा नहीं हो सकती। वुल्फ़गैंग डीट्रिश, वुल्फ़गैंग शुल्त्ज़ और इंसब्रुक स्कूल ऑफ़ पीस स्टडीज़ के अध्येताओं ने शांति के एक नहीं बल्कि अनेक विचारों की पैरोकारी की है।

शीत-युद्ध के अंत के बाद नब्बे के दशक में तीसरी दुनिया के कई देशों में भीतरी संघर्षों की अनुक्रिया में 'पीस-बिल्डिग' की अवधारणा उभरी। संयुक्त राष्ट्र के तत्कालीन महासचिव बुतरस बतरस घाली को भी लगा कि विश्व-संस्था द्वारा शांति क़ायम रखने के पारम्परिक रूपों से हट कर प्रयास करने की ज़रूरत भी है, क्योंकि शीत-युद्ध के बाद शुरू हुए ज़्यादातर संघर्षों की प्रकृति आंतरिक थी। पीस-बिल्डिंग की रणनीति किसी भी हिंसक टकराव के तुरंत बाद जन-साधारण पर पड़े उसके दुष्प्रभावों को शांत करने में यक़ीन करती है। ठप्प पड़ी हुई अर्थव्यवस्थाओं को एक झटके से गतिशील करना, सामुदायिक आधार पर विकेंद्रीकृत निवेश को बढ़ावा देना, क्षतिग्रस्त हो चुके परिवहन और संचार नेटवर्कों की मरम्मत करना, किसी भी क्षेत्र में बिछी हुई बारूदी सुरंगों को बेकार करना, संघर्ष में भागीदारी कर चुके लड़ाकों का नागरिक जीवन में पुनर्वास करना और बिखरी हुई विस्थापित आबादी का फिर से एकीकरण करना पीस-बिल्डिंग के अहम क़दमों में शामिल है।

देखें : आदर्शवाद, आतंकवाद, अंतर्राष्ट्रीय मुद्रा कोष, इमैनुएल कांट, इतिहास का अंत, एडवर्ड हैलेट कार, जाति-संहार, पृथकतावाद, तृतीय विश्व, द्वितीय विश्व-युद्ध, नस्लवाद, नव-उपनिवेशवाद, निर्भरता सिद्धांत, नि:शस्त्रीकरण, पेटेंट, प्रथम विश्व-युद्ध, प्रगति, बौद्धिक सम्पदा अधिकार, ब्रेटन वुड्स प्रणाली, भारत में पेटेंट क़ानून, रंगभेद, उपनिवेशवाद, यथार्थवाद, युद्ध, युरोपीय यूनियन, रचनात्मकतावाद, राजनय, विश्व व्यापार संगठन, विश्व बैंक, विश्व-सरकार, वि-उपनिवेशीकरण, सभ्यताओं का संघर्ष, सम्प्रभुता, संयुक्त राष्ट्र, साम्राज्यवाद, शस्त्र-नियंत्रण, शांतिवाद, शीत-युद्ध, हथियारों की होड़।

संदर्भ

1. जोहान गालटुंग (1996), *पीस बाई पीसफुल मींस : पीस ऐंड कांफ्लिक्ट, डिवेलपमेंट ऐंड सिविलाइज़ेशन,* सेज.
2. जोहान गालटुंग (1969), 'वायलेंस, पीस, ऐंड पीस रिसर्च', *जरनल ऑफ़ पीस रिसर्च,* खण्ड 6, अंक 3.
3. जॉन विल्मर्डिंग, 'दि थियरी ऑफ़ एक्टिव पीस', एचटीटीपी:// इंटरनैशनलपीसऐंडकांफ्लिक्ट.निंग.कॉम/फ़ोरम/ टॉपिक्स/द-थियरी-ऑफ़-एक्टिव-पीस

— अभय कुमार दुबे

शांतिवाद

(Pacifism)

एक सिद्धांत के रूप में शांतिवाद का नज़दीकी रिश्ता किसी भी तरह के युद्ध का प्रतिरोध करना है, भले ही उसके पीछे कितना भी न्यायपूर्ण लगने वाला तर्क क्यों न हो। लेकिन शांतिवाद केवल इतना ही नहीं है। शांतिवाद एक व्यापक शब्द है जिसकी अनेक व्याख्याएँ हैं और जिसके साथ कई अवधारणाएँ जुड़ी हुई हैं। युद्ध, हत्या एवं सैनिक कार्रवाई के विरोध के साथ-साथ शांतिवाद अपने व्यापक अर्थ में संघर्षों के शांतिपूर्ण निबटारे, एक संस्था के रूप में सेना और युद्ध की समाप्ति, हिंसा पर आधारित किसी भी संस्था के विरोध और किसी भी तरह का मक़सद हासिल करने के लिए शारीरिक या शस्त्र-बल का प्रयोग नकारने से जुड़ा है। शांतिवाद के कुछ समर्थक किसी भी स्थिति में युद्ध, हिंसा और हत्या को ख़ारिज करते हैं, लेकिन दूसरी ओर कुछ समर्थक किन्हीं विशेष परिस्थितियों में युद्ध को आवश्यक भी मानते हैं। कुछ शांतिवादी आत्मरक्षा हेतु शारीरिक / शस्त्र बल का प्रयोग उचित मानते हैं, लेकिन कुछ आत्मरक्षा के लिए भी इसे उचित नहीं मानते। दरअसल, शांतिवाद हिंसा की समस्या के विरुद्ध एक नैतिक और व्यावहारिक प्रयास और आह्वान है।

अधिकतर शांतिवादी वैचारिक रूप से उदारतावादी और लोकतांत्रिक मिज़ाज के होते हैं। मार्क्सवादियों को शांतिवाद एक विचार के रूप में कभी नहीं भाया। वे इस पर पूँजीवादी वर्ग का ठप्पा देखते रहे। दूसरी तरफ़ सोशलिस्ट इंटरनैशनल ने अपनी कांग्रेसों में मज़दूर वर्ग का आह्वान किया कि वे पूँजीवादी और साम्राज्यवादी युद्धों की मुख़ालफ़त करें। हालाँकि ज़्यादातर अराजकतावादी राज्य की संस्था का हिंसक विरोध करने का आग्रह करते हैं, पर अराजकतावाद के कुछ पैरोकार शांतिवादी भी रहे हैं। इनमें लियो तॉल्स्तॉय का नाम प्रमुख है जिनका लेखन गाँधी के शांतिवादी विचारों से बहुत प्रभावित था। तॉल्स्तॉय ने ईसा के अप्रतिरोध-सिद्धांत की पुनर्स्थापना की पुरज़ोर वकालत की है।

पश्चिम में शांतिवाद ईसाइयत की शुरुआती वैचारिक संरचनाओं से निकला जो *न्यू टेस्टामेंट* की इस शिक्षा पर आधारित थीं कि अगर कोई एक गाल पर थप्पड़ मारे तो उसके सामने दूसरा गाल भी कर देना चाहिए। इसी के मुताबिक़ ईसाइयों ने रोम की शाही सेनाओं में भर्ती होने से इनकार कर दिया। लेकिन बाद में धीरे-धीरे ईसाई चर्च ने न्यायपूर्ण युद्ध का सिद्धांत विकसित कर लिया जिसके आधार पर ईसाई सरकारें ज़रूरत पड़ने पर युद्ध करने लगीं। इसके

बावजूद ईसाइयत में क्वैकर्स, मेनोनाइट, दुखोबार और यहोवाज़ विटनेस जैसे सम्प्रदाय शांतिवादी बने रहे। ईसाई धर्म में 'सरमन ऑन द माउंट' शांतिवाद का एक प्रभावशाली पाठ रहा है। चर्च की भ्रष्ट नीतियों के चंगुल में आने से पूर्व कई ईसाई समुदाय इस अप्रतिरोध परम्परा का पालन करते थे। दुखोबार समुदाय की शांतिवादी परम्परा का लेव टॉलस्टॉय ने विस्तार से ज़िक्र किया है।

रिनेसाँ के दौर में राजनीतिक सिद्धांतकारों ने युद्ध के ख़िलाफ़ कई तरह के सेकुलर तर्क विकसित किये। सोलहवीं सदी के डच दार्शनिक इरैज़मज़ ने वीरता के मानकों और युद्ध की विरुदावलियाँ गाने की प्रवृत्ति को बर्बर क़रार दिया। 1814 में नेपोलियन की मुहिमों के परिणामस्वरूप होने वाले युद्धों की समाप्ति के बाद युरोप और संयुक्त राज्य अमेरिका में शांति-आंदोलन विकसित होने लगा। क्वेकर्स और मेनोनाइट जैसे धार्मिक और परोपकारी उद्देश्यों वाले समूहों के प्रयासों से 1815 में न्यूयार्क और मैसाचुसेट्स में, 1816 में लंदन में, 1821 में पेरिस में और 1823 में जिनेवा में शांति समुदाय गठित हुए। 1828 में अमेरिकन पीस सोसाइटी की स्थापना हुई। 1843 में प्रथम अंतर्राष्ट्रीय पीस कांग्रेस का आयोजन लंदन में हुआ। 1892 में बर्न (स्विट्ज़रलैंड) में इंटरनैशनल पीस ब्यूरो की स्थापना के परिणामस्वरूप मुख्यत: युरोप एवं अमेरिका में मौजूद इन संस्थाओं के बीच ज़्यादा समन्वय होने लगा।

1914 में प्रथम विश्व-युद्ध प्रारंभ होने के साथ शांतिवादियों में मतभेद पैदा हो गये। देशभक्त शांतिवादियों ने युद्ध को विशेष परिस्थितियों में उचित बताया। परंतु युद्ध का हर स्थिति में विरोध करने वालों ने इसे ग़लत ठहराया एवं इसकी आलोचना की। विरोध करने वालों में परम्परागत शांति चर्च, वुमंस पीस पार्टी, अमेरिकन यूनियन अगेंस्ट मिलिटरिज़्म, फैलोशिप ऑफ़ रिकन्सिलिएशन, इंटरनैशनल कमेटी ऑफ़ वुमॅन फ़ॉर परमानेंट पीस, अमेरिकन फ्रेंड्स सर्विस कमेटी और अमेरिकी कांग्रेस सदस्या जीनेट रानकिन प्रमुख थीं। प्रथम विश्व-युद्ध के बाद वार रेजिस्टर्स इंटरनैशनल, नो मोर वार, वुमंस इंटरनैशनल लीग फ़ॉर पीस ऐंड फ्रीडम तथा लीग ऑफ़ नेशंस का प्रादुर्भाव हुआ जिन्होंने शांति व युद्ध विरोध के लिए प्रयास किये। 1921 में अपनी स्थापना से ही वार रेजिस्टर्स इंटरनैशनल अहिंसक कार्रवाई और प्रतिरोधों को समर्थन देता रहा है। इस संगठन के कारण रैडिकल शांतिवादियों को व्यापक आधार बनाने हेतु मंच मिला है।

द्वितीय विश्व-युद्ध में भी शांतिवादियों के बीच मतभेद बना रहा। बर्ट्रेंड रसेल जैसे शांतिवादियों ने सापेक्ष शांतिवाद का तर्क प्रस्तुत करते हुए नाज़ियों को हराने हेतु युद्ध ज़रूरी माना। एच.जी. वेल्स एवं आइंस्टाइन जैसी हस्तियों ने भी अनिच्छापूर्वक ही सही, पर युद्ध को स्वीकार किया। मगर शांतिवादियों का एक पक्ष ऐसा भी था जो हर स्थिति में युद्ध के विरोध में खड़ा था। इनमें डोरोथी डे और एम्मन हनेशी प्रमुख थे। द्वितीय विश्व-युद्ध, विशेषत: हिरोशिमा एवं नागासाकी पर परमाणु बम गिरने, के बाद शांतिवाद ज़्यादा सशक्त रूप से सामने आया। शांतिवादी आंदोलन अपने समय के मानवाधिकार आंदोलन, नि:शस्त्रीकरण, युद्ध-विरोधी आंदोलन, परमाणु हथियार विरोधी आंदोलन जैसी सामुदायिक पहलों के साथ अपनी वैचारिक पृष्ठभूमि साझा करता है।

शांतिवाद का नैतिक आधार इस अवधारणा में निहित है कि किसी भी प्रकार की हत्या अनैतिक है। शांतिवादी सैन्य-सेवा का विरोध करते हैं। अपने व्यापक अर्थों में शांतिवाद ऐसी राजनीतिक-सामाजिक-आर्थिक व्यवस्था का भी विरोधी है जो युद्ध और हिंसा को प्रोत्साहित करती हो। शांतिवाद अहिंसा को आधार बना कर जीवन में मैत्री, प्रेम, क्षमा, करुणा इत्यादि मूल्यों को पल्लवित किये जाने का पक्षधर है। शांतिवाद निष्क्रियता न हो कर किसी भी हिंसा के प्रति अहिंसक प्रतिरोध है। वह सशस्त्र-शांति को अस्वीकार करता है। वह अहिंसक साधनों से मानव जीवन की आधारभूत सुविधाएँ सम्मानजनक तरह से उपलब्ध कराने का पक्षधर है। वह मानवाधिकारों और नि:शस्त्रीकरण का समर्थक है। वह ऐसी अंतरराष्ट्रीय संस्थाओं की स्थापना की पहल करता है जो अंतर्राष्ट्रीय विवादों के शांतिपूर्ण समाधान को बढ़ावा दे।

पिछली शताब्दी में शांतिवाद की प्रमुख देन महात्मा गाँधी का सत्याग्रह एवं मार्टिन लूथर किंग जूनियर का मानवाधिकार आंदोलन रहा है। गाँधी द्वारा अहिंसक संघर्ष के ज़रिये स्वाधीनता प्राप्ति तथा रंगभेद के विरुद्ध मानवाधिकार आंदोलन की अहिंसक लड़ायी शांतिवाद के बेहतरीन आंदोलन कहे जा सकते हैं। विश्व के विभिन्न शांतिवादियों ने इन दो घटनाओं से प्रेरणा ली है। द्वितीय विश्व-युद्ध के बाद शीत-युद्ध की घटना हो, चाहे विभिन्न देशों के बीच युद्ध हो, शांतिवाद ने अपनी सशक्त उपस्थिति दर्ज करायी है। अफ़ग़ानिस्तान और इराक पर हमले के विरुद्ध सम्पूर्ण वैश्विक स्तर पर जो युद्ध विरोधी आंदोलन दिखायी दिये, वे शांतिवाद के व्यापक आधार को प्रतिबिम्बित करते हैं। संयुक्त राष्ट्र संघ जैसी संस्थाओं में दुनिया के सभी देशों का विश्वास इसी शांतिवाद के नैतिक आधार की पुष्टि है।

देखें : आदर्शवाद, आतंकवाद, अंतर्राष्ट्रीय मुद्रा कोष, इमैनुएल कांट, इतिहास का अंत, एडवर्ड हैलेट कार, जाति-संहार, पृथकतावाद, तृतीय विश्व, द्वितीय विश्व-युद्ध, नस्लवाद, नव-उपनिवेशवाद, निर्भरता सिद्धांत, नि:शस्त्रीकरण, पेटेंट, प्रथम विश्व-युद्ध, प्रगति, बौद्धिक सम्पदा अधिकार, ब्रेटन वुड्स प्रणाली, भारत में पेटेंट क़ानून, रंगभेद,

उपनिवेशवाद, यथार्थवाद, युद्ध, युरोपीय यूनियन, रचनात्मकतावाद, राजनय, विश्व व्यापार संगठन, विश्व बैंक, विश्व-सरकार, वि-उपनिवेशीकरण, सभ्यताओं का संघर्ष, सम्प्रभुता, संयुक्त राष्ट्र, साम्राज्यवाद, शस्त्र-नियंत्रण, शांति, शीत-युद्ध, हथियारों की होड़।

संदर्भ

1. पी. ब्रोक (1970), *ट्वेंटियथ सेंचुरी पेसिफ़िज़्म,* वैन नोस्ट्रैंड रीनॉल्ड, न्यूयॉर्क.
2. पी. मेयर (सम्पा.) (1966), *द पेसिफ़िस्टि कांशेंस,* पेंगुइन, हारमंड्सवर्थ.
3. जी. शार्प (1973), *द पॉलिटिक्स ऑफ़ नॉनवायलेंट एक्शन,* पोर्टर सार्जेंट, बोस्टन.
4. लियो तॉल्स्तॉय (1966), *लेटर टू अ हिंदू* (1908), संकलित : पी. मेयर (सम्पा.), *द पेसिफ़िस्टि कांशेंस,* पेंगुइन, हारमंड्सवर्थ.

— शम्भू जोशी

श्रीलंका में तमिल पृथकतावाद

(Tamil Seperatism in Srilanka)

श्रीलंका में तमिल पृथकतावादियों के संघर्ष ने पूरे दक्षिण एशियाई क्षेत्र को प्रभावित किया है। भारत इससे ख़ास तौर पर प्रभावित होता रहा है क्योंकि भारत के तमिल ख़ुद को श्रीलंका तमिल समस्या से ख़ुद को भावनात्मक रूप से जुड़ा महसूस करते हैं। श्रीलंका में तमिलों द्वारा अपने लिए पृथक ईलम (या गृह राज्य) की माँग बहुत पुरानी है। श्रीलंका की कुल जनसंख्या का तक़रीबन 15 प्रतिशत हिस्सा तमिलों का है। श्रीलंका के उत्तरी और पूर्वी प्रांतों को तमिल राष्ट्रवाद का भौगोलिक आधार माना जाता रहा है। यह तमिल आंदोलन एक पृथक पहचान का दावा करने वाले राष्ट्रीय अल्पसंख्यक समूह के भीतर पैदा हुए अलगाव की दास्तान भी बयाँ करता है। इससे एक थोपे गये दिखावटी लोकतांत्रिक शासन की सीमाएँ भी सामने आती हैं। यह भी पता चलता है कि सिर्फ़ सैन्य और आतंकी कार्रवाई के सहारे कोई संघर्ष बहुत आगे तक नहीं जा सकता है।

श्रीलंका 1948 में औपनिवेशिक शासन से आज़ाद हुआ। स्वतंत्र श्रीलंका में नागरिकता, शिक्षा और भाषा के संबंध में ऐसे क़ानून बने जिनमें बहुसंख्यक सिंहलियों के हितों को प्राथमिकता दी गयी और अल्पसंख्यक तमिल-हितों की उपेक्षा हुई। तमिलों ने शुरुआत संघवाद की माँग से की। आज़ादी के बाद शुरू के दशकों में तमिल नेता एस.जे.वी. चेलवानायकम के नेतृत्व वाली फ़ेडरल पार्टी ने इस बात पर ज़ोर दिया कि तमिल एक अलग राष्ट्र हैं। इस संगठन ने अहिंसक संघर्ष द्वारा एक संघीय राज्य स्थापित करने का प्रयास किया। 1976 में श्रीलंका सरकार द्वारा तमिलों के लिए ज़्यादा विकेंद्रीकृत सत्ता का प्रावधान न किये जाने का बहुत से तमिल संगठनों ने तीखा विरोध किया और एक अलग ईलम की रचना के लिए एक संयुक्त राजनीतिक मोर्चे का निर्माण किया। इस तरह तमिल यूनाइटेड लिबरेशन फ्रंट (टीयूएलएफ) का गठन हुआ।

लेकिन श्रीलंका सरकार की लगातार उपेक्षा से आहत युवा तमिलों का शांतिपूर्ण तरीक़ों से भरोसा उठता जा रहा था। उग्र और हिंसक संघर्ष की पैरोकारी करने वाले वाले तमिल युवाओं ने 1970 में तमिल स्टूडेंट फ़ेडरेशन का गठन किया। जिसका नाम कुछ समय बाद तमिल न्यू टाइगर्स हो गया। 1976 में इसी का नाम बदल कर लिबरेशन टाइगर्स ऑफ़ तमिल ईलम (एलटीटीई) रखा गया। 1975 में इस संगठन ने वेलुपल्ली प्रभाकरन के नेतृत्व में जाफ़ना में श्रीलंका सरकार द्वारा नियुक्त मेयर की हत्या कर दी। यह इस संगठन द्वारा उग्र हिंसात्मक संघर्ष की शुरुआत थी। आगे चलकर प्रभाकरन ही इस संगठन के प्रसिद्ध नेता बने। इस समय श्रीलंका के तमिल बहुत इलाक़ों में एलटीटीई के अलावा 37 छोटे-बड़े ऐसे समूह थे जिनमें से कुछ मार्क्सवाद में भी आस्था रखते थे। एलटीटीई ने अपने संगठन से जुड़े साहित्य में समाजवाद पर ज़ोर दिया। लेकिन असल में उसके पास कोई क्रांतिकारी विचारधारा नहीं थी। वह व्यावहारिक स्थितियों के मुताबिक़ अपनी रणनीति तय करता था। धीरे-धीरे 1980 के दशक में एलटीटीई ने बाक़ी संगठनों की तुलना में अपनी स्थिति मज़बूत कर ली।

अस्सी के दशक के शुरुआती वर्षों तक एलटीटीई चुनिंदा लोगों की हत्या करके अपनी राजनीतिक गतिविधियाँ चलाता था। लेकिन इन्हीं वर्षों की दो महत्त्वपूर्ण घटनाओं एलटीटीई को छापामार युद्ध छेड़ने में मदद की। श्रीलंका सरकार द्वारा लाये गये विकेंद्रीकरण के प्रस्तावों के ख़िलाफ़ उत्तरी जाफ़ना प्रायद्वीप में काफ़ी हिंसा हुई। यह द्वीप ईलम आंदोलन का केंद्र था। इस हिंसा में वहाँ की एक मुख्य सांस्कृतिक पहचान जाफ़ना लाइब्रेरी नष्ट हो गयी। इससे स्थानीय लोगों का गुस्सा बढ़ा और एलटीटीई के समर्थन में बढ़ोतरी हुई। 1983 की 'ब्लैक जुलाई' घटना ने भी एलटीटीई का समर्थन बढ़ाने में महत्त्वपूर्ण भूमिका निभायी। इस घटना के दौरान मुख्य रूप से कोलम्बो और उसके आस-पास के क्षेत्रों में राज्य-प्रायोजित हिंसा में हज़ारों तमिल मारे गये और एक लाख से ज़्यादा लोग देश छोड़कर भाग गये। इस हिंसा को सिंहली बौद्ध अतिवादी समूहों का भी समर्थन प्राप्त था। इसने तमिलों के अलगाव को बढ़ाया। दूसरी ओर, देश छोड़कर गये तमिलों ने एक ऐसे डायस्पोरा की रचना की जिसने खुल कर एलटीटीई की तमिल उग्रवादी गतिविधियों के लिए आर्थिक सहायता उपलब्ध कराई।

वेलुपिल्लै प्रभाकरन (1954-2009)

कई टीकाकार मानते हैं कि एलटीटीई सहित कई उग्रपंथी तमिल समूहों को भारत की ख़ुफ़िया एजेंसी रिसर्च ऐंड एनालिसिस विंग (रॉ) ने सैन्य प्रशिक्षण दिया। इसके अलावा भी तमिल समूहों और श्रीलंका सरकार के बीच होने वाली कूटनीतिक बातचीत में भारत का अच्छा-ख़ास दख़ल रहा। इस संदर्भ 1985 में भूटान की राजधानी में आयोजित टीयूएलएफ और पाँच सैन्य तमिल संगठनों तथा श्रीलंका सरकार के बीच हुई समझौता वार्त्ता का उल्लेख किया जा सकता है। इसमें भारत ने मध्यस्थ की भूमिका निभायी थी। इसमें श्रीलंकाई सरकार और तमिल समूहों के बीच कोई स्पष्ट समझौता नहीं हुआ। 13 जुलाई, 1985 को तमिल समूहों ने अपनी माँगों द्वारा श्रीलंकाई राष्ट्रवाद के सामने अपनी संकल्पना स्पष्ट कर दी : एक विशिष्ट राष्ट्रीयता के रूप में तमिल लोगों के आत्म-निर्णय के अधिकार को स्वीकार किया जाना चाहिए; एक स्वतंत्र तमिल देश की भूक्षेत्रीय अखण्डता को मान्यता मिलनी चाहिए; स्वतंत्र तमिल देश के बाहर रहने वाले लोगों के मूल अधिकारों की सुरक्षा होनी चाहिए।

श्रीलंका की सरकार इन माँगों को नहीं मान सकती थी, इसका सीधा अर्थ होता श्रीलंका का विभाजन। राष्ट्रपति जे.आर. जयवर्द्धने के नेतृत्व वाली श्रीलंका सरकार ने जाफ़ना प्रायद्वीप में एलटीटीई को हराने के लिए मई, 1987 में ऑपरेशन लिबरेशन शुरू किया। भारत सरकार ने इस प्रकरण में हस्तक्षेप करते हुए श्रीलंका में शांति सेना भेजने का फ़ैसला किया। भारत सरकार के क़दम के कारण भारत और श्रीलंका के तमिलों की नाराज़गी काफ़ी बढ़ गयी। कुछ टीकाकार तर्क देते हैं कि भारत सरकार द्वारा श्रीलंका में भारतीय शांति सेना भेजने के पीछे एक बड़ा कारण यह था कि वह श्रीलंका में चीनी या पाकिस्तानी हस्तक्षेप रोकना चाहती थी। लेकिन इस हस्तक्षेप के परिणामस्वरूप भारतीय शांति सेना के सैकड़ों सदस्य एलटीटीई से संघर्ष में मारे गये और एलटीटीई को भी भारी नुक़सान का सामना करना पड़ा। दूसरी ओर श्रीलंका के बहुसंख्यकों के बीच भी भारतीय शांति सेना को सकारात्मक नज़रिये से नहीं देखा गया। उनकी मान्यता यह बनी कि भारत अपनी सेना भेजकर श्रीलंका में अपना वर्चस्व स्थापित करना चाहता है।

1987 में दक्षिण श्रीलंका में सिंहली समर्थन का दावा करने वाले जनता विमुक्ति पेरानुमा (जेविपी) (अंग्रेज़ी में इसे पीपुल्स लिबरेशन फ्रंट के नाम से भी जाना जाता है) के नेतृत्व में सिंहली युवकों ने भारतीय हस्तक्षेप के ख़िलाफ़ बगावत कर दी। जयवर्द्धने के बाद राष्ट्रपति बने रणसिंघे प्रेमदास ने जेविपी की बगावत और भारतीय हस्तक्षेप, दोनों को ही ख़त्म करने की बात की। उन्होंने भारतीय शांति सेना के ख़िलाफ़ एलटीटीई से भी मदद माँगी। इस घटनाक्रम के कारण भारतीय शांति सेना के लिए अजीब स्थिति पैदा हो गयी। भारत में भी शांति सेना को वापस बुलाने की ज़ोरदार माँग की जाने लगी। ख़ासतौर पर तमिलनाडु इस माँग के लिए बहुत मुखर था। आख़िरकार भारत ने मार्च, 1990 में अपनी शांति सेना को श्रीलंका से वापस बुला लिया। ग़ौरतलब है कि भारतीय शांति सेना के वापस आने के पहले ही प्रेमदास सरकार ने एलटीटीई के साथ शांति-वार्ता शुरू कर दी थी। कुल मिला कर भारतीय नज़रिये से श्रीलंका में शांति सेना भेजने का फ़ैसला हानिकारक साबित हुआ।

भारतीय शांति सेना के हाथों भारी नुक़सान झेलने के कारण एलटीटीई ने बदले की कार्रवाई करते हुए 21 मई, 1991 को आत्मघाती हमले में भारत के पूर्व प्रधानमंत्री राजीव गाँधी की हत्या कर दी। लेकिन एलटीटीई के इस क़दम से ख़ुद उसे ही सबसे ज़्यादा नुक़सान हुआ। भारत में और ख़ासतौर पर तमिलनाडु में उसका समर्थन काफ़ी घटा। अंतर्राष्ट्रीय स्तर पर भी एलटीटीई की छवि धूमिल हुई। लेकिन श्रीलंका के भीतर नब्बे के दशक में एलटीटीई ने अपने आत्मघाती हमले जारी रखे। 1993 के मई दिवस के दिन श्रीलंका के तत्कालीन राष्ट्रपति प्रेमदास की एक आंत्मघाती विस्फोट में हत्या कर दी गयी। नब्बे के दशक में ही एलटीटीई एक छापामार संगठन से पारम्परिक सेना में तब्दील हुआ और इसने जाफ़ना प्रायद्वीप को केंद्र में रखते हुए एक अर्ध-राज्य संरचना का भी विकास किया। इस दौर में, चंद्रिका कुमारतुंगे के नेतृत्व में श्रीलंकाई सरकार ने एलटीटीई के साथ 'युद्ध और शांति' की रणनीति का सहारा लिया। एक ओर, एलटीटीई को सैन्य तरीक़े से हराने की कोशिश की गयी, वहीं दूसरी ओर तमिल आकांक्षाओं को संतुष्ट करने के लिए संवैधानिक सुधारों का पैकेज भी तैयार किया गया। इस दौरान हुए सैन्य संघर्ष में

हज़ारों लोग मारे गये। 1995 में श्रीलंका सरकार ने जाफ़ना पर क़ब्ज़ा कर लिया था, लेकिन 1998 से 2000 के बीच एलटीटीई जाफ़ना को फिर से हस्तगत किया। चंद्रिका कुमारतुंगे की इस रणनीति को कोई ख़ास सफलता नहीं मिली। यहाँ तक कि 1999 में उन्हें एलटीटीई के आत्मघाती हमले का भी सामना करना पड़ा, जिसमें वे बाल-बाल बचीं। सितम्बर, 2002 से अप्रैल, 2003 के बीच भी एलटीटीई और श्रीलंकाई सरकार के बीच कई दौर की समझौता वार्ता चली, लेकिन उसका कोई ख़ास नतीजा नहीं निकला।

11 सितम्बर, 2001 में अमेरिका पर हुए आतंकवादी हमलों के बाद अंतर्राष्ट्रीय स्तर पर आंतकवाद के ख़िलाफ़ काफ़ी तेज़ मुहिम चली। इसका ख़ामियाजा एलटीटीई को भी भुगतना पड़ा। उसके अंतर्राष्ट्रीय समर्थन में कमी आयी। एलटीटीई के अंदरूनी झगड़े कारण भी इसकी स्थिति काफ़ी कमज़ोर हुई। 2005 में महिंद्रा राजपक्षे श्रीलंका के राष्ट्रपति बने। एलटीटीई ने इनके साथ कुछ समय के लिए समझौता वार्ता चलायी, लेकिन कुछ समय के बाद यह बातचीत टूट गयी। इसके बाद 2006 से राजपक्षे ने एलटीटीई के ख़िलाफ़ कार्रवाई तेज़ की। एलटीटीई ने भी अपने हमले तेज़ कर दिये। श्रीलंका के जातीय संघर्ष के इतिहास में पहली बार श्रीलंका सरकार की सेना को ज़बरदस्त सफलता मिली। उसने एलटीटीई के ठिकानों पर क़ब्ज़ा कर लिया। राजपक्षे ने 16 मई, 2009 को यह घोषणा की कि श्रीलंकाई सेना को एलटीटीई पर जीत हासिल हो गयी है। इसके चार दिन बाद अधिकारिक रूप से एलटीटीई के नेता प्रभाकरन के मारे जाने के पुष्टि कर दी गयी।

इस जीत के बावजूद श्रीलंका का जातीय संघर्ष अभी भी पूरी तरह ख़त्म नहीं हुआ है। यह ज़रूर है कि एक संगठन के रूप में एलटीटीई बिखर चुका है, लेकिन श्रीलंकाई सेना युद्ध के दौरान जनसंहार के आरोप लगे हैं जिससे तमिलों में असंतोष काफ़ी बढ़ा है। श्रीलंकाई तमिलों की लोकतांत्रिक आकांक्षाओं का पूरा करने के लिए अभी काफ़ी कुछ किये जाने की आवश्यकता है। श्रीलंका में तमिल आंदोलन के फिर से उभार की सम्भावना से भी इनकार नहीं किया जा सकता है।

देखें : बांग्लादेश के लिए मुक्ति-संघर्ष, म्यांमार में लोकतंत्र के लिए संघर्ष, माओवाद नेपाल में, श्रीलंका में तमिल पृथकतावाद।

संदर्भ

1. के. रूपसिंघे (सम्पा.) (2006), *निगोशिएटिंग पीस इन श्रीलंका : ऑफ़र्ट्स, फेल्यौर्स ऐंड लेसंस,* दो खण्ड, फाउंडेशंस फ़ॉर एग्ज़िस्टेंस, कोलम्बो.
2. ए. जे. विल्सन (2000), *श्रीलंकन तमिल नैशनलिज़म : इट्स ऑरिजिंस ऐंड डिवेलपमेंट इन नाइंटीथ ऐंड ट्वेंटिएथ सेंचुरी,* हर्स्ट, लंदन.
3. एम. आर. नारायण स्वामी (1994), *टाइगर्स ऑफ़ लंका : फ्रॉम बॉयज़ टू गुरिल्लाज़,* कोनार्क, नयी दिल्ली.
4. आर. गुणरत्न (1994), *इण्डियन इंटरवेंशन इन श्रीलंका : द रोल ऑफ़ इण्डियाज इंटेलिजेंस एजेंसीज,* साउथ एशियन नेटवर्क ऑफ़ कांफ्लिक्ट रिसर्च, कोलम्बो.

— कमल नयन चौबे

ष

षड्-दर्शन-1

(Six Philosophies-1)

पश्चिम में दर्शन के लिए फ़िलॉसफ़ी शब्द का प्रयोग होता है। यह दो यूनानी शब्दों फ़िलास और सोफ़िया से मिल कर बना है। फ़िलास का अर्थ है अनुराग और सोफ़िया का मतलब है प्रज्ञा। फिलॉसफ़ी का अर्थ हुआ ज्ञान के प्रति अनुराग। लेकिन ज्ञान के प्रति प्रेम महज़ एक बौद्धिक विलास भी हो सकता है जिसका जीवन के साथ कोई सीधा या परोक्ष संबंध न हो। भारत में दर्शन की मूल धारणा इससे भिन्न है। यहाँ दर्शन का अर्थ है देखना : अपने भीतर और अपने बाहर 'ध्यान' से देखना एवं इस प्रक्रिया में सृष्टि का सत्व आत्मसात् कर लेना। मनीषी हमारे यहाँ 'द्रष्टा' कहे गये हैं, विचारक नहीं। संवेग, भाव और विचार को तो सम्यक दृष्टि की बाधा बताया गया है। ये सम्यक विकास की मध्यावधि अवस्थाएँ हैं : एक तरह की पूँछ जो धीरे-धीरे झड़ जानी है। संवेगों-भावों-विचारों में डुबकी लगा कर धीरे-धीरे उनके पार हो जाना-यही द्रष्टा की निशानी मानी गयी है। संवेग, भाव और विचार तो तीन लहरें हैं। और जब तक लहरें उठती रहती हैं, पानी दर्पण नहीं होता। सृष्टि का वैभव या उसकी बिडम्बना उस तरह आत्मसात् या प्रतिच्छायित नहीं कर पाता जो सत् + चित् + आनंद की परम अवस्था की ख़ातिर ज़रूरी है।

भारतीय दर्शन मूलत: यही कहता है। मुख्यत: इसकी नौ आधारपीठ हैं। इनमें छह आस्तिक हैं यानी वेदों को आधार-ग्रंथ मानने वाले : मीमांसा, वेदांत, सांख्य, योग, न्याय और वैशेषिक। तीन नास्तिक हैं यानी वेदों से मार्गदर्शन लेने का विरोध करने वाले। ये हैं बौद्ध, जैन और लोकायत। इस प्रविष्टि में पहले थोड़ा-सा विचार वेदों पर किया जाएगा क्योंकि भारतीय दर्शन पश्चिम की तरह ईश्वर के विरोध और समर्थन में न बँटा हो कर, वेदों के पक्ष और विपक्ष में विभाजित है।

वेद और ढनरो जुड़े विवाद : 'विद्' धातु से वेद की उपज है। 'वेद' शब्द का अर्थ है ज्ञान। यह ज्ञान भी 'दृष्टि' पर आधारित है। इसीलिए वैदिक ऋचाओं के गायक 'मंत्रद्रष्टा' कहे गये हैं। ऐसा माना जाता है कि गहन ध्यान में बीजाक्षर कौंधे, ऋचाएँ उतरीं। वैदिक ऋषि स्वयं को 'माध्यम' मानते थे और वेदों को अपौरुषेय-अपुरुष अर्थात् परमचेतना (या अवचेतन) का पुरस्कार। मंत्रों और ऋचाओं का ऐसा गहन छंद-वैभव और बिम्ब-वैभव था कि कई पीढ़ियों तक ये जिह्वाग्र पर ही रहीं, यानी श्रुति-परम्परा का हिस्सा बनी रहीं। भोजपत्रों और ताम्रपत्रों पर इन्हें उतारने की सुध ऋषियों को कई सौ बरस बाद आयी। शायद इसी कारण वेदों के संबंध में तिथि-निर्णय पर लोग एकमत नहीं हैं। ढाई हज़ार वर्षों का वैषम्य दृष्टिगोचर होता है। ज़्यादातर विद्वान् इन्हें 1300 से 1000 ईस्वी के बीच लिखित या अवतरित मानते हैं। इनमें ऋग्वेद सबसे पुराना माना जाता है और अथर्ववेद सबसे नया।

चूँकि वेद 'गुह्य' माने गये और ज्ञान की पात्रता / अपात्रता के निर्णय का द्वंद्व इनसे जुड़ा रहा, इसलिए एक निश्चित कालखण्ड तक ये कंजूस का धन ही बने रहे। अंत्यजों की पहुँच से तो इन्हें दूर रखा ही गया, स्त्रियों भी वेद्-पाठ से वंचित रखी गयीं। हालाँकि घोर विडम्बना यह है कि वेदों की कई मंत्रद्रष्टा स्त्रियाँ (ऋषिकाएँ) हैं। वाक्, उषा, रात्रि, औषधि, पृथ्वी, नदी आदि कई आराध्य छवियाँ भी स्त्रियाँ ही हैं। वैदिक युग की कई स्त्रियाँ, जो ब्रह्मवादिनियाँ कहलाती थीं, शास्त्रार्थ करती जंगल-जंगल घूमती भी दिखाई गयी हैं। फिर भी स्त्रियों का वेद-पाठ निषिद्ध रहा।

इस तरह के कई भयंकर विवाद वेदों के आस-पास घुमड़ते रहे हैं : जैसे जाति-जड़ता का प्रश्न, गोमांस भक्षण का प्रश्न। दक्षिणपंथी दलों ने 'वैदिक वैभव' नाम की एक लाठी भी बनायी है जिससे वे अन्य नस्लों की धुनाई करते हुए, उन्हें 'बर्बर' सिद्ध करते हुए अपने अतीत-गौरव के गायन में मगन रहते हैं। कुछ लोगों का कहना है कि वेदों के रचयिता आर्य थे, यानी ईरान की तरफ़ से आये थे। विदेशी विशेषज्ञ और भाष्यकार कहते हैं कि वेदों में 'जाति' शब्द का प्रयोग अलग अर्थों में हुआ है : 'ब्राह्मण' का बेटा 'लुहार' और 'लुहार' का बेटा क्षत्रिय या वैश्य अपने पेशे और अपनी मनोवृत्ति के हिसाब से होता था। 'जन्म' के अंधे संयोगों की गिनती नहीं थी। इसी तरह 'गो' शब्द का अर्थ भी 'इंद्रियाँ' हैं जिनके आधार पर गोचर, गोमांस आदि की व्याख्या हुई है।

वेदों में ख़ास तरह का काव्यात्मक और सांगीतिक वैभव है। ऋग्वेद के जो दस हज़ार छंद उपलब्ध हैं, वे प्रकृति के अवयवों को ही देवता मानते हुए एक सुन्दर दृष्टांत-काव्य की रचना करते हैं। इसके सूक्तों में 33 मुख्य देवों का वैभव-गायन है। यजुर्वेद में प्रार्थना सूत्र हैं। सामवेद में विलक्षण गीतात्मकता है। अथर्ववेद में जड़ी-बूटियों के जादुई विनियोग की बात करते हुए बताया गया है कि सारी सृष्टि चेतन है, 'सोम' और 'अग्नि' के अलग-अलग अनुपात से निर्मित एक महान यज्ञशाला है जिसमें समिधा वृत्तियों पर भी चढ़ानी है। दरअसल, वेद गुह्य और पोशीदा कृतियाँ थीं : ऊपर से सरल और गीतिकाव्यात्मक भावोद्‌गार जान पड़ती थीं। असल में यह दृष्टांत काव्य विगूढ़ है। प्रतीकों का गहन संजाल है जिसमें कई-कई अर्थ एक-एक अक्षर के इर्द-गिर्द बसे हैं।

बाद का वैदिक साहित्य 'कर्मकाण्ड' नामक प्रयोगशाला के माध्यम से मंत्र डीकोड करने के लिए गढ़ा गया। यह संहिताओं, ब्राह्मण-ग्रंथों, आरण्यकों और उपदेशों का बृहद और जटिल तंत्र है जिसे हम संक्षेप में इस प्रकार तालिकाबद्ध कर सकते हैं :

संहिता	ब्राह्मण	आरण्यक	उपनिषद्
ऋग्वेद	ऐतरेय	ऐतरेय	ऐतरेय
	कौषीतकी	कौषीतकी	कौषीतकी
सामवेद	पंचविंश	जैमिनीय	छांग्दोग्यपनिषद्
	सदाविंश		केन
	जैमिनीय		
शुभ्र यजुर्वेद	शतपथ	बृहद्रायण	ईष
कृष्ण यजुर्वेद	तैत्तरीय	तैत्तरीय	तैत्तरीय
			कठापनिषद
			मैत्री
			श्वेताश्वतर
अथर्ववेद	गोपथ		प्रश्नोपनिषद्
			मुण्डकोपनिषद्
			माण्डूक्योपनिषद्

मीमांसा : मीमांसा शब्द का अर्थ गहन विचार, परीक्षण या अनुसंधान। ईसा पूर्व 200 से 200 ईस्वी के बीच इन मीमांसा के ढ़ाई हज़ार सूत्रों का सम्पादन मीमांसकों की ऋषि-परम्परा ने किया था। इनमें सृष्टि के कार्य-कारण संबंध पर बल दिया गया है। सृष्टि को यदि एक मशीन माना जाए तो कोई इस मशीन का नियोजक और संचालक भी होगा। इतनी क्लिष्ट और तारतम्यपरक मशीन किसी तीक्ष्ण मनीषा या सर्जनात्मक शक्ति के बिना कैसे चलती है? कम-से-कम एक सर्जनात्मक सिद्धांत तो कहीं है ही। मीमांसक मानते हैं कि वही सिद्धांत ईश्वर है। यह दर्शन दो भागों में बँटा हुआ है। पूर्व-मीमांसा और उत्तर-मीमांसा या ब्रह्म-मीमांसा। पूर्व-मीमांसा का प्रथम सूत्र है : अथातो धर्मजिज्ञासा, अर्थात् अब इसलिए धर्म की जिज्ञासा करनी चाहिए। इसी तरह उत्तर-मीमांसा का प्रथम सूत्र है : अथातो ब्रह्मजिज्ञासा अर्थात् अब इसलिए ब्रह्म की जिज्ञासा करनी चाहिए। पूर्व-मीमांसा के ग्रंथकार जैमिनि ऋषि हैं। इसमें मुख्यत: वेद की कर्मकाण्डपरक मंत्रों की सही व्याख्या है। यह वेद के मूल पाठों के संदिग्ध अंशों का निर्णय भी करता है। उत्तर-मीमांसा के ग्रंथकार बादरायण हैं। मीमांसा की यह शाखा मुख्यत: ब्रह्म अर्थात् परमात्मा की स्थिति के बारे में विचार करती है। पूर्व-मीमांसा को केवल मीमांसा और उत्तर-मीमांसा को वेदांत के नाम से भी जाना जाता है। जैमिनि के सूत्रों का भाष्य शबरस्वामी, कुमारिल भट्ट और पार्थसारथी मिश्र (चौहदवीं सदी तक) करते रहे। वेदों के सूत्र समझाने के क्रम में भाषा की प्रकृति और उसकी संरचना समझाने का महान् कार्य भी मीमांसाकारों ने किया।

वेदांत / उपनिषद् : वेद का अंतिम भाग ही वेदांत कहलाता है और इसी को उपनिषद् की संज्ञा भी दी जाती है। वेद मुख्यत: दो भागों में विभक्त है : मंत्र और ब्राह्मण। किसी देवता को सम्बोधित करने वाला वैदिक सूक्त या किसी देवता के प्रार्थनापरक अर्थस्मारक वाक्य को मंत्र कहा जाता है। ब्राह्मणभाग वेद के मंत्रभाग से एकदम पृथक् है। दार्शनिक विचारों और तथा तार्किक विचारों का उत्कर्ष वेदांत में ही उपलब्ध है। इसे वेदांत इसीलिए कहा जाता है कि यह वेद के अंतिम ध्येय और कार्यक्षेत्र की शिक्षा देता है और इसलिए कि यह उन उपनिषदों पर आधारित है, वेद का अंतिम भाग हैं। दर्शन की इस पद्धति को उत्तर-मीमांसा भी कहा गया है। जैमिनि की पूर्व-मीमांसा का यही उत्तरार्द्ध है, लेकिन व्यवहार में यह एक स्वतंत्र शास्त्र की हैसियत प्राप्त कर चुका है। वेदांत के अनुसार समस्त विश्व एक ही अनादि शक्ति अर्थात्

ब्रह्म या ईश्वर का संश्लिष्ट रूप है।

गुरु के चरणों में बैठकर प्रश्न उठाना और गुरु से उत्तर पाना : यह है उपनिषदों की संरचना का उत्स। ईसा पूर्व 600 तक सब प्रमुख उपनिषद् प्रकाश में आ चुके थे। अट्ठारहवीं सदी तक उपनिषद् दाराशिकोह के फ़ारसी अनुवादों के माध्यम से पुनः युरोप पहुँचे और शोपेनहॉवर, कारलाइल, इमर्सन और येट्स की चिंतन-धारा पर इनका गहरा असर रहा। वेदों में कविता का लालित्य था, पर उपनिषद् बौद्धिक विमर्शात्मक गद्य का विलक्षण उदाहरण हैं। ब्रह्मज्ञान के इर्द-गिर्द बुने गये ये 108 विमर्श एक गझिन समुच्चय हैं : कुछ प्रार्थनाएँ, कुछ टिप्पणियाँ, कुछ संवाद और थोड़ी कथाएँ इस तरह गूँथी गयी हैं कि लगातार इस बात पर बलाघात होता रहता है कि अनेक नामरूप ईश्वर दरअसल एक ही निर्विकल्प सर्जक शक्ति (ब्रह्म) है। वही स्वयंभू व शाश्वत है : सर्वज्ञाता, सर्वअज्ञाता, सर्वशक्तिमान। जब हम देखते हैं, वह हमारी आँख बन जाता है। जब हम साँस लेते हैं, हमारी साँस और जब हम सोचते हैं तो हमारा मन-मानस / मनीषा भी वही होता है।

चिंतन-मनन और सर्वकल्याणकारी निष्काम जीवनचर्या के अनन्तर जब हमारा मन सुशांत होकर उस प्रकाश बिंदु में लीन हो जाता है तो जन्म-मरण, सुख-दुःख आदि बंधनों से हमारी मुक्ति सम्भव हो जाती है। यही अवस्था मोक्ष की अवस्था है। जन्म-मरण के बीच अनन्त भटकनें हैं। मस्तिष्क में भटकनों की अलग अवस्थाएँ अलग-अलग कर्मों के रूप में प्रतीकित हैं। एक व्याख्या तो यह बनती है कि कर्मों के अनुसार चित्त की जो स्थिति होती है, वही स्वर्ग या नरक है। बाक़ी जो वस्तुवादी नरक-स्वर्गादि चित्रित हैं, बुद्ध ने आगे चल कर उसका खण्डन कर दिया। हम चाहें तो उन्हें काव्यात्मक रूपक समझ सकते हैं।

देखें : आर्यभट्ट और *आर्यभटीय*, उपनिषद्, कपिल, *अर्थशास्त्र* और कौटिल्य, गोपीनाथ कविराज, गोविंद चंद्र पाण्डे, चैतन्य महाप्रभु, जैन दर्शन, न्याय दर्शन, दया कृष्ण, नागार्जुन, पतंजलि और *योगसूत्र*, पाणिनि और *अष्टाध्यायी*, पुराण, पूर्व-मीमांसा दर्शन, बदरी नाथ शुक्ल, बादरायण, बौद्ध दर्शन, *भगवद्गीता*, भरत और *नाट्यशास्त्र*, मुकुंद लाठ, *भागवत पुराण*, *महाभारत*, यशदेव शल्य, योग दर्शन, रामानुजाचार्य, रामअवतार शर्मा, लोकायत, वात्स्यायन और *कामसूत्र*, वेदांत दर्शन, वैशेषिक दर्शन, शंकराचार्य, संस्कृत काव्यशास्त्र, स्मृति-साहित्य, सांख्य दर्शन-1 और 2, सिद्ध-नाथ परम्परा।

संदर्भ

1. सर्वपल्ली राधाकृष्णन (2012), *भारतीय दर्शन (2)*, अनु. नंद किशोर गोभिल, राजपाल ऍंड संज़, नयी दिल्ली.
2. चंद्रधर शर्मा (1991), *भारतीय दर्शन : आलोचना और अनुशीलन*, मोतीलाल बनारसी दास, नयी दिल्ली.

— **अनामिका**

षड्-दर्शन-2

(Six Philosophies-2)

पिछली प्रविष्टि में वेदों, वेदांत / उपनिषद् और मीमांसा के बारे में संक्षिप्त चर्चा की गयी है। इसे आगे बढ़ाने से पहले पश्चिम की फ़िलॉसफ़ी और और भारतीय दर्शन के एक मुख्य अंतर का उल्लेख आवश्यक है। भारतीय दर्शन दुःख की आधारशिला पर प्रतिष्ठित माना जाता है। प्रायः सभी भारतीय दर्शन दुःख-निवृत्ति के उपायों में ही लगे हुए हैं। भारतीय दर्शन सांसारिक दुखों को बंधन के रूप में और उनके निवारण को अपनी भाषा में मोक्ष के रूप में व्यक्त करता है। आत्यंतिक दुःख-नाश और आत्यंतिक-सुख, दोनों का सम्मिलित नाम ही मोक्ष बताया गया है। पश्चिमी दर्शन में मोक्ष की संकल्पना नहीं है। मोक्ष के लिए श्रुतियाँ तो उपाय बताती ही हैं, कई दर्शनों में इस बारे में तार्किक दृष्टि से विचार किया गया है। वेदों का मार्गदर्शक न मानने वाले दर्शन भी मोक्ष में आस्था रखते हैं। मसलन, चार्वाक स्वतंत्रता या देह-नाश को ही मोक्ष कहते हैं। शून्यवादी आत्मा का उच्छेद होना मोक्ष मानते हैं। बौद्धों का कथन है कि निर्मल ज्ञान की प्राप्ति ही मोक्ष है। जैन दार्शनिक कर्म से उत्पन्न देह में आवरण न होने की दशा में निरंतर ऊपर उठते जाना मोक्ष है। द्वैत-वेदांत में दुःख से भिन्न पूर्ण सुख की प्राप्ति ही मोक्ष है।

इस प्रविष्टि में सांख्य, योग, वैशेषिक और न्याय दर्शनों के बारे में संक्षिप्त जानकारी दी गयी है।

सांख्य : ईसा से 600 वर्ष पूर्व कपिल ऋषि द्वारा प्रवर्तित सांख्य-दर्शन का मूल शब्द है 'संख्या'। यह दर्शन प्रकृति को चौबीस तत्त्वों के अलग-अलग अनुपातों का समुच्चय मानता है। सांख्य से संबंधित कपिल की दो रचनाओं का पता चलता है : तत्त्वसमाज और सांख्यसूत्र। तत्त्वसमाज में 22 छोटे-छोटे सूत्रों का संकलन है। सांख्यसूत्र में छह अध्याय हैं। कुल मिला कर 537 सूत्रों वाले इस ग्रंथ के पहले अध्याय में सांख्य विषय का प्रतिपादन है।

कपिल के अनुसार प्रकृति और पुरुष एक-दूसरे के विलोम और एक-दूसरे के सहायक भी (पुरुष का अर्थ यहाँ जगत-व्याप्त चेतना) हैं। प्रकृति और पुरुष मिल-जुल कर सृष्टि की रचना करते हैं। फिर एक खेल करते हैं जिसके तहत प्रकृति प्राणियों को स्वयं में लिप्त और पुरुष से वियुक्त कर देती है। यानी पदार्थमय संसार में लिप्त और चेतना से वियुक्त। फिर दोनों इंतज़ार करते हैं कि कब प्राणी पदार्थमय संसार से थके। जैसे ही वह पदार्थमय संसार और स्वयं अपने फैलाए अहं के जंजाल से थकता है, 'चेतना' की लौ उसमें सुलगती है। जैसे ही यह होता है, प्रकृति भी अपनी लीला का

रुख मोड़कर उसे वापस 'चेतन' तक पहुँचाने का हर उपक्रम करती है। पहले बुद्धि जगती है, फिर अहं टूटता है और अंत में आती है कैवल्य की अवस्था जब सब बंधन कट जाते हैं और एकांत भी सर्वसमावेशी चेतनता से परिपूर्ण हो जाता है।

सांख्य दर्शन के मुताबिक़ प्रकृति शतरूपा है: तमस्, रजस् और सत् वृत्तियों का समुच्चय। एक दीप के उदाहरण से इसे समझा जा सकता है। दीप में तेल तामसी वृत्तियों वाला यानी लसलसे स्नेह से या मोह से युक्त 'कारक' है। उदग्र बाती राजसी वृत्तियों वाला 'कारक' और ऊर्ध्वबाहु 'लौ' सात्विक वृत्तियों का रूपायन है। मुनष्य में तीनों हैं। 'लौ' का 'कारक' ही है 'रजस्', किंतु 'चित्त' के विकास की अन्तिम अवस्था ऊर्ध्वमुखी लौ हो जाना है। तामसी वृत्ति के लोगों में अहंकार, मद और रौद्र भाव प्रमुख होता है। राक्षसों की प्रवृत्ति तामसी कही गयी है। त्याग और लोकमंगल वाली वृत्ति देवताओं की मानी गयी है और उन्हें 'सात्विक' कहा गया। राज-पाठ के वैभव से परिपूर्ण रहने की राजसी-वृत्ति राक्षसों में भी पायी गयी और देवों में भी। स्वत्व-बोध (प्रेम का हो या राज्य का) और कर्ता-भाव (मैं सब ठीक कर लूँगा वाला संलक्षण) राजसी-वृत्ति में शामिल है। यह मध्यवर्त्ती वृत्ति है और लोकमंगल की भावना इसे अलग दीप्ति देती है। पर कैवल्य प्राप्त लोगों (जैसे, चाणक्य) और दृष्टिसम्पन्न लोगों के आशीष के बिना राजसी वृत्ति अराजक भी हो जाती है।

योग : यह दर्शन केवल सैद्धांतिक न हो कर व्यावहारिक भी है। अन्य दर्शनों की अपेक्षा इसका साहित्य अल्पमात्रा में ही मिलता है। इसके केंद्र में स्वस्थ शरीर और सबल आत्मा हैं। अन्य दर्शनों की तरह योग में शरीर केवल देह-भर न हो कर आत्मरूप है। इसकी मान्यता है कि शरीर स्वस्थ होगा तो चित्त निर्मल रहेगा और इसी निर्मलता से आत्मलाभ सम्भव है। पतंजलि का योगसूत्र इस दर्शन का प्रमुख ग्रंथ माना जाता है जिसमें चार पाद हैं। पहला समाधिपाद है। समाधि के दो भेद बताये गये हैं : सम्प्रज्ञात और असम्प्रज्ञात। यानी निर्विकल्प और सविकल्प। दूसरा साधनपाद है जिसमें योग के बहिरंगों का वर्णन है जिसमें क्रिया-योग, क्लेश और क्लेश-मुक्ति के साधनों का विवरण मिलता है। तीसरा विभूतिपाद है जिसमें योग के अंतरंगों का या योग-शक्ति से मिलने वाली विभूतियों और ऐश्वर्यों का वर्णन है। चौथा और अंतिम कैवल्यपाद है जिसमें समाधिस्थ कैवल्य आदि का वर्णन है।

पतंजलि ने योग को चित्त-वृत्ति का निरोध माना है जो समाधि में ही सम्भव है। इसीलिए योग को समाधि भी कहा गया है। योग दर्शन के अनुसार चित्त की पाँच अवस्थाएँ या भूमियाँ होती हैं : क्षिप्तावस्था, गूढ़ावस्था, विक्षिप्तावस्था, एकाग्रावस्था और निरुद्धावस्था। वृत्तियों के योग-दर्शन में दो स्वरूप बताये गये हैं : क्लिष्ट और अक्लिष्ट यानी दुखदायी और दुखरहित। वृत्तियों के प्रकार पाँच हैं : प्रमाण, विपर्यय, विकल्प, निद्रा और स्मृति।

सांख्य और योग दर्शन मानते हैं कि चित्त संस्कारों की काई से पटा हुआ स्वच्छ जलाशय है। काई हटे तो यह जलाशय आईना बन जाए। एक ऐसा आईना जो आत्म और परमात्म दोनों का परावर्तन करे। लेकिन काई स्वयं तो हटेगी नहीं। उसके लिए आयास करना होगा। यही आयास योग है। सांख्य द्वारा निर्धारित तत्त्वों से क्रमिक मुक्ति वेदांत के 'ब्रह्म' की तरह है। यहाँ परमात्मा सच्चिदानंद स्वरूप भावसमाधि न होकर शून्यता का ज्ञान है।

न्याय-वैशेषिक : अन्य भारतीय दर्शन जहाँ कल्पनापरक हैं, वहीं न्याय-वैशेषिक शुद्ध विश्लेषणात्मक, तर्कपरक और काफ़ी हद तक वस्तुनिष्ठ है। बाह्य-यथार्थ को आंतरिक चिंतन के साथ एकरूप करके ही यह दर्शन किसी सार का प्रतिपादन करता है। न्याय का कोशगत अर्थ है उचित-अनुचित का विवेक, लेकिन दर्शन के लिहाज़ से इसका मतलब है किसी प्रतिपाद्य विषय की अर्थसिद्धि करना। इसके लिए यह दर्शन पाँच चरणों (प्रतिज्ञा, हेतु, उदाहरण, उपनयन और निगमन) का इस्तेमाल करके सत्य तक पहुँचने की तर्क पद्धति विकसित करता है। न्याय-शास्त्र के दो भेद हैं : प्राचीन न्याय और नव्य न्याय। पहला प्रमेय प्रधान है, दूसरा प्रमाणप्रधान। पहले की भाषा सरल और सुबोध है। दूसरे की दुर्बोध।

न्याय-दर्शन का इतिहास कई सदियों में फैला हुआ है। इसके प्रथम प्रतिपादक गौतम ऋषि माने जाते हैं। ईसा पूर्व तीसरी सदी में रचे गये उनके ग्रंथ *न्यायसूत्र* में उद्देश्य, लक्षण और परीक्षण विधि का अनुसरण किया गया है। यह रचना वैदिक विचारधारा के निष्कर्षों को तर्कसम्मत आधार पर धार्मिक और दार्शनिक मतों के साथ जोड़ती हैं। न्यायसूत्रों के परिणामस्वरूप बारहवीं सदी में नव्य न्याय का दर्शन फूटा। नव्य न्याय का सबसे प्रामाणिक ग्रंथ गंगेश का *तत्त्वचिंतामणि* माना जाता है।

न्याय के साथ वैशेषिक-दर्शन भी जोड़ा जाता है जिसके प्रतिपादन का श्रेय कणाद ऋषि को जाता है। कुछ विद्वानों के अनुसार सांख्य और वेदांत से विशिष्ट होने के कारण इसका नाम वैशेषिक पड़ गया। इसमें पदार्थों की विशिष्टता दिखाने वाला जैसा सूक्ष्म विश्लेषण है, वैसा अन्यत्र नहीं मिलता। इसीलिए इसका नाम वैशेषिक पड़ गया। सांख्य दर्शन अगर प्रकृति और पुरुष के दो तत्त्वों में सभी तत्त्वों का सन्निवेश करता है तो वैशेषिक-दर्शन इससे भिन्न एक विशिष्ट सत्ता को स्वीकार करता है। समझा जाता है कि गौतम द्वारा प्रतिपादित न्याय-दर्शन के सोलह पदार्थों में धर्म और धर्मी का स्पष्ट विवेचन नहीं था। पर वैशेषिक-दर्शन में इन

दोनों का साधर्म्य और वैधर्म्य दिखाते हुए विवेचन किया गया है। न्याय-वैशेषिक दर्शन के अनुसार प्रकृति के पदार्थों की छह अवस्थाएँ हैं : द्रव्य (पंच तत्त्व, काल, स्थान, आत्मन्, और मानस), गुण (रंग-स्वाद-गंध, स्पर्श-तापक्रम, संख्या, विस्तार, सम्पर्क, पार्थक्य, प्राथमिकता, संतति, ज्ञान, आह्लाद, पीड़ा, कामना, घृणा तथा इच्छा), कर्म, सामान्य, विशेष और समवाय। इसके अनुसार ज्ञान के चार स्रोत हैं जिसकी तह तक न्याय पहुँचता है : प्रत्यक्ष, अनुमान और शब्द।

देखें : आर्यभट्ट और *आर्यभटीय*, उपनिषद्, कपिल, *अर्थशास्त्र* और कौटिल्य, गोपीनाथ कविराज, गोविंद चंद्र पाण्डे, चैतन्य महाप्रभु, जैन दर्शन, न्याय दर्शन, दया कृष्ण, नागार्जुन, पतंजलि और *योगसूत्र*, पाणिनि और *अष्टाध्यायी*, पुराण, पूर्व-मीमांसा दर्शन, बदरी नाथ शुक्ल, बादरायण, बौद्ध दर्शन, *भगवद्गीता*, भरत और *नाट्यशास्त्र*, मुकुंद लाठ, *भागवत पुराण*, *महाभारत*, यशदेव शल्य, योग दर्शन, रामानुजाचार्य, रामअवतार शर्मा, लोकायत, वात्स्यायन और *कामसूत्र*, वेदांत दर्शन, वैशेषिक दर्शन, शंकराचार्य, संस्कृत काव्यशास्त्र, स्मृति-साहित्य, सांख्य दर्शन-1 और 2, सिद्ध-नाथ परम्परा।

संदर्भ

1. जगदीश चंद्र मिश्र (2008), *भारतीय दर्शन*, दो खण्ड, चौखंभा सुरभारती प्रकाशन, वाराणसी, 2008
1. वियोगी हरि (सम्पा.) (2011), *हमारी परम्परा*, सस्ता साहित्य मण्डल प्रकाशन, नयी दिल्ली.
2. के. दामोदरन (2001), *भारतीय चिंतन परम्परा*, अनुवाद : जी. श्रीधरन, पीपुल्स पब्लिशिंग हाउस, नयी दिल्ली.

— अनामिका

अनुक्रमणिका

अनुक्रमणिका में उल्लिखित रचनाओं (पुस्तकें, लेख, कविताएँ, नाटक और फ़िल्में) के शीर्षकों में ए, ऐन और द का प्रयोग मुख्य शीर्षक के बाद किया गया है। अभिनव गुप्त और मण्डन मिश्र जैसे क्लासिकल नाम प्रथम नाम में दिये गये हैं। चीनी नाम भी प्रथम नाम के रूप में ही हैं। जिन प्रविष्टियों के साथ भारतीय लगा है,उनकी स्वतंत्र प्रविष्टि बनायी गयी है, न कि मुख्य प्रविष्टि की उप-प्रविष्टि के रूप में। प्रविष्टियों के शीर्षक और उनकी पृष्ठ-संख्या विशेष रूप से उभारी गयी है।

अ

आ

इ

ई

उ

ऋ

ए

ऐ

ओ

ख

ग

घ

च

छ

ज

झ

ट

ठ

ड

ढ

त

थ

द

ध

न

प

फ

ब

भ

म

य

र

ल

व

श

ष

स

ह

क्ष

त्र

ज्ञ

समाज-विज्ञान

विश्वकोश

खण्ड 6

ज्ञान शांति मैत्री

महात्मा गांधी अंतरराष्ट्रीय हिंदी विश्वविद्यालय, वर्धा (महाराष्ट्र)

समाज-विज्ञान

विश्वकोश

खण्ड 6

सम्पादक

अभय कुमार दुबे

फ़ेलो और निदेशक, भारतीय भाषा कार्यक्रम,
विकासशील समाज अध्ययन पीठ, नयी दिल्ली

सहायक-सम्पादक

बीर पाल सिंह यादव

असिस्टेंट प्रोफ़ेसर एवं प्रकाशन प्रभारी
महात्मा गांधी अंतरराष्ट्रीय हिंदी विश्वविद्यालय, वर्धा (महाराष्ट्र)

राजकमल प्रकाशन

ISBN : 978-81-267-2849-7

मूल्य : ₹ 3600 (छह जिल्दों में)

पहला संस्करण : 2013
दूसरा संस्करण : 2016
पहली आवृत्ति : 2023

प्रकाशक : राजकमल प्रकाशन प्रा.लि.
1–बी, नेताजी सुभाष मार्ग, दरियागंज
नई दिल्ली–110 002

शाखाएँ : अशोक राजपथ, साइंस कॉलेज के सामने, पटना–800 006
पहली मंज़िल, दरबारी बिल्डिंग, महात्मा गांधी मार्ग, प्रयागराज–211 001

वेबसाइट : www.rajkamalprakashan.com
ई-मेल : info@rajkamalprakashan.com

सम्पादकीय सहयोग
नरेश गोस्वामी, कमल नयन चौबे, सुमेल सिंह सिद्धू, मनोहर नायक, मनोज मोहन

डिज़ाइन : मृत्युंजय चटर्जी
अनुक्रमणिका : मंजू खन्ना
टंकण एवं अन्य सहयोग : चंदन शर्मा, संजय कुमार

मुद्रक : बी.के. ऑफसेट
नवीन शाहदरा, दिल्ली–110 032

SAMAJ-VIGYAN VISHWAKOSH-6
Edited by Abhay Kumar Dubey

खण्ड 6

सलाहकार-मण्डल

रविकांत
एसोसिएट फ़ेलो, विकासशील समाज अध्ययन पीठ, दिल्ली

राकेश पाण्डेय
एसोसिएट फ़ेलो, विकासशील समाज अध्ययन पीठ, दिल्ली

राजकुमार
प्रोफ़ेसर, हिंदी विभाग, बनारस हिंदू विश्वविद्यालय, वाराणसी (उप्र)

राजीव भार्गव
निदेशक और वरिष्ठ फ़ेलो, विकासशील समाज अध्ययन पीठ, दिल्ली

राधावल्लभ त्रिपाठी
प्रोफ़ेसर, डॉ. हरीसिंह गौर विश्वविद्यालय, सागर (मप्र)

विजय बहादुर सिंह
पूर्व निदेशक, विकासशील समाज अध्ययन पीठ, दिल्ली

शैल मायाराम
वरिष्ठ फ़ेलो, विकासशील समाज अध्ययन पीठ, दिल्ली

सौम्यव्रत चौधरी
वरिष्ठ फ़ेलो, सेंटर फॉर स्टडीज़ ऑफ़ सोशल साइंसेज़, कोलकाता (पश्चिम बंग)

सतीश देशपांडे
प्रोफ़ेसर, दिल्ली स्कूल ऑफ़ इकॉनॉमिक्स, नयी दिल्ली

स्मिता तिवारी जस्सल
विज़िटिंग फ़ेलो, विकासशील समाज अध्ययन पीठ, दिल्ली

सुधीश पचौरी
प्रोफ़ेसर और डीन, दिल्ली विश्वविद्यालय, दिल्ली

हिलाल अहमद
एसोसिएट फ़ेलो, विकासशील समाज अध्ययन पीठ, दिल्ली

लेखक-मण्डल

अभय कुमार दुबे
फ़ेलो और निदेशक, भारतीय भाषा कार्यक्रम,
विकासशील समाज अध्ययन पीठ, दिल्ली

अजय कुमार पांडेय
स्वतंत्र अध्येता, बलिया (उप्र)

अनामिका
फ़ेलो, नेहरू मेमोरियल म्यूज़ियम ऐंड लाइब्रेरी, नयी दिल्ली

अनुराग पांडेय
अनुसंधानकर्ता, राजनीतिशास्त्र विभाग, दिल्ली विश्वविद्यालय, दिल्ली

अनुष्का सिंह
अनुसंधानकर्ता, राजनीतिशास्त्र विभाग, दिल्ली विश्वविद्यालय, दिल्ली

अमितेश कुमार
अनुसंधानकर्ता, हिंदी विभाग, दिल्ली विश्वविद्यालय, दिल्ली

अम्बिका दत्त शर्मा
विभागाध्यक्ष, दर्शनशास्त्र विभाग, डॉ. हरीसिंह गौर विश्वविद्यालय,
सागर (मप्र)

अम्बरीष सक्सेना
मीडिया विशेषज्ञ, नयी दिल्ली

अविनाश कुमार
ऑक्सफ़ेम, नयी दिल्ली

अविनाश झा
पुस्तकालयाध्यक्ष,
विकासशील समाज अध्ययन पीठ, दिल्ली

आकांक्षा कुमारी
शोधार्थी, स्त्री-अध्ययन विभाग, महात्मा गांधी अंतरराष्ट्रीय
हिंदी विश्वविद्यालय, वर्धा (महाराष्ट्र)

आदित्य निगम
वरिष्ठ फ़ेलो, विकासशील समाज अध्ययन पीठ, दिल्ली

आलोक टंडन
स्वतंत्र अध्येता, समाज-दर्शन, हरदोई (उप्र)

इंद्रजीत कुमार झा
अनुसंधानकर्ता, राजनीतिशास्त्र विभाग,
दिल्ली विश्वविद्यालय, दिल्ली

उपासना पाण्डेय
असिस्टेंट प्रोफ़ेसर, राजनीतिशास्त्र विभाग,
वसंत महिला महाविद्यालय, वाराणसी (उप्र)

अंकिता पाण्डेय
असिस्टेंट प्रोफ़ेसर, इंद्रप्रस्थ कॉलेज,
दिल्ली विश्वविद्यालय, दिल्ली

कनक तिवारी
अध्यक्ष, छत्तीसगढ़ संस्कृति प्रतिष्ठान, रायपुर (छत्तीसगढ़)

कमल नयन चौबे
जूनियर फ़ेलो, नेहरू मेमोरियल म्यूज़ियम ऐंड लाइब्रेरी,
नयी दिल्ली

कविता रतूड़ी
अनुसंधानकर्ता, जवाहरलाल नेहरू विश्वविद्यालय, नयी दिल्ली

कृष्णदत्त पालीवाल
पूर्व विभागाध्यक्ष, हिंदी विभाग, दिल्ली विश्वविद्यालय, दिल्ली

गोपाल प्रधान
एसोसिएट प्रोफ़ेसर, भारतरत्न डॉ. भीमराव आम्बेडकर विश्वविद्यालय, दिल्ली

धीरूभाई शेठ
पूर्व निदेशक, विकासशील समाज अध्ययन पीठ, दिल्ली

नरेश गोस्वामी
अनुसंधानकर्ता, भारतीय भाषा कार्यक्रम, विकासशील समाज अध्ययन पीठ, दिल्ली

नवीन चंद्र
अनुसंधानकर्ता, दिल्ली विश्वविद्यालय, दिल्ली

निर्मल कुमार पाण्डेय
अनुसंधानकर्ता, भारतीय इतिहास अनुसंधान परिषद, नयी दिल्ली

पंकज कुमार झा
अनुसंधानकर्ता, राजनीतिशास्त्र विभाग, दिल्ली विश्वविद्यालय, दिल्ली

पुनीत कुमार
विभागाध्यक्ष, राजनीतिशास्त्र विभाग, गवर्नमेंट एस.एम.एस. पी.जी. कॉलेज, शिवपुरी (मप्र)

प्रियव्रत शुक्ल
प्रोफ़ेसर, रानी दुर्गावती विश्वविद्यालय, जबलपुर (मप्र)

प्रीति सागर
एसोसिएट प्रोफ़ेसर, साहित्य विभाग, महात्मा गांधी अंतरराष्ट्रीय हिंदी विश्वविद्यालय, वर्धा (महाराष्ट्र)

बालगोविंद सिंह
विभागाध्यक्ष, शिक्षा विभाग, रमेश झा महिला कॉलेज, सहरसा (बिहार)

बीर पाल सिंह यादव
असिस्टेंट प्रोफ़ेसर, साहित्य विभाग, महात्मा गांधी अंतरराष्ट्रीय हिंदी विश्वविद्यालय, वर्धा (महाराष्ट्र)

मनहर चरण
पूर्व शोधार्थी, अहिंसा एवं शांति विभाग, महात्मा गांधी अंतरराष्ट्रीय हिंदी विश्वविद्यालय, वर्धा (महाराष्ट्र)

मनीष मिश्र
पोस्ट-डॉक्टॅरल रिसर्च एसोसिएट, राजीव गाँधी समकालीन अध्ययन पीठ, बरकुतल्लाह विश्वविद्यालय, भोपाल (मप्र)

मीना मनरल
असिस्टेंट प्रोफ़ेसर, कुमायूँ विश्वविद्यालय, अल्मोड़ा (उत्तराखण्ड)

मोहन दास नैमिशराय
पूर्व फ़ेलो, उच्च अध्ययन संस्थान, शिमला (हिमाचल प्रदेश)

योगेश अटल
पूर्व निदेशक (समाज-विज्ञान), यूनेस्को

रवि दत्त वाजपेयी
स्वतंत्र लेखक, ऑस्ट्रेलिया

राकेश श्रीवास्तव
स्वतंत्र लेखक और अनुवादक, नयी दिल्ली

राजकुमार
प्रोफ़ेसर, हिंदी विभाग, बनारस हिंदू विश्वविद्यालय, वाराणसी (उप्र)

राधावल्लभ त्रिपाठी
प्रोफ़ेसर, डॉ. हरीसिंह गौर विश्वविद्यालय, सागर (मप्र)

रोहित मिश्र
समाज-कार्य विभाग, लखनऊ विश्वविद्यालय, लखनऊ (उप्र)

विकास कुमार
असिस्टेंट प्रोफ़ेसर, ज़ाकिर हुसैन कॉलेज, नयी दिल्ली

विजय कुमार झा
अनुसंधानकर्ता, सेंटर फ़ॉर वुमंस डिवेलपमेंट स्टडीज़, नयी दिल्ली

विवेक रत्न
असिस्टेंट प्रोफ़ेसर, राजनीतिशास्त्र विभाग, दिल्ली विश्वविद्यालय, दिल्ली

विश्वनाथ मिश्र
असिस्टेंट प्रोफ़ेसर, राजनीतिशास्त्र विभाग, आर्य महिला पीजी कालेज, वाराणसी (उप्र)

वीरभारत तलवार
प्रोफ़ेसर, जवाहरलाल नेहरू विश्वविद्यालय, नयी दिल्ली

वैभव सिंह
असिस्टेंट प्रोफ़ेसर, हिंदी विभाग, दयाल सिंह कॉलेज, नयी दिल्ली

शम्भू जोशी
असिस्टेंट प्रोफ़ेसर, महात्मा गांधी अंतरराष्ट्रीय हिंदी विश्वविद्यालय, वर्धा (महाराष्ट्र)

श्यामा सिंह
रिसर्च एसोसिएट, सम्पूर्णानंद संस्कृत विश्वविद्यालय, वाराणसी (उप्र)

शिवानी चोपड़ा
फ़ेलो, उच्च अध्ययन संस्थान, शिमला (हिमाचल प्रदेश)

श्रुति
एसोसिएट प्रोफ़ेसर, हिंदी विभाग, लखनऊ विश्वविद्यालय, लखनऊ (उप्र)

हिलाल अहमद
फ़ेलो, विकासशील समाज अध्ययन पीठ, दिल्ली

सुकेश लोहार
अनुसंधाकर्ता, हिंदी विभाग, बनारस हिंदू विश्वविद्यालय, वाराणसी (उप्र)

सुप्रिया पाठक
असिस्टेंट प्रोफ़ेसर, स्त्री-अध्ययन विभाग, महात्मा गांधी अंतरराष्ट्रीय हिंदी विश्वविद्यालय, वर्धा (महाराष्ट्र)

सुमेल सिंह सिद्धू
स्वतंत्र अध्येता और इतिहासकार, दिल्ली

सुनील कुमार,
अनुसंधानकर्ता, राजनीतिशास्त्र विभाग, दिल्ली विश्वविद्यालय, दिल्ली

संजय सिंह बघेल
एसोसिएट प्रोफ़ेसर, हिंदी पत्रकारिता, आत्माराम सनातन धर्म कॉलेज, साउथ कैम्पस, नयी दिल्ली

संजय कुमार
फ़ेलो, विकासशील समाज अध्ययन पीठ, दिल्ली

संदीप जोशी
निदेशक, मध्य प्रदेश समाज-विज्ञान अनुसंधान संस्थान, उज्जैन (मप्र)

प्रविष्टि-क्रम

List of Entrees

विषयानुसार प्रविष्टि-क्रम

अर्थशास्त्र

इतिहास

अंतर्राष्ट्रीय संबंध

गाँधी-विचार

दर्शन

भारत संबंधी प्रविष्टियाँ

मनोविज्ञान

मार्क्सवादी विमर्श

मीडिया-अध्ययन, फ़िल्म-अध्ययन, टीवी-अध्ययन

राजनीतिशास्त्र

व्यक्तित्व-कृतित्व

समाजशास्त्र, मानवशास्त्र

स्त्री-अध्ययन, सेक्शुअलिटी-अध्ययन

साहित्य-अध्ययन, भाषाशास्त्र

प्रविष्टियाँ

स

सखाराम गणेश देउस्कर

(Sakharam Ganesh Deuskar)

विचारक, पत्रकार और लेखक सखाराम गणेश देउस्कर (1869–1912) भारतीय नवजागरण के प्रमुख निर्माताओं में से एक थे। मराठी मूल के लेकिन बंगाली परिवेश में जन्मे और पले-बढ़े देउस्कर ने महाराष्ट्र और बंगाल के नवजागरण के बीच सेतु की तरह काम किया। अरविंद घोष ने लिखा है कि स्वराज्य शब्द के पहले प्रयोग का श्रेय देउस्कर को ही जाता है। पत्रकार के तौर पर जीवन की शुरुआत करने वाले देउस्कर की इतिहास, साहित्य और राजनीति में विशेष रूप से रुचि थी। उन्होंने बांग्ला की अधिकांश क्रांतिकारी पत्रिकाओं में सतत लेखन किया। देउस्कर की जिस एक रचना ने नवजागरण काल के प्रबुद्धवर्ग को सर्वाधिक प्रभावित किया, वह थी 1904 में प्रकाशित कृति *देशेर कथा*। इसका हिंदी-अनुवाद *देश की बात* (1910) नाम से हुआ। विलियम डिग्बी, दादाभाई नौरोजी और रमेश चंद्र दत्त ने भारतीय अर्थव्यवस्था के जिस विदेशी शोषण के बारे में लिखा था, सखाराम देउस्कर ने मुख्यत: उसी आधार पर इस ऐतिहासिक कृति की रचना की। हिंदुस्तान के उद्योग-धंधों की बर्बादी का चित्रण करती देउस्कर की यह कृति ब्रिटिश साम्राज्यवाद की जंजीरों में जकड़ी और शोषण के तले जीती-मरती भारतीय जनता के रुदन का दस्तावेज़ है।

सखाराम गणेश देउस्कर का जन्म 17 दिसंबर, 1869 को तब के बंगाल और वर्तमान झाड़खण्ड के देवघर के पास करौं नाम के गाँव में हुआ था। मराठी मूल के देउस्कर के पूर्वज महाराष्ट्र के रत्नागिरि ज़िले में शिवाजी के आलबान नामक क़िले के निकट देउस गाँव के निवासी थे। पाँच साल की अवस्था में माँ का देहांत हो जाने के बाद बालक सखाराम का पालन-पोषण उनकी विद्यानुरागिनी बुआ, जो मराठी साहित्य से भली भाँति परिचित थीं, के पास हुआ। उनके जतन, उपदेश और परिश्रम ने सखाराम में मराठी साहित्य के प्रति प्रेम उत्पन्न किया। बचपन में वेदों के अध्ययन के साथ ही सखाराम ने बंगाली भाषा भी सीखी। इतिहास उनका प्रिय विषय था। सखाराम गणेश देउस्कर बाल गंगाधर तिलक को अपना राजनीतिक गुरु मानते थे। इतिहास में गम्भीर रुचि रखने वाले देउस्कर कलकत्ता की राष्ट्रीय शिक्षा परिषद् के नैशनल स्कूल में बांग्ला भाषा और भारतीय इतिहास के अध्यापक के पद पर नियुक्त हुए। 1910 में *देशेर कथा* और *तिलकेर मोक़द्दमा* की सरकार द्वारा ज़ब्ती के बाद सखाराम को नैशनल स्कूल से इस्तीफ़ा देना पड़ा। वे अपने गाँव करौं लौट आये। यहीं 23 नवम्बर, 1912 को उनका निधन हुआ।

भारतीय कृषि-व्यवस्था, कारीगरी और उद्योग-धंधों को नष्ट करने तथा भारतीय प्रजा की निरंतर अवमानना की प्रामाणिक घटनाओं से युक्त *देशेर कथा* बीसवीं सदी के शुरुआत में जन-जागरण के उपयोगी औज़ार के रूप में उभरती है। देउस्कर ने इस कृति में भारत के लिए डोमिनियन स्टैटस की माँग का समर्थन किया था, पर साथ ही उन्होंने इसके लिए चलाये जा रहे आंदोलन की ढुल-मुल रीति-नीति की आलोचना भी की। *देशेर कथा* की भूमिका में उन्होंने लिखा कि हमारे आंदोलन भिक्षुक के आवेदन मात्र हैं। हमलोगों को दाता की करुणा पर एकांत रूप से निर्भर रहना पड़ता है। यह बात सत्य होते हुए भी राजनीति की कर्त्तव्य-बुद्धि को उद्‌घाटित करने के लिए पुन: पुन: चीत्कार के अलावा हमारे पास दूसरे उपाय कहाँ हैं।

महज़ पाँच वर्षों में अपने पाँच संस्करणों की तेरह हज़ार प्रतियों से *देशेर कथा* के प्रकाशन ने भारतीय जनता में

जो जागृति फैलायी उसकी परिणति 1910 में देउस्कर की दो कृतियों पर लगे प्रतिबंध में हुई। इनमें एक थी *तिलकेर मोकद्दमा* और दूसरी *देशेर कथा*। दिलचस्प बात यह है कि इसका हिंदी अनुवाद *देश की बात* ज़ब्ती और प्रतिबंध से बच गया। 1905 में हुए बंग-भंग के विरुद्ध स्वदेशी आंदोलन के दौरान बंगाल के पुराने क्रांतिकारी आंदोलन को जिस सैद्धांतिक नेतृत्व की आवश्यकता थी उसे *देशेर कथा* ने प्रदान किया। इस क्रांतिकारी रचना के बहाने बारिसाल के अश्विनी कुमार दत्त ने बंगाली प्रबुद्धवर्ग का देश की अवस्था पर निज-कर्त्तव्य-विचार हेतु आह्वान किया। *देशेर-कथा* के लिखे जाने की पृष्ठभूमि पर प्रकाश डालते हुए माधव प्रसाद मिश्र ने लिखा है कि जिस समय यह पुस्तक लिखी गयी उस समय बंगाल के टुकड़े नहीं हुए थे। स्वदेशी आंदोलन का विचार भी लोगों के मन में नहीं आया था। कर्ज़न के कुचक्रपूर्ण शासन से लोग शंकित थे, पर उनकी मोहमयी निद्रा अभी टूटने नहीं पायी थी। आमोद प्रमोद में व्यस्त बंगाली लोगों को ध्यान भी ना था कि उनके देश की कैसी शोचनीय दशा हो गयी थी और न ही इस बारे में कि आगे कैसी दशा होने वाली है ? ऐसे समय में *देशेर कथा* का लिखा जाना एक वैचारिक विस्फोट की तरह था, जिसने जन-मानस की चेतना को जागृत करने का कार्य किया। फलस्वरूप ब्रिटिश शासन द्वारा 28 सितम्बर, 1910 को इस पर प्रतिबंध लगाते हुए इसकी प्रतियाँ ज़ब्त कर ली गयीं। *हितवादी* पत्रिका में इस संबंध में छपा कि सखाराम गणेश देउस्कर की पुस्तक पर पाबंदी इस आधार पर लगायी गयी कि उसकी सामग्री पढ़ कर पाठकों के मन में सरकार के प्रति अलगाव का भाव पैदा होगा।

हिंदी नवजागरण के दौरान रचनात्मक साहित्य सहित राजनीतिक-सामाजिक चिंतन की कृतियों का बांग्ला से हिंदी में सर्वाधिक अनुवाद हुआ। *देशेर कथा* का *देश की बात* के रूप में हिंदी-अनुवाद का विशेष महत्व है। 1910 में इसके अनुवाद की प्रस्तावना में बाबूराव विष्णु पराड़कर ने बताया कि माधव प्रसाद मिश्र और अमृत लाल चक्रवर्ती द्वारा किया गया अनुवाद मूल पुस्तक के पहले तीन संस्करणों का है, लेकिन चौथे संस्करण में ग्रंथकार ने अपनी मूल कृति में बहुत से फेर-बदल किये जिसके कारण पहले के अनूदित संस्करण कई अंशों में अपूर्ण रह गये। बांग्ला *देशेर कथा* के चौथे संस्करण से पराड़कर द्वारा अनूदित *देश की बात* का तुलनात्मक अध्ययन देउस्कर के ज्ञान की व्यापकता और उनके अखिल भारतीय दृष्टिकोण को स्पष्ट करता है। *देश की बात* में देउस्कर लिखते हैं, 'भारतवर्ष के शांतिप्रिय और कलह-विमुख आदिवासियों को पादरियों के आक्रमण का निशाना बनते देख मेरे मन में अत्यंत क्रोध उत्पन्न होता है। उन लोगों को परदेशियों की आँखों में असच्चरित्र बनाने के उद्देश्य से पादरीगण अत्यंत घृणित उपायों से उनके बारे में घोर कलंक की बातें फैलाया करते हैं। हाय! दरिद्र हिंदू न बाइबिल चाहते हैं, न बाइबिल का उन्हें अभाव ही है। वे चाहते हैं पहनने को कपड़े और पेट के लिए मुट्ठी भर चना... हिंदुओं को बाइबिल की आवश्यकता नहीं है... सारांशतः मुझे विश्वास है की शिक्षा, रीति-नीति, सौजन्य और सामाजिक कर्त्तव्य-पालन के किसी-किसी विषय में भारतवासी कई युरोपियन जातियों की अपेक्षा श्रेष्ठ है, कम तो शायद ही किसी जाति से हों।'

रामविलास शर्मा ने देउस्कर की कृतियों का आलोचनात्मक वर्णन करते हुए बताया है कि कैसे देउस्कर बीसवीं सदी के प्रारंभ में जाति (राष्ट्र का पूर्व-रूप) की एकता को लेकर बेहद चिंतित थे। इसके कारणों को टटोलते हुए शर्मा इस बात का उल्लेख करते हैं कि देउस्कर को इस एकता की चिंता इसलिए थी, क्योंकि वे इसे ब्रिटिश साम्राज्यवाद से लड़ने और उसे पराजित करने के लिए आवश्यक मानते थे। रामविलास शर्मा ने कई मुद्दों पर सबाल्टर्न इतिहासकारों की आलोचना की है। उनसे देउस्कर की तुलना करते हुए वे कहते हैं कि सबाल्टर्न इतिहासकार किसानों के आंदोलन को कल्पित समुदाय क़रार देते हैं, वहीं देउस्कर उसे एक वस्तुगत इकाई के रूप में देखते हैं। शर्मा यह भी जोड़ते हैं कि देउस्कर के यहाँ समकालीन परिस्थितियों के प्रति जागरूकता और ब्रिटिश साम्राज्यवाद के विरुद्ध लड़ने वालों के प्रति आदर भाव परिलक्षित होता है। सखाराम गणेश देउस्कर के कृतित्व की महत्ता दर्शाते हुए रामविलास शर्मा का कहना है कि जो कुछ रणजीत गुहा और पार्थ चटर्जी की पुस्तकों में नहीं है, वह देउस्कर की कृतियों में विद्यमान है और उसकी प्रासंगिकता आज भी बनी हुई है।

देखें : आनंद केंटिश कुमारस्वामी, आर्य-अवधारणा, आर्थर लेवेलिन बाशम, एडवर्ड विलियम सईद, काशी प्रसाद जायसवाल, बिपन चंद्र-1 और 2, भारतीय इतिहास-लेखन-1 से 4 तक, दामोदर धर्मानंद कोसम्बी-1 और 2, प्राच्यवाद, रमेश चंद्र दत्त, रमेश चंद्र मजूमदार, रणजीत गुहा, रामकृष्ण गोपाल भण्डारकर, राम शरण शर्मा, रोमिला थापर, वासुदेव शरण अग्रवाल, पांडुरंग वामन काणे, विश्वनाथ काशीनाथ राजवाड़े-1 और 2, सन् 1857 का संघर्ष-1 से 4 तक, सामंतवाद : एक बहस-1 और 2।

संदर्भ

1. रामविलास शर्मा (सम्पा.) (2005), *समालोचक,* चौथा भाग, अनामिका पब्लिशर्स, नयी दिल्ली.
3. माधव प्रसाद मिश्र (1908), 'देश की बात', *मुखबंध,* मुम्बई, 1908.
4. महादेव प्रसाद साहा (1970), *देशेर कथा,* सम्पादकीय निवेदन, कलकत्ता.
5. सुधीर रंजन सिंह (2009), *हिंदू समुदाय और राष्ट्रवाद,* राजकमल प्रकाशन, नयी दिल्ली, 2009.

—निर्मल कुमार पाण्डेय

सगुण-निर्गुण-1

रामभक्ति और कृष्णभक्ति का प्रचलन

(Sagun-Nirgun-1)

हिंदी साहित्य में भक्तिकाल तेरहवीं से सोलहवीं सदी तक माना जाता है। इसी अवधि को हिंदी साहित्य के स्वर्ण-युग की संज्ञा भी दी जाती है। इस काल की राजनीतिक-सामाजिक परिस्थितियों और बौद्धिक सार के बारे में बुद्धिजीवियों के बीच विवाद है। विवाद के केंद्र मुख्यतः दो हैं : हिंदू प्रजा और उनके मुसलमान हुक्मरानों के बीच का अंतर्विरोध, और सगुण-निर्गुण द्विभाजन। इस सिलसिले में तीन विचार-पंथ हैं। पहले की नुमाइंदगी करते हैं रामचंद्र शुक्ल और दूसरे के प्रतिनिधि हैं हजारी प्रसाद द्विवेदी। इन दोनों के बीच रामविलास शर्मा की भक्ति-काल को लोक-जागरण बताने वाली थीसिस मौजूद है जिसका प्रतिपादन उन्होंने अपने ढंग से मार्क्सवादी युक्तियों का इस्तेमाल करते हुए किया है।

रामचंद्र शुक्ल ने अपनी रचना *हिंदी साहित्य का इतिहास* में इस दौर को हिंदुओं के लिए निराशा की अवधि क़रार देते हुए कहा कि 'ऐसी दशा में अपनी वीरता के गीत न तो वे गा सकते थे और न बिना लज्जित हुए सुन ही सकते थे। आगे चल कर जब मुसलमान साम्राज्य दूर तक स्थापित हो गया तब परस्पर लड़ने वाले स्वतंत्र राज्य भी नहीं रह गये। इतने सारे राजनीतिक उलट-फेर के पीछे हिंदू जन-समुदाय पर बहुत दिनों तक उदासी छायी रही। अपने पौरुष से हताश जाति के लिए भगवान की शक्ति और करुणा की ओर ध्यान ले जाने के अतिरिक्त दूसरा मार्ग ही क्या था।' इस तर्क को आधार बना कर ही रामचंद्र शुक्ल भक्ति के उदय के कारणों की स्थापना करते हैं कि इसीलिए जनता को एक त्राणकारी की आवश्यकता हुई। उनके अनुसार पूरा भक्तिकालीन इस त्राणकारी की महिमा का कीर्तन, गायन, लीला, अवतार और भक्ति-स्तवन है। हजारी प्रसाद द्विवेदी ने अपनी रचना *हिंदी साहित्य की भूमिका* में रामचंद्र शुक्ल के मत का भुजा उठा कर प्रतिवाद करते हुए कहा कि निराशा हिंदी जाति का स्वभाव नहीं है। यदि इसलाम न आया होता तो भी हमारे साहित्य का 'बारह आने' वही होता जो आज है। हजारी प्रसाद कहते हैं कि देश के भीतर से अनेक परम्पराएँ परस्पर टकराती उभर रही थीं। वज्रयानी, सिद्ध-कापालिक और नाथपंथी, जोगी रमते चले आ रहे थे। आगम-निगम परम्पराओं की टकराहट से इस काल की निर्गुण-सगुण भक्तिधारा में नया चिंतन पैदा हुआ है। रामविलास शर्मा ने भक्तिकाल को लोक-जागरण का नाम दिया है। वे इसे तत्कालीन कुलीनतंत्र के ख़िलाफ़ श्रमिक जातियों और समुदायों की सांस्कृतिक दावेदारियों की अवधि के तौर पर देखते हैं। हिंदी के कई मार्क्सवादी चिंतकों ने भक्तिकाल को सगुण और निर्गुण धाराओं में बाँट कर निर्गुण धारा को सगुण के मुक़ाबले अधिक प्रगतिशील और रैडिकल क़रार दिया है। लेकिन, रामविलास शर्मा भक्तिकाल को सगुण और निर्गुण के द्विभाजन से निकाल कर प्रेममार्ग की स्थापना की अवधि के तौर पर संसाधित करते हैं। उनके लिए यह मूलतः संतकाल है जिसमें नर-नारी, अगड़े-पिछड़े, हिंदू-मुसलमान, सभी जातियों से संत आये और यह स्वर प्रबल हुआ कि प्रेम ही परम पुरुषार्थ है, मनुष्य प्रेम से ही बैकुंठी हुआ है।

प्रश्न यह है कि इस तितरफ़ा बहस के आलोक में भक्तिकाल को देखने की दृष्टि क्या होनी चाहिए? क्या इसे केवल उत्तर भारत या हिंदीभाषी इलाक़े की परिघटना के तौर पर देख कर कोई निष्कर्ष निकालना ठीक होगा? वैसे भी यह एक तथ्य है कि भक्ति का प्रवाह दक्षिण भारत से उत्तर भारत आया और अपने साथ एक नये समाजशास्त्र, धर्मशास्त्र और नैतिकशास्त्र के विकास की सम्भावनाएँ भी लाया। इस अवधि में इसलाम के प्रभाव से कला-संगीत-शिल्प आदि में उल्लेखनीय परिवर्तनों की प्रक्रिया चल रही थी। भक्ति के विचार और आचरण ने इसके साथ मिल कर जन-मानस को नयी दिशा में ले जाने की भूमिका निभायी। कर्म, ज्ञान और भक्ति तीनों परस्परव्यापी हो कर आपस में मिल गयीं जिसका सामाजिक प्रभाव परिवर्तनकारी साबित हुआ। भक्ति को हिंदू-निराशा का काल बताने वाले रामचंद्र शुक्ल भी एक जगह मानते हैं कि 'कालदर्शी भक्त कवि जनता के हृदय को सम्भालने और लीन रखने के लिए दबी हुई भक्ति को जगाने लगे। धीरे-धीरे भक्ति का प्रवाह विस्तृत और प्रबल होता गया, इतना कि उसकी लपेट में न केवल हिंदू जनता ही नहीं सहृदय मुसलमानों में से भी न जाने कितने आ गये। प्रेमस्वरूप ईश्वर को सामने लाकर भक्त कवियों ने हिंदुओं मुसलमानों को मनुष्य के सामान्य रूप में दिखाया और भेदभाव के दृश्यों को पीछे कर दिया।'

भक्ति का पहला उद्घोष ग्यारहवीं सदी में दक्षिण भारत के आचार्यों विशेषकर, वैष्णव आचार्यों के दर्शन और विमर्श के रूप में हुआ। इन आचार्यों ने शंकराचार्य के निर्गुण अद्वैतवाद का खण्डन करते हुए सगुण-साकार की भक्ति की ओर क़दम बढ़ाया। स्वामी रामानुजाचार्य ने श्रीसम्प्रदाय के दर्शन विशिष्टाद्वैत का प्रचार कर सगुण-भक्ति का मार्ग जनसाधारण के लिए खोलने की ऐतिहासिक भूमिका निभायी। रामानुजाचार्य का सूत्रीकरण यह था कि मोक्ष के चार उपाय हैं : कर्मयोग, ज्ञानयोग, भक्तियोग और प्रपत्ति। भक्ति के ज़रिये व्यक्ति अकिंचन और दीन-भाव से भगवान की शरण में जाकर अपने दुखों से मुक्ति प्राप्त कर सकता है।

निस्संदेह रामानुजाचार्य के सगुण-भक्तिवाद के कारण पूरे देश में राम, कृष्ण और शिव की उपासना प्रचलित हुई। श्रीसम्प्रदाय ने विष्णु-नारायण की भक्ति का मार्ग खोल दिया। इस भक्ति-परम्परा में मध्वाचार्य, विष्णुस्वामी, निम्बार्काचार्य, वल्लभाचार्य, स्वामी हरिदास और स्वामी रामानंद का उद्भव तरह हुआ। प्रस्थानत्रयी के भाष्यकार इन आचार्यों द्वारा चौदहवीं शताब्दी तक भक्ति को दृढ़ आधार मिल चुका था। इसी चिंतन की दृढ़ नींव पर भक्तिशास्त्र और भक्तिकाव्य का महत्त्व स्थापित हुआ। चैतन्य महाप्रभु के शिष्यों में जीव गोस्वामी और रूप गोस्वामी ने भक्ति संबंधी भ्रांतियों का निराकरण *भक्ति रसामृत सिंध* और *उज्ज्वल नीलमणि* जैसे कालजयी ग्रंथों द्वारा किया। मधुसूदन सरस्वती का भक्ति रसायन भी इसी दौर में आया। लेकिन भक्तिकाल के मेरुदण्ड साबित हुए स्वामी रामानंद जिन्होंने चौदहवीं शताब्दी में भक्ति को 'जातिपाँति बूझै नहि कोई' का नारा देकर सभी के लिए सहज कर दिया। उत्तर भारत में रामानुजाचार्य के इस महान शिष्य ने विशिष्टाद्वैतवाद का प्रचार-प्रसार किया। दिलचस्प बात यह है कि उनके शिष्य कबीर जैसे निर्गुणपंथी संत कवि भी थे, और तुलसीदास जैसे सगुणपंथी संतकवि भी। ब्राह्मण और शूद्र सभी को भक्ति का अधिकार देकर स्वामी रामानंद ने भक्ति के संदर्भ में वर्चस्ववादी, ब्राह्मणवादी, पुराणवादी, सामंतवादी शक्तियों को पीछे धकेल दिया। रामानंद की उपलब्धि यह रही कि भक्ति के सर्वसुलभ हो जाने से उसका विमर्श हर तरह की बौद्धिक चुनौती का सामना करने में सक्षम हो गया। रामानंद के बारह शिष्यों में पीपासेन, धना, रैदास, कबीर बहुत प्रसिद्ध हुए। कृष्णदास पयहरि ने आमेर राजपूताना में रामानंद सम्प्रदाय की गद्दी स्थापित की। इस रामकाव्य-परम्परा को चरम शिखर पर पहुँचाया संत तुलसीदास ने जिन्होंने *रामचरित मानस, कवितावली, विनय पत्रिका* आदि ग्रंथ रचे। उन्होंने भाषा की सभी पद्धतियों में अपनी प्रतिभा का रंग दिखलाया।

सगुणधारा की कृष्णभक्ति शाखा को वल्लभाचार्य ने सींच कर पुष्ट किया। पंद्रहवीं-सोलहवीं सदी में वैष्णव धर्म का जो आंदोलन चला उसके प्रवर्तकों में वल्लभाचार्य का नाम सबसे बड़ा है। वे वेदशास्त्र में पारंगत धुरंधर विद्वान थे। इनका लक्ष्य था शंकर के मायावाद से पीछा छुड़ाना। रामानुज की परम्परा के सभी आचार्यों ने यही लक्ष्य अपनाया है। वल्लभ ने लीला के लिए ब्रह्म को आत्मकृत माना। ब्रह्म का लीला के लिए जगत में आविर्भाव-तिरोभाव होता रहता है। वल्लभ और उनके शिष्यों की मान्यता थी कि पुरुषोत्तम श्रीकृष्ण ही परम ब्रह्म हैं, उनकी सभी लीलाएँ नित्य हैं, गोलोक इस वैकुंठ का एक खण्ड है, इसमें नित्य रूप में यमुना, वृंदावन, निकुंज आदि सब कुछ है। इन्होंने भगवान के केवल 'प्रेम' रूप को लेकर प्रेमलक्षण भक्ति का प्रसार किया। वल्लभ ने पुष्टिजीव, मर्यादाजीव तथा प्रवाहजीव के संसार में पड़े जीवों की चर्चा की है। उनका मार्ग पुष्टिमार्ग कहलाया। *कृष्णाश्रय* नाम के आपने एक प्रकरण ग्रंथ में वल्लभाचार्य ने अपने समय की कलियुगी दशा का वर्णन किया है, जिस पर आज विद्वान भी भारी वाद-विवाद कर रहे हैं। ग्रंथ में कहा गया है कि गंगादि तीर्थ भ्रष्ट हो रहे हैं। ऐसे कठिन समय में *कृष्णाश्रय* ही एकमात्र शरण है। वल्लभाचार्य ने पुष्टिमार्ग से सूफ़ी प्रेम का नया मार्ग सुझाया। उनकी प्रस्थानत्रयी की परम्परा ने विद्वानों को चकित किया। उन्होंने श्रीमद्भागवत की सुबोधिनी टीका की। अणुभाष्य को आचार्य विट्ठलनाथ ने पूरा किया। उन्होंने गोवर्धन पर्वत पर श्रीनाथजी का मंदिर भक्त पूरनमल खत्री से बनवाया। उनके शिष्य अपने सुंदर-मधुर संगीत के लिए जाने जाते हैं। उनकी प्रेरणा से सभी सम्प्रदायों के कृष्णभक्तों में ब्रजलीला का चलन हुआ।

इस परम्परा में मुक्तक-पद परम्परा विकसित हुी। इस परम्परा की सर्वोच्च ध्वजा का नाम सूरदास है। इसी परम्परा में मीरां और चैतन्य महाप्रभु आये। जयदेव-विद्यापति की परम्परा का उजला रूप यहाँ अष्टछाप कवियों में देखने को मिलता है। इनकी प्रमुख रचनाएँ हैं : सूरदास का *सूरसागर, साहित्य लहरी,* नंददास का *भँवरगीत, रसमंजरी, रूपमंजरी,* शूद्र कृष्णदास का *जुगलमान चरित्र*। कुम्भनदास का ग्रंथ विलुप्त है लेकिन परमानंददास का *परमानंद सागर* मिलता है। इसी परम्परा में चतुर्भुजदास, छीतस्वामी, गोविंदस्वामी, हितहरिवंश, गदाधर भट्ट, स्वामीहरिदास, श्री भट्ट, व्यासजी, रसखान, ध्रुवदास, नरोत्तमदास, नाभादास आदि अनगिनत संत-कवि आते हैं। कृष्ण-भक्ति परम्परा में नागरीदास, अलबेला, अलिनी, चाचाहित, वृंदावनदास, भक्तरसिक आदि तमाम कवि भी हैं। भक्तिकाल की इसी सगुणधारा में छीदन, लालचदास, कृपाराम, नरहरि बंदीजन, आलम, महराज, तांगकवि, मनोहरकवि, बलभद्र मिश्र, जमाल, केशवदास रहिम, कादिर, मुबारक, लालचंद आदि कवि आते हैं।

देखें : अष्टछाप, 'अंग्रेज़ी हटाओ' आंदोलन, गजानन माधव मुक्तिबोध-1 और 2, छायावाद, डायग्लॉसिया, नंद दुलारे वाजपेयी, नगेंद्र और सैद्धांतिक समीक्षा, नयी कविता, नामवर सिंह, पाश्चात्य काव्यशास्त्र, प्रेमचंद, प्रयोगवाद, प्रगतिवाद, भक्ति आंदोलन-1 और 2, भक्ति-काव्य-1 और 2, भारतेंदु हरिश्चंद्र, भारतेंदु युग-1 और 2, भाषा नियोजन-1 से 4 तक, भाषा के मार्क्सवादी सिद्धांत, महादेवी वर्मा, महावीर प्रसाद द्विवेदी, मीरांबाई और प्रेमाभक्ति, राहुल सांकृत्यायन, रामानुजाचार्य, रामानंद, रामचंद्र शुक्ल-1 और 2, रामविलास शर्मा, राष्ट्रीय-सांस्कृतिक कविता, रीतिकाल-1 और 2, विजय देव नारायण साही, वैष्णव धर्म, श्याम सुंदर दास, सम्पर्क भाषा-1 से 4 तक, संस्कृत काव्यशास्त्र, संविधान सभा में भाषा-विवाद-1, 2 और 3, संत-काव्य, सिद्ध-नाथ परम्परा, सूफ़ीयत और प्रेमाख्यान, हजारी प्रसाद द्विवेदी, हिंदी विरोधी आंदोलन, हिंदी जाति-1 से 3 तक, हिंदी साहित्य का

आदिकाल, हिंदी साहित्य का इतिहास, हिंदी साहित्य का इतिहास : नये प*रिप्रेक्ष्य,* हिंदी-पद्य में इतिहास, हिंदी-जगत और 'लोकप्रिय'-1 और 2, हिंदी नवजागरण, हिंदी-संस्थाएँ।

संदर्भ

1. रामचंद्र शुक्ल (1940), *हिंदी साहित्य का इतिहास,* नागरी प्रचारिणी सभा, काशी.
2. हजारी प्रसाद द्विवेदी (1941), *हिंदी साहित्य की भूमिका,* राजकमल प्रकाशन, नयी दिल्ली.
3. डॉ. रामविलास शर्मा (1981), *परम्परा का मूल्यांकन,* राजकमल प्रकाशन, नयी दिल्ली.
4. रामविलास शर्मा (1985) *लोकजागरण और हिंदी साहित्य,* वाणी प्रकाशन, दरियागंज, नयी दिल्ली.
5. कृष्णदत्त पालीवाल (2008), *भक्तिकाव्य से साक्षात्कार,* भारतीय ज्ञानपीठ, नयी दिल्ली.

— कृष्णदत्त पालीवाल

सगुण-निर्गुण-2

सर्वभारतीय परिप्रेक्ष्य और कबीर

(Sagun-Nirgun-2)

रामानुजाचार्य ने शास्त्रीय पद्धति से जिस सगुण-भक्ति का निरूपण किया था, उसकी ओर शिक्षित और अशिक्षित दोनों तरह की जनता खिंच रही थी। इसका परिप्रेक्ष्य सर्वभारतीय था। गुजरात में स्वामी मध्वाचार्य (1254-1333) ने अपना द्वैतवादी वैष्णव सम्प्रदाय चलाया जिसकी ओर बड़ी संख्या में जनता का झुकाव बढ़ा। देश के पूर्वी भाग में जयदेव का कृष्णभक्ति-संगीत गूँजा। इसी स्वर में मिथिला के महान कवि विद्यापति ने अपना स्वर मिलाया। उत्तर भारत में रामानंद ने विष्णु के अवतार राम की उपासना पर ज़ोर दिया और मुख्य तौर से उन्हीं की वजह से हनुमान की पूजा-आराधना प्रचलित हुई। इसी परिवेश-विस्तार में पंद्रहवीं और सोलहवीं सदी में सक्रिय रहे वल्लभाचार्य ने शुद्धाद्वैतवाद और पुष्टिमार्ग के ज़रिये कृष्णभक्ति का योगदान किया। इस प्रकार रामोपासक और कृष्णोपासक भक्तों की परम्पराएँ चलीं।

भक्तिकाव्य के भक्तों ने ब्रह्म के 'सत्' और 'आनंद' स्वरूप का साक्षात्कार राम और कृष्ण के रूप में इस बाह्यजगत के व्यक्त क्षेत्र में किया। रामविलास शर्मा के अनुसार इससे एक ओर तो प्राचीन सगुणोपासना क्षेत्र तैयार हुआ और दूसरी ओर मुसलमानों के आगमन से देश में जो नयी परिस्थिति पैदा हुई थी उसकी दृष्टि से हिंदू-मुसलमान दोनों के लिए एक 'सामान्य भक्तिमार्ग' का विकास भी होने लगा।' इसके विकास में सिद्धों और नाथपंथियों ने भी भाग लिया। वज्रयान के अनुयायी ज़्यादातर निचली जाति के असंतोष-पीड़ित लोग थे। नाथ सम्प्रदाय में शास्त्रज्ञ विद्वानों की जगह नहीं थी। इस सम्प्रदाय के कनफ़टे रमते योगी घट के भीतर चक्रों, सहस्त्रदलकमल, इला-पिंगला-सुषुम्नादि नाड़ियों की ओर संकेत करने वाली रहस्यमय कहानियाँ सुना कर और करामात दिखाकर अपनी सिद्धियों की धाक जनता में जमाये हुए थे। ये लोग उपदेश-भाव से कहते थे कि वेद-शास्त्र पढ़ना व्यर्थ है, पूजा-अर्चना निरर्थक है। ईश्वर तो प्रत्येक घट के भीतर है और अंतर्मुख साधनाओं से ही वह प्राप्त हो सकता है। उनका यह भी कहना था कि हिंदू-मुसलमान दोनों एक हैं और जात-पाँत का बंधन व्यर्थ है।

महाराष्ट्र के संत-भक्त नामदेव (1328-1408) ने हिंदू-मुसलमान दोनों के लिए भक्ति का सामान्य मार्ग निकालने का प्रयत्न किया। उसके बाद महात्मा कबीरदास ने विशेष तत्परता के साथ व्यवस्थित रूप में यह मार्ग 'निर्गुण पंथ' के नाम से चलाया। हालाँकि नाथपंथी योगी बहुत कुछ कबीर के लिए रास्ता रास्ता साफ़ कर चुके थे, पर कबीर ने भेदभाव को दूर करते हुए अंतःसाधना पर बल दिया था। नाथपंथियों की अंतःसाधना में हृदयपक्ष शून्य था। इस प्रेमतत्त्व का अभाव कबीर को खटका और उन्होंने प्रेमरस अपनाने पर ज़ोर दिया। कबीर ने एक तरफ़ तो एक निराकार ईश्वर के लिए भारतीय वेदांत का पल्ला पकड़ा, और दूसरी तरफ़ उसी निराकार ईश्वर की भक्ति के लिए सूफ़ियों से प्रेमतत्त्व ले लिया।

ऐसा प्रतीत होता है कि निर्गुण पंथ चलाने के लिए कबीर ने पूरी मानसिक तैयारी की होगी। भक्तिमार्ग शुरू से ही सगुण-सकार-लीला अवतारी ब्रह्म को लेकर चला था। निर्गुण-निराकार ब्रह्म प्रेम का विषय नहीं माना जाता था। रामचंद्र शुक्ल मानते हैं, 'इसमें कोई संदेह नहीं कबीर ने ठीक मौक़े पर जनता के उस बड़े भाग को सँभाला जो नाथपंथियों के प्रभाव से प्रेमभाव और भक्तिरस से शून्य और शुष्क पड़ता जा रहा था। उनके द्वारा यह बहुत ही आवश्यक कार्य हुआ। इसके साथ ही मनुष्यत्व की सामान्य भावना को आगे करके निम्न श्रेणी की जनता में उन्होंने आत्मगौरव का भाव जगाया और उसे भक्ति के ऊँचे से ऊँचे सोपान की ओर बढ़ने के लिए बढ़ावा दिया। उनका निर्गुण पंथ चल निकला जिसमें नानक, दादू, मलूकदास आदि अनेक संत हुए।'

कबीर ने रागात्मक-भक्ति द्वारा अंतःसाधना में ज्ञान का योग किया, पर नाथपंथियों वाली कर्मदशा बनी रहने दी। नतीजा यह हुआ कि निर्गुण संतों का ईश्वर प्रेमस्वरूप और ज्ञानस्वरूप ही रहा। वह एक धर्म के रूप में नहीं उभरा। दूसरी तरफ़ वैष्णव भक्तिमार्ग की रामभक्ति शाखा का

विकास होता रहा और उसके साथ-साथ सगुण कृष्णभक्ति की धारा के साथ अनगिनत हिंदू-मुसलमान कवि जुड़ गये।

भक्तिकाल में सगुण तथा निर्गुण की की दो धाराओं का प्रवाह पंद्रहवीं से सत्रहवीं शताब्दी तक पूरी निरंतरता के साथ मिलता है। भक्ति के विकास-काल में हिंदी की पहली विस्तृत रचना कबीर की ही मिलती है। यह निर्गुणधारा दो शाखाओं में विभक्त हुई : ज्ञानश्रयी शाखा और शुद्ध प्रेममार्गी सूफ़ी शाखा। निर्गुण ज्ञानामार्गी शाखा योगसाधना और ब्रह्मज्ञान साधना के साथ सूफ़ी प्रेमतत्त्व को मिलाकर उपासना के क्षेत्र में अग्रसर हुई। इसमें सगुण और मूर्तिपूजा का खण्डन प्रबल रहा। बहुदेवोपासना का खण्डन भी जम कर किया गया और कबीर राम को दाशरथ न मान कर आगे बढ़े। कबीर में विपुल सर्जनात्मक प्रतिभा थी। साथ में खण्डन का आवेग प्रबल था। इस खण्डनात्मक वेग के अनेक कारण थे। वे समाज से तमाम तरह के अपमान झेल कर बड़े हुए थे। कबीर में भक्तिरस कम नहीं है, लेकिन साथ में नारी को बुरा-भला कहने का व्यसन भी है। नारियों को कोई संत इतना बुरा-भला नहीं कहता जितना कबीर कहते है। कबीर के इस पक्ष का समाजशास्त्रीय और मनोवैज्ञानिक अध्ययन अभी तक नहीं हुआ है।

ज्ञानाश्रयी शाखा की निर्गुणधारा में रामानंद की भी व्याप्ति है। कबीर पर रामानंद का प्रभाव बहुत व्यापक और गहरा है। प्राय: इसे कम करके आँका गया है। कबीर में भक्ति के संस्कार बचपन से ही थे और ये संस्कार ही उन्हें पूरी लालसा के साथ स्वामी रामानंद की ओर ले गये। कबीर पंथ में मुसलमान भी आये। कबीर ने प्रसिद्ध सूफ़ी मुसलमान फ़क़ीर शेख़ से दीक्षा ली थी। ये सूफ़ी फ़क़ीर कबीर के गुरु हैं, लेकिन कबीर को जाति-पाँति तोड़क रामानंद का उदार चिंतन अधिक भाया। सच बात तो यह है कि कबीर का 'राम नाम' रामानंद की ही देन है। यह अलग बात है कि 'न हिंदू न मुसलमान' का ज्ञान-चक्र चलाने वाले कबीर ने अपने 'राम' को 'रामानंद' के राम से भिन्न साबित किया। दशरथ-सुत से राम को अलग करके ही वे राम नाम का मर्म जान सके। कबीर ने सूफ़ी-प्रेम दर्शन के ढंग पर उपासना का विषय प्रेम को बनाया। उन्होंने ब्रह्मवाद, सूफ़ीवाद, भावनात्मक रहस्यवाद, हठयोगियों के साधनात्मक रहस्यवाद, प्रपत्तिवाद, अद्वैतवाद, वैष्णवों का अहिंसावाद के मेल-मिलाप से नया पंथ खड़ा किया।

कबीर बानी निर्गुण बानी है, किंतु उसमें सेव्य-सेवक की नवधा भक्ति का छौंक कम नहीं है। भारतीय ज्ञानमार्ग के विभिन्न पक्षों का ज्ञान उन्हें संत-संगति से हुआ। उन्होंने चंद, सूर, नाद, बिंदु, अमृत, गगन, औंधा कुआ आदि हठयोगी शब्दावली का इस्तेमाल किया है। दूसरी तरफ़ हिंसा को लेकर मुसलमानों में फटकारने में कोई ढील नहीं की। पण्डित और मुल्ला दोनों को उन्होंने डाँटा और 'रामरहीम' की एकता का उपदेश दिया। अपनी अनूठी काव्य-प्रतिभा के बल पर वे कथन-भंगिमा में काव्यत्व पैदा करने की शक्ति रखते थे। कबीर की बानी का संग्रह *बीजक* नाम से है, जिसके तीन भाग हैं : साखी, सबद और रमैनी। दिलचस्प बात यह है कि कबीर ने वैष्णवों से अहिंसावाद और प्रपत्तिवाद लिया। इसी से कबीर न तो पूरी तरह भारतीय अद्वैतवादी हैं और न ही एकेश्वरवादी। दोनों का मिला-जुला रूप *बीजक* में मिलता है। कबीर की इस निर्गुण-पंथ परम्परा में धर्मदास, गुरुनानक, दादूदयाल, सुंदरदास, मलूकदास आदि अनन्य संतों की सुदीर्घ परम्परा है। इन संतों में कोई व्यवस्थित दर्शन खोजने से कुछ ख़ास नहीं मिलता, पर इनमें सूफ़ियों का प्रेमतत्त्व प्रबल है।

ज्ञानमार्गियों के अलावा निर्गुण प्रेममार्गी शाखा सूफ़ी कवियों की है, जिनकी प्रेम गाथाएँ साहित्यिकता के ख़ज़ाने से भरी पड़ी है। प्रेममार्गी शाखा के सभी कवियों ने, चाहे मलिक मोहम्मद जायसी हों या मुल्ला दाऊद, सभी ने कल्पित कहानियों के द्वारा प्रेममार्ग की महिमा का महत्त्व समझाया। इन समर्पित साधक कवियों ने लौकिक-प्रेम के बहाने उस 'प्रेमतत्त्व' का आभास दिया जो प्रियतम ईश्वर से मिलाने वाला है। इन प्रेम कहानियों का विषय साधारण है। अर्थात् किसी राजा, राजकुमार का किसी राजकुमारी के अद्‌भुत-अलौकिक सौंदर्य की बात सुनकर उसके प्रेम में पागल होना, घर-बार छोड़ जोगी बन निकल पड़ना, अनेक कष्ट झेलना, प्रेमपंथ से विचलित न होकर अंत में राजकुमारी को प्राप्त करना। यहाँ पर 'प्रेम की पीर' की जो व्यंजना होती है, वह ऐसी व्यापक है कि वहाँ प्रेम इस लोक से परे दिखाई देता है। एक बड़ी बात यह भी है कि इन सूफ़ियों ने भारत में आकर सारी कहानियाँ हिंदू समाज की लीं और थोड़ा-बहुत बदलाव करके उन्हें फंतासी का रूप दे दिया। इन मार्मिक कहानियों में अपूर्व रसमयता है। विरह में मनुष्य के साथ पक्षी-पशु, सारा वनस्पति जगत एक साथ होता है। मानव के घोर दुःख में वन रोता है, वृक्ष रोते हैं, पंक्षी संदेश देते हैं।

मूल बात यह है कि जायसी का *पद्मावत* हो या मंझन का *मधुमालती,* इन सभी प्रेम-प्रबंधों में हृदय के मर्म को छूने का काव्यात्मक उद्यम किया गया है। परोक्षतया इनके संकेत भी निर्मल और हृदयग्राही हैं। कबीर के रहस्यवाद पर हठयोग और वेदांत की धमक है, लेकिन सूफ़ियों का रहस्यवाद भावनात्मक है जिसमें प्रियतमारूपी परमात्मा की ओर प्रेमी-नायक बढ़ता है। इन सूफ़ियों की प्राय: सभी नायिकाएँ अविवाहिताएँ हैं ताकि कोई सांस्कृतिक विवाद पैदा न हो। राजा ही क्यों न हो, सांस्कृतिक रूप से किसी का भी विवाहित स्त्री से प्रेम करना अनुचित और अनैतिक है। अपना भावनात्मक रहस्यवाद लेकर भारत आये सूफ़ियों ने यहाँ से साधनात्मक रहस्यवाद का प्रभाव योगियों, रासायनिकों और

तांत्रिकों से ग्रहण कर लिया। जायसी ने *पद्मावत* में हठयोग और रसायन की बातें की हैं, लेकिन *पद्मावत* न तो इसलामिक भाष्य है न ही जायसी सूफ़ी इसलाम की पैरोकारी। जायसी का काव्य एशिया में लिखी गयी महाकाव्यात्मक शैली की पहली काव्यात्मक त्रासदी है। कवि-आलोचक विजयदेव नारायण साही ने *जायसी* पुस्तक में लिखा है कि जायसी मात्र सूफ़ी कवि नहीं हैं। अगर सूफ़ी हैं तो कुजात सूफ़ी। उनकी प्रेम-दृष्टि भारतीय साहित्य की बहुत बड़ी उपलब्धि है।

सूफ़ी काव्यधारा की प्रेम गाथाओं में कुतबन की कृति *मृगावती,* मंझन की कृति *मधुमालती,* जायसी की कृतियाँ *पद्मावत, अखरावट, आख़री .क़लाम,* उसमान की कृति *चित्रावली,* शेरूपबी *की कृति ज्ञानदीप,* कासिम शाह की कृति *हंस जवाहिर,* नूर मुहम्मद की कृति *इंदिरावती* और *अनुराग बाँसुरी* का महत्त्वपूर्ण स्थान है। सूफ़ीमत के अनुयायी सभी मुसलमान हुए हैं। केवल एक हिंदू सूरदास ने *नल दमयंती* नाम की कहानी लिखी है। इन सूफ़ी कवियों ने भारतीय-अभारतीय परम्पराओं के मेल से एक नये प्रेमपंथ का प्रवर्तन किया। *चतुर्मुकुट* और *यूसुफ़ जुलेखा* भी सूफ़ियों की उल्लेखनीय कृतियाँ हैं।

देखें : अष्टछाप, 'अंग्रेज़ी हटाओ' आंदोलन, गजानन माधव मुक्तिबोध-1 और 2, छायावाद, डायग्लॉसिया, नंद दुलारे वाजपेयी, नगेंद्र और सैद्धांतिक समीक्षा, नयी कविता, नामवर सिंह, पाश्चात्य काव्यशास्त्र, प्रेमचंद, प्रयोगवाद, प्रगतिवाद, भक्ति आंदोलन-1 और 2, भक्ति-काव्य-1 और 2, भारतेंदु हरिश्चंद्र, भारतेंदु युग-1 और 2, भाषा नियोजन-1 से 4 तक, भाषा के मार्क्सवादी सिद्धांत, महादेवी वर्मा, महावीर प्रसाद द्विवेदी, मीरांबाई और प्रेमाभक्ति, राहुल सांकृत्यायन, रामानुजाचार्य, रामानंद, रामचंद्र शुक्ल-1 और 2, रामविलास शर्मा, राष्ट्रीय-सांस्कृतिक कविता, रीतिकाल-1 और 2, विजय देव नारायण साही, वैष्णव धर्म, श्याम सुंदर दास, सम्पर्क भाषा-1 से 4 तक, संस्कृत काव्यशास्त्र, संविधान सभा में भाषा-विवाद-1, 2 और 3, संत-काव्य, सिद्ध-नाथ परम्परा, सूफ़ीयत और प्रेमाख्यान, हजारी प्रसाद द्विवेदी, हिंदी विरोधी आंदोलन, हिंदी जाति-1 से 3 तक, हिंदी साहित्य का आदिकाल, हिंदी साहित्य का इतिहास, हिंदी साहित्य का इतिहास : नये परिप्रेक्ष्य, हिंदी-पद्य में इतिहास, हिंदी-जगत और 'लोकप्रिय'-1 और 2, हिंदी नवजागरण, हिंदी-संस्थाएँ।

संदर्भ

1. रामस्वरूप चतुर्वेदी (1993), *हिंदी साहित्य और संवेदना का विकास,* लोक भारती प्रकाशन, इलाहाबाद.
2. वियोगी हरि (सम्पा.) (2001), *हमारी परम्परा,* सस्ता साहित्य मण्डल, नयी दिल्ली.
3. डॉ. प्रेमशंकर, *भक्तिकाव्य का समाजशास्त्र,* राधाकृष्ण प्रकाशन, नयी दिल्ली.
4. डॉ. भरत सिंह उपाध्याय (2002), *ध्यान और नाम,* सस्ता साहित्य मण्डल, नयी दिल्ली.

— **कृष्णदत्त पालीवाल**

सच्चिदानंद हीरानंद वात्स्यायन अज्ञेय

(Sachchidanand Hiranand Vatsyayan Agyey)

कवि, उपन्यासकार, निबंधकार, कला-चिंतक, सभ्यता-समीक्षक, पत्रकार, और उपनिवेशवाद विरोधी क्रांतिकारी आंदोलन के सेनानी सच्चिदानंद हीरानंद वात्स्यायन अज्ञेय (1911-1987) ने अपने छह दशक लम्बे सृजन-कर्म के दौरान प्रभाव, प्रयोग, प्रगति, परम्परा, आधुनिकता, भारतीयता, स्वाधीनता, भाषा, सम्प्रेषण, लेखक और पाठक जैसे विषयों पर चिंतन करके हिंदी-जगत को समृद्ध किया। हिंदी के किसी आधुनिक लेखक ने नयी अवधारणाओं की प्रतिष्ठा करते हुए इतनी बहसें नहीं उठायीं जितनी अज्ञेय ने। आधुनिकता के बारे में उनकी मान्यता है कि वह एक अनगढ़ चीज़ है, न कि एक सिद्ध स्थिति। वह एक प्रक्रिया है। संस्कारवान होने की क्रिया को उन्होंने आधुनिकता क़रार दिया। संस्कारी हो कर स्थिर हुआ व्यक्ति उनकी निगाह में आधुनिक नहीं है। आधुनिकता की दृष्टि से सबसे पहले हिंदी भाषा पर अज्ञेय ने ही विचार किया। उन्होंने पाया कि हिंदी सदा से आधुनिक रही है। उनकी दृष्टि में सिंधु से लेकर, ब्रह्मपुत्र तक का सारा क्षेत्र हिंदी का है। यह देश भाषाओं और संस्कृतियों के संगमों का देश है, और हिंदी उन संगमों से ही विकसित हुई है। वह संगमों की भाषा है, विद्रोहों की भाषा है। उसी भाषा ने सारे देश में भारतीय संस्कृति और भारतीयता के बोध को बनाये रखा है। अज्ञेय का विचार था कि बांग्ला में आज़ादी की आकांक्षा का उदय ज़रूर हुआ पर इस आकांक्षा का विकास उन्नीसवीं शताब्दी में हिंदी में ही हुआ। इसीलिए हिंदी राष्ट्रीयता के स्वर की वाहिका बन कर स्वाधीनता-संग्राम की भाषा बनी। अज्ञेय के मुताबिक़ इस तरह हिंदी विकासमान संस्कारों और पनपते विद्रोहों की भाषा रही है। वह किसी धर्म, जाति, प्रदेश की साम्प्रदायिक भाषा नहीं रही। हिंदी पत्रकारिता को इस देश के प्रबुद्धजन की अभिव्यक्ति बनाने में तथा साहित्यिक-सांस्कृतिक पत्रकारिता में युग-प्रवर्तन करते हुए अज्ञेय ने कला-भाषा और कला-आलोचना को विकसित-परिष्कृत किया है। *दिनमान* के माध्यम से हिंदी-पत्रकारिता की भाषा को अज्ञेय के सम्पादकत्व में नया भाषा-संस्कार मिला।

अज्ञेय का जन्म 7 मार्च, 1911 को कुशीनगर, उत्तर-प्रदेश के एक उत्खनन-शिविर में हुआ। पिता हीरानंद शास्त्री अपने समय के प्रसिद्ध पुरातत्वविज्ञ और प्राचीन लिपियों के विशेषज्ञ थे। भारत में पुरातत्व की नींव डालने वालों में उनका

सच्चिदानंद हीरानंद वात्स्यायन अज्ञेय (1911-1987)

प्रमुख स्थान है। सच्चिदानंद का मानस बनाने में माँ के बजाय पिता का अंशदान अधिक रहा। शिक्षा का प्रारम्भ घर पर ही संस्कृत-मौखिक परम्परा से हुआ। मौलवी शेख़ सादी से फ़ारसी और अमेरिकी पादरी से अंग्रेज़ी की शिक्षा घर पर ही ली। लाहौर के फारमन्स कॉलेज से बीएससी की परीक्षा देते समय क्रांतिकारियों से सम्पर्क हुआ। उस समय पंजाब में गरम दल के नेता के रूप में लाला लाजपत राय का नाम लोगों की ज़ुबान पर था। उसी समय भगत सिंह के नाम की चर्चा भी ज़ोरों से उठी। सहपाठियों के साथ मिल कर गुप्त कार्य करने के लिए एक दल बना लिया और पर्चे बाँटकर यह प्रचार करने लगे कि क्रांति होनी चाहिए। उन दिनों भगत सिंह को जेल से छुड़ाने की योजना बन रही थी। काम बहुत चुनौती भरा था। इसी सिलसिले में अज्ञेय का परिचय चंद्रशेखर आज़ाद से हुआ और यशपाल के भी सम्पर्क में आये। भगत सिंह को जेल से ट्रक में बाहर ले जाने का कार्य आज़ाद ने अज्ञेय को सौंपा, लेकिन लाहौर में दुर्घटनावश हुए एक बम विस्फोट में भगवती चरण वोहरा की मृत्यु हो गयी जिससे यह योजना खटायी में पड़ गयी। इस दौरान अज्ञेय को छद्म वेश धारण करके भूमिगत जीवन गुज़ारना पड़ा। कभी मुसलमान कारीगर मुहम्मद बख़्श बन कर, कभी इलेक्ट्रीशियन का रूप धारण कर, कभी पेंटर बन कर। अंतत: नवम्बर, 1930 में गिरफ़्तार हुए। छह वर्ष तक ज़ेल और नज़रबंदी भोग कर 1936 में छूटे। कुछ दिनों तक आगरा में कृष्णदत्त पालीवाल के पत्र *सैनिक* के सम्पादक मण्डल में रहे। किसान आंदोलन में सक्रियता दिखाई और 1937 में बनारसीदास चतुर्वेदी के पत्र *विशाल भारत* के सम्पादकीय विभाग में काम किया।

1943 में *तार सप्तक* का सम्पादन किया। सात राहों के अन्वेषियों को लेकर सम्पादित किये गये इस संकलन से ही हिंदी साहित्य में नयी बहसों-अवधारणाओं पर विचार शुरू हुआ। इसी दौर में अज्ञेय ने फ़ासीवाद के विरोध में कृष्णचंदर और शिवदान सिंह चौहान के साथ मिलकर अखिल भारतीय फ़ासिस्ट विरोधी सम्मेलन का आयोजन किया। इस सम्मेलन में बहुत से प्रगतिवादी भी शामिल हुए थे। इसी के बाद प्रगतिशील गुट से अलग हो कर वे कुछ दिनों तक आल इण्डिया रेडियो में रहने के बाद अज्ञेय 1943 में ही सैन्य सेवा में चले गये जहाँ उनकी तैनाती कोहिमा के मोर्चे पर हुई। 1946 में सैन्य सेवा से मुक्त हो कर जीवन पूरी तरह से साहित्य को समर्पित कर दिया। कभी मेरठ, कभी इलाहाबाद, कभी दिल्ली को अपना केंद्र बनाया। इलाहाबाद से *प्रतीक* का सम्पादन किया जिसने नये लेखकों-कवियों को मंच किया। साहित्यिक पत्रकारिता के एक नये युग का आरम्भ इसी पत्रिका से हुआ। निर्मल वर्मा ने *अज्ञेय की* पत्रकारिता को उनकी स्वाधीनता संबंधी दृष्टि से जोड़ कर दिखाया है। निर्मल वर्मा के अनुसार आपातकाल में जब हिंदी के प्रतिबद्ध लेखक घुटने टेक रहे थे, उस समय अज्ञेय जय प्रकाश नारायण की पत्रिका *एवरीमैन* का सम्पादन कर रहे थे।

अज्ञेय ने एक अपना साहित्यिक नाम रखा कुट्टिचातन् जो साहित्यकार के रूप में प्रसिद्ध हुआ। इसके अलावा उन्होंने अन्य छद्म नामों से भी लिखा। कुछ व्यक्तिव्यंजक, ललित निबंध कुट्टिचातन् नाम से लिख। कुट्टिचातन् दक्षिण की एक लोक कथा का एक ऐसा चरित्र है कि जिसे भूत कहा जा सकता है। वह कँधे पर सवार हो जाता है, नाच नचाता है, चैन नहीं लेने देता। कुट्टिजात का मतलब होता है छोटी जात का। धीरे-धीरे पाठक अज्ञेय के कुट्टिचातन् नाम से परिचित हो गये।

ज़ेल में रहते हुए अज्ञेय ने अपनी प्रमुख रचना *शेखर : एक जीवनी* का मसविदा तैयार किया। उन्होंने एक साक्षात्कार में कहा है जिस तरह के आरोप मुझ पर लगे थे, उससे यह सम्भावना बनती थी कि काफ़ी बड़ी सज़ा या फाँसी की सज़ा भी हो सकती थी। मैं तब उन्नीस वर्ष का था। उन्नीस वर्ष के जवान के लिए यह सवाल जरूर बनता है कि अगर बीसवाँ वर्ष पूरा होने तक उसको फाँसी हो जाती है तो मेरे जीवन का अस्तित्व क्या है? उस दौरान मैंने इसी प्रश्न को लेकर बहुत कुछ सोचा। एक तरह से *शेखर : एक जीवनी* इसी सवाल का जवाब है।

अज्ञेय के अंतरंग मित्र विद्यानिवास मिश्र के मुताबिक़ रेडियो पर गाँधी का एक वक्तव्य सुन कर उन्होंने आज़ादी पाने के सशस्त्र रास्ते का परित्याग कर दिया। फिर उनकी रचनाओं में भी परिवर्तन आया। इसीलिए *शेखर : एक जीवनी* के दो भाग उन्होंने लिखे पर तीसरा भाग, जिसकी पूरी तैयारी

हो चुकी थी, नहीं लिखा। कुछ विद्वानों का अनुमान है कि अज्ञेय ने तीसरे भाग की पूर्ति में *नदी के द्वीप* जैसा प्रेम-संवेदना का उपन्यास लिखा। उसी भाव से *बारहसिंघा* जैसा प्रयोगात्मक उपन्यास लिखा-लिखवाया। *शेखर* से *नदी के द्वीप* का प्रमुख अंतर यह है कि शेखर में व्यक्तित्व का क्रमशः विकास होता है जबकि *नदी के द्वीप* में व्यक्ति आरम्भ से ही सुगठित चरित्र लेकर आते हैं। इस उपन्यास के बाद अज्ञेय ने 1961 में अस्तित्ववादी मुहावरे का लघुकाय उपन्यास लिखा *अपने-अपने अजनबी,* और फिर दो अपूर्ण उपन्यास *बीनूभगत* और *छाया मेखल* । अज्ञेय 1954 तक कहानी के क्षेत्र में सक्रिय रहे जिससे हिंदी कहानी को नवीन कथ्य और रूप मिला। नयी कहानी आंदोलन के पुष्ट बीज अज्ञेय की कहानियों में मिलते हैं। लेकिन सन् 1954-55 के बाद अज्ञेय ने कहानी लिखना छोड़ दिया। उन्होंने भीतर से अनुभव किया कि कहानी एक क्षण की, एक मनोदशा की, एक स्थिति की वाणी है। जीवन की समग्रता तो उपन्यास और कविता में ही समाती है।

अज्ञेय 1957-58 में जापान भ्रमण के दौरान जापानी साहित्य और कलाओं के सम्पर्क में आये और ज़ेन विचार का का प्रभाव ग्रहण किया। उनकी कृति *अरी ओ करुणा प्रभामय* की कविताओं में जापानी प्रभाव है। ज़ेन-साधना की एकाग्रता में समाधि भाव के समर्पण को आधार बनाकर *असाध्य वीणा* जैसी अपूर्व लम्बी कविता का सृजन किया। साठ के दशक में ही अज्ञेय ने युरोप और अमेरिका की यात्राएँ कीं और इसी समय *आँगन के पार द्वार* काव्य-संग्रह पर उन्हें साहित्य अकादेमी का पुरस्कार मिला।

अज्ञेय के सम्पादन में 21 फ़रवरी, 1965 को *दिनमान* पत्रिका अपने पाठकों के पास पहुँची और हिंदी में सावधि पत्रकारिता के नये युग का सूत्रपात हुआ। *दिनमान* के अंक उत्तरोत्तर नवीन-चिंतन से सम्पन्न होते थे। वैविध्य से भरे जीवन का विस्तृत मानचित्र था *दिनमान*। इस पत्रिका के बारे में कुछ लोगों का कहना था कि यह अमेरिकी पत्रिका *टाइम* के नमूने पर निकलती है, तो कुछ का ख़याल था कि यह *न्यू स्टेट्समैन* की तर्ज़ पर है। इसका जवाब देते हुए अज्ञेय ने लिखा कि दिनमान ऐसी भाषा में ऐसे चिंतन का प्रयत्न करेगा कि उसमें न तो हिंदुस्तान के चिंतन की नासमझ पूजा दिखेगी न हिंदुस्तान की किसी भी भाषा का कम समझ मलीदा।

अज्ञेय ऐसे आधुनिक कवि हैं जो मानते हैं कि काव्य-रचनाकार व्यक्तित्व के अहं का सम्पूर्ण विलयन है। प्राचीन कवियों की महत्ता का रहस्य भी यही है कि वे अहं को विलीन करके लिखते थे। उनके लिए कविता स्वास्थ्य लाभ का साधन नहीं, बल्कि स्वस्थ व्यक्ति की आनंद साधना थी। कवि के रूप में दो तरह के अज्ञेय मिलते हैं। एक पूर्व-अज्ञेय, दूसरा उत्तर-अज्ञेय। पूर्व अज्ञेय की कविताओं पर छायावादी संस्कारों का असर है। इससे वे धीरे-धीरे छूटे और काव्य प्रयोग और नयी राहों के अन्वेषण की आंतरिक लगन प्रदर्शित की। उत्तर-अज्ञेय में बौद्धिकता, जेन-साधना पद्धति का शब्द-संयम और बहिर्मुखी सामाजिकता का उत्कर्ष मिलता है। अंतर्मुखता से छूटकर बहिमुर्खता में आते ही व्यंग्य-वक्रोक्ति में, राजनीति-समाज में, औद्योगिक सभ्यता में उपभोक्तावादी संस्कृति से उत्पन्न अपसंस्कृति, पर्यावरण विनाश की चिंता, भाषा सम्प्रेषण और भारतीयता की ओर अग्रसर दिखाई देते हैं। काव्य के बासीपन को झाड़ कर नये प्रयोगों से, बौद्धिक रुझानों से, जापानी-जर्मन काव्य प्रभावों से हिंदी कविता में एक युग का प्रवर्तन किया। पश्चिम के तमाम प्रभावों को ग्रहण करने पर भी उनकी अपनी भारतीयता और दृष्टि की मौलिकता का क्षय नहीं हुआ।

हिंदी जगत में अज्ञेय की छवि कम्युनिस्ट विरोधी की है। इस पर उनका कहना है, 'कम्युनिस्टों का विरोधी मैं नहीं हुआ। मेरे विरोधी अधिकतर कम्यूनिस्ट हुए तो वे जानें। कम्युनिज़म मुझे पसंद नहीं है, यह ठीक है। राजनीति में वह आततायी सिद्ध हुआ है, दर्शन वह अधूरा और पंगु बनाने वाला है। और भारतीय कम्युनिज़म क़दम-क़दम पर देश विरोधी और परदेश निर्देशित सिद्ध हुआ है। मैं व्यावहारिक राजनीतिक नहीं हूँ, न होना चाहता हूँ पर राजनीति के संबंध में मेरे कोई विचार न हों, ऐसी लाचारी नहीं मानता। जो हैं उन्हें नागरिक के नाते यथासमय व्यक्त भी करता हूँ। पर मैं एक विचार रखता हुआ दूसरे को दूसरा विचार रखने की स्वतंत्रता देने का क़ायल हूँ। इसलिए किसी मतवाद को न मानकर मैं मतवादी कम विरोधी होना ज़रूरी नहीं समझता और उसे कलंकित करना तो बिल्कुल नहीं। कम्युनिस्ट क्योंकि ऐसी स्वतंत्रता को दिमाग़ी एय्याशी समझते हैं और साधन की शुद्धता को महत्त्व नहीं देते या कि व्यावहारिक परिणामवादी होकर सभी फलप्रद साधनों को शुद्ध मानते हैं, इसलिए वे मतवादी का भी विरोध करते हैं और उसे जैसे-तैसे लांछित करने या करवाने को न्याय युद्ध मानते हैं।' परम्परा के साथ अज्ञेय का रिश्ता आलोचनात्मक और सर्जनात्मक रहा। परम्परा को वे टी.एस. एलियट के अर्थ-संकोच से निकालकर अर्थ-विस्तार में ले गये। एलियट परम्परा के नाम पर युरोप की ओर से बोलते हैं, उससे आगे नहीं। पर अज्ञेय परम्परा के नाम पर विश्व भर की ओर से बोलते हैं। उसमें कोई दीवार नहीं उठाते। वे कहते रहे हैं कि जो लोग प्रयोग की निंदा करने के लिए परम्परा की दुहाई देते हैं, वे भूल जाते हैं कि परम्परा कम से कम कवि के लिए कोई ऐसी पोटली बाँधकर अलग रखी हुई चीज़ नहीं है, जिसे वह उठाकर सिर पर लाद ले और चल निकले। परम्परा का कवि के लिए कोई अर्थ नहीं है जब तक वह उसे ठोक-बजा कर, तोड़-मरोड़ कर देख कर आत्मसात् नहीं कर लेता, तब

तक वह इतना गहरा संस्कार नहीं बन जाती कि उसका चेष्टापूर्वक ध्यान रखकर उसका निर्वाह करना आवश्यक न हो जाए। अगर वह कवि की आत्माभिव्यक्ति एक सहज संस्कार के वेष्टन में ही सहज सामने आती है। तभी वह संस्कार देने वाली परम्परा कवि की परम्परा है, नहीं तो वह इतिहास है, शास्त्र है, ज्ञान-भण्डार है जिससे अपरिचित भी रहा जा सकता है।

एक आधुनिक भारतीय रचनाकार के रूप में अज्ञेय ने अपने समय और साहित्य के समक्ष उपस्थित चिंताओं, प्रश्नों, चुनौतियों पर गम्भीरता से विचार-विमर्श किया है। तमाम तरह के विरोधों के विष प्याले को पीकर वह नीलकण्ठ होते गये और कहते रहे, यह संवत्सा कामधेनु मैंने तुम्हें दी है। जीवन कामधेनु के अमृतमय से हमारी परम्परा का नव रूपायन सम्भव बनाया। हमें ध्यान दिलाया किन अर्थ हमारा जितना है, सागर में नहीं, हमारी मछली में है। सभी दिशाओं में सागर जिसको घेरे है। हम उसे नहीं 'वह हमको टेर रहा है। 'ठीक कहा' तीर्थों को तेरी ही तितीर्षा गढ़ती रही है।' उन्होंने प्रार्थना की 'इसे भी पंक्ति को दे दो।' फिर अज्ञेय के मौन में उपनिषदों का चिंतन, बौद्धों का चिंतन, जन-साधकों का चिंतन, ईसाई अस्तित्ववादियों का चिंतन और भारतीय भागवत परम्परा का चिंतन, सभी तीर्थों परम्पराओं का चिंतन समाता गया। उन्होंने इस चिंतन के सहारे ही सिद्ध किया कि बड़ा कवि वाक् सिद्ध होता है और उससे भी बड़ा कवि रस सिद्ध होता है।

एक कवि-उपन्यासकार-कहानीकार के रूप में तो अज्ञेय का प्रदेय अद्वितीय है ही, लेकिन उनके लेखक के अन्य पक्ष भी हमें कम सम्पन्न नहीं बनाते हैं। अज्ञेय ने अपने अनुभवों का निचोड़ चार डायरियों में भर दिया है। इस चिंतन को उन्होंने अंत:प्रक्रियाएँ कहा है। चार डायरियाँ *भवंती, अंतरा, शाश्वती* और *शेषा* में जीवन भर की कमायी है जो हमारे साहित्य चिंतन और साहित्य-लोचन को एक नया आलोक देती है। अज्ञेय के यात्रा-वृत्तांतों, संस्मरणों तथा जर्नल्स के लेखन ने साहित्य के एक क्षेत्र विशेष को बहुत बड़ा अवदान दिया है। उन्होंने भागवत भूमि यात्रा और जन-जनक जानकी यात्रा करके पूरे देश के सांस्कृतिक मन को समझने का प्रयास किया।

साहित्य और पत्रकारिता के साथ अज्ञेय ने अनुवाद-कर्म की सत्ता-महत्ता को भी पहचाना है। स्वयं अपनी कविताओं और उपन्यासों का अनुवाद करने के साथ-साथ देशी-विदेशी विद्वानों के साथ तमाम अनुवाद किये। जैनेंद्र के उपन्यास *त्यागपत्र* का तथा धर्मवीर भारती के *सूरज का सातवाँ घोड़ा* का अंग्रेज़ी अनुवाद किया। अज्ञेय के इस व्यापक अनुवाद-कार्य ने उनकी मानसिकता को दूर तक प्रभावित किया। एक-एक शब्द को लेकर वे जूझे। *त्रिशंकु* निबंध-संग्रह में अज्ञेय ने टी.एस. एलियट के विश्व-प्रसिद्ध निबंध 'ट्रेडीशन ऐंड इण्डिविजुअल टेलेंट' का 'रूढ़ि और मौलिकता' नाम से छायानुवाद करके उन्होंने पाठकों को चकित कर दिया। अज्ञेय ने ट्रेडिशन का अनुवाद परम्परा न करके रूढ़ि किया और कहा रूढ़ि भी गतिशीलता की निष्पत्ति करती है। रूढ़ियाँ जड़ता नहीं है, गतिशील मनोव्यापार हैं जिन के दम पर साहित्य पलता-चलता है।

कविता और कथा-साहित्य की तरह अज्ञेय ने हिंदी निबंध को एक नवीन दिशा दी है। काल चिंतन पर तो हिंदी में पहली बार उन्होंने ही निबंध लेखन किया। अज्ञेय के एक दर्जन से ज़्यादा निबंध संग्रह प्रकाशित हुए। जीवन भर अज्ञेय अपने निबंधों द्वारा स्वाधीनता और स्वाधीन चिंतन की खोज को बनाते रहे। एक रचनाकार-आलोचक की दृष्टि से वे काव्य, कला, इतिहास, आध्यात्मिकता, भाषा, सम्प्रेषण, परम्परा, आधुनिकता, प्रयोग, प्रगति से जुड़े प्रश्नों पर अपने निबंधों में मूल्यांकनपरक विश्लेषण प्रस्तुत करते हैं। वे देश-विदेश की विचारधाराओं, साहित्यक प्रवृत्तियों और आंदोलनों को छान कर हिंदी में लाते रहे और इस तरह हिंदी के नवीन काव्यशास्त्र की नींव रखी। इन चिंतनपरक निबंधों ने नये लेखकों की समस्याओं पर कई कोणों से विचार किया है।

इंटरव्यू या साक्षात्कार को एक विधा के रूप में प्रतिष्ठा दिलाने वालों में अज्ञेय अग्रणी हैं। अज्ञेयजी से इंटरव्यू के पाँच संग्रह मौजूद हैं। अनेक साक्षात्कार पत्र-पत्रिकाओं में बिखरे पड़े हैं।

देखें : अरविंद घोष, कन्हैयालाल माणिकलाल मुंशी, क़ाज़ी नज़रुल इसलाम, कुमारन् आशान्, गजानन माधव मुक्तिबोध-1 और 2, गोवर्धन राम त्रिपाठी और गुजराती अस्मिता, जय प्रकाश नारायण, प्रेमचंद, फ़क़ीर मोहन सेनापति और ओडिया अस्मिता, बंकिम चंद्र चट्टोपाध्याय, भारतेंदु हरिश्चंद्र, महादेव गोविंद रानाडे, महावीर प्रसाद द्विवेदी, रवींद्रनाथ ठाकुर, राजा राममोहन राय, रामविलास शर्मा, रामचंद्र शुक्ल, रुक्मिणी देवी अरुंडेल, विनोबा भावे, वल्लत्तोल नारायण मेनन, सुब्रह्मण्य भारती, हजारी प्रसाद द्विवेदी।

संदर्भ

1. नंदकिशोर आचार्य (सम्पा.) (2001), *अज्ञेय संचयिता,* राजकमल प्रकाशन, नयी दिल्ली.
2. कृष्णदत्त पालीवाल (2012), *अज्ञेय होने का अर्थ,* वाणी प्रकाशन, नयी दिल्ली.
3. अज्ञेय (2009), *कवि कर्म का संकट,* किताबघर, प्रकाशन, नयी दिल्ली.
7. कृष्णदत्त पालीवाल (2012-13), अज्ञेय रचनावली (18 खण्डों में), भारतीय ज्ञानपीठ, नयी दिल्ली.

— कृष्णदत्त पालीवाल

संघवाद

(Federalism)

सत्रहवीं सदी में ब्रिटेन और न्यू इंग्लैण्ड के ईसाई धर्मशास्त्रियों ने ईश्वर और मनुष्य के बीच पवित्र और स्थाई क़िस्म की संघात्मकता कल्पित करते समय लैटिन भाषा के शब्द *फ़ोइडस* (कोवेनांट या प्रतिज्ञापत्र) की मदद से फ़ेडरल शब्द गढ़ा था। उन्नीसवीं सदी के सामाजिक सिद्धांतकारों ने इस पद का इस्तेमाल सामाजिक समझौते की थीसिस से जुड़े कई विचारों के विकास के लिए किया। अपने व्यापकतम अर्थों में फ़ेडरलिज़म का मतलब है लोगों और संस्थाओं को परस्पर सहमति से किसी ख़ास मक़सद के लिए आपस में इस प्रकार जोड़ना कि उनकी निजी अस्मिताओं का किसी भी तरह से क्षय न हो। एक राजनीतिक प्रणाली के रूप में फ़ेडरलिज़म की लोकप्रियता 1787 में संयुक्त राज्य अमेरिका का संविधान पारित होने के बाद बढ़ती चली गयी। अमेरिकी संघवाद के अनुभव ने न केवल स्विट्ज़रलैण्ड, कनाडा और ऑस्ट्रेलिया द्वारा अपनायी गयी संघात्मकता को प्रेरणा दी, बल्कि अगले दो सौ सालों तक उसी के आधार पर संघीय उसूल की रूपरेखा तय होती रही। द्वितीय विश्व-युद्ध के बाद युरोप, एशिया, अफ़्रीका, मध्य-पूर्व और कैरेबियन द्वीप समूह के देशों ने राष्ट्र-निर्माण की युक्ति के रूप में संघवाद अपनाया। संघवाद के ये अनुभव अमेरिकी मानक से अलग तरह के थे। इनकी रोशनी में संघात्मकता पर होने वाले अनुसंधान में विविधता आयी।

संघीय प्रणाली एक केंद्र और उसके साथ जुड़े क्षेत्रों (जिन्हें आम तौर से राज्य या प्रदेश या प्रांत कहा जाता है) परस्पर विन्यास से बनी होती है। इन इकाइयों के बीच साझा शासन और स्व-शासन प्रोत्साहित करते हुए एक-दूसरे के हितों को संतुलित करने की पद्धति पर अमल किया जाता है। यह विधि एक तरफ़ तो राष्ट्र के भीतरी विन्यास में बहुसंख्यकों की मनमानी सीमित करते हुए छोटी इकाइयों के हित-साधन की गारंटी करती है, और दूसरी तरफ़ केंद्र को सुदृढ़ भी करती जाती है। इसके तहत क़िस्म-क़िस्म की राजनीतिक संस्कृतियाँ और अस्मिताएँ प्रभावी और साझा राजनीतिक कार्रवाई करने में समर्थ हो पाती हैं। संघवाद के अमेरिकी विद्वान डेनियल जे. एलाज़ार के अनुसार संघीय सिद्धांत व्यावहारिक रूप ग्रहण करने के लिए कुछ विशेष प्रस्थानबिंदुओं की माँग करता है। उसके तहत संघीय राज्यप्रणाली अपनी ताक़त किसी राष्ट्रीय सरकार से प्राप्त न करे समग्र राष्ट्र में निवेशित प्राधिकार से हासिल करती है। संघीय प्रणाली के तहत काम करने वाली सभी सरकारें, चाहे वे राष्ट्रीय हों या क्षेत्रीय, उन्हीं शक्तियों और अधिकारों का उपभोग कर सकती हैं जिन्हें समान रूप से लागू होने वाले संविधान द्वारा लैस किया गया है।

संघवाद पर आधारित राज्य कई तरह के हो सकते हैं। उनका संघवाद उनकी विशिष्ट ऐतिहासिक परिस्थितियों और राजनीति विकास के रुझानों पर निर्भर करता है। ऐसी संघात्मक प्रणालियाँ भी हैं जिन पर केंद्राभिमुखता हावी रहती है। ऐसे बंदोबस्त के तहत हुए शक्तियों के बँटवारे में केंद्र के पास राज्यों के मुक़ाबले अधिक और ऊँचे महत्त्व के अधिकार होते हैं (फ़ेडरलिज़म विद युनिटरी बाइस)। भारतीय संघवाद के बारे में अक्सर यही कहा जाता है कि उसमें केंद्र की शक्तियाँ राज्यों के मुक़ाबले कहीं अधिक हैं। संघवाद की एक अन्य क़िस्म परस्पर मज़बूत बंधनों में बँधे हुए केंद्र और राज्यों से बनती है (स्ट्रोंगली नेस्टिड फ़ेडरलिज़म)। इसके तहत केंद्र और राज्य न केवल परस्पर सहयोग के साथ सक्रिय रहते हैं, बल्कि केंद्र अपनी ज़िम्मेदारियाँ निभाने के साथ-साथ राज्यों को उनकी ज़िम्मेदारियाँ निभाने में मदद भी करता है। इसी प्रकार आपस में ढीले-ढाले संबंधों से जुड़े हुए राज्य और केंद्र भी एक प्रकार का संघवाद बनाते हैं (वीकली नेस्टिड फ़ेडरलिज़म)। इसके तहत दोनों सरकारें अपने काम अलग-अलग करती हैं और इसके लिए उनमें परस्पर निर्भरता नहीं होती। भारत अगर पहले क़िस्म का संघवाद है तो अमेरिका दूसरे क़िस्म के संघवाद का नमूना है। दोनों क़िस्म के संघवाद टिकाऊ साबित हुए हैं। दोनों में अधिकारों और शक्तियों के बँटवारे की अवधारणात्मक डिज़ाइन भी अलग-अलग है। अमेरिकी संघवाद अपनी घटक-इकाइयों के लिए शक्तियों का जो बंदोबस्त करता है वह पार्थक्य के सिद्धांत पर आधारित है। वहाँ किसी एक इकाई की शक्ति बढ़ने का मतलब है, दूसरे की कम होना। जबकि भारत में यही बंदोबस्त सहयोगात्मकता के उसूल पर टिका हुआ है। यहाँ विभिन्न इकाइयाँ अधिक से अधिक शक्तियाँ हासिल करने के लिए प्रयास कर सकती हैं, और उनके इस प्रयास से प्रणाली को भी नुक़सान नहीं होगा।

एक राजनीतिक प्रणाली के रूप में संघवाद की सफलता और लोकप्रियता ने उसके अंत की भविष्यवाणी को ग़लत साबित किया है। 1939 में हैरल्ड लास्की ने घोषित कर दिया था कि संघवाद का युग अब समाप्त हो चुका है। लेकिन उत्तरी अमेरिका और ऑस्ट्रेलिया में राष्ट्र-निर्माण की प्रक्रिया के दौरान और उसके बाद वि-उपनिवेशीकरण के दौर में संघवाद ख़ासे बड़े आकार की राजनीतिक प्रणालियों की रचना करने के लिए उपयोगी साबित हुआ। इसके अलावा जातीय विविधता से सम्पन्न भौगोलिक क्षेत्रों में तो संघवाद प्रमुख जातीय समूहों के बीच सत्ता के बँटवारे के कारगर उसूल के रूप में संघवाद सुविधाजनक निकला।

उन्नीसवीं सदी के उत्तरार्ध और बीसवीं सदी की शुरुआत में राजनीतिशास्त्र का अनुशासन विकसित होने से पहले संघवाद पर अधिकतर अनुसंधान मानकीय दायरे में होता था। तीस और चालीस के दशक में नयी पीढ़ी के समाजवैज्ञानिकों ने इस विषय में आनुभविक अनुसंधान का दौर शुरू किया। उन्होंने संघात्मक प्रणालियों के कुछ ख़ास लक्षणों को प्रश्नांकित करते हुए पता लगाने की कोशिश की कि संघीय ढाँचा व्यवस्था के अन्य घटकों (विभिन्न हित-समूह और राजनीतिक दल) के कामकाज और विकास पर कैसे प्रभाव डालता है। साठ के दशक तक तुलनात्मक राजनीति के अध्येता और लोक प्रशासन में दिलचस्पी रखने वाले विद्वान भी अपने-अपने दृष्टिकोणों से संघवाद का अध्ययन करने लगे। इन लोगों ने संयुक्त राज्य अमेरिका, कनाडा, ऑस्ट्रेलिया और स्विट्ज़रलैण्ड की संघीय प्रणालियों की बारीक़ी से छानबीन की। साथ में द्वितीय विश्व-युद्ध के बाद विकासशील देशों में हुए संघवाद के प्रयोग पर भी निगाह डाली गयी। सत्तर के दशक से संघवाद के अध्येताओं ने इस प्रणाली को शासन के विभिन्न स्तरों के बीच गतिशील अन्योन्यक्रिया के संदर्भ में समझना शुरू किया। इसके बात अर्थशास्त्री, सार्वजनिक वित्त के विशेषज्ञ और अन्य राजनीतिशास्त्री संघवाद में विशेष दिलचस्पी लेने लगे। उन्होंने देखा कि संघीय प्रणाली के तहत काम करने वाली सरकारें अपने मौजूदा बंदोबस्त को सुधारने के लिए लगातार कमेटियाँ और आयोगों की नियुक्ति करती रहती हैं। बीसवीं सदी के आख़िरी दो दशकों में संघवाद से संबंधित अनुसंधान में और भी गहराई आयी है।

विद्वानों ने यह देखने की कोशिश भी की है कि संघीय प्रणाली स्वीकार करने के पीछे क्या कारण हो सकते हैं। भारत, पाकिस्तान, मलाया और मलेशिया, नाइजीरिया, रोडेशिया और न्यासालैण्ड और वेस्टइण्डीज में हुए छह संघीय प्रयोगों का अध्ययन करके नतीजा निकाला गया है कि इन सभी में दो कारण समान हैं। पहला, ये सभी समाज किसी न किसी हद तक विविधतामूलक थे और क्षेत्रीय आधार पर स्वायत्तता की माँगे की जा रही थीं। दूसरा, इन सभी समाजों की राजनीति के एक सिरे पर कुछ निश्चित उद्देश्यों से एकजुट होने की ज़बरदस्त इच्छा काम कर रही थी, और दूसरे सिरे पर अलग-अलग जीवन-शैलियों और हितों की हिफ़ाज़त के लिए स्वायत्त क्षेत्रीय सरकारों के गठन की गहरी कामना भी अपना असर डाल रही थी। अर्थात् एक तरफ़ विभाजित होने प्रवृत्ति थी, और दूसरी ओर भू-क्षेत्रीय एकीकरण की। इन दोनों पहलुओं को एक ही धरातल पर लाने का समीकरण केवल संघीय पद्धति के माध्यम से ही सम्भव हो सकता था।

1988 में इंटरनैशनल पॉलिटिकल साइंस एसोसिएशन की कम्परेटिव फ़ेडरल रिसर्च कमेटी द्वारा किये गये तुलनात्मक अध्ययन से पता चला है कि अधिकतर संघीय प्रणालियों में विधायी शक्तियों के केंद्रीकरण की प्रवृत्ति बढ़ती जा रही है। विकेंद्रीकरण पर ज़ोर देने वाली प्रणालियों की संख्या ख़त्म नहीं हुई है, पर बहुत कम ज़रूर हो गयी है। राजनीतिशास्त्र में इस परिघटना की व्याख्या मुख्य तौर से दो तर्कों के तहत की गयी है : पहला तर्क मानता है कि जटिल संरचना वाले सभी समाजों में केंद्रीय (संघीय) सरकार और क्षेत्रीय सरकारें काफ़ी हद तक परस्पर निर्भर होती हैं। उनमें से अगर कोई साँस भी लेता है तो दूसरे पर उसका असर पड़ना लाज़मी है। ऐसे हालात में केंद्रीय सरकार स्वाभाविक रूप से नियंत्रक की स्थिति में आ जाती है। प्रणाली के विभिन्न स्तरों पर राजकोषीय संसाधनों का बँटवारा भी तय करता है कि केंद्र और क्षेत्रों के बीच किस तरह के संबंध होंगे। दूसरा तर्क समाज की संरचना पर ध्यान देने का पैरोकार है : समाज किन हितों से मिल कर बना है, उनकी विविधता और भौगोलिक वितरण किस क़िस्म का है। समाज की यह बनावट ही तय करती है कि संघीय प्रणाली का रुझान केंद्रीकरण की तरफ़ होगा या विकेंद्रीकरण की ओर।

देखें : अधिकार, अधिकार : सैद्धांतिक यात्रा, अरस्तू, अफ़लातून, अनुदारतावाद, अराजकतावाद, अन्य-अन्यीकरण, उदारतावाद, उपयोगितावाद, ऐडमण्ड बर्क, क्रांति, ज्याँ ज़ाक रूसो, जॉन लॉक, जेरेमी बेंथम, जॉन स्टुअर्ट मिल, जॉन रॉल्स, थॉमस हॉब्स, थॉमस पेन, न्याय, न्याय : नारीवादी आलोचना, न्याय : रॉल्स का सिद्धांत, राजनीति में व्यक्ति की भूमिका, नागरिकता, नागरिकता : अन्य परिप्रेक्ष्य-1 और 2, नागर समाज, पनोप्टिकॉन, प्रतिनिधित्व, प्रगति, प्रगति : आलोचनात्मक परिप्रेक्ष्य, प्रशासन, फ़ासीवाद, फ्रेड्रिख़ वॉन हायक, बहुसंस्कृतिवाद, बहुसंख्यकवाद, बहुसंख्यक-अल्पसंख्यक, बुद्धिवाद, माइकेल जोसेफ़ ओकशॉट, माइकिल वाल्ज़र, मिशेल पॉल फ़ूको-1 और 2, यूटोपिया, राजनीतिक और राजनीति, राजनीतिक दर्शन के नारीवादी आयाम-1 और 2, राजनीतिक मनोविज्ञान, राजनीतिक समाजशास्त्र, राज्य-1 और 2, रॉबर्ट नॉज़िक, राज्य-1 और 2, राष्ट्र-राज्य, राष्ट्र : सांस्कृतिक या राजनीतिक, राष्ट्रवाद, राष्ट्रवाद का इतिहास, लोकतंत्र, लोकतंत्र की आलोचनाएँ, व्यक्तिवाद, व्यवहारवाद, विल किमलिका, वितरणमूलक न्याय, विदेशी-द्वेष, वैधता, वैधता का संकट, सविनय अवज्ञा, स्मृति की राजनीति, स्वतंत्रता, स्वतंत्रतावाद, स्वजातिवाद, स्वच्छंदतावाद, सर्वसत्तावाद, सम्प्रभुता, समाजवाद, सरकारियत, संविधानवाद, सामाजिक समझौता, हेनरी डेविड थोरो।

संदर्भ

1. आर.एल. वाट्स (1966), *न्यू फ़ेडरेशंस : एक्सपेरीमेंट्स इन द कॉमनवेल्थ,* क्लैरेंडन प्रेस, ऑक्सफ़र्ड.
2. सी.एल. जॉन-ब्राउन (सम्पा.) (1988), *सेंट्रलाइज़िंग ऐंड डिसेंट्रलाइज़िंग ट्रेंड्स इन फ़ेडरल स्टेट्स,* युनिवर्सिटी प्रेस ऑफ़ अमेरिका, लैनहैम.
3. सी.जे. फ्रीड्रिश (1968), ट्रेंड्स ऑफ़ फ़ेडरलिज़्म इन थियरी ऐंड प्रेक्टिस, प्रैजर, न्यूयॉर्क.
4. एलिस जैकब (1992), 'इंस्टीट्युशनल डायमेंशन ऑफ़

इंटरगवर्नमेंटल कोआपरेशन', निर्मल मुखर्जी और बलवीर अरोड़ा (सम्पा.), *फ़ेडरलिज़्म इन इण्डिया : ओरिजिंस ऐंड डिवेलपमेंट*, विकास पब्लिशिंग हाउस, नयी दिल्ली.

— अभय कुमार दुबे

संचार

(Communication)

संचार का सीधा सा मतलब है दो या दो से अधिक कर्त्ताओं के बीच सूचनाओं और संवादों का आदान-प्रदान। संचार को सफल बनाने के लिए ज़रूरी है कि दोनों पक्ष आपस में भेजे गये संदेशों और संकेतों को पहचानने और समझने की क्षमता से लैस हों। विज्ञान और प्रौद्योगिकी की मदद से यह परस्पर विनिमय उत्तरोत्तर सहज और सुगम होता जा रहा है। मानवीय इतिहास की किसी भी अवधि के मुक़ाबले आज संचार में कहीं कम समय लगता है और एक सिरे से भेजा जाने वाला संदेश अपनी क्वालिटी में आयी किसी भी गिरावट के बिना इच्छित प्राप्तकर्त्ता के पास पहुँच जाता है। लेकिन, संचार केवल विज्ञान और प्रौद्योगिकी के दायरे की ही परिघटना नहीं है। यह मनुष्यों और मनुष्यों के बीच, मानवों और ग़ैर-मानवों के बीच, समुदायों और समुदायों के बीच, संगठनों और संस्थाओं बीच सम्पर्क और संवाद की शर्त है। इसके साथ कला, साहित्य, संस्कृति, मीडिया और प्रोपेगंडे की धारणाएँ जुड़ी हुई हैं। समाज-विज्ञान ने इस विषय में गहन चिंतन किया है जिसके परिणामस्वरूप विभिन्न अनुशासनों के तहत संचार संबंधी कई सिद्धांत सामने आये हैं। संचार पर मानकीय शोध भी किया गया है, और आनुभविक भी। युरोप में संरचनागत भाषाशास्त्र और रूसी रूपवाद ने, अमेरिका में तुलनात्मक भाषाशास्त्र ने, अमेरिकी समाज-विज्ञान द्वारा स्थापित आनुभविक अनुसंधान की परम्पराओं ने, मीडिया की ग्लोबल संस्थाओं ने और कनाडा में साहित्य-इतिहास के क्षेत्र में काम करने वाले विद्वानों ने इस क्षेत्र में विशेष योगदान किया है। बीसवीं सदी के मध्य में संचार संबंधी अध्ययन ने एक प्रमुख अनुशासन के रूप में उभरने की कोशिश की थी। यह अलग बात है कि अलग-अलग किये गये इन तमाम महत्त्वपूर्ण और उल्लेखनीय प्रयासों के बावजूद आज संचार-अध्ययन का कोई सुपरिभाषित अनुशासन मौजूद नहीं है।

आधुनिक युग में संचार संबंधी प्रौद्योगिक चिंतन की शुरुआत 1948 में प्रकाशित क्लॉड शैनन की गणितीय रचना *द मैथेमेटिकल थियरी ऑफ़ कम्युनिकेशन* से मानी जाती है। शैनन बैल टेलिफ़ोन कम्पनी में काम करते थे। शैनन के लिए संचार एक इंजीनियरिंग संबंधी प्रश्न है, न कि समाजशास्त्रीय। इस लेख की केंद्रीय जिज्ञासा यह है कि कोई भी संचार-प्रणाली किसी सूचना-संदेश को कैसे संसाधित करती है। आज की भाषा में इसी बात को यूँ भी कहा जा सकता है कि एक मोबाइल फ़ोन वह टेक्स्ट मैसेज कैसे भेज देता है जिसकी जानकारी उस फ़ोन की डिज़ाइन बनाने वाले इंजीनियर को पहले से नहीं थी। शैनन के पास इसका जवाब यह था कि कुछ पूर्व-परिभाषित चरों (वेरिएबिल्स) के माध्यम से वह संदेश बनता और स्थानांतरित होता है। इस तरह शैनन संचार को एक अर्थ-विषयक (सीमेंटिक) समस्या के रूप में न देख कर एक सांख्यकीय सम्भावना की तरह पेश करते हैं। उनका बुनियादी विचार यह है कि उत्पादन और प्रसारण की एक निश्चित दर के आधार पर एक निश्चित मात्रा में सूचना उस समय पैदा होती है जब किसी संदेश के माध्यम से पूर्व-परिभाषित चरों में से कुछ का चयन किया जाता है। संदेश जारी करने वाली प्रणाली जितनी जटिल होगी, वह अपने प्रयोगकर्त्ता को उतनी ही ज़्यादा संख्या में पूर्व-परिभाषित चरों में से चुनाव करने का मौक़ा देगी। चयन का अवसर जितना बड़ा होगा, प्रणाली उतनी बढ़ी हुई दर से सूचना का उत्पादन और प्रसारण कर पायेगी। शैनन के अनुसार ऐसी किसी भी प्रणाली के पाँच बुनियादी घटक होते हैं : सूचना का स्रोत (मनुष्य या मशीन), ट्रांसमीटर (संदेश को कोड्स में बदल कर सिगनल बनाना), चैनल (माध्यम जिससे सिगनल प्रसारित होगा), रिसीवर (जो कोड्स को डिकोड करेगा) और डेस्टिनेशन यानी सूचना की मंज़िल। सूचना भेजने की इस प्रक्रिया में शोर-गुल या कोलाहल की दख़लंदाज़ी से वह विकृति का शिकार हो सकती है। यहीं रिसीवर की अहमियत पैदा होती है जो प्राप्त कोड्स (चाहे वे टेलिफ़ोनी के ध्वन्यात्मक कोड हों या डॉट-डैश सरीखे वायरलैस कोड हों) को डिकोड करके मंजिल तक पहुँचाता है।

समाजशास्त्र के विद्वानों ने समुदाय और संचार के बीच व्युत्पत्तिमूलक संबंध देखने पर ज़ोर दिया है। इस दृष्टि के पीछे अरस्तू द्वारा प्रतिपादित विचार है कि राज्य की संस्था एक ऐसा समुदाय है जिसके भीतर विविध परिप्रेक्ष्य काम करते हैं। संचार के माध्यम से उन परिप्रेक्ष्यों के बीच संवाद क़ायम रहता है और वे एकजुट रह पाते हैं। अरस्तू के इसी विचार से यह निष्कर्ष निकलता है कि किसी समुदाय का राजनीतिक और नैतिक मूल्य उसके भीतर सम्भव होने वाले संचार के आधार पर ही तय होता है। विज्ञान के दार्शनिक चार्ल्स सेंडर्स पर्स ने इसी तर्ज़ पर एक आदर्श वैज्ञानिक समुदाय की कल्पना की है जिसके हर भागीदार के बीच खुला और मुक्त संचार होगा। इस कल्पनाशीलता के परिणामस्वरूप ही यह धारणा

बनी कि खुला संचार उत्तम विज्ञान की पूर्व-शर्त है।

एक सम्पूर्ण और त्रुटिहीन संचार के निरूपण के लिए युरगन हैबरमास ने 'आदर्श अभिव्यक्ति की परिस्थिति' संकल्पित की है। हैबरमास के मुताबिक़ आदर्श अभिव्यक्ति की परिस्थिति केवल तभी हो सकती है जब सभी संबंधित व्यक्ति पूरी गम्भीरता और निष्ठा के साथ, तथ्यात्मक ईमानदारी बरतते हुए और अपने कहे के प्रति नैतिक ज़िम्मेदारी का भाव रखते हुए एक-दूसरे को प्रश्नांकित कर सकें। ज़ाहिर है कि हक़ीक़त में ऐसी आदर्श परिस्थिति कभी नहीं मिलती। राजनीतिक और विचारधारात्मक संरचनाएँ अभिव्यक्ति को हमेशा विकृत करती रहती हैं जिसके कारण कुछ समूहों और व्यक्तियों की संचार-प्रक्रिया में भागीदारी बाधित हो जाती है।

मनुष्यों और मनुष्यों के बीच और एक हद तक ग़ैर-मानवों के बीच संचार के प्रश्न में भाषाशास्त्रियों के हस्तक्षेप ने संचार संबंधी अध्ययनों को काफ़ी समृद्ध किया है। युरोपीय संरचनागत भाषाशास्त्र और रूसी रूपवाद के पैरोकारों की मान्यता है कि सभी मानवीय भाषाओं के आधार में कुछ बुनियादी संरचनाएँ होती हैं। इसी मान्यता के तहत स्विस भाषाशास्त्री सॅस्यूर ने कोशिश की थी कि किसी एक भाषा के दायरे में शिनाख़्त करने के बजाय ऐसे सूचक तत्त्वों के आपसी संयोग को एक सामान्य सिद्धांत के तौर पर प्रतिपादित किया जाए। इस भाषा संबंधी नज़रिये के आधार पर अन्य 'सूचक प्रणालियों' को पहचानने और समझने की भी कोशिशें की गयीं। रूसी रूपवादियों ने इसे साहित्य की कृतियों, लोकगाथाओं, कथानक आधारित सिनेमा और परिणामस्वरूप संस्कृति के समग्र जगत पर लागू करने का प्रयास भी किया।

भाषाई संचार की मुश्तरका संरचनाओं के बारे में जब युरोप यह चिंतन कर रहा था, उसी समय अमेरिका में फले-फूले तुलनात्मक भाषाशास्त्र ने बेंजामिन ली वोर्फ और ऐडमण्ड सैपिर के प्रभाव में 'भाषाई सापेक्षता' के विचार का प्रतिपादन किया। इन लोगों की मान्यता थी कि मनुष्य का बोध भाषा के हाथों संगठित होता है और विभिन्न भाषाएँ इस बोध का विन्यास भिन्न-भिन्न ढंग से करती हैं। इस विचार का परिणाम इस मान्यता में निकला कि संचार प्रणालियों के हाथों दुनिया जिस तरह से व्यवस्थित हुई है उसी तरह के आईने में देख कर यथार्थ की समझ बनती है। संस्कृतियाँ भिन्न हैं, भाषाएँ भिन्न हैं। इसलिए संचार अलग-अलग तरह से संस्कृतियों के जगत को विन्यस्त करता है इसलिए परिणामस्वरूप अलग-अलग तरह के यथार्थों का सृजन होता है।

संरचनागत मानवशास्त्र के फ्रांसीसी विद्वान क्लॉद लेवी-स्ट्रॉस ने संचार की अवधारणा को संस्कृति के दो अन्य बुनियादी पहलुओं से जोड़ा है। वे कहते हैं कि संस्कृतियों में विवाह, स्त्री और धन की परिघटना पर ग़ौर करके संकेतों और सूचकों की ऐसी अभिव्यक्ति पहचानी जा सकती है जिनके आधार पर मानवीय मस्तिष्क की कुछ सार्वभौम संरचनाओं का पता लगाया जा सकता है।

संचार पर हुआ आनुभविक चिंतन अमेरिकी समाज-विज्ञान की देन है। इसका संबंध मास-सोसाइटी की धारणा से है। इसका प्रस्थान बिंदु यह जानने की कोशिश थी कि मास-सोसाइटी के विभिन्न घटक आपस में संचार कैसे स्थापित करते हैं। एक तरफ़ तो यह समझ थी कि मास-सोसाइटी ऐसे लोगों के समूहों से बनी है जो एक-दूसरे से अपरिचित होने के साथ-साथ राजनीतिक और व्यावसायिक अभिजन से भी अपरिचित हैं। लेकिन दूसरी तरफ़ यह मान्यता भी थी कि मास-सोसाइटी की रचना संवैधानिक रूप से सम्प्रभु नागरिकों और व्यावसायिक रूप से सम्प्रभु उपभोक्ताओं ने मिल कर की है। इस विरोधाभासी स्थिति में संचार की धारणा और भी महत्त्वपूर्ण हो कर उभरी। आनुभविक पैटर्न पर अनुसंधान करने वालों ने विज्ञापन, पत्रकारिता, जन-सम्पर्क और राजनीतिक प्रोपेगंडे को अपनी शोध परियोजनाओं का केंद्र बनाया। मनोरंजन-उद्योग द्वारा डाले गये प्रभाव पर इस लिहाज़ से ग़ौर किया गया कि 'मासेज़' की दिलजोई के लिए जो कार्यक्रम बनाये जाते हैं उसका असर उस व्यक्ति पर क्या पड़ता है जिसकी अस्मिता अनजानी है पर जिसे अपने-आप में एक सम्प्रभु शख़्स भी माना जाता है।

द्वितीय विश्व-युद्ध के बाद अमेरिकी, जापान और युरोप में आये आर्थिक उछाल को टिकाये रखने के लिए ज़रूरी था कि उपभोक्ताओं के आशावाद और रुझानों का पता लगा कर उसके आधार पर कुछ सामान्यीकृत क़िस्म के सिद्धांत गढ़े जाएँ जिससे व्यावसायिक क्षेत्र की मदद हो सके। इसी दृष्टि से खोले गये यूएस स्कूल ऑफ़ कम्युनिकेशन ने मीडिया, जन-सम्पर्क, विज्ञापन और पत्रकारिता को भी अपने पाठ्यक्रम और रिसर्च-एजेंडे में शामिल किया। दूसरी तरफ़ कनाडा के साहित्य-इतिहासकार मार्शल मेकलुहन ने भी संज्ञानात्मक मनोविज्ञान और हैरल्ड इनेस के संचार-दर्शन की मदद से मीडिया, विज्ञापन और टेलिविज़न के बारे में कई बेहतरीन और मौलिक सूत्रीकरण किये जिनसे न केवल संचार विषयक अध्ययनों को नयी विचारणीय सामग्री मिली, बल्कि व्यावसायिक क्षेत्र ने भी मैकलुहन की बातों से काफ़ी-कुछ सीखा।

देखें : अभिलेखागार, आख्यान, इंटरएक्टिविटी-प्रौद्योगिकीय विमर्श, इंटरएक्टिविटी-सामाजिक विमर्श, इंटरफ़ेस, एक्टर-नेटवर्क थियरी, डिजिटल डिवायड, दिन-प्रति दिन के अभिलेखागार, नया मीडिया, नेटवर्क, नेटवर्क सोसाइटी, प्रेस की स्वतंत्रता, प्रोपेगंडा, बाज़ारू संस्कृति, भारत में संचार-क्रांति, भारतीय मीडिया-1, 2 और 3, भारतीय मीडिया स्फ़ेयर, मास मीडिया, मीडिया और राज्य, मीडिया

और राजनीति, मीडिया और भारतीय राजनीति, मीडिया-पक्षपात, मीडिया-अध्ययन, संचार-क्रांति, स्मृति और अभिलेखागार, सोशल नेटवर्क विश्लेषण, सूचना, सूचना-समाज, वैकल्पिक मीडिया।

संदर्भ

1. युरगन हैबरमास (1970), 'ऑन सिस्टमैटिकली डिस्टॉर्टिड कम्युनिकेशन' और 'टुवर्ड्स अ थियरी ऑफ़ कम्युनिकेटिव काम्पिटेंस', *इनक्वारी*, 13.
2. रेमण्ड विलियम्स (1962), *कम्युनिकेशंस,* पेंगइन, हारमंड्सवर्थ.
3. वी.एल. लीमोर (1972), *हिडिन मिथ : स्ट्रक्चर ऐंड सिम्बोलिज़म इन एडवर्टाइज़िंग,* हाइनमान, लंदन.
4. एच.एम. एनज़ेंसबर्गर (1974), *द कांशसनेस इंडस्ट्री,* सीबरी प्रेस, न्यूयॉर्क.
5. क्लॉड शैनन और वारेन वीवर (1949), *द मैथेमेटिकल थियरी ऑफ़ कम्युनिकेशन,* युनिवर्सिटी ऑफ़ इलिनॉय प्रेस, अरबाना.

— अभय कुमार दुबे

संत ऑगस्तीन

(Saint Augustine)

राज्य की संस्था और ईसाइयत के बीच संबंधों को दार्शनिक और संस्थागत ढाँचा प्रदान करने का श्रेय धर्मशास्त्री और राजनीतिक दर्शन के महारथी संत ऑगस्तीन ऑफ़ हिप्पो (345-430) को जाता है। उनकी महान रचना *सिटी ऑफ़ गॉड* में मनुष्य की नियति, संकल्प और राज्य के प्रति उसके कर्त्तव्य की व्याख्या करने वाले सूत्र पेश किये गये हैं। ऑगस्तीन का यह चिंतन मध्य युग में क़रीब आठ सौ साल तक ईसाई समाजों के राजनीतिक जीवन को गहराई से प्रभावित करता रहा। आगे चल कर सेकुलर-राज्य के राजनीतिक-सैद्धांतिक आधार की रचना में भी ऑगस्तीन के सूत्रीकरणों ने महत्त्वपूर्ण भूमिका निभायी। धर्म-प्रचारक होने के बावजूद ऑगस्तीन ने कभी धर्मतंत्रीय राज्य की वकालत नहीं की। उनकी मान्यता थी कि ईसाई पुरोहितों को सुशासन देने वाली सरकार के साथ कंधे से कंधा मिला कर काम करना चाहिए ताकि अपनी भ्रष्ट प्रकृति के कारण पतन के लिए अभिशप्त मनुष्य की गिरावट को रोका जा सके। आदम द्वारा किये गये ऑरिजिनल सिन (मूल-पाप) के ईसाई दृष्टांत के आधार पर ऑगस्तीन ने निष्कर्ष निकाला कि काम-वासना के अधीन हो कर मनुष्य ग़लत चुनाव करने पर मजबूर हो जाता है। इसलिए व्यवस्था और नागरिक शांति रखने के लिए उसे सरकार की ज़रूरत पड़ती है। ऑगस्तीन द्वारा स्वलिखित अपने शुरुआती जीवन की कथा *कनफ़ेशंस* ने दुनिया की जिन महान हस्तियों को प्रभावित किया है, उनमें गाँधी का नाम भी शामिल है।

ऑगस्तीन का जन्म उत्तरी अफ़्रीका के उस इलाक़े में हुआ था जिसे आज अल्जीरिया कहा जाता है। उनकी माँ ईसाई थीं, लेकिन बचपन में ख़ुद उन्हें ईसाई धर्म नहीं भाया। युवक ऑगस्तीन को दर्शनशास्त्र पसंद था। उन्होंने सिसेरो का अध्ययन करके राजनीतिक सिद्धांतों का ज्ञान प्राप्त किया और प्लोटिनस को पढ़ कर अफ़लातून के दर्शन की जानकारी हासिल की। 384 में वे मिलान के एक विद्यालय में अलंकारशास्त्र के अध्यापक बन गये। इसी शहर में उनका सम्पर्क संत एम्ब्रोस से हुआ जिनके प्रभाव में उनकी ईसाइयत की तरफ़ वापिसी हुई। अपने आत्मकथ्य *कनफ़ेशंस* में उन्होंने अपने इस ऊहापोह का अनूठा वर्णन किया है। 391 में वे पादरी बने और पाँच साल बाद अल्जीरिया लौट कर हिप्पो के बिशप का कार्यभार सँभाला। इसके बाद ऑगस्तीन का बाक़ी जीवन उत्तरी अफ़्रीका के इसी क्षेत्र में गुज़रा।

ऑगस्तीन ने *सिटी ऑफ़ गॉड* का लेखन 413 और 425 के बीच पूरा किया। जिस समय वे अपनी उम्र के तीसरे दशक से गुज़र रहे थे, उसी दौरान 380 के दशक में सम्राट कांस्तेताइन ने ईसाइयत को अधिकारिक रोमन धर्म का दर्जा दे कर ईसाइयों के सरकारी दमन का अंत कर दिया। राज्य के समर्थन से चर्च संस्थागत रूप लेने लगा। ईसाई बिशप के रूप में ऑगस्तीन उत्तरी अफ़्रीका के जिस इलाक़े में सक्रिय थे (आज का अल्जीरिया), वहाँ का चर्च क़ानूनी और राजनीतिक गतिविधियों में लिप्त था। कई तरह की सैद्धांतिक बहसें हो रही थीं। ऑगस्तीन ने इन धर्मशास्त्रीय और राजनीतिक विवादों में हिस्सा लेते हुए विपुल लेखन किया और ईसाई राजनीतिक सिद्धांतशास्त्र के प्रमुख शिल्पी के रूप में उभरे। उनकी शुरुआती शिक्षा अलंकारशास्त्र (रेटरिक) में हुई थी, इसलिए उनकी रचनाएँ कल्पनाप्रवण और प्रभावशाली साबित हुईं।

बर्बरों की फ़ौजों ने 410 में अपने भीषण आक्रमण से रोम को नष्ट कर दिया। आलोचकों ने इलज़ाम लगाया कि अगर ईसाइयत ने राज्य की संस्था को बचाने में दिलचस्पी दिखाई होती तो रोम की रक्षा की जा सकती थी। इस आरोप को ठुकराते हुए ऑगस्तीन ने एक-एक करके अपने राजनीतिक सिद्धांत विकसित करने शुरू किये। उन्होंने दावा किया कि मनुष्य की मुक्ति इतिहास के दायरे में न होकर ऐतिहासिक काल के परे होगी। इतिहास तो मनुष्य के पाप और उससे छुटकारे के घटनात्मक नाटक का एक सिलसिला भर है जिसकी नियति ईश्वर ने तय की है। इसलिए पृथ्वी पर स्थापित किसी राज्य को बाहरी और भीतरी आक्रमणों से बचाने की गारंटी नहीं की जा सकती। उन्होंने कहा कि रोम के पतन से भी बड़ा संकट वह था जो जन्नत में आदम और हव्वा द्वारा वर्जित फल खाते समय घटित हुआ था। आदम के उसी पतन के क्षण से इतिहास हमेशा के लिए दो प्रदेशों में

संत ऑगस्तीन ऑफ़ हिप्पो (345-430)

बँट गया। ईश्वर के प्रति निष्ठा रखने वाला प्रदेश सिटी ऑफ़ गॉड कहलाया और मनुष्य के आत्म-मोह से निष्ठा रखने वाला प्रदेश सिटी ऑफ़ मैन बना।

ऑगस्तीन ने यूनान और रोम में विकसित हुए राजनीतिक दर्शन की दावेदारियों को ख़ारिज कर दिया। हालाँकि उनके चिंतन को ईसाई नियोप्लेटोनिज़म की श्रेणी में रखा जाता है, लेकिन प्लेटो और अरस्तू से भिन्न रास्ता अपनाते हुए उन्होंने मानवीय स्वभाव को बुद्धिसंगत, विचार-विमर्श प्रधान और परस्पर सहयोग की भावना से ओतप्रोत मानने से इनकार किया। ऑगस्तीन का कहना था कि ईश्वर ने मनुष्य को बनाते समय उसे पशुओं के ऊपर तो अधिकार दिया, पर साथी मनुष्यों के ऊपर नहीं। यद्यपि मनुष्य एक प्राकृतिक क़ानून के तहत दूसरों के साथ समरसता और समानता के साथ रह सकता था, पर उसके जीवन में पाप के प्रवेश ने परस्पर सहयोग की सम्भावनाओं को ख़त्म कर दिया। इसीलिए बुद्धिसंगत और न्यायसंगत आधारों पर खड़े किये गये राज्य की नागरिकता प्राप्त कर लेने भर से मनुष्य को पूर्णता मिल जाने का विचार बचकाना है। केवल ईश्वर के दैवी आदेश से सम्पन्न राज्य को ही उत्तम माना जा सकता है। केवल इसी राज्य में आदम के आदि-पाप के फलितार्थों से ग्रस्त मनुष्य एक हद तक शांति प्राप्त कर सकता है।

ऑगस्तीन के अनुसार आदम के इसी आदि-पाप के कारण मनुष्य विवेकहीन आत्म-मोह का शिकार हो कर आत्म-ज्ञान और आत्म-नियंत्रण से वंचित हो गया है। चूँकि ईश्वर सर्वशक्तिमान और सर्वव्यापी है, इसलिए वह हमेशा से जानता था कि आदम पाप करने वाला है। चूँकि ईश्वर दयालु भी है इसलिए उसने तय किया कि वह अपनी कृपा से कुछ ऐसे लोगों को मुक्ति ज़रूर दिलाएगा जो आत्म-मोह के ऊपर ईश्वर-प्रेम को तरजीह देते हुए लालच, घमण्ड और वासना को त्याग देंगे। लेकिन सब लोग ऐसे नहीं हो सकते। ईश्वर ही तय करता है कि यह दैवी नियति किन-किन को नसीब होगी। ऐसे ही चुनिंदा लोगों को ईश्वर-कृपा का उपहार मिलता है और वे सिटी ऑफ़ गॉड या ईश्वर के प्रदेश में रहने का सौभाग्य पाते हैं। जिन्हें ईश्वर नहीं चुनता, वे पापी जीवन के लिए अभिशप्त हो कर मनुष्यों के प्रदेश में रह जाते हैं। ऑगस्तीन यह भी कहते हैं कि ईश्वर ऐसा क्यों करता है, यह न हमें पता है और न ही इस पर सवाल उठाने का हमें कोई अधिकार है। वह कुछ को मुक्त करता है, यह उसकी दया है। वह बहुतों को सज़ा देता है, यह उसका इंसाफ़ है। ऑगस्तीन ने कहा कि ईश्वर के प्रदेश और मनुष्य के प्रदेश का अस्तित्व चिरंतन है। उन्होंने इन दोनों के उद्‌गम की शिनाख़्त बाइबिल के पंद्रहवें से अट्‌ठारहवें अध्याय के बीच की।

मध्य-युग में ऑगस्तीन के कुछ अनुयायियों ने सिटी ऑफ़ गॉड को चर्च के रूप में देखने की कोशिश की और सिटी ऑफ़ मैन का अर्थ राजाओं और सम्राटों की राज्य-शक्ति के रूप में निकाला। लेकिन यह एक ग़लत व्याख्या थी। ऑगस्तीन साफ़ कहते हैं कि इस धरती पर न तो आदर्श राज्य सम्भव है और न ही आदर्श चर्च। चर्च की संस्था को तो वे गेहूँ और भूसे के संगम की संज्ञा देते थे। वे मानते थे कि आदर्श रूप में तो चर्च और राज्य का एकीकरण हो जाएगा। लेकिन यह एकीकरण काल के ऐतिहासिक दायरे में सम्भव नहीं हो सकता। सिसेरो द्वारा प्रतिपादित गणराज्य संबंधी सिद्धांत की आलोचना करते हुए ऑगस्तीन ने कहा कि उनका गणराज्य लोगों को भौतिक-एकता के सूत्र में बाँधता था, न कि आध्यात्मिक एकता के सूत्र में। इसी के साथ ऑगस्तीन ने एक ऐसे राज्य की व्यावहारिक आवश्यकता पर भी बल दिया जिसके विनियम के तहत मनुष्य को एक-दूसरे का नाश करने से रोका जा सके और पृथ्वी के संसाधनों को नियंत्रित किया जा सके।

अपने राज्य संबंधी सिद्धांत में ऑगस्तीन राज्य के प्रति नागरिकों के किसी दायित्व की सिफ़ारिश नहीं करते। वे कहते हैं कि लोगों को राज्य की बात किसी कर्त्तव्य-भावना के बजाय अपने हितों की पूर्ति के लिए माननी चाहिए। ऑगस्तीन के अनुसार ईसाइयों पर भी राज्य का कोई नैतिक अधिकार नहीं है, पर चूँकि राज्य पापग्रस्त मनुष्य को बचाये रखने के लिए तैयार की गयी ईश्वरीय योजना का परिणाम है, इसलिए ईसाइयों को राज्य के साथ सहयोग करना चाहिए।

धार्मिक मतभेदों के मामले में ऑगस्तीन शुरू में मानते थे कि विधर्मियों के ख़िलाफ़ ज़ोर-ज़बरदस्ती नहीं की जानी चाहिए। लेकिन आगे चल कर वे ईसाई राजाओं से चर्च द्वारा

की जाने वाली इस अपेक्षा के तरफ़दार हो गये कि विधर्मियों के ख़िलाफ़ कड़े क़ानून बनाये जाने चाहिए ताकि कैथॅलिकों के जान-माल की रक्षा तो हो सके, एक संस्था के रूप में चर्च की एकता भी बचाई जा सके।

देखें : अफ़लातून, अरस्तू, आग्युस्त कॉम्त, इमैनुएल कांट, ईसैया बर्लिन, कार्ल हाइनरिख़ मार्क्स-1, 2, 3 और 4, कार्ल रायमुंड पॉपर, ज्याँ ज़ाक रूसो, चार्ल्स-लुई द सेकोंद मोंतेस्क्यू, जार्ज विल्हेल्म फ़्रेड्रिख़ हीगेल, निकोलो मैकियावेली, मार्सिलियस : पाडुआ के, रेने देकार्त, सुकरात, संत थॉमस एक्विना।

संदर्भ

1. पी. ब्राउन (1967), *ऑगस्तीन ऑफ़ हिप्पो : अ बायोग्राफ़ी,* फैबर ऐंड फैबर, लंदन.
2. आर. मार्टिन (1972), 'द टू सिटीज़ ऑफ़ ऑगस्ताइंस पॉलिटिकल फ़िलॉसॅफ़ी', *जर्नल ऑफ़ द हिस्ट्री ऑफ़ आइडियाज़,* अंक 33.
3. एच.ए. डीन (1963), द *सोशल ऐंड पॉलिटिकल आइडियाज़ ऑफ़ सेंट ऑगस्तीन ऑफ़ हिप्पो,* कोलम्बिया युनिवर्सिटी प्रेस, न्यूयॉर्क.

— अभय कुमार दुबे

संत थॉमस एक्विना

(Saint Thomas Aquinas)

युरोप में राजनीतिक सिद्धांतशास्त्र की बुनियाद डालने का श्रेय ईसाई धर्मशास्त्री और दार्शनिक संत थॉमस एक्विना (1224-1274) को दिया जाता है। उन्हीं के प्रयासों के कारण युरोपीय विश्वविद्यालयों में अरस्तू के दर्शन का अध्ययन करने की शुरुआत हुई। इससे पहले राजनीतिक गतिविधियों को चर्च के दायरे से बाहर समझने की कोशिश ही नहीं की जाती थी, पर एक्विना ने अरस्तू को अहमियत दे कर राजनीति के स्वतंत्र अध्ययन को प्रोत्साहित किया। उनके चिंतन में वे तमाम सूत्र थे जिनका इस्तेमाल करके आगे चल कर सेकुलर और आध्यात्मिक विषय-वस्तुओं को आपस में गूँथा जा सका। उनकी रचना *सम्मा थियोलॉजिया* को मध्ययुगीन कैथॅलिक धर्मशास्त्र और यूनानी दर्शन के महानतम संश्लेषण के रूप में देखा जाता है। इस ग्रंथ में एक्विना ने क़ानून के चार प्रकारों (चिरंतन, दैवी, प्राकृतिक और मानवीय) पर विचार किया है। एक्विना का विचार था कि अगर अरस्तू के विमर्श से उसकी त्रुटियाँ निकाल दी जाएँ और उसमें ख़ुदाई इलहाम से प्राप्त ईसाई मूल्यों का समावेश कर दिया जाए तो एक निर्भूल समाज-प्रणाली की रचना की जा सकती है जो कैथॅलिक आस्था, नैतिकता, बुद्धि और आचरण पर आधारित होगी। उन्होंने राज्य के एक ऐसे सिद्धांत का प्रतिपादन किया जिससे लाभ उठा कर सुचिंतित तर्क-बुद्धि और स्वायत्तता-आधारित राज्य का शीराज़ा खड़ा किया जा सका।

दरअसल ग्यारहवीं सदी से पहले अरस्तू के राजनीतिक चिंतन से युरोप परिचित ही नहीं था। उनकी रचना *पॉलिटिक्स* का लैटिन में अनुवाद भी बहुत देर से हुआ। रोमन कैथॅलिक चर्च अरस्तू के विचारों को संदेह की निगाह से देखता था। इसके दो कारण थे। पहली बात तो यह थी कि अरस्तू अपने निजी जीवन में पागान धार्मिकता की ओर झुके हुए थे, और दूसरी बात यह थी कि इसलामिक अरब अध्येताओं (पहले इब्न-सिना और फिर इब्न-रश्द) को अरस्तू का विशेषज्ञ माना जाता था। चर्च इस बात से चौंकता था कि कहीं अरस्तू के विचारों में इसलाम को प्रोत्साहित करने वाले तत्त्व तो नहीं हैं। इसीलिए 1277 में पेरिस के बिशप टेम्पियर ने अरस्तू के कई सिद्धांतों की आधिकारिक भर्त्सना की। ऐसे अरस्तू विरोधी बौद्धिक माहौल की रोशनी में एक्विना की पहलक़दमी की अहमियत और बढ़ जाती है। चर्च के साथ अपने आधिकारिक जुड़ाव का लाभ उठा कर उन्होंने अरस्तू की रचनाओं पर विशद टिप्पणियाँ लिखीं।

एक्विना की विशेषता यह थी कि उन्होंने संत ऑगस्तीन के विचारों के बुनियादी तत्त्व को क़ायम रखते हुए उनकी पुनर्व्याख्या की। ऑगस्तीन मानते थे कि यह जगत और उसमें रहने वाला मनुष्य आदम द्वारा किये गये आदि-पाप (ऑरिजिनल सिन) के काले साये से मुक्त नहीं हो सकता। इसलिए वह एक निर्मम और दमनकारी राजनीति के लिए अभिशप्त है। ऑगस्तीन ने अपनी रचना *सिटी ऑफ़ गॉड* में इनसान के वजूद को ईश्वर के प्रदेश और मनुष्य के प्रदेश के बीच बाँट दिया था। मनुष्य या तो इस प्रदेश का हो सकता था, या उस प्रदेश का। इसके विपरीत एक्विना अरस्तू की इस अवधारणा से पूरी तरह सहमत थे कि एक बुद्धिसंगत, मानवीय और व्यवस्थित संसार सम्भव है। उन्हें पृथ्वी पर मौजूद भौतिक सुख-सुविधाएँ हासिल करने के लिए किये गये मानवीय प्रयासों और स्वर्ग के चिरंतन सुखों के बीच किसी तरह का शत्रुतापूर्ण अंतर्विरोध नज़र नहीं आता था। बस उनकी शर्त यह थी कि भौतिक सुखों के लिए की जाने वाली कोशिशें ईश्वरीय आनंद की उपलब्धि की तरफ़ ले जाने वाली हों, और भौतिकता के फेर में आध्यात्मिकता की उपेक्षा न की जाए। एक धर्मशास्त्री के रूप में एक्विना को इसमें कोई शक नहीं था कि मनुष्य का अंतिम लक्ष्य तो ईश्वर के साथ एकात्मकता ही है, लेकिन वे दुनियावी ख़ुशी और सुखों को सीमित और दूसरे दर्जे का मक़सद मानते हुए भी वैध, सम्भव और वांछनीय मानते थे।

संत थॉमस एक्विना (1224-1274)

एक्विना ने ऑगस्तीन द्वारा प्रवर्तित राज्य और ईसाइयत के बीच संबंध की अवधारणा में भी परिवर्तन किया। ऑगस्तीन के लिए राज्य दैव द्वारा आदेशित संस्था थी जिसका काम ताक़त और डर दिखा कर मनुष्य की विनाशकारी प्रवृत्तियों की रोकथाम करना था। एक्विना राज्य को एक हितकारी और मित्रतापूर्ण प्रशासक संस्था के रूप में देखते थे जो मेल-मिलाप और सहयोगी प्रवृत्तियों वाले मनुष्य की मदद करने के लिए थी ताकि वह जीवन की सभी आवश्यकताएँ हासिल कर सके। एक्विना की मान्यता थी कि मानवीय प्रकृति की कुछ हक़ीक़तें ऐसी हैं जिनका पाप से कोई संबंध नहीं है। इन्हीं हक़ीक़तों के कारण इनसान एक साझा मक़सद और साझा हित के लिए समुदाय के रूप में एक-दूसरे से जुड़ता है।

राज्य की क़िस्म के रूप में एक्विना ने राजशाही की वकालत की, लेकिन अरस्तू की ही भाँति उन्होंने उसे लोकतंत्र और कुलीनतंत्र के समुचित मिश्रण की तरह परिभाषित किया। ऑगस्तीन निरंकुश और अत्याचारी राज्य को ईश्वर द्वारा पापी मनुष्य को दिये गये दण्ड की संज्ञा देते थे, लेकिन एक्विना ने इसे भी मानने से इनकार कर दिया। उनका कहना था कि राजा का काम केवल मनुष्य की दुष्टता का दमन करना ही नहीं है। उसे साझा-हित में काम करने की ज़िम्मेदारी भी निभानी होगी। अगर कोई राजा केवल अपने हित के लिए काम करता है तो वह ईश्वर के उस आदेश का उल्लंघन करता है जिसके तहत उसे राजा बनने का मौक़ा मिला है। ऐसे राजा की आज्ञा का पालन करना ज़रूरी नहीं है। एक्विना यह स्पष्ट नहीं करते कि ऐसे राजा के साथ क्या सुलूक करना चाहिए। अपनी रचनाओं में उन्होंने एक जगह जूलियस सीज़र की हत्या का समर्थन अवश्य किया है जिससे कुछ टिप्पणीकारों ने निष्कर्ष निकाला है कि अगर और कोई तरीक़ा न बचा हो तो वे आततायी राजा को मार देने के पक्ष में थे। एक्विना राज्य और चर्च के बीच रिश्तों के बारे में अलग से कोई सिद्धांत पेश नहीं करते। वे कहते हैं कि पोप की हैसियत धरती पर ईसा मसीह के नुमाइंदे की है और कुछ मामलों में राजा को पुरोहितों का आध्यात्मिक मार्गदर्शन स्वीकार करना चाहिए। इसी के साथ वे यह भी कहते हैं कि कुछ ऐसे सांसारिक विषय भी हो सकते हैं जिनमें राजा को पोप का प्राधिकार मानना पड़ सकता है। लेकिन एक्विना इस तरह के मामलों को स्पष्ट रूप से परिभाषित नहीं करते।

1266 से 1273 के बीच एक्विना ने अपना महाग्रंथ *सम्मा थियोलॉजिया* लिखा। इसका सर्वाधिक परिचित हिस्सा वह है जहाँ वे चार क़िस्म के क़ानूनों की चर्चा करते हैं। उन्होंने पहली और सर्वोच्च प्राथमिकता ईश्वरीय इच्छा का प्रतिनिधित्व करने वाले चिरंतन क़ानून को दी है। चूँकि ईश्वर ही ब्रह्माण्ड का स्रष्टा है इसलिए उसके क़ानून को ही बाक़ी सभी क़ानूनों के लिए मार्ग-निर्देशक की तरह ग्रहण किया जाना चाहिए। दूसरा है दैवी क़ानून जो धर्मशास्त्रों में दर्ज है। तीसरा है प्राकृतिक क़ानून। एक्विना की यह थीसिस कहती है कि मनुष्य एक सामाजिक और राजनीतिक प्राणी होने के साथ-साथ स्वाभाविक रूप से धार्मिक भी है। उसे एक ऐसा क़ानून चाहिए जो विवेक, नैतिकता और सामाजिकता के आग्रहों पर खरा उतरता हो। इस क़ानून की भूमिका लोगों को अज्ञान से बचाने और परस्पर सहयोग को प्रोत्साहन देने की होनी चाहिए। इस क़ानून के ज़रिये सत्य और नेकी के ऐसे मानक स्थापित किये जाने चाहिए जो सभी पर लागू हों और जिनसे सभी परिचित भी हों। चौथी क़िस्म के रूप में एक्विना ने एक ऐसे सकारात्मक मानवीय क़ानून की वकालत की है जिसकी भूमिका शिक्षात्मक हो और जिसके प्रभाव में व्यक्ति बुराई से बचते हुए शांतिपूर्ण सामुदायिक जीवन उपलब्ध कर सके।

संत थॉमस एक्विना का जन्म इटली में एक्विनो के पास रोकासेका क़िले में रहने वाले एक धनी और कुलीन परिवार में हुआ था। अपने परिवार के विरोध के बावजूद वे 1245 में डोमिनिकन चर्च के अंग बन गये। इसके बाद उन्होंने जर्मन धर्मशास्त्री अल्बर्टस मैगनुस की देखरेख में पेरिस विश्वविद्यालय में शिक्षा प्राप्त की। 1256 में स्नातकोत्तर डिग्री हासिल करने के बाद वे अगले अट्ठारह साल तक अध्ययन और अध्यापन में लगे रहे। इसी दौरान उन्हें पेरिस, रोम स्थित पोप के दरबार और फिर पेरिस में अपने ज़माने के प्रमुख बौद्धिक विवादों में भागीदारी करने का मौक़ा मिला। वे क्लासिकल वितण्डावादी शैली के लेखक थे जिसके तहत पहले प्रश्न उठाया जाता है, फिर विरोधी नज़रियों को पेश करने के बाद अपना निष्कर्ष निकाला जाता है। उन्हें संत की उपाधि चौदहवीं सदी में दी गयी।

देखें : अफ़लातून, अरस्तू, आग्युस्त कॉम्त, इमैनुएल कांट, ईसैया बर्लिन, कार्ल हाइनरिख़ मार्क्स-1, 2, 3 और 4, कार्ल रायमुंड पॉपर,

ज्याँ ज़ाक रूसो, चार्ल्स-लुई द सेकोंद मोंतेस्क्यू, जार्ज विल्हेल्म फ्रेड्रिख़ हीगेल, निकोलो मैकियावेली, मार्सिलियस : पाडुआ के, रेने देकार्त, संत ऑग्स्टाइन, सुकरात।

संदर्भ

1. जे. वीशील्प (1974), *फ़्रिएर थॉमस डीएक्विनो : हिज़ लाइफ़, थॉट ऐंड वर्क्स*, ब्लैकवेल, ऑक्सफ़र्ड.
2. जे. फ़िनिस (1998), *एक्विना : मॉरल, पॉलिटिकल ऐंड लीगल थियरी*, ऑक्सफ़र्ड युनिवर्सिटी प्रेस, ऑक्सफ़र्ड.
3. डी.जे. ओकोन्नोर (1967), *एक्विना ऐंड नेचुरल लॉ*, मैकमिलन, लंदन.
4. सेंट थॉमस एक्विना (2000), *पॉलिटिकल राइटिंग्ज़*, आर.डब्ल्यू. डायसन (समा.), केम्ब्रिज युनिवर्सिटी प्रेस, केम्ब्रिज.

— अभय कुमार दुबे

संत-काव्य

(Sant-Kavya)

हिंदी साहित्य में भक्ति-धारा के अंतर्गत संत-साहित्य का अविस्मरणीय स्थान है। भक्ति-साहित्य की रचना करने वाले पुरुष हों या नारी, हिंदू हों या मुसलमान, ब्राह्मण हों या शूद्र, उत्तर के हों या दक्षिण के सभी को संत कहा जाता है। कुछ विद्वानों का मत है कि संत-काव्य उन्हीं कवियों की 'बानियों' का नाम है जिन्होंने निर्गुण धारा के अंतर्गत सृजन-चिंतन किया। यह निर्गुण धारा ज्ञान-मार्गी है और उन सभी परम्पराओं से— वेद, उपनिषद्, जैन, बौद्ध, महायान-कापालिक-तांत्रिक साधना, आगम-चिंतन की देन है, जो भक्ति युग के पूर्वार्द्ध में अनेक परम्पराओं से प्रेरित-प्रभावित रही है। यह अलग बात है कि संत-काव्य में सभी परम्पराओं का समावेश नहीं हो सका, लेकिन उनका जन-जीवन की सामाजिक-नैतिक प्रेरणाओं के साथ प्रतिनिधित्व हुआ। इस मत के बावजूद संत काव्य-धारा केवल निर्गुण विचार तक सीमित नहीं है। सगुणपंथी मीरां और सूरदास भी संत-कवि माने जाते हैं। संत-काव्य ने प्राचीन परम्पराओं के आधार पर विश्व-धर्म या लोक-धर्म या लोक-वेद को मिलाकर जीवन की नवीन राहों का अन्वेषण किया। यह चिंतन जन-भाषा (सधुक्कड़ी भाषा) में अभिव्यक्त हुआ। जन-भाषा की प्रतीक-मिथक रूपक योजना में संत सूक्ष्म-गहन सर्जनात्मकता की निष्पत्ति करते रहे। धर्म-तत्त्व का ऐसा निरूपण अन्यत्र दुर्लभ रहा।

'संत' शब्द से संसार-त्यागी संन्यासी का अर्थ लेना ठीक नहीं है। संतों में स्त्री और पुरुष, संन्यासी और गृहस्थ, हिंदू और मुसलमान, सगुण और निर्गुण दोनों का समान महत्त्व है। ये संत पुजारियों, पंडों, मौलवियों, धर्मशास्त्रियों की नीतियों के विरुद्ध हैं। संत प्रेम को आधार बनाकर मानव-मुक्ति तथा ईश्वर-भक्ति का मार्ग सुझाते हैं। संस्कृत और अरबी-फ़ारसी को छोड़ कर संत जन-भाषा में लोक-धर्म का प्रचार करते हैं। देखा जाए तो संत साहित्य का सामाजिक आर्थिक आधार जुलाहों, मछुआरों, किसानों, कारीगरों, व्यापारियों का भौतिक जीवन है। संत-धारा भारतीय संस्कृति की परिस्थितियों से उपजी है। उनकी भाषा किसी एक प्रदेश की भाषा न होकर सभी प्रदेशों की खिचड़ी भाषा-संध्या भाषा-सधुक्कड़ी भाषा है। भक्ति साहित्य इस देश का सर्वाधिक प्रबल विराट सांस्कृतिक आंदोलन है, जिसकी जड़ें गाँव-गाँव, प्रदेश-प्रदेश फैली थीं। रामविलास शर्मा ने *परम्परा का मूल्यांकन* पुस्तक में कहा है, 'मलिक मुहम्मद जायसी कुरान के भाष्यकार नहीं हैं। न कबीर और दादू त्रिपिटकाचार्य हैं, न सूर और तुलसी वेद, गीता या मनुस्मृति के टीकाकार हैं। संत-साहित्य की अपनी विशेषताएँ हैं जो मूलतः किसी प्राचीन धर्म-ग्रंथ पर निर्भर नहीं है।' संतों का लोक-धर्म सामंत प्रधान व्यवस्था को कमज़ोर करता है और धर्म को पुरोहितों-मौलवियों के वर्चस्व से मुक्त करता है।

संत-काव्य की ऐतिहासिक स्थिति विक्रम की पंद्रहवीं शताब्दी से मानी जाती है। इसके प्रवर्तक हैं— अस्वीकार का साहस रखने वाले कबीर (1513)। हालाँकि संत-काव्य की प्रेरणा पहले से ही मौजूद थी, किंतु कबीर, रैदास, रज्जब, दादू, मलूकदास, नानक आदि संतों ने उन प्रेरणाओं का नया उपयोग नयी परिस्थितियों में किया है। संत-काव्य का आधार है लोकानुभव और लोकानुभूति। जीवन की प्रत्यक्ष चुनौतियों के कारण संत-काव्य में प्राचीन परम्पराओं की शास्त्रसम्मत मान्यताओं का आग्रह नहीं है। संत-काव्य में निगम पुराण का कोई परम्परागत ढाँचा सुरक्षित नहीं है। संतों का नारा था— 'कबीर संसार दूर करि, पुस्तक देह बहाई'। पोथी पढ़ने से पण्डित नहीं हो जाता, हम प्रेम-पंथ को गहने-समझने से पण्डित हो जाते हैं। तुलसीदास ने कबीर के बाद इस चिंतन की निंदा में कहा 'साखी, सबूदी दोहरा, कहि कीन्ही उपखान। भगति निरूपहि भगति कलि निंदहि वेद पुरान।' यह सच है कि संत-काव्य में वैदिक साहित्य का आदर नहीं है— उनका दृष्टिकोण बहुत कुछ बौद्ध-धर्म के महायान-दर्शन से निर्धारित है— महायान से मंत्रयान, मंत्रयान से वज्रयान या तांत्रिक बौद्ध-धर्म सामने आया। वज्रयान की प्रतिक्रिया में नाथ सम्प्रदाय का विकास हुआ और उसके भीतर से संत-काव्य अवतरित हुआ। वैदिक कर्मकाण्ड, मूर्तिपूजा, तीर्थाटन, व्रत सभी का

संत-काव्य ने निषेध किया। इस दृष्टि से यह क्रांतिकारी चिंतन-दर्शन अनुभव के तप से निकली ज्ञान-धारा है।

ध्यान में रखने की बात है कि चौदहवीं-पंद्रहवीं शताब्दी में स्वामी रामानंद का उदय हुआ। भक्ति का प्रवाह जो दक्षिण भारत में प्रवाहित हुआ, उसे स्वामी रामानंद उत्तर-भारत में लाये। यह भी एक ऐतिहासिक तथ्य है कि भक्ति का लोकव्यापी प्रभाव दक्षिण में आलवार—नायरवार गायकों से ईसा की छठी शताब्दी में आरंभ हो चुका था। इस संतों ने भक्ति का रागात्मक रूप जनता के सामने रखा तथा जाति-पाँति का खण्डन किया। ये संत-गायक ज़्यादातर निचली जातियों के थे— लोहार, धानुक, दर्जी, कृषक, धुन्ना, कुम्हार आदि। इन संतों को शंकराचार्य का मायावाद, अद्वैतवाद तथा कुमारिल भट्ट का याज्ञिक कर्मकाण्ड भाया नहीं। नाथ मुनि ने ग्यारहवीं शताब्दी में भक्ति की दार्शनिक व्याख्या की और इनकी ही पीठ पर रामनुजाचार्य ने श्री सम्प्रदाय नामक नये सिद्धांत का प्रतिपादन किया। शंकराचार्य ने भक्ति की जो महत्ता छीन ली थी, उसे रामानुजाचार्य ने नये पाठ-विमर्श के साथ पुनः स्थापित किया। रामानुजाचार्य के बाद मध्वाचार्य, निम्बार्काचार्य और वल्लभाचार्य ने भक्ति का राग-पक्ष प्रबल किया। रामानंद ने रामानुजाचार्य के भक्ति सिद्धांतों को अनेक प्रयोगों के बाद समस्त उत्तरी भारत में प्रस्तुत और प्रतिष्ठित किया। लोक-जीवन में यह ध्वनि सुनायी दी, 'भक्ती द्राविड़ ऊपजी लाये रामानंद / परगट किया कबीर ने सात द्वीप नवखण्ड।' रामानंद के दो शिष्य थे : कबीर और तुलसीदास। दोनों ने दो परम्पराओं का प्रवर्त्तन किया। महाराष्ट्र में *ज्ञानेश्वरी* भगवद्गीता के आधार पर नया भाष्य पेश करती है, किंतु इसमें अनेक प्रतीकों-रूपकों के आधार नाथ सम्प्रदाय के अनुकूल हैं।

संत ज्ञानेश्वर के समकालीन नामदेव (1270) ने विट्ठल की उपासना की जिसमें नाम स्मरण की महिमा है। विट्ठल सम्प्रदाय 1209 में पंढरपुर में प्रचारित हुआ। इसके प्रचारक कन्नड़ संत पुंडरीक माने जाते हैं। विट्ठल सम्प्रदाय वैष्णव और शैव सम्प्रदाय का मिश्रण है। ग्यारहवीं शताब्दी के विट्ठल सम्प्रदाय का मेल-मिलाप शैव-धर्म, वैष्णव धर्म से हुआ— जिसके सबसे बड़े संत नामदेव हैं। ज्ञानेश्वर तथा नामदेव ने उत्तर भारत का पर्यटन किया जिससे भक्ति धर्म का प्रसार हुआ। विट्ठल सम्प्रदाय के संत थे गोरा कुम्हार, साँवला माली, नरहरि सोनार, चोखा भंगी, जनाबाई दासी, सेना नाई, कान्हो वेश्या पुत्री आदि। उत्तरी भारत के ज्ञान मार्गी संतों के निकट आये। यहाँ संत प्रयोग चल पड़ा— 'ज्ञानदेव ह्मणें तुम्हीं संत बोल गावेति आम्हीं'। इस प्रकार तेरहवीं शताब्दी के आस-पास प्रवाहित विचारधारा से जाति और वर्ण-वर्ग का सारा द्वेष प्रेम-सागर में बह गया। इस प्रेम-धारा पर वहाँ के महानुभाव सम्प्रदाय का भी प्रभाव पड़ा जिसमें जाति बंधन की शिथिलता के साथ कृष्ण चक्रधर की उपासना प्रबल हुई। भक्ति-मार्ग सभी मनुष्यों के लिए खुल गया और हृदय की पवित्रानुभूति को महत्त्व दिया गया। 1294 में अलाउद्दीन खिलजी ने देवगिरि के राजा रामदेव को पराजित किया। समझा जाता है कि इसी आक्रमण की प्रतिक्रिया में वैष्णव धर्म के कृष्ण चक्रधर तथा शैव धर्म के शिव को जगाया गया। इसी जागरण ने पंद्रहवीं शताब्दी में उत्तर-भारत में निर्गुण सम्प्रदाय का रूप धारण किया। यह निर्गुण उपासना की ज्ञान-धारा ही संत-काव्य की प्रकृति बनी।

संत-काव्य परम्परा में सूफ़ीयत का प्रवेश होने से ज्ञान-मार्ग से प्रेम-मार्ग का मिलन हो गया। बड़ी उदारता से सूफ़ीयत ने भक्ति मार्ग को जोड़ लिया। ग्यारहवीं शताब्दी में इस देश में सूफ़ीयत का प्रवेश हुआ और चार सम्प्रदाय समय-समय पर सामने आये : चिश्ती सम्प्रदाय, सुहरावर्दी सम्प्रदाय, क़ादरी सम्प्रदाय और नक़्शबंदी सम्प्रदाय। इन चारों ने बहुदेववाद के विपरीत ईश्वर की एकता और सर्वोपरिता को महत्त्व दिया। सूफ़ीयत में कहीं तो ईश्वर की मौन वंदना है, कहीं गुणों का गायन। चिश्ती और क़ादरी सम्प्रदायों में संगीत की महिमा है— अन्य दो में नहीं। इन सूफ़ी संतों ने हिंदू-मुसलमान दिलों पर मरहम लगाया, उन्हें एक दूसरे से जोड़ा। सूफ़ी संत ग़ज़ाली ने कहा कि ज्ञान और शुद्ध आचरण के मेल का नाम सूफ़ी है— सादा जीवन उच्च विचार वाला मनुष्य सूफ़ी है। यदि भारतीय दृष्टि से देखा जाए तो अद्वैतवाद और विशिष्टाद्वैत का मिश्रण सूफ़ीयत का मूल है। विशिष्टाद्वैत की प्रेममयी भक्ति ही सूफ़ीयत की इश्क साधना है और ईश्वरानुभूति तसव्वुफ़ । प्रेम में मादकता या खुमार की व्यंजना कबीर की वाणी है, 'हरि रस पीया जानिये जे कबहुँ न जाय खुमार'। सूफ़ीयत का शैतान कबीर की माया से साम्य रखता है। इस तरह उत्तर-भारत में संत-काल का अमृत तैयार हुआ।

कबीर में वज्रपाल की प्रतिक्रिया से उत्पन्न नाथ सम्प्रदाय के आत्मानुभव तथा योग-मार्ग के कलफ़टा दर्शन, विट्ठल सम्प्रदाय की भक्ति, रामानंद के प्रभाव से अद्वैतवाद-विशिष्टाद्वैत का मिश्रण एवं भक्ति और सूफ़ीयत के प्रेम-मार्ग का सर्जनात्मक घोल बना, तभी वे ज्ञान के हाथी पर सवार होकर लोक-कल्याण के लिए निकल सके। जब इब्राहीम लोदी ने कबीर जैसे संतों को सताया तो जनता में असंतोष फैला। इस कठिन समय में संतों को जनता के बीच से जन्म लेना पड़ा— राम-रहीम की एकता का उपदेश देना पड़ा। समाज की हालत यह थी 'कोई लरिकां बेचई लरिकी बेचै कोइ। साझा करै कबीर सिद्ध, हरि संग बनज करेइ'। कंचन-कामिनी के विरोध में संतों ने फक्कड़पन का जीवन-दर्शन जनता को दिया। रामनंद तथा कबीर ने जाति बंधन तोड़ने की परम्परा को दृढ़ किया। रामानंद ने कहा, 'जाति पाँति बूझै नहिं कोई। हरि को भजै सो हरि का होई।'

इन संत कवियों ने पुरानी रूढ़ियों और अंधविश्वासों का विरोध किया। संत कवियों से पहले वज्रयानी सिद्धों तथा नाथ पंथी योगियों ने सामाजिक कुप्रथाओं और मिथ्याडम्बरों की कटु आलोचना की थी। संतों ने इसी परम्परा का अनुसरण करते हुए तिलक लगाना, माला फेरना, व्रत और रोज़ा रखना, मूर्तिपूजा, मसज़िद मे नमाज़ पढ़ने आदि क्रियाओं का विरोध किया। कबीर ने राम को समझाया पर अपनी शर्तों पर, 'दसरथ सुत तिहुँ लोक बख़ाना। रामनाम का मरम न जाना।' ये सभी संत वर्णाश्रम-व्यवस्था के विरोधी थे। ऊँच-नीच, जाति-पाँति, छुआछूत मिटाना आवश्यक समझते थे। इस तरह संतों ने हिंदू-मुसलमानों के लिए एक सामान्य भक्ति मार्ग की तलाश की है।

संत कवियों ने हर साँस में गुरु की महत्ता का बखान किया है। परमात्मा से साक्षात्कार के लिए गुरु की आवश्यकता का प्रतिपादन किया और गुरु को ब्रह्म का स्वरूप कहा। कबीर जैसे संतों ने गुरु को गोविंद से ज़्यादा महत्त्व दिया, 'गुरु गोविंद दोऊ खड़े, काके लागूँ पाँय। बलिहारी गुरु आपकी, गोविंद दियो मिलाय।' अलख, अगोचर, निरंजन, निर्गुण ब्रह्म की प्राप्ति के लिए सद्‌गुरु आवश्यक है। संतों ने भारतीय रहस्यवाद की परम्परा को सूफ़ीयत की रहस्य साधना से मिलाकर नया रूप दिया। उन्होंने आत्मा को स्त्री तथा परमात्मा को भरतार के रूप में प्रस्तुत किया। इस तरह दृढ़ रागात्मक संबंध का भाव घोषित करते हुए प्रेम-तत्त्व का विस्तार किया।

संत-परम्परा में निर्गुण संतों के साथ सगुण कृष्ण भक्तिधारा और सगुण राम भक्तिधारा को भूलना न चाहिए। इसमें कबीर के साथ दादू दयाल, तुकाराम, ग़रीबदास, भीखा, गुरु तेग बहादुर, गुरु नानक, मलूकदास, जायसी, कुतबन, रैदास, मीरांबाई, दयाबाई, सहजोबाई, आनंद घन, धरनीदास, सदनादास, यारी साहब, हरिद साहब, बुल्ला, पलटूदास, एकनाथ, बुल्लेशाह, सुंदरदास, दूलनदास, तुलसी साहब, चरणदास, तुलसीदास, सूरदास, कुम्भनदास, जगजीवन दास, धर्मदास, रामानंद आदि संतों की एक समृद्ध सगुण परम्परा है। भक्ति आंदोलन ने अखिल भारतीय स्तर पर पूरे देश में एक नया जागरण पैदा किया। धर्म के नाम पर मानव-धर्म की, लोक-धर्म की प्रतिष्ठा की और नारा दिया— 'मसि कागज के आसरे क्यों टूटै भव-बंध'। संतों ने धर्म के नाम पर फैले तमाम भ्रमों से जनता को 'घट-घट व्यापक राम' तथा 'राम वही रहमान वही' का भाव-मंत्र दिया। लोक-भ्रमों को दूर करते हुए कहा 'मंदिर मसजिद एक', 'हिंदू-मुस्लमान-सिक्ख एक है।' सत्याग्रही थे संत, तभी तो कहे सके, 'ब्रह्म बीज का सकल पसारा', 'हिंदू-तुरक का कर्ता एक', 'सो ब्राह्मण जो ब्रह्म विचारै'। इस तरह संतों ने पुरोहितवाद-पण्डावाद को न अपनाने की सलाह दी। समाज-सुधारों के बारे में संतों ने बहुत काम किया— 'पीर सबन की एक सी' तथा परोपकार करने वाला ही वैष्णव है— 'सो दरवेश ख़ुदा को प्यारा' तथा 'साधो सहज समाधि भली'। संतों ने निर्भयता से हिंदू-मुसलमानों दोनों को फ़टकारा और कहा 'मुसलमान जो राखै ईमान' तथा 'सो काफ़िर जो बोलै काफ़'। इस तरह समाज में यह गूँज उठी 'निंदक बाबा वीर हमारा' जाति-पाँति, वर्ण व्यवस्था, कर्मकाण्ड पर प्रहार करते हुए पूछा 'कहधौ छूत कहा से उपजी', अल्लाह कहि, भावै राम कहौ' क्या फ़र्क़ पड़ता है। रैदास ने कहा 'कृष्ण करीम रहीम राम हरि जब लागे एक न देखा / बेद कतेब कुरान, पुराननि, तब लागे भ्रम ही देखा।' इस तरह संतों ने शास्त्र-धर्म की लीकों को निर्ममता से तोड़ा है। संतों की गंगा नव नाथों के योगमार्ग में है लेकिन संतों की जमुना-कावेरी-सरस्वती तो पूरे देश में प्रवाहित है।

देखें : अष्टछाप, 'अंग्रेज़ी हटाओ' आंदोलन, गजानन माधव मुक्तिबोध-1 और 2, छायावाद, डायग्लॉसिया, नंद दुलारे वाजपेयी, नगेंद्र और सैद्धांतिक समीक्षा, नयी कविता, नामवर सिंह, पाश्चात्य काव्यशास्त्र, प्रेमचंद, प्रयोगवाद, प्रगतिवाद, भक्ति आंदोलन-1 और 2, भक्ति-काव्य-1 और 2, भारतेंदु हरिश्चंद्र, भारतेंदु युग-1 और 2, भाषा नियोजन-1 से 4 तक, भाषा के मार्क्सवादी सिद्धांत, महादेवी वर्मा, महावीर प्रसाद द्विवेदी, मीरांबाई और प्रेमाभक्ति, राहुल सांकृत्यायन, रामानुजाचार्य, रामानंद, रामचंद्र शुक्ल-1 और 2, रामविलास शर्मा, राष्ट्रीय-सांस्कृतिक कविता, रीतिकाल-1 और 2, विजय देव नारायण साही, वैष्णव धर्म, श्याम सुंदर दास, सम्पर्क भाषा-1 से 4 तक, सगुण और निर्गुण-1 और 2, संस्कृत काव्यशास्त्र, संविधान सभा में भाषा-विवाद-1, 2 और 3, सिद्ध-नाथ परम्परा, सूफ़ीयत और प्रेमाख्यान, हजारी प्रसाद द्विवेदी, हिंदी विरोधी आंदोलन, हिंदी जाति-1 से 3 तक, हिंदी साहित्य का आदिकाल, हिंदी साहित्य का इतिहास, हिंदी साहित्य का इतिहास : नये परिप्रेक्ष्य, हिंदी-पद्य में इतिहास, हिंदी-जगत और 'लोकप्रिय'-1 और 2, हिंदी नवजागरण, हिंदी-संस्थाएँ।

संदर्भ

1. वियोगी हरि (2006), *संत वाणी,* सस्ता साहित्य मण्डल प्रकाशन, नयी दिल्ली.
2. रामखेलावन पाण्डेय (1965), *मध्यकालीन संत साहित्य,* हिंदी प्रचारक पुस्तकालय, वाराणसी.
3. परशुराम चतुर्वेदी (1961), *संत काव्य-संग्रह,* किताब महल, इलाहाबाद.

— कृष्णदत्त पालीवाल

संतोष कुमारी देवी

(Santosh Kumari Devi)

संतोष कुमारी देवी (1897-1989) भारतीय मज़दूर आंदोलन के संस्थापकों में से एक और बीसवीं सदी के दूसरे दशक में उपनिवेशवाद विरोधी आंदोलन की प्रमुख स्त्री-नेता थीं। उन्होंने बंगाल जूट श्रमिक संघ की स्थापना की और आरम्भिक वर्षों में उनकी विभिन्न हड़तालों का जुझारू नेतृत्व किया। वे नौकरी से निकाले जाने वाले अनेक हड़ताली श्रमिकों के भोजन और रहने का प्रबंध अपने ही घर पर ही करती थीं। संतोष कुमारी की अगुवायी में श्रमिकों के रैडिकल तेवरों से न सिर्फ़ ब्रिटिश प्रशासन बल्कि कांग्रेस के प्रमुख नेता भी चिंतित हुए। देशबंधु चितरंजन दास जैसे प्रमुख राष्ट्रीय नेता श्रमिक आंदोलन को भारतीय स्वतंत्रता आंदोलन का हिस्सा बनाना चाहते थे। उन्हें श्रमिक आंदोलन की उग्रता और इसकी अतिवादी-साम्यवादी सम्भावनाओं से बेचैनी थी। 1921 में ब्रिटिश मालिकों के अत्याचार से पीड़ित बंगाल स्थित चाय बागान के मज़दूरों ने उन बगीचों से पलायन कर दिया जहाँ वे काम करते थे। वे चाँदपुर स्थित निकटतम नदी मार्ग से अपने गृह प्रदेशों उत्तर प्रदेश तथा बिहार की ओर भागने लगे। बाग़ान मालिकों ने इन मज़दूरों को पकड़ कर वापस लाने के लिए गोरखा सिपाही भेजे जिन्होंने मज़दूरों पर बहुत जुल्म किये। कलकत्ता में इसकी सूचना मिलने पर चितरंजनदास व अन्य वरिष्ठ कांग्रेसी नेता चाँदपुर पहुँचे। इस दल में दो महिलाएँ— चितरंजनदास की पत्नी बसंती देवी और संतोष कुमारी देवी भी शामिल थीं।

कलकत्ता लौट कर संतोष कुमारी ने इस क्षेत्र के जूट मिल मज़दूरों का संघ बनाने का व्यापक अभियान शुरू किया। इसमें श्रमिक अधिकारों के संघर्ष के साथ ही रात्रिकालीन स्कूल और कामगार स्त्रियों के लिए स्वास्थ्य केंद्र भी शामिल थे। यह देख कर सम्पूर्णानंद और चितरंजनदास ने कांग्रेस से श्रमिक समस्याओं के बारे में विचार करने का आह्वान किया। दास ने आल इण्डिया ट्रेड यूनियन कांग्रेस के तीसरे अधिवेशन में कहा कि स्वराज देश के 98 प्रतिशत लोगों के लिए होना चाहिए। यदि स्वराज मेहनतकशों के बजाय केवल मध्यम वर्ग के हित साधन के लिए आयेगा तो ऐसे स्वराज का कोई अर्थ नहीं है। लेकिन इस आह्वान के बाद भी कांग्रेस के अधिकतर नेताओं के लिए मज़दूरों की समस्याएँ केवल मौखिक व्याख्यान तक ही सीमित रही, जबकि संतोष कुमारी देवी ने अपने आप को मज़दूर आंदोलन में पूरी तरह समर्पित कर दिया।

ब्रिटिश उपनिवेश के ख़िलाफ़ भारतीयों के सार्वजनिक विरोध का आरम्भ 1878 से माना जा सकता है जब देशी भाषाओं के प्रकाशन नियंत्रित करने के लिए बनाये गये नये क़ानून के ख़िलाफ़ भारत के विभिन्न हिस्सों में विरोध प्रदर्शन किये गये थे। 1880 में बंगाल के कुछ राष्ट्रवादियों ने काश्तकारों के लिए ज़मींदारी क़ानून में परिवर्तन की माँग भी उठायी थी, लेकिन बंगाल के श्रमिक वर्ग की ओर किसी का ध्यान नहीं गया था, हालाँकि इस प्रदेश मे जूट, चाय के बाग़ानों, रेलवे और इंजीनियरिंग के क्षेत्र में बड़ी संख्या में मज़दूर कार्यरत थे। ब्रह्म समाज के दो सुधारकों राम कुमार विद्यारत्न व द्वारकानाथ गांगुली ने गम्भीर व्यक्तिगत जोखिम उठाते हुए असम के चाय बाग़ानों का दौरा करके वहाँ के मज़दूरों के आर्थिक उत्पीड़न का ख़ुलासा किया। मज़दूरों की दुर्दशा को सामने लाने का यह अभियान श्रमिक वर्ग की समस्याओं का कोई व्यवस्थित अध्ययन न हो कर ब्रह्म समाज के उन समाज सुधारकों की राष्ट्रीयता और मानवता की भावनाओं से प्रेरित था। इसके कुछ पहले ही भारतीय श्रमिकों ख़राब हालात को आम लोगों के बीच प्रसारित करने के लिए ब्रह्म समाज से संबंधित लोगों ने समाचार पत्र प्रकाशित करने शुरू किये थे। इनमे केशव चंद्र सेन का *सुलभ समाचार* और शशिपद बनर्जी का *बृहत श्रमजीवी* शामिल थे। शशिपद बनर्जी ने आगे चल कर भारतीय कामगारों का एक संगठन बृहत श्रमजीवी संघ भी स्थापित किया। बंगाल विभाजन के विरुद्ध आहूत आंदोलनों में अनेक श्रमिक संगठन भी शामिल थे और स्थानीय मज़दूर संघों ने भी ब्रिटिश उपनिवेश के विरोध में खुल कर हिस्सा लिया था। भारत में व्यापक मज़दूर आंदोलन की शुरुआत 1919-20 के दौरान हुई जब लाला लाजपत राय ने बम्बई में आल इण्डिया ट्रेड यूनियन कांग्रेस की स्थापना की और बंगाल के कांग्रेस नेता चितरंजन दास के कुछ सहयोगियों ने कांग्रेस के राजनीतिक अभियान को छोड़ कर श्रमिक संगठन के कार्य को अपनी प्राथमिकता बनाया। इस श्रमिक आंदोलन में बंगाल व बम्बई से कुछ बेहद समर्पित स्त्रियों ने भी हिस्सा लिया था जिनमें मणिबेन कारा, उषा बाई डांगे, संतोष कुमारी देवी, प्रभावती दासगुप्ता, सकीना बेगम और सुधा रॉय के नाम प्रमुखता से लिए जाते हैं।

संतोष कुमारी देवी के पिता एक नामी बैरिस्टर थे। उनका बचपन अत्यंत सम्पन्नता के बीच बर्मा में बीता था। बचपन और शिक्षा के दौरान ही वे भारतीय स्वतंत्रता आंदोलन से प्रभावित होने लगी थीं। प्रथम विश्व युद्ध के दौरान और उसके बाद भारत में बड़ी संख्या में औद्योगिक इकाइयाँ स्थापित हुई थीं जिनमें कार्यरत मज़दूरों की हालत बहुत दयनीय थी। इस शोषण के ख़िलाफ़ 1919 में अनेक हड़तालें भी हुईं। श्रमिक आंदोलन के इसी दौर में गौरीपुर जूट मिल के मज़दूरों ने बेहतर वेतन और सुविधाओं के लिए हड़ताल की। उस दौरान संतोष कुमारी इस मिल के पास में ही रहती थीं। उन्होंने अपनी ओर से पहल करके इस हड़ताल में

सहयोग किया और मज़दूरों की समस्याओं का एक माँग पत्र लिख कर मिल के प्रबंधकों को दिया। मिल प्रबंधन और मज़दूरों की प्रतिनिधि के रूप में संतोष कुमारी देवी की चार दिनों की बातचीत के बाद मज़दूरों की कुछ माँगे मानी गयीं। हड़ताल के दौरान गिरफ़्तार मज़दूरों की रिहायी की गयी। हड़ताल में भाग लेने के चलते नौकरी से निकले गये मज़दूरों की बहाली हुई। उस समय के हिसाब से इस इलाक़े में मज़दूर आंदोलन की यह एक बड़ी जीत थी।

संतोष कुमारी के नेतृत्व में गौरीपुर जूट मिल के मज़दूरों की ताक़त देखते हुए अन्य अनेक स्थानीय जूट-कर्मियों ने भी अपने मज़दूर संगठनों की स्थापना की और संतोष कुमारी के मार्गदर्शन में अपने अधिकारों के लिए संघर्ष किया। 1924 में कलकत्ता में आयोजित आल इण्डिया ट्रेड यूनियन कांग्रेस अधिवेशन की अध्यक्षता चितरंजनदास ने की। संतोष कुमारी इस आयोजन की स्वागत समिति की प्रमुख थीं। इसी दौरान उन्होंने श्रमिक समस्याओं पर आधारित पत्रिका *सम्हति* में मज़दूरों के शोषण के बारे में लिखा। संतोष कुमारी का किसी विशिष्ट राजनीतिक व्याख्या या वाद में विश्वास नहीं था लेकिन उन्हें श्रमिकों की समस्याओं की बेहद सूक्ष्म समझ थी जो उन्होंने उनके साथ रहकर विकसित की थी। 1924 में संतोष कुमारी ने *श्रमिक* के नाम से उर्दू, बांग्ला व हिंदी में एक पत्रिका का सम्पादन-प्रकाशन भी किया। इस पत्रिका के मुद्रक ने छपाई के लिए पैसे माँगे तो उन्होंने अपने गहने गिरवीं रख कर इनका बंदोबस्त किया।

1925-26 में कलकत्ता बंदरगाह में एक श्रमिक की मौत के बाद उपजे असंतोष ने जब एक आंदोलन का रूप ले लिया तो संतोष कुमारी इसका नेतृत्व किया और मृतक श्रमिक के परिवार को हर्जाना दिलाने में सफलता पायी। नैथाटी जूट मिल में स्कॉटिश मूल के सुपरवाइज़र की पिटायी से एक भारतीय मज़दूर की मृत्यु हो गयी तो संतोष कुमारी ने इन मज़दूरों के साथ मिल कर इस हत्या के ख़िलाफ़ कलकत्ता उच्च न्यायालय में मुक़दमा लड़ा और सुपरवाइजर को सात वर्ष की सज़ा दिलाने के लिए न्यायालय में गवाही भी दी।

1922 में चौरीचौरा की घटना के बाद जब गाँधी ने असहयोग आंदोलन वापस ले लिया तो मोतीलाल नेहरू और चितरंजन दास ने कांग्रेस से बाहर निकल कर स्वराज पार्टी की स्थापना की। स्वराज पार्टी चुनाव के माध्यम से विधायिका में जा कर संवैधानिक प्रक्रिया को विधायिका के भीतर से ही बाधित किया जा सके। 1924 में बंगाल विधानसभा के चुनाव में वरिष्ठ कांग्रेसी नेता सुरेंद्र नाथ बनर्जी के विरुद्ध चितरंजन दास ने निर्दलीय उम्मीदवार डॉ. बी.सी. रॉय को स्वराज पार्टी का समर्थन देने का निर्णय लिया। संतोष कुमारी को स्वराज पार्टी से कोई लगाव नहीं था लेकिन चितरंजन दास के प्रति अपने आदर के कारण उन्होंने रॉय के चुनाव प्रचार का ज़िम्मा अपने ऊपर लिया। इस चुनाव में राजनीति नवागंतुक रॉय ने दिग्गज सुरेंद्र नाथ बनर्जी को पराजित कर दिया।

1924 में कलकत्ता नगर निकाय का चुनाव जीत कर चितरंजन दास कलकत्ता के मेयर बने और सुभाष चंद्र बोस इसके मुख्य कार्यकारी अधिकारी के पद पर आरूढ़ हुए। कलकत्ता नगर निकाय ने एक नये शिक्षा अधिकारी का पद सृजित किया और इस पर बोस के सहयोगी और प्रख्यात मानवशास्त्री क्षितिज प्रसाद चट्टोपाध्याय को नियुक्त किया गया। संतोष कुमारी को प्राथमिक शिक्षा की सलाहकार मण्डली में स्थान दिया गया। चट्टोपाध्याय और संतोष कुमारी ने कलकत्ता में मुफ़्त प्राथमिक शिक्षा प्रदान करने के लिए अनेक नये स्कूलों के स्थापना की। 1924 में जहाँ कलकत्ता नगर पालिका में केवल तीन ऐसे विद्यालय थे वहीं 1935में जब क्षितिज प्रसाद चट्टोपाध्याय ने अपना पद छोड़ा तो ऐसे विद्यालयों की संख्या 229 हो चुकी थी। बीस के दशक में ब्रिटेन से अनेक मज़दूर संगठनों के नेता व ब्रिटिश कम्युनिस्ट आंदोलन की प्रमुख हस्तियाँ भारत के दौरे पर भी आयीं। संतोष कुमारी देवी स्वयं कम्युनिस्ट नहीं थी लेकिन श्रमिक समस्याओं से जुड़ी होने के कारण भारतीय कम्युनिस्ट आंदोलन के प्रति उनमें सहयोग की भावना थी। जब भारतीय मूल के ब्रिटिश संसद सदस्य व घोषित कम्युनिस्ट नेता शापूरजी सकलतवाला के भारत आगमन पर उनके नागरिक अभिनंदन को लेकर जब कलकत्ता के अन्य कांग्रेसी नेता पशोपेश में थे तब संतोष कुमारी सकलतवाला के स्वागत के लिए सबसे आगे थीं। उन्होंने सकलतवाला के नागरिक संबोधन के लिए कलकत्ता के टाउन हाल में एक कार्यक्रम भी आयोजित किया था। सकलतवाला संतोष कुमारी को बहनजी के नाम से पुकारते थे।

1927 में संतोष कुमारी देवी अचानक ही सार्वजनिक जीवन से पीछे हट गयीं। उन्होंने अपने इस निर्णय के बारे में कभी कुछ नहीं बताया। 1989 में उनका निधन हुआ।

देखें : अरुणा आसफ़ अली, आनंदीबाई जोशी, उपनिवेशवाद विरोधी आंदोलन में स्त्री-नेतृत्व-1 और 2, कमला देवी चट्टोपाध्याय, दलित-नारीवाद, पण्डिता रमाबाई सरस्वती, महादेवी वर्मा, दुर्गाबाई देशमुख, रमाबाई रानाडे, विजय लक्ष्मी पण्डित, विद्याबेन शाह, संतोष कुमारी देवी।

संदर्भ

1. मंजू चट्टोपाध्याय (1984), 'संतोष कुमारी देवी : अ पायनियरिंग लेबर लीडर', *सोशल साइंटिस्ट*, खण्ड 12, अंक 1.
2. संतोष कुमारी देवी, *हाउ आई स्टार्टेड द लेबर मूवमेंट*, अप्रकाशित संस्मरण।

— रवि दत्त वाजपेयी

संयुक्त प्रगतिशील गठबंधन

(United Progressive Alliance)

कांग्रेस के नेतृत्व में चलने वाला संयुक्त प्रगतिशील गठबंधन (संप्रग) भारत की संसदीय राजनीति की दो सर्वप्रमुख शक्तियों में से एक है। 2004 के चुनाव के बाद अस्तित्व में आया यह गठबंधन तभी से सत्तारूढ़ बना हुआ है। 2014 में होने वाले संसदीय चुनाव में लगातार तीसरी बार संप्रग की टक्कर भारतीय जनता पार्टी के नेतृत्व वाले गठबंधन राष्ट्रीय जनतांत्रिक गठजोड़ (राजग) से होगी। दरअसल, नब्बे के दशक के आख़िरी वर्षों से ही भारतीय राजनीति में गठजोड़ का युग चल रहा है। राष्ट्रीय राजनीति पर संप्रग और राजग की प्रतियोगिता हावी है। संप्रग का गठन राजग के बाद हुआ है। राजग अगर चुनाव के पहले बनाया गया गठजोड़ है तो संप्रग मुख्य तौर पर चुनाव के उपरांत बनने वाला गठजोड़ है।

लेकिन इस संदर्भ में ख़ास बात यह है कि इस गठबंधन में शामिल हुए कई दलों के साथ कांग्रेस का चुनाव पूर्व समझौता भी था। संप्रग की पृष्ठभूमि और इसके प्रदर्शन का विश्लेषण इसे दो भागों में बाँटकर किया जा सकता है। पहला, संप्रग- एक (2004-2009) और दूसरा, संप्रग- दो (2009- अब तक)।

2004 के लोकसभा चुनावों के ठीक पहले भाजपा के नेतृत्व वाले राजग की स्थिति बहुत मजबूत मानी जा रही थी। लेकिन कांग्रेस ने क्षेत्रीय स्तर पर कुछ दलों से गठजोड़ क़ायम करके चुनावों में अपनी स्थिति पहले की तुलना में काफ़ी सुदृढ़ कर ली और भाजपा की सीटों में ख़ासी गिरावट आयी। इन चुनावों में कांग्रेस को 1999 की 114 सीटों की तुलना में 145 सीटों पर जीत मिली। दूसरी ओर भाजपा को 1999 की 182 सीटों की तुलना में 138 सीटें ही मिल सकीं। राजग की सीटों में ख़ासी गिरावट आयी। लोकसभा में इसके 270 सदस्य थे, जो अब घटकर 161 ही रह गये। नतीजे आने के बाद कांग्रेस ने कई भाजपा विरोधी क्षेत्रीय दलों को मिला कर संप्रग की रचना की। दरअसल, राजग की सफलता ने कांग्रेस को भी गठजोड़ की राजनीति की तरफ़ धकेला। उसके साथ मिल कर चुनाव लड़ने वाली प्रमुख पार्टियाँ थीं : राष्ट्रवादी कांग्रेस पार्टी (राकांपा) और द्रविड मुनेत्र कषगम (द्रमुक)। चुनावों के बाद कांग्रेस ने जिन क्षेत्रीय दलों को जोड़कर संप्रग बनाया उनमें प्रमुख थीं : आंध्र प्रदेश की तेलंगाना राष्ट्र समिति (टीआरएस), तमिलनाडु की द्रमुक और मारूमलारची द्रविड़ मुनेत्र कषगम (एडीएमके), बिहार की राष्ट्रीय जनता दल (राजद) और लोक जनशक्ति पार्टी (लोजपा), पीपुल्स डेमोक्रेटिक पार्टी (पीडीपी)। लेकिन संप्रग के पास बहुमत नहीं था। इसलिए मार्क्सवादी कम्युनिस्ट पार्टी के नेतृत्व वाले वाम मोर्चे ने उसे बाहर से समर्थन दिया जिससे उसे लोकसभा में बहुमत हासिल हो गया। समाजवादी पार्टी, बहुजन समाज पार्टी और जनता दल (सेकुलर) जैसे दलों ने भी इसे बाहर से समर्थन प्रदान किया। संप्रग ने अपने इस दौर में वामपंथी दलों के साथ मिलकर एक न्यूनतम साझा कार्यक्रम तैयार किया जिसे संप्रग के शासन का नीतिगत आधार माना गया। इसके अलावा शुरू से यह बात स्पष्ट थी कि कांग्रेस अध्यक्ष सोनिया गाँधी ही कांग्रेस की ओर से प्रधानमंत्री पद की उम्मीदवार होंगी। लेकिन उनके विदेशी मूल के होने से जुड़े विवाद के कारण उन्होंने यह पद न लेने का रणनीतिक फ़ैसला किया, और उनके द्वारा मनोनीत डॉ. मनमोहन सिंह संप्रग सरकार के मुखिया बने। सोनिया गाँधी ने गठबंधन की अध्यक्ष के तौर पर राष्ट्रीय सलाहकार परिषद् (एनएसी) का गठन किया जिसमें ज़मीनी स्तर पर सक्रिय कई एनजीओ एक्टिविस्टों और बुद्धिजीवियों को शामिल किया गया। एनयेसी का मुख्य काम विविध मुद्दों पर सरकार को सलाह देना था। इस तरह 2004 में डॉ. मनमोहन सिंह के नेतृत्व में बनी संप्रग-एक सरकार पर वामपंथियों की भागीदारी वाले न्यूनतम साझा कार्यक्रम और राष्ट्रीय सलाहकार परिषद् का नियंत्रण था।

समीक्षकों की राय है कि संप्रग-एक की सरकार का प्रदर्शन काफ़ी अच्छा रहा। वित्त मंत्री के रूप में मनमोहन सिंह ने ही 1991 में भारत में आर्थिक सुधारों की शुरुआत की थी। प्रधानमंत्री के रूप में भी उन्होंने इन सुधारों को आगे बढ़ाने की वकालत ज़रूरत की, लेकिन इसके साथ ही संप्रग-एक की सरकार राष्ट्रीय न्यूनतम साझा कार्यक्रम के प्रति भी वचनबद्ध थी। क्षेत्रीय दलों और ख़ास तौर सरकार को बाहर से समर्थन दे रहे वाम मोर्चे ने सुनिश्चित करने का प्रयास किया कि सरकार न्यूनतम साझा कार्यक्रम के अनुसार ही काम करे। वाम दलों और राष्ट्रीय सलाहकार परिषद् के दबाव के कारण संप्रग-एक की सरकार ने कुछ प्रगतिशील क़दम उठाये। इनमें राष्ट्रीय ग्रामीण रोज़गार गारंटी अधिनियम, सूचना के अधिकार अधिनियम और अनुसूचित जनजाति और अन्य परम्परागत वन निवासी (वन अधिकार मान्यता) अधिनियम-2006 संप्रग-एक सरकार द्वारा पारित करवाये गये प्रगतिशील क़ानून थे। यद्यपि इन क़ानूनों की अपनी सीमाएँ रही हैं, लेकिन इनके बनने से यह बात साफ़ तौर पर सामने आयी कि संप्रग-एक की सरकार ने ज़मीनी स्तर से आने वाली माँगों की ओर ध्यान दिया। इन क़ानूनों के लागू होने की प्रक्रिया में कई कमियाँ रही हैं। लेकिन इनसे आम लोगों के सशक्तीकरण में बढ़ोतरी भी हुई है।

इसी तरह संप्रग-एक सरकार में 2004-2008 के बीच औसत वार्षिक वृद्धि दर 8 प्रतिशत रही। इस लिहाज़ से इस

संयुक्त प्रगतिशील गठबंधन : प्रगतिशील क़ानूनों की रणनीति

सरकार का आर्थिक प्रदर्शन काफ़ी अच्छा माना जा सकता है। 2008 के उत्तरार्ध में वाम मोर्चे ने संप्रग सरकार से अपना समर्थन वापस ले लिया। इसका मुख्य कारण सरकार द्वारा अमेरिका के साथ की जाने वाली परमाणु संधि थी। लेकिन बहुत से प्रेक्षकों ने यह तर्क दिया कि इसके पीछे संसदीय राजनीति की मजबूरी भी काम कर रही थी। वाम मोर्चे, ख़ास तौर माकपा को अपने प्रभाव वाले सभी राज्यों में कांग्रेस के ख़िलाफ़ चुनाव लड़ना था। इसलिए उसके लिए यह ज़रूरी था कि वह संप्रग सरकार से समर्थन वापस लेकर विपक्षी दल के रूप में तीखे तेवर अपनाए। बावजूद इसके यह इनकार नहीं किया जा सकता कि संप्रग-एक की सरकार द्वारा किये गये कई प्रगतिशील कामों में वामपंथी दलों की भी ज़बरदस्त भूमिका रही। उल्लेखनीय है कि संप्रग के कई घटक दल भी इस दौर में (2004-2009) उससे अलग हुए। मसलन, तेलंगाना राष्ट्र समिति अलग तेलंगाना राज्य के मुद्दे पर संप्रग से अलग हुई। कश्मीर की पीपुल्स डेमोक्रेटिक पार्टी और कई अन्य छोटे दल भी संप्रग से अलग हुए। लेकिन इससे इसकी स्थिरता पर कोई नकारात्मक प्रभाव नहीं पड़ा।

विद्वानों की राय है कि संप्रग-एक सरकार द्वारा किये गये प्रगतिशील क़ानूनों के कारण ही 2009 के लोकसभा चुनावों में संप्रग को जीत मिली। दूसरी तरफ़, बिहार और मध्य प्रदेश जैसे राज्यों में इसे ज़्यादा सफलता नहीं मिली। कुछ टीकाकारों ने यह टिप्पणी की कि असल में पूरे राष्ट्रीय स्तर पर कोई एक मुद्दा हावी नहीं रहा, बल्कि अलग-अलग क्षेत्रों में वहाँ के स्थानीय मुद्दों ने चुनाव को प्रभावित किया। फिर यह कहा जा सकता है कि संप्रग-एक की सरकार के प्रदर्शन ने ही 2009 के संसदीय चुनावों में इसकी जीत का रास्ता साफ़ किया। इन चुनावों में कांग्रेस को 2004 के चुनावों की तुलना में 61 सीटों का फ़ायदा हुआ और इसे अकेले 206 सीटें मिलीं। संप्रग के घटक दलों के सीटों को मिला कर यह संख्या 262 तक पहुँच गयी। उल्लेखनीय है कि वाम दलों के समर्थन वापस लेने के बाद पश्चिम बंगाल में कांग्रेस और तृणमूल कांग्रेस का गठजोड़ क़ायम हुआ जिसे चुनावों में अच्छी ख़ासी सफलता मिली। इसके अलावा, तमिलनाडु में भी द्रमुक-कांग्रेस गठजोड़ को ज़बरदस्त कामयाबी मिली। संप्रग अपने बलबूते पर बहुमत के काफ़ी नज़दीक पहुँच गया। वाम दलों पर निर्भरता न रहने के कारण कांग्रेस की स्थिति मजबूत हो गयी। 2009 के लोकसभा चुनावों के बाद डॉ. मनमोहन सिंह के नेतृत्व में ही संप्रग-दो सरकार बनी। इसे समाजवादी पार्टी और बहुजन समाज पार्टी ने बाहर से समर्थन प्रदान किया।

संप्रग के दूसरे कार्यकाल में इसका प्रदर्शन प्रभावकारी नहीं रहा। अधिकांश मोर्चों पर सरकार का काम निराशाजनक रहा। संप्रग-एक के समय कांग्रेस नेतृत्व ने आर्थिक सुधारों और आम जनता के सामाजिक-आर्थिक हितों के बीच एक संतुलन बनाने की कोशिश की थी। लेकिन 2009 के बाद जन-कल्याण के खाते में कोई विशेष क़दम नहीं उठाया गया। इस सरकार के ऊपर वामपंथी दलों का कोई दबाव नहीं है, और न ही कांग्रेस के भीतर भी जनोन्मुखता की आवाज़ की कोई सक्रिय भूमिका नहीं है। इसी कारण से संप्रग-दो आम लोगों की भलाई करने वाले किसी ख़ास कार्यक्रम की शुरुआत नहीं कर पायी। यहाँ तक कि कभी इसके न्यूनतम साझा कार्यक्रम पर भी गम्भीरता से चर्चा नहीं हुई। भूमि अधिग्रहण, खाद्य सुरक्षा, महिला आरक्षण और साम्प्रदायिक हिंसा से निपटने आदि जैसे घोषित वायदों पर भी संप्रग सरकार ने कोई ख़ास प्रगति नहीं दर्ज की। इसकी बजाय उसने आर्थिक सुधारों को आगे बढ़ाने पर ज़ोर दिया।

वैश्विक आर्थिक मंदी के कारण देश की आर्थिक वृद्धि की दर भी प्रभावित हुई, हालाँकि संप्रग सरकार ने इसका भारतीय अर्थव्यवस्था पर बहुत नकारात्मक प्रभाव नहीं पड़ने दिया। लेकिन इसने कुछ ऐसे आर्थिक क़दम भी उठाये, जिनका घरेलू अर्थव्यवस्था पर बहुत नकारात्मक प्रभाव पड़ सकता है। मसलन, घरेलू ख़ुदरा बाज़ार में विदेशी पूँजी निवेश की इजाज़त देना ऐसा ही एक क़दम है। इसका ख़ुदरा व्यापारियों और विपक्षी दलों ने पुरज़ोर विरोध किया। आशंका जतायी गयी कि इससे घरेलू रोजगार पर बहुत बुरा असल पड़ेगा। इसी मुद्दे पर संप्रग के एक प्रमुख घटक तृणमूल कांग्रेस ने सितम्बर 2012 में संप्रग से नाता तोड़ लिया। इसी तरह द्रमुक ने मार्च, 2013 में संप्रग-दो सरकार से अपना समर्थन वापस ले लिया। समर्थन वापसी का तात्कालिक कारण श्रीलंका में तमिलों के ख़िलाफ़ राज्य की हिंसा के मुद्दे पर भारत सरकार का ढुलमुल रवैया था। लेकिन इस पृष्ठभूमि काफ़ी पहले से तैयार हो रही थी, जब टू जी घोटाले के तहत द्रमुक कोटे से बने संचार मंत्री ए. राजा और द्रमुक प्रमुख करुणानिधि की बेटी कणिमोयी पर भ्रष्टाचार के आरोप लगे। राजा और करुणानिधि की बेटी को लम्बे समय तक जेल में भी रहना पड़ा।

असल में संप्रग-दो की सरकार भ्रष्टाचार से निपटने में न केवल पूरी तरह नाकाम रही, बल्कि उसकी छवि स्वयं भ्रष्टाचार की तरफ़ से आँखें बंद करने वाली हुकूमत जैसी बन गयी। सरकार के कई महकमों और मंत्रियों पर भ्रष्टाचार के गम्भीर आरोपों का सामना करना पड़ा। टू जी घोटाला, कॉमनवेल्थ घोटाला, कोयला घोटाला, रेल घोटाला आदि में बड़े पैमाने पर रिश्वतखोरी, कमीशनखोरी और सरकारी धन की लूट के तथ्य सामने आये। इस दौर में भ्रष्टाचार के सभी पुराने रेकार्ड टूट गये। भ्रष्टाचार के ख़िलाफ़ ही 2011 में अण्णा हजारे और अरविंद केजरीवाल द्वारा शुरू की गयी मुहिम ने भी संप्रग-दो सरकार की छवि को ठेस पहुँचायी।

कुल मिला कर यह कहा जा सकता है कि अपने शुरुआती रूप में सप्रंग-एक की सरकार ने सेकुलर और जनोन्मुख राजनीति को मजबूत किया। अपने बूते बहुमत से दूर रहने और कांग्रेस के पास कम सीटें होने के बावजूद संप्रग-एक सरकार ने ज़्यादा अच्छी तरह काम किया। लेकिन सप्रंग-दो सरकार के दौर में प्रशासन काफ़ी बिखरा रहा है और भ्रष्टाचार के आरोप सामने आये। संप्रग-एक की तुलना में इस सरकार ने बाज़ारवादी आर्थिक सुधारों के पक्ष में ज़्यादा क़दम उठाये जिसके दूरगामी नकारात्मक प्रभाव भी हो सकते हैं। इससे न सिर्फ़ आम लोगों के रोज़गार पर बुरा असर पड़ने की सम्भावना है, बल्कि चुनाव राजनीति में भी संप्रग के लिए यह महँगा सौदा साबित हा सकता है। संप्रग की दोनों सरकारें गठजोड़ की राजनीति के सकारात्मक और नकारात्मक पहलुओं को रेखांकित करती हैं। संप्रग-एक सरकार इस बात का उदाहरण है कि सहयोगी की दलों की रोक-टोक सरकार की प्रभावकारिता के लिए नकारात्मक नहीं होती है। वहीं, संप्रग-दो इस बात का उदाहरण है कि यदि गठबंधन से जुड़े दल सिर्फ़ अपने फ़ायदे के लिए सौदेबाज़ी करने लगें तो इसका सरकार की छवि और कार्यकुशलता पर नकारात्मक प्रभाव पड़ता है। यह इस बात का भी प्रमाण है कि गठबंधन का बड़ा दल यदि नीतिगत फ़ैसलों की बजाय तात्कालिक रणनीति पर ध्यान दे तो वह सरकार तो चला सकत है, लेकिन सरकार की बेहतर छवि क़ायम नहीं कर सकता। संप्रग-दो का भविष्य इसी बात से तय होगा कि वह तात्कालिक जोड़-तोड़ से अलग हटकर किसी सीमा तक नीतिगत मसलों पर फ़ैसले कर पाता है।

देखें : अकाली दल, कांग्रेस 'प्रणाली', ग़ैर-कांग्रेसवाद, गठजोड़ राजनीति, जनता दल और उसकी विरासत-1 और 2, तेलुगु देशम पार्टी, पार्टी-गठजोड़ की राजनीति, भारत में गठजोड़ राजनीति, भारतीय जनता पार्टी-1 और 2, भारत में मतदान-व्यवहार-1, 2, 3, 4, 5 और 6, भारतीय राष्ट्रीय कांग्रेस-1 और 2, भारतीय कम्युनिस्ट पार्टी, भारतीय कम्युनिस्ट पार्टी (मार्क्सवादी), राष्ट्रीय जनतांत्रिक गठजोड़, वाम मोर्चा, शिव सेना, समाजवादी पार्टी, बहुजन समाज पार्टी-1 और 2, शिरोमणि अकाली दल, समाजवादी पार्टी।

संदर्भ

1. ज़ोया हसन (2012), *कांग्रेस आफ़्टर इंदिरा : पॉलिसी, पॉवर, पॉलिटिकल चेंज (1984-2009), नयी दिल्ली* : ऑक्सफ़र्ड युनिवर्सिटी प्रेस, नयी दिल्ली.
2. संजय रूपारेलिया (2005), 'मैनेजिंग द यूनाइटेड प्रोग्रेसिव अलायंस : द चैलेंजेस अहेड', *इकॉनॉमिक ऐंड पॉलिटिकल वीकली,* खण्ड 40, अंक 29.

— कमल नयन चौबे

संयुक्त राष्ट्र

(United Nations)

संयुक्त राष्ट्र एक ऐसा अंतर-सरकारी संगठन है जो विश्व स्तर पर शांति और सुरक्षा क़ायम रखने, राष्ट्रों के आत्म-निर्णय के अधिकार की रक्षा करने, विभिन्न देशों के बीच सामाजिक व आर्थिक सहयोग सुनिश्चित करने और मानवाधिकारों की हिफ़ाज़त करने के लिए काम करता है। इसकी की स्थापना प्रथम विश्व-युद्ध के बाद बने लीग ऑफ़ नेशंस को विफलताओं से सबक सीख कर 1945 में उस समय की गयी जब द्वितीय विश्व-युद्ध अपने आख़िरी दौर में था। अमेरिका, सोवियत संघ, ब्रिटेन, चीन और 47 अन्य देश इसके संस्थापक सदस्य थे। पिछले पचास साल में संयुक्त राष्ट्र कई तरह तरह के दौरों से गुज़रा है। शीत युद्ध के दौरान अंतर्राष्ट्रीय शांति और सुरक्षा क़ायम रखने में इसे ख़ास सफलता नहीं मिली, क्योंकि आपस में होड़ कर रही दोनों महाशक्तियों (अमेरिका और सोवियत संघ) ने बार-बार वीटो (निषेधाधिकार) का प्रयोग करके इस संगठन की सुरक्षा परिषद् को तक़रीबन निष्प्रभावी ही कर दिया था। इस नाकामी के बावजूद यह मानना होगा कि संयुक्त राष्ट्र ने पचास और साठ के दशक में वि-उपनिवेशीकरण की ऐतिहासिक और जटिल प्रक्रिया को अपनी निगरानी में चलाया। महाशक्तियों के कारण नाकाम हुई सामूहिक सुरक्षा नीति के विकल्प में उसने शांति-स्थापना (पीसकीपिंग) का कार्यक्रम अपनाया जिसके कारण महाशक्तियाँ एक हद तक विभिन्न संघर्षों में सीधे हस्तक्षेप नहीं कर पायीं जिसके कारण उनके बीच सीधे टकराव की नौबत नहीं आयी। नब्बे के दशक के बाद से भूमण्डलीकरण और एकध्रुवीयता की नयी परिस्थितियों में संयुक्त राष्ट्र की अंतर्राष्ट्रीय हैसियत और प्रभावकारिता में काफ़ी गिरावट आयी है।

1961 से 1971 के बीच संयुक्त राष्ट्र के महासचिव ऊ थाँ (1909–1974)

द्वितीय विश्व-युद्ध छिड़ने के दो साल बाद ब्रिटेन के प्रधानमंत्री विंस्टन चर्चिल ने अमेरिका के राष्ट्रपति एफ़.डी. रूज़वेल्ट से एक मुलाक़ात की जिसके परिणामस्वरूप एक दस्तावेज़ जारी किया गया जिसे अटलांटिक चार्टर कहा जाता है। इसमें दोनों देशों ने अपने युद्ध संबंधी उद्देश्यों का खुलासा किया था। इनके अनुसार ब्रिटेन और अमेरिका न केवल नाज़ी जर्मनी की पराजय चाहते थे, बल्कि देशों के बीच शांति, सुरक्षा, सहयोग और स्वतंत्रता के हक़ में एक व्यापक और स्थाई अंतर्राष्ट्रीय बंदोबस्त करने के भी इच्छुक थे। जनवरी, 1942 में 26 देशों ने इन्हीं मानकों के आधार पर तैयार की गयी संयुक्त राष्ट्र उद्घोषणा पर दस्तख़त किये। 1944 में सोवियत संघ, अमेरिका, चीन और ब्रिटेन के प्रतिनिधियों ने डम्बरटन ओक (अमेरिका) में बैठक करके एक नये अंतर्राष्ट्रीय संगठन के लिए ठोस प्रस्ताव तैयार किये। 1945 में सैन फ्रांसिस्को में हुई संयुक्त राष्ट्र कॉन्फ्रेंस में 51 देशों ने इस संगठन के चार्टर पर बहस करके उसे पारित कर दिया।

संयुक्त राष्ट्र का मुख्यालय न्यूयॉर्क में है और उसके मुख्य तौर पर छह घटक हैं : महासभा, सुरक्षा परिषद्, सचिवालय, आर्थिक और सामाजिक परिषद्, अंतर्राष्ट्रीय न्यायालय और ट्रस्टीशिप कौंसिल। महासभा की साल में एक बार बैठक होती है जिसमें सभी 187 सदस्य भाग लेते हैं। महासभा अपना कामकाज छह कमेटियों के ज़रिये सम्पन्न करती है : पहली कमेटी का काम निःशस्त्रीकरण, अंतरिक्ष, राजनीतिक और सुरक्षा संबंधी मुद्दों पर ग़ौर करती है; दूसरी कमेटी आर्थिक और वित्तीय पक्षों का ध्यान रखती है; तीसरी कमेटी सामाजिक-मानवीय-सांस्कृतिक मसलों को देखती है; चौथी कमेटी औपनिवेशिक प्रकरणों पर निगाह रखती है; पाँचवीं कमेटी प्रशासनिक और बजट संबंधी कामकाज निबटाती है; और छठी कमेटी क़ानूनी मसलों के लिए बनी है। महासभा की दुनिया की राजनीति में कोई निर्णायक भूमिका नहीं है। वह अपनी पसंद के मुद्दों पर बहस करती है, दो-तिहाई बहुमत से प्रस्ताव पारित करती है, अन्य संयुक्त राष्ट्र संस्थाओं के लिए सदस्य चुनती है और अपने बजट को स्वीकार करती है। उसका रुतबा नैतिक क़िस्म का है और उसकी राय भूमण्डलीय मत का पर्याय समझी जाती है।

संयुक्त राष्ट्र का सबसे महत्त्वपूर्ण हिस्सा है सुरक्षा परिषद्। अंतर्राष्ट्रीय शांति और सुरक्षा के लिए ख़तरा होने की स्थिति में उसकी बैठक कभी भी आयोजित की जा सकती है। इसके 15 सदस्यों में पाँच स्थाई (अमेरिका, रूस, चीन, फ्रांस और ब्रिटेन) हैं और दस अस्थाई सदस्य अफ्रीका, एशिया, पूर्वी युरोप, लैटिन अमेरिका, पश्चिमी युरोप और ओशियाना क्षेत्रों से दो साल के लिए चुने जाते हैं। सुरक्षा परिषद् बहुमत के आधार पर निर्णय लेती है, पर उस बहुमत में पाँचों स्थाई सदस्यों की सहमति शामिल होना ज़रूरी है। अन्यथा ये सदस्य निषेधाधिकार का इस्तेमाल करके किसी भी निर्णय को रोक सकते हैं।

संयुक्त राष्ट्र ने कई क्षेत्रों में काम करने के लिए कुछ संस्थाओं को बनाया है और कुछ को अपनाया है। विश्व बैंक और अंतर्राष्ट्रीय मुद्रा कोष को उसने अपनी संस्था की हैसियत दे रखी है। इनके अलावा विश्व स्वास्थ्य संगठन (डब्ल्यूएचओ), संयुक्त राष्ट्र शैक्षिक, वैज्ञानिक और सांस्कृतिक संगठन (यूनेस्को), यूएन इंटरनैशनल चिल्ड्रंस इमरजेंसी फंड (यूनीसेफ़), संयुक्त राष्ट्र शरणार्थी उच्चायोग (यूएनयेचसीआर), यूएन कान्फ्रेंस ऑन ट्रेड ऐंड डिवेलपमेंट (अंकटाड), यूएन डिवेलपमेंट प्रोग्राम (यूएनडीपी) और संयुक्त राष्ट्र पर्यावरण कार्यक्रम (यूएनईपी)।

अपनी रचना के बाद संयुक्त राष्ट्र को पहली कामयाबी आत्म-निर्णय का सिद्धांत लागू करने में मिली। चूँकि युरोपीय औपनिवेशिक ताक़तें विश्व-युद्ध के कारण कमज़ोर हो गयी थीं, इसलिए संयुक्त राष्ट्र महासभा को दुनिया भर के स्वतंत्रता आंदोलनों के लिए अपना मंच मुहैया कराने में कोई दिक़्क़त नहीं हुई। अल्जीरिया में चल रहे सशस्त्र संघर्ष में संयुक्त राष्ट्र के सदस्य देशों ने हस्तक्षेप करके उपनिवेशवादियों पर दबाव डाला और स्वतंत्रता सैनानियों को कामयाबी दिलवायी। दुनिया के पैमाने पर चली वि-उपनिवेशीकरण इस प्रक्रिया में सोवियत संघ और अमेरिका के सक्रिय सहयोग की भूमिका अहम थी। दोनों महाशक्तियाँ अपने-अपने प्रभाव-क्षेत्रों का विकास करना चाहती थीं।

साठ के दशक में कई नव-स्वतंत्र देशों ने गुटनरिपेक्ष आंदोलन का गठन करके महासभा में अमेरिकी दबदबे को ख़त्म कर दिया। सत्तर के दशक तक ये देश मानते रहे कि संयुक्त राष्ट्र के ज़रिये वे मौजूदा विश्व-व्यवस्था को चुनौती

दे सकते हैं। लेकिन, जैसे-जैसे शीत-युद्ध ख़ात्मे की तरफ़ बढ़ा, गुटनिरपेक्ष आंदोलन की प्रासंगिकता का भी क्षय होता चला गया। चूँकि विकसित देशों की संयुक्त राष्ट्र की वैकासिक प्रतिबद्धताओं में कोई रुचि नहीं थी, इसलिए उपनिवेशवादी दोहन के कारण जड़ जमा चुकीं विश्व-व्यापी संरचनागत विषमताओं के ख़िलाफ़ कुछ ख़ास नहीं किया जा सका।

संयुक्त राष्ट्र की ट्रस्टीशिप कौंसिल द्वितीय विश्व-युद्ध के बाद विश्व-ट्रस्ट के तहत 11 भू-क्षेत्रों का प्रशासन चलाने की ज़िम्मेदारी उठाती थी। धीरे-धीरे इनमें से दस को भी स्वतंत्रता प्राप्त हो गयी। केवल पलाउ आइलैण्ड ही अमेरिकी ट्रस्टीशिप के तहत रह गया है।

1988 से 1992 के बीच संयुक्त राष्ट्र को शीत-युद्ध के ख़ात्मे के कारण कई सफलताएँ मिलीं। 1991 के खाड़ी युद्ध के दौरान इराक की जीत और कुवैत पर उसके क़ब्ज़े को चुनौती देने के मामले में संयुक्त राष्ट्र की भूमिका की सराहना हुई। इसके बात अफ़ग़ानिस्तान, कम्बोडिया, नामीबिया और एल सल्वाडोर में मध्यस्थता करके वह अपने चार्टर की उम्मीदों पर खरा उतरा। एकबारगी लगने लगा कि विश्व-व्यवस्था अंतर्राष्ट्रीय क़ानून के मुताबिक़ चल सकती है। यही वह दौर था जब संयुक्त राष्ट्र की शांति-स्थापना कार्रवाइयों की संख्या दोगुनी हो कर बीस तक पहुँच गयी और उनका बजट चौगुना हो कर चार अरब डॉलर हो गया। उस समय सारी दुनिया में संयुक्त राष्ट्र के अस्सी हज़ार शांति सैनिक सक्रिय थे। ये सैनिक नीले हैलमेट पहनते थे और कुवैत और सोमालिया से बोस्निया और मध्य अफ्रीका तक उनकी उपस्थिति देखी जा सकती थी।

इन कामयाबियों का अंत सोमालिया की राजधानी मोगदिशु में उस समय हो गया जब वहाँ ग़लत रणनीति के कारण एक फ़ौजी कार्रवाई में 18 अमेरिकी सैनिक मारे गये। हालाँकि यह कार्रवाई अमेरिकी कमान के तहत हो रही थी, पर क्लिंटन प्रशासन ने इसकी ज़िम्मेदारी संयुक्त राष्ट्र के तत्कालीन महासचिव बुटरस बुटरस-घाली के मत्थे मढ़ दी। इसके बाद बोस्निया में संयुक्त राष्ट्र शांति सेना की नाक़ामी के कारण अमेरिका की निगाहों में इस विश्व-संस्था की उपयोगिता और कम हो गयी। मई, 1994 में राष्ट्रपति क्लिंटन ने संयुक्त राष्ट्र शांति सेनाओं में अपनी भागीदारी घटानी शुरू कर दी। उसने रवांडा के जातिसंहार को रोकने के लिए वहाँ संयुक्त राष्ट्र की सेना को मज़बूत करने से इनकार कर दिया। उसने इन सेनाओं का बढ़ता हुआ ख़र्चा उठाने से भी मना कर दिया। पूरे नब्बे के दशक में अमेरिका संयुक्त राष्ट्र को दिये जाने वाले अपने आर्थिक योगदान का भुगतान करने से आनाकानी करता रहा।

संयुक्त राष्ट्र के प्रभाव और उपयोगिता में कमी आने के मुख्यत: तीन कारण समझे जाते हैं : पहला, दुनिया में युद्ध का पैटर्न बदल गया है। कई बार गृह युद्ध और दो राज्यों के बीच होने वाले युद्ध के बीच फ़र्क़ करना मुश्किल हो जाता है। अपने चार्टर के अनुसार संयुक्त राष्ट्र हर राज्य की सम्प्रभुता का सम्मान करने के लिए बाध्य है। वह उसके भीतरी मामलों में हस्तक्षेप नहीं कर सकता। इसलिए इस तरह के मामलों में उसके हाथ बँध जाते हैं। दूसरा, चूँकि संयुक्त राष्ट्र किसी संकट में हस्तक्षेप करने के लिए अपने पाँच स्थाई सदस्यों की पहलक़दमी पर निर्भर है, इसलिए उसे कई बार किसी हस्तक्षेप में बहुत लम्बा समय लग जाता है। तीसरे, संयुक्त राष्ट्र अपने ख़र्चे के लिए पाँच स्थाई सदस्यों के अनुदान पर बहुत ज़्यादा निर्भर है। इसलिए भी वह इन देशों के राष्ट्रीय हितों का मोहरा बनने के लिए मजबूर हो जाता है।

आज बहस इस बात पर है कि संयुक्त राष्ट्र के कामकाज में सुधार कैसे किया जाए। इसके लिए सुझाव दिया गया है कि जापान, जर्मनी और भारत को भी सुरक्षा परिषद् में स्थाई सदस्यता प्रदान की जानी चाहिए, क्योंकि मौजूदा स्थाई सदस्य द्वितीय विश्व युद्ध के बाद के यथार्थ की नुमाइंदगी करते हैं न कि इक्कीसवीं सदी के यथार्थ की।

देखें : आदर्शवाद, आतंकवाद, अंतर्राष्ट्रीय मुद्रा कोष, इमैनुएल कांट, इतिहास का अंत, एडवर्ड हैलेट कार, जाति-संहार, पृथकतावाद, तृतीय विश्व, द्वितीय विश्व-युद्ध, नस्लवाद, नव-उपनिवेशवाद, निर्भरता सिद्धांत, नि:शस्त्रीकरण, पेटेंट, प्रथम विश्व-युद्ध, प्रगति, बौद्धिक सम्पदा अधिकार, ब्रेटन वुड्स प्रणाली, भारत में पेटेंट क़ानून, रंगभेद, उपनिवेशवाद, यथार्थवाद, युद्ध, युरोपीय संघ, रचनात्मकतावाद, राजनय, विश्व व्यापार संगठन, विश्व बैंक, विश्व-सरकार, वि-उपनिवेशीकरण, सभ्यताओं का संघर्ष, सम्प्रभुता, साम्राज्यवाद, शस्त्र-नियंत्रण, शांति, शांतिवाद, शीत-युद्ध, हथियारों की होड़।

संदर्भ

1. एस. र्‍यान (2000), द *यूनाइटिड नेशंस ऐंड इंटरनैशनल पॉलिटिक्स,* सेंट मार्टिंस प्रेस, न्यूयॉर्क
2. जी. सिमंस (1994), द *यूनाइटिड नेशंस : अ क्रोनोलॅजी ऑफ़ कॉफ्लिक्ट,* मैकमिलन, लंदन
3. यूनाइडिड नेशंस (1990), द *ब्लू हेल्मेट्स : अ रिव्यू ऑफ़ यूनाइटिड नेशंस पीसकीपिंग,* यूनाइटिड नेशंस, न्यूयॉर्क

— अभय कुमार दुबे

संरचनावाद और उत्तर-संरचनावाद

(Structuralism and Post-structuarlism)

आधुनिक भाषा-विज्ञान के जनक फ़र्दिनैंद द सॅस्यूर (1857-1913) के अध्यापकीय व्याख्यानों से संरचनावाद का जन्म हुआ है। संरचनावाद की मूल मान्यता है कि परस्पर विपरीत द्विभाजन के ज़रिये भाषा, संस्कृति, इतिहास, मनोविज्ञान जैसे समाज के विभिन्न आयामों का अर्थ ग्रहण किया जा सकता है। संरचनावाद के कई संस्करण हैं जिनमें फ्रांसीसी, चेक, रूसी एवं अमेरिकी-ब्रिटिश संस्करणों का विशेष उल्लेख होता है। अमेरिकी-ब्रिटिश संरचनावादियों ने मानवीय सामाजिक संबंधों को संरचना का आधार माना है, जबकि युरोप के अन्य संरचनावादी संरचना का आधार विचार एवं भाषा को मानते हैं। बहुआयामी कलेवर एवं विस्तृत क्षितिज से संबंधित होने के कारण संरचनावाद के विभिन्न विचार-सम्प्रदायों में मत-वैविध्य है। इसके बावजूद वे सभी भाषा के माध्यम से समाज, संस्कृति, व्यक्ति के मानस आदि की ऐसी व्याख्या करते हैं जहाँ व्यक्तिनिष्ठता के स्थान पर वस्तुनिष्ठता प्रभावी हो जाती है। जहाँ आधुनिक वस्तुनिष्ठता का प्रतिपादक व्यक्ति है, वहीं संरचनावादी वस्तुनिष्ठता द्वारा व्यक्ति कर्ता के रूप में निर्मित होता है।

संरचनावाद एक बौद्धिक आंदोलन की तरह विकसित हुआ, जिसे अनेक विद्वानों ने ज्ञान के विभिन्न क्षेत्रों में आगे बढ़ाया। इस सिद्धांत को मानवशास्त्र में क्लॉद लेवी-स्त्रॉस, मनोविज्ञान में ज़ाक लकाँ, वास्तुशास्त्र में राबर्ट वेंचुरी, साहित्यिक समालोचना में टेरी ईगलटन और भाषा-विज्ञान में सॅस्यूर जैसे चिंतकों ने अपना आधार बनाया। मार्क्सवादी समीक्षा में भी संरचनावाद का प्रयोग हुआ और इस क्षेत्र में लुई अलथुसे का नाम प्रमुख है। समाजशास्त्र में दुर्ख़ाइम एवं बार्थ के विचारों से संरचनावाद का सूत्रपात हो जाता है जिसका प्रसार आगे चलकर पिएर बोर्दियो जैसे विचारकों के माध्यम से हुआ। संरचनावाद के विकास में मिशेल फ़ूको, ज्याँ-फ्रांस्वा ल्योतर एवं ज़ाक देरिदा जैसे चिंतकों का भी विशिष्ट योगदान है।

सॅस्यूर के भाषा वैज्ञानिक विश्लेषण, याकोबसन के सायबरनेटिक्स तथा दुर्ख़ाइम द्वारा प्रतिपादित सामूहिक मानसिक संरचना के विचारों को मिलाकर लेवी-स्त्रॉस ने संरचनावाद को एक नया आयाम प्रदान किया। विभिन्न जनजातीय समाजों में नातेदारी व्यवस्था और मिथकों के अध्ययन के आधार पर उन्होंने पाया कि मानवीय व्यवहार के प्रेरक तत्त्व सभी जगह कमोबेश एक ही जैसे हैं, क्योंकि मानव मस्तिष्क की संरचना एक जैसी होती है। मस्तिष्क की इन संरचनाओं को वे ऐसे साँचे के रूप में देखते हैं जो विषयों की उनके विपरीत युग्मों के रूप में पहचान करता है। यहाँ स्त्रॉस पर सॅस्यूर के भाषा वैज्ञानिक विश्लेषण का प्रभाव है, क्योंकि सॅस्यूर ने भी शब्दों की अर्थवत्ता को विभेद द्वारा ग्रहण किये जाने की प्रक्रिया का उल्लेख किया है। स्त्रॉस ने शब्दों के विनिमय के सदृश आदिम समाजों में जीवन साथियों के विनिमय में साम्य देखा। नातेदारी की संरचना को उन्होंने भाषाई संरचना के आधार पर व्याख्यायित किया। स्त्रॉस मानते हैं कि मानव मस्तिष्क के इन संरचनाओं में प्रायः परिवर्तन नहीं होता है। इस स्थिति में मनुष्य के व्यवहार में कोई मौलिक परिवर्तन हो सकता है— स्त्रॉस इससे इनकार करते हैं।

लुई अलथुरो ने लेवी-स्त्रॉस एवं सॅस्यूर के संरचनावादी विमर्श को एक नया विस्तार देते हुए मार्क्सवादी चिंतन की नवीन व्याख्या प्रस्तुत की। उनका मानना है कि सामाजिक विन्यास की प्रक्रिया को समग्रता में न मान कर सापेक्षिक व जटिल मानना चाहिए जहाँ विभिन्न घटनाओं एवं घटकों का प्रभुत्व है और जो स्वयं विभिन्न समाजगत संस्थाओं एवं संरचनाओं में व्याप्त है। राजनीति, अर्थशास्त्र, विचारधारा समेत सभी सामाजिक घटकों में व्याप्त प्रघटनायें मिल कर उस परिवेश को निर्मित करते हैं जहाँ संस्कृति एवं भाषा के निहितार्थ बहुआयामी हो जाते हैं। संरचनावाद का प्रयास भाषा के इसी निहितार्थ को उद्‌भाषित करना है। अलथुसे ने विचारधारा को प्रच्छन्न चेतना न मान कर अनुभव का विषय माना है। विचारधारा वह है जो व्यष्टि-व्यक्ति (कंक्रीट इनडिविजुअल) को समष्टि-व्यक्ति (कंक्रीट सब्जेक्ट) में परिवर्तित कर देती है। यही समष्टि-व्यक्ति भाषा के उस प्रतीकात्मक संसार में प्रवेश करता है जहाँ वह मात्र संकेतित होकर रह जाता है। अलथुसे के इस विमर्श ने संरचनावादी परिप्रेक्ष्य में मार्क्सवाद की व्याख्या को बढ़ावा दिया जिससे आर्थिक नियतिवाद की वस्तुनिष्ठता कटघरे में खड़ी हो गयी।

संरचनावादी विमर्श को रोलाँ बार्थ के हस्तक्षेप ने भी अग्रसारित किया। वे मानते हैं कि शब्द के अर्थ का निष्पादन दो तरह से होता है— शब्द का निर्देशात्मक अर्थ (डिनोटेटिव मीनिंग) एवं शब्द का सहयोजी अर्थ (कन्नोटेटिव मिनिंग)। शब्द का जो सामान्य साहित्यिक एवं व्याकरणिक अर्थ है और जिसे समाज के सभी सदस्यों द्वारा स्वीकार किया जाता है, वह शब्द का निर्देशात्मक अर्थ है। शब्दार्थ का निष्पादन जहाँ विभिन्न सांस्कृतिक व्यवहारों एवं संदर्भों से होता है वह शब्द का सहयोजी अर्थ है। शब्द का यह अर्थ व्याकरणिक नियमों से परे है। बार्थ के अनुसार समष्टि-व्यक्ति के निर्माण में समाज, संस्कृति, मिथक एवं विश्वास व्यवस्था के साथ-साथ

उसके द्वारा प्रयुक्त भाषा का भी प्रभाव होता है। इसी कारण बार्थ का आग्रह है कि भाषाई संरचना के व्याकरणीय पहलू एवं सांस्कृतिक पहलू को समानान्तर ही समझना समीचीन होगा। बार्थ के इस संरचनावादी विश्लेषण ने अर्थान्वयन के उस स्वरूप पर प्रहार किया जिसके तहत परिघटनाओं का एकार्थक विश्लेषण किया जाता है।

संरचनावाद अपने एक उत्क्रमित स्वरूप में उत्तर-संरचनावाद के रूप में सामने आया। संरचनावाद ने जहाँ द्विपदीय विपरीतार्थकों को अनावृत किया, वहीं उत्तर-संरचनावाद ने द्विपदीय विपरीतार्थकों से निर्मित मानस, समाज, व्यवहार, संस्कृति आदि का खण्डन किया। मिशेल फ़ूको, ल्योतर, देरिदा जैसे विचारकों के लेखन में उत्तर-संरचनावाद ने आकार ग्रहण किया। इन सभी विचारकों ने संरचनावाद की आलोचना करते हुए कहा कि अध्ययन की प्रणाली व्यक्तिनिष्ठ होने के साथ-साथ वस्तुनिष्ठ भी होनी चाहिए।

उत्तर-संरचनावादी समाजरूपी मूलपाठ के जिस स्वरूप की चर्चा वे करते हैं वह अवधारणाओं द्वारा निर्मित न होकर शब्दों से परिबद्ध है। यह मूलपाठ शब्द केंद्रित (लोगो सेन्ट्रिक) न होकर अन्त:पाठीय (इंटरटैक्स्च्युअल) है। जहाँ मूलपाठ के लिखने के संदर्भ एवं प्रसंग अपेक्षाकृत अधिक महत्त्व रखते हैं, वहीं उत्तर-संरचनावाद के अनुसार मूलपाठों का अध्ययन जब पाठक संदर्भों एवं प्रसंगों के समानांतर करता है, तब वह वास्तव में किसी पुस्तक/अवधारणा/शब्द अथवा किसी लेखक विशेष को न पढ़ कर उस समय पाठक समय/संस्कृति एवं समाजगत संदर्भ विशेष को पढ़ रहा होता है जहाँ उस मूलपाठ का निर्माण हुआ है। मूलपाठ के अध्ययन की ऐसी विधि अनेक अर्थों एवं सम्भावनाओं को उपस्थित कर देती है।

इसी संदर्भ में उत्तर-संरचनावादी विचारक दरिदा ने विखण्डन या वि-संरचना का सिद्धांत प्रतिपादित किया है। इसका उत्तरसंरचनावाद में मौलिक स्थान माना जाता है। यह सिद्धांत द्विपदीय विपरीतार्थकों से अधिशासित शब्द केंद्रीयता को खण्ड-खण्ड में बाँट देने तक ही सीमित न होकर मतभेद तक विस्तृत है। अर्थोत्पादन की प्रक्रिया में मतभेद का स्थगन न करना एवं अस्पष्ट भाग को अस्वीकार न करना ही विखण्डन है। अर्थोत्पादन की इस प्रक्रिया के चार प्रमुख चरण हैं : सर्वप्रथम शब्द केंद्रित द्विपदीय विपरीतार्थकों को एकत्रित करना। फिर उन संदर्भों की खोज करना जिनमें इनका निर्माण हुआ है। तीसरे, उन शब्द केंद्रित द्विपदीय विपरीतार्थकों के सोपानक्रम को समाप्त करना एवं चौथे, खण्डित समाज रूपी मूलपाठों की सतही व्याख्या करना। देरिदा के मुताबिक़ इस विखण्डनवादी प्रक्रिया द्वारा शब्दों को बहुआयामी अर्थ और इन अर्थों के लिए अवकाश मिल सकता है।

देरिदा के समान फ़ूको ने भी अर्थ के निर्वचन के आधुनिक विश्लेषणात्मक एवं हरमेन्युटिक प्रणाली को अस्वीकार किया है। इन पद्धतियों से भाषा के दिये हुए अर्थ को अनावृत करने का प्रयास किया जाता रहा है। इनके विपरीत फ़ूको का आग्रह विमर्श-निर्माण एवं भाषा की सतही व्याख्या द्वारा अर्थ का निर्वचन करने से है। विमर्श भाषा एवं व्यवहार के सतही अध्ययन की वह विधा है जो विभिन्न संदर्भों एवं संकेतों से मिलकर भिन्न-भिन्न ऐतिहासिक परिस्थितियों में निर्मित अर्थों को स्पष्ट कर देती है। विमर्श-निर्माण की प्रक्रिया अपरिचित संकेतों एवं संदर्भों का अर्थान्वयन परिचित प्रसंगों से न करके उस खोज को प्रस्तावित करती है जिससे ज्ञान के पुरात्व एवं ज्ञान के वंशानुक्रम जैसी पद्धति के माध्यम से अपरिचित की पहचान हो सके। फ़ूको ने अपरिचित की इस विमर्शीय पहचान के आधार पर परिचित की व्याख्या का प्रस्ताव किया है। अर्थान्वयन की इस प्रणाली द्वारा भाषा आधारित शक्ति संबंधों का भंजन (फ्रैग्मेंटेशन) कर दिया जाता है, जिससे विभिन्न सामाजिक व्यवहारों के अपरिमित स्वरूपों की अंतहीन सम्भावनाएँ उजागर होती हैं।

उत्तर-संरचनावाद में भाषा एवं उसकी वैधता पर प्रकाश डालने का कार्य ल्योतर ने किया है। उनकी दृष्टि देरिदा एवं फ़ूको से भिन्न है। वे कहते हैं कि संरचनावादी भाषा-विन्यास एवं भाषा का अर्थ स्वयं प्रमाणित होता है। इसलिए यह वैध नहीं है। ल्योतर भाषा एवं अर्थ की वैधता को विभिन्न भाषाई खेलों (लैंग्वेज गेम) से प्राप्त होने की बात कहते हैं। भाषा के ये खेल विभिन्न संकेतों एवं निर्देशों द्वारा निर्धारित होते हैं, जिसके अनेक आयाम हो सकते हैं। संकेतों एवं निर्देशों के यही आयाम भाषा एवं उसके अर्थों को वैधता प्रदान करते हैं। संकेतों एवं निर्देशों से प्रमाणित भाषा ही विषय के सही स्वरूप से परिचित कराती है और स्वस्थ सामाजिक संबंधों को निरूपित करने का अवसर देती है।

समीक्षात्मक दृष्टि से संरचनावाद पर टेरी ईगलटन की यह टिप्पणी सही प्रतीत होती है कि इसमें द्विपदीय विपरीतार्थक की धारणा को अत्यधिक कठोरता से अपनाया गया है। संरचनावाद में जहाँ सार्वभौमिक आग्रहों को नकारने की प्रवृत्ति है वहीं यह द्विपदीय विपरीतार्थकों की मान्यता को सार्वभौम स्वीकृति की तरह अपनाता हुआ दिखाई पड़ता है। समाज की विभिन्नता को स्वीकारोक्ति की दृष्टि से समझने पर भी समाज में ऐसा विभाजन नहीं मिलता है जिसका संकेत शब्द केंद्रीयता और द्विपदीय विपरीतार्थक देते हैं।

उत्तर-संरचनावाद में जिस विखण्डन की बात देरिदा ने की है, युरगन हैबरमास ने उसकी आलोचना में लिखा है कि भाषा के विन्यासों को संकेतों के माध्यम से समझने का विखण्डनवादी प्रयास वास्तव में संकेतों के आपसी संबंधों

द्वारा ज्ञात किया जाता है। समस्या यह है कि इन संकेतों के स्पष्टीकरण के लिए भी हमें पुन: अनेक संदर्भों को देखना पड़ता है जो मूल पाठों के अध्ययन में किये जाते हैं। इस तरह से तो विमर्श मात्र संकेतों के एकत्रीकरण जैसा होकर रह जाएगा।

इन आलोचनाओं के बावजूद संरचनावादी एवं उत्तर-संरचनावादी विमर्श ने सोचने-समझने की बँधी-बँधायी धारणा को तोड़ा है। इन सिद्धांतों के आलोक में उत्तर आधुनिकतावाद, नारीवाद और पर्यावरणवाद जैसे विचारों का विकास हुआ। उत्तर-संरचनावाद ने पश्चिमी ज्ञानोदय के बाद स्थापित स्वतंत्रता, समानता, न्याय, अधिकार आदि जैसी अनेक अवधारणाओं की सीमाओं को उजागर किया है।

देखें : अर्थ-विज्ञान, डायग्लॉसिया, ज्याँ-फ्रांस्वा ल्योतर, ज़ाक देरिदा, नोआम चोमस्की, परस्पर विपरीत द्विभाजन, फ़र्दिनैंद द सॅस्यूर, भाषा के मार्क्सवादी सिद्धांत, मिशेल पॉल फ़ूको- 1 और 2, युरगन हैबरमास, रोलाँ बार्थ, लक्षण-विज्ञान, लुई अलथुसे।

संदर्भ

1. फ़र्दिनैंद द सॅस्यूर (1966), *कोर्स इन जनरल लिंग्विस्टिक्स,* मैकग्रा हिल, लंदन.
2. ज़ाक देरिदा (1976), *ऑफ़ ग्रामेटोलॅजी,* जान हॉपकिंस युनिवर्सिटी प्रेस, बाल्टिमोर.
3. ज्याँ-फ्रांस्वाँ ल्योतर (1997), *द पोस्टमॉडर्न कंडीशन : अ रिपोर्ट ऑन नॉलेज,* मैक्मास्टर युनिवर्सिटी प्रेस, मैक्मास्टर.
4. मिशेल फ़ूको (1972), *द आर्कियोलॅजी ऑफ़ नॉलेज,* टविस्टोक पब्लिकेशंस, लंदन.
5. क्रिस बार्कर (2000), *कल्चरल स्टडीज़ : थियरी ऐंड प्रैक्टिस,* सेज पब्लिकेशंस, नयी दिल्ली.
7. युरगन हैबरमास (1979), *कम्युनिकेशन ऐंड इवोल्यूशन ऑफ़ सोसाइटी,* हाइनेनमैन, लंदन.
8. क्रिस्टोफ़र नोरिस (1994), *ट्रुथ ऐंड इथिक्स ऑफ़ क्रिटिसिज़्म, नॉलेज ऐंड ह्यूमन इंटरेस्ट,* मैक्मास्टर युनिवर्सिटी प्रेस, मैक्मास्टर.
9. क्लॉद लेवी-स्त्रॉस (1969), *द एलिमेन्ट्री स्ट्रक्चर ऑफ़ किनशिप,* एयरी ऐंड स्पाटिश उड, लंदन.

— विश्वनाथ मिश्र और उपासना पाण्डेय

संरचनागत हिंसा

(Structural Violence)

शांति-अध्ययन के प्रमुख विद्वान योहान गालटुंग ने साठ के दशक में संरचनागत हिंसा की अवधारणा का सूत्रीकरण किया था। गालटुंग के अनुसार प्रत्यक्ष हिंसा के मुक़ाबले संरचनागत हिंसा धीरे-धीरे असर डालते हुए दूरगामी परिप्रेक्ष्य में कहीं ज़्यादा लोगों को मारने में कामयाब होती है। लेकिन इसका नतीजा केवल मृत्यु के रूप में ही नहीं आँका जाता। भूमण्डलीय राजनीति में आम तौर पर हिंसा के चार रूप परिभाषित किये जाते हैं : युद्ध, यातना या अमानवीय दण्ड जैसी प्रत्यक्ष हिंसा; रोटी, कपड़ा, मक़ान और पेयजल जैसी बुनियादी सुविधाओं से वंचित करना; अभिव्यक्ति और आस्था की बुनियादी मानवीय स्वतंत्रताएँ छीन लेना; और अस्मिता, सामुदायिक जुड़ाव और सामाजिक संबंधों के दायरे में परायेपन की अनुभूति पैदा करने वाले हालात पैदा करना। बाद की तीनों हिंसाएँ संरचनागत हिंसा के दायरे में आती हैं।

संरचनागत हिंसा के लिए हिंसा करने और हिंसा झेलने वाले दो पक्षों का होना ज़रूरी नहीं होता। वह तो सामाजिक संरचनाओं और सामाजिक संस्थाओं में अंतर्निहित होती है। हिंसा के इन लगभग मौन और प्राय: अदृश्य रूपों के कारण लोग अपनी बुनियादी ज़रूरतें पूरी करने से महरूम रह जाते हैं। सामाजिक प्रभुत्व, राजनीतिक उत्पीड़न और आर्थिक शोषण के तले रहते-रहते लोगों की उम्र घट जाती है। संरचनागत हिंसा के गर्भ से आगे चल कर प्रत्यक्ष हिंसा जन्म लेती है जिसकी अभिव्यक्ति पारिवारिक हिंसा, नस्ली हिंसा, घृणा आधारित अपराध, आतंकवाद, जातिसंहार और युद्ध के रूप में होती है। संरचनागत हिंसा अक्सर अभिजनवाद के संस्थाबद्ध रूपों, सांस्कृतिक-श्रेष्ठता के आग्रह, नस्लवाद, सेक्सिज़्म, वयस्कवादी रवैये, शास्त्रीयतावाद के पूर्वग्रह, उग्रराष्ट्रवाद, इतरलैंगिकवाद और वरिष्ठतावादी दुराग्रहों के परिणामस्वरूप जन्म लेती है।

गालटुंग ने अपना यह सूत्रीकरण औपनिवेशिक परिस्थितियों का अध्ययन करते हुए किया था। ब्रिटिश महाप्रभुओं के तहत रोडेशिया में फ़ील्ड वर्क करते हुए उन्होंने हिंसा के विभिन्न रूपों में से एक इस रूप की शिनाख़्त की। आजकल इस अवधारणा के ज़रिये उन संगीन परिस्थितियों और कपटपूर्ण तौर-तरीक़ों का वर्णन किया जाता है जिनके कारण व्यक्ति पर दमनकारी राजनीतिक, आर्थिक और सांस्कृतिक संरचनाएँ थोपी जाती हैं। ठोस रूप से कहें तो सत्ता के केंद्रों में बैठे हुए प्रभुत्वशाली समूह के हाशियाग्रस्त समूह पर दबदबे को क़ायम रखने वाली संरचनाओं की तरफ़

योहान गालटुंग (1930-)

इसके ज़रिये इशारा किया जाता है। हाशियाग्रस्त लोग संरचनागत हिंसा का अनुभव कम तनख़्वाह, निरक्षरता, गिरते हुए स्वास्थ्य, राजनीतिक और क़ानूनी अधिकारों में कमी और लगातार हाथ से निकलती हुई ज़िंदगी के रूप में करते हैं। इन परिस्थितियों के ख़िलाफ़ प्रतिरोध करने पर उन्हें सीधी कार्रवाई का सहारा लेना पड़ता है। नतीजा यह निकलता है कि उनके ऊपर यथास्थिति क़ायम रखने पर आमादा प्रत्यक्ष हिंसा टूट पड़ती है।

गालटुंग अपने विमर्श में 'सांस्कृतिक हिंसा' का ज़िक्र भी करते हैं जिसके माध्यम से संरचनागत हिंसा के विभिन्न रूपों को जायज़ ठहराया जाता है। सांस्कृतिक हिंसा धर्म, विचारधारा, भाषा, कला और यहाँ तक विज्ञान की मदद से ऐसी अनुभूतियों की रचना करती है जिससे संरचनागत हिंसा वैध, उपयुक्त और कम से कम अनापत्तिजनक लगने लगे ताकि उसे समाज द्वारा स्वीकार किया जा सके। संरचनागत हिंसा पैदा करने वाली कई कार्रवाइयों की नैतिक प्रकृति को सांस्कृतिक हिंसा अपने आईने में 'लाल/अनुचित' के बजाय 'हरा/उचित' या 'पीला/स्वीकारोग्य' दिखाने की कोशिश करती है।

एक अवधारणा के रूप में संरचनागत हिंसा का रिश्ता सकारात्मक शांति की अवधारणा है। आम तौर पर शांति को नकारात्मक रूपों में समझा और महसूस किया जाता रहा है। अंतर्राष्ट्रीय संबंधों के क्षेत्र में हथियारबंद टकराव की ग़ैरमौजूदगी शांति के रूप में पेश की जाती है। चूँकि युद्ध प्रेक्षणीय है, उसे नापा जा सकता है और उसके प्रभावों की प्रत्यक्ष अनुभूति की जा सकती है, इसलिए शांति उसका वांछनीय विलोम बन जाती है। इसी आधार पर सोवियत संघ और अमेरिका के बीच चले शीत युद्ध की पूरी अवधि के दौरान न्यूकलियर डिटरेंस (एक-दूसरे के ख़िलाफ़ एटमी हथियारों के इस्तेमाल का डर) और म्युचुअली एश्योर्ड डिस्ट्रक्शन (एमएडी) के समर्थक सिद्धांतकार कहते रहे कि क़ीमत जो भी चुकानी पड़े, दीर्घकालीन शांति इसी तरह क़ायम रखी जा सकती है। इसके विपरीत संरचनागत हिंसा का विचार युद्ध को टालने या रोकने पर ज़ोर न दे कर ऐसी परिस्थितियों को सकारात्मक शांति की संज्ञा देता है जो लोगों की बुनियादी आवश्यकताओं की पूर्ति की सम्भावनाएँ पैदा करती हों। राजनीतिक स्वतंत्रता की बढ़ी हुई मात्रा और सामाजिक न्याय के हालात भी सकारात्मक शांति के प्रमुख अवयव की तरह देखे जाते हैं क्योंकि बिना उनके संरचनागत हिंसा से नहीं बचा जा सकता।

विद्वानों ने संरचनागत हिंसा की मात्रा को मोटे तौर पर नापने का एक तरीक़ा भी खोजा है। वे दुनिया की औसत जीवन-प्रत्याशा को उच्चतम राष्ट्रीय जीवन-प्रत्याशा में से प्रति वर्ष के हिसाब से घटाते चलते हैं और फिर उसमें उच्चतम जीवन-प्रत्याशा का भाग दे देते हैं। इससे पता चल जाता है कि वक़्त से पहले हुई और रोकी जा सकने वाली मौतों की संख्या क्या रही होगी। इस तरह की गणनाओं से प्रति वर्ष एक करोड़ सात लाख लोगों की मौत का आँकड़ा सामने आया है। समझा जाता है कि इन मरने वालों में ज़्यादातर तीसरी दुनिया के बच्चे होते हैं जो या तो भुखमरी के शिकार होते हैं या फिर बीमारियों की रोकथाम के अभाव में काल के गाल में समा जाते हैं।

अपनी पुस्तक *वायलेंस : रिफ्लेक्शंस ऑन अ नैशनल एपिडेमिक* में जेम्स गिलिगन ने संरचनागत हिंसा की परिभाषा समाज की निचली पायदान पर रह रहे लोगों के बीच होने वाली मौतों और विकलांगता की बढ़ी हुई दर के रूप में की है। इसके मुक़ाबले ऊपर की पायदानों पर रह रहे लोगों को कहीं कम मृत्यु दर का सामना करना पड़ता है। गिलिगन इन अतिरिक्त मौतों को अप्राकृतिक क़रार दे कर उनकी ज़िम्मेदारी कमतर सामाजिक और आर्थिक दर्जे से पैदा हुई शर्म, तनाव, भेदभाव और अवमानना जैसी अनुभूतियों पर डालते हैं। गिलिगन ने इस समझ पर पहुँचने के लिए उन अध्ययनों का सहारा लिया है जिनके ज़रिये भीषण विषमता की स्थितियों में भी व्यक्ति किसी न किसी प्रकार 'गरिमा के लिए जद्दोजहद' करता रहता है।

पेत्रा केली, पॉल फ़ारमर और नेंसी शेपर-ह्यूज ने अपने अध्ययनों के ज़रिये संरचनागत हिंसा की अवधारणा को आगे बढ़ाया है। भविष्यवादी विद्वान वेंडेल बेल का कहना है कि जब तक सामाजिक न्याय की परियोजना को आगे बढ़ाने के लिए दीर्घकालीन दृष्टि का विकास नहीं होगा, संरचनागत हिंसा के प्रभावों को कम नहीं किया जा सकता। नस्लवाद और सेक्सिज़म जैसी संरचनागत हिंसाएँ ख़ामोशी से अपना

कुटिल चक्र चलाती रहती हैं, बावजूद इसके कि पिछले कई दशकों से उनके ख़िलाफ़ सांस्कृतिक और राजनीतिक प्रतिरोध की मुहिमें चल रही हैं।

देखें : अहिंसा-1 और 2, आतंकवाद, आशिस नंदी-1 और 2, क्रांति, जैन दर्शन, फ्रेंज़ फ़ानो, बौद्ध दर्शन, मोहनदास कर्मचंद गाँधी-1, 2 और 3, शांति, शांतिवाद, सविनय अवज्ञा, हिंसा।

संदर्भ

1. योहान गालटुंग (1969), 'वायलेंस, पीस, ऐंड पीस रिसर्च', *जरनल ऑफ़ पीस रिसर्च*, खण्ड 6, अंक 3.
2. योहान गालटुंग (1990), 'कल्चरल वायलेंस', *जरनल ऑफ़ पीस रिसर्च*, खण्ड 27, अंक 3.

— अभय कुमार दुबे

संविधानवाद

(Constitutionalism)

संविधानवाद ब्रिटिश उपनिवेशवाद की देन है। अंग्रेज़ों ने इसके ज़रिये एक तीर से तीन निशाने लगाने की कोशिश की। उनका पहला मक़सद यह था कि संविधानवाद के माध्यम से उनके उपनिवेश धीरे-धीरे स्व-शासन की तरफ़ बढ़ें और वि-उपनिवेशीकरण की प्रक्रिया को धीमा किया जा सके। उनका दूसरा उद्देश्य यह सुनिश्चित करना था कि स्व-शासन हासिल कर लेने के बाद भी यानी स्वतंत्र हो जाने के बावजूद उपनिवेशित राज्य उनके प्रभाव के दायरे में रहें। स्व-शासन के संविधानवादी रास्ते को इसी लिहाज़ से डिज़ाइन किया गया था। संविधानवाद से अंग्रेज़ों ने एक तीसरा और पेचीदा मक़सद हासिल करने की कोशिश भी की। वे अपने उदारतावाद, संसदीय लोकतंत्र, मुक्त बाज़ार और व्यक्ति-स्वातंत्र्य के आग्रहों का तालमेल उपनिवेशवाद के फ़ौजी, सामाजिक और आर्थिक यथार्थ से करना चाहते थे।

दरअसल, युरोप की उपनिवेशवादी ताक़तों का साम्राज्यवादी दर्शन एक सा नहीं था। इसी के परिणामस्वरूप उपनिवेशीकरण और अ-उपनिवेशीकरण की प्रक्रिया के प्रति वे अलग-अलग दृष्टिकोण अपनाते थे। दिलचस्प बात यह है कि ब्रिटिश उपनिवेशवादी भी समकालीन युरोपीय उपनिवेशवादियों से कम नस्लवादी और दमनकारी नहीं थे। पर, उन्होंने आयरलैण्ड को छोड़ कर अपने अन्य उपनिवेशों में सत्ता के क्रमिक हस्तांतरण और अप्रत्यक्ष शासन की नीति अपनायी। महारानी विक्टोरिया का शासन *पैक्स ब्रिटानिका* की नीति पर चलता था जिसके मुताबिक़ ब्रिटिश हुकूमत स्थानीय रीति-रिवाज़ों और राजनीति में हस्तक्षेप करने से आम तौर पर परहेज़ करती थी। उसका ज़ोर व्यापार, विदेश नीति और प्रतिरक्षा को अपने नियंत्रण में रखने पर रहता था। इसी के मुताबिक़ उन्होंने गवर्नर द्वारा नियंत्रित किये जाने वाले उपनिवेशों में भी उसे सलाह देने के लिए अधिकारियों की एक कार्यकारी परिषद् नियुक्त कर रखी थी। आगे चल कर उन्होंने विधान परिषदों का निर्वाचन भी करवाया ताकि बनाये गये क़ानून उपनिवेशित जनता को अपने प्रतिनिधियों द्वारा बनाये गये प्रतीत हों। अंग्रेज़ों के मुक़ाबले फ्रांसीसियों का ज़ोर अपने उपनिवेशों के फ्रांसीसी राष्ट्र में सम्पूर्ण आत्मसातीकरण पर रहता था।

ब्रिटिश राजनीतिज्ञ ऐडमण्ड बर्क का कहना था कि अगर क़ानूनों को देशज जनता के जीनियस, प्रकृति और मानस के मुताबिक़ बनाया जाए तो औपनिवेशिक शासन सर्वाधिक प्रभावी साबित होता है। इसी सिद्धांत के मुताबिक़ एक के बाद एक ब्रिटिश सरकारों ने उपनिवेशों में बढ़ रहे राजनीतिक असंतोष का दमन तो किया ही, पर साथ ही राजनीतिक और संवैधानिक सुधारों की प्रक्रिया भी चलाई। इस नीति के पीछे उन्नीसवीं सदी का वह तजरुबा था जो अंग्रेज़ उपनिवेशवादियों ने अमेरिका, न्यूज़ीलैण्ड और ऑस्ट्रेलिया में स्थापित उपनिवेशों से हासिल किया था। इन उपनिवेशों में राजनीतिक प्रतिनिधित्व के कुछ ऐसे रूप विकसित किये गये थे जिनके तहत वहाँ के अधिवासियों को लगता था कि उन्हें इंग्लैण्ड की नागरिकता भी प्राप्त है। इसी के आधार पर अंग्रेज़ों ने नीति बनायी कि राष्ट्रवादी आंदोलनों को संविधानसम्मत राजनीति करते हुए स्व-शासन की तरफ़ जाने के लिए प्रोत्साहित किया जाए। वहाँ की जनता को धीरे-धीरे विधायी अधिकार दिये जाएँ। पहले वे भीतरी शासन की ज़िम्मेदारी सँभालें और फिर बाद में विदेश नीति का नियंत्रण भी उनके हाथ में दे दिया जाए।

अंग्रेज़ लगातार इस शब्दाडम्बर का प्रयोग करते रहे कि अपने औपनिवेशिक मिशन के ज़रिये वे एशिया और अफ़्रीका के 'पिछड़े' समाजों को संसदीय लोकतंत्र और उत्तरदायी शासन की विवेकपूर्ण ब्रिटिश परम्पराओं से सम्पन्न करना चाहते हैं। दरअसल, उपनिवेशों को अपने हाथ में रखना उत्तरोत्तर मुश्किल होता जा रहा था। इसलिए ब्रिटेन ने लचीला और परिणामवादी रवैया अख़्तियार करते हुए अपनी सत्ता और प्रभाव को सुरक्षित करने के लिए संवैधानिक सुधारों का रास्ता अपनाया। संविधानवाद की नीति इस मान्यता पर आधारित थी कि किसी साम्राज्य को क़ायम रखने के लिए फ़ौजी दमन और जबरिया क़ब्ज़ा करने की नीति अब प्रभावी नहीं रह गयी है। द्वितीय विश्व-युद्ध के बाद तो यह

हक़ीक़त और भी साफ़ हो गयी। ब्रिटिश नीति-निर्माताओं को यक़ीन हो गया कि अ-उपनिवेशीकरण की रफ़्तार को केवल संवैधानिक सुधारों के माध्यम से ही नियंत्रित किया जा सकता है। केवल इसी तरह से ब्रिटिश सरकार नये बनने वाले स्वतंत्र और सम्प्रभु राष्ट्रों के साथ घनिष्ठ आर्थिक, राजनीतिक और रणनीतिक रिश्ते बनाये रख सकता था।

उपनिवेशवादियों की कोशिश रहती थी कि वे उपनिवेशित जनता को केंद्रीकृत और एकीकृत प्रशासन के तहत लाएँ ताकि उनका आर्थिक दोहन ज़्यादा से ज़्यादा किया जा सके। इसकी प्रतिक्रिया में राष्ट्रवाद आर्थिक तर्क ले कर टकराव की मुद्रा में सामने आता था। अंग्रेज़ होशियारी से राष्ट्रवादियों के बीच से उदार और नरम तत्त्वों को चुनते थे और स्थानीय नीतियाँ इस प्रकार बनाते थे कि उन्हीं तत्त्वों का बोलबाला राष्ट्रीय आंदोलन पर क़ायम हो जाए। उग्र राष्ट्रवादियों का दमन करने और नरम राष्ट्रवादियों को प्रोत्साहित करने के साथ-साथ उनकी दूसरी नीति सामाजिक रूप से परम्परानिष्ठ और अनुदार अभिजनों के साथ गठजोड़ कर लेने की होती थी। समझा जाता है कि उनके इस संविधानवाद का सबसे कामयाब प्रयोग सीलोन (श्रीलंका) में हुआ। द्वितीय विश्व युद्ध के दौरान अपने इस उपनिवेश के सामरिक महत्त्व देख कर अंग्रेज़ श्रीलंका को डोमीनियन या स्वतंत्र उपनिवेश का दर्जा देने के लिए तैयार हो गये। बदले में उन्होंने सीलोन के साथ प्रतिरक्षा और विदेश नीति के मामले में सहयोग सुनिश्चित कर लिया। श्रीलंकाई समाज सिंहली बहुसंख्या और तमिल और मुसलमान अल्पसंख्या में बँटा हुआ था। अंग्रेज़ों ने सामाजिक रूप से अनुदारवादी सिंहली प्रभुओं के साथ गठजोड़ स्थापित किया। इसी तरह मलाया को 1957 में आज़ादी देने के बदले अंग्रेज़ों ने राष्ट्रमण्डलीय व्यापार और प्रतिरक्षा प्रणाली में मलय भागीदारी को सुनिश्चित किया। 1945 के बाद ही अंग्रेज़ों ने मलाया के अनुदारपंथी परम्परागत शासकों के साथ गठजोड़ करके एक केंद्रीकृत प्रशासन खड़ा कर लिया था। इसी के तहत 1954 में चुनाव कराये गये और अंग्रेज़ों के मन की पार्टी जीत गयी। अंग्रेज़ों ने सत्ता हस्तातंरण उसी के हाथ में किया।

संविधानवाद की यह नीति हर जगह अंग्रेज़ों की मर्जी के मुताबिक़ नहीं चली। उन्होंने भारत में भी संवैधानिक सुधारों की लम्बी प्रक्रिया चलाई, पर द्वितीय विश्व-युद्ध के दौरान और बाद में कांग्रेस के नेतृत्व में चली ब्रिटिश विरोधी मुहिम ने उनके इरादों को नाकाम कर दिया। कांग्रेस और मुसलिम लीग के बीच ख़राब होते संबंधों ने भी अंग्रेज़ों की दाल नहीं गलने दी। हालाँकि इस हक़ीक़त से इनकार नहीं किया जा सकता कि राष्ट्रवादी आंदोलन की बागडोर गरमपंथियों के हाथों में जाने से रोकने के लिए अंग्रेज़ों ने नरमपंथियों की तरफ़दारी वाला रुख हमेशा अपनाये रखा। कुछ प्रेक्षक राष्ट्रीय आंदोलन के कुछ नेताओं की चमकदार छवि बनाने के पीछे ब्रिटिश शासन के इरादे और योजना को भी देखते हैं।

इसी तरह पश्चिम अफ़्रीकी उपनिवेश गोल्ड कोस्ट में अंग्रेज़ों का संविधानवाद वांछित नतीजे नहीं दे पाया। 1950 के नये संविधान के तहत नक्रूमा की पार्टी ने क्रमशः के बजाय तेज़ी से संवैधानिक सुधार करने के लिए मजबूर कर दिया। सार्विक मताधिकार घोषित होने के बाद हुए चुनावों में नक्रूमा की पार्टी ने ज़ोरदार जीत हासिल की और अंग्रेज़ों की इच्छित राजनीतिक ताक़तें हार गयीं। उपनिवेशवादियों को मजबूरन नक्रूमा को सत्तारूढ़ होने के लिए जेल से रिहा करना पड़ा। 1957 में गोल्ड कोस्ट घाना गणराज्य में बदल गया।

कुछ ऐसे उपनिवेश भी थे जहाँ अंग्रेज़ों ने संविधानवाद की नीति नहीं अपनायी और दमन का रवैया जारी रखा। केन्या का उदाहरण बताता है कि वहाँ की परिस्थितियों में अंग्रेज़ों ने उदीयमान अफ़्रीकी राष्ट्रवाद की शक्तियों को उग्र और अशांतिकारी कह तक ख़ारिज कर दिया। उनकी कोशिश थी कि एक बहुनस्ली संविधान पारित करवा लिया जाए ताकि श्वेत अल्पसंख्यकों का रंग-रुतबा क़ायम रखा जा सके। उन्होंने केन्या के सबसे बड़े क़बीले किकायू की माँगे ठुकरा दीं। संवैधानिक रियायतें न देने के कारण अंग्रेज़ों ने राष्ट्रवादियों के बीच उग्रपंथियों के लिए रास्ता साफ़ कर दिया।

देखें : अधिकार, अधिकार : सैद्धांतिक यात्रा, अरस्तू, अफ़लातून, अनुदारतावाद, अराजकतावाद, अन्य-अन्यीकरण, उदारतावाद, उपयोगितावाद, ऐडमण्ड बर्क, क्रांति, ज्याँ ज़ाक रूसो, जॉन लॉक, जेरेमी बेंथम, जॉन स्टुअर्ट मिल, जॉन रॉल्स, थॉमस हॉब्स, थॉमस पेन, न्याय, न्याय : नारीवादी आलोचना, न्याय : रॉल्स का सिद्धांत, राजनीति में व्यक्ति की भूमिका, नागरिकता, नागरिकता : अन्य परिप्रेक्ष्य-1 और 2, नागर समाज, पनोप्टिकॉन, प्रतिनिधित्व, प्रगति, प्रगति : आलोचनात्मक परिप्रेक्ष्य, प्रशासन, फ़ासीवाद, फ्रेड्रिख़ वॉन हायक, बहुसंस्कृतिवाद, बहुसंख्यकवाद, बहुसंख्यक-अल्पसंख्यक, बुद्धिवाद, माइकेल जोसेफ़ ओकशॉट, माइकिल वाल्ज़र, मिशेल पॉल फ़ूको-1 और 2, यूटोपिया, राजनीतिक और राजनीति, राजनीतिक दर्शन के नारीवादी आयाम-1 और 2, राजनीतिक मनोविज्ञान, राजनीतिक समाजशास्त्र, राज्य-1 और 2, रॉबर्ट नॉज़िक, राज्य-1 और 2, राष्ट्र-राज्य, राष्ट्र : सांस्कृतिक या राजनीतिक, राष्ट्रवाद, राष्ट्रवाद का इतिहास, लोकतंत्र, लोकतंत्र की आलोचनाएँ, व्यक्तिवाद, व्यवहारवाद, विल किमलिका, वितरणमूलक न्याय, विदेशी-द्वेष, वैधता, वैधता का संकट, सविनय अवज्ञा, स्वतंत्रतावाद, सर्वसत्तावाद, सम्प्रभुता, समाजवाद, सरकारियत, सामाजिक समझौता, हेनरी डेविड थोरो।

संदर्भ

1. जी.डी. बॉयस (1999), *डिकोलोनाइज़ेशन ऐंड द ब्रिटिश एम्पायर, 1775-1997,* मैकमिलन, लंदन.

2. एम. चैम्बरलेन (1998), *युरोपियन डिकोलोनाइज़ेशन इन ट्वेंटियथ सेचुरी, लोंगमेन,* लंदन और न्यूयॉर्क.
3. टी. स्मिथ (सम्पा.) (1975), *द ऐंड ऑफ़ युरोपियन एम्पायर : डिकोलोनाइज़ेशन आफ्टर वर्ल्ड वार II,* डी.सी. हीथ, लैक्सिंगटन एमए.
4. एन. व्हाइट (1999), *डिकोलोनाइज़ेशन : द ब्रिटिश एक्सपीरिएंस सिंस 1945,* लोंगमेन, लंदन और न्यूयॉर्क.

— अभय कुमार दुबे

संविधान सभा में भाषा-विवाद-1

हिंदी बनाम हिंदुस्तानी : मिथक और यथार्थ

(Language Debate in Constituent Assembley-1)

भारत की संविधान सभा जब नये भारत के लिए संविधान बनाने बैठी तो उसके ज़्यादातर सदस्य भाषा के प्रश्न को लेकर किसी भी तरह के अंदेशे के शिकार नहीं थे। उनकी बेफ़िक्री की वजह थी उपनिवेशवाद विरोधी आंदोलन के दौरान बनी भाषा संबंधी समझ। लेकिन सभा के भीतर भाषाई प्रश्न ने बेइंतिहा परेशानियाँ पैदा कीं। संविधान सभा का रिकॉर्ड बताता है कि भाषा के प्रश्न पर होने वाली तूफ़ानी चर्चा एक अगस्त से 14 सितम्बर, 1949 के बीच हुई। लेकिन भाषाई प्रश्न को इन डेढ़ महीनों तक ही सीमित मान लेना उचित नहीं होगा। वस्तुत: संविधान सभा के एकदम शुरुआती दौर को अगर छोड़ दिया जाए, यह सवाल संविधान की ही सम्भावनाओं पर तलवार की तरह झूलता रहा। भाषा के प्रश्न का फ़ैसला हुआ मुंशी-आयंगार फ़ार्मूले से जिसके सूत्रीकरण और संविधान सभा से उसे मनवाने में डॉ. आम्बेडकर ने भी अहम भूमिका निभायी। विवाद को सुलझाने के लिए कन्हैयालाल माणिकलाल मुंशी और एन. गोपालस्वामी आयंगर का मिला-जुला प्रस्ताव मान कर संविधान सभा इस निर्णय पर पहुँची कि राष्ट्र-भाषा का दर्जा किसी भाषा को नहीं दिया जाएगा। देवनागरी लिपि में लिखी हिंदी भारतीय संघ की राज-भाषा होगी। अंग्रेज़ी पंद्रह साल तक हिंदी की सहयोगी राज-भाषा बनी रहेगी और 1965 में सहयोगी राज-भाषा के पद से हट जायेगी (हालाँकि इस अवधि को बढ़ाया जा सकता है)। इस दौरान अनुच्छेद 351 के निर्देशों के अनुसार हिंदी को राज-भाषा की ज़िम्मेदारी निभाने के लिए तैयार किया जाता रहेगा। अंकों के मामले में राजकीय कामकाज के लिए 'भारतीय अंकों के अंतर्राष्ट्रीय रूप' की संस्तुति की गयी। इसका व्यावहारिक मतलब यह था कि वैसे तो अंग्रेज़ी के अंक इस्तेमाल किये जाएँगे, लेकिन अगर कोई राज्य हिंदी के अंक इस्तेमाल करना चाहता है तो उसे इसकी छूट होगी। संविधान सभा ने भाषा के मसले को सुलझाने की दूसरी युक्ति आठवीं अनुसूची की रचना के रूप में निकाली। इस सूची में दर्ज भारत की प्रत्येक भाषा अपने-आप में राष्ट्र-भाषा है।

सभा के सदस्यों की राजनीतिक चेतना पर इस प्रश्न ने पहली दस्तक नियम समिति की बैठक में दी। आज़ादी मिलने से पहले 14 दिसम्बर, 1946 को राजेंद्र प्रसाद के सभापतित्त्व में हुई इस बैठक ने अपने-आप से पूछा कि उसकी कार्यवाही हिंदुस्तानी में चले, या अंग्रेज़ी में, या फिर हर सदस्य की मातृभाषा में। इसके बाद अंग्रेज़ी की निरंतरता, हिंदी समर्थकों के आक्रामक रवैये और दक्षिण भारतीय सदस्यों के हिंदी के ख़िलाफ़ प्रतिरोध के तीन ध्रुव बन गये। भीषण बहस के बाद वोट के आधार पर यह तय हो पाया कि बहस में या तो हिंदुस्तानी बोली जाएगी या अंग्रेज़ी। अगर कोई अपनी मातृभाषा में बोलना चाहे तो उसे सभापति की इजाज़त लेना होगी। तीन महीने बाद यानी मार्च, 1947 में मूलाधिकारों पर चर्चा करने वाली उपसमिति की बैठक में फिर भाषा का सवाल खड़ा हो गया, क्योंकि सदस्यगण मूलाधिकारों में भाषा संबंधी अधिकार भी जुड़वाना चाहते थे।

जब एक बार यह मान लिया गया कि हिंदी के पक्ष में राष्ट्रीय सहमति थी जो आज़ादी के बाद टूट गयी, तो इसके कारण खोजना भी ज़रूरी हो जाता है। भाषा-विमर्श इस तरह की कवायदों से भरा पड़ा है। इनका एक सर्वाधिक प्रचलित निष्कर्ष है अगर हिंदी के कट्टर समर्थकों द्वारा संस्कृतनिष्ठता की दावेदारी न की जाती, और हिंदुस्तानी को ख़ारिज न किया जाता तो एक देशी जड़ों वाली जुबान को राष्ट्र-भाषा बनाना कहीं आसान होता। समाज-विज्ञान के हलकों में यह बात ऊँचे स्वर में कही जाती है कि हिंदी वाले हिंदुस्तानी को सिर्फ़ एक वोट से (77 के मुक़ाबले 78) से ही पराजित कर पाये और उनके इसी कृत्य का परिणाम आज तक अंग्रेज़ी के प्रभुत्व के रूप में भुगतना पड़ रहा है। एक वोट का यह अंतर दिखा कर यह साबित किया जाता है कि हिंदुस्तानी के पक्ष के साथ किस तरह की नाइंसाफ़ी हुई। अगर हिंदी के भीतर इस तरह का विभाजन न हुआ होता, तो अंग्रेज़ी हटाने के लिए दबाव बेहतर बनता। बहरहाल, ऊपर दिये गये तथ्यात्मक विवरण में हम देख चुके हैं कि तमिलनाडु में जिस राष्ट्र-भाषा को 1937 में ही ठुकरा दिया गया था, वह संस्कृतनिष्ठ हिंदी नहीं थी बल्कि वह गाँधी और प्रेमचंद की प्रिय हिंदुस्तानी ही थी। आइये, देखें कि संस्कृतनिष्ठ हिंदी के कट्टर समर्थकों द्वारा सिर्फ़ एक वोट से हिंदुस्तानी को हराने का दृष्टांत कितना सही है।

हिंदी बनाम हिंदुस्तानी की होड़ संविधान सभा में 15 जुलाई, 1949 में शुरू हुई। इससे एक दिन पहले सभा का

तीसरा सत्र शुरू होते ही वल्लभभाई पटेल ने प्रांतीय संविधान समिति की रपट पेश सदन के पटल पर रखी थी। अगले ही दिन इसमें कई संशोधन प्रस्तावित किये गये। प्रस्तावकों का दावा केवल एक ही बात पर केंद्रित था : रपट के मसविदे में 'हिंदुस्तानी' की जगह 'हिंदी' शब्द का प्रयोग किया जाना चाहिए। प्रस्तावित संशोधन इसलिए भी उल्लेखनीय था कि सेठ गोविंददास जैसे सदस्य भी इससे पहले कांग्रेस की भीतरी राजनीति के आग्रहों के तहत हिंदी के बजाय सभा के भीतर हिंदुस्तानी शब्द का ही प्रयोग करते थे, हालाँकि सभा के बाहर चल रही हिंदी बनाम हिंदुस्तानी की उग्र बहस में उन जैसे राजनीतिक-सांस्कृतिक सिपहसालारों ने हिंदुस्तानी को ख़ारिज कर दिया था। यह संविधान सभा की चौथी बैठक थी। तीसरे दिन शाम को संविधान सभा के कांग्रेस सदस्यों की अलग से बैठक हुई। कांग्रेस के नेता हिंदुस्तानी के पक्ष में थे, पर अन्य कांग्रेसी मजबूती से हिंदी की तरफ़दारी कर रहे थे। नेतागण अल्पमत में चले गये और मत-विभाजन होने पर 32 के मुक़ाबले 63 वोटों से हिंदुस्तानी की जगह हिंदी का इस्तेमाल करने का फ़ैसला किया गया। ठीक एक हफ़्ते बाद संशोधनों के प्रस्ताव और हिंदुस्तानी की जगह हिंदी रखने की यह घटना संघीय संविधान समिति (यूसीसी) में भी दोहरायी गयी। वहाँ भी इस सवाल पर बहुमत-अल्पमत का प्रतिशत कमोबेश ऐसा ही था। हिंदुस्तानी को हिंदी का पर्याय मानने से इनकार करने और इसी आधार पर भाषा का नाम बदलने के इस आग्रह को साम्प्रदायिक हालात और विभाजन के अंदेशों ने जन्म दिया था। संविधान सभा की चौथी बैठक की नौबत आते-आते देश बँट चुका था, और उसके साथ ही सभा के ज़्यादातर सदस्यों का रुख 'उर्दू-प्रधान हिंदुस्तानी' को राज-भाषा या राष्ट्र-भाषा बनाने के ख़िलाफ़ हो गया। अब बहस 'संस्कृतनिष्ठ हिंदी' और 'आम बोल-चाल की हिंदी' के बीच होने लगी। एक भाषाई श्रेणी के रूप में ख़ारिज होने के बाद संविधान सभा के भीतर हिंदुस्तानी केवल भावना के रूप में रह गयी।

हिंदी बनाम हिंदुस्तानी के बीच बहस का एक वोट से फ़ैसला होने वाली घटना संविधान सभा में कभी घटी ही नहीं। यह घटना एक मिथक है। संविधान-निर्माण का प्रामाणिक आख्यान लिखने वाले ग्रेनविले ऑस्टिन बताते हैं कि 26 अगस्त, 1949 को सभा के कांग्रेस सदस्यों की अलग से हुई बैठक में अंकों के सवाल पर बहस हुई थी कि अंग्रेज़ी की संख्याएँ इस्तेमाल की जाएँ, नागरी की हों या फिर उर्दू की हों। मतदान अंग्रेज़ी और नागरी के बीच हुई जिसमें अंग्रेज़ी के पक्ष में 77 और नागरी के पक्ष में 78 वोट पड़े। ऑस्टिन के मुताबिक़ इसी बैठक का एक आख्यान सेठ गोविंद दास ने पेश किया है और एक आख्यान डॉ. आम्बेडकर ने। गोविंद दास ने अपनी आत्मकथा *आत्मनिरीक्षण* में इसे इस तरह पेश किया जैसे कि यह मतदान हिंदी और हिंदुस्तानी के बीच हुआ हो। इसी तरह डॉ. आम्बेडकर ने अपनी रचना *थॉट्स ऑन लिंग्विस्टिक स्टेट्स* में लिखा है कि 'हिंदी राष्ट्रीय भाषा के रूप में अपना स्थान बनाने में एक मत से विजयी हुई।' ऑस्टिन का मत है कि इन दोनों नेताओं द्वारा दिये गये विवरण ग़लतफ़हमी पर आधारित हैं। जिस बैठक का ज़िक्र ये दोनों करते हैं उसके एजेंडे पर हिंदी बनाम हिंदुस्तानी या राष्ट्र-भाषा का प्रश्न था ही नहीं।

कुल मिला कर ऑस्टिन ने नतीजा निकाला है कि संविधान सभा ने भाषाई प्रश्न से जूझने का ईमानदाराना प्रयास नहीं किया। पहली नज़र में उनकी यह आलोचना सही लग सकती है। न तो सभा के कांग्रेस सदस्यों ने और न ही संघीय संविधान समिति ने उन संशोधनों पर विचार करने की जहमत उठायी जो राज-भाषा और राष्ट्र-भाषा के संदर्भ में हिंदी, अंग्रेज़ी और अन्य क्षेत्रीय भाषाओं की हैसियत से जुड़े थे। कुल मिला कर संविधान सभा भाषाई प्रश्न टालने के मूड में ही रही। फ़रवरी, 1948 में जब संविधान का मसविदा सामने आया तो उसमें हिंदुस्तानी की जगह हिंदी लिखा हुआ था, हालाँकि इसके लिए मसविदा समिति ने सभा की बाक़ायदा अनुमति नहीं ली थी। समिति के सभी सदस्य भाषा के सवाल पर मतभेद और टकराव टालना चाहते थे, इसलिए के.एम. मुंशी के कहने पर कि सभा के कांग्रेस सदस्यों का भारी बहुमत हिंदी के पक्ष में है (जुलाई वाली बैठक), मसविदे में नाम बदल दिया गया।

1948 की शुरुआत होने तक संविधान सभा में भाषा के सवाल पर ख़ेमेबंदी साफ़ हो चुकी थी। हिंदुस्तानी के पक्ष में या तो मुसलमान सदस्य थे या फिर हिंदी के नरमपंथी समर्थक जिन पर नेहरू और गाँधी का प्रभाव था। दक्षिण भारतीय सदस्यों को भी हिंदुस्तानी की जगह हिंदी शब्द के इस्तेमाल पर ऐतराज नहीं था। उनमें और उत्तर भारतीयों के रवैये में पहला अंतर दूसरी राज-भाषा के रूप में अंग्रेज़ी को जारी रखने के सवाल पर था। दक्षिण भारतीय सदस्य चाहते थे कि संविधान में अंग्रेज़ी को कम से कम पंद्रह साल तक जारी रखने का प्रावधान किया जाए, जबकि हिंदीवाले पाँच या सात साल से ज़्यादा अंग्रेज़ी को जारी रखने के पक्ष में नहीं थे। दूसरा अंतर यह था कि दक्षिण भारतीय सदस्य संविधान के मसविदे को अंग्रेज़ी के साथ-साथ हिंदी में पारित करने के भी ख़िलाफ़ थे।

1948 में ही कांग्रेस का अपना पार्टी-संविधान दोबारा लिखा गया, और इस प्रक्रिया ने भी भाषा-विवाद को हवा दी। यह संघर्ष संविधान सभा के बाहर हुआ, लेकिन इसमें भाग लेने वाली ताक़तें वही थीं जो सभा के भीतर आपस में भिड़ रही थीं। संविधान सभा की सातवीं बैठक के कुछ पहले इसी साल अक्टूबर में कांग्रेस अध्यक्ष के चुनाव में पट्टाभि सीतारमैया और पुरुषोत्तमदास टंडन आपस में भिड़ गये। यह

टक्कर भाषा संबंधी दो रवैयों के बीच भी थी। सीतारमैया केवल कुछ मतों से ही जीत पाये। समझा जाता है कि उन्हें नेहरू और राजेंद्र प्रसाद जैसे दिग्गजों का समर्थन मिला जो कांग्रेस को दक्षिण बनाम उत्तर के तर्ज़ पर बाँटने से बचना चाहते थे। इसी दौरान संविधान का मसविदा अनुवाद के दौर से गुज़रा। हिंदी अनुवाद इतना संस्कृतनिष्ठ था कि अंग्रेज़ीदाँ जवाहरलाल नेहरू ने तो 'उसका एक भी लफ़्ज़ समझ में न आने' की शिकायत की ही, हिंदी समझने का दावा करने वाले बहुत से सदस्य भी उसे स्वीकार करने से हिचकते दिखाई दिये। ध्यान रहे कि यह अनुवाद जिस कमेटी की देखरेख में हुआ था उसमें डॉ. रघुवीर भी शामिल थे। दरअसल, 1948 और 1949 के पहले छह महीनों में हिंदीवालों की ज़िदबाज़ी और अड़ियल रवैये ने संविधान सभा में उनका समर्थन घटा दिया।

देखें : 'अंग्रेज़ी हटाओ' आंदोलन, डायग्लॉसिया, भारत में भाषा-नियोजन-1 से 4 तक, भाषा के मार्क्सवादी सिद्धांत, रामविलास शर्मा, सम्पर्क भाषा-1 से 4 तक, संस्कृत काव्यशास्त्र, संविधान सभा में भाषा-विवाद-1, 2 और 3, हिंदी विरोधी आंदोलन, हिंदी जाति-1, 2 और 3, हिंदी-जगत और 'लोकप्रिय'-1 और 2, हिंदी नवजागरण, हिंदी-संस्थाएँ।

संदर्भ

1. राजीव रंजन गिरि (2012), *संविधान सभा और भाषा-विमर्श*, संवेद-58, नयी दिल्ली.
2. विमलेश कांति वर्मा (1997), *हिंदी : राष्ट्र-भाषा से राज-भाषा तक (1947 से 1950 तक के दस्तावेज़)*, प्रकाशन विभाग, सूचना एवं प्रसारण मंत्रालय, नयी दिल्ली.
3. आशा सारंगी (सम्पा.) (2009), *लेंग्वेज ऐंड पॉलिटिक्स इन इण्डिया*, ऑक्सफ़र्ड युनिवर्सिटी प्रेस, नयी दिल्ली, 2009
4. ग्रेनविले ऑस्टिन (2009), 'लेंग्वेज ऐंड द कांस्टीट्यूशन : द हाफ़-हार्टिड कम्प्रोमाइज़', आशा सारंगी (सम्पा.), *लेंग्वेज ऐंड पॉलिटिक्स इन इण्डिया*, ऑक्सफ़र्ड युनिवर्सिटी प्रेस, नयी दिल्ली, 2009

— अभय कुमार दुबे

संविधान सभा में भाषा-विवाद-2

अनुच्छेद 351 और उसके विभिन्न पाठ

(Language Debate in Constituent Assembley-2)

अगस्त में जैसे ही भाषा का प्रश्न संविधान सभा के मुख्य एजेंडे पर आया, सेठ गोविंद दास की अध्यक्षता में हिंदी साहित्य सम्मेलन ने प्रस्ताव पारित करके केवल संस्कृतनिष्ठ हिंदी को ही राष्ट्र-भाषा बनाने के लिए दबाव बनाया। लेकिन, तब तक संस्कृतनिष्ठता और 'शुद्ध हिंदी' के सूर्य पर उनकी ही राजनीति की बदली छा चुकी थी। इसका लाभ हिंदुस्तानी के साथ भावनात्मक रूप से जुड़े हिंदी के नरमपंथी समर्थकों ने उठाया। विभाजन के कारण पराजित हो चुकी हिंदुस्तानी ने अनुच्छेद 351 के उस सूत्रीकरण में अपनी वापसी दर्ज की जिसमें बताया गया है कि राज-भाषा हिंदी का विकास किस राह पर चल कर होगा। यह अनुच्छेद कहता है : 'हिंदी भाषा की प्रसार वृद्धि करना, उसका विकास करना ताकि वह भारत की सामासिक संस्कृति के सब तत्त्वों की अभिव्यक्ति का माध्यम हो सके, तथा उसकी आत्मीयता में हस्तक्षेप किये बिना हिंदुस्तानी और आठवीं सूची में उल्लिखित अन्य भारतीय भाषाओं के रूप, शैली और पदावली को आत्मसात् करते हुए तथा जहाँ तक आवश्यक एवं वांछनीय हो, वहाँ उसके शब्द भंडार के लिए मुख्यत: संस्कृत से तथा गौणत: अन्य भाषाओं से शब्द ग्रहण करते हुए उसकी समृद्धि सुनिश्चित करना संघ का कर्त्तव्य होगा।'

समाज-विज्ञान की आँखों से देखने पर लग सकता है कि इस छोटे से पैरे में भारतीय आधुनिकता के कितने घटक भरे हैं। 'सामासिक संस्कृति' और 'हिंदुस्तानी' का सीधा अनुवाद सेकुलरवाद और साम्प्रदायिक एकता के आग्रह में किया जा सकता है। 'संस्कृत' का सीधा मतलब है स्वर्णिम भारतीय अतीत और उसका चिरंतन भाषाई नैरंतर्य। आठवीं सूची में दर्ज 'अन्य भारतीय भाषाओं' का उल्लेख संघीय प्रणाली और केंद्र-राज्य संतुलन की तरफ़ इशारा करता है। दरअसल, हिंदी की हैसियत पर होने वाले विचार-विमर्श में इस अनुच्छेद के कई पाठ तैर रहे हैं जिनसे पता चलता है कि भारतीय संघ द्वारा किये जाने वाले भाषा-नियोजन से लोगों को किस तरह अलग-अलग उम्मीदें थीं।

इसका पहला पाठ संविधान-निर्माताओं के मुखर के साथ-साथ मौन मंतव्य भी पढ़ने की कोशिश करता है। इस अर्थ-निरूपण के अनुसार अगर संविधान-निर्माता हिंदी को सिर्फ़ राज-भाषा ही बनाना चाहते थे तो फिर उन्हें सरकारी कामकाज में इस्तेमाल होने वाली भाषा से 'भारत की

सामासिक संस्कृति के सब तत्त्वों की अभिव्यक्ति का माध्यम' होने की अपेक्षा क्यों करनी चाहिए थी? अर्थात् संविधान-निर्माता राज-भाषा बनाने की आड़ में हिंदी को राष्ट्र-भाषा ही बनाना चाहते थे। सरकारी कामकाज की वाहक बनने के लिए किसी भाषा को सांस्कृतिक और सामाजिक प्रक्रियाओं के ज़रिये संसाधित होने की क्या आवश्यकता हो सकती है? अंग्रेज़ी दूसरे नंबर की राज-भाषा का काम ठाठ से कर रही है और उससे कोई ऐसी उम्मीद नहीं करता कि वह सामासिक संस्कृति की कसौटियों पर खरी उतरेगी। राज-भाषा के साथ जुड़ा हुआ तर्क उपयोगिता-केंद्रित है जिसमें भाषा को एक आंगिक (ऑर्गनिक) संरचना की तरह देखने के बजाय एक उपकरण की तरह देखा जाता है। अनुच्छेद 351 हिंदी के भविष्य को एक सरकारी उपकरण की सीमाओं से परे जा कर कल्पित करता है।

संविधान के इस अनुच्छेद का एक अन्य पाठ कृष्ण कुमार ने किया है। वे इसे 'अद्‌भुत शब्दजाल' क़रार देते हैं जो 'आज़ादी के बाद के वर्षों में हिंदुस्तानी को राजकीय परिधि से ग़ायब होने से नहीं बचा सका' और '1950 में स्थापित वैज्ञानिक शब्दावली मण्डल, जिसकी जगह बाद में वैज्ञानिक और तकनीकी शब्दावली आयोग ने ले ली, संस्कृत की मदद से हिंदी का शब्द-भण्डार बढ़ाने में जुट गया'। कृष्ण कुमार के मुताबिक़ 'धर्मनिरपेक्षता के प्रति राज्य की वचनबद्धता इस प्रक्रिया में कोई रुकावट पैदा नहीं कर सकी, एक तो इसलिए क्योंकि हिंदुस्तानी का पक्ष पराजित हो चुका था, दूसरे इसलिए कि नौकरशाह और बौद्धिक अभिजन अंग्रेज़ी पर निर्भर बना रहा।' कृष्ण कुमार द्वारा किया गया यह पाठ समाज-विज्ञान के हलक़ों में काफ़ी प्रभावशाली साबित हुआ है। वे इस पैरे को संस्कृतनिष्ठ हिंदी के समर्थकों की जीत मानते हुए निष्कर्ष निकालते हैं कि इसी पैरे के कारण हिंदी अपने सेकुलर स्वरूप हिंदुस्तानी से दूर और साम्प्रदायिक रुझान वाले संस्कृतनिष्ठ स्वरूप के नज़दीक होती चली गयी। हिंदू-राष्ट्रवादियों ने उसे अपने स्वार्थ-चक्र का अंग बना लिया।

अनुच्छेद 351 का एक तीसरा पाठ दलित चिंतक डॉ. धर्मवीर ने अपनी विख्यात रचना 'हिंदी की आत्मा' में किया है। इस पुस्तक का सातवाँ अध्याय ('संविधान का अनुच्छेद 351 : हिंदी को वरदान') पूरा का पूरा इसी अनुच्छेद पर है जिससे निकलने वाली समझ कृष्ण कुमार के पाठ से एकदम उलटी है। धर्मवीर के अनुसार, 'संविधान के इस अनुच्छेद को पढ़ने वाले लोगों को ध्यान रखना चाहिए कि यदि इसमें संस्कृत का विशेष रूप से नाम लेकर उल्लेख किया गया है, तो संस्कृत से पहले हिंदुस्तानी का भी विशेष रूप से नाम लेकर उल्लेख आया है। इसके सिवा जहाँ केवल संस्कृत से मात्र शब्द लेने की बात कही गयी है, वहाँ हिंदुस्तानी के रूप, शैली और पदावली तक को आत्मसात् करने की शर्त रखी गयी है। इससे पता चलता है कि हिंदी पहले हिंदुस्तानी के पास आती है, संस्कृत से अपना संबंध बहुत बाद में जोड़ती है। हिंदुस्तानी के बाद हिंदी को अन्य भारतीय भाषाओं के साथ मेलजोल बढ़ाना है।' धर्मवीर हिंदी के प्रश्न को साम्प्रदायिक बनाम सेकुलर की बहस के दायरे से बाहर उसके 'जीनियस' (इसे धर्मवीर हिंदी की आत्मीयता कहते हैं) के विकास की रोशनी में देखना चाहते हैं। धर्मवीर ख़ुद को रामविलास शर्मा और किशोरी दास वाजपेयी के भाषा-चिंतन की अगली कड़ी के रूप में पेश करते हुए इन्हीं दोनों विद्वानों की बात दोहराते हैं कि हिंदी संस्कृत की बेटी नहीं है, और उसे संस्कृत का मातहत बनाने की तमाम कोशिशों के बावजूद उसका विकास अपनी आत्मीयता के तहत ही हो रहा है।

चौथा पाठ न्यायमूर्ति गोपाल राव एकबोटे की देन है। उन्होंने अपनी पुस्तक *राष्ट्र-भाषा विहीन राष्ट्र* में हिंदी को दो हिस्सों में बाँट कर देखने की वकालत की है। उनके मुताबिक़ एक हिंदी क्षेत्रीय भाषा है जो देश के एक बड़े हिस्से में बोली जाती है। लेकिन, संविधान जिस हिंदी की बात कर रहा है, वह कुछ दूसरी ही चीज़ है। यानी संविधान की आठवीं अनुसूची में अन्य भाषाओं के साथ जिस हिंदी का उल्लेख है, वह अनुच्छेद 351 में उल्लिखित हिंदी नहीं है। अनुसूची वाली हिंदी विकसित करने का काम राज्य सरकारों का है, और अनुच्छेद वाली हिंदी विकसित करने का काम भारतीय संघ का होना चाहिए। जस्टिस एकबोटे किसी भी भाषा की प्रकृति और स्वरूप को अलग-अलग करके देखने के तरफ़दार हैं। अनुच्छेद 351 वाला पैरा हिंदी की जिस प्रकृति का ज़िक्र करता है वह उनके अनुसार हिंदी इलाक़े में प्रचलित हिंदी के स्वरूप से भिन्न है। एकबोटे दक्षिण भारतीय प्रदेशों को हिंदी सिखाने के पक्ष में हैं, पर वह एक नये क़िस्म की हिंदी होनी चाहिए जिसमें राष्ट्र-भाषा बन सकने की या तो विशेषताएँ होनी चाहिए या पैदा की जानी चाहिए। एकबोटे यह भी बताते हैं कि ये विशेषताएँ क्या हैं : सार्वदेशिकता, पुरातनत्व, सरल समावेशकता, भिन्न-भिन्न और अनेक स्रोतों से उसकी व्युत्पत्ति, उदारतावादी दृष्टिकोण, समन्वित संस्कृति की अभिव्यक्ति, क्षमता और बोधगम्यता। उनके मुताबिक़ ये विशेषताएँ उस हिंदी में नहीं हैं जो हिंदीभाषी प्रांतों में बरती जाती है।

संविधान द्वारा निर्देशित 'राज-भाषा' हिंदी की निर्मिति के ये पाठ अलग-अलग समझ पर आधारित हैं। पहला पाठ दिखाता है कि हिंदी से संबंधित बहस में जानबूझ कर श्रेणियों का घालमेल किया जाता है, और इसका बढ़ावा ख़ुद संविधान-निर्माताओं की तरफ़ से आता है। राष्ट्र-भाषा की श्रेणी का इस्तेमाल किये बिना अनुच्छेद 351 'राज-भाषा'

हिंदी पर राष्ट्र-भाषा या जन-भाषा या अखिल भारतीय सम्पर्क-भाषा बनने की असाधारण ज़िम्मेदारी डाल देता है। इसी के साथ-साथ यह अनुच्छेद हिंदी को साम्प्रदायिक और सामाजिक-सांस्कृतिक एकता का वाहक बनने का गुरुतर दायित्व विशेष रूप से प्रदान करता है। यह करामात किसी भाषाशास्त्री के बस की बात नहीं थी। इसे अंजाम तो केवल वे लोग ही दे सकते थे जिनकी आत्म-छवि राष्ट्र-निर्माता की थी और जो प्रस्तावित राष्ट्र की रचना के लिए किसी भी तरह की इंजीनियरिंग करने पर आमादा थे।

दूसरे पाठ की दिलचस्पी हिंदी को अखिल भारतीय सम्पर्क भाषा या राष्ट्र-भाषा बनाने के सवाल पर विचार करने में है ही नहीं। इसकी चिंताएँ हिंदी को एक ऐसी जन-भाषा के रूप में विकसित करने के इर्द-गिर्द गोलबंद हुई हैं जो हिंदी-क्षेत्र की वैचारिक, शैक्षिक, ज्ञानोपार्जन संबंधी, राजनीतिक और सामाजिक आवश्यकताओं को पूरा कर सके। जहाँ तक आलोचना का सवाल है, कृष्ण कुमार का पाठ सही लगता है। लेकिन, उनका विमर्श यह नहीं बताता कि जिस बोल-चाल की हिंदुस्तानी को वे सामासिक एकता के समानार्थक की तरह पेश करते हैं, उसके साथ उच्च-शिक्षा और ज्ञान-विज्ञान के लिए किये विकसित की जाने वाली हिंदी का समीकरण क्या होगा? इस प्रक्रिया में संस्कृत या फ़ारसी की क्या भूमिका होगी?

सरोकार के लिहाज़ से देखा जाए तो कृष्ण कुमार के विचारों और धीरूभाई शेठ की हिंदी के प्रश्न पर विकसित की गयी थीसिस में कोई फ़र्क़ नहीं लगता। दोनों ही विद्वान हिंदी में ज़बरन ठूँसे गये संस्कृत के शब्दों और सरकार द्वारा चलाई गयी मानकीकरण की दोषपूर्ण परियोजना से असंतुष्ट हैं। लेकिन कृष्ण कुमार के विपरीत धीरूभाई पाठ्यक्रमीय हिंदी द्वारा साक्षर हुई नयी पीढ़ियों को हिंदी-प्रसार की एक ऐसी उपलब्धि के तौर पर देखते हैं जिसे नज़रअंदाज़ नहीं किया जाना चाहिए। धीरूभाई का विमर्श हिंदी को हाट-बाज़ार में बोली जाने वाली हिंदुस्तानी का पर्याय बना कर रख देने के सेकुलर आग्रह के प्रति सचेत करता है। वे मानते हैं कि अगर भाषा को उच्च-शिक्षा और परिष्कृत विमर्श का वाहक बनाना है, तो बोल-चाल की हिंदी और विमर्शी हिंदी में अंतर होगा। धीरूभाई को यह मानने में संकोच नहीं है कि हिंदी की औपचारिक शिक्षा एक औपचारिक स्वभाव की भाषा को जन्म देगी और केवल ऐसी ही भाषा उच्चस्तरीय लेखन का औज़ार बन सकती है। अगर हिंदी को सर्वसमावेशी बनना है, तो धीरूभाई के अनुसार वह संस्कृत के स्रोतों से ली जा सकने वाली पदावली की पूरी तरह उपेक्षा कैसे कर सकती है?

तीसरा पाठ एक ऐसे दलित बुद्धिजीवी की देन है जो भारतीय प्रशासनिक सेवा का अधिकारी भी है। सरकारी कामकाज की हिंदी के विकास से उनका सीधा संबंध है। धर्मवीर अपनी पुस्तक में ऐसे कई प्रमाण और तर्क जुटाते हैं जिनसे उस सरकारी हिंदी के विकास की जानकारी मिलती है जिसे लम्बे अरसे से उपहास और निंदा का शिकार होना पड़ा है। दलित होने के नाते धर्मवीर से हमें संस्कृत की सामाजिक भूमिका की कठोर आलोचना करने की उम्मीद होनी ही चाहिए। वे संस्कृत पठन-पाठन के शूद्र और स्त्री-निषेध को कई बार छील डालते हैं, लेकिन वे भी हिंदी के संस्कृत के पास जाने के सैद्धांतिक विरोधी नहीं हैं। यह मानते हुए कि हिंदी को संस्कृत की मदद लेनी होगी, वे इस प्रक्रिया के लिए एक व्यावहारिक मॉडल तजवीज़ करते हैं। इस मॉडल की झलक उनके इस सुझाव से मिल सकती है कि संस्कृत का व्याकरण कुछ भी आग्रह करता रहे, हिंदी को पाँच अक्षरों से ज़्यादा लम्बा शब्द बनाने से परहेज़ करना चाहिए।

चौथे पाठ के रचयिता जस्टिस एकबोटे दक्षिण भारतीय हैं, लेकिन उन्हें हिंदी को राष्ट्र-भाषा बनाने से कोई गुरेज़ नहीं है बशर्ते वह हिंदी एक नयी भाषाई इंजीनियरिंग के ज़रिये पैदा की जाए। उन्होंने राष्ट्र-भाषा बनने के लिए जो आठ ज़रूरतें बताई हैं, उनमें एक है सार्वदेशिकता और दूसरी है पुरातनत्व। मुश्किल यह है हिंदी तो एक नयी भाषा है जिसका जन्म और विकास भारतीय आधुनिकता के साथ ही हुआ है। उसमें पुरातनत्व केवल संस्कृत के साथ उत्तरोत्तर निकटता के ज़रिये ही आ सकता है। उन्होंने जिस सार्वदेशिकता की चर्चा की है, अगर वह अंग्रेज़ी के कॉस्मोपॉलिटनिज़्म का अनुवाद नहीं है, तो फिर वह सार्वदेशिकता भी केवल संस्कृत के ही पास है। दरअसल, एकबोटे द्वारा बतायी गयी ये दोनों ख़ूबियाँ ग़ैर-हिंदीभाषी समाज-वैज्ञानिकों द्वारा हिंदी में संस्कृतनिष्ठता के विरोध पर की गयी आपत्ति की याद दिला देती हैं। इस संबंध में ग़ैर-हिंदीभाषी समाज-वैज्ञानिकों के एक समूह का मानना है कि हिंदी में संस्कृतनिष्ठ शब्द जितने ज़्यादा होंगे, बंगालियों और केरलवासियों को हिंदी उतनी ही रास आयेगी।

देखा जा सकता है कि संविधान के भाषा संबंधी प्रावधानों ने समाज-वैज्ञानिकों और बुद्धिजीवियों के बीच तीखी बहस को जन्म दिया। ऑस्टिन द्वारा उन्हें 'आधे मन से किया गया समझौता' क़रार दिया गया। किसी ने उन्हें शब्दजाल की संज्ञा दी। किसी ने उनकी अभ्यर्थना की। लेकिन संविधान-निर्माता बहुभाषिता की जिन जटिलताओं का सामना कर रहे थे, उनकी विवशताओं के तहत उनके द्वारा किये गये असाधारण नवाचारों की तरफ़ किसी का ध्यान नहीं गया। मुंशी-आयंगार फ़ार्मूला तो इस नवाचार का प्रकट

परिणाम था। इसकी असली बुनियाद थी राष्ट्र-भाषा और राज-भाषा के प्रत्ययों को अलग-अलग कर देना और साथ ही आठवीं अनुसूची की किसी भाषा को राष्ट्र-भाषा का दर्जा न दे कर इसे भविष्य की सम्भावनाओं के हवाले कर देना। यह नवाचार इसलिए भी तारीफ़ के क़ाबिल है कि संविधान सभा की पूरी बहस में राष्ट्र-भाषा और राज-भाषा के प्रत्यय इस क़दर परस्पर गुँथे हुए थे कि उन्हें अलग करना असम्भव सा था। लेकिन, आख़िर में जब भाषा-प्रावधानों के सूत्रीकरण की नौबत आयी तो संविधान-निर्माता मुंशी-फ़ार्मूले के ज़रिये यह करने में सफल रहे। इस फ़ार्मूले ने एक और काम किया। इसके ज़रिये ग़ैर-हिंदीभाषियों, ख़ासकर दक्षिण भारत के लोगों के हितों की सुरक्षा हुई।

देखें : 'अंग्रेज़ी हटाओ' आंदोलन, डायग्लॉसिया, भारत में भाषा-नियोजन-1 से 4 तक, भाषा के मार्क्सवादी सिद्धांत, रामविलास शर्मा-1 और 2, सम्पर्क भाषा-1 से 4 तक, संस्कृत काव्यशास्त्र, संविधान सभा में भाषा-विवाद-1, 2 और 3, हिंदी विरोधी आंदोलन, हिंदी जाति-1, 2 और 3, हिंदी-जगत और 'लोकप्रिय'-1 और 2, हिंदी नवजागरण, हिंदी-संस्थाएँ।

संदर्भ

1. कृष्ण कुमार (1993), 'हिंदी-हिंदू-हिंदुस्तान : विंध्य-गांगेय क्षेत्र में भाषा और शिक्षा', अभय कुमार दुबे (सम्पा.), *साम्प्रदायिकता के स्रोत,* विनय प्रकाशन, नयी दिल्ली.
2. डॉ. धर्मवीर (1998), *हिंदी की आत्मा,* समता प्रकाशन, नयी दिल्ली, 1998
3. गोपाल राव एकबोटे (1987), *राष्ट्रभाषा विहीन राष्ट्र,* अनु. खंडेराव कुलकर्णी, मैसर्स एकबोटे ब्रदर्स, हैदराबाद, 1987
4. धीरूभाई शेठ (2009), 'भाषा विवाद बनाम लोकतंत्रीकरण : अंग्रेज़ी का वर्चस्व ख़त्म होना चाहिए, पर कैसे?', धीरूभाई शेठ (प्रस्तुति और सम्पादन : अभय कुमार दुबे), *सत्ता और समाज,* सीएसडीएस-वाणी, नयी दिल्ली.

— अभय कुमार दुबे

संविधान सभा में भाषा-विवाद-3

संस्कृत-राष्ट्रवाद और आदिवासी भाषाएँ

(Language Debate in Constituent Assembley-3)

संविधान सभा में हुए भाषा-विवाद के अध्ययन में हिंदी-हिंदुस्तानी-अंग्रेज़ी के त्रिकोण पर राष्ट्र-भाषा और राज-भाषा के संदर्भ में इतना अधिक ज़ोर दिया गया है कि इस विवाद के अन्य पहलू आँखों से ओझल ही हो गये हैं। कम से कम दो आयाम ऐसे हैं जिनके बिना इस भाषा-विवाद की कहानी पूरी नहीं हो सकती। ये हैं संस्कृत को राष्ट्र-भाषा बनाने की माँग और उसके पक्ष में दिये गये तर्क; और उपेक्षित पड़ी आदिवासी भाषाओं का सवाल। हालाँकि इनके बीच आपस में कोई प्रत्यक्ष जोड़ नहीं दिखता, पर भविष्य के भारत की रचना के लिहाज़ से ये दोनों आयाम अत्यंत महत्त्वपूर्ण हैं। संस्कृत चूँकि राष्ट्र-भाषा नहीं बन सकी, इसलिए उसके पैरोकारों ने हिंदी को राज-भाषा बनाने की प्रक्रिया में पीछे के दरवाज़े से घुसने की कोशिश की और एक हद तक उसे विकृत करने में कामयाब भी हुए। दूसरी ओर आदिवासी भाषाओं का प्रश्न उठाने वाली एकमात्र आवाज़ नक़्क़ारख़ाने में तूती की तरह साबित हुई। ये भाषाएँ हाशिये पर ही पड़ी-पड़ी लुप्तप्राय: हो जाने के लिए अभिशप्त हो गयीं। इस प्रकरण को आज के भारत में आदिवासी प्रश्न की अनसुलझी जटिलता के रूपक के तौर पर भी पढ़ा जा सकता है। दिलचस्प बात यह है कि आदिवासी भाषाओं का प्रश्न उठाने वाले संविधान सभा के सदस्य ने भी संस्कृत के प्रभुत्व और हिंदी के संस्कृतकरण के अंदेशे के ख़िलाफ़ चेतावनी दी थी।

सुमति रामास्वामी ने आज़ादी के बाद बने संस्कृत आयोग के अपने अध्ययन 'संस्कृत फ़ॉर द नेशन' में विस्तार से दिखाया है कि इस प्राचीन भाषा को आज़ाद भारत की राष्ट्र-भाषा बनाने के पक्ष में कैसे-कैसे तर्क काम कर रहे थे। वे इस पूरे प्रयास को संस्कृत-राष्ट्रवाद की मानीख़ेज़ संज्ञा देती हैं। राजीव रंजन गिरि ने संविधान सभा में भाषा विवाद के अपने अध्ययन में पण्डित लक्ष्मीकांत मैत्र का वह भाषण विस्तार से उद्धृत किया है जिसमें उन्होंने मुंशी-आयंगार फ़ार्मूले में संशोधन का प्रस्ताव पेश करते हुए आग्रह किया था इसमें हर जगह हिंदी की जगह संस्कृत को दी जानी चाहिए।

मैत्र के अलावा मुसलिम लीग के एकमात्र प्रतिनिधि नजीरुद्दीन अहमद ने भी संस्कृत को राष्ट्र-भाषा बनाने की माँग की थी। नजीरुद्दीन और मैत्र की दलीलों में भारी फ़र्क़

था। नजीरुद्दीन का कहना था कि अगर संस्कृत को राष्ट्र-भाषा बना दिया जाएगा तो इसे सीखने में सभी तरह के भाषाभाषियों को समान दिक़्क़त होगी, क्योंकि यह भाषा किसी को नहीं आती। इस तरह समानता स्थापित हो जाएगी, और कोई पक्षपात नहीं होगा। उनके विपरीत मैत्र की मुख्य दलील यह थी कि अगर हिंदी का पक्ष पूरी तरह से स्वीकार कर लिया गया तो 'हारा हुआ वर्ग उस सभा से हताश होकर और बहुत कटुता लेकर बाहर जाएगा। यह कटुता कई सप्ताह से इस प्रश्न पर वाद-विवाद होने के कारण उत्पन्न हुई है। इसी कारण मैं सभा से यह आग्रह करने के लिए आगे बढ़ा हूँ कि केवल संस्कृत को ही भारत की राष्ट्रभाषा के रूप में स्वीकार किया जाए और अन्य किसी भाषा को स्वीकार न किया जाए। यद्यपि मैं जानता हूँ कि यह मेरी धृष्टता है। ... गोपालस्वामी आयंगर ने जो मसौदा उपस्थित किया है, उसमें हिंदी के स्थान पर संस्कृत रखी जाए और तत्स्थानी परिवर्तन किये जाएँ, ... संघ की भाषाओं की सूची में संस्कृत का भी उल्लेख किया जाये। यह एक आश्चर्य की बात है कि मेरे संशोधन की सूचना देने के पूर्व किसी ने भी संस्कृत को भारत की भाषाओं में से एक भाषा मानने के औचित्य पर विचार तक नहीं किया। हम इतने नीचे गिर गये हैं। ... मैं यह जानता हूँ कि यह कहा जाएगा कि यह एक मृत भाषा है। जी हाँ, मृत किसके लिए? मृत आपके लिए, क्योंकि आप स्वयं मृत हैं और महानता की भावना से तथा अपनी संस्कृति तथा सभ्यता की महान तथा उत्कृष्ट बातों से प्रेरित नहीं होते।... मेरा यह दृढ़ विश्वास है कि एक प्रांतीय भाषा को थोपने अथवा उसे राष्ट्रभाषा के पद पर प्रतिष्ठित करने से जो प्रांतीय विद्वेष तथा कटुता स्वभावत: फैलेगी, यदि हम उसे नहीं उत्पन्न होने देना चाहते तो हमें संस्कृत को स्वीकार करना चाहिए, जो सभी भाषाओं की जननी है और जो विचार में प्रयत्न करने से पंद्रह वर्ष में सीखी जा सकती है और जिसे सिखाने के लिए देश में इस समय भी आवश्यक सुविधाएँ विद्यमान है।'

मैत्र द्वारा संस्कृत के पक्ष में की गयी बातों के मर्म से राष्ट्रीय नेतृत्व का एक बड़ा हिस्सा भीतर ही भीतर सहमत था। चाहे अंग्रेज़ीदाँ नेहरू हों, या हिंदुस्तानी का पक्ष लेने वाले गाँधी और उनके शिष्यगण, या फिर गाँधी और ब्राह्मणवाद से जूझने वाले डॉ. आम्बेडकर, सभी संस्कृति की महत्ता के सांस्कृतिक दबाव में थे। रामस्वामी द्वारा उद्धृत इन नेताओं के समय-समय पर दिये गये वक्तव्यों से पता चलता है कि नेहरू, गाँधी और आम्बेडकर मानते थे कि संस्कृत सभी भारतीय भाषाओं की जननी है। (यह अलग बात है कि हिंदी-जगत के भीतर विद्वानों, वैयाकरणों, भाषाशास्त्रियों और कोशकारों की एक सुदीर्घ परम्परा है जो यह नहीं मानती कि हिंदी संस्कृत की पुत्री है। *हिंदी शब्दानुशासन* के यशस्वी रचयिता किशोरीदास वाजपेयी ने स्पष्ट रूप से कहा है कि संस्कृत एक बाँझ भाषा है। वह किसी भाषा की माँ नहीं हो सकती। हिंदी की तो वह केवल निस्संतान मौसी ही हो सकती है।) हिंदी के बहुत से विद्वानों के इस आग्रह के बावजूद विनोबा भावे (जिन्हें गाँधी ने पहले सत्याग्रही का दर्जा दिया था) भी स्पष्ट रूप से चाहते थे कि केवल सरल संस्कृत को ही राष्ट्र-भाषा का दर्जा मिलना चाहिए, क्योंकि वही देश के सभी भागों को आपस में जोड़ने की भूमिका निभा सकती है।

बहरहाल, संस्कृत के इस सांस्कृतिक रुतबे के बावजूद संविधान सभा में लोकतंत्र का तर्क ही चला और संविधान-निर्माताओं ने संस्कृत को राष्ट्र-भाषा स्वीकार करने से इनकार कर दिया। लेकिन, संस्कृत के पैरोकारों ने यह संघर्ष आख़िर तक जारी रखा। जब अनुच्छेद 351 पर चर्चा का नंबर आया तो शिब्बनलाल सक्सेना ने उसमें संशोधन का प्रस्ताव रखा। अगर यह प्रस्ताव मान लिया जाता तो हिंदी के सम्पूर्ण संस्कृतकरण का रास्ता खुल जाता। यह संशोधन चाहता था कि नये शब्द बनाने और ग्रहण करने के लिए हिंदी सिर्फ़ और सिर्फ़ संस्कृत की तरफ़ ही देखे, और हिंदुस्तानी, उर्दू, जनपदीय भाषाओं और अन्य भारतीय भाषाओं की शब्द-सामर्थ्य की इस सिलसिले में पूरी तरह से उपेक्षा की जाए।

राष्ट्र-भाषा संबंधी इस विवाद में भारतीय समाज की मुख्यधारा से दूर हाशिये पर जीवन-बसर करने वाले आदिवासियों की भाषा भी हाशिये पर ही खड़ी थी। राजीव रंजन गिरि के मुताबिक़ 'राष्ट्रभाषा की दावेदार के संदर्भ में किसी भी भाषा के समर्थक समूहों ने जयपाल सिंह से पहले इस दृष्टिकोण से ग़ौर नहीं किया था। जयपाल सिंह एक और भाषा के लिए राष्ट्रवादी दावा नहीं कर रहे थे; बल्कि वे 'राष्ट्र' की उन भाषाओं को शामिल करने की बात कर रहे थे जो 'राष्ट्र-भाषा' की कल्पना की सीमाओं से बाहर थीं।

तत्कालीन बिहार से आने वाले जयपाल सिंह ने संविधान सभा में आदिवासी भाषाओं का मुद्दा पेश किया। जयपाल सिंह ने कहा 'मैं अनुभव करता हूँ कि यदि मैं सदन से यह अनुरोध न करूँ कि अनुसूची सात-क में कुछ आदिवासी भाषाओं को भी शामिल कर दिया जाए, जिन्हें थोड़े से व्यक्ति नहीं शब्दश: दसियों लाख लोग बोलते हैं, तो मैं अपना कर्त्तव्य समुचित रूप से पूरा नहीं कर रहा होऊँगा।' जयपाल सिंह ने पिछली जनगणना के हवाले से बताया कि 'अनुसूचित आदिम जातियों की सूची को देखें तो आपको पता लगेगा कि वहाँ 176 का उल्लेख है। हाँ, 176 भाषाएँ नहीं। वे उपभाषाएँ हो सकती हैं। और एक भाषा विभिन्न क्षेत्रों में ज़रा-ज़रा भिन्न हो सकती है। आप मुझसे पूछ सकते हैं कि 176 में से तीन को ही क्यों लिया है। श्रीमान मैं नहीं चाहता कि अनुसूची में बहुत-सी भाषाओं का भार हो

इसलिए मैंने केवल तीन महत्त्वपूर्ण भाषाओं को चुना है। मेरे संशोधन में उल्लिखित पहली भाषा 'मुंदरी' के विषय में मैं कह सकता हूँ कि मैंने संथाली का उल्लेख नहीं किया है क्योंकि मुंदरी उन भाषाओं का वंशनाम है जिन्हें कभी आस्ट्रिक भी कहा जाता है और कभी मान-खमेर भी कहा जाता है। मैं देखता हूँ कि गत जनगणना में यह उल्लेख है कि 40 लाख व्यक्ति मुंदरी भाषा बोलते थे। मैं देखता हूँ कि इस सूची या अनुसूची में इस समय ऐसी भाषाएँ समाविष्ट हैं, जिन्हें बोलने वाले मुंदरी भाषियों से कम हैं। इसी प्रकार, ओराव को रखने का मेरा यह कारण है कि ओराव लोगों का हमारे देश में कोई छोटा वर्ग नहीं है। यहाँ लगभग ग्यारह लाख ओरावों हैं।... मैंने यह भी माँग की है कि गोंदी भी एक भाषा होनी चाहिए, क्योंकि उसके बोलने वाले 32 लाख हैं।'

गिरि द्वारा दिये गये वर्णन के मुताबिक़ हिंदी के समर्थकों पर तंज़ करते हुए जयपाल सिंह ने कहा कि 'आज सदन में दो वर्ग हैं— शुद्ध हिंदीवादी और दूसरे लोग जो उदारता से यह स्वीकार करते हैं कि भाषा का विकास समय पर छोड़ देना चाहिए। मैं यह कहना चाहता हूँ कि मैं तो वही स्वीकार करने के लिए तैयार हूँ जो सदन विनिश्चय कर दे। किंतु कई लोगों में जो शुद्धतायी की कट्टरता आ गयी है, उस पर मेरे हृदय में प्रबल विरोध उत्पन्न होता है। भाषा क्या है? भाषा वह है जो बोली जाती है। मेरे विचार में हमारा यह सोचना अवनति सूचक है कि हम आज बोली जाने वाली भाषा को भावनावश शत-प्रतिशत संस्कृत शब्दों से भर कर उन्नत बना सकते हैं। मैं संस्कृत को बहुत प्रशंसा करता हूँ पर मैं हिंदी वही बोलता हूँ जैसी कि मेरे प्रांत बिहार में बोली जाती है, किंतु वह ऐसी हिंदी नहीं है जैसी कि मेरे मित्र यहाँ स्वीकार करना चाहते हैं वही हिंदी भाषा रखिये जो सब जगह बोली जाती है। उसे अन्य भाषाओं से शब्द लेकर उन्नति करने दीजिए। हमें यह नहीं सोचना चाहिए कि यदि हिंदी या हिंदुस्तानी में अन्य शब्द आ जाएँगे तो वह तो ग़रीब हो जायेगी। भाषा का विकास और उन्नति तभी होती है, जब उसमें अन्य भाषाओं में शब्द ग्रहण करने का साहस हो। मुझे कोई आपत्ति नहीं है कि आप उसे हिंदुस्तानी कहिये या हिंदी, आप जो निश्चय करेंगे मैं जल्दी सीख लूँगा, आदिवासी इसे सीख लेंगे। वे दुभाषी या त्रिभाषी होते हैं। पश्चिम बंगाल में संथाली बंगाली भी बोलते हैं और अपनी मातृभाषा भी। आप जहाँ जाएँगे यही देखेंगे कि आदिवासी अपनी मातृभाषा के अतिरिक्त उस क्षेत्र की भाषा को अपना लेता है।

जयपाल सिंह ने कहा कि 'बिहार का एक भी सदस्य नहीं है जिसे आदिवासी भाषा सीखनी पड़ी हो। क्या मेरे मित्र रविशंकर शुक्ल मुझे बता सकते हैं कि यदि मध्य प्रदेश में बत्तीस लाख गोंड भी हैं, पर क्या उन्होंने गोंडी भाषा सीखने का प्रत्यन किया है? क्या किसी बिहारी ने संथाली सीखने का प्रयत्न किया है? यद्यपि आदिवासियों से अन्य भाषाएँ सीखने के लिए कहा जाता है। हमारे लिए यह गर्व की बात है कि हम अन्य भाषाएँ भी बोल सकते हैं। मेरे विचार में इसका बदला भी होना चाहिए। कुछ सहिष्णुता की भावना होनी चाहिए और जो प्रांत हिंदी बोलते हैं उन्हें एक अन्य भाषा सीखनी चाहिए। हमें ऐसी ही भावना प्रदर्शित करनी चाहिए। हमें यह नहीं कहना चाहिए कि शेष देश को हमारी भाषा सीखनी चाहिए, क्योंकि हम अन्य कोई चीज़ नहीं सीखेंगे।'

देखें : 'अंग्रेज़ी हटाओ' आंदोलन, डायग्लॉसिया, भारत में भाषा-नियोजन-1 से 4 तक, भाषा का मार्क्सवादी सिद्धांत, रामविलास शर्मा-1 और 2, सम्पर्क भाषा-1 से 4 तक, संस्कृत काव्यशास्त्र, संविधान सभा में भाषा-विवाद-1, 2 और 3, हिंदी विरोधी आंदोलन, हिंदी जाति-1, 2 और 3, हिंदी-जगत और 'लोकप्रिय'-1 और 2, हिंदी नवजागरण, हिंदी-संस्थाएँ।

संदर्भ

1. सुमति रामस्वामी (1999), 'संस्कृत फ़ॉर द नेशन', *मॉडर्न एशियन स्टडीज़,* खण्ड 33, अंक 2, पृष्ठ 339-81.
2. डॉ. धर्मवीर (1998), *हिंदी की आत्मा,* समता प्रकाशन, नयी दिल्ली, 1998
3. शेल्डन पोलोक (2001), द डेथ ऑफ़ संस्कृत', *कम्परेटिव स्टडीज़ इन सोसाइटी ऐंड हिस्ट्री,* खण्ड 43, अंक 2, पृष्ठ 392-426.
4. राजीव रंजन गिरि (2012), *संविधान सभा और भाषा-विमर्श,* संवेद-58, नयी दिल्ली.

— अभय कुमार दुबे

संशोधनवाद

(Revisionism)

संशोधनवाद के विचार का ताल्लुक़ किसी भी स्थापित विचार, मतवाद या परम्परा की बौद्धिक वैधता और राजनीतिक प्रासंगिकता की जाँच करने से है। पड़ताल की प्रक्रिया उस समय संशोधनवाद का रूप ले लेती है जब वह किसी वैचारिक संरचना के बुनियादी तत्त्वों को बदलने का प्रस्ताव रखती है। संबंधित विचार की शुद्धता की रक्षा करने वालों का कहना होता है कि परिवर्तन के नाम पर यह संशोधन तो उनके मतवाद को आमूल-चूल बदल कर कुछ और ही बना देगा। परिणामस्वरूप संशोधन तजवीज़ करने वालों और उसका विरोध करने वालों के ख़िलाफ़ टकराव होता है। इस तरह के टकराव को एक पक्ष द्वारा संशोधनवाद

एडुअर्ड बर्न्स्टीन (1850-1932)

के ख़िलाफ़ संघर्ष की संज्ञा दी जाती है, और दूसरा पक्ष उसे लकीर पीटने वालों की आपत्तियाँ कह कर ख़ारिज करता है। संशोधनवाद के प्रत्यय का जन्म 1894-95 के फ्रांस में एक ऐसे प्रकरण के दौरान हुआ था जिसे रिचर्ड ड्रीफ़स काण्ड के रूप में जाना जाता है। इसकी वजह से पैदा हुई राजनीतिक बेचैनियों के कारण कई बार यह दावा किया गया कि ड्रीफ़स को दी गयी सज़ा न केवल इंसाफ़ की तौहीन है, बल्कि इतिहास में संशोधन भी है।

लेकिन आज न तो वह बहस किसी को याद है, और न ही वह प्रकरण। यह ज़रूर है कि उस घटना के बाद से संशोधनवाद एक तरफ़ तो इतिहास-अध्ययन के व्यापक दायरे में उल्लेखनीय प्रवृत्ति के तौर पर विकसित होता रहा, और दूसरी तरफ़ उसने मार्क्सवाद के भीतर चलने वाले वैचारिक और रणनीतिक वाद-विवादों में ख़ुद को प्रमुखता से दर्ज किया। मार्क्सवाद और उसके क्रांतिकारी सार की शुद्धता की संशोधनवादी प्रयासों से रक्षा करने का आग्रह इतना प्रबल है कि उसके पैरोकारों ने एक विशाल संशोधनवाद विरोधी इनसाइक्लोपीडिया की ही रचना कर डाली है जो ऑन लाइन उपलब्ध है। भारतीय मार्क्सवादी आंदोलन और विचार में भी संशोधनवाद के प्रत्यय के इर्द-गिर्द ज़बरदस्त बहसें चली हैं। 1967 में उभरे नक्सलवादी आंदोलन के सिद्धांतकार मार्क्सवादी कम्युनिस्ट पार्टी को संशोधनवादी कह कर ख़ारिज करते हैं।

मार्क्सवाद के अलावा यह विचार आज अपनी दो और क़िस्मों के लिए जाना जाता है। इनमें एक क़िस्म प्रथम विश्व-युद्ध की व्याख्याओं से और दूसरी होलोकास्ट की घटना से जुड़ी है। अमेरिकी विद्वान हेनरी एल्मर बार्न्स द्वारा रचा गया प्रथम विश्व-युद्ध का इतिहास *द जेनेसिस ऑफ़ द वर्ल्ड वार* (1929) संशोधनवादी इतिहास-लेखन का प्रमुख नमूना माना जाता है। बार्न्स ने अपने तर्क का विस्तार द्वितीय विश्व-युद्ध पर हुए मुख्यधारा के इतिहास-लेखन के बारे में भी किया। उनका कहना था कि इन विश्व-युद्धों के कारणों के बारे में जो कुछ बताया गया है वह राजनीतिक मक़सद से और राजनीतिक नियंत्रण के तहत की गयी कारिस्तानी के अलावा कुछ नहीं है। विजेता मित्र-राष्ट्रों की मंशा के मुताबिक़ लिखे जाने के कारण उसका असलियत से कोई ताल्लुक़ नहीं है। बार्न्स ने दावा किया कि नाज़ियों के युद्ध अपराध हों, या होलोकास्ट (युरोपियन यहूदियों का नरसंहार) हो, इन आरोपों को तथ्यगत रूप से सही नहीं ठहराया जा सकता। बार्न्स की विरासत का असर यह हुआ कि इतिहास-लेखन के दायरे में एक नया स्कूल ही उभर आया। राष्ट्रवादी इतिहास-लेखन का विरोध करने वाले इसके सदस्यों की कोशिश थी कि संशोधनवाद को अभिव्यक्ति की स्वतंत्रता और सत्य को धरती पर उतारने वाले बुद्धिसंगत विचार के तौर पर देखा जाना चाहिए। संशोधनवादी इतिहासकारों की रचनाएँ पश्चिम से लेकर मध्य-पूर्व तक अति-दक्षिणपंथी और पुनरुत्थानवादी रुझान वाले पाठक वर्ग और बुद्धिजीवियों के छोटे से तबके के बीच लोकप्रिय हैं।

मार्क्सवादी हलक़ों में संशोधनवादी होना एक गाली की तरह माना जाता रहा है। दिलचस्प बात यह है कि एक-दूसरे को संशोधनवादी कहने का मार्क्सवादी आंदोलन में एक लम्बा सिलसिला है। मसलन, चीनी कम्युनिस्ट नेता माओ त्से तुंग ने स्तालिन के बाद सोवियत संघ की कमान सँभालने वाले निकिता ख्रुश्चेव को संशोधनवादी क़रार दिया, लेकिन माओ को अल्बानियन कम्युनिस्टों ने संशोधनवादी बताया। इससे पहले 1957 में पोलिश नेता व्लादिस्लाव गोमुल्का बीसवीं सोवियत कांग्रेस में स्तालिन की भर्त्सना करने वाली ख्रुश्चेव रिपोर्ट की प्रशंसा करने वालों को संशोधनवादी कहते हुए पाये गये, लेकिन उन्हीं गोमुल्का को रोमानियन कम्युनिस्टों द्वारा संशोधनवादी क़रार दिया गया। दिलचस्प बात यह है कि मार्क्सवाद में 'बायें बाज़ू के भटकाव' यानी अतिक्रांतिकारी रुझान वाले भी संशोधनवादी कहलाते हैं, और 'दाएँ बाज़ू के भटकाव' यानी क्रांतिकारी होने के मामले में कमतर समझे जाने वालों पर भी संशोधनवादी होने की तोहमत मढ़ी जाती है।

संशोधनवाद को मार्क्सवादी पॉलिमिक्स के हथियार की तरह इस्तेमाल करने का इतिहास बीसवीं सदी के पहले दशक से शुरू होता है। जर्मन मार्क्सवाद के एक प्रमुख हस्ताक्षर और जर्मन सोशल डेमॉक्रैटिक पार्टी (एसपीडी) के सिद्धांतकार एडुअर्ड बर्न्स्टीन ने 1896 से 1900 के बीच अपने लेखों और पुस्तकों में मार्क्सवादी सैद्धांतिकी की कठोर

आलोचना पेश की। संशोधनवाद के संस्थापक समझे जाने वाले बर्न्सटीन ने कहा कि कहा कि पूँजीवादी समाज के अपरिहार्य ध्वंस और मज़दूर वर्ग के सत्ता पर क़ब्ज़ा करने की मार्क्स द्वारा की गयी भविष्यवाणी नाकाम हो चुकी है। बर्न्सटीन के इस हमले से पूरे युरोप के मार्क्सवादी हलक़ों को काफ़ी आश्चर्य हुआ क्योंकि वे मार्क्स के जोड़ीदार फ्रेड्रिख़ एंगेल्स के घनिष्ठ मित्र और उनकी रचनाओं के वारिस थे। एंगेल्स के देहांत के बाद उन्हें युरोप के प्रमुख मार्क्सवादी स्वरों में से एक माना जाता था। बर्न्सटीन ने दावा किया कि क्रांति को 'अंतिम लक्ष्य' मानने का मार्क्स और एंगेल्स का विचार ठीक नहीं था। मार्क्सवादियों का अंतिम लक्ष्य क्रांतिकारी (रेवोल्यूशनरी) नहीं बल्कि क्रम-विकासवादी (इवोल्यूशनरी) होना चाहिए।

इस लिहाज़ से बर्न्सटीन ने कम्युनिस्टों के सामने शांतिपूर्ण और संसदीय रास्ता अपनाते हुए चुनाव के रास्ते सत्ता में आने का कार्यक्रम रखा। उनका कहना था कि अगर मार्क्सवादी लोकतंत्र के समर्थक हैं और सच्चा लोकतंत्र लाना चाहते हैं तो उन्हें साधन और साध्य के बीच घनिष्ट संबंध पर ज़ोर देना चाहिए क्योंकि लोकतंत्र की स्थापना लोकतांत्रिक तौर-तरीक़ों से ही हो सकती है। उन्होंने एसपीडी से अपील की कि वह केवल मज़दूर वर्ग में ही अपना आधार न बनाये बल्कि मध्यवर्ग को भी अपनी ओर खींचने की कोशिश करे। बर्न्सटीन मार्क्स के इस कथन से भी असहमत थे कि उदारतावाद और समाजवाद दो परस्पर विपरीत विचार हैं। उन्होंने समाजवादियों से आग्रह किया कि वे ख़ुद को उदारतावाद का वारिस मान कर ज्ञानोदयपरक चिंतन के गर्भ से निकली नागरिकता, मानवाधिकार और क़ानून के शासन की भाषा स्वीकार कर लें। बर्न्सटीन के ये विचार द्वितीय विश्व-युद्ध के बाद युरोपीय सामाजिक जनवाद की आधारशिला साबित हुए। लेकिन उनके अपने जीवन में जर्मन समाजवाद के अन्य सिद्धांतकारों, जैसे रोज़ा लक्ज़ेमबर्ग, ऑग्स्त बेबेल और कार्ल काउत्सकी ने संशोधनवादी कह कर उनकी भर्त्सना की।

1908 में लेनिन ने जर्मन और ऑस्ट्रियन सामाजिक जनवाद की उन प्रवृत्तियों को संशोधनवाद क़रार दिया जो उनकी निगाह में ग़ैर-क्रांतिकारी और सुधारवादी थीं। लेनिन के नेतृत्व में बोल्शेविकों ने रूस में सत्ता पर क़ब्ज़ा करने से पहले ही फ्रांस और ब्रिटेन के समाजवादी आंदोलनों की भी संशोधनवादी कह कर निंदा कर डाली। लेनिन के पहले संशोधनवादी होना समाजवाद का गद्दार होना नहीं था। लेकिन मार्क्सवाद में संशोधन की जुर्रत लेनिन की तीखी आलोचना के आईने में विचारधारा के प्रति एक तरह की धोखेबाज़ी लगने लगी। 1917 में अक्तूबर क्रांति की सफलता के बाद लेनिन की कार्यदिशा विजयी घोषित कर दी गयी, और क्रांतिकारिता सच्चे मार्क्सवाद का पर्याय बन गयी। इसके बाद संशोधनवादी पूँजीपति वर्ग के एजेंट, राजकीय पूँजीवाद के प्रोत्साहक, अभिजनवादी, साम्राज्यवाद के दलाल और यहाँ तक कि 'सोशल फ़ासिस्ट' तक कहे जाने लगे। बर्न्सटीन का देहांत 1932 में हुआ। अक्तूबर क्रांति के बाद बोल्शेविकों के संशोधनवाद विरोधी हमले के मुक़ाबले वे क्रांति के सबसे शुरुआती और ज़बरदस्त आलोचकों में एक साबित हुए। उन्होंने व्याख्या की कि लेनिन के नेतृत्व में सोवियत कम्युनिज़्म केवल और केवल ताक़त के प्रयोग में यक़ीन रखता है। बर्न्सटीन की भविष्यवाणी थी कि ऐसी हुकूमत ज़ार के निरंकुश शासन की ही तरह रूस को सामाजिक और आर्थिक गर्त में ले जाएगी।

मार्क्सवादी विमर्श में संशोधनवाद का प्रत्यय थोड़े दिन के लिए 1989 में रोमानियन कम्युनिस्टों के कारण एक बार फिर उभरा। रोमानिया के मार्क्सवादियों ने हंगरी और पोलैण्ड में बहुलतावादी शासन और बाज़ारोन्मुख अर्थव्यवस्था क़ायम करने की कोशिशों को संशोधनवादी क़रार दिया। नब्बे के दशक की शुरुआत में सोवियत ख़ेमे के ध्वंस के बाद संशोधनवाद का सैद्धांतिक क़ॅरियर पहले जैसा चमकदार नहीं रह गया। चीनी कम्युनिस्ट पार्टी ने भी इस शब्दावली का इस्तेमाल तक़रीबन बंद कर दिया है। लेकिन अभी भी अकादमीय हलक़ों में इस पद को राजनीतिक भाषा के अंग के रूप में बरता जाता है।

देखें : अर्नेस्टो चे गुएवारा, आधार और अधिरचना, ऑस्कर रायज़ार्ड लांगे, आंगिक और पारम्परिक बुद्धिजीवी, एंतोनियो ग्राम्शी, कार्ल हाइनरिख़ मार्क्स-1 से 4 तक, क्रांति, क्रांति : मार्क्सवादी विमर्श, ग्योर्गी लूकाच, नयी सदी में मार्क्सवादी विमर्श-1 से 9 तक, निष्क्रिय क्रांति, पेटी बूर्ज़्वा, फ्रेड्रिख़ एंगेल्स, फ्रेंकफ़र्ट स्कूल, भारत में किसान संघर्ष-2 और 4, भारतीय कम्युनिस्ट पार्टी, भारतीय कम्युनिस्ट पार्टी (मार्क्सवादी), भारतीय इतिहास लेखन, भाषा के मार्क्सवादी सिद्धांत, भ्रांत चेतना, बोल्शेविक क्रांति, फ्रांस्वा-चार्ल्स मारी फ़ूरिये, क्यूबा की क्रांति, फ्रेंज़ फ़ानो, हिंसा-1 और 2, मानवेंद्र नाथ राय, माओ त्से-तुंग, माओवाद और माओ विचार, मार्क्सवाद-1 से 5 तक, मार्क्सवादी इतिहास-लेखन, मार्क्सवादी समाजशास्त्र, मार्क्सवाद और पारिस्थितिकी, मार्क्सवादी अर्थशास्त्र, मिख़ायल मिख़ायलोविच बाख़्तिन, समाजवादी वसंत-1 से 4 तक, रॉबर्ट ओवेन, राज्य की मार्क्सवादी अवधारणा, रोज़ा लक्ज़ेमबर्ग, लेनिनवाद, लियोन ट्रॉट्स्की, लिबरेशन थियोलॅजी, सर्वहारा, सांस्कृतिक क्रांति, सैं-सिमों, स्तालिन और स्तालिनवाद, सोवियत समाजवाद-1 से 3 तक, सोवियत सिनेमा, वर्चस्व, व्लादिमिर इलीच लेनिन।

संदर्भ

1. एडुअर्ड बर्न्सटीन (1899), द *प्रिकण्डीशंस ऑफ़ सोशलिज़्म,* सम्पा. और अनु., हेनरी ट्यूडर, केम्ब्रिज युनिवर्सिटी प्रेस, केम्ब्रिज.
2. आर.एफ़. हैमिल्टन (2000), *मार्क्सिज़्म, रिवीज़निज़्म, ऐंड लेनिनिज़्म : एक्सप्लिकेशन, एसेसमेंट, ऐंड कमेंटरी,* प्रेजर, वेस्टपोर्ट, सीटी.

3. *एनसाइक्लोपीडिया ऑफ़ एंटी-रिवीज़निज़्म,* ऑन लाइन उपलब्ध, मार्क्सिस्ट इंटरनेट आरकाइव, डब्ल्यूडब्ल्यूडब्ल्यू. मार्क्सिस्ट्स. ओआरजी
4. डी.ई. लिप्सटैड (1993), *डिनाइंगि द होलोकास्ट : द ग्रोइंग एसॉल्ट ऑन ट्रुथ ऐंड मेमॅरी,* फ्री प्रेस, न्यूयॉर्क.

— अभय कुमार दुबे

संस्कृत काव्यशास्त्र

(Sanskrit Poetics)

आजकल काव्य का तात्पर्य पद्य रचना से लगाया जाता है, पर भारतीय परिप्रेक्ष्य में 'काव्य' शब्द अपने विस्तृत अर्थों में गद्य और पद्य रचनाओं का पर्याय है। इसकी जगह अब साहित्य शब्द प्रयोग में आ गया है। काव्य की अध्ययन-पद्धति, उसके अनुशासन और कसौटियों को लेकर संस्कृत आचार्यों ने काफ़ी गम्भीर विमर्श किया है। भरतमुनि को भारतीय काव्य-शास्त्र का प्रथम आचार्य एवं उनके ग्रंथ नाट्यशास्त्र को काव्य-शास्त्र का प्रारम्भिक ग्रंथ माना जाता है। भारतीय काव्य-चिंतन की परम्परा में कवि को स्रष्टा या विधाता का रूप माना गया है। कई आचार्यों ने काव्य को कई तरह से समझने-समझाने और परिभाषित करने का प्रयास किया है। मम्मट ने लोकोत्तर वर्णन में निपुण कवि के रचना-कर्म को ही काव्य माना है। भणिति के आधार पर भी काव्य कविकृत कर्म है। प्राय : अधिसंख्य आचार्यों ने कवि-कर्म को ही काव्य माना है।

रुद्रट ने अपनी काव्य की परिभाषा में शब्द और अर्थ के संयोग को काव्य माना है। भामह के अनुसार, 'शब्द और अर्थ सहित काव्य है जो गद्य और पद्य के भेद से दो प्रकार का होता है।' आचार्य वामन का कहना है, 'गुण एवं अलंकार से युक्त शब्दार्थ काव्य संज्ञा का वाचक है।' आनंदवर्द्धन कहते हैं, 'शब्द और अर्थ जिसके शरीर हैं वही काव्य है।' मम्मट बताते हैं कि 'दोष रहित, गुण सहित तथा कभी-कभी अलंकार रहित शब्दार्थ काव्य है।' आचार्य विश्वनाथ ने कहा है कि 'रसात्मक वाक्य काव्य है' तथा पण्डित राज जगन्नाथ ने अपनी परिभाषा में काव्य को 'रमणीय अर्थ का प्रतिपादन करने वाला शब्द' बताया है। संस्कृत काव्य-शास्त्र के प्राचीन आचार्यों द्वारा शब्दार्थ को काव्य मानने के कारण शब्द और अर्थ को समान महत्त्व मिला है। बाद के आचार्यों ने प्रत्यक्षत: पद, वाक्य या शब्द कह कर काव्य को परिभाषित किया है। इसीलिए बहुत सारे लोग भारतीय काव्यशास्त्रियों को दो वर्गों में विभाजित करते हैं— पहला, जो शब्द और अर्थ को स्वीकार करता है, तथा दूसरा जो शब्द को स्वीकारता है। इन्हीं आधारों पर आचार्यगण विभिन्न लक्षणों के ज़रिये काव्य के स्वरूप को तय करते रहे हैं।

भरतमुनि ने *नाट्यशास्त्र* में नाटक के अंतर्गत प्राप्त काव्य-तत्त्वों का निरूपण किया है। रस, गुण अलंकार, भाव आदि काव्यांगों का विवेचन करते समय उनका मुख्य बल अभिनय पर है। नाटक में काव्यत्व लाने वाली जिन बातों का उनके द्वारा उल्लेख किया गया है उनमें गुण, अलंकार, रस का समावेश है। अगर काव्य के लिहाज़ से देखा जाए तो काव्य की सबसे प्राचीन परिभाषा *अग्निपुराण* में मिलती है। जिसमें कहा गया है कि इष्ट अर्थ को प्रकट करने वाली पदावली से युक्त ऐसा वाक्य काव्य है जिसमें अलंकार प्रकट हों और जो दोषरहित और गुणयुक्त हो। यह परिभाषा इष्टार्थ, संक्षिप्त, वाक्य, अलंकार, गुण और दोष जैसी पाँच बातों पर बल देती है और काव्य को बाह्य सीमाओं में बाँधने का प्रयत्न करती है। परंतु इससे काव्य का मुख्य प्रभावकारी स्वरूप स्पष्ट नहीं हो पाता ।

भामह 'शब्दार्थौ सहितौ काव्यम' कहते हुए शब्द और अर्थ के संयोग को काव्य मानते हैं। यह परिभाषा काव्य के अत्यंत व्यापक और बाह्य स्वरूप का निरूपण करती है, उस स्वरूप का जिसके तहत काव्य के अतिरिक्त शास्त्र, इतिहास, वार्तालाप आदि भी आ जाएँगे। इस अतिव्याप्ति दोष की वजह से यह परिभाषा काव्य के स्वरूप का स्पष्टीकरण नहीं कर पाती। परवर्ती आचार्यों ने काव्य के बाह्य स्वरूप-निरूपक लक्षणों का खण्डन करते हुए काव्य की आत्मा या अंतर्भूत विशेषता की खोज करनी शुरू की। दण्डी ने कहा कि इष्टार्थ प्रकट करने वाली पदावली तो शरीर मात्र है ,और आनंदवर्द्धन ने कहा, 'काव्य तो शब्दार्थ के शरीर वाला है तथा उसकी आत्मा या वास्तविक तत्त्व कुछ और ही है। इन धारणाओं के चलते अंलकार, रीति, ध्वनि, वक्रोक्ति, औचित्य, अनुमिति और रस जैसे काव्य-सम्प्रदायों का विकास हुआ।'

अलंकार सम्प्रदाय : अलंकार शब्द की एक व्युत्पत्ति के अनुसार, 'अलंक्रियतेऽनेन इति अलंकार:' अर्थात् जिसके द्वारा अलंकृत किया जाता है वही अंलकार है। एक दूसरी व्युत्पत्ति के अनुसार, 'अलंकरोति इति अलंकार:' अर्थात् जो अलंकृत करता है, वह अलंकार है। आचार्य दण्डी के अनुसार शब्द और अर्थ काव्य शरीर के अंग हैं। इसके सौंदर्य की वृद्धि अलंकार का प्रमुख कार्य है। अलंकार काव्य सौंदर्य का पर्याय तथा उसका प्राणभूत तत्त्व है। दण्डी ने अलंकार के लक्षण प्रस्तुत करते हुए कहा है, 'काव्यशोभाकरान धर्मानलंकारान प्रचक्षते।' अर्थात् 'काव्य के शोभाकारक धर्मों को अलंकार कहा जाता है।' इस अवधारणा के आधार पर अनुप्रास, उपमा आदि तो अलंकार हैं ही, गुण, रस, ध्वनि आदि अन्य तत्त्वों

को भी अलंकार ही माना गया है। इसी दृष्टिकोण के कारण अलंकारवादी आचार्यों ने अलंकार-तत्त्व को काव्य की आत्मा घोषित किया।

भामह और दण्डी काव्य का समस्त सौंदर्य अलंकार को मानते हैं। वामन अपनी कृति *काव्यालंकार सूत्रवृत्ति* में दण्डी की तरह वे काव्य की शोभा करने वाले धर्म को अलंकार न मान कर गुण मानते हैं। उनके अनुसार अलंकार गुण के उत्कर्ष का कारण-स्वरूप है। परवर्ती आचार्यों में मतभेद इन्हीं दो स्वरूपों के कारण रहा। पर अलंकार को काव्य के लिए आवश्यक मानने वाले आचार्यों की संख्या काफ़ी रही।

रीति का कोशगत अर्थ है, 'गमन-प्रणाली', जिससे जाया जाए या गतिशील हुआ जाए। अत: मार्ग, पंथ, पद्धति, प्रणाली, शैली आदि इसके पर्यायवाची शब्द हैं। बाण ने *हर्ष चरित* में इसे साहित्यिक विशेषताओं या शैलियों के रूप में संकेतित करते हुए लिखा है, 'श्लैषप्रायमुदीच्येषु, प्रतीच्यष्वर्थमात्रकम्। उत्प्रेक्षादाक्षिणात्येषु गौडेष्वक्षरडम्बर: ॥' इस प्रकार उत्तरी, पश्चिमी, दक्षिणी और पूर्वी प्रदेशों की साहित्यिक शैली की विशेषताओं के उल्लेख रूप में बाण ने जिसका संकेत किया, वही आगे चलकर भामह, दण्डी आदि आचार्यों द्वारा रीति या मार्ग के रूप में स्वीकृत हुआ। भामह ने वैदर्भ और गौड़ीय रीति का उल्लेख किया है। दण्डी ने इनका संबंध विशेषत: गुण से स्थापित किया है। उनके विचार से जिसमें दसों गुणों का समावेश हो, वह वैदर्भ मार्ग है और इसके विपरीत जिनमें इनकी शिथिलता हो वह गौड़ीय मार्ग है। आचार्य वामन ने रीति को काव्य की आत्मा बताते हुए भारतीय काव्य-शास्त्र में काव्य की आत्मा की खोज की परम्परा डाली। और उन्होंने रीति के तीन प्रकार बताये : वैदर्भी, गौड़ीय और पांचाली।

विदर्भादि देशों में प्रचलित रीति वैदर्भी है। यह समस्त गुणों से युक्त होती है। यह दोषरहित, वीणा के स्वरों के समान मधुर और कुछ इस प्रकार की विशेषता से संबंधित है जो शब्द और अर्थ के चमत्कार से अलग तरह की है। गौड़ीय रीति ओजपूर्ण और कांतिमयी होती है। इसमें मधुरता और सुकुमारता का अभाव रहता है। समास के अधिक प्रयोग वाली इस रीति में पदावली उग्र रहती है। पांचाली रीति माधुर्य और सुकुमारता से सम्पन्न होती है। यह अगठित, भावशिथिल, छायायुक्त, मधुर और सुकुमार होती है। रुद्रट ने समास आधारित रीति के चार भेद माने हैं— वैदर्भी समास रहित, पांचाली लघु समास वाली, लाटीया माध्यम समास वाली और गौड़ीय दीर्घ समास वाली। राजशेखर के अनुसार वैदर्भी समास रहित, स्थानानुप्रयास और योगवृत्ति से युक्त तथा गौड़ी दीर्घसमास, अनुप्रासयुक्त तथा योगवृत्ति परम्परायुक्त होती है। कुंतक ने वामन की रीति संबंधित सिद्धांत की आलोचना करते हुए रीति के तीन भेद बताये हैं : सुकुमार, विचित्र और मध्यम।

ध्वनि सिद्धांत के अनुसार काव्य की आत्मा ध्वनि है। ध्वनित होने वाला व्यंग्यार्थ जहाँ पर प्रधान होता है वहाँ ध्वनि मानी गयी। आनंदवर्द्धन ने इस संबंध में कहा कि ध्वनिकाव्य वह विशिष्ट प्रकार है जिसमें शब्द और अर्थ अपने स्वरूप को छिपाते हुए उस अर्थ को अभिव्यक्त करते हैं जो काव्य का परम रहस्य है। अत: वह विशिष्ट प्रकार का उत्तम काव्य है। वाच्यार्थ से अधिक चमत्कार व्यंग्यार्थ ध्वनिकाव्य है। ध्वनिकाव्य का संबंध वाच्यार्थ-व्यंग्यार्थ आदि से है अत: ध्वनि के स्वरूप को शब्द-शक्ति के ज़रिये समझा जा सकता है।

वक्रोक्ति सिद्धांत के प्रवर्तक आचार्य कुंतक माने जाते हैं। भामह ने वक्रोक्ति के भीतर काव्य के समस्त सौंदर्य और शोभा का समावेश माना है। आचार्य कुंतक ने वक्रोक्ति के अतिरिक्त और सबको अलंकृति न मानकर विषय या अलंकार्य माना है। अलंकार के मूल वक्रोक्ति को ही कुंतक अलंकृति के रूप में देखते हैं और इसी रूप में उन्होंने वक्रोक्ति का प्रतिपादन किया है। वक्रोक्ति अलंकृति है। यह कथन की भंगिमा है, जो उक्ति को शोभा प्रदान करती है। उक्ति में चमत्कार और चारुता का सम्पादन वक्रोक्ति के द्वारा ही होता है। अत : वक्रोक्ति काव्य का जीवन है। यह विशेषता काव्य में कवि की प्रतिभा के संयोग से आती है। आचार्य कुंतक ने इसके छह भेद माने हैं : वर्णविन्यासवक्रता, पदपूर्वार्धवक्रता, पदपरार्धवक्रता, वाक्यवक्रता, प्रकरणवक्रता और प्रबंधवक्रता।

रस सिद्धांत के अनुसार जो आस्वादित किया जाए वही रस है। भरत मुनि का कथन है कि काव्यार्थ का आस्वादन किया जाता है इसलिए वह रस है। भट्ट लोल्लट, श्री शंकुक, भट्टनायक और अभिनव गुप्त आदि आचार्यों ने इस सिद्धांत की मौलिक व्याख्या की लेकिन ये आचार्य इसके संयोग और निष्पत्ति पर एकमत नहीं हो पाये।

आचार्य क्षेमेंद्र ने काव्य-औचित्य का सवाल उठाया और औचित्य-सिद्धांत का प्रतिपादन किया है। औचित्य ही काव्य का मूल तत्त्व है। इसकी वजह से ही काव्य में विविध गुणों और चमत्कारों का विकास होता है। औचित्य काव्य का अंतरंग तत्त्व है। इसके बिना सारे गुण महत्त्वहीन हो जाते हैं। यह सिद्धांत आधुनिक काव्य के संदर्भ में भी काफ़ी उपयोगी समझा जाता है।

उपर्युक्त काव्य-सिद्धांतों द्वारा संस्कृत के काव्य-आचार्यों ने काव्य के सौंदर्य, विशेषताएँ और उसके अनुशासन के लिए मानदण्ड स्थापित किये और अलंकार, रीति, वक्रोक्ति, ध्वनि, रस आदि सिद्धांत गढ़े। ये सिद्धांत शुद्ध

कवित्व की दृष्टि से काव्य की कसौटी प्रस्तुत करते हैं। इनके द्वारा अभिव्यक्ति की उत्कृष्टता या सौष्ठव की परख की जा सकती हैं। लेकिन इन सिद्धांतों के आधार पर की गयी आलोचना में काव्य का रूपवादी पक्ष ही आता है, वस्तुवादी पक्ष नहीं आ पाता। इसका कारण यह रहा कि इन आचार्यों ने कवित्व की शुद्ध स्थिति रूपवादी पक्ष में देखी और उन्होंने वस्तुगत विशेषता को शास्त्र या दर्शन का विवेच्य माना।

देखें : आर्यभट्ट और *आर्यभटीय*, उपनिषद्, कपिल, *अर्थशास्त्र* और कौटिल्य, गोपीनाथ कविराज, गोविंद चंद्र पाण्डे, चैतन्य महाप्रभु, जैन दर्शन, न्याय दर्शन, दया कृष्ण, नागार्जुन, पतंजलि और *योगसूत्र*, पाणिनि और *अष्टाध्यायी*, पुराण, पूर्व-मीमांसा दर्शन, बदरी नाथ शुक्ल, बादरायण, बौद्ध दर्शन, *भगवद्गीता*, भरत और *नाट्यशास्त्र*, मुकुंद लाठ, *भागवत पुराण*, *महाभारत*, यशदेव शल्य, योग दर्शन, रामानुजाचार्य, रामअवतार शर्मा, लोकायत, वात्स्यायन और *कामसूत्र*, वेदांत दर्शन, वैशेषिक दर्शन, शंकराचार्य, षड्-दर्शन-1 और 2, स्मृति-साहित्य, सांख्य दर्शन-1 और 2, सिद्ध-नाथ परम्परा।

संदर्भ

1. भागीरथ मिश्र (1996), *पाश्चात्य काव्यशास्त्र*, विश्वविद्यालय प्रकाशन, वाराणसी
2. सभापति मिश्र (2008-9), *साहित्यशास्त्र और हिंदी आलोचना*, ग्रीनवर्ल्ड पब्लिकेशंस, इलाहाबाद.
3. सत्येंद्र सिंह, प्रकाश उदय और दुर्गा प्रसाद ओझा, *साहित्यशास्त्र और हिंदी आलोचना*, प्रकाशन केंद्र, लखनऊ.

— अजय कुमार पाण्डेय

संस्कृति

(Culture)

संस्कृति की कोई एक परिभाषा देना लगभग असम्भव है, क्योंकि इस शब्द का इस्तेमाल अनगिनत संदर्भों और भिन्न-भिन्न अर्थों में किया जाता है। अल्फ्रेड क्रोबर और क्लायड क्लुकहोन की रचना *कल्चर : अ क्रिटिकल रिव्यू ऑफ़ कंसेप्ट्स ऐंड डेफ़िनिशंस* में इसकी 164 परिभाषाएँ गिनायी गयी हैं। बहरहाल, समाज-विज्ञान में इतिहास, मानवशास्त्र और समाजशास्त्र के अनुशासन संस्कृति को ऐसे अनौपचारिक और सहज एजेंट की तरह देखते हैं जो अनूठी मानवीय गतिविधियों के ज़रिये मनुष्य और उसकी सामाजिक संरचनाओं के क्रम-विकास पर अपनी छाप छोड़ता है। संस्कृति में मानवीय सम्भावनाओं का आत्म-सचेत मूल्यांकन सुलभ कराने की सम्भावना होती है। वह मूल्यों के एक विन्यास की नुमाइंदगी करती है जिससे बनने वाले आदर्शों के आईने में मानवीय जीवन के वांछनीय स्वरूपों के दर्शन किये जाते हैं। इस लिहाज़ से संस्कृति एक ऐसा अपरिहार्य उपकरण है जिसके प्रयोग से मनुष्य और उसका पर्यावरण अपने भीतर होने वाले परिवर्तनों की गति और दिशा को एक सीमा तक नियंत्रित कर सकता है।

मनुष्य जैसे ही अपने प्रयासों से कुदरत द्वारा थमायी गयी विरासत के परे जाता है, वैसे ही संस्कृति की शुरुआत होती है। संस्कृति की मौजूदगी यह बताती है कि हम सब एक ऐसे जगत में रहते हैं जो मनुष्यों द्वारा ही रचा गया है और जिसकी सार्थकता उन्हीं की देन है। अपनी रोज़ाना की ज़िंदगी का साक्षात्कार करते हुए हमें संस्कृति और उसके असंख्य रूपों की जटिलताओं का एहसास होता है। इनमें से दो आयामों की शिनाख़्त संस्कृति के आधारभूत तत्त्वों के तौर पर की जा सकती है : रचनाशीलता और निर्माण की मानवीय क्षमता, और भाषा को बरतने की योग्यता। इन्हीं दोनों तत्त्वों के संयोग ने परिष्कृत अभिरुचियों, ललित कलाओं और मानव-विज्ञानों का विकास किया है जिनसे संस्कृति का अभिजन दायरा बनता है। यही संयोग उस प्रतीक-चिंतन और सामाजिक प्रतिभा को जन्म देता है जिससे मानवीय ज्ञान, आस्था की प्रणालियों और व्यवहार-शैलियों के समेकित प्रारूप पैदा होते हैं। यह संयोग मनुष्य को उन प्रवृत्तियों, मूल्यों, लक्ष्यों और आचरणों की साझेदारी की तरफ़ ले जाता है जिनसे संस्थाओं, समूहों और संगठनों की रचना होती है।

लैटिन के शब्द 'कल्चरा' से निकले शब्द कल्चर को उसके मौजूदा अवधारणात्मक तात्पर्य अट्ठारहवीं सदी के युरोप में मिले जब उसे परिष्कार या सुधार की प्रक्रिया के रूप में देखा गया। शुरू में इस परिष्कार का ज्ञेय उदाहरण 'एग्रीकल्चर' या 'होर्टीकल्चर' के रूप में ही दिया जाता था, पर उन्नीसवीं सदी में इसका अर्थ शिक्षा द्वारा व्यक्ति के परिष्कार से जुड़ गया। इसे राष्ट्रीय आकांक्षाओं या आदर्शों की पूर्ति से संबंधित क़रार दिया गया। इसी सदी के मध्य में संस्कृति मनुष्य की सार्वभौम क्षमता का पर्याय बन गयी। बीसवीं सदी में संस्कृति का विमर्श मानवशास्त्र के केंद्र में आ गया और उसे उन सभी मानवीय परिघटनाओं की समेकित अभिव्यक्ति की संज्ञा दी गयी जिनमें जेनेटिक्स की कोई भूमिका नहीं थी। एक तरफ़ मार्क्स से ली गयी अंतर्दृष्टियों के सहारे फ्रैंकफ़र्ट स्कूल के विद्वानों ने मज़दूर वर्ग के संदर्भ में अपना सांस्कृतिक विमर्श विकसित किया, और दूसरी ओर सांस्कृतिक मानवशास्त्र ने टैलकॉट पार्संस के नेतृत्व में संस्कृति को ठोस रूप से परिभाषित करने का यत्न किया। द्वितीय विश्व-युद्ध के बाद संस्कृति संबंधी अध्ययनों के अनुशासन का विकास हुआ।

मैथ्यू अरनॉल्ड (1822-1888)

एक संस्कृति या अनेक संस्कृतियाँ : अट्‌ठारहवीं सदी में युरोप की बौद्धिक ज़मीन पर जिस विचार का विकास हुआ उसमें संस्कृति को एकवचन के रूप में देखने का रुझान था। उन्नीसवीं सदी तक यह प्रवृत्ति प्रभावी हो गयी। पश्चिमी साम्राज्यवाद से जुड़ कर यह रवैया प्रगति के सार्वभौम आग्रह के सहारे कहता नज़र आया कि लोगों का व्यवहार जितना बुद्धिसंगत होगा, उनकी सांस्कृतिक प्रगति उतनी ही बेहतर होती चली जाएगी। इस तरह संस्कृति और तर्कबुद्धि के विकास को एक ही तराजू में तौल दिया गया। संस्कृति के इस मॉडल के आलोचकों की मान्यता है कि इसके पीछे एक राजनीतिक एजेंडा काम कर रहा था जिसके आधार पर साम्राज्यवादियों ने हर जगह अपनी सत्ता आरोपित करने के साथ-साथ संस्कृति के अभिजनवादी मानकों को भी थोपा। यही राजनीतिक एजेंडा आगे चल कर सांस्कृतिक साम्राज्यवाद के रूप में सूत्रीकृत हुआ।

इसके विपरीत आधुनिक मानवशास्त्र ने उदारतावादी रवैया अपनाते हुए आग्रह किया कि संस्कृति को हमेशा बहुलवादी अर्थों में ही ग्रहण किया जाना चाहिए। उसका मूल्यांकन सदैव अपने विशिष्ट संदर्भ में ही किया जा सकता है। मानवशास्त्र ने सभी संस्कृतियों को एक ही स्तर का मानते हुए पहले तो इस धारणा का खण्डन किया कि प्रौद्योगिकीय श्रेष्ठता का मतलब सांस्कृतिक श्रेष्ठता भी है। उसने हर संस्कृति को एक विशिष्ट ऐतिहासिक प्रक्रिया की देन बताया जिसके तहत लोग अपने देश-काल में ज़िंदगी गुज़ारने के तौर-तरीक़े ग्रहण करते, सीखते और रचते हैं। इस लिहाज़ से संस्कृति एक नवजात शिशु को सहज रूप से उपलब्ध नहीं होती। बालक में भाषा सीखने की स्वाभाविक क्षमता तो होती है, पर इससे यह तय नहीं होता कि वह कौन सी भाषा, उसका व्याकरण और उसकी विशिष्टताएँ लाज़मी तौर से सीख ही लेगा।

संस्कृति की बहुलतावादी अवधारणा को सर्वाधिक संगीन मुक़ाबला आधुनिकतावादी विचार से करना पड़ा है। संस्कृति के क्षेत्र में यह विमर्श बेहद नफ़ीस तरीक़े से चलाया गया। यहाँ तक कि आधुनिकता की आलोचना के नाम पर भी संस्कृति के एकवचन की पैरोकारी की गयी। इस बहस का सबसे दिलचस्प उदाहरण उन्नीसवीं सदी में मिलता है। 1896 में प्रकाशित अपनी रचना *कल्चर ऐंड एनार्की* में अंग्रेज़ शिक्षाशास्त्री और लेखक मैथ्यू अरनॉल्ड ने तर्क दिया कि संस्कृति के उच्चतर सौंदर्यशास्त्रीय रूपों का प्रचार-प्रसार किये बिना उद्योगीकरण और शहरीकरण से पैदा होने वाली विकृतियों का मुक़ाबला नहीं किया जा सकता। चूँकि आधुनिक विकास के कारण साधारण लोगों को भी नागरिक अधिकारों की दावेदारी का मौक़ा मिल गया है इसलिए ऑर्नल्ड का तर्क था कि सर्वाधिक शिक्षित वर्ग यानी अभिजन को ही अपने मूल्यों के आधार पर जन-साधारण को शिक्षित और परमार्जित करने का दायित्व उठाना पड़ेगा।

अरनॉल्ड के इस आग्रह के ठीक विपरीत कार्ल मार्क्स सामाजिक जगत में संस्कृति को एक विशिष्ट दायरे के तौर पर स्वीकार करने के लिए तैयार नहीं हुए। उन्होंने इस संदर्भ में आधार और अधिरचना (बेस ऐंड सुपरस्ट्रक्चर) का एक समीकरण तजवीज़ किया। मार्क्स का कहना था कि पूँजीवाद के केंद्र में श्रम का शोषण है जिसके कारण श्रम बेचने और ख़रीदने वालों के बीच संघर्ष अनिवार्य है। इसी 'आधार' से व्यक्तिगत चेतना और साझा विचारों का जन्म होता है। परिवार और क़ानून जैसी सामाजिक संस्थाओं के सहयोग से इसी आधार के ऊपर 'अधिरचना' तैयार होती है। इसे समझने के लिए ज़रूरी है कि आधार को बनाये रखने में उसकी भूमिका को रेखांकित किया जाए। ज़ाहिर है कि मार्क्स संस्कृति को अधिरचना की संज्ञा देते हैं जिसका काम आधार की उत्तरजीविता बरक़रार रखना है।

उन्नीसवीं सदी के आख़िरी दशक से लेकर बीसवीं सदी के तीसरे दशक का दौर मुद्रण और वितरण की नयी प्रौद्योगिकियों के विकास का माना जाता है। इस दौर में अख़बार, पत्रिकाएँ और उपन्यास बड़े पैमाने पर छपने और बिकने लगे। इसके फ़ौरन बाद रेडियो और सिनेमा के विकास ने गति पकड़ी। इन परिघटनाओं ने संस्कृति के बाज़ारू, संस्थागत और लोकप्रिय रूपों को जन्म दिया। इसके प्रति अनुक्रिया करते हुए फ्रेंक और क्वीनी लीविस जैसे साहित्यालोचकों ने स्कूली शिक्षा में ऐसे पहलुओं का समावेश करने का सुझाव दिया जिनकी मदद से छात्र शुरू से ही मुनाफ़े के मक़सद से किये जाने वाले संस्कृति के थोक उत्पादन और

उसकी बिक्री के प्रति आलोचनात्मक रवैया अख़्तियार करना सीख सकें। लीविस का तर्क था कि ऐसे शिक्षित लोग तथाकथित 'लोकप्रिय' संस्कृति की पतनशील प्रकृति को भाँप कर एक प्रामाणिक और 'ऑर्गनिक' संस्कृति की समझ ग्रहण करेंगे। इस प्रामाणिक संस्कृति के रूप ग्रामीण जीवन की कौशलपूर्ण दस्तकारी से लेकर परिष्कृत कलाओं के विकास तक फैले हुए हैं।

बाज़ारू और प्रामाणिक संस्कृति के इस अंतर्विरोध में उद्योगीकरण से पहले के युग के सांस्कृतिक विन्यास को बहुत उम्मीद भरी निगाहों से देखा गया था। लेकिन, इस प्रक्रिया में उद्योगीकरण के गर्भ से जन्मे मज़दूर वर्ग की सांस्कृतिक ज़रूरतों की अहमियत पृष्ठभूमि में चली गयी थी। हक़ीक़त यह थी कि यह वर्ग अपने सांस्कृतिक आधारों की तलाश में उन खेत-खलिहानों की तरफ़ वापसी नहीं कर सकता था जिसे छोड़ने के बाद उसे उद्योगवादी संसार की रिहाइश मिली थी।

संस्कृति और मज़दूर वर्ग के प्रश्न पर सबसे ज़्यादा नफ़ासत और गहराई से विचार करने का श्रेय फ्रैंकफ़र्ट स्कूल के मार्क्सवादी विद्वानों को जाता है। समाजवैज्ञानिकों के इस समूह ने बहुअनुशासनीय रवैया अख़्तियार करते हुए मज़दूरों की सामाजिक स्थितियों में हुए वास्तविक परिवर्तनों को रेखांकित करना शुरू किया। थियोडोर एडोर्नो और मैक्स होर्खाइमर की दलील थी कि जिस तरह औद्योगिक उत्पादन एक स्टैंडर्ड फ़ॉर्मूले के तहत सम्पन्न होता है, उसी तरह सिनेमा, रिकॉर्डिंग संगीत और रेडियो के कार्यक्रमों का उत्पादन भी एक तयशुदा ढर्रे के मुताबिक़ किया जा रहा है। दर्शकों और श्रोताओं (जो इस सांस्कृतिक माल का उपभोक्ता है) के पास अधिक रचनात्मक और चुनौतीपूर्ण सांस्कृतिक उत्पादन को समझने, आनंद लेने और सराहने की न तो समय है और न ही योग्यता।

फ्रैंकफ़र्ट स्कूल के इन विद्वानों ने इसी दलील को आगे विकसित करते हुए दावा किया कि यह सांस्कृतिक माल उपभोक्ताओं की माँग के दबाव में तैयार नहीं किया जा रहा है। बल्कि यह तो एक संस्कृति-उद्योग की देन है जिसका उपयोग सामाजिक नियंत्रण के साधनों की तरह किया जाता है। एडोर्नो का तो यहाँ तक कहना था कि लोकप्रिय संगीत की धुनें फ़ौजी मार्च की धुनों की ही तरह अपने श्रोताओं को आज्ञापालन की तरफ़ ले जाती हैं।

द्वितीय विश्व-युद्ध के बाद पचास के दशक में अमेरिका की आर्थिक समृद्धि और एक महाशक्ति के रूप में उसका उदय बुद्धिजीवियों को ऐसे सामाजिक सिद्धांतों के सूत्रीकरण करने की तरफ़ ले गया जिनके पीछे उथल-पुथल और संघर्ष से बचते हुए समाज व्यवस्था को टिकाये रखने की मंशा काम कर रही थी। इन सिद्धांतों ने एक उम्मीदों से भरे हुए संसार की तस्वीर पेश की। इस युग के प्रमुख अमेरिकी समाजशास्त्री टैलकॉट पार्संस ने अन्य विद्वानों के सहयोग से समाज-विज्ञानों को एकीकृत करने की कोशिश की। उन्होंने मनोविज्ञान, समाजशास्त्र, अर्थशास्त्र, राजनीति और मानवशास्त्र की अंतर्दृष्टियों की मिली-जुली मदद से संस्कृति को परिभाषित किया।

पार्संस ने संस्कृति को एक ऐसे सामाजिक क्षेत्र के रूप में प्रस्तुत किया जिसमें साझा प्रतीकात्मक तात्पर्य पनपते हैं। इन्हीं तात्पर्यों के माध्यम से व्यक्ति विशिष्ट से सामान्य की ओर बढ़ता है जिससे सम्प्रेषण और प्रकारांतर से समाज सम्भव होता है। पार्संस ने संस्कृति को एक अवशिष्ट श्रेणी मानने से इनकार करते हुए उसे 'समाज व्यवस्था' और 'व्यक्तित्व' के साथ सामाजिक क्रिया के तीसरे आधार स्तम्भ की संज्ञा दी।

पार्संस के प्रभाव में विद्वानों ने आम जनता के लिए थोक में उत्पादित किये जाने वाले सांस्कृतिक रूपों के अध्ययन को ठंडे बस्ते में डाल दिया। लेकिन, इतिहासकारों और साहित्यालोचकों ने इस पहलू पर फिर से रोशनी डाली। इस सिलसिले का नेतृत्व मार्क्सवादी चिंतक रेमण्ड विलियम्स ने किया। विलियम्स का तर्क था कि संस्कृति को अभिजन दायरे से निकाल कर रोज़ाना की ज़मीन पर पैदा होने वाले अनुभवों, विचारों और रीति-रिवाज़ों की रोशनी में परिभाषित किया जाना चाहिए। दूसरी तरफ़ विलियम्स राजनीतिक और व्यावसायिक लाभ के लिए संस्कृति के चतुर इस्तेमाल से भी चिंतित थे।

उधर फ्रांस में संस्कृति को एक भौतिक शक्ति के रूप में व्याख्यायित करके सांस्कृतिक पूँजी की अवधारणा का विकास समाजशास्त्री पिएर बोर्दियो ने किया। साठ के दशक में नव-मार्क्सवादी सोच के दायरे में काम करते हुए बोर्दियो ने वर्ग-रचना की प्रक्रिया में सामाजिक पूँजी के साथ-साथ सांस्कृतिक ज्ञान और अभिरुचियों की भूमिका की भी जाँच-पड़ताल की। उन्होंने निष्कर्ष निकाला कि विभिन्न पीढ़ियों के बीच सत्ता और विशेष सुविधाओं का हस्तांतरण सांस्कृतिक पूँजी के रूप में होता है। सांस्कृतिक पूँजी के प्रभाव को रेखांकित करने के लिए उन्होंने समाजशास्त्र की क्लासिक तकनीक का इस्तेमाल करते हुए बड़े पैमाने के सामाजिक सर्वेक्षण किये। उन्होंने दिखाया कि यह सांस्कृतिक पूँजी एक पीढ़ी से दूसरी पीढ़ी को हस्तांतरित की जा सकती है। इसके आधार पर आर्थिक लाभ भी प्राप्त होता है। हालाँकि इन उच्चस्तरीय सांस्कृतिक अभिरुचियों की रचना सामाजिक रूप से होती है, पर वर्ग-व्यवस्था के प्रभाव में इन्हें कुछ विशेष वर्गों के लिए नैसर्गिक गुणों की तरह देखा जाता है।

इसी दौर में बरमिंघम विश्वविद्यालय स्थित सेंटर फ़ॉर कंटेम्परेरी कल्चरल स्टडीज़ में समाजशास्त्री स्टुअर्ट हाल के

नेतृत्व में संस्कृति-अध्ययन का विकास हुआ। हाल ने इतालवी मार्क्सवाद के प्रमुख हस्ताक्षर एंटोनियो ग्राम्शी द्वारा प्रवर्तित 'वर्चस्व' की धारणा का सहारा लेकर अपना विमर्श विकसित किया। हाल ने ध्यान दिलाया कि ग्राम्शी ने आधार और अधिरचना के मार्क्सवादी सिद्धांत का किस प्रकार विकास किया है। अधिरचना होने के बावजूद ग्राम्शी संस्कृति को आर्थिक आधार का मोहताज मानने के लिए तैयार नहीं थे। उन्होंने उसे स्वतंत्र और स्वायत्त रूप से सामाजिक प्रभाव पैदा करने में सक्षम क़रार दिया। हाल के इन प्रयासों से सांस्कृतिक उत्पादन के कई आयामों के विचारोत्तेजक अध्ययन का रास्ता खुला।

देखें : ज्याँ-पाल सार्त्र, टीवी और टीवी अध्ययन, टीवी और सेक्शुअलिटी, टीवी और समाचार, पिएर बोर्दियो, फ्रैंकफ़र्ट स्कूल, बाज़ारू संस्कृति, बहुसंस्कृतिवाद, युरोकेंद्रीयता, रोलाँ बार्थ, लुई अलथुसे, संस्कृति-अध्ययन, संस्कृति : मार्क्सवादी परिप्रेक्ष्य, संस्कृति-उद्योग, सांस्कृतिक साम्राज्यवाद, सोप ओपेरा।

संदर्भ

1. सिमोन ड्यूरिंग (सम्पा.) (1999), *द कल्चरल स्टडी रीडर*, रॉटलेज, लंदन.
2. बोर्दियो (1986), *डिस्टिंक्शन : अ सोशल क्रिटीक ऑफ़ द जजमेंट ऑफ़ टेस्ट*, रॉटलेज, लंदन.
3. मैथ्यू अरनॉल्ड (1952), *कल्चर ऐंड एनार्की*, मैकमिलन, न्यूयॉर्क.
4. ए.एल. क्रोबर और सी. क्लुकहोन (1952), *कल्चर : अ क्रिटीकल रिव्यू ऑफ़ कंसेप्ट्स ऐंड डेफ़िनिशंस*, पीबॉडी म्यूज़ियम, केम्ब्रिज, एमए.
5. क्लिफ़र्ड गीर्ट्ज (1973), *द इंटरप्रिटेशन ऑफ़ कल्चर : सिलेक्टिड एसेज़*, न्यूयॉर्क.

— अभय कुमार दुबे

संस्कृतीकरण

(Sanskritisation)

संस्कृतीकरण का आशय एक ऐसी सामाजिक प्रक्रिया से है जिसके तहत कोई नीची मानी जाने वाली जाति, आदिवासी समूह या ऐसा ही कोई समुदाय अपनी सामाजिक हैसियत उठाने का उद्यम करता है, और इस कोशिश में किसी ऊँची जाति, ख़ास तौर पर द्विज परम्पराओं, अनुष्ठानों, मान्यताओं, विचारधारा और जीवन-शैली का अनुकरण करता हुआ दिखाई देता है। अर्थात् संस्कृतीकरण के ज़रिये किसी समुदाय की आकांक्षा यह रहती है कि जाति के स्थानीय पदानुक्रम में उसका स्थान ऊपर उठ सके। संस्कृतीकरण के आग्रह और उसकी प्रक्रिया में दो बातें पूर्व-शर्त की तरह निहित होती हैं। एक, आकांक्षी समुदाय या जाति की आर्थिक अथवा राजनीतिक स्थिति में बढ़ोतरी और दूसरे उसकी आत्म-चेतना का हिंदू धर्म की किसी बृहत परम्परा के स्रोत जैसे धार्मिक स्थल, मठ या धर्मांतरणवादी समूह से जुड़ाव। ग़ैर-हिंदू समूहों, जैसे आदिवासी समुदायों या प्रवासी जातीयता समूहों, के मामले में संस्कृतीकरण का अनिवार्य परिणाम यह होता है कि ऐसे समूहों को हिंदू परम्परा में समाहित करके उन्हें एक जाति के रूप में मान्यता दे दी जाती है। इस तरह संस्कृतीकरण एक गहन और बहुपरती प्रक्रिया है। इसका असर समाज और उसकी संस्कृति के हर पहलू- भाषा, साहित्य, विचारधारा, संगीत, नृत्य, नाटक, जीवन-शैली तथा अनुष्ठानों पर देखा जा सकता है। यह सिर्फ़ हिंदू धर्म तक सीमित नहीं है।

संस्कृतीकरण भारतीय समाजशास्त्र की विशिष्ट अवधारणा है। इस पर विशद और व्यापक काम करने का श्रेय एम.एन. श्रीनिवास को जाता है। वैसे एक अन्य समाजशास्त्री एस.के. चटर्जी भी उसी काल में इस परिघटना का अध्ययन कर रहे थे। श्रीनिवास ने भी इस बात का उल्लेख किया है कि इस पद का ज़िक्र चटर्जी के 1950 में प्रकाशित एक लेख में किया गया था। हालाँकि श्रीनिवास अपने डीफ़िल प्रबंध में इस पद का प्रयोग 1947 में कर चुके थे, लेकिन उनका यह अध्ययन 1952 में प्रकाशित हुआ था।

चटर्जी संस्कृतीकरण को ऐतिहासिक प्रक्रिया के रूप में देखते हैं। उनके अनुसार यह एक ऐसी दोहरी प्रक्रिया थी जिसके तहत भारत में बाहर से आने वाले प्राक्-आर्य और अनार्य समुदाय एक तरफ़ स्थानीय संस्कृति को अपना रहे थे तो दूसरी ओर देशज संस्कृति उन समुदायों की संस्कृति से प्रभावित और समृद्ध हो रही थी। लेकिन एम.एन. श्रीनिवास ने इस प्रक्रिया को अलग ढंग से देख कर इसकी समझ में एक मौलिक योगदान किया। उन्होंने इस अवधारणा का उपयोग समकालीन समाज की गतिकी को समझने के लिए किया। संस्कृतीकरण को एक व्यापक प्रक्रिया के रूप में समझते हुए श्रीनिवास ने देखा कि इसकी व्याप्ति उपमहाद्वीप के सुदूर हिस्सों में भी है। इसका प्रभाव हिंदू धर्म के अनुयायियों के अलावा ग़ैर-हिंदू समुदायों पर भी पड़ा है। उनका मानना है कि जब नयी जातियाँ पहले से स्थापित जातियों के अनुष्ठानों का अनुसरण करके समाज में प्रतिष्ठा और सत्ता हासिल करने का प्रयत्न करती हैं तो इससे संस्कृतीकरण को वैधता मिलती है और वैसी ही अन्य जातियों का ऊँची जातियों में शामिल होना आसान हो जाता है। भारत में जातियों के व्यवस्थित पदानुक्रम का ढाँचा कुछ ऐसा है कि उसमें अगर निम्न जातियों के संस्कृतीकरण के

लिए गुंजाइश रहती है तो उसे हतोत्साहित भी किया जाता है। निम्न जातियाँ ऊँची जातियों की जीवन-शैली और मान्यताओं का अनुसरण इसलिए करती हैं ताकि समाज में उन्हें सम्मान से देखा जाए और स्थानीय सत्ता-संरचना में उनकी भूमिका भी बढ़े। लेकिन किसी भी क्षेत्र की प्रभुत्वशाली जाति अपनी संस्कृति की कथित श्रेष्ठता को लेकर आग्रही होती है। वह निम्न जातियों को अपने दायरे में प्रवेश करने से रोकती है। परंतु ऐसे तमाम प्रतिबंधों और नियंत्रण के बावजूद संस्कृतीकरण की प्रक्रिया लगातार चलती रहती है।

पारम्परिक सामाजिक व्यवस्था में यह गतिशीलता मुख्यत: दो रूपों में प्रकट हुई। इसका एक रूप वह था जिसमें कोई जाति एक दो पीढ़ियों के अंतराल में क्षेत्र की प्रभुत्वशाली लेकिन पदानुक्रम में अपेक्षाकृत निचली हैसियत की समझी जाने वाली जाति के अनुष्ठानों, आचारों और जीवन-शैली का अनुकरण करके अपनी हैसियत को ऊँचा करने का प्रयास करती थी। इसका दूसरा रूप यह था कि कोई जाति सीधे ही ख़ुद को ब्राह्मण, क्षत्रिय या वैश्य कहने लगती थी। इस दावे को वैध साबित करने के लिए वह ऊँची जातियों के खान-पान, जीवन-शैली और अनुष्ठानों का बेहिचक पालन करने लगती थी।

जाति और संस्कृतीकरण के आपसी संबंध की पड़ताल में कुछ अहम बातों पर ध्यान देने की ज़रूरत है। हिंदू धर्म में समाज का चार विशिष्ट श्रेणियों में विभाजन धर्मशास्त्रों द्वारा समर्थित है। इसे जाति-व्यवस्था का शास्त्रोक्त रूप कहा जा सकता है। लेकिन इसका अर्थ यह नहीं है कि वर्ण-व्यवस्था समग्र भारतीय समाज में एक साथ एक ही रूप में व्याप्त थी। दरअसल, वर्ण-व्यवस्था आदर्श के स्तर पर ही एकसार व्यवस्था थी, वर्ना देश के अलग-अलग क्षेत्रों में इसके वास्तविक और कार्यकारी स्वरूप में ख़ासी भिन्नताएँ थीं। आज़ादी के बाद जातियों की क्षेत्रीय विविधताओं को एक अखिल भारतीय रूपरेखा में समायोजित करने के लिहाज़ से वर्ण-व्यवस्था के ढाँचे का इस्तेमाल किया गया। इसे शिक्षा, बढ़ते शहरीकरण तथा स्थानिक गतिशीलता का मिश्रित परिणाम कहा जा सकता है। दूसरी तरफ़ सामाजिक यथार्थ का नया रूप यह है कि शहर का शिक्षित वर्ग केवल अपनी जाति के परिवेश में नहीं रहता और दूसरों के साथ उसके रिश्ते हमेशा अपनी जाति की विशिष्टता से तय नहीं होते। इसके साथ ग़ैर-धार्मिक विचारों का दायरा बढ़ने से प्रदूषण और शुद्धता की भावना भी उतनी महत्त्वपूर्ण नहीं रह गयी है। ग्रामीण क्षेत्रों के मुक़ाबले शहरी स्पेस में यह बात ज़्यादा साफ़ तौर पर देखी जा सकती है।

ग़ौरतलब है कि बीसवीं सदी की शुरुआत में जब जातिगत चेतना का प्रसार हो रहा था तथा निम्न जातियाँ अपनी सामाजिक हैसियत सुधारने का जतन कर रही थीं तो संस्कृतीकरण का यह दूसरा रूप ही ज़्यादा वांछनीय होकर उभरा। असल में इन जातियों को यह बात जल्द समझ आने लगी थी कि शिक्षा और उर्ध्वगामी गतिशीलता की लड़ाई में आर्थिक और राजनीतिक ताक़त महज़ संस्कृतीकरण से कहीं ज़्यादा कारगर औज़ार हैं। उनका यह आकलन इस नाते ठीक भी था क्योंकि आर्थिक और राजनीतिक सत्ता में हिस्सेदारी के बाद संस्कृतीकरण की प्रक्रिया खुद ही आसान हो जाती थी।

इस विवरण के बाद यह आसानी से देखा जा सकता है कि संस्कृतीकरण और सामाजिक गतिशीलता के बीच बहुत क़रीबी संबंध है। संस्कृतीकरण निम्न जातियों की गतिशीलता में वाहक का काम करता है। यह एक स्थापित तथ्य माना जाता है कि भारत में जातियों का पदानुक्रम आमतौर पर स्थिर और अविचल रहता आया है, लेकिन इसके बावजूद कई परिवार समूहों तथा निम्न जातियों ने उसी के अंदर नीचे से ऊपर की यात्रा की है। इस गतिशीलता का एक बड़ा स्रोत राजनीतिक व्यवस्था में देखा जा सकता है। आम धारणा के विपरीत भारतीय इतिहास में निचले स्तर पर राजनीतिक तंत्र जड़ और अपरिवर्तनीय नहीं रहा है। इसके अलावा पारिस्थितिक-भौगोलिक व्यवस्था में कुछ परिवार समूहों के लिए यह सम्भावना रही है कि वे किसी क्षेत्र में जाकर खेती बाड़ी करने लगें।

ऐतिहासिक रूप और आंतरिक संरचना के लिहाज़ से वर्ण व्यवस्था का दूसरा स्तर यानी द्विज अथवा योद्धा वर्ग संस्कृतीकरण के लिए ज़्यादा प्रवेश-गम्य रहा है। इसमें देशज और बाहरी दोनों तरह के समूह समय समय पर प्रवेश पाते रहे हैं। वैसे तो इस वर्ग में शामिल होने की आवश्यक अर्हता राजनीतिक शक्ति रही है। लेकिन जब तक यह राजनीतिक शक्ति, सत्ता या ऑथॉरिटी में परिणत नहीं होती तब तक आकांक्षी समूह की स्थिति में बुनियादी परिवर्तन सम्भव नहीं हो पाता। संस्कृतीकरण की ज़रूरत यहीं पड़ती है। इस तरह अगर कोई व्यक्ति या परिवार राजनीतिक तौर पर शक्तिशाली यानी क्षेत्र का मुखिया या राजा बन जाता था तो भी उसे अंतत: यह सिद्ध करना होता था कि वह क्षत्रिय कुल या परम्परा से निकला है। इसके लिए उसे ब्राह्मण की सहायता लेनी पड़ती थी क्योंकि किसी को क्षत्रिय सिद्ध करने की सत्ता ब्राह्मण के पास ही थी। इस आनुष्ठानिक वैधता की अनिवार्यता का अंदाज़ा इस बात से लगाया जा सकता है कि ऐसे किसी मुखिया या राजा को या तो ब्राह्मणों को बाहर से बुलाना पड़ता था या फिर किसी स्थानीय सत्ताकांक्षी समूह को ब्राह्मण घोषित करना पड़ता था। ग़ौरतलब है कि ऐसे मसलों में ब्राह्मण राजनीतिक शक्ति-केंद्र का साथ देने के लिए तत्पर रहते थे। इसके लिए इस उक्ति का सहारा लिया जाता था कि राजा वही बनता है जिसमें दैवी सत्ता का अंश होता है।

दिलचस्प है कि इसी उक्ति का प्रयोग मुसलमान और ब्रिटिश शासकों को वैधता देने के लिए भी किया गया था। दीर्घकाल में राजा और उसकी जाति स्वयं संस्कृतीकरण का स्रोत बन जाते थे। ब्राह्मणों को अनुदान और आश्रय देकर ऐसी जाति अन्य शासित जातियों के लिए एक मॉडल बन जाती थी।

संस्कृतीकरण की प्रक्रिया में बड़े मंदिरों और धार्मिक स्थलों की भी अहम भूमिका रही है। इन स्थलों पर होने वाले आयोजन हिंदू धर्म के उच्च वर्णीय विश्वासों और मान्यताओं के प्रसार का काम करते थे। इसके अलावा भजन-कीर्तन, हरिकथा जैसे आयोजन तथा संन्यासी और घुमंतू परिव्राजक भी संस्कृत-निष्ठ हिंदू धर्म की मान्यताओं को जनजीवन में पुष्ट करने का काम करते थे। आधुनिक काल में संस्कृतीकरण की प्रक्रिया को औपनिवेशिक शासन के दौरान होने वाले संचार साधनों के विकास और पश्चिमी शिक्षा में दीक्षित बौद्धिक वर्ग के उभार से अभूतपूर्व बढ़ावा मिला। रेलवे, प्रिंटिंग प्रेस तथा रेडियो की संस्कृतीकरण में अप्रत्यक्ष पर आनुषंगिक भूमिका रही है। इस तकनीक के ज़रिये हिंदू धर्म की मूलभूत मान्यताओं और दर्शन की बातें निरक्षर लोगों तक भी पहुँची। इसी के समानांतर औपनिवेशिक काल में प्रशासनिक ज़रूरतों को पूरा करने के लिए कुछ आर्थिक अवसर भी पैदा हुए। लेकिन इन अवसरों का लाभ मुख्यत: उच्च जातियों को ही मिला। डॉक्टरी, वकालत और अध्यापन जैसे पेशों तथा अन्य सरकारी नौकरियों के लिए अंग्रेज़ी की अनिवार्यता की शर्तें ऐसी उच्च जातियाँ ही पूरा कर पाती थीं जिनके यहाँ पढाई-लिखाई की परम्परा थी। बाद में इस परिघटना के चलते नव-अभिजन समूह और पिछड़ी जातियों के बीच सांस्कृतिक दूरी पैदा हुई जिससे निम्न जातियों में यह अहसास और गहरा हुआ कि अंग्रेज़ी का ज्ञान हासिल किये बिना वे नयी व्यवस्था में टिक नहीं पायेंगे। इस तरह समाज और राजनीति के इस रूपांतरण में निम्न जातियों के लिए संस्कृतीकरण एक ज़रूरी रणनीति बनती चली गयी।

देखें : इरावती कर्वे, जातियों का राजनीतीकरण, जाति और जाति-व्यवस्था-1, 2, 3 और 4, गोविंद सदाशिव घुर्ये, प्रभुत्वशाली जाति, भारतीय समाजशास्त्र-1 और 2, मैसूर नरसिम्हचार श्रीनिवास, देवकी जैन, धीरूभाई शेठ, धूर्जटि प्रसाद मुखर्जी, नीरा देसाई, योगेश अटल, राधा कमल मुखर्जी, वेरियर एलविन, श्यामा चरण दुबे-1 और 2, त्रिलोकी नाथ मदन।

संदर्भ

1. एम.एन. श्रीनिवास (1956), 'ए नोट ऑन संस्कृताइज़ेशन ऐंड वैस्टर्नाइज़ेशन', *द फ़ार इस्टर्न क्वार्टर्ली,* अंक 15, अंक 4.

— नरेश गोस्वामी

संस्कृति-अध्ययन

(Culture-Studies)

संस्कृति-अध्ययन का उदय साठ के दशक में घटित बौद्धिक और राजनीतिक उथल-पुथल के परिणामस्वरूप हुआ। यही वह दौर था जब अंतर्राष्ट्रीय पैमाने पर संरचनावाद, सीमियोटिक्स (लक्षण-विज्ञान), मार्क्सवाद और नारीवाद के विमर्श में ज़बरदस्त उछाल देखने को मिला। ब्रिटेन के बरमिंघम विश्वविद्यालय ने 1964 में बरमिंघम सेंटर फ़ॉर कंटेम्परेरी कल्चरल स्टडीज़ की स्थापना की। इसके पीछे पचास के दशक और साठ की शुरुआत में रेमण्ड विलियम्स और रिचर्ड होगार्ट द्वारा किये गये संस्कृति अध्ययनों की प्रेरणा थी। होगार्ट ही इस सेंटर के पहले निदेशक थे जिनकी विरासत बाद में जमैका में जन्मे विद्वान स्टुअर्ट हाल ने सँभाली। इस सेंटर में हुए अनुसंधान और चिंतन की प्रकृति बहुअनुशासनात्मक थी। उसमें न केवल समाज-विज्ञान की स्थापित तकनीकों का इस्तेमाल किया गया था, बल्कि उस पर सीमियोटिक्स, नारीवाद और मार्क्सवाद प्रदत्त रैडिकल रवैये की भी स्पष्ट छाप थी। इस उद्यम के नतीजे के तौर पर पारम्परिक साहित्यिक आलोचना, सौंदर्यशास्त्र और संगीतशास्त्र के दायरे में संस्कृति की स्थापित समझ को प्रश्नांकित किया गया। सेंटर के विद्वानों ने आग्रह किया कि संस्कृति का असली तात्पर्य समझने के लिए उसकी जाँच उसके उत्पादन और उपभोग के ऐतिहासिक और सामाजिक संदर्भों की रोशनी में करनी होगी। साथ ही राजनीतिक संरचनाओं और नस्ल, वर्ग और जेंडर जैसे सामाजिक पदानुक्रम से भी लगातार सूचित रहना होगा। संस्कृति-अध्ययन का प्रसार बरमिंघम के सेंटर से परे समाज-विज्ञान के अमेरिकी दायरों में भी हुआ जहाँ इसके तहत मुख्य रूप से लोकप्रिय बाज़ारू संस्कृति के सामाजिक तात्पर्यों को रेखांकित करने की कोशिश की गयी।

संस्कृति-अध्ययन का विकास कई बौद्धिक मुक़ामों पर किये गये संवादों के माध्यम से हुआ। मसलन, नारीवादियों के साथ किये गये संवाद में केंद्रीय प्रश्न यह था कि उपसंस्कृतियाँ किस तरह से स्त्रियों को नज़रअंदाज़ करती हैं। समाजशास्त्रियों से पद्धति और सामान्यीकरण की समस्याओं के संदर्भ में बातचीत की गयी। मनोविश्लेषकों को साथ लेकर अस्मिता और आत्मपरकता के सवालों से जूझा गया। मानवशास्त्रियों के साथ नृजातिवर्णन के तौर-तरीक़ों के बारे में चर्चा की गयी। उत्तर-औपनिवेशिक और सबाल्टर्न रचनाकारों से बहुसंस्कृतिवाद के बारे में तो संवाद किया ही गया, साथ ही उनके ज़रिये संस्कृति-अध्ययन में निहित एंग्लो-अमेरिकी पूर्वग्रहों की शिनाख़्त करने का प्रयास भी

स्टुअर्ट हाल (1932-)

हुआ। फ़ूको के अनुयायियों के साथ सत्ता संबंधी बहसें हुईं। संस्कृति-अध्ययन ने नीति-निर्माताओं को भी अपने आगोश में समेटा क्योंकि वे नीति संबंधी क्षेत्र को प्रभावित करने की अपनी क्षमता की भी जाँच करना चाहते थे। संस्कृतिकर्मियों के साथ हुए संवाद के तहत गुरिल्ला-कला और सिटीज़ंस आर्ट जैसी अवधारणाओं पर बातचीत हुई।

इस अत्यंत बहुआयामी और जटिल उद्यम की बागडोर मुख्यत: सेंटर के दूसरे निदेशक स्टुअर्ट हाल के हाथों में रही। उन्होंने अपने साथियों पॉल विलिस, टोनी जैफ़रसलन, डिक हैबडिगी और ऐंजला मैकरॉबी के सहयोग से एक पूरा अंतर्राष्ट्रीय बौद्धिक आंदोलन ही खड़ा कर दिया। धीरे-धीरे संस्कृति-अध्ययन के तहत सांस्कृतिक परिघटनाओं और सांस्कृतिक पाठों के अध्ययन में समाजशास्त्र के साथ-साथ राजनीतिक अर्थशास्त्र, संचार, सामाजिक सिद्धांत, साहित्य-सिद्धांत, मीडिया-सिद्धांत, फ़िल्म/वीडियो संबंधी अध्ययन, सांस्कृतिक मानवशास्त्र, दर्शनशास्त्र, म्यूज़ियम स्टडीज़ और कला-इतिहास का भी इस्तेमाल होने लगा। सेंटर के अध्येताओं द्वारा चलाई जाने वाली फ़ील्ड-रिसर्च में ज़ोर यह जानने पर दिया जाता था कि किसी ख़ास सांस्कृतिक परिघटना का संबंध विचारधारा, राष्ट्रीयता, जातीयता, सामाजिक वर्ग और जेंडर से किस क़िस्म का है। अध्येताओं ने रोज़ाना की ज़िंदगी के तात्पर्यों और व्यवहार-शैलियों की जाँच की ताकि किसी ख़ास संस्कृति में लोगों की गतिविधियों के मायने निकाले जा सकें। यह पता लगाया जा सके कि लोग जब टीवी देखते हैं या घर के बाहर ख़ाना खाने जाते हैं तो उसका मतलब क्या होता है। नब्बे के दशक के बाद से संस्कृति-अध्ययन ने भूमण्डलीकरण की प्रक्रिया पर छाये हुए पश्चिमी वर्चस्व के ख़िलाफ़ हो रहे प्रतिरोध के स्थानीय और ग्लोबल रूपों का विश्लेषण करना भी शुरू किया है।

संस्कृति-अध्ययन के ब्रिटिश अध्याय पर जहाँ स्पष्ट रूप से राजनीतिक और वामपंथी रुझानों का बोलबाला था, वहीं उसके अमेरिकी अध्याय की दिलचस्पी परिणामवादी उदार-बहुलवादी परम्परा में साबित हुई। बरमिंघम का सेंटर मास-कल्चर को पूँजीवादी कह कर आड़े हाथों ले रहा था, तो अमेरिकी अध्येता दर्शकों और श्रोताओं की आत्मपरकता को टटोलने में लगे हुए थे। दरअसल, ब्रिटिश अध्याय फ़्रैंकफ़र्ट स्कूल और फ़्रांस में पनपे लुई अलथुसे के प्रभाव वाले संरचनावादी स्कूल से बहुत प्रभावित रहा। उसने मार्क्सवादी चिंतन की इन धाराओं से निकली हुई पद्धतियों को अपनाते हुए निष्कर्ष निकाला कि सांस्कृतिक ज़िंसों के थोक उत्पादन को नियंत्रित करने वाले लोग और वर्ग ही लाज़मी तौर पर संस्कृति के नियंत्रक हैं।

संस्कृति-अध्ययन के अमेरिकी अध्याय और नारीवादी अध्याय ने इस रवैये से ख़ुद को दूर रखा। उन्होंने कहा कि किसी सांस्कृतिक उत्पाद का ऐसा कोई एक प्रधान तात्पर्य नहीं होता जिसे सब लोग मानते हों। सांस्कृतिक उत्पादों को लोग अलग-अलग तरीक़ों और मंशाओं के तहत इस्तेमाल करते हैं जिससे उनके लिए उत्पाद के तात्पर्य बदल जाते हैं। पॉल दु गे और उनके साथियों की रचना 'डूइंग कल्चरल स्टडीज़ : द केस ऑफ़ सोनी वॉकमैन' इस मार्क्सवादी आग्रह को चुनौती देती है कि सांस्कृतिक ज़िंसों के उत्पादक ही उनके मायनों को भी नियंत्रित करते हैं। नारीवादी संस्कृति-विश्लेषक ग्रिसेल्डा पोलॅक ने कला-इतिहास और मनोविश्लेषण के दायरे में योगदान किया है। इसी तरह फ़्रांस की नारीवादी चिंतक जूलिया क्रिस्टेवा ने भी कला और मनोविश्लेषण के दृष्टिकोण से संस्कृति-अध्ययन पर अपनी छाप छोड़ी है।

देखें : ज्याँ-पाल सार्त्र, टीवी और टीवी अध्ययन, टीवी और सेक्शुअलिटी, टीवी और समाचार, पिएर बोर्दियो, फ़्रैंकफ़र्ट स्कूल, बाज़ारू संस्कृति, बहुसंस्कृतिवाद, युरोकेंद्रीयता, रोलाँ बार्थ, लुई अलथुसे, संस्कृति, संस्कृति : मार्क्सवादी परिप्रेक्ष्य, संस्कृति-उद्योग, सांस्कृतिक साम्राज्यवाद, सोप ओपेरा।

संदर्भ

1. एंड्रू ट्यूडर (1999), *डिकोडिंग कल्चर : थियरी ऐंड मेथड इन कल्चरल स्टडीज़*, सेज, लंदन, 1999
2. स्टुअर्ट हाल (1980), 'इनकोडिंग/डिकोडिंग', स्टुअर्ट हाल, डी. होब्सन, ए. लोव और पी. विलिस (सम्पा.), *कल्चर, मीडिया, लैंग्वेज*, हचिंसन, लंदन, 1980
3. एल. ग्रोसबर्ग, एन. कैरी और पी.ए. ट्रीशलर (सम्पा.) (1992), *कल्चरल स्टडीज़*, रॉटलेज, न्यूयॉर्क, 1992

4. एफ़. इंगलिस (सम्पा.) (1993), *कल्चरल स्टडीज़*, ब्लैकवेल, ऑक्सफ़र्ड, 1993

— अभय कुमार दुबे

संस्कृति-उद्योग

(Culture Indusry)

उत्पादन और सामाजिक भूमिकाओं के लिहाज़ से संस्कृति और उद्योग एक-दूसरे के एंटीथीसिस हैं। इसके बावजूद फ्रेंटफ़र्ट स्कूल के विद्वानों थियोडोर डब्ल्यू. एडोर्नो और मैक्स होर्ख़ाइमर ने इस संस्कृति-उद्योग जैसी अवधारणा का प्रतिपादन किया ताकि औद्योगिक पूँजीवाद के तहत बड़े पैमाने पर उत्पादित करके बाज़ार में उपभोग के लिए बेची जाने वाले सांस्कृतिक जिंसों के सामाजिक और राजनीतिक चरित्र की शिनाख़्त की जा सके। इन विद्वानों के लिए संस्कृति-उद्योग का मतलब था सिनेमा, रेडियो, विज्ञापन, पत्रिकाएँ और रिकॉर्डिड म्यूज़िक जैसी सांस्कृतिक जिंसें जिसे पूँजीवादी उत्पादन और बाज़ार समाज के हर तबक़े को कारख़ाना आधारित उत्पादन की तर्ज़ पर मुहैया कराने में कामयाब रहा है। समाज में इस 'लोकप्रिय संस्कृति' के चौतरफ़ा प्रसार-प्रचार को संस्कृति के लोकतंत्रीकरण की संज्ञा देने के बजाय इन विचारकों ने उसे जन-साधारण के मानस को निष्क्रियता और पालतूपन के गर्त में धकेल देने का दोषी पाया।

1947 में प्रकाशित अपनी रचना 'डायलेक्टिक ऑफ़ इनलाइटेनमेंट' के अंतिम अध्याय द कल्चर इंडस्ट्री : एनलाटेनमेंट एज़ मास डिसेप्शन' में एडोर्नो और होर्ख़ाइमर का विश्लेषण दिखाता है कि बाज़ारू संस्कृति रोज़मर्रा की ज़िंदगी में फ़र्ज़ी ज़रूरतों की दुनिया गढ़ती है ताकि पूँजीवादी उत्पादन की निरंतर खपत से उसे संतुष्ट किया जा सके। जबकि वास्तव में मनुष्य की असली ज़रूरतें तो स्वतंत्रता, सृजनशीलता और सच्ची ख़ुशी हैं। संस्कृति-उद्योग की थीसिस से पहले फ्रैंकफ़र्ट स्कूल के एक अन्य विद्वान हरबर्ट मारक्यूज़ अपनी रचना 'इरोज़ ऐंड सिविलाइज़ेशन' में असली और नकली आवश्यकताओं के बीच अंतर करने पर ज़ोर दे चुके थे।

पश्चिम में संस्कृति के जगत को आम तौर पर तीन हिस्सों में बाँट कर देखने का चलन रहा है : हाईब्राउ (उच्चवर्गीय), मिडिलब्राउ (मध्यवर्गीय) और लोब्राउ (निम्नवर्गीय)। लेकिन, पूँजीवादी आधुनिकता का दावा है कि मास-कल्चर इस तरह से तीन दायरों में नहीं बँटी होती। वह तो बाज़ार में सभी के लिए उपलब्ध है। जो कृति सबसे ज़्यादा अच्छी (सर्वाधिक लोकप्रिय) होगी, उसी को कामयाबी मिलेगी। संस्कृति-उद्योग की अवधारणा ने पूँजीवाद के इसी दावे की जाँच करते हुए दावा किया कि मास-कल्चर के पीछे एक राजनीतिक परियोजना है जिसके तहत संस्कृति के मानकीकरण और पण्यीकरण की प्रक्रियाएँ समाज को एक ख़ास तरह से ढालने की भूमिका निभा रही हैं। उपभोक्ताओं की मनोरंजन संबंधी ज़रूरतें पूरी करने के नाम पर खपाई जाने वाली यह संस्कृति असल में उपभोक्ताओं की अभिरुचियों और कामनाओं को पूँजीवाद की आवश्यकताओं के अनुरूप रंगों में रँग देती है।

संस्कृति-उद्योग की अवधारणा दस्तकारों, कारीगरों और प्रतिभाशाली कलाकारों द्वारा रची गयी संस्कृति और कलाकृतियों की अंतर्निहित स्वायत्तता के विपरीत खड़ी है। इस अवधारणा के मुताबिक़ औद्योगिक पूँजीवाद द्वारा किये गये सांस्कृतिक उत्पादन की सतही नवीनता या विशिष्टता अपने पीछे उसका अनिवार्य दोहराव छिपा लेती है। उसकी तथाकथित ख़ूबियाँ उपभोग को तो प्रेरित कर देती हैं, पर उनमें ऐसी कोई बात नहीं होती कि वे मुनाफ़ाख़ोरी और उपभोग के गठजोड़ को चुनौती दे सकें। इसीलिए संस्कृति-उद्योग फ़ॉर्मूलाबद्ध (बाज़ारू सिनेमा, सोप ऑपेरा, पॉप म्यूज़िक, सस्ती भावनाएँ भड़काने वाले रेडियो कार्यक्रम, पल्प लिटरेचर आदि) कला को बढ़ावा देता है। विडम्बना यह है कि लोकप्रिय संस्कृति के फ़ॉर्मूले अपना स्रोत 'फ़ॉक' और 'हाई' आर्ट में ही खोजते हैं। संस्कृति-उद्योग उच्च और निम्न कला को आपस में जोड़ने की विफल इंजीनियरिंग करता है। इस प्रक्रिया में लोक और शास्त्रीय कलाएँ लगातार दोहन से न केवल खोखली होती चली जाती हैं, बल्कि उनका हाशियाकरण भी हो जाता है। इसका दूसरा परिणाम कला को शोषण की व्यापक प्रणाली का औज़ार बनाने में निकलता है। बाज़ारू कला पूँजीवाद को टिकाने और उसके विचारधारात्मक ढाँचे को मज़बूत करने के काम आती है। वह अपने दर्शकों और श्रोताओं की कुछ इस प्रकार प्रोग्रामिंग करती है कि उन्हें पूँजीवाद के अलावा दूसरे मूल्य दिखते ही नहीं। उनकी कुठाएँ और आक्रोश पर बार-बार ठंडी परतें चढ़ती चली जाती हैं।

संस्कृति-उद्योग की अवधारणा फ्रैंकफ़र्ट स्कूल के विद्वानों के लम्बे सोच-विचार का परिणाम थी। इस सिलसिले में एडोर्नो द्वारा 3 मार्च, 1936 को वाल्टर बेंजामिन को भेजे गये एक पत्र का उल्लेख करना आवश्यक है। इस पत्र में एडोर्नो ने लिखा था कि चाहे अभिजन कला हो या औद्योगिक रूप से उत्पादित उपभोक्ता-कला, दोनों पर ही पूँजीवाद का कलंक लगा हुआ है। लेकिन, दोनों में ही (समाज) परिवर्तन के तत्त्व भी निहित हैं। दोनों ही एक समेकित स्वतंत्रता के

बीच में से फाड़ कर अलग-अलग कर दिये गये आधे-आधे हिस्से हैं। लेकिन एक बार अलग-अलग हो जाने के बाद दोनों मिल कर समेकित सम्पूर्ण नहीं बन सकते।

चिंतन का यह सिलसिला जैसे-जैसे आगे बढ़ा, इन विद्वानों की समझ में आने लगा कि ज्ञानोदय से उपजे पश्चिमी तर्कणावाद की चरण परिणति समाजवाद न होकर फ़ासीवाद है। उन्होंने पारम्परिक मार्क्सवादियों की इस आस्था के साथ चलने से इनकार कर दिया कि उत्पादन की पूँजीवादी शक्तियों में (अगर वे पूँजीवाद उत्पादन संबंधों की क़ैद से आज़ाद हों) एक मुक्त समाज बनाने की क्षमता है।

एडोर्नो का विचार था कि उन्नीसवीं सदी के पूँजीवाद में पण्यों का उपयोग मूल्य अपने-आप में अपेक्षाकृत स्वतंत्र था। इसके कारण पूँजीवाद के उस संस्करण के तहत मनुष्य में स्वायत्त होने की सम्भावनाएँ थीं। वह प्रतिरोध करने की क्षमताओं से लैस हो कर पूँजीवाद को अस्थिर कर सकता था। लेकिन बीसवीं सदी का पूँजीवाद इस तरह की स्वायत्तता प्रदान नहीं करता, क्योंकि उत्पादन की शक्तियों और उत्पादन के संबंधों के बीच के रिश्ते ने मनुष्य के सांस्कृतिक प्रारब्ध को अभिशप्त कर दिया है। उद्योगों की दक्षता बढ़ाने के लिए विकसित की गयी प्रशासकीय तकनीकों और बाज़ार के संचालन के लिए तैयार किये गये तर्कबुद्धि के आधार पर काम करने वाले अधिकारीतंत्र ने उत्पादन की शक्तियों और संबंधों के बीच उन अंतर्विरोधों को तक़रीबन समाप्त कर दिया है जिनके आधार पर मार्क्स ने पूँजीवाद के अवश्यम्भावी पतन की भविष्यवाणी की थी।

एडोर्नो द्वारा दिये गये संस्कृति-उद्योग के आख्यान को संस्कृति-अध्ययन के दायरे के भीतर और बाहर आलोचनाओं का निशाना भी बनाया गया है। इस आलोचना के मुख्य पहलू इस प्रकार हैं : एडोर्नो और होर्ख़ाइमर उपभोक्ताओं को संस्कृति-उद्योग के निष्क्रिय शिकारों की तरह पेश करते हैं। वे उपभोक्ताओं और संस्कृति के क्षेत्र के भीतर प्रतिरोध की सम्भावनाएँ नहीं देखते। दूसरे, फ्रैंकफ़र्ट स्कूल के विद्वान एक ख़ुशहाल समाज की प्रवृत्तियों की ठीक-ठीक शिनाख़्त नहीं कर पाये। ऐसा समाज चिंतन (रिफ़्लेक्शन) में कम और गतिविधियों (एक्शन) में ज़्यादा दिलचस्पी रखता है। तीसरे, जिन प्रशासकीय तकनीकों और अधिकारीतंत्र की चर्चा उन्होंने की है, वह मालिक वर्ग को भौतिक लाभ ज़रूर पहुँचाता है और दरिद्रों के शोषण को भी बढ़ावा देता है, पर वह कई बार पूँजीपतियों को भी अपने सामने शक्तिहीन कर देता है।

ज़ाहिर है कि चालीस के दशक के आख़िरी वर्षों में (द्वितीय विश्व युद्ध के भीषण परिणामों की रोशनी में) किये गये इस प्रतिपादन के बाद संस्कृति-उद्योग के कार्य-व्यापार और उसके उपभोक्ताओं के उसके प्रति रवैये में कई तरह के अंतर आये हैं। सांस्कृतिक प्रवाहों की विविधता को देखने और परखने के लिए नयी दृष्टियों का विकास भी हुआ है। लेकिन, इन तमाम आलोचनाओं और बदली हुई परिस्थिति के बावजूद एडोर्नो और होर्ख़ाइमर का सूत्रीकरण आज भी पूँजीवादी सांस्कृतिक रूपों की आलोचना के औज़ार मुहैया कराने में कामयाब है।

देखें : ज्याँ-पाल सार्त्र, टीवी और टीवी अध्ययन, टीवी और सेक्शुअलिटी, टीवी और समाचार, दर्शक, फ्रैंकफ़र्ट स्कूल, बाज़ारू संस्कृति, बहुसंस्कृतिवाद, युरोकेंद्रीयता, रोलाँ बार्थ, लुई अलथुसे, संस्कृति, संस्कृति-अध्ययन, संस्कृति : मार्क्सवादी परिप्रेक्ष्य, सांस्कृतिक साम्राज्यवाद, सोप ओपेरा।

संदर्भ

1. थियोडोर डब्ल्यू. एडोर्नो और मैक्स होर्ख़ाइमर (1947), 'द कल्चर इंडस्ट्री : एनलाटेनमेंट एज़ मास डिसेप्शन', *डायलेक्टिक ऑफ़ एनलाइटेमेंट*, हर्डर ऐंड हर्डर, न्यूयॉर्क.
2. थियोडोर डब्ल्यू. एडोर्नो (1991), *द कल्चर इंडस्ट्री : सिलेक्टिड एसेज़ ऑन मास कल्चर*, (सम्पा. : जे.एम. बर्नस्टीन), रॉटलेज, लंदन.
3. आर. विगर्सहौज़ (1994), *द फ्रैंकफ़र्ट स्कूल : इट्स हिस्ट्री, थियरीज़, ऐंड पॉलिटिकल सिग्नीफ़िकेंस*, एमआईटी प्रेस, केम्ब्रिज.

— अभय कुमार दुबे

संस्कृति : मार्क्सवादी परिप्रेक्ष्य

(Culture: Marxist Perspective)

कार्ल मार्क्स के विशाल वांङ्मय में आधार और अधिरचना के समीकरण के अलावा संस्कृति संबंधी किसी सिद्धांत का अलग से सूत्रीकरण नहीं मिलता। इसके बावजूद संस्कृति-विमर्श में मार्क्सवादियों का समृद्ध और विस्तृत योगदान है। राजनीतिक ज़मीन पर कम्युनिस्ट पार्टियों ने सारी दुनिया में सांस्कृतिक संगठन बना कर इस दायरे में सक्रिय हस्तक्षेप करने की परम्परा डाली है। रूस में सर्वहारा संस्कृति रचने का प्रयोग, बोल्शेविक नेतृत्व द्वारा उसकी आलोचना, पूर्वी जर्मनी और चीन द्वारा सांस्कृतिक क्रांति करने की दावेदारियों से लेकर युरोपीय मार्क्सवाद के तहत चले संस्कृति-विमर्श तक एक ऐसा विविध बौद्धिक संसार तैयार हुआ है जिसे सांस्कृतिक मार्क्सवाद की संज्ञा भी दी जाती है। सांस्कृतिक मार्क्सवाद ने न केवल पूँजीवाद द्वारा उत्पादित सांस्कृतिक रूपों की परिष्कृत आलोचना करने की सामग्री मुहैया करायी है, बल्कि मार्क्सवाद के अंदरूनी दायरों में सर्वहारा-अधिनायकत्व के सिद्धांत और व्यवहार को आड़े हाथों ले कर

फ्रेड्रिख़ जेमसन (1934-)

एक आंतरिक आलोचक की भूमिका भी निभायी है।

मार्क्सवादी विमर्श के तहत संस्कृति की हैसियत चेतना के मर्म में एक सचेत अस्तित्व की तरह मौजूद है। संस्कृति के ज़रिये चेतना एक तरफ़ तो मौजूदा हालात से बँधी हुई मानी जाती है, पर दूसरी तरफ़ हालात बदलने की सम्भावनाएँ भी उसी से पैदा होती हैं। इस विरोधाभासी समझ के कारण मार्क्सवाद संस्कृति को आर्थिक आधार की प्रतिच्छाया मानने के साथ-साथ वर्ग-संघर्ष के हथियार की तरह भी ग्रहण करता है।

रूस में क्रांति के बाद लेनिन ने समाजवाद के निर्माण में सांस्कृतिक क्रांति की भूमिका पर ग़ौर किया था। सर्वहारा संस्कृति की रचना करने के लिए चलाया गया प्रोलेतकुल्त आंदोलन लेनिन और ट्राट्स्की की निगाह में अप्रासंगिक और हानिकारक था। उनकी मान्यता थी कि समाजवादी संस्कृति की रचना केवल दीर्घकाल में ही हो सकती है। इसकी बुनियाद साक्षरता और शिक्षा के प्रसार से पड़ेगी और इसी आधार पर नया समाजवादी बुद्धिजीवी वर्ग पनपेगा। यह वर्ग पूँजीवादी संस्कृति के बहुमूल्य तत्त्वों को समेटता हुआ चलेगा। इसके बाद पचास के दशक में जर्मन जनवादी गणतंत्र (पूर्वी जर्मनी) और चीन में सांस्कृतिक क्रांति की अवधारणा पर अमल करने की कोशिशें की गयीं। साठ के दशक में माओ के नेतृत्व में पूँजीवादी संस्कृति पर आक्रमण के लिए जिस तरह से सांस्कृतिक क्रांति का उपयोग किया गया, वह लेनिन के बजाय रूस के उन रैडिकल तत्त्वों के मुताबिक़ अधिक था जिनके ख़िलाफ़ लेनिन ने अपनी आलोचना दर्ज करायी थी।

पश्चिमी मार्क्सवाद के सामने क्रांति करने के बाद समाजवाद के निर्माण का प्रश्न नहीं था। उनकी समस्या कहीं पेचीदा थी। वे विकसित पूँजीवाद के तहत एक फलते-फूलते सांस्कृतिक जगत का साक्षात्कार कर रहे थे। उपलब्ध मार्क्सवादी औज़ारों और अधिरचना को आधार की प्रतिच्छाया मानने वाले सैद्धांतिक रवैये से इसे समझना नामुमकिन था। इसलिए उसने संस्कृति के प्रश्न को अलग तरीक़े से संबोधित किया। उसकी शुरुआत लूकाच और ग्राम्शी के चिंतन से होती है। हंगेरियन सिद्धांतशास्त्री लूकाच ने 1920 में लिखे अपने निबंध 'ओल्ड ऐंड न्यू कल्चर' में सभ्यता और संस्कृति को अलग-अलग करके देखा। सभ्यता उनकी निगाह में किसी मक़ान की मज़बूती और टिकाऊपन का द्योतक थी। संस्कृति को उन्होंने उस मक़ान की बाहरी और भीतरी ख़ूबसूरती के मानिंद बताया। अर्थात् लूकाच के लिए संस्कृति ऐसे मूल्यवान उत्पादों और योग्यताओं के सामूहिक प्रभाव से बनने वाली शै थी जिसे ज़िंदगी के फ़ौरी रख-रखाव के लिए इस्तेमाल किया जाता है। इस लिहाज़ से वे मानते थे कि पूँजीवादी उत्पादन की प्रक्रिया में संस्कृति नष्ट होती जाती है। उनका कहना था कि नयी संस्कृति की सम्भावना तो समाजवाद के साथ ही पैदा हो सकती है। इसके बाद लूकाच ने अपना अधिकतर काम सौंदर्यशास्त्र पर किया ताकि पूँजीवादी युरोप के विचार-रूपों के मुक़ाबले सर्वहारा के विश्व-दृष्टिकोण का विकास किया जा सके। लूकाच के इस योगदान ने न केवल मार्क्सवादियों द्वारा साहित्य के समाजशास्त्र और विचारों के इतिहास पर किये गये चिंतन पर असर डाला, बल्कि फ्रैंकफ़र्ट स्कूल द्वारा विकसित किये गये आलोचनात्मक सिद्धांत (क्रिटिकल थियरी) को भी प्रभावित किया।

फ्रैंकफ़र्ट स्कूल के विद्वानों (एडोर्नो, होर्ख़ाइमर और मारक्यूज़े) ने संस्कृति की एक साझा व्यापक समझ विकसित की। एडोर्नो ने वाल्टर बेंजामिन (जिनका इंस्टीट्यूट फ़ॉर सोशल रिसर्च से थोड़ा-बहुत ही ताल्लुक़ था) और फिर ब्रेख़्त से इस विषय में संवाद भी किया। मारक्यूज़े का सूत्रीकरण उनके निबंध 'ऑन द एफ़र्मेटिव कंसेप्ट ऑफ़ कल्चर' में स्पष्ट हुआ। संस्कृति की निहायत जटिल भूमिका की चर्चा करते हुए मारक्यूज़े का ख़याल था कि वह मुक्ति और ख़ुशी की उस आकांक्षा का प्रतिनिधित्व करती है जिसे आधुनिक समाज पूरा नहीं होने देता। हक़ीक़त की ज़मीन पर इस इच्छा की पूर्ति नहीं हो पाती, पर यह कामना एक विभ्रम के जगत में प्रक्षेपित हो जाती है जिसका नतीजा 'विद्रोह की आकांक्षा को शांत करने' में निकलता है।

आगे चल कर एडोर्नो और होर्ख़ाइमर ने 1947 में प्रकाशित *डायलेक्टिक ऑफ़ इनलाइटेनमेंट* में 'संस्कृति-उद्योग' का विश्लेषण किया। इन दोनों विद्वानों का विचार था

कि पारम्परिक पूँजीवादी संस्कृति में जिस नफ़ासत, रचनात्मकता और भावातीत पहलुओं की झलक मिलती थी, संस्कृति-उद्योग उनसे भी वंचित है। इस उद्योग में तो पण्यीकरण का बोलबाला इस हद तक है कि मनुष्य का व्यक्तित्व महज़ सफ़ेद चमकते हुए दाँतों और देह से आने वाली दुर्गंध को रोकने के उपायों तक सीमित रह गया है। मारक्यूज़े ने नतीजा निकाला कि संस्कृति के पण्यीकरण के कारण 'उच्च संस्कृति' पतित हो कर 'भौतिक संस्कृति' में बदल गयी है। अपनी आलोचनात्मक सम्भावनाओं से वंचित हो जाने के बाद यह संस्कृति सेक्स की तरह सभी के लिए उपलब्ध तो हो गयी है, पर महज़ गिरे हुए रूपों में। फ्रैंकफ़र्ट स्कूल के विद्वानों में थोड़े-बहुत मतभेदों के साथ इस बात पर सहमति थी कि एक सच्ची वैकल्पिक संस्कृति की रचना करना सिर्फ़ दूर की कौड़ी ही है।

लूकाच के बाद संस्कृति के मार्क्सवादी विमर्श को सबसे ज़्यादा इतालवी सिद्धांतकार एंतोनियो ग्राम्शी ने प्रभावित किया। समाजवादी राजनीति के सांस्कृतिक आयामों पर ज़ोर देते हुए ग्राम्शी ने आग्रहपूर्वक कहा कि पूँजीपति वर्ग ताक़त के दम पर कम और 'वर्चस्व' के दम पर ज़्यादा हुकूमत करता है। ग्राम्शी ने मार्क्सवाद को विज्ञान और वस्तुनिष्ठ समझने की प्रवृत्ति पर भी आपत्ति की। उन्होंने आधार और अधिरचना के प्रचलित मार्क्सवादी फ़ार्मूले में से अधिरचना समझे जाने वाले अवयवों (विधि व्यवस्था, राज्य, संस्कृति, विचारधारा, मूल्य, आस्थाएँ) की हस्तक्षेपकारी और निर्णायक भूमिकाओं का उद्‌घाटन किया। ग्राम्शी से पहले यह माना जाता था कि आधार यानी उत्पादन के साधन और उत्पादन के संबंध ही इतिहास का इंजन है, और अधिरचना आधार का प्रतिबिम्ब भर है। ग्राम्शी ने वर्चस्व की धारणा का सूत्रीकरण करते हुए यह मत प्रस्तुत किया कि शासकों और शासितों के बीच वर्चस्व और प्रतिरोध का वास्तविक संघर्ष अधिरचना के दायरे में होता है। अधिरचना को उन्होंने नागर समाज और राजनीतिक समाज-दो स्तरों में बाँटा और कहा व्यवस्थाएँ बल-प्रयोग और सहमति दोनों के संयुक्ताधार पर टिकी होती हैं। राजनीतिक समाज यानी राज्य और उसके तमाम अंग बल-प्रयोग का स्थल हैं, जबकि नागर समाज (परिवार, धर्म-संस्थान, शिक्षा-संस्थान, संस्कृति आदि तमाम ग़ैर-राजनीतिक और ग़ैर-आर्थिक इकाइयाँ) सहमति का मुक़ाम हैं। ग्राम्शी के इस सूत्रीकरण ने संस्कृति की मार्क्सवादी समझ को गहराई से प्रभावित किया। ब्रिटेन के बरमिंघम विश्वविद्यालय में विकसित हुए संस्कति-अध्ययन से लेकर फ़्रांस में पिएर बोर्दियो द्वारा 'सांस्कृतिक पूँजी' के विचार तक ग्राम्शी की छाप स्पष्ट रूप से देखी जा सकती है।

संस्कृति पर मार्क्सवादी चिंतन के अधिक संश्लिष्ट आयाम रेमण्ड विलियम्स, लुई अलथुसे, रिचर्ड होगार्टन और स्टुअर्ट हाल जैसे समकालीन मार्क्सवादियों के विमर्श में मिलते हैं। संस्कृति-अध्ययन के प्रमुख संस्थापक और सांस्कृतिक भौतिकवाद के प्रतिपादक रेमण्ड विलियम्स ने संस्कृति के उन रूपों को अपने चिंतन का विषय बनाया जो लोगों द्वारा जिये जा रहे रूप या 'लिव्ड कल्चर' हैं। उन्होंने 'जीवन गुज़ारने के सम्पूर्ण तौर-तरीक़ों' को संस्कृति माना। उन्होंने उपन्यास और फ़िल्म जैसे स्थापित सांस्कृतिक उत्पादनों को ही नहीं विज्ञापन और टेलिविज़न को भी संस्कृति की विचारणीय अभिव्यक्तियों की तरह देखना शुरू किया। उनका विचार था कि समकालीन समाज में संस्कृति के इन सभी रूपों का सहअस्तित्व होता है इसलिए इन्हें अलग-अलग करके नहीं देखा जा सकता। विलियम के लेखन में 'राष्ट्रीय' और 'सांस्कृतिक' के प्रत्ययों को प्रश्नांकित किया गया। इस प्रक्रिया में उन्होंने दिखाया कि किस तरह समाज के भीतर स्थानीयता, राष्ट्रीयता और भूमण्डलीयता के तात्पर्यों का परिसंचरण होता है और वे आपस में टकराते भी हैं।

संस्कृति के मार्क्सवादी सिद्धांतकार स्टुअर्ट हाल ग्राम्शी से प्रेरणा लेते हुए उनके वर्चस्व सिद्धांत से परे गये। उन्होंने दिखाया कि किस तरह भाषा का इस्तेमाल सत्ता, संस्थाओं, राजनीति और अर्थनीति के संरचनागत दायरों से प्रभावित होता है। उन्होंने संस्कृति को सिर्फ़ अध्ययन की वस्तु न मान कर सामाजिक क्रियाशीलता और हस्तक्षेप की ऐसी ज़मीन की तरह चिह्नित किया जहाँ सत्ता-संबंध न केवल बनते-स्थापित होते हैं, बल्कि उसी ज़मीन पर उन्हें अस्थिर किये जाने की सम्भावनाएँ भी होती हैं। स्टुअर्ट हाल टेलिविज़न स्टडीज़ के क्षेत्र में 'एनकोडिंग-डिकोडिंग' के सिद्धांतकार के तौर पर भी विख्यात हैं।

संस्कृति के मार्क्सवादी सिद्धांतकारों में अग्रणी फ्रेड्रिख़ जेमसन का एक लेख 'पोस्टमॉडर्निज़म, ऑर, द कल्चरल लॉजिक ऑफ़ द लेट कैपिटलिज़म' 1984 में *न्यू लेफ़्ट रिव्यू* में प्रकाशित हुआ। बात में 1991 में इसी शीर्षक से उनकी पूरी पुस्तक प्रकाशित हुई। जेमसन उत्तर-आधुनिकता के प्रत्यय की आलोचना करते हुए कहा कि यह विचार दरअसल परवर्ती पूँजीवाद का सांस्कृतिक तर्क है जिसका स्रोत पूँजीवाद के इस दौर में हो रहे उत्पादन की विधियों में निहित है।

देखें : ज्याँ-पाल सार्त्र, टीवी और टीवी अध्ययन, टीवी और सेक्शुअलिटी, टीवी और समाचार, पिएर बोर्दियो, फ्रैंकफ़र्ट स्कूल, बाज़ारू संस्कृति, बहुसंस्कृतिवाद, युरोकेंद्रीयता, रोलाँ बार्थ, लुई अलथुसे, संस्कृति, संस्कृति-अध्ययन, संस्कृति-उद्योग, सांस्कृतिक पूँजी, सांस्कृतिक साम्राज्यवाद, सोप ओपेरा।

संदर्भ

1. ग्योर्ग लूकाच, द ओल्ड कल्चर ऐंड द न्यू कल्चर', *टेलोस 5,* 1920 (1970)
2. स्टुअर्ट हाल, 'कल्चरल स्टडीज़ : टू पैराडाइम्स', टोनी बैनेट वग़ैरह (सम्पा.), *कल्चर, आइडियॉलॅजी ऐंड सोशल प्रोसेस,* बैट्सफ़र्डस, लंदन, 1990
3. हरबर्ट मारक्यूज़, *वन-डायमेंशनल मैन,* रॉटलेज ऐंड कीगन पॉल, लंदन, 1964
4. थियोडोर डब्ल्यू. एडोर्नो और मैक्स होर्ख़ाइमर, *डायलेक्टिक ऑफ़ एनलाइटेंमेंट,* हर्डर ऐंड हर्डर, न्यूयॉर्क, 1947
5. रेमण्ड विलियम्स, *कल्चर,* फ़ोंटाना, ग्लासगो, 1981

— अभय कुमार दुबे

संस्था, संस्थान और संस्थानीकरण

(Institution and Institutionalisation)

अंग्रेज़ी में जिसे इंस्टीट्यूशन कहते हैं उसी का यहाँ संस्था और संस्थान के दो अर्थों में अनुवाद किया गया है। इस अंतर को इस तरह समझा जा सकता है : राज्य एक संस्था है, संविधान एक संस्था है और संसद भी एक संस्था है, लेकिन इनका कोई भौतिक और औपचारिक दिखने वाला रूप नहीं है; पर इन तीनों के तहत काम करने वाले कई इंस्टीट्यूशन संस्थान कहे जाते हैं। यहाँ संस्थान का अर्थ है सार्वजनिक या अर्धसार्वजनिक प्रकृति का कोई संगठन जिसका एक संचालक मण्डल, भवन या किसी प्रकार की भौतिक व्यवस्था होती है। इन संस्थानों की रचना किन्हीं निश्चित लक्ष्यों की पूर्ति के लिए की जाती है (जैसे, कॉलेज, विश्वविद्यालय, अस्पताल आदि)। इसी तरह समाजशास्त्र जिन इंस्टीट्यूशनों के बारे में अध्ययन करता है उन्हें हिंदी में संस्था कहना ठीक होगा, लेकिन उन संस्थाओं का अध्ययन करने वाले अनुसंधान केंद्र को संस्थान ही कहा जाएगा। समाज-विज्ञान के विभिन्न अनुशासनों में संस्था, संस्थान और संस्थानीकरण के तात्पर्य अलग-अलग हैं। समाजशास्त्र में संस्था का अर्थ मानकों और मूल्यों के संदर्भ में समझा जाता है। इस अनुशासन में संस्था उसे कहते हैं जो साझा मूल्यों के तहत बनी नियमों और नियमित प्रक्रियाओं की अंत:संबंधित संहिता के आधार पर काम करती है। समाजशास्त्र इस परिभाषा में विश्वासों, आस्थाओं, सोच-विचार और अनुभूतियों को भी जोड़ता है। ये संस्थाएँ (जैसे जाति, परिवार, धर्म आदि) सामाजिक जीवन में गहरे जड़ जमाये होती हैं और इनमें लम्बी-लम्बी समयावधियों तक अपना पुरुत्पादन करते रहने की क्षमता होती है। इस प्रकार की संस्था सामाजिक संरचना के विचार के केंद्र में रहती है और मानवीय गतिविधि के संरचनात्मक संगठन को समझने में प्रमुख भूमिका का निर्वाह करती है।

समाजशास्त्र की विभिन्न शाखाओं में संस्था को लेकर समझ में कुछ भेद भी है। जैसे, प्रकार्यात्मक समाजशास्त्र (फ़ंक्शनलिस्ट सोसियोलॅजी) के पैरोकार संस्थाओं को व्यक्ति या समाज की आवश्यकताएँ पूरी करने वाले माध्यमों की तरह देखते हैं। जबकि, घटनाक्रियाशास्त्र को महत्त्व देने वालों का ज़ोर एक भिन्न पहलू पर होता है। ये समाजशास्त्री देखते हैं कि लोगों ने संस्थाओं को कैसे बनाया है या उनके साथ अपना सामंजस्य कैसे बैठाया है। टैलकॉट पार्संस ने संस्थाओं को आर्थिक, राजनीतिक, घरेलू, धार्मिक जैसी श्रेणियों में बाँट कर देखा था। उनकी मान्यता थी कि हर क़िस्म की संस्था समाज की किसी ख़ास गतिविधि से सरोकार रखती है और कुल मिला कर पूरी सामाजिक प्रणाली के अंग की भूमिका निभाती है। इसमें अर्थव्यवस्थाएँ, राजनीतिक प्रणालियाँ और नातेदारी की व्यवस्थाएँ भी शामिल हैं। इस आधार पर कुल मिला कर संस्थाओं को पाँच मुख्य प्रकारों में विभाजित किया जाता है : आर्थिक संस्थाएँ उत्पादन, वितरण और सेवा का काम करती हैं; राजनीतिक संस्थाएँ सत्ता के विनियमन और इस्तेमाल की प्रक्रिया को तय करती हैं; स्तरीकरण से संबंधित संस्थाएँ हैसियत और संसाधनों का वितरण करती हैं; नातेदारी की संस्थाएँ विवाह, परिवार और समाजीकरण से संबंधित भूमिकाओं का निर्वाह करती है; और सांस्कृतिक संस्थाएँ धार्मिक, वैज्ञानिक और कलात्मक गतिविधियाँ चलाती हैं।

लेकिन इस तरह के विभाजनों में निहित दृष्टि की आलोचना उन विद्वानों ने की है जो मान कर चलते हैं कि संस्थाओं को उनमें निहित सत्ता की संचरना से अलग करके नहीं देखा जा सकता। संस्थाएँ हमेशा ही समाज के सत्ता-संबंधों की अभिव्यक्ति होती हैं, उन सत्ता-संबंधों की जिन्हें एक समूह किसी दूसरे समूह पर या बाक़ी समाज पर आरोपित करता है। समाज में अक्सर ऐसा लग सकता है कि मूल्यों, मानकों और संस्थाओं के स्तर पर सम्पूर्ण मतैक्य है, पर उसे हासिल करने में सत्ता और टकराव की भूमिका को नज़रअंदाज़ नहीं किया जाना चाहिए। हाल ही में फ्रांसीसी चिंतक मिशले फ़ूको ने अपने अनूठे विश्लेषण में दिखाया है कि सामाजिक धरातल पर जिस विमर्शी ज्ञान में सबकी साझेदारी दिखती है और जिसके ज़रिये लोग अपने सामाजिक पर्यावरण को समझते और ग्रहण करते हैं, उसके भीतर भी सत्ता-संबंधों की एक इबारत छिपी रहती है अर्थात्

सामाजिक व्यवस्था ज्ञान और सत्ता के संयोग का नतीजा होती है। उसे इनमें से किसी एक के फलितार्थ की तरह नहीं देखा जाना चाहिए।

अर्थशास्त्र की एक शाखा संस्थागत अर्थशास्त्र कहलाती है। यह आधुनिक अर्थशास्त्र की प्रमुख संस्थाओं के अध्ययन को अपना विषय बनाती है। इस प्रक्रिया में अर्थशास्त्री अक्सर किसी संस्था के साथ जुड़े हुए मानवशास्त्रीय पहलुओं, परम्पराओं, रीति-रिवाज़ों, नौकरशाहानी नियमों, सम्पत्ति संबंधी अधिकारों और उसके संचालन से जुड़े हुए तंत्र आदि पहलुओं पर ग़ौर करते हैं। दरअसल, अपनी इस शाखा के ज़रिये अर्थशास्त्र, विधि, राजनीति, समाजशास्त्र और मानवशास्त्र के साथ एक परस्पर उपयोगी संवाद स्थापित करने में सफल रहा है। इंस्टीट्यूशनल इकॉनॉमिक्स ने उन्नीसवीं सदी के आख़िरी वर्षों में अमेरिका में जन्म लिया। इसके प्रमुख हस्ताक्षरों ने ट्रेड यूनियनों के अध्ययन से शुरुआत की और औद्यगिक संरचनाओं की बदलती हुई प्रकृति की जाँच करने तक गये। इस अर्थशास्त्र ने कारपोरेशन की संरचना पर गहराई से विचार करके यह पता लगाने की कोशिश की है कि आर्थिक उत्पादन और वितरण की यह संस्था (जिसका मालिक हमेशा नज़ारे से ग़ायब रहता है) किस तरह आर्थिक क्रिया को गति देने में कामयाब रहती है। इंस्टीट्यूशनल इकॉनॉमिक्स ने शुरू-शुरू में कॉरपोरेशनों में निर्णय-प्रक्रिया की जाँच करके अपने अनुसंधानों से नियोक्लासिकल अर्थशास्त्र की कई दावेदारियों को ग़लत साबित किया। लेकिन आजकल इसके नये संस्करण ने नियोक्लासिकल इकॉनॉमिक्स के साथ दोस्ती कर ली है।

संस्थानीकरण उस प्रक्रिया का नाम है जिसके तहत समाज का कोई कार्य-व्यापार, नियमाचार और आचरण-संहिता पर्याप्त रूप से नियमित हो जाती है और परिणामस्वरूप उसे भी एक संस्था की संज्ञा दी जाने लगती है। इसे यूँ भी कहा जा सकता है कि समाज में जब किसी प्रवृत्ति या रुझान में अपेक्षाकृत स्थायित्व आ जाता है तो कहा जाता है कि अमुक प्रवृत्ति का संस्थानीकरण हो गया है। संस्थानीकरण का यह विचार बताता है कि संस्थाएँ कोई अपरिवर्तनीय क़िस्म की शै नहीं होतीं। सामाजिक प्रक्रियाओं के प्रभाव के तहत संस्थाओं के बनने और बदलने का सिलसिला चलता रहता है। संस्थानीकरण अपनी प्रकृति में नकारात्मक भी हो सकता है और सकारात्मक भी। जैसे किसी समाज में नस्लवाद या किसी दूसरे क़िस्म के भेदभाव का संस्थानीकरण हो सकता है। संस्थानीकरण के इस नकारात्मक अर्थ के विपरीत किसी समाज में अगर वर्ग-संघर्ष को नियंत्रित करने के लिए राजनीतिक और औद्योगिक संघर्ष का एक-दूसरे से लगभग स्थाई रूप से संबंध विच्छेद कर दिया जाता है, तो इसकी अभिव्यक्ति इस तरह से की जाएगी कि उस समाज में वर्ग-संघर्ष का संस्थानीकरण हो गया है।

पूँजीवाद के शुरुआती दिनों में उद्योगीकरण के दुष्परिणामों के कारण सामाजिक टकराव इतना भीषण रूप ले लेता था कि क्रांतियों की सम्भावनाएँ पैदा हो जाती थीं। समाजशास्त्रियों की मान्यता है कि इस परिस्थिति के पीछे पारम्परिक प्राक्-औद्योगिक सामाजिक संबंधों के लगातार क्षय के कारण पैदा होने वाली पीड़ा और हताशा की भूमिका थी। जैसे-जैसे पूँजीवाद परिपक्व हुआ और उसे सामाजिक एकजुटता और संसक्ति के पहलुओं पर ध्यान देते हुए नये विनियमन और आचार-संहिताओं का निर्माण करना शुरू किया, टकराव की परिस्थितियाँ कम से कमतर होती चली गयीं। वर्ग-संघर्ष के संस्थानीकरण के तर्ज़ पर इस प्रक्रिया को टकराव का संस्थानीकरण कहा गया।

राजनीतिशास्त्र में लोकतंत्र के स्थायित्व के लिए ज़रूरी माना जाता है कि उसका बाक़ायदा संस्थानीकरण हो। वह विधायिका, कार्यपालिका, न्यायपालिका और स्वतंत्र प्रेस के संस्थागत ढाँचे पर टिका हो। राजनीतिक दल, एनजीओ वग़ैरह भी लोकतंत्र के इसी संस्थागत ढाँचे के महत्त्वपूर्ण अंग माने जाते हैं। इस संबंध में कई नये सिद्धांत विकसित हुए हैं जिन्हें न्यू इंस्टीट्यूशनलिज़्म्स की संज्ञा दी जाती है। यह थियरी संस्थाओं की संरचना पर तो ग़ौर करती ही है, साथ ही यह भी पता लगाती है कि उनमें निहित एजेंसी की अपनी गतिशीलता क्या है। यह दृष्टि मुख्यत: तीन प्रश्नों के उत्तर खोजने की चेष्टा करती है : पहला, आख़िर वे कौन से तौर-तरीक़े हैं जिनके ज़रिये संस्थाओं की सक्रियता अपना रूप लेती है? दूसरा, उन्हें सामाजिक सक्रियता के मैदान में उतारने वाले एजेंटों पर संस्थाओं का क्या असर होता है? तीसरा, राजनीतिक प्रक्रिया पर संस्थाओं का प्रभाव कितना गहरा होता है?

देखें : उद्योगीकरण-1 और 2, घटनाक्रियाशास्त्र और ऐडमण्ड हसर, टैलकॉट पार्संस, पूँजीवाद, मिशेल पॉल फ़ूको-1 और 2.

संदर्भ

1. टैलकॉट पार्संस (1951), द *सोशल सिस्टम,* रॉटलेज ऐंड कीगन पॉल, लंदन.
2. ओ.ई. विलियम्सन (1985), द *इकॉनॉमिक इंस्टीट्यूशंसऑफ़ कैपिटलिज़म : फ़र्म्स, मार्केट्स,* रिलेशनल कांट्रेक्टिंग, फ्री प्रेस, न्यूयॉर्क.
3. बी. गाई पीटर्स (1999), *इंस्टीट्यूशनल थियरी इन पॉलिटिकल साइंस : द न्यू इंस्टीट्यूशनिज़म,* कंटीनुम, लंदन.
4. जेम्स मार्च और योहान पी. ओल्सन (1989), *रिडिस्कवरिंग इंस्टीट्यूशंस : द ऑर्गनाइज़ेशनल बेसिस ऑफ़ पॉलिटिक्स,* फ्री प्रेस, न्यूयॉर्क.

— अभय कुमार दुबे

सांख्य दर्शन-1

(सत्कार्यवाद का सिद्धांत)

(Philosophy of Sankhya-1)

सांख्य दर्शन प्राचीनतम भारतीय दार्शनिक प्रणालियों में से एक है। महाभारत, गीता, छांदोग्य, प्रश्न, कठ तथा विशेषत: श्वेताश्वतर जैसे उपनिषदों के अलावा स्मृतियों और पुराणों में भी इस दर्शन की चर्चाएँ मिलती हैं। इस दर्शन ने तर्कपूर्ण युक्तियुक्त चिंतन को महत्त्व दिया है। सांख्य दार्शनिकों ने तर्क और युक्ति के प्रति अपना विश्वास प्रकट करते हुए कहा कि ब्रह्माण्ड पदार्थ से बना है। प्रकृति विकास की प्रक्रिया में है और जीवन तथा शक्ति, विचार और चेतना पदार्थ की ही उपज हैं। इसके ज़रिये जगत व मनुष्य के अस्तित्व के रहस्यों को युक्ति और तर्क के आधार पर सुलझाने का पहली बार प्रयास किया गया। यह दर्शन सारत: अनीश्वरवादी था। इसने वेदों को मानने से इनकार कर दिया और ब्राह्मणवादी परम्पराओं से स्वतंत्र रहा। यह अलग बात है कि आगे चलकर ब्राह्मणवादी विचारकों ने इसकी मूलभूत कुछ अवधारणाओं में उलट-फेर करके इसे परम्परानिष्ठ आदर्शवादी विचार बना दिया। लेकिन इस चिंतन की संरचना कुछ इस तरह की है कि इसमें से वेदों और स्मृति-तत्त्वों को निकाल देने पर भी कोई फ़र्क़ नहीं पड़ता।

ब्रह्मसूत्र या *वेदांतसूत्र* के रचयिता बादरायण और शंकराचार्य जैसे सरीखे भाष्यकारों ने सांख्य दर्शन का ध्वंसात्मक खण्डन किया है। शंकराचार्य ने तो सांख्य को वेदांत के ख़िलाफ़ लड़ने वाला 'प्रधान मल्ल' कहा है। वे इसे द्वैतवादी होने की वजह से श्रुतिमूलक या उपनिषद्सम्मत मानने से इनकार करते हैं। इस बहस से सांख्य दर्शन के शंकराचार्य के ज़माने में प्रभाव का पता चलता है। वे नयी प्रस्थापनाएँ करना चाहते थे, इसलिए ज़रूरी था कि पहले से जमे हुए दर्शन का खण्डन किया जाता। एक सम्भावना यह भी व्यक्त की जाती है कि अपने आरम्भिक दिनों में सांख्य श्रुतिमूलक और ईश्वरवादी रहा होगा, लेकिन पश्चातकाल में आकर जैन और बौद्ध दर्शन के प्रभाव में अनीश्वरवादी और वस्तुवादी बन गया होगा। समझा जाता है कि सोलहवीं शताब्दी में आकर विज्ञान भिक्षु ने एक बार फिर सांख्य में ईश्वरवाद की स्थापना की। सांख्य दर्शन का प्रतिष्ठापक आचार्य कपिल और उनकी कृति *सांख्यप्रवचनसूत्र* को माना जाता है। लेकिन इस रचना को कुछ विद्वानों ने कपिल की कृति मानने से इनकार किया है। वे इसे चौदहवीं सदी की मानते हैं। शंकराचार्य तथा अन्य प्राचीन आचार्यों ने *सांख्यप्रवचनसूत्र* का न तो उल्लेख किया है और न उससे कोई बात उद्धृत की है। निंदा और खण्डन के लिए भी नहीं। उसके स्थान पर ईश्वर कृष्ण रचित *सांख्यकारिका* से ही उद्धरण दिये गये हैं। वाचस्पति मिश्र ने भी *सांख्यकारिका* पर अपनी प्रसिद्ध *सांख्यतत्त्वकौमुदी* टीका लिखी है। स्वयं ईश्वर कृष्ण ने कपिल, आसुरी तथा पंचशिख का प्राचीन सांख्याचार्यों के रूप में उल्लेख किया है। कपिल मुनि का काल बुद्ध से पूर्व का है। उन्होंने जिस *सांख्यप्रवचनसूत्र* की रचना की होगी वह दुर्भाग्यवश बहुत पहले ही विलुप्त हो गया होगा। *भागवत पुराण* में कपिल मुनि के दर्शन का प्रतिपादन है।

सांख्य से तात्पर्य है संख्या से संबंध रखने वाला दर्शन और संख्या का प्रचलित अर्थ है गणना या गिनती। इस दर्शन में सबसे पहले तत्त्वों की संख्या पच्चीस बतायी गयी। इसलिए इस दर्शन का नाम सांख्य पड़ा। कुछ लोग सांख्य से तात्पर्य सम्यक ज्ञान से मानते हैं, जिसका प्राचीन और आध्यात्मिक अर्थ है। यह दर्शन प्रकृति तथा पुरुष को भिन्न और स्वतंत्र मानता है तथा इस संसार में इनका अविवेक या अज्ञान हमेशा बना रहता है। प्रकृति और पुरुष परस्पर घुले-मिले होते हैं। इन्हें अलग नहीं किया जा सकता। इस दर्शन के मुताबिक़ संसार की यही दशा है। इनका पार्थक्य होने पर मोक्ष प्राप्त होता है। जब प्रकृति और पुरुष का अलग-अलग ज्ञान प्राप्त हो जाता है तो जीव को क्लेशों से मुक्ति मिल जाती है। इस प्रकार इस दर्शन में संख्या और सम्यक ज्ञान का संयुक्त प्रतिष्ठापन है।

सांख्य दर्शन के अनुसार मनुष्य आध्यात्मिक, आधिभौतिक तथा आधिदैविक तीन प्रकार के दु:खों का अनुभव करते हैं। इन दुखों का स्थाई नाश भी किया जा सकता है। इसके लिए इस दर्शन में सत्कार्यवाद का सिद्धांत प्रतिपादित किया गया है। इसे कार्य और कारण का समेकन करने वाले सिद्धांत के रूप में भी जाना जाता है। वैदिक पुरोहितों का कहना था कि जीवन का परम लक्ष्य मोक्ष है जिसे बलि संबंधी कर्मकाण्ड के ज़रिये प्राप्त किया जा सकता है। सांख्य दर्शन ने अंधविश्वास कह कर इसकी आलोचना की और कहा कि यज्ञ हिंसा पर आधारित होने के कारण अपवित्र है। जीवों की हत्या के बिना यज्ञ पूरे नहीं किये जा सकते इसलिए उनसे दुखों के छुटकारे का उपाय नहीं निकल सकता। सांख्य दर्शन कहता है कि दु:ख और पीड़ा से मुक्ति प्राप्त करने का उपाय अविकसित पदार्थ, विकसित ब्रह्मांड और ज्ञाता के बारे में विवेकपूर्ण ज्ञान प्राप्त करना है। सत्कार्यवाद के अनुसार कारण के बिना कार्य की परिकल्पना नहीं की जा सकती। किसी भी वस्तु के अस्तित्व का एक कारण होता है। शून्य से कोई वस्तु पैदा नहीं हो सकती। ब्रह्माण्ड के प्रत्येक व्यापार एवं घटनाओं का कोई कारण होता है और प्रत्येक कारण अपना कारण उत्पन्न करता है। प्रभाव

और कारण परस्पर अभिन्न रूप से सम्बद्ध होते हैं। तात्पर्य यह है कि कारण में प्रभाव पहले से मौजूद रहता है। यह प्रभाव ठीक वैसे ही रहता है जैसे तिल का तेल तिल के बीजों में ही निहित है।

सत्कार्यवाद समस्त जगत को कार्य और कारण की लम्बी शृंखला मानता है। उसके हिसाब से कारण की प्रक्रिया स्वत: प्रकृति में अंतर्निहित है। इस जगत की समस्त वस्तुएँ यहाँ तक कि शरीर और मस्तिष्क, बुद्धि और इंद्रियाँ भी प्रकृति के रूपांतरण का परिणाम हैं। पूरे ब्रह्माण्ड की रचना प्रकृति से हुई है और प्रकृति ही आद्य पदार्थ है, जिससे पूरा सृजन हुआ है। परंतु परम प्रकृति का कोई मूल नहीं है। न ही स्वयं वह किसी रूपांतरण का परिणाम हैं। अस्तित्वपूर्ण से ही अस्तित्व का जन्म होता है। जो अस्तित्वहीन है उसे किसी भी उपाय से अस्तित्व में नहीं लाया जा सकता। धानों को कूटने से पहले उनमें चावल मौजूद रहते हैं, दुहने से पहले थनों में दूध मौजूद रहता है। इस प्रकार एक ऐसा कारण, जिसे पहचान पाना कठिन है, शाश्वत और सर्वव्यापी प्रकृति है जो अनंतकाल से अस्तित्व में हैं। किसी कछुए की भाँति ही वह अपने अंगों को बाहर निकालती है और उन्हें फिर समेट लेती है। प्रलय या निष्पत्ति के समय समस्त तत्व अंदर खींच लिए जाते हैं अर्थात् प्रकृति में वापस चले जाते हैं। प्रकृति या आद्य पदार्थ शाश्वत, अकारण, सर्वव्यापक और स्वतंत्र है। वह देखने वाले से स्वतंत्र है।

न्याय दर्शन मानता है कि चाक, डोरी, आदि की सहायता से कुम्हार मिट्टी के भीतर से 'घड़ा' नामक एक अपूर्व द्रव्य पैदा करता है, इसलिए घड़े की 'उत्पत्ति' होती है। सांख्य मत का मानना है कि मिट्टी में पूर्व-स्थित घड़े की अभिव्यक्ति कुम्हार के प्रयत्न से होती है। उसके प्रयत्न से पहले भी घड़ा उस मिट्टी के लोंदे में मौजूद था और प्रयत्न ने उसे केवल प्रकट कर दिया। सांख्य के इस विचार को सत्कार्यवाद के रूप में जाना जाता है। कुम्हार द्वारा दण्ड की सहायता से मिट्टी का घड़ा बनाने या घड़ा उत्पन्न होने से पहले वह मिट्टी में विद्यमान था या नहीं? न्याय-वैशेषिक के विद्वानों का इस मामले में उत्तर नकारात्मक है अर्थात् घड़ा मिट्टी में विद्यमान नहीं था बल्कि सामग्री की सहायता से घड़े की उत्पत्ति होती है और घड़ा नवीन वस्तु होता है। यदि वह पहले से ही विद्यमान होता तो कुम्हार को मेहनत करने और चाक घुमाने की क्या ज़रूरत होती तथा घड़े की उत्पत्ति के क्या मायने रह जाते। यदि कार्य पहले से ही कारण में मौजूद रहता तो कार्य और कारण में भेद नहीं रहता। मिट्टी और घड़े दोनों का एक ही नाम होता। मिट्टी का लोंदा घड़े का काम करता। घड़े में तो हम जल रख सकते हैं, तो क्या यही काम हम मिट्टी के लोंदे से कर सकते हैं? इसलिए मिट्टी का घड़ा आकार तथा तात्पर्य दोनों में ही भिन्न है। घड़ा एक नयी चीज़ है, जो मिट्टी में कभी भी विद्यमान नहीं था। घड़ा दण्ड, चाक आदि कारणों यानी सामग्री की सहायता से उत्पन्न एक नयी वस्तु है। नैयायिकों का यह मत असत्कार्यवाद के नाम से जाना जाता है। यह सिद्धांत प्रतिपादित करता है कि कारण में कार्य पहले से ही विद्यमान नहीं होता। कुम्हार के प्रयत्न द्वारा घड़ा नाम की एक नयी वस्तु की उत्पत्ति हुई। वह पहले मौजूद नहीं था। किंतु सांख्य दर्शन का इससे भिन्न मत है। अपने मत के समर्थन में *सांख्यकारिका* में कई युक्तियाँ मिलती हैं।

पहली युक्ति है असद्कारणात् अर्थात् यदि कार्य उत्पत्ति के पूर्व कारण में विद्यमान न हो तो, वह असत् होगा। असत् होने से वह शशशृंग तथा आकाश कुसुम के समान होगा यानी असत् की उत्पत्ति किसी प्रकार कभी नहीं हो सकती। मिट्टी में पहले से मौजूद था, नहीं तो लाख कोशिश करने पर भी घड़ा उत्पन्न नहीं हो पाता। वह उत्पन्न होता है, यही प्रमाण है कि वह मिट्टी में मौजूद है। दूसरी युक्ति है उपादानग्रहणात् अर्थात् प्रत्येक कार्य अपने उपादानकारण या समवायीकरण से सम्बद्ध रहता है और इसलिए उससे उसकी उत्पत्ति होती है। उपादानकारण के बिना कोई कार्य नहीं हो सकता। उपादान से तात्पर्य है द्रव्य की निष्पादक वस्तु, जैसे घड़े के लिए मिट्टी तथा वस्त्र के लिए तंतु उपादान है। घड़े बनाने के लिए मिट्टी का प्रयोग होता है, तेल के लिए सरसों या तिल का प्रयोग तथा वस्तु की बुनाई तंतु से की जाती है। किसी कार्य के वास्ते किसी विशेष उपादान या सामग्री को ग्रहण करना पड़ता है। तीसरी युक्ति है सर्वसम्भावात् अर्थात् कार्य की उत्पत्ति-पूर्व को भी उपादानकारण में मौजूद मानना पड़ेगा। अगर ऐसा नहीं किया जाएगा तो किसी भी कारण या सामग्री से किसी भी कार्य की उत्पत्ति सम्भव माननी पड़ेगी जो कि असम्भव है। अगर हम मिट्टी में घड़े या तंतु में वस्त्र की पूर्व-स्थिति नहीं मानते, तो सबसे सब चीज़ें पैदा होने लगेंगी। मिट्टी से कपड़ा और कंबल भी तैयार होने लगेगा। सब कारणों से सब कार्यों की उत्पत्ति दिखाई नहीं पड़ती। अतः कार्य कारण में पहले से ही विद्यमान रहता है।

देखें : आर्यभट्ट और *आर्यभटीय*, उपनिषद्, कपिल, *अर्थशास्त्र* और कौटिल्य, गोपीनाथ कविराज, गोविंद चंद्र पाण्डे, चैतन्य महाप्रभु, जैन दर्शन, न्याय दर्शन, दया कृष्ण, नागार्जुन, पतंजलि और *योगसूत्र*, पाणिनि और *अष्टाध्यायी*, पुराण, पूर्व-मीमांसा दर्शन, बदरी नाथ शुक्ल, बादरायण, बौद्ध दर्शन, *भगवद्गीता*, भरत और *नाट्यशास्त्र*, मुकुंद लाठ, *भागवत पुराण*, *महाभारत*, यशदेव शल्य, योग दर्शन, रामानुजाचार्य, रामअवतार शर्मा, लोकायत, वात्स्यायन और *कामसूत्र*, वेदांत दर्शन, वैशेषिक दर्शन, शंकराचार्य, षड्-दर्शन-1 और 2, संस्कृत काव्यशास्त्र, स्मृति-साहित्य, सिद्ध-नाथ परम्परा।

संदर्भ

1. वियोगी हरि (सम्पा.) (2011), *हमारी परम्परा*, सस्ता साहित्य

मण्डल प्रकाशन, नयी दिल्ली.
2. के. दामोदरन (2001), *भारतीय चिंतन परम्परा,* अनु. जी. श्रीधरन, पीपुल्स पब्लिशिंग हाउस, नयी दिल्ली.
3. सर्वपल्ली राधाकृष्ण (2012), *भारतीय दर्शन (दो भाग),* अन. नंदकिशोर गोभिल, राजपाल ऐंड संज़, दिल्ली.
4. चंद्रधर शर्मा (1991), *भारतीय दर्शन : आलोचना और अनुशीलन,* मोतीलाल बनारसीदास, दिल्ली.

— अजय कुमार पाण्डेय

सांख्य दर्शन-2

(भाग्य, अलौकिकता और ईश्वर से मुक्त)

(Philosophy of Sankhya-2)

चौथी युक्ति है शक्तस्य शक्य कारणात् अर्थात् शक्त कारण से ही शक्य कार्य की उत्पत्ति होती है। जिस कारण में जिस कार्य को उत्पन्न करने की शक्ति होती है, उस कारण से उस कार्य की उत्पत्ति होती है। इसका तात्पर्य यह है कि जो कार्य बीजरूप से जिस कारण में मौजूद होता, वही कारण उसी कार्य को उत्पन्न करने की शक्ति रखता है। तिलों को पेरने से तेल ही निकलता है, घी नहीं। इसका कारण यह है कि कार्य तथा कारण के बीच एक प्रकार की शक्ति का निवास है। कार्य कारण में पहले से ही विद्यमान होता है। यही कारण है कि शक्त पदार्थ शक्य वस्तु को ही उत्पन्न करता है। जुलाहा कपड़ा बुनने के लिए तंतु को ही ग्रहण करता है। क्योंकि वह जानता है कि कारण में किसी विशेष कार्य को ही पैदा करने की शक्ति होती है, दूसरे को नहीं। तिलहन से तेल ही निकलता है। लाख कोशिश के बाद भी उससे घी नहीं निकलता। मिट्टी से घड़ा ही बनेगा, लौहपात्र नहीं। ये उदाहरण इस बात के पुख़्ता प्रमाण हैं कि कार्य तथा कारण परस्पर सम्बद्ध पदार्थ हैं तथा उत्पन्न होने के पूर्व भी कार्य कारण में अवश्य ही विद्यमान रहता है। पाँचवीं युक्ति है कारण भावात् अर्थात् कार्य और कार्य एक ही वस्तु के दो रूप हैं। कारण कार्य की अव्यक्तावस्था है तथा कार्य कारण का व्यक्त रूप है। कारण का जो स्वभाव होता है वही कार्य का भी स्वभाव होता है। स्निग्ध स्वभाव वाले तिलों से स्निग्ध तेल उत्पन्न होता है। मिट्टी से उत्पन्न घड़ा मिट्टी के स्वभाव वाला होता है। इस तरह से कार्य और कारण में स्वभाव की एकता बनी रहती है। यदि असत् स्वभाव वाला कार्य है तो वह असत् स्वभाव वाले कारण से उत्पन्न होता है। परंतु कार्य तो सत्स्वभाव वाला ही होता है, क्योंकि वह तो विद्यमान ही है। फलतः वह सत्स्वभाव वाले कारण से उत्पन्न होता है। इस प्रकार सत्यकार्यवाद युक्तियुक्त सिद्धांत साबित होता है।

सांख्य दर्शन ने इस ब्रह्माण्ड और उत्पत्ति का मूल कारण शाश्वत रूप से मौजूद, अकारण और सर्वव्यापक पदार्थ को बताया है। इस तरह से उसकी मान्यता बनती है कि संसार की निर्मित के लिए किसी अन्य निर्माणक की कोई आवश्यकता नहीं। इस जगत का क्रमिक विकास प्रकृति अथवा प्रधान तत्त्व से हुआ जो बोधहीन और संवेदनाहीन है, अविकसित और अरूप है। इस ब्रह्माण्ड और विविध-व्यापारों की उत्पत्ति आद्य कारण से विकसित प्रकृति, बुद्धि, अंहकार, नाद, स्पर्श, रंग, स्वाद, गंध, आँख, कान, जिह्वा, नासिका, त्वचा, बोलने की इंद्रिय, हाथ, पैर, गुदा, जननेंद्रिय, मनस्, पृथ्वी, जल, अग्नि, वायु, आकाश और पुरुष जैसे पच्चीस तत्त्वों की क्रिया-प्रतिक्रिया के फल स्वरूप हुई।

सांख्य दर्शन के अनुसार सत्व, रजस् और तमस् के परस्पर निर्भर तीन गुणों की क्रिया-प्रतिक्रिया का परिणाम प्रकृति में निहित है। विकास की प्रक्रिया में एक या दूसरा गुण विभिन्न वस्तुओं में प्रचुरता ग्रहण कर लेता है। यही कारण है कि वस्तुओं के इतने अनंत भेद हैं। विकास इन्हीं गुणों की सक्रियता एवं असंतुलन का परिणाम है। गुणों में परिवर्तन होने से प्रकृति में भी परिवर्तन होते हैं। इन तीनों गुणों की क्रियाएँ और अंत:क्रियाएँ अविकसित पदार्थ के विकास और उससे उत्पन्न वस्तुओं के लिए अनिवार्य शर्त है। प्रकृति से जो प्रत्येक वस्तु उत्पन्न हुई उसमें विभिन्न अनुपातों में ये तीन गुण मौजूद हैं। यही कारण है कि वस्तुओं में इतनी विविधता है। इसके साथ ही गुणात्मक रूप से भिन्न समस्त वस्तुओं और घटनाओं में एक सामान्य तत्त्व मौजूद रहता है, जिसे पदार्थ कहा जाता है।

सांख्य विचारकों का मत है कि तत्त्व, ज्ञानेंद्रियाँ, मन, अहंकार और बुद्धि इन सबका भी जन्म पदार्थ से हुआ है। सिर्फ़ अपवाद स्वरूप पुरुष ही पदार्थ से स्वतंत्र और शाश्वत है फिर भी पार्थिव शरीर द्वारा पदार्थ से सम्बद्ध है। पुरुष से तात्पर्य महज़ एक आत्मा न हो कर इस संसार में विभिन्न गुणों और व्यक्तित्वों वाले व्यक्तियों से है जिनकी आत्माएँ किसी सर्वव्यापक आत्मा का अंश न होकर अलग-अलग हैं। प्रकृति और पुरुष के बीच क्रिया और प्रतिक्रिया की अनवरत प्रक्रिया जारी रहने के बावजूद भी पुरुष सक्रिय नहीं है। मूल रूप से आद्य कारण प्रकृति ही है, जिससे हर वस्तु का विकास हुआ है। कुछ लोग द्वैतवादी दार्शनिक प्रणाली के अनुसार जगत की उत्पत्ति प्रकृति और पुरुष के समागम से मानते हैं किंतु यह विचार सांख्य दर्शन के विपरीत है।

कपिल का स्पष्ट मानना है कि संसार की उत्पत्ति का आत्मा से कोई संबंध नहीं है। भौतिक विकास की एक विशिष्ट दशा में ही मनुष्य का उद्भव हुआ। पंच महाभूतों, पाँच सूक्ष्म तत्त्वों, मनस्, बुद्धि, अहंकार और अव्यक्त के योग से ही मनुष्य का निर्माण हुआ। कर्म, ज्ञान, सुख और दुःख

इस सम्मिश्रण के अंतर्गत आते हैं। मनुष्य केवल इस जीवन में ही सुख-दुख, आनंद और पीड़ा का अनुभव कर सकता है। मानसिक-शारीरिक तत्त्वों के इस सम्मिश्रण में ही चेतना का अस्तित्व हो सकता है। आत्मा का शरीर से अलग कोई अस्तित्व नहीं है। उसमें ज्ञान की संज्ञा केवल तब जागती है जब बोध-इंद्रियों से उसका सम्पर्क होता है। सांख्य दर्शन के अनुसार मनुष्य तीन मूलभूत संघटकों से निर्मित है : दस बाह्य और तीन आंतरिक इंद्रियाँ तन्मात्राओं सहित अनुभवाश्रित मनुष्य के भौतिक अधोस्तर का उसकी 'भौतिक-आत्मा' लिंग का (जिसे सूक्ष्म शरीर भी कहा जाता है) निर्माण करती हैं। यह सूक्ष्म-शरीर, अथवा लिंग ही व्यक्ति का आध्यात्मिक, मानसिक यंत्र होता है, इसमें मस्तिष्क, अंहकार, बुद्धि और पाँच सूक्ष्म-तत्त्व शामिल होते हैं। जिस प्रकार बिना अधोस्तर के कोई चित्र नहीं हो सकता, जिस प्रकार बिना वस्तु के उसकी परछाईं नहीं हो सकती, उसी प्रकार एक स्थूल शरीर के अभाव में सूक्ष्म शरीर अनुभव करने में अक्षम होता है। वह केवल शरीर में निवास कर सकता है।

यहाँ लिंग शब्द इच्छा शक्ति का, 'मैं' सिद्धांत का तथा प्रारम्भिक तत्त्वों का, द्योतक है क्योंकि वे ही ज्ञान अर्जित करने के साधन हैं और वे बिना किसी अधोस्तर के टिक नहीं सकते। केवल भौतिक जगत ही विचार को तत्त्व प्रदान करता है। प्रत्यक्ष, अनुमिति और शाब्दिक प्रमाण— ये ज्ञान के तीन स्रोत हैं। इन तीनों प्रमाणों द्वारा पुष्टि के बाद ही कपिल किसी वस्तु के अस्तित्व को मान्य करते हैं। बाह्य या ईश्वर संबंधी विचारों को प्रत्यक्ष, अनुमिति और न ही विश्वसनीय प्रमाणों के आधार पर साबित नहीं किया जा सकता है, इसलिए कपिल की दृष्टि में ये अमान्य थे। *सांख्यकारिका* के अनुसार किसी वस्तु का ज्ञान उस समय होता है जब दस बाह्य इंद्रियाँ उस वस्तु के बारे में अपनी अनुभूति को तीन आंतरिक इंद्रियों— मनस्, अंहकार और बुद्धि में संचारित करती है। अर्थात् बाह्य इंद्रियाँ जब आंतरिक इंद्रियों को संवेदनात्मक सामग्री प्रदान करती हैं केवल तभी वे सक्रिय होती हैं। ज्ञान यथार्थ, वस्तुगत, पार्थिव जगत से प्रभावित होता है।

सांख्य दर्शन वस्तुवाद और द्वितत्त्वपाद का प्रतिपादन करता है। यह प्रकृति और पुरुष— इन दो तत्त्वों के सहारे जगत के उत्पादन का दावा करता है। उसके अनुसार सारा संसार इन्हीं दो का खेल है। एक तरफ़ प्रकृति है, जो भौतिक जगत का मूल कारण है। यह प्रकृति संसार का उपादान कारण भी है और निमित्त कारण भी। यह सक्रिय और निरंतर परिवर्तनशील होती है परंतु साथ ही यह अचेतन या जड़ है। इस तरह के अचेतन तत्त्व से नियंत्रित शृंखलापूर्ण जगत का विकास कैसे होता है? वह निश्चित ध्येय की तरफ़ कैसे बढ़ता है? जब आदि में प्रकृति साम्यावस्था में थी तब फिर पहले-पहल उसमें विकार या क्षोभ क्यों उत्पन्न हुआ? इसके निमित्त सांख्य दूसरे तत्त्व का आश्रय लेता है, पुरुष या आत्मा। पुरुष शुद्ध चैतन्य-रूप आत्मा है जो नित्य और विकारी है। वह चेतन होता है परंतु साथ ही निष्क्रिय और अपरिणामी भी। इन्हीं चेतन पुरुषों के सम्पर्क से जड़ प्रकृति संसार की सृष्टि करती है।

सांख्य का कहना है कि पुरुष सन्निधि या सामीप्य मात्र से प्रकृति में क्रिया-प्रवर्तन हो जाता है। परंतु पुरुष की केवल सन्निधि मात्र से प्रकृति में क्यों विकार होने लगते हैं और पुरुष में क्यों नहीं विकार होता, इसका स्पष्ट समाधान नहीं मिलता। फिर यह प्रश्न भी उठता है कि अगर चैतन्य निराकार होता है तो निराकार चैतन्य की परछाईं साकार बुद्धि पर कैसे पड़ती है? बुद्धि तो जड़ तत्त्व है, फिर उसमें ज्ञान का उदय कैसे हो जाता है? इन बातों को समझने के लिए सांख्य में जो दृष्टांत दिये गये हैं उनसे पूरा समाधान नहीं होता है। एक शंका यह भी है कि जीवों के गुण, क्रिया, जन्म, मरण और आकृति-प्रकृति के भेद से पुरुषों का अनेकत्व सिद्ध किया जाता है। परंतु ये सब शरीर के धर्म हैं आत्मा के नहीं। जो विभेद देखने में आते हैं वे प्रकृति के हैं, शुद्ध चैतन्य स्वरूप पुरुष के नहीं। फिर उनके बल पर बहुपुरुषवाद की स्थापना कैसे की जा सकती है। व्यावहारिक जगत में जिन्हें भिन्न-भिन्न पुरुष समझते हैं वे भिन्न-भिन्न अहंकार मात्र कहे जा सकते हैं। तब पुरुष का अर्थ देह में समाया चैतन्य या एक व्यक्ति भी लिया जा सकता है। महाभारत में सेश्वर सांख्य की परम्परा बतायी गयी है। इसके आधार पर कारिका-पूर्व सांख्य तथा कारिका-पश्चात् सांख्य के दो प्रस्थान सांख्य माने गये हैं। बावजूद इसके सांख्य दर्शन का भारतीय दार्शनिक प्रणालियों में अपना एक अलग महत्त्व इस बात में है कि इसके दार्शनिक सिद्धांत भाग्य, अलौकिकता, और ईश्वर की अवधारणा से पूर्णतः मुक्त हैं। सांख्य के तहत दर्शन को एक तर्क-संगत भौतिकवादी आधार पर विकसित करने का प्रयास किया गया है।

देखें : आर्यभट्ट और *आर्यभटीय,* उपनिषद्, कपिल, *अर्थशास्त्र* और कौटिल्य, गोपीनाथ कविराज, गोविंद चंद्र पाण्डे, चैतन्य महाप्रभु, जैन दर्शन, न्याय दर्शन, दया कृष्ण, नागार्जुन, पतंजलि और *योगसूत्र,* पाणिनि और *अष्टाध्यायी,* पुराण, पूर्व-मीमांसा दर्शन, बदरी नाथ शुक्ल, बादरायण, बौद्ध दर्शन, *भगवद्गीता,* भरत और *नाट्यशास्त्र,* मुकुंद लाठ, *भागवत पुराण, महाभारत,* यशदेव शल्य, योग दर्शन, रामानुजाचार्य, रामअवतार शर्मा, लोकायत, वात्स्यायन और *कामसूत्र,* वेदांत दर्शन, वैशेषिक दर्शन, शंकराचार्य, षड्-दर्शन-1 और 2, संस्कृत काव्यशास्त्र, स्मृति-साहित्य, सिद्ध-नाथ परम्परा।

संदर्भ

1. वियोगी हरि (सम्पा.) (2011), *हमारी परम्परा,* सस्ता साहित्य मण्डल प्रकाशन, नयी दिल्ली.
2. के. दामोदरन (2001), *भारतीय चिंतन परम्परा,* अनु. जी. श्रीधरन, पीपुल्स पब्लिशिंग हाउस, नयी दिल्ली.

3. सर्वपल्ली राधाकृष्ण (2012), *भारतीय दर्शन (दो भाग)*, अनु. नंदकिशोर गोभिल, राजपाल ऐंड संज़, दिल्ली.
4. चंद्रधर शर्मा (1991), *भारतीय दर्शन : आलोचन और अनुशीलन*, मोतीलाल बनारसीदास, दिल्ली.

— अजय कुमार पाण्डेय

सांस्कृतिक पूँजी

(Cultural Capital)

संस्कृति को एक भौतिक शक्ति के रूप में व्याख्यायित करके सांस्कृतिक पूँजी की अवधारणा का विकास करने का श्रेय फ्रांसीसी चिंतक पियरे बोर्दियो को है। साठ के दशक में नव-मार्क्सवादी सोच के दायरे में काम करते हुए बोर्दियो ने वर्ग-रचना की प्रक्रिया में सामाजिक पूँजी के साथ-साथ सांस्कृतिक ज्ञान और अभिरुचियों की भूमिका की भी जाँच-पड़ताल की। अपने साथी विद्वान ज्याँ-क्लॉद पासरसन के साथ उन्होंने निष्कर्ष निकाला कि विभिन्न पीढ़ियों के बीच सत्ता और विशेष सुविधाओं का हस्तांतरण सांस्कृतिक पूँजी के रूप में होता है। बोर्दियो ने यह अवधारणा पूँजीपति वर्ग पर ही लागू नहीं की, बल्कि मध्य और उच्च वर्ग के बीच सत्ता और हैसियत के वितरण को भी इसी के ज़रिये समझने की कोशिश की। सांस्कृतिक पूँजी के प्रभाव को रेखांकित करने के लिए उन्होंने समाजशास्त्र की क्लासिक तकनीक का इस्तेमाल करते हुए बड़े पैमाने के सामाजिक सर्वेक्षण किये। हालाँकि उन दिनों फ्रांसीसी गणराज्य में मैरिट संबंधी मूल्य प्रचलित थे, पर बोर्दियो ने तर्क दिया कि जिन लोगों के पास पहले से ही सुविधासम्पन्न पारिवारिक पृष्ठभूमि होती है वे कथित रूप से योग्यता आधारित शिक्षा प्रणाली का लाभ उठाने के मामले में फ़ायदे में रहते हैं। शिक्षा और घरेलू पृष्ठभूमि का मिला-जुला प्रभाव उनके लिए कुछ ऐसी अभिरुचियों और प्राथमिकताओं के विकास में सहायक होता है जिनके आधार पर 'मँझोले स्तर' की या 'मज़दूर-वर्गीय' के बरक्स एक तरह की 'वैध संस्कृति' परिभाषित होती है। यह सांस्कृतिक पूँजी एक पीढ़ी से दूसरी पीढ़ी को हस्तांतरित की जा सकती है। इसके आधार पर आर्थिक लाभ भी प्राप्त होता है। हालाँकि इन उच्चस्तरीय सांस्कृतिक अभिरुचियों की रचना सामाजिक रूप से होती है, पर वर्ग-व्यवस्था के प्रभाव में इन्हें कुछ विशेष वर्गों के लिए नैसर्गिक गुणों की तरह देखा जाता है।

बोर्दियो के इस प्रतिपादन से पहले समाजशास्त्री एमील दुर्खाइम अपने अवलोकनों के ज़रिये सामाजिक पूँजी की अवधारणा के सूत्रीकरण के लिए रास्ता साफ़ कर चुके थे। उन्होंने मैकेनिकल और ऑर्गनिक सामाजिक एकजुटता की व्याख्या की थी। इसी विचार को बोर्दियो भिन्न दिशा में ले गये और इसके आधार पर समाज में सामाजिक-आर्थिक ग़ैर-बराबरी के पुनरुत्पादन की व्याख्या की। बोर्दियो ने अपने साथी लोइक वाकाँ के साथ प्रकाशित रचना में लिखा कि सामाजिक पूँजी ऐसे वास्तविक और निराकार संसाधनों का योगफल है जो किसी व्यक्ति या समूह को किसी सामाजिक नेटवर्क की सदस्यता की बदौलत हासिल होते हैं। ये नेटवर्क आपसी जान-पहचान के कमोबेश संस्थागत रूप ले चुके संबंधों के ज़रिये टिके रहते हैं। व्यक्ति अपनी सामाजिक पूँजी के आधार पर हासिल की गयी उस सामाजिक-आर्थिक हैसियत को अगली पीढ़ी के हवाले कर पाता है जो उसने प्रभावशाली परिजनों, महँगे स्कूलों में पढ़ने वाले अपने सहपाठियों और किसी ख़ास क्लब के साथी सदस्यों की सोहबत के बदौलत हासिल की होती है। इस सामाजिक पूँजी को लगातार प्रासंगिक और प्रभावी रखने के लिए व्यक्ति आपसी मेल-जोल में अपने समय का योजनाबद्ध निवेश करता है।

सामाजिक पूँजी से सांस्कृतिक पूँजी की अवधारणा निकाल लेना संस्कृति संबंधी चिंतन के संदर्भ में एक रैडिकल उपलब्धि थी। क़रीब सौ साल पहले अंग्रेज़ शिक्षाशास्त्री और लेखक मैथ्यू अरनॉल्ड अपनी रचना *कल्चर ऐंड एनार्की* (1869) में तर्क दे चुके थे कि तेज़गति से हो रहे उद्योगीकरण, शहरीकरण और जन-साधारण द्वारा नागरिक अधिकारों की माँग से पैदा हुई बेचैनियों का निवारण सौंदर्यमूलक संस्कृति के उच्चतम रूपों के प्रचार-प्रसार से ही किया जा सकता है। अरनॉल्ड ने सुशिक्षित अभिजनों पर ज़िम्मेदारी डाली थी कि वे सामाजिक उथल-पुथल को शांत करने के लिए लोगों को सभ्य बनाने की मुहिम पर निकल जाएँ और इसके लिए सांस्कृतिक अभिरुचियों के विकास को औज़ार की तरह इस्तेमाल किया जाए। इस स्थापित विचार के मुक़ाबले बोर्दियो का सूत्रीकरण बताता था कि सौंदर्यमूलक उपलब्धियाँ अपने-आप में स्वयं-सिद्ध न हो कर वर्ग-संघर्ष का प्रत्यक्ष फलितार्थ होती हैं। लेकिन वर्ग-व्यवस्था इस हक़ीक़त को छिपा कर उन्हें एक तटस्थ क़िस्म की नैसर्गिक ख़ूबी और योग्यता का जामा पहना देती है।

बोर्दियो ने दिखाया कि बाख के संगीत और उत्तर-अनुभववादी कला का आनंद लेने की क्षमता या स्कीइंग का मज़ा लेने की ख़ूबी अपने-आप में किसी नैसर्गिक श्रेष्ठता का द्योतक नहीं है, बल्कि ये तमाम बातों को संकेतक की तरह इस्तेमाल करने के ज़रिये एक ख़ास तरह का सामाजिक समूह अपनी आंतरिक एकजुटता और दूसरे समूहों पर अपना रुतबा क़ायम रखता है। यह प्रक्रिया न केवल वर्गों के बीच चलती

है, बल्कि वर्गों के भीतर भी चलती है। महँगे अभिजन स्कूलों में पढ़े उच्चवर्गीय लोग हमेशा बाख का क्लासिकल संगीत सुनना-सुनाना पसंद करेंगे, जबकि अच्छी शिक्षा से वंचित रहने वाले मज़दूर वर्ग की संगीत संबंधी अभिरुचियाँ अपेक्षाकृत भदेस क़िस्म की होंगी।

बोर्दियो ने अपना फ़ील्ड-वर्क साठ के दशक में किया था। वे यह मान कर चले थे कि उच्च-भ्रू पूँजीवादी संस्कृति की श्रेष्ठता का विचार काफ़ी टिकाऊ साबित होगा। लेकिन उनकी यह पूर्वधारणा सही नहीं निकली। बीसवीं सदी में ही बाद के वर्षों के दौरान बेहद बहुलतावादी लोकप्रिय संस्कृति के परिदृश्य का विकास हुआ। एक अपेक्षाकृत खुले बाज़ार में संस्कृति का उद्योग उभरा जिसके तहत भिन्न क़िस्म की सांस्कृतिक अभिरुचियाँ सभी के लिए उपलब्ध होने लगीं। दरअसल इस नये नज़ारे ने अभिरुचियों का सवाल अस्पष्ट कर दिया। हर वर्ग से आने वाले युवजन तरह-तरह की सांस्कृतिक अस्मिताओं के साथ प्रयोगरत हो गये। इससे उच्च-भ्रू और निम्न संस्कृति के रूपों के बीच वर्गीय फ़ासले की धारणा पहले की तरह वैध नहीं रह गयी। बोर्दियो के सूत्रीकरण की दूसरी समस्या यह थी कि उन्होंने मज़दूर वर्ग को सांस्कृतिक रूप से निष्क्रिय भी मान लिया था। कुछ समकालीन समाजशास्त्रियों ने यह भी कहा है कि वर्ग को समाज व्यवस्था का आधार मानने का मार्क्सवादी विचार अब पुराना पड़ चुका है। चूँकि बोर्दियो की अवधारणा इसी पर टिकी है, इसलिए उनकी प्रस्थापनाओं की दोबारा जाँच की जानी चाहिए।

इन तमाम आलोचनाओं के बावजूद बोर्दियो द्वारा प्रतिपादित सांस्कृतिक पूँजी का सिद्धांत आज भी समाज-विज्ञान के हलकों में प्रभावी बना हुआ है। हालाँकि बोर्दियो ने अपने विश्लेषण में जेंडर के प्रश्न को नज़रअंदाज़ कर दिया था, पर नारीवादी विद्वानों ने उनकी अंतर्दृष्टियों का लाभ उठाते हुए उस सांस्कृतिक पूँजी को रेखांकित करने का प्रयास किया है जिसके कारण पितृसत्ता को अपना पुनरुत्पादन करने में आसानी होती है। सत्तर और अस्सी के दशकों में शिक्षा के समाजशास्त्र पर बोर्दियो के विचारों का काफ़ी असर रहा। कई समाजशास्त्री आज भी मानते हैं कि संस्कृति को एक भौतिक शक्ति के रूप में व्याख्यायित करने की अहमियत अभी ख़त्म नहीं हुई है।

देखें : ज्याँ-पाल सार्त्र, टीवी और टीवी अध्ययन, टीवी और सेक्शुअलिटी, टीवी और समाचार, पिएर बोर्दियो, फ्रैंकफ़र्ट स्कूल, बाज़ारू संस्कृति, बहुसंस्कृतिवाद, युरोकेंद्रीयता, रोलाँ बार्थ, लुई अलथुसे, संस्कृति, संस्कृति-अध्ययन, संस्कृति : मार्क्सवादी परिप्रेक्ष्य, संस्कृति-उद्योग, सांस्कृतिक पूँजी, सांस्कृतिक साम्राज्यवाद, सोप ओपेरा।

संदर्भ

1. पियरे बोर्दियो (1986), *डिस्टिंक्शन : अ सोशल क्रिटीक ऑफ़ द जजमेंट ऑफ़ टेस्ट*, रॉटलेज, लंदन.
2. पियरे बोर्दियो और ज्याँ-क्लॉद पासरसन (1973), *रिप्रोडक्शन इन एजुकेशन, सोसाइटी ऐंड कल्चर,* सेज, लंदन.
3. जेरेमी एफ़. लेन (2000), *पिएर बोर्दियो : अ क्रिटीकल इंट्रोडक्शन,* प्लूटो प्रेस, लंदन.
4. डेरेक रोबिंस (2000), *बोर्दियो ऐंड कल्चर,* सेज, लंदन.
5. पियरे बोर्दियो और लोइक वाकाँ (1992), *ऐन इनविटेशन टू रिफ्लेक्सिव सोसियोलॅजी,* युनिवर्सिटी ऑफ़ शिकागो प्रेस, शिकागो.

— अभय कुमार दुबे

सांस्कृतिक मानवशास्त्र

(Cultural Anthropology)

मानवशास्त्र समाज-विज्ञान की एक विवादास्पद विधा रही है। आम तौर पर समझा जाता रहा है कि मानवशास्त्रियों का काम 'अन्य' संस्कृतियों का अध्ययन करना है। शुरुआती दौर में इस अनुशासन के तहत युरोपीय अनुसंधानकर्ता ग़ैर-युरोपियन संस्कृतियों को पिछड़ा, आदिम, बर्बर और असभ्य मान कर उनके बीच फ़ील्ड-वर्क किया करते थे। ज्ञान की इस राजनीति से युरोपीय उपनिवेशवाद और साम्राज्यवाद के राजनीतिक एजेंडे को बल मिलता था। यह बौद्धिक कारग़ुजारी दो रूपों में चलती थी। जैविक मानवशास्त्र और सांस्कृतिक मानवशास्त्र के रूप में। जैविक मानवशास्त्र का सरोकार मानवीय स्वरूप में आने वाले परिवर्तनों का पता लगा कर उन्हें निहायत सरलीकृत क्रम-विकासीय संदर्भों में समझना था ताकि उस समझ को श्वेत युरोपियनों की अन्य नस्लों पर श्रेष्ठता साबित करने के लिए इस्तेमाल किया जा सके। आज मानवशास्त्र की यह शाखा अपने इन गर्हित उद्देश्यों से काफ़ी-कुछ मुक्त हो कर मानवों की प्रजातीय विविधता पर ज़ोर देने लगी है। मानवशास्त्र की दूसरी शाखा की दिलचस्पी मानव समाज के सांस्कृतिक आयामों की जाँच-पड़ताल करने में थी। इसके तहत भी सफ़ेद चमड़ी के युरोपीय मानवशास्त्री अन्य संस्कृतियों का अध्ययन प्रगति के विचार की रोशनी में करते थे। उनकी निगाह में संस्कृति का विचार मुख्यत: एकवचनात्मक था। आज सांस्कृतिक मानवशास्त्र का यह रवैया बदल चुका है। यह अनुशासन मानवीय संस्कृति को विविधतामूलक मान कर चलता है। उसकी मान्यता है कि क़िस्म-क़िस्म की मानव संस्कृतियाँ

अत्यंत जटिल और वैध संरचनाओं से सम्पन्न होती हैं।

उन्नीसवीं सदी के आख़िरी दौर में मानवशास्त्र की युरोकेंद्रीयता को चुनौती मिलनी शुरू हुई। जर्मन मानवशास्त्री एडोल्फ़ बास्टियन ने समग्र मानवता की मनोगत एकता का दावा करके युरोपीय अभिजनों की जीवन-शैली और उपलब्धियों को संस्कृति का आदर्श मॉडल मानने से इनकार कर दिया। 1874 में ब्रिटिश मानवशास्त्री एडवर्ड टायलर ने संस्कृति की उस समय तक की सर्वाधिक समावेशी व्याख्या की। फ्रेंज़ बोआस ने टायलर से सकारात्मक प्रभाव तो लिए ही, साथ ही सांस्कृतिक क्रम-विकास की उस प्रवृत्ति की आलोचना भी की जिसके आधार पर टायलर और लुइस हेनरी मोर्गन जैसे मानवशास्त्रियों ने अपने निष्कर्ष निकाले थे। बोआस के नेतृत्व में अमेरिकी मानवशास्त्रियों ने इस अनुशासन को नीचे से ऊपर तक बदल डाला। 1896 में बोआस के ही प्रयासों से कोलम्बिया विश्वविद्यालय में मानवशास्त्र का स्नातक पाठ्यक्रम शुरू हुआ। इससे पहले मानवशास्त्री रवैया समाज का अध्ययन करने के लिए उसे बर्बरता से सभ्यता के बीच के चरणों में बाँट कर देखता था। बोआस ने अपने अध्ययनों के ज़रिये दिखाया कि यह रवैया पद्धति और सिद्धांत के तौर पर बुनियादी रूप से ग़लत है। उन्होंने संस्कृति के किसी एकक और सार्वभौम मॉडल की रचना को नामुमकिन मान कर सांस्कृतिक सापेक्षतावाद के सिद्धांत के लिए रास्ता साफ़ किया। उन्होंने अपने छात्रों को विभिन्न समाजों में सहभागी प्रेक्षक के तौर पर जम कर काम करने का प्रशिक्षण दिया। उन्होंने उत्तर-पश्चिमी प्रशांत क्षेत्र अमेरिकन इण्डियनों के बीच फ़ील्डवर्क करते हुए तर्क विकसित किया कि संस्कृति को जैविकी या किसी सांकेतिक विचार (जैसे भाषा) में नहीं घटाया जा सकता। संस्कृति को किसी 'चीज़' की तरह समझने के बजाय बोआस और उनके शिष्यों ने किसी संज्ञा के बजाय विशेषण की तरह ग्रहण करने पर ज़ोर दिया। बोआस का कहना था कि जिस समाज का अध्ययन किया जाए, उसके बारीक़ से बारीक़ तथ्यों का वर्णन किया जाना चाहिए। उस समाज की रोज़ाना की ज़िंदगी की कोई भी बारीक़ी शोधकर्ता के फ़ील्ड वर्क से छूटनी नहीं चाहिए।

अगर अमेरिका में मानवशास्त्र को एक सम्मानित समाज-विज्ञान बनाने की मुहिम चलाते हुए बोआस ने उसके पद्धतिमूलक और आनुभविक पहलुओं को मज़बूत किया, तो फ्रांस में समाजशास्त्री एमील दुर्ख़ाइम के भांजे और शिष्य मारसेल मॉज़ ने मानवशास्त्र में तुलनात्मक दृष्टिकोण का योगदान करके उसे मानकीय रूप से समृद्ध किया। मॉज़ ने दूसरे शोधकर्ताओं द्वारा कई तरह के प्राक्-औद्योगिक और लघु समाजों के बारे में जमा किये गये तथ्यों की मदद से सामाजिक और सांस्कृतिक जीवन के समान प्रारूपों की पहचान करने की कोशिश की। अपनी रचना द गिफ़्ट' में उन्होंने दिखाया कि तोहफ़े का लेन-देन एक पारस्परिक नैतिक दायित्व की अनुभूति पैदा करता है। यह दायित्व आर्थिक, विधिक, राजनीतिक और धार्मिक क्षेत्रों को अर्थात् पूरे समाज को प्रभावित करता है। इस लिहाज़ से तोहफ़ा अपने आप में एक सम्पूर्ण 'सामाजिक तथ्य' है।

फ्रेंज़ बोआस के दो शिष्यों रुथ बेनडिक्ट और मार्गरेट मीड ने एक विशिष्ट सांस्कृतिक विन्यास के दायरे में सम्भव व्यक्ति की रचनाशीलता के रूपों का विश्लेषण करके दिखाया। 1934 में प्रकाशित रुथ बेनेडिक्ट की रचना 'पैटर्स ऑफ़ कल्चर' ने उस बहस के कम से कम एक हिस्से का अंत कर दिया जो मानवशास्त्र में एक अरसे से चल रही थी। यह बहस संस्कृति के सार्वभौमिक और पारिवेशिक पहलुओं के बीच थी। बेनेडिक्ट ने इस रचना में बोआस के सांस्कृतिक सापेक्षतावाद का सार तो प्रस्तुत किया ही, पोलिश-ब्रिटिश सामाजिक मानवशास्त्री ब्रोनिस्लॉ मैलिनोव्स्की, जर्मन इतिहासकार ओसवाल्ड स्पेंगलर और गेस्टाल्ट मनोविज्ञान से प्रभावित हो कर बोआस की विरासत से भी परे जाने का प्रयास किया। बेनेडिक्ट ने कहा कि सभी संस्कृतियाँ प्रारूपबद्ध होती हैं, पर उनके प्रारूप मानवीय रचनाशीलता के हाथों समय के साथ बदलते रहते हैं। इसीलिए दुनिया भर की संस्कृतियाँ अपने अलग-अलग विशिष्ट लक्षणों से सम्पन्न हो जाती हैं। संस्कृतियों को 'अपने आप में एक अलग जगत' और 'अपेक्षाकृत स्थिर' संरचना की तरह देखने के इस प्रभावी दृष्टिकोण की आलोचना सिडनी वाल्ट्ज़ और एरिक वोल्फ़ ने यह कह कर की कि यह नज़रिया संस्कृतियों पर साम्राज्यवाद, उपनिवेशवाद और भूमण्डलीय पूँजीवादी अर्थव्यवस्था के प्रभावों की अनदेखी करता है।

मानवशास्त्र में प्रकार्यात्मक दृष्टिकोण की नुमाइंदगी करने का श्रेय मुख्यत: मैलिनोव्स्की को जाता है। उन्हें मेलासिंया और न्यू गिनी में किये गये फ़ील्डवर्क के लिए जाना जाता है। उन्होंने नृजाति वर्णन की तकनीकों का समृद्ध प्रयोग करते हुए समाज के विभिन्न लक्षणों और संस्थाओं की व्याख्या उनके प्रकार्यों (मसलन, संस्कृति को बनाये रखने और उसके पुनरुत्पादन की कौन-कौन सी ज़रूरतें वे पूरी करते हैं) की रोशनी में की। मैलिनोव्स्की की परम्परा को ब्रिटिश मानवशास्त्री ई.ई. इवांस-प्रिचार्ड और ए.आर. रैडक्लिफ़-ब्राउन ने अपने अध्ययनों से समृद्ध किया।

फ्रांसीसी मानवशास्त्री क्लॉद लेवी-स्त्रॉस ने दुर्ख़ाइम, मारसेल मौज़ और रैडक्लिफ़-ब्राउन से प्रभावित हो कर द्वितीय विश्व-युद्ध के बाद की परिस्थितियों में संरचनागत मानवशास्त्र का विकास किया। 1970 से 1981 के बीच चार खण्डों में प्रकाशित महान् कृति *मायथोलॅजीज़* और 1966 में

प्रकाशित *सेवेज माइंड* में लेवी-स्ट्रॉस ने विभिन्न समाजों में पाये जाने वाले समान पहलुओं पर ज़ोर देने के बजाय अलग-अलग क़िस्म के मिथकीय आख्यानों और वर्गीकरण करने वाली प्रणालियों के माध्यम से मानवीय प्रकृति के अमूर्त प्रारूपों की खोज करना पसंद किया। लेवी-स्ट्रॉस पर स्विस भाषाशास्त्री फ़र्दिनैंद सॅस्यूर का काफ़ी असर था। उनकी मान्यता थी कि संस्कृतियों के अलग-अलग मिथक सॅस्यूर द्वारा वर्णित पारोल (बोली जाने वाली भाषा) के समान हैं, और उनकी आधारभूत संरचनाएँ लांगे (व्याकरणसम्मत भाषा) की तरह हैं।

बीसवीं सदी में हुए इस अनूठे और अद्‌भुत विकास से गुज़रते हुए सांस्कृतिक मानवशास्त्र आज एक ऐसी विधा के रूप में स्थापित हो चुका है जो संस्कृतियों की विविधता और वैधता को विभिन्न संज्ञानात्मक प्रणालियों की तरह मान्यता देता है। बीसवीं सदी के दौरान मानवशास्त्र में हुए इन सकारात्मक विकासों के बावजूद उसके आलोचकों का आरोप है कि यह अनुशासन पहले उपनिवेशवादियों के औज़ार की तरह काम करता था, और वि-उपनिवेशीकरण हो जाने के बाद आज उसके ज़रिये पश्चिम के आधुनिकतावादी मूल्यों की कसौटी पर ग़ैर-पश्चिमी संस्कृतियों को कसने की परियोजना चलाई जा रही है।

देखें : अर्थव्यवस्था का समाजशास्त्र, अभिजन, अभिरुचि, आत्महत्या, उन्मूलनवाद, एजेंसी, कर्मकाण्ड, कारागार, गोपनीयता, गृहविहीनता, जादू, जीवन-शैली, टेलरवाद, परम्परा, परस्पर विपरीत द्विभाजन, प्रति-(संस्कृति, विमर्श, इतिहास, वर्चस्व, स्मृति), प्राइवेसी, प्रौद्योगिकी, फ़ुरसत, बचपन, बहुपत्नी प्रथा, बहुपति प्रथा, बुद्धिसंगत चयन का सिद्धांत, बुज़ुर्गियत का समाजशास्त्र, बेगानगी, भीड़, भ्रष्टाचार का समाजशास्त्र-1 और 2, मानव-प्रकृति, मानवशास्त्र और मार्क्सवाद, मानवशास्त्र और संस्कृति की राजनीति, सांस्कृतिक सापेक्षतावाद, सेवानिवृत्ति, वाचिकता, विचलन, ज्ञान का समाजशास्त्र।

संदर्भ

1. टी. इनगोल्ड (सम्पा.), *की डिबेट्स इन एंथ्रोपोलॅजी,* रॉटलेज, लंदन, 1996
2. ए. जेम्स, जे.एल. हॉकी और ए.एच. डॉसन (सम्पा.), *आफ्टर राइटिंग कल्चर : इपिस्टिमोलॅजी ऐंड प्रेक्टिस इन कंटेम्परेरी एंथ्रोपॉलॅजी,* रॉटलेज, लंदन, 1997
3. ई. लीच, *सोशल एंथ्रोपॉलॅजी,* फ़ोंटाना, ग्लासगो, 1982
4. एम. स्ट्रैथर्न (सम्पा.), *शिफ्टिंग कंटेक्स्ट्स : ट्रांसफ़र्मेशन इन एंथ्रोपॉलॅजीकल नॉलेज,* रॉटलेज, लंदन, 1995

— अभय कुमार दुबे

सांस्कृतिक सापेक्षतावाद

(Cultural Relativism)

सांस्कृतिक सापेक्षतावाद वह सिद्धांत है जिसने मानवशास्त्र को उपनिवेशवाद और साम्राज्यवाद के एजेंट की छवि से मुक्त करके एक अपेक्षाकृत स्वतंत्र और वैज्ञानिक आधार से सम्पन्न समाज-विज्ञान की प्रतिष्ठा दिलायी। इसके सूत्रीकरण के लिए ज्ञानमीमांसात्मक आधार बनाने का श्रेय अमेरिकी मानवशास्त्री फ्रेंज़ बोआस को जाता है। पहले और दूसरे विश्व-युद्ध के बीच की अवधि में सांस्कृतिक सापेक्षतावाद से प्राप्त औज़ारों की मदद से ही अमेरिकी मानवशास्त्रियों ने पश्चिम द्वारा की जाने वाली अपनी सार्वभौम सांस्कृतिक श्रेष्ठता की दावेदारियों को प्रश्नांकित किया और ज्ञान की राजनीति में ग़ैर-पश्चिमी संस्कृतियों को उनकी वाजिब जगह दिलाने की कोशिश की। इसी प्रक्रिया में बोआस द्वारा प्रतिपादित ज्ञानमीमांसक विचार को मानवशास्त्रीय पद्धति में विकसित होने का मौक़ा मिला। सांस्कृतिक सापेक्षतावाद के आधार पर ही मानवशास्त्र, समाजशास्त्र और मनोविज्ञान अलग छवि ग्रहण करने में सफल हो पाये। इसी सूत्र ने मानवशास्त्रियों को मौक़ा दिया कि वे प्राक्-आधुनिक समाजों का अध्ययन करके निकाले गये निष्कर्षों की रोशनी में समकालीन समाजों और संस्कृतियों की समस्याओं की समझ हासिल करने की कोशिश करें।

बोआस और उनके शिष्यों का ख़याल था कि वे स्वजातिवादी (एथनोसेंट्रिक) पूर्वग्रहों से पल्ला छुड़ाये बिना अपने से भिन्न संस्कृतियों पर समुचित वैज्ञानिक शोध नहीं कर सकते। इसके लिए उन्हें कुछ नयी पद्धतियों की आवश्यकता महसूस हुई जिनमें से एक विधि नृशास्त्र (एथनोलॅजी) थी। इसके तहत उन्होंने तय किया किसी सांस्कृतिक समुदाय के बीच लम्बे अरसे तक रहने, उसकी भाषा सीखने और उसी संस्कृति में कम से कम आंशिक रूप से रचे-बसे बिना उसकी आंतरिक शर्तों पर उसका ज्ञान प्राप्त नहीं किया जा सकता। जब तक ऐसा ज्ञान न मिले, तब तक किसी संस्कृति को समग्र मानव-संस्कृति के एक सापेक्षिक अंश के रूप में नहीं समझा जा सकता। वह अंश समग्र में अपनी अवस्थिति के तौर पर ही अपना सांस्कृतिक महत्त्व ग्रहण करता है। इस अवस्थिति से बाहर किसी और परिस्थिति में वह अंश अपनी समेकित प्रासंगिकता से वंचित हो जाता है।

बोआस स्वयं एक जर्मन-यहूदी थे और उनके ऊपर इमैनुएल कांट के नेतृत्व में हुए जर्मन ज्ञानोदय के विचारों का गहरा असर था। कांट का विचार था कि मनुष्य में इस जगत

का प्रत्यक्ष और अ-विमर्शित ज्ञान प्राप्त करने की क्षमता नहीं होती। वह दिक् और काल में पहले से मौजूद अवधारणाओं के मुताबिक़ अपनी समझ बनाता है। कांट के अनुयायी जोहान गोट्टफ्रीड हर्डर की मान्यता थी कि मानवीय अनुभव न केवल सार्वभौम विमर्श के हाथों बनता है, बल्कि वह पारिवेशिक सांस्कृतिक संरचनाओं के ज़रिये भी स्वरूप ग्रहण करता है। दार्शनिक और भाषाशास्त्री विल्हेल्म वॉन हुम्बोल्ट चाहते थे कि कांट और हर्डर के विचारों का संश्लेषण करने वाले मानवशास्त्र का सूत्रीकरण किया जाना चाहिए। समाजशास्त्री विलियम ग्राहम समर्स ने इस संदर्भ में उस मानवीय प्रकृति की तरफ़ ध्यान खींचा जिसके तहत न केवल व्यक्ति की समझ अपनी संस्कृति की सीमाओं में बँधी रहती है, बल्कि वह उसी की कसौटियों पर अन्य संस्कृतियों का मूल्यांकन करता है। इसी प्रवृत्ति को समर्स ने स्वजातिवाद या एथनोसेंट्रिज़म क़रार दिया।

जर्मन ज्ञानोदय से मिली इन शिक्षाओं की मदद से बोआस इस नतीजे पर पहुँचे कि सभी तरह के वैज्ञानिकों के व्यक्तित्व और बौद्धिकता की रचना आख़िरकार किसी न किसी संस्कृति के हाथों होती है। इसलिए उनमें अनिवार्यत: स्वजातिवादी रुझान होते ही हैं। वैज्ञानिकता की उपलब्धि इनसे सचेत मुक्ति के बिना सम्भव नहीं है। भाषा का उदाहरण देते हुए ब्रोआस ने कहा कि वह केवल संचार का उपकरण ही नहीं है, बल्कि उसके माध्यम से लोग अनुभवों को कोटियों में बाँट कर समझते हैं। बोआस के शिष्यों द्वारा किये गये एक प्रयोग में देखा गया कि जब कुछ दूसरी भाषाओं के लोगों को हरा रंग दिखाया गया तो उनमें से किसी ने उसके लिए नीला रंग बताने वाले शब्द का प्रयोग किया और किसी ने पीला रंग बताने वाले शब्द का। दरअसल, उनकी भाषाओं में अंग्रेज़ी का शब्द 'ग्रीन' था ही नहीं। इसी तरह अंग्रेज़ी में कुछ ध्वनियाँ हैं ही नहीं, इसलिए वे नहीं समझ पाते कि जापानी 'लाइस' बोल रहे हैं या 'राइस'। मेलविले हर्स्कोविट्ज़ ने निष्कर्ष निकाला कि लोग अनुभव के आधार पर निर्णय करते हैं और अनुभव की समझ संस्कृति-ग्रहण की प्रक्रिया (इनकल्चरेशन) के आधार पर बनती है। बोआस के शिष्यों ने सांस्कृतिक सापेक्षतावाद के सिद्धांत का विकास करने के लिए जर्मन ज्ञानोदय के साथ-साथ समकालीन दार्शनिकों और वैज्ञानिकों (कार्ल पियर्सन, अर्न्स्ट माक, हेनरी पोइनकेरी, विलियम जेम्स और जॉन डिवी) की प्रस्थापनाओं की मदद भी ली।

बोआस की मृत्यु के बाद एक स्थापना के रूप में सांस्कृतिक सापेक्षतावाद का बोलबाला मानवशास्त्र की दुनिया में बढ़ता चला गया। उनके योग्य शिष्यों रुथ बेनेडिक्ट, मार्गरेट मीड और अल्फ्रेड क्रोबर ने अपने अध्ययनों से इस परम्परा को और समृद्ध किया। द्वितीय विश्व-युद्ध के बाद एक स्थिति ऐसी भी थी कि कई हलकों में प्रचलित समझ में सांस्कृतिक सापेक्षतावाद को नैतिक सापेक्षतावाद का पर्याय समझा जाने लगा था। इस तरह की चर्चाएँ होने लगी थीं कि सभी संस्कृतियाँ परस्पर भिन्न और समान हैं। इसी तरह सभी मूल्य प्रणालियाँ भिन्न होते हुए भी समान रूप से वैध हैं। इस तरह के प्रश्न पूछे जाने लगे थे कि अगर कोई आदिम समुदाय ख़ास तरह का आचरण करता है, तो उस व्यवहार-शैली को आधुनिक समाज में क्यों नहीं अपनाया जा सकता? इस तरह की प्रवृत्तियों की आलोचना करते हुए 1944 में क्लायड क्लुकहोन ने सांस्कृतिक सापेक्षतावाद को तत्कालीन धुँधलकों से निकले। उन्होंने कहा कि किसी समुदाय के सकारात्मक या नकारात्मक रिवाज़ों के औचित्य का मूल्यांकन न केवल उस समुदाय के अपने देश-काल के आधार पर किया जाना चाहिए, बल्कि तुलनात्मक रूप से यह भी देखना चाहिए कि वे रिवाज़ अन्य समुदायों की आदतों के प्रारूप में किस तरह फ़िट बैठते हैं। मसलन, चरवाहों के आर्थिक जीवन के लिए बहुपत्नी प्रथा लाभकारी हो सकती थी, पर आखेट पर जीवित रहने वाले समुदायों के लिए नहीं। क्लुकहोन ने साफ़ किया कि मानवशास्त्र किसी भी नैतिक मूल्य के आलोचनात्मक आकलन के पक्ष में तो है, पर वह नैतिक आदर्शों की मौजूदगी को नकारने वाला सिद्धांत नहीं हो सकता। दरअसल, ऐसा कोई समाज न कभी था और न है जो नैतिकता के नाम पर 'सब कुछ चलता है' का रवैया अपनाता हो। तुलनात्मक पद्धति का इस्तेमाल करके मानवशास्त्र यह पता लगा सकता है कि वे कौन सी नैतिक बंदिशें हैं जिन्हें तक़रीबन सभी जीवित समाज नियम-क़ानूनों के रूप में इस्तेमाल करते हैं। ऐसे नैतिक मानकों को सार्वभौम की मान्यता दी जा सकती है।

सांस्कृतिक सापेक्षतावाद एक तरफ़ तो मानवशास्त्र के लिए अनिवार्य सिद्धांत के तौर पर उभरा, पर दूसरी तरफ़ उसके इर्द-गिर्द पूरी बीसवीं सदी में कई तरह की समृद्ध बहसें चलती रहीं जिनमें विभिन्न अनुशासनों के विद्वानों ने भाग लिया। उत्तर-आधुनिकतावादी और उत्तर-औपनिवेशिक अध्ययन से जुड़े विद्वानों ने सांस्कृतिक सापेक्षता की आड़ में मानवशास्त्रियों द्वारा चलाई गयी ज्ञान की स्वजातिवादी राजनीति और युरोकेंद्रीयता की प्रवृत्तियों पर भी रोशनी डाली है। इन आलोचकों की मान्यता है कि मानवशास्त्री प्राय: विज्ञान, धर्म, अर्थशास्त्र, राजनीति, समाज और नातेदारी की जिन अवधारणाओं को प्रासंगिक मान कर चलते हैं वे मुख्यत: पश्चिमी चिंतन और अनुभव की देन हैं। ग़ैर-पश्चिमी समाजों की सही समझ हासिल करने के लिहाज़ से ये औज़ार भोथरे साबित होते हैं। दावा कुछ भी किया जाए, इन औज़ारों के माध्यम से पश्चिमी मानस से लैस मानवशास्त्री 'अन्य' की स्थानीयता की समझ अपनी स्थानीयता के संदर्भ में हासिल करता है। उसकी अपनी स्थानीयता ही उसके लिए वह

सार्वभौम मानक है जिसके आधार पर न केवल निष्कर्ष निकाले जाते हैं, बल्कि नृजाति-वर्णन भी किया जाता है। फ्रेंज़ बोआस द्वारा जिन सापेक्षतावादी इरादों की उद्‌घोषणा बीसवीं सदी की शुरुआत में की गयी थी, उन्हें इस पद्धति के रास्ते धरती पर नहीं उतारा जा सकता।

देखें : अर्थव्यवस्था का समाजशास्त्र, अभिजन, अभिरुचि, आत्महत्या, उन्मूलनवाद, एजेंसी, कर्मकाण्ड, कारागार, गोपनीयता, गृहविहीनता, जादू, जीवन-शैली, टेलरवाद, परम्परा, परस्पर विपरीत द्विभाजन, प्रति-(संस्कृति, विमर्श, इतिहास, वर्चस्व, स्मृति), प्राइवेसी, प्रौद्योगिकी, फ़ुरसत, बचपन, बहुपत्नी प्रथा, बहुपति प्रथा, बुद्धिसंगत चयन का सिद्धांत, बुज़ुर्गीयत का समाजशास्त्र, बेगानगी, भीड़, भ्रष्टाचार का समाजशास्त्र-1 और 2, मानव-प्रकृति, मानवशास्त्र और मार्क्सवाद, मानवशास्त्र और संस्कृति की राजनीति, सेवानिवृत्ति, वाचिकता, विचलन, ज्ञान का समाजशास्त्र।

संदर्भ

1. अल्फ्रेड क्रोबर (1952), *द नेचर ऑफ़ कल्चर,* युनिवर्सिटी ऑफ़ शिकागो प्रेस, शिकागो.
2. डेविड वोंग (2006), *नेचुरल मॉरलिटीज़, अ डिफेंस ऑल प्लूरलिस्टिक रिलेविटिज़म,* ऑक्सफ़र्ड युनिवर्सिटी प्रेस, ऑक्सफ़र्ड.
3. जॉर्ज मारकुस और मिशेल एम.जे. फ़िशर (1986), *एंथ्रोपोलॅजी एज़ कल्चरल क्रिटीक : द एक्सपेरीमेंटल मोमेंट इन द ह्यूमन साइंसेज़,* युनिवर्सिटी ऑफ़ शिकागो प्रेस, शिकागो.

— अभय कुमार दुबे

सांस्कृतिक साम्राज्यवाद

(Cultural Imperialism)

उपनिवेशवाद के ख़ात्मे के बाद राजनीतिक और आर्थिक रूप से प्रभुत्वशाली देशों ने अपने पूर्व उपनिवेशों के समाजों और उनकी जीवन-शैलियों को अप्रत्यक्ष तरीक़ों से अपने वर्चस्व के तहत लाने के लिए जिन सांस्कृतिक उपायों का सहारा लिया, उन्हें सांस्कृतिक साम्राज्यवाद की संज्ञा दी जाती है। इसका मतलब है उन सांस्कृतिक मूल्यों, विचारों और आचरण संहिताओं का प्रचार, प्रसार और निर्यात जिन्हें 'श्रेष्ठ' माना जाता है। इस सिक्के का एक दूसरा पहलू भी है जिसके परिणामस्वरूप सांस्कृतिक साम्राज्यवाद ग़रीब और पिछड़े हुए देशों की स्थानीय संस्कृतियों के मूल्यों और जीवन-शैलियों के विनाश और क्रमश: दरकिनार होते चले जाने का कारण बनता है। सांस्कृतिक साम्राज्यवाद की थीसिस के मुताबिक़ विश्व में सूचना-व्यवस्था के सूत्र उन देशों के हाथ में हैं जिनके पास उपग्रहीय प्रसारण की प्रौद्योगिकी है और जिसके ज़रिये छवियों, सूचनाओं, विचारों, विश्लेषणों और मनोरंजन के कार्यक्रमों का ग्लोबल प्रवाह नियंत्रित किया जाता है। भूमण्डलीकरण के विरोधी सांस्कृतिक साम्राज्यवाद को एक फ़िकरे की तरह प्रयोग करते हैं। लेकिन, संस्कृति-चिंतन के क्षेत्र में इस विषय में एक बहस भी मौजूद है कि क्या संस्कृति के क्षेत्र पर इस तरह एकतरफ़ा प्रभुत्व क़ायम किया जा सकता है; और क्या भूमण्डलीकरण को सांस्कृतिक समरूपता का वाहक समझना उसकी जटिलता की एक सरलीकृत समझ नहीं है?

विचार-जगत में साम्राज्यवाद और संस्कृति के संबंधों का विधिवत् उद्‌घाटन सबसे पहले सत्तर और अस्सी के दशक में साहित्य के सिद्धांतकार एडवर्ड सईद के चिंतन में प्राच्यवाद की बहुचर्चित थीसिस के ज़रिये हुआ था। ज़ाहिर है कि सईद ने सांस्कृतिक साम्राज्यवाद की शिनाख़्त साहित्यिक रूपों और विमर्श के दायरों में की थी। अस्सी के दशक में ही वी.एस. नैपॉल ने इस अभिव्यक्ति का कुछ दूसरा ही इस्तेमाल किया। उन्होंने अपनी दो रचनाओं 'एमंग द बिलीवर्स : ऐन इसलामिक जर्नी' और 'बियांड बिलीफ़ : इसलामिक एक्सकर्जंस एमंग द कनवर्टिड पीपुल्स' में इसलाम की शिनाख़्त सांस्कृतिक साम्राज्यवाद के तौर पर की। उनका कहना था कि इसलाम में सांस्कृतिक विविधता को ज़ोर-ज़बरदस्ती अपने रंग में रँगने की प्रवृत्ति है।

नब्बे के दशक में सांस्कृतिक साम्राज्यवाद की अवधारणा ग्लोबल मीडिया जगत पर अमेरिकी कॉर्पोरेशनों के बोलबाले की आलोचना के रूप में विकसित होनी शुरू हुई। अफ़्रीका, एशिया, लातीनी अमेरिका और दुनिया के अन्य भागों में टीवी दर्शकों के सामने सुबह से शाम तक सिर्फ़ अमेरिकी और युरोपीय सांस्कृतिक उत्पादों की खुराक ही परोसी जाती थी। मीडिया विशेषज्ञों को साफ़ दिखाई पड़ रहा था कि पश्चिमी देश ग़रीब देशों को अपने यहाँ बने हुए टीवी सीरियल और अन्य कार्यक्रम लागत से कम दामों में निर्यात कर रहे हैं। भूमण्डलीकरण की प्रक्रिया के बाद सांस्कृतिक साम्राज्यवाद की इस परिभाषा में कुछ तब्दीली आयी। यह परिवर्तन अमेरिकीकरण की धारणा ने किया। इसका कारण यह था कि अमेरिकी खान-पान, रहन-सहन और जीवन-शैली के विभिन्न रूपों ने विकसित युरोपीय समाजों पर भी अपनी छाप छोड़नी शुरू कर दी। पहले इस परियोजना में युरोप और अमेरिका मिल कर सक्रिय नज़र आते थे।

अमेरिकीकरण के विचार को 1997 में 'फ़ॉरेन पॉलिसी' नामक पत्रिका में क्लिंटन प्रशासन के साथ जुड़े रह डेविड रॅथकॉफ़ के लेख 'इन प्रेज़ ऑफ़ कल्चरल इम्पीरियलिज़म?' के प्रकाशन के बाद और हवा मिली।

कोलम्बिया विश्वविद्यालय में इंटरनैशनल एफ़ेयर्स के एसोसिएट प्रोफ़ेसर और किसिंजर एसोसिएट्स के प्रबंध निदेशक रॅथकॉफ़ ने इस लेख में इम्पीरियलिज़्म के कल्चरल संस्करण को सकारात्मक रूप से पेश करते हुए दावा किया कि इसे स्वैच्छिक रूप से अपनाया जाए या जबरिया, इसके ज़रिये सांस्कृतिक विविधता और प्रकारांतर से पारिस्थितिकीय विविधता की संरक्षा की जा सकती है। रॅथकॉफ़ का तर्क दुनिया में संस्कृति के नाम पर होने वाले रक्तपात और नरसंहारों का हवाला दे कर कहता है कि सारी दुनिया में सहिष्णुता को बढ़ावा दिया जाना चाहिए। सांस्कृतिक विविधता के भीतर दोनों तरह के पहलू मौजूद होते हैं। सहिष्णुता को प्रोत्साहित करने वाले उसके पहलुओं का विकास किया जाना चाहिए, और उसके ख़िलाफ़ खड़े होने वाले आयामों का बेहिचक उन्मूलन कर दिया जाना चाहिए। रॅथकॉफ़ को यह स्वीकार करने में भी कोई हिचक नहीं थी कि इंटरनेट, भूमण्डलीकरण और अंग्रेज़ी भाषा का इस्तेमाल अमेरिका के सांस्कृतिक प्रभाव को बढ़ा रहा है।

सांस्कृतिक साम्राज्यवाद की थीसिस को सत्तर के दशक में हुए कुछ समाजवैज्ञानिक अध्ययनों के हवाले से भी पुष्ट किया जाता है। 1975 में प्रकाशित डॉर्फमैन और मैटेलार्ट की रचना *हाउ टू रीड डोनाल्ड डक* में दिखाया गया था कि कॉमिक्स और एनीमेशन जैसे सांस्कृतिक उत्पादों के ज़रिये 'अन्य' राष्ट्रीयताओं की नस्ली रूढ़ छवियों का कैसे इस्तेमाल किया जाता है। इसी तर्ज़ पर टीवी विज्ञापनों और उपभोक्ता संस्कृति के अध्ययनों ने पश्चिमी संस्कृतियों की श्रेष्ठता स्थापित करने वाली पूँजीवादी सांस्कृतिक परियोजना ने प्रकाश डाला।

लेकिन, पूँजीवाद के सभी आलोचक और अध्येता इस तरह के निष्कर्षों को स्वीकार करने के लिए तैयार नहीं हैं। ग्राम्शी के सिद्धांतों की रोशनी में संस्कृति का अध्ययन करने वाले विचारकों की मान्यता है कि संस्कृति का क्षेत्र राजनीति और अर्थनीति की तरह अधीनस्थ नहीं किया जा सकता। उसके भीतर प्रतिरोध की अलग तरह की क्षमताएँ होती हैं जिनके आधार पर एक तरह की सांस्कृतिक राजनीति का जन्म होता है। इस प्रतिरोध के प्रभाव में राष्ट्रीय सरकारें पश्चिमी मीडिया उत्पादों को अस्वीकार भी कर देती हैं।

भूमण्डलीकरण के कुछ अध्येताओं ने भी संस्कृति के एकतरफ़ा प्रवाह के आग्रह की आलोचना की है। उनका कहना है कि भूमण्डलीय व्यवस्था का विकास कहीं ज़्यादा पेचीदा नज़ारा पेश कर रहा है। सांस्कृतिक प्रवाह विभिन्न दिशाओं से हो रहे हैं। उनकी संरचनाएँ भी महज़ पश्चिमी या अमेरिकी या पूँजीवादी या उपभोक्तावादी न हो कर जटिल क़िस्म की हैं। अगर एक तरफ़ सीएनएन न्यूज़, 'फ्रेंड्स', 'सेक्स ऐंड सिटी' और 'डेस्परेट हाउसवाइव्ज़' जैसे अमेरिकी कार्यक्रम हैं, तो दूसरी ओर जापान (पोकेमन), लातीनी अमेरिका (टेलीनॉवेल्स) और भारत (बॉलीवुड संगीत और वीडियो) जैसे सांस्कृतिक प्रवाह भी हैं। इन अध्येताओं का यह भी कहना है कि जहाँ 'साम्राज्यवादी' कार्यक्रम देखे भी जा रहे हैं, वहाँ यह मानना अनुचित होगा कि दर्शक उन्हें निष्क्रिय रूप से आत्मसात् कर लेते हैं। दर्शकों पर स्थानीय संस्कृतियों और परिस्थितियों के असर को कम करके नहीं आँका जाना चाहिए। अमेरिकी सीरियल 'डलास' पर की गयी विस्तृत शोध से पता लगा है कि विभिन्न राष्ट्रीयताएँ और अस्मिताएँ उसके अलग-अलग तात्पर्य ग्रहण करती हैं। इसके अलावा न्यू मीडिया प्रौद्योगिकियों और मीडिया स्वामित्व के बदलते हुए पैटर्न ने भी एकतरफ़ा सांस्कृतिक साम्राज्यवाद की सम्भावनाओं को कमज़ोर किया है।

देखें : ज्याँ-पाल सार्त्र, टीवी और टीवी अध्ययन, टीवी और सेक्शुअलिटी, टीवी और समाचार, पिएर बोर्दियो, फ्रैंकफ़र्ट स्कूल, बाज़ारू संस्कृति, बहुसंस्कृतिवाद, युरोकेंद्रीयता, रोलाँ बार्थ, लुई अलथुसे, संस्कृति, संस्कृति-अध्ययन, संस्कृति : मार्क्सवादी परिप्रेक्ष्य, संस्कृति-उद्योग, सांस्कृतिक पूँजी, सांस्कृतिक साम्राज्यवाद, सोप ओपेरा।

संदर्भ

1. जॉन टॉमलिंसन (1991), *कल्चरल इम्पीरियलिज़्म : अ क्रिटिकल इंट्रोडक्शन*, कंटीनुअम इंटरनैशनल पब्लिशिंग ग्रुप, न्यूयॉर्क.
2. डेविड रॅथकॉफ़ (1997), 'इन प्रेज़ ऑफ़ कल्चरल इम्पीरियलिज़्म', *फ़ॉरेन एफ़ेयर्स*, अंक 107.
3. व्हाइट ए. लिविंगस्टोन (2001), 'रिकंसीडरिंग कल्चरल इम्पीरियलिज़्म थियरी', *ट्रांसनेशनल ब्रॉडकास्टिंग स्टडीज़*, अंक 6, वसंत/ग्रीष्म.
4. हरबर्ट आई. शिलर (1976), *कम्युनिकेशन ऐंड कल्चरल डॉमिनेशन*, इंटरनैशनल आर्ट्स ऐंड साइंस प्रेस, न्यूयॉर्क.

— अभय कुमार दुबे

सेंसरशिप

(Censorship)

सेंसरशिप का मतलब है समाज और राज्य के लिए आपत्तिजनक, नुक़सानदेह, संवेदनशील और असुविधाजनक समझी जाने वाली किसी भी सामग्री के प्रचार-प्रसार पर आंशिक या पूर्ण पाबंदी। उदारतावादी चिंतन सेंसरशिप को खुले समाज के लिए एंटी-थीसिस मानते हुए एक त्याज्य असहिष्णुता के रूप में परिभाषित करता है। यह अभिव्यक्ति लैटिन भाषा के शब्द 'सेंसर' से निकली है। रोमन सिनेट दो व्यक्तियों को सेंसर के पद पर निर्वाचित करती थी। ये दोनों सेंसर सार्वजनिक आचरण और नैतिकताओं की निगरानी करते थे, और इस प्रक्रिया में स्थापित मान्यताओं और प्रावधानों के ख़िलाफ़ जाने वाली प्रवृत्तियों की रोकथाम करने की कोशिश की जाती थी। यह संस्था रोमनों ने सैकड़ों वर्षों तक क़ायम रखी। आधुनिक राज्य व्यवस्थाओं में सेंसर केवल एक संस्था ही नहीं, बल्कि एक प्रवृत्ति भी है। मुख्य तौर से सेंसर करने का काम सरकारों द्वारा नियुक्त अधिकारी करते हैं, पर सेंसरशिप के सैद्धांतिक विरोध में खड़े लोकतांत्रिक समाजों में भी ऐसे सामाजिक, धार्मिक और राजनीतिक समूह सक्रिय होते हैं जिनकी तरफ़ से क़ानून और व्यवस्था के दायरे के बाहर जा कर मीडिया-उत्पादों और बौद्धिक सामग्री पर पाबंदियाँ थोपने की कोशिश की जाती है। लोकतांत्रिक समाजों में आम तौर पर सेंसर की माँग नव-दक्षिणपंथियों द्वारा की जाती है, लेकिन अपने विचारधारात्मक उद्देश्यों की पूर्ति के लिए वामपंथी भी सेंसरशिप के समर्थक रहे हैं। वैसे तो सेंसरशिप के पक्ष में कई तरह के तर्क दिये जाते हैं, पर इसे मुख्य तौर पर चार तरह की दलीलों (नैतिक, राजनीतिक, फ़ौजी और धार्मिक) के आधार पर लागू किया जाता है।

नैतिकता के प्रश्न पर सहिष्णुता के समर्थकों और विरोधियों के बीच विवाद होता रहा है। पारम्परिक उदारतावादी विचार कहता है कि व्यक्ति क्या पढ़ना, देखना और सुनना चाहता है, यह उस समय तक उसका निजी मामला समझा जाना चाहिए जब तक उसका प्रभाव किसी अन्य पर नहीं पड़ता। इसके उलट अनुदारतावादी तर्क देते हैं कि सहिष्णुता के नाम पर 'अनुचित' को फलने-फूलने की इजाज़त नहीं दी जा सकती। उनके अनुसार अनैतिकता की आलोचना करना ही पर्याप्त नहीं है बल्कि उसका सक्रिय और संस्थागत विरोध भी होना चाहिए। अस्सी के दशक से ही विकसित और लोकतांत्रिक देशों में सामाजिक नैतिकता की यह पैरोकारी उत्तरोत्तर मुखर होती जा रही है। इसके पीछे मान्यता यह है कि जब तक समाज किसी समान संस्कृति और साझा आस्थाओं के आधार पर नहीं चलेगा, तब तक उसे पतनशीलता के ख़तरे का सामना करते रहना पड़ेगा। पश्चिमी संदर्भों में ईसाई कट्टरपंथियों और पूर्वी संदर्भों में मुसलमान और हिंदू कट्टरपंथी यह मान कर चलते हैं कि व्यक्ति और समाज को नैतिक गिरावट से बचाने के लिए उनकी पसंदीदा मूल्य-प्रणाली के आधार पर ही सार्वजनिक और व्यक्तिगत दायरों में उचित और अनुचित का फ़ैसला होना चाहिए। चूँकि दुनिया के अधिकतर आधुनिक समाज बहुसांस्कृतिकता और बहु-धार्मिकता की स्थिति में हैं, इसलिए किसी भी 'स्थापित', 'पारम्परिक' या 'बहुसंख्यक' मूल्य-प्रणाली को केवल लोकतांत्रिक भावना के उल्लंघन के ज़रिये ही लागू किया जा सकता है।

नैतिकता का प्रश्न अक्सर सेक्स और सेक्शुअलिटी से संबंधित मसलों से जुड़ा रहता है। पोर्नोग्राफ़ी का उत्पादन और प्रसारण एक ऐसी ही समस्या है। नारीवादी आम तौर से सेंसरशिप के ख़िलाफ़ रहते हैं, पर पोर्नोग्राफ़ी पर पाबंदी लगाने के प्रश्न पर कई देशों में वे नव-अनुदारतावादियों के साथ गठजोड़ करते देखे गये हैं। ऐसे नारीवादियों और नव-दक्षिणपंथी इस बात पर सहमत हैं कि अख़बारों, टीवी और सिनेमा में स्त्री-देह के यौनेत्तजक चित्रण से समाज में स्त्रियों के ख़िलाफ़ बलात्कार जैसे यौन-अपराधों की घटनाओं में बढ़ोतरी हुई है।

सेंसरशिप के इस रूप का चरित्र नैतिकता के नाम पर की जाने वाली सेंसरशिप से भिन्न होता है। सत्तारूढ़ शक्तियाँ अपने आपत्तिजनक कामों को छिपाने के लिए और अपने आलोचकों के प्रयासों और टीका-टिप्पणियों को प्रसारित होने से रोकने के लिए न केवल वस्तुनिष्ठ सूचनाओं को रोकने की कोशिश करती हैं, बल्कि उनके नेटवर्कों द्वारा जनता को गुमराह करने के लिए पूरी तरह से असत्य या अर्धसत्य सूचनाएँ भी प्रसारित की जाती हैं। जो पत्रकार या लेखक सरकारों के इशारों पर काम करने से इनकार करते हैं उन्हें गिरफ़्तार किया जाता है या किसी और तरीक़े से सताने की योजनाओं पर अमल होता है। सेंसरशिप का विरोध करने वाले पत्रकारों की सरकारी एजेंटों द्वारा हत्याएँ तक की जाती रही हैं। पत्रकारों की सुरक्षा करने के लिए प्रतिबद्ध कमेटी द्वारा 2008 में किये गये 'प्रिज़न सेंसस' से पता चला था कि चीन लोक गणराज्य, क्यूबा, बर्मा, इरीट्रिया और उज़बेकिस्तान की सरकारों की जेलों में सबसे ज़्यादा पत्रकार बंद हैं। ज़ाहिर है कि इनमें से कोई भी सरकार लोकतांत्रिक मूल्यों में विश्वास करने वाली नहीं है।

राजनीतिक सेंसरशिप के मामले में फ़ौजी तानाशाहियों और कम्युनिस्ट पार्टी की हुकूमत वाले देशों का रिकॉर्ड काफ़ी ख़राब रहा है। सोवियत संघ में मिखाइल गोर्बाचेव के सत्तारूढ़ होने से पहले स्वतंत्र प्रेस का अस्तित्व नहीं था।

सद्दाम हुसैन की कथित समाजवादी सरकार और रोमानिया की सीसेस्क्यू सरकार अपने कड़े सेंसरशिप क़ानूनों के लिए सारी दुनिया में मानवाधिकार संगठनों की आलोचना का निशाना बनी थी। भारत में राजनीतिक सेंसरशिप की एकमात्र अवधि जून, 1975 से 1977 तक चले आंतरिक आपातकाल की थी।

इस तरह की सेंसरशिप सम्भवत: सबसे ज़्यादा पेचीदा क़िस्म की है। सलमान रश्दी की रचना *द सेटेनिक वर्सिस* से जुड़ा विवाद इसका प्रमाण है। सहिष्णुता की प्रचलित कसौटियाँ इससे जुड़ी उलझनों को सुलझाने में नाकाम रही हैं। 1989 में ईरान की इसलामिक क्रांति के नेता अयातुल्ला खुमैनी ने इस रचना को ईशनिंदा की श्रेणी में मानते हुए भारतीय मूल के ब्रिटिश लेखक रश्दी को जान से मारने के लिए फ़तवा जारी किया था। खुमैनी की मान्यता थी कि यह पुस्तक इसलाम की मान्यताओं का उल्लंघन करते हुए पैगम्बर हज़रत मुहम्मद की छवि को खण्डित करती है। फ़तवा जारी होने के बाद भारत समेत दुनिया के कई देशों में इस किताब पर पाबंदी लगा दी गयी। पुस्तकों पर किसी भी क़िस्म के प्रतिबंध का विरोध करने वाले उदारतावादियों के सामने प्रश्न उठा कि अगर किसी पुस्तक से किसी तरह के धर्मावलम्बियों की आस्थाओं को ठेस लगती है तो इस तरह के अंतर्विरोध का समाधान कैसे किया जा सकता है। एक तरफ़ व्यक्ति के तौर पर रश्दी की स्वतंत्रता थी जिसके तहत उन्हें धर्म की आलोचना करने का अधिकार था, दूसरी तरफ़ सवाल यह था कि किसी धार्मिक समुदाय की बुनियादी अस्मिता पर आघात करने वाली आलोचना के संदर्भ में सहिष्णुता के आग्रह को थोड़ी देर के लिए स्थगित नहीं कर देना चाहिए?

धार्मिक सेंसरशिप का दूसरा पेचीदा मामला तब सामने आया जब फ़्रांस में कैथॅलिक लॉबी ने मार्टिन स्कोरसीस की फ़िल्म 'द लास्ट टेम्पटेशन ऑफ़ क्राइस्ट' को कई नगरों में प्रदर्शित नहीं होने दिया। फ्रांसीसी राज्य सेकुलरवाद के सबसे ज़्यादा कड़े रूप लाइसिज़्म को अपनाने के लिए जाना जाता है। लेकिन वह भी प्रभावशाली कैथॅलिक समूहों को ग़ैरसंवैधानिक सेंसर लागू करने से नहीं रोक पाया।

युद्धकाल में लागू की जाने वाली इस सेंसरशिप का मुख्य उद्देश्य दुश्मन को किसी तरह की उपयोगी सूचनाएँ मिलने से रोकने का होता है। इसके तहत मानचित्रों को भी सेंसर किया जाता है। पूर्वी जर्मनी की कम्युनिस्ट हुकूमत ने पश्चिम जर्मनी से लगी हुई सीमा के इलाक़ों के नक्शों का प्रचार-प्रसार रोक दिया था ताकि सीमा पार करके पलायन करना मुश्किल हो जाए।

देखें : अभिलेखागार, आख्यान, इंटरएक्टिविटी-प्रौद्योगिकीय विमर्श, इंटरएक्टिविटी-सामाजिक विमर्श, इंटरफ़ेस, एक्टर-नेटवर्क थियरी, डिजिटल डिवायड, दिन-प्रति दिन के अभिलेखागार, नया मीडिया, नेटवर्क, नेटवर्क सोसाइटी, प्रेस की स्वतंत्रता, प्रोपेगंडा, बाज़ारू संस्कृति, भारत में संचार-क्रांति, भारतीय मीडिया-1, 2 और 3, भारतीय मीडिया स्फ़ेयर, मास मीडिया, मीडिया और राज्य, मीडिया और राजनीति, मीडिया और भारतीय राजनीति, मीडिया-पक्षपात, मीडिया-अध्ययन, संचार, संचार-क्रांति, स्मृति और अभिलेखागार, सोशल नेटवर्क विश्लेषण, सूचना, सूचना-समाज, वैकल्पिक मीडिया।

संदर्भ

1. द कमेटी टू प्रोटेक्ट जर्नलिस्ट्स, '10 मोस्ट सेंसर्ड कंट्रीज़', एचटीटीपी://डब्ल्यूडब्ल्यूडब्ल्यू.सीपेजे.ओआरजी/सेंसर्ड/सेंसर्ड_ 06.एचटीएमएल
2. फ्रेंक हॉफ़मेन (1989), *इंटलेक्चुल फ्रीडम ऐंड सेंसरशिप*, द स्केयरक्रो प्रेस, मेटुचेन, एनजे.

— अभय कुमार दुबे

सैं-सिमों

(Saint-Simon)

फ्रांसीसी समाजवाद के संस्थापक क्लॉद हेनरी द कॉम्त द सैं-सिमों (1760-1825) का शुरुआती चिंतन वैज्ञानिक और राजनीतिक विषयों पर केंद्रित था। प्राकृतिक विज्ञानों का अध्ययन करने के बाद 1817 में उन्होंने अपने समाजवादी विचारों का प्रतिपादन किया। लेकिन, अपने पीछे *नोवू क्रिश्चियनिज़म* के रूप में जो अधूरी रचना वे छोड़ गये थे, वह उनकी सबसे महत्त्वपूर्ण कृति साबित हुई। उनके चिंतन ने कार्ल मार्क्स के विचारों पर असर डाला, आग्युस्त कॉम्त द्वारा प्रवर्तित औद्योगिक प्रगति के विचार को प्रभावित किया और आगे चल कर एमील दुर्ख़ाइम जैसे महान समाजशास्त्री के विचारों पर भी अपनी छाप छोड़ी। सैं-सिमों नया समाज बनाना चाहते थे। फ्रांसीसी क्रांति के 'विनाशकारी उदारतावाद' के मुक़ाबले उन्होंने समाज के नये और सकारात्मक पुनर्संगठन पर ज़ोर दिया। उनकी मान्यता थी कि हर मनुष्य समाज में अपने मौजूदा स्थान से ऊँची हैसियत प्राप्त करना चाहता है, भले ही वह कितना ही मामूली क़िस्म का क्यों न हो। इस प्रवृत्ति के कारण उसके भीतर आत्मकेंद्रीयता आ जाती है जिसे लगातार शिक्षा और आचरण के ज़रिये दूर करना होगा। सैं-सिमों ने सामंती और फ़ौजी नियंत्रण के बजाय औद्योगिक सरबराहों के नियंत्रण को उचित माना। कैथॅलिक और प्रोटेस्टेंट धर्मों को जड़सूत्रवादी क़रार दे कर ख़ारिज करने के बाद उन्होंने समाज को आध्यात्मिक

क्लॉद हेनरी द कॉम्त द सैं-सिमों (1760-1825)

दिशा देने की ज़िम्मेदारी चर्च के बजाय वैज्ञानिक मानस के धनी लोगों को देने की पैरोकारी की। पहले सैं-सिमों मानते थे कि उत्पादक श्रम का नियंत्रण करने वाले लोगों के हाथों में समाज का शासन रहना चाहिए। लेकिन अपनी अंतिम रचना *नोवू क्रिश्चयनिज़म* में उन्होंने ग़रीबों पर ज़ोर दिया और ईसाइयत को उसके बुनियादी पहलुओं तक सीमित करके एक नये बिरादराना धर्म की स्थापना की वक़ालत की। उन्होंने सिद्धांत दिया कि पूरे समाज का पुनर्गठन सर्वाधिक दरिद्र वर्ग की नैतिक और भौतिक समस्याओं के उन्मूलन के नज़रिये से करना ज़रूरी है।

सैं-सिमों का जन्म 1760 में पेरिस के एक सामंती परिवार में हुआ। उत्तरी फ्रांस में स्थित अपने पिता की गढ़ी में उनका लालन-पालन हुआ। किशोरवय से ही सैं-सिमों स्वतंत्र प्रवृत्तियों का परिचय देने लगे थे। तेरह वर्ष की आयु में उन्होंने कम्यूनियन (प्रभु भोज) में भाग लेने से इनकार कर दिया और कहा कि देवताओं के प्रसाद में उनका कोई विश्वास नहीं है। परिवार के चलन के अनुसार उन्हें युवावस्था में सैनिक जीवन अपनाना पड़ा। वे इंग्लैण्ड के विरुद्ध विद्रोही अमेरिकी उपनिवेशों की मदद के लिए भेजी गयी फ्रांसीसी अभियान सेना के साथ स्वयंसेवक बन कर अमेरिका गये। उनकी फ्रांस वापसी एक नायक के रूप में हुई। लेकिन, एक सामंत का आरामतलब जीवन न चुन कर उन्होंने विविधता और अंतर्विरोधों से भरा जीवन चुना।

फ्रांस में अपने समकालीन फ़ूरिए की भाँति सैं-सिमों भी 1789 की फ्रांसीसी क्रांति की विफलताओं का संबंध ज्ञानोदय की अवधि में विकसित कुछ विचारों से जोड़ कर देखते थे। उन्हें लगता था कि ज्ञानोदय ने मानवीय प्रकृति को जिस तरह समझा, उसी के कारण क्रांति विनाशकारी रास्ते की तरफ़ भटक गयी। इसी आधार पर इन दोनों ने अलग-अलग शैली में मनुष्य की सहजात प्रकृति के बारे में अपनी अलग-अलग धारणाएँ बनायीं और सुधार के ज़रिये नयी समाज-व्यवस्था गढ़ने की मुहिम चलाई। सैं-सिमों और फ़ूरिये को यक़ीन था कि मनुष्य का मानस बदला जा सकता है और उनकी रची गयी व्यवस्था में रहने वाले लोग परस्पर अन्योन्य-क्रिया करते हुए समरसता को प्राप्त कर सकते हैं। ज़ाहिर था कि इस सामाजिक परियोजना में ज्ञानोदय के विचारों की आलोचना निहित थी।

सैं-सिमोंवाद विकास की चार अवस्थाओं से गुज़रा। उनके पहले दौर की रचनाओं के मुख्य लक्षण थे : विज्ञान और विद्वत्ता की उपासना और अमूर्त मानवतावाद। दूसरी अवस्था उनके जीवन के अंतिम दस वर्षों के परिपक्व रचनाकाल से जुड़ी हुई है। इस दौरान उन्होंने पूँजीवाद को एक स्वाभाविक और स्थाई व्यवस्था मानने से इनकार करते हुए एक नयी समाज-व्यवस्था का तर्कसम्मत प्रतिपादन किया। यह था श्रमजीवी उद्यमियों का समाज। उन्हें उम्मीद थी कि शांतिपूर्ण विकास के ज़रिये इस समाज-व्यवस्था में विरोध और स्पर्धा की जगह आम लोगों के बीच सहयोग और मैत्री की भावना क़ायम होगी। सैं-सिमों का यह समाज सामंती तत्त्वों और निठल्ले परजीवी मालिक वर्ग की सत्ता के उन्मूलन पर आधरित था। अपनी अंतिम रचना *नया ईसाई धर्म* में सैं-सिमों ने सीधे-सीधे मज़दूर वर्ग के पक्ष में दलीलें दीं।

सैं-सिमोंवाद का तीसरा चरण उनके निधन के बाद शुरू हुआ। उनके विचारों पर उनके जीवन में विशेष अमल नहीं हुआ था, लेकिन उनके निधन के समय उनके मुट्ठी भर अनुयायी उन्हें नये धर्म का पैग़म्बर अवश्य मानते थे। उनका धर्म फैलाने की ज़िम्मेदारी उनके निकटस्थ अनुयायियों रॉदरीग़, औंफ़ौतैं और बाज़ार्ह ने सँभाली जो स्वयं को अपने पैग़म्बर द्वारा चुने गये एपोस्टल्स यानी धर्मदूतों की तरह ही देखते थे। इन्हीं तीनों के नेतृत्व में 1828 से सैं-सिमों के सम्प्रदाय का तेज़ी से प्रचार-प्रसार शुरू हुआ। 1830 की जुलाई क्रांति के समय यह प्रक्रिया चरम पर थी। 1828 में ही बाज़ार्ह ने अपने पैग़म्बर के सिद्धांतों की विस्तृत व्याख्या पेश की। इस व्याख्या के दूसरे खण्ड की रचना मुख्यतः औंफ़ौतैं ने की। बाज़ार्ह के मुक़ाबले दर्शन में अधिक कुशाग्र होने के बावजूद औंफ़ौतैं में अपने विचारों को अति तक ले जाने की प्रवृत्ति थी।

सैं-सिमोंवाद का चौथा चरण उसकी अवनति का काल है। सैं-सिमों समुदाय के कुनबे का जैसे-जैसे विस्तार हुआ, औंफ़ौंतें और बाज़ार्ह में मतभेद बढ़े। औंफ़ौंतें ने 'देह की पुनर्स्थापना' का सिद्धांत दिया जिसे ऐंद्रिक रहस्यवाद की संज्ञा दी गयी। स्त्री-पुरुष संबंधों और विवाह की संस्था के तत्कालीन मानकों के लिहाज़ से इस उसूल को यौन अनैतिकता का वाहक भी माना गया। 1832 आते-आते औंफ़ौंतें और बाज़ार्ह में विभाजन हो गया। इन्हीं दिनों मनोरंजन के ख़र्चीले कार्यक्रमों के कारण सैं-सिमों कुनबे को आर्थिक संकट का सामना करना पड़ा। कुनबे की गतिविधियाँ मेनिलोमौतौं ले जायी गयीं जहाँ सैं-सिमों के अनुयायियों ने एक ख़ास वर्दी पहन कर श्रम प्रधान कम्युनिस्ट सोसाइटी बनाने का प्रयास किया। इसी के कुछ दिनों बाद सैं-सिमों के धर्मदूतों पर समाज व्यवस्था में गड़बड़ी फैलाने के लिए मुक़दमा चला और औंफ़ौंतें को जेल जाना पड़ा।

फ्रांसीसी एनसाइक्लोपीडियावादियों की बौद्धिक परम्परा और अमेरिकी क्रांति के अनुभव से लैस सैं-सिमों एक निष्ठावान अध्येता भी थे। उन्होंने प्राकृतिक विज्ञानों का गहन अध्ययन किया और अपनी सम्पत्ति का एक बड़ा हिस्सा बौद्धिक गतिविधियों को समर्पित कर दिया। 1903 में उनकी पहली मुद्रित रचना 'जेनेवा के एक वासी की ओर से अपने समकालीनों को पत्र' प्रकाशित हुई जिसमें फ्रांसीसी क्रांति का विश्लेषण तीन मुख्य वर्गों (सामंती, पूँजीपति और ग़रीब) के बीच संघर्ष की अभिव्यक्ति के रूप में किया। *नया ईसाई धर्म* के प्रकाशन के कुछ सप्ताह बाद ही 1825 में उनका निधन हो गया।

कम्युनिस्ट घोषणापत्र में मार्क्स और एंगेल्स ने सैं-सिमों के चिंतन को यूटोपियायी समाजवाद की श्रेणी में डाल कर कुछ इस तरह परिभाषित किया है : 'वर्ग संघर्ष की अविकसित स्थिति और उनके अपने माहौल के कारण इस क़िस्म के समाजवादी ख़ुद को सभी तरह की वर्ग-शत्रुताओं से परे मान बैठे थे। वे समाज के सभी सदस्यों, यहाँ तक कि सर्वाधिक सुविधाभोगियों तक की स्थिति में सुधार करना चाहते थे। यही वजह है कि वे बिना वर्ग-भेद किये हुए आदतन पूरे समाज से अपील करते रहते थे, और कुल मिला कर प्राथमिकता शासक वर्ग को ही मिल जाती थी।' मार्क्स ने कहा कि सैं-सिमों जैसे समाजवादी चिंतक सभी तरह की राजनीतिक और क्रांतिकारी कार्रवाई को ख़ारिज करके छोटे-छोटे प्रयोगों, शांतिपूर्ण प्रयासों, शिक्षा और सुधार के ज़रिये एक नये सामाजिक धर्म-सिद्धांत की स्थापना करना चाहते थे जो विफल होने के लिए अभिशप्त था।

संदर्भ

1. ए.वी. एनिकन (1983), *आर्थिक विज्ञान का युवाकाल : मार्क्स-पूर्व का राजनीतिक अर्थशास्त्र,* अनु. गिरीश मिश्र, पीपुल्स पब्लिशिंग हाउस, नयी दिल्ली.
2. जॉर्ज लिचहीम (1969), द *ऑरिजिंस ऑफ़ सोशलिज़्म,* वीडनफ़ेल्ड ऐंड निकल्सन, लंदन.
4. जी.सी. इग्गर्स (सम्पा.) (1958), *डॉक्ट्रिन ऑफ़ सैं-सिमों : एन एक्सपोज़ीशन*, बीकन, बोस्टन.
4. ज़ाक रांसिएर (2009), *सर्वहारा रातें : उन्नीसवीं सदी के फ्रांस में मज़दूर-स्वप्न*, अनु. अभय कुमार दुबे, सीएसडीएस-सराय-वाणी, नयी दिल्ली.

— अभय कुमार दुबे

सौंदर्यशास्त्र

(Aesthetics)

सौंदर्यशास्त्र दर्शन की एक शाखा है जिसके तहत कला, साहित्य और सुंदरता से संबंधित प्रश्नों का विवेचन किया जाता है। ज्ञान के दायरे से भिन्न इंद्रिय-बोध द्वारा प्राप्त होने वाले तात्पर्यों के लिए यूनानी भाषा में *एस्तेतिको* शब्द है जिससे एस्थेटिक्स की व्युत्पत्ति हुई। प्रकृति, कला और साहित्य से संबंधित क्लासिकल सौंदर्यशास्त्रीय दृष्टिकोण विकसित हुआ। यह नज़रिया केवल कृति की सुंदरता और कला-रूप से ही अपना सरोकार रखते हुए उसके राजनीतिक और संदर्भगत आयामों को विमर्श के दायरे से बाहर रखता है। लेकिन कला और साहित्य विवेचना की कुछ ऐसी विधियाँ भी हैं जो कृतियों के तात्पर्य और उनकी रचना-प्रक्रिया के सामाजिक और ऐतिहासिक पहलुओं से संवाद स्थापित करती हैं। मार्क्सवादी सौंदर्यशास्त्र एक ऐसा ही विमर्श है। दरअसल, मार्क्सवादी हस्तक्षेप के बाद आधुनिक सौंदर्यशास्त्र कला की मूलभूत अवधारणा परिभाषित करते हुए कृति को समझने की विधियाँ प्रस्तुत करने के अलावा, कला और यथार्थ-जगत के संबंध में कलात्मक अभिव्यक्ति व निरूपण के प्रश्नों पर गहरी नज़र डालने में भी दिलचस्पी रखता है। आज सौंदर्यशास्त्र विभिन्न कला-विधाओं के लिए जो आलोचना-पद्धति प्रस्तावित करता है उसके तहत नैतिकता और कला के बीच एवं राजनीतिक-कर्म और कला के बीच संबंधों की विवेचना भी की जाती है।

प्राचीन यूनानी दर्शन में प्लेटो की रचना *हिप्पियाज़ मेजर* में सौंदर्य की अवधारणा पर चर्चा मिलती है। नाटक की दुखांत शैली पर अरस्तू द्वारा अपनी रचना *पोइटिक्स* में किये गये विचार ने कला-आलोचना को लम्बे अरसे तक प्रभावित

किया है। कला और सौंदर्य पर हुए ग़ैर-पश्चिमी प्राचीन चिंतन के संदर्भ में भारत के *नाट्यशास्त्र,* अभिनव गुप्त के रस-सिद्धांत और चीनी विद्वान चेंग यिन-युवान की रचना *ली-ताई मिंग-हुआ ची* (रिकॉर्ड ऑफ़ फ़ेमस पेंटिंग्ज़) द्वारा प्रस्तुत अनूठे और विस्तृत विमर्शों का लोहा पश्चिमी जगत में भी माना जाता है। कला-अनुशीलन की इस परम्परा की व्याख्या करने के ग़ैर-पश्चिमी मानक अभी तक नहीं बन पाये हैं, और पश्चिमी मानकों के ज़रिये की गयी व्याख्याओं के नतीजे असंतोषजनक निकले हैं।

पश्चिमी विचार-जगत में एक दार्शनिक गतिविधि के तौर पर सौंदर्यशास्त्र की पृथक संकल्पना अट्ठारहवीं सदी में उभरी जब कला-कृतियों का अनुशीलन हस्त-शिल्प से अलग करके किया जाने लगा। इसका नतीजा सिद्धांतकारों द्वारा ललित कला की अवधारणा के सूत्रीकरण में निकला। अलेक्सांदेर गोत्तलीब बॉमगारतेन ने 1750 में *एस्थेटिका* लिख कर एक बहस का सूत्रपात किया। इसके सात साल बाद डेविड ह्यूम द्वारा 'ऑफ़ द स्टैंडर्ड ऑफ़ टेस्ट' लिख कर सौंदर्यशास्त्र के उभरते हुए विमर्श को प्रश्नांकित किया गया। लेकिन आधुनिक युरोपीय सौंदर्यशास्त्रीय विमर्श की वास्तविक शुरुआत इमैनुएल कांट की 1790 में प्रकाशित रचना *क्रिटीक ऑफ़ जजमेंट* से हुई। अपनी इस कृति में कांट ने सौंदर्यशास्त्रीय आकलन की कसौटियों को सार्वभौम बनाने पर ज़ोर दिया। लेकिन दूसरी ओर वे किसी भी तरह के सार्वभौम सौंदर्यशास्त्र की सम्भावना पर संदेह करते हुए भी नज़र आये। इस विरोधाभास के बावजूद कांट की उपलब्धि यह रही कि उन्होंने कला और सौंदर्य की विवेचना के लिए कुछ अनिवार्य द्विभाजनों को स्थापित कर दिया। इन द्विभाजनों में सर्वाधिक उल्लेखनीय हैं : इंद्रियबोध और तर्क-बुद्धि, सारवस्तु और रूप, अभिव्यक्ति और अभिव्यक्त, आनंद और उपसंहार, स्वतंत्रता और आवश्यकता आदि। कांट की दूसरी उपलब्धि यह थी कि उन्होंने सौंदर्यशास्त्रीय अनुभव और ऐंद्रिक अनुभव के बीच अंतर स्थापित किया। उनका कहना था कि सौंदर्यशास्त्रीय व्याख्या और उसकी निष्पत्ति विश्लेषण के लक्ष्य के प्रति बिना किसी व्यावहारिक आसक्ति के ही की जानी चाहिए।

उन्नीसवीं सदी के बारे में कहा जा सकता है कि वह सौंदर्यशास्त्र की शताब्दी थी। कांट की बनायी गयी ज़मीन पर ही बाद में जर्मन विद्वानों ने सौंदर्यशास्त्र का वृहत्तर दार्शनिक ढाँचा खड़ा किया। हीगेल ने अपनी रचना *लेक्चर्स ऑन एस्थेटिक्स* में, शॉपेनहॉर ने *द वर्ल्ड एज़ विल ऐंड रिप्रज़ेंटेशन* में और नीत्शे ने *बर्थ ऑफ़ ट्रैजेडी* में पश्चिमी सौंदर्यशास्त्र के विभिन्न पहलुओं की बारीक़ व्याख्याएँ कीं और उसके नये आयामों को प्रकाशित किया। उन्नीसवीं सदी के आख़िरी दौर में अंग्रेज़ी भाषी सौंदर्यशास्त्र में रूपवाद का उभार हुआ। विक्टोरियायी ब्रिटेन ने 'कला के लिए कला' का नारा दिया जिसके प्रवक्ताओं में ऑस्कर वाइल्ड का नाम उल्लेखनीय है। विशुद्ध सौंदर्यशास्त्रीय अनुभव पर बल देने वाले रूपवादी दृष्टिकोण ने लगभग सभी क्षेत्रों में आधुनिक कला-रूपों को गहराई से प्रभावित किया। लेकिन इस आंदोलन के विरोध की ध्वनियाँ महान रूसी साहित्यकार लियो तॉल्स्तॉय की रचना *व्हाट इज़ आर्ट?* और अमेरिकी परिणामवाद के प्रमुख प्रवक्ता जॉन डिवी की कृति *आर्ट एज़ एक्सपीरिएंस* में सुनायी दीं। तॉल्स्तॉय का तर्क था कि जो कला मनुष्यों के बीच नैतिक अनुभूतियों का सम्प्रेषण नहीं कर सकती, वह रूपवादी कसौटियों के हिसाब से कितनी भी महान क्यों न हो, उसकी सराहना नहीं की जा सकती। डिवी ने भी सम्प्रेषण की भूमिका के सवाल पर रूपवाद से लोहा लेते हुए कला को सौंदर्यशास्त्र के नाम पर उसके दायरे के बाहर मौजूद अनुभव की संरचनाओं से काट कर रखने का विरोध किया।

सौंदर्यशास्त्रीय चिंतन की जर्मन परम्परा बीसवीं सदी में भी जारी रही। घटनाक्रियाशास्त्र, व्याख्याशास्त्र और मार्क्सवाद के औज़ारों का इस्तेमाल करके सौंदर्यशास्त्र संबंधी सिद्धांतों को और समृद्ध किया गया। 1936 में मार्टिन हाईडैगर ने 'द ओरिजन ऑफ़ द वर्क ऑफ़ आर्ट' जैसा निबंध लिखा जिसे कला के दर्शन की सर्वश्रेष्ठ रचनाओं में से एक माना जाता है। हाईडैगर ने इस निबंध में दावा किया कि कला-कृति को इस जगत में स्थित वस्तु के रूप में देखना आधुनिकता की मूलभूत लाक्षणिक त्रुटियों में से एक है। हाइडैगर के मुताबिक़ कला तो एक नये जगत के द्वार खोलती है, कला के रूप में सत्य अपने-आप में घटता ही नहीं हमारे अपने अनुभव के दायरे में वस्तुओं के अस्तित्व का उद्घाटन भी करता है। इस तरह सौंदर्यशास्त्र के माध्यम से हाईडैगर ने आधुनिकता की आलोचना करते हुए वस्तुओं की पारम्परिक अस्तित्व-मीमांसा और प्रौद्योगिकीय व्याख्या को आड़े हाथों लिया।

बीसवीं सदी के मध्य तक सौंदर्यशास्त्र की उपयोगिता पर सवाल उठने लगे। सदी की शुरुआत में दिये गये अपने कुछ व्याख्यानों में एडवर्ड बुलो यह प्रश्न पूछ चुके थे कि कहीं कला और सौंदर्य की परिभाषाएँ कलाकार की सृजन-क्षमता का क्षय तो नहीं कर रही हैं। ये व्याख्यान 1957 में छपे और साठ के दशक में अमेरिकी कलाकार बारनेट न्यूमैन ने एलान कर दिया कि सौंदर्यशास्त्र का उपयोग कला के लिए वही है जो पक्षीशास्त्र का पक्षियों के लिए है। अर्थात् सौंदर्यशास्त्र से अनभिज्ञ कलाकार ही अच्छा है।

संस्कृति-अध्ययन के तहत सौंदर्यशास्त्र के अभिजनोन्मुख रुझानों की कड़ी परीक्षा की गयी है। पिएर बोर्दियो ने संस्कृति के समाजशास्त्र के तहत कला के

विचारधारात्मक आधार की न केवल शिनाख़्त की बल्कि यह भी कहा कि इसी कारण से सौंदयशास्त्र अपनी ही सांस्कृतिक और राजनीतिक जड़ों का संधान नहीं कर पाया है। बोर्दियो के इस विचार का प्रतिवाद एडोर्नो की रचना *एस्थेटिक थियरी* में मिलता है। एडोर्नो बीसवीं सदी की अवाँगार्द कला का उदाहरण देते हुए कहते हैं कि कला में अभी भी विचारधारा का प्रतिवाद करने की क्षमता है। एडोर्नो के मुताबिक़ कला अपने समाज की उपज ज़रूर होती है, पर उसका रचना-प्रक्रिया में सामाजिक नियतत्त्ववाद से स्वायत्त क्षण भी निहित होता है। इसलिए वह कलाकार और उसके दर्शक या पाठक को तत्कालीन प्रभुत्वशाली संस्कृति द्वारा थमाये गये तौर-तरीक़ों से इतर सोचने का मौक़ा भी देती है।

कुछ मार्क्सवादी विद्वानों ने सौंदर्यशास्त्र की एक मार्क्सवादी श्रेणी विकसित करने की कोशिश भी की है। हिंदी के प्रमुख मार्क्सवादी साहित्यालोचक नामवर सिंह ने इस तरह की कोशिशों को आलोचनात्मक दृष्टि से देखते हुए इसका पहला उदाहरण सोवियत संघ में 'समाजवादी यथार्थवाद' का शास्त्र-निर्माण माना है। उन्होंने कहा है, 'शास्त्र बनते ही सामाजिक यथार्थ भी सूत्रबद्ध हो गया और उस यथार्थ को अभिव्यक्त करने की शैली भी। देखते-देखते एक नया रीतिवाद चल पड़ा, रचना में भी, आलोचना में भी। जिस देश ने समाजवादी क्रांति की, वह साहित्य और कला के क्षेत्र में कोई क्रांति करने से ठिठक गया। यथार्थ का ऐसा और इतना अपमान तो क्रांति के पहले के साहित्य में भी नहीं हुआ था और उन्नीसवीं सदी के युरोप के साहित्य में भी नहीं जब बूर्ज़्वा क्रांति ने यथार्थवाद को जन्म दिया था। हालत बहुत कुछ हिंदी की रीतिवादी कही जानेवाली साहित्य-प्रवृत्ति की-सी हो गयी, जब अलंकारशास्त्र के लक्षण ग्रंथों को सामने रख कर कविताएँ लिखी जा रही थीं।'

नामवर सिंह ने दूसरा उदाहरण ग्योर्गी लूकाच द्वारा रचित *सौंदर्यशास्त्र* नामक विशाल ग्रंथ का दिया है। वे इसे लूकाच द्वारा अपने लगभग साठ वर्षों के दीर्घ साहित्य-चिंतन को अंततः एक व्यवस्थित शास्त्र में बाँधने का विराट प्रयास क़रार देते हैं, 'हज़ारों पृष्ठों का यह विशाल ग्रंथ अभी तक जर्मन भाषा में ही उपलब्ध है और जो जर्मन अच्छी तरह जानते होंगे, वही इसके बारे में कुछ विश्वासपूर्वक कह सकने में सक्षम होंगे। अंग्रेज़ी में अभी तक उसके बारे में जो कुछ कहा गया है और उसके छिटपुट अंशों से जो आभास मिला है उसके आधार पर इतना तो कहा ही जा सकता है कि इसमें समस्त कलाओं को 'अनुकरण' में निश्शेष करने की असफल चेष्टा की गयी है। इस प्रकार मार्क्सवादी लूकाच जब सभी कलाओं को एक शास्त्र में बाँधने चलते हैं तो अंततः अरस्तू की शरण जाने को बाध्य होते हैं। किसी अंग्रेज़ी साप्ताहिक ने इस ग्रंथ की समीक्षा के साथ एक ऐसा कार्टून छापा था, जिसमें लुकाच मार्क्स की दाढ़ी के साथ अरस्तू की शक्ल-सूरत और पोशाक में पेश आते हैं।'

नामवर सिंह की मान्यता है कि लूकाच के दृष्टांत से मार्क्सवादी सौंदर्यशास्त्र की इस लम्बी परम्परा का एक कमज़ोर पहलू सामने आता है। वे कहते हैं कि 'अक्सर वह स्वयं 'कला' नामक संस्था को चुनौती देने में चूक गया और कला की क्लासिकी परिभाषा को स्वीकार कर लेने में उसे कोई हानि नहीं दिखाई पड़ी। बुनियादी रूप में एक बार इन परिभाषाओं को स्वीकार कर लेने के बाद तो फिर थोड़े-बहुत हेर-फेर के साथ इस-उस कवि या कृति के मूल्यांकन का कार्य ही शेष रहता है; और कहने की आवश्यकता नहीं कि मार्क्सवादी सौंदर्यशास्त्रियों ने इस क्षेत्र में अपनी प्रतिभा का जौहर बखूबी दिखाया है— ऊँची संस्कृति के बड़े-से-बड़े विचारकों से होड़ लेते हुए। व्याख्या और मूल्यांकन की भाषा निश्चय ही भौतिकवादी भी है और ऐतिहासिक भी, लेकिन कुल मिलाकर वह प्रभुत्वशाली परम्परा से बहुत अलग नहीं है।'

देखें : ज्याँ-पाल सार्त्र, टीवी और टीवी अध्ययन, टीवी और सेक्सुअलिटी, टीवी और समाचार, नामवर सिंह, पिएर बोर्दियो, फ्रैंकफ़र्ट स्कूल, बाज़ारू संस्कृति, बहुसंस्कृतिवाद, युरोकेंद्रीयता, रोलाँ बार्थ, लुई अलथुसे, संस्कृति, संस्कृति-अध्ययन, संस्कृति : मार्क्सवादी परिप्रेक्ष्य, संस्कृति-उद्योग, सांस्कृतिक पूँजी, सांस्कृतिक साम्राज्यवाद, सोप ओपेरा।

संदर्भ

1. डी.ई. कूपर (1992), *अ कम्पैनियन टू एस्थेटिक्स,* ब्लैकवेल, ऑक्सफ़र्ड, 1992
2. टैरी ईगलटन (1999), द *आइडियॉलॅजी ऑफ़ द एस्थेटिक,* ब्लैकवेल, ऑक्सफ़र्ड, 1999
3. इमैनुएल कांट (1790/1987), द *क्रिटीक ऑफ़ जजमेंट,* अनु. डब्ल्यू.एस. प्लुहर, हैकेट, इण्डियापोलिस, आईएन.
4. टी.डब्ल्यू. एडोर्नो (1984), *एस्थेटिक थियरी,* रॉटलेज ऐंड कीगन पॉल, न्यूयॉर्क.
5. नामवर सिंह (2013), 'मार्क्सवादी सौंदर्यशास्त्र के विकास की दिशा', *डब्ल्यूडब्ल्यूडब्ल्यू.हिंदीसमय.कॉम* पर उपलब्ध, 18 अगस्त, 2013 को देखा गया।

— अभय कुमार दुबे

स्टार

(Star)

किसी अभिनेता के स्टार बनने की प्रक्रिया और उसके निहितार्थों पर फ़िल्म-अध्ययन ने गहरी नज़र डाली है। एक फ़िल्म के निर्माण में कई विधाओं का योगदान होता है जिनमें केंद्रीय भूमिका निर्देशक की होती है। लेकिन स्टार वही बनता है जो एक्टिंग के माध्यम से इस पूरी टीम के प्रयासों को पर्दे पर पेश करता है। अभिनेताओं में से भी स्टार की हैसियत एक, दो, तीन या ज़्यादा से ज़्यादा चार लोगों को मिल पाती है : नायक, नायिका, खलपात्र और कॉमेडियन। फ़िल्म-व्यवसाय में इन चारों का मूल्य-क्रम भी इसी प्रकार है। अगर फ़िल्म हास्य-प्रधान है तो कॉमेडियन मुख्य भूमिका ग्रहण करके यह क्रम बदल सकता है। अध्येताओं ने स्टार को पाँच तरीक़ों से परिभाषित करने का प्रयास किया है। एक : स्टार फ़िल्म के लिए पूँजी की भूमिका निभाता है यानी फ़िल्म उसके कारण बिकती है। दो : स्टार होता नहीं बल्कि गढ़ा जाता है। उसे न केवल फ़िल्म-उद्योग गढ़ता है बल्कि वह ख़ुद भी अपने-आप को गढ़ने का ज़िम्मेदार होता है। तीन : स्टार का मतलब है स्थापित सामाजिक मानकों से अलग हट कर ज़िंदगी गुज़ारना अर्थात् अपनी शर्तों पर अपने ढंग से आचरण करना। चार : स्टार अपने-अपने देश-काल में कुछ ख़ास सांस्कृतिक संहिताओं की नुमाइंदगी करता है। पाँच : स्टार अपने दर्शकों द्वारा भी कल्पित किया जाता है।

स्टार स्टूडियो-सिस्टम की देन है। फ़िल्म-उद्योग के शुरुआती सालों में फ़िल्मों के प्रचार में स्टूडियो के अलावा किसी का नाम नहीं दिया जाता था। सबसे पहले फ्रांस के स्टूडियो-प्रबंधकों ने महसूस किया था कि अभिनेता या अभिनेत्री की लोकप्रियता का लाभ उठाने से फ़िल्म बेहतर मुनाफ़ा कमा सकती है। अमेरिकी फ़िल्म-उद्योग में हॉलीवुड के स्टूडियोज़ ने इस प्रवृत्ति को न केवल अपनाया बल्कि 1920 तक इसे एक प्रणाली (स्टार-सिस्टम) के रूप में विकसित कर दिया। मैरी पिकफ़र्ड को पहला और चार्ली चैप्लिन को हॉलीवुड का दूसरा स्टार माना जाता है। मूक फ़िल्मों के दौर का स्टार आम तौर पर एकायामी होता था। सवाक फ़िल्मों के साथ ही पुरुष-स्टार की शख़्सियत बहुआयामी (आदर्श चरित्रवान नायक, विद्रोही नायक, प्रति-नायक, जागरूक नायक) होनी शुरू हो गयी, लेकिन स्त्री-स्टारों से अपेक्षाएँ पहले जैसी ही रहीं। उन्हें या तो चरित्रवान नायिका और चरित्रहीन खलनायिका के द्विभाजन का प्रतिनिधित्व करना होता था, या फिर वे दर्शकों और पुरुष-स्टार के लिए सौंदर्य और शृंगार की सामग्री प्रस्तुत करने वाली 'सेक्स-गॉडेस' होती थीं। बहरहाल, मूक फ़िल्मों से सवाक् फ़िल्मों की तरफ़ जाने की प्रक्रिया में ही फ़िल्म-उद्योग ने स्टार की शख़्सियत को फ़िल्म की पूँजी के रूप में विकसित किया। इस दौरान हॉलीवुड के हर बड़े स्टूडियो के पास फ़िल्मी सितारों, पटकथा लेखकों, निर्देशकों और डिज़ाइनरों की टीमें हुआ करती थीं जिन्हें वह वेतन पर रखता था। स्टारों की आमदनी इस बात पर निर्भर करती थी कि स्टूडियो कितना कमा रहा है। स्टार-सिस्टम के ज़रिये हॉलीवुड पश्चिम की अन्य फ़िल्म-संस्कृतियों से अभिनय प्रतिभाओं को अपनी तरफ़ आकर्षित कर पाया। मूक फ़िल्मों के ज़माने में ग्रेटा गार्बो और बाद में सोफ़िया लारेन, ब्रीजी बारदो, जीना लोलोब्रिजिदा और रिचर्ड बर्टन जैसे एक्टरों का हॉलीवुडीकरण इसका सबूत है। आज हॉलीवुड का स्टूडियो-सिस्टम ख़त्म हो चुका है, अर्थात् स्टूडियो हैं और फ़िल्म-निर्माण में उनकी मुख्य भूमिका है पर फ़िल्म के वितरण और प्रदर्शन पर उनकी इजारेदारी नहीं है। इस स्थिति ने उन्हें अभिनेताओं और अभिनेत्रियों की 'स्टार-पॉवर' पर और निर्भर बना दिया है। दर्शकों के मानस पर स्टार की पकड़ के कारण न केवल फ़िल्म वितरकों के बीच आसानी से बिक जाती है और प्रदर्शन के पहले हफ़्ते में उसके टिकटों की जम कर बिक्री होती है, बल्कि उन फ़िल्मों में निर्मातागण आसानी से धन लगाने के लिए तैयार हो जाते हैं जिनके साथ कोई लोकप्रिय स्टार जुड़ा हो। स्टार की प्रचलित छवि को व्यावसायिक रूप से भुनाने के लिए विशेष रूप से पटकथाएँ लिखी जाती हैं। अगर कोई स्टार ख़ास तरह की भूमिका (जैसे काउबॉय या डकैत) करना चाहता है तो वह उद्योग पर अपने प्रभाव का इस्तेमाल करके उस तरह की फ़िल्म बनवाता है।

ज़ाहिर है कि अभिनेताओं को स्टार बनाने का काम फ़िल्म उद्योग करता था, लेकिन अपनी शख़्सियत के इर्द-गिर्द मिथकों का विकास करने में ख़ुद स्टारों की भी भूमिका होती थी। दूसरी तरफ़ किसी को स्टार का दर्जा दिलाने में मीडिया (प्रेस, टीवी, रेडियो, फ़ैन-क्लबों की पत्रिकाएँ) की कारसाज़ी की भी अनदेखी नहीं की जा सकती। अपनी स्टार-छवि के प्रति सतर्क अभिनेता अक्सर कोशिश करते थे कि दर्शकों के सामने उनका स्क्रीन-अवतार ही रहे और उनके व्यक्तित्व के वास्तविक पहलू किसी न किसी तरह छिपे रहें। स्टार अपनी देह और उसकी शैलीबद्ध प्रस्तुति के माध्यम से दर्शकों तक पहुँचते हैं, इसलिए उनके जीवन में आयु बढ़ने का बहुत महत्त्व होता है। स्टार का बूढ़ा होना एक समस्या है, जिसका सामना न केवल वह और उसके कारण फ़ायदा कमा रहा फ़िल्म-उद्योग करता है, बल्कि दर्शकों का मानस भी प्रभावित होता है। पुरुष-स्टारों के मामले में उम्र बढ़ने का घाटा देर से शुरू होता है, जबकि स्त्री-स्टारों को इस समस्या का सामना जल्दी करना पड़ता है। पुरुष अधेड़ होने और

हॉलीवुड के स्टूडियो-सिस्टम ने अभिनेताओं को स्टार बनाया.

चेहरे पर पड़ने वाली ख़राशों और थोड़े-बहुत मोटापे के बावजूद दर्शकों द्वारा स्वीकार किये जाते रहते हैं। पर स्त्रियों का चेहरा तीस-पैंतीस की उम्र के बाद जैसे ही अपनी कमसिनी खोता है, वे दर्शकों की आलोचनाओं का सामना करने पर मजबूर हो जाती हैं। अपनी सुंदर छवि को दर्शकों के मानस में सुरक्षित रखने के लिए कई स्त्री-स्टार उम्र पकने से पहले ही रिटायरमेंट ले लेती हैं। अभिनेत्रियों को अक्सर यह शिकायत रहती है कि प्रौढ़ होने पर उनके लिए सार्थक और केंद्रीय भूमिकाओं का अकाल पड़ जाता है।

किसी स्टार की शख़्सियत के तीन या चार पहलू हो सकते हैं : वास्तविक व्यक्ति, पर्दे पर दिखाई जाने वाली हस्ती, उसका अपना स्टार-व्यक्तित्व जिसके ज़रिये वह ख़ुद को निजी और पर्दे की ज़िंदगी के बाहर पेश करता है। इन तीनों पहलुओं से मिल कर बनने वाली स्टार-छवि के भी चार पहलुओं की शिनाख़्त की गयी है : एक पहलू फ़िल्म-उद्योग की मर्जी से तय होता है, दूसरा मीडिया और समीक्षकों की राय के आधार पर बनता है, तीसरी ख़ुद स्टार की कथनी और करनी से निकलता है, और चौथा दर्शकों के बीच मिलने वाली उसकी स्वीकारोक्ति की अभिव्यक्ति होता है। एक बार जब स्टार की छवि बन जाती है तो वह महज़ एक कल्पित बिम्ब नहीं रह जाती। उनका विस्तार सार्वजनिक और निजी दायरों तक हो जाता है। मल्टीमीडिया (फ़ोटोग्राफ़ी, फ़िल्म, प्रेस, टीवी आदि) की कोशिशें उसे और भव्यता प्रदान करती हैं। स्टार का इतिहास उसके वजूद के ख़त्म होने के बाद भी जारी रहता है। इस लम्बी और पेचीदा अवधि में स्टार-बिम्ब के साथ कई तरह के तात्पर्य जुड़ते चले जाते हैं।

स्टार होने के लिए स्टार जैसी जीवन-शैली होना भी ज़रूरी है। स्टार न तो साधारण लोगों जैसा जीवन जी सकता है, और न ही मध्यवर्गीय नैतिकताओं की उसके लिए कोई अहमियत होती है। उपभोग और सेक्शुअलिटी के मामले में अतिवादी रवैया उसके लिए स्वाभाविक है। उसका यह दुहरा अतिवाद फ़िल्म-उद्योग के लिए फ़ायदेमंद माना जाता है। साधारण लोगों को हमेशा लगता रहता है कि स्टार का निजी जीवन भव्य क़िस्म की ज़्यादतियों से भरा होगा। इसलिए वे इंटरनेट की उन साइटों की सर्फ़िंग करते रहते हैं जिनका दावा होता है कि उन्होंने छिपे हुए कैमरों से स्टार या स्टारों की कारगुज़ारियों की तस्वीरें उतारी हैं। पहले इस तरह की दृश्य-रत्यात्मकता केवल स्टार की 'रील' लाइफ़ तक ही सीमित थी जो अब पेपराज़ी (निजी जीवन की तस्वीरें खींच कर बेचने वाले कैमरामैन) और नेट-संस्कृति के कारण फ़िल्मी सितारों की वास्तविक ज़िंदगी तक फैल गयी है। यह अलग बात है कि स्टार-अभिनेताओं की यह वास्तविक ज़िंदगी भी उनके स्टार-बिम्ब का ही एक पहलू होती है।

स्टार अपने ज़माने के सांस्कृतिक मूल्यों की नुमाइंदगी भी करता है। एक व्यक्ति और अनुकरणीय प्रतीक के रूप में वह साधारण भी होता है और असाधारण भी। कई स्टारों में अमेरिकी मूल्यों (या भारतीय मूल्यों) का फ़िल्म उद्योग और दर्शकों द्वारा आरोपण किया गया है। कई अभिनेत्रियाँ पारिवारिक मूल्यों और उन्हें क़ायम रखने के लिए त्याग की नुमाइंदगी करती रही हैं। समाज के धरातल पर स्त्री या पुरुष सेक्शुअलिटी की परिभाषा जैसे-जैसे बदलती है, स्क्रीन पर उसका निरूपण भी रंग बदलता है। स्टार भी कोशिश करते हैं कि उसी के अनुरूप उनकी छवि भी बदले। मसलन, कभी 'गर्ल नेक्स्ट डोर' जैसा लगने या मज़दूरवर्गीय या मध्यवर्गीय आदर्शवाद की छवि प्रक्षेपित करने के ज़रिये दर्शकों के साथ अधिक तादात्म्य हो सकता है, तो कभी क़ानून का तिरस्कार करने वाले विद्रोही की छवि समाज के मूड में ज़्यादा फ़िट बैठती है। फ़िल्म-उद्योग और स्टार बनाने की उसकी प्रौद्योगिकी इस तरह के पारिवेशिक परिवर्तनों पर बारीक़ निगाह रखती है।

देखें : अतिनाटकीयता, अनुपस्थिति-उपस्थिति, कला सिनेमा, अवाँगार्द और प्रति-सिनेमा, टीवी और समाचार, टीवी और सेक्शुअलिटी, टीवी और टीवी-अध्ययन, तीसरा सिनेमा, तीसरी दुनिया का सिनेमा, दक्षिण भारतीय सिनेमा और राजनीति, नारीवादी फ़िल्म-सिद्धांत, फ़िल्म और सेक्शुअलिटी, फ़िल्म और टीवी सेंसरशिप, फ़िल्मांतरण, फ़िल्म-सिद्धांत, फ़्लैश-बैक, भारतीय सिनेमा-1, 2 और 3, भारतीय फ़िल्म-अध्ययन, भारतीय स्टार सिस्टम, रियलिटी टीवी, विचारधारा और हिंदी सिनेमा, वृत्त-चित्र, सेलेब्रिटी, सोप ओपेरा, सिनेमाई यथार्थवाद, नव-यथार्थवाद, सोवियत सिनेमा, हिंदी सिनेमा का समाजशास्त्र।

संदर्भ

1. रिचर्ड डायर (1980), *स्टार्स,* ब्रिटिश फ़िल्म इंस्टीट्यूट पब्लिशिंग, लंदन.
2. सी. ग्लैडहिल (सम्पा.) (1987), *स्टारडम : द इंडस्ट्री ऑफ़ डिज़ायर,* रॉटलेज, लंदन और न्यूयॉर्क.
3. बी. किंग (1985), *आर्टीकुलेटिंग स्टारडम,* स्क्रीन, खण्ड 26, अंक 5.

— अभय कुमार दुबे

स्तालिन और स्तालिनवाद

(Stalin and Stalinism)

स्तालिनवाद किसी विचारधारा या किसी दार्शनिक अवधारणा का नाम नहीं है। रूस में हुई बोल्शेविक क्रांति और उसके नेता लेनिन की मृत्यु के बाद तीन दशकों में धीरे-धीरे एक राजनीतिक परिघटना के रूप में इसका विकास हुआ । चूँकि 1927 से लेकर 1956 के बीच सोवियत कम्युनिस्ट पार्टी के प्रमुख रहे जोसेफ़ स्तालिन के जीवन में ही कुछ बुद्धिजीवियों ने मार्क्सवाद-लेनिनवाद-स्तालिनवाद नामक नयी विचारधारा का सूत्रीकरण करने का कमज़ोर सा प्रयास किया था। इसकी मिसाल दिसम्बर, 1934 के *प्रावदा* में प्रकाशित कार्ल रैडेक के एक लेख के रूप में मिलती है। पर इस रवैये को न तो स्तालिन ने प्रोत्साहित किया, और न ही सोवियत कम्युनिस्ट पार्टी के अन्य सिद्धांतकारों ने। फिर भी इस परिघटना के केंद्र में मौजूद स्तालिन की बौद्धिक और राजनीतिक शख़्सियत के कारण इसे स्तालिनवाद का नाम मिल गया। इसे दो तरीक़े से समझा जा सकता है : सोवियत संघ में स्तालिन के नेतृत्व में तीस साल तक चली समाजवाद के निर्माण की परियोजना के तौर पर, और इस दौर से निकली वैचारिक और सांगठनिक प्रवृत्तियों के रूप में जिन्होंने सारी दुनिया में मार्क्सवादी राजनीति (कला और संस्कृति के क्षेत्रों समेत) को किसी न किसी रूप में प्रभावित किया।

मार्क्सवादी आंदोलन के भीतर सोवियत इतिहास में स्तालिन की भूमिका और मार्क्सवाद-लेनिनवाद पर स्तालिन के प्रभाव का मूल्यांकन करने के बारे में ज़बरदस्त विवाद है। इस लिहाज़ से सारी दुनिया के मार्क्सवादी तीन हिस्सों में बँटे हुए हैं : एक हिस्सा वह है जो स्तालिनवाद को पूरी तरह से स्वीकारते हुए उसे मार्क्सवाद का प्रमुख व्यावहारिक रूप क़रार देता है (भारत में इसका उदाहरण ख़ुद को मार्क्सवादी-लेनिनवादी कहने वाले नक्सलवादी गुटों के रूप में मौजूद है), दूसरा हिस्सा उसे पूरी तरह से ख़ारिज करते हुए मार्क्सवादी प्रयोग की त्याज्य विकृति क़रार देता है (जैसे, भारतीय कम्युनिस्ट पार्टी), और तीसरा हिस्सा वह है जो स्तालिनवाद के प्रभाव को आम तौर पर प्रेरक और सकारात्मक मानने के बावजूद उसके कुछ पहलुओं की आलोचना करता है (जैसे, माओ त्से तुंग जो स्तालिन को सत्तर फ़ीसदी सही और तीस फ़ीसदी ग़लत मानते थे)। वामपंथियों के ग़ैर-मार्क्सवादी हिस्सों और अन्य वैचारिक हलक़ों में स्तालिनवाद को एक ऐसी अधिनायकवादी प्रवृत्ति के रूप में देखा जाता है जिसने एक अत्यंत हिंसक और दमनकारी राज्य की स्थापना की।

पार्टी कार्यकर्त्ताओं के बीच स्तालिन (मैन ऑफ़ स्टील) के नाम पुकारे जाने वाले जोसेफ़ विस्सियारोविच जुगाश्विली का जन्म ज्यार्जिया में 21 दिसम्बर, 1879 को एक ग़रीब मोची के घर में हुआ था। उनकी पढ़ाई-लिखाई तिबलिसी की एक धार्मिक सेमिनरी में हुई जहाँ अपने क्रांतिकारी रुझानों के कारण उन्हें अक्सर सज़ा भुगतनी पड़ती थी। 1899 में वे पेशेवर क्रांतिकारी हो कर मार्क्सवादी आंदोलन में सक्रिय भागीदारी करने लगे। कुशल संगठक और भूमिगत राजनीतिक काम में महारत होने के कारण स्तालिन को क्रांतिकारी हलक़ों में प्रमुखता मिलने लगी। 1904 से ही उन्होंने ख़ुद को लेनिन और बोल्शेविकों के साथ जोड़ लिया और 1912 में बोल्शेविक केंद्रीय समिति के सदस्य बने। 1902 से 1917 के बीच स्तालिन अनगिनत बार गिरफ़्तार हुए, उन्हें लम्बी-लम्बी सज़ाएँ दी गयीं और कई बार उनका निष्कासन हुआ। 1913 में उन्हें पकड़ कर साइबेरिया के सुदूर उत्तरी इलाक़े में भेज दिया गया जहाँ से उनकी रिहाई 1917 की फ़रवरी क्रांति के बाद ही हो पायी। बोल्शेविक क्रांति के तुरंत बाद और गृह-युद्ध के दौरान स्तालिन पार्टी के कई प्रमुख पदों पर रहे। पोलित ब्यूरो के सबसे शुरुआती सदस्यों में से एक स्तालिन को 1922 में पार्टी का महासचिव नियुक्त किया गया। समाज के सबसे निचले तबके से उभर कर सर्वोच्च पदों पर पहुँचने वाले वे पार्टी के एकमात्र नेता थे। जनवरी, 1924 में लेनिन की मृत्यु के बाद उन्होंने एक-एक करके अपनी नीतियों का विरोध करने वाले ट्रॉट्स्की, ज़िनोवीव और बुख़ारिन को पराजित किया और 1929 के अंत तक सोवियत पार्टी और राज्य के सर्वोच्च नेता के रूप में उभरे। स्तालिन का देहांत पाँच मार्च, 1953 को हुआ।

स्तालिन के आलोचक अक्सर उन्हें केवल जोड़-तोड़ में माहिर और मामूली बौद्धिक क्षमताओं वाले नेता के रूप में पेश करते हैं। लेकिन 1906 में ही प्रिंस क्रोपाटकिन के विचारों की आलोचना करने वाली उनकी रचना *अनार्किज़्म ऑर सोशलज़िम ?* का प्रकाशन हो चुका था। उनके सैद्धांतिक लेखन की विशेषता थी बेहद सरल अभिव्यक्ति जिसके कारण वह कार्यकर्त्ताओं के बीच काफ़ी पसंद किया जाता था।

जोसेफ़ विस्सियारोविच जुगाश्विली उर्फ़ स्तालिन (1879–1953)

स्तालिन मुख्य रूप से विश्व-क्रांति के बिना ही एक देश में समाजवाद की स्थापना के सिद्धांत के लिए जाने जाते हैं। 1924 के बाद से स्तालिन ने अपने इस तर्क को मज़बूत करने वाला लेखन और विश्लेषण किया।

स्तालिनवाद को अक्सर एक व्यक्ति स्तालिन की कारिस्तानी के रूप में देखने का सरलीकरण किया जाता है, पर इस राजनीतिक परिघटना के पीछे मौजूद संरचनागत कारणों की समझ ज़रूरी है। बोल्शेविक क्रांति के परिणामस्वरूप स्थापित हुई कम्युनिस्ट सत्ता दो विरोधाभासी आयामों से मिल कर बनी थी। एक तरफ़ उसमें सोवियतों (मज़दूरों और किसानों की निर्वाचित परिषदें) के रूप में आम जनता की सीधी भागीदारी के पहलू थे जिनमें प्रत्यक्ष लोकतंत्र की झलक दिखती थी। लोकतंत्र का यह रूप पश्चिमी देशों में विकसित हो रहे बाज़ार आधारित उदारतावादी लोकतंत्र से बेहतर और रैडिकल लगता था। दूसरी तरफ़ एक नयी उदीयमान व्यवस्था को एक अनुशासित कार्यकर्त्ता आधारित कम्युनिस्ट पार्टी द्वारा निर्देशित-नियंत्रित किया जा रहा था। इस पार्टी की बागडोर लेनिन के हाथ में थी जो सर्वहारा की तानाशाही, लोकतांत्रिक केंद्रवाद और क्रांतिकारी हरावल दस्ते के आधार पर बनी पार्टी की भूमिका में यक़ीन रखते थे। 1920 में प्रकाशित अपनी रचना *वामपंथी कम्युनिज़म : एक बचकाना मर्ज़* में उन्होंने स्पष्ट कर दिया था कि सोवियत सत्ता की तारतम्यता का क्रम क्या रहेगा। सबसे ऊपर नेता, फिर पार्टी, फिर मज़दूर वर्ग और फिर जनता।

नेता और पार्टी की सर्वोच्चता की पृष्ठभूमि में पनपे स्तालिनवाद की ज़िम्मेदारी कुछ वैचारिक रुझानों के साथ-साथ अपने देश-काल की मज़बूरियों के असाधारण संयोग पर भी डाली जा सकती है। 1918–21 के बीच चले गृह युद्ध, उसके बाद के दो वर्षों और फिर 1924–27 के बीच की अवधि को इतिहासकारों ने 'सर्वसत्तावादी लोकतंत्र' का विरोधाभासी नाम दिया है। समझा जाता है कि स्तालिनवाद का बीज इसी मुक़ाम पर पड़ा। बाद के सालों में पश्चिमी ताक़तों द्वारा पहले समाजवादी राज्य की 'पूँजीवादी और साम्राज्यवादी घेरेबंदी' का मुक़ाबला करने के नाम पर कई तरह के संस्थागत और वैचारिक तौर-तरीक़े ईजाद किये गये। इनमें कुछ को छोड़ कर हर एक के लिए स्तालिन ख़ुद ज़िम्मेदार नहीं थे। लेनिन की मृत्यु के बाद पार्टी के शीर्ष नेतृत्व में शामिल उनके तत्कालीन साथी और सत्ता के लिए उनसे होड़ करने वाले नेता भी उन अधिनायकवादी और दमनकारी प्रवृत्तियों की शुरुआत में भागीदार थे जिनके आधार पर आने वाले समय के लिए सोवियत राज्य की व्यावहारिक नींव रखी जा रही थी।

रूसी विद्वान मिखाइल इल्यिन ने स्तालिनवाद की परिघटना के विकास को कई चरणों में बाँट कर पेश किया है। सोवियत पार्टी के भीतर कई साल तक चले गहन सत्ता-संघर्ष का अंत दिसम्बर, 1927 में हुई पार्टी कांग्रेस के रूप में हुआ। इस दौर को उन्होंने नवजात स्तालिनवाद की संज्ञा दी है। बचकाना वामपंथ के मर्ज़ की आलोचना करते हुए लेनिन ने ट्राट्स्की द्वारा प्रवर्तित सतत क्रांति की थीसिस से असहमति व्यक्त की थी। इससे पाँच साल पहले ही अपने एक लेख में लेनिन ने स्थापित मार्क्सवादी नज़रिये के विपरीत दिखा दिया था कि असमान आर्थिक-राजनीतिक विकास के कारण कुछ देशों में या एक ही देश में समाजवाद की स्थापना का प्रयास करना होगा। 1921 में हुई दसवीं कांग्रेस से ही पार्टी में 'पर्जिंग' अर्थात् विरोध की आवाज़ उठाने वालों का निष्कासन करके पार्टी की सफ़ाई का चलन शुरू हो गया था। 1922 में पार्टी महासचिव के तौर पर केंद्रीय स्थिति प्राप्त करने वाले स्तालिन ने लेनिन के इस विश्लेषण को समझ कर ही 1924 में अपनी रचना *फ़ाउंडेशंस ऑफ़ लेनिनिज़म* के दूसरे संस्करण में एक देश में समाजवाद की स्थापना के विचार को जोड़ा। स्तालिन के समकालीन सोवियत सिद्धांतकार निकोलाई बुख़ारिन ने भी इस विचार का समर्थन करते हुए कहा कि अगर दुनिया के पहले समाजवादी राज्य को फ़ौजी सुरक्षा की गारंटी दी जा सके तो एक देश में समाजवाद की रचना की जा सकती है। पर्जिंग का बार-बार इस्तेमाल करते हुए स्तालिन ने पंद्रहवीं कांग्रेस तक अपनी नीतियों के विरोधियों से पार्टी को मुक्त कर लिया। पार्टी के प्रत्येक पद पर नियुक्ति उनके हाथ में आ गयी और उन्होंने

क्षेत्रीय पार्टी कमेटियों में विशेष विभाग स्थापित किये ताकि हर तरह की नियुक्तियों की कड़ी निगरानी की जा सके। इस तरह 1927 आते-आते सोवियत संघ में पार्टी-राज्य के रूप में सर्वसत्तावादी शासन क़ायम करने का रास्ता पूरी तरह से साफ़ हो गया।

दूसरे दौर को उदीयमान स्तालिनवाद का नाम दिया गया है जो 1930 तक चला। यह उद्योगीकरण, कृषि के सामूहिकीकरण और पंचवर्षीय योजनाओं की शुरुआत का समय था। अर्थव्यवस्था पूरी तरह से राज्य के नियोजित नियंत्रण में चली गयी। समाज के धरातल पर किसी भी तरह की पृथक अस्मिता सोवियत विरोधी मान ली गयी। समरूपीकरण का बोलबाला हो गया। इन क़दमों का पार्टी के भीतर विरोध हुआ, जिसके कारण स्तालिन को 1929 से 30 के दौरान पार्टी में पर्जिंग की ज़बरदस्त मुहिम चलानी पड़ी। क़रीब एक लाख कम्युनिस्ट निकाल दिये गये। कोई दस फ़ीसदी पुराने सदस्य हटाये गये और नये औद्योगिक मज़दूरों को पार्टी का सदस्य बनाया गया। 1930-34 की अवधि को शुरुआती स्तालिनवाद क़रार देते हुए इल्यिन ने बताया है कि इस दौर में स्तालिन ने वर्ग संघर्ष को और तीखा करने की घोषणा करते हुए यह दिखाने की कोशिश की कि समाजवाद को पूँजीवादी साज़िशों से बचाने के लिए राजनीतिक विरोधियों के ख़िलाफ़ चल रहा दमनचक्र किस तरह ज़रूरी है। 1933 में एक बार फिर पर्जिंग का दौर चला और पार्टी के 18 फ़ीसदी सदस्य हटा दिये गये। लेकिन इस बार उनकी जगह नये सदस्यों की भर्ती नहीं की गयी।

1934-41 की अवधि सम्पूर्ण स्तालिनवाद की थी। इस दौर में स्तालिन की व्यक्ति-पूजा को बढ़ावा दिया गया। स्तालिनवाद की यह अवधि बोल्शेविक क्रांति के कुछ महत्त्वपूर्ण नेताओं के ऊपर चलाये गये मुक़दमों के लिए भी जानी जाती है। इन मुक़दमों में बुख़ारिन और कामेनेव जैसे नेताओं को अपने अपराध (सोवियत संघ के ख़िलाफ़ साज़िश और पूँजीवाद की स्थापना की कोशिशें) स्वीकार करने के लिए मजबूर करके मौत की सज़ा दी गयी। इसी अवधि में *नोमेनक्लेतुरा* की परिघटना उभरी। यह एक लैटिन शब्द था जिसका मतलब था नामों की सूची। *नोमेनक्लेतुरा* में अग्रिम नामज़दगी की प्रक्रिया के माध्यम से विभिन्न कमेटियों के लिए कार्यकर्त्ताओं और नेताओं को शामिल किया जाता था। इस सूची में नाम आने का मतलब था कि वह व्यक्ति पार्टी-प्रणाली द्वारा नियंत्रित रहेगा, पार्टी जब चाहेगी उसे हटा देगी, पदोन्नति करेगी या उसे हाशिये पर फेंक दिया जाएगा। मिलोवान जिलास ने स्तालिनवाद की आलोचना करते हुए *नोमेनक्लेतुरा* को नये वर्ग की संज्ञा दी है। लेकिन सोवियत संघ में शासन चलाने वालों का यह तबका मुख्यत: पार्टी और प्रशासनिक मशीनरी के बीच पुल का काम करता था। यह सरकार के नियंत्रण और सुसंगतीकरण की प्रणाली का प्रमुख अंग था। इसने राज्य की संस्था को एक प्रशासनिक बंदोबस्त में सीमित करके रख दिया।

1936 के बाद पार्टी-पर्जिंग की जगह 'जनता के गद्दारों के ख़िलाफ़ संघर्ष' किया जाने लगा। यह 'संघर्ष' निकोलाई येझोव के नेतृत्व में कार्यरत आंतरिक मामलों के मंत्रालय (एनकेवीडी) की देखरेख में चलने वाली सीक्रेट पुलिस के हवाले कर दिया गया। 1938 तक येझोव ने स्तालिन के सीधे आदेश के तहत जम कर राजकीय दमन किया। द्वितीय विश्व-युद्ध में सोवियत पार्टी-राज्य प्रणाली की फ़ौजी जीत ने स्तालिन की व्यक्ति-पूजा को ज़बरदस्त उछाल दिया। विश्व-युद्ध के परिणामस्वरूप सोवियत संघ को अमेरिका के साथ-साथ दुनिया की दूसरी महाशक्ति का दर्जा मिल गया। 1945-52 के बीच का दौर विकसित स्तालिनवाद माना जाता है जिसमें स्तालिन के नेतृत्व में दुनिया के पैमाने पर एक समाजवादी ख़ेमा उभरा। इस दौर में मार्क्सवाद को विज्ञान घोषित करके सभी तरह के विज्ञानों को उसमें समाहित मान लिया गया। प्राकृतिक विज्ञानों से निकली दलीलों के ज़रिये द्वंद्वात्मक भौतिकवाद और ऐतिहासिक भौतिकवाद को पुष्ट किया जाने लगा। स्तालिन ने ख़ुद कई तरह के विज्ञानों के बारे में मुहिमें चलवायीं। इसी दौरान भाषा-विज्ञान पर ख़ुद उनकी पुस्तिका प्रकाशित हुई।

स्तालिनवाद को सोवियत संघ से बाहर विश्व कम्युनिस्ट आंदोलन की प्रधान प्रवृत्ति बनाने में कम्युनिस्ट इंटरनैशनल यानी कोमिंटर्न (1919-1943) की उल्लेखनीय भूमिका रही। इसकी स्थापना बोल्शेविक क्रांति की पृष्ठभूमि और मध्य युरोप में चल रही क्रांतिकारी उभार की परिस्थितियों में लेनिन द्वारा 1919 में की गयी थी। इसका सदस्य बनने के लिए हर कम्युनिस्ट पार्टी को लाज़मी तौर पर सुधारवादियों और मध्यमार्गियों से ख़ुद को मुक्त घोषित करना पड़ता था। दूसरे, केवल वे ही पार्टियाँ इसकी सदस्य बन सकती थीं जो कठोर अनुशासन और संगठन के अत्यंत केंद्रीकृत नियमों का पालन करते हुए खुली राजनीति के साथ-साथ भूमिगत राजनीति का भी तालमेल बैठाती हों और जो अपने देश की सेनाओं में भी कम्युनिस्ट प्रचार चलाती हों। स्तालिन सोवियत संघ में समाजवादी अर्थव्यवस्था और सामाजिक संबंधों की रचना जिस तरह से कर रहे थे, कोमिंटर्न अपनी सदस्य कम्युनिस्ट पार्टियों को ठीक उसी पैटर्न पर चलाने की कोशिश करता था।

1952 में तेरह साल के अंतराल के बाद उन्नीसवीं पार्टी कांग्रेस हुई जिसमें स्तालिन ने पार्टी-राज्य प्रणाली में कई तरह के सुधारों की भूमिका बाँधी। इस कांग्रेस में पार्टी की गतिविधियों पर स्वंय रिपोर्ट पेश न करके स्तालिन ने ज्यार्जी मैलेंकोव से रपट रखवाई थी। कुछ लोगों का ख़याल था कि

यह पर्जिंग के नये दौर की तैयारी है। दरअसल, यह परवर्ती स्तालिनवाद की तैयारी थी जिसे सोवियत संघ की उत्तर-विश्वयुद्धीन भूमिका की रोशनी में की जाने वाली नयी तैयारियों का आगाज़ करना था। लेकिन मार्च, 1953 में स्तालिन की मृत्यु के बाद पार्टी के भीतर सत्ता-संघर्ष शुरू हो गया जिसमें निकिता ख्रुश्चेव स्तालिन के उत्तराधिकारी के रूप में उभरे।

ख्रुश्चेव ने देखा कि स्तालिनवाद के तहत अर्थव्यवस्था का आधुनिकीकरण तो हो गया है, पर कृषि की बुरी हालत है और उपभोक्ताओं को बुनियादी चीज़ें भी नसीब नहीं हैं। उन्होंने सोवियत व्यवस्था को स्तालिनवाद के प्रभाव से मुक्त करने का अभियान चलाया ताकि उसे आर्थिक रूप से अधिक कामयाब बनाया जा सके। उन्होंने स्तालिन द्वारा की गयी पर्जिंग को मार्क्सवाद-लेनिनवाद विरोधी क़रार दिया। हालाँकि कई प्रेक्षकों की उस समय भी मान्यता थी कि सोवियत प्रणाली ने जो रूप ले लिया है, उसमें किसी तरह का सुधार करना तक़रीबन नामुमकिन है।

संदर्भ

1. मिलोवान ज़िलास (1957), *द न्यू क्लास : ऐन एनालिसिस ऑफ़ कम्युनिस्ट सिस्टम,* प्रेजर, न्यूयॉर्क.
2. एम. वोस्लेंस्की (1984), *नोमेनक्लेतुरा : एनाटॉमी ऑफ़ सोवियत रूलिंग क्लास,* बोडली हेड, लंदन.
3. रॉय मेडवेडेव (1971), *लैट हिस्ट्री जज : द ओरिजिंस ऐंड कांसिक्वेंसिज़ ऑफ़ स्तालिनिज़म,* नोफ़, न्यूयॉर्क.
4. रॉबर्ट टकर (1977), *स्तालिनिज़म : एसेज़ इन हिस्टोरिकल इंटरप्रिटेशन,* नॉर्टन, न्यूयॉर्क.
5. दिमित्री वोल्कोगोनोव (1991), *स्तालिन : ट्राइम्फ़ ऐंड ट्रेजेडी,* ग्रोव वीडनफ़ील्ड, न्यूयॉर्क.

— अभय कुमार दुबे

स्मृति और अभिलेखागार

(Memory and Archives)

वैश्विक स्तर पर हमेशा काम करते रहने वाले महा-अभिलेखागार के रूप में इंटरनेट के उदय के कारण मानवीय स्मृति की प्रकृति में उल्लेखनीय परिवर्तन की सम्भावनाएँ पैदा हो गयी हैं। स्मृति के सामूहिक रूपों के साथ व्यक्ति के संबंधों का पहले से कहीं ज़्यादा विस्तार हो गया है। इसके साथ ही इतिहास और स्मृति के संबंधों की परिभाषा पर भी नये सिरे से ग़ौर करने की ज़रूरत उभर आयी है। दरअसल, नये मीडिया की प्रौद्योगिकी में सूचना-सामग्री के भण्डारण की अभूतपूर्व क्षमता है और इस प्रौद्योगिकी से बनी मशीनें रोज़मर्रा की ज़िंदगी में साधारण लोगों को आसानी से उपलब्ध हैं। हर व्यक्ति नेट पर मौजूद डिजिटल आरकाइवों तक पहुँच सकता है, वेब 2.0 टेक्नॉलॉजी का सहारा ले कर अपनी मर्ज़ी से उनकी सामग्री का सम्पादन कर सकता है, नयी सामग्री पोस्ट कर सकता है और पहले से मौजूद सामग्री को चाहे तो मिटा सकता है। इस प्रक्रिया में हुआ यह है कि अभिलेखागार की परिघटना शासन और उसके द्वारा नियुक्त संचालक-अधिकारियों की जकड़ से छूट कर उसे इस्तेमाल करने वालों के हाथ में चली गयी है। डिजिटल आरकाइव का चरित्र और उसका विस्तार उसके यूज़र्स पर निर्भर है जिनकी संख्या अनगिनत है। ज़ाहिर है कि अभिलेखागार का लोकतंत्रीकरण हो गया है जिसकी वजह से फ़ोटोग्राफ़, संगीत, वीडियो और तरह-तरह की इबारतें हमारी निजी स्मृतियों और अस्मिताओं को काफ़ी हद तक प्रभावित करने लगी हैं। काग़ज़ों पर छपे हुए या दर्ज दस्तावेज़ों का सरकारी नियमों के मुताबिक़ संग्रह और नियंत्रण करने वाले अभिलेखागारों के ज़माने में यह सम्भव नहीं था।

फ़्रांसीसी दार्शनिक ज़ॉक देरिदा ने नब्बे के दशक के मध्य में दिये गये *द कंसेप्ट ऑफ़ आरकाइव : अ फ़्रॉयडियन इम्प्रेशन* में अभिलेखागार और मानवीय स्मृति के संबंधों की दोबारा जाँच करने का प्रस्ताव किया था। फ़्रॉयड की रचनाओं पर विचार करते हुए देरिदा अपने इस व्याख्यान में ई-मेल की परिघटना की तरफ़ ध्यान दिलाते हैं कि अगर फ़्रॉयड के ज़माने में यह होती तो मनुष्य के मानस की संरचना कुछ और होती। परिणामस्वरूप मनोविश्लेषण के मानक वे नहीं होते जो फ़्रॉयड और उनके साथी मनोविश्लेषकों ने स्थापित किये हैं। देरिदा फ़्रॉयड की इस नाकामी के लिए आलोचना भी करते हैं कि वे मीडिया प्रौद्योगिकी में हो सकने वाले इस तरह के विकास की भविष्य-कल्पना करने में असमर्थ रहे। दिलचस्प बात यह है फ़्रॉयड की जिस कमी की तरफ़ देरिदा ने इशारा किया है, उसके शिकार वे कहीं ज़्यादा हैं। नब्बे के दशक के मध्य में इंटरनेट के शुरुआती रूप प्रचलित हो चुके थे। पर, देरिदा ने ज़्यादा से ज़्यादा ई-मेल को ही अपने चिंतन का विषय बनाया। दरअसल, लिखी हुई (या कम्पोज़ की हुई) इबारत का विचार उन पर इतना हावी था कि वे डिजिटल आरकाइवों की सम्भावना कल्पित नहीं कर पाये, और इसीलिए निकट भविष्य में ही मानवीय स्मृति में हो सकने वाली तब्दीलियों तक उनकी पहुँच नहीं हो पायी।

इक्कीसवीं सदी में माइक फ़ेदरस्टोन ने नये मीडिया द्वारा रचे जाने वाले अभिलेखागार की विराट कल्पना सूचना-

सामग्री के एक समूचे नगर के रूप में की जिसमें संस्कृति के विशाल कोषागार की समस्त सम्पदा जमा होगी, जिसमें रखे हुए हर दस्तावेज़ के उपलब्ध होने की सम्भावना रहेगी, जिसमें मौजूद प्रत्येक रिकॉर्डिंग कभी भी सुनी जा सकेगी और हर तस्वीर को देखना आसान होगा। ऐसे आरकाइव या आरकाइवों को अर्जुन अप्पादुरै ने व्यक्ति के निजी अस्तित्व के ऐसे कृत्रिम अंगों की संज्ञा दी है जो उसकी स्मृति-विषयक क्षमता का विस्तार कर देते हैं। इसके ज़रिये एक ऐसी संस्कृति के उभरने की सम्भावना पैदा हुई है जो अपने अनगिनत सुराग तैयार करके उसे डिजिटल अभिलेखागार में जमा कराती जाएगी। यह एक ऐसा अभिलेखागार होगा जिससे किसी भी तरह के हालात में सामग्री को निकाल कर नष्ट नहीं किया जा सकेगा। इस तरह स्मृति के सभी रूप सुरक्षित रहने की सम्भावना को बल मिलेगा। अभिलेखागारों के पुराने रूपों के संदर्भ में किन्हीं ख़ास परिस्थितियों में सामग्री नष्ट करने का तर्क काम करता है।

इसी मुक़ाम पर आरकाइव में यादों का जमा होना और इतिहास को स्मृति के आगार के रूप में देखने का फ़र्क़ सामने आता है। अभिलेखागार सामग्री जमा और दर्ज करता है, पर इतिहास अभिलेखागार से सामग्री के टुकड़े चुन-चुन कर उसका इस्तेमाल आख्यान रचने में करता है। आरकाइव नाना प्रकार के स्रोतों और तरह-तरह की आवाज़ों से बनते हैं, जबकि कोई ख़ास इतिहास ज्ञान के एक निश्चित रूप की रचना करने के दावे के साथ सामने आता है। डिजिटल प्रौद्योगिकी ने अभिलेखागार और स्मृति के इस संबंध में एक नये आयाम का समावेश कर दिया है। काग़ज़ आधारित अभिलेखागारों के मुक़ाबले ये नये आरकाइव ब्राउज़िंग, हायपरलिंकिंग और टेगिंग के सहारे बनते और खँगाले जाते हैं। इसके कारण उनमें प्रवेश करने के मुक़ाम हमेशा एक से अधिक होते हैं और प्रवेशकर्त्ता सामग्री के आर-पार एक उछाल मार कर पल भर में कहीं से कहीं पहुँच सकता है। अर्थात् डिजिटल अभिलेखागार में घूम रहा यूज़र पहले से तय नियमित रास्ते पर चलने के लिए मजबूर नहीं है। उसे किन्हीं पूर्व-निर्धारित और तथाकथित तर्कसंगत तौर-तरीक़ों को भी नहीं अपनाना पड़ता। इलेक्ट्रॉनिक सर्च और काग़ज़ी रिसर्च प्रक्रिया के फ़र्क़ पर ज़ोर देते हुए फ़ेदरस्टोन कहते हैं कि सामग्री में घुस कर ज़रूरत की चीज़ें निकालना एक कोटिक्रमवादी तरीक़ा है, जबकि इलेक्ट्रॉनिक सर्च हायपरटेक्स्ट के इस्तेमाल से होती है जो ज्ञान को पार्श्वीय दृष्टि से देखने के आधार पर बने सामग्री को जोड़ने वाले लिंक्स के ज़रिये काम करता है।

फ़ेदरस्टोन का दावा है कि एक तरफ़ तो इन लिंक्स के कारण ही डिजिटल आरकाइव में बहुआयामी खोजबीन आसानी से हो सकती है, दूसरी तरफ़ स्मृति का ग़ैर-कोटिक्रमवादी रूप बनता है। इस दावेदारी से सभी लोग सहमत नहीं हैं। हॉवर्ड केगिल की मान्यता है कि वेब आधारित स्मृति के मर्म में स्मृति के दो रूपों के बीच का तनाव मौजूद है : एक रूप है मौलिकता के रूप में स्मृति और दूसरा है स्मरण के रूप में स्मृति। वे कहते हैं कि सभी लोगों के लिए इंटरनेट का संचालन सुलभ होना और उसकी व्यावसायिकता ने हायपरटेक्स्ट को उसके सर्वाधिक मौलिक आयामों से वंचित कर दिया है। इन्हीं कारणों से वेब अभिलेखन की ऐसी प्रणाली बन कर रह गया है जिसका इस्तेमाल मौजूदा भण्डार से सूचना निकालना भर है। केगिल के इस अवलोकन से टकराये बिना कुछ अन्य विद्वानों की राय है कि वेब 2.0 की प्रौद्योगिकी के चलन ने इंटरनेट के रूप में भारी परिवर्तन कर दिया है। इसके कारण अभिलेखन की प्रौद्योगिकी में रैडिकल तब्दीलियाँ आ गयी हैं। संस्कृति संबंधी तथ्यों और सामग्रियों को दर्ज करने के रूप में हुए बदलाव ने संस्कृति के उत्पादन और प्रदर्शन की परिस्थितियों को पहले जैसा नहीं रहने दिया है।

अभिलेखागार और इतिहास के संबंध पर मिशेल फ़ूको ने मुख्यत: राजनीतिक दृष्टिकोण से विचार किया है। फ़ूको के विमर्श से स्पष्ट होता है कि कुछ ख़ास तरह के क़ानूनों के ज़रिये ऐतिहासिक ज्ञान की 'अधिकारिक' सामग्री अभिलेखों के रूप में दर्ज कर ली जाती है, जबकि ज्ञान की 'अधीनस्थ' संरचनाएँ अभिलेखागारों से बहिष्कृत करके उनकी स्मृति तक मिटा दी जाती है। इस तरह फ़ूको अभिलेखागार को बहिष्करण और समावेशन के एक दायरे के रूप में देखते हैं जहाँ ऐतिहासिक स्मृति नियमानुसार दर्ज की जाती है। वेब 2.0 प्रौद्योगिकी के बाद यह सवाल उठना लाज़मी है कि क्या उत्तरोत्तर व्यक्तिपरक और खुले होते जाने वाले डिजिटल आरकाइवों पर भी फ़ूको का यह विमर्श लागू होता है? इस प्रश्न को नये संदर्भ में सामग्री के बहिष्करण और समावेशन की रोशनी में न देख कर इंटरनेट में इस्तेमाल की जाने वाली विभिन्न अभिलेखक प्रौद्योगिकियों तक नेट-यूज़र्स की पहुँच की रोशनी में भी देखा जा सकता है। इसकी वजह यह है कि नेट की दुनिया में कोटिक्रम और विषमताओं की संरचना प्रौद्योगिकी आधारित है। साथ ही यह ऊँच-नीच 'डिजिटल डिवाइड' की परिघटना में भी देखा जा सकता है। एक तरफ़ वे हैं जिनके पास कम्प्यूटर और ब्रॉडबैंड है, और एक तरफ़ वे हैं जिनके पास यह सुविधा नहीं है। दूसरे, न्यू मीडिया के आरकाइव पूँजीवादी बाज़ार के तर्क से मुक्त नहीं हैं। फ़ेसबुक, माईस्पेस, यू ट्यूब और विकीपीडिया जैसे नि:शुल्क आरकाइव हैं, तो नेट पर एडीवीएफ़एन और मनीएएम जैसे आरकाइव भी हैं जो माँगी गयी सामग्री के आधार पर शुल्क माँगते हैं। नेट पर ऐसे सर्च-इंजिनों की कमी नहीं है जो मुफ़्त सुविधा उपलब्ध कराते हैं, पर प्राथमिकता

उन्हें दी जाती है जो उसके लिए भुगतान करने के लिए तैयार हैं। मुफ़्त सर्च करने वालों को अपनी बारी का इंतज़ार करना पड़ता है।

देखें : अभिलेखागार, आख्यान, इंटरएक्टिविटी-प्रौद्योगिकीय विमर्श, इंटरएक्टिविटी-सामाजिक विमर्श, इंटरफ़ेस, एक्टर-नेटवर्क थियरी, डिजिटल डिवायड, दिन-प्रति दिन के अभिलेखागार, नया मीडिया, नेटवर्क, नेटवर्क सोसाइटी, प्रेस की स्वतंत्रता, प्रोपेगंडा, बाज़ारू संस्कृति, भारत में संचार-क्रांति, भारतीय मीडिया-1, 2 और 3, भारतीय मीडिया स्फ़ेयर, मास मीडिया, मीडिया और राज्य, मीडिया और राजनीति, मीडिया और भारतीय राजनीति, मीडिया-पक्षपात, मीडिया-अध्ययन, संचार, संचार-क्रांति, सोशल नेटवर्क विश्लेषण, सूचना, सूचना-समाज, सेंसरशिप, वैकल्पिक मीडिया।

संदर्भ

1. अर्जुन अप्पादुरै (2003), 'आरकाइव ऐंड इंस्पिरेशन', जे. ब्रौवर और ए. मुल्डर (सम्पा.), *इंफ़ॉर्मेशन इज़ एलाइव,* वी2/एनयेआई, रोटरडम.
2. माइक फ़ेदरस्टोन (2000), 'आर्काइविंग कल्चर्स', *ब्रिटिश जरनल ऑफ़ सोसियोलॅजी,* खण्ड 51, अंक 1.
3. हॉवर्ड केगिल (1999), 'मेन ऐंड द इंटरनेट : बिटविन मेमॅरी ऐंड आरकाइव', *हिस्ट्री ऑफ़ ह्यूमन साइंसेज़,* खण्ड 12, अंक 2.
4. मिशेल फ़ूको (1972), *द आर्कियालॅजी ऑफ़ नॉलेज,* रॉटलेज, लंदन.

— अभय कुमार दुबे

स्मृति की राजनीति

(Politics of Memory)

स्मृति की राजनीति के तहत बनाया गया अतीत और वर्तमान के बीच का रिश्ता व्यक्तियों, समूहों, संस्कृतियों और पूरे के पूरे समाजों के भविष्य को प्रभावित करता है। समाज-विज्ञान में इस पद को ऐतिहासिक स्मृति या सामूहिक स्मृति या सामाजिक स्मृति के तौर पर भी जाना जाता है। विभिन्न समुदायों, समूहों, संस्कृतियों और राष्ट्रीयताओं के भीतर उनकी अपनी ऐतिहासिक अवधियों और प्रमुख घटनाओं या हस्तियों से संबंधित आख्यानों के बारे में एक आम सहमति बन जाती है। इसकी रचना का काम उन समाजों के इतिहासकार, समाज-वैज्ञानिक, बुद्धिजीवी, साहित्यकार और अन्य लेखक किसी न किसी विचारधारा और राजनीतिक के प्रभाव में करते हैं। इस गढ़ी गयी स्मृति के आधार पर समुदायों का आपसी संबंध और राष्ट्रों का भविष्य बनता-बिगड़ता है। एक निश्चित मक़सद से तैयार की गयी ये स्मृतियाँ एक ख़ास राजनीतिक-ऐतिहासिक मुक़ाम पर सामाजिक और राजनीतिक अस्मिताओं की शक्ल-सूरत का फ़ैसला कर सकती हैं। समाज-विज्ञान के अन्य अनुशासनों में स्मृति का अध्ययन करने की पुरानी परम्पराएँ हैं, पर राजनीतिशास्त्र में यह एक नया अनुशासन ही है। इसका चलन सत्तर के दशक के मध्य में हुआ। उस समय स्पेन तानाशाही को छोड़ कर लोकतंत्र की तरफ़ बढ़ रहा था। इस समयावधि को लोकतंत्रीकरण के उभार की दूसरी लहर के रूप में जाना जाता है। इसी दौरान स्पेनी विद्वान पलोमा अगुइलर ने याद रखने और भूलने के बीच अपने देश में चले गृह-युद्ध का विशद अध्ययन पेश किया। उनकी रचना *मेमोरी ऐंड एमनीज़िया : द रोल ऑफ़ सिविल वार इन द ट्रांज़ीशन टू डेमॉक्रैसी* के बाद राजनीतिशास्त्र में स्मृति-अध्ययन एक विषय के रूप में स्थापित हो गया।

इससे पहले ज़्यादातर राजनीतिशास्त्री ऐतिहासिक स्मृति को एक आत्मगत कवायद मान कर उसे इतिहासकारों, समाजशास्त्रियों और मनोवैज्ञानिकों के दायरे का विषय समझते थे। वे कहते थे कि स्मृति को न तो नापा जा सकता है, न ही उसका तुलनात्मक और सामान्यीकृत अध्ययन किया जा सकता है। दूसरे, राजनीतिशास्त्रियों को यह भी लगता था कि सामाजिक और राजनीतिक संस्थाओं के भीतर स्मृति की पूँजी पहले से ही संचित होती है, इसलिए क्यों न इन संस्थाओं का ही अध्ययन किया जाए। यह बात राजनीतिशास्त्रियों ने कुछ देर में ही समझी कि ऐतिहासिक स्मृतियाँ राजनीति को इस शिद्दत से प्रभावित करती हैं कि उनके असर पर अलग से ध्यान देना ज़रूरी हो जाता है। ये स्मृतियाँ तथ्यों, मिथकों और व्याख्याओं के ख़ास विन्यास का परिणाम होती हैं जिनके पीछे स्पष्ट राजनीतिक उद्देश्य होते हैं। एक तरफ़ राजनीति की संस्थागत अभिव्यक्तियाँ हैं, और दूसरी तरफ़ तरह-तरह के प्रतिवेदनों, गवाहियों, बिम्बों, मीडिया, जनमत और राजनीतिक विमर्शों की कारीगरी से बनने वाली स्मृति की राजनीति होती है। दोनों अलग-अलग भी हैं, और काफ़ी हद तक परस्परव्यापी भी।

सामाजिक संघर्षों, राष्ट्रों के बीच युद्धों, गृह-युद्धों और निरंकुश हुकूमतों द्वारा किये गये अधिकारों के दमन की दारुण स्मृतियों की निजी और सामूहिक मानस पर गहरी छाप पड़ती है। जब इस उथल-पुथल भरे समय से शांतिकाल में संक्रमण होता है तो उस प्रक्रिया में बनने वाला राज्य, लोकतंत्र और अन्य संस्थाओं का शीराज़ा इन स्मृतियों के आधार पर ही खड़ा किया जाता है। स्मृतियों के आधार पर विपक्षियों को चुनौती दी जाती है, राष्ट्रीय स्मृति के आधार पर इतिहास का पुनर्लेखन करने की अपील की जाती है और किसी ज़माने के दबे हुए वीटो पॉवर हासिल करने का दावा करने लगते हैं।

ऐसी स्मृतियों के आगार के तौर पर पूरी दुनिया में जगह-जगह संग्रहालयों की स्थापना हुई है ताकि आने वाली पीढ़ियों को स्मृतियाँ और उनकी राजनीति का तैयारशुदा माल मिलता रहे। दरअसल, आज इतिहास और समाजशास्त्र के हलक़ों में यह दलील स्थापित हो चुकी है कि पीढ़ी-दर-पीढ़ी स्मृति को इस तरह सँजोया और गढ़ा जाता है कि उसके आधार पर ख़ास तरह के राजनीतिक और सामाजिक उद्देश्यों की पूर्ति हो सके।

स्मृति-अध्ययन की समाजशास्त्रीय परम्परा के जनक फ्रांसीसी विद्वान मॉरिस हालबॉश माने जाते हैं। 1925 में रचा गया उनका ग्रंथ *ऑन कलेक्टिव मेमोरी* ज्ञान की राजनीति के लिए बेहद अहम साबित हुआ। हालबॉश का निष्कर्ष था कि समूहों और सामूहिकताओं के संदर्भ में व्यक्ति की निजी स्मृति पर सामाजिक अन्योन्यक्रियाओं का बुनियादी असर पड़ता है। याद करना अपने आप में उस प्रक्रिया का अंग होता है जिसके पीछे समाज की ज़रूरतें चालक-शक्ति की भूमिका अदा करती हैं। हाल ही में फ्रांसीसी इतिहासकार पिएर नोरा ने स्मृति और इतिहास के बीच सूत्र की पुनर्व्याख्या करने के लिए कई शोधकर्त्ताओं की मदद से सात खण्डों का एक महाग्रंथ रचा है जिसमें स्मृति के मुक़ामों (जैसे, ऐतिहासिक स्मारक, राष्ट्रीय ध्वज, राष्ट्रीय संग्रहालय, स्कूलों में पढ़ाई जो वाली इतिहास की पाठ्यपुस्तकें) की फिर से जाँच करके फ्रांसीसी राष्ट्र का भावनात्मक इतिहास उकेरने की चेष्टा की गयी है। कई विद्वानों ने नोरा पर आरोप लगाया है कि उन्होंने स्मृति और इतिहास में ज़बरदस्त घालमेल करके राष्ट्रीय स्मृति का जज़्बातीकरण कर दिया है। उत्तर-औपनिवेशिक और सबाल्टर्न रुझानों वाले आलोचकों का कहना है कि नोरा का मक़सद एक बार फिर साझा राष्ट्रीय आख्यान तैयार करना है। इससे पहले अल्जीरिया, हैती और दूसरी जगहों पर फ्रांसीसी उपनिवेशवादियों के आचरणों का पर्दाफ़ाश करने वाले स्मृतिजन्य विवरणों के कारण फ्रांसीसी राष्ट्र का रोमानीकरण तक़रीबन नामुमकिन हो गया था।

अंतर्राष्ट्रीय संबंधों के क्षेत्र में कार्यरत ब्रिटिश सिद्धांतकार जेनी एडकिंस के अनुसार युद्धों, जन-संहारों, अकालों और आतंकवाद की भीषण वारदातों के बाद स्मारकीकरण की युक्ति का इस्तेमाल करके सरकारें और संगठन लोगों की स्मृतियों को एक ख़ास मोड़ देने की कोशिश करते हैं। एडकिंस ने दिखाया है कि उनका यह प्रयास हमेशा सफल ही नहीं होता। उन्होंने प्रथम विश्व-युद्ध, वियतनाम युद्ध और होलोकास्ट के संदर्भ में लोगों की उस प्रवृत्ति को रेखांकित किया है जिसके कारण कुछ तथ्यों को उभारने और कुछ को दबाने की राज्य की परियोजना समाज की तरफ़ से प्रश्नांकित होती रहती है। दूसरी तरफ़ ऐतिहासिक स्मृति के विद्वानों ने यह भी चेताया है कि स्मृति को लेकर होने वाले विवादों में राज्य और समाज के द्विभाजन से भी बचने की ज़रूरत है। ऐसे द्विभाजन में फँसने के बजाय विद्वानगण इन दोनों पक्षों के बीच होने वाले स्मृति-विषयक संवाद, आनुषंगिकताओं और तनाव भरे सहयोग-समझौतों के साथ-साथ नागर समाज के दायरों में होने वाली जद्दोजहद की समझ बनाने की सिफ़ारिश करते हैं।

निरंकुश शासन से मुक्ति पा कर लोकतंत्र की तरफ़ संक्रमण करने वाले कई देशों में स्मृति की राजनीति पर उल्लेखनीय बहस हुई है। चाहे वे लातीनी अमेरिका के देश हों, पूर्वी युरोप के हों या फिर पूर्व सोवियत संघ से टूट कर अलग हुए नये राष्ट्र हों। यहाँ रंगभेद से मुक्त हुए दक्षिण अफ़्रीका में बने ट्रुथ ऐंड रिकंसिलिएशन कमीशन का ज़िक्र करना भी ज़रूरी है। अफ़्रीका में ग़ोरे नस्लवादी शासन द्वारा किये गये अत्याचारों, भेदभाव, सांस्कृतिक-संहार और विभिन्न अन्यायों की स्मृति को याद रखा जाए या उसे भूलने की तरफ़ बढ़ा जाए : यह एक ऐसा प्रश्न है जिससे अफ़्रीकी जनगण जूझ रहे हैं। इसी जगह कुछ विद्वानों ने ऐतिहासिक न्याय और राजनीतिक न्याय की तुलनात्मक परख का प्रश्न उठाया है। अतीत में हुई नाइंसाफ़ियों के प्रतिकार के लिए क्या किया जाना चाहिए? इस संबंध में एक सूत्रीकरण यह भी है कि ऐतिहासिक न्याय की अवधारणा अतीतपरक है, जबकि राजनीतिक न्याय का विचार भविष्यपरक है। राजनीतिक न्याय का मतलब है अतीत के अप्रिय सत्य को याद रखा जाए, लेकिन भविष्य को मेल-मिलाप के दृष्टिकोण से सँवारा जाए। लोकतंत्र में संक्रमण कर रहे कई देशों के राजनीतिक अभिजन ही नहीं, बल्कि अत्याचारों के शिकार रहे समुदाय और परिवार भी भूल जाने और क्षमा करने के पक्ष में हैं। शायद उन्हें लगता है कि प्रतिकार की राजनीति उनके लिए नये सिरे से पीड़ादायक और महँगी साबित हो सकती है।

दूसरी तरफ़ अधिनायकवादी शासन के ज़ुल्मों की सामूहिक स्मृतियों का आरकाइव तैयार करने जैसे समाज-वैज्ञानिक प्रोजेक्ट भी चलाये गये हैं ताकि जानबूझ कर भूलने का प्रतिकार किया जा सके। होलोकास्ट पर हुए अध्ययनों से काफ़ी-कुछ लेते हुए एलिज़ाबेध जेलिन ने अर्जेंटीना, चिली, उरुग्वे, पेरू और ब्राज़ील में निरंकुश शासन द्वारा किये गये दमन और मानवीय विनाश की स्मृतियों को सुरक्षित रखने के लिए 12 खण्डों का एक अध्ययन तैयार किया है। ऐतिहासिक स्मृति के अध्ययन की ऐसी परियोजनाएँ सरकारों और अभिजनों द्वारा वर्तमान और भविष्य के नाम पर या राष्ट्रीय एकता और शांति के नाम पर सुविधापूर्वक भूलने के ख़िलाफ़ संघर्ष से उपजी हैं।

देखें : अधिकार, अधिकार : सैद्धांतिक यात्रा, अरस्तू, अफ़लातून, अनुदारतावाद, अराजकतावाद, अन्य-अन्यीकरण, उदारतावाद, उपयोगितावाद, ऐडमण्ड बर्क, क्रांति, ज्याँ ज़ाक रूसो, जॉन लॉक,

जेरेमी बेंथम, जॉन स्टुअर्ट मिल, जॉन रॉल्स, थॉमस हॉब्स, थॉमस पेन, न्याय, न्याय : नारीवादी आलोचना, न्याय : रॉल्स का सिद्धांत, राजनीति में व्यक्ति की भूमिका, नागरिकता, नागरिकता : अन्य परिप्रेक्ष्य-1 और 2, नागर समाज, पनोप्टिकॉन, प्रतिनिधित्व, प्रगति, प्रगति : आलोचनात्मक परिप्रेक्ष्य, प्रशासन, फ़ासीवाद, फ्रेड्रिख़ वॉन हायक, बहुसंस्कृतिवाद, बहुसंख्यकवाद, बहुसंख्यक-अल्पसंख्यक, बुद्धिवाद, माइकेल जोसेफ़ ओकशॉट, माइकिल वाल्ज़र, मिशेल पॉल फ़ूको-1 और 2, यूटोपिया, राजनीतिक और राजनीति, राजनीतिक दर्शन के नारीवादी आयाम-1 और 2, राजनीतिक मनोविज्ञान, राजनीतिक समाजशास्त्र, राज्य-1 और 2, रॉबर्ट नॉज़िक, राज्य-1 और 2, राष्ट्र-राज्य, राष्ट्र : सांस्कृतिक या राजनीतिक, राष्ट्रवाद, राष्ट्रवाद का इतिहास, लोकतंत्र, लोकतंत्र की आलोचनाएँ, व्यक्तिवाद, व्यवहारवाद, विल किमलिका, वितरणमूलक न्याय, विदेशी-द्वेष, वैधता, वैधता का संकट, सविनय अवज्ञा, स्वतंत्रतावाद, सर्वसत्तावाद, सम्प्रभुता, समाजवाद, सरकारियत, संविधानवाद, सामाजिक समझौता, हेनरी डेविड थोरो।

संदर्भ

1. मॉरिस हालबॉश (1980), *ऑन कलेक्टिव मेमॅरी,* हार्पर ऐंड रो, न्यूयॉर्क.
2. पलोमा अगुइलर (2002), *मेमॅरी ऐंड एमनीज़िया : द रोल ऑफ़ स्पेनिश सिविल वार इन द ट्रांज़िशन टू डेमॉक्रैसी,* बरगैन बुक्स, न्यूयॉर्क.
3. पिएर नोरा (सम्पा.) (1984), *द प्लेसिज़ ऑफ़ मेमॅरी,* गालीमार्द, पेरिस.
4. एलिज़ाबेथ जेलिन (2003), *स्टेट रिप्रेशन ऐंड लेबर्स ऑफ़ मेमॅरी,* युनिवर्सिटी ऑफ़ मिनेसोटा प्रेस, मिनापोलिस.
5. आर, विल्सन (2001), *पॉलिटिक्स ऑफ़ ट्रुथ ऐंड रिकंसिलिएशन इन साउथ अफ़्रीका : लेजिटिमाइज़िंग द पोस्ट-अपार्थाइड स्टेट,* केम्ब्रिज युनिवर्सिटी प्रेस, केम्ब्रिज, यूके.

— अभय कुमार दुबे

स्मृति-साहित्य

(Smriti Literature)

स्मृति साहित्य धर्मशास्त्र के उन ग्रंथों को कहते हैं जिनमें प्रजा के लिए उचित आचार-व्यवहार की व्यवस्था और समाज-संचालन के लिए नीति और सदाचार से संबोधित बातों का निर्देश हो। एक अन्य मत के अनुसार ऋषियों ने वेदों का चिंतन करते हुए जिन ग्रंथों की रचना की, उन्हें स्मृति कहा जाता है। श्रुति और स्मृति का नाम एक साथ ही आता है। श्रुति का अर्थ वैदिक संहिताओं से लिया जाता है और स्मृति का संबंध धर्मशास्त्र से है। विवाद की स्थिति में वेद को प्रमाण माना गया है। स्मृतियाँ कई लोगों ने लिखी हैं। लेकिन स्मृतियों में मनु द्वारा लिखी गयी स्मृति को काफी महत्त्व प्राप्त है। इसके अलावा याज्ञवल्क्य-संहिता भी अहमियत रखती है। इनके बाद बीस और प्रामाणिक स्मृतियों का उल्लेख किया जाता है : अत्रि-स्मृति, विष्णु-स्मृति, हरीत-स्मृति, औषनसी-समृति, आंगिरस-स्मृति, यम-स्मृति, आपस्तंब-स्मृति, संवर्त-स्मृति, काव्यायन-स्मृति, बृहस्पति-स्मृति, पाराशर-स्मृति, व्यास-स्मृति, शंख-स्मृति, लिखित-स्मृति, दक्ष-स्मृति, गौतम-स्मृति, शातातप-स्मृति, वशिष्ठ-स्मृति, भृगु-स्मृति और नारद-स्मृति। अपने निर्देशों का उल्लंघन करने के फलस्वरूप स्मृतियों में अनेकानेक अमानवीय और नृशंस प्रावधान भी किये गये हैं। ऐसे दण्डात्मक प्रावधान अधिकतर शूद्रों के विरुद्ध और द्विजों के पक्ष में जाते हैं। इस कारण से समतामूलक राजनीति के पैरोकारों द्वारा स्मृतियों की कठोर आलोचना की जाती है।

मनु-स्मृति के संबंध इसके स्मृतिकार मनु का संबंध कुछ लोग सृष्टि के आदि पुरुष मनु से जोड़ कर देखते हैं। भृगु संहिता में तो यहाँ तक कहा गया है कि स्मृतिकारों में मनु को उँचा स्थान प्राप्त है। तैत्तिरीय संहिता में कहा गया है कि किसी स्मृति का मनु-स्मृति के साथ विरोध होने पर वह स्वीकार्य नहीं होगी। वेदों में भी मनु का उल्लेख मिलता है। इसे प्रायः पिता मनु कहा गया है। उसी मनु को मनु-स्मृति का स्मृतिकार भी बताया गया है। यह भी कहा जाता है कि सामाजिक और नैतिक व्यवस्था के पहले स्थापक के रूप में मनु ने ही हिंदू धर्म को व्यवस्थित रूप दिया। लेकिन ऐतिहासिकता के हिसाब से यह प्रमाणित नहीं है कि मनु-स्मृति के स्मृतिकार ऋग्वेद में आये मनु ही हैं, क्योंकि इतिहास में कई मनुओं का उल्लेख मिलता है।

विलियम जोंस के अनुसार मनु-स्मृति का रचना-काल 1250 ईसा पूर्व है। श्लेगल इसे एक हज़ार ईसा पूर्व की रचना मानते हैं। मोनियर विलियम्स इसका रचना-काल 500 वर्ष ईसा पूर्व मानते हैं। वेबर मनु-स्मृति को *महाभारत* के बाद की रचना मानते हैं। उनका कहना है मनु-स्मृति का रचनाकार वैदिक साहित्य से अपरिचित है और वह पहले के विधि निर्माताओं एवं परम्पराओं का उल्लेख करता है। मनु-स्मृति पर मानव धर्मशास्त्र का गहरा प्रभाव है। प्राचीन ग्रंथों में जहाँ मानव धर्मशास्त्र के उद्धरण आये है वे सूत्र रूप में हैं। यह मानव धर्मशास्त्र अन्य स्मृतियों का भी आधार माना जाता है क्योंकि ये सभी बाद की रचनाएँ है। भाषा और शैली के लिहाज़ से कुछ लोग मनु-स्मृति का रचनाकाल महाकाव्य काल का मानते हैं। इसकी रचना उन लोगों के लिए की गयी जो वेदों को नहीं समझ सकते थे। इसमें क़ानून एवं धर्म के पारस्परिक संबंधों का प्रस्तुतीकरण है। मेघातिथि के अनुसार मनुस्मृति का कोई दार्शनिक महत्त्व नहीं है और जो थोड़े-बहुत दार्शनिक अंश हैं वे इस पुस्तक की भूमिका के रूप में

है। वे पुराणों से लिए गये हैं। मनुस्मृति में जो सृष्टि विषयक उल्लेख है वह ऋग्वेद की सृष्टि-संबंधी ऋचाओं पर आधारित है।

मनु-स्मृति मूलतः एक धर्मशास्त्र है जो नैतिक नियमों का नागरिक-प्रावधान करता है। मनु ने गंगा के किनारे बसे हिंदुओं के रिवाज़ों, परम्पराओं एवं आचारों को अपने नैतिक विधान का आधार बनाया जो काफ़ी प्रचलित थे। उन्होंने वैदिक रीतियों को मान्यता दी तथा वर्ण-व्यवस्था को ईश्वरीय आज्ञा समझ कर मानने और धर्म विरुद्ध इच्छाओं को त्याग देने को कहा। स्त्रियों और पुरुषों के संबंध में मनु-स्मृति का मत है कि माँ बनने के लिए स्त्री की तथा पिता बनने के लिए पुरुष की सृष्टि हुई है। जिसकी स्त्री और संतान हो वही पूर्ण पुरुष होता है। मनु ने सामाजिक कर्त्तव्यों का पालन पहली प्राथमिकता बतायी है। वे कहते हैं कि जिस ब्राह्मण ने वेदों का अध्ययन नहीं किया, संतानोत्पत्ति नहीं की है, न यज्ञ किया है तथा इसके बावजूद वह परम-मोक्ष की कामना करता है तो ऐसा ब्राह्मण पतित हो जाता है। मनु के अनुसार एकाग्रचित्त होकर अध्ययन करना ही ब्राह्मण का तप है, निर्बलों की रक्षा करना क्षत्रिय का तप है। व्यापार, वाणिज्य तथा कृषि वैश्य के लिए तप है और शूद्र के लिए अन्यों की सेवा करना ही तप है। आदर्श वीर वही है जिसने सबके ऊपर विजय पा ली हो। दूसरे मनुष्यों की अधीनता का नाम दुःख है और सुख अपनी निजी अधीनता है।

मनु के अनुसार ऐसा व्यक्ति जो केवल अपनी आत्मा के लिए यज्ञ करता है लेकिन सब उत्पादक प्राणियों में भी आत्मा को समान रूप से जानता है और सब उत्पादक प्राणियों को अपनी आत्मा में जानता है, वह आत्मशासक एवं स्वतःप्रकाश बन जाता है। नैतिक कर्म व्यक्ति के आगामी जीवन प्रभावित करते हैं। ऐसा आचरण जिसकी प्रवृत्ति उत्तम जन्म दिलाने की ओर है, सदाचार का कर्म है। इसी प्रकार जिस आचरण से निकृष्ट जीवन मिलेगा वह दुराचार का कर्म है। मनु ने वेद, स्मृति, आचार और अपनी अंतरात्मा को उचित और अनुचित कर्मों के निर्णय के लिए साधन बताये हैं। यानी आत्मा की आवाज सुन कर भी व्यक्ति को कर्म करने का अधिकार दिया है और तार्किक आधार पर भी।

मनु-स्मृति के अलावा अन्य स्मृतियाँ भी विषय की दृष्टि से लगभग एक-सी हैं. आचार, व्यवहार और प्रायश्चित का विवेचन प्रायः सभी स्मृतियों में है। वर्णाश्रम व्यवस्था के अनुसार चारों वर्षों के लिए कर्मों का निर्देशन किया गया है। तथा कई प्रकार के दानों और उनकी महिमा के बारे में बताया गया है। सभी दानों में भूमि का दान प्रशंसित है। कई स्मृतियों में अनेक कर्मों के प्रायश्चित्त का प्रावधान है। बावड़ी कुएँ और तालाबों का जीर्णोद्धार कराना शुभ फलादायी सत्कर्म क़रार दिया गया है। याज्ञवल्क्य का कहना है कि लोगों द्वारा बुरी समझी जाने वाली बात स्मृति-सम्मत होने पर भी उसका आचरण नहीं करना चाहिए। बृहस्पति का विचार है कि प्रत्येक देश, जाति और कुटुम्ब की चिरकाल से चली आ रही प्रथाओं या परम्पराओं को ज्यों-का-त्यों बनाये रखना चाहिए। किसी जीते हुए देश के विषय में याज्ञवल्क्य कहते हैं कि यदि प्रथाएँ अनैतिक लोकहित-विरोधी नहीं है और सदाचार के अनुकूल हैं तो उस देश में चाहे जो भी प्रथाएँ, क़ानून और रीति-रिवाज़ प्रचलित हो, राजा को चाहिए कि उनका पालन पहले की ही तरह होने दे। गौतम अपनी स्मृति में देशों जातियों और कुटुम्बों के आचरण के नियम यदि श्रुति-विरोधी न हों तो प्रामाणिक मानते हैं। याज्ञवल्क्य ने स्वयं को प्रिय लगने वाले अच्छे अंतःकारण के विचार को धर्म रूप में मानने के लिए कहा है। मनु के अनुसार जिस चीज़ से आत्मा संतुष्ट हो, वे कार्य करने चाहिए। जो युक्तियुक्त हो उसे स्वीकार करना चाहिए, चाहे वह बात बालक ने कही हो या तोते ने। पर जो बात युक्तियुक्त न हो, वह चाहे किसी वृद्ध ने कही हो या स्वयं मुनि शुकदेव ने, उसे अस्वीकार ही किया जाना चाहिए। स्मृतियों ने कुछ अपवाद भी स्वीकार किये हैं और उसके लिए उन्होंने अपने नियमों में छूट दी है। जैसे, जब व्यक्ति के जीवन और अस्तित्व का संकट पैदा हो जाए। एक-बार विश्वामित्र के लिए परिस्थिति वश प्राण-रक्षा के लिए कुत्ते का मांस चुराना आवश्यक हो गया तो उन्होंने अपने उस कृत्य को उचित ठहराया और कहा कि मरने की अपेक्षा जीवित रहना अच्छा है। व्यक्ति जीवित रहेगा तभी उससे धर्मानुसार आचरण की उम्मीद भी का जा सकेगी।

व्यास-स्मृति के अनुसार धर्म का पालन करना ही चाहिए, भले ही उसके लिए अपनी समस्त सांसारिक इच्छाओं का बलिदान क्यों न करना पड़े और चाहे उसमें प्राण जाने तक का भय क्यों न हो। धर्म के वे नियम जिनका उल्लंघन करने से क़ानूनी कार्रवाई करना आवश्यक होता है, व्यवहार या वास्तविक विधान कहलाते हैं। याज्ञवल्क्य स्मृति में तीन अध्याय हैं : आचार, व्यवहार और प्रायश्चित्त। व्यवहार या दीवानी क़ानून-अर्थविधान का संबंध विवाह पूरा गोद लेने बँटवारे और उत्तराधिकार से है। यह पहले से चली आ रही प्रथाओं पर आधारित है। बृहस्पति का कथन है कि चार प्रकार के विधान है, जिनका प्रबंध शासकों को करना होता है: धर्म या नैतिक विधान व्यवहार या दीवानी क़ानून अर्थ विधान चंरित्र या प्रथाएँ और राज्यशासन या राजा के अध्यादेश। विज्ञानेश्वर का मत है कि शास्त्रसम्मत अनुपयुक्त क़ानूनों को समाप्त कर देना चाहिए और गो-बलि और गो-मांस भक्षण की पूर्व की प्रचलित परंपरा का उदाहरण देते हुए वे कहते हैं कि अनुपयुक्तता की वजह से उन्हें समाप्त कर दिया गया। नियोग की प्रथा भी हमारे समाज में थी लेकिन कालांतर में समाप्त हो गयी। हमारे स्मृतिकार समय की आवश्यकता के अनुसार

क़ानून बनाने और समाप्त करने की इजाज़त देते हैं। धार्मिक सिद्धांतों मान्यताओं और मानदण्डों में बदलते समय के अनुसार परिवर्तन के लिए स्मृतियाँ व धर्म ग्रंथ संस्तुति देते हैं। वैदिक युग में आर्यों से कहा गया था कि वे अनार्य भारतीयों द्रविड़ों, आंध्रों और पुलिंदों को सामाजिक मान्यता दें। ऐतरेय ब्राह्मण में आंध्रों को विश्वामित्र की संतान बताया गया है तथा उन्हें आर्यों के समान माना गया है। व्रात्य कौन थे इस बारे में कोई जानकारी तो नहीं है लेकिन व्रात्यस्तोम यज्ञ करने के बाद उन्हें आर्यों में सम्मिलित करने का प्रावधान वेदों में है व्रात्यों के बारे में एक मत है कि वे यवन और असभ्य थे। काफ़ी मात्रा में यूनानी यवन और सीथियन लोगों ने हिंद धर्म अपनाया। एक यवन उपराजदूत हीलियोडोरस विष्णु का भक्त हुआ और उसने श्रद्धावश एक वैष्णव मंदिर में एक स्तम्भ गरुड़ ध्वज खड़ा कराया था। विष्णु के भक्तों और उपासक होने वाले विदेशियों में यवन सीथियन और हूण शामिल थे। अनेक विदेशी आक्रमण कारी हिंदुस्तान में क्षत्रिय बनकर रहने लगे। जब मुसलमानों की विजय के कारण हिंदू स्त्री पुरुषों का सामूहिक रूप धर्मातरण होने लगा, तब देवल-स्मृति ने जो ईस्वी सन् की आठवीं शताब्दी के पश्चात् किसी समय सिंध में लिखी गयी उन्हें फिर हिंदूधर्म में दीक्षित कर लेने को उचित ठहराया। स्मृतियों में कुछ ऐसे सामाजिक प्रावधान भी किये गये हैं: जो न तो इस समय स्वीकार किये जा सकते हैं और संभवतः शायद ही उस ज़माने में भी प्रचलन में रहे होंगे। ये प्रावधान वृद्ध पुरुष रोगी या अपराधी पुरुषों की आत्महत्या से संबंधित थे। मनु और याज्ञवल्क्य के हवाले से काणे के अनुसार वानप्रस्थगामी जब किसी असाध्य रोग से पीड़ित हो जाता था और अपने आश्रम के कर्त्तव्य का पालन नहीं कर सकता था, तो उस दशा में उसे उत्तर-पश्चिम दिशा में महाप्रस्थान कर लेने की अनुमति प्राप्त थी। इस प्रस्थान में व्यक्ति तब तक चलता जाता था जब तक कि वह थककर गिर न जाए और फिर न उठ सके। इसी प्रकार ब्रह्महत्या के अपराधी को धनुर्धरों के बाणों से बिद्ध होकर मर जाने या अपने को अग्नि में झोंक देने की अनुमति प्राप्त थी। रामविलास शर्मा का मत है कि सामंती समाज एक विशेष अवस्था में अपने वृद्धों एवं रोगियों की परिचर्या का प्रबंध न कर सकता था। उन्हें अपने हाल पर छोड़ देता था और जंगल में जाकर मर जाने या अन्य प्रकार से आत्महत्या करने की अनुमति देता था।

देखें : आर्यभट्ट और *आर्यभटीय*, उपनिषद्, कपिल, *अर्थशास्त्र* और कौटिल्य, गोपीनाथ कविराज, गोविंद चंद्र पाण्डे, चैतन्य महाप्रभु, जैन दर्शन, न्याय दर्शन, दया कृष्ण, नागार्जुन, पतंजलि और *योगसूत्र*, पाणिनि और *अष्टाध्यायी*, पुराण, पूर्व-मीमांसा दर्शन, बदरी नाथ शुक्ल, बादरायण, बौद्ध दर्शन, *भगवद्गीता*, भरत और *नाट्यशास्त्र*, मुकुंद लाठ, *भागवत पुराण*, *महाभारत*, यशदेव शल्य, योग दर्शन, रामानुजाचार्य, रामअवतार शर्मा, लोकायत, वात्स्यायन और *कामसूत्र*, वेदांत दर्शन, वैशेषिक दर्शन, शंकराचार्य, षड्-दर्शन-1 और 2, संस्कृत काव्यशास्त्र, सांख्य दर्शन-1 और 2, सिद्ध-नाथ परम्परा।

संदर्भ

1. वियोगी हरि (सम्पा.) (2011), *हमारी परम्परा*, सस्ता साहित्य मण्डल, नयी दिल्ली.
2. रामविलास शर्मा (2010), *भारतीय संस्कृति और हिंदी प्रदेश-1*, किताबघर प्रकाशन, नयी दिल्ली.
3. सर्वपल्ली राधाकृष्णन (2009), *भारतीय-दर्शन-1*, राजपाल ऐंड संस, दिल्ली.

— अजय कुमार पाण्डेय

स्वच्छंदतावाद

(Romanticism)

अट्ठारहवीं सदी से आज तक दर्शन, राजनीति, कला, साहित्य और संगीत को गहराई से प्रभावित करने वाले वैचारिक रुझान स्वच्छंदतावाद को एक या दो पंक्तियों में परिभाषित करना मुश्किल है। कुछ मानवीय प्रवृत्तियों का पूरी तरह से निषेध और कुछ को बेहद प्राथमिकता देने वाला यह विचार निर्गुण के ऊपर सगुण, अमूर्त के ऊपर मूर्त, सीमित के ऊपर असीमित, समरूपता के ऊपर विविधता, संस्कृति के ऊपर प्रकृति, यांत्रिक के ऊपर आंगिक, भौतिक और स्पष्ट के ऊपर आध्यात्मिक और रहस्यमय, वस्तुनिष्ठता के ऊपर आत्मनिष्ठता, बंधन के ऊपर स्वतंत्रता, औसत के ऊपर विलक्षण, दुनियादार क़िस्म की नेकी के ऊपर उन्मुक्त सृजनशील प्रतिभा और समग्र मानवता के ऊपर विशिष्ट समुदाय या राष्ट्र को तरजीह देता है। सामंती जकड़बंदी का मूलोच्छेद कर देने वाले फ्रांसीसी क्रांति जैसे घटनाक्रम के पीछे भी स्वच्छंदतावादी प्रेरणाएँ ही थीं। फ्रांसीसी क्रांति का युगप्रवर्तक नारा 'आज़ादी, बराबरी और भाईचारा' लम्बे अरसे तक स्वच्छंदतावादियों का प्रेरणा-स्रोत बना रहा।

इस क्रांति के बौद्धिक नायक ज्याँ-ज़ाक रूसो को स्वच्छंदतावादी चिंतन की शुरुआत का श्रेय दिया जाता है। रूसो ने अपने ज़माने की सभ्यतामूलक उपलब्धियों पर आरोप लगाया था कि उनकी वज़ह से मानवता भ्रष्ट हो रही है। उनका विचार था कि अगर नेकी की दुनिया में लौटना है और भ्रष्टाचार से मुक्त जीवन की खोज करनी है तो प्रकृत-अवस्था की शरण में जाना होगा। 1761 में प्रकाशित रूसो की दीर्घ औपन्यासिक कृति *ज़्यूली ऑर द न्यू हेलोइस* और अपने

ही जीवन का अनूठा अन्वेषण करने वाली उनकी आत्मकथा *कनफ़ेशंस* इस महान विचारक के स्वच्छंदतावादी नज़रिये का उदाहरण है। प्रेम संबंधों पर आधारित भावनाप्रवण कहानी *ज़्यूली* ने युरोपीय साहित्य में स्वच्छंदतावाद के परवर्ती विकास के लिए आधार का काम किया। अंग्रेज़ी भाषा में स्वच्छंदतावाद का साहित्यिक आंदोलन विकसित हुआ जिसके प्रमुख हस्ताक्षरों के रूप में ब्लैक, वर्ड्सवर्थ, कोलरिज, बायरन, शैली और कीट्स के नाम उल्लेखनीय हैं।

स्वच्छंदतावाद के ही प्रभाव में जर्मन दार्शनिक हर्डर ने अपने विशिष्ट रोमांटिक नैशनलिज़म की संकल्पना की। यही प्रेरणाएँ हर्डर को ग़ैर-युरोपीय संस्कृतियों की तरफ़ ले गयीं और उन्होंने उन्हें युरोपीय सभ्यता की आदिम प्राक्-अवस्थाओं के बजाय अपनी विशिष्ट निजता, वैधता और तात्पर्यों से सम्पन्न संरचनाओं के रूप में देखा। जर्मन दार्शनिकों में आर्थर शॉपेनहॉर को स्वच्छंदतावाद की श्रेणी में रखा जाता है। उन्होंने कांट के बुद्धिवादी नीतिशास्त्र को नज़रअंदाज़ करते हुए उनकी ज्ञान मीमांसा और सौंदर्यशास्त्र संबंधी विमर्श की पुनर्व्याख्या की। शॉपेनहाउर का लेखन जगत के प्रति निरुत्साह और हताशा से भरा हुआ है, पर उन्हें अभिलाषाओं के संसार में राहत मिलती है। शॉपेनहॉर का लेखन दर्शन रिचर्ड वागनर की संगीत-रचनाओं के लिए प्रेरक साबित हुआ। भारत में स्वच्छंदतावाद की पहली साहित्यिक अनुगूँज बांग्ला में सुनायी पड़ी। आधुनिक हिंदी साहित्य में स्वच्छंदतावाद की पहली सुसंगत अभिव्यक्ति छायावाद के रूप में मानी जाती है।

ऑगस्त विल्हेम वॉन श्लेगल
(1767-1845)

अपने प्रभावशाली राजनीतिक और दार्शनिक तात्पर्यों के अलावा स्वच्छंदतावाद की एक बहुत बड़ी उपलब्धि क्लासिकल भाषाओं को रचनाशीलता के केंद्र से विस्थापित करके जनप्रिय भाषाओं में लेखन की शुरुआत करने से जुड़ी है। एक ज़माने में केवल लैटिन में ही लेखन होता था, उसी के पाठक और प्रकाशक थे। लेकिन स्वच्छंदतावाद ने इस परम्परा का उल्लंघन करने की ज़मीन बनायी और पहले फ़्रांसीसी और फिर अंग्रेज़ी में लेखन करने का आग्रह बलवती हुआ। स्वच्छंदतावादी रचनाकारों ने मनोभावों पर नये सिरे से ज़ोर दे कर रचनाशीलता में क्लासिकीय अभिजनोन्मुखता को झटक दिया। इसका नतीजा केवल रोमानी प्रेम पर आधारित विषय-वस्तुओं में ही नहीं निकला, बल्कि साहित्य और कला ने मन के अँधेरों में छिपे भयों और दुखों की अनुभूति को भी स्पर्श करना शुरू कर दिया।

स्वच्छंदतावाद की दूसरी महत्त्वपूर्ण उपलब्धि युरोपीय ज्ञानोदय द्वारा आरोपित बुद्धिवाद के ख़िलाफ़ विद्रोह के रूप में देखी जाती है। ज्ञानोदय के विचारक प्रकृति को तर्क-बुद्धि और व्यवस्थामूलक क्रम के उद्गम के तौर पर देखते थे। न्यूटन द्वारा प्रवर्तित मैकेनिक्स इसी की चरम अभिव्यक्ति है। लेकिन स्वच्छंदतावादियों ने प्रकृति को आंगिक विकास और विविधता के स्रोत के रूप में ग्रहण किया। वे प्राकृतिक और अलौकिक को अलग-अलग मानने के लिए तैयार नहीं थे। पार्थिव और अपार्थिव के द्विभाजन को नकारते हुए उन्होंने-उसे एक-दूसरे से गुँथे हुए की संज्ञा दी। ज्ञानोदय के विचार के लिए स्वच्छंदतावादियों का यह रवैया काफ़ी समस्याग्रस्त था। वे प्रकृति को भावप्रवण और आध्यात्मिक शक्ति के आदिम प्रवाह के रूप में देखने के लिए तैयार नहीं हो सकते थे। स्वच्छंदतावादियों ने क्लासिकल द्वारा रोमन और यूनानी मिथकों पर ज़ोर को नकारते हुए मध्ययुगीन और पागान सांस्कृतिक प्रवृत्तियों को अपनाया। इसका नतीजा गोथिक स्थापत्य के पुनरुद्धार में निकला। स्वच्छंदतावाद ने युरोपीय लोक-संस्कृति और कला के महत्त्व को स्वीकारा। फ़िनलैण्ड के महाकाव्यात्मक ग्रंथ *कालेवाला* का सृजन इसी रुझान की देन है।

स्वच्छंदतावाद के विकास में फ्रेड्रिख़ और ऑगस्त विल्हेम वॉन श्लेगल की भूमिका उल्लेखनीय है। अट्ठारहवीं और उन्नीसवीं सदी के संधिकाल पर सक्रिय इन विचारकों का कहना था कि रोमानी साहित्य और कला का स्वभाव तरल और खण्डित है। इसलिए सुसंगित और सम्पूर्णता प्राप्त करने की वह महत्त्वाकांक्षा उसमें नहीं होती जो क्लासिकल साहित्य और कला का मुख्य लक्षण है। जो रोमानी है वह व्याख्या की समस्याओं से ग्रस्त रहेगा ही। श्लेगल के अनुसार कला-कृतियाँ इसीलिए समझ के धरातल पर सौ फ़ीसदी बोधगम्य होने से इनकार करती हैं। ऑगस्त श्लेगल ने रोमानी विडम्बना की थीसिस का प्रतिपादन करते हुए कविता की विरोधाभासी प्रकृति को रेखांकित किया। इसका मतलब यह था कि किसी वस्तुनिष्ठ या सुनिश्चित तात्पर्य की उपलब्धि न कराना कविता का स्वभाव है। स्वच्छंदतावादियों ने शेक्सपियर की सराहना इसलिए की कि उनमें अपने नाटकों के पात्रों के प्रति एक विडम्बनात्मक विरक्ति है। इसीलिए वे अंतर्विरोधी स्थितियों और मुद्राओं के सफल चितेरे बन पाये हैं, और इसीलिए उनके नाटक किसी एक दृष्टिकोण के पक्ष में उपसंहार नहीं करते।

हिंदी में स्वच्छंदतावाद का प्रभाव बीसवीं सदी के दूसरे दशक में छायावादी कविता के रूप में सामने आया। *हिंदी आलोचना की पारिभाषिक शब्दावली* के रचनाकार डॉ. अमरनाथ के अनुसार हिंदी में स्वच्छंदतावाद का ज़िक्र सबसे

पहले रामचंद्र शुक्ल के विख्यात ग्रंथ *हिंदी साहित्य का इतिहास* में मिलता है जहाँ उन्होंने श्रीधर पाठक को स्वच्छंदतावाद का प्रवर्त्तक क़रार दिया है। अमरनाथ के अनुसार छायावाद और स्वच्छंदतावाद में गहरा साम्य है। दोनों में प्रकृति-प्रेम, मानवीय दृष्टिकोण, आत्माभिव्यंजना, रहस्यभावना, वैयक्तिक प्रेमाभिव्यक्ति, प्राचीन संस्कृति के प्रति व्यामोह, प्रतीक-योजना, निराशा, पलायन, अहं के उदात्तीकरण आदि के दर्शन होते हैं।

देखें : अधिकार, अधिकार : सैद्धांतिक यात्रा, अरस्तू, अफ़लातून, अनुदारतावाद, अराजकतावाद, अन्य-अन्यीकरण, उदारतावाद, उपयोगितावाद, ऐडमण्ड बर्क, क्रांति, ज्याँ ज़ाक रूसो, जॉन लॉक, जेरेमी बेंथम, जॉन स्टुअर्ट मिल, जॉन रॉल्स, थॉमस हॉब्स, थॉमस पेन, न्याय, न्याय : नारीवादी आलोचना, न्याय : रॉल्स का सिद्धांत, राजनीति में व्यक्ति की भूमिका, नागरिकता, नागरिकता : अन्य परिप्रेक्ष्य-1 और 2, नागर समाज, पनोप्टिकॉन, प्रतिनिधित्व, प्रगति, प्रगति : आलोचनात्मक परिप्रेक्ष्य, प्रशासन, फ़ासीवाद, फ्रेड्रिख़ वॉन हायक, बहुसंस्कृतिवाद, बहुसंख्यकवाद, बहुसंख्यक-अल्पसंख्यक, बुद्धिवाद, माइकेल जोसेफ़ ओकशॉट, माइकिल वाल्ज़र, मिशेल पॉल फ़ूको-1 और 2, यूटोपिया, राजनीतिक और राजनीति, राजनीतिक दर्शन के नारीवादी आयाम-1 और 2, राजनीतिक मनोविज्ञान, राजनीतिक समाजशास्त्र, राज्य-1 और 2, रॉबर्ट नॉज़िक, राज्य-1 और 2, राष्ट्र-राज्य, राष्ट्र : सांस्कृतिक या राजनीतिक, राष्ट्रवाद, राष्ट्रवाद का इतिहास, लोकतंत्र, लोकतंत्र की आलोचनाएँ, व्यक्तिवाद, व्यवहारवाद, विल किमलिका, वितरणमूलक न्याय, विदेशी-द्वेष, वैधता, वैधता का संकट, सविनय अवज्ञा, स्मृति की राजनीति, स्वतंत्रता, स्वतंत्रतावाद, स्वजातिवाद, सर्वसत्तावाद, सम्प्रभुता, समाजवाद, सरकारियत, संविधानवाद, सामाजिक समझौता, हेनरी डेविड थोरो।

संदर्भ

1. एम. क्रैंस्टन (1979), *द रोमांटिक मूवमेंट,* ब्लैकवेल, ऑक्सफ़र्ड.
2. एच. ऑनर (1979), *रोमांटिसिज़म,* एलन लेन, लंदन.
3. एम. प्रैज़ (1970), *द रोमांटिक एगॅनी,* ऑक्सफ़र्ड युनिवर्सिटी प्रेस, लंदन.
4. कैनेथ आर. जांस्टन वग़ैरह (1990), *रोमांटिक रेवोल्यूशन : क्रिटिसिज़म ऐंड थियरी,* इण्डियाना युनिवर्सिटी प्रेस, ब्लूमिंग्टन.
5. डॉ. अमरनाथ (2009), *हिंदी आलोचना की पारिभाषिक शब्दावली,* राजकमल प्रकाशन, नयी दिल्ली.

— अभय कुमार दुबे

स्वजातिवाद

(Ethnocentrism)

स्वजातिवाद एक हानिकारक वैचारिक प्रवृत्ति है। इसके प्रभाव में कोई समूह अपनी जातीय और सांस्कृतिक श्रेष्ठता में इस क़दर यक़ीन करने लगता है कि उसे दूसरे सभी समूह, उनकी संस्कृतियाँ और जीवन-शैलियाँ हेय लगने लगती हैं। स्वजातिवादी आग्रह विशेष ऐतिहासिक परिस्थितियों में उपनिवेशवाद और नस्लवाद के वाहक बन जाते हैं। स्वजातिवाद के कारण 'अपने' और 'पराये' का द्वि-भाजन इतना तीखा हो जाता है कि 'अन्य' संस्कृतियों, समुदायों या सभ्यताओं के प्रति द्वेष, घृणा, संदेह, उदासीनता और अरुचि जैसे मनोभाव पैदा होने लगते हैं। अपने से भिन्न भाषाओं, विचारों, धर्मों, नैतिकताओं और दृष्टिकोणों को समझना मुश्किल हो जाता है। 'अन्य' संस्कृतियों की रूढ़-छवियाँ ही यथार्थ की जगह ले लेती हैं। बौद्धिक दायरे में स्वजातिवाद ने एक ख़ास तरह की विश्लेषण पद्धति को जन्म दिया है जिसमें विश्लेषक अपनी संस्कृति से उपजी कसौटियों को प्राथमिकता देता हुआ 'अन्य' संस्कृतियों के मूल्यांकन की परियोजना चलाता है। ऐतिहासिक रूप से इस विचार का प्रभाव युरोपीय बौद्धिक दृष्टिकोण पर सबसे ज़्यादा देखा गया है। प्रौद्योगिकीय रूप से विकसित पश्चिमी युरोप में पनपा स्वजातिवाद अश्वेत, ग़ैर-ईसाई और ग़ैर-युरोपीय संस्कृतियों को बर्बर, सुखवादी और कभी-कभी तो अ-मानवीय तक क़रार देता रहा है। स्वजातिवाद या एथनोसेंट्रिज़म की अभिव्यक्ति गढ़ने का श्रेय समाजशास्त्री विलियम जी. समनर को जाता है जिन्होंने 1906 में एक समूह के भीतरी और बाहरी दायरों के बीच पक्षपातपूर्ण मनोवृत्तियों को समझने के लिए इस अवधारणा का प्रयोग किया था। इसके बाद इस पद का इस्तेमाल मानवशास्त्रियों द्वारा किया जाने लगा। समाज-विज्ञान में संकुचित और संकीर्ण विचारों की आलोचना एथनोसेंट्रिज़म का आक्षेप लगा कर की जाती है।

किसी ख़ास संस्कृति में पैदा हुए और पनपे लोग उसके मूल्यों और व्यवहार-शैलियों को जज़्ब करके एक ऐसा सोच विकसित कर लेते हैं जिसके तहत उन्हें अपना सांस्कृतिक आचरण स्वाभाविक और नैसर्गिक लगने लगता है। आधुनिक मानवशास्त्र के संस्थापक फ्रेंज़ बोआस की मान्यता थी कि समाज वैज्ञानिक भी अपने तमाम ज्ञानार्जन के बावजूद इस समस्या से मुक्त नहीं हो पाते। वे अपने सांस्कृतिक दृष्टिकोण को विधेयक मान कर अन्य संस्कृतियों का अध्ययन करने निकलते हैं। बोआस और उनके शिष्यों का ख़याल था कि वे स्वजातिवादी पूर्वग्रहों से पल्ला छुड़ाये बिना

अपने से भिन्न संस्कृतियों पर समुचित वैज्ञानिक शोध नहीं कर सकते। इसी उद्देश्य से बीसवीं सदी के शुरुआती दौर में सांस्कृतिक सापेक्षतावाद के सूत्रीकरण के लिए ज्ञानमीमांसक ज़मीन साफ़ की गयी और चालीस के दशक तक आते-आते यह सिद्धांत सांस्कृतिक मानवशास्त्र का केंद्रीय उसूल बन गया।

इसमें कोई शक नहीं है कि स्वजातिवाद मुख्य तौर पर युरोपीय प्रवृत्ति रही है, पर इसका मतलब यह नहीं निकाला जा सकता कि ग़ैर-युरोपीय संदर्भ में यह पूरी तरह से प्रभावहीन है। कोई भी स्वजातिवादी हो सकता है। यहाँ तक कि दूसरे के स्वजातिवादी रवैये के जबाव में प्रतिक्रियात्मक स्वजातिवाद विकसित किया जा सकता है। नारीवाद जैसे समतामूलक और रैडिकल विमर्शों तक पर इसका असर देखा गया है। एलिज़ाबेथ स्पेलमैन ने अपनी रचना 'इनइसेंशियल वुमॅन : प्रॉब्लम्स ऑफ़ एक्सक्यूज़न इन फ़ेमिनिस्ट थॉट' में दिखाया है कि किस तरह नारीवादी विधि-सिद्धांत के कुछ पहलू एक तरह के 'फ़ेमिनिस्ट स्वजातिवाद' से पीड़ित हैं। नारीवादी सिद्धांतकार जूडिथ बटलर ने अपनी रचना 'प्रिकेरियस लाइफ़' में अपनी इयत्ता बनाये रखने के संदर्भ में 'अन्य' को मान्यता देने से जुड़ी समस्याओं की चर्चा की है। बटलर का विश्लेषण बताता है कि 'अन्य' को मान्यता देने की शर्त यही है कि उसे ऐसा माना जाए जो 'मेरे जैसा नहीं है'। अर्थात् 'अन्य' की शिनाख़्त हमेशा एक विभेद की रोशनी हो पाती है। इस प्रक्रिया में होता यह है कि उसी विभेद की फिर से स्थापना हो जाती है जिसे ख़त्म करने के लिए 'अन्य' को मान्यता देने का प्रयास किया गया था। एक अन्य नारीवादी सिद्धांतकार जैकलीन रोज़ के मुताबिक़ शिनाख़्त की प्रक्रिया, अस्मिता निर्धारित करने में खप जाती है और उस प्रक्रिया का मक़सद ही बदल जाता है।

इस नारीवादी विमर्श से समझा जा सकता है कि स्वजातिवाद से पल्ला छुड़ाना कितना मुश्किल है। यहाँ तक कि सांस्कृतिक सापेक्षतावाद की सतत पैरोकारी करने के बावजूद मानवशास्त्र को आज तक स्वजातिवादी होने के आरोपों का सामना करना पड़ता है। उत्तर-आधुनिकतावादी विद्वानों और उत्तर-उपनिवेशवादी विमर्श ने ख़ास तौर से मानवशास्त्र को इसके लिए आड़े हाथों लिया है। उनका कहना है कि वि-उपनिवेशीकरण के बाद मानवशास्त्री पश्चिमी संस्कृति की दार्शनिक, वैज्ञानिक और प्रौद्योगिक सफलताओं को पैमाना बनाते हुए एक अनुदार मानक अपनाते हैं जो उन्हें अन्य संस्कृतियों की उपलब्धियों का सही आकलन करने से रोकता है। पश्चिम की दृष्टि से जो प्रौद्योगिकी 'अपरिष्कृत' है, उसे धार्मिक संरचनाओं की दुर्बलता, शक्तिहीन चिंतन, क्षयग्रस्त कर्मकाण्डों, कमज़ोर राजनीति और अर्थव्यवस्था का नतीजा मान लिया जाता है। सादगी प्रौद्योगिकी स्तरहीन बौद्धिकता का पर्याय समझ ली जाती है। पश्चिमी वैज्ञानिकता के मुक़ाबले पूर्व को 'अन्य' जादू से गुज़र-बसर करता दिखाया जाता है। पश्चिम के पास इतिहास के बरक्स 'अन्य' के लिए सिर्फ़ मिथकों की पूँजी होती है। पश्चिम के विचार को दर्शन माना जाता है, और पूर्व के विचारों को महज़ आस्था। पश्चिम के लेखन और साक्षरता के मुक़ाबले पूर्व वाचिक परम्परा में जीता है और समुदाय की जकड़बंदी में क़ैद है। ऐसे तुलनात्मक परिप्रेक्ष्य से निकलने वाला विश्लेषण सांस्कृतिक सापेक्षतावाद की परियोजना का क्षय कर देता है।

स्वजातिवाद का एक पेचीदा पहलू यह भी है कि उससे प्रभावित समुदाय कुछ विशेष स्थितियों में अपनी जन्मना संस्कृति को ख़ारिज करके नयी संस्कृति अपनाने की तरफ़ भी जा सकते हैं। इसके पीछे यह धारणा काम करती है कि नयी संस्कृति उनकी संस्कृति से श्रेष्ठ है। स्वजातिवाद का यह संस्करण अपने शिकारों को हमेशा के लिए एक पीड़ाजनक सांस्कृतिक अंतर्विरोध से ग्रस्त कर देता है।

देखें : अधिकार, अधिकार : सैद्धांतिक यात्रा, अरस्तू, अफ़लातून, अनुदारतावाद, अराजकतावाद, अन्य-अन्यीकरण, उदारतावाद, उपयोगितावाद, ऐडमण्ड बर्क, क्रांति, ज्याँ ज़ाक रूसो, जॉन लॉक, जेरेमी बेंथम, जॉन स्टुअर्ट मिल, जॉन रॉल्स, थॉमस हॉब्स, थॉमस पेन, न्याय, न्याय : नारीवादी आलोचना, न्याय : रॉल्स का सिद्धांत, राजनीति में व्यक्ति की भूमिका, नागरिकता, नागरिकता : अन्य परिप्रेक्ष्य-1 और 2, नागर समाज, पनोप्टिकॉन, प्रतिनिधित्व, प्रगति, प्रगति : आलोचनात्मक परिप्रेक्ष्य, प्रशासन, फ़ासीवाद, फ्रेड्रिख़ वॉन हायक, बहुसंस्कृतिवाद, बहुसंख्यकवाद, बहुसंख्यक-अल्पसंख्यक, बुद्धिवाद, माइकेल जोसेफ़ ओकशॉट, माइकिल वाल्ज़र, मिशेल पॉल फ़ूको-1 और 2, यूटोपिया, राजनीतिक और राजनीति, राजनीतिक दर्शन के नारीवादी आयाम-1 और 2, राजनीतिक मनोविज्ञान, राजनीतिक समाजशास्त्र, राज्य-1 और 2, रॉबर्ट नॉज़िक, राज्य-1 और 2, राष्ट्र-राज्य, राष्ट्र : सांस्कृतिक या राजनीतिक, राष्ट्रवाद, राष्ट्रवाद का इतिहास, लोकतंत्र, लोकतंत्र की आलोचनाएँ, व्यक्तिवाद, व्यवहारवाद, विल किमलिका, वितरणमूलक न्याय, विदेशी-द्वेष, वैधता, वैधता का संकट, सविनय अवज्ञा, स्मृति की राजनीति, स्वतंत्रता, स्वतंत्रतावाद, सर्वसत्तावाद, सम्प्रभुता, समाजवाद, सरकारियत, संविधानवाद, सामाजिक समझौता, हेनरी डेविड थोरो।

संदर्भ

1. वी. रेनॉल्ड्स, वी. फैल्गर और आई. वाइन (सम्पा.) (1987), द *सोसियोबायलॅजी ऑफ़ एथनोसेंट्रिज़्म,* युनिवर्सिटी ऑफ़ जार्जिया प्रेस, एथेंस, जी.ए.
2. ज़ोर्न रूज़ेन (2004), 'हाऊ टू ओवरकम एथनोसेंट्रिज़्म : एप्रोचिज़ टू अ कल्चर ऑफ़ रेकगनीशन बाई हिस्ट्री इन द ट्वेंटी-फ़र्स्ट सेंचुरी', *हिस्ट्री ऐंड थियरी : स्टडीज़ इन फ़िलॉसफ़ी ऑफ़ हिस्ट्री,* 43.

— अभय कुमार दुबे

स्वतंत्रता

(Liberty)

स्वतंत्रता (स्वाधीनता या आज़ादी या मुक्ति) का विचार तीन आयामों से मिल कर बनता है। पहला है चयन करना, दूसरा है चयन करने और उस पर अमल करने में आने वाली बाधाओं का अभाव, और तीसरा है उन परिस्थितियों की मौजूदगी जो चयन करने के लिए प्रेरित करती हों। मसलन, अगर कोई सोचता है कि वह कार चलाना सीखने के लिए स्वतंत्र है, तो सबसे पहली बात तो उसे चुनाव करना होगा कि वह कार चलाना सीखना चाहता है। दूसरी यह कि इसमें कोई बाधा न डाली जाए यानी उसे शारीरिक रूप से न रोका जाए। तीसरी बात यह होनी चाहिए कि हालात कार चलाना सीखने लायक हों यानी एक कार उपलब्ध हो, उसे चलाना सिखाने वाला हो और एक सुरक्षित सड़क हो जहाँ चलाने का अभ्यास किया जा सके। स्वतंत्रता की एक कारगर परिभाषा एक तितरफ़ा संबंध के रूप में भी दी जाती है कि (क) स्वतंत्र है (ख) से ताकि (ग) कर सके या बन सके। इसमें एक पक्ष यानी (क) कर्त्ता (एजेंट) है, दूसरा पक्ष यानी (ख) उसे रोकने वाली परिस्थिति है, और तीसरा पक्ष यानी (ग) वह क्रिया या परिणाम है जो ख की अनुपस्थिति में क हासिल करेगा। स्वतंत्रता या अ-स्वतंत्रता के बारे में प्रत्येक वक्तव्य इसी परिभाषा के मुताबिक़ सूत्रीकृत किया जा सकता है : क्या स्वतंत्र या अस्वतंत्र है, किससे स्वतंत्र या अस्वतंत्र है और क्या करने या बनने के लिए स्वतंत्र या अस्वतंत्र है। स्वतंत्रता के विचार की सभी व्याख्याएँ इसी परिभाषा के इर्द-गिर्द गोलबंद की जा सकती हैं।

राजनीतिक चिंतन के इतिहास में स्वतंत्रता के विचार का विकास कई चरणों में मिलता है। प्रकृत अवस्था की अपनी कल्पना के तहत थॉमस हॉब्स क्रिया की स्वतंत्रता में आने वाली उन बाधाओं की अनुपस्थिति को स्वतंत्रता क़रार देते हैं जो कर्त्ता की प्रकृति और सहजात गुणों में निहित नहीं हैं। मसलन, जंजीरों में जकड़े व्यक्ति की अ-स्वतंत्रता उसके भीतर से नहीं निकली है, पर एक रोगी या विकलांग की अ-स्वतंत्रता सहजात है। हॉब्स डर और आवश्यकता को भी ऐसे कारकों के रूप में पेश करते हैं जिनकी वजह से व्यक्ति स्वतंत्रता की तरफ़ बढ़ता है। जैसे जेल जाने से डरने वाला व्यक्ति अपना क़र्ज़ अदा कर देता है। यह परिभाषा कई सवालों को जन्म देती है : क्या दूसरे की सुरक्षा पर आँच आने की क़ीमत पर किया जाने वाला स्वयं-संरक्षण स्वतंत्रता की श्रेणी में आता है? क्या भय या आवश्यकता के अधीन की जाने वाली कार्रवाई स्वतंत्रता है? क्या भुखमरी के डर से भीख माँगना आज़ादी है, क्योंकि उस सूरत में भिखारी को भीख माँगने से कोई नहीं रोक रहा है? ज़ाहिर है कि बाधाओं की अनुपस्थिति को ही स्वतंत्रता मानने का विचार चयन की धारणा को दरकिनार कर देता है और नैतिकता के प्रश्न की कोई परवाह नहीं करता। भिखारी मजबूरीवश भीख माँगता है, न कि अपने चयन के आधार पर। जबकि, कार चलाना सीखने का निर्णय चयन आधारित है। ख़ुद को बचाने के चक्कर में लूट-मार न कर पाने वाले लुटेरे की स्वतंत्रता के दावे में नैतिकता अनुपस्थिति है।

हॉब्स के स्वतंत्रता संबंधी चिंतन की यह ख़ामी जॉन लॉक के चिंतन में नहीं दिखाई पड़ती जहाँ स्वतंत्रता एक नैतिकतापूर्ण चयन के रूप में परिभाषित होती है। जैसे, कोई वाडियो जॉकी बनने का चयन करता है तो उसे आईएएस या एमबीए होने के लिए मजबूर नहीं किया जाना चाहिए, वरना वह स्वाधीन नहीं रह जाएगा। पर किसी को स्वतंत्रता के तर्क के तहत लुटेरा या हत्यारा बनने का अधिकार भी नहीं है, क्योंकि तब उसके चयन से दूसरे को नुक़सान पहुँचेगा। लॉक के लिए स्वतंत्रता का अधिकार जीवन और सम्पत्ति की ही तरह प्राकृतिक अधिकार है। इसलिए इसका उतना ही इस्तेमाल किया जाना चाहिए जितना प्राकृतिक क़ानून इजाज़त देता है। ये अधिकार सबके लिए बराबर हैं, इसलिए प्राकृतिक क़ानून के मर्म में समानता है। परिणामस्वरूप स्वतंत्रता का दावा समानता की क़ीमत पर नहीं किया जा सकता।

एक अविभाज्य और सार्वभौम अधिकार के रूप में लॉक के अनुसार स्वतंत्रता नागरिक और राजनीतिक समाज से पहले आती है। नागर समाज जिस अनुबंध के तहत बनता है, उसका मक़सद स्वतंत्रता समेत सभी प्राकृतिक अधिकारों की रक्षा करना है। राजनीतिक समाज स्वतंत्रता को विनियमित तो कर सकता है, पर सीमित नहीं। लॉक जिस स्वाधीन व्यक्ति की कल्पना करते हैं वह बुद्धिसंगत व्यवहार के मुताबिक़ स्वतंत्रता का दावा उन परिस्थितियों में करेगा जिन्हें बदला जा सकता है। अर्थात् वह स्वाधीन व्यक्ति किसी पक्षी की तरह हवा में उड़ने की स्वतंत्रता का दावा करने के बजाय अल्पसंख्यक होने के बावजूद अपनी बात कहने और उसके सुने जाने का दावा करना पसंद करेगा। लेकिन लॉक भी उन परिस्थितियों के बारे में चर्चा नहीं करते जो चयन की प्रक्रिया को सुगम और सुलभ करती हों। यानी वे सामाजिक बाधाओं और विषमताओं की बात नहीं करते। हॉब्स और लॉक की स्वतंत्रता संबंधी चर्चा व्यक्ति के स्तर पर ही है।

रूसो के चिंतन से यह कमी पूरी होती है। उनके यहाँ स्वतंत्रता एक सामूहिक उद्यम है जिसके तहत पूरे समूह के वृहत्तर हित के लिए स्वार्थी आग्रहों से मुक्त होना ज़रूरी है। रूसो की मान्यता के अनुसार अन्यायपूर्ण और पदानुक्रम से निकलने वाली सामाजिक विषमताओं के उन्मूलन के बिना स्वतंत्रता असम्भव है। इसलिए रूसो स्वतंत्रता को प्राकृतिक

अधिकार नहीं मानते। वह तो नागरिक और राजनीतिक समाज बनने के बाद अ-स्वतंत्रता से मुक्ति के रूप में मिलती है। अगर कोई निजी दासता के मुक्त होना चाहता है तो दूसरे व्यक्तियों या संस्थाओं पर निर्भर होने के बजाय उसे पूरे समुदाय पर निर्भर होना चाहिए, उस एकताबद्ध समुदाय पर जो प्रत्येक नागरिक के जान-माल की हिफ़ाज़त करता है। रूसो की निगाह में व्यक्ति पूरे समुदाय से एकजुट हो कर अपनी निम्न प्रकृति का उन्नयन करता है। स्वाधीन लोग अनुपालन करते है, दासता नहीं। उनके नेता होते हैं, मालिक नहीं। वे क़ानून पर चलते हैं, उन क़ानूनों पर जिनके कारण उन्हें मनुष्यों का आज्ञापालन नहीं करना पड़ता। और, क़ानून 'जन-इच्छा' (जनरल विल) का प्रतिनिधित्व करता है। अर्थात् रूसो की निगाह में चयन का अधिकार सही विकल्प चुनने का पर्याय है। कार चलाने और साइकिल चलाने के विकल्पों में से रूसो का नागरिक साइकिल चलाने का चयन करेगा, क्योंकि प्रदूषण से समाज को बचाया जा सकेगा और पैदल चलने वालों को सुविधा होगी।

उपयोगितावाद के पैरोकार जेरेमी बेंथम ने स्वतंत्रता को सुख प्राप्त करने और दुःख से बचने के साथ जोड़ कर देखा है। यह परिभाषा एक बलात्कारी और हत्यारे की स्वतंत्रता को उसके उत्पीड़ित की स्वतंत्रता के साथ प्रतियोगिता में खड़ा कर देती है। दरअसल, उपयोगितावादी सुखों की प्रकृति में फ़र्क़ नहीं करते। सूर्योदय निहारने के सुख में निहित स्वतंत्रता और नशीले पदार्थों के सेवन से मिलने वाला सुख एक ही पायदान पर खड़ा हो जाता है। स्वतंत्रता की यह सरलीकृत व्याख्या बेंथम के शिष्य जॉन स्टुअर्ट मिल के चिंतन में अधिक परिष्कृत हो कर उभरती है।

मिल का तर्क है कि किसी व्यक्ति के मत का समाज या राज्य के सामूहिक निर्णय के आधार पर दमन नहीं किया जा सकता। अपनी विख्यात रचना *ऑन लिबर्टी* में वे निजी स्वतंत्रता को बचाना चाहते हैं और बेंथम से परे जाते हुए सुख को वैयक्तिकता की रक्षा के रूप में देखते हैं। उनके यहाँ वैयक्तिकता मनुष्य की इयत्ता के विकास की पूर्वशर्त है। प्रगति तभी होगी जब अपनी वैयक्तिकता में दूसरों से भिन्न हो कर व्यक्ति समाज के लिए उपयोगी होगा। मिल स्वतंत्रता के तीन आयाम बताते हैं : विचार और बहस की स्वतंत्रता, वैयक्तिकता का सिद्धांत और व्यक्ति की क्रियाओं पर प्राधिकार की सीमा।

आम तौर पर स्वतंत्रता को एक उदारतावादी सिद्धांत मान लिया जाता है। पर उदारतावादी न समझे जाने वाले दार्शनिकों ने भी इसके विकास में महत्त्वपूर्ण योगदान दिया है। रूसो के उदाहरण पर हम ग़ौर कर ही चुके हैं। मार्क्स इसके दूसरे उदाहरण हैं। वे अ-स्वतंत्रता की मिसाल के ज़रिये स्वतंत्रता के विचार को सामने लाते हैं। उनके लिए अ-स्वतंत्रता अपने आप से पराया हो जाने में है। मसलन, लेखक बनने की इच्छा रखने वाला अगर कारख़ाने में मज़दूरी करने के लिए विवश है तो दिन-रात की मेहनत-मशक़्क़त उसे अपने एहसासों में डूबने या अपने-आप से जुड़ने से रोकेगी। इस प्रकार उसका अपने श्रम उसे स्वयं की इयत्ता से पराया कर देगा। यह प्रक्रिया चार चरणों में चलती है : कर्त्ता का अपने श्रम के उत्पाद से परायापन, उत्पादक गतिविधि से परायापन, स्वंय की मानवीय प्रकृति (मार्क्स मानवीय प्रकृति की परिभाषा सृजनशीलता की अभिव्यक्ति-क्षमता के रूप में करते हैं) से परायापन और फिर दूसरे मनुष्यों से परायापन। इस तरह परायेपन का शिकार मनुष्य खाने, पीने, प्रजनन करने और ज़्यादा से ज़्यादा अपनी रिहाइश में वक़्त गुज़ारने वाला महज़ प्राणी बन कर रह जाएगा।

मार्क्स लिबरेशन या मुक्ति की जिस धारणा को पेश करते हैं वह आत्मविकास के बिना सम्भव नहीं हो सकती। पूँजीवाद की आलोचना वे इसीलिए करते हैं कि वह आत्मविकास के मौक़े न देने के लिए ज़िम्मेदार हैं। पूँजीवाद के तहत कामनाएँ व्यक्ति की समझ से बाहर प्रक्रिया के ज़रिये बनती हैं जिसके कारण वह अपनी कामनाओं के साथ तादात्म्य स्थापित नहीं कर पाता। वे कामनाएँ उसका मुक्त चयन न हो कर परायी शक्तियों की तरह लगने लगती हैं। नियोजन और समन्वय के अभाव में कामनाएँ पूरी नहीं होतीं। उनके लिए की जाने वाली व्यक्ति की क्रियाएँ भी स्वतंत्र और किसी परायी शक्ति की तरह लगती हैं, न कि स्वतंत्र और संयुक्त इच्छा का परिणाम। मार्क्स अपनी ही कामनाओं से तादात्म्य न कर पाने और अपनी ही इयत्ता के साथ उनके टकराव को परायेपन की संज्ञा देते हैं। लेकिन, पूँजीवाद की गहन आलोचना करते हुए वे यह भी मानते हैं कि पूँजीवाद ही ऐसी भौतिक परिस्थितियाँ बनाता है जिनके आधार पर उस समाज की रचना की जा सकती है जिसमें व्यक्ति पूरी तरह से आत्मविकास के रास्ते पर चल सकेगा।

समकालीन दार्शनिक ईसैया बर्लिन ने स्वतंत्रता के विचार को नकारात्मक और सकारात्मक स्वतंत्रताओं में बाँट कर देखा है। दोनों स्वतंत्रताएँ एक-दूसरे की पूरक हैं। नकारात्मक स्वतंत्रता यानी किसी भी हस्तक्षेप या बाधा से स्वतंत्रता। यह क्रिया करने के अवसर पर निर्भर है, न कि क्रिया पर। अवसर की अनुपलब्धि स्वतंत्रता में बाधक बन जाती है। सकारात्मक स्वतंत्रता वह है जिसके तहत व्यक्ति की उच्चतर इयत्ता उसकी निचली इयत्ता पर प्रभुत्व प्राप्त कर लेती है जिसके ज़रिये वह अपना स्वामी बन कर आत्मसिद्धि कर सकता है। यह अवसर पर निर्भर नहीं होती, बल्कि अवसरों को उपलब्ध करने के लिए क़दम भी उठाती है।

देखें : अधिकार, अधिकार : सैद्धांतिक यात्रा, अरस्तू, अफ़लातून, अनुदारतावाद, अराजकतावाद, अन्य-अन्यीकरण, उदारतावाद,

उपयोगितावाद, ऐडमण्ड बर्क, क्रांति, ज्याँ ज़ाक रूसो, जॉन लॉक, जेरेमी बेंथम, जॉन स्टुअर्ट मिल, जॉन रॉल्स, थॉमस हॉब्स, थॉमस पेन, न्याय, न्याय : नारीवादी आलोचना, न्याय : रॉल्स का सिद्धांत, राजनीति में व्यक्ति की भूमिका, नागरिकता, नागरिकता : अन्य परिप्रेक्ष्य-1 और 2, नागर समाज, पनोप्टिकॉन, प्रतिनिधित्व, प्रगति, प्रगति : आलोचनात्मक परिप्रेक्ष्य, प्रशासन, फ़ासीवाद, फ्रेड्रिख़ वॉन हायक, बहुसंस्कृतिवाद, बहुसंख्यकवाद, बहुसंख्यक-अल्पसंख्यक, बुद्धिवाद, माइकेल जोसेफ़ ओकशॉट, माइकिल वाल्ज़र, मिशेल पॉल फ़ूको-1 और 2, यूटोपिया, राजनीतिक और राजनीति, राजनीतिक दर्शन के नारीवादी आयाम-1 और 2, राजनीतिक मनोविज्ञान, राजनीतिक समाजशास्त्र, राज्य-1 और 2, रॉबर्ट नॉज़िक, राज्य-1 और 2, राष्ट्र-राज्य, राष्ट्र : सांस्कृतिक या राजनीतिक, राष्ट्रवाद, राष्ट्रवाद का इतिहास, लोकतंत्र, लोकतंत्र की आलोचनाएँ, व्यक्तिवाद, व्यवहारवाद, विल किमलिका, वितरणमूलक न्याय, विदेशी-द्वेष, वैधता, वैधता का संकट, सविनय अवज्ञा, स्मृति की राजनीति, स्वतंत्रतावाद, सर्वसत्तावाद, सम्प्रभुता, समाजवाद, सरकारियत, संविधानवाद, सामाजिक समझौता, हेनरी डेविड थोरो।

संदर्भ

1. वी. श्रीरंजनी (2008), 'लिबर्टी', राजीव भार्गव और अशोक आचार्य (सम्पा.), *पॉलिटिकल थियरी : ऐन इंट्रोडक्शन,* पियर्सन लोंगमेन, नयी दिल्ली.
2. ईसैया बर्लिन (1996), *फ़ोर एसेज़ ऑन लिबर्टी,* ऑक्सफ़र्ड युनिवर्सिटी प्रेस, ऑक्सफ़र्ड.
3. एफ़.ए. हॉयक (1960), द *कांस्टीट्यूशन ऑफ़ लिबर्टी,* युनिवर्सिटी ऑफ़ शिकागो प्रेस, शिकागो,
4. सी.एल. टेन (सम्पा.) (1999), *मिल्स मॉरल, पॉलिटिकल ऐंड लीगल फ़िलॉसफ़ी,* डार्टमाउथ पब्लिशिंग कम्पनी लि., इंग्लैण्ड.

— अभय कुमार दुबे

स्वतंत्रता, भारतीय विचार

(Liberty, The Indian Concept)

स्वतंत्रता के लिए भारतीय परम्परा के पास अगर कोई निकटतम शब्द है तो वह है मुक्ति। लेकिन इस मुक्ति का तात्पर्य मोक्ष से है अर्थात् जन्म-मरण के चक्र से पारलौकिक धरातल पर मिलने वाला छुटकारा। लेकिन आधुनिक और लौकिक संदर्भों में यहाँ जिस मुक्ति की चर्चा की जा रही है उसका अर्थ है सामाजिक-राजनीतिक बंधनों से छुटकारा। भारत में स्वतंत्रता का यह आधुनिक विचार मुख्यत: दो अर्थों में ग्रहण किया जाता है : राजनीतिक स्वतंत्रता और सामाजिक स्वाधीनता। स्वाधीनता के इन दोनों रूपों की चेतना का स्पर्श साथ-साथ मिलने के बावजूद भारत ज़्यादा से ज़्यादा यह कह सकता है कि उसे राजनीतिक स्वाधीनता प्राप्त हो चुकी है, और सामाजिक स्वतंत्रता के रास्ते पर कई सकारात्मक क़दम बढ़ा चुका है पर इस सिलसिले में मंजिल तक पहुँचने की जद्दोजहद अभी जारी है। स्वतंत्रता के विचार का भारत में आगमन तीन विभिन्न रास्तों से हुआ। पहला, औपनिवेशिक शासन व्यवस्था द्वारा किये गये क़ानूनी विन्यास में व्यक्ति के अधिकारों और स्वतंत्रताओं की प्रच्छन्न समझ निहित होना। दूसरा, पश्चिमी शिक्षा व्यवस्था का संस्थागत प्रसार। तीसरा, पश्चिमी सामाजिक चिंतन का प्रभाव।

भारत में जैसे-जैसे मध्य वर्ग का उभार हुआ और नौकरी पेशा लोगों की संख्या बढ़ी, स्वतंत्रता का विचार व्यक्तिगत संदर्भों में व्यक्त किया जाने लगा। संयुक्त परिवारों में स्त्रियों की स्थिति पुरुष के मुक़ाबले दोयम दर्जे की थी, लेकिन स्वतंत्रता के व्यक्ति आधारित विचार ने पुरुष के साथी की उनकी परिभाषा का रास्ता खोला। विभिन्न जाति सभाओं और धार्मिक संगठनों के गठन ने धर्म, जाति और समाज के समीकरण में उल्लेखनीय तब्दीलियाँ कीं। आधुनिक दायरे में सक्रिय रहने की विवशता से जातियों का परस्पर कर्मकाण्डीय अलगाव टूटा और धार्मिक संगठनों ने औपनिवेशिक आधुनिक राज्य द्वारा प्रदत्त लाभों में हिस्सा बँटाने के लिए सामुदायिकता की राजनीति शुरू की। शिक्षा संस्थाएँ खोलने, स्त्रियों की उन्नति और खेल-कूद क्लबों के मक़सद से स्वयंसेवी संस्थाएँ बनने का सिलसिला शुरू हुआ। शुरुआती दौर में इन संगठनों में भागीदारी का मौक़ा केवल ऊँची जातियों के अभिजनों को ही प्राप्त था। सामाजिक पाबंदियों से छुटकारे की इन विविध मुहिमों के शीर्ष पर बंगाल का नवजागरण था जिसके एक सिरे पर राजा राममोहन राय थे, और दूसरे सिरे पर रवींद्रनाथ ठाकुर। यह धारा आगे चल कर कमोबेश राजनीतिक स्वतंत्रता के लिए चलाये जा रहे उपनिवेशवादी संघर्ष में विकसित हुई।

लेकिन, पश्चिम भारत में आधुनिकता और सामाजिक मुक्ति की इस अन्योन्यक्रिया का परिदृश्य कुछ अलग तरह का था। निचली जातियों से निकले दो चिंतकों ने सामाजिक स्वतंत्रता के आधुनिक विचारों के ज़रिये जातिगत ऊँच-नीच पर आक्रमण शुरू किया। यह मशाल पहले ज्योतिबा फुले ने जलायी और फिर भीम राव आम्बेडकर उसके प्रमुख वाहक बने। सामाजिक मुक्ति का यह संदर्भ रोज़ाना की ज़िंदगी में जातिगत अवमानना से मुक्ति के रूप में परिभाषित हुआ। इसके दो रूप थे : ऊँची जातियों के प्रभुत्व से निचले जाति-समूहों की मुक्ति, और औपनिवेशिक प्रशासन में नौकरियों के लिए आरक्षण की राजनीति। सामाजिक स्वतंत्रता की यह धारा उपनिवेशवाद विरोध की राजनीतिक धारा से अलग और अक्सर उसके साथ तनाव में विकसित हुई।

स्वतंत्रता की इन दोनों धाराओं को अगर किसी एक

मुक़ाम पर एक साथ अभिव्यक्ति मिली तो वह था गाँधी-विचार। गाँधी ने स्वतंत्रता के लिए 'स्वराज' शब्द का इस्तेमाल किया जो 'स्व' और 'राज' से मिल कर बना था। इसे दो अर्थों में समझा जा सकता था : स्व या अपना शासन और स्व पर राज या अपने ऊपर शासन। इस तरह स्वराज का एक मतलब संवैधानिक और राजनीतिक स्वतंत्रता समझा गया और दूसरा मतलब सामाजिक और सामूहिक स्तर पर स्वतंत्रता के रूप में लिया गया। गाँधी ने सामाजिक मुक्ति को एक नया आयाम भी दिया जिसका तात्पर्य न केवल परंपरा की जकड़ से मुक्ति था, बल्कि पश्चिम के सांस्कृतिक रुतबे से भी मुक्ति के रूप में भी था। अपनी विख्यात रचना *हिंद-स्वराज* में गाँधी ने स्वराज की वह समझ पेश की जिसका मतलब था अमानवीकरण करने वाली संस्थाओं से मुक्ति के लिए आत्म-गौरव की उपलब्धि, अपने उत्तरदायित्व की समझ और आत्म-मुक्ति की क्षमता का विकास। इस स्वराज की प्राप्ति की लिए ज़रूरी था अपनी वास्तविक इयत्ता का साक्षात्कार करते हुए समुदाय व समाज से उसके संबंध की गहन अनुभूति। गाँधी का लक्ष्य था कि स्वराज की इस समझ के मुताबिक़ ऐसी संस्थाओं, संरचनाओं और प्रक्रियाओं के विकास का सतत प्रयास किया जाए जो भारत की विविध संस्कृतियों और परम्पराओं के मुताबिक़ होने के साथ-साथ प्राकृतिक जगत के उसूलों पर भी खरी उतरती हों। गाँधी का विश्वास था कि इस प्रकार होने वाला विकास न केवल व्यक्ति को स्वाधीन करेगा, बल्कि उन सामूहिक क्षमताओं को भी उन्मुक्त करेगा जिनकी बुनियाद न्याय के उसूल पर रखी गयी होगी।

सवाल यह है कि क्या स्वतंत्रता के विचार की ये धाराएँ स्वतंत्र भारत के संविधान में मूर्त होती हैं? दरअसल, भारतीय संविधान के तीसरे हिस्से में मूलाधिकारों के तहत स्वतंत्रता की चर्चा मिलती है। ये मूलाधिकार राज्य को दी जाने वाली सकारात्मक हिदायतों के रूप में न हो कर राज्य पर लगायी गयी कुछ पाबंदियों के नकारात्मक रूप में हैं। ये अधिकार मूल होने के बावजूद निर्बाध नहीं हैं। एक सिद्धांत के रूप में स्वतंत्रता के अधिकार और व्यक्तिगत स्वतंत्रता के अधिकारों द्वारा ही नहीं बल्कि राज्य की नीति के निर्देशक सिद्धांतों द्वारा भी सुरक्षित की गयी है। संविधान के इस हिस्से के अनुच्छेद 19 में विभिन्न स्वतंत्रताओं का ज़िक्र है और अनुच्छेद 21 स्वतंत्रता के सिद्धांत के दायरे को परिभाषित करता है। इक्कीसवाँ अनुच्छेद कहता है : *क़ानून द्वारा स्थापित क्रियाविधि को छोड़ कर किसी और तरीक़े से किसी व्यक्ति को उसके जीवन या निजी स्वतंत्रता से वंचित नहीं किया जाएगा।* मूलाधिकारों के परिच्छेद में यह अकेला सूत्रीकरण है जिसके कार्यान्वयन में किसी अपवाद या शर्त का उल्लेख नहीं है। अर्थात् अनुच्छेद 21 के मुताबिक़ भारतीय संविधान जीवन के अधिकार और निजी स्वतंत्रता को मानव अधिकार के स्तर पर ले जाता है। इसका उपभोग करने के लिए भारत का नागरिक होना भी ज़रूरी नहीं है।

देखें : ग़ैर-सरकारी संस्थाएँ, ग़ैर-सरकारी संस्थाएँ : भारत में, ग़ैर-दलीय राजनीति, धीरूभाई शेठ, नागरिकता, नागरिकता : अन्य परिप्रेक्ष्य, नागर समाज, नागरिक समाज पर भारतीय बहस, पार्थ चटर्जी, मानवाधिकार, भारत में उपनिवेशवाद, भारत में नागर समाज और ग़ैर-दलीय राजनीति-1 से 3 तक, भारत में नागरिकता-विमर्श-1 से 3 तक, भारत में मानवाधिकार, भारत में मानवाधिकार आंदोलन, भारत में सार्विक मताधिकार, भीखू छोटालाल पारिख, रजनी कोठारी, राजनीतिक समाज, सुदीप्त कविराज।

संदर्भ

1. सुदीप्त कविराज (2002), 'आइडियाज़ ऑफ़ फ्रीडम इन मॉडर्न इण्डिया', राबर्ट एच. टेलर (सम्पा.), *द आइडिया ऑफ़ फ्रीडम इन एशिया ऐंड अफ़्रीका,* स्टेनफ़र्ड युनिवर्सिटी प्रेस, स्टैनफ़र्ड, सीए.
2. वी. श्रीरंजनी (2008), 'लिबर्टी' अध्याय में 'द कंसेप्ट ऑफ़ लिबर्टी इन इण्डिया', राजीव भार्गव और अशोक आचार्य (सम्पा.), *पॉलिटिकल थियरी : ऐन इंट्रोडक्शन,* पियर्सन लोंगमेन, नयी दिल्ली.
3. गंगाधर पानतावणे (1993), 'महात्मा फुले और डॉ. आम्बेडकर', हरि नरके (सम्पा.), *महात्मा फुले : साहित्य और विचार,* महात्मा फुले चरित्र साधने प्रकाशन समिति, मुम्बई.

— अभय कुमार दुबे

स्वतंत्रतावाद

(Libertarianism)

द्वितीय विश्व-युद्ध के बाद पूँजीवादी देशों में लोकोपकार के आग्रह के तहत राज्य की बढ़ी हुई भूमिका की प्रतिक्रिया में स्वतंत्रतावाद के सिद्धांत का विकास हुआ है। स्वतंत्रतावाद मनुष्य और समाज के जीवन में राज्य की भूमिका को बेहद सीमित कर देना चाहता है। इसकी दो प्रमुख शाखाएँ हैं। एक शाखा अराजकतावादियों की है जो मानते हैं कि सरकार अपने आप में वैध संस्था है ही नहीं। दूसरी शाखा न्यूनतमवादियों की है जो मानती है कि सरकार को न्यूनतम काम करने का अधिकार है जिनमें पुलिस-सुरक्षा, अनुबंधों का कार्यान्वयन करवाना, नागरिक और फ़ौजदारी अदालत क़ायम करना शामिल है। लेकिन अधिकतर न्यूनतमवादी यह भी मानते हैं कि उनकी सूची में टैक्स वसूलने का अधिकार शामिल नहीं है। यहाँ तक कि ऊपर वर्णित काम पूरे करने के लिए भी

सरकार को लोगों से टैक्स नहीं लेना चाहिए। अराजकतावादियों का ख़याल है कि क्रिकेट के नाइटवाचमैन क़िस्म का यह राज्य भी कुछ ज़्यादा ही व्यापक है। वे मानते हैं कि न्यूनतमवादियों ने सरकार को जो काम दिये हैं, वे भी निजी एजेंसियों द्वारा किये जाने चाहिए। कुछ अराजकतावादी तो व्यक्ति की सुरक्षा के लिए भी सरकार को किसी तरह की शक्ति का उपभोग नहीं करने देना चाहते।

स्वतंत्रतावादी व्यक्ति के आत्म-स्वामित्व या 'सेल्फ़ ऑनरशिप' के विचार पर बल देते हैं। आत्म-स्वामित्व का विचार कांट द्वारा लोगों को अपने-आप में साध्य मानने के सूत्र का ही एक रूप है। इसका अर्थ यह है कि हर व्यक्ति ख़ुद अपना मालिक है। इसलिए उसकी ज़िंदगी में किसी को भी ऐसा दख़ल देने की ज़रूरत नहीं हैं जिससे उसके आत्म-स्वामित्व का उल्लंघन होता हो। इस आधार पर भी स्वतंत्रतावाद दो धाराओं में बँट जाता है : पहला, दक्षिणपंथी स्वतंत्रतावाद और दूसरा वामपंथी स्वतंत्रतावाद।

दक्षिणपंथी स्वतंत्रतावादी न्यूनतम राज्य की अवधारणा का समर्थक है। उसका मानना है कि व्यक्ति को असीम सम्पत्ति का अधिकार है। यदि राज्य व्यक्ति पर किसी भी तरह का कर लगाता है तो वह आत्म-स्वामित्व के उसूल का उल्लंघन होगा। लॉक के विचारों में इसके सूत्र पाये जा सकते हैं। बींसवी सदी में हायक और फ्रीडमैन ने भी इस विचार का समर्थन किया है। द्वितीय विश्व युद्ध के बाद इस आंदोलन को बौद्धिक समर्थन देने वाले प्रमुख विद्वानों में अमेरिकी अर्थशास्त्री मरे एन. रोथबर्ड का नाम भी प्रमुख है। रोथबर्ड ने अ-हस्तक्षेपकारी राज्य के सिद्धांत को मानवाधिकारों के असीमवादी संस्करण से जोड़ कर राज्य को ख़ारिज कर दिया। समकालीन विद्वानों में रॉबर्ट नॉज़िक इस के सबसे बड़े समर्थक हैं। दूसरी ओर, वाम-स्वतंत्रतावाद की भी एक लम्बी परम्परा रही है। वाम-स्वतंत्रतावादी अट्ठारहवीं और उन्नीसवीं सदी विचारकों, जैसे थॉमस पेन, हेनरी जॉर्ज और पीटर वालरस, के विचारों से प्रेरणा ग्रहण करते हैं। आजकल हीलेल स्टीनर और पीटर वेलेनटाइन जैसे विचारकों ने इसका समर्थन किया है। वाम-स्वतंत्रतावाद भी आत्म-स्वामित्व पर जोर देता है। वह मानता है कि संपत्तिहीन लोगों को आत्म-स्वामित्व का अधिकार देने के लिए या तो संसाधनों का राष्ट्रीयकरण किया जाना चाहिए, या फिर सभी लोगों तक इनकी पहुँच सुनिश्चित करनी चाहिए। फ़िलहाल स्वतंत्रतावाद के नाम पर केवल दक्षिणपंथी-स्वतंत्रतावाद का ही बोलबाला है।

1974 में दार्शनिक राबर्ट नॉज़िक की कृति *एनार्की, स्टेट एंड यूटोपिया* के प्रकाशन के बाद इस आंदोलन पर काफ़ी अकादमीय ध्यान दिया गया। यह पुस्तक जॉन रॉल्स की *अ थियरी ऑफ़ जस्टिस* के 1971 के प्रकाशन में कुछ सामने आयी थी। अपनी किताब में नॉज़िक यह तर्क देते हैं कि राज्य को सिर्फ़ सुरक्षा और न्याय के काम करने चाहिए न्याय के इस सिद्धांत के तहत माना जाता है कि लोगों की विशेषताओं का ध्यान रखते हुए एक ख़ास तरीक़े से सम्पत्ति और आय का वितरण किया जाना चाहिए। नॉज़िक ने विख्यात बास्केटबॉल खिलाड़ी विल्ट चेम्बरलेन के उदाहरण से दिखाया है कि किस तरह छोटी-छोटी गतिविधियाँ व्यक्तिगत स्वतंत्रता का उल्लंघन करती हैं। नॉज़िक कहते हैं कि अगर चेम्बरलेन को बॉस्केटबॉल का खेल दिखाने के लिए एक समतावादी समाज में सभी लोग अपने एक डॉलर का चौथाई हिस्सा दें तो उसके पास बहुत ज़्यादा सम्पत्ति जमा हो जाएगी।

नॉज़िक पैटर्न आधारित न्याय की समस्याओं से बचने के लिए इसकी जगह ऐतिहासिक सिद्धांत अपनाते हैं। उन्होंने लॉक के वर्णन को अपने इस ऐतिहासिक सिद्धांत का आधार बनाया है। उनके अनुसार यह ज़रूरी नहीं है कि व्यक्ति नैतिक रूप से अपनी सम्पत्ति के लायक़ हो। इसकी जगह व्यक्ति सम्पत्ति का सिर्फ़ हक़दार हो सकता है। एक व्यक्ति सम्पत्ति का तभी हक़दार हो सकता है जब उसने किसी लावारिस पड़ी वस्तु का न्यायपूर्ण अधिग्रहण किया हो; या फिर उसने किसी ऐसे व्यक्ति से सम्पत्ति ली हो जिसका उस पर न्यायपूर्ण शुरुआती अधिग्रहण हो। साथ ही, नॉज़िक अतीत के अन्यायों के परिशोधन की व्यवस्था भी करते हैं। अर्थात् यदि ऊपर-वर्णित प्रक्रिया के अनुसार सम्पत्ति हासिल नहीं की गयी है तो व्यक्ति इसके लिए परिशोधन का दावा कर सकता है। अपनी किताब में नॉज़िक यह भी दिखाने की कोशिश करते हैं कि एक स्वतंत्रतावादी समाज यूटोपियाई सामाजिक व्यवस्था की सबसे सुसंगत परिभाषा पर खरा उतरता है।

इसके अलावा, डेविड गौथियर जैसे विद्वानों ने पारस्परिक लाभ के आधार पर स्वतंत्रतावाद की तरफ़दारी की है। दूसरी ओर, बहुत से विद्वानों ने स्वतंत्रता को ज़्यादा-से-ज़्यादा बढ़ाने को तर्क के आधार पर भी स्वतंत्रतावाद की वकालत की है।

स्वतंत्रतावाद के दक्षिणपंथी संस्करण का आधारभूत तर्क बेहद कमज़ोर है। यह समाज में सम्पत्ति और संसाधनों की असमानता को ज्यों का त्यों स्वीकार कर लेता है। नॉज़िक के सिद्धांत में इस सवाल का जवाब देने की कोशिश नहीं की गयी है कि क्या वर्तमान दौर में बड़े-बड़े पूँजीपतियों ने अपनी सम्पत्ति न्यायपूर्ण अधिग्रहण के सिद्धांत के अनुसार हासिल की थी। इसी तरह इसमें यह भी स्पष्ट नहीं है कि क्या सभी लोगों को शुरुआती रूप से समान संसाधन दिये गये थे? यदि

ऐसा नहीं हुआ तो सम्पत्तिहीन और साधनहीन लोगों को संसाधनों के पुनर्वितरण की माँग क्यों नहीं करनी चाहिए? यद्यपि वामपंथी-स्वतंत्रतावाद इस तरह के मुद्दे उठाता है लेकिन दक्षिणपंथी-स्वतंत्रतावाद का प्रभाव लगातार बढ़ता गया है। इसका मुख्य कारण लोकोपकारी राज्य की नाकामी है।

देखें : अधिकार, अधिकार : सैद्धांतिक यात्रा, अरस्तू, अफ़लातून, अनुदारतावाद, अराजकतावाद, अन्य-अन्यीकरण, उदारतावाद, उपयोगितावाद, ऐडमण्ड बर्क, क्रांति, ज्याँ ज़ाक रूसो, जॉन लॉक, जेरेमी बेंथम, जॉन स्टुअर्ट मिल, जॉन रॉल्स, थॉमस हॉब्स, थॉमस पेन, न्याय, न्याय : नारीवादी आलोचना, न्याय : रॉल्स का सिद्धांत, राजनीति में व्यक्ति की भूमिका, नागरिकता, नागरिकता : अन्य परिप्रेक्ष्य-1 और 2, नागर समाज, पनोप्टिकॉन, प्रतिनिधित्व, प्रगति, प्रगति : आलोचनात्मक परिप्रेक्ष्य, प्रशासन, फ़ासीवाद, फ्रेड्रिख़ वॉन हायक, बहुसंस्कृतिवाद, बहुसंख्यकवाद, बहुसंख्यक-अल्पसंख्यक, बुद्धिवाद, माइकेल जोसेफ़ ओकशॉट, माइकिल वाल्ज़र, मिशेल पॉल फ़ूको-1 और 2, यूटोपिया, राजनीतिक और राजनीति, राजनीतिक दर्शन के नारीवादी आयाम-1 और 2, राजनीतिक मनोविज्ञान, राजनीतिक समाजशास्त्र, राज्य-1 और 2, रॉबर्ट नॉज़िक, राज्य-1 और 2, राष्ट्र-राज्य, राष्ट्र : सांस्कृतिक या राजनीतिक, राष्ट्रवाद, राष्ट्रवाद का इतिहास, लोकतंत्र, लोकतंत्र की आलोचनाएँ, व्यक्तिवाद, व्यवहारवाद, विल किमलिका, वितरणमूलक न्याय, विदेशी-द्वेष, वैधता, वैधता का संकट, सविनय अवज्ञा, स्मृति की राजनीति, स्वतंत्रता, स्वजातिवाद, सर्वसत्तावाद, सम्प्रभुता, समाजवाद, सरकारियत, संविधानवाद, सामाजिक समझौता, हेनरी डेविड थोरो।

संदर्भ

1. विल किमलिका (2009), *समकालीन राजनीति-दर्शन : एक परिचय* (दूसरा संस्करण) (अनु. कमल नयन चौबे), पियर्सन लांग्मैन, नयी दिल्ली.
2. राबर्ट नॉज़िक (1974), *एनार्की स्टेट ऐंड यूटोपिया,* बेसिक बुक्स, न्यूयॉर्क.
3. पीटर वेलेनटाइन और एच. एल. स्टीनर (सम्पा.) (2000), *लेफ़्ट-लिबरटेरियनिज़म ऐंड इट्स क्रिटिक्स : द कंटेम्पररी डिबेट,* पॉलग्रेव, लंदन.
4. एम. रॉथबार्ड (1982), *इथिक्स ऑफ़ लिबर्टी,* ह्यूमैनिटी प्रेस, अटलांटिक हाइलैण्ड्स, एनजे.

— कमल नयन चौबे

स्वामी अछूतानंद हरिहर

(Swami Achhutanand 'Harihar')

आदि हिंदू आंदोलन के संस्थापक और उत्तर भारत में दलित चेतना के प्रमुख अग्रदूतों में से एक स्वामी अछूतानंद हरिहर (1879-1933) उन संत-महापुरुषों में से थे जिन्होंने ब्रिटिश भारत में अंग्रेज़ों की ग़लत नीतियों का विरोध करते हुए भारतीय समाज की विषमता पर ज़बरदस्त चोट करने के साथ-साथ सामंतों और ज़मींदारों के अत्याचारों के ख़िलाफ़ भी आवाज़ उठायी। उन्होंने सामाजिक और राजनीतिक अधिकारों की दावेदारी करने के साथ-साथ दलितों को भारत का मूल निवासी बताने का अभियान चलाया। उन्होंने सरकार को कई माँग-पत्र दिये जिनमें दलितों के लिए सार्वजनिक बहालियों और राजनीतिक प्रतिनिधित्व में विशेष प्रावधान की बात कही गयी थी। उनके इन प्रयासों के कारण छुआछूत के शिकार समुदायों ने औपनिवेशिक आधुनिकता को मुक्ति के एक सीमित अवसर के रूप में देखना शुरू किया। आज उत्तर भारत, ख़ास कर उत्तर प्रदेश में जिस दलित राजनीतिक जागरूकता के दर्शन होते हैं उसकी नींव बीसवीं सदी के दूसरे और तीसरे दशक में स्वामी अछूतानंद के अहर्निश संघर्ष के आधार पर ही रखी गयी थी। यह स्वामी अछूतानंद द्वारा बनायी गयी ज़मीन ही थी जिसकी बिना पर इस क्षेत्र में चालीस के दशक तक आम्बेडकरवादी चेतना अपने क़दम जमा सकी। अछूतानंद की समयावधि में उत्तर भारत में कम से कम चार और मुक़ामों पर आदि हिंदू आंदोलन चल रहा था। पंजाब में बाबा मंगूराम मुग्गोवालिया ने इसकी स्थापना की थी। इसके अलावा इस आंदोलन की गतिविधियाँ आज के हरियाणा, नयी दिल्ली, उत्तराखण्ड और राजस्थान में भी देखी जा सकती थीं।

स्वामी अछूतानंद का जन्म उत्तर प्रदेश के फ़र्रुख़ाबाद ज़िले के सौरिख नामक गाँव में 1879 में वैशाख पूर्णिमा के दिन एक अत्यंत साधारण परिवार में हुआ था। उनके परिजन उन्हें बचपन में हीरालाल के नाम से पुकारते थे। उनकी दिलचस्पी शुरुआत से ही लिखने-पढ़ने में थी, बावजूद इसके कि उनके परिवार में शिक्षा की कोई सुविधा न थी। उन्हें किताबी ज्ञान से अधिक आध्यात्मिक ज्ञान प्राप्त करने का मौक़ा मिला। प्रतिभाशाली होने के कारण छोटी-सी उम्र में ही उन्हें हिंदी, संस्कृत, फ़ारसी, उर्दू, गुरुमुखी तथा मराठी आदि भाषाओं का ज्ञान हो गया। जितना अधिक वे पढ़ते उतना ही ज़्यादा ज्ञान प्राप्त करने की भूख उनके मन में पैदा होती। दलितों के बीच समाज-सुधार और जागरण के लिए काम करते-करते दिन-रात के कठोर परिश्रम के कारण 1933 में

उनका स्वास्थ्य ख़राब हो गया और मई के महीने में 23 दिन बीमार रहने के बाद उन्होंने अपना शरीर छोड़ा।

अछूतानंद ने 1905 से 1917 तक आर्य समाजियों के साथ जाति और छुआछूत के उन्मूलन के लिए काम किया। आर्य समाज में उन्हें पण्डित हरिहरानंद का नाम दिया गया, लेकिन जल्दी ही उनका आर्य समाज से मोहभंग हो गया और उन्होंने पण्डित हरिहरानंद के बजाय अछूतानंद 'हरिहर' नाम लेना पसंद किया। उन्होंने गाँव-गाँव और क़स्बे-क़स्बे घूम कर दलित जातियों में शिक्षा की आवश्यकता पर बल देना शुरू किया। समाज सुधार के उनके एजेंडे पर दहेज, बाल-विवाह और मृत्यु-भोज इत्यादि पर होने वाले ख़र्चों का विरोध करना शामिल था। वे जहाँ भी जाते दलित समाज को कुरीतियों तथा पाखण्ड से बचने की सलाह देते। बच्चों को स्कूल जाने के लिए उत्साहित करते साथ ही महिलाओं को भी पढ़ने के लिए प्रेरित करते।

स्वामी अछूतानंद हरिहर (1879-1933)

इस बीच स्वामी अछूतानंद को अनेक प्रलोभन दिये गये। जहाँ एक तरफ़ ब्रिटिश हुकूमत ने उन्हें पदवी देकर अपना पिट्ठू बनाना चाहा, वहीं दूसरी ओर देशी राजाओं, सामंतों तथा जागीरदारों ने भी तरह-तरह के लालच भिजवा कर उन्हें अपनी ओर मिलाने का भरपूर प्रयास किया। लेकिन वे अपने कर्त्तव्य से ज़रा भी नहीं डिगे।

1917 में अछूतानंद दिल्ली गये और अछूतों के नेता वीर रतन, देवी दास जातिया और जगतराम जातिया के साथ मिल कर काम किया। इन लोगों ने मिल कर अछूत महासभा की स्थापना की और एक पत्रिका का प्रकाशन शुरू किया। 1922 में प्रिंस ऑफ़ वेल्स के दिल्ली आगमन के मौक़े पर अछूतानंद ने पुराने क़िले पर एक विशाल सम्मेलन आयोजित किया जिसमें क़रीब दस हज़ार दलितों ने भागीदारी की। प्रिंस ऑफ़ वेल्स इस सम्मेलन के मुख्य अतिथि थे। अछूतानंद ने उनके सामने 17 माँगों का एक ज्ञापन पेश किया। ज्ञापन में अछूतों को आदि हिंदू बताया गया था और उनके लिए पृथक मतदाता मण्डलों की माँग करते हुए ज़ोर दिया गया था कि अछूतों के लिए स्कूल-कॉलेजों के दरवाज़े खोले जाएँ, छुआछूत निवारण के लिए कड़ा क़ानून बने, शिक्षा प्राप्त करने वाले अछूतों को सरकारी नौकरियाँ प्रदान की जाएँ, नगर पालिकाओं परिषदों-पंचायतों आदि में अछूतों को नामज़द किया जाए, अछूतों को व्यवसाय करने और दूकानें खोलने की आज़ादी मिले, बेगार कराने पर रोक लगे, राज्य विधानसभाओं में अछूतों की नुमाइंदगी हो, उन्हें पट्टे पर ज़मीनें मिलें, अछूत छात्रों के लिए वज़ीफ़ों की प्रावधान हो, सघन अछूत आबादी वाले इलाक़ों में उनके लिए कॉलेज खोले जाएँ और उन्हें मिलने वाली मज़दूरी में बढ़ोतरी हो। दिलचस्प बात यह है कि इस ज्ञापन में एक माँग ब्राह्मण और क्षत्रिय समुदायों की स्त्रियों के बारे में भी थी। ज्ञापन में कहा गया था कि इन स्त्रियों का ब्राह्मण और क्षत्रिय पुरुषों द्वारा काफ़ी शोषण होता है इसलिए उनके बुनियादी अधिकार सुनिश्चित किये जाने चाहिए। 1920 में उन्होंने दिल्ली के जाटव सम्मेलन में भागीदारी की और 1923 में दिल्ली में उन्होंने आदि हिंदू धर्म की स्थापना की।

दलितोद्धार की इस मुहिम में अछूतानंद को तीन तरफ़ से हमलों का सामना करना पड़ा। पहला, हिंदू धर्म में फैली कुरीतियों और छुआछूत के समर्थक मठाधीशों से, दूसरा मुसलमानों की धर्म-परिवर्तन नीति से और तीसरे अंग्रेज़ों की राजनीतिक ग़ुलामी से। वे जहाँ भी जाते स्थानीय लोगों को इसी तरह के तितरफ़ा संघर्ष के लिए तैयार करने की कोशिश करते। इसी उद्देश्य की पूर्ति के लिए उन्होंने 1926 में कानपुर में दलितों का एक सम्मेलन बुलाया। इस सम्मेलन में उन्होंने पूर्ण स्वराज्य की माँग की। उन्होंने कहा कि जिस तरह हिंदू और मुसलमान स्वराज की माँग कर रहे हैं, हम दलित भी पूर्ण-स्वराज की माँग करते हैं। हम भी स्वाधीनता के सच्चे हक़दार हैं। 30 नवम्बर, 1930 को लखनऊ में स्वामी अछूतानंद अपने साथियों तिलक चंदर कुरील, गिरधारी भगत, लक्ष्मण प्रसाद और करोड़ीमल खटीक के साथ साइमन कमीशन से मिले और दावा किया कि 'हमें अंग्रेज़ों से हमदर्दी नहीं, सम्मानपूर्वक जीवन अधिकार चाहिए।' उन्होंने इस अवसर पर ज़मींदारी उन्मूलन क़ानून बनाने की भी बात भी कही। साइमन कमीशन के सामने अछूतानंद ने 'सोसियो इकॉनॉमिक कण्डीशंस ऐंड आल्टरनेटिव प्लांस फ़ॉर द लिबरेशन ऑफ़ अनटचेबिल्स' पेश किया। कमीशन के सामने उनका तर्क था कि कांग्रेस और उसके गाँधी जैसे नेता दरअसल हिंदुओं का प्रतिनिधित्व करते हैं। वे अछूतों के नुमाइंदे नहीं हो सकते। लंदन में हुए गोलमेज़ सम्मेलन के समय भी अछूतानंद ने अनगिनत पत्र और तार भेज कर अछूतों के अलग प्रतिनिधित्व का सवाल उठाया था। जिस समय गाँधी अछूतों के लिए पृथक् मतदाता मण्डलों के सवाल पर आमरण अनशन पर बैठे, अछूतानंद ने प्रयाग, इटावा, लखनऊ और कानपुर में इसके ख़िलाफ़ प्रतिरोध-सभाएँ आयोजित की थीं। इसी संदर्भ में मोतीलाल नेहरू ने उन्हें एक पत्र लिखा था कि आप तथा आपके सहयोगी आज़ादी के संघर्ष में सहयोग दें क्योंकि आज़ादी के बाद ज़मींदारी उन्मूलन अपने आप हो जाएगा।

लेकिन अछूतानंद का संघर्ष बहुमुखी था। वे राजनीतिक स्वतंत्रता और सामाजिक स्वतंत्रता के प्रश्न को अलग-अलग करके देखने या एक की क़ीमत पर दूसरे को प्राथमिकता देने के लिए तैयार नहीं थे।

अछूतानंद ने हिंदी में छह किताबें लिखीं : *शम्बूक बलिदान* (नाटक), *मायानंद बलिदान* (जीवनी), *अछूत पुकार* (गीत), *पाखण्ड खंडिनी, आदिवंश का डंका* (कविता), *रामराज्य का न्याय* (नाटक)। स्वामी अछूतानंद की साहित्य और पत्रकारिता के लिए भी प्रतिबद्ध थे। उन्होंने कानपुर में ही आदि हिंदू प्रेस स्थापित किया और 1925 से 1932 तक *आदि हिंदू* मासिक पत्र का प्रकाशन करते रहे।

अछूतानंद द्वारा शुरू किये गये संघर्ष का इतिहास हमें बताता है कि उनके नेतृत्व में आठ राष्ट्रीय अधिवेशन, तीन विशेष सम्मेलन और पंद्रह प्रांतीय सभाओं के साथ-साथ सैकड़ों की संख्या में जनपदीय सभाएँ हुईं। 1923 में दिल्ली में पहले वार्षिक अधिवेशन के अलावा दूसरा नागपुर (1924), तीसरा हैदराबाद (1925), चौथा मद्रास (1926), पाँचवाँ इलाहाबाद (1927), छठा बम्बई (1928), सातवाँ अमरावती (1929), और आठवाँ (1930) में इलाहाबाद में हुआ था। प्रांतीय सभाएँ लखनऊ कानपुर, मेरठ, मैनपुरी, मथुरा, इटावा, आगरा आदि में आयोजित की गयी थीं। अपने व्यस्त कार्यक्रम से समय निकाल कर अछूतानंद अपने ज़माने के महापुरुषों से भी मिलते थे। इन्हीं दिनों उन्हें डॉ. आम्बेडकर के बारे में जानकारी मिली। दूसरी ओर डॉ. आम्बेडकर भी अछूतानंद से मिलना चाहते थे। इस तरह नवम्बर, 1928 में बम्बई में आदि हिंदू आंदोलन के राष्ट्रीय अधिवेशन में पहली बार इन दोनों महापुरुषों की मुलाक़ात हुई। बहुत समय से स्वयं डॉ. आम्बेडकर को उत्तरी-भारत के लिए ऐसे ही व्यक्ति की आवश्यकता थी।

देखें : अनुसूचित जातियाँ, अस्मिता की भारतीय राजनीति, अन्य पिछड़े वर्ग, आयोतीदास पांडीतर, आयंकाली, आम्बेडकर-गाँधी विवाद, इरोड वेंकट रामस्वामी नायकर पेरियार, कांशी राम, गाड़गे बाबा, गोपाल बाबा वलंगकर, ज्योतिराव गोविंदराव फुले, जाति और जाति-व्यवस्था-1, 2, 3 और 4, बहुजन समाज पार्टी-1 और 2, बाबू मंगूराम, भदंत आनंद कौसल्यायन, भारतीय संविधान-1 से 8 तक, भीमराव रामजी आम्बेडकर।

संदर्भ

1. कँवल भारती (2011), *स्वामी अछूतानंदजी 'हरिहर' और हिंदी नवजागरण,* स्वराज प्रकाशन, दरियागंज, नयी दिल्ली.
2. प्रो. अंगनेलाल और डॉ. राहुल राम (2011), *उत्तर-प्रदेश में दलित आंदोलन,* गौतम बुक सेंटर, नयी दिल्ली.
3. रामनारायण एस. रावत (2012), *रीकंसीडरिंग अनटचेबिलिटी चमार्स ऐंड दलित हिस्ट्री इन नॉर्थ इण्डिया,* परमानेंट ब्लेक, रानीखेत केंट.
4. चंद्रिका प्रसाद जिज्ञासु (1960), *आदि हिंदू आंदोलन के प्रवर्तक 108 स्वामी अछूतानंद जी हरिहर,* हिंदू समाज सुधार कार्यालय, लखनऊ.
5. मार्क जुरेगेंसमेयर (1982), *द रिलीजस रिबेल्स इन पंजाब : द आदि धर्म चैलेंज,* नवभान पब्लिकेशन.

— मोहनदास नैमिशराय

सत्ता

(Power)

अगर कोई किसी से अपनी मर्ज़ी के आधार पर कुछ ऐसे काम करवा सकता है जो वह अन्यथा नहीं करता, तो इसे एक व्यक्ति की दूसरे पर सत्ता की संज्ञा दी जाएगी। सत्ता की यह सहज लगने वाली परिभाषा रॉबर्ट डाहल की देन है। इसका सूत्रीकरण केवल व्यक्तियों के संदर्भ में किया गया है। जैसे ही समूह और सामूहिकता के दायरे में सत्ता पर ग़ौर किया जाता है, कई पेचीदा और विवादास्पद प्रश्न खड़े हो जाते हैं। समझा जाता है कि सामूहिक संदर्भ में सत्ता का आशय ऐसे फ़ैसले करने से है जिन्हें मानने के लिए दूसरे लोग मजबूर हों। मसलन, अध्यापक द्वारा किये गये निर्णय उसकी कक्षा के छात्र मानते हैं और परिवार के सदस्य माता-पिता के फ़ैसलों के आधार पर चलते हैं। लेकिन, राजनीति, अर्थव्यवस्था और समाज-नीति के मामलों के लिए सत्ता की यह परिभाषा अपर्याप्त साबित होती है।

समाज-विज्ञान के छात्र यह पूछ सकते हैं कि समाज के संदर्भ में सत्ता किस के पास रहती है, किसके पास रहनी चाहिए और किस आधार पर उसका प्रयोग किया जाना चाहिए? इन सवालों की रोशनी में आधुनिक विचार के दायरे में सत्ता के प्रश्न पर गहराई से चिंतन-मनन किया गया है। सत्ता से जुड़े अहम सवालों में सर्वाधिक महत्त्वपूर्ण यह है कि सत्ता समाज में व्यापक और समान रूप से वितरित है या किसी शासक वर्ग या किसी 'पॉवर इलीट' के हाथों में केंद्रित है? सत्ता का प्रश्न उस समय और जटिल हो जाता है जब सत्ता और उसका प्रयोग करने से जुड़े इरादे के समीकरण पर ग़ौर किया जाता है। पार्टियाँ, सरकार, हित-समूह और बड़े-बड़े कॉरपोरेशन सत्ता का इस्तेमाल करते हुए देखे जा सकते हैं। यह सत्ता के इरादतन प्रयोग के उदाहरण हैं। पर क्या यही बात एक विज्ञापक के लिए भी कही जा सकती है? उसका इरादा तो महज़ अपने उत्पाद की बिक्री बढ़ाना है। तो फिर उसके द्वारा जारी विज्ञापन उपभोक्ताओं पर अपनी सत्ता किस तरह से क़ायम करता है? उपभोक्ता उस विज्ञापन के प्रभाव

में कुछ ख़ास तरह के मूल्यों के हक़ में क्यों झुक जाते हैं? ज़ाहिर है कि सत्ता के 'अभिप्रेत' रूपों के अलावा भी कुछ ऐसे रूप हैं जिन्हें सत्ता के 'संरचनागत' रूपों की संज्ञा दी जा सकती है।

स्टीवन ल्यूक्स ने सत्ता के तीन आयामों की चर्चा करके उसके कई पहलुओं को समेटने की कोशिश की है। उनके अनुसार सत्ता का मतलब है निर्णय लेने का अधिकार अपनी मुट्ठी में रखने की क्षमता, सत्ता का मतलब है राजनीतिक एजेंडे को अपने पक्ष में मोड़ने के लिए निर्णयों के सार को बदल देने की क्षमता, और सत्ता का मतलब है लोगों की समझ और प्राथमिकताओं से खेलते हुए उनके विचारों को अपने हिसाब से नियंत्रित करने की क्षमता।

रॉबर्ट डाह्ल यह नहीं मानते कि निर्णयों को प्रभावित करने की क्षमता किसी सुपरिभाषित 'शासक अभिजन' या रूलिंग क्लास की मुट्ठी में रहती है। 1963 में प्रकाशित अपनी रचना *हू गवर्न्स?* में डाह्ल ने अमेरिका के न्यू हैविंस, कनेक्टीकट का अध्ययन पेश किया। इसमें उन्होंने पहले अपने लिहाज़ से निर्णय के तीन प्रमुख क्षेत्रों (शहरी नवीकरण, सार्वजनिक शिक्षा और राजनीतिक उम्मीदवारों का चयन) को छाँटा, निर्णय-प्रक्रिया में शामिल लोगों और उनकी प्राथमिकताओं की शिनाख़्त की और फिर उन लोगों द्वारा किये गये फ़ैसलों का उनकी प्राथमिकताओं से मिलान किया। डाह्ल ने यह तो पाया कि आर्थिक और राजनीतिक रूप से ताक़तवर लोगों की आम लोगों के मुक़ाबले फ़ैसलों में ज़्यादा चलती है, पर उन्हें अभिजनों के किसी स्थाई समूह द्वारा फ़ैसले करने या उन्हें प्रभावित करने के सबूत नहीं मिले। वे इस नतीजे पर पहुँचे कि निर्णयों को प्रभावित करने में सत्ता की भूमिका तो होती है, पर सत्ता एक नहीं बल्कि कई केंद्रों में होती हैं। दाह्ल की मान्यता है कि अगर इसी तरह से सत्ता के स्थानीय रूपों के अध्ययन कर लिए जाएँ तो उसके राष्ट्रीय स्वरूप के बारे में नतीजे निकाले जा सकते हैं।

राजनीतिक एजेंडा अपने हिसाब से बनवाने में सत्ता के इस्तेमाल की शिनाख़्त करना थोड़ा मुश्किल है। इस प्रक्रिया में ज़ोर फ़ैसले करने पर कम और दूसरों को फ़ैसलों में शामिल होने से रोकने या किसी ख़ास मत को व्यक्त होने से रोकने पर ज़्यादा रहता है। सत्ता की इस भूमिका को समझने के लिए आवश्यक है कि स्थापित मूल्यों, राजनीतिक मिथकों, चलन और संस्थाओं के काम करने के तरीक़ों पर ध्यान दिया जाए। इनके ज़रिये किसी एक समूह का निहित स्वार्थ दूसरे समूहों पर हावी हो जाता है, और कई मामलों में उन समूहों को अपनी बात कहने या निर्णय-प्रक्रिया में हिस्सेदारी का मौक़ा भी नहीं मिल पाता। अक्सर यथास्थिति के पैरोकार परिवर्तन की वकालत करने वालों को इन्हीं तरीक़ों से हाशिये पर धकेलते रहते हैं। उदार-लोकतांत्रिक राजनीति की प्रक्रियाओं को अभिजनवादियों द्वारा ऐसे फ़िल्टरों की तरह देखा जाता है जिनके ज़रिये रैडिकल प्रवृत्तियाँ छँटती चली जाती हैं।

सत्ता का तीसरा चेहरा यानी लोगों के विचारों को नियंत्रित करके अपनी बात मनवाने की प्रक्रिया लोगों की आवश्यकताओं को अपने हिसाब से तय करने की करामात पर निर्भर है। हरबर्ट मारक्यूज़ ने अपनी विख्यात रचना *वन-डायमेंशनल मैन* (1964) में विश्लेषण किया है कि क्यों विकसित औद्योगिक समाजों को भी सर्वसत्तावादी की श्रेणी में रखना चाहिए। मारक्यूज़ के अनुसार हिटलर के नाज़ी जर्मनी में या स्टालिन के रूस में सत्ता के आतंक का प्रयोग करके सर्वसत्तावादी राज्य क़ायम किया गया था, पर औद्योगिक समाजों में यही काम आधुनिक प्रौद्योगिकी के ज़रिये बिना किसी प्रत्यक्ष क्रूरता के लोगों की आवश्यकताओं को बदल कर किया जाता है। ऐसे समाजों में टकराव ऊपर से नहीं दिखता, पर इसका मतलब सत्ता के व्यापक वितरण में नहीं निकाला जा सकता। जिस समाज में विपक्ष और प्रतिरोध नहीं है, वहाँ माना जा सकता है कि मनोवैज्ञानिक नियंत्रण और जकड़बंदी के बारीक़ हथकण्डों का इस्तेमाल हो रहा है।

सत्ता की अवधारणा पर विचार करने के लिए ज़रूरी है कि उसके मार्क्सवादी, उत्तर-आधुनिक, नारीवादी आयामों और हान्ना अरेंड्ट द्वारा प्रतिपादित सत्ता की वैकल्पिक धारणा पर भी ग़ौर कर लिया जाए।

मार्क्सवादी विद्वान मानते हैं कि वर्गों में बँटे समाज में (जैसे कि पूँजीवादी समाज) शासक वर्ग का उत्पादन के साधनों पर क़ब्ज़ा होता है और वह मज़दूर वर्ग पर अपनी सत्ता थोपता है। पूँजीवादी वर्ग की सत्ता न केवल विचारधारात्मक, बल्कि आर्थिक और राजनीतिक भी होती है। मार्क्स का विचार था कि किसी भी समाज में विचारों, मूल्यों और आस्थाओं के प्रधान रूप शासक वर्ग के अनुकूल होते हैं। मज़दूर वर्ग के मानस पर उन्हीं की छाप होती है जिसका नतीजा श्रमिकों की 'भ्रांत चेतना' में निकलता है। चेतना के इसी रूप के कारण मज़दूर अपने शोषण की असलियत को पहचान नहीं पाते। इसीलिए उनके 'वास्तविक' हित यानी पूँजीवादी के उन्मूलन और उनके 'अनुभूत' हित में अंतर बना रहता है। लेनिन की मान्यता थी कि पूँजीवादी विचारधारा की सत्ता के कारण मेहनतकश वर्ग ज़्यादा से ज़्यादा केवल 'ट्रेड यूनियन चेतना' ही प्राप्त कर सकता है। अर्थात् वह पूँजीवादी व्यवस्था के दायरे के भीतर अपनी जीवन-स्थितियाँ सुधारने से परे नहीं जा पाता।

मिशेल फ़ूको ने अपने विमर्श में सत्ता और विचार-प्रणालियों के बीच सूत्र की तरफ़ ध्यान खींचा है। फ़ूको

विमर्श को सामाजिक संबंधों और आचरणों की ऐसी प्रणाली के रूप में देखते हैं जो अपने दायरे में रहने वाले लोगों को अपने हिसाब से तात्पर्य थमाती रहती है। चाहे मनोचिकित्सा हो, औषधि हो, न्याय प्रणाली हो, या कारागार, अकादमीय अनुशासन या राजनीतिक विचारधाराएँ हों, फ़ूको की निगाह में ये सभी विमर्श की प्रणालियाँ हैं, और इस नाते सत्ता के रूप हैं। फ़ूको के मुताबिक़ आधुनिक युग में सत्ता किसी को कुछ करने से नहीं रोकती, बल्कि अस्मिताओं और आत्मपरकताओं की रचना करती है। सत्ता का राज्य या शासक वर्ग जैसे कोई एक केंद्र नहीं होता, बल्कि वह उसी तरह पूरी व्यवस्था में प्रवाहित होती रहती है जिस तरह शरीर में धमनियों द्वारा रक्त प्रवाहित होता है। इस प्रक्रिया का नियंत्रण 'शासकीयता' के ज़रिये किया जाता है। एक विशाल नौकरशाही तंत्र द्वारा अननिगनत तरीक़े अपना कर लोगों का वर्गीकरण किया जाता है। समाज को उत्तरोत्तर संगठित और समरूपीकृत करते हुए उन पर निगरानी के विभिन्न रूप (आइडेंटिटी कार्ड्स, पासपोर्ट आदि) थोपे जाते हैं। इस प्रक्रिया में लोग तरह-तरह की आत्मपरकताएँ (हिंदू-मुसलमान, भारतीय-पाकिस्तानी, शिक्षित-निरक्षर, स्वस्थ-रोगी, स्त्री-पुरुष) जज़्ब कर लेते हैं। इसी आत्मसातीकरण के माध्यम से व्यक्ति सत्ता को 'नॉर्मल' ढंग से स्वीकार करता रहता है। शासकीयता इसी 'नार्मलाइज़ेशन' के माध्यम से व्यक्ति को 'सब्जेक्ट' में बदलती है। सब्जेक्ट एक ऐसी अभिव्यक्ति है जिसका एक अर्थ है स्वतंत्र कर्त्ता और दूसरा है शासित प्रजा का सदस्य। फ़ूको का मतलब यह है कि विमर्श के ज़रिये सब्जेक्ट में बदलते ही व्यक्ति शासकीयता की कारगुज़ारियों की मातहती में चला जाता है।

नारीवादी विद्वान सत्ता को पितृसत्ता की अवधारणा की रोशनी में परखते हैं। पितृसत्ता प्रभुत्व की एक ऐसी सर्वव्यापी संरचना है जो हर स्तर पर काम करती है। पितृसत्ता के तहत कोई स्त्री व्यक्तिगत स्तर पर सत्तावान भी हो सकती है। लेकिन उसे पितृसत्तात्मक शासन द्वारा तय की गयी सीमाओं में ही काम करना होगा। मसलन, घर के दायरे में स्त्री सास के रूप में तो एक हद तक सत्ताधारी हो सकती है, पर बेटी, बहू, पत्नी या बहिन के रूप में नहीं। हर जगह उसकी स्थिति पुरुष के सापेक्ष और उसके साथ संबंध के तहत ही परिभाषित होने के लिए मजबूर है। अकेली और पृथक् कोई अस्मिता न होने के कारण वह अदृश्य और सत्ता से वंचित होने के लिए अभिशप्त है।

नारीवादियों के मुताबिक़ पितृसत्ता की कोई ऐसी समरूप संरचना नहीं होती जो हर जगह एक ही रूप में मिलती हो। इतिहास, भूगोल और संस्कृति के मुताबिक़ उसके भिन्न-भिन्न रूप मिलते हैं। इसके अलावा पितृसत्ता शोषण और प्रभुत्व के अन्य रूपों (वर्ग, जाति, साम्राज्यवाद, नस्ल आदि) के साथ परस्परव्यापी भी है। हर जगह उसके प्रभाव अलग-अलग निकलते हैं। एक अमेरिकी श्वेत स्त्री और भारतीय दलित स्त्री को पितृसत्ता का उत्पीड़न अलग-अलग ढंग से झेलना पड़ता है।

हान्ना एरेंत सत्ता को केवल प्रभुत्व की संरचना के तौर पर देखने के लिए तैयार नहीं हैं। अपनी रचना *'व्हाट इज़ अथॉरिटी?'* में वे सत्ता को एक बढ़ी हुई क्षमता के रूप में व्याख्यायित करती हैं जो सामूहिक कार्रवाई के ज़रिये हासिल की जाती है। लोग जब आपस में संवाद स्थापित करते हैं और मिल-जुल कर एक साझा उद्यम की ख़ातिर क़दम उठाते हैं तो उस प्रक्रिया में सत्ता उद्भूत होती है। सत्ता का यह रूप वह आधार मुहैया कराता है जिस पर खड़े हो कर व्यक्ति नैतिक उत्तरदायित्व का वहन करते हुए सक्रिय होता है।

देखें : अधिकार, अधिकार : सैद्धांतिक यात्रा, अरस्तू, अफ़लातून, अनुदारतावाद, अराजकतावाद, अन्य-अन्यीकरण, उदारतावाद, उपयोगितावाद, ऐडमण्ड बर्क, क्रांति, ज्याँ ज़ाक रूसो, जॉन लॉक, जेरेमी बेंथम, जॉन स्टुअर्ट मिल, जॉन रॉल्स, थॉमस हॉब्स, थॉमस पेन, न्याय, न्याय : नारीवादी आलोचना, न्याय : रॉल्स का सिद्धांत, राजनीति में व्यक्ति की भूमिका, नागरिकता, नागरिकता : अन्य परिप्रेक्ष्य-1 और 2, नागर समाज, पनोप्टिकॉन, प्रतिनिधित्व, प्रगति, प्रगति : आलोचनात्मक परिप्रेक्ष्य, प्रशासन, फ़ासीवाद, फ्रेड्रिख़ वॉन हायक, बहुसंस्कृतिवाद, बहुसंख्यकवाद, बहुसंख्यक-अल्पसंख्यक, बुद्धिवाद, माइकेल जोसेफ़ ओकशॉट, माइकिल वाल्ज़र, मिशेल पॉल फ़ूको-1 और 2, यूटोपिया, राजनीतिक और राजनीति, राजनीतिक दर्शन के नारीवादी आयाम-1 और 2, राजनीतिक मनोविज्ञान, राजनीतिक समाजशास्त्र, राज्य-1 और 2, रॉबर्ट नॉज़िक, राज्य-1 और 2, राष्ट्र-राज्य, राष्ट्र : सांस्कृतिक या राजनीतिक, राष्ट्रवाद, राष्ट्रवाद का इतिहास, लोकतंत्र, लोकतंत्र की आलोचनाएँ, व्यक्तिवाद, व्यवहारवाद, विल किमलिका, वितरणमूलक न्याय, विदेशी-द्वेष, वैधता, वैधता का संकट, सविनय अवज्ञा, स्मृति की राजनीति, स्वतंत्रता, स्वतंत्रतावाद, स्वजातिवाद, स्वच्छंदतावाद, सर्वसत्तावाद, सम्प्रभुता, समाजवाद, सरकारियत, संविधानवाद, संघवाद, सामाजिक समझौता, हेनरी डेविड थोरो।

संदर्भ

1. निवेदिता मेनन (2008), 'पॉवर', राजीव भार्गव और अशोक आचार्य (सम्पा.), *पॉलिटिकल थियरी : ऐन इंट्रोडक्शन,* पियर्सन लोंगमेन, नयी दिल्ली.
2. बी. बैरी (सम्पा.) (1976), *पॉवर ऐंड पॉलिटिकल थियरी,* विली, लंदन.
3. स्टीवन ल्यूक्स (सम्पा.) (1980), *पॉवर,* ब्लैकवेल, ऑक्सफ़र्ड.
4. मिशले फ़ूको, *पॉवर/नालेज : सिलेक्टिड इंटरव्यूज़ ऐंड द अदर राइटिंग्स 1972-1977,* हारवेस्टर व्हीटशीफ़, लंदन.
5. रॉबर्ट डाह्ल (1956), *अ प्रिफ़ेस टू डेमॉक्रैटिक थियरी,* युनिवर्सिटी ऑफ़ शिकागो प्रेस, शिकागो.

— अभय कुमार दुबे

स्त्री-अध्ययन

(Women's Study)

एक अकादमिक विषय के रूप में स्त्री-अध्ययन की शुरुआत नारीवाद की दूसरी लहर के दौरान हुई। इसका पहला पाठ्यक्रम अमेरिकी विश्वविद्यालयों ने साठ के दशक के आख़िरी दौर में शुरू किया। इससे पहले ब्रिटेन में उच्च शिक्षा के तहत इस प्रकार के कुछ पाठ्यक्रम चल रहे थे, लेकिन वहाँ भी स्त्री-अध्ययन के नाम पर 1980 में ही केंट विश्वविद्यालय में पहला स्नातकोत्तर पाठ्यक्रम चालू हो पाया। दरअसल, यह एक ऐसा विषय था जिसने धीरे-धीरे वैश्विक रूप लिया, हालाँकि इसके पाठ्यक्रम की रूपरेखा बहुत हद तक किसी भी देश के सांस्कृतिक, सामाजिक तथा सांस्थानिक प्रवृत्तियों पर निर्भर थी। नारीवाद की दूसरी लहर बहुत हद तक इस आग्रह पर केंद्रित थी कि किस प्रकार विचार-प्रक्रिया तथा ज्ञान-परम्परा ने स्त्री के हितों और उसकी अस्मिता को लगातार हाशिये पर ढकेला। स्त्री-अध्ययन विषय की स्थापना इस प्रस्थापना के साथ हुई थी कि स्त्रियों को अपने अधिकारों का ज्ञान होना चाहिए। इसीलिए एक तार्किक पहल के रूप में इस अध्ययन-क्षेत्र ने नारीवादी ज्ञानमीमांसा विकसित की और इस प्रक्रिया में पाश्चात्य ज्ञानमीमांसा प्रश्नांकित हुई। यह अनुशासन अपनी प्रवृति में अन्तर-अनुशासनिक और बहु-अनुशासनिक है जिसके कारण सभी अनुशासन उसकी समग्रता में समाहित हो गये हैं। यह न सिर्फ़ स्थापित ज्ञानानुशासनों की आलोचना प्रस्तुत करता है बल्कि स्त्री-जीवन के सम्यक् विश्लेषण से भी प्रतिबद्ध है। जैसे-जैसे स्त्री अध्ययन का संस्थानीकरण हो रहा है, इसे अपनाने वाले उन विद्यार्थियों की संख्या बढ़ रही है जो इस विषय को एक समृद्ध तथा वैविध्यपूर्ण शोध परम्परा के रूप में सुदृढ़ करना चाहते हैं।

अपनी साख क़ायम करने के लिए शिक्षा-जगत में स्त्री अध्ययन को काफ़ी संघर्ष करना पड़ा। अमेरिका और ब्रिटेन के अलावा पूरे युरोप, ऑस्ट्रेलिया, एशिया तथा मध्य-पूर्व में भी स्नातक तथा स्नातकोत्तर स्तर पर शुरू होने के बाद कई महिला महाविद्यालयों में स्त्री-अध्ययन के तहत नारीवादी पाठ्यक्रम पढ़ाये जाने लगे। लेकिन वहाँ यह धारणा बनी रही कि वास्तविक पाठ्यक्रम पुरुष-केंद्रित ही हो सकता है। स्त्री-अध्ययन तो एक बकवास सी चीज़ है जिसके अध्ययन-अध्यापन में लगी हुई स्त्रियाँ बेवकूफ़ और ग़ैर-प्रोफ़ेशनल हैं। इस तरह के पूर्वाग्रहों के कारण स्त्री-अध्ययन पाठ्यक्रमों को महत्त्व नहीं मिल पा रहा था और इसके तहत किये जाने वाले शोधों की वैधता भी लगातार संदिग्ध बनी हुई थी।

एक औपचारिक विषय के रूप में लगातार संशयग्रस्त रहने के कारण स्त्री-अध्ययन सांस्थानिक तथा सरकारी स्तर पर अभी भी अन्य विषयों के साथ होड़ में पिछड़ जाता है। उसे ज़रूरी संसाधन प्राप्त करने में दिक़्क़त होती है। ब्रिटेन में स्त्री-अध्ययन का विडंबनापूर्ण इतिहास इस बात का गवाह है कि इसने वहाँ बाज़ार के दबाव तथा स्त्री-अध्ययन द्वारा जीविकोपार्जन की क्षमता जैसे प्रश्नों को लगातार झेला। हालाँकि विद्यार्थियों ने काफ़ी संख्या में स्त्री-अध्ययन अपनाना शुरू कर दिया है, लेकिन यह भी सच है कि उनमें से अधिकांश स्थापित विषयों की सुरक्षा चाहते हैं।

विक्टोरिया रॉबिन्सन का तर्क है कि अकादमिक दुनिया का सामाजिक आंदोलनों के साथ जुड़ाव का नतीजा इस तरह के पाठ्यक्रमों के रूप में निकला। दरअसल यह एक राजनीतिक एवं शैक्षिक रणनीति थी। भारतीय स्त्री-अध्ययन संघ की सदस्य नीरा देसाई मानती हैं कि स्त्री-अध्ययन महिला आंदोलन की शैक्षणिक रणनीति थी। इसके तहत स्त्री-अध्ययन की कक्षाएँ बदलाव की राजनीति से ओतप्रोत रहती हैं। इसके सैद्धांतिक विश्लेषणों का सामाजिक परिवर्तन के साथ गहरा संबंध होता है। स्त्री-अध्ययन एक तरफ़ तो अकादमिक जगत में एक औपचारिक विषय के रूप में उपस्थित है, और दूसरी तरफ़ इसका एक अनौपचारिक चरित्र भी है जिसका संबंध स्त्रियों तथा जेंडर असमानता पर केंद्रित संघर्षों से है।

उत्तर-संरचनावाद तथा उत्तर-आधुनिकता जैसे महत्त्वपूर्ण विमर्शों की तरह स्त्री-अध्ययन भी ज्ञान निर्माण की आधारभूत संरचना पर सवाल उठाता है। स्त्री-अध्ययन के तहत विद्यार्थियों को गुणवत्तापूर्ण लेखन के लिए प्रोत्साहित करने पर विशेष ज़ोर दिया जाता है ताकि वे नारीवादी सिद्धांतों के केंद्रीय सरोकारों, विमर्शों एवं पारिभाषिक शब्दावली से परिचित हो सकें। यह अकादमिक जगत में नारीवाद पढ़ाने का एक तरीक़ा भी है। साथ ही यह अध्ययन एक पद्धति के रूप में अपने विद्यार्थियों के जीवन-अनुभवों तथा व्यक्तिगत व्यवहार को भी सम्बोधित करता है ताकि वे यह समझ सकें कि किस प्रकार सामाजिक-सांस्कृतिक संरचनाएँ स्त्री तथा पुरुष को स्त्रीत्व तथा पुरुषत्व की जेंडर संरचनाओं में ढाल देती हैं। कई बार स्त्री-अध्ययन की कक्षाओं में चेतना-जागृति के सत्र में विद्यार्थियों को शिक्षक एवं विद्यार्थियों के बीच के सत्ता-संबंधों से भी अवगत कराया जाता है। इसके पठन-पाठन की सम्पूर्ण प्रक्रिया ज्ञान की रचना में निहित सत्ता-संबंधों को तोड़ने तथा ज्ञान-निर्माण की प्रक्रिया को जनतांत्रिक बनाने पर केंद्रित है। स्त्री-अध्ययन की बेहतर समझ के लिए यह आवश्यक है कि शिक्षक एवं विद्यार्थी अपने अनुभवों को साझा करते हुए उसके विश्लेषण की तरफ़ बढ़ें और यह समझने का प्रयास करें कि वे स्वयं ज्ञान को किस प्रकार से व्याख्यायित करते हैं तथा उसके उपयोग की

विक्टोरिया रॉबिन्सन

कौन सी प्रविधि स्त्री-अध्ययन में विद्यमान है।

भारत में स्त्री-अध्ययन की शुरुआत सत्तर के दशक में हुई। इसके केंद्र में उस प्रक्रिया की शक्तिशाली आलोचना थी जिसके तहत आज़ादी के बाद न केवल समाज और राज्य के मंचों से स्त्री का वजूद अदृश्य कर दिया गया, बल्कि उच्च-शिक्षा और उससे संबंधित विभिन्न अनुशासनों में स्त्री दिखाई देनी ही बंद हो गयी। 2008 में मैरी ई. जॉन द्वारा सम्पादित *वुमंस स्टडीज़ इन इण्डिया : अ रीडर* का प्रकाशन हुआ। अस्सी से ज़्यादा सम्पादित निबंधों का यह अत्यंत उपयोगी संकलन सत्तर के दशक से शुरू करके राजनीति, इतिहास, विकास, हिंसा, क़ानून, शिक्षा, स्वास्थ्य, घर-परिवार, जाति और जनजाति, धर्म और साम्प्रदायिकता, सेक्शुअलिटीज़, साहित्य और मीडिया के दायरों में नारीवादियों के बौद्धिक हस्तक्षेप के प्रमाण प्रस्तुत करता है। सत्तर के दशक से नब्बे के दशक तक की इस तस्वीर में स्त्री-आंदोलन और उच्च-शिक्षा की संरचनाओं के उन आपसी संबंधों पर रोशनी पड़ती है जो अक्सर आँखों से ओझल हो जाते हैं।

स्त्री-अध्ययन पर आलोचनात्मक निगाह डालने वालों का विचार है कि नारीवादी सिद्धांतों के साथ सिर्फ़ संवेदना के स्तर पर जुड़ाव ही पर्याप्त नहीं है, बल्कि व्यक्तिगत स्तर पर राजनीतीकरण किये बग़ैर यह सुनिश्चित कर पाना कठिन है कि अंततः स्त्री-अध्ययन या अकादमिक नारीवाद का आंदोलन से क्या संबंध है। कई नारीवादी विदुषियों का यह मानना है कि अकादमिक दायरे में प्रवेश करने के उपरांत नारीवाद के क्रांतिकारी तेवर में कमी आयी है, जबकि दूसरों का मानना है कि अकादमिक नारीवाद तथा राजनीतिक नारीवाद में स्पष्ट विभाजक रेखा है जो भविष्य में एक खाई का रूप लेगी। परिणामस्वरूप स्त्री-अध्ययन एक उच्च-सिद्धांत की व्याख्या करने वाले निज़ाम में तब्दील होकर रह जाएगा।

1971 के प्रारम्भ में लिलियन रॉबिंसन ने अपने एक आलेख में स्त्री-अध्ययन की सांस्थानिक स्वीकार्यता के मद्देनज़र पैदा होने वाले ख़तरों से पाठकों को आगाह कराया था। एड्रियन रिच ने अपने महत्त्वपूर्ण आलेख *टुवर्ड्स अ वुमॅन सेन्टर्ड युनिवर्सिटी* (1973) में यह दिखाने का प्रयास किया कि स्त्री-अध्ययन स्वयं को ज्ञान-उत्पादन की प्रक्रिया के अनुकूल बना रहा है जिससे स्त्रियों की वास्तविक जीवन-स्थितियों को बदलने में मदद मिलेगी। उदाहरणस्वरूप स्वास्थ्य तथा गर्भ-नियंत्रण पर कार्य करने वाली शोध-परियोजनाओं से स्त्रियों को अंततः लाभ ही हो सकता है। विश्वविद्यालय की वर्तमान संरचना के अन्दर भी नारीवादी विदुषियाँ संस्थान के संसाधनों का लाभ उठा कर पुस्तक तथा शोध आलेखों के प्रकाशन से अकादमिक दुनिया के इतर भी अपना प्रभाव छोड़ सकेंगी। नारीवादी शिक्षक/शिक्षिकाओं तथा उनकी पुस्तकों की चेतना-जागृति में महत्त्वपूर्ण भूमिका होगी जिससे इस विषय में पठन-पाठन कर रहे लोग उन विचारों को समझते हुए विमर्श की ज़मीन तैयार कर पाने में सफल होंगे।

इसी तरह की उम्मीदों के आधार पर यह समझा जाता है कि स्त्री-अध्ययन न सिर्फ़ एक वैध विषय के रूप में प्रतिष्ठित होगा, बल्कि उसे अकादमिक जगत तथा उसके बाहर भी नारीवादी मुहिमों की निरंतरता बनाये रखने में सफलता मिलेगी। 1980 के दशक से एक विषय के रूप में स्त्री-अध्ययन की लोकप्रियता बढ़ने के साथ ही धीरे-धीरे इसके पर्यायवाची शब्द के रूप में जेंडर स्टडीज़ अभिव्यक्ति का भी प्रयोग शुरू हुआ। इसके पीछे तर्क था कि जेंडर स्टडीज़ अकादमिक जगत में ज़्यादा सामंजस्य बैठाने वाला शब्द है जिसकी तरफ़ पुरुष विद्यार्थी भी आकर्षित होते हैं। परन्तु कई नारीवादी विदुषियों का यह मानना है कि एक पद के तौर पर स्त्री-अध्ययन ज़्यादा महत्त्वपूर्ण है। उसमें एक राजनीतिक सन्दर्भ छिपा हुआ है जो हमें याद दिलाता है कि स्त्रियाँ की ज्ञान-रचना में सहभागिता को अकादमिक संस्थानों में कई वर्षों से लगातार नज़रअंदाज़ किया जाता रहा है।

देखें : अश्वेत नारीवाद, आनंदीबाई जोशी, इसलामिक नारीवाद, गायत्री चक्रवर्ती स्पिवाक, चिपको आंदोलन, जूडिथ बटलर, जूलिया क्रिस्टेवा, जेंडर, दलित नारीवाद, देवदासी, देवकी जैन, नारीवाद, नारीवाद की पहली लहर, नारीवाद की दूसरी लहर, नारीवाद की तीसरी लहर, नारीवादी दर्शन, नारीवाद और अर्थशास्त्र, नारीवादी फ़िल्म-सिद्धांत, नारीवादी इतिहास-लेखन, नारीवाद और अर्थशास्त्र, नारीवाद और साम्प्रदायिकता, नैंसी शोदॅरो, पर्यावरणीय नारीवाद, पब्लिक-प्रायवेट, पण्डिता रमाबाई सरस्वती, पितृसत्ता, पुरुषत्व, प्रजनन प्रौद्योगिकी, प्रेम, प्रेम-अध्ययन और नारीवादी दर्शन, भारत में स्त्री-आरक्षण-1 और 2, महादेवी वर्मा, मनोविश्लेषण और नारीवाद, मैरी वोल्सनक्राफ़्ट, राजनीतिक दर्शन के नारीवादी आयाम, रमाबाई रानाडे, ल्यूस इरिगरे, स्त्री और साम्प्रदायिकता, स्त्री-श्रम, सम्पत्ति : नारीवाद परिप्रेक्ष्य, सीमोन द बोउवार, स्त्री-आरक्षण, हेलन सिचू।

संदर्भ

1. वी. रॉबिंसन और डी. रिचर्डसन (सम्पा.) (1997), *इंट्रोड्यूसिंग वुमंस स्टडीज़,* दूसरा संस्करण, मैकमिलन, बेसिंगस्टोक.
2. मैरी ई. जॉन (2008), *वुमंस स्टडीज़ इन इण्डिया : अ रीडर,* पेंगुइन बुक्स, नयी दिल्ली.

— सुप्रिया पाठक

स्त्री-आरक्षण

(Women Reservation)

स्त्रियों को प्रातिनिधिक संस्थाओं में आरक्षण राजनीतिशास्त्र के केंद्रीय प्रश्नों में से एक है। स्त्री-पुरुष संबंधों में समानता का विरोध तो अब शायद ही कोई करता हो, पर समानता के सैद्धांतिक आग्रह को वास्तविक और तात्त्विक लैंगिक समानता में बदलने के प्रश्न पर तीखी बहस है। स्त्रियों को आरक्षण देने के माध्यम से तात्त्विक समानता हासिल करने के पैरोकारों की मान्यता है कि समाज में ढाँचागत रुकावटों के कारण गुण और योग्यता के मुताबिक़ चयन होना असम्भव हो जाता है। ये रुकावटें स्थापित पितृसत्तात्मक आग्रहों के कारण पैदा हुई हैं। आरक्षण इन रुकावटों के कारण हुए नुक़सानों की भरपाई करता है और स्त्रियों को सांकेतिक और दिखावटी क़िस्म की नुमाइंदगी की सीमाओं से मुक्त करता है। आरक्षण के ज़रिये स्त्रियों का प्रतिनिधित्व बढ़ने से राजनीतिक जीवन में स्त्री के अनुभव की भूमिका सक्रिय हो जाती है। पिछले डेढ़ दशक में क़रीब पचास देशों ने अपने क़ानून के तहत स्त्रियों के लिए आरक्षण को विशेष प्रावधान किये हैं। नोर्डिक देशों में 41.4 फ़ीसदी, अमेरिकी देशों में 21.8 फ़ीसदी, अन्य युरोपीय देशों में 19.1 फ़ीसदी, एशियायी देशों में 17.4 फ़ीसदी, प्रशांत क्षेत्र के देशों में 13.4 फ़ीसदी, सब-सहारन अफ़्रीकी देशों में 17.2 फ़ीसदी और अरब देशों में 9.6 फ़ीसदी स्त्रियाँ विधायिकाओं की सदस्य हैं।

स्त्री-आरक्षण के विरोधियों का कहना है कि लैंगिक आधार पर कोटा निर्धारित करने से व्यक्तिगत अधिकारों का हनन होता है और योग्यतम उम्मीदवार के चयन में बाधा पहुँचती है। आरक्षण के विपक्षी उसे अलोकतांत्रिक भी बताते हैं क्योंकि आरक्षित सीटों पर मतदाता अपने चयन संबंधी अधिकारों का पूरा उपयोग नहीं कर पाते। दूसरे, अमेरिका और जर्मनी में स्त्री-आरक्षण के अनुभव का हवाला देते हुए इन विरोधियों ने तर्क दिया है कि श्वेत और वित्तीय रूप से समृद्ध स्त्रियों को ही इसका लाभ मिला है। इसी तरह की बहस और दुविधाओं के कारण सारी दुनिया में नारीवादी आंदोलन के उभार और ज्ञान के क्षेत्रों पर नारीवादी सिद्धांत के गहरे असर के बावजूद विधायिकाओं में उनकी संख्या अफ़सोसनाक ढंग से कम बनी हुई है।

राजनीति में स्त्रियों को आगे बढ़ाने के पक्ष में मुख्य तौर से तीन तर्क दिये जाते हैं : पहला, चूँकि स्त्रियाँ भी पुरुषों की तरह पूर्ण नागरिक हैं और आबादी में उनकी संख्या तक़रीबन हर जगह पचास फ़ीसदी के आसपास है; दूसरा, स्त्रियों की जीवन-स्थितियों और पुरुषों की जीवन-स्थितियों के बीच स्पष्ट रूप से अंतर है इसलिए स्त्री के अनुभव और नज़रियों की छाप राजनीति पर पड़नी चाहिए; और तीसरा, चूँकि स्त्रियों और पुरुषों के बीच कुछ मुद्दों पर अंतर्विरोध ज़रूर रहता है इसलिए स्त्री का हित स्वयं स्त्री के हाथों में ही सुरक्षित रह सकता है। नारीवादी विद्वानों ने राजनीति में स्त्रियों की भागीदारी बढ़ाने के लिए चार तरह के परिवर्तनों के सुझाव दिये हैं : राजनीतिक संस्थाओं को स्त्रियों के लिए सुगम और सहज बनाने के लिए उनके भीतर क्रियाविधि संबंधी तब्दीलियाँ की जाएँ, प्रतिनिधित्व के नियमों को इस तरह से बदला जाए कि स्त्रियों की बढ़ी हुई नुमाइंदगी की गारंटी हो सके, संस्थाओं के बाहर और भीतर विमर्श में तब्दीली लायी जाए ताकि स्त्री को देखने के नज़रिये का सामान्यीकरण हो सके, और अंत में विधि-निर्माण का स्त्रीकरण हो ताकि स्त्रियों के सरोकारों को उस प्रक्रिया के दायरे में लाया जा सके। नारीवादियों की यह भी मान्यता है कि ये चारों परिवर्तन तभी सम्भव हो सकेंगे जब स्त्रियाँ ख़ुद अपनी तरफ़ से विधायी संस्थाओं के नियमों को समझेंगी, उनका इस्तेमाल करना सीखेंगी और अंत में उन्हें बदलने की पहल करने तक लेंगी।

एन फ़िलिप्स की रचना *पॉलिटिक्स ऑफ़ प्रज़ेंस* ने राजनीति में स्त्रियों की भागीदारी के सवाल को प्रबलता से रेखांकित किया है। स्वीडिश नारीवादियों ने तर्क दिया है कि जब तक स्त्रियों को राजनीति में स्पष्ट आरक्षण नहीं दिया जाएगा तब तक विधायी संस्थाओं में उनकी तीस से चालीस फ़ीसदी तक की महत्त्वपूर्ण अल्पसंख्यक उपस्थिति भी नहीं बन पायेगी। यह प्रयास तब तक जारी रखना होगा जब तक स्त्रियों के रास्ते में आने वाली दृश्य और अदृश्य बाधाएँ नहीं हट जातीं। केवल मतदान का अधिकार देना ही काफ़ी नहीं है। संसद में स्त्रियों की सांकेतिक उपस्थिति के बजाय उनकी संख्या कम से कम इतनी ज़रूर होनी चाहिए कि उसके दबाव से राजनीतिक मानक और राजनीतिक संस्कृति में तब्दीलियाँ आ सकें। आरक्षण के ज़रिये स्त्रियों को एक व्यक्ति के तौर पर अपने हितों को बुलंद करने में सुविधा होती है। स्त्री-आरक्षण की प्रक्रिया स्त्रियों के बीच राजनीतीकरण को बढ़ाती है। स्त्रियों के बीच से उभरने वाले नेता अन्य स्त्रियों

को राजनीति में लाते हैं। इस प्रक्रिया का कुल मिला कर असर संस्थाओं के चरित्र में परिवर्तन के रूप में निकलता है।

संयुक्त राष्ट्र की आर्थिक और सामाजिक परिषद् द्वारा तय किये गये लक्ष्य के मुताबिक़ 1995 तक संसदों में स्त्री-विधिकर्ताओं का प्रतिशत तीस फ़ीसदी तक हो जाना चाहिए था। पर इंटर पार्लियामेंट यूनियन के सालाना रिपोर्ट कार्ड के मुताबिक़ क़रीब डेढ़ सदी पुराने स्त्री-आंदोलन के बावजूद संसदों और अन्य विधायिकाओं में स्त्रियों की संख्या महज़ 18.3 फ़ीसदी है। अगर यही रफ़्तार चलती रही तो विधायिकाओं में लैंगिक प्रतिनिधित्व की समानता बाईसवीं सदी तक हासिल हो पायेगी। कुल मिला कर 2,656 सीटें स्त्रियों के पास हैं जिनमें से 1,707 प्रत्यक्ष निर्वाचन के ज़रिये, 878 अप्रत्यक्ष चुनाव से और 71 नामज़दगियों के ज़रिये संसदों में पहुँची हैं। 2008 का यह आँकड़ा भी तब है जब 1995 के बाद इसमें क़रीब 60 फ़ीसदी की बढ़ोतरी देखी गयी है। दुनिया की 264 संसदों में केवल 39 में ही स्त्रियों की भागीदारी 30 फ़ीसदी तक पहुँच सकी है। 25 फ़ीसदी संसदों में स्त्री सांसद दस फ़ीसदी से भी कम हैं। क़तर, सऊदी अरब और माक्रोनेसिया की संसदों ने तो स्त्रियों की शक्ल तक नहीं देखी है। केवल रवांडा की संसद में स्त्रियों की संख्या 56.3 प्रतिशत है। इस कामयाबी का संबंध इस संसद में स्त्रियों को मिलने वाले तीस फ़ीसदी आरक्षण से जोड़ा जाता है।

स्त्रियों को प्रतिनिधित्व देने के मामले में युरोप सबसे आगे है। स्वीडन, फ़िनलैण्ड और नीदरलैण्ड्स दुनिया के पाँच सबसे ज़्यादा स्त्री-प्रतिनिधित्व वाले देशों में हैं। बेलारूस, स्पेन, मेसिडोनिया, मोनाको और फ्रांस ने भी इस दिशा में ख़ासी प्रगति की है। अफ़्रीकी देशों ने भी इस संबंध में सराहनीय प्रगति की है। 2008 में अंगोला की संसद ने 37 फ़ीसदी स्त्रियों को सांसद चुना। मोज़ाम्बीक, नामीबिया, दक्षिण अफ़्रीका और तंज़ानिया की संसदों में भी स्त्री सदस्यों की संख्या 25 फ़ीसदी तक पहुँच चुकी है।

एशिया के देशों में यह प्रगति सबसे धीमी है। इस क्षेत्र में स्त्रियों की संसदीय उपस्थिति केवल 17 फ़ीसदी ही है। सबसे ज़्यादा स्त्रियाँ नेपाल की संसद में (32.8 फ़ीसदी) और सबसे कम ईरान की संसद में (2.8 फ़ीसदी) हैं। भारतीय लोकतंत्र सैद्धांतिक रूप से स्त्रियों को आरक्षण देने के पक्ष में है। इसका सबूत नब्बे के दशक में किये गये 73वें और 74वें संविधान संशोधन से मिलता है जिनके मुताबिक़ स्त्रियों को ग्राम पंचायतों और स्थानीय स्वशासी संस्थाओं में 33 प्रतिशत सीटों का आरक्षण मिला हुआ है। भारत में स्त्रियाँ सरकारी नौकरियों और शिक्षा संस्थाओं में भी विशेष अवसरों के सिद्धांत का लाभ उठा रही हैं। लेकिन, संसद और प्रांतीय विधायिकाओं में उन्हें 33 फ़ीसदी आरक्षण देने का प्रस्ताव पिछले पंद्रह साल से लटका हुआ है। संविधान के 108वें संशोधन का विधेयक 9 मई, 2010 को राज्यसभा द्वारा पारित किया जा चुका है, पर आरक्षण देने के तौर-तरीक़ों पर मतभेदों के कारण लोकसभा में इसके पास होने की नौबत नहीं आ पायी है।

संदर्भ

1. ड्रयूड डालेरूप, 'यूज़िंग कोटाज़ टू इनक्रीज़ वुमंस पॉलिटिकल रिप्रज़ेंटेशन', अज़्ज़ा करम (सम्पा.), *वुमॅन इन पार्लियामेंट : बियांड नंबर्स,* द इंटरनैशनल इंस्टीट्यूट फ़ॉर डेमौक्रेसी ऐंड इलेक्ट्रोरल असिस्टेंस, स्टॉकहोम, 1998,
2. अज़्ज़ा करम और जोनी लोवेंड्स्की, 'वुमॅन इन पार्लियामेंट : मेकिंग अ डिफ़रेंस', करम अज़्ज़ा (सम्पा.), *वुमॅन इन पार्लियामेंट : बियांड नंबर्स,* द इंटरनैशनल इंस्टीट्यूट फ़ॉर डेमौक्रेसी ऐंड इलेक्ट्रोरल असिस्टेंस, स्टॉकहोम, 1998,
3. ऐन फ़िलिप्स, *एनजेंडरिंग डेमौक्रेसी,* पॉलिटी प्रेस, केम्ब्रिज, 1991

— अभय कुमार दुबे

स्त्री और साम्प्रदायिकता

(Women and Communalism)

भारत में साम्प्रदायिक-हिंसा की घटनाओं का अध्ययन करने से स्पष्ट होता है कि साम्प्रदायिकता के संदर्भ में स्त्री-प्रसंग के मुख्यत: तीन आयाम हैं। पहला आयाम यह है कि स्त्रियाँ साम्प्रदायिकता की शिकार रही हैं और उन्हें साम्प्रदायिकता के नये रूपों में उत्तरोत्तर अधिक शिकार बनाया जा रहा है। दूसरा आयाम यह है कि स्त्रियों का एक हिस्सा साम्प्रदायिकता और उससे उपजने वाली हिंसा का वाहक भी है। तीसरा आयाम उन स्त्रियों और उनके संगठनों का है जिन्होंने धर्मनिरपेक्षता का माहौल बनाने के लिए उल्लेखनीय संघर्ष किया है। भारत में स्त्री-अध्ययन के लिए साम्प्रदायिकता का प्रश्न 1986 में उस समय महत्त्वपूर्ण बौद्धिक उलझन के रूप में उभरा जब एक तलाक़शुदा मुसलमान महिला शाह बानो के मुक़दमे पर दिये गये अदालती फ़ैसले को लेकर हुए विवाद से राजनीतिक हलके बेचैन हो गये। स्त्री-मुक्ति आंदोलन के लिए धर्म या धार्मिक विविधता का सवाल इससे पहले ख़ास महत्त्वपूर्ण नहीं था। नारीवाद यह मान कर चलता था कि स्त्री-आंदोलन की राजनीति स्वाभाविक रूप से सेकुलर या अ-साम्प्रदायिक ही हो सकती है। इस लिहाज़ से नारीवाद की निगाह में स्त्रियाँ ज़्यादा से ज़्यादा साम्प्रदायिकता की शिकार ही थीं।

राष्ट्र सेविका समिति : स्त्रियों की बहुसंख्यकवादी गोलबंदी

लेकिन शाह बानो के मामले ने इसलाम, राष्ट्र और स्त्री के अधिकारों के त्रिकोण को कुछ इस तरह से सामने रखा कि नारीवादी विमर्शकारों को समकालीन समाज में धर्म के मुक़ाम की राजनीतिक अहमियत का पहली बार गम्भीर एहसास हुआ। गैब्रिएल डीट्रिश ने अस्सी के मध्य में लिखे एक बेहतरीन निबंध के ज़रिये भारतीय स्त्री आंदोलन की इस बात के लिए आलोचना की थी कि उसमें धर्म के प्रश्न को नज़रअंदाज़ करने की प्रवृत्ति है। वह अपने सेकुलर ढाँचे में धार्मिक सुधारों और धार्मिक आस्था के महत्त्व पर ग़ौर करने के लिए तैयार नहीं है। डीट्रिश ने अपने ज़्यादातर तर्क दो स्रोतों से जुटाये थे : ईसाई धर्मशास्त्रीय नारीवादी विद्वत्ता से और स्त्रियों के जीवन की वर्ग-जाति आधारित आलोचनाओं से। शाह बानो वाले मसले ने समान नागरिक संहिता के प्रश्न को एक नयी रोशनी में पेश किया। आगे चल कर कुमकुम संगारी ने एक विस्तृत निबंध में यह मानने से इनकार कर दिया कि धर्म आधारित अस्मिता को पुष्ट करने से नारीवादी आंदोलन को अग्रगति प्राप्त होगी।

इसके बाद 1992 में बाबरी मसजिद के ध्वंस के बाद बम्बई में हुए दंगों की रोशनी में कुछ विमर्शकारों ने देखा कि स्त्री-संगठनों और साम्प्रदायिक संगठनों की सीमाएँ बहुत साफ़ तौर पर रेखांकित नहीं रह गयी हैं। फ़्लैविया एग्निस ने सत्तर के दशक और अस्सी की शुरुआत की परिस्थितियों में स्त्री-आंदोलन के सेकुलर चरित्र की सतर्क जाँच-पड़ताल की। उन्होंने कई प्रसंगों की छानबीन करके दिखाया कि कई स्त्री संगठन अपने कामों के अल्पसंख्यक विरोधी फलितार्थों के प्रति सचेत नहीं थे।

नब्बे के दशक में ही हिंदू दक्षिणपंथियों के उग्र हिस्सों द्वारा साम्प्रदायिक रूप से भड़काऊ भाषा बोलने वाले स्त्री-वक्ताओं और नेताओं (साध्वी ऋतम्भरा और उमा भारती) के इस्तेमाल ने नारीवादियों का ध्यान राष्ट्रीय स्वयंसेवक संघ की स्त्री-शाखा राष्ट्र सेविका समिति की गतिविधियों की तरफ़ खींचा। 2002 में गुजरात में हुए दंगों में मुसलमान स्त्रियों और बच्चों को विशेष रूप से निशाना बनाया गया और दूसरी तरफ़ हिंदू साम्प्रदायिक तत्त्वों ने अपने लक्ष्यों के लिए स्त्रियों का इस्तेमाल भी किया। एक तरफ़ अल्पसंख्यक समुदाय की नारी साम्प्रदायिकता की शिकार हो रही थी और दूसरी तरफ़ हिंदू समुदाय की नारी उसे अपमानित करने के लिए पुरुषों को प्रोत्साहित भी कर रही थी। साफ़ देखा जा सकता है कि साम्प्रदायिकता के इस नये दौर ने स्त्रियों के कम से कम एक हिस्से को अभूतपूर्व ढंग से उसकी ख़तरनाक राजनीति के जोड़ दिया है।

राष्ट्रीय स्वयंसेवक संघ की महिला शाखा राष्ट्र सेविका समिति पर मीडिया या बुद्धिजीवी हलकों में बहुत कम चर्चा होती है। स्त्री-अध्ययन के क्षेत्र में इतिहासकार तनिका सरकार के अनुसंधान ने इस ओर विशेष रूप से ध्यान आकर्षित किया। राष्ट्र सेविका समिति एक-दूसरे से जुड़ी हुई साम्प्रदायिक-संस्थाओं के जाल का अंग है। छह दशक पहले स्थापित देश का सबसे पुराना महिला-संगठन होने के बावजूद इसने अधिकतर प्रचार से दूर से ही रखा। संघ के समान ही समिति के साहित्य में भी राष्ट्रीय ध्वज या केसरिया झंडे एवं वंदेमातरम् गान को प्रतीक के रूप में दर्ज किया जाता है। समिति में शामिल होते ही उसकी सदस्याएँ नियोजित रूप से अन्य स्त्रियों तक पहुँचने का प्रयास शुरू कर देती हैं। इनके प्रचार में व्यापकता और गहराई होती है। स्त्री-कार्यकर्ताओं का घरों में प्रवेश आसान होता है। वे संगठन की शाखा लगाने की कोशिश करती हैं। जहाँ शाखा चलाना मुश्किल होता है वहाँ समिति हर तीन महीने में निर्देश भेजती है। ज़ाहिर है कि समिति की कार्यकर्ता साम्प्रदायिकता का प्रचार तो करती हैं, पर खुले तौर पर नहीं। विश्व हिंदू परिषद् का भी एक स्त्री संगठन दुर्गा-वाहिनी है। इसका उद्भव 1990 में अयोध्या आंदोलन के उद्देश्य से लड़कियों की भर्ती के साथ हुआ। इसमें लड़कियों को शस्त्र चलाने और मारपीट का प्रशिक्षण देने के साथ-साथ उग्र नारेबाजी और भाषणबाज़ी सिखाई जाती है। तर्क यह दिया जाता है कि लड़कियों को आत्मरक्षा और सुरक्षा के दृष्टिकोण से प्रशिक्षित किया जा रहा है।

पिछले दो दशकों के इस घटना-क्रम ने साम्प्रदायिक-हिंसा के दौरान महिलाओं की मौजूदगी का प्रश्न काफ़ी पेचीदा कर दिया है। इसमें कोई शक नहीं कि दंगों के दौरान छेड़छाड़, यौन-उत्पीड़न, अपहरण और बलात्कार के ज़रिये स्त्रियों पर हिंसा बरपायी जाती है। स्त्रियों को मानसिक उत्पीड़न का भी ज़बरदस्त शिकार होना पड़ता है। दो धर्मों की राजनीतिक प्रतिस्पर्धा में उन्हीं का दमन किया जाता है। उदाहरण के तौर पर, शाहबानो केस को देखा जा सकता है। लेकिन, दूसरी तरफ़ साम्प्रदायिकता फैलाने के लिए सिर्फ़

संघ, भाजपा, बजरंग दल इत्यादि से जुड़े पुरुष ही ज़िम्मेदार नहीं है बल्कि, इसके लिए इन संगठनों से संबंधित स्त्रियाँ भी ज़िम्मेदार हैं। साम्प्रदायिक-हिंसा की वाहक स्त्रियाँ धर्म को राष्ट्रवाद से जोड़कर देखती हैं। तीसरी तरफ़ स्त्रियों के संगठन सेकुलरवाद का माहौल बनाने के लिए भी संघर्ष कर रहे हैं। ये स्त्री-संगठन धर्म और राष्ट्रवाद के अंतर्संबंधों की अहमियत अच्छी तरह जानते हैं। ये स्त्रियाँ साम्प्रदायिक राजनीति के तहत होने वाले भेदभाव की वजह से अल्पसंख्यक समुदाय एवं नारी-अस्तित्व को लेकर काफ़ी चिंतित हैं। सचेत स्त्रियों की प्रभावशाली संख्या नागरिक अधिकार संगठनों, सहमत, और निरंतर जैसी संस्थाओं के साथ मिलकर काम कर रही हैं। इसके अलावा कुछ जागरूक महिलाओं ने स्वयं भी संगठित होकर इन समस्याओं से छुटकारा पाने के लिए कुछ संस्थागत उपाय किये हैं जिनमें आवाज़-ए-निसवां, सहेली, अनहद, जागोरी, नारी-अत्याचार विरोधी मंच इत्यादि प्रमुख हैं। इन संस्थाओं के तहत महिला कार्यकर्ता धर्म-जाति-लिंग के तहत होने वाले भेदभाव के अलावा अल्पसंख्यक समुदाय के लोगों और स्त्रियों पर पड़ने वाले असर पर अपना ध्यान केंद्रित करती हैं।

देखें : अरुणा आसफ़ अली, आनंदीबाई जोशी, उपनिवेशवाद विरोधी आंदोलन में स्त्री-नेतृत्व-1 और 2, कमला देवी चट्टोपाध्याय, दलित-नारीवाद, पण्डिता रमाबाई सरस्वती, भारत में स्त्री-आरक्षण-1 और 2, महादेवी वर्मा, दुर्गाबाई देशमुख, रमाबाई रानाडे, विजय लक्ष्मी पण्डित, विद्याबेन शाह, संतोष कुमारी देवी।

संदर्भ

1. मैरी ई. जॉन (सम्पा.) (2008), 'कम्युनलिज़म ऐंड रिलीजन' खण्ड के पाँच लेख (राधा कुमार, फ़्लैविया एग्नस, गैब्रिएल डीट्रिश, कुमकुम संगारी और तनिका सरकार), *वुमंस स्टडीज़ इन इण्डिया : अ रीडर*, पेंगुइन, नयी दिल्ली.
4. गैब्रिएल डीट्रिश (1988), *वुमंस मूवमेंट इन इण्डिया, कंसेप्चुअल ऐंड रिलीजस रिफ़्लेक्शंस : सिलेक्टिड एसेज़*, ब्रेकथ्रू पब्लिकेशंस, बंगलुरु.
5. कुमकुम संगारी (1995), 'पॉलिटिक्स ऑफ़ डायवर्सिटीज़ : रिलीजस कम्युनिटीज़ ऐंड मल्टीपिल पैट्रियार्कीज़', *इकॉनॉमिक ऐंड पॉलिटिकल वीकली*, खण्ड 30, अंक 12.
6. तनिका सरकार (1999), 'प्रैग्मैटिक्स ऑफ़ द हिंदू राइट : पॉलिटिक्स ऑफ़ वुमंस ऑर्गनाइज़ेशंस', इकॉनॉमिक ऐंड पॉलिटिकल वीकली, खण्ड 34, अंक 31.

— आकांक्षा कुमारी

स्त्री-श्रम

(Women-Labour)

स्त्री को समान आर्थिक-नागरिक की हैसियत दिलाने के लिए सत्तर के दशक से ही स्त्री-श्रम का प्रश्न नारीवादी विमर्श के केंद्र में रहा है। श्रमिक स्त्रियों के जीवन, जेंडर और ग़रीबी के बीच संबंध, घर-परिवार के दायरे में स्त्री-श्रम के मूल्य और संबंधित नीति-निर्माण की समस्याओं ने नयी पीढ़ी के अनुसंधानकर्त्ताओं का ध्यान अपनी ओर खींचा है। सभ्यता के विकास में स्त्री-पुरुष का बराबर योगदान है, लेकिन प्रमुखता केवल पुरुष को दी गयी है और स्त्री-कार्य को गौण क़रार दिया गया है। सच्चाई यह है कि घर सँभालने, मवेशियों की देखभाल करने, बच्चों का पालन-पोषण करने जैसे कामों के अलावा खेती में भी स्त्री ने पुरुष की अपेक्षा अधिक योगदान दिया है। लेकिन 'किसान' कहलाने का अधिकार पुरुषों को ही मिला। पितृसत्तात्मक व्यवस्था ने स्त्री के काम को कभी श्रम माना ही नहीं। इसीलिए उसकी श्रम-शक्ति का मूल्यांकन नहीं किया गया। श्रम और श्रम-मूल्य की क्रांतिकारी व्याख्या करने वाले कार्ल मार्क्स ने भी औरतों की मेहनत को उत्पादक-श्रम का दर्जा नहीं दिया है। भूमण्डलीकरण की शुरुआत के बाद से स्त्री-श्रम के मुद्दे पर नये सिरे से ध्यान दिया गया है। बाज़ार के प्रसार ने स्त्रियों को बड़े पैमाने पर काम में उतारा है और इस परिघटना को श्रम के स्त्रीकरण की संज्ञा दी गयी है। हालाँकि पिछले दिनों औपचारिक क्षेत्र में स्त्रियों के काम-काज की दशाओं में कुछ सुधार आया है, लेकिन अनौपचारिक क्षेत्र में उनकी दुर्दशा की आज भी कोई सीमा नहीं है।

आँकड़ों के मुताबिक़ सारे संसार में काम के कुल घंटों का लगभग दो-तिहाई भाग औरतों की मेहनत का होता है। इसमें से भी अधिकतर काम ग्रामीण क्षेत्रों में रहने वाली स्त्रियाँ करती हैं। विकासशील विश्व में कुल जनसंख्या का तिहाई भाग ग्रामीण औरतें है, इसलिए वहाँ घरेलू उपयोग के लिए ज़्यादातर भोजन औरतें ही पैदा करती है। वही कूटती, पीसती, भोजन बनाती और परिवार को खिलाती हैं। इसके अतिरिक्त देखभाल की ज़िम्मेदारी भी उन्हीं की है। इसके बावजूद औरतों को संसार की कुल आय का दस प्रतिशत ही मिलता है और वे एक प्रतिशत से भी कम सम्पत्ति की स्वामिनी हैं। असंख्य स्त्रियाँ अपनी और अपने परिवार की आर्थिक आवश्यकताएँ पूरी करने के लिए बाज़ार और उद्योग-धंधों में भी कार्य करती है। कार्यस्थलों पर उन्हें लैंगिक भेदभाव का शिकार होना पड़ता है। उद्योगपति उन्हें नौकरी इसलिए देते हैं कि वे आसानी से उपलब्ध सस्ता श्रम

हैं, असंगठित और दबी हुई हैं और बिना किसी अतिरिक्त ख़र्च के मज़दूरों की नयी पीढ़ी को जन्म देती हैं।

इस भेदभाव का मुक़ाबला करने के लिए महिला आंदोलनों ने स्त्री को उचित श्रम-मूल्य प्रदान करने को प्रमुख मुद्दा बनाया है। उन्होंने इस धारणा को चुनौती दी है कि परिवार मुख्यत: प्यार और लगाव का केंद्र है जहाँ कोई काम करने के लिए किसी प्रकार का शुल्क देने की ज़रूरत नहीं होती। अर्थात् पति और पत्नी के बीच यह अलिखित समझौता होता है कि पति बाहर से कमा कर लाता है पत्नी बच्चों का पालन-पोषण करती है। नारीवादियों ने घर के भीतर किये जाने वाले काम की अपने ढंग से व्याख्या की। उनके अनुसार पूँजीवाद और भूमण्डलीकरण के इस युग में महिलाओं को एक आरक्षित श्रम-शक्ति के रूप में देखा जाता है। राज्य अपनी आवश्यकता के अनुसार स्त्रियों को दहलीज़ के बाहर निकालता है और आवश्यकता पूरी होने पर उन्हें वापस घरों में भेज दिया जाता है।

महिलाओं द्वारा किये जाने वाले घरेलू श्रम पर सबसे अधिक काम मार्क्सवादी नारीवादियों ने किया। क्रिस्टीन डेल्फ़ी एक ऐसी ही विख्यात नारीवादी हैं। उनका मानना है कि घरेलू श्रम पूँजीवादी समाज के लिए एक सामाजिक-सांस्कृतिक पीढ़ी तैयार कर रहा है। वह भी एक पूँजी का निर्माण कर रहा है, पर इसके लिए उसे कोई क़ीमत नहीं मिल रही है। इसलिए घरेलू श्रम को निश्चित ही सामाजिक विस्तार देते हुए उसके श्रम का मूल्य तय किया जाना चाहिए।

समाजवादी मार्क्सवादियों ने इसकी व्याख्या अलग ढंग से की है। उनके अनुसार चूँकि औरतें और मर्द समान कार्य करते हैं इसलिए उन्हें समान श्रम-मूल्य दिया जाना चाहिए। डला कोस्टा के अनुसार परिवार के भीतर स्त्री कार्य भी करती है और शोषित भी है। घरेलू काम के ज़रिये वह अधिशेष मूल्य की रचना करती है, पर वह पूँजीवाद के खाते चला जाता है। अर्थात् पूँजीपति जब किसी पुरुष की श्रम-शक्ति ख़रीदता है तो उसे एक ही श्रम-मूल्य पर दो श्रमिक प्राप्त हो जाते हैं। एक श्रमिक और उसकी पत्नी। इसमें एक उजरती मज़दूर है और दूसरा ग़ैर-उजरती मज़दूर। इसलिए घरेलू कार्य व्यक्तिगत नहीं अपितु सामाजिक माना जाना चाहिए। इसके ज़रिये घर के भीतर एक नया श्रमिक वर्ग तैयार किया जाता है। इस घरेलू श्रम के लिए भी मूल्य चुकाया जाना चाहिए।

इस पूँजीवादी समाज में स्त्री-श्रम की समीक्षा करते हुए जॉन हार्कसन कहती हैं कि विश्व-स्तर पर कार्यरत पूँजीवादी व्यवस्था देशों के भीतर काम कर रही पूँजीवादी व्यवस्था से भिन्न है। इन दोनों को मिला कर विश्वस्तरीय पूँजीवादी व्यवस्था की रचना होती है जिसमें घरेलू काम एक मौन उत्पादन-विधि की भूमिका निभाता है। उससे छोटे पैमाने का पण्यीकरण होता है। इस प्रक्रिया में स्त्रियाँ अपने श्रम का और अपना मूल्य घटा कर अपने पति के लिए सेवाएँ उपलब्ध कराती है। हीदी हार्टमान का तर्क है कि एक पूँजीवादी समाज में जेंडर, नस्ल और जाति के आधार पर तय किया जाता है कि कौन क्या कार्य करेगा। उच्चस्तरीय नौकरियाँ हमेशा ही उच्च वर्ण और पुरुष वर्ग को दी जाती है। बाहर के कार्यों में भी स्त्रियों और पुरुषों को असमान वेतन दिया जाता है। स्त्री द्वारा सहे जा रहे इन समस्त दबाबों और असमानता का वर्णन हमें बेबी हालदार लिखित आत्मकथा *आलो आंधारि* में मिलता है।

बेबी हालदार जैसी श्रमिक स्त्रियों के हिस्से में प्राय: असंगठित क्षेत्र आता है। इस दायरे में काम करने वाली मज़दूर औरतों को तीन प्रकार के दुर्व्यवहार और शारीरिक हिंसा का सामना करना पड़ता है। एक तो वे रूढ़िवादी समाज की सबसे गिरी हुई प्राणी होने के नाते पति या परिवार के दूसरे पुरुषों द्वारा भेदभाव और मारपीट का शिकार होती हैं। पुरुषों की शराबख़ोरी मारपीट का एक बड़ा कारण है। चाय बागानों में परम्परागत पदानुक्रम ढाँचे के कारण औरतों को अपने पुरुष अधिकारियों द्वारा यौनिक हिंसा का शिकार होना पड़ता है। तीसरी प्रकार की हिंसा स्त्रियों के आपस में असंगठित होने के कारण होती है जिसका भरपूर फ़ायदा ठेकेदारों या पूँजीपतियों को होता है। *आलो आंधारि* में बेबी का पति उसे तब नहीं मारता जब वह आस-पास के घरों में काम करती है, बल्कि अन्दर ही अन्दर ख़ुश भी रहता है कि उसे अब घर का ख़र्च चलाने के लिए पैसे देने की ज़रूरत नहीं पड़ेगी। लेकिन जैसे ही वह उसकी इच्छा के ख़िलाफ़ अपनी सखी पष्ठी से संबंध बनाती है या अपने मायके जाने की बात करती है, तो वह पति द्वारा बनायी गयी मर्यादा का उल्लंघन करने के लिए उसकी जम कर पिटायी करता है। श्रमिक-महिलाओं को अक्सर बहुत तनाव में रहना पड़ता है। बच्चों और घर की देखभाल करने की ज़िम्मेदारी के साथ-साथ शारीरिक मेहनत के काम भी उन्हें ही करने होते हैं। कभी-कभी ये काम जोखिम वाले भी होते हैं और उनके बदले पैसा भी कम मिलता है। घर और परिवार का दोहरा भार उठाना वैसे भी मुश्किल होता है, लेकिन ग़रीबी की हालत में यह भार दोगुना हो जाता है।

देखें : अश्वेत नारीवाद, आनंदीबाई जोशी, इसलामिक नारीवाद, गायत्री चक्रवर्ती स्पिवाक, चिपको आंदोलन, जूडिथ बटलर, जूलिया क्रिस्टेवा, जेंडर, दलित नारीवाद, देवदासी, देवकी जैन, नारीवाद, नारीवाद की पहली लहर, नारीवाद की दूसरी लहर, नारीवाद की तीसरी लहर, नारीवादी दर्शन, नारीवाद और अर्थशास्त्र, नारीवादी फ़िल्म-सिद्धांत, नारीवादी इतिहास-लेखन, नारीवाद और अर्थशास्त्र, नारीवाद और साम्प्रदायिकता, नैंसी शोदॅरौ, पर्यावरणीय नारीवाद, पब्लिक-प्रायवेट, पण्डिता रमाबाई सरस्वती, पितृसत्ता, पुरुषत्व, प्रजनन प्रौद्योगिकी, प्रेम,

प्रेम-अध्ययन और नारीवादी दर्शन, भारत में स्त्री-आरक्षण-1 और 2, महादेवी वर्मा, मनोविश्लेषण और नारीवाद, मैरी वोल्सनक्राफ़्ट, राजनीतिक दर्शन के नारीवादी आयाम, रमाबाई रानाडे, ल्यूस इरिगरे, स्त्री-अध्ययन, स्त्री और साम्प्रदायिकता, सम्पत्ति : नारीवाद परिप्रेक्ष्य, सीमोन द बोउवार, स्त्री-आरक्षण, हेलन सिचू।

संदर्भ

1. रीना झाबवाला और आर.के.ए. सुब्रह्मण्य (सम्पा.) (2000), *द अनऑर्गनाइज़्ड सेक्टर : वर्क सिक्यूरिटी ऐंड सोशल प्रोटेक्शन*, सेज, नयी दिल्ली.
2. जी. स्टेंडिंग (1989), 'ग्लोबल फ़ेमिनाइज़ेशन थ्रू फ्लेक्ज़िबिल लेबर', *वर्ल्ड डिवेलपमेंट*, खण्ड 17, अंक 7.

— सुप्रिया पाठक

सन् 1857 का संग्राम-1

विद्रोह के कारण

(War of 1857-1)

अंग्रेज़ों के ख़िलाफ़ भारत की स्वाधीनता के लिए चला पहला राष्ट्रीय संग्राम 29 मार्च, 1857 को शुरू हो कर 8 जुलाई, 1859 तक चला। हालाँकि यह संघर्ष अंग्रेज़ों को भारत से भगाने में नाकाम रहा, लेकिन इसके कारण ईस्ट इण्डिया कम्पनी की सौ साल पुरानी अमलदारी ख़त्म हो गयी और रानी विक्टोरिया को भारत का शासन अपने हाथ में लेना पड़ा। आज़ादी की इस लड़ाई में मुख्यत: ब्रिटिश सेना के भारतीय सिपाहियों और उत्तर भारत के जुझारू किसानों ने भाग लिया था। जनता की भागीदारी का अंदाज़ा इस बात से लगाया जा सकता है कि केवल अवध के इलाक़े में अंग्रेज़ों से लड़ते हुए मारे गये डेढ़ लाख लोगों में से एक लाख लड़ाके ग़ैर-फ़ौजी थे। देशी रजवाड़ों में कुछ विद्रोहियों के साथ थे, और कुछ अंग्रेज़ों के साथ। संग्राम का मुख्य घटनास्थल वह विशाल प्रदेश था जिसे आज हिंदीभाषी क्षेत्र के रूप में जाना जाता है। कहीं कम तो कहीं ज़्यादा इस लड़ायी में पंजाब, महाराष्ट्र, कर्नाटक और हैदराबाद की हिस्सेदारी भी थी। दिल्ली से बहुत दूर पड़ने वाले कश्मीर, गुजरात, केरल, तमिलनाडु और बंगाल का इस संग्राम में न के बराबर ही योगदान था। लखनऊ, नयी दिल्ली और पटना जैसे नगर इस दौरान अंग्रेज़ विरोधी चेतना के केंद्र के तौर पर उभरे। विद्रोह के समय पश्चिमी शिक्षा से निकले बुद्धिजीवी वर्ग का अधिकतर हिस्सा इससे दूर रहा। आगे चल कर भारतीय राष्ट्रवाद की बुनियाद डालने वाले इस संघर्ष की प्रेरक स्मृति लोकगाथाओं में बदल गयी जिनके आधार पर लोकप्रिय कला, साहित्य और सिनेमा का सृजन हुआ। 1857 के गदर के नाम पर गदर पार्टी बनी। उपनिवेशवाद विरोध की सशस्त्र क्रांतिकारी धारा इस विद्रोह से लगातार प्रेरणा प्राप्त करती रही। आंदोलन की स्मृतियाँ भारतवासियों को ब्रिटिश शासन की दुर्बलता का एहसास दिलाती रहीं कि किसानों और सिपाहियों की उस संग्रामी एकता ने उसे किस क़दर हिला कर रख दिया था।

भारत में अपनी अमलदारी क़ायम रखने के लिए ईस्ट इण्डिया कम्पनी ने अट्ठारहवीं सदी के मध्य से ही भारतीयों को फ़ौज में भर्ती करके युरोपीय ढंग से प्रशिक्षित करना शुरू कर दिया था। इन तमाम सैनिकों को वर्दी पहने हुए किसानों के रूप में देखा जा सकता है। 1794 में इन भारतीय सिपाहियों की संख्या 82,000 थी, जो 1856 तक बढ़ कर 2,14,000 हो चुकी थी। बंगाल आर्मी, बोंबे आर्मी और मद्रास आर्मी में बँटे हुए इन सैनिकों को युरोपियन अफ़सरों की कमान में रखा जाता था। भारतीय अफ़सर कितना भी योग्य हो, ऊँचे पद पर नहीं पहुँच सकता था। एक अंग्रेज़ सार्जेंट ज़्यादा अनुभवी और योग्य भारतीय अफ़सर पर हुक्म चला सकता था या गाली दे कर अपमान कर सकता था। बड़े अंग्रेज़ अफ़सर ज़रूरी नहीं कि योग्य होते ही हों। उनकी तैनाती का तरीक़ा भी काफ़ी संदिग्ध क़िस्म का था। कई नियुक्तियाँ योग्यता के आधार पर न हो कर ऊँचे ख़ानदान का होने के कारण हो जाती थीं। और तो और, पदों और हैसियत को ख़रीदने की दम रखने वाले अंग्रेज़ों को आसानी से कमीशन मिल जाता था। तीनों आर्मियों में सबसे बड़ी और पुरानी बंगाल आर्मी थी जिसके ज़्यादातर सिपाही अवध और बिहार के ब्राह्मण, राजपूत और भूमिहार थे। सिपाही को सिर्फ़ सात रुपये तनख़्वाह मिलती थी जिसमें उसे अपनी वर्दी के लिए जेब से भुगतान करना पड़ता था। इतने वेतन में उसका काम बहुत मुश्किल से चलता था। बम्बई और मद्रास की फ़ौजें बंगाल के मुक़ाबले ज़्यादा मिली-जुली थीं। संरचना में अंतर होने के बावजूद इन तीनों सेनाओं के सिपाहियों में ब्रिटिश अफ़सरों के नस्लवाद, उनकी अयोग्यता, वेतन से जुड़ी शिक़ायतों, भेदभाव और जुल्म-ज़्यादती के कारण असंतोष और बग़ावत की भावना थी।

1806 में वेल्लोर में विद्रोह हुआ जिसमें सिपाहियों ने गुप्त रूप से संगठित होने की क्षमता का परिचय दिया। उन्होंने रात में चुपचाप सभाएँ कीं और ज़मींदारों को विद्रोह करने के लिए पत्र लिखे। इस विद्रोह को अंग्रेज़ों ने बर्बर आतंक द्वारा दबा दिया, लेकिन यह केवल सैनिकों तक महदूद नहीं था और न ही धर्म बिगड़ने के डर से यह क़दम उठाया था। उस समय तक तो चर्बी वाले कारतूसों का दूर-दूर तक पता नहीं

था। यह एक राजनीतिक विद्रोह था जिसमें सिपाहियों ने अंग्रेज़ी राज ख़त्म करके देशी राज क़ायम करने की कोशिश करते हुए क़िले पर टीपू का झण्डा फ़हरा दिया था। इसके बाद दक्षिण भारत में पल्लमकोट्टा में सिपाहियों ने विद्रोह की कोशिश की। उन्होंने अपने इश्तहार एक साथ हिंदुस्तानी, तमिल और तेलुगु में निकाले। 1822 में आर्कट की घुड़सवार लाइनों में विद्रोह का प्रयास हुआ। देश से बाहर तैनात के लिए दूगने भत्ते की माँग पर भी कई बग़ावतें हुईं।

1857 में बग़ावत करने वाली बंगाल आर्मी में पहले भी बग़ावती स्वर उभर चुके थे। इसके सिपाही 1815 में जावा में और 1834 में ग्वालियर में विद्रोह कर चुके थे। 1839-42 के बीच चले अफ़ग़ान युद्ध में भी इस सेना के फ़ौजियों ने अपने अक्षम विलायती कमांडरों के ख़िलाफ़ बग़ावत का परचम उठाया था। दरअसल, पचास का दशक आते-आते विभिन्न कारणों से सिपाहियों के बीच असंतोष काफ़ी मुखर हो चुका था। इसके पीछे 1856 के जनरल सर्विस इनलिस्टमेंट एक्ट की भूमिका भी थी। यह एक्ट माँग करता था कि देश से बाहर भेजे जाने के लिए सिपाहियों को तैयार रहना होगा। अंग्रेज़ चाहते थे कि इस आर्मी में सिक्ख सिपाहियों की भर्ती करके अवध के सिपाहियों का वर्चस्व तोड़ दिया जाए। वाज़िद अली शाह से अवध की सल्तनत हथिया लिए जाने से भी ये सिपाही काफ़ी नाख़ुश थे। इसका एक मतलब कम्पनी द्वारा थोपे गये ऊँचे करों के रूप में सामने आया जिनका भुगतान इन सिपाहियों के घरवालों को करना पड़ रहा था। इसी मुक़ाम पर गाय और सुअर की चर्बी वाले कारतूसों को विद्रोह का प्रमुख कारण मानने वाली थियरी पर विचार करना ज़रूरी है। तीस के दशक से ही अंग्रेज़ सेना में ब्राउन बेस बंदूक की जगह ली एनफ़ील्ड रायफ़लों को ला रहे थे। इनका कारतूस एक ऐसे खोल में बंद था जिसे चलाने से पहले दाँत से काट कर फाड़ना पड़ता था। बंगाल आर्मी के सिपाहियों को जैसे ही यह पता चला, हिंदू और मुसलमान फ़ौजियों के बीच नाराज़गी भड़क उठी। साथ ही यह अफ़वाह भी फैली कि जब सिपाहियों का धर्म भ्रष्ट हो जाएगा तो उन्हें आसानी से क्रिस्तान बनाया जा सकेगा। प्रश्न यह है कि क्या विद्रोह का कारण केवल धर्म-भ्रष्ट होने का डर ही था? इस थियरी पर शक होने का मुख्य कारण यह है कि विद्रोह शुरू हो जाने पर सिपाहियों ने इन्हीं कारतूसों को बार-बार दाँत से काट कर अंग्रेज़ों को निशाना बनाया था। दरअसल, कारतूस वाली थियरी पर बहुतों को विश्वास नहीं है। इस सिलसिले में सवाल उठाया गया है कि धर्म भ्रष्ट हो जाने का डर दक्षिण भारत में क्यों नहीं था? क्या वहाँ के सिपाही सेकुलर हो गये थे? वैसे भी सेना के एक बड़े हिस्से को चर्बी वाले कारतूस तब तक दिये ही नहीं जा सके थे। दूसरे, जब ब्रिटिश गवर्नर जनरल ने चर्बी वाले कारतूसों को फ़ौज से हटा लेने की घोषणा कर दी, फिर भी विद्रोह क्यों बंद नहीं हुआ?

चर्बी वाले कारतूस विद्रोह का सिर्फ़ एक पहलू था। दरअसल, विद्रोह के पीछे यह विश्वास काम कर रहा था कि अंग्रेज़ों के शासन का वक़्त अब गुज़र चुका है। यह एक राजनीतिक विश्वास था जो उन्नीसवीं सदी के प्रारम्भ से ही पनप रहा था। इस विश्वास के पीछे कम्पनी की हुकूमत के ख़िलाफ़ लगातार जारी सशस्त्र विद्रोहों की परम्परा थी। विविध कारणों से होने वाली इन बग़ावतों का मक़सद अंग्रेज़ों को भारत से भगाना था। इतिहासकारों ने इन विद्रोहों के पीछे मुख्यतः तीन कारणों का उल्लेख किया है : राजनीतिक कारणों से होने वाले विद्रोह, व्यक्तिगत कारणों से हुए विद्रोह और आर्थिक कारणों से होने वाले विद्रोह। इसके अलावा एक श्रेणी धार्मिक कारणों से हुए विद्रोहों की है जिसमें वहाबी और संन्यासी विद्रोहों को रखा गया है। बंगाल का संन्यासी विद्रोह हिंदू संन्यासियों, मुसलमान फ़क़ीरों ने शुरू किया था पर वह भूखे किसानों, ज़मीन खोने वाले भू-स्वामियों और फ़ौज से अलग किये गये सिपाहियों के समर्थन से ताक़तवर हुआ था। यह रुझान सारे देश में था। हिंदी-प्रदेश हो या सावंतवाड़ी, ख़ानदेश, गंजम, कोल्हापुर, सिलहट, पर्लाकीमेंडी, विशाख़ासटनम, कच्छ और सीमांत प्रदेश हो, लगभग हर जगह जनता ने विद्रोह किया। इन संघर्षों में कभी तो किसान अकेले लड़े, कभी सामंतों के साथ लड़े, कभी अंग्रेज़ों के हाथ बिके हुए अपने ही राजा के ख़िलाफ़ लड़े। कोल, संथाल, ख़ासी आदि जनजातियों ने भी उन्नीसवीं सदी में अंग्रेज़ों के ख़िलाफ़ हथियारबंद बग़ावतों का सिलसिला बनाया। 1819 में मध्य भारत में भीलों के शक्तिशाली संघर्ष से लेकर 1957 की पूर्व-संध्या पर 1855-56 में हुआ संथालों का महा-विद्रोह इस बात का सबूत था कि उन्नीसवीं सदी अंग्रेज़ी अमलदारी के ख़िलाफ़ लगातार खदबदाती रही। बड़े-बड़े आंदोलनों के अलावा अध्येताओं ने ऐसे अपेक्षाकृत छोटे 77 किसान आंदोलनों की सूची भी बनायी है जिनके तहत समय-समय पर तहत हज़ारों किसानों की गोलबंदी हुई। सामंती असंतोष का मुख्य कारण लॉर्ड डलहौज़ी द्वारा अपनायी जाने वाली डॉक्ट्रिन ऑफ़ लैप्स थी जिसके तहत अंग्रेज़ दत्तक पुत्र को क़ानूनी वारिस मानने से इनकार कर देते थे। 1848 से 1953 के बीच सतारा, नागपुर, सम्भलपुर, उदयपुर और झाँसी की रियासतें इसी तरह से हड़पी गयीं। 1856 में जैसे ही उन्होंने कुशासन के नाम पर अवध का राज हथियाया, वैसे ही राजे-रजवाड़ों में हड़कम्प मच गया। अंग्रेज़ों ने यह भी घोषित कर दिया कि दिल्ली में बहादुर शाह ज़फ़र की मृत्यु के बाद मुग़लों की बादशाहत भी ख़त्म हो जाएगी। 1857 के विद्रोह से पहले स्थिति यह थी कि बिठूर के नाना साहब, लखनऊ में बेगम हज़रत महल, रुहेलखण्ड में ख़ान बहादुर ख़ान और झाँसी में रानी लक्ष्मीबाई विद्रोह को राजनीतिक नेतृत्व देने के लिए तैयार थे। इंदौर के होल्कर और ग्वालियर के सिंधिया अंग्रेज़ों के वफ़ादार थे, पर उनके

सिपाहियों में बग़ावत की भावना थी। नये रेवेन्यू सेटलमेंट के कारण अपनी आधी रियासतें खो चुके बहुत से ताल्लुक़ेदार विद्रोह की कगार पर थे। इनमें अवध और उत्तर-पश्चिम प्रांत के ताल्लुक़ेदारों की संख्या बहुत थी।

एस.बी. चौधरी द्वारा किये गये विद्रोह के क्लासिक अध्ययन से पता चलता है कि किस तरह नयी राजस्व प्रणाली ने किसानों का शोषण करने वाले सामंतों और शोषित होने वाले किसानों को अंग्रेज़ों के ख़िलाफ़ एक-दूसरे से जोड़ दिया था। लगभग सभी इतिहासकार एक तथ्य पर एकमत हैं कि सारे देश में अंग्रेज़ों के ख़िलाफ़ घृणा व्याप्त थी। उनके वफ़ादारों का मानस भी अंग्रेज़ विरोधी भावनाओं से पूरी तरह मुक्त न था। इसके पीछे अंग्रेज़ों का नस्लवादी रवैया और भारतीयों के साथ अपमानजनक ढंग से व्यवहार करना तो था ही, एक बड़ा कारण ईसाई मिशनरियों की गतिविधियाँ थीं। ये मिशनरी हिंदुओं और मुसलमानों की धार्मिक परम्पराओं और रीति-रिवाज़ों की खिल्ली उड़ाते थे, और येन-केन-प्रकारेण धर्मांतरण करवाने की कोशिश करते थे।

उन्नीसवीं सदी में एक और ख़ास बात थी। 1757 में प्लासी का युद्ध जीतने के बाद से अंग्रेज़ों का जो फ़ौजी रुतबा बना था, वह 1838-42 के पहले अफ़ग़ान युद्ध, 1845-59 के बीच हुए पंजाब के युद्धों और 1854-56 के बीच हुए क्रीमियायी युद्ध में उनकी पराजय के कारण नष्ट हो गया था। इससे सिपाहियों और किसानों को यह लगने लगा था कि अंग्रेज़ों को हराया जा सकता है।

देखें : आनंद केंटिश कुमारस्वामी, आर्य-अवधारणा, आर्थर लेवेलिन बाशम, एडवर्ड विलियम सईद, काशी प्रसाद जायसवाल, बिपन चंद्र-1 और 2, भारतीय इतिहास-लेखन-1 से 4 तक, दामोदर धर्मानंद कोसम्बी-1 और 2, प्राच्यवाद, रमेश चंद्र दत्त, रमेश चंद्र मजूमदार, रणजीत गुहा, रामकृष्ण गोपाल भण्डारकर, राम शरण शर्मा, रोमिला थापर, वासुदेव शरण अग्रवाल, पांडुरंग वामन काणे, विश्वनाथ काशीनाथ राजवाड़े-1 और 2, सखाराम गणेश देउस्कर, सामंतवाद : एक बहस।

संदर्भ

1. रामविलास शर्मा (1957/1990), *सन् सत्तावन की राज्य-क्रांति और मार्क्सवाद,* लोकभारती प्रकाशन, इलाहाबाद.
2. विनायक दामोदर सावरकर (1947), *द इण्डियन वार ऑफ़ इंडिपेंडेंस : 1857,* फ़ीनिक्स, बम्बई.
3. एस.बी. चौधरी (1965), *थियरीज़ ऑफ़ इण्डियन म्यूटिनी 1857-1859,* वर्ल्ड प्रेस, कलकत्ता.
4. जे.डब्ल्यू. के (1878), *अ हिस्ट्री ऑफ़ सिपॉय रिवोल्ट इन इण्डिया,* तीन खण्ड, डब्ल्यू.एच. एलेन, लंदन.
5. ए.टी. एम्ब्री (1963), *1857 इन इण्डिया : म्यूटिनी ऑर वार ऑफ़ इंडिपेंडेंस,* डी.सी. हीथ, लेक्सिंगटन, एमए.

— अभय कुमार दुबे

सन् 1857 का संग्राम-2

युद्ध, पराजय और दमन

(War of 1857-2)

लॉर्ड डलहौजी ने ईस्ट इण्डिया कम्पनी के डायरेक्टरों को लिखा था कि उसके शासनकाल में नये-नये राज्य मिलाने से अंग्रेज़ी राज की आमदनी चालीस लाख पाउण्ड बढ़ गयी है। इसी के साथ डलहौजी ने यह अंदेशा भी जताया था कि इस शांतिपूर्ण लूट में विघ्न पड़ सकता है। डलहौजी ने लिखा, 'हमारे ख़िलाफ़ कभी भी बाहर से लड़ाई छिड़ सकती है या भीतर से विद्रोह फूट सकता है। और ये युद्ध और विद्रोह ऐसे लोग शुरू कर सकते हैं जिनसे हम इनकी कम से कम आशा करते हैं, जो युद्ध और विद्रोह के लिए बहुत ही कमज़ोर समझे जाते हैं और जिनसे लड़ाई की कल्पना भी नहीं की जाती। इसलिए कोई भी व्यक्ति बुद्धिमानी से इस बात का आश्वासन नहीं दे सकता कि हिंदुस्तान में बराबर शांति बनी रहेगी।' पी.ई. रॉबर्ट्स द्वारा *हिस्ट्री ऑफ़ ब्रिटिश इण्डिया* में उद्धृत डलहौजी का यह वक्तव्य बताता है कि बग़ावत की गंध काफ़ी समय से हवाओं में थी जिसे अंग्रेज़ भी महसूस कर रहे थे।

लेकिन, इतिहासकारों में इस प्रश्न पर विवाद है कि क्या 1857 के विद्रोह के पीछे कोई व्यापक योजना थी, या इसे सिपाहियों, किसानों और सामंतों के असंतोष की अलग-अलग अभिव्यक्ति ही माना जाना चाहिए? सिपाहियों ने यदि संगठित होकर संघर्ष किया होता तो विद्रोह एक ही दिन में सभी छावनियों में न फूट पड़ता? इसी के साथ एक प्रश्न यह भी है कि अगर इस विद्रोह के पीछे कोई योजना थी तो उसे षड्यंत्र की श्रेणी में रखा जाना चाहिए या आंदोलन की श्रेणी में? इसमें कोई शक नहीं कि व्यापक असंतोष के बावजूद सारे देश में मौजूद भारतीय सिपाहियों की सारी पलटनें एक साथ अंग्रेज़ों के ख़िलाफ़ अंतिम लड़ाई के लिए उस तरह तैयार नहीं थी जिस तरह 1917 में जार के ख़िलाफ़ रूसी फ़ौज की पलटनें तैयार कर ली गयी थीं। सेना का विद्रोह पहले कुछ धीमे और फिर तेज़ रफ़्तार से आगे बढ़ा। उसकी प्रगति विषम थी। रामविलास शर्मा का मत है अगर इस विद्रोह को एक आंदोलन के रूप में देखा जाए तो समझ में आ सकता है कि वह कहीं तेज़ और कहीं मंद क्यों था। उन्होंने विद्रोही-रणनीति के मुश्तरका पहलुओं पर विस्तार और प्रामाणिकता से लिख कर साबित किया है कि कोई पल्टन राजनीतिक रूप से ज़्यादा तैयार थी और कोई कम, लेकिन इसके पीछे एक समग्र राजनीतिक योजना थी जिसके मुताबिक़ सिपाही अंग्रेज़ी राज की जगह भारतीय राज्य स्थापित करना चाहते थे। 29 मार्च, 1857 को

पहला विद्रोही : मंगल पाण्डे

बंगाल आर्मी की 34वीं पल्टन के 26 वर्षीय सैनिक मंगल पाण्डे ने कलकत्ता से थोड़ी दूर स्थित बैरकपुर छावनी में विद्रोह की पहली गोली दागी जिसने उसे पकड़ने के लिए झपट रहे लेफ्टीनेंट बौ के घोड़े को गिरा दिया। बौ ने ज़मीन से उठ कर दोबारा हमला किया तो पाण्डे ने उसे और उसकी मदद के लिए आये सार्जेंट मेजर को भी तलवार से घायल कर दिया। इसके बाद मेजर जनरल हेयरसे ने सिपाहियों के साथ पाण्डे पर हमला किया। इस पर मंगल पाण्डे ने अपने साथी सिपाहियों को ललकारा, पर उन्होंने न तो उसकी और न ही उसे पकड़ने में अंग्रेज़ों की मदद की। इस पर पाण्डे ने उन्हें कायर कह कर लज्जित किया और यह आरोप भी लगाया कि पहले तो उसे उत्तेजित किया गया और फिर साथ नहीं दिया। इसके बाद पाण्डे ने बंदूक का कुंदा ज़मीन पर रखा और नली छाती से सटा कर पैर से ट्रिगर दबा दिया। घायल मंगल पाण्डे को सिपाहियों के सामने ही आठ अप्रैल को अंग्रेज़ों ने फ़ाँसी पर चढ़ा दिया।

इसके बाद 10 अप्रैल तक कुछ नहीं हुआ। बंगाल आर्मी ऊपर से शांत बनी रही। अम्बाला, लखनऊ और मेरठ की छावनियों में गहरा असंतोष पनप रहा था। 24 अप्रैल को तीसरी घुड़सवार सेना ने मेरठ में अफ़सरों की आज्ञा मानने से इनकार कर दिया। 85 सिपाहियों को क़ैद कर लिया गया। 3 मई को लखनऊ में सातवीं पैदल सेना ने विद्रोह किया। अंग्रेज़ों ने उसके हथियार रखवा लिए और नेताओं को गिरफ़्तार कर लिया। पहले से तयशुदा योजना के अनुसार 10 मई को मेरठ में सिपाहियों ने कछ युरोपियन अफ़सरों को मार कर अपने गिरफ़्तार साथियों को छुड़ा लिया। लेकिन छावनी में 2,357 भारतीय सिपाहियों के मुक़ाबले 2,038 युरोपियन सैनिक थे जिनके पास 20 तोपें भी थीं। इस टकराव में फँसने के या हथियार डालने के बजाय ख़ुद को और भी हथियारों से लैस करके विद्रोही सिपाही रात में दिल्ली रवाना हो गये। मेरठ के बाग़ियों को शहर की जनता का पूरा समर्थन था। जब वे बाज़ार से निकले तो बहुत से लोग तलवारें, भाले और बल्लम लिए उनकी मदद को तैयार खड़े थे। जनता के इसी समर्थन के कारण अंग्रेज़ सिपाही उनका पीछा न कर सके। उधर दिल्ली की पलटनें मेरठ के सिपाहियों का स्वागत करने के लिए तैयार बैठी थीं। पहले उनकी कमान बहादुर शाह के बड़े बेटे मिर्ज़ा मुग़ल के हाथों में रही। विद्रोहियों ने बहादुर शाह ज़फ़र को हिंदुस्तान का बादशाह घोषित कर दिया। जून में बरेली से आने वाली विद्रोही सिपाहियों की सेना उनसे आ मिली। इसके सिपहसालार जनरल बख़्त ख़ाँ थे। इसके बाद बख़्त ख़ाँ ने दिल्ली के युद्ध की कमान सँभाल ली।

इसके बाद बग़ावत बहुत तेज़ी से फैली। हफ़्ते भर में अवध, रुहेलखण्ड, दोआब, बुंदेलखण्ड, मध्य भारत, बिहार के बड़े हिस्से और पंजाब में ब्रिटिश राज थर्रा उठा। अंग्रेज़ों की ताबेदारी कर रही देशी रियासतों के सैनिक भी विद्रोही मूड में आ गये। ग्वालियर के सिंधिया की फ़ौज के बीस हज़ार सिपाही नाना साहब के सेनापति तात्याँ टोपे के साथ चले गये। झाँसी की रानी ने भी विद्रोह घोषित कर दिया। महाराष्ट्र और राजस्थान के छोटे राजाओं और ताल्लुक़ेदारों ने भी विद्रोहियों का साथ दिया। मई के महीने में ही पंजाब की अनेक छावनियों में विद्रोह हुए। लाहौर, फ़िल्लौर, पेशावर और फ़िरोज़पुर में अंग्रेज़ों को तोपख़ाने का इस्तेमाल करके बग़ावत दबानी पड़ी। हैदराबाद में भी स्थानीय स्तर पर बग़ावत देखी गयी। वहाँ की जनता ने रेजीडेंसी पर ज़बरदस्त आक्रमण किया। पूर्व, पश्चिम और दक्षिण के कुछ भागों को छोड़ कर सारे भारत में अंग्रेज़ों को लेने के देने पड़ गये।

दिल्ली पर विद्रोहियों का क़ब्ज़ा होने के बाद 16 मई को गुड़गाँव में, 20 मई को अलीगढ़ में, 23 मई को मैनपुरी और इटावा में, 30 मई को लखनऊ में, 31 मई को शाहजहाँपर और बरेली में सिपाहियों और जनता के आपसी गठजोड़ का परिणाम विद्रोह में निकला। यानी 10 से 31 के बीच केवल 21 दिन में उत्तर-पश्चिम प्रदेश, अवध और सीमांत प्रदेश में पचासों जगहों पर अंग्रेज़ी राज को चुनौती दी गयी। अंग्रेज़ लेखकों द्वारा दिये गये विवरणों से साबित हो जाता है कि जगह-जगह शहरों और गाँवों की जनता ने देशी सेना का साथ दिया, अक्सर उसे विद्रोह करने के लिए उत्तेजित किया और कई जगह विद्रोह करने में पहल भी की। देखते-देखते उत्तर भारत में अंग्रेज़ी राज न केवल अपदस्थ हो गया, बल्कि जब अंग्रेज़ों ने प्रत्याक्रमण किया तो सिपाही जन-सहयोग से बहुत दिनों तक मोर्चा भी टिकाए रहे।

विद्रोहियों से लड़ने के लिए अंग्रेज़ों ने क्रीमिया युद्ध में लगी हुई सेना को बुलाया और चीन में फ़ौजी कार्रवाई के लिए जमा की गयी फ़ौज का इस्तेमाल किया। उन्होंने सिक्ख और गुरखा सिपाहियों का भी प्रयोग किया। अंग्रेज़ों की दो फ़ौजें मेरठ और शिमला से दिल्ली की तरफ़ रवाना हुईं। बदली की सराय पर विद्रोहियों से उनकी ज़बरदस्त टक्कर हुई जिसे उन्होंने जीत लिया, और फिर उत्तर की तरफ़ दिल्ली रिज पर अपना आधार क़ायम किया। एक जुलाई से दिल्ली का घेरा शुरू हो कर 31 अगस्त तक चला। जर्नल बख़्त ख़ाँ के नेतृत्व में विद्रोहियों ने बेहतरीन संघर्ष किया। 14 सितम्बर को अंग्रेज़ कश्मीरी गेट की तरफ़ से दिल्ली में घुस पाये। एक हफ्ते तक दिल्ली की सड़कों और गलियों में भीषण युद्ध हुआ। अंग्रेज़ों को एक-एक इंच दिल्ली के लिए लड़ना पड़ा। 20 सितम्बर को उन्होंने दिल्ली पर फिर से क़ब्ज़ा कर लिया। फिर दिल्ली की जम कर लूट शुरू हुई, अनगिनत लोगों की हत्याएँ की गयीं, मंदिरों और मसजिदों को ढहा दिया गया। 21 को बहादुरशाह ने समर्पण किया। अगले दिन बादशाह के बेटों मिर्ज़ा मुग़ल, मिर्ज़ा ख़िज्र सुल्तान और मिर्ज़ा अबू बक्र को ब्रिटिश अफ़सर हडसन ने ख़ूनी दरवाज़े पर गोली से उड़ा दिया।

1857 के युद्ध में कानपुर के बीबी-घर में अंग्रेज़ों और उनकी औरतों-बच्चों के क़त्ल की घटना का ब्रिटिश समर्थक इतिहासकारों ने बढ़ा-चढ़ा कर ज़िक्र किया है। उनका ज़ोर यह दिखाने पर है कि विद्रोही सिपाही कितने बर्बर थे। दूसरी तरफ़ राष्ट्रवादी इतिहासकार सावरकर ने इस कृत्य को प्रशंसात्मक निगाहों से देखा है। इस घटना का एक अधिक निष्पक्ष प्रतीत होने वाला विवरण भी मिलता है। इसके मुताबिक़ विद्रोही सिपाहियों से घिरे हुए अंग्रेज़ों को नाना साहब ने परिवार सहित सुरक्षित निकल जाने के लिए नावें प्रदान की थीं। पानी के बीच में जब नावें पहुँच गयीं तो उन्हें खेने वाले मल्लाह कूद पड़े और किनारे की ओर जाने लगे, क्योंकि मल्लाहों का उनके साथ रहना आत्मसमर्पण की शर्तों में शामिल न था। लेकिन, अंग्रेज़ों ने उन निहत्थों पर गोलियाँ चलाईं। यह देख कर किनारे खड़े घुड़सवार सिपाहियों को ग़ुस्सा आ गया और वे पानी में कूद कर अंग्रेज़ों को मारने के लिए झपटे। यह विवरण कैप्टन मौब्रे टॉमसन का है जो उसकी रचना *कानपुर की कहानी* में दर्ज है। इस घटना का समाचार पाते ही नाना साहब ने संदेश भेजा कि किसी अंग्रेज़ को न छोड़ा जाए लेकिन औरतों-बच्चों का वध नहीं होना चाहिए। इन औरतों-बच्चों को बीबी-घर में रखा गया। जब सर हेनरी हैवलॉक की सेना इलाहाबाद से नरसंहार करते हुए कानपुर आ रही थी, उस समय बदले की भावना से स्त्रियों-बच्चों को काट कर उनके शव कुएँ में डाल दिये गये। उन्हें किसने मारा? क्या सिपाहियों ने? जे.डब्ल्यू. के के अनुसार सिपाहियों ने तो उन पर गोली चलाने से इनकार कर दिया था। इसलिए मरवाने वालों ने बाज़ार से कसाई बुलाए, जिन्होंने उन औरतों-बच्चों को मारा। अंग्रेज़ों ने जब कानपुर पर क़ब्ज़ा किया तो दस हज़ार नागरिकों की हत्या की और जम कर लूटमार की। हिंदुओं और मुसलमानों से बीबी-घर की ज़मीन पर पड़ा ख़ून चटवाया गया और और फिर उन्हें या तो फ़ाँसियाँ दी गयीं या तोप के मुँह से बाँध कर उड़ा दिया गया।

लखनऊ में ब्रिटिश कमांडर हेनरी लारेंस ने विद्रोहियों की घेरेबंदी का नब्बे दिन तक मुक़ाबला किया। फिर हैवलॉक और आउटरम की सेना की मदद से देशी सैनिकों को हराया जा सका। बेगम हज़रत महल ने बहादुरी के साथ विद्रोहियों का नेतृत्व किया। वे दिल्ली के बूढ़े बादशाह के मुक़ाबले अधिक मज़बूत और बहादुर साबित हुईं। उन्होंने अंग्रेज़ों के सामने कभी हथियार नहीं डाले। यह लड़ाई अक्टूबर तक चलती रही। बुंदेलखण्ड में झाँसी की रानी लक्ष्मीबाई एक साथ अंग्रेज़ों की ताबेदारी करने वाले दतिया और ओरछा की फ़ौजों से भी लड़ीं और सर ह्यू रोज़ की सेनाओं से भी। मार्च 1858 में रोज़ ने झाँसी के क़िले पर क़ब्ज़ा किया। रानी अपने बेटे को पीठ पर बाँध कर भाग निकलीं। उनके साथ तात्याँ टोपे मिल गये। दोनों ने एक जून को ग्वालियर पर क़ब्ज़ा कर लिया। अंग्रेज़ों के वफ़ादार सिंधिया को आगरा में शरण लेनी पड़ी। तीन हफ़्ते बाद 17 जून को जब अंग्रेज़ों ने ग्वालियर का घेरा डाला तो एक लड़ाई में असाधारण पराक्रम दिखाते हुए लक्ष्मीबाई खेत रहीं।

अवध के इलाक़े में मौलवी अहमद शाह (जो मुख्यत: मद्रास के थे, लेकिन फ़ैज़ाबाद में बस गये थे) ने विद्रोह का नेतृत्व किया। लखनऊ के छिनने के बाद उन्होंने रुहेलखण्ड में फ़ौजों की अगुआयी की। बाद में पोवायाँ के राजा जगन्नाथ सिंह ने 50,000 रुपये के इनाम के बदले उन्हें धोखे से मरवा दिया। बिहार में जगदीशपुर के अस्सी वर्षीय शासक कुँवर सिंह ने एक योग्य सेनापति की तरह अंग्रेज़ों से लोहा लिया और आरा की लड़ाई में शानदार जीत हासिल की। बिहार में अंग्रेज़ों से लड़ने के बाद कुँवर सिंह नाना साहब की फ़ौजों से आ मिले। उन्होंने अवध और मध्य भारत में लड़ाइयाँ लड़ीं। लेकिन आरा की लड़ाई में घायल हो जाने के कारण 27 अप्रैल, 1858 को उनका देहांत हो गया। उनके भाई अमर सिंह को अंग्रेज़ों ने पराजित कर दिया। इन तमाम लड़ाइयों में जीतने के बावजूद अंग्रेज़ विद्रोहियों के एक सिपहसालार को आख़िर तक नहीं हरा पाये। वे थे तात्याँ टोपे, नाना साहब के मुख्य सेनापति। रण कौशल में तात्याँ का कोई सानी नहीं था। पण्डित सुंदर लाल ने अपनी पुस्तक *भारत में अंग्रेज़ी राज* में तात्याँ की व्यूह रचना का प्रभावी वर्णन किया है। वेश बदलने

में कुशल तात्याँ की योजना दक्षिण निकल जाने की थी ताकि हैदर अली के साथ मिल कर अंग्रेज़ों के ऊपर ज़बरदस्त हमला किया जा सके। तात्याँ की गति और चपलता से अंग्रेज़ घबराये हुए थे। उन्हें लग रहा था कि अगर दक्षिण भी इस विद्रोह में कूद पड़ा तो भारत उनके हाथ से निकल जाएगा। लेकिन राजा मान सिंह की गद्दारी के कारण 7 अप्रैल, 1859 को उन्हें पकड़ लिया गया। 18 अप्रैल को इस महान् सेनापति को फ़ाँसी दी गयी। ऐसे ही एक सेनानायक राणा बेनीमाधो थे जिन्होंने तात्याँ की ही संघर्ष को व्यापक बनाने के लिए उल्लेखनीय कूटनीतिक प्रयास किये। उन्होंने आख़िर तक हथियार नहीं डाले। अंग्रेज़ न हज़रतमहल को पकड़ पाये, न नाना साहब को। अंग्रेज़ों के पास बेहतर हथियार थे, और गोला-बारूद की लगातार सप्लाई। तात्याँ और बेनीमाधो की योजना थी कि ऐसे दुश्मन को लम्बी लड़ाई में ही थका कर हराया जा सकता है। अगर उनकी योजनाएँ सफल हो गयी होतीं तो 1857 का नतीजा कुछ और होता।

8 जुलाई, 1859 को अंग्रेज़ों ने एलान किया कि भारत में शांति स्थापित हो गयी है। यह महा-युद्ध तीन साल तक चला। रामविलास शर्मा के शब्दों में यह एक अस्थाई शांति थी। भारतीय जनता उसे बराबर भंग करती रही। 1946-47 में एक सदी बीतने से पहले ही वह पूरी तरह से भंग हो गयी।

देखें : आनंद केंटिश कुमारस्वामी, आर्य-अवधारणा, आर्थर लेवेलिन बाशम, एडवर्ड विलियम सईद, काशी प्रसाद जायसवाल, बिपन चंद्र-1 और 2, भारतीय इतिहास-लेखन-1 से 4 तक, दामोदर धर्मानंद कोसम्बी-1 और 2, प्राच्यवाद, रमेश चंद्र दत्त, रमेश चंद्र मजूमदार, रणजीत गुहा, रामकृष्ण गोपाल भण्डारकर, राम शरण शर्मा, रोमिला थापर, वासुदेव शरण अग्रवाल, पांडुरंग वामन काणे, विश्वनाथ काशीनाथ राजवाड़े-1 और 2, सखाराम गणेश देउस्कर, सामंतवाद : एक बहस।

संदर्भ

1. एरिक स्टोक्स (1986), *द पीज़ेंट आर्म्ड : द इण्डियन रिवोल्ट ऑफ़ 1857,* क्लेयरंन प्रेस, ऑक्सफ़र्ड, 1986
2. एस.बी. चौधरी (1957), *सिविल रिबेलियन इन द इण्डिया म्यूटिनीज़, 1857-1859,* वर्ल्ड प्रेस प्राइवेट, कलकत्ता, 1957
3. रुद्रांग्शु मुखर्जी (1984), *अवध इन रिवोल्ट, 1857-58 : अ स्टडी ऑफ़ पॉपुलर रजिस्टेंस,* ऑक्सफ़र्ड युनिवर्सिटी प्रेस, नयी दिल्ली.
4. हीदर स्ट्रीट (2001), 'द रिबेलिन ऑफ़ 1857 : ऑरिजिंस, कांसिक्वेंसिज़, ऐंड थीम्स', *टीचिंग साउथ एशिया : ऐन इंटरनेट जरनल ऑफ़ पेडागॉजी,* खण्ड 1, अंक 1, शरद.
5. पी.ई. रॉबर्ट्स (1927), *हिस्ट्री ऑफ़ ब्रिटिश इण्डिया,* ऑक्सफ़र्ड युनिवर्सिटी प्रेस, ऑक्सफ़र्ड.

— अभय कुमार दुबे

सन् 1857 का संग्राम-3

राज्य-सत्ता की रूपरेखा

(War of 1857-3)

सन् 1957 का विद्रोह पराजित हो गया। अगर वह विजयी हो जाता तो क्या होता? क्या पुराने सामंती और कुलीनतंत्र की वापसी हो जाती? 1857 के लगभग सभी ऐतिहासिक विवरणों में ये तथ्य मिलते हैं कि तकनीकी रूप से राजाओं और सामंतों के हाथ में विद्रोह की कमान थी, लेकिन व्यावहारिक रूप से निर्णय लेने के अधिकार उनके पास नहीं थे। तथ्य यह है कि सामंतों की भूमिका मिली-जुली थी। कई सामंत ऐसे थे कि अगर उन पर सिपाहियों का दबाव न होता तो वे विद्रोह में उतरते ही नहीं। कई जगहों पर उन्होंने निहायत बहादुरी और आत्मोत्सर्ग की भावना से लड़ाई लड़ी, और कहीं ढुलमुल रहे। मसलन, आरा के राजा कुँअर सिंह और अवध की बेग़म हज़रतमहल पहली श्रेणी में आती हैं। बहादुर शाह ज़फ़र दूसरी श्रेणी में आते हैं। एक तीसरी श्रेणी भी थी जिसके तहत आने वाले सामंत शुरू में हिचक रहे थे, पर जब वे एक बार विद्रोह में शामिल हो गये तो उन्होंने बेहिचक संघर्ष किया। इनमें नाना साहब और लक्ष्मीबाई के नाम शामिल हैं।

इन तथ्यों के बावजूद विद्रोहियों पर अक्सर यह लांछन लगाया जाता है कि न केवल उनकी बागडोर पुराने सामंतवर्ग के हाथ में थी, बल्कि कुल मिला कर उनका मक़सद पुरानी सामंती सत्ता की फिर से स्थापना करना था। लेकिन, बागी सिपाहियों और उनके कंधे से कंधा मिला कर लड़ रहे किसानों की राजनीतिक-प्रशासनिक गतिविधियों की जाँच करने पर कोई और ही तस्वीर उभरती है। दिल्ली में विद्रोहियों की कमान बरेली में बग़ावत के नेता जनरल बख़्त ख़ाँ के पास थी। बख़्त ख़ाँ न केवल तोपों के युद्ध में पारंगत थे, बल्कि जब दिल्ली का प्रशासन उनके हाथ में आया तो उन्होंने फ़ौजी और नागरिक मामलों में प्रभावशाली प्रबंधकीय क्षमता का परिचय दिया। करीब तीन महीने तक दिल्ली बाग़ियों के पास रही। इस बीच में बहादुर शाह बादशाह रहे, लेकिन नाममात्र के। पूरी सत्ता और सभी कार्यकारी अधिकार फ़ौज और नागरिकों के मिले-जुले कोर्ट के हाथ में थी। बख़्त ख़ाँ के नेतृत्व में बाग़ियों ने एक परवाना जारी किया जिसमें प्रस्तावित राज्य के ढाँचे का पूरा विवरण दिया गया था। पंजाब सरकार ने 1911 में ग़दर संबंधी जो काग़ज़ात जारी किये उनमें इसके प्रमाण मौजूद हैं। दिल्ली में नयी राज्य-सत्ता का प्रस्ताव करने वाली संस्था (कोर्ट) फ़ौजी सिपहसालारों और योग्य नागरिकों की मिली-जुली संरचना थी।

सारी शक्तियाँ एक प्रशासकीय कोर्ट के हवाले करने वाला यह परवाना बताता है कि शांति-व्यवस्था क़ायम करना, लगान जमा करना, मालगुज़ारी वसूल करना, महाजनों से पैसा उधार लेना, हुकूमत का इकबाल क़ायम रखना और युद्ध का संचालन करना इसी कोर्ट का काम था। इस कोर्ट के दस सदस्य होने थे जिसमें छह सेना से और चार नागरिकों के बीच से चुने जाने थे। यहाँ ध्यान देने की बात है कि बाग़ी सिपाही और उनका नेतृत्व बहुमत से चुनी सरकार के पक्ष में था। इस परवाने की निगाह में चुनाव करने वाले वोटर कौन थे? जिन वोटरों के बीच से यह नेतृत्व चुना जाना था उन्हें क़ाबिल, अक्लमंद, तजरुबेकार, अहलियतमंद, क़ुव्वती और वफ़ादार होना चाहिए था। दस चुने गये प्रशासकों में से एक को सदर-ए-जलसा (अध्यक्ष) और दूसरे को नाइन सदर-ए-जलसा (उपाध्यक्ष) के रूप में निर्वाचित होना था। अध्यक्ष के पास एक वोट ज़्यादा देने का हक़ था। कोर्ट के हर सदस्य को एक-एक विभाग का प्रभार दिया गया था। उन्हें कोर्ट के चार-चार सदस्यों और नियुक्त किये गये मंत्रियों की मदद से कामकाज चलाना था। पहली नज़र में यह मॉडल एक संविधानगत राजशाही का लगता है जिसका संचालन एक निर्वाचित परिषद् को दिया गया था। जिसमें फ़ौजियों की संख्या ज़्यादा और नागरिकों की संख्या कम थी। यह सामंतवादी मॉडल तो हरगिज़ नहीं है। इसमें आधुनिकता के कुछ निशान देखे जा सकते हैं, और ग्राम स्व-शासन की पारम्परिक पंचायत प्रणाली के प्रभाव की शिनाख़्त भी की जा सकती है।

बादशाह को इस अधिकारसम्पन्न कोर्ट की बैठकों में भाग लेने का अधिकार था। कोर्ट के हर फ़ैसले पर बादशाह के दस्तख़त होने ज़रूरी थे, लेकिन जैसा कि ज़ाहिर है निर्णय कोर्ट द्वारा ही लिए जाने थे। बहादुर शाह को अपनी नाममात्र की हैसियत का अच्छी तरह एहसास था। आत्मसमर्पण के बाद जब अंग्रेज़ों ने उन पर मुक़द्दमा चलाया (जो अंतर्राष्ट्रीय क़ानून के मुताबिक़ पूरी तरह से ग़ैर-क़ानूनी था, क्योंकि ईस्ट इण्डिया नाममात्र के लिए ही सही पर तकनीकी रूप से मुग़ल बादशाह की सम्प्रभुता मानती थी) तो बादशाह की तरफ़ से अपने बचाव में कहा भी गया था कि वे तो सैनिकों के कैदी की तरह काम कर रहे थे। उनके पास फ़ैसले लाये जाते थे और उन्हें उन पर शाही मुहर लगाने के लिए मजबूर किया जाता था।

कोर्ट ने अपनी अमलदारी सख़्ती और लचीले ढंग से क़ायम की। बहादुर शाह के बेटों ने जब इसमें दख़लंदाज़ी की कोशिश की तो उनकी एक नहीं चलने दी गयी। बादशाह का बड़ा बेटा नाराज़ था क्योंकि बख़्त ख़ाँ के आने के बाद उससे विद्रोहियों की कमान ले ली गयी थी। उनकी शह पर कुछ

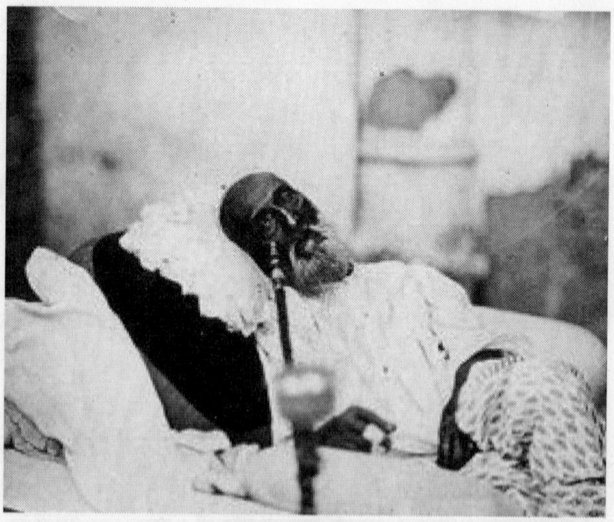

बहादुर शाह ज़फ़र : मुग़ल बादशाहत के आख़िरी दिन

शहजादों ने महाजनों से ग़लत तरीक़े से रुपया वसूल किया, तो उनकी पूरी रोकथाम की गयी। कोर्ट कार्यकारी था, विधायी नहीं। उसने क़ानूनी अदालतें स्थापित कीं, जजों की नियुक्ति की और दीवानी और फ़ौजी मामलों से संबंधित न्यायिक प्रक्रिया का विनियमन किया।

वित्तीय मामलों पर इस कोर्ट का पूरा नियंत्रण था। उसने पहला काम तो यह किया कि किसी भी क़िस्म की लूटमार पर सख़्ती से पाबंदी लगायी, और लड़ाई व प्रशासन के खर्चे के लिए चंदा जमा करने और क़र्ज़े लेने की विधियाँ अपनायीं। 11 मई को सिपाही दिल्ली पहुँचे और 16 मई को लूटमार करता हुआ एक घुड़सवार पकड़ा गया। उसे बादशाह के सामने पेश किया गया, लूटा हुआ माल वापस करवा कर आइंदा ऐसा न करने की चेतावनी दी गयी। बाग़ियों ने बादशाह से यह शिक़ायत भी की कि जो लोग लूट में पकड़े जाते हैं उन्हें शाही पुलिस घूस लेकर छोड़ देती है। कमज़ोर बादशाह के बस की बात नहीं थी कि वह शाही पुलिस को दुरुस्त कर पाते। इसलिए बख़्त ख़ाँ ने अपने आने के बाद घोषणा की कि दूकानदार अपने पास हथियार रखें और जिनके पास हथियार न हों वे फ़ौजी हैडक्वार्टर से ले लें। उन्होंने यह एलान भी किया कि जो फ़ौजी लूटमार करता हुआ पकड़ा जाएगा, उसके हथियार छीन लिए जाएँगे। बाग़ियों का यह व्यवहार अंग्रेज़ फ़ौज के उस व्यवहार के ठीक विपरीत था जिसने लूटमार और क़त्ल-ओ-ग़ारत को अपना मुख्य काम बना रखा था। सिपाहियों को अगर लूटमार ही करनी थी तो भला उन्हें चंदा जमा करने और क़र्ज़ लेने की जहमत क्यों उठानी चाहिए थी? कुछ लोगों ने सिपाहियों का वेश बना कर लूट करनी शुरू की तो उन्हें पकड़ लिया गया और उनकी जूतों से पिटायी की गयी। चार जून को दिल्ली में महाजनों की एक सभा हुई जिसमें एक लाख रुपये का चंदा जमा हुआ और एक लाख रुपया और देने का वायदा

किया गया। तीस जुलाई को बादशाह के नाम से महाजनों से क़र्ज़ माँगा गया। यहाँ ध्यान देने के ज़रूरत है कि बाग़ियों की अमलदारी में संसाधनों की बेहद कमी थी। सैनिकों को नियमित रूप से ख़ाना भी नहीं मिलता था। कई-कई दिन सूखे चने चबा कर उन्हें युद्ध करना पड़ा, लेकिन दिल्ली में लूटमार की कोई वारदात नहीं हुई।

कोर्ट लिखित रूप से तरह-तरह के आदेश पारित करता था जिनकी इबारत फ़ारसी में होती थी जिसके बीच में फ़ारसी लिपि में ही राजनीति जैसे हिंदी के शब्द भी होते थे। आदेशों पर बादशाह की मुहर होती थी। कोर्ट थानों को, तहसीलों को और डाक की व्यवस्था के लिए निर्देश देता था। जिन दस्तावेज़ों में कोर्ट की गतिविधियों का ज़िक्र है, उनसे कुछ नतीजे निकाले जा सकते हैं। मसलन, सेना का संचालन करने के साथ-साथ कोर्ट मालगुजारी वग़ैरह के मसलों का भी प्रबंधन करता था यानी उसके हाथ में दीवानी के मामले भी थे। वह एक तरह का सर्वोच्च न्यायालय भी था जिसके सामने बंदोबस्त से असंतुष्ट ज़मींदार अपनी अर्ज़ियाँ ला सकते थे। उसने नज़र लेने की सनातन प्रथा पर रोक लगा दी और घूसख़ोरी के ख़िलाफ़ कड़े क़दम उठाये। इस कोर्ट ने ग़रीब आदमियों को न सताने पर ज़ोर दिया। अंग्रेज़ अपना टैक्स वसूलने के लिए रियाया पर किसी भी हद तक जा कर जुल्म-ज़्यादती करते थे, पर उनके विपरीत इस कोर्ट ने सरकारी पैसा वसूलने के लिए समझाने-बुझाने पर ज़ोर दिया।

दस्तावेज़ों का अध्ययन करके कुछ इतिहासकारों ने ज़ाहिर किया है कि इस कोर्ट ने दाम बाँधने और जमाख़ोरी रोकने की कोशिशें कीं, हालाँकि उसने किसी क़िस्म की राशनिंग लागू करने या ज़रूरत की चीज़ों की सप्लाई सुनिश्चित करने का कार्यक्रम नहीं लिया। अदालत के आदेशों में इस बात की भनक भी मिलती है कि वह एक ऐसे राजस्व-ढाँचे की तरफ़ देख रहा था जिसमें टैक्स उन लोगों पर ही लगाये जाते जिनमें उनका भुगतान करने की क्षमता होती। राजस्व प्रणाली में आमूल-चूल परिवर्तन करने की इच्छा प्रदर्शित करने के साथ-साथ इस कोर्ट के आदेश ज़मींदारी ख़त्म करने और जोतने वाले को ज़मीन देने के रुझान की तरफ़ भी इशारा करते हैं।

यह कोर्ट किसी भी क़िस्म के धार्मिक कट्टरपंथ के ख़िलाफ़ था। 19 मई को कुछ मौलवियों की शह पर जामा मसज़िद में जेहाद का झण्डा उठाया गया। कोर्ट ने बादशाह की तरफ़ से इस जेहाद का विरोध किया। आदेश जारी किया गया कि जो व्यक्ति गोवध करेगा उसे तोप के मुँह से बाँध कर उड़ा दिया जाएगा। लेकिन जो व्यक्ति बकरी ज़िबह करने का विरोध करेगा, उसे भी दण्ड मिलेगा। बादशाह के नाम से यह आदेश भी जारी किया गया कि ईद के मौक़े पर शहर में कोई गाय न मारी जाए और अगर किसी मुसलमान ने ऐसा किया तो उसे तोपदम कर दिया जाएगा। दस्तावेज़ बताते हैं कि हक़ीम एहसानुल्ला ख़ाँ ने इस आदेश पर नाख़ुशी ज़ाहिर करके धमकी दी कि वे मुसलमानों को इसकी अवज्ञा करने पर समझाएँगे, लेकिन जनरल बख़्त ख़ाँ के कारकुनों ने सख़्ती बरती और ऐसा कुछ नहीं होने दिया।

इसी तरह की संरचना बाग़ियों ने लखनऊ में भी क़ायम की थी। उसके शीर्ष पर नवाब वाजिद अली शाह के बेटे बिरजिस क़दर थे। उन्हें नवाब वज़ीर की पदवी दी गयी थी। लेकिन दिल्ली की तरह वास्तविक ताक़त कोर्ट के हाथ में थी जिसमें में फ़ौजी अफ़सरों के साथ-साथ नवाब के प्रमुख कारकुनों को भी शामिल किया गया था।

देखें : आनंद केंटिश कुमारस्वामी, आर्य-अवधारणा, आर्थर लेवेलिन बाशम, एडवर्ड विलियम सईद, काशी प्रसाद जायसवाल, बिपन चंद्र-1 और 2, भारतीय इतिहास-लेखन-1 से 4 तक, दामोदर धर्मानंद कोसम्बी-1 और 2, प्राच्यवाद, रमेश चंद्र दत्त, रमेश चंद्र मजूमदार, रणजीत गुहा, रामकृष्ण गोपाल भण्डारकर, राम शरण शर्मा, रोमिला थापर, वासुदेव शरण अग्रवाल, पांडुरंग वामन काणे, विश्वनाथ काशीनाथ राजवाड़े-1 और 2, सखाराम गणेश देउस्कर, सामंतवाद : एक बहस।

संदर्भ

1. कुणाल चट्टोपाध्याय (2009), 'इण्डिया, ग्रेट रिबेलियन ऑफ़ 1857 (द सिपॉय रिवोल्ट)', इमैनुएल नेस (सम्पा.), द *इंटरनैशनल इनसाइक्लोपीडिया ऑफ़ रेवोल्यूशन ऐंड प्रोटेस्ट : 1500 टू प्रज़ेंट, विली-ब्लैकवेल,* यूके.
2. दिल्ली में बागी सिपाहियों के प्रशासन के विस्तृत विवरण के लिए देखें, रामविलास शर्मा (1990), *सन् सत्तावन की राज्य-क्रांति और मार्क्सवाद,* लोकभारती प्रकाशन, इलाहाबाद, 1990.
3. मुईनुद्दीन ख़ाँ और मुंशी जीवनलाल (1953), *ग़दर— दिल्ली की डायरी,* कर्मयोगी प्रेस, इलाहाबाद.

— अभय कुमार दुबे

सन् 1857 का संग्राम-4

मूल्यांकन पर बहस

(War of 1857-4)

सन् 1857 के संग्राम के कारणों और मूल्यांकन को लेकर इतिहासकारों, समाज-वैज्ञानिकों और अन्य बुद्धिजीवियों के बीच तीखे मतभेद हैं। अंग्रेज़ों ने इस विद्रोह को उनकी भारतीय फ़ौजों के सिपाहियों की म्यूटिनी या ग़दर क़रार दिया है। इस दृष्टि के मुताबिक़ यह ग़दर बंगाल आर्मी के ऊँची जाति के सिपाहियों द्वारा अपने जातिगत संस्कारों की रक्षा करने के लिए दिखाई गयी अनुशासनहीनता की अभिव्यक्ति था। मुसलमान सिपाही उनसे इसलिए मिल गये थे कि जिन कारतूसों को दाँत से काटना पड़ता था उनके खोल में गाय के साथ-साथ सुअर की चर्बी का भी प्रयोग किया गया था। अंग्रेज़ों के अनुसार यह या तो मुसलमानों का षड्यंत्र था, या फिर ब्राह्मणवादी प्रतिरोध। इसकी एक और अंग्रेज़-व्याख्या प्रचलित है कि यह बग़ावत लॉर्ड डलहौजी के आठ साला शासन में अपनायी गयी 'डॉक्ट्रिन ऑफ़ लैप्स' की नीति के कारण हुई थी अर्थात् यह उन राजाओं-नवाबों की कारगुज़ारी थी जिनकी रियासतें वारिस नामौजूद होने की सूरत में दत्तक पुत्र को उत्तराधिकार देने की इजाज़त न होने के कारण ईस्ट इण्डिया कम्पनी ने अपनी अमलदारी में मिला ली थीं। ब्रिटिश इतिहासकारों ने बग़ावत करने वाले देशी सिपाहियों को बर्बर, हिंस्र, बलात्कारी, लुटेरा, अनुशासनहीन, धर्मांध और जातिवादी क़रार दिया है। यह इतिहास दावा करता है कि विद्रोही सिपाही योग्य नेतृत्व से वंचित अराजक भीड़ की तरह थे। उसने भारतीय पक्ष द्वारा की गयी हर हिंसक कार्रवाई का बढ़ा-चढ़ा कर वर्णन किया है ताकि ब्रिटिश पक्ष को न्यायोचित क़रार दिया जा सके।

इस ब्रिटिश इतिहास-लेखन की पुष्टि करने में कुछ भारतीय बुद्धिजीवियों ने भी योगदान दिया है। यह काम पराजय के बाद अंग्रेज़ी राज के प्रति वफ़ादारी साबित करने के लिए अपने-अपने पक्ष से विद्रोह का मूल्यांकन करने के ज़रिये किया गया। मुसलमानों ने दिखाया कि विद्रोह की ज़िम्मेदारी उन पर डालना ग़लत है क्योंकि वे तो यह कृतघ्नता कर ही नहीं सकते थे। इसका प्रमुख उदाहरण सैयद अहमद ख़ाँ की रचना *आशाब-ए-बग़ावत-ए-हिंद* में मिलता है जिसका अनुवाद *द कॉज़िज़ ऑफ़ द इण्डियन रिवोल्ट* के नाम से उपलब्ध है। इसके अनुसार विद्रोह न तो राष्ट्रीय था, न ही इसके पीछे कोई योजना थी, न ही विद्रोह करने वाले ईस्ट इण्डिया कम्पनी की बराबर की हैसियत के थे। यह तो अवज्ञाकारी सिपाहियों की गड़बड़ी थी जो अज्ञानतावश और धार्मिक ग़लतफ़हमीवश की गयी थी। सैयद अहमद ख़ाँ इसे लोकप्रिय विद्रोह भी मानने के लिए तैयार न थे। इसके बाद उन्होंने *द लॉयल मोहम्मडंस ऑफ़ इण्डिया* का लेखन करके कहा कि किसी भी पढ़े-लिखे और भद्र मुसलमान ने इस बग़ावत में हिस्सा नहीं लिया। सैयद अहमद ने यह भी कहा कि भारत में ईसाइयों का अगर कोई सच्चा दोस्त है तो वे मुसलमान ही हैं। विद्रोह के वक़्त वे बिजनौर में थे इसलिए उन्होंने अपनी स्मृतियाँ *सरकशी-ए-ज़िला बिजनौर* में यह कह कर दर्ज की हैं कि जिन भारतवासियों ने विद्रोह किया वे सभी अहसानफ़रामोश थे। उन्होंने अंग्रेज़ों से अपील की कि इस मामले में वे हिंदुओं और मुसलमानों को एक ही खाने में न डालें।

हिंदुओं की तरफ़ से सैयद अहमद ख़ाँ के समकालीन और बंकिम चंद्र चट्टोपाध्याय के अनुयायी रजनी कांत गुप्ता ने *सिपाही युद्धेर इतिहास* लिख कर दावा किया कि हिंदू तो बड़े वफ़ादार हैं। उन्होंने बग़ावत का ठीकरा मुसलमानों की कृतघ्नता पर फ़ोड़ा। यहाँ तक कि नाना साहब को भी अजीमुल्ला ख़ाँ के शरारती मशविरों ने गुमराह कर दिया था। शंभू चंद्र मुखर्जी और किशन चंद्र मित्र ने दावा किया कि बग़ावत में हिंदू भागीदारी न के बराबर ही थी। सितार-ए-हिंद के ख़िताब से नवाज़े गये राजा शिव प्रसाद सिंह ने अपनी हिंदी पाठ्य पुस्तक *इतिहास तिमिर नाशक* में विद्रोह को अपराधी वर्गों की कारसाज़ी बताया। राजा साहब ने दावा किया कि हिंदू तो उसूलन फ़रमाबरदार हैं और उन्हें किसी भी तरह का राष्ट्रवाद या देशप्रेम छू तक नहीं गया है। विद्रोह के असली कर्ताधर्ता तो मुसलमान थे।

इस तरह के इतिहास और मूल्यांकन के दूसरे सिरे पर राष्ट्रवादी इतिहासकार हैं जो इस विद्रोह को भारत का पहला 'राष्ट्रीय' स्वाधीनता संग्राम क़रार देते हैं। इन इतिहासकारों की मान्यता है कि असंतुष्ट राजे-रजवाड़ों, सिपाहियों और किसान जनता ने मिल कर इसमें भाग लिया था; और इसी विद्रोह के दौरान भारतीय राष्ट्रवाद की बुनियाद पड़ी। राष्ट्रवादियों की तरफ़ से ब्रिटिश इतिहासकारों को पहला जवाब 1909 में विनायक दामोदर सावरकर ने दिया जब उनकी विख्यात रचना *द इण्डियन वार ऑफ़ इंडिपेंडेंस ऑफ़ 1857* प्रकाशित हुई। यह पुस्तक छपते ही भारतीय क्रांतिकारियों की बाइबिल बन गयी। इसने राष्ट्रवादियों की कम से कम दो पीढ़ियों को प्रभावित किया। रानी झाँसी का पराक्रमी संघर्ष इसी पुस्तक से पहली बार प्रकाश में आया। इससे पहले लक्ष्मीबाई के नाम की चर्चा भी नहीं होती थी। सावरकर आगे चल कर हिंदुओं और मुसलमानों को अलग-अलग क़ौम मानने लगे, पर इस पुस्तक में उन्होंने साफ़ कहा था कि शिवाजी के समय में हिंदुओं और मुसलमानों के बीच नफ़रत ज़रूर थी, लेकिन अंग्रेज़ों के मुक़ाबले उस घृणा को

जारी रखना एक मूर्खता ही होगी। सावरकर ने चर्बी वाले कारतूसों को विद्रोह का प्रमुख कारण मानने से इनकार कर दिया और कहा कि विद्रोह के पीछे 'स्वराज और स्वधर्म' की कामना और हिंदू-मुसलमान एकता थी।

तीसरी श्रेणी मार्क्सवादी विद्वानों की है जिन्होंने इन दोनों दावेदारियों को ठुकराते हुए कहा कि यह विद्रोह ईस्ट इण्डिया कम्पनी के कुछ ऐसे क़दमों की प्रतिक्रिया थी जिनसे स्थापित सामंती वर्ग की जड़ें हिल गयी थीं। इसलिए यह लड़ाई पुराने भू-स्वामी वर्गों ने छेड़ी थी। इस दृष्टि के अनुसार विद्रोह का नेतृत्व अपनी सत्ता से वंचित मुसलमान हुक्मरानों, ज़मींदारों और कम्पनी से पीड़ित कुछ हिंदू राजाओं के हाथों में था। ये विद्वान पूछते हैं कि क्या इस विद्रोह को राष्ट्रवादी भावनाओं का प्रकटीकरण कहा जा सकता है? क्या उन्नीसवीं सदी के मध्य में भारत को एक राष्ट्र की तरह देखने की शुरुआत हो चुकी थी? ऐसे मार्क्सवादी लेखन का नमूना मानवेंद्र नाथ राय की रचना *इण्डिया इन ट्रांज़ीशन* और रजनी पाम दत्त की रचना *इण्डिया टुडे* में मिलता है। राय ने विद्रोह को क्षयग्रस्त सामंती प्रणाली और नये व्यापारिक पूँजीवाद के बीच संघर्ष क़रार दे कर कहा कि इसकी नाकामी सामंती ताक़तों की आख़िरी दावेदारी विफल होने के समान थी। दत्त ने कम से कम यह ज़रूर माना कि यह एक बहुत बड़ा किसान विद्रोह था, पर इसकी बागडोर पतनशील सामंती ताक़तों ने सँभाली हुई थी।

सावरकर की रचना 1857 के पचास साल पूरे होने पर सामने आयी थी। जब इस विद्रोह के सौ साल पूरे हुए तो राष्ट्रवादी इतिहास-लेखन ने एक और करवट बदली। 1957 में पी.सी. जोशी के सम्पादन में प्रकाशित एक पुस्तक में छपी जिसमें संकलित रचनाएँ विद्रोह में लोकप्रिय भागीदारी और उसके भीतरी अंतर्विरोधों पर प्रकाश डालने वाली थीं। इसी दौरान रमेश चंद्र मजूमदार, एस.बी. चौधरी, सुरेंद्र नाथ सेन और के.के. दत्त की रचनाएँ प्रकाशित हुईं। सेन का अनुसंधान तो भारत सरकार ने ही प्रायोजित किया था। इस लेखन में एक प्रवृत्ति राय और दत्त की परम्परा को आगे विकसित करते हुए वर्गीय दृष्टिकोण का राष्ट्रवाद के साथ समन्वय करती थी। दूसरी प्रवृत्ति विद्रोह को पहला स्वाधीनता संग्राम कहने से परहेज़ करती दिखाई दी। कुल मिला कर ये रचनाएँ 1857 के आख्यान को 'सिपाही विद्रोह' की श्रेणी से निकाल कर 'नागरिक विद्रोह' की श्रेणी में ले आयीं।

1857 पर इतिहास-लेखन की चौथी और सबसे ताज़ा खेप उन इतिहासकारों की है जिन्होंने विद्रोह के कारणों, उसकी राजनीति और उसके समाजशास्त्र की बारीक़ियों में जाते हुए ऐसे कई पहलुओं का उद्‌घाटन किया जिनसे इस विद्रोह पर बिल्कुल नयी रोशनी में पड़ती है। इन इतिहासकारों की मान्यता यह लगती है कि यह विद्रोह एक किसान युद्ध था जिसके दो निशाने थे : देशी भू-स्वामी वर्ग और विदेशी साम्राज्यवाद। इसकी शुरुआत एरिक स्टोक्स की दो रचनाओं से हुई। उन्होंने यह कहने से शुरुआत की कि विद्रोह की प्रकृति अभिजातवर्गीय थी क्योंकि उस पर ऊँची जातियों का नेतृत्व हावी था जिसने अपने हिसाब से जातिगत गोलबंदी करके विद्रोह आयोजित किया। लेकिन बाद में स्टोक्स अपने इस मूल्यांकन से हट गये। उन्होंने जाति और आर्थिक कारणों से परे जाते हुए पारिस्थितिकी, संस्कृति और मानस जैसे पहलुओं को टटोला। उन्होंने प्रतिरोध के लोकप्रिय रूपों की शिनाख़्त की। रुद्रांग्शु मुखर्जी और तपाती राय की रचनाओं ने बहुत बारीक़ी से शोध करते हुए दिखाया कि विद्रोह की असली ताक़त किसानों और देहाती जनता के सहयोग-समर्थन पर टिकी हुई थी। अवध-क्षेत्र का अध्ययन करके मुखर्जी ने साफ़ तौर पर दावा किया कि किसान इस युद्ध के आख़िरी दस्ते नहीं थे, न ही उनकी स्थिति अधीनस्थ क़िस्म की थी। उनकी भूमिका सिपाहियों और अन्य प्रमुख ताक़तों के बराबर थी। मुखर्जी ने प्रमाण दिये कि जहाँ ताल्लुक़दार विद्रोह के साथ नहीं थे, वहाँ भी किसानों ने विद्रोह का साथ दिया। तपाती राय ने बुंदेलखण्ड को अपने शोध के लिए चुना। उन्होंने दिखाया कि किस तरह वहाँ के किसान छाँट-छाँट कर अंग्रेज़ों, उनके कारकुनों और महाजनों पर हमले कर रहे थे। सरकारी रिकॉर्ड जलाये जा रहे थे। उनका मक़सद ब्रिटिश सत्ता के सभी रूपों को नष्ट करना था। राय ने यह निष्कर्ष भी निकाला है कि विद्रोह के दौरान सत्ता की एक वैकल्पिक व्यवस्था उभरने लगी थी जिसमें रिपब्लिकन और जनवादी क़िस्म की प्रवृत्तियाँ थीं। रणजीत गुहा ने दलील दी है कि किसान विद्रोह के समय अपनी स्थानीय सीमाओं से बाहर नहीं निकले। तपाती राय ने इससे असहमति जताते हुए दिखाया है कि किसान न केवल शहरी क्षेत्रों की तरफ़ गये, बल्कि उन्होंने बाहर से आने वाली पल्टनों का स्वागत भी किया। राय द्वारा रेखांकित किये गये इस पहलू का प्रमाण कुमार सुरेश सिंह के अवलोकनों में भी मिलता है जिसमें वे आदिवासियों और ग़ैर-आदिवासियों की एकता के प्रमाण पेश करते हैं।

दिलचस्प बात यह है कि 1957 में प्रकाशित रामविलास शर्मा की रचना *सन सत्तावन की राज्य क्रांति और मार्क्सवाद* इतिहास-लेखन का एक ऐसा नमूना है जिसमें आगे जा कर हुए इस बेहतरीन अनुसंधान के इशारे मिलते हैं। रामविलास शर्मा का परिप्रेक्ष्य राष्ट्रवादी और मार्क्सवादी नज़रियों के विवेकसम्मत और गहन मिश्रण पर आधारित है। इस पुस्तक में विस्तार से विद्रोह के उपनिवेशवाद विरोधी चरित्र, उसमें होने वाली लोकप्रिय भागीदारी, सिपाहियों और किसानों की स्वायत्तता, राजनीतिक चेतना के रूप, जाति-धर्म और जेंडर की सीमाओं से परे जा कर बने समीकरणों और वैकल्पिक राज्य-

सत्ता की संरचनाओं पर प्रकाश डाला गया था। ज़ाहिर है कि राष्ट्रवादी और मार्क्सवादी इतिहास-लेखन की ख़ामियों की आलोचना करने वाली यह पुस्तक 1957 में ही उन निष्कर्षों पर पहुँच गयी थी जिन पर स्टोक्स, मुखर्जी और राय के प्रशंसनीय अध्ययन अस्सी और नब्बे के दशक में पहुँचे।

देखें : आनंद केंटिश कुमारस्वामी, आर्य-अवधारणा, आर्थर लेवेलिन बाशम, एडवर्ड विलियम सईद, काशी प्रसाद जायसवाल, बिपन चंद्र-1 और 2, भारतीय इतिहास-लेखन-1 से 4 तक, दामोदर धर्मानंद कोसम्बी-1 और 2, प्राच्यवाद, रमेश चंद्र दत्त, रमेश चंद्र मजूमदार, रणजीत गुहा, रामकृष्ण गोपाल भण्डारकर, राम शरण शर्मा, रोमिला थापर, वासुदेव शरण अग्रवाल, पांडुरंग वामन काणे, विश्वनाथ काशीनाथ राजवाड़े-1 और 2, सखाराम गणेश देउस्कर, सामंतवाद : एक बहस।

संदर्भ

1. चार्ल्स बैल (1858-59), द *हिस्ट्री ऑफ़ द इण्डियन म्यूटिनी*, द लंदन प्रिंटिंग ऐंड पब्लिशिंग कम्पनी, लंदन.
2. पी.सी. जोशी (सम्पा.) (1957), *1857 : अ सिम्पोज़ियम*, पीपुल्स पब्लिशिंग हाउस, नयी दिल्ली.
3. एस.एन. सेन (1957), *एट्टीन फिफ्टीन सेविन*, पब्लिकेशन डिवीज़न, नयी दिल्ली.
4. आर.सी. मजूमदार (1957), द *सिपॉय म्यूटिनी ऐंड द रिवोल्ट ऑफ़ 1857*, फ़र्मा के.एल. मुखोपाध्याय, कलकत्ता.
6. तपाती राय (1994), द *पॉलिटिक्स ऑफ़ पॉपुलर अपराइज़िंग : बुंदेलखण्ड इन 1857*, ऑक्सफ़र्ड युनिवर्सिटी प्रेस, नयी दिल्ली.
7. रमेश रावत (2007), 'परसेप्शन ऑफ़ 1857', *सोशल साइंटिस्ट*, खण्ड 35, अंक 11/12.
8. विश्वमय पति (2007), 'हिस्टोरियंस ऐंड हिस्टोरियोग्राफ़ी : सिचुएटिंग 1857', *इकॉनॉमिक ऐंड पॉलिटिकल वीकली*, खण्ड 42, अंक 19.

— अभय कुमार दुबे

सभ्यताओं का संघर्ष

(Clash of Civilisations)

बीसवीं सदी के आख़िरी दशक में दुनिया के कई विद्वानों, समीक्षकों और प्रेक्षकों ने इक्कीसवीं सदी में अंतर्राष्ट्रीय राजनीति की सम्भावनाओं के बारे में कई तरह की भविष्यवाणियाँ की थीं। कुछ का नज़रिया आशाजनक था और कुछ का निराशाजनक। अंतर्राष्ट्रीय संबंधों के अमेरिकी विद्वान सेमुअल पी. हटिंग्टन ने सभ्यताओं को विश्लेषण की इकाई बना कर अपनी भविष्य-दृष्टि पेश की जिसे 'सभ्यताओं के संघर्ष' के नाम से जाना जाता है। 1993 में *फ़ारेन एफ़ेयर्स* पत्रिका में छपे उनके लेख द क्लैश ऑफ़ सिविलाइज़ेशंस ?' से अकादमीय क्षेत्रों में ज़बरदस्त बहस छिड़ गयी। तीन साल बाद इसी शीर्षक से उनकी किताब प्रकाशित हुई। इस बार उन्होंने प्रश्नवाचक चिह्न लगाये बिना अपना सूत्रीकरण पेश किया। हटिंग्टन का यह सिद्धांत न केवल वर्तमान और भविष्य के टकरावों के बारे में एक समग्र दृष्टि पेश करता है, बल्कि अंतर्राष्ट्रीय राजनीतिक प्रणाली के मुख्य लक्षणों को भी अपने दायरे में समेट लेता है। हटिंग्टन न केवल राष्ट्रों के बीच होने वाले या हो सकने वाले द्वंद्वों की चर्चा करते हैं, बल्कि राष्ट्रों के भीतर द्वंद्व की स्थितियों और सम्भावनाओं के बारे में भी बताते हैं।

अगली सदी के लिए भविष्यवाणी करते हुए कुछ प्रेक्षकों और विश्लेषकों का ख़याल था कि भूमण्डलीकरण के बोलबाले और लोकतंत्र के चौतरफ़ा प्रसार के कारण दुनिया भर के लोग आर्थिक, राजनीतिक और सांस्कृतिक रूप से एकजुटता की तरफ़ बढ़ेंगे। दूसरी तरफ़ कुछ विद्वानों का विचार था कि शांति के क्षेत्रों और युद्ध के क्षेत्रों के बीच काफ़ी बड़ा अंतर है जो आगे भी बना रहेगा। इसका नतीजा एक बहुध्रुवीय विश्व के तहत बड़ी उदीयमान ताक़तों के बीच संघर्ष में निकलेगा। भविष्य-दृष्टि के लिहाज़ से हटिंग्टन की यह बहुचर्चित थियरी अगली सदी की इसी निराशाजनक तस्वीर में फ़िट होती है। हटिंग्टन के कुछ आलोचकों का आरोप है कि इस तरह का उत्तेजक सूत्रीकरण उन्होंने जानबूझ कर अकादमीय जगत का ध्यान अपनी ओर खींचने के लिए किया ताकि वे सामान्य बुद्धिजीवी से रातों-रात बौद्धिक सेलेब्रिटी में बदल सकें। इस छींटाकशी के अलावा उनके सिद्धांत में और भी कई तरह की ख़ामियाँ निकाली गयी हैं। उदाहरण के लिए हटिंग्टन के विमर्श को बड़ी आसानी से एक पश्चिम-केंद्रीय सिद्धांत के रूप में पेश किया जा सकता है। उनके सभी सरोकार पश्चिम के राजनीतिक बोलबाले को मिलने वाली चुनौतियों से जुड़े हुए हैं। जो भी हो, इन आलोचनाओं के बावजूद यह मानना होगा कि नब्बे के दशक

में और नयी सदी के पहले दशक में हटिंग्टन का सिद्धांत सबसे ज़्यादा गरमागरम बहसों का केंद्र रहा है।

हटिंग्टन सारी दुनिया को दस मुख्य सभ्यताओं में बाँट कर देखते हैं : पश्चिमी, लातीनी अमेरिकी, अफ़्रीकी, इसलामी, चीनी, हिंदू, ईसाई, परम्परानिष्ठ ईसाई, बौद्ध और जापानी। सभ्यता की इकाई को परिभाषित करने के लिए उन्होंने माना है कि अगर भाषा, इतिहास, धर्म, रीति-रिवाज़ और संस्थाओं की समानता के आधार पर बनी समान आत्म-पहचान किसी विशाल दायरे में फैले लोगों को एक सभ्यता की श्रेणी में ले आती है। हटिंग्टन कहते हैं कि इनमें से कुछ सभ्यताओं के मर्म में राज्य की संस्था है जिसके पास आणविक हरबे-हथियार हैं। चीनी सभ्यता के मर्म में चीनी राज्य और जापान के मर्म में जापानी राज्य है। पश्चिमी सभ्यता के मर्म का निर्माण अमेरिका, फ्रांस, जर्मनी और यूनाइटेड किंगडम जैसे राज्य करते हैं। परम्परानिष्ठ ईसाई सभ्यता का मर्म रूसी राज्य है। लेकिन, इसलामी सभ्यता का मर्म इस तरह के किसी राज्य से वंचित है। यही हालत लातीनी अमेरिका और अफ़्रीका की है। हटिंग्टन को लगता है कि आने वाले समय में ये सभ्यताएँ आपस में टकराएँगी। परम्परानिष्ठ ईसाइयत का संघर्ष पश्चिमी ईसाइयत और इसलाम से होगा। हिंदू सभ्यता मुसलमान सभ्यता से भिड़ जाएगी। चीनी सभ्यता भी हिंदू सभ्यता से संघर्ष में जा सकती है। अफ़्रीकी और लातीनी अमेरिकी सभ्यताएँ किनारे पड़ी रहेंगी। हटिंग्टन विशेष रूप से इसलाम द्वारा पश्चिमी सभ्यता को मिल सकने वाली चुनौती से चिंतित लगते हैं। उनकी दलील है कि एक तो मुसलमानों की जन्म-दर अन्य सभ्यताओं के मुक़ाबले ज़्यादा है, दूसरे बीसवीं सदी के आख़िरी वर्षों में उसकी लोकप्रियता में ज़बरदस्त उछाल आया है। इसलाम पश्चिमी मूल्यों को ख़ारिज करते हुए अमेरिकी रुतबे के सामने झुकने के लिए तैयार नहीं है, इसलिए पश्चिमी और इसलामी सभ्यताओं के बीच संघर्ष अवश्यम्भावी है। हटिंग्टन के अनुसार चीन इसलामी राज्यों से जुड़ कर अमेरिका को टक्कर देना चाहेगा जिससे युद्ध का ख़तरा बहुत बढ़ जाएगा।

इस सम्भावित द्वंद्व को टालने के लिए उनके पास कुछ तजवीज़ें भी हैं। मसलन, उनकी सिफ़ारिश है कि सभ्यताओं के केंद्र में मौजूद राज्यों को दूसरी सभ्यताओं के आंतरिक मामलों में हस्तक्षेप करने से बाज आना चाहिए। बजाय इसके उन्हें सभ्यताओं के बीच में संघर्ष के अंदेशों को निबटाने के लिए मध्यस्थता का रवैया अपनाना चाहिए। दूसरे, सभी सभ्यताओं को साझा मूल्यों के आधार पर एकजुटताओं की खोज करनी चाहिए। अमेरिका को हटिंग्टन की सलाह यह है कि उसे पश्चिम के विशिष्ट सांस्कृतिक मूल्यों को पुष्ट करने का प्रयास करते हुए अन्य पश्चिमी देशों से अपने गठजोड़ को और पुख़्ता करने का प्रयास करना चाहिए। इस संबंध में हटिंग्टन का दृष्टिकोण बहुसंस्कृतिवाद और विभिन्न अल्पसंख्यक समूहों के बीच परस्पर आदर की राजनीति का समर्थन करते हुए नहीं दिखता।

हटिंग्टन की थियरी में पहली बड़ी ख़ामी यह निकाली गयी है कि उन्होंने दुनिया में सभ्यताओं की संख्या बहुत घटा दी है। दरअसल, वे दस नहीं बल्कि नौ या आठ सभ्यताओं की चर्चा ही कर रहे हैं। एक अफ़्रीकी सभ्यता की उनकी संकल्पना संदिग्ध है। इसी तरह युरोप को भी एक सभ्यता के रूप में नहीं देखा जा सकता। अफ़्रीका और युरोप दोनों ही अलग-अलग संस्कृतियों से सम्पन्न बहुसांस्कृतिक क्षेत्र हैं। युरोप उत्तरी अमेरिकी की तरह तो निश्चित रूप से नहीं है। जिसे हटिंग्टन पश्चिमी सभ्यता क़रार दे रहे हैं, उसमें तो कई तरह की आंतरिक दरारें हैं। दूसरे, सभ्यताएँ अपने-आप में एकाश्म क़िस्म की संरचनाएँ नहीं होतीं। उन्हें परिभाषित करने वाले आयाम भी अलग-अलग होते हैं। मसलन, इसलामी सभ्यता एक धर्म के आस-पास सुपरिभाषित है। लेकिन, कनफ्यूशसवादी सभ्यता के तहत धर्म और राजसत्ता के बीच का संबंध इतना स्पष्ट नहीं है। पश्चिमी सभ्यता में विभिन्न देशों के नागरिक धार्मिक आस्थाओं के तौर पर काफ़ी बँटे हुए हैं। तुर्की और इटली जैसे युरोपीय देशों को एक पलड़े पर कैसे रखा जा सकता है। इटली अगर पाप कबूल करने वाले ईसाई विचार को मानता है, तो तुर्की सेकुलर आधार पर सोच रहा है। सभ्यताएँ न केवल धर्मों के आधार पर बँटी हुई हैं, बल्कि उनके बीच सांस्कृतिक विभाजन भी कई तरह के हैं। लातीनी अमेरिकी सभ्यता की चर्चा करते समय स्पेनी और इण्डियन संस्कृति के बीच के अंतराल को नज़रअंदाज़ नहीं किया जा सकता। इसी तरह अंतर्राष्ट्रीय आर्थिक प्रणाली से लाभ उठा रहे समूहों और उसके कारण भेदभाव और नुक़सान झेल रहे समूहों के बीच भी भारी अंतर है। अफ़्रीकी महाद्वीप में एक तरफ़ तो मुट्ठी-भर अभिजन पश्चिमी मूल्यों के हामी बने हुए हैं और दूसरी तरफ़ ज़्यादा बड़ी आबादी उन सामाजिक मूल्यों को अपनाए हुए है जिन्हें आधुनिकता के दायरे में शामिल नहीं माना जाता।

हटिंग्टन के सिद्धांत की दूसरी बड़ी आलोचना यह है कि उसमें राज्य और सभ्यता के बीच का संबंध स्पष्ट नहीं हो पाता। अगर सभ्यताएँ वास्तव में स्वतंत्र हैसियत रखती हैं तो शीत-युद्ध के दौरान उन्होंने ख़ुद को विभिन्न राज्यों के बीच बने शक्ति-संबंधों की मातहती क्यों स्वीकार कर ली थी? वैसे भी हटिंग्टन द्वारा दिखाई गयी चीनी और इसलामी एकता की सम्भावना भी शक्तिशाली राज्यों के बीच होने वाले गठजोड़ों द्वारा अदा की जाने वाली भूमिका की तरफ़ ही इशारा करती है। फ़ौजी ताक़त और देशों के बीच का शक्ति-संतुलन संस्कृति और क्षेत्र के प्रभाव को पृष्ठभूमि में धकेल

देता है।

हटिंग्टन को एक आलोचना का सामना यह भी करना पड़ा है कि सभ्यताओं के विश्लेषण की इकाई बनाने के चक्कर में उन्होंने ग्लोबल पूँजीवाद और भूमण्डलीकरण के तहत विकसित हुई अंतर-निर्भरता की निर्णायक भूमिका पर ध्यान नहीं दिया है।

देखें : ज्याँ-पाल सार्त्र, टीवी और टीवी अध्ययन, टीवी और सेक्शुअलिटी, टीवी और समाचार, पिएर बोर्दियो, फ्रैंकफ़र्ट स्कूल, बाज़ारू संस्कृति, बहुसंस्कृतिवाद, युरोकेंद्रीयता, रोलाँ बार्थ, लुई अलथुसे, संस्कृति, संस्कृति-अध्ययन, संस्कृति : मार्क्सवादी परिप्रेक्ष्य, संस्कृति-उद्योग, सांस्कृतिक पूँजी, सांस्कृतिक साम्राज्यवाद, सोप ओपेरा, सौंदर्यशास्त्र।

संदर्भ

1. सेमुअल पी. हटिंग्टन (1996), *द क्लैश ऑफ़ सिविलाइज़ेशंस ऐंड रिमेकिंग ऑफ़ वर्ल्ड ऑर्डर*, साइमन ऐंड शुस्टर, न्यूयॉर्क.
2. आर, हरज़ोग वग़ैरह (1999), *प्रिवेंटिंग द क्लैश ऑफ़ सिविलाइज़ेशंस : अ पीस स्ट्रैटजी फ़ॉर द न्यू सेंचुरी*, सेंट मार्टिन प्रेस, न्यूयॉर्क.
3. एस. राशिद (सम्पा.) (1998), *द क्लैश ऑफ़ सिविलाइज़ेशंस, द एशियन रिस्पाँस*, ऑक्सफ़र्ड युनिवर्सिटी प्रेस, न्यूयार्क.
4. एस. वाल्ट्ज़, (1997) 'बिल्डिंग अप न्यू बोगीमेन', *फ़ॉरेन पॉलिसी*, अंक 109.

— अभय कुमार दुबे

समतावाद

(Egalitarianism)

सामाजिक और राजनीतिक चिंतन में समतावाद एक स्थापित लेकिन विवादित अवधारणा है। समतावाद का सिद्धांत सभी मनुष्यों के समान मूल्य और नैतिक स्थिति की संकल्पना पर बल देता है। समतावाद का दर्शन ऐसी व्यवस्था का समर्थन करता है जिसमें सम्पन्न और समर्थ व्यक्तियों के साथ-साथ निर्बल, निर्धन और वंचित व्यक्तियों को भी आत्मविकास के लिए उपयुक्त अवसर और अनुकूल परिस्थितियाँ प्राप्त हो सकें। समतावाद समाज के सब सदस्यों को एक ही श्रृंखला की कड़ियाँ मानता है जिसमें मज़बूत कड़ियाँ कमज़ोर कड़ियों की हालात से अप्रभावित नहीं रह सकतीं। उसका दावा है कि जिस समाज में भाग्यहीन और वंचित मनुष्य दुःखमय, अस्वस्थ और अमानवीय जीवन जीने को विवश हों, उसमें भाग्यशाली और सम्पन्न लोगों को व्यक्तिगत उन्नति और सुख समृद्धि प्राप्त करने की असीम स्वतंत्रता नहीं दी जा सकती। वस्तुतः समतावाद स्वतंत्रता और समानता में सामंजस्य स्थापित करना चाहता है। इसे एक विवादित संकल्पना इसलिए कहा गया है कि समानता के कई स्वरूप हो सकते हैं और लोगों के साथ समान व्यवहार करने के भी अनेक तरीक़े हो सकते हैं।

समतावाद के दर्शन पर विचार करते समय कुछ महत्त्वपूर्ण सवाल उत्पन्न होते हैं, जैसे 'किस बात की समानता होनी चाहिए' तथा 'किनके बीच समानता होनी चाहिए।' यहाँ समानता के वितरणात्मक पहलू से जुड़ा एक महत्त्वपूर्ण सवाल यह भी है कि 'किन चीज़ों की समानता होनी चाहिए?' हालाँकि इन सवालों से जुड़े वाद-विवाद के संबंध में कोई आख़िरी फ़ैसला नहीं हुआ है पर आम तौर पर विद्वानों ने समानता को मापने के तीन आधारों के बारे में बताया है : कल्याण की समानता, संसाधनों की समानता और कैपेबिलिटी या सामर्थ्य की समानता।

कल्याण के समतावाद का सिद्धांत मुख्य रूप से उपयोगितावादियों के विचार से जुड़ा है। यहाँ 'कल्याण' को मुख्य रूप से दो तरीक़ों से समझा जाता है। पहले तरीक़े को जेरेमी बेंथम जैसे क्लासिकल उपयोगितावादी चिंतकों ने आगे बढ़ाया। इनके अनुसार, किसी व्यक्ति द्वारा अनुभव किये गये दर्द या कष्ट की तुलना में आनंद की कुल मात्रा ही उसकी ख़ुशी है। इस दृष्टिकोण के अनुसार किसी व्यक्ति के बारे में यह जानने के लिए कि वह अपनी ज़िंदगी में कितना सुखी है, हमें यह देखना चाहिए कि वह कितना ज़्यादा ख़ुश है। कल्याण से संबंधित दूसरा तरीक़ा उपयोगितावाद से संबंधित हाल के लेखन में दिखाई देता है। इसमें कल्याण को इच्छा या वरीयता-संतुष्टि से जोड़ा जाता है। लोगों की कितनी इच्छाएँ या वरीयताएँ संतुष्ट होती हैं— इसके आधार पर लोगों का कम या अधिक कल्याण होता है। इसी बुनियादी अर्थ में उसकी ज़िंदगी बेहतर या बदतर होती है। हर व्यक्ति को इस बात में समर्थ होना चाहिए कि वह स्वतंत्र रूप से अपनी वरीयताएँ तय कर सके। वस्तुतः जो समाज कल्याण के समान रूप से वितरण में विश्वास करता है, वह इस बात की ज़्यादा चिंता नहीं करता है कि एक व्यक्ति को कितना संसाधन मिलता है। लेकिन इस बात की चिंता ज़रूर करता है कि ये संसाधन प्रत्येक व्यक्ति के लिए दूसरे व्यक्तियों जितनी संतुष्टि या ख़ुशी देते हैं या नहीं। इस योजना की महत्त्वपूर्ण बात यह है कि इसमें इस बात पर ज़ोर दिया जाता है कि भले ही संसाधनों के वितरण में असमानता हो, लेकिन हर व्यक्ति का समान रूप से कल्याण होना चाहिए।

कल्याण समतावादियों से भिन्न 'संसाधन समतावाद' संसाधनों की समानता पर बल देता है। जान रॉल्स, रोनॉल्ड ड्वॉर्किन, एरिक रोकोवोस्की आदि को संसाधन समतावादी

विचारक माना जाता है। ड्वॉर्किन मानते हैं कि संसाधनों की समानता का अर्थ यह है कि 'जब एक वितरण योजना लोगों को समान मानते हुए संसाधनों का वितरण या हस्तांतरण करती है, तो आगे संसाधनों का कोई भी हस्तांतरण लोगों के हिस्से को ज़्यादा समान बनाये।' लेकिन इसी जगह यह जिज्ञासा उत्पन्न होती है कि किन परिस्थितियों में संसाधनों की समानता हासिल की जा सकती है। ड्वॉर्किन इस संदर्भ में एक द्वि-स्तरीय प्रक्रिया के बारे में बताते हैं : महत्त्वाकांक्षा-संवेदी नीलामी और बीमा योजना।

ड्वॉर्किन ने संसाधन-समतावादी संकल्पना में पहले विकल्प की उपलब्धता को आवश्यक बताया है। इसके लिए वे एक सुनसान टापू पर एक समान प्रतिभाशाली व्यक्तियों के बीच वहाँ के संसाधनों के बँटवारे का उदाहरण देते हैं। अगर सभी व्यक्तियों को सौ क्लेमशेल्स (एक तरह की मुद्रा) देकर एक प्रतियोगी बाज़ार की तरह नीलामी प्रक्रिया अपनायी जाए तो सभी व्यक्ति वहाँ उपलब्ध संसाधनों पर अपनी वरीयताओं के मुताबिक़ बोली लगाएँगे। नीलामी प्रक्रिया ख़त्म होने के बाद प्रत्येक व्यक्ति के पास इच्छित संसाधन होंगे। परंतु यहाँ यह महत्त्वपूर्ण है कि ऐसी स्थिति की कल्पना करते वक़्त सभी व्यक्तियों के पास एक जैसी प्राकृतिक सक्षमताएँ मान ली गयी थीं। लेकिन समाज की वास्तविक स्थिति ऐसी होती नहीं है। मसलन समाज में वृद्ध, शारीरिक रूप से विकलांग आदि भी रहते हैं। ऐसी परिस्थिति के लिए ड्वॉर्किन एक बीमा योजना प्रस्तुत करते हैं जिसमें इस प्रकार की बदक़िस्मती से निपटने के लिए कुछ मुआवज़ा दे दिया जाता है। मसलन उन्हें 100 के स्थान पर 125 क्लेमशेल्स दिये जा सकते हैं। हालाँकि ड्वॉर्किन के इन विचारों की यह कह कर आलोचना भी की गयी है कि हर तरह के प्राकृतिक नुक़सान के लिए मुआवज़ा नहीं दिया जा सकता है। परंतु फिर भी ड्वॉर्किन ने अपनी वितरण योजना को सक्षमता-असंवेदी के साथ महत्त्वाकांक्षा-संवेदी भी बनाने की कोशिश की है।

जॉन रॉल्स को भी एक महत्त्वपूर्ण समतावादी विचारक माना जाता है। जॉन रॉल्स ने अपनी पुस्तक *अ थियरी ऑफ़ जस्टिस* में न्याय के दो सिद्धांत प्रतिपादित किये हैं। उनके पहले सिद्धांत को समान स्वतंत्रता का सिद्धांत कहते हैं जिसमें उन्होंने तर्क दिया है कि प्रत्येक को सबसे विस्तृत स्वतंत्रता का ऐसा समान अधिकार प्राप्त होना चाहिए जो दूसरों की वैसी ही स्वतंत्रता के साथ निभा सके। उनके दूसरे सिद्धांत के अनुसार सामाजिक और आर्थिक विषमताएँ इस ढंग से व्यवस्थित की जाएँ कि (क) इनसे हीनतम स्थिति वाले लोगों को अधिकतम लाभ हो (भेदमूलक सिद्धांत), और (ख) ये विषमताएँ उन पदों और स्थितियों के साथ जुड़ी हों जो अवसर की उचित समानता की शर्तों पर सबके लिए सुलभ हो (अवसर की उचित समानता का सिद्धांत)। रॉल्स ने अपने सिद्धांत को एक विशेष पूर्वताक्रम में रखा है। अर्थात् पहले सिद्धांत को दूसरे सिद्धांत की अपेक्षा प्राथमिकता दी गयी है। दूसरे सिद्धांत में (ख) को (क) पर प्राथमिकता दी गयी है। वस्तुतः यहाँ रॉल्स ने दूसरे लोगों की स्वतंत्रता के लिए किसी व्यक्ति की स्वतंत्रता में कटौती नहीं की है। परंतु इसके साथ ही उन्होंने इस बात को सुनिश्चित किया है कि समानता के सिद्धांत में किसी भी तरह का हस्तक्षेप तभी किया जा सकता है जब इससे हीनतम स्थिति के लोगों के लिए सबसे ज़्यादा फ़ायदा हो। वस्तुतः यहाँ रॉल्स का समतावाद स्वतंत्रता और समानता में सामंजस्य स्थापित करने का प्रयास करता है।

समतावाद की एक अन्य अवधारणा सामर्थ्य या कैपेबिलिटी समतावाद की है। इसे अमर्त्य सेन ने प्रस्तुत किया है। इसके अनुसार लोगों की कैपेबिलिटी को बराबर करने पर ध्यान दिया जाना चाहिए। कैपेबिलिटी एक निश्चित तरह के कार्य को करने की क्षमता है। मसलन साक्षरता एक कैपेबिलिटी है और पढ़ना एक कार्य है। एक संसाधन-समतावादी इस बात पर ज़ोर दे सकता है कि जिस क्षेत्र में साक्षरता की कमी है, वहाँ लोगों को किताबें और शैक्षिक सेवा जैसे संसाधन दिये जाने चाहिए। दूसरी ओर सामर्थ्य-समतावादी इस बात पर ज़ोर देंगे कि लोगों को बाहरी संसाधन उपलब्ध कराने से ज़्यादा महत्त्वपूर्ण यह है कि लोगों की पढ़ने-लिखने की कैपेबिलिटी या सामर्थ्य अर्थात् आंतरिक क्षमता को बढ़ावा दिया जाये।

इन सबसे अलग माइकल वॉल्ज़र ने जटिल समानता का विचार पेश किया है। वॉल्ज़र का मानना है कि समानता को कल्याण, संसाधन या कैपेबिलिटी जैसी किसी एक विशेषता पर ध्यान नहीं देना चाहिए। उनके अनुसार किसी भी वितरण का न्यायपूर्ण या अन्यायपूर्ण होना उन वस्तुओं के सामाजिक अर्थ से जुड़ा होता है जिनका वितरण किया जा रहा है। इसके साथ ही सामाजिक जीवन के सभी दायरों में वितरण का एक जैसा मानक नहीं होना चाहिए। उदाहरण के लिए बाज़ार और राजनीतिक सत्ता के दायरे अलग-अलग हैं। इसलिए वे यह दलील देते हैं कि एक दायरे के भीतर वस्तुओं का वितरण उसका आंतरिक मसला है और आदर्श रूप में इसे किसी दूसरे दायरे को प्रभावित नहीं करना चाहिए।

समतावाद सामाजिक वैज्ञानिकों के लिए आज भी एक महत्त्वपूर्ण विचार बना हुआ है। परंतु वैश्वीकरण की राजनीति ने पुनर्वितरण के कायक्रमों और राज्य की कल्याणकारी नीतियों को कमज़ोर करने में महत्त्वपूर्ण भूमिका निभायी है। इसके अतिरिक्त हाल में एक अन्य विशिष्ट राजनीतिक परिघटना भी उभरकर सामने आयी है। यह राजनीतिक परिघटना है : पहचान (या अस्मिता) के

आधार पर बने समूहों का राजनीतिक संघर्ष। इसके कारण मानकीय राजनीतिक सिद्धांत में नये सरोकार भी उभरकर सामने आये हैं। 'किस बात की समानता?' से संबंधित वाद-विवाद का स्थान 'किनके बीच समानता' ने ले लिया है। लेकिन समातावादी तेज़ी से अपने व्यक्तिगत पूर्वाग्रहों को छोड़ रहे हैं। वे अब समूहों की असमानताओं पर भी गहराई से विचार कर रहे हैं।

देखें : अधिकार, अधिकार : सैद्धांतिक यात्रा, अरस्तू, अफ़लातून, अनुदारतावाद, अराजकतावाद, अन्य-अन्यीकरण, उदारतावाद, उपयोगितावाद, ऐडमण्ड बर्क, क्रांति, ज्याँ ज़ाक रूसो, जॉन लॉक, जेरेमी बेंथम, जॉन स्टुअर्ट मिल, जॉन रॉल्स, थॉमस हॉब्स, थॉमस पेन, न्याय, न्याय : नारीवादी आलोचना, न्याय : रॉल्स का सिद्धांत, राजनीति में व्यक्ति की भूमिका, नागरिकता, नागरिकता : अन्य परिप्रेक्ष्य-1 और 2, नागर समाज, पनोप्टिकॉन, प्रतिनिधित्व, प्रगति, प्रगति : आलोचनात्मक परिप्रेक्ष्य, प्रशासन, फ़ासीवाद, फ्रेड्रिख़ वॉन हायक, बहुसंस्कृतिवाद, बहुसंख्यकवाद, बहुसंख्यक-अल्पसंख्यक, बुद्धिवाद, माइकेल जोसेफ़ ओकशॉट, माइकिल वाल्ज़र, मिशेल पॉल फ़ूको-1 और 2, यूटोपिया, राजनीतिक और राजनीति, राजनीतिक दर्शन के नारीवादी आयाम-1 और 2, राजनीतिक मनोविज्ञान, राजनीतिक समाजशास्त्र, राज्य-1 और 2, रॉबर्ट नॉज़िक, राज्य-1 और 2, राष्ट्र-राज्य, राष्ट्र : सांस्कृतिक या राजनीतिक, राष्ट्रवाद, राष्ट्रवाद का इतिहास, लोकतंत्र, लोकतंत्र की आलोचनाएं, व्यक्तिवाद, व्यवहारवाद, विल किमलिका, वितरणमूलक न्याय, विदेशी-द्वेष, वैधता, वैधता का संकट, सविनय अवज्ञा, समानता, समानता : चार अवधारणाएँ, स्मृति की राजनीति, स्वतंत्रता, स्वतंत्रतावाद, स्वजातिवाद, स्वच्छंदतावाद, सत्ता, सर्वसत्तावाद, सम्प्रभुता, समाजवाद, सरकारियत, सम्पत्ति, सम्पत्ति : साझा और सरकारी, सम्पत्ति : मार्क्सवादी परिप्रेक्ष्य, सम्पत्ति : नारीवादी परिप्रेक्ष्य, संविधानवाद, संघवाद, सामाजिक समझौता, हेनरी डेविड थोरो।

संदर्भ

1. अशोक आचार्य (2011), 'समानता', राजीव भार्गव और अशोक आचार्य (सम्पा.), *राजनीति सिद्धांत : एक परिचय* संपा. अनु. कमल नयन चौबे, पियरसन, नयी दिल्ली.
2. जी.ए. कोहेन (1989), 'ऑन द करेंसी ऑफ़ इगेलिटेरियन जस्टिस', *इथिक्स*, खण्ड 99, अंक 4,
3. रोनॉल्ड ड्वॉर्किन (1981), , 'व्हाट इज़ इक्वालिटी?' पार्ट 1 और पार्ट 2 : इक्वालिटी ऑफ़ वेलफ़ेयर, *फ़िलॉसफ़ी ऐंड पब्लिक अफ़ेयर्स*, खण्ड 10, अंक 3 और 4,
4. माइकल वॉल्ज़र (1983), *स्फ़ियर्स ऑफ़ जस्टिस : एडिफेंस ऑफ़ प्लूरलिज़्म एड इक्वलिटी*, बेसिक बुक्स, न्यूयॉर्क.
6. विल किमलिका (2010), *कंटेम्परेरी पॉलिटिकल फ़िलॉसफ़ी : ऐन इंट्रोडक्शन*, भारतीय संस्करण, अनु, कमल नयन चौबे, ऑक्सफ़र्ड युनिवर्सिटी प्रेस, नयी दिल्ली.

—विवेक रत्न

सम्पर्क भाषा : हिंदी / अंग्रेज़ी-1

उपनिवेशवाद विरोधी भाषाई रणनीति

(Link Language : Hindi/English-1)

भारत जैसे एक बहुभाषी देश को सामाजिक और सांस्कृतिक एकता के लिए ऐसी लिंगुआ फ्रांका या जन-भाषा की आवश्यकता होती है जिसे देशवासी आपसी सम्पर्क के लिए अपनी-अपनी मातृभाषाओं के अलावा कमोबेश इस्तेमाल कर सकें। अर्थात् वह उनकी दूसरी पसंदीदा भाषा हो। आज़ादी से पहले उपनिवेशवाद विरोधी आंदोलन के नेताओं ने ऐसी भाषा के रूप में हिंदी की कल्पना की थी। लेकिन दूसरी तरफ़ भारतीय प्रभु वर्ग का एक हिस्सा अंग्रेज़ीभाषी भारत का स्वप्न भी देख रहा था। इसी पृष्ठभूमि के तहत उपनिवेशवाद की परिस्थितियों और व्यावहारिक राजनीति के दबाव में हिंदी को राष्ट्रीय सम्पर्क भाषा बनने के लिए अंग्रेज़ी से होड़ करनी पड़ी। राष्ट्रवादी नेतृत्व को इसका अंदेशा पहले से था कि भारत की अत्यधिक बहुभाषिता के कारण एक ऐसी स्थिति भी आ सकती है कि एक विदेशी भाषा को ही सम्पर्क भाषा या दूसरी पसंदीदा भाषा के रूप में लोकप्रिय मान्यता मिलती चली जाए। इस संदर्भ को स्पष्ट करने के लिए उपनिवेशवाद विरोधी भाषाई विरासत पर ग़ौर करना ज़रूरी है।

इस विरासत के मुख्यत: दो आयाम थे : पहला, गाँधी के नेतृत्व में राष्ट्रीय नेतृत्व का यह विश्वास कि हिंदुस्तानी / हिंदी में राष्ट्र-भाषा बनने की तमाम सम्भावनाएँ हैं। 1928 में गाँधी ने दावा किया था कि 12 करोड़ भारतवासी हिंदुस्तानी बोलते हैं और आठ करोड़ उसे समझ सकते हैं। 1937 में नेहरू ने भी इन्हीं आँकड़ों का इस्तेमाल किया। हालाँकि 1931 की जनगणना बताती है कि यह दावेदारी कुछ बढ़ी-चढ़ी थी, फिर भी औसतन उस समय एक तमिलभाषी पर छह हिंदीभाषी थे और एक बांग्लाभाषी पर दो ज़्यादा हिंदी भाषी थे। और दूसरा, भाषाई आधार पर बनने वाले सूबों में क्षेत्रीय भाषाई संस्कृतियों को खुल कर पनपने देने का आग्रह। यह कोई अंतर्विरोधी विचार नहीं था। गाँधी के लिए राष्ट्र-भाषा का मतलब सबके लिए अनिवार्य कर दी जाने वाली भाषा नहीं थी। उनकी राष्ट्र-भाषा विभिन्न भाषाई संस्कृतियों के बीच सम्पर्क के माध्यम के रूप में उभरती थी। अंग्रेज़ी को सम्पर्क-भाषा के रूप में देखने के लिए वे तैयार नहीं थे। उन्होंने अपनी नीति स्पष्ट करते हुए कहा था : 'हम अपने विचार से अपने राष्ट्रीय जीवन में प्रादेशिक भाषाओं (वरनाक्युलर्स) को उनका उचित स्थान दे रहे हैं। भाग्य राजा राममोहन राय की इस भविष्यवाणी का साथ नहीं दे रहा है कि भारत एक दिन अंग्रेज़ीभाषी देश हो जाएगा। लेकिन उस

महान समाज-सुधारक का भूत अब भी कुछ लोगों पर सवार है। कुछ प्रसिद्ध आदमी बहुत जल्दी यह फ़ैसला दे देते हैं कि राष्ट्र की सम्पर्क भाषा अंग्रेज़ी होगी।'

दरअसल, उपनिवेशवाद विरोधी आंदोलन और उसके बाद संविधान सभा की भाषाई राजनीति अंतिम विश्लेषण में युरोप के 'एक भाषा-एक राष्ट्र' पैटर्न से अलग थी। इस राजनीति के लिए राष्ट्र-भाषा का मतलब था ज़्यादा से ज़्यादा सम्पर्क-भाषा, न कि सारे देश के लिए अनिवार्य कर दी जाने वाली कोई एक भाषा। बहुभाषिता के ऊपर एकभाषिता आरोपित करने की परियोजना के बजाय इस राजनीति ने क्षेत्रीय स्तर पर कई राज-भाषाओं का विचार प्रोत्साहित किया और संघीय स्तर पर हिंदी के रूप में एक ऐसी राज-भाषा की पैरोकारी की जिसे क्षेत्रीय राज-भाषाओं के कार्यक्षेत्र का अतिक्रमण नहीं करना था। संविधान सभा के भाषाई प्रावधानों ने भारतीय संघ को इन्हीं राज-भाषाओं के विकास और प्रसार के लिए भाषा-नियोजन करने के निर्देश दिये थे। संविधान राज-भाषा के सवाल पर जितना मुखर है, राष्ट्र-भाषा / सम्पर्क-भाषा के मामले में उतना ही मौन था। न तो उसने किसी भाषा को राष्ट्र-भाषा का दर्जा दिया, और न ही भारतीय राज्य को इस सिलसिले में किसी क़िस्म का हस्तक्षेप करने की इजाज़त दी। भारतीय संघ ने सम्पर्क-भाषा बनने और विकसित करने की ज़िम्मेदारी ऐतिहासिक, सामाजिक और आर्थिक प्रक्रियाओं पर छोड़ दी। एक अत्यंत बहुभाषी राष्ट्र में सम्पर्क-भाषा के रूप में विकसित होने की संरचनागत सम्भावनाएँ केवल हिंदी के पास थीं।

गाँधी और कांग्रेस को इस विचार तक पहुँचने में लम्बा वक़्त लगा था। 1915 में कांग्रेस के बम्बई अधिवेशन में आंध्र समर्थकों और 'हिंदी की तरफ़ झुके हुए आलाकमान' के बीच जम कर संघर्ष हुआ। यह जद्दोजहद अगले साल लखनऊ अधिवेशन में और फिर उसके अगले साल कलकत्ता अधिवेशन में भी जारी रही। उस समय तक गाँधी भाषाई आधार पर राज्यों की सीमाएँ निर्धारित करने के प्रस्ताव से पूरी तरह सहमत नहीं हो पा रहे थे, हालाँकि तिलक ने कलकत्ता में उसका समर्थन कर दिया था। 1920 के नागपुर अधिवेशन तक पहुँचते-पहुँचते कांग्रेस की हिचक ख़त्म हो पायी और उसने प्रांतों के भाषाई पुनर्वितरण को अपने राजनीतिक लक्ष्यों में शामिल कर लिया। इसके बाद बीस का पूरा दशक भाषाई आधार पर विकसित हो रही उपराष्ट्रीय चेतना के राजनीतिक गठजोड़ को उपनिवेशवाद विरोधी संघर्ष के हित में इस्तेमाल करते हुए उसे नयी मंज़िलों तक ले जाने का रहा जिसकी झलक कांग्रेस के आधिकारिक प्रस्तावों और 1928 की मोतीलाल नेहरू रपट में साफ़ तौर पर मिल सकती है।

एक तरफ़ तो गाँधी और कांग्रेस का ज़ोर प्रांतीय स्तर पर क्षेत्रीय भाषाओं की स्थापना का था, दूसरी तरफ़ वे राष्ट्रीय स्तर पर एक सम्पर्क-भाषा के रूप में एक राष्ट्र-भाषा परिकल्पित करने में भी लगे हुए थे। इस काम के लिए उन्होंने हिंदी की शिनाख़्त की थी। एक टिप्पणीकार ने 1948 में विचार व्यक्त किया था कि लॉर्ड बरकिनहेड ने उन्होंने सत्ता में अधिक हिस्सेदारी की माँग कर रहे कांग्रेसियों को चुनौती दी थी कि वे अंग्रेज़ों की भाषा के अलावा किसी और भाषा में एक-दूसरे को सम्बोधित करके दिखायें। इसकी प्रतिक्रिया में ही हिंदी को चुना गया और मोतीलाल नेहरू रपट निकली।

लेकिन हम जानते हैं कि यह प्रक्रिया पहले से भी जारी थी। उत्तर भारत से परे अ हिंदीभाषी इलाक़ों में हिंदी का प्रसार करने के लिए दक्षिण भारत हिंदी प्रचार सभा की स्थापना बीस के दशक के पहले ही कर दी गयी थी। उपनिवेशवाद विरोधी आंदोलन के दौरान चक्रवर्ती राजगोपालाचारी हिंदुस्तानी के बहुत बड़े समर्थक थे। 1930 के हिंदी प्रचारक में प्रकाशित उनके वक्तव्य के अनुसार, 'भारत के किसी भी भाग में यात्रा, वाणिज्य या व्यापार करने के लिए हिंदुस्तानी भाषा का ज्ञान ज़रूरी है। प्रत्येक छात्र का यह कर्त्तव्य है कि वह अपने अवकाश के समय का सदुपयोग राष्ट्र-भाषा सीखने के लिए करे। ... हिंदी भाषा बड़ी आसानी से सीखी जा सकती है।' बंगाल के विख्यात भाषाविद् सुनीति कुमार चाटुर्ज्या ने 1940 में दिये गये एक भाषण में कहा था कि हिंदुस्तानी एक बोली के तौर पर अपने व्यापक प्रसार के लिहाज़ से दुनिया की सबसे बड़ी भाषाओं में से एक है। उत्तर भारत की तो वह वास्तविक भाषा है ही, दक्षिण भारत के बड़े शहरों में भी लोग उसे समझ लेते हैं। यह भाषा 'भारत की एकता और राष्ट्रीयता का बेहतर प्रतीक' बन सकती है। 1928 में गाँधी ने दावा किया था कि 12 करोड़ भारतवासी हिंदुस्तानी बोलते हैं और आठ करोड़ उसे समझ सकते हैं। 1937 में नेहरू ने भी इन्हीं आँकड़ों का इस्तेमाल किया। हालाँकि 1931 की जनगणना बताती है कि यह दावेदारी कुछ बढ़ी-चढ़ी थी, फिर भी औसतन उस समय एक तमिलभाषी पर छह हिंदीभाषी थे और एक बांग्लाभाषी पर दो ज़्यादा हिंदी भाषी थे।

सम्पर्क-भाषा बनने की हिंदी की क्षमता से संबंधित गाँधी का उपरोक्त वक्तव्य केवल गाँधी या राष्ट्रवादी नेताओं की निजी आस्था पर ही आधारित नहीं था। इसके पीछे कुछ उल्लेखनीय संरचनागत कारण थे जिनसे साबित होता था कि हिंदी ही बहुभाषी भारत की सम्पर्क-भाषा बन सकती है। अपने विशाल प्रदेश की जनपदीय भाषाओं के बीच तो हिंदी पहले से ही सम्पर्क-भाषा की भूमिका निभा रही थी, क्या वह ग़ैर-हिंदीभाषियों के बीच भी सम्पर्क-भाषा बनने की स्थिति में थी? इस प्रश्न का एक उत्तर रामविलास शर्मा के भाषा-चिंतन में मिलता है : 'कई शताब्दियों से देश की विशेष

परिस्थितियों के कारण हिंदी अंतर्जातीय व्यवहार की भाषा बनती जा रही है। उत्तर भारत में केंद्रबद्ध मुगल शासन का होना, यहाँ आगरा जैसे व्यापार के बड़े-बड़े केंद्रों का निर्माण, उन्नीसवीं सदी के पूर्व ही यहाँ के लोगों का विभिन्न प्रदेशों में फैलना ऐसे ही कारण थे। अंग्रेज़ व्यापारी भी उस समय अपनी सुविधा के लिए हिंदी ही सीखते थे। वर्तमान काल में दक्षिण, पूर्व, पश्चिम, सर्वत्र ऐसे व्यापारी और पूँजीपति मिलेंगे जिनकी सांस्कृतिक भाषा हिंदी है। हिंदी के प्रसार का एक बहुत बड़ा कारण कलकत्ता-बम्बई जैसे केंद्रों में लाखों 'हिंदुस्तानी' मज़दूरों का निवास है। इन बड़े-बड़े नगरों के अतिरिक्त प्रत्येक जातीय प्रदेश में अल्पसंख्यकों के रूप में हिंदुस्तानी मिलेंगे। विशाल आंध्र में हैदराबाद और उसके आस-पास हिंदुस्तानियों का भारी जमघट है। अहिंदी प्रदेशों में इस प्रकार हिंदी को अंतर्जातीय व्यवहार की भाषा बनाने में सुविधा मिली है। ... इनके सिवा हिंदी भाषा, लिपि और साहित्य की कुछ विशेषताएँ हैं जो इस कार्य में सहायता करती हैं।'

अपने इसी संक्षिप्त विवरण को रामविलास शर्मा ने काफ़ी विस्तार से अपनी महान रचना *भाषा और समाज* में पेश किया है। उन्होंने ऐसे तमाम प्रमाण जुटाये हैं जिनके मुताबिक़ हिंदी और उसके क्षेत्र की जनपदीय भाषाएँ अंग्रेज़ों के पहले से अहिंदीभाषियों की सांस्कृतिक चेतना से जुड़ी हुई थीं। वे दिल्ली के असिस्टेंट रेज़ीडेंट सी.टी. मेटकाफ़ का जे.बी. गिलक्रिस्ट को 29 अगस्त, 1806 का लिखा एक पत्र उद्धृत करते हैं। गिलक्रिस्ट ने मेटकाफ़ को हिंदुस्तानी सिखाई थी, इसलिए वे कृतज्ञता व्यक्त करते हुए कहते हैं कि 'मैं इसी वजह से कन्याकुमारी से कश्मीर तक और आवा से सिंधु के मुहाने तक इस विश्वास से यात्रा करने की हिम्मत कर सकता हूँ कि मुझे हर जगह ऐसे लोग मिल जाएँगे जो हिंदुस्तानी बोल लेते होंगे। ... हर कोई जानता है कि जिस विशाल इलाक़े का मैंने ज़िक्र किया है, उसमें बहुत सी भिन्न-भिन्न भाषाएँ बोली जाती हैं। इन भाषाओं का न बोला जाना एक ताज्जुब की बात होती, लेकिन हिंदुस्तानी एक ऐसी जुबान है जो आम तौर पर उपयोगी साबित होती है और मेरी समझ में संसार की किसी भी भाषा के मुक़ाबले उसका व्यवहार बहुत बड़े पैमाने पर होता है।' रामविलास शर्मा ने व्यापारिक पूँजी के अखिल भारतीय प्रसार के आईने में हिंदी के प्रसार का यह चेहरा साठ और सत्तर के दशक में पेश किया था। विनोद शाही ने एक पर्चे में कुछ ऐसा ही दावा किया है कि हिंदी का इस्तेमाल करने वाला वर्ग मुख्यत: शहरों के व्यापारियों, व्यवसायियों, दस्तकारों और शिल्पियों का था।

सम्पर्क-भाषा बनने के लिए हिंदी की योग्यता कुछ दूसरे तर्कों के आधार पर भी प्रमाणित होती है। दरअसल, उपनिवेशवाद विरोधी आंदोलन के नेतृत्व, विशेषकर गाँधी को भाषाओं की साहित्यिक प्रतिष्ठा या प्राचीनता में दिलचस्पी नहीं थी। रवींद्रनाथ ठाकुर को दूसरे दशक में ही नोबेल पुरस्कार मिल गया था और साहित्यिक प्रतिष्ठा के मामले में बांग्ला हिंदी से बहुत आगे थी। प्राचीनता के मामले में तमिल की साहित्य-परम्परा का कोई मुक़ाबला नहीं था। नेतृत्व तो यह देख रहा था कि हिंदुस्तानी बोलने वालों की संख्या तमिलभाषियों से छह गुनी और बांग्लाभाषियों से दोगुनी से भी ज़्यादा तो है ही, इस बहुसंख्यकता से भी ज़्यादा महत्त्वपूर्ण तथ्य कुछ और भी हैं। वे देख रहे थे कि हिंदुस्तानी से किसी भी भाषिक समुदाय को राजनीतिक-सांस्कृतिक दिक़्क़त नहीं है। हिंदी के विपरीत कलकत्ता प्रेसीडेंसी की बांग्ला और मद्रास प्रेसीडेंसी की तमिल अपने औपनिवेशिक सम्पर्कों के कारण 'सुपरऑर्डिनेटिड' भाषाएँ थीं। तेलुगु, मलयालम और कन्नड़ जैसी भाषाएँ तमिल के वर्चस्व के तले असहज महसूस करती थीं; और असमिया एवं उत्तर-पूर्व की अन्य भाषाओं को बांग्ला के सामने उत्पीड़न का एहसास था। एक और अहम कारण यह था कि एक बेहद नयी भाषा के रूप में सबसे कम मानकीकृत होने के कारण निर्मिति के दौर में थी और उसका किसी भी दिशा में विकास किया जा सकता था। उसके शीर्ष साहित्यकार भी अपनी भाषा को दोनों सिरों पर खुली मानते थे। सूर्यकांत त्रिपाठी निराला ने 1923 में ही कहा था : जो हिंदी राष्ट्र-भाषा होगी वह किसी प्रांत की मातृ-भाषा नहीं है। उस हिंदी को लेखक अभी गढ़ रहे हैं। जिस हिंदी के सहारे भारत की सामाजिक, आर्थिक, राजनीतिक, वैज्ञानिक, ऐतिहासिक और साहित्यिक शंकाओं का समाधान किया जाना निश्चित है उसे उन्नत करने के लिए भिन्न-भिन्न शब्द गढ़ने और अपनाने के लिए, उन्हें व्याकरणसम्मत स्थल देने के लिए, भाषा प्रवाह को वर्द्धित करने के लिए सभी प्रांतवासियों का समानाधिकार है।

देखें : अर्थ-विज्ञान, डायग्लॉसिया, नोआम चोमस्की, फ़र्दिनैंद द सॅस्यूर, भाषा के मार्क्सवादी सिद्धांत, राष्ट्र-भाषा और राज-भाषा, लक्षण-विज्ञान, सम्पर्क-भाषा : हिंदी/अंग्रेज़ी-1 से 4 तक।

संदर्भ

1. आशा सारंगी (सम्पा.) (2009), *लेंग्वेज ऐंड पॉलिटिक्स इन इण्डिया,* ऑक्सफ़र्ड युनिवर्सिटी प्रेस, नयी दिल्ली.
2. सुरेश कुमार शर्मा (सम्पा.) (2006), *लेंग्वेज इन कंटेम्परेरी इण्डिया,* पहला और दूसरा खण्ड, विस्टा इंटरनैशनल पब्लिशिंग हाउस, नयी दिल्ली.
3. एम.के. गाँधी (1956), *थॉट्स ऑन नैशनल लेंग्वेज,* नवजीवन पब्लिशिंग हाउस, अहमदाबाद.
4. राम विलास शर्मा (2010), *भाषा और समाज,* राजकमल प्रकाशन, नयी दिल्ली, पाँचवाँ संस्करण, पुनर्मुद्रण.
5. विनोद शाही (2011), 'भाषा की ज्ञान-कुण्ठा उर्फ आधुनिकता का द्वैध और हिंदी' भारत भवन, भोपाल में 24-25 सितम्बर, 2011

को हुई विचार-गोष्ठी 'भूमण्डलीकरण और हिंदी की अस्मिता' में वितरित किया गया।

6. सुदीप्त कविराज (2009), 'राइटिंग, स्पीकिंग, बीइंग : लेंग्वेज ऐंड द हिस्टोरिकल फ़ॉर्मेशन ऑफ़ आइडेंटिटीज़ इन इण्डिया', आशा सारंगी (सम्पा.), *लेंग्वेज ऐंड पॉलिटिक्स इन इण्डिया,* ऑक्सफ़र्ड युनिवर्सिटी प्रेस, नयी दिल्ली.
7. एस.के. चटर्जी (1960), *इंडो-आर्यन ऐंड हिंदी,* के.एल. मुखोपाध्याय, कलकत्ता.

— अभय कुमार दुबे

सम्पर्क भाषा : हिंदी / अंग्रेज़ी-2

आज़ादी के बाद : मल्टीप्लायर इफ़ेक्ट

(Link Language : Hindi/English-2)

साठ के दशक के उत्तरार्ध में बलदेव राज नायर ने यह जाँच की कि क्या हिंदी में एक अखिल भारतीय सम्पर्क-भाषा के रूप में विकसित होने की क्षमता है? क्या बहुभाषी भारतीय समाज इस भाषा को स्वाभाविक रूप से अपनी दूसरी पसंदीदा भाषा के रूप में अपना पायेगा? उन्होंने 1961 की जनगणना के आँकड़ों पर एक विश्लेषणात्मक निगाह डाली और पाया कि देश में कोई 30.4 फ़ीसदी लोग ऐसे हैं जो हिंदी को अपनी मातृ-भाषा बताते हैं। उन्होंने देखा कि इसमें अगर उर्दू और हिंदुस्तानी के आँकड़े भी जोड़ दिये जाएँ तो यह प्रतिशत 35.7 तक पहुँच जाता है। ज़ाहिर है कि हिंदी आधे से ज़्यादा भारतवासियों की भाषा नहीं थी, फिर भी उसे बोलने-बरतने वालों की संख्या बहुभाषी नज़ारे में बहुत अधिक थी। हिंदीवालों की इस एकमुश्त अधिकता और उसके कारण बने सेवाओं और उत्पादों के विशाल बाज़ार के आधार पर उन्होंने पहला निष्कर्ष यह निकाला कि व्यापारियों, उद्योगपतियों, श्रमिकों, सिपाहियों, साधु-संतों और मुसाफ़िरों की सक्रियता के दायरे में हिंदीभाषियों के साथ अन्योन्यक्रिया के पहलुओं को एक तरह के 'मल्टीप्लायर इफ़ेक्ट' के रूप में देखा जाना चाहिए। यह इफ़ेक्ट हिंदी को एक सम्पर्क-भाषा के तौर पर विकसित करने के पक्ष में जाता है। नायर ने देखा कि हिंदी की साहित्यिक प्रतिष्ठा को कोई ख़ास न मानने वाले ग़ैर-हिंदी साहित्यकार भी अपनी रचनाओं का हिंदी में प्रकाशन करने के लिए साहित्य अकादेमी पर दबाव डाल रहे हैं। वे हिंदी-क्षेत्र में बिकना चाहते हैं। अगर मलयालम का कोई उपन्यास पंजाबी में छापना चाहता है, तो वह उसके हिंदी अनुवाद का पंजाबीकरण करके वहाँ के पाठकों तक पहुँच सकता है। कोई बंगाली अगर तमिल कविता के बारे में जानना चाहता है तो वह हिंदी के माध्यम से यह काम आसानी से कर सकता है। इस तरह नायर ने देखा कि हिंदी विभिन्न भारतीय भाषाओं के बीच साहित्यिक विनिमय की एजेंसी बनती जा रही है।

नायर ने यह भी पाया कि हिंदी-विरोध का गढ़ बन चुके तमिलनाडु में कोई तीस से चालीस लाख लोग हिंदी बोल-समझ लेते हैं। वे हिंदी में प्रवीण नहीं हैं, पर उससे अपरिचित भी नहीं हैं। इसके लिए उन्होंने 1965 में प्रकाशित पी. महादेवन की पुस्तक 'ए स्टुडेंट्स गाइड टू एंटी-हिंदी' का लम्बा उद्धरण दिया। नायर ने दावा किया कि देश के लगभग सभी हिस्सों में हिंदी की मौजूदगी किसी सरकारी आदेश का फल न हो कर एक दीर्घकालीन ऐतिहासिक प्रक्रिया का परिणाम है। उद्योगीकरण, शहरीकरण और आव्रजन का उत्तरोत्तर बढ़ता हुआ सिलसिला हिंदी का प्रसार कर रहा है। ओडीशा के राउरकेला स्टील प्लांट में काम करने वाले अंग्रेज़ी न जानने वाले मज़दूर आपस में हिंदी में बातचीत करते हैं न कि ओड़िया में। बम्बई की सार्वदेशिकता ने एक भाषा के रूप में हिंदी को अपनाया है। अंडमान में रहने वाले हिंदी, मलयालम, बंगाली, तमिल और तेलुगुभाषी लोगों ने आपसी सम्पर्क के लिए हिंदी को ही अपनी भाषा बनाया है। नायर ने देखा कि हिंदी के इस प्रसार का असर जनगणना के उस आँकड़े पर पड़ा है जो मातृ-भाषा के अलावा दूसरी भाषा जानने का पता देता है। ध्यान रहे कि 1961 की जनगणना में किसी व्यक्ति से यह सवाल नहीं पूछा गया था कि क्या वह हिंदी जानता है। इसके बावजूद देश की आबादी के 2.13 प्रतिशत लोगों ने हिंदी जानने की बात क़बूली थी। इसके मुक़ाबले दूसरी भाषा के रूप में अंग्रेज़ी जानने वालों का प्रतिशत 2.74 यानी हिंदी से थोड़ा ही ज़्यादा था, बावजूद इसके कि इस आँकड़े में उन हिंदी-हिंदुस्तानी-उर्दूभाषियों की संख्या भी शामिल थी जो अंग्रेज़ी भी जानते थे। दरअसल, 1961 की जनगणना ने द्विभाषिता के पहलुओं पर ठीक से ध्यान ही नहीं दिया था। नायर बताते हैं कि 1952 से 1959 के बीच 4,54,196 लोग मद्रास राज्य में दक्षिण भारत हिंदी प्रचार सभा के इम्तहानों में बैठ चुके थे, पर जनगणना तमिल-हिंदी द्विभाषियों की संख्या केवल 29,818 ही बता रही थी। पुस्तक-पाठकों की प्राथमिकता के बारे में एक सर्वेक्षण की रपट का हवाला देते हुए नायर ने बताया कि ग़ैर-हिंदी पाठकों के बीच अंग्रेज़ी के पुस्तक-पाठक हिंदी से केवल दो गुने हैं।

नायर ने मनोरंजन के क्षेत्र को विशेष रूप से चिह्नित किया कि वह हिंदी को सम्पर्क-भाषा बनाने की तरफ़ तेज़ी से ले जा रहा है। उन्हें दिखा या कि मद्रासी फ़िल्म-उद्योग हिंदी-फ़िल्मों के बाज़ार में हिस्सा बँटाना चाहता है। हिंदी

फ़िल्मों की दक्षिण में लोकप्रियता से उन्होंने नतीजा निकाला कि वहाँ हिंदी समझने वालों की ख़ासी संख्या है और हिंदी फ़िल्मों की वजह से लोगों की हिंदी-जानकारी के स्तर में भी वृद्धि हो रही है। नायर ने फ़िल्मों से भी ज़्यादा रेडियो सिलोन और विविध भारती द्वारा प्रसारित किये जाने वाले और भारतीय संगीत, अमेरिकी जैज़ और लातीनी धुनों से घालमेल से तैयार किये गये हिंदी फ़िल्मी गीत-संगीत को इस भाषा के प्रसार का श्रेय दिया। उनका ख़याल था कि एक बाहरी भाषा का गीत गुनगुनाना एक सक्रिय कोशिश है, जबकि फ़िल्म निष्क्रिय तरीक़े से बैठ कर देखी जा सकती है।

नायर ने हिंदी के प्रसार-प्रचार में किये जाने वाले ग़ैर-सरकारी स्वयंसेवी प्रयासों को भी रेखांकित किया। 1918 में गाँधी द्वारा मद्रास से हिंदी प्रचारणी सभाओं की शुरुआत करने के बाद 1956 तक स्वयंसेवी प्रयासों से क़रीब सत्तर लाख ग़ैर-हिंदीभाषी हिंदी सीख चुके थे। हिंदी का प्रचार करने वाले संगठनों की ख़ूबी यह थी कि इनके संचालक हिंदी प्रदेशों से भेजे गये लोग नहीं थे, बल्कि वे ग़ैर-हिंदी क्षेत्रों के ही थे। 1959 में दक्षिण भारत हिंदी प्रचार सभा 1,350 केंद्रों पर हिंदी की परीक्षाएँ आयोजित कर रही थी जिनमें सवा लाख से डेढ़ लाख लोग हर साल बैठते थे। इनमें से बीस फ़ीसदी लोग बेहतर हिंदी सीखने के लिए आगे की परीक्षाएँ भी देते थे। तमिलनाडु में हुई हिंदी विरोधी हिंसा और आगज़नी के दौरान इन सभाओं के दफ़्तरों पर एक भी हमला नहीं हुआ। द्रविड़ मुनेत्र कषगम के नेताओं ने साफ़ कहा कि वे हिंदी के लिए किये जा रहे स्वयंसेवी प्रयासों के ख़िलाफ़ नहीं हैं। नायर ने पॉल फ्रेड्रिख़ के एक लेख के हवाले से यह भी कहा कि हिंदी सीखना इतना आसान है कि एक बच्चा अंग्रेज़ी के मुक़ाबले दोगुनी रफ़्तार से उसे सीखता है, क्योंकि भाषाई और सांस्कृतिक दृष्टि से हिंदी अंग्रेज़ी के मुक़ाबले अन्य भारतीय भाषाओं के बहुत नज़दीक है। हिंदी सीखने के प्रति दक्षिण भारतीयों के बीच रुचि के बारे में नायर की एक दलील यह भी थी कि हिंदी राम और कृष्ण के प्रति भक्ति-रस में डूबी हुई महान कविता की वाहक है और इन दोनों अवतारों की पूजा पूरे दक्षिण भारत में भी होती है। दक्षिण के हिंदू भी कबीर, मीरा, सूर और तुलसी को उनके मूलरूप में पढ़ने के इच्छुक हैं।

चार दशक पहले नायर द्वारा बनायी गयी हिंदी के ग़ैर-सरकारी सोशल सेक्टर की यह तस्वीर कितनी विश्वसनीय और विकासमान थी, इसका अंदाज़ा इस बात से लगाया जा सकता है कि आज के ज़माने में बढ़ती हुई साक्षरता के कारण हिंदी के 'मल्टीप्लायर इफ़ेक्ट' की परिमाणात्मकता और गुणात्मकता पहले से बहुत अधिक बढ़ चुकी है। नायर की तस्वीर में मीडिया का ज़िक्र नहीं है, क्योंकि उस समय भारत में मीडिया का विस्तार कुछ ख़ास था भी नहीं, आज अगर हम मीडिया को शामिल कर लें तो हिंदी के ग़ैर-सरकारी सोशल सेक्टर का 'नया मानचित्र' पहले से कहीं अधिक विशाल और आकर्षक है। समाज के लगातार बढ़ते हुए राजनीतिकरण की प्रक्रिया ने हिंदी को उन मंचों पर आसीन कर दिया है जहाँ पहले उसकी आवाज़ अंग्रेज़ी की अदाबाज़ी में दब जाती थी। ये मंच हैं विधायिकाओं के, यानी लोकसभा, राज्यसभा और विधानसभाओं के। सत्तर की दहाई से ही यह सिलसिला धीरे-धीरे आगे बढ़ रहा है। शूद्र और दलित जातियों के राजनीतिक उभार ने हमारी विधायिकाओं में हिंदी बोलने वाले भर दिये हैं। ग़ैर-हिंदी भाषी सांसदों के बीच हिंदी सीखने की ज़रूरत का एहसास बढ़ता जा रहा है। संसदीय परिदृश्य में आया यह भाषाई परिवर्तन जिस चीज़ की तरफ़ इशारा करता है, वह है भारतीय अभिजनों के दायरे में एचएमटी वालों की संख्या बढ़ते चले जाना। एचएमटी यानी हिंदी मीडियम टाइप। यह एचएमटी बड़ा प्रयोगधर्मी भी है। अंग्रेज़ी की सांस्कृतिक सत्ता का समीकरण उलटने के मक़सद से द्वि-भाषी बनने के लिए तैयार है, और अंग्रेज़ी सीखने पर आंदोलनकारी वेग के साथ नियोजित ज़ोर देना चाहता है। एचएमटी वालों के आगमन का सबसे ताजा उदाहरण भारतीय प्रशासनिक सेवा की परीक्षा में बैठने वालों द्वारा इम्तहान की भाषा चुनने के आँकड़ों से मिलता है। हर गुज़रते हुए साल के हिंदी में यह परीक्षा देने वालों की संख्या बढ़ते हुए पच्चीस फ़ीसदी तक पहुँच चुकी है। जिन लोगों को यह समझ में न आ रहा हो कि सिविल सर्विस की परीक्षा में इतने हिंदी वाले कहाँ से आ गये, उन्हें दिल्ली विश्वविद्यालय में एम.फ़िल. और पी.एच.डी. कर रहे छात्रों के भाषाई माध्यम पर निगाह डालनी चाहिए। केवल राजनीतिशास्त्र विभाग में ही पचास फ़ीसदी से ज़्यादा छात्र हिंदी माध्यम के हैं, और अब उन्हें अपना शोध प्रबंध भी हिंदी में लिखने में पहले की तरह संकोच नहीं रहा। प्रोफ़ेसरों और रीडरों को हिंदी रीडिंग्स की जुगाड़ करते हुए और जॉन रॉल्स व विल किमलिका की किताबों के हिंदी अनुवादक तलाश करते हुए देखा जा सकता है।

हर साल होने वाला राष्ट्रीय पाठक सर्वेक्षण बताता है कि हिंदी प्रकाशनों ने प्रसार संख्या में अंग्रेज़ी प्रकाशनों को बहुत पीछे छोड़ दिया है। हिंदी में प्रति अख़बार पाठक संख्या तेज़ी से गिर रही है। पहले एक अख़बार को अगर अनुमानत: पाँच लोग पढ़ते थे, तो अब उनमें से दो लोग अपना अख़बार अलग से ख़रीदने लगे हैं। एक हिंदी प्रकाशक के अनुसार देश में इस समय 36 करोड़ लोग ऐसे हैं जो पढ़ सकते हैं, पर जिनके पास अभी तक अख़बार पहुँचा ही नहीं है या कहिये तो वे अभी ख़बर तक नहीं पहुँचे हैं। इनमें से दो तिहाई हिंदी के सम्भावित पाठक और विज्ञापकों की निगाह में सम्भावित उपभोक्ता हैं। पहले अंग्रेज़ी प्रेस के मालिक पूरक धंधे के रूप

में हिंदी के अख़बार भी निकालते थे जिनकी हैसियत प्रकाशन गृह के भीतर सौत के पूत जैसी होती थी। अब हिंदी के दो बड़े अख़बार वालों ने अंग्रेज़ी का एक दैनिक निकालना शुरू किया है जिसकी कामयाबी ने पिछले दिनों सबका ध्यान खींचा है। 2006 के एक आँकड़े के अनुसार हिंदी के पत्र-पत्रिकाओं में साल में क़रीब 15,000 करोड़ रुपये के विज्ञापन छप रहे हैं। चूँकि बड़े शहरों का बाज़ार संतृप्त हो गया है, इसलिए विज्ञापक छोटे शहरों, ग्रामीण और अर्ध-ग्रामीण इलाकों पर जोर दे रहे हैं, जहाँ केवल हिंदी प्रेस का ही बोलबाला है। हिंदी प्रकाशकों की समझ में भी आ रहा है कि समाज-विज्ञान की कृतियों का अनुवाद कराने में व्यवस्थित निवेश करके वे एक ऐसे बाज़ार का निर्माण कर सकते हैं, जो अभी कुछ वर्ष पहले तक तक़रीबन नामौजूद था। समाज-विज्ञान के क्षेत्र में अन्य भारतीय भाषाओं के अनुवादक अगर मूल अंग्रेज़ी को भी अपना आधार बनाते हैं, तो भी हिंदी के अनुवाद उनके लिए संदर्भ के तौर पर मौजूद रहेंगे, और अनुवाद की रचनात्मक प्रक्रिया में उनका हस्तक्षेप रहेगा। दरअसल, विचार साहित्य का क्षेत्र विकसित करने के लिए हिंदी के पास अच्छी-ख़ासी आधार सामग्री है। पिछले पचास साल में बौद्धिक-राजनीतिक साहित्य हिंदी में ख़ूब प्रकाशित हुआ है। सम्पूर्ण गाँधी वाङ्मय, सम्पूर्ण लोहिया साहित्य, अन्य समाजवादी विचार साहित्य, सर्वोदयी साहित्य, अन्य राजनीतिक विचारधाराओं का साहित्य, धर्म संबंधी साहित्य और बड़े पैमाने पर मार्क्सवादी साहित्य पहले से ही हिंदी के पास मौजूद है।

इस पूरे विवरण का मतलब यह नहीं समझना चाहिए कि हिंदी का यह बूम केवल राजनीतीकरण, बाज़ार, पाठक सर्वेक्षण और विज्ञापन से होने वाली आमदनी और उपभोक्ताकरण की ही झलकियाँ मार रहा है। मुनाफ़े की बेरहम और नित्य-नैतिक दुनिया में कम से कम दिलचस्पी रखने वाला सैकड़ों हिंदी लघु पत्रिकाओं का संसार भी पहले से ज़्यादा समृद्ध हुआ है। मीडिया मार्केट के किनारे-किनारे पनप रही इस विचित्र दुनिया में कुछ पत्रिकाएँ लगातार मरती रहती हैं, लेकिन उनकी भरपाई करने के लिए उसी दर पर नयी पत्रिकाओं का जन्म होता रहता है। राष्ट्रीय पाठक सर्वेक्षण इन पत्रिकाओं के बारे में कुछ नहीं जानता। इनमें ज़्यादा से ज़्यादा दस हज़ार और कम से कम डेढ़ हज़ार छपने वाली सैकड़ों पत्रिकाएँ शामिल हैं जिनके पन्नों में हिंदी के साहित्यिक-सांस्कृतिक उद्यम के राजनीतिक स्वरों का लगातार उद्घोष होता रहता है।

1968 से 2008 के बीच चालीस साल में हिंदी के लगातार विकसित हुए सोशल सेक्टर के दोनों सिरों की यह रूपरेखा कम से कम दो बातों का संदेश देती है : पहला, तत्समता और संस्कृतनिष्ठता के जिस रोग ने हिंदी को सरकारी सेक्टर में बेतहाशा नुक़सान पहुँचाया, वह सोशल सेक्टर में एकदम असर नहीं डाल पाया। इन दोनों ही तस्वीरों में हिंदी साहित्य की प्रगति का ज़िक्र नहीं है। दरअसल, साहित्य के क्षेत्र ने हिंदी के ग़ैर-सरकारी विकास को नेतृत्व और एक ठोस बुनियादी आधार प्रदान किया है। साहित्यिक हिंदी ने भी संस्कृतनिष्ठता को दृढ़ता से हाशिये पर रखा है। आधुनिक हिंदी में छायावादी कविता के बाद से जितना भी काव्य रचा गया है, वह बेहद सरल और बोलचाल की भाषा में है। हिंदी के विपुल कथा-साहित्य में केवल प्राचीन काल की पृष्ठभूमि पर लिखे गये ऐतिहासिक उपन्यासों को छोड़ दें, तो चारों तरफ़ संस्कृतनिष्ठता से सर्वथा अप्रभावित भाषाई प्रयोगधर्मिता की ही धूम दिखती है। हिंदी के साहित्यिक-क्षेत्र के विकास और विस्तार पर भी उसके मल्टीप्लायर इफ़ेक्ट का असर दिखता है। साठ और सत्तर के दशक में अन्य भारतीय भाषाओं से आने वाले वे स्वर अब नहीं सुनायी देते जो हिंदी की साहित्यिक प्रतिष्ठा से आश्वस्त नहीं थे।

दूसरी तरफ़ इसी मल्टीप्लायर इफ़ेक्ट के कारण आज तरह-तरह की हिंदियों का ज़माना है। साहित्य की हिंदी, टीवी समाचारों की हिंदी, फ़िल्मों और टीवी सीरियलों की हिंदी, अंग्रेज़ी मिश्रित हिंगलिश, एफ़एम चैनलों की हिंदी, हिंदी अख़बारों की हिंदी, राजनीतिक भाषणबाज़ी की हिंदी, समाज-विज्ञान की बनती हुई हिंदी और न जाने कितने तरह की हिंदी।

देखें : अर्थ-विज्ञान, डायग्लॉसिया, नोआम चोमस्की, फ़र्दिनैंद द सॅस्यूर, भाषा के मार्क्सवादी सिद्धांत, राष्ट्र-भाषा और राज-भाषा, लक्षण-विज्ञान, सम्पर्क-भाषा : हिंदी/अंग्रेज़ी-1 से 4 तक।

संदर्भ

1. बलदेव राज नायर (1968), 'हिंदी एज़ लिंक लेंग्वेज', *इकॉनॉमिक ऐंड पॉलिटिकल वीकली,* खण्ड 3, अंक 6.
2. वी.के.आर.वी. राव (1978), 'मैनी लेंग्वेजिज़, वन नेशन : क्वेस्ट फ़ॉर ऐन आल-इण्डिया लेंग्वेज', *इकॉनॉमिक ऐंड पॉलिटिकल वीकली,* खण्ड 13, अंक 25.
3. अभय कुमार दुबे (2008), 'अंग्रेज़ी में हिंदी : भाषाई इतिहास की एक उलट यात्रा', *वाक्,* वाणी प्रकाशन, नयी दिल्ली.
4. एम.एस. गोरे, 'लेंग्वेज इन मेट्रोपॉलिटन लाइफ़', *इकॉनॉमिक ऐंड पॉलिटिकल वीकली,* खण्ड 4, अंक 28/30.

— अभय कुमार दुबे

सम्पर्क भाषा : हिंदी / अंग्रेज़ी-3

जनगणना में द्विभाषिता की होड़

(Link Language : Hindi/English-3)

अंतरभाषाई संचार और द्विभाषिता पर अनुसंधान करने वाले महादेव एल. आप्टे का विचार है कि एक बहुभाषी नज़ारे में द्विभाषिता विकसित होने की दो शर्तें होती हैं जिनके समीकरण के आधार पर ही लोग अपनी भाषा के अलावा दूसरी भाषा सीखने का प्रयास करते हैं : भाषाओं के बीच संरचनात्मक समानता किस दर्जे की है, और सामाजिक-आर्थिक उपयोगिता के लिहाज़ से किस भाषा की दावेदारी बेहतर है। सत्तर के दशक में आप्टे ने निष्कर्ष निकाला था कि अन्य भारतीय भाषाओं से संरचनात्मक (ध्वनि, व्याकरण, शब्द-भण्डार, वाक्य-रचना और वर्णमाला) समानता के लिहाज़ से हिंदी-द्विभाषिता की सम्भावनाएँ बेहतर होनी चाहिए, और सामाजिक आर्थिक-उपयोगिता के लिहाज़ से अंग्रेज़ी-द्विभाषिता बढ़नी चाहिए। साथ ही आप्टे का कहना यह भी था कि साक्षरता में बढ़ोतरी के साथ-साथ प्रमुख भाषाओं और हिंदी के बीच अंतरभाषाई संचार बढ़ सकता है, भले ही अंग्रेज़ी की सामाजिक-आर्थिक उपयोगिता के कारण लोग इस सम्भावना को नज़रअंदाज़ करते रहें। आप्टे का यह अवलोकन इस ज़रूरत पर बल देता प्रतीत होता है कि भाषा की सामाजिक-आर्थिक उपयोगिता निर्धारित करने के लिए बनाये गये सूचकांकों में आर्थिक प्रगति उपलब्ध कराने की क्षमता को तो सर्वोच्च स्थान दिया ही जाना चाहिए, साथ ही बाज़ार से संबंधित सांस्कृतिक कारकों को भी नज़रअंदाज़ नहीं किया जाना चाहिए। आप्टे ने केवल साक्षरता का ज़िक्र किया था, पर हिंदी-द्विभाषिता के बढ़ने की सम्भावना के अन्य कारण लगातार जारी उद्योगीकरण और आबादी के आवागमन में भी चिह्नित किये जा सकते थे। कहना न होगा कि साक्षरता, शिक्षा, उद्योगीकरण और आव्रजन से अंग्रेज़ी द्विभाषिता में लाज़मी तौर पर बढ़ोतरी होनी थी। लेकिन क्या इन वैकासिक पहलुओं ने हिंदी-द्विभाषिता को भी सकारात्मक रूप से प्रभावित किया है?

साठ के दशक से हिंदी-द्विभाषिता और अंग्रेज़ी-द्विभाषिता के बीच होड़ के ग्राफ़ को देखा जा सकता है। शुरुआती दौर में अंग्रेज़ी का पलड़ा बहुत ज़्यादा झुका हुआ नज़र आता है, पर यह अंतराल धीरे-धीरे लेकिन निश्चित रूप से कम हो रहा है। बढ़ती हुई साक्षरता तो इसे घटा ही रही है, अर्थव्यवस्था में हुए परिवर्तनों और बाज़ार के विस्तार ने हिंदी के 'मल्टीप्लायर इफ़ेक्ट' को और प्रभावी बनाया है जिससे उसकी सामाजिक-आर्थिक उपयोगिता भी पहले के मुक़ाबले बढ़ी है। 1991 की जनगणना और 2001 की जनगणना से मिलने वाले द्विभाषिता के आँकड़ों के आधार पर किये गये विश्लेषण से यही संदेश मिलता है। 1991 की जनगणना दिखाती है कि आठवीं अनुसूची में दर्ज भाषाओं में द्विभाषियों की संख्या कितनी है, और उनमें कितने हिंदी-द्विभाषी हैं और कितने अंग्रेज़ी-द्विभाषी। इन आँकड़ों को पढ़ने के सवाल पर कुछ विवाद है। पॉल ब्रास के अनुसार उत्तरी और पश्चिमी भाषाएँ बरतने वाले द्विभाषी होने के लिए हिंदी को प्राथमिकता देते हैं। दक्षिणी और पूर्वी भाषाएँ बरतने वालों की प्राथमिकता अंग्रेज़ी है। यानी भारत द्विभाषिता के मामले में बँटा हुआ है। ब्रास को यह भी लगता है कि दक्षिण और पूर्वी भाषाओं ने एक 'सांस्कृतिक भाषा' के तौर पर हिंदी को ख़ारिज कर दिया है। सांस्कृतिक से उनका क्या अर्थ है, यह समझ में नहीं आता क्योंकि उनके विश्लेषण की कसौटी उन 'लाइफ़ चांसिस' पर टिकी है जिसका ज़िक्र द्विभाषिता के मामले में महादेव आप्टे ने किया है।

इन आँकड़ों को ब्रास के अलावा एक वैकल्पिक तरीक़े से भी पढ़ा जा सकता है। सिंधी, पंजाबी, नेपाली, मराठी, गुजराती और उर्दू बरतने वालों के बीच हिंदी द्विभाषिता के मामले में पहले ही अंग्रेज़ी से बहुत आगे चल रही है। यह अंतर दोगुने से भी ज़्यादा से लेकर दस-बारह फ़ीसदी तक दिखता है। असमी के संदर्भ में भी हिंदी आगे है लेकिन वहाँ दोनों द्विभाषिताओं के बीच कुछ कम यानी 2.71 प्रतिशत का अंतर है। इसी तरह मणिपुरी और ओड़िया के संदर्भ में अंग्रेज़ी आगे है लेकिन हिंदी केवल 1.96 और 1.26 प्रतिशत के बेहद मामूली अंतर से ही पिछड़ रही है। दक्षिण भारतीय भाषाओं के क्षेत्र में अंग्रेज़ी द्विभाषिता हिंदी से कहीं बेहतर है, लेकिन आँकड़ों की रोशनी में देखने पर हिंदी की स्थिति केवल तमिलनाडु के मामले में बेहद ख़राब निकलती है। यहाँ अंग्रेज़ी के 14 फ़ीसदी द्विभाषियों के मुक़ाबले हिंदी के द्विभाषी डेढ़ फ़ीसदी के आसपास ही हैं। लेकिन बाक़ी दक्षिणी क्षेत्र में स्थिति इतनी बुरी नहीं है। सौ फ़ीसदी साक्षरता वाले क्षेत्र मलयालम में अंग्रेज़ी द्विभाषिता अगर 24.35 प्रतिशत है तो हिंदी-द्विभाषिता भी 19.07 फ़ीसदी है। इस आँकड़े को देख कर किसी भी हिंदी समर्थक को सुखद आश्चर्य हो सकता है। इसी तरह कन्नड़भाषी क्षेत्र में अंग्रेज़ी-हिंदी द्विभाषिताओं का अंतर महज़ तीन फ़ीसदी से अंग्रेज़ी के पक्ष में झुका हुआ है। इसी तरह तेलुगु क्षेत्र में भी द्विभाषिता का यह अंतर केवल दो फ़ीसदी है। दक्षिण भारत में उम्मीद से बेहतर परिणाम प्राप्त करने के बाद हिंदी जिस क्षेत्र में बहुत अच्छे नतीज़े प्राप्त करती हुई दिखती है, वह बंगाल। बंगाल में दोनों द्विभाषिताओं में अंग्रेज़ी हिंदी से केवल 2.40 प्रतिशत ही आगे है।

तीस साल पहले हुए 1961 की जनगणना में द्विभाषिता के आँकड़ों पर नज़र डालते ही पॉल ब्रास द्वारा किया गया

सरलीकरण अपने आप ख़ारिज हो जाता है। हिंदी-विरोध के गढ़ समझे जाने वाले बंगाल में अंग्रेज़ी उस समय भी तीन फ़ीसदी से आगे थी। अर्थात् इस दौरान बंगाल में अंग्रेज़ी-द्विभाषिता में ज़रा भी बढ़ोतरी नहीं हुई, और हिंदी ने अपनी वृद्धि-दर क़ायम रखी है। 1961 की जनगणना बताती है कि कन्नड़भाषी, तमिलभाषी और तेलुगुभाषी क्षेत्र में हिंदी-द्विभाषिता पूरी तरह से ग़ैर-हाज़िर थी। मलयालमभाषी क्षेत्र में वह आधे फ़ीसदी से भी कम थी। इसका सीधा अर्थ यह निकलता है कि पिछले तीस सालों में दक्षिण के प्रमुख भाषाई क्षेत्रों में हिंदी-द्विभाषिता में उल्लेखनीय वृद्धि हुई है। मलयालम, कन्नड़ और तेलुगु में वह अंग्रेज़ी के निकट आती जा रही है, और तमिलनाडु में उसने अपनी उपस्थिति दर्ज करा दी है। जिन क्षेत्रों में हिंदी-द्विभाषिता ज़बरदस्त रूप से बढ़ी है वह है गुजरात। असमियाभाषियों के बीच तो स्थिति उलट ही गयी है। 1961 में वहाँ अंग्रेज़ी-द्विभाषी अधिक थे, पर 1991 में हिंदी-द्विभाषी आगे निकल गये हैं। 1961 और 1991 के बीच दोनों द्विभाषिताओं की वृद्धि-दर से स्पष्ट है कि हिंदी-द्विभाषिता की रूपरेखा में उत्तर, मध्य और उत्तर-पूर्व के साथ दक्षिण भी जुड़ गया है।

अंग्रेज़ी और हिंदी के बीच द्विभाषिता की इस होड़ के लिए 1991 से लेकर 2001 के बीच की अवधि बहुत महत्त्वपूर्ण है। यह भूमण्डलीकरण का दौर है, और समझा जाता है कि इस दौरान अंग्रेज़ी की आर्थिक-सामाजिक उपयोगिता में पहले के मुक़ाबले बहुत बढ़ोतरी हुई है। उसने युरोप की स्थापित भाषाओं के दायरों में भी अतिक्रमण शुरू कर दिया है। हमारे पास 2001 की जनगणना के आँकड़े हैं जिनसे पता लगाया जा सकता है कि भूमण्डलीकरण के प्रभाव के तहत इस होड़ की दिशा अब क्या है। दक्षिण और पूर्वी भाषाओं में हुए द्विभाषिता संबंधी परिवर्तनों का विश्लेषण बताता है इन क्षेत्रों में हिंदी-द्विभाषिता का प्रतिशत कमोबेश दस साल पहले जितना ही बना हुआ है। असम में हिंदी अभी भी आगे है, बंगाल में हिंदी-द्विभाषी अंग्रेज़ी के और नज़दीक आये हैं, तमिल में हिंदी ने अपनी जो उपस्थिति दर्ज करायी थी उसमें अंग्रेज़ी की बढ़ी हुई प्रतिष्ठा कटौती नहीं कर पायी है, कन्नड़ में अंग्रेज़ी-द्विभाषिता हिंदी से केवल मामूली अंतर से ही आगे रह गयी है, मलयालम क्षेत्र में हिंदी-द्विभाषिता का मज़बूत प्रदर्शन जारी है और तेलुगु क्षेत्र में हिंदी-द्विभाषिता की स्थिति पहले की तरह आश्वस्तिकारक बनी हुई है। ओड़िया क्षेत्र में दोनों द्विभाषिताएँ क़रीब-क़रीब बराबरी की स्थिति में हैं। दूसरी उल्लेखनीय बात यह है कि जिन क्षेत्रों में हिंदी अंग्रेज़ी से बहुत आगे थी, जैसे मराठी, गुजराती, उर्दू, पंजाबी, सिंधी, नेपाली, मैथिली और डोगरी, उनमें अंग्रेज़ी-द्विभाषिता अपनी स्थिति सुधारने में विफल रही है। 1991 से 2001 के बीच दोनों द्विभाषिताओं की वृद्धि-दर का एक अंदाज़ा ग्राफ़-2 से लगाया जा सकता है। यहीं सवाल उठता है कि 1961, 1991 और 2001 की जनगणनाओं के इस विश्लेषण में हिंदी के अंग्रेज़ी-द्विभाषियों और उर्दू के अंग्रेज़ी-द्विभाषियों को किस श्रेणी में रखा जाना चाहिए? हिंदी और उर्दू का अंग्रेज़ी-द्विभाषी हर तरह से दोनों तरह की द्विभाषिताओं से सम्पन्न है। उसे द्विभाषिता की इस प्रतियोगिता से तटस्थ कर करके विश्लेषण करना चाहिए। 1961 की जनगणना में तो हिंदुस्तानी बोलने वाले भी अलग से दर्ज किये गये थे। हिंदुस्तानी के अंग्रेज़ी-द्विभाषी भी तटस्थ कर देने चाहिए।

इस विश्लेषण से पता चलता है कि अंग्रेज़ी के मुक़ाबले सम्पर्क-भाषा बनने के मामले में अखिल भारतीय पैमाने पर हिंदी की स्थिति उत्तरोत्तर सुदृढ़ हुई है। लेकिन सिर्फ़ द्विभाषिता के इन जनगणना प्रदत्त आँकड़ों के आधार पर सम्पर्क-भाषा के सभी पहलुओं पर विचार नहीं हो सकता। हिंदी-क्षेत्र में सम्पर्क-भाषा को युरोपीय क़िस्म की राष्ट्र-भाषा के आईने में देखने की प्रवृत्ति काफ़ी प्रबल है। यह रवैया दो तरह की माँग करता है : पहली, उत्तर भारत की जनपदीय भाषाओं के पैरोकार अगर उन्हें आठवीं अनुसूची में माँग करने की राजनीति करेंगे, तो हिंदी की बहुसंख्यक दावेदारी कमज़ोर हो जाएगी; और दूसरी, ग़ैर-हिंदीभाषियों के लिए हिंदी समझना-बोलना ही काफ़ी नहीं है, उन्हें उत्तर-भारतीयों की तरह हिंदी लिखना-पढ़ना भी आना चाहिए। यह आग्रह दृश्य-श्रव्य मीडिया के ज़रिये हुए हिंदी के प्रसार के प्रति असहज है क्योंकि यह प्रक्रिया अहिंदीभाषियों को हिंदी का 'लिटराटी' बनाने की तरफ़ नहीं ले जाती। दरअसल, यह दूसरी माँग हिंदी को उस खाने में फ़िट करना चाहती है जिसमें आजकल अंग्रेज़ी है। अंग्रेज़ी और भारतीय भाषाओं का रिश्ता डॉयग्लॉसिकल है जिसके तहत अंग्रेज़ी को सामाजिक-सांस्कृतिक तौर पर बेहतर मान कर सीखा-सिखाया जाता है। इस प्रक्रिया के साथ सीखने वाले की अपनी भाषा को जाने-अनजाने 'अनलर्न' करने का सिलसिला भी जुड़ा रहता है। हिंदी को सारे देश की सम्पर्क-भाषा बनते हुए देखने की इच्छा रखने वालों को यह तय करना पड़ेगा कि क्या वे भी अन्य भारतीय भाषाओं के साथ अंग्रेज़ी जैसा ही डॉयग्लॉसिक रिश्ता बनाना चाहते हैं?

देखें : अर्थ-विज्ञान, डायग्लॉसिया, नोआम चोमस्की, फ़र्दिनैंद द सॅस्यूर, भाषा के मार्क्सवादी सिद्धांत, राष्ट्र-भाषा और राज-भाषा, लक्षण-विज्ञान, सम्पर्क-भाषा : हिंदी/अंग्रेज़ी-1 से 4 तक।

संदर्भ

1. महादेव एल. आप्टे, 'सम सोसियोलिंग्विस्टिक आस्पेक्ट्स ऑफ़ इंटरलिंगुअल कम्युनिकेशन इन इण्डिया', *एंथ्रोपोलॅजीकल लिंगुइस्टिक,* खण्ड 12, अंक 3.
2. पॉल ब्रास, 'इलीट इंटरेस्ट्स, पॉपुलर पैशंस, ऐंड सोशल पॉवर इन

द लेंग्वेज पॉलिटिक्स ऑफ़ इण्डिया', आशा सारंगी (सम्पा.), *लेंग्वेज ऐंड पॉलिटिक्स इन इण्डिया,* ऑक्सफ़र्ड युनिवर्सिटी प्रेस, नयी दिल्ली.

— अभय कुमार दुबे

सम्पर्क भाषा : हिंदी / अंग्रेज़ी-4

हिंगलिश का डर और अंग्रेज़ी से होड़

(Link Language : Hindi/English-4)

भूमण्डलीकरण के बाद विकसित हुए मीडिया द्वारा प्रचलित हिंदी के अंग्रेज़ी मिलवाँ खिचड़ी-रूप ने इस भाषा के पैरोकारों के बीच कई तरह की चिंताएँ पैदा की हैं। इसे कुछ प्रेक्षकों ने क्रियोलीकरण का नाम दिया है, जो ग़लत है। क्रियोलीकरण का एक निश्चित ऐतिहासिक संदर्भ है जिसे भारत में देखना एक सांस्कृतिक ज़बरदस्ती होगी। इस प्रक्रिया के लिए फ़िलहाल खिचड़ीकरण पद का प्रयोग किया जा सकता है। दरअसल, इनमें एक हिस्सा उन लोगों का है जो हिंदी के लिखित और परिनिष्ठित रूप को सारे भारत के गले उतारने की इच्छा रखते हैं। लेकिन, एक हिस्सा ऐसे लोगों का भी है जो मीडिया के नये-पुराने रूपों द्वारा किये जा रहे हिंदी के खिचड़ीकरण के तात्पर्य और फलितार्थ जानना चाहते हैं। खिचड़ीकरण कई तरह के होते हैं और अलग-अलग देश-काल में उनके परिणाम भी भिन्न-भिन्न निकलने लाज़मी हैं। अंग्रेज़ी को खिचड़ीकरण की प्रक्रियाओं का जो ऐतिहासिक लाभ हुआ, वह ज़रूरी नहीं कि तीसरी दुनिया के देशों की भाषाओं को भी हो। उन्हें नुक़सान भी हो सकता है, और ये तमाम संदेह निर्मूल भी साबित हो सकते हैं। जब भी कोई भाषा दूसरी भाषाओं से अन्योन्यक्रिया करती है, खिचड़ीकरण होना अनिवार्य है। सवाल यह है कि अन्योन्यक्रिया करने वाली भाषाओं के आपसी संबंध कैसे हैं? क्या वे डॉयग्लॉसिक हैं? अगर प्रभावित होने वाली भाषा में लम्बे अरसे से औपचारिक शिक्षा दी जा रही है और एक के बाद एक कई शिक्षित पीढ़ियाँ निकल चुकी हैं, अगर उस भाषा के पास लिखित साहित्य की समृद्ध परम्परा है, अगर उस भाषा का 'पब्लिक स्फ़ियर' विकसित है और अगर वह भाषा आत्मसातीकरण की क्षमता से सम्पन्न है, तो खिचड़ीकरण से उसके विस्तार और गहराई में वृद्धि होती है। अगर उसमें ये ख़ूबियाँ नहीं हैं, तो खिचड़ीकरण उसके संहार का कारण भी बन सकता है। कुल मिला कर अनुसंधान की यह परियोजना मुख्यतः भाषाशास्त्रीय तो है ही, पर उसके सामाजिक-राजनीतिक पहलुओं से भी इनकार नहीं किया जा सकता।

अंत में विचार करने लायक एक प्रश्न बचता है कि क्या हिंदी कभी भारतीय संघ की वास्तविक राज-भाषा बन सकेगी? इसके उत्तर के लिए हमें अंग्रेज़ी के अभेद्य गढ़ (संघीय प्रशासनिक सेवाएँ) के संदर्भ में हिंदी की स्थिति जाँचनी होगी। हम ऊपर देख चुके हैं कि इस दुर्ग के रखवालों यानी अधिकारी-तंत्र ने हिंदी को भारतीय संघ के कामकाज में अंग्रेज़ी की जगह नहीं लेने दी थी। यही वह दुर्ग था जिसमें 1968 के सरकारी भाषा प्रस्ताव से पहले भारतीय भाषाओं का प्रवेश भी निषिद्ध था। इस प्रस्ताव ने आईएएस, आईपीएस और केंद्रीय सेवाओं के लिए होने वाली संयुक्त परीक्षा में बैठने लायक़ योग्यताओं में दो परिवर्तन किये। पहला 'अंग्रेज़ी या हिंदी' का ज्ञान अनिवार्य कर दिया; और दूसरा, आठवीं अनुसूची में दर्ज हिंदी समेत सभी भारतीय भाषाओं में संघ लोकसेवा आयोग की परीक्षाएँ देने की इजाज़त दे दी। 1979 में कोठारी कमीशन की सिफ़ारिशों के अनुसार संघ लोक सेवा आयोग के परीक्षा-पैटर्न में परिवर्तन किया गया जिससे भारतीय भाषाओं के प्रतियोगियों के लिए अंग्रेज़ी के इस दुर्ग पर धावा बोलने का रास्ता खुल गया। समान स्कूल शिक्षा प्रणाली की सिफ़ारिश करने के लिए विख्यात दौलत सिंह कोठारी ने सिविल सेवाओं के लिए जो संस्तुति की, उसके पीछे उनकी दलील देखने क़ाबिल है : 'अभी तक की परीक्षाओं में अभ्यर्थियों को अंग्रेज़ी में ही उत्तर देने होते हैं। उन्हें भारतीय भाषाओं में उत्तर देने की कोई सुविधा नहीं है। इससे वे विद्यार्थी जिन्होंने भारतीय भाषाओं के माध्यम से अपनी पढ़ाई की है, हतोत्साहित रहते हैं। ऐसे विद्यार्थियों की संख्या शिक्षा के प्रचार-प्रसार के साथ लगातार बढ़ रही है। उदाहरण के लिए दिल्ली विश्वविद्यालय, जहाँ से इन सेवाओं के लिए सबसे ज़्यादा चुने जाते हैं, वहाँ ऑनर्स डिग्री में हिंदी माध्यम में पढ़ने वाले लगातार बढ़ रहे हैं। 1974 में इतिहास, अर्थशास्त्र और राजनीतिशास्त्र में क्रमशः 18, 12 और 37 प्रतिशत छात्रों ने ऑनर्स की डिग्री हिंदी माध्यम से ली है। आगे यह संख्या और बढ़ेगी। ... हम पूरे विश्वास से कहना चाहते हैं कि जो अभ्यर्थी अखिल भारतीय सेवाओं की नौकरी में आना चाहते हैं, उन्हें आठवीं अनुसूची में उल्लिखित भाषाओं का ज्ञान होना अनिवार्य है। जिन्हें ये भाषाएँ नहीं आतीं, वे सरकारी सेवाओं के लिए क़तई उपयुक्त नहीं हैं।'

1970 से लेकर 1978 तक भारतीय भाषाओं में परीक्षा देने वालों का प्रतिशत कभी भी 10.1 फ़ीसदी से नहीं बढ़ पाया था। लेकिन 1979 के बाद कोठारी आयोग की इन सिफ़ारिशों का हालात पर क्रांतिकारी असर पड़ा। 1950 में केवल 3,647 परीक्षार्थी सिविल सेवा के इम्तहान में बैठे थे जिनमें पास होने वालों की संख्या 240 थी। यह संख्या अगले

बीस साल में बढ़ कर 11,710 हो गयी जिनमें उत्तीर्ण होने वालों की संख्या 428 थी। लेकिन 1979 के वर्ष में जैसे ही भारतीय भाषाओं में परीक्षा देने का प्रावधान किया गया, वैसे ही परीक्षार्थियों की संख्या 1,74,000 से अधिक हो गयी और पास होने वालों की संख्या 703 तक पहुँच गयी। ज़ाहिर है कि सिर्फ़ अंग्रेज़ी में प्रवेश परीक्षा होने के कारण अधिसंख्य भारतीय इसमें भाग ही नहीं ले पाते थे। 2009 में प्रकाशित एक अध्ययन के अनुसार 1979 से 1988 के बीच पहले दशक में भारतीय भाषाओं में परीक्षाएँ देने वालों की संख्या में 15.6 फ़ीसदी इज़ाफ़ा हुआ जो अगले दस साल यानी 1989 से 1998 के बीच बढ़ कर 26.8 फ़ीसदी हो गया। अगले नौ साल में बढ़ोतरी का यह आँकड़ा 41.6 प्रतिशत तक पहुँच गया। 1979 से 2007 के बीच के 29 वर्षों में भारतीय भाषाओं को माध्यम की तरह अपनाने वाले इन परीक्षार्थियों में हिंदीवालों की संख्या 90.1 फ़ीसदी थी। देखने की बात यह है कि यह प्रतिशत पहले दशक में ही 87.8 तक पहुँच गया था, दूसरे दशक में यह आँकड़ा 89.5 हुआ और तीसरे दशक के नौ वर्षों में 93.1 रहा। इस परीक्षा का पहला पर्चा भी भारतीय भाषाओं में लिखने वाले परीक्षार्थियों का प्रतिशत पहले दशक में 66.7, दूसरे दशक में 74.9 और तीसरे दशक में 76.9 रहा। इन परीक्षार्थियों को इंटरव्यू के लिए बुलाये जाने और उनके द्वारा साक्षात्कार के लिए किसी भारतीय भाषा को चुनने का प्रतिशत कहीं कम ज़रूर है लेकिन उसमें भी लगातार बढ़ोतरी हो रही है। 1987 से 1996 के बीच यह प्रतिशत 13.3 था जो बढ़ कर 1997 से 2006 के बीच 24.3 हो गया। साक्षात्कार के स्तर तक पहुँचने वाले परीक्षार्थियों का एक चौथाई से भी बड़ा हिस्सा (2007 में 32 फ़ीसदी) अब भारतीय भाषाओं में इंटरव्यू देना पसंद करता है। 2007 के 450 ऐसे उम्मीदवारों में से 330 ने हिंदी को अपना माध्यम बनाया।

इस तथ्यगत अध्ययन के तीन नतीजे निकलते हैं : पहला, भारतीय भाषाओं में सिविल सर्विसिज़ का इम्तहान देने वाले परीक्षार्थियों की संख्या में तेज़ी से बढ़ोतरी हो रही है; दूसरा, इन परीक्षार्थियों में हिंदी अपनाने वालों की संख्या 85 से 90 के बीच में है, तीसरा, इन परीक्षाओं में बैठने वाले चार अंग्रेज़ीभाषियों में से एक का स्थान पिछले तीन दशकों में भारतीय भाषाओं के खाते में चला गया है। अध्ययनकर्त्ता मारुति पी. तंगीराला ने इन परीक्षार्थियों को मोटे तौर पर हिंदी का द्विभाषी क़रार दिया है, क्योंकि इन्हें अंग्रेज़ी की भी प्राथमिक जानकारी होती है। ख़ास बात यह है कि भारतीय भाषाओं का अनिवार्य पर्चा हिंदी में लिखने वालों का प्रतिशत 2001 के जनगणना में दर्ज हिंदीभाषियों के प्रतिशत से भी अधिक है। 76.9 फ़ीसदी परीक्षार्थियों यह पर्चा हिंदी में लिखते नज़र आये, जबकि देश की आबादी में ख़ुद को हिंदीभाषी कहने वालों की संख्या केवल 41.03 फ़ीसदी ही है। यहीं सवाल उठता है कि संघ लोक सेवा आयोग की परीक्षाओं में हिंदी वालों की सफलता दर कितनी है? इस प्रश्न का उत्तर फ़िलहाल उपलब्ध नहीं है। मोटे तौर पर दस हज़ार छात्र जब आईएएस बनने बैठते हैं तो उनमें से एक को मौक़ा मिलता है। समझा जाता है सफलता का यह प्रतिशत .00025 है। इतने कम प्रतिशत में भाषा-माध्यम की शिनाख़्त कुछ मुश्किल हो सकती है। लेकिन इसमें कोई शक नहीं कि हिंदी माध्यम से कामयाब होने वाले छात्रों की ख़बरों और साक्षात्कारों से नेट भरा पड़ा है। हर साल इस तरह की कहानियाँ आती हैं कि ग़रीब मज़दूरों, रिक्शेवालों, रेहड़ीवालों, ग्रामीण और अर्धशहरी इलाक़ों में ज़िंदगी गुज़ारने वाले हिंदी के माध्यम से प्रशासनिक सेवाओं में क़दम रख रहे हैं। उनकी संख्या जैसे-जैसे बढ़ेगी, नौकरशाह अभिजन की संरचना में फ़र्क़ पड़ने की उम्मीद की जा सकती है।

क्या हिंदी को भारतीय संघ की वास्तविक राज-भाषा बनाने की परियोजना के संदर्भ में यह प्रक्रिया 'गेम-चेंजर' साबित हो सकती है? इस प्रश्न का उत्तर किंतु-परंतु के बिना नहीं दिया जा सकता। कोठारी कमीशन की रपट के आधार पर सिविल सेवाओं की प्रवेश परीक्षा के मूल्यांकन के लिए 1988-89 में बनायी गयी सतीश चंद्र कमेटी ने भी कोठारी की सिफ़ारिशों को उचित ठहराया। इसके बाद 2000 में दूसरी पुनरीक्षण कमेटी योगेंद्र अलग के नेतृत्व में बैठी। इस कमेटी ने भी कोठारी की संस्तुतियों की भावना का साथ दिया। लेकिन 2011 में अचानक बिना किसी समीक्षा के सिविल सेवा की प्रवेश परीक्षा के पहले चरण में ही एक एप्टीट्यूड टेस्ट शामिल कर दिया गया है जिसमें तीस नंबर अंग्रेज़ी ज्ञान के लिए हैं लेकिन भारतीय भाषाओं के ज्ञान को उससे बाहर रखा गया है। अंग्रेज़ी का जो ज्ञान मुख्य परीक्षा के दूसरे चरण में जाँचा जाता था, उसे पहले चरण में डाल दिया गया है। सरकार के इस अकस्मात् फ़ैसले के ऊपर कई जानकार टिप्पणीकारों ने प्रतिक्रिया की है। इस बहस में एक मान्यता यह भी है कि यह एप्टीट्यूड टेस्ट भारतीय भाषाओं के परीक्षार्थियों के लिए एक बड़ी बाधा साबित हो सकता है। क्या यह फ़ैसला आईएएस लॉबी के दबाव में आ कर किया गया है ताकि हिंदीभाषियों और अन्य भाषाई प्रतियोगियों से सिविल सेवा के भरने की जारी प्रक्रिया को उलटा जा सके? यह प्रश्न अभी अनुत्तरित है।

देखें : अर्थ-विज्ञान, डायग्लॉसिया, नोआम चोमस्की, फ़र्दिनैंद द सॅस्यूर, भाषा के मार्क्सवादी सिद्धांत, राष्ट्र-भाषा और राज-भाषा, लक्षण-विज्ञान, सम्पर्क-भाषा : हिंदी/अंग्रेज़ी-1 से 4 तक।

संदर्भ

1. अभय कुमार दुबे (2012), 'हिंदी की हैसियत, राष्ट्र-भाषा / राज-भाषा, सरकारी / सामाजिक', *पूर्वग्रह*, भोपाल.
2. मारुति पी. तंगीराला, 'लेंग्वेज चॉयसिज़ ऐंड लाइफ़ चांसेज़ :

एवीडेंस फ्रॉम द सिविल सर्विसेज़ एग्ज़ामिनेशन', *इकॉनॉमिक ऐंड पॉलिटिकल वीकली,* अंक 39.

3. मृणालिनी शर्मा (2011), 'अंग्रेज़ी का वर्चस्व', *समयांतर, नयी दिल्ली.*

— **अभय कुमार दुबे**

सम्पत्ति

(Property)

ज़मीन के टुकड़े, मक़ान या कार जैसी चीज़ों को सम्पत्ति के रूप में देखा जाता है। लेकिन ये वस्तुएँ अपने-आप में तब तक सम्पत्ति नहीं बनतीं जब तक किसी रिवाज़, परम्परा अथवा क़ानून द्वारा उसका स्वामित्व किन्हीं स्थापित विधियों के मुताबिक़ परिभाषित न कर दिया जाए। मसलन, अगर आपके क़ब्ज़े में कोई चीज़ है, तो केवल इसीलिए वह आपकी सम्पत्ति नहीं हो जाती। उस चीज़ पर अपना मालिकाना हक़ क़ानूनन साबित करना ज़रूरी है। अगर आप किसी चीज़ के बाक़ायदा मालिक हैं तो भले ही किसी वजह से वह आपके क़ब्ज़े में न हो, उसे आपका ही माना जाएगा। 'खोया-पाया' के काउंटर पर पड़ी चीज़ों को उनके मालिक ढूँढ़ते हुए आते हैं और अपना स्वामित्व साबित करके ले जाते हैं। इस लिहाज़ से सम्पत्ति एक सामाजिक संस्था है जिसका सार स्वामित्व में निहित है। सम्पत्ति और उसके स्वामित्व का विचार मानवीय जीवन के विन्यास के लिए केंद्रीय महत्त्व का साबित हुआ है। पिछले डेढ़ सौ साल के विमर्श को प्रभावित करने वाली पूँजीवाद, उपनिवेशवाद और समाजवाद जैसी विचारधाराएँ इसी के गर्भ से जन्मी हैं।

स्वामित्व के माध्यम से सम्पत्ति के ऊपर केवल अधिकार ही प्राप्त नहीं होता, बल्कि उससे संबंधित दायित्वों और कर्त्तव्यों को भी निभाना पड़ता है। यानी स्वामित्व का प्रयोग करके किसी वस्तु का मनचाहा इस्तेमाल किया जा सकता है, पर उस वस्तु का संरक्षण और रख रखाव करने का ज़िम्मा भी उठाना पड़ सकता है। स्वामित्व व्यक्ति के पास हो सकता है, कोई समुदाय उसका स्वामी हो सकता है या सरकार उसकी मालिक हो सकती है। स्वामित्व के तीन रूपों के हिसाब से सम्पत्ति भी मुख्य तौर से तीन तरह की होती है : निजी सम्पत्ति, साझा सम्पत्ति और सरकार की सम्पत्ति।

आदिम समाजों में स्वामित्व आधारित सम्पत्ति की अवधारणा नहीं थी। धरती प्रकृति की समझी जाती थी और व्यक्ति या समुदाय ज़्यादा से ज़्यादा उसके संरक्षक हो सकते थे। राजनीतिक सिद्धांत प्राचीन यूनानी दर्शन से सम्पत्ति के विमर्श की शुरुआत करता है जिसमें प्लेटो और अरस्तू के बीच निजी और साझा सम्पत्ति के आदर्शों के बीच बहस उल्लेखनीय है। मध्य युग के चिंतकों के आग्रहों पर ईसाई प्रभावों का बोलबाला है और वे उत्तम आध्यात्मिक जीवन की उपलब्धि के लिए सम्पत्ति को एक साधन की तरह देखते हैं। सेंट थॉमस एक्विना और मध्ययुगीन चर्च धनोपार्जन पर कई तरह की सीमाएँ आरोपित करते हैं। सम्पत्ति विषयक आधुनिक विचार सत्रहवीं और अट्ठारहवीं सदी से आरम्भ होता है जब पश्चिमी समाजों ने व्यवसाय प्रधान आर्थिक प्रणालियाँ अपनानी शुरू कीं। सम्पत्ति एक आर्थिक संसाधन के रूप में देखी जाने लगी। उत्पादन के साधन या पण्य के रूप में उसे ख़रीदना और बेचना रोज़मर्रा की बात हो गयी। प्राकृतिक जगत भी सम्पत्ति में तब्दील कर दिया गया क्योंकि लाभ के लिए उसका भी दोहन किया जाना था। स्वामित्व आधारित सम्पत्ति का दायरा इतना बढ़ा कि दास प्रथा के साथ-साथ पत्नियों को पति की सम्पदा के रूप में परिभाषित किया जाने लगा।

राजनीतिक सिद्धांत सम्पत्ति के प्रश्न पर मुख्यतः एक आदर्श मानवीय जीवन की समेकित दृष्टि की रोशनी में ग़ौर करता है। प्राचीन यूनान में प्लेटो और अरस्तू अपने-अपने नीतिशास्त्र की रोशनी में सम्पत्ति पर चर्चा करते हुए दिखते हैं। यूनान के नगर-राज्यों में व्यतीत किये जाने वाला सामुदायिक और राजनीतिक जीवन ही इन दोनों दार्शनिकों के लिए मनुष्य के उत्तम जीवन का मानक था। इसी लिहाज़ से वे सम्पत्ति संबंधी व्यवस्था की तजवीज़ करना चाहते थे। प्लेटो मानते थे कि निजी सम्पत्ति व्यक्ति को स्वार्थी बना देती है इसलिए उन्होंने अपने आदर्श रिपब्लिक के शासकों को सम्पत्ति रखने के अधिकार से वंचित करने का फ़ैसला किया था। प्लेटो को अपने दार्शनिक राजा से अपेक्षा थी कि वह सम्पत्ति जमा करने में समय ख़र्च करने के बजाय राज्य के नागरिकों का हित साधन करने में सारा समय लगायेगा। राजा के पास जो कुछ होगा, वह सबकी साझा सम्पत्ति होगी। इस तरह प्लेटो निजी सम्पत्ति को नुक़सानदेह और सामूहिक स्वामित्व को आदर्श मानते हैं।

अरस्तू प्लेटो से सहमत नहीं हैं। उन्हें लगता है कि निजी सम्पत्ति का उन्मूलन करने के बेहद ख़राब नैतिक परिणाम निकल सकते हैं। साझा स्वामित्व में सम्पत्ति आधारित झगड़े निजी स्वामित्व से भी ज़्यादा बढ़ने के अंदेशे रहेंगे। दूसरे, साझा सम्पत्ति की देखभाल बहुत कम होगी। हर व्यक्ति दूसरे से यह ज़िम्मेदारी निभाने की अपेक्षा करेगा। अरस्तू का यह तर्क साझा सम्पत्ति के विरोधियों द्वारा अक्सर इस्तेमाल किया जाता है। अरस्तू मानते हैं कि निजी सम्पत्ति

के कुछ बुरे प्रभाव भी होंगे, पर उनका निराकरण शिक्षा के ज़रिये किया जा सकता है, पर निजी सम्पत्ति को ख़ारिज करके मनुष्य उसके अच्छे प्रभावों से वंचित हो जाएगा। निजी सम्पत्ति व्यक्ति में किफ़ायत और उत्तरदायित्व के गुण प्रोत्साहित कर सकती है। निजी सम्पत्ति के तहत हर व्यक्ति अपने अलग निजी हित को साधने में व्यस्त रहेगा, एक-दूसरे के ख़िलाफ़ शिकायतें नहीं होंगी और मनुष्य अधिक प्रगति करेगा। अरस्तू तो यहाँ तक मानते हैं कि निजी सम्पत्ति के बिना मैत्री और उदारता जैसे गुण विकसित नहीं हो सकते। जिसके पास सम्पत्ति होगी, वही दूसरों के प्रति उदार और मददगार होकर परम संतोष और आनंद की अनुभूति कर पायेगा। अरस्तू के मुताबिक़ निजी सम्पत्ति सुख का स्रोत है और इससे वंचित राजा का राज्य सुखी नहीं रह सकता।

दिलचस्प बात यह है कि निजी सम्पत्ति का समर्थन करने के बावजूद अरस्तू सम्पत्ति के एकतरफ़ा संचय के पक्ष में नहीं हैं। सम्पत्ति उनके लिए साधन है साध्य नहीं। सम्पत्ति का अपने आप में कोई मूल्य नहीं है अगर उसके कारण नागरिकों की सोहबत में उत्तम और नैतिक गुणों से सम्पन्न जीवन न गुज़ारा जा सके।

आधुनिक राजनीतिक सिद्धांत ने प्राचीन और मध्ययुगीन विमर्श में पहला बड़ा परिवर्तन तो यह किया कि नीतिशास्त्र और राजनीति को एक-दूसरे से अलग कर दिया। यह भूमिका सोलहवीं और सत्रहवीं सदी में मैकियावेली, थॉमस मोर, ज्याँ बोदाँ, थॉमस हॉब्स और जॉन लॉक ने निभायी। इन चिंतकों का विचार था कि राजनीतिक प्राधिकार का सबसे महत्त्वपूर्ण काम ऐसी परिस्थितियाँ मुहैया कराना है जिनके तहत व्यक्ति शांतिपूर्ण और आर्थिक रूप से सुरक्षित जीवन व्यतीत कर सके। इस आग्रह के तहत नैतिक आग्रहों की जगह आर्थिक आग्रह केंद्र में आ गये। परिणामस्वरूप सम्पत्ति के सामंती रूपों की जगह व्यावसायिक और पूँजीवादी रूपों को प्राथमिकता मिलने लगी।

अपनी रचना टू *ट्रीटाइज़िज़ ऑफ़ गवर्नमेंट* में जॉन लॉक ने निजी सम्पत्ति का ज़ोरदार नैतिक बचाव पेश किया। उनकी स्पष्ट मान्यता थी कि सम्पत्ति उसकी है जो उसे साझा स्वामित्व से सबसे पहले निकाल कर अपने क़ब्ज़े में करता है। बशर्ते इससे तीन शर्तें पूरी होती हों : पहली, साझा सम्पत्ति से निकाल कर वह उसमें अपने श्रम का योगदान करे और उसे अपनी किसी चीज़ से जोड़े; दूसरी, साझा सम्पत्ति के दायरे में इतना छोड़ना होगा कि दूसरे लोगों के लिए भी विनियोग के लिए पर्याप्त बचा रहे; तीसरा, सम्पत्ति का विनियोग इस तरह करने की इजाज़त किसी को न हो कि उसके कारण दूसरों की स्थिति ख़राब हो जाए। आगे चल कर लॉक व्यक्ति द्वारा व्यक्ति के श्रम को ख़रीदने और उस श्रम द्वारा तैयार किये जाने वाले उत्पाद को अपनी सम्पत्ति बनाने का सिद्धांत भी पेश करते हैं। कुल मिला कर लॉक प्रदत्त निजी सम्पत्ति का सिद्धांत दो बुनियादी दलीलों पर टिका है : व्यक्ति का श्रम उसकी सम्पत्ति है जिसे वह बेच सकता है, और प्रकृति के साधन उस समय तक मूल्यहीन हैं जब तक उनका निजी तौर पर विनियोग न कर लिया जाए।

लॉक के विमर्श ने निजी सम्पत्ति का जो सिद्धांत दिया उससे तिजारती पूँजीवाद का रास्ता साफ़ हुआ। स्वामित्व के एक वैध रूप की तरह स्थापित हो जाने के बाद राज्य की प्राथमिक ज़िम्मेदारी मान ली गयी कि वह व्यक्ति को उसकी सम्पत्ति से वंचित किये जाने के ख़िलाफ़ सुरक्षा दे। लॉक की दलील के अनुसार सार्वजिनक हितों के ऊपर निजी हितों को प्राथमिकता देने का उसूल क़ायम हुआ। इसी संदर्भ में निजी पूँजी के समर्थकों ने राजनीतिक स्वतंत्रता को भी परिभाषित किया।

पूँजीवाद के तहत ख़रीद-फ़रोख़्त के मक़सद से किये जाने वाले उत्पादन को एक मूल्य की तरह स्थापित किया गया। इसी विमर्श से उपनिवेशवाद भी निकला। लॉक की स्थापनाओं में ब्रिटेन द्वारा भेजे गये अधिवासियों द्वारा अमेरिका की धरती पर क़ब्ज़ा कर लेने की कार्रवाई को न्यायसंगत ठहराने की दलीलें मौजूद थीं। उनकी सेकण्ड थीसिस 'प्रकृत अवस्था' में व्यक्ति द्वारा अपने अधिकारों की दावेदारी के बारे में है। वे ऐसी जगहों पर नागरिक शासन स्थापित करने और व्यक्तिगत प्रयास द्वारा हथियायी गयी सम्पदा को अपने लाभ के लिए विकसित करने को जायज़ क़रार देते हैं। यही थीसिस आगे चल कर धरती के असमान स्वामित्व को उचित मानने का आधार बनी। लॉक की मान्यता थी कि अमेरिका में अनाप-शनाप ज़मीन बेकार पड़ी हुई है और वहाँ के मूलवासी यानी इण्डियन इस धरती का सदुपयोग करने की योग्यता से वंचित हैं। लॉक ने हिसाब लगाया कि युरोप की एक एकड़ ज़मीन अगर अपने स्वामी को पाँच शिलिंग प्रति वर्ष का मुनाफ़ा देती है, तो उसके मुक़ाबले अमेरिकी की ज़मीन से उस पर बसे इण्डियन को होने वाला कुल मुनाफ़ा एक पेनी से भी बहुत कम है। चूँकि अमेरिकी इण्डियन बाक़ी मानवता में प्रचलित धन के आधार पर किये जाने वाले विनिमय की प्रणाली अपनाने में नाकाम रहे हैं, इसलिए 'सम्पत्ति के अधिकार' के मुताबिक़ उनकी धरती को अधिगृहीत करके उस पर मानवीय श्रम का निवेश किया जाना चाहिए। लॉक की इसी थीसिस में एशियायी और अमेरिकी महाद्वीप की सभ्यता और संस्कृति पर युरोपीय श्रेष्ठता की ग्रंथि के बीज थे जिसके आधार पर आगे चल कर उपनिवेशवादी संरचनाओं का शीराज़ा खड़ा किया गया।

सम्पत्ति के पूँजीवादी संबंध जैसे-जैसे स्थापित हुए,

उनके विरोध और समर्थन के इर्द-गिर्द विमर्शों की स्पर्धा गोलबंद होती चली गयी। उपयोगितावादियों द्वारा निजी सम्पत्ति के पक्ष में और मार्क्सवादियों द्वारा निजी सम्पत्ति के ख़िलाफ़ प्रभावशाली दलीलें और कार्यक्रमों की तजवीज़ की गयी। आर्थिक ही नहीं, राजनीतिक विचारों की दुनिया उन्नीसवीं सदी के उत्तरार्ध और पूरी बीसवीं सदी में निजी सम्पत्ति के समर्थन और विरोध में ध्रुवीकृत होती चली गयी।

देखें : अधिकार, अधिकार : सैद्धांतिक यात्रा, अरस्तू, अफ़लातून, अनुदारतावाद, अराजकतावाद, अन्य-अन्यीकरण, उदारतावाद, उपयोगितावाद, ऐडमण्ड बर्क, क्रांति, ज्याँ ज़ाक रूसो, जॉन लॉक, जेरेमी बेंथम, जॉन स्टुअर्ट मिल, जॉन रॉल्स, थॉमस हॉब्स, थॉमस पेन, न्याय, न्याय : नारीवादी आलोचना, न्याय : रॉल्स का सिद्धांत, राजनीति में व्यक्ति की भूमिका, नागरिकता, नागरिकता : अन्य परिप्रेक्ष्य-1 और 2, नागर समाज, पनोप्टिकॉन, प्रतिनिधित्व, प्रगति, प्रगति : आलोचनात्मक परिप्रेक्ष्य, प्रशासन, फ़ासीवाद, फ्रेड्रिख़ वॉन हायक, बहुसंस्कृतिवाद, बहुसंख्यकवाद, बहुसंख्यक-अल्पसंख्यक, बुद्धिवाद, माइकेल जोसेफ़ ओकशॉट, माइकिल वाल्ज़र, मिशेल पॉल फ़ूको-1 और 2, यूटोपिया, राजनीतिक और राजनीति, राजनीतिक दर्शन के नारीवादी आयाम, राजनीतिक मनोविज्ञान, राजनीतिक समाजशास्त्र, राज्य-1 और 2, रॉबर्ट नॉज़िक, राष्ट्र-राज्य, राष्ट्र : सांस्कृतिक या राजनीतिक, राष्ट्रवाद, राष्ट्रवाद का इतिहास, लोकतंत्र, लोकतंत्र की आलोचनाएँ, व्यक्तिवाद, व्यवहारवाद, विल किमलिका, वितरणमूलक न्याय, विदेशी-द्वेष, वैधता, वैधता का संकट, सविनय अवज्ञा, स्मृति की राजनीति, स्वतंत्रता, स्वतंत्रतावाद, स्वजातिवाद, स्वच्छंदतावाद, सत्ता, सर्वसत्तावाद, सम्प्रभुता, समाजवाद, सरकारियत, सम्पत्ति : साझा और सरकारी, सम्पत्ति : मार्क्सवादी परिप्रेक्ष्य, सम्पत्ति : नारीवादी परिप्रेक्ष्य, संविधानवाद, संघवाद, सामाजिक समझौता, हेनरी डेविड थोरो।

संदर्भ

1. मोहिंदर सिंह (2008), 'प्रॉपर्टी', राजीव भार्गव और अशोक आचार्य (सम्पा.), *पॉलिटिकल थियरी : एन इंट्रोडक्शन,* पियर्सन एजुकेशन, नयी दिल्ली.
2. एंड्रू हेवुड (1986), 'प्रॉपर्टी, प्लानिंग ऐंड मार्केट', *पॉलिटिकल थियरी : ऐन इंट्रोडक्शन,* पालग्रेव मैकमिलन, न्यूयॉर्क.
3. ए. रीव (1986), *प्रॉपर्टी,* पालग्रेव मैकमिलन, बेसिंगस्टोक.
4. ए. रायन (1984), *द पॉलिटिकल थियरी ऑफ़ प्रॉपर्टी,* बेसिल ब्लैकवेल, ऑक्सफ़र्ड.

— अभय कुमार दुबे

सम्पत्ति : नारीवादी परिप्रेक्ष्य

(Property : Feminist Perspective)

सम्पत्ति संबंधी सिद्धांतों की मूलभूत आलोचना करते हुए नारीवादी विद्वानों ने सबसे ज़्यादा बुनियादी प्रश्न यह उठाया है कि आख़िर वह व्यक्ति या इनडिविजुअल कौन है जिसके सम्पत्ति रखने के अधिकार पर विचार किया जा रहा है। आधुनिक राजनीतिक सिद्धांत मान कर चलता है कि जिस इनडिविजुअल के इर्द-गिर्द उसने अपनी धारणाएँ सूत्रबद्ध की हैं, वह लैंगिक रूप से तटस्थ है यानी व्यक्ति का मतलब स्त्री भी हो सकता है और पुरुष भी। नारीवादी विद्वत्ता इस धारणा का खण्डन करते हुए दावा करती है कि यह व्यक्ति नामक शै केवल पुरुष है। कैरॅल पैटमैन के अनुसार जॉन लॉक अपनी रचना *टू ट्रीटाइज़िज़ ऑफ़ गवर्नमेंट* में स्त्रियों को सम्पत्ति के दायरे से बहिष्कृत कर देते हैं क्योंकि उनकी निगाह में स्त्री और पुरुष के बीच समानता नहीं हो सकती। लॉक के मुताबिक़ स्त्री की हैसियत स्वाभाविक रूप से पुरुष की अधीनस्थ है, और पत्नी की पति के प्रति अधीनता का आधार प्रकृति में है। इसमें कोई शक नहीं कि लॉक का सिद्धांत तत्कालीन समाज में मौजूद कई सामंती विषमताओं को चुनौती देता है, पर वह परिवार के भीतर मौजूद लैंगिक ऊँच-नीच को प्रश्नांकित करने में दिलचस्पी नहीं दिखाता। इसका कारण यह है कि परिवार सार्वजनिक दायरे से बाहर समझा जाता है।

पैटमैन का दावा है कि लॉक का राजनीतिक सिद्धांत ज़ाहिरा तौर पर रॉबर्ट फ़िलमर द्वारा किये गये पितृसत्ता के बचाव के ख़िलाफ़ सूत्रबद्ध किया गया था, पर वह अंत में पितृसत्ता के आधुनिक रूप को न्यायसंगत ठहराता हुआ नज़र आता है। लॉक के राजनीतिक सिद्धांत में दर्ज व्यक्ति सार्वजनिक दायरे में सक्रियता के ज़रिये अधिकारों का धारक और निजी सम्पत्ति का स्वामी बनता है। यही व्यक्ति, जो परिवार का पुरुष मुखिया है, सामाजिक समझौते को कार्यान्वित करता है। उसके विपरीत स्त्री परिवार के दायरे में सीमित रहने के लिए बाध्य है। परिवार निजी और ग़ैर-राजनीतिक दायरे में आता है और उसके भीतर स्त्री की सक्रियता उसे सम्पत्ति, संसाधनों और अधिकारों से वंचित कर देती है। परिणामस्वरूप पुरुष नागरिकता के सम्पूर्ण अधिकार प्राप्त कर पाता है, और स्त्री पूरी तरह से नागरिक नहीं बन पाती। लॉक के बाद आधुनिक लोकतंत्रों ने लम्बे अरसे तक स्त्रियों को कई नागरिक अधिकारों से महरूम रखा। उन्हें न तो वोटिंग का अधिकार मिला, और न ही पिता की सम्पत्ति में हिस्सेदारी मिली। हर जगह पुरुष को उनका

प्रतिनिधि मान लिया गया। पुरुष को मिले अधिकारों में ही स्त्री के अधिकार निहित समझ लिए गये।

लॉक के सिद्धांत की यह आलोचना उन तमाम नारीवादी अंतर्दृष्टियों का हिस्सा है जो बीसवीं सदी में स्त्री के अनुभव को केंद्र में रखने से निकली हैं। इनके मुताबिक़ किसी भी समाज में व्याप्त लैंगिक संबंधों की रोशनी में ही उस समाज में संसाधनों के बँटवारे की समीक्षा की जानी चाहिए। संसाधनों का यह विषम बँटवारा ही स्त्रियों के ख़िलाफ़ लैंगिक पूर्वग्रहों को मज़बूत करता है। ऐतिहासिक रूप से स्त्रियों की अधीनता का एक बहुत बड़ा कारण उन्हें आमदनी के ज़रिये (जैसे भूमि का स्वामित्व) से अलग कर देना रहा है। जिसके पास आय का माध्यम होता है, स्त्री को उसी पर निर्भर रहना पड़ता है। पुरुष पर निर्भरता की स्थिति उन विचारधाराओं द्वारा भी पुष्ट होती है जो उसे प्रकृति-प्रदत्त क़रार देती हैं। राजनीतिक सिद्धांत, चाहे आधुनिक हो या प्राक्-आधुनिक, इस तरह की विचारधाराओं को जन्म देते रहे हैं। समकालीन नारीवादी विद्वानों ने इसी दृष्टि-बिंदु से अरस्तू, रूसो और लॉक जैसे दार्शनिकों की जाँच की है।

पैटमैन का विचार है कि राजनीतिक सिद्धांत सामाजिक और राजनीतिक दायरों की चौहद्दी इस आधार पर तय करता है कि उसमें क्या-क्या शामिल है और क्या-क्या शामिल नहीं है। वह पारिवारिक और नातेदारी के संबंधों को सार्वजनिक जीवन में शामिल नहीं करता। वह सामाजिक स्पेस, जिसमें स्वतंत्र और समान हैसियत वाले व्यक्ति अन्योन्यक्रिया करते हुए अपना काम करते हैं, पारिवारिक दुनिया के लिए अपने दरवाज़े बंद रखता है। इसी दृष्टिकोण के आधार पर नारीवाद द्वारा परिवार के भीतर सम्पत्ति के वितरण का सवाल उठाया गया है, क्योंकि यह वितरण ही तय करता है कि नागरिक के तौर पर स्त्री का सामाजिक अस्तित्व कैसे परिभाषित होगा। नारीवादियों के अलावा राजनीतिक सिद्धांत ने परिवार की संस्था पर समानता और न्याय के लिहाज़ से ग़ौर करने में हमेशा हिचक दिखाई है।

दक्षिण एशिया के संदर्भों में बीना अग्रवाल ने सरकारी नीतियों के सूत्रीकरण और कार्यान्वयन में व्यक्त होने वाले ऐसे रवैये की आलोचना की है। अपनी रचना 'जेंडर ऐंड कमांड ओवर प्रॉपर्टी' में वे बीसवीं सदी के उत्तरार्ध में कई दक्षिण एशियाई देशों में कार्यान्वित पुनर्वितरणकरी नीतियों की अंतर्निहित प्रवृत्तियों को सामने लाती हैं। अग्रवाल का कहना है कि जब भूमि सुधार होते हैं या किसी अन्य संसाधन का बँटवारा होता है तो ज़मीन के पट्टे परिवार के मुखियाओं को दिये जाते हैं जो आम तौर पर पुरुष ही होते हैं। चूँकि परिवार समानता और न्याय के सार्वजनिक दायरे से बाहर की संस्था है इसलिए पचास और साठ के दशक में भारत, श्रीलंका और पाकिस्तान में लागू की गयी भूमि वितरण की नीतियों के तहत ज़मीन स्वतंत्र रूप से स्त्रियों को नहीं मिल सकी।

अग्रवाल दूसरा महत्त्वपूर्ण सवाल स्वामित्व और नियंत्रण का उठाती हैं। अगर सम्पत्ति के क़ानूनी स्वामित्व के मामले में लैंगिक समानता का ध्यान रखा भी जाता है, तो भी व्यवहार में स्वामित्व मिलने के बावजूद स्त्रियाँ सम्पत्ति पर व्यावहारिक नियंत्रण से वंचित ही रहती हैं। पारम्परिक पूर्वग्रहों और वास्तविक सत्ता संबंधों के कारण ज़्यादातर एशियाई स्त्रियों को ज़मीन पर अपने मालिकाना हक़ की ठोस दावेदारी में दिक़्क़त आती है। इस तरह स्त्री और सम्पत्ति के समीकरण में न केवल वैधानिक बल्कि सामाजिक और सांस्कृतिक पहलू भी महत्त्वपूर्ण बन जाते हैं।

देखें : अधिकार, अधिकार : सैद्धांतिक यात्रा, अरस्तू, अफ़लातून, अनुदारतावाद, अराजकतावाद, अन्य-अन्यीकरण, उदारतावाद, उपयोगितावाद, ऐडमण्ड बर्क, क्रांति, ज्याँ ज़ाक रूसो, जॉन लॉक, जेरेमी बेंथम, जॉन स्टुअर्ट मिल, जॉन रॉल्स, थॉमस हॉब्स, थॉमस पेन, न्याय, न्याय : नारीवादी आलोचना, न्याय : रॉल्स का सिद्धांत, राजनीति में व्यक्ति की भूमिका, नागरिकता, नागरिकता : अन्य परिप्रेक्ष्य-1 और 2, नागर समाज, पनोप्टिकॉन, प्रतिनिधित्व, प्रगति, प्रगति : आलोचनात्मक परिप्रेक्ष्य, प्रशासन, फ़ासीवाद, फ्रेड्रिख़ वॉन हायक, बहुसंस्कृतिवाद, बहुसंख्यकवाद, बहुसंख्यक-अल्पसंख्यक, बुद्धिवाद, माइकेल जोसेफ़ ओकशॉट, माइकिल वाल्ज़र, मिशेल पॉल फ़ूको-1 और 2, यूटोपिया, राजनीतिक और राजनीति, राजनीतिक दर्शन के नारीवादी आयाम-1 और 2, राजनीतिक मनोविज्ञान, राजनीतिक समाजशास्त्र, राज्य-1 और 2, रॉबर्ट नॉज़िक, राज्य-1 और 2, राष्ट्र-राज्य, राष्ट्र : सांस्कृतिक या राजनीतिक, राष्ट्रवाद, राष्ट्रवाद का इतिहास, लोकतंत्र, लोकतंत्र की आलोचनाएँ, व्यक्तिवाद, व्यवहारवाद, विल किमलिका, वितरणमूलक न्याय, विदेशी-द्वेष, वैधता, वैधता का संकट, सविनय अवज्ञा, स्मृति की राजनीति, स्वतंत्रता, स्वतंत्रतावाद, स्वजातिवाद, स्वच्छंदतावाद, सत्ता, सर्वसत्तावाद, सम्प्रभुता, समाजवाद, सरकारियत, सम्पत्ति, सम्पत्ति : साझा और सरकारी, सम्पत्ति : मार्क्सवादी परिप्रेक्ष्य, संविधानवाद, संघवाद, सामाजिक समझौता, हेनरी डेविड थोरो।

संदर्भ

1. कैरॉल पैटमैन (1988), द *सेक्शुअल कांट्रेक्ट*, पॉलिटी प्रेस, केम्ब्रिज.
2. कैरॉल पैटमैन (1987), 'फ़ेमिनिस्ट क्रिटीक ऑफ़ पब्लिक/प्राइवेट डिकॉटॅमी', ए. फ़िलिप (सम्पा.), *फ़ेमिनिज़म ऐंड ईक्वलिटी*, ब्लैकवेल, ऑक्सफ़र्ड.
3. बीना अग्रवाल (1994), 'जेंडर ऐंड द कमांड ओवर प्रॉपर्टी : अ क्रिटीकल गैप इन इकॉनॉमिक इन इकॉनॉमिक एनालिसिस ऐंड पॉलिसी इन साउथ एशिया', *वर्ल्ड डिवेलपमेंट*, खण्ड 22, अंक 10.
4. जेन फ्रीडमैन (2002), *फ़ेमिनिज़म*, वीवा बुक्स, नयी दिल्ली.

— अभय कुमार दुबे

सम्पत्ति : मार्क्सवादी परिप्रेक्ष्य

(Property : Marxist Perspective)

सम्पत्ति के निजी और पूँजीवादी रूपों की सर्वाधिक प्रभावशाली और आलोचना कार्ल मार्क्स ने की है। वे निजी सम्पत्ति के उन्मूलन की माँग करते हैं। निजी सम्पत्ति से उनका मतलब होता है उत्पादन के साधनों का निजी स्वामित्व। मार्क्स सम्पत्ति के सभी रूपों के उन्मूलन की पैरोकारी नहीं करते। बुनियादी ज़रूरतों के लिए थोड़ी-बहुत सम्पत्ति रखने को वे आपत्तिजनक नहीं मानते। इस विमर्श का मार्क्सवाद के लिए बुनियादी महत्त्व है। मार्क्स सम्पत्ति को केवल उसके स्वामी के अधिकारों के संदर्भ में ही नहीं देखते, वे उसे वर्गों और सामाजिक तबकों की जटिल प्रणाली में केंद्रीय भूमिका निभाते हुए देखते हैं। उन्होंने इस प्रणाली में उत्पादन के साधनों की मिल्कियत के सवाल पर गहराई से ग़ौर किया है। मार्क्स के अनुसार स्वामित्व का यह रूप ही उत्पादन और वितरण के संबंधों के संगठनकारी उसूल की तरह काम करता है। सम्पत्ति के रूपों में होने वाले परिवर्तनों का अध्ययन करते हुए ही मार्क्स और एंगेल्स सामाजिक-आर्थिक संरचनाओं को एक ख़ास तरह के ऐतिहासिक क्रम में पेश करने की तरफ़ गये। उनके इस विचार से मानव समाज के इतिहास को क्रमवार अवधियों (आदिम साम्यवाद, दास प्रथा, एशियाई समाज, सामंती समाज, पूँजीवाद, समाजवाद और साम्यवाद) में बाँट कर समझने का फ़ार्मूला निकला। मार्क्सवादी हलकों में इसका बाद में काफ़ी सरलीकरण किया गया, पर यह भी एक हक़ीक़त है कि इस विभाजन से सम्पत्ति के ग़ैर-पूँजीवादी रूपों के बारे में चिंतन करने और अनुसंधान करने की प्रवृत्ति पैदा हुई। मध्ययुगीन युरोप में भूमि अधिकारों के बारे में अनुसंधान हुआ और अंग्रेज़ों से पहले के भारत में सम्पत्ति के रूपों पर शोध हुई। कई आदिवासी समुदायों में निजी सम्पत्ति की ग़ैर-मौजूदगी की हक़ीक़त साफ़ हुई।

मार्क्स से पहले जिन चिंतकों ने सम्पत्ति के निजी स्वामित्व को प्रश्नांकित किया था, उनमें फ्रांसीसी क्रांति से पहले रूसो और मार्क्स के ज़माने में प्रूधों का नाम उल्लेखनीय है। अराजकतावादी ट्रेडयूनियनवाद (अनार्को-सिंडीकलिज़्म) के इस फ्रांसीसी सिद्धांतकार ने 'सम्पत्ति का मतलब है चोरी' जैसा मशहूर फ़िकरा दिया। लेकिन, प्रूधों का तात्पर्य यह नहीं था कि व्यक्तियों को सम्पत्ति रखने का अधिकार मिलना ही नहीं चाहिए। उनकी आपत्ति केवल सम्पत्ति के निजी हाथों में संचय पर थी ताकि ग़रीबों को शोषण से बचाया जा सके। मार्क्स ने अपनी धारणाएँ विकसित करने की प्रक्रिया में न केवल जॉन लॉक जैसे उदारतावादी दार्शनिकों की आलोचना की, बल्कि अपनी रचना 'दर्शन की दरिद्रता' में प्रूधों का भी निर्मम विश्लेषण किया।

सम्पत्ति के प्रश्न के साथ मार्क्स की मुठभेड़ पहली बार उस समय हुई जब वे हीगेल के दर्शन की आलोचना कर रहे थे। हीगेल को यक़ीन था कि मनुष्य अपने व्यक्तित्व की सम्पूर्ण उपलब्धि सम्पत्ति के स्वामित्व के बिना नहीं कर सकता। मार्क्स का कहना था कि अपने पूँजीवादी रूप में सम्पत्ति व्यक्तित्व की उपलब्धि न हो कर उसके निषेध का कारण बन जाती है। उत्पादन के पूँजीवादी तरीक़ों के कारण व्यक्ति अपने संसार का स्वामी नहीं हो पाता, बल्कि वह बाज़ार की शक्तियों की मातहती में चला जाता है। बाज़ार ही तय करता है कि इस दुनिया में मनुष्य के साथ क्या होगा। पूँजीवादी सम्पत्ति के प्रभाव में व्यक्ति अपनी इयत्ता का सच्चा स्वामी नहीं रह जाता, और न ही वह अपने सम्पूर्ण जीवट को प्राप्त कर पाता है। मार्क्स उत्पादन की पूँजीवादी विधियों का उन्मूलन अनिवार्य मानते हैं, क्योंकि उसके बिना उनके द्वारा कल्पित आदर्श साम्यवादी समाज नहीं बन सकता।

मार्क्स का कहना था कि पूँजीवाद ने ऐतिहासिक रूप से उत्पादन की उन प्रणालियों को नष्ट कर दिया है जिनके तहत व्यक्तिगत उत्पादक उत्पादन के साधनों के स्वामी बने रह सकते थे। पूँजीवादी उत्पादन संबंधों के उभरने की यह बुनियाद शर्त थी। चूँकि श्रमिक के पास किसी तरह की सम्पत्ति रह ही नहीं गयी है, इसलिए वह जीवित रहने के लिए अपना श्रम बाज़ार में बेचने के लिए मजबूर है।

अपनी व्याख्या के ज़रिये इस विशेष परिस्थिति को रेखांकित करते ही मार्क्स का विमर्श जॉन लॉक के सम्पत्ति संबंधी विमर्श की तुलना में खड़ा हो जाता है। लॉक के मुताबिक़ निजी सम्पत्ति वह है जो 'अपने' (हालाँकि 'अपने' की उनकी समझ अनूठी थी, क्योंकि इसके तहत नौकरों का श्रम भी मालिकों का ही होता था) श्रम का प्रयोग करके हासिल की जाती हो। चूँकि लॉक के अनुसार श्रम को वैध रूप से ख़रीदा-बेचा जा सकता है, इसलिए श्रम का ख़रीददार उसके उत्पाद का मालिक भी हो जाता है। यानी जहाँ बाज़ार है वहाँ हो सकता है कि श्रम के मालिक का अपने श्रम के परिणाम यानी उत्पादन पर कोई नियंत्रण न हो। लॉक जिस समय यह सूत्रीकरण कर रहे थे, उस समय पूँजीवाद का विकास अपने प्रारम्भिक चरण में था। लेकिन उन्नीसवीं सदी के मध्य में मार्क्स के सामने पूँजीवादी संबंध अपने असरदार रूप में मौजूद थे। एक तरफ़ अथाह सम्पत्ति और उसके स्वामी थे, और दूसरी तरफ़ भीषण ग़रीबी थी। इस परिस्थिति में अपने श्रम के उत्पाद पर श्रमिक के नियंत्रण का यही अभाव मार्क्स को बाज़ार आधारित अर्थव्यवस्था में निजी सम्पत्ति और मेहनत-मेहनताने के समीकरण की आलोचना की तरफ़ ले गया। मार्क्स ने सम्पत्ति के स्वामियों (बूर्ज़्वा वर्ग) और श्रम बेच कर जीविका कमाने वाले (सर्वहारा वर्ग)

के बीच फ़र्क़ किया और मूल्य के श्रम-सिद्धांत का प्रतिपादन करते हुए 'अधिशेष मूल्य' की थियरी पेश की।

मार्क्स ने सम्पत्ति के पूँजीवादी संचय की प्रकृति रेखांकित करते हुए पता लगाया कि मज़दूरी और मज़दूर वर्ग के लिए उसके क्या फलितार्थ हो सकते हैं। उन्होंने सम्पत्ति और पूँजी के समीकरण की व्याख्या की और पूँजी के दो घटक रेखांकित किये : अतीत में उत्पादित की जा चुकी वस्तुओं में निहित 'मृत' श्रम उसका स्थिर घटक होता है, और वर्तमान में किया जाने वाले से श्रम उसका परिवर्ती घटक बनता है। पूँजी जैसे-जैसे संचित होगी, परिवर्ती घटक में बढ़ोतरी होती चली जाएगी। नतीजतन मुनाफ़े की दर गिरेगी जिसे रोकने या बढ़ाने के लिए पूँजीपति को श्रम का और अधिक सघन दोहन करना पड़ेगा। चूँकि मज़दूर अपने श्रम के परिणामस्वरूप पैदा होने वाले उत्पाद, उत्पादन के साधनों और उत्पादन की प्रक्रिया पर किसी भी क़िस्म के नियंत्रण से वंचित होंगे, इसलिए उनके भीतर एक परायेपन का एहसास पनपने लगेगा। उसे अपनी ज़िंदगी चलाने के लिए जितना श्रम करना चाहिए, उससे कहीं अधिक श्रम करवाया जाएगा। काम के घंटे बढ़ते चले जाएँगे और अधिक से अधिक अधिशेष मूल्य खींचा जाएगा। दरअसल, मार्क्स यह मानते हैं कि काम के घंटे लगातार बढ़ने से जो अधिशेष मूल्य पैदा होगा वह मज़दूरों द्वारा किये जाने वाले प्रतिरोध और अन्य कारणों की वज़ह से ज़्यादा दूर नहीं खींचा जा सकेगा। इसीलिए पूँजी उत्पादन की दर में बढ़ोतरी के लिए हमेशा नयी तकनीक का इस्तेमाल करती है ताकि इससे पैदा हुए सापेक्षिक अधिशेष मूल्य को लम्बे समय तक टिकाया जा सके।

साठ के दशक के बाद विद्वानों और राजनेताओं ने उन देशों में सम्पत्ति के मार्क्सवादी विमर्श को आगे बढ़ाने की कोशिश की जहाँ उत्पादन के साधनों पर निजी अधिकार का उन्मूलन कर दिया गया था। इसी समय उन प्राक्-पूँजीवादी समाजों पर भी बहस तेज़ हुई जहाँ निजी सम्पत्ति थी ही नहीं, जैसे एशियाई उत्पादन-पद्धति वाले एशियाई समाज। इस बहस के केंद्र में एशियाटिक मोड ऑफ़ प्रोडक्शन की थीसिस थी जिसे एक बार प्रतिपादित करने के बाद फिर मार्क्स ने दोबारा कभी स्पर्श ही नहीं किया था। कुल मिला कर मार्क्सवाद की मुख्य समस्या स्तालिन के ज़माने में प्रचलित हुई इस मान्यता से जुड़ी हुई थी कि अर्थव्यवस्था की अहम शाखाओं में उत्पादन के साधनों पर राज्य का क़ब्ज़ा हो जाने, कृषि के सामूहिकीकरण हो जाने, और छोटे उद्योगों और छोटे व्यापार को बढ़ावा देने से सम्पत्ति का प्रश्न हल हो गया है। लेकिन स्तालिनकालीन समाजवादी राज्य के इस नीतिगत आचरण से दो उलझनें पैदा हुईं। पहली उलझन सम्पत्ति पर राज्य के स्वामित्व और सम्पूर्ण समाज के सम्पत्ति पर स्वामित्व के अंतर्विरोध से निकली। इसके साथ राज्य के प्रबंधन की समस्या तो जुड़ी हुई थी ही, लेकिन इस समस्या का एक स्थानीय पहलू भी था। यह था स्थानीय प्रशासन का स्वामित्व बनाम स्थानीय समुदाय के स्वामित्व का प्रश्न। दूसरी उलझन आर्थिक उद्यमों के तंत्र और उद्यमों के साथ जुड़े हुए समुदाय के स्वामित्व के बीच अंतर्विरोध की थी। यह समस्या सबसे पहले सरकारी और सहकारी क्षेत्रों में सक्रिय बड़ी और मँझोली फ़र्मों में उभरी।

इन उलझनों के साथ-साथ लघु उद्योगों और वाणिज्य में उत्पादकों की अपेक्षाकृत स्वतंत्र एसोसिएशनों के स्वामित्व के विकास की सम्भावनाएँ भी देखी गयीं। अगर ये सम्भावनाएँ विकसित होतीं तो समाजवादी स्वामित्व के नये रूपों की बानगी देखने को मिल सकती थी। लेकिन, पूर्वी और पूर्वी-मध्य युरोप में सत्ता का स्तालिनवादी ढाँचा जैसे ही ढहा सम्पत्ति से समाजवादी रूपों के उभरने की सम्भावनाएँ भी उसी के साथ ढह गयीं। आज इन क्षेत्रों में सम्पत्ति के संबंधों की मुख्य प्रवृत्ति निजीकरण और पुनः निजीकरण है। निजीकरण के ज़रिये धनी वर्ग के निजी स्वामित्व में इज़ाफ़ा हो रहा है और पुनः निजीकरण के माध्यम से राष्ट्रीयकृत सम्पत्ति के पूर्व मालिकों की वापसी हो रही है। लेकिन इन प्रवृत्तियों के साथ-साथ छोटे मालिकों द्वारा स्वैच्छिक आधार पर गठित किये गये सहकारी उद्यमों की परिघटना सामने आयी है, ख़ासकर खेतिहर क्षेत्र में। बड़े उद्यमों में मज़दूरों को शेयर पूँजी का एक हिस्सा देने की प्रवृत्ति भी प्रकाश में आयी है। ऐसी एसोसिएशनें भी बनी हैं जिनके ज़रिये मज़दूर अपने उद्यम चला रहे हैं। ऐसे मज़दूर संगठन भी बने हैं जिन्होंने आर्थिक नौकरशाही के सामने झुके बिना सम्पत्ति के स्वतंत्र और स्वायत्त रूपों के विकास की कोशिश की है।

देखें : अधिकार, अधिकार : सैद्धांतिक यात्रा, अरस्तू, अफ़लातून, अनुदारतावाद, अराजकतावाद, अन्य-अन्यीकरण, उदारतावाद, उपयोगितावाद, ऐडमण्ड बर्क, क्रांति, ज्याँ ज़ाक रूसो, जॉन लॉक, जेरेमी बेंथम, जॉन स्टुअर्ट मिल, जॉन रॉल्स, थॉमस हॉब्स, थॉमस पेन, न्याय, न्याय : नारीवादी आलोचना, न्याय : रॉल्स का सिद्धांत, राजनीति में व्यक्ति की भूमिका, नागरिकता, नागरिकता : अन्य परिप्रेक्ष्य-1 और 2, नागर समाज, पनोप्टिकॉन, प्रतिनिधित्व, प्रगति, प्रगति : आलोचनात्मक परिप्रेक्ष्य, प्रशासन, फ़ासीवाद, फ्रेड्रिख़ वॉन हायक, बहुसंस्कृतिवाद, बहुसंख्यकवाद, बहुसंख्यक-अल्पसंख्यक, बुद्धिवाद, माइकेल जोसेफ़ ओकशॉट, माइकिल वाल्ज़र, मिशेल पॉल फ़ूको-1 और 2, यूटोपिया, राजनीतिक और राजनीति, राजनीतिक दर्शन के नारीवादी आयाम-1 और 2, राजनीतिक मनोविज्ञान, राजनीतिक समाजशास्त्र, राज्य-1 और 2, रॉबर्ट नॉज़िक, राज्य-1 और 2, राष्ट्र-राज्य, राष्ट्र : सांस्कृतिक या राजनीतिक, राष्ट्रवाद, राष्ट्रवाद का इतिहास, लोकतंत्र, लोकतंत्र की आलोचनाएँ, व्यक्तिवाद, व्यवहारवाद, विल किमलिका, वितरणमूलक न्याय, विदेशी-द्वेष, वैधता, वैधता का संकट, सविनय अवज्ञा, स्मृति की राजनीति, स्वतंत्रता, स्वतंत्रतावाद, स्वजातिवाद, स्वच्छंदतावाद, सत्ता, सर्वसत्तावाद, सम्प्रभुता, समाजवाद,

सरकारियत, सम्पत्ति, सम्पत्ति : साझा और सरकारी, सम्पत्ति : नारीवादी परिप्रेक्ष्य, संविधानवाद, संघवाद, सामाजिक समझौता, हेनरी डेविड थोरो।

संदर्भ

1. मेघनाद देसाई (1979), *मार्क्सियन इकॉनॉमिक्स,* बेसिल ब्लेकवेल, ऑक्सफ़र्ड, 1979
2. जे.वी. स्तालिन (1945), *प्रॉब्लम्स ऑफ़ लेनिनिज़म,* विदेशी भाषा प्रकाशन गृह, मास्को.
3. एफ़. टोकी (1979), *एसेज़ ऑन एशियाटिक मोड ऑफ़ प्रोडक्शन,* एकेडमिके वरलाग, बुडापेस्ट.
4. एम.सी. हॉवर्ड (1992), *अ हिस्ट्री ऑफ़ मार्क्सियन इकॉनॉमिक्स,* मैकमिलन एजुकेशन, बेसिंगस्टोक.
5. कार्ल मार्क्स (1867/1076), *कैपिटल : अ क्रिटीक ऑफ़ पॉलिटिकल इकॉनॉमी,* अनु. बी. फ़ाउकेस, पेंगुइन, हार्मंड्सवर्थ.

— अभय कुमार दुबे

सम्पत्ति : साझा और सरकारी

(Property : Common and State)

निजी के अलावा सम्पत्ति के साझा और सरकारी रूपों के बारे में अंग्रेज़ी भाषा की एक अभिव्यक्ति 'पब्लिक' के एक ख़ास तरह के इस्तेमाल के कारण कुछ ग़लतफ़हमियाँ रहती हैं। राज्य की संस्था जीवन के कई क्षेत्रों में अपनी गतिविधियों को 'पब्लिक' शीर्षक के तहत पेश करती है। चाहे वह पब्लिक सेक्टर हो या फिर सरकारी या जन-प्रतिनिधित्व वाली संस्थाओं द्वारा संचालित जन-सुविधाएँ। सरकारें राष्ट्रीयकरण का कार्यक्रम चलाती हैं और सम्पत्ति को अपने हाथों में ले कर उसे जनता की सम्पत्ति कहने लगती हैं। दरअसल वह सरकारी सम्पत्ति होती है। इसलिए यहाँ स्पष्ट कर देना ज़रूरी है कि साझा या सामूहिक या शामलात की सम्पत्ति का मतलब है सामाजिक स्वामित्व जो 'पब्लिक' यानी सरकारी स्वामित्व से भिन्न अवधारणा है।

साझा सम्पत्ति की पैरोकारी सबसे ज़्यादा समाजवादियों, कम्युनिस्टों और समुदायवादियों, और अराजकतावादियों ने की है। लेकिन इसका इतिहास आधुनिक समाजवादी विचारधारा से भी बहुत पुराना है। यूनानी दार्शनिक प्लेटो ने अपने फ़िलॉसफ़र-किंग के लिए निजी नहीं बल्कि साझा सम्पत्ति का प्रावधान किया था। इसी तरह सोलहवीं सदी की शुरुआत की अपनी मशहूर रचना 'यूटोपिया' में थॉमस मोर ने एक ऐसे समाज की परिकल्पना की है जिसमें निजी सम्पत्ति नहीं होगी। सम्पत्ति का निजी रूप अपने स्वामी को अधिकार देता है कि वह दूसरों को उसके इस्तेमाल से वंचित रखे, लेकिन साझा सम्पत्ति के संदर्भ में इस तरह का बहिष्करण सम्भव नहीं है। अर्थात् साझा सम्पत्ति पर एक समुदाय या किसी समूह के सभी सदस्यों का हक़ होता है। कोई एक व्यक्ति उस पर या उसके किसी हिस्से पर अपना हक़ जता कर उसे निजी दायरे में नहीं ले जा सकता।

यहाँ प्रश्न यह है कि क्या स्वामित्व का साझापन असीमित होता है? नहीं। साझा सम्पत्ति का दायरा आम तौर पर परिभाषित होता है। मसलन, साझा स्वामित्व किसी सहकारी संस्था के सदस्यों, किसी कम्यून के सदस्यों और या किसी स्थानीय समुदाय के सदस्यों तक सीमित हो सकता है। कई तरह की सार्वजनिक सुविधाएँ केवल नागरिकों के लिए ही उपलब्ध हो सकती हैं, ग़ैर-नागरिकों को उनके प्रयोग से रोका जा सकता है। अर्थात् साझा सम्पत्ति स्वामित्व के मामले में अपने सार्वभौम अर्थों के बावजूद बहुत अधिक साझा नहीं होती। ज्वाइंट स्टॉक कम्पनियों और कॉरपोरेशनों को तो साझा सम्पत्ति के दायरे में रखा ही नहीं जा सकता। ये संरचनाएँ संस्थागत निजी सम्पत्ति की श्रेणी में आती हैं। अपने शेयरों को बेच कर कोई भी शेयर धारक उस सम्पत्ति में से अपना हिस्सा निकाल सकता है। अगर वह साझा सम्पत्ति होती तो वह ऐसा नहीं कर सकता था।

साझा सम्पत्ति के सभी आधुनिक सिद्धांतकार मान कर चलते हैं कि मानवीय श्रम अपने-आप में एक स्वतंत्र और व्यक्तिगत गतिविधि नहीं बल्कि हर हाल में सामाजिक और सामूहिक कार्रवाई होती है। उससे पैदा होने वाली सम्पत्ति का स्वामित्व भी साझा होना चाहिए। इसी तरह उसका इस्तेमाल भी साझे हितों की पूर्ति के लिए होना चाहिए। साझा सम्पत्ति के पैरोकार निजी सम्पत्ति हासिल करने के किसी भी प्रयास को लूट की संज्ञा देते हुए दावा करते हैं कि साझा सम्पत्ति सामाजिक एकजुटता और समरसता के लिए लाभप्रद है। उसके ज़रिये ख़ुदगर्ज़ी, लालच और होड़ जैसी प्रवृत्तियों का निराकरण करके सामूहिक अस्मिता की भावना प्रोत्साहित की जा सकती है। समाजवादियों की निगाह में साझा सम्पत्ति के ज़रिये ही सभी नागरिकों को समाज का पूर्ण सदस्य बनाने की गारंटी की जा सकती है।

लेकिन, कुछ समाजवादियों ने साझा सम्पत्ति की इस आलोचना को घुमा-फिरा कर स्वीकार भी किया है कि उसके कारण एक तरह के निर्वैयक्तिक और सुरक्षित सामाजिक माहौल की रचना होने का अंदेशा रहता है। इसलिए ऐसे समाजवादी साझा सम्पत्ति को केवल 'उत्पादन के साधनों' के साझे स्वामित्व तक ही सीमित रखना चाहते हैं। उन्हें 'उपभोग के साधनों' को निजी दायरे में रखने पर आपत्ति नहीं है। साझा

सम्पत्ति की अवधारणा के साथ दूसरी दिक़्क़त यह बतायी जाती है कि वह व्यक्ति को किसी क़िस्म के भौतिक प्रोत्साहन का आश्वासन नहीं देती जिससे व्यक्तिगत प्रतिभा को पूरी तरह से खिलने का मौक़ा नहीं मिलता। साझा सम्पत्ति की तीसरी आलोचना 'ट्रैजेडी ऑफ़ कामंस' के रूप में जानी जाती है। ज़मीन की चकबंदी या बाड़ाबंदी के पहले सभी लोगों को ज़मीन के प्रयोग का असीमित अधिकार था। परिणामस्वरूप उन्होंने बेरोकटोक अपने मवेशी चराये और लम्बे अरसे तक यह गतिविधि जारी रखने का नतीजा धरती की उर्वरता घटने में निकला। शामलात की ज़मीन की यह हालत होने पर उसका विपरीत असर सभी लोगों पर पड़ना लाज़मी था। इसलिए संसाधनों की कमी की स्थिति में साझा स्वामित्व पर किसी न किसी राजनीतिक प्राधिकार द्वारा किये गये विनियमन को लागू करना पड़ता है।

साझा सम्पत्ति जैसे ही किसी राजनीतिक प्राधिकार की मातहती में जाती है, वैसे ही वह कमोबेश राजकीय सम्पत्ति या सरकारी सम्पत्ति का रूप ले लेती है। दिलचस्प बात यह है कि सरकारी सम्पत्ति में सम्पत्ति के निजी और साझा रूपों के पहलू झलकते हैं। राज्य तक़रीबन उसी तर्क के आधार पर सम्पत्ति हासिल करता है जो साझा सम्पत्ति का आधारभूत तर्क है। निजी कॉरपोरेट कम्पनियों के विपरीत सरकार अपनी सम्पत्ति को सार्वजनिक हित में इस्तेमाल करने का दावा करती है, और जनता के नाम पर उसका नियंत्रण और संचालन नौकरशाहों के हाथ में दे देती है। दूसरे अर्थों में राज्य की सम्पत्ति के बहुत से रूप लगभग निजी सम्पत्ति की तरह होते हैं। राज्य को अपने विधायी, कार्यपालिका और न्यायपालिका संबंधी कामकाज पूरे करने के लिए एक सीमा तक सम्पत्ति की ज़रूरत होती है। आम लोग उनके परिसर में घुस भी नहीं सकते। वे निजी सम्पत्ति को तो किराये पर ले सकते हैं, पर सरकारी सम्पत्ति के सार्वजनिक इस्तेमाल की कल्पना भी नहीं की जा सकती।

सरकारी सम्पत्ति का दायरा राज्य के चरित्र के मुताबिक़ तय होता है। कम्युनिस्ट पार्टी की हुकूमत वाले राज्य उत्पादन के सभी साधनों का अधिग्रहण कर लेते हैं और जनता के नाम पर उसका संचालन करते हैं। सोवियत शैली की राज्य व्यवस्थाओं की सम्पत्ति संबंधी समझ यह थी कि सहकारीकरण और सामूहिकीकरण के ज़रिये निजी सम्पत्ति के मुक़ाबले बेहतर सामाजिक दायित्वों वाले स्वामित्व को कारगर किया जा सकता है। ग़ैर-कम्युनिस्ट लेकिन कल्याणकारी राज्य में विश्वास करने वाली व्यवस्थाएँ भी बड़े पैमाने पर उद्योगों को सरकारी मालिकाने में रखती हैं। एक केंद्रीकृत नियोजन-तंत्र के निर्देशन के तहत अधिकारीतंत्र के माध्यम से पब्लिक सेक्टर नामक राजकीय सम्पत्ति के इस विशाल दायरे का वैज्ञानिक प्रबंधन करने की कोशिश की जाती है। इन संरचनाओं को राजकीय पूँजीवाद की संज्ञा भी दी गयी है।

देखें : अधिकार, अधिकार : सैद्धांतिक यात्रा, अरस्तू, अफ़लातून, अनुदारतावाद, अराजकतावाद, अन्य-अन्यीकरण, उदारतावाद, उपयोगितावाद, ऐडमण्ड बर्क, क्रांति, ज्याँ ज़ाक रूसो, जॉन लॉक, जेरेमी बेंथम, जॉन स्टुअर्ट मिल, जॉन रॉल्स, थॉमस हॉब्स, थॉमस पेन, न्याय, न्याय : नारीवादी आलोचना, न्याय : रॉल्स का सिद्धांत, राजनीति में व्यक्ति की भूमिका, नागरिकता, नागरिकता : अन्य परिप्रेक्ष्य-1 और 2, नागर समाज, पनोप्टिकॉन, प्रतिनिधित्व, प्रगति, प्रगति : आलोचनात्मक परिप्रेक्ष्य, प्रशासन, फ़ासीवाद, फ्रेड्रिख़ वॉन हायक, बहुसंस्कृतिवाद, बहुसंख्यकवाद, बहुसंख्यक-अल्पसंख्यक, बुद्धिवाद, माइकेल जोसेफ़ ओकशॉट, माइकिल वाल्ज़र, मिशेल पॉल फ़ूको-1 और 2, यूटोपिया, राजनीतिक और राजनीति, राजनीतिक दर्शन के नारीवादी आयाम-1 और 2, राजनीतिक मनोविज्ञान, राजनीतिक समाजशास्त्र, राज्य-1 और 2, रॉबर्ट नॉज़िक, राज्य-1 और 2, राष्ट्र-राज्य, राष्ट्र : सांस्कृतिक या राजनीतिक, राष्ट्रवाद, राष्ट्रवाद का इतिहास, लोकतंत्र, लोकतंत्र की आलोचनाएँ, व्यक्तिवाद, व्यवहारवाद, विल किमलिका, वितरणमूलक न्याय, विदेशी-द्वेष, वैधता, वैधता का संकट, सविनय अवज्ञा, स्मृति की राजनीति, स्वतंत्रता, स्वतंत्रतावाद, स्वजातिवाद, स्वच्छंदतावाद, सत्ता, सर्वसत्तावाद, सम्प्रभुता, समाजवाद, सरकारियत, सम्पत्ति, मार्क्सवादी परिप्रेक्ष्य, सम्पत्ति : नारीवादी परिप्रेक्ष्य, संविधानवाद, संघवाद, सामाजिक समझौता, हेनरी डेविड थोरो।

संदर्भ

1. एंड्रू हेवुड (2004), 'प्रॉपर्टी, प्लानिंग ऐंड मार्केट', *पॉलिटिकल थियरी : ऐन इंट्रोडक्शन,* पालग्रेव मैकमिलन, न्यूयॉर्क.
2. एंड्रू रीव (1986), *प्रॉपर्टी,* पालग्रेव मैकमिलन, बेसिंग्स्टोक, 1986
3. ए. रायन (1984), *द पॉलिटिकल थियरी ऑफ़ प्रॉपर्टी,* बेसिल ब्लैकवेल, ऑक्सफ़र्ड.

— अभय कुमार दुबे

सम्प्रभुता

(Sovereignity)

युरोप में आधुनिक राज्य के उदय के परिणामस्वरूप सत्रहवीं सदी में सम्प्रभुता की अवधारणा का जन्म हुआ। मध्य युरोप में युरोपीय राजशाहियों और साम्राज्यों में सत्ता राजा, पोप और सामंतों के बीच बँटी रहती थी। पंद्रहवीं और सोलहवीं सदी में सामंतवाद के तिरोहित होने और उधर प्रोटेस्टेंट मत के उभार के कारण कैथॅलिक चर्च की मान्यता में ह्रास होने से सम्प्रभु राज्यों को पनपने का मौक़ा मिला। सम्प्रभुता का मतलब है सम्पूर्ण और असीमित सत्ता। लेकिन इसके निहितार्थ इतने सहज नहीं हैं। महज़ इस अर्थ से यह पता नहीं चलता कि आख़िर इस सम्पूर्ण सत्ता की संरचना में क्या-क्या

शामिल है? क्या इसका मतलब किसी सर्वोच्च वैधानिक प्राधिकार से होता है या फिर इसका संबंध एक ऐसी राजनीतिक सत्ता से है जिसे चुनौती न दी जा सके? सम्प्रभुता के अर्थ संबंधी इसी तरह के विवादों के कारण उन्नीसवीं सदी से ही इसे दो भागों में बाँट कर समझा जाता रहा है : विधिक सम्प्रभुता और राजनीतिक सम्प्रभुता। इस अवधारणा को व्यावहारिक रूप से आंतरिक सम्प्रभुता और बाह्य सम्प्रभुता के तौर पर भी ग्रहण किया जाता है। सम्प्रभुता के आंतरिक संस्करण का मतलब है राज्य के भीतर होने वाले सत्ता के बँटवारे में यानी राजनीतिक प्रणाली के भीतर सर्वोच्च सत्ता का मुक़ाम। बाह्य संस्करण का तात्पर्य है अंतर्राष्ट्रीय व्यवस्था के तहत राज्य द्वारा एक स्वतंत्र और स्वायत्त वजूद की तरह सक्रिय रह पाने की क्षमता का प्रदर्शन। सम्प्रभुता की अवधारणा आधुनिक राष्ट्र और राष्ट्रवाद के आधार में भी निहित है। राष्ट्रीय स्वतंत्रता, स्व-शासन और सम्प्रभुता के विचारों के मिले-जुले प्रभाव के बिना अ-उपनिवेशीकरण के उस सिलसिले की कल्पना भी नहीं की जा सकती जिसके तहत द्वितीय विश्व-युद्ध के बाद एशिया, अफ़्रीका और लातीनी अमेरिका में बड़े पैमाने पर नये राष्ट्रों की रचना हुई।

विधिक और राजनीतिक सम्प्रभुता के बीच अंतर का एक बौद्धिक इतिहास है जिसे समझने के लिए ज्याँ बोदाँ और थॉमस हॉब्स के तत्संबंधित मतभेदों पर नज़र डालनी होगी। बोदाँ ने अपनी रचना द *सिक्स बुक्स ऑफ़ कॉमनवील* (1576) में एक ऐसे सम्प्रभु के पक्ष में तर्क दिया है जो ख़ुद क़ानून बनाता है, पर स्वयं को उन क़ानूनों के ऊपर रखता है। इस विचार के मुताबिक़ क़ानून का अर्थ है लोगों को सम्प्रभु के आदेश पर चलाना। इसका मतलब यह नहीं बोदाँ यहाँ किसी निरंकुश शासक की वकालत करना चाहते थे। उनकी मान्यता थी कि क़ानून बनाने और उनका अनुपालन कराने वाला सम्प्रभु शासक एक उच्चतर क़ानून (ईश्वर या प्राकृतिक क़ानून) के अधीन रहेगा। यानी लौकिक शासक के प्राधिकार पर दैवी क़ानून की मुहर ज़रूरी होगी। बोदाँ के इस विचार के विपरीत हॉब्स अपनी रचना *लेवायथन* (1651) में सम्प्रभुता के विचार की व्याख्या प्राधिकार के संदर्भ में न करके सत्ता के संदर्भ में करते हैं। हॉब्स से पहले सेंट ऑगस्टीन ने एक ऐसे सम्प्रभु की ज़रूरत पर बल दिया था जो मानवता में अंतर्निहित नैतिक बुराइयों को काबू में रखेगा। इसी तर्क का और विकास करते हुए हॉब्स ने सम्प्रभुता को दमनकारी सत्ता पर एकाधिकार के रूप में परिभाषित करते हुए सिफ़ारिश की कि यह ताक़त अकेले शासक के हाथ में होनी चाहिए। हालाँकि हॉब्स निर्बाध राजशाही को प्राथमिकता देते थे, पर वे यह मानने के लिए भी तैयार थे यह सत्ता शासकों के एक छोटे से गुट या किसी लोकतांत्रिक सभा के हाथ में भी हो सकती है।

बोदाँ और हॉब्स के बीच की यह बहस बताती है कि विधिक सम्प्रभुता राज्य के क़ानून को सर्वोपरि मानने पर टिकी हुई है। इसके विपरीत राजनीतिक सम्प्रभुता सत्ता के वास्तविक वितरण से जुड़ी हुई है। इस फ़र्क़ के बावजूद यह भी मानना पड़ेगा कि सम्प्रभुता की व्यावहारिक धारणा में विधिक पहलू भी होते हैं और राजनीतिक भी। आधुनिक राज्यों की सम्प्रभुता क़ानून की सर्वोपरिता पर भी निर्भर है और उस क़ानून का अनुपालन करवाने वाले सत्तामूलक तंत्र पर भी जिसके पास दमनकारी मशीनरी होती है। कोई भी क़ानून महज़ नैतिक बाध्यताओं के दम पर लागू नहीं होता। दण्ड देने वाली व्यवस्था, पुलिस, जेल और अदालतों के बिना उसे क़ायम नहीं किया जा सकता। विधिक और राजनीतिक सम्प्रभुता का यह समीकरण दोनों तरफ़ से कारगर होता दिखाई देता है। क़ानून को अपने अनुपालन के लिए अगर सत्ता के तंत्र की ज़रूरत है, तो सत्ता को अपनी वैधता के लिए क़ानून की संस्तुति की आवश्यकता पड़ती है। शासन को क़ानूनसम्मत और संविधानसम्मत होना पड़ता है, तभी उसकी वैधता क़ायम रह पाती है। केवल राजनीतिक सम्प्रभुता के दम पर तानाशाह सरकारें ही काम करती हैं। अगर सरकार लोकतांत्रिक है तो उसकी दमनकारी मशीनरी को क़ानून की सीमाओं में रह कर अदालतों के सम्मुख जवाबदेह रहना पड़ता है।

सम्प्रभुता के आंतरिक स्वरूप के प्रश्न पर राजनीतिक सिद्धांत के दायरों में काफ़ी बहस हुई है। आख़िर सर्वोच्च और असीमित सत्ता का मुक़ाम क्या होना चाहिए? क्या उसे किसी एक शासक के हाथ में रखा जाना श्रेयस्कर होगा या उसका केंद्र किसी प्रतिनिधित्वमूलक संस्था में निहित होना बेहतर होगा? सत्रहवीं सदी में फ़्रांस के सम्राट लुई चौदहवें ने दर्प से कहा था कि मैं ही राज्य हूँ। एक व्यक्ति के हाथ में सम्प्रभुता देने के पीछे तर्क यह है कि उस सूरत में सम्प्रभुता के अविभाज्य होने का गारंटी रहेगी। उसकी अभिव्यक्ति एक ही आवाज़ में होगी और उसमें कोई दूसरा प्राधिकार हस्तक्षेप नहीं कर पायेगा। सम्प्रभुता की इस सर्वसत्तावादी धारणा में प्रभावशाली हस्तक्षेप अट्ठारहवीं सदी में किया गया जब ज्याँ-ज़ाक रूसो ने लोकप्रिय सम्प्रभुता की अवधारणा पेश की।

रूसो ने राजशाही की हुकूमत को ख़ारिज करते हुए अपनी रचना *सोशल कांट्रेक्ट* में लिखा : 'मनुष्य स्वतंत्र पैदा होता है, पर हर जगह वह ज़ंजीरों में जकड़ा हुआ है।' दरअसल, *सोशल कांट्रेक्ट* आधुनिक राजनीतिक दर्शन को एकदम नया रूप दे देती है। उनका सामाजिक समझौता हॉब्स और लॉक के सामाजिक समझौते से अलग है। रूसो से पहले के दार्शनिकों का यक़ीन था कि मनुष्य अपनी बुद्धिगत क्षमताओं के कारण दूसरे प्राणियों से भिन्न है, जबकि रूसो

मानते हैं कि इनसान नैतिक चुनाव की क्षमता के कारण अलग है। अगर उसे यह चुनाव करने की आज़ादी न दी जाए तो वह दास से अधिक कुछ नहीं रह जाएगा। चूँकि समाज तरह-तरह की अ-स्वतंत्रताओं से भरा हुआ है और मनुष्य अपनी प्राकृतिक स्वतंत्रता के शुरुआती संसार में नहीं लौट सकता, इसलिए रूसो तजवीज़ करते हैं कि उसे अपनी उस आज़ादी का विनिमय नागरिक स्वतंत्रता से करना चाहिए। इसके लिए मनुष्य को एक-दूसरे से मिल कर संगठन बनाना होगा, सामाजिक अस्तित्व रचना होगा जिसके तहत सभी लोग अपने अधिकार त्याग देंगे और बदले में नागरिक के रूप में अधिकार प्राप्त करेंगे, एक सम्प्रभु के सदस्य के रूप में रहेंगे। अर्थात् एक संविधान बनाना पड़ेगा जिसके तहत हर व्यक्ति अधीन भी होगा और सहभागी नागरिक भी। केवल इसी तरह स्वतंत्रता की गारंटी की जा सकेगी। यह लोकतंत्र की अवधारणा थी, पर रूसो जनता के प्रतिनिधियों द्वारा चलाये जाने वाले लोकतंत्र या विधि-निर्माण से सहमत नहीं थे। प्राचीन यूनान के प्रत्यक्ष लोकतंत्र की तरह रूसो चाहते थे कि सभी नागरिक एक सार्वजनिक स्थान पर जमा हो कर विधि निर्माण करें। अल्पमत को बहुमत द्वारा लिए गये निर्णय के अधीन होने से बचाने के लिए रूसो ने सर्वसम्मति का पक्ष लिया जिसे कारगर बनाने के लिए उन्होंने अपने सबसे विख्यात सिद्धांत 'जन-इच्छा' (जर्नल विल) का सूत्रीकरण किया। 'जन-इच्छा' के आधार पर रचे गये क़ानून के पालन का मतलब था स्वयं अपनी इच्छा का पालन करना।

रूसो द्वारा प्रवर्तित 'जन-इच्छा' का सिद्धांत आगे चल कर आधुनिक लोकतांत्रिक सिद्धांत का आधार बना। रूसो ने ऐसे नागरिकों के सहज समुदाय कल्पना की थी जो ऊँच-नीच के संबंधों से परे समानता और एकता के वाहक होंगे, इसलिए उन्हें विश्वास था कि उनके बीच में 'जन-इच्छा' उपलब्ध करना आसान होगा। लेकिन रूसो कभी इस प्रश्न का उत्तर नहीं दे पाये कि नागरिकों की आम सभा में व्यक्त की जाने वाली इच्छाओं में से 'जर्नल-विल' कैसे निकलेगी। इसलिए अंत में वे यह कहते हुए नज़र आये कि अगर 'जन-इच्छा' नहीं उपलब्ध हो पा रही है तो बहुमत की इच्छा को ही उसका पर्याय मान लिया जाना चाहिए।

सम्प्रभुता के सिद्धांत को उदारतावादी-लोकतांत्रिक विचार के पैरोकारों ने आड़े हाथों भी लिया है। उनका कहना है कि बहुलतावादी और लोकतांत्रिक शासन के संदर्भ में सम्प्रभुता की धारणा अनावश्यक है। ये लोग सम्प्रभुता के विचार को उसके सर्वसत्तावादी अतीत से पीड़ित और इसलिए अवांछनीय मानते हैं। उनका कहना है कि लोकतांत्रिक सरकारें दमनकारी मशीनरी द्वारा थोपे जाने वाले कथित रूप से विधिसम्मत शासन द्वारा नहीं चलतीं। वे तो नियंत्रण और संतुलन के समीकरण और उसके आधार पर बने नेटवर्क के ज़रिये शासन करती हैं। दरअसल, संघात्मक चरित्र वाले आधुनिक राज्यों में आंतरिक सम्प्रभुता का केंद्र तय करना बहुत मुश्किल है। संयुक्त राज्य अमेरिका, कनाडा, ऑस्ट्रेलिया और भारत जैसे संघात्मक राज्यों में सरकार दो स्तरों में विभाजित है और प्रत्येक स्तर के पास अपने स्वायत्त अधिकार हैं। इस प्रकार के राज्यों में सम्प्रभुता केंद्र और परिधि के बीच साझेदारी के रूप में उभरती है। ऐसी परिस्थिति में अगर कोई अविभाजित सम्प्रभु है तो वह है संविधान जो केंद्र को भी सम्प्रभुता सम्पन्न बनाता है, और राज्यों को भी।

बाह्य सम्प्रभुता अंतर्राष्ट्रीय व्यवस्था में किसी राज्य की हैसियत की द्योतक है। इस तरह की परिस्थितियाँ भी होती हैं कि किसी राज्य में आंतरिक सम्प्रभुता पर विवाद चलता रहता है, पर अंतर्राष्ट्रीय क्षेत्र में उसकी बाह्य सम्प्रभुता का आदर किया जाता है। वैसे भी लोकतंत्रों के युग में आंतरिक सम्प्रभुता के मसले अब इतने ज़्यादा अहम नहीं माने जाते, पर बाह्य सम्प्रभुता का प्रश्न पहले से कहीं ज़्यादा महत्त्वपूर्ण हो चुका है। ऐसे कई अंतर्राष्ट्रीय विवाद हैं जिनमें एक देश की सम्प्रभुता का दावा दूसरे देश की तरफ़ से अपनी सम्प्रभुता के लिए चुनौती के रूप में देखा जाता है। फ़िलिस्तीनियों द्वारा अपने सम्प्रभु राष्ट्र के लिए चलाया जाने वाला आंदोलन इजरायल को अपनी सम्प्रभुता के क्षय का कारक लगता है।

देखें : अधिकार, अधिकार : सैद्धांतिक यात्रा, अरस्तू, अफ़लातून, अनुदारतावाद, अराजकतावाद, अन्य-अन्यीकरण, उदारतावाद, उपयोगितावाद, ऐडमण्ड बर्क, क्रांति, ज्याँ ज़ाक रूसो, जॉन लॉक, जेरेमी बेंथम, जॉन स्टुअर्ट मिल, जॉन रॉल्स, थॉमस हॉब्स, थॉमस पेन, न्याय, न्याय : नारीवादी आलोचना, न्याय : रॉल्स का सिद्धांत, राजनीति में व्यक्ति की भूमिका, नागरिकता, नागरिकता : अन्य परिप्रेक्ष्य-1 और 2, नागर समाज, पनोप्टिकॉन, प्रतिनिधित्व, प्रगति, प्रगति : आलोचनात्मक परिप्रेक्ष्य, प्रशासन, फ़ासीवाद, फ्रेड्रिख़ वॉन हायक, बहुसंस्कृतिवाद, बहुसंख्यकवाद, बहुसंख्यक-अल्पसंख्यक, बुद्धिवाद, माइकेल जोसेफ़ ओकशॉट, माइकिल वाल्ज़र, मिशेल पॉल फ़ूको-1 और 2, यूटोपिया, राजनीतिक और राजनीति, राजनीतिक दर्शन के नारीवादी आयाम-1 और 2, राजनीतिक मनोविज्ञान, राजनीतिक समाजशास्त्र, राज्य-1 और 2, रॉबर्ट नॉज़िक, राज्य-1 और 2, राष्ट्र-राज्य, राष्ट्र : सांस्कृतिक या राजनीतिक, राष्ट्रवाद, राष्ट्रवाद का इतिहास, लोकतंत्र, लोकतंत्र की आलोचनाएँ, व्यक्तिवाद, व्यवहारवाद, विल किमलिका, वितरणमूलक न्याय, विदेशी-द्वेष, वैधता, वैधता का संकट, सविनय अवज्ञा, स्मृति की राजनीति, स्वतंत्रता, स्वतंत्रतावाद, स्वजातिवाद, स्वच्छंदतावाद, सत्ता, सर्वसत्तावाद, समाजवाद, सरकारियत, सम्पत्ति, सम्पत्ति : साझा और सरकारी, सम्पत्ति : मार्क्सवादी परिप्रेक्ष्य, सम्पत्ति : नारीवादी परिप्रेक्ष्य, संविधानवाद, संघवाद, सामाजिक समझौता, हेनरी डेविड थोरो।

संदर्भ

1. कृष्णा मेनन (2008), 'सॉवरनिटी', राजीव भार्गव और अशोक आचार्य (सम्पा.), *पॉलिटिकल थियरी : ऐन इंट्रोडक्शन,* पियर्सन

लोंगमेन, नयी दिल्ली.
2. ज्याँ हैम्पटन (1988), *हॉब्स ऐंड द सोशल कांट्रेक्ट ट्रेडीशन,* केम्ब्रिज युनिवर्सिटी प्रेस, केम्ब्रिज, यूके.
3. डेविड हेल्ड (1989), *पॉलिटिकल थियरी टुडे,* पॉलिटी प्रेस, केम्ब्रिज, यूके.
4. एफ़.एच. हिंसले (1986), *सोवरिनटी,* केम्ब्रिज युनिवर्सिटी प्रेस, केम्ब्रिज, यूके.

— अभय कुमार दुबे

समाज-कार्य

(Social Work)

समाज-कार्य का अर्थ है सकारात्मक, सुचिंतित और सक्रिय हस्तक्षेप के माध्यम से लोगों और उनके सामाजिक माहौल बीच अन्योन्यक्रिया प्रोत्साहित करके व्यक्तियों की क्षमताओं को बेहतर करना ताकि वे अपनी ज़िंदगी की ज़रूरतें पूरी करते हुए अपनी तकलीफ़ों को कम कर सकें। इस प्रक्रिया में समाज-कार्य लोगों की आकांक्षाओं की पूर्ति करने और उन्हें अपने ही मूल्यों की कसौटी पर खरे उतरने में सहायक होता है। समाज-कार्य एकदम नया अनुशासन है जिसका प्रादुर्भाव हुए अभी सौ वर्ष भी नहीं हुए हैं। अक्सर लोग समाजशास्त्र एवं समाज-कार्य को एक ही समझ लेते हैं। हालाँकि समाज-कार्य का अधिकांश ज्ञान समाजशास्त्रीय सिद्धांतों से लिया गया है, लेकिन समाजशास्त्र जहाँ मानव-समाज और मानव-संबंधों के सैद्धांतिक पक्ष का अध्ययन करता है, वहीं समाज-कार्य इन संबंधों में आने वाले अंतरों एवं सामाजिक परिवर्तन के कारणों की खोज क्षेत्रीय स्तर पर करने के साथ-साथ व्यक्ति के मनोसामाजिक पक्ष का भी अध्ययन करता है। समाज-कार्य करने वाले कर्त्ता का आचरण विद्वान की तरह न होकर समस्याओं में हस्तक्षेप के ज़रिये व्यक्तियों, परिवारों, छोटे समूहों या समुदायों के साथ संबंध स्थापित करने की तरफ़ उन्मुख होता है। इसके लिए समाज-कार्य का अनुशासन पूर्ण रूप से प्रशिक्षित और पेशेवर कार्यकर्ताओं पर भरोसा करता है।

इंग्लैण्ड और संयुक्त राज्य अमेरिका में पहले चर्च के माध्यम से ही जन-कल्याणकारी कार्य किये जाते थे। धीरे-धीरे स्थिति बदली और जन-सहायता को विधिक रूप प्रदान किया जाने लगा। इंग्लैण्ड में 1536 में एक क़ानून बना जिसमें निर्धनों की सहायता के लिए कार्य-योजना बनायी गयी। अट्ठारहवीं सदी में औद्योगिक क्रांति के बाद इंग्लैण्ड और अमेरिका में सरकारों द्वारा निर्धनों व अशक्तों को समाज की मुख्यधारा से जोड़ने के लिए कई क़ानूनों का निर्माण किया गया। व्यक्तियों का मनोसामाजिक पक्ष सुधारने हेतु 1869 में लंदन चैरिटी संगठन तथा अमेरिका में 1877 में चैरिटी ऑर्गनाइजेशन सोसाइटी ने पहल ली। इन संस्थाओं ने समुचित सहायता करने के लिए ज़रूरतों की पड़ताल तथा संबंधित व्यक्तियों का पंजीकरण करना प्रारम्भ किया। इस प्रक्रिया में मनोसामाजिक स्थिति सुधारने के लिए बातचीत करना एवं भौतिक सहायता को भी शामिल किया। यह एक ऐसी प्रक्रिया थी जिसके ज़रिये संस्था के कार्यकर्त्ता अपने पास आये व्यक्ति अर्थात् सेवार्थी को स्वावलम्बी बनाते थे। धीरे-धीरे इस प्रक्रिया ने सुचिंतित प्रणालीबद्ध रूप ग्रहण कर लिया। 1887 में न्यूयॉर्क में कार्यकर्त्ताओं को इन कामों के लिए प्रशिक्षण देना प्रारम्भ किया गया। अमेरिका में इस प्रकार के प्रशिक्षण हेतु 1910 में दो वर्ष का पाठ्यक्रम शुरू हुआ।

भारत में भी समाज-कल्याण हेतु राजाओं द्वारा दान देने का चलन था, यज्ञ करवाये जाते थे एवं धर्मशालाओं इत्यादि का निर्माण होता था। अट्ठारहवीं शताब्दी में औद्योगिक क्रांति के फलस्वरूप होने वाले सुधार कार्यक्रमों ने भारतीय जनमानस को प्रभावित किया और ईश्वरचंद विद्यासागर तथा राजा राममोहन राय वग़ैरह के प्रयासों द्वारा विधवा विवाह प्रारम्भ हुआ और सती प्रथा पर रोक लगी। इसके अतिरिक्त गोपाल कृष्ण गोखले, एनी बेसेंट आदि ने भारत में आधुनिक समाज सुधारों को नयी दिशा दी। 1905 में गोखले ने सर्वेंट्स ऑफ़ इण्डिया की स्थापना करके स्नातकों को समाज सेवा के लिए प्रशिक्षण देना प्रारम्भ किया। इन प्रशिक्षुओं को वेतन भी दिया जाता था। इस तरह इंग्लैण्ड, अमेरिका तथा भारत में समाज-कल्याण के लक्ष्य को प्राप्त करने हेतु समाज-कार्य की नींव पड़ी जिसके तहत सामाजिक कार्यकर्त्ता व्यक्ति की पूर्ण सहायता हेतु प्रशिक्षण प्राप्त करता है। 1936 में भारत में समाज-कार्य के शिक्षण एवं प्रशिक्षण हेतु बम्बई में सर दोराब जी टाटा ग्रेजुएट स्कूल ऑफ़ सोशल वर्क की स्थापना हुई। आज देश में सौ से भी अधिक संस्थानों में समाज-कार्य की शिक्षा दी जाती है। समाज-कार्यकर्ता केवल उन्हीं को कहा जाता है जिन्होंने समाज-कार्य की पूरी तरह से पेशेवर शिक्षा प्राप्त की हो, न कि उन्हें जो स्वैच्छिक रूप से समाज कल्याण का कार्य करते हैं। स्वैच्छिक समाज-कल्याण के प्रयासों को समाज-सेवा की संज्ञा दी जाती है, और इन गतिविधियों में लगे लोग समाज-सेवी कहलाते हैं।

1926 में एलिस चेनी ने समाज-कार्य की गतिविधि परिभाषित करते हुए कहा कि इसके तहत ऐसी आवश्यकताओं, जो सामाजिक संबंधों से संबंधित हैं तथा जो वैज्ञानिक ज्ञान एवं ढंगों का उपयोग करती हैं, के संदर्भ में लाभ प्रदान करने के सभी ऐच्छिक प्रयास सम्मिलित हैं। इसके पश्चात् कई विद्वानों ने समाज-कार्य को अपने-अपने

शब्दों में परिभाषित करने का प्रयास किया। जुलाई, 2000 में अंतर्राष्ट्रीय फ़ेडेरशन ऑफ़ सोशल वर्क ने समाज-कार्य की नवीनतम परिभाषा देते हुए कहा कि समाज-कार्य का काम सामाजिक परिवर्तन, मानव-संबंधों में समस्या समाधान, व्यक्तियों के सशक्तीकरण और स्वतंत्रता को बढ़ावा देता है। मानव-व्यवहार एवं सामाजिक व्यवस्था के सिद्धांतों का उपयोग करते हुए समाज-कार्य उस बिंदु पर हस्तक्षेप करता है जहाँ व्यक्ति अपने पर्यावरण के साथ अंत:क्रिया करते हैं। मानवाधिकार एवं सामाजिक न्याय के सिद्धांत समाज-कार्य के लिए बुनियादी महत्त्व के हैं। अत: कहा जा सकता है कि समाज-कार्य व्यक्ति के सामाजिक पर्यावरण से तारतम्य स्थापित करने के प्रयास का नाम है। वह ध्यान रखता है कि यदि इस पर्यावरण से व्यक्ति का सामंजस्य स्थापित नहीं होता, तो समाज टूटने की स्थिति में पहुँच जाएगा। आजकल समाज-कार्य के कार्यक्षेत्र में बहुत वृद्धि हो चुकी है। अब वह व्यक्ति के प्राकृतिक और भौतिक पर्यावरण में होने वाली समस्याओं के निराकरण में भी हस्तक्षेप करता है।

समाज-कार्य के तहत व्यावसायिक दृष्टि से विकसित छह प्रणालियों के माध्यम से लोगों की मदद की जाती है। ये हैं : सामाजिक वैयक्तिक कार्य, समूह समाज-कार्य, सामुदायिक संगठन, समाज-कल्याण प्रशासन, समाज-कार्य शोध और सामाजिक क्रिया।

सामाजिक वैयक्तिक कार्य के तहत एक समय में केवल एक व्यक्ति ही सेवा-कार्य का केंद्र होता है। इसमें व्यक्ति की आंतरिक एवं बाहरी क्षमताओं का पता लगाकर उसका उसके पर्यावरण से समायोजन स्थापित कराया जाता है। समूह समाज-कार्य में व्यक्ति की सहायता समूह के माध्यम से की जाती है। हालाँकि समूह-कार्य एक प्राचीन विधा होने के बावजूद इसे व्यावसायिकता के प्रतिमानों पर विकसित करके नयी तकनीक से सम्पन्न किया गया है। इसमें समूह में लोकतांत्रिक गुणों का विकास कर नेतृत्व तैयार किया जाता है ताकि समूह के सदस्य अपनी समस्याओं का समाधान लोकतांत्रिक तरीक़े से कर सकें। समूह-कार्यकर्त्ता संस्था के माध्यम से समूह का विकास विभिन्न स्तरों पर करता है। वह सदस्यों में मैं के बजाय हम की भावना का विकास करता है। सामुदायिक संगठन एक प्रक्रिया है जिसका तात्पर्य किसी समुदाय या समूह में लोगों द्वारा आपस में मिल कर कल्याण कार्यों की योजना बनाकर उसे क्रियान्वित करना है। समुदाय एक नगर का, क्षेत्र का या पूरा नगर, राज्य, देश या सभी कुछ हो सकता है। समाज-कार्यकर्त्ता समुदाय को संसाधनों की खोज़ करने में सहायता करता है एवं समस्या विशेष के समाधान हेतु उनका मार्गदर्शन करता है। समाज-कल्याण प्रशासन का तात्पर्य ऐसी प्रक्रिया से है जिसके तहत समाज कल्याण क्षेत्र की सार्वजनिक और निजी संस्थाओं का संगठन एवं उनका प्रबंधन किया जाता है। इसका मुख्य उद्देश्य सामाजिक, आर्थिक, सांस्कृतिक और नैतिक विकास हेतु लोकतांत्रिक नियोजन द्वारा कल्याणकारी समाज की स्थापना करना है। समाज-कल्याण प्रशासक न केवल संस्था के कार्यों को सम्पादित करता है बल्कि वह संस्थाओं को निरंतर उन्नति की दिशा में बढ़ाने का प्रयास करता है। समाज-कार्य शोध किसी भी संबंधित समस्या के पीछे छिपे कारणों का पता लगता है और फिर उनका समाधान प्रस्तुत करता है। समाज-कार्य शोध एक प्रक्रिया है जिसके माध्यम से समाज-कार्य की प्रणालियों का परीक्षण के तौर पर प्रयोग किया जाता है। परीक्षण सफल होने पर वह नज़ीर बनता है और भविष्य में समस्या विशेष हेतु उसी प्रणाली विशेष का उपयोग किया जाता है। जहाँ समाजशास्त्रीय शोध मात्र समस्या के कारणों की खोज करता है वहाँ समाज-कार्य शोध कारणों की खोज़ के साथ-साथ उनका निरोधात्मक और सुधारात्मक समाधान भी प्रस्तुत करता है। सामाजिक क्रिया के तहत आवश्यकतानुसार सामाजिक संस्थाओं, परिस्थितिओं तथा सामाजिक व्यवस्था में परिवर्तन लाने का प्रयास करने के साथ ही साथ अवांछित परिवर्तन रोकने का प्रयास भी किया जाता है। सामाजिक क्रिया का उद्देश्य सामाजिक उन्नति, सामाजिक परिवर्तनों का सूत्रपात, सामाजिक विधानों तथा समाज कल्याण संबंधी नीतियों के निर्माण में सहयोग देना है। सामाजिक क्रिया के अंतर्गत उठाया गया कोई भी क़दम मानवीय और व्यावसायिक मूल्यों पर आधारित होता है।

समाज-कार्य को इसलिए एक व्यवसाय की संज्ञा दी जाती है क्योंकि वह मुख्यत: यह एक व्यवस्थित और क्रमबद्ध ज्ञान आधारित है। इसकी अपनी कुछ विशेष प्रणालियाँ, प्रविधियाँ तथा यंत्र हैं। विश्व भर में इसके शिक्षण एवं प्रशिक्षण हेतु संस्थानों की स्थापना हो चुकी है और निरंतर इनमें वृद्धि हो रही है। समाज-कार्य के विकास के साथ-साथ इसके व्यावसायिक संगठन भी बन रहे है, जिनसे इसका स्तर ऊँचा उठ रहा है। समाज-कार्य एक व्यवसाय के रूप में सरकार द्वारा अनुमोदित है। इसकी एक निश्चित आचार संहिता है जिसका पालन सभी कार्यकर्ताओं के लिए बहुत आवश्यक है। समाज-कार्य भी समाज-विज्ञान है परन्तु इसकी प्रकृति अन्य विषयों से भिन्न है। इसकी विशेषताएँ ही इसे अन्य समाज-विज्ञानों से अलग करती है। समाज-कार्य प्रभावपूर्ण सामाजिक क्रिया एवं सामाजिक अनुकूलन के मार्ग में आने वाली सामाजिक एवं मनोवैज्ञानिक समस्याओं का वैज्ञानिक ढंग से समाधान प्रस्तुत करता है।

देखें : अर्थव्यवस्था का समाजशास्त्र, अभिजन, अभिरुचि, आत्महत्या, उन्मूलनवाद, एजेंसी, कर्मकाण्ड, कारागार, गोपनीयता, गृहविहीनता, जादू, जीवन-शैली, टेलरवाद, परम्परा, परस्पर विपरीत द्विभाजन, प्रति- (संस्कृति, विमर्श, इतिहास, वर्चस्व, स्मृति), प्राइवेसी, प्रौद्योगिकी,

फ़ुरसत, बचपन, बहुपत्नी प्रथा, बहुपति प्रथा, बुद्धिसंगत चयन का सिद्धांत, बुज़ुर्गियत का समाजशास्त्र, बेगानगी, भीड़, भ्रष्टाचार का समाजशास्त्र-1 और 2, मानव-प्रकृति, मानवशास्त्र और मार्क्सवाद, मानवशास्त्र और संस्कृति की राजनीति, सांस्कृतिक सापेक्षतावाद, सांस्कृतिक मानवशास्त्र, सेवानिवृत्ति, वाचिकता, विचलन, ज्ञान का समाजशास्त्र।

संदर्भ

1. हेलेन हैरिस पर्लमैन (1957), *सोशल केस वर्क : अ प्रॉब्लम सॉल्विंग प्रॉसेस,* द युनिवर्सिटी ऑफ़ शिकागो प्रेस, शिकागो.
2. सुरेंद्र सिंह और पी.डी. मिश्र (2001), *समाज-कार्य : इतिहास, दर्शन एवं प्रणालियाँ,* न्यू रॉयल बुक कम्पनी, लखनऊ.
3. मेरी रिचमण्ड (1917), *सोशल डायग्नोसिस,* रसेल सेज फ़ाउंडेशन, न्यूयॉर्क.
4. रेक्स स्किडमोर, मिल्टन ठाकरे और विलियम फ़ारली (1997), *इंट्रोडक्शन टू सोशल वर्क,* एलिन ऐंड बेकन, बोस्टन.

— रोहित मिश्रा

समाजवाद

(Socialism)

आर्थिक, सामाजिक और वैचारिक प्रत्यय के तौर पर समाजवाद निजी सम्पत्ति पर आधारित अधिकारों का विरोध करता है। उसकी एक बुनियादी प्रतिज्ञा यह भी है कि सम्पदा का उत्पादन और वितरण समाज या राज्य के हाथों में होना चाहिए। राजनीति के आधुनिक अर्थों में समाजवाद को अमूमन पूँजीवाद या मुक्त बाज़ार के सिद्धांत के बरअक्स रखा जाता है। एक राजनीतिक विचारधारा के रूप में समाजवाद युरोप में अठारहवीं और उन्नीसवीं सदी में उभरे उद्योगीकरण की अन्योन्यक्रिया में विकसित हुआ है। ब्रिटिश राजनीतिक विज्ञानी हैरॉल्ड लॉस्की ने कभी समाजवाद को एक ऐसी टोपी कहा था जिसे कोई भी अपने अनुसार पहन लेता है। समाजवाद की विभिन्न क़िस्में लॉस्की के इस चित्रण को काफ़ी हद तक रूपायित करती है। समाजवाद की एक क़िस्म विघटित हो चुके सोवियत संघ के सर्वसत्तावादी नियंत्रण में चरितार्थ होती है जिसमें मानवीय जीवन के हर सम्भव पहलू को राज्य के नियंत्रण में लाने का आग्रह किया गया था। उसकी दूसरी क़िस्म राज्य को यह ताक़ीद करती है कि वह अर्थव्यवस्था के नियमन द्वारा कल्याणकारी भूमिका निभाये। भारत में समाजवाद की एक अलग क़िस्म के सूत्रीकरण की कोशिश की गयी है। राममनोहर लोहिया, जय प्रकाश नारायण और नरेंद्र देव के राजनीतिक चिंतन और व्यवहार से निकलने वाले प्रत्यय को गाँधीवादी समाजवाद की संज्ञा दी जाती है जो गाँधी-विचार और समाजवादी परम्परा के चुनिंदा अंशों का संश्रय है।

समाजवाद का भावनात्मक ढाँचा गढ़ने में इंग्लैण्ड में सत्रहवीं सदी के दौरान ईसाइयत के दायरे में विकसित लेवलर्स तथा डिग्गर्स व सोलहवीं और सत्रहवीं सदी में मध्य युरोप में विकसित होने वाले ऐनाबैपटिस्ट जैसे रैडिकल आंदोलनों की महती भूमिका रही है। लेकिन समाजवाद की आधुनिक और औपचारिक परिकल्पना फ़्रांसीसी विचारकों सैं-सिमों और चार्ल्स फ़ूरिए तथा ब्रिटिश चिंतक राबर्ट ओवेन की निष्पत्तियों से निकलती है। समाजवाद के ये शुरुआती विचारक व्यक्तिवाद और प्रतिस्पर्द्धा की जगह आपसी सहयोग पर आधारित समाज की कल्पना करते थे। उन्हें यक़ीन था कि मानवीय स्वभाव और समाज का विज्ञान गढ़ कर सामाजिक ताने-बाने को बेहतर रूप दिया जा सकता है। परंतु वांछित सामाजिक रूपों के ठोस ब्योरों, उन्हें हासिल करने की रणनीति तथा मानव प्रकृति की समझ को लेकर उनके बीच कई तरह के मतभेद थे। मसलन, सैं-सिमों तथा फ़ूरिए रूसो के इस मत से सहमत नहीं थे कि मनुष्य की प्रकृति अपनी बनावट में तो अच्छी, उदात्त और विवेकपूर्ण है लेकिन आधुनिक समाज और निजी सम्पत्ति ने उसे भ्रष्ट कर दिया है। इसके विरोध में उनका तर्क यह था कि मानवीय प्रकृति के कुछ स्थिर और निश्चित रूप होते हैं जिनका परस्पर सहयोग के आधार पर आपस में मेल कराया जा सकता है। ओवेन का मत सैं-सिमों और फ़ूरिए से भी अलग था। उनका कहना था कि मनुष्य की प्रकृति बाहरी परिस्थितियों से तय होती है और उसे इच्छित रूप दिया जा सकता है। इसलिए समाज की परिस्थितियों को इस तरह बदला जाना चाहिए कि मनुष्य की प्रकृति पूर्णता की ओर बढ़ सके। उनके अनुसार अगर प्रतिस्पर्द्धा और व्यक्तिवाद की जगह आपसी सहयोग और एकता को बढ़ावा दिया जाएगा तो समूची मनुष्यता का भला किया जा सकता है।

समाजवाद की राजनीतिक विचारधारा उन्नीसवीं सदी के तीसरे और चौथे दशकों के दौरान इंग्लैण्ड, फ्रांस तथा जर्मनी जैसे युरोपीय देशों में लोकप्रिय होने लगी थी। उद्योगीकरण और शहरीकरण की तेज रफ़्तार तथा पारम्परिक समाज के अवसान ने युरोपीय समाज को सुधार और बदलाव की शक्तियों का अखाड़ा बना दिया था जिसमें मजदूर संघों और चार्टरवादी समूहों से लेकर ऐसे गुट सक्रिय थे जो आधुनिक समाज की जगह प्राक्-आधुनिक सामुदायिकतावाद की वकालत कर रहे थे।

मार्क्स और एंगेल्स द्वारा प्रतिपादित वैज्ञानिक समाजवाद का विचार सामाजिक और राजनीतिक उथलपुथल की इसी पृष्ठभूमि में विकसित हुआ था। मार्क्स ने सैं-सिमों, फ़ूरिए और ओवेन के विचारों से प्रेरणा तो ली, लेकिन अपने

'वैज्ञानिक' समाजवाद के मुक़ाबले उनके समाजवाद को 'काल्पनिक' घोषित कर दिया। इन पूर्ववर्ती चिंतकों की तरह मार्क्स समाजवाद को कोई ऐसा आदर्श नहीं मानते कि उसका स्पष्ट ख़ाका खींचा जाए। मार्क्स और एंगेल्स समाजवाद को किसी स्वयं-भू सिद्धांत के बजाय पूँजीवाद की कार्यप्रणाली से उत्पन्न होने वाली स्थिति के रूप में देखते हैं। उनका मानना था कि समाजवाद का कोई भी रूप ऐतिहासिक प्रक्रिया से ही उभरेगा। इस समझ के चलते मार्क्स और एंगेल्स को समाजवाद की विस्तृत व्याख्या करने या उसे परिभाषित करने से भी गुरेज़ था। उनके लिए समाजवाद मुख्यत: पूँजीवाद के नकार में खड़ा प्रत्यय था जिसे एक लम्बी क्रांतिकारी प्रक्रिया के ज़रिये अपनी पहचान ख़ुद गढ़नी थी। समाजवाद के विषय में मार्क्स की सबसे महत्त्वपूर्ण रचना *क्रिटीक ऑफ़ द गोथा प्रोग्रैम* है जिसमें उन्होंने समाजवाद को साम्यवादी समाज के दो चरणों की मध्यवर्ती अवस्था के तौर पर व्याख्यायित किया है।

मार्क्स के मुताबिक़ साम्यवादी समाज के पहले चरण का समाज पूँजीवाद के अवसान के बाद अस्तित्व में आयेगा। इस चरण में शासक वर्ग के तौर पर मजदूर वर्ग को अपने शत्रुओं का मुक़ाबला करने के लिए अपने राज्य यानी सर्वहारा की तानाशाही की ज़रूरत होगी। मार्क्स के अनुसार इस समाज का मानसिक ढाँचा बूर्ज्वा विचारों और मूल्यों से प्रभावित होगा। हालाँकि इस दौर में आय का संबंध सम्पत्ति के स्वामित्व से नहीं रहेगा लेकिन उसका निर्धारण ज़रूरत के बजाय किये गये काम के आधार पर ही किया जाएगा। मार्क्स का कहना था कि इन सीमाओं के बावजूद इस व्यवस्था में उत्पादन शक्तियाँ पूँजीवाद द्वारा खड़ी की गयी जड़ताओं का अतिक्रमण कर देंगी। मार्क्स की परिकल्पना में साम्यवादी समाज के उच्चतर चरण में राज्य की ज़रूरत नहीं रहेगी; काम के प्रति एक नया नज़रिया विकसित होगा जिसमें व्यक्ति से उसकी योग्यता के अनुसार काम लिया जाएगा और उसका प्रतिफल व्यक्ति की ज़रूरतों के हिसाब से दिया जाएगा।

गौरतलब है कि मार्क्स की इस रचना का प्रकाशन उनकी मृत्यु के आठ साल बाद हुआ था। तब तक मार्क्सवादी सिद्धांतों में इसे ज़्यादा महत्त्व नहीं दिया जाता था। इस विमर्श को मार्क्सवाद के मूल सिद्धांतों में शामिल करने का श्रेय लेनिन को जाता है, जिन्होंने अपनी कृति *स्टेट ऐंड रेवोल्यूशन* में मार्क्स के हवाले से समाजवाद को साम्यवादी समाज की रचना में पहला या निम्नतर चरण बताया। लेनिन के बाद समाजवाद मार्क्सवादी शब्दावली में इस तरह विन्यस्त हो गया कि कोई भी व्यक्ति या दल किसी ख़ास वैचारिक दिक़्क़त के बिना ख़ुद को समाजवादी या साम्यवादी कह सकता था। इस विमर्श की विभाजक रेखा इस बात से तय होती थी कि किसी दल या व्यक्ति के लिए क्रांतिकारी गतिविधियों का तात्कालिक और दूरगामी लक्ष्य क्या है। यानी अगर कोई ख़ुद को समाजवादी कहता था तो इसका मतलब यह होता था कि वह साम्यवादी समाज की रचना के पहले चरण पर ज़ोर देता है। यही वजह है कि कई समाजवादी देशों में शासन करने वाले दल जब ख़ुद को कम्युनिस्ट घोषित करते थे तो इसे असंगत नहीं माना जाता था।

बीसवीं शताब्दी में समाजवाद का अंतर्राष्ट्रीय प्रसार तथा सोवियत शासन व्यवस्था एक तरह से सहवर्ती परिघटनाएँ मानी जाती हैं। यह एक ऐसा तथ्य है जिसने समाजवाद के विचार और उसके भविष्य को गहराई से प्रभावित किया है। मसलन, क्रांति के बाद सोवियत संघ उसके समर्थकों और आलोचकों, दोनों के लिए समाजवाद का पर्याय बन गया। सोवियत समर्थकों की दलील यह थी कि उत्पादन के प्रमुख साधनों के समाजीकरण, बाज़ार को केंद्रीकृत नियोजन के मातहत करने, तथा विदेश व्यापार व घरेलू वित्त पर राज्य के नियंत्रण जैसे उपाय अपनाने से सोवियत संघ बहुत कम अवधि में एक औद्योगिक देश बन गया। जबकि उसके आलोचकों का कहना था कि यह एक प्रचारित छवि थी क्योंकि विराट नौकरशाही, राजनीतिक दमन, ग़ैरबराबरी तथा लोकतंत्र की अनदेखी स्वयं ही समाजवाद के आदर्श को ख़ारिज करने के लिए काफ़ी थी। समाजवाद के प्रसार में सोवियत संघ की दूसरी भूमिका एक संगठनकर्ता की थी। समाजवादी क्रांति के प्रसार के लिए कम्युनिस्ट इंटरनेशनल जैसे संगठन की स्थापना करके उसने ख़ुद को समाजवाद का हरावल साबित किया। इस संगठन ने विश्व की कम्युनिस्ट पार्टियों का लम्बे समय तक दिशा-निर्देशन किया। सोवियत संघ की भूमिका का तीसरा पहलू यह था कि उसने पूर्वी युरोप में कई हमशक्ल शासन व्यवस्थाएँ क़ायम की। अंतत: सोवियत संघ समाजवाद की प्रयोगशाला इसलिए भी माना गया क्योंकि रूसी क्रांति के बाद स्तालिन के नेतृत्व में यह सिद्धांत प्रचारित किया गया कि समाजवादी क्रांति का अन्य देशों में प्रसार करने से पहले उसे एक ही देश में मजबूत किया जाना चाहिए। कई विद्वानों की नज़र में यह एक ऐसा सूत्रीकरण था जिसने राष्ट्रीय समाजवाद की कई क़िस्मों के उभार को वैधता दिलायी।

दूसरे विश्वयुद्ध के बाद शुरू हुई वि-उपनिवेशीकरण की प्रक्रिया के दौरान समाजवाद और राष्ट्रवाद का यह संश्रय तीसरी दुनिया के देशों में समाजवाद के विकास का एक प्रारूप सा बन गया। चीन, वियतनाम तथा क्यूबा जैसे देशों में समाजवाद के प्रसार की यह एक केंद्रीय प्रवृत्ति थी।

सोवियत समर्थित समाजवाद के अलावा उसका एक अन्य रूप भी है जिसने पूँजीवादी देशों को अप्रत्यक्ष ढंग से प्रभावित किया है। मसलन, समाजवाद के तर्क और उसके आकर्षण को प्रति-संतुलित करने के लिए पश्चिम के पूँजीवादी देशों को अपनी अर्थव्यवस्था के साँचे को बदल कर

उसे कल्याणकारी रूप देना पड़ा। इस संदर्भ में स्कैंडेनेवियाई देशों, पश्चिमी युरोप तथा आस्ट्रेलेशिया क्षेत्र के देशों में कींस के लोकोपकारी विचारों से प्रेरित होकर सोवियत तर्ज़ के समाजवाद का विकल्प गढ़ने का प्रयास किया गया। माँग के प्रबंधन, आर्थिक राष्ट्रवाद, रोज़गार की गारंटी, तथा सामाजिक सेवाओं के क्षेत्र को मुनाफ़ाख़ोरी की प्रवृत्तियों से मुक्त रखने की नीति पर टिके इन कल्याणकारी उपायों ने एकबारगी पूँजीवाद और समाजवाद के अंतर को ही धुँधला कर दिया था। राज्य के इस कल्याणकारी मॉडल को एक समय पूँजीवाद की विसंगतियों— बेकारी, बेरोज़गारी, अभाव, अज्ञान आदि का स्थाई इलाज बताया जा रहा था। इस मॉडल की आर्थिक और राजनीतिक कामयाबी का सुबूत इस बात को माना जा सकता है कि अगर वामपंथी दायरों में इन उपायों की प्रशंसा की गयी तो दक्षिणपंथी राजनीति भी उनका खुला विरोध नहीं कर सकी। दूसरे विश्व-युद्ध की समाप्ति के बाद तीन दशकों तक बाज़ार केंद्रित समाजवाद का यह मॉडल काफ़ी प्रभावशाली ढंग से काम करता रहा।

लेकिन सातवें दशक में मंदी और मुद्रास्फीति की दोहरी मार तथा कल्याणकारी पूँजीवाद के गढ़ में बढ़ते सामाजिक और औद्योगिक असंतोष के कारण इस मॉडल के औचित्य को लेकर सवाल खड़े होने लगे। मार्क्सवादी शिविर के विद्वान भी लगातार यह कहते आ रहे थे कि कल्याणकारी भंगिमाओं ने असमानता और शोषण को खत्म करने के बजाय पूँजीवाद को ही मजबूत किया है। इस मॉडल का एक आपत्तिजनक पहलू यह भी प्रकट हुआ कि कामगार वर्ग को जीवन की बुनियादी सुविधाएँ प्रदान करने वाली मशीनरी के ज़रिये राज्य उस पर नियंत्रण करने की स्थिति में आ गया।

समाजवाद से प्रेरित लेकिन बाज़ार से संचालित इस कल्याणकारी मॉडल की समाजवादी नारीवादियों ने अलग ढंग से आलोचना की है। उनके अनुसार मॉडल के तहत लागू की गयी अनेक कल्याणकारी नीतियों में जेंडरगत पूर्वाग्रह पहले की तरह बरक़रार रहे। इस तरह परिवार और काम से संबंधित नीतियों में स्त्रियों को कुछ इच्छित उद्देश्य हासिल करने के लिए मुख्यत: प्रजनन की भूमिका तक सीमित रखा गया। नारीवादी आलोचकों का यह भी कहना है कि इस कल्याणकारी राज्य के लाभ तो मध्यवर्गीय स्त्रियों तक ही सीमित रहे लेकिन राज्य की निगरानी और नियंत्रण का खमियाजा मजदूर वर्ग की स्त्रियों को उठाना पड़ा।

बाज़ार को क़ायम रखते हुए समाजवाद के कुछ तत्त्वों पर अमल करने वाले इस मॉडल का नव-उदारतावादी बुद्धिजीवी शुरू से ही विरोध करते आये थे। सातवें दशक में यह वर्ग ज़ोर शोर से कहने लगा था कि समाजवाद न केवल अर्थव्यवस्था को जड़ बना देता है बल्कि व्यक्ति की स्वतंत्रता भी छीन लेता है। नवें दशक में जब सोवियत संघ के साथ पूर्वी युरोप की समाजवादी व्यवस्थाएँ एक के बाद एक ढहने लगी तो समाजवाद की इस आलोचना को व्यापक वैधता मिलने लगी। और समाजवाद के साथ इतिहास के अंत की भी बातें की जाने लगी। विजय के उन्माद में उदारवादी बुद्धिजीवियों ने यह भी कहा कि मनुष्यता के लिए पूँजीवाद ही एकमात्र विकल्प है लिहाज़ा अब उसके विकल्प की बात भूलकर केवल यह सोचा जाना चाहिए कि पूँजीवाद की कोई और शक्ल क्या हो सकती है।

वैधता के इस संकट के कारण इस अवधि में समाजवादी शिविर की अधिकांश प्रतिक्रियाओं और कार्यक्रमों का अंदाज़ आत्मरक्षात्मक रहा है। संस्थाओं, सिद्धांत तथा व्यावहारिक राजनीति की दृष्टि से भी समाजवादी गतिविधियों में जन-रुचि का ग्राफ़ काफ़ी नीचे गया है। निस्संदेह यह सब समाजवाद के गहरे संकट की ओर इशारा करता है परंतु चौतरफ़ा पस्ती के इस माहौल में जब भी रोज़गार हीन विकास, असुरक्षा तथा मानवीय गरिमा के ह्रास की बात की जाती है तो इस आलोचना के औजार लाजिमी तौर पर समाजवाद से ही लिए जाते हैं। बराबरी और सामूहिक कल्याण के समाजवादी मूल्य न केवल आज भी अपनी जगह पर क़ायम हैं बल्कि नयी शताब्दी के शुरुआती वर्षों में लातीनी अमेरिकी देशों के राजनीतिक रुझान, भूमण्डलीकरण के विश्वव्यापी विरोध तथा दुनिया के अलग अलग हिस्सों में चल रहे पर्यावरण आंदोलनों की शक्ल में एक बार फिर सतह पर लौट रहे हैं।

देखें : ऑस्कर रायज़ार्ड लांगे, निष्क्रिय क्रांति, पेटी बूर्ज़्वा, फ्रेड्रिख़ एंगेल्स, फ्रेंकफ़र्ट स्कूल, बोल्शेविक क्रांति, क्यूबा की क्रांति, काल्पनिक समाजवाद, जय प्रकाश नारायण, जॉन मेनार्ड कींस, कल्याणकारी अर्थशास्त्र, नरेंद्र देव, फ़्रांस्वा-चार्ल्स मारी फ़ूरिये, बाज़ार समाजवाद, मानवेंद्र नाथ राय, माओ त्से-तुंग, माओवाद और माओ विचार, मार्क्सवाद-1 से 5 तक, समाजवादी वसंत-1 से 4 तक, रॉबर्ट ओवेन, राज्य की मार्क्सवादी अवधारणा, राममनोहर लोहिया, रोज़ा लक्ज़ेमबर्ग, लेनिनवाद, लियोन ट्रॉट्स्की, लिबरेशन थियोलॅजी, सर्वहारा, संशोधनवाद, सांस्कृतिक क्रांति, सैं-सिमों, स्तालिन और स्तालिनवाद, सोवियत समाजवाद-1 से 3 तक, व्लादिमिर इलीच लेनिन।

संदर्भ

1. पैरी ऐंडरसन और रॉबिन ब्लैकबर्न (1965), *टुवर्ड्स सोशलिज़्म*, फ़ोंटाना लायब्रेरी, लंदन.
2. एच.डब्ल्यू. लैडलर (1948), *हिस्ट्री ऑफ़ सोशलिज़्म*, क्रोवैल, न्यूयॉर्क.
3. सी. लैण्डॉर (1959), *युरोपियन सोशलिज़्म : अ हिस्ट्री ऑफ़ आइडियाज़ ऐंड मूवमेंट्स*, युनिवर्सिटी ऑफ़ कैलिफ़ोर्निया प्रेस, बर्कले.
4. ज्यॉफ़ ईले (2002), *फ़ोर्जिंग डेमॉक्रैसी : द हिस्ट्री ऑफ़ लेफ़्ट इन युरोप, 1850-2000*, ऑक्सफ़र्ड युनिवर्सिटी प्रेस, ऑक्सफ़र्ड.

— नरेश गोस्वामी

समाजवादी पार्टी

(Samajvadi Party)

समाजवादी पार्टी का राजनीतिक प्रभाव मुख्य रूप से उत्तर प्रदेश में केंद्रित है। मुलायम सिंह यादव के नेतृत्व वाली यह पार्टी राममनोहर लोहिया के समाजवादी आदर्शों का पालन करने का दावा करती है। विरासत के तौर पर इस पार्टी के पास लोहिया के साथ-साथ चरण सिंह की विरासत भी है। इस लिहाज़ से यह पिछड़ों के हक, उनके राजनीतीकरण, कुटीर उद्योग और हिंदी भाषा की समर्थक है। अपने गठन के बाद से ही समाजवादी पार्टी उत्तर प्रदेश में या तो सत्ता में रही है या फिर विपक्ष में। चूँकि उत्तर प्रदेश से लोकसभा के सबसे ज़्यादा सदस्य चुने जाते हैं, इसलिए गठजोड़ राजनीति के दौर में समाजवादी पार्टी की भूमिका काफ़ी महत्त्वपूर्ण मानी जाती है। हिंदुत्ववादी राजनीति का लगातार विरोध करने के कारण यह वामपंथी दलों की भी चहेती पार्टी रही है। अपने गठन के बाद से तीसरे मोर्चे के राजनीतिक प्रयोगों में इसकी अहम भूमिका है।

समाजवादी पार्टी के संस्थापक मुलायम सिंह यादव खाँटी समाजवादी राजनेता के रूप में प्रसिद्ध हैं। युवावस्था में उन्होंने लोहिया से प्रभावित होकर राजनीति में आने का फ़ैसला किया। उन्हें लोहिया और उनके प्रमुख अनुयायी राजनारायण के साथ काम करने का अवसर भी मिला। बाद में मुलायम सिंह ने उत्तर प्रदेश में अपने आधार के ज़रिये राष्ट्रीय राजनीतिक दावेदारी की तरफ़ बढ़ रहे चरण सिंह का नेतृत्व स्वीकार कर लिया। 1977 में बनी जनता पार्टी सरकार में रामनरेश यादव के मुख्यमंत्रित्व में वे सहकारिता मंत्री बने। इसके बाद मुलायम सिंह यादव ने कभी पीछे मुड़ कर नहीं देखा। 1989 में उत्तर प्रदेश में जनता दल को भाजपा के बाहरी समर्थन से सरकार गठित करने का अवसर मिला। मुलायम सिंह इस सरकार के मुख्यमंत्री बने। दिलचस्प तथ्य यह है कि उन्होंने चरण सिंह के बेटे अजित सिंह को विधायक दल के नेता के चुनाव में हराया था। अपनी सरकार की स्थिरता के लिए भाजपा पर निर्भर होने के बावजूद मुलायम सिंह ने भाजपा की साम्प्रदायिक राजनीति से कोई समझौता नहीं किया। यहाँ तक कि उन्होंने 1990 के अक्टूबर महीने में अयोध्या में बाबरी मसज़िद पर आक्रमण कर रहे उपद्रवी कारसेवकों के ख़िलाफ़ गोली चलाने के आदेश दिये। अपने दृढ़ फ़ैसले के कारण एक ओर तो वे अल्पसंख्यकों और सेकुलर जमात में लोकप्रिय हुए, वहीं उन्हें भाजपा और दूसरे दक्षिणपंथी ताक़तों के आक्रोश का भी सामना करना पड़ा। भाजपा ने अपने अध्यक्ष लालकृष्ण आडवाणी की रथयात्रा के बिहार में रोके जाने के विरोध में केंद्र की तत्कालीन विश्वनाथ प्रताप सिंह सरकार और साथ में राज्य की मुलायम सिंह सरकार से अपना समर्थन वापस ले लिया। इस समय जनता दल के भीतर भी काफ़ी खींचतान चल रही थी जिसके परिणामस्वरूप देवीलाल और चंद्रशेखर ने जनता दल से अलग होकर समाजवादी जनता पार्टी बनायी। चंद्रशेखर को केंद्र में कांग्रेस के बाहरी समर्थन से सरकार बनाने का मौक़ा भी मिला। मुलायम सिंह यादव भी समाजवादी जनता पार्टी में शामिल हो गये और कांग्रेस की मदद से उनकी सरकार भी बच गयी। लेकिन 1991 में कांग्रेस द्वारा समर्थन वापस ले लेने के कारण उनकी सरकार का पतन हो गया। 1991 में हुए राज्य विधानसभा चुनावों में भाजपा को बहुमत मिला। समाजवादी जनता पार्टी का राज्य में दूसरे स्थान पर रही। बहरहाल, राष्ट्रीय स्तर पर समाजवादी जनता पार्टी की स्थिति काफ़ी ख़राब हो चुकी थी। अत: मुलायम सिंह ने अपने लिए अलग और स्वतंत्र रास्ता चुनने का फ़ैसला किया और 1992 में समाजवादी पार्टी का गठन किया।

समाजवादी पार्टी ने अपने गठन के बाद उत्तर प्रदेश में अपना आधार तेज़ी से फैलाया। असल में मुलायम सिंह पहले से ही पिछड़ों, ख़ासतौर पर यादवों और मुसलमानों में ख़ासे लोकप्रिय थे। इसलिए समाजवादी पार्टी को अपना आधार मजबूत बनाने में किसी ख़ास परेशानी का सामना नहीं करना पड़ा। 1993 में उत्तर प्रदेश विधानसभा चुनाव बाबरी मसज़िद गिराये जाने के बाद की स्थिति में हो रहे थे और राज्य में साम्प्रदायिक ध्रुवीकरण की स्थिति थी। मुलायम सिंह ने राजनीतिक समझदारी दिखाते हुए बहुजन समाज पार्टी (बसपा) से चुनावी गठजोड़ किया और कांशी राम के साथ संयुक्त रूप से पूरे राज्य में ज़बरदस्त चुनाव प्रचार किया। चुनावों में भाजपा की ऐतिहासिक हार हुई और सपा-बसपा गठबंधन की जीत हुई। इन चुनावों में सपा को 104 और बसपा को 61 सीटों पर जीत मिली। यह एक चमकदार राजनीतिक घटनाक्रम था, जिसके बारे में रजनी कोठारी जैसे राजनीतिशास्त्रियों ने यह विचार व्यक्त किया कि पिछड़े समूहों की यह राजनीतिक चेतना साम्प्रदायिक राजनीति का कारगर प्रतिकार है। लेकिन सपा-बसपा गठबंधन सरकार बहुत सुचारु रूप से काम नहीं कर पायी। इसका एक बड़ा कारण यह था कि बसपा और ख़ासतौर पर इसकी तत्कालीन महासचिव मायावती ने लगातार इस सरकार पर दबाव बनाया। आख़िरकार जून, 1995 में इस सरकार का पतन हो गया।

मुलायम सिंह की सरकार ने पिछड़ों-अल्पसंख्यकों की भलाई के लिए कई क़दम उठाये, लेकिन इस दौर में राज्य में अपराधों में भी ज़बरदस्त बढ़ोतरी हुई। बहरहाल, मुलायम सिंह सरकार से समर्थन वापस लेने के बाद बसपा ने भाजपा के समर्थन से सरकार बनायी। लेकिन यह सरकार भी नहीं टिक सकी।

1996 के लोकसभा चुनावों के बाद केंद्र की राजनीति

में सपा की भूमिका में काफ़ी महत्त्वपूर्ण हो गयी। इन चुनावों में किसी भी एक राजनीतिक दल को स्पष्ट बहुमत नहीं मिला। अटल बिहारी वाजपेयी के नेतृत्व में बनी भाजपा सरकार का 13 दिनों के भीतर ही पतन हो गया। इसके बाद ग़ैर-कांग्रेस और ग़ैर-भाजपा दलों ने मिलकर तीसरे मोर्चे के सरकार के गठन की क़वायद शुरू की और संयुक्त मोर्चा का गठन किया गया। यह कहा जाता है (ख़ुद मुलायम सिंह ने भी कई साक्षात्कारों में यह कहा है) कि वी. पी. सिंह और ज्योति बसु द्वारा सरकार के नेतृत्व करने से मना कर दिये जाने के बाद संयुक्त मोर्चे की सरकार के नेतृत्व के लिए मुलायम सिंह का नाम भी सामने आया। लेकिन कई नेताओं (विशेषकर लालू यादव) के विरोध के कारण वे प्रधानमंत्री नहीं बन पाये। बहरहाल मुलायम सिंह संयुक्त मोर्चा की दोनों सरकारों में रक्षा मंत्री रहे। लेकिन 1998 के चुनावों के बाद भाजपा के नेतृत्व में गठबंधन सरकार बन गयी और इसलिए केंद्र की राजनीति में सपा विपक्ष में आ गयी।

उत्तर प्रदेश विधानसभा चुनाव में 1996 में सपा अपने पहले के प्रदर्शन में कोई सुधार नहीं कर पायी और उसे राज्य विधानसभा में कुल 104 सीटों पर जीत मिली। 156 सीटों पर जीत के साथ भाजपा सबसे बड़े दल की रूप में उभरी और बसपा को 64 सीटों पर जीत मिली। कुछ महीनों तक राष्ट्रपति शासन रहने के बाद वहाँ भाजपा और बसपा में छह-छह महीने तक सरकार चलाने का समझौता हुआ। बहरहाल, छह महीने का अपना दौर ख़त्म होने के बाद बसपा ने भाजपा को सत्ता स्थानांतरित करने से मना कर दिया। लेकिन भाजपा ने बसपा में विभाजन करवा कर विधानसभा में अपना बहुमत साबित कर दिखाया। इस दौरान सपा ने राज्य में विपक्षी दल की भूमिका अदा की। 2002 में हुए राज्य विधानसभा चुनावों में सपा को 143 सीटों पर जीत मिली और यह सबसे बड़े दल के रूप में उभरी। बहरहाल, इन चुनावों के बाद एक बार फिर भाजपा के समर्थन से बसपा नेता मायावती की सरकार बनी। लेकिन यह सरकार छह महीने ही चल पायी। इसके बाद मुलायम सिंह के नेतृत्व में सरकार बनी, जिन्होंने कांग्रेस, निर्दलीय और अन्य छोटे दलों की मदद से बहुमत हासिल किया। मुलायम सिंह की इस सरकार का प्रदर्शन उल्लेखनीय नहीं रहा। ख़ास तौर पर, बिजली, पानी, सड़क के मुद्दों पर इनकी सरकार की छवि काफ़ी नकारात्मक बनती चली गयी। विरोधी दलों ने उनके शासन को 'गुंडाराज' की संज्ञा दी। 2007 के विधानसभा चुनावों के नतीजों पर भी इसका स्पष्ट प्रभाव दिखा। इन चुनावों बसपा को पूर्ण बहुमत मिला।

नब्बे के दशक के आख़िरी वर्षों से ही समाजवादी पार्टी में उसके महासचिव अमर सिंह के प्रभाव के तहत कॉरपोरेट घरानों और फ़िल्मी सितारों आदि को तरजीह दी जाने लगी थी। चुनावी जीत हासिल करने वाले समीकरण बनाने के चक्कर में मुलायम सिंह ने कट्टर हिंदुत्व का प्रतीक माने जाने वाले कल्याण सिंह को 2009 के संसदीय चुनावों के पहले अपनी पार्टी में शामिल कर लिया था। इससे सपा का आधार माने जाने वाले कुछ मुसलिम मतदाता भी नाराज हुए। इसका खामियाजा उन्हें 2009 के लोकसभा चुनावों में भुगतना पड़ा। इन चुनावों में सपा को सिर्फ़ 23 सीटों पर जीत मिली, जबकि 2004 में सपा को 35 सीटों पर जीत मिली थी। बहरहाल, इसके बाद मुलायम सिंह ने अपनी राजनीतिक भूल में सुधार किया। उन्होंने पहले कल्याण सिंह से नाता तोड़ा और बाद में अमर सिंह को भी बाहर का रास्ता दिखाया।

इसके साथ ही पार्टी में नेतृत्व के स्तर पर पीढ़ीगत बदलाव करने की भी कोशिश की गयी। मुलायम सिंह ने अपने पुत्र अखिलेश यादव को राजनीतिक रूप से ज़्यादा सक्रिय किया। अखिलेश ने 2012 के विधानसभा चुनावों के काफ़ी पहले से पूरे प्रदेश का जम कर दौरा किया और कुछ ख़ास तरह के मुद्दों पर पार्टी को नया रास्ता दिखाया। मसलन, उन्होंने पिछड़ी जातियों के युवाओं में नयी तकनीक और नये अवसरों से जुड़ने की प्रेरणा भरने की कोशिश की। हिंदी भाषा के प्रति आग्रह को क़ायम रखने के बावजूद उन्होंने अंग्रेज़ी विरोध को बहुत ज़्यादा तरजीह नहीं दी। अपने विरोधियों के ख़िलाफ़ बेजा व्यक्तिगत या राजनीतिक आलोचना करने के बजाय उन्होंने लोगों के सामने अपना एजेंडा पेश किया। इन सब कारणों से 2012 के लोकसभा चुनावों में सपा को स्पष्ट बहुमत मिला और अखिलेश यादव राज्य के मुख्यमंत्री बने। समाजवादी पार्टी के नेता घोषित तौर पर यह मानते हैं कि अब उनका अगला और सबसे बड़ा लक्ष्य मुलायम सिंह को प्रधानमंत्री बनवाना है।

इस बात कोई संदेह नहीं है कि समाजवादी पार्टी देश के सबसे बड़े राज्य में पिछड़ी जातियों के राजनीतीकरण का प्रतिनिधित्व करती है। इस संदर्भ में अपनी राजनीतिक जीवन की शुरुआत से ही राममनोहर लोहिया के विचारों से गहराई से प्रभावित रहे मुलायम सिंह की भूमिका भी स्पष्ट है। लेकिन समाजवादी पार्टी की राजनीति की कई महत्त्वपूर्ण सीमाएँ भी रही हैं : पहला, समाजवादी पार्टी में परिवारवाद छाया हुआ है। मुलायम सिंह के परिवार के कई सदस्य राजनीति में उतर आये हैं और उनकी संख्या बढ़ती ही जा रही है। यह सच है कि देश के कई दूसरे बहुत से दल भी परिवारवाद और वंशवाद से जकड़े हुए हैं, लेकिन समाजवादी पार्टी इस मामले में उनसे अलग साबित नहीं हुई है।

दूसरा, समाजवादी पार्टी पर अपराधी रेकार्ड रखने वाले नेताओं को प्रश्रय देने का आरोप भी लगता रहा है। सपा ने कभी भी ख़ुद को इस तरह के नेताओं से स्पष्ट रूप से दूर करने की कोशिश भी नहीं की। इसलिए सपा के ख़िलाफ़ इनके विरोधी (ख़ासतौर पर बसपा) 'गुंडाराज को प्रश्रय देने'

का आरोप लगाती रही है। तीसरा, पिछड़ी जातियों की राजनीति को आगे बढ़ाने और पिछड़ों में राजनीतिक जागरूकता लाने के बावजूद सपा ने इनकी आर्थिक स्थिति में बदलाव लाने के लिए कोई बुनियादी आर्थिक कार्यक्रम पेश नहीं किया। राजनीतिक प्रतिनिधित्व के संदर्भ में भी यह कहा जा सकता है कि अति-पिछड़ी जातियाँ सपा के भीतर नेतृत्व के स्तर पर बहुत आगे नहीं आ पायीं। चौथा, अल्पसंख्यकों के संदर्भ में भी यही बात कही जा सकती है। साम्प्रदायिकता विरोध के नाम पर उत्तर प्रदेश में मुसलमानों ने लगातार मुलायम सिंह को समर्थन किया। लेकिन सपा की सरकारें बनने के बावजूद उनकी आर्थिक या शैक्षणिक स्थिति में कोई ज़बरदस्त बदलाव नहीं आया है। पाँचवाँ, सपा राष्ट्रीय स्तर ज़्यादा बड़ी भूमिका निभाना चाहती है। इसके लिए यह जरूरी है कि वह ग़ैर-कांग्रेसी, ग़ैर-भाजपायी दलों के साथ मुद्दों के आधार पर राजनीतिक समझ बनाने की कोशिश करे। लेकिन अधिकांश मौकों पर सपा का व्यवहार ऐसा नहीं रहा है कि दूसरे दल इससे जुड़ें। मसलन, 2012 के राष्ट्रपति चुनावों के समय सपा और तृणमूल कांग्रेस ने एक साथ कांग्रेस उम्मीदवार का विरोध करने का फ़ैसला किया। लेकिन एक दिन बाद ही सपा अध्यक्ष अपने बयान से मुकर गये। इसी तरह, कई मौक़ों पर सपा ने संयुक्त प्रगतिशील गठबंधन सरकार की ज़बरदस्त आलोचना की, मगर संसद में हमेशा उसका समर्थन किया। इससे ग़ैर-कांग्रेस और ग़ैर-भाजपा दलों के बीच सपा की राजनीतिक विश्वसनीयता कम हुई। छठा, सपा की राजनीति की एक सीमा यह भी रही है कि यह उत्तर प्रदेश के बाहर अपना विस्तार कर पाने में नाकाम रही है।

इन सीमाओं के बावजूद इस बात से इनकार नहीं किया जा सकता है कि पिछले दो दशकों की भारतीय राजनीति में सपा ने महत्त्वपूर्ण भूमिका अदा की है। भारतीय राजनीति में इसकी पहचान ऐसे दल के रूप में रही है जिसने पिछड़ों के राजनीतिक उभार को आगे बढ़ाने के साथ-साथ साम्प्रदायिक राजनीति के ख़िलाफ़ सख़्त रुख अपनाया है। लेकिन सपा के देश की राजनीति में ज़्यादा सार्थक भूमिका निभाने के लिए यह आवश्यक है कि वह नीतिगत आधार पर विश्वसनीय तरीक़े से तीसरे मोर्चे के निर्माण की कोशिश करे और यह प्रयास भी करे कि उत्तर प्रदेश से बाहर उसका विस्तार हो।

देखें : अकाली दल, कांग्रेस 'प्रणाली', ग़ैर-कांग्रेसवाद, गठजोड़ राजनीति, जनता दल और उसकी विरासत-1 और 2, तेलुगु देशम पार्टी, पार्टी-गठजोड़ की राजनीति, भारत में गठजोड़ राजनीति, भारतीय जनता पार्टी-1 और 2, भारत में मतदान-व्यवहार-1, 2, 3, 4, 5 और 6, भारतीय राष्ट्रीय कांग्रेस-1 और 2, भारतीय कम्युनिस्ट पार्टी, भारतीय कम्युनिस्ट पार्टी (मार्क्सवादी), राष्ट्रीय जनतांत्रिक गठजोड़, वाम मोर्चा, शिव सेना, बहुजन समाज पार्टी-1 और 2, शिरोमणि अकाली दल, समाजवादी पार्टी, संयुक्त प्रगतिशील गठजोड़।

संदर्भ

1. अभय कुमार दुबे (1997), *मुलायम सिंह यादव : एक राजनीतिक अध्ययन,* राजकमल प्रकाशन, नयी दिल्ली.
2. जी. के. लिटेन (1994), 'ऑन कास्टिज़म ऐंड कम्युनलिज़म इन उत्तर प्रदेश', *इकॉनॉमिक ऐंड पॉलिटिकल वीकली,* खण्ड 29, अंक 14.
3. स्मिता गुप्ता (2007). 'द मुस्लिम्स ऑफ़ उत्तर प्रदेश', *इकॉनॉमिक ऐंड पॉलिटिकल वीकली,* खण्ड 42, अंक 23
4. एस. जी. और आर. आर. (1999), 'उत्तर प्रदेश : समाजवादी पार्टी होल्ड्स ग्राउंड', *इकॉनॉमिक ऐंड पॉलिटिकल वीकली,* खण्ड 34, नंबर 49.
5. राधिका रामाशेषन (2012), 'उत्तर प्रदेश इलेक्शन ऐंड समाजवादी पार्टी'ज़ विक्टरी', *इकॉनॉमिक ऐंड पॉलिटिकल वीकली,* खण्ड 47, नंबर 14.

— कमल नयन चौबे

समाजवादी वसंत-1

हंगरी में विद्रोह

(Socialist Spring-1)

सोवियत ख़ेमे में आने वाले तीन पूर्वी युरोपीय देशों (हंगरी, पोलैण्ड और चेकोस्लोवाकिया) में पचास और साठ के दशकों में घटी उन घटनाओं को समाजवादी वसंत का नाम दिया जा सकता है जिनके दौरान मार्क्सवादी विचारधारा के तहत एक अपेक्षाकृत खुला समाज बनाने की पहलक़दमियाँ ली गयीं थीं। सभी प्रयास सोवियत संघ द्वारा बुरी तरह कुचल दिये गये ताकि इन देशों में एक पार्टी की तानाशाही जारी रखी जा सके। आज पूर्वी युरोप से सोवियत शैली की हुकूमतों का सफ़ाया हो चुका है और कम्युनिस्टों की राजनीतिक वापिसी की कोई सम्भावना नहीं है। लेकिन पीछे मुड़ कर देखने से लगता है कि अगर इस अवधि के दोनों सोवियत शासकों (ख्रुश्चेव और ब्रेज़नेव) ने इन देशों की कम्युनिस्ट पार्टियों द्वारा बनायी गयी समाज और तंत्र के जनवादीकरण की योजनाओं के सकारात्मक पहलुओं पर ज़ोर दिया होता, तो इस क्षेत्र का इतिहास कुछ और भी हो सकता था। समाजवादी वसंत की पहली घटना हंगरी में घटी थी जिसके नायक वहाँ के कम्युनिस्ट नेता इमरे नागी थे। दूसरी घटना पोलैण्ड में घटी

जिसके शिखर पर व्लादिस्लाव गोमुल्का थे जिन्होंने पोलिश जनता से समाजवाद के नये संस्करण की स्थापना का वायदा किया था। तीसरी घटना चेकोस्लोवाकिया में घटी जिसे प्राग वसंत के नाम से याद किया जाता है। इसका नेतृत्व वहाँ की पार्टी के महासचिव अलेक्सांदेर दुबचेक के हाथ में था।

पूर्वी युरोप में पोलैण्ड, चेकोस्लोवाकिया, बल्गारिया, अल्बानिया, हंगरी और रोमानिया में जो पार्टियाँ शासन कर रही थीं, उनकी नीतियाँ न केवल सोवियत संघ में अपनायी जाने वाली नीतियों की प्रतिकृति थीं, बल्कि ये देश अपनी सुरक्षा के लिए भी सोवियत संघ पर निर्भर थे। 1955 में शीत-युद्ध के दबाव में हुए वारसा पैक्ट ने इन देशों को पूरी तरह से सोवियत संघ के उपग्रहों में बदल दिया था। 1953 में स्तालिन की मृत्यु और उसके बाद 1956 में सोवियत पार्टी की बीसवीं कांग्रेस में ख़ुश्चेव की 'सीक्रेट स्पीच' द्वारा प्रस्तावित अ-स्तालिनीकरण ने समाजवाद की बहुकेंद्रीय धारणा को बल दिया। एक सम्भावना जगी कि सभी देशों में एक ही ढर्रे का समाजवाद होना ज़रूरी नहीं है। मार्क्सवाद-लेनिनवाद में प्रशिक्षित और सोवियत नेतृत्व के जाने-समझे इन तीनों नेताओं द्वारा अपने अपने देशों की विशिष्ट परिस्थितियों में समाजवाद का एक भिन्न मॉडल स्थापित करने के प्रयासों की यही पृष्ठभूमि थी।

हंगरी में 1956 की घटनाओं को सर्वसत्तावाद के ख़िलाफ़ पहली क्रांति की संज्ञा दी जाती है। हान्ना एरेंत के मुताबिक़ यह क्रांति जन-परिषदों द्वारा संचालित स्वशासी समाज बनाना चाहती थी। हंगरी की कम्युनिस्ट पार्टी के भीतर दमनकारी राज्य-तंत्र के चरित्र और नियोजित अर्थव्यवस्था की विफलताओं पर पहली उल्लेखनीय बहस स्तालिन की मृत्यु के बाद फूटी। 1953 में सुधारवादी रुझान के नेता इमरे नागी प्रधानमंत्री बने, लेकिन पार्टी और राज्य की बागडोर कट्टरपंथी समझे जाने वालों के हाथ में ही रही। नागी ने उद्योगीकरण की गति को धीमा किया और खेतिहर क्षेत्र में ज़बरन चलाये जा रहे सामूहिकीकरण को रोक दिया। उन्होंने जनता के जीवन-स्तर को बढ़ाने की नीतियाँ अपनायीं और राज्य-तंत्र के आंतक को घटाने में प्रमुख भूमिका निभायी। पार्टी की कट्टरपंथी ताक़तों ने इसके ख़िलाफ़ प्रतिक्रिया करते हुए 1955 में नागी को निष्कासित कर दिया। एक बार फिर 1953 से पहले वाली नीतियों को लागू करने का सिलसिला चला जिससे समाज के राजनीतिकृत हिस्सों में ख़ासा असंतोष पैदा हुआ।

सोवियत संघ की बीसवीं पार्टी कांग्रेस में ख़ुश्चेव द्वारा दिये गये स्तालिन विरोधी भाषण की अनुक्रिया ने हंगरी के बुद्धिजीवियों के बीच एक ज़बरदस्त सुधार आंदोलन को जन्म दिया जिसमें प्रतिबद्ध कम्युनिस्ट बुद्धिजीवी भी शामिल थे। जुलाई, 1956 में हंगरी के प्रमुख स्तालिनवादी नेता राक़ोसी को पार्टी के सचिव पद से इस्तीफ़ा देना पड़ा। कई विश्वविद्यालयों में छात्रों ने अपने स्वतंत्र संगठन बना लिए। एक सोलह सूत्री माँग पत्र तैयार हुआ जिसमें लोकतंत्रीकरण और बुनियादी अधिकारों की वापिसी के साथ-साथ हंगरी को सोवियत संघ की मातहती से मुक्त करने की माँग भी शामिल थी। 23 अक्टूबर, 1956 को दोपहर बाद बुडापेस्ट में छात्रों ने एक शांतिपूर्ण प्रदर्शन किया। ये छात्र पोलिश कम्युनिस्ट नेता गोमुल्का द्वारा किये जा रहे सुधारों के साथ अपनी एकजुटता जताना चाहते थे। शाम तक छात्रों के समर्थन में दो लाख लोग संसद भवन के सामने जमा हो गये। वहाँ लगी हुई स्तालिन की विशाल प्रतिमा को प्रदर्शनकारियों ने तोड़ डाला। प्रदर्शनकारियों ने 1848 में हुई उदारतावादी हंगारी क्रांति के उन्हीं प्रतीकों का इस्तेमाल किया जिनका इस्तेमाल करके 1948 में कम्युनिस्ट पार्टी ने ख़ुद को लोकप्रिय बनाया था। उनका कहना था कि कम्युनिस्ट पार्टी के ढाँचे को लोकतांत्रिक बनाया जाना चाहिए, देश में बहुपार्टी प्रणाली स्थापित करके चुनाव कराये जाने चाहिए और इमरे नागी को फिर से प्रधानमंत्री पद पर नियुक्त किया जाना चाहिए।

कम्युनिस्ट शासन ने स्टेट प्रोटेक्शन एथॉरिटी (एवीएच) द्वारा प्रदर्शनकारियों का दमन किया, क्योंकि बुडापेस्ट की पुलिस ने छात्रों के ख़िलाफ़ कार्रवाई करने से इनकार कर दिया था। 25 अक्टूबर को संसद के सामने चौक पर एवीएच द्वारा चलाई गयी गोली से सत्तर लोग मारे गये। इसके बाद संघर्ष शुरू हो गया, और लोकतंत्र के समर्थकों की तरफ़ से भी हमले हुए। हालात हाथ से पूरी तरह निकलते देख कर पार्टी के नेता एर्नो गेरो और सोवियत राजदूत यूरी आंद्रोपोव ने विद्रोह के दमन के लिए फ़ौज के इस्तेमाल का फ़ैसला किया, लेकिन हंगरी की फ़ौज ने इसका हिस्सा बनने से इनकार कर दिया। गेरो और आंद्रोपोव प्रतिरोध की तीव्रता देख कर चकित रह गये। सोवियत फ़ौजों के हाथों क़रीब ढाई सौ विद्रोहियों के मारे जाने के बावजूद प्रतिरोध जारी रहा। परिणामस्वरूप स्तालिनवाद विरोधी लड़ाई एक क़िस्म के राष्ट्रीय स्वतंत्रता संग्राम में बदल गयी। 26 अक्टूबर तक हड़तालें और प्रतिरोध सारे देश में फैल चुके थे। जगह-जगह क्रांतिकारी संगठन उभरने लगे और पहले से मौजूद संगठनों के साथ उनका तालमेल बनने लगा। राष्ट्रीय परिषदों ने जगह-जगह सत्ता पर क़ब्ज़ा करना शुरू कर दिया। 28 अक्टूबर तक क्रांति की यह प्रक्रिया गाँवों तक पहुँच गयी।

हालात देख कर नागी को फिर से प्रधानमंत्री बनाना पड़ा और जानोस कादार नये पार्टी सचिव बने। इन दोनों से पार्टी को उम्मीद थी कि वे मेल-मिलाप वाला रवैया अख़्तियार करते हुए सशस्त्र विद्रोह की भर्त्सना करेंगे और कुछ माँगों को मानने का रुख दिखाएँगे। सारे देश में सक्रिय हो चुके क्रांतिकारी संगठनों के कारण इस आंदोलन का

फ़ौजी दमन नामुमकिन हो चुका था। नागी ने विद्रोहियों से हथियार डाल देने और समझौता वार्ता करने का आग्रह किया, पर उन्होंने शर्त रखी कि पहले सोवियत फ़ौजें वापिस जाएँ और बहुपार्टी प्रणाली स्थापित की जाए। विद्रोहियों की दृढ़ता देख कर नागी को भी अपनी हिचक छोड़नी पड़ी, और 30 अक्टूबर को उन्होंने सभी कट्टरपंथियों को बर्ख़ास्त करते हुए अपनी सरकार को एक लोकप्रिय मोर्चा सरकार में बदल दिया। सोवियत संघ ने इसके ख़िलाफ़ तीखी प्रतिक्रिया की और एक नवम्बर को ख्रुश्चेव ने पूरी ताक़त से दूसरे फ़ौजी हस्तक्षेप का फ़ैसला किया। जवाब में नागी ने हंगरी को तटस्थ राष्ट्र घोषित कर दिया ताकि रूसी हमले को किसी तरह की अंतर्राष्ट्रीय वैधता न मिल सके। इसके बाद प्रतिरक्षा के लिए एकीकृत नैशनल गार्ड का गठन किया गया। चार नवम्बर को सोवियत हमला शुरू हुआ जिसके ख़िलाफ़ पंद्रह हज़ार लोगों ने बहादुराना संघर्ष किया। क़रीब ढाई हज़ार लोग मारे गये जिनमें ज़्यादातर युवा और मज़दूर वर्ग के थे। नागी को गिरफ़्तार कर लिया गया। कादार ने सोवियत संघ का साथ देने का फ़ैसला किया। कठपुतली सरकार का नेता बनते ही उन्होंने नागी को मौत की सज़ा सुनायी। 22,000 लोग जेल में डाल दिये गये, 229 को फ़ाँसी पर लटका दिया गया और लोकतांत्रिक क्रांति के समर्थकों को अगले पाँच साल तक मार्शल लॉ के तहत अमानवीय अत्याचारों का सामना करना पड़ा।

इमरे नागी (1896-1958)

हंगरी की क्रांति विफल हो गयी, लेकिन उसकी स्मृतियाँ इस देश के लोकतांत्रिक संघर्ष को लगातार प्रेरित करती रहीं। 1977 में 34 प्रमुख हंगारी बुद्धिजीवियों ने नागरिक अधिकारों की माँग करते हुए चार्टा-77 नामक घोषणापत्र पर हस्ताक्षर किये। 1985 में 45 प्रमुख बुद्धिजीवियों ने अपने देश के बढ़ते हुए आर्थिक और सामाजिक संकट पर एक बैठक आयोजित की जिसमें सभी असंतुष्ट गुटों ने भाग लिया। अगले साल से विरोध प्रदर्शनों का सिलसिला शुरू हो गया, नये राजनीतिक संगठन बनाये जाने लगे। गिरफ़्तारियों और दमन से यह सिलसिला नहीं थमा। 22 मार्च, 1989 को राजनीतिक दलों, ट्रेड यूनियनों और सामाजिक संगठनों ने मिल कर नैशनल राउंड टेबिल की रचना की। 1956 की क्रांति के नायक इमरे नागी और उनके साथियों के शव को दोबारा बाक़ायदा दफ़नाने के लिए दो लाख लोग जुटे। 23 अक्टूबर के दिन क्रांति की शुरुआत हुई थी, और उसी दिन हंगरी को गणराज्य घोषित किया करके राष्ट्रीय अवकाश मनाने का एलान किया गया। राउंड टेबिल के परिणामस्वरूप देश की पहली ग़ैर-कम्युनिस्ट सरकार चुनी गयी जिसने अगले साल 23 मई को सत्ता ग्रहण की।

देखें : अर्नेस्टो चे गुएवारा, आधार और अधिरचना, ऑस्कर रायज़ार्ड लांगे, आंगिक और पारम्परिक बुद्धिजीवी, एंतोनियो ग्राम्शी, कार्ल हाइनरिख़ मार्क्स-1 से 4 तक, क्रांति, क्रांति : मार्क्सवादी विमर्श, ग्योर्गी लूकाच, नयी सदी में मार्क्सवादी विमर्श-1 से 9 तक, निष्क्रिय क्रांति, पेटी बूर्ज़्वा, फ्रेड्रिख़ एंगेल्स, फ्रेंकफ़र्ट स्कूल, भारत में किसान संघर्ष-2 और 4, भारतीय कम्युनिस्ट पार्टी, भारतीय कम्युनिस्ट पार्टी (मार्क्सवादी), भाषा के मार्क्सवादी सिद्धांत, भ्रांत चेतना, बोल्शेविक क्रांति, फ्रांस्वा-चार्ल्स मारी फ़ूरिये, क्यूबा की क्रांति, फ्रेंज़ फ़ानो, हिंसा-1 और 2, मानवेंद्र नाथ राय, माओ त्से-तुंग, माओवाद और माओ विचार, मार्क्सवाद-1 से 5 तक, मार्क्सवादी इतिहास-लेखन, मार्क्सवादी समाजशास्त्र, मार्क्सवाद और पारिस्थितिकी, मार्क्सवादी अर्थशास्त्र, मिख़ाइल मिख़ाइलोविच बाख़्तिन, रॉबर्ट ओवेन, राज्य की मार्क्सवादी अवधारणा, रोज़ा लक्ज़ेमबर्ग, लेनिनवाद, लियोन ट्रॉट्स्की, लिबरेशन थियोलॉजी, सर्वहारा, संशोधनवाद, सांस्कृतिक क्रांति, सैं-सिमों, स्तालिन और स्तालिनवाद, सोवियत समाजवाद-1 से 3 तक, सोवियत सिनेमा, वर्चस्व, व्लादिमिर इलीच लेनिन।

संदर्भ

1. हान्ना एरेंत (1962), 'रिफ्लेक्शंस ऑन द हंगेरियन रेवोल्यूशन', द *ओरिजिंस ऑफ़ टोटेलियरनिज़्म,* एलेन ऐंड अनविन, लंदन.
2. फ़ेरेंस लाज़ो (2009), 'हंगरी, रेवोल्यूशन ऑफ़ 1956', इमैनुएल नैस (सम्पा.), द *इंटरनैशनल इनसाइक्लोपीडिया ऑफ़ रेवोल्यूशन ऐंड प्रोटेस्ट, 1500 टू प्रज़ेंट,* विली-ब्लैकवेल, ऑक्सफ़र्ड.
3. कारिन ई. न्यूमैन (2009), 'हंगरी, एंटी-कम्युनिस्ट प्रोटेस्ट्स, 1945-1989', इमैनुएल नैस (सम्पा.), द *इंटरनैशनल इनसाइक्लोपीडिया ऑफ़ रेवोल्यूशन ऐंड प्रोटेस्ट, 1500 टू प्रज़ेंट,* विली-ब्लैकवेल, ऑक्सफ़र्ड.
4. पी. केनी (2002), *अ कार्निवाल ऑफ़ रेवोल्यूशन : सेंट्रल युरोप 1889,* प्रिंसटन युनिवर्सिटी प्रेस, प्रिंसटन.

— अभय कुमार दुबे

समाजवादी वसंत-2

पोलैण्ड में मज़दूरों का विद्रोह

(Socialist Spring-2)

पचास के दशक में जिस समय हंगरी सोवियत जकड़ से बाहर निकलने की कोशिश करते हुए समाजवाद के भिन्न संस्करण की दावेदारियाँ पेश कर रहा था, उसी समय पोलैण्ड की कम्युनिस्ट पार्टी के सुधारवादी धड़े की तरफ़ से भी ऐसी ही राजनीतिक परियोजना चलाई जा रही थी। हंगरी में छात्रों के जिस शांतिपूर्ण प्रदर्शन से क्रांति की शुरुआत हुई थी, वह पोलैण्ड के कम्युनिस्ट नेता व्लादिस्लाव गोमुल्का द्वारा प्रस्तावित सुधारवादी एजेंडे का समर्थन करने के नाम पर ही आयोजित किया गया था। फ़रवरी, 1956 में हुई बीसवीं सोवियत पार्टी कांग्रेस में निकिता ख़ुश्चेव के उस ख़ुफ़िया भाषण की ख़बर ने रिस-रिस कर पूरे कम्युनिस्ट जगत में हलचल मचा दी थी जिसमें उन्होंने स्तालिन के शासन-काल की ज़्यादतियों का ब्योरा देते हुए समाज और तंत्र के अ-स्तालिनीकरण का आह्वान किया था। पोलिश कम्युनिस्टों के एक हिस्से ने एक क़दम आगे बढ़ कर इस भाषण का पूरा पाठ सार्वजनिक रूप से प्रकाशित कर दिया। परिणामस्वरूप न केवल पोलिश पार्टी सुधार के समर्थकों और विरोधियों में बँट गयी, बल्कि आम तौर पर पार्टी के भीतरी हलक़ों में चलने वाली बहस खुले आम होने लगी। कम्युनिस्ट शासन की प्रकृति पर आम सभाओं में प्रश्न उठाये जाने लगे। मज़दूर वर्ग की तरफ़ से अति-केंद्रित अर्थव्यवस्था, बदइंतज़ामी और नागरिक अधिकारों के अभाव की शिकायतें आने लगीं। किसानों की तरफ़ से अपनी ज़मीनें वापिस देने की माँग की गयी। विवाद के केंद्र में सोवियत प्रभुत्व से आज़ादी की माँग थी। पार्टी ने इस बहस पर रोक लगाने की कोशिश की, पर तब तक हालात उसके हाथ से निकल चुके थे।

लेक वालेसा (1943-)

28 जून को पोज़नान की विशालकाय फ़ैक्ट्री में हड़ताल हो गयी। हज़ारों मज़दूरों ने औरतों-बच्चों समेत जुलूस निकाल कर पार्टी के स्थानीय अधिकारियों को एक शिकायत-पत्र थमा दिया। पार्टी द्वारा माँगों की उपेक्षा किये जाने पर यह प्रतिरोध तेज़ी के साथ पूरे देश में एक विद्रोह की तरह फैलता चला गया। विद्रोहियों ने सोवियत चौधराहट से मुक्त पोलैण्ड बनाने का आह्वान किया। इसे कुचलने के लिए सोवियत प्रशिक्षित रक्षा मंत्री मार्शल रोकोसोव्स्की ने चार सौ टैंकों और बख़्तरबंद गाड़ियों का इस्तेमाल किया। इस संघर्ष में 73 विद्रोही मारे गये, सैकड़ों बुरी तरह घायल हो गये और सात फ़ौजियों की भी जान गयी। सोवियत कम्युनिस्ट पार्टी ने इस घटना को अमेरिकी साज़िश का नतीजा क़रार दिया। लेकिन इसके फलितार्थ बहुत गहरे साबित हुए। पार्टी के निचले स्तरों से हज़ारों प्रस्ताव वारसा स्थित मुख्यालय को भेजे जाने लगे जिनमें माँग की गयी थी कि सुधारवादी कम्युनिस्ट नेता गोमुल्का को पोलित ब्यूरो का फिर से सदस्य बनाया जाए। गोमुल्का 1944 से 48 के बीच सत्ता सँभाल चुके थे, और उन्हें दक्षिणपंथी भटकाव का शिकार बता कर हाशिये पर धकेल दिया गया था। अक्टूबर में गोमुल्का ने भी पहलक़दमी लेते हुए पोज़नान में हुए दमन की आलोचना की और कहा कि पार्टी को मज़दूर वर्ग के साथ अपने अलगाव पर फिर से ग़ौर करते हुए अपने भीतर रैडिकल तब्दीलियाँ करनी चाहिए। उन्होंने सरकार का आकार छोटा करने, प्रमुख मंत्रालयों में जमे बैठे सोवियत सलाहकारों को मास्को वापिस भेजने, और कुल मिला कर दोनों देशों के संबंधों को समान धरातल पर लाने की माँग भी की। बदले में रोकोसोव्स्की ने पोलैण्ड में मौजूद रूसी फ़ौजों का इस्तेमाल करने की धमकी दी।

इसी समय अपने दो पोलित ब्यूरो सदस्यों के साथ ख़ुद ख़ुश्चेव वारसा पहुँचे। वार्ता शुरू हुई जिसमें सोवियत नेता ने अपने हितों की रक्षा के लिए किसी भी हद तक जा कर हस्तक्षेप करने की धमकी दी। गोमुल्का ने संयम दिखाते हुए ख़ुश्चेव को आश्वस्त किया कि वे न केवल एक पार्टी की हुकूमत के पक्ष में हैं, बल्कि सोवियत प्रणाली में बुनियादी तौर पर यक़ीन करते हैं। उन्होंने वारसा पैक्ट के प्रति भी अपनी निष्ठा जतायी। इस वार्ता के परिणामस्वरूप गोमुल्का को दोबारा पार्टी का नेता बनाया गया। उन्होंने वारसा के पैलेस ऑफ़ कल्चर के सामने तीन लाख से ज़्यादा नागरिकों को सम्बोधित करते हुए जानकारी दी कि सोवियत फ़ौजें बैरकों में लौट गयी हैं। अब समाजवाद के नये संस्करण की रचना की जाएगी जिसमें उद्यमशीलता को अधिक प्रोत्साहन दिया जाएगा और कारख़ानों का प्रबंधन मज़दूरों के हाथ में रहेगा। गोमुल्का ने कैथॅलिक चर्च से भी अपील की कि वह राष्ट्र-निर्माण की देशभक्तिपूर्ण परियोजना में हाथ बँटाये। गोमुल्का के आग्रह पर सोवियत संघ ने अपने कई सलाहकार वापिस बुला लिए और मार्शल रोकोसोव्स्की को भी पेंशनयाफ़्ता कर दिया गया। पोलिश ज़मीन पर तैनात रूसी फ़ौजों की गतिविधियाँ नियंत्रित करने के लिए नये नियम बनाये गये। खेती के सामूहिकीकरण की कार्रवाई रोक

दी गयी। चर्च की राजनीतिक गतिविधियों पर तो पाबंदी रही, पर उसे सांस्कृतिक जीवन में भाग लेने की इजाज़त मिल गयी।

समाजवाद का यह संस्करण कुछ नया ज़रूर था, लेकिन बुद्धिजीवियों को इससे तसल्ली नहीं हुई। उन्हें अक्टूबर में गोमुल्का से की गयी घोषणाओं से कहीं ज़्यादा उम्मीद थी। उन्हें उस समय और निराशा हुई जब कुछ दिन पहले ही हटाई गयी सेंसरशिप फिर से लागू कर दी गयी। स्वतंत्र बहस-मुबाहिसे करवाने वाले क्लब प्रतिबंधित कर दिये गये। मज़दूरों को भी जल्दी ही लग गया कि दरअसल फ़ैक्ट्रियों के प्रबंधन में उनकी भागीदारी व्यावहारिक रूप से है ही नहीं। अर्थव्यवस्था फिर से जड़ता की तरफ़ जाने लगी।

1968 में वारसा विश्वविद्यालय के छात्रों ने अभिव्यक्ति की आज़ादी के प्रश्न पर पूरे देश में घूम-घूम कर प्रचार किया। गोमुल्का ने उनके ऊपर संशोधनवादियों का एजेंट होने का आरोप लगाया, उनके आंदोलन को 'यहूदी साज़िश' क़रार दिया और उन्हें सज़ा देने के लिए विश्वविद्यालय में अर्थशास्त्र, दर्शनशास्त्र, समाजशास्त्र और मनोविज्ञान की फ़ैकल्टियाँ भंग कर दी गयीं। एक हज़ार से ज़्यादा छात्र निकाल दिये गये। वारसा की टैक्निकल युनिवर्सिटी से भी डेढ़ हज़ार छात्र निकाले गये। यह छात्र आंदोलन गोमुल्का की हुकूमत को पहली गम्भीर चुनौती थी। दो साल बाद मज़दूरों के ज़बरदस्त विद्रोह के कारण गोमुल्का को सत्ता छोड़नी पड़ी। सत्तर के दशक में इन्हीं विद्रोही छात्रों ने उस राजनीतिक आंदोलन की नींव डालने में प्रमुख भूमिका निभायी जिसका विकास आगे चल सोलिडरटी के रूप में हुआ। 1988 से 1993 के बीच की अवधि पोलैण्ड के इतिहास में सोलिडरिटी नामक ट्रेड यूनियन द्वारा चलाये गये प्रतिरोध के सामाजिक-राजनीतिक आंदोलन के लिए जानी जाती है। एक ट्रेड यूनियन के रूप में सोलिडरिटी का गठन 1980-81 में ग़ैर-कम्युनिस्ट राजनीतिक शक्तियों, अर्थशास्त्रियों और मज़दूर नेताओं की प्रेरणा और सक्रियता से हुआ था। इसकी भूमिका कमेटी ऑफ़ वर्कर्स नामक संगठन द्वारा लम्बे अरसे तक संघर्ष करके बनाये गये बुद्धिजीवियों और मज़दूरों के संश्रय ने तैयार की थी। हुकूमत ने बाद में इसे ग़ैर-क़ानूनी घोषित कर दिया। कम्युनिस्टों का अपना सत्ता समर्थक ट्रेड यूनियन महासंघ (ओपीज़ेडज़ेड) था। मई और अगस्त, 1988 में हुई मज़दूर हड़तालों के परिणामस्वरूप नवम्बर में टेलीविज़न पर उस समय तक ग़ैरक़ानूनी सोलिडरिटी के नेता लेक वालेसा और ओपीज़ेडज़ेड के अध्यक्ष अल्फ्रेड मियोदोविच के बीच खुली बहस आयोजित की गयी। 1989 में सरकार को मज़दूरों के दबाव के सामने झुकना पड़ा। 59 दिनों तक चली ऐतिहासिक गोलमेज़ वार्ता के परिणामस्वरूप कई संरचनागत आर्थिक सुधार घोषित किये गये और सोलिडरिटी को क़ानूनी मान्यता एक बार फिर से मिली।

आर्थिक जड़ता बढ़ती जा रही थी। 1992 में अध्यापक भी हड़ताल पर उतर आये। मज़दूरों और जनता के अन्य तबकों ने हड़तालों और प्रदर्शनों से परे जा कर अनशन, धरना, सड़क जाम, सरकारी इमारतों पर अस्थाई क़ब्ज़ा जैसे क़दम भी उठाने शुरू कर दिये। इन तमाम गतिविधियों का नेतृत्व या तो सोलिडरिटी के हाथ में रहता था, या फिर ओपीज़ेडज़ेड के हाथ में। सोलिडरिटी का रवैया अधिक जुझारू था, और ओपीज़ेडज़ेड का अपेक्षाकृत कम। वालेसा के नेतृत्व में सोलिडरिटी की आंतरिक राजनीति तेज़ी से राजनीतिक बहुलता, यूनियनों को अधिक स्वायत्तता और कम्युनिस्ट विरोध की तरफ़ झुकती चली गयी। जून, 1989 में हुए चुनावों में सोलिडरिटी ने एक राजनीतिक पार्टी के तौर पर भागीदारी की, और नवगठित सिनेट की सौ में से 99 सीटें जीत कर इतिहास बनाया। अगले साल राष्ट्रपति के चुनाव में वालेसा को 77.5 प्रतिशत वोट मिले। इस समय तक पूर्वी युरोप सोवियत संघ के हाथ से पूरी तरह से निकल चुका था। 1991 में एक राष्ट्र के रूप में सोवियत संघ का अस्तित्व मिट गया, और पोलैण्ड ने लेक वालेसा के नेतृत्व में एक नये राजनीतिक दौर में प्रवेश किया।

देखें : अर्नेस्टो चे गुएवारा, आधार और अधिरचना, ऑस्कर रायज़ार्ड लांगे, आंगिक और पारम्परिक बुद्धिजीवी, एंतोनियो ग्राम्शी, कार्ल हाइनरिख़ मार्क्स-1 से 4 तक, क्रांति, क्रांति : मार्क्सवादी विमर्श, ग्योर्गी लूकाच, नयी सदी में मार्क्सवादी विमर्श-1 से 9 तक, निष्क्रिय क्रांति, पेटी बूर्ज्वा, फ्रेड्रिख़ एंगेल्स, फ्रेंकफ़र्ट स्कूल, भारत में किसान संघर्ष-2 और 4, भारतीय कम्युनिस्ट पार्टी, भारतीय कम्युनिस्ट पार्टी (मार्क्सवादी), भाषा के मार्क्सवादी सिद्धांत, भ्रांत चेतना, बोल्शेविक क्रांति, फ्रांस्वा-चार्ल्स मारी फ़ूरिये, क्यूबा की क्रांति, फ्रेंज़ फ़ानो, हिंसा-1 और 2, मानवेंद्र नाथ राय, माओ त्से-तुंग, माओवाद और माओ विचार, मार्क्सवाद-1 से 5 तक, मार्क्सवादी इतिहास-लेखन, मार्क्सवादी समाजशास्त्र, मार्क्सवाद और पारिस्थितिकी, मार्क्सवादी अर्थशास्त्र, मिख़ाइल मिख़ाइलोविच बाख़्तिन, रॉबर्ट ओवेन, राज्य की मार्क्सवादी अवधारणा, रोज़ा लक्ज़ेमबर्ग, लेनिनवाद, लियोन ट्रॉट्स्की, लिबरेशन थियोलॉजी, सर्वहारा, संशोधनवाद, सांस्कृतिक क्रांति, सैं-सिमों, स्तालिन और स्तालिनवाद, सोवियत समाजवाद-1 से 3 तक, सोवियत सिनेमा, वर्चस्व, व्लादिमिर इलीच लेनिन।

संदर्भ

1. आर. जुज़ोव्स्की (1992), *पॉलिटिकल डिसेंट ऐंड अपोज़ीशन इन पोलैण्ड*, प्रेजर, वेस्टपोर्ट, सीटी.
2. टी. गार्टन एश (2002), *द पोलिश रेवोल्यूशन : सोलिडरिटी*, येल युनिवर्सिटी प्रेस, न्यू हैविन.
3. ए. कैम्प-वेल्श (2008), *पोलैण्ड अंडर कम्युनिज़म : एक कोल्ड वार हिस्ट्री*, केम्ब्रिज युनिवर्सिटी प्रेस, केम्ब्रिज.
4. के. पेरसाक (2008), 'द पोलिश-सोवियत कन्फ्रंटेशन इन 1956', टी. कॉक्स (सम्पा.), *चैलैंजिंग कम्युनिज़्म युरोप : 1956 ऐंड इट्स लीगेसी*, रॉटलेज, लंदन.

— अभय कुमार दुबे

समाजवादी वसंत-3

चेकोस्लोवाकिया में मानवीय समाजवाद की तलाश

(Socialist Spring-3)

हंगरी और पोलैण्ड में जो विद्रोह पचास के दशक में हुए थे, उनसे भी कहीं गहरे फलितार्थों वाला विद्रोह साठ के दशक में चेकोस्लोवाकिया में हुआ। पूर्वी युरोप का यह देश चेक और स्लोवाक राष्ट्रीयताओं का राजनीतिक संगम था। यहाँ के घटनाक्रम ने आर्थिक-सामाजिक नियंत्रण के सोवियत मॉडल को जो चुनौती दी, उसके शिखर पर वहाँ की कम्युनिस्ट पार्टी और उसके नेता अलेक्सांदेर दुबचेक थे। 1963 से शुरू हुई मज़दूरों, छात्रों और बुद्धिजीवियों की बार-बार होने वाली गोलबंदी हालाँकि 1968 में प्राग वसंत के रूप में शिखर पर पहुँची, लेकिन उसकी प्रेरणाओं का स्रोत वही अ-स्तालिनीकरण था जिसे ख्रुश्चेव द्वारा सोवियत संघ में 1956 से शुरू करके जल्दी ही ठंडे बरते में टाल दिया गया था। द्वितीय विश्व-युद्ध के बाद विद्वानों ने अगर किसी राजनीतिक प्रकरण का सबसे ज़्यादा अध्ययन किया है तो वह है प्राग वसंत। वारसा पैक्ट की आड़ में सोवियत फ़ौजों ने प्राग वसंत नामक इस अभूतपूर्व विद्रोह का दमन कर दिया, लेकिन इस घटना के कारण भारत समेत दुनिया के कई देशों के वामपंथी बुद्धिजीवियों के मानस में सोवियत मार्का मार्क्सवाद की नकारात्मक छवि अंकित हो गयी।

अलेक्सांदेर दुबचेक (1921-1992)

चेकोस्लोवाकिया पर शासन करने वाली कम्युनिस्ट पार्टी द्वारा अप्रैल, 1968 में एक्शन प्रोग्राम की शक्ल में जारी घोषणा-पत्र प्राग वसंत के केंद्र में था। राजनीतिक प्रणाली में आमूलचूल सुधार का आग्रह करने वाले इस घोषणा-पत्र को लिखने में तीन महीने लगे थे। इसमें दर्जनों संस्थाओं, जाँच रपटों, आयोगों और बहुत से बुद्धिजीवियों की भूमिका थी। इसके प्रावधान युगोस्लाविया में टीटो के नेतृत्व में किये जा रहे श्रमिकों द्वारा उद्योगों के मज़दूरों के स्व-प्रबंधन से प्रभावित थे। शुरू से ही ख़ुद को सोवियत ख़ेमे से बाहर रखने के कारण युगोस्लाविया ऐसा करने की स्थिति में था। इस घोषणा-पत्र पर दूसरी छाप युरोपीय कम्युनिस्ट पार्टियों के भीतर चल रहे विमर्श की थी। घोषणा-पत्र के मुख्य बिंदु थे : अभिव्यक्ति और संगठन पर लगी पाबंदियाँ ढीली करना, ख़ुफ़िया पुलिस द्वारा क़दम-क़दम पर की जाने वाली निगरानी में कटौती करना, नियोजित अर्थव्यवस्था में बाज़ार के पहलुओं का समावेश करना, बहुसंख्यक चेक और अल्पसंख्यक स्लोवाक राष्ट्रीयता की हैसियतों को समान धरातल पर लाना और कम्युनिस्ट पार्टी को कम से कम अर्ध-प्रतियोगात्मक चुनावों के लिए तैयार करना। इस घोषणा-पत्र के पीछे विश्वविद्यालयीय छात्रों, ट्रेड यूनियनों के संस्थाबद्ध मज़दूरों और बुद्धिजीवियों के समर्थन की ताक़त थी।

चेकोस्लोवाकिया की कम्युनिस्ट पार्टी ने 1948 में सत्ता सँभाली थी। प्राग वसंत के समय उसके नेता मास्को के पॉलिटिकल कॉलेज में शिक्षा प्राप्त दुबचेक स्वयं स्लोवाक राष्ट्रीयता के थे, और उन्हें सोवियत नेताओं का पूरा विश्वास प्राप्त था। दुबचेक चाहते थे कि वे अपने कम्युनिस्ट तंत्र को पार्टी का वर्चस्व क़ायम रखते हुए क्रमशः सुधारें। स्लोवाक पार्टी के नेता के तौर पर वे अपनी राष्ट्रीयता के बुद्धिजीवियों और लेखकों का समर्थन जीतने में कामयाब साबित हुए थे। कम्युनिस्ट होते हुए भी उन्हें स्लोवाक राष्ट्रवाद के प्रतिनिधि के तौर पर मान्यता प्राप्त थी। उनके नेतृत्व में चेकोस्लोवाकिया के कट्टरपंथी राष्ट्रपति नोवोत्नी के ख़िलाफ़ असंतोष गोलबंद हुआ जिसके फलस्वरूप सत्ता परिवर्तन में नोवोत्नी की जगह दुबचेक को मिली। दुबचेक के शासनकाल में ऐसे कई क़दम उठाये गये जिन्हें समाजवाद के मानवीय चेहरे की संज्ञा दी गयी।

घोषणा-पत्र के कारण जैसे ही सेंसरशिप ख़त्म हुई, नाटककार वाक्लाव हावेल की अगुआयी में एक विपक्षी पार्टी गठित करने की योजना बनने लगी। परिचर्चा क्लबों की स्थापना होने लगी जो कम्युनिस्ट पार्टी के नियंत्रण से बाहर थे। सोवियत पार्टी के कान खड़े हो गये और उन्होंने दुबचेक को चेताया। लेकिन इन बुद्धिजीवियों का दमन करने के बजाय दुबचेक ने प्रस्ताव रखा कि चेकोस्लोवाकियायी कम्युनिस्ट पार्टी की एक विशेष कांग्रेस आयोजित की जाए जिसमें कट्टरपंथियों और उदारपंथियों के बीच का रास्ता तलाश करने वाला नेतृत्व चुना जाए जो तंत्र में हो रहे सुधारों को बिना किसी विच्छिन्नता के अगले चरण में पहुँचा सके। सोवियत कम्युनिस्ट पार्टी के महासचिव लियोनिद ब्रेज़नेव को भरोसा नहीं हुआ कि दुबचेक ऐसा नेतृत्व निकाल कर दिखा सकते हैं। इसलिए 17 अगस्त को उन्होंने वारसा पैक्ट के नाम पर चेकोस्लोवाकिया में फ़ौजें भेजने का फ़ैसला किया। इस फ़ौजी ऑपरेशन में ज़्यादातर सोवियत सैनिकों के साथ-साथ पूर्वी जर्मनी, पोलैण्ड, हंगरी की सांकेतिक भागीदारी भी थी, पर रोमानिया ने इससे ख़ुद को अलग रखा था। अगला हफ़्ता ख़त्म होते-होते पाँच लाख फ़ौजी और छह हज़ार टैंक चेकोस्लोवाकिया की सीमा पार

कर चुके थे। दुबचेक ने अपने फ़ौजों को वारसा पैक्ट की इन फ़ौजों का प्रतिरोध न करने का आदेश दिया। दुबचेक और उनके सुधारवादी साथियों को गिरफ़्तार करके मास्को ले जाया गया, जहाँ उन्हें ब्रेज़नेव को लिखित आश्वासन देना पड़ा कि वे सोवियत हितों और एक पार्टी की हुकूमत को किसी न किसी प्रकार क़ायम रखेंगे।

इससे पहले कि चार दिन बाद दुबचेक की चेकोस्लोवाकिया वापिसी होती, क़ब्ज़ा करने वाली आक्रामक फ़ौजों के ख़िलाफ़ प्रतिरोध शुरू हो गया। नौजवान टैंकों पर पत्थर और बोतलें फेंकने लगे, बसों को बैरिकेड बना कर टैंकों की बढ़त रोक दी गयी और मानव-शृंखलाएँ बनायी गयीं। इन अपेक्षाकृत अहिंसक उपायों से चिढ़ कर कई जगह फ़ौज ने गोलियाँ चलाईं जिससे प्राग रेडियो स्टेशन के बाहर 17 लोग मारे गये। जल्दी ही सोवियत क़ब्ज़े के ख़िलाफ़ संघर्ष एक क्लासिकल अहिंसक प्रतिरोध में विकसित होता चला गया। छात्रों, शिक्षाविदों, कवियों, सम्पादकों, कलाकारों और अभिनेताओं ने मोर्चा सँभाला। भित्ति-चित्रों, नारों, याचिकाओं, लतीफ़ों, गीतों, कविताओं और नाटकों का सिलसिला फूट पड़ा। सोवियत कोशिशें रेडियो स्टेशनों की फ्रीक्वेंसी जाम करने की थीं, लेकिन क्षेत्रीय रेडियो स्टेशनों ने इसे नाकाम करते हुए प्रतिरोध-सामग्री का प्रसारण जारी रखा। फ़ैक्ट्रियों में लगे लाउडस्पीकरों का भी आंदोलनकारी इस्तेमाल किया गया। जनता से अपील की गयी कि वे फ़ौजियों को इस तरह नज़रअंदाज़ करें कि जैसे वे हों ही नहीं। चेक और स्लोवाक जनता ने ज़बरदस्त एकता का प्रदर्शन करते हुए आक्रमणकारी फ़ौज की सप्लाई लाइन जाम कर दी।

चार दिन बाद जब दुबचेक और उनके साथी मास्को से वापिस भेजे गये, तो सोवियत दबाव के कारण उनके सुधारवादी आग्रह ठंडे बस्ते में जा चुके थे। लेकिन चेक और स्लोवाक जनता अपने प्रतिरोध को ख़त्म करने के लिए तैयार नहीं हुए। कुछ दिनों की शांति के बाद 28 अक्टूबर को प्राग और अन्य शहरों में हज़ारों लोग सड़कों पर निकल आये। पुलिस, फ़ौज और पार्टी-मिलिशिया की मदद से इन प्रदर्शनकारियों के ऊपर हिंसा की गयी, गिरफ़्तारियाँ हुईं और एक व्यक्ति की जान भी गयी। प्रतिरोध का दूसरा दौर छात्रों और मज़दूरों के गठजोड़ की देन था। 16 जनवरी, 1969 को एक छात्र जान पालाक ने प्राग के बीचो-बीच बने एक चौक पर प्रतिरोधस्वरूप आत्मदाह कर लिया। पालाक की शवयात्रा में भीड़ उमड़ पड़ी। इसके बाद कई लोगों ने पालाक के नक्शे-क़दम पर चलते हुए आत्मदाह की कोशिशें कीं। प्रतिरोध की इन कार्रवाइयों ने पार्टी के भीतर ज़बरदस्त बहस पैदा कर दी। अप्रैल, 1969 में दुबचेक को सत्ता से हटा कर सोवियत संघ ने गुस्ताव हुसाक को उनकी जगह बैठा दिया। सोवियत आक्रमण का एक साल पूरे होने पर एक बार फिर चेक और स्लोवाक जनता ने प्रतिरोध का सिलसिला शुरू किया। इस बार सोवियत फ़ौजें बैरकों में रहीं, और हुसाक के निर्देश में स्थानीय पुलिस और चेकोस्लोवाक सेना ने प्रदर्शनकारियों का दमन किया। दुबचेक को तुर्की में राजदूत बना कर भेज दिया गया। बाद में वे पार्टी से निकाले गये और स्लोवाकिया में निर्वासन भोगते रहे जहाँ उन्हें एक यार्ड में क्लर्क का काम करके जीवनयापन करना पड़ा। 19 साल बाद दुबचेक 1989 में प्राग लौटे और वाक्लाव हावेल की अगुआयी में हो रही कम्युनिस्ट विरोधी राजनीति का समर्थन किया। दुबचेक की लोकप्रियता में कोई कमी नहीं आयी थी। उन्हें नवनिर्वाचित संघीय संसद का अध्यक्ष चुना गया। 1992 तक इस पद पर रहने के बाद वे स्लोवाक सोशल डेमॉक्रैटिक पार्टी के अध्यक्ष बनाये गये। उनका देहांत इसी वर्ष एक दुर्घटना में मिले ज़ख़्मों के कारण हुआ। दुबचेक के देहांत के दो महीने बाद चेकोस्लोवाकिया का चेक गणराज्य और स्लोवाकिया के बीच विभाजन हो गया।

देखें : अर्नेस्टो चे गुएवारा, आधार और अधिरचना, ऑस्कर रायज़ार्ड लांगे, आंगिक और पारम्परिक बुद्धिजीवी, एंतोनियो ग्राम्शी, कार्ल हाइनरिख़ मार्क्स-1 से 4 तक, क्रांति, क्रांति : मार्क्सवादी विमर्श, ग्योर्गी लूकाच, नयी सदी में मार्क्सवादी विमर्श-1 से 9 तक, निष्क्रिय क्रांति, पेटी बूर्ज्वा, फ्रेड्रिख़ एंगेल्स, फ्रेंकफ़र्ट स्कूल, भारत में किसान संघर्ष-2 और 4, भारतीय कम्युनिस्ट पार्टी, भारतीय कम्युनिस्ट पार्टी (मार्क्सवादी), भाषा के मार्क्सवादी सिद्धांत, भ्रांत चेतना, बोल्शेविक क्रांति, फ्रांस्वा-चार्ल्स मारी फ़ूरिये, क्यूबा की क्रांति, फ्रेंज़ फ़ानो, हिंसा-1 और 2, मानवेंद्र नाथ राय, माओ त्से-तुंग, माओवाद और माओ विचार, मार्क्सवाद-1 से 5 तक, मार्क्सवादी इतिहास-लेखन, मार्क्सवादी समाजशास्त्र, मार्क्सवाद और पारिस्थितिकी, मार्क्सवादी अर्थशास्त्र, मिख़ाइल मिख़ाइलोविच बाख़्तिन, रॉबर्ट ओवेन, राज्य की मार्क्सवादी अवधारणा, रोज़ा लक्ज़ेमबर्ग, लेनिनवाद, लियोन ट्रॉट्स्की, लिबरेशन थियोलॉजी, सर्वहारा, संशोधनवाद, सांस्कृतिक क्रांति, सैं-सिमों, स्तालिन और स्तालिनवाद, सोवियत समाजवाद-1 से 3 तक, सोवियत सिनेमा, वर्चस्व, व्लादिमिर इलीच लेनिन।

संदर्भ

1. के. विलियम्स (1997), *द प्राग स्प्रिंग ऐंड इट्स आफ्टरमाथ, चेकोस्लोवाक पॉलिटिक्स, 1968-1970,* केम्ब्रिज युनिवर्सिटी प्रेस, केम्ब्रिज.
2. अलेक्सांदेर दुबचेक, (1993) *होप डाइज़ लास्ट : द ऑटोबायोग्राफ़ी ऑफ़ अलेक्सांदेर दुबचेक,* अनु. जिरी होचमैन, कोडसाना अमेरिका, न्यूयॉर्क.
3. वी.वी. कुसिन (1971), *द इंटलेक्चुअल ओरिजिंस ऑफ़ द प्राग स्प्रिंग : द डिवेलपमेंट ऑफ़ रिफ़ोर्मिस्ट आइडियाज़ इन चेकोस्लोवाकिया,* 1956-1967, केम्ब्रिज युनिवर्सिटी प्रेस, केम्ब्रिज.
4. जो. गोलन (1971), द *चेकोस्लोवाक रिफ़ॉर्म मूवमेंट : कम्युनिज़म इन क्राइसिस, 1962-1968,* केम्ब्रिज युनिवर्सिटी प्रेस, केम्ब्रिज.

— अभय कुमार दुबे

समाजवादी वसंत-4

टीटो और मज़दूरों का स्व-प्रबंधन

(Socialist Spring-4)

पचास के दशक में सोवियत नमूने से अलग हटते हुए अपना विशिष्ट समाजवाद बनाने का अत्यंत महत्त्वपूर्ण प्रयोग करने का श्रेय युगोस्लावियाई कम्युनिस्ट पार्टी के नेता जोसिप ब्रोज़ टीटो (1892-1980) को जाता है। द्वितीय विश्व-युद्ध के बाद 1948 में सोवियत और युगोस्लाव कम्युनिस्टों के बीच पैदा हुए मतभेदों के केंद्र में फैक्ट्रियों के प्रबंधन का प्रश्न था। सोवियत संघ में कारख़ानों का संचालन किसी भी अन्य पूँजीवादी देश की ही तरह एकल प्रबंधक प्रणाली के आधार पर होता था। इसके विपरीत युगोस्लाविया में कारख़ानों की कमान मज़दूरों की चुनी हुई परिषदों के हाथों में दी गयी। स्तालिन की आपत्तियों के बावजूद इस युगोस्लाव प्रयोग को रोका नहीं जा सका, क्योंकि टीटो ने शुरू से ही ख़ुद को सोवियत ख़ेमे से अलग रखा था। युगोस्लाविया अपनी सुरक्षा के लिए सोवियत लाल सेना का मोहताज़ नहीं था। उसकी कम्युनिस्ट पार्टी को सोवियत विरोधी होने के आरोप में कोमिनफ़ॉर्म (इंफ़ॉर्मेशन ब्यूरो ऑफ़ कम्युनिस्ट ऐंड वर्कर्स पार्टीज़) से निष्कासित भी कर दिया गया, लेकिन उसकी परवाह किये बिना युगोस्लाव प्रयोग न केवल जारी रहा, बल्कि उसने काफ़ी हद तक अर्थव्यवस्था और लोकतंत्र के मोर्चे पर कामयाब निकाल कर दिखाये।

जोसिप ब्रोज़ टीटो (1892-1980)

क्रोएशिया के एक गाँव में 7 मई, 1892 को पैदा हुए जोसिप ब्रोज़ का बचपन बेहद ग़रीबी में बीता। पहले उन्हें एक होटल में वेटर का काम करना पड़ा और फिर उन्होंने ताला बनाने का काम सीखा। ताला फ़ैक्ट्री में ही वे समाजवादी आंदोलन के सम्पर्क में आये। ज़ग्रेब में एक मैकेनिक के तौर पर काम करते हुए उन्होंने धातु श्रमिकों की यनियन और सोशल डेमॉक्रैटिक पार्टी की सदस्यता ग्रहण की। प्रथम विश्व-युद्ध में वे ऑस्ट्रो-हंगेरियन फ़ौज में भर्ती हो गये और उन्हें पूर्वी मोर्चे पर रूसी फ़ौजों से लड़ना पड़ा। 1915 में वे घायलावस्था में रूसियों द्वारा गिरफ़्तार करके उराल पहाड़ियों पर बने श्रम-शिविर में भेज दिये गये। यहाँ से छूट कर टीटो को 1917 में बोल्शेविक क्रांति में भागीदारी करने का ऐतिहासिक मौक़ा मिला। जुलाई में पेत्रोग्राद में हुए प्रदर्शनों में टीटो भी शामिल थे। 1920 में ऑस्ट्रो-हंगेरियन साम्राज्य के ख़ात्मे के बाद टीटो इंटरनैशनल रेड गार्ड्स के सदस्य के रूप में स्वदेश लौटे। 1929 में सर्बिया, क्रोएशिया और स्लोवानिया को मिला कर किंगडम ऑफ़ युगोस्लाविया की स्थापना के समय तक टीटो की ख्याति हड़तालें कराने में कुशल कम्युनिस्ट नेता के रूप में जम चुकी थी। इसी दौरान टीटो को पाँच साल जेल में गुज़ारने पड़े। मार्च, 1934 में उनकी रिहाई हुई और अगले साल कोमिंटर्न के बाल्कन विभाग में काम करने के लिए वे मास्को लौटे। 1936 में उन्हें विभाजित पड़ी युगोस्लाव कम्युनिस्ट पार्टी को मज़बूत करने के लिए स्वदेश भेजा गया। 1938 तक वे पार्टी के महासचिव बन चुके थे। उनके नेतृत्व में पार्टी अनुशासित हुई, उसका विस्तार हुआ और उसके राजनीतिक प्रभाव में भी बढ़ोतरी हुई। इस दौरान युगोस्लाविया में क्रांति करने के प्रश्न पर कोमिंटर्न के साथ उनके कई बार मतभेद हुए, लेकिन इसके बावजूद टीटो ने स्तालिन के प्रति अपनी निष्ठा क़ायम रखी और वे सोवियत संघ को विश्व-क्रांति का केंद्र मानते रहे।

1941 में जर्मन, इतालवी, हंगेरियायी और बल्गारियायी फ़ौजों ने युगोस्लाविया पर हमला कर दिया। टीटो और उनकी पार्टी ने इसका हथियाबंद प्रतिरोध करने का फ़ैसला किया। अगले चार साल तक टीटो के नेतृत्व में पाँच लाख फ़ौजियों वाली कम्युनिस्ट फ़ौज ने एक तरफ़ तो आक्रमणकारियों से लोहा लिया, और दूसरी तरफ़ जर्मनों के साथ सहयोग करने वाली स्थानीय ताक़तों को भी पराजित किया। 'भाईचारे और एकता' के नारे के आधार पर हुए इस फ़ासिस्ट विरोधी युद्ध में जीतने के लिए उन्हें रूसी रेड आर्मी की मदद की ज़रूरत नहीं पड़ी। युगोस्लाविया की राष्ट्रीय मुक्ति के लिए बनी फ़ासिस्ट विरोधी परिषद् ने टीटो को मार्शल की उपाधि से विभूषित किया। युगोस्लाविया की सभी घटक राष्ट्रीयताओं ने उन्हें अपना निर्विवाद नेता माना।

युद्ध के बाद टीटो ने युगोस्लाविया और सोवियत संघ के संबंधों को समान धरातल पर लाने की कोशिश की। स्तालिन ने इसे स्वीकार नहीं किया। युद्ध के दौरान युगोस्लावियायी कम्युनिस्टों द्वारा अपनी स्वतंत्र सरकार बनाने के प्रस्ताव को स्तालिन ने पसंद नहीं किया था। उसी समय से लगने लगा था कि सोवियत संघ विश्व कम्युनिस्ट आंदोलन में किसी भी पार्टी को अपनी चौधराहट से अलग सोचते और आचरण करते देखने के लिए तैयार नहीं है। 1948 में टीटो ने मुक्ति संग्राम के अपने साथी कमांडर मिलोवान जिलास को दूत बना कर वार्ता के लिए सोवियत

संघ भेजा ताकि स्तालिन से पूरी तरह नाता तोड़ लिया जाए। धीरे-धीरे युगोस्लाविया अपना अलग रास्ता खोजने लगा। पचास के शुरुआत से उसने मज़दूरों के स्व-प्रबंधन के रूप में औद्योगिक लोकतंत्र की स्थापना का फ़ैसला किया।

युगोस्लाव कम्युनिस्टों ने सोवियत संघ में समाजवाद की रचना के प्रयोग को 'विकृत' और नौकरशाही पर बहुत अधिक निर्भर क़रार देते हुए दावा किया कि मज़दूरों का स्व-प्रबंधन समाजवादी आंदोलन की जड़ों के बहुत नज़दीक है। टीटो ने 1871 के पेरिस कम्यून और बोल्शेविक क्रांति के शुरुआती दौर में सोवियतों की भूमिका की याद दिलायी। उनका कहना था कि फैक्ट्रियों और समाज के संचालन की ज़िम्मेदारी जितनी ज़्यादा श्रमिकों के हाथ में जाएगी, राज्य की संस्था उतनी ही ज़्यादा तिरोहित होने की दिशा में बढ़ेगी।

युगोस्लाविया का यह प्रयोग शुरू में काफ़ी कामयाब साबित हुआ। न केवल आर्थिक वृद्धि की दर बढ़ी, बल्कि सामाजिक और सांस्कृतिक विकास भी प्रशंसनीय रहा। द्वितीय विश्व-युद्ध के दौरान हुए विनाश से देश को निकालना आसान नहीं था। लेकिन युगोस्लावियायी कम्युनिस्ट पार्टी के नेतृत्व में अधिरचनात्मक सुविधाओं, संचार व्यवस्था और रिहाइशी इमारतों का तेज़ी से निर्माण किया गया। पचास और साठ के दशकों में युगोस्लाविया दुनिया की सबसे तेज़ रफ़्तार से विकसित होती हुई अर्थव्यवस्था थी। 1964 तक उसका औद्योगिक उत्पादन पाँच गुना हो चुका था। कम्युनिस्ट हुकूमत की स्थापना के समय युगोस्लाविया मुख्य तौर से एक ग्रामीण देश था जिसका तेज़ी से शहरीकरण हो रहा था। सत्तर के दशक तक युगोस्लाविया में जीवन-स्तर यूनान और इटली के जीवन-स्तर को छूने लगा था। स्वास्थ्य सेवाओं का नेटवर्क स्थापित कर दिया गया था, और शिक्षा प्रणाली की सफलता के कारण निरक्षरता तक़रीबन ख़त्म कर दी गयी थी। स्त्री-रोज़गार की परिघटना का भी उल्लेखनीय विकास देखा जा रहा था। अन्य समाजवादी देशों की भाँति युगोस्लाविया में व्यक्तिगत, सांस्कृतिक और राजनीतिक स्वतंत्रताएँ सीमित नहीं थीं। विदेश यात्रा पर प्रतिबंध नहीं थे। साहित्य, कला, फ़िल्मों का विदेशों से आदान-प्रदान निर्बाध था।

युगोस्लाव प्रयोग की साख जैसे-जैसे बढ़ी, उसने अन्य देशों को कम्युनिस्ट बुद्धिजीवियों को भी प्रभावित करना शुरू किया। चेकोस्लोवाकिया के साम्यवादी अर्थशास्त्री ओटा सिक ने भी मज़दूरों के स्व-प्रबंधन का विचार वहीं से लिया। अलेक्सांदेर दुबचेक के नेतृत्व में जिस एक्शन प्रोग्राम की तजवीज़ की गयी थी, उसके पीछे भी युगोस्लाव प्रयोग की प्रेरणाएँ थीं। पश्चिमी युरोप के कई कम्युनिस्ट बुद्धिजीवियों और पार्टियों के बीच भी यह प्रयोग चर्चा का विषय रहा। सोवियत संघ से अलग होने के कारण टीटो को पश्चिमी ताक़तों की हमदर्दी भी मिली। उन्हें तीन बार अमेरिका आने का निमंत्रण मिला। पश्चिम ने उनकी आर्थिक मदद भी की। टीटो के आलोचकों का कहना है कि युगोस्लाविया की आर्थिक सफलता के पीछे अमेरिका का हाथ था क्योंकि शीत-युद्ध की राजनीति में वह सोवियत प्रभुत्व के मुक़ाबले दक्षिण-पूर्व युरोप में एक स्थिर राजनीतिक ताक़त देखना चाहता था। लेकिन यह भी एक तथ्य है कि टीटो पश्चिमी ख़ेमे में शामिल नहीं हुए। उन्होंने तीसरी दुनिया के देशों के नवस्वतंत्र देशों के राजनीतिक नेतृत्व के साथ मिल कर गुटनिरपेक्ष आंदोलन की स्थापना में प्रमुख भूमिका का निर्वाह किया।

आज युगोस्लाविया जातीय संघर्ष, गृह युद्ध और साम्राज्यवादी प्रतियोगिता का शिकार हो कर दुनिया के नक़्शे से ग़ायब हो चुका है। वहाँ हुए समाजवादी प्रयोग की विद्वानों के बीच शायद ही कभी कोई चर्चा होती हो। इस प्रयोग में कई ख़ामियाँ भी थीं। मज़दूरों के प्रबंधन के बावजूद युगोस्लावियायी अर्थव्यवस्था बीच-बीच में संकटग्रस्त होती रहती थी। 1965 के आस-पास टीटो ने आर्थिक सुधारों का एक कार्यक्रम भी चलाया था। लेकिन उसके बावजूद बेरोज़गारी और सामाजिक असंतुलन की समस्याओं का निदान नहीं हो सका। स्लोवेनिया जैसे समृद्ध गणराज्यों और कोसोवो जैसे ग़रीब गणराज्य में विकास के पैमाने पर अंतराल बढ़ता गया। टीटो अपने लम्बे शासनकाल में ऐसी कमियों को दुरुस्त करने में नाकाम रहे जिसका नतीजा स्थानीय राजनीति और जातीय राजनीति में आये उछाल के रूप में सामने आया।

देखें : अर्नेस्टो चे गुएवारा, आधार और अधिरचना, ऑस्कर रायज़ार्ड लांगे, आंगिक और पारम्परिक बुद्धिजीवी, एंतोनियो ग्राम्शी, कार्ल हाइनरिख़ मार्क्स-1 से 4 तक, क्रांति, क्रांति : मार्क्सवादी विमर्श, ग्योर्गी लूकाच, नयी सदी में मार्क्सवादी विमर्श-1 से 9 तक, निष्क्रिय क्रांति, पेटी बूर्ज्वा, फ्रेड्रिख़ एंगेल्स, फ्रैंकफ़र्ट स्कूल, भारत में किसान संघर्ष-2 और 4, भारतीय कम्युनिस्ट पार्टी, भारतीय कम्युनिस्ट पार्टी (मार्क्सवादी), भाषा के मार्क्सवादी सिद्धांत, भ्रांत चेतना, बोल्शेविक क्रांति, फ्रांस्वा-चार्ल्स मारी फ़ूरिये, क्यूबा की क्रांति, फ्रेंज़ फ़ानो, हिंसा-1 और 2, मानवेंद्र नाथ राय, माओ त्से-तुंग, माओवाद और माओ विचार, मार्क्सवाद-1 से 5 तक, मार्क्सवादी इतिहास-लेखन, मार्क्सवादी समाजशास्त्र, मार्क्सवाद और पारिस्थितिकी, मार्क्सवादी अर्थशास्त्र, मिख़ाइल मिख़ाइलोविच बाख़्तिन, रॉबर्ट ओवेन, राज्य की मार्क्सवादी अवधारणा, रोज़ा लक्ज़ेमबर्ग, लेनिनवाद, लियोन ट्रॉट्स्की, लिबरेशन थियोलॅजी, सर्वहारा, संशोधनवाद, सांस्कृतिक क्रांति, सैं-सिमों, स्तालिन और स्तालिनवाद, सोवियत समाजवाद-1 से 3 तक, सोवियत सिनेमा, वर्चस्व, व्लादिमिर इलीच लेनिन।

संदर्भ

1. डी.आई. रूपीनोव (1977), द *यूगोस्लाव एक्सपेरीमेंट 1948-1974*, *युनिवर्सिटी* ऑफ़ कैलिफ़ोर्निया प्रेस, बर्कले.
2. एल. सेकेल्ज, (1993) *युगोस्लाविया : द प्रोसेस ऑफ़ डिसइंट्रीगेशन*, अटलांटिक रिसर्च ऐंड पब्लिकेशंस, न्यूयॉर्क.

3. मिलोवान जिलास (1980), *टीटो : द स्टोरी फ्रॉम इनसाइड*, हारकोर्ट ब्रेस जोवानोविच, न्यूयॉर्क.
4. एस. क्लिसोल्ड (सम्पा.) (1975), *युगोस्लाविया ऐंड द सोवियत यूनियन, 1939-1973*, ऑक्सफ़र्ड युनिवर्सिटी प्रेस, ऑक्सफ़र्ड.

— अभय कुमार दुबे

समाजीकरण

(Socialisation)

समाजीकरण वह प्रक्रिया है जिसके माध्यम से मनुष्य समाज के विभिन्न व्यवहार, रीति-रिवाज़, गतिविधियाँ इत्यादि सीखता है। जैविक अस्तित्व से सामाजिक अस्तित्व में मनुष्य का रूपांतरण भी समाजीकरण के ज़रिये ही होता है। समाजीकरण के माध्यम से ही वह संस्कृति को आत्मसात् करता है। समाजीकरण की प्रक्रिया मनुष्य का संस्कृति के भौतिक व अ-भौतिक रूपों से परिचय कराती है। सीखने की यह प्रक्रिया समाज के नियमों के अधीन चलती है। समाजशास्त्र की भाषा में कहें तो समाज में अपनी परिस्थिति या दर्जे के बोध और उसके अनुरूप भूमिका निभाने की विधि को हम समाजीकरण के ज़रिये ही आत्मसात् करते हैं।

समाजीकरण व्यक्ति को सामाजिक रूप से क्रियाशील बनाता है। इसी के माध्यम से संस्कृति के अनुरूप आचरण करने का विवेक विकसित होता है। इसके लिए व्यक्ति द्वारा सांस्कृतिक मूल्यों का जो अभ्यंतरीकरण किया जाता है वह समाजीकरण का ही रूप है। पर समाजीकरण के विश्लेषण और अध्ययन में इस बात का ध्यान रखना चाहिए कि सीखने की प्रक्रिया में सामाजिक मानदण्डों व संस्कृति की सबसे ज़्यादा अहमियत होती है। इन्हें अस्वीकार कर जो कुछ सीखा जाता है, जैसे हत्या, चोरी या अन्य आपराधिक वारदातें करना, उन्हें समाजीकरण में नहीं गिना जाता बल्कि इनकी गिनती विपथगामी व्यवहार में होती है। इन्हें सीखने वाला व्यक्ति समाज की मुख्यधारा के विपरीत माना जाता है। वह समाज में सकारात्मक योगदान देने की अवस्था में भी नहीं रहता है। इन नकारात्मक क्रियाओं और आचरणों को प्राय: विफल समाजीकरण के उदाहरण की तरह देखा जाता है। इस प्रकार समाजीकरण व्यक्ति को समाज का प्रकार्यात्मक सदस्य बना कर समाज की क्रियाओं में भाग लेने में समर्थ बनाता है।

समाजीकरण की एक सबसे महत्त्वपूर्ण विशेषता यह है कि यह जीवन-पर्यंत चलने वाली प्रक्रिया है। व्यक्ति की परिस्थिति व सामाजिक भूमिकाएँ बदलती रहती हैं और उनके अनुरूप व्यवहार के लिए उसे आचरण तथा व्यवहार के नये प्रतिमान सीखने पड़ते हैं। उदाहरण के लिए बचपन में जहाँ बच्चा समाजीकरण के माध्यम से माता-पिता, संबंधियों व बुज़ुर्गों से व्यवहार करना सीखता है, वहीं युवावस्था में उसे नये सिरे से दफ्तर में अपने सहयोगियों, वरिष्ठों, पड़ोसियों आदि से व्यवहार के तौर-तरीक़ों को सीखना पड़ता है। यहाँ तक कि वृद्धावस्था में भी व्यक्ति नयी भूमिकागत अपेक्षाओं के अनुसार संबंधित सामाजिक व्यवहार ग्रहण करता है। इस प्रकार समाजीकरण वह प्रक्रिया है जो जन्म से लेकर मृत्यु तक लगातार चलती रहती है।

समाजीकरण में सीखे गये सामाजिक और सांस्कृतिक मूल्य देश-काल सापेक्ष होते हैं। इसलिए समाजीकरण की प्रक्रिया भी देश-काल सापेक्ष होती है। जैसे कि कुछ कबायली जातियों में बच्चों को अस्त्र-शस्त्र का प्रशिक्षण देने पर और शहरी समाजों में बच्चों को औपचारिक शिक्षा प्रदान करने पर बल दिया जाता है। भारत जैसे जाति-भेद आधारित समाज में जातिगत पेशों तथा कर्मकाण्डीय स्थिति के अनुसार भी समाजीकरण होता रहा है। जैसे कि निम्न जाति के बच्चों को कृषि, दस्तकारी व शारीरिक श्रम के लिए तैयार किये जाने का चलन था, जबकि ब्राह्मण बालकों को शिक्षा प्रदान की जाती थी। विश्व के अलग-अलग भागों की संस्कृतियों में काफ़ी भिन्नता है, इसलिए समाजीकरण स्थान सापेक्ष है। यह काल-सापेक्ष इस प्रकार है कि गुज़रे ज़माने में भारतीय समाज में स्त्रियों के लिए पर्दा करना, शर्माना और धीमे स्वर में बोलना आदर्श व्यवहार था। जबकि आज स्त्री-पुरुष बराबरी के युग में स्त्रियों से इस तरह के सामाजिक व्यवहार की अधिक अपेक्षा नहीं की जाती। पहले बच्चों को चरण-स्पर्श की शिक्षा दी जाती थी, जबकि आज वे बॉय-बॉय करते हैं। यानी मूल्यों व विकास के पैटर्न में बदलाव ने समाजीकरण की विधि को भी बदल दिया है।

समाजशास्त्रियों ने समाजीकरण की पूरी प्रक्रिया को दो हिस्सों में विभक्त किया है : प्राथमिक समाजीकरण और द्वितीयक समाजीकरण। यह विभाजन समाज के प्राथमिक व द्वितीयक संस्थाओं के विभाजन पर आधारित है। प्राथमिक समाजीकरण परिवार, पड़ोस एवं नातेदारी, मित्र-समूह व आरम्भिक स्कूली शिक्षा के माध्यम से होता है जिसमें बच्चा समाज का सहभागी सदस्य बनने के बारे में बहुत कुछ सीखता है। परिवार को सार्वभौम मान कर समाजीकरण में इसे आधारभूत संस्था के रूप में देखा जाता है। इसके तहत सहयोग, सहानुभूति, सहायता तथा आदान-प्रदान के गुणों का विकास होता है। भाई-बहनों का प्रेम, बड़ों के प्यार तथा नियंत्रण की व्यक्ति के समाजीकरण में ख़ास भूमिका होती है। द्वितीयक समाजीकरण किशोरावस्था से आरम्भ होता है जिसमें व्यक्ति अधिक औपचारिक वातावरण की

आवश्यकताओं के अनुसार आचरण करना सीखता है। इस अवस्था में कॉलेज-विश्वविद्यालय, राजनीतिक संस्थाएँ, बाज़ार व दुकान जैसी आर्थिक संस्थाएँ, सांस्कृतिक संस्थाएँ, दफ्तर व फ़ैक्ट्री जैसे व्यवसाय-समूह आदि को समाज का प्रकार्यात्मक सदस्य बनने में मदद करते हैं।

समाजीकरण सामाजिक नियंत्रण की समस्या का भी सही समाधान प्रदान करता है। सामाजिक नियंत्रण में मुश्किल तब आती है जब लोग सामाजिक मानदण्डों के अनुसार व्यवहार नहीं करते। समाजीकरण से समाज के सभी सदस्य एक सी सामाजिक स्थिति में एक सा व्यवहार करते हैं और समाज में संतुलन, शांति तथा सामंजस्य बरक़रार रहता है।

समाजीकरण के अंतर्गत वि-समाजीकरण जैसे प्रत्यय का प्रयोग भी किया जाता है। इसका अर्थ यह है कि नकारात्मक समाजीकरण के प्रभाव में समाज विरोधी आचरण करना सीख चुके लोगों को इस प्रकार का आचरण करने के लिए हतोत्साहित किया जाए। उदाहरण के लिए किसी आपराधिक चरित्र के व्यक्ति को दण्ड देकर या समझा-बुझाकर अपराधों से मुक्त करा दिया जाए तो वह उसके लिए एक प्रकार से वि-समाजीकरण होगा। वि-समाजीकरण इस रूप में भी दिखता है कि व्यक्ति पहले की शिक्षाओं को जैसे बुजुर्गों के चरण स्पर्श करने, हवन-पूजा करने तथा मांसाहार न करने जैसे व्यवहार को बड़े होने पर भूल जाए। इसे सीखे हुए व्यवहार की वि-समाजीकरण कहा जा सकता है।

पुनर्समाजीकरण भी इसी से जुड़ी प्रक्रिया है जिसमें व्यक्ति की जीवन-शैली व विचारों में परिवर्तन घटित होता है। फ़ौज की सेवा में व्यक्ति को पूरी तरह से जीवन की नयी शैली का प्रशिक्षण मिलना, किसी अपराधी को सकारात्मक विचारों की ओर आकृष्ट करना, विवाहोपरांत स्त्री का भिन्न जीवन-शैली वाले घर के अनुसार स्वयं को ढालना इसी पुनर्समाजीकरण के उदाहरण हैं।

समाजीकरण को विभिन्न विचारकों और समाजशास्त्रियों ने सिद्धांतों के आधार पर समझाने का प्रयास किया है जिनमें जी.एच. मीड, चार्ल्स कूले, एमील दुर्ख़ाइम प्रमुख हैं। मीड ने मुख्य रूप से सामान्यीकृत अन्य की धारणा को आधार बनाया है। इसमें दूसरों के अपने संबंध में विचारों व अपेक्षाओं को कोई बच्चा एवं वयस्क आंतरिकीकृत करता है। बाल्यजीवन में कोई बच्चा दूसरों के कामों की कल्पना करके उसके ज़रिये स्वयं को देखता है। इस प्रकार वह सामाजिक दृष्टि से अपनी इयत्ता का निर्धारण करता है। चार्ल्स कूले ने अपने सिद्धांत की व्याख्या दर्पण में आत्मदर्शन के आधार पर की है। कूले के मुताबिक़ बच्चे की इयत्ता का निर्धारण तीन अवस्थाओं से होता है। पहला, वह जानना चाहता है कि दूसरे मेरे बारे में क्या सोचते हैं। दूसरा, वह दूसरों की राय के संदर्भ में अपने बारे में पैदा सोच को समझने की चेष्टा करता है। तीसरा, वह अपने बारे में सोचते हुए अपने को अच्छा या बुरा, श्रेष्ठ या हीन समझने लगता है। कूले की मुख्य प्रस्थापना यह है कि व्यक्ति एक लम्बी प्रक्रिया में अपने बारे में धारणा बनाता है और यह धारणा दूसरों की सहायता से ही निर्मित होती है। दुर्ख़ाइम ने समाजीकरण को सामाजिक तथ्य और सामूहिक प्रतिनिधान के माध्यम से समझाने की कोशिश की है। उनके मुताबिक़ समाज की परम्पराएँ, मूल्य, मानदण्ड, सामूहिक विश्वास आदि सामाजिक तथ्य व्यक्ति से ऊपर होते हैं। व्यक्ति को जन्म से इनकी विरासत मिलती है। इनकी रचना व्यक्ति की अकेली इकाई के हाथों न होकर समूह द्वारा बनाये होती है। ये व्यक्ति से बाहर हैं और उसके ऊपर बाध्यता भी आरोपित करते हैं। इस प्रकार व्यक्ति समाजीकरण के रूप में इन सामूहिक प्रतिनिधानों को आत्मसात् करते हुए समाज की सक्रिय तथा उपयोगी इकाई बनता है जिससे समाज में एकता भी बनी रहती है।

देखें : अर्थव्यवस्था का समाजशास्त्र, अभिजन, अभिरुचि, आत्महत्या, उन्मूलनवाद, एजेंसी, कर्मकाण्ड, कारागार, गोपनीयता, गृहविहीनता, जादू, जीवन-शैली, टेलरवाद, परम्परा, परस्पर विपरीत द्विभाजन, प्रति- (संस्कृति, विमर्श, इतिहास, वर्चस्व, स्मृति), प्राइवेसी, प्रौद्योगिकी, फ़ुरसत, बचपन, बहुपत्नी प्रथा, बहुपति प्रथा, बुद्धिसंगत चयन का सिद्धांत, बुजुर्गियत का समाजशास्त्र, बेगानगी, भीड़, भ्रष्टाचार का समाजशास्त्र-1 और 2, मानव-प्रकृति, मानवशास्त्र और मार्क्सवाद, मानवशास्त्र और संस्कृति की राजनीति, समाज-विज्ञान, समाज-कार्य, सांस्कृतिक सापेक्षतावाद, सांस्कृतिक मानवशास्त्र, सेवानिवृत्ति, वाचिकता, विचलन, ज्ञान का समाजशास्त्र।

संदर्भ

1. जी.एच.मीड (1934), *माइंड, सेल्फ़ ऐंड सोसाइटी,* शिकागो युनिवर्सिटी प्रेस, शिकागो.
2. एच.एम. जानसन (1963), *सोसियोलॅजी : अ सिस्टमेटिक इंट्रोडक्शन,* रॉटलेज ऐंड कीगन पाल, लंदन.
3. के. डेविस (1960), *ह्यूमन सोसाइटी,* मैकमिलन, न्यूयॉर्क.
4. पार्संस ऐंड बेल्स (1960), *फैमिली सोशलाइजेशन ऐंड इंटरेक्शन प्रासेसेज़,* द फ्री प्रेस, ग्लेनको इलीनॉय.
5. सी.एच. कूले (1922), *ह्यूमन नेचर ऐंड द सोशल आर्डर,* स्क्रिबनर, न्यूयॉर्क.

— **वैभव सिंह**

समानता

(Equality)

समानता की अवधारणा मानकीय राजनीतिक सिद्धांत के मर्म में निहित है। यह एक ऐसा विचार है जिसके आधार पर करोड़ों-करोड़ों लोग सदियों से निरंकुश शासकों, अन्यायपूर्ण समाज व्यवस्थाओं और अलोकतांत्रिक हुकूमतों या नीतियों के ख़िलाफ़ संघर्ष करते रहे हैं और करते रहेंगे। इस लिहाज़ से समानता को स्थाई और सार्वभौम अवधारणाओं की श्रेणी में रखा जाता है।

दो या दो से अधिक लोगों या समूहों के बीच संबंध की एक स्थिति ऐसी होती है जिसे समानता के रूप में परिभाषित किया जा सकता है। लेकिन, एक विचार के रूप में समानता इतनी सहज और सरल नहीं है, क्योंकि उस संबंध को परिभाषित करने, उसके लक्ष्यों को निर्धारित करने और उसके एक पहलू को दूसरे पर प्राथमिकता देने के एक से अधिक तरीक़े हमेशा उपलब्ध रहते हैं। अलग-अलग तरीक़े अख़्तियार करने पर समानता के विचार की भिन्न-भिन्न परिभाषाएँ उभरती हैं। प्राचीन यूनानी सभ्यता से लेकर बीसवीं सदी तक इस विचार की रूपरेखा में कई बार ज़बरदस्त परिवर्तन हो चुके हैं। बहुत से चिंतकों ने इसके विकास और इसमें हुई तब्दीलियों में योगदान किया है जिनमें अरस्तू, हॉब्स, रूसो, मार्क्स और टॉकवील प्रमुख हैं।

यूनान के नगर-राज्यों, जैसे एथेंस और स्पार्टा में राज-काज के कामों में प्रत्येक नागरिक की आवाज़ का समान मूल्य समझा जाता था। अरस्तू के *एथेनियन कांस्टीट्यूशन* में उन समतामूलक सुधारों के कई हवाले मिलते हैं जिनके आधार पर लोकतांत्रिक आदर्श की आज़माइश की जा सकी। इन सुधारों का मक़सद था सामाजिक जीवन के विभिन्न क्षेत्रों में विषमताओं को घटाना ताकि भू-स्वामित्व, सत्ता और सामाजिक गौरव पर कुलीनों और सामंतों की जकड़ ढीली हो सके। क़ानून के आधार पर समानता का व्यवहार ही वह कसौटी था जिसके आधार पर लोकतंत्र कसा जा सकता था। लेकिन, प्राचीन एथेंस में इस समतामूलक दायरे से स्त्रियों, दासों और विदेशियों को अलग भी रखा गया था। अरस्तू की रचना *पॉलिटिक्स* में इस बहिर्वेशन का ज़िक्र भी किया है, और उसे जायज़ भी ठहराया है। उनके लिए समानता का अर्थ था उस वर्ग के सदस्यों की समानता जिसे नागरिक कहा जाता था। वे न्याय को केवल उन लोगों के लिए उपलब्ध मानते थे जो उनकी समानता के दायरे में आते थे। जो उससे बाहर थे, उनके लिए विषमता की स्थिति ही न्यायपूर्ण थी। अरस्तू की बुनियादी मान्यता थी कि प्रकृति ने लोगों को शासक और शासित में बाँट कर बनाया है। शासक की श्रेणी में होने के लिए व्यक्ति में बुद्धिसंगत, विचारात्मक और अधिकारपूर्णता की ख़ूबियाँ होना अनिवार्य है। वे यह भी मानते थे कि यही गुण शासक को शासित से अलग करते हैं।

अरस्तू की समानता की धारणा की आलोचना करते हुए हॉब्स ने अपने ग्रंथ *लेवायथन* में प्रकृत अवस्था की संकल्पना करके उसके तहत हर व्यक्ति को समान ठहराया। भले ही कोई व्यक्ति शारीरिक शक्ति में या कोई दिमाग़ी तेज़ी में दूसरे से कुछ बेहतर हो, पर कुल मिला कर मनुष्यों के बीच ऐसा कोई फ़र्क़ नहीं होता जिसके आधार पर वे किसी विशेष लाभ की माँग कर सकें। हॉब्स का तर्क था कि जो जिस्म के लिहाज़ से कमज़ोर है, वह ताक़तवर को योजना बना कर मार सकता है, और मस्तिष्क के स्तर पर अनुभव के ज़रिये हर व्यक्ति समान समझ विवेक हासिल करने की क्षमता से सम्पन्न होता है। इसी के साथ मनुष्य में सत्ता हासिल करने की समान आकांक्षा भी होती है जिससे उनके बीच होड़ का जन्म होता है, और प्राकृतिक समानता जोखिमग्रस्त हो जाती है। हॉब्स की मान्यता थी कि अपनी सत्ता के एक हिस्से को राजनीतिक प्राधिकार के लिए छोड़ कर ही व्यक्ति एक सभ्य और समतामूलक जीवन गुजार सकता है। अर्थात् एक निश्चित प्राधिकार का प्रभुत्व ही उसे पूरी सुरक्षा का आश्वासन दे सकता है। हॉब्स मानते थे कि धर्म समेत हर प्रकार के ग़ैर-राजनीतिक प्राधिकारों से मुक्ति के ज़रिये ही व्यक्ति को उसकी प्राकृतिक समानता उपलब्ध हो सकती है।

रूसो भी अपने हिसाब से एक प्रकृत-अवस्था कल्पित करते हैं। उन्होंने अपने दूसरे डिस्कोर्स (*डिस्कोर्स ऑन ऑरिजिन ऐंड फ़ाउंडेशन ऑफ़ इनइक्वलिटी*) में समानता के बजाय विषमता पर विचार करते हुए उसे प्राकृतिक और अप्राकृतिक में बाँटा है। प्राकृतिक विषमता केवल शारीरिक शक्ति के क्षेत्र में होती है। लेकिन, विधि निर्माण और सम्पत्ति के स्वामित्व ने विषमता के अप्राकृतिक रूपों को जन्म दिया है। दरअसल, यह विषमता का पहला स्तर है जिससे ग़रीब और अमीर के बीच का फ़र्क़ पैदा हुआ है। दूसरा स्तर दण्ड देने का संस्थागत अधिकार है जिससे शक्तिशाली और दुर्बल की असमानता पैदा हुई। विषमता का आख़िरी स्तर वैध सत्ता को स्वैच्छिक सत्ता में बदलने से पैदा हुआ है जिससे ग़ुलाम और मालिक की श्रेणियाँ पैदा हुई हैं। सम्पत्ति के स्वामी सत्ता जमा करके मालिक बन जाते हैं, और ग़रीब दुर्बल होते हुए दासत्व में पड़ जाते हैं। रूसो के मुताबिक़ इस विषमता की भी एक सीमा है। जब विषमता में वृद्धि सम्भव नहीं रह जाती तो नयी क्रांतियाँ या तो हुकूमतों को नष्ट कर देती हैं या उन्हें सत्ता की वैध संस्थाओं के नज़दीक आना पड़ता है।

मार्क्स ने अपना समानता संबंधी विचार उदारतावादी समानता की आलोचना के रूप में विकसित किया। वे मानते

थे कि पूँजीवादी वर्ग समानता के विचार का अपने हित में इस्तेमाल करता है। जिस तरह रूसो कहते थे कि अमीरों के झूठे आश्वासनों के फेर में फँस कर ग़रीब उनकी सत्ता का वैधीकरण करने के लिए तैयार हो जाते हैं, उसी तरह मार्क्स कहते हैं कि शासक वर्ग अपनी विचारधारा पैदा करता है ताकि आर्थिक शोषण की व्यवस्था जारी रखी जा सके। पूँजीवादी वर्ग के भीतर एक तरह का कार्य-विभाजन होता है। एक हिस्सा पूँजी का स्वामित्व ग्रहण करता है, और दूसरा विचारधारात्मक औज़ारों का इस्तेमाल करते हुए समानता और स्वाधीनता के विचारों के ज़रिये भ्रम का माहौल बनाये रखता है। मार्क्स के अनुसार सामंतशाही में जो स्थान गौरव और निष्ठा जैसे विचारों का था, वही स्थान पूँजीवाद में समानता और स्वाधीनता का है। इन अमूर्त विचारों की प्रभावकारिता इतनी अधिक है कि कुछ समाजवादी भी उनके चंगुल में फँस जाते हैं। लेकिन, ये विचार उस समय तक खोखले और तत्त्वहीन हैं जब तक उनमें साम्यवादी दृष्टि का समावेश न हो। मार्क्स के अनुसार शोषणकारी वर्ग-संबंधों की समाप्ति के बिना स्थापित नहीं की जा सकती। इसके लिए वे पहले समाजवादी चरण की संकल्पना करते हैं जो हर एक को उसके श्रम के मुताबिक़ देने पर आधारित होगा। दूसरा चरण साम्यवादी होगा जिसमें हर एक से उसकी क्षमता के अनुसार और हर एक को उसकी क्षमता के अनुसार देने का आधार ग्रहण किया जाएगा।

अमेरिकी लोकतांत्रिक क्रांति की जाँच-पड़ताल करते हुए टॉकवील समानता का अध्ययन आधुनिक इतिहास की प्रमुख प्रवृत्ति के रूप में करते हैं। अमेरिकी उदाहरण के ज़रिये वे समझना चाहते थे कि पश्चिमी समाज ने सामंतवाद से लोकतंत्र की तरफ़ किस तरह संक्रमण किया है। वे इस सवाल का जवाब खोजते हैं कि इस प्रक्रिया में समानता की विजय क्यों अपरिहार्य है? सामाजिक समानता उत्तरोत्तर क्यों विकसित होती चली जाएगी? टॉकवील का कहना है कि सामंतशाही किसान से लेकर राजा तक एक लम्बी श्रृंखला बनाती चली जाती है। पर लोकतंत्र उसे तोड़ कर श्रृंखला की हर कड़ी को मुक्त कर देता है। दासता और निर्भरता की जकड़ से निकलने की इच्छा समानता के विचार में लोगों की रुचि बढ़ाती है और इस प्रकार लोकतांत्रिक जीवन की सम्भावना पैदा होती है। टॉकवील के अनुसार लोकतंत्रों में व्यक्ति समानता को आज़ादी के ऊपर भी प्राथमिकता देते हुए उसके झंडे को दृढ़ता से थामे रखता है।

समानता के विचार की इन निष्पत्तियों के बाद इस प्रश्न पर ग़ौर करना ज़रूरी है कि आख़िर समानता और समरूपता में क्या फ़र्क़ है। परीक्षा में बैठने वाले हर छात्र को समान अंक नहीं दिये जा सकते। परिवार के आकार का ध्यान न रखते हुए हर एक को समान घर आबंटित नहीं किया जा सकता। प्रतिभा और क्षमता को दरकिनार करते हुए हर व्यक्ति की आमदनी समान नहीं की जा सकती। इसलिए समानता की उपयुक्त कसौटी समरूपता के बजाय कुछ और होनी चाहिए। लेकिन, दूसरी तरफ़ समरूपता का महत्त्व न्यायपूर्ण प्रक्रियाओं के लिए उभरता है। समानता लाने की प्रक्रियाएँ तभी न्यायपूर्ण हो सकती हैं जब वे सभी के लिए समरूप हों, जैसे अवसरों की समानता, क़ानून की निगाह में सबको समान समझना, आदि।

देखें : अधिकार, अधिकार : सैद्धांतिक यात्रा, अरस्तू, अफ़लातून, अनुदारतावाद, अराजकतावाद, अन्य-अन्यीकरण, उदारतावाद, उपयोगितावाद, ऐडमण्ड बर्क, क्रांति, ज्याँ ज़ाक रूसो, जॉन लॉक, जेरेमी बेंथम, जॉन स्टुअर्ट मिल, जॉन रॉल्स, थॉमस हॉब्स, थॉमस पेन, न्याय, न्याय : नारीवादी आलोचना, न्याय : रॉल्स का सिद्धांत, राजनीति में व्यक्ति की भूमिका, नागरिकता, नागरिकता : अन्य परिप्रेक्ष्य-1 और 2, नागर समाज, पनोप्टिकॉन, प्रतिनिधित्व, प्रगति, प्रगति : आलोचनात्मक परिप्रेक्ष्य, प्रशासन, फ़ासीवाद, फ्रेड्रिख़ वॉन हायक, बहुसंस्कृतिवाद, बहुसंख्यकवाद, बहुसंख्यक-अल्पसंख्यक, बुद्धिवाद, माइकेल जोसेफ़ ओकशॉट, माइकिल वाल्ज़र, मिशेल पॉल फ़ूको-1 और 2, यूटोपिया, राजनीतिक और राजनीति, राजनीतिक दर्शन के नारीवादी आयाम-1 और 2, राजनीतिक मनोविज्ञान, राजनीतिक समाजशास्त्र, राज्य-1 और 2, रॉबर्ट नॉज़िक, राज्य-1 और 2, राष्ट्र-राज्य, राष्ट्र : सांस्कृतिक या राजनीतिक, राष्ट्रवाद, राष्ट्रवाद का इतिहास, लोकतंत्र, लोकतंत्र की आलोचनाएँ, व्यक्तिवाद, व्यवहारवाद, विल किमलिका, वितरणमूलक न्याय, विदेशी-द्वेष, वैधता, वैधता का संकट, सविनय अवज्ञा, समानता : चार अवधारणाएँ, समतावाद, स्मृति की राजनीति, स्वतंत्रता, स्वतंत्रतावाद, स्वजातिवाद, स्वच्छंदतावाद, सत्ता, सर्वसत्तावाद, सम्प्रभुता, समाजवाद, सरकारियत, सम्पत्ति, सम्पत्ति : साझा और सरकारी, सम्पत्ति : मार्क्सवादी परिप्रेक्ष्य, सम्पत्ति : नारीवादी परिप्रेक्ष्य, संविधानवाद, संघवाद, सामाजिक समझौता, हेनरी डेविड थोरो।

संदर्भ

1. अशोक आचार्य (2008), 'ईक्वलिटी', राजीव भार्गव और अशोक आचार्य (सम्पा.), *पॉलिटिकल थियरी : ऐन इंट्रोडक्शन,* पियर्सन लोंगमेन, नयी दिल्ली.
2. विल किमलिका (2009), *समकालीन राजनीतिक दर्शन : एक परिचय,* अनु. कमल नयन चौबे, पियर्सन लोंगमेन, नयी दिल्ली.
3. अमर्त्य सेन (1993), *इनईक्वलिटी रि-एग्ज़ामिण्ड,* ऑक्सफ़र्ड युनिवर्सिटी प्रेस, ऑक्सफ़र्ड.
4. सैनफ़र्ड ए. लैकॉफ़ (1964), *इक्वलिटी इन पॉलिटिकल फ़िलॉसफ़ी,* बीकन प्रेस, बोस्टन.

— अभय कुमार दुबे

समानता, चार अवधारणाएँ

(Equality, Four Conceptions)

समाज-विज्ञान की दुनिया में इस प्रश्न पर काफ़ी बहस हुई है कि समानता के बारे में चर्चा करते हुए आख़िर हम किस समानता की बात रहे होते हैं। इस विवाद को समानता की मुख्यतः चार अवधारणाओं के रूप में सूत्रीकृत किया जा सकता है : कल्याण की समानता, संसाधनों की समानता, क्षमताओं की समानता और वैकल्पिक समानता।

कल्याण की समानता का उद्गम उपयोगितावादी दर्शन में निहित है। उपयोगितावाद की क्लासिकल अवधारणा जेरेमी बेंथम के विचारों में व्यक्त होती है। वे कल्याण को सुख के रूप में देखते हैं जो किसी के जीवन में पीड़ा के ऊपर आनंद के अधिशेष के रूप में परिभाषित होता है। आजकल सुख की परिभाषा नये तरीक़े से दी जाने लगी है। इसके मुताबिक़ हर किसी के जीवन पर कल्याण का कम या ज़्यादा प्रभाव होता है, और उसी के मुताबिक़ उसकी कामनाएँ और प्राथमिकताएं संतुष्ट हो पाती हैं। उसी हिसाब से वह अपने जीवन को बेहतर और कमतर मानता है। इस लिहाज़ से जो समाज कल्याण के समान वितरण में यक़ीन करेगा, वह इस बात की चिंता नहीं करेगा कि व्यक्तिगत रूप से लोगों को कितने संसाधन मिल रहे हैं और उनके आधार पर लोग अपनी प्राथमिकताओं की कितनी पूर्ति कर पा रहे हैं। लेकिन, अगर कल्याण को प्राथमिकताओं का पर्याय मान लिया जाएगा तो उस लिहाज़ से किया गया वितरण संसाधनों की विषमता को जन्म देगा। ऐसा समाज मानेगा कि महँगी कार चलाने वाले और साइकिल पर चलने वाले का कल्याण समान रूप से हो रहा है। परिणामस्वरूप विवाद पैदा होगा कि महँगी कार का शौक़ रखने वाले का ख़र्च समाज को क्यों उठाना चाहिए? इसी तरह समाज के संसाधनों को एक जुआरी के जोखिम की भरपाई करने का आश्वासन क्यों देना चाहिए, और कार मैकेनिक बनने की इच्छा रखने वाले प्रशिक्षण पर होने वाला अपेक्षाकृत कम ख़र्च उठाने पर ज़ोर क्यों नहीं देना चाहिए? जाहिर है कि इस प्रकार के कल्याण की समानता न्याय, आत्म-सम्मान और भाईचारे की नैतिक कसौटियों पर खरी नहीं उतर सकती। उदारतावादियों ने इस पर आपत्ति की है। वे इस आधार पर सामाजिक नीति बनाने के पक्ष में नहीं हैं।

संसाधनों की समानता के विचार का प्रवर्तन मुख्यतः जॉन रॉल्स, रोनाल्ड ड्वारकिन और एरिक राकोव्स्की द्वारा किया गया है। संसाधनों के समतामूलक बँटवारे में यक़ीन करने वाला यह सिद्धांत भी विवादों में घिरा हुआ है। ऐसा बँटवारा तभी हो सकता है जब संसाधन विपुल हों और उन्हें बाँटने वाले अपनी विविध प्रतिभाओं और कामनाओं को संतुष्ट करने के आधार पर उनका समान रूप से आपस में वितरण कर रहे हों। इस स्कीम के तहत जिसे खेती करनी होगी वह उपजाऊ ज़मीन चाहेगा, जिसे डेयरी खोलनी होगी वह मवेशियों को और चराने के लिए ज़मीन हासिल करना चाहेगा, जिसे समुद्र की निकटता पसंद होगी वह तटीय क्षेत्र का स्वामी बनेगा। इस समतामूलक वितरण की कामयाबी इस शर्त पर भी निर्भर है कि बँटवारा हो जाने पर जलन वश एक व्यक्ति दूसरे के हिस्से में आये संसाधनों पर नीयत ख़राब नहीं करेगा। ज़ाहिर है कि यह आदर्श स्थिति है जो समाज में अक्सर उपलब्ध नहीं हो पाती। समाज में सभी लोग समान प्रतिभाओं और क्षमताओं के स्वामी नहीं होते और संसाधनों की मात्रा भी कम या ज़्यादा होती है। मसलन, जो विकलांग है वह संसाधनों पर किस प्रकार समान दावा कर पायेगा? वह तो विषम परिस्थितियों के बोझ से पहले ही दबा हुआ है। इस स्थिति का एक समाधान तो यह हो सकता है कि उसकी भरपाई संसाधनों के बँटवारे की शुरुआत करने से पहले ही कर दी जाए ताकि वह वितरण की प्रक्रिया में समान धरातल से भाग ले सके। अर्थात् संसाधनों के वितरण की योजना न केवल आकांक्षा के प्रति संवेदनशील होनी चाहिए, बल्कि व्यक्ति की उन परिस्थितियों के प्रति भी संवेदनशील होनी चाहिए जो उसे कुदरत द्वारा थमायी गयी हैं। यहीं समस्या पैदा होती है कि कुछ लोग ऐसी प्राकृतिक हानियों का सामना कर रहे होते हैं जिनकी भरपाई या तो हो ही नहीं सकती या केवल आंशिक रूप से ही हो सकती है। ऐसे में ज़रूरी हो जाता है कि वितरण प्रक्रिया शुरू होने से पहले अभागे लोगों के लिए संसाधनों का एक अंश निकाल कर रख दिया जाए। इसी सिद्धांत का व्यावहारिक रूप अमीरों पर ज़्यादा टैक्स लगाने के रूप में देखा जाता है ताकि दरिद्रता के मारे हुए लोगों के कल्याण के लिए संसाधनों की गारंटी की जा सके।

क्षमताओं की समानता का विचार अर्थशास्त्री अमर्त्य सेन द्वारा प्रतिपादित किया गया है। इसका ज़ोर आमदनी या संसाधनों की समानता के बजाय लोगों की क्षमताओं को बराबर करने पर है। अमर्त्य सेन के मुताबिक़ अगर सामाजिक नीति इस तरह बनायी जाए कि उसके आधार पर लोग विभिन्न काम करने लायक क्षमताएँ विकसित कर सकें तो समानता का आदर्श प्राप्त किया जा सकता है। मसलन, अगर किसी क्षेत्र में निरक्षरता है, तो संसाधनों की समानता में यक़ीन करने वालों के लिए यह पर्याप्त होगा कि राज्य और समाज उपलब्ध संसाधन किताबों और शिक्षा संबंधी सेवाओं पर ख़र्च करें। पर, क्षमताओं की समानता के पैरोकार चाहेंगे कि लोगों के भीतर शिक्षा नामक एक आंतरिक योग्यता पैदा करने की गारंटी दी जाए। अमर्त्य सेन चाहते हैं कि विषमता का विश्लेषण करते समय मानवीय विविधता का पूरी बारीकी से

ध्यान रखा जाना चाहिए। यह विविधता आंतरिक (उम्र, जेंडर, प्रतिभाएँ, स्वास्थ्य आदि) भी होती है और बाह्य (सम्पत्ति का स्वामित्व, सामाजिक पृष्ठभूमि, पर्यावरण स्थितियाँ आदि) भी। मसलन, वैसे तो हर स्त्री जेंडर संबंधी भेदभाव की शिकार होती है, पर दलित स्त्री और ऊँची जाति की स्त्री की परिस्थितियाँ एकदम अलग-अलग हो सकती हैं। सामाजिक नीतियाँ अगर इन अंतरों का ख़याल करके बनायी जाएँगी तो क्षमताओं की समानता अधिक बेहतर ढंग से प्राप्त की जा सकेगी।

वैकल्पिक समानता का विचार माइकल वाल्ज़र ने विकसित किया है। इसे कॉम्प्लेक्स इक्वलिटी के नाम से भी जाना जाता है। वाल्ज़र समतावादी तो हैं, पर वे कल्याण, संसाधनों और क्षमताओं के वितरण पर ज़ोर देने के रवैये से सहमत नहीं हैं। उनके अनुसार लोग पहले वस्तुओं और ज़िंसों को कल्पित करके उनकी रचना करते हैं और फिर उन्हें आपस में बाँटते हैं। इसलिए हमारा ज़ोर कल्पित करने और रचना करने की प्रक्रिया पर होना चाहिए। रचे जाने के बाद वस्तुएँ एक सामाजिक मूल्य और अर्थ से सम्पन्न की जाती हैं। चूँकि यह मूल्य हर समाज के लिए अलग-अलग होगा, इसलिए वस्तुओं का ऐसा कोई सेट नहीं हो सकता जो हर समाज के लिए समान रूप से वांछनीय हो। सभी तरह के वितरण इसी मूल्य और अर्थ के मुताबिक़ न्याय या अन्यायपूर्ण होते हैं। इसलिए वितरण के मानक सभी सामाजिक परिस्थितियों और दायरों में एक नहीं हो सकते। वाल्ज़र का सिद्धांत वितरण प्रक्रिया को निरंकुशता और प्रभुत्व द्वारा प्रभावित किये जाने के जोखिमों के प्रति सतर्क दिखता है। वे वैकल्पिक समानता की गारंटी करने के लिए ऐसे संबंधों के पक्ष में हैं जिनके तहत किसी के भी लिए अपने प्रभुत्व के तले वितरण प्रक्रिया को प्रभावित करना नामुमकिन हो जाए।

देखें : अधिकार, अधिकार : सैद्धांतिक यात्रा, अरस्तू, अफ़लातून, अनुदारतावाद, अराजकतावाद, अन्य-अन्यीकरण, उदारतावाद, उपयोगितावाद, ऐडमण्ड बर्क, क्रांति, ज्याँ ज़ाक रूसो, जॉन लॉक, जेरेमी बेंथम, जॉन स्टुअर्ट मिल, जॉन रॉल्स, थॉमस हॉब्स, थॉमस पेन, न्याय, न्याय : नारीवादी आलोचना, न्याय : रॉल्स का सिद्धांत, राजनीति में व्यक्ति की भूमिका, नागरिकता, नागरिकता : अन्य परिप्रेक्ष्य-1 और 2, नागर समाज, पनोप्टिकॉन, प्रतिनिधित्व, प्रगति, प्रगति : आलोचनात्मक परिप्रेक्ष्य, प्रशासन, फ़ासीवाद, फ्रेड्रिख़ वॉन हायक, बहुसंस्कृतिवाद, बहुसंख्यकवाद, बहुसंख्यक-अल्पसंख्यक, बुद्धिवाद, माइकेल जोसेफ़ ओकशॉट, माइकिल वाल्ज़र, मिशेल पॉल फ़ूको-1 और 2, यूटोपिया, राजनीतिक और राजनीति, राजनीतिक दर्शन के नारीवादी आयाम-1 और 2, राजनीतिक मनोविज्ञान, राजनीतिक समाजशास्त्र, राज्य-1 और 2, रॉबर्ट नॉज़िक, राज्य-1 और 2, राष्ट्र-राज्य, राष्ट्र : सांस्कृतिक या राजनीतिक, राष्ट्रवाद, राष्ट्रवाद का इतिहास, लोकतंत्र, लोकतंत्र की आलोचनाएँ, व्यक्तिवाद, व्यवहारवाद, विल किमलिका, वितरणमूलक न्याय, विदेशी-द्वेष, वैधता, वैधता का संकट, सविनय अवज्ञा, समानता, समतावाद, स्मृति की राजनीति, स्वतंत्रता, स्वतंत्रतावाद, स्वजातिवाद, स्वच्छंदतावाद, सत्ता, सर्वसत्तावाद, सम्प्रभुता, समाजवाद, सरकारियत, सम्पत्ति, सम्पत्ति : साझा और सरकारी, सम्पत्ति : मार्क्सवादी परिप्रेक्ष्य, सम्पत्ति : नारीवादी परिप्रेक्ष्य, संविधानवाद, संघवाद, सामाजिक समझौता, हेनरी डेविड थोरो।

संदर्भ

1. अशोक आचार्य (2008), 'इक्वलिटी', राजीव भार्गव और अशोक आचार्य (सम्पा.), *पॉलिटिकल थियरी : ऐन इंट्रोडक्शन,* पियर्सन लोंगमेन, नयी दिल्ली.
2. रोनाल्ड ड्वॉरकिन (1981), 'व्हाट इज़ इक्वलिटी पार्ट-1 इक्वलिटी ऑफ़ वेलफ़ेयर और पार्ट-2 : इक्वलिटी ऑफ़ रिसोर्सिज़', *फ़िलॉसफ़ी ऐंड पब्लिक एफ़ेयर्स,* खण्ड 10, अंक 3 और 4.
3. अमर्त्य सेन (1993), *इनइक्वलिटी रि-एग्ज़ामिण्ड,* ऑक्सफ़र्ड युनिवर्सिटी प्रेस, ऑक्सफ़र्ड.
4. माइकिल वाल्ज़र (1983), *स्फ़ेयर ऑफ़ जस्टिस : अ डिफ़ेंस ऑफ़ प्लूरलिज़्म ऐंड इक्वलिटी,* बेसिक बुक्स, न्यूयॉर्क.

— अभय कुमार दुबे

समान नागरिक संहिता

(Uniform Civil Code)

भारतीय संविधान के अनुच्छेद 44 में दर्ज है कि राज्य भारत के सभी नागरिकों को एक समान नागरिक संहिता उपलब्ध कराने का प्रयास करेगा। संविधान का यह आश्वासन इस विचार की नुमाइंदगी करता है कि एक राष्ट्र में जन-सामान्य का नागरिक जीवन एक सार्वभौम स्वरूप और तात्पर्य से सम्पन्न होना चाहिए। जब इस देश में सभी नागरिक एक फ़ौजदारी क़ानून से विनियमित होते हैं, एक दण्ड संहिता है और अन्ततः एक सर्वोपरि संविधान है, तो नागरिक जीवन में विवाह, तलाक, गोद लेने, उत्तराधिकार, भरण-भोषण, अभिभावकत्व, विरासत, सम्पत्ति में महिलाओं के अधिकार आदि आयामों को भी विभिन्न धर्मों, समुदायों और जातियों की अलग-अलग निजी विधियों द्वारा संचालित नहीं होना चाहिए। भारतीय नागरिकों का निजी जीवन एक ऐसी समान नागरिक संहिता से विनियमित होना चाहिए जो नागरिक जीवन में स्वतंत्रता, समानता और न्याय का संतुलित समावेश करे। भारतीय राज्य आज तक संविधान प्रदत्त इस आश्वासन को पूरा करने में सफल नहीं हुआ है। आज भी भारत में हिंदू, सिख, जैन और बौद्ध हिंदू निजी क़ानून के तहत आते हैं; मुसलमानों, ईसाइयों और पारसियों के अपने अलग-अलग

निजी क़ानून हैं। समान नागरिक संहिता लागू करने को लेकर भारत के अल्पसंख्यक प्रारम्भ से ही शंकित रहे हैं। संविधान सभा में जब इस संहिता के स्वरूप व भूमिका पर बहस हो रही थी, उसी समय अल्पसंख्यकों (विशेषकर मुसलमानों) के प्रतिनिधियों को डर था कि इस संहिता के माध्यम से उनकी विशिष्ट पहचान को समाप्त किया जा सकता है। कुल मिला कर समान नागरिक संहिता से संबंधित बहस मुख्यत: तीन नज़रियों के इर्द-गिर्द गोलबंद हुई है। पहला दृष्टिकोण इस संहिता को भारतीयता, उसकी एकता-अखण्डता की नींव और पंथनिरपेक्षता की सशक्तता के दृढ़ आधार के रूप में स्वीकारता है। दूसरा दृष्टिकोण समान नागरिक संहिता को धार्मिक व जातीय पहचानें ख़त्म करने वाले प्रमुख कारक के तौर पर देखता है। तीसरा दृष्टिकोण वह है जो समान नागरिक संहिता को स्त्री-पुरुष समानता के सशक्त आधार के रूप में मान्यता देता है।

संविधान सभा में 23 नवम्बर 1948 को समान नागरिक संहिता पर विचार-विमर्श प्रारम्भ हुआ था। डॉ. आम्बेडकर सहित लगभग एक दर्ज़न वक़्ताओं ने इसमें भागीदारी की थी। पाँच वक़्ता मुसलमान समुदाय से संबंधित थे। पहले मुसलमान वक्ता मोहम्मद इस्माइल का मानना था कि संविधान सभा प्रत्येक सम्प्रदाय की निजी विधियों को उसके मूलाधिकार के रूप में मान्यता दे देनी चाहिए। उनका कहना था कि जब भारतवर्ष को एक पंथनिरपेक्ष राज्य बनाया जा रहा है, तो विभिन्न धर्मों में भारतीय राज्य के किसी भी हस्तक्षेप को स्वीकार नहीं किया जाना चाहिए। यदि समान नागरिक संहिता के अंतर्गत निजी विधियों को भी प्रशासित किया गया तो यह पंथनिरपेक्ष व्यवस्था की अवधारणा के विपरीत होगा। दूसरे वक़्ता नज़ीरुद्दीन अहमद का तर्क था कि किसी भी निजी क़ानून में समान नागरिक संहिता के आग्रह के तहत परिवर्तन करना है, तो उसकी सहमति के आधार पर ही यह तब्दीली होनी चाहिए। नज़ीरुद्दीन अहमद ने संविधान सभा द्वारा स्वीकृत किये जा चुके उस अनुच्छेद का हवाला दिया जो प्रत्येक नागरिक को आस्था की स्वतंत्रता और किसी भी पंथ को अबाध रूप से मानने और प्रचार करने का समान अधिकार देता है। अंग्रेज़ी राज्य का उदाहरण देते हुए उन्होंने कहा कि अंग्रेज़ों ने अनेक क़ानूनों में आवश्यकतानुसार हस्तक्षेप किया, लेकिन धीरे-धीरे। अत: समान नागरिक संहिता जैसे प्रावधानों का क्रियान्वयन भी समय के साथ धीरे-धीरे ही होना चाहिए। तीसरे वक्ता महमूद अली बेग थे। उनका कहना था कि समान नागरिक संहिता के क्रियान्वयन का प्रभाव नागरिकों की निजी विधियों पर नहीं पड़ना चाहिए क्योंकि कई सम्प्रदायों को अपनी निजी विधियाँ पंथ के समान ही प्रिय होती हैं। बेग द्वारा इस संबंध में दूसरा तर्क यह दिया गया कि अ-साम्प्रदायिक राज्य में नागरिकों को अपने धर्म के पालन की स्वतंत्रता के साथ-साथ निजी विधियों के अनुरूप आचरण करने की भी स्वतंत्रता भी होनी चाहिए। अगले वक़्ता बी. पोकर का भी यह मानना था कि अनुच्छेद 35 को इस तरह दुरुस्त किया जाना चाहिए कि किसी भी सम्प्रदाय को अपनी निजी विधियाँ छोड़ने के लिए बाध्य न किया जा सके। अगले वक्ता हुसैन इमाम का विचार था कि जब पूरे देश में प्रगति और विश्वास की परिस्थितियाँ एक समान नहीं हैं, तो एक समान संहिता लागू करना कहाँ तक न्यायोचित होगा? जब तक साक्षरता, प्रगति व आर्थिक समृद्धि पर आधारित विषमता पूरे देश से दूर नहीं हो जाती है तब तक एकसे क़ानून पर अमल नहीं होना चाहिए।

इस बहस से स्पष्ट होता है कि संविधान सभा में समान नागरिक संहिता का विरोध करने के लिए सेकुलरवाद और धार्मिक बहुलवाद के तर्क का इस्तेमाल किया गया। लेकिन सभी मुसलमान सदस्य इस संहिता को कभी लागू न करने के पक्ष में नहीं थे। एक तर्क यह भी था कि इसे लागू किया जाए लेकिन धीरे-धीरे और मुसलमानों की सहमति से।

इसके बाद कन्हैयालाल माणिकलाल मुंशी ने समान नागरिक संहिता की स्थापना के विरोध में दिये जा रहे दो प्रमुख तर्कों का खण्डन किया। मुंशी का कहना था कि पहले ही विधान परिषद् द्वारा स्वीकारा जा चुका है कि अनुच्छेद 19 विधि-निर्माण के ऐसे किसी अधिकार में राज्य के लिए बाधक नहीं बनेगा जो सामाजिक कल्याण तथा सुधार के लिए आवश्यक हो। इसमें लौकिक क्रिया-कलापों के साथ-साथ पंथिक आचरण संबंधी विषय भी शामिल हैं। मुंशी का कहना था कि इससे अल्पसंख्यकों के मूलाधिकार का उल्लंघन नहीं होगा। मुंशी के मुताबिक़ अतीत में और हाल के वर्षों में भी ऐसे अनेक साक्ष्य हैं जबकि मुसलमान शरियत क़ानून में हस्तक्षेप किया गया है। उन्होंने यह भी कहा कि पंथ का सामाजिक संबंधों और उत्तराधिकार जैसे विषयों से कोई संबंध नहीं है। अतीत में पंथ जीवन के सारे क्षेत्र को अपने में समाहित किये था, लेकिन अब हमें अपनी प्रगतिशील मानसिकता का परिचय देते हुए दृढ़ता से स्वीकारना चाहिए कि पंथ के तहत ये विषय नहीं आते। बल्कि ये तो इहलौकिक क़ानून के अंतर्गत आने वाले विषय हैं और निस्संदेह अल्पसंख्यकों को भी अपने दायरे में ले लेते हैं। मुंशी का कहना था कि अगर ऐसा नहीं किया गया तो महिलाओं को समानता प्रदान करना असम्भव हो जाएगा। संविधान में लिंग के आधार पर भेदभाव न करने की बात कही गयी है। उन्होंने अंग्रेज़ों द्वारा स्थापित मान्यता को दूषित क़रार दिया कि निजी क़ानून पंथ का हिस्सा हैं।

मुंशी के बाद अल्लादि कृष्णास्वामी अय्यर ने उन्हीं के विचारों का पूर्ण समर्थन किया। अंतिम वक्ता डॉ. भीमराव आम्बेडकर थे। उन्होंने समान संहिता के विरुद्ध प्रस्तुत प्रत्येक

संशोधन से असहमति व्यक्त की। उनका मानना था कि भारतवर्ष में एक ही व्यवहार संहिता है और यह सम्पूर्ण राष्ट्र पर लागू भी है। मात्र विवाह व उत्तराधिकार का क्षेत्र ऐसा है जहाँ व्यवहार विधि का हस्तक्षेप नहीं हो पाया है। डॉ. आम्बेडकर का कहना था कि मुसलमान निजी क़ानून सार्वभौम व अपरिवर्तनशील नहीं हैं। उनकी दलील थी कि तत्कालीन मुसलमान क़ानून केवल दस वर्ष पहले ही बना है। दूसरे, पूरे भारत में उसका स्वरूप व प्रकृति भी एक सी नहीं है। धार्मिक पहचान सुरक्षित रखने वाले तर्क का विरोध करते हुए आम्बेडकर ने कहा कि सभी धर्मों को समान संरक्षण प्रदान करने वाले सेकुलर राज्य के लिए धर्म की आड़ में किये गये प्रत्येक कार्य का बचाव करना आवश्यक नहीं है। कई धर्म ऐसे हैं जो हर तरह के कार्यकलाप को धर्म का जामा पहना देते हैं। भारत में धर्म की संकल्पना इतनी विस्तृत है कि यह जन्म से मृत्यु तक जीवन के हर पक्ष पर छाई हुई है। अगर राज्य धर्म के इस स्वरूप को मान ले, तो सुधार की सारी प्रक्रिया रुक जाएगी।

1985 में शाह बानो के मुक़दमे में सर्वोच्च न्यायालय ने समान नागरिक संहिता के क्रियान्वयन पर टिप्पणी की। इस विवाद का संबंध एक तलाक़शुदा मुसलमान महिला को उसके पति द्वारा जीवन निर्वाह भत्ता दिये जाने संबंधी अदालती निर्णय से था। इस फ़ैसले को मुसलमान उलेमाओं और कुछ धार्मिक-राजनीतिक संगठनों ने निजी क़ानून में हस्तक्षेप मानते हुए विरोध प्रकट किया। उच्चतम न्यायालय का कहना था कि फ़ैसले में क़ानून की जो व्याख्या की गयी है, वह मुसलमान निजी विधि के ख़िलाफ़ नहीं जाती। तत्कालीन मुख्य न्यायाधीश वाई.वी. चंद्रचूड़ की अध्यक्षता में गठित खण्डपीठ की टिप्पणी थी कि एक समान नागरिक संहिता राष्ट्रीय अखण्डता की स्थापना में सहायक होगी, क्योंकि उसके द्वारा परस्पर विरोधी विचारधाराओं की विधि के प्रति बिखरी हुई निष्ठाओं को समाप्त किया जा सकेगा। सुप्रीम कोर्ट ने याद दिलाया कि राज्य का यह कर्त्तव्य नागरिकों के लिए एक समान नागरिक संहिता उपलब्ध कराना है और निस्संदेह राज्य के पास इस कार्य हेतु वैधानिक योग्यता भी है।

इसी तरह 1995 में सरला मुद्गल विवाद में उच्चतम न्यायालय ने पुन: यह स्पष्ट किया कि 41 वर्षों बाद भी वर्तमान शासन व्यवस्था संविधान के अनुच्छेद 44 को सजीव नहीं कर सकी। यह अनुच्छेद 1949 की स्थिति में ही जैसा का तैसा पड़ा है। इसी निर्णय में शीर्ष न्यायालय ने भारत सरकार को यह बताने का निर्देश दिया था कि भारतवर्ष के नागरिकों हेतु एक समान नागरिक संहिता की स्थापना के लिए उसने कौन से उपाय व प्रयास किये? न्यायालय द्वारा रेखांकित किये गये विवाह व उत्तराधिकार जैसे प्रश्न पूरी तरह से सेकुलर प्रकृति के है। उनका पूजा-पद्धति और आस्था के साथ घालमेल नहीं होना चाहिए। न्यायालय का मानना था कि भारतवर्ष की अस्सी प्रतिशत से अधिक विधियाँ संहिताबद्ध हो चुकी हैं, तो शेष को संहिताबद्ध न करने का कोई आधार नहीं हो सकता है। इसलिए समान नागरिक संहिता भारतवर्ष के सभी नागरिकों पर क्रियान्वित होनी चाहिए। उच्चतम न्यायालय का मत था कि संविधान के अनुच्छेद 44 के अनुसार किसी भी सभ्य समाज में पंथ और निजी विधि के मध्य कोई अनिवार्य संबंध नहीं होता। भारतीय संविधान का अनुच्छेद 25 यदि धार्मिक स्वतंत्रता सुनिश्चित करता है, तो अनुच्छेद 44 सामाजिक संबंधों और निजी विधियों को पंथ से पृथक करता है।

भारत का स्त्री-आंदोलन हमेशा से ही लैंगिक न्याय का झण्डा बुलंद करते हुए समान नागरिक संहिता का पक्षधर रहा है। अस्सी और नब्बे के दशकों में जब शाह बानो के मुक़दमे पर दिये गये सुप्रीम कोर्ट के फ़ैसले के इर्द-गिर्द साम्प्रदायिक राजनीति होने लगी, तो नारीवादी संगठनों और अन्य स्त्री-समूहों ने अपना रुख बदला। उन्होंने लैंगिक न्याय की अपनी माँग का अल्पसंख्यक अधिकारों की सुरक्षा के प्रश्न से तालमेल करने की कोशिश की। उल्लेखनीय है कि मुसलमान स्त्रियों के संगठन आवाज़-ए-निस्वाँ, वुमॅन रिसर्च ऐंड एक्शन ग्रुप्स और मुसलमान स्त्रियों के अधिकारों के लिए काम करने वाले संगठनों के नेटवर्क लगातार लैंगिक न्याय के आधार पर अपने समाज के विवाह क़ानून में तब्दीली करवाने का अभियान चला रहे हैं।

देखें : अनुसूचित जातियाँ, अनुसूचित जनजातियाँ, अन्य पिछड़े वर्ग, आरक्षण, कन्हैयालाल माणिकलाल मुंशी, जवाहर लाल नेहरू, भारतीय अभिजन, भारतीय आधुनिकता, भारतीय इसलाम, भारतीय उदारतावाद, भारतीय डायसपोरा, भारत में उपनिवेशवाद, भारत में नियोजन, भारत में प्रातिनिधिक प्रणाली, भारत में पृथकतावादी राजनीति, भारत में मतदान-व्यवहार-1 से 6 तक, भारतीय राज्य, भारतीय राष्ट्रवाद, भारतीय लोकतंत्र, भारतीय राजनीतिक संस्कृति, भारतीय लोकतंत्र का संस्थानीकरण-1 से 3 तक, भारतीय स्वभाव और राजनीति, भारतीय संविधान-1 से 8 तक, भारतीय सामाजिक आंदोलन, भीमराव रामजी आम्बेडकर, संविधान सभा में भाषा-विवाद-1 से 3 तक।

संदर्भ

1. मधु किश्वर (1998), 'प्रो-वुमॅन ऑर एंटी-मुसलमान? : द शाह बानो कंट्रोवर्सी', मधु किश्वर, *रिलीजन एट द सर्विस ऑफ़ नैशनलिज़म ऐंड अदर एसेज़*, ऑक्सफ़र्ड युनिवर्सिटी प्रेस, नयी दिल्ली.
2. लीला सेठ, 'अ युनिफ़ॉर्म सिविल कोड : टुवर्ड्स जेंडर जस्टिस', *इण्डिया इंटरनैशनल सेंटर क्वार्टरली*, खण्ड 31, अंक 4.

— पुनीत कुमार

समुदायवाद

(Communitarianism)

जैसा कि नाम से ही ज़ाहिर है समुदायवाद राजनीतिक सिद्धांत के मर्म में उदारतावादी चिंतन के गर्भ से निकले अमूर्त व्यक्ति की जगह मानव समुदाय की स्थापना करता है। समुदायवादियों का विचार है कि सामुदायिक जीवन में स्वेच्छा के साथ सचेत रूप से भागीदारी करने पर व्यक्ति अपने जीवन का बेहतर संचालन कर सकेगा। राजनीतिक और सामाजिक मसलों के साथ जुड़ाव के कारण उसे एक निजीकृत संसार में महज़ उपभोक्ता बन कर नहीं रहना होगा। समुदायवाद के पैरोकार जिस सामुदायिकता की सिफ़ारिश करते हैं वह किसी एक समुदाय द्वारा अधिकाधिक व्यक्तियों पर इज़ारेदारी का पर्याय नहीं है। वे कहते हैं कि व्यक्तियों को एक से अधिक समुदायों के साथ प्रतिबद्ध होना होगा। इनमें से हर समुदाय किसी व्यापक समुदाय का अंग होगा जिससे सामुदायिक मूल्य किसी एक समूह के क़ब्ज़े में न रह कर संकीर्णता के पर्याय नहीं बन सकेंगे।

समुदायवाद की अवधारणा अरस्तू के प्राचीन यूनानी दर्शन से लेकर हीगेल और मार्क्स के विचारों तक में मौजूद है। लेकिन एक वैचारिक स्कूल के रूप में जिस समुदायवाद की ज़िक्र यहाँ किया जा रहा है उसका उभार समाज-विज्ञान में अस्सी के दशक के दौरान हुआ। अरस्तू के विमर्श में समुदाय, अर्थात् पोसिल, को उत्तम जीवन का सबसे अहम घटक माना गया है। हीगेल ने भी एक उत्तम जीवन के लिए समुदाय को महत्त्वपूर्ण माना और राज्य को इस समुदाय के मूर्त्त रूप में देखा। मार्क्सवादी विमर्श के तहत समुदाय को कम्युनिस्ट आदर्श की एक मुख्य विशेषता के रूप में ग्रहण किया जाता है। मार्क्सवादी समुदाय को ऐसे आदर्श की तरह देखते हैं जिसे समाज में क्रांतिकारी बदलाव के बाद ही हासिल किया जा सकता है, और इसके लिए पूँजीवाद को ख़त्म करके समाजवादी समाज का निर्माण करना ज़रूरी है।

लेकिन अस्सी के दशक में माइकल सैंडल, माइकल वॉल्ज़र, ,ऐलिस्डेयर मैकेंटायर और चार्ल्स टेलर के प्रयासों से सामने आया समुदायवाद का विचार पारम्परिक मार्क्सवाद से बहुत अलग है। लेकिन नये समुदायवादी मानते हैं कि सामान्य सामाजिक व्यवहारों, सांस्कृतिक परंपराओं और सहभागी समझदारियों के रूप में समुदाय का पहले से ही अस्तित्व है। नये सिरे से समुदाय का निर्माण करने के बजाय ज़रूरत इस बात की है कि पहले से मौजूद समाज का सम्मान करते हुए उसकी सुरक्षा की जाए। स्वतंत्रता और समानता के साथ ही समुदाय पर ध्यान देना भी ज़रूरी है। समुदायवादियों का यह मानना है कि न्याय के उदारतावादी सिद्धांतों में या उदारतावादी समाजों की सार्वजनिक संस्कृति में समुदाय के मूल्य को पर्याप्त मान्यता नहीं दी गयी है।

नये समुदायवाद को उदारतावाद की समीक्षा करने का श्रेय भी है। दरअसल आधुनिक उदारतावाद की समुदायवादी समीक्षा और क्लासिकल उदारतावाद की हीगेल द्वारा की गयी समीक्षा में कई समानताएँ हैं। इसीलिए कई विचारक मानते हैं कि यह 'नया' समुदायवाद हीगेल के विचारों से प्रेरित है। लॉक और कांट जैसे क्लासिकल उदारतावादियों ने मानवीय आवश्यकताओं और मानवीय तार्किकता की एक सार्वभौमिक अवधारणा रेखांकित करने की कोशिश की थी। हीगेल इस दृष्टिकोण को 'मॉरलिटेट' कहते हुए अमूर्त्त क़रार देते हैं। उनकी आपत्ति है कि यह किसी तरह का दिशा-निर्देश नहीं दे सकता, यह बहुत अधिक व्यक्तिवादी है, और यह इस बात की उपेक्षा करता है कि मनुष्य अनिवार्य रूप से किन्हीं विशिष्ट ऐतिहासिक व्यवहारों और संबंधों में रचे-पगे होते हैं। इसके विकल्प के रूप में हीगेल 'स्टिलिखेट' पर जोर देते हैं जिसके तहत नैतिक कर्त्ता के रूप में व्यक्ति की पूरी पहचान अर्थात् उसके उत्तम आयाम और उनकी पूरी क्षमता उनके समुदाय से जुड़ जाती है। 'मॉरलिटेट' और 'स्टिलिखेट' के बीच इस हीगेलियन विरोध की अनुगूँज समकालीन समुदायवादी लेखन में भी काफ़ी-कुछ पायी जाती है। हीगेल की तरह ही समुदायवादी आधुनिक उदारतावादियों पर अमूर्त्त और व्यक्तिवादी दृष्टिकोण लगाने का आरोप लगाते हुए उसकी जगह अधिक संदर्भयुक्त और समुदाय-संवेदनशील दृष्टिकोण अपनाते हैं।

लेकिन समुदायवादी विचारकों के भीतर भी कई तरह की धारायें मौजूद हैं। पहला, माइकल सैंडल और एलिस्डेयर मैकेंटायर के मुताबिक़ उदारतावाद की यह संकल्पना सही नहीं है कि व्यक्ति स्वायत्त रूप से उत्तम जीवन की अपनी संकल्पना का चुनाव कर सकता है। उदारतावादियों की व्यक्ति की संकल्पना में व्यक्ति को ऐसे अणु के रूप में माना गया है जो पूरी दुनिया से अलग-थलग हो। उदारतावादी व्यक्ति को इस सीमा तक स्वायत्त मानते हैं मानो व्यक्ति पर उसकी सामाजिक पृष्ठभूमि का कोई प्रभाव नहीं पड़ता है। लेकिन सच्चाई यह है कि व्यक्ति की इयत्ता उसके सामाजिक व्यवहारों में समाहित होती है। इस संदर्भ में सैंडल का मानना है कि व्यक्ति की इयत्ता उसके लक्ष्यों से पहले नहीं आती, बल्कि वह इससे निर्मित होती है। अर्थात् हम जिस समाज में जन्म लेते हैं और जहाँ हमारा पालन-पोषण और समाजीकरण होता है, उसी से हमारा लक्ष्य तय होता है। इसलिए हमें अपनी ज़िंदगी किस तरह गुज़ारनी है, यह सामाजिक भूमिकाओं के चुनाव का मसला नहीं है। इसके लिए तो उन भूमिकाओं को समझना ज़रूरी है जिसमें हम ख़ुद को पहले से ही पाते हैं।

दूसरा, माइकल वॉल्ज़र जैसे समुदायवादियों ने ज़ोर दिया है कि न्याय के सार्वभौम सिद्धांत की खोज सही नहीं है। न्याय के बारे में सही तरीक़े से सिद्धांत-रचना का तरीक़ा यह है कि किसी विशिष्ट समुदाय के लिए सामाजिक वस्तुओं के महत्त्व पर ध्यान दिया जाए। यदि कोई समाज अपने सदस्यों की सहभागी समझ के आधार पर काम करता है तो वह न्यायपूर्ण होता है। सदस्यों की यह सहभागी समझ सामाजिक व्यवहारों और संस्थाओं के मार्फत सामने आती हैं। ज़ाहिर है कि वाल्ज़र सार्वभौमिक दार्शनिक तर्क की जगह सांस्कृतिक व्याख्या को महत्त्वपूर्ण मानते हैं। इस संदर्भ में उन्होंने समकालीन पश्चिमी समाजों के लिए 'जटिल समानता' की तरफ़दारी की है।

तीसरा, बहुत से समुदायवादियों ने व्यक्तिगत स्वायत्तता के प्रति उदारतावादी वचनबद्धता को स्वीकार कर लिया है। लेकिन उन्होंने उदारतावाद की इसलिए आलोचना की कि यह स्वायत्तता के प्रयोग के लिए ज़रूरी सामाजिक परिस्थितियों की उपेक्षा करता है। मसलन, चार्ल्स टेलर यह दावा करते हैं कि बहुत से उदारतावादी सिद्धांत अणुवाद पर आधारित हैं। इसमें यह माना जाता है कि व्यक्ति में आत्म-निर्णय की क्षमता का विकास करने या उसका प्रयोग करने के लिए किसी सामुदायिक क्षमता की ज़रूरत नहीं है। इसकी जगह, टेलर 'सामाजिक थीसिस' पेश करते हैं जिसमें माना जाता है कि स्वायत्तता के विकास के लिए ख़ास तरह के सामाजिक वातावरण की ज़रूरत होती है। किसी रूढ़िवादी समाज में कोई व्यक्ति ग़लत प्रथाओं को उसी सूरत में चुनौती दे सकता है जब उसे ऐसा सामाजिक माहौल मिले जिसके तहत वह तार्किक रूप से विचार करने की क्षमता विकसित कर पाये।

दरअसल, समुदायवाद को दो तरीक़े से देखा जा सकता है। पहला, 'पीछे देखने वाला समुदायवाद' और दूसरा 'आगे देखने वाला समुदायवाद।' सैंडल, मैकेंटायर और वॉल्जर के विचारों में जिस समुदायवाद पर जोर दिया जाता है उसमें यह सम्भावना मौजूद है कि कोई रूढ़िवादी समाज कुछ ख़ास तरह के मूल्यों को अल्पसंख्यकों, महिलाओं और हाशिये पर पड़े समूहों पर थोपने में कामयाब हो जाए। मसलन, समाज की सहभागी समझ के आधार पर समाज में जाति-प्रथा (वॉल्जर इसका उदाहरण देते हैं) और महिलाओं के साथ भेदभाव जैसी प्रवृत्तियों को सही ठहराया जा सकता है। यह व्यक्ति द्वारा अपनी सामाजिक परिस्थितियों पर सवाल खड़ा करने की क्षमता और सम्भावना को भी ख़त्म करता है। परम्परावादी और कट्टरपंथी जातीय या धार्मिक समूहों के नेता इसे आकर्षक मान सकते हैं। इसी वजह से अधिकतर समुदायवादियों ने अब चार्ल्स टेलर के विचारों से निकले इस तर्क को अपना लिया है कि व्यक्तिगत आज़ादी के लिए सामाजिक संदर्भ की आवश्यकता है। इसे 'आगे देखने वाले समुदायवाद' संज्ञा दी जा सकती है। यह धारा मानती है कि हम बहुप्रजातीय, बहुधार्मिक और बहुसांस्कृतिक समाजों में रहते हैं। इनके सदस्यों के पास यह फ़ैसला करने का अधिकार होता है कि क्या पारम्परिक जीवन-शैलियाँ मानने लायक हैं। साथ में सदस्यगण सामाजिक जुड़ाव और सामुदायिकता के मूल्य को बहुत अहमियत भी देते हैं। वे सामुदायिक जुड़ाव क़ायम रखने के नये तरीक़े खोजना चाहते हैं जिनसे हमारे विविध चयनों और जीवन-शैलियाँ को सुव्यवस्थित और समायोजित हो सकते हों। दरअसल, उदारतावादी-राष्ट्रवाद और नव-गणतंत्रवाद जैसे विचारों को इसी बौद्धिक परियोजना के नतीजे के रूप में देखा जा सकता है।

यद्यपि वॉल्जर, सैंडल, मैकेंटायर जैसे समुदायवादियों के विचारों को उदारतावादी चिंतकों ने बहुत आड़े हाथों लिया है, लेकिन यह भी सच है कि उन्होंने समुदायावादी पहुलओं को उदारतावादी सिद्धांत के भीतर जगह देने की कोशिश भी की है। न्याय के उदारतावादी सिद्धांत के जनक जॉन रॉल्स द्वारा अपनी दूसरी कृति *पॉलिटिकल लिबरलिज़्म* में समुदायवादी आलोचना का जवाब देते हुए राजनीतिक-उदारतावाद की संकल्पना पेश करते हैं। इसमें रॉल्स समाज में समुदायों के अस्तित्व को स्वीकार करते हुए कहते हैं कि उदारतावादी समाजों में समुदाय या समूह होते हैं। ऐसे समाजों में उदारतावादी राज्य और समूह के बीच परस्परव्यापी-आम सहमति होती है। अर्थात् दोनों ही गहरे विश्वास के साथ एक-दूसरे के मूल्यों को स्वीकार करते हैं। विल किमलिका जैसे बहुत से विचारकों ने रॉल्स के ओवरलैपिंग कंसेंसस की इस आधार पर आलोचना की है कि यह एक स्थाई व्यवस्था नहीं हो सकती। दूसरे, उदारतावादी-व्यक्तिवादी और समुदायवादी समीक्षा के कारण ही उदारतावादी विमर्श में विभेदीकृत नागरिकता के विचार और बहुसंस्कृतिवाद जैसे विचारों का उभार हुआ है।

इस पूरे वाद-विवाद की सबसे बड़ी कमी है आर्थिक मुद्दों की उपेक्षा। समाज में सांस्कृतिक पहचान के मसले पर ज़ोर देने के कारण इन विद्वानों ने आर्थिक असमानता और इस कारण होने वाले अन्याय को नज़रअंदाज़ कर दिया है। समुदायवाद की उदारतावादी समीक्षा के कारण सामने आये बहुसंस्कृतिवाद जैसी अवधारणाओं की भी इसी आधार पर आलोचना की गयी है। इन सीमाओं के बावजूद इस बात से इंकार नहीं किया जा सकता कि अस्सी के दशक में उभर कर सामने आयी उदारतावाद की समुदायवादी समीक्षा ने राजनीतिक सिद्धांत काफ़ी समृद्ध किया है। इसने उदारवाद को समाज में मौजूद समुदाय के बारे में विचार करने और उन्हें मान्यता देने के लिए प्रेरित किया जिससे उदारतावाद ज़्यादा व्यापक और समावेशी रूप में सामने आ पाया।

देखें : अर्थव्यवस्था का समाजशास्त्र, अभिजन, अभिरुचि, आत्महत्या, उन्मूलनवाद, एजेंसी, कर्मकाण्ड, कारागार, गोपनीयता, गृहविहीनता, जादू, जीवन-शैली, टेलरवाद, परम्परा, परस्पर विपरीत द्विभाजन, प्रति-(संस्कृति, विमर्श, इतिहास, वर्चस्व, स्मृति), प्राइवेसी, प्रौद्योगिकी, फ़ुरसत, बचपन, बहुपत्नी प्रथा, बहुपति प्रथा, बुद्धिसंगत चयन का सिद्धांत, बुज़ुर्गियत का समाजशास्त्र, बेगानगी, भीड़, भ्रष्टाचार का समाजशास्त्र-1 और 2, मानव-प्रकृति, मानवशास्त्र और मार्क्सवाद, मानवशास्त्र और संस्कृति की राजनीति, समाज-विज्ञान, समाज-कार्य, समाजीकरण, सांस्कृतिक सापेक्षतावाद, सांस्कृतिक मानवशास्त्र, सेवानिवृत्ति, वाचिकता, विचलन, ज्ञान का समाजशास्त्र।

संदर्भ

1. एमी गटमन (1985), 'कम्युनिटेरियन क्रिटिक्स ऑफ़ लिबरलिज़्म', *फ़िलॉसफ़ी ऐंड पब्लिक एफ़ेयर्स,* खण्ड 14, अंक 3.
2. माइकल सैंडल (1982), *लिबरलिज़्म ऐंड द लिमिट्स ऑफ़ जस्टिस,* केम्ब्रिज युनिवर्सिटी प्रेस, केम्ब्रिज.
3. अलस्डेयर मैकेंटायर (1981), *आफ़्टर वर्च्यू : अ स्टडी इन मॉरल थियरी,* युनिवर्सिटी ऑफ़ नोत्रे दम प्रेस, नोत्रेदम, इण्डियाना.
4. चार्ल्स टेलर (1985), *फ़िलॉसफ़ी एंड द ह्यूमन साइंस : फ़िलॉसफ़ीकल पेपर्स,* खण्ड 2, केम्ब्रिज युनिवर्सिटी प्रेस, केम्ब्रिज.
5. विल किमलिका, *समकालीन राजनीति-दर्शन : एक परिचय* (दूसरा संस्करण), अनु. कमल नयन चौबे, पियर्सन लोंगमेन, नयी दिल्ली.

— कमल नयन चौबे

सरकारियत

(Governmentality)

सरकारियत या गवर्नमेंटलिटी का मतलब है अनुशासन और नियंत्रण की प्रौद्योगिकी। हालाँकि भारत तथा अन्य एशियाई देशों में प्राक्-आधुनिक अवधियों में भी सरकारें थीं, लेकिन यहाँ जिस सरकार का ज़िक्र किया जा रहा है उसका ताल्लुक़ उस आधुनिक राज्य से है जिसका विकास युरोप में हुआ है और जिसे आज सारी दुनिया में अपना लिया गया है। कहा जाता है कि सरकार चलाना या गवर्नेंस करना एक कला है। चूँकि यह कला या आर्ट है इसलिए इसकी बनावट में आर्टीफ़िशियलिटी या कृत्रिमता है। इसी बुनियादी अवधारणा के आधार पर सत्तर के दशक में फ्रांसीसी दार्शनिक मिशेल फ़ूको ने सत्ता का नया विश्लेषण करते हुए सरकारियत या शासकीयता या गवर्नमेंटलिटी की अवधारणा का सूत्रीकरण किया जिसका मतलब था कि सरकार मनुष्यों द्वारा गढ़ी गयी एक ऐसी संस्था है जो कुछ युक्तियों और ज्ञान के कुछ रूपों का इस्तेमाल करते हुए ख़ुद को प्रभावोत्पादक बनाती है। इस सिद्धांत के लिहाज़ से हर सरकार कालातीत न हो कर ऐतिहासिक रूप से ही वैध है। हर समाज की स्थानीय संस्कृति और परिप्रेक्ष्य के लिहाज़ से सरकारियत की युक्तियाँ बदलती रहती हैं। शासकीयता और उसके ज़रिये किये जाने वाले सामाजिक नियंत्रण और अनुशासन की आधारभूत तार्किकता, क्रिया-विधियाँ, सत्ता का तंत्र और कार्रवाई की विधियाँ इसी के हिसाब से तय होती हैं।

फ़ूको के प्रतिपादन ने राज्य और सरकार के संबंधों को देखने की दृष्टि में रैडिकल परिवर्तन किया। इससे पहले सरकार और सरकारियत की व्याख्या उदारतावाद अराजकतावाद के आईने में की जाती थी। उदारतावाद ने सत्रहवीं और अट्ठारहवीं सदी की उन सरकारों की आलोचना विकसित की थी जिनका एकमात्र सरोकार सामाजिक व्यवस्था और उसका विनियमन था। अराजकतावाद सरकार के विचार को ही मानव समाज के लिए अनुपयोगी मान कर ख़ारिज करता था। फ़ूको के विमर्श ने एक नयी ज़मीन तोड़ी जिसके बाद से सरकार सबंधी विमर्श बदल गया और जाँच-पड़ताल के एक नये व्यापक क्षेत्र सरकारियत या गवर्नमेंटलिटी का विकास हुआ। भारतीय विद्वानों ने भी गवर्नमेंटलिटी की थियरी के इर्द-गिर्द कुछ अहम सूत्रीकरण किये हैं जिनमें पार्थ चटर्जी द्वारा विकसित राजनीतिक समाज की अवधारणा प्रमुख है। चटर्जी ने अस्सी के दशक में सेकुलरवाद पर होने वाले महा-विवाद में भाग लेते हुए सहिष्णुता के प्रश्न पर अपने विचार व्यक्त करने के लिए भी सरकारियत के विचार का इस्तेमाल किया था।

सरकारियत के विचार ने चार नये परिप्रेक्ष्यों के लिए सम्भावना खोली है जिसके आधार पर सरकार की संस्था को सत्ता और प्रभुत्व की संरचनाओं के बीच स्थापित करके देखा जा सकता है। सबसे पहले तो यह विचार आग्रह करता है कि राजनीतिक कार्यनीतियों, रणनीतिक संरचनाओं और राजनीतिक कार्यक्रमों की जाँच की जानी चाहिए कि किस तरह इनके ज़रिये कल्पनाएँ, आवश्यकताएँ और उद्यम गढ़े जाते हैं। इसके तहत नागरिकों और बाशिंदों के आचरण और जीवन-शैलियों को एक ख़ास मोड़ दिया जाता है। फ़ूको कहते हैं कि इन प्रक्रियाओं से सरकार एक ऐसे कर्ता को तैयार करती है जो मानता तो यह है कि उसकी कार्रवाइयाँ उसकी स्वतंत्र चेतना का परिणाम हैं, पर दरअसल वह सरकारियत की इन प्रौद्योगिकियों से नियंत्रित और निर्देशित हो रहा होता है। फ़ूको यह भी दिखाते हैं कि गवर्नमेंटलिटी का यह पहलू किस तरह प्रति-सत्ता की सम्भावना भी खोलता है। यह सम्भावना कर्ता की उस सक्रियता में ही निहित रहती है जो गढ़ी गयी कल्पनाओं, आवश्यकताओं और उद्यमों के तहत पैदा हुई सक्रियता का ही एक उत्पाद है।

दूसरा परिप्रेक्ष्य सरकार को एक आचरण और व्यवहार के रूप में देखता है। प्रशासन और नियंत्रण की गतिविधियों को प्रौद्योगिकीय विकास ने एक नया आयाम दिया है। ऐसी नयी तकनीकों और क्रियाविधियों का विकास कर लिया गया है जिनके तहत डेटा या आँकड़ों-तथ्यों को जमा किया जा सकता है, उनकी प्रतियाँ बनायी जा सकती हैं और आवश्यकताओं के अनुसार उन्हें कहीं भी किसी भी जगह फिर-फिर प्राप्त किया जा सकता है। इस विकास ने प्रशासन करने को पिछले किसी भी काल के मुक़ाबले अधिक सक्षम बना दिया है। आबादियों को भिन्न-भिन्न ग्रुपों में बाँटना, विभिन्न श्रेणियों में छाँटना और भिन्न मानकों के लिहाज़ से उनके बीच सामाजिक लाभों का आबंटन करना अब पहले के मुक़ाबले कहीं अधिक सम्भव हो गया है। हर बार जब एक कम्प्यूटर प्रोग्राम किसी व्यक्ति को तकनीकी रूप से डेटा के रूप में दर्ज करता है अर्थात् जब भी उसे उसकी व्यक्तिगत आदतों और आचरणों के अनुसार सूचीबद्ध किया जाता है, 'इंडिविडुअल' दरअसल 'डिविडुअल' में बदल जाता है।

गवर्नमेंटलिटी का विचार ज्ञान के ऐतिहासिक रूपों को सरकारियत के व्यवहार के साथ जोड़ कर देखने का आग्रह करता है। वह मानता है कि राजनीतिक तर्क के आधार पर लोगों और समाजों के विचार बनते हैं। राजनीतिक कार्यक्रम न केवल जनता के सामने समस्या को नये सिरे से रखता है, बल्कि उसके समाधान को सुझाने की प्रक्रिया में यथार्थ को नये सिरे से गढ़ डालता है। वह समाज और समुदाय द्वारा उस यथार्थ की स्वीकृति की परिस्थितियाँ रचता है और नियम बनाता है। यह प्रक्रिया परिवर्तन की दिशा निर्धारित ही नहीं करती, बल्कि उसके मूल्यांकन के लिए एक बौद्धिक ढाँचा भी प्रदान करती है। चूँकि इस प्रक्रिया में क्या करना चाहिए और क्या नहीं करना चाहिए का फ़ैसला होता है, इसलिए इसी प्रक्रिया में व्यक्ति ख़ुद को एक मूल्यगत ढाँचे में बँधा हुआ पाते हैं, ऐसे मूल्यों के ढाँचे में जो उन्हें थमाये गये होते हैं।

चौथा परिप्रेक्ष्य राज्य और सरकार को अपने हितों की पूर्ति में जुटे एकल अभिनेता के तौर पर न देख कर शासन करने की विविध प्रौद्योगिकियों के समुच्चय के रूप में देखने का आग्रह करता है। इस विचार से पहले होता यह था कि सरकारी प्रक्रियाओं में एक प्रकार्यात्मक तर्क खोजते हुए उसकी ऐतिहासिक निरंतरता के निष्कर्ष पर पहुँचा जाता था। सरकार की यह मानकीय व्याख्या आसानी से मान लेती थी कि उसके पास कोई सम्प्रभुता है जिसका या तो क्षय हो रहा है या वह पुष्ट हो रही है। इसी आधार पर बाहर से पड़ने वाले आर्थिक दबावों और बहुराष्ट्रीय प्रभावों की व्याख्याएँ की जाती थीं। लेकिन जैसे ही फ़ूको ने शासन करने की प्रौद्योगिकियों की जाँच करने का आग्रह किया, वैसे ही यह दिखने लगा कि किस तरह सरकारें परिस्थितियों के मुताबिक़ ख़ुद को बदलती रहती हैं, समायोजन की प्रक्रिया चलती रहती है। यहाँ तक कि 'पब्लिक' और 'प्राइवेट' के मायने परिस्थितिजन्य ढंग से बदलते रहते हैं। इसी जगह फ़ूको 'राज्य के सरकारीकरण' की थीसिस देते हैं।

देखें : अधिकार, अधिकार : सैद्धांतिक यात्रा, अरस्तू, अफ़लातून, अनुदारतावाद, अराजकतावाद, अन्य-अन्यीकरण, उदारतावाद, उपयोगितावाद, ऐडमण्ड बर्क, क्रांति, ज्याँ ज़ाक रूसो, जॉन लॉक, जेरेमी बेंथम, जॉन स्टुअर्ट मिल, जॉन रॉल्स, थॉमस हॉब्स, थॉमस पेन, न्याय, न्याय : नारीवादी आलोचना, न्याय : रॉल्स का सिद्धांत, राजनीति में व्यक्ति की भूमिका, नागरिकता, नागरिकता : अन्य परिप्रेक्ष्य-1 और 2, नागर समाज, पनोप्टिकॉन, प्रतिनिधित्व, प्रगति, प्रगति : आलोचनात्मक परिप्रेक्ष्य, प्रशासन, फ़ासीवाद, फ्रेड्रिख़ वॉन हायक, बहुसंस्कृतिवाद, बहुसंख्यकवाद, बहुसंख्यक-अल्पसंख्यक, बुद्धिवाद, माइकेल जोसेफ़ ओकशॉट, माइकिल वाल्ज़र, मिशेल पॉल फ़ूको-1 और 2, यूटोपिया, राजनीतिक और राजनीति, राजनीतिक दर्शन के नारीवादी आयाम-1 और 2, राजनीतिक मनोविज्ञान, राजनीतिक समाजशास्त्र, राज्य-1 और 2, रॉबर्ट नॉज़िक, राज्य-1 और 2, राष्ट्र-राज्य, राष्ट्र : सांस्कृतिक या राजनीतिक, राष्ट्रवाद, राष्ट्रवाद का इतिहास, लोकतंत्र, लोकतंत्र की आलोचनाएँ, व्यक्तिवाद, व्यवहारवाद, विल किमलिका, वितरणमूलक न्याय, विदेशी-द्वेष, वैधता, वैधता का संकट, सविनय अवज्ञा, समानता, समानता : चार अवधारणाएँ, समतावाद, स्मृति की राजनीति, स्वतंत्रता, स्वतंत्रतावाद, स्वजातिवाद, स्वच्छंदतावाद, सत्ता, सर्वसत्तावाद, सम्प्रभुता, समाजवाद, सरकारियत, सम्पत्ति, सम्पत्ति : साझा और सरकारी, सम्पत्ति : मार्क्सवादी परिप्रेक्ष्य, सम्पत्ति : नारीवादी परिप्रेक्ष्य, संविधानवाद, संघवाद, सामाजिक समझौता, हेनरी डेविड थोरो।

संदर्भ

1. ए. बैरी, टी. ओसबोर्न और एन. रोज़ (सम्पा.) (1996), *फ़ूको ऐंड पॉलिटिकल रीज़न : लिबरलिज़म, नियो लिबरलिज़म, ऐंड रैशनलिटीज़ ऑफ़ गवर्नमेंट,* यूनिवर्सिटी ऑफ़ शिकागो प्रेस, शिकागो.
2. जी. बरशैल, सी. गोर्डन और पी. मिलर (सम्पा.) (1991), द *फ़ूको इफ़ेक्ट : स्टडीज़ इन गवर्नमेंटलिटीज़,* हारवेस्टर व्हीटशैफ़, हेमल हेम्पस्टीड.

— अभय कुमार दुबे

सर्वसत्तावाद

(Totalitarionism)

राजनीतिक व्यवस्था के एक प्रकार के रूप में सर्वसत्तावाद एक ऐसा पद है जो निरंकुशता, अधिनायकवाद, और तानाशाही जैसे पदों का समानार्थक लगता है। यद्यपि इस समानार्थकता को ख़ारिज नहीं किया जा सकता, लेकिन द्वितीय विश्व-युद्ध के बाद प्रचलित ज्ञान के समाजशास्त्र की निगाह से देखने पर सर्वसत्तावाद भिन्न तात्पर्यों से सम्पन्न अभिव्यक्ति की तरह सामने आता है। शुरुआत में इतालवी फ़ासिस्ट सर्वसत्तावाद को अपनी व्यवस्था के सकारात्मक मूल्य की तरह पेश करते थे। पर बाद में इसका अधिकतर इस्तेमाल शीतयुद्धीन राजनीति के दौरान पश्चिमी ख़ेमे के विद्वानों द्वारा किया गया ताकि उदारतावादी लोकतंत्र के ख़ाँचे में फ़िट न होने वाली व्यवस्थाओं को कठघरे में खड़ा किया जा सके। इन विद्वानों ने सर्वसत्तावाद के ज़रिये राजनीतिक व्यवस्थाओं के इतिहास का फिर से वर्गीकरण करने का प्रयास किया। इसके परिणामस्वरूप नाज़ी जर्मनी, फ़ासीवादी इटली, स्तालिनकालीन सोवियत संघ और सेंडिनिस्टा की हुकूमत वाले निकारागुआ को ही सर्वसत्तावादी श्रेणी में नहीं रखा गया, बल्कि प्लेटो द्वारा वर्णित रिपब्लिक, चिन राजवंश, भारत के मौर्य साम्राज्य, डायक्लेटियन के रोमन साम्राज्य, कैल्विनकालीन जिनेवा, जापान के मीज़ी साम्राज्य और प्राचीन स्पार्टा को भी उसी पलड़े में तौल दिया गया।

बीसवीं सदी के दूसरे दशक से पहले समाज-विज्ञान में इस पद का इस्तेमाल किया ही नहीं जाता था। 1923 में इतालवी फ़ासीवाद का एक प्रणाली के रूप वर्णन करने के लिए गियोवानी अमेंडोला ने इसका प्रयोग किया। इसके बाद फ़ासीवाद के प्रमुख सिद्धांतकार गियोवानी जेंटील ने बेनिटो मुसोलिनी के नेतृत्व में स्थापित व्यवस्था को 'टोटलिरिटो' की संज्ञा दी। यह नये क़िस्म का राज्य जीवन के हर क्षेत्र को अपने दायरे में लेने के लिए तत्पर था। वह राष्ट्र और उसके लक्ष्यों का सम्पूर्ण प्रतिनिधित्व करने का दावा करता था। मुसोलिनी ने टोटलिटेरियनिज़म को एक सकारात्मक मूल्य की तरह व्याख्यायित किया कि यह व्यवस्था हर चीज़ का राजनीतीकरण करने वाली है, चाहे वह आध्यात्मिक हो या पार्थिव। मुसोलिनी का कथन था : 'हर चीज़ राज्य के दायरे में, राज्य के बाहर कुछ नहीं, राज्य के विरुद्ध कुछ नहीं।'

फ़ासीवादियों द्वारा अपनाये जाने के बावजूद 1933 में प्रकाशित *इनसाइक्लोपीडिया ऑफ़ सोशल साइंसेज़* के पहले संस्करण से यह पद नदारद है। हान्ना एरेंत द्वारा किये गये विख्यात विश्लेषण में सर्वसत्तावाद को राजनीतिक उत्पीड़न के पारम्परिक रूपों से भिन्न बताया गया है। एरेंत के अनुसार बीसवीं सदी में विकसित हुई इस राज्य-व्यवस्था का इतिहास नाज़ीवाद से स्तालिनवाद के बीच फैला हुआ है। यह परिघटना विचारधारा और आतंक के माध्यम से न केवल एक राज्य के भीतर बल्कि सारी दुनिया पर सम्पूर्ण प्रभुत्व क़ायम करने के सपने से जुड़ी है। विचारधारा से एरेंत का मतलब इतिहास के नियमों का पता लगा लेने की दावेदारियों से था। आतंक के सर्वाधिक भीषण उदाहरण के रूप में उन्होंने नाज़ी यातना शिविरों का हवाला दिया। उन्होंने समकालीन युरोपीय अनुभव की व्याख्या करते हुए उन आयामों की शिनाख़्त की जिनके कारण सर्वसत्तावाद मुमकिन हो सका। उन्होंने दिखाया कि यहूदियों की विशिष्ट राजनीतिक और सामाजिक हैसियत के कारण सामीवाद विरोधी मुहिम को नयी ताक़त मिली; साम्राज्यवाद के कारण नस्लवादी आंदोलन पैदा हुए; और युरोपीय समाज के उखड़े हुए समुदायों में बँट जाने के कारण अकेलेपन और दिशाहीनता के शिकार लोगों को विचारधाराओं के ज़रिये गोलबंद करने में आसानी हो गयी। एरेंत के बाद दार्शनिक कार्ल पॉपर ने प्लेटो, हीगेल और मार्क्स की रैडिकल आलोचना करते हुए 'यूटोपियन सोशल इंजीनियरिंग' के प्रयासों को (चाहे वह जर्मनी में की गयी हो या रूस में) सर्वसत्तावाद का स्रोत बताया। पॉपर के चिंतन ने जिस समझ की नींव डाली उसके आधार पर आंद्रे ग्लुक्समैन, बर्नार्ड हेनरी लेवी और अन्य युरोपियन दार्शनिकों ने बीसवीं सदी में सोवियत संघ में हुए मार्क्सवाद के प्रयोग से मिली निराशाओं के तहत इस पद का प्रयोग जारी रखा। धीरे-धीरे सर्वसत्तावाद पश्चिम के वैचारिक हथियार के रूप में रूढ़ हो गया।

शासन पद्धतियों का तुलनात्मक अध्ययन करने वाले विद्वानों कार्ल फ्रेड्रिख़ और ज़िगनियू ब्रेज़िंस्की ने सर्वसत्तावाद की परिभाषा जीवन के हर क्षेत्र को अपने दायरे में समेट लेने वाली विचारधारा, एक पार्टी की हूकूमत वाले राज्य, ख़ुफ़िया पुलिस के दबदबे और आर्थिक-सांस्कृतिक-प्रचारात्मक ढाँचे पर सरकारी जकड़ के संयोग के रूप में की। यह परिभाषा अपने आगोश में फ़ासीवादी और मार्क्सवादी व्यवस्थाओं को समेट लेती थी। पर सत्तर के दशक में सर्वसत्तावाद के ज़रिये पश्चिमी विद्वानों ने नयी कारीगरी करने की कोशिश की और मार्क्सवादी हुकूमतों को फ़ासीवादी हुकूमतों से अलग करके दिखाया जाने लगा। इस दिलचस्प कवायद का परिणाम 'सर्वसत्तावाद' और 'अधिनायकवाद' की तुलनात्मक श्रेणियों में निकला। इसके तहत दक्षिणपंथी ग़ैर-लोकतांत्रिक राज्यों (जिनसे पश्चिम गठजोड़ बनाये हुए था) को 'टोटलिटेरियन' वामपंथी राज्यों के मुक़ाबले बेहतर ठहराने के लिए 'एथॉरिटेरियन' नामक नयी संज्ञा को जन्म दिया गया। इस बौद्धिक उपक्रम के कारण सर्वसत्तावाद का प्रयोग पूरी तरह

से बदल गया। जो पद शुरुआत में फ़ासीवाद को परिभाषित करने के लिए इस्तेमाल किया गया था और जिसे अपनी बौद्धिक वैधता आधुनिक तानाशाहियों के वामपंथी और दक्षिणपंथी रूपों को एक ही श्रेणी में रखने से मिली थी, उसे रोनाल्ड रेगन के राष्ट्रपतित्व के दौरान केवल कम्युनिस्ट व्यवस्थाओं के वर्णन में सीमित कर दिया गया।

ज्ञान के समाजशास्त्र के इस शीतयुद्धीन संस्करण में राजनीतिशास्त्रियों ने जम कर योगदान किया। उनके प्रयासों से ही सर्वसत्तावाद की नयी व्याख्याएँ पचास और साठ के दशक में उभरे आधुनिकीकरण और विकास के सिद्धांतों के नतीजे के रूप में सामने आयीं। इसके पहले चरण में सभी समाजों को परम्परागत से आधुनिकता की तरफ़ सिलसिलेवार रैखिक गति से बढ़ते हुए दिखाया गया। इसके बाद कहा गया कि आधुनिक हो जाने के बाद कुछ समाज सकारात्मक (लोकतांत्रिक) व्यवस्थाओं की तरफ़ चले गये क्योंकि वे आगे बढ़े हुए थे, और कुछ नकारात्मक (सर्वसत्तावादी) प्रणालियों को अपना बैठे क्योंकि वे पिछड़े हुए समाज थे। इस बौद्धिकता ने लोकतांत्रिक और सर्वसत्तावादी शासन व्यवस्थाओं को आदर्शीकृत रूप में पेश किया।

1968 में अमेरिकी बुद्धिजीवी सेमुअल पी. हंटिंग्टन की रचना *पॉलिटिकल ऑर्डर इन चेंजिंग सोसाइटी* का प्रकाशन हुआ। हॉब्स की युगप्रवर्तक रचना *लेवायथन* से प्रभावित इस कृति में हंटिंग्टन ने तर्क दिया कि अविकसित समाजों में कई बार फ़ौज के अलावा ऐसी कोई आधुनिक, पेशेवर और संगठित राष्ट्रीय संस्था नहीं होती जो लोकतंत्र की तरफ़ संक्रमण करने की मुश्किल अवधि में उनका नेतृत्व कर सके। ऐसे समाजों में केवल फ़ौजी शासन ही शांति-व्यवस्था क़ायम रखते हुए आधुनिकीकरण की प्रक्रिया से निकले अशांतकारी प्रभावों को काबू में रख सकता है। हंटिंग्टन के इस विश्लेषण ने आधुनिकीकरण के साथ जुड़े हुए कार्य-कारण संबंधों को नयी दृष्टि से देखने का रास्ता खोला। पहली बार यह सूत्रीकरण सामने आया कि आधुनिकीकरण के दबावों से राज्य प्रणाली के संस्थागत ढाँचे का क्षय हो जाता है। फ़ौजी तानाशाही इस ढाँचे की पुनर्रचना कर सकती है जिसका बाद में लोकतंत्रीकरण किया जा सकता है। सैनिक तानाशाही को लोकतंत्र के वाहक की संज्ञा देने वाले इस विकट सूत्रीकरण के पीछे ग़रीब देशों पर क़ाबिज़ अलोकतांत्रिक हुकूमतों का अनुभव था।

लोकतंत्र और सर्वसत्तावाद के बीच इस द्विभाजन को पहली चुनौती 1970 में मिली। समाज-वैज्ञानिकों ने 1964 से 1974 के बीच के दौर में देखा कि लातीनी अमेरिका के अपेक्षाकृत विकसित देशों में ही नहीं, बल्कि स्पेन और पुर्तगाल जैसे धनी देशों में अधिनायकवादी शासन चल रहा है। मैक्सिको में भी लोकतंत्र के आवरण के नीचे दरअसल तानाशाही है। ये व्यवस्थाएँ अफ़्रीकी देशों की व्यक्तिगत क़िस्म की तानाशाहियों से भिन्न बेहद संगठित और जटिल क़िस्म की प्रणालियाँ थीं। इनका दावा था कि वे अपने-अपने समाजों में विकास और आधुनिकीकरण की प्रक्रिया का नेतृत्व कर रही हैं। उधर एशिया में भी दक्षिण कोरिया और ताइवान में निरंकुश सरकारें आर्थिक विकास करने में कामयाब दिखने लगी थीं। इस घटनाक्रम का अध्ययन करते हुए युआन लिंज़ ने अपनी क्लासिक रचना 'एन एथॉरिटेरियन रिज़ीम : अ केस ऑफ़ स्पेन' में एक ऐसी व्यवस्था की शिनाख़्त की जिसमें लोकतंत्र और सर्वसत्तावाद के मिले-जुले लक्षण थे। इसके बाद गुलेरमो ओडोनेल ने 1973 में दक्षिण अमेरिकी राजनीति का अध्ययन करके दावा किया कि पूँजीवादी विकास और आधुनिकीकरण के गर्भ से लातीनी अमेरिका के अपेक्षाकृत निर्भर लेकिन विकसित देशों में एक नौकरशाह-तानाशाही ने जन्म लिया है।

अमेरिकी राजनीतिशास्त्री जीन किर्कपैट्रिक ने 1979 में हंटिंग्टन, लिंज़ और ओडोनेल की व्याख्याओं के आधार पर स्पष्ट सूत्रीकरण किया कि सर्वसत्तावादी केवल मार्क्सवादी-लेनिनवादी हूकूमतें हैं। अधिनायकवादी शासन दमनकारी तो होता है पर उसमें पूँजीवादी लोकतंत्र के रूप में सुधरने की गुंजाइश होती है। किर्कपैट्रिक के इस बहुचर्चित लेख 'डिक्टेटरशिप ऐंड डबल स्टैंडर्ड' से हंगामा मच गया। इसकी आलोचना में कहा गया कि सर्वसत्तावादी राज्य अगर गिरफ़्तारी, यातना और हत्या पर निर्भर रहता है तो अधिनायकवादी राज्य इसी तरह के काम निजी क्षेत्र के ज़रिये करवाता है। बहरहाल, किर्कपैट्रिक रेगन प्रशासन की कारकुन बनीं और उन्होंने शीतयुद्धीन राजनीति के लिए अपने राजनीतिशास्त्रीय ज्ञान का जम कर दोहन किया।

शीत युद्ध ख़त्म हो जाने के बाद राजनीतिशास्त्र के दायरों में इस समय स्थिति यह है कि विद्वानों ने सर्वसत्तावाद की श्रेणी को पूरी तरह से ख़ारिज करके अधिनायकवादी व्यवस्थाओं की एक नयी व्यापक श्रेणी बनायी है। इसमें दमनकारी, असहिष्णु, निजी अधिकारों और नागरिक स्वतंत्रताओं का अतिक्रमण और ग़ैर-राजकीय हित समूहों को सीमित स्वायत्तता देने वाली प्रणालियों को रखा गया है। इस वर्णन से ज़ाहिर है कि इन प्रवृत्तियों की शिनाख़्त ख़ुद को पूरी तरह से लोकतांत्रिक कहने वाले राज्यों में भी की जा सकती है। इस लिहाज़ से स्थापित उदारतावादी लोकतांत्रिक व्यवस्थाओं के मुक़ाबले अधिनायकवाद अधिकांशतः अब एक रुझान का नाम रह गया है।

देखें : अधिकार, अधिकार : सैद्धांतिक यात्रा, अरस्तू, अफ़लातून, अनुदारतावाद, अराजकतावाद, अन्य-अन्यीकरण, उदारतावाद, उपयोगितावाद, ऐडमण्ड बर्क, क्रांति, ज्याँ ज़ाक रूसो, जॉन लॉक,

जेरेमी बेंथम, जॉन स्टुअर्ट मिल, जॉन रॉल्स, थॉमस हॉब्स, थॉमस पेन, न्याय, न्याय : नारीवादी आलोचना, न्याय : रॉल्स का सिद्धांत, राजनीति में व्यक्ति की भूमिका, नागरिकता, नागरिकता : अन्य परिप्रेक्ष्य-1 और 2, नागर समाज, पनोप्टिकॉन, प्रतिनिधित्व, प्रगति, प्रगति : आलोचनात्मक परिप्रेक्ष्य, प्रशासन, फ़ासीवाद, फ्रेड्रिख़ वॉन हायक, बहुसंस्कृतिवाद, बहुसंख्यकवाद, बहुसंख्यक-अल्पसंख्यक, बुद्धिवाद, माइकेल जोसेफ़ ओकशॉट, माइकिल वाल्ज़र, मिशेल पॉल फ़ूको-1 और 2, यूटोपिया, राजनीतिक और राजनीति, राजनीतिक दर्शन के नारीवादी आयाम-1 और 2, राजनीतिक मनोविज्ञान, राजनीतिक समाजशास्त्र, राज्य-1 और 2, रॉबर्ट नॉज़िक, राज्य-1 और 2, राष्ट्र-राज्य, राष्ट्र : सांस्कृतिक या राजनीतिक, राष्ट्रवाद, राष्ट्रवाद का इतिहास, लोकतंत्र, लोकतंत्र की आलोचनाएँ, व्यक्तिवाद, व्यवहारवाद, विल किमलिका, वितरणमूलक न्याय, विदेशी-द्वेष, वैधता, वैधता का संकट, सविनय अवज्ञा, समानता, समानता : चार अवधारणाएँ, समतावाद, सर्वसत्तावाद, स्मृति की राजनीति, स्वतंत्रता, स्वतंत्रतावाद, स्वजातिवाद, स्वच्छंदतावाद, सत्ता, सम्प्रभुता, समाजवाद, सरकारियत,सम्पत्ति, सम्पत्तिः साझा और सरकारी, सम्पत्ति : मार्क्सवादी परिप्रेक्ष्य, सम्पत्ति : नारीवादी परिप्रेक्ष्य, संविधानवाद, संघवाद, सामाजिक समझौता, हेनरी डेविड थोरो।

संदर्भ

1. हान्ना एरेंत (1958), *द ओरिजिंस ऑफ़ टोटलिटेरियनिज़्म,* मेरिडियन, न्यूयॉर्क, दूसरा संस्करण.
2. कार्ल पॉपर (1945), *ओपन सोसाइटी ऐंड इट्स एनिमीज़,* रॉटलेज, लंदन.
3. सेमुअल पी. हंटिंग्टन (1967), *पॉलिटिकल ऑर्डर इन चेंजिंग सोसाइटी,* येल युनिवर्सिटी प्रेस, न्यू हैविन.
3. सी.जे. फ्रेड्रिख़ और ज़ैड. ब्रेज़िंस्की (1967), *टोटलिटेरियन डिक्टेटरशिप ऐंड ऑटोक्रेसी,* प्रेजर, न्यूयॉर्क.
4. जीन किर्कपैट्रिक (1979), 'डिक्टेटरशिप ऐंड डबल स्टेंडर्ड', *कमेंटरी,* खण्ड 68, अंक 5.
5. जे.जे. लिंज़ (1970), 'एन एथॉरिटेरियन रिज़ीम : अ केस ऑफ़ स्पेन', ई. अलार्ड और एस रोकन (सम्पा.), *मास पॉलिटिक्स : स्टडीज़ इन पॉलिटिकल सोसियोलॉजी,* फ्री प्रेस, न्यूयॉर्क.

— **अभय कुमार दुबे**

सविनय अवज्ञा

(Civil Disobedience)

अमूमन सविनय अवज्ञा का अर्थ होता है कि धार्मिक, नैतिक या राजनीतिक सिद्धांत के कारण किसी भी क़ानून का जानबूझकर पालन न करना। इसका एक अधिक सीधा अर्थ यह भी है कि ऐसे क़ानून का उल्लंघन किया जाए जो अपने-आप में अन्यायपूर्ण है। लेकिन इस शब्द का प्रयोग ऐसे विरोध के बारे मे बताने के लिए भी किया जाता है जिसमें किसी ख़ास नीति का विरोध करने के लिए या किसी राजनीतिक सुधार की माँग करने के लिए क़ानून का उल्लंघन किया जाता है। अर्थात् सविनय अवज्ञा के तहत क़ानून का उल्लंघन करना हमेशा अपने-आप में प्राथमिक लक्ष्य नहीं होता है। यह सिद्धांत दो हस्तियों के साथ जुड़ा है। थोरो के साथ और फिर गाँधी के साथ। सबसे पहले अमेरिकी चिंतक हेनरी डेविड थोरो ने सिविल डिसओबिडिएंस या सविनय अवज्ञा शब्द प्रयोग किया। यह 1948 में उनके द्वारा लिखे गये एक निबंध का शीर्षक था। इस निबंध में थोरो ने व्याख्या की थी कि आख़िर उन्होंने मैसाचुसेट्स राज्य को बहुत दिनों तक टैक्स क्यों नहीं दिया। इसके कारण उन्हें जेल में एक रात गुज़ारनी पड़ी। उन्होंने संयुक्त राज्य अमेरिका की दो नीतियों का विरोध करने के लिए यह काम किया था। पहला, उन्होंने मैक्सिको के ख़िलाफ़ युद्ध का विरोध किया तथा दूसरा उन्होंने दक्षिण में क़ायम दास प्रथा की निंदा की। थोरो ने इस बात पर जोर दिया कि सिर्फ़ वोट देना ही काफ़ी नहीं है। जब आपकी अपनी चुनी हुई सरकार अन्याय को बढ़ावा देने लगे तो इस अन्याय का विरोध करने के लिए लोगों को सक्रिय रूप से काम करना चाहिए। राजनीति दार्शनिकों ने अक्सर इस बात की व्याख्या करने की कोशिश की है कि लोगों को अपनी चुनी हुई सरकार के प्रति सिविल ओबिडिएंस (या सविनय आज्ञापालन) की भावना रखनी चाहिए। इस अर्थ में सिविल डिसओबिडिएंस (या सविनय अवज्ञा) का थोरो द्वारा प्रतिपादित कर्त्तव्य इसके विपरीत है।

थोरो के पहले सिविल डिसओबिडिएंस और पैसिव रेज़िस्टेंस जैसे प्रतिरोध के स्वरूप उभरने शुरू हो चुके थे। पैसिव रेज़िस्टेंस का मक़सद संवैधानिक अधिकारों के लिए शांतिपूर्ण आंदोलन करना था, यानी क़ानून के ढाँचे के भीतर रह कर एक नैतिक दबाव तैयार करना। सविनय अवज्ञा और निष्क्रिय प्रतिरोध के सैद्धांतिक स्वरूप पर चर्चा की शुरुआत सोलहवीं सदी के प्रारम्भ हो चुकी थी। फ्रांस के राजनीतिज्ञ और विचारक ला बोइती अपनी रचना डिस्कोर्स ऑन वालंटरी सरवीट्यूड में कह चुके थे कि अत्याचारी के अत्याचार के

प्रतिकार का एक तरीक़ा यह भी है कि उससे सहयोग न किया जाए अंग्रेज़ चिंतक इमर्सन ने ला बोइती की प्रशंसा में एक कविता भी लिखी थी, और इमर्सन थोरो के मित्र भी थे। इससे अनुमान लगाया जा सकता है कि सम्भवत: थोरो पर ला बोइती का भी प्रभाव रहा होगा।

थोरो ने प्रतिरोध की इसी परम्परा को सैद्धांतिक आधार प्रदान किया। इस सिलसिले में *ऑन द ड्यूटी ऑफ़ सिविल डिसओबिडिएंस* उनकी प्रतिनिधि रचना है। इस लेख में उन्होंने महत्त्वपूर्ण दार्शनिक प्रश्न उठा कर उनका समाधान प्रस्तुत किया है। थोरो व्यक्ति और राज्य पर विचार करते हुए कहते हैं कि हम पहले मनुष्य हैं, किसी राज्य की प्रजा बाद में। लेकिन राज्य के दृष्टिकोण से देखने पर हम पहले प्रजा हैं, उसकी आज्ञा का पालन करना ही नैतिकता है। इस द्वंद्व में थोरो स्पष्ट करते हैं कि राज्य-नागरिक संबंधों का निर्वाह करते हुए हमें मनुष्य होने का अधिकार नहीं छोड़ना चाहिए। सत्य बड़ी चीज़ होता है, न कि विधान। अत: क़ानून का उल्लंघन अनिवार्यत: बुरी चीज़ नहीं है।

गाँधी ने थोरो के तक़रीबन साठ-सत्तर साल बाद सविनय अवज्ञा के सिद्धांत और व्यवहार को और ज़्यादा परिष्कृत किया। उन्होंने अहिंसा और अहिंसक संघर्ष के अपने दर्शन के विकास के संदर्भ में सविनय अवज्ञा के सिद्धांत का प्रयोग किया। 1932 में अंग्रेज़ों द्वारा लागू किये गये नमक क़ानून को तोड़ने के लिए उन्होंने सविनय अवज्ञा आंदोलन चलाया। गाँधी ने यह तर्क दिया कि सविनय अवज्ञा सामान्य तौर पर क़ानून के प्रति गहरे सम्मान पर आधारित होता है। उहोंने इस बात पर भी ज़ोर दिया कि जो लोग सविनय अवज्ञा करते हैं उन्हें अहिंसक तरीक़े से और सार्वजनिक रूप से ऐसा करना चाहिए। वे भी मानते थे कि केवल उसी वक़्त सविनय अवज्ञा का सहारा लेना चाहिए जब दबाव डालने या याचिका दायर करने के दूसरे सारे तरीक़े नाकाम हो चुके हों। गाँधी के विचार थोरो से इस अर्थ में अलग थे कि उन्होंने कठोरता से अहिंसा पालन करने, सविनय अवज्ञा के सामान्य कर्त्तव्य और सविनय अवज्ञा शुरू करने से पहले हर तरह की संवैधानिक राजनीतिक कार्रवाई को पहले आजमा लेने पर बल दिया। थोरो का नज़रिया ज़्यादा व्यक्तिवादी था और उनके विचारों में सरकार विरोधी भावना ज़्यादा थी।

सविनय अवज्ञा की हालिया विवेचनाओं में अमूमन गाँधी की संकल्पना को स्वीकार किया जाता है। मसलन, जॉन रॉल्स ने अपनी किताब *अ थियरी ऑफ़ जस्टिस* में सविनय अवज्ञा को परिभाषित करते हुए यह लिखा है कि 'यह सार्वजनिक, अहिंसक और अंत:करण पर आधारित कार्रवाई होती है, जो क़ानून के विपरीत होती है; अमूमन इसका लक्ष्य यह होता है कि क़ानून या सरकार की नीतियों में बदलाव किया जाए।' लेकिन यह भी अपने-आप में एक रोचक तथ्य है कि अपनी पूरी विवेचना में रॉल्स थोरो, मार्टिन लूथर आदि का ज़िक्र करते हैं, लेकिन वे गाँधी का कोई ज़िक्र नहीं करते।

सविनय अवज्ञा का औचित्य साबित करने के लिए किसी ख़ास सरकार के क़ानूनों की तुलना में एक उच्चतर नैतिक सत्ता के क़ानून का आह्वान किया जाता है और इसमें मानवाधिकारों के स्पष्ट उल्लंघन का प्रतिरोध करने पर ज़ोर है। ये दोनों ही तर्क थोरो के विचारों में मौजूद हैं। इसके अलावा, कई बार इसमें एक उच्चतर राष्ट्रीय या अंतर्राष्ट्रीय क़ानून का भी आह्वान किया जाता है। मसलन, 1955-1963 के बीच अमेरिका के ठेठ दक्षिणी इलाक़े में नागरिक अधिकारों की वकालत करने वाले विरोधियों ने नस्ली अलगाव क़ायम करने वाले स्थानीय क़ानूनों को तोड़ा। उन्होंने अपने काम का औचित्य बताने के लिए अमेरिकी संविधान के सिद्धांतों का सहारा लिया। वियतनाम युद्ध के समय परमाणु हथियारों के प्रयोग का विरोध करने वाले लोगों ने यह दावा किया कि वे अंतर्राष्ट्रीय क़ानून क़ायम रखने की बात कर रहे हैं। सविनय अवज्ञा का औचित्य साबित करने के लिए अक्सर इस तर्क का प्रयोग किया जाता है कि कई बार मानव जीवन को इस तरह का ख़तरा होता है कि उससे सामान्य लोकतांत्रिक और चुनावी प्रक्रियाओं के द्वारा नहीं निबटा जा सकता है। बर्टेंड रसेल ने परमाणु हथियारों के ख़िलाफ़ सविनय अवज्ञा करने के लिए यही तर्क दिया।

सविनय अवज्ञा के केंद्र में एक मुख्य सवाल यह है कि इसका प्राथमिक मकसद दबाव डालना है या बल प्रयोग करना। आम तौर पर सविनय अवज्ञा का सहारा लेने वाले आंदोलनों द्वारा इस सवाल का सीधे जवाब नहीं दिया जाता। मान लीजिए कि सविनय अवज्ञा का सहारा लेने वालों का लक्ष्य किसी नीति के ख़िलाफ़ अपने विरोध को ज़ोरदार तरीक़े से पेश करना है और इसके द्वारा वे दिखाना चाहते हैं कि वे अपने विश्वासों के लिए दु:ख सहने को तैयार है। सविनय अवज्ञा का प्रयोग करके वे अपने कुछ विरोधियों या सह-नागरिकों का मन बदल सकते हैं। यह सविनय अवज्ञा का दबावकारी उपयोग है। यह किसी टकराव को बातचीत से सुलझाने या नीतिगत सुधार की प्रक्रिया को तेज़ कर सकता है। लेकिन मान लीजिए कि सविनय अवज्ञा का सहारा एक दूरगामी लक्ष्य को हासिल करने के लिए या किसी नीति के क्रियान्वयन को नामुमकिन बनाने के लिए किया जाता है। ऐसे में प्रदर्शनकारी सरकार के संसाधनों पर सीधा दबाव डालते हैं या तात्कालिक जीत हासिल करना चाहते हैं। व्यवहार में इन दोनों के बीच में कोई स्पष्ट विभाजन नहीं है और इसमें शामिल लोगों की संख्या के आधार पर इनमें अंतर किया जा सकता है। सविनय अवज्ञा की गतिविधियाँ दबाव या सीधे प्रभाव पर ज़ोर दे सकती हैं।

दरअसल, सविनय अवज्ञा का स्थान राजनीतिक कार्रवाई के संवैधानिक रूपों और बग़ावत या क्रांति के बीच में आता है। इसे संवैधानिक और लोकतांत्रिक राज्यों द्वारा प्रयोग में लाए जाने वाली राजनीतिक प्रक्रियाओं के व्यापक दायरे के भीतर एक अतिवादी क़दम के रूप में देखा जा सकता है, लेकिन कुछ परिस्थितियों में इसे स्वीकार भी किया जा सकता है। सविनय अवज्ञा की ऐसी कार्रवाइयों का समर्थन करना आसान है जिनका मक़सद दबाव डालना होता है और जिन्हें सार्वजनिक तौर पर तथा पूर्ण अहिंसा के साथ किया जाता है। लेकिन यह मुमकिन है कि सविनय अवज्ञा वर्तमान शासन के ख़िलाफ़ एक व्यापक प्रतिरोध को जन्म दे और आगे चल कर हिंसक भी बन जाए। अक्सर यह माना जाता है कि तानाशाही, विदेशी शासन या बुनियादी रूप से अन्यायपूर्ण शासन के ख़िलाफ़ पूरी तरह से प्रतिरोध करना न्यायसंगत है। लेकिन मान लीजिए कि यह एक ऐसे शासन के ख़िलाफ़ होता है जो नागरिकों के अधिकारों की इज़्ज़त करता है और जिसमें नीचे से आम लोगों के दबाव द्वारा ही सरकार की नीतियों को प्रभावित किया जा सकता है या उन्हें बदला जा सकता है; ऐसी स्थिति में सरकार के पूर्ण प्रतिरोध की निंदा की जाती है। बहरहाल, किसी भी ख़ास मामले में सविनय अवज्ञा का पक्ष लेने वाले या इसका विरोध करने वाले लोगों में इस बात पर भी असहमति हो सकती है कि सरकार किस सीमा तक अधिकारों और स्वतंत्रताओं की इज़्ज़त करती है; या उनके बीच लोकतंत्र की सीमा के बारे में भी असहमति होती है।

1950 के दशक के बाद से पश्चिमी देशों में विरोध के एक तरीक़े के रूप में सविनय अवज्ञा को व्यापक रूप से स्वीकार किया जाने लगा है। लेकिन अभी भी ऐसे लोग हैं जो यह मानते हैं कि यदि विरोध करने या दबाव डालने के अन्य क़ानूनी साधन मौजूद हैं तो सविनय अवज्ञा का सहारा लेने की कोई आवश्यकता नहीं है। ऐसे लोगों का यह मानना है कि इससे क़ानूनों को तोड़ने की प्रवृति का फैलाव होगा और इससे एक ऐसा राजनीतिक वातावरण बन सकता है, जिसमें लोकतांत्रिक प्रक्रियाओं का कोई महत्त्व ही न बचे। यह एक ऐसा वाद-विवाद है जिसे पूरी तरह से सुलझाया नहीं जा सकता है।

देखें : अधिकार, अधिकार : सैद्धांतिक यात्रा, अरस्तू, अफ़लातून, अनुदारतावाद, अराजकतावाद, अन्य-अन्यीकरण, उदारतावाद, उपयोगितावाद, ऐडमण्ड बर्क, क्रांति, ज्याँ ज़ाक रूसो, जॉन लॉक, जेरेमी बेंथम, जॉन स्टुअर्ट मिल, जॉन रॉल्स, थॉमस हॉब्स, थॉमस पेन, न्याय, न्याय : नारीवादी आलोचना, न्याय : रॉल्स का सिद्धांत, नागरिकता, नागरिकता : अन्य परिप्रेक्ष्य-1 और 2, नागर समाज, पनोप्टिकॉन, फ्रेड्रिख़ वॉन हायक, बुद्धिवाद, माइकिल ओकशॉट, माइकिल वाल्ज़र, मिशेल पॉल फूको-1 और 2, मोहनदास कर्मचंद गाँधी-1 से 3 तक, यूटोपिया, राजनीतिक दर्शन के नारीवादी आयाम-1 और 2, रॉबर्ट नॉज़िक, राज्य-1 और 2, विल किमलिका, सविनय अवज्ञा, स्वतंत्रतावाद, सर्वसत्तावाद, सम्प्रभुता, समाजवाद, सरकार और सरकारियत-1 और 2, सामाजिक समझौता, हेनरी डेविड थोरो।

संदर्भ

1. डब्ल्यू. हार्डिंग और एम. मेयर (1980), *द न्यू थोरो हैंडबुक,* सनी प्रेस, न्यूयॉर्क.
2. एच.ए. बेड्यु (सम्पा.) (1980), *सिविल डिसओबिडिएंस : थियरी ऐंड प्रैक्टिस,* बॉब्स-मेरिल, इंडियानापॉलिस.
3. एम.के. गाँधी (1961), *नॉन वायलेंट रेज़िस्टेंस,* स्कोकीन, न्यूयॉर्क.
4. जॉन रॉल्स (1971), *अ थियरी ऑफ़ जस्टिस,* ऑक्सफ़र्ड यूनिवर्सिटी प्रेस, न्यूयॉर्क.

— कमल नयन चौबे

सर्वोदय

(Sarvodaya)

एक आंदोलन और विचारधारा के रूप में सर्वोदय (सर्व+उदय अर्थात् सभी के उत्थान और सत्ता के समतामूलक वितरण के आधार पर समाज की पुनर्रचना) की शुरुआत 1948 में गाँधी के निधन के डेढ़ महीने बाद की गयी थी। इसके आधार में गाँधी द्वारा प्रतिपादित 'सर्वोदय समाज' का आदर्श था। गाँधी जॉन रस्किन के उद्योगवाद विरोधी विचारों से काफ़ी प्रभावित थे। उन्होंने उनकी रचना *अन टू दिस लास्ट* का अनुवाद भी *सर्वोदय* शीर्षक से किया था। इस विचार के पीछे रस्किन के अलावा वेदांत, बौद्ध धर्म, ईसाइयत, तॉल्स्तॉय और थोरो की प्रेरणाएँ भी थीं। 11 से 14 मार्च के बीच सेवाग्राम में गाँधी के कुछ प्रमुख अनुयायियों ने विचार-विमर्श करके निर्णय किया कि वे गाँधी के इस ख़याल को धरती पर उतारेंगे। कुछ संगठनों के ढीले-ढाले संघ के तौर पर जन्मे इस आंदोलन की केंद्रीय विभूति विनोबा भावे थे जिन्हें अपने सत्याग्रह आंदोलन के दौरान गाँधी ने पहले सत्याग्रही की उपाधि दी थी। स्थापना के एक वर्ष बाद इंदौर में हुए एक सम्मेलन में सर्व सेवा संघ का गठन करके सर्वोदय आंदोलन का संस्थानीकरण किया गया।

गाँधी प्रवर्तित सामाजिक-आर्थिक-राजनीतिक पुनर्रचना का कार्यक्रम धरती पर उतारने के लिए विनोबा ने 1951-52 में ज़मीन के बँटवारे के सवाल को रचनात्मक कार्यक्रम के मर्म में रखते हुए भूदान की मुहिम चलाई। भूदान के साथ 1956 में ग्रामदान का कार्यक्रम जोड़ कर विनोबा ने राज-नीति के मुक़ाबले लोक-नीति और राज-शक्ति के

मुक़ाबले लोक-शक्ति की अवधारणाएँ विकसित कीं। सर्वोदय ने विकास की जगह उत्थान को प्राथमिकता दी। विकास अगर प्रगति को आर्थिक और भौतिक अर्थों में नापने का नाम था, तो उत्थान का मतलब था नैतिक मूल्यों में तब्दीली करके हृदय-परिवर्तन करना। सर्वोदय को शुरू में सरकार का सहयोग और प्रोत्साहन भी प्राप्त हुआ। लेकिन, समाजवादी नेता और चिंतक जयप्रकाश नारायण के सर्वोदय से जुड़ जाने के बाद इस आंदोलन को एक नया उछाल मिला। सत्तर के दशक की राजनीति में जेपी की भागीदारी से पहले अन्य कारणों से और फिर उसके कारण सर्वोदय आंदोलन वैचारिक संकटों और अंतर्विरोधों का शिकार हो गया। धीरे-धीरे इसकी महत्त्वाकांक्षाएँ सिमट कर स्वयंसेवी भाव से किये गये समाज-कार्य तक सिमट कर रह गयीं।

गाँधी के लिए सर्वोदय का व्यावहारिक मतलब था उनका बनाया हुआ 18 सूत्रीय रचनात्मक कार्यक्रम। विनोबा ने इसे बढ़ा कर 22 सूत्रीय कर दिया। लेकिन विनोबा की ख़ास बात भूदान-ग्रामदान कार्यक्रम के ज़रिये गाँधी-विचार को एक नया रूप देने की थी। यही वह समय था जब एक तरफ़ तेलंगाना और दूसरी जगहों पर कम्युनिस्टों के नेतृत्व में रैडिकल भूमि-सुधारों के लिए जुझारू ज़मींदार विरोधी संघर्ष चल रहे थे, और दूसरी तरफ़ आज़ाद भारत की सरकार भूमि-हदबंदी क़ानून लागू करने की कोशिश कर रही थी। सरकार ने सर्वोदय आंदोलन की मदद करने के लिए भूदान-ग्रामदान क़ानून भी बनाया।

1951 में शिवनामपल्ली में हुए सर्वोदय सम्मेलन में भाग लेने के बाद विनोबा ने तेलंगाना किसान संघर्ष के इलाक़ों में पैदल शांति-यात्रा करनी शुरू की। 18 अप्रैल को पोचमपल्ली गाँव (जहाँ सबसे ज़्यादा रक्तपात हुआ था) के हरिजनों (दलित) ने उनसे कहा कि जीवनयापन के लिए उन्हें अस्सी एकड़ खेती योग्य ज़मीन की ज़रूरत है। विनोबा ने गाँव के डरे हुए भू-स्वामियों से पूछा कि वे हरिजनों की यह आवश्यकता क्यों नहीं पूरी सकते? रामचंद्र रेड्डी नामक भू-स्वामी ने वहीं अपनी सौ एकड़ ज़मीन दान करने की घोषणा की। इस अनायास घटना से भूदान की मुहिम शुरू हुई। तेलंगाना में विनोबा को प्रति दिन दो सौ एकड़ ज़मीन दान में मिली। पवनार से दिल्ली तक की यात्रा में विनोबा ने औसतन तीन सौ एकड़ भूमि का दान पाया। वे पाँच करोड़ एकड़ ज़मीन पाने के लक्ष्य के साथ चले। 1952 में उत्तर प्रदेश में यात्रा करते समय विनोबा को एक पूरा गाँव ही दान में मिल गया। इस घटना से ग्रामदान की मुहिम का जन्म हुआ। 1964 तक 6,807 गाँव ग्रामदान के दायरे में आ चुके थे। विनोबा 13 साल तक मुतवातिर चलते रहे। 12 सितम्बर, 1951 को उन्होंने पवनार आश्रम छोड़ा, और 10 अप्रैल, 1964 को वापिसी की। जुलाई, 1965 में उन्होंने बिहार की तूफ़ानी यात्रा शुरू की जो चार साल तक चलती रही। इस दौरान उन्होंने हज़ारों सभाएँ कीं और जाति-धर्म के आरपार असंख्य लोगों को सर्वोदय विचार के इर्द-गिर्द गोलबंद किया। मई, 1960 में विनोबा के चरणों में चम्बल के कुछ डकैतों ने हथियार भी डाले। 1975 के आँकड़ों के अनुसार सारे देश में 25,000 मील के पैदल भ्रमण के दौरान 7,00,000 भू-स्वामियों से उन्हें 41,49,270 एकड़ ज़मीन मिली जिसमें से 18,57,300 एकड़ ज़मीन खेती योग्य नहीं थी। 12,85,738 एकड़ ज़मीन भूमिहीनों में बाँटी गयी।

भूदान-ग्रामदान कार्यक्रम की सफलता-विफलता के बारे में विवाद है। रैडिकल राजनीति करने वाले वामपंथियों का आरोप है कि जब-जब इस देश के भूमिहीनों ने ज़मींदारों से अपना हक़ छीनना चाहा, तब-तब सर्वोदयी लोग कभी भूदान तो कभी ग्रामदान का कार्यक्रम लेकर उनके आंदोलन की क्रांतिकारी धार कुंद करने और इस तरह देहाती इलाक़ों पर क़ाबिज़ ज़मींदारों को बचाने के लिए पहुँच गये। सर्वोदय के प्रशंसक भी यह बात मानते हैं कि जिस समय बड़े भू-स्वामी किसान सभाओं के प्रहार से डरे हुए थे, उस समय विनोबा के अभियान से उन्हें काफ़ी राहत मिली। बहरहाल, इस आरोप को अगर विचारधारा-प्रेरित मान लिया जाए, तो भी आँकड़ों के लिहाज़ से भूदान ज़मीन के बँटवारे की समस्या में कोई ख़ास योगदान नहीं कर पाया। एक अध्ययन के अनुसार केवल बिहार में भूदान-यज्ञ के दौरान ज़मींदारों ने कुल 21 लाख एकड़ ज़मीन दान में दी जिसमें केवल छह लाख एकड़ ज़मीन ही खेती के क़ाबिल थी। इसे 4,80,000 दलितों-आदिवासियों में बाँटा गया। लेकिन, भूदान यज्ञ कमेटी की सरकार को दी गयी रपट बताती है कि इसके नब्बे फ़ीसदी हिस्से पर जल्दी ही ज़मींदारों ने फिर से क़ब्ज़ा कर लिया।

जो भी हो, 1969 के बाद विनोबा के भूदान-ग्रामदान आंदोलन की रफ़्तार धीमी हो गयी। बिहार में भूदान करवाने के बाद वे अपने पवनार आश्रम में लौट गये। इसके बाद उन्होंने दोबारा कभी इस मक़सद के लिए देश का दौरा नहीं किया और आध्यात्मिक चिंतन में डूब गये। सर्वोदय की बागडोर फिर जयप्रकाश नारायण ने सँभाली। जो काम विनोबा ने पोचमपल्ली को चुन कर किया था, उसी को जयप्रकाश नारायण ने सत्तर के दशक में मुशहरी (बिहार) को ग्रामदान के लिए चुन कर दोहराया जो नक्सलवादी आंदोलन के गढ़ के रूप में उभर रहा था। जयप्रकाश ने डेढ़ साल मुशहरी में गुज़ारे। उन्होंने इस अनुभव को अपनी रचना *फ़ेस टू फ़ेस* में दर्ज किया है। इस अनुभव की रोशनी में ही जेपी ने एक बार फिर राजनीति में कूदने की ज़रूरत महसूस की। उन्हें लगा कि ग्रामदान से ग़रीबों और ग्रामों की समस्या हल होने वाली नहीं है। उन्होंने यह भी देखा कि राजनीति

में ज़बरदस्त भ्रष्टाचार है और इसका स्रोत दिल्ली की सरकार से जुड़ा है।

जेपी के इंदिरा सरकार विरोधी संघर्ष ने सर्वोदय आंदोलन के लिए समस्या पैदा कर दी। विनोबा सर्वोदय को ग़ैर-राजनीतिक रखना चाहते थे। उन्होंने जेपी से कहा कि वे सर्वोदय के मंच का प्रतिपक्षी राजनीति के लिए इस्तेमाल न करें। जेपी द्वारा सरकार विरोधी सत्याग्रह का आह्वान करने पर विनोबा ने उसे नकारात्मक क़रार दे कर कहा कि इस तरह के आंदोलन का स्वतंत्र भारत में कोई स्थान नहीं होना चाहिए। इस प्रश्न पर आंदोलन बँट गया। सर्व सेवा संघ के बहुमत ने जेपी का साथ देने का निश्चय किया। विनोबा के समर्थकों का कहना था कि जेपी ने राजनीति में भाग लेकर संघ और सर्वोदय के मानकों का उल्लंघन किया है। दिलचस्प बात यह है कि इस दौरान जेपी ने जिस भाषा और शब्दावली का इस्तेमाल किया, वह विनोबा की ही थी। लोक-शक्ति और सम्पूर्ण क्रांति जैसी अभिव्यक्तियाँ विनोबा द्वारा ही गढ़ी गयी थीं। मुशहरी के अनुभव की रोशनी में जयप्रकाश इस निष्कर्ष पर पहुँचे थे कि भूदान-ग्रामदान के बजाय 'नीचे से पुनर्निर्माण' के बजाय 'सभी दिशाओं से पुनर्निमाण' की राजनीति की जानी चाहिए।

जेपी के कारण जैसे ही सर्वोदय का राजनीतीकरण हुआ, अभी तक मददगार रही सरकार नाराज़ हो गयी। इंदिरा गाँधी ने जब आपातकाल लगाया तो उसका कोप कई सर्वोदयी नेताओं को भी अपनी गिरफ़्तारी के रूप में झेलना पड़ा। विनोबा ने आपातकाल की आलोचना करने के बजाय उसे अनुशासन पर्व की संज्ञा दी, और इंदिरा गाँधी की अंतर्राष्ट्रीय भूमिका की प्रशंसा करते हुए कहा कि वे देश को एक रखने का प्रयास कर रही हैं। उन्होंने सरकारी कर्मचारियों को लोक-सेवक भी बताया। बदले में जयप्रकाश के समर्थकों ने उन्हें सरकारी संत क़रार दिया। 1977 में इंदिरा गाँधी की पराजय और जनता पार्टी की सरकार के आगमन के बाद सर्व सेवा संघ पूरी तरह से जेपी के साथ हो गया। विडम्बना यह रही कि जनता पार्टी ने जेपी द्वारा देश के लिए बनायी गयी सर्वोदयी योजनाओं को कोई तरजीह नहीं दी।

1979 में जेपी का देहांत हो गया। जनता पार्टी के आंतरिक बिखराव ने इंदिरा गाँधी की प्रधानमंत्री पद पर वापिसी करायी। इसका परिणाम बदले की भावना से गठित किये गये कुदाल आयोग में निकला जिसने सर्वोदय आंदोलन से जुड़ी संस्थाओं (सर्व सेवा संघ और एसोसिएशन ऑफ़ वालंटरी एजेंसीज़ फ़ॉर रूरल डिवेलपमेंट) की गतिविधियों का जाँच शुरू कर दी। इंदिरा गाँधी के इस क़दम से न केवल वे विदेशी दानदाता एजेंसियाँ हतोत्साहित हुईं जो सर्वोदय के रचनात्मक कार्यक्रम की मदद कर रही थीं, बल्कि पूरे आंदोलन को ही एक तरह अपमानजनक दौर से गुज़रना पड़ा। इन विवादों के कारण सर्वोदय आंदोलन की गतिशीलता मंद होती चली गयी। 1984 में राजीव गाँधी द्वारा प्रौद्योगिकीय विकास को सामाजिक और आर्थिक परिवर्तन का वाहक बनाने से इस आंदोलन को एक और झटका लगा। 1984 के आम चुनाव में बिहार और गुजरात से सर्व सेवा संघ द्वारा दो लोक-उम्मीदवार भी खड़े किये गये थे जो उल्लेखनीय समर्थन प्राप्त करने में नाकाम रहे थे। 1985 में सर्व सेवा संघ ने ग्राम स्वराज्य को अपना बुनियादी लक्ष्य घोषित करते हुए अपनी ऊर्जा तीन कार्यक्रमों में लगाने का फ़ैसला किया : मतदाता परिषदें बनाना, ग्राम सभाएँ खड़ी करना और शांति ब्रिगेडें तैयार करना। यह तीन सूत्रीय कार्यक्रम विनोबा और जेपी की विरासत की मिली-जुली अभिव्यक्ति थी। मसलन, मतदाता परिषदें अगर जेपी द्वारा किये गये राजनीतीकरण की निशानी थी, तो शांति ब्रिगेडें विनोबा प्रवर्तित भारतीय शांति सेना के विचार की अभिव्यक्ति थी।

इस समय यह आंदोलन विकास के तकनीकशाही प्रतिमानों, भूमण्डलीकरण के तहत आये बाज़ारवादी रुझानों और गठजोड़ राजनीति की पेचीदगियों के सामने ख़ुद को पूरी तरह से असहाय महसूस कर रहा है।

देखें : अरविंद घोष, कन्हैयालाल माणिकलाल मुंशी, क़ाज़ी नज़रुल इसलाम, कुमारन् आशान्, गजानन माधव मुक्तिबोध, गोवर्धन राम त्रिपाठी और गुजराती अस्मिता, जय प्रकाश नारायण, प्रेमचंद, फ़क़ीर मोहन सेनापति और ओडिया अस्मिता, बंकिम चंद्र चट्टोपाध्याय, भारतेंदु हरिश्चंद्र, महादेव गोविंद रानाडे, महावीर प्रसाद द्विवेदी, मोहनदास कर्मचंद गाँधी-1 से 3 तक, रवींद्रनाथ ठाकुर, राजा राममोहन राय, रामविलास शर्मा, रामचंद्र शुक्ल, रुक्मिणी देवी अरुंडेल, विनोबा भावे, वल्लतोल, सच्चिदानंद हीरानंद वात्स्यायन अज्ञेय, सुब्रह्मण्य भारती, हजारी प्रसाद द्विवेदी।

संदर्भ

1. अर्चना सिन्हा (1978), *द सोशल ऐंड पॉलिटिकल फ़िलॉसफ़ी ऑफ़ सर्वोदय,* जानकी प्रकाशन, पटना.
2. विश्वनाथ टंडन (1965), *सर्वोदय आफ़्टर गाँधी,* सर्व सेवा संघ प्रकाशन, वाराणसी.
3. जयप्रकाश नारायण (1970), *फ़ेस टू फ़ेस,* नवचित्र प्रकाशन, वाराणसी.
4. ईश्वर सी. हैरिस (1986), 'द भूदान मूवमेंट : ऐन इनवेस्टीगेशन इनटु विनोबा भावेज़ लीगेसी इन कंटेम्परेरी इंडिया', *एशियन थॉट ऐंड सोसाइटी,* जुलाई-नवम्बर.
5. ईश्वर सी. हैरिस (1987), 'सर्वोदय इन क्राइसिस : द गाँधियन मूवमेंट इन इण्डिया टुडे', *एशियन सर्वे,* खण्ड 27, अंक 9.

— अभय कुमार दुबे

सशक्तीकरण-1

वितरणमूलकता और संबंधवाचकता

(Empowerment-1)

समाज-विज्ञान में सशक्तीकरण की दो एक-दूसरे से विपरीत व्याख्याएँ प्रचलित हैं। एक व्याख्या इस अवधारणा की ऐसी समझ की ओर ले जाती है जहाँ यह समाज और व्यक्ति के लिए लाभकारी दिखती है। इसके तहत दावा किया जाता है कि सशक्तीकरण के ज़रिये सामाजिक-राजनीतिक-आर्थिक भेदभाव के शिकार और पारम्परिक रूप से उपेक्षित रहे वंचित समूहों को राजनीतिक और सामाजिक सत्ता में हिस्सेदारी मिलती है या मिलने की सम्भावनाएँ खुलती हैं। दूसरी व्याख्या इस अवधारणा को ग्लोबल नव-उदारतावादी निज़ाम की पैदाइश मानती है जिसके तहत सशक्तीकरण एक मिथक और विभ्रम के रूप में सामने आता है। यानी सशक्तीकरण केवल सत्ता में हिस्सेदारी की ग़लतफ़हमी पैदा करता है और वास्तव में वंचित समूहों का उनके सामने कुछ टुकड़े फेंक कर इस प्रविधि के माध्यम से ग्लोबल पूँजीवाद की सेवा के लिए विनियोग कर लिया जाता है।

सशक्तीकरण को कल्याणकारी मानने वाली पहली व्याख्या के दो आयाम हैं : वितरणमूलक और संबंधवाचक। वितरणमूलक आयाम के अर्थ है सत्ता को संसाधनों, क्षमताओं और पदों के रूप में बाँटना। इस वितरणमूलकता के ज़रिये वंचित समूह सशक्त किये जा सकते हैं। सशक्तीकरण की इस प्रक्रिया को मात्रात्मक और गुणात्मक रूप से नापा जा सकता है। संबंधवाचकता का मतलब है सत्ता का इस्तेमाल करके मौजूदा सामाजिक, आर्थिक, सांस्कृतिक और राजनीतिक संबंधों में आमूल परिवर्तन करने की परियोजना चलाना। समझा जाता है कि इन संबंधवाचक परिवर्तनों के साथ-साथ इस विधि से रूढ़ छवियों पर प्रहार किये जा सकते हैं, स्थाई रूप से पराजित मानस बदला जा सकता है, उत्पीड़ित समुदायों के भीतर एक मनोवैज्ञानिक उछाल लाया जा सकता, और कुल मिलाकर प्रभुत्व और उत्पीड़न की संरचनाओं की बुनियादी ज़मीन पर ही चोट की जा सकती है। सशक्तीकरण का यह पहलू मुख्यत: आत्मनिष्ठ है, और इसे आसानी से देखा या स्पर्श नहीं किया जा सकता। इसके ठोस रूप केवल लम्बी प्रक्रिया के ज़रिये ही सामने आ सकते हैं।

सशक्तीकरण के इन दोनों मिले-जुले पहलुओं का असर परखने के लिए दुनिया के कई देशों में अध्ययन हुए हैं। माइकल बांड्स ने अमेरिका में अश्वेतों के अधिकारों के लिए संघर्ष करने वाले नागरिक अधिकार आंदोलन के सत्ता की संरचनाओं और वोटिंग व्यवहार पर हुए प्रभाव का अध्ययन किया है। बांड्स का कहना है कि काले अमेरिकनों द्वारा बड़ी संख्या में मतदान करने से ऐसे काले उम्मीदवारों के उभरने की अपेक्षा थी जो इस समुदाय की ज़रूरतों के प्रति अधिक संवेदनशील होंगे। बांड्स के मुताबिक़ यह तय कर पाना मुश्किल है कि सत्ता में हिस्सेदारी बढ़ने से अफ़्रीकी-अमेरिकी समुदाय को सीधा फ़ायदा हुआ है। लेकिन यह ज़रूर कहा जा सकता है कि राजनीतिक सशक्तीकरण और तरफ़दारी वाली सरकारी नीतियों ने इस समुदाय के लिए पहले के मुक़ाबले अधिक गुंजाइश पैदा की है। बांड्स का यह अध्ययन मुख्यत: वितरणमूलकता के इर्द-गिर्द हुआ है।

सशक्तीकरण की अवधारणा का नारीवादी आंदोलन ने भी इस्तेमाल किया है जो मुख्यत: संबंधवाचकता का उदाहरण है। ऊपर वर्णित प्रक्रिया से अलग तरह का रवैया अपनाते हुए नारीवादियों का कहना है कि सशक्तीकरण तब तक नहीं हो सकता जब तक व्यक्ति की निजी चेतना में तब्दीली न हो और साथ में वह सामूहिक रूप से मुक्ति प्राप्त करने के उद्यम में भागीदारी करने के लिए तैयार न हो। इस दोहरी प्रक्रिया में जिस शक्ति का उदय होता है, वही परिवर्तनकारी होती है। नारीवादी चिंतन कहता है कि केवल सत्ता की मौजूदा संरचनाओं में महज़ हिस्सेदारी से कुछ नहीं होगा। ज़रूरत तो ख़ुद अपने आपको बदलने और साथ में सत्ता की संरचनाओं को भी बदलने की है। नारीवादी परिप्रेक्ष्य ने सशक्तीकरण के प्रत्यय के संदर्भ में अंतर्राष्ट्रीय ताक़तों और संस्थाओं की भूमिका को भी प्रश्नांकित किया है। उनका कहना है कि नेक इरादों से लैस बाहरी ताक़तें मान कर चलती हैं कि वे अपनी ख़ास तरह की सशक्तीकरण-रणनीतियों से वंचितों को सक्षम बना सकती हैं, लेकिन असल में राष्ट्रीय सरकार की मदद से विकसित की गयी स्थानीय सहभागिता और पहलक़दमी ही सशक्तीकरण के लक्ष्यों को वेध पाती है।

भारत में सशक्तीकरण के कल्याणकारी पक्ष की इस दोहरी समझ को दलित समुदाय की कसौटी पर भी कस कर देखा गया है। इतिहासकार बद्री नारायण ने अपनी रचना 'लोकतंत्र का भिक्षु-गीत : अति-उपेक्षित दलितों के अध्ययन की एक प्रस्तावना' में उत्तर प्रदेश के दलित समुदायों पर सशक्तीकरण के असर में निहित अंतर्विरोधों की जाँच की है और इस प्रत्यय की सीमाओं को उजागर किया है। बद्री नारायण एक साथ वितरणमूलकता और संबंधवाचकता के परिप्रेक्ष्यों का उपयोग करते हुए सवाल उठाते हैं कि क्या उत्तर प्रदेश के दलितों में सशक्तीकरण की प्रक्रिया को वितरणमूलकता और संबंधवाचकता के दोनों आइनों में देखा जा सकता है? दलितों की ऊपरी परत का लाभान्वित होना किस श्रेणी में आयेगा? क्या वह दोनों तरफ़ से लाभान्वित हुई है, या वह केवल वितरणमूलक दायरे में ही आगे बढ़ पायी है? चूँकि सशक्तीकरण के इन दोनों पहलुओं के बीच में आपसी संवाद है, इसलिए अगर दलितों के ज़्यादा बड़े हिस्से

को वितरणमूलक लाभ मिले हैं तो संबंधवाचक लाभों की ज़मीन कहीं न कहीं थोड़ी-बहुत ज़रूर बनी होगी। निचली परत को अगर वितरणमूलक लाभ नहीं मिल पाये तो क्या वह उस संबंधवाचक लाभ से भी वंचित रह गयी है?

इस अध्ययन का निष्कर्ष है कि आरक्षण की नीतियों पर अमल के ज़रिये राज्य के नेतृत्व में जनतंत्र-प्रसार का जो अभियान चल रहा है उसमें सशक्तीकरण तो हो ही रहा है, लेकिन साथ में कुछ समुदायों के अ-सशक्तीकरण की प्रक्रिया भी चल रही है। दलित तबक़ों के भीतर मौजूद ताक़तवर सामाजिक समूह नहीं चाहते कि उन्हें मिले संसाधनों का एक हिस्सा उनके ही उपेक्षित भाइयों में वितरित हो। सशक्तीकरण की यह प्रक्रिया अपने आप में एक आधिपत्यशाली समूह सृजित करती है जिसके कारण बहुत से छोटे-छोटे समूह उपेक्षित पड़े रह जाते हैं। इन उपेक्षित समूहों के लिए जनतंत्र और सशक्तीकरण की चाह दूर से आ रही एक रुलाई की तरह गूँज कर रह जाती है।

बद्री नारायण का तर्क है कि वास्तव में किसी समुदाय की आवाज़ वह होती है जिसे प्रजातंत्र में सुना या पहचाना जा सके। सशक्तीकरण का अभ्यर्थी होने की क्षमता प्राप्त करने के लिए भी समुदायों को अधिकतम स्तर प्राप्त करना होता है ताकि वे दृश्यमूलकता प्राप्त करके दावेदारी पेश करने लायक बन सकें। किसी लोकतंत्र में लोगों को वह मिलता है जो वे माँगते हैं। जिसे वे नहीं माँग पाते, वह उन्हें नहीं मिलता। राजनीतिक प्रतिनिधित्व प्राप्त कर लेने वाली आवाज़ें भी अनसुनी और अनजानी रह जाती हैं। ये आवाज़ें सत्ता में रहने वाले लोगों, राज्य द्वारा या स्वयं सीमांत समुदायों के अपने नेतृत्व द्वारा जानबूझ कर उपेक्षित की जा सकती हैं। यह प्रातिनिधिक राजनीति की एक महत्त्वपूर्ण सीमा है। इसके अतिरिक्त बेआवाज़ समूहों को दृश्यमूलकता प्राप्त करने में उस जगह समस्या आती है जहाँ डिजिटल मीडिया से संचालित संचार माध्यम अति-यथार्थ दिखा रहे हों और जहाँ उनकी आवाज़ों को सुने जाने के स्पेस के बिखर जाने का ख़तरा हो। दरअसल, हमें केवल आवाज़ ही नहीं चाहिए बल्कि इन आवाज़ों का मूल्य भी चाहिए। किसी आवाज़ का मूल्य तभी हो सकता है जब इसे सम्मान और पहचान मिले। आवाज़ों को सम्मान और पहचान तभी मिल सकती है जब बेआवाज़ समुदाय अपनी ख़ुद की कहानी सबको सुनाने का आत्मविश्वास और शक्ति प्राप्त कर ले। प्रतीकात्मक रूप से शक्ति प्राप्त करने के संघर्ष में इन समुदायों के अपने इतिहास, नायक और राजनीतिक वृत्तांत उनका मूल्यवर्द्धन करते हैं।

इस अध्ययन के अनुसार भारतीय लोकतंत्र में केवल कुछ दलित जातियों ने अपनी आवाज़ उठाने की क्षमता और विश्वास हासिल किया है। साफ़ तौर से दिखाई पड़ता है कि केवल कुछ जातियाँ ही अपने तरीक़े से अन्य सब जातियों की ओर से व्याख्या करती और बोलती हैं। इस दशा में कुछ जातियों के समक्ष अपने को सही ढंग से प्रस्तुत न किये जाने और जड़ों से उखड़ी हुई प्रतीकात्मक पहचान हावी होने का ख़तरा अवश्यम्भावी हो जाता है। राज्य और सत्ता भी इस प्रकार की ग़लत प्रस्तुति को बढ़ावा देती हैं और अपनी सहमति से उन दशाओं का निर्माण करती हैं जिनके कारण राजनीतिक और सामाजिक आंदोलनों द्वारा निर्मित दावे सही ढंग से प्रस्तुत नहीं हो पाते। इस प्रकार की ग़लत प्रस्तुति और उसके बाद पहचान न दिये जाने के कारण एक ऐसी तस्वीर बनती है जिसमें प्रजातंत्र के सूची-पत्र में कुछ लोग दृश्यमान होते हैं और अन्य लोग धुँधले और अदृश्य रह जाते हैं। शासन और राज्य द्वारा प्रकीर्णित प्रजातंत्र की प्रक्रिया में राज्य स्वयं अपनी ही भाषा विकसित कर लेता है। इससे एक ज्ञानमीमांसीय स्पेस रचा जाता है। ऐसे लोग या समुदाय इस यह भाषा को समझने और प्रत्युत्तर देने में समर्थ हैं, वे राज्य के अखाड़े में आसानी से समाहित हो जाते हैं। जो लोग या समुदाय इस भाषा में अपनी माँग रखने में सक्षम नहीं हैं वे ख़ुद को बहिष्कृत महसूस करते हैं और उनकी आवाज़ें अनसुनी रह जाती हैं। राज्य और प्रजातंत्र के अखाड़े में जो लोग बेआवाज़ बनाये गये हैं, वे अपनी आकांक्षाओं और स्वप्नों के बारे में अपनी संस्कृति और सांस्कृतिक भाषा में बात करने के लिए मजबूर हैं। ज़ाहिर है कि राजनीतिक सशक्तीकरण प्रवसन, गतिशीलता, शिक्षा और सामाजिक-आर्थिक सुधार की आकांक्षा द्वारा ही हो सकता है। यदि इनमें से कोई भी कड़ी छूटेगी तो लोकतांत्रिक दृश्यता कम होगी जिसके कारण सशक्तीकरण में बाधा आयेगी।

देखें : आरक्षण, अनुसूचित जातियाँ, एफ़र्मेटिव एक्शन, नारीवाद, नारीवाद की पहली लहर, नारीवाद की दूसरी लहर, नारीवाद की तीसरी लहर, नियोक्लासिकल अर्थशास्त्र, नवउदारतावाद, नस्लवाद।

संदर्भ

1. माइकिल बांड्स (2007). 'ब्लैक पॉलिटिकल पॉवर रिअसेस्ड : रेस, पॉलिटिक्स ऐंड फैडरल फ़ण्ड्स', *जर्नल ऑफ़ अफ़्रीकन अमेरिकन स्टडीज़,* दूसरा अंक, पृष्ठ 189-203.
2. एलन ऐमी (2008), 'पॉवर ऐंड पॉलिटिक्स ऑफ़ डिफ़रेंस : ऑप्रेशन, एम्पॉवरमेंट ऐंड ट्रांसनैशनल जस्टिस', *हायपैतिया,* खण्ड 23, अंक 3. पृष्ठ 156-72.
3. कँवल भारती (1997), *लोकतंत्र में भागीदारी के सवाल,* बोधिसत्व प्रकाशन, रामपुर.
4. अर्जुन अप्पादुरै (2004), 'द कैपेसिटी टू ऐस्पायर : कल्चर ऐंड द टर्म्स ऑफ़ रिकॉग्निशन इन कल्चर ऐंड पब्लिक एक्शन', विजयेंद्र राव और माइकल वॉल्टन (सम्पा.), *कल्चर ऐंड पब्लिक ऐक्शन,* परमानेंट ब्लैक, रानीखेत.
5. बद्री नारायण (2013), 'लोकतंत्र का भिक्षु-गीत : अति-उपेक्षित दलितों के अध्ययन की प्रस्तावना', *प्रतिमान : समय समाज संस्कृति,* खण्ड 1, प्रवेशांक.

— अभय कुमार दुबे

सशक्तीकरण-2

नव-दक्षिणपंथी संस्करण

(Empowerment-2)

सशक्तीकरण की अवधारणा के कल्याणकारी पहलुओं की समीक्षा करने के बाद अब इससे जुड़ी उस समझ पर भी नज़र डालना आवश्यक है जिसके कारण यह प्रत्यय बौद्धिक हलक़ों में संदेह की दृष्टि से देखा जाता है। राष्ट्रीय-अंतर्राष्ट्रीय राजनीति से लेकर निजी उद्यम, मीडिया, सार्वजनिक उद्यम तथा अकादमियों में इस शब्द की चर्चा है। लेकिन सशक्तीकरण सुनने में ही एक प्रगतिशील अवधारणा लगती हो, लेकिन विद्वानों का एक हिस्सा इसकी वंशावली नवउदारतावादी निज़ाम में देखता है। यह शब्द एक मिथक, एक विभ्रम खड़ा करने के लिए गढ़ा गया है। हर व्यवस्था को अपने पक्ष में सकारात्मक माहौल बनाना होता है ताकि उसकी स्वीकार्यता बढ़ सके। नवउदारतावादी वित्तीय पूँजीवाद ने जीवन तथा रोज़गार पर प्रतिकूल असर डाला है लेकिन इस नुक़सान को भी नफ़ा दिखाने के लिए सशक्तीकरण जैसे प्रगतिशील लगने वाले शब्द की ईज़ाद की गयी है।

सशक्तीकरण की इस व्याख्या के अनुसार इस शब्द का धड़ाधड़ इस्तेमाल अस्सी की दहाई के दौरान होना शुरू हुआ। यही वह दौर था जब भूमण्डलीकरण की शुरुआत हुई और पूरी दुनिया के स्तर पर नवउदारतावादी वित्तीय आर्थिक-निर्माण की नींव डाली गयी। इस व्यवस्था में उत्पादक गतिविधियों के अतिरिक्त सेवाएँ प्रदान करवाने पर मुख्य ज़ोर हो जाता है। यह व्यवस्था चाहती है कि आर्थिक गतिविधियों की बागडोर राज्य की बजाय पूँजीधारी खिलाड़ियों के हाथ में आ जाए। कल्याणकारी राज्य से भी इसकी असहमति है। रोज़गार की गारंटी तथा श्रम क़ानूनों के साथ भी इस व्यवस्था की संगति नहीं बैठती। सिर्फ़ निजी क्षेत्र में ही नहीं बल्कि सरकार तथा नौकरशाही के स्तर पर भी ख़ासकर पहली दुनिया के देशों में कार्य-शैली में कई तरह के परिवर्तन किये गये हैं। इस नयी कार्य-शैली को नया-मैनेजरवाद, नवीन सार्वजनिक प्रबंधन अथवा उद्यमी सरकार कहा जाता है। इनका सीधा मक़सद रहा है लागत घटा कर अधिक काम करवाना। मालिकों का अपना मुनाफ़ा बढ़ाने तथा अपनी ज़िम्मेदारियाँ कम करने पर ज़ोर रहता है। इसीलिए उपभोक्ता तथा श्रमिकों पर अतिरिक्त लागत तथा ज़िम्मेदारियाँ लाद दी जाती हैं। लेकिन यह सुनिश्चित करना भी ज़रूरी है कि उपभोक्ता तथा श्रमिक इस व्यवस्था के नियम-क़ायदों को स्वीकार करें, इसके समर्थक बनें। इसलिए श्रमिक तथा उपभोक्ता को हुई हानि की पर्दापोशी करने के लिए, उसे लाभ के रूप में दर्शाने के लिए एक मधुर-भाषित, प्रगतिशील अवधारणा की दरकार पड़ती है। इसी अवधारणा के ज़रिये पिछले जीवन-मूल्यों की आलोचना की जाती है और नयी व्यवस्था के प्रति सकारात्मक और उत्साहजनक माहौल बनाया जाता है। सशक्तीकरण एक ऐसी ही अवधारणा है।

सशक्तीकरण की घोर आलोचना करने वाली इस व्याख्या के अनुसार इस शब्द का इतिहास भी बहुत पुराना नहीं है। साठ और सत्तर की दहाइयों के दौरान विकसित हुए एक तरह के रैडिकल सोच में सशक्तीकरण की अवधारणा की शुरुआत देखी जा सकती है। इन चिंतन में निहित रणनीतियों तथा विचारों में आवश्यक परिवर्तन कर के ही धुर-दक्षिणपंथ ने सशक्तीकरण की अवधारणा तैयार की। ये रैडिकल विचारक पेशा-आधारित आर्थिक-सामाजिक गतिविधियों और जीवन के हर क्षेत्र में एक्सपर्टों के उभार को सामाजिक नियंत्रण के तौर-तरीक़ों के रूप में देख कर उनकी आलोचना करते थे। व्यक्तिगत आत्माभिव्यक्ति का विचार इन आंदोलनों का मुख्य विचार था। इनका कहना था कि उद्योगीकरण तथा आधुनिकता के दौर में हर पेशा सामाजिक नियंत्रण का माध्यम बन गया है। मसलन, आधुनिक चिकित्सा लोगों को बीमार बना कर डॉक्टरों पर आश्रित बना देती है। इन विचारकों का मानना था कि उत्तर-उद्योगीकरण तथा उत्तर-आधुनिकता के इस दौर में पेशों की इस तानाशाही से छुटकारा पाया जा सकता है। इसके लिए इन्होंने आत्म-निर्भरता तथा आत्माभिव्यक्ति को रास्ता माना। इन विचारकों का ज़ोर सामूहिकता की बजाय व्यक्तिगत आज़ादी और आत्मनिर्भरता पर रहा। इनकी सोच तथा रणनीतियों को देखते हुए इन्हें अराजक पूँजीवादी कहा गया था। अपनी ज़िंदगी का ज़िम्मेदार ख़ुद बनने वाले इस तर्क का विस्तार अन्य क्षेत्रों तक भी किया गया।

दक्षिणपंथ ने इसी तर्क को आगे बढ़ाते हुए श्रमिकों तथा उपभोक्ताओं पर लागू कर दिया। उसने कहा कि श्रमिकों तथा उपभोक्ताओं को अब संस्थाओं (राज्य, कल्याणकारी व्यवस्था तथा श्रम-क़ानून) पर निर्भर न रहकर उद्यमी बन कर अपनी कुशलतम योग्यताओं का प्रदर्शन करना चाहिए। अपने काम में कुशलता हासिल करना, अधिकाधिक ज़िम्मेदारियों का निर्वाह करना ही व्यक्ति के सशक्तीकरण की निशानी बना दिया गया। इस तरह अराजक पूँजीवादी रैडिकलवाद तथा धुर-दक्षिणपंथी के बीच के मेल से सशक्तीकरण की अवधारणा निकाली गयी।

सशक्तीकरण के इस पहलू पर रोशनी डालने वाले विद्वानों का कहना है कि आत्म-सुधार तथा आत्माभिव्यक्ति सशक्तीकरण की मुख्य चिंताएँ हैं। मनोविश्लेषकों ने इस अवधारणा के इर्द-गिर्द बहुत अधिक काम किया है। बक़ौल रैपोपोर्ट सशक्तीकरण का मतलब है अपने जीवन को ख़ुद

निर्धारित करने की भावना। सशक्तीकरण सामूहिकता के ह्रास तथा व्यक्तिवाद की बढ़ोतरी का द्योतक है। सशक्तीकरण व्यक्ति को यह अहसास करवाता है कि वह नियंत्रक की भूमिका में है और उसके पास ताक़त है। इसका यह मतलब नहीं कि व्यक्ति के हाथ में सच में ताक़त आ जाती है। दरअसल ताक़त का अहसास भर करवाया जाता है, विभ्रम रचा जाता है। कई तरह की मनोवैज्ञानिक गतिविधियाँ हैं जो यह मापती हैं कि व्यक्ति का अपने ऊपर किस हद तक नियंत्रण है, वह कितना सामर्थ्यवान महसूस करता है। ये गतिविधियाँ यह तो मापती हैं कि व्यक्ति ख़ुद को कितना ताक़तवर महसूस करता है, पर यह नहीं देखता कि उसके पास सच में कितनी ताक़त है।

कुल मिला कर सशक्तीकरण एक निष्क्रिय अवधारणा है क्योंकि यह बताती है कि व्यक्ति को एक बड़ी सत्ता द्वारा ताक़त अता की गयी है तथा उसके इस्तेमाल की इजाज़त दी गयी है। उसने ख़ुद अपने बूते पर ताक़त नहीं पायी है। यानी ताक़त तो आभासी होती है, पर असल में अतिरिक्त ज़िम्मेदारियाँ तथा बंदिशें व्यक्ति पर लाद दी जाती हैं। इस तरह, आभासी ताक़त पाने के चक्कर में व्यक्ति बंदिशें तथा ज़िम्मेदारियाँ उठाने को राज़ी हो जाता है। इस तरह का सशक्तीकरण व्यक्ति पर बोझ बन जाता है। यह व्यक्ति को बँधुआ बनाने की कोशिश है।

सशक्तीकरण का नव-उदारवाद तथा सार्वजनिक क्षेत्र की कार्य-पद्धति में किये जा रहे हालिया बदलावों— नये मैनेजरवाद के साथ सीधा संबंध है। विश्व बैंक तथा नवउदारतावादी वित्तीय संस्थानों ने नये मैनेजरवादी कार्यक्रम को इमदाद की प्रमुख पूर्वशर्त बनाकर इसे बहुत से देशों पर लाद दिया है। अमेरिका, ब्रिटेन, ऑस्ट्रेलिया तथा न्यूज़ीलैण्ड में नये मैनज़रवादी कार्यक्रमों को अधिक तीव्रता के साथ निजी तथा सार्वजनिक दोनों ही क्षेत्रों में लागू किया गया है। नये मैनज़रवाद के पक्ष में वैश्विक सहमति बनाने की कोशिश की जा रही है। इसे वाशिंगटन सहमति कहा जाता है। इसी से स्पष्ट हो जाता है कि इन नीतियों का उद्‌गम कहाँ है। वैश्विक सहमति तो अभी तक नहीं बनी है लेकिन यह प्रवृत्ति उरूज़ पर है।

नया मैनज़रवाद नौकरशाही की आलोचना करता है। इसका कहना है कि आर्थिक गतिविधियों को परस्पर होड़ करने वाले बाज़ार के खिलाड़ियों के हाथ में दे देना चाहिए तथा सरकार को भी बाज़ार के मॉडल पर काम करना चाहिए। नौकरशाही की बजाय समुदायों को ताक़त मिलनी चाहिए। इस विचार के तहत हर समस्या को व्यक्तिगत समस्या के तौर पर देखा जाता है। इस तरह सशक्तीकरण व्यक्तिवाद को बढ़ावा देता है तथा व्यक्ति का वि-राजनीतीकरण करता है। सशक्तीकरण को वर्तमान अर्थव्यवस्था क़ी हर ख़ामी का इलाज बताया जाता है तथा बाज़ार को सरकार के विकल्प के तौर पर खड़ा किया जाता है। इस तरह से इस अवधारणा ने सरकार के विपक्ष की भूमिका अख़्तियार कर ली है। इसने विपक्ष की भाषा और उसके कार्यक्रमों पर आधिपत्य सा जमा लिया है।

सशक्तीकरण किसी क्षेत्र में कैसे काम करता है इसका एक उदाहरण चिकित्सा का क्षेत्र है। अस्सी की दहाई से ही चिकित्सा के क्षेत्र में भी मरीजों के सशक्तीकरण का शोर बढ़ा। इसका सीधा मतलब यह था कि अब उन्हें मरीज़ नहीं बल्कि सेवार्थी अथवा उपभोक्ता माना जाये। मरीज़ शब्द पीड़ा का अहसास करवाता है। पीड़ा के इस अहसास की पर्दापोशी के लिए सेवार्थी और उपभोक्ता जैसे मधुर शब्द तलाश लिए गये। यह तो हुआ भाषाई परिवर्तन। संरचनागत परिवर्तन यह हुआ है कि 1981 के बाद से ब्रिटेन में अस्पतालों में बिस्तरों की संख्या में 34 फ़ीसदी की कटौती की गयी। पूरे युरोप में ब्रिटेन सार्वजनिक चिकित्सा पर सबसे कम ख़र्च करने वाला राष्ट्र बन गया। अमेरिका में बाक़ायदा क़ानून बना दिया गया है जिसके तहत असाध्य बीमारी से ग्रसित मरीज़ इलाज कराने से इनकार कर सकता है। पर ऐसे ऐसा कोई क़ानून नहीं बनाया जो जीवन-रक्षक इलाज की गारंटी देता हो। सशक्त मरीज़ से यह अपेक्षा की जाती है कि वह अपना ख़याल ख़ुद रख सकता है। परिणामत: तीमारदारी तथा विशेषज्ञों द्वारा देख-रेख को सीमित किया जा रहा है तथा सलाहकारी की भूमिका को बढ़ाया जा रहा है। चिकित्सा के बारे में जानकारी देने के लिए कई वेबसाइटें तथा टेलीफ़ोन हेल्पलाइन खुल चुकी हैं। नर्सों को अपने वार्ड का मैनेजर बना दिया गया है। अब उन्हें इलाज की गुणवत्ता के साथ-साथ बजट का भी ध्यान रखना होता है। इससे उनपर कार्यभार बढ़ा है। जब भी वे किसी मरीज़ की तीमारदारी कर रही होती हैं तो ख़र्चे का हिसाब-किताब भी उनके दिमाग़ में चलता रहता है। सशक्तीकरण से उन्हें इतना ही फ़ायदा हुआ है कि उनकी नौकरियाँ घट गयीं हैं, कार्यभार बढ़ा है तथा ग़लतियों की ज़िम्मेदारी उन्हें ख़ुद उठानी होती है।

काम करने-करवाने का ढंग भी बदला है। इन परिवर्तनों को स्वीकार करने तथा नये हालात के अनुसार ख़ुद को ढालने के उद्देश्य से कर्मचारियों को अपना सशक्तीकरण करने की नसीहत दी जाती है। कर्मचारियों के सशक्तीकरण का मतलब है कि वे काम के प्रति अधिक प्रतिबद्धता दिखाएँ, अपने काम में निपुणता हासिल करें, किसी एक क्षेत्र में जीवन-पर्यंत रोज़गार की गारंटी को भूल जाएँ, ख़ुद को एक से अधिक क्षेत्रों में प्रवीण बनायें, अपने मालिकों द्वारा तय किये गये लक्ष्यों को हासिल करने का प्रयास करें। इस दौर में बेरोज़गारी बढ़ी है, रोज़गार की गारंटी जाती रही है, यूनियनें तथा श्रम-क़ानून प्रभावहीन बनाये जा रहे हैं।

देखें : आरक्षण, अनुसूचित जातियाँ, एफ़र्मेटिव एक्शन, नारीवाद, नारीवाद की पहली लहर, नारीवाद की दूसरी लहर, नारीवाद की तीसरी लहर, नियोक्लासिकल अर्थशास्त्र, नवउदारतावाद, नस्लवाद।

संदर्भ

1. डी. कोलिंस (1997), 'द डिसएम्पॉवरिंग लॉजिक ऑफ़ एम्पॉवरमेंट', *एम्पॉवरमेंट इन ऑर्गनाइज़ेशन,* प्लूटो प्रेस, लंदन.
2. सी. गिब्सन (1991), 'ए कंसेप्ट एनालिसिस ऑफ़ एम्पॉवरमेंट', *जर्नल ऑफ़ एडवांस्ड नर्सिंग,* खण्ड 16.
3. जी. रिट्ज़र (1996), *मैकडोनल्डाइज़ेशन ऑफ़ सोसाइटी,* पाइन फ़ोर्ज प्रेस, थाउज़ेंड ओक्स, कैलिफ़.
4. ई. हीरी और जे. सालमन (2000), द *इनसिक्यौर वर्कफ़ोर्स,* रॉटलेज, लंदन.

— **सुनील कुमार**

सहजानंद सरस्वती

(Sahajanand Saraswati)

भारत में किसान आंदोलन के प्रमुख जनकों में से एक स्वामी सहजानंद सरस्वती (1880-1950) समाज-सुधारक, स्वतंत्रता संग्राम सेनानी एवं विद्वान लेखक थे। सामाजिक न्याय के उद्घोषक सहजानंद को मार्क्सवाद का ठेठ देसी संस्करण कहा जाता था। किसानों के बीच वे अत्यंत लोकप्रिय थे और उन्हें सुनने के लिए ज़बरदस्त भीड़ जुटा करती थी। स्वामी सहजानंद अखिल भारतीय किसान सभा के संस्थापक अध्यक्ष थे और एक दशक से ज़्यादा समय तक किसान सभा के अध्यक्ष या महासचिव रहे। उनका मानना था कि किसानों को सामंती उत्पीड़न से मुक्ति दिलाने के लिए एक वर्गीय संगठन के रूप में संगठित करना आवश्यक है। उन्होंने कृषि क्रांति को साम्राज्यवाद के विरुद्ध लड़ाई का हिस्सा माना और किसानों को आज़ादी के आंदोलन में सक्रिय रूप से भाग लेने के लिए प्रेरित किया। सहजानंद द्वारा बनायी गयी किसान आंदोलन की लकीर पर चल कर ही सत्तर और अस्सी के दशक में मध्य बिहार के खेत-खलिहानों में भारतीय कम्युनिस्ट पार्टी (मार्क्सवादी-लेनिनवादी-लिबरेशन) रैडिकल भूमि सुधारों के नारे के इर्द-गिर्द एक जुझारू किसान आंदोलन खड़ा कर सकी। सुभाषचंद्र बोस स्वामी सहजानंद को उग्र वामपंथ का अग्रणी चिंतक एवं क्रांतिकारी धारा का पथप्रदर्शक मानते थे। स्वतंत्रता संग्राम के दौरान स्वामीजी के गिरफ़्तार होने पर बोस ने 28 अप्रैल को ऑल इण्डिया स्वामी सहजानंद डे घोषित करके देश भर में हड़ताल करायी। सहजानंद के विविधतापूर्ण व्यक्तित्व के बारे में संक्षेप में कहा जा सकता है कि वे एकांतप्रिय, सरलचित्त, सत्यनिष्ठ विचारक, जिज्ञासु, साधनारत, धुनी, नि:संग, अनासक्त, कर्मशील, योद्धा-क्रांतिकारी, सक्रिय वेदांत के मर्मज्ञ, मीमांसा के ज्ञाता, बहुपठित शास्त्री, वर्ग-संघर्ष के पैरोकार, व्यवहारिक मार्क्सवाद के जानकार और राष्ट्रवादी वेदांती मार्क्सवादी थे।

1880 में महाशिवरात्रि के दिन गाज़ीपुर ज़िले के देवा नामक ग्राम में एक निम्न-मध्यवर्गीय किसान परिवार में नौरंग राय का जन्म हुआ था। यही नौरंग राय आगे चलकर आदि शंकराचार्य सम्प्रदाय के दसनामी संन्यासी अखाड़े के दण्डी संन्यासी बने और स्वामी सहजानंद सरस्वती कहलाए। वंश परम्परा से वे जुझौतिया ब्राह्मण थे। अध्यात्म एवं वैराग्य की ओर उनका झुकाव देखकर परिवारवालों ने जल्दी ही उन्हें विवाह-बंधन में बाँध दिया, लेकिन एक साल बाद ही पत्नी का निधन हो गया। घरवालों द्वारा पुन: विवाह किये जाने की बात जान कर वे घर छोड़ कर चले गये और काशी पहुँचकर दसनामी संन्यासी स्वामी अच्युतानंद से प्रथम दीक्षा प्राप्त कर संन्यासी बने। लगभग एक वर्ष तक गुरु की खोज में उन्होंने भारत के अनेक तीर्थों एवं स्थानों का भ्रमण किया।

1909 में वे पुन: काशी पहुँचे और दण्डी स्वामी अद्वैतानंद सरस्वती से दीक्षा ग्रहण कर दण्ड प्राप्त किया और दण्डी स्वामी सहजानंद सरस्वती बने। संन्यास ग्रहण करने के बाद कई वर्षों तक काशी और दरभंगा में संस्कृत साहित्य, व्याकरण, न्याय और मीमांसा का गहन अध्ययन किया। इसी समय काशी के कुछ पण्डितों ने स्वामी सहजानंद के संन्यास ग्रहण करने का यह कह कर विरोध किया कि ब्राह्मणेतर जातियों को दण्ड धारण करने का अधिकार नहीं है। स्वामी सहजानंद ने इस आपत्ति को चुनौती के रूप में स्वीकार किया और विभिन्न मंचों पर शास्त्रार्थ करके सिद्ध किया कि भूमिहार भी ब्राह्मण हैं और प्रत्येक योग्य व्यक्ति संन्यास ग्रहण करने की पात्रता रखता है।

इस तरह जीवन के प्रारम्भिक चरण में ही स्वामीजी को धार्मिक कट्टरता और बाहरी आडम्बरों के विरुद्ध संघर्ष करना पड़ा। अपनी जाति के गौरव की प्रतिष्ठा के लिए उन्हें ब्राह्मण जाति की एक उपजाति के एकाधिकार के विरुद्ध संघर्ष करना पड़ा। भारत के विभिन्न हिस्सों में घूम-घूमकर उन्होंने भूमिहार ब्राह्मणों एवं अन्य ब्राह्मणों का विवरण एकत्रित किया और 1916 में *भूमिहार ब्राह्मण परिचय* के रूप में प्रकाशित किया। दिसम्बर 1913 में स्वामी पूर्णानंद सरस्वती के प्रयास से बलिया में हथुआ नरेश की अध्यक्षता में अखिल भारतीय भूमिहार ब्राह्मण महासभा आयोजित की गयी। पहली बार इस सभा में उपस्थित होकर स्वामी सहजानंद ने ब्राह्मण समाज की स्थिति पर भाषण दिया। 1914 में काशी से *भूमिहार ब्राह्मण* पत्र निकाला और 1916 तक

उसके संचालन एवं प्रकाशन का दायित्व वहन किया।

इस समय स्वामी सहजानंद तत्कालीन सामाजिक एवं राजनीतिक स्थितियों को अच्छी तरह समझ चुके थे। दिसम्बर, 1920 में पटना में कांग्रेस नेता मौलाना मजहरुल हक़ के निवास पर स्वामी सहजानंद ने गाँधी से भेंट की और उनकी प्रेरणा से कांग्रेस में शामिल हो गये। 1921 में वे गाज़ीपुर ज़िला कांग्रेस के अध्यक्ष चुने गये और कांग्रेस के अहमदाबाद अधिवेशन में शामिल हुए। 1922 में उन्हें एक साल की सज़ा हुई। जेल से छूटने के बाद उन्होंने सिमरी में निवास किया और सिमरी एवं आसपास के इलाक़ों में बड़े पैमाने पर खादी वस्त्रोत्पादन कराया। इस दौरान वे सामाजिक सभाओं में ब्राह्मणों की एकता तथा संस्कृत शिक्षा के प्रचार हेतु भाषण देते रहे। 1925 में भूमिहार ब्राह्मण परिचय का परिवर्धन कर *ब्रह्मर्षि वंश विस्तार* नाम से प्रकाशन कराया। सिमरी में रहते हुए ही उन्होंने *कर्मकलाप* नामक बारह सौ पृष्ठों के विशाल ग्रंथ की रचना की। इस ग्रंथ में जन्म से मृत्यु तक के संस्कारों का वर्णन किया गया है। 1927 में उन्होंने पटना ज़िले के बिहटा में श्री सीता रामदास द्वारा दी गयी भूमि में श्री सीतारामाश्रम बनाकर स्थाई निवास किया और पश्चिमी पटना किसान सभा की स्थापना की।

महात्मा गाँधी के असहयोग आंदोलन को बिहार में गति देने में स्वामी सहजानंद की सक्रिय भूमिका रही। उन्होंने घूम-घूमकर लोगों को अंग्रेज़ी शासन के विरुद्ध खड़ा किया। इसी समय उनका इस सच्चाई से सामना हुआ कि बिहार के गाँवों के निर्धन किसान अंग्रेज़ी शासन की अपेक्षा ज़मींदारों के शोषण से त्रस्त हैं। 1929 में वे सोनपुर छपरा में बिहार प्रांतीय किसान सम्मेलन के अध्यक्ष चुने गये। किसान सभा में काम करते हुए स्वामी सहजानंद ने यह अनुभव किया कि कांग्रेसी नेतागण ज़मींदारों के पक्ष में हैं। उन्होंने किसानों को ज़मींदारों के शोषण से मुक्ति दिलाने का अभियान शुरू किया। 1930 में पटना के अमहरा में नमक क़ानून तोड़ने के कारण छह महीने का कारावास मिला। हजारीबाग जेल में उन्होंने गीता पर एक महत्त्वपूर्ण भाष्य *गीता रहस्य* की रचना की। जेल में कांग्रेसी नेताओं की सुविधाभोगी प्रवृत्ति देखकर कांग्रेस से उनका मोहभंग होना शुरू हुआ। 1934 में बिहार में भूकम्प से भारी तबाही मची। स्वामी सहजानंद ने समिति गठित कर सेवा कार्य का संचालन किया। उन्होंने देखा कि उस संकटकालीन समय में भी ज़मींदार किसानों को कर देने के लिए प्रताड़ित कर रहे थे। वे पटना में कैंप कर रहे गाँधी के पास पहुँचे और वस्तुस्थिति सामने रखी। गाँधी ने स्वामी जी से दरभंगा महाराज से मिलकर समस्याओं के समाधान की बात कही। दरभंगा महाराज को किसानों का सबसे बड़ा शोषक मानने वाले स्वामीजी गाँधी जी की इस बात से नाराज़ हो गये और गाँधी से अपना संबंध ख़त्म करते हुए किसानों के अधिकार के लिए संघर्ष करने में जुट गये।

अप्रैल, 1936 में कांग्रेस के लखनऊ सम्मेलन में अखिल भारतीय किसान सभा की स्थापना हुई और स्वामी सहजानंद को उसका पहला अध्यक्ष चुना गया। किसान सभा का लक्ष्य था किसानों को आर्थिक शोषण में पूर्ण मुक्ति दिलाना तथा किसानों, मज़दूरों और अन्य शिक्षित तबकों के लिए पूर्ण आर्थिक, राजनीतिक अधिकार प्राप्त करना। अखिल भारतीय किसान सभा ने किसान घोषणा पत्र जारी कर जमींदारी प्रथा के समग्र उन्मूलन और किसानों के सभी तरह के ऋण माफ़ करने की माँग उठायी। अब स्वामीजी किसान सभा के माध्यम से किसानों को लामबंद करने में जुट गये। उन्होंने कांग्रेस में रहते हुए भी अपने जीवन का लक्ष्य किसानों को उनका हक़ दिलाना बना लिया। उनके प्रयासों से किसान आंदोलन जल्दी ही बिहार में फैल गया। एन.जी. रंगा, ई.एम.एस. नंबूदिरीपाद, पण्डित कार्यानंद शर्मा, पण्डित यमुना कार्यजी, आचार्य नरेंद्र देव, राहुल सांकृत्यायन, राममनोहर लोहिया, जयप्रकाश नारायण, पण्डित यदुनंदन शर्मा, पी. सुन्दरैया, बंकिम मुखर्जी आदि समाजवादी और वामपंथी नेता किसान सभा से जुड़े। उन्होंने फ़ॉरवर्ड ब्लॉक के प्रमुख के तौर पर सुभाष चंद्र बोस के साथ अनेक सभाएँ कीं।

कांग्रेस का मानना था कि किसानों की समस्याओं का समाधान आज़ादी के बाद करना ठीक होगा। 1936 में अखिल भारतीय कांग्रेस कमेटी की कार्यकारिणी समिति ने अपने प्रस्ताव द्वारा सभी किसान एवं मज़दूरों के वर्ग-संघर्ष पर रोक लगा दी। उस समय स्वामी सहजानंद, सुभाष चंद्र बोस एवं कुछ अन्य लोगों ने कांग्रेस के इस किसान-मज़दूर विरोधी फ़ैसले के विरुद्ध प्रतिवाद दिवस मनाया। कांग्रेस की कार्यकारिणी समिति ने इन नेताओं के विरुद्ध अनुशासनात्मक कार्यवाही की और तीन वर्ष तक कांग्रेस संस्था में कोई भी पदाधिकारी बनने पर रोक लगा दी, लेकिन स्वामी जी और नेताजी ने वर्ग-संघर्ष का रास्ता नहीं छोड़ा।

अक्टूबर, 1937 में अखिल भारतीय किसान सभा ने लाल झण्डा को संगठन का निशान घोषित किया। इस सभा ने टेकारी, मंझियावाँ, भोरी, रेवड़ा, बड़हिया हाल, अमवारी, पंडौल, टेकुसी इत्यादि में संघर्ष किया। स्वामीजी और इंदुलाल याग्निक ने गुजरात में ग़रीब किसान जातियों को संगठित कर संघर्ष के लिए खड़ा किया। 1940 में बिहार के रामगढ़ में सुभाष चंद्र बोस की अध्यक्षता में आयोजित अखिल भारतीय समझौता विरोधी सम्मेलन में स्वागत भाषण के लिए उन्हें तीन वर्ष का कारावास मिला। जेल में रहते हुए उन्होंने कई पुस्तकों की रचना की।

कांग्रेस, समाजवादी, फ़ॉरवर्ड ब्लॉक, कम्युनिस्ट धीरे-धीरे किसान सभा से अलग होते गये लेकिन स्वामीजी के संघर्ष की आँच मंद नहीं हुई। समाजवादियों एवं कम्युनिस्ट

पार्टी ने किसान सभा को अपना जन-संगठन बनाने की कोशिश की। लेकिन स्वामीजी ने ग़रीब किसान और खेत मज़दूर को अलग-अलग मानने से इनकार कर दिया जबकि कम्युनिस्ट खेत मज़दूर को किसान मानने से इनकार करते रहे। सुभाष चंद्र बोस साम्राज्यवाद से मुक्ति को प्राथमिकता दे रहे थे जबकि सहजानंद साम्राज्यवाद एवं सामंतवाद दोनों से एक साथ मुक्ति चाहते थे। कुछ अन्य मुद्दों पर असहमति के कारण फ़ॉरवर्ड ब्लॉक और किसान सभा में अलगाव हो गया। दिसम्बर, 1948 में स्वामी सहजानंद ने कांग्रेस की प्राथमिक एवं अखिल भारतीय सदस्यता त्याग दी। उन्होंने आज़ाद देश में समाजवादी गणतंत्र की स्थापना के लिए प्रयास शुरू किये और पटना में भारत की सभी वामपंथी पार्टियों एवं वर्गीय संस्थाओं के प्रतिनिधियों का सम्मेलन किया। इस वामपंथी मोर्चा सम्मेलन में एक घोषणा पत्र तैयार हुआ जिस पर अट्ठारह वामपंथी पार्टियों एवं किसान-मज़दूर संस्थाओं के नेताओं ने हस्ताक्षर किये।

कृषक क्रांति के अग्रदूत होने के साथ स्वामी सहजानंद एक प्रबुद्ध लेखक भी थे। अत्यधिक व्यस्त रहने के बाद भी उन्होंने लगभग दो दर्जन पुस्तकों का प्रणयन किया। स्वतंत्रता संग्राम तथा किसानों के लिए संघर्षों के अनुभवों को उन्होंने *किसान सभा के संस्मरण, महारुद्र का महातांडव, जंग और राष्ट्रीय आज़ादी, अब क्या हो, गया ज़िले में सवा मास* आदि में दर्ज किया है। उनकी आत्मकथा *मेरा जीवन संघर्ष* नाम से प्रकाशित हुई। 26 जून, 1950 को स्वामी सहजानंद मुजफ़्फ़रपुर में चिरनिद्रा में लीन हो गये।

देखें : अबुल क़लाम आज़ाद, उपनिवेशवाद विरोधी आंदोलन-1 से 3 तक, एलमकुलम मनक्कर शंकरन नम्बूदिरीपाद, कांशी राम, गोपाल कृष्ण गोखले, चरण सिंह, जवाहरलाल नेहरू, जय प्रकाश नारायण, दादाभाई नौरोजी, वल्लभभाई पटेल, बाल गंगाधर तिलक, भारत में किसान संघर्ष-1 से 4 तक, मोहनदास कर्मचंद गाँधी-1 से 3 तक, राममनोहर लोहिया, विनायक दामोदर सावरकर।

संदर्भ

1. वाल्टर हाउज़र (2011), 'स्वामी सहजानंद सरस्वती और समाज-सुधार की राजनीति', *अभिनव .क़दम (किसान विशेषांक-1)*, अंक 26, मऊ.
2. स्वामी सहजानंद सरस्वती (सम्पा. जयप्रकाश धूमकेतु) (2011), *अभिनव .क़दम*, किसान विशेषांक-1 और 2, मऊ.

— बीर पाल सिंह यादव

साइमन कुज़्नेत्स

(Simon Kuznets)

बीसवीं सदी के अंत में जब अधिकतर अर्थशास्त्री आँकड़ागत और तथ्यपरक अर्थशास्त्र को नीची निगाहों से देखते थे, साइमन कुज़्नेत्स (1901-1985) ने अमूर्त और सैद्धांतिक चिंतन का लोभ संवरण करते हुए आर्थिक विज्ञान को आनुभविक (इम्पेरिकल) विवेचन का आयाम प्रदान किया। इस लिहाज़ से वे विलियम पेटी द्वारा स्थापित 'राजनीतिक अंकगणित' वाली परम्परा की सर्वाधिक प्रतिभाशाली कड़ियों में से एक थे। कुज़्नेत्स के अनुसंधानों के परिणामस्वरूप इस अनुशासन के पास आज आर्थिक वृद्धि और विकास से संबंधित जानकारियों का ख़ज़ाना मौजूद है। दुनिया की तक़रीबन हर अर्थव्यवस्था अपने बारे में आँकड़ा बैंकों से सम्पन्न है जिसकी कसौटियों पर तमाम आर्थिक सिद्धांतों को कसा जा सकता है। यह कुज़्नेत्स की ही उपलब्धि है जिसकी बदौलत सरकारें नियमित रूप से अपने समष्टिगत आँकड़ों को जमा करके प्रकाशित कर सकती हैं। राष्ट्रीय आमदनी का लेखा-जोखा लगाने में आज सारी दुनिया में कुज़्नेत्स द्वारा बतायी गयी विधियों का इस्तेमाल किया जाता है। अगर अर्थशास्त्र आर्थिक जीवन की ज़मीन पर हो रही घटनाओं के अध्ययन का शास्त्र है तो कुज़्नेत्स को उसके कुछ सर्वाधिक महत्त्वपूर्ण हस्ताक्षरों में से एक समझा जाना चाहिए।

साइमन कुज़्नेत्स पिंक्स (बेलारूस) के एक ख़ुशहाल परिवार में पैदा हुए थे। प्रथम विश्व युद्ध की शुरुआत पर उनका परिवार खारकोव चला गया जो अपने बौद्धिक जीवन के लिए जाना जाता था। उन्होंने खारकोव विश्वविद्यालय में ही अर्थशास्त्र का अध्ययन किया और वहीं उनका परिचय जोसेफ़ शुमपीटर द्वारा प्रवर्तित नवपरिवर्तन और व्यापार चक्रों के सिद्धांत से हुआ। रूस में कम्युनिस्ट क्रांति होने पर खारकोव विश्वविद्यालय बंद कर दिया गया। कुज़्नेत्स का परिवार भाग कर तुर्की होता हुआ अमेरिका चला गया जहाँ कुज़्नेत्स ने अंग्रेज़ी सीखी और कोलम्बिया विश्वविद्यालय में दाख़िला ले लिया। वेज़्ली क्लेयर मिशेल के शिष्यत्व में ने कुज़्नेत्स आनुभविक अर्थशास्त्र की पद्धतियों पर महारत हासिल की। यहीं से पीएचडी करके कुज़्नेत्स ने नैशनल ब्यूरो ऑफ़ इकॉनॉमिक रिसर्च में तीन साल तक काम किया और फिर पेंसिलवानिया विश्वविद्यालय चले गये। रिटायरमेंट से पहले के अंतिम दस वर्ष उन्होंने जॉन हॉपकिंस विश्वविद्यालय में गुज़ारे। नोबेल पुरस्कार मिलने से पहले कुज़्नेत्स को अमेरिकी आर्थिक जगत की कई संस्थाओं की बागडोर सँभालने का मौक़ा मिला।

साइमन कुज़्नेत्स (1901-1985)

कुज़्नेत्स की विशेषता यह थी कि उन्होंने न केवल बीसवीं सदी के अमेरिका में आमदनी के वितरण में हुए परिवर्तनों की पहचान की, बल्कि आयगत विषमता के कारणों का भी पता लगाया। उन्होंने अर्थव्यवस्थाओं में आने वाले वृद्धि-चक्रों का अध्ययन करके यह जानने की कोशिश की कि आर्थिक वृद्धि का आय-वितरण पर क्या असर पड़ता है। 1971 में उन्हें आर्थिक विज्ञान का नोबेल पुरस्कार देते हुए राष्ट्रीय आय का अनुमान लगाने के क्षेत्र में उनके काम की अहमियत स्वीकार की।

सत्रहवीं सदी में विलियम पेटी ने इंग्लैण्ड की आर्थिक गतिविधियों की गणना करने की शुरुआती कोशिशें की थीं। उनके प्रयासों की वजह से आर्थिक विज्ञान के इस क्षेत्र में इंग्लैण्ड धीरे-धीरे काफ़ी आगे निकल गया। अर्थव्यवस्था के समष्टिगत या सकल आर्थिक (मैक्रोइकॉनॉमिक) पहलुओं की जानकारी में अमेरिका का पिछड़ापन 1920 के दशक तक क़ायम रहा। लेकिन, कुज़्नेत्स के प्रयासों ने इस स्थिति को बदल दिया। उन्होंने 1929 से 1932 के बीच के सालों में अमेरिका की राष्ट्रीय आमदनी का पहला लेखाजोखा पेश किया। इस सफलता के बाद उन्होंने अपनी परियोजना का दायरा बढ़ाया और 1919 से 1938 के बीच की आय का तख़मीना तैयार किया। वे यहीं नहीं रुके और अतीत में जाते हुए 1869 से आमदनी का लेखा बनाने में कामयाबी हासिल की। उन्होंने अपनी रचनाओं में आर्थिक गतिविधियों की जानकारी हासिल करके उनका जोड़-बाक़ी लगाने की पद्धति की सुसंगत जानकारी प्रदान की और उन समस्याओं का भी वर्णन किया जिनका सामना उन्हें करना पड़ा। उन्होंने जिन मानकों का सूत्रीकरण किया, उनका इस्तेमाल आज तक किया जाता है।

कुज़्नेत्स को इस बात का एहसास था कि राष्ट्रीय आमदनी का जोड़ लगाते वक़्त बाजार व्यवस्था के दायरे से बाहर वस्तुओं और सेवाओं को उसमें शामिल नहीं किया जाता है। जब परिवारों के भीतर ख़ाना पकाया जाता है, घरों की सफ़ाई होती है, लॉन की घास छाँटी जाती है, जिनका भुगतान बाज़ार व्यवस्था द्वारा किया है, तो उसका आर्थिक मतलब भी वस्तुओं और सेवाओं के रूप में लगाया जाना चाहिए। कुज़्नेत्स को पता था कि सरकारें ऐसा नहीं करती हैं। दूसरी तरफ़ वे चाहते थे कि देह व्यापार और नशे की तिजारत जैसी ग़ैरक़ानूनी आर्थिक गतिविधियों का तख़मीना भी लगाया जाए, हालाँकि ऐसा करना एक बेहद मुश्किल काम था। ठीक वैसे ही जिस तरह आज विशाल और सतत वृद्धिमान काली आय और सम्पत्ति के अनुमान डेढ़ी खीर बन चुके हैं। कुज़्नेत्स ने मध्यवर्ती वस्तुओं और अंतिम रूप से बने हुए माल के बीच फ़र्क़ का भी ध्यान रखा ताकि गणना करने में दोहराव न हो। मसलन, उपभोक्ता को बेची गयी एक कार की क़ीमत जोड़ते समय उसमें से टायरों, शीशों, इंजिनों और ब्रेकों की क़ीमत घटा दी जानी चाहिए क्योंकि इन मध्यवर्ती वस्तुओं की क़ीमत पहले जोड़ी चुकी होती है।

कुज़्नेत्स को यह एहसास भी था कि राष्ट्रीय आमदनी का लेखाजोखा किसी देश की ख़ुशहाली का एक सीमित सूचक ही हो सकता है। राष्ट्रीय आमदनी बढ़ने का मतलब वे यह नहीं मानते थे कि उस देश को अनिवार्य रूप से पहले से बेहतर ही मान लेना चाहिए। इसलिए उनकी निगाह में आमदनी के वितरण का अध्ययन बहुत ज़रूरी था। विषमतामूलक वितरण की सूरत में ऊँची आमदनी होते हुए भी किसी अर्थव्यवस्था के तहत ज़्यादातर परिवार ग़रीबी के शिकार हो सकते थे। कुज़्नेत्स ने नोट किया कि आर्थिक वृद्धि के कई अवांछित नतीजे भी निकलते हैं। मसलन, अनावश्यक शहरीकरण शुरू हो जाता है, सड़कों पर ट्रैफ़िक जाम लगने शुरू हो जाते हैं और प्रदूषण की समस्या जटिल हो जाती है। इसी तरह राष्ट्रीय आमदनी का लेखाजोखा यह भी नहीं बताता कि कितनी आय सरकार के खाते में जा रही है और कितनी आय अनिवार्य क़रारोपण के कारण हुई है।

कुज़्नेत्स के अनुसंधानों का स्वाभाविक नतीजा यह निकला कि अर्थशास्त्रियों ने व्यापार चक्रों का अध्ययन शुरू कर दिया। आर्थिक गतिविधि के फैलने और सिकुड़ने के क्षेत्र में रूसी अर्थशास्त्री निकोलाई कोंद्रातीफ़ कुज़्नेत्स के पहले काम कर चुके थे। उन्होंने 45 से 60 साल तक चलने वाले आर्थिक-चक्रों की पहचान की थी। इन्हीं चक्रों को आगे चल कर शुम्पीटर ने अपने अध्ययन में 'कोंद्रातीफ़ लहरों' की संज्ञा दी। आर्थिक उतार-चढ़ाव के अपने अध्ययन में कुज़्नेत्स ने बीस-बीस साल तक चलने वाले मध्यवर्ती चक्रों की खोज की जो अर्थशास्त्र की शब्दावली में 'कुज़्नेत्स चक्र' के नाम से जाने जाते हैं। कुज़्नेत्स ने निष्कर्ष निकाला कि ये चक्र आबादी में हुए परिवर्तनों पर निर्भर हैं। बेहतर आर्थिक परिस्थिति या तो

आव्रजन की दर बढ़ा देती है या उसके कारण जन्म-दर ऊपर की तरफ़ जाती है। उपभोक्ता माल और घरों की माँग बढ़ती है। अतिरिक्त निवेश की परिस्थितियाँ बनती हैं। नतीजतन बड़े पैमाने पर किये जाने वाले उत्पादन का लाभ मिलता है और उत्पादकता में उछाल आता है। जीवन-स्तर बढ़ता है, लेकिन श्रम-शक्ति का आकार बढ़ने पर वेतन-दर पर दबाव पड़ने के कारण वह घटने लगती है। इससे ख़र्च और निवेश में गिरावट आती है। आर्थिक चक्र नीचे की तरफ़ जाने लगता है। कुज़्नेत्स ने इन चक्रों का बचत, उपभोग, उत्पादकता, आय के वितरण, पूँजी और माल के अंतर्राष्ट्रीय प्रवाह पर पड़ने वाले असर का भी अध्ययन किया।

कुज़्नेत्स ने उत्पादकता बढ़ने के पीछे प्रौद्योगिकीय परिवर्तनों और आविष्कारों के महत्त्व पर ज़ोर दिया। उन्होंने दिखाया कि पचास साल की अवधि में अमेरिकी उत्पादकता की तीन बटा पाँच वृद्धि इसी कारण से हुई है।

देखें : अर्थ-विज्ञान का समाजशास्त्र, आर्थिक जनसांख्यिकी, अल्फ्रेड मार्शल, अमर्त्य कुमार सेन, अंतर्राष्ट्रीय मुद्रा कोष, आधार और अधिरचना, ऑस्कर रायज़ार्ड लांगे, ऐडम स्मिथ, क़रारोपण, कल्याणकारी अर्थशास्त्र, क्लासिकल अर्थशास्त्र, कार्ल हाइनरिख़ मार्क्स-3, कार्ल मेंगर, कींसियन अर्थशास्त्र, गुन्नार मिर्डाल, जोआन रोबिंसन, जॉन कैनेथ ग़ालब्रेथ, जॉन मेनार्ड कींस, जॉन स्टुअर्ट मिल, जोसेफ़ शुमपीटर, जैव विविधता, ट्रस्टीशिप, डेविड रिकार्डो, ढाँचागत समायोजन कार्यक्रम, थॉमस मन और वणिकवाद, थॉमस रॉबर्ट माल्थस, दक्षता, धन, नियोक्लासिकल अर्थशास्त्र, नीतिशास्त्र और अर्थशास्त्र, निकोलस काल्दोर, नियोजन, नियोजन : मार्क्सवादी विमर्श, पण्य, पण्य-पूजा, पेटेंट, पॉल सेमुअलसन, पियरो स्राफ़ा, पूँजी, प्रतियोगिता, फ्रांस्वा केस्ने और प्रकृतिवाद, फ्रेड्रिख़ वॉन हायक, बहुराष्ट्रीय निगम, बाज़ार, बाज़ार की विफ़लताएँ, बाज़ार-समाजवाद, बौद्धिक सम्पदा अधिकार, ब्रेटन वुड्स प्रणाली, भारत में बहुराष्ट्रीय निगम, भारत में नियोजन, भारत में पेटेंट क़ानून, भारत में शेयर संस्कृति, भूमण्डलीकरण और पूँजी बाज़ार, भूमण्डलीकरण और वित्तीय पूँजी, भूमण्डलीकरण और वित्तीय उपकरण, मार्क्सवादी अर्थशास्त्र, मिल्टन फ्रीडमेन, मूल्य, राजनीतिक अर्थशास्त्र, राजनीतिक अर्थशास्त्र : भारतीय आयाम, राजकोषीय नीति और मौद्रिक नीति, रॉबर्ट ओवेन, विलफ्रेडो परेटो, विश्व व्यापार संगठन, विश्व बैंक, विलियम पेटी, विलियम स्टेनली जेवंस, वैकासिक अर्थशास्त्र, शोषण।

संदर्भ

1. मोज़ेज़ अब्रामोवित्ज़ (1961), 'द नेचर ऐंड सिगनीफ़िकेंस ऑफ़ द कुज़्नेत्स साइकिल', *इकॉनॉमिक डिवेलपमेंट ऐंड कल्चरल चेंज*, 9.
2. हैरियट हिंक (1989), 'साइमन कुज़्नेत्स 1971', बर्नार्ड एस. कात्ज़ (सम्पा.), *नोबेल लॉरिट्स इन इकॉनॉमिक साइंसेज़ : अ बायोग्राफ़ीकल डिक्शनरी*, गारलैण्ड, न्यूयॉर्क.
3. एरिक लुडबर्ग (1971), 'साइमन कुज़्नेत्स' कंट्रब्यूशन इन इकॉनॉमिक्स', *स्वीडिश जरनल ऑफ़ इकॉनॉमिक्स*, 73.

— **अभय कुमार दुबे**

साझा संसाधनों की त्रासदी

(Tragedy of Commons)

आर्थिक विकास और पर्यावरण सुरक्षा के अंतर्विरोधों, ग्लोबल वार्मिंग की परिघटना और टिकाऊ विकास जैसी अवधारणा को अगर किसी एक सूत्रीकरण ने सबसे ज़्यादा गहराई से प्रभावित किया है तो वह है ट्रैजेडी ऑफ़ कॉमंस अर्थात् साझा संसाधनों की त्रासदी। यह सूत्रीकरण सबसे पहले 1968 में 'साइंस' नामक पत्रिका में प्रकाशित ग़ैरेट हार्डिन के लेख में किया गया था। इस लेख में एक ऐसी परिस्थिति का वर्णन था जिसमें कुछ लोग अपने-अपने स्तर पर साझा स्वामित्व के तहत आने वाले एक सीमित संसाधन का स्व-हित के लिहाज़ से उस समय तक दोहन करते हैं जब तक उसका क्षय नहीं हो जाता। अंत में इस तरह का बेरोकटोक दोहन दूरगामी दृष्टि से उन सभी लोगों के हितों के लिए नुक़सानदेह साबित हुआ। पर्यावरण की निरंतर क्षति से चिंतित लोगों ने हार्डिन के निबंध में व्यापक तात्पर्य के दर्शन किये और नतीजा निकाला कि अगर मनुष्य के अस्तित्व को बचाये रखने के लिए आवश्यक पृथ्वी की क्षमता बरक़रार रखनी है तो पुनरुत्पादन की स्वतंत्रता पर रोक लगानी होगी। व्यक्ति अपने बुद्धिसंगत स्व-हित की मातहती में सार्वजनिक हित को नज़रअंदाज़ भी कर सकता है जिससे अंत में उसी के स्व-हित को ठेस लग सकती है। पानी, ज़मीन, मछली, तेल और कोयला जैसे संसाधनों के धुआँधार दोहन का परिणाम यह होगा कि समूची मानवता ट्रैजेडी ऑफ़ कॉमंस की शिकार हो जाएगी।

हार्डिन ने अपने लेख में एक सरलीकृत परिस्थिति कल्पित करके एक रूपक बनाया है। वे पशुचारी समाज की मिसाल लेते हैं जिसमें ज़मीन के एक टुकड़े पर कुछ लोगों को अपनी-अपनी गायें चराने का हक़ मिल जाता है। प्रत्येक पशुपालक अपनी ज़्यादा से ज़्यादा गायें उस भूमि पर चराना चाहता है। उन्हें चरागाह की क्षमता की कोई परवाह नहीं है कि अंधाधुंध चरायी के कारण वह ज़मीन आख़िरकार उनमें से किसी के काम की भी नहीं रह जाएगी। हर नयी गाय पशुपालक के लिए मुनाफ़े का स्रोत बन कर आती है, पर चरागाह को हुआ नुक़सान सभी के हिस्से में जाता है। इस उदाहरण के ज़रिये हार्डिन अपील करते हैं कि साझा सम्पत्ति के बेहतर प्रबंधन के लिए सरकार हस्तक्षेप करे और अंतर्राष्ट्रीय स्तर पर कुछ नियंत्रणकारी संस्थाओं का गठन किया जाए। ट्रैजेडी ऑफ़ कॉमंस के रूपक से सैद्धांतिक प्रेरणा ले कर अर्थशास्त्र, मनोविज्ञान, गेम थियरी और समाजशास्त्र के साथ-साथ कई और अनुशासनों में उल्लेखनीय विश्लेषण हुए हैं। सबसे ज़्यादा अहम तो यह बहस है कि कुदरत से

मिले हुए साझा संसाधनों की तबाही की ज़िम्मेदरी किस पर डाली जानी चाहिए? हार्डिन पहले व्यक्ति नहीं थे जिन्होंने साझा संसाधनों के इस्तेमाल से जुड़ी हुई इस दुविधा पर ग़ौर किया हो। अट्ठारहवीं सदी से ही खेतिहर मसलों पर ग़ौर करने वाले विद्वान और कार्यकर्त्ता इन दुविधाओं पर सोचते रहे हैं। हार्डिन के रूपक में इस्तेमाल किया गया उदाहरण 1833 में प्रकाशित विलियम फ़ोस्टर लॉयड के एक पैम्फ़लेट से लिया गया था।

दिलचस्प बात यह है कि एक तरफ़ तो साझा संसाधनों की त्रासदी के सिद्धांत का इस्तेमाल आर्थिक विकास की आधुनिक धारणा की आलोचना के लिए होता है, और दूसरी ओर इसी का प्रयोग करके साझा संसाधनों के निजीकरण की दलील भी दी जाती है। युरोप में चली बाड़ाबंदी (एनक्लोज़र) मुहिम को न्यायोचित ठहराने के लिए भी इस थीसिस का हवाला दिया जाता है। इसमें कोई शक नहीं कि हार्डिन की यह थियरी काफ़ी प्रभावशाली साबित हुई, पर अपनी कुछ ख़ामियों की वजह से उसे आलोचना का निशाना भी बनना पड़ा। इसकी अनुक्रिया में हार्डिन को कहना पड़ा कि उन्हें अपने लेख का शीर्षक 'ट्रैजेडी ऑफ़ अनरेगुलेटिड कॉमंस' रखना चाहिए था। दरअसल, आलोचकों ने उनके रूपक में ऐतिहासिक ख़ामी तलाशते हुए बताया कि जिन साझा संसाधनों का ज़िक्र उन्होंने किया है उनके अतिरिक्त दोहन को रोकने के लिए बाक़ायदा सामाजिक इंतज़ाम किये गये थे जिनकी बागडोर स्थानीय स्तर पर सक्रिय सामुदायिक संगठनों के हाथों में रहती थी। साझा संसाधनों के अनियंत्रित दोहन की समस्या पारम्परिक प्रबंधन या सांस्कृतिक विनियमन की कमी के कारण पैदा नहीं हुई है। बल्कि इसके पीछे बाह्य कारण हैं जिनके कारण यह संयम भंग हुआ है। स्वामित्व-अधिकारों में परिवर्तन, लोगों की आवाजाही के कारण इलाक़े में आये जनसंख्यामूलक परिवर्तन या ग्लोबल आबादी में हुई बढ़ोतरी के कारण साझा सम्पत्ति के लिए क्षयकारी हालात पैदा हो सकते हैं। आलोचकों का कहना है कि समुद्र भी एक साझा सम्पत्ति है और उसके पानियों से अंधाधुंध मछली पकड़ने की समस्या पारम्परिक संयमकारी नियमों की नामौजूदगी के कारण पैदा हुई है, न कि पारपंरिक प्रबंधन की ख़ामियों के कारण है।

समाज-विज्ञान में 'त्रासदी' के इस पहलू पर भी विवाद हुआ कि क्या व्यक्ति हमेशा उसी तरह से व्यवहार करेंगे जिस तरह से हार्डिन ने दिखाया है। मानवशास्त्री जी.एन. एपिल के अनुसार हार्डिन के निबंध को उन विद्वानों और विशेषज्ञों ने एक धार्मिक रचना की तरह ग्रहण कर लिया है जो दूसरी समाज व्यवस्थाओं पर (बिना उनके बारे में पूरी जानकारी प्राप्त किये हुए) अपनी आर्थिक और पर्यावरणीय समझ के आधार पर गढ़े गये भविष्य को थोपना चाहते हैं।

बहरहाल, इन आलोचनाओं के बावजूद साझा संसाधनों की त्रासदी ने कुछ उपयोगी धारणाओं को जन्म दिया है जो अभी विकास के दौर में हैं। इनमें से एक है कुछ साझा संसाधनों का बाक़ायदा मूल्यांकन न करने की प्रवृत्ति। इसका सबसे अच्छा उदाहरण हवा है जिसका एक बेहद आवश्यक संसाधन के रूप में लगातार इस्तेमाल होता है पर उसकी आर्थिक क़ीमत कभी नहीं लगायी जाती। पनचक्की का मालिक हवा को घुमा कर ऊर्जा पैदा करता है और फ़ैक्ट्री का मालिक अपने कचरे के लिए हवा का कूड़ेदान की तरह इस्तेमाल करता रहता है। चूँकि हवा का कोई आर्थिक मूल्य नहीं होता इसलिए उसका वाजिब या ग़ैर-वाजिब दोहन करने से पहले कोई कुछ नहीं सोचता। अगर हवा का उचित प्रतीत होने वाला मूल्य निर्धारित कर दिया जाए तो उसे दूषित करने वाले पर उसकी आर्थिक भरपाई की ज़िम्मेदारी डाली जा सकती है।

आर्थिक तर्क कहता है कि जैसे-जैसे शुद्ध हवा की कमी होगी, उसका आर्थिक मूल्य बढ़ता जाएगा, उसके प्रबंधन में और होशियारी बरतनी पड़ेगी। पर्यावरण के अर्थशास्त्र पर ग़ौर करने वाले विद्वान प्राकृतिक सम्पदाओं और उनसे निकलने वाली सेवाओं का मूल्य तय करने के आधारभूत सिद्धांतों और पद्धतियों के बारे में सोच-विचार कर रहे हैं। वे यह पता लगाना चाहते हैं कि पर्यावरण के किसी आयाम के बदलने लोगों से कितना भुगतान वसूला जा सकता है, और पर्यावरण के क्षय की भरपाई के तौर पर कितना जुर्माना वसूलना उचित होगा। इन विद्वानों का तर्क है कि सरकारें, बड़े औद्योगिक घराने और कॉरपोरेट हाउस धन की भाषा ही समझते हैं इसलिए क्यों न उसी भाषा के माध्यम से पर्यावरण के मुद्दों पर चर्चा की जाए।

देखें : चिपको आंदोलन, जैवविविधता, पर्यावरणीय नारीवाद, पारिस्थितिकवाद, पारिस्थितिकीय दर्शन, पेटेंट, भविष्यशास्त्र, भारत में पेटेंट क़ानून, मार्क्सवाद और पारिस्थितिकी।

संदर्भ

1. ग़ैरेट हार्डिन (1968), 'ट्रैजेडी ऑफ़ कामंस', *साइंस,* अंक 162.
2. ग़ैरेट हार्डिन (1994), 'द ट्रैजेडी ऑफ़ अनमैनेज्ड कॉमंस', *ट्रेंड्स इन इकॉलॉजी ऐंड इवोल्यूशन,* खण्ड 9. अंत 199.
3. ई. ओस्ट्रोम (1990), *गवर्निंग द कॉमंस : द इवोल्यूशन ऑफ़ इंस्टीट्यूशंस फ़ॉर कलेक्टिव एक्शन,* केम्ब्रिज युनिवर्सिटी प्रेस, केम्ब्रिज.

— अभय कुमार दुबे

सामंतवाद : एक बहस-1

(Feudalism : A Debate-1)

सामंतवाद एक युरोपीय विचार-श्रेणी है। यह अंग्रेज़ी भाषा के शब्द फ़्यूडलिज़म शब्द का हिंदी तर्जुमा है। फ़्यूडल शब्द की उत्पत्ति लैटिन शब्द फ़ियोडेलिस से हुई है। मध्ययुगीन युरोप में फ़्यूडल शब्द का क़ानूनगत इस्तेमाल हुआ और यह एक प्रकार के सम्पत्तिगत अधिकार का द्योतक बन गया। फ़्यूडलिज़म (सामंतवाद) शब्द के प्रचार का श्रेय मुख्य रूप से अट्ठारहवीं सदी के फ्रांसीसी दार्शनिक बूलैवीये और मोंतेस्क्यू की रचनाओं को जाता है। वे इस शब्द का इस्तेमाल मध्ययुग के दौरान छोटे-छोटे राजकुमारों और अधिपतियों की सम्प्रभुता में साझेदारी व्यक्त करने के लिए कर रहे थे। बाद में इसमें अलग-अलग पहलू जुड़ते गये और एक सामान्य सहमति बनी कि सामंतवाद का आशय उस राजनीतिक ढाँचे और सामाजिक स्वरूप से है जो दसवीं और बारहवीं शताब्दियों के दौरान पश्चिमी और मध्य युरोप में प्रणालीगत व्यवस्था का रूप धारण कर चुका था। इस व्यवस्था में सत्ता सामंती भू-स्वामियों के हाथों में थी और उसका स्वरूप अत्यंत विकेंद्रीकृत था। प्रारम्भिक दौर में सामंतवाद को परम्परागत क़ानूनों पर टिके भूमिस्वामी-दास संबंधों के रूप में देखा गया। बाद में उसे एक पिछड़ी और धीमी गति से बदलने वाली व्यवस्था के रूप में परिभाषित किया जाने लगा।

भारतीय संदर्भों में सामंतवाद की प्रथम अभिव्यक्ति कर्नल जेम्स टॉड की रचना *अनाल्स ऐंड एंटीक्विटीज़ ऑफ़ राजस्थान इन 1829-1832* में मिलती है। टॉड ने यह पुस्तक उन्नीसवीं सदी के आरम्भिक दौर में ब्रिटिश ईस्ट इण्डिया कम्पनी के मुलाज़िम के तौर पर काम करते हुए लिखी थी। इसमें कर्नल टॉड ने सामंतवाद को अपने समकालीन हेनरी हेलम कृत *हिस्ट्री ऑफ़ द मिडिल एजेज़* की तर्ज़ पर परिभाषित किया और पाया कि युरोपीय सामंतवाद की संस्थाएँ और उनका पैटर्न तत्कालीन राजस्थान में भी विद्यमान था। ग़ौरतलब है कि मध्यकालीन युरोप में भू-स्वामी ही अपने दासों की सुरक्षा और भरण-पोषण का ध्यान रखता था और बदले में उनसे सैन्य एवं अन्य सेवाएँ प्राप्त करता था। दासों और भू-स्वामियों के बीच एक प्रकार की निष्ठा उन्हें अटूट बंधन में बाँधती थी। टॉड ने दिखाया कि भारत के राजपूत नस्ली तौर पर कैसे उसी मध्य-एशियाई सिंथियन श्रेणी से सम्बद्ध थे जिन्होंने प्रारम्भिक युरोप में कबीलाई संस्कृति का निर्माण किया था। सम्प्रभु और मातहत वर्ग के बीच इस दायित्वबोध ने एक प्रकार के सामंती समझौते को जन्म दिया। टॉड के सामंतवाद संबंधी विचार को बाद के ज़्यादातर साम्राज्यवादी इतिहासकारों ने अपनाया और कुछ ने उन्हें अन्य सिद्धांतों द्वारा प्रतिस्थापित किया। पर अंततः सामंतवाद प्राचीन और मध्यकालीन राजनीति की केंद्रीभूत, विभाजक प्राच्यवादी निरंकुशता को व्याख्यायित करने की बहुप्रयुक्त अभिव्यक्ति बन गया। दूसरी तरफ़ राष्ट्रवादी इतिहासकारों ने स्वर्ण युग के पतन के लिए इसी सामंती राजनीतिक अराजकता को उत्तरदायी बताया।

1950-60 के दशक में भारतीय इतिहास-लेखन पर मार्क्सवादी विचारधारा के बढ़ते प्रभाव ने इस संबंध में नया दृष्टिकोण अपनाया। भारतीय सामंतवाद के प्रमुख लक्षणों में से एक पूर्व-औपनिवेशिक भारतीय इतिहास को मार्क्स द्वारा उत्पादन की एशियाई पद्धति की श्रेणी में रखने पर मार्क्सवादी इतिहासकारों में एक राय नहीं थी। मार्क्स ने उत्पादन की एशियाई पद्धति को वर्ग-संघर्ष के इतिहास की सामान्य गति में एक अपवाद माना था। 1850 के दशक में लिखे अपने बहुतेरे पर्चों में मार्क्स ने दिखाया था कि एशिया में वर्ग नहीं थे क्योंकि सारी सम्पत्ति या तो राजा की होती थी अथवा समुदाय की। इसलिए वहाँ कोई वर्ग-संघर्ष नहीं था और न ही समय के साथ इसमें कोई परिवर्तन आया। यह सोच मोंतेस्क्यू, जेम्स मिल और हीगेल के अपरिवर्तनशील प्राच्य की अवधारणा से साम्यता रखती थी। ये विद्वान मानते थे कि पूर्वी देशों में औपनिवेशिक शासन प्रणालियों की स्थापना से ही वास्तविक गतिशीलता आयी। लेकिन 1950-60 के दशकों के भारतीय मार्क्सवादी इतिहासकार यह स्वीकार करने के लिए तैयार नहीं थे कि भारत या वास्तव में सम्पूर्ण एशिया की मानवजाति इतने बड़े कालखण्ड में अपरिवर्तनशील ही रही।

दामोदर धर्मानंद कोसम्बी ने *ऐन इंट्रोडक्शन टू द स्टडी ऑफ़ इण्डियन हिस्ट्री* (1956) में सामंतवाद की गम्भीर पड़ताल की। इतिहास लेखन में कोसम्बी ने मार्क्स का अंधानुकरण नहीं किया। उन्होंने प्रमुख मार्क्सवादी धारणाओं एशियाई उत्पादन पद्धति और दास प्रथा को ख़ारिज करते हुए कहा कि भारतीय समाज में न तो युरोप की तर्ज़ पर उत्पादन पद्धति का विकास हुआ न ही उत्पादन में दास-पद्धति पायी जाती थी। उनका मानना था कि भारत में एक अलग तरह का सामंतवाद मौजूद था। कोसम्बी ने बौद्धिक और सांस्कृतिक उत्पादन को मौजूदा सामाजिक और आर्थिक परिस्थिति से जोड़ने का प्रयास किया। उन्होंने *भगवद्गीता* में शासकीय समाज के दर्शन के माध्यम से दिखाया कि सामंत, मालिक, नौकर, प्रजा और राजा किस तरह एक व्यक्तिगत निष्ठा के बंधन से बंधे होते हैं। कोसम्बी ने इसी तरह का सामंती दर्शन सातवीं शताब्दी में भक्ति आंदोलन के कवि भर्तृहरि के चिंतन

में भी चिह्नित किया। कोसम्बी यह मत भी प्रतिपादित करते हैं कि मध्यकालीन भारतीय समाज में युरोपीय सामंतवाद के प्रमुख तत्त्व जैसे जागीरदारी प्रणाली, (मैनॅरियल सिस्टम), भू-सम्पत्ति और कृषि-दास प्रथा आदि) मौजूद नहीं थे। उन्होंने भारत में दो तरह के सामंतवाद की चर्चा की। एक था ऊपर से आरोपित सामंतवाद और दूसरा था नीचे से आया सामंतवाद। ऊपर से आये सामंतवाद का तात्पर्य राज्य से है जिसमें एक सम्राट या शक्तिशाली राजा अपने उन सामंतों से नज़राना प्राप्त करता है जो अपने क्षेत्र में अपनी मर्ज़ी से शासन करते हैं और जहाँ उनका पूर्ण अधिकार होता है। जब तक वे सम्राट को नज़राना देते रहते हैं, सम्राट उनसे छेड़-छाड़ नहीं करता। नीचे से आये सामंतवाद का तात्पर्य उस अगले चरण से है जिसमें गाँव में राज्य और किसानों के बीच भूमिपतियों के एक ऐसे वर्ग का उदय होता है जो धीरे-धीरे स्थानीय जनता पर अपना अधिपत्य स्थापित कर लेता है। यह वर्ग प्रभुत्वशाली होता है, सत्ता से सीधे संबंध का दावा करता है और इसके कार्यक्षेत्र में किसी का हस्तक्षेप नहीं होता। कोसम्बी का मानना था कि ऊपर से आने वाला सामंतवाद उन राजनीतिक निर्णयों का परिणाम था जिसके तहत राज कर्मचारियों को भूमि और न्याय संबंधी अधिकार दिये गये थे। जबकि नीचे से आया सामंतवाद अनेक व्यक्तियों और लघु-समूह द्वारा सत्ता के ग्राम-स्तरों से राजाओं के अधीन ज़मींदार और सामंत बनने का परिणाम था। कोसम्बी ने अपनी विशेषता-सूचक पद्धति में सामंतवाद की धारणा को किसी अनुभवजन्य विश्लेषण की बजाय एक सूत्र की शक्ल में निरूपित किया।

सामंतवाद को लेकर भारत में विश्लेषण की जिस देशज परम्परा की शुरुआत कोसम्बी ने की थी उसे किंचित् भिन्नताओं के साथ राम शरण शर्मा ने अपनी रचना *इण्डियन फ़्यूडलिज़म* (1965) में और आगे बढ़ाया। शर्मा ने 1920-30 के दशकों के दौरान बेल्जियम के इतिहासकार हेनरी पिरेन द्वारा निरूपित सामंतवाद के उत्थान और पतन संबंधी प्रतिमान का अनुसरण किया। पिरेन ने युरोपीय सामंतवाद के स्थाई रूप और भूस्वामी-दास संबंधों का विश्लेषण करते हुए बताया कि कैसे मुख्य व्यापार (भूमध्यसागर पार युरोप में लम्बी दूरी के व्यापार) ने युरोपीय अर्थव्यवस्था, समाज और सभ्यता को तब तक फलने-फूलने दिया, जब तक सातवीं शताब्दी में अरबों के हमलों से उनका विघटन नहीं हो गया। व्यापार-विघटन ने अर्थव्यवस्था का ग्रामीणीकरण करके उसे अंतर्मुखी बना दिया। इसे पिरेन ने एकाकी भू-सम्पदा वाली अर्थव्यवस्था में परिणत होना माना, जहाँ ये भू-सम्पदाएँ आर्थिक रूप से आत्मनिर्भर इकाइयाँ थी। पिरेन के अनुसार ग्यारहवीं सदी में धर्मयुद्धों द्वारा अरबों को वापस निकट-पूर्व की ओर खदेड़ दिये जाने से व्यापार का विकास और शहरों का पुनरुत्थान हुआ जिससे सामंतवाद की जमीन खिसकने लगी।

राम शरण शर्मा ने भारतीय परिप्रेक्ष्य में पिरेनवादी सिद्धांतों का अनुकरण करते हुए बताया कि गुप्तकाल के पतन के परिणामस्वरूप कैसे विश्व के विभिन्न भागों के साथ भारत के लम्बी दूरी के व्यापार का पतन हुआ। इसके कारण शहरीकरण पर नकारात्मक प्रभाव पड़ा जिसने आर्थिक संरचना और प्रवृत्ति का ग्रामीणीकरण करते हुए इसे अंतर्मुखी अर्थव्यवस्था के रूप में परिणत कर दिया। राम शरण शर्मा साथ में इस बात को भी जोड़ते हैं कि तब आर्थिक संसाधन दुर्लभ नहीं थे, बल्कि मुद्रा की दुर्लभता थी। उन्होंने बताया कि उत्तर गुप्त काल में व्यापार में आयी गिरावट के कारण राज्याधिकारियों को वेतन के बदले भूमि और धार्मिक कर्मकाण्डों के एवज में ब्राह्मणों को अग्रहार दिये जाने लगे। इस परिघटना का सामाजिक संबंधों पर व्यापक असर पड़ा। परिणामस्वरूप कृषक वर्ग उनका मातहत बनता गया और ऐसे भू-पतियों पर आश्रित होता गया जिनके पास न्यायिक अधिकार भी हुआ करते थे। ऐसे बिचौलियों, जिन्हें राज्य से अनुदान प्राप्त था, से मध्यस्थ वर्ग का उदय भारतीय सामंतवाद संबंधी राम शरण शर्मा की व्याख्या में निर्णायक तत्त्व रूप में सामने आता है। शर्मा ने दिखाया कि कैसे इस दौरान किसान एक जगह भूमि से बँध कर रह गये, उनसे ज़बरन मज़दूरी करायी जाने लगी और बिचौलियों के रहमोकरम पर जीने के लिए मजबूर हुए। साथ ही शर्मा ने तत्कालीन परिस्थितियों में राज्य द्वारा प्रदत्त अनुदानों को दर्ज़ करने की अनिवार्य प्रक्रिया के कारण मुंशियों की संख्या में बढ़ोतरी को कायस्थों के जाति रूप में संगठित होने की तरह व्याख्यायित किया। शर्मा बताते हैं कि युरोप की तर्ज़ पर भारत में भी लम्बी दूरी के व्यापार के पुनरुत्थान, शहरों के उदय, किसानों के पलायन और मुद्रा आधारित अर्थव्यवस्था के विकास से भारत में सामंतवाद का पतन हुआ। राम शरण शर्मा की इस अवधारणा के अनुसार भारत में सामंतवाद का उदय चौथी शताब्दी के आसपास हुआ और बारहवीं शताब्दी में इसका पतन हुआ। शर्मा ने इन निष्कर्षों पर पहुँचने के लिए उत्तर भारत के विभिन्न अभिलेखीय साक्ष्यों का प्रयोग किया।

इस तरह राम शरण शर्मा ने सामंतवाद के बहाने भारतीय इतिहास-लेखन के क्षेत्र में एक बौद्धिक बहस छेड़ दी। इसका भारतीय इतिहास-लेखन पर गहरा प्रभाव पड़ा। कई इतिहासकारों ने शर्मा के इस पक्ष को कुछ और तथ्यों के साथ समर्थन प्रदान किया, यद्यपि व्यवहारतः सामंतवाद

के किसी अन्य नवीन पहलू का अन्वेषण नहीं किया गया। बी.एन.एस. यादव और डी.एन. झा भारत में सामंतवाद के नये पैरोकार बन कर उभरे जिसे दक्षिण भारतीय इतिहास लेखन में एम.जी.एस. नारायणन और नोबोरू काराशिमा ने समर्थन प्रदान किया।

देखें : आनंद केंटिश कुमारस्वामी, आर्य-अवधारणा, आर्थर लेवेलिन बाशम, काशी प्रसाद जायसवाल, बिपन चंद्र-1 और 2, भारतीय इतिहास-लेखन-1 से 4 तक, दामोदर धर्मानंद कोसम्बी-1 और 2, रमेश चंद्र दत्त, रमेश चंद्र मजूमदार, रामकृष्ण गोपाल भण्डारकर, रमेश चंद्र मजूमदार, राम शरण शर्मा, रोमिला थापर, वासुदेव शरण अग्रवाल, पांडुरंग वामन काणे, विश्वनाथ काशीनाथ राजवाड़े, सखाराम गणेश देउस्कर।

संदर्भ

1. दामोदर धर्मानंद कोसम्बी (1956), *एन इंट्रोडक्शन टू द स्टडी ऑफ़ इण्डियन हिस्ट्री*, पीपुल्स पब्लिशिंग हाउस, बम्बई.
2. राम शरण शर्मा (1980), *इण्डियन फ़्यूडलिज़्म : सिरका 300-1300*, मैकमिलन, नयी दिल्ली.
3. बी.एन.एस. यादव (1973), *सोसाइटी ऐंड कल्चर इन द नार्दर्न इण्डिया इन द ट्वेल्थ सेंचुरी*, सेंट्रल बुक डिपो, इलाहाबाद.
4. डी.एन. झा (सम्पा.)(2000), *द फ़्यूडल ऑर्डर : स्टेट, सोसाइटी एन आइडियोलॅजी इन अर्ली मिडिवल इण्डिया*, मनोहर, नयी दिल्ली.

— निर्मल कुमार पाण्डेय

सामंतवाद : एक बहस-2

(Feudalism : A Debate-2)

1979 में भारतीय इतिहास कांग्रेस के अध्यक्षीय सम्बोधन में हरबंस मुखिया ने 'वाज़ देयर फ़्यूडलिज़्म इन इण्डियन हिस्ट्री' शीर्षक से एक पर्चा पढ़ा और इसके माध्यम से सामंतवाद की अवधारणा पर शर्मा के तर्कों से असहमत होते हुए कई सैद्धांतिक और तथ्यगत सवाल उठाये। उनका कहना था कि लम्बी दूरी के व्यापार के उत्थान और पतन से सामंतवाद का रिश्ता बहुत स्पष्ट नहीं है। यह कहना मुश्किल है कि आरम्भिक मध्यकालीन भारत में व्यापार और शहरों का कोई ख़ास पतन हुआ या नहीं। इसी तरह यह स्वीकार करना भी दिक़्क़त-तलब लगता है कि सामंतवाद जैसा जटिल सामाजिक ढाँचा केवल प्रशासनिक और क़ानूनी कारवाइयों से खड़ा किया जा सकता है। सामंतवाद के एक प्रमुख तथ्य— भूपतियों पर किसानों की निर्भरता— के बारे में मुखिया ने यह माना कि भारत में इसका कोई प्रमाण नहीं मिलता। मुखिया ने सामंतवाद को परिभाषित करते हुए लिखा कि, भूपतियों पर किसान का पूरी तरह आश्रित होना सामंतवाद की सर्वस्वीकृत परिभाषा नहीं हो सकती, क्योंकि सामंतवाद पूरी दुनिया की व्यवस्था नहीं थी। सामंतवाद अपने पूरे इतिहास में एक विशिष्ट सामाजिक-आर्थिक संगठन रहा जो पूरी दुनिया में एक जैसा नहीं था। वह एक ख़ास समय और क्षेत्र तक सीमित था जहाँ उत्पादन के लिए विशिष्ट प्रविधि अपनायी गयी और संगठन का निर्माण किया गया। मुखिया ने सामंतवाद को एक संक्रमणकालीन व्यवस्था माना।

सामंतवाद को एक सार्वभौम व्यवस्था मानने से इनकार करते हुए मुखिया ने बताया कि युरोप की पूर्व-पूँजीवादी अर्थव्यवस्थाओं में मुनाफ़ा कमाने के बजाय उपभोग की प्रवृत्ति ज़्यादा अहम थी। लिहाज़ा उनके विस्तार की क्षमता स्थानीय या क्षेत्रीय स्तर से ज़्यादा व्यापक नहीं हो सकती थी। अतः मुखिया के अनुसार सामंतवाद केवल एक क्षेत्रीय परिघटना ही हो सकती थी न कि एक वैश्विक व्यवस्था। साथ ही उन्होंने इस बात पर भी ज़ोर दिया कि सामंतवाद की युरोपीय, चीनी, जापानी और भारतीय क़िस्मों को तथ्य के तौर पर पेश करने से भी यह समस्या हल नहीं होती क्योंकि सामंतवाद को सरलीकृत परिभाषा में बाँधने की प्रक्रिया के दौरान भिन्नताएँ इतनी व्यापक हो जाती हैं कि वे उसे अनुपयोगी बना देती हैं।

हरबंस मुखिया ने सामंतवाद के संबंध में मध्यकालीन पश्चिमी युरोपीय और मध्यकालीन भारत के इतिहास के तुलनात्मक अध्ययन द्वारा कुछ तथ्यगत आधार प्रस्तुत किये। ये थे पारिस्थितिक दशाएँ, तत्कालीन मौजूदा प्रौद्योगिकी तथा कृषि-क्षेत्र में श्रमिकों का सामाजिक संगठन। मुखिया ने बताया कि पश्चिमी युरोप की पारिस्थितिकी में खेत जोतने से लेकर बीज बोने, फसल की रखवाली करने, फ़सल की कटाई-मड़ाई और भण्डारण आदि क्रिया-कलापों के लिए एक वर्ष में धूप के केवल चार महीने मिलते थे। इसके अलावा कृषि कार्य हेतु जिस प्रौद्योगिकी का इस्तेमाल होता था वह अत्यधिक श्रमसाध्य और भूमि तथा श्रम दोनों की ही उत्पादकता निराशाजनक थी। बीज-उपज अनुपात 1:2.5 था। फलस्वरूप इन चार महीनों में श्रमिकों की माँग बहुत अधिक रहती थी जिसका समाधान तत्कालीन युरोपीय समाज ने श्रमिकों को भूमि के साथ बाँध कर अर्थात् कृषि-दास प्रथा के रूप में खोजा। भूस्वामी-कृषि दास संबंधों की इस व्यवस्था में धीरे-धीरे तनाव पैदा होने लगा। इस तनाव ने प्रौद्योगिकी सुधार का मार्ग प्रशस्त किया। फलस्वरूप बारहवीं शताब्दी तक

उत्पादन में 1:4 की आनुपातिक वृद्धि हुई। जनसंख्या में वास्तविक वृद्धि हुई। जिससे श्रमिक भूमि बंधन से मुक्त होने लगे। कृषि का विस्तार हुआ और व्यापार एवं शहरीकरण में तेजी आयी। 1348-51 में आयी ब्लैक डेथ की घटना ने, जिसने जनसंख्या का लगभग एक-चौथायी हिस्सा निगल लिया था। इस प्रक्रिया में व्यवधान उत्पन्न किया। फलस्वरूप पुनः श्रमिक-संकट उत्पन्न हो गया। भू-स्वामियों ने कृषि-दास प्रथा के पुराने तरीक़ों को पुनः आत्मसात् करने का प्रयत्न किया। लेकिन चूँकि कृषकों ने ग्यारहवीं-बारहवीं सहित पिछली दो सदियों में अच्छी स्थिति में जीवनयापन किया था, इसलिए विशेष रूप से 14वीं शताब्दी के दौरान उन्होंने पूरे युरोप में विद्रोह कर दिया और पलायन कर गये। ये विद्रोह ग़रीब कृषकों के बजाय सम्पन्न किसानों द्वारा किये गये। चौदहवीं सदी का अंत सामंतवादी महल को खँडहर में तब्दील कर चुका था।

भारतीय पारिस्थितिकी की युरोप से तुलना करते हुए मुखिया इस बात पर ज़ोर देते हैं कि भारतीय पारिस्थितिकी में धूप दस महीने उपलब्ध रहती थी जिससे कृषि-प्रक्रिया को लम्बी अवधि तक विस्तृत करना आसान था। एक ओर जहाँ भीषण गर्मी के बाद की बारिश से ज़मीन की जुताई के लिए बहुत मेहनत की ज़रूरत नहीं पड़ती थी, क्योंकि यहाँ मिट्टी की ऊपरी परत अत्यधिक उर्वर होती थी वहीं दूसरी तरफ सपाट पीठ वाले युरोपीय बैलों की तुलना में भारतीय बैल अपने कूबड़ के कारण किसान के लिए कहीं ज़्यादा लाभदायक थे। साथ ही उन्होंने बताया कि मध्यकालीन भारत में भूमि की उत्पादक क्षमता अधिक होने के कारण साल में दो बार फसल उगायी जाती थी। उन्नीसवीं सदी तक युरोप के लिए यह कल्पना की बात थी। युरोपीय कृषि व्यवस्था की तुलना में यह एक बुनियादी अंतर था जिसने भारतीय कृषि के क्षेत्र में श्रम-प्रयोग के एक अलग ढाँचे को जन्म दिया। मुखिया इस बात का भी उल्लेख करते हैं कि यहाँ बेगार यानी बँधुआ मज़दूरी, वैतनिक अथवा अवैतनिक, शायद ही कभी उत्पादन प्रक्रिया का हिस्सा रहा था। भारतीय संदर्भों में बेगारों का इस्तेमाल ज़्यादातर अनुत्पादक कार्यों के लिए होता था, जैसे ज़मींदार का सामान ढोना अथवा विशेष अवसरों पर नज़राना प्रदान करना। वे कहते हैं कि इसी कारण मध्यकालीन भारत में उत्पादन प्रक्रियाओं की प्रौद्योगिकी में कोई आमूलचूल परिवर्तन दृष्टिगोचर नहीं होता। हरबंस मुखिया निष्कर्ष रूप में इस बात की महत्ता स्थापित करते दिखायी देते हैं कि भारत में तो प्रौद्योगिकी और कृषि-उत्पादन की प्रक्रिया ही स्थिर या अपरिवर्तनशील नहीं रही।

मुखिया ने मध्यकालीन भारतीय व्यवस्था को कृषक अर्थव्यवस्था रूप में दर्शाते हुए बताया कि जहाँ एक ओर मध्यकालीन युरोप के कृषि-दास का श्रम जमींदार के नियंत्रण में था, वहीं दूसरी ओर भारतीय परिप्रेक्ष्य में कृषकों का श्रम उसके ख़ुद के नियंत्रण में होता था। भू-राजस्व के एक हिस्से पर ही राज्य का नियंत्रण होता था। मुखिया बताते हैं कि श्रम-नियंत्रण संबंधी तनाव के कारण बारहवीं सदी के युरोप की कृषि उत्पादन प्रणाली का सामंती से पूँजीवादी रूप में परिवर्तन होने लगा था। जबकि भारतीय संदर्भों में इस प्रकार का रूपांतरण बीसवीं सदी में ही अंकुरित होता दिखायी दिया।

राम शरण शर्मा ने इसके जवाब में 'भारतीय सामंतवाद किस प्रकार सामंती था?' (1985) नामक लेख लिखा जिसमें उन्होंने यह तो स्वीकार किया कि सामंतवाद एक सार्वभौम परिघटना नहीं थी पर साथ ही इस बात को उठाया कि सभी पूर्व-पूँजीवादी समाजों पर यह बात लागू नहीं होती। हरबंस मुखिया के तर्कों को काटते हुए उन्होंने बताया कि देश के कई हिस्सों में ज़बरन मज़दूरी के प्रमाण मिलते हैं। उन्होंने यह भी कहा कि आरम्भिक मध्यकाल में सामंतवाद मौजूद था जिसमें भूपतियों का एक वर्ग और मातहत किसानों का एक वर्ग शामिल था। दोनों ही कृषक अर्थव्यवस्था पर आश्रित थे। इससे पता चलता है कि व्यापार और शहरीकरण का ह्रास हुआ और धातु से बनी मुद्राओं में तेज़ी से कमी आयी। सामंतवाद को एक आर्थिक प्रक्रिया मानते हुए शर्मा ने बताया कि सामंतवाद, समाज में आर्थिक एवं सामाजिक संकटों के क्रम में विकसित हुआ, और कलियुग की अवधारणा अस्तित्व में आयी।

बी.एन.एस. यादव ने *सोसाइटी ऐंड कल्चर इन द नॉर्दर्न इण्डिया इन द ट्वेल्थ सेंचुरी* (1973) में इस कलियुग संबंधी अवधारणा के लक्षणों पर दृष्टिपात करते हुए बताया कि समाज की एक अवस्था से दूसरी अवस्था में संक्रमण से कलियुग भी अछूता नहीं रह गया था। डी.एन. झा ने द *फ़्यूडल ऑर्डर : स्टेट, सोसाइटी एन आइडियालॅजी इन अर्ली मिडिवल इण्डिया* (2000) में उत्तर-भारत की जगह प्रायद्वीपीय भारत में मिले प्रमाणों पर ध्यान दिया। उन्होंने कलियुग को व्याख्यायित करने वाले साक्ष्यों के आधार पर बताया कि ऐसे संकट की उपस्थिति ब्राह्मणवादी उत्तर भारत में अपेक्षित थी। भैरवी प्रसाद साहू ने *लैण्ड सिस्टम ऐंड रूरल सोसाइटी इन अर्ली इण्डिया* (1997) में संकट के सूचक-स्वरूप कलियुग की अवधारणा के साक्ष्य की वैधता पर ही सवाल खड़ा कर दिया।

आगे चल कर राम शरण शर्मा ने कृषक विद्रोहों के कई अन्य उदाहरणों की खोज की और अर्ली-मिडिवल

इण्डियन सोसाइटी : ए स्टडी इन फ़्यूडलाइज़ेशन (2001) में अपने आलोचकों का सिलसिलेवार खण्डन किया। इसके लिए उन्होंने ऐतिहासिक भौतिकवाद के सैद्धांतिक नज़रिये का प्रयोग करते हुए सामाजिक भेद और आर्थिक विकास के चरण तथा विचारधारा के क्षेत्र में आये बदलावों को भी चिह्नित किया।

सामंतवाद की धारणा का पक्षधर ख़ेमा भक्ति की परिघटना को किसी देवता के प्रति सम्पूर्ण समर्पण, अधीनता एवं निष्ठा संबंधी विचारधारा को ब्राह्मणवादी प्रभुत्व के आधार-स्तम्भ के रूप में देखता है। जिसके पीछे संभवत: यह मान्यता है कि समर्पण और निष्ठा को बड़ी आसानी से सामंतों या स्वामी को स्थानान्तरित किया जा सकता था।

पिरेन के विचारों का खण्डन करते हुए मोरिस डॉब ने *स्टडीज़ इन द डिवेलपमेंट ऑफ़ कैपिटलिज़म* (1946) में व्यापार और सामंतवाद के बीच विरोधाभास पर सवाल खड़ा करते हुए तर्क दिया कि पश्चिमी युरोप में व्यापार के उभार की वजह से सामंतवाद का पतन नहीं हुआ, बल्कि ऐसा इसलिए हुआ क्योंकि गाँवों में भूस्वामियों के बढ़ते शोषण के कारण कृषक शहरों की ओर पलायन करने लगे थे। भारतीय संदर्भों में व्यापार के पतन और मुद्रा की कमी संबंधी धारणा के साथ-साथ भारतीय सामंतवाद में काल संबंधी समस्याओं पर प्रकाश पड़ा। डी.एन. झा ने राम शरण शर्मा के इस मत का खण्डन किया भारत में सामंतवाद के उदय और उत्पादन के सामंती स्वरूप में परिवर्तन होने का कारण लम्बी दूरी के बाहरी व्यापार का पतन था जिसके परिणामस्वरूप आत्मनिर्भर अर्थव्यवस्था नष्ट हो गयी।

इतिहासकारों ने दावा किया है कि युरोप के ही समानांतर एक हज़ार ईस्वी के आसपास भारत में व्यापार का पुनरुत्थान हुआ। लेकिन भारतीय संदर्भों में यह बात प्रामाणिक रूप से सामने आयी है कि भारत के अनेक क्षेत्रों में इससे बहुत पहले ही व्यापार फल-फूल रहा था। बी.डी. चट्टोपाध्याय ने *द मेकिंग ऑफ़ अर्ली मिडिवल इण्डिया* (1994) में दर्शाया है कि यह परिघटना कम से कम एक शताब्दी पहले घटित हो चुकी थी। रणबीर चक्रवर्ती ने पर्याप्त प्रमाण के साथ अपनी कृतियों *ट्रेड इन अर्ली इण्डिया* (2001) और *ट्रेड ऐंड ट्रेडर्स इन अर्ली इण्डियन सोसाइटी* (2002) में फलते-फूलते व्यापार के साक्ष्य प्रस्तुत किये हैं। एक ओर मुद्रा की कमी संबंधी अवधारणा का बी.डी. चट्टोपाध्याय ने ज़बरदस्त प्रतिवाद किया वहीं जॉन एस. डेल ने भी *लिविंग विदाउट सिल्वर : द मोनिटरी हिस्ट्री ऑफ़ अर्ली मिडिवल नॉर्थ इण्डिया* (1990) में मुद्रा के अभाव संबंधी धारणा को चुनौती देते हुए बताया कि केवल सोना, चाँदी या तांबा जैसी धातुएँ ही मध्यकालीन समाज में मुद्रा का एकमात्र रूप नहीं थी। बकौल मार्क ब्लॉक लगभग हर चीज़ विनिमय का माध्यम बनकर मुद्रा का कार्य कर सकती थी। भारत में विनिमय-माध्यम के रूप में कौड़ियों के इस्तेमाल की महत्ता ने हाल के इतिहासकारों में रुचि पैदा की है। यह तथ्य इस लिहाज़ से और भी महत्त्वपूर्ण हो जाता है कि कौड़ियों की प्राप्ति में वस्तुत: लम्बी दूरी का व्यापार शामिल था, क्योंकि कौड़ियाँ सुदूर मालदीव से आती थीं।

देखें : आनंद केंटिश कुमारस्वामी, आर्य-अवधारणा, आर्थर लेवेलिन बाशम, काशी प्रसाद जायसवाल, बिपन चंद्र-1 और 2, भारतीय इतिहास-लेखन-1 से 4 तक, दामोदर धर्मानंद कोसम्बी-1 और 2, रमेश चंद्र दत्त, रमेश चंद्र मजूमदार, रामकृष्ण गोपाल भण्डारकर, रमेश चंद्र मजूमदार, राम शरण शर्मा, रोमिला थापर, वासुदेव शरण अग्रवाल, पांडुरंग वामन काणे, विश्वनाथ काशीनाथ राजवाड़े, सखाराम गणेश देउस्कर।

संदर्भ

1. हरबंस मुखिया (सम्पा.) (1999), *द फ़्यूडलिज़म डिबेट,* मनोहर, नयी दिल्ली.
2. भैरवी प्रसाद साहू (सम्पा.)(1997), *लैण्ड सिस्टम ऐंड रूरल सोसाइटी इन अर्ली इण्डिया,* मनोहर, नयी दिल्ली.
3. बी.डी. चट्टोपाध्याय (1994), *द मेकिंग ऑफ़ अर्ली मिडिवल इण्डिया,* ऑक्सफ़र्ड युनिवर्सिटी प्रेस, नयी दिल्ली.
4. जॉन एस. डेल (1990), *लिविंग विदाउट सिल्वर : द मोनेटरी हिस्ट्री ऑफ़ अर्ली मिडिवल नॉर्थ इण्डिया,* ऑक्सफ़र्ड युनिवर्सिटी प्रेस, नयी दिल्ली.
5. बर्टन स्टीन (सम्पा.) (1975), *एसेज़ ऑन साउथ इण्डिया एशियन स्टडीज़,* युनिवर्सिटी प्रेस ऑफ़ हवाई, होनोलुलू.
6. बर्टन स्टीन (1985), 'स्टेट फ़ार्मेशन ऐंड इकॉनमी रिकंसीडर्ड', भाग 1, *मॉडर्न एशियन स्टडीज* 19.

— निर्मल कुमार पाण्डेय

साम्प्रदायिकता

(Communalism)

पश्चिमी संदर्भ में कम्युनलिज़म का अर्थ है समुदाय आधारित कार्रवाई। लेकिन जैसे ही भारतीय और दक्षिण एशियाई संदर्भ में इसका अनुवाद साम्प्रदायिकता या फ़िरकापरस्ती के रूप में किया जाता है, सामुदायिकता में निहित सकारात्मकता काफ़ूर हो कर पूरी तरह से नकारात्मक हो जाती है। साम्प्रदायिकता का मतलब हो जाता है समुदायों के बीच, आमतौर पर धार्मिक समुदायों के बीच, होड़ और टकराव जो अक्सर हिंसा का रूप लेती रहती है। लेकिन साम्प्रदायिकता की यह परिघटना उस समय बेहद पेचीदा हो जाती है जब इसके इर्द-गिर्द होने वाली समाज-वैज्ञानिक बहस में मध्ययुगीन इतिहास, उपनिवेशवाद, भारत-विभाजन, आधुनिकतावाद, राष्ट्रवाद और सेकुलरवाद की भूमिका उभरती है। आधुनिक राज्य के आचरण, चुनाव के लिए की जाने वाली गोलबंदी, सत्ता पर क़ब्ज़ा करने के लिए अपनायी जाने वाली बहुसंख्यकवादी और अल्पसंख्यकवादी रणनीतियाँ साम्प्रदायिकता के प्रश्न को और उलझा देती हैं। यह एक विडम्बना ही है कि विद्वानों ने भारतीय समाज और आधुनिकीकरण की प्रक्रिया को गहराई से प्रभावित करने वाली इस परिघटना का सैद्धांतिक सूत्रीकरण करने की कोई सिक्काबंद कोशिश नहीं की है। सीधे-सीधे साम्प्रदायिकता पर चर्चा मिलने के बजाय समाज-वैज्ञानिक साहित्य में इसका ज़िक्र सेकुलरवाद, राष्ट्रवाद और आधुनिकता पर होने वाली बहस में ज़्यादा मिलता है।

साम्प्रदायिकता के बारे में एक प्रचलित समझ यह है कि इसका जन्म अंग्रेज़ों द्वारा अपनायी गयी 'फूट डालो और राज्य करो' की कुटिल नीति के कारण हुआ था। 1857 के विद्रोह से पहले देश में कम से कम नौ-दस जगहों पर हिंदुओं और मुसलमानों में साम्प्रदायिक दंगे हुए थे। लेकिन विद्रोह के दौरान तीन वर्षों में हिंदुओं और मुसलमानों ने ज़बरदस्त एकता का प्रदर्शन करके उपनिवेशवाद को हिला दिया। साम्प्रदायिकता की यह थियरी कहती है कि इसीलिए अंग्रेज़ों ने मुसलमान, हिंदू, सिक्ख और ईसाई हितों को अलग-अलग एक दूसरे की होड़ में प्रोत्साहित करना शुरू किया। बीस के दशक में इस नीति का आग़ाज़ मुसलमानों को दिये साम्प्रदायिक प्रतिनिधित्व की शक्ल में हुआ, जिसकी प्रतिक्रिया में हिंदू महासभा ने संयुक्त मतदाता मण्डलों की माँग की। दिलचस्प बात यह है कि ये दोनों माँगें साम्प्रदायिक होते हुए भी प्रतिनिधिक शासन के आधुनिक और सेकुलर उसूलों के सहारे की गयी थीं। साम्प्रदायिकता की इसी थियरी का एक परिष्कृत संस्करण कहता है कि साम्प्रदायिक नुमाइंदगी देने की नीति के पीछे प्रतिनिधित्व के उसूल की ब्रिटिश समझ थी। अंग्रेज़ एक समरूप समाज से आये थे जहाँ प्रतिनिधित्व का मतलब समूहों को नुमाइंदगी देने से था। चूँकि उनके समाज में राष्ट्रीय एकीकरण पहले हो गया था, और प्रतिनिधित्वमूलक संस्थाओं का विकास बाद में हुआ था इसलिए उन्हें इस तरह के प्रतिनिधित्व से कोई दिक़्क़त नहीं हुई। भारत में स्थिति दूसरी थी। लेकिन इसके बावजूद उन्होंने यहाँ साम्प्रदायिक और विशेष प्रतिनिधित्व की प्रणाली लागू की। बीसवीं सदी के पहले दशक से ही यह सिलसिला शुरू हो गया और उसके साथ ही हिंदुओं और मुसलमानों की राजनीतिक खाई बढ़ती गयी। साम्प्रदायिकता में उल्लेखनीय जटिलता का प्रवेश हुआ। साम्प्रदायिक माँगें सेकुलर मंचों से और सेकुलर भाषा में की जाने लगीं। राजनीतिक होड़ ने फ़िरकापरस्तों को मौक़ा दिया कि वे ख़ुद की साम्प्रदायिकता को अपने विपक्षी की साम्प्रदायिकता की प्रतिक्रिया क़रार दे कर बच निकलें। साम्प्रदायिकता की परिघटना में ब्रिटिश योगदान से इनकार नहीं किया जा सकता, लेकिन उसे केवल अंग्रेज़ों के मत्थे मढ़ने से यह प्रश्न अनुत्तरित रह जाता है कि अंग्रेज़ों के चले जाने के बाद भी यह समस्या भारतीय लोकतंत्र को आज तक क्यों सता रही है? भारतीय राज्य तो अंग्रेज़ों की तरह फूट डालते हुए हुकूमत करने की नीति पर नहीं चलता। दूसरे, साम्प्रदायिकता को केवल उपनिवेशवाद की देन मान लेने के कारण इसे शासन की एक रणनीति में सीमित करने की प्रवृत्ति को बल मिलता है। यह रुझान भी साम्प्रदायिकता के सिद्धांतीकरण की कमी का एक बड़ा कारण है।

मार्क्सवादी विद्वानों ने साम्प्रदायिकता की एक ठोस परिभाषा पेश करने की कई कोशिशें की हैं। दिलचस्प बात यह है कि उनके बीच इस अहम मसले पर मतभेद भी हैं। मसलन, इतिहासकार बिपिन चंद्र के अनुसार साम्प्रदायिकता एक ऐसा आग्रह है जिसके तहत एक धर्म के अनुयायी अपने सामाजिक, राजनीतिक और आर्थिक हितों को समान मान लेते हैं। लेकिन दिलीप सीमियन को यह परिभाषा काफ़ी अपर्याप्त लगती है क्योंकि इसे ज्यों का त्यों राष्ट्रवाद की परिघटना पर भी लागू किया जा सकता है। कुछ अन्य अध्येताओं ने इस परिभाषा का कुछ विस्तार करने की कोशिश की है। इसमें यह जोड़ा गया है कि न केवल एक धर्म के अनुयायी अपने विभिन्न हितों को समान समझते हैं बल्कि उन्हें दूसरे धार्मिक समुदाय के हितों के विपरीत भी मानते हैं। यानी हिंदू, मुसलमान, ईसाई अथवा सिक्ख समुदायों के हित परस्पर विरोधी हैं। दूसरे, यह बहुलवाद के तहत अपनाये जाने वाले शांतिपूर्ण सहअस्तित्व के सिद्धांत के विपरीत है। साम्प्रदायिकता को एक शत्रु की ज़रूरत होती है और यह शत्रु

एक दूसरा धर्मावलम्बी ही हो सकता है। इसके तहत एक समुदाय के सदस्यों को विश्वास दिलाया जाता है कि उनके लौकिक और पारलौकिक हित दूसरे समुदाय के हितों को चोट पहुँचा कर ही सुरक्षित रखे जा सकते हैं।

दिलीप सीमियन द्वारा की गयी परिभाषा के अनुसार साम्प्रदायिकता का सार ऐतिहासिक स्मृति में निहित है जिसकी अभिव्यक्ति मिथकों, प्रतीकों और सांस्कृतिक पूर्वजों से जुड़े हुए जज़्बात में होती है। इस सूत्रीकरण के अनुसार मिथकीय स्मृति के प्राचीन तत्त्वों और जन-इच्छा (रूसो की तर्ज़ पर) के आधुनिक आयामों के संयोग से साम्प्रदायिकता की विकृति का जन्म होता है। यह थियरी भारत में साम्प्रदायिकता को अंततः फ़ासीवादी लोकलुभावनवाद और प्रजातीय राष्ट्रवाद का मिश्रण बता कर दिखाती है कि साम्प्रदायिक शक्तियाँ किस तरह अतीत के तथ्यों और भविष्य की कल्पना का घालमेल वर्तमान पर प्रक्षेपित करके अपना एजेंडा तैयार करती हैं। मुसलमान साम्प्रदायिक 'मुसलमान सम्प्रभुता' की चर्चा कुछ इस अंदाज़ में करते हैं जैसे मध्ययुगीन सल्तनतों में हर मुसलमान को भागीदारी मिलती हो। सिक्ख साम्प्रदायिक रंजीत सिंह के शासन काल को खालसा की हुकूमत क़रार देने का भ्रम फैलाते हैं। हिंदू राष्ट्रवाद के सिद्धांत से लैस हिंदुत्ववादी अपने समुदाय की बहुसंख्यकता को अपने अल्पसंख्यक विरोधी दावों के प्रमाण के रूप में पेश करने से नहीं हिचकते।

रणधीर सिंह के अनुसार समकालीन भारत में अपनी विचारधारा और व्यवहार के रूप में साम्प्रदायिकता शासक वर्गों द्वारा की जाने वाली राजनीति का एक प्रकार है। रणधीर सिंह मानते हैं कि साम्प्रदायिकता का राजनीतिक खेल एक ऐसे समाज में खेला जाता है जो अपनी सामंती-औपनिवेशिक विरासत की जकड़ में बुरी तरह से फँसा हुआ है, जो गहरे धार्मिक विभाजनों का शिकार है और जो पूँजीवादी विकास के अपने एक विशिष्ट रूप से गुज़र रहा है।

ग़ैर-मार्क्सवादी विद्वानों में एक अन्य परिभाषा प्रचलित है जिसके मुख्य प्रणेता आधुनिकता के आलोचक आसिश नंदी हैं। नंदी के अनुसार साम्प्रदायिकता की सतत और व्यापक उपस्थिति राष्ट्रवादी, सेकुलरवादी और आधुनिकतावादी परियोजना की देन है। यह परियोजना रोज़मर्रा की धार्मिकता और सहजीवन की परम्पराओं का क्षय कर देती है। नंदी की दलील है कि साम्प्रदायिकता फैलाने में उन नेताओं का ही सबसे बड़ा हाथ रहा है जो अपने निजी जीवन में घोर सेकुलर, अनीश्वरवादी और आधुनिक थे। हिंदुओं की तरफ़ से यह भूमिका विनायक दामोदर सावरकर निभा रहे थे, और मुसलमानों की तरफ़ से मुहम्मद अली जिन्ना।

देश के प्रमुख राजनीतिशास्त्री रजनी कोठारी ने भी साम्प्रदायिकता पर विस्तार से विचार किया है। उन्होंने उसके आठ बुनियादी कारणों को गिनाया है : बहुदेववादी हिंदू धर्म के सामीकरण की कोशिश, चुनाव आधारित लोकतंत्र में पनपने वाली बहुसंख्यकवादी गुंजाइशें, इंदिरा गाँधी और राजीव गाँधी के दूसरे शासन काल में हुआ व्यापक अराजनीतीकरण और तकनीक का वर्चस्व, राजनीति का दक्षिणपंथी रुझान और कॉरपोरेट मॉडल, कठोर राज्य का विचार, राज्य द्वारा साम्प्रदायिक हिंसा को बढ़ावा देना, इंदिरा गाँधी द्वारा हिंदू वोट बैंक बनाने की कोशिश और उसका लाभ हिंदुत्ववादियों के खाते में जाना, बहुलतावाद और लोकतंत्र के ऊपर धर्मतंत्र और प्रभुत्ववाद का हावी हो जाना।

देखें : केशवराव बलिराम हेडगेवार, बहुसंख्यकवाद, बहुसंख्यक-अल्पसंख्यक, भारतीय जनता पार्टी-1 और 2, माधवराव सदाशिवराव गोलवलकर, मुसलिम राजनीतिक विचार, रामजन्मभूमि आंदोलन-1 से 4 तक, राष्ट्रीय स्वयंसेवक संघ, विनायक दामोदर सावरकर, विवेकानंद, स्त्री और साम्प्रदायिकता, हिंदुत्व।

संदर्भ

1. दिलीप सीमियन (1986), 'कम्युनलिज़म इन मॉडर्न इण्डिया : अ थियरीटकल एग्ज़ामिनेशन', *मेनस्ट्रीम, नयी दिल्ली,* 13 दिसम्बर.
2. अभय कुमार दुबे (सम्पा.) (1993), *साम्प्रदायिकता के स्रोत,* विनय प्रकाशन, नयी दिल्ली.
3. बिपन चंद्र (1990), 'कम्युनलिज़म ऐंड द स्टेट : सम इशूज़ इन इण्डिया', *सोशल साइंटिस्ट,* खण्ड 18, अंक 8/9.
4. रजनी कोठारी (1998), *कम्युनलिज़म इन इण्डियन पॉलिटिक्स,* रेनबो पब्लिशर्स, नयी दिल्ली.
5. ज्ञानेंद्र पाण्डेय (1985), *कंस्ट्रक्शन ऑफ़ कम्युनलिज़म इन कोलोनियल नॉर्थ इण्डिया,* ऑक्सफ़र्ड युनिवर्सिटी प्रेस, नयी दिल्ली.
6. रणधीर सिंह (1988), 'थियराइज़िंग कम्युनलिज़म : अ फ्रेगमेंटरी नोट इन द मार्क्सिस्ट मोड', *इकॉनॉमिक ऐंड पॉलिटिकल वीकली,* खण्ड 23, अंक 30.

— अभय कुमार दुबे

सामाजिक आंदोलन

(Social Movements)

राजनीतिक भागीदारी के संस्थागत दायरों के बाहर परिवर्तनकामी राजनीति करने वाले आंदोलनों को सामाजिक आंदोलनों की संज्ञा दी जाती है। लम्बे समय तक सामूहिक राजनीतिक कार्रवाई करने वाली ये आंदोलनकारी संरचनाएँ नागर समाज और राजनीतिक तंत्र के बीच अनौपचारिक सूत्र का काम भी करती हैं। हालाँकि ज़्यादातर सामाजिक आंदोलन सरकारी नीति या आचरण के ख़िलाफ़ कार्यरत रहते

हैं, लेकिन स्वत:स्पूर्त या असंगठित प्रतिरोध या कार्रवाई को सामाजिक आंदोलन नहीं माना जाता। इसके लिए किसी स्पष्ट नेतृत्व और एक निर्णयकारी ढाँचे का होना ज़रूरी है। आंदोलन में भाग लेने वालों के लिए किसी साझा मक़सद और विचारधारा का होना भी आवश्यक है। क्या ये ख़ूबियाँ राजनीति के औपचारिक दायरों में काम करने वाले किसी राजनीतिक दल या दबाव समूह में नहीं होतीं? दरअसल, सामाजिक आंदोलन अपने बुनियादी चरित्र में अनौपचारिक नेटवर्कों की अन्योन्यक्रिया से बनते हैं। वे ऐसे मुद्दे चुनते हैं जिन्हें औपचारिक राजनीति अपनाने से इनकार कर देती है। साथ ही वे प्रतिरोध और गोलबंदी के ग़ैर-परम्परागत रूपों का इस्तेमाल करते हैं। सामाजिक आंदोलनों ने अल्पसंख्यकों, हाशियाग्रस्त समूहों और अधिकार-वंचित तबकों की राजनीति को बढ़ावा दिया है। इसी कारण से यह भी माना जाता है कि समकालीन लोकतंत्र अपने विस्तार और गहराई के लिए सामाजिक आंदोलनों का ऋणी है।

द्वितीय विश्व-युद्ध के बाद ग्लोबल और राष्ट्रीय राजनीतिक प्रणालियों में इस परिघटना का उदय हुआ। इनके पीछे ऐसी शख़्सियतें, नेटवर्क, समूह और संगठन थे जिनका उद्देश्य औपचारिक राजनीति के दायरों के बाहर समाज, राज्य, सार्वजनिक नीतियों को जन-हित के लिहाज़ से प्रभावित करना था। पिछले साठ वर्षों में सामाजिक आंदोलनों ने राजनीतिक प्रणालियों और लोकतंत्रीकरण की प्रक्रिया पर उल्लेखनीय असर डाला है। सारी दुनिया में पर्यावरण का आंदोलन, युद्ध विरोधी आंदोलन, असंगठित मज़दूरों के आंदोलन, स्त्री-अधिकारों के आंदोलन, वैकल्पिक यौनिकताओं के आंदोलन इस परिघटना की सफलता के प्रमाण हैं। वित्तीय पूँजी के भूमण्डलीकरण से उपजी जन-विरोधी प्रवृत्तियों के ख़िलाफ़ चल रहे आंदोलन भी इसी श्रेणी में आते हैं। सामाजिक आंदोलनों की एक ख़ूबी यह भी है कि भले ही उनकी राजनीतिक कार्रवाई में स्थानीयता या ज़मीन से जुड़े होने या ग्रासरूट्स के संबंध को अहमियत दी जाए, लेकिन वे समस्याओं और मुद्दों को उत्तरोत्तर ग्लोबल संदर्भों में देखते और परिभाषित करते हैं। इसी कारण से वे स्थानीय स्तर पर चलाई जा रही प्रतिरोध की कार्रवाइयों को ग्लोबल नेटवर्किंग के ज़रिये टिकाने में समर्थ हो पाते हैं। उनका नारा होता है 'थिंक ग्लोबली, एक्ट लोकली'। इंटरनेट की परिघटना के उभार के बाद सामाजिक आंदोलनों के लिए प्रसार, समन्वय और नेटवर्किंग की सुविधा में और बढ़ोतरी हो गयी है।

द्वितीय विश्व-युद्ध के बाद पश्चिमी देशों में उभरे मध्य वर्ग ने स्वयं को पुराने वर्ग आधारित आंदोलनों के मुक़ाबले राजनीतिक, सांस्कृतिक और बौद्धिक रूप से विशिष्ट महसूस करते हुए सामूहिक राजनीतिक कार्रवाई के ऐसे रूपों को अपनाना पसंद किया जिनके दायरे में कहीं व्यापक क़िस्म के नैतिक, सांस्कृतिक और सामाजिक मुद्दे आते थे। इस ज़माने में चले कई सामाजिक आंदोलन नागरिक अधिकारों, स्त्री-अधिकारों, युद्ध का विरोध करने और पर्यावरण की हिफ़ाज़त करने के आग्रहों के इर्द-गिर्द गोलबंद हुए। साठ का दशक आते-आते इन आंदोलनों की गतिविधियाँ युरोप और उत्तरी अमेरिका में काफ़ी बढ़ गयीं। इन्हें राजनीतिक कामयाबी भी मिलने लगी। यह देख कर समाज-वैज्ञानिकों ने इस परिघटना का अध्ययन शुरू किया।

सामाजिक आंदोलनों को समझने के लिए सबसे पहले मनोविज्ञान का प्रयोग किया गया। इससे आंदोलनरत लोगों, समूहों और नेटवर्कों के सामूहिक व्यवहार पर रोशनी पड़ी। दूसरी तरीक़ा संरचनागत-प्रकार्यवादी क़िस्म का था। उसने यह देखने की कोशिश की कि इन आंदोलनों का सामाजिक स्थिरता पर क्या असर पड़ रहा है। मास सोसाइटी का अध्ययन करने वाले मनोवैज्ञानिकों को लगा कि सामाजिक आंदोलन निजी तनाव से जूझ रहे व्यक्तियों की अभिव्यक्तियाँ हैं। दूसरी तरफ़ संरचनागत-प्रकार्यवादी विद्वानों का ख़याल था कि ये आंदोलन सामाजिक प्रणाली में आगे तनावों का फलितार्थ हैं।

सत्तर के दशक में इस अनुसंधान ने नयी करवट बदली। इस परिवर्तन के पीछे नये छात्र आंदोलनों और उनसे निकली प्रतिरोध की कार्रवाइयों का प्रभाव था। एक नये सिद्धांत ने जन्म लिया जिसे 'रिसोर्स मोबिलाइज़ेशन' थियरी (संसाधनों की लामबंदी का सिद्धांत) के नाम से जाना जाता है। इस सिद्धांत ने सामाजिक आंदोलनों को एक ऐसी सामाजिक प्रक्रिया के रूप में देखा जिसके तहत राजनीतिक उद्यमी किसी इच्छित सामाजिक परिवर्तन की ख़ातिर पहले तो संसाधनों का तर्कसंगत संचय करते हैं और फिर लक्ष्यों को वेधने के लिए संसाधनों का प्रयोग करते हैं। इस सिद्धांत के पैरोकार मानते हैं कि सामाजिक आंदोलन पूरी तरह से अपनी संसाधन उपलब्ध कर पाने की क्षमता पर ही निर्भर करते हैं। ये संसाधन आर्थिक और मानवीय सहयोग जुटाने पर भी आधारित हो सकते हैं, और इनका उद्गम नैतिक सरोकारों और प्राधिकार वग़ैरह में भी हो सकता है।

सामाजिक आंदोलनों की समझ बनाने की प्रक्रिया में एक थियरी सांगठनिक व्यवहार के अध्ययन के रूप में भी विकसित हुई। उसने सामाजिक आंदोलन को किसी भी अन्य संगठित समूह की तरह समझने की चेष्टा की। आगे चल कर कई विद्वानों ने सामाजिक आंदोलनों और संस्थागत राजनीति के बीच अन्योन्यक्रिया पर विशेष ध्यान दिया जिससे राजनीति को प्रक्रियाओं के रूप में समझने के परिप्रेक्ष्य का विकास हुआ।

अस्सी के दशक में हुए कुछ अनुसंधानों ने वामपंथी रुझान वाले कई आंदोलनों पर ध्यान दिया। ये वामपंथी

जत्थेबंदियाँ पदानुक्रम पर आधारित संगठन के बजाय क्षैतिज बनावट वाले संगठन और बारी-बारी से नेतृत्व करने या अनौपचारिक क़िस्म के नेतृत्व में यक़ीन करने वाली थीं। युरोप की ज़मीन और वहीं के परिप्रेक्ष्य के आधार पर हुए इस शोध ने संस्कृति और अस्मिता संबंधी आंदोलनों को अपनी विषय-वस्तु बनाया। उन्होंने देखा कि पर्यावरण संबंधी आंदोलन और स्त्री-अधिकारों के लिए होने वाले आंदोलन किस प्रकार प्रतिरोध के नये-अनूठे तौर-तरीक़े इस्तेमाल कर रहे हैं। इस विमर्श से नव-सामाजिक आंदोलनों की थीसिस निकली। दरअसल, अस्सी और नब्बे के दौरान प्रकाश में आयी यह थीसिस वामपंथ की स्थापित समझ को चुनौती देने वाली साबित हुई। इससे पहले वामपंथी राजनीतिक कार्रवाई का मतलब वर्ग-आधारित गतिविधि के अलावा कुछ और नहीं समझा जाता था। लेकिन, जब अमेरिका में अफ़्रो-अमेरिकनों ने अपने अधिकारों के समर्थन में ब्लैक पॉवर और ब्लैक पेंथर जैसे रैडिकल और जुझारू आंदोलन चलाये; जब वियतनाम युद्ध के ख़िलाफ़ साम्राज्यवाद विरोधी मुहिमें संगठित की गयीं; जब आणुविक नि:शस्त्रीकरण के पक्ष में शांति आंदोलन चला; जब रैडिकल फ़ेमिनिज़म ने अपनी दावेदारियाँ पेश कीं; और जब हवा और पानी के प्रदूषण के ख़िलाफ़ आवाज़ बुलंद की गयी, तो वर्ग संघर्ष को ही केंद्रीय सामाजिक अंतर्विरोध मानने वाली दृष्टि को प्रश्नांकित होना पड़ा।

इन आंदोलनों में एक विचारधारात्मक विविधता थी। इनकी ज़मीन भी एक-दूसरे से भिन्न दिख रही थी। पारम्परिक मार्क्सवादी समझ को ठुकराते हुए आंद्रे ग्रोज़, रुडोल्फ़ बाहरो, एलाँ तूरेन और युरगन हैबरमास ने अपने-अपने तरीक़े से दावा किया कि सामाजिक-राजनीतिक अस्मिता और राजनीतिक कार्रवाई की ख़ातिर की जाने वाली गोलबंदी के लिए वर्ग अब एक कारगर प्रत्यय नहीं रह गया है। इन विद्वानों ने नव-सामाजिक आंदोलनों को उत्तर-औद्योगिक सामाजिक संरचनाओं की पैदाइश क़रार दिया। उनका कहना था कि लोकोपकारी राज्य ने शोषण के पुराने रूपों को काफ़ी-कुछ निष्प्रभावी कर दिया है। नयी परिस्थितियों में आधुनिक समाज परायेपन के नये रूपों को जन्म दे रहा है। इससे पैदा होने वाले विक्षोभ को नव-सामाजिक आंदोलन अपना केंद्र बना रहे हैं।

फ़्रांसीसी समाजशास्त्री एलाँ तूरेन ने *द रिटर्न ऑफ़ द एक्टर* की रचना की। तूरेन ने रैडिकल रवैया अख़्तियार करते हुए अपील की कि समाजशास्त्रियों को सामाजिक आंदोलनों की केवल व्याख्या तक ही सीमित न रह कर उनमें भागीदारी करते हुए उनकी गहरी पड़ताल करनी चाहिए। भूमण्डलीकरण के उभार ने सामाजिक आंदोलन संबंधी युरोपीय और अमेरिकी परिप्रेक्ष्यों के बीच मेल-मिलाप की परिस्थितियाँ बनायी हैं। अब विद्वानगण सामाजिक आंदोलन में नेटवर्कों की भूमिका पर विशेष ध्यान दे रहे हैं। इस परिघटना और भूमण्डलीकरण-विरोधी आंदोलन के सहयोजन पर भी ख़ास ज़ोर दिया जा रहा है।

देखें : अर्थव्यवस्था का समाजशास्त्र, अभिजन, अभिरुचि, आत्महत्या, उन्मूलनवाद, एजेंसी, कर्मकाण्ड, कारागार, गोपनीयता, गृहविहीनता, जादू, जीवन-शैली, टेलरवाद, परम्परा, परस्पर विपरीत द्विभाजन, प्रति-(संस्कृति, विमर्श, इतिहास, वर्चस्व, स्मृति), प्राइवेसी, प्रौद्योगिकी, फ़ुरसत, बचपन, बहुपत्नी प्रथा, बहुपति प्रथा, बुद्धिसंगत चयन का सिद्धांत, बुज़ुर्गियत का समाजशास्त्र, बेगानगी, भीड़, भ्रष्टाचार का समाजशास्त्र-1 और 2, मानव-प्रकृति, मानवशास्त्र और मार्क्सवाद, मानवशास्त्र और संस्कृति की राजनीति, समाज-विज्ञान, समाज-कार्य, समाजीकरण, समुदायवाद, सांस्कृतिक सापेक्षतावाद, सांस्कृतिक मानवशास्त्र, सेवानिवृत्ति, वाचिकता, विचलन, ज्ञान का समाजशास्त्र।

संदर्भ

1. अल्बर्टो मेलुची (1996), *नोमेड्स ऑफ़ द प्रज़ेंट्स : सोशल मूवमेंट्स ऐंड द इंडिविडुअल नीड्स इन कंटेम्परेरी सोसाइटीज़,* केम्ब्रिज युनिवर्सिटी प्रेस, केम्ब्रिज.
2. एडर क्लॉस (1985), 'द न्यू सोशल मूवमेंट्स' : मॉरल क्रुसेड्स, पॉलिटिकल प्रेशर ग्रुप्स, ऑर सोशल मूवमेंट्स', *सोशल रिसर्च,* 52, अंक 4.
3. दोंतेला डेल पोर्ता और मारियो दानी (1999), *सोशल मूवमेंट्स : ऐन इंट्रोडक्शन,* ऑक्सफ़र्ड युनिवर्सिटी प्रेस, ऑक्सफ़र्ड.
4. सिडनी टैरो (1998), *पॉवर इन मूवमेंट : सोशल मूवमेंट्स ऐंड कंटेशियस पॉलिटिक्स,* केम्ब्रिज युनिवर्सिटी प्रेस, न्यूयॉर्क.
5. चार्ल्स टिली (1978), *फ़्रॉम मोबिलाइज़ेशन टू रेवोल्यूशन,* एडिसन-वेज़ली, रीडिंग, एमए.

— अभय कुमार दुबे

सामाजिक एकजुटता

(Social Cohesion)

समाज की रचना तरह-तरह के व्यक्तियों और समूहों से मिल कर होती है। आधुनिकता ने इस विभेदीकरण को बढ़ाया ही नहीं बल्कि चरम पर पहुँचा दिया है। सामाजिक एकजुटता की अवधारणा उन सामाजिक प्रक्रियाओं और आग्रहों को रेखांकित करती है जो इन विभेदों के बीच समूहों और व्यक्तियों को मिल-जुल कर परस्पर एकजुटता के साथ रहने की तरफ़ ले जाते हैं। दरअसल सभी समाज अपनी अंतर्निहित अनेकता के बावजूद एकजुटता के कुछ रूपों को पैदा करते ही हैं। इन रूपों की संरचना उन समाजों के उदय और विकास

की ऐतिहासिक परिस्थितियों पर निर्भर करती हैं। ज़रूरी नहीं कि एकजुटता की संरचनाएँ और प्रक्रियाएँ लम्बे समय तक एक सी ही रहें। आधुनिकता के दबाव में सामाजिक संरचनाएँ लगातार परिवर्तनशील रहती हैं और उसी के मुताबिक़ एकजुटता के बंदोबस्त भी बदलते रहते हैं। एकजुटता साझे विश्वासों, आस्थाओं और मूल्यों से उपज सकती है; समाज में प्राधिकार के पारम्परिक रूपों से उसका जन्म हो सकता है; बहिर्वेशन और समावेशन के समीकरणों से एकता निकल सकती है। इस विचार का सूत्रीकरण सबसे पहले एमील दुर्ख़ाइम ने उन्नीसवीं सदी के आख़िर में प्रकाशित अपनी रचना *द डिवीज़न ऑफ़ लेबर इन सोसाइटी* में किया था। हाल ही में युरोपीय संघ के गठन के बाद इस विचार पर समाज-वैज्ञानिकों ने काफ़ी ज़ोर देना शुरू कर दिया है। सामाजिक एकजुटता की अवधारणा का इस्तेमाल करते हुए नीति-निर्माण के लिहाज़ से इस बारे में राजनीतिशास्त्रीय चिंतन भी होने लगा है। मार्क्सवादी और समुदायवादी विमर्श ने भी सामाजिक एकजुटता से संबंधित परिप्रेक्ष्य पेश किये हैं।

चालू बौद्धिक फ़ैशन के लिहाज़ से इस अवधारणा को *सोशल कोहिज़न* कहा जाता है। लेकिन ऐसा हमेशा नहीं था। दुर्ख़ाइम के विमर्श में यह विचार *सोशल सोलिडरिटी* के रूप में उभरता है। इस फ्रांसीसी समाजशास्त्री की मुख्य चिंता यह थी कि आधुनिकता के दबाव में समाज की एकता कैसे क़ायम रहेगी। यह जानने के लिए उन्होंने सरल और जटिल संरचना वाले समाजों में एकजुटता के आधारों की अलग-अलग जाँच की। दुर्ख़ाइम ने दो श्रेणियाँ बनायीं : यांत्रिक एकता और सावयविक एकता। यांत्रिक एकता का मतलब था इकाइयों द्वारा किसी एक समष्टि में पूरी तरह से विलीन हो जाना। दुर्ख़ाइम ने इस श्रेणी में आदिकालीन समाजों को रखा जो अपेक्षाकृत छोटे और अशिक्षित होते थे। इनमें श्रम का विभाजन इतना सहज हुआ करता था और विशेषीकृत सामाजिक भूमिकाएँ इतनी कम होती थीं कि इनसान की शख़्सियत समाज के सामूहिक व्यक्तित्व में पूरी तरह घुल-मिल जाती थी। लोग रीति-रिवाज़ों, परम्पराओं और धर्म के कठोर नियंत्रण में पूरी जीवन गुज़ार देते थे। इस तरह की एकजुटता की मुख्य अभिव्यक्ति समाज की सभी इकाइयों की समानता में होती थी। दुर्ख़ाइम ने एकजुट होते हुए भी अपना अलग अस्तित्व बनाये रखने को सावयविक श्रेणी में रखा। उनका ख़याल था कि यह आधुनिक औद्योगिक समाजों का लक्षण है जिसमें श्रम-विभाजन पेचीदा और विशेषीकृत होता है। सावयविक एकजुटता का मतलब होता है अलग-अलग काम करते हुए भी कामों की परस्पर निर्भर प्रकृति के कारण एक-दूसरे से जुड़ा रहना। इस एकजुटता की अभिव्यक्ति समानता में एकता के बजाय विभिन्नता में एकता के रूप में होती है।

दुर्ख़ाइम के ये विचार शुरुआती क़िस्म के थे। अपने अधिक परिपक्व विमर्श में उन्होंने यांत्रिक और सावयवी एकजुटता की श्रेणियों का इस्तेमाल नहीं किया, लेकिन समाज-व्यवस्था के स्वरूप में हुए अनिवार्य परिवर्तन की विषय-वस्तु उनके चिंतन में प्रतिध्वनित होती रही। दुर्ख़ाइम के अनुयायियों ने इसी के इर्द-गिर्द अपना समाजशास्त्र विकसित किया। वे इस निर्णय पर पहुँचे कि सामाजिक एकजुटता एक आर्थिक परिघटना से ज़्यादा एक सांस्कृतिक परिघटना है जिसकी रचना धर्मिक या उसके समकक्ष सेकुलर घटकों से मिल कर होती है। लोगों की एकजुटता के कारणों की शिनाख़्त दुर्ख़ाइम के शिष्यों ने साझा मूल्यों में की और दिखाया कि इनकी बुनियाद और पुष्टि धर्मविधियों और अन्य कर्मकाण्डों के कारण पड़ती है।

सामाजिक एकजुटता के आधारों की जाँच कुछ अन्य धरातलों पर भी की गयी है। कार्ल मार्क्स इसका आधार वर्गीय एकता में मानते हैं। एक वर्ग के सदस्य अपने साझा हितों को पहचान कर दूसरे वर्ग के साझा विरोधियों के ख़िलाफ़ एकजुट होते हैं। मार्क्स का यह सूत्रीकरण सामाजिक एकजुटता को सांस्कृतिक के बजाय एक बुद्धिसंगत परिघटना के रूप में पेश करता है। मार्क्स का विचार था कि मज़दूरों को दीर्घकालीन वर्गीय हितों की सिद्धि के लिए अपने निजी हितों का साधन स्थगित कर देना चाहिए। वे यह तक मानते थे कि मज़दूरों के भीतर ऐसा करने की चेतना होती है। अपनी आमदनी बढ़ाने के लिए ही नहीं, बल्कि अपनी वर्गीय सत्ता की प्राप्ति के लिए वे लम्बे अरसे तक ग़ुरबत का जीवन गुज़ारने के लिए भी तैयार हो सकते हैं। इसलिए मार्क्स ने दुनिया के मज़दूरों एक होने का नारा भी दिया। मैक्स वेबर ने मार्क्स की इस अपील को आदर्शवादी क़रार दे कर आलोचना पेश की कि मज़दूर स्थानीयता, उद्योग, जेंडर, आयु, धर्म, जातीयता और राष्ट्रीयता के आधार पर बँटे हुए हैं। उनका कहना था कि तबक़ाई हित व्यापक वर्गीय एकता पर हावी हो जाते हैं और सीमित संसाधनों पर क़ब्ज़े के लिए सामाजिक समूहों में होड़ शुरू हो जाती है।

सामाजिक एकजुटता के आधारों के बारे में परिप्रेक्ष्यों की कमी नहीं है। गियोर्ग ज़िमेल का विचार है कि एकजुटता सबसे ज़्यादा सीक्रेट सोसाइटियों में ही सम्भव है। उन्होंने माफ़िया के उदाहरण की चर्चा करते हुए दिखाया कि उसके सदस्यों के भीतर अंतरनिर्भरता और साथ-साथ डूबने-उतराने के एहसास की शिद्दत सबसे ज़्यादा होती है। उद्योगवाद और नगरवाद जैसी धारणाओं के विश्लेषक फ़र्डिनांड टॉनीज़ जैसे विचारकों का ख़याल है कि आधुनिकता ने पारम्परिक सामुदायिक एकजुटताओं का क्षय कर दिया है और उनकी जगह कमज़ोर और भंगुर क़िस्म के सामाजिक संबंधों ने ले ली है।

उलरिख़ बेक और एंथनी गिडेंस जैसे विचारकों ने दलील दी है कि निरंतर बढ़ते हुए सामाजिक और भौगोलिक आवागमन और आव्रजन ने वर्ग और समुदाय से निकलने वाली पारम्परिक एकजुटताओं को कमज़ोर कर दिया है। इस प्रक्रिया में कल्याणकारी राज्य द्वारा नागरिकों को आर्थिक और सामाजिक सुरक्षा न दे पाने के साथ-साथ व्यक्तिवाद और भूमण्डलीकरण के चौतरफ़ा बढ़ते हुए प्रभाव ने भी योगदान किया है। साथ ही साथ एकजुटता में हुई इस गिरावट की एक समझ भी बनी है जिसके कारण लोग नयी एकजुटताओं की खोज करने लगे हैं। नये सामाजिक आंदोलनों के ज़रिये पैदा हुई एकजुटता इसकी मिसाल है। आजकल समाजशास्त्रियों के बीच एक बहस यह भी चल रही है कि सामाजिक एकजुटता की चालक-शक्ति क्या है? लोग स्व-हित का ध्यान रख कर एकजुटता की तरफ़ जाते हैं या परोपकार की भावना से त्याग करते हुए दूसरे सामाजिक अभिनेताओं के साथ एकता और संवाद करना चाहते हैं। ज़िग्मंट बाउमैन का विचार स्व-हित को चालक-शक्ति मानने का है, और मैरी डगलस का विचार है कि एकजुटता तब तक हासिल नहीं की जा सकती जब तक लोग त्याग की भावना से प्रेरित न हों। ज़ाहिर है कि इन दोनों विद्वानों के विचार एक-दूसरे के विपरीत हैं।

सामाजिक एकजुटता का समुदायवादी परिप्रेक्ष्य भी महत्त्वपूर्ण है। समुदायवादी विचारक मानते हैं कि सामाजिक एकजुटता बाज़ार या राज्य द्वारा प्रोत्साहित नहीं की जा सकती। उसके लिए सहकार और समर्थन सामुदायिक संगठनों की तरफ़ से ही आ सकता है। सामुदायिक सम्पर्क-सूत्र एक नैतिक संयम की तरह व्यक्तिवादी रवैये के ख़िलाफ़ काम ही नहीं करते, बल्कि उनके प्रभाव के तहत लोगों का रुझान स्वंयसेवी भाव से काम करने की तरफ़ होने लगता है। समुदायवाद के आलोचकों का कहना है कि सामुदायिक एकजुटता की अवधारणा समाज में जेंडर आधारित भूमिकाओं और वर्ग आधारित संबंधों को सम्बोधित करने में असमर्थ है। अक्सर सामुदायिकता स्त्रियों और कमज़ोरों को ऐसे दायित्वों के बंधन में बाँध देती है जिनके कारण उनका अपने वर्तमान और भविष्य पर कोई नियंत्रण नहीं रह जाता।

नीति-निर्माण के लिहाज़ से सामाजिक एकजुटता पर होने वाली समाज-वैज्ञानिक चर्चा को युरोपीय संघ द्वारा नब्बे के दशक में की गयी परिभाषा से उछाल मिला है। इस परिभाषा के अनुसार एकजुट समाज का मतलब है स्वतंत्र व्यक्तियों द्वारा साझे लक्ष्यों की प्राप्ति के लिए लोकतांत्रिक तौर-तरीक़ों द्वारा किया गया परस्पर सहकार और समर्थन। यह परिभाषा राज्य को साझा हित-साधन करने वाली संस्था के रूप में देखने वाले पारम्परिक नज़रिये से अलग है। युरोपीय संघ के विमर्श में इस अवधारणा की केंद्रीयता उत्तरोत्तर बढ़ती जा रही है। उसने रोज़गार, आमदनी और जन-सेवाएँ मुहैया कराने संबंधी सूचकांकों की रचना भी की है, ताकि उनके आईने में देखा जा सके कि कौन सा समाज एकजुटता की बेहतर कोशिश कर रहा है।

देखें : अर्थव्यवस्था का समाजशास्त्र, अभिजन, अभिरुचि, आत्महत्या, उन्मूलनवाद, एजेंसी, कर्मकाण्ड, कारागार, गोपनीयता, गृहविहीनता, जादू, जीवन-शैली, टेलरवाद, परम्परा, परस्पर विपरीत द्विभाजन, प्रति-(संस्कृति, विमर्श, इतिहास, वर्चस्व, स्मृति), प्राइवेसी, प्रौद्योगिकी, फ़ुरसत, बचपन, बहुपत्नी प्रथा, बहुपति प्रथा, बुद्धिसंगत चयन का सिद्धांत, बुज़ुर्गियत का समाजशास्त्र, बेगानगी, भीड़, भ्रष्टाचार का समाजशास्त्र-1 और 2, मानव-प्रकृति, मानवशास्त्र और मार्क्सवाद, मानवशास्त्र और संस्कृति की राजनीति, समाज-विज्ञान, समाज-कार्य, समाजीकरण, समुदायवाद, सामाजिक आंदोलन, सामाजिक बहिर्वेशन, सामाजिक पूँजी, सामाजिक स्तरीकरण, सांस्कृतिक मानवशास्त्र, सांस्कृतिक सापेक्षतावाद, सांस्कृतिक पूँजी, सेवानिवृत्ति, वाचिकता, विचलन, ज्ञान का समाजशास्त्र।

संदर्भ

1. ग्राहम क्रो (2002), *सोशल सोलिडरिटीज़ : थियरीज़, आइडेंटिटीज़ ऐंड सोशल चेंज,* ओपन युनिवर्सिटी प्रेस, बकिंघम.
2. एमील दुर्खाइम (1984), *द डिवीज़न ऑफ़ लेबर इन सोसाइटी,* मैकमिलन, लंदन.
3. नोह ई. फ्रीडकिन (2004), 'सोशल कोहिज़न', *एनुअल रिव्यू ऑफ़ सोसियोलॅजी,* खण्ड 30.
4. पी. डोरियन और टी. फैरारो (सम्पा.) (1998), *द प्रॉब्लम ऑफ़ सोलिडरिटी : थियरीज़ ऐंड मॉडल्स,* गोर्डन ऐंड ब्रीच, एम्सटर्डम.

— अभय कुमार दुबे

सामाजिक चयन का सिद्धांत

(Social Choice Theory)

एक-दूसरे से भिन्न निजी, सामूहिक और संस्थागत प्राथमिकताओं, गतिविधियों और सरोकारों के बीच समग्र कल्याण, समग्र जन-हित और समग्र ग़रीबी के संदर्भ में पूरे समाज को प्रभावित करने वाले निर्णय को सामाजिक चयन क़रार दिया जाता है। सामाजिक चयन का सिद्धांत कल्याणकारी अर्थशास्त्र के लिए तो उपयोगी है ही, उसे राजनीतिशास्त्र के लिए भी उपयोगी माना जाता है। मसलन, इस सिद्धांत को लागू करके न केवल किसी समाज में आर्थिक वृद्धि और विकास के रिश्ते को रेखांकित किया जा सकता है, बल्कि किसी के पक्ष में या किसी के ख़िलाफ़ वोट डालने के सामूहिक निर्णय के फलितार्थों की व्याख्या भी की जा सकती

है। पूरे समाज की ख़ुशहाली का आग्रह करने वाले इस सिद्धांत के दायरे में नागरिक-अधिकार और स्वतंत्रताओं पर भी विचार किया जाता है। इस थियरी का ज़ोर समतामूलक वितरण पर रहता है, और इससे उपयोगितावाद की आलोचना निकलती है। हालाँकि पूरे समाज के हितों को ध्यान में रखते हुए फ़ैसले लेने का आग्रह प्राचीन काल से ही दार्शनिकों और सिद्धांतवेत्ताओं का सरोकार रहा है, पर बीसवीं सदी में सामाजिक चयन की थियरी प्रतिष्ठित करने का श्रेय कैनेथ जे. एरो की रचना *सोशल चॉयस ऐंड इंडिविडुअल वैल्यूज़* को जाता है। हाल ही में अमर्त्य कुमार सेन ने उपयोगितावाद की आलोचना करने के साथ-साथ इस सिद्धांत को विकसित करने के लिए कुछ तजवीज़ें की हैं।

अरस्तू और कौटिल्य जैसे प्राचीनकालीन विचारकों ने भी अपने विमर्श में विपरीत हितों और चिंताओं के बीच समाज के व्यापक हितों की सिद्धि कर सकने वाले फ़ैसले लेने की ज़रूरत पर ज़ोर दिया है। अट्‌ठारहवीं सदी में फ्रांसीसी क्रांति के इर्द-गिर्द इस विमर्श को एक सुसंगत सिद्धांत का रूप देने का प्रयास किया गया। अमर्त्य सेन ने तो अपने एक लेख में यह तक बताया है कि फ्रांसीसी क्रांति के बौद्धिक नेताओं में सामाजिक चयन के सिद्धांतकार भी शामिल थे। दरअसल, इसके पीछे युरोपीय ज्ञानोदय से निकली वे प्रेरणाएँ थीं जिनके तहत समाज-व्यवस्था को तर्कसंगत आधार पर गढ़ने की परियोजना चलाई जानी थी। अट्‌ठारहवीं सदी में माना यह जाता था कि लोकतंत्र में पूरे समाज की चिंता की ही नहीं जा सकती, क्योंकि उसमें नीतिगत फ़ैसले हितों की टकराहट में फँस जाते हैं। इस मान्यता के समर्थक अंततः इस तर्क के आधार पर निरंकुश शासन की वकालत करते नज़र आते थे कि केवल एक तानाशाही ही इस तरह के टकराव के परे जा कर फ़ैसला कर सकती है। ऐसे माहौल में दो फ्रांसीसी गणितज्ञों जे.सी. बोरदा और मार्क्विस द कोंदोर्स ने मतदाताओं के व्यवहार का सूत्रीकरण प्रमेयों के रूप में किया ताकि लोकतांत्रिक सिद्धांत को एक तर्कसंगत रूप मिल सके।

बीसवीं सदी के मध्य में जैसे ही कैनेथ एरो ने सामाजिक चयन की बुनियादी प्रमेय का सूत्रीकरण किया, कल्याणकारी अर्थशास्त्र में निर्णायक मोड़ आ गया। इससे पहले अर्थशास्त्र के कल्याणकारी संस्करण पर उपयोगितावादी रुझान बहुत हावी थे। उपयोगितावाद मत-आधारित सामाजिक चयन के सिद्धांत के बजाय कल्याण की समानता पर विचार करता है। उपयोगितावाद के मुताबिक़ हर किसी के जीवन पर कल्याण का कम या ज़्यादा प्रभाव होता है, और उसी के मुताबिक़ उसकी कामनाएँ और प्राथमिकताएँ संतुष्ट हो पाती हैं। उसी हिसाब से वह अपने जीवन को बेहतर और कमतर मानता है। इस लिहाज़ से जो समाज कल्याण के समान वितरण में यक़ीन करेगा, वह इस बात की चिंता नहीं करेगा कि व्यक्तिगत रूप से लोगों को कितने संसाधन मिल रहे हैं और उनके आधार पर लोग अपनी प्राथमिकताओं की कितनी पूर्ति कर पा रहे हैं। ज़ाहिर है कि उपयोगितावाद ने कल्याण की बात करते हुए समतामूलक वितरण के प्रश्न की चिंता नहीं की, और इसीलिए आगे चल कर कल्याणकारी अर्थशास्त्र को एक नये सिद्धांत की ज़रूरत पड़ी।

चालीस के दशक और उसके बाद विलफ्रेडो परेटो द्वारा प्रतिपादित अनुकूलतम परिस्थिति के सिद्धांत से इस भरपाई की उम्मीद लगायी गयी। इस सिद्धांत के अनुसार बिना किसी का नुक़सान किये अगर हर व्यक्ति की बहबूदी हो सके तो आर्थिक कल्याण में सुधार हो सकता है। लेकिन एरो ने अपने विश्लेषण में दिखाया कि उपयोगितावादी रवैया, अनुकूलतम परिस्थिति का सिद्धांत, निरंकुशता की अनुपस्थिति या लोकतंत्र के होने की शर्त और सम्पूर्ण रूप से व्यवस्थित सामाजिक चयन एक साथ सम्भव नहीं है। इसीलिए ऐरो की प्रमेय को असम्भाव्यता की प्रमेय के रूप में भी जाना जाता है। एरो ने निष्कर्ष निकाला कि सामाजिक चयन का प्रश्न विशुद्ध गणितीय या औपचारिक रवैये से हल नहीं हो सकता। उसके लिए समाज की असली समस्याओं से जूझना होगा और उस प्रक्रिया में किसी भी तरह की व्यक्तिगत प्राथमिकताओं से बचने के रुझान को भी त्यागना होगा। ज़ाहिर है कि इसमें असंगतियाँ आएँगी इसलिए उनका सामना करने के लिए तैयार रहना पड़ेगा।

एरो ने कहा कि अगर एक व्यक्ति अपने हिस्से को बढ़ाने के आग्रह के तहत दूसरों के हिस्से की चिंता छोड़ देता है तो इस प्रकार की शासन लोकतंत्र या बहुमत का शासन सामाजिक चयन के मुताबिक़ नहीं लगेगा। यह भी हो सकता है कि लोकतंत्र में आम चुनाव या जनमंत संग्रह या समितियों द्वारा लिए गये फ़ैसले नेताओं, राजनीतिक दलों या मीडिया द्वारा अपनायी जाने वाली चालाकियों के कारण सही सामाजिक चयन की नुमाइंदगी न करते दिखाई दें। परिस्थिति के मुताबिक़ सामाजिक चयन का फ़ार्मूला इन्हीं असंगतियों के बीच खोजना होगा।

आगे चल कर सामाजिक चयन के सिद्धांत की रोशनी में किये गये अनुसंधानों से विभिन्न संस्थागत और निर्णयकारी नियमों के फलितार्थों का मूल्यांकन इस आधार पर किया जाने लगा कि क्या उनसे व्यक्तियों की प्राथमिकताएँ पूरी हो रही हैं और क्या उनसे सामाजिक हितों की गारंटी करने वाले विकल्प निकल रहे हैं या नहीं। कैनेथ एरो द्वारा प्रतिपादित असम्भाव्यता की प्रमेय बताती है कि समुचित और स्थाई क़िस्म के सामाजिक हितों की गारंटी कोई एक नियम नहीं कर सकता। लेकिन यह प्रमेय यह भी बता सकती है कि कुछ नियम दूसरे नियमों के मुक़ाबले अधिक असंगत चयनों को

जन्म देते हैं। ज़ाहिर है कि संस्थागत मूल्यांकन और डिज़ाइन में सुसंगति प्राप्त के लिए ऐसे नियमों से बचना बहुत उपयोगी हो सकता है।

सामाजिक चयन के सिद्धांत के तकनीकी और गणितीय पहलुओं पर महारत हासिल करने वाले विद्वानों ने लोकतांत्रिक व्यवस्थाओं के विभिन्न रूपों का विश्लेषण किया है। इनके मुताबिक़ चाहे एक पार्टी के वर्चस्व की संसदीय हुकूमत हो, या राष्ट्रपति-प्रणाली का लोकतंत्र हो, एक चुनाव के माध्यम से ही विविध नीतिगत मुद्दे सरकारी एजेंडे का हिस्सा बन जाते हैं। विद्वानों की राय है कि कई तरह के मुद्दों को एक ही दायरे में हल करने की कोशिश करने वाला संस्थागत विन्यास अपेक्षाकृत अस्थिर और परिवर्तनशील नीतियों को जन्म देता है। इसके उलट बहुपार्टी चुनाव प्रणाली गठजोड़ सरकारों को जन्म देती है जिसके तहत विभिन्न मुद्दों को अलग-अलग दायरों में अधिक सक्षमता से हल किया जा सकता है। इसी तरह अगर व्यवस्था में सत्ता एक जगह केंद्रित न हो कर बँटी हुई है, उसके अलग-अलग केंद्रों के लिए अलग-अलग चुनाव हो रहे हैं, तो हर केंद्र के हिस्से में एक या कुछ मुद्दे ही आएँगे। नतीजतन सामाजिक हितों की संगति और स्थिरता की सम्भावना अधिक रहेगी।

अमर्त्य सेन ने 1977 में एरो के विमर्श का नये सिरे से मूल्यांकन किया और मुख्यत: उसकी मुश्किलों को रेखांकित किया। उनका कहना था कि हितों की नुमाइंदगी के संदर्भ में सूचना संबंधी ख़ामियाँ समस्या पैदा करती हैं, और सामाजिक प्राथमिकताएँ तय करने की बुनियाद के रूप में द्विभाजनों की भूमिका भी इस विश्लेषण को समस्याग्रस्त करती है। इसके अलावा स्वतंत्रतावादियों ने भी सामाजिक चयन के सिद्धांत में निजी अधिकारों के समावेश की अपील की है। उनका कहना है कि संबंधित व्यक्ति को ही उस अधिकार के उपभोग का मौक़ा मिलना चाहिए।

देखें : अर्थव्यवस्था का समाजशास्त्र, अभिजन, अभिरुचि, आत्महत्या, उन्मूलनवाद, एजेंसी, कर्मकाण्ड, कारागार, गोपनीयता, गृहविहीनता, जादू, जीवन-शैली, टेलरवाद, परम्परा, परस्पर विपरीत द्विभाजन, प्रति- (संस्कृति, विमर्श, इतिहास, वर्चस्व, स्मृति), प्राइवेसी, प्रौद्योगिकी, फ़ुरसत, बचपन, बहुपत्नी प्रथा, बहुपति प्रथा, बुद्धिसंगत चयन का सिद्धांत, बुज़ुर्गियत का समाजशास्त्र, बेगानगी, भीड़, भ्रष्टाचार का समाजशास्त्र-1 और 2, मानव-प्रकृति, मानवशास्त्र और मार्क्सवाद, मानवशास्त्र और संस्कृति की राजनीति, समाज-विज्ञान, समाज-कार्य, समाजीकरण, समुदायवाद, सामाजिक आंदोलन, सामाजिक बहिर्वेशन, सामाजिक पूँजी, सामाजिक स्तरीकरण, सामाजिक एकजुटता, सामाजिक चयन का सिद्धांत, सांस्कृतिक मानवशास्त्र, सांस्कृतिक सापेक्षतावाद, सांस्कृतिक पूँजी, सेवानिवृत्ति, वाचिकता, विचलन, ज्ञान का समाजशास्त्र।

संदर्भ

1. कैनेथ जे. एरो (1963), *सोशल चॉयस ऐंड इंडिविडुअल वैल्यूज़* (दूसरा संस्करण), येल युनिवर्सिटी प्रेस, न्यू हैविन, सीटी.
2. जे.एम. कोलोमर (1983), *पॉलिटिकल इंस्टीट्यूशंस : डेमॉक्रैसी ऐंड सोशल चॉयस*, ऑक्सफ़र्ड युनिवर्सिटी प्रेस, ऑक्सफ़ोर्ड, यूके.
3. एन.आर. मिलर (1983), 'प्लूरलिज़्म ऐंड सोशल चॉयस', *अमेरिकन पॉलिटिकल साइंस रिव्यू*, 21.
4. अमर्त्य कुमार सेन (1970), *कलेक्टिव चॉयस ऐंड सोशल वेलफ़ेयर*, होल्डेन डे, सैन फ्रांसिस्को.
5. अमर्त्य कुमार सेन (1999), 'द पॉसिबिलिटी ऑफ़ सोशल चॉयस', ट्रिनिटी कॉलेज, केम्ब्रिज में दिया गया व्याख्यान, *अमेरिकन इकॉनॉमिक रिव्यू 89*, अंक 3.

— अभय कुमार दुबे

सामाजिक न्याय

(Social Justice)

एक विचार के रूप में सामाजिक न्याय की बुनियाद सभी मनुष्यों को समान मानने के आग्रह पर आधारित है। इसके मुताबिक़ किसी के साथ सामाजिक, धार्मिक और सांस्कृतिक पूर्वग्रहों के आधार पर भेदभाव नहीं होना चाहिए। हर किसी के पास इतने न्यूनतम संसाधन होने चाहिए कि वे 'उत्तम जीवन' की अपनी संकल्पना को धरती पर उतार पाएँ। विकसित हों या विकासशील, दोनों ही तरह के देशों में राजनीतिक सिद्धांत के दायरे में सामाजिक न्याय की इस अवधारणा और उससे जुड़ी अभिव्यक्तियों का प्रमुखता से प्रयोग किया जाता है। लेकिन इसका मतलब यह नहीं है कि उसका अर्थ हमेशा सुस्पष्ट ही होता है। सिद्धांतकारों ने इस प्रत्यय का अपने-अपने तरीक़े से इस्तेमाल किया है। व्यावहारिक राजनीति के क्षेत्र में भी, भारत जैसे देश में सामाजिक न्याय का नारा वंचित समूहों की राजनीतिक गोलबंदी का एक प्रमुख आधार रहा है। उदारतावादी मानकीय राजनीतिक सिद्धांत में उदारतावादी-समतावाद से आगे बढ़ते हुए सामाजिक न्याय के सिद्धांतीकरण में कई आयाम जुड़ते गये हैं। मसलन, अल्पसंख्यक अधिकार, बहुसंस्कृतिवाद, मूल निवासियों के अधिकार आदि। इसी तरह, नारीवाद के दायरे में स्त्रियों के अधिकारों को ले कर भी विभिन्न स्तरों पर सिद्धांतीकरण हुआ है और स्त्री-सशक्तीकरण के मुद्दों को उनके सामाजिक न्याय से जोड़ कर देखा जाने लगा है।

यद्यपि एक विचार के रूप में विभिन्न धर्मों की बुनियादी शिक्षाओं में सामाजिक न्याय के विचार को देखा जा

सकता है, लेकिन अधिकांश धर्म या सम्प्रदाय जिस व्यावहारिक रूप में सामने आये या बाद में जिस तरह उनका विकास हुआ, उनमें कई तरह के ऊँच-नीच और भेदभाव जुड़ते गये। समाज-विज्ञान में सामाजिक न्याय का विचार उत्तर-ज्ञानोदय काल में सामने आया और समय के साथ अधिकाधिक परिष्कृत होता गया। क्लासिकल उदारतावाद ने मनुष्यों पर से हर तरह की पुरानी रूढ़ियों और परम्पराओं की जकड़न को ख़त्म किया और उसे अपने मर्जी के हिसाब से जीवन जीने के लिए आज़ाद किया। इसके तहत हर मुनष्य को स्वतंत्रता देने और उसके साथ समानता का व्यवहार करने पर ज़ोर ज़रूर था, लेकिन ये सारी बातें औपचारिक स्वतंत्रता या समानता तक ही सिमटी हुई थीं। बाद में उन्नीसवीं सदी की शुरुआत में कई उदारतावादियों ने राज्य के हस्तक्षेप द्वारा व्यक्तियों की आर्थिक भलाई करने और उन्हें अपनी स्वतंत्रता को उपभोग करने में समर्थ बनाने की वकालत की। कई यूटोपियाई समाजवादियों ने भी एक ऐसे समाज की कल्पना की जहाँ आर्थिक, सामाजिक या सांस्कृतिक आधार पर लोगों के साथ भेदभाव न होता हो। स्पष्टत: इन सभी विचारों में सामाजिक न्याय के प्रति गहरा सरोकार था। इसके बावजूद मार्क्स ने इन सभी विचारों की आलोचना की और ज़ोर दिया कि न्याय जैसी अवधारणा की आवश्यकता पूँजीवाद के भीतर ही होती है क्योंकि इस तरह की व्यवस्था में उत्पादन के साधनों पर क़ब्ज़ा जमाये कुछ लोग बहुसंख्यक सर्वहारा का शोषण करते हैं। उन्होंने क्रांति के माध्यम से एक ऐसी व्यवस्था क़ायम करने का लक्ष्य रखा जहाँ हर कोई अपनी क्षमता के अनुसार काम करने और अपनी आवश्यकता के अनुसार चीजें हासिल करने की परिस्थितियाँ प्राप्त हों।

लेकिन बीसवीं सदी के पूर्वार्ध में मार्क्सवाद और उदारतावाद का जो व्यावहारिक रूप सामने आया, वह उनके आश्वासनों जैसा न हो कर विकृत था। मार्क्सवाद से प्रेरित रूसी क्रांति के कुछ वर्षों बाद ही स्तालिनवाद की सर्वसत्तावादी संरचनाएँ उभरने लगीं। वहीं उदारतावाद और पूँजीवाद ने आंतरिक जटिलताओं के कारण दुनिया को दो विश्व-युद्धों, महामंदी, फ़ासीवाद और नाज़ीवाद जैसी भीषणताओं में धकेल दिया। पूँजीवाद को संकट से उबारने के लिए पूँजीवादी देशों में क्लासिकल उदारतावादी सूत्र से लेकर कींसवादी नीतियों तक हर सम्भव उपाय अपनाने की कोशिश की गयी। इस पूरे संदर्भ में सामाजिक न्याय की बातें नेपथ्य में चली गयीं या सिर्फ़ इनका दिखावे के तौर पर प्रयोग किया गया। इसी दौर में उपनिवेशवाद के ख़िलाफ़ चलने वाले संघर्षों में मानव-मुक्ति और समाज के कमज़ोर तबक़ों के हक़ों आदि की बातें ज़ोरदार तरीक़े से उठायी गयीं। ख़ास तौर पर भारतीय स्वतंत्रता आंदोलन में सभी तबकों के लिए सामाजिक न्याय के मुद्दे पर गम्भीर बहस चली। इस बहस से ही समाज के वंचित तबक़ों के लिए संसद एवं नौकरियों में आरक्षण, अल्पसंख्यकों को अपनी आस्था के अनुसार अधिकार देने और अपनी भाषा का संरक्षण करने जैसे प्रावधानों पर सहमति बनी। बाद में ये सहमतियाँ भारतीय संविधान का भाग बनीं।

इसी के साथ-साथ मानकीय उदारतावादी सिद्धांत में राज्य द्वारा समाज के कुछ तबकों की भलाई या कल्याण के लिए ज़्यादा आय वाले लोगों पर टैक्स लगाने का मसला विवादास्पद बना रहा। कींस ने पूँजीवाद को मंदी से उबारने के लिए राज्य के हस्तक्षेप के ज़रिये रोज़गार पैदा करने के प्रावधानों का सुझाव दिया, लेकिन फ्रेड्रिख़ वान हायक, मिल्टन फ्रीडमैन और बाद में रॉबर्ट नॉज़िक जैसे विद्वानों ने आर्थिक गतिविधियों में राज्य के हस्तक्षेप की आलोचना की। इन लोगों का मानना था कि इससे व्यक्ति की स्वतंत्रता और आर्थिक आज़ादी को चोट पहुँचती है। जॉन रॉल्स ने 1971 में अपनी किताब *अ थियरी ऑफ़ जस्टिस* में ताक़तवर दलीलें दीं आख़िर क्यों समाज के कमज़ोर तबकों की भलाई के लिए राज्य को सक्रिय हस्तक्षेप करना चाहिए। अपनी थियरी में रॉल्स शुद्ध प्रक्रियात्मक न्याय की अवधारणा प्रस्तुत करते हुए वितरणमूलक न्याय के लक्ष्य को हासिल करने की कोशिश करते हुए दिखाई देते हैं। अपने न्याय के सिद्धांत में उन्होंने हर किसी को समान स्वतंत्रता के अधिकार की तरफ़दारी की। इसके साथ ही भेदमूलक सिद्धांत के माध्यम से यह स्पष्ट किया कि सामाजिक और आर्थिक अंतरों को इस तरह समायोजित किया जाना चाहिए कि इससे सबसे वंचित तबके को सबसे ज़्यादा फ़ायदा हो।

बाद के वर्षों में रॉल्स के सिद्धांत की कई आलोचनाएँ भी सामने आयीं, जो दरअसल साामाजिक न्याय के संदर्भ कई नये आयामों का प्रतिनिधित्व करती थीं। इस संदर्भ में समुदायवादियों और नारीवादियों की द्वारा की गयी आलोचनाओं का विशेष रूप से उल्लेख किया जा सकता है। समुदायवादियों ने सामान्य तौर पर उदारतावाद और विशेष रूप से रॉल्स के सिद्धांत की इसलिए आलोचना की कि इसमें व्यक्ति की अणुवादी संकल्पना पेश किया गया है। रॉल्स जिस व्यक्ति की संकल्पना करते हैं वह अपने संदर्भ और समुदाय से पूरी तरह कटा हुआ है। बाद में, 1980 के दशक के आख़िरी वर्षों में, उदारतावादियों ने समुदायवादियों की आलोचनाओं को उदारतावाद के भीतर समायोजित करने की कोशिश की जिसके परिणामस्वरूप बहुसंस्कृतिवाद की संकल्पना सामने आयी। इसमें यह माना गया कि अल्पसंख्यक समूहों के साथ वास्तविक रूप से तभी न्याय हो सकता है, जब उन्हें अपनी संस्कृति से जुड़े विविध पहलुओं की हिफ़ाज़त करने और उन्हें सार्वजनिक रूप से अभिव्यक्त करने की आज़ादी मिले। इसके लिए यह ज़रूरी है कि इनके

सामुदायिक अधिकारों को मान्यता दी जाए। इस तरह सैद्धांतिक विमर्श के स्तर पर बहुसंस्कृतिवाद ने सामाजिक न्याय की अवधारणा में एक नया आयाम जोड़ा।

यहाँ उल्लेखनीय है कि साठ के दशक से ही पश्चिम में नारीवादी आंदोलन, नागरिक अधिकार आंदोलन, गे, लेस्बियन और ट्रांस-जेंडर आंदोलन और पर्यावरण आंदोलन आदि उभरने लगे थे। बाद के दशकों में इनका प्रसार ज़्यादा बढ़ा और इन्होंने सैद्धांतिक विमर्श को भी गहराई प्रदान की। मसलन, नारीवादियों ने उदारतावाद और रॉल्सवादी रूपरेखा की आलोचना की। अपने विश्लेषण द्वारा उन्होंने पितृसत्ता को नारीवादियों के समान हक़ के रास्ते में सबसे बड़ी रुकावट के रूप में रेखांकित किया। इसी तरह, गे, लेस्बियन और ट्रांस-जेंडर लोगों ने समाज में 'सामान्य' या 'नार्मल' की वर्चस्वी रूपरेखा पर सवाल उठाया और अपने लिए समान स्थिति की माँग की। नागरिक अधिकार आंदोलनों द्वारा पश्चिम में, ख़ास तौर पर अमेरिकी समाज में काले लोगों ने अपने लिए बराबरी की माँग की। मूल निवासियों ने भी अपने सांस्कृतिक अधिकारों की माँग करते हुए बहुत सारे आंदोलन किये हैं। बहुसंस्कृतिवादियों ने अपनी सैद्धांतिक रूपरेखा में इन सभी पहलुओं को समेटने की कोशिश की है। इन सभी पहलुओं ने सामाजिक न्याय के अर्थ में कई नये आयाम जोड़े हैं। इससे स्पष्ट होता है कि विविध समूहों के लिए सामाजिक न्याय का अलग-अलग अर्थ रहा है।

असल में विकासशील समाजों में पश्चिमी समाजों की तुलना में सामाजिक न्याय ज़्यादा रैडिकल रूप में सामने आया है। मसलन, दक्षिण अफ़्रीका में अश्वेत लोगों ने रंगभेद के ख़िलाफ़ और सत्ता में अपनी हिस्सेदारी के लिए ज़ोरदार संघर्ष किया। इस संघर्ष की प्रकृति अमेरिका में काले लोगों द्वारा चलाये गये संघर्ष से इस अर्थ में अलग थी कि दक्षिण अफ़्रीका में काले लोगों को ज़्यादा दमनकारी स्थिति का सामना करना पड़ रहा था। इस संदर्भ में भारत का उदाहरण भी उल्लेखनीय है। बहुसंस्कृतिवाद ने जिन सामुदायिक अधिकारों पर जोर दिया उनमें से कई अधिकार भारतीय संविधान में पहले से ही दर्ज हैं। लेकिन यहाँ सामाजिक न्याय वास्तविक राजनीति में संघर्ष का नारा बन कर उभरा। मसलन, भीमराव आम्बेडकर और उत्पीड़ित जातियों और समुदायों के कई नेता समाज के हाशिये पर पड़ी जातियों को शिक्षित और संगठित होकर संघर्ष करते हुए अपने न्यायपूर्ण हक़ को हासिल करने की विरासत रच चुके थे। इसी तरह पचास और साठ के दशक में राममनोहर लोहिया ने इस बात पर जोर दिया कि पिछड़ों, दलितों, अल्पसंख्यकों और स्त्रियों को एकजुट होकर सामाजिक न्याय के लिए संघर्ष करना चाहिए। लोहिया चाहते थे कि ये समूह एकजुट होकर सत्ता और नौकरियों में ऊँची जातियों के वर्चस्व को चुनौती दें। इस पृष्ठभूमि के साथ नब्बे के दशक के बाद सामाजिक न्याय भारतीय राजनीति का एक प्रमुख नारा बनता चला गया। इसके कारण अभी तक सत्ता से दूर रहे समूहों को सत्ता की राजनीति के केंद्र में आने का मौक़ा मिला। ग़ौरतलब है कि भारत में भी पर्यावरण के आंदोलन चल रहे हैं। लेकिन ये लड़ाइयाँ स्थानीय समुदायों के अपने 'जल, जंगल और जमीन' के संघर्ष से जुड़ी हुई हैं। इसी तरह विकासशील समाजों में अल्पसंख्यक समूह भी अपने ख़िलाफ़ पूर्वग्रहों से लड़ते हुए अपने लिए ज़्यादा बेहतर सुविधाओं की माँग कर रहे हैं। इस अर्थ में सामाजिक न्याय का संघर्ष लोगों के अस्तित्व और अस्मिता से जुड़ा हुआ संघर्ष है।

इस बात से इनकार नहीं किया जा सकता है कि सामाजिक न्याय के नारे ने विभिन्न समाजों में विभिन्न तबकों को अपने लिए गरिमामय ज़िंदगी की माँग करने और उसके लिए संघर्ष करने के लिए प्रेरित किया है। सैद्धांतिक विमर्श में भी यूटोपियाई समाजवाद से लेकर वर्तमान समय तक सामाजिक न्याय में बहुत सारे आयाम जुड़ते गये हैं। यह भी उल्लेखनीय है कि विकसित समाजों की तुलना में विकासशील समाजों में सामाजिक न्याय का संघर्ष बहुत जटिलताओं से घिरा रहा है। अधिकांश मौक़ों पर इन समाजों में लोगों को सामाजिक न्याय के संघर्ष में बहुत ज़्यादा संरचात्मक हिंसा और कई मौक़ों पर राज्य की हिंसा का भी सामना करना पड़ा है। लेकिन सामाजिक न्याय के लिए चलने वाले संघर्षों के कारण इन समाजों में बुनियादी बदलाव हुए हैं। कुल मिला कर समय के साथ सामाजिक न्याय के सिद्धांतीकरण में कई नये आयाम जुड़े हैं और एक संकल्पना या नारे के रूप में इसने लम्बे समय तक ख़ामोश या नेपथ्य में रहने वाले समूहों को भी अपने के लिए जागृत किया है।

देखें : अधिकार, अधिकार : सैद्धांतिक यात्रा, अरस्तू, अफ़लातून, अनुदारतावाद, अराजकतावाद, अन्य-अन्यीकरण, उदारतावाद, उपयोगितावाद, ऐडमण्ड बर्क, क्रांति, ज्याँ ज़ाक रूसो, जॉन लॉक, जेरेमी बेंथम, जॉन स्टुअर्ट मिल, जॉन रॉल्स, थॉमस हॉब्स, थॉमस पेन, न्याय, न्याय : नारीवादी आलोचना, न्याय : रॉल्स का सिद्धांत, राजनीति में व्यक्ति की भूमिका, नागरिकता, नागरिकता : अन्य परिप्रेक्ष्य-1 और 2, नागर समाज, पनोप्टिकॉन, प्रतिनिधित्व, प्रगति, प्रगति : आलोचनात्मक परिप्रेक्ष्य, प्रशासन, फ़ासीवाद, फ्रेड्रिख़ वॉन हायक, बहुसंस्कृतिवाद, बहुसंख्यकवाद, बहुसंख्यक-अल्पसंख्यक, बुद्धिवाद, भीखू छोटालाल पारिख, माइकेल जोसेफ़ ओकशॉट, माइकिल वाल्ज़र, मिशेल पॉल फ़ूको-1 और 2, यूटोपिया, राजनीतिक और राजनीति, राजनीतिक दर्शन के नारीवादी आयाम-1 और 2, राजनीतिक मनोविज्ञान, राजनीतिक समाजशास्त्र, राज्य-1 और 2, रॉबर्ट नॉज़िक, राज्य-1 और 2, राष्ट्र-राज्य, राष्ट्र : सांस्कृतिक या राजनीतिक, राष्ट्रवाद, राष्ट्रवाद का इतिहास, लोकतंत्र, लोकतंत्र की आलोचनाएँ, व्यक्तिवाद, व्यवहारवाद, विल किमलिका, वितरणमूलक न्याय, विदेशी-द्वेष, वैधता, वैधता का संकट, सविनय अवज्ञा, समानता, समानता : चार अवधारणाएँ, समतावाद, सर्वसत्तावाद, स्मृति की

राजनीति, स्वतंत्रता, स्वतंत्रतावाद, स्वजातिवाद, स्वच्छंदतावाद, सत्ता, सर्वसत्तावाद, सम्प्रभुता, समाजवाद, सरकारियत, सम्पत्ति, सम्पत्ति : साझा और सरकारी, सम्पत्ति : मार्क्सवादी परिप्रेक्ष्य, सम्पत्ति : नारीवादी परिप्रेक्ष्य, संविधानवाद, संघवाद, सामाजिक समझौता, सिद्धांत, सिद्धांत: राजनीतिक-सामाजिक, सुधार, हान्ना एरेंत, हेनरी डेविड थोरो।

संदर्भ

1. जॉन रॉल्स (1971), *अ थियरी ऑफ़ जस्टिस,* ऑक्सफ़र्ड युनिवर्सिटी प्रेस, लंदन.
2. इलानोर ज़िलियट (1986), 'द सोशल ऐंड पॉलिटिकल थॉट ऑफ़ बी.आर. आम्बेडकर', थॉमस पैंथम और केनेथ एल. ड्युश्च (सम्पा.), *पॉलिटिकल थॉट इन मॉडर्न इण्डिया,* सेज पब्लिकेशंस, नयी दिल्ली.
3. विल किमलिका (1996), *मल्टीकल्चरल सिटीज़नशिप : अ लिबरल थियरी ऑफ़ माइनॉरिटी राइट्स,* क्लैरेंडन प्रेस, ऑक्सफ़र्ड.
4. विल किमलिका (2009), *समकालीन राजनीति दर्शन : एक परिचय,* (अनु. कमल नयन चौबे) पियर्सन, नयी दिल्ली.

— कमल नयन चौबे

सामाजिक पूँजी

(Social Capital)

सामाजिक पूँजी के विचार को नये सिरे से प्रासंगिक बनाने का श्रेय अमेरिकी समाज-विज्ञान को जाता है। फ्रांसीसी समाजशास्त्री एमील दुर्खाइम के समय से ही इससे मिलती-जुलती धारणाओं पर ग़ौर किया जाता रहा है, पर बीसवीं सदी के आख़िरी दशक में अमेरिकी समाज-विज्ञान के हलकों ने इस पर नये लहजे में बहस शुरू की। अमेरिकी समाज में नागरिक संस्थाओं की गिरती हुई सदस्यता से पैदा हुए सरोकारों की इस बहस के पीछे मुख्य भूमिका रही। समाज वैज्ञानिकों ने देखा कि महामंदी और विश्वयुद्ध के बाद पैदा हुई पीढ़ी के तिरोहित हो जाने और मनोरंजन के इलेक्ट्रॉनिक साधनों के सहारे घर की दुनिया में क़ैद हो जाने की प्रवृत्ति के कारण अमेरिका में सामाजिक संस्थाओं की गतिविधियाँ ठप पड़ गयी हैं। इसके प्रति अनुक्रिया करते हुए रॉबर्ट पुटनैम ने सामाजिक पूँजी की अवधारणा को टटोला। दुर्खाइम के समाजशास्त्रीय परिप्रेक्ष्य में जो सूत्रीकरण सामाजिक एकजुटता और उसके मैकेनेकिल और ऑर्गनिक आयामों के रूप में उभरता है, उसी से मिलता-जुलता परिप्रेक्ष्य पुटनैम के विमर्श में दिखाई पड़ता है। सामाजिक पूँजी के सिद्धांत के मर्म में आग्रह यह है कि सामाजिक नेटवर्कों के महत्त्व को नज़रअंदाज़ नहीं किया जाना चाहिए क्योंकि सामाजिक संपर्क व्यक्तियों और उनके समूहों की उत्पादकता को प्रभावित करते हैं। लोग विभिन्न मक़सदों से अपने सम्पर्कों और रिश्तों को एक महत्त्वपूर्ण संसाधन की तरह इस्तेमाल करते हैं। वे जैसे ही किसी समस्या में फँसते हैं या उनके जीवन में कोई परिवर्तन होता है, वे दोस्तों, नाते-रिश्तों और परिजनों को आवाज़ देते हैं। लोगों का समूह आपस में जुड़ कर अपने समान हितों को साधने का प्रयास करता है। इसी बात को व्यापक धरातल पर इस प्रकार कहा जा सकता है कि सामाजिक संगठन के सभी रूप अंतर्वैयक्तिक संबंधों के धागों से बँधे होते हैं।

नब्बे के दशक के मध्य में रॉबर्ट पुटनैम ने इस प्रश्न पर कई विवादात्मक लेख लिखे। इसके बाद 2000 में तथ्यों-आँकड़ों से भरी हुई उनकी विश्लेषणात्मक पुस्तक *बौलिंग एलोन* प्रकाशित हुई जिसके पन्नों पर दर्ज एक विचलित कर देने वाली छवि ने सभी का ध्यान आकर्षित किया। इस किताब में पुटनैम दिखाते हैं कि अमेरिकी लोग एक बौलिंग एली में अकेले ही खेल रहे हैं जबकि कुछ समय पहले तक वहाँ विभिन्न टीमें एक संगठित लीग के तहत आपस में खेला करती थीं। नब्बे के दशक में हुई बहस से पहले सामाजिक पूँजी के विचार के साथ समुदाय की अवधारणा नहीं जोड़ी जाती थी। पर, पुटनैम और उनके साथियों ने तर्क दिया कि सामाजिक पूँजी की अहमियत व्यक्ति तक ही सीमित नहीं है, बल्कि वह एक व्यापक सामाजिक हित की गारंटी भी करती है। सामाजिक पूँजी के स्तर में गिरावट आने पर समुदाय के अस्तित्व पर ही विपरीत असर पड़ता है।

पुटनैम के प्रयासों से राजनीतिक समाजशास्त्र की उन परम्पराओं में नयी जान पड़ी जिनके तहत माना जाता था कि स्वयंसेवी संस्थाएँ व्यक्तियों को आपस में सूत्रबद्ध करके एक व्यापक संसार की रचना करती हैं। उन्नीसवीं सदी में अलैक्सिस द टॉकवील ने अमेरिकी लोकतंत्र से संबंधित अपने विख्यात अवलोकनों में दिखाया था कि किस तरह विभिन्न हित-समूह और नागरिक संगठन निरंतर अन्योन्यक्रिया के माध्यम से पूरी लोकतांत्रिक व्यवस्था की एकजुटता बनाये हुए हैं। ध्यान रहे कि युरोप के बारे में टॉकवील की मान्यता थी कि वहाँ स्थिरता लाने की यही भूमिका राजशाही और कुलीनतंत्र के नेतृत्व में जारी परम्पराओं ने निभायी है। पुटनैम के विचारों की प्रासंगिकता का अंदाज़ा इस बात से लगाया जा सकता है कि मीडिया ने उन्हें हाथो-हाथ लिया और उनका प्रभाव समाज-विज्ञान के दायरों के परे चला गया। अनगिनत रेडियो और टीवी कार्यक्रमों में उन्हें अपनी बात कहने का मौक़ा मिला। दो अमेरिकी राष्ट्रपतियों ने उनसे राय ली और कई युरोपीय प्रधानमंत्रियों ने उनके विचारों पर ग़ौर किया।

रॉबर्ट पुटनैम (1941-)

पुटनैम से पहले दूसरे बुद्धिजीवी सामाजिक रिश्तों और नेटवर्कों के आईने में विभिन्न सामाजिक-राजनीतिक परिघटनाओं की जाँच का प्रयास कर चुके थे। जेन जैकब्स द्वारा विभिन्न शहरों में होने वाले अपराधों के बीच फ़र्क़ का पता लगाने के लिए सामाजिक रिश्तों की असमानता का अध्ययन किया चुका था। इसी विचार के आधार पर फ्रांसीसी समाजशास्त्री पिएर बोर्दियो भिन्न दिशा में सामाजिक-आर्थिक ग़ैर-बराबरी के पुनरुत्पादन की व्याख्या कर चुके थे। बोर्दियो ने अपने साथी लोइक वाकाँ के साथ प्रकाशित रचना में लिखा था कि सामाजिक पूँजी ऐसे वास्तविक और निराकार संसाधनों का योगफल है जो किसी व्यक्ति या समूह को किसी सामाजिक नेटवर्क की सदस्यता की बदौलत हासिल होते हैं। ये नेटवर्क आपसी जान-पहचान के कमोबेश संस्थागत रूप ले चुके संबंधों के ज़रिये टिके रहते हैं। व्यक्ति अपनी सामाजिक पूँजी के आधार पर हासिल की गयी उस सामाजिक-आर्थिक हैसियत को अगली पीढ़ी के हवाले कर पाता है जो उसने प्रभावशाली परिजनों, महँगे स्कूलों में पढ़ने वाले अपने सहपाठियों और किसी ख़ास क्लब के साथी सदस्यों की सोहबत के बदौलत हासिल की होती है। इस सामाजिक पूँजी को लगातार प्रासंगिक और प्रभावी रखने के लिए व्यक्ति आपसी मेल-जोल में अपने समय का योजनाबद्ध निवेश करता है।

इस व्याख्या से स्पष्ट है कि बोर्दियो साठ के दशक में प्रचलित वर्ग-विश्लेषण के नव-मार्क्सवादी दायरे में चिंतन कर रहे थे। उनकी दिलचस्पी यह दिखाने में थी कि अभिजनों के समूह किस तरह अपनी सत्ता की निरंतरता बनाये रखते हैं। इसके विपरीत जेम्स कोलमैन ने सामाजिक पूँजी की अवधारणा का इस्तेमाल करते हुए कई अफ्रीकन-अमेरिकन हाई स्कूल छात्रों के बीच किये गये आनुभविक अध्ययनों के ज़रिये दिखाया कि परिवार और समुदाय द्वारा मिले हुए गुणों द्वारा कम आमदनी और अच्छे स्कूल में पढ़ने की सुविधा न मिल पाने जैसी कमियों की भरपाई हो जाती है। बच्चे के संज्ञानात्मक विकास में ऐसे गुण महत्त्वपूर्ण भूमिका अदा करते हैं। कोलमैन एक ऐसे समाजशास्त्री थे जिनकी अर्थशास्त्र में काफ़ी दिलचस्पी थी। उन्होंने तर्कसंगत सामाजिक चयन सिद्धांत (रैशनल चॉयस थियरी) का आलोचना करते हुए कहा कि यह सिद्धांत व्यक्तिगत निजी-हित पर आधारित रवैये की तो व्याख्या कर लेता है, पर सहकारी व्यवहार और परोपकारी रवैये को नहीं समझ पाता। इस लिहाज़ से सामाजिक पूँजी का सिद्धांत रैशनल चॉयस थियरी की यह कमी पूरी कर देता है।

कहना न होगा कि बोर्दियो की निगाह में सामाजिक पूँजी की अवधारणा ऊँच-नीच क़ायम रखने में मददगार थी, और कोलमैन उसे वंचित समूहों को आगे बढ़ाने में सहायक के तौर पर देख रहे थे। हालाँकि यह एक अहम मानकीय अंतर था, पर कुल मिला कर दोनों ही विद्वानों ने इस सिद्धांत के विभिन्न आयामों को समृद्ध किया। नब्बे के दशक में जब इसके इर्द-गिर्द बहस शुरू हुई तो इस सिद्धांत को नये सिरे से प्रश्नांकित किया गया और अपने-अपने तर्कों के पक्ष में ढेर सारी तथ्यगत दलीलें जुटायी गयीं। कुछ अध्ययनों से स्पष्ट हुआ कि सामाजिक नेटवर्कों का लाभ असामाजिक और अपराधिक मक़सदों से भी उठाया जाता है। कुछ नेटवर्क ऐसे मूल्यों और आचरण-संहिताओं को मजबूत करते हैं जिनके प्रभाव के तहत लोग समस्याओं के ठीक से निदान करने में असमर्थ हो जाते हैं। बहस यह भी हुई कि इस सिद्धांत का कितना हिस्सा समाजशास्त्रीय है और कितना अर्थशास्त्री। इसी के तहत पूछा गया कि क्या पूँजी शब्द का इस्तेमाल इसमें केवल रूपक के तौर पर किया जा रहा है या सामाजिक पूँजी को बाक़ायदा नापा भी जा सकता है और उससे होने वाले मुनाफ़े की दर का भी पता लगाया जा सकता है।

देखें : अर्थव्यवस्था का समाजशास्त्र, अभिजन, अभिरुचि, आत्महत्या, उन्मूलनवाद, एजेंसी, कर्मकाण्ड, कारागार, गोपनीयता, गृहविहीनता, जादू, जीवन-शैली, टेलरवाद, परम्परा, परस्पर विपरीत द्विभाजन, प्रति-(संस्कृति, विमर्श, इतिहास, वर्चस्व, स्मृति), प्राइवेसी, प्रौद्योगिकी, फ़ुरसत, बचपन, बहुपत्नी प्रथा, बहुपति प्रथा, बुद्धिसंगत चयन का सिद्धांत, बुज़ुर्गियत का समाजशास्त्र, बेगानगी, भीड़, भ्रष्टाचार का समाजशास्त्र-1 और 2, मानव-प्रकृति, मानवशास्त्र और मार्क्सवाद, मानवशास्त्र और संस्कृति की राजनीति, समाज-विज्ञान, समाज-कार्य, समाजीकरण, समुदायवाद, सामाजिक आंदोलन, सामाजिक बहिर्वेशन, सांस्कृतिक मानवशास्त्र, सांस्कृतिक सापेक्षतावाद, सांस्कृतिक पूँजी, सेवानिवृत्ति, वाचिकता, विचलन, ज्ञान का समाजशास्त्र।

संदर्भ

1. रॉबर्ट डी. पुटनैम (2000), *बौलिंग एलोन : द क्लेप्स ऐंड रिवाइवल ऑफ़ अमेरिकन कम्युनिटी,* साइमन एंज शुस्टर, न्यूयॉर्क.
2. पिएर बोर्दियो और लोइक वाकाँ (1992), ऐन *इनविटेशन टू रिफ्लेक्सिव सोसियोलॅजी,* युनिवर्सिटी ऑफ़ शिकागो प्रेस, शिकागो.
3. जेम्स कोलमैन (1994), *फ़ाउंडेशन ऑफ़ सोशल थियरी,* बेल्कनैप प्रेस, केम्ब्रिज, एमए.
4. जॉन फ़ील्ड (2003), *सोशल कैपिटल,* रॉटलेज़, लंदन.

— अभय कुमार दुबे

सामाजिक बहिर्वेशन

(Social Exclusion)

सामाजिक बहिर्वेशन केवल ग़रीबी या बेरोज़गारी का परिणाम न हो कर समान अवसरों से वंचित करने की उस प्रक्रिया का नाम है जो समाज के कुछ समूहों पर थोप दी जाती है। नतीजा यह निकलता है कि उन समूहों के सदस्य निजी तौर पर राजनीतिक, आर्थिक और सामाजिक प्रक्रिया में भागीदारी करने की हैसियत में नहीं रह जाते। बहिर्वेशन की यह प्रक्रिया सामाजिक संबंधों और सामाजिक संस्थाओं पर निर्भर करती है। अगर वे बहिर्वेशनकारी और भेदभावपूर्ण हैं तो जीवन के हर क्षेत्र में व्यक्तियों और समूहों को नकारात्मक रूप से प्रभावित करेंगे। सामाजिक बहिर्वेशन का दायरा बहुत बड़ा होता है। उसमें रोज़ी-रोटी न कमा पाने और गृहविहीनता की स्थितियों से लेकर जेंडर या जातीयता से जुड़ा पक्षपात भी शामिल है। सामाजिक बहिर्वेशन के सिद्धांतकारों के अनुसार यह बहुआयामी परिघटना अपनी प्रकृति में प्रक्रियात्मक होती है। अर्थात् कोई व्यक्ति या समूह बहिर्वेशनों के एक सिलसिले से क्रमशः गुज़रता हुआ अलगाव, तिरस्कार, अवमानना और असुरक्षा का शिकार होता चला जाता है। अमर्त्य कुमार सेन ने सामाजिक बहिर्वेशन की बारीक़ व्याख्या करते हुए बताया है कि किस प्रकार कुछ लोग शामिल न किये जाने के कारण परित्यक्तता की अनुभूति करते हैं, और कुछ लोग शामिल किये जाने के बावजूद भेदभाव का शिकार होने के कारण उसी अनुभूति से गुज़रते हैं। यानी बहिर्वेशन न केवल खुले तौर से अलगाव में डाल दिया जाने का परिणाम है, बल्कि वह उपेक्षा और अन्याय से भी उपजता है। अमर्त्य सेन ने सक्रिय और निष्क्रिय बहिर्वेशन की भी चर्चा की है। सरकार द्वारा बनायी गयी नीतियों के परिणामस्वरूप होने वाला बहिर्वेशन सक्रिय श्रेणी में आता है, और समाज की ख़ामोशी से चलने वाली प्रक्रियाओं के कारण होने वाले परिस्थितिजन्य बहिर्वेशन को निष्क्रिय क़रार दिया जा सकता है।

प्राचीन यूनानी दर्शन में बहिर्वेशन के प्रश्न और उसकी सीमाओं के बारे में अरस्तू ने अपनी रचना *पॉलिटिक्स* में विचार किया है। अरस्तू दासों, स्त्रियों, दस्तकारों, शारीरिक श्रम करने वालों और बाहर से आये लोगों को अपने पोलिस यानी राज्य की प्रक्रियाओं में भागीदारी करने की इजाज़त नहीं देते। लेकिन, साथ में वे यह चेतावनी देना भी नहीं भूलते कि वही राज्य और वही संविधान टिकाऊ होता है जिसमें बहिर्वेशन के शिकार लोगों की संख्या कम से कम होती है। अरस्तू ने एक दिलचस्प सुझाव यह भी दिया है कि सत्ता के टिकाऊ होने के लिए उसका विशाल मध्यवर्ग पर आधारित होना अधिक कारगर हो सकता है। अरस्तू के विमर्श से सामाजिक बहिर्वेशन के बारे में दो सूत्र निकलते हैं। पहला, सफल राज्य-प्रणालियाँ बहिर्वेशन को कम से कम करने की कोशिश करती हैं, और जिस राज्य में मध्यवर्ग का आकार बढ़ता जाता है उसमें बहिर्वेशन घटता है। अरस्तू के दर्शन की रोशनी में अगर भारत में सामाजिक और शैक्षिक रूप से पिछड़े समुदायों को दिये जाने वाले आरक्षण पर निगाह डाली जाए तो दिखता है कि विशेष सुविधाओं का यह सिद्धांत व्यावहारिक रूप से दलित, पिछड़े और आदिवासी समुदायों में एक मध्यवर्ग की रचना कर रहा है।

समाज-विज्ञान में सामाजिक बहिर्वेशन की अवधारणा नब्बे के दशक में ख़ास तौर से प्रचलित हुई। आज युरोप और अन्य विकसित देशों में लिए गये नीतिगत फ़ैसलों का मूल्यांकन करने के लिए इसे एक आईने की तरह इस्तेमाल किया जाने लगा है। 1965 में फ्रांसीसी विद्वान ज्याँ क्लैनफ़र की रचना *सोशल एक्सक्लूज़न : द स्टडी ऑफ़ मार्जिनलिटी इन वेस्टर्न सोसाइटीज़* से इस विचार की शुरुआत मानी जाती है। इस रचना में ज़्यादातर बहिर्वेशन के आर्थिक रूपों को रेखांकित किया गया था। इसके बाद सत्तर के दशक में एक और फ्रांसीसी विद्वान रेने लेनोइर ने दिखाया कि किस तरह ग़रीबी और अधिकारहीनता के कारण फ्रांसीसी नागरिकों का एक हिस्सा आर्थिक और सामाजिक प्रक्रियाओं में भागीदारी से वंचित है। अस्सी और नब्बे के दशक तक सामाजिक बहिर्वेशन ने एक अहम सिद्धांत की हैसियत प्राप्त कर ली। फ्रांस की अर्थव्यवस्था पर हावी लगभग स्थाई क़िस्म की दीर्घकालीन बेरोज़गारी की स्थितियों की भी इसमें भूमिका रही। इसी के साथ-साथ इसी अवधि में आव्रजन और जातीय अल्पसंख्यकों के असमान दर्जे पर हुई बहसों ने इस अवधारणा को महज़ आर्थिक दायरों में होने वाली चर्चाओं से निकाला। धीरे-धीरे फ्रांसीसी राजनीति में सामाजिक बहिर्वेशन के ख़िलाफ़ आवाज़ उठाना मतदाताओं की हमदर्दी जीतने के लिए ज़रूरी समझा जाने लगा। सदी के अंत तक

युरोप के अन्य देशों में भी बहिर्वेशन को एक सामाजिक बुराई के रूप में देखा जाने लगा और धीरे-धीरे नीतिगत बहसों का केंद्रीय सरोकार बन गया। 1997 में ब्रिटेन में लेबर पार्टी के टोनी ब्लेयर ने सत्ता सँभालते ही ख़ुद को बहिर्वेशन के ख़िलाफ़ ज़िहाद करने वाले योद्धा के रूप में चित्रित किया। उन्होंने इस समस्या से निबटने के लिए अपनी सरकारी में एक विशेष इकायी का गठन तक कर डाला। युरोपीय यूनियन ने भी इस सिलसिले में पहल ली और अपने लिस्बन सम्मेलन में इसे रोज़गार और सामाजिक नीति संबंधी रणनीति का प्रमुख हिस्सा बनाया। यूनियन ने 2000 में एक दस्तावेज़ जारी किया जिसका शीर्षक था *फ़ाइट अगेंस्ट पॉवर्टी ऐंड सोशल एक्सक्लूज़न*।

सामाजिक बहिर्वेशन से संबंधित इस युरोपीय अध्याय का एक विरोधाभास भी है। फ्रांसीसी राजनेताओं ने अपनी राजनीतिक गोटी लाल करने के लिए इस मुद्दे के इर्द-गिर्द काफ़ी लच्छेदार बातें कीं, लेकिन उसके मुक़ाबले इस सामाजिक बुराई को दूर करने के लिए कहीं छोटी रक़म आबंटित की। ब्रिटेन में टोनी ब्लेयर ने बहिर्वेशन का मुक़ाबला करने के लिए फ्रांसीसियों के मुक़ाबले बेहतर बजट का प्रावधान किया, लेकिन इसकी आड़ में वे बाज़ारोन्मुख आर्थिक नीतियाँ भी चलाते रहे। युरोपीय यूनियन ने बहिर्वेशन के सवाल को एक नैतिक मुद्दे के रूप में परिभाषित करने से परहेज़ किया जिसके कारण इससे संबंधित नीतिगत बहस श्रम-बाज़ार के दायरे में सिमट गयी।

युरोप के बाहर ऑस्ट्रेलिया और कनाडा जैसे विकसित औद्योगिक देशों में भी सामाजिक बहिर्वेशन का सवाल नीतिगत दायरों में चर्चा का केंद्र बना है। लेकिन, अमेरिका में यह अभी भी कमोबेश हाशिये पर है, बावजूद इसके कि युरोप के मुक़ाबले अमेरिका में ग़रीबी और सामाजिक विषमता के सूचकांक ऊँचे हैं। अमेरिकी विद्वान आज भी अपने समाज की इन समस्याओं की व्याख्या करने के लिए बहिर्वेशन की धारणा का इस्तेमाल करने से बचते हैं।

बहिर्वेशन की अवधारणा से जुड़ा दूसरा अहम सवाल यह है कि क्या इस विचार को युरोप की भाँति ही ग़ैर-पश्चिमी और ग़ैर-विकसित देशों और समाजों पर लागू किया जा सकता है ? अमीर देशों में रोज़गार का बाज़ार औपचारिक रूप से गठित है, और वहाँ समाज-कल्याण के लिए सरकारें बहुत बड़े-बड़े बजट आबंटित कर सकती हैं। इस तरह की परिस्थितियाँ और सुविधाएँ ग़रीब देशों को उपलब्ध नहीं हैं। ग़रीब देशों में अनौपचारिक क्षेत्र का दायरा औपचारिक क्षेत्र से बड़ा होता है, और सरकारी नीतियों के कार्यान्वयन की पहुँच समाज के सभी तबकों तक नहीं हो पाती। इसलिए ऐसे देशों में सामाजिक बहिर्वेशन का कार्यक्रम मुख्यतः ग़रीबी हटाओ कार्यक्रमों तक सीमित रह गया है।

भारतीय समाज-विज्ञान के दायरों में पिछले डेढ़ दशकों से इस धारणा पर चर्चा हो रही है। इस विमर्श के केंद्र में जाति आधारित बहिर्वेशन है। एक्शन एड नामक स्वयंसेवी संस्था (एनजीओ) द्वारा किये गये एक अखिल भारतीय अध्ययन से पता चला है कि देश के क़रीब 36 फ़ीसदी गाँवों में अनुसूचित जाति का होने के कारण मज़दूरों को खेतिहर रोज़गार से वंचित किया जाता है। क़रीब 25 फ़ीसदी गाँवों में पूर्व-अछूत जातियों का होने के कारण उन्हें बाज़ार में प्रचलित दर से कम वेतन दिया जाता है। छुआछूत की प्रथा के सामाजिक प्रभाव के कारण इन जातियों के मज़दूरों को गाँवों में इमारती काम मिलने में कठिनाई होती है। इसी तरह उन्हें जल संबंधित रोज़गारों से भी वंचित होना पड़ता है। देश के क़रीब 47 फ़ीसदी गाँव ऐसे हैं जहाँ अनुसूचित जातियों के लोग दूध नहीं बेच सकते। उन्होंने अगर पशु पाले हैं तो उनका दूध और दूध से बनी चीज़ें न तो गाँव की सहकारी समितियाँ ख़रीदतीं हैं और न ही निजी तौर पर लोग ख़रीदते हैं। आंध्र प्रदेश में किये गये एक अध्ययन के अनुसार अनुसूचित जातियों के लोग अगर अपना पारम्परिक व्यवसाय बदलना चाहें, तो इससे उन्हें रोका जाता है। कर्नाटक के एक अध्ययन से पता चला है कि इस प्रदेश में अनुसूचित जाति समाज के केवल 15 फ़ीसदी लोग ही अपना पारम्परिक पेशा बदलने में कामयाब हो पाये हैं। राजस्थान में पूर्व-अछूतों को दोपहर का ख़ाना देने की योजनाओं में रसोइये और भोजन बाँटने की नौकरी मिलना मुश्किल है।

सुखदेव थोरात ने विभिन्न प्रदेशों में किये गये अध्ययनों के आधार पर दिखाया है कि जाति और जातीयता की बिना पर कुछ समूहों के साथ भेदभाव किया जाता है जिसके कारण उन्हें सामाजिक-आर्थिक और राजनीतिक प्रक्रियाओं से अलगाव में पड़ जाना पड़ता है। थोरात की मान्यता है कि जाति प्रथा निचली जातियों को न केवल समान अवसरों और स्वतंत्रताओं से वंचित करती है, बल्कि उनके मानवाधिकारों को भी छीन लेती है। इसलिए नागरिक, सांस्कृतिक और आर्थिक अधिकारों के सिलसिले में सामाजिक बहिर्वेशन के सैद्धांतिक सूत्रीकरण का भारतीय संदर्भ जाति के प्रश्न के साथ अनिवार्य रूप से जुड़ा है।

देखें : अर्थव्यवस्था का समाजशास्त्र, अभिजन, अभिरुचि, आत्महत्या, उन्मूलनवाद, एजेंसी, कर्मकाण्ड, कारागार, गोपनीयता, गृहविहीनता, जादू, जीवन-शैली, टेलरवाद, परम्परा, परस्पर विपरीत द्विभाजन, प्रति-(संस्कृति, विमर्श, इतिहास, वर्चस्व, स्मृति), प्राइवेसी, प्रौद्योगिकी, फ़ुरसत, बचपन, बहुपत्नी प्रथा, बहुपति प्रथा, बुद्धिसंगत चयन का सिद्धांत, बुज़ुर्गियत का समाजशास्त्र, बेगानगी, भीड़, भ्रष्टाचार का समाजशास्त्र-1 और 2, मानव-प्रकृति, मानवशास्त्र और मार्क्सवाद, मानवशास्त्र और संस्कृति की राजनीति, समाज-विज्ञान, समाज-कार्य, समाजीकरण, समुदायवाद, सांस्कृतिक सापेक्षतावाद, सामाजिक आंदोलन, सांस्कृतिक मानवशास्त्र, सेवानिवृत्ति, वाचिकता, विचलन, ज्ञान का समाजशास्त्र।

संदर्भ

1. अमर्त्य कुमार सेन (2000), 'सोशल एक्सक्लूज़न : कंसेप्ट, एप्लीकेशन ऐंड स्क्रूटिनी', *एशियन डिवेलपमेंट वर्किंग पेपर.*
2. रूही सेठ (2007), सोशल एक्सक्लूज़न : द कंसेप्ट ऐंड एप्लीकेशन टू डिवेलपिंग कंट्रीज़', एफ़. स्टीवार्ट, आर. सेठ और बी. हैरिस-व्हाइट (सम्पा.), *डिफ़ाइनिंग पॉवर्टी इन द डिवेलपिंग वर्ल्ड,* पालग्रेव मैकमिलन, बेसिंग्स्टोक, यूके.
3. एम. डाली (2006), *सोशल एक्सक्लूज़न एज़ कंसेप्ट ऐंड पॉलिसी टेम्प्लेट इन द युरोपीय यूनियन,* केम्ब्रिज, एमए : हार्वर्ड युनिवर्सिटी.
2. सुखदेव थोरात (2003), 'कास्ट, एथ्निसिटि ऐंड रिलीजन : ऐन ओवरव्यू ऑफ़ एक्सक्लूज़न / डिस्क्रिमिनेशन ऐंड डिप्राइवेशन', *डीएफ़आईडी कंसेप्ट पेपर, नयी दिल्ली.*

— **अभय कुमार दुबे**

सामाजिक स्तरीकरण

(Social Stratification)

सामाजिक स्तरीकरण का प्रयोग समाज में मौजूद असमानता और क्रम-विन्यास का वर्णन करने के लिए किया जाता है जिससे समाज के विभेदीकरण की जानकारी हासिल करने में मदद मिलती है। समाजशास्त्र की इस अवधारणा को इस प्रकार परिभाषित किया जा सकता है : वह विभेदीकरण स्तरीकरण कहलाता है जिसका आधार क्रम-विन्यास है और जिसके तहत परिस्थितियों (स्टैटस या दर्जे) के हिसाब से ऊँचे और नीचे समझे जाने वाले समूहों का अध्ययन किया जाता है। समाज में व्यक्ति का विभेदीकरण उम्र, चमड़ी के रंग और लिंग-भेद के आधार पर होता है, पर स्तरीकरण में जैवकीय भिन्नताओं के स्थान पर देखा यह जाता है कि पदों और परिस्थितियों के वितरण का स्वरूप क्या है और उससे हैसियत या दर्जे का क्या आधार बन रहा है। स्तरीकरण बनाये रखने में समाजीकरण की भूमिका मुख्य है, क्योंकि समाजीकरण की प्रक्रिया में ही व्यक्ति समाज में ऊँच-नीच के भेद को स्वीकार करता है। उसी तरह जैसे परम्परागत भारतीय समाज में जाति-प्रथा के अंतर्गत व्यक्ति जातियों के अपेक्षित व्यवहार-प्रतिमानों को सीखता और स्वीकार करता है।

सामाजिक स्तरीकरण सभी समाजों में और सभी कालखंडों में किसी न किसी रूप में रहा है। विभिन्न समाजों में सामाजिक-सांस्कृतिक कारक इसे अलग-अलग स्वरूप देते रहते हैं। भारत में जाति-प्रथा का रूप जन्म-आधारित है, जबकि वर्ग आधारित युरोपीय समाजों में अर्जित गुणों के आधार पर ऊँच-नीच का भेद स्थापित होता है। जिन समाजों में प्रजातीयता के आधार पर स्तरीकरण होता है, वहाँ त्वचा के रंग को सर्वप्रमुख माना जाता है। ज़ाहिर है कि स्तरीकरण या सामाजिक श्रेणीबद्धता का कोई सार्वभौम नियम नहीं है। इसके सामाजिक परिणाम भी अलग-अलग होते हैं। जीवन-अवसरों व जीवन-शैली पर इसका स्पष्ट प्रभाव पड़ता है। बच्चों की शिक्षा व मृत्यु, बीमारियाँ, वैवाहिक संघर्ष, मानसिक अवसाद जैसे कारक जीवन-अवसरों से प्रभावित होते हैं। जबकि समाज में श्रेणी व स्तर के हिसाब से ही व्यक्ति को मक़ान, पड़ोस, मनोविनोद के साधन, भोजन, क़ीमती वस्तुएँ आदि प्राप्त होती हैं।

स्तरीकरण शब्द भू-विज्ञान से लिया गया है। यूनानी दार्शनिकों प्लेटो और अरस्तू ने भी इस पर विचार किया है। उनकी मान्यता है कि व्यक्ति प्रकृति से ही असमान होते हैं और उनकी हैसियत का निर्धारण कौशल, बुद्धिमत्ता और शारीरिक शक्ति पर निर्भर करता हूँ। ज़ाहिर है कि ये प्राचीन विचारक सामाजिक असमानता की ज़िम्मेदारी सीधे-सीधे प्राकृतिक असमानता पर डाल देते थे। युरोप में ज्ञानोदय-काल के पश्चात मुख्य रूप से स्तरीकरण पर उसके सामाजिक कारण केंद्र में रख कर इस पर चर्चा आरम्भ हुई। रूसो ने व्यक्तिगत सम्पति को स्तरीकरण का मुख्य आधार माना और कार्ल मार्क्स ने भी निजी सम्पत्ति के आधार पर होने वाले वर्ग विभाजन को स्तरीकरण का आधार माना।

सामाजिक स्तरीकरण के मुख्यत: चार स्वरूप माने गये हैं : जाति, वर्ग-व्यवस्था दास-प्रथा और जागीरें। भारत में जाति-प्रथा के अंतर्गत जाति की सदस्यता जन्मजात मानी जाती थी और उसके सदस्यों को भोजन संबंधी व अन्य निषेधों का पालन करना होता था। जातियों का संबंध व्यवसायों से भी रहा है। यह जिस शास्त्रीय वर्णक्रम का अंग रही है उसमें ब्राह्मण, क्षत्रिय, वैश्य और शूद्र के क्रम-विन्यास का निर्धारण किया गया। जाति में परिवर्तन की अनुमति नहीं रही है और जाति से भिन्न योग्यता होने पर भी जन्म की जाति को नकारना सम्भव नहीं रहा है। हालाँकि कुछ समाजशास्त्रियों, जैसे एम.एन श्रीनिवास, ने संस्कृतीकरण की अवधारणा के ज़रिये निम्न जातियों के मध्य सामाजिक गतिशीलता के ऐतिहासिक पक्ष का अध्ययन करके दिखाया है कि वर्ण-व्यवस्था की जड़ता के बावजूद संस्कार, शुद्धि या राजनीतिक बल से निम्न जातियाँ अपने दर्जे को ऊँचा करने की कोशिश करती थीं।

इसी प्रकार वर्ग-व्यवस्था में सामाजिक परिस्थिति की बुनियाद में धन-संपत्ति की महत्त्वपूर्ण भूमिका होती है और इसमें जन्मजात सदस्यता के स्थान पर निजी गुणों व प्रतिभा के आधार पर वर्ग-विकास को महत्त्व देने का चलन होता है। एक ही वर्ग के सदस्यों के मध्य वैवाहिक और सामाजिक संबंध बनते हैं और उनकी उपसंस्कृति बन जाती है। इसके

अलावा दास-प्रथा भी स्तरीकरण का आधार रही है। दासों को प्राचीन यूनानी और रोमन साम्राज्य में क़ानूनन अधिकारविहीन रखा जाता था। मालिकों के सामाजिक स्तर की तुलना में वे काफ़ी निम्न माने जाते थे। अट्ठारहवीं और उन्नीसवीं सदी में संयुक्त राज्य अमेरिका के दक्षिणी भाग में भी दास-प्रथा का चलन था। स्तरीकरण के रूप में दास-प्रथा एक आदिम व्यवस्था मानी जाती है। मध्यकाल में युरोप में पायी जाने वाली जागीरें भी बड़े पैमाने पर लोगों के मध्य सामाजिक विभेदीकरण पैदा करती थीं और लोग भिन्न-भिन्न स्तरों में विभक्त रहते थे। इसे भी परम्परा व क़ानून की मान्यता मिली हुई थी। इनके तीन वर्ग होते थे : पादरी, राजा-सरदार और आम जनता। चर्च के मुखिया के रूप में पादरियों को काफ़ी सामाजिक अधिकार मिले हुए थे और इन्हें समाज में भी ऊँचा दर्जा प्राप्त था। हालाँकि राजाओं को पादरियों से ऊपर गिना जाता था, पर पादरियों का सामाजिक रुतबा उनकी उच्च-परिस्थिति का आधार था।

सामाजिक स्तरकीरण की व्याख्या के लिए दो प्रमुख सैद्धांतिक दृष्टिकोणों का प्रयोग किया गया है : प्रकार्यात्मक दृष्टिकोण और द्वंद्वात्मक दृष्टिकोण।

प्रकार्यात्मक दृष्टिकोण के प्रमुख समर्थक टैलकॉट पार्सस, किंग्सले डेविस और विल्बर्ट ई. मूर जैसे समाजशास्त्री हैं। इन लोगों ने स्तरीकरण यानी सामाजिक असमानता को उचित ठहराने के तर्क दिये हैं। उदाहरण के लिए पार्संस का मत है कि सामाजिक स्तरीकरण समाज के लिए अनिवार्य है क्योंकि समाज को विभिन्न योग्यता और कार्य-दक्षता वाले लोगों की आवश्यकता पड़ती है। अलग-अलग योग्यता के हिसाब से लोगों को सम्मान व पारिश्रमिक मिलता है। हर समाज को अपने अस्तित्व और विकास के लिए ख़ास मूल्य-व्यवस्था बनानी होती है जो समाज के सभी सदस्यों की सर्वसम्मति पर आधारित होती है। इन्हीं मूल्यों या पैमाने पर व्यक्ति की योग्यता की जाँच कर उसकी सामाजिक हैसियत तय की जाती है। पार्संस के अनुसार इससे समाज में तनाव या द्वंद्व नहीं बल्कि एकता पैदा होती है क्योंकि लोग यह मानकर आश्वस्त रहते हैं कि उन्हें उनकी योग्यता के अनुसार ही काम मिल रहा है और कार्यकुशलता और क्षमता बढ़ाने की प्रेरणा भी मिलती है। इस सिद्धांत के अनुसार स्तरीकरण भिन्न-भिन्न प्रतिभा वाले लोगों को भिन्न हैसियत देकर उनकी योग्यता का सम्मान करता है। सबसे महत्त्वपूर्ण पदों पर सबसे योग्य लोगों को आसीन करने का भी यही एकमात्र सही तरीक़ा है। प्रकार्यात्मक दृष्टिकोण में यह भी माना जाता है कि कोई भी समाज वर्गहीन अथवा बग़ैर स्तरीकरण के नहीं हो सकता और सभी जटिल समाजों के लिए सामाजिक स्तरीकरण अनिवार्य है। किंग्सले डेविस और विल्बर्ट मूर जैसे समाजशास्त्रियों का मत है कि समाज में कम सुलभ और विशेषज्ञतापूर्ण पदों के लिए अधिक सम्मान-पुरस्कार मिलता है क्योंकि ऐसे कार्य करने के लिए योग्य व्यक्ति अधिक संख्या में नहीं मिलते हैं। इस विषय में मैक्स वेबर जैसे विचारकों का सोच भी महत्त्वपूर्ण है जो मानते हैं कि समाज में वर्ग, परिस्थिति समूह और दल के आधार पर स्तरीकरण होता है। वेबर ने परिस्थिति को सम्मान का पर्याय माना है जो वर्ग से कई बार मुक्त होती है। मसलन, आर्थिक रूप से सम्पन्न लोगों को समाज में कम सम्मान मिल सकता है, और किसी अच्छे प्रतिष्ठापूर्ण मध्यवर्गीय व्यवसाय करने वाले व्यक्ति को अधिक सम्मान प्राप्त हो सकता है।

दूसरी ओर सामाजिक स्तरीकरण के संदर्भ में द्वंद्वात्मक या संघर्षात्मक सिद्धांत है जिसने इस बारे में प्रकार्यात्मक सिद्धांत की कड़ी आलोचना विकसित की है। प्रकार्यात्मक सिद्धांत जहाँ सामाजिक स्तरीकरण को समाज की ज़रूरत बताता है, वहीं संघर्षात्मक सिद्धांत इसे वर्ग व समुदाय की दृष्टि से देखता है और मानता है कि असमानता पूरे समाज की आवश्यकता नहीं बल्कि ख़ास उच्च वर्ग की आवश्यकता है और उसके हितों की पूर्ति का माध्यम है। संघर्षात्मक सिद्धांत के प्रमुख प्रणेता कार्ल मार्क्स का मानना है कि मानव समाज का पूरा इतिहास ही वर्ग संघर्ष का इतिहास है और पूँजीवादी समाज स्तरीकृत यानी विषमतामूलक समाज का अंतिम अध्याय होगा।

प्रकार्यात्मक सिद्धांतकार समाज में शक्ति, सम्मान व पद के विभाजन को हानिकारक या आपत्तिजनक नहीं मानते, वहीं संघर्षात्मक सिद्धांतकारों का मानना है कि समाज में मौजूद वर्गगत असमानता उसके विकास में बाधक होती है और वर्ग-संघर्ष सामाजिक परिवर्तन का मुख्य स्रोत है। संघर्षात्मक सिद्धांत के एक अन्य महत्त्वपूर्ण समर्थक सी. राइट मिल्स हैं जिन्होंने अमेरिकी समाज के अभिजनों की सत्ता पर प्रकाश डाला है। अपनी प्रख्यात पुस्तक *द पॉवर इलीट* में उन्होंने बताया है कि किस प्रकार तीन शक्तिशाली संगठन औद्योगिक प्रतिष्ठान, सेना और संघीय सरकार मिल कर अमेरिका को नियंत्रित करते हैं और राजनीति में अपने किसी विकल्प को नहीं उभरने देते। मार्क्स से थोड़ा अलग मिल्स, गेरहार्ड लास्की और आर. डैहरेनडौर्फ़ जैसे विचारकों ने वर्ग के स्थान पर शक्ति की धारणा का प्रयोग अधिक किया है। इस दृष्टिकोण के अंतर्गत विचारधारा की भूमिका का भी अध्ययन किया गया है जिसका प्रयोग समाज के प्रभावशाली समूह अपने प्रभुत्व को बनाये रखने और सामाजिक स्तरीकरण के रूप में मौजूद विषमता न्यायोचित ठहराने के लिए करते हैं।

देखें : अर्थव्यवस्था का समाजशास्त्र, अभिजन, अभिरुचि, आत्महत्या, उन्मूलनवाद, एजेंसी, कर्मकाण्ड, कारागार, गोपनीयता, गृहविहीनता, जादू, जीवन-शैली, टेलरवाद, परम्परा, परस्पर विपरीत द्विभाजन, प्रति-

(संस्कृति, विमर्श, इतिहास, वर्चस्व, स्मृति), प्राइवेसी, प्रौद्योगिकी, फ़ुरसत, बचपन, बहुपत्नी प्रथा, बहुपति प्रथा, बुद्धिसंगत चयन का सिद्धांत, बुज़ुर्गियत का समाजशास्त्र, बेगानगी, भीड़, भ्रष्टाचार का समाजशास्त्र-1 और 2, मानव-प्रकृति, मानवशास्त्र और मार्क्सवाद, मानवशास्त्र और संस्कृति की राजनीति, समाज-विज्ञान, समाज-कार्य, समाजीकरण, समुदायवाद, सामाजिक आंदोलन, सामाजिक बहिर्वेशन, सामाजिक पूँजी, सांस्कृतिक मानवशास्त्र, सांस्कृतिक सापेक्षतावाद, सांस्कृतिक पूँजी, सेवानिवृत्ति, वाचिकता, विचलन, ज्ञान का समाजशास्त्र।

संदर्भ

1. एम.एम. ट्यूमिन (1967), *सोशल स्ट्रैटिफ़िकेशन : द फ़ार्म्स ऐंड फंक्शन ऑफ़ इनइक्वैलिटी*, प्रेंटिस हाल, न्यू जर्सी.
2. टी.बी. बॉटॅमोर (1965), *क्लासेज़ इन मॉडर्न सोसाइटी*, जॉर्ज एले ऐंड अनविन, लंदन.
3. आर. बेन्डिक्स और एस.लिपसेट (सम्पा.) (1967), *क्लास, स्टेटस ऐंड पावर : सोशल स्ट्रैटिफ़िकेशन इन कम्परेटिव पर्सपैक्टिव*, रॉटलेज ऐंड कीगन पाल, लंदन.
4. एम.हारलम्बस, (1980) *सोसियॉलोजी : थीम्स ऐंड पर्सपेक्टिव्ज़*, ऑक्सफ़र्ड युनिवर्सिटी प्रेस, नयी दिल्ली.
5. जे.एच.हटन (1961), *कास्ट इन इण्डिया : इट्स नेचर, फंक्शन ऐंड ओरिजिन*, ऑक्सफ़र्ड युनिवर्सिटी प्रेस, नयी दिल्ली.

— वैभव सिंह

सामाजिक समझौता

(Social Contract)

सामाजिक समझौता एक ऐसा सिद्धांत है जिसके केंद्र में मुख्य विचार यह है कि वैध सरकार स्वतंत्र नैतिक कर्त्ताओं के बीच स्वैच्छिक समझौते का कृत्रिम नतीजा होती है। इसके पीछे मान्यता है कि 'प्राकृतिक' राजनीतिक प्राधिकार जैसी कोई चीज़ नहीं होती है। आधुनिक युग में इस सिद्धांत ने दैवीय सिद्धांत का खण्डन करके व्यक्तियों की नैतिक समानता का तथ्य रेखांकित किया। इसलिए माइकल ओकशॉट ने समझौतावाद को 'इच्छा और कौशल' का सिद्धांत कहा है। लॉक के इस कथन से इसका पूरा महत्त्व सामने आता है कि 'स्वैच्छिक सहमति गवर्नर को राजनीतिक सत्ता देती है।' प्राचीन और मध्यकालीन चिंतन में भी समझौता सिद्धांत के सूत्रों को देखा जा सकता है। लेकिन 1650-1800 के बीच के दौर को समझौता सिद्धांत का स्वर्ण-युग माना जा सकता हैं। इसकी शुरुआत हॉब्स की रचना *लेवायथन* से हुई और अंत कांट के *मेटाफ़िज़िकल एलीमेंट्स ऑफ़ जस्टिस* से हुआ। बीसवीं सदी में जॉन रॉल्स जैसे उदारतावादी-समतावादी चिंतक ने अपनी किताब *अ थियरी ऑफ़ जस्टिस* में इस उसूल का नये सिरे से प्रयोग किया।

यह विवाद का विषय है कि आख़िर पश्चिमी चिंतन में 'स्वैच्छिक सहमति' को इतना महत्त्वपूर्ण स्थान कैसे मिल गया। इसका एक सम्भावित जवाब यह है कि ईसाइयत के प्रभाव के कारण प्राचीन सिद्धांतों ने 'अच्छे कार्यों' को उत्तम शासन और आदमी का स्वाभाविक सामाजिक लक्ष्य क़रार दे कर इस तरह की राजनीति के बारे में विचार करने का रास्ता तैयार किया होगा। दरअसल, अच्छा काम करने के लिए अच्छा क्या है, इसका ज्ञान और अच्छा करने की इच्छा—दोनों ही महत्त्वपूर्ण है। इसी तरह राजनीति को भी नैतिक सहमति की ज़रूरत होती है। इसका मतलब है कि व्यक्ति की अपनी इच्छा-शक्ति से राजनीति में जुड़ाव। ईसाइयत के भीतर हमेशा ही असीम मानकों का स्वैच्छिक रूप से अनुमोदन करने की आज़ादी रही है। धर्मसुधार आंदोलन के बाद जहाँ नैतिक प्राधिकार की भूमिका कम हुई, वहीं नैतिक चिंतन में व्यक्तिगत चुनाव और दायित्व के तत्व को मजबूती मिली। धर्मसुधार आंदोलन का प्रभाव बेहद गहरा था। इसलिए यह एक स्वाभाविक सी बात है कि व्यक्तिगत नैतिक स्वायत्तता के प्रोटेस्टेंट दृष्टिकोण का प्रभाव धर्मशास्त्र और नैतिक दर्शन से लेकर राजनीति तक फैला। इसने सामाजिक समझौता सिद्धांत के लिए एक बौद्धिक आधार उपलब्ध कराया। धर्मसुधार के बुनियादी सामाजिक विचारों के सामने आने के साथ ही किसी संस्था की श्रेष्ठता उसकी वैधता का आधार नहीं रह गयी। अब इस संदर्भ में हर व्यक्ति के द्वारा व्यक्त किये जाने वाले विचारों को महत्त्व दिया जाने लगा। बहरहाल, स्वेच्छावाद और सामाजिक समझौता के अभाव के साथ ही वैध राज्य के विचारों ने उत्तम राज्य के विचारों की जगह ले ली और सत्रहवीं सदी के बाद अमूमन यह माना जाने लगा कि वैधता इच्छा की अवधारणा पर निर्भर है।

संत ऑगस्टीन के लेखन ने पश्चिमी सामाजिक चिंतन को निर्णायक रूप से स्वेच्छावाद की ओर मोड़ा। ऑगस्टीन ने अपने नैतिक सिद्धांत में सहमति और इच्छा के बीच गहरा जुड़ाव क़ायम किया। इस जुड़ाव के बिना सामाजिक समझौता सिद्धांत की कल्पना नहीं की जा सकती थी। लेकिन सामाजिक समझौता स्कूल के उभार से पहले राजनीतिक स्वेच्छावाद का सबसे विकसित रूप फ्रैंसिस्को सुरेज के लेखन में पाया जाता है। सुरेज के अनुसार मुक्त इच्छा और राजनीतिक सहमति एक-दूसरे के समानान्तर हैं। इच्छा को राज्य का सबसे महत्त्वपूर्ण कारण माना जा सकता है। सुरेज ने अपने सिद्धांत को संक्षिप्त रूप में व्यक्त करते हुए यह टिप्पणी की कि 'आदमियों को एक पूर्ण समुदाय में संगठित करने के लिए मानव इच्छा आवश्यक है।'

आधुनिक समझौतावादी सिद्धांत में भी यह बात शामिल है कि सहमति द्वारा राजनीति को वैधता मिलती है, इसलिए दायित्व और प्राधिकार हर किसी की मूल आज़ादी और दायित्व के कारण उत्पन्न होते हैं। दरअसल, समझौतावाद पर काफ़ी हल्के तरीक़े से भी विचार किया जा सकता है। इस तरह के विचार में यह माना जाता है कि समझौतावाद ऐसे मध्ययुगीन विचारों का विस्तार है जिसमें शासकों और लोगों के बीच में हुए समझौते पर ज़ोर दिया जाता है; या इसे एक ऐसे सिद्धांत के रूप में देखा जाता है जिसने राज्य की सीमाएँ तय की। लेकिन समझौतावाद पर इतने हल्के तरीक़े से विचार करने का नुक़सान यह है कि क्रिश्चियन विचारों के द्वारा राजनीतिक और नैतिक दर्शन में किये गये क्रांतिकारी विचारों का बहुत ही नाकाफ़ी विवरण मिलता है। इस तरह इसमें स्वायत्तता, दायित्व, कर्त्तव्य, प्राधिकरण और इच्छा जैसे नैतिक घटकों पर बहुत कम ध्यान दिया जाता है।

सत्रहवीं सदी से इच्छा पर आधारित सहमति को एक नैतिकता के रूप में स्वीकार किया जाने लगा। ख़ास तौर पर हॉब्स, लॉक और रूसों के विचारों ने सामाजिक समझौता की अवधारणा को बहुत लोकप्रिय बना दिया। इन सभी लेखकों ने मनुष्यों की प्रकृति, प्राकृतिक अवस्था, सामाजिक समझौता और इसके बाद सम्प्रभु के निर्माण की एक पूरी कहानी पेश की। इसके द्वारा इन्होंने अन्य बातों के अलावा, इस बात को स्पष्ट किया कि राज्य का प्राधिकार व्यक्तियों की सहमति पर निर्भर होता है। मसलन, हॉब्स ने *लेवायथन* में इस बात पर ज़ोर दिया कि मूल रूप से सभी सम्प्रभु अधिकार शासित होने वाले हर व्यक्ति की सहमति से उत्पन्न होते हैं। उन्होंने इस बात पर भी ज़ोर दिया कि मनुष्यों की इच्छाएँ हर तरह के समझौते की बुनियाद हैं। इसी तरह लॉक यह मानते हैं कि 'स्वैच्छिक सहमति से ... गवर्नरों को राजनीतिक सत्ता मिलती है कि वे अपने सब्जेक्ट्स (या प्रजाजनों की भलाई के लिए काम करें।' इसी तरह से रूसो ने भी इस बात पर ज़ोर दिया कि 'जिनसे मैंने कोई वायदा नहीं किया, उनके प्रति मेरी कोई ज़िम्मेदारी नहीं है ... नागरिक साहचर्य इस दुनिया में सबसे स्वैच्छिक कार्य है, चूँकि हर व्यक्ति इस दुनिया में स्वतंत्र पैदा होता है और खुद अपना मालिक होता है, इसलिए किसी भी आधार पर किसी को उसकी सहमति के बिना अपने अधीन नहीं किया जा सकता है।' यह कथन इस बात को दिखाता है कि किस तरह सहमति, समझौता और स्वेच्छावाद के विचार एक दूसरे से जुड़े हुए हैं। कांट ने भी इस बात पर ज़ोर दिया कि सभी वैध नियम ऐसे होने चाहिए कि तार्किक व्यक्ति उन्हें अपनी स्वीकृति दे सकें। हीगेल ने भी स्पष्ट रूप से इस बात पर ज़ोर दिया कि प्राचीन काल में व्यक्तिपरक साध्य राज्य की इच्छा के अनुरूप होते थे' लेकिन 'आधुनिक दौर में हम निजी फ़ैसले, निजी इच्छा और निजी अंत:करण का दावा करते हैं।' जब सामाजिक फ़ैसला लिया जाता है, तो व्यक्ति के द्वारा खुद अपनी इच्छा अभिव्यक्त की जानी चाहिए।

अपने स्वेच्छावाद के बावजूद हीगेल ने राज्य के समझौतावादी सिद्धांत की तीखी आलोचना की। 1831 में उनकी मौत के बाद सामाजिक समझौता सिद्धांत काफ़ी हल्का पड़ गया। इसमें एक तरफ़ उपयोगितावाद और दूसरी ओर राज्य के ऐतिहासिक सिद्धांतों ने बहुत ही महत्त्वपूर्ण भूमिका निभायी। बीसवीं सदी के दूसरे भाग में यह विचार फिर से उभर कर सामने आया, ख़ासतौर पर रॉल्स ने अपनी किताब *अ थियर ऑफ़ जस्टिस* में इसे नये सिरे से सामाजिक प्रतिष्ठा दिलायी। उन्होंने अपने न्याय के सिद्धांतों को ऐसे सिद्धांतों के रूप में पेश किया जिन्हें अपने हितों को बढ़ावा देने की इच्छा रखने वाले स्वतंत्र व्यक्ति मूल स्थिति में स्वीकार करेंगे। इस मूल स्थिति में सभी लोग समान होते हैं। इसमें चुने गये सिद्धांत को हर व्यक्ति अपने साहचर्य की बुनियादी शर्तों को परिभाषित करने वाला मानता है।

आधुनिक दौर में हॉब्स, लॉक, रूसो के विचारों में सामने आये सामाजिक समझौता सिद्धांत ने इस बात को स्पष्ट किया कि राज्य किसी देवी-देवता या कुछ लोगों की मर्जी का नतीजा नहीं है, बल्कि यह सभी व्यक्तियों द्वारा किये गये समझौते का नतीजा है। इसमें सभी लोगों की समानता का विचार निहित है। कई मर्तबा इस आधार पर सामाजिक समझौते की आलोचना की जाती है कि यह ऐतिहासिक नहीं है और किसी ख़ास चिंतक की अपनी मनमर्जी और दिमागी ख़यालों की उपज है। हॉब्स, लॉक, रूसो और कांट जैसे सामाजिक समझौता का प्रयोग करने वाले चिंतकों की मूल आलोचना यही हुई कि कभी भी प्राकृतिक अवस्था का अस्तित्व नहीं था या कभी भी इस तरह का समझौता नहीं हुआ। इसलिए न तो नागरिक और न ही सरकार इससे बँधे हुए हैं। इस संदर्भ में ड्वॉर्किन का यह मानना है कि 'यह बात सही है कि काल्पनिक सहमति वास्तविक समझौते का धुँधला रूप है; या फिर यह कोई समझौता ही नहीं है'। लेकिन ड्वॉर्किन के अनुसार सामाजिक समझौता के तर्कों को हमें एक ऐसे साधन के रूप में देखना चाहिए जिससे लोगों की नैतिक समानता से जुड़े निश्चित नैतिक आधार-वाक्यों के अर्थ को समझा जा सकता है। प्राकृतिक अवस्था के विचार का सहारा लेने का मतलब यह नहीं है कि समाज के ऐतिहासिक निर्माण या सरकार और लोगों के ऐतिहासिक दायित्वों को स्पष्ट किया जा रहा है। दरअसल, इसका उपयोग व्यक्तियों की नैतिक समानता का मॉडल बनाने के लिए किया जाता है।

एक सामाजिक समझौता सिद्धांत को भी, अन्य

सिद्धांतों की तरह, इस आधार पर ख़ारिज या स्वीकार किया जा सकता है कि इसके द्वारा पेश किये जाने वाले तर्क किस सीमा तक हमारे सहजबोध के अनुरूप हैं। स्पष्टतः इस आधार पर हॉब्स, लॉक, रूसो और रॉल्स की भी तीखी आलोचना की गयी है। लेकिन यह मनुष्यों की समानता और संस्थाओं की रूपरेखा और उत्तम जीवन की अवधारणाओं पर विचार करने के एक साधन के रूप में सामाजिक समझौते के महत्त्व को पूरी तरह ख़ारिज नहीं करता है।

देखें : अधिकार, अधिकार : सैद्धांतिक यात्रा, अरस्तू, अफ़लातून, अनुदारतावाद, अराजकतावाद, अन्य-अन्यीकरण, उदारतावाद, उपयोगितावाद, ऐडमण्ड बर्क, क्रांति, ज्याँ ज़ाक रूसो, जॉन लॉक, जेरेमी बेंथम, जॉन स्टुअर्ट मिल, जॉन रॉल्स, थॉमस हॉब्स, थॉमस पेन, न्याय, न्याय : नारीवादी आलोचना, न्याय : रॉल्स का सिद्धांत, नागरिकता, नागरिकता : अन्य परिप्रेक्ष्य-1 और 2, नागर समाज, पनोप्टिकॉन, फ्रेड्रिख़ वॉन हायक, बुद्धिवाद, माइकिल ओकशॉट, माइकिल वाल्ज़र, मिशेल पॉल फूको-1 और 2, यूटोपिया, राजनीतिक दर्शन के नारीवादी आयाम-1 और 2, रॉबर्ट नॉज़िक, राज्य-1 और 2, विल किमलिका, स्वतंत्रतावाद, सर्वसत्तावाद, सम्प्रभुता, समाजवाद, सरकार और सरकारियत-1 और 2, सामाजिक समझौता।

संदर्भ

1. ई. बार्कर (1946), द *सोशल कांट्रेक्ट,* ऑक्सफ़र्ड युनिवर्सिटी प्रेस, लंदन.
2. जे. प्लेमेनात्ज़ (1938), *कंसेंट, फ्रीडम ऐंड पॉलिटिकल ऑब्लिगेशन,* ऑक्सफ़र्ड युनिवर्सिटी प्रेस, लंदन.
3. माइकल ओकशॉट (1946), *इंट्रोडक्शन टू लेवायथन,* ऑक्सफ़र्ड, ब्लैकवेल, 1946।
4. विल किमलिका (2009), *समकालीन राजनीतिक दर्शन : एक परिचय,* अनुवाद : कमल नयन चौबे, पियर्सन, नयी दिल्ली.

— कमल नयन चौबे

साम्राज्यवाद

(Imperialism)

अपनी सीमाएँ लाँघ कर विदेशी धरती को फ़ौजी ताक़त से जीत कर अपने क़ब्ज़े में रखने वाले साम्राज्यों की कहानियों से विश्व-इतिहास भरा हुआ है। मिस्रियों, असीरियनों, बेबीलोनियनों, रोमनों और मंगोलों ने इस तरह के बड़े-बड़े साम्राज्य खड़े किये थे। लेकिन, साम्राज्य स्थापित करने की इस प्रक्रिया को आधुनिक अर्थों में साम्राज्यवाद की संज्ञा पंद्रहवीं सदी में मिली जब युरोपियन ताक़तों ने अपना विस्तार शुरू किया। साम्राज्यवाद का यह सिलसिला बीसवीं सदी के मध्य तक चला जब वि-उपनिवेशीकरण की प्रक्रिया के तहत राष्ट्रीय मुक्ति संग्रामों और क्रांतियों की लहर ने इसका अंत कर दिया। साम्राज्यवाद के कारणों और उसकी संरचनाओं के बारे में मुख्य तौर पर पाँच तरह की व्याख्याएँ प्रचलित हैं : अनुदारतावादी, उदारतावादी, मार्क्सवादी, यथार्थवादी और समाज-मनोवैज्ञानिक। इनके बीच में काफ़ी मतभेद हैं।

सन् 1500 के आसपास स्पेन, पुर्तगाल, ब्रिटेन, फ्रांस और हालैण्ड की विस्तारवादी कार्रवाइयों को युरोपीय साम्राज्यवाद का पहला दौर माना जाता है। इसका दूसरा दौर 1870 के आसपास शुरू हुआ जब मुख्य तौर पर ब्रिटेन साम्राज्यवादी विस्तार के शीर्ष पर था। अगली सदी में जर्मनी और संयुक्त राज्य अमेरिका उसके प्रतियोगी के तौर पर उभरे। इन ताक़तों ने दुनिया के विभिन्न हिस्सों में जीत हासिल करके अपने उपनिवेश क़ायम करने के ज़रिये शक्ति, प्रतिष्ठा, सामरिक लाभ, सस्ता श्रम, प्राकृतिक संसाधन और नये बाज़ार हासिल किये। साम्राज्यवादी विजेताओं ने अपने अधिवासियों को एशिया और अफ़्रीका में फैले उपनिवेशों में बसाया और मिशनरियों को भेज कर ईसाइयत का प्रसार किया गया। ब्रिटेन के साथ फ्रांस, जापान और अमेरिका की साम्राज्यवादी होड़ के तहत उपनिवेशों की स्थापना दुनिया के पैमाने पर प्रतिष्ठा और आर्थिक लाभ का स्रोत बन गया। यही वह दौर था जब युरोपियनों ने अपनी सांस्कृतिक श्रेष्ठता के दम्भ के तहत साम्राज्यवादी विस्तार को एक सभ्यता के वाहक के तौर पर देखना शुरू किया।

साम्राज्यवाद की दूसरी लहर ने सबसे पहले अफ़्रीका को अपना शिकार बनाया। इस महाद्वीप की हुकूमतें युरोपियन फ़ौजों के सामने आसानी से परास्त हो गयीं। बेल्जियम के लिए हेनरी स्टेनली ने कोंगो नदी घाटी पर क़ब्ज़ा कर लिया, फ्रांस ने अल्जीरिया को हस्तगत करके स्वेज नहर का निर्माण किया और उसके जवाब में ब्रिटेन ने मिस्र पर क़ब्ज़ा करके इस नहर पर नियंत्रण कर लिया ताकि एशिया की तरफ़ जाने वाले समुद्री रास्तों पर उसका प्रभुत्व स्थापित हो सके। इसी के बाद फ्रांस ने ट्यूनीशिया और मोरक्को को अपना उपनिवेश बनाया। इटली ने लीबिया को हड़प लिया। लातीनी और दक्षिणी अमेरिका में मुख्य तौर पर स्पेन के उपनिवेश रहे। इन क्षेत्रों की कई अर्थव्यवस्थाओं की लगाम अमेरिका और युरोपीय ताक़तों के हाथों में रही।

एक तरफ़ उन्नीसवीं सदी में अफ़्रीका के लिए साम्राज्यवादी होड़ चल रही थी, और दूसरी ओर दक्षिण एशिया पर प्रभुत्व जमाने की प्रतियोगिता भी जारी थी। उन्नीसवीं सदी के मध्य तक ब्रिटेन ईस्ट इण्डिया कम्पनी के ज़रिये भारत के बड़े हिस्से का उपनिवेशीकरण करके

बेशक़ीमती मसालों और कच्चे माल की प्राप्ति शुरू कर चुका था। पूर्वी एशिया में हालाँकि चीन ने विदेशियों के लिए दरवाजे बंद कर रखे थे, पर अंग्रेज़ अफ़ीम की सप्लाई के ज़रिये चीन से बड़े पैमाने पर मुनाफ़ा कमाने में लगे हुए थे। पश्चिमी प्रभाव के सामने घुटने टेकने के बाद जापान दक्षिण-पूर्व एशिया और प्रशांत क्षेत्र में अपनी साम्राज्यवादी नीतियाँ चला रहा था।

साम्राज्यवाद की अनुदारतावादी व्याख्या का दावा है कि साम्राज्यवादी हुकूमतों ने अपने भीतरी सामाजिक संघर्षों को सीमित रखने के लिए साम्राज्यवादी विस्तार की नीतियाँ अपनाने की तरक़ीब अपनायी थी। सेसिल रोड्स और रुडयार्ड किपलिंग जैसे लेखकों की राय थी कि अगर ये राज्य ऐसा न करते तो उनके अपने देश में तत्कालीन समाज व्यवस्था को क़ायम रख पाना मुश्किल हो जाता। उदारतावादी व्याख्या की मुख्य दलील है कि साम्राज्यवादी देशों के भीतर धन-सम्पत्ति के बढ़ते हुए केंद्रीकरण के कारण वहाँ की साधारण जनता आमदनी की किल्लत (अंडर-कंज़म्पशन) के दौर से गुज़र रही थी। जॉन हॉब्सन और नॉर्मन एंजिल जैसे व्याख्याकारों के मुताबिक़ अगर ये देश चाहते तो इस समस्या का समाधान अपने स्तर पर कर सकते थे। वे इस तरह की नीतियाँ अपना सकते थे जिनके तहत अमीरों का कुछ धन ग़रीबों के हाथ में पहुँच जाता। उनके सामने नये क़ानून बनाने का विकल्प भी था। पर उन्होंने ऐसा न करके साम्राज्यवादी विस्तार की नीति अपनायी ताकि उत्पादन की लागत घटा कर नये उपभोक्ता बाज़ार को हासिल कर सकें।

साम्राज्यवाद की मार्क्सवादी व्याख्या मानती है कि उदारतावादियों का विश्लेषण मोटे तौर पर सही है, पर उनकी तजवीज़ें ठीक नहीं हैं। साम्राज्यवादी देशों में राज्य पूँजी के हितों की नुमाइंदगी करता है, न कि श्रम के हितों की। साम्राज्यवाद के प्रश्न पर मार्क्सवादी न केवल अन्य व्याख्याओं से बहस करते हैं, बल्कि ख़ुद उनके बीच भी तीखी बहसें रही हैं। साम्राज्यवाद का सर्वाधिक प्रचलित मार्क्सवादी सिद्धांत प्रतिपादित करने का मुख्य श्रेय रूसी बोल्शेविक क्रांति के जनक व्लादीमिर इलीच लेनिन को है। उन्होंने ऑस्ट्रियायी मार्क्सवादी अर्थशास्त्री रुडॉल्फ़ हिल्फ़डरिंग की रचना *फ़ायनेंस कैपिटल* और अंग्रेज़ अर्थशास्त्री की जॉन ए. हॉब्सन की 1902 की रचना *इम्पीरियलिज़्म : अ स्टडी* को आधार बनते हुए आर्थिक आयामों को केंद्रस्थ किया। लेनिन ने साम्राज्यवाद को पूँजीवाद की सर्वोच्च अवस्था के तौर पर दिखाया और निष्कर्ष निकाला कि प्रथम विश्व-युद्ध नये बाज़ारों और निवेश के अवसरों की पूँजीवादी देशों के बीच हुई होड़ का नतीजा था।

लेनिन ने अपनी रचना *इम्पीरियलिज़्म, हाइएस्ट स्टेज ऑफ़ कैपिटलिज़्म* में साम्राज्यवाद के लक्षणों की सूची पेश की है : जिंसों के निर्यात के साथ-साथ साम्राज्यवाद के तहत पूँजी का निर्यात महत्त्वपूर्ण हो जाना, बड़े-बड़े ट्रस्टों या कार्टेलों में उत्पादन और वितरण का संकेंद्रण, बैंकिंग और औद्योगिक पूँजी का आपस में विलय हो जाना, पूँजीवादी ताक़तों द्वारा दुनिया को अपने-अपने प्रभुत्व क्षेत्रों में बाँट लेना, परिणामस्वरूप अगले दौर में पूँजीवादी ताक़तों द्वारा विश्व के पुन: विभाजन की सम्भावना पैदा हो जाना। आम तौर पर इन सभी लक्षणों में पूँजी के निर्यात वाले पहलू को ही प्रधान समझ कर साम्राज्यवाद के मार्क्सवादी सिद्धांत की समझ हासिल करने का दावा किया जाता है। दिलचस्प बात है कि हाल ही में कुछ विद्वानों द्वारा किये गये दावे के अनुसार लेनिन ने पूँजीवाद की अवस्था बताने के लिए जो रूसी शब्द इस्तेमाल किया है उसके मायने 'हाइएस्ट' के बजाय 'लेटेस्ट' ज़्यादा बैठते हैं। दरअसल, लेनिन द्वारा रचित दो अन्य लेखों ('ऑन द सो काल्ड मार्केट क्वेश्चन' और 'ए करेक्टराइज़ेशन ऑफ़ इकॉनॉमिक रोमांटिसिज़्म') का हवाला दिये बिना साम्राज्यवाद के मार्क्सवादी सिद्धांत की समझ पूरी नहीं हो सकती। इन दो लेखों में लेनिन उदारतावादियों द्वारा प्रतिपादित अंडर-कंज़म्पशन के सिद्धांत के मुक़ाबले मार्क्स द्वारा प्रवर्तित एकाधिकारी पूँजीवाद के दौर में विश्व स्तर पर पूँजी-संचय के सिद्धांत का बचाव करते हैं।

अंतर्राष्ट्रीय संबंधों के क्षेत्र में यथार्थवादी व्याख्या साम्राज्यवाद को मुख्यत: शक्ति-संतुलन की अभिव्यक्ति के तौर पर देखती है। हैंस मोरगेंथाउ के अनुसार साम्राज्यवाद उस प्रक्रिया का अंग है जिसके तहत विभिन्न शक्तियाँ यथास्थिति को अपने पक्ष में झुकाने की कोशिश करती हैं। साम्राज्यवाद के ज़रिये बड़ी ताक़तें अपने राज्य की राजनीतिक और सामरिक दुर्बलता को घटाना चाहती थीं। लेनिन की दलील की आलोचना करते हुए यथार्थवादी कहते हैं कि सभी पूँजीवादी देश साम्राज्यवादी नहीं थे, और सभी साम्राज्यवादी देश पूँजीवादी नहीं थे।

साम्राज्यवादी की व्याख्या कई तरह के समाज-मनोवैज्ञानिक सिद्धांतों के मुताबिक़ भी की गयी है। ये व्याख्याएँ जोसेफ़ शुमपीटर के विमर्श से प्रभावित हैं। शुमपीटर मानते थे कि साम्राज्यवाद एक ध्येयहीन गतिविधि थी ताकि राज्य की संस्था अपना ज़बरन असीमित विस्तार कर सके। वे इस गतिविधि को एक मनोभाव के रूप में देखते हैं जो साम्राज्यिक राज्यों को 'योद्धा वर्ग' की देन है। हालाँकि योद्धा वर्ग की रचना राज्य की विदेशी आक्रमणों से प्रतिरक्षा के उद्देश्य से हुई थी, पर उसने अपने निरंतरता बनाये रखने के लिए साम्राज्यवाद का सहारा लिया।

प्रथम विश्व-युद्ध के बाद साम्राज्यवाद का प्रभाव तेज़ी से घटा। जर्मनी में नाज़ियों के उत्थान से इसे थोड़े समय के लिए फिर उछाल मिला, पर 1945 में विश्व-युद्ध के ख़ात्मे

के बाद से स्पष्ट हो गया कि अंतर्राष्ट्रीय समुदाय पर उपनिवेशवाद विरोधी रुझान हावी हो चुके हैं। अमेरिका और सोवियत संघ ने इस दौर में उपनिवेशवाद का जम कर विरोध किया और आत्म-निर्णय के उसूल का पक्ष लिया। युरोप की हालत इस समय तक पतली हो चुकी थी। वह दूर-दराज़ क्षेत्रों में फैले हुए उपनिवेशों की आर्थिक लागत उठाने की हालत में नहीं था। नवगठित संयुक्त राष्ट्र उपनिवेशों में चल रहे राष्ट्रवादी आंदोलनों के प्रभाव में अ-उपनिवेशीकरण की प्रक्रिया को प्रोत्साहित कर रहा था। नतीजे के तौर पर 1947 से 1980 के बीच में ब्रिटेन को क्रमशः भारत, बर्मा, घाना, मलाया और ज़िम्बाब्वे का क़ब्ज़ा छोड़ना पड़ा। इसी सिलसिले में आगे डच साम्राज्यवादियों को 1949 में इण्डोनेशिया से जाना पड़ा और अफ़्रीका में आख़िरी औपनिवेशिक ताक़त के रूप में पुर्तगाल ने अपने उपनिवेशों को 1974-75 में आज़ाद कर दिया। 1954 में इंडो-चीन क्षेत्र और 1962 में अल्जीरिया के रक्तरंजित संघर्ष के सामने फ्रांस को घुटने टेकने पड़े। साठ के दशक में ही भारत के प्रांत गोवा से पुर्तगाल ने अपना बोरिया-बिस्तर समेटा।

ज़ाहिर है कि पुराने क़िस्म का साम्राज्यवाद ख़त्म हो चुका है। उसके कुछ अवशेष ज़रूर बाक़ी हैं। बरमूडा अभी भी ब्रिटिश साम्राज्य का अंग है। बाक़ी सभी जगहों पर साम्राज्यवाद का यह रूप अपने दिन गिन रहा है। लेकिन, इसका मतलब यह नहीं कि साम्राज्यवादी प्रभुत्व की समस्या से दुनिया को छुटकारा मिल गया हो। शीत-युद्ध के दौरान अमेरिका और सोवियत संघ ने विश्व को अपने-अपने प्रभुत्व वाले क्षेत्रों में कुछ इस तरह से बाँट रखा था कि विश्लेषक *पैक्स-ब्रिटानिका* की जगह *पैक्स-अमेरिकाना* और *पैक्स-सोवियतिका* की चर्चा करने लगे थे। विश्व की राजनीति में बहस इस बात की थी कि दोनों महाशक्तियों में से किसकी में साम्राज्यवादी क्षमता अधिक है या किसकी क्षमता गिरती हुई है और किसकी उभरती हुई है। सत्तर के दशक के बाद चीन के नेता माओ त्से-तुंग ने सोवियत संघ को सामाजिक साम्राज्यवाद की संज्ञा दे कर साम्राज्यवाद की समझ में एक नया आयाम जोड़ा। आज सोवियत संघ के पराभव के बाद माओ के इस सूत्रीकरण को तक़रीबन भुला दिया गया है। दुनिया इस समय एक-ध्रुवीय है। अमेरिका सबसे बड़ी फ़ौजी ताक़त है, पर एक आर्थिक ताक़त के रूप में उसकी श्रेष्ठता संदिग्ध हो चुकी है। विकसित युरोपीय देश और एशिया में जापान उसके साथ कड़ी प्रतियोगिता कर रहे हैं। नयी उभरती हुई आर्थिक ताक़त के रूप में चीन भी इस होड़ में अपनी उपस्थिति दर्ज कराने जा रहा है। प्रश्न यह है कि उपनिवेशवाद और शीत-युद्ध के ख़ात्मे के बाद क्या विश्व में शक्ति-संतुलन की प्रक्रिया से एक बार फिर ऐसी कोई ताक़त उभरेगी जिसकी तुलना अतीत की साम्राज्यवादी ताक़तों से की सके, और अगर ऐसा होगा तो उस साम्राज्यवाद का रूप क्या होगा?

देखें : आदर्शवाद, आतंकवाद, अंतर्राष्ट्रीय मुद्रा कोष, इमैनुएल कांट, इतिहास का अंत, एडवर्ड हैलेट कार, जाति-संहार, पृथकतावाद, तृतीय विश्व, द्वितीय विश्व-युद्ध, नस्लवाद, नव-उपनिवेशवाद, निर्भरता सिद्धांत, निःशस्त्रीकरण, पेटेंट, प्रथम विश्व-युद्ध, प्रगति, बौद्धिक सम्पदा अधिकार, ब्रेटन वुड्स प्रणाली, भारत में पेटेंट क़ानून, रंगभेद, उपनिवेशवाद, यथार्थवाद, युद्ध, युरोपीय संघ, रचनात्मकतावाद, राजनय, विश्व व्यापार संगठन, विश्व बैंक, विश्व-सरकार, वि-उपनिवेशीकरण, सभ्यताओं का संघर्ष, सम्प्रभुता, संयुक्त राष्ट्र, शस्त्र-नियंत्रण, शांति, शांतिवाद, शीत-युद्ध, हथियारों की होड़।

संदर्भ

1. जे.ए. हॉब्सन (1965), *इम्पीरियलिज़म : अ स्टडी*, युनिवर्सिटी ऑफ़ मिशिगन प्रेस, ऐन आरबर, एमआई.
2. वी.आई. लेनिन (1968), *इम्पीरियलिज़म एज़ द हाईएस्ट स्टेट ऑफ़ कैपिटलिज़म*, फ़ॉरेन लेंग्वेज प्रेस, मास्को.
3. जे. स्नायडर (1991), *मिथ ऑफ़ : डोमेस्टिक पॉलिटिक्स ऐंड इंटरेनशनल एम्बीशन*, कॉरनेल युनिवर्सिटी प्रेस, इथाका, एनवाई.
4. ए. ब्रुअर (1980), *मार्क्सिस्ट थियरी ऑफ़ इम्पीरियलिज़म*, रॉटलेज, लंदन.

— अभय कुमार दुबे

सिक्किम

(Sikkim)

हिमालय की पहाड़ियों के बीच बसे सिक्किम का भारत में विलय 16 मई, 1975 को हुआ था। इससे पहले सिक्किम पर विदेशी मामलों, राजनय, रक्षा और संचार के संबंध में भारत का नियंत्रण था, लेकिन अन्य मामलों में सिक्किम प्रशासनिक रूप से एक स्वायत्त राज्य था जिस पर उसके शासक चोग्याल की हुकूमत थी। भारत में पूर्ण विलय के बाद से सिक्किम की राजनीति में क्षेत्रीय दलों का वर्चस्व रहा है। यहाँ तुलनात्मक रूप से शांति और व्यवस्था क़ायम रही है और विकास भी हुआ है। सिक्किम के बारे में एक अन्य महत्त्वपूर्ण बात यह है कि यहाँ उत्तर-पूर्व के अधिकांश राज्यों की तरह कोई विद्रोही गतिविधि नहीं चल रही है और न ही यहाँ ऑफ़स्पा (आर्म्ड फोर्सेज़ स्पेशल पॉवर एक्ट-1958) लागू है। ये दोनों ही बातें इस राज्य के शांतिपूर्ण माहौल की ओर इशारा करती हैं।

सिक्किम की राजधानी गांतोक है। इसके पश्चिम में नेपाल, उत्तर और पूर्व में चीन का स्वायत्तशासी क्षेत्र तिब्बत,

दक्षिण-पूर्व में भूटान और दक्षिण में पश्चिम बंगाल स्थित है। सिक्किम का भौगोलिक क्षेत्रफल 7,096 वर्ग किमी है और इस लिहाज़ से यह भारत का सत्ताईसवाँ बड़ा राज्य है। 2011 की जनगणना के अनुसार यहाँ की कुल जनसंख्या 6,07,688 है। इस लिहाज़ से यह भारत का सबसे छोटा राज्य है। यहाँ का जनसंख्या घनत्व 85.6 व्यक्ति प्रति वर्ग किमी है। सिक्किम भारत में सबसे कम जनसंख्या घनत्व वाला राज्य है। यहाँ की साक्षरता दर 76.6 प्रतिशत है और साक्षरता के लिहाज़ से भारत में इसका स्थान सातवाँ हैं। सिक्किम में एक हजार पुरुषों पर 889 महिलाएँ हैं। यहाँ की विधायिका एकसदनीय है जिसमें कुल 32 सदस्य होते हैं। इन 32 सीटों में से 12 सीट भूटिया लेपचा समुदाय के लोगों के लिए और दो सीटें अनुसूचित जातियों के लिए आरक्षित हैं। यहाँ से लोकसभा का एक और राज्यसभा का एक सदस्य चुना जाता है। यहाँ की राजकीय भाषाओं में नेपाली, भूटिया, लेपचा, लिम्बू, नेवारी, राय, गुरूंग, मंगार, शेरपा, तमांग, और सुनवार शामिल हैं।

सिक्किम में नेपाली जातीय मूल के लोगों का बहुमत है। मूल सिक्किमी लोगों में भूटिया और लेपचा शामिल हैं। भूटिया चौदहवीं सदी में तिब्बत के खाम ज़िले से यहाँ आये थे, जबकि माना यह जाता है कि लेपचा दूर पूर्वी भाग से यहाँ आये थे। राज्य के उत्तरी और पूर्वी भागों में तिब्बती लोग रहते हैं। इसके अलावा यहाँ बिहारी, बंगाली और मारवाड़ी समुदायों के भी लोग हैं जो मुख्य रूप से दक्षिणी सिक्किम और गांतोक में बसे हुए हैं। जनसंख्या का कुल 60.93 प्रतिशत लोग हिंदू है। बौद्ध धर्म सिक्किम का दूसरा सबसे बड़ा धर्म है। 28.2 प्रतिशत जनसंख्या बौद्ध धर्म को मानती है। इसके अलावा यहाँ ईसाई, मुसलमान और जैन भी हैं।

ऐतिहासिक रूप से सिक्किम सांस्कृतिक रूप से नेपाल और तिब्बत के ज़्यादा नजदीक है। 1642 में तिब्बत के एक संत खेये बैमसा के पाँचवीं पीढ़ी के वंशज फुंटसोग नामग्याल ने यहाँ राजतंत्र की स्थापना की। यहाँ के शासक को चोग्याल या पुरोहित-नरेश के रूप में जाना गया। चोग्याल राजाओं को अक्सर भूटानी या नेपाली शासकों के हमलों का सामना करना पड़ता था। भारत में अंग्रेज़ी शासन की शुरुआत होने पर सिक्किम ने दुश्मनों से बचने के लिए अंग्रेज़ों से समझौता कर लिया। लेकिन 1853 में अंग्रेज़ों ने सिक्किम के एक ज़िले दार्जिलिंग और मोरांग को ब्रिटिश भारत में मिला लिया। इसके बाद चोग्याल नाममात्र का शासक रह गया। अंग्रेज़ों ने उस पर नज़र रखने और अपना नियंत्रण क़ायम रखने के लिए यहाँ अपना गवर्नर भी नियुक्त कर दिया। 1890 में सिक्किम ब्रिटेन का प्रोटेक्टोरेट (संरक्षित राज्य) बन गया। 1947 में भारत के आज़ाद होने के समय सिक्किम ने भारत में विलय के प्रस्ताव को नकार दिया। प्रधानमंत्री जवाहरलाल नेहरू सिक्किम को विशेष प्रोटेक्टोरेट की हैसियत देने पर सहमत हो गये। इसके बाद सिक्किम की विदेश नीति, राजनय, रक्षा और संचार भारत के नियंत्रण में आ गये, लेकिन अन्य मामलों में सिक्किम प्रशासनिक रूप से स्वायत्त बना रहा। चोग्याल शासक के अंतर्गत संवैधानिक सरकार की इज़ाज़त देने के लिए एक राज्य परिषद् की स्थापना की गयी।

इस बीच सिक्किम नेशनल कांग्रेस ने नये चुनाव और सिक्किम में नेपालियों को ज़्यादा प्रतिनिधित्व देने की माँग की। उस समय के चोग्याल पालडेन थॉनडुप नामग्याल लोगों में बहुत अलोकप्रिय थे। 1973 में चोग्याल के महल के सामने हुए दंगों के कारण उन्हें भारत से सुरक्षा देने की माँग करनी पड़ी। 1975 में सिक्किम के प्रधानमंत्री ने यह अपील की कि सिक्किम को औपचारिक रूप से भारत का राज्य बना दिया जाए। अप्रैल, 1975 में भारतीय सेना ने गांतोक में प्रवेश करके चोग्याल के महल के सुरक्षा घेरे को हस्तगत कर लिया। एक जनमत संग्रह कराया गया जिसमें 97.5 प्रतिशत लोगों ने भारतीय संघ में शामिल होने और राजतंत्र को ख़त्म करने के पक्ष में मत दिया। सिक्किम को भारतीय संघ में शामिल करने के लिए भारतीय संसद ने पैंतीसवाँ संविधान संशोधन किया। इसे सहायक राज्य (या एसोसिएट स्टेट) का दर्जा दिया गया। बाद में छत्तीसवें संविधान संशोधन द्वारा पैंतीसवें संविधान संशोधन को ख़त्म करके सिक्किम को भारत के पूर्ण राज्य का दर्जा मिला।

सिक्किम के एक अलग राज्य बनने के बाद कांग्रेस के काजी लेहडुप दोरजी यहाँ के पहले मुख्यमंत्री बने। वे मई, 1975 से अगस्त, 1975 तक राज्य के मुख्यमंत्री रहे। अगस्त, 1979 से अक्टूबर, 1979 तक राज्य में राष्ट्रपति शासन लगा रहा। इसके बाद राज्य की राजनीति में नर बहादुर भण्डारी का उभार हुआ। भण्डारी ने 1977 में सिक्किम जनता परिषद् (एसजीपी) की स्थापना की। इस पार्टी ने 1979 के विधानसभा चुनावों में जीत हासिल की और भण्डारी राज्य के मुख्यमंत्री बने। वे मई, 1984 तक राज्य के मुख्यमंत्री रहे। इसके बाद कुछ समय के लिए (11 मई, 1984-25 मई, 1984) कांग्रेस के भीम बहादुर गुरंग मुख्यमंत्री बने। फिर 25 मई, 1984 से 8 मार्च, 1985 तक राज्य में राष्ट्रपति शासन लगा रहा। 1985 में हुए विधानसभा चुनावों में नर बहादुर भण्डारी ने अपनी नयी पार्टी सिक्किम संग्राम परिषद् (एसएसपी) के बैनर तले चुनाव लड़ा। भण्डारी की पार्टी को बहुमत मिला और वे फिर राज्य के मुख्यमंत्री बने। अगले चुनावों में भी इनकी पार्टी जीती और वे मुख्यमंत्री बने। इस तरह वे मार्च, 1985 से 17 जून, 1994 तक राज्य के मुख्यमंत्री रहे। जून, 1994 में सिक्किम संग्राम परिषद् में ही भण्डारी के ख़िलाफ़ असंतोष हो जाने के कारण उनकी सरकार गिर गयी, और एसएसपी के ही संचामन लिम्बू (जून,

सिक्किम : राजशाही से लोकतंत्र की ओर

1994-दिसम्बर, 1994) मुख्यमंत्री बने। दरअसल, भण्डारी के कई सहयोगियों को उनके तथाकथित तानाशाही रवैये से नाराजगी थी। इसके कारण उनके एक कैबिनेट सहयोगी पवन कुमार चामलिंग ने 1993 में कैबिनेट से इस्तीफ़ा देकर सिक्किम डेमॉक्रैटिक फ्रंट (एसडीएफ) का निर्माण किया। 1994 में हुए विधानसभा चुनावों में इस पार्टी को जीत मिली और इसके बाद चामलिंग राज्य के मुख्यमंत्री बने। इसके बाद से हुए हर चुनावों में चामलिंग की पार्टी की लगातार जीत हासिल हुई है और उस समय से लेकर अब तक चामलिंग ही राज्य के मुख्यमंत्री हैं।

सिक्किम राज्य के गठन के बाद से ही यहाँ राजनीति की एक मुख्य विशेषता यह रही है कि राष्ट्रीय दल यहाँ अपनी जड़ नहीं जमा पाये हैं। कांग्रेस ने यहाँ दो बार अपनी सरकार बनायी लेकिन वह यहाँ की राजनीति में मजबूती से पैर नहीं जमा पायी। भाजपा या अन्य राष्ट्रीय दलों की यहाँ कोई ख़ास मौजूदगी नहीं है। स्पष्टत: यहाँ की जनसंख्या के एक बड़े हिस्से के हिंदू होने के बावजूद भाजपा की हिंदुत्ववादी राजनीति यहाँ नहीं चल पायी। दूसरा, यहाँ की राजनीति पर अमूमन क्षेत्रीय दलों का वर्चस्व रहा है। 1994 से पहले नर बहादुर भण्डारी ने पहले सिक्किम जनता परिषद् (1984 तक) और फिर सिक्किम संग्राम परिषद् (1984-1994) के माध्यम से अपना वर्चस्व क़ायम रखा। वही, 1994 से राज्य की राजनीति में सिक्किम डेमॉक्रैटिक फ्रंट और इसके नेता पवन कुमार चामलिंग का वर्चस्व है। तीसरा, सिक्किम की राजनीति की एक मुख्य विशेषता यह है कि यहाँ पर 1994 के बाद सत्ताधारी दल के पक्ष में एक तरह का रुझान रहा है। इसका मुख्य उदाहरण राज्य में हुए पिछले दो विधानसभा चुनाव हैं। जहाँ 1994 में चामलिंग की पार्टी को 32 में से 31 सीटों पर जीत मिली, वहीं 2009 के विधानसभा चुनावों में इनकी पार्टी ने सभी 32 सीटों पर जीत हासिल की। इसका मुख्य कारण चामलिंग का कुशल नेतृत्व भी है। उनके मुख्यमंत्रित्व में पिछले तक़रीबन 18 सालों में राज्य ने हर मोर्चे पर प्रगति की है। यही कारण है विकासशील समाज अध्ययन पीठ (सीएसडीएस) द्वारा पिछले दो चुनावों में किये गये सर्वेक्षणों में तक़रीबन तीन-चौथायी मतदाताओं ने राज्य सरकार के काम के प्रति अपना संतोष जाहिर किया।

देखें : अरुणाचल प्रदेश, असम, आंध्र प्रदेश, उत्तर प्रदेश, उत्तराखण्ड, ओडीशा, कर्नाटक, केरल, गोवा, गुजरात, छत्तीसगढ़, जम्मू और कश्मीर, झाड़खण्ड, तमिलनाडु, त्रिपुरा, दिल्ली, नगालैण्ड, पंजाब, पश्चिम बंग, बिहार, मणिपुर, महाराष्ट्र, मध्य प्रदेश, मिज़ोरम, मेघालय, राजस्थान, हरियाणा।

संदर्भ

1. रंजन गुप्ता (1975), 'सिक्किम : द मर्जर विद इण्डिया', *एशियन सर्वे*, सितम्बर, खण्ड 4, अंक 9.
2. एन. राम (1975) 'सिक्किम स्टोरी : प्रोटेक्शन टू एब्ज़ॉर्पशन', *सोशल साइंटिस्ट*, सितम्बर, खण्ड 3, अंक 2.
3. बनस्मिता बोरा (2009), 'सिक्किम : अ प्रो-इंकम्बेंसी फैक्टर', संदीप शास्त्री, के.सी. सूरी और योगेंद्र यादव (सम्पा.), *इलेक्टोरल पॉलिटिक्स इन इण्डियन स्टेटस : लोकसभा इलेक्शंस 2004 ऐंड बियांड*, ऑक्सफ़र्ड युनिवर्सिटी प्रेस, नयी दिल्ली.

— कमल नयन चौबे

सिक्ख धर्म और गुरु नानक

(Religion of Sikhs and Guru Nanak)

सिक्ख धर्म के संस्थापक, संत कवि और समाज-सुधारक गुरु नानक देव (1469-1539) ने पारम्परिक शिक्षा, कर्मकाण्ड और प्रपंच की कड़ी आलोचना करते हुए अपना संदेश दिया। नानक बाणी का बुनियादी रुख उनके भाषाई चुनाव में निहित है। उन्होंने परमात्मा के संधान को बोलचाल की पंजाबी में व्यक्त किया। हालाँकि करीब ढाई सौ साल पहले हुए बाबा शेख़ फ़रीद का कलाम पंजाबी में मिलता है, लेकिन नानक बाणी ने अपनी गहन, विस्तृत और विधिवत रागात्मकता से पंजाबी को बोलचाल से ऊपर उठा कर वैचरिकता से भरपूर भाषा में बदल दिया। इसी भाषाई चुनाव का अगला पड़ाव है जन-साधारण के जीवन का मर्म सहेजना और उनके रूहानी अधिकारों की वकालत करना। इसी नज़रिये के आधार पर नानक ने तत्कालीन दौर के हुक्मरानों और धर्माधिकारियों का तीखा प्रतिकार किया। लोक-प्रचलित काव्य रूप 'वार' (जिसमें योद्धाओं के शौर्य और पराक्रमी कृत्यों का वर्णन होता है) को नानक ने मनुष्य के अंत:करण मे चल रहे युद्ध की अभिव्यक्ति के लिए इस्तेमाल किया, जैसे 'आसा दीवार'। 'माझ दी वार' अपने दौर के अन्याय पर बेबाक टिप्पणी है। नानक के इस रुख का शिखर 'बाबरवाणी' के शीर्षक के तहत संकलित चार शबदों की रचना में हासिल है। सिक्ख स्टडीज़ के डब्ल्यू.एच. मैक्लयोड जैसे विद्वान गुरु नानक को केवल आत्मिक अनुभूति के रस में सराबोर संत परम्परा की सीमा में ही आँकते हैं। उनकी निगाह में नानक बाणी में ऐसे शबद लगभग अपवाद ही हैं। वहीं पंजाबी मार्क्सवादी विद्वान किशन सिंह ने गुरु बाणी में और विशेष तौर पर नानक बाणी में सामाजिक संघर्ष की उस केंद्रीयता को स्थापित किया है जो 'नाम' और 'माया' के परस्पर विरोधी संकल्पों पर आधारित है।

नानक का जन्म लोधी वंश के शासन दौरान आज के पाकिस्तान में स्थित गाँव राय भोयं दी तलवंडी गाँव (ननकाणा साहिब नाम से मशहूर) में 1469 सत् में गुरु नानक का पटवारी कालू मेहता के घर माता तृप्ता की कोख से हुआ। बड़ी बहन का नाम नानकी था, इसलिए भाई का नाम नानक रखा गया। बचपन से ही नये सवालों में दिलचस्पी रखने वाले नानक की शादी बटाला में माता सुलक्खनी से हुई जिससे दो पुत्र श्री चंद और लखमी चंद पैदा हुए। नानक ने सुलतानपुर के नवाब दौलत ख़ान लोधी के मोदीख़ाने में नौकरी की और गहन अध्ययन जारी रखा। इसकी झलक उनकी बाणी में समाविष्ट अपने समय की प्रशासनिक, आर्थिक, राजनीतिक और सामाजिक मसलों के प्रति गहरी जानकारी से मिलती है। पंद्रहवीं सदी के आख़िरी सालों में वेईं नदी में स्नान के समय हुई गहन अनुभूति को नानक का रूहानी साक्षात्कार माना जाता है। नानक ने 'सोदरू' के ज़रिये परमात्मा के सान्निध्य का वर्णन किया है। विशाल जीवनानुभव और वैचारिक माधुर्य को अंगीकार करने वाले गुरु नानक ने 1539 में करतारपुर में आख़िरी साँस ली और भाई लहणा को गुरु अंगद कह कर सिक्ख धर्म के संस्थागत निर्माण की शुरुआत की।

उत्तर भारत और ख़ास कर पंजाब में यह दौर सामाजिक गतिहीनता, वैचारिक जड़ता और राजनीतिक-प्रशासनिक अव्यवस्था का था जिसकी बुनियाद जमीन से मालिया उगाहने पर टिकी हुई थी। इस समय तक ज़मींदारी व्यवस्था मज़बूती से जम चुकी थी। सत्ताधारियों में जनता के प्रति तिरस्कार था। हिंदुओं में जातिवाद और अस्पृश्यता का बोलबाला था। औरतों की सामाजिक दुर्दशा थी और धार्मिक पाखण्ड के पैर जम चुके थे। अपने शासन के अंतिम वर्षों में समाज और प्रजा से कटे हुए लोधी हाकिम उत्तर-पश्चिम से होने वाले बाबर के हमलों के सामने बहुत कमज़ोर थे। यह दो साम्राज्यों के बीच संक्रमण का समय भी था। नयी परिस्थितियों, नये अनुभवों और हिंसा के आधिक्य ने भी अपना गहरा असर छोड़ा। ऐसे समय में गुरु नानक ने शासक वर्ग को लगातार अपने निशाने पर रखा जिसका दूरगामी असर सिक्ख धर्म की संस्थाओं के विकास पर पड़ा।

अपने रूहानी अनुभव और सामाजिक-आध्यात्मिक पथ पर बढ़ते हुए नानक की चार महा-यात्राओं का पंजाबी मानस गढ़ने में मिसाली योगदान है। राग में रची वाणी और भाई मरदाना (जो मुसलमान रबाबी थे) की सोहबत के साथ जंगल-पहाड़, थल-डूँगर, बस्तियों और नये भौगोलिक खित्तों में गुरु नानक का पहुँचना आज तक पंजाब के वैचरिक स्पेस में प्रतिमान की तरह स्थित है। इन महा-यात्राओं को सिक्ख पंथ में उदासियाँ कहा जाता है। गुरु नानक वाणी इन यात्राओं का स्मरण भी है। मसलन उन की महान कृति *आरती* जगन्नाथ पुरी में हो रही आरती में हिस्सा लेने से मना करने पर उकेरी गयी। ऐसी ही यात्रा से लौटते हुए भाई मरदाना चल बसे तो उन्हें गुरु नानक ने ही आज के पाकिस्तान के सीमांत प्रदेश में दफ़नाया। आज तक मुसलमान रबाबी गुरुबाणी के कीर्तन के प्रति समर्पित हैं।

गुरु नानक के संघर्ष का अगला चरण उन संन्यासियों, जोगियों, सिद्धों, जैन मुनियों, काज़ियों और पंडितों की आत्मिक-धार्मिक आलोचना में दिखता है जो सामाजिक परजीविता, श्रम से अलगाव और सत्ता के सान्निध्य में अपनी मुक्ति का दर्शन बघार रहे थे। 'सिद्ध गोष्ठि' और 'रामकली की वार' आदि कुछ ऐसी ही रचनाएँ हैं। दूसरे, गुरु नानक ने संन्यासी विरक्ति को गार्हस्थ्य धर्म में धारण करने पर बल दिया। 'ग्रहस्थ महि उदासा' रहने को उन्होंने उत्तम माना। करतारपुर बसाते हुए की गयी उनकी रचना 'जपुजी' में नानक

गुरु नानक देव (1469-1539) और मुसलमान रबाबी भाई मरदाना (बायें) काष्ठशिल्प

दौर के मुताबिक़ नये अर्थ भरते हुए सिक्ख सिद्धांत का नवीकरण भी हुआ और परिपक्वता भी बरक़रार रह सकी। गुरु नानक से जुड़ी हुई जन्म साखी परम्परा में सब से प्राचीन पुरातन जन्म-साखी को माना जाता है जो सोलहवीं शताब्दी से संबंध रखती है। विद्वानों की एक जमात असली गुरु नानक की तलाश को तथ्यात्मकता तक घटा देती है और जन्म-साखी परम्परा में मिलने वाले उनके जीवन के विवरण को सच-झूठ तक ले आती है। 'इतिहास में' गुरु नानक से ज़्यादा वह 'इतिहास के गुरु नानक' पर केंद्रित होते हुए उन्हें संत परम्परा की कड़ी का पंजाबी संत साबित करती है। मैक्लयोड इस मत के प्रस्तावक है और उन्होंने इन विषयों पर लम्बे समय तक काम करके सिक्ख स्टडीज़ के उप-अनुशासन को सुदृढ़ किया और परवर्ती विद्वानों का सिलसिला पैदा किया। इस मत के बरक्स ऐसे समाजशास्त्री और साहित्यिालोचक सामने आये जो जन्म-साखिओं की तथ्यात्मकता से ज़्यादा उन में दर्शाए गुरु नानक के बिम्ब से तात्कालिक संगत के सामाजिक आधार, विचारधारा और आस्था का आकलन करते हैं। इसी प्रक्रिया में इसलामी विचारों से गुरु नानक का साक्षात्कार काफ़ी जटिल और विस्तृत रूप में उभरता है। ऐसे विद्वानों में निहार रंजन राय, जे.पी.एस ओबरॉय, किशन सिंह और सुरजीत हांस इत्यादि शामिल हैं।

के प्रौढ़ चिंतन का प्रमाण मिलता है। जिसे गुरवाणी की कुंजी भी कहा जाता है। इसका रचना प्रबंध कड़क्क् शैली का है जिसे विद्वानों ने दस कोटियों में बाँट कर देखा है। इसमें सिक्ख धर्म के मूलभूत सिद्धांतों जैसे नाम, हुकम, विस्माद, रज़ा इत्यादि से गुज़रते हुए आत्मिक साधना के पाँच पड़ावों को खण्ड कहा गया है : धर्मखण्ड, ज्ञानखण्ड, सर्म खण्ड, करम खण्ड और सच खण्ड। जिज्ञासु साधक इन खण्डों से गुजरता हुआं स्थूलता से सूक्ष्म की तरफ़ बढ़ता है। सूत्रिक शैली की इस रचना की सहज ताल, उसका भाषाई कौशल और अर्थ विस्तार इसे टीकाकारों के लिए चुनौती बना देते हैं। 'इहलोक' में कूड़ की श्रृंखला तोड़ना हर सिक्ख के लिए अनिवार्य है और ऐसा करके ही वह 'साचा' होने से भी आगे 'सचु आचार' का वाहक बन सकता है। यही गुरु नानक का शब्द है। इसी रुख से सिक्ख धर्म के नैतिक सदाचार और राजनीतिक अवधारणाओं का उद्भव होता है जिनके इर्द-गिर्द तवील अध्ययन हो रहे हैं और सामाजिक सरगर्मियाँ बनी हुई हैं।

अपनी उदासियों के बाद गुरु नानक ने डेरा बाबा नानक के नज़दीक ही करतारपुर गाँव बसाया और स्वयं खेती करनी शुरू की। श्रम और सामाजिकता की बुनियाद पर खड़ी हो रही संगत ने यहीं बसेरा किया और सामूहिक लंगर की प्राप्ति आरम्भ हुई। शाम को गुरुवाणी कीर्तन होता और शबद विचार भी। इस लिहाज़ से करतारपुर में सिक्ख धर्म की संस्थाओं की सर्वप्रथम स्थापना हुई। संगत-पंगत-लंगर-कीर्तन आदि को यहाँ अभ्यास में उतारा गया। इसी जगह लहणा (बाद में दूसरे गुरु अंगद देव) और सिक्ख इतिहास में भाई बुड्ढा के नाम से मशहूर होने वाली हस्तियाँ संगत में शामिल हुईं। गुरु नानक ने सिक्ख सिद्धांत का वैचारिक चौखटा बड़े परिश्रम से तैयार किया जिससे परवर्ती गुरुओं के लिए ज़मीन तैयार हुई। इसी के आधार पर बाद में तत्कालीन

गुरु नानक के अवसान के बाद हुए विकास में एक अहम मुक़ाम वह है जब दूसरे गुरु अंगद देव ने पंजाबी लिखने के लिए गुरुमुखी लिपि को प्रामाणिकता दी और खडूर में संगत को संगठित किया। गुरु अमर दास ने गोइंदवाल बसाया। रस्मों के निर्वाह के लिए ब्राह्मणी पूजा पद्धति के स्थान पर वाणी रचना की जिसकी मिसाल 'आनंद साहब' में मिलती है। बढ़ती जा रही संगत को संगठित करने के उद्देश्य से मंजीयाँ और उनके मंजीदार नियुक्त किये जो बाद में मसंद कहे जाने लगे। इसी के साथ सिक्ख पंथ ने जन-हित में कुएँ खुदवाने और सराय बनवाने जैसे गतिविधियाँ भी अपनाईं। चौथे गुरु राम दास ने चक रामदास (अमृतसर) बसाया और उत्तरोत्तर बढ़ती जा रही संगत संगठित करने के लिए अमृतसर को केंद्रीय स्थान बनाया। पाँचवें गुरु अर्जुन देव ने संकलित बाणी को और भक्तों और सूफ़ियों की रचनाओं को सम्पादित

करके आदि ग्रंथ सम्पूर्ण किया जिसका प्रकाश हरिमंदिर साहिब में किया गया। यही समय अकबर के बाद जहाँगीर के बादशाह बनने का भी था। सिक्खों की आपसी धड़ेबंदी, मुगल शहज़ादों में तख़्त के लिए होड़ और 'नयी किताब' का आगमन— इन सब ने मिलक र गुरु अर्जुन की शहादत में भूमिका निभायी। इसी दौर में जट्ट समुदाय पशुचारी क़बीलों से निकल कर खेतीबाड़ी की ज़िंदगी अपना चुका था, पर वर्ण-व्यवस्था में वह कहीं न था। मुगल साम्राज्य द्वारा की जाने वाली ज़मीनी कर की माँग से असंतुष्ट जाट सिक्ख पंथ में शामिल होने लगे। गुरु हरिगोबिंद ने इसी दौर में मीरी (दुनियावी) और पीरी (आध्यात्मिक) सम्प्रभुता की तलवारें धारण कीं, अकाल तख़त स्थापित किया, ढाड़ीयों से वीर रस में वारों के गायन की माँग की और सिक्खों की एक फ़ौजी टुकड़ी खड़ी करनी शुरू की। गुरु हरि राय और हरिकृष्ण क्रमश: सातवें और आठवें गुरु स्थापित हुए और मुगलों से टक्कर के चलते सिक्ख पंथ को अमृतसर और माझा इलाके में अलग-अलग किया गया। इसकी एक वजह यह भी थी कि बाबा पिरथी चंद के वंशज अमृतसर पर अपना क़ब्ज़ा के चलते संगत से गुरुओं का राबिता काफ़ी क्षीण हो चला था। ऐसे में गुरु तेग बहादुर नवें गुरु-स्थापित हुए। संगत को पुन:संगठित करने के लिए उन्होंने लम्बे दौरे किये, जनहित के काम शुरू किये गये और मुगलों से दूरी रखते हुए पहले कीरतपुर और बाद में आनंदपुर साहिब बसाये गये। अपनी इन सांगठनिक कार्यवाहियों के चलते उन्हें 1675 में दिल्ली के चाँदनी चौक में शहीद कर दिया गया। उस समय उनके पुत्र गोबिंद राय सिर्फ़ नौ साल के थे। इस विचार-यात्रा और सांगठनिक-सामाजिक पहलकदमियों में गुरु नानक निर्मित पंथ की एकता और विभिन्न स्वरूपों में ढलने की क्षमता को कुछ अध्ययनकर्ता विचलन, राजनीतीकरण या सैन्यीकरण कहते हैं। दूसरी तरफ़ गुरु नानक की बाणी में प्रस्तुत राजनीतिक विवेक इन परिस्थितियों को अंगीकार करते हुए ज्ञानातीत रूप से इनके परे जाने की सम्भावना लिए हुए है। 1699 के बैसाख में खालसा की साजना इसी वैचारिक परिपाटी का विस्तार है, अंत नहीं।

देखें : खालसा पंथ।

संदर्भ

1. *आदि ग्रंथ,* शिरोमणि गुरद्वारा प्रबंधक कमेटी, अमृतसर.
2. जे.पी.एस. ओबेरॉय (1999), *रिलीजन, सिविल सोसाइटी ऐंड द स्टेट : ए स्टडी ऑफ़ सिक्खिज़म,* ऑक्सफ़र्ड युनिवर्सिटी प्रेस, नयी दिल्ली.
3. जे.एस. गरेवाल (1969), *गुरु नानक इन हिस्ट्री,* गुरु नानक देव युनिवर्सिटी, अमृतसर.
4. सुरजीत हांस (1988), *अ रिकंस्ट्रक्शन ऑफ़ सिक्ख हिस्ट्री फ्रॉम सिक्ख सोर्सेज़,* एबीएस पब्लिशर्स, जालंधर.

— सुमेल सिंह सिद्धू

सिद्ध-नाथ परम्परा

(Siddh-Nath Tradition)

हिंदी साहित्य के आदिकाल का आरम्भ विक्रम की ग्यारहवीं शताब्दी से माना जा सकता है। अपभ्रंश और हिंदी साहित्य का यह संधिकाल अपने बहुलार्थक रूप में संक्रांतिकाल है। यहाँ अपभ्रंश और हिंदी का अद्‌भुत मिश्रण एवं सामंजस्य घटित होता दिखाई पड़ता है। बौद्ध धर्म के वज्रयानी सिद्धों द्वारा रचित साहित्य इसी संक्रांतिकाल की देन है। धार्मिक कर्मकाण्ड की प्रतिक्रिया में बौद्ध धर्म का विकास हुआ और इसी धर्म की महायान शाखा में वैयक्तिक साधना के स्थान पर सामूहिक करुणा और लोकमंगल की भावना को महत्त्व मिला। यह महायान शाखा जनता की चित्तवृत्तियों को आत्मसात करने में समर्थ होकर जनप्रिय हुई। वैदिक और बौद्ध-जैन धाराओं के बीच समय-समय पर विचारों का संघर्ष होता रहा है। शंकराचार्य और कुमारिल भट्ट जैसे दार्शनिकों ने अपने-अपने तरीक़े से वैदिक धर्म के पुनरुत्थान का प्रयास किया, लेकिन वे जनता के हृदय में बस गये बौद्ध प्रभाव को हटा नहीं सके। आठवीं शताब्दी में शंकराचार्य का अद्वैतवाद अपनी शुष्क-जटिल दर्शन चर्चा के कारण जनता के मन में प्रवेश नहीं कर पाया। जनता महायान शाखा की ओर निरंतर उन्मुख हुई। इसी महायान शाखा ने आगे चल कर वज्रयान समुदाय के रूप में धर्म साधना का सहज-सुगम मार्ग प्रस्तुत किया।

धीरे-धीरे अपने ही विरोधी शैवधर्म से प्रभावित होकर महायान शाखा के वज्रयान सम्प्रदाय में तंत्र, मंत्र, गुह्य साधना, महासुखवाद आदि तांत्रिक प्रकृतियों को स्थान मिलने लगा। इस प्रकार शैवधर्म वज्रयान सम्प्रदाय से समझौता-प्रेम संगति करते हुए एक-दूसरे में समाते गये। अनेक तांत्रिक प्रवृत्तियों के समावेश के कारण बौद्ध धर्म में देहवाद, व्यभिचारवाद, विकृत नारी भोगवाद, मद्यपान, मैथुन आदि प्रकृतियों ने स्थाई आसन जमा लिया। भैरवी चक्र के रूप में नैतिक मूल्यों की उपेक्षा का संसार सक्रिय होकर आगे बढ़ा। लेकिन सदाचार प्रधान बौद्ध धर्म विकृत होने के बावजूद जनता को अपनी ओर आकृष्ट करता रहा, क्योंकि उसके मूल में जन-साधारण को जीने की राह दिखाई देती थी। ईसा की छठी शताब्दी के बाद लगभग पूरे देश में तांत्रिक उपासकों की संख्या इतनी तेज़ी से बढ़ी थी कि उसने जिसने सभी सम्प्रदायों को, चाहे वे भागवत धर्म के हों या शैवधर्म के, सभी को अपने आगोश में ले लिया था। इस दौर के तुरंत बाद सातवीं शताब्दी से ग्यारहवीं शताब्दी तक वज्रयान सम्प्रदाय ने अनेक रूप धारण किये और वह निरंतर बदलता रहा। मंत्रों से सिद्धि प्राप्त करने

वाली युक्तियों का प्रचार करने वाले वज्रयान सम्प्रदाय के अनुयायी बौद्ध साधक 'सिद्ध' नाम से प्रसिद्ध हुए। उन्होंने अपने सामाजिक-धार्मिक सिद्धांतों का प्रचार-प्रसार तत्कालीन लोक भाषा में किया, जिसे मगधी अपभ्रंश या विकसित 'मगही' भाषा कहा गया। 'इन सिद्धों' की संख्या चौरासी मानी जाती है। उनमें अनेक सिद्ध अच्छे कवि थे जिन्होंने काव्य के माध्यम से अपने सिद्धांतों का प्रसार-प्रचार किया। इनमें सरहपा, शबरपा सुसुकुपा, लुइपा, विरूपा, टारिकपा, औम्बिपा, गुंडरीपा, कुक्करिपा, कण्हपा, गोरक्षपा और तिलोपा के नाम उल्लेखनीय हैं।

इन सिद्धचार्यों-कवियों में समाज के सभी वर्णों और व्यवसायों के लोग सम्मिलित थे। जाति या वर्ण भेद और वर्गभेद की अवहेलना करते हुए इन सिद्धों ने सामाजिक क्षेत्रों में वैचारिक क्रांति की। इन्होंने वज्रयान-सम्प्रदाय के सिद्धांतों को समयानुरूप ढाला और उनका परिष्कार करते हुए नया भाष्य प्रस्तुत किया। इनके ही भगीरथ प्रयासों से वेद विरोधी होने के बावजूद बौद्ध धर्म में ईश्वर की प्रतिष्ठा हुई। आरम्भ में तो ख़ैर इनकी धर्म-कर्म-साधना में मांस-मदिरा और मैथुन का अधिक प्रयोग हुआ, लेकिन समाज-समय के प्रभाव दबाव से इन तीनों का प्रयोग कम होता गया। इन सिद्धों ने सहज मार्ग अपनाकर जीवन के भोगों को अपनाने का मार्ग प्रशस्त किया।

इन सिद्धों की कृतियों की ख़ोज करते हुए हर प्रसाद शास्त्री, प्रबोधचंद्र बागची, राहुल सांकृत्यायन ने समाज का ध्यान इनकी ओर आकृष्ट किया। महामहोपाध्याय हरप्रसाद शास्त्री ने नेपाल में उपलब्ध सरहपा और कृष्णाचार्यपा के दोहों का संग्रह करके *बौद्धगान ओ दोहा* नाम से बंगीय साहित्य परिषद् से प्रकाशन कराया। प्रबोधचंद्र बागची ने अनेक हस्तलिखित ग्रंथों की खोज करके तिलोपा और सरहपा के दोहों का संग्रह *दोह-कोष* नाम से प्रकाशित किया। राहुल ने अनेक सिद्ध कवियों की रचनाओं को *हिंदी-काव्यधारा* शीर्षक से प्रकाशित कराया। आज सिद्धों की रचनाएँ प्राय: दो काव्य रूपों में उपलब्ध होती हैं— *चर्यापद* तथा *दोहा कोष*। *दोहा-कोष* चतुष्पदियों की कड़वक शैली में रचे गये हैं। सिद्धाचार्यों के *चर्यापद* लोक में गाये जाते हैं। अनेक स्थानों, समयों में रचे जाने के कारण इनकी काव्य भाषा में निरंतर बदलाव देखा गया है।

राहुल सांकृत्यायन ने माना है कि वज्रयानी सिद्धाचार्यों में सरहपा का स्थान सर्वोपरि है। उन्होंने एकाग्र भाव से वज्रयानी सम्प्रदाय के सिद्धांतों का प्रतिपादन किया। कहना चाहिए कि उन्होंने ही वज्रयानी सम्प्रदाय का प्रवर्तन किया और लगभग 32 ग्रंथ लिखे। इनके लिखे ग्रंथों में *दोहा कोष* विशेष प्रसिद्ध हुआ। सरहपा के शिष्य शबरपा हुए और शवरों की वेश-भूषा अपनाने के कारण इनका नाम शबरपा पड़ गया। इनकी कृतियाँ *चर्यापदों* के रूप में मिलती है। इनका ध्यान महासुखवाद की ओर रहा जिसमें ऐंद्रिक भोगों का प्राधान्य था। क्षत्रिय भिक्षु भुसुकुपा नालंदा में डेरा जमाये हुए थे और तांत्रिक साधना में महासुखवाद का प्रतिपादन करने वालों में आगे थे।

वज्रयान की संशोधित पद्धति से सहजयान का विकास हुआ। सहजयान ही समय के साथ नाथ सम्प्रदाय के रूप में सामने आया। नाथ सम्प्रदाय के संतों ने सिद्ध-संतों के धार्मिक-नैतिक सिद्धांतों में कई तरह के संशोधन-सम्पादन के बाद उन्हें नया रूप दिया। इस तरह नाथ सम्प्रदाय का मूलस्रोत सिद्ध साहित्य को ही मानना चाहिए। बौद्ध धर्म के विकृतरूप वज्रयान-सम्प्रदाय में जब पंच मक़ारों का समावेश हुआ और उसमें निरीश्वरवाद ने ज़ोर पकड़ा तो प्रतिक्रियास्वरूप नाथपंथी संतों ने वीभत्स साधना पद्धतियों, अनाचारवाद और तमाम बाह्य आडम्बरों का विरोध दिया। साथ ही यौगिक साधना पर बल देते हुए ईश्वरवादी-आस्थावादी साधना पद्धतियों की प्रतिष्ठा की। यह नवीन साधना-पद्धति ही नाथ सम्प्रदाय के नाम से प्रख्यात हुई है।

गोरखनाथ को नाथ-सम्प्रदाय का प्रवर्तक-आचार्य माना जाता है। सिद्धाचार्यों में सिद्ध गोरक्षपा की महिमा बखानी जाती है। लेकिन ज़्यादातर विद्वानों का मत है कि नाथ-सम्प्रदाय के प्रवर्तक-गुरु गोरखनाथ ही सिद्ध गोरक्षपा है। यह माना जाता है कि पहले गोरखनाथ वज्रयानी सिद्ध थे और बाद में शैवधर्म के उपासक हो गये। सच बात तो है कि वज्रयानी सिद्धों और नाथ सम्प्रदाय के संत-योगियों में साधना-पद्धति के स्तर पर ख़ूब आदान-प्रदान चलता रहा। बौद्धों और शैवों की योगपरक तांत्रिक साधनाएँ एक-दूसरे में प्रवेश करती रहीं। गोरखनाथ के समय को लेकर भी विद्वानों में मतभेद रहा है। कुछ विद्वान उनका आविर्भाव दसवीं और दूसरे अनेक विद्वान तेरहवीं शताब्दी में मानते हैं।

पीताम्बरदत्त बड़थ्वाल ने गोरखनाथ की रचनाओं का संग्रह *गोरख बानी* नाम से प्रकाशित किया है। इसमें 'सबदी', 'पद', 'सिष्या दरसन', 'त्राण संकली', 'नरवै बोध', 'आत्म-बोध', 'अभै मात्रा जोग' आदि तेरह रचनाएँ सम्मिलित हैं। इन तेरह रचनाओं के अतिरिक्त संस्कृत में लिखी कुछ रचनाएँ भी गोरखनाथ रचित कहीं जाती हैं, किंतु आज तक उनकी प्रामाणिकता संदिग्ध है। बड़ी बात यह है कि गोरखनाथ ने अपने सिद्धांतों के प्रचार-प्रसार के लिए लोक-भाषा को अपनाया। नाथ सम्प्रदाय निवृत्ति मार्गी- ज्ञानयोग पर केंद्रित है और गुरु की महिमा का बखान करता है। वैराग्य-प्राप्ति के लिए इंद्रिय निग्रह पर विशेष बल देता है- जैसे, 'गुर कीजै गहिला, निगुरा न रहिला। गुर बिन ग्यान न पायला रे भाइला। दूधैं धोयो कोयला उजला न होयला। कागा कंठै पहुय माल

हँसना न भैयला।'

गोरखनाथ ने नाथ-पंथ की साधना में उन अनेक परम्परागत रूढ़ियों और मनोवृत्तियों की कठोर आलोचना की है जो उनके विचार से धर्म को विकृत करने वाली थीं। उन्होंने साधना-पद्धति में संयम-सदाचार की महिमा का वर्णन करते हुए आध्यात्मिक अनुभूतियों के लिए सहजमार्ग का प्रतिपादन किया। नाथ-सम्प्रदाय में नौ नाथों की प्राय: चर्चा की जाती हैं। दिलचस्प तथ्य यह है कि इन नौ नाथों के भिन्न-भिन्न परम्पराओं में नाम भिन्न-भिन्न रूप में प्राप्त होते हैं। इन नौ नाथों के नाम हैं- आदिनाथ, मत्स्येंद्रनाथ, गोरखनाथ, चर्पट नाथ, गाहिमिनाथ, चौरंगीनाथ, ज्वालेंद्रनाथ, भर्तनाथ तथा गोपीचंद्रनाथ। पर्याप्त अनुसंधान के अभाव में नाथों की ज़्यादातर रचनाएँ अनुपलब्ध हैं। नाथ-सम्प्रदाय में जनश्रुति है कि आदिनाथ साक्षात् शिव थे और गोरखनाथ मत्स्येंद्रनाथ के शिष्य। मत्स्येंद्रनाथ को मीननाथ और मछंदरनाथ नाम से भी स्मरण किया जाता है।

जनश्रुति है कि आदिनाथ शिव मत्स्येंद्रनाथ के ज्ञान-गुरु थे। सर्वप्रथम तो शिव ने पार्वती को योग की शिक्षा दी। मत्स्येंद्रनाथ ने मछली का रूप धारण कर गुप्त रूप से उस ज्ञान-शिक्षा को सुना। उसके बाद मत्स्येंद्रनाथ के अपने योग्य शिष्य गोरखनाथ को योग में पारंगत किया। प्रतिभाशाली गोरखनाथ के योग की ज्ञान-शिक्षा को व्यवस्थित करके उसका परिष्कार किया। गोरखनाथ ने ही शैव प्रत्यभिज्ञादर्शन के आधार पर योगमार्ग में शिव और शक्ति को आदितत्त्व के रूप में स्थान दिया। मछली के रूप में मत्स्येंद्रनाथ ने शिव की योग शिक्षा को छिप कर प्राप्त किया तो शिव ने उन्हें मोहासक्त होने का शाप दिया। इस शाप से कुएँ में गिरे अपने गुरु मत्स्येंद्रनाथ को देखकर गोरखनाथ ने आवाज़ दी 'जाग मछंदर गोरख आया।'

समय के साथ-साथ नाथपंथियों की अन्य रचनाओं में योग, ज्ञान, वैराग्य, आत्मज्ञान, शील, संयम आदि नाना विषयों का समावेश हुआ। चर्पटनाथ आदि के कारण नाथ-सम्प्रदाय सारे देश में फैल गया। कबीरदास के आविर्भाव से पहले ही नाथ-पंथ पूरे देश में शक्तिशाली हो चला था। आगे चलकर निर्गुणिये संतों-कवियों ने नाथ-पंथ की अनेक विचारधाराओं को लेकर निर्गुण सम्प्रदाय की प्रतिष्ठा की । दरअसल संत कवियों पर वज्रयानी सिद्धों-नाथों का प्रभाव दूर तक भिदा हुआ मिलता है। नाथ-पंथ सिद्ध सम्प्रदाय और संतों के निर्गुण सम्प्रदाय के बीच संवाद-सेतु बनाता है। संतों ने इनकी अनेक परम्पराओं को ग्रहण किया। समाज को सुधार के मार्ग पर लाने के लिए इन्हीं के मार्ग पर बढ़ कर संतों ने, जाति-पाँति, भेदभाव, बाह्य आडम्बर, तीर्थाटन, मूर्तिपूजा आदि का डटकर विरोध किया। संतों ने अनेक पारिभाषिक शब्दों-प्रतीकों को सिद्धों और योगियों की परम्परा से प्राप्त किया। संतों की गुरु-महिमा गायन पर सिद्धों-नाथों का गहरा प्रभाव है। इसी प्रभाव के तहत संतों ने कहा कि शरीर में शिव-शक्ति के निवास के कारण देवालय मौजूद है, इसलिए तीर्थों में भटकना व्यर्थ है। हठयोग के षट्चक्र, उनकी स्थिति और कमलदलों की संख्या नाथ सम्प्रदाय से संतों ने प्राप्त की। तीन नाड़ियों, इला-पिंगला-सुषुम्णा को ही गंगा-जमुना-सरस्वती कहा गया। योग साधना के शब्द सुरति-निरति, शून्य, गगन, नाद, अनहद शब्द नयी काव्य रूप शैली, नयी संध्या-भाषा के साथ सिद्धों-नाथों से संतों को प्राप्त हुए। और तो और कबीर की उलटबाँसियों की शैली सिद्ध-नाथ योगियों से आयी है। संतकाव्य की परम्पराओं पर सिद्धों-नाथों का प्रदेय अविस्मरणीय है।

देखें : अष्टछाप, 'अंग्रेज़ी हटाओ' आंदोलन, गजानन माधव मुक्तिबोध-1 और 2, छायावाद, डायग्लॉसिया, नंद दुलारे वाजपेयी, नगेंद्र और सैद्धांतिक समीक्षा, नयी कविता, नामवर सिंह, पाश्चात्य काव्यशास्त्र, प्रेमचंद, प्रयोगवाद, प्रगतिवाद, भक्ति आंदोलन-1 और 2, भक्ति-काव्य-1 और 2, भारतेंदु हरिश्चंद्र, भारतेंदु युग-1 और 2, भाषा नियोजन-1 से 4 तक, भाषा के मार्क्सवादी सिद्धांत, महादेवी वर्मा, महावीर प्रसाद द्विवेदी, मीरांबाई और प्रेमाभक्ति, राहुल सांकृत्यायन, रामानुजाचार्य, रामानंद, रामचंद्र शुक्ल-1 और 2, रामविलास शर्मा, राष्ट्रीय-सांस्कृतिक कविता, रीतिकाल-1 और 2, विजय देव नारायण साही, वैष्णव धर्म, श्याम सुंदर दास, सम्पर्क भाषा-1 से 4 तक, सगुण और निर्गुण-1 और 2, संस्कृत काव्यशास्त्र, संविधान सभा में भाषा-विवाद-1, 2 और 3, संत-काव्य, सूफ़ीयत और प्रेमाख्यान, हजारी प्रसाद द्विवेदी, हिंदी विरोधी आंदोलन, हिंदी जाति-1 से 3 तक, हिंदी साहित्य का आदिकाल, हिंदी साहित्य का इतिहास, हिंदी साहित्य का इतिहास : नये परिप्रेक्ष्य, हिंदी-पद्य में इतिहास, हिंदी-जगत और 'लोकप्रिय'-1 और 2, हिंदी नवजागरण, हिंदी-संस्थाएँ।

संदर्भ

1. रामचंद्र शुक्ल (1940), *हिंदी साहित्य का इतिहास,* काशी नागरी प्रचारिणी सभा, काशी.
2. हजारीप्रसाद द्विवेदी (1981), *आचार्य हजारी प्रसाद द्विवेदी ग्रंथावली,* (हिंदी साहित्य की भूमिका, नाथ सम्प्रदाय, मध्ययुगीन धर्म साधना, मध्ययुगीनबोध का स्वरूप, कबीरदास), राजकमल प्रकाशन, नयी दिल्ली.
3. धीरेंद्र वर्मा (सम्पा.) (1959), *हिंदी साहित्य,* द्वितीय खण्ड-भारतीय हिंदी परिषद्, प्रयाग..
4. रामधारी सिंह दिनकर (1956) *संस्कृति के चार अध्याय,* पटना.

— कृष्णदत्त पालीवाल

सिद्धांत

(Theory)

इस जगत के विभिन्न पहलुओं पर विधिपूर्वक विचार करने के भाषा-आधारित माध्यमों में से एक प्रमुख और प्रभावशाली माध्यम का नाम सिद्धांत है जिसे थियरी या दर्शन का नाम भी दिया जा सकता है। अगर किसी सिद्धांतकार या दार्शनिक से समय के बारे में प्रश्न पूछा जाए तो उससे अपेक्षा की जाती है कि वह घड़ी देख कर वक़्त बताने के बजाय उस समय के तात्पर्य पर चर्चा करेगा जिसमें हम रह रहे हैं। अगर उससे बुनियादी आवश्यकताओं के बारे में पूछा जाए तो हमारी कामनाओं की सूची पेश करने के बजाय वह हमें बतायेगा कि साधारण कामनाओं और आवश्यकताओं के बीच क्या फ़र्क़ होता है, और किस तरह हम अपनी अपरिहार्य और टाली जा सकने वाली ज़रूरतों के बीच अंतर कर सकते हैं। विधिपूर्वक विचार करने के अन्य भाषा-आधारित माध्यमों और समाज वैज्ञानिक सिद्धांत-रचना के बीच अंतर को छह तरह से समझा जा सकता है : विचारों के प्रति अक्षुण्ण संवेदनशीलता, बुद्धिसगत संरचना, वस्तुनिष्ठता और सत्य उपलब्ध करने की इच्छा, सामान्यता और अमूर्तन, पृष्ठभूमि में छिपी धारणाओं को सामने लाना और अटकलबाज़ी से मुक्ति।

पहला आयाम है सिद्धांत का अवधारणाओं या विचारों के साथ संबंध, अर्थात् उनकी भीतरी संरचना के साथ एक अनिवार्य क़िस्म का सरोकार रखना, यह पता लगाना कि अवधारणाएँ किस तरह परस्पर ताल्लुक़ रखती हैं और किस तरह गुच्छों में सामने आती हुई उस प्रक्रिया में अपनी चौहद्दी तय करती हैं। उदाहरण के लिए सत्ता, प्रभाव, बल, हिंसा और आग्रह आदि विचारों के एक ही गुच्छे के सदस्य हैं। इसी तरह स्वाधीनता, समानता और न्याय अवधारणाओं एक अन्य गुच्छा है। सिद्धांतकार शब्द या पद के तात्पर्य पर बारीक़ी से ध्यान दे कर इन विचारों का सीमांकन करने की भूमिका निभाता है। कवि, उपन्यासकार और निबंधकार भी शब्दों का सुचिंतित इस्तेमाल करते हैं, पर उनका काम यह बताना नहीं है कि किसी विचार के लिए एक ख़ास शब्द या पद ही क्यों इस्तेमाल किया जाना चाहिए। यह काम सिद्धांतकार का है। मसलन, एक आम आदमी सामाजिक क्रांति, समाज सुधार और सामाजिक इंजीनियरिंग जैसे पदों को बिना अंतर किये ढीले-ढाले ढंग से इस्तेमाल कर सकता है। लेकिन, एक सिद्धांतकार के लिए ये तीनों अलग-अलग अवधारणाएँ हैं। अर्थात् विचारों के तात्पर्यों के प्रति अभंग संवेदनशीलता और उन्हें उनकी सम्पूर्णता में व्यक्त करने के प्रति प्रतिबद्धता सिद्धांत का पहला तत्त्व है।

सिद्धांत को अन्य माध्यमों से अलग करने वाला दूसरा तत्त्व है उसमें निहित बुद्धिसंगत उद्यम। इसका मतलब यह नहीं निकाला जाना चाहिए कि सिद्धांतकार मनोभावों या अंतर्ज्ञान से कतई काम नहीं लेते। इसका मतलब यह भी नहीं कि हर सिद्धांत को तर्कशास्त्र के मुताबिक़ ही होना चाहिए। दरअसल, सिद्धांतकार किसी विचार को पेश करके ही नहीं रह जाता, बल्कि उसका कारण बताता है। दिये हुए कारण का भी एक कारण होता है, और उस शुरुआती कारण के अन्य कारण भी दिये जाते हैं। इस तरह एक सैद्धांतिक निर्मिति बुद्धिसंगत कारणों की शृंखला से तैयार होती है। कुछ की मान्यता है कि इस प्रक्रिया का अंत एक अंतिम कारण से होता है यानी जिसके परे कोई अन्य कारण नहीं होता। लेकिन, समाज-विज्ञान की दुनिया में सिद्धांतकारों के बीच इस दावे पर मतैक्य नहीं है। कुल मिला कर यह दूसरा तत्त्व कहता है कि हर सिद्धांत की संरचना बुद्धिसंगत कारणों के एक सिलसिले से बननी चाहिए।

इसी मुक़ाम से सिद्धांत की संरचना को दूसरों से अलग करने वाला तीसरा तत्त्व निकलता है : सिद्धांत रचने के साथ जुड़ी सत्य और वस्तुनिष्ठता उपलब्ध करने की आकांक्षा। समाज-विज्ञान में सिद्धांत रचना के ज़रिये जो सत्य प्राप्त किया जाता है, वह सर्वकालीन और सार्वभौम होने के बजाय अधिकतर संदर्भ-निर्भर होता है। हालाँकि कुछ असाधारण सिद्धांत दिक् और काल की सीमाओं के परे जा पाते हैं, फिर भी जो सत्य उपलब्ध किया जाता है सीमित ही होता है। यही स्थिति वस्तुनिष्ठता की है। मानवीय ज्ञान न तो आत्मगत दृष्टिकोण से पूरी तरह मुक्त हो सकता है, और न ही उसे अमीर या ताक़तवर वर्ग की आत्मगत समझ में हमेशा के लिए क़ैद रखा जा सकता है। कुछ दिनों के लिए हो सकता है कि उसे ज्ञान समझा जाता रहे, पर जल्दी ही उसकी सीमाएँ स्पष्ट हो जाती हैं।

सिद्धांत का चौथा तत्त्व है हमारे वक्तव्यों, आस्थाओं, क्रियाओं और आचरणों के पीछे मौजूद पूर्वधारणाओं को सामने लाना। मसलन, सत्रहवीं सदी के इंग्लैण्ड में राजनेता बिना धार्मिक अपील का सहारा लिए राजनीतिक चर्चाएँ करने लगे थे, पर इस बात को एक पूर्वधारणा की तरह मान कर अक्सर कहने की ज़रूरत नहीं समझी जाती थी। पृष्ठभूमि में छिपी इस हक़ीक़त को पहली बार थॉमस हॉब्स ने सैद्धांतिक रूप से पेश किया कि राजनीति विशुद्ध सेकुलर ढंग से करने का वक़्त आ गया है। सिद्धांत का पाँचवाँ तत्त्व है एक हद तक सामान्यता और अमूर्तन प्राप्त करने का लक्ष्य। इसकी वजह यह है कि एक सिद्धांत आपस में जुड़ी हुई पर अलग-अलग परिघटनाओं को अपने दायरे में समेटने की कोशिश करता है। यह काम बिना सामान्यता और अमूर्तन के नहीं हो सकता। इसका अर्थ यह नहीं है कि सिद्धांत को अपने दायरे

में सार्वभौम ही होना चाहिए। इसका मतलब यह है कि सिद्धांत का ताल्लुक़ किसी एक ख़ास और ठोस परिघटना से नहीं होता। मसलन, गति का सिद्धांत ग्रहों से लेकर लुढ़कते पत्थरों तक पर लागू होता है। यह उदाहरण प्राकृतिक विज्ञान की श्रेणी का माना जा सकता है, लेकिन समाज-विज्ञान के सिद्धांतों की प्रकृति इस तरह की नहीं होती है। मसलन, भारतीय राष्ट्रवाद का अलग से वर्णनात्मक अध्ययन किया जा सकता है या भारतीय राष्ट्रवाद के कारणों पर तथ्यगत शोध किया जा सकता है, पर यह कहना मुश्किल है कि राष्ट्रवाद का कोई ऐसा सिद्धांत हो सकता है जो सिर्फ़ भारत पर ही लागू होता हो।

छठा तत्त्व इस मान्यता पर आधारित है कि सिद्धांत-रचना की जिस परिघटना की हम चर्चा कर रहे हैं वह आधुनिक परिस्थितियों की देन है और आधुनिक विज्ञान के उदय से जुड़ी हुई है। आधुनिक सिद्धांत विशुद्ध अटकलबाज़ी पर आधारित नहीं हो सकते। उन्हें इस जगत के तथ्यगत यथार्थ के अनुकूल होना होगा, और फिर उसके बाद ही वे उसके परे जा पाएँगे। सिद्धांत इस आनुभविक जगत से पूरी तरह कतरा कर नहीं निकल सकते। सिद्धांतकार न तो वैज्ञानिकों द्वारा जमा किये गये आँकड़ों और तथ्यों को नकार सकते हैं, न ही अंतर्दृष्टि-सम्पन्न प्रेक्षकों, सामाजिक विचारकों और विशेषज्ञ समाज वैज्ञानिकों की रचनाओं में व्यक्त होने वाले समाज के जीवंत अनुभवों की उपेक्षा कर सकते हैं। इसीलिए एक सिद्धांत को हमेशा ही समाज के सामूहिक अनुभव की जड़ों में निहित होना होता है और उसी के साथ समुदाय के सामान्य ज्ञान और अंतर्निहित आचरण के परे भी जाना होता है। इस तरह से सिद्धांत न तो सामाजिक अनुभव का वर्णन मात्र है और न ही उसका अस्तित्व अनुभव से विच्छिन्न है। वैसे यह भी कोई ज़रूरी नहीं कि हर सिद्धांत में ये सभी छह तत्त्व हों। पर यह आवश्यक है कि वह अस्थाई प्रकृति के सोच-विचार, अटकलबाजी, किसी एक ख़ास परिघटना के बारे में की गयी तथ्यगत जाँच-पड़ताल, किसी एक समृद्ध अंतर्दृष्टि, किसी कल्पनाशील गद्य और उससे संबंधित वर्णनों से स्पष्ट रूप से भिन्न हो। इसी तरह उसे विचारधारा, विश्व-दृष्टि कॉस्मोलॉजी से भी अलग होना चाहिए।

देखें : अधिकार, अधिकार : सैद्धांतिक यात्रा, अरस्तू, अफ़लातून, अनुदारतावाद, अराजकतावाद, अन्य-अन्यीकरण, उदारतावाद, उपयोगितावाद, ऐडमण्ड बर्क, क्रांति, ज्याँ ज़ाक रूसो, जॉन लॉक, जेरेमी बेंथम, जॉन स्टुअर्ट मिल, जॉन रॉल्स, थॉमस हॉब्स, थॉमस पेन, न्याय, न्याय : नारीवादी आलोचना, न्याय : रॉल्स का सिद्धांत, राजनीति में व्यक्ति की भूमिका, नागरिकता, नागरिकता : अन्य परिप्रेक्ष्य-1 और 2, नागर समाज, पनोप्टिकॉन, प्रतिनिधित्व, प्रगति, प्रगति : आलोचनात्मक परिप्रेक्ष्य, प्रशासन, फ़ासीवाद, फ्रेड्रिख़ वॉन हायक, बहुसंस्कृतिवाद, बहुसंख्यकवाद, बहुसंख्यक-अल्पसंख्यक, बुद्धिवाद, माइकेल जोसेफ़ ओकशॉट, माइकिल वाल्ज़र, मिशेल पॉल फ़ूको-1 और 2, यूटोपिया, राजनीतिक और राजनीति, राजनीतिक दर्शन के नारीवादी आयाम-1 और 2, राजनीतिक मनोविज्ञान, राजनीतिक समाजशास्त्र, राज्य-1 और 2, रॉबर्ट नॉज़िक, राज्य-1 और 2, राष्ट्र-राज्य, राष्ट्र : सांस्कृतिक या राजनीतिक, राष्ट्रवाद, राष्ट्रवाद का इतिहास, लोकतंत्र, लोकतंत्र की आलोचनाएँ, व्यक्तिवाद, व्यवहारवाद, विल किमलिका, वितरणमूलक न्याय, विदेशी-द्वेष, वैधता, वैधता का संकट, सविनय अवज्ञा, समानता, समानता : चार अवधारणाएँ, समतावाद, सर्वसत्तावाद, स्मृति की राजनीति, स्वतंत्रता, स्वतंत्रतावाद, स्वजातिवाद, स्वच्छंदतावाद, सत्ता, सर्वसत्तावाद, सम्प्रभुता, समाजवाद, सरकारियत, सम्पत्ति, सम्पत्ति : साझा और सरकारी, सम्पत्ति : मार्क्सवादी परिप्रेक्ष्य, सम्पत्ति : नारीवादी परिप्रेक्ष्य, संविधानवाद, संघवाद, सामाजिक समझौता, सिद्धांत : राजनीतिक-सामाजिक, हेनरी डेविड थोरो।

संदर्भ

1. राजीव भार्गव (2008), 'व्हाट इज़ पॉलिटिकल थियरी', राजीव भार्गव और अशोक आचार्य (सम्पा.), *पॉलिटिकल थियरी : ऐन इंट्रोडक्शन,* पियर्सन लोंगमेन, नयी दिल्ली.
2. ब्राइन बैरी (1990), *पॉलिटिकल आर्ग्यूमेंट,* हारवेस्टर व्हीट शीफ़, हेमेल हेम्पस्टीड.
3. एस. स्टेनली क्लीनबर्ग (1991), *पॉलिटिक्स ऐंड फ़िलॉसफ़ी,* ब्लैकवेल, ऑक्सफ़र्ड.
4. जोनाथन वोल्फ़ (1996), ऐन *इंट्रोडक्शन टू पॉलिटिकल फ़िलॉसफ़ी,* ऑक्सफ़र्ड युनिवर्सिटी प्रेस,ऑक्सफ़र्ड.

— अभय कुमार दुबे

सिद्धांत, राजनीतिक-सामाजिक

(Theory, Political-Social)

मानवीय जीवन और जगत को समझने के संदर्भ में राजनीतिक-सामाजिक सिद्धांत मुख्यत: तीन भूमिकाएँ निभाता है : व्याख्यात्मक, विचारात्मक और नैतिक अथवा मानकीय।

व्याख्यात्मक भूमिका : राजनीतिक-सामाजिक सिद्धांत का पहला काम है जीवन और जगत को समझना, व्याख्या करना और उसके भविष्य के बारे में अंदाज़ा लगाना। समझ के धरातल पर सभी मानवीय क्रियाओं, आचरण और परिस्थितियों का संघटन-संस्थापन अवधारणाओं द्वारा होता है। उन्हें समझना उन अवधारणाओं को समझना है। इसीलिए व्याख्यात्मक घटक सभी तरह के मानव विज्ञानों के आनुभविक पहलू के लिए महत्त्वपूर्ण है। समाज-विज्ञान के लिए इस आनुभविक आयाम की प्रकृति प्राकृतिक विज्ञान से भिन्न होती है। इसकी वजह है कि प्राकृतिक जगत की

संस्थापना अवधारणाओं से स्वतंत्र होती है, क्योंकि प्रकृति तो अवधारणाओं से पहले भी थी। लेकिन सामाजिक परिघटनाओं की जानने की प्रक्रिया अनुभवपरक अध्ययन के ज़रिये सम्पन्न होती है।

उदाहरण के लिए अगर हम पूँजीवादी सामाजिक-आर्थिक संरचनाओं के जन्म और विकास की परिघटना समझना चाहते हैं तो हमें देखना होगा कि अनुभवपरक और तथ्यात्मक अध्ययन के किस पहलू पर ज़ोर दिया गया है। मार्क्स ने मनुष्य द्वारा अपनी भौतिक ख़ुशहाली बेहतर करने की प्रवृत्ति पर बल दिया और इस नतीजे पर पहुँचे कि ऐसा करने के लिए वह अपनी उत्पादकता बढ़ाने का प्रयास करता है। इससे उत्पादन के सामाजिक संबंध बनते हैं, और ख़ास तरह के यही संबंध उत्पादक शक्तियों के विकास को आगे बढ़ाते हैं। एक सीमा के बाद इन्हीं संबंधों के कारण उत्पादक शक्तियाँ विकसित नहीं हो पातीं। उत्पादकता नहीं बढ़ती, पर उसे बढ़ाने की इच्छा बनी रहती है। यह अंतर्विरोध उत्पादन के सामाजिक संबंधों में तब्दीली की तरफ़ ले जाता है। मार्क्स ने अपनी यह प्रस्थापना पूँजी और श्रम के बीच उन संबंधों को परिभाषित करते हुए की जो मुक्त बाज़ार द्वारा बनाये जाते हैं। लेकिन, मैक्स वेबर पूँजीवाद के विकास का दूसरा सिद्धांत देते हैं क्योंकि उनका ज़ोर भिन्न क़िस्म के तथ्यों पर है। उनके मुताबिक़ अगर कुछ समाजों में धर्म की भूमिका न बदलती तो पूँजीवाद का उदय नहीं हो सकता था। कैथॅलिक मूल्यों की जगह प्रोटेस्टेंट मूल्यों के आगमन के कारण लौकिकता पर बल देने की प्रवृत्ति पैदा हुई, पूँजी संचय के लिए आवश्यक अनुशासित श्रम सम्भव हुआ और एक कार्यकुशल और सक्षम श्रम-शक्ति का उदय हो सका।

विचारात्मक भूमिका : राजनीतिक-सामाजिक सिद्धांत का दूसरा काम है उन सामाजिक और राजनीतिक परिघटनाओं के बारे में चिंतन सुलभ करना जो बहुत विशाल पैमाने पर घटती हैं, और केवल तथ्यात्मक या अनुभवपरक जाँच-पड़ताल उनके साथ न्याय नहीं कर सकती। इसे राजनीतिक सिद्धांत की विचारात्मक भूमिका कहा जाता है। मसलन, पूँजीवाद का उदय या सामंतवाद से पूँजीवाद में संक्रमण की परिघटना केवल तथ्यात्मक अध्ययन के ज़रिये ग्रहण नहीं की जा सकती। उसके लिए चिंतन के स्तर पर एक सीमा तक एक ऐसा उद्यम करना ही होगा जो अनुभवपरकता या तथ्यों की सीमा से परे जाता हो। इसी तरह अगर आधुनिकता की प्रकृति समझनी है या आधुनिक जगत में मानवीय दुविधाओं की क़िस्मों का पता लगाना है या औपनिवेशिकता के तहत अधीनता के आयामों की शिनाख़्त करनी है, तो महज़ अनुभवपरक जाँच से काम नहीं चलेगा। उसके साथ विचारात्मक या चिंतनपरक उद्यम अनिवार्य है।

यह उद्यम उस समय और भी आवश्यक हो जाता है जब नयी खोजों की रोशनी में मानवीय स्थितियों पर नये सिरे से चिंतन करना पड़ता है, क्योंकि उनके कारण अनुभव बदल जाता है।

नैतिक भूमिका : राजनीतिक-सामाजिक सिद्धांत का तीसरा काम है मानवीय और सामाजिक परिघटनाओं के बारे में नैतिक और मानकीय सवाल उठाना। यह काम प्राकृतिक विज्ञान के दायरे में नहीं होता। मसलन, गुरुत्वाकर्षण के नैतिक मूल्यांकन में किसी की दिलचस्पी नहीं हो सकती। इसी तरह गति के नियमों के अच्छे या बुरे होने की चर्चा व्यर्थ की क़वायद ही मानी जाएगी। लेकिन, नैतिक और मानकीय प्रश्न उठाना मानवीय जीवन और जगत के मर्म में निहित है। दरअसल, मानव-समाज एक क्रिया-निर्भर समाज है। हर क्रिया सम्पन्न होते समय कर्त्ता के सामने उसे करने के बारे में कई विकल्प होते हैं। उन विकल्पों में से एक का चुनाव करने के लिए कभी-कभी तो उसे पल भर का ही समय मिलता है। उसी थोड़े या अधिक समय में किये गये उसके फ़ैसले का असर दूसरी बहुत सी संबंधित स्थितियों पर पड़ना लाज़मी है। इसलिए जिस समझ के आधार पर कर्त्ता अपनी क्रिया का फ़ैसला करता है, उसका मूल्यांकन दूसरे भी करते हैं। इसी जगह उस मानकीय घटक की भूमिका सामने आती है जिसके आधार पर वह फ़ैसला किया जाता है। अगर इसी बात को राज्य की संस्था के संदर्भ में सोचा जाए तो राजनीतिक-सामाजिक सिद्धांत का यह आयाम और स्पष्ट हो सकता है। मान लीजिए कि राज्य शिक्षा के क्षेत्र से अपने क़दम खींच रहा है। ऐसे में सवाल उठ सकता है कि अब आरक्षण की नीति का क्या होगा? निजी क्षेत्र द्वारा मैरिट का सवाल उठाया जाएगा, और उसके आधार पर दिये गये दाख़िलों या नौकरियों में कमज़ोर वर्ग को स्थान मिलना मुश्किल हो जाएगा। ऐसे में क्या किया जाए? क्या असहाय हो कर अनुसूचित जातियों और जनजातियों या पिछड़े वर्गों को उनके हाल पर छोड़ दिया जाए? या निजी क्षेत्र को मजबूर किया जाए कि वह कुछ स्थान उनके लिए आरक्षित करे? यहीं पर राज्य नैतिक दृष्टि से मानकीय निर्णय करेगा, और उसके निर्णय का सभी पक्षों द्वारा मूल्यांकन भी होगा।

राजनीतिक सिद्धांत की नैतिक भूमिका पर प्रत्यक्षवाद के तहत पश्चिमी जगत के कई विद्वानों ने सवालिया निशान लगाये हैं। उनकी मान्यता है कि नैतिक और राजनीतिक दर्शन के ज़रिये केवल मत-मतांतर व्यक्त किये जा सकते हैं, प्राथमिकताएँ पेश की जा सकती है, पर उन्हें ज्ञान की कोटि में नहीं रखा जा सकता क्योंकि उनकी तथ्यात्मक या अनुभवपरक अध्ययन से पुष्टि नहीं की जा सकती। इसलिए अनुभवसिद्ध विज्ञानों के उदय के बाद राजनीतिक सिद्धांत-रचना पतन के लिए अभिशप्त है। यह प्रत्यक्षवादी दावा

इसलिए ग़लत है कि अगर मूल्यों को बुद्धि और वस्तुनिष्ठता के परे मान लिया जाएगा तो फिर जगत का केवल आत्मपरक ज्ञान ही सम्भव रह जाएगा और समाज-विज्ञानों के होने की सम्भावना ही प्रश्नांकित हो जाएगी। दरअसल, प्राकृतिक विज्ञानों और समाज-विज्ञानों के बीच अंतर का आधार ही यही है कि समाज-विज्ञान जीवन और जगत के बारे में विधिपूर्वक मानकीय और नैतिक चिंतन कर सकते हैं।

देखें : अधिकार, अधिकार : सैद्धांतिक यात्रा, अरस्तू, अफ़लातून, अनुदारतावाद, अराजकतावाद, अन्य-अन्यीकरण, उदारतावाद, उपयोगितावाद, ऐडमण्ड बर्क, क्रांति, ज्याँ ज़ाक रूसो, जॉन लॉक, जेरेमी बेंथम, जॉन स्टुअर्ट मिल, जॉन रॉल्स, थॉमस हॉब्स, थॉमस पेन, न्याय, न्याय : नारीवादी आलोचना, न्याय : रॉल्स का सिद्धांत, राजनीति में व्यक्ति की भूमिका, नागरिकता, नागरिकता : अन्य परिप्रेक्ष्य-1 और 2, नागर समाज, पनोप्टिकॉन, प्रतिनिधित्व, प्रगति, प्रगति : आलोचनात्मक परिप्रेक्ष्य, प्रशासन, फ़ासीवाद, फ्रेड्रिख़ वॉन हायक, बहुसंस्कृतिवाद, बहुसंख्यकवाद, बहुसंख्यक-अल्पसंख्यक, बुद्धिवाद, माइकेल जोसेफ़ ओकशॉट, माइकिल वाल्ज़र, मिशेल पॉल फ़ूको-1 और 2, यूटोपिया, राजनीतिक और राजनीति, राजनीतिक दर्शन के नारीवादी आयाम-1 और 2, राजनीतिक मनोविज्ञान, राजनीतिक समाजशास्त्र, राज्य-1 और 2, रॉबर्ट नॉज़िक, राज्य-1 और 2, राष्ट्र-राज्य, राष्ट्र : सांस्कृतिक या राजनीतिक, राष्ट्रवाद, राष्ट्रवाद का इतिहास, लोकतंत्र, लोकतंत्र की आलोचनाएँ, व्यक्तिवाद, व्यवहारवाद, विल किमलिका, वितरणमूलक न्याय, विदेशी-द्वेष, वैधता, वैधता का संकट, सविनय अवज्ञा, समानता, समानता : चार अवधारणाएँ, समतावाद, सर्वसत्तावाद, स्मृति की राजनीति, स्वतंत्रता, स्वतंत्रतावाद, स्वजातिवाद, स्वच्छंदतावाद, सत्ता, सर्वसत्तावाद, सम्प्रभुता, समाजवाद, सरकारियत, सम्पत्ति, सम्पत्ति : साझा और सरकारी, सम्पत्ति : मार्क्सवादी परिप्रेक्ष्य, सम्पत्ति : नारीवादी परिप्रेक्ष्य, संविधानवाद, संघवाद, सामाजिक समझौता, सिद्धांत, हेनरी डेविड थोरो।

संदर्भ

1. राजीव भार्गव (2008), 'व्हाई डू वी नीड पॉलिटिकल थियरी?', राजीव भार्गव और अशोक आचार्य (सम्पा.), *पॉलिटिकल थियरी : ऐन इंट्रोडक्शन,* पियर्सन लोंगमेन, नयी दिल्ली.
2. हान्ना एरेंत (1958), *द ह्यूमन कण्डीशन,* युनिवर्सिटी ऑफ़ शिकागो प्रेस, शिकागो.
3. भीखू पारिख (1983), 'पॉलिटिकल थियरी : ट्रेडिशंस ऑफ़ पॉलिटिकल थियरी', डेविड मिलर और लैरी सीडेनटॉप (सम्पा.), *अ न्यू हैंडबुक ऑफ़ पॉलिटिकल साइंस,* क्लैरेंडन प्रेस, ऑक्सफ़र्ड.
4. मैक्स वेबर (1930), *द प्रोटेस्टेंट इथिक्स ऐंड स्पिरिट ऑफ़ कैपिटलिज़्म,* जॉर्ज एलन ऐंड अनविन, लंदन.

— अभय कुमार दुबे

सिनेमाई यथार्थवाद / नियोरियलिज़्म / न्यू-वेव

(Cinematic Realism/Neo-Realism/New Wave)

ज़िंदगी जैसी है उसके वैसे ही चित्रण पर ज़ोर देने वाली यथार्थवाद की धारणा सिनेमा ने उन्नीसवीं सदी के दौरान चले साहित्यिक आंदोलन से प्राप्त की। फ़िल्म के कैमरे को यथार्थ के दृश्यात्मक बयान के लिए एक स्वाभाविक औज़ार माना गया। लेकिन लिखे हुए शब्द के मुक़ाबले यह एक दोहरा यथार्थवाद था। एक परत कथांकन की रहती थी और दूसरी दृश्यात्मकता की। देखा गया कि इस प्रक्रिया में कथांकन की संरचनाओं के तहत भौतिक यथार्थ और मनोगत यथार्थ का संगम हो कर एक मानीख़ेज़ वक्तव्य का जन्म होता है। सामाजिक मुद्दों पर रोशनी डालने के लिए इस सिनेमाई यथार्थवाद का ख़ूब इस्तेमाल किया गया। पर जल्दी ही लगने लगा कि ऐसी फ़िल्मों में कथांकन का जहाँ उपसंहार होता है, वहाँ फ़िल्मकार को समस्याओं का आसान सा समाधान तजवीज़ करना पड़ता है जिससे समाज के तनावों और द्वंद्वों की तल्ख़ी कुछ नरम पड़ जाती है और ऐसा सिनेमा दर्शक को गहन सोच-विचार करने के लिए मजबूर नहीं कर पाता। इस उलझन ने फ़िल्मकारों और विमर्शकारों को सिनेमाई यथार्थवाद की जटिल प्रकृति पर सोचने के लिए विवश किया। परिणामस्वरूप यथार्थवाद के इर्द-गिर्द कई परिष्कृत सिद्धांतों और आचार-संहिताओं का विकास हुआ। यथार्थवाद से युरोपीय और भारतीय न्यू-वेव तक चली इस यात्रा ने उल्लेखनीय सिनेमा आंदोलनों को जन्म दिया।

तीस के दशक में फ्रांसीसी फ़िल्मकारों ने और फिर पचास के दशक में आंद्रे बाज़िन ने यथार्थवादी सौंदर्यशास्त्र की जम कर वकालत की। बाज़िन ने दावा किया कि कैमरे का यथार्थ से अलग तरह का रिश्ता होता है। एक पेंटर अपनी कल्पना के ज़रिये या देख कर जिस पेड़ का चित्र बनाता है उसमें वह पेड़ सजीव रूप से शामिल नहीं होता। परंतु कैमरामैन जिस वृक्ष का फ़ोटो उतारता है, उस फ़ोटो की रचना में वह वृक्ष और कैमरा दोनों शामिल हो जाते हैं। चित्रकार बनायी गयी पेंटिंग पर अपनी मर्ज़ी लागू करता है, पर कैमरामैन कितनी भी कोशिश कर ले, कैमरे और वस्तु का संयोग फ़ोटोग्राफ़ में एक ऐसी बात पैदा कर देता है जो खींचने वाले की मंशा से परे होती है। ज़ाहिर है कि इस व्याख्या में यह मान्यता भी शामिल थी कि पर्दे पर चलने वाला यथार्थवादी विमर्श कुछ ख़ास तरह की सच्चाइयों को दबा देता है, और कुछ को गढ़ कर पेश कर देता है। यानी यथार्थवाद के उपकरणों से उसका अपना यथार्थ

निकलता है। यानी स्क्रीन पर दिखाया जाने वाला यथार्थ दरअसल यथार्थ की प्रतीति ही है।

इसलिए यथार्थवाद के सिद्धांतकारों ने फ़िल्मकारों को सुझाव दिया कि वे तकनीक का इस्तेमाल कुछ इस तरह से करें कि दर्शकों को फ़िल्म के पाठ की अपनी समझ बनाने की गुंजाइश मिल सके। दर्शक फ़िल्मकार द्वारा दृश्यात्मकता और कथांकन में दर्ज तात्पर्य के परे जा कर उसका प्रेक्षण कर सके। इस मक़सद की पूर्ति के लिए यथार्थवादी फ़िल्मकारों ने स्टूडियो से बाहर स्वाभाविक जगहों पर, कुदरती रोशनी में और ग़ैर-पेशेवर अभिनेताओं के साथ फ़िल्में शूट कीं। उन्होंने डीप-फ़ोकस सिनेमैटोग्राफ़ी का इस्तेमाल करते हुए लांग शॉट लिए ताकि पर्दे पर उभरने वाले बिम्बों के साथ दर्शक बँध न जाए। उन्होंने लांग टेक यानी लम्बे-लम्बे दृश्य रचे ताकि सम्पादन की कला से पैदा होने वाली सींवनहीनता का प्रभाव कम हो जाए।

द्वितीय विश्व-युद्ध के बाद दर्शकों की बेचैनियों को शांत करने के बजाय और उकसाने के लिए इटली में नव-यथार्थवादी सिनेमा आंदोलन चला। इसके पीछे राजनीतिक प्रेरणाओं से संचालित सामाजिक-यथार्थवादी फ़िल्में बनाने का वह आग्रह था जिसके तहत 1934 में फ्रांस में ज्याँ रेनुआँ *टोनी* जैसी फ़िल्म बना चुके थे। 1942 से 1956 के बीच रॉबर्टो रोज़ेलीनी, लुशियानो विस्कोंती और विट्टोरियो डि सिका ने कुछ असाधारण फ़िल्में बनायीं। विस्कोंती रेनुआँ के सहायक के रूप में काम कर चुके थे। उनकी फ़िल्म *ऑब्सेशंस* (1942) से ही इस आंदोलन की शुरुआत हुई। उन्हीं के पटकथाकार अंतोनियो पीत्रागेली ने इस सिनेमा को पहली बार नियो-रियलिज़्म का लक़ब दिया। रोज़ेलीनी की कृति *रोम ओपिन सिटी* (1945) को पहली पूर्णत: नियो-रियलिस्ट फ़िल्म माना जाता है। डि सिका की *बाइसकिल थीफ़* (1948) एक ऐसी प्रभावशाली फ़िल्म थी जिसने पचास के दशक में सारी दुनिया में फ़िल्मकारों की उदीयमान पीढ़ी को प्रभावित किया। भारत में सत्यजीत राय और जापान में आकिरी कुरोसोवा ने अपनी फ़िल्म-कला पर रेनुआँ से लेकर डि सिका का गहरा प्रभाव स्वीकार किया है। स्वयं इटली में इमैनुएल ओल्मी, माइकिल एंजिलो अंतोनियोनी और फ़ेदरीको फ़ेलीनी की पीढ़ी ने इस आंदोलन को आगे बढ़ाया।

फ्रांस और ब्रिटेन में इस आंदोलन की विरासत से सिनेमा की न्यू-वेव का जन्म हुआ। फ्रांस में इस नयी लहर के शीर्ष पर 'काहीर द्यु सिनेमा' नामक फ़िल्म-समीक्षकों और विमर्शकारों का एक समूह था जिनमें क्लॉद शबरोल, एरिक रोहमर, एग्नेस वरदा, ज्याँ-लुक गोदार और फ्रांसुआ त्रुफ़ो प्रमुख थे। इन लोगों ने पहले किसी फ़िल्मकार के सहायक की भूमिका नहीं निभायी थी। फ्रांसीसी न्यू-वेव की फ़िल्मों ने पूँजीपति वर्ग की आलोचना का रवैया तो अख़्तियार किया ही ऑॅत्युर शैली अपनाते हुए शैली और रूप से संबंधित सभी स्थापित मान्यताओं को ख़ारिज कर दिया। यथार्थवादी सिनेमा चिंतक बाज़िन को अपना पितामह मानते हुए इन समीक्षक-फ़िल्मकारों ने अभिव्यक्ति के अभूतपूर्व तौर-तरीक़ों का इस्तेमाल किया। फ़िल्म-सेट के नाम पर वे किसी दोस्त के फ़्लैट में शूटिंग करते और फ़िल्म-यूनिट के सदस्य ही उनके अभिनेता बन जाते। वे लम्बे-लम्बे ट्रैकिंग शॉट लेते और जब फ़िल्म लम्बी हो जाती तो जम्प कट के ज़रिये उन्हें बीच में से काट देते। इससे फ़िल्म छोटी तो ही ही जाती, साथ ही एक अनूठा प्रभाव भी पैदा होता। उन्होंने संवाद-लेखन के क्षेत्र में नवाचार किया, दृश्यों को तेज़ी से बदलते हुए दिखाया और ऐसे शॉट लिए जो सामान्य 360 डिग्री के अक्ष से परे जाते थे। दर्शकों को सम्मोहित करने के बजाय उन्होंने अपने कैमरा-वर्क से उन्हें चौंकाया, अस्थिर किया। ये फ़िल्मकार बेहतर सिनेमा की सराहना करने में अक्षम दर्शक के प्रति तिरस्कारपूर्ण रवैया भी अपनाते थे। कम बजट की इन फ़िल्मों ने प्रोडक्शन से जुड़ी हुए ख़र्चीले तौर-तरीक़ों पर पुनर्विचार का माहौल भी बनाया। न्यू-वेव ने जिन नयी सिनेमाई संहिताओं को जन्म दिया। उन्होंने कैमरे के उपयोग का लोकतंत्रीकरण करने की भूमिका निभायी। इसने फ्रांसीसी फ़िल्मकारों को स्त्रियों, कालों और फ्रेंच-अरबों की जीवन-स्थितियों की तरफ़ कैमरा घुमाने की प्रेरणा भी दी।

इतालवी नियोरियलिज़्म के अलावा इन फ़िल्मकारों ने अपनी कला पर हॉलीवुड के महान स्टूडियो निर्देशकों (चार्ली चैपलिन, ओरसन वेल्स, जॉन फ़र्ड, अल्फ्रेड हिचकॉक और निकोलस रे) का असर भी स्वीकार किया। शबरोल की फ़िल्म *ले हियू सर्ज* (1958), त्रुफ़ो की *द 400 ब्लोज़* (1959) और गोदार की *ब्रेथलेस* (1960) को असाधारण अंतर्राष्ट्रीय कामयाबी मिली। समीक्षकों ने उनकी सराहना की और टिकट खिड़की पर भी दर्शक उनकी ओर खिंचे। फ्रांसीसी न्यू-वेव का शैलीगत असर जल्दी ही हॉलीवुड की व्यावसायिक फ़िल्मों पर दिखाई देने लगा। 1967 में आर्थर पेन की फ़िल्म *बोनी ऐंड क्लायड* इसका पहला सबूत ले कर आयी। इसके बाद फ्रांसिस फ़र्ड कोपोला, ब्राइन द पामा, मार्टिन स्कोरसीस और क्वेंटिन टारंटीनो जैसे विख्यात फ़िल्मकारों ने 1958 से 1964 के बीच बनी इन फ़िल्मों का अपने काम पर प्रभाव स्वीकार किया है।

फ्रांसीसी न्यू-वेव सिनेमा को लेकर विमर्शकारों के बीच कई तरह के विवाद हैं। इनमें पहला और सबसे अहम यह है कि क्या यह सिनेमा एक राजनीतिक सिनेमा था। दावा किया जाता है कि इस न्यू-वेव से आगे चल कर कोंस्तातिन कोस्टागवरास और लुई माले का राजनीतिक रूप से प्रतिबद्ध सिनेमा जन्मा, लेकिन इसके पीछे साठ के दशक में फ्रांस के

संकटग्रस्त राजनीतिक हालात की भूमिका अधिक बताई जाती है जिसकी रोशनी में शबरोल, गोदार और त्रुफ़ो की फ़िल्मों को राजनीतिक आभा मिल गयी।

देखें : अतिनाटकीयता, अनुपस्थिति-उपस्थिति, कला सिनेमा, अवाँगार्द और प्रति-सिनेमा, टीवी और समाचार, टीवी और सेक्शुअलिटी, टीवी और टीवी-अध्ययन, तीसरा सिनेमा, तीसरी दुनिया का सिनेमा, दक्षिण भारतीय सिनेमा और राजनीति, नारीवादी फ़िल्म-सिद्धांत, फ़िल्म और सेक्शुअलिटी, फ़िल्म और टीवी सेंसरशिप, फ़िल्मांतरण, फ़िल्म-सिद्धांत, फ़्लैश-बैक, भारतीय सिनेमा-1, 2 और 3, भारतीय फ़िल्म-अध्ययन, भारतीय स्टार सिस्टम, रियलिटी टीवी, विचारधारा और हिंदी सिनेमा, वृत्त-चित्र, सेलेब्रिटी, सोप ओपेरा, सोवियत सिनेमा, स्टार, हिंदी सिनेमा का समाजशास्त्र।

संदर्भ

1. आंद्रे बाज़िन (1967), *व्हाट इज़ सिनेमा? वॉल्युम 1*, युनिवर्सिटी ऑफ़ कैलिफ़ोर्निया प्रेस, बर्कले.
2. मिशेल मैरी (2002), *द फ्रेंच न्यू वेव : ऐन आर्टिस्टिक स्कूल*, जॉन विली ऐंड संज़, न्यूयॉर्क.

— अभय कुमार दुबे

सिमोन द बोउवार

(Simone de Beauvoir)

फ्रांस की अस्तित्ववादी दार्शनिक, उपन्यासकार और पत्रकार सिमोन द बोउवार (1908-1986) की विख्यात रचना *द सेकण्ड सेक्स* (1949) को युरोप और अमेरिका में नारीवाद की दूसरी लहर की प्रणेता माना जाता है। चालीस के दशक आख़िरी सालों में जब बोउवार यह किताब लिख रही थीं, पश्चिमी जगत में नारीवाद अपनी शुरुआती कामयाबियों के परे देखने की कोशिश कर रहा था। राजनीतिक रूप से पश्चिमी स्त्रियों को वोट देने का, सम्पत्ति का स्वामी बनने का और ऊँची शिक्षा प्राप्त करने का अधिकार मिल चुका था। विभिन्न पेशों के द्वार उनके लिए खुल चुके थे। स्त्रियाँ सामाजिक और यौनिक रूप से पहले के मुक़ाबले कहीं आज़ाद थीं। ऐसे माहौल में बोउवार ने दलील दी कि इन सफलताओं के बाद भी स्त्रियाँ पुरुष की अधीनता में ही हैं। उन्होंने उदारतावादी क़ानूनी अधिकारों के महत्त्व को कम करके नहीं आँका, लेकिन उन्होंने महिलाओं के संघर्ष को इससे आगे ले जाने पर ज़ोर दिया। इतिहास, मानवशास्त्र, मिथक, नृजातिवर्णन, जैविकी, साहित्य और समाजशास्त्र के औज़ारों का इस्तेमाल करके बोउवार ने साबित किया कि स्त्रियों को कैसे कमतर रखा जाता है जिसके कारण उनकी सृजनशीलता कुंठित हो गयी है और वे आसानी से पराजय और दासता स्वीकार कर लेती हैं। पुरुष के मुक़ाबले उनका नम्बर दूसरे सेक्स का है। उन्होंने अपने घनिष्ठ मित्र और दार्शनिक ज्याँ-पॉल सार्त्र की रचना *बीइंग ऐंड नथिंगनेस* (1943) में प्रतिपादित अस्तित्ववादी श्रेणियों का इस्तेमाल भी किया और कई बार उनके परे भी गयीं। बोउवार ने कहा कि ज़्यादातर समाजों में पुरुष अपनी इयत्ता के ज़रिये और स्त्री 'अन्य' होने के ज़रिये समझी जाती है। मानवता को पुरुष और मानवीय स्थिति को पुरुषत्व की तरह परिभाषित किया जाता है, और स्त्री हमेशा पुरुष के साथ संबंधों के परिप्रेक्ष्य में परिभाषित होती है। *द सेकंड सेक्स* दो खण्डों में प्रकाशित एक बृहद रचना थी जो छपते ही बेहद लोकप्रिय साबित हुई। इसके बाद जल्दी ही उसका एक थोड़ा सा संक्षिप्त अंग्रेज़ी संस्करण प्रकाशित हुआ जिसके इर्द-गिर्द विकसित हुए विमर्श ने साठ और सत्तर के दशक में पश्चिमी नारीवादी आंदोलन की वैचारिक भित्ति का निर्माण किया।

बोउवार ने अपना वर्णन 'शब्दों की महिला' के रूप में किया है। उनका यह कथन बहुत ज़्यादा प्रसिद्ध हुआ कि 'औरत पैदा नहीं होती है, बल्कि बना दी जाती है।' बोउवार ने जीवविज्ञान को ही परम-सत्य मानने की प्रवृत्ति को चुनौती दी। दरअसल, महिलाओं की जैविक स्थिति का उपयोग उनकी आर्थिक, राजनीतिक और सामाजिक अधीनता को सही साबित करने के लिए किया जाता था। अस्तित्ववाद के साथ-साथ कई जगहों पर बोउवार ने मार्क्सवाद का भी सहारा लिया। उन्होंने दिखाया कि एक पितृसत्तात्मक समाज में महिलाओं की 'स्थिति' बहुत सी ऐतिहासिक और भौतिक सीमाओं से घिरी होती है। उन्होंने सिर्फ़ इस बात को उजागर नहीं किया कि किस तरह पितृसत्ता महिलाओं का दमन करती है, बल्कि उन्होंने यह भी दिखाया कि किस तरह कई मर्तबा महिलाएँ भी अपने दमन को बढ़ावा देती हैं। उन्होंने यह दिखाया कि बहुत से मौक़ों पर महिलाएँ जेंडर द्वारा तय की गयी भूमिकाओं से बाहर काम करने की आज़ादी का उपयोग नहीं करतीं।

उन्होंने अपने समय के मनोविज्ञान और विज्ञान के भीतर मौजूद सेक्सिज़म पर सवाल खड़ा किया और स्पष्ट करने की कोशिश की कि ऐतिहासिक रूप से 'महिला' शब्द एक ख़ास तरह के अर्थ का प्रतिनिधित्व करता है और इसलिए यह एक सार्वभौम या बुनियादी श्रेणी नहीं है। इस तरह उन्होंने लम्बे समय तक अपने बौद्धिक साथी (और जीवन-साथी) रहे ज्याँ पॉल सार्त्र की उस कोशिश से अलग अपना विचार पेश किया। सार्त्र का शुरू में विचार था कि आज़ादी और चुनाव की ऐसी अस्तित्ववादी श्रेणियाँ व्यक्ति की सामाजिक सीमाओं से स्वतंत्र होती हैं। लेकिन बोउवार ने एक व्यक्ति की आज़ादी और उस आज़ादी का उपयोग करने की उसकी सीमित सामर्थ्य के बीच अंतर किया।

सिमोन द बोउवार (1908-1986)

अपने इस महान ग्रंथ में वे दो मुख्य तर्क पेश करती है : पहला, एक श्रेणी के रूप में 'महिला' का निर्माण सामाजिक रूप से होता है; और दूसरा, ऐतिहासिक रूप से महिलाओं को, हीगेलवादी शब्दों में 'अन्य' के रूप में देखा जाता रहा है। बोउवार सीधे तौर पर हीगेल के मालिक/दास द्विभाजन को अपनाते हुए यह नहीं कहती हैं कि आदमी मालिक होता है और औरत दास। इसकी बजाय वे इस द्वंद्व के ज्यादा उदात्त रूप को अपनाती हैं। हीगेल यह मानते हैं कि अपनी 'चेतना' के लिए संघर्ष या किसी व्यक्ति की अपनी पहचान की संकल्पना को निश्चित रूप से किसी अन्य की चेतना की मृत्यु होने में ख़त्म होना चाहिए। मालिक/दास द्वंद्व की अपनी व्याख्या में बोउवार स्पष्ट करती हैं कि किसी भी एक कर्त्ता (या एक्टर) की चेतना की मौत होने से ख़त्म नहीं होता। इसकी बजाय 'पारस्परिकता' या एक-दूसरे की मानवता की पारस्परिक-मान्यता की गुंजाइश रहती है। बोउवार ने सबसे पहले अपनी दार्शनिक श्रेणियों को चालीस के दशक में *द सेकंड सेक्स* से पहले प्रकाशित किताबों में व्यक्त किया था। इस संबंध में उनकी एक कृति अंग्रेज़ी में *द एथिक्स ऑफ़ एम्बीगुइटी* (1994) के रूप में अंग्रेज़ी में प्रकाशित हुई है।

बोउवार द्वारा लिखा गया रचनात्मक साहित्य भी उनकी दार्शनिक रुचि प्रदर्शित करता है। बोउवार की कृति *द मण्डारिंस* (1954) में जर्मन क़ब्ज़े के ख़िलाफ़ फ्रेंच प्रतिरोध का वर्णन किया गया है। उनकी यह रचना आत्मकथात्मक है और आलोचकों का मानना है कि इसमें बहुत कम बातें काल्पनिक हैं। 1954 में *द मण्डारिंस* को पुरस्कृत किया गया। इसमें मुक्ति के बाद के फ्रेंच प्रतिरोध में शामिल किरदार के सामने आने वाली विभिन्न स्थितियों का वर्णन करने के लिए अस्तित्ववादी चिंतन का प्रयोग किया गया है। मसलन, इसमें व्यक्तियों को इस फ़ैसले का सामना करना होता है कि नाज़ियों के साथ सहयोग करने वाले फ्रांसीसी नागरिकों के साथ किस तरह का व्यवहार किया जाए। इस किताब में लेखिका ने दूसरे कई विषयों को भी उठाया है। वे एक ऐसी महिला की स्थिति का वर्णन करती हैं जो पाती है कि वह एक बुरे विश्वास का प्रयोग कर रही है क्योंकि वह काफ़ी पहले ख़त्म हो चुके संबंध के बाहर निहित स्वतंत्रता को मान्यता देने से इनकार करती है।

बोउवार ने चार खण्डों में अपनी आत्मकथा लिखी। पहला खण्ड *मेमॉयर्स ऑफ़ अ ड्युटीफुल डॉटर* 1954 में प्रकाशित हुआ। इसमें उन्होंने अपने बचपन से लेकर सार्त्र से मुलाक़ात तक का वर्णन किया है। दूसरा खण्ड 1960 में *द प्राइम ऑफ़ लाइफ़* शीर्षक से प्रकाशित हुआ। इस भाग में सार्त्र से उनकी मुलाक़ात से लेकर द्वितीय विश्व-युद्ध तक की घटनाओं का वर्णन है। 1963 में तीसरा खण्ड *फोर्स ऑफ़ सरकमस्टांसेज़* शीर्षक से प्रकाशित हुआ। इसमें उन्होंने अन्य बातों के अलावा अमेरिकन उपन्यासकार नेल्सन अल्ग्रीन के साथ अपने प्रेम-संबंधों और अपने और सार्त्र के प्रसिद्ध हस्तियों के रूप में उभरने के बारे में बताया है। बोउवार की माँ की मौत आँतों के कैंसर से 1963 में हो गयी। माँ की याद में उन्होंने 1964 में *द वेरी इज़ी डेथ* नामक किताब लिखी। आत्मकथा का चौथा खण्ड *आल सैड ऐंड डन* 1972 में प्रकाशित हुआ।

बोउवार द्वारा लिखी गयी दार्शनिक, साहित्यिक और आत्मकथात्मक रचनाएँ उनके बौद्धिक साथियों के जीवन और कार्यों के बारे में भी जानकारी देती हैं। इन साथियों में सार्त्र, अल्बर्ट कैमियो तथा मॉरिस मर्ली पोंती आदि शामिल हैं। इस बात में किसी शक की गुंजाइश नहीं है कि फ्रांसीसी अस्तित्ववादी चिंतन पर बोउवार का स्पष्ट प्रभाव रहा है, लेकिन यह भी सच है कि अमूमन उन्हें जितना श्रेय दिया जाना चाहिए उतना नहीं दिया जाता है। कुछ आलोचक दावा करते हैं कि बोउवार ज़्यादातर सार्त्र के अस्तित्ववाद को ही पेश करती थीं। लेकिन इस तरह के विश्लेषण में इस बात पर ध्यान नहीं दिया जाता है कि किस तरह से बोउवार का लेखन सार्त्र के विचारों को चुनौती देता है। इसके अलावा, इस तरह का विश्लेषण इस बात की भी उपेक्षा करता है कि बोउवार जेंडर के आधार पर विचार करते हुए 'अन्य' (या अदर) की श्रेणी जैसे मूल सैद्धांतिक शब्दों में बुनियादी संशोधन करती हैं।

1970 के दशक से लेकर अपनी मृत्यु तक बोउवार एक समर्पित नारीवादी कार्यकर्त्ता बनी रहीं। अल्जीरियाई

स्वतंत्रता संग्राम के दौरान (1954-62) उन्होंने अल्जीरिया की महिलाओं के अधिकारों के लिए संघर्ष किया। उन्होंने गर्भनिरोधकों और गर्भपात के अधिकार के लिए अभियान चलाया। 1974 में इसे परीक्षण के लिए पाँच वर्षों तक क़ानूनी मान्यता दी गयी और इसके बाद 1979 में इसे स्थाई बना दिया गया। 1973 में सिमोन ने *ला तौ मोदार्न* पत्रिका में नारी समर्थक कॉलम की शुरुआत की। वे 1974 में नारी मुक्ति आंदोलन की अध्यक्ष चुनी गयीं। 1978 में उनके जीवन पर एक फ़िल्म बनायी गयी। 1979 में उनके आजीवन साथी रहे सार्त्र की मृत्यु हो गयी। इसके बाद धीरे-धीरे उनके कई अन्य दोस्तों की भी मृत्यु हो गयी। अपने जीवन के आख़िरी दिनों में वे अकेली रहीं लेकिन पूरी शिद्दत से काम में जुटी रहीं। 14 अप्रैल, 1986 को उनका निधन हुआ।

दरअसल 1970 के पहले बोउवार नारी मुक्ति आंदोलन के प्रति एक समाज-सुधारक का दृष्टिकोण रखती थीं लेकिन इसके बाद वे स्त्री की स्थिति में आमूल परिवर्तन चाहने लगीं। वे मानने लगीं कि युगों से चल रहे नारी-उत्पीड़न का पूर्ण उन्मूलन ज़रूरी है। सोवियत संघ के उदाहरण देते हुए वे इस बात पर ज़ोर देती थीं कि समाजवाद से स्त्री की समस्या हल नहीं हो सकती। इसलिए स्त्रियों को सारी जातियों और राष्ट्रों का अतिक्रमण करके एक अधीनस्थ जाति की तरह लम्बी लड़ाई लड़नी होगी। उन्होंने समान काम के लिए समान वेतन देने और घरेलू काम-काज के निष्पक्ष पुनर्वितरण के लिए अभियान चलाया। बोउवार के बाद नारीवादी आंदोलन में बहुत ज़्यादा विस्तार और विभेदीकरण भी हुआ। लेकिन बाद की नारीवादियों की तुलना में बोउवार इस लिहाज़ से अलग हैं कि इनके विचार पश्चिमी समाजों से बाहर भी फैले और विकासशील समाजों में भी नारीवाद के प्रचार-प्रसार में उन्होंने महत्त्वपूर्ण भूमिका निभायी। उनकी किताब ने *द सेकेंड सेक्स* ने नारीवादियों की एक पूरी पीढ़ी को प्रेरणा दी है; इसमें रैडिकल नारीवादियों से लेकर जूडिथ बटलर जैसी उत्तर-आधुनिकतावादी नारीवादी भी शामिल हैं। इस किताब का हिंदी सहित बहुत सी भाषाओं में अनुवाद हुआ है।

देखें : अश्वेत नारीवाद, आनंदीबाई जोशी, इसलामिक नारीवाद, गायत्री चक्रवर्ती स्पिवाक, चिपको आंदोलन, जूडिथ बटलर, जेंडर, दलित नारीवाद, देवदासी, देवकी जैन, नारीवाद, नारीवाद की पहली लहर, नारीवाद की दूसरी लहर, नारीवाद की तीसरी लहर, नारीवादी दर्शन, नारीवाद और अर्थशास्त्र, नारीवादी फ़िल्म-सिद्धांत, नारीवादी इतिहास-लेखन, नारीवाद और अर्थशास्त्र, नारीवाद और साम्प्रदायिकता, नैंसी शोदॅरौ, पर्यावरणीय नारीवाद, पब्लिक-प्रायवेट, पण्डिता रमाबाई सरस्वती, पितृसत्ता, प्रेम, प्रेम-अध्ययन और नारीवादी दर्शन, भारत में स्त्री-आरक्षण-1 और 2, महादेवी वर्मा, मैरी वोल्सनक्रॉफ़्ट, राजनीतिक दर्शन के नारीवादी आयाम, रमाबाई रानाडे, ल्यूस इरिगरे, स्त्री और साम्प्रदायिकता, स्त्री-श्रम, सम्पत्ति : नारीवाद परिप्रेक्ष्य, स्त्री-आरक्षण, हेलन सिचू।

संदर्भ

1. सीमोन द बोउवार (1998) *स्त्री : उपेक्षिता, द सेकण्ड सेक्स* का संक्षिप्त हिंदी रूपांतर, जीवनी, संदर्भ और प्रस्तुति : ,प्रभा खेतान, हिंद, पॉकेट बुक्स, दिल्ली.
2. डी. बेयर (1990), *सीमोन द बोउवार : अ बायोग्राफ़ी,* सम्मिट बुक्स, न्यूयॉर्क.
3. जे. ओकली (1986), *सीमोन द बोउवार : ए रिरीडिंग,* विरगो, लंदन.

— कमल नयन चौबे

सुकरात

(Socrates)

प्राचीन एथेंस के महान दार्शनिक सुकरात (469-399 ईसा पूर्व) को पश्चिमी दर्शन का पितामह माना जाता है, बावजूद इसके कि उन्होंने कभी कुछ नहीं लिखा। वे मुख्यत: वाचिक परम्परा के दार्शनिक थे। ऐतिहासिक रिकॉर्ड के लिहाज़ से न केवल उनके लिखित विचार अनुपलब्ध हैं, बल्कि उनके व्यक्तिगत जीवन के बारे में भी बहुत कम जानकारी मिलती है। सुकरात के बारे में जानकारियाँ हासिल करने के लिए उनके शिष्य ज़ेनोफ़ोन और अफ़लातून (प्लेटो) की रचनाओं का सहारा लेना पड़ता है। सुकरात के इन महान शिष्यों ने अपने गुरु और पथप्रदर्शक की शिक्षाओं को संवाद (प्रश्नोत्तर) की तरह लिखना शुरू किया जिससे सोक्रैटिक डायलॉग की शैली आरम्भ हुई। अफ़लातून ने अपनी सारी बातें सुकरात के मुँह से कहलवायी हैं। ज़ाहिर है कि यह समस्त लेखन संवादों के रूप में है, और इसमें सुकरात राजनीति और समाज के बारे में वे तमाम सिफ़ारिशें करते हुए दिखते हैं जो प्लेटो करना चाहते हैं। इस तरह से सुकरात का ऐतिहासिक व्यक्तित्व उनके शिष्य की कल्पनाओं के सुकरात से गड्डमड्ड हो जाता है। दिलचस्प बात यह है कि शिष्यों के माध्यम से मिली जानकारी पर निर्भर होने के कारण प्रामाणिकता की कमी उनके विचारों के महत्त्व को प्रश्नांकित नहीं कर पायी। सुकरात के विचारों ने पिछली सहस्राब्दियों में मानवीय चिंतन को गहराई से प्रभावित किया है।

सुकरात ने दार्शनिक प्रज्ञा के विकास के लिए जिस प्रश्नोत्तर शैली की द्वंद्वात्मकता का विकास किया उसे सोक्रैटिक मैथॅड के नाम से जाना जाता है। ज्ञानी होते हुए भी ख़ुद को अज्ञानी बताने की सुकरात की शैली सोक्रैटिक आयरनी कही जाती है। ख़ुद को अज्ञानी कह कर सुकरात

स्वघोषित विशेषज्ञों और जानकारों के घमण्ड भरे दावों को भीतर से हिला देते थे। इससे उन्हें नये विचारों के विकास के लिए रास्ता साफ़ करने में मदद मिलती थी। सुकरात के लिए दार्शनिक का मतलब था एक ऐसा विनम्र व्यक्ति जो ख़ुद को अज्ञानी समझता हो। उनकी निगाह में ऐसा व्यक्ति ही दार्शनिक अर्थात् प्रज्ञा का सच्चा प्रेमी हो सकता है। प्लेटो के मुताबिक़ सुकरात ने कहा था कि 'कोई भी व्यक्ति स्वत: ग़लत काम नहीं करता।' इसका मतलब था हर ग़लत काम ज्ञान की कमी का फलितार्थ होता है। इसका विरोधाभासी मतलब यह निकलता है कि अच्छा काम करना अथवा सद्‌गुण सम्पन्न होना ही ज्ञान है। इसे ही सोक्रैटिक पैराडॉक्स कहा जाता है। सुकरात ऐसे अनूठे दार्शनिक थे जिन्होंने अपने विचारों के लिए अपनी जान देना पसंद किया। युगों-युगों से सुकरात के बारे में यह निर्विवाद धारणा है कि जब तक इस संसार में व्यक्तिगत और निजी निष्ठा को एक अनुकरणीय आदर्श माना जाता रहेगा तब तक वे उसके मूर्तिमान प्रतीक बने रहेंगे।

हैलेनिक और रोमन युग के विभिन्न विचार-पंथ सुकरात को अपने दार्शनिक-अभिभावक के तौर पर देखते थे। सिनिकवादियों या दोषदर्शियों को लगता था कि सुकरात द्वारा गुज़ारा गया संतों जैसा जीवन ही उनके अपने आदर्श के नज़दीक है। इसी तरह संशयवादी दार्शनिकों को सुकरात का यह विनम्र दावा पसंद था कि मैं तो अज्ञानी हूँ। स्टोइकवादी दार्शनिकों की निगाह में सुकरात इसलिए महान थे कि उन्होंने केवल सद्‌गुणों को ही वास्तविक ईश्वर का दर्जा दिया था। दूसरी सदी के ईसाई चिंतकों ने सुकरात को ईसा के पूर्वगामी होने का दर्जा देकर सम्मानित किया क्योंकि उत्पीड़नकारी राज्य द्वारा ज़हर का प्याला पीने के लिए विवश किये जाने पर भी सुकरात ने ईसा के तर्ज़ पर ही अपने हत्यारों को माफ़ कर दिया था। पंद्रहवीं सदी में नव-प्लेटोवादी भी सुकरात को ईसा का पूर्वगामी मानते थे। मध्ययुगीन इसलाम में सुकरात को मूर्तिपूजा के विरुद्ध बोलने वाले और एकेश्वरवाद के समर्थक के तौर पर देखा जाता है। रिनेसाँ और फिर ज्ञानोदय के दौर में सुकरात को मानवीय गुणों के ऐसे सर्वोत्तम प्रतिनिधि के तौर पर चित्रित किया गया जिसके बुद्धिवाद को अंधविश्वास के हाथों अपनी बलि देनी पड़ी। आधुनिक दर्शन में हीगेल, कीर्केगार्द और नीत्शे ने सुकरात को मानवीय चिंतन के विकास की धुरी मान कर उनके इर्दगिर्द अपने दर्शन के कई पहलुओं की रचना की। मिशेल फ़ूको के विचारों पर भी सुकरात का गहरा प्रभाव माना जाता है। कार्ल पॉपर ने व्यक्तिवादी उदारतावादी चिंतक रूप में पेश किया है। सुकरात की आलोचना भी होती है। कुछ विचारकों का मानना है कि वे प्रतिक्रियावादी सर्वसत्तावाद के प्रवर्तक थे और इसीलिए उनसे प्रभावित हो कर कई सामंतों द्वारा एथेनियन लोकतंत्र का तख़्ता पलटने की कोशिश की गयी थी।

अब यहीं सवाल उठता है कि सुकरात के दर्शन और जीवन में ऐसा क्या था जिसने मानवता को उनका ऋणी बना दिया है? सुकरात के बारे में अधिकतर जानकारी देने वाले ज़ेनोफ़ोन और अफ़लातून के शुरुआती संवाद उनकी छवि अलग-अलग ढंग से पेश करते हैं। ज़ेनोफ़ोन के विवरण के अनुसार सुकरात एक परम्परावादी ढंग से सोचने वाले चिंतक थे। पर प्लेटो ने उनकी तस्वीर एक ऐसे चिंतक के रूप में बनायी है जिसके विचार अपने वक़्त की मान्यताओं को चुनौती देने वाले थे। सुकरात की मान्यता थी कि समाज की बेहतरी के लिए दर्शन का इस्तेमाल कुछ इस तरीक़े से होना चाहिए कि उसके ठोस नतीजे निकलें। उन्होंने तर्क-बुद्धि पर आधारित एक नैतिक प्रणाली की स्थापना की कोशिश की जिसके केंद्र में मनुष्य द्वारा ख़ुद को जाँचने-परखने की क्षमता का आग्रह था। वे कहते थे कि स्वयं न परखा हुआ जीवन जीने योग्य नहीं होता। व्यक्ति ख़ुद को जितना जानेगा और बुद्धि आधारित चयन में जितना समर्थ होगा, उसी के अनुपात में वह ख़ुशी हासिल करता चला जाएगा। सुकरात ने अपने इस उसूल का राजनीतिक तात्पर्य यह निकाला कि शासन का सबसे अच्छा रूप न तो निरंकुशता है और न ही लोकतंत्र। वही शासन अच्छा काम करता है जिसकी बागडोर ऐसे लोगों के हाथ में हो जो योग्यता, ज्ञान और सद्‌गुणों में सबसे आगे हों और ख़ुद को गहराई से जानते हों।

सुकरात एथेंस के उस लोकतंत्र और उसके हुक्मरानों के कड़े आलोचक थे जिसे अपनी सहिष्णुता पर गर्व था। वहाँ के लोकतंत्र में आस्था रखने के बजाय उन्होंने पूरे एथेंस को एक कक्षा की तरह लिया और वहाँ के अभिजनों से लेकर साधारण व्यक्तियों से सवाल पूछने निकल पड़े ताकि राजनीतिक और नैतिक सत्य की खोज की जा सके। वे भाषण देने से परहेज़ करते थे। उनका कहना होता था कि उनके पास तो कोई विचार है ही नहीं। वे तो अज्ञानी हैं, और उनकी प्रज्ञा इस बात में ही निहित है कि उन्होंने अपने अज्ञानी होने को जान लिया है। सवाल पूछने का उनका तरीक़ा इस तरह से द्वंद्वात्मक होता था कि उससे लोगों को सोचने और एक तार्किक निष्कर्ष तक पहुँचने में मदद मिलती थी। कभी-कभी तो समस्याओं के समाधान इतने प्रकट होते थे कि सुकरात के विरोधियों को अपनी मूर्खता का एहसास होने लगता था। सुकरात के इस रवैये के प्रशंसकों की कोई कमी न थी, लेकिन इसी रवैये के कारण उनके विरोधियों की संख्या भी बढ़ती चली गयी।

सुकरात ने समकालीन राजनीति के दोषों को निर्ममता से रेखांकित किया। उनका कहना था कि बहुमत से होने वाले निर्णय सही नहीं होते क्योंकि उनके पक्ष में वोट देने वाले नागरिकों में मुद्दों को समझने की न तो क्षमता होती है और

सुकरात (469–399 ईसा पूर्व)

न ही समय। उन्होंने सवाल उठाया कि जब एथेंस के डॉक्टरों और वास्तुशिल्पियों के लिए प्रशिक्षण और योग्यता की ज़रूरत है तो राजनीतिज्ञों को बौद्धिक रूप से प्रशिक्षित क्यों नहीं होना चाहिए। ऐसा क्यों है कि राजनेताओं की ताक़त उनकी योग्यता के बजाय लोकप्रिय अपील पर निर्भर होती है? सुकरात सोफ़ीवादियों के विरोधी थे। सोफ़िस्ट उस शब्दाडम्बर के पैरोकार थे जिसका इस्तेमाल करके राजनेताओं को आम लोगों की भावनाएँ भड़काने में कामयाबी मिल जाती थी।

प्लेटो की रचना *रिपब्लिक* का पहला अध्याय सुकरात और सोफ़ीवादी दार्शनिक थ्रेसीमेकस के बीच बहस के रूप में लिखा गया है। थ्रेसीमेकस की तरफ़ से मिली चुनौती में यह दावा निहित है कि न्याय का मतलब सिर्फ़ एक ही हो सकता है : सत्तारूढ़ का हित। अगर शासक द्वारा अपने फ़ायदे के लिए बनाये गये न्याय के नियमों से कोई असंतुष्ट है तो वह सत्तारूढ़ के कोप से बचने का कौशल दिखाते हुए अवज्ञा के ज़रिये अपना हित साध सकता है। थ्रेसीमेकस का कहना है कि महज़ न्यायसम्मत रहने से कुछ फ़ायदा नहीं होने वाला। अफ़लातून के सुकरात जवाब में साबित करते हैं कि थ्रेसीमेकस के तर्क के विपरीत न्यायसम्मत होना और न्याय के पक्ष में होना ही लाभकारी है। इसके लिए प्लेटो न्याय को व्यापक फलक पर परिभाषित करते हैं। वे न्यायप्रद राज्य की कसौटियाँ बनाते हैं और फिर देखते हैं कि क्या ये कसौटियाँ व्यक्ति के संदर्भ में भी लागू हो सकती हैं।

सुकरात के जीवन-काल में एथेंस नाटकीय परिवर्तनों से गुज़र रहा था। स्पार्टा के साथ हुए युद्ध में उसे अपमानजनक पराजय झेलनी पड़ी थी। अपनी अस्मिता और विश्व में अपने स्थान को लेकर संशयग्रस्त होने के कारण उसके प्रभु वर्ग में अतीत के गुणगान की प्रवृत्तियाँ बढ़ गयी थीं। धन-सम्पत्ति का महत्त्व बढ़ता जा रहा था और शारीरिक सौंदर्य के प्रति आग्रह की कोई सीमा नहीं थी। सुकरात इन सभी पहलुओं की आलोचना करते थे। वे दैहिक सौंदर्य की जगह मस्तिष्क की श्रेष्ठता के पैरोकार थे। उन्होंने एथेंस के प्रभु वर्ग के रवैये का बार-बार उपहास किया। उन्होंने युवकों से कहा कि वे राजनीति में तब तक हिस्सा न लें जब तक उनके ज्ञान का दार्शनिक पक्ष प्रबल न हो जाए। एक तरफ़ तो लोकतंत्र की आलोचना, दूसरी तरफ़ प्रभु वर्ग की धारणाओं का उपहास और तीसरी तरफ़ युवकों से की गयी अपील— इन तीनों पहलुओं ने मिल कर सुकरात को तत्कालीन सत्तारूढ़ों का शत्रु बना दिया।

नतीजा उनके ख़िलाफ़ मुक़दमे में निकला। सुकरात के ऊपर तीन आरोप लगाये गये : पहला, वे उन देवताओं को मानने से इनकार करते हैं जिन्हें एथेंस का शहर मान्यता देता है; दूसरा, वे नये देवताओं की तजवीज़ करते हैं; और तीसरा, वे युवाओं को भ्रष्ट कर रहे हैं। ईसा से 399 वर्ष पूर्व सुकरात को उनके ही शहरवासियों की एक जूरी ने मौत की सज़ा के रूप में हेमलॉक नाम के ज़हर से भरा प्याला पीने का आदेश दिया। एथेंस के क़ानून के मुताबिक़ सुकरात को इस सज़ा का विकल्प चुनने का अधिकार था। वे चाहते तो बदले में निर्वासन चुन कर अपने प्राण बचा सकते थे। लेकिन जब उनसे विकल्प पूछा गया तो उन्होंने बेहिचक कहा कि उन्होंने युवकों को जो सिखाया है उसके बदले एथेंस को उनका सम्मान करना चाहिए और एक शिक्षक के तौर पर उन्हें उसका शुल्क भी मिलना ज़रूरी है। सुकरात के इस कथन को उनकी उद्दंडता समझा गया। सुकरात के समर्थकों ने उन्हें मृत्युदण्ड वाले दिन से ठीक पहले कारागार से छुड़ाना चाहा ताकि वे एथेंस से बाहर जा कर अपना जीवन गुज़ार सकें। लेकिन अपना सारा जीवन एथेंस में ही गुज़ारने वाले सुकरात ने यह प्रस्ताव ठुकरा दिया। उन्होंने कहा कि वे एथेंस के क़ानून का आदर करते हैं, उस क़ानून का भी जिसने उन्हें मौत की सज़ा दी है। प्लेटो के विवरण के अनुसार सुकरात ने शांति से ज़हर का प्याला पिया। उनका शरीर धीरे-धीरे सुन्न होने लगा। आख़िरी साँस लेने से पहले सुकरात ने अपनी मृत्यु को देह से आत्मा की मुक्ति की संज्ञा दी।

देखें : अफ़लातून, आग्युस्त कॉम्त, इमैनुएल कांट, ईसैया बर्लिन, कार्ल हाइनरिख़ मार्क्स-1, 2, 3 और 4, कार्ल रायमुंड पॉपर, ज्याँ ज़ाक रूसो, चार्ल्स-लुई द सेकोंद मोंतेस्क्यू, जार्ज विल्हेल्म फ्रेड्रिख़ हीगेल, निकोलो मैकियावेली, मार्सिलियस : पाडुआ के, रेने देकार्त, संत ऑग्स्तीन, सुकरात, संत थॉमस एक्विना।

संदर्भ

1. आर. क्रॉत (1984), *सोक्रैटीज़ ऐंड द स्टेट*, प्रिंसटन युनिवर्सिटी प्रेस, प्रिंसटन, एनजे.
2. अन्ना एस. बेंजामिन (1965), *रिफ़्लेक्शंस ऑफ़ सोक्रैटीज़ ऐंड सोक्रैटीज़ डिफ़ेंस बिफ़ोर द जूरी ऑफ़ ज़ेनोफ़ोन*, बॉब्स-मेरिल, इण्डियानापोलिस.
3. *राजनीतिक सिद्धांतों का इतिहास* (1985), अनु. बुद्धिप्रसाद भट्ट, खण्ड-1, प्रगति प्रकाशन, मास्को.
4. जे. कोलमेन (2000), *अ हिस्ट्री ऑफ़ पॉलिटिकल थॉट*, खण्ड-1, ब्लैकवेल, ऑक्सफ़र्ड.

— अभय कुमार दुबे

सुदीप्त कविराज

(Sudipta Kaviraj)

राजनीतिक सिद्धांतकार, सांस्कृतिक-चिंतक, भाषा-साहित्य के विमर्शकार और समर्पित अध्यापक सुदीप्त कविराज (1945-) का लेखन सिद्धांत और व्यवहार के स्थापित फ़र्क़ को बौद्धिक रूप से अस्थिर करने की भूमिका निभाता है। वे भारतीय राजनीति के अध्ययन के माध्यम से युरोकेंद्रित राजनीतिक सिद्धांत और राजनीतिक दर्शन की सर्वमान्यता पर सवाल उठाने वाले विचारक हैं। लेकिन उनकी यह कोशिश एकतरफ़ा नहीं है। वे युरोकेंद्रीय दर्शन के योगदान के प्रति सजग रहते हुए वे भारतीय संदर्भों में राजनीतिक सिद्धांत रचने का आह्वान करते हैं और यही संवेदनशील और रैडिकल बौद्धिक प्रोजेक्ट कविराज की कृतियों को विशिष्ट और चुनौतीपूर्ण बनाता है। समाजशास्त्र, इतिहास, संस्कृति-अध्ययन, साहित्य-अध्ययन और राजनीतिक विश्लेषण के शोधार्थी और लेखक उनके काम की संवेदनशीलता और सैद्धांतिक व्यापकता को एक स्थापित कसौटी मानते हैं। कविराज के विमर्श की विशिष्टता को समझने के लिए उनके लेखन की गतिशीलता को आधार बनाना ज़रूरी है। इस लिहाज़ से तीन प्रमुख संदर्भ-बिंदुओं की पहचान हो सकती है : भारतीय राजनीति के विश्लेषण के लिए मार्क्सवाद की सैद्धांतिक उपयोगिता से संबंधित लेखन, भारतीय आधुनिकता की समझ के लिए उपनिवेशवाद और राष्ट्रवाद संबंधी लेखन, राजनीतिक विचारों के इतिहास, राजनीतिक अमल और साहित्य के रिश्तों से संबंधित लेखन। हालाँकि ये तीनों विषय उनके लेखन के मूलबिंदु हैं, पर विश्लेषण की दृष्टि से इन विषयों को किसी काल-खण्ड में बाँटना भ्रामक और एकतरफ़ा हो सकता है। इसी वजह से कविराज के लेखन की तारतम्यता के प्रति सजग रहना ज़रूरी है। शैली के लिहाज़ से उनके लेख व्यवस्थित और क्रमबद्ध रहते हैं, लेकिन अपने तर्क की विभिन्न परतों को उघाड़ने के लिए वे अपनी भाषा के साथ कई तरह के प्रयोग करते हैं जिसकी वजह से उनका गद्य एक प्रवाहपूर्ण विशिष्टता से सम्पन्न हो जाता है। कविराज की रचनाएँ हमसे कहती हैं कि राजनीतिक गद्य का भी अपना अलग रूप-विधान हो सकता है। कविराज के अधिकांश लेख अंग्रेज़ी में हैं, लेकिन वे बांग्ला भाषा में भी लिखते रहे हैं।

सुदीप्त कविराज का जन्म और शुरुआती शिक्षा पश्चिम बंगाल में हुई। कलकत्ता के मशहूर प्रेसीडेंसी कॉलेज से राजनीति शास्त्र में एमए करने के बाद वे 1971 में दिल्ली के जवाहरलाल नेहरू विश्विद्यालय में राजनीतिशास्त्र के प्रवक्ता बन गये। अध्यापन के प्रारम्भिक दौर में ही उन्होंने मार्क्सवाद और भारतीय कम्युनिस्ट पार्टी के विभाजन पर जनेवि से ही पीएचडी शुरू की। उनका यह शोध 1979 में पूरा हुआ। इस अभी तक अप्रकाशित थीसिस में कविराज ने भारतीय कम्युनिस्ट आंदोलन की जो मार्क्सवादी व्याख्या पेश की है, उसके कई तर्कों का विस्तार उनके इस दौर के अन्य लेखों में भी देखा जा सकता है। उदाहरण के लिय 1983 में प्रकाशित अपने लेख *ऑन द स्टेट्स ऑफ़ मार्क्सेज़ रायटिंग्ज़ ऑन इण्डिया* में वे बताते हैं कि मार्क्स के भारत से संबधित लेखन में ऐतिहासिकता की खोज करना या उनके द्वारा प्रतिपादित एशियाई उत्पादन पद्धति को एक क्रमबद्ध अवधारणा मानना उचित नहीं है। मार्क्स के युरोपीय-संदर्भ में लिखे अन्य लेखों का हवाला देते हुए कविराज साबित करते हैं कि मार्क्स द्वारा भारत पर लिखे लेखों को एक पद्धतिमूलक टिप्पणी की तरह में लेना चाहिए जो मार्क्स के सैद्धांतिक ढाँचे से निकलती है। कविराज की यह प्रस्तावना अपने आप में रैडिकल थी, क्योंकि उस समय तक भारतीय समाज-विज्ञान में मार्क्सवाद ने एक स्थापित मान्यता का रूप ग्रहण कर लिया था और मार्क्सवादी होने का अर्थ इतिहास और राजनीति को तयशुदा अर्थों में समझने से लिया जाता था।

अस्सी के दशक में कविराज ने मार्क्सवादी परिपेक्ष्य के भीतर रह कर संदर्भ-केंद्रित सिद्धांत की अपनी तलाश जारी रखी। यही वजह थी कि उनके लेखन में इतालवी मार्क्सवादी चिंतक एंतोनियो ग्राम्शी द्वारा प्रतिपादित अवधारणाएँ केंद्रस्थ होती चली गयीं। ग्राम्शी ने मार्क्सवाद को अपने देश के संदर्भ में समझने की कोशिश करते हुए एक ऐसे मार्क्सवाद को प्रस्तुत किया था जिसके ज़रिये विशिष्ट

सुदीप्त कविराज (1945–)

इतालवी पूँजीवाद और उससे सम्बद्ध राजनीतिक विमर्श का अध्ययन किया जा सके। कविराज ने ग्राम्शी ही की तर्ज़ पर आधुनिक राज्य का सैद्धांतिक अध्ययन और समकालीन भारतीय राजनीति और पूँजीवाद की एक संशोधनपरक-मार्क्सवादी व्याख्या पर शोध प्रारम्भ किया। 1986–88 में प्रकाशित दो लेख *इंदिरा गाँधी ऐंड इण्डियन पॉलिटिक्स* और *ए क्रिटीक ऑफ़ द पैसिव रेवोल्यूशन* इस संबंध में उल्लेखनीय हैं। इन लेखों में कविराज भारतीय पूँजीवाद और राजनीति के रिश्तों की संरचनात्मक-मार्क्सवादी व्याख्या करने का प्रयास करते हैं। उनका मूल तर्क यह है कि भारत में पूँजीवाद के संकट की बजाय उसकी सफलता ने शासक वर्ग के लिए राजनीतिक दुविधाएँ पैदा की जिसके चलते एक विशिष्ट राजनीतिक संकट उभरा। ग्राम्शी के पैसिव रेवोल्यूशन के सिद्धांत के हवाले से कविराज दर्शाते हैं कि ग्राम्शी की पद्धति के प्रासंगिक होने के बावजूद इस स्थिति को पैसिव रेवोल्यूशन नहीं कहा जा सकता।

तक़रीबन इसी समय में रणजीत गुहा और उनके सहयोगियो ने सबाल्टर्न स्टडीज़ प्रोजेक्ट कि शुरुआत की। सबाल्टर्न स्टडीज़ का यह आरम्भिक काल भी ग्राम्शी के मार्क्सवाद से प्रभावित था। रणजीत गुहा स्वयं ब्रिटिश राज्य को 'डोमिनंस विदाउट हेजेमॅनी' के सिद्धांत से समझने कि वकालत कर रहे थे। इस स्थिति में कविराज का सबाल्टर्न स्टडीज़ की ओर रुझान स्वाभाविक था। वे स्वयं संशोधनपरक मार्क्सवाद के पक्षधर थे और अपने आरम्भिक लेखन में भारतीय इतिहास की विशिष्ट गतिशीलता को रेखांकित कर चुके थे।

कविराज के इस बदलते रुझान ने उनके लेखन को एक नयी दिशा दी। उन्होंने भारतीय राष्ट्रवाद के सैद्धांतिक पक्षों के अध्ययन के लिए ब्रिटिश औपनिवेशिक विमर्श का क्रमबद्ध विवेचन शुरू किया। भारत में उदारतावादी विचारधारा का विस्तार, औपनिवेशिक राज्य का स्वरूप और बंकिमचंद्र चट्टोपाध्याय पर लिखे उनके कई लेख इस संदर्भ में उद्धृत किये जा सकते हैं। इन्ही लेखों का विस्तृत रूप उनकी पुस्तक *अनहैपी कांशसनेस : बंकिमचंद्र चट्टोपाध्याय ऐंड द फॉरमेशन ऑफ़ नैशनलिस्ट डिस्कोर्स* (1993) में देखा जा सकता है। इस अपेक्षाकृत छोटी पुस्तक में कविराज ने साहित्य और राजनीति के अंतर्संबंधों का एक जटिल मूल्यांकन पेश किया। उनका मूल तर्क यह है कि राष्ट्रवाद की स्थापित कहानी के विपरीत ब्रिटिश औपनिवेशिकता को एक आधुनिक विमर्श के रूप में देखना चाहिए। ब्रिटिश उपनिवेशवाद ने तत्कालीन राजनीतिक परिस्थितियों और पहले से चले आ रहे राजनीतिक व्यवहारों के साथ एक नया रिश्ता क़ायम किया जिसकी वजह से एक अलग तरह की आधुनिक बौद्धिक परम्परा शुरू हुई। इस तर्क को उन्होंने अपने लेख 'द इमेजनरी इंस्टीट्यूशन ऑफ़ इण्डिया' में विकसित किया। दिलचस्प बात यह है की यह सबाल्टर्न स्टडीज़ के लिए लिखा गया कविराज का एकमात्र लेख है।

1990 में कविराज स्कूल ऑफ़ ओरिएंटल ऐंड अफ्रीकन स्टडीज़ में बतौर रीडर नियुक्त हुए। इस समय तक उनका बौद्धिक कार्य दो दिशाओं में जारी था। एक ओर वे उपनिवेशवाद के विमर्श का अध्ययन करने के लिए भारतीय आधुनिकता में भाषा और साहित्य के रिश्तों पर शोध कर रहे थे। वहीं दूसरी ओर भारतीय राजनीति में होने वाले नये परिवर्तनों का सैद्धांतिक विश्लेषण उनका प्रमुख बौद्धिक प्रोजेक्ट बन रहा था। यही कारण है कि 1995–2005 तक के उनके लेखन में न केवल उपनिवेशवाद के विमर्श का एक बेहद बारीक विश्लेषण मौजूद है बल्कि हिंदू राष्ट्रवाद और दलित राजनीति का उद्गम और भारतीय राजनीति में इन तत्त्वों के विशिष्ट समायोजन की व्याख्या भी है। कविराज के इस समय के लेखन ने आधुनिक दक्षिण एशिया/भारत की समझ के लिए ब्रिटिश उपनिवेशवाद के इतिहास और भारतीय राजनीति की रोज़मर्रा की कशमकश के बीच एक बेहद दिलचस्प सैद्धांतिक रिश्ता क़ायम किया है।

कविराज के लेखन की इस गतिशीलता को समझने के लिए यह ज़रूरी है कि हम उनके बौद्धिक प्रोजेक्ट में ऐतिहासिकता की अवधारणात्मक स्थिति और सिद्धांत-वास्तविकता के अंत:संबंध को समझें। उपनिवेशवाद के विमर्श पर आधारित अपने लेख, 'ऑन द कंस्ट्रक्शन ऑफ़ कोलोनियल पॉवर : स्ट्रक्चर, डिस्कोर्स, हेजेमॅनी' में कविराज स्पष्ट करते हैं कि उपनिवेशवाद और उसके द्वारा तीसरी दुनिया के समाजों में

लाये गये बदलावों को तब तक नहीं समझा जा सकता जब तक हम इतिहास और राजनीतिक सिद्धांत के बीच की स्थापित दूरी को न मिटा दें। वे यह बात स्पष्ट करते हैं कि उपनिवेशवाद का अध्ययन एक सैद्धांतिक प्रोजेक्ट भी हो सकता है। इसके लिए ज़रूरी है कि हम इतिहास को नये सिरे से रचने का प्रयोजन छोड़ कर इतिहास के मौजूदा ज्ञान से कुछ दूसरी क़िस्म के राजनीतिक सवाल पूछें। घटनाओं की तारीख़ और उनमें व्यक्तियों की भूमिका की चर्चा करने के बजाय यदि हम उन संरचनाओं को समझने की कोशिश करें जिनके मध्य कोई एक घटना वास्तव में घटना बनती है, तब हम उस विमर्श की सामाजिक पैठ का विश्लेषण कर सकते हैं जिसने हमें ऐतिहासिक तौर पर निर्मित किया है।

कविराज का मत है कि सिद्धांत-रचना का अर्थ क़तई तौर पर व्यावहारिकता को नज़रअंदाज़ करना नहीं है। उनके लिए सिद्धांत रचना सदैव ऐतिहासिक क्रमबद्धता से जुड़ी होती है। अपने लेख 'ऐन आउटलाइन ऑफ़ अ रिवीज़निस्ट थियरी ऑफ़ मॉडर्निटी' में वे लिखते हैं कि युरोप-केंद्रित सामाजिक-राजनीतिक विचारधाराएँ और सिद्धांत हमें अपनी ओर आकर्षित करते से लगते हैं। ये सिद्धांत युरोप की विशिष्ट परिस्थितियों और संकटों के गर्भ से निकले हैं लेकिन इनमें एक सैद्धांतिक गूढ़ता है। कविराज के अनुसार भारतीय आधुनिकता की ऐतिहासिकता और क्रम अलग तरह का है। इसलिए उत्तर-औपनिवेशिक भारतीय आधुनिकता की व्याख्या के लिए ज़रूरी है कि युरोपीय सिद्धांतों की विश्लेषण सीमा इंगित करते हुए भारतीय परिस्थितियों का संवेदनशील और बारीक अध्ययन हो ताकि राजनीतिक स्पष्टीकरण की एक विशिष्ट भारतीय पद्धति विकसित हो सके।

कविराज की प्रासंगिकता उनके वैचारिक खुलेपन में निहित है। सत्तर के दशक में वे मार्क्सवादी हो कर भी मार्क्स के सिद्धांत की सीमाओं पर लिख रहे थे। अस्सी के दशक में वे ग्राम्शी से प्रभावित होने के बावजूद पैसिव रिवोल्यूशन की सीमित उपयोगिता की ओर इशारा कर रहे थे। सबाल्टर्न स्टडीज़ से सहानुभूति रखने के बावजूद उन्होंने सबाल्टर्न लेखन का दावा नहीं किया। हाल के वर्षों में आधुनिकता और लोकतंत्र को समझने के लिए उन्होंने कभी भी फ़ैशनेबिल उत्तर-आधुनिकता का सहारा नहीं लिया। उनके लेखन में जहां मार्क्स, ग्राम्शी, फ़ूको, टॉकवील और टेलर के लिए स्थान है; वहीं बंकिमचंद्र, रवींद्रनाथ, गाँधी और नेहरू भी सहजता से मिल जाते हैं। इस खुलेपन के बावजूद, कविराज की एक सटीक बौद्धिक-राजनीतिक मुद्रा है जिसकी बदौलत वे विचारों की संवेदनशीलता के प्रति सजग रहते हुए भी पश्चिमी वर्चस्व का विरोध कर पाते हैं।

कविराज इस समय न्यूयॉर्क की कोलम्बिया युनिवर्सिटी में प्रोफ़ेसर हैं।

देखें : आंगिक बुद्धिजीवी, एंतोनियो ग्राम्शी, धीरूभाई शेठ, नागर समाज, नागर समाज : भारतीय बहस, निष्क्रिय क्रांति, पार्थ चटर्जी, बंकिम चंद्र चट्टोपाध्याय, मानवाधिकार, भारत में उपनिवेशवाद, भारत में नागर समाज और ग़ैर-दलीय राजनीति-1 से 3 तक, भारत में नागरिकता-विमर्श-1 से 3 तक, भारत में सार्विक मताधिकार, भीखू छोटालाल पारिख, रजनी कोठारी, राजनीतिक समाज, सुदीप्त कविराज, संस्कृति : मार्क्सवादी विमर्श।

संदर्भ

1. सुदीप्त कविराज (2005), *द अनहैपी कांशसनेस : बंकिम चंद्र चट्टोपाध्याय ऐंड द फ़ार्मेशन ऑफ़ नैशनलिस्ट डिस्कोर्स इन इण्डिया,* ऑक्सफ़र्ड युनिवर्सिटी प्रेस, नयी दिल्ली.
2. सुदीप्त कविराज (2010), *इमेजिनरी इंस्टीट्यूशन ऑफ़ इण्डिया : पॉलिटिक्स ऐंड आइडियाज़,* कोलम्बिया युनिवर्सिटी प्रेस, न्यूयॉर्क.
3. सुदीप्त कविराज (1997), *ऑन द कंस्ट्रक्शन ऑफ़ द कोलोनियल पॉवर : स्ट्रक्चर, डिस्कोर्स, हेजेमॅनी,* सुदीप्त कविराज (सम्पा.), ऑक्सफ़र्ड युनिवर्सिटी प्रेस, नयी दिल्ली.
4. सुदीप्त कविराज (1983), 'ऑन द स्टैटस ऑफ़ मार्क्सेज़ राइटिंग्ज़ ऑन इण्डिया', *सोशल साइंटिस्ट,* खण्ड 11, अंक 9 (कार्ल मार्क्स विशेषांक).

— हिलाल अहमद

सुधार

(Reform)

सुधार या रिफ़ॉर्म का आधुनिक अर्थ है निरंतरता क़ायम रखते हुए परिवर्तन अर्थात् उथल-पुथल मचा देने वाले किसी एकमुश्त बुनियादी परिवर्तन से बचते हुए पहले के मुक़ाबले बेहतर होते चले जाना। सुधारों में पुराने समाजों का नवीकरण करने की क्षमता होती है। सुधारों से गुज़रने वाले व्यक्ति, समाज या संस्था में से अवांछित समझे जाने वाले पहलू निकल जाते हैं, लेकिन जो पहले था उसे नष्ट करके एकदम नया बनाने की क्रांतिकारी प्रक्रिया नहीं चलती। दिलचस्प बात यह है कि आधुनिकता से पहले रिफ़ॉर्म का अर्थ इसका ठीक उल्टा था। इसका मतलब था रि-फ़ॉर्म यानी जो रूप पहले था उसी को फिर से धारण करना। मसलन, सिपाहियों को अपनी क़तारें रि-फ़ॉर्म करने का आदेश दिया जाता था। इस अर्थ को समाज, धर्म और राजनीति के दायरों में रूढ़ करने की भूमिका सोलहवीं सदी के दौरान ईसाई धर्म के भीतर मार्टिन लूथर के नेतृत्व में चले प्रोटेस्टेंट रिफ़ॉर्मेशन आंदोलन ने निभायी। लूथर की मुहिम तत्कालीन कैथॅलिक चर्च के भ्रष्टाचार के बरक्स आध्यात्मिकता के पुराने और अपेक्षाकृत शुद्ध रूपों की पुनः स्थापना के लिए थी। ज़ाहिर है कि सुधार की परिघटना का

यह पीछे मुड़कर देखने वाला पहलू अपने व्यापक अर्थों में अतीतोन्मुखता और पुरानी व्यवस्था के जीर्णोद्धार जैसे कार्यक्रमों से जुड़ा हुआ था। आधुनिकता और सेकुलरीकरण ने रिफ़ॉर्म के इस अर्थ को पूरी तरह से बदल कर उसे प्रगति के विचार से जोड़ दिया। व्यक्तिगत चरित्र से लेकर सामुदायिक रीति-रिवाज़ों, धार्मिक तौर-तरीक़ों, राजनीतिक और आर्थिक प्रणालियों में सुधार की कोई भी माँग या उसके आधार पर चलाई जाने वाली किसी भी मुहिम की आलोचना प्रतिक्रियावादी या यथास्थितिवादी कही जाने लगी।

भूमण्डलीकरण संबंधी अध्ययनों में सुधार का तात्पर्य न्यू पब्लिक मैनेजमेंट (एनपीएम) से है। इसके तहत अपनायी जाने वाली प्रक्रियाओं और रणनीतियों से राजनीतिक प्रणालियों में भीतरी तब्दीलियाँ लायी जाती हैं। एनपीएम की थियरी का प्रतिपादन लुई गन और क्रिस्टोफ़र हुड ने अस्सी के दशक के मध्य में किया था। इन परिवर्तनों का मक़सद होता है नियम-आधारित और प्राधिकार-आधारित प्रक्रियाओं को बाज़ार-आधारित और स्पर्धा-आधारित कार्यनीतियों से प्रतिस्थापित करना। एनपीएम को सुधार के ग्लोबल मूवमेंट की संज्ञा भी दी जाती है, क्योंकि तक़रीबन एक सी रणनीतियों के आधार पर अस्सी से नब्बे के दशक के बीच में कई राष्ट्रों ने सुधार के इस एजेंडे पर अमल किया। एनपीएम के छह मुख्य लक्षण गिनाये गये हैं : उत्पादकता में बढ़ोतरी करने वाले कार्यक्रमों को अपनाना, प्रबंधकों की कार्यशैली बदलने के लिए बाज़ार द्वारा अख़्तियार करने वाले तौर-तरीक़ों पर ज़ोर देना, नागरिकों को 'क्लाइंट' के तौर पर देखना, शासन के निचले स्तर तक विभिन्न कार्यक्रमों का विकेंद्रीकरण करना, सरकार के नीति संबंधी दायित्वों को उसके सेवा मुहैया कराने वाले दायित्वों से अलग कर देना, और जवाबदेही की कसौटियों को बदलना (ऊपर से नीचे आने वाले नियम आधारित ढाँचे की जगह नीचे से ऊपर जाने वाले परिणाम आधारित ढाँचे को क़ायम करना ताकि प्रक्रियाओं और संरचनाओं की जगह उत्पादन और नतीजों पर ज़्यादा ज़ोर दिया जा सके)। एनपीएम मान कर चलता है कि प्रबंधन में सुधार लाने की यह मुहिम भूमण्डलीकरण के युग में आर्थिक समृद्धि और सामाजिक स्थिरता के उद्देश्य से सुशासन की धारणा के इर्द-गिर्द ख़ुद को गोलबंद करती है और उसी के मुताबिक़ लक्ष्य, भूमिका, क्षमता और संबंधों के समीकरण का विन्यास किया जाता है। एनपीएम की धारणा है कि पब्लिक मैनेजमेंट संबंधी सुधारों से सरकार और नागरिकों के बीच का संबंध बदल कर उसे नव-उदारतावादी मूल्यों के मुताबिक़ ढाला जा सकता है।

विभिन्न तरह की सरकारों द्वारा एनपीएम को अपनाये जाने के बावजूद उसे दुतरफ़ा आलोचना का सामना करना पड़ा है। नियोक्लासिकल अर्थशास्त्र के आलोचक एनपीएम के भी सबसे बड़े आलोचक हैं। मार्क्सवादी दृष्टिकोण से भी उसे आड़े हाथों लिया गया है और कल्याणकारी राज्य का समर्थन करने वालों ने भी उसे स्वीकार करने से इनकार कर दिया है।

मार्क्सवादियों की परम्परा परिवर्तन के संदर्भ में सुधार के बजाय क्रांति को प्राथमिकता देने की रही है। किसी विफल होती हुई संस्था में सुधार की माँग का तात्पर्य होगा उसके सांगठनिक ढाँचे का पुनर्गठन, अधिकारों का नये सिरे से बँटवारा और ज़िम्मेदारियों के पुनः आबंटन। बजाय इसके क्रांतिकारी रवैया उस संस्था को पूरी तरह से भंग करके उसकी जगह नयी संस्था स्थापित करने की माँग करेगा। दरअसल, क्रांति का विमर्श परिवर्तन के माध्यम के रूप में 'सुधार' को किसी क़िस्म की वैधता देने से इनकार करता है। मार्क्सवाद में विश्वास करने वाले क्रांतिकारियों की पीढ़ियाँ संसदीय राजनीति को सुधारवाद का पर्याय मान कर उसके विरोध की खुराक पर पली-बढ़ी हैं। क्रांतिकारी विचारकों की मान्यता है कि सुधार कभी बुनियादी स्थितियों को नहीं बदलते। वे केवल सतही परिवर्तन ही अंजाम दे पाते हैं। सुधार कभी भी निजी सम्पत्ति के संस्थागत रूपों को नहीं बदलते और इस तरह पूँजीवादी व्यवस्था को टिकाये रखने के माध्यम बन जाते हैं। रोज़ा लक्ज़ेमबर्ग ने 1899 में प्रकाशित अपनी रचना *सोशल रिफ़ॉर्म ऑर रेवोल्यूशन* में जर्मन समाजवादियों के सुधारवादी रुझानों पर आक्रमण करते हुए उसे पूँजीवादी लोकतंत्र का ही एक रूप क़रार देती हैं। रोज़ा की स्पष्ट मान्यता थी कि संसदीय राजनीति के तहत होने वाला क्रमिक परिवर्तन सर्वहारा वर्ग के हितों की सेवा नहीं कर सकता। सुधारवाद के सबसे बड़े आलोचक तो लेनिन थे। उन्होंने अपनी विख्यात रचना *द स्टेट ऐंड रेवोल्यूशन* में लिखा है कि संसदीय चुनावों के ज़रिये एक निश्चित अवधि के बाद यह तय होता है कि शासक वर्ग का कौन सा हिस्सा और कौन सा नेता जनता का दमन और उत्पीड़न करेगा।

दूसरी तरफ़ उदारतावादी सुधारों में यक़ीन करते हैं। जेरेमी बेंथम और उनके द्वारा प्रतिपादित उपयोगितावाद के दर्शन ने उन्नीसवीं सदी के ब्रिटेन में हुए कई प्रमुख सुधारों को दार्शनिक आधार मुहैया कराया था। 'अधिकतम लोगों को अधिकतम ख़ुशी' मुहैया कराने के उसूल के मुताबिक़ उपयोगितावाद के पैरोकारों ने कई तरह के वैधानिक, आर्थिक और राजनीतिक सुधारों के लिए दबाव बनाया। बेंथम का आग्रह था कि 'प्राकृतिक क़ानून' या 'प्राकृतिक अधिकार' जैसे हवाई विचारों के चक्कर में फँसे बिना उपयोगिता की बुद्धिसंगत पैमाइश करते हुए उसके आधार पर विधिनिर्माण किया जाना चाहिए। इन उपयोगितावादियों ने ऐडम स्मिथ और डेविड रिकॉर्डो द्वारा प्रवर्तित क्लासिकल पॉलिटिकल इकॉनॉमी का समर्थन किया। ज़ाहिर है कि ये लोग बाज़ार के

कामकाज में किसी भी क़िस्म के संरक्षणवाद या इजारेदारी द्वारा बाधा डालने का विरोध करते थे। इन लोगों ने राजनीतिक सुधारों के जिस कार्यक्रम को आगे बढ़ाया उसके केंद्र में लोकतंत्र और गुप्त मतदान द्वारा होने वाला चुनाव था। इन सुधारकों की बदौलत ब्रिटेन एक पदानुक्रमवादी और कुलीनतंत्रीय व्यवस्था से बदल कर आधुनिक संसदीय लोकतंत्र का रूप ग्रहण कर पाया।

समाजवादी सुधारकों ने भी उदारतावाद के कई आयामों को अपनाया। 1884 में स्थापित फ़ेबियन सोसाइटी ने क्रांतिकारी समाजवाद को ख़ारिज करते हुए एक ऐसे समाजवादी समाज की तजवीज़ की जिसे निरंतर चलने वाले योजनाबद्ध सुधारों के ज़रिये पूँजीवादी व्यवस्था के भीतर से उभरना था। फ़ेबियन समाजवाद ने अपना नामकरण उस रोमन सेनापति फ़ेबियस मैक्सिमस के नाम पर किया था जिसने अपनी धीरजभरी और टालू क़िस्म की समरनीति के दम पर हनीबाल की हमलावर फ़ौजों को हरा दिया था। यही नीति आगे चल कर 'क्रमशःवाद की अपरिहार्यता' के रूप में सूत्रीकृत हुई। सुधारवाद की यह वामपंथी परम्परा संसदीय प्रणाली में यक़ीन करने वाले यूरोपियन और अन्य समाजवादियों ने अपनायी। जर्मनी में एडुअर्ड बर्नस्टीन ने 1898 में 'इवोल्यूशनरी सोशलिज़्म' लिख कर क्रांतिकारी मार्क्सवाद की आलोचना की और पूँजीवाद से समाजवाद में शांतिपूर्ण संक्रमण का सिद्धांत पेश किया। पश्चिमी सामाजिक जनवाद का आधार यही है। 1956 में एंथनी क्रॉसलैण्ड ने अपनी रचना 'द फ़्यूचर ऑफ़ सोशलिज़्म' में दावा किया कि समाजवाद का मतलब पूँजीवाद का उन्मूलन करके उसकी जगह जन-स्वामित्व की स्थापना नहीं है, बल्कि समाज में सुविधाओं के अधिक समतामूलक बँटवारे के ज़रिये समानता के लक्ष्य की तरफ़ निरंतर बढ़ते जाना है। क्रॉसलैण्ड का विचार था कि यह लक्ष्य समाज सुधार की क्रमिक प्रक्रिया, कल्याणकारी राज्य के विस्तार और शिक्षा सुविधाओं में निरंतर सुधार के माध्यम से हो सकता है।

सुधार के पक्ष में तीन सबसे मज़बूत तर्क दिये जाते हैं। पहला, सुधार शांतिपूर्ण होते हैं। टुकड़ों-टुकड़ों में धीरे-धीरे एक लम्बी अवधि में किये जाने के कारण उनके कारण हिंसा और उथल-पुथल नहीं मचती। शुरू में भले ही सतही लगें पर अंत में उनका कुल योगफल बुनियादी परिवर्तन जैसा ही निकलता है। दूसरा, जो पहले से मौजूद है उसे ख़ारिज या नष्ट करने के बजाय सुधार उसी के आधार पर अपने ढाँचे का निर्माण करते हैं। इस तरह वे अतीत और वर्तमान दोनों से लाभान्वित होने में सफल रहते हैं। तीसरा, सुधार एक वर्धमान प्रक्रिया है जो छोटे-छोटे क़दम उठा कर पूरी होती है। आधुनिक कल्याणकारी राज्य का विकास इसी तरह से हुआ है। तीस के दशक में रूज़वेल्ट द्वारा उठाये गये क़दमों की बुनियाद पर ही अमेरिका राज्य साठ के दशक में कल्याणकारी नीतियों का कार्यक्रम लागू कर पाया। इसी तरह ब्रिटेन में प्रथम विश्व-युद्ध के दौरान किये गये कार्यक्रमों की बुनियाद पर ही चालीस के दशक में एटली ने सुधार की नीतियाँ तैयार कर पायीं।

देखें : अधिकार, अधिकार : सैद्धांतिक यात्रा, अरस्तू, अफ़लातून, अनुदारतावाद, अराजकतावाद, अन्य-अन्यीकरण, उदारतावाद, उपयोगितावाद, ऐडमण्ड बर्क, क्रांति, ज्याँ ज़ाक रूसो, जॉन लॉक, जेरेमी बेंथम, जॉन स्टुअर्ट मिल, जॉन रॉल्स, थॉमस हॉब्स, थॉमस पेन, न्याय, न्याय : नारीवादी आलोचना, न्याय : रॉल्स का सिद्धांत, राजनीति में व्यक्ति की भूमिका, नागरिकता, नागरिकता : अन्य परिप्रेक्ष्य-1 और 2, नागर समाज, पनोप्टिकॉन, प्रतिनिधित्व, प्रगति, प्रगति : आलोचनात्मक परिप्रेक्ष्य, प्रशासन, फ़ासीवाद, फ्रेड्रिख़ वॉन हायक, बहुसंस्कृतिवाद, बहुसंख्यकवाद, बहुसंख्यक-अल्पसंख्यक, बुद्धिवाद, माइकेल जोसेफ़ ओकशॉट, माइकिल वाल्ज़र, मिशेल पॉल फ़ूको-1 और 2, यूटोपिया, राजनीतिक और राजनीति, राजनीतिक दर्शन के नारीवादी आयाम-1 और 2, राजनीतिक मनोविज्ञान, राजनीतिक समाजशास्त्र, राज्य-1 और 2, रॉबर्ट नॉज़िक, राज्य-1 और 2, राष्ट्र-राज्य, राष्ट्र : सांस्कृतिक या राजनीतिक, राष्ट्रवाद, राष्ट्रवाद का इतिहास, लोकतंत्र, लोकतंत्र की आलोचनाएँ, व्यक्तिवाद, व्यवहारवाद, विल किमलिका, वितरणमूलक न्याय, विदेशी-द्वेष, वैधता, वैधता का संकट, सविनय अवज्ञा, समानता, समानता : चार अवधारणाएँ, समतावाद, सर्वसत्तावाद, स्मृति की राजनीति, स्वतंत्रता, स्वतंत्रतावाद, स्वजातिवाद, स्वच्छंदतावाद, सत्ता, सर्वसत्तावाद, सम्प्रभुता, समाजवाद, सरकारियत, सम्पत्ति, सम्पत्ति : साझा और सरकारी, सम्पत्ति : मार्क्सवादी परिप्रेक्ष्य, सम्पत्ति : नारीवादी परिप्रेक्ष्य, संविधानवाद, संघवाद, सामाजिक समझौता, सिद्धांत, सिद्धांत : राजनीतिक-सामाजिक, हेनरी डेविड थोरो।

संदर्भ

1. एंड्रू हेवुड (2004), 'ट्रेडिशन, प्रोग्रेस ऐंड यूटोपिया', *पॉलिटिकल थियरी : ऐन इंट्रोडक्शन,* पालग्रेव मैकमिलन, न्यूयॉर्क.
2. रोज़ा लक्ज़ेमबर्ग (1899/1937), *रिफ़ॉर्म ऑर रेवोल्यूशन,* थ्री एरोज़, न्यूयॉर्क.
3. एडुअर्ड बर्नस्टीन (1909), *इवोल्यूशनरी सोशलिज़्म,* आईएलपी, लंदन.
4. आर. गुडिन (1995), *यूटिलिटेरियनिज़्म एज़ अ पब्लिक फ़िलॉसफ़ी,* केम्ब्रिज युनिवर्सिटी प्रेस, केम्ब्रिज.

— अभय कुमार दुबे

सुब्रह्मण्य भारती

(Subhramanya Bharti)

आधुनिक भारतीय साहित्य के निर्माताओं में से एक सुब्रह्मण्य भारती (1882-1921) का कृतित्व भारतीय सांस्कृतिक नवजागरण और स्वाधीनता आंदोलन की लय से सम्पन्न है। वे द्रष्टा कवि, भारतीय नवजागरण के अग्रदूत तथा नयी वैचारिक संवेदना के संदेशवाहक हैं। भारती ने तमिल जाति के इतिहास में नये विचारों का योगदान किया जिससे तमिल साहित्य में परिवर्तन की गति तेज़ हो गयी। भारती को देशभक्ति का कवि-गायक माना जाता है, पर यह कम लोग ही जानते हैं कि आधुनिक तमिल गद्य के निर्माताओं में भी उनका नाम अविस्मरणीय है। तमिल का परिष्कार करके उन्होंने ओजस्वी गद्य लिखा। पत्रकार के रूप में उन्होंने राजनीति, धर्म, संस्कृति, पुराण और मिथक पर कलम चलाई और अनुवाद, कहानी, निबंध, रिपोर्ताज सभी विधाओं में रचनाएँ कीं। इस गद्य की अंतर्वस्तु काव्य की ही भाँति सुधार भावना तथा देशभक्ति से पूर्ण है। नारी यातना तथा अछूतों के शोषण पर वे जम कर लिखते रहे। उन्होंने पुरुषों से आग्रह किया कि वे नारी को बराबरी का दर्जा दें तथा उसकी महिमा-महत्ता स्पष्ट करें।

सुब्रह्मण्य भारती ने 1882 में तिरुनेलवेली एट्टयपुरम ग्राम में जन्म लिया। उनके पिता चिन्नस्वामी अय्यर एक जमींदार की सेवा में थे। उनके नाना ने उन्हें तमिल की प्राचीन साहित्य परम्परा से परिचित कराया और वे दस वर्ष की आयु में ही कविता लिखने लगे। जनता में इतने लोकप्रिय हुए कि उन्हें 'भारती' की उपाधि दी गयी। परिस्थितियाँ इस प्रसिद्ध कवि को बनारस ले गयीं जहाँ अपनी बुआ के पास रह कर उन्होंने संस्कृत-हिंदी-अंग्रेज़ी का ज्ञान प्राप्त किया। बनारस के दिनों में ही उन्होंने पगड़ी बाँधना शुरू किया और मूँछें बढ़ा लीं। एनी बेसेंट के भाषणों से प्रभावित हो कर भारती का कवि जड़ काव्य-रूढ़ियों को तोड़कर क्रांतिकारी हो गया। भारती शेली की कविता पर मुग्ध थे और फ़ुरसत के क्षणों में शेली, कम्बन और इलंगो का अध्ययन करते। उन्होंने स्वामी विवेकानंद, अरविंद और तिलक के भाषणों का अनुवाद किया। इसी बीच कवि भारती ने तीन संकल्प किये— राजनीतिक चेतना, जाति भेद का अंत तथा भारतीय नारियों का उत्थान।

भारत की प्राचीन भाषाओं में तमिल का स्थान संस्कृत के बराबर है। इस भाषा के पास दो हज़ार वर्षों की सृजन-चिंतन परम्परा का ख़ज़ाना है। विद्वान मानते हैं कि तमिल का लिखित इतिहास ईसा की दूसरी शताब्दी से प्राप्त होता है। तमिल परम्परा में 473 कवियों (जिनमें 102 अज्ञात हैं) की पुष्प माला है जिसे *एट्टुनोगै* तथा *पात्तुपार* में संकलित किया गया है। इस सम्मिलित रूप को ही संगम काव्य कहा जाता है। संगम काव्य के बाद तमिल में महाकाव्य का युग आया। इलंगो के *शिलप्पदिकारम्*, सित्तलै सात्तनार के *मणि मेखलै* और तिरुवक्क देवट के *जीवंत चिंतामणि* इन तीन महाकाव्यों में काव्य-कला का उत्कर्ष तथा परम्परा का नया संदर्भ मिलता है। मध्यकाल में तमिल ने जन भाषा की सर्जनात्मक शक्ति को पहचान कर उसमें सृजन प्रयोग किये। संत कवियों ने तमिल में पुनः प्राण-प्रतिष्ठा की और कम्बन के प्रख्यात महाकाव्य *रामावतारम्* की रचना से नयी पौ फटी। कम्बन रामायण का प्रभाव तुलसीदास के *रामचरितमानस* पर भी दिखाई देता है। इसी परम्परा में नये स्वर फूटे और परम्परा का विपरीत दिशा में विकास हुआ। वेद नायकम् पिल्लै, राजन अय्यर, उ.व. स्वामिनाथ अय्यर जैसे कवि-कथाकार हुए लेकिन कविता तथा गद्य का ढाँचा नहीं बदला। तमिल भाषा तथा काव्य को सुब्रह्मण्य भारती की प्रतीक्षा थी। उन्होंने आकर परम्परा को आधुनिक रूप दिया।

फिरंगी शासन ने भारती देशभक्तिपूर्ण कविताओं पर कड़ा रुख अपनाया। भारती पाण्डुचेरी चले गये और वहीं से अपनी गतिविधियों को चालू रखने का मन बनाया। *विजया, कर्मयोगी* तथा *बाल भारत* जैसी पत्रिकाओं का प्रकाशन किया। अपने स्वभाव के कारण वे लाला लाजपतराय, अरविंद तथा तिलक से प्रभावित हुए। 20 नवम्बर, 1918 को भारती फ्रेंच और ब्रिटिश इण्डिया की सीमा में क़ैद कर लिए गये। एनी बेसेंट तथा रामास्वामी अय्यर के कारण जेल से छूटे। तिरुनेलवेली में उनका भव्य स्वागत किया गया। गाँधी और उनके विचार-दर्शन के प्रति निष्ठा से वे गाँधीमय हो गये। त्रियलिकेन मंदिर में एक हाथी को नारियल खिलाते समय उस हाथी ने ही उन्हें पटक दिया। 12 दिसम्बर, 1921 को उन्होंने संसार छोड़ दिया। उनकी उम्र अभी चालीस वर्ष की भी नहीं थी।

भारती के सम्पूर्ण काव्य-साहित्य को विविधता की दृष्टि से चार भागों में विभक्त किया जा सकता है : देशभक्तिपरक गीत, भक्तिपरक गीत, विविध गीत और तीन महान गीत— कण्णनपट्टु (कृष्ण गीत), पांचाली शपथम् , कोइलपट्टु (कोयल गीत)। दिलचस्प बात यह है कि उनके गीतों का कथा-प्रवाह विचारों की लय को तीव्र बनाता चलता है और प्रत्येक कविता अपने में स्वतंत्र है। उनके छोटे गीत दूर तक मार करते हैं। जैसे 'चिंगारी' कविता में भारती लिखते हैं : *संयोग से मैंने एक चिंगारी उठाई/ और उसे एक जंगली पेड़ की खोखल में रख दिया/ और वह जंगल राख हो गया/ हा, हा, हा,/ आग की इस विनाश-शक्ति के समक्ष/ क्या कोई बड़ा या छोटा है/ या फिर, जवान या बूढ़ा है भला।* कविता

सुब्रह्मण्य भारती (1882-1921)

में आग का प्रतीक बहुलार्थक है और उसे अनेक संदर्भों से जोड़ कर एक पाठ उठाया जा सकता है और उस पाठ के अनेक निहितार्थ सामने आ सकते हैं। इसका ध्वन्यर्थ व्यंजनाओं की शक्ति का प्रतीक है। हिंदी कवि जयशंकर प्रसाद, निराला, माखनलाल चतुर्वेदी तथा भवानी प्रसाद मिश्र की कविताओं की तरह भारती के गीत अर्थ की एकलयता को तोड़ते हैं और एक साथ कई नये अर्थों की निष्पत्ति करते हैं।

पाण्डुचेरी प्रवास के दिनों में भारती की रचनाओं में आलवार वैष्णव भक्तों का कृष्ण रस बाल लीला चित्रण में छलक उठा। 'कृष्ण गीत' की संगीतात्मकता में लोकलय की झूम है। कृष्ण गीतों में तेईस गीत हैं। *गीत-गोविंद* का यह नया कृष्ण स्वर है जिसमें सूरदास के पदों की लयात्मक तन्मयता एवं मीरा-भाव की समग्र चरम समाधि है। भारती निरंतर पौराणिक प्रसंगों की आधुनिकता सामने लाते रहे। 'द्रौपदी का गीत' नारी शक्ति का स्मरण है। यह कविता है तो राजनीतिक, लेकिन इसका सांस्कृतिक स्रोत कम महत्त्वपूर्ण नहीं है। द्रौपदी को कुरु दरबार में परतंत्र मातृभूमि के रूप में पाना एक सशक्त प्रतीक है। 'पांचाली शपथम्' राजनीतिक कविता है जिसमें द्रौपदी का क्रोध सामने आता है। कुछ समय बाद भारती ने 'कुइलपाट्टु' (कोयल गीत) की रचना की। यह कथात्मक कविता सात सौ पचास पंक्तियों की है जिसके पात्र पशु हैं और नायिका एक भारतीय कोयल। यह कॉलरिज की 'कुबला ख़ाँ' जैसी फ़ंतासी है। भारती अछूतों को देखकर द्रवित थे। रघुनाथ राव की पत्रिका *रैडिकल सोशल रिफ़ार्म* में उन्होंने लेख लिख, जातिवाद का खण्डन किया तथा नारी सुधार आंदोलन की ओर क़दम उठाये। प्रश्नभाव से भारती पूछते रहे कि धर्म-धर्म के बीच यह कैसा भेदभाव। बाल विवाह, विधवा विवाह जैसे समाज सुधार आंदोलनों में उन्होंने अगुआ भूमिका निभायी। भारती की 'नूतन नारी' कविता एक नयी हवा की लहर है। उनकी 'गद्य कविताओं' का आज विशेष महत्त्व है।

देखें : अरविंद घोष, कन्हैयालाल माणिकलाल मुंशी, क़ाज़ी नज़रुल इसलाम, कुमारन् आशान्, गजानन माधव मुक्तिबोध-1 और 2, गोवर्धन राम त्रिपाठी और गुजराती अस्मिता, जय प्रकाश नारायण, प्रेमचंद, फ़क़ीर मोहन सेनापति और ओडिया अस्मिता, बंकिम चंद्र चट्टोपाध्याय, भारतेंदु हरिश्चंद्र, महादेव गोविंद रानाडे, महावीर प्रसाद द्विवेदी, रवींद्रनाथ ठाकुर, राजा राममोहन राय, रामविलास शर्मा, रामचंद्र शुक्ल, रुक्मिणी देवी अरुंडेल, विनोबा भावे, वल्लत्तोल नारायण मेनन, सच्चिदानंद हीरानंद वात्स्यायन अज्ञेय, हजारी प्रसाद द्विवेदी।

संदर्भ

1. शिशिर कुमार दास (सम्पा.) (1996), *इंटीग्रेटिड हिस्ट्री ऑफ इण्डियन लिट्रेचर* (दो भाग), साहित्य अकादेमी, नयी दिल्ली.
2. डॉ. नगेंद्र (सम्पा.) (1994), *भारतीय साहित्य का समेकित इतिहास,* हिंदी माध्यम कार्यान्वयन, निदेशालय, नयी दिल्ली.
3. प्रेमानंद कुमार (1979), *भारती* (भारतीय साहित्य के निर्माता) साहित्य अकादेमी, नयी दिल्ली.
4. के. एस. रामस्वामी शास्त्री (1995), *सुब्रह्मण्य भारती, हिज़ माइंड ऐंड आर्ट,* वेल्थ ऐंड वेलफ़ेयर ऑफ़िस, मद्रास.

— **कृष्णदत्त पालीवाल**

सूचना

(Information)

अनुसंधान से विवेक तक की यात्रा का पहला महत्त्वपूर्ण पड़ाव सूचना है। शोध और संग्रह से तथ्यों और सामग्री की प्राप्ति होती है जिनके सुव्यवस्थित रूप से सूचना बनती है। सूचना या सूचनाओं के आधार पर ही ज्ञान की संरचनाएँ खड़ी होती हैं। ज्ञान का संश्लेषण करके उसे किसी उद्देश्य के लिए प्रयोग करने का निर्णय विवेक द्वारा लिया जाता है। तथ्यों और सामग्री की तरह सूचना आसानी से स्थानांतरित की जा सकती है, इसलिए वह विनिमय की वस्तु बन कर एक पण्य के रूप में आर्थिक गतिविधि का अंग बनती है। फ़र्में और संस्थाएँ सूचना के उत्पादन, संग्रह, विनिमय, वितरण, परिसंचार, संसाधन, प्रसारण और नियंत्रण में लगी रहती हैं। अर्थव्यवस्था

में सूचना के बढ़ते हुए महत्त्व ने एक पूरे इनफ़ॉर्मेशन सेक्टर को ही जन्म दे दिया है। एक अवधारणा के रूप में सूचना को उसकी संचार-प्रणाली से काट कर व्याख्यायित नहीं किया जा सकता। इसलिए समाज-विज्ञान में अधिकांशत: सूचना और उसकी प्रौद्योगिकी पर एक साथ विचार किया गया है।

जिस तरह कभी राष्ट्र-राज्य भू-क्षेत्र पर क़ब्ज़े और नियंत्रण के लिए संघर्ष किया करते थे और जिस तरह कच्चे माल व सस्ते श्रम के संसाधनों के दोहन के लिए साम्राज्यवादी और औपनिवेशिक अभियान चलाये जाते थे, आज के ज़माने में उसी तरह सूचनाओं पर क़ाबिज़ होने की कोशिशें की जाती हैं। समाज-विज्ञान की निगाह में सूचना एक ऐसा प्रतिमान है जिसके माध्यम से सामाजिक विकास की नयी प्रवृत्तियों की व्याख्या की जा सकती है। चूँकि समाज का आर्थिक आधार कारख़ाना-उत्पादन के बजाय सेवा-आधारित होता जा रहा है, इसलिए दो दशक पहले तक सिद्धांतकारों द्वारा उसे उत्तर-औद्योगिक की संज्ञा दी जा रही थी। हालाँकि सेवा-आधारित अर्थव्यवस्था की अहमियत अभी कम नहीं हुई है, पर इसके बावजूद समाजवैज्ञानिकों ने मौजूदा दौर की व्याख्या उत्तर-औद्योगिक के बजाय सूचना-समाज के रूप में करनी शुरू कर दी है।

मानव-इतिहास के प्रत्येक दौर में सूचना के उत्पादन, प्रयोग, संग्रह और वितरण का केंद्रीय महत्त्व रहा है। लेकिन, एक अवधारणा के तौर पर सूचना की जाँच-पड़ताल बहुत कम हुई है। सूचना-समाज के पैरोकार भी एक विचार के रूप में सूचना के सूत्रीकरण पर ज़्यादा दिमाग़ खपाते नहीं दिखाई देते। इसीलिए इतनी महत्त्वपूर्ण होने के बावजूद सूचना का वैचारिक इतिहास उकेरना आसान नहीं है। आधुनिक युग में सूचना पर सैद्धांतिक चिंतन की शुरुआत 1948 में प्रकाशित क्लॉड शैनन के लेख 'द मैथेमेटिकल थियरी ऑफ़ कम्युनिकेशन' से मानी जाती है। शैनन बैल टेलिफ़ोन कम्पनी में काम करते थे। पहली नज़र में उनकी यह रचना पूरी तरह से गणितीय है, लेकिन इसने मीडिया और संस्कृति संबंधी चिंतन को बुनियादी रूप से प्रभावित किया है।

शैनन ने अपने इस लेख में संचार के तकनीकी पहलुओं को उसके समाजशास्त्रीय या दार्शनिक सार से काट कर देखने की कोशिश की है। उनके लिए संचार एक इंजीनियरिंग संबंधी प्रश्न है, न कि समाजशास्त्रीय। साठ साल पहले लिखे गये इस लेख की केंद्रीय जिज्ञासा यह है कि कोई भी संचार-प्रणाली किसी सूचना-संदेश को कैसे संसाधित करती है। आज की भाषा में इसी बात को यूँ भी कहा जा सकता है कि एक मोबाइल फ़ोन वह टेक्स्ट मैसेज कैसे भेज देता है जिसकी जानकारी उस फ़ोन की डिज़ाइन बनाने वाले इंजीनियर को पहले से नहीं थी। शैनन के पास इसका जवाब यह था कि कुछ पूर्व-परिभाषित चरों (वेरिएबिल्स) के माध्यम से वह संदेश बनता और स्थानांतरित होता है।

इस तरह शैनन संचार को एक अर्थ-विषयक (सीमेंटिक) समस्या के रूप में न देख कर एक सांख्यिकीय सम्भावना की तरह पेश करते हैं। उनका बुनियादी विचार यह है कि उत्पादन और प्रसारण की एक निश्चित दर के आधार पर एक निश्चित मात्रा में सूचना उस समय पैदा होती है जब किसी संदेश के माध्यम से पूर्व-परिभाषित चरों में से कुछ का चयन किया जाता है। संदेश जारी करने वाली प्रणाली जितनी जटिल होगी, वह अपने प्रयोगकर्त्ता को उतनी ही ज़्यादा संख्या में पूर्व-परिभाषित चरों में से चुनाव करने का मौक़ा देगी। चयन का अवसर जितना बड़ा होगा, प्रणाली उतनी बढ़ी हुई दर से सूचना का उत्पादन और प्रसारण कर पायेगी। शैनन के अनुसार ऐसी किसी भी प्रणाली के पाँच बुनियादी घटक होते हैं : सूचना का स्रोत (मनुष्य या मशीन), ट्रांसमीटर (संदेश को कोड्स में बदल कर सिगनल बनाना), चैनल (माध्यम जिससे सिगनल प्रसारित होगा), रिसीवर (जो कोड्स को डिकोड करेगा) और डेस्टिनेशन यानी सूचना की मंज़िल। सूचना भेजने की इस प्रक्रिया में शोर-गुल या कोलाहल की दख़लंदाज़ी से वह विकृति का शिकार हो सकती है। यहीं रिसीवर की अहमियत पैदा होती है जो प्राप्त कोड्स (चाहे वे टेलिफ़ोनी के ध्वन्यात्मक कोड हों या डॉट-डैश सरीखे वायरलैस कोड हों) को डिकोड करके मंजिल तक पहुँचाता है।

शैनन के साथी वारेन वीवर ने उनके साथ प्रकाशित एक निबंध में संचार को तीन हिस्सों में बाँटा है : तकनीकी समस्या, संदेश की अर्थ-विषयक समस्या और उसके समाजशास्त्रीय पहलू। उनके लिहाज़ से तकनीकी पक्ष की अहमियत सबसे ज़्यादा होनी चाहिए क्योंकि सिगनल जितना सही पैदा होगा, अर्थ उतना ही स्पष्ट होगा जिससे उसके सामाजिक या कार्रवाईगत पहलू उतने ही प्रभावित होंगे। शैनन और वीवर द्वारा तैयार किये गये सूचना-उत्पादन और प्रसारण के इस मॉडल को कई विद्वानों द्वारा उलट-फेर कर आज़माया गया है। ज़्यादातर समाजवैज्ञानिक सूचना और संचार के तकनीकी पहलू को नज़रअंदाज़ करते हुए अर्थ-विषयक और समाजशास्त्रीय पहलू पर अधिक बल देते हैं। लेकिन भले ही वे शैनन और वीवर की तरह संचार की गणितीय प्रकृति की उपेक्षा कर दें, अपने उद्देश्य की प्राप्ति के लिए उन्हें भी सूचना के माध्यम की प्रौद्योगिकीय प्रकृति पर गहरा ध्यान देना पड़ता है।

मार्शल मैकलुहन ने 1964 में प्रकाशित अपनी प्रमुख रचना *अंडरस्टेंडिंग मीडिया* में शैनन की ही भाँति प्रौद्योगिकी के विश्लेषण को अधिक अहमियत दी है, न कि प्रसारित संदेश की सारवस्तु को। इसीलिए उनका निष्कर्ष इस मशहूर फ़िकरे के रूप में सामने आता है कि 'माध्यम ही संदेश है।'

शैनन और वीवर की दिलचस्पी केवल सिगनल और उसकी कोडिंग और डिकोडिंग कर सकने वाली गणितीय प्रक्रियाओं में थी, पर मैकलुहन इसी तर्क का विस्तार करते हुए दावा करते हैं कि प्रसारित सूचना का चरित्र उसे भेजने वाली प्रौद्योगिकी द्वारा तय होता है। अर्थात् सूचना को उसे पैदा और प्रसारित करने वाले प्रौद्योगिकीय यंत्र से अलग करके नहीं समझा जा सकता। बाद में मैकलुहन ने अपनी इसी धारणा को टेलिविज़न स्क्रीन पर तेज़ी से बदलते हुए बिम्बों और छोटे-छोटे साउंड-बाइट्स पर लागू किया। उन्होंने सूचना के स्रोत (मानव या मशीन) और उसकी आख़िरी मंज़िल पर ग़ौर करने के बजाय यह देखा कि संचार की प्रौद्योगिकी के कारण इनसानी दुनिया में किस तरह की तब्दीलियाँ हो रही हैं। इस तरह मैकलुहन की रचनाएँ मानवीय इयत्ता और उसके विकल्प के रूप में सूचना की मशीनरी के बीच तनाव में फँसी नज़र आती हैं।

फ्रेड्रिख़ किटलर ने अपनी व्याख्याओं में मैकलुहन द्वारा छोड़े गये अंतरालों पर नज़र डाली है। वे इस ज़ोरदार दावे के साथ सामने आते हैं कि मीडिया हमारे हालात को तय करता है इसीलिए उसका आलोचनात्मक विश्लेषण करना अनिवार्य है। लेकिन यह कोई आसान काम नहीं है। पहली बाधा तो यह है कि अधिकतर मीडिया प्रौद्योगिकियाँ फ़ौजी मक़सदों से रची गयी थीं इसलिए उनके जन्म के ऐतिहासिक ब्योरे गोपनीय दस्तावेज़ों में बंद हैं। दूसरी बाधा यह है कि मीडिया के किसी रूप का वर्णन और विश्लेषण करने के लिए हम किसी दूसरे मीडिया का इस्तेमाल करने के लिए मजबूर हैं। इसलिए मीडिया की जिन प्रौद्योगिकियों को हम प्रश्नांकित करना चाहते हैं उनसे एक ज़रूरी आलोचनात्मक फ़ासला नहीं बन पाता। तीसरी बाधा यह है कि नये मीडिया की प्रौद्योगिकियों द्वारा पैदा की गयी सूचनाओं के ज़रिये ही उनकी जाँच की जा सकती है, लेकिन ये सूचनाएँ बाइनरी कोड की शक्ल में होने के कारण उस समय तक निरर्थक सी होती हैं जब तक उन्हें मशीनों द्वारा संसाधित न किया जाए। इस मुक़ाम पर किटलर शैनन से सहमत नज़र आते हैं कि सूचना और उसके संचार का माध्यम व्याख्यात्मक अर्थों में नहीं समझा जा सकता। किटलर मैकलुहन की आलोचना करते हैं कि वे प्रौद्योगिकियों और मशीनों में एक तरह का मानवपन देखते थे। इस लिहाज़ से वे एंथ्रोपोसेंट्रिक मतिभ्रम के शिकार थे। किटलर के अनुसार सूचना का तात्पर्य प्रौद्योगिकी में निहित नहीं है, बल्कि प्रौद्योगिकी की उपस्थिति उसकी तरफ़ इशारा करके उसकी समझ सम्भव बनाती है। अपने सूत्रीकरण में शैनन और वीवर से परे जाते हुए किटलर 'सूचना भौतिकवाद' की धारणा पेश करते हैं जिसके तहत सूचना और उसकी संचार-प्रणाली उत्तरोत्तर एक-दूसरे में समाते जा रहे हैं। सूचना पदार्थ बनती जा रही है और पदार्थ सूचना।

किटलर द्वारा स्थापित सूचना की इस भौतिकता को नारीवादी विचारक डोना हरावे और कैथरीन एन. हायल्स ने सवालों के घेरे में खड़ा किया है। हायल्स का कहना है कि शैनन द्वारा सूचना को सांख्यकीय रूप की तरह पेश करने का चिंतन सूचना को उसकी देह से काट कर अलग कर देता है। परिणामस्वरूप मीडिया की विभिन्न क़िस्मों में व्याप्त तत्क्षणिकता की प्रवृत्ति की व्याख्या नहीं हो पाती। डोना हरावे अपनी रचना 'सायबर्ग मेनिफ़ेस्टो' में सूचना, सत्ता और देह के बीच एक बेहद पेचीदा सूत्र पर विचार करती हैं। उनका विश्लेषण निष्कर्ष निकालता है कि सत्ता जिस तरह उत्पादन के दैहिक संबंधों में निवास करती है, उसी तरह अब उसका वास सूचना प्रणालियों में भी है। प्रभुत्व के इनफ़ॉर्मेटिक्स की चर्चा करते हुए हरावे दावा करती हैं कि कोडिंग से कुछ भी बचा नहीं रह गया है : न कोई वस्तु, न कोई स्पेस और न ही मानवीय देह।

हरावे के विमर्श के केंद्र में सूचना की अवधारणा है। उन्होंने जिस नये संसार का चित्र खींचा है उसमें प्रकृति और संस्कृति के बीच पहले से चला आ रहा अंतर निरर्थक हो चुका है। ये दोनों दायरे कई तरह के जटिल और अक्सर परस्पर विनिमय कोड्स का रूप धारण कर चुके हैं। जो जीवन-रूप और प्रौद्योगिकियाँ पहले आपस में नहीं जुड़े हुए थे, इन कोड्स के कारण उनका जुड़ाव सम्भव हो गया है। शैनन की तरह वे सूचना को महज़ सांख्यिकीय सम्भावना की तरह देखने तक ही सीमित नहीं रहना चाहतीं। वे उसे एक कोड की तरह देखती हैं जो प्रौद्योगिकीय मीडिया की शरीर-रचना और मानवीय देह की प्रणालियों से गुँथा हुआ है। पहले जो प्रणालीगत कोड कहीं छिपे पड़े रहते थे, उनका इंटरफ़ेस संस्कृति के 'सार्वभौम अनुवाद' की सम्भावना पैदा कर रहा है। हरावे इस विकास-क्रम के ख़तरों की तरफ़ भी इशारा करती हैं कि इससे एक नयी 'यंत्रीय सत्ता' पैदा हो सकती है। फ़ूको के विश्लेषण ने सत्ता/ज्ञान के जिस इंटरफ़ेस की तरफ़ इशारा किया है, हरावे उसे बदल कर सत्ता/सूचना के रूप में पेश करती हैं।

देखें : अभिलेखागार, आख्यान, इंटरएक्टिविटी-प्रौद्योगिकीय विमर्श, इंटरएक्टिविटी-सामाजिक विमर्श, इंटरफ़ेस, एक्टर-नेटवर्क थियरी, डिजिटल डिवायड, दिन-प्रति दिन के अभिलेखागार, नया मीडिया, नेटवर्क, नेटवर्क सोसाइटी, प्रेस की स्वतंत्रता, प्रोपेगंडा, बाज़ारू संस्कृति, भारत में संचार-क्रांति, भारतीय मीडिया-1, 2 और 3, भारतीय मीडिया स्फ़ेयर, मास मीडिया, मीडिया और राज्य, मीडिया और राजनीति, मीडिया और भारतीय राजनीति, मीडिया-पक्षपात, मीडिया-अध्ययन, संचार, संचार-क्रांति, स्मृति और अभिलेखागार, सोशल नेटवर्क विश्लेषण, सूचना-समाज, सेंसरशिप, वैकल्पिक मीडिया।

संदर्भ

1. क्लॉड शैनन और वारेन वीवर (1994), द *मैथेमेटिकल थियरी ऑफ़ कम्युनिकेशन*, युनिवर्सिटी ऑफ़ इलिनॉय प्रेस, अरबाना.
2. मार्शल मैकलुहन (1997), *अंडरस्टेंडिंग मीडिया*, रॉटलेज, लंदन.
3. फ्रेड्रिख़ किटलर, *लिटरेचर, मीडिया, इनफ़ॉर्मेशन सिस्टम्स*, जी+बी आर्ट्स, एमस्टर्डम.
4. डोना हारावे (1991), *सिमियंस, सायबर्ग, और वुमॅन : द रिइन्वेंशन ऑफ़ नेचर*, फ्री एसोसिएशन, लंदन.
5. एन.के. हायल्स (1999), *हाउ वी बिकेम पोस्टह्यूमन : वर्चुअल बॉडीज़ इन सायबरनेटिक्स, लिटरेचर, ऐंड इनफ़ॉर्मेटिक्स*, युनिवर्सिटी शिकागो प्रेस, शिकागो.

— अभय कुमार दुबे

सूचना-समाज

(Information Society)

सूचना के उत्पादन, विनिमय और उपभोग के इर्द-गिर्द संगठित समाज की इस धारणा का प्रतिपादन नब्बे के दशक में किया गया। सत्तर के दशक के मध्य में डेनियल बेल के उत्तर-औद्योगिक समाज संबंधी लेखन में सूचना-समाज की आहटें सुनी जा सकती थीं, पर नब्बे के दशक में इंटरनेट जैसी ग्लोबल इनफ़ॉर्मेशन प्रौद्योगिकियों के विस्फ़ोट के बाद ही यह विचार पूरी तरह विकसित हो पाया। सूचना और सूचना-समाज का रिश्ता कमोबेश वैसा ही है जैसा उद्योगों और औद्योगिक युग के बीच है। मशीनों, कारख़ानों और उजरती श्रम का अस्तित्व औद्योगिक युग से पहले भी था, लेकिन उन्नीसवीं सदी में उनकी केंद्रीयता कुछ इस तरह से बढ़ी कि लोगों की ज़िंदगी और उनके दृष्टिकोण में बुनियादी तब्दीली हो गयी। सूचना, जो हमेशा से मौजूद और अहम थी, एक निश्चित प्रौद्योगिकीय अवस्था के कारण पिछले तीन दशक के दौरान मानव-समाज की नियामक बन गयी है। इसके कारण सामाजिक संगठन का एक विशिष्ट रूप पैदा हो गया है जिसमें उत्पादकता और सत्ता का बुनियादी स्रोत सूचनाओं के उत्पादन, संसाधन और प्रसारण में निहित है। सूचना ने सबसे क़ीमती और ज़रूरी पण्य का रूप ग्रहण कर लिया है। इसका मतलब यह नहीं है कि कारख़ाना-उत्पादन और सेवा-आधारित अर्थव्यवस्था का महत्त्व ख़त्म हो गया है। अर्थव्यवस्था के ये क्षेत्र अपनी भूमिका निभा रहे हैं, लेकिन औद्योगिक समाज या उत्तर-औद्योगिक समाज की धारणाएँ अब परिवर्तन की मुख्य चालक-शक्ति नहीं रह गयी हैं।

कुछ विद्वानों का आग्रह है कि सूचना-समाज की परिघटना सूचना-आधारित बाज़ारों के चौतरफ़ा उदय की रोशनी में परिभाषित की जानी चाहिए। शारीरिक श्रम के बजाय सूचना आधारित पूँजी कहीं अधिक धन पैदा कर सकती है। सूचना-आधारित उत्पादों की संख्या बहुत तेज़ी से बढ़ी और बढ़ती ही जा रही है। 1945 में समूची धरती पर जितनी कम्प्यूटर-पॉवर मौजूद थी, उससे ज़्यादा ताक़त खोलते ही संगीत सुनाने वाले सिर्फ़ एक ग्रीटिंग कार्ड में मौजूद होती है। सुबह काग़ज़ पर छपा अख़बार खोलते ही हम पाठक के साथ-साथ श्रोता भी हो जाते हैं। हमारी निगाह न केवल विज्ञापनों में दर्ज सूचनाओं पर पड़ती है, बल्कि किसी-किसी विज्ञापन में लगे हुए एक छोटे से यंत्र से आती हुई आवाज़ भी उस उत्पाद का प्रचार करती हुई सुनायी देती है। किसी ज़माने में कार की ज़्यादातर क़ीमत उसमें लगे इस्पात के आधार पर तय होती थी, पर आज नयी टोयोटा कार का 70 फ़ीसदी से ज़्यादा मूल्य उसके इनफ़ॉर्मेटिक्स संबंधी घटक से निकाला जाता है। मार्केट-रिसर्च के आधार पर प्राप्त सूचनाओं के आधार पर उपभोक्ता के चरित्र और प्रवृत्तियों की शिनाख़्त की जाती है जिसका निर्णायक असर उत्पादन संबंधी फ़ैसलों पर पड़ता है। जैविक सूचनाओं की डिकोडिंग के माध्यम से विज्ञान की सम्भावनाओं में लगातार वृद्धि की जा रही है। इसके नतीजे ह्यूमन जिनोम प्रोजेक्ट में निकले हैं। क्लोनिंग और सूचना की प्रतिकृति बनाना एक-दूसरे के पर्याय ही हैं। सूचना प्रौद्योगिकियाँ बाज़ारों और संस्कृतियों की गतिशीलता और फैलाव का माध्यम बन गयी हैं।

राष्ट्र-राज्य भू-क्षेत्रों पर क़ब्ज़े और नियंत्रण के लिए आज भी संघर्ष करते हैं। कच्चे माल व सस्ते श्रम के संसाधनों के दोहन के लिए साम्राज्यवादी और नव-औपनिवेशिक अभियान आज भी चलाये जाते हैं। लेकिन सूचनाओं पर क़ाबिज़ होने के लिए किया जाने वाला संघर्ष आज कहीं ज़्यादा बड़ा हो चुका है। सूचना एक ऐसा प्रतिमान है जिसके माध्यम से सामाजिक विकास की नयी प्रवृत्तियों की व्याख्या की जा सकती है। सूचना-आधारित विकास-क्रम के कारण मीडिया, औषधि और निगरानी से संबंधित प्रौद्योगिकी से संबंधित नैतिक सरोकारों का जन्म हुआ है। सूचना के वितरण, उस पर अधिकार और लेखकत्व की परिभाषाओं से जुड़े प्रश्न लगातार विवादास्पद होते जा रहे हैं। ये नयी प्रवृत्तियाँ केवल सकारात्मक ही नहीं हैं। विचारकों के बीच सूचना के बोलबाले के कारण पैदा हुई दुश्चिंताओं पर भी चिंतन-मनन चल रहा है। सूचना-समाज में ज्ञान की संरचनाओं की स्थिति को लेकर भी समाजवैज्ञानिकों में काफ़ी चिंता देखी गयी है।

सूचना-समाज पर बहस का ध्रुवीकरण हो गया है। एक पक्ष की मान्यता है कि समाज के इस रूप ने उन्हें

आज़ादी के नये आयामों से परिचित कराया है। ऐसे समाज में लोग अधिक सूचना-सम्पन्न होने के नाते बेहतर आत्माभिव्यक्ति के योग्य होंगे। नयी प्रौद्योगिकियों के माध्यम से उन्हें राजनीतिक और सांस्कृतिक दायरों में बेहतर सहभागिता का मौक़ा मिल पायेगा। यह पक्ष प्रौद्योगिकी के प्रभुत्व में किसी क़िस्म का जोखिम नहीं देखता। इसके विपरीत दूसरा पक्ष सूचना-बाहुल्य और सूचना-प्रधानता के कारण कई तरह की दुश्चिंताओं की तरफ़ इशारा कर रहा है। सत्ता संरचनाएँ सूचना-प्रौद्योगिकियों का सहारा ले कर व्यक्ति और समाज की गतिविधियों की अधिक निगरानी कर रही हैं जिससे निजता और प्राइवेसी अंत के क़रीब पहुँच गयी है। नयी टेक्नॉलॅजी के ज़रिये लगातार नज़र रखना और रिकॉर्ड करना सम्भव हो गया है। इसके अलावा अगर हमारी ख़रीद-फ़रोख़्त और घूमने-फिरने से संबंधित जानकारियाँ भी जमा की जा रही हैं, तो उनके आधार पर भी हमें एक पूर्व-निर्धारित क़िस्म के आचरण की तरफ़ जाने-अनजाने धकेला जा सकता है। यह पक्ष मानता है कि सूचना-समाज स्वतंत्र नहीं है। उसने तरह-तरह के विकेंद्रीकृत नेटवर्कों के माध्यम से नियंत्रण किया जा रहा है। पहले बेंथम ने और फ़ूको ने जिस पनोप्टीकॉन के विचार का प्रतिपादन किया है, वह सूचना-समाज की परिस्थितियों पर पूरी तरह से लागू होता है।

सूचना-समाज के सबसे चर्चित सिद्धांतकार मैनुएल कैसेल्स हैं जिनकी रचना द *इनफ़ॉर्मेशन एज : इकॉनॉमी, सोसाइटी ऐंड कल्चर* ने इस प्रत्यय को प्रचलित किया है। कैसेल्स के विमर्श से इस प्रश्न का संतोषजनक उत्तर नहीं मिलता कि सूचना-समाज में ज्ञान की संरचनाओं की क्या स्थिति होगी। उन्होंने सूचना और ज्ञान को जिस चिंतन (डेनियल बेल : द *कमिंग ऑफ़ पोस्ट-इंडस्ट्रियल सोसाइटी,* फ़्रिट्ज़ मैकलुप : द *प्रोडक्शन ऐंड डिस्ट्रीब्यूशन ऑफ़ नॉलेज इन द यूनाइटिड स्टेट्स,* मार्क पोराट : द *इनफ़ॉर्मेशन इकॉनॉमी*) के आधार पर परिभाषित किया है वह 1962 से 1977 के बीच प्रकाश में आया था। मार्शल मैकलुहन का मीडिया से संबंधित सिद्धांत भी साठ के दशक में प्रकाशित हुआ था। इस शास्त्र द्वारा दी गयी परिभाषाओं के मुताबिक़ सूचना (सुव्यवस्थित तथ्य और सामग्री) के आधार पर ज्ञान की रचना होती है, और सूचना को उसे उत्पादित और प्रसारित करने वाली प्रौद्योगिकी से काट कर नहीं समझा जा सकता। नतीजतन प्रौद्योगिकीय स्थिति ज्ञान की संरचना को गहराई से प्रभावित करती है। अगर यह विमर्श सही है तो फिर सवाल उठता है कि सूचना-प्रौद्योगिकी में होने वाले किसी अचानक परिवर्तन से सूचना-समाज में ज्ञान भी बदल जाएगा?

ज्याँ-फ्रास्वाँ ल्योतर ने भी 1979 में प्रकाशित अपनी रचना *पोस्टमॉडर्न कण्डीशन* में यह चौंका देने वाला अवलोकन किया था कि कम्प्यूटरीकृत पूँजीवाद के ज़माने में ज्ञान परिवर्तित हुए बिना नहीं रह सकता। ल्योतर ने उसी समय देख लिया था कि ज्ञान 'सूचनात्मक पण्य' बनता जा रहा है। डिजिटलाइज़ेशन ने ज्ञान को सूचना के टुकड़ों में बदल दिया है और उन बिट्स को मशीनों पर संसाधित करके तेज़ रफ़्तार से प्रसारित किया जा सकता है। इस तरह ल्योतर की निगाह में सूचना ज्ञान का वह रूप बन जाती है जिसे चैनल के मार्फ़त प्रसारित करने के लिए डिज़ाइन किया गया है ताकि वह कारगर या ऑपरेशनल हो सके। इस लिहाज़ से ज्ञान का यह रूप चिंतनपरक न हो कर प्रदर्शनपरक और परिणामात्मक है। मैकलुहन इसी बात को इस तरह कहते हैं कि सूचना एक ग़ैर-विमर्शी कोड या डाटा है जिसे टीवी के छोटे-छोटे साउंड बाइट्स की तरह उत्पादित किया जाता है और मनुष्य जिसका मशीनों की तरह उपभोग करते चले जाते हैं।

सूचना-समाज में ज्ञान की ऐसी चिंताजनक स्थिति पर विचार करते हुए स्कॉट लैश ने अपनी रचना *क्रिटीक ऑफ़ इनफ़ॉर्मेशन* में आख्यान आधारित ज्ञान और प्रौद्योगिकीय सूचना आधारित ज्ञान में फ़र्क़ किया है। लैश के अनुसार आख्यान आधारित ज्ञान धीरज के साथ चिंतन और मनन की माँग करता है, जबकि ज्ञान का यह नया रूप जितनी तेज़ी से प्रकट होता है उतनी ही तेज़ी से लुप्त भी हो जाता है। इस लिहाज़ से लैश सूचना को प्रतिनिधित्वमूलक मानने के बजाय प्रस्तुतिमूलक मानते हैं। सूचना एक 'अनगढ़ तथ्यात्मकता' का नाम है। उसकी यह प्रकृति समाज और संस्कृति के सिद्धांतकारों के लिए कठिनाई पेश करती है। उनके पास सूचना-समाज के दायरों से बाहर रह कर उनकी आलोचना विकसित करने का कोई मौक़ा ही नहीं है। इसीलिए उन्हें पहले संस्कृति और समाज को परिभाषित करने वाली बुनियादी धारणाओं पर पुनर्विचार करना होगा। ये धारणाएँ आख्यानात्मक ज्ञान की उपज होने के कारण सूचना-समाज के भीतर कारगर साबित नहीं होतीं।

देखें : अभिलेखागार, आख्यान, इंटरएक्टिविटी-प्रौद्योगिकीय विमर्श, इंटरएक्टिविटी-सामाजिक विमर्श, इंटरफ़ेस, एक्टर-नेटवर्क थियरी, डिजिटल डिवायड, दिन-प्रति दिन के अभिलेखागार, नया मीडिया, नेटवर्क, नेटवर्क सोसाइटी, प्रेस की स्वतंत्रता, प्रोपेगंडा, बाज़ारू संस्कृति, भारत में संचार-क्रांति, भारतीय मीडिया-1, 2 और 3, भारतीय मीडिया स्फ़ेयर, मास मीडिया, मीडिया और राज्य, मीडिया और राजनीति, मीडिया और भारतीय राजनीति, मीडिया-पक्षपात, मीडिया-अध्ययन, संचार, संचार-क्रांति, स्मृति और अभिलेखागार, सोशल नेटवर्क विश्लेषण, सूचना, सेंसरशिप, वैकल्पिक मीडिया।

संदर्भ

1. मैनुएल कैसेल्स (1996), द *राइज़ ऑफ़ द नेटवर्क सोसाइटी,* द *इनफ़ॉर्मेशन एज : इकॉनॉमी, सोसाइटी ऐंड कल्चर,* ब्लैकवेल, ऑक्सफ़र्ड, खण्ड 1.

2. ज्याँ-फ्रांस्वा ल्योतर (1984), *द पोस्टमॉडर्न कण्डीशन : अ रिपोर्ट ऑन नॉलेज,* मैंचेस्टर युनिवर्सिटी प्रेस, मैनचेस्टर.
3. मार्क पोराट (1977), *द इनफ़ॉर्मेशन इकॉनॉमी : डेफ़िनिशन ऐंड मेज़रमेंट,* यूएस डिपार्टमेंट ऑफ़ कॉमर्स, वाशिंगटन डीसी.
4. स्कॉट लैश (2002), *क्रिटीक ऑफ़ इनफ़ॉर्मेशन,* सेज, लंदन.

— अभय कुमार दुबे

सूफ़ीयत और प्रेमाख्यान

(Sufi Thought and *Premakhyan*)

भारतीय मध्ययुग में एक ओर तो निर्गुणीय संत कवि एकेश्वरवाद का प्रचार करते हुए हिंद-इसलाम के बीच सामंजस्य की प्रतिष्ठा कर रहे थे, दूसरी ओर मुसलमान सूफ़ी संत सांस्कृतिक एकता लाने के लिए प्रयत्नशील थे। निर्गुणीय संतों की खण्डन-मण्डन प्रकृति और ज्ञान-धारा सामान्य जनता के हृदय में स्थान बनाने में कम सक्षम थी। किंतु सूफ़ी संत कवियों को प्रेममयी मधुरवाणी द्वारा जनता के हृदय को लुभाने में पर्याप्त सफलता मिली। इन सूफ़ी संतों ने अपनी प्रेम-गाथाओं द्वारा प्रेम की गंगा को निर्बाध प्रवाहित किया। प्रायः सूफ़ी शब्द का व्यवहार इसलाम धर्म के रहस्यवादियों के लिए किया जाता है। भारत की धरती पर सूफ़ियों के क़दम ग्यारहवीं सदी में पड़े। ख़्वाजा मुईनुद्दीन चिश्ती (1190) से उनका क्रमबद्ध इतिहास मिलता है। सूफ़ी पवित्र, सदाचारी और सादा जीवन व्यतीत करने वाले सदाचारी साधक होते हैं। सूफ़ियों के चिश्तिया, सुहरावर्दिया, क़ादरिया, नक़्शबंदिया, मेहदरी और सत्तारी सिलसिले मशहूर हैं। ध्यान रहे कि इस सूफ़ी प्रेम गाथा परम्परा के सभी कवि मुसलमान थे और उन पर फ़ारसी साहित्य का गहरा प्रभाव था। लेकिन उन्होंने नव-अफ़लातूनी प्रभाव के साथ भारतीय वेदांत की सहायता से अपने सिद्धांतों का निर्माण किया।

सूफ़ी शब्द की अलग-अलग परिभाषाएँ एवं व्याख्याएँ हैं। सूफ़ी तथा तसव्वुफ़ (सूफ़ी विचारधारा) को लेकर शेख़ फ़रीदुद्दीन सत्तार (1230) ने सूफ़ी संतों के बारे में अपनी पुस्तक *तज़किरातुल औलिया* में सत्तर परिभाषाएँ दी हैं। यह भी सच है कि सूफ़ी मत इसलाम के अंतर्गत ऐसा संगठित सम्प्रदाय नहीं था कि उसके मतों-सिद्धांतों को एक प्रणाली के रूप में पेश किया जा सके। सूफ़ी शब्द को 'सफ़ा' 'अहअल सुफ़्फ़ाह', 'सफ़', 'सुफ़ाह', 'बनसूफ़ा', 'सूफ़वतुलकजा', 'सोफ़िया' और 'सूफ़ानी' से जोड़ा गया। शेख़ हुज्वेरी का मानना है कि 'सफ़ा' अर्थात् पवित्रता शब्द से सूफ़ी की व्युत्पत्ति हुई है। कुछ विद्वान कहते हैं 'पैग़म्बर मोहम्मद साहब के समय मदीने की मसज़िद नवबी के सामने सुफ़्फ़ा (चबूतरा) पर आसन लगाने वाले भक्त साधक 'सुफ़्फ़ाह' कहलाये। कुछ विद्वानों ने 'सफ़्फ़ा' शब्द से प्रार्थना में निरत ईमान में आस्था रखने वालों को सफ़्फ़ या सूफ़ी कहा है। एक विवरण यह भी है कि 'सफ़' के एक अर्थ 'क़यामत' (अंतिम निर्णय) से जुड़े साधक सूफ़ी कहलाये। 'ग़िया मुललग़ाती' के अनुसार अरबों की एक जाति मक्का के देवालय की सेवा में सांसारिकता से दूर थी। रामपूजन तिवारी ने 'बनसूफ़ा' नामक एक यायावर जाति से 'सूफ़ी' की व्युत्पत्ति मानी है।

कुछ विद्वानों ने 'सोफ़िस्ता' से सूफ़ी और कुछ ने ग्रीक भाषा के शब्द 'सोफ़िया' (ज्ञान) से सूफ़ी शब्द का संबंध माना है। अरबी शब्द 'सूफ़' का अर्थ है ऊन (मोटे वस्त्र) जिसे पहनने वाला साधक 'सूफ़ी' कहलाया। ज़्यादातर विद्वान 'सूफ़' शब्द से सूफ़ी की व्युत्पत्ति स्वीकार करते हैं। 'तसव्वुफ़' शब्द के अर्थ पर बहुत विवाद है। ज़्यादातर विद्वान मानते हैं कि इसका मतलब है परमात्मा के प्रति प्रेम की अनुभूति करने वाला। अल ग़ज़ाली उसे सूफ़ी मानते हैं जो ईश्वरानुभूति में तन्मय जीवन व्यतीत करता है, इसलिए सूफ़ी का अंतिम लक्ष्य है 'मारफ़त'। निकल्सन की रचना *द आइडिया ऑफ़ पर्सनैल्टी इन सूफ़ीइज़्म* में सूफ़ीमत के विकास में नव-अफ़लातूनी ईसाई धर्म तथा बौद्ध धर्म का हाथ माना गया है। सूफ़ियों का चरम लक्ष्य है 'फ़ना' से 'बक़ा' अर्थात् एकत्व प्राप्त करना है।

सूफ़ीमत में संत भक्त सूफ़ी कवियों ने अंधानुकरण करने के बजाय क़ुरान का भाष्य अपने ढंग से किया। यह सच है कि इसलाम की तरह सूफ़ीयत भी एकेश्वरवाद का समर्थन करती है, किंतु सूफ़ियों का एकेश्वरवाद क़ुरान में प्रतिपादित एकेश्वरवाद से भिन्न है। इसलाम के अनुयायी परमात्मा की सृष्टि में सभी पदार्थों को शामिल मानते हैं, जबकि सूफ़ी सृष्टि में व्याप्त परमात्मा की सत्ता कण-कण में स्वीकार करते हैं। उनकी मान्यता है कि नाम और रूप अलग होने पर भी आत्म-सत्ता नित्य है। परमात्मा सत्य भी है और सौंदर्य भी। परमात्मा निर्गुण-निराकार होते हुए भी प्रेमरूप है। सच्चा सालिक (साधक) ही उसका साक्षात्कार कर सकता है। प्रेम रूप परमात्मा का ज्ञान प्रेम-पंथ अपनाकर ही हो सकता है। परमात्मा का नाम 'हक़' है, वही साधक की साधना का इष्ट है। सूफ़ी मानते हैं कि यह जीवन एक यात्रा है— इस यात्रा की अनेक मंज़िलें हैं— जिन्हें पार करने पर ही साधक ईश्वर तक पहुँच सकता है। सूफ़ी मार्ग की चार मंजिलें हैं— नासूत-अर्थात् साधक की प्रकृत-अवस्था, मलकूत अर्थात् नैतिकता से ऊपर उठ कर पवित्र जीवन अपना कर, मारिफ़त-अर्थात् परमात्मा से मिलने की साधक की क्षमता और

हक़ीक़त अर्थात् परम सत्य का साक्षात्कार। इस अवस्था में 'सालिक' को 'लाहूता' की अवस्था प्राप्त होती है। चरम लक्ष्य प्राप्त करने वाले सालिक (साधक) को 'अनलहक़' की अनुभूति होने लगती है।

सूफ़ीयत में सर्वाधिक महत्त्व 'इश्क़' या प्रेम को प्राप्त है। उनके मत से इश्क़ मजाज़ी ही इश्क़ हक़ीक़ी को पाने का सोपान है। सालिक को सारा संसार इश्क़मय दिखाई देता है— इश्क़ का भाव अपनी तन्मयता से साधक में विरह की अग्नि सुलगा देता है, प्रेम में 'लौ' लग जाती है तो साधक स्त्री रूप में अपने को मानकर पुरुष— परमात्मा से राग, रागात्मक संबंध जोड़ता है। वह परमात्मा से अलौकिक संबंध जोड़कर उसके सौंदर्य पर न्योछावर हो जाता है। आत्मा-परमात्मा के बीच मिलन में बाधा शैतान है— वह साधक को साधना पथ से विचलित करने के लिए अलग-अलग प्रेम-परीक्षाएँ लेता है। अंतिम विश्लेषण में शैतान भी अल्लाह से प्रेम करता है, घृणा नहीं। शंकर के अद्वैत-दर्शन में माया का वही स्थान है जो सूफ़ीमत में शैतान का। इस शैतान से बचाव के लिए सूफ़ीमत में पीर (गुरु) की आवश्यकता होती है।

कुछ विद्वानों का मत है कि सूफ़ियों का आत्मा-परमात्मा का सिद्धान्त-निरूपण इसलाम की अपेक्षा भारतीय वेदांत के अधिक निकट है। क़ुरान में ब्रह्म की वैसी विस्तृत व्याख्या नहीं है जैसी भारतीय उपनिषद्, वेदांत-चिंतन में की गयी है। अल्लाह सर्वोपरि है और मुहम्मद साहब उसके रसूल। ब्रह्म और जीव भिन्न दिखाई देने पर भी अभिन्न हैं। जीव को 'अहं' ब्रह्म से दूर करता है— लेकिन ज्ञान हो जाने पर 'मैं ही ब्रह्म हूँ' की अनुभूति पैदा हो जाती है। सृष्टि विकास से संबंधित सूफ़ियों की अवधारणा वेदांतियों के प्रतिबिम्बवाद के निकट है। इसलाम की सृष्टि-विकास को लेकर धारणा है कि अल्लाह के 'कुन' मात्र कहने से सृष्टि की उत्पत्ति हुई। किंतु सूफ़ियों में इस विषय को लेकर कई तरह के मत हैं। सूफ़ियों के अनुसार यह समस्त दृश्यमान जगत उसी अल्लाह की झलक है। अल्लाह से तादात्म्य स्थापित करना ही साधक की साधना का उद्देश्य है।

हिंदी में सूफ़ी संत कवियों ने प्रेम-गाथाओं में वर्णित लौकिक प्रेम का आश्रय लेकर अलौकिक प्रेम-व्यंजना के लिए काव्य सृजन किया। उदार-हृदय सूफ़ी कवियों ने हिंदुओं में प्रचलित प्रेम-गाथाओं को लेकर उन्हीं की भाषा में प्रेमाख्यानक काव्य रचे और हिंदुओं के हृदय को स्पर्श किया। सूफ़ी काव्य परम्परा का प्राचीनतम काव्य मुल्ला दाऊद का *चंदायन* है। इस सूफ़ी काव्य-परम्परा की प्रतिनिधि रचना *पद्मावत* है, जिसका सृजन मलिक मुहम्मद जायसी ने किया है। इसकी रचना शेरशाह सूरी के शासन काल में हुई। मलिक मुहम्मद जायसी ने *पद्मावत* में अपने पहले की छह प्रेमगाथाओं का उल्लेख किया है : स्वप्नावती, मुग्धावती, मृगावती, खण्डरावती, मधुमालती और प्रेमावती। इनमें से *मृगावती* और *मधुमालती* तो आज उपलब्ध हैं— पर शेष रचनाओं का आज ठीक से अता-पता नहीं है। चन्द्रगिरी के राजा गणमति देव के पुत्र तथा कंचननगर की राजकुमारी मृगावती की प्रेमकथा *मृगावती* काव्य में है। मंझन कृत *मधुमालती* में कलेसर के राजकुमार मनोहर और महारस नगर की राजकुमारी मधुमालती के प्रेम का काव्यात्मक विदग्धता से भरा वर्णन है।

हिंदी की सूफ़ी काव्य परम्परा की सर्वोतम सर्जनात्मक उपलब्धि जायसीकृत *पद्मावत* ही है। आचार्य रामचंद्र शुक्ल ने *जायसी ग्रंथावली* की भूमिका में पहली बार जायसी के महत्त्व का प्रतिपादन किया। आचार्य शुक्ल से पूर्व जायसी पर सतही चर्चा होती थी। लेकिन आचार्य शुक्ल ने जायसी के एक पूरे पाठ से ही हिंदी आलोचना को समृद्ध किया। आचार्य शुक्ल के बाद सूफ़ी काव्य परम्परा पर विचार करने वाले विद्वान जायसी के *पद्मावत* को सूफ़ी सिद्धांतों की विशिष्ट कृति मानने लगे। डॉ. माता प्रसाद गुप्त, डॉ. वासुदेवशरण अग्रवाल जैसे विद्वानों ने *पद्मावत* का नया भाष्य किया। जायसी संबंधी इस विद्वता की परम्परा में नया मोड़ तब आया जब मार्च, 1982 में हिंदुस्तानी अकादमी, प्रयाग में नयी कविता के कवि-आलोचक एवं सिद्धांतकार विजयदेव नारायण साही के तीन व्याख्यान हुए। साही बहुत वर्षों तक जायसीमय रहे। नतीजा यह हुआ कि *जायसी* शीर्षक से प्रकाशित उनकी कृति में प्रखर बौद्धिकता और संवेदनात्मक गहराई से सम्पन्न अध्ययन-अनुसंधान नयी स्थापनाओं के साथ सामने आया। यह लघु समीक्षा पुस्तक जायसी के नये भाष्य के कारण सृजनात्मक समीक्षा का प्रेरक प्रतिमान बन गयी। अपने जायसी विमर्श में साही ने आचार्य शुक्ल की बहुत सी स्थापनाओं की अस्वीकार करते हुए नयी स्थापनाएँ कीं।

साही ने प्रमाण देते हुए यह सिद्ध किया कि *पद्मावत* सूफ़ी ग्रंथ नहीं है— भले ही उसमें सूफ़ीमत के कुछ अंश हों। इसी आधार पर वे जायसी को 'सूफ़ी' नहीं, 'कवि' मानते हैं। इस मान्यता के अनुसार *पद्मावत* की कथा ऐतिहासिक कथा न हो कर कवि जायसी की मौलिक उद्भावना है। *पद्मावत* के कथानक में 'अलोक' तथा 'इतिहास-लोक' का पूरक द्वंद्व है। यह द्वंद्व इस कृति को निरंतर बेधता रहता है और एक अद्भुत ढंग की त्रासदी का जन्म होता है। साही ने स्वयं माना है कि जायसी अध्यात्मवादियों के बीच भौतिकवादी हैं और भौतिकवादियों के बीच अध्यात्मवादी। विशिष्ट बात यह है कि जायसी में पहली बार अवधी भाषा सहज काव्यात्मक प्रवाह में बहने लगती है। हिंदी का अवधी रूप काव्यमय हो उठता है। इस तथ्य के आधार पर कहा जा सकता है कि जायसी हिंदी के

पहले महत्त्वपूर्ण कवि हैं। जायसी कहते हैं— 'मुहम्मद कवि जो प्रेम का' या 'हौं सब कविन्ह केर पिछलगा' या 'एक नैत कवि मुहम्मद गुनी' आदि। कबीर में कवि के प्रयास-चिह्न हैं जबकि जायसी में प्रयास कहीं दिखलायी नहीं देता। जायसी पहुँचे हुए सिद्ध थे। उनके आशीर्वाद से संतानें पैदा होती थीं। फिर जायसी किसी सूफ़ी सम्प्रदाय से प्रतिबद्ध नहीं थे।

तसव्वुफ़ या सूफ़ी सम्प्रदाय के चौखटे में जायसी को घेरने की शुरुआत डॉ. ग्रियर्सन ने की। ग्रियर्सन ने जायसी को मुसलमान एसेटिक अर्थात् मुसलमान संन्यासी कहा है। जायसी देखा-समझा जाए तो सूफ़ी नहीं हैं— अगर हैं तो 'कुजात सूफ़ी' हैं। जायसी की चिंता का विषय ईश्वर या तसव्वुफ़ नहीं है— मनुष्य है। उनका कवि-लोक यूटोपिया से निर्मित है। उसमें वेदांत और हठयोग है, सिद्धों-नाथों के चिंतन की धमक है। इतिहासकारों ने पद्मावती और अलाउद्दीन खिलज़ी की कथा जायसी से ली है। इस तरह उन्होंने इस त्रासदी-काव्य में इतिहास-लोक निर्मित किया है जिसमें यूनानी ट्रेजेडी नहीं, विषाद योग है और बैकुंठी प्रेम की जयकार है।

सूफ़ियों ने इश्क़ मज़ाज़ी और इश्क़ हक़ीक़ी के माध्यम से भारतीय समाज-संस्कृति में मानवतावादी रंग प्रगाढ़ किया। आपसी फूट, बैर एवं विद्वेष से तबाह होते मध्यकालीन समाज को प्रेम का पाठ पढ़ाया। टूटे हुए हिंदू-मुसलमान हृदयों को जोड़ने का बड़ा भारी काम किया। उदार दृष्टि से प्रेम की महिमा को सूफ़ी फ़क़ीरों-दरवेशों-पीरों-संतों ने परम पुरुषार्थ घोषित किया। नतीजा यह हुआ कि भक्तिकाल की निर्गुण-सगुण, विशेषकर कृष्ण भक्ति धारा पर इन सूफ़ियों का बहुत गहरा असर पड़ा। सूरदास, अष्टछाप, मीरां, रसखान की कविता में यह सूफ़ी प्रभाव भिंदा हुआ है। रीतिकाल कवियों में रीतिमुक्तधारा के कवि घनानन्द-बोधा-आलम-ठाकुर आदि सभी पर यह सूफ़ी रंग चढ़ा हुआ है। आधुनिक काल में भारतेंदु से लेकर पण्डित जगन्नाथ रत्नाकर तक यह सूफ़ी प्रेम मद छलकता है। सूफ़ियों ने भारत आकर भारतीयता को खुले हृदय से अपनाया, इसीलिए यह खुलापन भारतीय हृदयों की मुक्ति के द्वार खोल सका।

देखें : अष्टछाप, 'अंग्रेज़ी हटाओ' आंदोलन, गजानन माधव मुक्तिबोध-1 और 2, छायावाद, डायग्लॉसिया, नंद दुलारे वाजपेयी, नगेंद्र और सैद्धांतिक समीक्षा, नयी कविता, नामवर सिंह, पाश्चात्य काव्यशास्त्र, प्रेमचंद, प्रयोगवाद, प्रगतिवाद, भक्ति आंदोलन-1 और 2, भक्ति-काव्य-1 और 2, भारतेंदु हरिश्चंद्र, भारतेंदु युग-1 और 2, भाषा नियोजन-1 से 4 तक, भाषा के मार्क्सवादी सिद्धांत, महादेवी वर्मा, महावीर प्रसाद द्विवेदी, मीरांबाई और प्रेमाभक्ति, राहुल सांकृत्यायन, रामानुजाचार्य, रामानंद, रामचंद्र शुक्ल-1 और 2, रामविलास शर्मा, राष्ट्रीय-सांस्कृतिक कविता, रीतिकाल-1 और 2, विजय देव नारायण साही, वैष्णव धर्म, श्याम सुंदर दास, सम्पर्क भाषा-1 से 4 तक, सगुण और निर्गुण-1 और 2, संस्कृत काव्यशास्त्र, संविधान सभा में भाषा-विवाद-1, 2 और 3, संत-काव्य, सिद्ध-नाथ परम्परा, हजारी प्रसाद द्विवेदी, हिंदी विरोधी आंदोलन, हिंदी जाति-1 से 3 तक, हिंदी साहित्य का आदिकाल, हिंदी साहित्य का इतिहास, हिंदी साहित्य का इतिहास : नये परिप्रेक्ष्य, हिंदी-पद्य में इतिहास, हिंदी-जगत और 'लोकप्रिय'-1 और 2, हिंदी नवजागरण, हिंदी-संस्थाएँ।

संदर्भ

1. धीरेंद्र वर्मा (1960), 'जायसी : तिथिक्रम और गुरु परम्परा', *हिंदी अनुशीलन* (धीरेंद्र वर्मा विशेषांक), भारतीय हिंदी परिषद्
2. विजयदेव नारायण साही (1983), *जायसी,* हिंदुस्तानी एकेडमी, इलाहाबाद.
3. रामचंद्र शुक्ल (1940), *हिंदी साहित्य का इतिहास,* नागरी प्रचारणी सभा, काशी.
4. धीरेंद्र वर्मा (सम्पा.), *हिंदी साहित्य- खण्ड दो,* हिंदी परिषद्, प्रयाग.
5. रामस्वरूप चतुर्वेदी (1986), *हिंदी साहित्य और संवेदना का विकास,* लोकभारती प्रकाशन, इलाहाबाद.

— कृष्णदत्त पालीवाल

सेक्शुअलिटी

(Sexuality)

सेक्शुअलिटी यौनिकता का समानार्थक नहीं है। सेक्शुअलिटी के समाज-वैज्ञानिक तात्पर्य का पूर्ण समाहार न लैंगिकता में होता है, न ही कामुकता में। समाज-विज्ञान में आम तौर पर सेक्शुअलिटी को दो तरीक़ों से समझा गया है। पहला मॉडल है तात्त्विकतावादी, यानी मनुष्य के जैविक तत्त्व के आधार पर सेक्शुअलिटी की व्याख्या। यह रवैया सेक्शुअलिटी के तात्पर्यों को मानवीय कामना और यौनिक आनंद तक सीमित कर देता है। दूसरा मॉडल है सामाजिक संरचनावादी यानी व्यक्ति और समाज के आपसी संबंधों के ऐतिहासिक, राजनीतिक और सामाजिक पहलुओं के आईने में यौनिक कामनाओं, आचरणों, मनोविश्लेषण और अस्मिताओं की निर्मितियों का संधान। यह रवैया न केवल समाजशास्त्रीय है, बल्कि विभिन्न समाजों की सांस्कृतिक विशिष्टताओं का ध्यान भी रखता है। मैरी ई. जॉन और जानकी नायर के मुताबिक़ बीसवीं सदी में एक विषय के रूप में सेक्शुअलिटी के विकास के पाँच प्रमुख आयाम हैं।

पहला, ज़िग्मण्ड फ्रॉयड की रचनाएँ, साठ के दशक में स्त्री-आंदोलन की रैडिकल 'सेक्शुअल राजनीति', ज़ाक लकाँ और 'फ्रांसीसी' नारीवादी सिद्धांतशास्त्र, मिशेल फ़ूको द्वारा रचित सेक्शुअलिटी का तीन खण्डीय इतिहास और हाल ही में निकाला गया सेक्शुअलिटी का नया मतलब यानी उसे सेक्शुअल चुनाव के रूप में देखना। समाज-विज्ञान आज जैविकी का महत्त्व स्वीकारते हुए सेक्शुअलिटी की सामाजिक रूप से अवस्थित और बेहद परिष्कृत व्याख्याएँ पेश कर रहा है। आज के विमर्श के केंद्र में सेक्शुअलिटी का समाजशास्त्र है। सेक्शुअलिटी की नारीवादी समझ अलग है। इसी तरह पुरुषत्व और सेक्सुअलिटी के संबंधों की व्याख्या का भिन्न दायरा है। क्वियर थियरी भी सेक्शुअलिटी अध्ययन की देन है। इन सभी पहलुओं को जेंडर, नस्ल, जातीयता, वर्ग, आयु और राष्ट्रीयता के रंग विशिष्टता प्रदान करते हैं।

उन्नीसवीं सदी के सेक्शुअलिटी-विमर्श के एक सिरे पर समलैंगिकता (होमोसेक्शुअलिटी) थी और दूसरे सिरे पर इतरलैंगिकता (हेटरोसेक्शुअलिटी)। सेक्शुअलिटी की परिभाषा इस द्विभाजन पर ही टिकी थी। बीसवीं सदी के पहले दशक में ज़िग्मण्ड फ्रॉयड ने मनुष्य के सेक्शुअल विकास का मनोवैश्लेषिक मॉडल पेश करके इस निर्मिति द्वारा की जाने वाली सार्वभौमिकता और स्वाभाविकता की दावेदारियाँ गड़बड़ा दीं। उन्होंने अपनी रचना *थ्री एसेज़ ऑन द थियरी ऑफ़ सेक्शुअलिटी* में बच्चों की सेक्शुअलिटी पर विचार करते हुए स्त्रीत्व और स्त्री की सेक्शुअलिटी का संधान किया। इस मॉडल ने बताया कि व्यक्ति बाइसेक्शुअलिटी के साथ पैदा होता है जिसका विकास धीरे-धीरे सामाजिक परिस्थितियों के तहत एक स्थिर हेटरोसेक्शुअल अस्मिता में होता चला जाता है। विकास की इस प्रक्रिया में होमोसेक्शुअलिटी एक अस्थाई लेकिन 'बचकाने' चरण के रूप में सामने आती है। हालाँकि फ्रॉयड का मॉडल क्रमिक रैखिकता से ग्रस्त था, पर उसकी ख़ास बात यह थी कि उसने होमोसेक्शुअलिटी को परवर्ज़न या यौन-विकृति मानने से इनकार कर दिया। साथ ही उसने मनुष्य की प्रकृति को मूलतः बाइसेक्शुअल दिखाया जिससे इनसान के नैसर्गिक रूप से हेटरोसेक्शुअल होने की मान्यता पर सवालिया निशान लग गया। फ्रॉयड के सेक्शुअलिटी विमर्श के दो तरह के परिणाम निकले। एक तरफ़ उनके कारण सेक्शुअलिटी-विमर्श में नयी ज़मीन टूटने की सम्भावनाएँ पैदा हुईं, और दूसरी तरफ़ फ्रॉयड के विचारों ने उस बौद्धिक संरचना को भी पुष्ट किया जो हेटरो/हेमो के द्विभाजन की निरंतरता के लिए ज़िम्मेदार थी।

चालीस और पचास के दशकों में अल्फ्रेड किंसी और उनकी टीम ने दो विशाल अध्ययन किये जिनके ज़रिये पहले पुरुष और फिर स्त्री के सेक्शुअल व्यवहार का समाजशास्त्र सामने आया। किंसी ने कई तरह के सेक्शुअल व्यवहार रेखांकित किये। उन्होंने नतीजा निकाला कि अगर एक सिरे पर पूरी तरह हेटरोसेक्शुअल व्यवहार है और दूसरे सिरे पर होमोसेक्शुअल व्यवहार, तो उनके बीच में दोनों जेंडरों के प्रति आकर्षण की नुमाइंदगी करने वाली सेक्शुअलिटीज़ भी हैं। किंसी ने यह भी कहा कि मनुष्य जीवन-भर इन सेक्शुअल श्रेणियों के बीच इधर-उधर होता रहता है। ज़ाहिर है कि किंसी स्थिर सेक्शुअल अस्मिता को वैध नहीं मानते थे। एक पृथक समलैंगिक अस्मिता की निर्मिति उनकी निगाह में समाज द्वारा होमोसेक्शुअलिटी को ख़ारिज करने की प्रतिक्रिया का परिणाम थी। हालाँकि किंसी स्वयं एक जीवविज्ञानी थे, पर उनके अनुसंधान से सेक्शुअलिटी संबंधी समाजशास्त्रीय चिंतन को ख़ासा उछाल मिला। विद्वानों ने निष्कर्ष निकाला कि सेक्शुअलिटी के मामले में पथभ्रष्ट आचरण जैसी कोई चीज़ नहीं होती। हर तरह का सेक्शुअल व्यवहार एक सामाजिक गढ़ंत है। समलैंगिकों को पथभ्रष्ट या डेविएंट कहना भी उनके प्रति शत्रुता रखने वाले सामाजिक रवैये का परिणाम है। सेक्शुअल व्यवहार की एक श्रेणी के रूप में समलैंगिकता से जुड़ी अस्मिता, संस्कृति और सामुदायिकता का व्यापक और गहरा अध्ययन किया गया। इससे यह बात भी सामने आयी कि किसी व्यक्ति को निजी स्तर पर समलैंगिक श्रेणी में डालने से होता यह है कि फिर उसके बाद उसके समलैंगिक आचरण की निगरानी आसान हो जाती है। सामाजिक नियंत्रण का यह तरीक़ा दूसरे व्यक्तियों को समलैंगिक श्रेणी में आने से हतोत्साहित करता है। यह लेबिलिंग उसे अलग-थलग डाल कर एक होमोसेक्शुअल उप-संस्कृति के निर्माण की तरफ़ धकेलती है।

अस्सी के दशक की शुरुआत में मिशेल फ़ूको ने पश्चिमी समाजों में सेक्शुअलिटी का इतिहास तीन खण्डों में पेश किया। उन्होंने मानने से इनकार कर दिया कि होमो/हेटरो द्विभाजन कोई स्थिर और इतिहास से परे जाने वाली परिघटना है। फ़ूको ने बताया कि 1869 से पहले होमोसेक्शुअलिटी और हेटरोसेक्शुअलिटी जैसे पद ही नहीं थे। इस द्विभाजन से पहले अट्ठारहवीं सदी में सेक्शुअलिटी को एक जैविकी आधारित सहज-वृत्ति मानने का आग्रह था। इसी के परिणामस्वरूप सेक्शुअलिटी को व्यक्ति के स्वास्थ्य, उसकी रुग्णता और अस्मिता की कुंजी समझा जाने लगा। इसी तर्ज़ पर उन्नीसवीं सदी में सेक्सोलॉजी का विकास हुआ। जनसंख्या नियंत्रण की विधियाँ निकलीं। सांख्यिकी और जनसांख्यकी के अनुशासन विकसित हुए। सेक्सोलॉजी ने दैहिक रोगों की औषधि और सेक्शुअल रोगों की औषधि के क्षेत्र अलग-अलग कर दिये। सेक्शुअल उपचारों का विमर्श पैदा हुआ। सेक्स का मतलब हो गया यौनक्रिया, और सेक्शुअलिटी व्यक्ति की अस्मिता का सार बनती चली गयी।

कुछ सेक्शुअल प्रवृत्तियों को स्वाभाविक माना गया, कुछ को विकृत और पथभ्रष्ट। इन श्रेणियों को यौन व्यवहार के मुताबिक़ व्यक्तियों पर आरोपित किया जाने लगा। फ़ूको ने दिखाया कि किस तरह इस विकास-क्रम के फलितार्थ ने होमो और हेटरो अस्मिताओं को सुदृढ़ किया। देह के विविध विज्ञानों ने मिल कर ज्ञान की जिस सत्ता का निर्माण किया, वह सेक्स यानी दैहिक आनंद के विज्ञान के साथ घुल-मिल गयी। इस मिश्रण में होमोसेक्शुअलिटी को विकृति के ख़ाने में डाल कर उसकी निगरानी और नियंत्रण की संरचनाएँ बनायी गयीं। इतरलैंगिक विवाह और मातृत्व को महिमामण्डित करने का दूसरा पक्ष यह था कि पुरुष समलैंगिकता के ख़िलाफ़ क़ानून बनाये गये, और स्त्री-समलैंगिकता को अदृश्य होने पर मजबूर कर दिया गया।

सेक्शुअलिटी विमर्श में नारीवादी हस्तक्षेप निर्णायक साबित हुआ। आधुनिक नारीवाद ने एक तरफ़ तो हेटरोसेक्शुअल सेक्स में सत्ता के पितृसत्तात्मक संबंध निहित देखे, और दूसरी तरफ़ सेक्स को स्त्रियों के लिए एक सकारात्मक जीवनी-शक्ति के रूप में दिखाने का प्रयास किया। साठ के दशक के दौरान और उसके बाद हुई यौन क्रांति के प्रभाव के कारण स्त्री को कामना की वस्तु मानने के बजाय पितृसत्ता की भाषा का इस्तेमाल किये बिना कामना करने वाले कर्ता की तरह परिभाषित किया गया। रैडिकल फ़ेमिनिस्टों ने इतरलैंगिकता के दायरे में स्त्री-सेक्शुअलिटी को निष्क्रिय और पुरुष-सेक्शुअलिटी को सक्रिय क़रार देने के स्थापित रवैये से लोहा लिया। अस्सी के दशक में ही पोर्नोग्राफ़ी और स्त्री-समलैंगिकता (लेस्बियनिज़्म) के इर्द-गिर्द बुने गये पितृसत्ता विरोधी सेक्शुअल विमर्श ने दावा किया कि अनिवार्य इतरलैंगिकता के ज़रिये पितृसत्ता (जो पुरुष समलैंगिकता के प्रति भी शत्रुभाव रखती है) स्त्री की सेक्शुअलिटी और प्रजनन-क्षमताओं का नियंत्रण करके उस पर भौतिक, आर्थिक और जज़्बाती क़ब्ज़ा कर लेते हैं। दूसरी तरफ़ लेस्बियनिज़्म को रुग्णता का पर्याय क़रार दे दिया जाता है।

सेक्शुअलिटी के इर्द-गिर्द होने वाली इन बहसों से एक भरा-पूरा विमर्श उभरा और सेक्शुअलिटी स्टडीज़ का विकास हुआ। कुछ पुरुष समाजशास्त्रियों ने पुरुषत्व का अध्ययन करना शुरू किया और उसे सेक्शुअलिटीज़ के सामाजिक संगठन से जोड़ कर देखा। इस सिलसिले में सत्ता और पुरुषत्व के बीच रिश्ते की मुख्य रूप से जाँच-पड़ताल की गयी। मर्दानगी की तीन क़िस्में रेखांकित की गयीं : वर्चस्वी पुरुषत्व, अधीनस्थ पुरुषत्व और सहापराधी पुरुषत्व। इतरलैंगिकता को वर्चस्वी पुरुषत्व की श्रेणी में रखा गया, और समलैंगिकता को अधीनस्थ पुरुषत्व के तहत।

नब्बे के दशक में अमेरिका में सेक्शुअलिटी के अध्येताओं ने लेस्बियन और गे स्टडी कार्यक्रम चलाया। इसका नतीजा क्वियर थियरी में निकला जिसके तहत सभी तरह की सेक्शुअल श्रेणियों और नामकरणों के प्रतिरोध की राजनीति परवान चढ़ी। फ़ूको और देरिदा के विमर्श का सहारा ले कर क्वियर थियरी ने समलैंगिकों को उनके घेटो से बाहर निकालने और इतरलैंगिक मानकीयता पर आधारित ज्ञान और सामाजिकता की संरचनाओं की गहरी जाँच-पड़ताल करने की सम्भावनाएँ जगायीं। एक विचार के तौर पर क्वियर का उभार समलैंगिक सेक्शुअलिटियों की राजनीति और एक हद तक नारीवादी राजनीति के कुछ पहलुओं के मिश्रण से हुआ है। नब्बे के दशक में इसके ज़रिये इयत्ता-रचना के कुछ सम्भव आयाम टटोले गये। क्वियर थियरी के तहत हाशियाकृत सेक्शुअलिटीज़ को अल्पसंख्यक राजनीति की तरह सूत्रबद्ध करने से बचा जाता है। यह थियरी केंद्र और परिधि के द्विभाजन के पक्ष में नहीं है। क्वियर थियरी भिन्नता के नाम पर बने तरह-तरह के केंद्रों के ख़िलाफ़ बग़ावत का संदेश देती है। वह उन भिन्नताओं के पक्ष में है जो आपस में गुँथी हुई हैं, अस्तित्व-बहुल और अर्थ-बहुल हैं और ठोस न होकर सरंध्र हैं। क्वियर थियरी किसी भी धारणा को समाज की केंद्रीय या बुनियादी मानने के लिए तैयार नहीं है। क्वियर थियरी को पूरी तरह से उत्तर-आधुनिकतावादी भी नहीं कह सकते, क्योंकि उत्तर-आधुनिक विद्वानों ने उसकी हमदर्द आलोचनाएँ भी की हैं।

देखें : अंतरंगता, ज़िग्मण्ड फ़्रॉयड-1 और 2, जूडिथ बटलर, नैंसी शोदॅरौ, जूलिया क्रिस्टेवा, पुरुषत्व, प्रेम, प्रेम-अध्ययन और नारीवादी दर्शन, फ़िल्म और सेक्शुअलिटी, ब्रह्मचर्य और सेलिबेसी, मिशेल पॉल फ़ूको-1 और 2, सेक्शुअलिटी-अध्ययन।

संदर्भ

1. मिशेल फ़ूको (1979-1985), द *हिस्ट्री ऑफ़ सेक्शुअलिटी* (तीन खण्ड), अनु. आर. हर्ली, पेंगुइन, हारमंड्सवर्थ, लंदन.
2. जे.एन. कैट्ज़ (1996), द *इनवेंशन ऑफ़ हेटरोसेक्शुअलिटी*, प्लम पेंगुइन, लंदन.
3. के. प्लमर (सम्पा.) (1981), द *मेकिंग ऑफ़ द मॉडर्न होमोसेक्शुअल*, हचिंसन, लंदन.
4. जेफ़्री वीक्स (1985), *सेक्शुअलिटी ऐंड इट्स डिसकंटेंट्स : मीनिंग, मिथ्स ऐंड मॉडर्न सेक्शुअलिटीज़*, रॉटलेज, लंदन.
5. एड्रियन रिच (1980), 'कम्पल्सरी हेटरोसेक्शुअलिटी ऐंड लेस्बियन एक्ज़िस्टेंस', *साइंस*, खण्ड 5, अंक 4.
6. मैरी ई. जॉन और जानकी नायर (सम्पा.) (2008), *कामसूत्र से 'कामसूत्र' तक : आधुनिक भारत में सेक्शुअलिटी के सरोकार*, अनु. अभय कुमार दुबे, वाणी प्रकाशन, नयी दिल्ली.
7. निवेदिता मेनन (सम्पा.) (2007), *सेक्शुअलिटीज़*, वुमन अनलिमिटेड, नयी दिल्ली.

— अनामिका

सेक्शुअलिटी-अध्ययन

(Sexuality Studies)

सेक्शुअलिटी-अध्ययन के दायरे में मुख्य तौर पर पुरुष सेक्शुअलिटी के विभिन्न रूपों की जाँच-पड़ताल की जाती है। साथ में समलैंगिक पुरुषों (गे) और समलैंगिक स्त्रियों (लेस्बियन) से जुड़े सामाजिक-राजनीतिक एजेंडों का गहन विश्लेषण किया जाता है। अध्ययन का यह क्षेत्र सेक्शुअलिटी के अन्य रूपों, जैसे उभयलैंगिकता और अंतर-यौनिकता वग़ैरह, में भी झाँकता है। सेक्शुअलिटी-अध्ययन से जुड़े हुए विद्वान पहले तो यह देखने की कोशिश करते हैं कि उत्पीड़नकारी सत्ता संबंधों में सेक्शुअलिटी और सेक्शुअलिटी संबंधी अस्मिताएँ किस तरह सहभागिता करती हैं, फिर वे यह भी पता लगाते हैं कि सत्ता की संरचनाओं को सेक्शुअलिटी के ज़रिये किस तरह विचलित किया जा सकता है। यह देख कर थोड़ा ताज्जुब हो सकता है कि सेक्शुअलिटी-अध्ययन स्त्री की सेक्शुअलिटी पर ज़्यादा ध्यान नहीं देता। इसका कारण यह है कि स्त्री-अध्ययन और जेंडर स्टडी के दायरे में स्त्री के प्रश्न पर विस्तृत विचार-विमर्श की परम्परा पहले से ही चली आ रही है। नारीवाद और सेक्शुअलिटी-अध्ययन के बीच एक फ़र्क़ यह भी है कि स्त्री-आंदोलन पर उन्नीसवीं सदी से ही उदारतावादी विचार-श्रेणियों की छाप रही है, जबकि सेक्शुअलिटी-अध्ययन का सरोकार सामाजिक परिवर्तन के मक़सद से मोटे तौर पर मार्क्सवाद प्रेरित राजनीतिक कार्रवाई के सिद्धांतीकरण से जुड़ा रहा है। बावजूद इस अंतर के नारीवादी विद्वानों ने भी इस क्षेत्र के विमर्शों में उल्लेखनीय भागीदारी की है। उनकी सहभागिता को दो चरणों में समझा जा सकता है। पहला दौर वह था जब वे सेक्शुअलिटी को पितृसत्ता की भींच में फँसा हुआ मानती थीं, और इसलिए उनका रवैया कुछ चौकन्ना होता था। दूसरे दौर में वे सत्ता और सेक्शुअलिटी के प्रति अधिक सकारात्मक नज़रिये के साथ सामने आयीं। कुल मिला कर सेक्शुअलिटी-अध्ययन और सेक्शुअलिटी की राजनीति आपस में काफ़ी गुँथी रही है।

अपनी पूर्ण विकसित अवस्था में पहुँचने से पहले सेक्शुअलिटी-अध्ययन का ज़ोर मुख्य तौर पर समलैंगिकों के साथ होने वाले भेदभाव का विरोध करने तक सीमित था। उन्नीसवीं सदी के आख़िरी और बीसवीं सदी के शुरुआती दौर की यह बौद्धिक-राजनीतिक प्रवृत्ति समलैंगिकों को समाज की पूर्ण नागरिकता दिलाने के कार्यक्रम पर अमल करती थी। इन गतिविधियों की अगली क़तारों में समलैंगिकता से हमदर्दी रखने वाले इतरलैंगिक रहते थे। लेकिन साठ और सत्तर के दशक तक यह स्पष्ट हो गया कि समलैंगिकों के व्यापक समाज में आत्मसातीकरण का यह आग्रह कोई ख़ास कामयाबी हासिल नहीं कर पा रहा है। इसके बात 'गे लिबरेशन' का झण्डा बुलंद किया गया। इसमें गे शब्द दोनों तरह के समलैंगिकों के लिए इस्तेमाल किया गया था। राजनीतिक कार्रवाई के तौर पर इस आंदोलन का मॉडल अफ़्रीकन-अमेरिकी ब्लैक-पॉवर आंदोलन से प्रभावित था। इसका केंद्रीय रूपक स्टोनवाल इन में हुए समलैंगिकों के जमावड़े पर हमले के ख़िलाफ़ उपजे रोज़ और मुक्ति के आग्रह ने मुहैया कराया। गे लिबरेशन का विमर्श एक ऐसी सेक्शुअलिटी हासिल करने के पक्ष में था जो उत्पीड़नकारी बंदिशों और समाज द्वारा आरोपित वर्जनाओं से परे जाते हुए मनुष्य की सच्ची इयत्ता की अभिव्यक्ति करती हो। इस आंदोलन ने दावा किया कि सेक्शुअलिटी सत्ता-संबंधों को पलट सकती है। डेनिस आल्टमैन जैसे लेखक इसके मुख्य प्रवक्ता थे।

सेक्शुअलिटी-अध्ययन में दूसरा बड़ा योगदान दूसरी लहर के नारीवादियों ने किया। गे लिबरेशन के चिंतकों से अलग हट कर इन विद्वानों ने इतरलैंगिकता की गहन आलोचना तैयार की। उनका कहना था कि इतलैंगिकता पर सेक्शुअलिटी का पुरुष मॉडल हावी है जिसके तहत शिश्न-प्रवेश को ही वास्तविक सेक्स की मान्यता दी जाती है और बाक़ी सब कुछ को प्राक्कीड़ा या फ़ोरप्ले कह कर कमतर बना दिया जाता है। स्त्री-मुक्ति को केंद्र बना कर किये गये इस सेक्शुअलिटी विमर्श ने आत्मरति, सेलिबेसी (जिसे भारत में ग़लती से ब्रह्मचर्य की संज्ञा दी जाती है), बलात्कार और बाल यौन-शोषण जैसी परिघटनाओं की गहन विवेचना की। इस विमर्श का परिणाम यह हुआ कि पुरुष की इतरलैंगिक कामनाओं को स्वाभाविक और सहजात मानने वाले आग्रहों पर सवालिया निशान लगाते हुए उसके राजनीतिक और सत्तासंबंधी पहलुओं का उद्घाटन किया जा सका। इसी मुक़ाम पर इतरलैंगिकता को लेकर एक यह बहस भी चली कि क्या यह स्त्री के लिए स्थाई रूप से समस्याग्रस्त शै है या इसे स्त्री के पक्ष में झुकाया भी जा सकता है।

अस्सी का दशक आते-आते समलैंगिकों के आंदोलन में ख़ुद को जातीय अल्पसंख्यकों की तरह परिभाषित करने की शक्तिशाली प्रवृत्ति पैदा हुई। लेस्बियनों को लगा कि वे पुरुष समलैंगिकों से भिन्न हैं इसलिए एक ही झण्डे के बजाय उन्हें अपनी अस्मिता पर अलग से ज़ोर देना चाहिए। वे गे-मुक्ति छोड़ कर स्त्री-मुक्ति के मुहावरे से जुड़ने लगीं। इसके तीन असर हुए। पहला, इतरलैंगिक स्त्रियों और समलैंगिक स्त्रियों की दावेदारियों के बीच एकता हुई। पहचान और अनुभव के मामले में औरतों की एक मुश्तरका तहरीक़ बनी। दूसरा, गे-पुरुषों के अलग आंदोलन की ज़मीन बनी जिससे

गे-स्टडीज़ का तानाबाना उभरा। तीसरा, इस दौर के सेक्शुअलिटी विमर्श के स्त्री-पक्ष पर लेस्बियन डिस्कोर्स बहुत हद तक हावी रहा और इतरलैंगिक स्त्रियों पर न के बराबर ही ध्यान दिया गया।

नब्बे के दशक में सेक्शुअल अस्मिताओं की राजनीति से थोड़ा मोह भंग-सा दिखाई देने लगा। गे/लेस्बियन द्विभाजन पर सवालिया निशान लगने लगे। लेस्बियन रैडिकल चिंतकों ने गे-पुरुषों की राजनीति में प्रचलित 'सेक्शुअलिटी एज़ प्लेज़र' की तरफ़दारी करते हुए स्त्री-मुक्ति के दायरे में प्रचलित वे आग्रह को ख़ारिज कर दिये जो शिश्न-प्रवेश विरोधी अनाक्रमक सेक्स की ज़रूरत पर बल दे रहे थे। इन लेस्बियनों को मुख्य तौर पर सेक्शुअलिटी की नकारात्मक परिभाषा पर आपत्ति थी। लेस्बियन रैडिकल चिंतकों का कहना था कि सेक्शुअल आनंद लेने के विकृत समझे जाने वाले तरीक़े (जैसे, परपीड़क कामुकता, पोर्नोग्राफ़ी) अनिवार्यतः पितृसत्तात्मक नहीं माने जा सकते। इन विचारकों ने आपसी सहमति के आधार पर परपीड़ा में आनंद लेने वाला सेक्स-एक्ट किया जा सकता है, स्त्रियों के लिए अलग से पोर्नोग्राफ़ी हो सकती है, और स्त्रियों के बीच बच (यौनक्रिया में सक्रिय पार्टनर) और फ़ेमे (निष्क्रिय पार्टनर) जैसे संबंधों का समर्थन किया।

गे/लेस्बियन द्विभाजन पर नस्ल, जातीयता, वर्ग और साम्राज्यवाद की रोशनी में भी आपत्तियाँ की गयीं। अल्पसंख्यक, निम्नवर्गीय और उत्तर-औपनिवेशिक संस्कृतियों से आये विमर्शकारों ने कहा कि उनके अपने अनुभवों और आवश्यकताओं की बात तो गे और लेस्बियन में विभाजित मुख्य धार की सेक्शुअलिटी राजनीति में कोई करता ही नहीं। इसके अलावा उभयलैंगिकता और द्विलैंगिकता की तरफ़ से गे/लेस्बियन विभाजन की सीमाओं पर उँगली रखी गयी। पूछा गया कि अगर स्त्री से पुरुष बना एक उभयलैंगिक व्यक्ति किसी स्त्री की तरफ़ आकर्षित होता है तो उसकी सेक्शुअल अस्मिता इतरलैंगिक समझी जाएगी या लेस्बियन? जेंडर के आईने में ऐसा व्यक्ति इतरलैंगिक लगेगा, और जैविकी के लिहाज़ से लेस्बियन। गे/लेस्बियन सेक्शुअल अस्मिता की राजनीति सामाजिक संरचनावादियों की तरफ़ से भी आलोचना का निशाना बनायी गयी। इन विद्वानों ने अस्मिताओं को ख़ारिज नहीं किया, बल्कि उनके भीतर मौजूद तात्त्विकतावादी प्रवृत्तियों को आड़े हाथों लिया।

सेक्शुअलिटी-अध्ययन के दायरे में नब्बे के दशक में मिशेल फ़ूको से प्रभावित हो कर उत्तर-आधुनिकता की ज़बरदस्त दावेदारी उभरी। इसका नतीजा क्वियर थियरी में निकला। इस विमर्श ने गे या लेस्बियन अस्मिताओं को तो ख़ारिज किया ही, परिप्रेक्ष्य-आधारित विश्लेषण की वकालत भी की। इसमें जेंडर और सेक्शुअलिटी को जोड़ने वाले विमर्शकार भी शामिल थे, और उनके बीच कोई संबंध न देखने वाले भी। उत्तर-आधुनिक विमर्श ने सेक्शुअलिटी को सत्ता का अंग ज़रूर माना, पर साथ में यह भी कहा कि क़िस्म-क़िस्म की सेक्शुअलिटियों के बीच ये सत्ता-संबंध केवल नकारात्मक और अधीनस्थता की तरफ़ धकेलने वाले नहीं होते। बल्कि, इनके तहत इयत्ता अपनी रचना करते हुए यौनानंद के स्रोतों की शिनाख़्त करती है। आज अपने नये अवतार में सेक्शुअलिटी-अध्ययन उत्तर-आधुनिक/क्वियर और 'सेक्स की तरफ़दारी' करने वाले रवैये के लिए जाना जाता है। लेकिन, इसका पहले से चला आ रहा ध्रुव भी पूरी तरह से सक्रिय है। गे और लेस्बियन अस्मिताओं के आधार पर की जाने वाली राजनीति भी मुखर है।

देखें : अंतरंगता, पुरुषत्व, प्रेम, प्रेम-अध्ययन और नारीवादी दर्शन, फ़िल्म और सेक्शुअलिटी, ब्रह्मचर्य और सेलिबेसी, मिशेल पॉल फ़ूको-1 और 2, सेक्शुअलिटी।

संदर्भ

1. एच. एबेलोव वग़ैरह (सम्पा.) (1993), द *लेस्बियन ऐंड गे स्टडीज़ रीडर,* रॉटलेज, लंदन.
2. बी. ऐडम (1995), द *राइज़ ऑफ़ अ गे ऐंड लेस्बियन मूवमेंट,* ट्वायनी, न्यूयॉर्क.
3. डी. आल्टमैन (1996), *होमोसेक्शुअल : ऑप्रेशन ऐंड लिबरेशन,* न्यूयॉर्क युनिवर्सिटी प्रेस, न्यूयॉर्क.
4. एम. वार्नर (1999), द *ट्रबुल विद नॉर्मल सेक्स : सेक्स, पॉलिटिक्स, ऐंड द इथिक्स ऑफ़ क्वियर लाइफ़,* फ्री प्रेस, न्यूयॉर्क.
5. जेफ़री वीक्स (1985), *सेक्शुअलिटी ऐंड इट्स डिसकंटेंट्स : मीनिंग्स, मिथ्स ऐंड मॉडर्न सेक्शुअलिटीज़,* रॉटलेज कीगन पॉल, लंदन.
6. जे. डी'इमिलियो (1997), 'कैपिटलिज़म ऐंड गे आइडेंटिटी', आर. लंकास्टर और एम. डी'लिओनार्डो (सम्पा.), द *जेंडर/सेक्शुअलिटी रीडर : कल्चर, हिस्ट्री, पॉलिटिकल इकॉनॉमी,* रॉटलेज, न्यूयॉर्क और लंदन.

— अनामिका

सेकुलरवाद

(Secularism)

सेकुलरवाद की व्युत्पत्ति लैटिन भाषा के शब्द 'सेकुलरिस' से हुई है। सेकुलरिस से फ़्रेंच भाषा ने सेकुलर शब्द हासिल किया जिसे मध्यकालीन अंग्रेज़ी ने अपना लिया। इसका मतलब है 'आज का समय' अर्थात् जो 'दैवी समय' से भिन्न है। आज के समय की अवधारणा में ही 'इहलोक' का विचार निहित है जो उस दुनिया यानी 'परलोक' से अलग है। धार्मिक संदर्भों में मान्यता यह है कि इस दुनिया में रहने का मतलब है एक कमतर क़िस्म के वजूद की गिरफ़्त में रहना जिससे मुक्ति केवल तभी हो सकती है जब एक बेहतर अस्तित्व यानी पारलौकिक संसार में गमन किया जा सके। सेकुलरवाद इस मान्यता का खण्डन करते हुए दावा करता है कि आज का समय यानी इहलौकिक अस्तित्व किसी पारलौकिक अस्तित्व के मुक़ाबले निकृष्ट नहीं है। मनुष्य का भौतिक और सामाजिक जगत अपने-आप में एक महत्त्वपूर्ण और निर्णायक तथ्य है। सेकुलरवाद मनुष्य और उसके संसार की इहलौकिकता का सिद्धांत है। वह धर्म के वर्चस्व, उसकी निरंकुशता और उसके आधार पर किये जाने वाले किसी भी क़िस्म के बहिर्वेशन के विरोध में खड़ा है।

सेकुलरवाद आग्रह करता है कि सामाजिक और राजनीतिक व्यवस्था संस्थागत धार्मिक प्रभुत्व से पूरी तरह मुक्त होनी चाहिए। धर्म के उत्पीड़नकारी, निरंकुश, विषमतामूलक और बहिर्वेशनकारी पहलुओं का विरोध करने के लिए सेकुलरवाद को अक्सर धर्म का ही विरोध करने की हद तक जाना पड़ता है। लेकिन, वह अनिवार्यत: धर्म का उन्मूलन करने की अपील करने वाली विचारधारा नहीं है। वह धर्मों की स्वतंत्रता, धर्म से स्वतंत्रता, धर्मों की आपसी समानता और आस्तिकों व नास्तिकों के बीच समानता की वकालत करता है। इससे स्पष्ट होता है कि सेकुलरवाद धर्म के उदात्त और आध्यात्मिक पहलुओं के प्रति शत्रुतापूर्ण रवैया नहीं अपनाता। उसका रवैया धर्म के प्रति आलोचनात्मक आदर का है।

घटनात्मक इतिहास : विरोधाभास यह है कि इहलोक के महत्त्व को स्थापित करने वाले इस सिद्धांत का उद्गम ईसाई धर्म के अंदरूनी विवादों में निहित है। *सेकुलरिस* मूलत: पुरोहितों की जमात के उस हिस्से का द्योतक था जो ईसाई मठ-व्यवस्था के नियम-क़ानूनों से असंतुष्ट थे। कैथॅलिक चर्च के सर्वग्रासी वर्चस्व के ख़िलाफ़ मार्टिन लूथर के नेतृत्व में चले प्रोटेस्टेंट आंदोलन की सफलता ने पहली बार सिद्धांत और व्यवहार में दिखाया कि ईश्वर से तादात्म्य स्थापित करने के लिए चर्च की बिचौलिया भूमिका की आवश्यकता नहीं है। सोलहवीं सदी में कैथॅलिक चर्च की धार्मिक पदानुक्रमता और परम्परानिष्ठा को दी गयी इस चुनौती ने सच्चे धर्म की भिन्न व्याख्या की और मनुष्य और ईश्वर के बीच सीधी घनिष्ठता पर ज़ोर दिया, धर्म को पुरोहितों की जकड़ से निकाला, श्रद्धालुओं की भावना को प्रमुखता दी और इस प्रक्रिया में व्यक्ति की स्वायत्तता स्थापित करने का रास्ता खोला। चर्च का प्राधिकार कमज़ोर होने का पहला लाभ राजशाहियों ने उठाया। सोलहवीं सदी में ही इंग्लैण्ड के राजा हेनरी अष्टम ने रोम से नाता तोड़ कर चर्च की सम्पत्ति ज़ब्त कर ली। धीरे-धीरे राज्य चर्च के प्रभाव से मुक्त होने लगा। प्रोटेस्टों ने धर्म-सुधार के ज़रिये जिन नये मूल्यों की स्थापना की, उन्होंने युरोपीय ज्ञानोदय द्वारा प्रवर्तित व्यक्तिवाद पर निर्णायक असर डाला। ज्ञानोदय ने धर्म को पूरी तरह से ख़ारिज तो नहीं किया, पर उसे तर्क बुद्धि की सीमाओं में क़ैद करने की तजवीज़ ज़रूर कर डाली। ऐसी बात नहीं कि धर्म ने सेकुलरवाद का बोलबाला आसानी से स्थापित हो जाने दिया हो। प्रोटेस्टेंटों के ख़िलाफ़ कैथॅलिकों ने कड़ी प्रतिक्रिया की और धार्मिक युद्धों का सिलसिला शुरू हुआ। युरोप में तीस साल तक चले युद्धों के समापन पर चर्च की सम्पत्ति पूरी तरह से राजाओं के हाथ में जाने लगी।

सत्रहवीं सदी में वेस्टफ़ेलिया की संधि तक पहुँचते-पहुँचते यह प्रक्रिया राजनीति की ज़मीन पर व्यापक रूप ग्रहण करने लगी। 1648 में इस परिघटना को सेकुलरीकरण का नाम दिया गया। उस समय तक इसका मतलब था चर्च की सम्पत्ति का राजा के नियंत्रण में हस्तांतरण। अट्ठारहवीं सदी में इस प्रवृत्ति ने और ज़्यादा ज़ोर पकड़ा। फ़्रांसीसी क्रांति में ज्ञानोदय के विचारधारा और सेकुलरीकरण के आग्रह काफ़ी ताक़तवर ढंग से व्यक्त हुए। इस क्रांति के बाद यह विचार एक मूल्यगत वक्तव्य बन गया। दो नवम्बर, 1789 को टैलीरेंड ने फ़्रांसीसी नैशनल एसेम्बली के सामने गिरजाघर की सम्पत्तियों को राष्ट्र की मातहती में लाने का एलान कुछ इस तर्ज़ पर किया जैसे कि ऐसा तो होना ही चाहिए था। इसे एक वाद का रूप उन्नीसवीं सदी के मध्य मिला। इंग्लैण्ड के एक रैडिकल अनीश्वरवादी जॉर्ज जैकब होलियॉक ने 1851 में पहली बार सेकुलरवाद शब्द का प्रयोग किया। होलियॉक राबर्ट ओवेन के समाजवादी विचारों, उपयोगितावाद और गणराज्यवाद से प्रभावित थे। नास्तिकता का झण्डा बुलंद करने के कारण वे ज़ेलयात्रा भी कर चुके थे। उनकी कोशिश थी कि नास्तिक, काफ़िर, फ़्री थिंकर और अनीश्वरवादी जैसे शब्दों की जगह कोई नयी अभिव्यक्ति खोजी जाए। उन्हें लगा कि यह ज़रूरत सेकुलरवाद पूरा कर सकता है।

होलियॉक और उनके उत्तराधिकारी चार्ल्स ब्रैडलॉ ने मिल कर इंग्लैण्ड में सेकुलर संस्थाएँ कुछ इस अंदाज़ में

खोलीं जैसे कि किसी वैकल्पिक चर्च की स्थापना करने की कोशिश की जा रही हो। इन सेकुलर संस्थाओं ने अंग्रेज़ मज़दूरों के अपेक्षाकृत खाते-पीते हिस्से को अपनी ओर आकर्षित किया। उन्होंने माँग की कि एंग्लिकन चर्च की विशेष सुविधाएँ ख़त्म की जानी चाहिए, अन्य धर्मों और नास्तिकों को भी समान अधिकार दिये जाने चाहिए, ईश्वर में आस्था न रखने वालों की गवाही भी वैध समझी जानी चाहिए और ईशनिंदा को अपराध क़रार देने वाला क़ानून रद्द कर दिया जाना चाहिए। ब्रैडलॉ जब पहली बार संसद के लिए चुने गये तो उन्होंने ईश्वर के नाम पर शपथ लेने से इनकार कर दिया। इस तरह पहली बार किसी अनीश्वरवादी को सरकारी हैसियत प्राप्त हुई। होलियॉक की मृत्यु के बाद ब्रैडलॉ का साथ एनी बेसेंट ने दिया जो बाद में हिंदू और बौद्ध प्रभाव वाले थियोसिफ़िकल आंदोलन के साथ जुड़ी और भारत आ कर उसके उपनिवेशवाद विरोधी आंदोलन की नेता बनीं।

1860 से 1914 की अवधि युरोपीय देशों में सेकुलरीकरण का दौर माना जाता है। उन्नीसवीं सदी में ही इटली के राजा विक्टर इमैनुएल ने पोप को राज्यच्युत करके उसके साथ अपना रिश्ता तोड़ लिया। इस तरह पोप की सत्ता केवल रोम स्थित वेटिकन तक रह गयी। फ्रांस में सरकार और चर्च के बीच क्रांति के ज़माने से चला आ रहा संघर्ष 1901 से 1905 के बीच अपनी चरम परिणति तक पहुँचा और चर्च की सम्पत्ति ज़ब्त कर ली गयी। फ्रांस ने सेकुलर शब्दावली में 'लाइसिज़म' जैसी अभिव्यक्ति जोड़ी जो सम्भवत: राज्य और धर्म के अलगाव को सर्वाधिक कड़ाई से परिभाषित करती है। पश्चिम युरोपीय देशों के राज्य और समाज पर रोमन कैथॅलिकवाद के शिकंजे को तोड़ने में लाइसिज़म ने निर्णायक भूमिका निभायी। रूस में पीटर द ग्रेट ने चर्च की ताक़त को कमज़ोर करने वाले क़दम उठाये। उनके बाद कैथरीन द ग्रेट और परवर्ती ज़ारों ने चर्च की सत्ता को भंग कर दिया। पुर्तगाल, स्पेन और लातीनी अमेरिकी देशों में भी कमोबेश इसी तरह के घटनाक्रम चले। उन्नीसवीं सदी में संयुक्त राज्य अमेरिका के नेताओं ने भी सेकुलर सिद्धांतों के आस-पास राजनीतिक जीवन की संरचनाएँ बनायीं। अमेरिका में धार्मिक स्वतंत्रता इतनी ज़्यादा थी कि कोई भी अपना धार्मिक सम्प्रदाय स्थापित कर सकता था, पर बुद्धिजीवियों के बीच धर्म की सामाजिक भूमिका बुद्धिवादी विवेचना के आधार पर ही निर्धारित की जाती थी।

उन्नीसवीं सदी ख़त्म होते-होते चर्च के दुर्बल हो जाने और सेकुलर विचारों के मज़बूत होने के कारण धार्मिक और अनीश्वरवादी अल्पसंख्यकों को राज्य का संरक्षण मिलने लगा। होलियॉक और ब्रैडलॉ जैसे प्रतिबद्ध लोगों द्वारा चलाये गये आंदोलनों की कोई ज़रूरत ही नहीं रह गयी। डार्विन के विकासवाद और मार्क्स के समाजवादी विचारों का प्रचार-प्रसार बढ़ गया। सेकुलरवाद इन आधुनिकतावादी और प्रगतिवादी वैचारिक आग्रहों का अभिन्न अंग था।

फ़्रांसीसी क्रांति के ज़माने से ही यह अनुभूति होने लगी थी कि राष्ट्र-राज्य आधारित राष्ट्रवाद एक ऐसी शै है जो एक ग़ैर-धार्मिक, नैतिक, राजनीतिक और सामाजिक साझेदारी का आधार बन सकती है। पोलैण्ड और आयरलैण्ड के अपवाद को छोड़ कर बाक़ी जगहों पर राष्ट्रवाद और सेकुलरीकरण का ताक़तवर गठजोड़ बनता चला गया। सेकुलरवाद की मदद से राष्ट्र के प्रति निष्ठा धार्मिक दावेदारियों से ऊपर समझी जाने लगी। अभिजन और बौद्धिक हलक़ों में समझा जाने लगा कि राष्ट्रवाद और सेकुलरीकरण के सम्मिलित प्रभाव से धर्म अब हाशिये पर जाने के लिए अभिशप्त हो गया है। 1917 की बोल्शेविक क्रांति के बाद लगा कि फ़्रांसीसी क्रांति के मूल्यों की चरम रैडिकल परिणति का वक़्त आ गया है।

राजनीतिक सेकुलरवाद का उभार : बीसवीं सदी में सेकुलरवाद आधुनिक राज्य के वैचारिक औज़ार के रूप में उभरा जिसके मुताबिक़ धर्म और उसकी संस्थाओं को सरकारी नितंत्रण में रखा जाता है, क़ानून बना कर धर्म का स्वरूप बदला जाता है और सामाजिक-आर्थिक आधुनिकीकरण किया जाता है। राज्य और धर्म के संबंध को परिभाषित करने वाले इस सिद्धांत को राजनीतिक सेकुलरवाद की संज्ञा दी जाती है। सेकुलरवाद के ऐसे इस्तेमाल के उदाहरण हैं मुस्तफ़ा कमाल पाशा का तुर्की, रज़ा शाह पहलवी का ईरान, बौरगुइबा का ट्यूनीशिया, लेनिन का सोवियत संघ, माओ का चीन और कम्युनिस्ट हुकूमतों वाले पूर्वी युरोप के देश। सेकुलरवाद की अवधारणा के घटनात्मक विकास से ज़ाहिर है कि किस तरह यह विचार धीरे-धीरे बुद्धिवाद, ग़ैर-धार्मिकता, आधुनिकतावाद और राष्ट्रवाद के साथ के साथ गुँथता चला गया। इसका परिणाम दोहरा निकला। एक तरफ़ तो सेकुलरवाद को आधुनिक युग की एक स्वाभाविक विचारधारा और स्वागतयोग्य प्रवृत्ति का दर्जा मिला, और दूसरी ओर इसे आधुनिक जीवन से उपजी कई समस्याओं का ज़िम्मेदार भी माना गया। आधुनिकता के आलोचकों ने, परम्परा को हमदर्दी की निगाह से देखने वालों ने और पश्चिमी छाप वाले समरूपीकरण के मुक़ाबले सांस्कृतिक विविधता के पैरोकारों ने सेकुलरवाद पर वैचारिक प्रहार किये। इससे भी ज़्यादा संगीन परिघटना यह हुई कि लोकतंत्र और सेकुलरवाद पर दावा ठोकने वाली एक बहुसंख्यकवाद नामक एक नयी अशुभ परिघटना उभर आयी। इन तमाम पहलुओं के अंतर्गुम्फ़न से एक ऐसा विमर्श उभरा जिसने सेकुलरवादी विचार की कई कोणों से आलोचना पेश की।

सेकुलरवाद को भारत जैसे बहुधार्मिक देशों के लिए

भी उपयुक्त माना गया। लेकिन इस प्रक्रिया में राजनीतिक सेकुलरवाद की सैद्धांतिक निष्पत्तियाँ नये सिरे से प्रश्नांकित हुई हैं। भारत में बहुसंख्यक समाज से आये नेताओं ने सेकुलरवाद को आधुनिकीकरण के मुहावरे के तौर पर अपनाया है और अल्पसंख्यकों के राजनीतिक प्रवक्ताओं ने उसे धार्मिक आज़ादी के नाम पर अपने धार्मिक-सांस्कृतिक अधिकारों की रक्षा के लिए अंगीकार किया है। भारत के संदर्भ में सेकुलरवाद, राज्य और धर्म का त्रिकोण युरोपीय या अमेरिकी मॉडल की तरह स्पष्ट नहीं है। इसी अस्पष्टता के गर्भ से भारतीय सेकुलरवाद की विशिष्ट संरचना विकसित हुई है। भारतीय राज्य को विभिन्न परिस्थितियों में विभिन्न धर्मों में हस्तक्षेप करने या न करने के बारे में संवेदनशील क़िस्म के फ़ैसले लेने पड़ते हैं जिससे राजनीति और सामाजिक चेतना में बेचैनियाँ पैदा होती हैं। अपने धुँधलकों और अपने फलितार्थों के कारण सेकुलरवाद की यह भारतीय क़िस्म समाज-विज्ञान की दुनिया में एक महाविवाद का कारण बन चुकी है।

देखें : आधुनिकता, आधुनिकीकरण, केशवराव बलिराम हेडगेवार, बहुसंख्यकवाद, बहुसंख्यक-अल्पसंख्यक, भारतीय जनता पार्टी-1 और 2, माधवराव सदाशिवराव गोलवलकर, मुसलिम राजनीतिक विचार, रामजन्मभूमि आंदोलन-1 से 4 तक, राष्ट्रीय स्वयंसेवक संघ, विनायक दामोदर सावरकर, विवेकानंद, स्त्री और साम्प्रदायिकता, सेकुलरीकरण, सेकुलरवाद बनाम बहुसंख्यकवाद, सेकुलर बनाम धार्मिक राज्य, सेकुलर राष्ट्रवाद के धार्मिक आयाम, सेकुलरवाद : भारतीय मॉडल-1 और 2, सेकुलरवाद : महाविवाद-1 से 7 तक, साम्प्रदायिकता, हिंदुत्व।

संदर्भ

1. राजीव भार्गव (2008), 'सेकुलरिज़्म', राजीव भार्गव और अशोक आचार्य (सम्पा.), *पॉलिटिकल थियरी : ऐन इंट्रोडक्शन,* पियर्सन लोंगमेन, नयी दिल्ली.
2. अभय कुमार दुबे (सम्पा.) (2005), *बीच बहस में सेकुलरवाद,* लोक-चिंतन ग्रंथमाला, वाणी, नयी दिल्ली.
3. सच्चिदानंद सिन्हा (1993), *धर्मनिरपेक्षता : परम्परा और प्रासंगिकता,* 'आज के प्रश्न' शृंखला, वाणी, नयी दिल्ली.
4. सत्यपाल गौतम (1991), 'धर्मनिरपेक्षता', *समाज दर्शन,* हरियाणा साहित्य अकादमी, चंडीगढ़.

— अभय कुमार दुबे

सेकुलरीकरण

(Secularisation)

अगर सेकुलरिज़्म एक सिद्धांत और विचारधारा का नाम है जिसके आधार पर राज्य और धर्म के बीच पार्थक्य की दीवार खड़ी की जाती है, तो सेकुलरीकरण एक प्रक्रिया है जो आधुनिकता के इतिहास और आधुनिकीकरण के सिलसिले से जुड़ी हुई है। समाज-विज्ञान की दुनिया में मैक्स वेबर जैसे उत्तर-मार्क्स समाजशास्त्रियों ने सेकुलरीकरण की प्रक्रिया को अपने विमर्श में महत्त्वपूर्ण स्थान दिया। इसी मुक़ाम पर समाज वैज्ञानिकों ने सेकुलरवाद के सिद्धांत और सेकुलरीकरण की अलग-अलग शिनाख़्त की। उन्होंने देखा कि हमजोली होने के साथ-साथ इन दोनों का विकास एक-दूसरे से स्वतंत्र भी है।

वेबर के मुताबिक़ समाज में बुद्धिवाद और विज्ञान का विकास अलौकिक शक्तियों में आस्था और अंधविश्वास को प्रतिस्थापित करता चला जाता है जिससे 'दुनिया का मोहभंग' सम्पन्न होता है। इसके फलस्वरूप धार्मिक संस्थाओं को कुछ ऐसे परिवर्तनों की शुरुआत करनी पड़ती है जो उन्हें सेकुलरीकरण के कारण बदलती हुई दुनिया के साथ तालमेल करने में मददगार हो सकें। अपने बेहद शुरुआती चरण में यह प्रक्रिया वाचिक परम्परा से लेखन की संस्कृति की तरफ़ धीमे संक्रमण के रूप में घटित हुई थी जिसके कारण ज्ञान का पहले के मुक़ाबले अधिक प्रसार होने लगा। इस परिघटना के कारण ईश्वर प्रदत्त ज्ञान के वाहक के रूप में पुरोहितों की प्रतिष्ठा कम कर दी। धीरे-धीरे शिक्षा की ज़िम्मेदारी परिवार और समुदाय के हाथ से निकल कर राज्य की होती चली गयी जिसके दो नतीजे निकले। पहला, सामुदायिक विवेक की व्यक्ति के विवेक पर श्रेष्ठता का ह्रास हुआ, और दूसरा, सामुदायिक गतिविधियों के बिखराव के कारण धर्म अधिकतर सार्वजनिक जीवन से निजी जीवन की परिघटना बनता चला गया।

सामाजिक संरचनाओं के संदर्भ में सेकुलरीकरण का एक मतलब विभेदीकरण भी लगाया जाता है। युरोपीय समाजशास्त्र ने मानवशास्त्रीय अध्ययनों के ज़रिये आदिम समाजों के आधुनिकता में दीक्षित होने की प्रक्रियाओं पर काफ़ी ज़ोर दिया था। समाज-विज्ञान की यह परम्परा परिवर्तन के इस सिलसिले को प्रगति के विचार की विजय के रूप में देखती थी, पर विख्यात समाज वैज्ञानिक टालकोट पार्संस ने समाज को एक ऐसी प्रणाली की तरह देखने पर बल दिया जो लगातार विभेदीकरण के दौर से गुज़रती रहती है। पार्संस के मुताबिक़ समाज के टिके रहने के लिए ज़रूरी होता है कि पुरानी एकाश्म संस्थाएँ टूटें और उनकी जगह नयी

संस्थाएँ लें। इस तरह कम विभेदीकृत संस्थागत ढाँचे की जगह अधिक विभेदीकृत ढाँचा लेता चला जाता है। इसका मतलब यह भी है सेकुलरीकरण की वजह से चलने वाली वह प्रक्रिया जिसके कारण समाज के आर्थिक, राजनीतिक, क़ानूनी, वैज्ञानिक और नैतिक आयाम उत्तरोत्तर एक-दूसरे से विशिष्ट होते चले जाते हैं। धर्म या धार्मिक अनुभव हर तरह के ज्ञान का स्रोत नहीं रह जाता। संस्थाओं पर सेकुलरीकरण का असर किस तरह पड़ता है इसका उदाहरण हार्वर्ड विश्वविद्यालय के रूप में देखा जा सकता है। किसी ज़माने में प्रमुख रूप से धार्मिक समझी जाने वाली इस विश्व प्रसिद्ध संस्था के धर्म संबंधी आयाम केवल अब उसके डिविनिटी स्कूल में सिमट कर रह गये हैं।

विभेदीकरण की थीसिस का इस्तेमाल करते हुए खोसे कासानोवा ने सूत्रीकरण किया है कि सेकुलरीकरण न सिर्फ़ राज्य, अर्थव्यवस्था और विज्ञान को अलग-अलग करते हुए स्वतंत्र दायरों में ले जाता है, बल्कि इसके कारण स्वयं धार्मिक दायरा अपने भीतर विभेदीकृत और विशिष्टीकृत होता चला जाता है। यह थीसिस बताती है कि किस तरह सेकुलरीकरण धर्म के प्रभाव को सीमित ही नहीं करता, बल्कि वह उसे भीतर से बदलने की भूमिका भी निभाता है।

इतिहास : उन्नीसवीं सदी के मध्य में इंग्लैण्ड के रैडिकल अनीश्वरवादी जॉर्ज जैकब होलियॉक द्वारा सेकुलरवाद शब्द का पहली बार इस्तेमाल किये जाने से पहले ही सेकुलरीकरण का पद गढ़ा जा चुका था। सत्रहवीं सदी के आठवें दशक में ही चर्च की सम्पत्ति का राज्य के संचालन में हस्तांतरण होने की प्रक्रिया को सेकुलरीकरण का नाम दे दिया गया था। इस प्रक्रिया ने अट्ठारवीं सदी में ज़ोर पकड़ा और अमेरिकी क्रांति और फ्रांसीसी क्रांति ने इस प्रक्रिया को आधुनिकता और राष्ट्रवाद के साथ पूरी तरह से जोड़ दिया।

सेकुलरवाद जहाँ आधुनिक राज्य के औज़ार की तरह उभरा वहाँ सेकुलरीकरण की प्रक्रिया राज्य के इरादों पर निर्भर होने के बावजूद अनिवार्य तौर पर उसके आधीन कभी नहीं रही। राज्य अगर सेकुलर है तो यह प्रक्रिया तेज़ रफ़्तार से चलती है, पर अगर राज्य सेकुलर नहीं है तो भी समाज के धरातल पर धीमी गति से ही सही पर यह प्रक्रिया चलती रहती है। कुछ विशेष परिस्थितियों को छोड़ कर यह कभी बंद नहीं होती। सेकुलरीकरण के सिलसिले पर निगाह रखने वालों का कहना तो यहाँ तक है कि ख़ुद को धर्मतंत्रीय घोषित करने वाले राज्यों (जैसे, ईरानी इसलामी गणराज्य) में भी भले ही स्वीकार न किया जाए पर सेकुलरीकरण की गतिशीलता सामाजिक संरचनाओं और व्यक्तिगत जीवन को प्रभावित करती रहती है। परम्परागत समाजों का आधुनिक दायरे में आना, धर्म का सार्वजनिक दायरे से हट कर उत्तरोत्तर निजी दायरे में जाना, आधुनिक शिक्षा के प्रचार-प्रसार, शहरीकरण और उद्योगीकरण को सेकुलरीकरण का माध्यम और परिणाम माना गया है।

कालांतर में यह भी देखा गया है कि मंदिर जाने वालों, चर्च में प्रार्थना करने वालों या मसजिद में नमाज़ पढ़ने वालों की संख्या में कमी आने या बढ़ोतरी जैसे आँकड़ों से सेकुलरीकरण की रफ़्तार का ठीक-ठीक अंदाज़ा नहीं लगाया जा सकता। इसकी वजह है कि कई परिस्थितियों में सेकुलरीकरण उपासना के चलन को कम हतोत्साहित करने के बावजूद धर्म के सार और उसकी लोकप्रिय समझ में ख़ामोशी से परिवर्तन कर देता है। लोग पूजा-अर्चना करते रहते हैं, और उनका व्यक्तिगत व सार्वजनिक जीवन सेकुलरीकृत भी होता रहता है।

इस लिहाज़ से कहा जा सकता है कि सेकुलरीकरण एक ऐसी प्रक्रिया है जो धार्मिकता के स्वरूप को और अंततः धर्म के स्वरूप को ही बदल देती है। वह एक ऐसी अस्मिता रचती है जो भले ही किसी पुराने नाम से पुकारी जाती हो, पर अपने सार में बदली हुई होती है। युरोपीय और अमेरिकी ईसाइयों पर सेकुलरीकरण का ऐसा असर साफ़ दिखता है। सेकुलरीकरण के दौर में पला-बढ़ा, ख़ुद को हिंदू कहने वाला और कुछ हिंदू धर्म-विधियों का पालन करने वाला व्यक्ति भी सेकुलरीकरण के दौर से पहले वाले हिंदू से कई मायनों में भिन्न होता है। अपने सार्वजनिक जीवन में या उत्पादन प्रक्रिया में संलग्न होने पर वह या तो धर्म का कतई इस्तेमाल नहीं करता या फिर धर्म के राजनीतिक संस्करण का प्रयोग करता है जिसका धार्मिकता या आध्यात्मिकता से कोई ताल्लुक़ नहीं होता। इसी तरह दक्षिण एशिया की अन्य धार्मिक परम्पराओं का भी सेकुलरीकरण हुआ है। माना जाता है कि मुहम्मद इक़बाल और सैयद अहमद ख़ान ने इसलाम के सेकुलरीकरण की मुहिमें चलाई थीं। डॉ. भीमराव आम्बेडकर ने तो बुद्ध धर्म के सेकुलरीकरण का पूरा शास्त्र ही तैयार कर डाला था।

स्वामी विवेकानंद को श्रेय दिया जाता है कि उन्होंने भगवा वस्त्र पहनने और अद्वैत का प्रचार करने के बावजूद हिंदू धर्म में सामाजिक न्याय के पहलुओं का समावेश करके उसके सेकुलरीकरण का आधार तैयार किया। विद्वानों ने राजनीति से धर्म को आवेशित करने का आग्रह कई बार करने वाले गाँधी को भी हिंदू धर्म का भरपूर सेकुलरीकरण करने का श्रेय दिया है। हिंदू समाज के भीतरी मामलों में अंग्रेज़ी हुकूमत के हस्तक्षेप का विरोध करने वाले बाल गंगाधर तिलक ने भी अपने प्रयासों से हिंदू समाज के अंदरूनी सेकुलराइज़ेशन में योगदान किया था। दरअसल, बहुत से भारतीय समाज सुधारकों ने धर्म विरोध हुए बिना धर्म से लगाव के कारण अपने-अपने धार्मिक समुदायों में सुधार की जो मुहिमें चलाईं, उनके भीतर सेकुलरीकरण के प्रभावशाली पहलू मौजूद थे।

देखें : आधुनिकता, आधुनिकीकरण, केशवराव बलिराम हेडगेवार, बहुसंख्यकवाद, बहुसंख्यक-अल्पसंख्यक, भारतीय जनता पार्टी-1 और 2, माधवराव सदाशिवराव गोलवलकर, मुसलिम राजनीतिक विचार, रामजन्मभूमि आंदोलन-1 से 4 तक, राष्ट्रीय स्वयंसेवक संघ, विनायक दामोदर सावरकर, विवेकानंद, स्त्री और साम्प्रदायिकता, सेकुलरवाद, सेकुलरवाद बनाम बहुसंख्यकवाद, सेकुलर बनाम धार्मिक राज्य, सेकुलर राष्ट्रवाद के धार्मिक आयाम, सेकुलरवाद : भारतीय मॉडल-1 और 2, सेकुलरवाद : महाविवाद-1 से 7 तक, साम्प्रदायिकता, हिंदुत्व।

संदर्भ

1. सी.जे. समरविले (1998), 'सेकुलर सोसाइटी, रिलीजस पॉपुलेशन : अवर टेसिट रूल्स फ़ॉर यूज़िंग द टर्म सेकुलराइज़ेशन', *जरनल फ़ॉर द साइंटिफ़िक स्टडी ऑल रिलीजन,* खण्ड 37, अंक 2.
2. जोसे कासानोवा (1994), *पब्लिक रिलीजंस इन द मॉडर्न वर्ल्ड,* युनिवर्सिटी ऑफ़ शिकागो प्रेस, शिकागो.
3. मार्टिन डेविड (2005), *ऑन सेकुलराइज़ेशन : टुवर्ड्स अ रिवाइज़्ड जरनल थियरी,* एशगेट पब्लिशिंग कम्पनी, न्यूयॉर्क.
4. पिपा नॉरिस और रोनाल्ड इंग्लेहार्ट (2004), *सेक्रेड ऐंड सेकुलर, रिलीजन ऐंड पॉलिटिक्स वर्ल्डवाइड,* केम्ब्रिज युनिवर्सिटी प्रेस, केम्ब्रिज.

— अभय कुमार दुबे

सेकुलर बनाम धार्मिक राज्य

(Secular Versus Religious State)

सेकुलरवाद, राज्य और धर्म के त्रिकोण का आज तक कोई एक निश्चित फ़ार्मूला नहीं बन पाया है। समाज-विज्ञान की दुनिया में इस मुद्दे पर कई बौद्धिक क़वायदें हुई हैं। धर्म को अहमियत देने वाले राज्य और सेकुलर राज्य के बीच तुलनात्मक चर्चा करके इस त्रिकोण की कुछ समझ बनायी जा सकती है।

धर्म को अहमियत देने वाले राज्य मोटे तौर पर तीन तरह के देखे गये हैं : धर्मतंत्रीय राज्य, किसी एक धर्म को स्थापित करने वाले राज्य और कई धर्मों को स्थापित करने वाले राज्य। धर्मतंत्रीय राज्य में पुरोहित वर्ग किन्हीं दैवी क़ानूनों के तहत राजतंत्र का संचालन करता है। ऐसे राज्यों में धर्मतंत्र और राजतंत्र एक-दूसरे के पर्याय हो जाते हैं। अयालुल्ला ख़ुमैनी ने जिस ईरानी इसलामिक गणराज्य की स्थापना की थी और तालिबान द्वारा अफ़ग़ानिस्तान में स्थापित हुकूमत धर्मतंत्रीय राज्य के स्पष्ट उदाहरण हैं। अगर भारतीय राज्य धर्मशास्त्रों के मुताबिक़ ब्राह्मणों द्वारा संचालित किया जाए, तो उसे भी धर्मतंत्रीय कहा जाएगा। किसी एक धर्म को औपचारिक और क़ानूनी मान्यता दे कर उसके साथ अधिकारिक गठजोड़ करने वाला राज्य धर्मतंत्रीय राज्य से भिन्न होता है, क्योंकि पुरोहित वर्ग उसके ऊपर सीधे हुकूमत नहीं करता। ऐसे राज्य में धार्मिक संस्थाएँ और धार्मिक कारकुन राजनीतिक संस्थाओं और राजनीतिक कारकुनों से अलग होते हैं। राज्य धार्मिक लक्ष्यों को सर्वोपरि मानते हुए भी अलग तरह से काम करता है, उसकी सत्ता संरचनाएँ और उसके आंतरिक मानक भिन्न होते हैं। राज्य और धर्म का यह अलगाव अंतिम विश्लेषण में धर्म की सेवा में लगता है। मसलन, राज्य द्वारा जमा किया गया राजस्व धार्मिक कामों में ख़र्च किया जाता है और राज्य ऐसे क़ानून भी बना सकता है जो लोगों को धार्मिक एकत्रीकरण के लिए विवश करते हों। शताब्दियों तक इंग्लैण्ड, स्कॉटलैण्ड और जर्मनी ऐसे ही राज्य रहे हैं। उनमें प्रोटेस्टेंट ईसाइयत का बोलबाला रहा है। इटली और स्पेन ने कैथॅलिक धर्म को झण्डा बुलंद किया है। आज के ज़माने में पाकिस्तान और सऊदी अरब ऐसे ही राज्य हैं। एक से ज़्यादा धर्मों को मान्यता देने वाले राज्यों में धार्मिक सहिष्णुता का गुण होता है। अशोक द्वारा स्थापित राज्य इसका एक नज़दीकी उदाहरण है। मुग़ल सम्राट अकबर की महत्त्वाकांक्षाएँ भी इसी तरह का राज्य स्थापित करने की थी। चौदहवीं सदी का विजयनगर साम्राज्य भी ऐसा ही एक उदाहरण है जिसमें शैव, वैष्णव और जैन मत को एक साथ मान्यता दे रखी थी।

सेकुलर राज्य इन तीनों क़िस्म के राज्यों से अलग तरह का होता है। न तो धार्मिक लक्ष्य उसके लक्ष्य हो सकते हैं, न ही उसका संस्थागत रूप से धर्म से कोई रिश्ता हो सकता है और न ही क़ानून और सरकारी नीति के स्तर पर उसका धर्म से कोई लेन-देन सम्भव है। न वह किसी एक धर्म की स्थापना करेगा, न ही धार्मिक सहिष्णुता के नाम पर एक से अधिक धर्मों की।

राज्य और धर्म के अलगाव का एक स्थापित मॉडल राज्य और चर्च के पार्थक्य का है। कुछ विद्वान सेकुलरवाद को इस मॉडल का पर्याय मानते हैं, पर अधिक गहराई में जाने पर पता लगता है कि चर्च और राज्य का पार्थक्य किसी राज्य को सेकुलर बनाने के लिए ज़रूरी तो है पर अपने आप में पर्याप्त शर्त नहीं है। इस तरह का पार्थक्य तो तकनीकी रूप से उन राज्यों में भी होता है जो पुरोहित वर्गों द्वारा शासित नहीं होते और जहाँ धार्मिक और राजनीतिक तंत्र अलग-अलग काम करते हैं। सेकुलर राज्य के लिए लाज़मी यह है कि वह न केवल धार्मिक तंत्र से उसके विशेषाधिकार छीन ले, बल्कि उसके लक्ष्य भी प्रमुख रूप से सेकुलर हों। लेकिन, अगर

कोई राज्य सिर्फ़ सत्ता और सम्पत्ति अर्जित करने तक सीमित रहता है और शासितों की वफ़ादारी जीतने के लिए उनके धर्म में अ-हस्तक्षेप की नीति अपनाता है तो उसका सेकुलरवाद मूल्य आधारित नहीं माना जाएगा। भारत में अंग्रेज़ों की औपनिवेशिक हुकूमत इसी क़िस्म की थी। ऐसी हुकूमत ज़रूरत पड़ने पर धर्म से नाता जोड़ भी लेती है। एक मूल्य आधारित सेकुलर राज्य तभी बन सकता है जब वह सत्ता और सम्पत्ति को सेकुलर आधारों पर अर्जित करने के साथ-साथ शांति, स्वतंत्रता और समानता का वाहक बनते हुए शासितों को पूर्ण नागरिकता प्रदान करता हो।

एक मूल्य आधारित सेकुलर राज्य सामाजिक शांति-व्यवस्था की गारंटी करता है, भले ही उस राज्य में उत्तम जीवन की एक से अधिक परस्पर प्रतियोगितारत धारणाएँ सक्रिय हों। ऐसा राज्य अपनी नीतियों को इस प्रकार बनायेगा ताकि इन धारणाओं की वाहक शक्तियाँ आपस में बर्बरतापूर्ण संघर्ष पर न उतर सकें। मूल्य आधारित सेकुलर राज्य सहिष्णुता के उसूल पर चलता है और धार्मिक आधार पर किसी के उत्पीड़न की इजाज़त नहीं देता। वह एक तितरफ़ा धार्मिक स्वतंत्रता को कार्यान्वित करेगा। इसके तहत एक धर्म के भीतर उसके सदस्यों को बिना किसी उत्पीड़न के डर के उस धर्म की प्रधान या वर्चस्वी व्याख्याओं से असंतुष्ट होने, उन्हें चुनौती देने, उनकी आलोचना करने और उनके ख़िलाफ़ गोलबंदी करने के अधिकार की गारंटी होनी चाहिए। दूसरे, यह धार्मिक स्वतंत्रता एक धर्म को दूसरे धर्म पर प्राथमिकता नहीं प्राप्त करने देगी। तीसरे, यह अपने जन्मना धर्म को त्यागने और दूसरा धर्म क़बूल करने या बिना किसी धर्म के रहने की पूरी छूट देगी।

मूल्य आधारित सेकुलर राज्य से आशा की जाती है कि वह अपने नागरिकों को हुकूमत की आलोचना करने, उसके ख़िलाफ़ लोकतांत्रिक ढंग से जन-गोलबंदी करने और उसका विकल्प प्रस्तावित करने तक की अनुमति देगा। अमेरिकी संविधान में फ़र्स्ट एमेंडमेंट के नाम से मशहूर अनुच्छेद सेकुलरवाद से जुड़ी हुई धार्मिक स्वतंत्रता का विस्तार एक अधिक सामान्य धरातल पर अभिव्यक्ति की, शांतिपूर्ण गोलबंदी की और राजनीतिक असहमति की स्वतंत्रता तक करता है।

भिन्न सेकुलर राज्य धर्म के साथ अपने संबंध अलग-अलग ढंग से परिभाषित करते हैं। कुछ सेकुलर राज्य अपने मामलों में धर्म को क़तई हस्तक्षेप नहीं करने देते, पर स्वयं उनका रवैया हस्तक्षेपकारी होता है। भारत का सेकुलर राज्य धर्म में विधि निर्माण के ज़रिये सुधार करता है और आधुनिकीकरण की परियोजना अंजाम देता है। लेकिन वह धर्म को नष्ट करने के लिए अपनी शक्तियों का उपयोग नहीं करता। लेकिन, कुछ ऐसे राज्य भी होते हैं जो अपनी दख़लंदाज़ी के ज़रिये धर्म को नियंत्रित करने से लेकर उसे नष्ट करने तक के उपाय करते हैं। धर्म को भ्रांत चेतना, दकियानूसीपन या अंधविश्वास क़रार दे कर ऐसे राज्य पूरी तरह से धर्मविरोधी रवैया तक अख़्तियार कर लेते हैं। कम्युनिस्ट राज्य, तुर्की का सेकुलर राज्य या उन्नीसवीं सदी का फ़्रांसीसी लाइसिज़्म इसका उदाहरण है। कुछ अन्य सेकुलर राज्य न तो धर्म को हस्तक्षेप करने देते हैं और न ही उसमें दख़ल देते हैं। धर्म को निजी मामला मान कर वे न तो उसके साथ सकारात्मक संबंध रखते हैं और न ही नकारात्मक संबंध। ऐसे राज्यों में धर्म का निजीकरण हो जाता है। अमेरिकी सेकुलरवाद इसी क़िस्म का है। दिलचस्प बात यह है कि एक धर्म की स्थापना करने के बावजूद कोई राज्य सेकुलर राज्य की श्रेणी में माना जा सकता है। ब्रिटेन एक ऐसा ही राज्य है। वह एंग्लीकन चर्च को औपचारिक मान्यता देने के बावजूद एक मूल्य आधारित सेकुलर राज्य की ऊपर वर्णित कसौटियों पर खरा उतरता है।

देखें : आधुनिकता, आधुनिकीकरण, केशवराव बलिराम हेडगेवार, बहुसंख्यकवाद, बहुसंख्यक-अल्पसंख्यक, भारतीय जनता पार्टी-1 और 2, माधवराव सदाशिवराव गोलवलकर, मुसलिम राजनीतिक विचार, रामजन्मभूमि आंदोलन-1 से 4 तक, राष्ट्रीय स्वयंसेवक संघ, विनायक दामोदर सावरकर, विवेकानंद, स्त्री और साम्प्रदायिकता, सेकुलरवाद, सेकुलरीकरण, सेकुलरवाद बनाम बहुसंख्यकवाद, सेकुलर राष्ट्रवाद के धार्मिक आयाम, सेकुलरवाद : भारतीय मॉडल-1 और 2, सेकुलरवाद : महाविवाद-1 से 7 तक, साम्प्रदायिकता, हिंदुत्व।

संदर्भ

1. माइकिल वाल्ज़र (1984), 'लिबरलिज़म ऐंड द आर्ट ऑफ़ सेपरेशन', *पॉलिटिकल थियरी,* खण्ड 12, अंक 3.
2. राजीव भार्गव (2008), 'सेकुलरिज़म', राजीव भार्गव और अशोक आचार्य (सम्पा.), *पॉलिटिकल थियरी : ऐन इंट्रोडक्शन,* पियर्सन लोंगमेन, नयी दिल्ली.
2. अभय कुमार दुबे (सम्पा.) (2005), *बीच बहस में सेकुलरवाद,* लोक-चिंतन ग्रंथमाला, वाणी, नयी दिल्ली.
4. निकी आर. किड्डी, (2003) 'सेकुलरिज़म ऐंड इट्स डिस्कंटेंट्स', *डेडलस,* ग्रीष्म.
5. बर्नार्ड लेविस (1968), इमरजेंस ऑफ़ मॉडर्न टर्की, ऑक्सफ़र्ड युनिवर्सिटी प्रेस, लंदन.

— अभय कुमार दुबे

सेकुलर राष्ट्रवाद के धार्मिक आयाम

(Religious Dimensions of Secular Nationalism)

क्या धर्म को राजनीतिक और सार्वजनिक जीवन से विस्थापित कर देने वाले सेकुलर राष्ट्र-राज्य के भी धार्मिक आयाम हो सकते हैं? क्या ये आयाम एक सीमा के बाद राष्ट्र-राज्य के सेकुलर पहलुओं के ऊपर हावी भी हो जाते हैं? इन प्रश्नों का उत्तर देने से पहले हमें मार्क्स का वह कथन याद रखना चाहिए जिसमें उन्होंने राज्य और धर्म के पार्थक्य पर टिप्पणी करते हुए कहा था कि राज्य के धर्म से मुक्त हो जाने का मतलब यह नहीं निकाला जाना चाहिए कि मनुष्य भी धर्म से मुक्त हो जाएगा। इसलिए विरोधाभासी और अंतर्विरोधी लगने के बावजूद इन सवालों का जवाब हाँ में है। सेकुलर राष्ट्र-राज्य ने धर्म को राजसत्ता का सिंह-द्वार नहीं रहने दिया, लेकिन वह उसे राजनीति से पूर्णत: बहिष्कृत नहीं कर पाया। सामाजिक धरातल पर धर्म का निजीकरण हो गया, अर्थात् उसके लिए गुंजाइशें बनी रहीं। इसका फ़ायदा उठा कर आमने-सामने की लड़ाई में पिट जाने के बावजूद उसने पिछले दरवाज़े से सेकुलर राष्ट्र-राज्य में घुसपैठ करने में कामयाबी हासिल की। इस परियोजना में उसे पश्चिमी सेकुलरवाद के उन आयामों से मदद मिली जिनके पीछे धार्मिक अंत:प्रेरणाएँ काम कर रही थीं।

ये धार्मिक अंत:प्रेरणाएँ क्या थीं और क्या हैं? इतिहास पर एक सरसरी नज़र डालने से स्पष्ट हो जाता है कि चर्च और राज्य का पार्थक्य ईसाइयत का आंतरिक और पश्चिमी सेकुलरवाद का अभिन्न घटक है। इसका उद्‌गम ईसाई धर्म के भीतरी विवादों में निहित रहा है। मार्टिन लूथर द्वारा प्रवर्तित प्रोटेस्टेंटवाद के बिना आज के सेकुलरवाद की कल्पना भी नहीं की जा सकती। इसीलिए सेकुलरवाद के कई आलोचक उसे एक प्रोटेस्टेंट रचना के रूप में पेश करते हैं। उनकी मान्यता है कि सेकुलरवाद सार्वभौम होने के दिखावे के पीछे अपने प्रोटेस्टेंट उद्‌गम को छिपाने की कोशिश करता है। अपने इसी पहलू के कारण वह संस्कृतियों के आर-पार मान्यता प्राप्त विचार की तरह विकसित होने में नाकाम हो गया है। प्रोटेस्टेंटीकृत और निजीकृत धर्मों के साथ सहज महसूस करने वाला सेकुलरवाद ऐसे धर्मों से निबटने में अक्षम है जो समुदायपरक हैं और जिनकी सार्वजनिक जीवन में प्रभावशाली उपस्थिति है। समूहों और समुदायों के प्रति ग़ैर-संवेदनशील होने के नाते यह सामुदायिक अधिकारों को सेकुलर दायरे से बाहर की चीज़ मानता है।

विचार के तौर पर सेकुलरवाद के ये पहलू उस समय धर्म के बाहरी और भीतरी प्रभाव से ग्रस्त हो जाने के लिए और अभिशप्त हो जाते हैं जब उसका राष्ट्रवाद से गठजोड़ होता है। उन्नीसवीं सदी तक सेकुलरवाद एक सिद्धांत के तौर पर नास्तिकवाद, अज्ञेयवाद और बुद्धिवाद का पर्याय बन चुका था। लेकिन, सेकुलर राष्ट्रवाद की व्यावहारिकताएँ विद्वत्तापूर्ण पुस्तकों में दर्ज सेकुलर सिद्धांत से अलग तरह की थीं। अपने बोलबाले के लिए सेकुलर राष्ट्रवाद को भी तर्कातीत क़िस्म की निष्ठाओं ('बुद्धि की देवी के शिष्यों में अंध आस्था') की आवश्यकता थी। यह ज़रूरत सेकुलर आस्था में निहित एक अदृश्य धार्मिक मर्म की तरफ़ इशारा करती है।

फ्रांसीसी क्रांति ने रैडिकल लोकतंत्र, राष्ट्रवाद और सेकुलरवाद के गठजोड़ की जो विरासत आधुनिक जगत को सौंपी है, उसमें धार्मिक आवेग के तत्त्व रहे हैं। यह क्रांतिकारी लोकतंत्र अपने अनुयायियों से उम्मीद करता था कि वे बुद्धि की देवी के उन प्रिय शिष्यों के नेतृत्व में अंध आस्था रखेंगे जिनकी प्रगल्भ वक्तृता उन्हें लोकतंत्र की मशाल थमाने जा रही है। इसी तरह अमेरिकी सेकुलरवाद को जन्म देने वाली लोकतांत्रिक क्रांति का भी एक धार्मिक पहलू था। उसके कई नेताओं के ऊपर अट्ठारहवीं सदी के उस धार्मिक मत का प्रभाव था जिसके तहत चर्च के धर्म को विज्ञान की कसौटी पर कसने के बाद ख़ारिज करने की मुहिम चलाई गयी थी। अमेरिका की ही तरह फ्रांस ने भी 'सिविल रिलीज़न' जैसी धारणाएँ विकसित की थीं जिसमें सेकुलर राष्ट्रवाद और ईसाइयत के प्रतीक चिह्नों का सहअस्तित्व था।

दूसरी तरफ़ ईसाइयत ने भी सेकुलर आक्रमण के ख़िलाफ़ दोहरी रणनीति अपनायी। इस रणनीति का एक पहलू रक्षात्मक पैंतरा लेते हुए सेकुलर ईसाइयत के विचार का सूत्रीकरण करना था। बीसवीं सदी में जर्मन धर्मशास्त्री बीट्रिश बॉनहोफ़र ने घोषित किया कि ईसाइयत की सेकुलर व्याख्या अनिवार्य है। इस प्रक्रिया के परिणामस्वरूप पश्चिम ने बाक़ी दुनिया को जो सेकुलर संरचनाएँ थमायीं, उनमें ईसाइयत के कई सेकुलरीकृत रूप थे। मिसाल के तौर पर पोप ग्रेगरी द्वारा बनाया गया कैलेण्डर, रविवार को रखा जाने वाला साप्ताहिक अवकाश और क्रॉस की प्रतीक चिह्न नेक-टाई। रोज़मर्रा के इस्तेमाल में आने वाली इन बातों के ईसाई इतिहास की चर्चा शायद ही कभी होती हो।

रणनीति का दूसरा पहलू ईसाइयत द्वारा सेकुलर राजनीति में सीधे हस्तक्षेप के रूप में सामने आया। जिस ज़माने में युरोप में सेकुलरवाद की दुंदुभि बज रही थी, उसी समय जर्मनी के कैथॅलिकों ने अपना राजनीतिक दल बनाया और उल्लेखनीय ताक़त हासिल करके दिखाई। पिछले पचास

साल में युरोपीय राजनीति में धर्म आधारित पार्टियों ने बार-बार अपनी दावेदारियाँ पेश की हैं। अमेरिका में धर्म की समाजशास्त्रीय और बुद्धिवादी व्याख्याओं के ख़िलाफ़ उन्नीसवीं सदी के आख़िरी दशकों से ही प्रोटेस्टेंट अनुदारतावादियों का आंदोलन चल रहा है। ये लोग प्राथमिक शिक्षा के स्तर से ही व्यक्ति के जीवन में धार्मिक अंश बढ़ाने की पैरोकारी करते हैं। अमेरिकी जन-जीवन पर कैथॅलिक चर्च के प्रभाव को भी कम करके नहीं आँका जा सकता। गर्भपात को वैध करने और समलैंगिक रिश्तों को क़ानूनी जामा पहनाने की मुहिमों को लगातार कैथॅलिकों के कड़े प्रतिरोध का सामना करना पड़ा है।

पश्चिम के सेकुलर देशों का रवैया उपनिवेशवाद के दौर में अपने अधीनस्थ देशों के प्रति सेकुलर नहीं रहा है। फ्रांस ने अपने यहाँ तो धार्मिक शिक्षा को हतोत्साहित किया, पर उपनिवेशों में ईसाई शिक्षा को बढ़ावा दिया। भारत में दलित समाज के नेता भीमराव आम्बेडकर ने हिंदू समाज के सेकुलरीकरण की उपेक्षा करने के लिए अंग्रेज़ों की कड़ी आलोचना की है। भारत में धार्मिक अस्मिताओं का उपनिवेशवादी स्वार्थों के लिए दोहन करने के चक्कर में अंग्रेज़ों ने धार्मिक आधार पर गोलबंदी के लिए ऐतिहासिक रूप से ज़मीन बनायी। इसीलिए आज़ादी के बाद भारतीय सेकुलरवाद को विभिन्न राजनीतिकृत धार्मिक अस्मिताओं का सामना करना पड़ा।

देखें : आधुनिकता, आधुनिकीकरण, केशवराव बलिराम हेडगेवार, बहुसंख्यकवाद, बहुसंख्यक-अल्पसंख्यक, भारतीय जनता पार्टी-1 और 2, माधवराव सदाशिवराव गोलवलकर, मुसलिम राजनीतिक विचार, रामजन्मभूमि आंदोलन-1 से 4 तक, राष्ट्रीय स्वयंसेवक संघ, विनायक दामोदर सावरकर, विवेकानंद, स्त्री और साम्प्रदायिकता, सेकुलरवाद, सेकुलरीकरण, सेकुलरवाद बनाम बहुसंख्यकवाद, सेकुलर बनाम धार्मिक राज्य, सेकुलरवाद : भारतीय मॉडल-1 और 2, सेकुलरवाद : महाविवाद-1 से 7 तक, साम्प्रदायिकता, हिंदुत्व।

संदर्भ

1. कार्ल मार्क्स (1975), *ऑन द ज्युइश क्वेश्चन*, कलेक्टिड वर्क्स, प्रोग्रेस पब्लिशर्स, मास्को.
2. टी.एन. मदन (1997), *मॉडर्न मिथ्स, लॉक्ड माइंड्स*, ऑक्सफ़र्ड युनिवर्सिटी प्रेस, नयी दिल्ली.
3. त्रिलोकी नाथ मदन (2005), 'सेकुलरवाद की सीमा', अभय कुमार दुबे (सम्पा.), *बीच बहस में सेकुलरवाद*, लोक-चिंतन ग्रंथमाला, वाणी, नयी दिल्ली.
4. मार्क जुरगेंसमेयर (1993), *रिलीजस नैशनलिज़म कन्फ्रंट्स द सेकुलर स्टेट* ऑक्सफ़र्ड युनिवर्सिटी प्रेस, नयी दिल्ली.
4. राजीव भार्गव (2008), 'सेकुलरिज़्म', राजीव भार्गव और अशोक आचार्य (सम्पा.), *पॉलिटिकल थियरी : ऐन इंट्रोडक्शन*, पियर्सन लोंगमेन, नयी दिल्ली.

— अभय कुमार दुबे

सेकुलरवाद बनाम बहुसंख्यकवाद

(Secularism Versus Majoritarianism)

सेकुलरवाद के साथ घनिष्ठता का दावा बहुसंख्यकवाद के कई पैरोकारों ने किया है। यह असम्भव नहीं है कि कोई निजी ज़िंदगी में घोषित रूप से सेकुलर हो, पर सार्वजनिक जीवन में किसी एक धर्म या जातीयता आधारित राजनीतिक पहचान के वर्चस्व के लिए काम करता नज़र आये। ज़ियनवादी इज़रायल के संस्थापक थियोडोर हर्ज़ल, मुसलमानों के लिए पाकिस्तान की स्थापना करने वाले मुहम्मद अली जिन्ना और राजनीतिक हिंदुत्व के संस्थापक विनायक दामोदर सावरकर बुद्धिवादी आग्रहों के हामी थे। इन तीनों की मिसाल बताती है कि किसी एक समुदाय के दबदबे वाले राष्ट्र की स्थापना के लिए ग़ैर-सेकुलर मुहिम चलाने के बाद उसे सेकुलर रूप देने की कोशिशें भी की जा सकती हैं। ज़ियनवादी आधार के बावजूद इज़रायल आज सेकुलर समाज होने का दावा करता है। जिन्ना की बात उनके उत्तराधिकारियों ने नहीं मानी, हालाँकि उन्होंने 14 अगस्त, 1947 को एक राष्ट्र के रूप में पाकिस्तान का उद्घाटन करते हुए उसे आधुनिक सेकुलर राज्य बनाने का आह्वान किया था। सावरकर के हिंदुत्व का एक महत्त्वपूर्ण तात्पर्य यह भी है कि वह अल्पसंख्यकों के लिए ग़ैर-सेकुलर, लेकिन हिंदू बहुसंख्या के लिए सेकुलर मंतव्यों वाला सिद्धांत है। ज़ाहिर है कि अगर सेकुलरवाद को बहुलतावाद से आवेशित न किया जाए, और उसे केवल धर्मतंत्रीय राज्य की मुख़ालफ़त तक ही सीमित रखा जाए तो कोरी आधुनिकता, निर्मम बुद्धिवाद और सामाजिक-सांस्कृतिक समरूपीकरण का बुलडोज़र उसे अनुदार, बहुसंख्यकवादी और यहाँ तक फ़ासीवादी हाथों का औज़ार भी बना सकता है। बहुलतावाद से रहित सेकुलरवाद किसी समुदाय के आंतरिक आधुनिकीकरण का वाहक़ तो हो सकता है, पर समुदाय की सीमाओं से बाहर वह 'अन्यीकरण' अर्थात् कुछ समुदायों को पराया घोषित करने की राजनीति के ख़िलाफ़ कुछ नहीं कर पाता।

बहुसंख्यकवाद एक धर्म या जाति या जातीयता में पैदा हुए लोगों के किसी दूसरे धार्मिक समुदाय पर प्रभुत्व का ही नाम नहीं है। यह रवैया एक धर्म के भीतर भी पनपता है। पाकिस्तान का उदाहरण बताता है कि किस तरह इसलाम के भीतर सुन्नी बहुसंख्यकवादी प्रभुत्व ने शियाओं और अहमदियों को दूसरे दर्जे के नागरिक की हैसियत में धकेल दिया है। पाकिस्तानी संविधान का अनुच्छेद 260 अहमदियों को ग़ैर-मुसलमान अल्पसंख्यक क़रार दे कर उनके धार्मिक

और सामाजिक जीवन को इसलामिक प्रतीकों के इस्तेमाल से वंचित कर देता है। अहमदियाओं के लिए अपने पूजा स्थल को मसजिद तक कहना एक अपराध है। इज़रायल घोषित रूप से यहूदी बहुसंख्यक राष्ट्र है। उसका लोकतंत्र यहूदी बहुसंख्या के हितों के लिए काम करने वाली व्यवस्था है। जब वह अपने अरब नागरिकों को ही पूरे अधिकार नहीं देता, तो उससे यह उम्मीद करना बेकार ही है कि वह फ़िलस्तीनियों को आज़ादी दे देगा।

सेकुलरवाद की व्यावहारिक राजनीति और सेकुलर राज्य के समकालीन इतिहास पर नज़र दौड़ाने पर प्रतीत होता है कि विचार पिछले कुछ दशकों से संकट का सामना कर रहा है। सेकुलर उसूलों पर आधारित राजनीतिक संस्थाएँ और सेकुलर उद्देश्यों को प्राप्त करने में लगी हुई हुकूमतों की वैधता साँसत में पड़ी हुई है। मिस्र, सूडान, अल्जीरिया, ट्यूनीशिया, नाइजीरिया, सेनेगल और तुर्की में सेकुलर राज्य और सेकुलर सिद्धांत को प्रश्नांकित करने वाला घटनाक्रम चला है। पिछले दो दशकों में पाकिस्तान और बांग्लादेश के राज्य अगर पूरी तरह से धर्मतंत्रीय नहीं बने, तो कम से कम उनमें उस तरह के रुझान अवश्य पैदा हो गये हैं। पोलैण्ड में धार्मिक आधार वाले आंदोलन का उदय हो चुका है, और अमेरिकी राजनीति में भी प्रोटेस्टेंट कट्टरपंथ की ताक़तें मज़बूत हुई हैं। पश्चिमी युरोप में सेकुलर राज्य को पूर्व-उपनिवेश से आये प्रवासी मज़दूरों के साथ-साथ भूमण्डलीकरण की सघन हो रही प्रक्रियाओं का सामना करना पड़ रहा है। सिक्ख राष्ट्रवाद तो भारतीय राष्ट्रवाद के सेकुलर आधारों के ख़िलाफ़ सशस्त्र विद्रोह ही कर चुका है। श्रीलंका में बौद्ध सिंहली राष्ट्रवाद ने निरंकुश रवैया अख़्तियार करके तमिलों के जातीय नरसंहार पर कमर कस रखी है। इनमें से ज़्यादातर उदाहरण बहुसंख्यकवादी राजनीति के हैं, जो अक्सर धर्म आधारित राजनीतिक पहचान के ज़रिये सेकुलर राज्य की संकल्पना को चुनौती देने में लगी हुई है।

ज़ाहिर है कि पिछले पचास साल से एक सदी के सेकुलर प्रयोगों के सभी नतीजे इच्छित नहीं निकले हैं। समाज, धर्म और राज्य के रिश्तों का सेकुलर विकास होने के साथ-साथ कुछ नयी विकृतियाँ भी पैदा हुई हैं जिनकी ज़िम्मेदारी से बचना सेकुलरवाद के लिए मुश्किल होता जा रहा है। सेकुलरवाद पर आक्रमण करने वालों में राजनेता, नागर समाज के समूह और पुरोहित ही नहीं, बल्कि अकादमीशियन भी शामिल हैं। इन आलोचकों का मक़सद अलग-अलग है। पुरोहितों और धर्म आधारित राजनीति की मंशा तो स्पष्ट रूप से सेकुलर राज्य को इतिहास के कूड़ेदान में फेंकने की है। लेकिन, बहुसंख्यकवाद के कुछ पैरोकार लोकतंत्र और सेकुलरवाद को ख़ारिज करने के बजाय उनकी परिभाषा ही बदल देना चाहते हैं। सेकुलरवाद को भीतर से पलट देने की यह संगीन कोशिश बेहद नफ़ीस ढंग से चलाई जा रही है।

हिंदू बहुसंख्यकवाद : सेकुलरवाद को ऐसी चुनौती भारत की ज़मीन पर हिंदू राष्ट्रवाद की दावेदारियों ने दी है। उसने चुनावी लोकतांत्रिक राजनीति में भागीदारी करते हुए सेकुलरवाद की मौजूदा संरचनाओं को छद्म क़रार देकर राजतंत्र को बहुसंख्यकवादी मोड़ देने का नियोजित प्रयास किया है। इन बहुसंख्यकवादियों का तर्क है कि भारतीय समाज तो अपनी हिंदू बहुसंख्या के कारण नैसर्गिक रूप से सेकुलर और सहिष्णु है। इन लोगों की निगाह में संविधानसम्मत सेकुलर राज्य अपने मर्म में हिंदू राष्ट्र ही है, भले ही ऐसी घोषणा न की गयी हो। अल्पसंख्यक समुदायों को मिलने वाली किसी भी विशेष सुविधा को बहुसंख्यकवाद तुष्टीकरण की नीति क़रार देते हैं। लोकतंत्र में होने वाले चुनावी संख्या के खेल का फ़ायदा उठा कर ये लोग हिंदुओं की आंतरिक बहुलता, विविधता और सहिष्णुता को अपने सच्चे सेकुलरवाद का पर्याय बताते हुए उसे छद्म यानी सरकारी सेकुलरवाद के ख़िलाफ़ स्थापित करने की कोशिश करते हैं। हम जानते हैं कि बहुलता और सहिष्णुता सेकुलरवाद का एक गुण अवश्य है, पर वह उसकी पर्याप्त शर्त नहीं हो सकती। इसी तरह बहुसंख्यकवाद की भित्ति हिंदू के रूप में पैदा हुए लोगों के स्थाई और इस प्रकार अलोकतांत्रिक बहुमत के आधार पर बनती है। लोकतांत्रिक बहुमत अस्थाई और बनते-बिगड़ते बहुमत और अल्पमत से तैयार होता है।

दिलचस्प बात यह है कि इस दावे के प्रति उन राजनीतिक शक्तियों के बीच भी हमदर्दी देखी जाती है जो साम्प्रदायिक आधार पर की जाने वाली राजनीति का विरोध करती हैं। हिंदुओं की धार्मिक बहुलता और विविधता को सेकुलर प्रवृत्तियों से सम्पन्न मान लेने का नतीजा यह निकला है कि अल्पसंख्यकों को पूर्ण नागरिकता प्रदान करने के समर्थक भी भीतर ही भीतर राष्ट्र-निर्माण की प्रक्रिया में उनकी भूमिका न के बराबर ही देखते हैं। यह रवैया कुछ इस प्रकार का है : अल्पसंख्यकों (ख़ासकर मुसलमान समुदाय) को लोकतंत्र के मानकों के लिहाज़ से बराबरी का दर्जा मिलना चाहिए। वैसे भी ज़्यादातर मुसलमान किन्हीं परिस्थितियों में धर्मांतरण करने वाले हिंदू ही हैं। उन्हें एक व्यापक हिंदू संस्कृति का अंग समझा जाना चाहिए। उनकी तो केवल पूजा पद्धति अलग है। वे 'मुहम्मदिया हिंदू' या 'सनातनी मुसलमान' हैं। राष्ट्रीय स्वंयसेवक संघ जैसे हिंदू राष्ट्रवादी संगठन यह सूत्रीकरण खुले रूप में करते हैं, पर उसके कई विरोधी (जिनका ताल्लुक़ कम्युनिस्ट, समाजवादी और गाँधीवादी आंदोलन तक से है) इसी तरह के विमर्श को घुमा फिरा कर चलाते हैं। सेकुलरवाद के बारे में चर्चा करते समय उनका ज़ोर उसे कट्टर हिंदू के मुक़ाबले उदार हिंदू के संघर्ष

में सीमित कर देने पर रहता है। देखने में हिंदू बनाम हिंदू का यह फ़ार्मूला डॉ. लोहिया की एक बेहतरीन रचना से उठाया गया ज़रूर लगता है, पर असल में इसकी मंशा हिंदू मानस पर आलोचनात्मक दृष्टि न डाल कर सेकुलर विमर्श से अल्पसंख्यकों (विशेष रूप से मुसलमान) ग़ैरहाज़िर करने की रहती है।

छद्म और सच्चे सेकुलरवाद की इस बहस में सांस्कृतिक राजनीति के ज़रिये कई तरह की पेचीदगियाँ पैदा की गयी हैं। सेकुलरिज़म शब्द के विभिन्न विभिन्न भारतीय भाषाओं में अनुवादों की मिसाल से इस चालाकी को समझा जा सकता है। सेकुलरिज़म को हिंदी में धर्मनिरपेक्षता के रूप में व्यक्त करने वाले लोगों की समझ यह है कि राज्य को किसी भी धर्म (चाहे वह हिंदू हो या कोई और) से निरपेक्ष रहना चाहिए। लेकिन, सेकुलरिज़म को पंथनिरपेक्षता के रूप में व्यक्त करने वाले धर्म और पंथ में फ़र्क़ करते हैं। उनकी निगाह में हिंदू एक धर्म होने के नाते श्रेष्ठ और राज्य द्वारा धारण किये जाने योग्य है। इसलाम, ईसाई, सिक्ख आदि पंथ होने के नाते कमतर हैं और राज्य को इनसे निरपेक्ष रहना चाहिए। सेकुलरिज़म का तीसरा अनुवाद सर्वधर्म समभाव के रूप में सामने आता है, जिसका मतलब यह निकलता है कि राज्य को सभी धर्मों से बराबर की दूरी रखनी चाहिए। अगर राज्य ऐसा नहीं कर पाता, तो उसका सेकुलरवाद दोषपूर्ण है। उर्दू में सेकुलरिज़म का एक अनुवाद ला-दीनियत प्रचलित हैं जिसका मतलब निकलता है धर्म का विरोध। यह अनुवाद केवल उन लोगों को पसंद आ सकता है जो सेकुलरवाद को नास्तिकता और बुद्धिवाद का पर्याय मानते हैं। कन्नड़ में सेकुलरिज़म को लौकिकवाद के रूप में व्यक्त किया जाता है, जो एक बार फिर उसकी समझ को बुद्धिवादी श्रेणी में सीमित करने का प्रयास है। इस तरह की सेकुलरवादी समझ धर्म के प्रति आलोचनात्मक आदर के दृष्टिकोण से वंचित रह जाती है।

ये परिभाषाएँ या तो सेकुलर राज्य को हिंदू वर्चस्व की तरफ़ धकेलने का बेहिचक मक़सद रखती हैं, या सेकुलरवाद को धर्म विरोधी सिद्धांत के रूप में पेश करके उसे सामाजिक वैधता से पूरी तरह काट देती हैं। सामाजिक वैधता से कटते ही राज्य का सेकुलरत्व सार्वजनिक जीवन में आधारहीन हो कर कुछ मुट्ठी भर आधुनिकतावादियों और बुद्धिवादियों की विचारधारा में सीमित रह जाता है।

देखें : आधुनिकता, आधुनिकीकरण, केशवराव बलिराम हेडगेवार, बहुसंख्यकवाद, बहुसंख्यक-अल्पसंख्यक, भारतीय जनता पार्टी-1 और 2, माधवराव सदाशिवराव गोलवलकर, मुसलिम राजनीतिक विचार, रामजन्मभूमि आंदोलन-1 से 4 तक, राष्ट्रीय स्वयंसेवक संघ, विनायक दामोदर सावरकर, विवेकानंद, स्त्री और साम्प्रदायिकता, सेकुलरवाद, सेकुलरीकरण, सेकुलर बनाम धार्मिक राज्य, सेकुलर राष्ट्रवाद के धार्मिक आयाम, सेकुलरवाद : भारतीय मॉडल-1 और 2, सेकुलरवाद : महाविवाद-1 से 7 तक, साम्प्रदायिकता, हिंदुत्व।

संदर्भ

1. अभय कुमार दुबे (2005), 'सेकुलर हिंदू वर्चस्व : अनुवाद, निरपेक्षता और समभाव की राजनीति', अभय कुमार दुबे (सम्पा.), *बीच बहस में सेकुलरवाद,* लोक-चिंतन ग्रंथमाला, वाणी, नयी दिल्ली.
2. राजीव भार्गव (2008), 'सेकुलरिज़म', राजीव भार्गव और अशोक आचार्य (सम्पा.), *पॉलिटिकल थियरी : ऐन इंट्रोडक्शन,* पियर्सन लोंगमेन, नयी दिल्ली.
3. राममनोहर लोहिया (1995), 'हिंदू बनाम हिंदू', *परिवेश,* मुरादाबाद.
4. रजनी कोठारी (2005), 'बहुसंख्यकवाद से निकली साम्प्रदायिकता', अभय कुमार दुबे (सम्पा.), *बीच बहस में सेकुलरवाद,* लोक-चिंतन ग्रंथमाला, वाणी, नयी दिल्ली.

— अभय कुमार दुबे

सेकुलरवाद : भारतीय मॉडल-1

(उसूली फ़ासले का सिद्धांत)

(Secularism: Indian Model-1)

सेकुलरवाद के पश्चिमी मॉडल के साथ तुलना की जाए तो भारतीय सेकुलरवाद में उसके सभी लक्षण दिखाई पड़ते हैं। धार्मिक स्वतंत्रता और नागरिक समानता के लिहाज़ से भारतीय संविधान पश्चिम की ही भाँति राज्य और धर्म के बीच पार्थक्य की दीवार खड़ा करता है। लेकिन, इस समानता के साथ-साथ भारतीय सेकुलरवाद पश्चिमी मॉडल से काफ़ी भिन्न भी है। इन समानताओं और भिन्नताओं को समझना आवश्यक है।

समानताएँ : संविधान के अनुच्छेद 25, 25(1), 27, 28 और धार्मिक कामकाज में सरकारी धन ख़र्च करने को प्रतिबंधित करते हैं। सरकारी कोष द्वारा संचालित किसी भी स्कूल में धार्मिक शिक्षा पर पाबंदी है। हर व्यक्ति को अपने अंत:करण के आधार पर अपना धर्म चुनने, उसका पालन करने और प्रचार करने की आज़ादी है। अंत:करण की यह स्वतंत्रता किसी धर्मविहीन व्यक्ति की स्वतंत्रता की भी गारंटी करती है। संविधान धर्म और धर्म से संबंधित किसी भी ख़र्चे के लिए राज्य को व्यक्ति पर कोई टैक्स लगाने का अधिकार नहीं देता। अगर किसी शिक्षा संस्था में किसी भी तरह का धार्मिक पूजा-पाठ होता है या धार्मिक शिक्षा दी जाती है तो उसमें भाग लेने के लिए किसी व्यक्ति को मजबूर नहीं किया जा सकता।

दूसरी तरफ़ संविधान के अनुच्छेद 14, 15(1) और 29(2) धर्म, जाति, नस्ल, लिंग और जन्मस्थान के आधार पर किसी नागरिक के साथ भेदभाव को प्रतिबंधित करते हैं। राज्य द्वारा संचालित किसी शिक्षा संस्थान में इन आधारों पर किसी व्यक्ति को दाख़िले से वंचित नहीं किया जा सकता, न ही सरकार नौकरी देने के मामले में किसी के साथ इस तरह का भेदभाव कर सकती है। सार्विक मताधिकार संबंधित अनुच्छेद और उसके साथ-साथ अनुच्छेद 325 के तहत मतदाता सूची में कोई व्यक्ति उक्त आधारों पर अपना नाम शामिल नहीं करा सकता।

इन प्रतिबंधों का मतलब साफ़ है। संविधान के प्रावधान धर्मतंत्रीय राज्य और किसी धर्म को औपचारिक मान्यता की सम्भावनाओं को ख़ारिज करते हैं। हालाँकि उसकी सहिष्णुता पारम्परिक हिंदू सहिष्णुता से अलग तरह की है, पर इससे भी इनकार नहीं किया जा सकता कि भारतीय समाज की पारम्परिक सहिष्णुता के तत्त्वों ने संविधान प्रदत्त सहिष्णुता की संरचना में योगदान किया है।

भिन्नताएँ : कम से कम छह ऐसे लक्षण हैं जो भारतीय सेकुलरवाद को पश्चिमी मॉडल से अलग दिखाते हैं।

पहली भिन्नता यह है कि भारतीय मॉडल संविधान के अनुच्छेद 26 और 30(1) के अनुसार धार्मिक और ग़ैर-धार्मिक स्वतंत्रताओं और समानता को व्यक्तिगत आधार पर ही नहीं बल्कि शांति, सहिष्णुता और ग़ैर-व्यक्तिगत आधार पर स्थापित स्वतंत्रता और समानता के मूल्यों को भी मान्यता देता है। इसका मतलब यह हुआ कि यह मॉडल व्यक्तियों को ही नहीं, बल्कि समुदायों को भी अपनी धार्मिक आस्थाओं के मुताबिक़ शिक्षा संस्थाएँ चलाने की इजाज़त देता है ताकि वे अपनी विशिष्ट धार्मिक परम्पराओं की संरक्षा कर सकें।

दूसरी भिन्नता यह है कि सेकुलरवाद का भारतीय मॉडल एक बहुधार्मिक समाज में एक धर्म द्वारा किसी दूसरे धर्म पर प्रभुत्व जमाने के प्रति ही नहीं, बल्कि किसी धर्म के भीतर प्रभुत्व की परिघटना का भी ध्यान रखता है। इसीलिए भारत में अल्पसंख्यकों को उनकी विशेष आवश्यकताओं और माँगों के हिसाब से अधिकारों का प्रावधान किया गया है। धार्मिक समुदायों को राजनीतिक आरक्षण दिया भी जाता है, और कुछ निश्चित संदर्भों में उनकी यह माँग नहीं भी मानी जाती है। कुल मिला कर इस तरह के आरक्षण की भारतीय संविधान में गुंजाइश है।

तीसरी भिन्नता यह है कि भारतीय मॉडल राज्य और धर्म के बीच पार्थक्य के मामले में उसूली फ़ासले के सिद्धांत से प्रतिबद्ध है। भारतीय मॉडल की समझ स्पष्ट करने के लिए ज़रूरी है कि उसूली फ़ासले के सिद्धांत पर विस्तार से ग़ौर किया जाए।

पश्चिमी मॉडल में पार्थक्य का मतलब है राज्य और धर्म का परस्पर अलगाव। पर उसूली फ़ासले का सिद्धांत पार्थक्य के सिद्धांत की अलग समझ सामने लाता है। लक्ष्यों और संस्थाओं के धरातल पर धर्म और राज्य का पार्थक्य बिल्कुल स्पष्ट है, पर क़ानून और नीति के धरातल उसकी स्थिति अलग है। युरोपीय ज्ञानोदय के विचारों से अलग हटते हुए भारतीय मॉडल मानता है कि मनुष्य भौतिक जगत और अपने अस्तित्व से परे जाते हुए किसी अलौकिक सत्ता में यक़ीन कर सकता है, और उस आस्था के आधार पर सार्वजनिक जीवन में अपनी गतिविधियों को नियोजित भी कर सकता है। भारतीय मॉडल मानता है कि धर्म एक संचित परम्परा होने के साथ-साथ लोगों की अस्मिता का स्रोत भी है। लेकिन इस मान्यता के साथ-साथ भारतीय मॉडल धार्मिक निष्ठा को किसी अनिच्छुक व्यक्ति के गले उतारने के ख़िलाफ़ भी है, और न ही वह धार्मिक आधार पर स्वतंत्रताओं और अन्य संसाधनों के असमान वितरण की अनुमति देता है। उसूली फ़ासले का तात्पर्य यह है कि धर्म के आधार पर राष्ट्र और राज्य को परिभाषित नहीं किया जा सकता, पर इससे धर्म का सार्वजनिक महत्त्व ख़ारिज नहीं हो जाता।

उसूली फ़ासले का सिद्धांत धर्म और राज्य के बीच पार्थक्य के मामले में लचीला रवैया अपना कर देखता है कि किसी धर्म की प्रकृति, संदर्भ और मौजूदा स्थिति क्या है। वह राज्य में धर्म के हस्तक्षेप की इजाज़त देने के लिए तैयार हो सकता है, बशर्ते उसके ज़रिये स्वतंत्रता, समानता या सेकुलर मूल्यों को प्रोत्साहन मिलता हो। इसी आधार पर भारतीय राज्य तय करता है कि किस धर्म में कितना हस्तक्षेप करना है और किस धर्म के प्रति अ-हस्तक्षेप की नीति अख़्तियार करनी है। अपने ऐतिहासिक विकास और सामाजिक स्थिति के कारण कोई एक धर्म सेकुलर मूल्यों के लिहाज़ से राज्य के हस्तक्षेप के लिए अधिक उपयुक्त हो सकता है, जबकि किसी दूसरे धर्म में भिन्न स्थिति के कारण राज्य उसी तरह का क़ानूनी हस्तक्षेप न करने की निर्णय ले सकता है। उदाहरण के लिए सामाजिक समानता के सिद्धांत के मुताबिक़ राज्य को जातिगत ऊँच-नीच ख़त्म करने के लिए हिंदू धर्म में अधिक हस्तक्षेप करना चाहिए। उसी तरह धार्मिक विविधता क़ायम रखने के लिए इसलाम और ईसाइयत उसके अधिक हस्तक्षेप का पात्र होना चाहिए। ज़ाहिर है कि राज्य सभी धर्मों में एक ही तरह और बराबर का हस्तक्षेप करने या न करने का निर्णय नहीं ले सकता। ज़ाहिर है कि इसके लिए राज्य को कुछ निश्चित मूल्यों और सिद्धांतों के मुताबिक़ एक ग़ैर-संकीर्ण रवैया अपनाते हुए अलग-अलग धर्मों की स्थिति के मुताबिक़ उनमें हस्तक्षेप का विवेकसम्मत अख़्तियार करना होगा।

वैसे भी कई क़ानून किन्हीं ख़ास धार्मिक प्रथाओं और रिवाज़ों को सेकुलर मूल्यों के हिसाब से तरमीम करने के लिए बनाये जाते हैं, और उनका प्रयोग दूसरे धर्मों पर नहीं होता जहाँ वे रीति-रिवाज़ प्रभावी नहीं होते। मसलन, देवदासी प्रथा को प्रतिबंधित करने वाला क़ानून ग़ैर-हिंदू धर्मों पर लागू नहीं किया जा सकता। दूसरे, उदारतावादी लोकतंत्र में कोई भी क़ानून जन-वैधता की माँग करता है। कम से कम उसके लिए समुदाय के प्रतिनिधियों की सहमति तो आवश्यक है ही। अगर किसी क़ानून के लिए केवल एक ही समुदाय के प्रतिनिधियों ने सहमति दी है तो बेहतर यही होगा कि केवल उसी समुदाय के लिए क़ानून बनाया जाए।

ज़ाहिर है कि यह रवैया धर्मों के प्रति पूर्ण तटस्थता के दृष्टिकोण से तो अलग है ही, यह सभी धर्मों को समान भाव से देखने के विचार से भी भिन्न है। समभाव का सिद्धांत उसूली के बजाय बराबरी के फ़ासले का प्रतिपादन करता है। यानी अगर राज्य किसी एक धर्म में निश्चित हस्तक्षेप करता है तो वह दूसरे धर्म में भी उतना ही हस्तक्षेप करे। दरअसल, उसूली फ़ासले के पीछे वैचारिक आग्रह यह है कि अगर सभी के साथ समानता का व्यवहार करना है तो उस समानता को वास्तविक बनाने के लिए समरूप नहीं बल्कि विवेकसम्मत विभेदीकृत व्यवहार का सहारा लेना होगा।

मसलन, अगर किसी एक धार्मिक संस्कृति में कोई आचरण प्रतिबंधित या विनियमित है, तो उसूली फ़ासले के मुताबिक़ दूसरी धार्मिक संस्कृति में उसकी अनुमति दी जा सकती है अगर उसके सदस्यों के बीच उसके लिए सकारात्मक मान्यता प्रचलित है। सारी दुनिया में मुसलमान, सिक्ख या यहूदी ऐसी कई माँगें करते हैं। कई रिपब्लिकन या उदारतावादी सिद्धांतकारों को इन माँगों से दिक़्क़त होती है क्योंकि वे समान व्यवहार या समान स्वतंत्रता के हामी होते हैं। धार्मिक समूह न केवल राज्य से उनके मामलों में अ-हस्तक्षेप की नीति अपनाने की माँग कर सकते हैं, बल्कि वे राज्य से इस प्रकार का हस्तक्षेप करने की माँग भी कर सकते हैं जिसके तहत मिलने वाली विशेष सहायता के ज़रिये उन्हें वह उपलब्ध हो सके जो बहुसंख्यक या प्रधान समूहों को सहज रूप से प्राप्त होता रहता है। इसके अलावा धार्मिक समूह अपने अलग विवाह क़ानूनों की माँग कर सकते हैं, सम्पत्ति और उत्तराधिकार संबंधी भिन्न क़ानूनों का आग्रह कर सकते हैं। उसूली फ़ासले का सिद्धांत एक सेकुलर राज्य को गुंजाइश देता है कि वह धार्मिक समूहों को ऐसे क़ानूनों की मातहती में न रहने दे जो उन्हें अन्यायपूर्ण लगते हैं।

चौथी भिन्नता यह है कि उसूली फ़ासले के सिद्धांत के तहत राज्य धर्म के किन्हीं आयामों के प्रति शत्रुतापूर्ण रवैया अख़्तियार करेगा, और किन्हीं प्रश्नों पर धार्मिक दृष्टिकोण का आदर करते हुए मसलों को नज़रअंदाज़ करेगा। अर्थात् धर्म की आलोचना और आदर साथ-साथ चलाने वाला यह रवैया उन महान भारतीय धर्म सुधारकों जैसा है जो अपने धर्म के प्रति लगाव के कारण ही उसमें परिवर्तन करना चाहते थे।

पाँचवीं भिन्नता यह है कि उसूली फ़ासले का सिद्धांत सेकुलर दृष्टिकोण को आधुनिक बनाम पारम्परिक, पश्चिमी बनाम पूर्वी, विदेशी बनाम देशज जैसे द्विभाजनों में फँसने से रोकता है। उसके मुताबिक़ भारतीय सेकुलरवाद आधुनिक तो है, पर पश्चिमी मॉडल से पर्याप्त रूप से भिन्न है।

छठी भिन्नता भारतीय सेकुलरवाद को नैतिक मूल्यांकन के अलग तरह के मॉडल की तरफ़ ले जाती है जो बेहद संदर्भगत है और जिसके तहत विभिन्न समाज अपने अलग-अलग तरह के सेकुलरवादों की अभिकल्पना कर सकते हैं। इससे एकाधिक सेकुलरवादों की सम्भावनाएँ खुलती हैं। अर्थात् सेकुलरवाद का रूप और सार अलग-अलग परिस्थितियों, समय और सदंर्भों में अलग-अलग हो सकता है।

भारतीय सेकुलरवाद के इस मॉडल को दुनिया भर में काफ़ी आलोचना का सामना करना पड़ा है। लेकिन, ज़्यादातर आलोचक भारतीय सेकुलरवाद के अनुभव को अमेरिकी या फ्रांसीसी अनुभव की कसौटियों पर कसते रहे हैं। इस तरह का तुलनात्मक रवैया सेकुलरवाद के समर्थकों को ही नहीं, विरोधियों को भी भारतीय मॉडल ख़ारिज करने का मौक़ा दे देता है। दोनों ही कहने लगते हैं कि भारतीय सेकुलरवाद नाकाम है क्योंकि वह उस सेकुलर आदर्श पर खरा नहीं उतरता जो सार्वभौम (वस्तुतः पश्चिमी) है। ज़्यादातर आलोचनाएँ सेकुलरवाद के भारतीय मॉडल की बारीक़ियों का ध्यान न रखते हुए की जाती हैं।

दूसरी तरफ़ यह भी एक तथ्य है कि भारतीय राज्य कई बार अपने सेकुलर मॉडल के व्यावहारिक कार्यांवयन के लिए आवश्यक विवेकसम्मत नीतिगत रवैया अपनाने में नाकाम रहा है जिसके अवांछित सामाजिक और राजनीतिक नतीजे निकले हैं। इन विफलताओं ने सेकुलरवाद के आलोचकों का उत्साह बढ़ाया है। उन्होंने न केवल भारत की ज़मीन पर सेकुलरवाद के आधार पर किये जाने वाले अमल को आड़े हाथों लिया है, बल्कि सेकुलरवाद, आधुनिकता, बुद्धिवाद और राष्ट्रवाद के पूरे पैकेज की समृद्ध आलोचना की है। इस प्रक्रिया ने समाज-विज्ञान के क्षेत्र में एक महाविवाद को जन्म दिया है जिसकी पहली आहट उस समय सुनायी पड़ी थी जब भारतीय सेकुलरवाद के मॉडल ने अपने दस साल पूरे किये थे।

देखें : आधुनिकता, आधुनिकीकरण, केशवराव बलिराम हेडगेवार, बहुसंख्यकवाद, बहुसंख्यक-अल्पसंख्यक, भारतीय जनता पार्टी-1 और 2, माधवराव सदाशिवराव गोलवलकर, मुसलिम राजनीतिक विचार, रामजन्मभूमि आंदोलन-1 से 4 तक, राष्ट्रीय स्वयंसेवक संघ, विनायक

दामोदर सावरकर, विवेकानंद, स्त्री और साम्प्रदायिकता, सेकुलरवाद, सेकुलरीकरण, सेकुलरवाद बनाम बहुसंख्यकवाद, सेकुलर बनाम धार्मिक राज्य, सेकुलर राष्ट्रवाद के धार्मिक आयाम, सेकुलरवाद : महाविवाद-1 से 7 तक, साम्प्रदायिकता, हिंदुत्व।

संदर्भ

1. राजीव भार्गव (2008), 'सेकुलरिज़म' (विशेष तौर से देखें, 'ऐन आल्टरनेटिव कंसेप्शन : इण्डियन सेकुलरिज़म'), राजीव भार्गव और अशोक आचार्य (सम्पा.), *पॉलिटिकल थियरी : ऐन इंट्रोडक्शन,* पियर्सन लोंगमेन, नयी दिल्ली.
2. राजीव भार्गव, (2005) 'सेकुलरवाद का उद्देश्य और उसूली फ़ासले का सिद्धांत', अभय कुमार दुबे (सम्पा.), *बीच बहस में सेकुलरवाद,* लोक-चिंतन ग्रंथमाला, वाणी, नयी दिल्ली.
3. नीरा चंडोख (1999), बियांड सेकुलरिज़म : राइट्स ऑफ़ रिलीजस माइनॉरिटीज़, ऑक्सफ़र्ड युनिवर्सिटी प्रेस, नयी दिल्ली.
4. थॉमस पेंथम (2004), 'अंडरस्टेंडिंग इण्डियन सेकुलरिज़म : लर्निंग फ्रॉम इट्स रियसेंट क्रिटिक्स', राजेंद्र वोरा और सुहास पल्शीकर (सम्पा.), *इण्डियन डेमॉक्रैसी,* नयी दिल्ली, सेज.

— अभय कुमार दुबे

सेकुलरवाद : भारतीय मॉडल-2

(गाँधी-नेहरू विरासत)

(Secularism: Indian Model-2)

सेकुलरवाद के भारतीय मॉडल की सैद्धांतिक चर्चा करने के बाद यह जानना जरूरी है कि आख़िर संविधान सभा ने यह सूत्रीकरण कैसे किया। 1946 से 1950 के बीच संविधान सभा में अल्पसंख्यक अधिकारों पर हुई बहस में कुछ आवाज़ें ऐसी भी थीं जिन्हें बहुसंख्यकवाद को सेकुलरवाद का पर्याय बताने में कोई संकोच नहीं था। सभा के ये सदस्य हिंदुओं की आंतरिक विविधता और सहिष्णुता को सेकुलरवाद का पर्याय बताने पर तुले हुए थे। उदारतावादी लोकतंत्र के विचार से प्रतिबद्ध राष्ट्रीय नेतृत्व अपनी समझ और साख के बल पर इस खुले बहुसंख्यकवाद को आसानी से ख़ारिज कर सकता था। पर, उसके सामने असली मुश्किल पश्चिमी सेकुलरवाद नज़रिये से पेश किये गये प्रस्तावों को लेकर थी। इन्हें मान लेने का मतलब था भारतीय राज्य पर अल्पसंख्यकों की सुरक्षा का कोई दायित्व न रहना। इन प्रस्तावों की अंतर्निहित कल्पनाशीलता कुछ इस तरह की थी कि जैसे भारत धर्मबहुल न हो कर समरूप समाज वाला कोई युरोपीय देश हो। जाहिर है कि पश्चिमी सेकुलरवाद की व्यावहारिक निष्पत्ति भी दूसरे तरीक़े से भारत को एक बहुसंख्यकवादी लोकतंत्र बनाने की तरफ़ ले जाने वाली थी।

सौभाग्य से संविधान सभा ने न केवल खुले बहुसंख्यकवाद को ठुकराया, बल्कि पश्चिमी आग्रहों को भी मानने से इनकार कर दिया। धर्म को राज्य से अलग रख कर उसने अपने सेकुलरवादी मॉडल को बुद्धिवादी टेक दी। धर्मों का आलोचनात्मक आदर करने की थीसिस दे कर अल्पसंख्यकों के सांस्कृतिक अधिकारों की रक्षा को राज्य की प्रमुख ज़िम्मेदारियों में से एक बनाया। यह सेकुलरवादी मॉडल में बहुलतावाद का समावेश था। समान नागरिक संहिता लागू करने का संकल्प लेकर संविधान सभा ने यह तय कर दिया कि विभिन्न समुदायों के निजी जीवन और सांस्कृतिक आचरण का राज्य निर्देशित सेकुलरीकरण किया जाएगा।

बुद्धिवाद, बहुलतावाद और राज्य की भूमिका के मिले-जुले रूप के पीछे गाँधी और नेहरू के विचारों की छाप स्पष्ट रूप से देखी जा सकती है। सवाल यह है कि क्या इस विशिष्ट क़िस्म के भारतीय सेकुलरवाद को गाँधी-नेहरू विरासत का वाहक माना जा सकता है? नेहरू और उनके सेकुलरवाद का विरोध करने वाले कई प्रभावशाली विद्वानों का दावा है कि इस मामले में गाँधी की नेहरू के साथ जोड़ी नहीं बनायी जा सकती, क्योंकि गाँधी राजनीति को धार्मिकता से आवेशित करना चाहते थे और नेहरू धर्म विरोधी थे। वैसे भी नेहरू ने स्वतंत्रता आंदोलन में धार्मिक प्रतीकों के इस्तेमाल के लिए गाँधी की आलोचना की थी। गाँधी के बारे में प्रचलित है कि वे आधुनिकता के विरोधी थे, स्वाभाविक तौर पर कतई सेकुलर नहीं थे और उन्हें अपनी प्रेरणाएँ सनातन धर्म से मिला करती थीं।

सेकुलरवाद के भारतीय मॉडल की रोशनी में गाँधी और नेहरू के बारे में अकाट्य समझी जाने वाली इस समझ की दोबारा जाँच-पड़ताल करने पर एक अलग यथार्थ सामने आता है। यह सही है कि गाँधी वांगमय में धर्म और राजनीति के एक-दूसरे का पर्याय बताने वाले कई कथन उपलब्ध हैं। लेकिन, गाँधी के राजनीतिक जीवन का एक और पक्ष है जिसकी चर्चा करने में जिसकी चर्चा गाँधीवादियों द्वारा अक्सर नहीं की जाती। गाँधी ने चालीस के दशक में धर्म और राजनीति के संबंधों पर दोबारा ध्यान दिया था। उस समय तक स्पष्ट हो गया था कि भारत को आज़ादी मिलने वाली है और हिंदुत्ववादी राजनीति के ख़तरे भी साफ़ होने लगे थे। गाँधी के ये विचार निकट भविष्य में बनने वाले स्वतंत्र भारतीय राष्ट्र के सम्भावित चरित्र के लिहाज़ से बहुत अहम हैं।

1940 में गाँधी ने अपनी 'धार्मिक' राजनीति को दो बार ठोस रूप से परिभाषित किया कि वे जिस धर्म का ज़िक्र करते हैं वह हिंदू, इसलाम और ईसाइयत से परे जाता है। उन्होंने सेकुलर लहज़े में ज़ोर दे कर कहा कि धर्म एक निजी

सरोकार है जिसके ज़रिये व्यक्ति ईश्वर से तादात्म्य स्थापित करता है। अगस्त, 1942 में गाँधी ने बेहिचक कहा कि धर्म का राजनीति में कोई स्थान नहीं होना चाहिए। अक्टूबर, 1946 में केंद्रीय और प्रांतीय सरकारों के संदर्भ में उनका कहना था कि उनमें हिंदू और मुसलमानों का कोई भेदभाव नहीं किया जाना चाहिए क्योंकि सभी भारतीय हैं और धर्म एक निजी मसला है। सितम्बर, 1946 में गाँधी ने कहा था कि अगर वे तानाशाह होते तो धर्म और राज्य को अलग-अलग कर देते क्योंकि राज्य का धर्म से कोई नाता नहीं होना चाहिए। 1947 में उन्होंने तीन बार (फ़रवरी, अगस्त और नवम्बर में) धर्म को राजनीति से अलग करने की वकालत की। उनका अगस्त का वक्तव्य इस प्रकार है : 'धर्म एक निजी मामला है और अगर हम इसे निजी स्तर पर सीमित करने में सफल हो गये तो राजनीति में सब कुछ ठीक-ठाक रहेगा। ... राज्य पूरी तरह सेकुलर होने के लिए प्रतिबद्ध है।' नवम्बर, 1947 में एक प्रार्थना सभा में गाँधी ने कहा : 'हम कांग्रेस के चवन्नी वाले सदस्य हों या न हों, हमें इस बात पर गर्व होना चाहिए कि हमारे बीच धर्मतंत्रीय राज्य की स्थापना से नफ़रत करने वाली संस्था मौजूद है। इस संस्था को हमेशा विश्वास रहेगा और वह इस विश्वास पर खरी भी उतरेगी कि हमारी कल्पनाओं का राज्य सेकुलर और लोकतांत्रिक होना चाहिए।' जहाँ तक बुद्धिवाद का सवाल है, गाँधी कुरान और गीता को तर्क की कसौटी पर कसने के हामी थे। 1940 से 1947 के बीच उनके कई कथन बिना किसी हीले-हवाले के यह कहते नज़र आते हैं। रामराज्य के अपने आदर्श के बारे में भी उन्होंने स्पष्ट किया था कि ईसाइयों के लिए इसका मतलब किंगडम ऑफ़ गॉड और मुसलमानों के लिए इसका तात्पर्य ख़ुदाई हुकूमत है। गाँधी-विचार को इस दृष्टिकोण से देखने पर पता चलता है कि अपनी प्रार्थना सभाओं में सभी धर्मों के ग्रंथों से पाठ कराने वाले गाँधी ने अज्ञेयवादी नेहरू को अपना राजनीतिक उत्तराधिकारी क्यों चुना था।

तो क्या गाँधी भी नेहरू की भाँति धार्मिक समुदायों के राज्य-निर्देशित सेकुलरीकरण के पक्ष में थे? इस प्रश्न का उत्तर कुछ पेचीदा है। क्या ऐसा तो नहीं है कि गाँधीजी राज्य को धर्म के हस्तक्षेप से बचाने में नहीं, बल्कि धर्म को राज्य हस्तक्षेप से बचाने में ज़्यादा दिलचस्पी दिखा रहे थे? सम्भवत: गाँधी धर्म के सेकुलरीकरण की प्रक्रिया सरकारी और क़ानूनी दायरे से बाहर चलाना चाहते थे। उनकी निगाह में राज्य की गतिविधियाँ स्वास्थ्य, संचार, विदेश नीति, मुद्रा इत्यादि सेकुलर मामलों तक सीमित रहनी चाहिए थीं।

दूसरी तरफ़ नेहरू गाँधी की तरह धर्म पर ज़ोर न दे कर धार्मिकता से रहित आध्यात्मिकता की खोज में लगे हुए नज़र आते हैं। वे इस मामले में पूरी तरह साफ़ थे कि राज्य का कोई धर्म नहीं होना चाहिए, लेकिन साथ ही वे सारे जीवन कोशिश करते रहे कि किसी तरह उनके निर्माणाधीन सेकुलर राष्ट्र को भारत के सांस्कृतिक इतिहास से वैधता नसीब हो जाए। उन्होंने अपनी इतिहास संबंधी रचनाओं में अतीत के हमलावरों की शिनाख़्त उनके धर्म से न करके उनकी भौगोलिक पहचान के ज़रिये की, और भारतीय उद्योगीकरण के लिए भविष्य के मंदिरों का रूपक गढ़ा। नेहरू के आलोचक भी मानते हैं कि लेनिन और अतातुर्क का प्रशंसक होने के बावजूद नेहरू ने सोवियत संघ या तुर्की के तर्ज़ पर राज्य की दमनकारी ताक़त का इस्तेमाल करते हुए भारत पर सेकुलरीकरण थोपने का प्रयास कभी नहीं किया। उनकी कोशिश थी कि किसी तरह सेकुलरवाद भारतीय स्वभाव का अंग बन जाए। बहरहाल, दो भिन्न-भिन्न प्रस्थान बिंदुओं की सम्भावनाओं के बावजूद गाँधी और नेहरू की संयुक्त विरासत धर्म को सार्वजनिक जीवन से अलग रखने और राज्य और उसके बीच पार्थक्य की दीवार उठाने के बारे में ही थी। विभाजन के दौरान गाँधी और नेहरू दोनों ही निजी पहलक़दमी लेकर अल्पसंख्यकों को साम्प्रदायिक हिंसा की आग से बचाने में लगे हुए थे। नेहरू और गाँधी की इस संयुक्त सेकुलर विरासत की पृष्ठभूमि में ही सेकुलरवाद के भारतीय मॉडल की व्यावहारिक रचना को समझा जाना चाहिए।

देखें : आधुनिकता, आधुनिकीकरण, केशवराव बलिराम हेडगेवार, बहुसंख्यकवाद, बहुसंख्यक-अल्पसंख्यक, भारतीय जनता पार्टी-1 और 2, माधवराव सदाशिवराव गोलवलकर, मुसलिम राजनीतिक विचार, रामजन्मभूमि आंदोलन-1 से 4 तक, राष्ट्रीय स्वयंसेवक संघ, विनायक दामोदर सावरकर, विवेकानंद, स्त्री और साम्प्रदायिकता, सेकुलरवाद, सेकुलरीकरण, सेकुलरवाद बनाम बहुसंख्यकवाद, सेकुलर बनाम धार्मिक राज्य, सेकुलर राष्ट्रवाद के धार्मिक आयाम, सेकुलरवाद : महाविवाद-1 से 7 तक, साम्प्रदायिकता, हिंदुत्व।

संदर्भ

1. बिपिन चंद्र (2004), 'गाँधीजी, सेकुलरिज़्म ऐंड कम्युनलिज़्म', *सोशल साइंटिस्ट*, खण्ड 32, अंक 1-2.
2. भीखू पारेख (2003), 'नेहरू ऐंड सेकुलरिज़्म', एम.वी. कामथ (सम्पा.), *नेहरू रिविज़िटेड*, नेहरू सेंटर, मुम्बई.
3. भीखू पारिख (1991), 'नेहरू ऐंड द नैशनल फ़िलॉसफ़ी ऑफ़ इण्डिया', *इकॉनॉमिक ऐंड पॉलिटिकल वीकली, खण्ड 26, अंक 1-2.*
4. अभय कुमार दुबे (2005), 'सेकुलरवाद की अजीब दास्तान', संकलित : अभय कुमार दुबे (सम्पा.), *बीच बहस में सेकुलरवाद*, लोक-चिंतन ग्रंथमाला, वाणी, नयी दिल्ली.
5. शेफाली झा (1997), 'सेकुलरिज़्म इन द कांस्टीट्युऐंड एसेंबली डिबेट : 1946-1950', इण्डियन इंस्टीट्यूट ऑफ़ एडवांस स्टडी, शिमला द्वारा 1997 में आयोजित 'स्टडी वीक ऑन सेकुलर-कम्युनल क्वेश्चन' में पेश.

— अभय कुमार दुबे

सेकुलरवाद : महाविवाद-1

साठ के दशक की बहस

(Secularism: Great Debate-1)

सेकुलरवाद के भारतीय मॉडल की सैद्धांतिक निष्पत्तियों पर ग़ौर करने और उसके पीछे काम कर रही गाँधी-नेहरू विरासत की चर्चा के बाद उसकी व्यावहारिक राजनीति को समझना भी आवश्यक है। यह सही है कि उपनिवेशवाद विरोधी आंदोलन की नेतृत्वकारी शक्तियों में आज़ादी प्राप्त करने के बाद भारत को एक सेकुलर लोकतंत्र के रूप में विकसित करने के बारे में आम सहमति थी। लेकिन इसके बावजूद संविधान सभा ने 1950 में जो दस्तावेज़ पारित किया उसमें भारतीय राज्य को स्पष्ट रूप से सेकुलर क़रार नहीं दिया गया था। आपातकाल में किये गये बयालीसवें संविधान संशोधन से पहले भारत औपचारिक रूप से एक सेकुलर गणराज्य नहीं था। इस विरोधाभास का कारण क्या था कि जो संविधान धर्म और राज्य के बीच अपने कई अनुच्छेदों के ज़रिये पार्थक्य की स्पष्ट दीवार खड़ा करता था, वह घोषित रूप से सेकुलर नहीं था? संविधान निर्माण प्रक्रिया के दौरान ही भारतीय राज्य के चरित्र का निर्धारण क्यों नहीं किया गया? इस प्रश्न का उत्तर देते हुए एक विद्वान का कहना है कि दरअसल सेकुलरवाद संविधान निर्माताओं का सरोकार था ही नहीं। इसलिए उन्होंने सेकुलरवाद के विभिन्न मॉडलों पर ग़ौर करके भारत के लिए एक मॉडल चुनने में वक़्त ज़ाया नहीं किया। उनकी चिंता तो अधिकारों, कर्त्तव्यों, स्वतंत्रताओं और संस्थाओं की भाषा में राज्य और धर्म के संबंधों को इस तरह व्यक्त करने की थी कि एक बहुधार्मिक और बहुसांस्कृतिक देश में सभी समुदाय शांतिपूर्ण सह-अस्तित्व में रह सकें। यह तर्क आश्वस्त तो करता है, पर आज़ादी के बाद पैदा होने वाली छोटी-बड़ी व्यावहारिक समस्याओं पर नज़र पड़ते ही यह और अधिक गहन उत्तर की माँग करने लगता है।

आज़ादी मिलने के तुरंत बाद गाँधी की अंत्येष्टि के समय यह सवाल उठा था कि उनके अंतिम संस्कार का सरकारी कार्यक्रम धार्मिक रीति-रिवाज़ से किया जाए या सेकुलर शैली से? फिर इसके बाद ऐसे सवालों की लाइन लग गयी। गौतम बुद्ध की ढाई हज़ारवीं जयंती नेहरू की सरकार को मनानी चाहिए या नहीं? सोमनाथ मंदिर का जीर्णोद्धार सरकारी ख़र्चे से होना चाहिए या नहीं? राष्ट्रपति बाबू राजेंद्र प्रसाद को बनारस में ब्राह्मणों के पैर धोने चाहिए थे या नहीं? सरकारी मंत्रियों, राज्य के मुखिया या विदेशों में भारत के राजदूतों को धार्मिक पूजा स्थलों पर जाने की इजाज़त दी जानी चाहिए या नहीं? ये तमाम प्रश्न प्रतीकात्मक भी थे, और उनके साथ सेकुलरवाद के भारतीय मॉडल की परीक्षा भी जुड़ी हुई थी। आख़िर भारतीय मॉडल धर्म को सार्वजनिक जीवन से पूरी तरह ख़ारिज कर देने के पक्ष में नहीं था, पर वह सरकार और धर्म को अलग रखने की हिमायत भी करता था। यह परीक्षा राज्य के विवेकसम्मत आचरण की थी कि वह किस तरह धर्म की सार्वजनिक उपस्थिति और उसूली फ़ासले के विलक्षण भारतीय सिद्धांत के बीच संगति किस तरह बैठाएगा।

संविधान सभा की संबंधित बहस का अध्ययन करने वाले विद्वानों की मान्यता है कि सेकुलरवाद के मॉडल पर भले ही सीधे चर्चा न हुई हो, पर राज्य की सेकुलर शक्ल-सूरत पर जम कर विवाद हुआ था। जिन प्रावधानों को आज हम भारतीय राज्य को सेकुलर बनाने का श्रेय देते हैं, उनका सूत्रीकरण मतभेदों के बीच हुआ था। इसलिए सेकुलर राज्य अपने ही बनाये गये सिद्धांतों पर कई बार अमल करने के मामले में ढुलमुल नज़र आता था। अन्यान्य कारणों से नेहरू की सरकार तदर्थ रवैया अपनाने पर मजबूर हो जाती थी। सत्तारूढ़ शक्तियों और सरकार से बाहर राजनीति कर रही ताक़तें एकमत नहीं थीं। मसलन, सेकुलरवाद पर अमल की व्यावहारिकताओं के प्रश्न पर नेहरू की राय पुरुषोत्तम दास टंडन, वल्लभभाई पटेल और गोविंदबल्लभ पंत से अलग थी। जयप्रकाश नारायण और राममनोहर लोहिया जैसे वामपंथियों की निगाह में सेकुलरवाद कोई बहुत अहम मसला था ही नहीं। डॉ. आम्बेडकर ने इस सवाल पर ख़ासी मग़जपच्ची की, पर वे नेहरू के साथ किसी सैद्धांतिक विवाद में नहीं उलझे। बावजूद इसके हिंदू कोड बिल के सवाल पर नेहरू और उनके क़ानून मंत्री आम्बेडकर में मतभेद हो गये। समान नागरिक संहिता पर दुविधा रह गयी। अकाली दल और मुसलिम लीग जैसी धर्म आधारित पार्टी को धर्म-आधारित गोलबंदी करने की इजाज़त मिल गयी। बहुसंख्यक और अल्पसंख्यक जैसी श्रेणियों का इस्तेमाल ढीले-ढाले ढंग से होने लगा। चुनावी राजनीति में वोट के लिए सामुदायिक गोलबंदी के ख़िलाफ़ कोई विचार नहीं पनप पाया।

समाज-विज्ञान की दुनिया के पास एक ख़ास तरह के मॉडल के रूप में भारतीय सेकुलरवाद का सूत्रीकरण आज की तरह मौजूद नहीं था। इसलिए साठ के दशक की शुरुआत में जैसे ही भारतीय प्रयोग ने अपने दस साल पूरे किये, ज़बरदस्त बहस फूट पड़ी। इसकी राजनीतिक पृष्ठभूमि में भाषाई आधार पर राज्यों का पुनर्गठन कराने के लिए चले आंदोलन थे। उत्तर-पूर्व के अलगावादी भारतीय राष्ट्रवाद को सीधी चुनौती दे रहे थे। भाषाई और सांस्कृतिक इयत्ताएँ भारत की बनती हुई सेकुलर इयत्ता में संशोधन करने का दबाव डाल रही थीं। एक तरह से साठ का दशक भारतीय सेकुलरवाद के

लिए पहला संकट ले कर आया था। इसमें यह संदेश भी छिपा हुआ था कि अगर सेकुलर इयत्ता को समरूप बनाने की कोशिश की गयी तो एक दीर्घकालीन संकट भी पैदा हो सकता है। इस बहस के पक्ष-विपक्ष में जिन विद्वानों ने मुख्य रूप से भाग लिया उनमें विल्फ्रेड कैंटवेल स्मिथ, वेदप्रकाश लूथरा, डोनाल्ड यूजेन स्मिथ और मार्क गैलेंटर प्रमुख थे।

कैंटवेल स्मिथ का कहना था कि भारत का सेकुलरवाद एक ऐसी आकांक्षा है जिसे धरती पर उतारा जाना अभी बाक़ी है। हमदर्दी से भरे हुए इस वक्तव्य में यह अफ़सोस भी झलकता था कि भारतीय राज्य 1950 से 1965 के बीच सेकुलर कसौटियों पर खरा नहीं उतर पाया है। यूजेन स्मिथ ने अफ़सोस भी व्यक्त नहीं किया और अंदेशों की एक लम्बी सूची पेश की। उनका ख़याल था कि भारत का आधुनिक राज्य हिंदू मामलों में ज़्यादा हस्तक्षेप करके अपनी हिंदू छवि उभार रहा है। ऊपर से उसने धार्मिक समुदायों को अपने निजी क़ानून अलग रखने की इजाज़त भी दे रखी है जो सेकुलर सिद्धांत के एकदम ख़िलाफ़ है। यूजेन स्मिथ चाहते थे कि भारतीय राज्य अल्पसंख्यकों की सुरक्षा की गारंटी करे, पर समान नागरिकता के सिद्धांत के तहत। अमेरिकी मॉडल को आदर्श मानने वाले वेद प्रकाश लूथरा ने तो भारतीय सेकुलरवाद को सिरे से ही ख़ारिज करके दावा किया कि भारत में न तो सेकुलर राज्य है, और न ही बन सकता है।

मार्क गैलेंटर ने इन अंदेशों का जवाब दिया। उनका कहना था कि जिन बातों को स्मिथ भारतीय सेकुलरवाद की ख़ामी मान रहे हैं वे उसकी ख़ूबियाँ हैं। भारत पर राज्य और धर्म के पार्थक्य का अमेरिकी फ़ार्मूला थोपना उचित नहीं है। भारतीय सेकुलरवाद प्रगति और धार्मिक स्वतंत्रता के आग्रहों के बीच संतुलन बनाते हुए विकसित हो रहा है। गैलेंटर ने व्याख्या करते हुए कहा कि प्रत्येक सेकुलर राज्य धर्मों के किन्हीं पहलुओं को प्रोत्साहित करता है, कुछ की उपेक्षा करता है और धर्मों के कुछ तत्त्वों को प्रतिबंधित भी करता है। वह एक क़ानूनी ढाँचा बनाता है जिसके ज़रिये धर्म के दायरों से बाहर रहते हुए उसे विनियमित करने का काम किया जाता है। गैलेंटर का ख़याल था कि भारतीय संविधान का मुख्य रुझान धर्म को अदालतों द्वारा की जाने वाली पुनर्व्याख्याओं के ज़रिये बदल डालने की बजाय विधि-निर्माण द्वारा उसके दायरों का सीमांकन करने का है। गैलेंटर ने इस बात की आलोचना की कि भारतीय अदालतें धर्म की पुनर्व्याख्या का काम अपने हाथ में लेकर संविधान प्रदत्त सेकुलरवाद के मॉडल को नुक़सान पहुँचा रही हैं।

साठ के दशक में चली बहसों के इस संक्षिप्त विवरण से ज़ाहिर है कि सेकुलरवाद के भारतीय मॉडल को सबसे ज़्यादा मार्क गैलेंटर ने ही समझा था। आपातकाल में संविधान संशोधन करके भारतीय गणराज्य को सेकुलर घोषित करने से भारतीय मॉडल मजबूत नहीं हुआ। 1979 की ईरानी इसलामिक क्रांति की सफलता ने राज्य के प्रयासों से सेकुलर समाज की रचना को गम्भीर रूप से प्रश्नांकित कर दिया। अस्सी के दशक में सिखों का भीषण क़त्ले-आम हुआ और तत्कालीन सरकार जानबूझ कर अपनी आँखें बंद किये रही। एक साम्प्रदायिक रक्तपात के साथ एक सेकुलर सरकार की यह मिलीभगत भीषण बहुसंख्यकवादी रुझानों की तरफ़ इशारा कर रही थी। अस्सी के दशक में ही सुप्रीम कोर्ट द्वारा शाह बानो वाले मामले में धर्म की व्याख्या के प्रयास ने भारतीय सेकुलरवाद के लिए कई समस्याएँ पैदा कीं। ख़ुद को सेकुलर कहने वाली सरकार शाह बानो वाले मसले पर मुसलमान कट्टरपंथियों के सामने घुटने टेकने के बाद अयोध्या में विवादित स्थल पर लगे ताले खुलवा कर हिंदू कट्टरपंथियों के सामने झुकती नज़र आयी। ऐसा लगा कि सरकारी सेकुलरवाद का व्यावहारिक मतलब दो साम्प्रदायिकताओं के बीच संतुलन का खेल खेलना हो गया है।

इसी पृष्ठभूमि में सेकुलरवाद पर दूसरी बहस फूटी। यह एक ज़बरस्त महाविवाद था जिसके तहत पक्ष-विपक्ष में समृद्ध विमर्श रचा गया। समाज-विज्ञान के लिहाज़ से इसे एक विशिष्ट भारतीय उपलब्धि भी कहा जा सकता है।

देखें : आधुनिकता, आधुनिकीकरण, केशवराव बलिराम हेडगेवार, बहुसंख्यकवाद, बहुसंख्यक-अल्पसंख्यक, भारतीय जनता पार्टी-1 और 2, माधवराव सदाशिवराव गोलवलकर, मुसलिम राजनीतिक विचार, रामजन्मभूमि आंदोलन-1 से 4 तक, राष्ट्रीय स्वयंसेवक संघ, विनायक दामोदर सावरकर, विवेकानंद, स्त्री और साम्प्रदायिकता, सेकुलरवाद, सेकुलरीकरण, सेकुलरवाद बनाम बहुसंख्यकवाद, सेकुलर बनाम धार्मिक राज्य, सेकुलर राष्ट्रवाद के धार्मिक आयाम, सेकुलरवाद : भारतीय मॉडल-1 और 2, हिंदुत्व।

संदर्भ

1. विलफ्रेड कैंटवेल स्मिथ (1965), 'द प्रॉब्लम', *सेमिनार, अ सिम्पोज़ियम ऑन द इम्प्लीकेशन ऑफ़ द नैशनल पॉलिसी,* 67.
2. वेद प्रकाश लूथरा (1962), *द कंसेप्ट ऑफ़ द सेकुलर स्टेट इन इण्डिया,* ऑक्सफ़र्ड युनिवर्सिटी प्रेस, नयी दिल्ली.
3. डोनाल्ड यूजेन स्मिथ (1963), *इण्डिया एज़ द सेकुलर स्टेट,* प्रिंसटन युनिवर्सिटी प्रेस, प्रिंसटन.
4. मार्क गैलेंटर (1999), 'हिंदुइज़म, सेकुलरिज़म ऐंड इण्डियन जुडीशियरी' और 'सेकुलरिज़म, ईस्ट ऐंड वेस्ट', संकलित : राजीव भार्गव, *सेकुलरिज़म ऐंड इट्स क्रिटिक्स,* ऑक्सफ़र्ड युनिवर्सिटी प्रेस, नयी दिल्ली.

— अभय कुमार दुबे

सेकुलरवाद : महाविवाद-2

नंदी-मदन थीसिस : आलोचनाओं का मौसम

(Secularism: Great Debate-2)

अस्सी का दशक राष्ट्रवादी कल्पनाशीलता की स्थापित संरचनाओं के लिए चुनौतियाँ ले कर आया। राजनीतिक घटनाक्रम का विकास कुछ इस तर्ज़ पर हुआ कि भारतीय राष्ट्रवाद और आधुनिकता पर सेकुलर इजारेदारी भंग लगने लगी। ऐसा प्रतीत होने लगा कि सेकुलर ही नहीं सांस्कृतिक राष्ट्रवाद भी हो सकता है, और आधुनिक इयत्ता अनिवार्यत: सेकुलर होने के बजाय धार्मिक मूल्यों से आवेशित होने के बावजूद बुद्धिवादी औज़ारों का उपयोग कर सकती है। इसी दशक में छोटी पहचानों ने स्थापित राष्ट्रीय महा-पहचान के साथ टकराव की शुरुआत भी की। हरित क्रांति के ज़रिये कृषि में पूँजीवाद का बिगुल बजाने वाले पंजाब ने राष्ट्रीय मंच पर सिखों के धार्मिक राष्ट्रवाद की हथियारबंद दावेदारी पेश की। उत्तर-पूर्व के सबसे बड़े राज्य असम में चले स्थानीयतावाद पर आधारित जुझारू आंदोलन ने केंद्र के वर्चस्व को कमज़ोर करना शुरू कर दिया। क्षितिज पर हिंदुत्ववादी बादल उमड़ने लगे। बहुसंख्यकवादियों ने दावा किया कि भारतीय राष्ट्रवाद उनके रंग में रँगे बिना राष्ट्रीय एकता-अखण्डता के पैदा हो रहे इन जोखिमों का सामना नहीं कर सकता।

इस माहौल को संगीन बनाने में कुछ और पहलुओं ने अपना योगदान किया। अस्सी के दशक में ही पहली बार किसी प्रधानमंत्री (इंदिरा गाँधी) ने सार्वजनिक मंच से मुसलमानों की देशभक्ति पर शक किया। ऑपरेशन ब्लू स्टार, प्रधानमंत्री की उनके सिक्ख अंगरक्षकों द्वारा हत्या, उसकी प्रतिक्रिया में हज़ारों सिखों का क़त्ले-आम, इस कुकृत्य में कांग्रेस के कई नेताओं की भड़काऊ भूमिका और प्रशासन का हाथ पर हाथ रखे बैठे रहना, शाह बानो विवाद में इसलामिक कट्टरपंथियों के तुष्टीकरण को संतुलित करने के लिए कांग्रेस सरकार द्वारा अयोध्या में विवादित स्थल के ताले खुलवा कर रामजन्मभूमि विवाद को बल प्रदान करना, कांग्रेस सरकार द्वारा ही मंदिर का शिलान्यास करवाना और दिवराला (राजस्थान) में रूपकंवर के सतीदाह पर पूरे देश में फूटी बहस ने राष्ट्रवाद, सेकुलरवाद, सेकुलरीकरण, और धार्मिक सहिष्णुता जैसे मसलों पर नये सिरे से सोचने-विचारने की स्थितियाँ पैदा कीं।

अस्सी के दशक की इन्हीं बेचैनियों के गर्भ से सेकुलरवाद पर एक महाविवाद का जन्म हुआ जो साठ के दशक की बहस से काफ़ी अलग क़िस्म का था। साठ के दशक की चिंताएँ भारतीय सेकुलरवाद के कारगर होने या न होने के इर्द-गिर्द केंद्रित थीं। लेकिन, यह ताज़ा बहस आधुनिकता, राष्ट्रवाद, धार्मिकता और उदारतावाद के बुनियादी प्रश्नों से जूझ रही थी। इसका फलक वैश्विक था और उसके केंद्र में भारत का बहुधार्मिक और बहुसांस्कृतिक अस्तित्व अपने दक्षिण एशियाई पन के साथ एक प्रमुख मिसाल के तौर पर मौजूद था।

महाविवाद का उद्घोष 1985 में 'सेमिनार' पत्रिका में प्रकाशित एक लेख से हुआ जिसका शीर्षक था 'एंटी-सेकुलरिस्ट मेनिफ़ेस्टो'। इसके लेखक थे राजनीतिक दृष्टिकोण से सामाजिक मनोविज्ञान का अध्ययन करने वाले आशिस नंदी, जो इससे पहले अपनी आधुनिकताविरोधी अवधारणाओं और औपनिवेशिक ज्ञान परम्पराओं की बखिया उधेड़ने के लिए चर्चित हो चुके थे। इस बेहद दिलचस्प लेख का शीर्षक भड़काऊ ज़रूर था, पर उसका विश्लेषण काफ़ी पेचीदा और नफ़ीस साबित हुआ। अपने घोषणापत्र में नंदी ने एक तालिका के ज़रिये सेकुलरवाद की डिग्रियाँ पेश कीं। इस तालिका के अनुसार कोई निजी जीवन में धार्मिक हो कर भी सार्वजनिक जीवन में सेकुलर हो सकता है, और कोई इसका ठीक उलट। कोई ख़ुफ़िया तौर पर धार्मिक या सेकुलर हो सकता है, तो कोई खुला धार्मिक या सेकुलर। कोई निजी और सार्वजनिक यानी दोनों दायरों में धार्मिक या सेकुलर हो सकता है।

नंदी ने आधुनिक राष्ट्र द्वारा आरोपित धार्मिक और सेकुलर का द्विभाजन दिखाते हुए सेकुलरवाद के दो रूपों के बीच फ़र्क़ भी किया। उनके अनुसार एक रूप धर्म को राजनीति से अलग करने में दिलचस्पी रखने वाला पश्चिमीकृत आधुनिकतावादी क़िस्म का है, दूसरा धर्म का विरोधी न हो कर युरोकेंद्रीयता, विदेशीद्वेष और कट्टरपंथ का विरोधी है। नंदी ने दावा किया कि सेकुलरवाद के दूसरे रूप की भूमिका भारत में गौण हो चुकी है। पहले सेकुलरवाद के आधुनिकतावादी और राज्यवादी दुराग्रह के कारण धर्म आधारित राजनीति का प्रभाव बढ़ता चला जा रहा है।

नंदी ने धर्म के दो रूपों के बीच भी फ़र्क़ करते हुए दिखाया कि धर्म की एक निर्मिति आधुनिकतावादी और विचारधारात्मक क़िस्म की है, जिसके साथ तादात्म्य स्थापित करने में पश्चिमीकृत सेकुलरवाद को कोई दिक़्क़त नहीं होती। लेकिन उसकी दूसरी निर्मिति दैनंदिन जीवन की आध्यात्मिकता से जुड़ी है जिसे सेकुलरीकरण ख़त्म कर देना चाहता है।

नंदी ने अपनी बात साबित करने के लिए ठोस राजनीतिक प्रेक्षण भी किये। जैसे, उन्होंने तर्क दिया कि आज़ादी के बाद शुरू में राजनीतिक गोलबंदी का दायरा शहरों तक ही सीमित था, इसलिए सेकुलरीकरण की प्रक्रिया

कामयाबी से चली। पर जैसे ही लोकतांत्रिक सहभागिता का विस्तार हुआ, सेकुलरवाद की सीमाएँ साफ़ होने लगीं। धर्म के राजनीति से बहिष्करण का नतीजा यह हुआ कि धर्म की बुराइयाँ तो राजनीति में व्यक्त होने लगीं, लेकिन उसकी अच्छाइयाँ सार्वजनिक जीवन के भ्रष्टाचार और हिंसा को संयमित करने के लिए उपलब्ध नहीं रह गयीं। आधुनिकतावादी आग्रहों ने धार्मिक और जातीय अल्पसंख्यकों के प्रति प्रबंधकीय रवैया अख़्तियार कर लिया जिसका पतन बहुसंख्यकवाद के मुताबिक़ लिए निर्णयों में होना ही था। भारतीय राष्ट्र-राज्य को मिलने वाली जातीय और धार्मिक चुनौतियाँ इन्हीं हालात की पैदाइश थीं। नंदी के मुताबिक़ सेकुलरवादी व्यवहार ने कट्टरपंथी राजनीति को जन्म दिया। सार रूप में दोनों ही आधुनिकता के प्रत्यय की उपज थे। दोनों ही साधारण धर्मावलम्बियों से नफ़रत करते पाये गये। धार्मिक जज़्बात नहीं, बल्कि साम्प्रदायिकता का सेकुलर इस्तेमाल ही दंगों का कारण बना। नतीजे के तौर पर दक्षिण एशियाई समाजों में धार्मिक सहिष्णुता के आयामों का प्रयोग किये बिना एक सहिष्णु समाज बनाने के तजरुबे के तौर पर सेकुलरवाद आज नाकाम हो चुका है।

दो साल बाद 1987 में धर्म और उसके समाजशास्त्र पर महारत रखने वाले वरिष्ठ समाजशास्त्री त्रिलोकी नाथ मदन अपनी रचना 'सेकुलरिज़म इन इट्स प्लेस' ले कर आये। शीर्षक बता रहा था कि वे नंदी की तरह सेकुलरवाद को पूरी तरह से ख़ारिज करने के पक्ष में नहीं थे। उनकी चिंता तो यह थी कि सेकुलरवाद को राष्ट्रीय स्वभाव का अंग कैसे बनाया जाए। इसके लिए उन्होंने तजवीज़ की कि बात धार्मिक दायरे से सेकुलर दायरे के अलग होने की नहीं है। हिंदू परम्परा को सेकुलर तत्त्वों के नकार के रूप में नहीं देखा जाना चाहिए। उसे सेकुलर और धार्मिक के बीच एक ख़ास तरह के संबंध के रूप में ग्रहण किया जाना चाहिए। एक ऐसा संबंध जो पदानुक्रमवत है और जिसमें सेकुलर को धर्म अपने दायरे में ले लेता है।

नंदी की रचना सेकुलरवाद को आधुनिक समाज के संबंध में जाँचती थी, पर मदन की रचना ने उसे धार्मिक परम्परा के दायरे में जाँचा। उनके अनुसार सेकुलरवाद आधुनिक विज्ञान और प्रोटेस्टेंट मत के द्वंद्वात्मक संबंधों की देन है, इसलिए दक्षिण एशिया की धार्मिक परम्पराओं में इस उधार की विचारधारा के तत्त्व खोजना बेकार की क़वायद है। हिंदू, सिख, इसलामी और बौद्ध परम्पराएँ धार्मिक और सेकुलर के बीच फ़र्क़ तो करती हैं, पर वहाँ सेकुलर को धार्मिक अपने दायरे में समेट लेता है। इसलिए सेकुलरवाद का कोई स्वायत्त आधार नहीं बन पाता। यह विचार इस इलाक़े की मिट्टी से जुड़ने के बजाय मुट्ठी भर लोगों को सपना बन कर रह जाता है जो वैज्ञानिक मानस के नाम पर जनसाधारण की जीवन-शैली को अंधविश्वास की संज्ञा देते हुए उन्हें अपनी छवि के साँचे में गढ़ना चाहते हैं। मदन ने तर्क दिया कि धर्म की विधेयक भूमिका को स्वीकार किये बिना भी सेकुलर मक़सदों से धर्म का दोहन किया जाता है जिससे हिंदू पुनरुत्थानवाद, सिक्ख आतंकवाद और मुसलमान कट्टरपंथ पैदा होता है। दरअसल, धर्मबहुल समाजों में सेकुलरवाद बुद्धिवाद का पर्याय नहीं हो सकता। सेकुलरवाद का भारतीय रूप रचने के लिए हमारे आधुनिकतावादियों को समझना होगा कि धर्म किसी धोखे का नाम नहीं है। गाँधी जैसे लोगों की बातों से हम धर्म और राजनीति के उपयुक्त रिश्ते के बारे में कुछ सबक सीख सकते हैं। मदन का दावा था कि धर्म को गम्भीरतापूर्वक लिए बिना दक्षिण एशिया में सहिष्णु समाज सम्भव नहीं हो सकता।

इन रचनाओं में धार्मिक राष्ट्रवाद के समर्थन में एक भी शब्द नहीं था। अगर कुछ था तो केवल उसकी कड़ी आलोचना। सेकुलरवाद की अपर्याप्ताओं पर सहमति थी, पर उसके मूल्यांकन को लेकर कई मतभेद थे। नंदी सेकुलरवाद को ख़ारिज करके गाँधीवादी चिंतन के आधार पर उत्तर-सेकुलर राजनीति की रचना आह्वान करते दिख रहे थे। मदन सेकुलरवाद को ख़ारिज न करके एक धर्मप्राण देश में उसकी सीमाओं की शिनाख़्त कर रहे थे। वे सेकुलरवाद और धार्मिकता का जोड़ चाहते थे। धार्मिकता के रूपों के बारे में भी दोनों के प्रेक्षण अलग-अलग थे। नंदी की मान्यता थी कि धार्मिकता का क्षय हो गया है, पर मदन मानते थे कि सेकुलरीकरण के बावजूद धार्मिकता के रूपों का प्रसार हुआ है। साल भर बाद यानी 1988 में नंदी ने 'द पॉलिटिक्स ऑफ़ सेकुलरिज़म ऐंड रिकवरी ऑफ़ रिलीजस टॉलरेंस' की रचना करके सेकुलरवादी दबदबे को 'वैचारिक श्रेणियों के साम्राज्यवाद' की संज्ञा दी। लेकिन, इन अंतरों के बावजूद नंदी और मदन के विमर्श को समाज-विज्ञान की दुनिया ने आगे चल कर नंदी-मदन थीसिस के नाम से याद किया।

दिलचस्प बात यह है कि नंदी और मदन की रचनाओं के छपने और चर्चित होने के बहुत दिनों के बाद यानी 1994 तक भारतीय सेकुलरवादियों ने उनका जवाब नहीं दिया। अमर्त्य सेन की मान्यता है कि भारतीय बुद्धिजीवियों को आम तौर पर आधुनिकता, राष्ट्रवाद और सेकुलरवाद की तिकड़ी में इतनी ज़बरदस्त आस्था थी कि अस्सी के दशक की राजनीतिक बेचैनियों और नंदी-मदन के लेखों में हुई उनकी बौद्धिक अभिव्यक्तियों पर तुरंत प्रतिक्रिया की कोई ज़रूरत नहीं समझी गयी।

लेकिन, नब्बे का दशक सेकुलरवाद के लिए ज़्यादा बड़े धक्के की तैयारी कर रहा था। इस दशक की तूफ़ानी शुरुआत ही मण्डल और मंदिर राजनीति से हुई। छह

दिसम्बर, 1992 को कार सेवकों ने अयोध्या में बाबरी मसजिद ढहा दी। यह भारतीय सेकुलरवाद पर निर्मम प्रहार था। सेकुलरवाद के समर्थकों को खुल कर सामने आना पड़ा और उनके एक बड़े हिस्से को इस विचार के नवीकरण की ज़रूरत महसूस हुई। मार्क्सवादियों ने अलग मोर्चा सँभाला, और उदारतावादियों ने अलग। बीसवीं सदी के पूरे आख़िरी दशक में सेकुलरवाद पर जम कर विवाद होता रहा।

देखें : आधुनिकता, आधुनिकीकरण, केशवराव बलिराम हेडगेवार, बहुसंख्यकवाद, बहुसंख्यक-अल्पसंख्यक, भारतीय जनता पार्टी-1 और 2, माधवराव सदाशिवराव गोलवलकर, मुसलिम राजनीतिक विचार, रामजन्मभूमि आंदोलन-1 से 4 तक, राष्ट्रीय स्वयंसेवक संघ, विनायक दामोदर सावरकर, विवेकानंद, स्त्री और साम्प्रदायिकता, सेकुलरवाद, सेकुलरीकरण, सेकुलरवाद बनाम बहुसंख्यकवाद, सेकुलर बनाम धार्मिक राज्य, सेकुलर राष्ट्रवाद के धार्मिक आयाम, सेकुलरवाद : भारतीय मॉडल-1 और 2, हिंदुत्व।

संदर्भ

1. आशिस नंदी (1985), 'एंटी सेकुलरिस्ट मेनिफ़ेस्टो', सेमिनार, 314, अक्टूबर, 1985 और हिंदी में 'सेकुलरवाद के ख़िलाफ़ घोषणापत्र', अभय कुमार दुबे (सम्पा.), *बीच बहस में सेकुलरवाद,* लोकचिंतन ग्रंथमाला, सीएसडीएस-वाणी, नयी दिल्ली.
2. टी.एन. मदन (2005), 'सेकुलरिज़्म इन इट्स प्लेस', *जरनल ऑफ़ एशियन स्टडीज़,* खण्ड 46, अंक 4, 1987 और हिंदी में 'सेकुलरवाद की सीमा', अभय कुमार दुबे (सम्पा.), *बीच बहस में सेकुलरवाद,* लोकचिंतन ग्रंथमाला, सीएसडीएस-वाणी, नयी दिल्ली.
3. आशिस नंदी (1988), 'द पॉलिटिक्स ऑफ़ सेकुलरिज़्म ऐंड द रिकवरी ऑफ़ रिलीजस टॉलरेंस', *आल्टर्नेटिव्ज़,* खण्ड 13, अंक 2.
4. अमर्त्य कुमार सेन (1993), 'द थ्रेट टू सेकुलर इण्डिया', *सोशल साइंटिस्ट,* खण्ड 21, अंक 3-4.

— अभय कुमार दुबे

सेकुलरवाद : महाविवाद-3

पार्थ चटर्जी का हस्तक्षेप और मार्क्सवादी बेचैनियाँ

(Secularism: Great Debate-3)

अस्सी के दशक में सेकुलरवाद की आलोचना में नंदी-मदन थीसिस आ जाने के बावजूद वामपंथी और मार्क्सवादी ख़ेमे ने एक बहुधार्मिक देश में सेकुलरवाद की प्रासंगकिता की जाँच करने की ज़रूरत नहीं समझी। नब्बे के दशक के शुरुआती वर्षों ने सेकुलरवाद के लिए दो नयी चुनौतियाँ पेश कीं। पहली चुनौती भारतीय लोकतंत्र के विकास और उसकी चुनावी प्रक्रिया के गर्भ से निचली जातियों की दावेदारी के रूप में निकली जिसे मण्डल परिघटना के नाम से जाना जाता है। दूसरी चुनौती इस परिघटना की प्रतिक्रिया में रामजन्मभूमि आंदोलन, बाबरी मसज़िद ध्वंस और भारतीय जनता पार्टी द्वारा केंद्र की तरफ़ कूच के रूप में सामने आयी।

दलितों और आदिवासियों के लिए आरक्षण पहले से चल रहा था। सेकुलर-आधुनिकतावादी मानस इन उपायों को अस्थाई मान कर समझता था कि कमज़ोर समुदाय के लोग जब व्यक्ति के रूप में आरक्षण के ज़रिये अन्य लोगों की बराबरी कर लेंगे तो अमूर्त नागरिकता का महान उदारतावादी सपना सच हो जाएगा। लेकिन अब उन्हें दिखा कि मण्डल कमीशन की सिफ़ारिशों के सहारे आज़ादी के चालीस साल बाद जनता के नये तबक़े आरक्षण के दायरे में आ रहे हैं। यह परिघटना केवल सेकुलरवाद के समर्थकों के लिए ही नहीं, बल्कि उसके विरोधियों के लिए भी पेचीदा थी। साम्प्रदायिकता की राजनीति पर तो उनकी निगाह थी, पर जाति का प्रश्न अलग-अलग कारणों से दोनों ने ही उपेक्षित कर दिया था।

बहरहाल, कारसेवकों के हाथों बाबरी मसजिद टूटने के बाद सोये हुए वामपंथी जागे और उन्होंने सोचना शुरू किया कि सेकुलरवाद और सेकुलर राज्य इस दक्षिणपंथी उभार को रोकने में क्यों नाकाम रहा। सुमित सरकार ने सामाजिक इतिहास लेखन में जाति की उपेक्षा की शिनाख़्त की, संघ परिवार की विचारधारा को फ़ासीवाद का एक रूप क़रार दिया और सेकुलरवाद के आलोचकों पर आरोप लगाया कि उनका विमर्श संघ परिवार के साथ कहीं न कहीं एक साझी ज़मीन पर खड़ा है। एक अन्य वामपंथी एजाज़ अहमद ने अपने लेख 'ग्राम्शी, इटली का फ़ासीवाद और हमारे लिए सबक' में फ़ासीवाद के रूपक का सहारा लेकर संघ परिवार की राजनीति को व्याख्यायित करने की कोशिश की।

इससे पहले कि वामपंथी ख़ेमा थोड़ी-बहुत आत्मालोचना और फ़ासीवाद की चौखट पर ठीकरा फोड़ कर

संतुष्ट हो जाता, पार्थ चटर्जी के विमर्श ने उसमें हलचल मचा दी। 1994 में 'सेकुलरिज़्म ऐंड टॉलरेंस' के ज़रिये उन्होंने कुछ ऐसे सवाल उठाये जिनसे न केवल सेकुलरवाद का मौजूद मॉडल प्रश्नांकित होता था, बल्कि अल्पसंख्यक प्रश्न से निबटने के मामले में उदारतावादी थीसिस की क्षमताओं पर भी सवाल खड़ा होता था। चटर्जी ने सबसे पहले तो इस बात का खण्डन किया कि हिंदुत्ववादी राजनीति का फ़ासीवाद या नाज़ीवाद से कोई ताल्लुक़ है। फिर उन्होंने दिखाया कि भारतीय मुसलमान अपने धार्मिक मामलों में राज्य के हस्तक्षेप के हमेशा से विरोधी नहीं थे। लेकिन आज़ाद भारत में जैसे ही उन्होंने अपने सांस्कृतिक जीवन को बुद्धिवाद के दायरों से अलग रखने का आग्रह किया तो उदारतावादी सिद्धांत संकट का शिकार हो गया।

चटर्जी ने तर्क दिया कि राज्य और धर्म के बीच पार्थक्य की दीवार खड़ा करने वाले सेकुलरवाद और आधुनिक राज्य की उदारतावादी विचारधारा के गर्भ से सामाजिक सहिष्णुता की गारंटी अपने आप नहीं निकलती। उदारतावादी सिद्धांत को उस समय बगलें झाँकनी पड़ती हैं जब धार्मिक अल्पसंख्यक सार्वभौम नागरिकता के बुद्धिवादी विमर्श में भागीदारी करने से ही इनकार कर देते हैं। वे अपनी सांस्कृतिक भिन्नता क़ायम रखने का दावा ही नहीं करते, उस दावे की वजह न बताने का दावा भी पेश करते हैं। फ़ूको के शासकीयता के सिद्धांत का सहारा लेते हुए चटर्जी ने कहा कि अल्पसंख्यक राज्य प्रदत्त मंचों पर विवाद न करके आग्रह करते हैं कि उनके सांस्कृतिक आचरण से संबंधित मसलों को उनके अपने धार्मिक दायरों में ही सुलझाया जाना चाहिए। ऐसे में ज़रूरी हो जाता है कि सहिष्णुता की गाँधीवादी समझ के बजाय एक ऐसी समझ खोजी जाए जो प्रचलित उदारतावादी सिद्धांत में बनी-बनायी नहीं मिलती।

चटर्जी ने तजवीज़ की कि इस नयी समझ के पैरोकार को एक द्वि-आयामी संघर्ष की शुरुआत करनी पड़ेगी : 'वह किसी भी अल्पसंख्यक समुदाय में बाहर से पड़ने वाले समरूपीकरण के दबावों का प्रतिरोध कर सकता है, और समुदाय के भीतर लोकतांत्रिकीकरण के लिए दबाव डाल सकता है।' यह थी चटर्जी द्वारा प्रतिपादित सहिष्णुता की रणनीतिक राजनीति।

मार्क्सवादी ख़ेमे से जावीद आलम ने नंदी-मदन थीसिस पर पलट कर हमला किया, पर उनके विमर्श में धर्म से निबटने के मामले में कम्युनिस्टों के रवैये की आलोचना भी थी। हालाँकि आलम का स्वर विवादात्मक था, पर वे अपने भीतर झाँकते हुए भी नज़र आ रहे थे।

जावीद आलम ने 'इण्डिस्पेंसिबिलिटी ऑफ़ सेकुलरिज़्म' में सवाल उठाया कि नंदी और मदन सेकुलरवाद की तो कड़ी जाँच-पड़ताल करते हैं पर परम्परा को किसी कसौटी पर नहीं कसते। विश्लेषण का यह तरीक़ा परम्परा के नाम पर जो कुछ है, उसे ग़ैर-आलोचनात्मक ढंग से ग्रहण कर लेता है। आलम ने दावा किया कि सेकुलरवाद विरोधी दलील में एक पद्धतिमूलक अस्पष्टता भी है। ऊपर से तो वह पश्चिमी विचारधाराओं के वर्चस्व के ख़िलाफ़ लड़ती नज़र आती है, पर वास्तव में उसकी जड़ पश्चिमी पूर्व-धारणाओं में ही दिखती है। उनकी दलीलें सिर के बल खड़ी हुई युरो-केंद्रीय दृष्टि का ही प्रतिनिधित्व करती हैं।

आलम की मान्यता थी कि आधुनिकता ने हमें जिस मुक़ाम पर पहुँचा दिया है, वहाँ से वापसी नामुमकिन है। जिस परिघटना को पश्चिमी विचार श्रेणियाँ थोपना कहा जाता है, उसे पारंपरिक समाजों के आधुनिकीकरण से उपजी ज़मीनी ज़रूरत के रूप में देखा जाना चाहिए। पारम्परिक समाज आपसी संवाद के ज़रिये जिन समझौतों तक पहुँचते थे, आधुनिक समाज में विवादों का हल उन तरीक़ों से नहीं हो सकता। उसके लिए नये दार्शनिक सिद्धांत, नये मूल्य और नयी प्रणाली की ज़रूरत पड़ेगी। समानता और लोकतंत्र के साथ सेकुलरवाद इसी ज़रूरत की पूर्ति करता है।

नंदी-मदन थीसिस की प्रत्यालोचना करने के बाद आलम ने अपनी निगाह आधुनिकतावादियों और मार्क्सवादियों के रवैये पर फेंकी। उन्होंने पाया कि इसमें भी कई ख़ामियाँ हैं। मसलन, सेकुलरवाद या आधुनिकता को केवल युरोपीय ज्ञानोदय की बुद्धिवादी विचारधारा के आईने में देखा जाना एक समस्या है। देशकाल के मुताबिक़ कई तरह की आधुनिकताएँ और तरह-तरह के सेकुलरवाद हो सकते हैं। भारतीय परिस्थितियों के मुताबिक़ सेकुलरवाद का सिद्धांत-निरूपण करने के लिए देकार्तवादी या कांटवादी वैचारिक बुनियादपरस्ती से बचना चाहिए। ज्ञानोदय से पहले के युरोपीय पुनर्जागरण काल में धर्म और राज्य को अलग-अलग करने के लिए किये गये चिंतन पर भी निगाह फेंकनी चाहिए। वह चिंतन धर्म का विरोधी नहीं था, पर वह धर्म को राजकीय मामलों से अलग रखने का हिमायती जरूर था।

भारतीय मार्क्सवादियों को आलम की हिदायत थी कि हमें जो मार्क्सवाद थमाया गया है और जिसके तहत कम्युनिस्ट इस मसले को देखते हैं, वह दरअसल ग़लत बौद्धिक परिप्रेक्ष्य से उपजा है। यह परिप्रेक्ष्य धर्म को जंजीरों में जकड़ कर रखना चाहता है। कम्युनिस्टों को चाहिए कि वे ऐतिहासिक दृष्टिकोण का इस्तेमाल करते हुए उन परिस्थितियों पर नज़र डालें जिनमें आधुनिक व्यक्ति की रचना होती है। विभिन्न समाजों की ज़मीन पर भिन्न-भिन्न सांस्कृतिक और भौतिक परिस्थितियों में यह प्रक्रिया अलग-अलग ढंग से चलती है। अगर कम्युनिस्ट इस तरह से देखते तो उनके सामने समाजवादी लोकतंत्र के विभिन्न रूप खोजने का रास्ता खुल सकता था। लेकिन, मार्क्स के बाद विकसित समाजवादी

विचार परम्परा में विभिन्न परिस्थितियों के तहत आधुनिक इनसान की रचना-प्रक्रिया के दौरान पैदा हुई सामाजिक-दार्शनिक समस्याओं पर गम्भीरता से गौर नहीं किया गया।

ज़ाहिर है कि आलम के पास आधुनिकता और सेकुलरवाद से संबंधित मार्क्सवादी समझ और व्यवहार में संशोधन के गम्भीर प्रस्ताव थे। एक अन्य वामपंथी चिंतक अकील बिलग्रामी ने इसी दौरान नेहरूवादी सेकुलरवाद को आर्कमीडियायी या गढ़ा हुआ क़रार देकर इस बहस में एक नया दृष्टिकोण जोड़ने की कोशिश की।

कुल मिला कर नंदी-मदन थीसिस से प्रकट नाराज़गी के बावजूद वामपंथी ख़ेमे भी सेकुलरवाद के नये संस्कार की आवश्यकता महसूस कर रहा था। पार्थ चटर्जी तो एक तरह से नंदी और मदन के साथ ही खड़े दिख रहे थे। आधुनिकता और दक्षिण एशियाई समाजों के बीच अन्योन्यक्रिया पर भारतीय अनुभव की रोशनी में नये सिरे से विचार करने की गुंजाइशें खुल रही थीं। सेकुलरवाद का संकट भारतीय समाज-विज्ञान में स्थापित और रूढ़ हो चुकी कई अवधारणाओं को चिंतन के लिए दोबारा खोलने के मौक़े प्रदान कर रहा था।

देखें : आधुनिकता, आधुनिकीकरण, केशवराव बलिराम हेडगेवार, बहुसंख्यकवाद, बहुसंख्यक-अल्पसंख्यक, भारतीय जनता पार्टी-1 और 2, माधवराव सदाशिवराव गोलवलकर, मुसलिम राजनीतिक विचार, रामजन्मभूमि आंदोलन-1 से 4 तक, राष्ट्रीय स्वयंसेवक संघ, विनायक दामोदर सावरकर, विवेकानंद, स्त्री और साम्प्रदायिकता, सेकुलरवाद, सेकुलरीकरण, सेकुलरवाद बनाम बहुसंख्यकवाद, सेकुलर बनाम धार्मिक राज्य, सेकुलर राष्ट्रवाद के धार्मिक आयाम, सेकुलरवाद : भारतीय मॉडल-1 और 2, हिंदुत्व।

संदर्भ

1. सुमित सरकार (1994), 'द एंटी सेकुलरिस्ट क्रिटीक ऑफ़ हिंदुत्व : प्रॉब्लम्स ऑफ़ ए शेयर्ड डिस्कर्सिव स्पेस', *जर्मिनल,* खण्ड 1.
2. जावीद आलम (2005), 'द इंडिस्पेंसिबिलिटी ऑफ़ सेकुलरिज़म', *सोशल साइंटिस्ट,* खण्ड 27, अंक 7-8, जुलाई-अगस्त 1998 और हिंदी में 'सेकुलरवाद की अनिवार्यता', अभय कुमार दुबे (सम्पा.), *बीच बहस में सेकुलरवाद,* लोकचिंतन ग्रंथमाला, वाणी-सीएसडीएस, नयी दिल्ली.
3. सुदीप्त कविराज (1995), 'रिलीजन, पॉलिटिक्स ऐंड मॉडर्निटी', संकलित : उपेंद्र बख़्शी और भीखू पारेख (सं.), *क्राइसिस ऐंड चेंज इन कंटेम्परेरी इण्डिया,* सेज, नयी दिल्ली और 'ऑन द डिस्कोर्स ऑफ़ सेकुलरिज़म', विद्युत चक्रवर्ती (सम्पा.), *सेकुलरिज़म ऐंड इण्डियन पॉलिटी,* सेगमेंट बुक डिस्ट्रीब्यूटर्स, नयी दिल्ली.

— अभय कुमार दुबे

सेकुलरवाद : महाविवाद-4

भाषा, जाति और छोटी पहचानों का प्रश्न

(Secularism: Great Debate-4)

सेकुलरवाद पर तुर्की-बतुर्की बहस करने वाले समर्थक और विरोधी पैरोकारों के विमर्श से भाषा, जाति और लघु अस्मिताओं के पहलू पूरी तरह से नदारद थे। उनके विमर्श का भाषाई स्वरूप अंग्रेज़ी में था, उनकी दावेदारियों में राष्ट्र के महा-आख्यान की विवेचना थी और वे इस राष्ट्र को बड़ी-बड़ी अल्पसंख्यक और बहुसंख्यक पहचानों से मिल कर बना हुआ मान रहे थे। आशिस नंदी के विमर्श में सेकुलरवाद को वैचारिक श्रेणियों के साम्राज्यवाद के ख़ाने में ज़रूर रखा गया था, पर वे भी हिंदू और मुसलमान को विभेदीकृत समुदायों की तरह ग्रहण न करके, बेख़याली में ही सही, पर एकाश्म समुदाय मानते दिखाई पड़ते थे। प्रोफ़ेसर मदन का विमर्श तो हिंदू, इसलामिक, सिक्ख और बौद्ध जैसी चार दक्षिण एशियाई धार्मिक परम्पराओं के संदर्भ में ही रचा गया था। उन्हें भी इन धार्मिक परम्पराओं के विभेदीकरण में कोई दिलचस्पी नहीं थी। दूसरा ख़ाँचा आधुनिकता बनाम परम्परा के द्विभाजन का था जिसमें अगर कोई विभेद किया गया था तो वह था आशिस नंदी द्वारा परम्परा के उच्च-भ्रू और ज़मीनी रूपों के बीच किया गया अंतर। इस कमी को पूरा किया कुछ ऐसे चिंतकों ने जिनके रुझान वामपंथी थे, लेकिन जिन्हें सुपरिभाषित वामपंथी श्रेणी में नहीं रखा जा सकता था या जिनकी हैसियत वामपंथियों के आंतरिक आलोचक जैसी थी। इनमें सुदीप्त कविराज, विवेक धारेश्वर, रजनी कोठारी और आदित्य निगम प्रमुख थे। इन लोगों ने भाषा, जाति और राष्ट्र व सेकुलरवाद जैसे महा-आख्यानों के वर्चस्व के तले छटपटा रही छोटी पहचानों के आईने में सेकुलरवादी विमर्श को परखा। इससे एक नया दृष्टिकोण सामने आया।

राष्ट्रीय मोर्चा सरकार द्वारा मण्डल आयोग की सिफ़ारिशों को लागू करके पिछड़ी जातियों को आरक्षण प्रदान करने से पहले सेकुलरवादियों के बीच जाति के प्रश्न पर चर्चा आम तौर पर ख़ामोश ही रहती थी। वे जाति पर ग़ौर करने में अपना वक़्त ख़राब करने के लिए तैयार नहीं थे क्योंकि उन्हें सेकुलरीकरण की प्रक्रिया के हाथों जाति को समाज के धरातल पर अपदस्थ कर दिये जाने का विचारधारात्मक यक़ीन था। लेकिन, पहले मण्डलीकरण की राजनीति और फिर उत्तर प्रदेश में दलित-पिछड़े गठजोड़ द्वारा हिंदुत्ववादी ताक़तों को चुनावी मैदान में परास्त कर दिये जाने की परिघटना के कारण उन्होंने जाति को नये नज़रिये से देखना

शुरू किया। उन्हें लगा कि जातिगत राजनीतिक गोलबंदी सेकुलर भूमिका भी निभा सकती है।

जाति के प्रश्न पर सेकुलर अंधता के अपवाद वरिष्ठ राजनीतिशास्त्री रजनी कोठारी थे। 1965 में ही उन्होंने अपने एक शिष्य ऋषिकेश मारू के साथ एक जाति महासभा का अध्ययन करके निष्कर्ष निकाला था कि जातिगत राजनीतिक गोलबंदी जाति को मजबूत करने के बजाय उसकी संरचना में बदलाव का रास्ता खोलती है और इसके ज़रिये सेकुलरीकरण होता है। कोठारी ने अपने इस प्रेक्षण के सहारे समाजशास्त्री एम.एन. श्रीनिवास के इस दावे का खण्डन किया कि लोकतांत्रिक राजनीति जाति को पुनः जीवन प्रदान कर देगी। इसी तर्क को आगे बढ़ाते हुए उन्होंने राजनीति में जातिवाद की जगह 'जातियों के राजनीतीकरण' की विख्यात थीसिस सूत्रबद्ध की। नब्बे के दशक की राजनीति में उन्होंने इसी टेक पर दलितों के उभार की व्याख्या की और साम्प्रदायिकता विरोधी संघर्ष में जाति की भूमिका को रेखांकित किया।

कोठारी के काम से इत्तफ़ाक रखते हुए भी आदित्य निगम ने इस मसले को एक दूसरी निगाह से देखा, क्योंकि छोटी जातियों के एक प्रभावी हिस्से में सेकुलर विमर्श की परवाह न करके साम्प्रदायिक पक्ष के नुमाइंदों के साथ जाने की प्रवृत्ति भी दिख रही थी। नेहरूवादियों और वामपंथियों द्वारा स्थापित सेकुलर-राष्ट्रवादी आग्रहों के बरक्स 'छोटी पहचानों की बग़ावत' का सूत्रीकरण करते हुए उन्होंने सामाजिक इतिहास के धरातल पर सुमित सरकार जैसे स्थापित वामपंथी समाज वैज्ञानिकों की उस स्वीकारोक्ति की विवेचना की जिसमें सरकार ने बताया था कि उनकी रचनाओं में जाने-अनजाने जाति का पहलू किस तरह से हाशिये पर चला जाता रहा है। निगम का तर्क था कि सेकुलर-राष्ट्रवाद ने एक समरूप संस्कृति गढ़ने की प्रक्रिया में अपने लिए एक ख़ास तरह का एक द्विज हिंदू सांस्कृतिक साँचा तैयार कर लिया है। इसीलिए नब्बे के दशक में दलित राजनीतिक नेतृत्व ने सेकुलरवाद को उसी तरह से ख़ारिज कर दिया है जिस तरह कभी आम्बेडकर ने उपनिवेशवाद विरोधी राष्ट्रवाद को कर दिया था।

विवेक धारेश्वर ने सेकुलर इयत्ता को प्रश्नांकित करते हुए भाषा, जाति और सेकुलरवाद के त्रिकोण पर ग़ौर किया। क्लिफ़र्ड गीट्ज़ की स्थापना 'अनुभव-दूरस्थ' और 'अनुभव-निकटस्थ' का इस्तेमाल करते हुए उन्होंने कहा कि हिंदुओं और बौद्धों के लिए जाति अनुभव-निकटस्थ है, जबकि सेकुलरवादियों के लिए यह अनुभव-दूरस्थ अवधारणा है। धारेश्वर ने इसका एक महत्त्वपूर्ण कारण सेकुलर विमर्श की अंग्रेज़ी केंद्रीयता को क़रार दिया। अपनी बात को साफ़ करते हुए धारेश्वर ने दावा किया कि सेकुलर इयत्ता के लिए अंग्रेज़ी सिर्फ़ एक भाषा ही नहीं है, बल्कि वह प्रतीक रूप में आधुनिकता का एक नाम बन गयी है। उसके ज़रिये सेकुलर अभिजन अपनी श्रेणियाँ ग़ैर-आधुनिक दुनिया पर थोपना चाहता है। धारेश्वर का तर्क था कि उत्तर-संरचनावाद के बाद से भाषा अनुभव और सामाजिक आचरणों के विधेयक तत्त्व के रूप में उभर आयी है। जब महानगरीय इयत्ता ख़ुद को अंग्रेज़ी में रचती और व्यक्त करती है तो जाति की केंद्रीयता वाले सामाजिक संघर्ष से उसका नाता दूर का हो जाता है। इसी कारण से जाति उनके विमर्श में या तो दब जाती है, या उसे सिरे से लापता हो जाना पड़ता है। इस सेकुलर इयत्ता के पैरोकार ऊँची जातियों से आते हैं और मान कर चलते हैं कि वे जातिवादी नहीं हैं या उनका आचरण जातिवादी नहीं है। पर दलित प्रवक्ताओं की तरफ़ से उन्हें जातिवादी क़रार दिया जाता रहता है।

धारेश्वर ने अपनी बात कहते हुए सुदीप्त कविराज का हवाला दे कर कहा था कि अभिजन और सबाल्टर्न प्रतीक-भाषा के बीच एक तरह के अपरिचय और शत्रुता का संबंध है। कविराज ने सेकुलर विमर्श की विफलता को उसकी आज़ादी के पहले और बाद की निर्मितियों के बीच अंतर की तरह पढ़ा था। उनकी मान्यता थी कि आज़ादी के पहले चलने वाला सेकुलरवाद का विमर्श जनता के लिए अधिक ग्राह्य था,क्योंकि वह भारतीय भाषाओं में चलाया जाता था। उपनिवेशवादी विरोधी नेतृत्व बाक़ायदा द्विभाषी था, और अपनी बातें अंग्रेज़ी के साथ-साथ भारतीय भाषाओं में भी कहता था। जबकि आज़ादी के बाद का सेकुलर विमर्श पूरी तरह सिर्फ़ अंग्रेज़ी में चलाये जाने के कारण जनसाधारण के मानस को प्रभावित नहीं कर पाया, और उत्तरोत्तर मुट्ठी भर अभिजनों का विचार बन कर रह गया। अंग्रेज़ी के दायरे में रह जाने के कारण इस सेकुलर विमर्श को स्थानीय परम्पराओं और जीवन से कट जाना पड़ा।

इतिहासकार ज्ञानेंद्र पाण्डेय ने भी सेकुलरवाद-साम्प्रदायिक टकराव में भाषा की भूमिका को उभारा कि किस प्रकार साम्प्रदायिक गोलबंदी के लिए हिंदी का इस्तेमाल किया गया। इसका भी तात्पर्य यही था कि सेकुलर विमर्श हिंदी या अन्य भारतीय भाषाओं में स्वयं को व्यक्त करने में नाकाम रहा है। थोड़ा आगे चल कर धीरूभाई शेठ ने भी गुजरात की घटनाओं के संदर्भ में सेकुलर विमर्श के द्विज-अभिजन-अंग्रेज़ीदाँ चरित्र की शिनाख़्त करते हुए आग्रह किया कि दलित-पिछड़ी जातियों की राजनीति की सेकुलर सम्भावनाओं को नज़रअंदाज़ नहीं किया जाना चाहिए।

देखें : आधुनिकता, आधुनिकीकरण, केशवराव बलिराम हेडगेवार, बहुसंख्यकवाद, बहुसंख्यक-अल्पसंख्यक, भारतीय जनता पार्टी-1 और 2, माधवराव सदाशिवराव गोलवलकर, मुसलिम राजनीतिक विचार, रामजन्मभूमि आंदोलन-1 से 4 तक, राष्ट्रीय स्वयंसेवक संघ, विनायक दामोदर सावरकर, विवेकानंद, स्त्री और साम्प्रदायिकता, सेकुलरवाद,

सेकुलरीकरण, सेकुलरवाद बनाम बहुसंख्यकवाद, सेकुलर बनाम धार्मिक राज्य, सेकुलर राष्ट्रवाद के धार्मिक आयाम, सेकुलरवाद : भारतीय मॉडल-1 और 2, हिंदुत्व।

संदर्भ

1. सुदीप्त कविराज (1995), 'ऑन द डिस्कोर्स ऑफ़ सेकुलरिज़म', बिद्युत चक्रवर्ती (सम्पा.), *सेकुलरिज़म ऐंड इण्डियन पॉलिटी,* सेगमेंट बुक डिस्ट्रीब्यूटर्स, नयी दिल्ली.
2. विवेक धारेश्वर (1993), 'कास्ट ऐंड सेकुलर सेल्फ़', *जरनल ऑफ़ आर्ट्स ऐंड आइडियाज़,* अंक 25-26, बंगलूरु.
3. आदित्य निगम (2003), 'ब्राह्मणवादी आधुनिकता की आलोचना : ज्ञानमीमांसा के नये पहलू', अभय कुमार दुबे (सम्पा.), *आधुनिकता के आईने में दलित,* सीएसडीएस-वाणी, नयी दिल्ली.
4. आदित्य निगम (2005), *इंसरेक्शन ऑफ़ द लिटिल सेल्व्ज़,* ऑक्सफ़र्ड युनिवर्सिटी प्रेस, नयी दिल्ली.
5. रजनी कोठारी (2003), 'दलित उभार के मायने : जातियों के राजनीतीकरण का एक और पहलू' अभय कुमार दुबे (सम्पा.), *आधुनिकता के आईने में दलित,* सीएसडीएस-वाणी, नयी दिल्ली.
6. रजनी कोठारी और ऋषिकेश मारू (1965), 'कास्ट ऐंड सेकुलरिज़म इन इण्डिया : केस स्टडी ऑफ़ अ कास्ट फ़ेडरेशन', *जरनल ऑफ़ एशियन स्टडीज़,* खण्ड 25, अंक 1.

— अभय कुमार दुबे

सेकुलरवाद : महाविवाद-5

नयी सेकुलर राजनीति के प्रस्ताव

(Secularism: Great Debate-5)

सेकुलरवाद पर चल रहे महाविवाद का एक ऐसा आयाम भी था जो उस बहस को आधुनिकता के पक्ष-विपक्ष और उदारतावादी सिद्धांत के इर्द-गिर्द चल रहे तर्क-वितर्क से निकाल कर व्यावहारिक राजनीति की ज़मीन पर लाना चाहता था। इस तरह के विद्वानों का ज़ोर इस बात पर था कि आधुनिक राज्य की संरचनाओं में आ रहे परिवर्तनों पर ग़ौर किया जाना चाहिए। इस संबंध में तीन समाज वैज्ञानिकों (रजनी कोठारी, धीरूभाई शेठ और मधु किश्वर) द्वारा किये गये बौद्धिक हस्तक्षेप उल्लेखनीय हैं।

वरिष्ठ राजनीतिशास्त्री रजनी कोठारी आपातकाल से लेकर 1984 तक के सिक्ख विरोधी हत्याकाण्ड तक की दस साला अवधि में पनपी साम्प्रदायिकता के कारणों का विश्लेषण करते-करते अपनी सेकुलरवाद संबंधी तजवीज़ों पर पहुँचे। कोठारी ने कहा कि भारत आज उसी नशे में चूर है जिसे कभी मार्क्स ने 'जनता की अफ़ीम' क़रार दिया था। भारतीय समाज का स्वाभाविक चरित्र इसकी इजाज़त नहीं देता। कोठारी की मान्यता थी कि इस देश की प्रकृति मूलतः न तो धार्मिक है और न ही सेकुलर, फिर भी भारत पर धार्मिक राजनीति का असर भरपूर दिख रहा है। उन्हें यह बात विडम्बनापूर्ण लगी कि मुसलमान और ईसाई तो संयम से काम ले रहे हैं, पर धर्मशास्त्रीय अर्थों में ग़ैर-धार्मिक समझे जाने वाले हिंदू समुदायों ने धर्म के आधार पर गोलबंदी को स्वीकार करना शुरू कर दिया है।

कोठारी इस नतीजे पर पहुँचे कि भारतीय सेकुलरवाद इस समय तकनीकशाही और प्रबंधकीय राज्य, चुनाव आधारित लोकतंत्र के कारण आये बहुसंख्यकवाद, कठोर राज्य की अवधारणा और राज्य की संस्था के साम्प्रदायिकीकरण के कारण साँसत में है। हालात धार्मिक ध्रुवीकरण के अनुकूल हो गये हैं। मध्यवर्गीय राजनीति का दायरा असरदार नहीं रह गया है। मध्यवर्ग लोकतांत्रिक राजनीति के प्रति अरुचि का शिकार हो चुका है। सेकुलरवाद इन बाधाओं से तब तक पार नहीं पा सकता जब तक राजनीति पर एक बार फिर बीच का दायरा प्रभावी नहीं हो जाता और मध्यवर्ग की परिवर्तनकारी सृजनशीलता पुनः जागृत नहीं हो जाती। ऐसा करने के लिए केवल सेकुलर-राजनीतिक दायरे की तरफ़ ध्यान देना ही काफ़ी नहीं होगा। इसके लिए भारतीय बहुलतावाद की नैसर्गिकता को पकड़ना होगा। समझना होगा कि भारतीय आधुनिकता का इतिहास पश्चिमी आधुनिकता से भिन्न है। भारतीय बहुलतावाद सेकुलर विकास-क्रम की उपज नहीं है,बल्कि भारतीय सेकुलरवाद हमारे बहुलतावाद के आधार की देन है।

कोठारी ने आशा-निराशा के झूले में झूलते हुए कहा कि राजनीतिक दलों की नाकामी के बावजूद उन्होंने उम्मीद का दामन नहीं छोड़ा है। इसकी वजह ख़ुद मध्यवर्ग का नैसर्गिक चरित्र और उसका लोकतंत्र के साथ रिश्ता है। सैद्धांतिक रूप से लोकतंत्र एक मध्यवर्गीय मूल्य ही है। राज्य के खुले आम साम्प्रदायिकीकरण से मध्यवर्ग को एक तरह का सदमा लगा है। इसी का परिणाम तरह-तरह के नागरिक समूहों की सक्रियता में निकला है जो मोटे तौर पर साम्प्रदायिकता के ख़िलाफ़ और सेकुलर राजनीति के पक्ष में खड़े हुए हैं। आज का मध्यवर्ग जिस हक़ीक़त का सामना कर रहा है वह उस हक़ीक़त से कहीं पेचीदा है जिसका आज़ादी मिलने के वक़्त तत्कालीन मध्यवर्ग ने सामना किया था।

धीरूभाई शेठ का विचार था कि सेकुलरीकरण की प्रक्रिया में केवल हिंदुत्व ही बाधा नहीं डालता, बल्कि सेकुलरवाद पर चल रही बहस का लहज़ा भी इसका ज़िम्मेदार है। सेकुलर विमर्श को अभिजनोन्मुख क़रार देते हुए धीरूभाई ने दावा किया कि आज़ादी के पहले क़ौमी

एकता के रूप में जो सेकुलरवाद धार्मिकता का विलोम नहीं था, आज़ादी के बाद आधुनिकतावादी-राज्यवादी बन कर एक छोटे से शासक वर्ग को वैधता दिलाने वाली विचारधारा बन गया। निचली जातियों की जीवन-शैली को नीची निगाह से देखने वाले इस सेकुलरवाद ने बहुसंख्यक भारतीय समाज को हिंदुत्ववादियों के हाथ में खेलने के लिए छोड़ दिया।

धीरूभाई का विचार था कि भारतीय राष्ट्र-राज्य की वैधता ऊपर से भूमण्डलीकरण की ताक़तों और नीचे से क्षेत्रीयता की ताक़तों की चुनौती का सामना कर रही है। इससे भी अधिक गम्भीर चुनौती हिंदुत्व के आंदोलन ने दी है। इसने सेकुलर-लोकतांत्रिक राज्य और बहुलतावादी राष्ट्रवाद की विचारधारा के बीच पनपे संस्थागत सूत्र को भंग कर दिया है। चूँकि अधिकतर हिंदू इस विचारधारा के पक्ष में नहीं है, इसलिए फ़िलहाल इसे गठजोड़ की राजनीति का सहारा लेना पड़ रहा है। पर इसका लक्ष्य है हिंदुत्व को भारतीय राज्य की विचारधारा के रूप में मान्यता दिलाना जिसकी अभिव्यक्ति जातीय-धार्मिक बहुसंख्यकवाद में होगी। अगर हिंदुत्ववादी संगठन हिंदुओं की बहुसंख्या का दीर्घकालीन राजनीतिक समर्थन पाने में कामयाब रहे तो भारतीय राष्ट्र-राज्य बहुसंख्यक-जातीय राज्य का चरित्र ग्रहण कर लेगा। उस सूरत में भारत के भीतर अल्पसंख्यकों के साथ वही सुलूक होना शुरू हो जाएगा जैसे उपमहाद्वीप के अन्य देशों में होता है। राज्य को अपने सेकुलर दायित्वों से पल्ला झाड़ने से रोकने के लिए धीरूभाई ने सुझाव दिया कि इसके लिए संविधान में विशेष प्रावधान किया जाना चाहिए। दूसरी तरफ़ राजनीतिक और सामाजिक जीवन में मुसलमानों की भागीदारी बढ़ानी होगी। साथ ही हिंदुओं के धार्मिक जीवन के प्रति कठोर रवैया अपनाने की अवांछित प्रवृत्ति से बचना होगा। निचली जातियों की राजनीति के लोकतांत्रिक और सेकुलर आयामों का महत्त्व नये सिरे से समझना होगा। सेकुलर विमर्श को भूमण्डलीय स्तर पर ले जा कर भारतीय राज्य को इसलाम विरोधी बनाने के प्रयासों का प्रतिकार करना होगा।

मधु किश्वर ने शाह बानो प्रकरण पर केंद्रित होते हुए समान नागरिक संहिता के प्रश्न को खँगाला। सेकुलरवाद के भारतीय मॉडल का यह महत्त्वपूर्ण और विवादास्पद पक्ष मधु किश्वर के हस्तक्षेप से पहले इस महाविवाद से बाहर था। उनकी मान्यता थी कि शाह बानो के मुक़दमे में सर्वोच्च न्यायालय के फ़ैसले से समान नागरिक संहिता की माँग का साम्प्रदायिकीकरण हुआ है। इसी फ़ैसले के बाद मुसलमान औरतों के साथ होने वाले भेदभाव की आड़ में इसलाम और मुसलमानों के ख़िलाफ़ आक्रामक मुहिम शुरू हुई। मुसलमान लॉ में परिवर्तन की कसौटी पर अल्पसंख्यकों की देशभक्ति को कसा जाने लगा। किश्वर ने इतिहास का हवाला देते हुए कहा कि ठीक इसी तरह कभी हिंदू स्त्रियों के साथ होने वाले भेदभाव की आड़ में अंग्रेज़ों ने हमारे स्वशासन के अधिकार पर सवालिया निशान लगाया था। अंग्रेज़ों ने जो किया था, ठीक वैसा ही कथित हिंदू प्रवक्ताओं ने मुसलमानों के साथ किया और स्त्री अधिकारों का मसला पृष्ठभूमि में चला गया। ऐसा लगने लगा कि हिंदू पर्सनल लॉ ज़्यादा सेकुलर और बेहतर क़ानून है। माहौल बनाया जाने लगा कि समान नागरिक संहिता के नाम पर इसी क़ानून के प्रावधान ग़ैर-हिंदू समुदायों को थमा दिये जाएँ। असलियत यह है कि स्त्री को सम्पत्ति का अधिकार देने के मामले में यह मुसलमान पर्सनल लॉ से भी बदतर है।

मधु किश्वर की चेतावनी थी कि एक सेकुलर क़िस्म की नागरिक संहिता तैयार करने की कोशिश करते समय सतर्क रहना होगा। कहीं हिंदू पर्सनल लॉ के प्रावधानों को ही नये सिरे से पेश करने की साज़िश तो नहीं की जा रही है। साथ ही यह भी सुनिश्चित करना होगा कि नयी संहिता का मसविदा स्त्रियों को समान अधिकार की रोशनी में ही तैयार किया जाए।

देखें : आधुनिकता, आधुनिकीकरण, केशवराव बलिराम हेडगेवार, बहुसंख्यकवाद, बहुसंख्यक-अल्पसंख्यक, भारतीय जनता पार्टी-1 और 2, माधवराव सदाशिवराव गोलवलकर, मुसलिम राजनीतिक विचार, रामजन्मभूमि आंदोलन-1 से 4 तक, राष्ट्रीय स्वयंसेवक संघ, विनायक दामोदर सावरकर, विवेकानंद, स्त्री और साम्प्रदायिकता, सेकुलरवाद, सेकुलरीकरण, सेकुलरवाद बनाम बहुसंख्यकवाद, सेकुलर बनाम धार्मिक राज्य, सेकुलर राष्ट्रवाद के धार्मिक आयाम, सेकुलरवाद : भारतीय मॉडल-1 और 2, हिंदुत्व।

संदर्भ

1. धीरूभाई शेठ (2005), 'गुजरात के बाद हिंदुत्व और राज्य का सेकुलरत्व', अभय कुमार दुबे (सम्पा.), *बीच बहस में सेकुलरवाद*, लोकचिंतन ग्रंथमाला, वाणी-सीएसडीएस, नयी दिल्ली.
2. रजनी कोठारी (2005), 'चार बाधाएँ और बीच का रास्ता', अभय कुमार दुबे (सम्पा.), *बीच बहस में सेकुलरवाद*, लोकचिंतन ग्रंथमाला, वाणी-सीएसडीएस, नयी दिल्ली.
3. मधु किश्वर (1998), 'प्रो-वुमॅन ऑर एंटी-मुसलमान? : द शाह बानो कंट्रोवर्सी', मधु किश्वर, *रिलीजन एट द सर्विस ऑफ़ नैशनलिज़म ऐंड अदर एसेज़*, ऑक्सफ़र्ड युनिवर्सिटी प्रेस, नयी दिल्ली.

— अभय कुमार दुबे

सेकुलरवाद : महाविवाद-6
हिंदी के बुद्धिजीवी
(Secularism: Great Debate-6)

नब्बे का दशक सेकुलरवाद पर महाविवाद का दशक इसलिए भी था कि उस दौरान यह बहस केवल अकादमीय दायरों तक सीमित नहीं थी। हिंदी बोलने-बरतने वाले तक़रीबन चालीस करोड़ लोगों की बौद्धिक और सांस्कृतिक दुनिया में भी ये तर्क-वितर्क चल रहे थे। हिंदी के प्रमुख बुद्धिजीवियों द्वारा की जाने वाली यह चर्चा अंग्रेज़ी में लिखने-बोलने वाले समाज वैज्ञानिकों के बीच होने वाले सवाल-जवाब से भिन्न थी। समाज वैज्ञानिकों का विश्लेषण अगर सेकुलरवाद के समर्थन या विरोध का पैंतरा लेकर सामने आ रहा था, तो हिंदी के बुद्धिजीवियों का प्रस्थान बिंदु मुख्यत: साम्प्रदायिक राजनीति के बरक्स सेकुलरवाद का समर्थन ही था। दिलचस्प बात यह थी कि वे एक नहीं बल्कि कई तरह के सेकुलरवादों की पैरोकारी कर रहे थे, लेकिन उनकी इस भिन्नता में भारतीय सेकुलरवाद के मॉडल के बारे में एक समान समझ भी देखी जा सकती थी।

एक-दो अपवादों को छोड़ कर इन सभी की मान्यता थी कि भारतीय सेकुलरवाद का मॉडल त्रुटिपूर्ण है और उसके मुताबिक़ किया गया भारतीय राज्य का आचरण भी सेकुलरवाद की भावना के मुताबिक़ नहीं है। ज़ाहिर है कि उनकी टिप्पणियाँ सेकुलरवाद की संरचना पर न हो कर उसके सार पर थीं। बहस में भाग लेने वाले पत्रकारों, साहित्यकारों और संस्कृतकर्मियों को उनके असंख्य पाठकों के बीच ज़बरदस्त वैधता प्राप्त थी। हिंदी क्षेत्र का यह चिंतन किसी दक्षिण, वाम या उदारतावादी विचारधारा के आधार पर की गयी निर्मिति नहीं था। इसमें मार्क्सवादी आवाज़ें थीं, वामपंथी-जनवादी सांस्कृतिक आंदोलन के पुराने सिपहसालार शामिल थे। लोहिया और जयप्रकाश नारायण में अपनी राजनीतिक विरासत खोजने वाले लोगों के साथ-साथ इसमें गाँधी के प्रति भक्ति और श्रद्धा से आप्लावित स्वर भी शामिल थे। नेहरू का गुणगान करने वालों की भी इस विमर्श में भागीदारी थी। समाज-विज्ञान में प्रशिक्षित न होने के कारण इन लोगों में सैद्धांतिक सजगता का अभाव था, पर उनकी बातें नकारी नहीं जा सकती थीं क्योंकि उनमें देश के सबसे बड़े सांस्कृतिक भू-भाग का मानस झलक रहा था। आख़िरकार इसी क्षेत्र को रामजन्मभूमि आंदोलन के ज़रिये हिंदुत्ववादी ताक़तों ने अपनी प्रयोगस्थली बनाया था।

एकाधिक सेकुलरवादों की यह झलक अंग्रेज़ी के सेकुलरिज़्म शब्द के विभिन्न हिंदी अनुवादों में देखी जा सकती थी। हर अनुवाद अलग तरह की राजनीतिक और सामाजिक समझ की नुमाइंदगी कर रहा था। मसलन, जो बुद्धिजीवी सेकुलरिज़्म को धर्मनिरपेक्षता लिखना चाहते थे, वे राज्य को धर्म से पूरी तरह निरपेक्ष रखने के लिए प्रतिबद्ध थे। उनकी निगाह हिंदू, मुसलमान, ईसाई, सिक्ख और बौद्ध आदि सभी समुदायों के बीच फ़र्क़ नहीं करती थी। राज्य धर्म से निरपेक्ष तभी रह सकता था जब राजनीति का धर्म से पूरी तरह बहिष्करण कर दिया जाता। ऐसे बुद्धिजीवियों का रुझान घोषित-अघोषित रूप से काफ़ी-कुछ मार्क्सवादियों से मिलता-जुलता था। कुछ दूसरे क़िस्म के बुद्धिजीवियों का आग्रह था कि वे सेकुलरिज़्म को पंथनिरपेक्षता लिखेंगे। ये लोग राज्य को पंथों से अलग रखने के पक्षधर थे। धर्म की जगह पंथ का इस्तेमाल करने के पीछे उनकी मंशा थोड़ी पेचीदा थी। वे मान कर चल रहे थे कि हिंदू एक धर्म है, जबकि बाक़ी सभी (इसलाम, ईसाइयत, सिख, बौद्ध, जैन आदि) पंथ हैं। हिंदू धर्म असंगठित, सहिष्णु और बहुदेववादी होने के साथ-साथ कहीं गहरे और व्यापक अर्थों में मनुष्य के कर्त्तव्य का आधार है और राजनीति किसी भी तरह से कर्त्तव्य निरपेक्ष नहीं हो सकती। जबकि बाक़ी सभी समुदाय किसी न किसी पंथ को मानने वाले हैं जो रागी, एकेश्वरवादी और संगठित क़िस्म के सम्प्रदाय हैं। राज्य और राजनीति को इनसे निरपेक्ष रहना चाहिए। हिंदी के बुद्धिजीवियों की तीसरी श्रेणी सेकुलरिज़्म को सर्वधर्म समभाव के रूप में अनूदित करना चाहती थी। ये लोग राज्य की सभी धर्मों से बराबर दूरी के समर्थक थे और उस लिहाज़ से उनकी मान्यता थी कि भारतीय राज्य को या तो किसी धर्म में कोई हस्तक्षेप नहीं करना चाहिए था या सभी में समान दख़लंदाज़ी करनी चाहिए थी। सेकुलरिज़्म शब्द के तीनों अनुवाद बता रहे थे कि हिंदी के बुद्धिजीवी सेकुलरवाद के भारतीय मॉडल से असंतुष्ट हैं।

तक़रीबन दो हज़ार पृष्ठों में फैले हुए इस विमर्श के प्रमुख हस्ताक्षर थे : प्रभाष जोशी, किशन पटनायक, राजेंद्र माथुर, खगेंद्र ठाकुर, राजेंद्र यादव, राजकिशोर और सच्चिदानंद सिन्हा। इसकी विषद समीक्षा अभय कुमार दुबे ने की और एक विचारोत्तेजक निष्कर्ष निकाला कि आम तौर पर हिंदी क्षेत्र के बुद्धिजीवी सेकुलरवाद की एक बहुसंख्यकवादी 'हिंदू' निर्मिति के पैरोकार हैं। उल्लेखनीय है कि यह हिंदू निर्मिति थी, न कि हिंदुत्ववादी। इसके तहत वामपंथियों के साम्प्रदायिकता विरोधी विमर्श में भी हिंदू-श्रेष्ठता राष्ट्रीयता के स्वाभाविक दावेदार के रूप में सूत्रीकृत होती है। इस हिंदू-श्रेष्ठता का अल्पसंख्यकों के प्रति दोहरा रवैया है। एक तरफ़ तो यह चाहती है कि अल्पसंख्यकों का झंझट ख़त्म किया जाना चाहिए पर बिना साम्प्रदायिक हुए। दूसरी तरफ़ वह चाहती है कि जब तक अल्पसंख्यक रहें तब तक उनके साथ बराबरी का सुलूक किया जाए।

हिंदी के बुद्धिजीवियों की निगाह में अल्पसंख्यकों से किया जाने वाला यह बराबरी का सुलूक उन्हें पूर्ण नागरिकता का दर्जा देने का पर्याय था। लेकिन, इन बुद्धिजीवियों को शक था कि राष्ट्र-निर्माण की प्रक्रिया में अल्पसंख्यकों (ख़ासकर मुसलमानों) की शायद ही कोई सकारात्मक भागीदारी हो सकती है। अधिकतर हिंदी बुद्धिजीवियों की मान्यता थी कि मुसलमान स्वाभाविक रूप से कट्टरपंथी, दकियानूसी, ग़ैर-आधुनिक और पिछड़े हुए हैं। इस गर्त से उनका निकलना भी मुश्किल है। सेकुलरवाद के संघर्ष में उनकी भागीदारी भी मुश्किल ही है। मुसलमानों को सेकुलर दायरे से स्थाई रूप से बाहर मान लेने के बाद हिंदी के बुद्धिजीवी इस निष्कर्ष पर पहुँचते हुए दिख रहे थे कि सेकुलरवाद की स्थापना की लड़ाई तो हिंदुओं के बीच ही लड़ी जानी है। कट्टर हिंदू के ख़िलाफ़ उदार हिंदू का संघर्ष ही सेकुलरवाद का असली मोर्चा है।

हिंदी के बुद्धिजीवियों की यह समान समझ एक ही लहज़े में व्यक्त नहीं होती। किसी के लेखन में यह नरम और समझदारीपूर्ण लहज़े में सामने आती है (जैसे किशन पटनायक)। पटनायक धर्मनिरपेक्षता के लिए पाँच घोषणापत्रों की रचना करते हैं जिसमें उनके तेरह सूत्र और आर्थिक राष्ट्रवाद को एक तरह की भावात्मक राष्ट्रीयता से आवेशित करने की वकालत दर्ज है। पर इस भावात्मक राष्ट्रीयता का मुसलमानों के लिए क्या तात्पर्य होगा या वे भारत माता के प्रतीक के साथ अपना सांस्कृतिक नाता कैसे जोड़ेंगे, यह स्पष्ट नहीं होता। दरअसल, इस विमर्श में जो चीज़ ख़ामोश रह जाती है, वही सबसे ज़्यादा मुखर है। इस विमर्श से मुसमलान लापता हैं। इसका पूरा संदर्भ हिंदू है। पटनायक के विपरीत प्रभाष जोशी के लेखन में यह समझ आक्रामक तेवर अपनाती है। पंथनिरपेक्षता या सम्प्रदायनिरपेक्षता के पैरोकार प्रभाष जोशी भारतीय सेकुलरवाद को 'सनातन धर्म' का पर्याय बनाने में भी संकोच नहीं करते। उनकी निगाह में धर्म को धारण करने वाले हिंदू राष्ट्रीयता के स्वाभाविक वाहक बन जाते हैं, और 'पंथ' को मानने वाले मुसलमानों के लिए अपनी राष्ट्रीयता साबित करने का कार्यभार बाक़ी रह जाता है।

हिंदी बुद्धिजीवियों का विमर्श बताता है कि मुसलमानों और इसलामी कट्टरता की रूढ़ छवि समाज में कितने गहरे बस चुकी है। संघ परिवार की राजनीति के ख़िलाफ़ संघर्ष करने वाले भी इसी रूढ़ छवि के प्रभाव में उसी विमर्श में अनजाने में साझा करते नज़र आते हैं जिसका विरोध करना उनका मक़सद है।

देखें : आधुनिकता, आधुनिकीकरण, केशवराव बलिराम हेडगेवार, बहुसंख्यकवाद, बहुसंख्यक-अल्पसंख्यक, भारतीय जनता पार्टी-1 और 2, माधवराव सदाशिवराव गोलवलकर, मुसलिम राजनीतिक विचार, रामजन्मभूमि आंदोलन-1 से 4 तक, राष्ट्रीय स्वयंसेवक संघ, विनायक दामोदर सावरकर, विवेकानंद, स्त्री और साम्प्रदायिकता, सेकुलरवाद, सेकुलरीकरण, सेकुलरवाद बनाम बहुसंख्यकवाद, सेकुलर बनाम धार्मिक राज्य, सेकुलर राष्ट्रवाद के धार्मिक आयाम, सेकुलरवाद : भारतीय मॉडल-1 और 2, हिंदुत्व।

संदर्भ

1. प्रभाष जोशी (2003), *हिंदू होने का धर्म*, राजकमल प्रकाशन, नयी दिल्ली.
2. राजेंद्र यादव (2003), *काँटे की बात* (ग्यारह खण्ड), वाणी प्रकाशन, नयी दिल्ली.
3. राजेंद्र माथुर (2003), *सपनों में बनता देश* (दो खण्ड), सामयिक प्रकाशन, नयी दिल्ली.
4. किशन पटनायक (2000), *विकल्पहीन नहीं है दुनिया*, राजकमल प्रकाशन, प्रकाशन, नयी दिल्ली.
5. सच्चिदानंद सिन्हा (1993), 'धर्मनिरपेक्षता : परम्परा और प्रासंगिकता', राजकिशोर (सम्पा.), *आज के प्रश्न : अयोध्या और उसके आगे*, वाणी प्रकाशन, नयी दिल्ली.
6. खगेंद्र ठाकुर (1993), 'सबसे अधिक मनुज मोहे भाए', *देशज*, प्रवेशांक, पटना.
7. राजकिशोर (1993), 'साम्प्रदायिकता से संघर्ष कैसे न करें', राजकिशोर (सम्पा.), *आज के प्रश्न : अयोध्या और उसके आगे*, वाणी प्रकाशन, नयी दिल्ली.
8. अभय कुमार दुबे (2005), 'सेकुलर 'हिंदू' वर्चस्व : अनुवाद, निरपेक्षता और समभाव की राजनीति', अभय कुमार दुबे (सम्पा.), *बीच बहस में सेकुलरवाद*, लोकचिंतन ग्रंथमाला, वाणी-सीएसडीएस, नयी दिल्ली.

— अभय कुमार दुबे

सेकुलरवाद : महाविवाद-7

आलोचना की आलोचना

(Secularism: Great Debate-7)

सेकुलरवाद की आलोचना में नंदी, मदन और पार्थ चटर्जी की रचनाएँ प्रकाशित हो जाने के बाद देर-सबेर सेकुलरवाद के समर्थकों द्वारा उन पर प्रत्याक्रमण होना ही था। लेकिन, जैसा कि हमने देखा कि इन तीनों विद्वानों को दिये गये जवाबों में आत्म-ऊहापोह भी निहित था। मार्क्सवादी ख़ेमे से संबंधित विद्वानों को यह मानना पड़ा कि कोरे बुद्धिवाद और धर्म को ज़ंजीरों में जकड़ने की कोशिशों के परिणाम अच्छे नहीं निकलेंगे। उन्होंने यह भी स्वीकार किया कि भारतीय परिस्थितियों में व्यक्ति के आधुनिकीकरण की प्रक्रिया कुछ अलग तरीक़े से चली है। उदारतावादी चिंतकों ने बहुसंख्यकवाद के प्रभाव में भारतीय राज्य के

साम्प्रदायिकीकरण की परिघटना को रेखांकित किया और भविष्य में उससे बचने की तजवीज़ें कीं। सेकुलरवाद के भारतीय मॉडल के दायरे से समान नागरिक संहिता के बार-बार फ़िसल जाने को ध्यान में रखते हुए स्त्री अधिकारों के दृष्टिकोण से इस प्रश्न पर पुनर्विचार भी किया गया। लेकिन, नंदी, मदन और चटर्जी के विमर्शों और उन पर की गयी इन तमाम अनुक्रियाओं के बावजूद भारतीय सेकुलरवाद के मॉडल की साफ़ तस्वीर नहीं उभर पायी। इस अंतराल को भरने का काम राजनीतिक दर्शन के विद्वान राजीव भार्गव ने किया। उन्होंने उदारतावादी मुक़ाम पर खड़े हो कर सेकुलरवाद की भारतीय निर्मिति का सवाल बड़ी कुशलतापूर्वक उठाया।

उनकी रचना 'गिविंग सेकुलरिज़म इट्स ड्यू' केवल आलोचकों का जवाब दे कर ही नहीं रह गयी। उसने राजनीतिकि सैद्धांतिकी का सहारा लेते हुए भारत के सेकुलरवाद के लिए उपयुक्त मॉडल की खोज करने की गम्भीर क़वायद की। उन्होंने आलोचनाओं के सकारात्मक पक्षों को स्वीकार करते हुए उनके सरलीकृत और एकतरफ़ा नज़रिये को रेखांकित किया।

भार्गव ने स्पष्ट रूप से कहा कि मदन और नंदी की आलोचना आधुनिकता का अंधविरोध करने वाले अति-सरलीकृत गाँधीवाद पर आधारित है। इन लोगों का बहुलतावाद पक्षपातपूर्ण है और वे पारम्परिक समुदायों की आपसी सहिष्णुता से कुछ ज़्यादा ही उम्मीद लगाये बैठे हैं। ये आलोचक परम्परा को दो अच्छी और ख़राब परम्परा में बाँट कर देखने के लिए तैयार हैं, पर आधुनिकता इन लोगों के ख़याल में केवल ख़राब ही है। आधुनिकता पर ये लोग अपना बहुलवाद लागू नहीं करते। इस लिहाज़ से इनका बहुलवाद एकतरफ़ा है। नंदी और मदन के आग्रह के विपरीत राजीव भार्गव ने दावा किया कि सेकुलरवाद धर्म को राजनीति से अनिवार्यतः अलग नहीं करता। वह धर्म विरोधी तो होता है, पर हर हालत में नहीं। इसलिए उसे केवल राज्य और चर्च के अलगाव की रोशनी में देख कर नहीं समझा जा सकता। राजनीति से धर्म के अलगाव के मतलब यह नहीं होता कि राज्य की सभी संस्थाओं से धर्म को एकदम अलग कर दिया जाए। दोनों के बीच कुछ सम्पर्क रह सकता है और साथ ही वे आपसी फ़ासला भी क़ायम रख सकते हैं। होना यह चाहिए कि धर्म और राजनीति न तो आपस में गुँथे रहें और न ही पूरी तरह से पृथक हो जाएँ।

भार्गव ने माना कि नंदी और मदन ने सेकुलरवाद के कुछ प्रचलित रूपों को ठीक ही आड़े हाथों लिया है, पर साथ ही सेकुलरवाद के कुछ अन्य रूपों को पहचानने तक से इनकार कर दिया है। हक़ीक़त यह है कि आज़ादी के बाद भारत ने सेकुलरवाद के जिस रूप को विकसित किया है, वह सभी धर्मों से अलगाव या समान फ़ासले के सिद्धांत पर आधारित नहीं है। भारत का सेकुलरवाद इंग्लैण्ड, फ्रांस या अमेरिकी सेकुलरवाद जैसा नहीं है। उसे धर्मबहुल राज्य में विभिन्न धर्मों के बीच होने वाले या हो सकने वाले टकरावों को टालने और साधारण जनता के लिए सामाजिक सहअस्तित्व की गारंटी देने वाली परियोजना के संदर्भ में देखा जाना चाहिए। नंदी और मदन सेकुलरवाद को जिस बात के लिए ख़ारिज करते हैं, दरअसल उसी बात के लिए उसकी सख़्त ज़रूरत है। आवश्यकता सेकुलरवाद के विकल्प की नहीं, वैकल्पिक सेकुलरवाद की है। भार्गव ने स्पष्ट किया कि भारतीय सेकुलरवाद को हिंदू-मुसलमान समस्या से निबटने के लिए ही पहले-पहल सूत्रबद्ध किया गया था। वह प्रयोजन आज भी उतना ही महत्त्वपूर्ण है। इसी लक्ष्य को वेधने के लिए भारतीय राज्य धर्मों से पूर्ण अलगाव या उनके साथ समान फ़ासला रखने के बजाय धर्मों से उसूली फ़ासले के सिद्धांत पर चलता है।

भार्गव ने उसूली फ़ासले के सिद्धांत की इस तरह व्याख्या की : इसके तहत राज्य धर्म और राज्य के बीच पार्थक्य के मामले में लचीला रवैया अपना कर देखता है कि किसी धर्म की प्रकृति, संदर्भ और मौजूदा स्थिति क्या है। वह राज्य में धर्म के हस्तक्षेप की इजाज़त देने के लिए तैयार हो सकता है, बशर्ते उसके ज़रिये स्वतंत्रता, समानता या सेकुलर मूल्यों को प्रोत्साहन मिलता हो। इसी आधार पर भारतीय राज्य तय करता है कि किस धर्म में कितना हस्तक्षेप करना है और किस धर्म के प्रति अ-हस्तक्षेप की नीति अख़्तियार करनी है। अपने ऐतिहासिक विकास और सामाजिक स्थिति के कारण कोई एक धर्म सेकुलर मूल्यों के लिहाज़ से राज्य के हस्तक्षेप के लिए अधिक उपयुक्त हो सकता है, जबकि किसी दूसरे धर्म में भिन्न स्थिति के कारण राज्य उसी तरह का क़ानूनी हस्तक्षेप न करने की निर्णय ले सकता है। उदाहरण के लिए सामाजिक समानता के सिद्धांत के मुताबिक़ राज्य को जातिगत ऊँच-नीच ख़त्म करने के लिए हिंदू धर्म में अधिक हस्तक्षेप करना चाहिए। उसी तरह धार्मिक विविधता क़ायम रखने के लिए इसलाम और ईसाइयत उसके अधिक हस्तक्षेप का पात्र होना चाहिए। ज़ाहिर है कि राज्य सभी धर्मों में एक ही तरह और बराबर का हस्तक्षेप करने या न करने का निर्णय नहीं ले सकता। ज़ाहिर है कि इसके लिए राज्य को कुछ निश्चित मूल्यों और सिद्धांतों के मुताबिक़ एक ग़ैर-संकीर्ण रवैया अपनाते हुए अलग-अलग धर्मों की स्थिति के मुताबिक़ उनमें हस्तक्षेप का विवेकसम्मत अख़्तियार करना होगा।

वैसे भी कई क़ानून किन्हीं ख़ास धार्मिक प्रथाओं और रिवाज़ों को सेकुलर मूल्यों के हिसाब से तरमीम करने के लिए बनाये जाते हैं, और उनका प्रयोग दूसरे धर्मों पर नहीं होता जहाँ वे रीति-रिवाज़ प्रभावी नहीं होते। मसलन, देवदासी प्रथा को प्रतिबंधित करने वाला क़ानून ग़ैर-हिंदू धर्मों

पर लागू नहीं किया जा सकता। दूसरे, उदारतावादी लोकतंत्र में कोई भी क़ानून जन-वैधता की माँग करता है। कम से कम उसके लिए समुदाय के प्रतिनिधियों की सहमति तो आवश्यक है ही। अगर किसी क़ानून के लिए केवल एक ही समुदाय के प्रतिनिधियों ने सहमति दी है तो बेहतर यही होगा कि केवल उसी समुदाय के लिए क़ानून बनाया जाए।

भार्गव ने पार्थ चटर्जी द्वारा उदारतावादी लोकतंत्र और आधुनिक राज्य की संस्थाओं की आलोचना के जवाब में कहा कि सेकुलरवाद की संगति सामुदायिक अधिकारों के विचार के साथ न बैठ पाने का उनका दावा ग़लत है। उसूली फ़ासले का सिद्धांत धर्मों के प्रति पूर्ण तटस्थता के दृष्टिकोण से तो अलग है ही, यह सभी धर्मों को समान भाव से देखने के विचार से भी भिन्न है। समभाव का सिद्धांत उसूली नहीं बराबरी के फ़ासले की प्रतिपादन करता है। यानी अगर राज्य किसी एक धर्म में निश्चित हस्तक्षेप करता है तो वह दूसरे धर्म में भी उतना ही हस्तक्षेप करे। दरअसल, उसूली फ़ासले के पीछे वैचारिक आग्रह यह है कि अगर सभी के साथ समानता का व्यवहार करना है तो उस समानता को वास्तविक बनाने के लिए समरूप नहीं बल्कि विवेकसम्मत विभेदीकृत व्यवहार का सहारा लेना होगा। मसलन, अगर किसी एक धार्मिक संस्कृति में कोई आचरण प्रतिबंधित या विनियमित है, तो उसूली फ़ासले के मुताबिक़ दूसरी धार्मिक संस्कृति में उसकी अनुमति दी जा सकती है अगर उसके सदस्यों के बीच उसके लिए सकारात्मक मान्यता प्रचलित है। सारी दुनिया में मुसलमान, सिक्ख या यहूदी ऐसी कई माँगें करते हैं। कई रिपब्लिकन या उदारतावादी सिद्धांतकारों को इन माँगों से दिक़्क़त होती है क्योंकि वे समान व्यवहार या समान स्वतंत्रता के हामी होते हैं। धार्मिक समूह न केवल राज्य से उनके मामलों में अ-हस्तक्षेप की नीति अपनाने की माँग कर सकते हैं, बल्कि वे राज्य से इस प्रकार का हस्तक्षेप करने की माँग भी कर सकते हैं जिसके तहत मिलने वाली विशेष सहायता के ज़रिये उन्हें वह उपलब्ध हो सके जो बहुसंख्यक या प्रधान समूहों को सहज रूप से प्राप्त होता रहता है। इसके अलावा धार्मिक समूह अपने अलग विवाह क़ानूनों की माँग कर सकते हैं, सम्पत्ति और उत्तराधिकार संबंधी भिन्न क़ानूनों का आग्रह कर सकते हैं। उसूली फ़ासले का सिद्धांत एक सेकुलर राज्य को गुंजाइश देता है कि वह धार्मिक समूहों को ऐसे क़ानूनों की मातहती में न रहने दे जो उन्हें अन्यायपूर्ण लगते हैं।

उसूली फ़ासले के सिद्धांत की व्याख्या करने के बाद भार्गव ने सवाल पूछा कि आज के भारत के लिए सेकुलरवाद का क्या तात्पर्य है और उसके तीन सम्भव जवाब भी दिये : अल्पसंख्यक अधिकारों के पक्ष में मज़बूती से खड़ा होना, धर्मांधता के अलगाव में डालने के लिए धार्मिक सहिष्णुता के संसाधनों का इस्तेमाल करते हुए विभिन्न धर्मों में आंतरिक सुधारों को बढ़ावा देना, और व्यापक समान हित की पहले से मौजूद सभी गुंजाइशों को और मज़बूत करना।

देखें : आधुनिकता, आधुनिकीकरण, केशवराव बलिराम हेडगेवार, बहुसंख्यकवाद, बहुसंख्यक-अल्पसंख्यक, भारतीय जनता पार्टी-1 और 2, माधवराव सदाशिवराव गोलवलकर, मुसलिम राजनीतिक विचार, रामजन्मभूमि आंदोलन-1 से 4 तक, राष्ट्रीय स्वयंसेवक संघ, विनायक दामोदर सावरकर, विवेकानंद, स्त्री और साम्प्रदायिकता, सेकुलरवाद, सेकुलरीकरण, सेकुलरवाद बनाम बहुसंख्यकवाद, सेकुलर बनाम धार्मिक राज्य, सेकुलर राष्ट्रवाद के धार्मिक आयाम, सेकुलरवाद : भारतीय मॉडल-1 और 2, हिंदुत्व।

संदर्भ

1. राजीव भार्गव (2005), 'गिविंग सेकुलरिज़म इट्स ड्यू', राजीव भार्गव, *सेकुलरिज़म ऐंड इट्स क्रिटिक्स,* ऑक्सफ़र्ड युनिवर्सिटी प्रेस, नयी दिल्ली, 1999 और हिंदी में : 'सेकुलरवाद का उद्देश्य और उसूली फ़ासले का सिद्धांत', अभय कुमार दुबे (सम्पा.), *बीच बहस में सेकुलरवाद,* लोकचिंतन ग्रंथमाला, वाणी-सीएसडीएस, नयी दिल्ली.
2. मार्क गैलेंटर (1999), 'हिंदुइज़म, सेकुलरिज़म ऐंड इण्डियन जुडीशियरी' और 'सेकुलरिज़म, ईस्ट ऐंड वेस्ट', राजीव भार्गव, *सेकुलरिज़म ऐंड इट्स क्रिटिक्स,* ऑक्सफ़र्ड युनिवर्सिटी प्रेस, नयी दिल्ली.

— अभय कुमार दुबे

सेलेब्रिटी

(Celebrity)

सेलेब्रिटी एक अस्मिता का नाम है। इस श्रेणी में कुछ ख़ास तरह से चर्चित हस्तियाँ ही आती हैं। हर मशहूर व्यक्ति सेलेब्रिटी नहीं होता। मसलन, फ़िल्म और खेल की दुनिया के सितारे, राजनीतिक नेता, कॉरपोरेट घरानों के अरबपति मालिक, धर्मोपदेशक या शाही परिवार के लोग सेलेब्रिटी की कोटि में नहीं आते। सेलेब्रिटी वह है जिसकी शिनाख़्त मीडिया द्वारा सेलेब्रिटी होने के नाते ही की जाए। मीडिया यह दर्जा अच्छा और कल्याणकारी काम करने वाले व्यक्ति को तो दे ही सकता है, वह किसी अपराधी या किसी दुर्घटना में संयोग से बच गये व्यक्ति को भी सेलेब्रिटी बना सकता है। बहुत ज़्यादा मोटा व्यक्ति या तेज़ी से वज़न घटाने में कामयाब व्यक्ति भी सेलेब्रिटी हो जाता है। सेलेब्रिटी की ख्याति लम्बे अरसे तक भी चल सकती है, और उसकी उम्र केवल पंद्रह मिनट की भी हो सकती है। 'फ़िफ़्टीन मिनट्स ऑफ़ फ़ेम'

जैसा फ़िकरा ऐंडी वारहोल की देन है। सेलेब्रिटी को एक अनुकरणीय और सम्पूर्ण व्यक्तित्व की चमकदार मिसाल की तरह भी पेश किया जा सकता है, और स्कैंडल में फँसने पर पतनशीलता और अनैतिकता के उदाहरण की तरह भी चित्रित किया जा सकता है। इससे कोई फ़र्क़ नहीं पड़ता कि आम लोग उनसे प्रेम करते हैं या घृणा। सेलेब्रिटी 'नैतिकेतर' होती है, संक्रमणशील होती है। अगर मीडिया चाहता है तो दोनों ही हालात में उसका सेलेब्रिटी दर्जा ख़त्म नहीं होता। वह सेलेब्रिटीज़ को श्रेणियों में बाँट कर देखता है : ए, बी, सी और डी। ए श्रेणी में वे सेलेब्रिटी आते हैं जिनकी ख्याति अपेक्षाकृत स्थाई होती है, और डी श्रेणी में क्षणभंगुर ख्याति वालों को रखा जाता है। यह सूची इलाक़ों के हिसाब से बदलती रहती है। मसलन, फ़िल्म जगत में डी लिस्ट का सेलेब्रिटी अपने जातीय क्षेत्र के लिए ए लिस्ट का सेलेब्रिटी माना जा सकता है।

समकालीन आधुनिक समाजों के लिए अस्मिता एक अहम सामाजिक-सांस्कृतिक और राजनीतिक मुद्दा है। 'मनोरंजन की संस्कृतियों' के उदय के कारण इन समाजों के लिए महज़ अस्मिताएँ उन हस्तियों से भी ज़्यादा महत्त्वपूर्ण बन जाती हैं जो देश और समाज के लिए फ़ैसले लेने की ज़िम्मेदारी निभाते हैं या सामाजिक कार्रवाइयों का नेतृत्व करते हैं। ऊपर से देखने में सेलेब्रिटी और स्टार की संरचना एक सी लगती है, पर स्टार किसी विशिष्ट माध्यम (जैसे फ़िल्म, संगीत या खेल) की देन होता है। स्टार अपने-आप में एक महा-आख्यान है, जबकि सेलेब्रिटी उत्तर-आधुनिक स्थिति से निकलता है जिसमें छवियों के अति-उत्पादन, अति-प्रदर्शन, अति-दर्शन की निरंतर चलने वाली प्रक्रिया के तहत कुछ चेहरों और कुछ ख़ास तरह की देहों को दूसरों के मुक़ाबले ज़्यादा पहचाना जाने लगता है। सेलेब्रिटी की परिघटना की नींव फ़ोटोग्राफ़ी और थिएटर के प्रचलन से पड़ी थी। आज के ज़माने में मीडिया का आकार और उसके विविध रूपों (टेबिलॉयड अख़बार, रंगीन-चमकदार पत्रिकाएँ, मनोरंजन आधारित टीवी नेटवर्क) में हुई ज़बरदस्त बढ़ोतरी ने इस सम्भावना को धरती पर उतारा है। विद्वानों ने सेलेब्रिटी और स्टार में फ़र्क़ करते हुए कहा है कि सेलेब्रिटी ऐसी सामग्री और घटनात्मकता पर निर्भर होता है जो रोज़ाना की ज़िंदगी से आती है। इस लिहाज़ से सेलेब्रिटी उस समारोहप्रिय व्यक्ति का नाम है जिसकी गतिविधियों का संदर्भ साधारण या रोज़मर्रा का है। सेलेब्रिटी और मामूलीपन के बीच के रिश्ते ने कुछ विद्वानों से यह तक कहलवा दिया है कि एक परिघटना के तौर पर सेलेब्रिटी आम लोगों की जीत की आदर्श नुमाइंदगी है। इसी बात को कुछ अन्य विद्वानों ने इस प्रकार भी कहा है कि सेलेब्रिटी होना आम की ख़ास जीत की नुमाइंदगी तो नहीं है, पर वह निजी ज़िंदगी और साधारण बातों के लोकप्रिय निरूपण की सम्भावनाओं का प्रतिनिधित्व ज़रूर है। सेलेब्रिटी की परिघटना से पहले सार्वजनिक जीवन पर पुरानी नैतिकताओं और अभिजन भद्रता का घिसा-पिटा मॉडल ही हावी रहता था।

कोई व्यक्ति सेलेब्रिटी कैसे बनता है, इस विषय में टीवी-अध्ययन के विद्वानों ने थोड़ा दिमाग़ खपाया है। हर सांस्कृतिक दायरे में सेलेब्रिटी रचना की अपनी अलग-अलग प्रक्रिया होती है। लेकिन, सेलेब्रिटी होने के लिए उस दायरे में विशिष्ट रूप से सफल होना ज़रूरी नहीं है। दरअसल, कामयाबी हासिल कर चुके लोग तो सेलेब्रिटी स्टेटस से परे चले जाते हैं। जोशुआ गेमसन की मान्यता है कि सेलेब्रिटी बनने की प्रक्रिया दो परस्पर विरोधी विमर्शों के ज़रिये चलती है : ये हैं लोकतांत्रिकऔर कुलीनवर्गीय विमर्श। लोकतांत्रिक विमर्श के मुताबिक़ किसी भी व्यवित को, चाहे वह कितना भी मामूली क्यों न हो, सेलेब्रिटी बनाया जा सकता है बशर्ते उसे मीडिया की तरफ़ से आगे बढ़ाने में कोई कसर न रखी जाए। कुलीनवर्गीय विमर्श कहता है कि सेलेब्रिटी वही बन सकता है जिसमें वैसा बनने की 'स्पेशल' क्वालिटी होती है। सेलेब्रिटी बनने-बनाने को परिभाषित करने वाली एक दलील यह भी है कि टीवी कार्यक्रमों के सफल फ़ार्मेट ('बिग ब्रदर', 'पॉप स्टार', 'पॉप आइडॅल' और 'फ़ेम एकैडेमी') सेलेब्रिटीज़ को जन्म देते हैं। सेलेब्रिटी की ख्याति ख़त्म हो जाती है, पर उस कार्यक्रम की लोकप्रियता जारी रहती है और वह नये-नये सेलेब्रिटी लोगों को पैदा करता रहता है।

भारत जैसे ग़ैर-पश्चिमी देशों में जब अमेरिकी टीवी कार्यक्रमों के देशी संस्करण मनोरंजन टीवी नेटवर्कों पर पेश किये जाते हैं, तो मोटे तौर पर ऐसी ही प्रक्रिया चलती है। लेकिन साथ में उस पर क्षेत्रीय भावनाओं का काफ़ी असर होता है। 'अमेरिकन आइडॅल' के नमूने पर पिछले पाँच साल से चल रहे कार्यक्रम 'इण्डियन आइडॅल' के गायक प्रतियोगियों की तरफ़ से एसएमएस के ज़रिये दर्शकों के वोट बटोरने के लिए प्रांतीयता का लाभ उठाने की कोशिश की गयी। महाराष्ट्र, दक्षिण भारत और उत्तर-पूर्व के दर्शकों को इस बात का एहसास दिलाया गया कि उनके इलाक़े से आकर प्रतियोगिता के मंच पर पहुँचे गायक की पराजय दरअसल उनकी पराजय है। इस सांस्कृतिक राजनीति ने उत्तर-पूर्व के एक गायक को प्रतियोगिता जिताने में उल्लेखनीय भूमिका निभायी। इसके बाद से स्पर्धात्मक रियलिटी शो के प्रतियोगियों द्वारा यह रणनीति अपनाना आम हो गया है। कार्यक्रम के प्रोड्यूसर, उसके संचालक और वहाँ बैठाये गये निर्णायक भी इस तरह की प्रवृत्तियों को प्रोत्साहन देते प्रतीत होते हैं। टीवी सेलेब्रिटी बनने का यह ग़ैर-पश्चिमी संदर्भ इस उत्तर-आधुनिक प्रक्रिया का पारिवेशिक संस्करण माना जा सकता है।

देखें : अतिनाटकीयता, अनुपस्थिति-उपस्थिति, कला सिनेमा, अवाँगार्द और प्रति-सिनेमा, टीवी और समाचार, टीवी और सेक्शुअलिटी, टीवी और टीवी-अध्ययन, तीसरा सिनेमा, तीसरी दुनिया का सिनेमा, दक्षिण भारतीय सिनेमा और राजनीति, नारीवादी फ़िल्म-सिद्धांत, फ़िल्म और सेक्शुअलिटी, फ़िल्म और टीवी सेंसरशिप, फ़िल्मांतरण, फ़िल्म-सिद्धांत, फ़्लैश-बैक, भारतीय सिनेमा-1, 2 और 3, भारतीय फ़िल्म-अध्ययन, भारतीय स्टार सिस्टम, रियलिटी टीवी, विचारधारा और हिंदी सिनेमा, वृत्त-चित्र, सोप ओपेरा, सिनेमाई यथार्थवाद, नव-यथार्थवाद, सोवियत सिनेमा, स्टार, हिंदी सिनेमा का समाजशास्त्र।

संदर्भ

1. जे. गेमसन (2005), 'द एसेम्बली लाइन ऑफ़ ग्रेटनेस : सेलेब्रिटी इन ट्वेंटियथ सेंचुरी अमेरिका', *क्रिटिकल स्टडीज़ इन मास कम्युनिकेशन,* खण्ड 9, अंक 1.
2. एस. होम्स और एस. रेडमण्ड (सम्पा.) (2006), *स्टारडम ऐंड सेलेब्रिटी : अ रीडर,* सेज, लंदन.
3. रिचर्ड शिकेल (1985), *इंटीमेट स्ट्रेंजर्स : द कल्चर ऑफ़ सेलब्रिटी,* डबलडे, न्यूयॉर्क.
4. एल. ब्रॉडी (1986), *द फ्रेंज़ी ऑफ़ द रिनाउन : फ़ेम ऐंड इट्स हिस्ट्री,* ऑक्सफ़र्ड युनिवर्सिटी प्रेस, न्यूयॉर्क.

— अभय कुमार दुबे

सेवानिवृत्ति

(Retirement)

सेवानिवृत्ति व्यक्ति के जीवन की एक ऐसी संक्रमण अवस्था की ओर इंगित करती है जिसमें उसकी जीविका का स्रोत स्थाई रोज़गार के बजाय पेंशन हो जाती है। आम तौर पर सेवानिवृत्ति को आयु के साथ भी जोड़ कर देखा जाता है। लेकिन इसका बुजुर्गियत की प्राकृतिक प्रक्रिया से ज़्यादा लेना देना नहीं है। वास्तव में आयु और सेवानिवृत्ति की समीकरण राज्य और बाज़ार द्वारा निर्धारित की गयी है। जिसके पीछे मक़सद यह दिखायी पड़ता है कि आयु के एक निश्चित पड़ाव के बाद व्यक्ति को स्थाई रोज़गार की आश्वस्ति के बदले कुछ संचित और नियमित लाभ दे दिये जाए ताकि रोज़गारहीन होने पर वह दूसरों पर आश्रित न रहे। सेवानिवृत्ति के बाद मिलने वाली पेंशन के साथ कई देशों में सेवानिवृत्त व्यक्ति को सार्वजनिक और निजी बीमा व्यवस्था के ज़रिये स्वास्थ्य सेवाएँ और दीगर लाभ भी मुहैया कराये जाते हैं। लेकिन इसे सेवानिवृत्ति का सार्वभौमिक लक्षण नहीं माना जा सकता।

सेवानिवृत्ति के साथ पेंशन के रूप में अर्जित आय की निश्चितता को आमतौर पर एक पूर्वनिर्धारित तथ्य माना जाता है लेकिन पिछले दो तीन दशकों में यह घटक लगातार कमज़ोर पड़ता गया है। इस दौरान बुज़ुर्गों की आबादी में वृद्धि, राजकोषीय चुनौतियों की विकरालता, वैश्विक स्तर पर अर्थव्यवस्था के पनुर्गठन तथा परिवार और घर की संरचना में होने वाले बदलाव आदि के मद्देनज़र आय और स्वास्थ्य की नीतियों का ढाँचा बुनियादी तौर पर बदल गया है। एक संस्था के तौर पर सेवानिवृत्ति भी इन संरचनात्मक बदलावों से अछूती नहीं रही है।

इन बदलावों को अमेरिका के हवाले से समझना ज़्यादा सार्थक होगा। यहाँ अमेरिका का उदाहरण इसलिए भी दिया जा रहा है क्योंकि पिछले दो तीन दशकों और ख़ास तौर पर वैश्विक अर्थव्यवस्था के एकीकरण यानी भूमण्डलीकरण के बाद विश्व के अधिकांश विकासशील देशों में सेवानिवृत्ति की संस्था में आने वाले बदलाव कमोबेश अमेरिकी ढर्रे से संचालित रहे हैं। बीसवीं सदी के दौरान अमेरिका में रोज़गार के क्षेत्र में बुजुर्ग व्यक्तियों की भागीदारी लगातार गिरती गयी है। इसके पीछे ख़राब स्वास्थ्य और बेरोज़गारी को प्रमुख कारण माना जाता है। लेकिन इसके साथ यह जानना भी जरूरी है कि बुज़ुर्ग आबादी के श्रम बाज़ार से पलायन करने के पीछे एक अहम वजह यह भी रही है कि बीसवीं सदी के तीसरे दशक में सार्वजनिक और निजी क्षेत्र में पेंशन की व्यापक व्यवस्था की गयी थी। सामाजिक सुरक्षा अधिनियम, 1935 द्वारा सेवानिवृत्ति की आयु 65 वर्ष तय की गयी थी। यह मानक आगामी कई दशकों तक क़ायम रहा। उक्त अधिनियम में पेंशन की व्यवस्था करने के लिए कर्मचारी की आयु, नौकरी की अवधि, तथा आय के स्तर को आधार बनाया गया था। कर्मचारियों के लिए यह एक ऐसी आश्वस्ति थी जिसके कारण वे औपचारिक रूप से सेवानिवृत्ति की आयु तक या सामाजिक सुरक्षा का लाभ पाने की अर्हता हासिल करने तक नौकरी करते रहते थे। लेकिन निजी क्षेत्र में पेंशन की सुविधा कुछ ख़ास क्षेत्रों जैसे मैन्युफ़ैक्चरिंग, संचार, परिवहन तथा वित्तीय और व्यवसायगत क्षेत्रों में ही उपलब्ध थी। पेंशन के लिहाज़ से सेवा और व्यापार के क्षेत्र बहुत अनुकूल नहीं माने जाते थे।

छठे दशक में सेवानिवृत्ति की इस संस्था में दो विरोधाभासी प्रवृत्तियाँ उभरने लगीं। पहली प्रवृत्ति से यह उजागर हुआ कि सेवानिवृत्त बुजुर्गों का एक वर्ग विपन्नता में जी रहा है। आँकड़ों के अनुसार उस समय औसतन तीन बुजुर्गों में एक बुजुर्ग ग़रीबी रेखा से नीचे जीवनयापन कर रहा था। इसलिए इस समूह की दिक़्क़तें दूर करने के लिए आगामी वर्षों में सामुदायिक स्तर पर स्वास्थ्य, आर्थिक सुरक्षा जैसे कई कार्यक्रम शुरू किये गये। सेवा निवृत्ति की आयु 62 कर दी

गयी ताकि बुज़ुर्गों को सेवानिवृत्ति के लाभ जल्दी मिलने शुरू हो जाएँ। 1972 में सामाजिक सुरक्षा क़ानून के दायरे से बाहर पड़ने वाले बुज़ुर्ग लोगों के लिए आय सृजन का एक और कार्यक्रम शुरू किया गया।

इन कार्यक्रमों के लागू होने के बाद निम्न आय वर्ग में समय से पहले ही सेवानिवृत्त हो जाने का चलन बढ़ने लगा। उल्लेखनीय है कि इस वर्ग में मुख्यत: अल्पसंख्यक और महिलाएँ शामिल थीं। अध्ययन से इस बात का भी पता चला कि सेवानिवृत्ति के बाद ऐसे समूहों के अधिकांश सदस्य गरीबी के सीमांत पर मँडराते रहते हैं। अध्ययन के मुताबिक़ इनमें बहुत से लोग विकलांगता और बेरोज़गारी के आधार पर सामाजिक सुरक्षा का दावा करते पाये गये थे। चिकित्सा और रोज़मर्रा के बढ़ते जेब ख़र्च के कारण ऐसे बुज़ुर्गों की जीवन स्थितियाँ लगातार बदतर होती जा रही थीं।

इस काल की दूसरी प्रमुख प्रवृत्ति पेंशन पर जीवन यापन करने वाले एक समृद्ध वर्ग का उभार था। बुज़ुर्गों का यह एक ऐसा समूह था जो पेंशन की उदार नीतियों से लाभान्वित हुआ था। ग़ौरतलब है कि पेंशन की कुछ योजनाएँ स्वास्थ्य बीमे से भी जुड़ी थीं। बढ़ी हुई पेंशन तथा सामाजिक सुरक्षा से मिलने वाले लाभों से कर्मचारियों में जल्दी सेवानिवृत्त हो जाने का चलन तेज हुआ। जो पुरुषों में लगभग नौवें दशक तक जारी रहा। जबकि महिलाओं में समय पूर्व सेवानिवृत्ति लेने की प्रवृत्ति 1985 तक शीर्ष पर पहुँच चुकी थी। उसके बाद इस दर में ज़बरदस्त कमी आयी है।

सेवानिवृत्ति के लाभ और सुरक्षा में आठवें और नवें दशक के बीच व्यापक गिरावट आयी है। इस बीच नियोक्ता और कर्मचारी के संबंधों में एक संरचनात्मक बदलाव आया है। एक समय नियोक्ता और कर्मचारी के बीच का यह संबंध दीर्घ अवधि के लिए और स्थाई होता था। वास्तव में रोज़गार के स्थायित्व को औद्योगिक तथा संबंधित क्षेत्रों का एक अहम लक्षण माना जाता था। लेकिन उक्त अवधि में रोज़गार का ढाँचा पूरी तरह बदल गया। स्थाई कर्मचारियों की जगह आउटसोर्सिंग लेने लगी यानी उत्पादन का काम वहाँ भेजा जाने लगा जहाँ श्रम और मज़दूरी की दर सस्ती होती थी। वैश्विक बाज़ार में बढ़ती प्रतिस्पर्द्धा और अर्थव्यवस्था के नये ढाँचे चलते रोज़गार के लिए तात्कालिक और ज़रूरत के हिसाब से प्रबंधन विकसित किया जाने लगा।

रोज़गार और उद्योगों के प्रबंधन में होने वाले इन बदलावों से पेंशन की व्यवस्था भी अप्रभावित नहीं रह सकती थी। लिहाज़ा इस दौर में पेंशन के नये-नये रूप सामने आये। जो उसके पारम्परिक लाभों से क़तई भिन्न थे। पेंशन की नयी व्यवस्था में पेंशन के लिए बचत करने की ज़िम्मेदारी ख़ुद कर्मचारी पर डाल दी गयी तथा इस बचत को स्टॉक, बॉन्ड, रीयल एस्टेट और सम्पत्ति के ऐसे ही अन्य रूपों के साथ जोड़ दिया गया। इन समस्त चीज़ों का प्रबंधन ख़ुद कर्मचारियों को करना पड़ता था। जाहिर है कि इन बदलावों के मद्देनज़र पेंशन में निहित आय की निश्चितता और नियमितता का पहलू कमज़ोर होने लगा। उसके निर्धारण में आय, नौकरी की अवधि, और आयु के पहले की तरह महत्त्वपूर्ण नहीं रह गये। यानी अब पेंशन को लेकर लोग पहले की तरह आश्वस्त नहीं हो सकते थे। अगर पेंशन के मौजूदा स्वरूप को परिभाषित करने का प्रयास किया जाए तो उसका बुनियादी सूत्र यह होगा कि फ़िलहाल आय की जिस सुरक्षा को पेंशन कहा जाता है वह रोज़गार के दौरान कर्मचारी की आय की ऐच्छिक कटौती और योगदान की संचित राशि होती है। अब वह पहले की तरह निरापद नहीं रह गयी है। उसके साथ कई तरह के जोखिम जुड़ चुके हैं।

नवें दशक में जब स्टॉक मार्केट अपने शीर्ष पर था तो बहुत सारे कर्मचारियों ने बड़े पैमाने पर नौकरी को अलविदा कह दिया था। उस दौर में कर्मचारी लगातार नौकरी छोड़ रहे थे लेकिन उस बुलबुले के फूटते ही लोग सेवानिवृत्ति का समय टालने लगे। कुछ विद्वानों का कहना है कि आगामी समय में सेवानिवृत्ति को टालने की यह प्रवृत्ति और मज़बूत होगी। निर्धारित समय से पहले तथा सामान्य सेवानिवृत्ति की अवधि और जीवन प्रत्याशा सभी में वृद्धि हो रही है। इससे यह आशंका बढ़ने लगी है कि भविष्य में पेंशन और स्वास्थ्य बीमे की व्यवस्था कहीं और भी कमज़ोर न हो जाए।

सेवानिवृत्ति के वैश्विक संदर्भ पर नज़र डालें तो जाहिर होता है कि युरोप के अन्य विकसित देश बुज़ुर्गों की आबादी में इजाफ़े और समय पूर्व सेवानिवृत्ति लेने की परिघटनाओं से अमेरिका से पहले ही रूबरू हो चुके थे। युरोप में प्रजनन की दर अमेरिका से पहले ही कम हो चुकी थी। इसके अलावा वहाँ श्रमशक्ति के स्वरूप को बदलने के सायास प्रयास भी किये जा रहे थे। मसलन, युरोप में रोज़गार में युवाओं को जगह देने के लिए बाक़ायदा एक नीति बनायी गयी जिसका मक़सद नौकरी शुदा लोगों को समय पूर्व सेवानिवृत्ति लेने के लिए प्रोत्साहित करना था।

फ़िलहाल स्थिति यह है कि विकसित देशों में सेवानिवृत्ति से जुड़ी नीतियाँ संक्रमण के गहरे दौर से गुज़र रही हैं। अब वहाँ समय पूर्व सेवानिवृत्ति लेने वालों को हतोत्साहित किया जा रहा है। इंग्लैण्ड और जर्मनी में सेवानिवृत्ति की उम्र 65 वर्ष कर दी गयी है। अमेरिका में भी सेवानिवृत्ति की सामान्य उम्र 65 वर्ष ही रखी गयी है लेकिन पेंशन पाने के लिए न्यूनतम आयु 62 वर्ष होनी चाहिए। जापान और आस्ट्रेलिया में हालाँकि समय पूर्व सेवानिवृत्ति के विकल्प को क़ायम रखा गया है परंतु सेवानिवृत्ति की सामान्य

उम्र वहाँ भी 65 वर्ष ही है। कल्याणकारी योजनाओं के लिहाज़ से सबसे ज़्यादा जनपक्षधर माने जाने वाले स्वीडन में भी समय पूर्व सेवानिवृत्ति को हतोत्साहित करने के लिए सेवानिवृत्ति के लाभों को कर्मचारी के व्यक्तिगत योगदान से जोड़ने की योजनाएँ बनायी गयी हैं ताकि लोगबाग समयपूर्व सेवानिवृत्ति के बारे में न सोचें।

संक्षेप में, फ़िलहाल सेवानिवृत्ति की नीति समूची दुनिया में बुनियादी बदलावों से गुज़र रही है। स्पेन और चीन जैसे देशों में जेंडर निरपेक्ष योजनाओं को बढ़ावा दिया जा रहा है। इन देशों का ज़्यादा ज़ोर आर्थिक विकास पर है और वे अधिक से अधिक नागरिकों को औपचारिक अर्थव्यवस्था में समाहित करना चाहते हैं। लेकिन आर्थिक विकास के इन दबावों के परे आबादी में बुज़ुर्गों की बढ़ती संख्या तथा रोज़गार में महिलाओं की बढ़ती हिस्सेदारी सेवानिवृत्ति की नीतियों के तईं एक नये तरह का संदर्भ बनती जा रही है।

अर्थव्यवस्था के इस वैश्विक समायोजन का अल्पविकसित और विकासशाली देशों पर भी असर देखा जा रहा है। अगर भारत जैसे विकासशील देश की स्थिति पर विचार करें तो पता चलता है कि यहाँ 2004 में सार्वजनिक क्षेत्रों के रोज़गार में पेंशन की व्यवस्था ख़त्म कर दी गयी। इससे पहले गोल्डन हैंडशेक जैसी ऐच्छिक सेवानिवृत्ति की योजनाएँ भी सरकार द्वारा प्रचारित की गयीं। इसके तहत किसी कर्मचारी को उसकी नौकरी के शेष वर्षों की राशि का एकमुश्त भुगतान कर दिया जाता था। एक तरह से यह अर्थव्यवस्था के वैश्विक पुनर्संयोजन का ही परिणाम था। भारत में निजी क्षेत्र में भी पेंशन की व्यवस्था की गयी है लेकिन उसका ढाँचा कमोबेश अमेरिका जैसा ही ही है।

देखें : अर्थव्यवस्था का समाजशास्त्र, अभिजन, अभिरुचि, आत्महत्या, उन्मूलनवाद, एजेंसी, कर्मकाण्ड, कारागार, गोपनीयता, गृहविहीनता, जादू, जीवन-शैली, टेलरवाद, धर्म, प्राइवेसी, फ़ुरसत, बचपन, बुज़ुर्गियत का समाजशास्त्र, बेगानगी, भीड़, भ्रष्टाचार का समाजशास्त्र-1 और 2, विचलन, ज्ञान का समाजशास्त्र।

संदर्भ

1. डी. कोस्टा (1998), द *इवोल्यूशन ऑफ़ रिटायरमेंट : एन अमेरिकन इकॉनॉमिक हिस्ट्री 1880-1990,* युनिवर्सिटी ऑफ़ शिकागो प्रेस, शिकागो.
2. जी. एस्पिंग ऐंडरसन (1999), द *सोशल फ़ाउंडेशन ऑफ़ पोस्ट-इण्डस्ट्रियल इकॉनॉमिक्स,* ऑक्सफ़र्ड युनिवर्सिटी प्रेस, ऑक्सफ़र्ड.
3. ए. गस्टमैन और टी.एल. स्टीनमेयर (2002), *रिटायरमेंट ऐंड स्टॉक मार्केट बबल,* एनबीईआर वर्किंग पेपर 9494, नैशनल ब्यूरो ऑफ़ इकोनॉमिक रिसर्च, केम्ब्रिज, एम.ए.

— नरेश गोस्वामी

सैयद अहमद ख़ाँ

(Syed Ahmad Khan)

सर सैयद के सम्बोधन से विख्यात सैयद अहमद ख़ाँ (1817-1898) भारतीय आधुनिकता के अग्रदूतों में से एक थे। उन्होंने दक्षिण एशिया के मुसलमान समुदाय के आधुनिकीकरण में प्रमुख भूमिका निभायी। सर सैयद की प्रचलित छवि ख़ासी विरोधाभासी है। जहाँ एक ओर उन्हें अलीगढ़ मुसलिम विश्वविद्यालय का संस्थापक, मुसलिम धर्म सुधारक, मुसलिम नवजागरण की मशाल और राष्ट्रवादी चिंतक माना जाता है, तो वहीं दूसरी ओर मुसलमानों के उच्च वर्ग और अशराफ़ हितों का संरक्षक, अंग्रेज़ों का वफ़ादार, उर्दू-हिंदी की लड़ाई का सक्रिय सिपाही, मुसलिम पृथकतावाद का अगुआ और पाकिस्तान के विचार का अग्रदूत भी कहा जाता है। इन विरोधाभासी मगर स्थापित छवियों के आईने में आम तौर पर हमारा परिचय या तो मसीहा सर सैयद से होता है या फिर इलीट सर सैयद से। सेकुलरवाद की हिंदुस्तानी बहस के बाद तो स्थिति यह हो गयी है कि सर सैयद के कृतित्व पर बात करने से अधिक ऊर्जा उन्हें राजनीतिक तौर पर सही या ग़लत साबित करने में लगाई जाने लगी है। यही कारण है कि आज सर सैयद के विचारों की गतिशीलता और उनकी राजनीतिक में आये बदलाव का सटीक पुनर्मूल्यांकन पहले से ज़्यादा प्रासंगिक हो गया है।

सर सैयद का जन्म 17 अक्तूबर, 1817 को दिल्ली में हुआ था। वे सम्भ्रांत सैयद परिवार से ताल्लुक़ रखते थे। उनके पूर्वज मुग़ल दरबार में उच्च पदों पर कार्यरत रहे थे। तत्कालीन मुग़ल बादशाह बहादुरशाह ज़फ़र से भी उनके अच्छे संबंध थे। अपने पिता की मृत्यु के बाद 22 वर्ष की उम्र में सर सैयद ने ईस्ट इण्डिया कम्पनी में क्लर्क की नौकरी शुरू कर दी। वे कम्पनी के कर्मचारी के तौर पर काफ़ी सफल रहे और उन्हें नियमित तरक़्क़ी मिलती रही।

1840-58 का समय सर सैयद के वैचारिक रुझानों को समझने के लिए बहुत महत्त्वपूर्ण है। इस काल की उनकी दो मुख्य रचनाएँ *असर-उस-सनादीद* (1847) और *असबाब-ए-बग़ावत* (1860), हमारा परिचय सर सैयद की आरम्भिक आधुनिकता से कराती हैं। *असर-उस-सनादीद* दिल्ली के ऐतिहासिक स्मारकों के इतिहास और दिल्ली शहर की विशिष्ट संस्कृति पर लिखी गयी सबसे पहली किताबों में से एक है। दिलचस्प बात यह है इस किताब में सर सैयद का उद्देश्य हिंदुतान के मुसलमानों का इतिहास लिखना नहीं है। न ही वे दिल्ली की तारीख़ी इमारतों को हिंदू या मुसलमान साबित करने की कोशिश करते हैं। इसके विपरीत वे तारीख़ी

इमारतों को उनके निर्माण काल और उनके निर्माण करवाने वाले शासकों की श्रेणियों में बाँट कर शहर का एक सिलसिलेवार इतिहास पेश करते हैं। दरअसल, *असर-उस-सनादीद* अपने आप में एक मुक़म्मल आधुनिक ऐतिहासिक दस्तावेज़ है। अपने तर्क को पुख़्ता करने के लिए सर सैयद ऐतिहासिक स्रोतों और इमारतों के रेखा-चित्रों का इस्तेमाल करते हैं ताकि पाठक इमारत का इतिहास और वर्तमान दोनों से परिचित हो सके। पुस्तक का आख़िरी भाग शहर की तत्कालीन मौजूदा संस्कृति पर आधारित है जिसमें दिल्ली के लोगों के रहन-सहन और रिवाज़ों की चर्चा है। उल्लेखनीय है कि पुस्तक में सर सैयद एक देहलवी (दिल्ली वाला) या हिंदुस्तानी लेखक के तौर पर ज़्यादा उभर कर आते हैं, न कि किसी मुसलमान सुधारक के तौर पर।

1857 का विद्रोह सर सैयद के वैचारिक राजनीतिक जीवन में एक निर्णायक मोड़ साबित हुआ। वे विद्रोह के मुख़ालिफ़ थे; लेकिन उनका ब्रिटिश समर्थन व्यक्तिगत हितों की पूर्ति करने वाली चापलूसी क़तई नहीं कहा जा सकता। इस का सबसे बड़ा प्रमाण है उनकी पुस्तक *असबाब-ए-बग़ावत*। यह पुस्तक ब्रिटिश प्रशासन की उन कमज़ोरियों और ग़लतियों को उजागर करती है जिनके कारण असंतोष और देशव्यापी विरोध पनपा था। उल्लेखनीय है कि यह पुस्तक मुसलमान या हिंदू दृष्टिकोण के बजाय एक व्यापक भारतीय पक्ष प्रस्तुत करती है। सर सैयद का मूल तर्क यह है कि कम्पनी सरकार ने अपनी विस्तारवादी नीति के कारण हिंदुस्तानियों की जायज़ माँगों और ज़रूरतों को नज़रअंदाज़ किया। नतीजा यह हुआ कि लोगों में असंतोष बढ़ता चला गया।

ऐसा नहीं है कि सर सैयद हिंदू और मुसलमान जैसी श्रेणियों का ज़िक्र नहीं करते, या मुसलमानों पर लगे इल्ज़ामों का जवाब नहीं देते। वास्तव में वे मज़हबी समुदायों को साम्प्रदायिक समूहों के रूप में नहीं देखते। उनके लिए हिंदू और मुसलमान मज़हबी समूह भी हैं और साथ ही साथ हिंदुस्तानी भी। समुदायों की इस बारीक समझ के कारण उनके विशलेषण की परिधि व्यापक रहती है और तर्क सटीक होते चले जाते हैं। यही वजह है कि उनकी ब्रिटिश नीतियों की आलोचना कोई लफ़्फ़ाजी या राजनीतिक नारा नहीं लगती। सर सैयद के तर्क विश्लेषण पर आधारित हैं जिसमें उनका राजनीतिक धैर्य और सहनशीलता साफ़ झलकती है।

1861 तक आते आते ब्रिटिश भारत की राजनीति का एक दूसरा अध्याय शुरू होता है। हाल के वर्षों में हुए शोध (विशेषकर सबाल्टर्न इतिहास-लेखन) यह बताते हैं कि 1858 के बाद औपनिवेशिक राज्य ने भारत में नयी आधुनिक शासकीय तकनीकों के ज़रिये अपना वर्चस्व स्थापित करना शुरू किया। भारतीय समुदायों की मज़हबी जनगणना ने पहली बार भारत में बसने वाले अनगिनत धार्मिक पंथों को सिर्फ़ और सिर्फ़ हिंदू, मुसलमान और सिख बना दिया। नतीजतन राजनीतिक प्रतिनिधित्व के लिए बहुसंख्यक / अल्पसंख्यक जैसी शब्दावली का इस्तेमाल शुरू हो गया और मज़हबी संख्या भारतीय राजनीति का प्रमुख विमर्श बन गयी। सर सैयद के इस समय के लेखन और राजनीतिक गतिविधियों को इन दूरगामी परिवर्तनों के बरक्स रखना ज़रूरी है। 1860 से 1880 तक सर सैयद के लेखन और राजनीतिक गतिविधियों से पता चलता है कि हिंदुतानी मुसलमानों की विशिष्ट मज़हबी और सामाजिक पहचान को परिभाषित करना उनके लिए एक प्रमुख राजनीतिक प्रोजेक्ट बन चुका था। इस काल में वे इंग्लैण्ड/युरोप का सफ़र कर चुके थे, साइंटिफ़िक सोसाइटी और अलीगढ़ स्कूल की स्थापना हो चुकी थी और उर्दू-हिंदी की बहस राजनीतिक रंग लेने लगी थी। इन घटनाओं पर काफ़ी कुछ लिखा जा चुका है। इसलिए ज़रूरी है कि इन घटनाओं और सर सैयद के लेखन के अंतर्संबंधों को देखा जाए। इस विषय में दो बातें उल्लेखनीय हैं : पहला, सर सैयद का इसलामी नज़रिया और दूसरा उनका राजनीतिक दृष्टिकोण।

सर सैयद इसलामी इतिहास की एक बेहद दिलनस्म समझ पेश करते हैं। वे इसलाम के इतिहास को मोटे तौर पर तीन हिस्सों में बाँटते हैं : मुहम्मद साहब और उनके अनुयायियों का समय, इसलाम के प्रसार और पतन का इतिहास और हिंदुस्तानी मुसलमानों का वर्तमान। इतिहास के ये तीन हिस्से जहाँ एक ओर इसलाम के आरम्भिक काल को आदर्श समाज के मॉडल के रूप में स्थापित करते है, वहीं दूसरी ओर यह काल-विभाजन इसलाम के उदय और पतन की स्थापित ब्रिटिश कहानी से आगे ले जाता है। दूसरे शब्दों में कहें तो सर सैयद का यह इतिहास बोध उन्नीसवीं सदी की उभरती मुसलिम आधुनिकता के लिए बौद्धिक स्रोत बन जाता है।

अपने एक लेख में सर सैयद कहते हैं कि इसलाम के ख़लीफ़ा की सम्प्रभुता हिंदुस्तानी मुसलमानों पर नहीं चलती। उनके अनुसार हिंदुस्तानी मुसलमान ब्रिटिश साम्राज्य के नागरिक हैं जहाँ उन्हें पूरी मज़हबी आज़ादी है। यह वक्तव्य इस तथ्य का परिचायक है कि सर सैयद हिंदुस्तानी मुसलमानों के वर्तमान को किसी भी तरह की इसलामी सत्ता या पुरातन संस्था से जोड़ना नहीं चाहते। लेकिन वे इस बात के लिए भी पूरी तरह सजग हैं कि हिंदुस्तानी मुसलमान विश्वव्यापी इसलामी समुदाय का अभिन्न अंग है। उनका मत है कि इसलाम की सांस्कृतिक और मज़हबी एकता और हिंदुस्तानी मुसलमानों के आधुनिक राजनीतिक हित दो अलग-अलग विमर्श हैं जिन्हें मिलाना न तो सम्भव है और न ही व्यावहारिक।

सैयद अहमद ख़ाँ (1817–1898)

सर सैयद के बदलते विचारों का दूसरा पक्ष भारतीय राजनीतिक संदर्भों की विशिष्टता से संबंधित है। मोहम्मडन एजुकेशन कांफ्रेंस की लखनऊ बैठक (28 दिसम्बर, 1888) में दी गयी तक़रीर में सर सैयद ने कांग्रेस की आलोचना करते हुए कहा था कि कांग्रेस इंग्लैण्ड के हॉउस ऑफ़ कॉमंस की तर्ज़ पर एक व्यक्ति-एक वोट की बात करती है। लेकिन भारतीय परिस्थतियों में यह सिद्धांत कारगर नहीं है। यदि ऐसा होता है तो हिंदुओं को चार गुनी सीटें मिलेंगी क्योंकि उनकी संख्या मुसलमानों से चार गुनी ज़्यादा है। सर सैयद की यह तक़रीर या तो मुसलिम पृथकतावाद के उदाहरण के रूप में पेश की जाती है या फिर पाकिस्तान के विचार के बीज रूप में। लेकिन इस तर्क का एक बिलकुल अलग अर्थ भी निकाला जा सकता है। सर सैयद इस बात की ओर इशारा कर रहे हैं कि पश्चिमी तर्ज़ का लोकतंत्र हिंदुस्तान में तभी सफल हो सकता है जब कि मज़हबी समुदायों की विशिष्टता को पहचान कर उनके राजनीतिक प्रतिनिधित्व के लिए उपयुक्त संस्थाएँ विकसित की जाएँ। लेकिन इस तर्क की संरचना में एक आंतरिक विरोधाभास भी मौजूद है। यह सही है कि पश्चिमी लोकतंत्र को ज्यों का त्यों हिंदुस्तान में आरोपित नहीं किया जा सकता और यह भी सही है कि हिंदुस्तान के समुदायों की बनावट अपने आप में विशिष्ट है जिसके कारण अलग तरह की राजनीतिक संस्थाएँ और राजनीतिक संस्कृति अनिवार्य है, लेकिन जिन हिंदू और मुसलमान क़ौमों की बात सर सैयद कर रहे हैं वे असंख्य सामाजिक, सांस्कृतिक, और यहाँ तक कि मज़हबी समुदायों का एक बेहद लचीला समुच्चय है। यह उदाहरण इस तथ्य को साबित करता है कि अल्पसंख्यक/बहुसंख्यक का आधुनिक विमर्श वास्तव में ब्रिटिश नीतियों और आधुनिक राजकीय तकनीकों का ही परिणाम था। शायद यही कारण था कि 1858 में *असबाब-ए-बग़ावत* लिखने वाले सर सैयद का नज़रिया 1880 के दशक आते-आते अल्पसंख्यकवाद में बदल गया। अपने जीवन के अंतिम वर्षों में वे मुसलिम राजनीतिक हितों की रक्षा के लिए प्रयत्नशील रहें। सर सैयद का निधन 27 मार्च, 1898 को अलीगढ़ में हुआ।

देखें : अबू-अला मौदूदी, अबुल कलाम आज़ाद, आरक्षण और धर्म, भारतीय इसलाम, उपनिवेशवाद, उपनिवेशवाद विरोधी आंदोलन-1, 2 और 3, उपनिवेशवाद विरोधी संघर्ष में स्त्री-नेतृत्व-1, दलित-पसमंदा मुसलमान, प्रारम्भिक इसलाम, मोहनदास कर्मचंद गाँधी-1, 2 और 3, मुसलिम राजनीतिक विचार, मुहम्मद इक़बाल, मुहम्मद अली जिन्ना, हज़रत मुहम्मद-1 और 2.

संदर्भ

1. हफ़ीज़ मलिक (1980), *सर सैयद अहमद ख़ाँ ऐंड मुसलिम मॉडर्निज़म इन इण्डिया ऐंड पाकिस्तान,* कोलम्बिया युनिवर्सिटी प्रेस, न्यूयॉर्क.
2. मुहम्मद शान (सम्पा.) (1972), *राइटिंग्ज़ ऐंड स्पीचेज़ ऑफ़ सर सैयद अहमद ख़ाँ,* नचिकेता पब्लिकेशंस, बम्बई.
3. अल्ताफ़ हुसैन हाली (1957), *हयात-ए-जाविद,* एकेडमी पंजाब ट्रस्ट, लाहौर.
4. वीरेंद्र कुमार बरनवाल (2013), *मुसलिम नवजागरण की मशाल : सर सैय्यद अहमद ख़ाँ,* तद्‌भव, लखनऊ.

— हिलाल अहमद

सोप ओपेरा

(Soap Opera)

टीवी के जिन नाटकीय मनोरंजन कार्यक्रमों को सीरियलों के नाम से जाना जाता है, उनकी शुरुआत 'सोप ओपेरा' के नाम से अमेरिकी टीवी पर तीस के दशक में हुई थी। सोप ओपेरा का मतलब है एक ऐसी धारावाहिक कथा जिसका उपसंहार कभी नहीं होता और जिसकी हर किश्त इस आश्वासन के साथ ख़त्म होती है कि कहानी अगले दिन भी जारी रहेगी। चूँकि अमेरिका की बड़ी-बड़ी कपड़े धोने के साबुन की कम्पनियों (प्रोक्टर ऐंड गैम्बिल, कोलगेट-पामोलिव और लीवर ब्रदर्स) ने उन्हें प्रायोजित किया था, इसलिए उनके नाम से साथ सोप जुड़ गया। इन धारावाहिक कार्यक्रमों को ओपेरा कहने की वजह यह थी कि इनमें रोज़ाना की ज़िंदगी का बेहद जज़्बाती और अतिनाटकीय चित्रण किया जाता था। अमेरिकी सोप ओपेरा दिन में प्रसारित किये जाते थे, ताकि गृहणियाँ उन्हें देख सकें। उनकी विषयवस्तु भी घर-परिवार और नाते-रिश्तों की समस्याओं, उखाड़-पछाड़ और घरेलू राजनीति के इर्द-गिर्द बुनी जाती थी। यह एक दिलचस्प तथ्य है कि इसी दौरान रेडियो पर भी सोप ओपेरा आने शुरू हुए। दरअसल, नेटवर्कों और विज्ञापकों ने दिन के बाज़ार में निहित अत्यंत लाभकारी सम्भावनाएँ इसी दौरान चिह्नित कीं। उनकी दलील थी कि दिन में घर के मालिक बाहर काम करने जाते हैं और बच्चे स्कूल में होते हैं, इसलिए घर की मालकिन अकेली होती है और वह अपना वक़्त गुज़ारने के लिए या तो टीवी देखेगी या फिर रेडियो सुनेगी। इसलिए ऑडिएंस के रूप में उसकी वफ़ादारी जीती जा सकती है। सबसे पहले डब्ल्यूजीएन-एएम नामक रेडियो स्टेशन ने 16 जून, 1930 को 'क्लारा, लू और एम' शीर्षक से एक सोप ओपेरा दिखाना शुरू किया जिसे ज़बरदस्त सफलता मिली। जैसे ही कोलगेट-पामोलिव कम्पनी ने इसे स्पांसर किया, यह भी टीवी की ही भाँति सोप ओपेरा की श्रेणी में आ गया।

ब्रिटेन के टीवी पर इन धारावाहिकों का प्रसारण 1948 में शुरू हुआ जो दिन भी प्रसारित होते थे, और रात की शुरुआत में टीवी के प्राइम टाइम में भी उन्हें दिखाया जाता था। अमेरिका और ब्रिटेन के कुछ धारावाहिक ('मिसेज़ डेल्स डायरी' और 'द आर्चर्स') तो ऐसे हैं जिनका समापन आज तक नहीं हुआ है। आज सोप ओपेरा की शैली भारत समेत सारी दुनिया में मनोरंजन का सर्वाधिक लोकप्रिय रूप बन चुकी है। ब्रिटिश और अमेरिकी टीवी के धारावाहिकों के अलावा ऑस्ट्रेलियायी, मैक्सिकन और ब्राज़ीलियन टीवी के धारावाहिक भी ग्लोबल टीवी मार्केट में लोकप्रिय हैं। कम ख़र्चे में प्रोड्यूस किये जाने वाले ये कार्यक्रम अपने स्थानीय बाज़ार में तो जम कर कमाते ही हैं, इनका निर्यात भी टीवी प्रोड्यूसरों को ख़ासी आमदनी करके देता है।

अमेरिकी टीवी धारावाहिकों (जैसे, 'डलास', 'बोल्ड ऐंड ब्यूटीफुल' और 'डायनेस्टी') के किरदार आम तौर पर धनी और लुभावनी शख़्सियत के मालिक दिखाये जाते हैं। ऑस्ट्रेलिया और ब्रिटेन के सीरियलों (जैसे 'ईस्टऐंडर्स', 'कोरोनेशन स्ट्रीट', 'नेबर्स' और 'होम ऐंड अवे') में मज़दूर वर्गीय पृष्ठभूमि के चरित्रों और उनकी रोज़ाना की ज़िंदगी को पेश किया जाता है। इनमें कॉमेडी के तत्त्वों का ख़ास तौर से समावेश होता है। सीरियलों में फ़िल्मों की तरह स्टंट, मारपीट और एक्शन दृश्य बहुत कम होते हैं। अधिकतर गतिविधियाँ नाटकीय संवादों, अतिरंजित स्थितियों और मुख-मुद्राओं के माध्यम से सम्पन्न की जाती हैं। भारत में सोप ओपेरा शैली का प्रारम्भ अस्सी के दशक में बेहद कामयाब 'हम लोग' सीरियल से हुआ था। लेकिन जल्दी ही भारतीय टीवी सीरियलों पर भी पश्चिमी सीरियलों की विषय-वस्तुओं का असर साफ़ तौर पर दिखने लगा। आज 'सास-बहू सीरियलों' को लोकप्रियता एक टीवी-परिघटना का रूप ले चुकी है। घरेलू स्त्रियों के बीच इन सीरियलों के आकर्षण पर समाज वैज्ञानिकों ने काफ़ी दिमाग़ खपाया है।

ऐसी बात नहीं कि टीवी धारावाहिकों को पुरुष न देखते हों। काफ़ी समय तक कमाई करने वाला पुरुष और उसकी पत्नी के जोड़े को धारावाहिक के दर्शक-युग्म की तरह ग्रहण किया जाता रहा है। पर सोप ओपेरा की टीवी शैली पर हुए अकादमीय चिंतन के केंद्र में मुख्य तौर पर स्त्रियों का प्रश्न रहा है। न केवल इनकी शुरुआत स्त्री-दर्शकों को ध्यान में रख कर हुई थी, बल्कि इन्हें देखने वाली भी ज़्यादातर स्त्रियाँ होती हैं। इनकी कथावस्तु पर भी स्त्रियों का बोलबाला दिखता है। नारीवादी विद्वानों ने टीवी धारावाहिकों पर ख़ास तौर से ग़ौर किया है।

आम तौर पर लोगों का जीवन बहुत घटनाप्रद नहीं होता। ख़ासकर घरेलू स्त्रियों के जीवन की रफ़्तार धीमी, दोहराव भरी और नीरस होती है। इस यथार्थ के विपरीत टीवी धारावाहिक जीवन की एक ऐसी तस्वीर पेश करते हैं जिसमें विवाह, प्रेम-प्रसंग, तलाक़, जन्म-मृत्यु और पारिवारिक साज़िश का अबाध सिलसिला चलता रहता है। धारावाहिक की हर क़िस्त में कुछ ऐसी नयी घटनाएँ घटित करवाई जाती हैं जिनके ज़रिये मुख्य कहानी के साथ-साथ कई उप-कहानियों और पात्रों का आवागमन होता रहता है। असली ज़िंदगी में लम्बे चलने वाले रिश्तों को प्रशंसा की दृष्टि से देखा जाता है, पर सीरियल में कोई भी रिश्ता कभी सुरक्षित नहीं होता। अतीत का कोई पात्र या किसी पुराने रिश्ते के कारण पैदा हुआ बच्चा कभी भी आकर मौजूदा परिस्थिति को बेचैन कर देता है। आलोचकों ने टीवी स्क्रीन पर दिखाई जाने

वाली ज़िंदगी की इस अति-घटनात्मकता पर कड़े आक्षेप किये हैं, पर रोज़मर्रा की बोर ज़िंदगी की गिरफ़्त में फँसे हुए लोगों, ख़ास कर स्त्रियों के लिए, यह अतिरंजित निरूपण बहुत आकर्षक साबित हुआ है।

दूसरे, टीवी धारावाहिकों में स्त्री को कमज़ोर दिखाने के बजाय मज़बूत शख़्सियत का मालिक दिखाया जाता है। वह पूरे परिवार का बोझ उठाने वाली नैतिक गुणों से सम्पन्न नायिका से लेकर षड्यंत्र और हत्या में भाग लेने वाली खलनायिका के विभिन्न रूपों में सामने आती है। अक्सर वह पुरुषों पर निर्भर नहीं दिखाई जाती, बल्कि पुरुष उसकी उँगलियों पर नाचते हैं। सोप ओपेरा में निरूपित की जाने वाली स्त्रियाँ सिर्फ़ गृहिणी नहीं होतीं, उन्हें घर की दहलीज़ से बाहर विभिन्न भूमिकाओं में पेश किया जाता है। गृहिणी के रूप में भी घरेलू स्त्री की रूढ़ छवि से परे जाते हुए अच्छे या बुरे अपने अलग व्यक्तित्व के साथ सामने आती है। टीवी पर आने वाली औरत एक ही परिवार में रहते हुए कई-कई शादियाँ कर सकती है। जीवन के विभिन्न चरणों में उसका आगमन भिन्न-भिन्न सज्जाओं के साथ होता है। कुल मिला कर वह सीन से कभी तिरोहित नहीं होती। विद्वानों की मान्यता है कि शायद इसीलिए स्त्री दर्शकों को सामाजिक भूमिकाओं के इन रंगा-रंग रूपों में अपनी छवि देख कर क्षणिक संतोष मिल जाता है। इन निरूपणों में कुछ ऐसी सम्भावनाएँ छिपी रहती हैं जिनसे सामान्य स्त्री का अन्यथा साक्षात्कार भी नहीं होता। स्त्री की सेक्शुअलिटी का मुद्दा भी सोप ओपेरा के संदर्भ में महत्त्वपूर्ण है। धारावाहिकों की स्त्री पात्र अपनी गतिविधियों से 'सक्रिय यौनिकता' की छवि प्रक्षेपित करती हैं। अर्थात् उनकी यौनिकता केवल पुरुष-कामना की वस्तु नहीं होती, बल्कि उसका स्रोत ख़ुद उनकी अपनी कामना होती है।

कुछ समीक्षकों ने धारावाहिकों की लोकप्रियता का कारण उनकी वर्णनात्मक संरचना में तलाशने की कोशिश की है। इस दलील के अनुसार किसी भी मनोरंजन कार्यक्रम के सामान्यत: तीन हिस्से होते हैं : प्रारम्भ, बीच का हिस्सा और अंत। इन तीनों हिस्सों के बीच संतुलन को कुछ इस तरह भंग किया जाता है ताकि जो शुरू हुआ है उसे क्लाइमेक्स पर ले जा कर ख़त्म किया जा सके। लेकिन धारावाहिक की वर्णनात्मक संरचना में बीच का हिस्सा लगातार अपना विस्तार करता रहता है। अंत तक पहुँचना उसका मक़सद होता ही नहीं। वह उस समस्या का समाधान ही नहीं करना चाहता जो शुरू में उठायी जाती है। उस समस्या को तो नयी समस्याओं की भीड़ में न केवल पटकथा लेखक और निदेशक द्वारा बल्कि दर्शकों द्वारा भी भुला दिया जा चुका होता है। धारावाहिकों का उपसंहार कभी नहीं होता और बहुत सी घटनाओं की तर्कसंगत निष्पत्ति नहीं होती। यह विचित्रता भी उनके प्रति आकर्षण का उल्लेखनीय स्रोत है।

देखें : अतिनाटकीयता, अनुपस्थिति-उपस्थिति, कला सिनेमा, अवाँगार्द और प्रति-सिनेमा, टीवी और समाचार, टीवी और सेक्शुअलिटी, टीवी और टीवी-अध्ययन, तीसरा सिनेमा, तीसरी दुनिया का सिनेमा, दक्षिण भारतीय सिनेमा और राजनीति, नारीवादी फ़िल्म-सिद्धांत, फ़िल्म और सेक्शुअलिटी, फ़िल्म और टीवी सेंसरशिप, फ़िल्मांतरण, फ़िल्म-सिद्धांत, फ़्लैश-बैक, भारतीय सिनेमा-1, 2 और 3, भारतीय फ़िल्म-अध्ययन, भारतीय स्टार सिस्टम, रियलिटी टीवी, विचारधारा और हिंदी सिनेमा, वृत्त-चित्र, सेलेब्रिटी, सिनेमाई यथार्थवाद, नव-यथार्थवाद, सोवियत सिनेमा, स्टार, हिंदी सिनेमा का समाजशास्त्र।

संदर्भ

1. आर. सी. एलेन (1985), *स्पीकिंग ऑफ़ सोप ओपेराज़,* युनिवर्सिटी ऑफ़ नॉर्थ कैरोलिना प्रेस, चापेल हिल.
2. आई. आँग, (1985) *वाचिंग डलास : सोप ओपेरा ऐंड द मेलोड्रैमेटिक इमेजिनेशन,* मेथ्युन, लंदन.
3. एम.बी. ब्राउन (2005), *'पॉलिटिक्स ऑफ़ सोप्स : प्लेज़र ऐंड फ़ेमिनिन इम्पावरमेंट', ऑस्ट्रेलियन जरनल ऑफ़ कल्चरल स्टडीज़,* खण्ड 4, अंक 2.
4. पूर्णिमा मनकेकर (1999), *स्क्रीनिंग कल्चर, व्युइंग पॉलिटिक्स : ऐन एथ्नोग्राफ़ी ऑफ़ टेलिविज़न, वुमॅनहुड, ऐंड नेशन इन पोस्टकोलोनियल इण्डिया,* ड्यूक युनिवर्सिटी प्रेस, डरहम.

— अभय कुमार दुबे

सोरेन आबी कीर्केगार्द

(Soren Aabye Kierkegaard)

उन्नीसवीं सदी के मध्य में सक्रिय रहे सौंदर्यशास्त्री, दार्शनिक और धार्मिक चिंतक सोरेन आबी कीर्केगार्द (1813-55) के चिंतन को आधुनिक अस्तित्ववाद के उभार के लिए अवधारणात्मक ज़मीन साफ़ करने का श्रेय जाता है। हीगेल और उनके अनुयायियों की कठोर आलोचना करके उत्तर-हीगेल दर्शन की स्थापना करने वाले कीर्केगार्द का कहना था कि अगर इस जर्मन दार्शनिक ने ख़ुद को सत्य की खोज में सफल न मान कर हास्यास्पद न बना लिया होता और मुख्यत: अपनी विचार-प्रणाली को एक प्रयोग की तरह देखता तो उसे दुनिया का सबसे बड़ा चिंतक माना जा सकता था। हीगेल का खण्डन करते हुए कीर्केगार्द ने कहा कि यह जगत एक नैतिक व्यवस्था है और व्यक्ति का कर्त्तव्य है कि वह नैतिक नियमों के सामने समर्पण कर दे। उन्होंने सत्य को आत्मपरक बनाते हुए कहा कि चिंतन और चुनाव के लिए मनुष्य स्वतंत्र है और यह स्वतंत्रता उसके चिंतन का मूल है। कीर्केगार्द के मुताबिक़ व्यक्ति की आंतरिकता ही उसका सत्य है। उनके इसी विचार

ने दर्शन के क्षेत्र में अस्तित्ववाद के लिए मंच तैयार किया। बीसवीं सदी के चिंतन पर कीर्केगार्द का विरोधाभासी असर पड़ा है। हीगेलपंथियों ने उन्हें बुद्धिवाद विरोधी कह कर ठुकरा दिया, और व्यक्ति के अस्तित्व को बहुत अधिक तरजीह देने के कारण मार्क्सवादियों ने उनके विचारों पर जम कर हमला किया। उनके चिंतन में फ़ासीवादी रुझान तक देखे गये। लेकिन दिलचस्प बात यह है कि दूसरी तरफ़ कीर्केगार्द ने अज्ञेयवादी और नास्तिकवादी चिंतकों को भी प्रभावित किया। लूकाच, हाइडैगर और एडोर्नो जैसे विचारकों ने किसी न किसी मुक़ाम पर कीर्केगार्द के विचारों से कुछ न कुछ अवश्य लिया है। ख़ास तौर से हाइडैगर के सोच पर तो उनका बहुत गहरा प्रभाव है। समझा जाता है कि हाइडैगर की विख्यात रचना *बीइंग ऐंड टाइम* कीर्केगार्द के बिना सम्भव ही नहीं थी। विटगेंस्टाइन की तो मान्यता है कि कीर्केगार्द उन्नीसवीं सदी के सबसे गहन चिंतक थे।

बचपन में सोरेन को प्रारम्भिक शिक्षा के लिए कोपेनहेगन के प्रसिद्ध विद्यालय द स्कूल ऑफ़ सिविक वर्च्यू में प्रवेश दिलाया गया जहाँ उन्होंने पारम्परिक शिक्षा प्राप्त की। विद्यालय में लैटिन व इतिहास उनके प्रिय विषय थे। 1830 में कीर्केगार्द ने धर्मशास्त्र, दर्शन और साहित्य के अध्ययन के लिए कोपेनहेगन विश्वविद्यालय में प्रवेश लिया। उन्होंने निश्चय किया कि अपने जीवन में कुछ करने से पूर्व वे स्वयं के बारे में जानने का प्रयास करेंगे। 1834 में उनकी माता की मृत्यु हो गयी। इसी वर्ष उन्होंने एक पत्रिका का प्रकाशन करना प्रारम्भ किया जिसे वे आगामी 20 वर्षों तक प्रकाशित करते रहे। 1837 में लैटिन व साहित्य के शिक्षण के उद्देश्य से उन्होंने घर छोड़ दिया। इसी समय उनकी मुलाक़ात रीजन ओलसेन से हुई जिसने उनकी बौद्धिक यात्रा में उनका बहुत साथ दिया। 1838 में उनके पिता की मृत्यु हो गयी। 1840 में उन्होंने ओलसेन के साथ सगाई कर ली परन्तु अगले साल यह सोच कर कि घरेलू ज़िम्मेदारियाँ उन्हें उनके दर्शन के कार्य से विमुख कर सकती हैं, उन्होंने सगाई तोड़ दी। अगले दस वर्ष तक वे एकाकी और विरक्त जीवन जीते हुए निरंतर लेखन व प्रकाशन के कार्य में लगे रहे। जब वे अपने रचनाशीलता के चरम पर थे कि 11 नवम्बर, 1855 को रीढ़ की बीमारी से कीर्केगार्द की मृत्यु हो गयी।

कीर्केगार्द एक जटिल हस्ती के मालिक थे। उनके वांगमय में धर्म, राजनीति, सौंदर्य और नीतिशास्त्र के बहुआयामी तात्पर्य निहित मिलते हैं। मसलन, उन्हें एक अ-राजनीतिक चिंतक कहा जाता है, पर उन्होंने अपने ज़माने में चर्च की राजनीति के साथ-साथ तत्कालीन सांस्कृतिक राजनीति और समाज परिवर्तन की प्रक्रिया में लगातार हस्तक्षेप किया। समझा जाता है कि डेनमार्क की राजधानी कोपेनहेगन के बौद्धिक हल्क़ों में ख़ुद को शामिल करवाने के लिए उन्होंने अपने क़ॅरियर की शुरुआत में नारी-मुक्ति की अवधारणा के ख़िलाफ़ एक निबंध लिखा था। इस प्रतिक्रियावादी रचना में पितृसत्तात्मक मूल्यों का समर्थन किया गया था।

कीर्केगार्द के युग में ही युरोप ने मास सोसाइटी (जन-पुंज समाज) की तरफ़ बढ़ना शुरू किया था। तत्कालीन डेनिश समाज अपने सामंती अतीत को त्याग कर पूँजीवादी वर्तमान में प्रवेश कर रहा था। शिक्षा के प्रसार और देहाती इलाक़ों से बड़े पैमाने पर शहरों में जाते हुए किसान सामाजिक एक तरफ़ तो सामाजिक बेचैनियाँ पैदा कर रहे थे, और दूसरी तरफ़ सामाजिक तरतमता की जगह क्षैतिक संरचनाओं का उदय हो रहा था। समाज-परिवर्तन की इस प्रक्रिया पर टिप्पणी करते हुए कीर्केगार्द ने 'भीड़' या 'समूह' के मुक़ाबले 'एकल व्यक्ति' की आत्मनिष्ठता का झण्डा बुलंद किया। उन्हें डर था कि रूढ़ छवियों के सामाजिक उत्पादन के बोझ तले मनुष्य अपनी सच्ची इयत्ता खोजने की सम्भावना से वंचित हो जाएगा। उन्हें यह देख कर चिंता हो रही थी कि जज़्बाती प्रतिबद्धताओं के चक्कर में व्यक्ति अनासक्त चिंतन की क्षमता खोता जा रहा है। अपनी रचना *हाउ टू बिकम क्रिश्चियन इन क्रिश्चियनडम* में कीर्केगार्द सम्प्रेषण का एक ऐसा प्रारूप गढ़ने का प्रयास किया जिससे रूढ़ अस्मिताएँ न पैदा हों। बल्कि, लोग अपने संसाधनों पर भरोसा करते हुए अपनी अस्तित्वगत ज़िम्मेदारियाँ ख़ुद उठाने के लिए आगे बढ़ें। कीर्केगार्द का ख़याल था कि केवल इसी प्रकार लोग समाज द्वारा थोपी गयी पहचानों से बचते हुए वह हो पाएँगे जो वह हो सकते हैं या जो उन्हें होना चाहिए।

कीर्केगार्द के ये विचार उस सिलसिले की परिपक्व कड़ी थे जो उन्होंने अपनी डॉक्टोरल थीसिस *ऑन द कंसेप्ट ऑफ़ आयरनी विद द कोंस्टेंट रिफ़रेंस ऑफ़ सोक्रेटीज़* में व्यक्त किये थे। सुकरात के चिंतन और चिंतन-विधि से अत्यंत प्रभावित कीर्केगार्द अपनी इस रचना में दिखाते हैं कि किस तरह सुकरात द्वारा उठाये गये प्रश्न उन लोगों को झुँझला देते थे जिनका दावा था कि ज्ञान मिल चुका है और नीतिसार उनकी मुट्ठी में है। कीर्केगार्द का विचार था कि सुकरात ने अपने संवादों में आयरनी (विडम्बना और विरोधाभास) का इस्तेमाल करके ऐसे लोगों को बने-बनाये उत्तरों की जकड़ से मुक्त किया जो दरअसल उन्हें थमाये गये थे। सुकरात से संवाद करके ये लोग अपने बारे में स्वतंत्र और मौलिक संदर्भ के तहत सोचने-विचारने में समर्थ हुए। सुकरात की ही तरह कीर्केगार्द ने भी डेनिश बुद्धिजीवियों को बनी-बनायी धारणाओं से मुक्त करने के लिए अपने लेखन में विडम्बना, पैरोडी, व्यंग्य, हास्य और विखण्डन की प्रविधियों का कुशल इस्तेमाल किया। उनके विचार तत्कालीन बौद्धिकों को लगातार चिढ़ाते रहे। इसी वजह से अपने जीवन में कीर्केगार्द

को लगातार उपेक्षा और अप्रतिष्ठित रह जाने के फलितार्थों का सामना करना पड़ा।

डेनिश चर्च को हीगेल के प्रभाव से मुक्त करने के लिए उन्होंने फ़र्जी नाम से कई किताबें लिखीं जिनमें *आइदर / ऑर* एवं *कनक्ल्यूडिंग अनसाइंटिफ़िक पोस्टस्क्रिप्ट* उल्लेखनीय है। इन रचनाओं में उन्होंने हिगेलियन द्वंद्ववाद को सिर के बल खड़ा करते हुए दावा किया कि यह सिद्धांत लोगों को ज्ञान के नज़दीक ले जाने के बजाय उससे दूर ले जाता है। डेनमार्क में ईसाई धर्म के लोकप्रिय निरूपण को बदलने की उनकी चेष्टा भी उल्लेखनीय है। उनके ज़माने में धर्मशास्त्री और शिक्षक-कवि एन.एफ़.एस. ग्रंडविग ने ईसाइयत का जो विमर्श तैयार किया था उसमें इस धर्म के हल्के-फुल्के, ख़ुशनुमा, समारोहात्मक और सामुदायिक पहलुओं पर ज़ोर था। लेकिन कीर्केगार्द ने गम्भीरता, दुःख, पाप, कष्ट और निजी अलगाव जैसे आयामों को उभारने की चेष्टा की। कीर्केगार्द के जीवन की विडम्बना यह थी कि वे इन सभी प्रयासों में नाकाम रहे। न तो वे हीगेलपंथियों को पराजित कर पाये, और न ही डेनमार्क में ईसाई धर्म की छवि और उद्देश्यों में उन्होंने कोई परिवर्तन कर पाया।

कीर्केगार्द एक प्रचुर लेखक थे। केवल 42 वर्ष जीवित रहने वाले इस विचारक ने अपने पीछे 55 खण्डों में फैला हुआ विशाल वांगमय छोड़ा है। काफ़ी समय तक विश्व उनकी रचनाओं से अनभिज्ञ रहा। इसके पीछे एक कारण तो यह था कि उन्होंने ख़ुद अपनी कई रचनाएँ गोपनीय नाम से लिखीं। दूसरा कारण यह था कि वे केवल डेनिश भाषा में लिखते थे जिसकी जानकारी बहुत कम लोगों को थी। जब उनकी कृतियाँ अनूदित हो कर प्रकाशित हुईं तो सम्पूर्ण विश्व उनके ज्ञान और विविधता से परिचित हुआ। उन्नीसवीं सदी के आख़िरी दशक में हेनरिक इब्सन, ऑग्युस्त स्ट्रिंडबर्ग और फ्रेड्रिख़ नीत्शे ने कीर्केगार्द द्वारा किये गये 'वर्तमान युग' को प्राथमिकता देने वाले गहन मनोवैज्ञानिक और दार्शनिक विवेचन से सीखते हुए आधुनिकतावाद की भित्ति रचने में योगदान किया।

5 मई, 1813 को डेनमार्क की राजधानी कोपेनहेगन में पैदा हुए कीर्केगार्द एक समृद्ध व्यापारी माइकल पेडरसन कीर्केगार्द तथा उनकी दूसरी पत्नी एनी सोरेनडेटर लुण्ड की सातवीं संतान थे। उनकी माता विवाह से पूर्व पिता के घर पर घरेलू नौकरानी के रूप में कार्य करती थीं। वे अल्प शिक्षित थीं जिस कारण कीर्केगार्द के जीवन पर उनकी विशेष छाप नहीं पड़ी। उन्हें अपनी माता से कोई लगाव नहीं था। उनके किसी भी लेख, कृति या डायरी में उनकी माता का ज़िक्र नहीं मिलता। सोरेन कीर्केगार्द की रचनाओं में उनके पिता से संबंधित प्रसंगों का ज़िक्र बहुतायत से है और इससे स्पष्ट होता है कि उनके जीवन पर पिता का बहुत अधिक प्रभाव था। वे अपने पिता की उदासी, अपराधभाव तथा चिंता की भावना, ईसाइयत के प्रति विश्वास तथा उनके दार्शनिक रुझानों से प्रभावित थे। यह प्रभाव उनके लेखन कार्य में भी प्रदर्शित होता है। पिता की मृत्यु के बाद पैतृक सम्पत्ति के रूप में उन्हें काफ़ी धनराशि प्राप्त हुई जिसका उपयोग उन्होंने अध्ययन तथा पुस्तक लेखन में किया।

देखें : अस्तित्ववाद, आत्मनिष्ठता-वस्तुनिष्ठता, इयत्ता, इमैनुएल कांट, इंद्रियानुभववाद, ईसैया बर्लिन, उत्तर-आधुनिकतावाद, उदारतावाद, कल्पित समुदाय, घटनाक्रियाशास्त्र और ऐडमण्ड हसर, चेतना, जॉर्ज विल्हेल्म फ्रेड्रिख़ हीगेल, जॉन लॉक, ज़ाक लकाँ, ज्याँ फ्रांस्वा ल्योतर, ज्याँ-पॉल सार्त्र, ज़ाक देरिदा, जॉर्ज विल्हेल्म फ्रीड्रिख़ हीगेल, तत्त्वमीमांसा और अस्तित्वमीमांसा, तात्त्विकतावाद, थियोडोर लुडविग वीज़ेनग्रंड एडोर्नो, द्वैतवाद, परिणामवाद, प्रत्यक्षवाद और उसका समाज-विज्ञान पर प्रभाव, फ्रेड्रिख़ नीत्शे-1 और 2, बुद्धिवाद, भाववाद, भौतिकवाद, मनोविश्लेषण, मिशेल पॉल फ़ूको-1 और 2, यथार्थवाद, युरोपीय पुनर्जागरण, युरोपीय ज्ञानोदय, रेने देकार्त, लुई अलथुसे, संत ऑगस्तीन, संरचनावाद और उत्तर-संरचनावाद, ज्ञानमीमांसा, ज्ञान का समाजशास्त्र।

संदर्भ

1. थियोडोर डब्ल्यू. एडोर्नो (1989), *कीर्केगार्द : कंस्ट्रक्शन ऑफ़ द एस्थेटिक्स,* अनु. रॉबर्ट हुलोट-केंटर, युनिवर्सिटी ऑफ़ मिनेसोटा प्रेस, मिनेपोलिस.
2. जूलिया वाटकिन (2001), *हिस्टोरिकल डिक्शनरी ऑफ़ कीर्केगार्द्ज़ फ़िलॉसफ़ी,* द स्केयरक्रो प्रेस, लैनहैम, मैरीलेंड और लंदन.
3. हैरल्ड ब्लूम (सम्पा.) (1989), *सोरेन कीर्केगार्द,* चेलसी हाउस पब्लिशर्स, न्यूयॉर्क.

— मीना मनराल

सोवियत सिनेमा

(Soviet Cinema)

फ़िल्म-अध्ययन का इतिहास सोवियत सिनेमा की असाधारण उपलब्धियों पर नज़र डाले बिना पूरा नहीं हो सकता। अक्टूबर क्रांति से लेकर सवाक् सिनेमा के शुरुआती दौर के बीच की इस सिनेमाई प्रयोगधर्मिता को कई स्तरों पर नयी ज़मीन तोड़ने का श्रेय जाता है। सिनेमा के फ्रांसीसी और जर्मन विमर्शकार भी इससे प्रभावित हुए बिना नहीं बच सके। समाजवादी समाज बनाने के प्रयोगों के संदर्भ में एक आम समझ यह है कि उत्तर-क्रांति समाजों में सांस्कृतिक उत्पादन विचारधारात्मक प्रोपेगंडे के मातहत कर दिये जाने के कारण कलात्मक पतन का शिकार हो जाता है। लेकिन प्रौद्योगिकी और कला के मेल से तैयार हुई सिनेमा की विधा इस धारणा को झुठलाती हुई प्रतीत होती है।

सिनेमा में अंतर्निहित प्रचारात्मक और शैक्षणिक सम्भावनाओं की पहचान अक्टूबर क्रांति के तुरंत बाद कर ली गयी थी। निरक्षर और विभिन्न बोलियाँ बोलने वाली सोवियत कृषक जनता तक राजनीतिक संदेश पहुँचाने का क्रांतिकारी दायित्व पूरा करने के लिए मूक फ़िल्में एक आदर्श माध्यम थीं। इसके पीछे वैचारिक धारणा एक ऐसी व्यवस्था के निर्माण की थी कि जिसमें कला, विज्ञान और प्रौद्योगिकी का इस्तेमाल किसानों, मज़दूरों और मध्यवर्गीय जनता के हित में किया जा सके। इसी लक्ष्य को ध्यान में रखते हुए पहले लेनिन और फिर स्तालिन के नेतृत्व में सोवियत सिनेमा का जो ढाँचा खड़ा किया गया उससे सेर्गेई आइज़ेंस्टीन, लेव कुलेशोव, ज़िगा वेरतोव, व्सेवोलोद पुद्वोकिन और अलेक्सांदेर दोवज़ेंको जैसे विश्व-विख्यात फ़िल्मकारों की कृतियाँ निकलीं जिनके कारण विश्व-सिनेमा का ध्यान सोवियत संघ की तरफ़ आकृष्ट हुआ। सोवियत फ़िल्मकारों ने मोंटाज (फ़िल्म-संग्रंथन) तकनीक का विकास किया और फ़िल्म-एक्टिंग को थिएटर-एक्टिंग के प्रभाव से निकाला। इन प्रयोगों को आगे चल कर न केवल आर्ट और अवाँगार्द सिनेमा ने अपनाया, बल्कि व्यावसायिक फ़िल्मों ने भी इनका सफल इस्तेमाल किया।

1917 में अक्टूबर क्रांति होने के फ़ौरन बाद सोवियत संघ गृह-युद्ध में फँस गया जो 1921 तक जारी रहा। इस दौरान रेल गाड़ियों के ज़रिये सभी सोवियत गणराज्यों में घूम-घूम कर बहादुराना सर्वहारा संघर्ष की सराहना करने वाले फ़िल्म-शो किये गये, जिनसे कम्युनिस्ट सत्ता को पैर जमाने में मदद मिली। इन्हें 'एजिट-ट्रेन' कहा जाता था। इनमें प्रदर्शन के लिए तैयार डॉक्युमेंटरी फ़िल्में तो होती ही थीं, साथ में कुलेशोव और वेरतोव जैसे फ़िल्मकार भी होते थे। इनका कैमरा खेतों में खटते हुए किसानों और ग्रामीण जीवन की शूटिंग करता और ट्रेन में ही उनके प्रिंट्स बना कर उपस्थित जनता के सामने फ़िल्म-शो कर दिया जाता।

गृह-युद्ध के बाद 1924 से 1929 के बीच की अवधि सोवियत सिनेमा के लिए स्वर्णकाल जैसी साबित हुई। यह क्रांति के बाद तरह-तरह के प्रयोगों को प्रोत्साहन देने का दौर था। सोवियत फ़िल्मकारों ने भाषा के साथ प्रयोग और नवाचार करने वाले क्रांति-पूर्व रूसी भविष्यवादियों से प्रभाव ग्रहण करके उसके कलात्मक परिणामों को क्रांति-उत्तर रचनात्मकतावाद के साथ जोड़ दिया। भविष्यवादी युरोपीय आधुनिकतावादी कला द्वारा प्रवर्तित अमूर्तन के पैरोकार थे और साथ में उनकी आस्था तकनीक में भी थी। सोवियत रचनात्मकतावाद ने कला और श्रम को एक-दूसरे का पर्याय बताया। इस तरह सिनेमा की तकनीकोन्मुख आधुनिकतावादी कला उदीयमान समाजवादी राज्य की राजनीतिक ज़रूरतें पूरी करने में जुट गयी। बीस के दशक के सोवियत सिनेमा ने तय किया कि वह नये सोवियत गणराज्यों द्वारा राष्ट्रीय अस्मिता प्राप्त करने की राजनीति का संदेशवाहक बनेगा।

1919 में ही फ़िल्म-उद्योग का राष्ट्रीयकरण कर दिया गया था जिसके कारण कई स्वतंत्र फ़िल्म-निर्माता अपने उपकरण और कच्ची फ़िल्म ले कर दूसरे देशों में चले गये थे। कच्ची फ़िल्म तक़रीबन अनुपलब्ध थी क्योंकि पश्चिमी देशों ने इसके सोवियत निर्यात पर रोक लगा दी थी। 1921 में लेनिन की नयी अर्थनीति के तहत कुछ प्राइवेट कम्पनियाँ फ़िल्म निर्माण में उतरीं। उनके ज़रिये फ़िल्मकार कच्ची फ़िल्म के दुर्लभ स्टॉक और उपकरणों का इस्तेमाल कर पाये। इनके कारण *किनो-प्रावदा* (फ़िल्म-सत्य) नामक समाचार फ़िल्मों की शृंखला बन पायी। साथ में कुछ पारम्परिक कथा-चित्रों का निर्माण भी किया गया। इसी प्रक्रिया में कुछ नये फ़िल्मकार उभरे जिनका मक़सद नयी क्रांतिकारी संस्कृति का प्रचार करना था ताकि नायक की व्यक्तिगत हैसियत की जगह सर्वहारा वर्ग को नायक के रूप में स्थापित किया जा सके। आइज़ेंस्टीन और कुलेशोव ने मिल एसोसिएशन ऑफ़ रेवोल्यूशनरी सिनेमैटोग्राफ़ी की स्थापना की जिसमें वेरतोव के साथ एस्फ़िर शुब भी शामिल थीं।

इन फ़िल्मकारों के बीच क्रांतिकारी सिनेमा की तकनीक और सार के मामले में मतभेद थे। नतीजा विभाजन में निकला। वेरतोव ने आइज़ेंस्टीन और कुलेशोव के कथा-सिनेमा की आलोचना की और अपना अलग किनोकी ग्रुप (सिने-आई ग्रुप) बना लिया। इसके बाद वेरतोव ने रचनात्मकतावाद का रास्ता पकड़ते हुए वृत्त-चित्रात्मक सिनेमा बनाया जो मज़दूर और उद्योगीकरण को बुलंद करता

था। 1929 में बनी वेरतोव की फ़िल्म 'मैन विद अ मूवी कैमरा' एक ऐसी ही मशहूर कृति है।

1919 में मास्को फ़िल्म कमेटी ने एक विशेष पुनर्सम्पादन विभाग खोला जिसके तहत काम करते हुए लेव कुलेशोव ने फ़िल्म सम्पादन की मोंटाज पद्धति का आविष्कार किया। इस उपलब्धि में व्लादिमिर गार्दिन का भी योगदान था। कुलेशोव का विचार था कि फ़िल्मकार द्वारा लिया गया प्रत्येक शॉट अपने संदर्भ से तात्पर्य ग्रहण करता है और उसकी स्थिति दीवार बनाने वाली एक ईंट की तरह होती है। अगर उसी शॉट को साथ-साथ रखने का क्रम (सन्निधि) बदल दिया जाए तो अर्थ बदल जाएगा और साथ में वह क्रम भी वैसा नहीं रहेगा। कुलेशोव ने इसे एक प्रयोग द्वारा सिद्ध किया। उन्होंने फ़िल्म के अलग-अलग टुकड़ों से कई शॉट लिए। इनमें एक था अभिनेता इवान मोज़ुकाइन का स्टिल क्लोज़अप, एक सूप की प्लेट थी, एक मृत स्त्री और उसका कफ़न था, और एक खेलता हुआ बच्चा था। जब एक्टर के स्टिल क्लोज़अप के साथ इन तीनों को अलग-अलग सन्निधियों में पेश किया गया तो दर्शकों को लगा कि अभिनेता के चेहरे के भाव बदल रहे हैं। असल में वे भाव नहीं बदल सकते थे क्योंकि चेहरा तो स्थिर फ़ोटोग्राफ़ी का परिणाम था। कुछ अन्य प्रयोगों में कुलेशोव ने अलग-अलग फ़िल्मों के एक्शन दृश्यों का इस प्रकार सम्पादन करके दिखाया जिससे वे एक ही निरंतर शॉट की तरह लगने लगे। 1920 में किये गये एक प्रयोग के पहले शॉट में मास्को में एक स्त्री और पुरुष मिलते दिखाये जाते हैं, पुरुष एक इशारा करता है, दोनों कहीं और देखते हैं, फिर दूसरा शॉट वाशिंगटन स्थित व्हाइट हाउस का है, तीसरे और अंतिम शॉट में वे दोनों सीढ़ियाँ चढ़ते दिखाये जाते हैं। भूगोलों को सृजनात्मक ढंग से मिलाने के इस प्रयोग को कुलेशोव ने 'द क्रिएटिड सरफ़िस ऑफ़ द अर्थ' की संज्ञा दी। आइज़ेंस्टीन द्वारा बनायी गयी फ़िल्मों ने अंतर्राष्ट्रीय पुरस्कार जीते और सारी दुनिया में घूम-घूम कर दिये गये उनके व्याख्यानों और सैद्धांतिक लेखन ने विमर्शकारों का मार्गदर्शन किया।

आइज़ेंस्टीन एक प्रतिबद्ध मार्क्सवादी थे। उन्होंने सम्पादन की मोंटाज पद्धति को नये आयाम दिये। उन्होंने कहा कि मोंटाज केवल सन्निधि पर ही आधारित नहीं होता, वह टकराव और द्वंद्व पर भी आधारित होता है। उन्होंने अपनी फ़िल्मों में मोंटाज का इस्तेमाल स्क्रीन और दर्शक के बीच अन्योन्यक्रिया स्थापित करने के लिए किया। वे मोंटाज के ज़रिये दर्शक को चाक्षुष रूप से, भावनात्मक रूप से और बौद्धिक रूप से चौंकाने में विश्वास करते थे। उन्होंने मोंटाज को राजनीतिक सौंदर्यशास्त्र में बदल दिया ताकि मार्क्स के द्वंद्वात्मक भौतिकवाद को चाक्षुष रूप में देखा जा सके। उनकी मान्यता थी कि मोंटाज जो द्वंद्व पैदा करेगा उससे एक तीसरा तात्पर्य निकलेगा जिसके ज़रिये सोवियत संघ का क्रांतिकारी इतिहास संश्लेषित हो कर दर्शक तक पहुँच सकेगा।

मोंटाज पद्धति पर आधारित प्रयोगधर्मिता ने 'परकीयता के सिद्धांत' को भी जन्म दिया। इसका श्रेय एफ़ईके ग्रुप (द फ़ैक्ट्री ऑफ़ द इकसेंट्रिक एक्टर) के फ़िल्मकारों को जाता है। बाद में यह सिद्धांत बर्तोल्त ब्रेख़्त ने मशहूर किया। इसके तहत वस्तुओं या व्यक्तियों को अनजाने संदर्भों में स्थित करने के ज़रिये दर्शक को परकीय की अनुभूति में ले जाने की कोशिश की जाती थी ताकि वह पर्दे पर दिखाये जा रहे बिम्ब के तात्पर्यों पर ग़ौर करने के लिए मजबूर हो सके।

कुलेशोव ने फ़िल्म-एक्टिंग की नयी तकनीक भी विकसित की। वे मानते थे कि थिएटर के एक्टर फ़िल्मों के लिए उपयुक्त नहीं होते। फ़िल्म के लिए एकदम नये अभिनेता चुन कर उनकी अलग से ट्रेनिंग होनी चाहिए। उन्होंने मनोविज्ञान को ख़ारिज करके सामाजिक शक्तियों को अभिनय का चालक शक्ति घोषित किया और प्रतिवर्ती (रिफ़्लेक्सिज़) और अभिनय-यांत्रिकी के आधार पर भूमिका निभाने की वकालत की। कुलेशोव ने एक एक्टिंग लेबोरेटरी की स्थापना भी की जिसमें एक्टर की देह और आंगिक मुद्राओं के इस्तेमाल पर विशेष ज़ोर दिया जाता था। इस सिद्धांत के मुताबिक़ मानवीय देह एक ऐसा मुक़ाम होती है जिस पर सामाजिक शक्तियाँ अपना प्रभाव डालती हैं और अभिनय उन प्रभावों के प्रति देह की अनुक्रिया व्यक्त करता है। आइज़ेंस्टीन ने 1925 की अपनी विख्यात फ़िल्म 'बैटिलशिप पोतेमकिन' में इसी उसूल का और भी रैडिकलाइज़ेशन किया और बड़ी संख्या में ग़ैर-अभिनेताओं को जुटा कर व्यक्तिरूप नायक के बजाय एक सामूहिक सर्वहारा नायक की छवि पेश करने की कोशिश की। सोवियत कम्युनिस्ट पार्टी की केंद्रीय समिति द्वारा प्रायोजित इस फ़िल्म के केंद्र में 1905 की विफल क्रांति के दौरान एक युद्धपोत पर हुआ विद्रोह था। मोंटाज थियरी ने दो तरह के सोवियत सिनेमा को जन्म दिया। इनमें एक था आइज़ेंस्टीन का जिसमें मोंटाज द्वारा बौद्धिक बेचैनी पैदा की जाती थी। दूसरा था दोवज़ेंको और पुदवोकिन का जिसे गीतात्मक-प्रतीकावादी मोंटाज सिनेमा कहा जाता है। मोंटाज का एक तीसरा इस्तेमाल वेरतोव और एस्फ़िर ने वृत्त-चित्र बनाने में किया। ये दोनों मानते थे कि केवल तथ्यों पर आधारित वृत्त-चित्र ही सच्चा क्रांतिकारी सिनेमा हो सकता है।

1929 तक सोवियत सिनेमाई प्रयोगधर्मिता का यह दौर ख़त्म हो गया। कला के क्षेत्र में समाजवादी यथार्थवाद के सिद्धांत ने अपने पैर जमा लिए। आइज़ेंस्टीन की फ़िल्मों में पार्टी की कमेटियाँ बड़े पैमाने पर कतरब्योंत करने लगीं। रूपवाद की कड़ी आलोचना होने लगी, यहाँ तक कि वह एक

कलात्मक अपराध की श्रेणी में गिना जाने लगा था। इन प्रक्रियाओं और घटनाक्रम ने सोवियत फ़िल्मों के उस दौर को जन्म दिया जिनमें न तो दर्शकों को कोई रुचि थी, और न ही विमर्शकारों को। वह सिर्फ़ थोथा प्रोपेगंडा था जो सोवियत संघ की समाप्ति के साथ ही ख़त्म हो गया।

देखें : अतिनाटकीयता, अनुपस्थिति-उपस्थिति, कला सिनेमा, अवाँगार्द और प्रति-सिनेमा, टीवी और समाचार, टीवी और सेक्शुअलिटी, टीवी और टीवी-अध्ययन, तीसरा सिनेमा, तीसरी दुनिया का सिनेमा, दक्षिण भारतीय सिनेमा और राजनीति, नारीवादी फ़िल्म-सिद्धांत, फ़िल्म और सेक्शुअलिटी, फ़िल्म और टीवी सेंसरशिप, फ़िल्मांतरण, फ़िल्म-सिद्धांत, फ़्लैश-बैक, भारतीय सिनेमा-1, 2 और 3, भारतीय फ़िल्म-अध्ययन, भारतीय स्टार सिस्टम, रियलिटी टीवी, विचारधारा और हिंदी सिनेमा, वृत्त-चित्र, सेलेब्रिटी, सोप ओपेरा, सिनेमाई यथार्थवाद, नव-यथार्थवाद, स्टार, हिंदी सिनेमा का समाजशास्त्र।

संदर्भ

1. आर. टेलर और आई. क्रिस्टी (सम्पा.) (1994), *द फ़िल्म फ़ैक्ट्री : रशियन ऐंड सोवियत सिनेमा इन डॉक्युमेंट्स 1896-1939*, रॉटलेज, लंदन और न्यूयॉर्क.
2. आर. टेलर और आई. क्रिस्टी (सम्पा.) (1994), *इनसाइड द फ़िल्म फ़ैक्ट्री: न्यू एप्रोचिज़ टू रशियन ऐंड सोवियत सिनेमा*, रॉटलेज, लंदन और न्यूयॉर्क.
3. आर. टेलर और जी. स्प्रिंग (सम्पा.) (1993), *स्तालिनिज़्म ऐंड सोवियत सिनेमा*, रॉटलेज, लंदन और न्यूयॉर्क.

— अभय कुमार दुबे

सोवियत समाजवाद : उत्थान और पतन-1

(Soviet Socialism: Rise and Fall-1)

1917 की बोल्शेविक क्रांति के बाद अपनी हुकूमत को मज़दूर वर्ग का पहला राज्य या समाजवादी राज्य होने का दावा करने वालों ने पाया कि प्रशासन, अर्थव्यवस्था और विदेश नीति के मामले में पूरी तरह से अनुभवहीन हैं। उनके सामने यह भी स्पष्ट था कि रूस की अर्थव्यवस्था और समाज का विकास केवल इतना ही हुआ है कि राजनीतिक क्रांति करने लायक मात्रा में मेहनतकशों और रैडिकल बुद्धिजीवियों की गोलबंदी की जा सके। लेकिन सामाजिक क्रांति करने के लिए रूसी समाज तैयार नहीं था। रूस की बहुसंख्यक जनता किसान थी जिसे विचारधारात्मक रूप से नवांकुरित समाजवादी राज्य ऊपर से हस्तक्षेप करके एक नयी सामाजिक संरचना में ढालना चाहता था। बोल्शेविकों को युरोप के अन्य देशों में भी क्रांति की उम्मीद थी। लेकिन जब तक युरोप में क्रांति होती, तब तक अक्टूबर क्रांति के लाभों की रक्षा करना भी ज़रूरी था। फ़ौरी तौर पर उसके सामने मुख्य तौर पर दो विकट समस्याएँ थीं : बाहरी हस्तक्षेप और भीतरी विरोध से नवजात क्रांति की रक्षा कैसे की जाए, और ऐसा करते हुए समाजवादी समाज बनाने के रास्ते पर पहला क़दम कैसे बढ़ाया जाए।

न ऐसी क्रांति पहले कभी दुनिया में हुई थी, और न ही ऐसा राज्य कभी बना था। बहुसंख्यक लाल ताक़तें यानी किसान-मज़दूर और उनके राजनीतिक प्रतिनिधि आपसी बहस-मुबाहिसे के बावजूद क्रांति के पक्ष में मज़बूती से खड़े थे। मुट्ठी भर सफ़ेद ताक़तें यानी सम्पत्तिशाली वर्ग, अधिकारी तंत्र और ज़्यादातर बुद्धिजीवी पुरानी व्यवस्था की वापिसी चाहते थे। ज़ारशाही के तहत जिन्होंने कभी हड़ताल नहीं की थी, उन सफ़ेदपोश कर्मचारियों ने नयी सरकार का स्वागत हड़तालों से किया। लेनिन समेत बोल्शेविक नेताओं पर क़ातिलाना हमले होने लगे। बोल्शविक पार्टी के भीतर ज़िनोवीव, कामेनेव, रिकोव और लूनाचार्स्की जैसे नेता मेंशेविकों और सोशलिस्ट-रेवोल्यूशनरियों (एसआर) की पार्टियों के साथ गठजोड़ के पक्ष में थे। उनका मानना था कि अकेले पड़ जाने पर बोल्शेविक सत्ता टिक नहीं पायेगी। उधर युरोपीय और अन्य पश्चिमी ताक़तों ने रूस की न केवल आर्थिक नाकेबंदी शुरू कर दी, बल्कि कई मुक़ामों पर फ़ौजी दख़लंदाज़ी भी होने लगी। हालात का मुक़ाबला करने के लिए बोल्शेविकों को एक तरफ़ तो निगरानी और आंतरिक सुरक्षा का बंदोबस्त सुदृढ़ करना पड़ा जिसका नतीजा सीक्रेट पुलिस (चेका) को अधिकाधिक अधिकार देने में निकला। दूसरी तरफ़ तेज़ी से फ़ौजीकरण की तरफ़ क़दम बढ़ाने पड़े जिसके परिणामस्वरूप क्रांति में जिन रेड गार्डों की मौजूदगी मामूली क़िस्म की थी, उनका विस्तार विशाल रेड आर्मी में होता चला गया। क्रांति को 'वार कम्युनिज़म' के दौर में प्रवेश करना पड़ा।

1918 में बोल्शेविकों ने अपनी पार्टी का नाम रशियन कम्युनिस्ट पार्टी (बोल्शेविक) से बदल कर कम्युनिस्ट पार्टी ऑफ़ सोवियत यूनियन (बोल्शेविक) रख लिया। क्रांति के बाद से ही जर्मनी कमज़ोर होते हुए रूस पर हमले की फ़िराक़ में था। लेनिन और ट्रॉट्स्की का विचार था कि रूसी सेनाएँ जर्मनों का मुक़ाबला नहीं कर पायेंगी और इस युद्ध से क्रांति का उबरना मुश्किल होगा। इसलिए उन्होंने जर्मनी से शांति संधि की नीति अख़्तियार की। बोल्शेविक पार्टी के भीतर वामपंथी रुझान के तौर पर चिह्नित नेताओं ने इसकी आलोचना की। इनके नेता बुखारिन जर्मनी के ख़िलाफ़ क्रांतिकारी युद्ध के पक्ष में थे। वामपंथी बोल्शेविक यहीं नहीं

रुके, उन्होंने पार्टी द्वारा लिए जाने वाले फ़ैसलों के अतिकेंद्रीकरण, पूँजीवादी वर्ग के विशेषज्ञों की अहम पदों पर नियुक्तियों और मज़दूरों की चुनी हुई परिषदों की जगह फ़ैक्ट्रियों में एक मैनेजर के नेतृत्व में उत्पादन का नियोजन करने की नीतियों को भी आड़े हाथों लिया। दरअसल, इनमें से कई नीतियाँ तेज़ी से उत्पादन बढ़ा कर पूँजीवादी देशों के औद्योगिक विकास का स्तर छू लेने के आग्रह का परिणाम थीं। फ़रवरी क्रांति के बाद लिखी अपनी ही रचना *राज्य और क्रांति* में व्यक्त विचारों के विपरीत तत्कालीन परिस्थितियों में लेनिन का ज़ोर मज़दूरों के लोकतांत्रिक नियंत्रण पर न हो कर अनुशासन और केंद्रीकरण पर हो गया था।

एक तरफ़ बोल्शेविक पार्टी में ये बहसें थीं, दूसरी ओर वसंत ऋतु में गृह युद्ध फूट पड़ा जो 1921 तक चला। इस भीषण और रक्त-रंजित युद्ध में रूस के उद्योगीकृत शहर और वहाँ रहने वाले मज़दूरों ने पहलक़दमी लेकर लाल फ़ौज का साथ दिया जिसके सेनापति ट्रॉट्स्की थे। किसान जनता कभी तटस्थ रही तो कभी बोल्शेविकों के पक्ष में लड़ी। मेंशेविकों और सोशलिस्ट रेवोल्यूशनरी पार्टी (एसआर) से जुड़ी कई ताक़तों ने भी इस दौरान बोल्शेविकों की मदद की। विभिन्न राष्ट्रीयताओं ने भी मोटे तौर पर बोल्शेविकों का साथ दिया। किसान जनता और राष्ट्रीयताएँ ज़ारशाही की वापसी के बारे में कल्पना करने के लिए भी तैयार नहीं थीं। कुल मिला कर युद्ध बोल्शेविकों ने जीता, लेकिन इसके परिणामस्वरूप मज़दूरों का राज्य वैसा नहीं रह गया जिसकी कल्पना लेनिन *स्टेट ऐंड रेवोल्यूशन* में कर चुके थे। बजाय इसके कि रैडिकल डेमॉक्रैसी की रचना होती और मज़दूरों का राज्य अपनी स्थापना के क्षण से ही तिरोहित होने लगता, एक पार्टी की तानाशाही स्थापित हुई जिसके कारण राज्य का ढाँचा उत्तरोत्तर विशाल, सर्वव्यापी और नौकरशाहाना होता चला गया।

पार्टी के भीतर भी इन बातों को लेकर चिंता थी जिसकी अभिव्यक्ति का सिलसिला पार्टी के भीतर वामपंथी कहे जाने वाले धड़े के बोल्शेविकों की आलोचनाओं से जुड़ता था। बोल्शेविकों के भीतर इस बात को लेकर बेचैनी थी कि पार्टी अपने घोषित आदर्शों पर नहीं चल पा रही है। 1921 में ही लेनिन को अस्थाई रूप से नयी अर्थनीति (एनईपी) की शुरुआत करनी पड़ी जिसमें किसानों को बाज़ार में अपने उत्पाद का व्यापार करने की इजाज़त दी गयी। छोटे पैमाने के निजी उद्यमों को मान्यता मिली। परिणामस्वरूप मुद्रास्फीति घटायी जा सकी और रूबल को कुछ स्थिरता प्राप्त हुई। ऐसी बात नहीं कि एनईपी की आलोचना न हुई हो, पर आर्थिक संकट की मजबूरियों के कारण यह क़दम सभी रुझानों वाले बोल्शेविकों को अपने गले उतारना पड़ा। लेनिन का विचार था कि इस क़दम से आर्थिक संकट में राहत मिलेगी, और मज़दूरों और किसानों के बीच एक बार फिर से गठजोड़ की परिस्थितियाँ बनेंगी जिससे क्रमशः समाजवाद की तरफ़ बढ़ा जा सकेगा। इस क़दम का विरोधाभास अपने-आप में स्पष्ट था। एक तरफ़ तो एक पार्टी की तानाशाही मज़बूत की जा रही थी, और दूसरी तरफ़ अस्थाई तौर से ही सही आंशिक रूप से बाज़ार अर्थव्यवस्था की वापिसी हो रही थी। दरअसल, जिसे मज़दूरों का राज्य कहा जा रहा था वह संकटों से भी उबरना चाहता था और साथ ही अपने समाजवादी चरित्र की गारंटी भी करना चाहता था। इन्हीं दबावों के चलते गृह युद्ध के आख़िर में मेंशेविकों की पार्टी और सोशलिस्ट रेवोल्यूशनरी पार्टी की पार्टियाँ अंतिम रूप से प्रतिबंधित कर दी गयी थीं। अगले साल रूसी, उक्रैनियायी, बेलारूसी और काकेशियन गणराज्यों को मिला कर संयुक्त सोवियत समाजवादी गणराज्य का गठन घोषित किया गया (इसके बाद चालीस के दशक में विस्तार के ज़रिये इस गणराज्य में आरमीनिया, अजरबैजान, एस्तोनिया, जार्जिया, कज़ाकिस्तान, किर्गिस्तान, लातविया, लिथुआनिया, मोल्दावा, ताजिकिस्तान, तुर्कमेनिस्तान और उज़बेकिस्तान भी जोड़ लिए गये)।

क्रांति के शुरुआती वर्षों में संकट-दर-संकट झेलते हुए, प्रयोगधर्मिता का सहारा लेते हुए और पार्टी के भीतर और बाहर चल रहे वैचारिक और रणनीतिक वाद-विवाद के बीच एक आदर्शवादी मोड़ भी आया। गृह युद्ध ख़त्म होने के फ़ौरन बाद बोल्शेविकों के नेतृत्व में बन रहे राज्य ने व्यापक सामाजिक और सांस्कृतिक स्वतंत्रता के दौर में प्रवेश किया। 1922 में सरकार ने एक बेहद उदार श्रम-संहिता पारित की। हड़तालें करने का अधिकार दिया गया। संस्कृति के क्षेत्र में प्रयोगधर्मिता को प्रोत्साहन मिला। राष्ट्रीयताओं ने सच्ची स्वायत्तता का स्वाद चखा। एंगेल्स की बतायी गयी हिदायतों पर चलते हुए परिवार की संस्था संवैधानिक रूप से मंसूख़ कर दी गयी। तकनीकी रूप से स्त्रियाँ पारम्परिक बंधनों से स्वतंत्र हो गयीं। लेकिन क्या रूस सामाजिक-आर्थिक तौर पर इस आदर्शवादी रैडिकल उछाल के लिए तैयार था? इस सवाल का जवाब जल्दी ही मिल गया। रूस में राजनीतिक परिवर्तन तो हो गया था, पर सामाजिक धरातल पर किसान जनता जीवन-शैली, परिवार की संस्था, लैंगिक संबंधों और आत्मगत आस्थाओं में किसी तरह का आमूलचूल परिवर्तन हज़म करने के लिए तैयार नहीं थी। नतीजतन पार्टी को रैडिकल लगने वाले कई क़दम वापिस लेने पड़े जिसके कारण आदर्शवादी उत्साह को ज़बरदस्त धक्का लगा। दरअसल, इस अवधि के बाद पार्टी ने लौट कर इस सामाजिक आदर्शवाद का दामन कभी नहीं थामा।

इतिहासकारों और सिद्धांतकारों में मतभेद है कि ऐसा क्यों हुआ। एक पक्ष की राय है कि परिस्थितियाँ कैसी भी

होतीं, लेनिन द्वारा प्रवर्तित बोल्शेविकवाद के भीतर 1903 से ही कुछ ऐसे पहलू मौजूद थे जिनके प्रभाव में क्रांति को लाज़मी तौर पर इसी दिशा में बढ़ना था। दूसरा पक्ष कहता है कि यह मजबूरी का सौदा था। अगर बाहरी ताक़तें हस्तक्षेप न करतीं, अगर रूस के बाद युरोपीय देशों में भी क्रांति हो जाती और अगर अन्य समाजवादी ताक़तें क्रांति के साथ सहयोग करतीं तो सम्भवतः गृह युद्ध ही नहीं होता, और अगर होता भी तो उसे बहुत कम समय में ही जीता जा सकता था।

देखें : अर्नेस्टो चे गुएवारा, आधार और अधिरचना, ऑस्कर रायज़ार्ड लांगे, आंगिक और पारम्परिक बुद्धिजीवी, एंतोनियो ग्राम्शी, कार्ल हाइनरिख़ मार्क्स-1 से 4 तक, क्रांति, क्रांति : मार्क्सवादी विमर्श, ग्योर्गी लूकाच, नयी सदी में मार्क्सवादी विमर्श-1 से 9 तक, निष्क्रिय क्रांति, पेटी बूर्ज़्वा, फ्रेड्रिख़ एंगेल्स, फ्रेंकफ़र्ट स्कूल, भारत में किसान संघर्ष-2 और 4, भारतीय कम्युनिस्ट पार्टी, भारतीय कम्युनिस्ट पार्टी (मार्क्सवादी), भाषा के मार्क्सवादी सिद्धांत, भ्रांत चेतना, बोल्शेविक क्रांति, फ्रांस्वा-चार्ल्स मारी फ़ूरिये, क्यूबा की क्रांति, फ्रेंज़ फ़ानो, हिंसा-1 और 2, मानवेंद्र नाथ राय, माओ त्से-तुंग, माओवाद और माओ विचार, मार्क्सवाद-1 से 5 तक, मार्क्सवादी इतिहास-लेखन, मार्क्सवादी समाजशास्त्र, मार्क्सवाद और पारिस्थितिकी, मार्क्सवादी अर्थशास्त्र, मिख़ाइल मिख़ाइलोविच बाख़्तिन, समाजवादी वसंत-1 से 4 तक, रॉबर्ट ओवेन, राज्य की मार्क्सवादी अवधारणा, रोज़ा लक्ज़ेमबर्ग, लेनिनवाद, लियोन ट्रॉट्स्की, लिबरेशन थियोलॅजी, सर्वहारा, संशोधनवाद, सांस्कृतिक क्रांति, सैं-सिमों, स्तालिन और स्तालिनवाद, सोवियत सिनेमा, वर्चस्व, व्लादिमिर इलीच लेनिन।

संदर्भ

1. डेविड मेंडल (2009), 'वार कम्युनिज़म ऐंड द राइज़ ऑफ़ सोवियत यूनियन', इमैनुएल नैस (सम्पा.), द *इंटरनैशनल एनसाइक्लोपीडिया ऑफ़ रेवोल्यूशन ऐंड प्रोटेस्ट 1500 टू द प्रज़ेंट,* विली-ब्लैकवेल, ऑक्सफ़र्ड.
2. हरबर्ट मारक्यूज़े (1958), *सोवियत मार्क्सिज़म : अ क्रिटिकल एनालिसिस,* रॉटलेज ऐंड कीगन पॉल, लंदन.

— अभय कुमार दुबे

सोवियत समाजवाद : उत्थान और पतन-2

(Soviet Socialism: Rise and Fall-2)

1923 से ट्रॉट्स्की के नेतृत्व में पार्टी के भीतर नौकरशाहीकरण और हद दर्जे के केंद्रीकरण के ख़िलाफ़ मुहिम शुरू हुई। इस अभियान को स्वास्थ्य की दृष्टि से उत्तरोत्तर कमज़ोर होते जा रहे लेनिन की हमदर्दी प्राप्त थी। पार्टी के भीतर लोकतंत्र की मात्रा बढ़ाने और निरंकुशता की बढ़ती प्रवृत्तियों को संयमित करने के लिए लेनिन ने कुछ क़दमों का सुझाव दिया। लेनिन ने राष्ट्रीयताओं के साथ किये जाने वाले सुलूक के सवाल पर ही नहीं, बल्कि पार्टी-प्रशासन के संचालन में अपनाये जाने वाले रवैये के लिए स्तालिन की कड़ी आलोचना भी की, और एक समय उन्हें ज़िम्मेदारी के पदों से हटाने की बात भी कही। लेकिन उस समय तक पार्टी-प्रशासन पर स्तालिन और उनके सहयोगी छा चुके थे। लेनिन के सुझावों पर अमल की ख़ानापूरी भी की गयी, लेकिन वास्तव में कोई परिवर्तन नहीं हुआ। अगले साल लेनिन को दिल का दूसरा दौरा पड़ा जिसे वे नहीं झेल पाये। अब तक यह भी स्पष्ट हो चुका था कि युरोप में क्रांति की वे सम्भावनाएँ मर चुकी हैं जिनसे लेनिन समेत सभी बोल्शेविकों को बड़ी उम्मीद थी।

बोल्शेविकों का वामपंथी धड़ा शुरू से डर जता रहा था कि पार्टी की नीतियाँ पूँजीवाद की स्थापना की तरफ़ जा रही हैं। लेकिन किसानों से गठजोड़ बना कर समाजवाद की तरफ़ क्रमशः बढ़ने के बजाय स्तालिन के नेतृत्व में खेती के सामूहिकीकरण और बड़े पैमाने पर उद्योगीकरण का फ़ैसला किया गया। रूसी समाज को एक झटके में बदल डालने की इस भीषण परियोजना को स्वयं स्तालिन 'रेवोल्यूशन फ्रॉम एबव' की संज्ञा देते थे। ऊपर से लायी गयी इस क्रांति के पीछे एक देश में समाजवाद के निर्माण की स्तालिन द्वारा प्रवर्तित थीसिस थी जिसके साथ उस समय बुखारिन का भी समर्थन था। इस नीति का ट्रॉट्स्की ने विरोध किया, लेकिन पार्टी की भीतरी राजनीति में स्तालिन ने उन्हें आसानी से परास्त कर दिया। ट्रॉट्स्की लाल सेना के कमांडर के पद से हटाये गये, फिर उनका पार्टी से निष्कासन हुआ और आख़िर में उन्हें सोवियत राज्य के ख़िलाफ़ साज़िश करने के आरोप में देश-निकाला दे दिया गया।

स्तालिन ने खेती के सामूहिकीकरण और साथ-साथ उद्योगीकरण की नीति को लागू करने में आ सकने वाली बाधाओं को हटाने के लिए समाज में वर्ग-संघर्ष को तीखा करने की थीसिस भी दी। इससे उन्हें कुलकों (धनी

किसानों) का एक वर्ग के तौर पर सफ़ाया करने का तर्क मिल गया। तीस के दशक में स्तालिन ने ऐलान किया कि समाजवाद में संक्रमण करने के बावजूद सर्वहारा का राज्य तिरोहित नहीं होने दिया जाएगा, क्योंकि पूँजीवादी ताक़तों ने सोवियत संघ की घेराबंदी कर रखी है। इसका मुक़ाबला करने के लिए इस राज्य को और मज़बूत बनाना होगा। 1936-37 के दौरान अपने पार्टी के भीतर से अपने आलोचकों का पूरी तरह से सफ़ाया करते हुए स्तालिन ने घोषणा की कि समाजवाद की पूरी तरह से स्थापना हो चुकी है, और जितने भी शत्रुतापूर्ण अंतर्विरोध हैं उनका स्रोत रूस के बाहर है। 1941-45 के बीच स्तालिन ने नाज़ी हमले के ख़िलाफ़ लाल सेना का शानदार नेतृत्व किया और द्वितीय विश्व-युद्ध में धुरी राष्ट्रों की पराजय में प्रमुख भूमिका निभा कर सोवियत संघ को दुनिया की एक महाशक्ति बनने का रास्ता खोल दिया। युद्ध के बाद अमेरिका, सोवियत संघ और ब्रिटेन ने धुरी राष्ट्रों के समर्पण की शर्तें निर्धारित कीं। चूँकि ब्रिटेन का विश्व-युद्ध में पूरी तरह से दिवाला निकल चुका था, इसलिए व्यावहारिक रूप से केवल दो महाशक्तियाँ बचीं जिनमें अमेरिका ने पश्चिमी युरोप और सोवियत संघ ने पूर्वी युरोप की सुरक्षा का ज़िम्मा सँभाला। केवल टीटो के नेतृत्व में युगोस्लाविया सोवियत प्रभाव के बाहर रहा, बाक़ी पूर्वी युरोपीय देशों में सोवियत राज्य-व्यवस्था की प्रतिकृतियाँ स्थापित कर दी गयीं। इस घटनाक्रम के परिणामस्वरूप सोवियत ख़ेमे का उदय हुआ। 1949 में स्तालिन ने परमाणु विस्फ़ोट करके एटम बम बनाने की क्षमता प्राप्त कर ली जिससे उसके ऊपर महाशक्ति होने की मुहर लग गयी।

स्तालिन की मृत्यु के बाद पार्टी की बीसवीं कांग्रेस (1956) में उनके उत्तराधिकारी निकिता ख्रुश्चेव ने वर्ग-संघर्ष को तीखा करने की स्तालिन की थीसिस की कड़ी आलोचना की और 'महान नेता' की व्यक्ति-पूजा की प्रवृत्ति के ख़ात्मे का आह्वान किया। लेकिन ख्रुश्चेव ने एक पार्टी की तानाशाही में किसी क़िस्म का परिवर्तन नहीं किया। इस समय तक सोवियत संघ में एक सामाजिक-राजनीतिक तबक़े नोमेनक्लेतुरा के क़दम जम चुके थे। यह पार्टी के विशेष सुविधा-सम्पन्न अधिकारियों के गुट का नाम था जिनके पास राज्य के संसाधनों को अपनी मर्ज़ी से इस्तेमाल करने के अधिकार रहते थे। ख्रुश्चेव ने स्तालिनवाद को ख़त्म किया, पर उस तंत्र को नहीं जिसे स्तालिन ने क़ायम किया था।

1936 में पारित संविधान में सोवियत संघ को मज़दूरों और किसानों का राज्य घोषित किया था, लेकिन 1961 में ख्रुश्चेव ने जो दीर्घकालीन पार्टी कार्यक्रम पारित किया उसमें इसे समग्र जनता का राज्य घोषित कर दिया गया। ख्रुश्चेव के लिहाज़ से समाजवाद पूरी तरह से और अंतिम रूप से जीत चुका था, और साम्यवाद की तरफ़ क़दम बढ़ने लगे थे जिसकी प्राप्ति 1980 तक हो जानी थी। इस सूत्रीकरण का मतलब था कि सोवियत राज्य के पास केवल सीमाओं की रक्षा के अधिकार रह जाने चाहिए थे, उसके बाक़ी तंत्र को तिरोहित हो जाना चाहिए था और उसकी जगह समाज के संचालन में आम जनता की लोकप्रिय भागीदारी द्वारा ले ली जानी चाहिए थी।

1964 में ख्रुश्चेव के सत्ता से बेदख़ल होने के बाद लियोनिद ब्रेज़नेव के हाथों में पार्टी का नेतृत्व आया। दो साल बाद उन्होंने एक नया फ़िकरा इस्तेमाल किया जिसका मतलब था कि समाजवाद अपने विकसित चरण में है और यह दौर समाजवाद से साम्यवाद में जाने की संक्रमणकालीन अवस्था का है। स्तालिन से लेकर ब्रेज़नेव तक की इस यात्रा में सोवियत संघ के राजनीतिक प्रभुत्व को क्रमशः हंगरी, चेकोस्लोवाकिया और चीन की कम्युनिस्ट पार्टियों और नेताओं की तरफ़ से उल्लेखनीय चुनौतियाँ मिलीं। इमरे नागी ने हंगरी में और अलेक्सांदेर दुबचेक ने चेकोस्लोवाकिया में कम्युनिस्ट शासन के तहत खुले समाज और राजनीति के प्रयोग करने चाहे जिनका फ़ौज के ज़रिये क्रूर दमन किया गया। लेकिन समाजवाद के निर्माण के अलग मॉडल का दावा करने वाला चीन सोवियत ख़ेमे से बाहर था। उसकी क्रांति भी स्तालिन और कोमिंटर्न के निर्देशों का उल्लंघन करते हुए हुई थी।

एक महाशक्ति के रूप में सोवियत संघ के लक्ष्य और कार्यक्रम सत्तर के दशक में ही बहुत बड़े परिवर्तन के दौर से गुज़र चुके थे। चीन से संबंध ख़राब हो जाने के कारण भूमण्डलीय कम्युनिस्ट ब्लॉक बनाने का सपना टूट गया था। माओ और निक्सन के प्रयासों से बनी चीन-अमेरिकी धुरी की रोशनी में सोवियत नेतृत्व को लगा कि उसे अमेरिका के साथ तनाव-शैथिल्य (देताँ) की दिशा में बढ़ना चाहिए। 1972 में दोनों महाशक्तियों के बीच हथियारों की होड़ सीमित करने के लिए स्ट्रैट्जिक आर्म्स लिमिटेशन ट्रीटीज़ (साल्ट संधियाँ) हुईं। ब्रेज़नेव का विचार था कि इसका फ़ायदा उठा कर वे घरेलू मोर्चे पर आर्थिक और सामाजिक विकास को आगे बढ़ा पाएँगे जिससे सोवियत प्रणाली की वैधता में इज़ाफ़ा होगा और कमज़ोर अर्थव्यवस्था वाली महाशक्ति मज़बूत आर्थिकी वाली महाशक्ति में बदल पायेगी। लेकिन उन्हें नहीं पता था कि सत्तर और अस्सी के दशक सोवियत अस्तित्व के लिए बेहद संगीन साबित होने जा रहे हैं।

1975 से 1985 के दौरान अर्थव्यवस्था में एक ऐसी जड़ता आयी जिससे सोवियत संघ कभी नहीं उबर पाया। इसका ज़िम्मेदार पंचवर्षीय योजनाओं को माना गया। साठ और सत्तर के दशक में पूरी तरह से राज्य के निर्देशों पर चलने

वाली अर्थव्यवस्था असल में भारी पूँजी सघनता और ऊँची प्रौद्योगिकी वाली उस उत्पादकता को प्राप्त नहीं कर पायी जो अमेरिकी की सिलिकॉन वैली में विकसित हो रही थी। सोवियत संघ उद्योगीकरण की नयी मंज़िल से पीछे रह गया। पश्चिमी जगत और सोवियत संघ के बीच प्रौद्योगिकीय फ़ासला बढ़ता चला गया। इस दौरान उसे युरोपीय देशों, ख़ास कर पश्चिम जर्मनी से बड़े-बड़े ऋण लेने पड़े और प्राकृतिक संसाधनों का निर्यात बढ़ा कर बदले में अमेरिका से अनाज हासिल किया गया। अमेरिका और पश्चिम युरोप की निगाह सोवियत संघ के उस स्वर्ण-भण्डार पर थी जो स्तालिन के दौर में संचित किया गया था। उनकी तरफ़ से कम्युनिस्ट विरोधी भाषा का इस्तेमाल भी होता रहा, साथ में सोवियत संघ से वाणिज्यिक रिश्ते भी बने रहे। ब्रेज़नेव ने कुछ आर्थिक सुधार अवश्य किये और विदेश-व्यापार में भी बढ़ोतरी हुई लेकिन इतना काफ़ी नहीं था। नियोजन-तंत्र अर्थव्यवस्था की समस्याओं की शिनाख़्त करने और उत्पादकता बढ़ाने में नाकाम साबित हुआ। सोवियत नागरिकों का जीवन-स्तर पश्चिम के मुक़ाबले कहीं नहीं पहुँच पाया। 1980 तक केवल नौ फ़ीसदी नागरिकों के पास ही कारें थीं। कम्प्यूटरीकरण का स्तर भी न के बराबर था।

देखें : अर्नेस्टो चे गुएवारा, आधार और अधिरचना, ऑस्कर रायज़ार्ड लांगे, आंगिक और पारम्परिक बुद्धिजीवी, एंतोनियो ग्राम्शी, कार्ल हाइनरिख़ मार्क्स-1 से 4 तक, क्रांति, क्रांति : मार्क्सवादी विमर्श, ग्योर्गी लूकाच, नयी सदी में मार्क्सवादी विमर्श-1 से 9 तक, निष्क्रिय क्रांति, पेटी बूर्ज़्वा, फ्रेड्रिख़ एंगेल्स, फ्रेंकफ़र्ट स्कूल, भारत में किसान संघर्ष-2 और 4, भारतीय कम्युनिस्ट पार्टी, भारतीय कम्युनिस्ट पार्टी (मार्क्सवादी), भारतीय इतिहास लेखन, भाषा के मार्क्सवादी सिद्धांत, भ्रांत चेतना, बोल्शेविक क्रांति, फ्रांस्वा-चार्ल्स मारी फ़ूरिये, क्यूबा की क्रांति, फ्रेंज़ फ़ानो, हिंसा-1 और 2, मानवेंद्र नाथ राय, माओ त्से-तुंग, माओवाद और माओ विचार, मार्क्सवाद-1 से 5 तक, मार्क्सवादी इतिहास-लेखन, मार्क्सवादी समाजशास्त्र, मार्क्सवाद और पारिस्थितिकी, मार्क्सवादी अर्थशास्त्र, माइकिल बाख़्तिन, समाजवादी वसंत-1 से 4 तक, रॉबर्ट ओवेन, राज्य की मार्क्सवादी अवधारणा, रोज़ा लक्ज़ेमबर्ग, लेनिनवाद, लियोन ट्रॉट्स्की, लिबरेशन थियोलॉजी, सर्वहारा, संशोधनवाद, सांस्कृतिक क्रांति, सैं-सिमों, स्तालिन और स्तालिनवाद, सोवियत सिनेमा, वर्चस्व, व्लादिमिर इलीच लेनिन।

संदर्भ

1. ई.एच. कार (2004), द *रशियन रेवोल्यूशन : फ्रॉम लेनिन टू स्तालिन (1917-1929)*, पालग्रेव, न्यूयॉर्क.
2. एम. लेविन (1975), *लेनिन्ज़ लास्ट स्ट्रगल,* प्लूटो प्रेस, लंदन.
3. एम. लीबमैन (1980), *लेनिनिज़्म अंडर लेनिन,* मरलिन प्रेस, लंदन.

— अभय कुमार दुबे

सोवियत समाजवाद : उत्थान और पतन-3

(Soviet Socialism-3)

सोवियत विखण्डन का अध्ययन करने वालों में उसके कारणों पर मतभेद हैं। उनकी राय मुख्यत: दो भागों में बँटी हुई है। एक पक्ष कहता है कि रोनाल्ड रेगन की आक्रामक नीतियों से होड़ करने के चक्कर में सोवियत संघ आर्थिक रूप से दिवालिया होता चला गया। रेगन ने न केवल सोवियत संघ को 'शैतानी साम्राज्य' क़रार दे कर नैतिक रूप से आड़े हाथों लिया, बल्कि उसे अपनी औक़ात से ज़्यादा प्रतिरक्षा-व्यय करने के लिए मजबूर किया। दूसरा पक्ष सोवियत संघ की नियोजित अर्थव्यस्था के अंतर्विरोधों को उसके विखण्डन का ज़िम्मेदार मानता है। पहला नज़रिया अगर अमेरिका-केंद्रित है, तो दूसरा पहले से मान कर चलता है कि ऐसा तो होना ही था क्योंकि सोवियत संघ आर्थिक रूप से एक नाकाम होती जा रही महाशबित थी।

दोनों नज़रियों में आंशिक से अधिक सच्चाई है। एक तरफ़ सोवियत संघ आर्थिक जड़ता और प्रौद्योगिकीय पिछड़ेपन से जूझ रहा था, दूसरी ओर महाशक्ति के दर्जे के अनुकूल प्रतिरक्षा उद्योग के इर्द-गिर्द बेहद ताक़तवर हित-समूह गोलबंद होते चले गये। तनाव-शैथिल्य की नीतियों के तहत सोवियत राजनेताओं, विशेषज्ञों, अधिकारियों, अकादमीशियनों और सोवियत प्रभु वर्ग के सदस्यों ने पश्चिम की यात्राएँ शुरू कीं। यही सब लोग मिल कर सोवियत-तंत्र का संचालन कर रहे थे। पश्चिम के सम्पर्क में आने के कारण इस तबक़े पर गहरे राजनीतिक-सांस्कृतिक प्रभाव पड़े। इनके साथ अगर कुछ और अहम पहलू जोड़ दिये जाएँ तो सोवियत विखण्डन की तस्वीर पूरी की जा सकती है। उत्तर-स्तालिन सोवियत नेतृत्व ने पंचवर्षीय योजनाओं के तहत किये गये ज़बरदस्त उद्योगीकरण और कृषि के सामूहिकीकरण का लाभ उठाते हुए कुछ ऐसी नीतियाँ अपनायीं जिनसे अर्थव्यवस्था की वृद्धि दर में इज़ाफ़ा हुआ और लोगों के जीवन-स्तर पर सकारात्मक असर पड़ा। परिणामस्वरूप सोवियत समाज में संरचनागत परिवर्तन की शुरुआत हुई। अस्सी के दशक तक शहरीकरण में सोवियत संघ दुनिया में केवल अमेरिका से ही पीछे रह गया। सोवियत आबादी उत्तरोत्तर शिक्षित होती चली गयी। कम्यून में जीवन गुज़ारने वालों की संख्या तेज़ी से घटी। शिक्षित होने के कारण विचारधारात्मक जकड़बंदी से बच निकलने वाले और घर-परिवार के निजी दायरे में व्यवस्था की आलोचना का जोखिम उठा सकने वाले मध्यवर्ग का बहुत तेज़ी से उभार हुआ। बुद्धिजीवी वर्ग से निकले

विशेषज्ञों की संख्या बढ़ती चली गयी। विश्व-युद्ध से पहले ऐसे विशेषज्ञ कोई बीस लाख हुआ करते थे जो अस्सी के दशक में तीन करोड़ हो गये। स्तालिन के उपरांत सोवियत राजतंत्र के भीतर ख़ुश्चेव ने जिस राजनीतिक-आर्थिक उदारीकरण की शुरुआत की थी, उसके गर्भ में पार्टी और राज्य के सर्वसत्तावादी दायरों से अलग एक नागर समाज भ्रूण रूप में पनपने लगा।

अस्सी के दशक में सोवियत संघ ने अफ़ग़ानिस्तान की लड़खड़ाती हुई कम्युनिस्ट हुकूमत को बचाने के लिए फ़ौजी हस्तक्षेप करने का फ़ैसला किया। लम्बे अफ़ग़ान-युद्ध में मिली विफलता का सोवियत फ़ौजों, केजीबी और राजनीतिक-तंत्र पर तक़रीबन वैसा ही नकारात्मक मनोवैज्ञानिक असर पड़ा जैसा साठ के दशक में वियतनाम-युद्ध का अमेरिका पर पड़ा था। इसी बीच पोलैण्ड में लेक वालेसा के नेतृत्व में मज़दूरों का सोलिडरिटी आंदोलन शुरू हो गया जो एक साथ पोलिश कम्युनिस्ट पार्टी की हुकूमत और सोवियत प्रभुत्व के लिए चुनौती था। अफ़ग़ान युद्ध के फँसाव और तेल की बढ़ी हुई क़ीमतों के कारण पहले से ही दबाव के शिकार सोवियत अर्थतंत्र को और गहरे संकट में फँस जाना पड़ा।

1982 में ब्रेज़नेव की मृत्यु के बाद यूरी आंद्रोपोव ने सत्ता सँभाली और घोषित किया कि विकसित समाजवाद का चरण ऐतिहासिक रूप से बहुत लम्बा चलेगा। दरअसल, यूरी आंद्रोपोव बहुत दिनों तक शासन नहीं कर पाये। 1984 की शुरुआत में ही उनका बीमारी से निधन हो गया। उनके उत्तराधिकारी बने कोंस्तांतिन चेरनेंको जिनका स्वास्थ्य पहले से ही ख़राब चल रहा था। मार्च, 1985 में वे भी नहीं रहे और उनकी जगह ली सोवियत पार्टी के पोलित ब्यूरो के सबसे युवा सदस्य मिख़ाइल गोर्बाचेव ने, जिन्हें आंद्रोपोव का प्रिय पात्र माना जाता था। गोर्बाचेव ने अर्थव्यवस्था की पुनः संरचना की योजना बनायी जिसे पेरेस्त्रोइका के नाम से जाना जाता है। आगे चल कर पेरेस्त्रोइका के दायरे में राजनीतिक प्रणाली और सामाजिक संबंधों में सुधार की परियोजना भी आ गयी। उनका दूसरा क़दम था ग्लैसनॉस्त यानी मीडिया पर लगे सरकारी नियंत्रणों को घटाना। इसी के साथ अधिकारी-तंत्र के अधिकारों में कटौती की गयी और जवाबदेही पर ज़ोर दिया गया। गोर्बाचेव ने एक पार्टी शासन में चुनाव के नाम पर होने वाले नाटक को ख़त्म करने का प्रस्ताव करते हुए सोवियतों और पार्टी संगठन में एक से ज़्यादा उम्मीदवारों वाले चुनाव गुप्त मतदान के आधार पर कराने का निश्चय किया। गोर्बाचेव ने पार्टी से स्वतंत्र नागरिक समूहों को बढ़ावा देने की वकालत भी की। आर्थिक पुनर्रचना की प्रक्रिया के दौरान 1988 में कुछ उद्योगों में निजी स्वामित्व की इजाज़त दी गयी। मुश्किल यह हुई कि इन क़दमों से भी अर्थव्यवस्था में कोई उछाल नहीं आ पाया। निजी उद्योग घाटे के शिकार हुए तो राज्य को उन्हें सबसिडी देनी पड़ी। कुल मिला कर इन सुधारों से हुकूमत की वैधता मज़बूत होने के बजाय कमज़ोर ही हुई। परिणामस्वरूप गोर्बाचेव को दोनों तरफ़ से विरोध का सामना करना पड़ा। पोलित ब्यूरो के पार्टी के द्वितीय सेक्रेटरी येगोर लिगाचेव ने लोकतंत्रीकरण की आलोचना की, और दूसरी तरफ़ मास्को के पार्टी मुखिया बोरिस येल्तसिन ने यह शिकायत करते हुए अपने पद से इस्तीफ़ा दे दिया कि सुधारों की गति बहुत धीमी है।

अपने विरोधियों से संघर्ष के बाद जब गोर्बाचेव ने लोकतंत्रीकरण की प्रक्रिया को ज़मीन पर उतारा तो 1989 में यह देख कर सभी स्तब्ध रह गये कि जनता के प्रतिनिधियों की कांग्रेस के लिए हुए चुनावों में 35 पार्टी सचिव और दो सौ उच्चपदस्थ कम्युनिस्ट अधिकारी चुनाव हार गये। एक आकलन के अनुसार गोर्बाचेव को मालूम था कि जैसे ही ज़बरन थोपे गये नेतृत्व को जनता की अदालत में उतारा जाएगा, ज़्यादातर नेता धराशाई हो जाएँगे। ख़ुद येल्तसिन ने मास्को में कम्युनिस्ट पार्टी के उम्मीदवार के मुक़ाबले 89 फ़ीसदी वोट हासिल किये। लेकिन अंततः इसका असर यह भी पड़ा कि पेरेस्त्रोइका और ग्लैसनॉस्त ने पार्टी की वैधता बढ़ाने के बजाय उस पर सवालिया निशान लगा दिया। इन चुनावों के ज़रिये न केवल रूस में बल्कि अन्य सोवियत गणराज्यों में एक अलग तरह का राजनीतिक तबक़ा उभरा। इसकी राजनीतिक महत्त्वाकांक्षाएँ समाजवाद की स्थापना से भिन्न थीं। इसने अलोकप्रिय और कमज़ोर होते हुए कम्युनिस्ट पार्टी के शासन के मुक़ाबले राष्ट्रवादी भावनाओं को हवा दी।

सोवियत संघ में हुए राजनीतिक और आर्थिक सुधारों ने पूर्वी युरोप के उन देशों को भी स्पर्श किया जिनमें एक पार्टी की हुकूमतें थीं। 1988 में ही गोर्बाचेव ने पोलैण्ड का दौरा करते हुए स्पष्ट कर दिया कि वे कम्युनिस्ट शासन क़ायम रखने के लिए फ़ौजी हस्तक्षेप के ख़िलाफ़ हैं। उसी साल संयुक्त राष्ट्र में भाषण देते हुए गोर्बाचेव ने पूर्वी युरोप से दसियों हज़ार सोवियत फ़ौजी और टैंक आदि हटाने का एलान किया। इन नीतियों के जो नतीजे निकले उनकी किसी को उम्मीद नहीं थी। पोलैण्ड में स्वतंत्र ट्रेड यूनियन सोलिडरिटी ने चुनाव में खड़े होने की इजाज़त मिलते ही कम्युनिस्टों को बुरी तरह से हरा दिया। उधर जर्मनी के पूर्वी और पश्चिमी भागों को बाँटने वाली दीवार जनता ने ढहा दी। हंगरी, चेकोस्लोवाकिया और रोमानिया में भी कम्युनिस्ट शासनों को पलट दिया गया।

पूर्वी युरोप के हाथ से निकल जाने के बावजूद सोवियत संघ फ़ौजी लिहाज़ से एक बेहद ताक़तवर देश था। अपनी कम्युनिस्ट विरोधी लफ़्फ़ाजी के बावजूद रेगन के गोर्बाचेव से संबंध बहुत मधुर थे। उनके उत्तराधिकारी जॉर्ज

बुश भी सोवियत संघ को एकीकृत देखने के इच्छुक थे, क्योंकि उन्हें लगता था कि सोवियत संघ का अचानक विखण्डन दुनिया के लिए अनपेक्षित सुरक्षा संबंधी मुश्किलों में फँसा सकता है। इसलिए अमेरिका और युरोपीय ताक़तों ने सोवियत गणराज्यों में खदबदा रहे असंतोष को हवा देने की कोशिश नहीं की। 1988 के बाद से ही बाल्टिक गणराज्यों (जिन्हें चालीस के दशक में ज़बरन सोवियत संघ में मिलाया गया था) में कम्युनिस्ट पार्टी के केंद्रीय शासन के ख़िलाफ़ पृथक होने के रुझान दिखने लगे थे। जल्दी ही विकेंद्रीकरण की प्रवृत्तियाँ उन गणराज्यों में दिखने लगीं जो पुराने रूसी साम्राज्य के हिस्से भी रह चुके थे। 1990 में कई गणराज्यों ने ख़ुद को सम्प्रभु घोषित कर दिया। उनके क़ानून को सोवियत क़ानून पर तरजीह मिलने लगी। उन्होंने सोवियत सरकारों को टैक्स देना बंद कर दिया।

पूर्वी युरोप की घोषणा के तर्ज़ पर गोर्बाचेव पहले ही कह चुके थे कि वे गणराज्यों का फ़ौजी दमन नहीं करेंगे। उन्होंने प्रस्ताव किया कि एक विकेंद्रीकृत सोवियत संघ की रचना की जाए जिसमें गणराज्यों को अधिक से अधिक स्वायत्तता और अधिकार हों। इस पर जनमत-संग्रह हुआ जिसमें मतदाताओं से पूछा गया सवाल इस तरह था : *क्या आप सोवियत समाजवादी गणराज्यों के संघ को समान अधिकार वाले सम्प्रभु गणराज्यों के नवीकृत महासंघ के रूप में क़ायम रखना चाहेंगे जिसमें किसी भी राष्ट्रीयता के प्रत्येक व्यक्ति के अधिकार और स्वतंत्रता की गारंटी हो।* 1991 के मार्च में पड़े इस वोट से साफ़ हो गया कि रूस, उक्रैन, बेलारूस, अज़रबैजान, ताजिकिस्तान, तुर्कमेनिस्तान, कज़ाकिस्तान और किर्गिजस्तान के सत्तर फ़ीसदी मतदाता सोवियत संघ को बनाये रखने के पक्षधर हैं। आरमीनिया, जार्जिया, मोल्दाविया और बाल्टिक गणराज्यों ने इस जनमत-संग्रह में हिस्सा नहीं लिया। अगस्त तक नौ में से आठ गणराज्यों ने नयी संघीय संधि पर दस्तख़त भी कर दिये। जून में एक दूसरा जनमत-संग्रह कराया गया जिसका मक़सद रूस में राष्ट्रपति शासन क़ायम करना था। यह भी ज़बरदस्त रूप से कामयाब रहा और बोरिस येल्तसिन रूस के पहले राष्ट्रपति चुने गये।

आठ गणराज्यों के दस्तख़त हो जाने और पार्टी की केंद्रीय कमेटी द्वारा सिद्धांततः मंजूर कर लिए जाने के बावजूद कम्युनिस्ट पार्टी के भीतर कट्टरपंथी नेताओं का मानना था कि गोर्बाचेव के इन क़दमों से सोवियत संघ का वजूद ख़तरे में पड़ता जा रहा है। इसलिए प्रधानमंत्री, उपराष्ट्रपति, रक्षा मंत्री, आंतरिक सुरक्षा मंत्री, केजीबी के मुखिया और पीज़ेंट यूनियन के अध्यक्ष ने गोर्बाचेव के ख़िलाफ़ बग़ावत कर दी। 18 अगस्त को वे क्रीमिया स्थित गोर्बाचेव के ग्रीष्मकालीन आवास (डाचा) में गये और उन पर इमरजेंसी घोषित करने का दबाव डाला। गोर्बाचेव के मना करने पर उन्हें उनके घर में बंदी बना लिया गया और मास्को की सड़कों पर फ़ौजी उतार दिये गये। लोगों से कहा गया कि गोर्बाचेव बीमार हो गये हैं। लेकिन इस फ़ौजी ऑपरेशन के मुखिया पावेल ग्राचेव ने गोर्बाचेव और येल्तसिन का साथ देने का फ़ैसला किया। राजधानी में आम लोग फ़ौजों के ख़िलाफ़ सड़कों पर निकल आये। मौक़ा देख कर येल्तसिन ने राष्ट्रपति भवन के सामने हज़ारों लोगों की गोलबंदी की और एक टैंक पर चढ़ कर उन्हें सम्बोधित किया। जनता का मूड देख कर सैनिकों ने उस पर फ़ायरिंग करने से इनकार कर दिया। दो दिन के भीतर ही बाग़ी कम्युनिस्ट नेताओं को पीछे हटना पड़ा। येल्तसिन का दावा था कि इस बग़ावत की ज़िम्मेदार कम्युनिस्ट पार्टी है। जब गोर्बाचेव मास्को लौटे, उस समय तक उनकी साख गिर चुकी थी, और येल्तसिन को नायक का प्रभामण्डल मिल चुका था। येल्तसिन के दबाव में उन्हें कम्युनिस्ट पार्टी भंग कर देनी पड़ी। गोर्बाचेव ने पार्टी के मुखिया के तौर पर इस्तीफ़ा दे दिया और सोवियत संघ के राष्ट्रपति बने रहे। येल्तसिन ने पूरे रूसी गणराज्य में पार्टी को प्रतिबंधित कर दिया। उनके सामने दो विकल्प थे। या तो जनमत-संग्रह के परिणामों के मुताबिक़ महासंघनुमा सोवियत संघ बनाने की प्रक्रिया को आगे बढ़ाएँ, या सोवियत संघ को पूरी तरह से समाप्त कर दें। येल्तसिन ने दूसरा विकल्प अपनाया। उन्होंने उक्रैन और बेलारूस के साथ मिल कर सोवियत संघ को विखण्डित घोषित कर दिया। इसके लिए न तो किसी से राय ली गयी, न ही कोई जनमत-संग्रह कराया गया। बचे हुए गणराज्यों को सुरक्षा और आर्थिक सहयोग के मक़सद से स्वतंत्र राज्यों का एक राष्ट्रमण्डल गठित करना पड़ा। 25 दिसम्बर को गोर्बाचेव ने इस्तीफ़ा दिया और 31 दिसम्बर की आधी रात को सोवियत संघ का वजूद ख़त्म हो गया।

गोर्बाचेव ने 1991 तक शासन किया और इन छह वर्षों में उनके द्वारा अपनायी गयी नीतियों और ली गयी पहलक़दमियों के कारण 74 साल पहले स्थापित और 'विकसित समाजवाद की दीर्घकालीन ऐतिहासिक अवस्था' से गुज़रने का दावा करने वाले सोवियत संघ का विखण्डन हो गया। अमेरिका के साथ जिस राज्य ने अपने प्रभुत्व के लिए सारी दुनिया की बंदरबाँट कर रखी थी, वह एक झटके में ढह गया। जिस तरह बोल्शेविक क्रांति धरती हिला देने वाली घटना थी, उसी तरह उसके कारण अस्तित्व में आये राज्य के ख़ात्मे से भी सभी लोग स्तब्ध रह गये। मार्क्सवादी हों या मार्क्सवाद विरोधी, सोवियत संघ को विश्व-क्रांति का केंद्र मानने वाले हों या उसके समाजवाद को विकृत क़रार देने वाले हों, किसी को यह अंदेशा नहीं था।

सवाल यह है कि क्या सोवियत संघ का विखण्डन एक व्यावहारिक आवश्यकता थी या उसके ज़रिये

लोकतंत्रीकरण का लक्ष्य हासिल किया गया? विडम्बना यह रही कि जिस समय गोर्बाचेव सोवियत संघ का संरचनात्मक चरित्र बदलने के सवाल पर गणराज्यों के बीच ज़बरदस्त बहुमत (सत्तर से नब्बे फ़ीसदी के बीच) प्राप्त कर चुके थे, इतिहास की साज़िश ने निहायत अलोकतांत्रिक तरीक़े से यह मौक़ा उनके हाथ से छीन लिया। सोवियत संघ के घटक गणराज्य कम्युनिस्ट पार्टी के केंद्रीय शासन को समाप्त करना चाहते थे, न कि सोवियत संघ को।

देखें : अर्नेस्टो चे गुएवारा, आधार और अधिरचना, ऑस्कर रायज़ार्ड लांगे, आंगिक और पारम्परिक बुद्धिजीवी, एंतोनियो ग्राम्शी, कार्ल हाइनरिख़ मार्क्स-1 से 4 तक, क्रांति, क्रांति : मार्क्सवादी विमर्श, ग्योर्गी लूकाच, नयी सदी में मार्क्सवादी विमर्श-1 से 9 तक, निष्क्रिय क्रांति, पेटी बूर्ज़्वा, फ्रेड्रिख़ एंगेल्स, फ्रेंकफ़र्ट स्कूल, भारत में किसान संघर्ष-2 और 4, भारतीय कम्युनिस्ट पार्टी, भारतीय कम्युनिस्ट पार्टी (मार्क्सवादी), भारतीय इतिहास लेखन, भाषा के मार्क्सवादी सिद्धांत, भ्रांत चेतना, बोल्शेविक क्रांति, फ्रांस्वा-चार्ल्स मारी फ़ूरिये, क्यूबा की क्रांति, फ्रेंज़ फ़ानो, हिंसा-1 और 2, मानवेंद्र नाथ राय, माओ त्से-तुंग, माओवाद और माओ विचार, मार्क्सवाद-1 से 5 तक, मार्क्सवादी इतिहास-लेखन, मार्क्सवादी समाजशास्त्र, मार्क्सवाद और पारिस्थितिकी, मार्क्सवादी अर्थशास्त्र, माइकिल बाख़्तिन, समाजवादी वसंत-1 से 4 तक, रॉबर्ट ओवेन, राज्य की मार्क्सवादी अवधारणा, रोज़ा लक्ज़ेमबर्ग, लेनिनवाद, लियोन ट्रॉट्स्की, लिबरेशन थियोलॅजी, सर्वहारा, संशोधनवाद, सांस्कृतिक क्रांति, सैं-सिमों, स्तालिन और स्तालिनवाद, सोवियत सिनेमा, वर्चस्व, व्लादिमिर इलीच लेनिन।

संदर्भ

1. ए.बी. इवांस (1977), 'डिवेलप्ड सोशलिज़म इन सोवियत आइडियोलॅजी', *सोवियत स्टडीज़,* 29.
2. आर. कैनेट (1968-69), 'द राइज़ ऐंड फ़ाल ऑफ़ आल पीपुल्स स्टेट', *सोवियत स्टडीज़,* 20.
3. ए. ब्राउन और एल. शव्त्सोवा (2001), *गोर्बाचेव, येल्तसिन, ऐंड पुतिन : पॉलिटिकल लीडरशिप इन ट्रांज़ीशन,* ब्रूकिंग इंस्टीट्यूट, वाशिंगटन, डीसी.
4. वी. ब्यूंस, (1993) 'डोमेस्टिक रिफ़ॉर्म ऐंड इंटरनैशनल चेंज : द गोर्बाचेव रिफ़ॉर्म्स इन हिस्टोरिकल पर्सपेक्टिव, *इंटरनैशनल ऑर्गनाइज़ेशन,* 47.

— अभय कुमार दुबे

सोशल नेटवर्क विश्लेषण

(Social Network Analysis)

नब्बे के दशक के मध्य में जिस समय मैनुएल कैसेल्स 'नेटवर्क सोसाइटी' के सिद्धांत का प्रतिपादन कर रहे थे, तक़रीबन उसी दौरान बैरी वेलमैन और जॉन स्कॉट ने सूचना संचार की प्रौद्योगिकियों के संदर्भ में 'सोशल नेटवर्क एनालिसिस' की नये सिरे से स्थापना की। हालाँकि सोशल नेटवर्क विश्लेषण आधुनिक समाजशास्त्र की प्रमुख तकनीक के रूप में बहुत पहले से प्रतिष्ठा प्राप्त कर चुका था, लेकिन नये मीडिया की प्रौद्योगिकियों के कारण इसे अधिक ठोस आनुभविक आधार मिला। वेलमैन ने दावा किया कि नेटवर्क एनालिसिस केवल एक पद्धति या रूपक ही नहीं है, बल्कि उसे सामाजिक संरचनाओं के अध्ययन के एक बुनियादी बौद्धिक औज़ार की तरह ग्रहण किया जाना चाहिए। सतही तौर पर नेटवर्क सोसाइटी के सिद्धांत और सोशल नेटवर्क विश्लेषण के बीच समानताएँ दिखती हैं, पर दोनों के बीच बुनियादी अंतर यह है कि कैसेल्स की तर्ज़ पर अपने-आप में सम्पूर्ण एक नेटवर्क के दायरे के भीतर ही विश्लेषण तक सीमित रहने के बजाय यह सिद्धांत संबंधों को सामाजिक संरचना की प्राथमिक इकाई मान कर चलता है।

सोशल नेटवर्क व्यक्तियों, कॉरपोरेशनों, समूहों, घर-परिवारों, राष्ट्र-राज्यों या ऐसी ही सामूहिकताओं से मिल कर बनी सामाजिक संरचना है। इसके सदस्यों को नोड्स की संज्ञा दी जाती है। सोशल नेटवर्क के लिए ज़रूरी है कि ये नोड्स एक-दूसरे से तरह-तरह की परस्पर-निर्भरताओं के बंधन (टाईज़) में बँधे हुए हों। यह बंधन मित्रता, नातेदारी, समान हित, वित्तीय विनिमय, पसंद-नापसंद और यौन-संबंधों का हो सकता है। यह बंधन आस्था आधारित, ज्ञान आधारित और प्रतिष्ठा आधारित रिश्तों का भी हो सकता है। दरअसल, नोड्स के बीच अनगिनत क़िस्म के संबंध सम्भव हैं। सोशल नेटवर्कों के विश्लेषण के ज़रिये पता चला है कि ये नेटवर्क कई स्तरों पर काम करते हैं। परिवार से लेकर राष्ट्र के स्तर पर कार्यरत रहने वाले इन नेटवर्कों की गतिविधियाँ समस्याओं के निबटारे में अहम भूमिका निभाती हैं। संगठनों के संचालन में उनका उल्लेखनीय हाथ होता है। ये नेटवर्क व्यक्तियों की मदद करते हैं ताकि उन्हें अपने मक़सद हासिल करने में सफलता मिल सके। उनके ज़रिये उस सामाजिक पूँजी का आकलन भी किया जा सकता है जो व्यक्ति को नेटवर्क के माध्यम से नसीब होती है।

सोशल नेटवर्क विश्लेषण समाज या समूह को अपना प्रस्थान-बिंदु न बना कर नोड्स के बीच रिश्तों की सघनता

या बनावट में दिलचस्पी रखता है। विश्लेषण की तकनीकों से इन संबंध-सूत्रों की तथ्यात्मक और गणितीय थाह ली जा सकती है। लेकिन यह एनालिसिस मात्रात्मक अनुसंधान की तकनीक भर नहीं है, क्योंकि यह नोड्स के बीच रिश्तों की क्वालिटी का पता लगाने पर काफ़ी ज़ोर देता है।

एक संचार माध्यम के रूप में इंटरनेट के बढ़ते हुए चलन के कारण अब सोशल नेटवर्कों से संबंधित तथ्य और सामग्री पहले से कहीं ज़्यादा जमा की जा सकती है। इसके अलावा कम्प्यूटरों की अभूतपूर्व प्रोसेसिंग पॉवर का लाभ उठा कर विभिन्न सामाजिक और व्यक्तिगत संबंधों के गुणवत्तामूलक, संबंधमूलक और वैचारिक पहलुओं का विश्लेषण किया जा सकता है। इसे सुलभ करने के लिए कई तरह के सॉफ़्टवेयर विकसित हो गये हैं। दैनंदिन जीवन में इंटरनेट के प्रयोग ने व्यक्ति व व्यक्ति के बीच और व्यक्ति व संगठन के बीच संबंधों को संसाधित करना शुरू कर दिया है। वेलमैन का विचार है कि जो रिश्ता 'ऑन-लाइन' बना है, वह 'ऑफ़-लाइन' यानी वास्तविक संसार से कटा हुआ नहीं होता। दरअसल, कम्प्यूटर जिन संबंधों के बीच मध्यस्थता करता है वे बिल्कुल अलग तरह के हवाई या निराकार संबंध न हो कर रोज़ाना की ज़िंदगी में बनने वाले ठोस संबंधों का ही हिस्सा होते हैं। फ़र्क़ यह पड़ा है कि संबंधों की ऑन-लाइन क़िस्म के प्रसार से पहले सामाजिक संबंध सुरक्षा और नियंत्रण के बंधनों के दबाव में अपनी शक्ल-सूरत ग्रहण करते थे। नेटवर्क सोसाइटी के तहत बनने और पनपने वाले संबंधों की सीमाएँ अधिक तरल होती हैं। कम्प्यूटर के ज़रिये होने वाली अन्योन्यक्रियाओं में अपेक्षाकृत अधिक विविधता होती है। इन संबंधों में ऊँच-नीच या किसी और कोटिक्रम की संरचना अधिक सपाट होती है। संबंधों के एक दूसरे से फँसाव की बुनावट बड़े-बड़े और दूर-दूर बुने गये फंदों जैसी होती है। लोगों के पास कई-कई दिन, हफ़्तों और महीनों तक नेटवर्क के सदस्यों के साथ बदल-बदल कर रिश्ते क़ायम करने का अवसर रहता है। ज़ाहिर है कि इन नये परिवर्तनों ने समुदाय की स्थापित परिभाषाओं को गहराई से प्रश्नांकित किया है।

कैसेल्स की मान्यता यह है कि नेटवर्क सोसाइटी के उदय ने मानवीय अस्तित्व के सामुदायिक रूपों को बदल डाला है। अब उन्हें मज़बूत सामाजिक बंधनों और शारीरिक निकटता की आवश्यकता नहीं रह गयी है। वे 'मी-सेंटर्ड' नेटवर्कों की सदस्यता ग्रहण करके अपने निजी हितों को उत्तरोत्तर सांधते रह सकते हैं। इसके विपरीत वेलमैन की निगाह में समुदाय ही अपने आप में एक क़िस्म का नेटवर्क है। वेलमैन और उनके साथी विद्वानों (हेथॉर्नव्हाइट, बरकोविट्ज़ और स्कॉट) की दिलचस्पी नेटवर्क के नोड्स के बीच संबंधों की सघनता और गुणवत्ता में ज़्यादा है। सत्तर के दशक में किये गये अपने समुदाय संबंधी चिंतन को आधार बनाते हुए वेलमैन ने इन विचारों को इंटरनेट युग पर भी लागू किया है। वे इस धारणा के साथ शुरुआत करते हैं कि इंटरनेट के आगमन से पहले भी सामाजिक नियंत्रण के आधार पर कार्यरत समुदायों के परे व्यक्तिपरक, विखण्डित और निजी क़िस्म के समुदायों का अस्तित्व था। यह कहने के पीछे उनका उद्देश्य यह दिख़ाना है कि इंटरनेट के आगमन से समुदाय के अस्तित्व ने ढलान से उतरना शुरू नहीं कर दिया है। वे यह भी नहीं मानते कि इंटरनेट शारीरिक निकटता के आधार पर बने संबंधों को अनिवार्यत: कमज़ोर करता ही है। साथ ही वे इस आग्रह के समर्थक भी नहीं हैं कि वर्चुअल या निराकार समुदायों का सोशल नेटवर्किंग के दायरे से अलग करके अध्ययन किया जाना चाहिए। वर्चुअल कम्युनिटीज़ द्वारा दिक् और काल से परे जाने की दावेदारियों के बावजूद वेलमैन यह कहते हुए नज़र आते हैं कि व्यक्तियों के बीच अधिकतर सम्पर्क निजी धरातल और स्थानिकता के दायरों में ही हो रहा है।

इस तरह कहा जा सकता है कि सोशल नेटवर्क विश्लेषण नेटवर्क प्रोटोकॉल, हार्डवेयर और सूचना-प्रवाह पर बल देने के बजाय नये मीडिया के ज़रिये बनने वाले मानवीय रिश्तों पर ज़ोर देता है। जब कोई कम्प्यूटर नेटवर्क लोगों या संगठनों को आपस में जोड़ता है तो वह भले ही नये क़िस्म की कनेक्टिविटी हो, पर अंतत: वह एक सोशल नेटवर्क ही है। परिणामस्वरूप सोशल नेटवर्क विश्लेषण के लिए नेटवर्क अपने-आप में एक सैद्धांतिक रूपक रहने के बजाय एक प्रतिनिधित्वमूलक औज़ार बन जाता है।

देखें : अभिलेखागार, आख्यान, इंटरएक्टिविटी-प्रौद्योगिकीय विमर्श, इंटरएक्टिविटी-सामाजिक विमर्श, इंटरफ़ेस, एक्टर-नेटवर्क थियरी, डिजिटल डिवायड, दिन-प्रति दिन के अभिलेखागार, नया मीडिया, नेटवर्क, नेटवर्क सोसाइटी, प्रेस की स्वतंत्रता, प्रोपेगंडा, बाज़ारू संस्कृति, भारत में संचार-क्रांति, भारतीय मीडिया-1, 2 और 3, भारतीय मीडिया स्फ़ेयर, मास मीडिया, मीडिया और राज्य, मीडिया और राजनीति, मीडिया और भारतीय राजनीति, मीडिया-पक्षपात, मीडिया-अध्ययन, संचार, संचार-क्रांति, स्मृति और अभिलेखागार, सूचना, सूचना-समाज, सेंसरशिप, वैकल्पिक मीडिया।

संदर्भ

1. बैरी वेलमैन और एस. बरकोविट्ज़ (1988), *सोशल स्ट्रक्चर्स : अ नेटवर्क एप्रोच*, केम्ब्रिज युनिवर्सिटी प्रेस, केम्ब्रिज,
3. जे. स्कॉट (2000), *सोशल नेटवर्क एनालिसिस : अ हैंडबुक*, सेज, लंदन.

— अभय कुमार दुबे

ह

हज़रत मुहम्मद-1

इसलाम की स्थापना, प्रसार और पाँच उसूल

(Mohmmad-1)

इसलाम के संस्थापक मुहम्मद को मुहम्मद बिन अब्दुल्ला, पैग़म्बर मुहम्मद, मुहम्मद सल्लाहुआले हि वसल्लम (उन पर अल्लाह की ओर से शांति हो) और यहाँ तक कि एक ने 'झूठा पैग़म्बर' भी कहा हैं। यूँ तो मुहम्मद साहब पर अनगिनत जीवनियाँ, व्याख्याएँ, काव्यग्रंथ और यहाँ तक कि आधुनिक उपन्यास तक लिखे जा चुके हैं, लेकिन उनके व्यक्तित्व और सिद्धांतों का दार्शनिक और राजनीतिक मूल्यांकन अभी तक नहीं हुआ है। या तो मुहम्मद साहब का गरिमा-गान करने वाला इसलामी साहित्य है जिसमें तार्किकता के स्थान पर व्यक्ति-पूजा को प्राथमिकता दी जाती है, या फिर नीरस सेकुलरवादी ऐतिहासिक वर्णन है जिसमें मुहम्मद साहब इसलाम के जन्मदाता और ख़ुद को पैग़म्बर बताने वाले एक व्यक्तित्व के अलावा कुछ भी नहीं हैं। ये दोनों प्रवृत्तियाँ यह तो मानती हैं कि इसलाम के तेज़ गति से उत्थान और प्रसार के पीछे मुहम्मद साहब के व्यक्तित्व का प्रत्यक्ष योगदान था, लेकिन उनके इस योगदान के आलोचनात्मक तार्किक और सैद्धांतिक आधारों की समीक्षा करने से ये कतराती भी हैं। इसलामी लेखक 'हजूर की बेहुरमती' (मुहम्मद साहब को दक्षिण एशियाई और हिंदी/उर्दू बोलने वाले अनुयायी 'हजूर' भी कहते हैं। बेहुरमती का अर्थ है असम्मान) की जुर्रत नहीं कर सकते। वहीं आधुनिक और मूलतः पाश्चिमी लेखकों का वर्णनात्मक इतिहासबोध और विशेषकर उनका प्राच्यवाद उन्हें इजाज़त नहीं देता कि वे मुहम्मद साहब में दर्शन के तत्त्व तलाशें।

सारी दुनिया के मुसलमानों के लिए पैग़म्बर की हस्ती रखने वाले हज़रत मुहम्मद का जन्म अरब के एक व्यावसायिक केंद्र मक्का में सन् 570 में हुआ था। उस समय तक मक्का एक धार्मिक केंद्र के तौर पर स्थापित हो चुका था। उस ज़माने में ईसाई और यहूदी मत पूरे अरब में फैल चुका था, पर मक्का में प्राचीन इस्माइली मज़हब मानने वाले क़बीलों का प्रभाव था। व्यावसायिक केंद्र होने के कारण मक्का में पूरे अरब और मध्य एशिया के व्यापारी आते रहते थे। इस धार्मिक और राजनीतिक पृष्ठभूमि की एक विशेषता यह भी थी कि यहाँ किसी भी तरह की केंद्रीय सत्ता का अभाव था। न तो धार्मिक तौर पर लोग किसी एक ईश्वर को मानते थे और न ही उनमें राजनीतिक तौर पर किसी बड़ी इकाई के गठन की प्रवृत्ति थी। सबका अपना-अपना धर्म था, देवी-देवता थे। क़बीले थे, और उनके बीच हमेशा संघर्ष चलता रहता था।

मुहम्मद साहब के क़बीले का नाम क़ुरैश था जिसकी गिनती अरब के चुनिंदा क़बीलों में होती थी। मुहम्मद साहब के माता-पिता का देहांत उनके बचपन में ही हो गया था। इसलिए उनके दादा और बाद में उनके चाचा अबु तालिब ने उनकी परवरिश की। 25 वर्ष की उम्र तक मुहम्मद अपने क़बीले की परम्परा के अनुसार ख़रीद-फरोख़्त का काम करने लगे। इसी दौरान क़बीलाई समाज में उनकी ईमानदारी और सच्चाई की धाक जमी। उसी समय अरब की एक विधवा ख़दीजा ने उनकी निष्ठा से प्रभावित हो कर विवाह का प्रस्ताव किया जिसे मुहम्मद ने स्वीकार कर लिया। इस तरह उनका पहला विवाह चालीस साल की एक विधवा महिला से हुआ।

सन् 610-11 में जब मुहम्मद साहब की उम्र चालीस की थी, उनहोंने दावा किया कि अरबों में प्रचलित मूर्ति-पूजा और बहुदेववाद वास्तविक धर्म नहीं है। इस दुनिया को केवल

एक ही शक्ति ने बनाया है जिसका नाम 'अल्लाह' है। अल्लाह न मर्द है, न औरत, वह न मरता है, न ज़िंदा होता है। उसी ने आदम, नूर, मूसा और ईसा को पैग़म्बर बना कर दुनिया में भेजा है। मुहम्मद ने यह भी दावा किया कि इस शृंखला के अंतिम पैग़म्बर या नबी वे ख़ुद हैं और उनके बाद कोई पैग़म्बर इस दुनिया में नहीं आयेगा। इस तरह पहला कलिमा 'ला इल्लाहा इल्लाह, मुहम्मद रसूल्लाह' इसलाम नामक इस नये धर्म का मूलाधार बना। इसका मतलब था : सिर्फ़ अल्लाह के अलावा कोई और ख़ुदा नहीं है, और मुहम्मद ही अल्लाह के रसूल (नबी) हैं)।

यह नया मज़हब मूलत: एक सामाजिक आंदोलन था जो ग़ुलामों को बराबरी का दर्जा दिये जाने, औरतों को पुरुषों के बराबर मानने, अमीरों और ग़रीबों के बीच आर्थिक बराबरी स्थापित करने और एक समन्वयकारी लोकतांत्रिक राजसत्ता के निर्माण के लिए संघर्षरत था। यही कारण था कि तत्कालीन अरब के सबसे कमज़ोर और पिछड़े हुए लोगों ने मुहम्मद के इस नये मज़हब को स्वीकार किया। लेकिन यह सामाजिक आंदोलन तत्कालीन राजनीतिक व्यवस्था के लिए एक चुनौती भी था। अरबों की अत्यंत प्राचीन मान्यताएँ और उनकी राजनीतिक-आर्थिक शक्ति को तोड़ कर एक नया समतामूलक समाज बनाने की यह एक धार्मिक मुहिम थी। परिणामस्वरूप मुहम्मद और उनके मानने वालों का बहिष्कार और दमन प्रारम्भ हुआ। यह दमन इस हद तक पहुँच गया कि कई बार मुहम्मद की जान लेने की कोशिशें भी हुईं।

बहरहाल इन दिक़्क़तों के बावजूद एक नये विचार के तौर पर इसलाम का प्रसार तेज़ी से होने लगा, विशेषकर मक्का के बाहर। यहाँ तक कि इथोपिया के ईसाई शासक ने मुहम्मद के अनुयायियों को अपने राज्य में सुरक्षित रहने की अनुमति भी दे दी। लेकिन मुहम्मद द्वारा इसलाम के खुले-आम प्रचार करने के बाद मक़्क़ा में स्थिति बेहद ख़राब हो गयी। इस परिस्थिति में पड़ोसी शहर यथरिब के कुछ लोगों ने मुहम्मद से मक्का छोड़कर उनके नगर आने की पेशकश की। उनका मक़सद यथरिब के क़बीलों और अन्य धर्मावलम्बियों के बीच सौहार्द क़ायम कर एक शांतिपूर्ण नगर-राज्य बनाने का था। मुहम्मद का मज़हब इसलाम इस संदर्भ में एक आदर्श वैचारिक पृष्ठभूमि प्रदान कर सकता था।

इन्हीं राजनीतिक-धार्मिक कारणों ने मुहम्मद साहब की ज़िंदगी को सन् 612 में नया मोड़ दिया। मुहम्मद और उनके अनुयाइयियों ने मक्का से यथरिब यानी मदीना की ओर कूच कर दिया। इस यात्रा को हिज़रत कहा गया। मदीना पहुँचने के बाद मुहम्मद साहब ने एक नये क़िस्म की राजनीतिक सत्ता की स्थापना की। इस सत्ता का केंद्र कोई व्यक्ति न होकर अल्लाह नाम की एक सर्वव्यापी शक्ति थी। क्योंकि अल्लाह अमूर्त था, इसलिए उसे मानने वालों का समुदाय इस सत्ता का रक्षक बन गया। नबी का दर्जा इस सत्ता के रक्षकों और सत्ता के बीच समन्वय कराने का था। इसलिए मसजिद इस सत्ता का केंद्र बनी। दिलचस्प बात यह थी कि इस राजनीतिक बंदोबस्त में इसलाम न मानने वालों की धार्मिक-राजनीतिक स्वतंत्रताओं का भी ख़याल रखा गया। मदीना में मौजूद यहूदियों और ईसाइयों को अहले-किताब (पवित्र पुस्तक के अनुयायी) मान कर अपना अपना धर्म मानने की इजाज़त दे दी गयी।

मदीना के इस मॉडल की सफलता ने इसलाम के प्रसार में एक अत्यंत महत्त्वपूर्ण भूमिका निभायी। और शीघ्र ही (लगभग दस वर्षों में) इसलाम रोमन साम्राज्य की सीमाओं को छूने लगा। लेकिन इन सफलताओं ने मुहम्मद साहब की अपनी ज़िंदगी पर कोई प्रभाव नहीं डाला। मुहम्मद उसी तरह सादा ज़िंदगी जीते रहे। यहाँ तक कि उन्होंने अपने परिवार के लोगों को किसी भी प्रकार की अतिरिक्त आर्थिक मदद देने पर मनाही लगा दी। अलबत्ता एक कोष की स्थापना ज़रूर हुई जिसे 'बैतुल माल' कहा गया जो आगे चलकर इसलामी साम्राज्य का वित्त मंत्रालय बना।

मुहम्मद साहब का अगला लक्ष्य मक्का-विजय था। हिजरत के कुछ वर्ष बाद मुसलमानों ने मक्का पर हमला करके उसे अपने क़ब्ज़े में कर लिया। यह विजय न केवल व्यावहारिक थी, बल्कि इसके कई प्रतीकात्मक पहलू भी थे। मक्का-विजय के बाद मक्का और मदीना दोनों ही इसलाम के केंद्र बन गये। काबा जो तब तक नमाज़ पढ़ने की दिशा तय करने का प्रतीक बन चुका था, विशुद्ध इस्लामिक इबादतगाह बन गया। मक्का-विजय के बाद मुहम्मद ने मक्का में भी मदीना वाली राज्य व्यवस्था स्थापित की। लेकिन वे स्वयं मदीना में ही रहे। मुहम्मद ने सन् 631 में अपना आख़िरी हज किया। इसकी दो विशेषताएँ थीं।

पहली विशेषता यह थी कि इस हज के दौरान मुहम्मद साहब ने इसलाम के सम्पूर्ण होने की घोषणा की। अपने इस क़ुतबे (सम्बोधन) में उन्होंने इसलाम के पाँच सिद्धांतों दिन में पाँच बार नमाज़, साल में एक माह के रोज़े, हर साल अपनी कमाई का चालीसवीं हिस्सा ज़कात (दान) में देना, क्षमता के अनुसार जीवन में कम से कम एक हज और इन सब व्यावहारिकताओं के साथ-साथ एकेश्वरवाद में विश्वास रखने का आह्वान शामिल था। चूँकि आगे कोई और नबी आने वाला नहीं था, इसलिए लोगों को बुराइयों से रोकने और अच्छाइयों की ओर ले जाने की ज़िम्मेदारी इसलाम पर यक़ीन रखने वालों की थी, इसलिए इसलाम का प्रचार-प्रसार मुसलमानों के लिए एक धार्मिक ज़िम्मेदारी बन गयी। इसके कई व्यापक राजनीतिक परिणाम हुए।

इस आख़िरी हज की दूसरी विशेषता थी इसका केंद्रीय संदेश। मुहम्मद साहब ने ग़ुलामों को आज़ाद करने, औरतों

को मर्दों के बराबर अधिकार देने, सांस्कृतिक असमानताओं का अंत करने और एक समतामूलक समाज बनाने की हिदायत दी। इस तरह सामाजिक न्याय की विशुद्ध इसलामी अवधारणा का जन्म हुआ जोकि इसलाम के प्रसार की मज़हबी मुहिम के साथ जुड़ गयी। सामाजिक न्याय की यही अपील तत्कालीन विश्व के सबसे कमज़ोर और पीड़ित समुदायों के लिए प्रेरणा का स्रोत बनी। इस प्रकार मुहम्मद साहब के आख़िरी हज के अंतिम क़ुतबे ने इसलाम की दो प्रवृतियों, धर्म प्रसार और सामाजिक बराबरी की नींव रखी। अगले वर्ष सन् 632 में 22 वर्ष तक विश्व के सफल धार्मिक राजनीतिक आंदोलन का नेतृत्व करने वाले मुहम्मद साहब का मदीना में देहांत हो गया। उन्हें उनके घर में ही दफ़न किया गया।

देखें : अल-किंदी, अल-ग़ज़ाली, अबू-अला मौदूदी, इब्न ख़ाल्दून, इब्न-रश्द, प्रारम्भिक इसलाम, जिहाद, दलित-पसमंदा मुसलमान, प्रारम्भिक इसलाम, फ़लसिफ़ा और कलाम, भारतीय इसलाम, मसजिद, मुसलिम राजनीतिक विचार, मुहम्मद अली जिन्ना, मुहम्मद इक़बाल, सैयद अहमद ख़ाँ।

संदर्भ

1. माइकल कुक (1983), *मुहम्मद,* ऑक्सफ़र्ड युनिवर्सिटी प्रेस, पास्ट मास्टर्स सीरीज़, ऑक्सफ़र्ड.
2. माजिद फ़ाख़री (1983), *अ हिस्ट्री ऑफ़ इसलामिक फ़िलॉसफ़ी,* लोंगमेन, लंदन.
3. डब्ल्यू.एम. वैट (1961), *मुहम्मद, प्रोफ़ेट ऐंड स्टेट्समैन,* ऑक्सफ़र्ड युनिवर्सिटी प्रेस, ऑक्सफ़र्ड.
4. एस.एच. नस्र और ओ. लीमैन (सम्पा.) (1996), *हिस्ट्री ऑफ़ इसलामिक फ़िलॉसफ़ी,* रौटलेज, लंदन.

— हिलाल अहमद

हज़रत मुहम्मद-2

इसलामी राज्य-व्यवस्था का सिद्धांत

(Mohmmad-2)

मुहम्मद साहब के जीवनीकार हमें बताते हैं कि वे बिल्कुल पढ़े-लिखे नहीं थे। बुख़ारी हदीस, जो इसलाम के सबसे ज़्यादा विश्वसनीय स्रोतों में से एक हैं, के मुताबिक़ मुहम्मद साहब ने सिर्फ़ एक बार कलम अपने हाथ में लिया था और वह भी अपने नाम के आगे से पैग़म्बर शब्द काटने के लिए। लेकिन ख़ास बात यह है कि मुहम्मद के बिना पढ़े-लिखे होने के बावजूद क़ुरान का पहला लफ़्ज़ 'इक़रा' (पढ़ो) था। बुख़ारी की हदीसों के अनुसार जब अल्लाह के फरिश्ते ज़िबराइल ने मुहम्मद साहब को नबी होने की ज़िम्मेदारी सौंपी तो उनसे 'इक़रा' यानी 'पढ़ो' कहने के लिए कहा तो मुहम्मद ने जवाब दिया कि वे पढ़े-लिखे नहीं हैं। इस पर ज़िबराइल ने दोबारा ज़ोर देकर कहा 'इक़रा'। इस तरह क़ुरान की आयतों का सिलसिला शुरू हुआ। मुहम्मद, जो बिल्कुल पढ़े-लिखे नहीं थे, इस ज्ञान के न केवल माध्यम बने बल्कि वे इस क़ुरान-ज्ञान के प्रथम व्याख्याकार भी हुए। इस तरह मुहम्मद साहब द्वारा दीन-ओ-दुनिया का नया इसलामी विमर्श शुरू किया गया। इसकी बुनियाद थी कि इनसानी ज़िंदगी का हर एक कृत्य एक इबादत है जिसके दो पहलू हैं। पहला, ज्ञान का वर्तमान स्तर जिसे 'दुनिया' कहा जा सकता है, और दूसरा ज्ञान के सृजन का माध्यम जो 'दीन' है। मानव की मुक्ति 'दीन और दुनिया' के आपसी सामंजस्य में ही है। दुनियावी आधार पर बिल्कुल अनपढ़ मुहम्मद जब ज़िबराइल से प्रतीकात्मक तौर पर क़ुरान के संवाद 'पढ़' रहे थे तब सैद्धांतिक तौर पर 'दीन और दुनिया' का विमर्श स्थापित हो रहा था। दुर्भाग्य यह है कि इसलाम की पहली कुछ सदियों के बाद दीन-ओ-दुनिया का सिद्धांत इतना ज़्यादा धार्मिक बना दिया गया कि उसमें से दर्शन बिल्कुल निकल ही गया।

मुहम्मद साहब की मौजूदा और स्थापित छवियों का दूसरा अहम विरोधाभास मुहम्मद साहब द्वारा अपनी ख़ुद की व्याख्या है। वे न तो आज के इसलामी साहित्य के नज़रिये से अपने को 'अल्लाह के बाद सर्वोत्तम' के तौर पर देखते हैं और न ही एक क्रूर धर्म-संस्थापक और प्रचारक के रूप में। अगर हदीस का तार्किक विश्लेषण करें तो मुहम्मद अपने व्यक्तित्व, अल्लाह और अल्लाह के पैग़ाम के अलग-अलग क्षेत्रों की निशानदेही करते नज़र आते हैं। उनकी वैचारिक पृष्ठभूमि में अल्लाह एक ऐसी सर्वव्यापी शक्ति है जिसे विभक्त नहीं किया जा सकता। इस सर्वव्यापी शक्ति का एक विरोधाभासी तत्त्व है शैतान। शैतान नहीं चाहता था कि फ़रिश्तों की बजाय अल्लाह 'इनसान' बनाये। इसलिए उसने अल्लाह से बग़ावत कर दी। पर यह बग़ावत सर्वव्यापी शक्ति के विरोध में होने के बजाय उसकी एक अन्य कृति यानी इनसान के ख़िलाफ़ थी।

इस तरह न केवल 'अल्लाह' एक व्यापक अवधारणा है, परंतु शैतान और इनसान की अवधारणाएँ भी काफ़ी हद तक स्वतंत्र हैं। ऐसे में सर्वव्यापी शक्ति के लिए यह ज़रूरी हो जाता है कि अपने, शैतान और इनसान के बीच एक तारतम्यता स्थापित की जाए। मुहम्मद साहब के चिंतन-परिप्रेक्ष्य में 'अल्लाह का पैग़ाम' ऐसी ही एक कड़ी है जिसकी भूमिका इस व्यवस्था का प्रबंधन करने की है। दूसरे शब्दों में, अल्लाह का काम है व्यवस्था, शैतान का काम है

इनसान का अहित, स्वयं अल्लाह के गुणों से युक्त इनसान वह ज़रिया है जिससे व्यवस्था में गतिशीलता आती है।

इसलामी दर्शन के मुताबिक़ इनसान भी तीन विरोधाभासी प्रवृत्तियों के असर में है। पहली प्रवृति उसका अपना स्वतंत्र अस्तित्व है जो किन्हीं मामलों में स्वच्छंद भी है। दूसरी प्रवृत्ति शैतान का प्रभाव है जो इनसान को लगातार बहकाता रहता है। तीसरी प्रवृत्ति इनसान की 'नब्ज़' है यानी उसकी भौतिक ज़रूरतें जैसे भूख लगना, यौन-सम्बन्ध इत्यादि। अल्लाह का पैग़ाम इनसान को न केवल अपनी इन तीनों बुनियादी प्रवृत्तियों में सामंजस्य स्थापित करना सिखाता है, बल्कि उसे एक ऐसी एजेंसी बना देता है जो कि अल्लाह के पैग़ाम के ज़रिये एक धार्मिक राजनीतिक व्यवस्था का निर्माण कर सकती है। इसलामी राज्य व्यवस्था के दर्शन का मूलाधार यही है। मुहम्मद साहब का स्थान यहाँ पैग़ाग देने वाले प्रवर्तक का है। वे राज्य-व्यवस्था के दार्शनिक व्याख्याकार हैं जो क़ुरान नामक एक संविधान के ज़रिये व्यवस्था के संस्थागत निर्माण की परिकल्पना प्रस्तुत करते हैं, अपने जीवन को एक मॉडल के तौर पर दर्शाते हैं।

यह परिकल्पना किसी भी तरह प्लेटो के आदर्श राज्य की परिकल्पना जैसी नहीं हैं। यहाँ इनसानी प्रवृत्तियों को प्राथमिकता देते हुए ऐसी व्यवस्था बनाने का आह्वान है जो व्यावहारिकता पर टिकी हो। पर इसे व्यावहारिक बनाने के लिए ज़रूरी था कि हमेशा बदलती परिस्थितियों, संदर्भों और आर्थिक-सांस्कृतिक परिवर्तनों का सिद्धांतीकरण किया जाए। एक ऐसे सार्वभौम सिद्धांत का निर्माण हो जिसके माध्यम से इस आदर्श व्यवस्था की परिकल्पना व्यावहारिक भी हो सके और लचीली भी।

मुहम्मद साहब के दर्शन में इस सार्वभौम सिद्धांत की स्थापना के दो उपाय दिखते हैं। क़ुरान की आयतों का ऐतिहासिक-दार्शनिक चरित्र इस संदर्भ में पहला उपाय है। क़ुरान की आयतों की रूपरेखा ऐतिहासिक घटनाओं के माध्यम से दार्शनिक सिद्धांतों की व्यावहारिकता दर्शाने की है। उदाहरण के लिए क़ुरान में ईसा का क़िस्सा कुछ इस तरह सुनाया गया है कि उनकी ज़िंदगी का व्यावहारिक तर्क आने वाली पीढ़ियों को सत्य के विभिन्न रूपों से परिचित करा सके और साथ ही यह भी बता सके कि सत्य के दर्शन को मानव-समाज में कैसे स्थापित किया जा सकता है। इस तरह इस्लामिक व्यवस्था को मुहम्मद एक ऐतिहासिक आधार देते हैं ताकि बदलती परिस्थितियों की नवीनता को इतिहास में तलाश कर उनकी सही समझ बनायी जा सके।

इस सार्वभौम थियरी का दूसरा पक्ष भविष्योन्मुखता है। मुहम्मद इस बात से परिचित हैं कि भविष्य में ऐसा भी हो सकता है जो इतिहास में कभी न हुआ हो। ऐसे में व्यवस्था की एकरूपता और उसकी बुनियादों को कैसे परिभाषित किया जाएगा? इस समस्या का समाधान बुखारी में वर्णित एक हदीस में मिलता है। मक्का फ़तह के बाद जब यमन भी मुसलमानों के नियंत्रण में आ गया तब माज़-विन-जबल को यह ज़िम्मेदारी सौंपी गयी कि वे यमन जाकर इसलाम की शिक्षा दें। मुहम्मद साहब ने माज़ से तीन सवाल पूछे। पहला, 'जब कोई मसला आयेगा तब तुम उसका फ़ैसला किस आधार पर करोगे?' माज़ ने जवाब दिया, 'अल्लाह की किताब (यानी क़ुरान) देखकर।' इस पर मुहम्मद साहब ने सवाल उठाया, 'अगर तुम्हें क़ुरान में उस मसले का ज़िक्र न मिले तब क्या करोगे?' माज़ ने जवाब दिया, 'मैं तब आपकी ज़िंदगी और आपके द्वारा किये गये कृत्यों और फ़ैसलों (नबी की सुन्नतें) पर विचार करके मसलों का हल निकालने की कोशिश करूँगा।' मुहम्मद साहब ने तीसरा सवाल किया, 'और अगर मेरी ज़िंदगी में भी इस मसले का कोई हल न मिले तब क्या करोगे? तब माज़ ने जवाब दिया, 'मैं चिंतन और विमर्श करूँगा और मसले का निदान अपने विवेक से करने की कोशिश करूँगा।' माज़ का जवाब सुन कर मुहम्मद साहब ने अपनी पूर्ण सहमति दी। इस प्रसंग ने इसलाम में नये विचार को जन्म दिया, जिसे आगे जाकर 'इज्तेहाद' कहा गया।

इस हदीस से स्पष्ट होता है कि मुहम्मद के दर्शन में बदलती परिस्थितियों की विशेषताओं और जटिलताओं के लिए तो स्थान है ही, साथ ही मानवीय विवेक और विमर्श का समर्थन भी है। इस प्रकार मुहम्मद का दर्शन न केवल मानवोन्मुख है, बल्कि इसमें ज्ञान के हर माध्यम से सीखने और उसे आत्मसात् करने की भी गुंजाइश है। यही कारण है कि इसलाम के युरोप में प्रसार के बाद मुसलमान दार्शनिकों ने, जिनमें अल-किन्दी (812-873 ई.), अल-फ़राबी (870-950 ईसवी) और इब्न सिना (180-1097 ई.) प्रमुख हैं, यूनानी दर्शन का अध्ययन करके इसलामी व्याख्याओं की पेशकश की।

देखें : अल-किंदी, अल-ग़ज़ाली, अबू-अला मौदूदी, इब्न ख़ाल्दून, इब्न-रश्द, प्रारम्भिक इसलाम, जिहाद, दलित-पसमंदा मुसलमान, प्रारम्भिक इसलाम, फ़लसिफ़ा और कलाम, भारतीय इसलाम, मसजिद, मुसलिम राजनीतिक विचार, मुहम्मद अली जिन्ना, मुहम्मद इक़बाल, सैयद अहमद ख़ाँ।

संदर्भ

1. एल. गोल्डज़िहेर (1981), *इंट्रोडक्शन टु इसलामिक फ़िलॉसफ़ी ऐंड लॉ,* प्रिंसटन युनिवर्सिटी प्रेस, प्रिंसटन.
2. मुहम्मद इक़बाल (1980), *द रिकंस्ट्रक्शन ऑफ़ रिलीजस थॉट इन इसलाम,* न्यू ताज ऑफ़िस, दिल्ली.
3. डब्ल्यू.एम. वैट (1962), *इसलामिक फ़िलॉसफ़ी ऐंड थियॉलॅजी,* एडिनबरा युनिवर्सिटी प्रेस, एडिनबरा.
4. अल्फ्रेड गुइलॉम (1956), *इसलाम,* पेंगुइन बुक्स, हार्मंड्सवर्थ.

— हिलाल अहमद

हज़ारी प्रसाद द्विवेदी

(Hazari Prasad Dwivedi)

हिंदी साहित्य के शीर्ष आलोचक और इतिहासकार, उपन्यासकार और संस्कृति-मर्मज्ञ हज़ारी प्रसाद द्विवेदी (1907-1979) को मध्ययुगीन साहित्य की आधुनिक दृष्टि से व्याख्या करने का श्रेय जाता है। अपनी व्याख्याओं से उन्होंने हिंदी आलोचना के एक अंतर्विरोध का शमन किया जिसके मुताबिक़ आज के ज़माने के साहित्य को बेजोड़ मान लिया जाता है और साथ ही मध्ययुगीन दृष्टि को प्रतिगामी मान कर तिरस्कृत करने की प्रक्रिया भी चलती रहती है। द्विवेदी ने अपने सृजन-चिंतन में दो बड़े काम और किये : कबीर का नये प्रतिमानों से मूल्यांकन किया और भारतीय चिंतनधारा में लोक-परम्पराओं को रेखांकित किया। हज़ारी प्रसाद द्विवेदी का रामचंद्र शुक्ल से मतभेद साहित्य के इतिहास के प्रति एक दृष्टिकोणगत बुनियादी मतभेद है। वे शुक्ल और शुक्लोत्तर युग के अन्य साहित्य-चिंतकों से इसलिए भिन्न हैं कि उन्होंने साहित्य की आलोचना को न तो कविगत-चेतना से देखा, न राजनीतिक दृष्टि से और न ही युग-प्रवृत्तियों से। वे तो साहित्य को सांस्कृतिक प्रक्रिया मानते थे और देश-काल के व्यापक संदर्भों में रख कर उसे समझने-परखने वाली सहृदय-रसज्ञ आलोचना करते थे। इसी दृष्टि का नतीजा यह हुआ कि उन्होंने हिंदी साहित्य को संस्कृत, पालि-प्राकृत, अपभ्रंश, बौद्ध-जैन, नाथ-सिद्ध, संत आदि परम्पराओं में रख कर उसे भारतीय चिंतनधारा के स्वाभाविक विकास के रूप में परखने का प्रयत्न किया।

उत्तर प्रदेश के बलिया जिले के दुबे का छपरा गाँव में जन्मे हज़ारी प्रसाद द्विवेदी का परिवार परम्परागत रूप से ज्योतिषियों का था। पिता अनमोल द्विवेदी संस्कृत के विद्वान थे। हज़ारी प्रसाद ने भी ज्योतिष का अध्ययन-प्रशिक्षण ग्रहण किया। तीस के दशक में वे विश्वभारती, शांतिनिकेतन के हिंदी भवन के निदेशक बने। 1950 में हज़ारी प्रसाद द्विवेदी की नियुक्ति काशी हिंदू विश्वविद्यालय में प्रोफ़ेसर के रूप में हुई।

हज़ारी प्रसाद द्विवेदी का साहित्य-इतिहास संबंधी दृष्टिकोण समझने में उनकी प्रसिद्ध पुस्तक *हिंदी साहित्य की भूमिका* (1940) का ऐतिहासिक महत्त्व है। इस रचना का नाम उन्होंने पहले *भारतीय साहित्य की प्राणधारा* रखा था। पुस्तक में आरम्भ के दो अध्याय, 'हिंदी साहित्य : भारतीय चिंता का स्वाभाविक विकास' पर हैं। आरम्भ में ही कहा गया है : 'आज से लगभग हज़ार वर्ष पहले हिंदी साहित्य बनना शुरू हुआ। इन हज़ार वर्षों में भारतवर्ष का हिंदी भाषी क्या सोच-समझ रहा था, इस बात की जानकारी का एकमात्र

हजारी प्रसाद द्विवेदी (1907-1979)

साधन हिंदी साहित्य ही है। कम से कम भारतवर्ष के आधे हिस्से की सहस्त्रवर्ष-व्यापी आशा-अकांक्षाओं का मूर्तिमान प्रतीक यह हिंदी साहित्य अपने आप में एक ऐसी शक्तिशाली वस्तु है कि इसकी उपेक्षा भारतीय विचारधारा को समझने में घातक सिद्ध होगी। पर नाना कारणों से यह उपेक्षा होती चली आयी है। प्रधान कारण यह है कि इस साहित्य के जन्म के साथ ही साथ भारतीय इतिहास में एक अभूतपूर्व राजनीतिक और धार्मिक घटना हो गयी। भारतवर्ष के उत्तर-पश्चिम सीमांत से विजयी इसलाम का प्रवेश हुआ जो देखते-देखते इस देश के इस कोने उस कोने तक फैल गया है।' इसी सिलसिले में द्विवेदी ध्यान दिलाते हैं कि, 'दुर्भाग्यवश हिंदी साहित्य के अध्ययन को लोक-चक्षुगोचर करने का भार जिन विद्वानों ने अपने ऊपर लिया था, वे भी हिंदी साहित्य का संबंध हिंदू जाति के साथ ही अधिक बतलाते हैं और इस प्रकार अनजान आदमी को दो ढंग से सोचने का मौक़ा देते हैं— एक यह कि हिंदी साहित्य एक हतदर्प पराजित जाति की सम्पत्ति है, इसलिए उसका महत्त्व उस जाति के राजनीतिक उत्थान-पतन के साथ अंगादिभाव से सम्बद्ध है, और दूसरा यह कि ऐसा न भी हो तो भी वह एक निरंतर पतनशील जाति की चिंताओं का मूर्त प्रतीक है जो अपने आप में विशेष महत्त्व नहीं रखता। मैं इस दोनों बातों का प्रतिवाद करता हूँ।'

हज़ारी प्रसाद द्विवेदी की मान्यता थी कि इस जाति के साहित्य का अध्ययन करना आवश्यक है क्योंकि एक हज़ार वर्षों तक दबे-कुचले हुए मनुष्यों की बात करना मानवता की प्रगति के लिए उपेक्षणीय नहीं। उन्होंने कहा, 'ऐसा करके मैं इसलाम के महत्त्व को भूल नहीं रहा हूँ, लेकिन ज़ोर देकर कहना चाहता हूँ कि अगर इसलाम नहीं आया होता तो भी इस साहित्य का बारह आना वैसा ही होता जैसा आज है।'

यहाँ इस तथ्य का उल्लेख आवश्यक है कि हज़ारी प्रसाद द्विवेदी ने रामचंद्र शुक्ल से मतभेद रखते हुए भी उनके महत्त्व और सर्वोपरिता को स्वीकारने में कोई हिचक नहीं दिखाई। उन्होंने शुक्ल के बारे में कहा कि भारतीय काव्यालोचन का इतना बड़ा विद्वान भारतीय भाषाओं में कोई दूसरा नहीं हुआ, 'नया लेखक उनसे डरता है, पुराना घबराता है, पण्डित सिर हिलाता है। वे पुराने की ग़ुलामी पसंद नहीं करते और नये की ग़ुलामी तो एकदम असह्य है।'

हज़ारी प्रसाद द्विवेदी की मान्यता थी कि हिंदू-समाज के पास दो हजार वर्ष का गौरवपूर्ण इतिहास है, 'भारतवर्ष का ऐसा कोई भी प्रांत नहीं है जो इस प्रकार चौमुखी प्रकृति और संस्कृति से घिरा न हो। इस घिराव के कारण उसे भिन्न-भिन्न संस्कृतियों और भिन्न-भिन्न विचारों के साथ विचार-संघर्ष में आना पड़ा पर जो बात और भी ध्यानपूर्वक लक्ष्य करने की है, वह यह है कि यह 'मध्यदेश' वैदिक युग से आज तक अतिशय रक्षणशील और प्रक्रियाभिमानी रहा है।' द्विवेदी के अनुसार यह मध्यदेश प्राचीन आचारों से लिपटे रहने पर भी निरंतर परिवर्तित होता रहा। दूसरे धर्मों, मतों, सम्प्रदायों और संस्कृतियों के प्रति सहनशील रहा। इस देश गें बौद्ध धर्म के उच्छेद और ब्राह्मण धर्म के जम जाने के कारण अभूतपूर्व क्रांतियाँ हुईं। भारतीय चिंतनधारा का स्वाभाविक विकास संत मत के नाम से हुआ और इसमें सभी विरोधों का सामंजस्य होता गया।

हज़ारी प्रसाद द्विवेदी में परम्परा के भिन्न रूपों के प्रति आदर-भाव कैसे पैदा हुआ, इसकी कहानी अलग है। नामवर सिंह के अनुसार शांति निकेतन में किसी ने कह दिया कि नांदी श्राद्ध विधवा नहीं कर सकती। गुरुदेव (रवींद्रनाथ ठाकुर) ने नये-नये आये काशी के ज्योतिषाचार्य पण्डित हज़ारी प्रसाद द्विवेदी को बुलावा भेजा। उन्होंने उनसे पूछा—'हिंदुओं का हज़ारों वर्ष का इतिहास है, क्या उसमें पहली बार यह घटना हो रही है। पहले भी तो ऐसी स्थिति कभी आयी होगी?' पण्डित जी घर आये, स्मृति-ग्रंथों की छानबीन की। पाया कि पूर्वपक्ष में ऐसे बहुत से वचन हैं जो विधवा के इस अधिकार को स्वीकार करते हैं, लेकिन वचनों की संगति लगाते समय निष्कर्ष रूप में यही कहा गया है कि विधवा को ऐसा अधिकार नहीं। जाकर गुरुदेव को यह बताया तो वे हँस कर बोले, 'क्या पूर्वपक्ष के ऋषि कुछ कम पूज्य हैं जिनका खण्डन उत्तरपक्ष में किया गया है।' इस प्रश्न ने पण्डित जी को झकझोर दिया। क्या परम्परा का उत्तरपक्ष ही है? पूर्वपक्ष नहीं? जिस परम्परा को वे अब तक अखण्ड समझते आ रहे थे वह देखते-ही देखते शिव-धनुष के समान खण्ड-खण्ड हो गयी। उन्होंने लगा परम्परा और भी हो सकती है। यह एक तरह से इतिहास बोध का उदय था।'

इस इतिहास बोध के उदय के बाद द्विवेदी परम्परा के नये-नये पक्षों को खोलने लगे। इसी बीच उन्होंने रवींद्रनाथ ठाकुर का प्रसिद्ध निबंध 'भारतवर्ष में इतिहास की धारा' पढ़ा। इस निबंध में ऐसी अनेक स्थापनाएँ हैं जिनका पल्लवन द्विवेदी की अनेक कृतियों में हुआ। उन्होंने इसी राह पर चल कर यक्षों, गंधर्वों और नागों जैसी आर्येतर जातियों के कलात्मक अवदान की खोज की। रवींद्रनाथ का यह विचार कि 'वैष्णवधर्म में एक ओर तो *भगवद्गीता* का विशुद्ध धर्मतत्त्व है तो दूसरी ओर अनार्य ग्वालों में देवलीला की विचित्र कहानियाँ भी सम्मिलित हैं। वैष्णवधर्म का आश्रय लेकर जो लोक प्रचलित पौराणिक कथाएँ आर्य समाज में प्रतिष्ठित हुईं उनमें प्रेम, सौंदर्य, और यौवन की लीला है, प्रलयपिनाक के स्थान पर बाँसुरी का स्वर है, भूत-प्रेत के स्थान पर गोपियाँ का विलास है। वहाँ वृंदावन का चिर वसंत और स्वर्गलोक का चिर ऐश्वर्य है। आभीर सम्प्रदाय में प्रचलित कृष्ण कथा वैष्णव धर्म में घुलमिल गयी।' इस तरह कृष्ण आभीर जाति के प्रेम देवता हैं जो आर्य-धर्म में प्रवेश पा गये और पूरी तरह वैष्णव धर्म में रूप-स्वरूप पाते गये। द्विवेदी की प्रथम आलोचना पुस्तक *सूरसाहित्य* का एक प्रेरणास्रोत यह निबंध भी है। आभीर भाषा उन्हें अपभ्रंश की ओर ले गयी जिस पर उन्होंने काफ़ी महत्त्वपूर्ण अनुसंधानकार्य किया।

विद्वानों ने अब लगभग मान लिया है कि कबीर की ओर ध्यान देने वाले लोगों में रवींद्रनाथ ठाकुर ही सर्वप्रमुख हैं। विद्वानों का एक वर्ग द्विवेदी में कबीर के प्रति और कालिदास की लालित्य-योजना के प्रति अनुराग जगाने का श्रेय भी रवींद्रनाथ को ही देता है। मुख्य बात यह है कि द्विवेदी को भारतीय संस्कृति और साहित्य की परम्परा रवींद्रनाथ के माध्यम से मिली। यह अलग बात है कि इस प्रेरणा से आचार्य हज़ारी प्रसाद द्विवेदी ने हिंदी को वह दिया जो किसी ने नहीं दिया। कबीर के रहस्यवाद से ध्यान हटाकर द्विवेदी हिंदी पाठक का ध्यान कबीर के क्रांतिकारी रूप की ओर ले गये। नामवर सिंह के अनुसाार 'कबीर के माध्यम से जाति-धर्म निरपेक्ष मानव की प्रतिष्ठा का श्रेय द्विवेदीजी को ही है। एक प्रकार से यह दूसरी परम्परा है।' शांतिनिकेतन में उन्हें विश्व-दृष्टि प्राप्त हुई जो अन्य कहीं नसीब नहीं थी। इसी व्यापक विश्व-दृष्टि के आधार ने उन्हें भक्ति-काव्य के प्रति समर्पित कर दिया। उन्होंने पाया कि हमारी भाषा का प्राचीन साहित्य प्रांतीय सीमाओं में बँधा हुआ नहीं।

1931 में गुरुदेव सोवियत संघ गये और वहाँ से लौटने पर *रूस की चिट्ठी* शीर्षक पुस्तक लिखी। इस पुस्तक ने लेखकों-बुद्धिजीवियों का ध्यान समाजवाद की नयी दुनिया के प्रति आकृष्ट किया। इसी आकर्षण के कारण हज़ारी प्रसाद प्रगतिशील आंदोलन की ओर गये। गाँधी के विपरीत रवींद्रनाथ ने उस समय वैज्ञानिक दृष्टि की वकालत की और

आधुनिकता को फ़ैशन न मान कर उसे उठता हुआ पैर कहा। हज़ारी प्रसाद के लिए इतिहास शव था और इसी दृष्टि से 'शव साधना' की ओर उनकी दृष्टि उन्मुख हुई। उनमें लोकजीवन और लोक-कलाओं के प्रति गहरा अनुराग जागृत हुआ। भारतीय स्वाधीनता संग्राम और सांस्कृतिक नवजागरण ने उनके चिंतन में नया ख़मीर पैदा किया। इस लोकजीवन के प्रति सजगता के कारण ही भारतीय परम्परा का अवदान उन्हें विरासत में मिला। प्रेमचंद के माध्यम से उन्होंने हिंदी जाति के भाव-बोध को पाया।

सूरसाहित्य में उन्होंने जयदेव, विद्यापति, चण्डीदास की राधा के साथ सूरदास की राधा पर गहराई से विचार किया। *हिंदी साहित्य का आदिकाल* और *हिंदी साहित्य की भूमिका* में वे हिंदी की जातीय परम्पराओं को खोजते रहे। भिन्न दृष्टि अपनाने के कारण हिंदी आलोचना में नया चिंतन लाने में समर्थ हुए। वैसे द्विवेदी शुक्ल की परम्परा के ही आलोचक हैं, लेकिन शुक्ल के लोक-धर्म के प्रतीक हैं तुलसीदास, जबकि द्विवेदी के लोक-धर्म के प्रतीक हैं कबीरदास। कबीरदास उनकी दृष्टि में वाणी के डिक्टेटर और व्यंग्य के बादशाह हैं। दिलचस्प बात यह है कि द्विवेदी कबीर को सराहते हैं लेकिन तुलसीदास से भी इतने अभिभूत हैं कि उन्हें सोते-जागते भूल नहीं पाते। दूसरी ओर रामचंद्र शुक्ल ने सूर-तुलसी-जायसी पर विस्तृत भूमिकाएँ लिखीं, पर कबीर पर चुप्पी साध गये, हालाँकि हरिऔध की *कबीर वचनावली* (1916) और श्यामसुंदर दास की *कबीर ग्रंथावली* (1928) उनके सामने थीं। *हिंदी साहित्य का इतिहास* में उन्होंने कबीर को निम्न श्रेणी की जनता में आत्मगौरव का भाव जगाने के लिए सराहा ज़रूर, लेकिन इससे पहले वे *तुलसीदास* नामक पुस्तक में कह चुके थे कि ये निर्गुणियाँ संत लोक-विरोधी थे। शुक्ल के उलट क्षितिमोहन सेन ने कबीर को लोक-विरोधी नहीं पाया और 1910 में चार भागों में उनकी रचनाएँ प्रकाशित करवायीं। ख़ुद रवींद्रनाथ ने *वन हंड्रेड पोएम्स ऑफ़ कबीर* (1914) में उनके सौ पद चुन कर उनका अंग्रेज़ी अनुवाद करवाया और उनकी भूमिका ऐवैलिन अंडरहिल से लिखवायी। अंततः शुक्ल में कबीर के उपेक्षा पाकर वे *कबीरदास* पर संकल्पबद्ध होकर विचार करने में जुट गये। इस पुस्तक में उन्होंने घोषणा की है, 'हिंदी साहित्य के हज़ार वर्षों के इतिहास में कबीर जैसा व्यक्तित्व लेकर कोई लेखक उत्पन्न नहीं हुआ। महिमा में यह व्यक्तित्व केवल एक ही प्रतिद्वंद्वी जानता है तुलसीदास।'

द्विवेदी के सम्पूर्ण चिंतन का आधार है, मानव और प्रकृति-प्रेम। उनके विचार से प्रेम ही परम पुरुषार्थ है। उनका पहला प्रकाशित लेख है : 'वैष्णव कवियों की रूपोपासना।' कृष्ण-भक्त कवियों से उन्होंने यह मूल-मंत्र पाया और उनकी पूरी चिंतन-दृष्टि ही बदल गयी। उनके सभी उपन्यास— *बाणभट्ट की आत्मकथा, चारुचंद्र लेख, पुनर्नवा, अनामदास का पोथा,* प्रेम-उपन्यास हैं। उनकी दृष्टि में मानव देह ही विधाता की सर्वोत्तम सृष्टि है। नारायण का पवित्र मंदिर है। इस तरह कृष्ण भक्ति की एक निगूढ़ भावना उनकी कृतियों में निवास करती है। वे यह भी मानते थे कि प्रेम पाप नहीं है बल्कि मानव का 'स्व-भाव' है। प्रेम के लोकाधार से ही उन्होंने भक्ति-काव्य की व्याख्या की और माना कि *सूरसागर* शास्त्रीय वैष्णव भक्तिशास्त्र से प्रेरणा अवश्य लेता है किंतु वह शास्त्रीय की अपेक्षा लोक-धर्म के निकट है।

भारतीय संस्कृति और सौंदर्य के पक्षों पर द्विवेदी ने प्रामाणिक अनुसंधान किया है। वे कहते हैं, 'देश और जाति की विशुद्ध संस्कृति केवल बात की बात है— सब कुछ में मिलावट है। सब कुछ अविशुद्ध है।' समझा जाता है कि आर्य संस्कृति की शुद्धता के अहंकार पर चोट करने के लिए ही 'अशोक के फूल' जैसा निबंध लिखा गया जो उनकी अपूर्व संस्कृति-दृष्टि का दस्तावेज़ है। 'अशोक के फूल' में द्विवेदी कहते हैं, 'मनुष्य की जीवनी शक्ति बड़ी निर्मम है, वह सभ्यता और संस्कृति के वृथा मोहों को रौंदती चली आ रही है। न जाने कितने धर्माचारों, विश्वासों, उत्सवों और व्रतों को धोती-बहाती यह जीवन-धारा आगे बढ़ी है। संघर्षों से मनुष्य ने नयी शक्ति पायी है। हमारे सामने समाज का जो रूप है वह न जाने कितने ग्रहण और त्याग का रूप है।' द्विवेदी संस्कृति-चिंतन में इतने डूबे हुए थे के जीवन के अंतिम दिनों में सौंदर्यशास्त्र पर *लालित्य मीमांसा* नामक पुस्तक लिखने में लगे हुए थे। उनका निष्कर्ष था कि सौंदर्य विद्रोह है— 'मानव मुक्ति का नया मार्ग। सौंदर्य ही सर्जना है।'

द्विवेदी साहित्य की उपभोक्ता-दृष्टि का विरोध करते हैं, और प्रगतिवाद-प्रगतिशील आंदोलन की चर्चा करते हैं। वे अलंकारशास्त्र के ग्रंथों से बाहर निकल कर सर्जनात्मक साहित्य के आधार पर साहित्य-सिद्धांतों पर विचार करते हैं। इनके सभी निबंधों में लोक का बोलबाला है, शास्त्र का नहीं। 'साहित्य-सहचर' ,'प्राचीन भारत के कलात्मक विनोद', 'साहित्य का मर्म', 'मध्ययुगीन धर्मसाधना'— हर जगह लोक-सौंदर्य का उजला प्रकाश फैला मिलता है।

व्योमकेश शास्त्री के नाम से भी लिखने वाले हज़ारी प्रसाद द्विवेदी ने *अशोक के फूल* (1948), *विचार और वितर्क* (1949), *कल्पतरुलता* (1951) के निबंधों में ललित-तत्त्व के महत्त्व को केंद्रीय स्थान दिया। साहित्येतिहास, कालिदास, आदिकाल, सिद्ध-नाथ साहित्य, भक्तिकाल, रीतिकाल आदि पर अध्ययन की नयी दिशाओं को खोला। प्राचीन, मध्यकालीन, निर्गुण संत साहित्य पर उन्होंने ही पहली बार हिंदी पाठकों का ध्यान आकृष्ट किया। शुक्ल से अलग निबंधों की एक अलग शैली विकसित की और उसमें 'गप्प' का सर्जनात्मक प्रयोग किया। उनके निबंधों

के गद्य का छंद पाठक को अभिभूत कर लेता है। इन निबंधों में वानस्पतिक सम्पदा का भण्डार है और परम्पराओं के सांस्कृतिक प्रवाहों की अनेक ध्वनियाँ। यहाँ रवींद्रनाथ से प्रभावित हज़ारी प्रसाद का एक नया रूप है। वे मिथक की महिमा से बहुत कुछ कहने में सक्षम रहे हैं, लोकानुभव और कथात्मक विन्यास इन निबंधों की बनावट का अनिवार्य हिस्सा है। 'एक कुत्ता एक मैना', 'वसंत आ गया', 'शिरीष के फूल', 'देवदारु' के साथ 'भीष्म को क्षमा नहीं किया गया' जैसे निबंधों का विचित्र स्वाद है। भाषा-चिंतन हो या संस्कृति-सभ्यता संबंधी मनन, धर्म-परम्परा या आधुनिकता से जुड़े सवाल हों, वे निरंतर मौलिक चिंतन करते हैं। इसी कारण वे पुराने सवालों के नये उत्तर देते हैं। उनकी बौद्धिकता पर पण्डिताई बोझ नहीं है। वह बंधनों से मुक्ति ले कर आती है।

देखें : अष्टछाप, 'अंग्रेज़ी हटाओ' आंदोलन, गजानन माधव मुक्तिबोध-1 और 2, छायावाद, डायग्लॉसिया, नंद दुलारे वाजपेयी, नगेंद्र और सैद्धांतिक समीक्षा, नयी कविता, नामवर सिंह, पाश्चात्य काव्यशास्त्र, प्रेमचंद, प्रयोगवाद, प्रगतिवाद, भक्ति आंदोलन-1 और 2, भक्ति-काव्य-1 और 2, भारतेंदु हरिश्चंद्र, भारतेंदु युग-1 और 2, भाषा नियोजन-1 से 4 तक, भाषा के मार्क्सवादी सिद्धांत, महादेवी वर्मा, महावीर प्रसाद द्विवेदी, मीरांबाई और प्रेमाभक्ति, राहुल सांकृत्यायन, रामानुजाचार्य, रामानंद, रामचंद्र शुक्ल-1 और 2, रामविलास शर्मा, राष्ट्रीय-सांस्कृतिक कविता, रीतिकाल-1 और 2, विजय देव नारायण साही, वैष्णव धर्म, श्याम सुंदर दास, सम्पर्क भाषा-1 से 4 तक, सगुण और निर्गुण-1 और 2, संस्कृत काव्यशास्त्र, संविधान सभा में भाषा-विवाद-1, 2 और 3, संत-काव्य, सिद्ध-नाथ परम्परा, सूफ़ीयत और प्रेमाख्यान, हिंदी विरोधी आंदोलन, हिंदी जाति-1 से 3 तक, हिंदी साहित्य का आदिकाल, हिंदी साहित्य का इतिहास, हिंदी साहित्य का इतिहास : नये परिप्रेक्ष्य, हिंदी-पद्य में इतिहास, हिंदी-जगत और 'लोकप्रिय'-1 और 2, हिंदी नवजागरण, हिंदी-संस्थाएँ।

संदर्भ

1. रास्वरूप चतुर्वेदी (1995), *हिंदी साहित्य और संवेदना का विकास,* लोकभारती प्रकाशन, इलाहाबाद.
2. डॉ. नामवर सिंह (1981), *दूसरी परम्परा की खोज,* राजकमल प्रकाशन, नयी दिल्ली.
3. जगदीश द्विवेदी और मुकुंद द्विवेदी (सम्पा.) (1981), *आचार्य हज़ारी प्रसाद द्विवेदी ग्रंथावली* (ग्यारह खण्ड), राजकमल प्रकाशन, नयी दिल्ली.
4. विश्वनाथ प्रसाद तिवारी (1989), *हज़ारी प्रसाद द्विवेदी* (भारतीय साहित्य के निर्माता सिरीज), साहित्य अकादेमी, नयी दिल्ली.
5. कृष्णदत्त पालीवाल (1988), *हिंदी आलोचना का सैद्धांतिक आधार,* वाणी प्रकाशन, नयी दिल्ली.

—कृष्णदत्त पालीवाल

हथियारों की होड़

(Arms Race)

सीमाओं की सुरक्षा को और मज़बूत करते जाने के नाम पर दो या दो से अधिक देशों के बीच ज़्यादा से ज़्यादा हथियार ख़रीदने या उनका उत्पादन बढ़ाने की प्रक्रिया हथियारों की होड़ को जन्म देती है। इसके पीछे क्रिया-प्रतिक्रिया का तर्क काम करता है। अपने विपक्षी देश की फ़ौजी ताक़त को बढ़ा-चढ़ा कर आँकने का दोतरफ़ा खेल चलता रहता है। सुरक्षा बेहतर करने की इन कोशिशों का नतीजा असुरक्षा के लाइलाज एहसास में निकलता है। मसलन, बीसवीं सदी में पचास, साठ और सत्तर के दशक में अमेरिकी नीति-निर्माता हमेशा सोवियत संघ की आणुविक-शक्ति को अपने से ज़्यादा बताते थे, और यही बात सोवियत ख़ेमे की तरफ़ से भी कही जाती थी। छोटे पैमाने पर इसका उदाहरण भारत और पाकिस्तान के बीच या इजरायल और अरब देशों के बीच लगातार चलने वाली वाली हथियारों की होड़ के रूप में देखा जा सकता है। पूरी बीसवीं सदी में विश्व-शांति को इस प्रवृत्ति से ख़तरा रहा है। समाज-विज्ञान के दायरे में हथियारों की होड़ पर अंतर्राष्ट्रीय संबधों के अनुशासन के तहत विचार किया जाता है। हथियारों की होड़ जैसे-जैसे बढ़ती है, तनाव में वृद्धि होती है, परस्पर सहयोग कठिन होता जाता है और सुरक्षा का गारंटी अधिक ख़र्चीली और पेचीदा होती चली जाती है। विश्व-शांति के लिए घातक होने के बावजूद हथियारों की होड़ को विचारधारात्मक और राजनीतिक धारणाओं के तहत परिभाषित करके जायज़ ठहराने के हथकण्डे का सहारा लेना आम बात है।

अगर कोई देश अचानक तय करता है कि उसे बड़े पैमाने पर हथियार ख़रीदने चाहिए और वह अपने सालाना बजट में प्रतिरक्षा के मद में भारी बढ़ोतरी करता है, तो पूरी सम्भावना यह है कि उसके पड़ोसी देश उसकी तरफ़ से युद्ध का ख़तरा महसूस करने लगेंगे। दिक़्क़त यह है कि जब पड़ोसी देश भी प्रतिक्रिया में नये हथियार प्राप्त करने की कोशिश करेंगे और वह देश इसे अपने ख़िलाफ़ शत्रुभाव से की गयी कार्रवाई मान सकता है। इस तरह हथियारों की होड़ के ज़रिये शक्ति-संतुलन प्राप्त करने की कोशिश विफल होने के लिए अभिशप्त हो जाती है। दरअसल, हथियारों की होड़ में विभिन्न पक्षों के बीच परस्पर अविश्वास की भावना की मुख्य भूमिका निभाती है।

1906 में ग्रेट ब्रिटेन ने *एचएमएस ड्रेडनॉट* नामक अपेक्षाकृत तेज़ रफ़्तार का युद्ध-पोत अपनी नौसेना में शामिल किया। यह एक बख़्तरबंद पोत था जिसकी तोपें ज़्यादा दूरी

तक मार कर सकती थीं। इससे जर्मनी चिंतित हो गया और उसने भी इसी शक्ति और क्षमता का पोत बनाना शुरू कर दिया। इसकी प्रतिक्रिया में ब्रिटेन ने और भी बड़ी क्षमता के पोत बनाने का अभियान चलाया। इसका नतीजा *सुपरड्रेडनॉट* नामक पोत के निर्माण में निकला और अंततः इस सिलसिले से समुद्री जंग की प्रौद्योगिकी एक नये धरातल पर पहुँच गयी।

चालीस के दशक के मध्य में अमेरिका ने आणुविक प्रौद्योगिकी विकसित की और एटम बम बनाया। उसकी दलील थी कि अगर यह बम जापान पर डाल दिया जाए तो द्वितीय विश्व-युद्ध का तुरंत ख़ात्मा हो सकता है। लेकिन, यह एटमी होड़ की शुरुआत साबित हुई। अमेरिकी नीति-निर्माताओं को लगा कि एटम बम के डर के कारण अब कोई उससे टकराने का साहस नहीं कर पायेगा और वे स्तालिन के सोवियत संघ के ऊपर भी बढ़ोतरी हासिल कर लेंगे। इससे राजनयिक हलक़ों में यह धारणा बनी कि अमेरिका में तीसरा विश्व-युद्ध शुरू करने की क्षमता है। लेकिन जैसे ही 1949 में सोवियत संघ ने अपना एटमी विस्फोट किया, अमेरिका को शक्ति-संतुलन में मिलने वाला यह फ़ायदा ख़त्म हो गया। इसके जवाब में अमेरिका ने बहुत बड़े पैमाने पर एटमी हथियारों का निर्माण शुरू किया। सोवियत संघ ने भी जवाबी मुहिम चलाई और अगले तीस सालों में इन दो महाशक्तियों ने मिल कर क़रीब एक लाख आणुविक हथियारों का निर्माण कर डाला।

हथियारों की होड़ हमेशा ही बमों, तोपों, जहाज़ों, विमानों और टैंकों को बढ़ाने की प्रतियोगिता नहीं होती। 1914-18 के दौरान हुए प्रथम विश्व-युद्ध से पहले फ्रांस और जर्मनी के बीच फ़ौजी सिपाहियों की संख्या बढ़ाने की प्रतियोगिता हुई थी। इसके अलावा इस होड़ का एक अन्य पहलू युद्ध की प्रौद्योगिकी बेहतर से बेहतर करना भी है। शीत-युद्ध के दौरान अमेरिका और सोवियत संघ ने लगातार अपने वेपन डिलीवरी सिस्टम, अर्ली वार्निंग सिस्टम और ख़ुफ़िया सूचनाएँ जमा करने की प्रणालियों को सुधारने की कोशिश की। इसके लिए भू-स्थिर उपग्रहों और हाई-रिज़ोल्यूशन कैमरे का इस्तेमाल किया गया।

हथियारों की होड़ से हथियारों की तिज़ारत को अलग करके नहीं देखा जा सकता। यह एक विडम्बना है कि विश्व-शांति की ज़िम्मेदारी सँभालने का दावा करने वाले संयुक्त राज्य सुरक्षा परिषद् के पाँचों स्थाई सदस्य अंतर्राष्ट्रीय पैमाने पर हथियारों के सबसे बड़े आपूर्तिकर्ता भी हैं। शीत-युद्ध ख़त्म हो जाने पर उम्मीद थी कि ख़तरनाक हथियार बनाने वाली फ़ैक्ट्रियाँ अब शांतिपूर्ण उपयोग की सामग्री बनाने लगेंगी। पर ऐसा नहीं हुआ और इक्कीसवीं सदी में भी हथियारों की उत्पादन उसी रफ़्तार से चलता रहा। ऐसी बात नहीं कि शीत-युद्ध ख़त्म होने का असर इस उद्योग पर न पड़ा हो। दरअसल, सोवियत संघ और कम्युनिस्ट ब्लॉक का जैसे-जैसे पराभव हुआ, इस उद्योग का कारोबार घटता गया और कुछ वर्षों के बाद क़रीब आधा रह गया। नाटो जैसे फ़ौजी संगठन ने भी अपनी फ़ौजें घटायीं। अपनी आमदनी घटते देख कर हथियारों के व्यापारी देशों और उनके उद्योगों ने हथियारों के निर्यात की नयी विधियाँ और ज़रियों को ईज़ाद करने की शुरुआत की।

नतीजे के तौर पर अमेरिका आज भी दुनिया का सबसे बड़ा शस्त्र-आपूर्तिकर्ता है। हथियारों के बाज़ार के पचास फ़ीसदी हिस्सा उसी के हाथ में है। वह क़रीब बीस अरब डॉलर प्रति वर्ष का फ़ौजी सामान बेचता है। रूसियों के हाथ में हथियारों के कुल बाज़ार का क़रीब दस फ़ीसदी हिस्सा है। ब्रिटेन और फ्रांस भी इस धंधे के बड़े खिलाड़ी हैं। धीरे-धीरे चीन भी इस मार्केट में अपनी उपस्थिति बढ़ाता जा रहा है। हथियार बनाने वाले प्रमुख देशों ने अपने समग्र प्रौद्योगिकीय विकास को इस उद्योग के साथ जोड़ दिया है। इससे मिलिट्री-इण्डस्ट्रियल कॉम्प्लेक्स की धारणा सामने आयी है। तीसरी दुनिया के देश कुल हथियार निर्यात का दो-तिहाई प्राप्त करते हैं। मध्य-पूर्व का इलाक़ा सम्भवतः सबसे ज़्यादा हथियार आयात करता है।

हथियारों की होड़ शुरू में केवल राष्ट्रीय सरकारों के बीच और फ़ौजी संधियों द्वारा निर्धारित दायरों में ही होती थी, लेकिन अब उसमें एक नया आयाम पैदा हो गया है। काला बाज़ार के ज़रिये हथियारबंद विद्रोहियों, पृथकतावादी संगठनों, आतंकवादियों और अर्धसैनिक क़िस्म के संगठनों को भी हथियारों की सप्लाई होती है।

हथियारों की तिज़ारत के इस उत्तर-शीतयुद्धीन चरित्र ने मानवाधिकार और आर्थिक विकास के संदर्भ में नयी बहस को जन्म दिया है। आलोचकों का तर्क है कि ज़्यादातर हथियार दमनकारी सरकारों को बेचे जाते हैं। ये सरकारें विकास पर ख़र्च किये जाने वाले संसाधनों का दुरुपयोग फ़ौजी साज-सामान ख़रीदने पर करती हैं। हथियार व्यापारियों की लॉबी के समर्थकों का कहना है कि उनकी सप्लाई के कारण क्षेत्रीय शक्ति-संतुलन क़ायम रहता है। दूसरे, अगर उन्होंने अपने कारख़ाने एकतरफा बंद कर दिये तो उसका असर संबंधित देशों के प्रौद्योगिकीय विकास पर पड़ेगा।

देखें : आदर्शवाद, आतंकवाद, अंतर्राष्ट्रीय मुद्रा कोष, इमैनुएल कांट, इतिहास का अंत, एडवर्ड हैलेट कार, जाति-संहार, पृथकतावाद, तृतीय विश्व, द्वितीय विश्व-युद्ध, नस्लवाद, नव-उपनिवेशवाद, निर्भरता सिद्धांत, निःशस्त्रीकरण, पेटेंट, प्रथम विश्व-युद्ध, प्रगति, बौद्धिक सम्पदा अधिकार, ब्रेटन वुड्स प्रणाली, भारत में पेटेंट क़ानून, रंगभेद, उपनिवेशवाद, यथार्थवाद, युद्ध, युरोपीय संघ, रचनात्मकतावाद,

राजनय, विश्व व्यापार संगठन, विश्व बैंक, विश्व-सरकार, वि-उपनिवेशीकरण, सभ्यताओं का संघर्ष, सम्प्रभुता, संयुक्त राष्ट्र, साम्राज्यवाद, शस्त्र-नियंत्रण, शांति, शांतिवाद, शीत-युद्ध।

संदर्भ

1. सी. एचसन (1989), *आर्म्ड रेस थियरी*, ग्रीनवुड, लंदन.
2. एम. इवांजेलिस्ता (1989), *इन्नोवेशन ऐंड आर्म्ड रेस : हाउ द युनाइटेड स्टेट्स ऐंड सोवियत यूनियन डिवेलप न्यू मिलिट्री टेक्नॉलॅजीज़*, कॉरनेल युनिवर्सिटी प्रेस, इथाका, एनवाई.
3. आर. माकनमारा (1986), *ब्लंडरिंग इन टु डिज़ास्टर : सरवाइविंग द फर्स्ट सेंचुरी इन द न्यूक्लियर एज*, पेंथियन प्रेस, न्यूयॉर्क.
4. आर. पोवास्की (2000), *रिटर्न टु आर्मागडन : द युनाइटेड स्टेट्स ऐंड द न्यूक्लियर आर्म रेस, 1981-1999*, ऑक्सफ़र्ड युनिवर्सिटी प्रेस, ऑक्सफ़र्ड, 2000

— अभय कुमार दुबे

हरबर्ट स्पेंसर

(Herbert Spencer)

ब्रिटिश समाजशास्त्री और दार्शनिक हरबर्ट स्पेंसर (1820-1930) सामाजिक डार्विनवाद के संस्थापक थे। चार्ल्स डार्विन द्वारा प्रतिपादित मत्स्य न्याय (सरवाइवल ऑफ़ द फ़िटेस्ट) और प्राकृतिक वरण के सिद्धांत से प्रभावित स्पेंसर ने इसी की तार्किक परिणति के रूप में अर्थव्यवस्था के क्षेत्र में भी मुक्त बाज़ार तथा राज्य के अहस्तक्षेप की नीति की पुरज़ोर वकालत की। स्पेंसर एक प्रचुर लेखक थे। दर्शन के क्षेत्र में उन्हें एक 'स्वनियुक्त दार्शनिक' और 'सिंथेटिक फ़िलॉसफ़ी' का प्रणेता भी माना जाता है। उन्हें दूसरों का लेखन पढ़ने में ज़्यादा दिलचस्पी नहीं थी। वे साफ़ कहते थे कि जिनके विचारों से वे असहमत हैं, उनकी किताबें पढ़ने से उनका सिर दर्द करने लगता है। ऑग्यूस्त कॉम्त की तरह स्पेंसर भी मानते थे कि समाज निरंतर परिवर्तनशील है और वह एक के बाद एक प्रगति और विज्ञान के उच्चतम मुक़ामों को छूता चला जाएगा। स्पेंसर की राय थी कि समाज स्वयं अपना नियमन और संचालन करेगा। उसमें किसी हस्तक्षेप की आवश्यकता नहीं है। समाजशास्त्र को वे केवल सामाजिक प्रक्रियाओं के अध्ययन का माध्यम समझते थे। स्पेंसर की मान्यता थी कि जीव-विज्ञान,. समाज, राजनीति और अर्थव्यवस्था आदि हर क्षेत्र एक ही सार्वभौम नियम से संचालित होता है। यह नियम उनके अनुसार विकासवाद के सिद्धांत पर आधारित था। स्पेंसर ने समाजशास्त्र को ऐसे विषय के रूप में स्थापित करने की चेष्टा की जो समाज का तर्कसंगत ढंग से अध्ययन करते हुए सामाजिक विकास के नियम खोज सके। उन्होंने विकासवाद के सिद्धांत का मुख्य तौर पर समाज की प्रगति तथा संरचना की व्याख्या के लिए प्रयोग किया। उन्होंने मनोविज्ञान व नीतिशास्त्र के क्षेत्र में भी महत्त्वपूर्ण प्रस्थापनाएँ रखीं।

स्पेंसर ने समाज के भौतिक तथा मनुष्य के जैविक विकास के सूत्रों के आधार पर अपने समाजशास्त्रीय ज्ञान की इमारत तैयार की है। उनकी सबसे पहली पुस्तक 1850 में *सोशल स्टैटिक्स* नाम से प्रकाशित हुई थी। बाद में *द स्टडी ऑफ़ सोसियॉलॅजी* (1973) और *प्रिंसिपल्स ऑफ़ सोसियॉलॅजी* (1875) जैसी अहम रचनाएँ भी प्रकाशित हुईं। स्पेंसर ने समाजशास्त्रीय ज्ञान को दर्शनशास्त्र की अमूर्त संकल्पनाओं और ज्ञानमीमांसा से अलगाने की भरपूर चेष्टा की है। उनका मानना था कि पूरी सृष्टि दो भागों में विभाजित है : ज्ञेय और अज्ञेय। समाजशास्त्र के विश्लेषण का क्षेत्र ज्ञेय पक्ष से संबंधित है। अज्ञेय का संबंध सम्भव है कि आत्मा-परमात्मा, रहस्य तथा धर्म से हो, पर विज्ञान ज्ञेय पर ही आश्रित होता है। वह पदार्थ तथा गति के अध्ययन के माध्यम से भौतिक विकास का पता लगाता है। स्पेंसर ने विज्ञान के इसी पक्ष का प्रयोग सामाजिक विकास के अध्ययन में भी किया। उन्हें यक़ीन था कि भौतिक विकास में गति सरल से जटिल की दिशा में होती, इसलिए उन्होंने इसका व्यापक प्रयोग समाजशास्त्र में किया। भौतिक विज्ञान में स्पेंसर के समय तक यह बात स्वीकार की जा चुकी थी कि पदार्थ अविनाशी है और मनुष्य, जंगल, ज़मीन, लकड़ी, झील इत्यादि में उसकी उपस्थिति रहती है। जब ये चीज़ें नष्ट होती हैं तो पदार्थ नष्ट नहीं होता है, बल्कि उसका केवल रूपांतरण हो जाता है। इसी प्रकार पदार्थ की तरह ही गति भी निरंतर बनी रहती है, भले ही पदार्थ व उसके विभिन्न रूपों में कितने भी परिवर्तन होते रहें। भौतिक विज्ञान के इस दावे से ही विकासवाद के सिद्धांत का जन्म हुआ था जिसमें यह माना गया था कि प्रत्यक्ष संसार में रूपांतरण निरंतर चलने वाली घटना है और रूपांतरण को व्यवस्थित ढंग से समझना मानव अस्तित्व के रहस्यों पर से पर्दा उठाने के लिए ज़रूरी है।

इस विकासवाद का प्रयोग जीव-वैज्ञानिकों ने भी किया। उन्होंने पदार्थवादी दृष्टिकोण से देखा कि मनुष्य के शरीर के विभिन्न अवयव तथा रक्त, मांस-मज्जा, हड्डी आदि रूप बदलकर प्रकृति में ही विलीन हो जाते हैं। उन्होंने यह भी देखा कि एक-कोषीय प्राणी से मनुष्य जैसे जटिल-कोषीय प्राणी का विकास भी पदार्थ की ही बदलती और जटिल होती संरचना का परिणाम है। इस तरह भौतिक विज्ञान और जीव-शास्त्र, दोनों ने ही स्पेंसर के दृष्टिकोण पर असर डाला। इनसे प्राप्त ज्ञान के आधार पर ही स्पेंसर ने कहा कि समाज भी बदलती हुई संरचना है जिसका विकास सरल से

हरबर्ट स्पेंसर (1820–1930)

जटिल तथा सजातीयता से विजातीयता की दिशा में होता रहा है। इस प्रकार समाज अनिश्चितता से क्रमशः निश्चितता की ओर बढ़ता रहता है। सामाजिक उद्‌विकास के निश्चित स्तरों से समाज तीन चरणों में गुज़रा है : आदिम, बर्बर और औद्योगिक। स्पेंसर ने समाजों को दो ऐतिहासिक चरणों में भी विभक्त किया : युद्धप्रिय समाज और औद्योगिक समाज।

स्पेंसर के मुताबिक़ युद्धप्रिय समाज की विशेषता सदस्यों के मध्य अनिवार्य सहयोग, केंद्रीकृत सत्ता, समाज की विषमता सही सिद्ध करने वाले विश्वासों-मिथकों की बहुलता और सार्वजनिक-निजी जीवन के बीच एकरूपता होती है। औद्योगिक समाज में स्वैच्छिक सहयोग, निजी अधिकार, राजनीतिक नियंत्रण से मुक्त अर्थव्यवस्था तथा मुक्त समितियों-संस्थाओं की विशेषताएँ होती हैं। स्पेंसर ने एक नैतिक व सम्पूर्ण समाज की परिकल्पना भी की है जो मानव की सम्पूर्ण समृद्धि और चरम विकास पर आधारित होगा। भौतिक अभाव ख़त्म हो जाने से अनैतिकता समाप्त हो जाएगी और मनुष्य नैतिकता से स्वशासित होने लगेगा। इस स्थिति में राज्य का भी उन्मूलन हो जाएगा। इस रूप में स्पेंसर ने स्वयं को डार्विन से अलगाया भी, यह मान कर कि सामाजिक स्तर पर विकासवाद का अंतिम बिंदु भी आयेगा और मनुष्य एक पूर्ण, नैतिक समाज का लक्ष्य प्राप्त कर लेगा।

व्यापक मान्यता है कि स्पेंसर की रचनाओं में ही सबसे पहले व्यवस्थित रूप से सामाजिक डार्विनवाद का सिद्धांतीकरण हुआ। सामाजिक डार्विनवाद की विशेषता यह थी कि प्रकृति की तरह ही यह सामाजिक जीवन में भी स्वस्थ, होनहार व योग्यतम के जीवित रहने तथा निर्बल के समाप्त होने की धारणा पर आधारित था। स्पेंसर मानते थे कि सरकार व राज्य-संस्था को प्रकृति द्वारा बनाये गये सबल और योग्य को जीवित रखने तथा कमज़ोर को समाप्त करने की प्रक्रिया में हस्तक्षेप नहीं करना चाहिए। उन्होंने राज्य से लोकोपकारी नीतियाँ न अपनाने के लिए कहा। यहाँ तक कि उन्होंने नागरिकों को शिक्षा, स्वास्थ्य सुविधाएँ देने, सफ़ाई कार्य करने और डाक-तार विभाग खोलने जैसे कामों के लिए भी मना किया। उन्हें केवल मुक्त बाज़ार पसंद था जिसमें सहयोग करने के लिए उन्होंने नागरिकों से अपील की ताकि व्यक्तियों के बीच स्वतंत्र रूप से अपने हितों के लिए प्रतिस्पर्धा हो सके। उनका स्पष्ट मानना था कि अगर निर्बल वर्ग के पक्ष में राज्य लोकोपकारी कार्य करेगा तो इससे निर्बलों की संख्या बढ़ जाएगी और समाज अशक्त होता जाएगा। इसी प्रकार सबल लोगों के पक्ष में अगर राज्य हस्तक्षेप करेगा तो सबल व निर्बल का वास्तविक संघर्ष न हो पाने के कारण समाज का विकास अवरुद्ध हो जाएगा। राज्य की भूमिका के बारे में स्पेंसर के इतने नकारात्मक विचारों का सार यह था कि राज्य किसी रूप में व्यक्ति का कल्याण नहीं कर सकता। व्यक्ति को अपना कल्याण स्वयं करना होगा।

स्पेंसर ने समाज की तुलना जीवित प्राणी के शरीर से की है और इसी आधार पर उनके द्वारा विकसित सिद्धांत को समाज का सावयवी सिद्धांत भी कहा गया है। इसमें मान्यता निहित थी कि समाज और जीवित प्राणी-शरीर, दोनों ही जड़ पदार्थ से भिन्न हैं। दोनों ही सरलता से जटिलता की ओर बढ़ते हैं। समाज अपने आरम्भिक रूप में जटिल होता है और यह कारीगरी, शिल्प व कृषि के सरल रूपों में होता है, पर सभ्यता के विकास के क्रम में उसमें विभिन्न गतिविधियों में विशेषीकरण आने तथा श्रम विभाजन के फलस्वरूप जटिलता आती जाती है। इसी के साथ समाज के विभिन्न अंगों के बीच अंतःनिर्भरता में भी वृद्धि होती जाती है। दूसरे शब्दों में सामाजिक संरचना के अंगों में विशेषीकरण और विभेदीकरण के साथ ही संरचना के अंगों में परस्पर-निर्भरता बढ़ती जाती है। स्पेंसर का कहना है कि जिस तरह आँख, कान, नाक, मस्तिष्क आदि के अभाव में जीव की कल्पना नहीं की जा सकती है, उसी तरह समाज के अंगों के रूप में धर्म, अर्थव्यवस्था, संस्कृति, विवाह, परिवार और क़ानून जैसी संस्थाएँ होती हैं और इनके अभाव में समाज चल नहीं सकता है। स्पेंसर की इस मान्यता के आधार पर ही कई समाजशास्त्रियों की राय है कि स्पेंसर ही समाजशास्त्र के क्षेत्र में आरम्भिक प्रकार्यवाद के जनक हैं जिसका आगे चलकर दुर्खाइम, पार्संस, रेडक्लिफ़ ब्राउन आदि समाजशास्त्रियों ने विस्तृत विकास किया। स्पेंसर ने भले ही समाज के विभिन्न अंगों की सामूहिकता पर बल दिया हो, पर यह कभी नहीं

माना कि समाज केवल व्यक्तियों का जमावड़ा है; बल्कि यह कहा कि व्यक्तियों के समूह के बावजूद समाज व्यक्ति से भिन्न, अधिक बड़ी और एक स्थाई सच्चाई है। ठीक उसी तरह जिस प्रकार किसी मक़ान में ईंट-पत्थर लगने के बावजूद वह केवल ईंट-पत्थर नहीं रहता, बल्कि बदल कर कुछ और हो जाता है।

समाज की श्रेष्ठता मानने के बावजूद स्पेंसर समूहवादी विचारों के कायल नहीं थे, बल्कि उन्होंने व्यक्ति की स्वतंत्रता तथा अधिकार पर ख़ासतौर पर बल दिया। इसीलिए उन्होंने जीवशास्त्रीय आधार पर समाज की संरचना समझाने की दिशा को व्यक्ति स्वातंत्र्य के सवाल पर स्वयं ही उलट दिया। उन्होंने कहा कि जिस तरह प्राणी के विभिन्न अंग पूरी संरचना के लिए होते हैं, उसी तरह समाज के विभिन्न अंग सामूहिकता के लिए नहीं बल्कि व्यक्ति के अस्तित्व और आवश्यकताओं के लिए होते हैं। यानी व्यक्ति का अस्तित्व समाज के लिए नहीं होता, बल्कि समाज का अस्तित्व व्यक्ति के लिए होता है। अपने व्यक्तिवादी विचारों के कारण स्पेंसर बाद के वर्षों में अधिकाधिक रूढ़िवादी होते चले गये और उन्होंने राज्य द्वारा महिलाओं को मताधिकार प्रदान करने का भी विरोध किया।

उन्नीसवीं सदी के मध्य व उत्तरार्ध में स्पेंसर को बौद्धिक जगत में अपार लोकप्रियता प्राप्त थी। उनकी पुस्तकें लाखों की संख्या में बिकती थीं। उनके निधन से कुछ समय पहले 1902 में नोबल पुरस्कार के लिए भी उनका नामांकन किया गया। लेकिन बीसवीं सदी में स्वयं पूँजीवाद द्वारा अराजक पूँजी पर अंकुश लगाने की चेष्टा, लोकोपकारी तथा जनतांत्रिक राज्यों के उदय के साथ-साथ समाजवाद के विश्वव्यापी असर से स्पेंसर के विचारों की प्रासंगिकता कम होती चली गयी।

देखें : अस्तित्ववाद, आत्मनिष्ठता-वस्तुनिष्ठता, इयत्ता, इमैनुएल कांट, इंद्रियानुभववाद, ईसैया बर्लिन, उत्तर-आधुनिकतावाद, उदारतावाद, कल्पित समुदाय, घटनाक्रियाशास्त्र और एडमण्ड हसर, चेतना, जॉर्ज विल्हेल्म फ्रेड्रिख़ हीगेल, जॉन लॉक, ज़ाक लकाँ, ज्याँ फ्रांस्वा ल्योतर, ज्याँ-पॉल सार्त्र, ज़ाक देरिदा, तत्त्वमीमांसा और अस्तित्वमीमांसा, तात्त्विकतावाद, थियोडोर लुडविग वीज़ेनग्रंड एडोर्नो, द्वैतवाद, परिणामवाद, प्रत्यक्षवाद और उसका समाज-विज्ञान पर प्रभाव, फ्रेड्रिख़ नीत्शे-1 और 2, बुद्धिवाद, भाववाद, भौतिकवाद, मनोविश्लेषण, मिशेल पॉल फ़ूको-1 और 2, यथार्थवाद, युरोपीय पुनर्जागरण, युरोपीय ज्ञानोदय, रेने देकार्त, लुई अलथुसे, संत ऑग्स्टीन, सोरेन आबी कीर्केगार्द, संरचनावाद और उत्तर-संरचनावाद, ज्ञानमीमांसा, ज्ञान का समाजशास्त्र।

संदर्भ

1. एस. अंद्रेस्की (1972), *हरबर्ट स्पेंसर : स्ट्रक्चर, फ़ंक्शन ऐंड इवोल्यूशन*, मेथुइन, लंदन.
3. डेविड डंकन (सम्पा.) (1908), *द लाइफ़ ऐंड लेटर्स ऑफ़ हरबर्ट स्पेंसर*, मिथ्युन, लंदन.
4. जेम्स जी. केनेडी (1978), *हरबर्ट स्पेंसर*, ट्वायने पब्लिशर्स, बोस्टन.
5. डेविड विल्टशायर (1978), *द सोशल ऐंड पॉलिटिकल थॉट ऑफ़ हरबर्ट स्पेंसर*, ऑक्सफ़र्ड युनिवर्सिटी प्रेस, ऑक्सफ़र्ड.

— वैभव सिंह

हरियाणा

(Haryana)

उत्तर भारत का होते हुए भी हरियाणा इस क्षेत्र के अन्य राज्यों जैसा नहीं है। पडोसी राज्यों हिमाचल प्रदेश, राजस्थान और दिल्ली की तरह हरियाणा में कांग्रेस और भारतीय जनता पार्टी के बीच दो दलीय होड़ का विकास नहीं हुआ। न ही उत्तर प्रदेश और बिहार की तरह मण्डल और दलित राजनीति का उभार हो सका। यहाँ की राजनीति में शुरू से ही कांग्रेस का वर्चस्व रहा, लेकिन पिछले दो दशकों में यहाँ एक छोर पर ग़ैर-कांग्रेसी क्षेत्रीय दल हैं, तो दूसरे पर कांग्रेस। यहाँ भाजपा का उभार नहीं हो पाया है, लेकिन उसने क्षेत्रीय दलों से मिलकर राज्य की राजनीति पर गहरा असर डाला है। एक अन्य उल्लेखनीय बात यह है कि अच्छी-ख़ासी संख्या में होने के बावजूद हरियाणा में दलितों या पिछड़ी जातियों का उभार नहीं हुआ है। देश की राजधानी से सटे होने के कारण यहाँ के कई शहर औद्योगिक और आर्थिक गतिविधियों का केंद्र ज़रूर बन गये हैं, फिर भी यहाँ के लोगों की जीविका का मुख्य सहारा खेती है। राजनीतिक रूप से राज्य की सबसे प्रभुत्वशाली किसान जाति के रूप में जाट पूरे राज्य में बिख़रे हुए हैं। वर्णाश्रम के अनुसार जाटों की हैसियत ठीक-ठीक पता करना बेहद कठिन है, लेकिन वे ख़ुद को क्षत्रिय मानते हैं। जाटों में क़रीब दो सौ गोत्र पाये जाते हैं। एक गोत्र के अधिकतर जाटों के गाँव एक समूह में होते हैं जिसे 'खाप' के नाम से जाना जाता है। इन खापों में पारम्परिक जाति पंचायतें खाप पंचायत के नाम से प्रचलित हैं। हरियाणा के जाटों में 'सर्वखाप' सबसे बड़ी पंचायत है जो कि तमाम खाप पंचायतों का मिला-जुला रूप है। चुनाव के समय खाप के वोटों को किसी एक पक्ष में झुकाने में इन पंचायतों की निर्णायक भूमिका रहती है। दल-बदल की समस्या देश के

हरियाणा : दलित-पिछड़े उभार से अप्रभावित

तक़रीबन हर प्रदेश में है, पर भारतीय राजनीति को 'आया राम-गया राम' का मुहावरा देने का श्रेय हरियाणा को ही जाता है।

हरियाणा का शाब्दिक अर्थ होता है 'हरि या भगवान का घर।' एक पृथक् राज्य के तौर पर हरियाणा एक नवम्बर, 1966 को भाषाई आधार पर पंजाब का पुनर्गठन होने के बाद सामने आया। पंजाबीभाषी लोग, जिनमें ज़्यादातर सिक्ख थे, अपने लिए अलग राज्य की माँग कर रहे थे। इसके बदले में कुछ जाट संगठनों ने भी एक हिंदीभाषी राज्य बनाने की माँग की। पुराने पंजाब के हिंदीभाषी इलाक़ों को पंजाबीभाषी क्षेत्रों से अलग कर हरियाणा गठित किया गया। ये इलाक़े संयुक्त पंजाब में विकास के लिहाज़ से पिछड़े हुए थे। हरियाणा के उत्तर में पंजाब और हिमाचल प्रदेश है, इसके पश्चिम और दक्षिण में राजस्थान है। हरियाणा के पूर्व में उत्तराखण्ड और उत्तर प्रदेश है। हरियाणा दिल्ली को तीन तरफ़ से घेरे हुए है, यानी दिल्ली की उत्तरी, पश्चिमी और दक्षिणी सीमाएँ हरियाणा से लगी हुई हैं। इस कारण हरियाणा का एक बड़ा इलाक़ा राष्ट्रीय राजधानी क्षेत्र में शामिल है। हरियाणा की राजधानी चण्डीगढ़ है जो एक केंद्रशासित प्रदेश है और पंजाब की राजधानी भी है। हरियाणा का कुल क्षेत्रफल 44,212 वर्ग किलोमीटर है। 2001 की जनगणना के अनुसार इसकी कुल जनसंख्या 2,10,82,989 और उसका घनत्व 477 व्यक्ति प्रति वर्ग किलोमीटर है। यहाँ की साक्षरता दर 71.4 प्रतिशत है। हरियाणा में प्रति एक हज़ार पुरुषों की तुलना में महिलाओं का अनुपात पूरे देश में सबसे कम है। यहाँ एक हज़ार पुरुषों पर 861 महिलाएँ ही हैं। राज्य से लोकसभा के कुल 10 सदस्य चुने जाते हैं। यहाँ की विधायिका एक सदनीय है और कुल 90 विधानसभा निर्वाचन क्षेत्र हैं।

हरियाणा में ऊँची जातियाँ (बनिया, ब्राह्मण, कायस्थ, पंजाबी हिंदू और अन्य जातियाँ) तक़रीबन 20.3 प्रतिशत हैं। कृषक जातियों में जाटों की स्थिति बेहद मज़बूत है। वे जनसंख्या में तक़रीबन 20.4 प्रतिशत हैं। इसके अलावा, राजपूत और रोड़ जैसी कृषक जातियाँ क्रमश: तक़रीबन 3.6 और 1 प्रतिशत हैं। अन्य पिछड़े वर्गों में अपने वाली जातियों को क्रमश: समूह 'ब' और 'अ' में बाँटा गया है। समूह 'ब' में आने वाली पिछड़ी जातियों (अहीर, गूजर, सैनी, बिश्नोई) की जनसंख्या में कुल हिस्सेदारी तक़रीबन 11.6 प्रतिशत है। समूह 'अ' में आने वाली जातियाँ (कम्बोज, खाती, कुम्हार आदि) तक़रीबन 16.2 प्रतिशत है। इसके अलावा, राज्य में अनुसूचित जातियाँ 19.4 प्रतिशत, जाट सिक्ख 3.5 और मुसलमान 7.3 प्रतिशत हैं।

अपने गठन के बाद 1967-77 तक हरियाणा में सत्ता पर कांग्रेस का क़ब्ज़ा रहा। हालाँकि हरियाणा में कांग्रेस का वर्चस्व ऐसा नहीं था जैसा कि कांग्रेस 'प्रणाली' के अंतर्गत दूसरे राज्यों में था। सही मायनों में 1977 के चुनावों के बाद कांग्रेस का पतन शुरू हुआ। पहली बार कांग्रेस को विधान सभा चुनावों में हार का सामना करना पड़ा और देवीलाल के नेतृत्व में जनता पार्टी सरकार गठित हुई। लेकिन पूरे उत्तर भारत की तरह हरियाणा में भी जनता पार्टी का प्रयोग नाकाम रहा। 1979 में देवीलाल की सरकार का पतन हुआ और भजनलाल के नेतृत्व में सरकार बनी। बाद में भजनलाल अपनी पूरे केबिनेट के साथ कांग्रेस में शामिल हो गये। राजनीति को दल-बदल से प्रभावित करने के मामले में यह अनूठी घटना थी। इसके बाद दल-बदल की अभिव्यक्ति और भजन लाल का नाम एक-दूसरे का पर्याय बन गया। बड़े पैमाने पर होने वाले दल-बदलों को व्यंग्य से 'भजन लाल' कहा जाने लगा। 1982 के विधानसभा चुनावों कांग्रेस को जीत मिली। 1987 में देवीलाल के नेतृत्व लोकदल-भाजपा गठजोड़ ने बहुमत हासिल किया। 1991 में मध्यावधि चुनावों में कांग्रेस को जीत मिली।

1990 के बाद लोक दल, बंसीलाल की हरियाणा विकास पार्टी (हविपा), और कांग्रेस में मुख्य संघर्ष हुआ। भारतीय जनता पार्टी ने अपनी सुविधा के अनुसार लोकदल या हविपा से गठजोड़ क़ायम किया। इसी कारण 1996 में हविपा-भाजपा गठजोड़ को सफलता मिली। 1999 के लोक सभा चुनावों और 2005 के विधान सभा में कांग्रेस ने भारी बहुमत हासिल किया। 2010 में हुए चुनावों में यद्यपि कांग्रेस को बहुमत नहीं मिला, लेकिन वह निर्दलीय विधायकों की मदद से सरकार बनाने में सफल रही। 1990 के बाद हरियाणा की राजनीति की मुख्य विषताओं को निम्न बिंदुओं में अभिव्यक्त किया जा सकता है :

पहला, हरियाणा में उत्तर प्रदेश और बिहार की तरह पिछड़ी जातियों का उभार नहीं हुआ है। हरियाणा में दलित अच्छी ख़ासी संख्या में मौजूद हैं, लेकिन दलित अस्मिता-निर्माण अभी शुरुआती स्तर पर ही है। इसी तरह पिछड़ी जातियाँ तक़रीबन 28 प्रतिशत हैं, लेकिन उनके उभार की प्रक्रिया नहीं चल पायी। इसका सबसे बड़ा कारण पिछड़ी जातियों का विभाजित होना है। ख़ुद सरकार ने आरक्षण के मद्देनज़र पिछडों को दो समूहों में बाँट दिया। दूसरे, यादव, गूजर और सैनी जैसी पिछड़ी जातियों में 'पिछड़े' होने का आत्मबोध नहीं है। बाक़ी पिछड़ी जातियों की आर्थिक स्थिति बहुत ख़राब है। इसके अलावा, अलग-अलग जातियाँ जनसंख्यात्मक आधार पर भी कमज़ोर हैं।

दूसरा, हरियाणा की राजनीति हमेशा मध्यम स्तर की प्रभुत्वशाली कृषक जातियों, मुख्यत: जाटों द्वारा प्रभावित होती रही है। यह प्रवृत्ति बदस्तूर जारी है। वे राज्य में खेतिहर भूमि के सबसे बड़े मालिक हैं और इसी जाति ने राज्य को सबसे ज़्यादा मुख्यमंत्री दिये। राज्य विधानसभा में सबसे ज़्यादा संख्या में इसी जाति के विधायक चुनकर आते हैं।

तीसरा, राज्य में क्षेत्रीय पार्टियों का उभार हुआ है। लेकिन ये पार्टियाँ विचारधारा के स्तर पर अपनी अलग पहचान बना पाने में सफल नहीं हुई हैं। क्षेत्रीय दलों का कोई मज़बूत वैचारिक आधार नहीं रहा। सत्ता हासिल करने के लिए उन्होंने अपनी सुविधानुसार गठजोड़ बनाये, और दल-बदल किया। 1980 में भजन लाल का अपनी केबिनेट समेत कांग्रेस में शामिल हो जाना इसका सबूत है। 1996 में बंसीलाल की हविपा ने भाजपा से गठजोड़ करके चुनाव लड़ा, लेकिन बाद में इस पार्टी का कांग्रेस में विलय हो गया। हरियाणा के बारे में एक महत्त्वपूर्ण राजनीतिक तथ्य यह है कि यहाँ कोई ख़ास राजनीतिक आंदोलन नहीं हुए हैं। इसके कारण प्रदेश की राजनीति को कोई मज़बूत वैचारिक आधार नहीं मिल पाया।

चौथा, हिंदुत्व की विचारधारा हरियाणा में अपनी जड़ नहीं जमा सकी। इसका प्रभाव राज्य के कुछ क्षेत्रों में ही सीमित रहा है। इसका सबसे बड़ा कारण यह प्रतीत होता है कि हरियाणा में मुसलमानों की संख्या तुलनात्मक रूप से काफ़ी कम है। इसलिए यह राज्य हिंदुत्ववादी राजीति के लिए उर्वर ज़मीन साबित नहीं हुई। क्षेत्रीय दलों से गठजोड़ करने से भाजपा को राज्य की राजनीति में थोड़ी-बहुत सफलता ज़रूर मिली है।

देखें : अरुणाचल प्रदेश, असम, आंध्र प्रदेश, उत्तर प्रदेश, उत्तराखण्ड, ओडीशा, कर्नाटक, केरल, गोवा, गुजरात, छत्तीसगढ़, जम्मू और कश्मीर, झाड़खण्ड, तमिलनाडु, त्रिपुरा, दिल्ली, नगालैण्ड, पंजाब, पश्चिम बंग, बिहार, मणिपुर, महाराष्ट्र, मध्य प्रदेश, मिज़ोरम, मेघालय, राजस्थान, सिक्किम।

संदर्भ

1. विवेक यादव (2009), 'टूटते-बनते समीकरण', अरविंद मोहन (सम्पा.), *लोकतंत्र का नया लोक : चुनावी राजनीति में राज्यों का उभार,* लोकनीति-सीएसडीएस-वाणी प्रकाशन, दिल्ली.
2. जगपाल सिंह (1997), 'दलित्स इन हरियाणा पॉलिटिक्स', *इकॉनॉमिक ऐंड पॉलिटिकल वीकली,* खण्ड 32, अंक 43.
3. कुशल पाल और प्रवीण राय (2000), 'हरियाणा : कांग्रेस रिटेंस इलेक्टोरल सुपरमेसी', *इकॉनॉमिक ऐंड पॉलिटिकल वीकली,* खण्ड 44, अंक 39.

— कमल नयन चौबे

हरित क्रांति

(Green Revolution)

हरित क्रांति की अवधारणा के आधार में यह वैचारिक आग्रह निहित है कि किसी भी देश के कृषि संबंधों में प्रौद्योगिकीय नवाचार के ज़रिये रैडिकल परिवर्तन लाया जा सकता है। इसके साथ आर्थिक विकास के यह सिद्धांत भी जुड़ा हुआ है कि अगर कृषक समाज के शीर्ष पर हरित क्रांति की प्रौद्योगिकियों के ज़रिये समृद्धि ले आयी जाए तो वह बूँद-बूँद रिस कर लम्बे अरसे में नीचे तक पहुँच जाएगी, और पूरे का पूरा खेतिहर समाज रूपांतरित हो जाएगा। हरित क्रांति की प्रौद्योगिकियाँ गारंटी करती हैं कि उनका इस्तेमाल करने से प्रति एकड़ ज़मीन की उपज कई गुना बढ़ जाएगी, और किसान केवल अपना पेट भरने के लिए खेती करने के बजाय बाज़ार में बेच कर नक़दी कमाने के मक़सद के लिए भी पैदावार कर सकेंगे। इस तरह हरित क्रांति खेती के पूँजीवादीकरण का औज़ार भी है। इसके फलितार्थों के रूप में पारम्परिक रूप से कृषि आधारित अर्थव्यवस्थाओं में पूँजीपति किसान या नक़दी फ़सल उगाने वाले बड़े किसानों का एक वर्ग पैदा हुआ है। इस क्रांति की प्रौद्योगिकीय नींव

मनकोम्बू सम्बाशिवम् स्वामीनाथन (1925–)

चालीस के दशक में मैक्सिको में पड़ी थी। साठ के दशक में इसे अमेरिकी पूँजीवाद ने ज़ोर–शोर से अपनाया। अनुसंधान और विकास में अरबों डॉलर ख़र्च करके अमेरिका ने हरित क्रांति की अवधारणा और उस पर अमल के कार्यक्रमों को सारी दुनिया में फैलाया।

इस खेतिहर प्रौद्योगिकी को शुरू से ही ग्रीन रेवोल्यूशन नहीं कहा जाता था। यह नाम उसे मार्च 1968 में मिला जब युनाइटेड स्टेट्स एजेंसी फ़ॉर इंटरनैशनल डिवेलपमेंट के विलियम गौड ने अपने एक भाषण में खाद्यान्न उत्पादन में हो रही इस क्रांति को कम्युनिस्टों द्वारा प्रवर्तित लाल क्रांति के बरक्स रख कर पेश किया। दिसम्बर, 1969 में हरित क्रांति को अमेरिकी कांग्रेस के सामने अमेरिकी विदेश नीति के प्रमुख औज़ार के रूप में प्रस्तावित किया गया। प्रस्तावकों का ख़याल था कि ग्रीन रेवोल्यूशन को अगर सारी दुनिया में फैला दिया जाएगा तो अमेरिकी कीटनाशकों, उर्वरकों, बीजों और ट्रैक्टरों के उद्योग को एक विशाल बाज़ार मिल जाएगा।

भारत समेत तीसरी दुनिया के ज़्यादातर देशों में इसका प्रयोग किया गया। कई जगहों पर (जैसे, भारत) शुरुआत में इसके आश्चर्यजनक रूप से चमकदार नतीजे निकले, लेकिन कुछ अन्य देशों (जैसे, अफ़्रीकी देश) को कोई ख़ास फायदा नहीं हुआ। पर कुल मिला कर दुनिया के पैमाने पर खाद्यान्न उत्पादन तेज़ी से बढ़ा। एकबारगी ऐसा लगा कि हरित क्रांति से होने वाली कई गुना ज़्यादा पैदावार से खाद्य संकट और भूख का प्रश्न हमेशा–हमेशा के लिए हल हो जाएगा। लेकिन, सिर्फ़ दस–बारह साल के भीतर ही इस खेतिहर प्रौद्योगिकी के चौतरफ़ा नुक़सान सामने आने लगे। आज हरित क्रांति एक विवादास्पद अवधारणा बन चुकी है। इसकी दूरगामी मानवीय, राजनीतिक और पर्यावरणीय क़ीमत इसके फ़ौरी आर्थिक लाभों के मुक़ाबले बहुत ज़्यादा साबित हुई है। लेकिन दुनिया में जगह–जगह दूसरी हरित क्रांति की चर्चा भी चलाई जा रही है। इसके पीछे तर्क यह है कि 2020 तक दुनिया की बढ़ी हुई आबादी के लिए खाद्यान्न उत्पादन में चालीस फ़ीसदी की बढ़ोतरी करनी पड़ेगी, और ऐसा केवल जेनेटिक इंजीनियरिंग वग़ैरह की मदद से की जाने वाली दूसरी हरित क्रांति से ही सम्भव है।

हरित क्रांति में इस्तेमाल की जाने वाली प्रौद्योगिकी का आविष्कार द्वितीय विश्व–युद्ध के बाद की परिस्थितियों में मैक्सिको में हुआ था। कृषि–अनुसंधान में गहरी दिलचस्पी रखने वाले अमेरिकी वैज्ञानिक नॉर्मन बोरलॉग ने मैक्सिको में अनुसंधान करते हुए गेहूँ की एक ऐसी क़िस्म का विकास किया जो सामान्य क़िस्मों से कहीं ज़्यादा उपज देती थी और साथ में फ़सल नष्ट कर देने वाली बीमारियों का भी उस पर असर नहीं होता था। बोरलॉग ने अपनी इस उपलब्धि के लिए 1970 में नोबेल पुरस्कार भी जीता। उन्होंने जो संकर बीज तैयार किया था उसमें पाँच ऐसी विशेषताएँ थीं जो पहले नहीं देखी गयी थीं: खाद डालने से इस बीज का पौधा बहुत तेज़ी से बढ़ता था, कम समय में पक जाने के कारण किसानों को एक फ़सल चक्र में कई फ़सलें पैदा करने का अवसर मिलता था, उर्वरक की प्रति इकाई की दर से पैदावार कहीं ज़्यादा (चार से पाँच गुना) थी, चूँकि पौधे की क़िस्म लम्बाई में बौनी थी इसलिए अनाज से भरी बाली के बोझ से पौधा टूटता और नष्ट नहीं होता था और धान के बीजों को छोड़ कर अन्य बीज सूखे का भी कहीं ज़्यादा कामयाबी से मुक़ाबला कर सकते थे।

मैक्सिको में बोरलॉग के आविष्कार का पहला प्रयोग किया गया जिसके कारण बढ़ी हुई पैदावार ने इस देश को साठ के दशक में गेहूँ का बड़ा निर्यातक बना दिया, जबकि इससे पहले वह अपनी ज़रूरतों का आधार अनाज आयात करता था। पचास के दशक में अमेरिका ने भी इस प्रौद्योगिकी का अपने यहाँ प्रयोग किया जिससे वह न केवल गेहूँ उत्पादन में आत्मनिर्भर हो गया बल्कि साठ के दशक तक वह भी बड़े पैमाने पर उसका निर्यात करने लगा। इसके बाद फ़ोर्ड फ़ाउंडेशन और रॉकफ़ेलर फ़ाउंडेशन ने इस तरह के कृषि अनुसंधान में जम कर संसाधन झोंके। 1963 में इन संस्थाओं ने सरकारी एजेंसियों की मदद से द इंटरनैशनल मेज़ ऐंड व्हीट इम्प्रूवमेंट सेंटर की स्थापना की।

हरित क्रांति को हाई ईल्ड वैराइटी सीड्स यानी ज़्यादा उपज वाले बीजों का पर्याय माना जाता है। लेकिन यह एक पूरा पैकेज है। एचवाईवी बीज तब तक इच्छित फल नहीं दे सकते जब तक बड़े पैमाने पर रासायनिक उर्वरकों का इस्तेमाल न किया जाए, सिंचाई की समुचित व्यवस्था न हो

और पौधों की रक्षा के लिए उचित कीटनाशक न डाले जाएँ। खेती की यह तकनॉलॅजी इससे भी आगे जा कर माँग करती है कि बीज, खाद और कीटनाशक ख़रीदने के लिए किसानों को सस्ती दर पर संस्थागत ऋण मुहैया कराया जाए, उनकी पैदावार ख़रीदने के लिए समर्थन मूल्यों के निर्धारण की एक पूरी नीति तैयार की जाए, मार्केटिंग सुविधाएँ दी जाएँ और हरित क्रांति के क्षेत्रों में कृषि विश्वविद्यालय खोले जाएँ ताकि किसानों को प्रौद्योगिकीय मदद मिल सके।

भारत में हरित क्रांति के क़दम साठ के दशक के मध्य में पड़े। हालैण्ड से जेनेटिक्स की पढ़ाई करने के बाद केम्ब्रिज से पीएचडी करने वाले मनकोम्बू सम्बाशिवम् स्वामीनाथन नॉर्मन बोरलॉग के संकर बीज (जो आधे जापानी और आधे मैक्सिकन थे) भारत लेकर आये। उन्होंने रॉकफ़ेलर फ़ाउंडेशन की मदद से अपनी दिल्ली स्थित और फिलीपींस के इंटरनैशनल राइस रिसर्च इंस्टीट्यूट की प्रयोगशालाओं में उन बीजों को स्थानीय बीजों के साथ मिला कर एक नयी क़िस्म विकसित की। पहले गेहूँ पर, और फिर वही प्रयोग चावल पर हुए। इस प्रक्रिया में अनाज की कुछ ऐसी क़िस्में विकसित हुईं जिनसे पारम्परिक बीजों के मुक़ाबले कहीं अधिक पैदावार हासिल की जा सकती थी।

उस ज़माने में भारत अनाज की ज़बरदस्त किल्लत से गुज़र रहा था। अमेरिका के पब्लिक लॉ-480 के तहत किये गये गेहूँ के आयात से किसी तरह मुश्किल से सारे देश का पेट भरने की विफल कोशिशें हो रही थीं। दरअसल, किसी भी वक़्त भीषण अकाल पड़ सकता था। 1966 में स्वामीनाथन ने दिल्ली के बाहर स्थित गाँवों में दो हज़ार मॉडल फ़ॉर्म स्थापित किये ताकि किसानों के सामने इन बीजों का चमत्कार दिखाया जा सके। इसके बाद उन्होंने लालबहादुर शास्त्री सरकार को भीषण राजकोषीय संकट के ज़माने में 18,000 टन मैक्सिन बीज आयात करने के लिए राज़ी किया। लेकिन केवल इतने से ही काम नहीं चल सकता था। केवल पंजाब के पास ही सिंचाई की वे सुविधाएँ थीं जिनके तहत नयी क़िस्मों के बीज बोये जा सकते थे। दरअसल, सरकार के पास इस क्रांति को आगे बढ़ाने के लिए आवश्यक अधिसंरचनात्मक सुविधाओं का पूरी तरह से अभाव था। स्वामीनाथन को इस मुक़ाम पर जिस राजनीतिक इच्छा-शक्ति से सम्पन्न नेतृत्व की आवश्यकता थी, उसकी पूर्ति इंदिरा गाँधी ने की। इंदिरा गाँधी अपनी विदेश नीति को अनाज-आयात के दबाव से मुक्त करना चाहती थीं। इसलिए उन्होंने इस वैज्ञानिक को एक नये कृषि-कार्यक्रम के सूत्रीकरण और फिर उस पर योजनाबद्ध अमल की पूरी छूट दी। परिणामस्वरूप फ़ोर्ड फ़ाउंडेशन की सीधी देख-रेख में इंटेसिव एग्रीकल्चर डिस्ट्रिक्ट प्रोग्राम की रचना करके उसे सामुदायिक विकास कार्यक्रम से जोड़ दिया गया। इस कार्यक्रम का पहला प्रयोग 14 ज़िलों से प्रारम्भ हुआ, और बाद में यही डिस्ट्रिक्ट प्रोग्राम एरियाज़ प्रोग्राम के रूप में 114 ज़िलों तक कर विस्तारित कर दिया गया। कृषि योग्य ज़मीन के लिहाज़ से 1966-67 में एचवाईवी बीजों का प्रयोग सबसे पहले 46 लाख एकड़ ज़मीन में हुआ। यह रकबा अगले साल बढ़ कर क़रीब तीन करोड़ एकड़ तक पहुँच गया जो भारत के कुल खेतिहर क्षेत्र के साढ़े दस फ़ीसदी से कुछ ही कम था। परिणामस्वरूप भारत का खाद्यान्न उत्पादन 1970 तक दोगुना पाँच करोड़ टन से बढ़ कर दस करोड़ टन हो गया। सबसे ज़्यादा फ़ायदा पहुँचा गेहूँ की मैक्सिन बौनी क़िस्मों से। धान के संकर बीजों से उतना लाभ नहीं हुआ जितना समझा जाता था। कुल मिला कर आर्थिक दृष्टि से खेती की विकास दर तीन से पाँच फ़ीसदी के बीच हो गयी, जबकि यही विकास दर अंग्रेज़ों के ज़माने में मुश्किल से एक फ़ीसदी ही हो पाती थी।

हरित क्रांति की इस सफलता ने देश में रासायनिक खादों, कीटनाशकों और खेती की मशीनरी के उद्योगों को ज़बरदस्त उछाल दिया। भारतीय किसानों की आम छवि अपने में सिकुड़े हुए और नयी तक़नीकों के प्रति अरुचि ज़ाहिर करने वाले समुदाय की थी। हरित क्रांति ने दिखा दिया कि भारतीय किसान असल में ऐसा नहीं है। दूसरे, हरित क्रांति का पहला दौर सौभाग्य से ऐसे समय में सम्पन्न हुआ जब भारत में 1967 से 1970 के बीच आम तौर पर ठीक-ठाक बारिश होती रही। ऊपर से जिन इलाक़ों में इसका प्रयोग किया गया, वहाँ के किसानों के पास अपनी सिंचाई सुविधाएँ भी थीं। इसलिए शुरू में सूखे की परिस्थितियों में संकर बीजों की क्षमता की जाँच नहीं हो पायी। तीसरे, शुरू में किसानों की आमदनी हरित क्रांति की प्रौद्योगिकी से तक़रीबन 190 फ़ीसदी तक बढ़ी जिसके कारण उन्हें खेती के लिए गये क़र्ज़ चुकाने में भी कोई दिक़्क़त नहीं हुई, और इस खेती पर होने वाले तक़रीबन ड्योढ़ा ख़र्चा भी उन्हें नहीं अखरा।

हरित क्रांति के विपरीत प्रभाव सत्तर के दशक के मध्य से दिखाई देने शुरू हुए। अस्सी के दशक के दौरान हुए कई अध्ययनों से इस सिक्के का दूसरा पहलू सामने आना शुरू हुआ।

देखें : श्वेत क्रांति, हरित क्रांति : एक मूल्यांकन।

संदर्भ

1. लक्ष्मण यापा (1993), 'व्हाट आर इम्प्रूव्ड सीड्स? ऐन एपिस्टेमोलॉजी ऑफ़ द ग्रीन रेवोल्यूशन, *इकॉनॉमिक जियोग्राफ़ी*, खण्ड 69, अंक 3, एनवायरनमेंट ऐंड डिवेलपमेंट, पार्ट 1.
2. ए.के. चक्रवर्ती (1973), 'ग्रीन रेवोल्यूशन इन इण्डिया', *अनाल्स ऑफ़ द एसोसिएशन ऑफ़ अमेरिकन जियोग्राफ़र्स*, खण्ड 63, अंक 3.

3. बी.एच. फ़ार्मर (1981), 'द 'ग्रीन रेवोल्यूशन' इन साउथ एशिया', *जियोग्राफ़ी,* खण्ड 66, अंक 3.
4. एफ़.आर. फ्रेंकेल (1971), *इण्डियाज़ ग्रीन रेवोल्यूशन : इकॉनॉमिक गेंस ऐंड पॉलिटिकल कॉस्ट्स,* ऑक्सफ़र्ड युनिवर्सिटी प्रेस, बम्बई

— अभय कुमार दुबे

हरित क्रांति : एक मूल्यांकन

(Green Revolution : An Evaluation)

हरित क्रांति के पैरोकारों का दावा था कि उनकी यह प्रौद्योगिकी स्केल-न्यूट्रल है यानी वह बड़ी जोतों को ही नहीं, बल्कि छोटी जोतों को भी उतना ही लाभ पहुँचाती है। अगर यह दावा सही होता तो हरित क्रांति के ज़रिये भारत में कृषि-क्षेत्र का चौतरफ़ा आधुनिकीकरण होता और उसके कारण उत्पादन के संबंध बदल जाते। खेतिहर मज़दूर ग्रामीण इलाक़ों में ताक़तवर भू-स्वामियों की मातहती से निकल आते। दूसरी तरफ़ हरित क्रांति से वैकासिक रणनीति के सिद्धांतकारों को यह उम्मीद भी थी कि अपनी पैदावार बाज़ार में बेचने से किसानों को जो बेशी आमदनी होगी, वह संचित हो कर छोटे-मँझोले पैमाने के उद्योगीकरण में जाएगी। अगर ऐसा हो पाता तो भारत में उद्योगीकरण और उद्यमशीलता को एक नया उछाल मिलता। इसके कारण देश की ज़्यादातर आबादी की खेती पर निर्भरता उत्तरोत्तर घटती चली जाती। जब 1967 से 1970 के बीच में किसानों के हाथ में बढ़ी हुई आमदनी आयी, तो सभी को ऐसा ही लगा कि सामाजिक-आर्थिक परिवर्तन इसी तर्ज़ पर तेज़ी से घटित होगा। इसमें कोई शक नहीं कि हरित क्रांति के कारण ग्रामीण समाज के आर्थिक-राजनीतिक ढाँचे में उल्लेखनीय परिवर्तन हुआ, लेकिन अपेक्षित दिशा में नहीं। जो तब्दीलियाँ हुई भीं उनमें कई तो बेहद हानिकारक थीं।

छोटे किसानों को कोई ख़ास लाभ नहीं हुआ, और बड़े किसान पहले भी कहीं ज़्यादा मज़बूत हो गये। बड़े किसानों के पास पहले से इतनी आमदनी थी कि वे पूँजी सघनता वाली खेती में पैसा लगा सकें। छोटे किसानों को यही पैसा क़र्ज़ लेकर हासिल करना पड़ा। अगर यह ऋण संस्थागत ज़रियों से मिलता, तो इसकी ब्याज दर सस्ती होती। लेकिन जब किसान अनौपचारिक क्षेत्र से ऋण लेने के लिए मजबूर हुए, उन्हें ब्याज की असहनीय दर चुकानी पड़ी। ज़ाहिर है कि सैद्धांतिक रूप से हरित क्रांति की प्रौद्योगिकी स्केल-न्यूट्रल थी, पर वह रिसोर्स-न्यूट्रल यानी कम संसाधनों वाली परिस्थिति के लिए मुफ़ीद और सुविधाजनक साबित नहीं हुई। कई मामलों में छोटे किसानों ने बाज़ार से खाद और अन्य सामग्री ख़रीदने के लिए व्यापारियों से क़र्ज़ लिया, और फिर उसे चुकाने के लिए उन्हें फ़सल का वह हिस्सा भी बाज़ार में बेचना पड़ा जिसे वे अपने उपभोग के लिए रखना चाहते थे। फ़सल कटाई के तुरंत बाद उन्होंने पैदावार बेची जब दाम कम थे, और फिर बाद में अपने उपभोग के लिए महँगी दर पर बाज़ार से खाद्यान्न ख़रीदा।

एक फ़सल-चक्र में ज़्यादा से ज़्यादा फ़सलें पैदा करने की कोशिश ने रासायनिक खादों और कीटनाशकों के जम कर इस्तेमाल को बढ़ावा दिया जिससे ज़मीन की उपजाऊ शक्ति का क्षय होने लगा। पैदावार घटी और खेती की लागत अधिकाधिक सामग्री का इस्तेमाल करने के कारण बढ़ती गयी। मुनाफ़ा घटा और सरकारी समर्थन मूल्य नाकाफ़ी पड़ने लगे। छोटे किसान ऋण चुकाने में असमर्थ साबित होने लगे जिसके कारण देश के कई हिस्सों में किसानों की आत्महत्या की परिघटना उभरी। खेतिहर उत्पादन में बढ़ोतरी तो हुई लेकिन उसका परिणाम खाद्य सुरक्षा की गारंटी में नहीं निकला। बेशी खाद्यान्न निर्यात कर दिया गया या भण्डारण के दायरे में चला गया। बाज़ार की प्रक्रिया ने भण्डारित खाद्यान्न को निकलने नहीं दिया गया। खाद्यान्न भले ही सड़ गया हो, लेकिन उसे भूखों में बाँटने का आर्थिक विशेषज्ञों द्वारा विरोध किया गया। ख़ास कर इस तर्क के आधार पर कि इससे बाज़ार का संतुलन बिगड़ सकता है।

हरित क्रांति के बारे में हुए अध्ययन स्पष्ट रूप से दिखाते हैं कि इसके कारण भूमिहीन खेतिहर मज़दूरों की संख्या तेज़ी से बढ़ी है। क्या इसका कारण छोटे और सीमांत किसानों द्वारा अपनी ज़मीनें बेचने से जुड़ा हुआ है? अनुसंधान बताते हैं कि खेतिहर मज़दूरों की संख्या बढ़ने के पीछे इस कारण का असर सबसे कम है। दरअसल, हरित क्रांति ने कई पारम्परिक पेशों को ख़त्म कर दिया, और जजमानी संबंधों का तेज़ी से क्षय हुआ। जिसके कारण इन कामों में लगे लोग भी खेतों में काम करने को मजबूर हो गये। हरित क्रांति के कारण ग़रीब इलाक़ों (जैसे, बिहार) से अमीर इलाक़ों (जैसे, पंजाब) की तरफ़ भूमिहीन मज़दूरों का बड़े पैमाने पर आव्रजन हुआ। बिहार और पूर्वी उत्तर प्रदेश के अर्ध-सामंती भूमि-संबंधों से परेशान मज़दूरों को लगा कि वे पंजाब या हरियाणा के खेतों में काम करके कहीं ज़्यादा कमा सकते हैं। लेकिन,अनुसंधानों से यह भी पता चला है कि हरित क्रांति से भूमिहीनों की मज़दूरी तो बढ़ी, लेकिन क़ीमतों में सर्वांग वृद्धि के कारण उनकी क्रय-शक्ति घट गयी। स्वाभाविक ही था कि इस परिस्थिति में देश में कई जगहों पर ग़रीब और भूमिहीन किसानों के रैडिकल जुझारू आंदोलनों को पानी मिलता।

धनी किसानों के आंदोलन : हरित क्रांति ने ग्रामीण संरचना में एक नये वर्ग का समावेश किया। यह था धनी किसानों का वर्ग जिसने खेतिहर उत्पादन के लिए बेहतर दामों की माँगों का झण्डा उठाया। यह किसान आंदोलन छोटे और मँझोले किसानों द्वारा वामपंथी पार्टियों के नेतृत्व में किये जाने वाले आंदोलनों से भिन्न था। सत्तर के दशक के आख़िरी वर्षों में इसकी शुरुआत हुई और अस्सी के दशक में इसकी तीव्रता अपने चरम पर पहुँची। पश्चिमी उत्तर प्रदेश, महाराष्ट्र और कर्नाटक में इसने महेंद्र सिंह टिकैत, शरद जोशी और नाजुंदास्वामी जैसे नये किसान नेताओं को जन्म दिया। इन तीनों में शरद जोशी का शेतकरी किसान संघ सारे देश का ध्यान आकर्षित करने में सफल हुआ। पूँजीवादी खेती के सिद्धांतकारों ने गाँव बनाम शहर या असली भारत बनाम शहरी भारत या खेती बनाम उद्योग जैसे द्विभाजनों के इर्द-गिर्द एक नया विमर्श रचने की कोशिश की। ख़ास बात यह थी कि कहीं-कहीं तो यह विमर्श पूरी तरह से सेकुलर भाषा में बुना गया, पर कुछ जगहों पर इसने जातिगत और समुदायगत निष्ठाओं के आधार पर गोलबंदी का सहारा लिया। टिकैत का आंदोलन इसका उदाहरण था।

धनी किसानों की गोलबंदी जिन नेताओं के हाथ में थी, वे सभी बिना किसी अपवाद के उन जातियों से आये थे जिनकी प्रभुत्वशाली जातियों के रूप में शिनाख़्त की जाती है। इनके पास संख्या-बल भी होता है, सामुदायिक आधार पर एकत्रीकरण की क्षमता भी होती है और वे स्थानीय से राज्य स्तर तक राजनीति में ख़ासा दबदबा भी रखते हैं। किसानों के इस वर्ग की बेशी आमदनी उद्योग-धंधों में जाने के बजाय ठेकेदारी, शराब बेचने, ट्रक-बस चलवाने और उन्मुक्त उपभोग में ज़्यादा खपी।

हरित क्रांति ने पर्यावरण को बहुत नुक़सान पहुँचाया। उर्वरकों और कीटनाशकों के अंधाधुंध इस्तेमाल के कारण जल-स्रोतों के विषैले होने की भीषण परिघटना सामने आयी। खेतिहर मज़दूरों के शरीर में ज़हर की मात्रा बढ़ी और उन्हें ऐसी-ऐसी बीमारियाँ होने लगीं जिनका पहले कभी नाम भी नहीं सुना जाता था। कीटनाशकों ने केवल फ़सलों को नुक़सान पहुँचाने वाले कीड़े ही नहीं मारे, उन्होंने पर्यावरण की रक्षा करने वाले कीटों और जीवों को भी नष्ट कर दिया। धुआँधार सिंचाई का परिणाम यह हुआ कि खेतों की उपजाऊ मिट्टी में नमक की मात्रा बढ़ने लगी। जो ज़मीन कभी सोना उगलती थी, वह दस साल के बाद बंजर होने के क़रीब पहुँच गयी। ट्यूबवैलों और पम्पों से पानी लगातार खींचे जाने के कारण भू-जल का स्तर बहुत घट गया। बारिश भी निकाल लिये गये अनाप-शनाप जल की भरपाई करने में असमर्थ रही। नक़दी फ़सलें उगाने के लालच ने किसानों को उत्तरोत्तर केवल उन्हीं चीज़ों की खेती करने की तरफ़ धकेला जिनके अच्छे दाम मिल सकते थे। परिणाम यह निकला कि जैव-विविधता का ह्रास हुआ। हरित क्रांति से पहले एक किसान कई तरह की फ़सलें उगाता था। पर बाद में बड़े और छोटे किसान बाज़ार के लिए खेती करने लगे। बड़ा किसान फ़ायदे में होने के कारण अपने लिए बाज़ार से पौष्टिक आहार ख़रीद सका, पर छोटा और ग़रीब किसान ऐसा नहीं कर पाया। इसके कारण उसके आहार की पौष्टिकता घटती चली गयी।

हरित क्रांति के कारण हुए परिवर्तनों ने मार्क्सवादी विद्वानों के बीच भारतीय कृषि में 'मोड ऑफ़ प्रोडक्शन' की बहस को भी स्पर्श किया। इन विद्वानों की मुख्य चिंताओं में यह प्रश्न भी शामिल था कि क्या हरित क्रांति ने खेतिहर क्षेत्र को पूँजीवादी बना दिया है, या अभी भी यह क्षेत्र अर्ध-सामंती उत्पादन संबंधों में जकड़ा हुआ है। विद्वानों के एक हिस्से का मत था कि औपनिवेशिक शासन के दौरान पुरानी खेतिहर प्रणाली का क्षय हुआ और पूँजीवादी प्रवृत्तियों की शुरुआत हुई। लेकिन पूर्वी भारत पर अध्ययन करने वाले कुछ विद्वानों का कहना था कि अब भी खेती पर अर्ध-सामंती उत्पादन पद्धतियाँ ही हावी हैं। जो भू-स्वामी है वही सूद पर रुपया भी उधार देता है। छोटे किसान और भूमिहीन मज़दूर उनके क़र्ज़ की बेड़ियों में बँधे रहते हैं। इन हालात ने खेती में श्रम और पैदावार के 'ज़बरिया व्यवसायीकरण' की परिघटना को जन्म दिया है। खेती जड़ता और शोषण के चक्र में कुछ इस तरह फँसी हुई है कि उसमें पूँजीवाद के विकास की कोई सम्भावना ही नहीं बन पाती।

देखें : श्वेत क्रांति, हरित क्रांति।

संदर्भ

1. अमित भादुड़ी (1984), *द इकॉनॉमिक स्ट्रक्चर ऑफ़ बेकवर्ड एग्रीकल्चर,* मैकमिलन, नयी दिल्ली.
2. प्रणब वर्द्धन (1970), 'ग्रीन रेवोल्यूशन ऐंड एग्रीकल्चरल लेबर', *इकॉनॉमिक ऐंड पॉलिटिकल वीकली,* खण्ड 5, अंक 29-31.
3. डी. गुप्ता (1997), *राइवलिरी ऐंड ब्रदरहुड : पॉलिटिक्स इन द लाइफ ऑफ़ फार्मर्स इन नार्दन इण्डिया,* ऑक्सफ़र्ड युनिवर्सिटी प्रेस, नयी दिल्ली.
4. सुरिंदर सिंह जोधका (1995), *डेट, डिपेंडेंस ऐंड एग्रेरियन चेंज,* रावत पब्लिकेशंस, जयपुर.
5. ए. थॉर्नर (1988), 'सेमी-फ़्यूडलिज़म ऑर कैपिटलिज़म? कंटम्परेरी डिबेट्स ऑन क्लासिज़ ऐंड मोड्स ऑफ़ प्रोडक्शन इन इण्डिया', *इकॉनॉमिक ऐंड पॉलिटिकल वीकली,* खण्ड 23, अंक 27-8.

— अभय कुमार दुबे

हान्ना एरेंत

(Hannah Arendt)

बीसवीं सदी के सर्वश्रेष्ठ राजनीतिक दार्शनिकों में से एक हान्ना एरेंत (1906–75) अपनी इस विशिष्ट स्थापना के लिए जानी जाती हैं कि मानवीय उपलब्धि का शिखर महज़ विचार के ज़रिये नहीं बल्कि सक्रिय जीवन के माध्यम से उपलब्ध किया जा सकता है। प्लेटो के ज़माने से ही पश्चिमी चिंतन परम्परा में विचार की केंद्रीयता रही है, इसलिए साझा राजनीतिक कार्रवाई को मानवीय मुक्ति का स्रोत क़रार देने वाला यह सूत्रीकरण अपने-आप में अनूठा था। हान्ना एरेंत की दूसरी उल्लेखनीय विशेषता यह थी कि राजनीतिक सिद्धांतों के इर्द-गिर्द अपना विमर्श बुनने के बजाय उन्होंने राजनीतिक अनुभव की गहराइयों में उतरने की चेष्टा की। इसके लिए उन्होंने आधुनिक इतिहास की उल्लेखनीय घटनाओं की गवेषणा की जो लीक से हट कर थी। वे राजनीतिक चिंतन के क्षेत्र में घटनाक्रियाशास्त्र से निकली दार्शनिक पद्धति और साहित्यिक स्रोतों का इस्तेमाल करने वाली पहली विद्वान थीं। एरेंत की एक अन्य उपलब्धि सर्वसत्तावाद का विश्लेषण है। 1951 में प्रकाशित अपनी विख्यात रचना द *ओरिजिन ऑफ़ टोटेलिटेरियनिज़्म* में उन्होंने सर्वसत्तावाद की शिनाख़्त बीसवीं सदी की एक विशिष्ट परिघटना के रूप में की है। यहूदियों के हत्यारे एडॉल्फ आइखमैन के मुक़दमे पर केंद्रित अपनी रचना में उन्होंने दुष्टता के मामूलीपन पर रोशनी डाली। एरेंत की असमाप्त कृति *लाइफ़ ऑफ़ माइंड* में चिंतन, संकल्प और निर्णय करने की प्रक्रिया पर दार्शनिक विचार किया गया है। उन्होंने राजनीतिशास्त्र के क्षेत्र में मंद होती जा रही रिपब्लिकनिज़्म की विचार-परम्परा को फिर से प्रासंगिक बनाने का प्रयास भी किया। एक सुसंगत विचारक और लेखक होने के बावजूद उन्होंने किसी राजनीतिक प्रणाली की रचना करने की कोशिश नहीं की, लेकिन समकालीन राजनीतिक सोच पर उनकी गहरी छाप से इनकार नहीं किया जा सकता।

एक जर्मन यहूदी परिवार में जन्मी एरेंत के बौद्धिक जीवन की शुरुआत राजनीतिक सिद्धांतकार के रूप में नहीं हुई थी। युवावस्था में उन्होंने मार्टिन हाईडैगर और कार्ल जैस्पर जैसे अस्तित्ववादी चिंतकों के साथ दर्शन का अध्ययन किया। 1929 में उन्होंने संत ऑगस्तीन के विमर्श में प्रेम की अवधारणा पर प्रबंध लिखा। लेकिन वे ज़्यादा दिनों तक एक तत्त्वमीमांसक की भूमिका में नहीं रह पायीं। फ़ासीवाद के जर्मन संस्करण नाज़ीवाद द्वारा चलाई गयी क्रूर यहूदी विरोधी मुहिम के कारण उन्हें न सिर्फ़ अपना देश छोड़ना पड़ा। वे फ्रांस में कुछ दिन रुक कर अमेरिका चली गयीं और बाक़ी जीवन एक प्रभावशाली राजनीतिक चिंतक और कार्यकर्त्ता के रूप में बिताया। इसके बाद उनकी सभी महत्त्वपूर्ण रचनाएँ जर्मन के बजाय अंग्रेज़ी में प्रकाशित हुईं।

प्रचलित अकादमीय रवैये से अलग हट कर सर्वसत्तावाद का विश्लेषण करने वाली अपनी पहली कृति से ही एरेंत ने अपनी धाक जमा दी। नयी अंतर्दृष्टियों के लिए द *ओरिजिन ऑफ़ टोटेलिटेरियनिज़्म* को प्रशंसक भी मिले और आलोचक भी। उन्होंने कहा कि सर्वसत्तावाद राजनीतिक उत्पीड़न के पारम्परिक रूपों से भिन्न है। बीसवीं सदी में विकसित हुई इस राज्य-व्यवस्था का इतिहास नाज़ीवाद से स्तालिनवाद के बीच फैला हुआ है। यह परिघटना विचारधारा और आतंक के माध्यम से न केवल एक राज्य के भीतर बल्कि सारी दुनिया पर सम्पूर्ण प्रभुत्व क़ायम करने के सपने से जुड़ी है। विचारधारा से उनका मतलब इतिहास के नियमों का पता लगा लेने की दावेदारियों से था। आंतक के सर्वाधिक भीषण उदाहरण के रूप में उन्होंने नाज़ी यातना शिविरों का हवाला दिया।

उन्होंने समकालीन युरोपीय अनुभव की व्याख्या करते हुए उन आयामों की शिनाख़्त की जिनके कारण सर्वसत्तावाद मुमकिन हो सका। उन्होंने दिखाया कि यहूदियों की विशिष्ट राजनीतिक और सामाजिक हैसियत के कारण सामीवाद विरोधी मुहिम को नयी ताक़त मिली; साम्राज्यवाद के कारण नस्लवादी आंदोलन पैदा हुए; और युरोपीय समाज के उखड़े हुए समुदायों में बँट जाने के कारण अकेलेपन और दिशाहीनता के शिकार लोगों को विचारधाराओं के ज़रिये गोलबंद करने में आसानी हो गयी। एरेंत ने इस पुस्तक में नाज़ीवाद और स्तालिनवाद का जो समीकरण बनाया, उसने मार्क्सवादियों के एक हिस्से को नाराज़ कर दिया। दूसरी तरफ़ पारम्परिक शैली के राजनीतिक सिद्धांतकार इसलिए असंतुष्ट हो गये कि उन्होंने सर्वसत्तावाद की जड़ों की खोज करने के लिए साहित्यिक साक्ष्यों का इस्तेमाल किया। हालाँकि एरेंत ख़ुद भी यहूदी थीं, पर यहूदी समाज भी उनसे प्रसन्न नहीं रहा। उन्होंने 1963 में *आइखमैन इन यरूशलम* लिखी जिसका उपशीर्षक 'ए रिपोर्ट ऑन द बैनलिटी ऑफ़ ईविल' था। एरेंत का निष्कर्ष यह था कि आइखमैन के हत्यारे कारनामों के पीछे कोई सोची-समझी दुष्टता न हो कर एक ऐसे नौकरशाह की विवेकहीनता थी जो आँख बंद करके आदेशों का पालन कर रहा था। इस नाज़ी नौकरशाह में अपने कृत्यों के तात्पर्यों को समझने की क्षमता का अभाव था।

1958 में प्रकाशित द *ह्यमन कंडीशन* के ज़रिये एरेंत ने राजनीतिक दर्शन की पुनर्रचना करने का वह प्रयास शुरू किया जिसकी झलक उनके शुरुआती लेखन में दिखाई दी

हान्ना एरेंत (1906-75)

थी। एरेंत के विमर्श में अस्तित्ववादी दृष्टिकोण की साफ़ झलक थी। अस्तित्ववाद की मान्यता है कि आधुनिक पश्चिमी चिंतन इनसान के वजूद को ठीक से समझ पाने में असमर्थ रहा है। इसकी वजह वस्तुनिष्ठता पर अधिक बल देने यानी मानवीय अस्तित्व को बाहर से देखने के रवैये में निहित है। पश्चिमी चिंतन प्रकृति को भी इसी तरह समझने की कोशिश करता है। चूँकि प्रकृति बेहद जटिल और विविधतासम्पन्न है, इसलिए पश्चिमी चिंतन विज्ञान और तत्त्वमीमांसा के औज़ारों से प्रकृति के भीतर एक निश्चित क्रम, प्रणाली और स्पष्टता की खोज कर लेता है। इसी विधि से मानवीय अस्तित्व को समझने का प्रयास किया जाता है। मानव-प्रकृति जैसे पद गढ़े जाते हैं और फिर पूरे समाज को उसी समझ के खाँचे में फ़िट कर दिया जाता है। एरेंत के मुताबिक़ सर्वसत्तावाद इसी प्रवृत्ति का एक अतिवादी संस्करण है। द *ह्यूमन कंडीशन* में एरेंत ने इसी वैचारिक परियोजना को आगे बढ़ाते हुए आधुनिक राजनीतिक जीवन और राज्यतंत्र की दुर्बलताओं पर उँगली रखी। उन्होंने मानवीय सक्रियता के तीन आयाम बताये : श्रम, जिसमें दोहराव है पर जिसके ज़रिये मनुष्य अपनी जैविक आवश्यकताओं को पूरा करता है; सृजन, जिसके माध्यम से इनसान टिकाऊ वस्तुओं की रचना करते हुए अपने संसार की सृष्टि करता है; और कार्रवाई, जो मनुष्य के लिए स्वतंत्रता और मुक्ति का स्रोत है। एरेंत के लिए कार्रवाई का अर्थ ख़ास तरह का था। वे साझा राजनीतिक कार्रवाई के महत्त्व को रेखांकित कर रही थीं। इस प्रस्थापना के माध्यम से उन्होंने समकालीन लोकतांत्रिक समाजों की समस्या की ओर स्पष्ट संकेत किया कि उनमें भौतिक आवश्यकताओं की संतुष्टि को प्राथमिकता दी जाती है पर स्वतंत्रता का सृजन नहीं किया जाता। यह प्रस्थापना करते हुए एरेंत एक तरफ़ तो प्राचीन यूनानी गणराज्यों के अनुभव से प्रभावित थीं, और दूसरी ओर उन्हें रोमन गणराज्य द्वारा अपनाया गया एकजुटता और देशभक्ति वाला रवैया भी पसंद था। इसी तर्ज़ पर वे सार्वजनिक स्पेस को राजनीतिक सक्रियता के ऐसे दायरे के रूप में देख रही थीं जिसके ज़रिये जनता की हित-पूर्ति हो सके।

1968 में एरेंत की रचना *ऑन रेवोल्यूशन* प्रकाशित हुई जिसमें उन्होंने आधुनिक लोकतांत्रिक व्यवस्थाओं से अपनी बहस जारी रखी। एरेंत ने फ्रांसीसी क्रांति और अमेरिकी क्रांति को आमने-सामने रख कर विश्लेषण किया। फ्रांस में क्रांतिकारियों ने मनुष्यों के अधिकारों को नज़रअंदाज़ किया जिसके कारण उसके नतीजे हिंसा और अराजकता में निकले। अमेरिका में अधिकारों की उद्घोषणा तो की गयी पर अधिकारों के स्वतंत्र धारकों का समुदाय रचने की प्राथमिकता के कारण सामाजिक प्रश्न के समाधान की उपेक्षा की गयी।

हान्ना एरेंत का जन्म हैनोवर में एक मध्यवर्गीय यहूदी परिवार में हुआ था। उन्हें हाइडेलबर्ग विश्वविद्यालय में शिक्षा मिली। हिटलर के सत्ता में आने पर उन्हें पलायन करके फ्रांस जाना पड़ा जहाँ वे यहूदी युवक संगठन के साथ जुड़ गयीं और यहूदी बच्चों को नाज़ियों से बचा कर फ़िलिस्तीन भेजने की मुहिम में योगदान किया। फ्रांस पर जर्मन हमला होते ही उन्हें अमेरिका रवाना हो जाना पड़ा। एरेंत ने अमेरिकी नागरिकता ग्रहण की और वहाँ के यहूदी संगठनों और पत्रिकाओं को अपना बौद्धिक योगदान किया। वे प्रिंसटन विश्वविद्यालय में राजनीति की पहली महिला प्रोफ़ेसर बनीं। वियतनाम में अमेरिका के फ़ौजी हस्तक्षेप का उन्होंने विरोध किया। 1975 में डेनमार्क सरकार ने एरेंत को युरोपीय सभ्यता के लिए योगदान के उपलक्ष्य में सोनिंग पुरस्कार से नवाज़ा। यह पुरस्कार प्राप्त करने वाली वे पहली महिला और पहली अमेरिकी थीं।

देखें : अधिकार, अधिकार : सैद्धांतिक यात्रा, अरस्तू, अफ़लातून, अनुदारतावाद, अराजकतावाद, अन्य-अन्यीकरण, उदारतावाद, उपयोगितावाद, एडमण्ड बर्क, क्रांति, ज्याँ ज़ाक रूसो, जॉन लॉक, जेरेमी बेंथम, जॉन स्टुअर्ट मिल, जॉन रॉल्स, थॉमस हॉब्स, थॉमस पेन, न्याय, न्याय : नारीवादी आलोचना, न्याय : रॉल्स का सिद्धांत, राजनीति में व्यक्ति की भूमिका, नागरिकता, नागरिकता : अन्य परिप्रेक्ष्य-1 और 2, नागर समाज, पनोप्टिकॉन, प्रतिनिधित्व, प्रगति, प्रगति : आलोचनात्मक परिप्रेक्ष्य, प्रशासन, फ़ासीवाद, फ्रेड्रिख़ वॉन हायक, बहुसंस्कृतिवाद, बहुसंख्यकवाद, बहुसंख्यक-अल्पसंख्यक, बुद्धिवाद, माइकेल जोसेफ़ ओकशॉट, माइकिल वाल्ज़र, मिशेल पॉल फ़ूको-1 और 2, यूटोपिया, राजनीतिक और राजनीति, राजनीतिक दर्शन के नारीवादी आयाम-1 और 2, राजनीतिक मनोविज्ञान, राजनीतिक समाजशास्त्र, राज्य-1 और 2, रॉबर्ट नॉज़िक, राज्य-1 और 2, राष्ट्र-राज्य, राष्ट्र : सांस्कृतिक या राजनीतिक, राष्ट्रवाद, राष्ट्रवाद का इतिहास, लोकतंत्र, लोकतंत्र की आलोचनाएँ, व्यक्तिवाद, व्यवहारवाद, विल किमलिका, वितरणमूलक न्याय, विदेशी-द्वेष, वैधता, वैधता का संकट,

सविनय अवज्ञा, समानता, समानता : चार अवधारणाएँ, समतावाद, सर्वसत्तावाद, स्मृति की राजनीति, स्वतंत्रता, स्वतंत्रतावाद, स्वजातिवाद, स्वच्छंदतावाद, सत्ता, सर्वसत्तावाद, सम्प्रभुता, समाजवाद, सरकारियत, सम्पत्ति, सम्पत्ति : साझा और सरकारी, सम्पत्ति : मार्क्सवादी परिप्रेक्ष्य, सम्पत्ति : नारीवादी परिप्रेक्ष्य, संविधानवाद, संघवाद, सामाजिक समझौता, सिद्धांत, सिद्धांत : राजनीतिक-सामाजिक, सुधार, हेनरी डेविड थोरो।

संदर्भ

1. भीखू पारेख (1981), *हान्ना एरेंत ऐंड द सर्च फ़ॉर अ न्यू पॉलिटिकल फ़िलॉसफ़ी,* मैकमिलन, बेसिंग्सस्टोक.
2. डी. विला (2000), *द केम्ब्रिज कम्पेनियन टु हान्ना अरेंत,* केम्ब्रिज युनिवर्सिटी प्रेस, केम्ब्रिज.
3. एम. कैनोवन (1974), *द पॉलिटिकल थॉट ऑफ़ हान्ना एरेंत,* जे.एम. डेंट, लंदन.
4. ई. यंग-ब्रुहल (1982), *हान्ना अरेंत : फ़ॉर लव ऑफ़ द वर्ल्ड,* येल युनिवर्सिटी प्रेस, न्यू हैवन, कनेक्टीकट.

— अभय कुमार दुबे

हिंदी-जगत और 'लोकप्रिय'-1

'घासलेटी साहित्य' और सामाजिक सुधारवाद

(Hindi and the idea of 'Popular'-1)

आधुनिक हिंदी-समाज की निर्मिति पर चर्चा करते समय आम तौर पर 'लोकप्रिय' कहे जाने वाले साहित्य या अन्य मनोरंजक विधाओं की चर्चा नहीं की जाती। दरअसल, लोकप्रिय, मनोरंजक और धार्मिक कही जाने वाली कृतियों को सौंदर्यमूलक आस्वादधर्मिता के नाम पर महत्त्वहीन कह कर हाशिये पर डाल दिया जाता है। वस्तुस्थिति यह है कि 'लोकप्रिय' और 'मनोरंजक' के विचार ने शुरुआती दौर में हिंदी-जगत की संरचना में बुनियादी भूमिका निभायी है। ऐसे साहित्य और अन्य कृतियों का इतिहास सौ साल से भी ज़्यादा पुराना है। यहाँ लोकप्रिय 'साहित्य' से मंतव्य उन जनप्रिय रचनाओं या अन्य विधाओं की कृतियों से है जिन्हें पल्प या लुगदी की श्रेणी डाल दिया जाता है। इसी जनप्रिय 'साहित्य' ने हिंदी-समाज को वाचिक के दायरे से निकाल कर लिखित और मुद्रित के दौर में पहुँचाया है। प्रिंट कल्चर या छापे की संस्कृति से विनिर्मित समाज की बात करते हुए उन विभिन्न विधाओं, बहसों और सांस्थानिक विवादों की चर्चा आवश्यक है जिसने प्रारम्भ में हिंदी-समाज को गढ़ा। एक ऐतिहासिक सिलसिला है जिसके तहत वाचिक परम्परा ने अपनी जगह छोड़ कर 'लिखित साहित्यिक परम्परा' की श्रेष्ठता स्वीकार की और अपना अस्तित्व धीरे-धीरे या तो और धाराओं की तरफ़ मोड़ा (जैसे 'लोकप्रिय' पारसी रंगमंच, बाद में सिनेमा आदि) या फिर 'मुख्यधारा के लिखित साहित्य' की अनुषंगी हुई। छोटे-बड़े शहरों से निकलने वाली साहित्यिक पत्र-पत्रिकाओं, पाठ्यक्रम की विभिन्न पुस्तकों, धार्मिक प्रकाशनों आदि के माध्यम से बनते हुए समाज का विस्तार 'लोकप्रिय' की श्रेणी में आने वाली रचनाओं के बिना नहीं हो सकता था। अगर यह क्षेत्र न होता तो अति-सीमित साक्षरता के बावजूद हज़ारों-लाखों की संख्या में ऐसे पाठक / ग्राहक सामने न आते जिनसे इस नवनिर्मित हिंदी-समाज की बुनियाद पड़ी।

हिंदी-समाज के निर्माण में वाचिक परम्परा के बदलते स्वरूप ने न सिर्फ़ एक महत्त्वपूर्ण भूमिका निभायी, बल्कि छपायी की संस्कृति / और लिखित साहित्य ने अपना अस्तित्व कई बार इस नव-परिभाषित वाचिक परम्परा की पीठ पर सवार होकर ही बनाया। यह परम्परा कोई समांतर या अलग परम्परा नहीं थी, बल्कि नव-परिभाषित साहित्यिक परम्पराओं से एक निरंतर संवाद भी कर रही थी। राष्ट्रवाद और सुधारवाद की पृष्ठभूमि दोनों ही धाराओं को प्रभावित कर रही थी, पर मनोरंजन की धारा शायद वाचिक परम्परा में कहीं ज़्यादा स्पष्ट थी। इस वाचिक परम्परा के सहारे के बिना साहित्यिक जगत का हिंदी-राष्ट्रवाद एक अतिसीमित प्रयास बन कर रह जाता। कुल मिला कर हिंदी में 'लोकप्रिय' और 'मनोरंजक' का विचार दो परम्पराओं के ज़रिये संसाधित होता है। एक के शीर्ष पर पांडेय बेचन लाल शर्मा 'उग्र' और प्रेमचंद जैसी हस्तियाँ हैं, और दूसरे के शीर्ष पर राधेश्याम कथावाचक, नारायण प्रसाद बेताब और आगा हश्र कश्मीरी जैसे रचनाकार। एक तीसरी परम्परा जासूसी उपन्यासों की भी मानी जा सकती है। 'लोकप्रिय' के इस तीसरे पहलू पर अलग से चर्चा की ज़रूरत है। ऑरसिनी का लेख इस विषय पर एक नया काम है।

पहली परम्परा को समझने के लिए उग्र और प्रेमचंद की मिसालें दी जा सकती हैं। परम्परा का यह हिस्सा समाज-सुधारवाद के नाम पर आगे चल कर साहित्य के सुपरिभाषित दायरे का निर्माता बना। 1927 के आसपास उग्र का उपन्यास *चंद हसीनों के ख़तूत* प्रकाशित हुआ, जिसके आते ही चारों ओर धूम मच गयी। जहाँ साहित्यिकों ने उसे एक नये यथार्थवाद को सामने लाने के लिए सराहा, वहीं दूसरी ओर सामान्य पाठकों ने इसे एक ऐसी ज़बरदस्त प्रेम कथा के रूप में पसंद किया जो कहीं उनके आस-पास घट रही थी। तीन महीने के भीतर इसका दूसरा संस्करण प्रकाशित हुआ और एक साल के भीतर इसके तीन संस्करण छप गये। इसकी लोकप्रियता के पीछे एक महत्त्वपूर्ण भूमिका इसके चुटीले, हँसोड़ संवादों, ग़ज़लों और क़व्वालियों की भी थी। उन दिनों

के लोकप्रिय पारसी रंगमंच की तरह और बाद के सिनेमा की तरह इसके नायक-नायिका अक्सर गीत और ग़ज़लें गाते हैं, क़व्वालियाँ सुनते हैं, पर साथ ही प्रेम, धर्म, साम्प्रदायिकता और राष्ट्रवाद के आदर्शों की बात भी कहते हैं। यह बात अलग है कि उन्हीं दिनों में *मतवाला* की तरफ़ से उग्र और अन्य लेखकों ने पारसी थिएटर की ज़बरदस्त आलोचना की, उसके द्वारा 'सस्ता मनोरंजन' परोसने पर। उग्र पर चंद ही दिनों बाद हुए घासलेटी साहित्य के नाम पर बनारसी दास चतुर्वेदी द्वारा शुरू किये गये आक्रमण को एक पूरे साहित्यिक समूह का समर्थन मिला।

विवाद के बावजूद इस तथ्य पर ध्यान देना ज़रूरी होगा कि किस तरह इस लोकप्रिय वाचिक परम्परा के घटक ख़ुद आधुनिक साहित्य की सर्जना के सक्रिय हिस्सेदार थे। लोकप्रिय वाचिक परम्परा का प्रभाव सिर्फ़ 'स्वरूप' के स्तर पर ही नहीं था, बल्कि इस परम्परा का इस्तेमाल एक नये क़िस्म की मूल्य-आधारित साहित्य की रचना के लिए हो रहा था। यह मूल्य-आधारित रचना (जिसे राष्ट्रीय, धार्मिक, सामाजिक सुधारवाद के नाम से नवाज़ा जाता है) दूसरी तरफ़ लोकप्रिय मनोरंजन के मसालों को लेकर भी चल रही थी। इस अर्थ में सुधारवाद और लोकप्रियता का यह द्वंद्व, राष्ट्रवादी साहित्य, धार्मिक साहित्य और उन सभी अन्य विधाओं को प्रभावित कर रहा था जो बाद में 'यथार्थवाद' के नाम पर चली बहसों में भी दिखायी देता है।

उग्र के उपन्यास से भी बहुत पहले प्रेमचंद का पहला उपन्यास *असरारे-मआबिद* उर्फ़ *देवस्थान रहस्य* (जिसका रचना-काल 1901-03 के बीच का माना जाता है) पहले उर्दू और बाद में लिप्यंतरण द्वारा नागरी में प्रकाशित हुआ। लगभग 80 पृष्ठों का यह उपन्यास आज पूर्णत: उपलब्ध नहीं है, और बनारस के साप्ताहिक उर्दू पत्र *आवाज़-ए-ख़ल्क़* में यह धारावाहिक रूप से प्रकाशित हुआ था। यह उपन्यास न सिर्फ़ प्रेमचंद के शुरुआती लेखन की दिशा दिखाता है, पर यह भी कि वे किस तरह विभिन्न विधाओं और धाराओं का इस्तेमाल अपने गद्य को ढालने के लिए कर रहे थे। यूँ तो इस उपन्यास का कथानक प्रचलित मानकों के हिसाब से धार्मिक सुधारवाद का नारा बुलंद करते हुए हिंदू धार्मिक स्थानों में फैले पाखण्ड और महंतों की अय्याशी की कहानी कहता है, पर रूप के स्तर पर इसे अनेक प्रयोगों, विभिन्न वाचिक / साहित्यिक परम्पराओं के आपसी संवाद के अनेक प्रयासों के टेक्स्ट के रूप में भी देखा जा सकता है। उपन्यास की कहानी या तो मुख्य 'कथावाचक' के माध्यम से बढ़ती है, या फिर अनेक पात्रों के आपसी संवादों के द्वारा, जो कि बहुप्रचलित तरीक़ा रहा है। पर उपन्यास की एकरेखीय कथात्मकता में अलग-अलग स्तरों के संवाद की (जिसे बाख़्तिन पॉली फ़ॉनी के नाम से पुकारते हैं) गुंजाइश सामने रखने की कोशिश कहीं-कहीं इस विधा से ही कुश्ती लड़ती दिखाई देती है।

यदि इस उपन्यास के पूरे फ़ॉर्म को ही देखें, तो स्पष्ट है कि यह उपन्यास पुराने लोकप्रिय आख्यानों की परम्परा, जो *कथासरित्सागर* से लेकर *दास्तान-ए-अमीर हम्ज़ा* तक चली आयी थी, को भी अपने में समाविष्ट कर रहा है। उपन्यास के कम से कम तीन ऐसे उपकथानक हैं जो लम्बे हैं, और उनका उपयोग मुख्य कथा को बढ़ाने के लिए नहीं बल्कि स्वतंत्र दास्तानों की तरह हुआ है। एक पूरा प्रसंग है जिसे उर्दू नस्र (गद्य) के उदाहरण के तौर पर रखा गया है। यह ईश्वर के दरबार की कहानी कहता है, जिसमें ब्रह्मा, विष्णु, महेश, सहित अन्य देवी-देवता उपस्थित हैं। इस प्रसंग का इस्तेमाल लेखक ने न सिर्फ़ अपनी गद्य-शैली का चमत्कार दिखाने के लिए किया है, बल्कि उपन्यास के पूरे ढाँचे को भी अपने तईं परिभाषित करने का प्रयास किया है। दूसरे स्तर पर एक अन्य प्रसंग में एक लोकप्रिय कथा का स्वतंत्र रूप से उपयोग हुआ है, जो शेरशाह सूरी की लड़की और मालवा के राजकुमार की प्रेम कहानी कहती है। यह कथा, पहले उदाहरण के बिलकुल विपरीत, प्रचलित भाषाओं में लोककथा का उदाहरण है, जिसमें बहुतायत से गीतों का प्रयोग हुआ है। उपन्यास की यह विधा कई भाषाई परम्पराओं को साथ लेकर अन्य विधाओं को भी साथ रखने की कोशिश कर रही थी। उग्र पर जिस अश्लीलता के आरोप आगे चल कर 1928 में लगे और जिसका बचाव उन्होंने 'सामाजिक यथार्थवाद' का सहारा लेकर किया, वैसे कई प्रसंग इस उपन्यास में ख़ासकर सेक्स और चुम्बनों आदि के दिये गये हैं, हालाँकि प्रेमचंद ने 'देवस्थान' का 'रहस्य' खोलने की बात उसी सामाजिक सुधारवाद के नाम पर ही की है।

दूसरी परम्परा धार्मिक कथावाचन और लोकप्रिय नाटकों की है जिसने उन्हीं दशकों में हिंदी के समाज को विस्तार देने में भूमिका निभायी, जिन दशकों में द्विवेदी युग, छायावाद युग वग़ैरह मुख्य साहित्यिक परम्परा के रूप में हिंदी-लेखन को एक ख़ास स्वरूप दे रहे थे। फ्रंचेस्का ऑरसिनी का एक अध्ययन राधेश्याम कथावाचक नारायण प्रसाद बेताब के हवाले से यह दिखलाता है कि किस प्रकार उनके द्वारा की गयी लोकप्रिय गीतों की रचना बाद में प्रकाशन के माध्यम से और भी लोकप्रिय और विस्तारित हुई। कथावाचक बेताब सिर्फ़ गीतकार नहीं थे, बल्कि अत्यंत लोकप्रिय नाटकों के रचयिता भी थे, कई बार तो डायरेक्टर भी, गीतकार और कम्पोज़र भी। यह परम्परा बाद में सिनेमा में भी दुहरायी गयी, टॉकीज़ के आने के बाद। इस नाते समकालीन हिंदी-समाज से उनके रिश्ते की पड़ताल आवश्यक है।

कथावाचक की आत्मकथा *मेरा नाटककाल* से तीन महत्त्वपूर्ण स्थापनाएँ निकलती हैं। हिंदी-समाज की अवधारणा बीसवीं सदी के पूर्वार्ध में सिर्फ़ लेखन / प्रकाशन

के माध्यम से नहीं निर्मित हुई, बल्कि इसे बनाने में एक नयी वाचिक परम्परा की अहम भूमिका थी। इस समाज का दायरा, इसके घटक, इसके सदस्य व्यापक थे— न सिर्फ़ उपभोक्ता के तौर पर बल्कि, उत्पादक के तौर पर भी। यह वाचिक परम्परा, लेखन की परम्परा से लगातार संवाद कर रही थी और लेखन की परम्परा कई संदर्भों में वाचिक परम्परा की अनुषंगी होकर सामने आयी। पर साथ ही यह परम्परा आधुनिक हिंदी-राष्ट्रवाद के उन सारे मूल्यों को अपने तौर पर परिभाषित कर रही थी, जिनकी वकालत हिंदी लेखन की मुख्यधारा की परम्परा भी कर रही थी। यही वजह थी कि अपने समय में जहाँ एक ओर उसे तत्कालीन साहित्यिक संस्थाओं, पत्र-पत्रिकाओं का समर्थन मिला, वहीं दूसरी ओर राजनीतिक संस्थाओं का भी। चूँकि यह परम्परा कहीं न कहीं लिखित परम्परा द्वारा परिभाषित हिंदी साहित्य की नवनिर्मित आत्म-छवि को चुनौती दे रही थी, इसलिए उसे जल्दी ही हिंदी के कैनन से बाहर जाना पड़ा। इस प्रक्रिया में जहाँ उसे विशुद्ध साहित्यिकता के पैमाने पर आलोचना मिली, वहीं उग्र जैसे लोगों ने भी उसका विरोध किया जो ख़ुद उस वाचिक परम्परा का इस्तेमाल तो कर रहे थे, पर आधुनिक साहित्यिकता के पैमानों के भीतर ही।

राधेश्याम कथावाचक का जन्म 1890 में हुआ। दस साल की उम्र से उन्होंने कथावाचन शुरू कर दिया। 1912 के आस-पास उन्होंने नाटकों की दुनिया में क़दम रखा। तीस के दशक तक वे काफ़ी सक्रिय रहे। चालीस के दशक में उनकी नाटक संबंधी गतिविधियाँ हल्की पड़ीं। इसी दौर में उनकी दिलचस्पी सिनेमा में बढ़ी, पर आख़िर में उन्होंने इस क्षेत्र में अपनी नाकामी स्वीकार ली। एक तरह से उनकी सक्रियता की अवधि 1912 से तीस के दशक तक समझी जा सकता है। रामायण का कथावाचन उन्हें अपने पिता से विरासत में मिला था। यह परम्परा घर-घर में बजने वाली ढोलक, रामायण के गायन, रुक्मिणी-मंगल की कथाओं, रासलीला, रामलीला, स्वाँग, नाटक, रास-मुजरे आदि की थी। दूसरी तरफ़ वाचिक परम्परा की भी एक मिली-जुली रिवायत उस ज़माने के लोक-जीवन में थी। इस परम्परा को आधार बनाते हुए कथावाचक ने कई शहरों में घूम-घूमकर रामायण का पाठ किया। खड़ी बोली में रामायण की रचना की, (अलग से कई गीत लिखे), जो बाद में *राधेश्याम रामायण* के नाम से छपी और बेहद लोकप्रिय साबित हुई। ये गीत उन्होंने उन दिनों के पारसी थियेटरों के लोकप्रिय गानों की तर्ज़ पर बनाये थे। बाद में इस रामायण की लोकप्रियता इतनी बढ़ी कि उन्होंने ख़ुद स्वीकारा कि कथा और नाटक से भी ज़्यादा कमाई उन्हें रामायण के प्रकाशन से हुई और बहुत दिनों तक जारी रही। बाद के वर्षों में राधेश्याम का कथावाचन रेडियो के माध्यम से भी होता रहा, और अपनी कमायी बढ़ाने के ख़याल से उन्होंने अपना ख़ुद का प्रकाशन स्थापित किया, जिससे उन्हें जीवन-भर पर्याप्त आय होती रही। कथावाचन की वाचिक परम्परा की लोकप्रियता ही वह माध्यम थी जिसके द्वारा प्रकाशक ने उसे दूर-दूर तक पहुँचाया। किन्हीं अर्थों में 1930 के दशक में हरिवंश राय बच्चन की *मधुशाला,* उसके काव्य-पाठ और उसकी अप्रत्याशित सफलता ने इसी तरह बच्चन को भी ख़ुद ही अपना प्रकाशन स्थापित करने का प्रेरणा दी थी।

देखें : 'अंग्रेज़ी हटाओ' आंदोलन, डायग्लॉसिया, भारत में भाषा-नियोजन-1 से 4 तक, भाषा के मार्क्सवादी सिद्धांत, रामविलास शर्मा-1 और 2, सम्पर्क भाषा-1, 2, 3 और 4, संविधान सभा में भाषा-विवाद-1, 2 और 3, हिंदी विरोधी आंदोलन, हिंदी जाति-1, 2 और 3, हिंदी नवजागरण, हिंदी-संस्थाएँ, संविधान में भाषा-विवाद-1 से 3 तक।

संदर्भ

1. राधेश्याम कथावाचक (2004), *मेरा नाटककाल,* राष्ट्रीय नाट्य विद्यालय, नयी दिल्ली.
2. अविनाश कुमार (2013), 'हिंदी का लोकप्रिय जगत और राधेश्याम कथावाचक का नाटककाल', अभय कुमार दुबे (सम्पा.), *हिंदी की आधुनिकता : एक पुनर्विचार* (दूसरा खण्ड), आईआईएएस-वाणी, नयी दिल्ली.
3. गोपाल राय (1985), *हिंदी उपन्यास कोश* (दो खण्ड), ग्रंथ निकेतन, पटना.
4. स्टुअर्ट ब्लैकबर्न और वसुधा डालमिया (सम्पा.) (2004), *इण्डियाज़ लिटरेरी हिस्ट्री : एसेज़ इन द नाइंटींथ सेंचुरी,* परमानेंट ब्लैक, नयी दिल्ली.

— अविनाश कुमार

हिंदी-जगत और 'लोकप्रिय'-2

धार्मिक कथावाचन और नाटकों की दुनिया

(Hindi and the idea of 'Popular'-2)

राधेश्याम का 'नाटक' लेखन, इसलिए और भी दिलचस्प है, क्योंकि वह न सिर्फ़ पहली बार लोकप्रिय धार्मिक नाटकों का निकष बना, बल्कि लोकप्रिय रंगमंच में हिंदी का बोलबाला स्थापित करने का श्रेय भी उसे दिया जाता है। उनका पहला नाटक *वीर अभिमन्यु* अत्यन्त सफल रूप से न्यू अल्फ्रेड कम्पनी द्वारा खेला गया (जहाँ पहले प्रसिद्ध आगा हश्र कश्मीरी काम करते थे)। उसकी सफलता पर सवार होकर जब उसका प्रकाशन हुआ तो इसका हवाला कथावाचक इस प्रकार देते हैं : 'पहली बार वीर अभिमन्यु दो हज़ार छपा, उसके बाद पाँच हज़ार, फिर आठ हज़ार छपा, नवलकिशोर प्रेस, लखनऊ में। फिर तो यह छपता और बिकता ही रहा। अब तक एक लाख के क़रीब इसका प्रकाशन हुआ होगा।' लोकप्रियता इतनी थी कि मद्रास स्टेशन पर भी उसके पोस्टर लगे थे। राधेश्याम ने धार्मिक नाटकों की पूरी एक फ़ेहरिस्त तैयार कर दी जिनमें वीर अभिमन्यु के अलावा *रामायण, श्रवण कुमार, रुक्मिणी मंगल, द्रौपदी स्वयंवर, महाकवि वाल्मीकि* आदि सभी सफल रहे।

इन नाटकों के दर्शक-उपभोक्ता कौन थे? यदि क्षेत्रीय स्तर पर देखें तो एक लम्बी फ़ेहरिस्त बनती है, ख़ासकर छोटे-छोटे शहरों की जहाँ पारसी कम्पनियाँ जा कर नाटक स्टेज करती थीं। कुछ शहर जिनका नाम बार-बार आता है, वे हैं बरेली, बुलंदशहर, नाभा, अहमदाबाद, पेशावर, कानपुर, दिल्ली, अमृतसर, लाहौर, लखनऊ, कलकत्ता आदि। सामाजिक वर्गों की दृष्टि से देखा जाए तो राजे-रजवाड़ों, वकीलों, सेठों, कांग्रेसियों से लेकर आम जनता अलग-अलग वर्ग में बैठ कर इन्हें देखने आती थी। एक ख़ास बात का ज़िक्र राधेश्याम ने ख़ुद किया है कि किस तरह पारसी थिएटरों की 'अश्लील छवि' की जगह जब 'धार्मिक नाटक', आये तो पूरे परिवार यानी महिलाओं की भी बतौर दर्शक महत्त्वपूर्ण भागीदारी शुरू हुई। एक दिलचस्प तथ्य और भी है कि शुरुआती दौर में इन नाटकों के अभिनेता भी अलग-अलग समुदायों यानी मुसलमान, हिंदू, ईसाई, पारसी होते थे। एक उदाहरण : अझलाल अभिमन्यु बना, अलीज़र अर्जुन, अब्दुल रहमान काबुली भीम, जगन्नाथ सुभद्रा, निसार उत्तरा। पुरानों में युधिष्ठिर रियाज़, द्रोणाचार्य मगनलाल, जयद्रथ उमर भाई खरपटसिंह सोरबजी ढूँढ़ी और शंकर गंगाप्रसाद भाई। कलाकारों की लोकप्रियता पात्रों से जुड़ जाती थी। एक और महत्त्वपूर्ण तथ्य यह भी था कि नाटकों में वन्स मोर होने पर दृश्य और गीत बार-बार दुहराये जाते थे और नाटक रात दस बजे से शुरू होकर पाँच बजे सुबह तक चलता था। लोकप्रियता का एक दूसरा पैमाना यह भी था कि समकालीन साहित्य में राधेश्याम के नाटकों का ज़िक्र आलोचना के अलावा भी आने लगा। प्रेमचंद ने *गबन* में भी इसका ज़िक्र किया है : 'एक दिन मनोरमा थिएटर में राधेश्याम का कोई नया ड्रामा होने वाला था, इस ड्रामे की बड़ी धूम थी, एक दिन पहले ही से लोग अपनी जगह रक्षित करा रहे थे।'

भाषाई स्तर पर राधेश्याम और नारायणप्रसाद बेताब को पारसी थियेटरों में हिंदी नाटकों का जनक कहा जाता है। बेताब तो ख़ैर उर्दू और हिंदी दोनों ही परम्पराओं में याद किये जाते हैं। न सिर्फ़ कथ्य के स्तर पर पारसी थियेटरों में हिंदू धार्मिक नाटकों का आगमन हुआ, बल्कि भाषा के स्तर पर भी जिसे हिंदी कहा जा रहा था वह सचेत तौर पर सामने आयी। इसको लेकर शंकाएँ भी थीं, पर फिर भी यह एक सचेत प्रयास था। ख़ुद कथावाचक ने भारतेंदु की *भारत दुर्दशा* और *नील देवी* आदि के प्रभाव के साथ-साथ उस ज़माने के लोकप्रिय लेखक लज्जाराम मेहता आदि के प्रभाव का ज़िक्र भी किया है। साथ ही तत्कालीन पत्र-पत्रिकाओं की भूमिका का भी।

हिंदी-राष्ट्रवाद का प्रोजेक्ट एक सचेत प्रयास के रूप में उभर रहा था। उसमें न सिर्फ़ विभिन्न शाब्दिक परम्पराएँ शामिल थीं, बल्कि विभिन्न भाषाएँ जैसे ब्रज और उर्दू आदि भी मौजूद थीं। कई बार शब्द मंचन और पात्रों के लिहाज़ से भी रखे जाते थे। एक पंजाबी कलाकार द्वारा 'पुत्र' को 'पुत्तर' कह जाने पर राधेश्याम ने उसे बदल कर 'लाल' कर दिया था।

राष्ट्रवाद के इस प्रोजेक्ट में अश्लीलता को पराजित करना भी शामिल था। नाटकों में इस प्रकार के गीत होते थे : 'भाग्य फिर सोते हुए भारत का जग जाने को है' या 'नाथ फिर डूबते हुए भारत को बचाने आओ'। या *भक्त प्रहलाद* जैसे नाटक जिनके बारे में ख़ुद कथावाचक ने याद किया है, 'प्रहलाद' और 'प्रमोद' निश्चय ही 'हुकूमत के विरुद्ध' ख़ूब खुल कर उस नाटक में बोलते थे, पर आड़ यह थी कि 'किस हुकूमत के विरुद्ध?'। उन दिनों की पत्र-पत्रिकाओं में इसका सीधा असर दिखलायी देता है। *त्यागभूमि* पत्रिका में इसकी समीक्षा इस प्रकार निकली : 'इसमें अपने परमभक्त प्रहलाद के कथानक को 1920 के सत्याग्रह और असहयोग आंदोलन की घटनाओं के साथ इस ख़ूबी से संलग्न किया है कि रंगमंच पर अभिनय देखते समय बारम्बार दर्शक को यही भ्रम होता है, मानो वह विगत असहयोग आंदोलन को ही प्रत्यक्ष देख रहा है।'

आश्चर्य नहीं कि मदनमोहन मालवीय, मोतीलाल नेहरू, ख़्वाजा हसन निज़ामी, गणेश शंकर विद्यार्थी जैसे लोग

इन नाटकों के न सिर्फ़ दर्शक रहे, बल्कि कथावाचक ख़ुद गाँधी के क़रीब भी आये और कांग्रेस के सक्रिय कार्यकर्ता भी रहे। राजनीति और मनोरंजन का यह सामंजस्य कथावाचक के नाटकों के मंचन के दौरान बार-बार निकलकर आता दिखलायी देता है। दूसरी ओर उनकी प्रशंसा प्रेमचंद, महावीर प्रसाद द्विवेदी और श्याम सुंदर दास जैसे लोगों ने लम्बी समीक्षाएँ लिख कर की। ये लोग उन दिनों साहित्य की परिभाषा गढ़ रहे थे। न सिर्फ़ कथ्य के स्तर पर बल्कि भाषा के स्तर पर भी। श्याम सुंदर दास का कहना था कि राधेश्याम की भाषा सब से अधिक परिमार्जित और सुव्यवथित है। साहित्यिक समीक्षक इस तरह किसी कृति को साहित्यिक ठहराने के अपने अधिकार का प्रदर्शन भी कर रहे थे। एक समीक्षक ने उनकी प्रशंसात्मक समीक्षा लिखने का आधार यह बनाया कि 'हमारे देश में अभी ऐसी अवस्था नहीं पहुँची है, जिससे केवल जनता के आकर्षण को ही किसी कला की सफलता का प्रमाण माना जाए। हमारी जनता कभी-कभी थर्ड क्लास चीज़ों पर भी आकर्षित हो जाती है। इसके कारण कथावाचक की कृति पर भी हम कला की दृष्टि से विचार करना चाहते हैं ।'

इसी दौरान ख़ुद राधेश्याम साहित्यिकता के ख़याल से बांग्ला और मराठी नाटकों से प्रेरणा लेकर नये प्रयोग भी कर रहे थे। 'शायरी और क़ाफ़ियेबाज़ी' को छोड़ कर लम्बे मोनोलॉग्ज़ का सहारा भी लेने लगे थे। साथ ही उन्होंने समकालीन संदर्भों पर सामाजिक नाटक, जैसे *परिवर्तन,* की रचना भी की थी। पर उनके नाटकों को सिर्फ़ साहित्यकारों का ही नहीं, बल्कि संस्थाओं का अनुमोदन भी मिल रहा था। *वीर अभिमन्यु* पंजाब युनिवर्सिटी ने अपने पाठ्यक्रम में शामिल किया। कई शहरों की साहित्यिक सस्थाओं ने उन्हें बुला कर सम्मानित किया। इन कार्यक्रमों में शामिल होने वाले लोगों में निराला और *मतवाला* के सम्पादक नवजादिक लाल श्रीवास्तव जैसे लोग भी शामिल थे। उन्हें सबसे बड़ा संस्थानिक अनुमोदन तब मिला जब उन्हें काशी नागरी प्रचारिणी सभा के वार्षिकोत्सव में सभापति बनाया गया।

इन सबके बावजूद 'साहित्यिकता' की जो परिभाषा बन रही थी, वह राधेश्याम के नाटकों के संदर्भ में ख़ासकर, पूरे साहित्यिक परिदृश्य को लेकर द्वंद्व में थी। श्याम सुंदर दास ने जयशंकर प्रसाद की आलोचना यह कह कर तो की थी कि उनके नाटक रंगमंच के योग्य नहीं होते, पर साथ में यह भी कहा कि नि:संदेह साहित्यिक दृष्टि से प्रसादजी के नाटक उत्तम कोटि के हैं। ख़ुद रामचंद्र शुक्ल ने, जो प्रसाद की छायावादी कविताओं के आलोचक थे, उनके नाटकों पर लम्बा प्रशंसात्मक निबंध लिखा। दूसरी ओर दिलचस्प बात यह है कि प्रसाद के *स्कंदगुप्त* की आलोचना प्रेमचंद ने *माधुरी* में उसी आधार पर की जिसके लिए पारसी थिएटर को गालियाँ पड़ रही थीं : 'वही कील-काँटे हैं, वही राजनीतिकों का षड्यंत्र, वही प्रेमाख्यान ... ।' कथावाचक भी साहित्य के बदलते निकष से अनजान नहीं थे। एक पत्र में प्रसाद के मुक़ाबले अपनी आलोचना पढ़ कर उन्होंने लिखा : 'भला प्रसादजी के साहित्यिक (कॉलेज़ों के कोर्स में विद्यार्थियों को पढ़ाये जाने वाले) नाटक और मेरे पारसी स्टेज पर अभिनीत होने वाले नाटकों का क्या मुक़ाबला?' दूसरी ओर ख़ुद उग्र ने उनकी आलोचना पौराणिक नाटकों को बेज़रूरत और हानिकारक बतला कर की।

पर 'साहित्यिकता' का पैमाना तब तक इतना स्पष्ट हो चुका था कि ख़ुद पारसी थिएटर के नाटककार इस बात को समझते हुए अपनी दुनिया अलग रखने की जद्दोजहद में लगे हुए थे। कथावाचक के एक नाटक की जब आलोचना छपी तो आग़ा हश्र कश्मीरी ने उन्हें सलाह दी, 'क्यों छपवाते हो अपने नाटक? नाटक खेलने की चीज़ है— पढ़ने की चीज़ नहीं। अभी हिंदुस्तान में हिंदी इतनी नहीं उठी है जितनी पश्चिम में अंग्रेज़ी। यहाँ तो थियेटरों में अभी अर्से तक खिचड़ी (गिरी-पड़ी) भाषा ही चलेगी। हिंदी के ऊँचे लोग चाहते हैं— ऐसी उच्चकोटि की भाषा, जिसे स्टेज पर रखा जाए तो उन हिंदी के दिग्गजों के घरवाले तक नाटक देखने आयें तो न समझ सकें। फिर इन आलोचकों को न स्टेज का ज्ञान है न वाक़यात जानते हैं।'

मंटो ने याद किया है कि आगा हश्र कश्मीरी से लोग यह बार-बार कहते थे कि आप तो हिंदी लिख ही नहीं सकते। असल में दबाव यह था कि अगर आप हिंदू मायथॉलजीकल नहीं लिख सकते, तो नाटक नहीं लिख सकते। इससे बहुत परेशान हुए आगा हश्र कश्मीरी। उन्हें लगा कि सिद्ध करना चाहिए कि वे हिंदी बोल सकते हैं। इसलिए बुलाये जाने पर वे एक मंच पर गये और धाराप्रवाह हिंदी ही बोले। स्पष्ट था कि वे जान चुके थे कि सारी प्रशंसाओं के बावजूद, लोकप्रिय नाटकों की परम्परा साहित्यिकता की नयी बनती परम्परा से निरंतर दूर जा रही थी, बावजूद इसके कि छपाई से निकली साहित्यिकता उसी छपाई के माध्यम से इन नाटकों का प्रसार भी कर रही थी।

अपने सारे राष्ट्रवाद के बावजूद, और अपने सचेत प्रयासों के बावजूद राधेश्याम ने यह भी स्वीकारा कि उनके नाटकों के हिंदीपन और हिंदूपन के कारण धीरे-धीरे दूसरी भाषाई परम्पराओं के कलाकार बाहर होते गये (उनमें बहुत से फ़िल्मों में गये), और ख़ासकर मुसलमान कलाकार तो काफ़ी कम हो गये। इसका एक व्यावसायिक कारण यह भी था कि धार्मिकता के कारण पूरा हिंदू परिवार इसका दर्शक हो गया, जबकि पहले यह मूलत: पुरुषों का क्षेत्र था। नाटकों की

आलोचना इस आधार पर भी होने लगी कि हिंदू पात्रों/नायिकाओं की भूमिका ग़ौहर जान क्यों निभा रही है? महाभारत में 'चेता चमार' जैसे पात्र क्यों ठूँसे जा रहे हैं? कथावाचक ने इसी वजह से जब अपना उर्दू नाटक 'मशरिक़ी हूर' लिखा तो पहले हसरत मोहानी की राय लेकर उसकी पब्लिसिटी की और तब उसका मंचन किया।

हाल के दिनों में औपनिवेशिक दौर में प्रिंट कल्चर के प्रसार की खोजबीन करने वाली कई शोध-कृतियाँ सामने आयी हैं। इनमें उलरिख स्टार की बहुचर्चित किताब *ऐन एम्पायर ऑफ़ बुक्स* उल्लेखनीय है जो लखनऊ के नवल किशोर प्रेस की भूमिका पर किये गये अनुसंधान पर केंद्रित है। बम्बई के फ़रदूनजी सोहराबजी मार्ज़बान, लाहौर के मुंशी हरसुख राय, कानपुर के मौलवी अब्दुल रहमान ख़ान और लखनऊ के मुंशी नवलकिशोर जैसे प्रकाशकों के जीवन और कृतित्व पर प्रकाश डालने का श्रेय उलरिख स्टार को ही जाता है। स्टार उन्नीसवीं सदी में हिंदी की अहम हस्ती राजा शिवप्रसाद सितारेहिंद की जीवनी पर भी अनुसंधान कर रही हैं। इसी तरह अभिजित गुप्ता और स्वप्न चक्रवर्ती ने भारत में पुस्तकों के इतिहास पर दो संकलन सम्पादित किये हैं जिनका शीर्षक क्रमशः *प्रिंट एरियाज़* और *मूवेबिल टायप्स* है। फ्रांचेस्का ऑरसिनी लिखित *प्रिंट ऐंड प्लेज़र* का प्रकाशन हुआ है जिसमें उन्नीसवीं सदी के दौरान उत्तर भारत में मुद्रित साहित्य की संस्कृति पर विभिन्न कोणों से रोशनी डाली गयी है। ज़ाहिर है कि हिंदी-जगत की निर्मिति का एक पहलू धीरे-धीरे खुल रहा है, पर अभी दूसरे पहलुओं पर विद्वानों की नज़र पड़नी बाकी है। दरअसल, इस पूरी परम्परा के अलग-अलग आयामों की सिलसिलेवार पड़ताल बहुत ज़रूरी है। सिर्फ़ भाषाई या शब्दों के धरातल पर ही नहीं, विधाओं के स्तर पर अलग-अलग भी।

देखें : 'अंग्रेज़ी हटाओ' आंदोलन, डायग्लॉसिया, भारत में भाषा-नियोजन-1 से 4 तक, भाषा के मार्क्सवादी सिद्धांत, रामविलास शर्मा-1 और 2, सम्पर्क भाषा-1, 2, 3 और 4, संविधान सभा में भाषा-विवाद-1, 2 और 3, हिंदी विरोधी आंदोलन, हिंदी जाति-1, 2 और 3, हिंदी नवजागरण, हिंदी-संस्थाएँ, संविधान में भाषा-विवाद-1 से 3 तक।

संदर्भ

1. राम आनंद (सम्पा.), *प्रेमचंद रचनावली,* जनवाणी प्रकाशन, दिल्ली.
2. आचार्य चतुरसेन शास्त्री (1963), *मेरी आत्मकहानी,* चतुरसेन साहित्य समिति, नयी दिल्ली.
4. कैथरीन हेंसन (1989), 'द बर्थ ऑफ़ हिंदी ड्रामा इन बनारस, 1868-1883', सांड्रा फ्रीटैग (सम्पा.), कल्चर ऐंड पॉवर इन बनारस, युनिवर्सिटी ऑफ़ कैलिफ़ोर्निया प्रेस, बर्कले.
5. कैथरीन हेंसन (2008), 'लेंग्वेज़, कम्युनिटी ऐंड थिएटरीकल पब्लिक : लिंगुइस्टिक प्लूरलिज़म ऐंड चेंज इन नाइंटींथ सेंचुरी पारसी थिएटर', स्टुअर्ट ब्लैकबर्न और वसुधा डालमिया (सम्पा.), *इण्डियाज़ लिटरेरी हिस्ट्री : एसेज़ इन द नाइंटींथ सेंचुरी,* परमानेंट ब्लैक, नयी दिल्ली.

—अविनाश कुमार

हिंदी जाति-1

सोवियत मॉडल का विवेकसम्मत प्रयोग

(Hindi Jati-1)

हिंदी जाति की संकल्पना हिंदीभाषी बुद्धिजीवियों और साहित्यकारों के बीच बेहद लोकप्रिय है। इसके सूत्रीकरण का श्रेय रामविलास शर्मा को जाता है जिनकी हैसियत हिंदी की दुनिया में एक युगपुरुष जैसी बन चुकी है। हालाँकि हिंदी जगत की बौद्धिक ख़ेमेबंदी में उनके विरोधियों की भी कमी नहीं है, पर दिलचस्प बात यह है कि उनके कई विरोधियों ने भी उनकी इस संकल्पना को आत्मसात कर लिया है। रामविलास शर्मा ने इसके सूत्रीकरण के लिए मार्क्सवाद और राष्ट्रवाद के बीच हुई अन्योन्यक्रिया के कुछ पहलुओं का सहारा लिया जिसमें जाति की राष्ट्र-पूर्व श्रेणी प्रमुख है। इसके साथ ही उन्होंने व्यापारिक पूँजीवाद के विचार का भी इस्तेमाल किया। रामविलास शर्मा सोवियत संघ की भाषा-नीति के प्रति भी काफ़ी आकर्षित नज़र आते हैं लेकिन उन्होंने सोवियत मॉडल को अपने लिहाज़ से भारतीय परिस्थितियों की ज़रूरत के मुताबिक़ कहीं स्वीकार किया, तो कहीं नज़रअंदाज़ भी किया है।

कुल मिला कर ऊपर से देखने में सरल लगने वाली यह संकल्पना काफ़ी पेचीदा है। पहली नज़र में लगता है कि रामविलास शर्मा तमिल, बांग्ला, मराठी या तेलुगु सरीखे भाषाई राष्ट्रवाद के तर्ज़ पर हिंदी में भी भाषाई राष्ट्रवाद की रचना करने की सिफ़ारिश कर रहे हैं। वास्तव में उनकी कुछ संस्तुतियाँ इस तरह की सरलीकृत धारणा को उस समय बढ़ावा देती हैं जब वे सभी हिंदीभाषी प्रदेशों को मिला कर एक बहुत बड़े हिंदी प्रदेश की रचना करने की माँग करते हैं। हिंदी जाति को धरती पर उतारने के लिए डॉ. शर्मा का यह प्रस्ताव उनके विचार को ग़ैर-मार्क्सवादियों के बीच ही नहीं बल्कि कई मार्क्सवादियों के बीच भी विवादास्पद बना देता है। लेकिन यह विवाद एक सूत्रीकरण के रूप में हिंदी जाति का महत्त्व कम नहीं करता। वस्तुतः हिंदी जाति की संकल्पना करने के पीछे रामविलास शर्मा का उद्देश्य एक बहुभाषी,

बहुधार्मिक, बहुसांस्कृतिक और बहुजातीय देश में एक स्वदेशी सम्पर्क-भाषा का तर्क स्थापित करने का था, और उसे इसी संदर्भ में समझा जाना चाहिए। हिंदी जाति की संकल्पना की पृष्ठभूमि समझना आवश्यक है।

आज़ादी के बाद संविधान सभा में भाषा के सवाल पर बड़ी पेचीदा बहस हुई, और अंततः उसे राज-भाषा की हैसियत दे दी गयी। हिंदी के ज़्यादातर समर्थकों ने उसकी इसी संवैधानिक हैसियत में उसका राष्ट्र-भाषा हो जाना पढ़ लिया। यह माना गया कि संविधान की मुहर लग जाने के बाद अब हिंदी का प्रभुत्व अंतिम तौर पर वर्चस्व में बदल गया है। लेकिन भाषा से जुड़ी राजनीति इसी जगह ख़त्म नहीं हुई। दो विपरीत प्रक्रियाएँ भी चलीं। पहली मुख्यतः वामपंथी ख़ेमे के भीतर घटित हुई। वहाँ पूरे विद्रोही तेवर के साथ जनपदीय भाषाओं का प्रश्न उठा कर हिंदी के इस संविधानजनित वर्चस्व को चुनौती दी गयी। प्रगतिशील लेखक संघ की राजनीति में इसकी बागडोर हिंदी के ही कुछ लेखकों के हाथ में थी। हिंदी के मार्क्सवादियों के बीच यह एक अंतःविस्फोट था। दूसरी प्रतिक्रिया ग़ैर-हिंदीभाषी क्षेत्रों से आयी जिसका मैदान पहला राज-भाषा आयोग था। हिंदी-क्षेत्र के बाहर होने वाले इस विस्फोट के कर्ताधर्ता आयोग के तमिल और बंगाली सदस्य (पी. सुब्बरायन और सुनीति कुमार चटर्जी) थे। हिंदी के कथित वर्चस्व में ये दोनों पलीते उस समय लगे जब रामविलास शर्मा कम्युनिस्ट पार्टी की सांस्कृतिक सिपहसालारी कर रहे थे। 1949 से 1953 के बीच उन्हीं के हाथ में प्रगतिशील लेखक संघ की बागडोर रही। इस दौर में उन्हें एक से बढ़ कर एक तल्ख़ बहसों में भाग लेना पड़ा। साठ का दशक ख़त्म होते-होते दक्षिण भारत में हिंदी के ख़िलाफ़ और उत्तर भारत में अंग्रेज़ी के ख़िलाफ़ आंदोलनों की लहर आ चुकी थी। यह समय भाषाई आधार पर राज्यों के पुनर्गठन की राजनीति का भी था। यह समय सम्भवतः भारतीय राजनीति का सबसे उत्तेजक और संकटग्रस्त समय था जब अमेरिकी बुद्धिजीवी सेलिग हैरिसन ने कह दिया था कि इसी राजनीति की वजह से ही 1967 का संसदीय चुनाव भारत का आख़िरी लोकतांत्रिक चुनाव हो सकता है।

रामविलास शर्मा ने पचास और साठ के दशकों के इस नाज़ुक समय में कभी कम्युनिस्ट पार्टी के भीतर और कभी बाहर रह कर वह भूमिका निभायी जो आज़ादी से पहले भाषा के सवाल पर गाँधी की भूमिका से मिलती-जुलती थी। गाँधी ने हिंदी का राजनीतिक प्रभुत्व क़ायम करते हुए उसके वर्चस्व के लिए रास्ता साफ़ किया था। वे संस्कृतनिष्ठ हिंदी के विरोधी और हिंदुस्तानीनुमा सरल-सहज बोलचाल की हिंदी के पक्षधर थे। रामविलासजी ने हिंदी के संविधानजनित वर्चस्व की रक्षा करते हुए उसके लोकतंत्रीकरण का भगीरथ प्रयास किया। उन दिनों, और जीवन में बहुत बाद तक, वे मार्क्सवादी मुहावरे में गाँधी को पूँजीपति वर्ग का प्रतिनिधि मानते थे, पर भाषा के सवाल पर वे गाँधी की भूरि-भूरि प्रशंसा करते थे। उन्होंने जो किया, उसे देख कर बेहिचक कहा जा सकता है कि इस सवाल पर उनके भीतर एक गाँधी छिपा बैठा था।

भाषा-नीति से जुड़ी बहसों पर रामविलास शर्मा ने तितरफ़ा अनुक्रिया की। उनकी थीसिस का पहला पहलू था हिंदी के संविधानजनित वर्चस्व का विलोप किये बिना उसका लोकतंत्रीकरण। उसका दूसरा पहलू था भारतीय संघ की राज-भाषा के रूप में हिंदी की अनिवार्यता का विरोध। उसका तीसरा पहलू था अखिल भारतीय सम्पर्क भाषा के रूप में हिंदी की संरचनात्मक दावेदारी के सामाजिक-ऐतिहासिक सबूत पेश करना ताकि वह अंततः अंग्रेज़ी की जगह ले सके। ये तीनों आयाम विकसित करने की प्रक्रिया में उन्होंने सबसे पहले तो एक नयी राज-भाषा गढ़ने के प्रयासों के सरकारी प्रयासों की विस्तृत और गहरी आलोचना की। उर्दू-फ़ारसी परम्परा से कटी हुई एक संस्कृतनिष्ठ अटपटी हिंदी बनाने की सरकारी योजना का साथ देने से इनकार करते हुए उन्होंने उसके परख़च्चे उड़ा दिये और हिंदी को संस्कृत की बेटी बताने वाले राष्ट्रवादियों के ख़िलाफ़ जम कर मोर्चा लिया। दूसरे, उन्होंने कम्युनिस्ट पार्टी और प्रगतिशील लेखक संघ के भीतर हिंदी का प्रयोग करने के लिए कटिबद्ध अभियान चलाया। हिंदी और उसके क्षेत्र की जनपदीय भाषाओं का परस्पर विरोध दिखाने वालों के मुक़ाबले उन्होंने उन भाषाओं के साथ हिंदी की तारतम्यता स्थापित की। तीसरा, भाषा-विज्ञान के क्षेत्र में उन्होंने सोशल-लिंग्विस्टिक्स के आधार पर भाषा-गठन की स्वाभाविक प्रक्रिया पर बल देते हुए कहा कि बोली के आधार पर परिनिष्ठित भाषा का विकास होता है, परिनिष्ठित भाषा के आधार पर बोलियाँ उत्पन्न नहीं होतीं। खड़ी बोली के आधार पर हिंदी विकसित हुई, लंदन (या मिडलैण्ड) की बोली के आधार पर अंग्रेज़ी और मास्को की बोली के आधार पर रूसी विकसित हुई। इससे पहले प्रचलित यह था कि संस्कृत से प्राकृत, प्राकृत से अपभ्रंश और अपभ्रंश से हिंदी बनी।

यह एक दिलचस्प तथ्य है कि रामविलास शर्मा को हिंदी जाति का विचार एक ग़ैर-मार्क्सवादी हिंदी बुद्धिजीवी धीरेंद्र वर्मा के लेखन में मिला। 1922 में जबलपुर से निकलने वाली पत्रिका *श्री शारदा* में धीरेंद्र वर्मा के चार लेख प्रकाशित हुए जिसमें उन्होंने 'हिंदी-राष्ट्र' और 'सूबा-हिंदुस्तान' के साथ राष्ट्र के लक्षणों का विवेचन किया था। 1930 में लीडर प्रेस, प्रयाग से उनके यही विचार कुछ संशोधन के साथ *हिंदी-राष्ट्र या सूबा-हिंदुस्तान* के शीर्षक से पुस्तकाकार छपे। भाषा को राष्ट्र के प्रमुख लक्षण के रूप में चिह्नित करते हुए धीरेंद्र वर्मा ने इस पुस्तक में इच्छा व्यक्त की कि देश के जितने भूभाग में हिंदी या हिंदुस्तानी मातृभाषा के रूप में बोली

जाती है और नागरी लिपि का चलन है, उसे एक राष्ट्र की तरह गठित होना चाहिए। वे हिंदी और उर्दू को भी एक ही भाषा मानते थे, और उन्हें लगता था कि जब बंगाल में पचास फ़ीसदी बंगाली मुसलमानों की भाषा बांग्ला ही है, तो संयुक्त प्रांत में चौदह फ़ीसदी मुसलमानों की भाषा हिंदी क्यों नहीं हो सकती। हिंदी-वर्चस्व के पैरोकारों को वर्मा की यह दलील बड़ी भायी। 1936 में कांग्रेस के लखनऊ अधिवेशन में बालकृष्ण शर्मा नवीन ने इस मसले को उठाने की कोशिश की, पर जवाहरलाल नेहरू की नाराज़गी के कारण वे इस बहस को उसके अंजाम तक नहीं ले जा सके। धीरेंद्र वर्मा का मार्क्सवाद से कुछ लेना-देना नहीं था। उनका प्रस्ताव तो विशुद्ध राष्ट्रवादी भावनाओं का प्रतिफलन था। लेकिन, रामविलास शर्मा ने यह विचार धीरेंद्र वर्मा से ही पकड़ा, और पचास साल तक उसके इर्द-गिर्द लेखन कार्य करते हुए उसे एक सुव्यवस्थित 'मार्क्सवादी' प्रपत्ति की तरह विकसित किया।

रामविलास शर्मा बहुभाषी सोवियत संघ में भाषा समस्या हल करने के मॉडल के प्रशंसक तो थे, पर वे उसे सार्वभौम और हर जगह लागू करने लायक नहीं मानते थे। उनकी कोशिश यह थी कि हर भाषा को स्वायत्तता देने वाला यह मॉडल हिंदी-क्षेत्र पर लागू न किया जाए, लेकिन हिंदी-क्षेत्र के बाहर पूरे देश में इसी के मुताबिक़ हर स्थापित भाषा को स्वायत्तता मिले। हिंदी-क्षेत्र के बारे में उनकी मान्यता यह थी कि तमाम जनपदीय भाषाओं के बीच से एक ऐतिहासिक प्रक्रिया के दौरान हिंदी नाम की एक जातीय भाषा उभर चुकी है। इसलिए अलग-अलग भाषाओं को मान्यता देने का मतलब होगा इस ऐतिहासिक प्रक्रिया की उपलब्धियों का तिरस्कार, और साथ में हिंदी-क्षेत्र की समग्र अस्मिता की उपेक्षा। चूँकि वे यह भी चाहते थे कि हिंदी-क्षेत्र को छोड़ कर बाक़ी पूरे भारत के संदर्भ में इस मॉडल को लागू किया जा सकता है, इसलिए उन्होंने अपनी तरफ़ से इस मॉडल के सैद्धांतिक आधार पर खड़े होकर भारतीय राष्ट्रवाद को बहुजातीय-बहुभाषी अर्थों में परिभाषित किया।

लेकिन हिंदी-क्षेत्र के मार्क्सवादी बुद्धिजीवियों में सोवियत मॉडल के प्रति रामविलास शर्मा जैसा विवेकसम्मत रवैया न था। वे उसे भारत में पूरी तरह से लागू करने पक्ष में थे। शिवदान सिंह चौहान और राहुल सांकृत्यायन का विचार कुल मिला कर इसी तरह का था। ये दोनों विद्वान इस क्षेत्र की हर भाषा को पृथक भाषा की तरह मान्यता देने के पक्ष में थे। राहुल 'जितनी भाषाएँ-उतनी जातियाँ' के उसूल के आधार पर हिंदी-क्षेत्र का भाषावार बँटवारा चाहते थे। राहुल भोजपुरी के तीन रूपों (मल्लिका, काशिका, बज्जिका) को भी अलग-अलग बताते थे। इस हिसाब से भोजपुरी-क्षेत्र भी तीन हिस्सों में बँटना चाहिए था। सोवियत मॉडल पर इससे ज़्यादा परम-यांत्रिक अमल नहीं हो सकता था। अगर चौहान-राहुल थीसिस मान ली जाती तो उत्तर भारत का जो हाल होता वह तो होता ही, राज-भाषा के रूप में हिंदी के संविधानजनित वर्चस्व का न केवल नाश हो जाता, बल्कि अंग्रेज़ी को प्रतिस्थापित कर सकने वाली अखिल भारतीय सम्पर्क-भाषा के रूप में हिंदी की सम्भावनाएँ भी नष्ट हो जातीं। जिस भाषा का अपना कोई सुपरिभाषित क्षेत्र न होता, उसे सारे भारत की सम्पर्क-भाषा कैसे बनाया जा सकता था?

देखें : 'अंग्रेज़ी हटाओ' आंदोलन, डायग्लॉसिया, भारत में भाषा-नियोजन-1 से 4 तक, भाषा के मार्क्सवादी सिद्धांत, रामविलास शर्मा-1 और 2, सम्पर्क भाषा-1, 2, 3 और 4, संविधान सभा में भाषा-विवाद-1, 2 और 3, हिंदी जगत और 'लोकप्रिय'-1 और 2, हिंदी विरोधी आंदोलन, हिंदी नवजागरण, हिंदी-संस्थाएँ, संविधान में भाषा-विवाद-1 से 3 तक।

संदर्भ

1. भगवान सिंह (2011), 'राहुल सांकृत्यायन से रामविलास शर्मा का मतभेद', *प्राचीन भारत के इतिहासकार*, सस्ता साहित्य मण्डल, नयी दिल्ली.
2. रामविलास शर्मा (2011), *भारत की भाषा समस्या*, राजकमल प्रकाशन, नयी दिल्ली.
3. अभय कुमार दुबे (2012), '''मैं'' और ''वे'' के बीच रामविलास शर्मा का ज्ञान-काण्ड : संस्कृति का ''अर्ली-मॉडर्न'', परम्परा की आधुनिकता और हिंदी-वर्चस्व का लोकतंत्रीकरण', *तद्‌भव*, अंक 1, अक्टूबर.
4. एम.के. गाँधी (1956), *थॉट्स ऑन नैशनल लेंग्वेज*, नवजीवन पब्लिशिंग हाउस, अहमदाबाद.

— अभय कुमार दुबे

हिंदी जाति-2

व्यापारिक पूँजी, मार्क्सवाद और राष्ट्रवाद

(Hindi Jati-2)

रामविलास शर्मा 1949 में ही राहुल-शिवदान की जोड़ी से भिड़ गये और 'बहुजातीय राष्ट्रीयता और राष्ट्र-भाषा हिंदी' शीर्षक निबंध में अपनी स्थापना पेश करते हुए पूछा कि अवधी, ब्रजभाषा, बुंदेलखण्डी आदि बोलियाँ हैं या भाषाएँ; उनके बोलने वाले हिंदुस्तानी जाति के अंतर्गत हैं या भिन्न-भिन्न स्वतंत्र जातियों के रूप में विकसित होंगे? भारतेंदु युग के सभी लेखक भोजपुरी, ब्रज या अवधी वग़ैरह क्षेत्रों के थे, पर उन्होंने गद्य के लिए उन्नीसवीं सदी में ही खड़ी बोली का प्रयोग शुरू कर दिया था। उन्होंने मान्यता व्यक्त की कि अगर ब्रिटिश पूँजीवाद से टक्कर होने के कारण भारतीय पूँजीवाद के सहज विकास में बाधा न पड़ी होती तो व्यापारिक पूँजीवाद के रास्ते भारत में पूँजीवाद का देशज विकास हो गया होता।

इसके बाद 1953, 1956 और 1961 की रचनाओं में वे बार-बार इस स्थापना की ओर लौटे, उसे आगे बढ़ाया और आग्रह किया कि हिंदी जाति की रचना भारतेंदु युग से नहीं हुई बल्कि बारहवीं सदी से शुरू हो गयी थी, और यही वह युग था जब सारे भारत में व्यापारिक पूँजी के प्रभाव में जातियों की रचना हो रही थी। कम्युनिस्ट घोषणापत्र के एक लम्बे उद्धरण का इस्तेमाल करके उन्होंने दिखाया कि पूँजीपति वर्ग की राजनीतिक प्रगति किस तरह क्रमशः होती है। पहले बिना कारख़ानों के व्यापार के ज़रिये वह आगे बढ़ता है, फिर दस्तकारी वाले कारख़ाने आते हैं और तब बाद में मशीनों वाले कारख़ानों के युग में वह अपनी सत्ता क़ायम करता है। मिखाइलोव्स्की की धारणाओं का खण्डन करने वाले लेनिन के उद्धरण का प्रयोग करके उन्होंने दिखाया कि जाति-निर्माण की प्रक्रिया के नेता किस प्रकार व्यापारी पूँजीपति होते हैं, इसलिए जातीय संबंधों का निर्माण पूँजीवादी संबंधों के निर्माण के अलावा कुछ नहीं है। आम तौर पर जाति, क़ौम और राष्ट्रीयता को पर्यायवाची माना जाता है, पर लेनिन के हवाले से रामविलास शर्मा की निष्पत्ति यह थी कि 'जाति वह मानव समुदाय है जो व्यापार द्वारा पूँजीवादी संबंधों के प्रसार के साथ गठित होती है।' इसके साथ ही रामविलास शर्मा ने स्तालिन द्वारा किये गये लघुजाति और महाजाति के बीच भेद का भी ज़िक्र किया।

विश्लेषण के इस मुक़ाम पर रामविलास शर्मा की राष्ट्रवाद संबंधी सैद्धांतिक कारीगरी का एक जायज़ा ले लेना ज़रूरी है। इस कारीगरी के दौरान मार्क्सवाद से बँधा हुआ महसूस करना उनके लिए ज़रूरी नहीं था, क्योंकि मार्क्स ने राष्ट्रवाद की कोई थिएरी तजवीज़ नहीं की है। उल्टे उन्होंने इस मसले पर जो विरासत छोड़ी है, उसके अंतर्विरोधों की विद्वानों द्वारा शिनाख़्त की जा चुकी है। यहाँ तक कि लेनिन द्वारा दिया गया राष्ट्रीयताओं के आत्म-निर्णय का उसूल भी कई राष्ट्रीयताओं वाली परिस्थितियों में अपनायी जाने वाली एक राजनीतिक रणनीति के रूप में देखा जाता है। इस रणनीति पर बोल्शेविकों ने ज़ार के साम्राज्य को तोड़ने के लिए तो अमल किया, पर अपनी सत्ता स्थापित होते ही उसे दूसरी तरह से परिभाषित करने लगे।

1913 में स्तालिन राष्ट्रवाद की अपनी परिभाषा लेकर आये। उन्होंने राष्ट्र को ऐतिहासिक रूप से विकसित एक भूभाग, एक भाषा, एक आर्थिक जीवन और एक ही प्रकार के मानस से युक्त सांस्कृतिक समुदाय का पर्याय क़रार दिया। स्तालिन द्वारा दी गयी यह परिभाषा मार्क्सवादियों के बीच बहुत लोकप्रिय है। लेकिन, इसकी सरलता और सपाटपन ने बाद के विद्वानों को मजबूर किया कि वे मार्क्स, एंगेल्स, लेनिन, काउत्स्की, रोज़ा लक्ज़ेमबर्ग और ऑटो बाउर के राष्ट्र संबंधी लेखन की तरफ़ लौटें। इस प्रक्रिया में मार्क्सवाद और राष्ट्रवाद के बीच अन्योन्यक्रिया का उत्तर-मार्क्स, उत्तर-लेनिन और उत्तर-स्तालिन विमर्श तैयार हुआ। इसमें सभी ने अपनी-अपनी समझ से मार्क्स की तत्संबंधित टिप्पणियों का इस्तेमाल किया है। रोनाल्ड मंक इसीलिए कहते हैं कि राष्ट्रवाद और मार्क्सवाद के बीच संवाद ख़ासा उलझा हुआ है।

पिछले तीस साल में जिस स्थापना ने मार्क्सवाद ही नहीं, बल्कि उसके बाहर के विद्वानों को प्रभावित किया है, वह है बेनेडिक्ट ऐंड रसन द्वारा प्रवर्तित राष्ट्र को कल्पित समुदाय मानने वाली थियरी। विडम्बना यह है कि ख़ुद इस थियरी के जनक ऐंडरसन इस मान्यता के समाज-विज्ञानियों द्वारा किये जाने वाले इस्तेमाल से असहज हैं। 2012 में जब अंतर्राष्ट्रीय समाजशास्त्र सम्मेलन के विशिष्ट अतिथि के रूप में वे भारत आये तो उनका भाषण सुनते हुए महसूस किया जा सकता था कि वे अपनी इस विख्यात कृति से ख़ुद को दूर करने की कोशिश कर रहे हैं। उनका कहना था कि उनके लिए यह पुस्तक एक ऐसी प्यारी बेटी की तरह है जो बस कंडक्टर के साथ भाग गयी हो। दरअसल, ऐंडरसन ने इस पुस्तक का लेखन राष्ट्रवाद की ताक़त दिखाने के लिए किया था, लेकिन मार्क्सवादी हल्क़ों में इसका इस्तेमाल बड़े पैमाने पर राष्ट्रवाद की आलोचना के लिए होने लगा है जो कि ऐंडरसन का मक़सद नहीं था।

रामविलास शर्मा ने भी अपने लिहाज़ से मार्क्सवाद और राष्ट्रवाद का एक समीकरण बनाया। हालाँकि लोग उन्हें ढीले-ढाले ढंग से स्तालिनवादी कहते हैं, पर उन्होंने इस मामले में स्तालिन द्वारा दी गयी परिभाषा पर चलने के बजाय

अपना स्वतंत्र विश्लेषण करना पसंद किया जो भारतीय इतिहास और संस्कृति की उनकी अपनी समझ पर आधारित था। अगर रोनाल्डो मंक द्वारा मार्क्सवाद और राष्ट्रवाद से संबंधित विमर्श के सार-संकलन पर जाएँ, तो लगता है कि सांस्कृतिक और भाषाई जाति की परिकल्पना मार्क्सवादी विमर्श के लिए अजनबी नहीं है। इसका प्रतिपादन ऑटो बाउर ने किया था। रामविलास शर्मा ओटो बाउर द्वारा दी गयी राष्ट्र की इसी सकारात्मक परिभाषा के क़ाफ़ी नज़दीक खड़े हैं। थोड़ा फ़र्क़ यह है कि उन्होंने बाउर के मुक़ाबले भाषा पर ज़्यादा ज़ोर दिया है। उन्नीसवीं सदी के अंत और बीसवीं सदी की शुरुआत में सक्रिय ऑस्ट्रो-मार्क्सवादी स्कूल के विद्वान बाउर राष्ट्र को एक सांस्कृतिक और ऐतिहासिक समुदाय के रूप में देखते थे जो आगे चल कर राज्य का रूप ग्रहण कर लेता है। काउत्स्की ने बाउर की यह कह कर आलोचना की थी कि वे राष्ट्र के लिए एक भाषा की शर्त की अनदेखी कर रहे हैं, जिसके जवाब में बाउर ने साफ़ किया कि वे एक भाषा होने की शर्त मानते हैं, लेकिन संस्कृति आधारित समुदाय एक भाषा के आग्रह से परे जाकर भी राष्ट्र बन सकता है। बाउर की विशेषताएँ दो थीं। पहली, उन्होंने राष्ट्र की अवधारणा ऐतिहासिक भौतिकवाद के खाँचे के भीतर व्याख्यायित करते हुए भी ख़ुद को आर्थिक घटाववाद के चक्कर में नहीं फँसने दिया। दूसरी, वे हीगेल द्वारा प्रवर्तित ऐतिहासिक और अनैतिहासिक राष्ट्रों की उन श्रेणियों के शिकार भी नहीं हुए जिनके प्रभाव में मार्क्स और एंगेल्स ने क्रांतिकारी और ग़ैर-क्रांतिकारी राष्ट्रों की धारणा तैयार कर ली थी। भारत जैसा देश हीगेल के लिए अनैतिहासिक राष्ट्र था जिसमें क्रांतिकारी सम्भावनाएँ नहीं थीं। बाउर ने कहा कि इतिहास से वंचित राष्ट्र भी जागरण के दौर से गुज़रते हैं और अपनी मुक्ति के लिए संघर्ष करते हैं।

मंक यह भी बताते हैं कि ऐसे मार्क्सवादी विद्वानों की दुनिया में कमी नहीं है जो बाउर की धारणाओं से मिलते-जुलते सूत्रीकरणों के ज़रिये आज के ज़माने के राष्ट्र-राज्यों के पीछे जातियों (राष्ट्रीयताएँ) को देखते हैं, उन जातियों को जिनकी रचना औद्योगिक पूँजीवाद के उभार से बहुत पहले सांस्कृतिक समुदाय के रूप में हुई होगी। कुल मिला कर रामविलास शर्मा की राष्ट्रवाद संबंधी समझ यह है कि पहले सांस्कृतिक और भाषाई जातियाँ बनेंगी और उनके आधार पर राष्ट्र की रचना होगी। उन्होंने जातियों के निर्माण की प्रक्रिया औद्योगिक पूँजीवाद के उभार से सदियों पहले व्यापारिक पूँजीवाद की गतिविधियों के परिणाम की तरह देखी। चूँकि ऐंडरसन राष्ट्र को कल्पित क़रार देते हैं और उसे प्रिंट कैपिटलिज़म के उभार से जोड़ कर देखते हैं, इसलिए रामविलास शर्मा उनसे सहमत होने के लिए तैयार नहीं हुए।

एक बार जब रामविलासजी को संतोष हो गया कि उन्होंने मार्क्सवाद की मदद से व्यापारिक पूँजी (उनके शब्दों में व्यापारिक पूँजीवाद) और हिंदी जाति के उद्गम का बारहवीं सदी का रिश्ता साबित कर दिया है, तो फिर उन्होंने अपनी थीसिस को सम्पूर्ण करने के लिए दो उद्यम और किये। पहला, हिंदी के उभार में जनपदीय भाषाओं की सहयोगी भूमिका का विस्तार से विवेचन करके राहुल-शिवदान की जोड़ी द्वारा हिंदी बनाम जनपदीय भाषाओं के फ़ार्मूले को कोने में धकेल दिया। दूसरा, उर्दू और हिंदी साहित्य की बुनियादी एकता को बार-बार स्थापित किया। एक तरफ़ उन्होंने अपनी रचनाओं में हिंदी के संस्कृतनिष्ठ हिंदू रुझान वाले राष्ट्रवादियों की बेमिसाल धुनायी की। दूसरी तरफ़ उनके प्रहारों से वे उर्दूदाँ भी न बच सके जो उन्नीसवीं सदी के हिंदी-उर्दू विवाद की शैली में हिंदी भाषा और साहित्य की छीछालेदर करने में लगे हुए थे। यह सब करना उन्हें इसलिए ज़रूरी लगा होगा कि हिंदी-क्षेत्र की संरचना तमिल, बांग्ला या मराठी क्षेत्रों की तरह कमोबेश इकहरी न हो कर बहुकेंद्रीय थी।

देखें : 'अंग्रेज़ी हटाओ' आंदोलन, डायग्लॉसिया, भारत में भाषा-नियोजन-1 से 4 तक, भाषा के मार्क्सवादी सिद्धांत, रामविलास शर्मा-1 और 2, सम्पर्क भाषा-1, 2, 3 और 4, संविधान सभा में भाषा-विवाद-1, 2 और 3, हिंदी जगत और 'लोकप्रिय'-1 और 2, हिंदी विरोधी आंदोलन, हिंदी नवजागरण, हिंदी-संस्थाएँ, संविधान में भाषा-विवाद-1 से 3 तक।

संदर्भ

1. राम विलास शर्मा (2011), 'बहुजातीय राष्ट्रीयता और राष्ट्र-भाषा हिंदी', *भारत की भाषा समस्या,* राजकमल प्रकाशन, नयी दिल्ली.
2. राम विलास शर्मा (1976), *भारत के प्राचीन भाषा परिवार और हिंदी* (तीन खण्ड), (विशेष तौर से पहला खण्ड : आर्यभाषा केंद्र और हिंदी जनपद), राजकमल प्रकाशन, नयी दिल्ली.
3. रोनाल्डो मंक (1986), *द डिफ़ीकल्ट डायलॉग: मार्क्सिज़म ऐंड नैशनलिज़म,* ऑक्सफ़र्ड युनिवर्सिटी प्रेस, नयी दिल्ली.

— अभय कुमार दुबे

हिंदी जाति-3

वर्चस्व का लोकतंत्रीकरण

(Hindi Jati-3)

हिंदी के वर्चस्व की रक्षा करके ही रामविलास शर्मा के भाषा-संबंधी कर्त्तव्य की इतिश्री नहीं हुई। उनकी परियोजना में भारतीय मूल की एक अखिल भारतीय सम्पर्क भाषा को अंग्रेज़ी की जगह स्थापित करना भी शामिल था। इसके लिए ज़रूरी था कि वे हिंदी के प्रति अन्य भारतीय भाषाओं के अंदेशों को दूर करने का प्रयास करते। रामविलास शर्मा इंग्लैण्ड के बजाय स्विटज़रलैण्ड के नमूने को भारत के लिए अधिक उपयुक्त मानते थे। स्विस संविधान तीन-तीन भाषाओं को राज-भाषा का दर्जा देता है। चूँकि इंग्लैण्ड में अंग्रेज़ी का प्रभुत्व वेल्श और गेलिक के दमन पर आधारित है, इसलिए उनकी निगाह में भाषाओं का दमन करने वाला राष्ट्रवाद भारत के लिए आदर्श नहीं हो सकता।

दरअसल, एक भाषा-एक जाति-एक राष्ट्र के प्रचलित मार्क्सवादी आग्रह के विपरीत रामविलास शर्मा ने बहुजातीय राष्ट्रवाद की अपनी थियरी का विकास 1949 से 1956 के बीच चली बहसों के दौरान ही कर लिया था। 1955 में कम्युनिस्ट पार्टी के मुख पत्र *न्यू एज* में प्रकाशित उनका अंग्रेज़ी में लिखा लम्बा विश्लेषणात्मक लेख 'द क्वेश्चन ऑफ़ ऑब्लिगेटरी स्टेट लेंग्वेज ऑफ़ इण्डिया' एक ऐसी बेहतरीन कृति है जिसका अध्ययन उन सभी लोगों को करना चाहिए जिन्हें भारत की भाषा-समस्या के हल में दिलचस्पी है। पचास के दशक में कई राज्यों की विधान सभाओं ने राज-भाषा क़ानून पारित कर लिए थे, फिर भी उनके सरकारी कामकाज और शिक्षा पर हावी अंग्रेज़ी को हटाया नहीं जा सका था। हिंदीभाषी क्षेत्र में भी यही स्थिति थी। रामविलास शर्मा ने इस लेख में अनिवार्य राज-भाषा और राज-भाषा की अवधारणाओं में फ़र्क़ करते हुए कहा कि देशी जड़ों वाली राज-भाषा आज़ाद भारत की एक आवश्यकता है, पर अनिवार्य राज-भाषा एक जन-विरोधी और राष्ट्र-विरोधी तर्क है। उन्होंने पूछा : 'संविधान में हिंदी को राज-भाषा का पद दिया गया है, किंतु इस राज-भाषा का कार्यक्षेत्र क्या है? अंग्रेज़ी ने राज-भाषा बन कर प्रादेशिक भाषाओं के बहुत से अधिकार छीन लिए थे। विभिन्न राज्यों को स्वायत्त शासन के काफ़ी अधिकार दिये बिना अंग्रेज़ी की जगह हिंदी को देने का मतलब है, दूसरी भाषाओं के अधिकार नियंत्रित करना। ... अपने-अपने प्रांतों में प्रादेशिक भाषाएँ ज्ञान-विज्ञान और राजकाज की भाषाएँ बन जाएँगी, तभी हिंदी सचमुच राष्ट्र-भाषा बनेगी।'

अहिंदीभाषी इलाक़ों में हिंदी का प्रसार करने के लिए गाँधी द्वारा दक्षिण भारत हिंदी प्रचार सभा की स्थापना बीस के दशक के पहले ही कर दी गयी थी। गाँधी ने सम्पर्क-भाषा चुनने के लिए एक पाँच सूत्रीय फ़ार्मूला सुझाया था। इसके अनुसार भारत की सम्पर्क-भाषा वह होनी चाहिए थी जिसे सरकारी अधिकारी आसानी से सीख सकें, जो पूरे भारत में धार्मिक, आर्थिक और राजनीतिक अन्योन्यक्रिया का आपसी माध्यम बनने में सक्षम हो, भारतवासियों का बहुलांश जिसे बोलता हो, पूरा देश जिसे आसानी से सीख सके और जिसका चुनाव अस्थाई या चलताऊ दिलचस्पियों से परे जा कर किया जाए। यह फ़ार्मूला 1917 में द्वितीय गुजरात शिक्षा सम्मेलन में राष्ट्र-भाषा के लक्षण बताते हुए दिया गया था। गाँधी का यह भी कहना था कि इन पाँच में से एक भी लक्षण अंग्रेज़ी भाषा में तो है ही नहीं, और इस लिहाज़ से हिंदी की होड़ करने वाली और कोई भाषा नहीं है। रामविलास शर्मा के भाषा संबंधी विवरणों और दलीलों को पढ़ कर लगता है कि जैसे उन्होंने गाँधी की बातों को पुष्ट करने के लिए ही सब-कुछ लिखा हो।

सम्पर्क-भाषा बनने की हिंदी की क्षमता से संबंधित गाँधी का उपरोक्त वक्तव्य केवल गाँधी की निजी आस्था पर ही आधारित नहीं था। इसके पीछे कुछ उल्लेखनीय संरचनागत कारण थे जिनसे साबित होता था कि हिंदी ही बहुभाषी भारत की सम्पर्क-भाषा बन सकती है। अपने विशाल प्रदेश की जनपदीय भाषाओं के बीच तो हिंदी पहले से ही सम्पर्क-भाषा की भूमिका निभा रही थी, क्या वह ग़ैर-हिंदीभाषियों के बीच भी सम्पर्क-भाषा बनने की स्थिति में थी? इस प्रश्न का एक उत्तर रामविलास शर्मा ने इस प्रकार दिया है : 'कई शताब्दियों से देश की विशेष परिस्थितियों के कारण हिंदी अंतर्जातीय व्यवहार की भाषा बनती जा रही है। उत्तर भारत में केंद्रबद्ध मुगल शासन का होना, यहाँ आगरा जैसे व्यापार के बड़े-बड़े केंद्रों का निर्माण, उन्नीसवीं सदी के पूर्व ही यहाँ के लोगों का विभिन्न प्रदेशों में फैलना ऐसे ही कारण थे। अंग्रेज़ व्यापारी भी उस समय अपनी सुविधा के लिए हिंदी ही सीखते थे। वर्तमान काल में दक्षिण, पूर्व, पश्चिम, सर्वत्र ऐसे व्यापारी और पूँजीपति मिलेंगे जिनकी सांस्कृतिक भाषा हिंदी है। हिंदी के प्रसार का एक बहुत बड़ा कारण कलकत्ता-बम्बई जैसे केंद्रों में लाखों 'हिंदुस्तानी' मज़दूरों का निवास है। इन बड़े-बड़े नगरों के अतिरिक्त प्रत्येक जातीय प्रदेश में अल्पसंख्यकों के रूप में हिंदुस्तानी मिलेंगे। विशाल आंध्र में हैदराबाद और उसके आस-पास हिंदुस्तानियों का भारी जमघट है। अहिंदी प्रदेशों में इस प्रकार हिंदी को अंतर्जातीय व्यवहार की भाषा बनाने में सुविधा मिली है। ...इनके सिवा हिंदी भाषा, लिपि और साहित्य की कुछ विशेषताएँ हैं जो इस कार्य में सहायता करती हैं।'

अपने इसी संक्षिप्त विवरण को रामविलास शर्मा ने काफ़ी विस्तार से अपनी महान रचना *भाषा और समाज* में पेश किया है। उन्होंने ऐसे तमाम प्रमाण जुटाये हैं जिनके मुताबिक़ हिंदी और उसके क्षेत्र की जनपदीय भाषाएँ अंग्रेज़ों के पहले से अहिंदीभाषियों की सांस्कृतिक चेतना से जुड़ी हुई थीं। वे दिल्ली के असिस्टेंट रेज़ीडेंट सी.टी. मेटकाफ़ का जे.बी. गिलक्रिस्ट को 29 अगस्त, 1806 का लिखा एक पत्र उद्धृत करते हैं। गिलक्रिस्ट ने मेटकाफ़ को हिंदुस्तानी सिखायी थी, इसलिए वे कृतज्ञता व्यक्त करते हुए कहते हैं कि 'मैं इसी वजह से कन्याकुमारी से कश्मीर तक और आवा से सिंधु के मुहाने तक इस विश्वास से यात्रा करने की हिम्मत कर सकता हूँ कि मुझे हर जगह ऐसे लोग मिल जाएँगे जो हिंदुस्तानी बोल लेते होंगे। ... हर कोई जानता है कि जिस विशाल इलाक़े का मैंने ज़िक्र किया है, उसमें बहुत सी भिन्न-भिन्न भाषाएँ बोली जाती हैं। इन भाषाओं का न बोला जाना एक ताज्जुब की बात होती, लेकिन हिंदुस्तानी एक ऐसी जुबान है जो आम तौर पर उपयोगी साबित होती है और मेरी समझ में संसार की किसी भी भाषा के मुक़ाबले उसका व्यवहार बहुत बड़े पैमाने पर होता है।' रामविलास शर्मा ने व्यापारिक पूँजी के अखिल भारतीय प्रसार के आईने में हिंदी के प्रसार का यह चेहरा साठ और सत्तर के दशक में पेश किया था। विनोद शाही ने हिंदी की हैसियत पर हुई एक गोष्ठी में वितरित अपने पर्चे में कुछ ऐसा ही दावा किया है कि हिंदी का इस्तेमाल करने वाला वर्ग मुख्यत: शहरों के व्यापारियों, व्यवसायियों, दस्तकारों और शिल्पियों का था।

जैसा कि हमने देखा कि रामविलास शर्मा का भाषा संबंधी उद्यम दो पैरों पर खड़ा है। एक तरफ़ वे विशाल और बहुकेंद्रीय हिंदी-क्षेत्र में इस भाषा का एकमेव वर्चस्व चाहते हैं। अपने रचनाकाल के शुरुआती हिस्से में वे हिंदी-क्षेत्र की भाषाओं को 'बोलियाँ' कहते हैं, बाद में रियायत दे कर 'भाषा' कहने लगते हैं, पर साथ में 'जनपदीय' लक़ब लगाना कभी नहीं भूलते। उनका विचार है कि जनपदीय भाषाओं को विकसित करने के लिए सुचिंतित नीतियाँ और कार्यक्रम चलाये जाने चाहिए, लेकिन यह प्रक्रिया हिंदी की छत्रछाया में ही चलेगी। लेकिन इस हिंदी की प्रकृति कैसी होगी? इस मामले में वे राज-भाषा बनाने की परियोजना के साथ खड़े होने के लिए तैयार नहीं हैं। कांग्रेस सरकार ने जब हिंदी के तकनीकी, वैज्ञानिक और प्रशासनिक पहलुओं को समृद्ध करने के लिए डॉ. विश्वनाथ प्रसाद की अध्यक्षता में पारिभाषिक शब्दकोश बनाने के लिए समिति बनायी तो रामविलास शर्मा को भी उसका सदस्य बनाया गया। जैसा कि उनका आग्रह रहता, इस मामले में भी उन्होंने तय किया कि पहले परम्परा का मूल्यांकन किया जाना चाहिए। रामविलासजी ने डॉ. प्रसाद को सुझाया कि नया शब्दकोश बनाने से पहले हिंदी में जितने पारिभाषिक शब्द रचे गये हैं, जिनका ख़ास तौर पर उन्नीसवीं सदी में व्यवहार होता आ रहा था, उनका एक कोश तैयार किया जाए। उन्होंने यह बात रामधारी सिंह 'दिनकर' से भी कही जो उस समिति के सदस्य थे। पर किसी के कान पर जूँ भी न रेंगी।

इस पर रामविलास शर्मा ने समिति से इस्तीफा दे दिया। उन्होंने दलील दी : 'जब आप (भाषा के) वैज्ञानिक विकास की बात करते हैं तो पहले इस बात का ज्ञान कर लें कि हिंदी में कितनी शब्द-सम्पदा है। यहाँ पर बहुत सारे कोश उन अंग्रेज़ों ने बनाये हैं जो अपने अफ़सरों को हिंदी पढ़ाया करते थे। अट्ठारहवीं सदी में दक्षिण में जितने भी ब्रिटिश अफ़सर थे, उनके लिए हैदराबादी हिंदी अनिवार्य थी। उनमें एक जॉन शेक्सपीयर थे, जिनकी पुस्तक मैंने देखी है। उस पुस्तक के अंत में एक शब्द-सूची है। उसमें वनस्पतिशास्त्र, भूगर्भशास्त्र के शब्द हैं। जहाज़रानी के तो इतने शब्द हैं कि अंग्रेज़ी का एक शब्द है तो हिंदुस्तानी के पाँच। इसके बात सुखसम्पत राय भण्डारी ने सन् 30 के बाद एक पारिभाषित शब्दकोश बनाया था, उसे देखना चाहिए। लेकिन कोई ऐसा नहीं करता और यह मान कर चलते हैं कि हिंदी दरिद्र है और इसे वैज्ञानिक बनाना है।'

जब पारिभाषिक शब्दकोश बन कर तैयार हो गया, तो रामविलास शर्मा ने उसकी समीक्षा करते हुए एक लम्बा लेख लिखा जिसमें उन्होंने साबित कर दिया कि शब्दों की उस पोथी में दो-ढाई सौ से अधिक नये शब्द नहीं थे। और, जिन्हें नयी शब्द-सूची कहा जा रहा था, वह हिंदी में पहले से प्रचलित और स्थापित है। उन्होंने गणना की ऐसे एक-एक 'नये' शब्द बनाने पर सरकार ने किस दर से जनता के पैसे की बर्बादी की है। अटपटे क़िस्म के पारिभाषिक शब्दों के इस्तेमाल के तो वे इतने ख़िलाफ़ थे कि कैपिटल के दूसरे भाग के अनुवाद को उन्होंने अपना अनुवाद मानने से ही इनकार कर दिया। इस अनुवाद की पाण्डुलिपि पीपुल्स पब्लिशिंग हाउस ने सम्पादित होने के लिए मास्को भिजवायी थी। वहाँ के सम्पादकों ने रामविलासजी द्वारा इस्तेमाल किये गये बहुत से शब्दों की जगह सरकारी शब्दकोश में दिये गये अटपटे क़िस्म के पारिभाषिक शब्द रख दिये थे।

दरअसल, हिंदी-वर्चस्व के लोकतंत्रीकरण का एक बेहद महत्त्वपूर्ण घटक था हिंदी के ग़ैर-मानकीय रूपों की वैधता और आवश्यकता पर लगातार बल और छोटे-छोटे सहज घोषणात्मक वाक्यों वाले भाषाई प्रवाह की पक्षधरता। उनके भीतर 'विचार की दरिद्रता को शब्दाडम्बर से छिपाने' के प्रति गहरा तिरस्कार था। इसी लिहाज़ से उन्होंने हिंदी के ग़ैर-मानकीय रूपों और हिंदी के शिष्ट, साहित्यिक, विमर्शी और परिनिष्ठित रूपों के बीच संबंध का इस प्रकार सूत्रीकरण किया : 'भारत की किसी आम भाषा के इतने ग़ैर-मानक रूप नहीं हैं, जितने हिंदी के हैं। ... हिंदी भाषा के जितने साहित्येतर रूप प्रचलित हैं, उतने किसी और भाषा के नहीं।

1947 से पहले हैदराबाद की महत्त्वपूर्ण बोली दकनी हिंदी ग़ैर-मानकीय भाषा रही है। ... अंग्रेज़ी राज के पहले कलकत्ते की हिंदी बांग्ला से प्रभावित थी। हमारे हिंदीभाषी प्रदेश में बनारसी हिंदी काफ़ी प्रचलित है। वह अपना अलग ही रंग दिखाती है। स्वाधीनता प्राप्ति के बाद दिल्ली की भाषा बिल्कुल बदल गयी। ज़बाने-दिल्ली हवा हो गयी। कहीं-कहीं गली-कूँचों में ही सुनने को मिलती है। अब पंजाबी प्रभावित हिंदी चल रही है। जो लोग कहते हैं कि हिंदी लादी जा रही है, वे लोग देखें कि यह पंजाबी प्रभावित हिंदी कैसे पैदा हो गयी। विभाजन के बाद सिंधी भारत में आये और उनसे हिंदी प्रभावित हुई। अमृतलाल नागर ने सिंधी प्रभावित हिंदी की भी मिसालें दी हैं। स्वाभाविक है कि दूसरी भाषा बोलने वाला जब हिंदी बोलेगा तो उसमें अपनी भाषा की कुछ रंगत उसमे लायेगा, रंग लायेगा, वह अपनी वाक्यरचना की छाप डालेगा, अपनी भाषा का जो ध्वनि-रंग है वह उसमें लगा देगा, उस भाषा को सरल रूप देगा जिससे उसे बोलने में आसानी हो। इन तमाम ग़ैर-मानक रूपों को देख कर अब हिंदी का जो शिष्ट रूप है, उसको इतना साधारण बनना चाहिए कि वह सबकी समझ में आये। यह केवल हिंदी की सेवा नहीं, केवल हिंदी साहित्य की सेवा नहीं है। हिंदुस्तान में जो राजनीतिक जागरण हो रहा है, वह होना है। उसके माध्यम के रूप में जो भाषा बनेगी उसकी कल्पना किया करता हूँ मैं कि वह हमारी जनपदीय बोलियों के बहुत नज़दीक होगी। ... हमारा प्रयत्न होना चाहिए कि हमारी हिंदी बोलियों के, ख़ास कर ब्रज भाषा के नज़दीक हो, उसकी ध्वनि-प्रकृति के बहुत नज़दीक हो। जो सरलता ब्रज भाषा में हो, वह हमारे गद्य में आये। ... दूसरी तरफ़ प्रदेशों में हिंदी के ग़ैर-मानक रूप चल रहे हैं, बम्बई में बम्बइया हिंदी, कलकत्ता में कलकतिया हिंदी, दिल्ली में पंजाबी प्रभावित हिंदी, सिंधी प्रभावित हिंदी, इन ग़ैर-मानक रूपों के नज़दीक हमारी हिंदी को पहुँचना चाहिए।'

देखें : 'अंग्रेज़ी हटाओ' आंदोलन, डायग्लॉसिया, भारत में भाषा-नियोजन-1 से 4 तक, भाषा के मार्क्सवादी सिद्धांत, रामविलास शर्मा-1 और 2, सम्पर्क भाषा-1, 2, 3 और 4, संविधान सभा में भाषा-विवाद-1, 2 और 3, हिंदी जगत और 'लोकप्रिय'-1 और 2, हिंदी विरोधी आंदोलन, हिंदी नवजागरण, हिंदी-संस्थाएँ, संविधान में भाषा-विवाद-1 से 3 तक।

संदर्भ

1. रामविलास शर्मा (2006), 'द क्वेश्चन ऑफ ऑब्लिगेटरी स्टेट लेंग्वेज ऑफ इण्डिया' : सुरेश के. शर्मा, *लेंग्वेज इन कंटेम्परेरी इण्डिया,* पहला खण्ड, विस्टा इंटरनैशनल पब्लिशिंग हाउस, नयी दिल्ली.
2. रामविलास शर्मा (2011), *भाषा और समाज,* राजकमल प्रकाशन, नयी दिल्ली.

— अभय कुमार दुबे

हिंदी नवजागरण

(Hindi Navjagran)

उन्नीसवीं सदी में भारतेंदु-युग के रचनाकारों, पत्रकारों, समाज-सुधारकों की गतिविधियों और मुख्यतः गद्य रचनाओं के रूप में हुए सांस्कृतिक उत्पादन को हिंदी नवजागरण के नाम से भी जाना जाता है। इस दौर का यह नामकरण करने का श्रेय रामविलास शर्मा को है। अपनी दो रचनाओं *भारतेंदु हरिश्चंद्र और हिंदी नवजागरण की समस्याएँ* (1984) और उससे पहले *महावीर प्रसाद द्विवेदी और हिंदी नवजागरण* (1977) में उन्होंने अपनी यह अवधारणा सूत्रबद्ध की। राम विलास शर्मा ने अपने विमर्श के ज़रिये नवजागरण का एक बहुलार्थक संदर्भों से भरा पाठ उठाया और इस अवधारणा को व्यापक स्तर पर स्पष्ट किया। परवर्ती विद्वानों का विचार है कि भारत के विभिन्न प्रदेशों में हुए नवजागरणों की संरचना और प्रकृति में अंतर है। बांग्ला-मराठी-गुजराती नवजागरण ने हिंदी नवजागरण को प्रभावित अवश्य किया है, लेकिन कई परस्परव्यापी आयाम होने के बावजूद हिंदी नवजागरण, बंगाल का नवजागरण, मराठी नवजागरण या सुधारणा और तमिल नवजागरण का अलग-अलग अध्ययन होना ज़रूरी है।

हिंदी और इन नवजागरणों के बीच सबसे बड़ा अंतर सन् 1857 का संग्राम है जो मुख्यतः हिंदी प्रदेश में लड़ा गया और जिसमें देशी सिपाहियों समेत इस क्षेत्र की किसान जनता ने भाग लिया। यह संग्राम इतना भीषण था कि जनता की स्मृति पर अपनी अमिट छाप छोड़ गया। भारतेंदु-युग (1850-1900) के अधिकतर रचनाकारों पर उसका गहरा प्रभाव रहा है। इस संग्राम के समय के समय भारतेंदु की आयु सात वर्ष थी। हिंदी के सभी विद्वान इस विचार से सहमत हैं कि हिंदी-नवजागरण का मंत्र फूँकने वाले भारतेंदु बाबू ही थे। उनके लेखन का संकल्प था- 'स्वत्व निज भारत गहै', यानी भारतीय अस्मिता की तलाश। अंग्रेज़ी साम्राज्यवाद भारत के कच्चे माल को लूट रहा था और उद्योग-धंधों को चौपट करते हुए इस देश को कच्चा माल उगाने वाला खेतिहर देश बनाना चाहता था। भारतेंदु ने जनता की दरिद्रता पर बहुत सा लेखन किया है। निर्धनता का आलम यह था कि भारतेंदु की भाषा में 'ढपली बाज रही भारत भिखारी की'। भारतेंदु-युग के लगभग सभी रचनाकारों का लेखन शोषण और भुखमरी पर कराहते हुए मिलता है। इसी व्यथा का तार्किक विवेचन महावीर प्रसाद द्विवेदी ने अपनी पुस्तक *सम्पत्ति शास्त्र* में किया है। आर्थिक-राजनीतिक स्वाधीनता के अभाव में भारतेंदु युग का यह नवजागरण केवल सांस्कृतिक नवजागरण

पर केंद्रित रहा। उनका ध्यान केवल अपनी सांस्कृतिक विरासत की रक्षा और स्वदेशी-स्वभाषा के लिए संघर्ष पर रहा। आज यह बात विस्मयकारी प्रतीत होती है कि इस युग के लेखक अभावों-शोषण में जीवनयापन करते हुए भी जनजागरण के लिए एक अख़बार अवश्य निकालते थे। प्रताप नारायण मिश्र का पत्र *ब्राह्मण*, बालकृष्ण भट्ट का *हिंदी प्रदीप*, उपाध्याय बदरीनारायण चौधरी का आनंद कादम्बिनी, राधाचरण गोस्वामी का पत्र *भारतेंदु* और भारतेंदु बाबू के की *कविवचन सुधा, हरिश्चंद्र मैगज़ीन, हरिश्चंद्र चंद्रिका* व *बाला बोधिनी* का एक इतिहास हिंदी नवजागरण का स्थाई अंग है। इस पत्रकारिता ने हिंदी-गद्य का विकास करते हुए लोक-स्मृति को जागृत किया। अपने समय-समाज के सुलगते प्रश्नों पर इन सभी लेखकों ने डट कर लेखन किया।

रामविलास शर्मा इसे पहले चरण के रूप में देखते हुए इसके आर्थिक आधार के तौर पर व्यापारिक पूँजीवाद को चिह्नित करते हैं। दूसरा चरण उनकी निगाह में 1857 का युद्ध है जिसमें बड़े पैमाने पर सामाजिक-राजनीतिक एकता की चेतना का प्रसार हुआ। तीसरे चरण के तौर पर रामविलास शर्मा भारतेंदु युग को रखते हैं। रामविलास शर्मा इसे नयी परिस्थितियों में पुराने लोक-जागरण के ही विस्तार के तौर पर दिखाते हैं।

रामविलास शर्मा नवजागरण के इस सिलसिले को एक निरंतरता में देखते हैं जो उनकी निगाह में भक्ति आंदोलन से चल कर रामचंद्र शुक्ल तक चला आया है। उनके चुनिंदा विचारों के एक कोलाज से उनकी यह धारणा साफ हो सकती है : 'जो कार्य संस्कृत साहित्य नहीं कर सका, वह अखिल भारतीय स्तर पर भक्ति साहित्य ने किया। ... सन् 1857 का संग्राम हमारा जातीय संग्राम है और भारत का राष्ट्रीय संग्राम भी है। उसका असर सारे देश पर हुआ, हिंदीभाषी प्रदेश पर सबसे ज़्यादा हुआ। ... सन् 57 का स्वाधीनता संग्राम हिंदी-प्रदेश के नवजागरण की पहली मंज़िल है। दूसरी मंज़िल भारतेंदु हरिश्चंद्र का युग है। ... भारतेंदु युग का साहित्य व्यापक स्तर पर गदर से प्रभावित है, इसका पहला प्रमाण यह है कि इस साहित्य में किसानों को लक्ष्य करके, उन्हें संगठित और आंदोलित करने की दृष्टि से जितना गद्य-पद्य लिखा गया है, उतना दूसरी भारतीय भाषाओं में नहीं लिखा गया। दूसरा प्रमाण यह है कि इस साहित्य का माध्यम संस्कृतगर्भित भाषा नहीं है, जैसे कि वह बंगला साहित्य में है, वरन वह शहरी बोलचाल की भाषा है और जनपदीय उपभाषाओं से अपना नाता जोड़े हुए है। ... हिंदी नवजागरण की तीसरी मंज़िल महावीर प्रसाद द्विवेदी और उनके सहयोगियों का कार्यकाल है। ... अभी तक हिंदी का ऐसा कोई लेखक नहीं हुआ जो साहित्यकार हो और उसे अर्थशास्त्र का इतना गहरा ज्ञान भी हो। ... राजनीति और अर्थशास्त्र के साथ उन्होंने आधुनिक विज्ञान से परिचय प्राप्त किया और इतिहास तथा समाजशास्त्र का अध्ययन गहराई से किया। इसके साथ भारत के प्राचीन दर्शन और विज्ञान की ओर उन्होंने ध्यान दिया और यह जानने की कोशिश की कि हम कहाँ आगे बढ़े हुए हैं और कहाँ पिछड़े हैं। इस तरह की तैयारी उनसे पहले किसी सम्पादक या साहित्यकार ने नहीं की थी। परिणाम यह हुआ कि हिंदी प्रदेश में नवीन सामाजिक चेतना के प्रसार के लिए वे सबसे उपयुक्त व्यक्ति सिद्ध हुए। ... जिस उत्सर्ग की भावना से द्विवेदीजी प्रेरित थे, उसे समझने में स्वाधीन भारत के साहित्यकारों को कुछ कठिनाई हो सकती है। ... रामचंद्र शुक्ल ने विश्व प्रपंच की भूमिका लिख कर दिखाया कि प्राचीन दर्शन और आधुनिक विज्ञान का अध्ययन और विवेचन नवजागरण के लिए क्यों ज़रूरी है और उसे कैसे सम्पन्न किया जा सकता है। ... शुक्लजी मनुष्य के इंद्रियबोध को, विचारबोध को और उसके भावबोध को- तीनों को समष्टि के रूप में देखते हैं। तीनों को मिला कर देखते हैं। ... इसीलिए मैं उन्हें भौतिकवादी आलोचक के रूप में देखता हूँ। ... शुक्लजी न होते तो जायसी को कोई जानता भी नहीं। ... मैथिलीशरण गुप्तजी ने सबसे बड़ा काम यह किया कि काव्य में ब्रजभाषा के स्थान पर गद्य में हिंदी को प्रतिष्ठित किया। उसे ऐसा रूप दिया कि वह हिंदी सारे हिंदी-प्रदेश में लोकप्रिय हुई। दूसरा बड़ा काम उन्होंने यह किया कि अपने गद्य लेखों द्वारा, उससे अधिक अपनी पद्य रचनाओं द्वारा नायिकाभेद, समस्यापूर्ति और अलंकारशास्त्र वाली रीतिवादी परम्पराओं को ध्वस्त कर दिया।'

हिंदी नवजागरण के बारे में अक्सर सवाल उठाया जाता है कि क्या इस दौर को युरोपीय पुनर्जागरण और ज्ञानोदय की रोशनी में देखा जा सकता है? रामविलास शर्मा ने रेखांकित किया है कि हिंदी नवजागरण की पृष्ठभूमि में भक्ति-आंदोलन के रूप में हुए लोक-जागरण था। सांस्कृतिक उत्पादन की यह एक ऐसी परिघटना थी जो दुनिया में कहीं नहीं घटी। इसके प्रमाण हाल ही में भारत के बारे में लिखे गये 'अर्ली-मॉडर्न' इतिहास में भी मिलते हैं। रिचर्ड एफ़. जॉन ने अपनी एक रचना में सबसे ज़्यादा चुनौती भरा सवाल यह उठाया है कि क्या भारतीय मध्य-युग को 'अर्ली-मॉडर्न' सदियों के रूप में दिखाया जा सकता है? क्या इस दौर में लोगों, जिंसों और विचारों का परिसंचरण आधुनिक युग से मिलता-जुलता यानी सघन और तीव्र था? तत्कालीन भारतीय समाज की गतिशीलता के इस प्रमाण के लिए रिचर्ड्स पूरे विश्वास के साथ लोकप्रिय धार्मिक आंदोलन के कारण होने वाले नये क़िस्म के सांस्कृतिक उत्पादन का उल्लेख करते हैं। रिचर्ड्स का कहना है कि मात्रा, सघनता और विविधता के लिहाज़ से उत्तरोत्तर बढ़ते हुए इस सांस्कृतिक उत्पादन का केंद्र उत्तर भारत था।

दूसरा प्रश्न उठता है कि क्या युरोपीय रिनेसाँ के अर्थ में भक्ति-आंदोलन को लिया जा सकता है ? इसमें कोई शक नहीं कि हिंदी नवजागरण पर युरोप के 'ऐज ऑफ़ एनलाइटेनमेंट' का असर दिखता है, लेकिन किसी विचारक या रचनाकार ने उसे एकमेव प्रेरणा रूप में ग्रहण नहीं किया। इस दौर में विकसित हिंदी-प्रबुद्धता पर कई तरह के प्रभाव हैं। इनमें स्वामी दयानंद का द्वारा चलाये गये आर्य समाज आंदोलन का असर उल्लेखनीय है। दयानंद हिंदू समाज की कुरीतियों को दूर करने के लिए सनातनियों से शास्त्रार्थ करते हुए सामने आये। लेकिन नवजागरण के नेता भारतेंदु ने आर्य समाज को आलोचना की दृष्टि से भी देखा है। 'स्वर्ग में विचार सभा का अधिवेश' नामक एक लेख में उन्होंने कहा है कि आर्य समाज का शुद्ध आर्यवाद पचा पाना कठिन है।

देखें : अष्टछाप, 'अंग्रेज़ी हटाओ' आंदोलन, गजानन माधव मुक्तिबोध-1 और 2, छायावाद, डायग्लॉसिया, नंद दुलारे वाजपेयी, नगेंद्र और सैद्धांतिक समीक्षा, नयी कविता, नामवर सिंह, पाश्चात्य काव्यशास्त्र, प्रेमचंद, प्रयोगवाद, प्रगतिवाद, भक्ति आंदोलन-1 और 2, भक्ति-काव्य-1 और 2, भारतेंदु हरिश्चंद्र, भारतेंदु युग-1 और 2, भाषा नियोजन-1 से 4 तक, भाषा के मार्क्सवादी सिद्धांत, महादेवी वर्मा, महावीर प्रसाद द्विवेदी, मीरांबाई और प्रेमाभक्ति, राहुल सांकृत्यायन, रामानुजाचार्य, रामानंद, रामचंद्र शुक्ल-1 और 2, रामविलास शर्मा, राष्ट्रीय-सांस्कृतिक कविता, रीतिकाल-1 और 2, विजय देव नारायण साही, वैष्णव धर्म, श्याम सुंदर दास, सम्पर्क भाषा-1 से 4 तक, सगुण और निर्गुण-1 और 2, संस्कृत काव्यशास्त्र, संविधान सभा में भाषा-विवाद-1, 2 और 3, संत-काव्य, सिद्ध-नाथ परम्परा, सूफ़ीयत और प्रेमाख्यान, हज़ारी प्रसाद द्विवेदी, हिंदी विरोधी आंदोलन, हिंदी जाति-1 से 3 तक, हिंदी साहित्य का आदिकाल, हिंदी साहित्य का इतिहास, हिंदी साहित्य का इतिहास : नये परिप्रेक्ष्य, हिंदी-पद्य में इतिहास, हिंदी-जगत और 'लोकप्रिय'-1 और 2, हिंदी-संस्थाएँ।

संदर्भ

1. रामविलास शर्मा (1981), *परम्परा का मूल्यांकन,* राजकमल प्रकाशन, नयी दिल्ली.
2. रामविलास शर्मा (1989), *भारतेंदु हरिश्चंद्र और हिंदी नवजागरण की समस्याएँ,* राजकमल प्रकाशन, नयी दिल्ली.
3. रामविलास शर्मा (1977), *महावीर प्रसाद द्विवेदी और हिंदी नवजागरण* राजकमल प्रकाशन, नयी दिल्ली.
4. रामविलास शर्मा (2009), *भारतीय संस्कृति और हिंदी प्रदेश,* किताबघर, नयी दिल्ली.
5. रामविलास शर्मा (2011), *मेरे साक्षात्कार,* किताबघर, नयी दिल्ली.

— कृष्णदत्त पालीवाल

हिंदी-पद्य में इतिहास

(History in Hindi Poetry)

हिंदी साहित्य के काल विभाजन में 'उत्तर-मध्यकाल' (1643 से 1843 तक का रीतिकाल) का नामकरण जिन ग्रंथों के आधार पर किया गया, उनका प्रमुख वर्ण्य-विषय शृंगार है। लेकिन साहित्य-इतिहास के काल विभाजन की पद्धति में इस तथ्य की उपेक्षा कर दी गयी कि इसी दो सौ वर्षों की अवधि में बड़े पैमाने पर भक्ति-काव्य भी रचा गया और वीरगाथा-काव्य भी। इस काल के भीतर भी कई नये निर्गुणपंथी सम्प्रदायों की स्थापना ही नहीं हुई बल्कि उन्हें प्रतिष्ठा भी मिली। इसके अतिरिक्त नीति काव्य, खेतीबारी और दैनंदिन जीवन से संबंधित सूझ-बूझ की जानकारी देने वाली रचनाएं भी लिखी गयीं। इन सभी काव्य-प्रवृत्तियों और इनकी सांस्कृतिक-सामाजिक-राजनीतिक पृष्ठभूमि पर समग्र दृष्टि से गौर करने पर यह काव्य-सामग्री पद्य में इतिहास या पद्यात्मक इतिहास की द्योतक प्रतीत होती है। इस लिहाज़ से देखने पर साहित्य के इतिहास का अनुशीलन करने की दृष्टि में ही परिवर्तन हो जाता है। इस दौर का उत्तर भारत का इतिहास-लेखन अब तक या तो फ़ारसी स्रोतों पर आश्रित रहा है या फिर सरकारी दस्तावेज़ों पर। जबकि ब्रजभाषा में लिखे गये वीरकाव्यों मे प्रचुर मात्रा में इतिहास मौजूद है, लेकिन उन्हें साहित्य कहकर छोड़ दिया जाता है। इन स्रोतों के अध्ययन से तत्कालीन समाज और इतिहास की समझ बढ़ेगी, जिसके फलस्वरूप भारत में ऐतिहासिक चेतना के अभाव संबंधी धारणा पर पुनर्विचार की आवश्यकता को बल मिलेगा।

शृंगार की धारा इस काल में अनायास ही नहीं आ गयी थी। इसकी जड़ें भक्तिकाल और उससे भी पहले के भारतीय साहित्य में थीं। कालिदास (*कुमारसम्भवम्*), जयदेव (*गीत-गोविंद*), विद्यापति (*पदावली*), सूरदास (*साहित्य लहरी*) के अलावा बांग्ला के चंडीदास जैसे कवि शृंगार-वर्णन की परम्परा के बड़े नाम हैं। वस्तुत: शृंगारिकता भारतीय संस्कृति में हमेशा सहज स्वीकार्य रही है। कोणार्क और खजुराहो के मंदिरों की कलाकृतियाँ इस बात का प्रमाण हैं कि शृंगार-बल्कि उन्मुक्त शृंगार की सर्जनात्मक-कलात्मक अभिव्यक्ति भी हमारे यहाँ विक्टोरियन नैतिकता का प्रभाव बढ़ने से पहले आपत्तिजनक नहीं मानी जाती थी। सूरदास द्वारा *साहित्य लहरी* में मौजूद नायिका भेद और शृंगार वर्णन में रीतिकाल के शृंगारपरक रीति-ग्रंथों का पूर्वरूप भी देखा जा सकता है। यह ज़रूर है कि इसका रूप रीतिकालीन शृंगार से भिन्न है। भक्तिकाल में भक्ति और शृंगार इस तरह घुल-मिल कर आते

हैं कि कई बार यह तय करना मुश्किल हो जाता है कि यह भक्ति है या शृंगार। भक्ति और शृंगार के मेल से उस दौर का साहित्य जिस ऊँचाई पर पहुँचा, न तो उससे पहले ऐसा हो सका था, और न बाद में हो पाया।

लेकिन भक्तिकाल से रीतिकाल तक आते-आते साहित्य का इतिहास लिखने वालों की निगाह में भक्ति और शृंगार की इस धारा के दो फाँक हो गये। रीतिकाल का शृंगार 'शृंगार' विशुद्ध लौकिक शृंगार रह गया। इस शृंगार को पतनशीलता के आईने में देखने का नतीजा यह हुआ कि साहित्य के इतिहासकार इस प्रकार की कविता का विकास तत्कालीन राजदरबारों में होने के महत्त्व को हमारे आभिजात्य समुदाय के आध्यात्मिकता से लौकिकता की ओर बढ़ने के प्रमाण की तरह नहीं देख पाये। आध्यात्मिकता से लौकिकता की ओर आना आरम्भिक-आधुनिकता का लक्षण भी हो सकता है, इस दृष्टि से इस काल का मूल्यांकन नहीं हो पाया।

इस काल में वीरगाथा-काव्यों की रचना भी प्रचुर मात्रा में हुई। सत्रहवीं-अट्‌ठारहवीं शताब्दी में ब्रजभाषा में अनेक वीररस प्रधान काव्य लिखे गये। हिंदी की भाषाओं/बोलियों में वीर-काव्य लेखन की लम्बी परम्परा रही है। भक्तिकाल में लिखे गये तुलसीदास के *रामचरितमानस* को हिंदी साहित्य का आरम्भिक वीरकाव्य कहा जा सकता है। राजस्थान-डिंगल में वीरकाव्यों की समृद्ध परम्परा रही है और ब्रजभाषा के वीरकाव्य इसी के निरंतर बदलाव और विकास का परिणाम हैं। रामचंद्र शुक्ल ने जिन वीरकाव्यों को ग्यारहवीं-बारहवीं शताब्दी (आदिकाल) का मान कर साहित्य के इस दौर को 'वीरगाथा काल' नाम दिया था, उन्हें अंतिम रूप सत्रहवीं शताब्दी में दिया गया। इस तथ्य के आधार पर देखा जाये, तो यह नामकरण और काल-विभाजन ही संदिग्ध हो जाता है। इन वीररसप्रधान काव्यों का अध्ययन भी सत्रहवीं-अट्‌ठारहवीं सदी के वीरकाव्यों के साथ किया जाना चाहिए।

इस दौर में दो तरह के वीरकाव्य लिखे गये। समसामयिक राजनीतिक बोध से संबंधित वीरकाव्य और अतीत की घटनाओं को आधार बना कर लिखे गये वीरकाव्य, जिन्हें अंतिम रूप सत्रहवीं शताब्दी में दिया गया। सत्रहवीं सदी में पूरे होने वाले अतीत के इन गौरव-ग्रंथों से ग्यारहवीं सदी के नायकों और घटनाक्रमों के बारे में भले ही कोई विश्वसनीय जानकारी न मिलती हो, किन्तु इन वीरकाव्यों के आधार पर अनुमान लगाया जा सकता है कि ग्यारहवीं सदी के घटनाक्रम और नायकों के बारे में सत्रहवीं सदी के लोगों का क्या दृष्टिकोण था। दरअसल, समसामयिक ऐतिहासिक घटनाक्रमों से संबंधित वीरकाव्यों का महत्त्व समसामयिक समाज और इतिहास के अध्ययन की दृष्टि से उल्लेखनीय है। लेकिन इन वीरकाव्यों को साहित्य की एक विधा मानकर उपेक्षित कर दिया जाता रहा है। कायदे से इनका अध्ययन इतिहास-ग्रंथों के रूप में भी होना चाहिए। लेकिन काव्य में दर्ज इतिहास के अध्ययन की प्रविधि का विकास करना तो दूर, इसे साहित्यिकता और रचनात्मकता की दृष्टि से गौण मान कर नज़रअंदाज़ ही किया गया। काव्य में इतिहास लिखने की इस प्रवृत्ति को आरम्भिक आधुनिकता की चेतना के सूचक के रूप में भी व्याख्यायित करने के बारे में सोचा जा सकता है।

इसी तरह इस दौरान लिखी गयीं नीतिपरक और दैनंदिन जीवन से संबंधित ज्ञान का परिचय कराने वाली रचनाओं के महत्त्व पर हिंदी में उल्लेखनीय कार्य नहीं हुए हैं। नीतिपरक रचनाएँ भी भक्तिकाल (कबीर, रहीम के नीतिपरक दोहे) से निकल कर विकसित होती हैं। खेतीबारी और दैनंदिन जीवन से संबंधित निहायत लौकिक एवं भौतिक संदर्भ की रचनाएँ तत्कालीन जनमानस के अध्यात्मिकता से लौकिकता की ओर प्रवृत्त होते जाने का प्रमाण प्रस्तुत करती हैं। यह पहले ही कहा जा चुका है कि इस प्रकार का परिवर्तन भी आरम्भिक आधुनिकता का लक्षण हो सकता है।

समाज और संस्कृति की समय सापेक्ष विशेषताएँ होती हैं। समय बदलने के साथ ही सोचने-समझने और अभिव्यक्ति का तरीक़ा भी अलग हो जाता है। यह बात भारतीय 'ऐतिहासिक चेतना' के संदर्भ में भी कही जा सकती है। कल्हण की *रजतरंगिणी* और बाण के *हर्षचरित* के बाद रीतिकालीन वीरकाव्यों में एक नये ढंग से इतिहास लेखन आरम्भ होता है। यह ज़रूर है कि इसका विकास पश्चिम के 'तथ्यों और तर्कों' की निश्चित प्रणाली में ढल कर होता नहीं दिखता। भारत में अट्‌ठारहवीं शताब्दी से पूर्व इतिहास-लेखन की कोई स्वतंत्र विधा नहीं दिखती है। लेकिन, इससे यह समझ लेना कि इस दौर में इतिहास-लेखन ही नहीं हुआ, उचित नहीं क्योंकि यह साहित्य की अन्यान्य विधाओं के रूप में व्यक्त हुआ है। इस तरह के 'इतिहास-लेखन' के अध्ययन का प्रयत्न दक्षिण भारत के संदर्भ में किया जा चुका है। ठीक इसी तरह उत्तर भारत पर भी नज़र डाली जा सकती है। यहाँ भी इतिहास-लेखन की कोई स्वतन्त्र विधा तो नहीं थी, किन्तु सत्रहवीं-अट्‌ठारहवीं शताब्दी में बहुत से कवियों के वीररसप्रधान काव्य में इतिहास काव्यमय होकर आया है। इन वीरकाव्यों में काव्यरूढ़ि और अतिशयोक्तिपूर्ण वर्णन भी है, पर इसके बावजूद पौराणिकता गौण और ऐतिहासिकता प्रमुख है। इन वीरकाव्यों में उल्लिखित तिथियाँ, घटनाएँ और विभिन्न प्रसंग ऐतिहासिक रूप से प्राय: सही ठहरते हैं। यह काव्य-इतिहास पौराणिकता त्याग कर ऐतिहासिकता की ओर बढ़ता है, जैसे शृंगार के क्षेत्र में काव्य आध्यात्मिकता को त्यागकर लौकिकता की ओर बढ़ता है।

पद्माकर की ख्याति शृंगारिक कवि के रूप में है। लेकिन यह बात उल्लेखनीय है कि इनकी पहली रचना

हिम्मतबहादुर विरुदावली वीररसप्रधान काव्य है, जिसकी पृष्ठभूमि ऐतिहासिक है। इसके अतिरिक्त पद्माकर ने *प्रतापसिंह विरुदावली* की भी रचना की है जो वीररसप्रधान काव्य ही है। इस काव्य का नायक यश प्राप्ति के लिए युद्ध करता है। यहाँ एक ही कवि शृंगारपरक और वीररसप्रधान ऐतिहासिक ग्रंथ की रचना करता दिखता है। मान कवि ने भी अनूपगिरि को नायक मानकर *अनूप प्रकाश* की रचना की है। इन रचनाओं में हिम्मतबहादुर के जीवन और उसके द्वारा लड़े गये युद्धों का वर्णन है। अट्ठारहवीं सदी में बुंदेलखण्ड का शासक अनूपगिरि (हिम्मतबहादुर) हुआ। वह युद्ध, कूटनीति और दाँवपेंच में निपुण था। उसने तत्कालीन राजनीति को अनेक तरह से प्रभावित किया। इस अध्ययन से बुंदेलखण्ड और तद्युगीन उत्तर भारत के इतिहास के कुछ पहलुओं को ज़्यादा गहराई से समझने में मदद मिलेगी। अनूपगिरि एक संन्यासी योद्धा था। उस समय मुगलों, मराठों, राजपूतों और अंग्रेज़ों के बीच होने वाले युद्धों में, जिनसे भी उसे धन प्राप्त होता था, उनके पक्ष में वह लड़ता था। यह मुगलों के पतन, मराठा शक्ति के पराजय और अंग्रेज़ी शक्ति के बढ़ते वर्चस्व का समय था। इन तीनों शक्तियों के बीच कड़ी के रूप में भी हिम्मतबहादुर को देखा जा सकता है। डेविड लॉरेंजन और विलियम पिंच ने हिम्मतबहादुर को शस्त्रधारी संन्यासी कहा है। शस्त्रधारी संन्यासी के रूप में हिम्मतबहादुर के सम्यक् मूल्यांकन के लिए यह आवश्यक है कि शस्त्रधारी संन्यासियों की विकास परम्परा का ठीक से अध्ययन किया जाए। इनके इतिहास को देखने से यह समझ में आता है कि हिंदूधर्म के रक्षक के रूप में उनकी जो छवि उन्नीसवीं सदी में गढ़ी गयी, वह ऐतिहासिक तथ्यों पर आधारित नहीं है। इनके ऐतिहासिक विकासक्रम के अध्ययन से यह स्पष्ट होता है कि इनकी भूमिका ज़्यादा जटिल थी, उन्हें हिंदूधर्म के रक्षक और इसलाम के विराधियों के रूप में प्रस्तुत करना उन्नीसवीं सदी की हिंदू-राष्ट्रवादी चेतना का परिणाम है।

अंग्रेज़ी शासन की स्थापना और अंग्रेज़ी शिक्षा के आरम्भ के साथ ब्रजभाषा के अंत की भी घोषणाएँ होने लगीं। आधुनिक युग की संवेदना की संवाहिका के रूप में हिंदी को प्रतिष्ठित किया गया और यह मान लिया गया कि कोमलकांत पदावली से युक्त ब्रजभाषा आधुनिक युग की संवेदना का भार संवहन नहीं कर सकती। द्विवेदी युग में बाक़ायदा रीति-विरोधी अभियान चलाकर ब्रजभाषा को बेदख़ल कर दिया गया। ब्रजभाषा को बेदख़ल करने के जो कारण बताये गये, वे तथ्यात्मक रूप से सही नहीं हैं। दरअसल, अट्ठारहवीं सदी के अंत तक ब्रजभाषा के कई 'रजिस्टर' विकसित हो गये थे। ब्रजभाषा सिर्फ़ शृंगारिक काव्य की भाषा नहीं थी। ब्रजभाषा में जीवन-जगत् और ज्ञान-विज्ञान से संबंधित प्रायः सभी विषयों पर लेखन हो चुका था। यही नहीं, ब्रजभाषा में संस्कृत समेत अन्य भाषाओं से अनेक ग्रंथों का अनुवाद भी हो रहा था। ब्रजभाषा में वीरकाव्य लिखने की परम्परा का विकास सत्रहवीं-अट्ठारहवीं सदी में होता है। पचास से अधिक वीरकाव्य तो अभी भी उपलब्ध हैं। इन वीरकाव्यों की काव्यभाषा वीर रस के अनुरूप ओजगुण से परिपूर्ण है। इसके बावजूद ब्रजभाषा को 'दरबारी शृंगार की भाषा' के संकुचित दायरे से बाहर नहीं देखा जाता। इस भाषा के वीरकाव्यों में अंतर्निहित ऐतिहासिक संदर्भों को इतिहास-लेखन के वैकल्पिक स्रोत के रूप में देखा जा सकता है। इस दृष्टि से ब्रजभाषा वीरकाव्यों का अध्ययन किया जाए तो शायद 'क्षेत्रीय इतिहास' को ज़्यादा गहराई से समझा जा सकता है।

देखें : अष्टछाप, 'अंग्रेज़ी हटाओ' आंदोलन, गजानन माधव मुक्तिबोध-1 और 2, छायावाद, डायग्लॉसिया, नंद दुलारे वाजपेयी, नगेंद्र और सैद्धांतिक समीक्षा, नयी कविता, नामवर सिंह, पाश्चात्य काव्यशास्त्र, प्रेमचंद, प्रयोगवाद, प्रगतिवाद, भक्ति आंदोलन-1 और 2, भक्ति-काव्य-1 और 2, भारतेंदु हरिश्चंद्र, भारतेंदु युग-1 और 2, भाषा नियोजन-1 से 4 तक, भाषा के मार्क्सवादी सिद्धांत, महादेवी वर्मा, महावीर प्रसाद द्विवेदी, मीरांबाई और प्रेमाभक्ति, राहुल सांकृत्यायन, रामानुजाचार्य, रामानंद, रामचंद्र शुक्ल-1 और 2, रामविलास शर्मा, राष्ट्रीय-सांस्कृतिक कविता, रीतिकाल-1 और 2, विजय देव नारायण साही, वैष्णव धर्म, श्याम सुंदर दास, सम्पर्क भाषा-1 से 4 तक, सगुण और निर्गुण-1 और 2, संस्कृत काव्यशास्त्र, संविधान सभा में भाषा-विवाद-1, 2 और 3, संत-काव्य, सिद्ध-नाथ परम्परा, सूफ़ीयत और प्रेमाख्यान, हज़ारी प्रसाद द्विवेदी, हिंदी विरोधी आंदोलन, हिंदी जाति-1 से 3 तक, हिंदी साहित्य का आदिकाल, हिंदी साहित्य का इतिहास, हिंदी साहित्य का इतिहास : नये परिप्रेक्ष्य, हिंदी-जगत और 'लोकप्रिय'-1 और 2, हिंदी नवजागरण, हिंदी-संस्थाएँ।

संदर्भ

1. मिश्रबंधु (1979), *मिश्रबंधु विनोद* (भाग-1 और 2), पर्वतीय पुस्तकमाला, लखनऊ.
2. भगवानदास तिवारी (1987), *रीतिकालीन हिंदी वीर काव्य के कवि और उनकी रचनाएँ*, हिंदी साहित्य सम्मेलन, प्रयाग.
3. विलियम पिंच (2012), *वारियर एसेटिक्स ऐंड इण्डियन एम्पायर*, केम्ब्रिज युनिवर्सिटी प्रेस, केम्ब्रिज.
4. डेविड लॉरेंजन (1978), 'वारियर एसेटिक्स इन इण्डियन हिस्ट्री', *जर्नल ऑफ़ अमरिकन ओरिएंटल सोसायटी*, खण्ड 98, अंक 1.
5. एलिसन बुश (2009), 'ब्रज बियांड ब्रज : क्लॉसिकल हिंदी इन मुगल वर्ल्ड', इण्डिया इंटरनैशनल सेंटर, ऑकेज़नल पब्लिकेशन, 12.
6. वैद्यनाथ सरस्वती और सुरजीत चंद्र सिन्हा (1978), *एसेटिक्स ऑफ़ काशी : ऐन एन्थ्रॉपालॉजिकल एक्सप्लानेशन*, एन.के. बोस फ़ाउंडेशन, वाराणसी.

— सुकेश लोहार

हिंदी-विरोधी आंदोलन

(Anti-Hindi Movement)

भारतीय संविधान के निर्देशों और प्रावधानों के मुताबिक़ 1965 में हिंदी को भारत की एकमात्र राज-भाषा घोषित किया जाना था। इसका नतीजा यह निकलता कि अंग्रेज़ी भारतीय संघ की सहयोगी राज-भाषा की हैसियत से वंचित हो जाती। पर इसके कुछ हफ़्ते पहले ही मद्रास राज्य में चक्रवर्ती राजगोपालाचारी की स्वतंत्र पार्टी और सी.एन. अन्नादुरै की द्रविड़ मुनेत्र कषगम के नेतृत्व में तमिलभाषियों ने अपने इतिहास में पहली बार एक हिंसक आंदोलन की शुरुआत की जिसके केंद्र में राज-भाषा के रूप में हिंदी का विरोध था। ये वही राजगोपालाचारी थे जिन्होंने कभी हिंदी को राष्ट्र-भाषा बनाने के हक़ में न केवल वक्तव्य दिये थे, बल्कि मद्रास की सरकार के मुखिया के तौर हिंदी को लागू करने के लिए तमिलभाषियों की नाराज़गी भी मोल ली थी। बहरहाल, इस आंदोलन की उग्रता से भारत के राजनीतिक अभिजन भौंचक्के रह गये। दरअसल, इस समय तक ये अभिजन आज़ादी से पहले मद्रास प्रांत के तमिलभाषी इलाक़ों में हिंदी के ख़िलाफ़ हुए राजनीतिक आंदोलन को लगभग भूल चुके थे।

1937 में जिस समय हिंदी को राष्ट्र-भाषा बनाने की सहमति सर्वाधिक प्रबल होनी चाहिए थी, उसी दौरान मद्रास की सरकार के मुखिया के तौर पर राजगोपालाचारी द्वारा हाई स्कूल स्तर पर हिंदुस्तानी को अनिवार्य विषय बनाते ही इसकी अंतर्निहित कमज़ोरियाँ साफ हो गयी थीं। राजगोपालाचारी का ख़याल था कि राष्ट्रवादी भावनाओं के प्रभाव में और 1918 से दक्षिण भारत में सक्रिय हिंदी प्रचारिणी सभाओं की सफलताओं के दम पर तमिलभाषी हिंदुस्तानी को स्वीकार कर लेंगे। लेकिन ऐसा नहीं हुआ। सरकारी फ़ैसला होते ही राजगोपालाचारी और उनके शिक्षा मंत्री सुब्बरायन के ख़िलाफ़ आंदोलन शुरू हो गया। इस तरह दक्षिण भारत में हिंदुस्तानी को राष्ट्रवादी आग्रहों के तहत राजकीय आदेश के ज़रिये स्थापित करने का पहला मंसूबा आज़ादी के एक दशक पहले पूरी तरह से नाकाम हो गया। हिंदुस्तानी के ख़िलाफ़ तमिलों में हुई यह प्रतिक्रिया कई हफ़्तों तक जारी रही। इसका चरित्र उग्र था। सरकार ने इसका दमन किया जिसमें दो लोगों की जानें गयीं। ब्राह्मणवाद विरोधी आत्मसम्मान आंदोलन के नेता ई.वी. रामस्वामी नायकर पेरियार ने गिरफ़्तारी दी और इस आंदोलन से नतीजा निकाला कि हिंदी उत्तर के दक्षिण के ऊपर प्रभुत्व का औज़ार होने के साथ-साथ ब्राह्मणों की श्रेष्ठता क़ायम रखने का माध्यम है। पेरियार का ख़याल था कि जो ब्राह्मण अपने बेहतर अंग्रेज़ी-ज्ञान के कारण ग़ैर-ब्राह्मणों पर श्रेष्ठता दर्ज करते हैं वे अंग्रेज़ी हटने के बाद फटाफट हिंदी सीख लेंगे और फिर उसके ज़रिये अपना रुतबा क़ायम रखेंगे। इस तरह हिंदी-विरोध पेरियार के आत्मसम्मान आंदोलन का स्थाई कार्यक्रम बन गया। अट्ठाइस साल बाद तमिलनाडु और दक्षिण भारत के अन्य इलाक़ों में आये हिंदी विरोधी उभार का यह पूर्वाभास था।

दक्षिण भारत के तमिलभाषी इलाक़े की राजनीतिक ताक़तें हिंदी द्वारा अंग्रेज़ी की जगह लेने के इस क्षण के प्रति संविधान पारित होने के बाद से ही चिंता व्यक्त कर रही थीं। उन्हें लग रहा था कि 1965 के बाद केंद्रीय सेवाओं में भर्ती के इम्तहान हिंदी में होने लगेंगे तो तमिलभाषियों का क्या होगा जो अपने बेहतर अंग्रेज़ी-ज्ञान के कारण अखिल भारतीय सेवाओं में साल-दर-साल बाज़ी मार रहे हैं। कांग्रेस और तत्कालीन प्रधानमंत्री जवाहरलाल नेहरू ने इन चिंताओं को समझा और 5 अप्रैल, 1954 को पार्टी की कार्यसमिति ने एक प्रस्ताव पास किया : 'कार्यसमिति सिफ़ारिश करती है कि अखिल भारतीय सेवाओं की परीक्षाएँ उत्तरोत्तर हिंदी, अंग्रेज़ी और प्रमुख क्षेत्रीय भाषाओं में आयोजित की जानी चाहिए, और उम्मीदवारों को परीक्षा के मक़सद से इनमें से किसी भी भाषा का इस्तेमाल करने की इजाज़त मिलनी चाहिए।'

भारत सरकार ने इस प्रस्ताव पर मुहर लगायी और 2 मई, 1955 को संसद में गृह मंत्री ने बाक़ायदा एक वक्तव्य भी दिया। इस के बाद 1955 के राज-भाषा आयोग ने भी अपनी रपट में साफ़ तौर पर संस्तुति की कि अगर विश्वविद्यालयों में अन्य क्षेत्रीय भाषाएँ भी स्नातक स्तर तक शिक्षा का माध्यम हो जाएँ तो दूसरे भाषाई माध्यम पर भी अंग्रेज़ी और हिंदी माध्यम के विकल्प के रूप में ग़ौर किया जाना चाहिए। लेकिन इससे अहिंदीभाषियों के राजनीतिक नुमाइंदों को संतोष नहीं हुआ और राज-भाषा आयोग की रपट में बंगाल और मद्रास के प्रतिनिधियों ने असहमति का स्वर दर्ज किया। आयोग की रपट पर तीन असहमतियाँ दर्ज हुई थीं। मद्रास राज्य से पी. सुब्बरायन की, बंगाल से सुनीति कुमार चटर्जी की और गुजरात से एम.पी. देसाई की। सुब्बरायन और चटर्जी का कहना था कि 1965 के बाद भी राज-भाषा के रूप में अंग्रेज़ी का प्रयोग जारी रहना चाहिए। इसके लिए उन्होंने तीन तर्क दिये थे : अंग्रेज़ी जारी रहने से अहिंदीभाषियों के हितों की रक्षा होगी, एक बेहद समृद्ध भाषा होने के साथ-साथ अंग्रेज़ी एक विश्व-भाषा भी है, और अंग्रेज़ी बनाये रखने से प्रांतीयता और फूट की ताक़तों को क़ाबू में रखा जा सकेगा। देसाई की असहमति का आधार कुछ और था। वे आयोग के इस निष्कर्ष से सहमत नहीं थे कि क्षेत्रीय भाषाओं को सरकारी सेवाओं में भर्ती का माध्यम बनाने के लिए इंतज़ार करना चाहिए। उनका यह भी कहना था कि आयोग को अंग्रेज़ी की जगह हिंदी लाने के लिए एक समयबद्ध ठोस कार्यक्रम सुझाना चाहिए था।

हिंदी के विरोध में मद्रास की सरकार ने एक अधिकारिक प्रस्ताव पारित करके केंद्र सरकार को भेजा। इसके बाद 1959 में संसद की राज-भाषा समिति की रपट पर बोलते हुए नेहरू ने स्पष्ट किया कि 'मेरी समझ इस मामले में एकदम साफ़ है कि किसी भी निकट भविष्य में सेवाओं में किसी भी व्यक्ति की भर्ती के लिए हिंदी के अनिवार्य ज्ञान की कोई बंदिश नहीं होनी चाहिए। अगर कोई व्यक्ति हिंदी का एक शब्द भी नहीं जानता तो भी उसकी भर्ती संबंधी योग्यता में कोई फ़र्क़ नहीं पड़ना चाहिए। ... जब मैं कहता हूँ कि हिंदी को किसी भी तरह से नहीं थोपा जाएगा, तो मेरा मतलब यही होता है। आंध्र हो, केरल हो या कोई अन्य क्षेत्र हो, मैं उस पर कोई भाषा नहीं थोपना चाहता। हम कोई तारीख़ नहीं तय कर सकते जिसके बाद से अंग्रेज़ी ख़त्म हो जाएगी और उसकी जगह हिंदी ले लेगी। ये तो धीरे-धीरे चलने वाली प्रक्रिया से ही होगा। इस क्रमशः चलने वाली प्रक्रिया में तारीख़ों का कोई महत्त्व नहीं है सिवाय इसके कि हम अपनी प्रगति की दिशा की बीच-बीच में जाँच करते रहें।' नेहरू के इसी भरोसे को क़ानूनी रूप देने के लिए 1963 का राज-भाषा क़ानून पारित किया गया। पर ये तमाम उपाय दक्षिण भारतीयों, ख़ास कर तमिल राजनीतिक-सामाजिक-आर्थिक अभिजन को बेफ़िक्र करने के लिए नाकाफ़ी साबित हुए।

दरअसल, इन बेचैनियों का एक संरचनात्मक राजनीतिक आधार था जिसे नज़रअंदाज़ करना मुश्किल है। राज-भाषा आयोग की रपट में दर्ज विवरण यह बताता है कि पचास के दशक के मध्य में हिंदीभाषी प्रांतों के दायरे में हिंदी राज-भाषा बनने की तरफ़ अपेक्षाकृत तेज़ी से बढ़ रही थी, जबकि यह काम दक्षिण भारत और बंगाल में शुरू भी नहीं हो पाया था। सारे देश में भाषाई आधार पर राज्य बनाने की माँग उठ रही थी। मद्रास प्रांत से तेलुगुभाषी इलाक़ों को अलग करके आंध्र प्रदेश बन चुका था और राज्य पुनर्गठन आयोग ऐसी ही अन्य माँगों की जाँच करने में लगा हुआ था। अहिंदीभाषी प्रांतों की मुश्किल यह थी कि वे चाहते हुए भी अपने प्रांतों की प्रधान भाषाओं को राज-भाषा बनाने के क़ानून पारित नहीं कर सकते थे। वे तैयारियाँ ज़रूर कर सकते थे, पर अंग्रेज़ी के प्रभाव के कारण उनकी तरफ़ से तैयारियों में भी देर हो रही थी। मद्रास की सरकार द्वारा केंद्र को भेजे गये अधिकारिक प्रस्ताव में माना भी गया था कि 'अंग्रेज़ी का स्थान तमिल को तब तक नहीं मिल सकता जब तक राज्य बहुभाषी रहेगा। ... अंग्रेज़ी की जगह तमिल लाने की प्रक्रिया अब जा कर शुरू हो पायी है।' दरअसल, मद्रास की सरकार अंग्रेज़ी हटाने की प्रक्रिया इतनी धीमी गति से चला रही थी कि 1965 तक भी उसने इस दिशा में कुछ क़दम ही उठाये थे। इसके विपरीत उत्तर-भारतीय राज्यों में हिंदी विश्वविद्यालयों में शिक्षा का माध्यम बन चुकी थी और प्रशासन के दायरे में भी उसने कई जगहों पर अंग्रेज़ी की जगह लेनी शुरू कर दी थी। अदालतों में भी निचले स्तर पर हिंदी का प्रयोग होने लगा था। तमिलभाषी छात्रों की मुश्किल यह थी कि वे न तो अंग्रेज़ी के ज़रिये केंद्रीय सेवाओं में आ सकते थे, और न ही हिंदी के ज़रिये। दूसरी तरफ़ अंग्रेज़ी माध्यम से लिखायी-पढ़ाई करने वाले तमिल छात्रों को अंग्रेज़ी के हट जाने का डर था। छात्रों और युवकों के दोनों ही हिस्से अंदेशों के शिकार थे, और उनकी भावनाओं का राजनीतिक दोहन आसानी से किया जा सकता था। 1965 का साल महँगाई का साल था, लेकिन स्वतंत्र पार्टी और द्रमुक इस मुद्दे पर कोई ख़ास गोलबंदी नहीं कर पायीं। पर भाषा के सवाल पर वे जनता को आंदोलित करने में सफल रहीं। इसके पीछे द्रविड़ आंदोलन की वह आंदोलनकारी विरासत भी थी जिसके शीर्ष पर पेरियार थे जिन्होंने 1937 में ही हिंदी-विरोधी आंदोलन के दौरान गिरफ़्तारी दी थी।

नेहरू की मृत्यु के बाद लाल बहादुर शास्त्री के प्रधानमंत्रित्व में कांग्रेस सरकार इस भाषाई राजनीति के इन कारणों की गम्भीरता और पेचीदगी नहीं भाँप सकी। मद्रास की कांग्रेस सरकार के मुखिया भक्तवत्सलम के पास भी राजगोपालाचारी और अन्नादुरै की दोनाली मार का मुक़ाबला करने के लिए कोई सुचिंतित रणनीति नहीं थी। केंद्र और राज्य सरकार के बीच ग़लतफ़हमियों का सिलसिला जारी रहा। दोनों सरकारें नीतिगत और प्रशासनिक रवैये के लिहाज़ से ढुलमुल थीं। आंदोलन के लिए ज़मीन पकती रही। आज जो करुणानिधि तमिलनाडु के प्रमुख नेता हैं उनका नेतृत्व हिंदी विरोधी आंदोलन में हुई उनकी गिरफ़्तारी से ही चमका। लाल बहादुर शास्त्री को मजबूरन लोकसभा में नया राज-भाषा विधेयक पेश करना पड़ा जिसे पारित करने से पहले न केवल जम कर बहस हुई बल्कि कांग्रेस और सरकार के भीतर जम कर गुटबंदी भी हुई। इस आंदोलन का प्रभाव दक्षिण के अन्य प्रदेशों में भी देखा गया, यद्यपि उसकी तीव्रता और विस्तार तमिलनाडु जैसा नहीं था। आंदोलन साठ दिन तक चला, लेकिन इसकी राजनीतिक लामबंदी 1967 तक जारी रही।

इसी वर्ष प्रतिक्रियास्वरूप उत्तर भारत में समाजवादियों और जनसंघियों के नेतृत्व में अंग्रेज़ी विरोधी आंदोलन हुआ जिसके कारण राजनीतिक परिस्थिति बेहद नाजुक हो गयी। इसी दोहरे दबाव में पारित किये गये 1967 के राज-भाषा संशोधित अधिनियम में व्यवस्था थी कि अगर एक राज्य भी विरोध करेगा तो हिंदी को एकमात्र राज-भाषा नहीं बनाया जाएगा। तब से राज-भाषा के सिलसिले में केवल दो क़ानूनी परिवर्तन हुए हैं। 1975 में गृह मंत्रालय में एक राज-भाषा विभाग बनाया गया, और 1976 में एक और राज-भाषा

अधिनियम पारित हुआ जिसके तहत राज्यों को तीन श्रेणियों में बाँटा गया। (क) श्रेणी में हरियाणा, हिमाचल प्रदेश, राजस्थान, उत्तर प्रदेश, मध्य प्रदेश, बिहार, दिल्ली और अंडमान-निकोबार को रखा गया। नियम बना कि केंद्र इन राज्यों के साथ हिंदी में ही पत्र-व्यवहार करेगा। (ख) वर्ग में ओडीशा, पंजाब, गुजरात, महाराष्ट्र और असम को जगह दी गयी। इनके साथ हिंदी में पत्राचार करते समय अंग्रेज़ी अनुवाद भी भेजने का फ़ैसला हुआ। (ग) वर्ग में दक्षिण के सभी राज्य और पश्चिम बंगाल को रखा गया। इनके साथ अंग्रेज़ी में पत्र-व्यवहार करने और साथ में हिंदी अनुवाद भेजने का निर्णय हुआ।

देखें : 'अंग्रेज़ी हटाओ' आंदोलन, डायग्लॉसिया, भारत में भाषा-नियोजन-1 से 4 तक, भाषा का मार्क्सवादी सिद्धांत, रामविलास शर्मा-1 और 2, सम्पर्क भाषा-1, 2, 3 और 4, संविधान सभा में भाषा-विवाद-1, 2 और 3, हिंदी जाति-1, 2 और 3, हिंदी-जगत और 'लोकप्रिय'-1 और 2, हिंदी नवजागरण, हिंदी-संस्थाएँ, संविधान में भाषा-विवाद-1 से 3 तक।

संदर्भ

1. मोहन राम (2006), *हिंदी अगेंस्ट इण्डिया : द मीनिंग ऑफ़ डीएमके,* रचना प्रकाशन, नयी दिल्ली, 19682.
2. सुरेश कुमार शर्मा (सम्पा.) (2006), *लेंग्वेज इन कंटेम्परेरी इण्डिया,* पहला और दूसरा खण्ड, विस्टा इंटरनैशनल पब्लिशिंग हाउस, दिल्ली.
3. जतींद्र मोहन दत्त (1948), 'लिंग्विस्टिक इम्पीरियलिज़म ऑफ़ हिंदी', मॉडर्न रिव्यू, सुरेश कुमार शर्मा (सम्पा.) (2006), *लेंग्वेज इन कंटेम्परेरी इण्डिया,* पहला और दूसरा खण्ड, विस्टा इंटरनैशनल पब्लिशिंग हाउस, दिल्ली.
4. डंकन बी. फोरेस्टर (1966), 'द मद्रास एंटी हिंदी एजीटेशन, 1965 : पॉलिटिकल प्रोटेस्ट्स ऐंड इट्स इफ़ेक्ट्स ऑन लेंग्वेज पॉलिसी', *पेसिफ़िक एफ़ेयर्स,* खण्ड 39, अंक 1/2.

— अभय कुमार दुबे

हिंदी-संस्थाएँ

(Hindi Institutions)

हिंदी को निर्माण-पथ पर अग्रसर करने में सभा, समाज, अकादमी, परिषद् और सम्मेलन की श्रेणी में आने वाली संस्थाओं का अविस्मरणीय योगदान है। इनमें सर्वप्रमुख हैं काशी की नागरी प्रचारिणी सभा, प्रयाग का हिंदी साहित्य सम्मेलन और हिंदुस्तानी अकादमी, वर्धा की राष्ट्रभाषा प्रचार समिति, कलकत्ता की बंगीय हिंदी परिषद्, बिहार राष्ट्रभाषा प्रचार सभा और दक्षिण भारतीय हिंदी प्रचार सभा। यह सही है कि हिंदी की सेवा का यह उत्साह आजकल मलिन पड़ चुका है। पर, इस बात से इनकार नहीं किया जा सकता कि इन संस्थाओं ने पिछली एक सदी से भी ज़्यादा समय से समर्पित और स्वयंसेवी भाव से नियोजित प्रचार-प्रसार का कार्य करके हिंदी को देश की एक ऐसी भाषा के रूप में स्थापित कर दिया है जो न केवल साहित्य और पत्रकारिता की भाषा है, बल्कि धीरे-धीरे गम्भीर राजनीतिक और समाज-विज्ञान की विमर्श भाषा बनने की दिशा में भी तेज़ी से प्रगति कर रही है। इन संस्थाओं को श्रेय जाता है कि उनके अहर्निश परिश्रम के कारण ही आज एक बहुभाषी देश में हिंदी सम्पर्क भाषा के रूप में अंग्रेज़ी से सफलतापूर्वक होड़ कर पा रही है।

काशी की नागरी प्रचारिणी सभा की स्थापना 1893 में श्यामसुंदर दास, रामनारायण मिश्र और शिवकुमार सिंह ने की थी। ऐसे ही संस्थान-निर्माताओं के उद्योग से 1898 में सरकारी कचहरियों में नागरी का प्रवेश हुआ और अदालती आवेदन पत्र और सम्मन आदि हिंदी में लिखे जाने लगे। सभा का जो संगठन बना था उसमें सदस्यों की संख्या 2917 थी। इनमें 13 वाचस्पत्य, 81 विशिष्ट, 607 स्थाई और 2162 साधारण सभासद थे। धीरे-धीरे भारत भर से सभा के साथ 55 ऐसी संस्थाएँ जुड़ गयीं जिनका उद्देश्य हिंदी का प्रचार-प्रसार था। आर्य भाषा पुस्तकालय की स्थापना की गयी जिसमें हस्तलिखित ग्रंथों की खोज का कार्य शुरू किया गया। इस कार्य के लिए प्रतिवर्ष 2000 रुपये का अनुदान भी प्राप्त हुआ। नतीजा यह हुआ कि लगभग 13,737 ग्रंथों का विवरण प्राप्त हो सका। सभा ने रामचंद्र वर्मा के सम्पादकत्व में हिंदी शब्द सागर जैसे अधिकृत और बृहद कोश की रचना करायी। योजना तो एक राजकीयकोश के प्रकाशन की भी थी जिसे कार्यरूप नहीं दिया जा सका। सभा ने प्रयास करके अठारह भागों में *हिंदी साहित्य का बृहत इतिहास* प्रकाशित किया। इस योजना के संयोजक चंद्रबली पाण्डेय थे। अमर ग्रंथमाला के संयोजक आचार्य विश्वनाथ प्रसाद मिश्र बनाये गये जिसके अंतर्गत शास्त्रीय एवं आधुनिक वैज्ञानिक पद्धति से प्राचीन

कवियों की कृतियों का सम्पादन किया गया। राजा बलदेवदास बिड़ला ग्रंथमाला के संयोजक शिवप्रसाद मिश्र रुद्र रहे। सभा से संवत् 1953 में *नागरी प्रचारिणी पत्रिका* का प्रकाशन किया जिसकी बहुत प्रतिष्ठा रही। सभा ने एक अंग्रेज़ी मासिक *हिंदी रिव्यू* और एक *विधि पत्रिका* का भी प्रकाशन किया।

सभा ने नागरी *प्रचारिणी ग्रंथमाला, मनोरंजन पुस्तकमाला, शास्त्र-विज्ञान पुस्तक माला, पाठोपयोगी पुस्तकमाला, प्रादेशिक पुस्तक माला, वैदेशिक ग्रंथमाला, कोश ग्रंथमाला', सूर्य कुमारी पुस्तकमाला, श्रीमती रुक्मिणी तिवारी ग्रंथमाला, देवी प्रसाद ऐतिहासिक ग्रंथमाला, बालावक्ष राजपूत चारणमाला, रामप्रसाद पोद्दार स्मरण ग्रंथमाला, नवभारत ग्रंथमाला* आदि के प्रकाशन की योजना को विस्तार दिया। प्रेमचंद के ग्राम लमही में भव्य प्रेमचंद स्मारक का निर्माण भी सभा ने कराया। 1930 में जयशंकर प्रसाद गोष्ठी स्थापित की गयी जिसके तहत विविध-साहित्यिक आंदोलनों की शुरुआत हुई। सभा की ओर से अनेक पुरस्कार देने की योजना बनायी गयी जैसे, राजा बलदेव दास बिड़ला पुरस्कार, रत्नाकर पुरस्कार, श्यामसुंदर दास पुरस्कार, राधाकृष्ण दास पुरस्कार, द्विवेदी स्वर्ण पदक आदि प्रदान किये जाते रहे। 1934 में स्वामी सत्यदेव परिव्राजक ने सत्यज्ञान निकेतन, ज्वालापुर (हरिद्वार) में स्थित अपना आश्रम सभा को समर्पित कर दिया। यहाँ सभा ने पश्चिम भारत के लिए प्रचार केंद्र स्थापित किया। सत्यज्ञान निकेतन के चार अंग हैं : पुस्तकालय, व्याख्यानमाला, विद्यालय और सामाजिक प्रचार। सभा ने यहाँ अपना भवन भी बनवाया, जिसमें राष्ट्रभाषा मुद्रण, नागरी मुद्रण, हिंदी संकेतलिपि जैसे विद्यालय भी चल रहे हैं। रवींद्रनाथ ठाकुर के सभापतित्व में 1920 में शुरू हुई भारत कला परिषद् (आज का भारत कला भवन) कार्यरत है। यह साहित्य-कला की अद्भुत निधि है। इस संग्रहालय का रूप बढ़ जाने पर इसे हिंदी विश्वविद्यालय, काशी में स्थानांतरित कर दिया गया। सभा की अर्द्धशताब्दी के अवसर पर हिंदी विश्वकोश की योजना बनी जिसके अंतर्गत 1960 में पहला खण्ड प्रकाशित हुआ। लेकिन आज यह सभा दुर्दिनों से घिर कर बर्बाद हो गयी है।

हिंदी प्रेमियों ने राष्ट्रभाषा प्रचार समिति, वर्धा की स्थापना 1936 में की। इसके अध्यक्ष गाँधी थे। हिंदी साहित्य सम्मेलन के नागपुर अधिवेशन में इसके सभापति डॉ. राजेंद्र प्रसाद बनाये गये और एक व्यापक समिति का निर्माण किया गया। समिति के प्रथम सदस्य थे गाँधी, राजेंद्र प्रसाद, सुभाष चंद्र बोस, जवाहरलाल नेहरू, पुरुषोत्तमदास टंडन, जमनालाल बजाज, नरेंद्र देव, काका कालेलकर, बाबा राघव दास, शंकरराव, माखनलाल चतुर्वेदी, वियोगी हरि, हरिहर शर्मा, ब्रजलाल बियाणी, नर्मदा सिंह, श्रीनाथ सिंह, लोक सुंदरी रमन। सभा का मूलमंत्र था : 'एक हृदय हो भारत-जननी'। सभा ने भारत के अन्य प्रदेशों के साथ श्रीलंका, बर्मा, अफ्रीका, सुमात्रा, मारीशस, अदन, सूडान और इंग्लैण्ड में अपने केंद्र स्थापित किये। राष्ट्रभाषा प्रचार समिति की परीक्षाओं के देश-विदेश में 2393 परीक्षा केंद्र स्थापित किये गये। सभा की 35 सदस्यों की कार्य समिति है जिसमें 19 सदस्य हिंदीतर प्रदेशों के हैं। सभा ने गुजरात, महाराष्ट्र, विदर्भ-नागपुर, मध्यप्रदेश, राजस्थान, असम, बंगाल, मणिपुर उत्कल, मराठवाड़ा, दिल्ली, कर्नाटक, हैदराबाद में स्थाई समितियाँ स्थापित की हैं। प्रति वर्ष किसी प्रदेश में राष्ट्रभाषा प्रचार समिति का सम्मेलन होता है, राष्ट्रभाषा महाविद्यालय चलाये जाते हैं। सभा महात्मा गाँधी पुरस्कार देती है। यह पुरस्कार पाने वालों में क्षितिमोहन सेन, श्रीपाद दामोदर सातवलेकर, विनोबा भावे, संतराम बी.ए और काका कालेलकर हैं। समिति की ओर से *राष्ट्रभाषा* और *राष्ट्रभारती* मासिक पत्रिकाएँ प्रकाशित होती हैं।

नयी दिल्ली की राष्ट्रभाषा प्रचार समिति अखिल भारतीय राष्ट्रभाषा प्रचार, सम्मेलन आयोजन करती है। 10 फ़रवरी, 1960 को नयी दिल्ली में इसका सम्मेलन हुआ था। सम्मेलन में 1500 प्रतिनिधि आये थे। स्वागताध्यक्ष थे गोपाल प्रसाद व्यास। अध्यक्षता की अनंतशयनम आयंगार ने और उद्घाटन किया था जवाहरलाल नेहरू ने। भाषणकर्ता थे वियोगी हरि तथा राष्ट्रभाषा-प्रदर्शनी के उद्घाटनकर्ता के.एल. श्रीमाली थे। इसे वर्धा राष्ट्रभाषा समिति ने अनुदान दिया। इसमें पुरुषोत्तम दास टण्डन और काका कालेलकर की सेवाओं को सराहा गया। आज यह समिति हिंदी-भवन-दिल्ली में कार्य कर रही है।

हिंदुस्तानी अकादमी प्रयाग की स्थापना 1927 में की गयी। इसने विद्वानों के भाषणों का आयोजन और मौलिक रचनाओं को पुरस्कृत करने का कार्य शुरू किया। यहाँ से हिंदुस्तानी त्रैमासिक पत्रिका का प्रकाशन और एक व्यवस्थित पुस्तकालय का संचालन होता है।

प्रयाग में ही हिंदी साहित्य सम्मेलन की स्थापना 1910 में काशी नागरी प्रचारिणी सभा की प्रेरणा से की गयी। इसने कई विभागों में बाँट कर प्रचार-कार्य किया। इसकी प्रथम कार्य योजना परीक्षाओं का विधिवत आयोजन और साहित्य रत्न की उपाधि देना रहा। सम्मेलन की ओर से पुस्तकालय-वाचनालय का कार्य बढ़ाया गया और अनेक ग्रंथों का प्रकाशन किया गया। यहाँ विभिन्न साहित्यकारों के एलबम तैयार हैं और त्रैमासिक पत्रिका *सम्मेलन पत्रिका* प्रकाशित होती है। यह सम्मेलन *मंगला प्रसाद पारितोषिक, सेकसरिया महिला पारितोषिक, मुरारका पारितोषिक, राधामोहन गोकुल जी परितोषिक, नारंग पुरस्कार* और *गोपाल पुरस्कार* देती है। सम्मेलन हिंदी की विशिष्ट संस्था है। इसे पुरुषोत्तम दास

टण्डन, रामनरेश त्रिपाठी आदि साहित्यकारों का विशेष सहयोग प्राप्त रहा है। अनेक राजनेता इससे जुड़े रहे हैं। इसने हिंदी के प्रचार-प्रसार में भारी योगदान दिया है।

प्रयाग में ही 1947 से *हिंदी अनुशीलन* त्रैमासिक शोध पत्रिका का प्रकाशन भारतीय हिंदी परिषद्, प्रयाग की ओर से होता है। इसके प्रथम सम्पादक डॉ. धीरेंद्र वर्मा थे। *हिंदी अनुशीलन* का उद्देश्य है— हिंदी से जुड़े खोज के सभी अंगों, भाषा, साहित्य, संस्कृति को प्रोत्साहित करना और उसकी प्रगति पर निरंतर ध्यान देना। इस पत्रिका के लेखकों में हिंदी के जाने-माने विद्वान रहे हैं। इसके दो विशेषांक बहुत चर्चित हो चुके हैं : भाषा अंक और धीरेंद्र वर्मा विशेषांक। शोध एवं चिंतन की दृष्टि से *हिंदी अनुशीलन* का ऐतिहासिक महत्त्व है। इलाहाबाद से ही धीरेंद्र वर्मा ने *हिंदुस्तानी* पत्रिका का 1931 से प्रकाशन आरम्भ किया। यह पत्रिका हिंदुस्तानी अकादमी, उत्तर-प्रदेश का मुख पत्र है। राजस्थानी, ब्रजभाषा, अवधी आदि पर इसमें पर्याप्त सामग्री प्रकाशित होती है। इसके सम्पादन का भार माता प्रसाद गुप्त ने भी उठाया है।

पुस्तक पत्रिका के रूप में 1947 में पटना से रामधारी सिंह दिनकर, रामवृक्ष बेनीपुरी और शिवपूजन सहाय के सम्पादकत्व में *हिमालय* का प्रकाशन हुआ। एक वर्ष बाद जगन्नाथ मिश्र इसके सम्पादक हो गये। इसका गाँधी अंक आज भी स्मरण किया जाता है। दिल्ली में प्रांतीय हिंदी सम्मेलन दिल्ली की स्थापना मार्च, 1945 में रेडियो की हिंदी उपेक्षा नीति के विरोध में हुई। सम्मेलन की विशेष समिति ने कई आयोजन किये। इस संस्था ने 1960 में पुरुषोत्तम दास टण्डन का अभिनंदन किया, अंग्रेज़ीदाँ लोगों के हिंदी विरोध की ख़बर ली और हिंदी के प्रसार-कार्य में तेज़ी लायी गयी।

बंगीय हिंदी परिषद्, कलकत्ता की स्थापना वसंत पंचमी के दिन 1945 में आचार्य ललिता प्रसाद सुकुल ने की। इस संस्था द्वारा कबीर, सूर, तुलसी, मीरां, भारतेंदु, रत्नाकर, प्रसाद आदि की जयंतियों के बृहत आयोजन किये गये। परिषद् ने लगभग 2420 महत्त्वपूर्ण ग्रंथ प्रकाशित किये जिनमें *मीरां-स्मृति ग्रंथ, कबीर परिचय, प्रेमचंद प्रतिभा, भारतेंदु-कला* और *बुंदेले हरबोलो के मुँह हमने सुनी कहानी थी* प्रमुख हैं। इसके साथ ही मुंशी देवी प्रसाद कृत *मीरांबाई,* ठाकुर जगमोहन सिंह कृत *श्यामास्वप्न, ऋतुसंहार, अमिताक्षर दीपिका,* गिरिधरदास कृत *भारती-भूषण* आदि दुर्लभ ग्रंथों को प्रकाशित किया गया। यहाँ से जनभारती पत्रिका का प्रकाशन हुआ। परिषद् देशी-विदेशी विद्वानों के भाषणों का आयोजन करती रही। परिषद् का स्थाई पुस्तकालय है जिसमें दुर्लभ सामग्री एकत्रित की गयी है।

बिहार राज की विधानसभा ने 1947 में बिहार राष्ट्रभाषा परिषद् की स्थापना का संकल्प लिया। भारत-पाक विभाजन की विभीषिका के कारण परिषद् का कार्य 1950 में आरम्भ हो सका। शिवपूजन सहाय को परिषद् का मंत्री बनाया गया। श्रेष्ठ साहित्य और शोध कार्यों के प्रकाशन की योजना बनायी गयी। साथ ही श्रेष्ठ साहित्य के चयन, संकलन, सम्पादन और प्रकाशन की व्यवस्था पर भी विचार किया गया। हस्तलिखित और दुर्लभ ग्रंथों के संग्रह प्रकाशन पर ध्यान दिया गया। इस योजना में लगभग 70 श्रेष्ठ ग्रंथ प्रकाशित किये गये जो अपने क्षेत्र में प्रतिमान रहे हैं। योग्य विद्वानों के भाषणों के संग्रह-प्रकाशन व्यवस्था को कार्य रूप दिया गया। परिषद् ने त्रैमासिक *परिषद् पत्रिका* का प्रकाशन किया जिसमें शोधपरक लेख रहते हैं।

1919 ई. में बिहार हिंदी साहित्य-सम्मेलन, पटना की स्थापना आचार्य बद्रीनाथ के सम्मान में हुई। इसमें देशी-विदेशी भाषाओं के अध्ययन का समुचित प्रबंध किया गया-अहिंदी भाषियों के लिए हिंदी शिक्षा की व्यवस्था की गयी। इसकी स्थापना शिवपूजन सहाय की दिवगंता पत्नी श्रीमती बच्चन देवी की पुण्य-स्मृति में की गयी। उद्घाटन पुरुषोत्तम दास टण्डन ने किया। देश के प्रमुख चिंतक समय-समय पर यहाँ व्याख्यान देते रहे। शोध-पत्रिका *साहित्य* का प्रकाशन किया गया। इसके अतिरिक्त *साहित्य-सम्मेलन का इतिहास, बिहार की साहित्यिक प्रगति, उर्दू शायरी और बिहार, हिंदी-फ्रांसीसी स्वयं शिक्षक* आदि महत्त्वपूर्ण ग्रंथों का प्रकाशन हुआ। इसके पास समृद्ध पुस्तकालय, अच्छा वाचनालय है और कला केंद्र है जहाँ नाट्य-शास्त्र की शिक्षा सुलभ है। इसके संगठन शाहाबाद, सारना, पूर्णिया, दरभंगा, हज़ारीबाग, धनबाद, सिंहभूमि, मुंगेर, चम्पारन, सहरसा और भागलपुर में स्थापित हैं।

धीरेंद्र वर्मा ने भारतीय हिंदी परिषद् की स्थापना 1942 में प्रयाग में की। इसका उद्देश्य भाषा-साहित्य-संस्कृति सभी अंगों को प्रोत्साहन देना और उच्चतर अध्ययन-अनुसंधान को बढ़ावा देना था। परिषद् के वार्षिक अधिवेशन, लखनऊ, आगरा, उदयपुर, नागपुर, बनारस, रामगढ़ सागर, दिल्ली, वल्लभ विद्यानगर गुजरात आदि में आयोजित होते रहे। विशेष गोष्ठियों का आयोजन किया गया और शोध-निबंधों के पाठ को बढ़ावा दिया गया। राजभाषा हिंदी पर विचार गोष्ठियाँ हुईं और हिंदी माध्यम लाने पर विचार किया गया। परिषद् हिंदी-त्रैमासिक *अनुशीलन* का प्रकाशन करती है।

कम मूल्य पर हिंदी में श्रेष्ठ साहित्य उपलब्ध कराने के लिए 1934 में सस्ता साहित्य मण्डल की स्थापना गाँधी द्वारा की गयी। इंदौर का मध्यभारत-भवन भी इसी प्रेरणा का परिणाम है। आज दक्षिण भारत प्रचार सभा, हैदराबाद, 'परिमल' साहित्यिक-संस्था, प्रयाग के साथ हिंदी के बड़े-बड़े संस्थागत केंद्र सामने आये हैं। केंद्रीय हिंदी-संस्थान आगरा, हिंदी संस्थान, लखनऊ आदि की एक लम्बी सूची है। ये सभी संस्थाएँ हिंदी के प्रचार-प्रसार के साथ विश्व हिंदी-

सम्मेलनों का आयोजन किया जाता है— कभी न्यूयार्क में, कभी दक्षिण अफ़्रीका में।

देखें : अष्टछाप, 'अंग्रेज़ी हटाओ' आंदोलन, गजानन माधव मुक्तिबोध-1 और 2, छायावाद, डायग्लॉसिया, नंद दुलारे वाजपेयी, नगेंद्र और सैद्धांतिक समीक्षा, नयी कविता, नामवर सिंह, पाश्चात्य काव्यशास्त्र, प्रेमचंद, प्रयोगवाद, प्रगतिवाद, भक्ति आंदोलन-1 और 2, भक्ति-काव्य-1 और 2, भारतेंदु हरिश्चंद्र, भारतेंदु युग-1 और 2, भाषा नियोजन-1 से 4 तक, भाषा के मार्क्सवादी सिद्धांत, महादेवी वर्मा, महावीर प्रसाद द्विवेदी, मीरांबाई और प्रेमाभक्ति, राहुल सांकृत्यायन, रामानुजाचार्य, रामानंद, रामचंद्र शुक्ल-1 और 2, रामविलास शर्मा, राष्ट्रीय-सांस्कृतिक कविता, रीतिकाल-1 और 2, विजय देव नारायण साही, वैष्णव धर्म, श्याम सुंदर दास, सम्पर्क भाषा-1 से 4 तक, सगुण और निर्गुण-1 और 2, संस्कृत काव्यशास्त्र, संविधान सभा में भाषा-विवाद-1, 2 और 3, संत-काव्य, सिद्ध-नाथ परम्परा, सूफ़ीयत और प्रेमाख्यान, हज़ारी प्रसाद द्विवेदी, हिंदी विरोधी आंदोलन, हिंदी जाति-1 से 3 तक, हिंदी साहित्य का आदिकाल, हिंदी साहित्य का इतिहास, हिंदी साहित्य का इतिहास : नये परिप्रेक्ष्य, हिंदी-पद्य में इतिहास, हिंदी-जगत और 'लोकप्रिय'-1 और 2, हिंदी नवजागरण।

संदर्भ

1. धीरेंद्र वर्मा (सम्पा.)(सं. 2020), *हिंदी साहित्य कोश,* भाग-2, ज्ञानमण्डल लिमिटेड, वाराणसी.
2. रामचंद्र शुक्ल (नया संस्करण : 2002), *हिंदी साहित्य का इतिहास,* लोकभारती प्रकाशन, इलाहाबाद.
3. रामस्वरूप चतुर्वेदी (1993), *हिंदी साहित्य और संवेदना का विकास,* लोकभारती प्रकाशन, इलाहाबाद.
4. रामविलास शर्मा (1975), *भारतेंदु युग और हिंदी भाषा की विकास परम्परा,* राजकमल प्रकाशन, नयी दिल्ली.
5. रामनरेश त्रिपाठी (1962) *आधुनिक कवि,* हिंदी साहित्य सम्मेलन, प्रयाग.
6. स. ही. वात्स्यायन 'अज्ञेय' (1983), *कवि-दृष्टि,* लोकभारती प्रकाशन, इलाहाबाद.

— कृष्णदत्त पालीवाल

हिंदी साहित्य का आदिकाल

(Beginnings of Hindi Literature)

हिंदी साहित्य का आदिकाल सामंतों की युद्ध गाथाओं के साहित्य के कारण वीर गाथा-काल (संवत् 1050 से 1375) नाम से भी जाना जाता है। प्राय : राजपूत राजाओं के आश्रित दरबारी चारण-भाट कवियों ने अपनी रचनाओं में इस काल के आपसी युद्धों को वीरता-शौर्य का नाम देकर इन राजाओं के पराक्रम का अतिशयोक्तिपूर्ण वर्णन किया है। इन युद्धों के केंद्र में या तो नारी रही या पड़ोसी राजाओं के धन-माल की लूटपाट या फिर कन्या-हरण की कहानी। विद्वानों ने इस काल की बारह रचनाओं को आधार बनाकर इस काल को शौर्य-पराक्रम की गाथाओं का नाम दिया। इन बारह रचनाओं के नाम हैं : *विजयपाल रासो, हम्मीर रासो, कीर्ति-लता, कीर्ति पताका, खुमान रासो, बीसलदेव रासो, पृथ्वीराज रासो, जयचंद प्रकाश, जयमयंक जस चंद्रिका, परमाल रासो* (आल्हखण्ड), अमीर-खुसरो की *पहेलियाँ* और कविवर विद्यापति की *पदावली*। दिलचस्प बात यह है जिन बारह कृतियों को आधार बनाकर इस काल को वीरगाथा काल नाम दिया गया, उनमें से बीसलदेव रासो, अमीर खुसरो की *पहेलियाँ* तथा विद्यापति की *पदावली* तीन रचनाएँ ऐसी हैं जिनमें न वीर गाथा का प्राधान्य है और न कहीं वीर रस की व्यंजना। अन्य नौ रचनाएँ भी यथार्थ की दृष्टि से वीरगाथाएँ नहीं हैं, अतिरंजना से भरे हुए युद्ध-वर्णन हैं।

आज इस आदिकाल की पर्याप्त साहित्यक ऐतिहासिक सामग्री नयी खोजों के कारण सामने आ गयी है। इन नयी खोजों से इस तथ्य का भी उद्घाटन हुआ है कि जिन बारह रचनाओं के आधार पर रामचंद्र शुक्ल ने *हिंदी साहित्य का इतिहास* में वीरगाथा काल-नामकरण किया था— उनमें से ज़्यादातर रचनाएँ संदिग्ध हैं। कुछ के मूलरूप का पता नहीं है। मोतीलाल मेनारिया जैसे विद्वानों ने सिद्ध किया है कि *खुमान रासो* आदिकाल की रचना न होकर परवर्ती काल की रचना है। इसी प्रकार *बीसलदेव रासो* को भी सोलहवीं शताब्दी की रचना सिद्ध कर दिया गया है। *प्राकृत पैंगलम* के कतिपय पद्यों के आधार पर ही रामचंद्र शुक्ल ने *हम्मीर रासो* को वीरगाथा कह दिया है। भट्ट केदार कृत *जयचंद प्रकाश* तथा *जयमयंक जस चंद्रिका* के विषय में भी सब कुछ अज्ञात है। चंदबरदाई कृत *पृथ्वीराज रासो* तथा कवि जगनिक कृत *परमल रासो* की प्रामाणिकता भी संदिग्ध मानी जा रही है।

राजमल बोरा ने अपने शोध *हिंदी वीर-काव्य* में यह बताया है कि रामचंद्र शुक्ल ने जिन सामग्रियों के आधार पर वीरगाथा काल जैसा नामकरण किया है उनमें से ज़्यादातर

पुस्तकें सोलहवीं-सत्रहवीं सदी में लिखी गयी थीं। उनका मत है कि इस दौरान दो तरह के वीरकाव्य रचे गये। पहले, जो तत्कालीन नायकों के जीवन को आधार बना कर लिखे गये; और दूसरे, जो अतीत के नायकों के जीवन को आधार बना कर लिखे गये। 'वीरगाथा काल' के नामकरण की सामग्री के रूप में ली गयी अधिकतर पुस्तकें दूसरी कोटि में आती हैं।

रामचंद्र शुक्ल ने अपभ्रंश की जैन रचनाओं को शुष्क-धर्मोपदेशक मानकर विवेचन-विमर्श के योग्य नहीं समझा। इन जैन ग्रंथों के अध्ययन-भाष्य से आज यह पता चलता है कि इनमें धार्मिक-भावना की प्रधानता मात्र न होकर समाज-राजनीति-कला-दर्शन आदि का भारी ख़ज़ाना मौजूद है। अतः आदिकाल के समाज-दर्शन-साहित्य में इन जैन-ग्रंथों की उपेक्षा नहीं की जा सकती। जैन-ग्रंथों की विपुल-सामग्री का अपना सौंदर्यशास्त्र एवं समाजशास्त्र है। इस समाजशास्त्र में धर्म-आचार, नैतिक-सामाजिक मूल्य, परम्परा, भाषा तथा काव्यात्मकता का उपलब्ध संसार नयी व्याख्या चाहता है। एक ओर तो चारण-भाटों का विशाल रासोकाव्य परम्परा का डिंगल-पिंगल भाषा में उपलब्ध साहित्य है, तो दूसरी ओर जैनियों-सिद्धों-नाथों का महत्त्वपूर्ण साहित्य है। राजाओं, महाराजाओं या क्षत्रिय-कुलीन सामंतों की वंश परम्परा का वर्णन-विस्तार गायन लोक भाषा में है।

आचार्य हज़ारी प्रसाद द्विवेदी ने हिंदी साहित्य के इस आरम्भ काल को आदिकाल कहना ही उचित माना है। लेकिन यह नामकरण भी कई प्रकार की भ्रांत धारणओं को जन्म देता है। इससे पाठक के चित्त में यह भाव उत्पन्न होता है कि यह कोई स्वतंत्र रूप से विकसित काल है और पूर्ववर्ती परम्पराओं, सामाजिक-धार्मिक विश्वासों, काव्यरूढ़ियों, आचार शास्त्रों से निर्मुक्त कोई नवीनकाल है। जबकि यह काल पालि-प्राकृत, अपभ्रंश-अवहट्ठ की साहित्यिक-नैतिक-सामाजिक-विचार दृष्टियों से विकसित काल है। दक्षिण भारत के सम्राट पुलकेशिन द्वितीय द्वारा उत्तर-भारत के सम्राट कन्नौज के हर्षवर्धन की पराजय के बाद अराजकता फैल गयी। छोटे-छोटे सामंतों ने अपने को स्वतंत्र घोषित कर दिया और ये सामंत 'जिहि की बिटिया सुंदर देखैं चढ़ि कै विदा लेहि करवाय' के पौरुष-पराक्रम के पर्याय हो गये। *पृथ्वीराज रासो* में पृथ्वीराज चौहान द्वारा अपने जयचंद की कन्या का हरण इसका उदाहरण है। राजपूत सामंतों की आपसी फूट के कारण जनता में तबाही फैली तथा साहित्य-कला-दर्शन के क्षेत्रों की तमाम परम्पराओं का पतन हुआ। राहुल सांकृत्यायन ने इस काल को सिद्ध सामंत काल कहा है। बौद्ध धर्म के पतन से तंत्रवाद फैला। वज्र यानी तांत्रिक परम्पराओं के भीतर से सिद्धों-नाथों का चमत्कारवाद, हठयोग-साधना, दर्शन तथा नारी-भोग को केंद्र-बनाकर महासुखवाद का प्रसार हुआ।

हिंदी भाषा और उसकी साहित्यिक निष्पति अपभ्रंश-भाषा, अवहट्ठ या पुरानी हिंदी से हुई है। यह भाषा का संधिकाल है जिसमें अपभ्रंश के अंत से हिंदी का रूप निखर रहा है। इस संधिकाल को सिद्धों-जैन-कवियों के सृजन कार्य ने प्रकट किया। चारणों-भाटों ने इस काल में प्रशस्तिमूलक रचनाएँ सामंतों को केंद्र में रखकर की हैं। इन कवियों ने सामंतों को ईश्वर का अवतार कहकर उनकी स्तुति की है। सिद्धों (असम-बंगाल-बिहार आदि के क्षेत्र में) में सिद्ध सरहपा (संवत् 2017) को हिंदी का आदिकवि माना जाता है। सिद्धों का अधिकांश साहित्य कर्म अर्धमागधी अपभ्रंश से विकसित जनभाषा मगही में लिखा गया है। इन सिद्धों की संख्या चौरासी मानी जाती है। इस सिद्ध सम्प्रदाय की प्रतिक्रिया में आगे चलकर नाथ पंथी योगियों ने हठयोग के सिद्धांतों का प्रचार किया। राहुल ने इन नाथ पंथियों की रचनाओं की सिद्ध साहित्य में ही स्थान दिया है। इस तरह यह पूरा काल चारणों-भाटों-सिद्धों-नाथों-जैनियों की रचनाओं से भरा पड़ा है।

दुर्भाग्यवश इस काल का अधिकांश साहित्य काल के गाल में समा गया है। इसलिए इस काल की मूल और गतिशील प्रवृत्तियों का निर्धारण करना कठिन है। जो साहित्य आज हमें उपलब्ध होता है उसमें अधिकांश साहित्य की प्रामाणिकता, ऐतिहासिकता पर विद्वानों ने प्रश्नचिह्न लगाया है।

देखें : अष्टछाप, 'अंग्रेज़ी हटाओ' आंदोलन, गजानन माधव मुक्तिबोध-1 और 2, छायावाद, डायग्लॉसिया, नंद दुलारे वाजपेयी, नगेंद्र और सैद्धांतिक समीक्षा, नयी कविता, नामवर सिंह, पाश्चात्य काव्यशास्त्र, प्रेमचंद, प्रयोगवाद, प्रगतिवाद, भक्ति आंदोलन-1 और 2, भक्ति-काव्य-1 और 2, भारतेंदु हरिश्चंद्र, भारतेंदु युग-1 और 2, भाषा नियोजन-1 से 4 तक, भाषा के मार्क्सवादी सिद्धांत, महादेवी वर्मा, महावीर प्रसाद द्विवेदी, मीरांबाई और प्रेमाभक्ति, राहुल सांकृत्यायन, रामानुजाचार्य, रामानंद, रामचंद्र शुक्ल-1 और 2, रामविलास शर्मा, राष्ट्रीय-सांस्कृतिक कविता, रीतिकाल-1 और 2, विजय देव नारायण साही, वैष्णव धर्म, श्याम सुंदर दास, सम्पर्क भाषा-1 से 4 तक, सगुण और निर्गुण-1 और 2, संस्कृत काव्यशास्त्र, संविधान सभा में भाषा-विवाद-1, 2 और 3, संत-काव्य, सिद्ध-नाथ परम्परा, सूफ़ीयत और प्रेमाख्यान, हज़ारी प्रसाद द्विवेदी, हिंदी विरोधी आंदोलन, हिंदी जाति-1 से 3 तक, हिंदी साहित्य का इतिहास, हिंदी साहित्य का इतिहास : नये परिप्रेक्ष्य, हिंदी-पद्य में इतिहास, हिंदी-जगत और 'लोकप्रिय'-1 और 2, हिंदी नवजागरण, हिंदी-संस्थाएँ।

संदर्भ

1. रामचंद्र शुक्ल (1940), *हिंदी साहित्य का इतिहास,* नागरी प्रचारिणी ग्रंथ माला, नागरी प्रचारिणी सभा, काशी.
2. हज़ारी प्रसाद द्विवेदी (1941), *हिंदी साहित्य की भूमिका,* हिंदी ग्रंथ रत्नाकर कार्यालय, मुम्बई.
3. मोतीलाल मेनारिया (1999), *राजस्थान का पिंगल साहित्य,* राजस्थानी ग्रंथागार, जोधपुर.

4. मोतीलाल मेनारिया (2000), *डिंगल में वीररस,* राजस्थानी ग्रंथागार, जोधपुर.
5. जगदीश प्रसाद (1960), *डिंगल साहित्य,* हिंदुस्तानी एकेडमी, इलाहाबाद.

— कृष्णदत्त पालीवाल

हिंदी साहित्य का इतिहास

(History of Hindi Literature)

हिंदी साहित्य के इतिहास का ज़िक्र होते ही सबसे पहले रामचंद्र शुक्ल रचित *हिंदी साहित्य का इतिहास* जैसी कालजयी कृति का ध्यान आना स्वाभाविक है। छात्रों को पढ़ाने के लिए तैयार की गयी यह रचना सबसे पहले काशी नागरी प्रचारिणी सभा ने 1927 में तीन निबंधों के रूप में प्रकाशित की थी। लेकिन इसकी रचना से पहले भी साहित्य का इतिहास लिखने के कई प्रयास हुए थे। दरअसल, साहित्य के इतिहास की धारणा मूलत: आधुनिक युग की देन है। उन्नीसवीं-बीसवीं शताब्दी में विद्वानों की खोजों से हमें ऐसे ग्रंथ उपलब्ध होने लगते हैं जिनमें साहित्य के इतिहास की मूल्यवान सामग्री है। आधुनिक इतिहास में प्राय: उस मूल्यवान सामग्री का उपयोग छान-बीन के बाद किया गया है। यह सामग्री कवियों के चरितों, चरितावलियों और कवि-वृत्त-संग्रहों के रूप में मिलती है। हिंदी साहित्य के इतिहासों में पूर्ववर्त्ती काव्यवृत्त-संग्रहों का उल्लेख भी मिलता है।

कालक्रमानुसार कुछ वृत्तों या चरितों का उल्लेख यहाँ आवश्यक है : गोकुलनाथ रचित *चौरासी वैष्णवन की वार्ता* और *दो सौ बावन वैष्णवन की वार्ता* (1625), नाभादास रचित *भक्तमाल* (1642), नाभादास के बाद के भक्तों का वर्णन करने वाली *भक्तमाल* (1770), प्रियादास रचित *भक्तिरस बोधिनी* (1769), बाबा वेणामाधवदास रचित मूल *गोसाई चरित* (1687), वेददास रचित *गोपीचंद चरित* (1700), अनंत दास रचित *रैदास की परिचई* (1745), मथुरादास रचित *मलूकदास की परिचई* (1783), (10) रघुनाथदास रचित *स्वामी हरिदास की परिचई* ले. रघुनाथदास (1700), जनगोपाल रचित दादू *जन्मलीला परचई* (1709)। इन वृत्तसंग्रहों के अतिरिक्त प्राचीन ग्रंथों में छंदों से भरी सामग्री मिलती है : जैसे गुरु अर्जुनदेव रचित *गुरु ग्रंथसाहब* (1662), राजवसाहेब रचित *सर्वंगी* (1700), तुलसी रचित *कविकाल* (1775), कालिदास द्विवेदी रचित *कालिदास हजारा* (1775), भारतेंदु रचित *सुंदरी तिलक* (1927) और रामनरेश त्रिपाठी रचित *कविता कौमुदी* (1971)।

हिंदी साहित्य के इतिहास के संदर्भ में यह तथ्य चकित करने वाला है कि इसका सर्वप्रथम इतिहास एक विदेशी लेखक द्वारा लिखा गया। यह इतिहास फ्रेंच विद्वान गर्सां द तासी द्वारा लिखित *इस्तवार दला लितरेत्त्पर ऐन्दुई ऐं हिंदुस्तानी* है। हिंदुस्तानी साहित्य में गहरी रुचि वाले तासी ने यह इतिहास भागों में प्रकाशित किया। पहला भाग 1839 में और दूसरा 1847 में छपा। इसमें कवि परिचय काल क्रमानुसार न होकर अकारादि क्रम से है। इसकी भूमिका लगभग सौ पृष्ठों में है। इसके बाद 1930 में महेशदत्त शुक्ल की रचना *भाषा काव्य* प्रकाशित हुई। इसमें प्राचीन कविता के साथ कवियों का संक्षिप्त परिचय है। शिव सिंह सेंगर कृत *शिव सिंह सरोज़* 1883 में सौ कवियों के जीवन चरित्र के साथ सामने आया। इसी को आधार बना कर जॉर्ज ग्रियर्सन ने 1888 में हिंदी साहित्य का प्रथम इतिहास कालक्रमानुसार कवि-परिचय के साथ *द मॉडर्न वर्नाक्युलर लिटरेचर ऑफ़ हिंदुस्तान* के रूप में लिखा। 1886 में डॉ. ग्रियर्सन वियना की अंतर्राष्ट्रीय प्राच्य विद्या सभा के अधिवेशन में 'हिंदुस्तान का मध्यकालीन भाषा साहित्य और तुलसीदास' लेख प्रस्तुत कर चुके थे। इसके बाद श्यामसुंदर दास ने *हिंदी कोविद् रत्नमाला* के दो भागों का प्रकाशन किया। 1912 तथा 1914 में प्रकाशित इन ग्रंथों में अस्सी आधुनिक लेखकों का जीवन चरित्र है। ध्यान रहे कि इस रत्नमाला में इतिहास की सूत्रबद्धता न हो कर रचनाकारों का तथ्यात्मक परिचय है। 1918 में मिश्र बंधुओं (गणेश बिहारी मिश्र, श्याम बिहारी मिश्र और शुकदेव बिहारी मिश्र) द्वारा रचित *मिश्रबंधु विनोद* नाम का ग्रंथ तीन भागों में प्रकाशित हुआ और कुछ समय बाद इसका चौथा भाग भी निकला। चारों भागों में लगभग पाँच सौ रचनाकारों का परिचय देने के अलावा कालखण्डों में विभक्त कर साहित्यिक-राजनीतिक गतिविधियों पर प्रकाश डाला गया था। मिश्र बंधुओं को ही *हिंदी नवरत्न* की रचना का श्रेय जाता है, जिसमें उन्होंने तुलसी, सूर, देव, बिहारी, भूषण, मतिराम और हरिश्चंद्र समेत श्रेष्ठ नौ कवियों को शामिल किया था।

इतिहास ग्रंथों के इन प्रयत्नों में कवि रामनरेश त्रिपाठी रचित *कविता कौमुदी* ग्रंथ का विशेष महत्त्व है। 1917 में दो भागों में यह रचना सामने आयी। इसमें संस्कृत, बांग्ला और उर्दू के कवियों को स्थान मिला है। प्रामाणिक सूचना और रचना संग्रह के कारण यह ग्रंथ लोकप्रिय हुआ। भारतेंदु एवं द्विवेदी-युग के रचनाकारों पर इसमें दुर्लभ सामग्री मौजूद है। इसके बाद अंग्रेज़ी में लिखे दो इतिहास सामने आये। एडीवल ग्रीन का *अ स्केच ऑफ़ हिंदी लिटरेचर* तथा में एफ. इ. के द्वारा लिखित *अ हिस्ट्री ऑफ़ लिटरेचर* प्रकाशित हुआ। कुछ समय बाद वियोगी हरि ने *ब्रजमाधुरी सार* नामक ब्रजभाषा

काव्य संग्रह प्रकाशित किया। इसमें कालक्रमानुसार 28 कवियों की श्रेष्ठ रचनाओं का संग्रह है। इसी समय पदमलाल पुन्नालाल बख्शी ने *हिंदी साहित्य विमर्श* में साहित्य की विभिन्न धाराओं एवं प्रकृतियों का परिचय दिया। लेकिन इन ग्रंथों को हिंदी साहित्य का इतिहास नहीं कहा जा सकता।

दरअसल, हिंदी-साहित्य का पहला व्यवस्थित इतिहास एक पक्का ढाँचा बना कर रामचंद्र शुक्ल ने *हिंदी साहित्य का इतिहास* शीर्षक से लिखा। यह इतिहास हिंदी-भाषी संसार का संस्कार बन चुका है। आज तक हिंदी साहित्य में आचार्य शुक्ल के इस इतिहास की टक्कर का दूसरा इतिहास नहीं लिखा गया है। अपनी महिमा में यह 'क्लासिक' बन गया है। काल-विभाजन, युगों के नामकरण, साहित्यिक धाराओं, प्रकृतियों के विवेचन में आलोचक की विवेक विदग्धता के कारण यह इतिहास अनुपम है। सामाजिक सांस्कृतिक विश्लेषण विमर्श की व्यापकता के साथ यह साहित्यिक प्रतिमानों से सम्पन्न इतिहास है।

शुक्ल ने माना है कि 'जबकि प्रत्येक देश का साहित्य वहाँ की जनता की चित्तवृत्ति का संचित प्रतिबिम्ब होता है तब यह निश्चित है कि जनता की चित्तवृत्ति के परिवर्तन के साथ-साथ साहित्य के स्वरूप में भी परिवर्तन होता चला जाता है। आदि से अंत तक इन्हीं चित्तवृत्तियों की परम्परा को परखते हुए साहित्य-परम्परा के साथ उनका सामंजस्य दिखना 'साहित्य का इतिहास' कहलाता है। जनता की चित्तवृत्ति बहुत कुछ राजनीतिक, सामाजिक, साम्प्रदायिक तथा धार्मिक परिस्थिति के अनुसार होती है।' उनके अनुसार हिंदी साहित्य के नौ सौ वर्षों के इतिहास को चार कालों में विभक्त कर सकते हैं : आदिकाल (वीरगाथा काल संवत् 1050-1375), पूर्व मध्यकाल (भक्तिकाल संवत् 1375-1700), उत्तर मध्यकाल (रीतिकाल संवत् 1700-1900) और आधुनिक काल (गद्यकाल संवत् 1900-1984 तक)। उन्होंने रचनाओं की प्रकृति के अनुसार ही इसका नामकरण किया है। शुक्ल ने यह 'इतिहास' छात्रों को हिंदी साहित्य का इतिहास पढ़ाने की दृष्टि से लिखा था।

सबसे पहले तीन निबंधों के रूप में प्रकाशित इस रचना का पहला निबंध था 'हिंदी साहित्य का वीरगाथा काल', दूसरा निबंध था 'हिंदी साहित्य का पूर्व मध्यकाल' और तीसरा था 'हिंदी साहित्य का उत्तर मध्यकाल'। 1929 में *हिंदी शब्दसागर* तैयार हुआ और ये तीनों विस्तृत निबंध संशोधन-सम्पादन के साथ इसकी भूमिका के रूप में 'हिंदी साहित्य का विकास' शीर्षक से प्रकाशित हुए। इस वर्ष ही यह भूमिका व्यापक अनुसंधान के साथ 'हिंदी साहित्य का इतिहास' नाम से प्रकाशित हुई। संवत् 1940 में इसका संशोधित संस्करण निकला, जिसके अंतर्गत विशेष रूप से आधुनिक हिंदी साहित्य की सामग्री जोड़ी गयी। शुक्ल के देहावसान के बाद उनके योग्य शिष्य विश्वनाथ प्रसाद मिश्र ने इसका संशोधित-परिवर्द्धित संस्करण अद्यतन सामग्री के साथ प्रस्तुत किया।

अयोध्यासिंह उपाध्याय 'हरिऔध' ने पटना विश्वविद्यालय में हिंदी भाषा और साहित्य के इतिहास पर जो व्याख्यान दिये थे उनका प्रकाशन भी *हिंदी भाषा और उसके साहित्य का विकास* नाम से 719 पृष्ठों में प्रकाशित हो चुके हैं। *अ हिस्ट्री ऑफ़ हिंदी लिटरेचर* को आधार बनाकर सूर्यकांत शास्त्री ने 1930 में हिंदी साहित्य का विवेचनात्मक इतिहास लिखा। इसमें संस्कृत तथा अंग्रेज़ी साहित्य के परिप्रेक्ष्य में हिंदी को देखा गया है। अलंकार शास्त्र के विद्वान रामशंकर शुक्ल 'रसाल' ने भी *हिंदी साहित्य का इतिहास* लिखने का हौसला दिखाया। लेकिन इतिहास दृष्टि तथा इतिहास दर्शन के अभाव में बात कुछ बन नहीं पायी। रामकुमार वर्मा ने 1938 में *हिंदी साहित्य का आलोचनात्मक* इतिहास लिखा। इसमें संवत् 750 से लेकर संवत् 1750 तक के साहित्य का ऐतिहासिक सर्वेक्षण है। यह इतिहास सात प्रकरणों में विभक्त है : संधिकाल, चारणकाल, भक्तिकाल, संतकाव्य, प्रेमकाव्य, रामकाव्य और कृष्णकाव्य। इसमें वर्मा ने विस्तार से हिंदी साहित्य के इतिहासों का परिचयात्मक विवरण दिया है। यह सब करने पर भी ये इतिहास दृष्टिगत गहराई की कमी के कारण जागरूक पाठकों-विद्वानों में महत्त्व और प्रतिष्ठा नहीं पा सका। इसके बाद अनेक तरह के विद्यार्थी-उपयोगी इतिहास आते रहे।

हिंदी साहित्य के इतिहास चिंतन में एक बड़ी घटना तब घटी जब हज़ारी प्रसाद द्विवेदी की पुस्तक *हिंदी साहित्य की भूमिका* का 1941 में प्रकाशन हुआ। द्विवेदी ने शुक्ल की धारणा से कुछ हटते हुए 'शिक्षित जनता की चित्तवृत्तियों के आगे अशिक्षित जनता' को स्थान दिया और शास्त्र से ज़्यादा लोक तथा लोक-धर्म को सामने रखकर यह इतिहास-ग्रंथ लिखा। उन्होंने 'हिंदी साहित्य प्राण-धारा' के साथ 'भारतीय चिंतन धारा के स्वाभाविक विकास' को गहराई और विस्तार से प्रस्तुत किया। साथ ही सिद्धों-नाथों के साहित्य को महत्त्व देकर निर्गुणिया संतधारा का महत्त्व समझाया। रीति काल को सेकुलर लिटरेचर घोषित करते हुए उन्होंने एक नवीन दृष्टि का विकास किया। उन्होंने 'हिंदी साहित्य का आदिकाल' तथा 'हिंदी साहित्य उद्‌भव और विकास' शीर्षिक से भी हिंदी साहित्य का निरूपण किया। आचार्य द्विवेदी के पाण्डित्य और रसिकता, दोनों ने मिल कर साहित्य के इतिहास की लोक-दृष्टि को प्रशस्त किया।

राम बहोरी शुक्ल और भगीरथ मिश्र ने मिलकर सन् 1960 में *हिंदी साहित्य का उद्‌भव और विकास* प्रकाशित किया। इसका प्रथम खण्ड आदिकाल तथा भक्तिकाल शुक्ल का लिखा हुआ है तथा रीतिकाल और आधुनिककाल मिश्र

का। उस समय तक होने वाले अनुसंधान कार्य की इस इतिहास में उपयोगी सूचनाएँ हैं साथ ही काव्य-धाराओं का विशद विवेचन भी है। विश्वनाथ प्रसाद मिश्र ने *हिंदी साहित्य का अतीत* नाम से आधुनिक काल से पूर्व के हिंदी साहित्य के इतिहास का सूक्ष्म गहन विवेचन किया है। *हिंदी साहित्य का अतीत* दो भाग में प्रकाशित ग्रंथ है। मिश्र ने दूसरे भाग में रीति-काल को शृंगार काव्य घोषित करते हुए 'शृंगार को सार किसोर-किसोरी' को बनाया है। आधुनिक काल के इतिहास को मिश्रजी ने 'हिंदी का सामयिक साहित्य' नाम से प्रस्तुत किया है किंतु वर्तमान के इस इतिहास की अंतर्योजना खण्डित है। मूलतः यह आधुनिक रचनाकारों पर केंद्रित निबंधों का संग्रह है। इस सिलसिले में राहुल सांकृत्यायन की पुस्तक *हिंदी काव्यधारा* (1944) भी एक महत्त्वपूर्ण पुस्तक है।

हिंदी साहित्य के इतिहास के संदर्भ में दो महत्त्वपूर्ण योजनाएँ योजनाबद्ध तरीक़े से सक्रिय रही हैं। धीरेंद्र वर्मा और ब्रजेश्वर वर्मा के सम्पादन में *हिंदी साहित्य* नाम से तीन भागों में भारतीय हिंदी परिषद्, प्रयाग ने इतिहास ग्रंथ प्रकाशित किये हैं। एक अन्य बृहद योजना के अंतर्गत *हिंदी साहित्य का वृहत इतिहास* सत्रह भागों में प्रकाशित किया गया है। इन सत्रह भागों में हिंदी साहित्य के विभिन्न युगों की समस्याओं, प्रवृत्तियों, वैचारिक मुठभेड़ों, साहित्य की धाराओं या परम्पराओं का इतिहास है। राम अवध द्विवेदी ने *हिंदी साहित्य के विकास की रूपरेखा* का सूक्ष्म-गहन दृष्टि से निरूपण किया है। गणपति चंद्र गुप्त की पुस्तक *हिंदी साहित्य का वैज्ञानिक इतिहास* दो भागों में प्रकाशित हो चुका है। नगेंद्र द्वारा सम्पादित *हिंदी साहित्य का इतिहास* में विभिन्न कालखण्डों पर विशेषज्ञों द्वारा लिखवाये गये लेख शामिल हैं।

संक्षिप्त इतिहास के प्रसंगों में बाबू गुलाब राय का *हिंदी साहित्य का सुबोध इतिहास,* लक्ष्मीसागर वार्ष्णेय का *हिंदी साहित्य का इतिहास* और विजयेंद्र स्नातक रचित हिंदी साहित्य का इतिहास उल्लेखनीय है। चतुरसेन शास्त्री ने भी *हिंदी भाषा और साहित्य का इतिहास* रचा। *आधुनिक हिंदी साहित्य का इतिहास* कृष्णशंकर शुक्ल द्वारा लिखित विद्वतापूर्ण सुविचारित इतिहास है। इस इतिहास की भूमिका आचार्य रामचंद्र शुक्ल ने लिखी है। आधुनिक हिंदी साहित्य की नवीन प्रश्नाकुलताओं और चुनौतियों को सच्चिदानंद हीराचंद्र वात्स्यायन 'अज्ञेय' ने आधुनिक *हिंदी साहित्य : एक परिदृश्य* नाम से प्रस्तुत किया है। रामविलास शर्मा की रचना *हिंदी जाति का इतिहास* इस क्षेत्र की अकेली अविस्मरणीय पुस्तक है। उपन्यास, नाटक, कहानी आदि विधाओं पर भी विद्वानों ने अलग-अलग बहुत मूल्यवान कार्य किये हैं।

इधर के वर्षों में बच्चन सिंह ने *हिंदी साहित्य का दूसरा इतिहास* नाम से बड़ा महत्त्वाकांक्षी इतिहास लेखन कार्य किया है। सुमनराजे ने *हिंदी साहित्य का आधा इतिहास* नाम से इतिहास लिखकर सभी को चौंकाया है। लेकिन इस बीच रामचंद्र शुक्ल की परम्परा को आगे बढ़ाते हुए रामस्वरूप चतुर्वेदी की एक महत्त्वपूर्ण रचना *हिंदी साहित्य और संवेदना का विकास* (1980) नाम से प्रकाशित हुई है। चतुर्वेदी का 'इतिहास' हिंदी भाषी जाति के जीवन मूल्यों के विकास को भी रेखांकित करता है। इस तरह यह भाषा, साहित्य और संस्कृति के साथ हिंदी-संवेदना का इतिहास भी हिंदी साहित्य में रेखांकित करने का यत्न करता है। आधुनिक युग में साहित्य के इतिहास की यह नयी महत्त्वकांक्षा कही जा सकती है। इसमें युग का विश्लेषण-विवेचन प्रतिनिधि रचनाकारों के आधार पर हुआ है। अतः यहाँ 'कवि कीर्तन' के बजाय 'कविता कीर्तन' की दृष्टि प्रमुख है। हिंदी क्षेत्र और वहाँ के जन समुदाय की सामुदायिक संवेदना कैसे विकसित होती गयी है और साहित्य उसे किस रूप में प्रतिफलित करता है— यह इस समूचे अध्ययन की अंतर्वस्तु है। चतुर्वेदी के मूल्यांकन पर अज्ञेय द्वारा प्रवर्तित प्रतिमानों का असर है, इसलिए अज्ञेय से असहमत हिंदी के तबक़े ने उनके साहित्य को स्वीकार नहीं किया। रामविलास शर्मा ने स्वतंत्र रूप से हिंदी साहित्य के इतिहास पर भले ही न लिखा हो, लेकिन अलग-अलग कालखण्डों और रचनाकारों पर लिखी गयी उनकी पुस्तकों के सहारे समूचे हिंदी साहित्य के अधिकांश हिस्से का बोध हो जाता है।

देखें : अष्टछाप, 'अंग्रेज़ी हटाओ' आंदोलन, गजानन माधव मुक्तिबोध-1 और 2, छायावाद, डायग्लॉसिया, नंद दुलारे वाजपेयी, नगेंद्र और सैद्धांतिक समीक्षा, नयी कविता, नामवर सिंह, पाश्चात्य काव्यशास्त्र, प्रेमचंद, प्रयोगवाद, प्रगतिवाद, भक्ति आंदोलन-1 और 2, भक्ति-काव्य-1 और 2, भारतेंदु हरिश्चंद्र, भारतेंदु युग-1 और 2, भाषा नियोजन-1 से 4 तक, भाषा के मार्क्सवादी सिद्धांत, महादेवी वर्मा, महावीर प्रसाद द्विवेदी, मीरांबाई और प्रेमाभक्ति, राहुल सांकृत्यायन, रामानुजाचार्य, रामानंद, रामचंद्र शुक्ल-1 और 2, रामविलास शर्मा, राष्ट्रीय-सांस्कृतिक कविता, रीतिकाल-1 और 2, विजय देव नारायण साही, वैष्णव धर्म, श्याम सुंदर दास, सम्पर्क भाषा-1 से 4 तक, सगुण और निर्गुण-1 और 2, संस्कृत काव्यशास्त्र, संविधान सभा में भाषा-विवाद-1, 2 और 3, संत-काव्य, सिद्ध-नाथ परम्परा, सूफ़ीयत और प्रेमाख्यान, हज़ारी प्रसाद द्विवेदी, हिंदी विरोधी आंदोलन, हिंदी जाति-1 से 3 तक, हिंदी साहित्य का आदिकाल, हिंदी साहित्य का इतिहास : नये परिप्रेक्ष्य, हिंदी-पद्य में इतिहास, हिंदी-जगत और 'लोकप्रिय'-1 और 2, हिंदी नवजागरण, हिंदी-संस्थाएँ।

संदर्भ

1. धीरेंद्र वर्मा तथा ब्रजेश्वर वर्मा (1969), *हिंदी साहित्य,* खण्ड तृतीय, भारतीय हिंदी परिषद्, प्रयाग.
2. रामचंद्र शुक्ल (1940), *हिंदी साहित्य का इतिहास,* नागरी प्रचारिणी ग्रंथ माला, नागरी प्रचारिणी सभा, काशी.
3. रामस्वरूप चतुर्वेदी (1993), *हिंदी साहित्य और संवेदना का विकास,* लोक भारती प्रकाशन इलाहाबाद.
4. कृष्णशंकर शुक्ल (1993), *आधुनिक हिंदी साहित्य का इतिहास,* हिंदी साहित्य कुटीर. आगरा.

5. हज़ारी प्रसाद द्विवेदी (1941), *हिंदी साहित्य की भूमिका*, हिंदी ग्रंथ रत्नाकर कार्यालय, मुम्बई.
6. स.ही. वात्स्यायन अज्ञेय (1967), *हिंदी साहित्य : एक आधुनिक परिदृश्य*, राधाकृष्ण प्रकाशन, नयी दिल्ली.

— **कृष्णदत्त पालीवाल**

हिंदी साहित्य का इतिहास : नये परिप्रेक्ष्य

(History of Hindi Literature: New Perspectives)

रामचंद्र शुक्ल द्वारा रचित *हिंदी साहित्य का इतिहास* के बाद कुछ कालखण्डों और रचनाकारों पर महत्त्वपूर्ण अनुसंधान हुआ है। लेकिन परवर्ती इतिहास लेखन को देखने से जाहिर है कि इस प्रकार के 'फुटकर' अध्ययनों के बावजूद रामचंद्र शुक्ल के इतिहास-लेखन के मॉडल को बदलने का साहस किसी ने नहीं दिखाया। शुक्ल के इतिहास की सीमा का जितना गहरा एहसास आज हो रहा है, सम्भवतः पहले नहीं हुआ होगा। इसका एक कारण तो यह है कि उनके बाद बहुत सी नयी सामग्री प्रकाश में आ गयी है, जो उस समय उपलब्ध नहीं थी। लेकिन, सही मायने में नया इतिहास लिख पाना तभी सम्भव होता है जब इतिहासकार के पास वास्तव में एक नयी इतिहास-दृष्टि भी हो।

रामचंद्र शुक्ल हिंदी साहित्य की परम्परा के श्रेष्ठ तत्वों का प्रायः एक ठेठ उत्तर भारतीय के अंदाज़ में मूल्यांकन करते प्रतीत होते हैं। साहित्य की श्रेष्ठता के मानक और भारतीय इतिहास का उनका बोध, इस दौर के बहुत सारे दूसरे विद्वानों की तरह, तत्कालीन ऐतिहासिक लेखन से निर्धारित और प्रभावित लगता है। विशेष रूप से भक्ति के अभ्युदय की जिस प्रकार से उन्होंने व्याख्या की है, उस पर बिल्कुल नये सिरे से विचार करने की आवश्यकता है। इसी प्रकार शृंगार और भक्ति को लेकर उन्होंने जो निर्णय दिये हैं, उस पर विक्टोरियाकालीन नैतिक मूल्यों की गहरी छाप है। यह जरूर है कि इसे वे ठेठ भारतीय मर्यादा के आदर्श के रूप में तुलसी के हवाले से प्रस्तुत करते हैं। उनके लेखन में थोड़ी बहुत रियायत के बावजूद शृंगारपरक रचनाओं को ज़्यादा तरजीह नहीं दी गयी। शृंगार और भक्ति में वे कभी संगति नहीं खोज पाते जबकि भारतीय परम्परा में शृंगार और भक्ति को कई बार तो अलग कर पाना ही मुश्किल है। सूज़न स्वार्ज़ ने अपनी रचना *रस* में इस बात की ओर संकेत किया है कि भारतीय परम्परा में शृंगार और भक्ति के बीच कोई आत्यंतिक विरोध नहीं है, बल्कि वे एक ही सातत्य का हिस्सा हैं। यह बात ठीक भी लगती है, क्योंकि इसके बिना खजुराहो और कोणार्क को तो छोड़ ही दीजिए, कबीर, जायसी, सूर और मीरा की रचनाओं की भी व्याख्या असम्भव है। भक्ति और शृंगार के सातत्य और सहअस्तित्व की अवधारणा से भक्तिकालीन शृंगार के रीतिकालीन शृंगार में रूपांतरण की व्याख्या भी कमोबेश हो जाती है।

रीतिकालीन ब्रजभाषा के साहित्य पर बहुत ही महत्त्वपूर्ण अध्ययन करने वाली अमेरिकी विदुषी एलिसन बुश ने अपनी पुस्तक *पोयट्री ऑफ किंग्स* में इस तथ्य का सम्यक् प्रतिपादन किया है कि एक ही कवि के यहाँ भक्ति और शृंगारपरक रचनाएँ मिल जाती हैं। यही नहीं, कई बार तो एक ही कविता में भक्ति और शृंगार इस तरह घुले-मिले होते हैं कि उन्हें अलग-अलग करके नहीं समझा जा सकता। इसी प्रकार उन्होंने हिंदी की दुनिया में बद्धमूल हो चुकी इस अवधारणा का भी ठोस तथ्यों के आधार पर खण्डन किया है कि रीतिकालीन कवियों का अपना कोई स्वतंत्र व्यक्तित्व नहीं था और वे आश्रयदाता राजा के चाटुकार थे। उन्होंने इस प्रचलित मान्यता का भी तथ्यों के आधार पर संशोधन किया है कि रीतिकालीन आचार्यों द्वारा लिखे गये काव्यशास्त्रीय ग्रंथ संस्कृत के काव्यशास्त्र विषयक ग्रंथों के सिर्फ़ अनुवाद हैं। उन्होंने रीतिकाल के दौरान लिखे गये वीर/चरित काव्यों का तत्कालीन ऐतिहासिक बोध के साक्ष्य के रूप में अध्ययन कर यह दिखाया कि ये ग्रंथ कई बार कुछ ऐसे पक्षों को हमारे सामने उद्घाटित करते हैं, जिनके बारे में इतिहासकारों द्वारा इस्तेमाल किये गये साक्ष्यों में या तो कोई उल्लेख नहीं है या उल्लेख है भी तो दृष्टिकोण में पर्याप्त अंतर है।

यह सही है कि रीतिकालीन वीर-काव्य/चरित-काव्य पद्य में लिखे गये हैं और इनमें अक्सर ऐतिहासिक घटनाओं के प्रसंग में भी काव्य-रूढ़ियों का इस्तेमाल किया गया है, फिर भी उनके गहन अध्ययन से तत्कालीन राजव्यवस्था और समाज के बारे में महत्त्वपूर्ण जानकारी निकाली जा सकती है। काव्य में इतिहास लिखने की इस पद्धति का विकास सत्रहवीं और अट्ठारहवीं शताब्दी में बड़े पैमाने पर दिखाई देता है। लेकिन काव्य में इतिहास लिखने के इस देसी तरीक़े के अध्ययन के लिए उपयुक्त पद्धति का विकास हमारे यहाँ नहीं हो पाया है। वी. नारायण राव, डेविड शुलमैन और संजय सुब्रह्मण्यम ने अपनी प्रसिद्ध पुस्तक *टेक्सचर ऑफ़ टाइम* में दक्षिण भारत में इतिहास-लेखन के इस देसी तरीक़े का बहुत ही सूझ-बूझ के साथ अध्ययन किया है। उनका मानना है कि भारत में सोलहवीं और अट्ठारहवीं शताब्दियों के दौरान इतिहास-लेखन की एक देशज परम्परा का विकास दिखायी पड़ता है। इस परम्परा की उल्लेखनीय विशेषता यह है कि

यहाँ इतिहास कई विधाओं में लिखा जाता है। पश्चिम की तरह इतिहास के स्वतंत्र अनुशासन का विकास नहीं होता, जहाँ 'तथ्यों और तर्कों' के आधार पर ऐतिहासिक घटना-क्रम को समझने का प्रयास किया जाता है। काव्यों, चरित-काव्यों और अन्य रूपों में लिखे गये इतिहास को समझने के लिए यह ज़रूरी है कि अध्येता को भारतीय सांस्कृतिक परम्परा का सम्यक् बोध हो। इसके अभाव में यह निर्णय कर पाना कठिन हो जाता है कि रचनाकार कहाँ ऐतिहासिक तथ्यों का उल्लेख कर रहा है और कहाँ सिर्फ़ काव्य-रूढ़ि का निर्वाह कर रहा है। पारम्परिक भारतीय अध्येता में इस प्रकार का विवेक था। औपनिवेशिक शिक्षा के कारण नये ढंग के अध्येता सामने आये। इनके लिए इस प्रकार का अंतर कर पाना मुश्किल था और सम्भवतः इसीलिए रीतिकालीन ग्रंथों में मौजूद ऐतिहासिक संदर्भ और तथ्य पूरी तरह उपेक्षित रह गये।

दक्षिण भारत की तरह उत्तर भारत में भी इसी काल में देश-भाषा में इतिहास लेखन की प्रवृत्ति का विकास दिखायी पड़ता है। विशेष रूप से सत्रहवीं-अट्ठारहवीं शताब्दी में वीर रस प्रधान चरित-काव्यों में इस विकासमान प्रवृत्ति की झलक दिखलायी पड़ती है। यह जरूर है कि दक्षिण की तरह उत्तर भारत की देश-भाषाओं में भी इतिहास लेखन की स्वतन्त्र विधा का विकास नहीं हुआ और वह इतिहास-काव्य या दूसरी विधाओं के अंदर समाविष्ट दिखता है। लेकिन इस प्रकार की रचनाओं से ऐतिहासिक ज्ञान अर्जित करने के लिए सैद्धांतिकी और प्रविधि का विकास करने की बात तो दूर, भारत के इतिहास-लेखन के लिए देश-भाषाओं के महत्त्व को ही लम्बे समय तक स्वीकार नहीं किया गया। उनका इस्तेमाल कभी-कभी किया जाता है लेकिन इनकी आवाज़ें सुनने के इरादे से नहीं बल्कि जो संस्कृत या फ़ारसी के स्रोतों से सुन लिया गया है, उसकी ताईद भर करने के लिए।

रामचंद्र शुक्ल के बाद के इतिहास-लेखन की विडम्बना यह भी रही है कि उसने हिंदी में हुए महत्त्वपूर्ण अध्ययन और शोध को अपने इतिहास-लेखन में शामिल ही नहीं किया। परिणाम यह हुआ कि ये धारणा बन गयी कि हिंदी में रामचंद्र शुक्ल के बाद कोई उल्लेखनीय प्रगति ही नहीं हुई। बहुत हुआ तो इतनी रियायत दे दी जाती है कि हजारीप्रसाद द्विवेदी का आदिकाल विषयक अध्ययन रामचंद्र शुक्ल के इतिहास के वीरगाथाकालीन अध्ययन से आगे है। असल में हुआ यह कि ऐसे महत्त्वपूर्ण अध्ययन/शोध पर, जो हिंदी के प्रायः सर्वस्वीकृत ऐतिहासिक काल-विभाजन के खाँचे में फिट नहीं बैठता था, हिंदी के विद्वानों ने कभी गम्भीरतापूर्वक विचार ही नहीं किया। उदाहरण के लिए अब यह लगभग सभी लोग मानते हैं कि रामचंद्र शुक्ल ने जिन ग्रंथों के आधार पर हिंदी के आदिकाल का नामकरण 'वीरगाथा काल' किया था, उनमें से ज़्यादातर ग्रंथों की प्रामाणिकता संदिग्ध है। राजमल बोरा ने अपनी पुस्तक *हिंदी वीरकाव्य* में यह सिद्ध किया है कि वीरगाथाकाल के अंतर्गत जिन रचनाओं को शामिल किया गया था, उनका जो रूप मिलता है, वह सत्रहवीं-अट्ठारहवीं शताब्दी का है। इसीलिए उन्होंने इन्हें अतीत की गौरवगाथाएँ कहा है, क्योंकि इन आख्यानों को अंतिम रूप सत्रहवीं-अट्ठारहवीं शताब्दी में दिया गया। अगर राजमल बोरा का यह मत सही है तो फिर हिंदी में प्रचलित भक्तिकाल के उदय के कारण के रूप में इसलाम के वर्चस्व का उल्लेख करने और उससे उत्पन्न होने वाले विवाद का औचित्य ही समाप्त हो जाता है। आदिकाल में जैनियों, सिद्धों, नाथों, अमीर खुसरो और विद्यापति की रचनाएँ ही बचती हैं। इनमें से कोई भी रचना ऐसी नहीं है जिसे वीररसप्रधान रचना कहा जा सके। इस तरह भक्ति पहले है और वीरकाव्य उसके बाद। यह भी कम दिलचस्प नहीं है कि वीररसप्रधान चरित-काव्य उस समय लिखे गये, जब लगभग समूचे भारत में मुगल साम्राज्य का वर्चस्व क़ायम हो गया था।

हिंदी के विकास में अपभ्रंश या अवहट्ठ का चाहे जो योगदान रहा हो लेकिन इसे हिंदी नहीं कहा जा सकता। अपभ्रंश या अवहट्ठ में लिखी गयी रचनाओं को, चाहे वे विद्यापति की रचनाएँ हों या वीर-काव्य, जिन्हें सत्रहवीं-अठारहवीं शताब्दी में अंतिम रूप दिया गया, हिंदी साहित्य के इतिहास में शामिल करने का औचित्य नहीं बनता। अपभ्रंश या अवहट्ठ में लिखी गयी रचनाओं पर स्वतंत्र रूप से अध्ययन और शोध होने चाहिए। लेकिन हिंदी साहित्य के अंतर्गत इस क्षेत्र की भाषा/बोलियों में लिखे गये साहित्य को ही शामिल किया जाना चाहिए। भाषावैज्ञानिक दृष्टि से भी अपभ्रंश-अवहट्ठ के साथ तालमेल बहुत खींच-खाँच कर ही बैठाया जा सकता है।

इस दृष्टि से विचार करें तो अवधी में मुल्ला दाऊद का *चंदायन*, मैथिली में विद्यापति की *पदावली*, खड़ी बोली में अमीर खुसरो की रचनाएँ और ब्रजभाषा में ग्वालियर के राजकवि विष्णुदास के *पाण्डव-चरित* (1435) और *रामायण-कथा* (1442) से हिंदी साहित्य की शुरुआत मानी जा सकती है। अमीर खुसरो की खड़ी बोली की रचनाएँ, वास्तव में, सोलहवीं-सत्रहवीं शताब्दी से पहले की पांडुलिपियों में नहीं मिलती हैं। इमरे बंघा के शोध से ये साबित हो गया है कि अमीर खुसरो की लिखी मानी जाने वाली ये रचनाएँ बहुत बाद में उनके नाम से आकर जुड़ीं। इनमें से विष्णुदास के अतिरिक्त शेष कवियों के बारे में हम जानते हैं। इसलिए इनके बारे में फ़िलहाल कुछ लिखने की ज़रूरत नहीं है। लेकिन मेरी जानकारी में हिंदी साहित्य का कोई ऐसा इतिहास नहीं है, जिसमें ब्रजभाषा की साहित्यिक

परम्परा के पुरस्कर्ता के रूप में विष्णुदास का उल्लेख किया गया हो। जबकि लोकनाथ द्विवेदी ने कवि विष्णुदासकृत *रामायण-कथा* का प्रकाशन सन् 1913 के आस-पास और हरिनिवास द्विवेदी ने *पाण्डव-चरित* का प्रकाशन सन् 1916 में ही कर दिया था। यही नहीं स्टुअर्ट मक्ग्रेगॉर के सन् 1934 और 1941 में इन दोनों प्रबंधकाव्यों पर गवेषणापूर्ण शोध-आलेख प्रकाशित हो चुके हैं।

हिंदी साहित्य की इन आरम्भिक रचनाओं और रचनाकारों के साक्ष्य से हिंदी में सामान्य ज्ञान की तरह प्रचलित कुछ बद्धमूल अवधारणाओं का खण्डन हो जाता है। जैसे कि हिंदी साहित्य की इन प्रारम्भिक रचनाओं को भक्ति-काव्य की कोटि में रखना मुश्किल है। अगर यह बात सही है, तो फिर यह स्थापना संदिग्ध हो जाती है कि हिंदी/हिंदी की बोलियों का, साहित्य की भाषा के रूप में, प्रयोग सही मायने में भक्तिकाल से होता है। इसी तरह इस मान्यता पर भी पुनर्विचार की ज़रूरत महसूस होती है कि हिंदी के विकास में राजदरबारों की कोई भूमिका नहीं है, क्योंकि विद्यापति और विष्णुदास-हिंदी के ये दोनों आरम्भिक रचनाकार राजदरबार से जुड़े हुए थे। ज़्यादातर भक्तिकालीन कवि किसी न किसी सम्प्रदाय से या तो प्रारम्भ से जुड़े थे या बाद में उन्हें जोड़ लिया गया। इन रचनाकारों की रचनाओं के सम्पादन, संरक्षण और प्रचार में सम्प्रदायों की महत्त्वपूर्ण भूमिका रही है। इसलिए इस मिथ से भी मुक्त होने की ज़रूरत है कि भक्तिकालीन कवि सीधे-साधे आम आदमी के कवि थे और आम आदमी के कारण ही प्रसिद्ध हुए। कहने का आशय यह है कि जनता और सम्प्रदाय में फ़र्क़ है। सम्प्रदाय एक ऐसा संगठन है जिसकी शक्ति और प्रभाव के सामने बड़े-बड़े राजे-महाराजे भी नतमस्तक होते थे और आर्थिक सहयोग देते थे।

यह मान लिया गया है कि रीतिकाल के अभ्युदय के साथ भक्तिकाल का अवसान हो जाता है। लेकिन इधर कुछ शोध हुए हैं, जो भक्तिकाल के अवसान की अवधारणा का खण्डन करते हैं। विशेष रूप से अमेरिकी अध्येता टाइलर विलियम्स और अंजनी श्रीवास्तव के भक्तिकाल पर किये गये महत्त्वपूर्ण शोध से यह बात निकल कर आयी है कि तथाकथित रीतिकाल के दौरान भी भक्ति की अविरल धारा बहती रहती है। यही नहीं, इसी दौरान कुछ नये निर्गुण पंथों की स्थापना और प्रतिष्ठा भी होती है। ये शोध सगुण-निर्गुण विवाद और भक्तिकाल के अवसान को लेकर चलने वाले विवाद पर नये सिरे से विचार करने को मजबूर करते हैं। इन शोधों को छोड़ भी दिया जाए और मिश्रबंधुओं द्वारा लिखे गये इतिहास पर ही ध्यान दिया जाय, तो भी भक्ति के अवसान और रीतिकाल के अभ्युदय की प्रचलित और सर्वस्वीकृत मान्यता का खण्डन हो जाता है। असल में, मिश्रबंधुओं के इतिहास में भी रीतिकाल के दौरान भक्तिपरक कविता लिखने वाले कवियों की संख्या शृंगारिक कवियों से ज़्यादा है। रीतिकाल के दौरान शृंगारिक कविता लिखने वाले कवियों के साथ-साथ भक्तिपरक कविता लिखने वाले कवियों को अध्ययन का विषय बनाना जरूरी है।

यह सही है कि सभी इतिहास चयनधर्मी होते हैं और रामचंद्र शुक्ल का इतिहास भी चयनधर्मी है, लेकिन चयन के औचित्य को लेकर तो सवाल खड़े किये ही जाने चाहिए। परवर्ती इतिहासकारों ने रामचंद्र शुक्ल द्वारा चुने गये रचनाकारों को ही थोड़े बहुत हेर-फेर के साथ आगे पीछे किया है, लेकिन इस दायरे को बढ़ाने का काम शायद ही किसी ने किया हो। इस दृष्टि से देखें तो मिश्रबंधुओं के इतिहास का दायरा बहुत बड़ा है। राजमल बोरा ने ठीक लिखा है कि 'शोध की दृष्टि से मिश्रबंधुओं से शुक्ल जी आगे नहीं बढ़ते। हिंदी में शोध की दृष्टि से मिश्रबंधुओं ने जितना कार्य किया है उसका अब तक उचित मूल्यांकन नहीं हुआ है। शुक्ल जी ने ऐतिहासिक कार्य किया और उनके इस कार्य ने मिश्रबंधुओं को बहुत पीछे छोड़ दिया। जहाँ तक शोध या तथ्यान्वेषण की बात है, उसमें शुक्ल जी मिश्रबंधुओं से आगे नहीं बढ़ पाये हैं।'

रीतिकाल के दौरान शृंगार, भक्ति, वीररसप्रधान चरित-काव्यों के अतिरिक्त नीति-काव्य, खेतीबारी और दैनंदिन जीवन से संबंधित सूझ-बूझ की जानकारी देने वाली रचनाएँ भी लिखी गयीं। नीतिपरक और दैनंदिन जीवन से सम्बन्धित ज्ञान से परिचय करने वाली रचनाओं के महत्त्व पर हिंदी में उल्लेखनीय कार्य नहीं हुए हैं। हिंदी साहित्य के इतिहासों में कई बार तो इस तरह के कवियों का नामोल्लेख भी ज़रूरी नहीं समझा जाता है। जबकि ये रचनाएँ, यदि गहराई से इनके महत्त्व पर विचार किया जाए तो आध्यात्मिकता से लौकिकता की तरफ़ अग्रसर होते समाज की संवेदना में आ रहे परिवर्तन की सूचक हैं। दक्षिण भारतीय आधुनिक भाषाओं में नीति और ज्ञान पर आधारित काव्य के महत्त्व का प्रतिपादन वी. नारायण राव और संजय सुब्रह्मण्यम ने अपने महत्त्वपूर्ण लेख 'हिस्ट्री ऐण्ड पॉलिटिक्स इन वर्नाक्यूलर' में किया है। इन सभी 'रीतिकालीन' साहित्यिक कृतियों को एक साथ लेकर विचार करने पर ही इनका महत्त्व ठीक से समझा जा सकता है।

सिर्फ़ एक प्रवृत्ति के अत्यन्त नकारात्मक मूल्यांकन के कारण इस दौर के साहित्यिक वैविध्य के साथ न्याय कर पाना मुश्किल है। असल में, समस्या यह भी है कि रीतिकालीन अध्ययन की शुरुआत ही हम यह मानकर करते हैं कि यह पतन का दौर था और इस दौर के ज़्यादातर कवि दरबारी थे। पतन का दौर क्यों? इसलिए कि इतिहासकारों ने ऐसा बताया है। लेकिन पिछले दशकों में इतिहासकारों ने अपने महत्त्वपूर्ण

शोधों से इस अवधारणा को तोड़ दिया है कि यह दौर पतन का दौर था। विशेष रूप से सी.ए. बेली, मुज़फ़्फ़र आलम और संजय सुब्रह्मण्यम जैसे इतिहासकारों के काम से यह बात साफ़ हो चली है कि यह दौर पतन का दौर नहीं था। यदि रीतिकालीन साहित्य के वैविध्य पर विचार करें तो फ़िलहाल एक मोटा निष्कर्ष जरूर निकाला जा सकता है कि यह साहित्य लौकिकता और ऐतिहासिकता की ओर अग्रसर हो रहे समाज का साक्षात्कार कराता है। यह जरूर कहा जाना चाहिए कि समूचे रीतिकालीन साहित्य के वैविध्य को व्याख्यायित करने के लिए हमारे पास अब भी कोई पर्याप्त विकसित सैद्धांतिकी उपलब्ध नहीं है। हिंदी के विद्वानों ने तो इस काल की उपेक्षा की ही, इतिहासकार भी लम्बे समय तक इस दौर के महत्त्व को ठीक से नहीं समझ पाये। इसलिए किसी पर तोहमत मढ़ने से ज़्यादा ज़रूरी काम यह है कि हम विचार करें कि रीतिकालीन साहित्य का ज़्यादा व्यवस्थित और सार्थक अध्ययन कैसे किया जाए। भक्तिकालीन साहित्य के अध्ययन के पुराने तौर-तरीक़ों से मुक्त हुए बिना रीतिकालीन साहित्य के साथ भी न्याय नहीं किया जा सकता है। अभी तक तो हमारे पास भक्तिकाल के अध्ययन के लिए भी उपयुक्त सैद्धांतिकी उपलब्ध नहीं थी।

हिंदी साहित्य का नया इतिहास लिखने के लिए रामचंद्र शुक्ल से पहले के इतिहासों पर नये सिरे से विचार करना पड़ेगा। यही नहीं, काल-विशेष या प्रवृत्ति-विशेष पर जो महत्त्वपूर्ण शोध भारतीय या विदेशी विद्वानों द्वारा किये गये हैं, उसे भी देखना होगा। परवर्ती हिंदी साहित्य के इतिहासों को देखने से तो इस बात का एहसास ही नहीं होता कि हिंदी साहित्य के इतिहास के कुछ काल-खण्डों या प्रवृत्तियों पर कुछ महत्त्वपूर्ण कार्य भी हुए हैं! हिंदी की पुरानी पत्रिकाओं में एक समय तक बहुत महत्त्वपूर्ण शोध-आलेख प्रकाशित हुए थे। उनमें से कुछ तो पुस्तक के रूप में आ गये, लेकिन बहुत सारी महत्त्वपूर्ण सामग्री आज भी इन पत्रिकाओं में पड़ी हुई है। इस सामग्री को भी सम्पादित कर पुस्तक के रूप में लाने की ज़रूरत है। तभी यह ठीक से पता चल पायेगा कि भारतीय और विदेशी विद्वानों द्वारा किये गये हिंदी साहित्य से संबंधित शोध और अध्ययन में ऐसा क्या है, जो हमारे काम का है।

देखें : अष्टछाप, 'अंग्रेज़ी हटाओ' आंदोलन, गजानन माधव मुक्तिबोध-1 और 2, छायावाद, डायग्लॉसिया, नंद दुलारे वाजपेयी, नगेंद्र और सैद्धांतिक समीक्षा, नयी कविता, नामवर सिंह, पाश्चात्य काव्यशास्त्र, प्रेमचंद, प्रयोगवाद, प्रगतिवाद, भक्ति आंदोलन-1 और 2, भक्ति-काव्य-1 और 2, भारतेंदु हरिश्चंद्र, भारतेंदु युग-1 और 2, भाषा नियोजन-1 से 4 तक, भाषा के मार्क्सवादी सिद्धांत, महादेवी वर्मा, महावीर प्रसाद द्विवेदी, मीरांबाई और प्रेमाभक्ति, राहुल सांकृत्यायन, रामानुजाचार्य, रामानंद, रामचंद्र शुक्ल-1 और 2, रामविलास शर्मा, राष्ट्रीय-सांस्कृतिक कविता, रीतिकाल-1 और 2, विजय देव नारायण साही, वैष्णव धर्म, श्याम सुंदर दास, सम्पर्क भाषा-1 से 4 तक, सगुण और निर्गुण-1 और 2, संस्कृत काव्यशास्त्र, संविधान सभा में भाषा-विवाद-1, 2 और 3, संत-काव्य, सिद्ध-नाथ परम्परा, सूफ़ीयत और प्रेमाख्यान, हज़ारी प्रसाद द्विवेदी, हिंदी विरोधी आंदोलन, हिंदी जाति-1 से 3 तक, हिंदी साहित्य का आदिकाल, हिंदी साहित्य का इतिहास, हिंदी-पद्य में इतिहास, हिंदी-जगत और 'लोकप्रिय'-1 और 2, हिंदी नवजागरण, हिंदी-संस्थाएँ।

संदर्भ

1. एलिसन बुश (2011), *पोएट्री ऑफ़ किंग्ज़ : द क्लासिकल हिंदी लिट्रेचर ऑफ़ मुग़ल इण्डिया,* ऑक्सफ़र्ड युनिवर्सिटी प्रेस, यूएसए.
2. राजमल बोरा (1979), *हिंदी वीरकाव्य,* नमिता प्रकाशन, औरंगाबाद.
3. वेलचेरु नारायण राय और संजय सुब्रह्मण्यम (2008), 'हिस्ट्री ऐंड पॉलिटिक्स इन वर्नाक्युलर : रिफ़्लेक्शंस ऑन मिडीवल ऐंड अर्ली-मॉडर्न साउथ इण्डिया', रज़ीउद्दीन अक़ील और पार्थ चटर्जी, *हिस्ट्री इन वर्नाक्युलर,* परमानेंट ब्लैक, नयी दिल्ली.
4. डेविड शुलमैन, संजय सुब्रह्मण्यम और वेलचेरु नारायण राय (2003), *टेक्सचर्स ऑफ़ टाइम : राइटिंग हिस्ट्री इन साउथ इण्डिया,* परमानेंट ब्लैक, नयी दिल्ली.

— **राजकुमार**

हिंदी सिनेमा का समाजशास्त्र

(Sociology of Hindi Cinema)

आज़ादी के पहले के लोकप्रिय हिंदी सिनेमा पर समाजशास्त्रीय निगाह डालने से कम से कम एक बात साफ तौर पर निकल कर आती है कि उस दौर की फ़िल्में भारतीय लोकतंत्र को पूर्व-कल्पित कर रही थीं। अंग्रेज़ सरकार की सेंसरशिप के कारण यह सिनेमा सीधे-सीधे उपनिवेशवाद विरोधी आंदोलन से नहीं जुड़ सकता था। पर वह व्यावसायिकता और कलात्मकता के संयोग से उपनिवेशवाद विरोधी कल्पनाशीलता में बसे हुए समाज की तस्वीर ज़रूर उकेर सकता था। इसीलिए अघोषित परियोजना के तहत अपने अधिकारों के लिए संघर्ष करता हुआ हाशियाग्रस्त व्यक्ति और समुदाय की जकड़ के ख़िलाफ़ व्यक्तिगत स्वायत्तता की आवाज़ बुलंद करता हुआ इनसान सिनेमाई आख्यान के केंद्र में आया। लैंगिक बंदिशों के परे जा कर अपनी इच्छा और कामना के अनुसार जीवन का विन्यास करने के लिए जूझ रही स्त्री इस आख्यान का एक महत्त्वपूर्ण आयाम थी। सिनेमा के पर्दे पर दिखाया जाने वाला किरदार परम्परा की पारिवेशिकता और आधुनिकता की सार्वभौमिकता के बीच सही-ग़लत का फ़ैसला करने का हक़ अपने हाथ में

रखना चाहता था। जीवन की कठिनाइयों से जूझते हुए ये किरदार अपनी सकारात्मक संरचना में एक नये मनुष्य की आहट सुनाना चाहते थे। स्वतंत्रता-पूर्व के सिनेमाई नायक और नायिकाएँ आसानी से हल न हो सकने वाली अस्तित्वगत उलझनों के समाधान के लिए ज़रूरी स्पष्टता की तलाश में थे। आज़ादी मिलने के बाद इस सिनेमा ने भारतीय राज्य के आश्वासनों और उन्हें पूरा करने के बीच में रह जाने वाले फ़र्क़ की जाँच-पड़ताल करते हुए समाज और राज्य की आलोचना का मुहावरा विकसित किया। सामाजिक विविधता को विभाजनकारी शक्ति के बजाय राष्ट्रीय एकता के दायरे में परिभाषित करने का उद्यम इस मुहावरे का अनिवार्य पहलू था। आलोचना का मतलब इस सिनेमा के लिए कभी यह नहीं था कि वह लाइलाज क़िस्म का दोषदर्शी रवैया विकसित कर लेता। ख़ामियों की शिनाख़्त करते हुए वह उम्मीदों और खुशी के मुक़ामों पर चमकदार रोशनी फेंकता रहा।

हिंदी के व्यावसायिक सिनेमा की विषयवस्तुओं पर अगर ग़ौर किया जाए तो राजनीति, अर्थव्यवस्था और नागरिक जीवन के तत्कालीन रूपों के साथ उनका कार्य-कारण संबंध प्रत्यक्ष रूप से निकल कर नहीं आता। यह सिनेमा सामाजिक मुद्दों को आईने की तरह झलकाने के बजाय उनकी आहटों को सुनाने की कोशिश करता है। इस लिहाज़ से पचास और साठ के दशक की शुरुआत में बनी राजकपूर, देव आनंद, गुरु दत्त, शम्मी कपूर और दिलीप कुमार की फिल्में आने वाले वक़्तों में उभरे छात्र आंदोलन, किसान विद्रोह और औद्योगिक संघर्ष का पूर्वानुमान लगाते हुए दिखती हैं। इसी तरह सत्तर और अस्सी के दशक में लोकप्रिय हुई अमिताभ बच्चन की फ़िल्मों को नब्बे के दशक में हुए आर्थिक उदारीकरण की प्रक्रिया की तरफ़ इशारा करने वाली कृतियों की तरह लिया जा सकता है। बच्चन की फिल्में व्यवस्था के ख़िलाफ़ व्यक्ति की बग़ावत का चित्रण करते हुए इस ज़रूरत को उभारती थीं कि राज्य की ताक़त को अपनी नियंत्रणकारी सत्ता में कुछ न कुछ ढील देनी ही होगी।

जैसे-जैसे भारतीय समाज का तथ्यगत यथार्थ बदला, हिंदी सिनेमा ने अपनी कथावस्तु को स्क्रीन पर नये-नये तरीके से बरतने और उस ट्रीटमेंट से भिन्न-भिन्न नतीजे निकालने का नवाचार भी किया। मसलन, 'अनारकली' और 'मुग़ल-ए-आज़म' की कहानी एक ही थी, पर न केवल शैलीगत रूप से वरन् विमर्श के संदर्भ में भी वे दो अलग-अलग समयों की प्रतिनिधित्व करती थीं। 'अनारकली' में रोमांस की ताक़त के ज़रिये व्यक्ति थमायी गयी सामाजिक भूमिकाओं के मुक़ाबले अपनी निजता के अधिकारों को बुलंद करते हुए दिखता है, जबकि 'मुग़ल-ए-आज़म' की भावभूमि के केंद्र में पीढ़ी-संघर्ष है जिसे साठ के दशक के एक सामाजिक रूपक की तरह भी ग्रहण किया जा सकता है। इसी तरह का एक उदाहरण राजकपूर के घराने द्वारा बनायी गयी दो फिल्मों के रूप में भी देखा जा सकता है। राजकपूर की विख्यात फिल्म 'आवारा' जन्मना श्रेष्ठता का विरोध करने वाली नेहरूयुगीन प्रगतिशील सामाजिकता की पैरोकार थी, पर उन्हीं के बेटे द्वारा बनायी गयी फिल्म 'धरम-करम' इंदिरायुगीन जन्म आधारित गुणों की अंततः होने वाली जीत का चित्रण करती थी। बहुत कम समय के अंतराल से बनीं दो फ़िल्में 'दिल तो पागल है' और 'कुछ-कुछ होता है' लगभग एक जैसी ही कहानी होते हुए भी अलग-अलग निष्कर्षों पर पहुँचती हैं। पहली फ़िल्म ऐसा कोई आग्रह नहीं करती कि परिचय और मैत्री की परिणति प्रेम में होनी चाहिए, पर दूसरी फ़िल्म ज़ोर देकर कहती है कि सच्चे प्रेम का आधार दोस्ती ही हो सकती है। इन फ़िल्मों का फ़र्क़ बताता है कि नब्बे के दशक में भारतीय समाज कितनी तेज़ी से बदल रहा था। एक ही पीढ़ी अपनी आँखों के सामने मैत्री और प्रेम के तात्पर्यों को परिवर्तित होते हुए देख रही थी।

व्यवस्था और व्यक्ति के समीकरण को व्यावसायिक भारतीय सिनेमा ने अपने ख़ास अंदाज़ में व्यक्त किया है। एक तरफ़ वह व्यक्ति के प्रति व्यवस्था के दायित्वों को रेखांकित करता है, और दूसरी तरफ़ तंत्र को बनाये रखने में व्यक्ति की अनिवार्य भूमिका और पहलक़दमी पर बल देने से भी नहीं चूकता। परम्परा और आधुनिकता के द्विभाजन के साथ हिंदी सिनेमा इसी तरह पेश आता है। आम तौर पर वह आधुनिकता के पक्ष में झुकते हुए परम्परानिष्ठा से दूर रहना चाहता है, पर वह परम्परा के कुछ रूपों (जैसे कर्मकाण्डीयता) को ख़ारिज करते हुए कुछ अन्य रूपों (जैसे पारिवारिक मूल्य) की सराहना करता है। इसी तरह वह व्यक्ति के अधिकारों और कर्त्तव्यों के समीकरण को व्यक्त करने का उसका अपना तरीक़ा है। मसलन, हिंदी सिनेमा का नायक हक़ों की दावेदारी तो करेगा, पर ऐसा करते हुए उसका मुख्य स्वर मर्यादा और संयम का होगा।

हिंदी सिनेमा ने नायक के रूप में जिस किरदार को सबसे ज़्यादा लोकप्रिय किया, वह क़ानून को अपने हाथ में लेते हुए एक जोखिम भरा जीवन जीना पसंद करता है। लेकिन वह निज़ाम का तख़्ता पलटने वाले क्रांतिकारी की भूमिका कभी ग्रहण नहीं करता। चाहे वह राजकपूर का 'आवारा' या 'श्री चार सौ बीस' हो, 'काला बाज़ार' या 'काला पानी' का देवानंद हो, या फिर वह 'ज़ंजीर', 'दीवार' और 'शहंशाह' का अमिताभ बच्चन हो। ये फ़िल्में तंत्र की आलोचना करती हैं जिससे सामाजिक-राजनीतिक-नौकरशाह सत्ता के शिखरों पर बैठे हुए लोगों की असलियत सामने आती है। लेकिन कुल मिला कर उनका तर्क व्यवस्था के सुधर सकने की सम्भावना की तरफ़ झुका रहता है।

दिलचस्प बात यह है कि सिनेमा के किरदार कर्मकाण्डीयता और संगठित धर्म को भावनाशून्य गतिविधियों की तरह पेश करते हैं, और परिवार की संरचना उनके लिए किसी सामाजिक समझौते के प्रारूप पर निर्भर होने के बजाय भावनात्मक रिश्तों के एक नेटवर्क की तरह होती है। लेकिन दूसरी तरफ़ जब व्यवस्था और राष्ट्र के प्रति अपने कर्त्तव्य का प्रश्न आने पर हिंदी सिनेमा का नायक जज़्बात को दरकिनार करके अधिकारिक ड्यूटी निभाते हुए पिता, भाई और पत्नी के ख़िलाफ़ भी क़ानूनी कार्रवाई करने से नहीं चूकता। परिवार की संस्था और हिंदी फ़िल्मों की अन्योन्यक्रिया एकायामी नहीं है। राजकपूर की फ़िल्में परिवार की संस्था में निहित सर्वसत्तावादी प्रवृत्तियों को व्यक्ति के निजी विकास के लिए नुक़सानदेह क़रार देती हैं। देवानंद की फिल्में इस आलोचना को आगे बढ़ाते हुए परिवार के भीतर ही खल चरित्रों की शिनाख़्त करती हैं। पर दिलीप कुमार की फिल्में माँ-बेटे और भाइयों के बीच स्नेह-सूत्रों को उभारते हुए कहती हैं कि व्यक्ति के विकास में परिवार नहीं बल्कि समाज में रंग-रुतबा रखने वाले अभिजन अधिक बाधक हैं।

हिंदी फिल्मों ने मनोरंजन के मुहावरे के दायरे में उदीयमान भारतीय आधुनिकता की भी जाँच करने की कोशिश की है। गुरुदत्त की फ़िल्में आधुनिकता को भौतिक समृद्धि का पर्याय बताने के प्रति मानवीय असहजता का प्रभावशाली आख्यान हैं। 'प्यासा' में चित्रित मानवीय सृजनशीलता और बाज़ार का द्वंद्व आधुनिकता को प्रश्नांकित करता है। 'क़ागज़ के फूल' में दुनिया एक सृजनशील व्यक्ति के प्रति पूरी तरह से बेपरवाह दिखाई जाती है। दिलीप कुमार की फ़िल्में आधुनिकता के पश्चिमीकृत और शहरीकृत आग्रहों की आलोचना करते हुए कहती हैं कि उन्होंने अपने कार्यक्रमों से ग्रामीण, ग़रीब और निचली प्रौद्योगिकी को बाहर कर दिया है। 'नया दौर' फिल्म में बलदेव राज चोपड़ा अपने नायक दिलीप कुमार के माध्यम से गाँव और शहर के बीच एक ऐसी तारतम्यता की वक़ालत करते हैं जिसकी अगुआई आधुनिकता के हाथों में होनी चाहिए।

इसमें कोई शक नहीं है कि हिंदी फ़िल्में मुख्य तौर पर नायक प्रधान हैं, और स्त्रियों को उनमें ज़्यादातर सजावटी जगह ही मिलती है। लेकिन, यह नहीं कहा जा सकता कि उन्होंने मानवीय जीवन के स्त्री-पक्ष के साथ अन्याय ही किया है। शांताराम की विख्यात त्रयी 'दुनिया न माने', 'पड़ोसी' और 'आदमी' से लेकर बिमल राय की तक़रीबन सभी फ़िल्मों में स्त्री-चरित्र कथानक के केंद्र में हैं। देवानंद, धर्मेंद्र, राजेश खन्ना और अमिताभ बच्चन जैसे सुपरस्टारों के ज़माने में भी वहीदा रहमान, मीना कुमारी, शर्मिला टैगोर, हेमा मालिनी और रेखा जैसी अभिनेत्रियाँ नायिका केंद्रित फ़िल्मों में प्रमुख भूमिका का निर्वाह करती रहीं। समांतर सिनेमा के उभरते ही नायक-प्रधान और नायिका-प्रधान फ़िल्मों की श्रेणियाँ पहले की तरह स्पष्ट नहीं रह गयीं। शबाना आज़मी और स्मिता पाटिल जैसी अभिनेत्रियों ने पूरी फ़िल्म को अपने कंधों पर कामयाबी से ढो कर दिखाया।

देखें : अतिनाटकीयता, अनुपस्थिति-उपस्थिति, कला सिनेमा, अवाँगार्द और प्रति-सिनेमा, टीवी और समाचार, टीवी और सेक्शुअलिटी, टीवी और टीवी-अध्ययन, तीसरा सिनेमा, तीसरी दुनिया का सिनेमा, दक्षिण भारतीय सिनेमा और राजनीति, दर्शक, श्रोता और पाठक, नारीवादी फ़िल्म-सिद्धांत, फ़िल्म और सेक्शुअलिटी, फ़िल्म और टीवी सेंसरशिप, फ़िल्मांतरण, फ़िल्म-सिद्धांत, फ़्लैश-बैक, भारतीय सिनेमा-1, 2 और 3, भारतीय फ़िल्म-अध्ययन, भारतीय स्टार सिस्टम, रियलिटी टीवी, विचारधारा और हिंदी सिनेमा, वृत्त-चित्र, सेलेब्रिटी, सोप ओपेरा, सिनेमाई यथार्थवाद, नव-यथार्थवाद, सोवियत सिनेमा, स्टार।

संदर्भ

1. सुष्मिता दासगुप्ता (2003), 'कमर्शियल सिनेमा ऐंड सोसियोलॅजी', संकलित : गुलज़ार, गोविंद निहलानी और सैबल चटर्जी (सम्पा.), *इनसाइक्लोपीडिया ऑफ़ हिंदी सिनेमा,* इनसाइक्लोपीडिया ब्रिटानिका और पॉप्युलर प्रकाशन, दिल्ली और मुम्बई.
2. बीट्रिक्स फ़्लाइडरर और लोठार लुत्से (1985), *द हिंदी फ़िल्म : एजेंट ऐंड रि-एजेंट ऑफ कल्चरल चेंज,* मनोहर, नयी दिल्ली.
3. वी.ए.के. रंगाराव (1990), 'कल्चरल डेसिमिनेशन थ्रू सिनेमा', *इण्डियन सिनेमा,* नयी दिल्ली.

— अभय कुमार दुबे

हिंदुत्व

(Hindutva)

हिंदुत्व (जिसे ढीले-ढाले ढंग से अक्सर हिंदू-राष्ट्रवाद भी कर दिया जाता है) मुख्यतः एक राजनीतिक विचारधारा है जिसका सूत्रीकरण विनायक दामोदर सावरकर ने किया था। हिंदू शब्द लगे होने और हिंदुओं की राजनीतिक गोलबंदी की दावेदारी के कारण अक्सर इसे हिंदू धर्म या हिंदूवाद का पर्याय भी मान लिया जाता है। पर यह उचित नहीं है, क्योंकि हिंदुत्व किसी भी तरह से हिंदू धार्मिकता या धर्मशास्त्र का न तो अंग है, और न ही इसके किसी हिस्से से उसका जन्म हुआ है। इस विचारधारा की रचना वैसे तो कई पहलुओं से मिल कर हुई है, पर मुख्यतः उसकी बुनियाद में सामाजिक अनुदारतावाद के दर्शन और अल्पसंख्यकों के अन्यीकरण का गठजोड़ है। कई समाज-वैज्ञानिक भारतीय आधुनिकता के

एक प्रमुख पहलू के रूप में इस विचार की हल्की सी आहट उन्नीसवीं सदी में बंकिम चंद्र चटर्जी और विवेकानंद के कृतित्व में सुनते हैं, हालाँकि उस समय इसके पीछे हिंदू-समाज के जीर्णोद्धार की भावना अधिक थी।

बीसवीं सदी के प्रारम्भिक वर्षों में इस राष्ट्रवाद ने ठोस राजनीतिक रूप ग्रहण किया। भारतीय समाज की विशिष्ट संरचना, आधुनिकता के आगमन और ब्रिटिश राज की कारिस्तानियों के मिले-जुले प्रभाव के परिणामस्वरूप हिंदू-एकता के राजनीतिक आग्रह के साथ-साथ अल्पसंख्यकों के अन्यीकरण की वैचारिक परिघटनाएँ उभरीं। एक तरफ़ उपनिवेशवाद विरोधी आंदोलन के ज़रिये व्यक्त हो रहा भू-क्षेत्रीय राष्ट्रवाद था, और दूसरी तरफ़ सांस्कृतिक राष्ट्रवाद की विभिन्न क़िस्में थीं। इसी विचारोत्तेजक माहौल में भारतीय समाज के हिंदू सरोकार अरविंद घोष, तिलक, लाला लाजपत राय और लाला हरदयाल के चिंतन में ख़ुद को तरह-तरह से व्यक्त कर रहे थे। लेकिन ये विचार-सूत्र हिंदुत्ववादी नहीं थे। आगे चल कर सावरकर और उनसे प्रभावित हेडगेवार और गोलवलकर के चिंतन में हिंदुत्व की वैचारिक-सांगठनिक निष्पत्तियाँ बनीं। भारतीय परिस्थिति में अल्पसंख्यकों द्वारा अक्सर की जाने वाली विशेषाधिकारों और सुविधाओं की माँगों और हिंदुत्ववादियों द्वारा उन्हें राष्ट्र-विरोधी क़रार दिये जाने के बीच बीच पिछले सवा सौ साल के दौरान एक ख़ास तरह का क्रिया-प्रतिक्रिया का रिश्ता रहा है। दोनों एक-दूसरे के लिए राजनीतिक वैधता के स्रोत बने रहे हैं।

अंग्रेज़ों के ज़माने में यह विचारधारा अपना विन्यास मुख्यत: हिंदुओं और राजसत्ता के बीच संबंधों के विमर्श और तदनुरूप इतिहास गढ़ने के इर्द-गिर्द करती थी। उसका मक़सद क्षेत्रीय और राष्ट्रीय स्तर पर हिंदुओं का स्पष्ट राजनीतिक बोलबाला स्थापित करना था। पर आज़ादी के बाद उनकी यह कोशिश अप्रासंगिक हो गयी। बहुमत का शासन स्थापित हो जाने के कारण लोकतांत्रिक और सेकुलर तौर-तरीक़ों ने सत्ता के सोपानों पर हिंदुओं की अघोषित मौजूदगी की गारंटी कर दी। इस नयी परिस्थिति में हिंदुत्व के सिद्धांतकारों और संगठकों ने लोकतांत्रिक बहुमत को बहुसंख्यकवाद में बदलने के लिए अपने लक्ष्यों और रणनीतियों को नया रूप दिया। हिंदुत्व की इस विचार-यात्रा को तीन चरणों में बाँट कर समझा जा सकता है।

पहले दौर का आगाज़ तब हुआ जब बीसवीं सदी की एकदम शुरुआत में बंगाल, पंजाब और बम्बई प्रांतों के तेज़ी से आधुनिक होते जा रहे उदीयमान और शिक्षित मध्यवर्ग की, जिसका ज़्यादातर हिस्सा हिंदू था, बढ़ती हुई राजनीतिक महत्त्वाकांक्षाओं के ख़िलाफ़ पेशबंदी करने के लिए अंग्रेज़ों ने मुसलमान हितों के साथ गठजोड़ करने की रणनीति अपनायी। उन्होंने तर्क दिया कि मुसलमान हिंदुओं से सामाजिक प्रगति में पीछे हैं।

इसी दौर में बम्बई प्रांत के हिंदुओं के बीच से निचली जातियों की दावेदारियाँ उठीं। फुले-आम्बेडकर धारा ने सामाजिक प्रगति में पिछड़ जाने का तर्क देते हुए विशेष सुविधाओं की माँग की। अंग्रेज़ों ने साम्प्रदायिक नुमाइंदगी का उसूल अपनाया जिससे जाति और सम्प्रदाय आधारित विमर्शों और जत्थेबंदियों के लिए ज़मीन बनी। इस परिस्थिति के प्रति अनुक्रिया करते हुए तिलक और उनके अनुयायियों ने इस क्षेत्र में सांस्कृतिक राष्ट्रवाद का झण्डा बुलंद किया और हिंदू समाज को उसके विभेदीकरण से उबार कर एकताबद्ध करने के लिए तरह-तरह की रणनीतियाँ अपनायीं। तिलक के चिंतन में सामाजिक अनुदारतावाद के मुखर पहलू थे और उनका केंद्रीय तर्क हिंदू-समाज के भीतरी मामलों में ब्रिटिश हुकूमत के हस्तक्षेप का विरोध करने के इर्द-गिर्द गोलबंद होता था। उन्होंने गणेश उत्सव और शिवाजी महोत्सव की शुरुआत करके जातिगत विभेदों के परे जा कर हिंदू-एकता के सामाजिक-राजनीतिक प्रयास किये, यद्यपि तिलक की गतिविधियों में मुसलमान विरोध के पहलू मुखर नहीं थे।

ब्राह्मणवाद विरोधी आंदोलन ने जो काम महाराष्ट्र में किया, कमोबेश वही भूमिका अंग्रेज़ों द्वारा अपनायी गयी बंग-भंग की नीति ने बंगाल में अदा की। बंगाली राष्ट्रवादियों के एक हिस्से ने हिंदुओं की आध्यात्मिक श्रेष्ठता के गुणगान के साथ-साथ धार्मिक आधार पर राजनीतिक गोलबंदी के पहलुओं पर विशेष ज़ोर देना शुरू किया। लेकिन स्वदेशी आंदोलन के दौरान हुए साम्प्रदायिक दंगों के गर्भ से जैसे ही मुसलिम लीग निकली और भारतीय राजनीति में मुसलमानों की दावेदारी मुखर हुई, राष्ट्रवाद की रोशनी में हिंदू सरोकारों में दिलचस्पी रखने वाले अरविंद घोष ने सवाल उठाया कि मुसलमान अपनी राजनीतिक दावेदारी कैसे पेश करेंगे? एक भाई की तरह मज़बूती से हिंदुओं का हाथ थाम कर या किसी प्रतिद्वंद्वी पहलवान की तरह अखाड़े में अपनी जकड़बंदी के ज़रिये?

पंजाब में अंग्रेज़ों की नीतियों के कारण हिंदुओं का दूसरे धर्मावलम्बियों से सबसे ज़्यादा अलगाव हुआ। पंजाब लैण्ड सीलिंग एक्ट और कैनाल कॉलोनीज़ एक्ट जैसे क़दमों ने इस प्रांत को साम्प्रदायिक और जातिगत आधार पर बाँट दिया। शहरी मध्यवर्ग के हितों, जिसका ज़्यादातर हिस्सा हिंदू था, के हितों को ज़बरदस्त ठेस लगी। एक ऐसे समय में जब मुसलमान और सिक्ख अंग्रेज़ों की कृपा-दृष्टि के लिए होड़ कर रहे थे, संख्या में कमज़ोर पंजाबी हिंदुओं ने मुसलिम लीग की तर्ज़ पर अपने हितों की रक्षा के लिए पंजाबी हिंदू सभा बना डाली। पंजाबी हिंदुओं और बंगाल के हिंदुओं की मुसलमान राजनीति के प्रति अनुक्रिया अलग-अलग थी। बंगाल के ज़्यादातर मुसलमान किसान थे, इसलिए आर्थिक-शैक्षिक-सामाजिक रूप से ताक़तवर हिंदुओं की नुमाइंदगी

करने वाले भद्रलोक ने मुसलमान पृथकतावाद के मुक़ाबले ख़ुद को असुरक्षित महसूस नहीं किया। वह मान कर चल रहा था कि भारतीय राष्ट्रवाद के प्रत्यय में अंततः मुसलमानों का विनियोग भी हो जाएगा। पर पंजाब में स्थिति विपरीत थी। वहाँ हिंदू अल्पसंख्या में तो थे ही और ऊपर से मुसलमान बंगाल की तरह न हो कर बहुसंख्यक, सत्तारूढ़, मज़बूत और आक्रामक थे। बंगाल और पंजाब का दूसरा फ़र्क़ यह था कि पंजाबी समाज बंगालियों की तरह आधुनिकता और परम्परा के टकराव से उस तरह परेशान नहीं था। ब्राह्मण एक सामाजिक और विचारधारात्मक शक्ति के रूप में पंजाब की ज़मीन से कभी के लापता हो चुके थे। इससे पैदा हुए शून्य को मुसलमान शासक वर्ग ने भरा था। ख़ुद पंजाबी हिंदुओं की जीवन-शैली पर इसलामिक असर इतना ज़्यादा था कि उन्हें अपनी हिंदू सांस्कृतिक अस्मिता के एहसास के लिए वि-इसलामीकरण की आवश्यकता थी। अल्पसंख्यक होने के नाते पंजाबी हिंदुओं के सामने संख्या का प्रश्न भी बहुत अहम था, इसलिए उन्होंने धर्मांतरण कर चुकने वालों की हिंदू धर्म में वापसी के लिए आर्य समाज द्वारा चलाये गये शुद्धि आंदोलन को हाथों-हाथ लिया। लाला लाजपत राय ने अपने निहित-स्वार्थों को हिंदू आध्यात्मिकता की आड़ में छिपाने के बजाय साफ़ कहा कि पंजाब में मुसलमानों और हिंदुओं के बीच वैमनस्य का आधार आर्थिक है।

तीस के दशक में जैसे ही मुहम्मद इक़बाल और चौधरी रहमत अली वग़ैरह ने मुसलमान राष्ट्रवाद की सुचिंतित विचारधारा राष्ट्रीय मंच पर पेश की, हिंदुत्व के विकास ने दूसरे चरण में प्रवेश कर लिया। हिंदुओं की नुमाइंदगी का प्रश्न क्षेत्रीय के बजाय राष्ट्रीय बन गया। सीमित भौगोलिक क्षेत्र में कार्यरत हिंदू महासभा (पंजाब, बंगाल और संयुक्त प्रांत) और राष्ट्रीय स्वयंसेवक संघ (मुख्यतः महाराष्ट्र) जैसे संगठनों ने तेज़ी से अपने आधार का विस्तार करना शुरू किया। इन सांगठनिक प्रयासों के पीछे विनायक दामोदर सावरकर की सैद्धांतिक ऊर्जा काम कर रही थी। सावरकर ने 1923 में लिखित अपनी पुस्तक *हिंदुत्व : हू इज़ अ हिंदू?* के ज़रिये हिंदू अस्मिता को धार्मिक और आध्यात्मिक सीमाओं से निकाल कर राजनीतिक-सांस्कृतिक रूप दिया। हिदुत्ववादियों को गहराई से प्रभावित करने वाली इस पुस्तक के मुताबिक़ हिंदू वह है जो भारत की धरती को अपनी पितृभूमि के साथ-साथ पुण्यभूमि भी मानता हो। 'हिंदू पॉलिटी' या हिंदू-राजतंत्र के तीन बुनियादी आधारों की व्याख्या करते हुए उन्होंने सबसे पहले दिखाया कि धर्म राष्ट्रीयता का निर्णायक लक्षण है अर्थात् धर्म बदलने का मतलब है राष्ट्रीयता बदल लेना। दूसरे, सावरकर ने जाति, धर्म और भाषा जैसे विभेदों को नज़रअंदाज़ करते हुए सिखों, बौद्धों, लिंगायतों और जैनों को भी हिंदू दायरे में बेहिचक शामिल करके हिंदू दायरे का विस्तार कर दिया। तीसरे, उन्होंने कहा कि मुसलमान, यहूदी और ईसाई इस धरती को अपनी पितृभूमि तो कह सकते हैं पर यह उनकी पुण्यभूमि नहीं है इसलिए वे भारतीय राष्ट्र के अनिवार्य अंग नहीं बन सकते। सावरकर ने राष्ट्रवाद को बहुसंख्यक समुदाय के राष्ट्रीय सम्प्रदायवाद के रूप में परिभाषित किया, और अपने सिद्धांत को ऐतिहासिकता का जामा पहनाने के लिए मध्य युगीन यथार्थ की पेचीदगियाँ नज़रअंदाज़ करते हुए सात सौ साल लम्बे हिंदू-मुसलमान युद्ध का इतिहास गढ़ डाला।

हिंदुत्व का तीसरा चरण आज़ादी के बाद शुरू हुआ जो आज तक जारी है। इसके केंद्र में राष्ट्रीय स्वंयसेवक संघ का तैंतीस साल तक नेतृत्व करने वाले माधवराव सदाशिवराव गोलवलकर की शख़्सियत है। गोलवलकर ने कोई नया विचार नहीं दिया और प्रचलित हिंदुत्ववादी विचारों और आग्रहों को ही नया पैटर्न दे दिया। हिंदू और राष्ट्र को एक-दूसरे का पर्याय दिखाने के लिए उन्होंने सावरकर के सभी तर्कों को दोहराया ज़रूर, लेकिन राज्य और सत्ता के बजाय समाज के हिंदूकरण या भारतीयकरण पर बल दिया। गोलवलकर उपनिवेशवाद विरोधी आंदोलन के नेताओं के इस आग्रह से सहमत नहीं थे कि भारत एक निर्माणाधीन राष्ट्र है। उनका दावा था कि भारत तो पहले से ही हिंदुओं का एक सम्पूर्ण प्राचीन राष्ट्र है। गोलवलकर जिस हिंदू-राष्ट्र की परिकल्पना पेश करते हैं उसमें अल्पसंख्यक समुदायों के लिए किसी जगह का प्रावधान नहीं है। उनकी निगाह में यहूदी और पारसी जैसे अल्पसंख्यक इस देश में मेहमानों की तरह रहने आये थे, और मुसलमान और ईसाई हमलावरों की तरह। गोलवलकर की मान्यता थी कि बहुत कम संख्या में होने के कारण यहूदियों और हिंदू -मुख्यधारा में समरस हो जाने के कारण पारसियों से हिंदू-राष्ट्र को कोई ख़तरा नहीं है। लेकिन उन्होंने ईसाइयों और मुसलमानों के साथ-साथ कम्युनिस्टों की आंतरिक ख़तरे के मुख्य स्रोतों की तरह शिनाख़्त की।

आज हिंदुत्व का मुख्य वाहक राष्ट्रीय स्वंयसेवक संघ अगर सामाजिक जीवन के हर क्षेत्र में सक्रिय है तो इसका श्रेय अपने अनुयायियों के बीच गुरुजी के सम्बोधन से लोकप्रिय गोलवलकर की रणनीतिक कल्पनाशीलता और नियोजित प्रयासों को ही जाता है। संघ की राजनीतिक शाखा भारतीय जनसंघ (जिसने बाद में भारतीय जनता पार्टी के रूप में छह साल तक केंद्रीय सरकार का नेतृत्व किया), छात्र संगठन विद्यार्थी परिषद्, ट्रेड यूनियन सगंठन भारतीय मज़दूर संघ, विश्व हिंदू परिषद्, सरस्वती शिशु मंदिर और ऐसे ही कई उल्लेखनीय संगठनों की नींव उन्हीं के निर्देशन और प्रेरणा का नतीजा है। गाँधी की हत्या के बाद संघ पर लगी पाबंदी के समय गोलवलकर को जेल भी जाना पड़ा, पर उन्होंने चतुराई और कौशल के साथ अपने संगठन को इस

संकट से निकाला। नब्बे के दशक में चले रामजन्मभूमि आंदोलन के प्रमुख नारे 'गर्व से कहो हम हिंदू हैं' का सूत्रीकरण गोलवलकर ने ही अपने कार्यकाल में किया था। गोलवलकर की देख-रेख में संघ ने पत्रकारिता और प्रकाशन के क्षेत्र में भी बड़े पैमाने पर नियोजित हस्तक्षेप किया।

देखें : अरविंद घोष, केशवराव बलिराम हेडगेवार, बाल गंगाधर तिलक, बहुसंख्यकवाद, बहुसंख्यक-अल्पसंख्यक, भारतीय जनता पार्टी-1 और 2, माधवराव सदाशिवराव गोलवलकर, मुसलिम राजनीतिक विचार, रामजन्मभूमि आंदोलन-1 से 4 तक, राष्ट्रीय स्वयंसेवक संघ, विनायक दामोदर सावरकर, विवेकानंद, स्त्री और साम्प्रदायिकता, साम्प्रदायिकता।

संदर्भ

1. प्रभा दीक्षित (1986), 'द आइडियॉलॅजी ऑफ़ हिंदू नैशनलिज़्म', थॉमस पेंथम और केनेथ एल. ड्यूश (सम्पा.), *पॉलिटिकल थॉट इन मॉडर्न इण्डिया,* सेज, नयी दिल्ली.
2. वी.डी. सावरकर (1949), *हिंदू राष्ट्र दर्शन* (कलेक्टेड स्पीचेज़), बम्बई.
3. वी.पी. वर्मा (1976), *पॉलिटिकल फ़िलॉसफ़ी ऑफ़ श्री अरविंद,* मोतीलाल बनारसीदास, दिल्ली.

— अभय कुमार दुबे

हिमाचल प्रदेश

(Himachal Pradesh)

उत्तर भारत की बर्फ़ीली पर्वतीय चोटियों के बीच बसे हिमाचल प्रदेश को 1971 में एक केंद्र शासित प्रदेश से पूर्ण राज्य का दर्जा मिला। यहाँ की राजनीति को चार बड़े रुझानों के आईने में समझा जा सकता है। पहला, हिमाचल प्रदेश में एक स्थिर दो दलीय प्रणाली अपने क़दम जमा चुकी है। किसी क्षेत्रीय पार्टी के उभरने और राष्ट्रीय पार्टियों के प्रभुत्व को अपदस्थ करने की सम्भावना न के बराबर है। इस लिहाज़ से हिमाचल प्रदेश का अनुभव उन दूसरे छोटे राज्यों से अलग है जहाँ पिछले दिनों बहुदलीय व्यवस्था उभरी है। दूसरा रुझान यह है कि दोनों बड़ी पार्टियों, कांग्रेस और भारतीय जनता पार्टी, का जनाधार लगभग बराबर है और थोड़ी बढ़त भी पलड़ा एक पार्टी के पक्ष में झुका देती है। तीसरा, 1990 के बाद के दौर में उत्तर भारत के कई राज्यों में पिछड़ी जातियों का उभार हुआ, लेकिन हिमाचल प्रदेश में उनकी जनसंख्यामूलक स्थिति कमज़ोर होने के कारण इस तरह के संकेत नहीं हैं। चौथा, सबसे महत्त्वपूर्ण बात यह है कि इस राज्य की प्रमुख पार्टी भाजपा का हिंदुत्व-कार्ड गुजरात या अन्य राज्यों की तरह यहाँ बहुत फ़ायदेमंद साबित नहीं हुआ। इसीलिए बाबरी मसजिद विध्वंस और गुजरात की साम्प्रदायिक हिंसा के बाद हुए चुनावों में दोनों बार भाजपा को हार का सामना करना पड़ा। लोकसभा की चार और विधानसभा की 68 सीटों वाला हिमाचल प्रदेश देश के सबसे ज़्यादा प्रति व्यक्ति आय रखने वाले राज्यों में से है। इसकी अर्थव्यवस्था मुख्य रूप से तीन चीज़ों पर निर्भर है : हाइड्रो-इलेक्ट्रिक पावर, पर्यटन और कृषि। यह राज्य अपने हस्तशिल्प के लिए भी प्रसिद्ध है।

हिमाचल प्रदेश का कुल क्षेत्रफल 21,495 वर्ग किमी. है। इसके उत्तर में जम्मू और कश्मीर, पश्चिम में पंजाब, उत्तर-पश्चिम में हरियाणा, दक्षिण में उत्तर प्रदेश और दक्षिण-पूर्व में उत्तराखण्ड स्थित है। पश्चिमी हिमालय क्षेत्र में स्थित यह राज्य अपने नाम के अनुरूप ही पहाड़ों का राज्य है। यहाँ समुद्र तल से 1148 फ़ीट से लेकर 19685 फ़ीट की ऊँचाई वाले पहाड़ मौजूद हैं। मुख्यतः हिन्दी, पहाड़ी और डोगरी भाषाएँ बोली जाती हैं। 2001 की जनगणना के अनुसार यहाँ की कुल जनसंख्या 6,007,900 और जनसंख्या घनत्व 109 व्यक्ति प्रति किलोमीटर है। राज्य का लैंगिक अनुपात 968 और साक्षरता की दर 77.13 प्रतिशत है। 15 अप्रैल 1948 को हिमाचल प्रदेश का गठन एक केंद्र शासित प्रदेश के रूप में हुआ था। इसमें शिमला हिल्स की लगभग 30 देशी रियासतें थीं। 1954 में एक अन्य पूर्वी देसी रियासत बिलासपुर को भी इसमें शामिल कर लिया गया। देसी रियासतों की राजनीतिक संरचना अलोकतांत्रिक थी। समाज बेहद सामंती और ग्रामीण क़िस्म का था। इसी तरह की विभिन्न देशी रियासतों के विलय और 1952 में पहले आम चुनावों के बाद शिमला हिल्स की जनता को अपनी पहली प्रतिनिधि सरकार मिली। 1966 में पंजाब का भाषाई आधार पर पुनर्गठन हुआ। इस समय पंजाब के पर्वतीय क्षेत्रों कांगड़ा, कुल्लू, लाहौल-स्पीति आदि को भी हिमाचल प्रदेश में शामिल किया गया। इस हस्तांतरण से राज्य की आबादी और क्षेत्रफल पहले की तुलना में तक़रीबन दोगुना हो गया। 1971 में हिमाचल प्रदेश को पूर्ण राज्य का दर्जा दे दिया गया।

ग़ौरतलब है कि 1966 में जिन 'नये इलाक़ों' को हिमाचल प्रदेश में शामिल किया गया वे राजनीतिक, आर्थिक तथा सामाजिक-सांस्कृतिक नज़रिये से 'पुराने इलाक़ों' से भिन्न थे। 'नये इलाक़ों' के लोगों की राजनीतिक चेतना का स्तर 'पुराने इलाक़ों' की तुलना में बहुत ही ऊँचा था। इन 'नये इलाक़ों' के कई नेताओं ने भारतीय राष्ट्रीय कांग्रेस के झण्डे तले स्वतंत्रता आंदोलन में एक महत्त्वपूर्ण भूमिका अदा की थी। इस कारण 'नये इलाक़ों' के हस्तांतरण ने दो ऐसे समुदायों को एक साथ कर दिया जो राजनीतिक चेतना के

हिमाचल प्रदेश : दो दलों की प्रतियोगिता

स्तर पर एक-दूसरे से अलग थे और इनमें एक-दूसरे के प्रति काफ़ी हद तक पूर्वग्रह भी था। दोनों इलाक़ों के बीच राज्य की राजनीतिक सत्ता के लिए खींचतान चलती रही है। यह कहना शायद ग़लत नहीं होगा कि हिमाचल प्रदेश बनने के 40 साल बाद भी यहाँ की राजनीति कई लिहाज़ से 'पुराने-नये' के विभेद से प्रभावित होती रही। इस पुराने-नये के विभेद को आर्थिक कारकों ने और गहरा दिया है। जहाँ नये इलाके मुख्यत: कृषि केंद्रित हैं, वहीं 'पुराने इलाक़ों' में विशाल बागवानी पट्टी है। आर्थिक रूप से बाग़वानी पट्टी की हालत कृषि केंद्रित इलाके की हालत से ज़्यादा बेहतर है।

हिमाचल प्रदेश में जनसंख्या के स्तर पर ऊँची जातियाँ मज़बूत स्थिति में हैं। यहाँ कुल 56 प्रतिशत ऊँची जातियों के लोग हैं। अन्य पिछड़ी जातियों के 10.5 प्रतिशत, अनुसूचित जातियों के 25.5 और अनुसूचित जनजातियों के 4.2 प्रतिशत लोग हैं। इसके अलावा, यहाँ की जनसंख्या में मुसलमान 1.7 प्रतिशत, सिक्ख प्रतिशत और बौद्ध तथा अन्य 1.3 प्रतिशत हैं। हालाँकि मँझोली ओर अन्य पिछड़ी जातियाँ देश के दूसरे राज्यों की राजनीति में एक निर्णायक भूमिका निभा रही हैं, लेकिन इस पर्वतीय राज्य में उनकी संख्या तुलनात्मक रूप से कम है। इसलिए इस राज्य मे उनका कोई राजनीतिक उभार नहीं दिखता है। दरअसल, हिमाचल प्रदेश में सत्ता का संघर्ष न तो ऊँची और मध्य जातियों के बीच होता है, और न ही दूसरे राज्यों की तरह मध्य और निचली जातियों के बीच। यहाँ सारी राजनीतिक लड़ायी मुख्य रूप से दो ऊँची जातियों राजपूतों और ब्राह्मणों के बीच सीमित है। 'पुराने क्षेत्रों' में राजपूतों का ख़ास दबदबा है क्योंकि ऐतिहासिक रूप से रियासती व्यवस्था में वे ही सत्ताधारी रहे हैं। इसके अलावा, खत्रियों (वैश्यों) को भी अपनी मज़बूत आर्थिक स्थिति की बदौलत ख़ासतौर पर नये इलाक़ों की राजनीति में अपना पैर जमाने में मदद मिली है।

1967 में हुए चौथे आम चुनावों के बाद राज्य में दो दलीय व्यवस्था का उभार हुआ। उस समय तक देश के दूसरे राज्यों की तरह हिमाचल प्रदेश में भी कांग्रेस का वर्चस्व था। 1967 के पहले हुए लोकसभा चुनावों में इस पार्टी का सभी सीटों पर क़ब्ज़ा रहा और इसे विधानसभा में भी स्पष्ट बहुमत मिलता रहा। 1967 के आम चुनाव इस राज्य के चुनावी इतिहास में मील का पत्थर साबित हुआ। इन चुनावों में मुख्य विपक्षी पार्टी जनसंघ को कोई सीट नहीं मिली, लेकिन उसे अच्छा-ख़ासा वोट मिला। इस वर्ष हुए विधानसभा चुनावों में उसे सात सीटों पर जीत मिली। 1967 के बाद जनसंघ ने अपनी स्थिति और मज़बूत कर ली। लेकिन 1971 में हुए लोकसभा चुनावों के दौरान कांग्रेस के पक्ष में भारी लहर थी, क्योंकि जनवरी 1971 में हिमाचल प्रदेश को पूर्ण राज्य का दर्जा दिया गया था। दरअसल, यदि 1975 में आपातकाल लागू नहीं होता और उसके दुष्परिणाम सामने नहीं आते, तो इस राज्य पर कांग्रेस का दबदबा लम्बे समय तक क़ायम रह सकता था। लेकिन, आपातकाल के बाद 1977 में हुए लोकसभा और विधानसभा चुनावों में कांग्रेस पार्टी का तक़रीबन सफ़ाया हो गया और जनता पार्टी की सरकार गठित हुई। 1979 में आंतरिक खींचतान के चलते जनता पार्टी की सरकार गिरी तो जनसंघ के नये अवतार भारतीय जनता पार्टी (भाजपा) ने उसके ज़्यादातर सांगठनिक ढाँचे पर अपना क़ब्ज़ा जमा लिया। 1980 में लोकसभा चुनावों में कांग्रेस को भारी जीत मिली। लेकिन यह कांग्रेस-प्रणाली की वापसी नहीं थी, क्योंकि विपक्षी भाजपा को भी काफ़ी वोट (34.4 प्रतिशत) मिले थे। यह राज्य में पार्टी प्रणाली के इतिहास का एक महत्त्वपूर्ण ऐतिहासिक बिंदु था। कांग्रेस और भाजपा को कुल वोटों में

से 88.5 प्रतिशत वोट मिले। इस तरह हिमाचल प्रदेश में दो दलीय प्रणाली शुरू हो गयी।

1980 में यहाँ की जनता पार्टी सरकार गिर गयी और उसकी जगह कांग्रेस की सरकार बनी। 1982 में हिमाचल प्रदेश में हुए चुनावों ने राज्य में दो दलीय प्रणाली की स्थापना पर अपनी मुहर लगा दी। इन चुनावों में कांग्रेस को 31 और भाजपा को 29 सीटें मिलीं। 1984 में हुए लोकसभा चुनावों और 1985 के विधानसभा चुनावों में कांग्रेस को जीत मिली। लेकिन ख़ासतौर पर विधानसभा चुनावों में भाजपा ने अपनी उपस्थिति दर्ज करायी।

1989 के बाद हुए लोकसभा और विधानसभा चुनावों में भी मुख्य रूप से कांग्रेस और भाजपा के बीच ही संघर्ष हुआ। लेकिन जनता दल और कांग्रेस से टूटकर बनी हिमाचल विकास कांग्रेस जैसी पार्टियाँ भी चुनावों में अपनी उपस्थिति दर्ज कराती रहीं। 1990 में हुए विधानसभा चुनावों में भाजपा ने जनता दल से समझौता किया, लेकिन जनता दल एक छोटे सहयोगी दल के रूप में ही रहा। 1990 के बाद हुए हर चुनाव में भाजपा या कांग्रेस को जीत मिलती रही। मसलन, 1993 के विधानसभा चुनावों और 1996 के लोकसभा चुनावों में कांग्रेस को जीत मिली। वहीं 1998 में हुए लोकसभा और विधानसभा चुनावों में कांग्रेस का प्रदर्शन अच्छा नहीं रहा। विधानसभा चुनावों में कांग्रेस और भाजपा किसी को भी बहुमत नहीं मिला। इन चुनावों में कांग्रेस को 31, भाजपा को 29 और हिमाचल विकास कांग्रेस नामक क्षेत्रीय दल को चार सीटें मिलीं। इन चुनावों के बाद कुछ समय के लिए कांग्रेस सरकार रही। उसके बाद राज्य में भाजपा-हाविकां की पहली गठबंधन सरकार बनी। 1999 के लोकसभा चुनावों में इस गठजोड़ को सभी सीटों पर सफलता मिली। इसके बाद 2003 के विधानसभा चुनावों में कांग्रेस को बहुमत मिला और 2007 में भाजपा को। 2012 के चुनावों में कांग्रेस को जीत मिली और वीरभद्र सिंह मुख्यमंत्री बने।

देखें : अरुणाचल प्रदेश, असम, आंध्र प्रदेश, उत्तर प्रदेश, उत्तराखण्ड, ओडीशा, कर्नाटक, केरल, गोवा, गुजरात, छत्तीसगढ़, जम्मू और कश्मीर, झाड़खण्ड, तमिलनाडु, त्रिपुरा, दिल्ली, नगालैण्ड, पंजाब, पश्चिम बंग, बिहार, मणिपुर, महाराष्ट्र, मध्य प्रदेश, मिज़ोरम, मेघालय, राजस्थान, सिक्किम, हरियाणा।

संदर्भ

1. टी.आर. शर्मा (2009), 'सेकुलर वोटों और दो दलों की स्पर्धा' (अनु. योगेंद्र दत्त), संकलित : अरविंद मोहन (सम्पादित), *लोकतंत्र का नया लोक: चुनावी राजनीति में राज्यों का उभार*, वाणी प्रकाशन, लोकनीति-सीएसडीएस, नयी दिल्ली.

— कमल नयन चौबे

हिंसा

(Violence)

किसी व्यक्ति को उसकी मर्ज़ी के बिना कोई काम करने या कोई बात मनवाने के लिए मजबूर करने के लिए जब शक्ति का प्रयोग किया जाता है तो नतीजा हिंसा में निकलता है। यह हिंसा शारीरिक भी हो सकती है और मानसिक भी। इसी क्रम में परिभाषा उभरती है कि हिंसा शक्ति-संबंध का एक अनिवार्य आयाम है। शक्ति और हिंसा के इस समीकरण का मूल्यांकन एक नहीं अनेक तरीक़ों से किया जाता है और हर बार इस मूल्यांकन के केंद्र में एक विमर्श होता है जिसके इर्द-गिर्द उस समीकरण की रचना होती है। हिंसा को अन्यायपूर्ण माना जाएगा या न्यायपूर्ण, उसकी प्रकृति राजनीतिक होगी या सांस्कृतिक, आतंकवादी या आतंकरोधी, वह क्रांतिकारी या मुक्तिकामी समझी जाएगी या प्रति-क्रांतिकारी और प्रतिक्रियावादी, उसे एक आवश्यक बुराई के रूप में स्वीकार किया जाएगा या महज़ एक त्याज्य बुराई के रूप में— यह सब उस विमर्श के ऊपर ही निर्भर करता है। हिंसा के प्रकार, विधियाँ और उसके पीछे की चालक-शक्तियों की संख्या इतनी अधिक है कि उनकी सम्पूर्ण सूची बनाना असम्भव है। और तो और, हिंसा की एक क़िस्म धार्मिक भी होती है जिसके तहत हिंसा का कृत्य आध्यात्मिक उपलब्धि का माध्यम बन जाता है। अलग-अलग समाजों में भी उनकी संरचनात्मक प्रकृति के आधार पर हिंसा के अपने विशिष्ट रूप हो सकते हैं जो ज़रूरी नहीं कि अन्य देशों में मिलें। मसलन, दलितों के ख़िलाफ़ की जाने वाली जातिगत हिंसा केवल भारत में ही मिलती है। इसी तरह हिंदू-मुसलमानों के बीच होने वाली साम्प्रदायिक हिंसा भी मुख्यतः भारतीय परिघटना है। इसी तरह कालों और अन्य अश्वेतों के ख़िलाफ़ होने वाली गौरांग हिंसा अमेरिकी और अफ़्रीकी संदर्भों की देन है। समाज-विज्ञान में हिंसा के राजनीतिक और संरचनात्मक रूपों पर विस्तार से विचार किया गया है।

राजनीतिक सैद्धांतिकी ने राज्य की संस्था द्वारा की जाने वाली संस्थागत हिंसा और राज्य के ख़िलाफ़ की जाने वाली बग़ावती हिंसा की गहन परीक्षा की है। कार्ल मार्क्स ने राज्य की संस्था को अनिवार्य रूप से एक हिंसक और दमनकारी संस्था के रूप में परिभाषित किया था। गाँधी ने यह भी माना था कि सम्पूर्ण रूप से हिंसा-विहीन राज्य की उपलब्धि असम्भव है। दरअसल, एक ऐसे राज्य की कल्पना करना भी मुश्किल है जिसके पास हिंसा करने की वैधता न हो या जिसके पास पुलिस, सेना या अर्धसैनिक बलों के दम पर अपने भीतरी या बाहरी शत्रुओं के ख़िलाफ़

हिंसा करने का अधिकार न हो। दूसरी तरफ़ सरकार की किसी नीति के ख़िलाफ़ विरोध प्रकट करने या किसी सरकार को उसकी अकर्मण्यता या निरंकुशता के कारण सत्ता से हटाने के लिए भी हिंसा की जाती है। जनता हिंसा का प्रयोग समाज या सरकार के विरुद्ध अपने असंतोष के प्रदर्शन के लिए करती है।

हिंसा का एक उल्लेखनीय रूप विचारधारात्मक भी है। कई राजनीतिक विचारधाराएँ हिंसा को सकारात्मक रूप से उत्तम कार्रवाई के रूप में प्रस्तुत करती हैं। मसलन, फ़ासीवाद में युद्ध की हिंसा का गुणगान मिलता है। यह विचारधारा मानती है कि युद्ध से राज्य की महानता सिद्ध होती है, पराक्रम और नायकत्व के मूल्य स्थापित होते हैं, आत्मत्याग और एक-दूसरे के लिए मर मिटने के जज़्बात परवान चढ़ते हैं। मुसोलिनी का साफ़ कहना था कि युद्ध ख़ून गर्म रखने का एक बहाना है। मुसोलिनी का यह विचार एक ज़माने में इतना लोकप्रिय हुआ था कि उसकी प्रशंसा में कविताएँ तक लिखी गयी थीं। उर्दू के महान कवि मुहम्मद इक़बाल ने इटली में मुसोलिनी से मुलाक़ात करने के बाद *शाहीं* शीर्षक से एक नज़्म लिखी थी जिसमें शाहीं या बाज़ पक्षी की हिंसक आत्म-छवि का वर्णन कुछ इस रूप में किया गया था : 'पलटना-झपटना, झपट कर पलटना, लहू गर्म रखने का है एक बहाना।'

दूसरी तरफ़ कई वामपंथी विचारधाराओं ने भी हिंसक विद्रोहों की शान में क़सीदे पढ़े हैं और हिंसा को मनोवैज्ञानिक रूप से मुक्तिकामी क़रार दिया है। फ्रेंज़ फ़ानो ने साठ के दशक की शुरुआत में फ्रांस के ख़िलाफ़ चल रहे अल्जीरियाई युद्ध के संदर्भ में अपनी विख्यात रचना *रैचेड ऑफ़ द अर्थ* में तर्क दिया था कि उपनिवेशवाद विरोधी हिंसक विद्रोह मनुष्य के अंत:करण को स्वच्छ कर देता है। यह विचार मान कर चलता है कि विद्रोही हिंसा साहस और गौरव को प्रोत्साहित करती है और इससे दूसरों को भी विद्रोह करने की प्रेरणा मिलती है। बीसवीं सदी के पहले दशक में प्रकाशित जॉर्ज सोरेल की रचना *रिफ़्लेक्शंस ऑन वायलेंस* इस तरह के विचारों के लिए ही विख्यात है। दिलचस्प बात यह है कि सोरेल लेनिन के भी प्रशंसक थे और मुसोलिनी के भी। क्रांतिकारी सिंडीकलिज़म के सिद्धांतकार के तौर पर उनका सूत्रीकरण था कि आम हड़ताल के आह्वान के भीतर ही वह आवेश छिपा होता है जो मज़दूरों को हिंसक कार्रवाई की तरफ़ ले जाता है, और इसी तरह की हिंसक कार्रवाई में समाज के बुनियादी रूपांतरण की क्षमता होती है। एशियाई संदर्भ में माओ त्से तुंग का वह विख्यात कथन यहाँ उल्लेखनीय है जिसमें उन्होंने कहा था कि क्रांति कोई कशीदाकारी या टी-पार्टी नहीं होती। वह तो एक हिंसक कार्रवाई होती है जिसमें एक वर्ग दूसरे का तख़्ता पलट देता है।

अंतर्राष्ट्रीय संबंधों के अनुशासन के तहत हिंसा की संरचनात्मक प्रकृति पर रोशनी डाली गयी है। संरचनागत हिंसा के लिए हिंसा करने और हिंसा झेलने वाले दो पक्षों का होना ज़रूरी नहीं होता। वह तो सामाजिक संरचनाओं और सामाजिक संस्थाओं में अंतर्निहित होती है। हिंसा के इन लगभग मौन और प्राय: अदृश्य रूपों के कारण लोग अपनी बुनियादी ज़रूरतें पूरी करने से महरूम रह जाते हैं। सामाजिक प्रभुत्व, राजनीतिक उत्पीड़न और आर्थिक शोषण के तले रहते-रहते लोगों की उम्र घट जाती है। संरचनागत हिंसा के गर्भ से आगे चल कर प्रत्यक्ष हिंसा जन्म लेती है जिसकी अभिव्यक्ति पारिवारिक हिंसा, नस्ली हिंसा, घृणा आधारित अपराध, आतंकवाद, जातिसंहार और युद्ध के रूप में होती है। संरचनागत हिंसा अक्सर अभिजनवाद के संस्थाबद्ध रूपों, सांस्कृतिक-श्रेष्ठता के आग्रह, नस्लवाद, सेक्सिज़म, वयस्कवादी रवैये, शास्त्रीयतावाद के पूर्वग्रह, उग्रराष्ट्रवाद, इतरलैंगिकवाद और वरिष्ठतावादी दुराग्रहों के परिणामस्वरूप जन्म लेती है।

संरचनात्मक हिंसा के मुख्य सिद्धांतकार योहान गालटुंग हैं। उन्होंने अपना यह सूत्रीकरण औपनिवेशिक परिस्थितियों का अध्ययन करते हुए किया था। ब्रिटिश महाप्रभुओं के तहत रोडेशिया में फ़ील्ड वर्क करते हुए उन्होंने हिंसा के विभिन्न रूपों में से एक इस रूप की शिनाख़्त की। आजकल इस अवधारणा के ज़रिये उन संगीन परिस्थितियों और कपटपूर्ण तौर-तरीक़ों का वर्णन किया जाता है जिनके कारण व्यक्ति पर दमनकारी राजनीतिक, आर्थिक और सांस्कृतिक संरचनाएँ थोपी जाती हैं। ठोस रूप से कहें तो इसके ज़रिये सत्ता के केंद्रों में बैठे हुए प्रभुत्वशाली समूह के हाशियाग्रस्त समूह पर दबदबे को क़ायम रखने वाली संरचनाओं की तरफ़ इशारा किया जाता है। हाशियाग्रस्त लोग संरचनागत हिंसा का अनुभव कम तनख़्वाह, निरक्षरता, गिरते हुए स्वास्थ्य, राजनीतिक और क़ानूनी अधिकारों में कमी और लगातार हाथ से निकलती हुई ज़िंदगी के रूप में करते हैं। इन परिस्थितियों के ख़िलाफ़ प्रतिरोध करने पर उन्हें सीधी कार्रवाई का सहारा लेना पड़ता है। नतीजा यह निकलता है कि उनके ऊपर यथास्थिति क़ायम रखने पर आमादा प्रत्यक्ष हिंसा टूट पड़ती है। गालटुंग अपने विमर्श में 'सांस्कृतिक हिंसा' का ज़िक्र भी करते हैं जिसके माध्यम से संरचनागत हिंसा के विभिन्न रूपों को जायज़ ठहराया जाता है। सांस्कृतिक हिंसा धर्म, विचारधारा, भाषा, कला और यहाँ तक विज्ञान की मदद से ऐसी अनुभूतियों की रचना करती है जिससे संरचनागत हिंसा वैध, उपयुक्त और कम से कम अनापत्तिजनक लगने लगे ताकि उसे समाज द्वारा स्वीकार किया जा सके। संरचनागत हिंसा पैदा करने वाली कई कार्रवाइयों की नैतिक प्रकृति को सांस्कृतिक हिंसा अपने

आईने में 'लाल/अनुचित' के बजाय 'हरा/उचित' या 'पीला/स्वीकारोग्य' दिखाने की कोशिश करती है।

किसी भी राजनीतिक, विचारधारात्मक और धार्मिक लक्ष्य की सिद्धि के लिए अचानक लेकिन पूर्वनियोजित रूप से की गयी हिंसक कार्रवाइयों को आतंकवाद की संज्ञा दी जाती है। सन् 996 में फ़िलिस्तीन से रोमनों को भगाने के लिए ज़ीलोट कहे जाने वालों के संगठन द्वारा बरपाये गये आतंक के बाद से आंतकवादी मुहिमें राजनीति का अनिवार्य औज़ार बन चुकी हैं। आतंकवादी कार्रवाइयाँ हवाई जहाज़ों के अपहरण, लोगों को बंधक बनाने, सार्वजनिक जगहों पर बम विस्फोट करने, आत्मघाती हमले करने, जल-स्रोतों में ज़हर मिला देने, प्रमुख हस्तियों की हत्याएँ करने और निर्दोष लोगों पर गोलियाँ बरसाने के रूप में की जाती हैं। आंतकवादियों द्वारा इस्तेमाल किये जाने वाले हिंसात्मक तरीक़ों और उनके मक़सद के बीच एक अंतर्संबंध देखा गया है। उनकी कार्रवाई जितनी चौंका देने वाली और हाहाकारी होती है, उतना ही ध्यान वे अपनी माँगों की तरफ़ खींचने में कामयाब होते हैं। कुछ बेघरबार ग़रीबों को बंधक बनाने के बजाय आंतकवादी किसी विमान के यात्रियों या किसी पाँच सितारा होटल में आने वाले लोगों को बंधक बनाना पसंद करेंगे। कुल मिला कर आतंकवादी कार्रवाइयाँ मनोवैज्ञानिक लाभ उठाने की दृष्टि से नियोजित की जाती हैं।

2008 में प्रकाशित अपनी रचना *वायलेंस : सिक्स साइडवेज़ रिफ़्लेक्शंस* में मार्क्सवादी दार्शनिक स्लावोज़ ज़िज़ेक ने हिंसा की परिघटना कई कोणों से जाँच की है। अपनी विशिष्ट शैली में ज़िज़ेक ने इतिहास, दर्शन, फ़िल्मों, लतीफ़ों और मनोचिकित्सा के लकाँनियन स्कूल की मदद ले कर 2005 में हुए पेरिस के हिंसक दंगों में की तीन क्रिस्मों को रेखांकित किया है। ज़िज़ेक के अनुसार हिंसा का आत्मनिष्ठ रूप अपराध और आतंक की शक्ल में व्यक्त होता है, उसका वस्तुनिष्ठ रूप नस्लवाद, घृणा आधारित वक्तव्यों और भेदभाव के रूप में सामने आता है, एवं उसका प्रणालीगत रूप आर्थिक और राजनीतिक व्यवस्था द्वारा बरपाये गये विनाश के रूप में अवक्षेपित होता है।

देखें : अहिंसा-1 और 2, संरचनागत हिंसा, आतंकवाद, क्रांति, फ्रेंज़ फ़ानो, हान्ना एरेंत, मोहनदास कर्मचंद गाँधी-1 से 3 तक, शांति, शांतिवाद, बौद्ध दर्शन, जैन दर्शन, सविनय अवज्ञा।

संदर्भ

1. हान्ना एरेंत (1969), *ऑन वायलेंस*, पेंगुइन, हारमंड्सवर्थ.
2. फ्रेंज़ फ़ानो (1965), *द रैचेड ऑफ़ द अर्थ*, अनु. सी. फ़ैरिंगटन, मैकगिब्बन ऐंड की, लंदन.
3. जॉर्ज सोरेल (1950), रिफ़्लेक्शंस ऑन वायलेंस, अनु. टी.ई. हुल्म और जे. रौथ, मैकमिलन, लंदन और न्यूयॉर्क.
4. एम. टेलर और जे. होरगन (सम्पा.) (2000), *द फ़्यूचर ऑफ़ टेररिज़्म*, फ्रैंक कैस, लंदन.
5. योहान गालटुंग (1990), 'कल्चरल वायलेंस', *जरनल ऑफ़ पीस रिसर्च*, खण्ड 27, अंक 3,

— **अनुराग पांडेय**

हेनरी डेविड थोरो

(Henry David Thoreau)

अमेरिका के रैडिकल व्यक्तिवादी चिंतक हेनरी डेविड थोरो (1817-1862) नागरिक अवज्ञा के प्रथम सिद्धांतकार थे। थोरो को कवि, प्रकृति-प्रेमी, अराजकतावादी, नागरिक स्वतंत्रताओं के समर्थक और नवइंग्लैण्ड-अंत:प्रज्ञावाद का प्रमुख विचारक भी माना जाता है। बीसवीं सदी में थोरो के विचारों से प्रभावित होने वाली प्रमुख हस्तियों में गाँधी का नाम प्रमुख है। व्यक्ति और राज्य के आपसी संबंधों पर विचार करते हुए थोरो ने अपने विचारों के केंद्र में व्यक्ति को रखा। व्यक्ति को ही समस्त कार्य-व्यापार का आधार मानते हुए उन्होंने उसे सामाजिक प्राणी के रूप में देखने के बजाय प्रकृति का सावयवी और सार्वभौम अंग क़रार दिया। व्यक्ति के विकास का तात्पर्य उनकी निगाह में किसी राज्य-व्यवस्था या वृहद सामाजिक प्रणाली का एक पुर्जा मात्र बना देना नहीं था। उन्होंने न्याय को किसी भी सत्ता से अधिक महत्त्वपूर्ण बताते हुए कहा कि सत्ताधारी के हमेशा न्यायपूर्ण होने की कोई गारंटी नहीं की जा सकती। थोरो पर भारतीय दर्शन का गहरा प्रभाव था जिनमें गीता प्रमुख थी। दरअसल, प्राचीन भारतीय ग्रंथों ने थोरो पर दो तरह से असर डाला। एक, इन ग्रंथों ने तत्कालीन भोगवादी संस्कृति के समक्ष त्याग, संयम, तपस्याशील संस्कृति की दार्शनिक विवेचना उपलब्ध कराई; दूसरा, उपनिषदों और पुराणों के परिकल्पनात्मक और रचनात्मक आख्यानों से थोरो की साहित्यिक रचनाओं को तीक्ष्णता व प्रभावशीलता मिली। थोरो द्वारा प्रवर्तित नवइंग्लैण्ड अंत:प्रज्ञावाद की विशेषता आदर्शवाद थी जो इस बात पर बल देता था कि मनुष्य की प्राकृतिक संरचना में ही कुछ पराभौतिक गुणधर्म निहित हैं। यह विचार समूह के स्थान पर वैयक्तिक्ता, तर्क के स्थान पर भाव और मनुष्य की जगह प्रकृति पर बल देता था।

थोरो का जन्म 12 जुलाई 1817 को मैसाचुसेट्स राज्य के कांकॉर्ड नामक स्थान पर हुआ था। उन्हें 1828 में कांकॉर्ड अकादमी में अध्ययन के लिए भेजा गया। 1833 में वे आगे

हेनरी डेविड थोरो (1817-1862)

की पढ़ाई हेतु हार्वर्ड चले गये जहाँ उन्होंने वड्र्सवर्थ, मिल्टन, कॉलरिज, कार्लाइल के साथ-साथ यूनानी दर्शन का भी अध्ययन किया। थोरो को कई भाषाओं का ज्ञान था जिनमें अंग्रेज़ी, इतालवी, फ्रांसीसी और स्पेनिश प्रमुख थीं। 1837 में हार्वर्ड से स्नातक की उपाधि लेने के बाद उन्हें कांकॉर्ड में एक ग्रामर स्कूल में नौकरी मिली, मगर उन्होंने दो सप्ताह में ही इस्तीफ़ा दे दिया। 1938 में अपने भाई जॉन के साथ उन्होंने एक विद्यालय खोला, लेकिन भाई की मृत्यु के बाद 1841 में उसे बंद कर दिया। इसके बाद थोरो भू-सर्वेक्षणकर्ता के तौर पर काम करने लगे।

थोरो के पहले सिविल डिसओबिडिएंस और पैसिव रेज़िस्टेंस जैसे प्रतिरोध के स्वरूप उभरने शुरू हो चुके थे। पैसिव रेज़िस्टेंस का मक़सद संवैधानिक अधिकारों के लिए शांतिपूर्ण आंदोलन करना था, यानी क़ानून के ढाँचे के भीतर रह कर एक नैतिक दबाव तैयार करना। सविनय अवज्ञा और निष्क्रिय प्रतिरोध के सैद्धांतिक स्वरूप पर चर्चा की शुरुआत सोलहवीं सदी के प्रारम्भ में हो चुकी थी। फ्रांस के राजनीतिज्ञ और विचारक ल बोइती अपनी रचना *डिस्कोर्स ऑन वालंटरी सरवीट्यूड* में कह चुके थे कि अत्याचारी के अत्याचार के प्रतिकार का एक तरीक़ा यह भी है कि उससे सहयोग न किया जाय। अमेरिकी चिंतक इमर्सन ने ल बोइती की प्रशंसा में एक कविता भी लिखी थी, और इमर्सन थोरो के मित्र भी थे। इससे अनुमान लगाया जा सकता है कि सम्भवत: थोरो पर ल बोइती का भी प्रभाव रहा होगा।

थोरो ने प्रतिरोध की इसी परम्परा को सैद्धांतिक आधार प्रदान किया। इस सिलसिले में *ऑन द ड्यूटी ऑफ़ सिविल डिसओबिडिएंस* उनकी प्रतिनिधि रचना है। इस लेख में उन्होंने महत्त्वपूर्ण दार्शनिक प्रश्न उठा कर उनका समाधान प्रस्तुत किया है। थोरो व्यक्ति और राज्य पर विचार करते हुए कहते हैं कि हम पहले मनुष्य हैं, किसी राज्य की प्रजा बाद में। लेकिन राज्य के दृष्टिकोण से देखने पर हम पहले प्रजा हैं, उसकी आज्ञा का पालन करना ही नैतिकता है। इस द्वंद्व में थोरो स्पष्ट करते हैं कि राज्य-नागरिक संबंधों का निर्वाह करते हुए हमें मनुष्य होने का अधिकार नहीं छोड़ना चाहिए। सत्य बड़ी चीज़ होता है, न कि विधान। अत: क़ानून का उल्लंघन अनिवार्यत: बुरी चीज़ नहीं है।

थोरो ने राज्य की कड़ी आलोचना की और कहा कि वह व्यक्ति को महज़ एक यंत्र मात्र समझता है और उससे आत्महीन अस्तित्व की भाँति आदेशों का पालन करने की आशा करता है। उसके हिसाब से व्यक्ति का अस्तित्व विवेकहीन होकर मात्र आदेशों का पालन करने में निहित है। जबकि सही ग़लत का निर्णय व्यक्ति के नैतिक विवेक के आधार पर लिया जाना चाहिए। शासन को यह स्वतंत्रता देनी चाहिए कि हर व्यक्ति अपनी राय रखे और तदनुसार काम कर सके, भले ही वह राज्य के आदेशों से भिन्न ही क्यों न हो। थोरो के अनुसार लोकतंत्र में प्रत्येक व्यक्ति को राय रखने का अधिकार है, क्योंकि लोकतंत्र बहुमत का शासन नहीं है। बहुमत अगर हमेशा सही होता, तो सरकारें कभी नहीं बदलतीं। लोकतंत्र में यदि हर व्यक्ति की भागीदारी है तो हर व्यक्ति का दायित्व है कि वह राय को बहुमत के अधीन न छोड़े। अपने विवेक की कसौटी पर खरी उतरने वाली राय को न केवल व्यक्त करे, अपितु उसके लिए प्रयत्न भी करे। सत्य के प्रति सद्भावना ही काफ़ी नहीं है, बल्कि उसका क्रियात्मक होना भी ज़रूरी है। इसी तरह सही ग़लत का निर्णय व्यक्ति के नैतिक विवेक के आधार पर लिया जाना चाहिए। मतदान का मतलब केवल काग़ज़ के पुर्जे को पेटी में डालना नहीं होना चाहिए, बल्कि मतदान के पीछे मतदाता का पूरा व्यक्तित्व और भावनात्मक ताक़त होनी चाहिए। अपनी असहमति को बिना किसी हिचक के अभिव्यक्त करना चाहिए।

थोरो को इस बात में कोई संदेह नहीं था कि अगर क़ानून सत्य के पक्ष में नहीं है तो व्यक्ति को अपनी सत्यनिष्ठा और नैतिक विवेक पर दृढ़ रहना होगा। उसे सत्य के ख़िलाफ़ खड़े क़ानून के ख़िलाफ़ फ़ौरन असहयोग शुरू करना होगा। तत्काल असहयोग ही किसी भी अन्याय के विरुद्ध सक्रिय और विवेकसम्मत प्रतिक्रिया है।

थोरो के विचार से जेल वस्तुत: राज्य की कमज़ोरी का प्रतीक है। इस तरह का व्यवहार करके राज्य स्पष्ट करता है कि वह आपका बौद्धिक-नैतिक स्तर पर मुक़ाबला नहीं कर पा रहा है। थोरो असहयोग के परिणाम यानी जेल जाने को तार्किकता प्रदान करते हैं। उनके मुताबिक़ जेल जाने पर राज्य आपसे आपकी इच्छा के विरुद्ध किसी तरह का सहयोग नहीं ले सकता है। अत: जेल में रहने वाला व्यक्ति स्वतंत्र है। राज्य द्वारा आपको जेल भेजना अपनी हार स्वीकार करने के बराबर

है। थोरो के विचार से लोकतंत्र मात्र वोट का एक चलताऊ संस्कार न हो कर जागरूकता और सम्पूर्ण व्यक्तित्व का पोषक है। लोकतंत्र की इस सजगता और मूल भावना को ही प्रकट और स्पष्ट करता है कि अगर राज्य को देय राशि का उपयोग अनैतिक कार्य के लिए होगा तो व्यक्ति को पूरा अधिकार है कि वह राज्य को वह राशि न दे। थोरो के विचार से वही शासन सर्वोत्तम है, जो सबसे कम शासन करता हो। थोरो सरकार के विरुद्ध न हो कर बुरी या अयोग्य सरकार के विरुद्ध थे। वे एक सुयोग्य एवं आदर्श सरकार की तलाश करते हुए उसका ख़ाका भी प्रस्तुत करते हैं।

थोरो के हार्वर्ड प्रवास के समय इमर्सन कांकॉर्ड में रहने लगे थे। इमर्सन ने थोरो में एक सच्चा मित्र देखा और थोरो ने इमर्सन में एक मार्गदर्शक। आगे चलकर दोनों नवइंग्लैण्ड अंत:प्रज्ञावाद के प्रमुख व्यक्तित्त्व बने। इमर्सन के ज़रिये ही थोरो ने प्राचीन भारतीय दर्शन की अतुलनीय वैचारिक दार्शनिक सम्पदा उपलब्ध की जो जीवनपर्यंत उनकी आधारभूमि बनी रही। 1840 में नवइंग्लैण्ड अंत:प्रज्ञावाद के मुखपत्र *द डायल* के प्रथम अंक में थोरो की कविता *सिम्पैथी* प्रकाशित हुई। 1842 में उनका एक लेख *नैचुरल हिस्ट्री ऑफ़ मैसुचुसैट्स* छपा। इसी के बाद कुछ कविताएँ *टू द मैडन इन द ईस्ट* जैसे बेहतरीन लेख और *द विंटर वाल* जैसे प्रकृति संबंधी निबंध भी प्रकाशित हुए।

1845 में थोरो ने कांकॉर्ड के पास वाल्डेन नामक सरोवर के निकट स्वनिर्मित झोपड़ी में रहने का निर्णय लिया। वे आत्मनिर्भरता के अपने सिद्धांत को व्यावहारिक तौर पर जीने की कोशिश करना चाहते थे। थोरो इस जगह 26 महीने तक रहे। तत्कालीन मानकों के लिहाज़ से धनवान होने की अवस्था में भी थोरो ने सादगी का जीवन जिया। यह स्वैच्छिक सादगी उनकी मजबूरी नहीं बल्कि चुनाव थी। थोरो ने वाल्डेन सरोवर के अपने अनुभवों को कलमबद्ध किया और वहाँ से जाने के बाद लगभग सात बार ड्राफ्ट संशोधन के बाद उनकी प्रसिद्ध पुस्तक *वाल्डेन ऑर लाइफ़ इन द वुड्स* (1854) प्रकाशित हुई। यह पुस्तक थोरो के जीवन में उतनी प्रसिद्धि नहीं पा सकी जितनी कि उनकी मृत्यु के बाद। *वाल्डेन* में 18 व्याख्यात्मक व वर्णनात्मक निबंध हैं जिनमें प्राकृतिक जीवन व प्रकृति के अनुभवों का ज़िक्र किया गया है।

वाल्डेन की रचनाशीलता साहित्यिक उत्कृष्टता का बेहतरीन नमूना होने के साथ ही अन्त:प्रज्ञावाद के दर्शन की आधारभूमि भी है। वाल्डेन प्रवास के दौरान ही जुलाई, 1846 को थोरो को एक रात जेल में बितानी पड़ी। उसके पीछे कारण यह था कि उन्होंने पिछले छह साल से अपना टैक्स जमा नहीं किया था। उनका तर्क था कि टैक्स की रक़म सरकार अनैतिक उद्देश्यों पर ख़र्च करती है, जिसे वे उचित नहीं मानते इसलिए टैक्स नहीं देंगे। टैक्स की राशि का प्रयोग सरकार दास-प्रथा के विस्तार के प्रश्न पर मैक्सिको के साथ होने वाले युद्ध में करती है। थोरो ने दास-प्रथा का प्रारम्भ से ही विरोध किया। थोरो ने अपने एक रात जेल में बिताये अनुभव को आधार बनाकर दासता ख़त्म करने के समर्थन में कई व्याख्यान दिये।

उन्होंने नागरिक अवज्ञा संबंधी अपने प्रसिद्ध निबंध को एक व्याख्यान के तौर पर ही लिखा था। यह व्याख्यान फ़रवरी, 1848 को कांकॉर्ड के सभा भवन में दिया गया था। प्रथम प्रकाशन के समय निबंध का शीर्षक *रेज़िस्टेंस टु सिविल गवर्नमेंट* था। दास-प्रथा के विरोध में थोरो ने 1854 में *स्लेवरी इन मैसाचुसेट्स* नामक भाषण दिया। थोरो की मृत्यु 6 मई 1862 को क्षय रोग के कारण हुई।

देखें : अधिकार, अधिकार : सैद्धांतिक यात्रा, अरस्तू, अफ़लातून, अनुदारतावाद, अराजकतावाद, अन्य-अन्यीकरण, उदारतावाद, उपयोगितावाद, एडमण्ड बर्क, क्रांति, ज्याँ ज़ाक रूसो, जॉन लॉक, जेरेमी बेंथम, जॉन स्टुअर्ट मिल, जॉन रॉल्स, थॉमस हॉब्स, थॉमस पेन, न्याय, न्याय : नारीवादी आलोचना, न्याय : रॉल्स का सिद्धांत, राजनीति में व्यक्ति की भूमिका, नागरिकता, नागरिकता : अन्य परिप्रेक्ष्य-1 और 2, नागर समाज, पनोप्टिकॉन, प्रतिनिधित्व, प्रगति, प्रगति : आलोचनात्मक परिप्रेक्ष्य, प्रशासन, फ़ासीवाद, फ्रेड्रिख़ वॉन हायक, बहुसंस्कृतिवाद, बहुसंख्यकवाद, बहुसंख्यक-अल्पसंख्यक, बुद्धिवाद, माइकेल जोसेफ़ ओकशॉट, माइकिल वाल्ज़र, मिशेल पॉल फ़ूको-1 और 2, यूटोपिया, राजनीतिक और राजनीति, राजनीतिक दर्शन के नारीवादी आयाम-1 और 2, राजनीतिक मनोविज्ञान, राजनीतिक समाजशास्त्र, राज्य-1 और 2, रॉबर्ट नॉज़िक, राज्य-1 और 2, राष्ट्र-राज्य, राष्ट्र : सांस्कृतिक या राजनीतिक, राष्ट्रवाद, राष्ट्रवाद का इतिहास, लोकतंत्र, लोकतंत्र की आलोचनाएँ, व्यक्तिवाद, व्यवहारवाद, विल किमलिका, वितरणमूलक न्याय, विदेशी-द्वेष, वैधता, वैधता का संकट, सविनय अवज्ञा, समानता, समानता : चार अवधारणाएँ, समतावाद, सर्वसत्तावाद, स्मृति की राजनीति, स्वतंत्रता, स्वतंत्रतावाद, स्वजातिवाद, स्वच्छंदतावाद, सत्ता, सर्वसत्तावाद, सम्प्रभुता, समाजवाद, सरकारियत, सम्पत्ति, सम्पत्ति : साझा और सरकारी, सम्पत्ति : मार्क्सवादी परिप्रेक्ष्य, सम्पत्ति : नारीवादी परिप्रेक्ष्य, संविधानवाद, संघवाद, सामाजिक समझौता, सिद्धांत, सिद्धांत : राजनीतिक-सामाजिक, सुधार, हान्ना अरेंत।

संदर्भ

1. डब्ल्यू. हार्डिंग (1980), एम. मेयर, *द न्यू थोरो हैंडबुक*, सनी प्रेस, न्यूयॉर्क.
2. एन.एल. रोज़ेनब्लम (1981), 'थोरोज़ मिलिटेंट कांशेंस', *पॉलिटिकल थियरी*, 9.
3. एच.डी. थोरो (1871), *वाल्डेन*, प्रिंस्टन युनिवर्सिटी प्रेस, प्रिंसटन, एनजे.

— शम्भू जोशी

हेलन सिचू

(Helene Cixous)

अल्जीरिया में पैदा हुई फ्रांस की नारीवादी साहित्यकार और चिंतक हेलन सिचू (1931–) स्त्री-लेखन के संबंध में एक विशिष्ट विमर्श *इक्रित्यूर फ़ेमिनीन* की स्थापना के लिए जानी जाती हैं। इस पद का मतलब लेखन का स्त्री-रूप तो है ही, इसमें लेखन के साथ-साथ किसी पाठ को पढ़ने की स्त्रीपरक विधि भी शामिल है। अपने सिद्धांतीकरण के लिए सिचू ने लकाँ के मनोविश्लेषण और देरिदा द्वारा प्रवर्तित विसंरचना के अलावा इतिहास और साहित्यालोचना के औज़ारों का भी इस्तेमाल किया है। लेकिन इनमें से किसी भी अनुशासन के प्रति उनके लहज़े में आस्था नहीं दिखाई पड़ती। सिचू को यक़ीन है कि मातृ-मनोग्रंथि से पूर्व की स्थिति में बालिका-शिशु और उसकी माँ के बीच के संबंध टटोलने से भाषा में निहित स्त्री-तत्त्वों का संधान हो सकता है। चूँकि सिचू लेखन-प्रक्रिया को स्त्री-देह की जैविक संरचना से जोड़ कर देखती हैं, इसलिए उनके आलोचकों ने उन पर जैविक तात्त्विकतावाद का आरोप भी लगाया है। लेकिन इससे बेपरवाह अपने तर्क को एक भिन्न धरातल पर आगे बढ़ाती हुई वे कहती हैं कि नारीवादी लेखन की प्रक्रिया परिभाषित या सिद्धांतबद्ध की ही नहीं जा सकती, क्योंकि ऐसा करते ही हमें पुरानी तर्क-प्रणालियों में लौट जाना पड़ेगा। दरअसल, सिचू *इक्रित्यूर फ़ेमिनीन* को लेखक के जैविक लिंग से बँधा हुआ नहीं मानतीं। इस लिहाज़ से उनका दावा नारीवादी परम्परा के मुताबिक़ नहीं है। लेखक स्त्री हो या पुरुष, अगर वह अन्य का अपने भीतर समावेशन कर सकता है, तो वह स्त्री-लेखन जैसा ही कुछ कर रहा है। इसके लिए सिचू के पास ज्याँ जेने की मिसाल है जिनकी रचनाएँ उनके लिए स्त्री-लेखन की ही मिसाल हैं।

ल्यूस इरिगरे और जूलिया क्रिस्टेवा के साथ फ्रांसीसी नारीवाद की विख्यात त्रयी बनाने वाली हेलन सिचू की रचनाएँ एक साहित्यकार के तौर पर सारी दुनिया में पढ़ी जाती हैं। लेकिन उनका विमर्श मुख्यत: उनके तीन विख्यात निबंधों के माध्यम से जाना जाता है। ये हैं, 'स्टोरीज़', 'द लाफ ऑफ़ मेडुसा' और 'कमिंग टु राइटिंग'। सिचू कहती हैं कि स्त्री-लेखन और स्त्रीपरक पाठ पितृसत्तात्मक संस्कृति द्वारा विनियोग किये जाने का प्रतिरोध करता है। पितृसत्तात्मक संस्कृति उनकी निगाह में ज़ाक लकाँ द्वारा प्रतिपादित भाषा की सांकेतिक-व्यवस्था पर आधारित है। भाषा के इस संसार में पिता का क़ानून चलता है। इसमें बालक-शिशु अपनी माँ से अलग होने के बाद क़दम रखता है। भाषा की यह पितृसत्तात्मक सांकेतिक व्यवस्था पुरुष/स्त्री, संस्कृति/प्रकृति, बुद्धि/संवेदन और सक्रिय/निष्क्रिय जैसे द्विभाजनों पर आधारित है। स्त्री के ऊपर हावी पुरुष सक्रियता, संस्कृति और बुद्धि का प्रतिनिधि है। इस प्रकार की संस्कृति के दायरे में स्त्री का सिर्फ़ प्रेक्षण/अवलोकन किया जाता है। उसे महज़ देखा जाता है, पुरुष की दृष्टि से। स्त्रीत्व का अस्तित्व पुरुष के अवलोकन के आधार पर परिभाषित है, अन्यथा उसका कोई वजूद नहीं है। स्त्री पुरुष का 'अन्य' ज़रूर है, पर पुरुष इस 'अन्य' में दिलचस्पी लेता है महज़ अपने आप में लौटने के लिए। इस तरह सिचू कहती हैं कि स्त्री के प्रति पुरुष की कामना असल में अपने आप से की गयी मुहब्बत ही है।

सिचू के मुताबिक़ इसके दो नतीजे निकलते हैं। पितृसत्तात्मक व्यवस्था से स्त्री का बहिर्वेशन हो जाता है, और दूसरी तरफ़ वह ख़ुद अपने लिए भी उपस्थित नहीं रह जाती। यह व्यवस्था और उसकी कारसाज़ी स्त्री को ख़ुद अपनी देह और अपनी कामनाओं से भी पृथक कर देती है। ज़ाहिर है कि उसका यह बहिर्वेशन बहुस्तरीय है। बहिर्वेशन और उत्पीड़न के ज़रिये गारंटी की जाती है कि पितृसत्तात्मक व्यवस्था चलती रहे। सिचू का दावा है कि भाषा के एक ऐसे संसार में जिसका मक़सद केवल पौरुष के बारे में बोलना-बताना हो, वहाँ स्त्री ख़ुद के बारे में कुछ भी जान पाने में असमर्थ हो जाती है। इसलिए सिचू की सिफ़ारिश है कि स्त्री को मानवीय जीवन की उस अवस्था में अपने लिए भाषा तलाशनी चाहिए जिसमें बालिका-शिशु या बालक-शिशु अपनी माँ के साथ अभिन्न रूप से जुड़ा रहता है। जो माँ से शिशु की विच्छिन्नता से पहले की अवस्था है। मातृ-मनोग्रंथि का बीज पड़ने से पहले की अवस्था। इस अवस्था में होने वाले दैहिक संवेदन पिता के क़ानून से स्वतंत्र होते हैं। इन दैहिक संवेदनों में ही वह भाषा छिपी है जो स्त्री-लेखन और पाठन को पितृसत्ता द्वारा विनियोग किये जाने से बचा सकती है। सिचू ने स्त्री-देह के उपनिवेशीकरण का रूपक भी तैयार किया है। इसके पीछे उनका अपना अल्जीरियाई अनुभव है। अल्जीरिया फ्रांस का उपनिवेश रह चुका है। इसी आधार पर वे वस्तुकरण और विनियोग की प्रक्रिया में निहित सत्ता-संबंधों को रेखांकित करती हैं। एक अफ़्रीकी देश के रूप में अल्जीरिया उपनिवेशित दुनिया का हिस्सा है, एक अँधेरे महाद्वीप का। उसका अन्यीकरण किया जा सकता है, पर उसमें अपनी वापसी की क्षमता भी है और वह उपनिवेशक को लिए मुश्किलें भी खड़ी कर सकता है।

सिचू का विचार है कि मातृत्व एक ऐसा संबंध है जो आत्मनिष्ठता की पौरुषपूर्ण समझ को भीतर से पलट सकता है। पुरुष कर्ता की संरचना एकीकरण और स्वायत्तता के आधार पर होती है। उसके बरक्स बच्चा पैदा करने और फिर उसके लालन-पालन करने की पूरी प्रक्रिया आत्म-एकीकरण

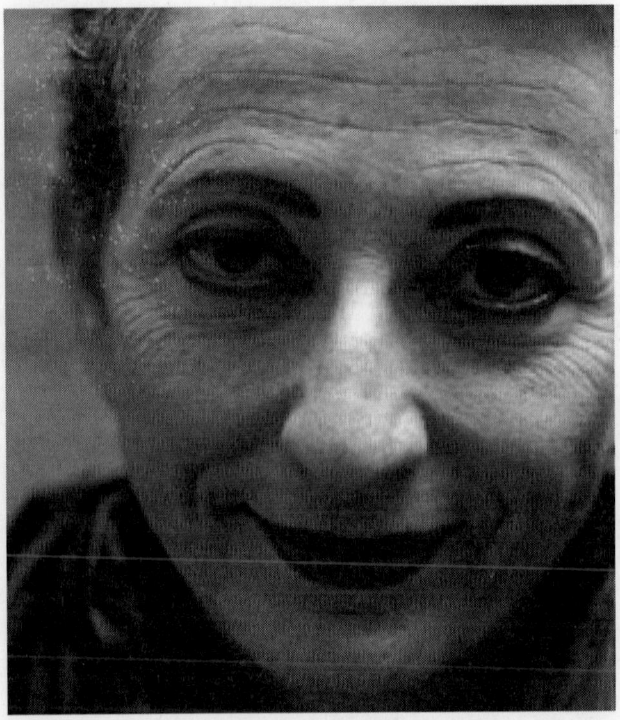

हेलन सिचू (1931-)

को गड़बड़ा देती है और माँ के रूप में स्त्री 'अन्य' से साक्षात्कार करती है। यह संबंध तो किसी उपहार की भेंट की तरह है जिसमें देने के बदले प्राप्ति की कोई अपेक्षा नहीं होती। सिचू ने मातृत्व के अलावा इस गिफ़्ट-इकॉनॉमी के एक और रूप को रेखांकित किया है। यह है द्विलैंगिकता या बाइसेक्शुअलिटी। पुरुष अपनी द्विलैंगिकता को नकारता रहता है ताकि उसके पौरुष को प्रधानता मिल सके। लेकिन पुरुष की दमित द्विलैंगिकता के मुक़ाबले स्त्री अपनी द्विलैंगिकता का तिरस्कार नहीं करती इसलिए उसे *ज्यूसेंस* या आह्लाद की एक ऐसी अवस्था उपलब्ध होती है जो पुरुष को नसीब नहीं है। यह आह्लाद या मस्ती पुरुष की कामना और आनंद से भिन्न है। यह मस्ती तो भिन्नता और अन्य के बीच अन्योन्यक्रिया से निकली है। भाषा की पितृसत्तात्मक सांकेतिक व्यवस्था यह मस्ती व्यक्त ही नहीं कर सकती। सिचू ने ख़ुद अपने लेखन में इसी तरह की गुणवत्ता पैदा करने के लिए एक ख़ास तरह की शैली अपनायी है जिसमें श्लेष के साथ-साथ शब्द-क्रीड़ा की प्रधानता है। सिचू का लेखन सिद्धांत और कथा को या सिद्धांत और आत्मकथा को एक द्विभाजन की तरह स्वीकार करने से इनकार करता है।

इरिगरे की तरह सिचू भी पुरुष की कामना को देखने पर निर्भर बताती हैं। इसीलिए उन्होंने फ्रॉयड और लकाँ की सेक्शुअलिटी थियरी और मनोविश्लेषण को वॉयर यानी दृश्यरतिक के सिद्धांत की संज्ञा दी है। निगाह के ज़रिये पुरुष अपनी कामना बलवती करता है, स्त्री का वस्तुकरण होता है, उसका स्त्रीपन खण्डित कर दिया जाता है। सिचू कहती हैं कि पुरुष अपने जैसे अस्तित्व और स्त्री के रूप में अन्य के बीच फ़र्क़ करता है। अन्य को सिद्धांतबद्ध करने के लिए उसने इस द्वंद्वात्मकता में उसका आत्मसातीकरण कर लिया है। पुरुष की कामना के दृश्यरतिक आधार के मुक़ाबले सिचू के मुताबिक़ स्त्री की कामना मुख्य तौर पर अपनी चालक-शक्ति में बहुलतासम्पन्न है। स्त्री के मातृत्व, उसकी द्वियौनिकता और बहुलतासम्पन्नता में पुरुष के साम्राज्य को हिला देने और समस्याग्रस्त कर देने की सम्भावना है। सिचू और इरिगरे में फ़र्क़ मूलतः यह है कि सिचू के अनुसार प्राक्-मनोग्रंथीय उभयालिंगी संवेदनाओं के कारण पुरुष भी स्त्रियों की तरह आवेगमयी भाषा लिख सकते हैं। जेम्स ज्वाएस और डी.एच. लारेंस इसका प्रमाण हैं। इरिगरे को ऐसा नहीं लगता क्योंकि उनका ज़ोर औरत की दैहिक संवेदनाओं पर है।

सिचू कहती हैं कि स्त्री 'अन्य' के मुक़ाम पर खड़ी है। वह वहीं से लिखते हुए अस्मिता प्रश्नांकित कर रही है, परिवर्तन की ज़मीन तैयार कर रही है। स्त्री-लेखन अपनी ज़ब्तशुदा देह की तरफ़ लौटने की प्रक्रिया है। लेखन के माध्यम से वह अपने अवचेतन तक पहुँचती है। उसका लेखन दैहिक लेखन है, वह देह को ही लिख रही है। इसके लिए उसने बोलने/लिखने के द्विभाजन को भी नकार दिया है। दरअसल, उसका लेखन हर तरह के द्विभाजन को नकारता है। स्त्री एक ऐसी जुबान (सिचू लेंग्वेज के बजाय टंग का इस्तेमाल करती हैं) में लिख रही है जिससे बने-बनाये खाने, वर्ग, विन्यास, संहिताएँ और शब्द-व्यवस्थाओं में विस्फोट हो जाएगा। सिचू काफ़ी-कुछ देरिदा से अंतःसंवाद करते हुए एक ऐसे पाठ की रचना की वकालत करती हैं जो अपने अंतरालों और ख़ाली जगहों से पुरुष-विमर्श की चौधराहट को बेचैन कर देगा। थोड़े में कहें तो सिचू की मुख्य स्थापना यह है कि शिश्नकेंद्रीयता के आधार पर रची गयी भाषा सम्पत्ति और अधिकार-स्थापन की भाषा है। पुरुष की 'लिबिडनल-इकॉनॉमी' का बीज-शब्द है 'सम्पत्ति' और स्त्री की लिबिडनल-इकॉनॉमी का बीज-शब्द है 'उपहार'— एक ऐसा अवदान जिसका दाम वसूलने की कोशिश कभी की ही न जाए, इसलिए उसमें ऐसा बहुत कुछ संचित रह जाता है जिसे उच्छल अभिव्यिक्ति की ज़रूरत होती है एक ऐसी भाषा में जहाँ उमंग, पीड़ा, आत्मविश्वास, आवेग और वैसा ही क्रमण-संकुचन हो जो प्रसव का साक्ष्य वहन करे। एक नटखट बच्ची के लीलाभाव से सिचू एक भाषा-नद में मलंग जल-क्रीड़ा का दर्शन प्रतिपादित करती हैं।

स्त्री-लेखन के बारे में सिचू की ये दावेदारियाँ अक्सर उनके आलोचकों द्वारा यूटोपियन कह कर ख़ारिज कर दी जाती हैं। लेकिन उन्होंने कम से कम एक ऐसी सैद्धांतिक ज़मीन मुहैया करायी है जिसकी मदद से नारीवादी विदुषियों ने पुरुष और स्त्री-लेखन के बीच मूल अंतर दिखाते हुए कुछ

नयी गुंजाइशें निकाली हैं। विदुषियों का बौद्धिक संघर्ष जारी है। धीरे-धीरे ही सही, पर वे अपने विशिष्ट लेखकीय संसार की स्थापना की तरफ़ बढ़ रही हैं।

देखें : अश्वेत नारीवाद, आनंदीबाई जोशी, इसलामिक नारीवाद, गायत्री चक्रवर्ती स्पिवाक, चिपको आंदोलन, जूडिथ बटलर, जूलिया क्रिस्टेवा, जेंडर, दलित नारीवाद, देवदासी, देवकी जैन, नारीवाद, नारीवाद की पहली लहर, नारीवाद की दूसरी लहर, नारीवाद की तीसरी लहर, नारीवादी दर्शन, नारीवाद और अर्थशास्त्र, नारीवादी फ़िल्म-सिद्धांत, नारीवादी इतिहास-लेखन, नारीवाद और अर्थशास्त्र, नारीवाद और साम्प्रदायिकता, नैंसी शोदॅरौ, पर्यावरणीय नारीवाद, पब्लिक-प्रायवेट, पण्डिता रमाबाई सरस्वती, पितृसत्ता, पुरुषत्व, प्रजनन प्रौद्योगिकी, प्रेम, प्रेम-अध्ययन और नारीवादी दर्शन, भारत में स्त्री-आरक्षण-1 और 2, महादेवी वर्मा, मनोविश्लेषण और नारीवाद, मैरी वोल्सनक्राफ़्ट, राजनीतिक दर्शन के नारीवादी आयाम-1 और 2, रमाबाई रानाडे, ल्यूस इरिगरे, स्त्री-अध्ययन, स्त्री और साम्प्रदायिकता, स्त्री-श्रम, सम्पत्ति : नारीवाद परिप्रेक्ष्य, सिमोन द बोउवार, स्त्री-आरक्षण।

संदर्भ

1. हेलन विलकॉक्स (सम्पा.) (1990), द *बॉडी ऐंड द टेक्स्ट : हेलन सिचू रीडिंग ऐंड टीचिंग,* हारवेस्टर, हेमेल हेम्पस्टीड.
2. सूसन सेलर्स (1991), *लेंग्वेज ऐंड सेक्शुअल डिफ़रेंस : फ़ेमिनिस्ट राइटिंग इन फ्रांस,* मैकमिलन, लंदन.
3. तोरिल मोइ (1985), *सेक्शुअल/टेक्स्चुअल पॉलिटिक्स : फ़ेमिनिस्ट लिटरेरी थियरी,* मेथ्यून, लंदन और न्यूयॉर्क.
4. हेलन सिचू (1991), *'कमिंग टु राइटिंग' ऐंड अदर एसेज़,* देबराह जेंसन (सम्पा.), हार्वर्ड युनिवर्सिटी प्रेस, केम्ब्रिज, एमए.

— अनामिका

त्र

त्रिलोकी नाथ मदन

(Triloki Nath Madan)

त्रिलोकी नाथ मदन (1932-) भारतीय समाज में धर्म, सेकुलरवाद तथा कट्टरपंथ की परिघटनाओं को लम्बी अवधि के ऐतिहासिक ब्योरों से प्रतिकृत करने वाले समाजशास्त्री माने जाते हैं। एक मानवशास्त्री के तौर पर उनकी प्रतिष्ठा ऐसे अध्येता की रही है जिन्होंने किसी प्रचलित फ़ैशन या प्रवृत्ति का अनुगामी बनना स्वीकार नहीं किया। पश्चिम और पूर्व के वैचारिक दुराग्रहों से मुक्त रह कर उन्होंने समाज की बृहत्तर प्रक्रियाओं के अध्ययन की एक ऐसी लीक क़ायम की जो अपने चयनित विषय को अंदर से समझने से पर ज़ोर देती है। कश्मीर के पण्डित समुदाय पर केंद्रित उनकी रचना *फ़ेमिली ऐंड किनशिप : अ स्टडी ऑफ़ द पण्डित्स ऑफ़ रूरल कश्मीर* सामाजिक मानवशास्त्रियों के लिए एक मॉडल मानी जाती है। समीक्षकों के अनुसार यह रचना बताती है कि किसी समुदाय को बाहर से जानने के बजाय उसे अंदर से समझना क्या होता है। मदन ने 1969 से लेकर 1991 तक भारतीय समाजशास्त्र के एक महत्त्वपूर्ण जर्नल *कंट्रीब्यूशन टू इण्डियन सोसियोलॉजी* के सम्पादन की ज़िम्मेदारी निभा कर भी समाजशास्त्रीय चिंतन को निर्देशित और समृद्ध किया है।

मदन का कृतित्व हिंदू धर्म के संबंध में दूमों जैसे पश्चिमी समाजशास्त्रियों की इस धारणा का खण्डन करता है कि हिंदू धर्म और भारतीय समाज को समझने का बीज सूत्र संन्यास की अवधारणा में निहित है। ग़ौरतलब है कि भारतीय संस्कृति के अध्ययन में पवित्रता और प्रदूषण जैसे द्विभाजन स्थाई संदर्भ की तरह मौजूद रहे हैं। विद्वानों का एक पूरा समूह इसी तर्ज़ पर धार्मिक व्यवहार और आचार को भी दो विपरीतगामी प्रत्ययों के आधार पर समझने का प्रयास करता रहा है। मदन इस धारणा को दुरुस्त करते हुए अपनी रचना *नॉन रिननसिएशन : थीम्स ऐंड इंटरप्रिटेशन ऑफ़ हिंदू कल्चर* में उन सूत्रों और संदर्भों की ओर ध्यान दिलाते हैं जो हिंदू संस्कृति में इहलौकिकता या सांसारिकता को अकुंठ भाव से प्रतिष्ठित करते हैं। शास्त्रीय हिंदू धर्म में निर्दिष्ट प्रेयस् और श्रेयस् की अवधारणाओं पर विचार करते हुए मदन प्रतिपादित करते हैं कि इहलोक से अनुशासित गृहस्थ जीवन हिंदू धार्मिक परम्परा में कम वांछनीय आदर्श नहीं रहा है। अपने विश्लेषण में मदन यह भी दिखाते हैं कि हिंदू संस्कृति में संन्यास और ऐंद्रिकता के बीच एक अनवरत द्वंद्व रहा है जिसे सामाजिक संरचना के क्षैतिज और ऊर्ध्वाधर दोनों स्तरों पर देखा जा सकता है। मदन कहते हैं कि इस कृति में उनका लक्ष्य कारणों की कड़ियों को चिह्नित करना नहीं बल्कि अ-संन्यास के आत्मगत अर्थों को उजागर करना है।

मदन के कृतित्व का एक उल्लेखनीय पहलू यह भी है कि अपने लेखन में उन्होंने शोध के पारम्परकि स्रोतों जैसे फ़ील्डवर्क और नृतत्वशास्त्रीय विवरण के साथ साहित्यिक कृतियों का भी इस्तेमाल किया है। उनका मानना है कि साहित्यिक स्रोत अक्सर उन स्थितियों में सम्पूरक का काम करते हैं जहाँ समाजशास्त्रीय विश्लेषण चूकने लगता है।

मदन के परवर्ती कृतित्व में धार्मिक बहुलतावाद और सेकुलरवाद का द्वंद्व एक ऐसा विषय रहा है जो समय के साथ नये तर्कों और अंतर्दृष्टियों के साथ लौटता रहा है। इस लिहाज़ से मदन भारत में आठवें दशक के दौरान उभरी धार्मिक कट्टरता की प्रवृत्तियों और सेकुलरवाद की प्रस्थापनापरक व व्यावहारिक सीमाओं की शिनाख़्त करने वाले विद्वानों में ख़ास मुक़ाम रखते हैं।

मदन सेकुलरवाद की औपचारिक समझ के बरक़्स प्रतिपादित करते हैं कि भारत जैसे बहुधार्मिक और बहु-

त्रिलोकी नाथ मदन (1932-)

सांस्कृतिक समाज में अंतस्थ तनावों का समाधान पश्चिमी देशों में व्यवहृत चर्च और राजनीति के पार्थक्य के आधार पर नहीं किया जा सकता। उनके अनुसार कट्टरपंथ की भिन्न-भिन्न क़िस्मों को न केवल सेकुलरीकरण के ख़िलाफ़ एक प्रतिक्रिया के रूप में देखा जाना चाहिए बल्कि आंशिक तौर पर उनका उभार इसलिए भी हुआ है क्योंकि एक विचारधारा के तौर पर सेकुलरिज़्म स्थापित धर्मों के प्रति नकार और अपमान का रवैया दिखाता रहा है। भारत में सेकुलरवाद के औचित्य को लेकर उभरी इस विचारोत्तेजक बहस में मदन एक सशक्त पेशकार की तरह सामने आये थे। अपने एक चर्चित लेख 'सेकुलरिज़्म इन इट्स प्लेस' में उन्होंने सेकुलरवाद के धर्मेतर मानवतावाद और नास्तिक भौतिकवाद पर आधारित विचार को भारतीय संस्कृति और परम्परा के लिहाज़ से एक अजनबी विचार बताया था और सेकुलरवाद के प्रचलित मॉडल की जगह इस बात की पैरवी की थी कि भारत जैसे बहुधार्मिक और बहुलतावादी समाज में सहिष्णुता क़ायम करने के लिए धर्म के सच्चे रूप और देशज परम्परा का आह्वान किया जाना चाहिए।

मदन भारतीय सेकुलरवाद को एक ऐसी अल्पसंख्यक जमात का स्वप्न कहते हैं जो समाज की बहुसंख्यक धर्मावलम्बी जनता को अपनी छवि में ढालना चाहती है। यह जमात अपनी इस ख़्वाहिश को पूरे इतिहास पर लादना चाहती है। लेकिन उसकी दिक़्क़त यह है कि लोकतांत्रिक राजनीति के दबावों के कारण वह ऐसा करने में सफल नहीं हो पाती। इसलिए मदन सेकुलरवाद को एक तरह का सामाजिक मिथक घोषित करते हैं जो असल में इस अल्पसंख्यक जमात द्वारा धर्म और राजनीति को एक दूसरे से अलग न कर पाने की असफलता को जाहिर करता है। दूसरी ओर, बहुसंख्यक वर्ग की धार्मिकता पर विचार करते हुए मदन यह प्रतिपादित करते हैं कि इस वर्ग के लिए सेकुलरवाद एक अबूझ और बेमानी ख़याल है क्योंकि यह वर्ग जानता ही नहीं कि धर्म को निजी दायरे में सीमित करना जरूरी है या नहीं। सेकुलरवाद के औचित्य को समस्याग्रस्त करते हुए मदन यह दलील भी देते हैं कि समाज के बहुसंख्यक धर्मावलम्बियों को आदिम प्रवृत्तियों से ग्रस्त बताना या सेकुलरवाद को मानव अस्तित्व के नियम की तरह स्थापित करना दरअसल एक तरह की नैतिक अहंमन्यता और राजनीतिक नासमझी है क्योंकि दक्षिण ऐशियाई समाज में धर्म केंद्रीय महत्त्व रखता है। इसलिए मदन यह कहने में संकोच नहीं करते कि दक्षिण ऐशियायी क्षेत्र की मौजूदा परिस्थितियों में सेकुलरवाद जीवन का सर्वव्यापक आदर्श नहीं हो सकता क्योंकि यहाँ की बहुसंख्यक जनता सचेष्ट रूप से किसी न किसी तरह की धार्मिक आस्था का पालन करती है। उनके मुताबिक़ सेकुलरवाद राज्य की गतिविधियों के लिए इसलिए अव्यावहारिक हो चुका है क्योंकि एक तरफ़ बौद्ध धर्म और इसलाम को या तो राजकीय धर्म का दर्जा दे दिया गया है या फिर उन्हें राज्य ने अपने संरक्षण में ले लिया है। राज्य अपनी गतिविधियों के लिए सेकुलरवाद को इसलिए भी आधार नहीं बना सकता क्योंकि धार्मिक तटस्थता के रवैये या सभी धर्मों से बराबर की दूरी बरतने के आग्रह में बहुसंख्यकतावादी वर्चस्व का ख़तरा निहित है। मदन कहते हैं कि सेकुलरवाद से यह उम्मीद भी नहीं की जा सकती कि वह निकट भविष्य में समाज के लिए कोई कार्यकारी नक़्शा पेश कर सकता है क्योंकि अपनी प्रकृति के कारण वह धार्मिक कट्टरता और अतिवाद का मुक़ाबला नहीं कर सकता।

भारतीय सेकुलरवाद की इस प्रतिमाभंजक आलोचना के पीछे मदन का तर्क यह है कि दक्षिण ऐशियाई धर्म अन्य धर्मों के बरक़्स अपने अनुयायियों के समूचे जीवन को प्रभावित करने की क्षमता रखते हैं। इस मायने में इन समाजों में धर्म एक बाहरी अनुषंग न होकर समाज के निर्माणकारी घटक की हैसियत रखता है। मदन कहते हैं कि इन धर्मों में पवित्र और लौकिक के बीच अंतर ज़रूर है लेकिन धर्म की इस व्यवस्था में उन्हें एक निश्चित पदानुक्रम में रखा गया है। इसी कारण भारतीय उपमहाद्वीप के धर्मों का सेकुलरवाद की आधुनिक विचारधारा से मीज़ान नहीं बैठ पाता। एक विचारधारा के तौर पर मदन सेकलुरवाद की सँकरी संरचना को इस आधार पर भी प्रश्नांकित करते हैं कि वह एक बेहद राजनीतिकृत और राजकीय अवधारणा बन गयी है जो राज्य की विचारधारा और सत्ता के औज़ार की तरह काम करती है। उनके अनुसार राजनीति के इस कुप्रभाव के कारण ही सेकुलरवाद की विचारधारा नागरिक जीवन की तहों में दाख़िल नहीं हो पाती।

मदन के आलोचकों का कहना है कि वे दक्षिण एशियाई धर्मों के जिस अद्वितीय चरित्र की बात करते हैं उसका कोई वस्तुनिष्ठ आधार नहीं है। सेकुलरवादी पक्षकारों

की दलील है कि मदन ने दक्षिण ऐशियाई धर्मों को जिस तरह व्याख्यायित करने का जतन किया है वह प्रच्छन्न तौर पर प्राच्यवादी विचारधारा से प्रभावित है। ग़ौरतलब है कि मदन भारत के प्राक्-सेकुलर समाज को पदानुक्रम पर टिकी एक ऐसी संरचना की तरह देखने पर ज़ोर देते हैं जिसमें आर्थिक और राजनीतिक पक्ष धर्म से अलग या समानांतर न रह कर उसके मातहत रहते थे। लेकिन कई विद्वानों को मदन का यह तर्क आदर्शवाद और जटिलताओं से बचकर एक ऐसी सरल-सुगम छवि गढ़ने का प्रयास लगता है जिसमें सामाजिक यथार्थ के कई असहज पहलू दरकिनार हो जाते हैं। उनके आलोचकों का कहना है कि मदन अपने विश्लेषण में सामाजिक संरचना में निहित शोषण, हिंसा और द्वंद को चिह्नित न करके इस धारणा से निर्देशित होते दिखते हैं कि जैसे रोज़मर्रा का जीवन, संस्थाओं व संरचनाओं का निर्माण और संचालन धार्मिक विचारों से निर्धारित होता रहा हो।

लेकिन सेकुलरिज़्म के संबंध में मदन के इस विवादास्पद प्रतिपादन को एक बृहत्तर विमर्श के संदर्भ में रखा जाना चाहिए जिस पर उन्होंने अपनी चर्चित कृति *मॉडर्न मिथ्स, लॉक्ड माइंड्स : सेकुलरिज़्म ऐंड फ़ण्डामेंटलज़िम* इन इण्डिया में विस्तार से विचार किया है। ग़ौरतलब है कि मदन सेकुलरवाद की आलोचना में उसका एक प्रतिपक्ष भी रचते हैं। इस संबंध में वे पहले सेकुलीकरण की प्रक्रिया पर विचार करते हैं और यह बताते हैं कि सामाजिक जीवन में भौतिक और सांसारिक दायरों का विस्तार और पवित्र का निरंतर अवसान एक सार्वभौम प्रक्रिया है और कोई भी संस्कृति उसकी जद से बाहर नहीं रह पायी है। लेकिन अगर भारत में सेकुलरवाद धर्म के निजीकरण या नकार का पर्याय नहीं बना है तो इसका कारण भारत की धार्मिक परम्पराओं— सिक्ख, हिंदू और इसलाम— में निहित आध्यात्मिकता और राजनीति का संश्रय है। लिहाज़ा मदन इस निष्पत्ति पर पहुँचते है कि धार्मिक विचारधारा का प्रतिकार करके सेकुलीकरण की आधुनिक प्रक्रिया सुदृढ़ नहीं हो सकती।

देखें : इरावती कर्वे, जातियों का राजनीतीकरण, जाति और जाति-व्यवस्था-1, 2, 3 और 4, गोविंद सदाशिव घुर्ये, प्रभुत्वशाली जाति, भारतीय समाजशास्त्र-1 और 2, मैसूर नरसिम्हाचार श्रीनिवास, देवकी जैन, धीरूभाई शेठ, धूर्जटि प्रसाद मुखर्जी, नीरा देसाई, योगेश अटल, राधा कमल मुखर्जी, वेरियर एलविन, संस्कृतीकरण, श्यामा चरण दुबे-1 और 2.

संदर्भ

1. टी.एन. मदन (1997), *मॉडर्न मिथ्स, लॉक्ड माइंड्स: सेकुलरिजम ऐंड फंडामेंटलिज़म इन इण्डिया,* ऑक्सफ़र्ड युनिवर्सिटी प्रेस, नयी दिल्ली.
2. वीणा दास (सम्पा.) (1996), *ट्रेडिशन, प्लूरिलॅज़्म ऐंड आइडेंटिटी,* सेज, नयी दिल्ली.
3. जोसेफ थारमंगलम (1995), 'क्रिटीक ऑफ़ सेकुलरिज़म', *इकॉनॉमिक ऐंड पॉलिटिकल वीकली,* अंक 30, संख्या 4.
4. टी.एन. मदन (2003), 'द केस ऑफ़ इण्डिया', *डैडलस,* खण्ड 132, अंक 3.

— नरेश गोस्वामी

त्रिपुरा

(Tripura)

भारत के उत्तर-पूर्व में स्थित राज्य त्रिपुरा की राजनीति वैसे तो द्विदलीय है, पर नब्बे के दशक के मध्य से कांग्रेस की लगातार पराजय और मार्क्सवादी कम्युनिस्ट पार्टी की निरंतर जीत ने इस राज्य पर कम्युस्टिों का कुछ-कुछ स्थाई जैसा प्रभुत्व स्थापित कर दिया है। उत्तर-पूर्व के अन्य कई राज्यों की तरह यहाँ क्षेत्रीय दलों की मज़बूत उपस्थिति नहीं दिखती है। लेकिन हथियारबंद अलगाववादी गतिविधियों के कारण त्रिपुरा में भी ऑम्र्ड फ़ोर्स स्पेशल पॉवर एक्ट या ऑफ़स्पा लागू है। इस क़ानून के तहत सुरक्षा बलों को यह अधिकार मिला हुआ है कि उनके द्वारा इस क्षेत्र में की जाने वाली किसी कार्रवाई के लिए उनके ऊपर कोई मुक़दमा नहीं चलाया जाएगा। यह एक विरोधाभास है कि संसदीय राजनीति के काफ़ी हद तक सक्रिय और सफल होने, राष्ट्रीय दलों की सशक्त मौजूदगी और संविधान के अंतर्गत मिले विशेष संवैधानिक अधिकारों के बावजूद त्रिपुरा में विद्रोही गुटों का अस्तित्व क़ायम है। हाँ, यह ज़रूर है कि उनकी गतिविधियाँ पहले की तुलना में अब ख़ासी कम हो गयी हैं।

त्रिपुरा का एक लम्बा ऐतिहासिक अतीत रहा है। महाभारत, पुराणों और अशोक के स्तम्भों में त्रिपुरा का उल्लेख है। इसकी अपनी आदिवासी संस्कृति और मनमोहक लोक-कला है। शुरू में इसे कीतर देश के रूप में जाना जाता था। भारत के साथ एकीकरण होने से पहले त्रिपुरा एक देशी रियासत थी। मध्य युग में त्रिपुरा के राजाओं ने 'माणिक्य' की उपाधि धारण की और अपनी राजधानी दक्षिणी त्रिपुरा में गोमती नदी के किनारे उदयपुर ले गये। ये उनके शासन के सबसे गौरवशाली वर्ष थे जिसमें मुग़लों ने भी उनकी सत्ता को स्वीकार किया। लेकिन 1586 में मुग़लों ने हमला करके यहाँ के राजा जशोधरा माणिक्या को हरा लिया और त्रिपुरा के कुछ हिस्से को अपने साम्राज्य में मिला दिया। अंग्रेज़ों ने 1871 में यहाँ अपने एक एजेंट की नियुक्ति की जिसका काम प्रशासन में राजा की मदद करना था। अन्य रजवाड़ों की तरह ही प्रशासन के रोज़मर्रा कामों में अंग्रेज़ सीधा दख़ल नहीं देते

त्रिपुरा : वाम मोर्चे का प्रभुत्व

थे। लेकिन राजा कोई महत्वपूर्ण पैसला अपने मन से नहीं कर सकता था। भारतीय स्वतंत्रता की पूर्व-संध्या पर गण मुक्ति परिषद् ने भारत में एकीकरण के लिए आंदोलन भी चलाया। आख़िरकार सितम्बर, 1947 में इसका भारत में विलय हो गया। भारत सरकार ने इसे 1949 में असम राज्य का अंग बना दिया, लेकिन इसके प्रशासन पर केंद्र का नियंत्रण क़ायम रहा। नवम्बर, 1956 में त्रिपुरा एक केंद्र शासित प्रदेश बन गया। शुरू में इसकी अपनी विधानसभा नहीं थी। लेकिन 1963 से इसे विधानसभा और सरकार मिली। 21 जनवरी, 1972 को त्रिपुरा को पूर्ण राज्य का दर्जा मिला।

उत्तर, दक्षिण और पश्चिम में त्रिपुरा की सीमाएँ बांग्ला देश से लगी हुई हैं। इसके पूर्व में असम और मिज़ोरम हैं। अगरतला राजधानी वाले इस राज्य का क्षेत्रफल 10,491.69 वर्ग किमी है और इस लिहाज़ से यह भारत का छब्बीसवाँ सबसे बड़ा राज्य है। 2011 की जनगणना के अनुसार यहाँ की कुल जनसंख्या 3,671,032 है जो इसे भारत का इक्कीसवाँ सबसे बड़ा राज्य बना देती है। यहाँ का जनसंख्या घनत्व 349.9 व्यक्ति प्रति वर्ग किमी और साक्षरता दर 87.75 प्रतिशत है। यह भारत को चौथा सबसे ज़्यादा साक्षर राज्य है। यहाँ एक हज़ार पुरुषों पर 961 महिलाएँ हैं। बंगाली और कोकबोरोक यहाँ की राजकीय भाषाएँ हैं। त्रिपुरा की विधायिका एक-सदनीय है जिसमें कुल 60 सदस्य हैं। यहाँ से लोकसभा के दो और राज्य सभा के लिए एक सदस्य चुना जाता है। गुवाहाटी उच्च न्यायालय ही त्रिपुरा के उच्च न्यायालय की भूमिका निभाता है।

त्रिपुरा में कुल उन्नीस प्रमुख जनजातियाँ हैं जिनमें त्रिपुरी, रेंगज और चकमा प्रमुख हैं। इसमें त्रिपुरी जनजाति के लोगों की संख्या सबसे ज़्यादा है। इसके अलावा यहाँ की जनसंख्या में बंगाली बहुत ज्यादा हैं। 2011 की जनगणना के अनुसार यहाँ बंगाली तक़रीबन 70 प्रतिशत हैं, जबकि जनजातियाँ तक़रीबन 30 प्रतिशत हैं। 2011 की जनगणना के अनुसार यहाँ की 85.6 प्रतिशत जनसंख्या हिंदू, 8 प्रतिशत जनसंख्या मुसलिम, 3.2 प्रतिशत जनसंख्या क्रिश्चियन और 3.1 प्रतिशत जनसंख्या बौद्ध है। त्रिपुरा का 50 प्रतिशत से ज्यादा भू-क्षेत्र जंगल है। यहाँ की 25 प्रतिशत से भी कम ज़मीन पर खेती होती है और धान यहाँ की मुख्य फ़सल है।

जब त्रिपुरा केंद्र शासित प्रदेश था, तो कांग्रेस के सचिंद्र लाल सिंह जुलाई, 1963-जुलाई, 1971 तक मुख्यमंत्री रहे। पूर्ण राज्य का दर्जा मिलने पर कांग्रेस के सुखकेमय सेन गुप्ता मार्च, 1972-मार्च, 1977 तक मुख्यमंत्री रहे। जुलाई ,1977 में यहाँ जनता पार्टी और वामपंथी दलों की गठबंधन सरकार बनी और राधिका रंजन गुप्ता मुख्यमंत्री बने। लेकिन नवम्बर, 1977 में यह सरकार गिर गयी। इसके बाद कुछ समय राष्ट्रपति शासन लागू रहने के बाद 1978 में चुनाव हुए। इन चुनावों के बाद पहली बार मार्क्सवादी कम्युनिस्ट पार्टी सत्ता में आयी और नृपेन चक्रवर्ती राज्य के मुख्यमंत्री बने। अगले चुनावों में इस पार्टी को फिर जीत मिली और चक्रवर्ती ही मुख्यमंत्री बने। 1988 के विधानसभा चुनावों में कांग्रेस की वापसी हुई। पाँच सालों के कांग्रेस के शासन में दो मुख्यमंत्री रहे : सुधीर रंजन मजूमदार (फ़रवरी, 1988-फ़रवरी, 1992) और समीर रंजन बर्मन (फ़रवरी, 1992-मार्च, 1993)। इसके बाद तक़रीबन डेढ़ महीने तक राज्य में राष्ट्रपति शासन रहा। इसके बाद हुए सभी विधानसभा चुनावों में माकपा को जीत मिली है। अप्रैल, 1993-मार्च, 1998 तक दशरथ देब राज्य के मुख्यमंत्री रहे और उसके बाद से मानिक सरकार (मार्च, 1998) राज्य के मुख्यमंत्री हैं। मानिक सरकार के नेतृत्व में माकपा को तीन विधानसभा चुनावों में जीत मिली है। यहाँ यह बात भी याद रखने की ज़रूरत है कि राज्य में माकपा को अकेले बहुमत मिलने के बावजूद उसने अकेले सरकार गठित नहीं की। बल्कि उसकी सरकारें वाम पार्टियों

के मोर्चे की सरकारें हैं।

नब्बे के बाद के दौर में त्रिपुरा की राजनीति के बारे में कुछ बातें रेखांकित की जा सकती है : पहला, त्रिपुरा वामपंथी गठजोड़, ख़ास तौर पर माकपा के राजनीतिक गढ़ के रूप में उभरा है। 1993 के बाद हुए हर चुनावों में इस गठजोड़ को जीत मिली है। पिछले दो चुनावों में इसकी स्थिति और ज्यादा मज़बूत ही हुई है। मसलन, 2003 में माकपा को अकेले दम पर 38 सीटों पर जीत हासिल हुई, जबकि 2008 में सीटों का आँकड़ा बढ़कर 46 तक पहुँच गया। स्पष्टत: इसके पीछे माकपा और उसके सहयोगी दलों की प्रगतिशील नीतियों और बेहतर प्रशासन की ज़बरदस्त भूमिका रही है। इसके अलावा, इसके नेताओं की व्यक्तिगत ईमानदारी ने भी लोगों को बहुत प्रभावित किया है। ख़ास तौर पर, मुख्यमंत्री मानिक सरकार की ईमानदार छवि ने भी माकपा का वर्चस्व स्थापित करने में मुख्य भूमिका निभायी है।

दूसरा, यह कहा जा सकता है कि त्रिपुरा में एक तरह से दो ध्रुवीय प्रणाली है। एक ध्रुव पर वामपंथी गठजोड़ है, और दूसरे ध्रुव पर कांग्रेस। इसका यह मतलब नहीं है कि यहाँ दूसरे लोगों को कोई अस्तित्व नहीं है। यहाँ होने वाले चुनावों में भाजपा, तृणमूल कांग्रेस और राष्ट्रवादी कांग्रेस जैसे दल अपने उम्मीदवार खड़े करते हैं। लेकिन पिछले दो विधानसभा चुनावों में अगर वोट प्रतिशत पर विचार करें तो यह स्पष्ट हो जाता है कि मुख्य टक्कर कांग्रेस और माकपा के बीच ही है। मसलन, 2003 के चुनावों में माकपा को 48.1 प्रतिशत और कांग्रेस को 36.38 प्रतिशत वोट मिले। इसके अलावा, स्थानीय स्तर पर इण्डिजेनस नैशनलिस्ट पार्टी ऑफ़ त्रिपुरा भी है। 2003 के चुनावों में इसका समर्थन घट गया और 6.21 प्रतिशत वोट और दो सीटों पर जीत मिली। बाक़ी दलों की स्थिति इससे भी ख़राब है। इसलिए ऐसा लगता नहीं है कि आने समय में त्रिपुरा की दो-ध्रुवीय राजनीति को कोई चुनौती मिलने वाली है। तीसरा, दो ध्रुवीयता के बावजूद माकपा ने कांग्रेस पर एक निश्चित बढ़त बना ली है और पिछले तक़रीबन बीस सालों में कांग्रेस माकपा से निर्णायक रूप से पिछड़ती रही है। इसके लिए कांग्रेस के अंदरूनी कलह के अलावा प्रगतिशील नीतियों के अभाव को भी ज़िम्मेदार माना जा सकता है। कांग्रेस के पास मानिक सरकार जैसे किसी नेता की भी कमी है। चौथा, नब्बे के बाद के दशक में राष्ट्रीय राजनीति को जिस तरह 'मण्डल, मंदिर और मार्केट' ने प्रभावित किया, वैसा प्रभाव त्रिपुरा में नहीं दिखता। मण्डल और मंदिर यहाँ कभी भी प्रासंगिक मुद्दे नहीं बन पाये। त्रिपुरा उदारीकरण और बाज़ार की नीतियों से अछूता नहीं रहा। यहाँ तक कि मानिक सरकार ने भी निवेश और निजी उद्यमियों को बढ़ावा देने की नीति का सहारा लिया, लेकिन वे इस मामले में पश्चिम बंगाल की अपनी ही पार्टी की बुद्धदेव भट्टाचार्य की तरह अंधाधुंध आगे नहीं बढ़े।

पाँचवाँ, 1971 में बांग्ला देश-युद्ध के बाद बंगालियों की त्रिपुरा में संख्या बढ़ती चली गयी। परिणामस्वरूप त्रिपुरा के मूल निवासियों के अधिकारों की सुरक्षा का प्रश्न उठा जिसकी पैरोकारी करते हुए कई विद्रोही समूह उभरे। इनमें नैशनल लिबरेशन फ्रंट ऑफ़ त्रिपुरा, ऑल त्रिपुरा टाइगर फ़ोर्स, त्रिपुरा नैशनल वालंटियर्स, नैशनल लिबरेशन फ्रंट आफ़ त्रिपुरा जैसे संगठन प्रमुख थे। इनमें से अधिकांश संगठनों ने त्रिपुरा से बंगालियों को निकालने और भारत से अलग स्वतंत्र त्रिपुरा राष्ट्र की स्थापना की माँग के आधार पर हिंसक कार्रवाई की। कई मौक़ों पर इनकी गतिविधियाँ धीमी पड़ और फिर कई मौक़ों पर तेज़ हो जाती हैं। त्रिपुरा नैशनल वालंटियर्स ने इण्डिजेनस पीपुल्स फ्रंट ऑफ़ त्रिपुरा में विलय करके हिंसा का रास्ता छोड़ दिया है। यह तो नहीं कहा जा सकता कि त्रिपुरा में पृथकतावादी गतिविधियाँ खत्म हो गयी हैं, लेकिन इनमें पहले की तुलना में बहुत कमी आयी है।

देखें : अरुणाचल प्रदेश, असम, आंध्र प्रदेश, उत्तर प्रदेश, उत्तराखण्ड, ओडीशा, कर्नाटक, केरल, गोवा, गुजरात, छत्तीसगढ़, जम्मू और कश्मीर, झाड़खण्ड, तमिलनाडु, दिल्ली, नगालैण्ड, बिहार, पंजाब, पश्चिम बंग, मणिपुर, महाराष्ट्र, मध्य प्रदेश, मिज़ोरम, मेघालय, राजस्थान, वाम मोर्चा, हरियाणा।

संदर्भ

1. बी. पकेम (1993), *रीज़नलिज़्म इन इण्डिया : विद स्पेशल रिफ़रेंस टू नॉर्थ ईस्ट इण्डिया,* हर आनंद पब्लिकेशंस, नयी दिल्ली.
2. श्यामल कुमार राय (2003), *इण्डियाज़ नार्थ ईस्ट ऐंड ट्रैवेल्स ऑफ़ त्रिपुरा,* मिनर्वा एसोसिएट्स, कलकत्ता.
3. सुबीर भौमिक (2009), 'जस्ट डिवेलपमेंट : अ स्ट्रैट्जी फ़ॉर एथ्निक रिकांसिलिएशन इन त्रिपुरा', संजीव बरुआ (सम्पा.), *बियॉन्ड काउंटर इंसरजेंसी : ब्रेकिंग द इम्पास इन नार्थ-ईस्ट इण्डिया,* ऑक्सफ़र्ड युनिवर्सिटी प्रेस, नयी दिल्ली.

—कमल नयन चौबे

ज्ञ

ज्ञान का समाजशास्त्र

(Sociology of Knowledge)

ज्ञान के उत्पादन और उसकी संरचना के सामाजिक आधारों का अध्ययन करने के अनुशासन को ज्ञान का समाजशास्त्र कहा जाता है। प्राकृतिक विज्ञानों के साथ-साथ कला और संस्कृति के क्षेत्र में ज्ञान के उत्पादन की प्रकृति को समाजशास्त्रीय दृष्टि से जाँचने के इस रवैये ने बीसवीं सदी में कई स्थापित मान्यताओं, सिद्धांतों और आख्यानों को चुनौती दी है। मसलन, ज्ञान का समाजशास्त्र प्रत्यक्षवादी दावेदारियों की आलोचना करते हुए यह मानने के लिए तैयार नहीं है कि प्राकृतिक विज्ञानों से उत्पादित ज्ञान उस समाज या संस्कृति के परिवेश से स्वतंत्र होता है जिसमें उसकी रचना होती है। इसी तरह यह अनुशासन पारम्परिक सौंदर्यशास्त्र का यह दावा भी नहीं मानता कि किसी भी कलाकृति का आकलन उन सौंदर्यमूलक घटकों के आधार पर होना चाहिए जो अपने देश-काल और सामाजिक संदर्भ से स्वतंत्र होते हैं। यह समाजशास्त्र ऐसी किसी भी धारणा को चुनौती देते हुए आग्रह करता है कि ज्ञान और संस्कृति का उत्पादन उन समाजों द्वारा अनुकूलित होता है जिनके दायरे में वह जन्म लेता है। चाहे न्यूटन के अकाट्य समझे जाने वाले सिद्धांत हों या आइंस्टाइन और नील्स बोर के बीच में चलने वाली वैज्ञानिक बहसें हों, ज्ञान का समाजशास्त्र उन्हें उनकी शर्तों पर जाँचने के बजाय उनके सामाजिक-ऐतिहासिक उद्‌गम के आधार पर जाँचना पसंद करेगा। वह देखेगा कि ज्ञान का कोई भी प्रस्तुत रूप बाहरी दबावों, प्रोत्साहनों, समाज की तरफ़ से की गयी माँगों, सामाजिक दर्जे, हैसियत और वर्ग-संबंधों और विचारधारात्मक अनुकूलनों के तहत किस तरह विकसित हुआ है। ज्ञान के समाजशास्त्र ने समाज-विज्ञानों और मानविकी के क्षेत्र में भी प्रभावशाली हस्तक्षेप करते हुए विभिन्न अनुशासनों के भीतर से विद्वानों द्वारा की जाने वाली वैधता और सत्य की दावेदारियों को उनकी थमायी गयी शर्तों के मुताबिक़ मान्यता देने से इनकार किया है।

हालाँकि ज्ञान के समाजशास्त्र के शुरुआती संकेत बेकन, कॉम्त और नीत्शे में भी मिलते हैं, पर कार्ल मार्क्स के विचारधारा संबंधी सिद्धांत का इस पर गहरा प्रभाव है। साथ ही इसके विकास को समाज-विज्ञान की ग़ैर-मार्क्सवादी धाराओं ने भी प्रभावित किया है। एमील दुर्ख़ाइम ने ज्ञान की उत्पत्ति की सामाजिक व्याख्या की। उन्होंने तर्क दिया कि मानवीय मस्तिष्क की संरचना करने में मुख्य तौर पर समाज का हाथ है, इसलिए विभिन्न संस्कृतियों के लोग दुनिया को अलग-अलग तरीक़ों से देखेंगे। इस बात को इस प्रकार भी कहा जा सकता है कि इसी कारण से लोगों के संसार अलग-अलग होते हैं। मैक्स वेबर द्वारा व्याख्यायित धर्म के समाजशास्त्र की भी इस समाजशास्त्र के विकास में महत्त्वपूर्ण भूमिका है।

बीस के दशक में जर्मन दार्शनिक मैक्स शेलर ने अपनी एक रचना में पहली बार ज्ञान को परखने के इस नज़रिये की दार्शनिक बुनियाद रखी। उन्होंने ही सोसियोलॅजी ऑफ़ नॉलेज जैसा फ़िकरा ईज़ाद किया। 1924 की अपनी रचना *प्रॉब्लम्स ऑफ़ द सोसियोलॅजी ऑल नॉलेज* में उन्होंने कहा कि मूल्यों और उनके सामाजिक मूर्तनों की हमारी अनुभूतियाँ बदलती रहती हैं और उनमें होने वाले इन परिवर्तनों की समाजशास्त्रीय व्याख्या की जा सकती है। शेलर की मान्यता थी कि व्यक्ति न तो महज़ एक सार होता है, और न ही सिर्फ़ एक वस्तु। वह तो क्रियाओं की ठोस एकता का नाम है। कार्ल मैनहाइम की रचना *आइडियोलॅजी*

ऐंड यूटोपिया (1936) और *एसेज़ ऑन द सोसियोलॅजी ऑफ़ नॉलेज* (1952) में इस अनुशासन को कार्यक्रमगत रूप मिला।

मार्क्स द्वारा दिये गये आधार और अधिरचना के रूपक (जिसमें समाज की आर्थिक गतिविधियों को आधार और विधिक व सांस्कृतिक रूपों को अधिरचना की संज्ञा दी गयी है) को विकसित करते हुए मैनहाइम ने कहा कि समाज के विभिन्न समूह दुनिया को अपनी-अपनी निगाह से देखते हैं, इसलिए ज्ञान संबंधी दावों के बारे में भी उनका अलग-अलग आग्रह होगा। चूँकि ज्ञान को उसके सामाजिक संदर्भ से काट कर अलग नहीं किया जा सकता, इसलिए मैनहाइम ने अपने इस नज़रिये को 'रिलेशनिज़्म' की संज्ञा दी। उन्होंने कहा कि ज्ञान लोगों तक हमेशा संस्कृति, सामाजिक रंग-रुतबे, विभिन्न हितों और विचाराधाराओं की छलनी से छन कर पहुँचता है। उन्होंने विचारधारा को दो श्रेणियों में बाँटा : समग्र विचारधारा जिसके तहत व्यक्ति अपने इर्द-गिर्द की दुनिया को देखता और समझता है; और विशिष्ट विचारधारा जिसके आईने में व्यक्ति अपने निजी हित की समझ बनाता है। मैनहाइम मार्क्स के इस निष्कर्ष से तो सहमत थे कि सामाजिक वर्गों की ऊँच-नीच विचारधारा का स्रोत होती है, पर वे यह नहीं मानते थे कि वर्ग विचारधारा के एकमात्र स्रोत होते हैं। वे मार्क्स की इस मान्यता से भी असहमत थे कि विचारधारा यथार्थ को सचेत रूप से विकृत करती है।

मैनहाइम के आग्रहों को थॉमस कुन द्वारा प्रवर्तित विज्ञान के दर्शन से और बढ़ावा मिला। कुन के विचारों का समाजशास्त्र पर गहरा प्रभाव पड़ा। उनकी दलील थी कि वैज्ञानिक अन्वेषण बाहरी जगत में किये गये स्वतंत्र प्रेक्षणों पर कतई निर्भर नहीं होता, बल्कि वह किसी एक प्रतिमान अथवा पूर्व-धारणाओं की सामग्री से गढ़े गये जगत के किसी एक अनुभव पर आधारित होता है। कुन का यह प्रतिमान संबंधी सिद्धांत आगे चल कर यह दावा करता है कि कोई भी प्रतिमान अपने आप में कहीं व्यापक सामाजिक और सांस्कृतिक हालात पर निर्भर रहता है। इस लिहाज़ से ज्ञान का समाजशास्त्र यह दावा कर सकता है कि न्यूटन द्वारा प्रवर्तित दिक् और काल की समझ बाह्य जगत में किये गये किसी स्वतंत्र प्रेक्षण और प्रयोग का परिणाम न हो कर उनकी अपनी धर्मशास्त्रीय और ब्रह्माण्डीय आस्थाओं का फलितार्थ थी। न्यूटन ने स्पेक्ट्रम में केवल पाँच रंग ही देखे थे। लेकिन कीमियागीरी और अंकों की जादुई सम्भावनाओं में यक़ीन रखने के कारण उन्होंने उसमें दो रंग और जोड़ कर यह संख्या सात तक पहुँचा दी।

ज्ञान के समाजशास्त्र ने न केवल विज्ञान की खोजों की वैधता को प्रश्नांकित किया है, बल्कि कला के उत्पादन और उपभोग के साथ जुड़े सौंदर्यमूलक आग्रहों की भी बखिया उधेड़ी है। सत्रहवीं और अट्ठारहवीं सदी के युरोप में कला को स्पष्ट तौर पर और केवल सामाजिक उपयोगिता के चश्मे से ही देखा जाता था। मसलन, संगीत की उपयोगिता धार्मिक क्रियाविधियों के लिए थी, या फिर काम करते हुए मज़दूरों के बीच तालमेल पैदा करने के लिए उसका इस्तेमाल किया जाता था। चाक्षुष कलाएँ उन्हें प्रोत्साहित करने वाले रसिकों की अमीरी और सत्ता के प्रदर्शन की अभिव्यक्ति थीं। जिंसों के बाज़ार का विकास हो जाने से कला की इन सामाजिक उपयोगिताओं का ह्रास होने लगा। कलाकृतियाँ अन्य जिंसों की तरह कारगर नहीं रह गयीं। ज्ञान का समाजशास्त्र मानता है कि इस परिस्थिति के परिणामस्वरूप सौंदर्यशास्त्र का विकास हुआ। सौंदर्यगत मूल्य ने उस वस्तु के उपभोग का तर्क प्रदान किया जो दरअसल जिंसों के बाज़ार में बेकार मान ली गयी थी। इसी प्रक्रिया ने कलाकृति के आर्थिक मूल्य को भी स्थापित किया। इसी तर्क को कुछ नफ़ीस ढंग से आगे बढ़ाते हुए ज्ञान का समाजशास्त्र कलाकृतियों को कुछ समाज द्वारा संसाधित मूल्यों और विश्व-दृष्टियों का वाहक क़रार देता है।

ज्ञान के समाजशास्त्र की परम्परा के साथ जर्मन विद्वानों का पूरा सिलसिला ही जुड़ा हुआ है। शेलर, मैनहाइम, दुर्खाइम और वेबर के साथ फ्रेंकफ़र्ट स्कूल के चिंतकों एडोर्नो, होर्ख़ाइमर और हैबरमास ने क्रिटिकल थियरी के ज़रिये इस अनुशासन को समृद्ध किया है। फिर मिशेल फ़ूको ने भी ज्ञान के स्थापत्य की जाँच करने के ज़रिये अपना योगदान किया। लेकिन, इन सभी विद्वानों में इस बात पर मतभेद हैं कि ज्ञान के समाजशास्त्र के बुनियादी तर्क को कहाँ तक खींचा जाना चाहिए। इसमें कोई शक़ नहीं कि इसके कारण ज्ञान के कई क्षेत्रों में अनूठी समाजशास्त्रीय अंतर्दृष्टियाँ प्राप्त हुई हैं, लेकिन कई बार इसके प्रवक्ताओं ने सरलीकृत और अतिवादी रवैया भी अपनाया है जिसके तहत विज्ञान और कला की उपलब्धियाँ किसी न किसी सामाजिक-राजनीतिक कसौटी पर कस कर महत्त्वहीन बना दी जाती हैं। यह सवाल लगातार पूछा जाता है कि अगर वैज्ञानिकों, दार्शनिकों, इतिहासकारों और सिद्धांतकारों की कृतियों में प्रयुक्त पद्धतियों, अध्यवसाय, अंतर्दृष्टियों और कड़ी जाँच-परख को समाजशास्त्र की सापेक्षिकता के नाम पर ठुकराया जाता रहा तो ज्ञान-विज्ञान के क्षेत्र में ज्ञानमीमांसक संशय और नीतिशास्त्रीय संदेहों के अलावा क्या बचेगा? इसीलिए एडोर्नो ने कार्ल मैनहाइम पर लिखे अपने लेख में किसी भी क़िस्म के समाजशास्त्रीय घटाववाद के ख़िलाफ़ चेताया है। हालाँकि एडोर्नो ख़ुद भी ज्ञान के समाजशास्त्र के अनूठे बर्तावकार हैं। उन्होंने विज्ञान में प्रत्यक्षवाद की द्वंद्वात्मक आलोचना करते हुए आधुनिकता के दार्शनिक विमर्श पर पड़े विकृतिमूलक प्रभाव को रेखांकित किया है। ज्ञान के समाजशास्त्र की

अतिवादिताओं की प्रतिक्रिया में किसी अन्वेषण के संदर्भ और उस अन्वेषण को उचित ठहराने के संदर्भ में फ़र्क़ करने की ज़रूरत पर ज़ोर दिया गया है।

देखें : अर्थव्यवस्था का समाजशास्त्र, अभिजन, अभिरुचि, आग्युस्त कॉम्त, उन्मूलनवाद, एजेंसी, कर्मकाण्ड, कार्ल हाइनरिख़ मार्क्स–1 से 4 तक, कारागार, गोपनीयता, जादू, जीवन-शैली, टेलरवाद, थियोडोर एडोर्नो, फ्रेड्रिख़ नीत्शे–1 और 2, फ़ुरसत, बचपन, बेगानगी, भीड़, मैक्स वेबर, युरगन हैबरमास, विचलन, ज्ञान का समाजशास्त्र।

संदर्भ

1. एम. शेलर (1926/1980), *प्रॉब्लम्स ऑफ़ अ सोसियोलॅजी ऑफ़ नॉलेज,* रॉटलेज़ ऐंड कीगन पॉल, लंदन.
2. कार्ल मैनहाइम (1936/1960), *आइडियॉलॅजी ऐंड यूटोपिया : ऐन इंट्रोडक्शन ऑफ़ सोसियोलॅजी ऑफ़ नॉलेज,* रॉटलेज़ ऐंड कीगन पॉल, लंदन.
3. वी. मेजा और एन स्तेहर (सम्पा.) (1990, *नॉलेज़ ऐंड पॉलिटिक्स : द सोसियोलॅजी डिस्प्यूट,* रॉटलेज, लंदन, १९९०
4. जे. वोल्फ़ (1981), *द सोशल प्रोडक्शन ऑफ़ आर्ट,* मैकमिलन, लंदन.

— अभय कुमार दुबे

ज्ञानमीमांसा

(Epistemology)

प्राचीन काल से ही दार्शनिक और अन्य विचारक ज्ञान की प्रकृति, उसकी परिभाषा, उसके दायरे और उसके सामान्य आधार के सूत्रीकरण का प्रयास करते रहे हैं। इसी प्रक्रिया में दर्शन की एक प्रमुख शाखा के रूप में ज्ञानमीमांसा का विकास हुआ है। यूनानी भाषा के शब्द *इपिस्टीम* से *इपिस्टेमोलॅजी* बनाया गया है। प्लेटो की रचना *रिपब्लिक* में ज्ञान की प्रकृति से संबंधित सरोकार मिलते हैं, लेकिन उनकी दिलचस्पी ज्ञान और आस्था के बीच अंतर करने में ज़्यादा थी। संशयवादियों, स्टोइकवादियों और इंद्रियजनित संवेदों को ज्ञान का स्रोत मानने वाले दार्शनिक अपने-अपने दौर में इन प्रश्नों को ले कर गहन चिंतन और वाद-विवाद करते रहे हैं कि ज्ञान क्या है, हम उसे कैसे प्राप्त कर सकते हैं और क्या उसे प्राप्त करने वाले उपायों का संशयवादियों की चुनौतियों के मुक़ाबले बचाव किया जा सकता है। सत्रहवीं और अट्ठारहवीं सदी को आधुनिक ज्ञानमीमांसा का युग माना जाता है। यह ज्ञान और अज्ञान, आस्था और पाखण्ड एवं सच और झूठ के ज़बरदस्त घालमेल का ज़माना था। हालाँकि खगोलविद्या और ज्योतिष, रसायनशास्त्र और कीमियागीरी एवं भौतिकी और जादू के अपने-अपने विशिष्ट दायरे थे, लेकिन माहौल कुछ ऐसा था कि खगोलविद् को ज्योतिषी से, रसायनशास्त्री को कीमियागर से और भौतिकशास्त्री को जादूगर से अलग करना आसान नहीं था। ऐसी हालत में देकार्त ने ज्ञान के समुचित और सुनिश्चित आधार की खोज करना ज़रूरी समझा। उन्होंने संदेह का एक पद्धति की तरह इस्तेमाल करके ज्ञान के उन रूपों तक पहुँचने की कोशिश की जिन्हें संदेह से परे माना जा सकता था। इस ज़रिये वे 'कोजिटो अरगो सम' यानी 'मैं सोचता हूँ, इसलिए मैं हूँ' जैसे सूत्रीकरण पर पहुँचे, और इयत्ता या सेल्फ़ की अवधारणा सामने आयी। देकार्त के बाद जॉन लॉक के इंद्रियानुभववादी विमर्श और आधुनिक विज्ञान के उभार ने ज्ञानमीमांसा को दर्शनशास्त्र में केंद्रस्थ कर दिया।

ज्ञानमीमांसा सबसे पहले ज्ञान को सच्ची और यथोचित आस्था के रूप में परिभाषित करती है। अर्थात् कुछ जानने के लिए ज़रूरी है कि उस पर यक़ीन किया जाए और वह यक़ीन अपने आप में सच्चा हो। यक़ीन सच्चा तभी हो सकता है जब वह मनमाना न हो कर किन्हीं कसौटियों पर खरा उतरता हो। ज्ञानमीमांसा द्वारा प्रतिपादित ज्ञान की यह परिभाषा विवाद से परे नहीं है, क्योंकि जिन कसौटियों पर यक़ीन के खरे उतरने की बात की जाती है, वे हमेशा ही प्रश्नांकित की जा सकती हैं। लेकिन परिभाषा संबंधी विवादों से बड़ी मुश्किल तब आती है जब ज्ञान प्राप्त करने के रास्तों पर विचार किया जाता है। इस मामले में ज्ञानमीमांसा मुख्यत: दो भागों में बँटी हुई है और दोनों भागों के बीच ज़बरदस्त प्रतियोगिता है। एक तरफ़ ज्ञान के स्रोत की बुद्धिवाद द्वारा की गयी व्याख्या है, और दूसरी तरफ़ इंद्रियानुभववाद की दावेदारियाँ हैं। बुद्धिवाद कहता है कि मनुष्य के दिमाग़ में कुछ सहजात ख़ूबिया होतीं हैं जिनके आधार पर ज्ञान की रचना होती है। बुद्धिवाद ज्ञान को अनुभव-पूर्व और अनुभव-स्वतंत्र मान कर चलता है। बुद्धिवादी अपना प्रतिमान गणित और तर्कशास्त्र से प्राप्त करते हुए अंतर्ज्ञान और तार्किक अनुमानों के आधार पर काम करते हैं। इंद्रियानुभववाद इस धारणा को ठुकराते हुए इंद्रियजनित अनुभव को ही ज्ञान का एकमात्र वैध स्रोत क़रार देता है। उसकी निगाह में मनुष्य का मस्तिष्क तो एक कोरी स्लेट भर है जिस पर इंद्रियगत संवेदों से ज्ञान की इबारत लिखी जाती है। इंद्रियानुभववादियों का प्रतिमान प्राकृतिक विज्ञानों से आता है। उनका ज़ोर हमेशा प्रेक्षण और प्रयोग पर रहता है। दिलचस्प बात यह है कि ज्ञान-प्राप्ति के ये दोनों तरीक़े अपने-अपने धरातल पर संशयवादियों का मुक़ाबला करने के लिए मजबूर हैं।

संशयवाद प्राचीनकाल से ही ज्ञान प्राप्त कर लेने के किसी भी दावे पर सवाल खड़ा करता रहा है। संशयवाद की एक सरलीकृत परिभाषा यह की जाती है कि वह ज्ञान प्राप्त

जॉन डिवी (1859-1952)

करने की किसी सम्भावना को ही मान्यता नहीं देता। लेकिन अगर कुछ जाना ही नहीं जा सकता, तो फिर संशयवादियों को यह कैसे पता लग गया कि ज्ञान प्राप्त ही नहीं किया जा सकता। ज़ाहिर है कि यह परिभाषा उचित नहीं है। दरअसल, ज्ञान की सम्भावना को ही ख़ारिज करने के बजाय संशयवाद का काम ज्ञान-प्राप्ति के प्रत्येक दावे के बारे में यह पूछना है कि आख़िर किन मानकों के आधार पर अमुक ज्ञान को यथोचित ठहराया जा रहा है और वे मानक भी अपने-आप में यथोचित हैं या नहीं। चाहे बुद्धिवादी हों या इंद्रियानुभववादी, संशयवादी उन्हें हमेशा याद दिलाते रहते हैं कि मनुष्य ग़लतियों का पुतला है, और उसे कभी भी मतिभ्रम हो सकता है। वह ग़लती भी अनजाने में करता है, और अपने मतिभ्रम के बारे में भी वह सचेत नहीं होता। संशयवादी पूछते हैं कि ज्ञान-प्राप्ति के समय त्रुटिहीन होने और मतिभ्रम से बचने की गारंटी कैसे की गयी?

संशयवादियों की आपत्तियों से निबटने के साथ-साथ बुद्धिवाद और इंद्रियानुभववाद के बीच खाई को पाटने की एक उल्लेखनीय कोशिश अट्ठारहवीं सदी में इमैनुएल कांट द्वारा की गयी। अपनी रचना *क्रिटीक ऑफ़ प्योर रीज़न* में कांट ने विस्तार से समझाया कि मनुष्य के अनुभव की रचना कैसे होती है। कांट ने ज्ञान की रचना में अनुभव को भी महत्त्वपूर्ण माना और बुद्धिवादियों के इस दावे का भी समर्थन किया कि ज्ञान का एक अनुभव-पूर्व रूप भी होता है और जिसके बिना ज्ञान सम्भव ही नहीं है।

इंद्रियानुभववादी दार्शनिक डेविड ह्यूम मानते थे कि केवल बुद्धि के आधार पर संशयवादियों की आपत्तियों का सामना नहीं किया जा सकता। मनुष्य ऐसी ज्ञान संबंधी आस्थाओं का दावा करता रहेगा जो संशय को आमंत्रित करेंगी। ह्यूम के इन विचारों से कुछ परवर्ती चिंतकों ने संशयवादी ज्ञानमीमांसा का सूत्रीकरण किया। इसके मुताबिक़ ज्ञानमीमांसक चिंतन पर संशय किया जाना स्वाभाविक है। लेकिन संशय कितना भी अकाट्य क्यों न हो, उसे ज्ञान के व्यावहारिक विकल्प के रूप में स्वीकार नहीं किया जा सकता। बेहतर होगा कि हम ज्ञान के आधार पर बनी अपनी आस्थाओं को नये अनुभवों की रोशनी में संशोधित करने के लिए तैयार रहें।

जॉन डिवी और लुडविग विट्गेंस्टीन ने संशयवाद का मुक़ाबला करने के लिए एक नया दृष्टिकोण पेश किया। उनका कहना था कि देकार्तपंथी चिंतन में व्यक्ति की चेतना में होने वाली घटनाओं को प्रस्थान-बिंदु बनाया गया है। अगर मानवीय विचार और भाषा के अनिवार्यतः सार्वजनिक चरित्र पर ज़ोर दिया जाए और उसी को प्रस्थान-बिंदु बनाया जाए तो एक भिन्न तस्वीर सामने आयेगी। सार्वजनिक जीवन में सहभागी तौर-तरीक़ों से प्राप्त किये गये ज्ञान को संशयवाद से नहीं निबटना पड़ेगा। देकार्त की आलोचना करते हुए डिवी ने कहा कि उन्होंने ज्ञानमीमांसक कर्त्ता को अनुभवों का एक निष्क्रिय ग्रहणकर्त्ता बना कर रख दिया, ठीक उसी तरह जैसे कि कोई व्यक्ति सिनेमा हाल के अँधेरे में बैठा हुआ पर्दे पर हो रही घटनाओं को ग्रहण करता है। जब कि असल में हम सभी इस जगत में सक्रिय और सहभागी हैं, हमारा परिप्रेक्ष्य भी सहभागिता से ही बनता है और इसी प्रक्रिया में हम ज्ञान प्राप्त करते हैं। विट्गेंस्टीन ने कहा कि देकार्त के रवैये को आड़े हाथों लेते हुए किसी भी क़िस्म की 'निजी भाषा' को असम्भव बताया। निजी भाषा का तर्क तो यही हो सकता है कि वह किसी एक बोलने वाले को ही उपलब्ध हो जिसके आधार पर वह अपने आंतरिक निजी अनुभव के बारे में विमर्श कर सके। विट्गेंस्टीन का कहना था कि भाषा तो एक नियम-संचालित गतिविधि है। भाषा का इस्तेमाल उसके नियमों का पालन किये बिना किया ही नहीं जा सकता।

ज्ञान की प्रकृति और परिभाषा के प्रश्न पर और भी कई विचारकों ने उल्लेखनीय चिंतन किया है। फ्रेड्रिख़ नीत्शे का कहना था कि ज्ञान को उसके सत्ता-संबंधों से काट कर समझा ही नहीं जा सकता। जिसे हम ज्ञान मानते हैं वह विभिन्न हितों और चालक-शक्तियों की मिली-जुली अभिव्यक्ति होता है। फ़ूको ने नीत्शे से सूत्र ग्रहण करते हुए अपनी रचना *आर्कियॉलॉजी ऑफ़ नॉलेज* में दिखाया कि क्लासिकल युग से आधुनिक युग के बीच ज्ञान का विन्यास

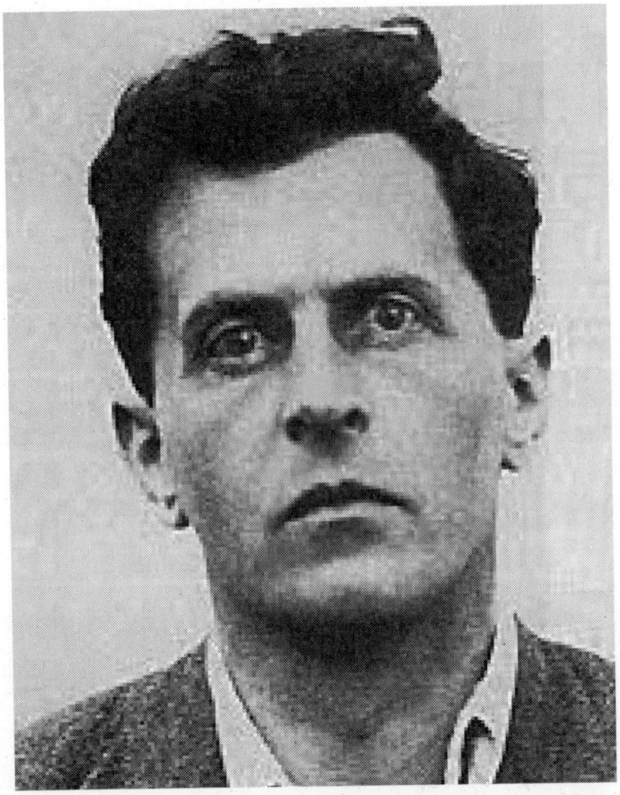

लुडविग विट्गेंस्टीन (1889-1951)

किस तरह से लगातार बदलता रहा है। क्लासिकल से फ़ूको का मतलब प्राचीन काल से नहीं था, बल्कि उनका क्लासिकल सत्रहवीं सदी की वह अवधि थी जो बरोक अवधि के इर्द-गिर्द मानी जाती है। फ़ूको के विमर्श में इपिस्टीम शब्द का धारणामूलक प्रयोग किया गया है। इपिस्टीम का मतलब है वे सामाजिक संबंध जो मिल-जुल कर कुछ विमर्शी आचरणों को जन्म देते हैं, उन आचरणों को जिनकी भूमिका ज्ञानमीमांसक हस्तियों, विज्ञानों और औपचारिक विचार-प्रणालियों के उभार में अहम होती है। कुछ समीक्षकों का मानना है कि नीत्शे और फ़ूको ज्ञानमीमांसा से वह रिश्ता नहीं रखते जो कांट या अन्य विद्वानों का था। वे ज्ञानमीमांसा के बजाय ज्ञान के आधारभूत सामाजिक संबंधों के जटिल विश्लेषण में ज़्यादा यक़ीन करते हैं।

हालाँकि समाज-विज्ञान में ज्ञानमीमांसा से संबंधित सभी चर्चाएँ आम तौर से पश्चिमी दर्शन के हवाले से ही होती हैं, लेकिन ग़ैर-पश्चिमी दर्शनों में भी ज्ञान की प्रकृति, उपयोग और उसके प्रमाण से संबंधित गहन चिंतन मौजूद है। प्रत्येक दर्शन के पास अपना अलग-अलग ज्ञान-सिद्धांत है। मसलन, भारतीय दर्शन की वेद-आधारित शाखाओं मीमांसा और वेदांत के बीच परम ज्ञान या विद्या के स्रोत को लेकर विवाद होते रहे हैं। मीमांसकों का विचार है कि केवल विधि ही ईश्वरप्रदत्त है, जबकि वेदांती कहते हैं कि वेद ही ज्ञान के स्रोत हैं। वेद-विरोधी बौद्ध, जैन और लोकायत दर्शनों ने ज्ञान के प्रश्न पर भिन्न रवैया अपनाया है। वेद-समर्थकों और वेद-विरोधियों के बीच वाद-विवाद के ज़रिये भारत में ज्ञानमीमांसक विमर्श की एक समृद्ध परम्परा विकसित हुई है। इसी तरह चीनी , जापानी और इसलामी दर्शन के पास अपने अलग-अलग ज्ञान-सिद्धांत हैं।

देखें : अस्तित्ववाद, आत्मनिष्ठता-वस्तुनिष्ठता, इयत्ता, इमैनुएल कांट, इंद्रियानुभववाद, ईसैया बर्लिन, उत्तर-आधुनिकतावाद, उदारतावाद, कल्पित समुदाय, ग्योर्ग विल्हेल्म फ्रेड्रिख़ हीगेल, घटनाक्रियाशास्त्र और ऐडमण्ड हसर, चेतना, जॉन लॉक, ज़ाक लकाँ, ज्याँ फ्रांस्वा ल्योतर, ज्याँ-पॉल सार्त्र, ज़ाक देरिदा, तत्त्वमीमांसा और अस्तित्वमीमांसा, तात्त्विकतावाद, द्वैतवाद, फ्रेड्रिख़ नीत्शे-1 और 2, बुद्धिवाद, भौतिकवाद, मनोविश्लेषण, मिशेल पॉल फ़ूको-1 और 2, युरोपीय पुनर्जागरण, युरोपीय ज्ञानोदय, रेने देकार्त, लुई अलथुसे, सोरेन आबी कीर्केगार्द, संरचनावाद और उत्तर-संरचनावाद।

संदर्भ

1. जोनाथन डैंसी (1985), *इंट्रोडक्शन टु कंटेम्परेरी इपिस्टेमोलॉजी,* ऑक्सफ़र्ड युनिवर्सिटी प्रेस, ऑक्सफ़र्ड.
2. ए. गोल्डमान (1986), *इपिस्टेमोलॅजी ऐंड कॉग्निशन,* हार्वर्ड युनिवर्सिटी प्रेस, केम्ब्रिज, एमए.
3. जे. पोलक (1979), 'ए प्लेथोरा ऑफ़ एपिस्टेमोलॅजीकल थियरीज़', जी. पापाज़ (सम्पा.), *जस्टीफ़िकेशन ऐंड नॉलेज,* रीडल, डोर्डेश.
4. आर, चिशॉम (1977), *थियरी ऑफ़ नॉलेज,* प्रेटिंस-हाल, एंगलवुड क्लिफ़्स, एनजे.
5. ए.जे. आयर (1983), *द प्रॉब्लम ऑफ़ नॉलेज,* मैकमिलन, लंदन.
6. एम. बर्नयीट (सम्पा.) (1983), *द स्केप्टिकल ट्रैडिशन,* युनिवर्सिटी ऑफ़ कैलिफ़ोर्निया प्रेस, बर्कले.

— अभय कुमार दुबे

पूरक प्रविष्टियाँ

आर्थिक जनसांख्यिकी

(Economic Demography)

जनसंख्या की प्रकृति और आर्थिक अवस्था पर पड़ने वाले उसके प्रभाव के अध्ययन को आर्थिक जनसांख्यिकी की संज्ञा दी जाती है। अट्ठारहवीं सदी के आर्थिक चिंतक थॉमस रॉबर्ट माल्थस को इस विज्ञान का प्रणेता माना जाता है, जिन्होंने इंग्लैण्ड की बढ़ती हुई आबादी से पैदा हुए सरोकारों की रोशनी में अपने सिद्धांतों का सूत्रीकरण किया था। माल्थस ने पहले तो यह स्थापना दी कि आबादी के स्त्री सदस्य हों या पुरुष, भोजन और यौन क्रिया की कामना हमेशा अतृप्त ही रहती है। इसके बाद वे इस निष्कर्ष पर पहुँचे कि अगर रोका न जाए तो असंयमित सम्भोग के कारण मानवीय आबादी ज्यामितीय क्रम (दो दूनी चार) से आगे बढ़ेगी, लेकिन जीवनयापन के साधनों की वृद्धि केवल अंकगणितीय रफ़्तार (एक, दो, तीन) से हो पायेगी, क्योंकि खेती योग्य ज़मीन की उत्पादक क्षमता लगातार घटती चली जाएगी। 1789 की अपनी रचना *एसे ऑन पॉपुलेशन* में माल्थस ने लिखा कि तरह-तरह के दु:ख और कष्ट, प्लेग, युद्ध, दुष्टता और कुदरती आफ़तें जनसंख्या की बढ़ोतरी पर लगाम लगाती हैं। 1803 में इसी रचना के दूसरे संस्करण में उन्होंने आबादी की बढ़त रोकने के लिए जन्म दर घटाने के लिए देर से शादी करने जैसे नैतिक संयम की वकालत भी की। अपनी इन प्रस्थापनाओं के लिए उन्हें ज़बरदस्त आलोचना का सामना करना पड़ा। ईसाइयों का तर्क था कि अगर भुखमरी की नौबत आयेगी तो ईश्वर अपने आप बच्चों की पैदाइश रोक देगा। एक तर्क यह भी दिया गया कि तकनीकी प्रगति से जीवनयापन के साधन बहुत बढ़ जाएँगे। यह भी कहा गया कि जीवन-शैली में सुधार के लोभ में होने वाले माता-पिता ख़ुद ही कम बच्चे पैदा करना पसंद करेंगे। हालाँकि माल्थस ने जन्म दर नियंत्रित करने की वकालत नहीं की थी, पर उनके कुछ अनुयायियों ने ऐसे उपायों का पक्ष जरूर लिया था।

जनसंख्या की समस्या को दो भागों में विभक्त करके देखा जाता है : आबादी का आधिक्य और कम आबादी। आजकल दुनिया के ज़्यादातर देशों (ख़ास कर भारत और चीन जैसे एशियाई देश) के लिए जनसंख्या वृद्धि एक बहुत बड़ी समस्या बनी हुई है। लेकिन दुनिया के सभी देशों में हमेशा यही स्थिति नहीं थी। आर्थिक विकास के शुरुआती दौर में आबादी का कम होना समृद्धि बढ़ने में बाधक माना जाता था। अगर आबादी बढ़ने की रफ़्तार कम हो तो यह स्थिति भी आ सकती है कि समाज में बूढ़े लोगों की संख्या बढ़ जाए। अत्यधिक आबादी से जीवनयापन के लिए आवश्यक संसाधनों का संकट पैदा हो सकता है। एक ज़माना ऐसा भी था (जैसे अमेरिका में) कि खेती के लिए उपजाऊ भूमि दूर-दूर तक बिना किसी इस्तेमाल के ख़ाली पड़ी रहती थी। सरकारें बड़ा परिवार प्रोत्साहित करने वाली नीतियाँ बनाती थीं। अपनी आबादी घटने की ज़्यादा रफ़्तार का अर्थव्यवस्था पर विपरीत असर पड़ने के अंदेशे से चिंतित देश आजकल भी वित्तीय प्रोत्साहन की नीतियाँ बनाते हैं। विवाहित जोड़ों को अधिक बच्चे पैदा करने के लिए तरह-तरह के प्रलोभन दिये जाते हैं। दूसरे देशों से ज़्यादा लोग आकर बसें, इसके लिए यात्रा और आवासन की रियायतें दी जाती हैं। इन उपायों से आबादी तेज़ी से बढ़ती है, पर इसके मुक़ाबले आबादी घटाने के उपाय, जैसे जन्म नियंत्रण और प्रवसन नियंत्रण, धीरे-धीरे असर करते हैं।

पहले विभिन्न समाजों में प्रजनन की दर भी ऊँची होती थी, और मृत्यु दर भी। लेकिन आज के समाजों में जन्म दर

और मृत्यु दर कम से कम रखने की कोशिश की जाती है। जन-स्वास्थ्य की व्यवस्था बेहतर होने, पेय जल की उपलब्धता सुधरने और महामारियों के उन्मूलन से मृत्यु दर में गिरावट आती है। निजी स्तर पर लोगों को अच्छा इलाज मिलने से मृत्यु दर और घट जाती है। दूसरी तरफ़ गर्भनिरोधक गोलियों, कण्डोम और अन्य उपायों के कारण दुनिया के कई देशों में जन्म दर बहुत तेज़ी से गिरी है। शिक्षा के प्रसार और स्त्रियों द्वारा श्रम-शक्ति में उत्तरोत्तर भागीदारी से भी जन्म दर पर विपरीत असर पड़ा है।

आबादी मुख्यत: दो तरह से बढ़ती है : कुदरती वृद्धि यानी ज़्यादा बच्चे पैदा होना और कम लोगों का मरना; प्रवसन का अनुपात यानी किसी देश में आने वाला आव्रजकों की संख्या का ज़्यादा होना और वहाँ से जाने वाले उत्प्रवासियों की संख्या कम होना। अगर कोई देश अधिक समृद्ध है और वहाँ की अर्थव्यवस्था ख़ुशहाली के मौक़े देने के लिए जानी जाती है, तो वहाँ आव्रजकों की संख्या बढ़ जाती है। आर्थिक उछाल के दौर में देशों के बीच आबादी का आवागमन काफ़ी तेज़ रफ़्तार से होता है। उन्नीसवीं सदी में उत्तरी अमेरिका में समृद्धि की तलाश में बड़े पैमाने पर आव्रजक आये थे। गृह युद्धों की स्थिति में भी एक देश से शरणार्थी बहुत बड़ी संख्या में दूसरे देशों में जाने के लिए मजबूर होते हैं। आधुनिक अंतर्राष्ट्रीय प्रवसन मुख्यत: दो क़िस्म का होता है : प्रतिभा पलायन यानी प्रशिक्षित वैज्ञानिकों, तकनीकी रूप से प्रवीण लोगों, अध्यापकों, डॉक्टरों और नर्सों का बेहतर अवसरों की तलाश में किसी दूसरी अर्थव्यवस्था में जाना; अकुशल और अप्रशिक्षित लोगों द्वारा निचले स्तर की और कम वेतन वाली नौकरियों के लिए दूसरे देशों में जाना क्योंकि वहाँ की आबादी का एक बड़ा हिस्सा इस तरह के कामों को छोड़ कर बेहतर नौकरियों की तरफ़ बढ़ चुका होता है।

जनसांख्यिकी के लिए आबादी की संरचना (विशेषकर आयु-संरचना, लिंग-अनुपात आदि) भी महत्त्वपूर्ण है। मसलन, किसी देश की आबादी में कितने लोग युवा हैं और कितने वृद्ध। इस समय युरोपीय देशों के मुक़ाबले भारत की आबादी अपेक्षाकृत अधिक युवा है। इसे भारत के जनसांख्यिकी लाभांश (डेमॉग्रैफ़िक डिविडेंड) के रूप में देखा जाता है। अगर आबादी में बूढ़ों की संख्या तेजी से बढ़ रही है तो माना जाता है कि उस देश का 'निर्भरता अनुपात' यानी ऐसे लोगों की संख्या बढ़ रही है जो श्रम-शक्ति के सदस्य नहीं रह गये हैं। समझा जाता है कि विकसित युरोपीय देश जल्दी ही अपनी आबादी के बुढ़ाने की समस्या का सामना करने वाले हैं।

दरअसल, माल्थस और उनके अनुयायी जिस समस्या को लेकर चिंतित थे, वह आज भी अर्थशास्त्रियों और जनसांख्यिकी विशेषज्ञों को परेशान कर रही है। समाज वैज्ञानिकों के बीच आबादी और आर्थिक हालात के बीच संबंधों को लेकर हमेशा से ही बहस रही है। आबादी बढ़ने के समर्थक भी रहे हैं और विरोधी भी। इसी बहस से 'अनुकूलतम जनसंख्या' की धारणा निकली है। जॉन स्टुअर्ट मिल और एडविन कैनन का विचार था कि आबादी उस समय अनुकूलतम स्थिति में मानी जा सकती है जब उसकी एक निश्चित संख्या प्रति व्यक्ति उत्पादन को अधिकतम स्तर पर ले जा सकती हो। लेकिन, कई हलक़ों की तरफ़ से इस धारणा का इस आधार पर विरोध हुआ कि उत्पादन की मात्रा अधिकतम करने के बजाय बेहतर यह होगा कि जीवन की गुणवत्ता बढ़ाने को लक्ष्य बनाया जाए।

देखें : अर्थ-विज्ञान का समाजशास्त्र, अल्फ्रेड मार्शल, अमर्त्य कुमार सेन, अंतर्राष्ट्रीय मुद्रा कोष, आधार और अधिरचना, ऑस्कर रायज़ार्ड लांगे, ऐडम स्मिथ, क़रारोपण, कल्याणकारी अर्थशास्त्र, क्लासिकल अर्थशास्त्र, कार्ल हाइनरिख़ मार्क्स-3, कार्ल मेंगर, कींसियन अर्थशास्त्र, गुन्नार मिर्डाल, जोआन रोबिंसन, जॉन कैनेथ गालब्रेथ, जॉन मेनार्ड कींस, जॉन स्टुअर्ट मिल, जोसेफ़ शुमपीटर, जैव विविधता, ट्रस्टीशिप, डेविड रिकार्डो, ढाँचागत समायोजन कार्यक्रम, थॉमस मन और वणिकवाद, थॉमस रॉबर्ट माल्थस, दक्षता, धन, नियोक्लासिकल अर्थशास्त्र, नीतिशास्त्र और अर्थशास्त्र, निकोलस काल्दोर, नियोजन, नियोजन : मार्क्सवादी विमर्श, पण्य, पण्य-पूजा, पेटेंट, पॉल सेमुअलसन, पियरो स्राफ़ा, पूँजी, प्रतियोगिता, फ्रांस्वा केस्ने और प्रकृतिवाद, फ्रेड्रिख़ वॉन हायक, बहुराष्ट्रीय निगम, बाज़ार, बाज़ार की विफ़लताएँ, बाज़ार-समाजवाद, बौद्धिक सम्पदा अधिकार, ब्रेटन वुड्स प्रणाली, भारत में बहुराष्ट्रीय निगम, भारत में नियोजन, भारत में पेटेंट क़ानून, भारत में शेयर संस्कृति, भूमण्डलीकरण और पूँजी बाज़ार, भूमण्डलीकरण और वित्तीय पूँजी, भूमण्डलीकरण और वित्तीय उपकरण, मार्क्सवादी अर्थशास्त्र, मिल्टन फ्रीडमेन, मूल्य, राजनीतिक अर्थशास्त्र, राजनीतिक अर्थशास्त्र : भारतीय आयाम, राजकोषीय नीति और मौद्रिक नीति, रॉबर्ट ओवेन, विलफ्रेडो परेटो, विश्व व्यापार संगठन, विश्व बैंक, विलियम पेटी, विलियम स्टेनली जेवंस, वैकासिक अर्थशास्त्र, शोषण, साइमन कुज़्नेत्स।

संदर्भ

1. जे.सी. क्लैडवेल (1991), 'टुवर्ड्स अ रिस्टेटमेंट ऑफ़ डेमॉग्रैफ़िक थियरी', *पॉपुलेशन ऐंड डिवेलपमेंट रिव्यू*, खण्ड 2.
2. एम.आर. रोज़ेनज़्वीग (1997), *हैंडबुक ऑफ़ पॉपुलेशन ऐंड फ़ैमिली इकॉनॉमिक्स*, एल्सेवियर, एम्स्टर्डम और ऑक्सफ़र्ड.
3. एच. गीर्श (सम्पा.) (1994), *इकॉनॉमिक आस्पेक्ट्स ऑफ़ इंटरनेशनल माइग्रेशन*, स्प्रिंगर-वरलेग, बर्लिन और लंदन.

—अभय कुमार दुबे

ओडीशा

(Odissa)

भारत के पूर्वी तटीय क्षेत्र स्थित राज्य ओडीशा का नाम पहले उड़ीसा हुआ करता था। इतिहास में यह राज्य कलिंग के नाम से जाना जाता है जिस पर मौर्य शासक अशोक ने ईसा पूर्व 261 में हमला किया था। आधुनिक ओडीशा की स्थापना एक अप्रैल, 1936 को की गयी थी इसलिए हर साल यह दिन उत्कल दिवस के रूप में मनाया जाता है। गठन के बाद से ओडीशा की राजनीति को तीन भागों में बाँट कर देखा जा सकता है। पहला, स्वतंत्रता प्राप्ति के बाद से 1980 तक का काल जो तुलनात्मक रूप से राजनीतिक उथल-पुथल से भरा रहा। दूसरा, 1980 से 1990 के बीच का दौर, जिसमें कांग्रेस का प्रभुत्व था। और तीसरा, 1990 के बाद की राजनीति, जिसमें ग़ैर-कांग्रेसी दल ख़ास तौर पर बीजू जनता दल कांग्रेस पर हावी रहा। ओडीशा की राजनीति की एक विशेषता यह है कि राष्ट्रीय स्तर की राजनीतिक प्रवृत्तियाँ यहाँ प्रभावकारी नहीं रही हैं। मसलन, जब तक़रीबन पूरे देश की राजनीति में कांग्रेस का वर्चस्व था, उस समय भी कांग्रेस यहाँ बहुमत पाने में नाकाम रही। 1952 और 1957 में हुए चुनावों में कांग्रेस को ओडीशा में बहुमत नहीं मिला था। दूसरे, ओडीशा में न तो राम मंदिर या हिंदुत्व से संबंधित राजनीति का असर दिखता है, और न ही मण्डल परिघटना के कारण पिछड़ी जातियों के राजनीतिक उभार के दर्शन होते हैं। हाँ, साम्प्रदायिक राजनीति इस राज्य में ईसाई विरोधी मुहिमों के रूप में ज़रूर उभरी है।

ओडीशा की राजधानी भुवनेश्वर है। इसका कुल भौगोलिक क्षेत्रफल 1,55,820 वर्ग किलोमीटर है। 2001 की जनगणना के अनुसार यहाँ की कुल जनसंख्या 4,19,47,358 है। क्षेत्रफल के आधार पर ओडीशा भारत का नौवाँ और जनसंख्या के आधार पर ग्यारहवाँ बड़ा राज्य है। 2001 की जनगणना के अनुसार यहाँ की साक्षरता दर 68.8 प्रतिशत है। इस लिहाज़ से भारत में इसका उन्नीसवाँ स्थान है। ओडीशा का विधानमण्डल एकसदनीय है। यहाँ की विधानसभा में कुल 147 सदस्य हैं। उड़ीसा से राज्यसभा के 10 और लोकसभा के 21 सदस्य चुने जाते हैं। राज्य की जनसंख्या में तक़रीबन 23.1 लोग ऊँची जातियों से संबंधित हैं जिनमें ब्राह्मण 8.3 प्रतिशत, बनिया 1.6 प्रतिशत और कराना 3.1 प्रतिशत हैं। पिछड़ी जातियों का अनुपात 41.7 प्रतिशत है। दलित 18.2 प्रतिशत और अनुसूचित जनजातियाँ 15.7 प्रतिशत हैं। यहाँ की जनसंख्या में मुसलमान और ईसाई क्रमशः 2.07 प्रतिशत और 2.44 प्रतिशत हैं। यहाँ के सामाजिक और राजनीतिक जीवन में ऊँची जातियों का प्रभुत्व रहा है।

पहले दो चुनावों में न जीत पाने के कारण कांग्रेस ने ओडीशा में बहुमत पाने के लिए कई तिकड़मों का इस्तेमाल किया। 1957 के विधानसभा चुनावों के बाद उसने झाड़खण्ड पार्टी एवं निर्दलीय विधायकों की मदद से सरकार गठित की। लेकिन सहयोगी पार्टियों की द्वारा तरह-तरह की माँगों से लगातार परेशान किये जाने के कारण हरेकृष्ण मेहताब के नेतृत्व वाली कांग्रेस सरकार ने मुख्य विपक्षी पार्टी गणतंत्र परिषद् से ही समझौता कर लिया। यह भारतीय राजनीति के साथ-साथ ओडीशा के लिए भी एक असाधारण घटना थी जब सत्ताधारी दल और विपक्ष दोनों ने गठजोड़ कर सरकार बनायी। 1961 में मध्यावधि चुनाव हुए जिनमें पहली बार कांग्रेस को बीजू पटनायक के नेतृत्व में पूर्ण बहुमत मिला। पर 1967 के विधानसभा चुनावों में कांग्रेस पराजित हो गयी। इस समय हरेकृष्ण मेहताब ने कांग्रेस से अलग होकर जन कांग्रेस बनायी और विपक्षी गणतंत्र परिषद् के साथ समझौता किया।

लेकिन जब 1971 में मध्यावधि चुनाव हुआ तो बीजू पटनायक ने कांग्रेस से अलग होकर उत्कल कांग्रेस की स्थापना की और डॉ. मेहताब कांग्रेस में वापस आ गये। यही वह समय था जब उत्कल कांग्रेस ने विपक्षी पार्टियों से गठजोड़ कर आर.एन. सिंह देव के नेतृत्व में सरकार बनायी। लेकिन इस सरकार का कार्यकाल पूरा होने से पहले बीजू पटनायक कांग्रेस में लौट आये और कांग्रेस की सरकार बनाने का रास्ता साफ़ कर दिया। लेकिन जब उन्हें लगा कि नंदिनी सतपथी द्वारा साजिश कर नेतृत्व की बागडोर उनसे छीनी जा सकती है तो उन्होंने उत्कल कांग्रेस को पुनर्जीवित किया। इससे कांग्रेस की सरकार गिर गयी। इसके बाद 1973 में हुए चुनावों में कांग्रेस एकमात्र बड़ी पार्टी के रूप में सामने आयी और उसने कम्युनिस्ट पार्टी के सहयोग से सरकार बनायी। 1973-76 तक नंदिनी सतपथी राज्य की मुख्यमंत्री रहीं। इसके बाद कुछ समय के लिए बिनायक आचार्य (दिसम्बर, 1976-जून, 1977) राज्य के मुख्यमंत्री बने। आपातकाल के बाद हुए चुनावों में जनता पार्टी की जीत हुई। इसमें बीजू पटनायक ने भी महत्त्वपूर्ण भूमिका निभायी। लेकिन वे केंद्र में मंत्री बने और नीलमणि राउतराय (जून, 1977-फ़रवरी, 1980) को राज्य की बागडोर दी गयी।

1980 में कांग्रेस की फिर से सत्ता में वापसी हुई। कांग्रेस के जानकी बल्लभ पटनायक (1980-89) अगले नौ साल तक राज्य के मुख्यमंत्री रहे। उनके बाद चुनावों के समय कांग्रेस ने कुछ समय के लिए हेमानंद बिस्वाल (दिसम्बर,1989-मार्च, 1990) को मुख्यमंत्री बनाया। 1990 में हुए विधानसभा चुनावों में बीजू पटनायक के नेतृत्व में जनता दल को पूर्ण बहुमत मिला।

ओडीशा : बीजू जनता दल के रूप में क्षेत्रीय राजनीति-शक्ति का उभार

इसके के बाद हुए चुनावों में राज्य में तीन पटनायकों का वर्चस्व रहा : बीजू पटनायक, जानकी बल्लभ पटनायक और नवीन पटनायक। बीजू पटनायक 1990-1995 तक राज्य के मुख्यमंत्री रहे। अस्सी के दशक में नौ साल तक राज्य के मुख्यमंत्री रह चुकने के बाद जानकी बल्लभ पटनायक 1995 से 1999 तक फिर से मुख्यमंत्री रहे। उनके बाद दो अन्य कांग्रेसी नेता भी थोड़े-थोड़े समय के लिए मुख्यमंत्री बने। ये नेता है गिरधर गोमांग (फ़रवरी, 1999-दिसम्बर, 1999) तथा हेमानंद बिस्वाल (दिसम्बर, 1999-मार्च, 2000)। 1996 में बीजू पटनायक की मृत्यु के बाद उनके बेटे नवीन पटनायक ने बीजू जनता दल नामक पार्टी का गठन किया। पिछले तीन विधानसभा चुनावों (2000, 2004 और 2009) में नवीन पटनायक के इस दल को ही जीत मिलती रही है। 2000 और 2004 के विधानसभा चुनावों में इसने भाजपा से गठबंधन किया, जबकि 2009 का चुनाव इसने अकेले लड़ा। 2000 में कांग्रेस को 26, बीजू जनता दल को 68 और भाजपा को 38 सीटों पर जीत मिली थी। 2004 में बीजू जनता दल को 61, भाजपा को 32 और कांग्रेस को 38 सीटों पर जीत मिली थी। 2009 के चुनावों में बीजू जनता दल को पूर्ण बहुमत हासिल हुआ। इसे कुल 103 सीटों पर जीत मिली जबकि कांग्रेस को मात्र 27 सीटें ही मिलीं। 1990 के बाद की ओड़िया राजनीति की कुछ प्रमुख विशेषताओं को इस प्रकार रेखांकित किया जा सकता है :

पहला, पहले की तुलना में अब राज्य की राजनीति ज़्यादा व्यक्ति केंद्रित हो गयी। नवीन पटनायक की सबसे बड़ी राजनीतिक पूँजी यह है कि विपक्षी दलों के पास कोई ऐसा नेता नहीं है जो 'ईमानदार और काम करने वाले' नेता की उनकी छवि को चुनौती दे सके। 2000 के बाद राज्य में कांग्रेस का उभार न हो पाने का सबसे बड़ा कारण यह है कि कांग्रेस के पास नवीन पटनायक का मुक़ाबला करने वाला कोई नेता नहीं है। दूसरा, नब्बे के बाद उत्तर भारत की राजनीति में पिछड़ी जातियों का उभार हुआ। लेकिन ओडीशा में ऐसी कोई परिघटना सामने नहीं आयी। यहाँ की राजनीति में ऊँची जातियों का ही वर्चस्व रहा। इसका एक बड़ा कारण यह है कि यहाँ कि राजनीति नेताओं के व्यक्तित्व पर केंद्रित रही है और विपक्ष तथा सत्ता में ऊँची जातियों के नेता क़ाबिज़ रहे हैं।

तीसरा, ओडीशा की राजनीति में राम मंदिर और हिंदुत्व का मुद्दा भी कोई ख़ास पकड़ बना पाने में नाकाम रहा। इसका एक सबसे बड़ा यह है कि राज्य में मुसलमानों की जनसंख्या बहुत कम होने के कारण हिंदुत्ववादी ताक़तों को अपनी बहुसंख्यकवादी राजनीति करने का कोई आधार नहीं मिला। पहले जनसंघ और उसके बाद भाजपा इस राज्य में अपनी पैठ बनाने की विफल कोशिश करते रहे हैं। 1999 के विधानसभा चुनावों में बीजू जनता दल से गठबंधन होने के बाद भाजपा के प्रदर्शन में सुधार हुआ और 2000 के विधानसभा चुनावों में 38 और 2004 के विधानसभा चुनावों 32 सीटों पर जीत मिली। ऐसा नहीं है कि राष्ट्रीय स्वंयसेवक संघ और भाजपा ने यहाँ अपनी साम्प्रदायिक राजनीति फैलाने की कोशिश नहीं की। 2008 में कंधमाल में ईसाई आदिवासियों के ख़िलाफ़ हुए दंगे इस तरह की एक कोशिश थी। लेकिन सम्भवत: इसी कारण से नवीन पटनायक ने अगले चुनावों के वक़्त भाजपा से संबंध तोड़ लिया। इस कारण 2009 के चुनावों में भाजपा की राजनीतिक शक्ति में काफ़ी गिरावट आयी और उसे सिर्फ़ छह सीटों पर जीत मिल सकी।

चौथा, ओडीशा की राजनीति पर नव-उदारतावादी आर्थिक नीतियों का भी गहरा प्रभाव पड़ा है। चूँकि खनिज सम्पदा के मामले में यह भारत के सबसे सम्पन्न राज्यों में से एक है इसलिए बहुत सी देशी और विदेशी कम्पनियाँ यहाँ निवेश करने के लिए आ रही हैं। राज्य सरकार ने 1990 के

बाद से ही इस तरह की कम्पनियों को राज्य में उद्योग लगाने की इजाज़त देने की शुरुआत कर दी थी। लेकिन नवीन पटनायक के मुख्यमंत्री बनने के बाद यह प्रक्रिया और ज़्यादा तेज़ हो गयी। इसने प्रतिक्रियास्वरूप राज्य में जन-आंदोलनों को भी बढ़ावा दिया। ओडीशा में आदिवासियों द्वारा जल, जंगल और ज़मीन के लिए संघर्ष करने के लिए स्थानीय स्तर पर कई आंदोलन चलाये गये। इनमें काशीपुर और जगतसिंहपुर का पोस्को विरोधी आंदोलन चर्चित रहा है। इसके अलावा, ओडीशा में माओवादी आंदोलन का प्रभाव भी बढ़ा है।

भाजपा के कमज़ोर हो जाने के बाद इस समय ओडीशा में मुख्य मुक़ाबला बीजू जनता दल और कांग्रेस के बीच ही है। आर्थिक नीतियों के संदर्भ में कांग्रेस और बीजू जनता दल में बहुत अंतर नहीं है। इसलिए भी कांग्रेस आम लोगों को अपनी ओर आकर्षित करने में बहुत ज़्यादा सफल नहीं हो पायी है। यह एक कड़वा सच है कि संसाधन-सम्पन्न होने के बावजूद ओडीशा एक पिछड़ा हुआ राज्य है। फिर, पिछले एक-डेढ़ दशकों में यहाँ जिस तरह का विकास मॉडल अपनाया गया है उसने आदिवासियों और हाशिये पर पड़े दूसरे समूहों की जीविका को ख़तरे में डाल दिया है।

इस राज्य की राजनीति में पंद्रह साल से जहाँ एक व्यक्ति का वर्चस्व है, वहीं स्थानीय स्तर पर चलने वाली गैर-दलीय राजनीति प्रक्रियाओं ने विकास के 'मॉडल' और राज्य की नीतियों के संदर्भ में क़ायम तथाकथित आम-सहमति पर गहरे सवालिया निशान लगाये हैं। निश्चित रूप से ओडीशा की राजनीति में विकास का मॉडल और वंचित समूहों की जीविका आने वाले समय में एक ज्वलंत मुद्दा बनेगी।

देखें : असम, अरुणाचल प्रदेश, आंध्र प्रदेश, उत्तर प्रदेश, उत्तराखण्ड, कर्नाटक, केरल, गुजरात, छत्तीसगढ़, जम्मू और कश्मीर, झारखण्ड, तमिलनाडु, त्रिपुरा, दिल्ली, नगालैण्ड, पश्चिम बंग, पंजाब, महाराष्ट्र, मध्य प्रदेश, मिज़ोरम, मेघालय, भारतीय संघवाद, बिहार, राजस्थान, राज्यों का पुनर्गठन-1, 2 और 3, राज्यों की राजनीति, संघवाद, हरियाणा।

संदर्भ

1. नलिनी रंजन मोहंती (2009), 'ओडीशा : मण्डल और मंदिर की राजनीति से बेख़बर', अरविंद मोहन (सम्पा.), *लोकतंत्र का नया लोक : चुनावी राजनीति में राज्यों का उभार*, भाग-2, वाणी प्रकाशन-लोकनीति सीएसडीएस, नयी दिल्ली.

— कमल नयन चौबे

छायावाद

(Chhayavad)

आधुनिक हिंदी-साहित्य में दो महायुद्धों के बीच का समय छायावाद का युग कहा जाता है। अब इस युग को समाजशास्त्रीय मानदण्डों से भी परख कर यह समझ बनी है कि छायावाद पश्चिम के स्वच्छंदतावाद की नक़ल पर चला हिंदी का आंदोलन नहीं है, बल्कि यह हमारे आधुनिक साहित्य के इतिहास की एक महत्त्वपूर्ण परिणति है। छायावाद के बारे में ऐसा भी कहा गया है कि यह स्थूल के प्रति सूक्ष्म का विद्रोह है। यहाँ विद्रोह का अर्थ है उपयोगितावाद के विरुद्ध भावुकतावाद का विद्रोह, पुराने काव्य-शिल्प के विरुद्ध नये काव्य-शिल्प का विद्रोह। लेकिन नये अध्ययनों से यह समझ भी बनी है कि छायावाद ने अपनी पूर्ववर्ती कविता से विद्रोह नहीं किया और न ही किसी प्रतिक्रिया के रूप में जन्म लिया है। यह तो हिंदी के काव्य-विकास की सहज मण्डज़ल है। यह न तो पूँजीवाद की कविता है, न पुनरुत्थानवाद की, बल्कि यह भारतीय स्वाधीनता आंदोलन और सांस्कृतिक नवजागरण की गोद में जन्मी मानव-मुक्ति की कविता है जिसमें देश-भक्ति और राष्ट्रीयता की भावना का स्थाई निवास है। एक व्याख्या यह भी है कि छायावाद उस राष्ट्रीय-सांस्कृतिक जागरण की अभिव्यक्ति है जो पुरानी रूढ़ियों को अस्वीकार करती है और मानव-मुक्ति के सपने देखती है। इस अर्थगत व्यापकता के कारण छायावाद को परिभाषा यह दी गयी कि राजनीति के क्षेत्र में जो गाँधीवाद है, कविता के क्षेत्र में वही छायावाद है। इस अर्थ में छायावाद को गाँधीवाद का पर्याय मानना चाहिए।

प्रश्न उठता है कि 'छायावाद' शब्द के प्रयोगकर्ता 'छाया' शब्द से क्या व्यंजना ग्रहण करते रहे। इसे ठीक-ठीक बता पाना तो कठिन है, इसलिए कि 'छाया' शब्द की अनेक व्याख्याएँ हुईं और 'छाया' का अर्थ अनुकरण या नक़ल ग्रहण किया। किसी-किसी ने कहा जो समझ में न आये वह छायावाद है। जयशंकर प्रसाद ने पूरी स्थिति पर निगाह डालते हुए संस्कृति प्रयोगों के साक्ष्य पर 'छाया' की व्याख्या की 'मोती के भीतर छाया की जैसी तरलता'। छाया का अर्थ कांति, पानी, चमक, आब करते हुए उन्होंने कहा, 'छाया भारतीय दृष्टि से अनुभूति और अभिव्यक्ति की भंगिमा पर निर्भर करती है।' इस तरह यह अर्थ उभर कर सामने आया कि छायावाद प्रकृति-काव्य नहीं शक्ति-काव्य है, और इस शक्ति-काव्य पर भारतीय सांस्कृतिक नवजागरण का प्रभाव कई स्तरों पर है। इस युग की प्रतिनिधि रचना *कामायनी* और *राम की शक्ति पूजा* है। मूल संदेश यह है कि शक्ति के नियोजन से पराधीनता से मुक्ति

सूर्यकांत त्रिपाठी निराला (1896-1961)

मिल सकती है। मानवता को विजयिनी देखने का यही उपाय है। इसीलिए 'शक्ति की करो मौलिक कल्पना, करो पूजन' क्योंकि यह आसुरी शक्तियों से मुक्ति पाने का रास्ता है। शक्ति की मौलिक कल्पना अन्यों की नक़ल से नहीं अपनी मौलिक सूझ से ही की जा सकती है।

हिंदी आलोचना में 'छायावाद' शब्द का प्रचलन 1920 के आसपास हुआ। उपलब्ध सामग्री के आधार पर कहा जा सकता है कि जबलपुर से निकलने वाली साहित्यिक पत्रिका *श्रीशारदा* के 1920 के जुलाई, सितम्बर, नवम्बर और दिसम्बर के अंकों में प्रकाशित मुकुटधर पाण्डेय द्वारा लिखित 'हिंदी में छायावाद' शीर्षक लेख के अंतर्गत चार निबंधों को छायावाद के स्वरूप-विधायक लेख माना जा सकता है। उस समय से आज तक विद्वान छायावाद पर निरंतर विचार कर रहे हैं। उन्हें ध्यान है कि हिंदी आलोचना में छायावाद को मूलतः पाश्चात्य मिस्टिसिज़िम या रहस्यवाद से सम्बद्ध माना गया। इतना ही नहीं छायावादी कवियों पर अंग्रेज़ी के रोमांटिक कवियों का प्रभाव देखकर इस काव्य को 'रोमांटिसिज़िम' का प्रतिरूप समझा गया। तीसरे छायावाद के कवियों की शिल्पगत सजगता को देख कर छायावाद को 'चित्रभाषावाद' या अभिव्यंजना की नूतन पद्धति समझा गया। पहली भ्रांति का जन्म मुकुटधर पाण्डेय के 'छायावाद' शब्द को 'मिस्टिसिज़िम के लिए आया हुआ' कह देने से हुआ। रामचंद्र शुक्ल ने इसे स्पष्टतः रहस्यवाद के अर्थ में ग्रहण किया और उसके बाद नंददुलारे वाजपेयी भी इसी भ्रांति के शिकार रहे। छायावाद की स्वरूप विषयक इस भ्रांति का निराकरण सर्वप्रथम रामकृष्ण शुक्ल शिलीमुख ने किया, उन्होंने छायावाद और रहस्यवाद के मौलिक अंतर को स्पष्ट किया। उनके अनुसार छायावाद प्रकृति में मानव जीवन का प्रतिबिम्ब देखता है जबकि रहस्यवाद सम्पूर्ण सृष्टि में ईश्वर का। ईश्वर अव्यक्त है, छाया व्यक्त। इस तरह शिलीमुख ने छायावाद की मूल काव्यानुभूति में आध्यात्मिकता का निषेध किया।

यह समस्या भी विद्वानों के सामने रही कि क्या छायावाद रोमांटिसिज़िम (स्वच्छंदतावाद) का प्रतिरूप है। रामचंद्र शुक्ल ने श्रीधर पाठक और रामनरेश त्रिपाठी के सृजन कार्य को देशी स्वच्छंदतावाद के अंतर्गत स्थान दिया। यह ठीक बात है कि हिंदी के इन दो कवियों में छायावाद की स्वच्छंद प्रकृति का पूर्वाभास मिलता है। लेकिन इसी कारण छायावाद को अंग्रेज़ी के रोमांटिसिज़िम का अनुकरण मान लेना उसका अवमूल्यन करना है। दरअसल, छायावाद, रहस्यवाद और स्वच्छंदतावाद में से किसी भी 'वाद' का समानधर्मा प्रतिरूप नहीं है, लेकिन इसके बावजूद इस काव्य की रहस्यात्मक और स्वच्छंदतावादी प्रवृत्तियों को नकारा नहीं जा सकता। डॉ. नामवर सिंह ने अपनी कृति *छायावाद* में सुमित्रानंदन पंत की कविता *मौन-निमंत्रण* पर कहा है कि इस काव्य की विषय परिधि इतनी व्यापक है कि इसमें इन सभी प्रवृत्तियों का सहज अंतर्भाव मिलता है। रहस्यवाद, छायावाद और स्वच्छंदतावाद में 'थोड़ा-थोड़ा' अंतर भले ही हो, तीनों एक ही विचारधारा की विविध प्रवृत्तियाँ मालूम पड़ती हैं। इस तरह छायावादी प्रवृत्तियों के ही सर्वव्यापी होने के कारण इस काव्य-विशेष का 'छायावाद' नाम सर्वाधिक उपयुक्त है। छायावाद को अंतर्वस्तु-विहीन अभिव्यंजना की पद्धति कहना भी उचित प्रतीत नहीं होता। छायावाद में श्रेष्ठ कविता है और उसके पीछे सशक्त युग-प्रेरणा है। इसी दृष्टि से नगेंद्र ने इसे 'एक विशेष प्रकार की भावपद्धति, जीवन के प्रति एक विशेष प्रकार का भावात्मक दृष्टिकोण' कहा है। नगेंद्र ने दो क़दम आगे बढ़ कर छायावाद को नैतिक रूढ़ियों के प्रति मानसिक स्वातंत्र्य का विद्रोह और काव्य के बंधनों के प्रति स्वच्छंद कल्पना और 'टेकनीक का विद्रोह' कहा है।'

दरअसल, छायावादी कविता के व्याख्यान-विश्लेषण से यह ध्वनित होता है कि व्यक्ति की स्वाधीनता ही सम्पूर्ण समाज की स्वाधीनता की अभिव्यक्ति है। छायावाद में भारतीय स्वाधीनता-संग्राम, विशेषकर सत्याग्रह-युग की चेतना की पर्याप्त अभिव्यक्ति मौजूद है। भारतीय जागरण का यह प्रबल अध्याय है जिसे निराला, पंत, प्रसाद और महादेवी ने मिल कर लिखा है। छायावाद ने रीतिवाद का विरोध करते हुए स्वानुभूति और कवि-स्वातंत्र्य पर पर्याप्त बल दिया। रामचंद्र शुक्ल को छायावादी अध्यात्मिकता के मूल में रवींद्रनाथ का प्रभाव दिखाई दिया। रवींद्रनाथ ब्राह्मी थे, अतः

उन्हें छायावाद को 'फ़ैंटसमेटा' ईसाई प्रतीकवाद मानने में कठिनाई नहीं हुई। यह विचार प्रचारित था कि बांग्ला में भी छायावाद नाम का कोई 'वाद' है। इस विचार का खण्डन हजारी प्रसाद द्विवेदी ने किया। महावीर प्रसाद द्विवेदी छायावाद की अस्पष्टता को लेकर परेशानी में थे और उन्होंने कहा भी था कि, 'छायावाद से लोगों का क्या तात्पर्य है, कुछ समझ में नहीं आता'। लेकिन रामचंद्र शुक्ल ने साहस के साथ 'रोमांटिसिज़िम' का अनुवाद 'स्वच्छंदतावाद' किया और श्रीधर पाठक और रामनरेश त्रिपाठी को स्वच्छंदतावादी कवि कह कर छायावाद और स्वच्छंदतावाद में भेद किया। शुक्ल छायावाद को स्वच्छंदतावाद कहने का विरोध करते थे। दिलचस्प बात यह है कि अंग्रेज़ी रोमांटिसिज़िम से पंत, प्रसाद और निराला को प्रभावित मानने पर भी शुक्ल ने उन्हें पश्चिमी ढंग का रोमांटिक मानने से इनकार कर दिया था। लेकिन रामचंद्र शुक्ल के बावजूद हिंदी आलोचना में छायावाद को स्वच्छंदतावाद का पर्यायवाची मान लिया गया। सम्भवत: यह इसलिए हुआ कि व्यापक अर्थ में स्वच्छंदतावाद रूढ़ियों से मुक्ति की आकांक्षा है।

छायावाद को रहस्यवाद और आध्यात्मिकता से युक्त मानने का भी एक दौर चला। नंद दुलारे बाजपेयी जैसे छायावाद के आलोचक ने कहा कि 'मानव अथवा प्रकृति के साथ सूक्ष्म किंतु व्यक्त सौंदर्य में आध्यात्मिकता का भान मेरे विचार से छायावाद की एक सर्वमान्य व्याख्या हो सकती है।' इसी समय छायावाद को लेकर नगेंद्र, महादेवी वर्मा, शांतिप्रिय द्विवेदी की यह धारणा भी विचार के केंद्र में आ गयी कि छायावाद स्थूल के प्रति सूक्ष्म का विद्रोह है। छायावाद की सूक्ष्मता को लेकर प्रश्न उठा कि पंत-प्रसाद-निराला की कुछ कविताएँ काफ़ी स्थूल हैं, उनका क्या होगा! क्या उन्हें छोड़ दिया जाएगा? छायावाद की श्रेणी में प्रसाद-पंत-निराला-महादेवी के सम्पूर्ण काव्य को समाहित किया गया। अज्ञेय ने कहा कि परिश्रम प्रसाद ने अधिक किया है, काव्य निराला का श्रेष्ठ है। प्रसाद पढ़ाये जाएँगे, निराला पढ़े जाएँगे, पंत से सीखा जाएगा।

छायावाद ने प्रकृति के प्रतीकों द्वारा अर्थ-व्यंजना का एक नया संसार सामने ला दिया। नये बिम्ब छायावाद की प्रतीकों से भी बड़ी देन हैं। इस तरह छायावाद ने काव्य रूप, काव्यभाषा, काव्य बिम्ब-प्रतीक, अलंकार और नवीन छंदयोजना का समृद्ध लोक हिंदी कविता में ला दिया। लेकिन छायावाद को केवल अभिव्यंजना की नूतन-पद्धति का आंदोलन कहना उसके गौरव को छीन लेना है जबकि कला की दृष्टि से छायावाद हिंदी कविता का सुवर्ण काल है। छायावाद की मुख्य प्रवृत्तियाँ हैं— सूक्ष्म के प्रति आग्रह, आत्माभिव्यक्ति, स्थूल यथार्थ से विमुख होकर कल्पना जगत में प्रवेश, स्वानुभूति, अतींद्रिय अमांसल शृंगार भावना, प्रकृति

सुमित्रानंदन पंत (1900–1967)

का नारी रूप में अंकन, कौतूहलजन्य कल्पना, आत्मोन्नयन की कामना, कल्पनातिरेक, रूढ़ियों के प्रति स्वच्छंद कल्पना का विद्रोह, भावावेग की प्रधानता, प्रगीत-तत्त्व, भारत के स्वर्णिम अतीत का गौरवगान, राष्ट्रीय संस्कृतिक उद्‌बोधन की चेतना, परतंत्र राष्ट्र की दयनीय अवस्था पर करुणा विगलित क्षोभ, भारतीय संस्कृति का भव्य अंकन, भारतीय वीरों का यशोगान, भारतमाता के अनेक रूपों की वंदना , राष्ट्रभक्ति से ओतप्रोत गीतों का ओजस्वी स्वर।

छायावादी कवियों में सुमित्रानंदन पंत पर्वतीय क्षेत्र से, सूर्यकांत त्रिपाठी निराला महिषादल बंगाल और बैसवाड़ा से, जयशंकर प्रसाद भोजपुरी क्षेत्र से और महादेवी वर्मा ठेठ खड़ी बोली के क्षेत्र से आती हैं। इनमें से ज़्यादातर कवियों का कवि-कंठ ब्रजभाषा में फूटा है, लेकिन इन सभी ने काव्य-भाषा के रूप में खड़ी बोली की महत्त्व-प्रतिष्ठा की है। अपनी पूरी काव्य-परम्परा का अनुशीलन करते हुए इन कवियों ने आत्मीयता का वातावरण तैयार किया है। वे कविता में बात कहने के लिए किसी कल्पित कहानी, पुराण-आख्यान की अपेक्षा नहीं रखते— सीधी-सच्ची भाषा में उत्तम पुरुष में सुगमता से बात कहते हैं। इसलिए इन कवियों ने 'मैं' शैली अपनाकर सामाजिक-स्वाधीनता को बढ़ावा दिया। इस तरह कविता में आधुनिक शिक्षित युवक का पूरा व्यक्तित्व उभर कर सामने आया। कवियों ने भक्तों की आत्मनिवेदन पद्धति से आगे बढ़कर अपनी बात कही। यहाँ किसी 'राधा-कान्ह' का बहाना नहीं है और न सामंती नैतिकता का कोई बंधन। पंत ने *उच्छ्‌वास* में बालिका के प्रति सीधे प्रणय प्रकट किया। निराला

ने अपनी पुत्री सरोज की स्मृति में शोक गीत लिखा और निजी जीवन की अनेक बातें कहीं। कान्यकुब्ज ब्राह्मणों की करतूतों का, हिंदी के सम्पादकों द्वारा अपमानित होने का और 'दुःख ही जीवन की कथा रही' का पीड़ा-पाठ प्रस्तुत किया। प्रसाद ने प्रेमचंद के आग्रह पर *हंस* में *आत्मकथा* दी और कहा, 'छोटे से जीवन की कैसे बड़ी कथाएँ आज कहूँ'। महादेवी ने प्रगीतों में नारी मन की व्यथा-कथा और नारी की निर्भयता का विस्तार किया। इस तरह छायावादी काव्य में आत्माभिव्यक्ति की भावना व्याप्त रही है। यह आत्माभिव्यक्ति ही इस सृजन में मानव की स्वाधीनता का बीज-मंत्र है।

व्यक्तिवादी होने पर भी इन कवियों ने आत्म-प्रसार की आकांक्षा को कहीं कम नहीं होने दिया। निराला के राम 'पंचवटी प्रसंग' में सीता को आत्म-प्रसार का उपदेश देते हैं। कविता को संकीर्णताओं से निकाल कर छायावाद के कवियों ने 'चारपाई पर पड़े-पड़े कराहने वाले प्रेम' को नमस्कार कर लिया। उनका प्रेम मानव को 'औरों को हँसते देखो मनु' का संदेश देने लगा। *कामायनी* में हर बार आता है कि 'अपने में सब कुछ भरकर कैसे व्यक्ति विकास करेगा'। उनका अरमान रहा है 'एक कर दें पृथ्वी आकाश'। उनके इस अरमान की विराटता के छोर अनंत हैं। जाति-भेद, देश-भेद के दायरे में उनका यह अरमान कैद नहीं हो सकता। धार्मिक संकीर्णता तो इन कवियों ने ललकारा ही, ब्रजभाषा की नायिका-भेदी परम्पराओं का भी विरोध किया। पंत की रचना *पल्लव* इस क्षेत्र का ऐतिहासिक दस्तावेज़ है। पंत ने प्रकृति के सौंदर्य को हज़ार-हज़ार नैनों से देखकर शब्दबद्ध किया और कौतूहलता में पूछा, 'प्रथम रश्मि का आना रंगिणि तूने कैसे पहचाना?' महादेवी ने प्राचीन सीमाओं का विरोध करते हुए 'जाग तुझको दूर जाना है' का स्वर ऊँचा किया। 'कीर का पिय आज पिंजर खोल दो' की गुहार लगायी और आँधी-तूफ़ान में डँटे रहने की निर्भय 'काव्य टोन' को अपनाया। निराला की *राम की शक्ति पूजा* के राम शक्ति की मौलिक कल्पना करते हैं। *कामायनी* के लोक में इच्छा-क्रिया-ज्ञान के मेल से सामंजस्य अनुभूति को दार्शनिकता में सम्पृक्त करने की कला अद्‌भुत है।

प्रकृति की भाँति ही छायावादी कविता में 'देवि माँ सहचरी प्राण' के रूप में नारी को प्रधानता मिली है। द्विवेदी-युग की कविता में नारी के प्रति सम्मान भाव है, लेकिन वहाँ गृहस्थिका-भावना की अधिकता है। समाज-सुधार के नाम पर विधवाओं-अनाथालयों की भरमार है। आर्यसमाजी नैतिकता से वह कविता पटी पड़ी है। राम नरेश त्रिपाठी का 'मिलन' नारी जागरण का त्यागमय रूप सामने लाता है। लेकिन छायावाद-युग की बौद्धिक नारी कई अर्थों में सजग नारी है। निराला की कविता 'विधवा' में नारी का तपस्विनी रूप 'वह इष्टदेव के मंदिर की पूजा सी' रूप में झलक उठता है। शिक्षा में सुधार के कारण नारी-पुरुष में वैयक्तिक स्वच्छंद प्रेम का उदय हुआ। नारी को 'प्रेयसी' का ऊँचा स्थान मिला। यह सखीवाद-सजनीवाद का मध्ययुगीन रूप नहीं था। नारी के प्रति रीतिकालीन दृष्टिकोण हरिऔध, मैथिलीशरण गुप्त, सियारामशरण गुप्त की कृतियों में बदला और छायावाद में आ कर उसमें और नयापन आया। प्रसाद के मनु को कामगोत्रजा श्रद्धा 'आनंदलोक' की यात्रा में ले गयी। प्रसाद का 'काम' पौराणिक-काम नहीं है। वह नये युग की हलचल और तनाव का विस्फोट है। आधुनिक मन में प्यास की काममयी पुकार है और अतृप्तियों का खुला खेत। प्रसाद ने प्रेम के लिए कहा है कि, 'पागल रे वह मिलता है कब उसको तो देते ही हैं सब' नर-नारी के प्रणय के संबंध में छायावाद संवाद-सेतु का काम करता है। मध्य युग में नारी प्रेम की वस्तु थी, अब नारी को स्वच्छंद, भावमय व्यक्तित्व मिल गया। शिक्षा के नये परिवेश में युवक-युवतियाँ मिले और उनमें प्रगाढ़ता बढ़ी। 'राम की शक्ति पूजा' में नवीन प्रणयानुभूति को निराला ने 'काँपते हुए किसलय झरते पराग समुदय' के नये प्रतीकों से व्यक्त किया। प्रसाद की श्रद्धा, निराला की रत्नावली और पंत की अप्सरा का नयापन रीतिवाद को पछाड़ता चलता है। इस तरह छायावाद ने नारी का पूरा सौंदर्यशास्त्र-समाजशास्त्र ही बदल दिया। निराला की 'जूही की कली' का प्रेम तृप्ति में विश्राम पाता है।

छायावाद की हर कविता नीतिपरक भी है और राजनीतिक भी। साथ ही वह नैतिकता के शक्तिबाण पर भी सवार है। उसमें राजनीतिक परिस्थिति की छाया की अभिव्यक्ति है। सामाजिक-राजनीतिक स्वाधीनता के लिए संघर्ष है। पराधीन भारत में राष्ट्रीयता की भावना ने जोर पकड़ा और भारतीय इतिहास में कवि-मन यात्रा करने लगा। भारतीय परम्परा का हमारे विद्वानों ने पुनःवाचन किया और उसे गौरवशाली पाया। प्रसाद ने 'हिमालय के प्रति' कविता में 'प्रलय में पले हुए हम वीर' कहकर जनता को नया संदेश दिया। प्रसाद ने अतीत का गौरव सबसे ज़्यादा गाया, लेकिन वे पुनःरुत्थानवादी नहीं निकले। वे वर्तमान में संघर्ष करने वाले प्रेरणा-नायक हैं। निराला ने 'जागो फिर एक बार' कविता में सांस्कृतिक परम्परा के तार झनझना दिये। गीता की वाणी को स्मरण करते हुए कहा : 'शेरों की माँद में आया है आज स्यार/जागो फिर एक बार'। निराला जी की कविता 'तुलसीदास' तो स्वाधीनता का स्वर्ण-कलश है। प्रसाद में देश-प्रेम का अनुपम रूप 'चंद्रगुप्त' नाटक के कार्नोलिया द्वारा गाये हुए इस गीत में मिलता है- 'अरुण यह मधुमय देश हमारा'। पूरा गीत भारतमाता की आरती है। छायावाद के इन सभी कवियों में महादेवी का स्वर सर्वाधिक शक्ति-भरा स्वर है : 'जाग तुझको दूर जाना' का भाष्य महादेवी के प्रति गहरी श्रद्धा से भर देता है। स्वाधीनता आंदोलन से प्राप्त मानसिक

स्वाधीनता ने महादेवी के गद्य-पद्य में ऐसा रूप धारण किया कि उनके बहुवचनों को भूल पाना असम्भव है।

छायावाद ने हिंदी कविता को एक नया रूप-विन्यास दिया और काव्य-भाषा को अधिकाधिक सर्जनात्मक बनाया। काव्य रूप में नाटकीय प्रबंध-कविताएँ, लम्बी कविताओं के साथ प्रगीत-कला का स्वर्ण-युग ला दिया। उसने अभिव्यंजना की नूतन काव्य-प्रणालियों को जन्म दिया। इस कविता ने चित्रात्मकता-बिम्बात्मकता को सामाजिक आधार दिया। पंत ने व्यंजक-विशेषणों से अलंकार में नये अप्रस्तुतों के प्रयोग से कविता को भीतर से बदल दिया। छंद के क्षेत्र में छायावाद में नये-पुराने छंदों के साथ मुक्त-छंद महिमा को पाठक के सामने उजागर किया।

देखें : अष्टछाप, 'अंग्रेज़ी हटाओ' आंदोलन, नंद दुलारे वाजपेयी, नगेंद्र और सैद्धांतिक समीक्षा, नयी कविता, प्रेमचंद, प्रयोगवाद, प्रगतिवाद, भक्ति आंदोलन-1 और 2, भक्ति-काव्य-1 और 2, भारतेंदु हरिश्चंद्र, भारतेंदु युग-1 और 2, भाषा नियोजन-1, 2, 3 और 4, भाषा का मार्क्सवादी सिद्धांत, महावीर प्रसाद द्विवेदी-1 और 2, महादेवी वर्मा, मीरांबाई और प्रेमाभक्ति, रामानुजाचार्य, रामानंद, रामचंद्र शुक्ल-1 और 2, रामविलास शर्मा-1 और 2, रीतिकाल-1, 2 और 3, वैष्णव धर्म, श्याम सुंदर दास, सम्पर्क भाषा-1, 2, 3 और 4, संविधान सभा में भाषा-विवाद-1, 2 और 3, संत-काव्य, सिद्ध-नाथ परम्परा, सूफ़ियत और प्रेमाख्यान, हजारी प्रसाद द्विवेदी-1 और 2, हिंदी विरोधी आंदोलन, हिंदी जाति-1, 2 और 3, हिंदी साहित्य का आदिकाल, हिंदी साहित्य का इतिहास, हिंदी-जगत और 'लोकप्रिय'-1 और 2, हिंदी नवजागरण।

संदर्भ

1. धीरेंद्र वर्मा (प्रधान सम्पादक), ब्रजेश्वर वर्मा (सहकारी) (1969), *हिंदी साहित्य* (तृतीय खण्ड), भारतीय हिंदी परिषद्, प्रयाग.
2. रामस्वरूप चतुर्वेदी (1993), *हिंदी साहित्य और संवेदना का विकास*, लोक भारती प्रकाशन, इलाहाबाद.
3. नामवर सिंह (1955), *छायावाद*, राजकमल प्रकाशन, नयी दिल्ली.
4. प्रतिभा कृष्णबल (1971), *छायावाद का काव्यशिल्प*, राधाकृष्ण प्रकाशन, नयी दिल्ली.
5. कृष्णदत्त पालीवाल (1988), *हिंदी आलोचना का सैद्धांतिक आधार*, वाणी प्रकाशन, नयी दिल्ली.
6. रामचंद्र शुक्ल (1945), *हिंदी साहित्य का इतिहास*, नागरी प्रचारिणी सभा, काशी, तेरहवाँ पुनर्मुद्रण.
7. विजय देव नारायण साही (1987), *छठवाँ दशक*, हिंदुस्तानी अकादमी, इलाहाबाद.

— **कृष्णदत्त पालीवाल**

जॉन स्टुअर्ट मिल

(John Stuart Mill)

उन्नीसवीं सदी के विचारक और अर्थशास्त्री जॉन स्टुअर्ट मिल (1806-1873) ने दर्शनशास्त्र, समाजशास्त्र और राजनीतिशास्त्र में भी उल्लेखनीय योगदान दिया है। अपने युग के दो-तीन सबसे महत्त्वपूर्ण अर्थशास्त्रियों में एक मिल ने उपयोगितावाद के सिद्धांत का प्रतिपादन किया, लेकिन वे समाजवादी विचारों से भी प्रभावित थे। मिल *ऑन लिबर्टी* (1859) और *द सब्जेक्शन ऑफ़ वुमॅन* (1869) के रचयिता भी हैं। अल्फ्रेड मार्शल की रचना प्रकाशित होने से पहले मिल द्वारा रचित पाठ्य पुस्तक *प्रिंसिपल्स ऑफ़ पॉलिटिकल इकॉनॉमी* (1848) क़रीब आधी सदी तक इंग्लैण्ड में आर्थिक चिंतन और अध्यापन पर छायी रही। इस रचना से पता चलता है कि उनका विमर्श तत्कालीन स्थापित विचारों और साम्यवादी विचारों के बीच योजक कड़ी था। मिल माल्थस के जनसंख्या सिद्धांत के समर्थक तो थे, पर उनकी तरह निराशावादी नहीं। आबादी में वृद्धि रोकने के लिए वे स्त्रियों को और अधिक स्वतंत्रता देने के पक्षधर थे। मज़दूरी के सिद्धांत के बारे में उनकी मान्यता थी कि इसका निर्धारण श्रमिकों के जीवन-निर्वाह की लागत से होता है। मिल के अनुसार दीर्घकाल में मज़दूरी केवल इतनी होगी कि श्रमिक अपने जीवन का निर्वाह-भर कर सकें। यदि मज़दूरी अधिक होगी तो मज़दूरों की संख्या बढ़ जाएगी। यदि मज़दूरी कम हुई तो मज़दूरों की संख्या कम हो जाएगी। जब इस सिद्धांत की आलोचना हुई तो मिल ने मज़दूरों को संगठित हो कर मज़दूरी बढ़ाने के लिए प्रेरित किया।

जॉन स्टुअर्ट मिल लंदन में पैदा हुए। उनके पिता विख्यात विद्वान और इतिहासकार जेम्स मिल ने उन्हें व्यवस्थित शिक्षा दिलायी। मिल ने बचपन में यूनानी भाषा सीख ली और बहुत कम उम्र में प्लेटो की रचनाएँ पढ़ने लगे। आठ साल की उम्र में उन्हें लैटिन और फिर गणित सिखायी गयी। बारह साल की आयु वे तर्कशास्त्र और दर्शन का अध्ययन करने लगे थे। मिल के घर में उन दिनों उपयोगितावादी दार्शनिक जेरेमी बेंथम का अक्सर आगमन होता था जिनसे हुई बातचीत का उनके युवा मानस पर गहरा असर पड़ा। उन्होंने समाज सुधारक बनने का फ़ैसला किया। 1834 से 1840 के बीच मिल ने ब्रिटेन में बुद्धिजीवियों की प्रमुख पत्रिका *वेस्टमिंस्टर रिव्यू* का सम्पादन किया। इसके बाद उन्होंने अर्थशास्त्र, दर्शन, राजनीति और सामाजिक सिद्धांत पर कई पुस्तकें रचीं।

क्लासिकल अर्थशास्त्रियों के बीच मिल की अहमियत इस बात को लेकर है कि उन्होंने ऐडम स्मिथ और माल्थस

जॉन स्टुअर्ट मिल (1806-1873)

के परस्पर विपरीत लगने वाले प्रेक्षणों के बीच तालमेल बैठाया और बीच का रास्ता निकाल कर भविष्य की आर्थिक वृद्धि का विश्लेषण करने की कोशिश की। स्मिथ का ख़याल था कि मुक्त व्यापार, प्रौद्योगिकीय नवाचार, श्रम के विभाजन और पूँजी के निवेश के ज़रिये समाज और राष्ट्र समृद्ध होते हैं। इसके उलट माल्थस मानते थे कि स्थिर संसाधनों पर पड़ने वाले जनसंख्या के दबाव के कारण आर्थिक प्रगति की सम्भावनाएँ सीमित हो जाती हैं। मिल का ख़याल था कि अर्थव्यवस्था में दोनों तरह की ताक़तें एक साथ काम करती रहती हैं। इनके टकराव के नतीजे की भविष्यवाणी करने के बजाय उन्होंने भविष्य के लिए कई सम्भावनाओं और परिदृश्यों की तजवीज़ की।

मिल इस निष्कर्ष पर पहुँचे कि अर्थव्यवस्था में दीर्घकालीन रुझानों और परिणामों की एकदम ठीक-ठीक भविष्यवाणी नहीं की जा सकती। आर्थिक प्रक्रियाओं का नतीजा माल्थस जैसा भी निकल सकता है, और स्मिथ जैसा भी। एक तीसरा परिदृश्य यह भी हो सकता है कि पूँजी की सप्लाई और आबादी की बढ़ोतरी एक ही दर से हो, साथ में प्रौद्योगिकी तुलनात्मक रूप से स्थिर रहे। चूँकि श्रम की आपूर्ति और माँग एक सी रहेगी, इसलिए वास्तविक मज़दूरी में कोई बढ़ोतरी नहीं होगी। लेकिन, दूसरी ओर प्रौद्योगिकी में भी कोई विकास नहीं होगा इसलिए खाद्य उत्पादन की लागत बढ़ जाएगी। परिणामस्वरूप मुनाफ़े में लाज़मी तौर पर गिरावट होगी। मिल के लिहाज से चौथा परिदृश्य था पूँजी और आबादी में बढ़ोतरी से भी ज़्यादा रफ़्तार से प्रौद्योगिकी में बढ़ोतरी होना। इसके परिणामस्वरूप खाद्य उत्पादन तेज और आसान हो जाएगा। मज़दूरी भी घटेगी और लगान भी। मुनाफ़ा बढ़ेगा और कुल अर्थव्यवस्था बेहतर होगी।

मिल का ख़याल था कि तीसरा परिदृश्य सर्वाधिक सम्भावित है। इसलिए उन्होंने आर्थिक प्रगति के स्थावर हालात की सम्भावनाओं पर काफ़ी दिमाग़ खपाया। उन्नीसवीं सदी में अधिकतर क्लासिकल अर्थशास्त्रियों को यह अंदेशा सताता रहता था कि एक न एक दिन आर्थिक वृद्धि का सिलसिला ख़त्म हो जाएगा। इस सवाल को लेकर उनके बीच बहस भी होती थी। लेकिन मिल इस निष्कर्ष पर पहुँचे कि अर्थव्यवस्था में हमेशा उछाल का मौसम अगर न भी रहे तो भी अपनी जगह स्थिर अर्थव्यवस्था की धीमी गति को सकारात्मक निगाह से देखा जाना चाहिए, बशर्ते उसमें आमदनी का बँटवारा ठीक से किया गया हो। दार्शनिक रवैया अपनाते हुए मिल ने यह भी कहा कि अगर आर्थिक वृद्धि रुक जाएगी तो औद्योगिक जीवन में लगातार चलते रहने वाली चूहा-दौड़ ख़त्म हो जाने के आसार भी पैदा होंगे।

मिल ने रिकार्डो द्वारा छोड़ी गयी सैद्धांतिक समस्याओं का निवारण भी किया। रिकार्डो यह बताने में असमर्थ रहे थे कि अंतर्राष्ट्रीय व्यापार से होने वाले लाभों का देशों के बीच बँटवारा किस तरह होगा। मिल ने दिखाया कि लाभों का अधिकतर हिस्सा उस देश को जाएगा जिसके बाज़ार में माँग अधिक लचीली होगी। माँग लचीली होने पर दाम में होने वाले परिवर्तन का नतीजा उपभोक्ताओं द्वारा ख़रीदी जाने वाली चीज़ों में भारी मात्रात्मक परिवर्तन की तरह सामने आयेगा। अगर माँग में लचीलापन नहीं होगा तो उपभोक्ताओं के मानस पर दामों में होने वाले परिवर्तन का असर नहीं पड़ेगा। मिल के इस विश्लेषण को इस उदाहरण से समझा जा सकता है कि अगर अमेरिका के बाज़ार में जापानी कारों की माँग लचीली होगी (यानी कम जापानी कारों से भी अमेरिका का काम चल सके), और दूसरी तरफ़ जापानी बाज़ार में अमेरिकी खाद्यान्न की माँग ग़ैर-लचीली होगी (यानी अमेरिकी चावल के बिना जापान का काम न चल सके) तो विशेषज्ञीकरण और व्यापार का अधिकतर लाभ अमेरिका को ही मिलेगा। अर्थात् अमेरिका ऊँचे दामों में अपना चावल बेचेगा और कम दामों में जापान की कारें ख़रीद लेगा। लेकिन, अगर जापानी कारों ने अमेरिका को मोहित कर लिया, और जापान को चावल के ग़ैर-अमेरिकी स्रोत मिल गये तो ज़्यादातर लाभ जापान के पास चले जाएँगे।

मिल की विशेषता यह थी कि वे लीक से हट कर सोचते थे। वे पहले अर्थशास्त्री थे जिन्होंने माँग और आपूर्ति की परिघटना पर संबंधों के रूप में चर्चा की, जबकि स्मिथ और रिकार्डो जिंसों की मात्रा के रूप में माँग और आपूर्ति को देखते थे। मिल यह देख पाने में समर्थ रहे कि मात्रा दामों में होने वाले परिवर्तनों के प्रति अनुक्रिया करती है। दाम बढ़ने पर व्यापारी बड़ी मात्रा में चीज़ें बाज़ार में लाते हैं जिससे दाम घटते हैं और उपभोक्ता जम कर ख़रीदारी करते हैं।

मिल ने ही पहली बार *अवसर-लागत* के विचार का सूत्रीकरण किया। इसके मुताबिक़ कोई भी क़दम उठाने का फ़ैसला करते समय व्यक्ति कुछ और करने का मौक़ा खो देता है जिसकी वित्तीय और ग़ैर-वित्तीय क़ीमत होती है। मसलन, अगर कोई कॉलेज की शिक्षा प्राप्त करना चाहता है तो उसे किताबों और ट्यूशन फ़ी पर ख़र्च करना होगा और इसीलिए उपभोग की अन्य वस्तुओं को ख़रीदने का इरादा छोड़ना होगा। साथ ही पढ़ाई के समय में कमाया जा सकने वाला धन से भी वंचित रहना होगा। मिल ने मज़दूरों की तनख़्वाह के सिलसिले में क्लासिकल अर्थशास्त्रियों द्वारा प्रतिपादित *वेतन कोष सिद्धांत* का भी खण्डन किया। यह सिद्धांत कहता था कि पूँजीपति जिंसों के उत्पादन से पहले जमा किये गये कोष से अपने मज़दूरों को वेतन देता है। मिल का कहना था कि मज़दूरी तो कम या ज़्यादा होती रहती है और मालिकों और मज़दूरों आपसी बातचीत करके उसका स्तर तय कर सकते हैं। व्यापारी अगर चाहे तो अपना ख़ुद का उपभोग घटा कर मज़दूरों के वेतन के लिए ज़्यादा धन बचा सकता है। मसलन, वह दो करोड़ डॉलर का घर ख़रीदने के बजाय पचास लाख डॉलर का घर ख़रीद कर अपना काम चला सकता है।

मिल ने समाज-विज्ञान में पद्धति के प्रश्न पर भी विचार किया और इस निष्कर्ष पर पहुँचे कि सामाजिक, व्यावहारिक और नैतिक विज्ञानों में प्राकृतिक विज्ञानों की तरह नियंत्रित प्रयोग नहीं किये जा सकते। अपनी रचना *ऑन लिबर्टी* में मिल ने कहा कि राज्य और समाज को व्यक्ति की स्वतंत्रता पर केवल उतना ही नियंत्रण लगाना चाहिए जिससे एक व्यक्ति दूसरे को हानि न पहुँचा सके। उन्होंन मुक्त व्यापार की वक़ालत स्मिथ की तरह भौतिक ख़ुशहाली की ख़ातिर न करके व्यक्तिगत स्तर पर आत्म-विकास की ख़ातिर की। स्वतंत्रता पर लिखी गयी इस विख्यात रचना में मिल ने बेंथम के विचारों को और परिष्कृत रूप में पेश किया। उन्होंने तर्क दिया कि किसी व्यक्ति के मत का समाज या राज्य के सामूहिक निर्णय के आधार पर दमन नहीं किया जा सकता। वे निजी स्वाधीनता को बचाने की पैरोकारी करते हैं और बेंथम से परे जाते हुए सुख को वैयक्तिकता की रक्षा के रूप में देखते हैं। उनके यहाँ वैयक्तिकता मनुष्य की इयत्ता के विकास की पूर्व शर्त है। प्रगति तभी होगी जब अपनी वैयक्तिकता में दूसरों से भिन्न हो कर व्यक्ति समाज के लिए उपयोगी होगा। मिल स्वाधीनता के तीन आयाम बताते हैं : विचार और बहस की स्वतंत्रता, वैयक्तिकता का सिद्धांत और व्यक्ति की क्रियाओं पर राज्य और समाज के नियंत्रण की सीमा। द *सब्जेक्शन ऑफ़ वुमॅन* में मिल का कहना है कि स्त्री की अधीनस्थ हैसियत समाज की प्रगति में बाधक है। औरतों को जीवन के हर क्षेत्र में पुरुषों के साथ प्रतियोगिता करने की इजाज़त दी जानी चाहिए।

देखें : अर्थ-विज्ञान का समाजशास्त्र, अल्फ्रेड मार्शल, अमर्त्य कुमार सेन, अंतर्राष्ट्रीय मुद्रा कोष, आधार और अधिरचना, ऑस्कर रायज़ार्ड लांगे, आर्थिक जनसांख्यिकी, ऐडम स्मिथ, क़रारोपण, कल्याणकारी अर्थशास्त्र, क्लासिकल अर्थशास्त्र, कार्ल हाइनरिख़ मार्क्स-3, कार्ल मेंगर, कींसियन अर्थशास्त्र, गुन्नार मिर्डाल, जोआन रोबिंसन, जॉन कैनेथ गालब्रेथ, जॉन मेनार्ड कींस, जोसेफ़ शुमपीटर, जैव विविधता, ट्रस्टीशिप, डेविड रिकार्डो, ढाँचागत समायोजन कार्यक्रम, थॉमस मन और वणिकवाद, थॉमस रॉबर्ट माल्थस, दक्षता, धन, नियोक्लासिकल अर्थशास्त्र, नीतिशास्त्र और अर्थशास्त्र, निकोलस काल्दोर, नियोजन, नियोजन : मार्क्सवादी विमर्श, पण्य, पण्य-पूजा, पेटेंट, पॉल सेमुअलसन, पियरो स्राफ़ा, पूँजी, प्रतियोगिता, फ्रांस्वा केस्ने और प्रकृतिवाद, फ्रेड्रिख़ वॉन हायक, बहुराष्ट्रीय निगम, बाज़ार, बाज़ार की विफ़लताएँ, बाज़ार-समाजवाद, बौद्धिक सम्पदा अधिकार, ब्रेटन वुड्स प्रणाली, भारत में बहुराष्ट्रीय निगम, भारत में नियोजन, भारत में पेटेंट क़ानून, भारत में शेयर संस्कृति, भूमण्डलीकरण और पूँजी बाज़ार, भूमण्डलीकरण और वित्तीय पूँजी, भूमण्डलीकरण और वित्तीय उपकरण, मार्क्सवादी अर्थशास्त्र, मिल्टन फ्रीडमेन, मूल्य, राजनीतिक अर्थशास्त्र, राजनीतिक अर्थशास्त्र : भारतीय आयाम, राजकोषीय नीति और मौद्रिक नीति, रॉबर्ट ओवेन, विलफ्रेडो परेटो, विश्व व्यापार संगठन, विश्व बैंक, विलियम पेटी, विलियम स्टेनली जेवंस, वैकासिक अर्थशास्त्र, शोषण, साइमन कुज़्नेत्स।

संदर्भ

1. सेमुअल होलेंडर (1985), *द इकॉनॉमिक्स ऑफ़ जॉन स्टुअर्ट मिल*, युनिवर्सिटी ऑफ़ टोरंटो प्रेस, टोरंटो.
2. पेड्रो श्वार्ज़ (1972), *द न्यू पॉलिटिकल इकॉनॉमी ऑफ़ जे.एस. मिल*, ड्यूक युनिवर्सिटी प्रेस, डरहम.
3. जे. जॉर्ज स्टिगलर (1965), 'द नेचर ऐंड रोल ऑफ़ ओरिजिनलिटी इन साइंटिफ़िक प्रोग्रेस', *एसेज़ इन द हिस्ट्री ऑफ़ इकॉनॉमिक्स*, युनिवर्सिटी ऑफ़ शिकागो प्रेस, इलिनॉय, शिकागो.

—अभय कुमार दुबे

जूडिथ बटलर

(Judith Butler)

नारीवादी समाजशास्त्री और दार्शनिक जूडिथ बटलर (1956-) के विमर्श ने स्त्री-अस्मिता और स्त्रीपन से जुड़े आग्रहों की विसंरचनात्मक गवेषणा करके जेंडर और सेक्शुअलिटी-अध्ययनों को गहराई से प्रभावित किया है। उन्हें 'क्वियर' नारीवाद के व्याख्याकार के रूप में भी जाना जाता है। फ़ूको और देरिदा की स्थापनाओं का इस्तेमाल करते हुए बटलर ने १९९० में प्रकाशित अपनी विख्यात रचना *जेंडर ट्रबुल : फ़ेमिनिज़म ऐंड सबवर्ज़न ऑफ़ आइडेंटिटी* में दावा

किया कि जेंडर-अस्मिताओं को अलग-अलग क़ायम रखने की कोशिश का मतलब है अनिवार्य इतरलैंगिकता को बढ़ावा देना। जूडिथ का कहना है कि जेंडर असल में एक स्वाभाविक, सहजात और निर्धारित श्रेणी है ही नहीं। वह तो काफ़ी हद तक तरल है। हम समाज और देह के धरातल पर अपने जेंडर को अनिवार्यतः अभिनीत करते हुए मान बैठते हैं कि हमारा जेंडर स्थाई है। इतरलैंगिक सेक्शुअलिटी के बजाय बटलर को उससे भिन्न समलैंगिक, लेस्बियन या उभयलैंगिक सेक्शुअल आचरण बौद्धिक रूप से अधिक उत्तेजित करते हैं। ये वैकल्पिक सेक्शुअलिटीज़ स्त्री/पुरुष द्विभाजन और इतरलैंगिकता द्वारा आरोपित घटाववाद की पोल खोल देती हैं। 1993 में प्रकाशित *बॉडीज़ दैट मैटर : ऑन द डिस्कर्सिव लिमिट्स ऑफ़ सेक्स* में बटलर ड्रैग क्वीन (एक शृंगारित स्त्री का वेष धारण किये हुए पुरुष) के प्रदर्शनकारी आचरण की मिसाल देती हुई कहती हैं कि स्त्रीपन की आचरण-संहिता किसी भी देह पर चस्पाँ की जा सकती है, चाहे वह स्त्री हो या पुरुष। बटलर के विमर्श ने नारीवादियों के बीच काफ़ी विवाद पैदा किया है। सवाल उठाया गया है कि अगर जेंडर की श्रेणी अस्थिर है तो क्या एक समूह या संगठन के रूप में स्त्रियों को गोलबंद किया जा सकता है? इस प्रश्न के इर्द-गिर्द बटलर को बहुत सी नारीवादियों के विरोध का सामना करना पड़ा है।

अस्मिता का सवाल नारीवादी आंदोलन के लिए शुरू से ही केंद्रीय रहा है। उन्नीसवीं सदी और बीसवीं सदी के पूर्वार्ध में पहली लहर के नारीवाद ने स्त्री को एक सार्वभौम मानव के आईने में देखने की स्थापना की थी। साठ और सत्तर के दशक में दूसरी लहर के नारीवाद ने आलोचनात्मक रुख अपनाते हुए इस सार्वभौम मानव को तत्त्वतः पुरुष क़रार दिया। यह आलोचना पुरुष और स्त्री के बीच जेंडर-विभेद पर आधारित थी। इस प्रक्रिया में मानव की सार्वभौम एकल श्रेणी दुहरी हो गयी। एक सार्वभौम स्त्री बनी और एक सावभौम पुरुष बना। अस्सी के दशक में स्त्री की यह सार्वभौम श्रेणी नस्ल, वर्ग और सेक्शुअलिटी के आधारों पर आड़े हाथों ली गयी। विश्लेषण किया गया कि जिस स्त्री को पुरुष के बरक्स सार्वभौम कहा जा रहा है वह तो अनिवार्यतः श्वेतांग, उच्चवर्गीय और इतरलैंगिक मानकों पर चलने वाली है। इस स्त्री का प्रभुत्व ग़ैर-श्वेत, निम्नवर्गीय और वैकल्पिक सेक्शुअलिटीज़ के दमन और खामोशी पर आधारित है। यह विमर्श स्त्री के लिए अस्मिता-बहुलता की सम्भावनाएँ लेकर आया। लेकिन जैसे ही एक निर्धारित अस्मिता का बहुलीकरण हुआ, अस्मिता की राजनीति की ही भीतर-बाहर से आलोचना होने लगी।

बटलर ने अपने विमर्श में दिखाया कि अस्मिता-विमर्श भले ही कितनी भिन्नताओं को अपने आगोश में समेट रहा हो, दरअसल वह सत्ता का विखण्डन करने के बजाय ख़ुद सत्ता की ही देन है। अस्मिता की दावेदारियाँ राजनीतिक प्रतिरोध का ज़रिया नहीं बन सकतीं। इसके उलट वे तो एक तरह का फंदा हैं जिसमें हम ख़ुद को फँसा लेते हैं। बटलर ने अस्मिता की राजनीति का रणनीतिक विकल्प तजवीज़ करने की कोशिश भी की है।

बटलर के चिंतन को आम तौर पर उत्तर-आधुनिकता के ख़ाने में डालकर देखा जाता है। लेकिन उनकी यह श्रेणी इतनी सरल-सहज नहीं है। बटलर की निगाह में आधुनिकतावाद तो बुनियादपरस्त है ही, उत्तर-आधुनिकतावाद भी एक तरह की बुनियादपरस्ती की शिकार है। यह एक ख़ास तरह की बुनियादपस्ती है जो उसका विरोध करने की प्रक्रिया में आ जाती है। लेकिन उत्तर-आधुनिकतावाद की विशेषता यह है कि वह अपनी बुनियादपरस्ती को भी प्रश्नांकित कर सकता है। आधुनिकतावाद के विपरीत अपने गिरेबान में मुँह डाल कर देख सकता है। वह सत्ता की संरचनाओं को बरकारर रखने के अपने प्रच्छन्न रवैये को रेखांकित करके अपनी ही सीमाओं को उजागर करने की क्षमता भी रखता है।

चूँकि बटलर सभी तरह के परिप्रेक्ष्यों को सत्ता-संबंधों में किसी-न-किसी रूप में लिप्त मानती हैं, इसलिए मार्था नसबॉम ने उनके विमर्श को नकारात्मक क़रार दिया है। लेकिन, बटलर का कहना है कि उनका संशयवादी रवैया इस आसानी से बन जाने वाली और आकर्षक लगने वाली मान्यता के ख़िलाफ़ चेतावनी है जिसके तहत हम मान लेते हैं कि हमारी तमाम प्रिय कार्यसूचियाँ और नज़रिये अनिवार्यतः सत्य और न्याय के पक्ष में ही हैं। हम यह मासूम-से निष्कर्ष भी निकाल लेते हैं कि हमारे एजेंडे किसी भी क़िस्म के बहिर्वेशन का कारण नहीं बनेंगे। बटलर का कहना है कि अपनी धारणाओं पर भी संशय करते रहने से होता यह है कि हम उन्हें त्रुटिहीन और असीमित मानने से बच जाते हैं। हम ख़ुद को समाज और दुनिया के खेवनहार की हैसियत में रख कर सभी के नाम पर बोलने का अधिकार प्राप्त करने के स्वयं के रवैये को आलोचनात्मक दृष्टि से देखने लगते हैं।

बटलर कहती हैं कि अस्मिता की राजनीति के लिए प्रतिबद्धता नारीवाद के लिए नुक़सानदेह है। अस्मिता के आधार पर पूरी तरह से लोकतांत्रिक और सहभागी राजनीति की रचना नहीं हो सकती। अगर हम अस्मिताओं की अस्थिरता पर प्रकाश डालें तो राजनीतिक कार्रवाई की ज़मीन कुंठित होने के बजाय राजनीतिक क्षमता पुष्ट होगी। 'जेंडर ट्रबुल' से बटलर का मतलब है स्त्री की अस्मिता का 'पाश्टिश' के तरीक़े से प्रदर्शन, न कि 'पैरोडी' की भाँति। पैरोडी तो उसकी भौंडी नक़ल होती है जिसे मूल समझा गया है। जबकि, पास्टिश में एक तरह की फ़ितनागरी अंतर्निहित

जूडिथ बटलर (1956-)

है। वह अस्मिता के मानकों की पुनः संरचना की क्षमता रखती है। इसी तर्क के आधार पर बटलर को 'ड्रैग क्वीन' की प्रदर्शनप्रियता एक आंतरिक विद्रोह से सम्पन्न लगती है। ड्रैग क्वीन के रूप में एक पुरुष ख़ुद को औरत की तरह पेश करता है। कुछ इस तरह कि उसका पुरुषपन संदिग्ध लगने लगता है। ड्रैग क्वीन एक रूपक है जिसके आईने में किसी जेंडर का होने की सभी तरह की दावेदारियाँ दरअसल जेंडर का अभिनय प्रतीत होने लगती हैं। हर जेंडर के मुखौटे के पीछे एक और मुखौटा होता है।

अपनी रचना *बॉडीज़ दैट मैटर* में जूडिथ बटलर अस्मिताओं के प्रतिरोध की व्याख्या करती हुई कहती हैं कि इसका मतलब केवल मानक-विमर्श के प्रभुत्व के मुक़ाबले हाशियाकृत श्रेणियाँ बुलंद करना नहीं है। केवल स्त्री, ब्लैक और समलैंगिक होने का दावा करने से प्रतिरोध की अपनी अनिश्चितताएँ ठंडे बस्ते में नहीं जाने वालीं। ऐसी बात नहीं कि बटलर जेंडर और स्त्री-जैसी श्रेणियों का इस्तेमाल करने के ख़िलाफ़ हों, पर वे यह ज़रूर चाहती हैं कि इन्हें खोलना होगा। सामाजिक मानकों के प्राकृतिक और शाश्वत होने के आग्रह पुष्ट करने के बजाय अपनी जगह से हिलाने होंगे। लेकिन इस काम के लिए कोई सीधा फ़ॉर्मूला उपलब्ध नहीं है, न ही यह किसी पहले से तय तरीक़े से हो सकता है। बटलर का सुझाव है कि दैहिक सेक्स, जेंडर और सेक्शुअलिटी के आयामों को मिला-जुला कर हम एक ऐसा मिश्रण तैयार कर सकते हैं जो 'क्वियर' यानी अनोखा और बिगाड़ू होगा। क्वियर स्थापित अस्मिता को अस्वीकार करेगा। किसी भी तरह के पूर्व आकलन को बेकार साबित करके क्वियर अनायास का वाहक बनेगा।

क्वियर थियरी : बटलर का विमर्श क्वियर थियरी से जुड़ा है। एक विचार के तौर पर क्वियर का उभार समलैंगिक सेक्शुअलिटियों की राजनीति और एक हद तक नारीवादी राजनीति के कुछ पहलुओं के मिश्रण से हुआ है। नब्बे के दशक में इसके ज़रिये इयत्ता-रचना के कुछ सम्भव आयाम टटोले गये। क्वियर थियरी के तहत हाशियाकृत सेक्शुअलिटीज़ को अल्पसंख्यक राजनीति की तरह सूत्रबद्ध करने से बचा जाता है। यह थियरी केंद्र और परिधि के द्विभाजन के पक्ष में नहीं है। क्वियर थियरी भिन्नता के नाम पर बने तरह-तरह के केंद्रों के ख़िलाफ़ बग़ावत का संदेश देती है। वह उन भिन्नताओं के पक्ष में है जो आपस में गुँथी हुई हैं, अस्तित्व-बहुल और अर्थ-बहुल हैं और ठोस न होकर सरंध्र हैं। क्वियर थियरी किसी भी धारणा को समाज की केंद्रीय या बुनियादी मानने के लिए तैयार नहीं है। क्वियर थियरी को पूरी तरह से उत्तर-आधुनिकतावादी भी नहीं कह सकते, क्योंकि उत्तर-आधुनिक विद्वानों ने उसकी हमदर्द आलोचनाएँ भी की हैं।

देखें : अश्वेत नारीवाद, आनंदीबाई जोशी, इसलामिक नारीवाद, गायत्री चक्रवर्ती स्पिवाक, चिपको आंदोलन, जूलिया क्रिस्टेवा, जेंडर, दलित नारीवाद, देवदासी, देवकी जैन, नारीवाद, नारीवाद की पहली लहर, नारीवाद की दूसरी लहर, नारीवाद की तीसरी लहर, नारीवादी दर्शन, नारीवाद और अर्थशास्त्र, नारीवादी फ़िल्म-सिद्धांत, नारीवादी इतिहास-लेखन, नारीवाद और अर्थशास्त्र, नारीवाद और साम्प्रदायिकता, नैंसी शोदॅरौ, पर्यावरणीय नारीवाद, पब्लिक-प्रायवेट, पण्डिता रमाबाई सरस्वती, पितृसत्ता, पुरुषत्व, प्रजनन प्रौद्योगिकी, प्रेम, प्रेम-अध्ययन और नारीवादी दर्शन, भारत में स्त्री-आरक्षण-1 और 2, महादेवी वर्मा, मनोवैश्लेषिक नारीवाद, मैरी वोल्सनक्राफ़्ट, राजनीतिक दर्शन के नारीवादी आयाम-1 और 2, रमाबाई रानाडे, ल्यूस इरिगरे, स्त्री-अध्ययन, स्त्री और साम्प्रदायिकता, स्त्री-श्रम, सम्पत्ति : नारीवाद परिप्रेक्ष्य, सिमोन द बोउवार, स्त्री-आरक्षण, हेलन सिचू।

संदर्भ

1. जूडिथ बटलर (1990), *जेंडर ट्रबुल : फ़ेमिनिज़्म ऐंड सबवर्ज़न ऑफ़ आइडेंटिटीज़,* रॉटलेज, न्यूयॉर्क और लंदन.
2. जूडिथ बटलर (1993), *बॉडीज़ दैट मैटर : ऑन द डिस्कर्सिव लिमिट्स ऑफ़ सेक्स,* रॉटलेज, न्यूयॉर्क.
3. एल. निकल्सन (सम्पा.) (1990), *फेमिनिज़्म/पोस्टमॉडर्निज़्म,* रॉटलेज, लंदन.

— अनामिका

जूलिया क्रिस्टेवा

(Julia Kristeva)

साहित्य और नारीवाद की प्रतिभाशाली सिद्धांतकार, भाषाशास्त्री, दार्शनिक और मनोविश्लेषक जूलिया क्रिस्टेवा (1941-) के विमर्श में यौन-भिन्नता और उसके आधार पर संस्कृति में व्यक्ति की जगह निर्धारित होने की प्रक्रिया का संधान किया गया है। हालाँकि क्रिस्टेवा को अपनी समकालीन फ्रांसीसी विदुषियों ल्यूस इरिगरे और हेलन सिचू के साथ एक नारीवादी त्रयी के रूप में देखा जाता है, पर दिलचस्प बात यह है कि वे ख़ुद को नारीवादी बताने से हमेशा परहेज़ करती रही हैं। वे स्त्री और पुरुष को जैविकी आधारित जेंडर के आधार पर अलग-अलग करने के बजाय उनके बीच फ़र्क़ को सीमियॉटिक और सिम्बॉलिक के अर्थ में परिभाषित करती हैं। यहाँ सिम्बॉलिक का अर्थ है पितृसत्तात्मक भाषा-व्यवस्था का सांकेतिक संसार जिसका प्रतिपादन ज़ाक लकाँ ने किया था। उसके मुक़ाबले सीमियॉटिक का अर्थ है प्राक्-भाषाई रूप (जैसे ध्वनियाँ, धुनें, बच्चे के गले से निकलने वाली आवाज़ें, कविता की भाषा आदि)। क्रिस्टेवा का कहना है कि ये प्राक्-भाषाई रूप अर्थहीन नहीं होते, लेकिन इन्हें भाषा संबंधी लक्षणों और प्रतीकों में सीमित भी नहीं किया जा सकता। सिम्बॉलिक के बरक्स सीमियॉटिक को रख कर क्रिस्टेवा कहती हैं कि सीमियॉटिक के दायरे में माँ और बच्चे का अस्तित्व अभिन्न रूप से गुँथा रहता है। यह मातृ-मनोग्रंथि से पहले का चरण है। कला और साहित्य के क्षेत्र में उनका सूत्रीकरण है कि सिम्बॉलिक और सीमियॉटिक जहाँ मिलते हैं, वहीं *जूसेंस* या आनंद की सृष्टि होती है। क्रिस्टेवा को अंतर्पाठीयता की अवधारणा के विकास में महत्त्वपूर्ण योगदान करने का श्रेय भी जाता है।

क्रिस्टेवा के विमर्श को समझने के लिए पहले लकाँ द्वारा प्रतिपादित सिम्बॉलिक का अर्थ-ग्रहण आवश्यक है। लकाँ ने मिरर स्टेज की थियरी विकसित की है जिसके एक ख़ास मुक़ाम पर बच्चे के भीतर भाषा का अंकुर फूटता है। लकाँ कहते हैं कि भाषा के ज़रिये बच्चे के क़दम एक सांकेतिक व्यवस्था में पड़ते हैं। यहाँ मातृ-मनोग्रंथि की थियरी का अपने ढंग से इस्तेमाल करते हुए लकाँ बताते हैं कि भाषा का औज़ार मिलने का मतलब है बच्चे का अपनी माँ की दुनिया से पृथक होना और समाज की दुनिया में प्रवेश करना। समाज की यह दुनिया पितृसत्तात्मक है, यानी वह पिता का संसार है। उस पिता का, जो बच्चे की उस समय तक की ज़िंदगी में जैविक नहीं बल्कि सांकेतिक उपस्थिति ही रखता है। लकाँ कहते हैं माँ बच्चे के लिए सम्पूर्ण आनंद का स्रोत है। इसे वे *जूसेंस* का नाम देते हैं, जबकि पिता सांकेतिक है जिसके सान्निध्य के कारण बच्चा *जूसेंस* से वंचित हो जाता है। यह वंचन ही उसके भीतर यौन-कामना की सृष्टि करता है।

इसी जगह क्रिस्टेवा का हस्तक्षेप शुरू होता है। वे मनोविश्लेषण, भाषाशास्त्र और काव्य-भाषा की दुनिया में जाती हैं। उन्हें मार्क्सवाद से मैटीरियलिटी यानी पार्थिवता मिलती है, लकाँ से मनोविश्लेषण और सॅस्यूर से सीमियॉटिक्स (लक्षणशास्त्र)। इस तरह एक तरफ़ तो वे भाषा के संचार संबंधी उपयोग के मुक़ाबले भाषा को एक प्रक्रिया के रूप में परिभाषित करती हैं, वहीं दूसरी ओर उनके विश्लेषण का केंद्र शिशु की वह देह है जिस पर मातृ-मनोग्रंथि का अभी तक असर नहीं हुआ है। यानी माँ और बच्चे का संबंध प्रि-इडिपल स्टेज में है। क्रिस्टेवा ने अपनी रचना *रेवोल्यूशन इन पोइटिक लेंग्वेज* में बच्चे और माँ के बीच संबंध के इस चरण की व्याख्या करने के लिए प्लेटो की अवधारणा *चोरा* का प्रयोग किया है। *चोरा* का अर्थ है एक ऐसा दैहिक स्पेस जहाँ माँ और बच्चा हर तरह से अभिन्न है। मुख्यत: मातृ-संबंधी या ग़ैर-पितृसत्तात्मक इस स्पेस को ठोस अर्थों में जाना नहीं जा सकता, लेकिन इसकी कुछ-कुछ झलक भाषा की सांकेतिक (यानी पितृसत्तात्मक) व्यवस्था में पड़ी दरारों के ज़रिये मिल सकती है। ये दरारें पड़ती हैं कविता रचने के दौरान किये जाने वाले भाषाई व्यवहार से। क्रिस्टेवा को यक़ीन है कि भले ही कवि का जैविकी आधारित जेंडर पुरुष हो, अगर वह सिम्बॉलिक के बजाय सीमियॉटिक बरतने वाला है तो उसे एक अर्ध-नारी के रूप में ग्रहण किया जा सकता है। ऐसे कवियों के रूप में क्रिस्टेवा ने मलारमे और सेलाइन जैसे अवाँगार्द रचनाकारों की मिसालें दी हैं। सीमियॉटिक के दायरे में होने के कारण ही कविता की रचना-प्रक्रिया उस शिशु की गतिविधियों की तरह होती है जो क़िस्म-क़िस्म की ध्वनियों, हँसी, गुनगुनाहट और लफ़्ज़ों के खेल के ज़रिये भाषा सीखता है।

अपने विश्लेषण से क्रिस्टेवा भाषा के जिस रूप को सामने लाती हैं, वह महज़ अर्थ-सम्प्रेषण की ज़िम्मेदारी निभाने तक सीमित नहीं है। भाषा की पार्थिवता उसे केवल अर्थ-वाहक बना देने वाली वैज्ञानिकता से मुक्त करके इस जगत की अर्थ-बहुलता समझने की तरफ़ ले जाती है। भाषा के वैज्ञानिक और पार्थिव आयामों के बीच के इस फ़र्क़ को क्रिस्टेवा और विकसित करते हुए कहती हैं कि भाषा केवल सचेत रूप से ही ग्रहण नहीं की जाती, बल्कि उसका एक रूप अवचेतन को ही उपलब्ध हो पाता है। इसी सिलसिले में भाषा के समांतर चलने वाला आत्मनिष्ठता का एक विशेष रूप पनपता है। जो सचेत कर्ता है वह तो स्थिर है और संज्ञेय है, पर अवचेतन के धरातल पर कर्ता का संज्ञान केवल एक

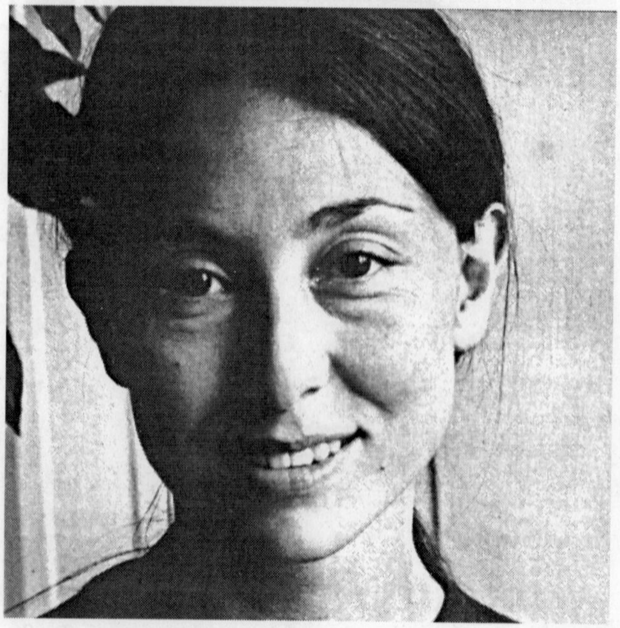

जूलिया क्रिस्टेवा (1941–)

प्रक्रिया के रूप में ही लिया जा सकता है। क्रिस्टेवा यहाँ जिस आत्मनिष्ठता की चर्चा कर रही हैं उसका रिश्ता एक ऐसे अवचेतन से है जिसके बारे में न बोला जा सकता है और न ही जिसे नाम दिया जा सकता है। यह अवचेतन और यह आत्मनिष्ठता बुद्धिसंगत और अवधारणात्मक समझ के सुपरिभाषित दायरों से परे रहती है। दरअसल, क्रिस्टेवा के इस विमर्श को विश्लेषण की प्रक्रिया में अंतर्निहित विरोधाभास का उद्घाटन करने का श्रेय दिया जाना चाहिए। कुछ न कुछ विश्लेषित होने से हमेशा रह जाता है और जो रह जाता है उसी में उस राजनीतिक व्यवस्था के लिए चुनौती की सम्भावना रहती है जिसकी रचना संस्कृति और भाषा के प्रभुत्वशाली पहलुओं से मिल कर होती है।

1979 में प्रकाशित अपनी विख्यात रचना *वुमंस टाइम* में क्रिस्टेवा ने सेक्शुअल भिन्नता के ऐतिहासिक निरूपण की चर्चा की है। वे संकेतात्मक का निरूपण पौरुषपूर्ण ऐतिहासिक समय के तौर पर करती हैं। इस समय का चरित्र रैखिक है, जबकि स्त्री से जुड़ा हुआ समय चक्रीय होता है। पौरुषपूर्ण संकेतात्मकता बुद्धिसंगत सम्पर्क-सूत्रों और रैखिकता को प्राथमिकता देती है। उसकी प्रवृत्ति मुख्यत: एकल है जिसे सीमियॉटिक से चुनौती मिलती है जिसमें स्त्रीत्व निहित है और जो ध्वनि और लय पर आधारित है। क्रिस्टेवा बिना किसी हिचक के मानती हैं कि पूँजीवाद और पितृसत्ता इतिहास के प्रधान रूप हैं। इनमें परिवर्तन करने की ज़िम्मेदारी न केवल राजनीति के नये रूपों पर है, बल्कि भाषा के उन नये रूपों पर भी है जो स्त्रीत्व के मूल्यों से व्याप्त हैं।

क्रिस्टेवा अपनी समकालीन विदुषियों इरिगरे और सिचू की भाँति ही मूलत: फ्रांस की नहीं हैं। उनका जन्म बल्गेरिया में हुआ था। वे १९६५ में पेरिस रहने आयीं और साहित्यिक पत्रिका *तेल क्वेल* के इर्द-गिर्द लेखकों और आलोचकों से जुड़ गयीं। शुरू में उन्होंने मिख़ाइल बाख़्तिन और रूसी रूपवादियों द्वारा की गयी साहित्यालोचना पर चिंतन-मनन किया। बाख़्तिन द्वारा प्रवर्तित संवाद-कल्पनाशीलता पर विचार करते हुए उन्होंने अंतरपाठीयता की अपनी थियरी विकसित की। उन्होंने कहा कि चाहे उपन्यास हो, कविता हो या कोई इतिहास संबंधी दस्तावेज़ हो, हर टेक्स्ट अपने आप में सम्पूर्ण या स्वायत्त नहीं होता। उसकी रचना दूसरे पाठों से ही हो सकती है। जब कोई पाठक किसी पाठ की व्याख्या करता है तो उसके लिए उसे उस पाठ के अन्य पाठों के साथ संबंध पर निर्भर होना पड़ता है। अंतरपाठीयता का एक मतलब यह भी निकलता है कि किसी भी टेक्स्ट का वजूद अपनी व्याख्या और पुनर्व्याख्या से अप्रभावित नहीं रहता। पाठ की व्याख्या उसके उस ढाँचे का अंग बन जाती है जिसके तहत उस टेक्स्ट को शुरू-शुरू में रचा गया था।

अपने रचना-काल के बाद के वर्षों में क्रिस्टेवा ने *पॉवर्स ऑफ़ हॉरर : ऐन एसे ऑन एब्जेक्शन* (१९८२) में कर्ता और उसकी जैविकी के साथ संबंधों का असाधारण संधान किया। एब्जेक्शन का मतलब है नीच, अधम या अध:पतन। मानवीय जीवन में इसका संबंध अस्वच्छ, प्रदूषक, उच्छिष्ट, मानवीय विष्ठा, उल्टी आदि से जोड़ा जाता है। क्रिस्टेवा ने इसका संबंध अपनी सीमियॉटिक व्यवस्था से जोड़ कर इसे स्त्री के संसार का अंग क़रार दिया। अपने विमर्श के इसी दौर में क्रिस्टेवा ने प्रेम और विषाद जैसे विषयों पर विमर्श किया।

इसमें उन्होंने निजी धरातल पर अपने अनुभवों का इस्तेमाल तो किया ही, साथ ही मनोविश्लेषक के तौर पर अपने रोगियों के अनुभवों का भी प्रयोग किया। उनका कहना था कि संस्कृति के क्षेत्र में प्रवेश न पाने का कारण होता है सांकेतिक व्यवस्था का अंग बन पाने की क्षमताएँ विकसित न हो पाना। ऐसा होने पर व्यक्ति के जीवन में विषाद छा जाता है। वह प्रेम करने में असमर्थ हो कर दिन-रात अपनी माँ का सोग मनाता रहता है। क्रिस्टेवा ने राष्ट्रवाद को अपनी ख़ास निगाह से देखा, क्योंकि वे मूलत: बल्गारियाई हैं। उन्हें लगातार यह एहसास होता रहता है कि वे विदेशियों के बीच काम कर रही हैं। क्रिस्टेवा राजनीतिक धरातल पर भी सक्रिय रहीं। उन्होंने चीन की यात्रा की और उसकी प्रशंसक बन गयीं। लेकिन जल्दी ही वे अमेरिका के होने की अनिवार्यता की व्याख्या करती पायी गयीं। आगे चल कर उन्होंने फ्रांसीसी ज्ञानोदय के गुण गाये जो उनकी निगाह में सार्वभौम मूल्यों का उत्पादक था। क्रिस्टेवा ने एक उपन्यास भी लिखा जो सफल साबित नहीं हुआ।

देखें : अश्वेत नारीवाद, आनंदीबाई जोशी, इसलामिक नारीवाद, गायत्री चक्रवर्ती स्पिवाक, चिपको आंदोलन, जूडिथ बटलर, जेंडर, दलित नारीवाद, देवदासी, देवकी जैन, नारीवाद, नारीवाद की पहली लहर, नारीवाद की दूसरी लहर, नारीवाद की तीसरी लहर, नारीवादी दर्शन, नारीवाद और अर्थशास्त्र, नारीवादी फ़िल्म-सिद्धांत, नारीवादी इतिहास-लेखन, नारीवाद औंर अर्थशास्त्र, नारीवाद और साम्प्रदायिकता, नैंसी शोदॅरौ, पर्यावरणीय नारीवाद, पब्लिक-प्रायवेट, पण्डिता रमाबाई सरस्वती, पितृसत्ता, पुरुषत्व, प्रजनन प्रौद्योगिकी, प्रेम, प्रेम-अध्ययन और नारीवादी दर्शन, भारत में स्त्री-आरक्षण-1 और 2, महादेवी वर्मा, मनोवैश्लेषिक नारीवाद, मैरी वोल्सनक्राफ़्ट, राजनीतिक दर्शन के नारीवादी आयाम-1 और 2, रमाबाई रानाडे, ल्यूस इरिगरे, स्त्री-अध्ययन, स्त्री और साम्प्रदायिकता, स्त्री-श्रम, सम्पत्ति : नारीवाद परिप्रेक्ष्य, सिमोन द बोउवार, स्त्री-आरक्षण, हेलन सिचू।

संदर्भ

1. तोरिल मोइ (सम्पा.) (1986), द *क्रिस्टेवा रीडर,* ऑक्सफ़र्ड ब्लैकवेल, लंदन.
2. जूलिया क्रिस्टेवा, (1984) *रेवोल्यूशन इन पोइटिक लेंग्वेज,* अनु. लियोन एस. रैडीज़, कोलम्बिया युनिवर्सिटी प्रेस, न्यूयार्क.
3. जूलिया क्रिस्टेवा (1986), *वुमंस टाइम,* तोरिल मोइ (सम्पा.), द *क्रिस्टेवा रीडर,* ऑक्सफ़र्ड ब्लैकवेल, लंदन.
4. जे. फ्लेचर और ए. बेंजामिन (सम्पा.) (1990), *एब्जेक्शन, मेलंकॅलिया ऐंड लव : द वर्क ऑफ़ जूलिया क्रिस्टेवा,* रॉटलेज, लंदन और न्यूयार्क.
5. ए. स्मिथ (1996), *जूलिया क्रिस्टेवा : रीडिंग्ज़ ऑफ़ एक्ज़ाइल ऐंड इस्ट्रेंजमेंट,* सेंट मार्टिस प्रेस, न्यूयार्क.

— अनामिका

जोसेफ़ शुमपीटर

(Joseph Schumpeter)

पूँजीवाद के उत्थान और पतन के दीर्घकालीन कारणों की पहचान करने वाले अर्थशास्त्री जोसेफ़ शुमपीटर (1883-1950) व्यापार चक्रों का अध्ययन करने वाले पहले अर्थशास्त्री थे। उन्होंने अर्थव्यवस्थाओं में आने वाले नियमित उतार-चढ़ाव का विश्लेषण किया और इस निष्कर्ष पर पहुँचे कि सभी पूँजीवादी अर्थव्यवस्थाएँ स्वभावत: अस्थिर होती हैं और वे आर्थिक उछाल के दौर से गुज़रती हैं। शुमपीटर की अंतर्दृष्टियों में उपभोक्ता, उत्पादन और उद्यमी के संबंधों का विश्लेषण बहुत महत्त्वपूर्ण है। उन्नीसवीं सदी के आख़िरी वर्षों में अर्थशास्त्रियों का ज़ोर आर्थिक वृद्धि की जगह आर्थिक सक्षमता होने लगा था। लेकिन, शुमपीटर ने पूँजीवाद के दोनों मुख्य लक्षणों पर गौर करते हुए एक बार फिर आर्थिक वृद्धि

जोसेफ़ शुमपीटर (1883-1950)

के दीर्घकालीन विचार को केंद्र में लाने का प्रयास किया। यह मक़सद हासिल करने के लिए उन्होंने उद्यमशीलता और नवाचार जैसे ग़ैर-आर्थिक कारकों की अहमियत को उभारा ताकि पूँजीवाद को स्वस्थ, जीवंत और विकासमान बनाया जा सके। शुमपीटर का विचार था कि पूँजीवाद परिवार की संस्था के महत्त्व को घटा देता है। वह व्यक्तिगत कामनाओं की संतुष्टि को प्रधानता देता है, जबकि परिवार की ख़ातिर लोगों को अपनी इच्छाओं पर संयम लगाना पड़ता है और समझौते करने पड़ते हैं। परिवार के दूरगामी लिहाज़ से बचत करनी पड़ती है ताकि अगर उसके कमाने वाले मुखिया को कुछ हो जाए तो बाक़ी सदस्यों का जीवनयापन हो सके। लेकिन, पूँजीवाद बचत करने की प्रवृत्तियों को कमज़ोर करके अपनी ही बुनियाद पर कुठाराघात करता है यानी वह भविष्य की आर्थिक वृद्धि के लिए आवश्यक पूँजी का संचय नहीं होने देता। कुल मिला कर शुमपीटर का निष्कर्ष था कि पूँजीवाद अपनी नाकामियों के कारण नहीं बल्कि कामयाबियों के कारण विफल होने के लिए अभिशप्त है।

जोसेफ़ शुमपीटर का जन्म ट्रीश, मोराविया (आजकल चैक गणराज्य का एक हिस्सा) में हुआ था। पिता के देहांत के बाद उनकी माँ ने पुनर्विवाह किया और वियना रहने चली गयीं। वहाँ शुमपीटर को बेहतरीन स्कूली शिक्षा मिली। उन्होंने मानविकी का गहन अध्ययन किया, पर गणित और विज्ञान पर कुछ कम ज़ोर दिया। वियना विश्वविद्यालय में क़ानून की पढ़ाई करते समय उन्होंने अर्थशास्त्र भी सीखा। अर्थशास्त्र के ही एक सेमिनार में भाग लेते समय उनकी दिलचस्पी पूँजीवाद के दीर्घकालीन

भविष्य में हुई। क़ानून की पढ़ाई करने के बाद शुमपीटर ने वकालत की और कुछ दिन बाद राजनीतिक अर्थशास्त्र का अध्यापन करना शुरू कर दिया। 1918 में वे राजनीति में कूदे और अगले साल ऑस्ट्रिया के वित्त मंत्री बने। उनका राजनीतिक जीवन छोटा और नाकाम साबित हुआ। ऑस्ट्रियन फ़र्मों का राष्ट्रीयकरण करने की उनकी कोशिशों की जम कर आलोचना हुई। सिर्फ़ सात महीने बाद ही उन्होंने राजनीति छोड़ दी। शुमपीटर को सट्टेबाज़ी का भी शौक़ था, जिसमें हुए घाटे के कारण उन्हें पूरी तरह दरिद्र होना पड़ा। इस दौरान अपने ऊपर लदे क़र्ज़ को चुकाने में उन्हें बहुत समय लगा। 1925 में शुमपीटर ने बॉन विश्वविद्यालय में अर्थशास्त्र की प्रोफ़ेसरी ली। सात साल बाद वे हार्वर्ड में प्रोफ़ेसर बने और फिर आजीवन वहीं रहे। अमेरिकी इकॉनॉमिक एसोसिएशन के वे पहले ग़ैर-अमेरिकी अध्यक्ष थे।

1939 में व्यापार चक्रों का अध्ययन करते हुए उन्होंने तीन ऐसे चक्रों की पहचान की जो किसी अर्थव्यवस्था में एक साथ घटित होते हैं। सबसे पहले तीन से चार साल के लिए एक अल्पावधि उतार-चढ़ाव आता है। शुमपीटर ने इस व्यापार चक्र का नामकरण 'किटचिन चक्र' के रूप में किया क्योंकि सबसे पहले इसकी शिनाख़्त अर्थशास्त्री जोसेफ़ किटचिन ने की थी। उनका ख़याल था कि साल-दो साल के दौरान व्यापारीगण बढ़ती हुई बिक्री की ज़रूरतों से निबटने के लिए भण्डार बढ़ाते हैं। इसके बाद गोदामों में जमा माल को वांछित स्तर पर लाने के लिए उन्हें उत्पादन में कटौती का नम्बर आता है। जब बिक्री फिर बढ़ती है तो उन्हें पुनः उत्पादन बढ़ा कर भण्डारण पर ज़ोर देना पड़ता है।

दूसरे व्यापार चक्र का ताल्लुक़ नये संयंत्रों और मशीनों में किये गये निवेश में होने वाले परिवर्तनों से होता है। यह चक्र आठ से ग्यारह साल तक चल सकता है। शुमपीटर ने इसे 'जुगलर चक्र' की संज्ञा दी क्योंकि सबसे पहले इसकी शिनाख़्त क्लीमेंट जुगलर ने की थी। अपने कारख़ानों के आधुनिकीकरण की इच्छा से संयंत्र और मशीनरी में किया जाने वाला यह विस्तार क़रीब चार साल लेता है। एक बार हो जाने पर व्यापारियों को इस तरह के निवेश की ज़रूरत नहीं रहती और अगले चार-पाँच साल तक इस मद पर धन ख़र्च नहीं किया जाता। इस चक्कर में होता यह है कि प्लांट और मशीनरी चलते-चलते घिस-पिट जाते हैं। उनकी प्रौद्योगिकी भी पुरानी पड़ जाती है। इस कारण से एक बार फिर प्लांट और मशीनरी में निवेश की नौबत आती है।

तीसरे क़िस्म के व्यापार चक्र बहुत दीर्घकालीन होते हैं। 45 से 60 साल तक चलने वाले इन चक्रों को शुमपीटर ने 'कोंद्रातीफ़ लहरों' की संज्ञा दी। रूसी अर्थशास्त्री निकोलाई कोंद्रातीफ़ ने इन चक्रों को पहली बार पहचाना था, पर वे यह बताने में असमर्थ रहे थे कि इनका कारण क्या होता है। शुमपीटर का ख़याल था कि नये आविष्कार और नवाचार इस तरह के व्यापार चक्रों की चालक शक्ति होते हैं। धीमी आर्थिक वृद्धि के दौर में व्यापार जगत नवाचारों से बचता है, और इसके कारण कई दशकों तक नयी खोजें और आविष्कार कोने में पड़े रहते हैं। आर्थिक वृद्धि तेज़ होने पर उत्पादन प्रक्रिया में नयी प्रौद्योगिकी और उत्पादन प्रणालियों का इस्तेमाल होता है जिससे अर्थव्यवस्थाएँ और तेज गति से आगे बढ़ती हैं। शुमपीटर ने दावा किया कि भाप का इंजिन, कताई मशीन और ऐसी ही दूसरी खोजों के इस्तेमाल की शुरुआत करने वाली औद्योगिक क्रांति आर्थिक विकास के ऐसे ही दीर्घकालीन व्यापार चक्र का प्रारम्भ था। उन्नीसवीं सदी के मध्य में रेल यातायात का निर्माण शुरू हुआ जिसे शुमपीटर ने ऐसे ही दूसरी कोंद्रातीफ़ लहर की संज्ञा दी। बीसवीं सदी की शुरुआत में बिजली, ऑटोमोबाइल और रसायनों के प्रयोग से तीसरी कोंद्रातीफ़ लहर आयी।

व्यापार चक्रों के अध्ययन से पहले 1911 में शुमपीटर इस निष्कर्ष पर पहुँचे थे कि आविष्कारों के पीछे ग़ैर-आर्थिक कारण होते हैं और अर्थव्यवस्था के अध्ययन के ज़रिये उनका पता नहीं लगाया जा सकता। लेकिन 1942 में उन्होंने कहा कि आविष्कार एक विशाल फ़र्म के भीतर सक्रिय आर्थिक शक्तियों द्वारा अंजाम दिये जाते हैं। अपने अवलोकनों में इस अंतर के बावजूद शुमपीटर यह मानने के लिए कभी तैयार नहीं हुए कि आविष्कारों की प्रक्रिया को किसी सुसंगत गतिविधि की तरह परिभाषित किया जा सकता है। वे सृजनशीलता का नतीजा होते हैं, और उनके कर्त्ता की भूमिका उद्यमी निभाता है।

शुमपीटर का चिंतन अपने समकालीनों से कई मायनों में भिन्न था। वे यह नहीं मानते थे कि उद्यमी केवल जिंसों के उत्पादन और उपभोक्त माँग की पूर्ति न्यूनतम लागत पर करने के लिए संसाधनों की उगाही करते हैं। कैंटिलन की तरह उनकी मान्यता थी कि उद्यमी जोखिम उठाने के लिए तैयार रहते हैं और इस तरह पूँजीवादी अर्थव्यवस्था की वृद्धि की मुख्य चालक शक्ति बन जाते हैं। अगर उद्यमियों की संख्या अधिक होगी तो पूँजीवाद का विकास होगा, और अगर उद्यमशीलता नष्ट कर दी गयी या उसके विकास में बाधाएँ डाली गयीं तो पूँजीवाद खामोशी से समाजवाद में बदल जाएगा।

शुमपीटर की मान्यता थी कि आर्थिक विकास का प्रमुख कर्ता उद्यमी होता है। उद्यमी के नव-प्रवर्तन का परिणाम आर्थिक विकास में निकलता है। प्रतियोगिता के कारण लाभ कम होने पर मंदी आती है, परंतु पुनः नव-प्रवर्तन के कारण लाभ बढ़ता है और विकास होता है। इस तरह यह

वृत्ताकार प्रवाह चलता रहता है। कामयाबी हासिल करने के लिए उद्यमियों को उपभोक्ताओं की अभिरुचियों को बदलना पड़ता है। अन्य अर्थशास्त्रियों के बरक्स शुमपीटर का कहना था कि उपभोग के पैटर्न में होने वाला परिवर्तन उत्पादकों के कारण होता है। उपभोक्ता जब उस परिवर्तन को समझने के लिए तैयार नहीं होते तो उद्यमी उन्हें विज्ञापन की विस्तृत मनोवैज्ञानिक तकनीकों के माध्यम से शिक्षित करते हैं। उपभोक्ताओं की प्राथमिकता उत्पादन और आविष्कार का नेतृत्व नहीं करती बल्कि आविष्कारों के कारण नयी वस्तुएँ बनती हैं जिन्हें उपभोक्ता या तो ख़ारिज कर देता है या स्वीकार कर लेता है।

शुमपीटर ने दिखाया कि किस तरह बैंक से मिले ऋणों की मदद से आविष्कार नयी उत्पादन प्रणालियों का रास्ता खोलते हैं। आविष्कारों की नक़ल भी होती है, लेकिन व्यापार चक्र में नक़लचियों का आगमन कुछ देर से ही हो पाता है। ग़लत आकलन और ऋण लेने को मुश्किल बनाने वाली नीतियों के कारण कम्पनियाँ दिवालिया हो जाती हैं जिससे मंदी पैदा होती है। पर इस प्रक्रिया में बाज़ार को अक्षम फ़र्मों से मुक्ति भी मिल जाती है और पिछले विस्तार की ग़लतियाँ सुधार ली जाती हैं।

अपनी विख्यात रचना *कैपिटलिज़म, सोशलिज़म और डेमॉक्रैसी* (१९४२) में शुमपीटर ने आर्थिक परिवर्तन का और भी व्यापक परिप्रेक्ष्य के तहत विवेचन किया। उन्होंने पूँजीवाद के भविष्य की ही पड़ताल की। मार्क्स की तरह वे भी इसी निष्कर्ष पर पहुँचे कि पूँजीवाद नष्ट होने के लिए अभिशप्त है, पर अपनी नाकामियों के कारण नहीं बल्कि अपनी कामयाबियों के कारण। पूँजीवाद पुरानी और अक्षम उत्पादन प्रक्रियाओं को नष्ट करने की सृजनशीलता अपनाता है जिससे उसे गतिशीलता मिलती है। इस प्रक्रिया में छोटी फ़र्मों की जगह बड़ी फ़र्में लेती जाती हैं। नवाचार करने वाले उद्यमियों की जगह प्रबंधकीय नौकरशाह ले लेते हैं। मालिकों की जगह मैनेजर फ़र्में चलाने लगते हैं। परिणामस्वरूप पूँजीवाद नवाचार और आविष्कार संबंधी गतिशीलता खो बैठता है। दूसरे, पूँजीवाद आमदनी बढ़ा देता है जिसके आधार पर मध्यवर्गीय बुद्धिजीवियों की बड़ी संख्या पनपती है। ये लोग पूँजीवादी प्रणाली की ही आलोचना करके सरकार की आर्थिक भूमिका में वृद्धि की परिस्थितियाँ तैयार करते हैं जिससे पूँजीवाद की गतिशीलता अवरुद्ध हो जाती है।

देखें : अर्थ-विज्ञान का समाजशास्त्र, आर्थिक जनसांख्यिकी, अल्फ्रेड मार्शल, अमर्त्य कुमार सेन, अंतर्राष्ट्रीय मुद्रा कोष, आधार और अधिरचना ऑस्कर रायज़ार्ड लांगे, ऐडम स्मिथ, क़रारोपण, कल्याणकारी अर्थशास्त्र, क्लासिकल अर्थशास्त्र, कार्ल हाइनरिख़ मार्क्स-3, कार्ल मेंगर, कींसियन अर्थशास्त्र, गुन्नार मिर्डाल, जोआन रोबिंसन, जॉन कैनेथ गालब्रेथ, जॉन मेनार्ड कींस, जॉन स्टुअर्ट मिल, जैव विविधता, ट्रस्टीशिप, डेविड रिकार्डो, ढाँचागत समायोजन कार्यक्रम, थॉमस मन और वणिकवाद, थॉमस रॉबर्ट माल्थस, दक्षता, धन, नियोक्लासिकल अर्थशास्त्र, नीतिशास्त्र और अर्थशास्त्र, निकोलस काल्दोर, नियोजन, नियोजन : मार्क्सवादी विमर्श, पण्य, पण्य-पूजा, पेटेंट, पॉल सेमुअलसन, पियरो स्राफ़ा, पूँजी, प्रतियोगिता, फ्रांस्वा केस्ने और प्रकृतिवाद, फ्रेड्रिख़ वॉन हायक, बहुराष्ट्रीय निगम, बाज़ार, बाज़ार की विफलताएँ, बाज़ार-समाजवाद, बौद्धिक सम्पदा अधिकार, ब्रेटन वुड्स प्रणाली, भारत में बहुराष्ट्रीय निगम, भारत में नियोजन, भारत में पेटेंट क़ानून, भारत में शेयर संस्कृति, भूमण्डलीकरण और पूँजी बाज़ार, भूमण्डलीकरण और वित्तीय पूँजी, भूमण्डलीकरण और वित्तीय उपकरण, मार्क्सवादी अर्थशास्त्र, मिल्टन फ्रीडमेन, मूल्य, राजनीतिक अर्थशास्त्र, राजनीतिक अर्थशास्त्र : भारतीय आयाम, राजकोषीय नीति और मौद्रिक नीति, रॉबर्ट ओवेन, विलफ्रेडो परेटो, विश्व व्यापार संगठन, विश्व बैंक, विलियम पेटी, विलियम स्टेनली जेवंस, वैकासिक अर्थशास्त्र, शोषण, साइमन कुज़्नेत्स।

संदर्भ

1. रॉबर्ट लोरिंग एलन (1944), *ओपनिंग डोर्स : द लाइफ़ ऐंड वर्क ऑफ़ जोसेफ़ शुमपीटर,* दो खण्ड, ट्रांज़ेक्शन पब्लिशर्स, न्यू ब्रुंसविक.
2. अर्नोल्ड हीट्र्ज़ (सम्पा.) (1981), *शुमपीटर्स विज़न : कैपिटलिज़म, सोशलिज़म ऐंड डेमौक्रेसी आफ्टर 40 इयर्स,* प्रेजर, न्यूयार्क.
3. एलन ओकले (1990), *शुमपीटर्स थियरी ऑफ़ कैपिटलस्टि मोशन : ए क्रिटिकल एक्सपोज़ीशन ऐंड रिएसेसमेंट,* एडवर्ड एल्गर, हांट्स.
4. यूइची शिओनोया (1995), *शुमपीटर ऐंड द आइडिया ऑफ़ सोशल साइंस,* केम्ब्रिज युनिवर्सिटी प्रेस, केम्ब्रिज.
5. नेथन रोज़ेनबर्ग (1944), 'जोसेफ़ शुमपीटर : रैडिकल इकॉनॉमिस्ट' संकलित : *एक्सप्लोरिंग द ब्लैक बॉक्स : टेक्नॉलॉजी, इकॉनॉमिक्स ऐंड हिस्ट्री,* केम्ब्रिज युनिवर्सिटी प्रेस, केम्ब्रिज.

—अभय कुमार दुबे

दलित-पसमंदा मुसलमान

(Dalit-Pasmanda Muslims)

दलित-पसमंदा मुसलमान राजनीति में तेज़ी से उभरने वाली एक नयी प्रवृत्ति है। बाबरी मसज़िद के ध्वंस के बाद जिन राजनीतिक परिप्रेक्ष्यों मुसलमान राजनीति का चरित्र तय किया, उनमें यह विमर्श सबसे प्रमुख है। मुसलमानों में मौजूद जाति प्रथा और अंदरूनी विरोधाभासों को आधार बनाकर आंतरिक लोकतंत्र की माँग करने वाला यह विमर्श मुसलमानों की पिछड़ी जातियों को हिंदू और सिक्ख पिछड़ों और दलितों की तर्ज़ पर ही संविधानसम्मत सुविधाएँ दिये जाने का पक्षधर है।

2006 में सच्चर आयोग की रपट के प्रकाशन के बाद से मुसलमानों के भीतर का पिछड़ा-दलित समाज एक आधिकारिक श्रेणी भी बन गया है। रंगनाथ मिश्र कमीशन (2007) और अल्पसंख्यक आयोग की विभिन्न रपटें इस तथ्य को उजागर करती हैं कि आरक्षण के सवाल और मुसलिम पिछड़ेपन की समस्याओं को दलित-पिछड़े मुसलमान के प्रश्न से अलग करके नहीं देखा जा सकता है। दलित-पिछड़े मुसलिम शब्द का चलन कोई ख़ास पुराना नहीं है, लेकिन मुसलमानों के भीतर होने वाली जाति-राजनीति, विशेषकर पिछड़ी जातियों के लामबंद होने की प्रक्रिया, आज़ादी से बहुत पहले औपनिवेशिक भारत में शुरू हो गयी थी। वास्तव में मुसलमान समाज भी जाति-प्रथा से संचालित होता रहा है।

भारत में इसलाम के प्रसार की दो प्रवृत्तियाँ रही हैं जिनके आपसी रिश्तों से एक जटिल जाति-व्यवस्था का जन्म हुआ। पहली प्रवृत्ति मुसलिम समुदायों का मध्य-एशिया से आकर भारत में बसने से संबंधित है। ऐतिहासिक खोजें, विशेषकर हाल में हुए विश्लेषणों से यह स्पष्ट हुआ है कि अनेक मुसलिम समुदाय एक सतत चलने वाली अत्यंत धीमी प्रक्रिया के तहत कई शताब्दियों तक भारत में आकर बसते रहे। यह प्रक्रिया इतनी धीमी थी कि इसके कारण तत्कालीन समाज में कोई आमूल सामाजिक-सांस्कृतिक परिवर्तन नहीं हुआ। इसलाम के सिद्धांतों का आत्मसातीकरण होता चला गया। रिचर्ड ईटन का मध्यकालीन बंगाल पर किया गया शोध बताता है कि हिंदुओं द्वारा इसलाम अपनाने के पीछे न तो सामाजिक न्याय के विमर्श जैसा कुछ था, और न ही कोई ख़ास राजनीतिक ललक। धार्मिक विविधताओं से भरे इस भौगोलिक-सांस्कृतिक क्षेत्र में मौजूद बहुत से अन्य धार्मिक विकल्पों में से एक विकल्प इसलाम भी था। इसलाम का चयन न तो पुराने धार्मिक संदर्भों को छोड़ कर किया जा सकता था और न ही इसलाम के भीतर मौजूद एकेश्वरवाद जैसी आध्यात्मिक संरचनाओं को ख़ारिज करके। ऐसे में जिन हिंदुओं ने इसलाम स्वीकार किया उन्होंने न तो अपनी स्थानीय रीतियों को छोड़ा और न ही एकेश्वरवाद को नकारा। दिलचस्प बात यह है कि इसलाम का प्रसार निम्न और मध्य जातियों में ज़्यादा हुआ। इसका सीधा कारण यह था कि इन जातियों में उच्च कही जाने वाली जातियों की तुलना में रीति-रिवाज़ों और आस्थाओं में अपेक्षित खुलापन था। इन जातियों के लिए इसलामी सिद्धांतों का जातीकरण सम्भव था। इस तरह हरेक जाति ने, जो बाद में मुसलिम बिरादरियाँ (विशेषकर उत्तर भारत में) कही जाने लगीं, अपने-अपने ढंग से इसलामी आस्थाओं को परिभाषित किया।

मध्य एशिया से आये विविध मुसलमान समुदायों और भारतीय मुसलिम बिरादियों के आपसी रिश्तों ने मुसलिम जाति-प्रथा को जन्म दिया। दोनों तरह की सामाजिक संरचनाओं के भीतर भी अनेक विविधताएँ थीं। उदाहरण के लिए मध्य एशियाई और अरब से संबंध रखने वाले समुदायों के बीच भी उतनी ही दूरियाँ थीं, जितनी कि मुसलिम बिरादरियों में। हालाँकि मध्य एशियाई समुदाय शेख़, मुग़ल और पठान शासक वर्ग में बदल गये, परंतु यह कहना ठीक नहीं होगा कि उनके राजनीतिक वर्चस्व से ही जाति व्यवस्था में ऊँच-नीच तय हुई। मुसलिम जाति व्यवस्था में ऊँच-नीच की शुरुआत पर अभी तक कोई ऐतिहासिक विश्लेषण नहीं किया गया है। ऐसे में मध्ययुगीन साहित्य, विशेषकर मुसलिम शासकों द्वारा लिखवाया गया साहित्य ही एक सम्भव स्रोत है।

तुज़्क-ए-फ़िरोज़शाही से लेकर *आइने-अकबरी* तक जैसे ग्रंथ हमें बताते है कि मुसलिम समुदायों में जाति और क़बीला पहचान के दो प्रमुख पैमाने हैं। ऐसे में समुदाय का पेशा और वर्चस्व के आधार पर उनका सामाजिक मूल्य तय हो सकते थे। यही वजह है कि अट्ठारहवीं और उन्नीसवीं सदी कुछ समुदायों के लिए 'अशराफ़' (जो शरीफ़ हों) कुछ के लिए 'अजलाफ़' (ज़लील से सम्बद्ध) और कुछ के लिए 'अरज़ाल' शब्द प्रयुक्त होता है।

यहाँ दो स्पष्टीकरण ज़रूरी हैं। पहला, इन श्रेणियों का इस्तेमाल औपनिवेशिक युग के शुरुआती दौर मे ख़ूब होता होता दिखता है। इसलिए मुसलिम जाति-विमर्श और औपनिवेशिक आधुनिकता का संबंध जातियों के ऊँच-नीच के विश्लेषण में एक अहम कड़ी है। इसका स्पष्टीकरण मुसलिम समाजों में परम्परागत पेशों से ताल्लुक़ रखता है। पेशों की ऊँच-नीच अशराफ़ और अरज़ाल श्रेणियों का अवधारणात्मक क्षेत्र तय करती है। मसलन नाई, जुलाहे और बढ़ई का काम करने वाले मुसलमान, अजलाफ़ श्रेणी में माने गये, जबकि मध्य एशियाई समुदाय जो कि मूलतः व्यापार संबंध रखते थे, अशराफ़ बन गये। हिंदू जाति-व्यवस्था की तरह यहाँ भी पेशा जाति बनता चला गया।

अशराफ़/अज़लाफ़ की दूरियों का सबसे सटीक चित्रण उन्नीसवीं सदी की रचनाओं से मिलता है। सैयद अहमद ख़ाँ से लेकर कई शीर्ष के कई उलेमा प्रत्यक्ष और अप्रत्यक्ष तौर पर मुसलिम जाति-व्यवस्था के समर्थक बन गये। सैयद अहमद ने तो जुलाहों को बदज़ात तक कहा और 1857 के सिपाही विद्रोह का ज़िम्मेदार ठहराया। इस तरह इसलाम की जाति-व्यवस्था का आधुनिक राजनीति से सीधा रिश्ता जुड़ गया। बीसवीं सदी के शुरुआती दशकों में पूर्वी उत्तर प्रदेश और बिहार में जातिगत संगठन विशेषकर पिछड़े मुसलमानों के संगठन बनने शुरू हुए। 1930 के दशक में बनी मोमिन क्रॉन्फ्रेंस इसका एक अहम उदाहरण है। कांफ्रेंस मूलतः जुलाहा समुदाय से संबंधित थी और इसका रुझान कांग्रेस की समन्वयकारी राजनीति की तरफ़ था। यही कारण था कि आज़ादी के बाद मोमिन कांफ्रेंस कांग्रेस के प्रसार में पूरी तरह छुप गयी।

साठ और सत्तर के दशकों में मुसलमानों की पिछड़ी जातियों का दायरा सामाजिक-सांस्कृतिक क्षेत्रों तक सीमित रहा। इसका एक बड़ा कारण भारतीय संवैधानिक विमर्श द्वारा मुसलमानों को एक राजनीतिक इकाई मानने से भी जुड़ा था। उदाहरण के लिए 1950 में गठित काका कालेलकर समिति ने यह तो माना कि मुसलमानों की कुछ जातियाँ पिछड़ी हैं, लेकिन समिति ने इन जातियों को हिंदू और सिक्ख पिछड़ों-दलितों के साथ जोड़ कर नहीं देखा। यहाँ तक कि 1959 के एक अध्यादेश से यह भी तय हो गया कि अनुच्छेद 341के तहत केवल हिंदुओं और सिक्खों में मौजूद दलित जातियाँ ही आरक्षण का लाभ उठा सकती हैं। अन्य भारतीय मज़हब (ख़ासकर इसलाम और ईसाई मत) इस सूची से बाहर रखे गये। इस प्रकार मुसलमानों में जाति एक संकीर्ण राजनीतिक श्रेणी के तौर पर पुन: स्थापित हो गयी। 1980 के दशक में मंडल आयोग ने एक नयी शुरुआत की। आयोग ने मुसलमानों के पिछड़े तबकों को अन्य पिछड़े वर्ग की श्रेणी में रखकर आरक्षण देने की सिफ़ारिश की। इस पहल ने मुसलमानों के भीतर चल रहे जातिगत अंतर्विरोधों को एक नया उछाल दिया और बाबरी मस्ज़िद का विध्वंस होने तक 'दलित-पिछड़े मुसलिम' नामक एक नये राजनीतिक विमर्श का उदय हुआ।

1990 में एजाज़ अली ने, जो स्वयं अंसारी समुदाय से थे, इस शब्द का प्रयोग किया। अली का आंदोलन काफ़ी तेज़ी से लोकप्रिय हुआ और शीघ्र ही दलित-पिछड़े मुसलिम का सवाल उठाने वाले कई संगठन सामने आये। अली ने स्वयं 1992 में ऑल इण्डिया बैकवार्ड मुसलिम मोर्चा की स्थापना की। अली का मत है कि सैयदवाद से ग्रस्त मुसलिम समाज को हिंदू समाज की तरह सुधार की ज़रूरत है। अली का मानना है कि मुसलिम दलितों को हिंदू दलितों के समान आरक्षण और अन्य पिछड़ी श्रेणी में मुसलिम पिछड़े समुदायों के लिए पृथक आरक्षण एक शुरुआत हो सकता है।

1998 में अली अनवर की पुस्तक *मसावत की जंग* ने विमर्श को पसमंदा नामक नयी अवधारणा से नवाज़ा। अनवर ने बिहार की मुसलिम जाति व्यवस्था का ऐतिहासिक विश्लेषण करके नीची जाति के मुसलमानों को एक राजनीतिक श्रेणी के तौर पर स्थापित किया। एजाज़ अली के विपरीत अनवर मानते हैं कि पिछड़े मुसलमानों का अलग से आरक्षण पसमंदा-दलित मुसलमानों के संघर्षों को साम्प्रदायिक बना देगा। इसलिए अन्य पिछड़े वर्ग की पहचान अगली और पिछड़ी जातियों के आधार पर ही होनी चाहिए ताकि अति-पिछड़ी जातियाँ, चाहे वे हिंदू हों या मुसलमान, आरक्षण का लाभ उठा सकें। अनवर अनुच्छेद 341 में संशोधन के पक्षधर हैं और उनका मत है कि मुसलिम दलितों को हिंदू दलितों की तरह ही आरक्षण मिलना चाहिए। अनवर मुसलमानों में अंतर्जातीय विवाह के भी हिमायती हैं। दलित-पिछड़े मुसलिम विमर्श को तथाकथित मुसलिम रहनुमाओं का भी समर्थन हासिल है, हालाँकि परम्परागत मुसलिम राजनीति अब भी इस सवाल को मुसलमानों का आंतरिक मुद्दा मानने के ही पक्ष में है।

देखें : अल-किंदी, अल-ग़ज़ाली, अबू-अला मौदूदी, इब्न ख़ाल्दून, इब्न-रश्द, प्रारम्भिक इसलाम, जिहाद, प्रारम्भिक इसलाम, फ़लसिफ़ा और कलाम, भारतीय इसलाम, मसजिद, मुसलिम राजनीतिक विचार, हज़रत मुहम्मद-1 और 2, मुहम्मद अली जिन्ना, मुहम्मद इक़बाल, सैयद अहमद ख़ाँ।

संदर्भ

1. अली अनवर (1998), *मसावात की जंग,* आईएसआई, पटना-दिल्ली.
2. ख़ालिद अनीस अंसारी (2009), 'रिथिंकिंग पसमांदा मूवमेंट', *कांउटरकरेंट्स,* फरबरी.
3. हिलाल अहमद (2009), 'मुसलिम एज़ पॉलिटिकल कम्युनिटी', *सेमिनार,* 602, दिल्ली.
4. इरफान अहमद (2003), 'ए डिफ़रेंट जिहाद : दलित मुस्लिम्स चैलेंज टु अशराफ़ हेजेमनी', *इकॉनॉमिक पॉलिटिकल वीकली,* खण्ड 38, अंक 46.
5. प्रफुल्ल बिदवई (2006), 'कॉम्बेटिंग मुसलिम एक्सक्लूज़न', *फ्रंटलाइन,* खण्ड 23, अंक 23.

— हिलाल अहमद

दक्षता

(Efficiency)

अर्थशास्त्र की भाषा में दक्षता का अर्थ है कम से कम लागत और कम से कम प्रयास के ज़रिये अपना लक्ष्य हासिल करने की योग्यता। अधिकतम दक्षता उस समय हासिल होती है जब उत्पादक गतिविधियों का विश्लेषण करके फ़ालतू क़िस्म की सभी क्रियाओं को उत्पादन की प्रक्रिया से निकाल बाहर किया जाता है। आम तौर पर माना जाता है कि उत्पादन के लिए ज़रूरी सामग्री की एक इकाई से संसाधनों का अनुकूलतम इस्तेमाल करते हुए अधिकतम उत्पाद प्राप्त कर लेना ही सबसे अच्छी दक्षता का नमूना हो सकता है। उत्पाद की एक पूरी क़िस्म के लिए औसत दक्षता निकाली जाती है और प्रति इकाई के उत्पादन के संदर्भ में सीमांत दक्षता की गणना की जाती है। लागत का औसत वक्र (कर्व) अगर अंग्रेज़ी के यू आकार का है तो उसका न्यूनतम बिंदु सबसे अच्छी दक्षता का द्योतक होगा। अगर यही वक्र एल आकार का है तो दक्षता न्यूनतम होगी। नियोक्लासिकल अर्थशास्त्र

दक्षता हासिल करने पर विशेष रूप से ध्यान देता है। उसकी निगाह में यह एक ऐसा मक़सद है जिसे लगातार हासिल करने की कोशिश से ही किसी अर्थव्यवस्था में प्रगति होती है। इस आर्थिक विज्ञान के पैरोकार आदर्शवादी आर्थिक प्रणालियों की इसी आधार पर आलोचना करते हैं कि उनमें दक्षता प्राप्त करने के प्रति जागरूकता नहीं होती, और उनका आदर्शवादी रवैया बर्बादी और निचले स्तर की उत्पादकता की कोई परवाह नहीं करता।

दक्षता प्राप्त करना कई कारकों पर निर्भर करता है: कैसी प्रौद्योगिकी इस्तेमाल की जा रही है और उत्पादन में लगने वाली सामग्री की गुणवत्ता क्या है, ख़ासकर श्रम-शक्ति किस तरह की है। इस सिलसिले में दक्षता और संगठन के प्रकार के बीच संबंध पर भी ध्यान दिया जाता है। आम तौर पर माना जाता है कि इजारेदारी की स्थिति दक्षता प्राप्त करने के ख़िलाफ़ जाती है। इजारेदार फ़र्मों को प्रतियोगिता नहीं करनी पड़ती, इसलिए वे लागत घटाने के प्रति सचेत नहीं होतीं। बड़ी कम्पनियों से उम्मीद की जाती है कि वे छोटी कम्पनियों के मुक़ाबले अधिक दक्ष होंगी क्योंकि वे बड़े पैमाने पर उत्पादन करके लागत घटा सकती हैं। इसी तरह निजी क्षेत्र की फ़र्में सरकारी क्षेत्र की फ़र्मों के मुक़ाबले अधिक दक्ष समझी जाती हैं। सरकारी कम्पनियों को सरकारी धन मिलने की सुविधा होती है और उन्हें बाज़ार द्वारा अधिगृहीत किये जाने का डर नहीं होता, इसलिए वे दक्षता की ज़्यादा परवाह नहीं करतीं। भारतीय पब्लिक सेक्टर कम्पनियों को अस्सी के दशक में सबसे ज़्यादा आलोचना का सामना इसी मुद्दे पर करना पड़ा था कि उनकी दक्षता कम है। उन्हें बाज़ार की प्रतियोगिता में हिस्सा नहीं लेना पड़ता और वे संरक्षित बाज़ार में सक्रिय रहती हैं। इसलिए उन्हें दक्षता बढ़ाने की कोई परवाह नहीं होती।

दक्षता कई प्रकार की हो सकती है, जैसे तकनीकी-दक्षता और आबंटन-दक्षता। आबंटन-दक्षता को उन जिंसों के संदर्भ में नापा जाता है जिनसे उपभोक्ता को सर्वाधिक संतोष और लाभ की प्राप्ति हो सके। यह अवधारणा अक्सर इजारेदारी और अंतर्राष्ट्रीय वाणिज्य के सिलसिले में इस्तेमाल की जाती है। तकनीकी-दक्षता का संबंध सीधे-सीधे उत्पादन के पहलू से होता है। आर्थिक-दक्षता उत्पादन की प्रति इकाई लागत द्वारा तय होती है। चूँकि उत्पादन उसमें इसमें इस्तेमाल होने वाली प्रौद्योगिकी पर निर्भर करता है इसलिए कुल मिला कर मैन्यूफ़ैक्चरिंग या विनिर्माण-दक्षता का संबंध फ़ैक्ट्री में लगी हुई मशीनों और कार्यप्रणालियों से है। ऊर्जा के अर्थशास्त्र के लिए तापीय-दक्षता महत्त्वपूर्ण है। इसका मतलब है ऊष्मा-चालित इंजन द्वारा किये जाने वाले उत्पादन की प्रति इकाई लागत। इसी तरह नेटवर्क-दक्षता का तात्पर्य है संबंधित नेटवर्क के सभी संसाधनों का अनुकूलतम इस्तेमाल। किसी भी ग़ैर-मशीनी संगठन में कर्मचारियों की दक्षता उन कार्यप्रणालियों पर निर्भर करती है जिनके कारण वे लोग कम से कम समय, लागत और प्रयास में अधिक से अधिक कार्यभार पूरे कर लेते हैं। कुल मिला कर हर तरह की उत्पादक-दक्षता लागत को न्यूनतम रखने की माँग करती है।

किसी भी प्रणाली का इस्तेमाल करने वाले उसकी आर्थिक-दक्षता को श्रेष्ठ तब मानते हैं जब वह प्रणाली उनकी सभी अपेक्षाओं को पूरा कर दे। किसी भी पूँजी बाज़ार में दक्षता का विचार उन दामों के रूप में व्यक्त होता है जो तत्कालीन सूचनाओं को सही ठहराते हों। जहाँ तक आर्थिक कल्याण का सवाल है विलफ्रेडो परेटो की मान्यता है कि केवल अनुकूलतम परिस्थिति के ज़रिये ही उपयुक्त दक्षता प्राप्त हो सकती है। अनुकूलतम परिस्थिति का मतलब है बिना किसी का नुक़सान किये अगर हर व्यक्ति की बेहतरी। केवल तभी अधिकतम आर्थिक कल्याण उपलब्ध हो सकता है। वह अनुकूलतम परिस्थिति पैदा हो सके इसलिए लाजमी समझा गया कि उपभोक्ताओं के स्तर पर जिस सीमांत दर से उपभोग में प्रतिस्थापन हो, उसी सीमांत दर से उत्पादक अपने उत्पादन में तब्दीली करें। परेटो के अनुसार केवल ऐसा होने पर ही सभी उत्पादन प्रक्रियाओं की सीमांत लागत सीमांत आमदनी के बराबर हो सकती है।

कींसियन अर्थशास्त्र ने पूँजी की सीमांत दक्षता का सिद्धांत दिया है। कींस के अनुसार यह दक्षता उस संबंध के रूप में व्यक्त होती है जो पूँजी की एक इकाई से होने वाले सम्भावित उत्पाद और उस इकाई को उत्पादित करने वाली लागत के बीच होता है।

इसी तरह लाइबेंस्टीन ने दक्षता का जो सिद्धांत दिया है उसे आबंटन-दक्षता के मुक़ाबले व्यापक माना जाता है। एक्स-एफ़ीशिएंसी (श्रम-दक्षता) नामक इस सिद्धांत में मनोवैज्ञानिक पहलुओं का भी ध्यान रखा गया है। लाइबेंस्टीन मानते हैं कि किसी सयंत्र के भीतर उत्पादन के लिए दी गयी प्रेरणा, बाह्य प्रेरणा से पैदा होने वाली दक्षता और ग़ैर-बाज़ारू सामग्री के इस्तेमाल से उपजने वाली दक्षता के पहलू मिल कर एक्स-एफ़ीशिएंसी की रचना करते हैं। लाइबेंस्टीन ने दक्षता प्राप्त करने में होने वाली बाधाओं की शिनाख़्त भी की है। उनके मुताबिक़ श्रमिकों से ठेके पर काम कराने वाले प्रबंधक (ठेकेदार) मज़दूरों से अधिकतम प्रयास करवाने में नाकाम रहते हैं इसलिए लागत के अनुरूप पूरा उत्पादन नहीं मिलता। उत्पादन के कुछ हिस्सों की मार्केटिंग भी ठीक से नहीं हो पाती। उत्पादन के सभी कारकों और दूसरी फ़र्मों के प्रभाव के बारे में ठीक-ठीक अंदाज़ा नहीं लग पाता। इन कारणों से न तो उत्पादन अधिकतम हो पाता है, और न ही लगात न्यूनतम। मज़दूर धीमी गति से काम करते हैं और आपसी चिमगोइयों में वक़्त बर्बाद करते रहते हैं। दूसरी तरफ़ अगर फ़र्में मज़दूरों को कम भुगतान करती हैं तो उनके कर्मचारी या तो कम काम करते हैं या फिर दूसरे सेवायोजक के पास चले जाते हैं। ठीक वेतन देने वाली फ़र्में अधिक कुशल और परिश्रमी कर्मचारियों को आकर्षित करती हैं जिनसे उनके उत्पादन की दक्षता बढ़ जाती है।

देखें : अर्थ-विज्ञान का समाजशास्त्र, अल्फ्रेड मार्शल, अमर्त्य कुमार सेन, अंतर्राष्ट्रीय मुद्रा कोष, आधार और अधिरचना, ऑस्कर रायज़ार्ड लांगे, आर्थिक जनसांख्यकी, ऐडम स्मिथ, क़रारोपण, कल्याणकारी अर्थशास्त्र, क्लासिकल अर्थशास्त्र, कार्ल हाइनरिख़ मार्क्स-3, कार्ल मेंगर, कींसियन अर्थशास्त्र, गुन्नार मिर्डाल, जोआन रोबिंसन, जॉन कैनेथ गालब्रेथ, जॉन मेनार्ड कींस, जॉन स्टुअर्ट मिल, जोसेफ़ शुमपीटर, जैव विविधता, ट्रस्टीशिप, डेविड रिकार्डो, ढाँचागत समायोजन कार्यक्रम, थॉमस मन और वणिकवाद, थॉमस रॉबर्ट माल्थस, धन, नियोक्लासिकल अर्थशास्त्र, नीतिशास्त्र और अर्थशास्त्र, निकोलस काल्दोर, नियोजन, नियोजन : मार्क्सवादी विमर्श, पण्य, पण्य-पूजा, पेटेंट, पॉल सेमुअलसन, पियरो स्राफ़ा, पूँजी, प्रतियोगिता, फ्रांस्वा केस्ने और प्रकृतिवाद, फ्रेड्रिख़ वॉन हायक, बहुराष्ट्रीय निगम, बाज़ार, बाज़ार की विफलताएँ, बाज़ार-समाजवाद, बौद्धिक सम्पदा अधिकार, ब्रेटन वुड्स प्रणाली, भारत में बहुराष्ट्रीय निगम, भारत में नियोजन, भारत में पेटेंट क़ानून, भारत में शेयर संस्कृति, भूमण्डलीकरण और पूँजी बाज़ार, भूमण्डलीकरण और वित्तीय पूँजी, भूमण्डलीकरण और वित्तीय उपकरण, मार्क्सवादी अर्थशास्त्र, मिल्टन फ्रीडमेन, मूल्य, राजनीतिक अर्थशास्त्र, राजनीतिक अर्थशास्त्र : भारतीय आयाम, राजकोषीय नीति और मौद्रिक नीति, रॉबर्ट ओवेन, विल्फ्रेड परेटो, विश्व व्यापार संगठन, विश्व बैंक, विलियम पेटी, विलियम स्टेनली जेवंस, वैकासिक अर्थशास्त्र, शोषण, साइमन कुज़्नेत्स।

संदर्भ

1. एच. लाइबेंस्टीन, 'एलोकेटिव एफ़ीशिएंसी वर्सेस एक्स-एफ़ीसिएंसी', *अमेरिकन इकॉनॉमिक रिव्यू*, खण्ड ५६.

— अभय कुमार दुबे

दक्षिण एशियायी सहयोग संगठन (सार्क)

(South Asian Association for Regional Cooperation)

दक्षिण एशिया के देशों के बीच क्षेत्रीय सहयोग का विचार अस्सी के दशक में काफ़ी प्रमुखता से सामने आया। भारत की विदेश नीति में अपने पड़ोसियों के साथ इस तरह के सहयोग पर ज़ोर दिया जाता रहा है, लेकिन एक क्षेत्रीय संगठन बनाने का विचार 1980 के दशक में ही मूर्त रूप में सामने आ पाया। सार्क की भूमिका इसलिए काफ़ी महत्त्वपूर्ण है, क्योंकि दक्षिण एशिया के देश समान आर्थिक और सामाजिक समस्याओं से जूझ रहे हैं। इनमें से कई देशों के आपसी रिश्ते भी काफ़ी ख़राब रहे हैं। ऐसे में सार्क एक ऐसे मंच के रूप में सामने आता है, जहाँ देश अपने द्विपक्षीय तनावों को एक ओर रख कर पूरे दक्षिण एशियाई क्षेत्र की समस्याओं पर विचार करते हैं। दक्षिण एशिया के अधिकांश देशों ने औपनिवेशिक शासन का सामना किया है और अपने सामाजिक, आर्थिक और सांस्कृतिक परिवेश के संदर्भ में वे दुनिया के बाक़ी देशों की तुलना में एक-दूसरे के ज़्यादा नज़दीक हैं। साउथ एशियन ऐसोसिएशन फ़ॉर रीजनल को-ऑपरेशन (या दक्षिण एशियाई क्षेत्रीय सहयोग संगठन) (सार्क) गठित करने का प्रस्ताव सबसे पहले 1980 में बांग्लादेश के तत्कालीन राष्ट्रपति जिया-उर-रहमान द्वारा रखा गया था। जिया-उर-रहमान के इस प्रस्ताव के पहले कम-से-कम तीन सम्मेलनों में दक्षिण एशियाई देशों के बीच सहयोग के लिए क्षेत्रीय संगठन बनाने की बात की गयी। ये तीन सम्मेलन हैं : अप्रैल 1947 में नयी दिल्ली में हुआ एशियन रिलेशंस कांफ्रेंस, मई 1950 में फिलीपींस में हुआ बाजिउ कांफ्रेंस और अप्रैल 1954 में हुआ कोलम्बो पावर्स कांफ्रेंस।

1970 के दशक के आख़िरी वर्षों में दक्षिण एशियाई देशों में आपस में एक व्यापार ब्लॉक बनाने पर सहमति हो गयी थी। बहरहाल, जिया-उर-रहमान द्वारा यह प्रस्ताव रखे एक क्षेत्रीय संगठन बनाने का औपचारिक प्रस्ताव रखे जाने का क्षेत्र के छोटे देशों ने स्वागत किया, लेकिन भारत ने शुरुआत में इस बारे थोड़ी झिझक दिखाई। शायद भारतीय राजनयिकों को डर था कि इस तरह का संगठन छोटे देशों द्वारा क्षेत्र के बड़े देश अर्थात् भारत की आलोचना का केंद्र बन जाएगा और इससे भारत के विदेश नीति संबंधी विकल्प भी कम होंगे। इसी तरह पाकिस्तान ने भी इस विचार को संदेह की नज़र से देखा। शुरुआत में उसे यह लगा कि भारत इस तरह के संगठन द्वारा दक्षिण एशिया में अपना प्रभुत्व ज़माने की कोशिश कर सकता है। इस तरह के आधारहीन संदेहों के बीच 1981 में दक्षिण एशियाई देशों के विदेश सचिवों की कई दौर की बैठक हुई। फिर, 1983 में नयी दिल्ली में इस क्षेत्र के सभी सातों देशों के विदेश मंत्री मिले और उन्होंने सार्क के विचार को एक ठोस रूप दिया। आख़िरकार, दिसम्बर 1985 में औपचारिक रूप से सार्क की स्थापना की गयी। शुरुआत में कुल सात देश इसके सदस्य थे— भारत, पाकिस्तान, बांग्लादेश, श्रीलंका, नेपाल, भूटान और मालदीव। इसका पहला सम्मेलन ढाका में हुआ जिसमें इसके सभी सदस्य देशों के शासनाध्यक्षों ने भाग लिया। लम्बे समय तक इस संगठन के सात सदस्य ही रहे। लेकिन 2007 में अफ़ग़ानिस्तान ने भी इस संगठन की सदस्यता ग्रहण की। इसके अलावा, कई दूसरे देश, मसलन संयुक्त राज्य अमेरिका और दक्षिण कोरिया, चीन आदि को सार्क में पर्यवेक्षक का दर्जा दिया गया है। युरोपीय यूनियन जैसे संगठन भी इसके सम्मेलनों में पर्यवेक्षक के तौर पर भागीदारी करते हैं।

सार्क का एक सुपरिभाषित चार्टर है जिसमें इसकी

नीतियों, सिद्धांतों का वर्णन है। इसमें यह भी बताया गया है कि यह संगठन किस तरह अपनी नीतियों और कार्यक्रमों के बारे में फ़ैसला करेगा और उन्हें कैसे लागू करेगा। चार्टर में कहा गया इस संगठन का प्रयोग उद्देश्य दक्षिण एशिया के लोगों का कल्याण करना और उनके जीवन की गुणवत्ता में सुधार करना है। क्षेत्र के लोगों के आर्थिक, सामाजिक और सांस्कृतिक विकास का लक्ष्य रेखांकित करने के साथ ही इसमें परस्पर सहयोग बढ़ाने, दूसरे विकासशील देशों से संबंध मज़बूत करने और अंतर्राष्ट्रीय मंचों पर सामान्य हित वाले मुद्दों पर एकजुट आवाज़ में बोलने पर भी ज़ोर दिया गया है। इसमें यह सिद्धांत अपनाया गया है कि सदस्य राष्ट्र-राज्य एक-दूसरे की प्रभुसत्ता, क्षेत्रीय अखण्डता, राजनीतिक समानता और स्वतंत्रता का आदर करेंगे। सार्क के एक सिद्धांत के अनुसार इसके विचार-विमर्श के दायरे से द्विपक्षीय और विवादास्पद मसलों को बाहर रखा गया है।

चार्टर में इस बात का भी उल्लेख है कि सभी फ़ैसले सम्मेलन के दौरान ही लिए जाने चाहिए। ये फ़ैसले विदेश मंत्रियों और विदेश सचिवों की स्थाई समिति की सिफ़ारिशों के आधार पर होने चाहिए। इसकी एक तकनीकी समिति भी है, जो कार्यक्रमों के लागू होने की प्रक्रिया का नियमन करती है। हर सम्मेलन में लिए गये फ़ैसले किस सीमा तक लागू हुए हैं, इस पर सार्क सचिवालय नज़र रखता है। सार्क का सचिवालय नेपाल की राजधानी काठमांडू में स्थित है। सदस्य देशों द्वारा रोटेशन या क्रम के हिसाब से इसके सेक्रेटरी जनरल का चुनाव किया जाता है।

यद्यपि सार्क के सामने शुरुआत से ही कई चुनौतियाँ रहीं, लेकिन फिर भी इसने व्यापार और सामाजिक-आर्थिक विकास के संदर्भ में एक सामान्य क्षेत्रीय दृष्टिकोण का विकास किया। इसमें खेती, ग्रामीण विकास, ग़रीबी उन्मूलन, खेल, कला और संस्कृति, विज्ञान और तकनीक और महिला विकास के क्षेत्र में सदस्य देशों के बीच सहयोग बढ़ाने पर ज़ोर दिया गया। सदस्य देशों के कुछ महत्त्वपूर्ण फ़ैसलों में खाद्य सुरक्षा रिज़र्व की स्थापना, आतंकवाद का दमन, नशे की तस्करी पर रोक, सार्क चैम्बर्स ऑफ़ कॉमर्स की स्थापना, क्षेत्रीय व्यापार में एक-दूसरे को वरीयता और दक्षिण एशियाई मुक्त व्यापार क्षेत्र की स्थापना का फ़ैसला प्रमुख है। सार्क की एक महत्त्वपूर्ण उपलब्धि साफ़्टा (साउथ एशियन फ्री ट्रेड एग्रीमेंट अर्थात् दक्षिण एशिया मुक्त व्यापार समझौता) है। साफ़्टा से पहले साप्टा (साउथ एशियन प्रिफ़ेंसियल ट्रेड एग्रीमेंट अर्थात् दक्षिण एशिया वरीयता व्यापार समझौता) सामने आया था। नब्बे के दशक की शुरुआत में सदस्य देशों ने व्यापार के मामले में एक-दूसरे को ज़्यादा वरीयता देने का फ़ैसला किया था। लेकिन उस समय भी मुख्य लक्ष्य दक्षिण एशिया में मुक्त व्यापार क्षेत्र की स्थापना करना ही था। जनवरी, 2004 को सार्क के बारहवें सम्मेलन में साफ़्टा पर हस्ताक्षर हुए। जनवरी, 2006 को यह समझौता क्रियाशील हुआ और व्यापार उदारीकरण कार्यक्रम की शुरुआत जुलाई , 2006 से हुई। इस समझौते के अनुसार सार्क देशों को आपसी व्यापार को बढ़ाने के लिए वस्तुओं के टैक्स में बीस प्रतिशत की कमी की गयी। इसके अलावा, इसके लागू होने की प्रक्रिया पर नज़र रखने के लिए सदस्य देशों के वाणिज्य मंत्रियों की एक परिषद् का भी गठन किया गया। इसके साथ ही सार्क ने 1997 से सार्क युवा पुरस्कार और 2004 से सार्क पुरस्कार' की भी शुरुआत की। इसका मक़सद सदस्य देशों में उत्कृष्ट काम करने वाले युवाओं और व्यक्तियों को प्रोत्साहित करना है। 2010 में सार्क देशों ने दिल्ली में एक साउथ एशियन युनिवर्सिटी की भी स्थापना की, जिसके पाठ्यक्रम और शिक्षण में सभी सार्क देशों से जुड़े पहलुओं पर ध्यान दिया जाएगा।

इस विवरण का एक दूसरा पक्ष भी है कि सार्क ने अपने शुरुआती दौर में जो बड़े लक्ष्य अपने सामने रखा थे, उनमें से कई लक्ष्य पूरे नहीं हो पाये हैं। इस संदर्भ में कई कारकों को रेखांकित किया जा सकता है : पहला, सार्क के दो बड़े सदस्य देशों यानी भारत और पाकिस्तान के बीच कई दफ़ा संबंध बहुत कड़वे रहे हैं। इसका सीधा प्रभाव सार्क की गतिविधियों और इसकी प्रभावकारिता पर भी पड़ा है। दूसरा, कई ऐसे मसले हैं जो इस क्षेत्र के लोगों के हितों का सीधे तौर पर प्रभावित करते हैं, लेकिन इस संदर्भ में सार्क देश सिर्फ़ प्रस्ताव ही पारित कर पाये हैं। मसलन, आतंकवाद एक ऐसा ही विषय है। आंतकवाद के ख़िलाफ़ सार्क के प्रस्ताव इसलिए प्रभावहीन रहे हैं क्योंकि सार्क के कुछ सदस्य देशों ने अपने पड़ोसी देशों के ख़िलाफ़ आतंकवाद को एक नीति के रूप में स्वीकार किया है। मसलन, भारत ज़ोरदार तरीके से यह दावा करता रहा है कि पाकिस्तान उसकी ज़मीन पर भारत के ख़िलाफ़ आतंकवादी गतिविधियों को बढ़ावा दे रहा है। इसी तरह, कुछ सदस्य राज्यों द्वारा अपने यहाँ प्रतिरोध दबाने के लिए कई दफ़ा मानवाधिकारों का भी उल्लंघन किया गया है। इस संदर्भ भारत द्वारा कश्मीर और उत्तर-पूर्व में अपनायी गयी नीति का उदाहरण दिया जा सकता है। इसी तरह, श्रीलंका, पाकिस्तान, बांग्लादेश आदि में अल्पसंख्यकों के ख़िलाफ़ दमनकारी कार्रवाई होती रही है। लेकिन ये राष्ट्र-राज्य एक-दूसरे को टोकने की बजाय पूरी तरह से उपेक्षा और अहस्तक्षेप की नीति अपनाते हैं। इससे इनके द्वारा मानवाधिकारों के संबंध में पारित प्रस्ताव बेमतलब हो जाते हैं। तीसरा, यद्यपि सार्क देशों के बीच मुक्त व्यापार क्षेत्र बनाने पर समझौता हुआ है। लेकिन इन देशों के बीच मौजूद अविश्वास और परस्पर-संदेह के कारण यह समझौता बहुत कारगर या सफल नहीं हो पाया। इसका एक बड़ा कारण यह भी है कि इस क्षेत्र के छोटे देश इस बात से डरते हैं कि भारत

उनके बाज़ारों पर क़ब्ज़ा कर लेगा। चौथा, सार्क के सदस्य देशों के बीच अविश्वास के कारण ही यह इस क्षेत्र में मौजूद म्यांमार (बर्मा) जैसे देशों द्वारा लोकतांत्रिक आंदोलन के दमन के ख़िलाफ़ सही तरीक़े से कुछ भी नहीं कर पाया। अधिकतर देशों ने बर्मा से अपने द्विपक्षीय संबंध क़ायम रखे। बर्मा में लोकतंत्र के दमन के प्रति उपेक्षा भाव का एक बड़ा कारण यह भी रहा है कि भारत के अलावा इस क्षेत्र के बाक़ी देशों में भी लोकतंत्र की स्थिति डाँवाँडोल ही है।

बहरहाल, इस बात में कोई संदेह नहीं है कि सार्क का गठन दक्षिण एशिया की राजनीति के संदर्भ एक मील का पत्थर है। बहुत सी मुश्किलों और सीमाओं के बावजूद सार्क ने कई मामलों में अच्छी प्रगति की है। इसने एक ऐसा मंच उपलब्ध कराया है, जिसके द्वारा दक्षिण एशियाई देश आपस में संवाद कर सकते हैं। यद्यपि विश्व के दूसरे भागों में बने क्षेत्रीय संगठनों, ख़ासतौर पर युरोपीय यूनियन की सफलता से सार्क अभी काफ़ी दूर है, लेकिन सदस्य देशों में विश्वास बढ़ने के साथ यह भी इन देशों के बीच बेहतर संबंध और समन्वय का प्रभावकारी मंच बन सकता है।

देखें : युरोपीय संघ, बांग्लादेश मुक्ति-संघर्ष, श्रीलंका में तमिल पृथकतावाद, म्यांमार में लोकतंत्र के लिए संघर्ष, माओवाद, नेपाल का।

संदर्भ

1. एरिक गोंज़ाल्वेस और नैंसी जेटली (सम्पा.) (1999), द *डायनामिक्स ऑफ़ साउथ एशिया : रीजनल कोऑपरेशन ऐंड सार्क,* सेज,नयी दिल्ली.
2. वी. केनेसालिंगम (सम्पा.) (1991), *पॉलिटिकल डायमेंशंस ऑफ़ साउथ एशियन कोऑपरेशन,* मैकमिलन, नयी दिल्ली.
3. निशा तनेजा और अपर्णा साहनी (2007), 'रिविटलाइज़िंग सार्क ट्रेड : इण्डियाज़ रोल एट 2007 सम्मिट', *इकॉनॉमिक ऐंड पॉलिटिकल वीकली,* खण्ड 42, अंक 13.
4. ओबिनो, फ्रैंसेस्को (2009), 'सार्क : द पॉलिटिकल चैलेंज फ़ॉर साउथ एशिया ऐंड बियांड', *इकॉनॉमिक ऐंड पॉलिटिकल वीकली,* खण्ड 44 अंक 9.

— कमल नयन चौबे

दादाभाई नौरोजी

(Dadabhai Naoroji)

ग्रांड ओल्डमैन ऑफ़ इण्डिया की उपाधि से विख्यात दादाभाई नौरोजी (1825–1917) भारतीय राष्ट्रवाद के सर्वप्रथम सिद्धांतकार थे। उन्नीसवीं सदी के उत्तरार्ध में दादाभाई ने 'ड्रेन थियरी' का प्रवर्तन करके दिखाया कि किस तरह ब्रिटिश उपनिवेशवाद तरह-तरह से भारतीय अर्थव्यवस्था को निचोड़ कर इस देश को कंगाल बनाये दे रहा है। ब्रिटिश संसद में होम रूल की ज़बरदस्त पैरोकारी करने वाले दादाभाई द्वारा प्रस्तुत किये गये तथ्यगत विवरणों और अकाट्य विश्लेषणों के आधार पर ही उपनिवेशवाद विरोधी आंदोलन की बुनियाद पड़ी जिस पर खड़े हो कर बीसवीं सदी में कांग्रेस को एक जुझारू जन-संगठन में परिवर्तित किया जा सका। दरअसल, दादाभाई के पथ-प्रदर्शन में ही गोपाल कृष्ण गोखले और गाँधी जैसा उपनिवेशवाद विरोधी नेतृत्व तैयार हुआ। क्लासिक अर्थशास्त्र से प्रभावित उनकी रचनाओं ने उन सिद्धांतों का पर्दाफ़ाश किया जो साम्राज्यवादी शासन प्रणाली और विदेशी शासन के कामकाज का आधार थे। उन्होंने उस ऐतिहासिक विकास को भी उजागर किया जिसके कारण साम्राज्यवाद को पनपने का मौक़ा मिला था। दादाभाई ने तत्कालीन भारत में आर्थिक प्रक्रिया का सम्पूर्ण चित्र खींचा और रमेश चंद्र दत्त जैसे बाद की पीढ़ी के अर्थशास्त्रियों को गहराई से प्रभावित किया। उनका आग्रह था कि विदेशी शासन के आधारभूत आर्थिक सिद्धांत को समझने के लिए नवांकुरित भारतीय राष्ट्रवाद को भी एक एकीकृत सिद्धांत की आवश्यकता है। दादाभाई अर्थतंत्र को अलग-थलग ढंग से समझने के बजाय सत्ता, राजनीति और नैतिकता की मिली-जुली रोशनी में देखने के हामी थे। उनका विचार था कि आर्थिक परिघटना समाजशास्त्रीय, राजनीतिक और नैतिक घटनाओं से अभिन्न रूप से जुड़ी हुई है। दादाभाई ने 1885 में भारतीय राष्ट्रीय कांग्रेस की स्थापना करने में प्रमुख भूमिका का निर्वाह किया और तीन बार उसके अध्यक्ष भी चुने गये। अर्थशास्त्री और राष्ट्रवादी नेता होने के अतिरिक्त दादाभाई ने एक समाज-सुधारक के रूप में बच्चों और स्त्रियों की शिक्षा को बढ़ावा देने के लिए प्रयास भी किये।

दादाभाई नौरोजी का जन्म 4 सितम्बर, 1825 को बम्बई के एक पुरोहित पारसी परिवार में हुआ था। जब वे चार साल के थे तो उनके पिता का देहांत हो गया। उनकी माँ माणकबाई ने काफ़ी कठिनाइयाँ झेलते हुए उन्हें पाला और अच्छी शिक्षा दिलायी। 11 वर्ष की आयु में ही उनका विवाह हो गया। उनकी पत्नी का नाम गुलाबी था। दादाभाई एक

दादाभाई नौरोजी (1825-1917)

परिश्रमी और प्रतिभाशाली छात्र साबित हुए। एलफ़िंस्टन कॉलेज और बम्बई विश्वविद्यालय से उच्च शिक्षा प्राप्त करने के बाद वे लंदन जा कर भीकाजी कामा की फ़र्म में पार्टनर हो गये। चार साल बाद उन्होंने ख़ुद अपनी फ़र्म शुरू कर दी और क़रीब दस साल तक लंदन और भारत के बीच आवागमन करते रहे। 1886में उन्होंने इंग्लैण्ड में संसद का चुनाव लड़ा। 1902 में लिबरल पार्टी की तरफ़ से उन्हें सेंट्रल फ़िसबरी के प्रतिनिधि के रूप में हाउस ऑफ़ कामंस का सदस्य बनने का मौक़ा मिला। लंदन और भारत की महत्त्वपूर्ण हस्तियाँ दादाभाई की मित्र थीं जिनके सहयोग-समर्थन का उन्होंने अपने राष्ट्रवादी उद्देश्यों के लिए कुशलतापूर्वक इस्तेमाल किया। एलन ऑक्टेवियन ह्यूम ने जब कांग्रेस की नींव रखी तो दादाभाई उनके प्रमुख सहयोगी थे। 1883 में दादाभाई ने *वॉयस ऑफ़ इण्डिया* अख़बार निकाला। वे अंग्रेज़ी के ही नहीं, बल्कि गुजराती के भी प्रभावशाली लेखक और प्रखर वक्ता थे। लंदन विश्वविद्यालय में गुजराती के प्रोफ़ेसर के रूप में काम करने के अलावा उन्होंने *ध्यान प्रकाश* नामक गुजराती पत्रिका का सम्पादन भी किया जिसे एलफ़िंस्टन कॉलेज की सोसाइटी निकालती थी। कुछ साथियों की मदद से दादाभाई ने *रास्त गोफ़्तार* (सत्य वाचक) गुजराती साप्ताहिक का प्रकाशन शुरू करके दो साल तक उसका सम्पादन किया।

उन्नीसवीं सदी में भारतीय राष्ट्रवाद की अभिव्यक्तियाँ जिस आधार पर खड़ी हुई थीं, उसका निर्माण ड्रेन थियरी (निचोड़ने का सिद्धांत) ने ही किया था। महाराष्ट्र के कुछ बुद्धिजीवियों ने उन्नीसवीं सदी की चौथी दहाई में ही ब्रिटिश सरकार की उन नीतियों की कड़ी आलोचना करनी शुरू कर दी थी जिनके कारण भारतीय अर्थव्यवस्था बर्बाद होती जा रही थी। मराठी और अंग्रेज़ी में लिखने वाले इन बुद्धिजीवियों में भास्कर पांडुरंग तारखडकर, गोविंद विट्ठल कुंते और रामकृष्ण विश्वनाथ प्रमुख थे। एलफ़िंस्टन इंस्टीट्यूट में दादाभाई नौरोजी के वरिष्ठ होने के नाते इन तीनों का प्रभाव उन पर पड़ा। स्वयं दादाभाई ने अपनी रचनाओं में इन लोगों को याद किया है।

दादाभाई द्वारा प्रतिपादित ड्रेन थियरी के सिद्धांत ने भारतीय समाज के पढ़े-लिखे हिस्सों को यक़ीन दिला दिया था कि जब तक अंग्रेज़ों के हाथ में शासन रहेगा, तब तक वे इस देश की आर्थिक ऊर्जा चूसते रहेंगे। स्व-शासन के लिए उठी माँग और उसके लिए दिये जाने वाले प्रतिवेदनों के पीछे यही समझ थी। अंग्रेज़ों को जल्दी ही यह एहसास हो गया कि दादाभाई के आर्थिक विचार उनकी हुकूमत की वैधता को कितनी गहराई से चुनौती दे रहे हैं। इसलिए साम्राज्य के तरफ़दार दादाभाई के दावों का खण्डन करने में जुट गये। उनके आँकड़ों और विश्लेषण को ग़लत क़रार दिया गया, लेकिन दादाभाई के सामने कोई नहीं टिक पाया। उनकी पुस्तक *पॉवर्टी ऐंड अनब्रिटिश रूल इन इण्डिया* एक राष्ट्रवादी क्लासिक बन गयी। दादाभाई पश्चिमी विचारों, दर्शन और विद्वत्ता से प्रभावित थे। उनकी मान्यता थी कि अंग्रेज़ शासन से कुल मिला कर भारतीय समाज का कल्याण हो रहा है और अगर ब्रिटिश हुकूमत अपने स्थापित मानकों और नैतिकता का पालन करे तो बहुत कुछ हो सकता है। इसलिए उनका लहज़ा हमेशा अंग्रेज़ों को भारत के प्रति उनके दायित्वों का एहसास दिलाने का रहता था।

1901 में इस कृति के प्रकाशन के बाद दादाभाई ने अपना पूरा जीवन अपने इसी सिद्धांत के प्रचार-प्रसार में लगा दिया। उन्होंने न जाने कितने भाषण दिये, ब्रिटिश अख़बारों में पत्र लिखे, पत्रिकाओं में लेख लिखे, अधिकारियों के साथ ख़तो-क़िताबत की, सरकारी आयोगों के सामने गवाहियाँ दीं। जन-संचार के हर उपलब्ध साधन का इस्तेमाल करते हुए उन्होंने सार्वजनिक जीवन और अधिकारियों का ध्यान इस ओर खींचा। शुरू में दादाभाई का भाषा अंग्रेज़ों की आलोचना करते समय नम्र रहती थी और वे कहते थे कि चूँकि शासन विदेशी है इसलिए भारत को उसका कुछ न कुछ हर्ज़ाना तो उठाना ही पड़ेगा। लेकिन, जैसे-जैसे उनकी मुहिम आगे बढ़ी, उनकी अभिव्यक्ति उत्तरोत्तर रोषपूर्ण होती चली गयी। वे ब्रिटिश शासन को निरंकुश, अनुचित, लुटेरू, अप्राकृतिक, विनाशकारी वग़ैरह कहने लगे।

ब्रिटिश हुकूमत की वज़ह से हो रही भारत की बर्बादी पर रोशनी डालने के लिए दादाभाई ने डब्ल्यू.सी. बनर्जी के साथ मिल कर लंदन इण्डियन सोसाइटी नामक संस्था की शुरुआत की। अंग्रेज़ अफ़सरों के सहयोग से दादाभाई ने एक दूसरी संस्था ईस्ट इण्डिया एसोसिएशन बनायी जिसका

मक़सद था भारत के हितों की खुल कर पैरवी करना और उसके लिए हर उचित उपाय का सहारा लेना। 2 मई, 1867 को दादाभाई ने इसकी पहली बैठक में ही 'भारत में इंग्लैण्ड के कर्त्तव्य' शीर्षक से अपना एक निबंध पढ़ा। इसी साल नवंबर में दादाभाई ने 'अबीसीनिया की लड़ाई का खर्च' नामक लेख पढ़ा। पहले लेख साफ तौर से बताता है कि भारत में इंग्लैण्ड अपने कर्त्तव्यों की पूर्ति नहीं कर रहा है। दूसरे लेख में उन्होंने माँग की कि ब्रिटिश साम्राज्य के हितों के लिए लड़ी जाने वाली लड़ाइयों का खर्च भारत से नहीं वसूला जाना चाहिए। इसके बात अगले तीन साल तक यह एसोसिएशन भारतीय अर्थव्यवस्था संबंधी बहस का अड्डा बन गयी। इन बहसों में दादाभाई के साथ-साथ आर्थर कॉटन, आई.टी. प्रिचर्ड, बार्टल फ्रेयर और जार्ज बर्डवुड ने भी अपना रचनाओं के साथ भाग लिया। बहस में मुख्यत: चार विषयों पर ज़ोर दिया गया : भारतीय वित्त, भारत में सार्वजनिक कार्य, राजनीतिक और औद्योगिक विकास और भारत में मानचेस्टर के असली हित।

जिस समय दादाभाई ये गतिविधियाँ चला रहे थे, भारत में राजनीतिक अर्थशास्त्र एक तरह से शुरू भी नहीं हुआ था। इस विषय की पुस्तकें एक अजूबे की तरह देखी जाती थीं। केवल राबर्ट नाइट के सम्पादन में निकलने वाली एक पत्रिका होती थी *इण्डियन इकॉनॉमिस्ट* जिसमें छपने वाली जानकारियाँ आधी-अधूरी और भ्रामक होती थीं। सरकार अपनी तरफ से कोई जानकारी ठीक-ठीक देने के लिए तैयार नहीं थी। इससे दादाभाई को अपने अनुसंधान में कई तरह की कठिनाइयाँ झेलनी पड़ती थीं।

हुकूमत हर साल भारत की नैतिक और भौतिक प्रगति के नाम से एक लेखाजोखा पेश करती थी। दादाभाई इस पर भरोसा करने के लिए तैयार नहीं थे। उन्होंने माँग की कि हर साल ठीक से हिसाब लगा कर पूरे ब्योरे के साथ इस बात का लेखा-जोखा दिया जाना चाहिए कि ब्रिटिश भारत में आबादी की प्रति व्यक्ति कुल सालाना आय कितनी है। अपने जमा किये हुए प्रमाणों के आधार पर उन्होंने निष्कर्ष निकाला कि अंग्रेज़ों की हुकूमत के तहत भारत में एक व्यक्ति साल भर में केवल चालीस शिलिंग यानी बीस रुपये के आसपास कमाता है। 1876 में उन्होंने ईस्ट इण्डिया एसोसिएशन की बम्बई शाखा के सामने 'भारत की दरिद्रता' शीर्षक से निबंध पढ़ा। पाँच साल बाद इसी निबंध का विस्तारित और सुधरा हुआ रूप उनकी विख्यात रचना के रूप में सामने आया।

देखें : अबुल कलाम आज़ाद, उपनिवेशवाद विरोधी आंदोलन-1 से 3 तक, एलमकुलम मनक्कल शंकरन नम्बूदिरीपाद, कांशी राम, गोपाल कृष्ण गोखले, चरण सिंह, जवाहरलाल नेहरू, जय प्रकाश नारायण, दयानंद सरस्वती और आर्य समाज-1 और 2, नरेंद्र देव, बाल गंगाधर तिलक, मोहनदास कर्मचंद गाँधी-1 से 3 तक, राममनोहर लोहिया, वल्लभभाई पटेल, विनायक दामोदर सावरकर, सहजानंद सरस्वती।

संदर्भ

1. बिपिन चंद्र (1966), *द राइज़ ऐंड ग्रोथ ऑफ़ इकॉनॉमिक नैशनलिज़म इन इण्डिया,* देखें, अध्याय आठवाँ अध्याय 'द ड्रेन', पीपुल्स पब्लिशिंग हाउस, नयी दिल्ली.
2. बी.एन. गांगुली (1965), *दादाभाई नौरोजी ऐंड द ड्रेन थियरी,* एशिया पब्लिशिंग हाउस, न्यूयार्क.
3. पी.डी. हजेला (2001), *इकॉनॉमिक थॉट्स ऑफ़ दादाभाई नौरोजी,* दीप ऐंड दीप, नयी दिल्ली.
3. पी.के. गोपालकृष्णन (1981), *भारत में अर्थशास्त्र संबंधी विचारों का विकास,* पीपुल्स पब्लिशिंग हाउस, नयी दिल्ली.
4. मुन्नी रावल (1989), *दादाभाई नौरोजी, प्रोफेट ऑफ़ इण्डियन नैशनलिज़म,* 1855-1900, अनमोल पब्लिकेशंस, नयी दिल्ली.

— अभय कुमार दुबे

दामोदर धर्मानंद कोसम्बी-1

(Damodar Dharmanand Kosambi-1)

प्राचीन भारतीय इतिहास-लेखन की मार्क्सवादी धारा के पितामह के रूप में विख्यात दामोदर धर्मानंद कोसम्बी (1907-1966) मूलत: गणितज्ञ थे। उन्होंने गणित, सांख्यिकी, प्राचीन भारतीय इतिहास, मुद्राशास्त्र के साथ-साथ आनुवंशिकी के क्षेत्र में भी महत्त्वपूर्ण शोध कार्य किये। स्वातंत्र्योत्तर भारत में भारतीय इतिहास के अध्ययन में कोसम्बी ने जिस नयी परम्परा का सूत्रपात किया, वह मार्क्सवादी इतिहास-दर्शन और विशेषकर द्वंद्वात्मक भौतिकवाद से अनुप्राणित थी। अध्ययन की इस प्रणाली ने सामाजिक और आर्थिक संगठन के बीच के संबंध और ऐतिहासिक घटनाओं पर इसके प्रभाव के पुनर्पाठ पर ज़ोर दिया। इस पुनर्पाठ ने इतिहास की प्रकृति और उसके कार्य क्षेत्र को पुनर्परिभाषित किया और इतिहास को नये सिरे से गढ़ा। एक ओर कोसम्बी ने जेम्स मिल के धार्मिक काल-विभाजन (जिसमें मिल ने भारतीय इतिहास को हिंदू, मुसलमान और ब्रिटिश काल में बाँटते हुए उसे तीनों सभ्यताओं में अंतर दर्शाने के लिए आवश्यक माना था) और विंसेट स्मिथ के राजवंशों के कालानुक्रम द्वारा भारतीय इतिहास के निरूपण को नकारा, वहीं दूसरी ओर विविध स्रोतों के पुन:अध्ययन द्वारा एकीकृत शोध-विधि की रूपरेखा प्रस्तुत की। इसमें उन्होंने बताया कि पुरातात्त्विक, नृतत्त्व, सामाजिक और ऐतिहासिक संदर्भों के इस्तेमाल और तुलनात्मक प्रविधि के प्रयोग से साहित्यिक स्रोतों द्वारा आयी कमी को दूर कर

दामोदर धर्मानंद कोसम्बी (1907-1966)

पूरक और प्रामाणिक इतिहास लेखन किया जा सकता है। द्वंद्वात्मक भौतिकवाद के दृष्टिकोण द्वारा इतिहास की व्याख्या करते हुए उन्होंने बताया कि समाज उत्पादन के संबंधों से बँधा होता है। इसके साथ कोसम्बी इस निर्णय पर पहुँचे कि भारतीय इतिहास उत्पादन के साधनों और संबंधों के लगातार होने वाले विकास की कालानुक्रम प्रस्तुति है, लिहाज़ा भारतीय इतिहास को वर्ग संघर्ष के रूप में देखना चाहिए।

दामोदर धर्मानंद कोसम्बी का जन्म 31 जुलाई, 1907 को गोवा के एक गौड़ सारस्वत ब्राह्मण परिवार में हुआ था। शुरुआती शिक्षा-दीक्षा पुणे में हुई जहाँ उनके पिता आचार्य दामोदर कोसम्बी एक बौद्ध विद्वान के रूप में ख्यातिनाम थे और फ़र्ग्युसन कॉलेज में पाली पढ़ाते थे। यहीं कोसम्बी को मातृभाषा कोंकणी के अलावा संस्कृत और पाली का ज्ञान प्राप्त हुआ। ग्यारह साल की उम्र में अपने पिता के साथ हारवर्ड गये और पहले उन्होंने केम्ब्रिज ग्रामर स्कूल और फिर बाद में कैम्ब्रिज लैटिन स्कूल में पढ़ायी की। कई भाषाओं और अन्य विषयों में रुचि होने के बावजूद उन्होंने अपने पसंदीदा विषय गणित से 1929 में हारवर्ड विश्वविद्यालय से विशिष्टतापूर्ण स्नातक की परीक्षा पास की। उनकी सांस्कृतिक जड़ें और भारत विषयक शोध सामग्रियाँ उन्हें वापस भारत खींच लायी। यहाँ उन्होंने बनारस हिंदू युनिवर्सिटी (1929-31) और अलीगढ़ मुसलिम युनिवर्सिटी (1931-33) होते हुए फ़र्ग्युसन कॉलेज (1933-1945) में गणित का अध्यापन किया। 1945 में होमी जहाँगीर भाभा के निमंत्रण पर उन्होंने टाटा इंस्टीट्यूट ऑफ़ फ़ंडामेंटल रिसर्च (1945-62) में गणित के प्रोफ़ेसर का पद स्वीकार किया। शीत-युद्ध की शुरुआत से ही ऊर्जा के आणविक स्रोतों के विकल्प के तौर पर सौर-शक्ति की वकालत करके वे विश्व-शांति आंदोलन से जुड़े। इसी दौरान उन्होंने इतिहास लेखन की मार्क्सवादी परम्परा पर चलते हुए *एन इंट्रोडक्शन टू द स्टडी ऑफ़ इण्डियन हिस्ट्री* (1956) द्वारा प्राचीन भारतीय इतिहास के पुनर्लेखन का मार्ग प्रशस्त किया। जीवन के अंतिम काल में वे, 1964 में वैज्ञानिक और औद्योगिक अनुसंधान परिषद (सीएसआईआर) में एमेरिट्स वैज्ञानिक के तौर पर पुणे में नियुक्त हुए।

कोसम्बी ने भारतीय इतिहास के प्राचीन काल से संबंधित पर्याप्त आँकड़े उपलब्ध न होने के बावजूद भी छोटे पैमाने पर होने वाली घटनाओं के बजाय बृहद स्तर पर हुए सामाजिक परिवर्तनों का विश्लेषण किया। *कम्बाइंड मेथड्स इन इण्डोलॅजी* शीर्षक अपने एक प्रारम्भिक नोट में उन्होंने बताया कि अंतर-अनुशासनात्मक दृष्टिकोण के साथ तुलनात्मक पद्धति के प्रयोग से ऐतिहासिक स्रोतों की कमी को पूरा किया जा सकता है। इन्हीं कसौटियों पर स्रोतों को कस कर कोसम्बी ने विभिन्न कोणों से भारतीय इतिहास के अतीत की जो यथार्थपरक तस्वीर खींची, उन्हें उनकी प्रमुख कृतियों, *ऐन इंट्रोडक्शन टू द स्टडी ऑफ़ इण्डियन हिस्ट्री* (1956), *एक्जेस्परेटिंग एस्सेज : एक्सरसाइज इन डायलेक्टिकल मेथड* (1957), *मिथ ऐंड रियल्टी : स्टडीज़ इन द फ़ार्मेशन ऑफ़ इण्डियन कल्चर* (1962), *द कल्चर ऐंड सिविलाइज़ेशन ऑफ़ एंसिएंट इण्डिया इन हिस्टोरिकल आउटलाइन* (1965) के अलावा 1950 से 60 के दशक में लिखे उनके निबंधों के संकलन *कम्बाइंड मेथड्स इन इण्डोलॅजी ऐंड अदर राइटिंग्ज़* में स्पष्टत: देखा जा सकता है।

अपनी पहली रचना *ऐन इंट्रोडक्शन टू द स्टडी ऑफ़ इण्डियन हिस्ट्री* (1956) द्वारा भारतीय इतिहास में विश्वस्त स्रोतों और सटीक कालक्रम के अभाव की ओर संकेत करते हुए कोसम्बी इस निष्कर्ष पर पहुँचते हैं कि जब कभी मानव उपकरणों या भौतिक उत्पादन के साधनों की मात्रा और गुणवत्ता में परिवर्तन हुआ होगा तो नि:संदेह उसकी जीवन शैली में भी बदलाव आया होगा। यह परिवर्तन ऐतिहासिक दृष्टि से प्रामाणिक है। और यही उत्पादन के साधनों में प्रत्येक महत्त्वपूर्ण आधारभूत खोज के साथ मानव-आबादी में तुलनात्मक रूप से आकस्मिक वृद्धि के तथ्य-रूप में सामने आता है। कोसम्बी बताते हैं कि भौतिक उत्पादन के साधन सामाजिक संगठन को निर्धारित करते हैं, और उत्पादन के ये साधन सामाजिक संगठनों से अधिक उन्नत नहीं हो सकते हैं। मानव जीवन का यह तथ्य अर्थात् जीवन और उपलब्ध उत्पादन के साधनों के बीच यह आंतरिक संबंध, जिसके अंतर्गत जीवन उन साधनों की गति के अनुरूप विकसित होता

है, इतिहास की विषयवस्तु और पद्धति की आधारशिला है।

इसे ही कोसम्बी ने इतिहास की अपनी परिभाषा उत्पादन के साधनों तथा संबंधों में क्रमिक विकास की व्यवस्था के अनुसार प्रस्तुत की। कोसम्बी इतिहास की अपनी परिभाषा के बारे में यह स्पष्ट करते हैं कि, यह निश्चित रूप से अब तक ज्ञात एक मात्र ऐसी परिभाषा है जो सामान्यत: प्रागैतिहसिक रूप में विदित साक्षर-पूर्व युग के प्रति युक्तिसंगत दृष्टिकोण अपनाने का अवसर देती है। आगे चलकर उन्होंने स्पष्ट किया कि भारतीय इतिहास को वर्ग संघर्ष के रूप में देखना चाहिए, और कहा कि एक वर्ग-समाज में भारतीय इतिहास के समुचित अध्ययन का तात्पर्य उच्च वर्ग और जनता के हितों के अंतर का विश्लेषण है; तात्पर्य यह कि जो नया वर्ग उभरकर सामने आ रहा है वह सत्ता तक पहुँचने के क्रम में किस प्रकार का बदलाव ला रहा है और अपने हितों की पूर्ति और सुरक्षा के लिए उसकी प्रतिक्रिया किस प्रकार की है ? इतिहास के प्रति उनका यह दृष्टिकोण द्वंद्वात्मक भौतिकवाद या इस विचारधारा के संस्थापक के नाम पर मार्क्सवाद के रूप में जाना जाता है। कोसम्बी इस पद्धति की विवेचना करते हुए कहते हैं कि मार्क्सवाद केवल आर्थिक संदर्भों को ही नहीं देखता, न ही उनके सभी निष्कर्षों को आँख मूँदकर दोहराने की ज़रूरत है अपितु मार्क्सवाद एक साधन है जिसका भारतीय समाज और इतिहास के अध्ययन में सार्थक उपयोग किया जा सकता है। और इन्ही संयुक्त पद्धतियों या तुलनात्मक पद्धति और पड़ताल की अंतर्विषयक तकनीकों का इस्तेमाल करते हुए कोसम्बी पुरातात्त्विक साक्ष्यों का अन्वेषण करते हैं। उन्होंने पुरातत्त्व द्वारा अतीत के सामने लाये गये भौतिक अवशेषों अर्थात् मकानों, समाधि के अंदर रखी गयी वस्तुओं, उत्पादन के उपकरणों तथा घरेलू इस्तेमाल के बर्तनों, बलि वेदी के शिलाखण्डों, गुफ़ाओं के अंदर स्थित आश्रयस्थलों आदि के द्वारा प्राचीन समुदायों के साथ आधुनिक भारतीयों के धार्मिक एवं सामाजिक कार्य व्यवहार के बारे में जानकारी इकट्ठा की और मानवविज्ञान संबंधी इन आधारभूत स्रोतों की सहायता से सांस्कृतिक उत्तरजीविता के संदर्भ में सर्वथा नयी स्थापनाओं को जन्म दिया।

कोसम्बी ने अपनी पुस्तक *ऐक्ज़स्परेटिंग एस्सेज़ : ऐक्सरसाइज़ इन डायलेक्टिकल मेथड* (1957) में बताया कि जातियों के सामाजिक रूप से रूढ़ होने की प्रक्रिया को जनजाति से जाति की ओर संक्रमण के रूप में दर्शाते हुए कैसे लघु स्थानीय समूह एक सामान्यीकृत समाज के रूप में परिणत हुआ जहाँ पूर्व वर्ग-समाज क़बीलों में विभाजित था। कबीले छोटे और स्थानीय समुदाय थे और क़बीलाई लोगों के लिए क़बीला ही उनका समाज था। हल से खेती के चलन ने पूरी उत्पादन प्रणाली को बदल दिया। और कैसे इस परिवर्तन ने जनजातियों और कुलों के ढाँचे को तोड़ कर जाति को सामाजिक संगठन का एक वैकल्पिक रूप बना दिया। यही परिवर्तन बाद के कालों में कुल चिह्नों के कुल नामों (गोत्रों) और फिर विभिन्न जातियों के नामों में चरणबद्ध विकास रूप में रूढ़ हुआ। यही स्थानीय समुदायों या पंथों की ब्राह्मणवादी परम्परा में अंतर्लयन का कारक बना जिसके फलस्वरूप स्थानीय लोक धाराओं का संस्कृतकरण हुआ। यह एक महत्त्वपूर्ण और निर्णायक विकास था, जहाँ क़बीलाई तत्त्व धीरे-धीरे आम समाज में समाहित होते चले गये। यही परिघटना भारतीय समाज की ख़ासियत यानी जाति का आधार बनी। कोसम्बी ने संस्कृत में अपने ज्ञान और उस भाषा में शब्दोत्पत्ति पर आधारित विश्लेषण क्षमता के कारण वैदिक काल की सामाजिक पृष्ठभूमि का विवरण प्रस्तुत करते हुए बताया कि वैदिक ग्रंथों की भाषा किस तरह आर्य और अनार्य तत्त्वों के परस्पर घुलने-मिलने की प्रक्रिया को दर्शाती है, इस आधार पर उन्होंने यह सम्भावना व्यक्त की, कि ब्राह्मणों के सामाजिक-सांस्कृतिक परिवेश के अंतर्गत अनार्यों को भी निश्चित रूप से जगह मिली होगी और इसीलिए भारत मूल गोत्रों में आर्य और अनार्य दोनों पृष्ठभूमियों वाले याजक कुलपति रहे होंगे। भाषा उत्पत्ति विज्ञान के आधार पर कोसम्बी ने हिट्टाइट के खत्ती, संस्कृत के क्षत्रिय और पाली के खेत्तियों को परस्पर एक दूसरे का पर्याय माना। साथ ही प्राचीन संस्कृतियों की व्याख्या के लिए कोसम्बी ने मिथकों की व्याख्या को अनिवार्य मानते हुए, पुरुरवा और उर्वशी की कथा के मार्फ़त यह विचार व्यक्त किया कि प्रागैतिहासिक समाजों में पावन-परिणय की संस्था और मातृदेवी द्वारा नायक की बलि का संकेत मिलता है। और दर्शाया कि किस प्रकार आरम्भिक चरण के अधिकांश मातृसत्तात्मक समाजों ने बाद में पितृसत्तात्मक प्रणाली अपना ली।

देखें : आनंद केंटिश कुमारस्वामी, आर्य-आक्रमण विवाद, आर्थर लेवेलिन बाशम-1 और 2, काशी प्रसाद जायसवाल, बिपन चंद्र-1 और 2, भारतीय इतिहास-लेखन-1, 2, 3, 4 और 5, भारतीय सामंतवाद, युरोपीय सामंतवाद, रमेश चंद्र दत्त, रमेश चंद्र मजूमदार, रणजीत गुहा, रामकृष्ण गोपाल भण्डारकर, राम शरण शर्मा-1 और 2, रोमिला थापर-1 और 2, वासुदेव शरण अग्रवाल, पांडुरंग वामन काणे, विश्वनाथ काशीनाथ राजवाड़े।

संदर्भ

1. रोमिला थापर (2011), 'अर्ली इण्डियन हिस्ट्री ऐंड द लिगेसी ऑफ़ डी. डी. कोसम्बी', *रेज़ोनेंस,* जून.
2. मीरा कोसम्बी (2008), 'डी. डी. कोसम्बी : स्कालर ऐंड द मैन', *इकॉनॉमिक ऐंड पॉलिटिकल वीकली,* खण्ड 43, अंक 30..
3. शेल्डन पोलॅक, 'टुवड्‌र्स अ पोलिटिकल फ़िलोलॉजी : डी.डी. कोसम्बी ऐंड संस्कृत', *इकॉनॉमिक ऐंड पॉलिटिकल वीकली* , खण्ड 43, अंक 30..
4. शेल्डन पोलाक (2006), *द लैंग्वेज ऑफ़ द गॉडस इन द वर्ल्ड ऑफ़ मैन : संस्कृत, कल्चर, ऐंड पॉवर इन प्रिमॉडर्न इण्डिया,* युनिवर्सिटी ऑफ़ कैलीफ़ोर्निया प्रेस, बर्कले.

— निर्मल कुमार पाण्डेय

दामोदर धर्मानंद कोसम्बी-2

(Damodar Dharmanand Kosambi-2)

कोसम्बी ने सिंधु घाटी में हल के सर्वप्रथम प्रयोग को साक्ष्य मानते हुए इसी दौर को जनजाति से जाति की ओर होने वाले संक्रमण का पहला प्रामाणिक काल माना और यह धारणा व्यक्त की कि इस दौर के पहले कृषि प्रणाली के लिए हल का प्रयोग अज्ञात था। अलबत्ता रोमिला थापर ने अपने हाल के साक्ष्यों द्वारा उनकी इस मान्यता का खण्डन करके सिद्ध किया है कि हड़प्पा से पहले भी हल द्वारा खेती के स्पष्ट प्रमाण मिलते हैं। कोसम्बी सिंधु सभ्यता के पतन के लिए आर्यों को पूरी तरह ज़िम्मेदार मानते थे जिन्होंने बांधों को तोड़कर कृषि प्रणाली को पूरी तरह नष्ट कर दिया। कोसम्बी ने यद्यपि आर्य नस्ल के सिद्धांत को अस्वीकार कर दिया, तथापि यह माना कि आर्य भाषा-भाषी लोग उत्तर-पश्चिम भारत में बस गये और धीरे-धीरे गंगा घाटी में फैल गये। कोसम्बी ने माना कि लौह उपकरणों के रूप में अधिक उत्कृष्ट प्रौद्योगिकी, घोड़ों का प्रयोग तथा आर्य भाषा-भाषी समुदाय के वर्चस्व और द्विभाषिकता का प्रमाण आर्यों के साथ स्थानीय लोगों के दीर्घ कालिक सह-अस्तित्व को इंगित करते हैं। साथ ही वे यह तथ्य भी मज़बूती के साथ रखते हैं कि प्राचीनतम वैदिक ग्रंथ आर्य और अनार्य घटकों का मिश्रण था, और उच्चतम जाति के संदर्भ में भी मिश्रण का यही तथ्य सत्य है। जब गंगा की घाटी में हल द्वारा खेती और लौह प्रौद्योगिकी के प्रयोग की शुरुआत हुई तो परिणामस्वरूप अनेक नगरीय केंद्रों तथा जाति के अधिक स्पष्ट रूपों का विकास हुआ।

मुद्राशास्त्र के क्षेत्र में कोसम्बी द्वारा किये कार्यों के पीछे सम्भवतः गणित में उनकी रुचि कारण बनी। अपने गणितीय ज्ञान से उन्होंने सवाल खड़े किये और सांख्यिकीय तरीक़ों से उपलब्ध साक्ष्यों की जाँच की। प्रारम्भिक भारत में पंच मार्क्ड अर्थात् आहत सिक्कों का प्रचलन था। कोसम्बी ने काल-भार के समीकरण का प्रतिपादन करते हुए बताया कि सिक्कों के भार के अनुपात से उसके कालक्रम का निर्धारण किया जा सकता है। सिक्कों के अवलोकन में कोसम्बी ने मिलावट का दोष पाया और इन मिलावट वाले सिक्कों का कालक्रम उत्तरवर्ती मौर्य शासकों का काल पाया। उसका विश्लेषण करते हुए कोसम्बी बताते हैं कि जब वित्तीय संकट के समय मौर्यकालीन मुद्रा पर एक तरह का दबाव आ गया था और यह दबाव बड़ी मात्रा में सेना और प्रशासनिक ढाँचे पर किये जाने वाले ख़र्च के कारण आया था, तब इसने व्यापार के आर्थिक आधार के विस्तार की आवश्यकता पर बल दिया। कोसम्बी ने इस व्यापार के विस्तार को भी सिक्कों में मिलावट का एक कारण माना और यह मत रखा कि चाँदी की कमी ने मिलावट को बढ़ावा दिया होगा। आधुनिक गणित के अनुप्रयोगों और सिक्कों के भार मापन की सांख्यकीय परिगणना द्वारा कोसम्बी ने एक नया तरीक़ा इतिहास को दिया ताकि इस बात का पता लग सके कि वितरण के बाद कितने समय तक सिक्कों का प्रसार हुआ। इससे सम्बद्ध काल के संबंध में विचार बनाने, अनुमान लगाने का मार्ग प्रशस्त हुआ। यह बात दीगर है कि उपरोक्त सभी तर्क सत्य की कसौटी पर खरे नहीं उतरे (रोमिला थापर ऐसा ही मानती हैं)। पर कोसम्बी ने साम्राज्यों की प्रकृति और उसके पतन के कारणों की खोज के लिए विदेशी आक्रान्ता से इतर जिस वित्तीय संकटावस्था की नयी कसौटी प्रदान की उसने राज्य प्रणाली के अध्ययन क्षेत्र में एक नये आयाम का समावेश किया।

द कल्चर ऐंड सिविलाइजेशन ऑफ़ एंशिएंट इण्डिया इन हिस्टोरिकल आउटलाइन (1965) नामक ग्रंथ में कोसम्बी गंगा घाटी में धार्मिक समुदायों के उदय के पीछे उन कारकों को कारण मानते हैं जो किन्हीं विशेष प्रकार की सामाजिक आवश्यकताओं का बोध कराते हैं, जैसे प्रौद्योगिकी संबंधी परिवर्तन, जनजातियों का लोप और नगरवादी दृष्टिकोण, जो बौद्ध और जैन धर्म के उदय की आर्थिक व्याख्या की आधारशिला बने। ईसा पूर्व छठी शताब्दी में गंगा घाटी में आर्थिक परिवर्तनों ने भू-स्वामी किसान वर्ग के साथ व्यावसायिक श्रेणी में श्रेष्ठियों के रूप में साधन सम्पन्न धनाढ्य वर्ग ने जहाँ एक ओर निजी सम्पत्ति की संस्थागत महत्ता को बढ़ाया और शांति की आवश्यकता के लिए वांछित अनुकूल परिस्थिति का निर्माण किया (जो केवल सार्वभौमिक राजसत्ता द्वारा ही एक सार्वत्रिक धर्म के सहयोग एवं समर्थन से स्थापित हो सकती थी) वहीं दूसरी ओर वैदिक धार्मिक कर्मकाण्डों की आड़ में पशु बलि के बढ़ते व्यवहार के ख़िलाफ़, जिसके कारण कृषि पर असहनीय दबाव पैदा हो गया था, जैन और बौद्ध धर्म ने एक व्यापक सामाजिक और सार्वभौम आचार प्रणाली को अपनाया। फलस्वरूप छठी शताब्दी के धार्मिक सुधार ने पशुबलि प्रथा पर अंकुश लगाया और उनकी हत्या और गोमांस खाने पर प्रतिबंध लगा। कोसम्बी इसे अहिंसा का धार्मिक आधार घोषित करते हुए मज़बूती से यह तर्क रखते हैं कि सम्पन्न वर्गों द्वारा जैन और बौद्ध धर्म को दिये गये संरक्षण ने उन्हें समाज में राजकीय संरक्षण बनिस्बत अधिक व्यापक स्थान प्रदान किया।

इतिहास लेखन में कोसम्बी ने मार्क्स का अंधानुकरण नहीं किया। उन्होंने प्रमुख मार्क्सवादी धारणाओं, एशियाई उत्पादन पद्धति और दास प्रथा, को ख़ारिज करते हुए कहा की भारतीय समाज में न तो युरोप की तर्ज़ पर उत्पादन पद्धति का विकास हुआ न ही उत्पादन में दास-पद्धति की कोई भूमिका थी, परंतु उनका मानना था कि भारत में सामंतवाद

मौजूद था, हालाँकि कि उसका स्वरूप भिन्न था। कोसम्बी ने बौद्धिक और सांस्कृतिक उत्पादन से मौजूदा सामाजिक और आर्थिक परिस्थिति को जोड़ने का प्रयास किया। उन्होंने *भगवद्‌गीता* को शासकीय समाज के दर्शन के रूप में पेश किया। उनकी मान्यता थी कि गीता ने व्यक्तिगत निष्ठा के बंधन में आस्था का सृजन किया जो सामंत, मालिक, नौकर, प्रजा और राजा को एक साथ बाँध कर रखने वाली थी। इसी तरह का सामंती दर्शन उन्होंने सातवीं शताब्दी में भक्ति आंदोलन के कवि भर्तृहरि के चिंतन में जाति और परम्परा के बंधन के रूप में देखा। इसे उन्होंने भर्तृहरि की कविताओं के विश्लेषण के ज़रिये सिद्ध किया।

कोसम्बी यह मत भी प्रतिपादित करते हैं कि युरोपीय सामंतवाद की प्रमुख विशेषताओं, जैसे जागीरदारी प्रणाली, भूसम्पत्ति, खेती और कृषिदास प्रथा आदि से शून्य मध्यकालीन भारतीय समाज युरोप से बिलकुल अलग था, और इसका कारण उत्पादन में दास-पद्धति की ग़ैर-मौजूदगी थी। उन्होंने भारत में दो तरह के सामंतवाद की चर्चा की, एक था ऊपर से आरोपित सामंतवाद और दूसरा था नीचे से आया सामंतवाद। वे स्पष्ट करते हैं कि ऊपर से आये सामंतवाद का तात्पर्य राज्य से है जिसमें एक सम्राट या शक्तिशाली राजा अपने सामंतों से नज़राना प्राप्त करता है। जो अपने क्षेत्र में अपनी मर्जी से शासन करते हैं और उनका वहाँ पूर्ण अधिकार होता है। जब तक वे सम्राट को नज़राना देते रहते हैं, सम्राट उनसे छेड़-छाड़ नहीं करता। नीचे से आये सामंतवाद का तात्पर्य उस अगले चरण से है जिसके तहत गाँव में, राज्य और किसानों के बीच भूमिपतियों के एक वर्ग का उदय होता है जो धीरे-धीरे स्थानीय जनता पर अपना आधिपत्य स्थापित कर लेता है। यह वर्ग प्रभुत्वशाली होता है और सत्ता से सीधे संबंध का दावा करता है। इसके कार्यक्षेत्र में किसी का हस्तक्षेप नहीं होता। कोसम्बी द्वारा शुरू की गयी इस परम्परा ने सामंतवाद पर एक बहस ही छेड़ दी। इस बहस को बाद के काल में राम शरण शर्मा ने आगे बढ़ाया।

यद्यपि हाल में प्राप्त साक्ष्यों के आधार पर हम कोसम्बी की कृतियों के कुछ निष्कर्षों पर पुनर्विचार करने के लिए बाध्य हो सकते हैं, तथापि उनके लेखन में चिंतन और विश्लेषण की सीमाओं की अपेक्षा गुणवत्ता की गम्भीरता ज़्यादा दृष्टिगत होती है। कोसम्बी ने अपनी समग्र दृष्टि और नृतत्त्वशास्त्रीय, मुद्राशास्त्रीय और मानव-विज्ञान संबंधी आधारभूत स्रोतों द्वारा सांस्कृतिक उत्तरजीविता और विकास के सिद्धांतों के इस्तेमाल से प्राचीन भारतीय इतिहास का एक ऐसा दृष्टिकोण प्रस्तुत किया जिसके द्वारा इन आधारभूत प्रश्नों के उत्तर पाने की कोशिश की गयी कि भारतीय समाज ने अपना मौजूदा स्वरूप क्यों और किस तरह हासिल किया। इन कोशिशों ने अंतरविषयक, अंतरअनुशासनिक नवीन स्रोतों की खोज की। इसका नतीजा भारतीय इतिहास के अध्ययन के क्षेत्र में नये प्रतिमानों में निकला।

देखें : आनंद केंटिश कुमारस्वामी, आर्य-आक्रमण विवाद, आर्थर लेवेलिन बाशम-1 और 2, काशी प्रसाद जायसवाल, बिपन चंद्र-1 और 2, भारतीय इतिहास-लेखन-1, 2, 3, 4 और 5, भारतीय सामंतवाद, युरोपीय सामंतवाद, रमेश चंद्र दत्त, रमेश चंद्र मजूमदार, रणजीत गुहा, रामकृष्ण गोपाल भण्डारकर, राम शरण शर्मा-1 और 2, रोमिला थापर-1 और 2, वासुदेव शरण अग्रवाल, पांडुरंग वामन काणे, विश्वनाथ काशीनाथ राजवाड़े।

संदर्भ

1. सुदीप्त कविराज (2008), 'मार्क्सिज़म इन ट्रांसलेशन : क्रिटिकल रिफ़्लेक्शन आन इण्डियन रैडिकल थॉट', रेमण्ड गेस ऐंड रिचर्ड बर्क (सम्पा.), *पॉलिटिकल जजमेंट : एस्सेज़ इन आनर ऑफ़ जॉन डन,* कैम्ब्रिज युनिवर्सिटी प्रेस, केम्ब्रिज.
2. दीपेश चक्रबर्ती (2000), *प्रोविंशिलाइज़िंग युरोप : पोस्ट कोलोनियल थाट ऐंड हिस्टोरिकल डिफ़रेंस,* प्रिंसटन युनिवर्सिटी प्रेस, प्रिंसटन.
3. डेविड हल्ट (1991), 'रीडिंग इट राइट : द आइडियोलॅजी ऑफ़ टेक्स्ट एडिटिंग', मरीना स. ब्राउनली (सम्पा.), द न्यू *मेडीवलिज़म,* जॉन होपकिंस युनिवर्सिटी प्रेस, बाल्टीमोर.

— **निर्मल कुमार पाण्डेय**

देवी प्रसाद शेट्टी

(Devi Prasad Shetty)

काफ़ी समय भारत में यह धारणा प्रचलित थी कि हृदय रोग केवल अमीर लोगों की बीमारी है। लेकिन पिछले कुछ दशकों में यह सिद्ध हुआ है कि यह रोग वर्ग भेद नहीं मानता। एक सामान्य युरोपियन व्यक्ति के मुक़ाबले किसी भारतीय के लिए हृदय रोग का ख़तरा तीन गुना अधिक है। एक अनुमान से भारत में हर वर्ष लगभग 25 लाख लोगों को हृदय-शल्य चिकित्सा की आवश्यकता होती है, जबकि समूचे भारत के सारे डॉक्टर व अस्पताल मिल कर सालाना केवल 80-90 हज़ार शल्य क्रियाएँ ही कर सकते हैं। नवजात शिशुओं के मामले में तो यह अनुपात और ज़्यादा है, हर दिन अनुमानत: 600-800 शिशुओं को हृदय की बीमारी जन्मजात होती है बावजूद इसके कि इतने छोटे बच्चों की देखभाल करने के लिए बहुत कम अस्पताल और विशेषज्ञ उपलब्ध हैं। जो कुछ लोग अस्पताल तक पहुँच भी पाते हैं उनमें से अधिकतर लोग अपनी सम्पत्ति बेच कर या क़र्ज़ लेकर ही उपचार कराने के लिए मजबूर हैं। इतनी संगीन हालात में एक भारतीय

देवी प्रसाद शेट्टी (1953-)

चिकित्सक ने हृदय शल्य चिकित्सा का समाजवादी प्रतिमान न सिर्फ़ पेश किया है बल्कि उस मॉडल को सफलता से चला कर भी दिखाया है। बंगलुरू स्थित नारायण हृदयालय के चेयरमैन डॉ. देवी प्रसाद शेट्टी अपने विभिन्न अस्पतालों के द्वारा भारत में हृदय शल्य चिकित्सा को जन-जन तक पहुँचाने का प्रयास कर रहे हैं। अपने इन प्रयासों के कारण हीडा देवी शेट्टी को हृदय चिकित्सा का हेनरी फ़ोर्ड, हृदय शल्यचिकित्सा का वाल मार्ट, हृदय चिकित्सा का रॉबिनहुड जैसे अलंकारों से नवाज़ा गया है। 1990 में कोलकता में एक हृदय शल्य चिकित्सक के रूप में काम करते हुए डॉ. शेट्टी की एक मरीज़ मदर टेरेसा भी थीं। डॉ. शेट्टी ने मदर टेरेसा से जो सीखा वह आज भी उनके कमरे में लिखा है : प्रार्थना करने वाले होठों से सेवा करने वाले हाथ ज़्यादा पावन हैं।

कर्नाटक राज्य के किन्निगोली नामक एक छोटे से शहर में जन्मे देवी प्रसाद अपने नौ सहोदरों में आठवें नम्बर पर थे। बहुत छोटी उम्र में ही उन्होंने इतने बच्चों के बीच में ख़ुद को सहेजने की कला सीख ली। बाद में बड़े भाइयों और सहपाठियों से अकारण ही मिल रही मारपीट से बचने के लिए ख़ुद को शारीरिक रूप से मज़बूत बनाने का फ़ैसला लिया। शरीर सौष्ठव के लिए व्यायाम किया और मार्शल आर्ट सीख कर छह साल तक इसका अभ्यास किया । देवी प्रसाद कभी भी स्कूल में अव्वल रहने वाले छात्र नहीं थे लेकिन वे अपनी रुचि के विषयों में उत्कृष्टता प्राप्त करने का प्रयास करते थे। उनके अनुसार एक स्कूली छात्र के रूप में 'मैं औसत से थोड़ा ऊपर था और उस परिणाम से काफ़ी ख़ुश भी था।' डॉ. शेट्टी आज के बच्चों में परीक्षा के भय को लेकर चिंतित हैं। उनके अनुसार वे ख़ुद भी कई बार परीक्षाओं में फ़ेल हुए हैं। डॉ. शेट्टी कहते हैं कि 'मैं कितना अच्छा सर्जन हूँ यह इस बात पर निर्भर नहीं है कि मुझे परीक्षा में कितने नम्बर मिले या मैं कितनी बार फ़ेल हुआ। मेरी सर्जरी की पढ़ाई के समय के कुछ प्रथम स्थान लाने वाले छात्र इतने बुरे सर्जन हैं कि मैं उन्हें अपने बाल तक काटने नहीं दूँगा।'

देवी शेट्टी ने छठी कक्षा में अपने अध्यापक से दक्षिण अफ़्रीका में विश्व के पहले हृदय प्रत्यारोपण के बारे में सुना और तभी मन में हृदय चिकित्सक बनने की ठान ली। उन्होंने 1982 में मंगलूर मेडिकल कॉलेज से एमएस की उपाधि प्राप्त की और 1983-1989 तक लंदन में काम किया। भारत लौट कर डॉ. शेट्टी ने कलकत्ता के बिरला हृदय संस्थान और फिर बंगलुरु के मणिपाल हार्ट फ़ाउंडेशन में काम किया। 2001 में उन्होंने बंगलुरु में अपना संस्थान नारायण हृदयालय स्थापित किया। एक हृदय शल्य चिकित्सक के रूप में डॉ. शेट्टी की उपलब्धियाँ अकल्पनीय हैं। वे भारत के पहले शल्य चिकित्सक हैं जिन्होंने नौ दिन के नवजात के हृदय की शल्य चिकित्सा की। इसी तरह भारत में कृत्रिम हृदय का उपयोग करने वाले भी वे पहले चिकित्सक हैं।

डॉ. देवी शेट्टी के नारायण हृदयालय में हर मरीज़ का उपचार अनिवार्य है। डॉ. शेट्टी ने अपने सारे सहयोगियों से साफ़ कह रखा है कि पैसे के अभाव के कारण किसी भी मरीज़ को वापस नहीं लौटाना है। सवाल यह है कि ऐसा आधुनिकतम, सर्वसुविधायुक्त अस्पताल ऐसे दिवालियेपन के मॉडल पर आख़िर कैसे चल रहा है? यह एक यक्ष-प्रश्न है और इसके जवाब के लिए सारे अमीर देश भी डॉ. देवी शेट्टी की ओर देख रहे हैं। डॉ. शेट्टी का मानना है कि चिकित्सा विज्ञान में अब नये उत्पादों के आविष्कार की नहीं बल्कि उपचार विधि में आमूल-चूल परिवर्तन की आवश्यकता है। स्वास्थ्य सेवाओं में 'अधिकतम रोगी-न्यूनतम लागत' का डॉ. शेट्टी का मॉडल नारायण हृदयालय ने अपनाया हुआ है।

2001 में बने पहले नारायण हृदयालय का निर्माण डॉ. शेट्टी के श्वसुर ने केवल लागत मूल्य पर किया था। इस बचत का लाभ मरीज़ों को दिया गया। डॉ. शेट्टी द्वारा बनाया गया मैसूर अस्पताल हवादार तो भरपूर है, लेकिन इसमें एयर कंडीशनिंग नहीं है क्योंकि डॉ. शेट्टी के अनुसार एयर कंडीशनिंग संक्रमण रोकती नहीं बल्कि फैलाती है। दरअसल, डॉ. शेट्टी के अस्पताल निर्माण का ख़र्च किसी भी अन्य समकक्ष अस्पताल से आधा है। वे अपने सारे दैनिक

उपयोग के सामान सस्ते ख़रीदता है। जैसे यह अस्पताल एक कंटेनर भर दस्ताने मलेशिया से ख़रीदता है, क्योंकि वहाँ इनका मूल्य भारत से 40 फ़ीसदी कम है। नारायण हृदयालय में सीटी, एमआरआई जैसी मशीनें प्रति दिन 16–20 घंटे काम में आती हैं, जबकि अन्य अस्पतालों यह समय केवल 6–8 घंटे का है। अधिकतर जाँच की मशीनें किराये पर ली गयी हैं। सप्लायर इनमें प्रयुक्त कैमिकल से अपना लाभ कमाता है। कई मशीनें तो मुफ़्त में लगायी गयी हैं, क्योंकि जो मशीन इतने सारे लोगों को समुचित सेवा दे रही है उसे कहीं और बेचने का इससे बड़ा विज्ञापन और क्या होगा। डॉ. शेट्टी अपने अस्पताल की ब्रांड वैल्यू से ख़ूब वाकिफ़ हैं और साज़-सामान ख़रीदते समय अत्यंत कृपण ग्राहक बन जाते हैं। लागत घटाने का सबसे अद्वितीय नुस्ख़ा चिकित्सकों को पूर्व-नियत मासिक वेतन देना है। वहाँ हर आपरेशन के हिसाब से भुगतान नहीं होता। हर चिकित्सक सप्ताह में छह और कम से कम कुल 60–70 घंटे काम करता है। डॉ. शेट्टी रोज़ शाम को अस्पताल से घर जाते समय डॉक्टर नहीं बल्कि एक घाघ मुनीम बनकर पिछले दिन के लाभ-हानि का ब्योरा बाँचते है।

हृदयालय में 40 फ़ीसदी रोगी पूरा शुल्क देते हैं। अन्य चालीस अपनी जेब से तो कुछ नहीं देते लेकिन संबंधित राज्य सरकार उनके शुल्क का तीन चौथाई भाग देती है। शेष बीस फ़ीसदी मरीज़ तो क़तई कोई शुल्क नहीं देते। इसके बाद भी इस अस्पताल का 2011 में शुद्ध लाभ 7.7 फ़ीसदी था (अमेरिका के किसी भी नामी अस्पताल से कहीं ज़्यादा)। डॉ. शेट्टी अब भारत के विभिन्न शहरों में नारायण हृदयालय संस्थान खोल रहे हैं और अगले पाँच वर्षों में वे अपने सारे अस्पतालों की क्षमता 30,000 बिस्तरों तक पहुँचाना चाहते हैं। अभी डॉ. शेट्टी अमेरिका के मिआमी शहर से एक घंटे दूर स्थित केमन द्वीप में दो हज़ार बिस्तरों का अस्पताल बना रहे हैं जिसमें किसी भी इलाज का ख़र्चा अमेरिकी अस्पतालों से आधा होगा।

विश्व-बाज़ार में अभी कृत्रिम हृदय का मूल्य बहुत ज़्यादा है, इसलिए डॉ. शेट्टी ब्राज़ील की एक कम्पनी के साथ मिल कर एक कम क़ीमत का विकल्प तलाश रहे हैं। डॉ. शेट्टी ऐसे एकमात्र चिकित्सक हैं जिन्होंने डॉक्टरों की कम संख्या के लिए आईएमए तथा अन्य डॉक्टरों को दोषी ठहराया है। उनके अनुसार चिकित्सा क्षेत्र में प्रवेश को जानबूझ कर इतना कठिन और दुरूह बनाया गया है जिससे इसमें एकाधिकार स्थापित रखा जा सके। डॉ. शेट्टी सारी दुनिया में चिकित्सा विज्ञान का ऐसा एकीकृत पाठ्यक्रम चाहते हैं जिससे कोई भी प्रशिक्षित डॉक्टर दुनिया के किसी भी कोने में जाकर निर्बाध काम कर सके।

डॉ. शेट्टी उपचार के लिए नर्सिंग स्टाफ़ को सबसे महत्त्वपूर्ण मानते हैं और नर्सिंग स्टाफ़ के विशेष प्रशिक्षण के लिए उन्होंने एक महाविद्यालय भी स्थापित किया है। डॉ. शेट्टी के अनुसार निकट भविष्य में उपचार पद्धति में अकल्पनीय परिवर्तन आएगा। अगले पाँच सालों में कम्प्यूटर किसी भी रोग की पड़ताल करने में एक डॉक्टर के बराबर हो जाएगा और दस साल के बाद तो हर डॉक्टर को अपनी पड़ताल पर कम्प्यूटर से सम्मति लेना अनिवार्य हो जाएगा। डॉ. शेट्टी ने कर्नाटक सरकार के साथ मिल कर एक अनूठी स्वास्थ्य बीमा योजना 'यशस्विनी' बनायी है जिसमे मात्र पाँच रुपया प्रति माह पर लाखों लोगों को पूरे उपचार की गारंटी दी जाती है। तमिलनाडु व आंध्र प्रदेश ने भी इस योजना को नारायण हृदयालय के साथ मिलकर लागू किया है। टेलीमेडिसिन द्वारा डॉ. शेट्टी ने भारत के सुदूर उत्तर-पूर्व राज्यों, अरब देशों तथा अफ़्रीका में भी उच्च स्तरीय स्वास्थ्य परामर्श देने की पहल की है।

डॉ. शेट्टी ने अपने अस्पताल कैम्पस में आने-जाने के लिए दो गोल्फ़ बग्घियाँ खरीदी हैं। इन दोनों की चालक महिलाएँ हैं, क्योंकि डॉ. शेट्टी का मानना है कि यदि कोई महिला 4,000 रुपये कमायेगी तो सारे पैसे घर पर खर्चेंगी जबकि पुरुष अधिकतर पैसे व्यर्थ कर देगा। रोज़गार में लगी महिलाएँ स्वावलम्बी होती हैं और ऐसी महिलाओं के बच्चे भी स्वावलम्बी होते हैं। नारायण हृदयालय में कुल कर्मचारियों में महिलाएँ बहुसंख्यक हैं।

देखें : अब्दुल हमीद, आर.के. तलवार, इला भट्ट, एलाट्टुवलापिल श्रीधरन, कन्हैयालाल माणिकलाल मुंशी, कमला देवी चट्टोपाध्याय, गिजुभाई बधेका, पी.एस. वारियर, देवकी जैन, धोंडो केशव कर्वे, नीरा देसाई, भारतीय लोकतंत्र का संस्थानीकरण-1, 2 और 3, राज कुमार तलवार, विक्रम साराभाई, वी.के.आर.वी. राव, विद्याबेन शाह, संस्था, संस्थान और संस्थानीकरण।

संदर्भ

1. कृष्णा गणेश (2013), *द पॉवर ऑफ़ परपज़ इन लाइफ़ : सक्सेज़ स्टोरीज़ ऑफ़ ऑर्डिनरी पीपुल विद एक्स्ट्रा ऑर्डिनरी ड्रीम्ज़,* बलबोआ प्रेस, ब्लूमिंग्टन.
2. ए. वेंकट रमण और जेम्स वार्नर ब्रोकमेन (2009), *पब्लिक-प्राइवेट पार्टनरशिप इन इण्डिया : लेसंस फ़ार डिवेलपिंग कंट्रीज़,* रॉटलेज, न्यूयार्क.
3. एरिक जी. बिंग और मार्क जे. एप्स्तियेन (2013), *फ़ार्मेसी ऑन अ बाइसिकिल,* बेरेट-कोहेलर पब्लिशर्स, सैन फ्रांसिस्को.

—रवि दत्त वाजपेयी

निकोलो द बर्नार्डो मैकियावेली

(Niccolo De Bernardo Machiavelli)

युरोपीय पुनर्जागरण काल के इतालवी दार्शनिक और राजनयिक निकोलो द बर्नार्डो मैकियावेली (1469- 1527) को आधुनिक राजनीति विज्ञान के मुख्य संस्थापकों में से एक माना जाता है। उन्होंने *द प्रिंस* (1513) और *द डिस्कोर्सिज़* (1516) जैसी बहुचर्चित पुस्तकें रचीं जिन्होंने राजनीतिक सत्ता, गणराज्य और युद्ध संबंधी विषयों पर चिंतन को निर्णायक दिशा दी। राज्य करने की कला को व्यावहारिक और वैज्ञानिक दृष्टिकोण से देखने वाले पहले दार्शनिक के तौर पर मैकियावेली के सरोकारों का प्लेटो और अरस्तू की भाँति क्लासिकल क़िस्म का आदर्श समाज बनाने से कोई ताल्लुक़ नहीं था। वे राजनीति को सहयोग और परस्पर निर्भरता के उपादान के रूप में देखने के लिए तैयार नहीं थे। उनका मक़सद राजनीतिक आदर्शवाद की जगह राजनीतिक यथार्थवाद की स्थापना था। *द प्रिंस* का बाक़ायदा प्रकाशन मैकियावेली की मृत्यु के पाँच वर्ष बाद हुआ। उससे पहले केवल उनके कुछ दोस्तों ने ही उसे निजी तौर पर पढ़ा था। इसके ज़रिये उन्होंने एक ऐसे राजपुरुष (प्रिंस) को सम्बोधित करते हुए अपनी तजवीज़ें पेश कीं जो नया-नया सत्तारूढ़ हुआ है। चूँकि इसे सत्ता की बागडोर आनुवंशिक रूप से प्राप्त नहीं हुई है, इसलिए प्रजा का विश्वास जीतने और अपनी वैधता क़ायम रखना उसके लिए विशेष रूप से कठिन है। मैकियावेली का यह राजपुरुष अपनी सत्ता बनाये रखने के लिए स्थापित नैतिकताओं की परवाह न करके अलग तरह की राजनीतिक व्यावहारिकता का पालन करता है।

मैकियावेली के विचारों पर उनके जीवन-काल से ही राजनेताओं और चिंतकों के बीच तीव्र प्रतिक्रिया होती रही है। राजनीति में धूर्तता और दाँव-घात की प्रवृत्तियों के लिए मैकियावेलियनिज़्म जैसा पद प्रचलित है। मनोविज्ञान में मैकियावेलियन होना व्यक्तित्व का एक प्रकार माना जाता है। एक ज़माने में कैथॅलिक चर्च ने *द प्रिंस* पर पाबंदी लगा दी थी, और मानवतावादियों ने उसकी शिक्षाओं की नकारात्मक व्याख्या की थी। लेकिन, उन्नीसवीं और बीसवीं सदी के राजनीतिशास्त्रियों ने मैकियावेली की संस्तुतियों की अधिक सकारात्मक व्याख्या की, और उन्हें 'पहले आधुनिक व्यक्ति' तक का ख़िताब दिया। इटली के नगर राज्य फ़्लोरेंस में सक्रिय रहे मैकियावेली को भी लियोनार्डो दि विंसी की तरह 'रिनेसाँ मैन' की संज्ञा दी जाती है।

मैकियावेली का जन्म एक ऐसे उथल-पुथल भरे युग में हुआ था जिसमें इटली के नगर-राज्यों की सत्ताएँ विदेशी आक्रांताओं (फ्रांस, स्पेन और पोप के नेतृत्व में पवित्र रोमन साम्राज्य) के सामने घुटने टेकती रहती थीं। राजनीतिक और फ़ौजी गठजोड़ लगातार बदलते रहते थे। ऐसे विकट माहौल में मैकियावेली का प्रशिक्षण उनके पिता के कड़े अनुशासन में हुआ। उन्होंने व्याकरण, भाषणशास्त्र और लैटिन सीखी। 1494 में उन्होंने फ़्लोरेंस की सरकारी सेवा में एक क्लर्क के तौर पर दाख़िला लिया। उन्होंने तेजी से प्रगति की और 29 साल की उम्र तक वे गणराज्य की सेकंड चांसरी के मुखिया हो चुके थे। एक राजनयिक मिशन के सदस्य के रूप में उन्हें अपने ज़माने के सभी अहम राजनीतिक अभिनेताओं के कामकाज को नज़दीक से देखने का मौक़ा मिला। उन्होंने देखा कि सीज़र बोर्ज़िया, होली रोमन एम्पायर मैक्समिलन और पोप जूलियस-द्वितीय की राजनीति करने की शैली क्या है। 1512 में फ़्लोरेंस गणराज्य का पतन होने पर मेडिसी सरकार की दोबारा स्थापना हुई जिसने उन्हें क़ैद कर लिया। मैकियावेली को रस्सी से लटका कर शारीरिक यातनाएँ दी गयीं, पर उन्होंने किसी षड्यंत्र में भागीदारी क़बूल नहीं की। रिहा होने पर उन्होंने मेडिसी पोप का राजनीतिक सलाहकार बनना चाहा। जब उनकी यह महत्त्वाकांक्षा पूरी नहीं हुई, तो वे फ़्लोरेंस के निकट सेंट आंद्रिया स्थित अपनी जायदाद में ज्ञान की साधना के लिए चले गये। इसी अवधि में उन्होंने अपनी तीनों पुस्तकें लिखीं जिन्होंने राजनीतिक दर्शन और आचरण की दिशा स्थाई रूप से बदल दी।

मैकियावेली ने अपने देश-काल की प्रमुख चुनौती (विदेशी आक्रमण और राजनीतिक अस्थिरता) का व्यावहारिक और बौद्धिक समाधान एक मज़बूत और स्थिर राज्य की स्थापना और उसे क़ायम रखने के तौर-तरीक़ों के रूप में पेश किया। उन्होंने ईसाइयत को दब्बूपन और परवशता का प्रतीक मान कर ख़ारिज किया और *द प्रिंस* और *द डिस्कोर्सिज़* के ज़रिये दो समाधान पेश किये : कोई राजा प्रजा पर अपना वर्चस्व कैसे क़ायम रख सकता है, और एक गणराज्य अपने नागरिकों के स्वार्थी रवैये को सार्वजनिक हित में कैसे इस्तेमाल कर सकता है। ऐतिहासिक और तुलनात्मक पद्धति का प्रयोग करते हुए मैकियावेली ने अपने तर्कों के पक्ष में प्राचीनकालीन चिंतन से उदाहरण खोज निकाले। उन्हें उम्मीद थी कि एक न एक दिन एक पक्के इरादे वाले राजपुरुष इटली को एकीकृत करेगा और उसके बाद शासन के गणराज्यात्मक रूप का रास्ता खुल जाएगा।

मैकियावेली ने मानवीय प्रकृति को मुख्यत: अपरिवर्तनीय मान कर मनुष्य के राजनीतिक व्यवहार के संबंध में कुछ सामान्यीकृत निष्कर्ष निकाले। भले ही जीवन-स्थितियाँ मनुष्य के व्यवहार को कुछ संदर्भों में बदलती हुई दिखाई दें, पर उसके अनिवार्य लक्षण (एहसानफ़रामोशी, झूठ

निकोलो द बर्नार्डो मैकियावेली (1469- 1527)

बोलना, ख़ुदगर्जी, छल, जोखिम से कतराना और मुनाफ़े की भूख) एक से ही रहते हैं। ज़ाहिर कि मनुष्य के इन लक्षणों को पारम्परिक नैतिकता के आधार पर नहीं सराहा जा सकता। इसी कारण से मनुष्य सत्ता की आकांक्षा पालता है। सत्ता से ही उसे स्वतंत्रता प्राप्त हो सकती है। जो दूसरों पर हुकूमत नहीं करना चाहते, वे भी कम से कम दूसरे की अधीनता से बचने के लिए आवश्यक सत्ता तो चाहते ही हैं। मैकियावेली की निगाह में दुनिया दो तरह के लोगों में बँटी हुई है : वे जो प्रभुत्व जमाना चाहते हैं, और वे जो किसी के प्रभुत्व के तले नहीं रहना चाहते।

सीज़र बोर्जिया की राजनीति को आदर्श मानने वाले मैकियावेली का कहना था कि उनके प्रिंस का मुख्य उद्देश्य अपनी सत्ता सुरक्षित रखना होगा। जब वह ऐसा कर लेगा तो उस प्रक्रिया में राजनीतिक स्थिरता भी प्राप्त होगी और प्रजा का हित भी होगा। इसके लिए उसे शक्ति और छल-कपट का अक्लमंदी से इस्तेमाल करना पड़ेगा। प्रजा के जज़्बात (प्रेम, घृणा, डर और अवज्ञा) से खेलने की कला में माहिर होना होगा। बेहतर होगा कि प्रजा में राजा के प्रति प्रेम और डर का मिला-जुला भाव पैदा हो, ताकि उसकी अवज्ञा और घृणा से बचा जा सके। लेकिन, अगर कोई शासक प्रजा की अवज्ञा और घृणा का शिकार है, तो अपनी सत्ता बचाने के लिए घृणा और डर पैदा करने वाला आचरण अपना सकता है।

द *प्रिंस* के मुताबिक़ किसी शासक की सत्ता की बुनियाद ताकत और निर्ममता से हुकूमत करने की इच्छा होती है। इसके लिए उसे केवल फ़ौजी कलाओं में माहिर होना काफ़ी है। राजनीति को एक तरह का ख़ामोश युद्ध मानने वाले मैकियावेली की यह धारणा रिनेसाँ युग की उन हस्तियों के विचारों से उलट थी जो मानते थे कि प्रिंस को कला-कौशल का पारखी, सुसंस्कृत और मानवीय होना चाहिए।

मैकियावेली के अनुसार राज्यों के बीच युद्ध केवल टाला जा सकता है, उसकी सम्भावनाएँ ख़त्म नहीं की जा सकतीं। जो प्रिंस यह नहीं मानता, उसकी बर्बादी लाज़मी है। शत्रु को हमला करके घायल करने के बजाय नष्ट करना ही उचित है, वरना बदले की भावना शत्रु को फिर से खड़ा कर देगी। मैकियावेली नि:संकोच मानते हैं कि सदाचार और भाग्य का आपस में कोई संबंध नहीं होता। राजनीति के निरंतर बदलते दायरे में क़िस्मत कभी भी दगा दे सकती है, इसलिए नये प्रिंस को नैतिकता प्रदत्त निर्धारित तौर-तरीक़ों में फँस कर परिस्थितियों के मुताबिक़ अपने आचरण को बदलते रहना चाहिए। उसके भीतर शेर के साथ-साथ लोमड़ी, मनुष्य के साथ-साथ पशु और क्षमा के साथ-साथ निर्दयता के गुण भी होने चाहिए।

मैकियावेली को उनके कई समकालीनों ने और परवर्ती विद्वानों ने भी दुष्टता की शिक्षा देने वाला क़रार दिया है। लेकिन, द *प्रिंस* का नायक केवल दुष्ट ही नहीं है। वह जो कर रहा है, वह किसी चरित्रगत विशेषता के कारण नहीं बल्कि निरंतर बदलती परिस्थितियों में टिके रहने के लिए अपनायी गयी प्रक्रिया भर है। नया प्रिंस न तो अच्छा है, न ही बुरा। नैतिकताहीन होने के बजाय वह निर-नैतिक है। राजनीति मैकियावेली की निगाह में नैतिक रूप से तटस्थ कार्रवाई है। द *डिस्कोर्सिज़* की विषय-वस्तु अलग है, लेकिन बुनियादी वैचारिक आधार उसका भी द *प्रिंस* जैसा ही है। मैकियावेली के अनुसार राजशाही में केवल प्रिंस ही स्वाधीन है, पर गणराज्य में हर व्यक्ति प्रिंस है। उसे अपनी सुरक्षा, स्वतंत्रता और सम्पत्ति बचाने के लिए वैसे ही कौशल अपनाने का अधिकार है। मैकियावेली के अनुसार गणराज्य में प्रिंस जैसी खूबियों को सामूहिक रूप से विकसित करने की ज़रूरत है, और एक बार फिर ध्यान रखने की बात यह है कि ये ख़ूबियाँ मित्रता और परोपकार जैसे पारम्परिक सद्‌गुणों के आधार पर नहीं विकसित हो सकतीं। गणराज्य में हर व्यक्ति नाम और नामा हासिल करने के मक़सद से दूसरे के साथ खुले मंच पर सहयोग करेगा। मैकियावेली मानते थे कि राजशाही के मुक़ाबले गणराज्य अधिक नफ़ासत से काम कर सकेगा, उसमें प्रतिरक्षा की अधिक क्षमता होगी और वह युद्ध के ज़रिये अपनी सीमाओं का अधिक कुशलता से विस्तार कर सकेगा। मैकियावेली के अनुसार यह सब करने की प्रक्रिया में ही शक्तिशाली, अदम्य और आत्म-निर्भर व्यक्तियों की रचना हो सकेगी।

ऐसे गणराज्यों को निरंकुशता में बदलने से कैसे रोका जा सकेगा ? मैकियावेली इसके लिए दो शर्तें पेश करते हैं : हर गणराज्य को टिके रहने के लिए ऐसा प्रबंध करना होगा जिसमें हर व्यक्ति दूसरे के साथ सृजनात्मक ढंग से होड़ कर सके, किसी एक व्यक्ति को इतनी शक्ति अर्जित करने से रोकना होगा कि वह दूसरों पर प्रभुत्व जमा सके। उच्चकुलीन अभिजनों या व्यापारिक प्रभुवर्ग और आम जनता के बीच प्रभुत्व को लेकर संघर्ष होता रहेगा जिनके गर्भ से गणराज्य को नयी ऊर्जा मिलेगी और अच्छे क़ानूनों का जन्म होगा, बशर्ते बेहतर राजनीतिक संस्थाओं के ज़रिये उन संघर्षों को क़ाबू में रखा जा सके। क़ानून ऐसे होने चाहिए जिनकी जानकारी लोगों के सामने साफ़ कर सके कि गणराज्य में वे क्या-क्या बेखटके कर सकते हैं, और क्या करने पर उन्हें दण्ड भोगना होगा। आर्थिक समृद्धि की इजाज़त होनी चाहिए, पर निजी स्तर पर अत्यधिक सम्पत्ति अर्जित करने पर क़ानून रोक होनी चाहिए। नागरिक गुणों के विकास के लिए राज्य का एक धर्म होना चाहिए, पर मैकियावेली ईसाई धर्म को यह हैसियत देने के लिए तैयार नहीं थे। फ़्लोरेंस की प्रतिरक्षा करने के अपने अनुभव के आधार पर मैकियावेली ने निष्कर्ष निकाला था कि गणराज्य को आक्रमणों से बचाने के लिए नागरिकों की सेना होना चाहिए।

मैकियावेली का देहांत 1527 में हुआ। किसी को नहीं पता कि उनकी कब्र कहाँ बनायी गयी। पर, फ़्लोरेंस के सांता ग्रोस चर्च में बने उनके स्मारक पर लैटिन में लिखा है : *टैंटो नोमिनी नुल्लुम पार इलोजियम* (इतनी महान हस्ती के लिए कोई भी सराहना अपर्याप्त है)।

देखें : अमेरिकी क्रांति, आधुनिकता, आधुनिकीकरण, आधुनिकतावाद, औद्योगिक क्रांति-1 और 2, ईरानी क्रांति, उद्योगीकरण-1 और 2, क्रांति, क्रांति : मार्क्सवादी विमर्श, क्यूबा की क्रांति, चीन की कम्युनिस्ट क्रांति, फ्रांसिस बेकन, फ्रांसीसी क्रांति, बोल्शेविक क्रांति, युरोपीय पुनर्जागरण, युरोपीय ज्ञानोदय, रेने देकार्त।

संदर्भ

1. जे.जी.ए. पोकोक (1975), *द मैकियावेलियन मोमेंट : फ़्लोरेंटाइन पॉलिटिकल थॉट ऐंड द एटलांटिक रिपब्लिकन ट्रेडिशन,* प्रिंसटन युनिवर्सिटी प्रेस, प्रिंसटन.
2. क्यू.आर.डी. स्किनर (1978), *मैकियावेली,* ऑक्सफ़र्ड युनिवर्सिटी प्रेस, ऑक्सफ़र्ड.
3. एस. पीटर डोनाल्डसन (1989), *मैकियावेली ऐंड मिस्ट्री ऑफ़ स्टेट,* केम्ब्रिज युनिवर्सिटी प्रेस, केम्ब्रिज.
4. क्लॉद लेवी-स्त्रॉस (1978), *थॉट्स ऑन मैकियावेली,* युनिवर्सिटी ऑफ़ शिकागो प्रेस, शिकागो.

— अभय कुमार दुबे

पाठक, दर्शक और श्रोता

(Audiance)

पढ़ने, सुनने या देखने के माध्यम से मीडिया की विभिन्न क़िस्मों का उपभोग करने वाले अनाम लोगों को ऑडिएंस की संज्ञा दी जाती है। यह एक ऐसी श्रेणी है जिसमें आने वाले लोगों से कला और साहित्य के प्रस्तुतीकरण के दौरान या बाज़ारू संस्कृति के किसी प्रदर्शन के समय विभिन्न स्तरों पर सहभागिता की अपेक्षा की जाती है। यह भागीदारी कभी तो प्रगट और सक्रिय (वोट डालना और राय देना) होती है, और कभी महज़ औपचारिक सराहना और करतल ध्वनि तक ही सीमित रह जाती है। पत्र-पत्रिकाओं, टीवी, रेडियो, वीडियो और फ़िल्मों आदि के समाजिक प्रभाव का अध्ययन करने के लिए समाज-वैज्ञानिक मीडिया-उपभोक्ताओं को ऑडिएंस के रूप में कल्पित करके उनकी जाँच-पड़ताल करते हैं। फ्रांस में सांस्कृतिक रुचि के समाजशास्त्रीय तथ्यों का पता लगाने के लिए पिएर बोर्दिओ ने साठ के दशक में दर्शकों, पाठकों और श्रोताओं की इस दुनिया का काफी बड़े-बड़े सैम्पलों के ज़रिये अध्ययन किया था। लेकिन आजकल इतने बड़े सैम्पलों का इस्तेमाल ज़्यादातर व्यावसायिक स्तर पर ऑडिएंस के बारे में रिसर्च और रायशुमारी करने वाली संस्थाएँ ही करती हैं। मीडिया और संस्कृति-अध्ययन के दायरे में काम करने वाले अकादमीय अनुसंधानकर्ता छोटे-छोटे समूहों को वर्ग, जेंडर, आयु, पारिवारिक पृष्ठभूमि और जातीयता के आधार पर चुन कर शोध करते हैं। इनसे निकलने वाले निष्कर्षों पर अध्येताओं के अपने बौद्धिक एजेंडे की छाप होती है। ऑडिएंस को समझने के सिद्धांत अलग-अलग हैं। अख़बार का पाठक वर्ग होता है, और रेडियो के सिर्फ़ श्रोता होते हैं। फ़िल्में देखने जाने वाला दर्शक वर्ग और अपने घर के एकांत में टीवी देखने वाले लोग ऑडिएंस की अलग-अलग श्रेणियों की नुमाइंदगी करते हैं।

सिने-दर्शक : बीस और तीस के दशक में ही विद्वान इस निष्कर्ष पर पहुँच चुके थे कि सिनेमा में मनुष्य के अवचेतन में छिपी कामनाओं को स्पर्श करने की क्षमता होती है। सिनेमा हाल में बैठा हुआ दर्शक उसके ज़रिये रुपहले पर्दे पर अपने मन के भीतर होने वाले कारोबार का प्रक्षेपण देखता है। इस पहलू का सत्तर के दशक के मध्य में गहन अध्ययन शुरू हुआ जब फ़िल्म-अध्ययन पर मनोविश्लेषण और लक्षण-विज्ञान (सीमियोटिक्स) का प्रभाव पड़ा। सिने-दर्शक को समझने की इस जटिल थियरी का विकास तीन चरणों में हुआ।

पहले चरण में विद्वानों ने दिखाया कि अँधेरे प्रेक्षागृह में बैठा हुए दर्शक के लिए सिनेमा किस प्रकार एक उपकरण और एक काल्पनिक संकेतक (सिग्नीफ़ायर) की भूमिका

अदा करता है। दर्शक हर बार जब सिनेमा के पर्दे में आईने की तरह झाँकता है तो उसके अवचेतन को मातृमनोग्रंथि अपने रास्ते पर चला रही होती है। इसका मतलब साफ़ था कि जिस दर्शक की चर्चा हो रही थी, वह पुरुष था। दूसरे, सिनेमा बनता तो विभिन्न विधाओं और प्रौद्योगिकियों के टुकड़ों से है, पर दर्शक के सामने वह अभंग रूप आता है जिसके कारण वह उसे अपनी सत्ता के दायरे में आने वाले यथार्थ की तरह ग्रहण करता है। दर्शक को लगता है कि उसके सामने परोसा जा रहे सिनेमाई पाठ के तात्पर्यों की रचना स्वयं उसी ने की है। असल में होता उल्टा है। दर्शक की गढ़ंत सिनेमाई पाठ के हाथों तैयार होती है। दर्शक और स्क्रीन के बीच संबंध की व्याख्या करते हुए इस दौर में बताया गया कि सिनेमाई अनुभव में प्रवेश करते हुए दर्शक प्रोजेक्टर की आँख से देखता है। काल्पनिक से प्रतीकात्मक की तरफ़ यात्रा करते हुए उसके भीतर पर्दे पर दिखाये जा रहे बिम्ब के प्रति चाहत विकसित हो जाती है। इस तरह दर्शक अनियंत्रित दृश्य-रत्यात्मकता (वॉयरिज़्म) की गिरफ़्त में चला जाता है।

1975 के बाद नारीवादी फ़िल्म-सिद्धांत ने दूसरे चरण में इस लेखन की आलोचना करते हुए कहा कि दर्शक के 'मैस्क्युलिन प्रेक्षण' को स्वाभाविक प्रेक्षण नहीं माना जा सकता। लारा मुलवी ने अपने विवादात्मक लेख 'विजुअल प्लेज़र ऐंड नैरेटिव सिनेमा' में सेक्शुअल विभेदीकरण का मुद्दा उठाते हुए मातृमनोग्रंथि के प्रभाव की भिन्न व्याख्या की। उन्होंने कहा कि दर्शक की मैस्क्युलिन स्थिति उसे नारी-देह के यौनीकरण और वस्तुकरण की तरफ़ ले जाती है। कैमरा स्त्री की दैहिक सुदंरता की तरफ़ ध्यान खींचता है। वह उसकी प्रस्तुति इस क़दर सम्पूर्णता के साथ करता है कि पुरुष दर्शक को उसमें लिंग की अनुपस्थिति न सताती है, और न ही उससे बधियाकरण (कैस्ट्रेशन) का भय निकलता है। ऐसा करने के लिए कैमरा नारी-देह को लिंग की तरह तना हुआ दिखाता है। मुलवी ने दावा किया कि पुरुष की दृश्य-रत्यात्मक निगाह उसके अवचेतन द्वारा बधियाकरण के भय की अनुक्रिया है। स्त्री को नियंत्रित और दण्डित करने (यहाँ तक कि उसकी हत्या कर देने) की कामना की प्रतीकात्मक अभिव्यक्ति इसी निगाह में होती है।

सिद्धांतीकरण का तीसरा दौर तब आया जब अन्य नारीवादी विद्वानों ने मुलवी के लेखन की समीक्षा की। मुलवी के लिंग-केंद्रित तर्क का खण्डन करते हुए उन्होंने दावा किया कि दरअसल सिनेमा की संरचना परपीड़ित-कामुकता (मैसोचिज़्म) की है जिसके तहत दर्शक अपने आप को समर्पित करके या निष्क्रिय बना कर सुखानुभूति करता है। वह या तो निष्क्रिय स्त्री पात्र के साथ तादात्म्य स्थापित कर लेता है, या फिर ट्रांसवेस्टाइट (भिन्न-लिंगवस्त्रधारी) मुक़ाम पर खड़े हो कर सक्रिय पुरुष नायक के साथ जुड़ जाता है।

तीन चरणों में हुए इस सैद्धांतिक अध्यवसाय का परिणाम यह निकला कि सिने-दर्शक को एकाश्म रूप में समझने के बजाय उसके विविध संस्करणों में समझने की शुरुआत हुई।

टीवी-दर्शक : टेलिविज़न के दर्शकों पर किये जाने वाले अनुसंधान के शुरुआती सरोकारों के केंद्र में दो सवाल मुख्य होते थे : क्या टीवी स्क्रीन पर दिखाई जाने वाली हिंसा समाज में हिंसात्मक आचरण को बढ़ावा देती है, और क्या राजनीति के कवरेज का चुनाव परिणामों पर असर पड़ता है? कुल मिला कर ये चिंताएँ जानना चाहती थीं कि मीडिया दर्शकों के साथ क्या करता है। पर पचास के दशक तक आते-आते मीडिया-चिंतक यह पता लगाने पर अधिक ज़ोर देने लगे कि दर्शक मीडिया का क्या करते हैं। ज़ाहिर है कि दर्शक और टीवी के बीच के संबंध की मुख्य धारणा बदल चुकी थी। अब मीडिया की ताक़त के साथ दर्शकों की ताकत पर भी न केवल विचार किया जाने लगा था, बल्कि सम्पूर्ण विषयवस्तु में दर्शकों की स्थिति केंद्रीय मान ली गयी थी।

साठ और सत्तर के दशक में अनुसंधानकर्ताओं ने नतीजा निकाला कि ऑडिएंस की श्रेणी में आने वाले लोग समरूप नहीं होते, बल्कि क़िस्म-क़िस्म के होते हैं और उनकी आवश्यकताएँ और प्रेरणाएँ अलग-अलग होती हैं। उसी के मुताबिक़ वे टीवी के कार्यक्रमों का तात्पर्य-निरूपण करते हैं। दिलचस्प बात यह है कि 'मीडिया दर्शकों की राय और रुचियों को अपने हिसाब से बदलता है' जैसे पुराने आग्रह के मुक़ाबले यह नया आग्रह व्यावसायिक टीवी के निर्माताओं के लिए लाभप्रद था। टीवी-उद्योग भी अपनी आलोचनाओं के जवाब में कहता रहा था कि मीडिया असल में हानिरहित है और अपने उपभोक्ताओं की विभिन्न ज़रूरतों को पूरा करता है। लेकिन सत्तर के दशक में ही लक्षणशास्त्र (सीमियोलॅजी) और विचारधारा के सिद्धांतों से प्रभावित संस्कृति-अध्ययन के दायरे में स्टुअर्ट हाल और उनके साथियों ने इनकोडिंग (कार्यक्रमों का विभिन्न विधाओं, ज्ञान और विचार के विभिन्न रूपों और प्रौद्योगिकियों के ज़रिये निर्माण) और डिकोडिंग (दर्शकों द्वारा उनका तात्पर्य-निरूपण) का मॉडल विकसित किया। यह मॉडल बताता था कि दर्शक टीवी देखते समय कभी तो पहलक़दमी से सम्पन्न होते हैं, तो कभी थमाये गये विचारों को निष्क्रियता से ग्रहण कर लेते हैं। हाल ने अंदाजा लगाया कि दर्शक तीन सम्भावित तरीक़ों से डिकोडिंग कर सकते हैं। समाचार से संबंधित कार्यक्रमों में ज़्यादा सम्भावना यही रहती है कि वे उसी विचारधारात्मक ढाँचे के तहत डिकोडिंग करें जिसके तहत उसकी इनकोडिंग की गयी है। दूसरी तरह के कार्यक्रमों में दर्शकों द्वारा कार्यक्रम के विचारधारात्मक संदेश की अपने तात्कालिक अनुभव के प्रभाव में आंशिक रूप से भिन्न

पुनर्व्याख्या करने की सम्भावना रहती है। दर्शक द्वारा डिकोडिंग के तीसरे रूप को हाल ने 'प्रतिपक्षी' क़रार दिया जिसके तहत वह प्रस्तुत कार्यक्रम के आर-पार देख कर समझ जाता है कि इससे राष्ट्रीय हित सध रहा है या कोई ख़ास वर्गीय हित साधा जा रहा है।

इसके अलावा टीवी और उसके दर्शकों के संबंध को समझने के लिए 'एजेंडा-सेटिंग' और 'कल्टीवेशन-एनालैसिस' जैसे सिद्धांतों का भी उपयोग किया जाता है। ये सिद्धांत फ्रैंकफ़र्ट स्कूल द्वारा निकाले गये उन निष्कर्षों का समर्थन करते हैं जिनके मुताबिक बाज़ारू मीडिया अपने उपभोक्ताओं के विचारों को प्रभावित करने की ताकत रखता है। फ्रैंकफ़र्ट स्कूल की जो बातें एनकोडिंग / डिकोडिंग जैसे मॉडलों की रोशनी में सरलीकृत प्रतीत होती हैं, वही बातें 'एजेंडा सेटिंग' के तहत प्रामाणिक लगने लगती हैं।

देखें : अभिलेखागार, आख्यान, इंटरएक्टिविटी-प्रौद्योगिकीय विमर्श, इंटरएक्टिविटी-सामाजिक विमर्श, इंटरफेस, एक्टर-नेटवर्क थियरी, डिजिटल डिवायड, दिन-प्रति दिन के अभिलेखागार, नया मीडिया, नेटवर्क, नेटवर्क सोसाइटी, प्रेस की स्वतंत्रता, प्रोपेगंडा, बाज़ारू संस्कृति, भारत में संचार-क्रांति, भारतीय मीडिया-1, 2 और 3, भारतीय मीडियां स्फ़ेयर, मास मीडिया, मीडिया और राज्य, मीडिया और राजनीति, मीडिया और भारतीय राजनीति, मीडिया-पक्षपात, मीडिया-अध्ययन, संचार, संचार-क्रांति, स्मृति और अभिलेखागार, सोशल नेटवर्क विश्लेषण, सूचना, सूचना-समाज, सेंसरशिप, वैकल्पिक मीडिया।

संदर्भ

1. डी. मोरले (1992), *टेलिविज़न, ऑडिएंस ऐंड कल्चरल स्टडीज़,* रॉटलेज, लंदन.
2. स्टुअर्ट हाल (1981), 'एनकोडिंग ऐंड डिकोडिंग', संकलित : स्टुअर्ट हाल, डी. हॉब्सन, ए, लोव और पी. विलिस (सम्पा.), *कल्चर, मीडिया, लेंग्वेज,* रॉटलेज, लंदन.
2. जे. मेयन (1993), *सिनेमा ऐंड स्पेक्टेटरशिप,* रॉटलेज, लंदन और न्यूयार्क.
3. ई.ए. कप्लान (1983), *वुमॅन ऐंड फ़िल्म्स : बोथ साइड्स ऑफ़ द कैमरा,* मेथ्यून, न्यूयार्क और लंदन.
4. डी. प्रिभम (1988), *फ़ीमेल स्पेक्टेटरशिप,* वरसो, लंदन और न्यूयार्क.

— अभय कुमार दुबे

पार्थ चटर्जी

(Partha Chatarjee)

पार्थ चटर्जी (1945-) भारत के उन चुनिंदा विद्वानों में से एक हैं जिन्होंने पिछले तीन दशकों में अपने विमर्श के ज़रिये समाज-विज्ञान की युरोपीय परम्पराओं को एक वैचारिक चुनौती दी है। हिंदी में समाज-विज्ञान के पाठक आम तौर पर पार्थ चटर्जी को उनके सेकुलरवाद और सहिष्णुता संबंधी लेखन, भारतीय राष्ट्रवाद के व्याख्याता और राजनीतिक समाज के बहुचर्चित सूत्रीकरण के लिए जानते हैं। पर चटर्जी का बौद्धिक योगदान और वैचारिक प्रभाव कहीं गहरा और विस्तृत है। इसका आकलन इस बात बात से लगाया जा सकता है कि भारतीय और विदेशी विश्वविद्यालयों में उन्हें न केवल उत्तर-औपनिवेशिक सिद्धांत और सबाल्टर्न स्टडीज़ के स्थापित विद्वान के रूप में देखा जाता है, बल्कि वे अब दक्षिण एशिया के प्रमुख चिंतक के रूप में भी पढ़े-पढ़ाये जाते हैं। अंगेज़ी और बांग्ला में अनगिनत लेखों के अलावा चटर्जी ने अब तक 21 पुस्तकें लिखी हैं और 11 पुस्तकों का सम्पादन किया है। ज़ाहिर है कि ऐसे प्रचुर लेखक की सृजनात्मकता से संक्षिप्त परिचय कराना एक मुश्किल काम है। ऊपर से चटर्जी के लेखन का दायारा भी बेहद व्यापक है। उन्होंने इतिहास, समाज-सिद्धांत, संस्कृति-अध्ययन, भाषा, राजनीतिशास्त्र और यहाँ तक कि अंतर्राष्ट्रीय संबंधों पर भी लिखा है। बंगाल का इतिहास, वर्तमान और उससे जुड़ी राजनीति-सैद्धांतिक सम्भावनाएँ चटर्जी के चिंतन के केंद्र में रही हैं। तीसरे, सृजनशीलता में वे समाज-विज्ञान तक सीमित नहीं हैं। उन्हें बांग्ला का स्थापित नाट्यकार माना जाता है। उनके लिखे गये सात नाटकों का मंचन हो चुका है। वे एक कलाकार भी हैं और अभिनेता के रूप में रंगमंच से जुड़े रहे हैं।

चटर्जी को जानने का एक सम्भव और कारगर तरीक़ा यह हो सकता है कि हम उनके लेखन की विषय-वस्तु (बंगाल/भारत/तीसरी दुनिया) को केंद्र में रख कर उनके द्वारा अपने तीन दशक लम्बे रचनाकाल में प्रतिपादित विभिन्न प्रस्तावनाओं की चर्चा करें। इस तरह हम न केवल उनके लेखन को एक क्रम दे पाएँगे बल्कि उसके व्यापक बौद्धिक प्रभावों की आलोचनात्मक व्याख्या भी प्रस्तुत कर सकेंगे। चटर्जी की तीन प्रस्तावनाएँ उल्लेखनीय हैं : विशिष्ट भारतीय संदर्भ में सबाल्टर्न समूहों के अध्यन के लिए मार्क्सवाद सहित युरोप के सिद्धांतों और विचारधाराओं की उपयोगिता, भारत में राष्ट्रवादी चिंतन और राजनीति की बौद्धिक विशिष्टता, उत्तर-औपनिवेशिक भारत का वर्तमान समझने के लिए

पार्थ चटर्जी (1945-)

भारत-केंद्रित सिद्धांत-रचना।

चटर्जी की शुरुआती शिक्षा पश्चिम बंगाल में हुई। 1967 में कलकत्ता के प्रेसीडेंसी कॉलेज से बीए करने के बाद उन्होंने न्यूयॉर्क की रोशेस्टर युनिवर्सिटी से राजनीतिशास्त्र में एमए किया और फिर वहीं से पीएचडी भी की। उनकी पीएचडी का विषय अंतर्राष्ट्रीय राजनीति से संबंधित था। उनकी पहली पुस्तक *आर्म्स, अलायंस ऐंड स्टेबिलिटी : द डिवेलपमेंट ऑफ़ द स्ट्रक्चर ऑफ़ इंटरनेशनल पॉलिटिक्स* (1975) भी अंतर्राष्ट्रीय राजनीति के अध्ययन पर आधारित थी। लेकिन चटर्जी ने इस अनुशासन को अपना केंद्र नहीं बनाया। अगर 1975-1980 के दौरान लिखे कुछ लेखों को छोड़ दिया जाये तो ज़ाहिर हो जाता है कि उनका मुख्य रुझान राजनीतिक सिद्धांत और भारतीय राजनीति की तरफ़ था। उनकी दूसरी पुस्तक *स्टेट ऑफ़ पॉलिटिकल थियरी* (1978), जो उन्होंने अपने समकालीन युवा विद्वानों (सुदीप्त कविराज, एस. दत्तागुप्ता और एस.के. चौबे) के साथ मिल कर लिखी थी, इस रुझान को स्पष्ट करती है।

इस ज़माने के उनके लेखन पर मार्क्सवाद और विशेषकर ग्राम्शी के प्रभाव को नज़रअंदाज़ नहीं किया जा सकता। लेकिन यह भी सही है कि चटर्जी मार्क्सवाद को अंतिम सत्य मानने वालों में से नहीं थे। मार्क्सवाद उनके लिए एक वैचारिक औज़ार था जिसके ज़रिये वे दो अलग तरह के सवालों का जवाब तलाश कर रहे थे। पहला सवाल वस्तुगत था : क्या भारतीय राजनीति की विलक्षणता एवं तथाकथित विकसित पूँजीवादी व्यवस्थाओं के बीच कोई समरूपता है या नहीं? दूसरा प्रश्न ऐतिहासिक था : क्या मार्क्सवादी नज़रिये से यह ज़रूरी नहीं है कि उत्तर-औपनिवेशिक राज्य की विशिष्टता समझने के लिए उन ऐतिहासिक सम्भावनाओं का पुनः निरीक्षण हो जिनके ज़रिये आधुनिक भारतीय राजनीति का उदय हुआ है? उनके दो लेख, 'ऑन ग्राम्शीज़ फ़ंडामेंटल मिस्टेक' तथा 'प्रॉब्लम्स ऑफ़ मार्क्सिस्ट पॉलिटिकल थियरी : कंसिडरेशन ऑन कोल्लेटी' इन सवालों को समझने के लिए सहायक साबित हो सकते हैं।

मार्क्सवाद और इतिहास के रिश्तों की पेचीदगियों ने चटर्जी के लेखन को भारतीय राष्ट्रवाद के अध्ययन से जोड़ दिया। वे रणजीत गुहा के सबाल्टर्न स्टडीज़ समूह का हिस्सा बन गये। उन्होंने न केवल इस प्रोजेक्ट के तहत अपना मूल शोध प्रकाशित किया, बल्कि सबाल्टर्न स्टडीज़ के तीन अंकों का सम्पादन भी किया (इनमें से एक अंक बांग्ला में प्रकाशित हुआ था)। सबाल्टर्न स्टडीज़ के तहत उनका लेखन असंगठित राजनीति और राज्य जैसी संरचनाओं के अंतरसंबंधों की व्याख्या पर केंद्रित था। इन्हीं लेखों का विस्तृत स्वरूप उनकी विख्यात पुस्तक *नैशनलिस्ट थॉट ऐंड कोलोनियल वर्ल्ड : अ डेरिवेटिव डिस्कोर्स* (1986) के रूप में सामने आया।

इस पुस्तक के मूल तर्क को दो हिस्सों में बाँटा जा सकता है। पहला भाग राष्ट्रवाद के उदारतावादी और स्थापित मार्क्सवादी सिद्धांतों की आलोचना पर टिका हुआ है। चटर्जी का मत है कि युरोपीय सिद्धांत तीसरी दुनिया के राष्ट्रवाद को युरोपीय राष्ट्रवाद की संशोधित नस्ल के रूप में समझता है। इसके चलते युरोपीय राष्ट्रवाद स्वत: उत्पन्न परिघटना मान लिया जाता है जबकि तीसरी दुनिया का राष्ट्रवाद एक उधार लिया गया विमर्श बन कर रह जाता है। चटर्जी के तर्क का दूसरा पक्ष उनके द्वारा ग्राम्शी द्वारा प्रतिपादित निष्क्रिय क्रांति की अवधारणा के बौद्धिक इस्तेमाल से संबंधित है। भारतीय राष्ट्रवाद के विभिन्न चरणों की बौद्धिक संरचनाएँ दर्शाते हुए चटर्जी बताते हैं कि भारतीय राष्ट्रीय आंदोलन से उपजे राजनीतिक विचार भारतीय आधुनिकता की गतिशीलता से जन्मा है। उनका मत है कि भारत निष्क्रिय क्रांति का एक आदर्श उदाहरण है क्योंकि भारतीय राष्ट्रवादी चिंतन ने न केवल औपनिवेशिक सत्ता को चुनौती दी, बल्कि भारतीय जनमानस को भी उसकी अपनी सांस्कृतिक ज़ुबान में सम्बोधित किया। इस तरह बूर्ज़्वा वर्ग के कमज़ोर होने के बावजूद परिवर्तन का विमर्श शुरू हुआ जिसने राजनीतिक बदलाव की प्रक्रिया को गति दी।

1993 प्रकाशित पुस्तक द *नेशन ऐंड इट्स फ़्रैग्मेंट्स : कॉलोनियल ऐंड पोस्ट-कॉलोनियल हिस्ट्रीज़* में चटर्जी ने इस तर्क को विस्तृत किया। बेनेडिक्ट ऐंडरसरन की आलोचना करते हुए चटर्जी ने स्पष्ट किया कि भारतीय

राष्ट्रवादी चिंतन में दो क्षेत्रों का निर्माण हुआ। एक आंतरिक (इनर) था तो दूसरा बाह्य (आउटर)। आंतरिक डोमेन कला, भाषा, संस्कृति और इतिहास जैसे तत्त्वों से मिल कर बना था। इस डोमेन की बुनियाद युरोप के विरोध के आधार पर टिकी हुई थी और यहीं से भारत की विशिष्टता और राष्ट्रवाद को जायज़ ठहराने के ग़ैर-युरोपीय परंतु आधुनिक तर्क निर्मित हो रहे थे। लेकिन राष्ट्रवाद के बाह्य क्षेत्र की संरचना अलग थी। यह बाह्य डोमेन युरोपीय राजनीतिक संस्थाओं और राजनीतिक विचारों का था। दिलचस्प बात यह थी कि इस डोमेन में औपनिवेशिक सत्ता का विरोध तो था परंतु आधुनिक युरोपीय राजनीतिक संस्थाओं की पुरज़ोर माँग भी शामिल थी। चटर्जी के अनुसार आंतरिक और बाह्य डोमेन का यह विरोधाभास विशिष्ट भारतीय आधुनिकता से संबंधित है।

पिछले कुछ वर्षों में चटर्जी के लेखन से उपजी सबसे महत्त्वपूर्ण अवधारणा राजनीतिक समाज है। इस अवधारणा की बुनियाद नागर समाज के विचार की सैद्धांतिक कमियों का परिणाम है। पिछले दो दशकों से चटर्जी राजनीतिक समाज के विचार पर काम कर रहे है। उनका प्रारम्भिक काम उपनिवेशवादी युग में अभिजन नागर समाज पर था। इसके बाद उन्होंने उत्तर-औपनिवेशिक भारत के शहरों में होने वाली रोज़मर्रा की राजनीति के नज़रिये से राजनीतिक समाज को परिभाषित किया। चटर्जी अब इस अवधारणा को और व्यापक करने के लिए ग्रामीण भारत में हो रहे परिवर्तनों का विश्लेषण कर रहे हैं। 2008 में उन्होंने इस संदर्भ में एक रोचक लेख प्रकाशित किया जिसमे उन्होंने पॉलिटिकल सोसाइटी की अब तक अपनी सबसे व्यापक व्याख्या प्रस्तुत की। सिविल सोसाइटी और पॉलिटिकल सोसाइटी में एक महत्त्वपूर्ण फ़र्क़ उजागर करते हुए वे कहते हैं :

'वर्तमान भारत में सिविल सोसाइटी मूलतः शहरी मध्यम वर्ग से संबंधित वह क्षेत्र है जो अपने आप को पश्चिमी समाजों में पनपी बूर्ज़्वा सिविल सोसाइटी के आदर्शवादी मॉडलों के प्रतिरूप के तौर पर चरितार्थ करना चाहता है और पूँजीवादी मानसिक प्रभुत्व का प्रतिनिधित्व करता है। यदि यह माना जाए कि भारत में राजनीति का एकमात्र क्षेत्र यही सिविल सोसाइटी है, तब भारत और अन्य पश्चिमी पूँजीवादी लोकतंत्रों में कोई अंतर नहीं किया जा सकता। लेकिन ऐसा नहीं है। भारत में एक अन्य प्रभावी राजनीतिक क्षेत्र है, जिसके व्यापक दायरे में ग्रामीण आबादी का एक बड़ा हिस्सा और शहरी गरीब आते हैं। इस क्षेत्र को मैं पॉलिटिकल सोसाइटी कहता हूँ। यूँ तो इन तबक़ों को नागरिकता का दर्जा हासिल है और ये अपने अधिकारों का इस्तेमाल राजनीतिक ख़रीद-फ़रोख़्त के लिए कर सकते हैं, परंतु न तो ये तबके राज्य की संस्थाओं के साथ मध्यम वर्ग जैसा रिश्ता बना पाते हैं, और न ही शासकीय एजेंसी इन तबक़ों को नागरिक अधिकारों से लैस सिविल सोसाइटी के घटक के तौर पर स्वीकार करती हैं। ये तबके शासकीय एजेंसी के सम्मुख अपने दावे प्रस्तुत करते हैं। शासकीय एजेंसी इस तरह के दावों और राजनीतिक माँगों को संविधान सम्मत अधिकारों और क़ानूनों के स्थापित दायरे के भीतर परिभाषित नहीं करतीं; अपितु इन माँगों के समाधान के लिए क़ानून की परिधि से बाहर आकर राजनीतिक वार्ता और विमर्श के ज़रिये संदर्भानुकूल, अस्थाई और तात्कालिक हल निकाले जाते हैं, ताकि इन तबक़ों को प्रशासित किया जा सके।'

राजनीतिक समाज की इस व्याख्या के ज़रिये चटर्जी तीन महत्त्वपूर्ण बिंदुओं पर प्रकाश डालते हैं। प्रथम, वे उस क्षेत्र की पहचान करते हैं जो सिविल सोसाइटी जैसे व्यापक विमर्श की परिधि से बाहर है। वे शहरों में रहने वाले ग़रीब तबकों और ग्रामीण समूहों की राजनीति की बात करते हैं जो न तो सिविल सोसाइटी के अत्यंत अ-राजनीतिक विमर्श से समझी जा सकती है और न ही स्वयंसेवी संस्थाओं की गिनती कर के। राजनीतिक समाज की अवधारणा की दूसरी प्रमुख बात यह है कि यह प्रयास उत्तर-औपनिवेशिक भारत की सामाजिक-आर्थिक संरचनाओं को केंद्र में रख कर सिद्धांत रचना का आह्वान करता है। इस तरह सिविल सोसाइटी जैसे आरोपित विमर्श से परे जा कर भारत को उसकी विशिष्ट आधुनिकता के आईने में समझने की गुंजाइश पैदा होता होती है। राजनीतिक समाज की तीसरी विशेषता इस सिद्धांत का रोज़मर्रा की राजनीति के प्रति सचेत होना है। चटर्जी शहरी झोपड़पट्टी और गाँव में रहने वाले आम लोगों की ज़िंदगी को अध्ययन का एक पक्ष बना कर पेश करते हैं। इस तरह राजनीतिक समाज एक ऐसे क्षेत्र के तौर पर परिभाषित होता है जहाँ एक ओर आम लोगों की अस्थाई और सीमित माँगों पर आधारित संगठनों द्वारा शासकीय संस्थाओं के सामने किये जाने वाले दावे रहते हैं, वहीं दूसरी ओर राज्य क़ानून की स्थापित परिधि से बाहर जा कर कुछ कामचलाऊ व्यवस्थाएँ करता है। चटर्जी के लिए लोकतांत्रिक राजनीति का केंद्र राजनीतिक समाज ही है।

चटर्जी के लेखन में जहाँ एक ओर इतिहास और वर्तमान की गतिशीलता है, तो वहीं स्थापित विचारों और विचारधाराओं के प्रति सृजनात्मक प्रश्न। वे औपनिवेशिक भारत के इतिहास में उलझे हुए इतिहासकार भर नहीं हैं, बल्कि इतिहास उनके लिए वर्तमान की समस्याओं के विश्लेषण का सैद्धांतिक तरीक़ा है। यही स्थिति राजनीतिक विचारों के साथ उनके रिश्तों की भी है। वे मार्क्स, ग्राम्शी, और फ़ूको का इस्तेमाल सामाजिक परिघटनाओं की व्याख्या के लिए करते हैं, इसलिए आलोचना की सम्भावनाएँ सदैव खुली रहती हैं। चटर्जी की पुस्तक *अ पॉसिबिल इण्डिया* (1999) की प्रस्तावना इस संबंध में काफ़ी रोचक है। इस संक्षिप्त भूमिका में वे मार्क्सवाद के साथ अपने बौद्धिक द्वंद्व पर एक दिलचस्प टिप्पणी करते हुए कहते हैं कि एक लेखक

के रूप में उन्होंने सदैव अपने को किसी भी वाद की परिधि में नहीं बाँधा। इसी खुलेपन की वजह से उनकी साम्प्रदायिकता और सेकुलरवाद की आलोचना, भारत में जातिगत राजनीति कि विशिष्टता और उनका सामुदायिकता का विचार समाज-विज्ञान की दुनिया में नयी बहसों को जन्म देने का कारण बनता रहा। चटर्जी दरअसल वर्तमान के इतिहासकार हैं। वे कोलकाता के सेंटर फ़ॉर द स्टडी इन सोशल साइसेज़ से संबद्ध और कोलम्बिया युनिवर्सिटी, न्यूयॉर्क में प्रोफ़ेसर हैं।

देखें : अनुसूचित जातियाँ, अनुसूचित जनजातियाँ, अन्य पिछड़े वर्ग, आरक्षण, आधुनिकता, अरविंद घोष, आधुनिकीकरण, कन्हैयालाल माणिकलाल मुंशी, जवाहरलाल नेहरू, जातियों का राजनीतीकरण, धीरूभाई शेठ, बंगाल का नवजागरण, भारतीय अभिजन, भारतीय आधुनिकता, भारतीय इसलाम, भारतीय उदारतावाद, भारतीय डायसपोरा, भारत में उपनिवेशवाद, भारतीय नवजागरण : तुलनात्मक परिप्रेक्ष्य, भारत में नियोजन, भारत में प्रातिनिधिक प्रणाली, भारत में पृथकतावादी राजनीति, भारत में मतदान-व्यवहार-1 से 6 तक, भारत में सामाजिक आंदोलन, भारतीय राज्य, भारतीय राष्ट्रवाद, भारतीय लोकतंत्र, भारतीय लोकतंत्र का संस्थानीकरण-1 से 3 तक, भारतीय स्वभाव और राजनीति, भारतीय संविधान-1 से 8 तक, भारतीय सामाजिक आंदोलन, भीमराव रामजी आम्बेडकर, रजनी कोठारी, राज्य, राज्य की मार्क्सवादी अवधारणा, राजनीतिक समाज, राजा राममोहन राय, विवेकानंद, विनायक दामोदर सावरकर, सुदीप्त कविराज, संविधान सभा में भाषा-विवाद-1 से 3 तक, सामाजिक आंदोलन।

संदर्भ

1. पार्थ चटर्जी (1986), *नैशनलिस्ट थॉट ऐंड द कॉलोनियल वर्ल्ड : अ डेरिवेटिव डिस्कोर्स ?*, ज़ेड बुक्स, लंदन.
2. पार्थ चटर्जी (1993), *द नेशन ऐंड इट्स फ्रेग्मेंट्स*, प्रिंसटन युनिवर्सिटी प्रेस, प्रिंसटन.
3. पार्थ चटर्जी (1995), *टेक्स्ट ऑफ़ पॉवर*, युनिवर्सिटी ऑफ़ मिनेसोटा प्रेस, मिनेपोलिस.
4. पार्थ चटर्जी (1997), *अ पॉसिबिल इण्डिया*, ऑक्सफ़र्ड युनिवर्सिटी प्रेस, नयी दिल्ली.

—हिलाल अहमद

फ़्लैशबैक

(Flashback)

फ़्लैशबैक (पूर्व-दृश्य) कथांकन की वह तकनीक है जिसे सिनेमा ने उपन्यास-कला के शिल्प से ग्रहण किया है। यह नहीं कहा जा सकता कि सिनेमा-पूर्व चाक्षुष माध्यमों, जैसे रंगमंच, में इस तकनीक के इस्तेमाल की सम्भावना नहीं थी, पर इसका प्रभावी और निरंतर विकासमान प्रयोग फ़िल्मों में ही हुआ है। किसी पात्र की स्मृति का सहारा लेकर फ़िल्मकार दर्शकों को गुज़रे हुए वक़्त के कुछ क्षण दिखाता है जिससे फ़िल्म की नाटकीयता और घटनात्मक गतिशीलता में बढ़ोतरी होती है। फ़्लैशबैक विषयवस्तु के कथांकन की प्रामाणिकता को और पुष्ट करने की भूमिका भी निभाता है। सिलसिलेवार खुलते हुए यानी पीछे से आगे की तरफ़ रैखिक गति करते हुए कथानक के बजाय वर्तमान से अतीत में जाते हुए और फिर वापस आते हुए कथानक की चक्रीय गतिशीलता दर्शकों को अधिक स्वाभाविक और प्रामाणिक लगती है। फ़्लैशबैक कम से कम तीन तरह का हो सकता है। पहला प्रकार वह है जब कोई किरदार अपने मन से अपने अतीत में जाना चाहता है या उस पर विचार करना चाहता है। दूसरा प्रकार वह है जब किसी अन्य-पुरुष द्वारा किसी किरदार के अतीत पर विचार किया जाता है। तीसरा प्रकार वह है जब किसी किरदार को अपने अतीत को क़बूलनामे के रूप में पेश करने के लिए मजबूर किया जाता है। तीनों ही प्रकारों में अतीत की रचना वर्तमान की विवशताओं के तहत होती है।

फ़िल्म-अध्ययन में फ़्लैशबैक को स्मृति और इतिहास के एक ऐसे सिनेमाई निरूपण की तरह समझा जाता है जिससे अंततः सच्चाई के आत्मगत आयाम स्थापित होते हैं। हर फ़्लैशबैक किसी न किसी किरदार के दृष्टिकोण को पुष्ट करता है। किसी पात्र के मानस की भीतरी हलचलों का पता देने के लिए, या इतिहास के किसी प्रसंग की व्यक्तिगत व्याख्या के लिए, किसी हत्या, अपराध या ऐसी ही अन्य गुत्थी को सुलझाने के लिए, किसी मनोरोग की थाह लेने के लिए और किसी क़बूलनामे के चित्रांकन के लिए फ़्लैशबैक की युक्ति की प्रयोग सिनेमा के इतिहास में एकदम शुरू से ही हो रहा है। इस लिहाज़ से फ़्लैशबैक एक तफ़्तीशी औज़ार है। चूँकि फ़्लैशबैक पर्दाफ़ाश कर देता है इसलिए रहस्य-रोमांच की फ़िल्मों में रहस्य को और संगीन बनाने के लिए फ़्लैशबैक को कौशलपूर्वक टाला जाता है।

एक सिनेमाई तकनीक के तौर पर फ़्लैशबैक की ख़ास बात यह है कि थोड़ी देर के लिए पर्दे पर दिखाई जा रही तस्वीरों को वर्तमान से अतीत में स्थानांतरित करने के बावजूद

वह चित्रित किये जा रहे सिनेमाई यथार्थ का देश-काल नहीं बदलने देता। इसके लिए फ़िल्मकार दर्शक को फ़्लैशबैक की शुरुआत और अंत का एक संकेत थमाता है। आम तौर पर संकेत पात्र के धुँधलाते हुए चेहरे और फिर उभरते हुए चेहरे का हो सकता है। फ़्लैशबैक आम तौर पर इन दोनों के बीच में स्थित रहता है, नेपथ्य से किये जाने वाले वर्णन से भी संकेत का काम लिया जा सकता है। फ़िल्मकार स्वप्न-दृश्य को भी फ़्लैशबैक के कोड के तौर पर इस्तेमाल करते हैं। नतीजतन समय का क्रम नहीं टूटता, पर उसकी संरचना प्रवाहपूर्ण न रह कर परतदार हो जाती है।

हालाँकि फ़्लैशबैक के माध्यम से फ़िल्मों ने स्थापित सामाजिक और राजनीतिक मूल्यों को भी प्रश्नांकित किया है, पर राष्ट्रवादी या किसी अन्य वैचारिक मक़सद से इतिहास की पुनर्रचना करने के लिए इसके इस्तेमाल के उदाहरणों से सिनेमा का इतिहास भरा पड़ा है। इतिहास को व्यक्तिगत अनुभव के आईने में दिखाने के लिए जैसे ही फ़्लैशबैक चालू होता है, दर्शक सिनेमाई यथार्थ के कार्य-कारण पहलुओं से दोहरा साक्षात्कार करता है। वह परिणाम पहले से ही जानता है क्योंकि उसे वह वर्तमान में देख चुका है। उसका कारण उसे अतीत में दिखाया जा रहा होता है। इस तरह इतिहास को एक नैतिक सबक की शक्ल मिल जाती है।

दूसरी तरफ़ फ़्लैशबैक का सृजनात्मक इस्तेमाल करके राष्ट्रवाद के सांस्कृतिक आग्रहों को विखण्डित भी किया गया है, पर इसके उदाहरण बिरले ही हैं। हॉलीवुड में इसका एक क्लासिक उदाहरण ओर्सन वेल्स की विख्यात फ़िल्म *सिटीज़न कैन* मानी जाती है। इसमें फ़्लैशबैक नायक कैन की तरफ़ से नहीं आता। वह तो मर चुका है। एक अन्य-पुरुष, जो पत्रकार है, नायक के जीवन को फ़्लैशबैक के आईने में अपने नज़रिये से पढ़ रहा है। इसके बाद मुकदमे की गवाहियाँ भी फ़्लैशबैक से छन कर दर्शक तक पहुँचती हैं। इस तरह फ़्लैशबैक की विधि से ओर्सन वेल्स इनसान को फ़र्श से अर्श तक पहुँचाने के चर्चित अमेरिकी वायदे, अमेरिकी सामाजिक मूल्यों की दावेदारियों और पत्रकारों की समझौतापरस्ती को बेनक़ाब करने में कामयाब हो जाते हैं।

हिंदी फ़िल्में भी फ़्लैशबैक की तकनीक का बेहतरीन प्रयोग करने के लिए जानी जाती हैं। 1925 में बनी हिमांशु राय की *लाइट ऑफ़ एशिया* में यह तकनीक आजमायी गयी थी। इसके बाद 1936 में *अछूत कन्या* की कहानी तो फ़्लैशबैक में ही कही गयी। फिर फ़्लैशबैक द्वारा अतीत-रचना के कई बेहतरीन उदाहरण एक के बाद एक सामने आये। ए.आर. कारदार ने *दास्तान* में, राजकपूर ने *आग, आवारा* और *मेरा नाम जोकर* में, विमल रॉय ने *मधुमती* में, महबूब ख़ान ने *मदर इण्डिया* में, गुरुदत्त ने *काग़ज़ के फूल* और *साहिब बीबी और ग़ुलाम* में, सुनील दत्त ने *यादें,* और राज खोसला ने *मेरा साया* में और रमेश सिप्पी ने *शोले* में फ़्लैशबैक के अविस्मरणीय प्रयोग किये। सत्तर के दशक में पूरी तरह फ़्लैशबैक पर आधारित श्याम बेनेगल की फ़िल्म *भूमिका* आयी जिसे कथांकन की इस विधि के चरमोत्कर्ष के रूप में देखा जाता है। यह कृति एक अभिनेत्री के जीवन के तीन विभिन्न चरणों को तीन रंगों में पेश करती है। आम तौर पर फ़िल्मों में दो फ़्लैशबैक एक साथ गुँथे हुए नहीं रहते, पर गुलज़ार की फ़िल्म *अचानक* में तिहरे फ़्लैशबैक का उल्लेखनीय प्रयोग किया गया था। एक फ़्लैशबैक दर्शक को दूसरे में और दूसरा तीसरे फ़्लैशबैक में ले जाता है। वर्तमान में दर्शक का आगमन भी इसी क्रम से होता है।

चूँकि हिंदी सिनेमा राष्ट्रवादी प्रोजेक्ट में प्रत्यक्ष प्रचारात्मक भागीदारी नहीं करता, इसलिए उसने समाज सुधार की फ़िल्मों में स्थापित मूल्यों पर सवालिया निशान लगाने के लिए फ़्लैशबैक का प्रयोग करने से शुरुआत की। यह परम्परा के बरक्स आधुनिकीकरण की प्रक्रिया में उसका योगदान था। आधी सदी के बाद जब राष्ट्र और व्यवस्था की रचना एक सीमा तक पूरी हो गयी, उसने राजनीतिक और प्रशासनिक मूल्यों की आलोचना के लिए बनायी गयी फ़िल्मों में भी फ़्लैशबैक की तकनीक का रचनात्मक इस्तेमाल करके दिखाया। इसका एक प्रबल उदाहरण अक्सर 'यूथ फ़िल्म' की श्रेणी में डाल दी जाने वाली राकेश ओमप्रकाश मेहरा की कृति *रंग दे बसंती* है। यह फ़िल्म राष्ट्र को कल्पित करने वाली अतीत की युवा पीढ़ी (भगत सिंह, चंद्रशेखर आज़ाद वग़ैरह) और नाच-गाने-आवारगी-शराबनोशी में लगी हुई आज की उद्देश्यहीन प्रतीत होने वाली पीढ़ी के बीच मक़सदों की सम्भावित समानता के ज़रिये स्थापित करती है। यहाँ फ़्लैशबैक के ज़रिये वर्तमान अतीत में नहीं लौटता बल्कि अतीत वर्तमान में लौट आता है। एक तरह से यह रिवर्स-फ़्लैशबैक है।

2010 की लोकप्रिय फ़िल्म *वंस अपोन ए टाइम इन बोंबे* भी पूरी तरह से फ़्लैशबैक में है। इसमें एक ईमानदार और कड़क पुलिस अफ़सर के नज़रिये से अपराध जगत के दो सरगनाओं की जीवनी दर्शकों के सामने परोसी जाती है। दिलचस्प बात यह है कि सूत्रधार की भूमिका निभाने वाला यह पुलिस अफ़सर इन दोनों माफिया सरगनाओं के हिंसा से बँधे जीवन में भी करुणा, प्रेम और सामाजिक विवशताओं के पहलू उभारने में कामयाब रहता है। कथांकन के क्लासिकल तौर-तरीक़ों से अलग हटती हुई यह फ़िल्म (इसके क्लाइमैक्स में समस्या का समाधान होने के बजाय लटक जाता है) मीडिया द्वारा राष्ट्र के 'दुश्मन नम्बर एक' की तरह चित्रित किये जाने वाले एक माफिया सरगना के बनने की प्रक्रिया रेखांकित करने का अनूठा कारनामा करने में सफल है। इस फ़िल्म में फ़्लैशबैक की युक्ति कई तरह के जटिल

उद्देश्यों की पूर्ति कर देती है। उसके ज़रिये एक साथ क़ानून-व्यवस्था अपनी दावेदारी भी कर पाती है और आत्मलोचना भी। और ये दोनों काम करते हुए क़ानून-व्यवस्था फ़्लैशबैक के सहारे व्यक्ति के प्रारब्ध पर वैध फ़ैसला सुनाने का अधिकार भी अपने पास रखने में कामयाब रखती है।

देखें : अतिनाटकीयता, अनुपस्थिति-उपस्थिति, कला सिनेमा, अवाँगार्द और प्रति-सिनेमा, टीवी और समाचार, टीवी और सेक्शुअलिटी, टीवी और टीवी-अध्ययन, तीसरा सिनेमा, तीसरी दुनिया का सिनेमा, दक्षिण भारतीय सिनेमा और राजनीति, दर्शक, श्रोता और पाठक, नारीवादी फ़िल्म-सिद्धांत, फ़िल्म और सेक्शुअलिटी, फ़िल्म और टीवी सेंसरशिप, फ़िल्मांतरण, फ़िल्म-सिद्धांत, भारतीय सिनेमा-1, 2 और 3, भारतीय फ़िल्म-अध्ययन, भारतीय स्टार सिस्टम, रियलिटी टीवी, विचारधारा और हिंदी सिनेमा, वृत्त-चित्र, सेलेब्रिटी, सोप ओपेरा, सिनेमाई यथार्थवाद, नव-यथार्थवाद, सोवियत सिनेमा, स्टार, हिंदी सिनेमा का समाजशास्त्र।

संदर्भ

1. गुलज़ार, 'लुकिंग बैक ... ...', संकलित : गुलज़ार, गोविंद निहलानी और सैबल चटर्जी (सम्पा.) (2003), *इनसाइक्लोपीडिया ऑफ़ हिंदी सिनेमा,* इनसाइक्लोपीडिया ब्रिटानिका और पॉप्युलर प्रकाशन, दिल्ली और मुम्बई.
2. मॉरीन ट्रुइम (1989), *फ़्लैशबैक इन फ़िल्म्स : मेमॅरी ऐंड हिस्ट्री,* रौटलेज, न्यूयार्क और लंदन.

— अभय कुमार दुबे

भारतीय राष्ट्रीय कांग्रेस-1

(स्वातंत्र्योत्तर विकास-क्रम)

(Indian National Congress-1)

उपनिवेशवाद विरोधी आंदोलन का सफल नेतृत्व करने वाली भारतीय राष्ट्रीय कांग्रेस की स्थापना 1885 में हुई थी। इससे दो साल पहले 1883 में राष्ट्रवादी नेता सुरेंद्रनाथ बनर्जी के संगठन इंडियन एसोसिएशन के वार्षिक अधिवेशन में सभी भारतवासियों के लिए एक राष्ट्रीय संगठन बनाने का विचार पैदा हुआ था। कांग्रेस के बारे में एक मान्यता यह भी है कि उसकी स्थापना में प्रमुख भूमिका निभाने वाले एलन ऑक्टेवियन ह्यूम जैसे अंग्रेज़ों और अन्य राजभक्तों के लिए यह संगठन एक सेफ़्टीवाल्व की तरह था। सन् 1857 के विद्रोह से शंकित हो कर ये लोग चाहते थे कि भारतवासियों का उपनिवेशवाद विरोधी असंतोष जमा हो कर विस्फोट के कगार पर पहुँचने से पहले ही ब्रिटिश राज के सामने माँग-पत्रों और प्रतिवेदनों की राजनीति के ज़रिये निकलता रहे। इसलिए इस संगठन को शुरू में अंग्रेज़ों का वरदहस्त भी प्राप्त था। लेकिन आगे चल कर यह एक विशाल राजनीतिक संगठन बनता चला गया जिसके माध्यम से आज़ादी की लड़ाई को एक एकीकृत नेतृत्व प्राप्त हुआ। भारतीय राष्ट्रवाद की समझौतापरस्त और रैडिकल प्रवृत्तियों का प्रतिनिधित्व करने वाली इस पार्टी में विभिन्न विचारों को मानने वाली शक्तियाँ सक्रिय थीं। इस लिहाज़ से वह एक संयुक्त मोर्चे की तरह थी।

आज़ादी के बाद गाँधी ने सलाह दी कि कांग्रेस को भंग करके उसे लोकसेवक संघ जैसे संगठन में तब्दील कर दिया जाए। लेकिन जवाहरलाल नेहरू, वल्लभभाई पटेल और दूसरे कांग्रेसी नेताओं ने इसे स्वीकार न करके इस पार्टी को देश की प्रतियोगी लोकतांत्रिक राजनीति के एक प्रमुख स्तंभ के रूप में इस्तेमाल किया। नेहरू के दौर से लेकर वर्तमान समय तक भारत की लोकतांत्रिक राजनीति में कांग्रेस की प्रभुत्वशाली भूमिका रही। इस पूरे दौर में इसे उतार-चढ़ावों, विभाजनों और सत्ता से बेदखली तक का सामना करना पड़ा। इसके बावजूद कांग्रेस ने भारतीय लोकतांत्रिक राजनीति को स्थिरता प्रदान करने में संजीदा भूमिका निभाई है।

आज़ादी के साल भर बाद ही 1948 में ही जय प्रकाश नारायण और राममनोहर लोहिया जैसे समाजवादियों ने कांग्रेस से नाता तोड़ कर सोशलिस्ट पार्टी का गठन किया। दक्षिणपंथी नेता श्यामा प्रसाद मुखर्जी ने राष्ट्रीय स्वयंसेवक संघ के परामर्श से 1951 में भारतीय जनसंघ का निर्माण किया। लेकिन नेहरू की अपार लोकप्रियता और ज़मीनी स्तर पर कांग्रेस की ज़बरदस्त पकड़ के कारण शुरुआती तीन चुनावों में कोई भी राजनीतिक दल कांग्रेस को चुनौती नहीं दे पाया। भारत के पहले तीन आम-चुनावों में कांग्रेस का ही वर्चस्व कायम रहा। अक्टूबर 1951-फ़रवरी 1952 तक हुए पहले आम चुनावों में कांग्रेस को कुल 489 सीटों में से 364 सीटों पर जीत मिली; 1957 में हुए दूसरे आम चुनावों में लोकसभा की कुल 494 सीटों पर चुनाव हुए, जिसमें कांग्रेस को 371 सीटों पर जीत मिली; 1962 में हुए तीसरे आम चुनावों में कांग्रेस को 361 सीटों पर जीत मिली।

दरअसल इस दौर में नेहरू के नेतृत्व में कांग्रेस अपनी राजनीति के दायरे में दूसरे समूहों को शामिल करने और उनकी आकांक्षाओं को संतुष्ट करने के मंच की तरह काम करती रही। कांग्रेस की इसी भीतरी और बाहरी गतिशीलता को लक्षित करके रजनी कोठारी ने इसे एक विशिष्ट भारतीय लोकतांत्रिक संरचना की तरह रेखांकित किया है। वे कांग्रेस को एक पार्टी की तरह न देख कर एक 'प्रणाली' की तरह देखते हैं। 1955 में कांग्रेस ने समाजवाद की स्थापना को अपना लक्ष्य घोषित किया। बहरहाल, नेहरू के दौर में ही

1962 में चीन के साथ हुए युद्ध में भारत की हार के कारण कांग्रेस की छवि को काफ़ी नुकसान हुआ। नेहरू की मृत्यु के बाद कांग्रेस की प्रभाव में कमी आयी। कांग्रेस पिछड़ी जातियों की उभरती हुई राजनीतिक महत्त्वाकांक्षा को अपनी पार्टी के दायरे में संतुष्ट करने में नाकाम रही। यह एक तरह से कांग्रेस 'प्रणाली' के टूटने का संकेत भी था। 1967 में हुए विधानसभा चुनावों में कांग्रेस को हार का मुँह देखना पड़ा। केंद्र में उसे बहुमत ज़रूर मिल गया, लेकिन उसकी सीटों में काफ़ी कमी आयी। जहाँ 1962 में इसे 361 सीटों पर जीत मिली थी, वहीं इन चुनावों में उसे सिर्फ़ 283 सीटों पर ही जीत मिली।

नेहरू के बाद प्रधानमंत्री बने लाल बहादुर शास्त्री के आकस्मिक निधन के बाद इंदिरा गाँधी प्रधानमंत्री बनीं। असल में कांग्रेस के संगठन पर क़ाबिज़ बड़े नेताओं ने आपसी समझौते के रूप में इंदिरा गाँधी को प्रधानमंत्री बनवाया। लेकिन जब प्रधानमंत्री के रूप में श्रीमती गाँधी ने स्वतंत्र रूप से काम करना शुरू कर दिया, तो संगठन के बड़े नेताओं को, जिन्हें सिंडिकेट भी कहा जाता था, यह बात नाग़वार गुज़री। 1969 में राष्ट्रपति पद के लिए हुए चुनावों में इंदिरा गाँधी ने कांग्रेस पार्टी के घोषित उम्मीदवार नीलम संजीव रेड्डी के ख़िलाफ़ तत्कालीन उपराष्ट्रपति वी.वी. गिरि को समर्थन दिया। चुनाव में गिरि की जीत हुई। इस घटनाक्रम ने कांग्रेस को विभाजन की तरफ़ धकेला। इंदिरा गाँधी का विरोध करने वाले नेताओं ने अपनी अलग कांग्रेस बना ली जिसे कांग्रेस (ऑर्गनाइज़ेशन) कहा गया। इसमें के. कामराज, एस. निजलिंगप्पा और मोरारजी देसाई शामिल थे। दूसरी ओर इंदिरा गाँधी के नेतृत्व वाली कांग्रेस को कांग्रेस (आर) (रीक्विज़ीशन) कहा गया। बाद में अपनी नेता इंदिरा गाँधी के नाम पर इस पार्टी को कांग्रेस (आई) कहा जाने लगा। (1990 के दशक के शुरुआती वर्षों में चुनाव आयोग ने कांग्रेस (आई) को भारतीय राष्ट्रीय कांग्रेस का नाम देना स्वीकार किया)। पार्टी में विभाजन के बाद इंदिरा गाँधी अपनी सरकार बचा पाने में तो सफल रहीं, लेकिन उसकी विश्वसनीयता कम हुई। इस दौर में कांग्रेस ने भारतीय कम्युनिस्ट पार्टी से गठजोड़ भी किया।

इंदिरा गाँधी ने लोकसभा का कार्यकाल पूरा होने से पहले ही 1971 का चुनाव करावाया। इन चुनावों में उनका नारा था 'ग़रीबी हटाओ'। पूरे देश से मिले व्यापक समर्थन के कारण कांग्रेस को पूर्ण बहुमत मिला। इंदिरा गाँधी के खिलाफ़ कांग्रेस (ओ), भारतीय जनसंघ, स्वतंत्र पार्टी, संयुक्त सोशलिस्ट पार्टी, प्रजा सोशलिस्ट पार्टी आदि ने नैशनल डेमोक्रेटिक फ्रंट का गठन किया था। लेकिन इंदिरा गाँधी की पार्टी को 352 सीटें मिली, जबकि विपक्षी गठजोड़ को सिर्फ़ 51 सीटों पर जीत हासिल हुई। लेकिन यह कांग्रेस के अपने ज़मीनी संगठन की बजाय एक नेता के करिश्मे का नतीजा था। इस प्रक्रिया में कांग्रेस (ओ) की शक्ति काफ़ी कम हो गयी और कांग्रेस (आई) पूरी तरह से व्यक्ति-केंद्रित पार्टी बन गयीं। इसी वर्ष पाकिस्तान के साथ युद्ध में भारत की जीत और बांग्लादेश के रूप में एक नये राष्ट्र की रचना ने इंदिरा गाँधी की छवि को और प्रखर कर दिया।

लेकिन सुशासन देने में नाकामी, आर्थिक संकट और ग़रीबी हटाने का वायदा पूरा न कर पाने के कारण इस सरकार के प्रति लोगों की नाराज़गी बढ़ने लगी। ख़ास तौर पर हर स्तर पर बढ़ते जा रहे भ्रष्टाचार का तीखा विरोध होने लगा। स्वतंत्रता सेनानी और वरिष्ठ समाजवादी नेता जय प्रकाश नारायण ने बिहार और गुजरात में चल रहे छात्र आंदोलनों का नेतृत्व सँभालते हुए 'सम्पूर्ण क्रांति' का नारा दिया। इंदिरा गाँधी इस आंदोलन से लोकतांत्रिक दायरे में नहीं निबट पाईं और अपने बढ़ते विरोध से घबरा कर उन्होंने पूरे देश में आंतरिक आपातकाल लागू कर दिया। आपातकाल (1975-77) सभी प्रमुख विपक्षी नेताओं को जेल में डाल दिया गया, सरकार द्वारा ज़बरन नसबंदी कार्यक्रम चलाया गया, झुग्गियों को हटा कर सुंदरीकरण जैसी मनमानी गतिविधियाँ की गयीं। खासतौर पर उत्तर भारत पर इस तरह की गतिविधियों का काफ़ी असर हुआ। इसी दौरान ग़ैर-सरकारी सत्ता-केंद्र के रूप में इंदिरा गाँधी के बेटे संजय गाँधी के इर्द-गिर्द एक गुट का उभार हुआ।

1977 में इंदिरा गाँधी की सरकार ने आपातकाल हटा कर नये चुनाव कराने का फ़ैसला किया। इस चुनाव में राजनीतिक शक्तियों का विन्यास बदला। कांग्रेस (आई) में टूट हुई और जगजीवन राम ने अलग हो कर कांग्रेस फ़ॉर डेमॉक्रैसी का गठन किया। चुनावों से ठीक पहले जय प्रकाश नारायण की पहल पर ग़ैर-कांग्रेस, ग़ैर-वामपंथी दलों ने मिल कर जनता पार्टी का गठन किया जिसके हाथों कांग्रेस को ज़बरदस्त हार का सामना करना पड़ा। इन चुनावों में जनता पार्टी को 298 सीटों पर जीत मिली और कांग्रेस का सिर्फ 153 सीटों पर। उत्तर भारत में तो कांग्रेस का सफ़ाया ही हो गया। मोरारजी देसाई के नेतृत्व में जनता पार्टी सरकार अपने अंत:कलह के कारण केवल ढाई साल ही चल पायी। 1979 में इस सरकार का पतन हो गया। इसके बाद 27 दिनों के लिए चौधरी चरण सिंह प्रधानमंत्री रहे। लेकिन सदन में किसी को स्पष्ट बहुमत न होने की स्थिति में 1980 में फिर लोकसभा के लिए चुनाव हुआ जिसमें इंदिरा गाँधी के नेतृत्व वाली कांग्रेस को पूर्ण बहुमत मिला। इस मध्यावधि चुनाव में कांग्रेस ने लोकसभा की 351 सीटों पर जीत हासिल करके सत्ता में वापसी की। चुनावों के बाद संजय गाँधी की एक हवाई दुर्घटना में मौत हो जाने के बाद उनके बड़े भाई राजीव गाँधी ने राजनीति में प्रवेश किया। यह शुरू से ही स्पष्ट था कि वही अपनी माँ के राजनीतिक उत्तराधिकारी बनेंगे।

कांग्रेस का यह स्वातंत्र्योत्तर विकास-क्रम दिखाता है कि किस तरह यह पार्टी 1980 तक संगठन आधारित से व्यक्ति आधारित पार्टी में तब्दील हो गयी। इसमें नीतियों से ज्यादा एक नेता प्रति निष्ठा को महत्त्व दिया जाने लगा। उसका जनाधार भी काफ़ी सिकुड़ा। नेहरू के दौर की तुलना में अब कांग्रेस कुछ खास समूहों के वोटों पर निर्भर रहने लगी। इंदिरा गाँधी के नेतृत्व में कांग्रेस का मुख्य आधार 'ब्राह्मण-हरिजन-मुसलिम' वोटों को माना जाता था। लेकिन यह बात भी साफ़ होने लगी थी कि केंद्र में बहुमत पाने के बावजूद कांग्रेस विभिन्न राज्यों के लोगों की आकांक्षाओं को समायोजित नहीं कर पा रही है। इसी कारण विभिन्न राज्यों में क्षेत्रीय दलों का उभार हुआ और पिछड़ी जातियों ने कांग्रेस की बजाय गैर-कांग्रेस और समाजवादी पृष्ठभूमि वाले दलों को वरीयता देनी शुरू कर दी।

देखें : अकाली दल, कांग्रेस 'प्रणाली', ग़ैर-कांग्रेसवाद, गठजोड़ राजनीति, जनता दल और उसकी विरासत-1 और 2, तेलुगु देशम पार्टी, पार्टी-गठजोड़ की राजनीति, भारत में गठजोड़ राजनीति, भारतीय जनता पार्टी-1 और 2, भारत में मतदान-व्यवहार-1, 2, 3, 4, 5 और 6, भारतीय कम्युनिस्ट पार्टी, भारतीय कम्युनिस्ट पार्टी (मार्क्सवादी), राष्ट्रीय जनतांत्रिक गठजोड़, वाम मोर्चा, शिव सेना, समाजवादी पार्टी, बहुजन समाज पार्टी-1 और 2, शिरोमणि अकाली दल, समाजवादी पार्टी, संयुक्त प्रगतिशील गठजोड़।

संदर्भ

1. रजनी कोठारी (2003), 'कांग्रेस प्रणाली', अभय कुमार दुबे (सम्पा.), *राजनीति की किताब : रजनी कोठारी का कृतित्व,* दिल्ली : वाणी प्रकाशन-सीएसडीएस, नयी दिल्ली.
2. स्टेनले ए. कोचनेक (1976), *मिसेज गाँधीज़ पिरामिड : द न्यू कांग्रेस,* हेनरी हार्ट (सम्पा.), इंदिरा गाँधीज़ इंडिया, वेस्टव्यू प्रेस, बाउल्डर सीओ.

— कमल नयन चौबे

भारतीय राष्ट्रीय कांग्रेस-2

(गठजोड़ राजनीति की ओर)

(Indian National Congress-2)

क्षेत्रीय राजनीति मज़बूत होने के कारण दक्षिण भारत में 1983 में कर्नाटक और आंध्र प्रदेश के विधानसभा चुनावों में कांग्रेस को हार का सामना करना पड़ा। दरअसल, अस्सी के दशक की राजनीति ने कांग्रेस के पहले से कमज़ोर होते हुए प्रभुत्व को पूरी तरह से नष्ट कर दिया। इस दौरान एक तरफ़ तो क्षेत्रों में कांग्रेस का समर्थन सिकुड़ा, दूसरी तरफ़ राष्ट्रीय स्तर पर उसकी सरकारों की विवादास्पद नीतियों ने उसकी साख में बट्टा लगाया। पंजाब के सिक्ख कट्टरपंथ में इंदिरा गाँधी की सरकार की संदिग्ध भूमिका, ऑपरेशन ब्लू स्टार, अपने ही अंगरक्षकों के हाथों इंदिरा गाँधी की हत्या, उत्तर भारत में सिक्ख विरोधी हिंसा, हमदर्दी की लहर पर सवार हो कर राजीव गाँधी के नेतृत्व में कांग्रेस को प्रचण्ड बहुमत, शाहबानो और अयोध्या प्रकरण के घटनाक्रम की परिणति 1989 के आम चुनावों में कांग्रेस की हार के रूप में हुई। लोकसभा में सबसे बड़ा दल होने के बावजूद उसे केवल 197 सीटों पर ही जीत मिल सकी। कांग्रेस ने विपक्ष में बैठना स्वीकार किया। इसी दौरान विश्वनाथ प्रताप सिंह सरकार ने अपनी भीतरी राजनीति के दबावों में मण्डल कमीशन की रपट लागू करके पिछड़े वर्गों के लिए आरक्षण की घोषणा की। इसकी प्रतिक्रिया में भारतीय जनता पार्टी ने सोमनाथ से अयोध्या तक की रथयात्रा आयोजित की। इन दोनों घटनाओं के मिले-जुले प्रभाव ने राजनीति पर निर्णायक असर डाला। इसका असर कांग्रेस के समर्थन आधार पर पड़ना ही था।

1991 में हुए मध्यावधि चुनावों के बीच कांग्रेस अध्यक्ष राजीव गाँधी की हत्या हो गयी। इससे मिली सहानुभूति के कारण कांग्रेस इन चुनावों के बाद सबसे बड़े दल के रूप में उभरी। उसे 244 सीटें मिली और पी.वी. नरसिंह राव के नेतृत्व में कांग्रेस की अल्पमतीय सरकार बनी। राव सरकार ने आर्थिक सुधारों की शुरुआत की जिसके तहत उदारीकरण, निजीकरण और बाज़ारीकरण को बढ़ावा दिया गया और अर्थव्यवस्था पर सरकारी नियंत्रण में कटौती की गयी। लेकिन कांग्रेस की यह सरकार साम्प्रदायिकता के मुद्दे पर स्पष्ट सेकुलर नीति अपनाने में विफल रही जिसका नतीजा छह दिसम्बर, 1992 को अयोध्या में कार-सेवकों की भीड़ द्वारा बाबरी मसजिद गिराये जाने के रूप में सामने आया। इस सरकार पर भ्रष्टाचार के भी आरोप लगे। उत्तर प्रदेश और बिहार जैसे बड़े-बड़े राज्यों में कांग्रेस की हालत लगातार ख़राब होती गयी। इसका एक कारण तो यह था कि अब तक इन राज्यों में पिछड़ी जाति के नेता मज़बूती से उभर कर सामने आ चुके थे, और दूसरा कारण था कि खुद कांग्रेस नेतृत्व ने इन राज्यों में पार्टी मज़बूत करने पर ध्यान नहीं दिया था। इस दौर (1991-96) में कांग्रेस को कई विभाजनों का भी सामना करना पड़ा। 1995 में कांग्रेस के दो कद्दावर नेता अर्जुन सिंह और नारायण दत्त तिवारी ने कांग्रेस से अलग होकर कांग्रेस (तिवारी) बनाई। 1996 के चुनावों से पहले माधव राव सिंधिया ने मध्य प्रदेश विकास कांग्रेस का गठन किया। तमिलनाडु में कांग्रेस के एक धड़े ने जी.के. मूपनार के नेतृत्व तमिल मनीला कांग्रेस का गठन किया। इस तरह 1996 तक कांग्रेस की स्थिति काफ़ी ख़राब हो चुकी थी। मुसलमान समुदाय बाबरी मसजिद का ध्वंस न रोक पाने के कारण इससे नाराज़ था। घोटालों के कारण भी पार्टी की छवि

धूमिल हुई थी और कई प्रमुख नेताओं ने पार्टी से अलग हो कर नये दलों का निर्माण कर लिया था।

1996 के आम चुनावों में कांग्रेस की सीटें और कम हुईं और यह दूसरे नंबर पर पहुँच गयी। इसे कुल 140 लोकसभा सीटों पर ही जीत मिल सकी। कांग्रेस अध्यक्ष नरसिंह राव को भ्रष्टाचार के मामले में आरोप तय हो जाने के कारण कांग्रेस अध्यक्ष पद से इस्तीफ़ा देना पड़ा और सीताराम केसरी कांग्रेस के अध्यक्ष बने। केसरी ने अप्रैल, 1997 में देवगौड़ा सरकार से समर्थन वापस ले लिया। वे कांग्रेस के नेतृत्व में सरकार बनाना चाहते थे। लेकिन ऐसा होने की संभावना न होने पर उन्होंने संयुक्त मोर्चे की सरकार को समर्थन दे कर जनता दल के नेता इंद्र कुमार गुज़राल को प्रधानमंत्री बनाया। लेकिन कांग्रेस ने अप्रैल, 1997 में गुजराल सरकार से भी समर्थन वापस ले लिया।

1998 में लोकसभा के मध्यावधि चुनाव हुए। इन चुनावों से पहले कांग्रेस की स्थिति अच्छी नहीं थी। ऐसे में कांग्रेस के लिए सोनिया गाँधी ने चुनाव प्रचार करने का फ़ैसला किया। पार्टी के प्रदर्शन में कोई ख़ास सुधार नहीं हुआ लेकिन इसने अपनी पुरानी स्थिति क़ायम रखी। उसे लोकसभा में कुल 141 सीटों पर जीत मिली। मार्च, 1998 में ही कांग्रेस कार्यसमिति ने केसरी की जगह सोनिया गाँधी को कांग्रेस का अध्यक्ष बनाया। 1998 के लोकसभा चुनावों के बाद केन्द्र में वाजेपयी के नेतृत्व में गठबंधन सरकार बनी। सोनिया गाँधी के कांग्रेस अध्यक्ष बनने के बाद कांग्रेस छोड़ कर गये कई नेता पार्टी में लौटे। लेकिन कांग्रेस को एक अन्य विभाजन का सामना करना पड़ा। मई 1999 में शरद पवार, पी.ए. संगमा और तारिक अनवर जैसे वरिष्ठ नेताओं ने कांग्रेस अध्यक्ष सोनिया गाँधी के विदेशी मूल का मुद्दा उठा कर एक नयी पार्टी राष्ट्रवादी कांग्रेस पार्टी का गठन कर लिया।

1999 के लोकसभा चुनावों में भाजपा के नेतृत्व वाले राष्ट्रीय जनतांत्रिक गठबंधन (राजग) को पूर्ण बहुमत मिला और कांग्रेस को सिर्फ़ 112 सीटों पर जीत मिली। सोनिया गाँधी ने इन चुनावों के बाद पार्टी की रणनीति में बदलाव किया और विभिन्न दलों से चुनावी गठजोड़ की पहल की। इससे पहले कांग्रेस गठजोड़ राजनीति से आम तौर पर दूर रहती थी, पर 2004 के लोकसभा चुनावों के पहले कांग्रेस ने द्रविड़ मुनेत्र कषगम, राष्ट्रीय जनता दल (राजद) और राष्ट्रवादी कांग्रेस चुनाव-पूर्व गठबंधन किया। इन लोकसभा चुनावों में पिछले लोकसभा चुनावों की तुलना में कांग्रेस की सीटों में बढ़ोतरी हुई। दरअसल, ये चुनाव कांग्रेस की जीत से ज़्यादा राजग की हार थी, जिसने अति-आत्मविश्वास में लोकसभा का कार्यकाल ख़त्म होने के छह महीने पहले ही चुनाव करवाए थे।

इन चुनावों में कांग्रेस को 145 सीटों पर जीत मिली थी, लेकिन जिन दलों के साथ इसने चुनाव-पूर्व गठजोड़ किया था, उन्होंने भी अच्छी सफलता प्राप्त की थी। परिणामस्वरूप 2004 लोकसभा चुनावों के बाद कांग्रेस के नेतृत्व में संयुक्त प्रगतिशील गठबंधन (संप्रग) की सरकार बनी। विदेशी मूल के विवाद के कारण सोनिया गाँधी ने प्रधानमंत्री का पद स्वयं ग्रहण करने के बजाय मनमोहन सिंह को प्रधानमंत्री पद पर आसीन किया। इस सरकार को वाम मोर्चे का भी समर्थन मिला था। इस सरकार ने सूचना का अधिकार, राष्ट्रीय ग्रामीण रोज़गार गारंटी अधिनियम और वन अधिकार अधिनियम जैसे कई प्रगतिशील कानून बनाये। इन क़दमों के पीछे वाम मोर्चे के दबावों की भी महत्त्वपूर्ण भूमिका रही। 2008 में अमेरिका के साथ परमाणु संधि के मसले पर वाम मोर्चे ने इस सरकार से समर्थन वापस ले लिया। 2009 के आम चुनावों में कांग्रेस और कांग्रेस के नेतृत्व वाले संयुक्त प्रगतिशील गठबंधन को अच्छी-ख़ासी सफ़लता मिली। कांग्रेस की सीटों में इज़ाफ़ा हुआ और इसे कुल 206 सीटों पर सफ़लता मिली। संप्रग को 262 सीटों पर जीत मिली। इस तरह एक बार फिर से केन्द्र में संप्रग की सरकार बनी और मनमोहन सिंह प्रधानमंत्री बने।

संप्रग-दो सरकार का प्रदर्शन अच्छा नहीं रहा। बहुत घोटालों के कारण सरकार की छवि पर खराब असर पड़ा। अण्णा हजारे के नेतृत्व में चलने वाली भ्रष्टाचार विरोधी मुहिम ने भी इस कांग्रेस और संप्रग सरकार की छवि को नुकसान पहुँचाया। इसके अलावा, सरकार में शामिल तृणमूल कांग्रेस और द्रमुक जैसे दलों ने भी समर्थन वापस ले लिया। कांग्रेस की समस्याओं को निम्न बिंदुओं में स्पष्ट किया जा सकता है : पहला, कांग्रेस अपनी नीतियों, कार्यक्रमों और कार्यकर्ताओं से ज़्यादा नेहरू-गाँधी परिवार पर निर्भर रही है। नेहरू-गाँधी परिवार के किसी सदस्य के पार्टी में सक्रिय न होने की स्थिति में पार्टी की स्थिति काफ़ी कमज़ोर हो जाती है। दूसरे, इस परिवार पर निर्भरता के साथ कांग्रेस के भीतर दूसरे कई नेताओं के बेटे अपने पिता की विरासत सँभाल रहे हैं। मसलन, ज्योतिरादित्य सिंधिया, सचिन पायलट और जतिन प्रसाद जैसे 'युवा' नेताओं को इस श्रेणी में रखा जा सकता है। कांग्रेस में ज़मीनी स्तर से आने वाले नेताओं की संख्या में कमी आयी है। तीसरे, देश के कुछ भागों में पार्टी का आधार सिकुड़ा है। तमिलनाडु में कांग्रेस तीसरे स्थान पर खिसक गयी है। उत्तर प्रदेश और बिहार में 1990 के बाद पार्टी कभी सत्ता में नहीं लौटी। चौथे, नीतिगत स्तर पर 1990 के बाद कांग्रेस की स्थिति काफ़ी कमज़ोर हुई है। नेहरूवादी समाजवाद के बजाय आर्थिक उदारीकरण की नीति अपनाने के कारण कांग्रेस के पास कोई स्पष्ट आर्थिक दृष्टि नहीं है। संप्रग-एक के दौरान इसने रोज़गार गारंटी जैसे कानूनों को आगे बढ़ाया, लेकिन इसकी आर्थिक नीतियाँ राज्य की भूमिका में कटौती की ही वकालत करती रहीं। धर्मनिरपेक्षता के मुद्दे पर भी पार्टी

की साख को ज़बरदस्त चोट पहुँची है। 1992 में बाबरी मसजिद गिराये जाने के बाद पार्टी पर मुसलमानों का भरोसा भरोसा कम हुआ है। छठा, भ्रष्टाचार के आरोपों ने भी पार्टी की विश्वसनीयता को धक्का पहुँचाया है।

देखें : अकाली दल, कांग्रेस 'प्रणाली', ग़ैर-कांग्रेसवाद, गठजोड़ राजनीति, जनता दल और उसकी विरासत-1 और 2, तेलुगु देशम पार्टी, पार्टी-गठजोड़ की राजनीति, भारत में गठजोड़ राजनीति, भारतीय जनता पार्टी-1 और 2, भारत में मतदान-व्यवहार-1, 2, 3, 4, 5 और 6, भारतीय कम्युनिस्ट पार्टी, भारतीय कम्युनिस्ट पार्टी (मार्क्सवादी), राष्ट्रीय जनतांत्रिक गठजोड़, वाम मोर्चा, शिव सेना, समाजवादी पार्टी, बहुजन समाज पार्टी-1 और 2, शिरोमणि अकाली दल, समाजवादी पार्टी, संयुक्त प्रगतिशील गठजोड़।

संदर्भ

1. ज़ोया हसन (2012), *कांग्रेस आफ़्टर इंदिरा : पॉलिसी, पॉवर, पॉलिटिकल चेंज (1984-2009)*, ऑक्सफ़ोर्ड युनिवर्सिटी प्रेस, नयी दिल्ली.

— कमल नयन चौबे

युरोपीय पुनर्जागरण

(European Renaissance)

फ्रेंच भाषा के शब्द रिनेसाँ का अर्थ है पुनरुज्जीवन (रि / पुनः, नेसाँ / जन्म लेना)। चौदहवीं से सोलहवीं सदी के बीच युरोप में घटी इस सांस्कृतिक और वैचारिक परिघटना को मध्य युग और आधुनिक युग के बीच सेतु की संज्ञा दी जाती है। इटली में शुरू होने के बाद सोलहवीं सदी तक इसका प्रसार युरोप के विभिन्न भागों में हुआ। पुनर्जागरण के दौरान प्राचीन यूनानी और लैटिन स्रोतों के आधार पर साहित्य, कला, दर्शन, राजनीति, विज्ञान और धर्म के क्षेत्र में सर्वथा नये विचारों, पद्धतियों और कृतियों का सृजन हुआ जिनके आधार पर आधुनिकता की आत्मचेतना निर्मित हुई। पुनर्जागरण ने ल्यूनार्डो द विंसी और माइकिलएंजिलो बाउनारोती और राफ़ाएल जैसे बहुमुखी प्रतिभा सम्पन्न ऐसे कई आविष्कारकों और रचनाकारों की मिसाल पेश की जिससे 'रिनेसाँ मेन' जैसी अवधारणाओं का जन्म हुआ। आधुनिक समाज-विज्ञान अपने उद्‌गम के लिए इस परिघटना का ऋणी है, क्योंकि रिनेसाँ काल में सक्रिय मैकियावली , मोर, मिरांडोला और पाल्मीरी की कृतियाँ आधुनिक पश्चिमी विचार के आधार में हैं।

मार्क्सवादी इतिहासकारों का दावा है कि इनसान और उसकी दुनिया को सेकुलर और भौतिक रोशनी में समझने के लिहाज से रिनेसाँ एक निर्णायक मोड़ था। वे कला, साहित्य और दर्शन में हुए परिवर्तनों का श्रेय सामंतवाद से पूँजीवाद की तरफ़ चल रही यात्रा को देते हैं जिसके गर्भ से एक पूँजीवादी फ़ुरसती वर्ग निकला जिसके पास कलाओं की आराधना करने के लिए काफ़ी समय था। लेकिन, ऐसा लगता है कि ऐतिहासिकतावादी आग्रहों से निकली इस बेहद सरलीकृत व्याख्या के विपरीत पुनर्जागरण एक अधिक जटिल प्रक्रिया का परिणाम था। रिनेसाँ के साथ कई प्रश्न और विवाद जुड़े हैं। पहला तो यह है कि इसका प्रारम्भ चौदहवीं सदी में इटली के फ़्लोरेंस, टस्कनी में ही क्यों हुआ? दूसरा यह कि क्या पुनर्जागरण की अधिकतर व्याख्याएँ वर्तमानवादी रवैये का नतीजा नहीं हैं? अर्थात् क्या पुनर्जागरण के इतिहास के ज़रिये आधुनिकता के मौजूदा आदर्शों को वैधता प्रदान करने की परियोजना तो नहीं चलाई जा रही है? इस अवधि को हताशा और अंधकार का दौर कहने वाले विद्वान भी हैं। इन लोगों की आलोचना हमें मजबूर करती है कि इससे दो सौ साल पहले यानी बारहवीं सदी में हुए पुनर्जागरण से इसके संबंधों की जाँच-पड़ताल भी की जानी चाहिए।

ज़्यादातर इतिहासकार इस बात पर सहमत हैं कि पुनर्जागरण की सुगबुगाहट चौदहवीं सदी के मध्य में फ़्लोरेंस के बौद्धिक जीवन में सुनायी देने लगी थी। पर, इस प्रक्रिया को उसकी विशिष्ट गतिशीलता उस समय मिली जब 1401 में लोरेंज़ो ग़िबरती और फ़िलिप्पो ब्रूनोलेशी के बीच कैथड्रल के बपतिस्माकक्ष के लिए बनाये जाने वाले काँसे के दरवाजों का ठेका लेने के लिए होड़ हुई। लेकिन कुछ अन्य इतिहासकार इसका श्रेय किसी एक घटना के बजाय उस ज़माने के फ़्लोरेंस में कलाकारों और बहुश्रुत हस्तियों के बीच आम तौर से चल रही रचनात्मक प्रतिद्वंद्विता को देते हैं। उन दिनों का इटली एक सुगठित राजनीतिक इकाई होने के बजाय छोटे-छोटे शहर-राज्यों में विभक्त था जिनकी संरचनाओं में उत्तरदायी राज्य, सहभागी शासन और स्वाधीनता में आस्था जैसे कई लोकतांत्रिक पहलू शामिल थे। प्राचीन रोम के भव्य खँडहरों के बीच स्थित वेनिस, नेपल्स और फ़्लोरेंस जैसे शहर-राज्यों के कारण तत्कालीन युरोप में इटली की हैसियत सबसे ज़्यादा शहरीकृत देश की थी।

इतिहासकार और राजनीतिक दार्शनिक क्विंटिन स्किनर बताते हैं कि अपनी ख़ास परिस्थितियों के कारण बारहवीं सदी से ही इटली में सामाजिक राजनीतिक संगठन के ऐसे रूप दिखाई देने लगे थे जो सामंतवाद के बजाय व्यापार और वाणिज्य से अधिक संचालित थे। राजतंत्र और चर्च विरोधी चिंतन के आधार पर निष्पक्षता, न्याय, गणराज्यवाद और उत्तम प्रशासन पर ज़ोर दिया जा रहा था। स्किनर पंद्रहवीं सदी के दौरान फ़्लोरेंस में कला, शिल्प और

वास्तुकारी के दायरों में ही नहीं, बल्कि नैतिक, सामाजिक और राजनीतिक दर्शन के क्षेत्र में भी नवोन्मेष देखते हैं। वेनिस काँच और फ़्लोरेंस रेशम के उत्पादों के लिए मशहूर था। व्यापारीगण अपने साथ दुनिया के कोने-कोने से समृद्धि और नये विचार लाते थे। चौतरफ़ा ख़ुशहाली का आलम था जिसके कारण बड़ी-बड़ी निजी और सरकारी कला परियोजनाओं में पैसा लगाया जा सकता था। अध्ययन और कला की आराधना के लिए रुचिसम्पन्न लोगों के पास समय और संसाधनों की कमी नहीं थी। फ़्लोरेंस की सत्ता के केंद्र में कलाप्रेमी मेडिसी परिवार था जिसने बैंकिंग के धंधे से कमाये गये धन को बड़े पैमाने पर कला के प्रोत्साहन में लगाया। विंसी, बोतिसेली और माइकिलएंजिलो जैसी प्रतिभाएँ इसी की देन थीं। चौदहवीं सदी के मध्य में युरोप पर हुए काली गौत (प्लेग) के हमले ने भी नवजागरण में अहम भूमिका निभायी।

समझा जाता है कि मृत्यु की विभीषिका के कारण फ़्लोरेंस में सक्रिय कई विचारक धर्म और अध्यात्म के बजाय जीवन और जगत के अधिक सेकुलर आयामों की तरफ़ मुड़े। आबादी कम हो जाने से कामगरों की संख्या बहुत घट गयी जिससे श्रमिकों के लिए सौदेबाजी की गुंजाइशें खुलीं और लोकतांत्रिक सम्भावनाएँ पुष्ट हुईं। 1453 में बाइज़ेंटाइन साम्राज्य का पतन हो गया और विजेता ऑटोमन तुर्कों ने ज्ञान की संस्थाओं पर ताले ठोक दिये। इस वजह से भी बहुत से विद्वान क्लासिकल ग्रीक पाण्डुलिपियाँ ले कर फ़्लोरेंस चले आये। इस तरह कई सदियों के बाद पश्चिमी युरोप को क्लासिक यूनानी ज्ञान का अध्ययन करने का मौक़ा मिला। बारहवीं सदी के रिनेसाँ के दौरान विद्वानों का ज़ोर मुख्यत: प्राकृतिक विज्ञानों, दर्शन और गणित के क्षेत्रों में यूनानी और अरबी कृतियों के अध्ययन पर था। जबकि इस रिनेसाँ के केंद्र में संस्कृति और कला थी। पुनर्जागरण के अग्रगामियों ने ईसाइयत को ख़ारिज नहीं किया जिसके कारण उन्हें चर्च का समर्थन भी मिल गया। लेकिन चर्च रिनेसाँ को प्रभावित करने में असमर्थ रहा।

दरअसल, इन रचनाकारों की परियोजना के केंद्र में मध्यकाल का पण्डिताऊ और वितण्डावादी रवैया न हो कर मानवतावाद (मनुष्य के जीनियस और मानव मस्तिष्क की असाधारण क्षमता में आस्था) था। उन्होंने इसे दर्शन के रूप में ग्रहण करने के बजाय एक पद्धति के रूप में लिया जिससे उन्हें मूल ग्रंथों को तर्क और तथ्य के संयोग से विश्लेषित करने का मौक़ा मिला। मैसेसियो जैसे कलाकारों ने मानव जीवन का बेहद यथार्थमूलक चित्रण करके उसे रैखिक परिप्रेक्ष्य में प्रस्तुत करने की शैलियाँ निकालीं। चित्रकारों ने प्रकाश, छाया और मानव की शरीर-रचना का गहन अध्ययन करके उसे कला रचना की पद्धतियों का अनिवार्य अंग बना दिया। रिनेसाँ ने कलाकार को सुपरिभाषित आत्मचेतना से लैस किया। 1550 में गियोर्गियो वासारी ने 'द लाइव्ज़ ऑफ़ द आर्टिस्ट' लिख कर पूरे युग को तीन भागों में बाँट कर देखने की उपयोगी तजवीज़ की। उन्होंने पहली बार हिस्टीरियोग्राफ़ी (इतिहास-लेखन) जैसी अभिव्यक्ति का इस्तेमाल करते हुए रोमन साम्राज्य के पतन के बाद हुए कला के ह्रास यानी गोथिक कला की बर्बरता से मुक्ति का दावा किया।

निकोलो मैकियावली और टामस मोर जैसे राजनीतिक दार्शनिकों ने राजनीतिक जीवन को आरोपित नैतिकताओं से मुक्त करके तर्कसंगत ढंग से जैसे का तैसा समझने का प्रयास किया। पिको डेला मिरांडोला ने 1486 में 'ओरेशन ऑन डिगनिटी ऑफ़ मेन' लिख कर नवजागरण का घोषणापत्र ही तैयार कर डाला। मैतियो पाल्मीरी ने 'ऑन सिविक लाइफ़' की रचना की। पुनर्जागरण के लेखकों ने क्लासिकल ग्रीक और लैटिन कृतियों की खोज में युरोप के पुस्तकालय खँगाल डाले। धीरे-धीरे वे अपने अध्ययनों को देशी भाषाओं में लिखने की तरफ़ बढ़े और स्थानीय बोलियों और लिपियों के सुधार का काम अंजाम दिया गया। छापेख़ाने की शुरुआत के कारण उनकी किताबें बहुत से लोगों तक पहुँचने लगीं। काव्य, व्याकरण, इतिहास, नैतिक दर्शन और भाषणशास्त्र जैसी पाँच मानविकियों के अध्ययन पर ज़ोर देने वाले शैक्षिक सुधार (स्टूडिया ह्यूमेनिटेटिस) किये गये।

विज्ञान के क्षेत्र में पुनर्जागरण ने तथ्यात्मक प्रमाण पर बल देते हुए अरस्तू द्वारा प्रतिपादित 'अंतिम कारण' के सिद्धांत की जगह यंत्रशास्त्रीय दर्शन की स्थापना की जिसके शुरुआती प्रणेता कोपरनिकस और गैलीलियो थे। नवजागरण का यह अध्याय विज्ञान के दायरे में हुई देकार्तवादी क्रांति का आधार बना। धर्म के दायरे में रिनासाँ ने अनूठी क्रांति की। इरास्मस के साथ मिल कर मार्टिन लूथर ने 'न्यू टेस्टामेंट' का मानवतावादी पाठालोचन तैयार किया। अक्टूबर, 1517 में लूथर ने '95 थीसिस' का प्रकाशन करके पश्चिमी युरोप के कैथॅलिक वर्चस्व को तोड़ डाला और रिफ़ॉर्मेशन (धर्मसुधार) के युग की शुरुआत की।

पंद्रहवीं सदी से ही पुनर्जागरण का प्रकाश फ़्लोरेंस से निकल कर पूरे युरोप में तेजी से फैलने लगा। हंगरी, पोलैण्ड और जर्मनी तेज़ी से इसके प्रभाव में आये। इटली पर हमला करने वाला फ्रांसीसी सम्राट चार्ल्स-अष्टम वापिसी पर अपने साथ रिनेसाँ के प्रभाव ले गया। उसने विंसी को पेरिस आमंत्रित किया। इतालवी विज्ञान, संगीत और कला ने फ्रांसीसी सांस्कृतिक अभिरुचियों को बदल डाला। बैले जैसी नृत्य शैली इसी प्रक्रिया की देन है। इंगलैण्ड में

एलिजाबेथियायी दौर रिनेसाँ से प्रभावित हुआ जिसके परिणामस्वरूप अंग्रेज़ों को शेक्सपियर, मारलो, मिल्टन और स्पेंसर का साहित्य, इनिगो जोंस का स्थापत्य एवं टेलिस, टेवर्नर और बायर्ड का संगीत मिला। स्पेन और पुर्तगाल में सोलहवीं सदी के दौरान हुए कला और साहित्य के उन्मेष पर पुनर्जागरण की छाप स्पष्ट रूप से देखी जा सकती है।

आलोचना : दिलचस्प बात यह है कि रिनेसाँ अवधि के इस भव्य चित्र से सभी लोग सहमत नहीं हैं। इन आलोचकों का कहना है कि मध्ययुगीन युरोप अपनी आर्थिक दरिद्रता, धार्मिक युद्धों की निरंतरता, पोप की भ्रष्ट सत्ता और स्त्रियों को डायन बता कर जला डालने के लिए बदनाम है। वे कहते हैं कि कथित पुनर्जागरण के युग में ये सभी बातें अपने चरम पर थीं, इसलिए उस युग को किसी भी तरह से स्वर्ण युग नहीं कहा जा सकता। इस युग में तो विज्ञान, दर्शन और गणित के क्षेत्र में हुई बारहवीं सदी की अधिकतर उपलब्धियाँ नष्ट हो गयीं। क्लासिकल शुद्धता के प्रति आग्रह ने लैटिन भाषा के विकास को रोक दिया। आर्थिक रूप से यह जबरदस्त मंदी का युग था, और इस दौरान हुए वैज्ञानिक आविष्कार उतने मौलिक नहीं थे जितना दावा किया जाता है। ये आलोचक इस युग को रिनेसाँ या पुनरुज्जीवन मानने से भी असहमत हैं। उन्हें लगता है कि यह पद चौदहवीं सदी से पहले के दौर को अंधकार का युग समझने की तरफ़ ले जाता है जो निहायत आपत्तिजनक है। इसीलिए कई इतिहासकार पुनर्जागरण को 'आधुनिकता का शुरुआती दौर' कहना पसंद करते हैं।

पिछले तीस साल में कुछ भारतीय चिंतकों ने भी युरोपीय पुनर्जागरण से उद्‌भूत बुनियादी विचारों की सामग्री से विकसित हुए सत्रहवीं और अट्‌ठारहवीं सदी के युरोपीय नवजागरण के आईने में सब कुछ समझने के रवैये के ख़िलाफ़ आवाज़ उठाई है। वे देकार्तवादी वैज्ञानिकता और बुद्धिवाद, मैकियावली के नैतिकताविहीन राजनीतिशास्त्र और प्रोटेस्टेंट आधुनिकतावादी कट्टरपंथ को मानवीय आत्मा के क्षय का जिम्मेदार मानते हैं। इन आलोचकों का एक हिस्सा फ़ासीवाद की दुर्घटना के बाद पनपी मार्क्सवाद की एक धारा फ्रैंकफ़र्ट स्कूल द्वारा की गयी आधुनिकता की आलोचना से प्रभावित है। कुछ लोगों ने गाँधी विचार की एक ख़ास तरह की व्याख्या करके उसके ज़रिये युरोप की सभ्यतामूलक आलोचना विकसित करते हुए विज्ञान, राज्य की संस्था और हिंसा को जोड़ कर देखा है।

देखें : अमेरिकी क्रांति, आधुनिकता, आधुनिकीकरण, आधुनिकतावाद, औद्योगिक क्रांति-1 और 2, ईरानी क्रांति, उद्योगीकरण-1 और 2, क्रांति, क्रांति : मार्क्सवादी विमर्श, क्यूबा की क्रांति, चीन की कम्युनिस्ट क्रांति, निकोलो द बर्नार्डो मैकियावेली, फ्रांसिस बेकन, फ्रांसीसी क्रांति, बोल्शेविक क्रांति, युरोपीय ज्ञानोदय, रेने देकार्त।

संदर्भ

1. पीटर बर्क (1998), द *युरोपियन रिनेसाँ : सेंटर ऐंड पेरिफ़री,* ब्लेकवेल, ऑक्सफ़र्ड.
2. जे. ब्रोटन, (2006), द *रिनेसाँ : अ वेरी शॉर्ट इंट्रोडक्शन,* ऑक्सफ़र्ड युनिवर्सिटी प्रेस, ऑक्सफ़र्ड.
5. थोर्नडाइक, लिन, *रिनेसाँ ऑर प्रिरिनेसाँ ?,* संकलित : 'सम रिमार्क्स ऑन द क्वेश्चन ऑफ़ ओरिजिनलिटी ऑफ़ द रिनेसाँ', *जरनल ऑफ़ द हिस्ट्री आइडियाज़,* खण्ड 4, अंक 1.
6. आशिस नंदी (सम्पा.) (1988), *साइंस, हेजेमनी ऐंड वॉयलेंस : अ रेक्विम फ़ॉर मॉडर्निटी,* ऑक्सफ़र्ड युनिवर्सिटी प्रेस, नयी दिल्ली.

— अभय कुमार दुबे

युरोपीय संघ

(European Union)

युरोप के 27 देशों की सदस्यता वाला आर्थिक और राजनीतिक संगठन युरोपियन यूनियन (ईयू) भूमण्डलीकरण के युग में राष्ट्रेतर और अंतरशासकीय संरचना का सफल और प्रभावी उदाहरण है। 1993 में मास्ट्रिच संधि की पुष्टि के बाद युरोपीय समुदाय (ईसी) के आधार पर युरोपीय संघ का गठन बेल्जियम, जर्मनी, फ्रांस, इटली, लक्ज़ेमबर्ग और नीदरलैण्ड्स ने मिल कर किया था। इसके बाद इसकी सदस्य संख्या तेज़ी से बढ़ी। इस समय तक ऑस्ट्रिया, बल्गारिया, साइप्रस, चेक गणराज्य, डेनमार्क, एस्तोनिया, फ़िनलैण्ड, यूनान, हंगरी, आयरलैण्ड, लातविया, लिथुआनिया, माल्टा, पोलैण्ड, पुर्तगाल, रोमानिया, स्लोवाक गणराज्य, स्लोवेनिया, स्पेन, स्वीडन और यूनाइटिड किंगडम भी इसके सदस्य बन चुके हैं। अगर कोई देश ईयू का सदस्य बनना चाहता है तो उसे कोपेनहेगन-मानकों पर खरा उतरना पड़ेगा अर्थात् उसके लिए स्थिर लोकतांत्रिक व्यवस्था, मानवाधिकारों का आदर और क़ानून के शासन का सबूत देना ज़रूरी होगा। सदस्य देशों की अर्थव्यवस्था बाज़ार आधारित भी होनी चाहिए। साथ ही उन्हें ईयू के क़ानून तो मानने ही होंगे। इन कसौटियों के आधार पर युरोपियन कौंसिल द्वारा किये जाने वाले मूल्यांकन के बाद ही किसी देश को ईयू की सदस्यता मिल सकती है।

क्षेत्रीय एकीकरण के लिए प्रतिबद्ध ईयू ने एक मानकीय विधि प्रणाली के ज़रिये एकताबद्ध बाज़ार बनाने में कामयाबी हासिल की है। ये क़ानून सभी सदस्य देशों पर लागू होते हैं जिनके कारण पूरे युरोप में लोगों, जिंसों, सेवाओं और पूँजी का मुक्त आवागमन होता रहता है। वाणिज्य, कृषि, मत्स्य

और क्षेत्रीय विकास के मामले में ईयू साझा नीतियों पर चलता है। इसके सोलह देशों ने एक साझा मुद्रा 'युरो' भी अपना ली है जिसके कारण एक पूरे युरोज़ोन का अस्तित्व बन गया है। ईयू की विदेश नीति संबंधी भूमिका सीमित है, और उसे विश्व व्यापार संगठन, जी-एट, जी-ट्वेंटी और संयुक्त राष्ट्र में प्रतिनिधित्व मिला हुआ है। ईयू को न्याय और घरेलू मामलों में विधि-निर्माण का अधिकार है। कई मसलों पर ईयू सदस्य देशों के बीच वार्ता के ज़रिये फ़ैसले करता है, और कई बार बिना मतैक्य के ही निर्णयों पर पहुँच जाता है। इसके महत्त्वपूर्ण संगठन हैं : युरोपीय आयोग, कौंसिल ऑफ़ युरोपियन यूनियन, कोर्ट ऑफ़ जस्टिस ऑफ़ द युरोपियन यूनियन, युरोपियन सेंट्रल बैंक। युरोपियन संसद हर पाँच साल बाद सदस्य देशों के नागरिकों द्वारा चुनी जाती है जो युरोपियन संघ के नागरिक भी हैं। ईयू के पास अपना झण्डा और राष्ट्रगान के तर्ज़ पर अपना एंथम भी है।

युरोपीय संघ जैसा राजनीतिक और आर्थिक क्षेत्रीय एकीकरण का उदाहरण दुनिया में दूसरा नहीं है। क्षेत्रीय एकताओं की मिसालें और भी मिलती हैं, पर वे सीमित क़िस्म की हैं और राष्ट्र-राज्य में निहित सम्प्रभुता की, अवधारणा से उनका संवाद इस प्रकार का नहीं है। युरोपीय संघ का कामयाब वजूद कई तरह के संदेश देता है। पहला और सर्वाधिक विचारणीय संदेश तो यह है कि राष्ट्र-राज्यों में दुनिया का विभाजन अपने-आप में अंतिम नहीं है। दूसरा संदेश यह है कि जब युरोपीय संघ की राष्ट्रेतर संरचना कारगर साबित हो सकती है तो फिर विश्व-सरकार क्यों कारगर नहीं हो सकती। तीसरी बात यह है कि अगर आर्थिक और राजनीतिक प्रश्नों पर मतैक्य हो, और उसके साथ एक सीमा तक सभ्यतामूलक और सांस्कृतिक एकता भी हो जाए तो बेमिसाल क्षेत्रीय एकीकरण सम्भव है। चौथा और सबसे मानीख़ेज़ मतलब यह है कि युरोपीय संघ का उभार अमेरिका की विश्व-चौधराहट को हिला सकता है। एक मुद्रा के तौर पर युरो अमेरिकी डॉलर को चुनौती तो दे ही रहा है, आज पश्चिमी युरोप के देश अपनी सुरक्षा के लिए भी नाटो पर पहले की तरह निर्भर नहीं रह गये हैं।

इसमें कोई शक नहीं कि युरोपीय संघ जैसे राष्ट्रेतर क्षेत्रीय समुदाय का उदय नब्बे के दशक में ही हो सकता था। इस दशक की शुरुआत में युरोप को वैचारिक रूप से पश्चिमी और पूर्वी युरोप में बाँटने वाला शीत-युद्ध सोवियत खेमे के पराभव के साथ ख़त्म हुआ, और इसी दशक में भूमण्डलीकरण ने स्वयं को एक युगीन प्रवृत्ति के तौर पर व्यक्त किया। युरोप इस तरह की अनुकूल परिस्थिति से लाभ उठाने के लिए जैसे तैयार बैठा हुआ था। द्वितीय विश्व-युद्ध के बाद से लगातार एकीकृत युरोप के स्वप्न को साकार करने के लिए चिंतन और गतिविधियाँ चलाई जा रही थीं। प्रथम और द्वितीय विश्व-युद्ध के नतीजों से सबक सीख कर युरोप को उग्र-राष्ट्रवाद और उसके कारण हो सकने वाले विनाश से बचाने के लिए चालीस के दशक में ही एकीकृत युरोप के विचार पर गौर किया जाने लगा था। इसी सोच-विचार के फलस्वरूप 1951 में युरोपियन कोल ऐंड स्टील कम्युनिटी का गठन हुआ जिसे युरोपीय महासंघ की तरफ़ बढ़ने वाला पहला क़दम माना गया। कम्युनिटी के गठन में ज्याँ मोने, रॉबर्ट शूमान, पॉल हेनरी स्पाक और एल्साइड डि गैस्पेरी द्वारा ली गयी पहलक़दमी की प्रमुख भूमिका थी। 1957 में बेल्जियम, जर्मनी, फ्रांस, इटली, लक्ज़ेमबर्ग और नीदरलैण्ड्स ने रोम की संधि पर दस्तख़त किये। परिणामस्वरूप युरोपीय सहयोग का दायरा बढ़ा और ईईसी यानी युरोपियन इकॉनॉमिक कम्युनिटी की स्थापना हुई। इसने एक कस्टम्स यूनियन और युरोपियन एटॉमिक इनर्जी कम्युनिटी भी गठित की। रोम की संधि ने दिखा दिया कि पूरे युरोप में माल, व्यक्तियों, सेवाओं और पूँजी का आवागमन सुनिश्चित किया जा सकता है। इसी संधि के तहत युरोपीय एकता का संस्थागत तंत्र खड़ा किया गया और युरोपियन कोर्ट ऑफ़ जस्टिस, कौंसिल ऑफ़ मिनिस्टर्स, युरोपियन कमीशन और युरोपीय संसद की स्थापना हुई। 1967 में मर्जर संधि के ज़रिये इन सभी को मिला कर ईसी यानी युरोपियन कम्युनिटीज़ का गठन हुआ। 1973 के बाद से इसके साथ डेनमार्क, आयरलैण्ड और यूनाइटिड किंगडम भी जुड़ गये। यूनान, पुर्तगाल और स्पेन को सदस्य बनाने के बाद ईसी ने ऑस्ट्रिया, फ़िनलैण्ड और स्वीडन को भी अपने आगोश में ले लिया। 1987 में सिंगल युरोपियन एक्ट के माध्यम से बाज़ारों का एकीकरण सम्पन्न हुआ, और 1992 में मास्ट्रिश ट्रीटी आर्थिक संघ, सामाजिक नीतियों और राजनीतिक आयामों को एक करने की भूमिका निभायी।

मास्ट्रिश ट्रीटी की पुष्टि सभी सदस्य देशों द्वारा होनी ज़रूरी थी। इस मौक़े पर एक बार लगा कि व्यापक युरोपीय एकता सम्भव नहीं हो पाएगी, क्योंकि ब्रिटेन, डेनमार्क और फ्रांस ने इस संधि से बाहर रहने के अधिकार का दावा पेश किया। इसी मौक़े पर भूमण्डलीकरण की कामयाबी से बने माहौल ने अपना रंग दिखाया और थोड़े हीले-हवाले के बाद ये देश भी मान गये। चार पश्चिम युरोपीय देश अभी संघ से बाहर हैं। लेकिन उन्होंने संघ की अर्थव्यवस्था और विनियमनों को आंशिक रूप से मान लिया है। इनमें से आइसलैण्ड ने सदस्यता के लिए अर्ज़ी दे रखी है, लीशेंस्टीन और नार्वे युरोपियन इकॉनॉमिक एरिया के माध्यम से एकीकृत बाज़ार के अंग हैं। इसी तरह स्विट्ज़रलैण्ड भी द्विपक्षीय संधियों के माध्यम से संघ के साथ बँधा हुआ है।

युरोपीय संघ बनने से पहले युरोपीय एकता के पैरोकार उसे एक फ़ौजी गठजोड़ के रूप में नहीं देखते थे। संघ में शामिल 21 देश नाटो के सदस्य थे, और फ़ौजी सुरक्षा की उनकी ज़रूरतें वहाँ से पूरी हो जाती थीं। 1999 के कोसोवो युद्ध के बाद संघ के सदस्यों द्वारा नाटो से स्वायत्त फ़ौजी

कार्रवाई करने की क्षमता विकसित करने की ज़रूरत महसूस की गयी। इसके बाद ईयू बेटिलग्रुप इनीशियेटिव लिया गया जिसके तहत अब संघ ज़रूरत पड़ने पर कहीं भी कम से कम डेढ़ हज़ार फ़ौजी फ़ौरन तैनात कर सकता है। संघ के सैनिक अफ्रीका, पूर्व युगोस्लाविया और मध्य-पूर्व में तैनात रह चुके हैं।

देखें : आदर्शवाद, आतंकवाद, अंतर्राष्ट्रीय मुद्रा कोष, इमैनुएल कांट, इतिहास का अंत, एडवर्ड हैलेट कार, जाति-संहार, पृथकतावाद, तृतीय विश्व, द्वितीय विश्व-युद्ध, नस्लवाद, नव-उपनिवेशवाद, निर्भरता सिद्धांत, नि:शस्त्रीकरण, पेटेंट, प्रथम विश्व-युद्ध, प्रगति, बौद्धिक सम्पदा अधिकार, ब्रेटन वुड्स प्रणाली, भारत में पेटेंट क़ानून, रंगभेद, उपनिवेशवाद, यथार्थवाद, युद्ध, रचनात्मकतावाद, राजनय, विश्व व्यापार संगठन, विश्व बैंक, विश्व-सरकार, वि-उपनिवेशीकरण, सभ्यताओं का संघर्ष, सम्प्रभुता, संयुक्त राष्ट्र, साम्राज्यवाद, शस्त्र-नियंत्रण, शांति, शांतिवाद, शीत-युद्ध, हथियारों की होड़।

संदर्भ

1. जेरेमी रिफ़िकन (2004), द *युरोपियन ड्रीम : हाऊ युरोप्स विज़न ऑफ़ द फ़्यूचर इज़ क्वायटली इक्लिप्सिंग द अमेरिकन ड्रीम,* जेरेमी पी. टार्शर.
2. चार्ल्स स्मिथ (2007), *इंटरनेशनल ट्रेड ऐंड ग्लोबलाइज़ेशन,* स्टॉक्सफ़ील्ड, एनफ्रॉम.
3. कैथरीन बर्नार्ड (2007), *द सब्सटेंटिव लॉ ऑफ़ ईयू : द फ़ोर फ्रीडम्स,* ऑक्सफ़र्ड युनिवर्सिटी प्रेस, ऑक्सफ़र्ड.

— अभय कुमार दुबे

युरोपीय ज्ञानोदय

(European Enlightenment)

युरोपीय पुनर्जागरण की एक आलोचना यह भी की जाती है कि वह मुख्यत: एक पश्चिम युरोपीय परिघटना थी जिसके आईने में पूरे युरोप या पश्चिमी जगत को देखा जाना इस विशाल क्षेत्र की वैचारिक और सांस्कृतिक विविधताओं के साथ अन्याय है। लेकिन दूसरी ओर यह भी एक हक़ीक़त है कि सोलहवीं सदी के बाद पुनर्जागरण प्रदत्त विचारों, शैलियों और दार्शनिक परिप्रेक्ष्यों ने न केवल पूरे युरोप बल्कि अमेरिकी क्षेत्र के बौद्धिक जगत में प्रधानता हासिल कर ली। जर्मनी, फ्रांस, ग्रेट ब्रिटेन, नीदरलैण्ड्स, इटली, स्पेन और पुर्तगाल में इसका प्रभाव एक साथ देखा गया। इस पूरे क्षेत्र में दार्शनिक-राजनीतिक-आर्थिक-सामाजिक आलोड़न का ऐसा सिलसिला पैदा हुआ जिसके गर्भ से फ्रेंच और अमेरिकी क्रांति जैसी युगप्रवर्तक घटनाओं ने जन्म लिया। फ्रांसीसी क्रांति ने आज़ादी, भाईचारे और बराबरी के विचारों को मानवता का स्थाई मूल्य बना कर राष्ट्रवाद के प्रसार का रास्ता खोल दिया। इससे ठीक पहले अमेरिकी क्रांति द्वारा उपनिवेशवाद के ख़िलाफ़ संघर्ष को एक ऐसी गतिशीलता प्रदान की जा चुकी थी जिसे राष्ट्रीय क्रांतियों के युग की शुरुआत करने का श्रेय दिया जाता है। युरोपीय ज्ञानोदय ने ही पहली बार पूरे पश्चिमी गोलार्ध को एक सभ्यतामूलक पहचान प्रदान की, और युरोप (जो पहले प्रांतीय अस्मिताओं का जमावड़ा भर था) को अमेरिका से अविभाज्य सभ्यतामूलक सूत्र में बाँध दिया। ज्ञानोदय काल की उपलब्धियों के आधार पर ही उन्नीसवीं सदी का वैचारिक शीराज़ा खड़ा हुआ जिसके मुख्य हस्ताक्षरों के रूप में उदारतावाद, सेकुलरवाद, पूँजीवाद, समाजवाद और मार्क्सवाद को देखा जाता है। युगरन हेबरमास द्वारा 1962 में प्रतिपादित पब्लिक स्फ़ेयर (सार्वजनिक दायरा) की थियरी भी ज्ञानोदयकालीन विचारों की निष्पत्ति ही है।

दरअसल, 1757 में फ्रांसीसी क्रांति के पितामह मिराबो ने पहली बार 'सिविलाइज़ेशन' जैसी अभिव्यक्ति का प्रयोग उन आधुनिक तात्पर्यों और मूल्यों के संदर्भ में किया जिनके तहत आज हम इसे समझते हैं। हालाँकि, इस प्रक्रिया में फ्रांसीसी ज्ञानोदय ने अग्रगामी भूमिका का निर्वाह किया और फ्रेंच भाषा की इसमें वही भूमिका थी जो मध्य युग में लैटिन ने निभायी, लेकिन इस प्रक्रिया की सफलता और विस्तार के साथ अमेरिकी और स्काटिश ज्ञानोदय भी गुँथा हुआ था। फ्रांस में मिराबो के अलावा रूसो , बुफ़ों, मोंतेस्क्यू, वाल्तेयर, द'अलेम्बर्त, हेल्वेतियस, त्युरगो और दिदेरो की कृतियों ने क्रांति के आधारों की रचना की। अमेरिका में टामस जैफ़र्सन, बेंजामिन फ्रेंकलिन, टाम पेन और जेम्स मेडिसन ने उपनिवेशवाद के ख़िलाफ़ व्यक्ति के अधिकारों का उद्घोष किया जिसका सीधा असर फ्रांस की हलचलों पर पड़ा। उधर स्काटलैण्ड के विश्वविद्यालयों में चल रही ज्ञान के अभूतपूर्व उन्मेष की अवधि में राजनीति और समाज को धर्म की जकड़बंदी से मुक्त करने के बुनियादी उसूलों की रचना की जा रही थी। इसी प्रक्रिया से ऐडम स्मिथ और डेविड ह्यूम द्वारा विकसित क्लासिकल अर्थशास्त्र भी निकला जिसने पूँजीवाद को सिद्धांतबद्ध किया। इसी अवधि में सक्रिय जर्मन दार्शनिक इमैनुएल कांट को भी इन्हीं चिंतकों के साथ रख कर देखा जाता है। हालाँकि कांट की परियोजना ज्ञानोदय काल की हस्तियों से कुछ भिन्न थी, पर 1782 लिखे गया उनके विख्यात निबंध 'व्हाट इज़ इनलाइटेनमेंट?' से इस युग की उपयोगी परिभाषा मिलती है, 'ज्ञानोदय मनुष्य को उस नादानी से मुक्त करता है जो उसने स्वयं अपने ऊपर लाद रखी है। नादानी के कारण ही व्यक्ति अपनी समझ को दूसरे के मार्गनिर्देशन के बिना इस्तेमाल करने में अक्षम रहता है।' कांट

कहते हैं कि ऐसी नादानी क़ाबिलीयत के अभाव का द्योतक नहीं होती, और 'जानने की जुर्रत' के ज़रिये इसे ज्ञानोदय में बदला जा सकता है।

इन तीनों मुक़ामों पर सक्रिय विचारकों, राजनेताओं और स्वप्नद्रष्टाओं के बीच कई मतभेद थे, पर कुछ महत्त्वपूर्ण प्रश्नों पर उनके बीच महत्त्वपूर्ण एकता भी थी। उनकी आस्था थी कि मानव प्रगति अपरिहार्य है और प्राधिकार के बजाय बुद्धिवाद ज्ञान का स्रोत है। उन्होंने व्यक्ति की सत्ता को सर्वोपरि मानते हुए अभिव्यक्ति और विचारों की स्वतंत्रता को प्राथमिकता दी। ज्ञानोदय के विचारक सत्रहवीं सदी के उन चिंतकों के ऋणी थे जिन्होंने राजनीति, दर्शन और विज्ञान के क्षेत्र में मौलिक क्रांतियों का सूत्रपात किया था। देकार्त , टामस हॉब्स , जॉन लॉक , देकार्त और न्यूटन जैसे सिद्धांतकारों, दार्शनिकों और वैज्ञानिकों से ज्ञानोदय ने ज्ञानमीमांसा, मनोविज्ञान, प्राकृतिक विज्ञानों और समाजों का अध्ययन करने की पद्धतियाँ प्राप्त कीं। इन्हीं आधारों पर क्रांतियों और समाज परिवर्तन के कार्यक्रम बनाये गये जिन्होंने आख़िरकार दुनिया को बदल डाला। कहा जाता है कि न्यूटन की रचना 'प्रिंसपिया मैथमेटिका' के प्रकाशन से ज्ञानोदय की शुरुआत होती है और फ्रांसीसी क्रांति तक यह युग चलता है। एक दावा यह भी है कि 1637 में प्रकाशित देकार्त की रचना 'डिस्कोर्स ऑन द मैथड' से ज्ञानोदय की शुरुआत समझी जानी चाहिए जो नेपोलियनिक युद्धों (1804-15) के प्रारम्भ तक चला।

1688 के फ्रांस में हुई क्रांति के आधार पर ज्ञानोदय के चिंतकों को राजनीतिक परिवर्तन का नया मॉडल मिला जिसके आधार पर नयी सदी की शुरुआत में उदारतावादी चिंतकों को वैचारिक नवाचार करने की कई गुंजाइशें मिलीं। 1748 से 1754 तक मोंतेस्क्यू (*इस्परीत दे लोई*), दिदेरो और द'अलेम्बर्त (*इनसाक्लोपीदी*), वाल्तेयर (*ल सीस्ले द लुई फ़ोर्टीथ*), बुफ़ों (*हिस्तोइर नेचुरेले*) और रूसो (दोनों डिस्कोर्स) प्रकाशित हो चुके थे। यही था विचारों का वह सिलसिला जिसने उस इतिहास के उस विशिष्ट युग में 1789 की फ्रांसीसी क्रांति को जन्म दिया। स्कॉटलैण्ड के ह्यूम ने कई साल फ्रांस में बिताने के बाद *ट्रीटाइज़ ऑफ़ ह्यूमन नेचर* की रचना की। उनके दोस्त और ग्लासगो विश्वविद्यालय में नैतिक दर्शन के प्रोफ़ेसर ऐडम स्मिथ भी *थियरी ऑफ़ मॉरल सेंटीमेंट्स* की रचना करने के बाद 1764 में फ्रांस की यात्रा पर निकल गये। उनकी युगप्रवर्तक रचना *वेल्थ ऑफ़ नेशंस* पर उनके फ्रांसीसी सम्पर्कों का प्रभाव कम करके नहीं आँका जा सकता। जैफ़र्सन ने विलियम और मैरी कॉलेज में अपने स्कॉटिश अध्यापक से उदारतावाद की दीक्षा प्राप्त की और उसी के ज़रिये इस विचार की मुख्य धाराएँ अमेरिका पहुँचीं। दिलचस्प बात यह है कि जैफ़र्सन द्वारा लिखित अमेरिकी आज़ादी का घोषणापत्र, फ्रेंकलिन के सभापतित्व में तैयार किया गया अमेरिकी संविधान और मेडिसन की रचना समझे जाने वाले 'बिल ऑफ़ राइट्स' के आधार में फ्रांसीसी नवजागरण की उपलब्धियाँ थीं। लेकिन, इन तीनों मौलिक और प्रयोगधर्मी अंदाज़ में इस चिंतन को अपनाया था कि बाद में फ्रांस ने अमेरिकी प्रयास से प्रभाव ग्रहण किया। इसीलिए कहा जाता है कि फ्रांस ने जैफ़र्सन को ज्ञानोदय दिया और फिर बाद में उन्हीं के ज़रिये उसका आयात किया। 1789 के फ्रांसीसी घोषणापत्र पर (जो आधुनिक फ्रांस के संविधान में आज तक मौजूद है) यह अमेरिकी प्रभाव साफ़ देखा जा सकता है।

आलोचना : सत्रहवीं और अठारहवीं सदी के वैचारिक उन्मेष के आधार पर जीवन और जगत को देखने की जो प्रभावशाली समझ पैदा हुई उसने एक वैचारिक वर्चस्व का निर्माण किया। लेकिन, इस वर्चस्व को उन्नीसवीं सदी से चुनौती भी मिलनी शुरू हो गयी और बीसवीं सदी के मध्य तक ज्ञानोदय और उसके गर्भ से निकली आधुनिकता की निष्पत्तियाँ कड़ी आलोचना का निशाना बनने लगीं। पहली चुनौती स्वच्छंदतावादियों ने दी और इस कथित विवेक-युग को भावशून्य क़रार दिया। यह सिलसिला फ्रैंकफ़र्ट स्कूल के विचारकों द्वारा प्रतिपादित *डायलेक्टिस ऑफ़ एनलाइटेनमेंट* तक पहुँचा जिसके तहत एडोर्नो और होर्खाइमर ने फ़ासीवादी परिघटना के आलोक में सभी तरह के आध्यात्मिक पहलुओं से धुली-पुँछी ज्ञानोदय की आधुनिकता के अभिशप्त अधूरेपन को उजागर किया। नस्लवाद विरोधी और नारीवादी दृष्टिकोणों ने भी ज्ञानोदय को आड़े हाथों लेते हुए उसे लैंगिक और नस्ली अंधता का शिकार बताया। इन आलोचनाओं का कहना था कि ज्ञानोदय जिस मनुष्य की बात करता है, वह मुख्यतः पुरुष और श्वेतांग है। डेना गोल्डमेन और कार्ला हेस ने स्त्रियों की भागीदारी की दृष्टि से ज्ञानोदय की ऐतिहासिक पड़ताल की है। 1982 में इतिहासकार राबर्ट डार्नटन ने *द लिटरेरी अंडरग्राउंड ऑफ़ द ओल्ड रेज़ीम* में सवाल उठाया कि ज्ञानोदय युग के बौद्धिक जीवन के पाठ्य पुस्तकों में प्रस्तुत भव्य चित्र क्या यथार्थ का प्रतिनिधित्व करते हैं? स्टीवन शैपिन और जोनाथन इज़राइल जैसे नये इतिहासकारों ने भी ज्ञानोदय युग की बद्धमूल समझ को चुनौती दी है। पिछले तीस-चालीस साल में उत्तर-आधुनिक विमर्श ने ज्ञानोदय के वैचारिक औज़ारों द्वारा निर्मित महाआख्यान के बखिये उधेड़ कर रख दिये हैं। 'छोटी पहचानों की बग़ावत', 'समुदाय की वापसी' और 'बहुसंस्कृतिवाद' की दावेदारियों ने भी इस महाआख्यान को प्रश्नांकित करने में सफलता प्राप्त की है।

देखें : अमेरिकी क्रांति, आधुनिकता, आधुनिकीकरण, आधुनिकतावाद, औद्योगिक क्रांति-1 और 2, ईरानी क्रांति, उद्योगीकरण-1 और 2, क्रांति, क्रांति : मार्क्सवादी विमर्श, क्यूबा की क्रांति, चीन की कम्युनिस्ट क्रांति, निकोलो द बर्नार्डो मैकियावेली, फ्रांसिस बेकन, फ्रांसीसी क्रांति, बोल्शेविक क्रांति, युरोपीय पुनर्जागरण, रेने देकार्त।

संदर्भ

1. जेम्स वान हॉर्न मेल्टन (2001), *द राइज़ ऑफ़ द पब्लिक इन इनलाइटेनमेंट युरोप*, केम्ब्रिज युनिवर्सिटी प्रेस, केम्ब्रिज.
2. डेनियल रोश (1998), *फ़्रांस इन द इनलाइटेनमेंट*, आर्थर गोल्डहैमर (अनु.), हार्वर्ड युनिवर्सिटी प्रेस, केम्ब्रिज, एमए.
3. स्टीवन शैपिन (1994), *अ सोशल हिस्ट्री ऑफ़ द ट्रुथ : सिविलिटी ऐंड साइंस इन सेविंटीथ-सेंचुरी इंग्लैण्ड*, युनिवर्सिटी ऑफ़ शिकागो प्रेस, शिकागो, लंदन.
4. जोनाथन इज़राइल (2001), *रैडिकल इनलाइटेनमेंट : फ़िलॉसफ़ी ऐंड मेकिंग ऑफ़ मॉडर्निटी*, 1650–1750, ऑक्सफ़र्ड युनिवर्सिटी प्रेस, ऑक्सफ़र्ड, न्यूयार्क.
5. राबर्ट डार्नटन (1982), *द लिटरेरी अंडरग्राउंड ऑफ़ द ओल्ड रिजीम*, केम्ब्रिज, मैसाचुसेट्स.
6. डेना गोल्डमेन (1994), *द रिपब्लिक ऑफ़ लैटर्स : अ कल्चरल हिस्ट्री ऑफ़ फ्रेंच इनलाइटेनमेंट*, कॉर्नेल युनिवर्सिटी प्रेस, इथाका.

— अभय कुमार दुबे

यूटोपिया

(Utopia)

यूनानी भाषा का एक शब्द है 'इयु टोपोस' और दूसरा है 'आउ टोपोस'। पहले का अर्थ है 'बेहतर जगह' और दूसरे का मतलब है 'जो जगह ही नहीं है'। समाजवैज्ञानिक विमर्श में यूटोपिया अलग-अलग दृष्टिकोण के हिसाब से इन दोनों परस्पर विपरीत तात्पर्यों को व्यक्त करता है। बेहतर जगह के रूप में यूटोपिया का विचार भविष्य में कहीं स्थित समाज के उस रूप की नुमाइंदगी करता है जो आदर्श, सम्पूर्ण और त्रुटिहीन है; जिसमें आज की दुनिया में मनुष्य को सताने वाले संघर्ष और अन्याय नहीं हैं। एक ना कुछ जगह के रूप में यूटोपिया एक असम्भव क़िस्म की कल्पना और एक छलावा है जिसे धरती पर उतारने की कोशिश वक़्त की बर्बादी के अलावा कुछ नहीं हो सकती। यूटोपिया का पहला अर्थ नये समाज की रचना के लिए प्रतिबद्ध क्रांतिकारियों और स्वप्नदर्शियों के लिए प्रेरणा का स्रोत रहा है। दूसरे अर्थ के आधार पर यूटोपिया की धारणा को एक तरफ़ वैज्ञानिक चिंतन के पैरोकारों ने ठुकराया है, और दूसरी तरफ़ यथास्थितिवादी अनुदार चिंतन की तरफ़ से उसे ख़ारिज किया गया है।इस अर्थसंबंधी अंतर्विरोध के बावजूद यूटोपियाई चिंतन आधुनिक मानस को लगातार प्रभावित करता रहा है। सोच-विचार के सभी क्षेत्रों में विद्वानों और व्याख्याकारों ने अपने-अपने यूटोपिया कल्पित करने का प्रयास किया है। इस लिहाज़ से कई राजनीतिक, आर्थिक, वैज्ञानिक, धार्मिक, पर्यावरणीय और नारीवादी यूटोपियाओं की रचना हुई है। यूटोपिया से संबंधित विमर्श ने दो और अवधारणाओं डिस्टोपिया और हैटरोटोपिया, को जन्म दिया है।

अंग्रेज़ी में यूटोपिया के विचार का चलन 1516 में प्रकाशित थॉमस मोर की रचना ऑफ़ द *बेस्ट स्टेट ऑफ़ अ रिपब्लिक, ऐंड ऑफ़ द न्यू आइलैण्ड यूटोपिया* से हुआ। इसमें मोर ने अटलांटिक महासागर के एक काल्पनिक द्वीप में क़ायम आदर्श सामाजिक-राजनीतिक-आर्थिक व्यवस्था का वर्णन किया है। मोर ने इसके लिए प्लेटो रचित 'रिपब्लिक' में मौजूद आदर्श समाज व्यवस्था (जो फ़िलॉसफ़र-किंग द्वारा शासित सच्चे ज्ञान से सम्पन्न बुद्धिसंगत नागरिकों की होगी) को अपना आधार बनाया। प्लेटो की इस कल्पनाशीलता को पहले राजनीतिक यूटोपिया की संज्ञा दी जा सकती है। इसके बाद से यूटोपिया के आधार पर भविष्य कल्पना के विमर्श का सिलसिला शुरू हो गया। 1624 में फ्रांसिस बेकन ने 'न्यू अटलांटिस' की रचना की और फिर 1656 में जेम्स हैरिंगटन ने 'कॉमनवेल्थ ऑफ़ ओशियाना' का लेखन किया। यह सिलसिला अट्ठारहवीं सदी में ज्ञानोदय से जुड़ा और उन्नीसवीं सदी तक जारी रहा। 1890 में विलियम मॉरिस ने 'न्यूज़ फ्रॉम नोव्हेयर' का प्रकाशन किया। हैरिंगटन की कृति के बारे में तो माना जाता है कि उसमें निहित सैद्धांतिक विमर्श और अन्योक्ति का प्रभाव ब्रिटेन के ऐतिहासिक विकास पर पड़ा। वहाँ की क्रांति और ऑलिवर क्रॉमवेल के नेतृत्व में ब्रिटिश कॉमनवेल्थ की स्थापना को हैरिंगटन द्वारा कल्पित ओशियाना से जोड़ा जाता है।

पश्चिमी वैचारिक परिघटना : यूटोपिया के बारे में यह स्पष्ट कर देना ज़रूरी है कि ग़ैर-पश्चिमी आधुनिक सोच द्वारा स्वीकार कर लिए जाने के बावजूद आदर्श समाज की यह परिकल्पना अनिवार्यतः एक पश्चिमी वैचारिक परिघटना ही है। कुल मिला कर यूटोपियाई विचार मुख्यतः उदारतावादी और समाजवादी परम्परा से ताल्लुक़ रखते हैं। इसके माध्यम से मानवीय इतिहास को सतत प्रगति के आईने में देखने की प्रवृत्ति को बल मिला है। यूटोपिया हासिल करने का आग्रह सामाजिक और मानवीय विकास की असीमित सम्भावनाओं को तक़रीबन एक आस्था का रूप प्रदान कर देता है। रूसो की रचना 'सोशल कांट्रेक्ट' की रैडिकल भाव-भूमि, फ्रांसीसी क्रांति द्वारा आमूल-चूल और थोक में हो सकने वाले सामाजिक परिवर्तन की दावेदारी, थॉमस पाइन की रचना 'द राइट्स ऑफ़ मैन' और रॉबर्ट ओवेन की कृति 'ए न्यू व्यू ऑफ़ सोसाइटी' किसी न किसी रूप में यूटोपियाई ख़यालों के रंग में रँगी रही हैं।

यूटोपिया किसी भी तरह का हो, वह कम से कम चार तरह के तत्त्वों से मिल कर बनता है। सबसे पहले वह मौजूदा व्यवस्था की निर्मम आलोचना करते हुए उसे बुनियादी रूप

से त्रुटिपूर्ण और असहनीय क़रार देता है। इस लिहाज से यूटोपियाई राजनीतिक परियोजनाएँ सुधारवादी होने के बजाय अपनी प्रकृति में क्रांतिकारी होती हैं। दूसरे, यूटोपियाई विचार मान कर चलता है कि इनसान निरंतर आत्म-विकास की सम्भावनाओं से परिपूर्ण है। अगर उसमें कमियाँ हैं भी तो आर्थिक, सामाजिक और राजनीतिक संस्थाएँ उन्हें दूर करने में सक्षम होंगी। चूँकि मनुष्य को सम्पूर्ण रूप दिया जा सकता है, इसलिए समाज की आदर्श रचना भी सम्भव है। तीसरे, यूटोपियन विचार सार्वजनिक और निजी दायरों के विभाजन के परे जाते हुए जीवन के हर क्षेत्र में मनुष्य की सम्पूर्ण मुक्ति का आश्वासन देता है। यही कारण है कि यूटोपियाई थियरी प्रचलित राजनीतिक विचारों की सीमाओं को लाँघते हुए व्यापकतर मनो-सामाजिक और यहाँ तक कि मनो-यौनिक प्रश्नों को सम्बोधित करती है। इस पहलू की झलक हरबर्ट मारक्यूज़, अंर्स्ट ब्लॉक, एरिक फ्रॉम और पॉल गुडमैन की रचनाओं में मिलती है। यूटोपिया का चौथा पहलू यह है कि वह लाज़मी तौर पर मानवीय प्रयास और सामूहिकता की रैडिकल अभिव्यक्ति के बिना परवान नहीं चढ़ता।

राजनीतिक यूटोपिया किसी भी क़िस्म का हो, वह अपनी सारवस्तु के लिहाज़ से कम और अपनी संरचना के लिहाज़ से ज़्यादा जाना जाता है। सबसे पहले वह दावा करता है कि गरीबी एकदम ख़त्म हो जाएगी और समृद्धि का चौतरफ़ा बोलबाला होगा। हालाँकि कार्ल मार्क्स सैं-सिमों और फूह्यिे के समाजवादी चिंतन की यूटोपियाई कह कर आलोचना करते हैं, पर अपने 'वैज्ञानिक समाजवाद' से निकले हुए साम्यवादी यूटोपिया के बारे में उनकी कल्पना यही है कि वह वर्ग-विभाजन से मुक्त होगा और प्रौद्योगिकीय विकास के कारण उसमें उत्पादन और समृद्धि की प्रचुरता होगी। मार्क्स अपने साम्यवादी यूटोपिया को एक फ़ुर्सती समाज के रूप में देखते हैं जिसमें हर व्यक्ति अपनी क्षमता के अनुसार योगदान करेगा और बदले में उसे अपनी ज़रूरत के हिसाब से मिलेगा।

सभी तरह के यूटोपियाओं की अव्यावहारिकता के बावजूद समाजवादी चिंतकों का ख़याल रहा है कि समाजवाद की कल्पना के आधार पर एक व्यावहारिक और हासिल किया जा सकने वाला यूटोपिया स्थापित किया जा सकता है। इसलिए उन्नीसवीं और बीसवीं सदी की शुरुआत में कई समाजवादियों ने यूटोपियन समाज बनाने के प्रयोग किये। रॉबर्ट ओवेन ने प्रेम, सहयोग और सामूहिक स्वामित्व पर आधारित छोटे-छोटे समुदायों की स्थापना का प्रयास किया। फ्रांस में सैं-सिमों और फूह्यिे ने इसी तरह के आंदोलन चलाये जिनके आधार पर उनके अनुयायियों प्रोस्पर औफ़ौंते और बाजाह्न ने एक यूटोपियाई दुनिया बसाने की कोशिश की। एत्येन काबे जैसे कुछ कल्पनावादियों को लगा कि फ्रांसीसी समाज उनके यूटोपिया के लिए उपयुक्त नहीं है तो वे अपने समान-धर्मा लोगों को लेकर अमेरिका की तरफ़ निकल गये और वहाँ जा कर यूटोपियाई बस्तियाँ स्थापित कीं। समाजवादी विचार-परम्परा में से ही प्रूधों और क्रोपाटकिन का अराजकतावाद निकला जिसके तहत उन्होंने समाजवादी सामूहिकतावाद को आख़िर तक विकसित करने का प्रयास किया ताकि सामाजिक समरसता और राज्य के किसी भी तरह के नियंत्रण से मुक्त स्वतंत्रता का मेल दिखाया जा सके।

बीसवीं सदी में समाजवादी प्रयोग अब यूटोपियाई प्रयोगों से पल्ला झाड़ कर पूँजीवाद के साथ संश्रय की स्थिति में पहुँच चुका है। लेकिन इससे पहले साठ के दशक में नव-मार्क्सवादी चिंतन (मारक्यूज़े वग़ैरह) के प्रभाव में प्रति-संस्कृति के आंदोलन चलाये जा चुके हैं जिनके तहत निजी और राजनीतिक धरातल पर मनुष्य की मुक्ति का आश्वासन दिया गया था।

आलोचना : बीसवीं सदी में यूटोपियाई चिंतन को जबरदस्त आलोचना का सामना भी करना पड़ा है। अधिकतर राजनीतिक मत ग़ैर-यूटोपियन ही नहीं, यूटोपिया विरोधी भी हैं। कम्युनिस्ट हुकूमतों की नाकामियों ने यूटोपिया विरोधी सोच को उछाल प्रदान किया है। कुछ विद्वानों की मान्यता है कि सर्वसत्तावाद का उद्‌गम यूटोपियाई आग्रहों में ही छिपा है। एक तरफ़ समाजवादी प्रयोग की व्यावहारिक विफ़लता और दूसरी तरफ़ उदारतावादी यूटोपिया द्वारा प्रतिपादित स्व-नियंत्रित बाज़ार की सम्भावनाओं के लुप्त हो जाने के बाद भविष्य को यूटोपियाई आशाओं के आईने में देखने के बजाय आसन्न संकट के रूप में देखने की प्रवृत्ति मज़बूत हुई है।

अनुदारवादी विद्वानों ने यूटोपियनिज़म की विस्तृत आलोचना पेश की है। उनका कहना है कि मनुष्य और उसकी प्रकृति न केवल लाज़मी तौर पर दोषपूर्ण है, बल्कि उसे दोषमुक्त बनाने की कोशिश एक ख़ामख़याली के अलावा कुछ नहीं हो सकती, भले ही कितनी भी सोशल इंजीनियरिंग की जाए और कितने भी संस्थागत प्रयास किये जाएँ। यह अनुदारवादी व्याख्या यूटोपियाई विचार के एकदम उलट है। यूटोपियावादी मानवीय प्रकृति की बुनियादी अच्छाई में आस्था रखते हैं। दूसरे, अनुदारवादी यूटोपियाई चिंतन द्वारा बुद्धिवाद में प्रबल आस्था को भी ख़ारिज करते हैं। वे कहते हैं कि इस बुद्धिवादी हेकड़ी के नुक़सानदेह नतीजे निकलने अनिवार्य हैं। अनुदारवादियों का ज़ोर इस पर रहता है कि मानवीय समस्याओं का 'इलाज बीमारी से भी बदतर साबित न हो।'

कम्युनिस्ट और फ़ासीवादी सर्वसत्तावाद के तल्ख़ तजरुबे के बाद कार्ल पॉपर और ईसैया बर्लिन जैसे उदारतावादियों ने भी यूटोपियनिज़म को ख़तरनाक, अपने पैरों पर कुल्हाड़ी मारने वाला और अंततः हिंसा का जनक क़रार

दिया है।

देखें : अस्तित्ववाद, आत्मनिष्ठता-वस्तुनिष्ठता, इयत्ता, इमैनुएल कांट, इंद्रियानुभववाद, ईसैया बर्लिन, उत्तर-आधुनिकतावाद, उत्तर-औपनिवेशिकता, उदारतावाद, कल्पित समुदाय, ग्योर्ग विल्हेल्म फ्रेड्रिख़ हीगेल, घटनाक्रियाशास्त्र और ऐडमण्ड हसर, चेतना, जॉन लॉक, ज़ाक लकाँ, ज्याँ-फ्रांस्वा ल्योतर, ज्याँ-पॉल सार्त्र, ज़ाक देरिदा, तत्त्वमीमांसा और अस्तित्वमीमांसा, तात्त्विकतावाद, थियोडोर लुडविग वीज़ेनग्रंड एडोर्नो, द्वैतवाद, परिणामवाद, फ्रांसिस बेकन, फ्रेड्रिख़ नीत्शे-1 और 2, बुद्धिवाद, भाववाद, भौतिकवाद, मनोविश्लेषण, मिशेल पॉल फ़ूको-1 और 2, यथार्थवाद, युरोपीय पुनर्जागरण, युरगन हैबरमास, युरोपीय ज्ञानोदय, यूटोपिया : अन्य परिप्रेक्ष्य, रेने देकार्त, लुई अलथुसे, संत ऑग्स्तीन, सोरेन आबी कीर्केगार्द, संरचनावाद और उत्तर-संरचनावाद, हरबर्ट स्पेंसर, ज्ञानमीमांसा, ज्ञान का समाजशास्त्र।

संदर्भ

1. ज़िग्मंट बाउमैन (1976), *सोशलिज़्म : द एक्टिव यूटोपिया,* एलेन ऐंड अनविन, लंदन.
2. बी. गुडविन और के. टेलर (1982), द *पॉलिटिक्स ऑफ़ यूटोपिया : अ स्टडी इन थियरी ऐंड प्रेक्टिस,* हचिंसन, लंदन.
3. कृष्ण कुमार (1991), *यूटोपियनिज़्म,* ओपन युनिवर्सिटी प्रेस, मिल्टन कींस.
4. के. कुमार (1987), *यूटोपिया ऐंड एंटी-यूटोपिया इन मॉडर्न टाइम्स,* ब्लैकवेल, ऑक्सफ़र्ड.

— अभय कुमार दुबे

यूटोपिया : अन्य परिप्रेक्ष्य

(Utopia: Other Perspectives)

एक अवधारणा के तौर पर यूटोपिया पिछले दो साल में राजनीतिक, सामाजिक और दार्शनिक आलोचना का प्रभावशाली औज़ार बन कर उभरा है। इसका सर्वाधिक दिलचस्प और उपयोगी पहलू यह है कि अपने वक्त की प्रधान विचारधाराओं, राजनीतिक और वैकासिक मॉडलों को भले ही ज़मीन पर परास्त न किया जा सके, पर उसके प्रति यूटोपिया को कल्पित करके उसकी आलोचना अवश्य सूत्रबद्ध की जा सकती है। आधुनिक युग की जिन मानवीय समस्याओं के विकल्प उपलब्ध नहीं हैं, उन्हें भविष्य में प्रक्षेपित करके आलोचनात्मक कल्पना के सहारे उनके समाधान तजवीज़ किये जा सकते हैं। बौद्धिकता को समृद्ध करने वाली यह एक ऐसी प्रक्रिया है जो न केवल यूटोपियाई चिंतन के दायरे में चलती है, बल्कि उसके बाहर खड़े हो कर यूटोपिया की धारणा को ख़ारिज करने वाले विद्वान भी उसमें बहुमूल्य योगदान देते हैं। इस लिहाज़ से 1986 में प्रकाशित अपनी रचना में टॉम मोयलैन ने यूटोपियाओं की दो श्रेणियाँ बनायी हैं : पहली श्रेणी में वे यूटोपिया आते हैं जो अप ने वक़्त की प्रधान विचारधारा को पुष्ट करने की भूमिका निभाते हैं, और दूसरी श्रेणी उनकी है जिनके तहत प्रतिपक्ष की अभिव्यक्तियों के लिए एक स्वाभाविक दायरा उपलब्ध हो सकता है।

चूँकि यूटोपिया कल्पनागत है इसलिए सभी को अपना-अपना यूटोपिया बनाने की छूट है। उन्नीसवीं सदी यूटोपियाई कल्पनाशीलता के लिए सर्वाधिक उर्वर थी। इस दौर में पूँजीवाद और बाज़ारवाद के बढ़ते हुए बोलबाले की प्रतिक्रिया में समाजवादी यूटोपिया तो कल्पित किया ही गया, व्यक्तिगत स्वतंत्रता और मुक्त बाज़ार के ख़यालों पर आधारित आदर्श समाज बनाने की कुछ कल्पनाएँ भी की गयीं (बावजूद इसके कि उदारतावाद स्व-हित और स्पर्धा पर अत्यधिक ज़ोर देता है, जिसके कारण उसके दायरे में यूटोपियाई कल्पनाएँ थोड़ी मुश्किल हो जाती हैं)। धार्मिक स्तर पर भी कुछ ईसाई मतों ने अमेरिका की धरती पर अपने-अपने हिसाब से यूटोपियाई बस्तियाँ बसाने की कोशिशें कीं। यहाँ यूटोपिया पर व्यावहारिक अमल के लिहाज़ से संयुक्त राज्य अमेरिका की भूमिका को रेखांकित करना उचित होगा। उन्नीसवीं सदी में युरोपीय देशों से कई आदर्शवादियों ने समानधर्मा लोगों के साथ अपनी यूटोपियाई दुनिया बसाने के लिए उत्तरी अमेरिका महाद्वीप में स्थापित संयुक्त राज्य का रुख किया। उन्हें लगा कि वहाँ की मीलों-मील ख़ाली पड़ी उपजाऊ ज़मीन, प्राकृतिक सम्पदा से भरे जंगल, ताज़ा बहता पानी और नये प्रयोग करने की आज़ादी बाँहें पसारे उनका इंतज़ार कर रही है। अमेरिका को अपनी प्रयोगस्थली बनाने में समाजवादी से लेकर आदर्शवादी समूह तक शामिल थे। अमेरिका की धरती पर बनी इन यूटोपियाई बस्तियों का अपना एक इतिहास है। इनमें से कुछ ने शुरुआती दौर में बेमिसाल सफलता की सम्भावनाएँ भी जगाईं, पर अंत में ज़्यादातर तजरुबे नाकाम (कभी-कभी तो बुरी तरह) रहे।

बीसवीं सदी में जैसे-जैसे आधुनिक जीवन की समस्याएँ सामने आयीं, उनकी अनुक्रिया में भी लोगों ने यूटोपियाई विचारों का आसरा लिया। अहर्निश उद्योगीकरण के कारण हो रहे पर्यावरणीय विनाश की परिघटना ने भी अपने यूटोपिया को जन्म दिया। इसकी ख़ास बात यह थी कि वह उत्पादन और समृद्धि की प्रचुरता के बजाय उपभोग को सीमित रखने, किफ़ायती और सादा जीवन जीने के आदर्शों के इर्द-गिर्द बुना गया था।

वैज्ञानिक और औद्योगिक प्रगति के पैरोकारों ने भी यूटोपियाई विचारों के आधार पर अपना स्वप्न-जगत तैयार किया। इस तरह के यूटोपिया विज्ञान के सहारे दैहिक कष्ट और मृत्यु की अनुपस्थिति कल्पित करते नज़र आये। इन

चिंतकों की मान्यता थी कि प्रौद्योगिकी का विकास यूटोपियन दृष्टिकोण के मुताबिक़ भी किया जा सकता है।

यूटोपियाई विमर्श से दो संबंधित धारणाएँ भी निकली हैं जिन्होंने उसे आलोचना के औज़ार के रूप में और समृद्ध किया है। इनमें एक है डिस्टोपिया जिसे नकारात्मक यूटोपिया भी कह सकते हैं। डिस्टोपियाई कल्पना बीसवीं सदी में विकसित सर्वसत्तावादी परिघटना की प्रभावशाली आलोचना करती है। इसके विख्यात उदाहरणों में एल्डस हक्सले की रचना *ब्रेव न्यू वर्ल्ड*, एंथनी बर्गेस की रचना *अ क्लॉकवर्क ओरेंज* और जार्ज ऑरवेल की कृति *नाइंटीन एट्टी-फ़ोर* शामिल है। दूसरी धारणा है हेटरटोपिया जिसमें हक़ीक़त की तल्ख़ियों से यूटोपियाई 'पलायन' और निराकार यथार्थ की सम्भावनाओं के यथार्थ में अनुवाद का संयोग दिखाई देता है। सेमुअल आर. डिलानी का उपन्यास 'ट्रबुल ऑन ट्रिटन : एन एम्बीगुअस हेटरोटोपिया' यूटोपिया की धारणा पर कई परिप्रेक्ष्यों के तहत विचार करने का मौक़ा देता है।

नारीवादी यूटोपिया : उत्तर-आधुनिक सिद्धांतकार डोना हरावे सचेत रूप से अपने लेखन को यूटोपियाई परम्परा के भीतर पेश करती हैं। इसके ज़रिये न केवल उन्हें भविष्य को कल्पित करने में मदद मिलती है, बल्कि वर्तमान का विश्लेषण करने के लिए अलग तरह का प्ररिप्रेक्ष्य भी प्राप्त होता है। हरावे के अलावा कई कल्पनाशील नारीवादियों ने भी यूटोपियाई चिंतन का सहारा लेते हुए इस उलझन से जूझने की कोशिश की है कि जेंडर एक सामाजिक गढ़ंत है या एक कुदरती मजबूरी। सत्तर के दशक में ऐसी कई रचनाएँ प्रकाशित हुईं। मेरी जेंटल की नारीवादी कल्पनाशीलता ने ऐसे व्यक्तियों की सम्भावना पेश की है जो जन्म से वय:सन्धि तक पूरी तरह जेंडर-तटस्थ रहते हैं अर्थात् वयस्कता हो कर स्त्री या पुरुष बनने में समाज की कोई दस्तंदाजी नहीं होती। दूसरी तरफ़ डोरिस लेसिंग ने इसकी प्रति-कल्पना की है जिसमें स्त्री और पुरुष से संबंधित मूल्यों को व्यक्तियों में अंतर्निहित बताया गया है। चूँकि ये मूल्य अपरिवर्तनीय हैं इसलिए दोनों लिंगों के बीच एक प्रकार के तालमेल और समझौते पर पहुँचे बिना काम नहीं चल सकता। एलिज़ाबेथ मान बोरगेस की रचना 'माई ओन यूटोपिया' में जेंडर को लिंग से न जोड़ कर आयु से जोड़ा गया है। वहाँ पूरी तरह से जेंडरमुक्त हैं और एक उम्र आने पर कुछ स्त्री में बदल जाते हैं और कुछ पुरुष में। यूटोपियाई विचार ने नारीवादियों को ऐसी दुनिया कल्पित करने का भी मौक़ा दिया है जिसमें केवल स्त्रियों की रिहाइश है। पुरुष किसी महामारी के कारण समाप्त हो गये हैं और प्रौद्योगिकी का इस्तेमाल करके उनका जन्म रोक दिया गया है। केवल स्त्री-शिशुओं का ही जन्म होता है। केवल स्त्रियों से भरा हुआ यह काल्पनिक विश्व औरतों की परस्पर-निर्भरता और पितृ-सत्ता से मुक्ति की सम्भावनाओं का संधान करता है।

देखें : अस्तित्ववाद, आत्मनिष्ठता-वस्तुनिष्ठता, इयत्ता, इमैनुएल कांट, इंद्रियानुभववाद, ईसैया बर्लिन, उत्तर-आधुनिकतावाद, उत्तर-औपनिवेशिकता, उदारतावाद, कल्पित समुदाय, ग्योर्ग विल्हेल्म फ्रेड्रिख़ हीगेल, घटनाक्रियाशास्त्र और ऐडमण्ड हसर, चेतना, जॉन लॉक, ज़ाक लकाँ, ज्याँ-फ्रांस्वा ल्योतर, ज्याँ-पॉल सार्त्र, ज़ाक देरिदा, तत्त्वमीमांसा और अस्तित्वमीमांसा, तात्त्विकतावाद, थियोडोर लुडविग वीज़ेनग्रंड एडोर्नो, द्वैतवाद, परिणामवाद, फ्रांसिस बेकन, फ्रेड्रिख़ नीत्शे-1 और 2, बुद्धिवाद, भाववाद, भौतिकवाद, मनोविश्लेषण, मिशेल पॉल फ़ूको-1 और 2, यथार्थवाद, युरोपीय पुनर्जागरण, युरगन हैबरमास, युरोपीय ज्ञानोदय, यूटोपिया, रेने देकार्त, लुई अलथुसे, संत ऑग्स्तीन, सोरेन आबी कीर्केगार्द, संरचनावाद और उत्तर-संरचनावाद, हरबर्ट स्पेंसर, ज्ञानमीमांसा, ज्ञान का समाजशास्त्र।

संदर्भ

1. *यूटोपिया : द कोलम्बियन इनसाइक्लोपीडिया* (2001), छठा संस्करण, , (एचटीटीपी://डब्ल्यूडब्ल्यूडब्ल्यू.बार्टलबाई. कॉम/65/ यूटी/ यूटोपिया.एचटीएमएल)
2. रॉबर्ट वी. हाइन (1983), *कैलिफ़ोर्नियाज़ यूटोपियन कॉलोनीज़*, युनिवर्सिटी ऑफ़ कैलिफ़ोर्निया, बर्कले.
3. ज़ाक रांसियर (2009), *सर्वहारा रातें : उन्नीसवीं सदी में मज़दूर-स्वप्न*, (अनुवाद : अभय कुमार दुबे), सीएसडीएस-सराय-वाणी, दिल्ली.
4. मैक्सिम आई. शैपुर्स्की (2007), *लिटरेरी यूटोपियाज़ फ्रॉम मोर टु हक्सले : द इशूज़ ऑफ़ जॉनर पॉलिटिक्स ऐंड सेमियोस्फ़ेयर, फ़ाइंडिंग ऐन आइलैण्ड*, मास्को.

— अभय कुमार दुबे

रॉबर्ट नॉज़िक

(Robert Nozick)

अमेरिकी राजनीतिक दार्शनिक रॉबर्ट नॉज़िक (1938-2002) को स्वतंत्रतावादी तर्क को मज़बूत दार्शनिक आधारों के साथ पेश करने और समतावादियों के तर्कों को चुनौती देने के लिए जाना जाता है। उन्होंने जॉन रॉल्स द्वारा प्रतिपादित वितरण की नीति की तरफ़दारी करने वाले सिद्धांत और इस तरह के दूसरे सिद्धांतों को व्यक्ति के आत्म-स्वामित्व के ख़िलाफ़ माना। नॉज़िक ने दलील दी कि न्याय वितरण के किसी विशिष्ट प्रतिमान की माँग नहीं करता और व्यक्तियों के अलग-अलग न्यायपूर्ण कार्यों के किसी भी नतीजे को 'न्यायपूर्ण' माना जा सकता है। रॉबर्ट नॉज़िक ने अपनी किताब *एनार्की, स्टेट ऐंड यूटोपिया* (1974) में स्वतंत्रतावाद का अपना संस्करण पेश किया। रॉबर्ट नॉज़िक ने इस

रॉबर्ट नॉज़िक (1938–2002)

लॉकवादी विचार को फिर से प्रचलित किया कि व्यक्ति अपनी प्रतिभा और क्षमताओं के असीम स्वामी हैं। नॉज़िक का सम्पत्ति संबंधी सिद्धांत ऐतिहासिक हक़दारी के सिद्धांत के रूप में जाना जाता है। लॉक की तरह ही नॉज़िक भी व्यक्तिगत सम्पत्ति के अधिकार का समर्थन करते हैं। वे भी इस बुनियादी विचार से शुरुआत करते हैं कि व्यक्ति अपनी इयत्ता के मालिक हैं और उनके कुछ बुनियादी अधिकार और कर्त्तव्य हैं। ख़ास तौर पर उनका यह अधिकार है कि उनकी ज़िंदगी और स्वतंत्रता को कोई नुक़सान नहीं पहुँचा सकता। नैतिक रूप से हर मनुष्य अपने व्यक्तित्व और शक्तियों का वास्तविक मालिक है। इसलिए वह इन शक्तियों का अपनी मर्ज़ी के मुताबिक़ प्रयोग करने के लिए स्वतंत्र है। लेकिन शर्त यह है कि वह अपनी शक्तियों का प्रयोग किसी दूसरे व्यक्ति को नुक़सान पहुँचाने के लिए न करे। वह दूसरों को नुक़सान नहीं पहुँचा सकता है; उसे दूसरों को नुक़सान पहुँचाने के लिए मजबूर नहीं किया जा सकता है। लेकिन साथ ही उसे दूसरों की मदद करने के लिए भी मजबूर नहीं किया जा सकता है। नॉज़िक मानते हैं कि कल्याणकारी राज्य की पुनर्वितरणकारी व्यवस्था में व्यक्तियों को दूसरों की मदद करने के लिए मजबूर किया जाता है।

नॉज़िक का जन्म अमेरिका के ब्रुकलिन शहर में एक यहूदी परिवार में हुआ। कोलम्बिया विश्वविद्यालय से स्नातक बनने के बाद उन्होंने प्रिंसटन विश्वविद्यालय से पीएचडी की। नॉज़िक को *एनार्की, स्टेट ऐंड यूटोपिया* के लिए इन्हें नैशनल बुक अवॉर्ड भी मिला। नॉज़िक का हक़दारी सिद्धांत व्यक्तियों को विशिष्ट प्रक्रियाओं से जोड़ता है। हक़दारी सिद्धांत के निम्नलिखित घटक हैं :

1. वस्तुओं के न्यायपूर्ण अधिग्रहण का सिद्धांत : यह घटक हमें यह बताता है कि किस स्थिति में कोई व्यक्ति प्राकृतिक अवस्था से ली गयी किसी वस्तु का हक़दार बन जाता है। नॉज़िक के अनुसार यदि कोई व्यक्ति किसी वस्तु को न्यायपूर्ण अधिग्रहण के सिद्धांत के अनुसार हासिल करता है, तो वह व्यक्ति क़ानूनी रूप से उस वस्तु का हक़दार बन जाता है।

2. वस्तुओं के न्यायपूर्ण स्थानांतरण का सिद्धांत : यह सिद्धांत उन तरीक़ों के बारें में बताता है जिनके द्वारा व्यक्ति न्यायपूर्ण तरीक़े से अपने स्वामित्व वाली वस्तुओं का स्थानांतरण कर सकता है। नॉज़िक के अनुसार बाज़ार में होने वाले लेन-देन दान और वस्तु-विनिमय स्थानांतरण करने के वैध तरीक़े हैं। दूसरी ओर, चोरी, लूट-खसोट और टैक्स लगाना किसी व्यक्ति की सम्पत्ति को लेने के अन्यायपूर्ण तरीक़ों के उदाहरण हैं। नॉज़िक के हक़दारी सिद्धांत का यह घटक बताता है कि यदि कोई व्यक्ति किसी वस्तु को दूसरे व्यक्ति से न्याय के सिद्धांतों के अनुसार स्थानांतरण के माध्यम से हासिल करता है, तो वह व्यक्ति वैध रूप से उस वस्तु का मालिक बन जाता है।

3. परिशोधन का सिद्धांत : यह घटक ऐसी प्रक्रिया का वर्णन करता है, जिसके द्वारा अतीत के अन्यायों का परिशोधन किया जा सकता है या उन्हें सुधारा जा सकता है। इस घटक के अनुसार, यदि कोई व्यक्ति किसी वस्तु का मालिक है, तो परिशोधन के सिद्धांत के अनुसार वह व्यक्ति उस वस्तु का न्यायपूर्ण रूप से हक़दार है।

4. कोई भी व्यक्ति ऊपर बतायी गयी प्रक्रिया का पालन नहीं करता है, तो वह किसी वस्तु का वैध रूप से हक़दार नहीं हो सकता है।

नॉज़िक के अनुसार सम्पत्ति की किसी व्यवस्था की तरफ़दारी करने या आलोचना करने का आधार ज़रूरत या कोशिशों के लिए पुरस्कार आदि नहीं होना चाहिए। इसकी जगह नॉज़िक यह मानते हैं कि हमें वितरण की जा रही वस्तु के इतिहास की पूरी सूचना पर ध्यान देना चाहिए। यदि हम सम्पत्ति के रूप में किसी वस्तु पर विचार कर रहे हैं तो हमें उस वस्तु के उत्पन्न होने के संदर्भ में उसके इतिहास संबंधी सूचना हासिल करनी चाहिए। दूसरे शब्दों में हमें यह जानना चाहिए कि क्या इस वस्तु के मालिक ने इसे सिद्धांत-1 (पहले लावारिस पड़ी वस्तु पर शुरुआती क़ब्ज़ा), सिद्धांत-2 (न्यायपूर्ण तरीक़े से हासिल की गयी वस्तु का न्यायपूर्ण हस्तांतरण) या सिद्धांत-3 (अन्यायपूर्ण स्वामित्व के परिशोधन के कारण किसी को सम्पत्ति मिलना) के अनुरूप न्यायपूर्ण तरीक़े से हासिल किया है। इसलिए किसी वस्तु की

हक़दारी की वैधता इस बात पर निर्भर करती है कि क्या शुरुआत में इस पर न्यायपूर्ण तरीक़े से क़ब्ज़ा किया गया था और बाद में इसका न्यायपूर्ण तरीक़े से स्थानांतरण किया गया है। यदि अतीत में अन्यायपूर्ण तरीक़े से क़ब्ज़ा करने या स्थानांतरण करने के परिशोधन के रूप में किसी व्यक्ति को किसी वस्तु की हक़दारी मिलती है, तो उसे भी न्यायपूर्ण माना जाता है। स्पष्टत: वे यह मानते हैं कि यदि कोई व्यक्ति इन प्रक्रियाओं द्वारा अपनी सम्पत्ति हासिल करता है तो वह अपने विवेक के मुताबिक़ इन वस्तुओं का स्वामित्व अपने पास रख सकता है या इसे किसी दूसरे व्यक्ति को हस्तांतरित कर सकता है। इसलिए हर ज़बरदस्ती हस्तांतरण से अधिकारों का उल्लंघन होता है। इसी तरह किसी व्यक्ति के स्वामित्व वाली वस्तु पर किसी भी तरह का दमनकारी नियमन उस वस्तु के मालिक के अधिकारों का उल्लंघन करता है।

इसी मुक़ाम पर अहम सवाल उठता है कि कोई व्यक्ति शुरुआत में वैध रूप से सम्पत्ति कैसे हासिल कर सकता है। नॉज़िक लॉक के सम्पत्ति संबंधी सिद्धांत में बतायी गयी प्रक्रिया पर विचार करते हुए अपनी शुरुआत करते हैं। जैसी कि पहले विवेचना की जा चुकी है लॉक के सम्पत्ति-सिद्धांत की प्रक्रिया यह बताती है कि लावारिस पड़ी वस्तु में अपना श्रम मिलाने से किसी वस्त का स्वामित्व हासिल होता है। लेकिन इसके साथ यह शर्त भी जुड़ी हुई है कि दूसरे लोगों के लिए 'पर्याप्त और उतना ही अच्छा' बचा रहना चाहिए। नॉज़िक सम्पत्ति हासिल करने के तरीक़े (या साधनों) को बहुत ज़्यादा महत्त्व नहीं देते। दरअसल, वे लॉक के वस्तु में श्रम मिलाने संबंधी तर्क की आलोचना ही करते हैं। नॉज़िक लॉक के 'पर्याप्त और उतना ही अच्छा' छोड़ने की शर्त को ज़्यादा गम्भीरता से लेते हैं। वे इसे वैध रूप से सम्पत्ति हासिल करने के लिए महत्त्वपूर्ण बुनियादी शर्त की मान्यता देते हैं।

नॉज़िक तर्क देते हैं कि जब तक कॉमन या जन-सामान्य के क्षेत्र में दूसरों के लिए 'पर्याप्त और उतना ही अच्छा' छोड़ा जाता रहेगा, तब तक स्वतंत्रता का उल्लंघन नहीं होगा। मान लीजिये कि 'ए' किसी प्राकृतिक वस्तु पर क़ब्ज़ा करता है। लेकिन दूसरों के लिए इतनी ज़्यादा प्राकृतिक वस्तु बचती है कि वे पहले की तरह ही इन वस्तुओं का प्रयोग कर सकते हैं, तो 'ए' द्वारा प्राकृतिक वस्तु पर क़ब्ज़ा करने से किसी के अधिकारों का उल्लंघन नहीं होगा। हर व्यक्ति के पास पहले जितनी ही स्वतंत्रता रहेगी। नॉज़िक के लिए 'महत्त्वपूर्ण बिंदु' यह है कि 'क्या लावारिस वस्तु पर क़ब्ज़ा करने से किसी व्यक्ति की स्थिति पहले से बुरी होती है।' यदि किसी वस्तु पर 'ए' द्वारा क़ब्ज़ा करने से दूसरे लोगों की उस वस्तु का उपयोग करने की स्वतंत्रता कम होती है, तो 'ए' द्वारा उस वस्तु पर क़ब्ज़ा करने को सही नहीं माना जा सकता। लावारिस वस्तु क़ब्ज़ा करने वाले हर व्यक्ति को यह सुनिश्चित करना होगा कि क़ब्ज़े के बाद भी दूसरे लोगों के लिए 'पर्याप्त और उतना ही अच्छा' बचा रहे।

इस शर्त की व्याख्या के संदर्भ में लॉक और नॉज़िक के विचारों में अंतर है। नॉज़िक यह मानते हैं कि कुछ ख़ास परिस्थितियों में अब तक लावारिस पड़ी वस्तु पर किसी के द्वारा क़ब्ज़ा करने से दूसरे लोगों की स्वतंत्रता में हुई कटौती की भरपाई की जा सकती है। मान लीजिये कि ज़मीन पर क़ब्ज़ा कर लेने या बाड़ा लगा देने के बाद दूसरे लोगों के पास क़ब्ज़ा करने के लिए ज़मीन नहीं बचती है। इससे सम्पत्तिहीन लोगों का ज़मीन का उपयोग करने का अधिकार ख़त्म हो जाता है। लेकिन अगर सम्पत्तिहीन लोगों की स्थिति कुल-मिलाकर ख़राब नहीं होती है, तो इसे सही माना जा सकता है (शर्त यह है कि दूसरों द्वारा क़ब्ज़ा करने से उत्पन्न होने वाले अवसर खोयी हुई स्वतंत्रता की भरपाई कर दें)। नॉज़िक मानते हैं कि लोगों को समान अवसर और संसाधन देना 'पर्याप्त और उतना ही अच्छा' की शर्त को पूरा करता है। इसलिए, यह ज़रूरी नहीं है किसी व्यक्ति द्वारा किसी लावारिस वस्तु पर क़ब्ज़ा कर लिए जाने के बाद दूसरों के लिए वही वस्तु पर्याप्त और उतने ही अच्छे रूप में मौजूद हो।

नॉज़िक के तर्क की इस आधार पर आलोचना की गयी है कि यह केवल दो स्थितियों के बीच तुलना करने की इजाज़त देता है। ये दो स्थितियाँ हैं : किसी तरह का स्वामित्व न होना और निजी स्वामित्व होना। जी.ए. कोहेन के मुताबिक़ नॉज़िक इस बात पर ध्यान नहीं देते कि संसाधनों के संयुक्त स्वामित्व जैसी कोई वैकल्पिक व्यवस्था भी हो सकती है। यह विकल्प व्यक्तियों के आत्म-स्वामित्व के नॉज़िक के आदर्श के ख़िलाफ़ नहीं जाता। इसके अलावा, नॉज़िक की सबसे महत्त्वपूर्ण आलोचना का आधार यह है कि वे इस बात को सुनिश्चित करने की कोशिश नहीं करते हैं कि वस्तु के न्यायपूर्ण अधिग्रहण के बारे में वास्तविक जाँच होनी चाहिए. वे यह मान लेते हैं कि चूँकि ऐसा करना मुमकिन नहीं है इसलिए अभी जिस व्यक्ति के पास जो सम्पत्ति है उसे उसका न्यायपूर्ण हक़दार मान लेना चाहिए। इस तरह वे ग़रीबों को उनके वर्तमान हालात पर छोड़ देते हैं।

जॉन रॉल्स ने अपनी प्रसिद्ध किताब *अ थियरी ऑफ़ जस्टिस* (1971) की आलोचना करने वालों को जवाब देने की कोशिश की, लेकिन रॉबर्ट नॉज़िक ने ऐसा करना उचित नहीं समझा। इसकी बजाय उन्होंने दर्शन के दूसरे कई क्षेत्रों में महत्त्वपूर्ण काम किया। ख़ासतौर पर उन्होंने ज्ञानमीमांसा या और तत्त्वमीमांसा में ज़बरदस्त योगदान किया। इस संदर्भ में उनकी दूसरी किताब *फ़िलोसॉफ़िकल एक्सप्लेनेशंस* (1981) का उल्लेख किया जा सकता है। इसमें उन्होंने ज्ञान का बाहरवादी सिद्धांत प्रस्तुत किया। इसके अलावा, द

एग्ज़ामिण्ड लाइफ़ (1989) में उन्होंने जीवन के अर्थ पर विचार किया और द *नेचर ऑफ़ रैशनैलिटी* (1993) में तार्किकता के जटिल सिद्धांत का विकास किया। यद्यपि इन किताबों की चर्चा उनकी पहली रचना जितनी चर्चा नहीं हुई, लेकिन ये भी राजनीतिक दर्शन से जुड़ी उनकी कृतियों जितनी ही विवादस्पद रहीं। इन्हें आधार बनाकर बाद में कई किताबें लिखी गयीं। नॉज़िक की आख़िरी किताब *इनवेरियंस* थी जो 2001 में उनकी मृत्यु के कुछ पहले प्रकाशित हुई। लम्बे समय तक पेट के कैंसर से जूझने के बाद 23 जनवरी, 2002 नॉज़िक का देहांत हुआ।

देखें : अधिकार, अधिकार : सैद्धांतिक यात्रा, अमेरिकी क्रांति, उपयोगितावाद, ऐडमण्ड बर्क, जॉन लॉक, जेरेमी बेंथम, जॉन स्टुअर्ट मिल, जॉन रॉल्स, फ्रांसीसी क्रांति, बहुसंस्कृतिवाद, भारत में मानवाधिकार, भारत में मानवाधिकार आंदोलन, मानवाधिकार, थॉमस हॉब्स, नागरिकता, नागरिकता : अन्य परिप्रेक्ष्य-1 और 2, नागर समाज, नागर समाज : भारतीय बहस।

संदर्भ

1. सिमोन हेलवुड (1996), *एक्सप्लोरिंग नॉज़िक : बियोंड एनार्की, स्टेट ऐंड यूटोपिया,* एवबुरी, सिडनी.
2. किमलिका विल (2009), *समकालीन राजनीति दर्शन,* दूसरा संस्करण (अनुवाद : कमल नयन चौबे), पियर्सन, दिल्ली.

— कमल नयन चौबे

राममनोहर लोहिया-1

मार्क्सवादी इतिहास-दृष्टि की आलोचना

(Rammanohar Lohia-1)

स्वतंत्रता संग्राम सेनानी, समाजवादी नेता, राजनीतिक सिद्धांतकार, प्रगतिशील और वामोन्मुख भारतीयता के विचारक, अहर्निश आंदोलनकारी, हिंदी के प्रबल समर्थक और करिश्माई शख़्सियत के धनी राममनोहर लोहिया (1910-1967) का नाम भारतीय राजनीतिक इतिहास में ग़ैर-कांग्रेसवाद के रणनीतिकार और मार्क्सवाद के प्रभाव से पुरी तरह मुक्त समाजवाद का देशज संस्करण तैयार करने वाले चिंतक के तौर पर दर्ज है। पिछड़ी जातियों को चुनावी मंच पर एक शक्ति के रूप में पेश करके लोहिया ने उनके राजनीतीकरण का रास्ता खोला और भारतीय राजनीति का चेहरा हमेशा के लिए बदल दिया। पचास और साठ के दशक में राजनीति पर छाये हुए अंग्रेज़ीदाँ अभिजनोन्मुख मुहावरे का रैडिकल तिरस्कार करते हुए लोहिया भारतीय मुद्रा और शब्दावली में सामने आये। उनके दिये हुए नारे, फ़िकरे और ख़ास तरह के चुस्त जुमले हमारी राजनीति में आज तक इस्तेमाल किये जाते हैं। उन्होंने न केवल भारतीय मार्क्सवादियों की युरोकेंद्रीयता को रेखांकित किया, बल्कि गाँधीवादियों के तत्कालीन रवैये के मुक़ाबले ख़ुद को 'कुजात' गाँधीवादी घोषित करके एक नया रास्ता तजवीज़ किया। सामाजिक-राजनीतिक नवनिर्माण के लिए लोहिया ने सप्त क्रांतियों का सूत्रीकरण किया जिनमें स्त्री-मुक्ति को प्रमुख स्थान दिया गया है। लोहिया एक प्रचुर लेखक और वक्ता थे। उनकी रचनाएँ पाठकों में आज भी लोकप्रिय हैं और उनका समग्र नौ खण्डों में प्रकाशित हुआ है।

राममनोहर लोहिया का जन्म उत्तर प्रदेश अकबरपुर, फ़ैज़ाबाद में एक मध्यवित्त मारवाड़ी परिवार में हुआ था। उन्हें अपने पिता हीरालाल से उपनिवेशवाद विरोधी विरासत मिली। एक प्रतिभाशाली छात्र के रूप में लोहिया ने बनारस हिंदू विश्वविद्यालय, कलकत्ता विश्वविद्यालय और फिर जर्मनी के हम्बोल्ट विश्वविद्यालय से उच्च-शिक्षा प्राप्त की। 1929 में उनकी भेंट जवाहरलाल नेहरू से हुई। शुरू में वे नेहरू से प्रभावित थे और उन्हें अपना नेता भी मानते थे, लेकिन आज़ादी के बाद लोहिया नेहरू के इर्द-गिर्द होने वाली राजनीति के कठोर आलोचक बन कर उभरे।

अपने देहांत के पैंतालीस साल बाद राम मनोहर लोहिया का राजनीतिक व्यक्तित्व उनके समर्थकों और विरोधियों की अतिरंजना या उदासीनता के कारण एक सुसंगत आकलन की माँग कर रहा है। लोहिया के समर्थक उनके भीतर भारतीय समाज और राजनीति की सभी समस्याओं का हल देखते हैं, और विरोधी उनके बारे में एक उपेक्षापूर्ण चुप्पी साधे रहते हैं। समर्थक भावुकता और पूजा-भाव से बाहर नहीं निकल पाते, और विरोधी उन्हें विमर्श से बाहर रखने के लिए हर तरह का हथकण्डा इस्तेमाल करते हैं। यह दोतरफ़ा अतिवाद लोहिया की लोक-प्रचलित छवि और उनके राजनीतिक प्रस्तुतीकरण का स्थाई तत्त्व है। अपनी राजनीतिक सक्रियता के काल में लोहिया सत्ता पक्ष और प्रतिष्ठान के बाहर रहे। यह बात उनके वैचारिक रुझान पर भी लागू होती है। जीवनपर्यंत समाजवादी रहे लोहिया का समाजवाद इस विचार की स्थापित श्रेणियों में कहीं नहीं अँटता। वे विश्व-शांति के पैरोकार थे पर चीनी हमले के बाद उन्होंने यह माँग उठायी कि भारत को एटम बम बनाना चाहिए। उन्होंने गोवा को पुर्तगाली शासन से मुक्ति दिलाने में अहम भूमिका निभायी लेकिन वे नेपाल को भारत का हिस्सा बनाना चाहते थे। लोहिया कांग्रेस पार्टी के भीतर 1934 से ही सक्रिय कांग्रेस समाजवादी दल की केंद्रीय हस्तियों में से एक थे। इससे पहले

राममनोहर लोहिया (1910-1967)

साइमन कमीशन के दौरान उन्होंने एक हड़ताल का नेतृत्व किया था। भारत छोड़ो आंदोलन के दौरान उनकी भूमिका ख़ासी महत्त्वपूर्ण थी। आज़ादी के बाद लोहिया कांग्रेस के साथ नहीं रहे। अपने विचारों और राजनीतिक प्रतिबद्धताओं के कारण उन्होंने विपक्ष का रास्ता चुना।

लोहिया की राजनीतिक छवि मुख्यत: अंग्रेज़ी विरोधी आंदोलन, ग़ैर-कांग्रेसवाद की मुहिम और पिछड़ी जातियों की राजनीतिक लामबंदी जैसे तत्त्वों के आधार पर बनी है। कई बार ये तत्व एक दूसरे से स्वतंत्र या निरपेक्ष दिखाई पड़ते हैं लेकिन अगर लोहिया के चिंतन और कृतित्व को ग़ौर से देखें तो उनके बीच एक विस्तृत तर्क और निरंतरता लक्षित की जा सकती है। वे आधुनिक भारत के उन अनूठे चिंतकों में हैं जो समाजवाद के विचार को युरोपीय संदर्भों से अलगा कर उसे ग़ैर-युरोपीय सांस्कृतिक संदर्भों में रोपने के उद्यम में लगे हुए थे। लोहिया इस बात से वाक़िफ़ थे कि एक विचारधारा और आंदोलन के तौर पर समाजवाद युरोप की अवधारणा है। उसे किसी और जगह स्थापित करने में सैद्धांतिक दिक़्क़तें आनी ही थीं। लोहिया समाजवाद के जिस विमर्श में दख़ल दे रहे थे वह इतिहास की बहुविध जटिलताओं से उभरा था। भारत में समाजवादी आंदोलन वामपंथी राष्ट्रवाद का एक विशिष्ट रूप था जिस पर भारतीय राष्ट्रीय कांग्रेस के नेतृत्व में चल रहे मुक्ति संघर्ष की गहरी छाया थी। कांग्रेस के भीतर स्थित कांग्रेस सोशलिस्ट पार्टी सही मायने में एक ऐसा समूह था जो भारतीय समाज का रैडिकल कायांतरण करना चाहता था। इस समूह में एक तरफ़ जयप्रकाश नारायण और आचार्य नरेंद्र देव जैसे लोग थे जो समाजवाद को मार्क्सवादी रंगत देना चाहते थे; दूसरी तरफ़ अशोक मेहता और मीनू मसानी जैसे नेता थे जो लोकतांत्रिक समाजवाद के पैरोकार थे। तीसरी तरफ़ अच्युत पटवर्धन और लोहिया जैसे नौजवान कार्यकर्ता थे जो समाजवाद से गाँधीवादी आदर्शों का सामंजस्य बिठाना चाहते थे। इस तरह देखा जाए तो कांग्रेस सोशलिस्ट पार्टी वास्तव में एक ऐसा संगठन था जो समाजवाद की विविध और अक्सर अंतर्विरोधी समझ के बीच झूलता रहता था।

आज़ादी हासिल करने के दो दशकों के बीच समाजवादी आंदोलन में एक बड़ा बदलाव आया। जयप्रकाश नारायण सक्रिय राजनीति से दूर हो गये और नरेंद्र देव का देहांत हो गया। दरअसल यही काल था जब समाजवादी आंदोलन की विरासत लोहिया के हाथों में आयी। इस दौर में समाजवादी आंदोलन को लोहिया ने एक नया सैद्धांतिक आधार देने का प्रयास किया। उन्होंने ज़ोर दे कर कहा कि भारत जैसे देशों में समाजवाद अपने अस्तित्व की अंतिम घड़ियाँ गिन रहा है, क्योंकि वह अपने आर्थिक लक्ष्य तो कम्युनिज़म से फ़राहम करता है जबकि कार्यकारी सिद्धांतों के लिए पूँजीवाद की पनाह लेता है। लोहिया का मानना था कि भारत में समाजवाद को सिद्धांत और व्यवहार के स्तर पर स्वायत्त हो जाना चाहिए। इस मामले में लोहिया समाजवाद की मार्क्सवादी समझ या उससे मिलती-जुलती वैचारिक प्रवृत्तियों से मुक्त हो जाना चाहते थे। उनका मानना था कि समाजवाद की ऐसी वैचारिक श्रेणियाँ और सैद्धांतिक अवधारणाएँ अंतत: समाजवाद के स्थानीय रूप को अपना मातहत बना लेती हैं। इस फलक को थोड़ा और विस्तार दें तो लगता है कि लोहिया भारतीय समाजवाद को नेहरू की नीतियों, कम्युनिस्ट कार्यक्रमों तथा दक्षिणपंथी राजनीति से बचा कर एक नितांत स्वायत्त रूप देना चाहते थे। असल में कांग्रेस सोशलिस्ट पार्टी के दौर से लेकर ज़मीनी राजनीति के अनुभवों के बीच लोहिया समाजवादी आंदोलन की स्वायत्तता को लेकर हमेशा मुस्तैद रहे।

पश्चिम के मौजूदा मॉडलों से अलग वैकल्पिक समाजवाद गढ़ने की परियोजना के तहत एक तरफ़ उन्होंने समाजवाद की प्रचलित व्याख्याओं का व्यवस्थित और विशद प्रत्याख्यान किया, तो दूसरी तरफ़ उन सांस्कृतिक और बौद्धिक स्रोतों का संधान किया जिनके आधार पर समाजवाद का देशज संस्करण गढ़ा जा सकता था। समाजवाद के पश्चिमी मॉडलों की शिनाख़्त करते हुए लोहिया ने पाया कि समाजवाद का सबसे संश्लिष्ट और मज़बूत विचार मार्क्सवाद से निकलता है। इसलिए लोहिया ने मार्क्सवाद की बुनियादी प्रस्थापनाओं पर सवाल खड़े किये और इंगित किया कि मार्क्स पूँजीवाद का न केवल अमूर्त परीक्षण करते हैं बल्कि उसके साम्राज्यवादी संदर्भ को गौण कर देते हैं। लोहिया के

मुताबिक़ मार्क्स जिस पूँजीवाद की पड़ताल करते हैं उसका संदर्भ मुख्यत: पश्चिमी युरोपीय देशों तक सीमित है। लोहिया यह भी कहते हैं मार्क्स के पूँजीवाद की धुरी यानी उसकी आंतरिक संरचना में निहित मूल्य और श्रम-शक्ति के उपयोगिता मूल्य तथा मज़दूर वर्ग और पूँजीपति वर्ग के अंतर्विरोधों की शिनाख़्त मूलत: पश्चिमी देशों के एक विशिष्ट अनुभव पर टिकी है। इसलिए पूँजीवाद के इस रूप का सिद्धांतीकरण करके उसे एक सार्वभौम परिघटना की तरह कितना भी व्याख्यायित किया जाए उसकी अपनी गति के नियम पूरी तरह आंतरिक हैं।

ज़ाहिर है कि लोहिया की इस आलोचना में यह प्रच्छन्न तर्क निहित है कि पश्चिम में पूँजीवाद के विकास को एशिया, अफ़्रीका तथा लातीनी अमेरिका जैसे क्षेत्रों में हुए औपनिवेशीकरण और उनके दरिद्रीकरण के संदर्भों से काट कर नहीं समझा जा सकता। लोहिया ने इस बात पर ज़ोर दिया कि पश्चिम के पूँजीवादी देशों में सम्पदा के संग्रहण और औपनिवेशीकरण के बीच एक नज़दीकी संबंध है। उनका कहना है कि मार्क्स पूँजीवाद की पड़ताल युरोप के खास ऐतिहासिक संदर्भ में करते हैं और साम्राज्यवाद को उसका आंतरिक तत्त्व न मानकर बाद की परिघटना मानते हैं। यहाँ लोहिया यह प्रश्न पूछते नज़र आते हैं कि क्या पूँजीवाद का विकास साम्राज्यवाद के बिना हो सकता था, और फिर इतिहास से ढूँढ़ कर उत्तर लाते हैं कि साम्राज्यवाद के पूर्व-पक्ष के बिना पूँजीवाद की कल्पना नहीं की जा सकती।

पूँजीवाद की इस व्याख्या की तरह लोहिया मार्क्स के इतिहास-बोध और दर्शन को भी युरोप के ऐतिहासिक अनुभवों का प्रतिबिम्ब मानते हैं। वे इस निष्पत्ति पर पहुँचते हैं कि इतिहास की मार्क्सवादी संकल्पना अंतत: एक युरोकेंद्रित आख्यान बन जाती है जिसमें ग़ैर-युरोपीय देशों का स्थान अधीनस्थ से ज़्यादा नहीं होता। लोहिया को इतिहास की मार्क्सवादी व्याख्या में यह खोट भी दिखता है कि वह इतिहास को एक सीधी रेखा में चलने वाली प्रक्रिया की तरह प्रक्षेपित करती है और जिसके प्रस्थान बिंदु पर अनिवार्यत: युरोप स्थित होता है। मार्क्स की इतिहास-दृष्टि से लोहिया निष्कर्ष निकालते हैं कि वह ग़ैर-युरोपीय देशों में किसी भी क्रांतिकारी पहल या बदलाव की सम्भावनाओं को ख़ारिज कर देती है। इस तर्क को आगे बढ़ाते हुए लोहिया लगातार इस बात से आश्वस्त होते जाते हैं कि इतिहास की मार्क्सवादी दृष्टि युरोपीय वर्चस्व क़ायम करने का औज़ार है। मार्क्स की स्थापनाओं के संबंध में लोहिया का चिंतन दो लिहाज़ से महत्वपूर्ण माना जा सकता है। एक, वह इस बात की ओर इशारा करता है कि पूँजीवाद कोई एकाश्मिक अवधारणा नहीं है लिहाज़ा उसकी व्याख्या कई तरीक़ों से की जा सकती है। दूसरे, अगर पूँजीवाद को उसके केंद्र से देखा जाए तो वह एक अलग व्यवस्था दिखाई देती है और अगर परिधि से देखें तो उसका अर्थ ही बदल जाता है।

देखें : 'अंग्रेज़ी हटाओ' आंदोलन, कांग्रेस 'प्रणाली', गठजोड़ राजनीति, ग़ैर-कांग्रेसवाद, चरण सिंह, जय प्रकाश नारायण, जवाहरलाल नेहरू, नरेंद्र देव, पार्टी गठजोड़ की राजनीति, भारत में गठजोड़ राजनीति, विजय देव नारायण साही।

संदर्भ

1. *राममनोहर लोहिया समग्र रचनावली* (सम्पा. मस्तराम कपूर) (2005) (नौ खण्ड), अनामिका पब्लिकेशंस, नयी दिल्ली.
2. योगेंद्र यादव (2010), 'ऑन रिमेम्बरिंग लोहिया', *इकॉनॉमिक ऐंड पॉलिटिकल वीकली,* खण्ड 45, अंक 40.
2. सच्चिदानंद सिन्हा (2010), 'लोहियाज सोशिलिज़म : ऐन अंडरडॉग्ज़ पर्सपेक्टिव', *इकॉनॉमिक ऐंड पॉलिटिकल वीकली,* खण्ड 45, अंक 40.

— नरेश गोस्वामी

राममनोहर लोहिया-2

वैकल्पिक समाजवाद के लिए गाँधी की पुनर्रचना

(Rammanohar Lohia-2)

समाजवाद के युरोपीय मॉडलों को ख़ारिज करने के बाद लोहिया विकल्प के लिए गाँधी की ओर गये। उन्हें लगा कि भारत में समाजवाद के प्रयोग की सफलता इस बात से तय होगी कि गाँधी के विचारों की पुनर्रचना किस तरह की जाती है। देशज समाजवाद के निर्माण में लोहिया को गाँधी के दो विचार— सत्याग्रह और आर्थिक व राजनीतिक विकेंद्रीकरण ने ख़ास तौर से प्रभावित किया। लोहिया का मानना था कि अगर समाजवाद की परियोजना के लिए गाँधी के अहिंसक सत्याग्रह को अपनाया जाए तो आर्थिक और राजनीतिक विकेंद्रीकरण का विचार हक़ीक़त बन सकता है।

लोहिया ने गाँधी के विचारों को भक्तिभाव से ग्रहण नहीं किया और सचेत रहे कि गाँधी का राजनीतिक दलों और व्यक्तियों ने अलग-अलग प्रयोजनों के लिए विनियोग किया है। यही वजह है कि लोहिया ने गाँधीवाद के जिन विचारों को ग्रहण किया वह गाँधीवाद की अन्य धाराओं से सैद्धांतिक और राजनीतिक अर्थ में ख़ासा अलग था। मसलन, लोहिया ने सर्वोदय आंदोलन के गाँधीवाद को आश्रम गाँधीवाद क़रार दिया और भारतीय राज्य गाँधी का जिस अर्थ में आह्वान कर रहा था उसके लिए उन्होंने सरकारी गाँधीवाद का मुहावरा

इस्तेमाल किया। ग़ौरतलब है कि गाँधीवाद की इन विभिन्न क़िस्मों को प्रश्नांकित करते हुए लोहिया गाँधीवाद के किसी शुद्ध संस्करण की खोज करते नहीं दिखते। उनका इरादा असल में गाँधीवाद से केवल ऐसे तत्त्वों को ग्रहण करना था जो भारतीय समाजवाद के निर्माण में उपयोगी हों। लोहिया समाजवाद के जिस संस्करण को गढ़ना चाहते थे वह जवाहरलाल नेहरू के राज्य समर्थित और लोकोपकारी मॉडल से भिन्न था। नेहरू के मॉडल में लोहिया को आर्थिक विकास का पश्चिमी ढर्रा हावी दिखता था। इस मॉडल पर लोहिया की दूसरी आपत्ति यह थी कि वह न केवल प्रकारांतर से पूँजीवाद को प्रश्रय देता था बल्कि बृहत्तर समाज को राज्य के मातहत कर देता था।

अपने राजनीतिक जीवन में लोहिया नेहरू के इस मॉडल को लगातार प्रश्नांकित करते रहे। लोहिया इस मॉडल को सरकारी समाजवाद कहते थे। लोहिया समाजवाद के जिस संस्करण पर जोर दे रहे थे वह छोटी मशीनों के उपयोग पर आधारित था। और उसके मूल में हर स्तर पर आर्थिक विकेंद्रीकरण का विचार प्रमुख था। उनका स्पष्ट मानना था कि आर्थिक विकेंद्रीकरण के बिना राजनीतिक विकेंद्रीकरण भी सम्भव नहीं है। लोहिया के समाजवाद और नेहरू के राज्याधारित समाजवाद में बुनियादी अंतर यह था कि लोहिया के समाजवाद की मूल चालक शक्ति साधारण जनता में निहित थी जबकि नेहरू की समाजवादी संकल्पना राज्य की पहलक़दमी से शुरू होती थी।

लोहिया ने पाँचवें और छठे दशक में ग़ैर-कांग्रेसवाद का विचार प्रतिपादित किया। कांग्रेस के प्रभुत्व को चुनौती देने वाला यह विचार अपने मूल में नेहरू के आधुनिकीकरण और आर्थिक विकास के मॉडल का प्रतिकार कहा जा सकता है। लोहिया का मानना था कि कांग्रेस और नेहरू का यह एजेंडा न केवल पूँजीवाद को मज़बूत करेगा बल्कि एक ऐसे भारी-भरकम राज्य को बढ़ावा देगा जिसकी दमनकारी ताक़त समाज की रचनात्मक और सांस्कृतिक स्रोतों को समाप्त कर देगी। इस तरह लोहिया आर्थिक उत्पादन और राजनीतिक प्राधिकार के क्षेत्र में केंद्रीकृत ढाँचे की मुख़ालफ़त कर रहे थे।

लोहिया की प्रचलित राजनीतिक छवि जिन तत्त्वों से मिलकर बनी है उनमें उनका जाति संबंधी चिंतन और अंग्रेज़ी विरोध ख़ास अहमियत रखते हैं। जातियों के पदानुक्रम में न्यस्त सत्ता और अंग्रेज़ी के प्रभुत्व के ख़िलाफ़ लोहिया को राजनीतिक आंदोलन शुरू करने का श्रेय भी जाता है। भारत में जाति व्यवस्था तथा जेंडर आधारित भेदभाव के मसले को लोहिया ने अनूठे ढंग से उठाया। उनका मानना था कि भारतीय समाज में जातियों के बीच पृथक्करण की भावना और तथा जेंडरगत भेदभाव एक ही वैचारिक ज़मीन से पैदा होते हैं। जाति के विमर्श में लोहिया का यह प्रतिपादन एक महत्त्वपूर्ण सैद्धांतिक योगदान माना जाता है। जाति व्यवस्था में निहित भेदभाव और उसकी सांस्कृतिक नकारात्मकता पर ज़ोर देने के साथ लोहिया इस तथ्य के प्रति भी सचेत थे कि भारत में जातियों का पदानुक्रम और उससे उपजने वाली शोषण की संरचना का स्वरूप हर क्षेत्र में अलग-अलग है। इस आधार पर उन्होंने जातियों के इलाक़ाई गठबंधन और गोलबंदी जैसा अहम सूत्रीकरण भी किया। विद्वानों का मानना है कि इस मायने में लोहिया आधुनिक भारत के उन ख़ास चिंतकों में थे जिन्होंने जातिगत हितों, पहचान और गठबंधन को राजनीतिक गोलबंदी के एक सम्भावित स्थल के रूप में देखा था। लोहिया की मृत्यु के बाद और ख़ास तौर पर नवें दशक की राजनीति में पिछड़ी और दलित जातियों का उभार तथा सत्ता के गठन में उनकी निर्णायकता लोहिया को राजनीति का एक दूरदर्शी रणनीतिकार भी साबित करती है।

लोहिया भारतीय भाषाओं के हिमायती थे और देश की शिक्षा व्यवस्था, प्रशासन और सार्वजनिक जीवन में अंग्रेज़ी के प्रभुत्व को सत्ता संरचना के साथ जोड़कर देखते थे। इस संदर्भ में लोहिया की यह उक्ति एक समाजशास्त्रीय अंतर्दृष्टि की हैसियत रखती है कि भारत में ऊँची जाति, सम्पत्ति तथा अंग्रेज़ी का ज्ञान तीन ऐसे कारक हैं जिनसे यह तय होता है कि सत्ता की संरचना में व्यक्ति की स्थिति क्या होगी। उनके मुताबिक़ अगर इन तीन कारकों में किसी के पास दो चीज़ें हों तो वह शासक वर्ग का हिस्सा बन जाता है। इस तरह लोहिया अंग्रेज़ी का विरोध सिर्फ़ इसलिए नहीं कर रहे थे क्योंकि वह एक विदेशी भाषा थी। उनका यह विरोध इस समझ पर टिका था कि भारत जैसे देश में अंग्रेज़ी असमानता और सांस्कृतिक आधिपत्य की वाहक बन गयी है। लोहिया अंग्रेज़ी को शोषण का औज़ार मानते थे उनका कहना था कि अंग्रेज़ी का समर्थक वर्ग असल में शोषक वर्ग है। उनका कहना था कि अंग्रेज़ों ने भारत में बंदूक की गोली और अंग्रेज़ी की बोली के दम पर शासन किया है। अपने एक लेख में लोहिया आधुनिकता को तर्क, ज्ञान, सत्य, विज्ञान और तकनीक के परिष्कार से जनित दृष्टिकोण बताते हैं और फ़िर इस संदर्भ में तर्क देते हैं कि अंग्रेज़ी भारतीय जनता को ऐसा कुछ प्रदान नहीं करती जिसके आधार पर लोग आधुनिक होने का दावा कर सकें।

गाँधी, आम्बेडकर तथा सुभाष चंद्र बोस की तरह लोहिया भी अंग्रेज़ी की जगह हिंदुस्तानी को राष्ट्रीय सम्पर्क भाषा बनाये जाने के पक्षधर थे। उन्हीं की तरह लोहिया भी हिंदुस्तानी को संस्कृत और फ़ारसी की जटिलताओं से मुक्त एक सरल भाषा के रूप में देख रहे थे। पर यहाँ यह याद रखना जरूरी है कि लोहिया का अंग्रेज़ी विरोध अनिवार्यत: हिंदी का समर्थन नहीं था। उनकी मंशा यह नहीं थी कि अंग्रेज़ी हटाने के बाद उसकी जगह हिंदी स्थापित कर दी जाए। आज़ादी के बाद जब राज्यों का भाषाई आधार पर गठन होने लगा तो राष्ट्रीय भाषा का प्रश्न जटिल हो गया। ऐसे में

जब बृहत्तर प्रश्न यह बना कि हिंदी या हिंदुस्तानी के बरक्स अन्य भारतीय भाषाओं की हैसियत क्या होगी तो लोहिया ने यह विचार रखा कि पंजाबी और गुजराती जैसी भाषाओं को हिंदुस्तानी में शामिल करके नागरी लिपि के प्रयोग को बढ़ावा दिया जाए। ग़ैर-हिंदी भाषी समूहों की चिंताओं का समाधान करने तथा उन्हें अंग्रेज़ी हटाओ आंदोलन से जोड़ने के लिए लोहिया ने तीन सूत्र रखे। उनका एक प्रस्ताव यह था कि हिंदी को केंद्र सरकार की आधिकारिक भाषा बना दिया जाए किंतु एक निश्चित अवधि के लिए केंद्र सरकार की समस्त नौकरियाँ ग़ैर-हिंदीभाषियों के लिए आरक्षित कर दी जाएँ। उनका दूसरा प्रस्ताव यह था कि राज्यों को दो ऐसे समूहों में बाँटा जाए जिनमें एक समूह के राज्य अंग्रेज़ी का प्रयोग आंतरिक और बाहरी दोनों स्तरों पर बंद कर दें। जबकि दूसरे समूह के राज्य केंद्र सरकार से पत्र व्यवहार के मामले में अंग्रेज़ी का प्रयोग जारी रखें लेकिन अंदरूनी कामकाज के लिए उसका इस्तेमाल बंद कर दे। अंततः लोहिया ने अंग्रेज़ी को छोड़ कर एक बहुभाषी केंद्र का विचार पेश किया। लोहिया की यह भाषाई राजनीति पाँच दशक बाद भी जहाँ की तहाँ खड़ी है। इस बीच जाति पर आधारित अन्याय का विरोध करना तो राजनीति के मौजूदा विमर्श में जगह पा गया है लेकिन अंग्रेज़ी के मुक़ाबले भारतीय भाषाओं का मसला उसी तरह अटका है। भाषाई क्षेत्र में जारी यह विसंगति अब शायद किसी तरह की राजनीतिक गोलबंदी का एजेंडा नहीं रह गयी है।

लोहिया के चिंतन का विवादास्पद पहलू यह है कि वे पूँजीवाद और साम्यवाद दोनों को बुराई की तरह देखते हैं। उन्होंने कहा था कि कम्युनिज़म भी पूँजीवाद की तकनीक में यक़ीन करता है और भारी मशीनरी के उपयोग का पक्षधर है। और वह केवल पूँजीवाद के उत्पादन संबंधों को ध्वस्त करता है कि न कि उसके आधार को। उनका यह विवादास्पद चिंतन कम्युनिजम को युरोप के ऐसे हथियार की तरह पेश करता है जिसके दम पर वह शेष दुनिया पर क़ब्ज़ा जमाना चाहता है।

लोहिया के अध्येताओं का मानना है कि राजनीति और अकादमिक विमर्श में लोहिया की जानबूझ कर एक विद्रूप छवि गढ़ी गयी है। उनके मुताबिक लोहिया ने अपने राजनीतिक जीवन में नेहरू की नीतियों की सतत आलोचना, अंग्रेज़ी का दुर्धर्ष विरोध, ऊँची जातियों के दबदबे का प्रतिकार तथा जाति पर आधारित आरक्षण की व्यवस्था का समर्थन किया था। ज़ाहिर है कि भारतीय समाज और राजनीति में एक अनुकूलित क़िस्म की मुख्यधारा के समर्थकों को लोहिया का यह बुत-शिकन रवैया जँचा नहीं। लेकिन दूसरी तरफ़ उनके विमर्श और राजनीतिक व्यक्तित्व में ऐसे कई पहलू हैं जो एक जनोन्मुख लोकतांत्रिक राज्य की रचना करने के उद्यम में केंद्रीय भूमिका निभा सकते हैं।

देखें : 'अंग्रेज़ी हटाओ' आंदोलन, कांग्रेस 'प्रणाली', गठजोड़ राजनीति, ग़ैर-कांग्रेसवाद, चरण सिंह, जय प्रकाश नारायण, जवाहरलाल नेहरू, नरेंद्र देव, पार्टी गठजोड़ की राजनीति, भारत में गठजोड़ राजनीति, विजय देव नारायण साही।

संदर्भ

1. राजाराम तोलपाड़ी (2010), 'कंटेक्स्ट, डिस्कोर्स ऐंड विज़न ऑफ़ लोहियाज सोशिलिज़म', *इकॉनॉमिक ऐंड पॉलिटिकल वीकली,* खण्ड 45, अंक 40.
2. योगेंद्र यादव (2010), 'व्हाट इज़ लिविंग ऐंड व्हाट इज़ डैड इन राममनोहर लोहिया', *इकॉनॉमिक ऐंड पॉलिटिकल वीकली,* खण्ड 45, अंक 40.
3. ओंकार शरद (2008), *लोहिया के विचार,* छठवाँ संस्करण, लोकभारती प्रकाशन, इलाहाबाद.

— नरेश गोस्वामी

विधि का शासन

(Rule of law)

विधि का शासन का अर्थ प्रत्येक राज्य और समाज के लिए अलग-अलग रहा है। एक विषय के रूप में विधि का शासन एक ऐसी व्यवस्था के बारे में ध्यान दिलाता है जो उदारतावादी, संवैधानिक और लोकतांत्रिक होती है तथा जिसमें स्वतंत्रता, समानता, अधिकार, न्याय, विकास तथा क़ानून इत्यादि की महत्त्वपूर्ण अवधारणाओं का समावेश होता है। इन लोकतांत्रिक मूल्यों की प्राप्ति के लिए एक ऐसी उचित व्यवस्था का होना आवश्यक है जो इन मूल्यों को सही तरह से बढ़ावा दे सके। दरअसल लोकतांत्रिक व्यवस्था के अंतर्गत विधि का शासन एक महत्त्वपूर्ण बिंदु है। इसके तहत शासन को विधिवत संचालित करते हुए ये सभी मूल्य हासिल करने की कोशिश की जाती है। इसमें क़ानून सर्वोच्च होता है और उसी के अनुसार शासन-व्यवस्था संचालित होती है। विधि के शासन की अवधारणा की उत्पत्ति पश्चिमी देशों में उदारतावाद के साथ हुई। उदारतावादी लोकतांत्रिक शासन से जुड़ा सबसे बुनियादी आग्रह है। यह संविधानवाद और सीमित सरकार के विचार को स्थापित करता है। विधि का शासन सरकार को ऐसी परिस्थितियाँ प्रदान करता है जिसमें लोकतांत्रिक तरीक़े से बने क़ानूनों की सर्वोच्चता होती है तथा क़ानून के समक्ष समानता का सिद्धांत स्थापित होता है। साथ ही इसके द्वारा क्रियाविधिमूलक न्याय की स्थापना होती है

और यह सरकार की तानाशाही प्रवृत्तियों पर प्रभावकारी तरीक़े से रोक लगाता है। असल में विधि का शासन एक बुद्धिसंगत शासन है जो लोगों की सहमति पर आधारित होता है। यह शासन वहीं स्थापित हो सकता है जहाँ नियमों के अनुसार काम होता हो। यह शासक की तानाशाह-आकांक्षाओं का निषेध करता है। अरस्तू के शब्दों में, क़ानून की सर्वोच्चता का अर्थ क़ानूनों की सरकार से है जो किसी व्यक्ति की मनमर्ज़ी से चलने वाले सरकार को नकारती है। यह समाज की संगठित शक्ति की माँग करता है और इस बात पर ज़ोर देता है कि राज्य क़ानून से ऊपर न होकर आवश्यक रूप से क़ानून का ही अंग हो।

विधि के शासन को एक पश्चिमी अवधारणा के रूप में समझा जा सकता है। ख़ास तौर पर यूनानी और जर्मन विद्वानों ने इस पर गहराई से विचार किया है। प्राचीन यूनान में यह शब्द इसोनोमिया या स्टैंड्सटाट नाम से जाना जाता था। अट्ठारहवीं सदी में इसे जर्मनी के संदर्भ में रिचस्टाट के रूप में जाना जाता था। रिचस्टाट व्यवस्था के अंतर्गत इस बात पर मुख्य ज़ोर दिया जाता था कि प्रशासन के क्षेत्र में शासक का पूर्ण नियंत्रण हो। इसमें राज्य के हर काम को विधि का आधार प्रदान करने पर ज़ोर दिया गया। फ्रेंच शब्द ला प्रिंसपी डे लिगेलाईट का मुख्य मतलब यह है कि सरकार क़ानून के सिद्धांत पर आधारित होनी चाहिए न कि व्यक्ति की मनमर्ज़ी पर। इसमें क़ानून की व्यवस्था को प्रशासनिक क़ानून या न्यायाधिकरण से भी जोड़ा गया। इस व्यवस्था के तहत विधि के शासन का संरक्षण केवल न्यायालय द्वारा ही नहीं बल्कि प्रशासनिक न्यायाधिकरण द्वारा भी होने लगा। फ्रांस में प्रशासनिक अधिकारियों और आम जनता के लिए अलग-अलग क़ानून थे। आम जनता साधारण क़ानूनों के अंतर्गत आती थी तथा प्रशासनिक अधिकारी प्रशासनिक क़ानून के अंतर्गत आते थे।

ज़ाहिर है कि विधि के शासन की अवधारणा बहुत पुरानी है। एडवर्ड कोक को इसका जन्मदाता माना जाता है। हालाँकि कोक ने 'विधि का शासन' शब्द का प्रयोग नहीं किया, पर उनका मानना था कि राजा आवश्यक रूप से क़ानून के अंतर्गत आता है तथा क़ानून की सर्वोच्चता कार्यपालिका से ऊपर है। शुरुआत में इसकी मदद से राजा की दैवी शक्ति के सिद्धांत का विरोध करते हुए इस बात पर बल दिया गया कि सार्वजनिक शक्ति के धारकों को सार्वजनिक रूप से सिद्ध करना चाहिए कि शक्ति का प्रयोग क़ानूनी रूप से उचित और औचित्यपूर्ण है। आगे चलकर डायसी ने विधि के शासन की अवधारणा का विकास किया। डायसी एक व्यक्तिवादी थे और उन्होंने राज्य के अ-हस्तक्षेप के तहत होने वाले मुक्त व्यापार की अवधारणा के उभार के दौर में सरकारी अधिकारियों के हाथों में स्वेच्छाचारी शक्ति होने का विरोध किया। इनके अनुसार जहाँ कहीं भी स्वेच्छाचारी शक्ति होगी, वहाँ तानाशाही का स्थान होगा।

डायसी ने 1885 में लिखी अपनी पुस्तक *इंट्रोडक्शन टू द स्टडी ऑफ़ लॉ ऑफ़ द कॉन्सटीट्यूशन* में विधि के शासन के तीन तत्त्वों को उजागर किया। पहला, निरंकुश शक्ति के प्रयोग की अनुपस्थिति। इसके अनुसार जब तक कोई व्यक्ति स्पष्ट रूप से विधि के विरुद्ध आचरण न करे और जब तक देश के सामान्य न्यायालय में उसका यह आचरण सिद्ध न हो जाए तब तक किसी व्यक्ति को न तो दण्ड दिया जा सकता है और न ही शारीरिक कष्ट अथवा हानि पहुँचायी जा सकती है। दूसरा, क़ानून के समक्ष समानता। डायसी के अनुसार ब्रिटेन में कोई भी नागरिक क़ानून के ऊपर नहीं है। प्रत्येक नागरिक, चाहे उसकी पद और स्थिति कुछ भी हो, साधारण क़ानून से शासित होता है। हर व्यक्ति साधारण न्यायालयों के क्षेत्राधिकार के अंतर्गत रहता है। अन्य लोकतांत्रिक देशों में जहाँ लिखित संविधान अपनाये गये हैं (मसलन, संयुक्त राज्य अमेरिका, भारत आदि में), वहाँ नागरिक अधिकारों की संवैधानिक गारंटी दी गयी है। तीसरा, संवैधानिक क़ानून सामान्य साधारण क़ानून के क्षेत्र का अंग है अर्थात् साधारण क़ानूनों की सर्वोच्चता। यह बात ख़ास तौर पर ब्रिटेन के संदर्भ में ज़्यादा लागू होती है क्योंकि वहाँ लिखित संविधान नहीं है, और लोगों के अधिकार उनकी परम्पराओं और रीति-रिवाज़ों से सामने आते हैं, जिन्हें न्यायालय द्वारा मान्यता दी जाती है।

बहरहाल, आइवर जेनिंग्स ने 1933 में प्रकाशित अपनी किताब *द लॉ ऐण्ड कॉन्स्टीट्यूशन* में डायसी के विधि के शासन के अवधारणा की आलोचना की। इसके अनुसार विधि के शासन की कोई निश्चित परिभाषा नहीं है। उन्होंने पश्चिमी उदारतावादी परम्परा में विकसित हुए लोकतंत्र की अवधारणा से विधि के शासन को जोड़ा। डायसी के विपरीत जेनिंग्स राज्य की भूमिका के विस्तार के लिए प्रतिबद्ध थे ताकि राज्य लोगों के लिए कल्याणकारी काम कर सके। उन्होंने उदारतावादी और लोकतांत्रिक शासन में विधि के शासन के संबंध में निम्नलिखित महत्त्वपूर्ण बातों पर ज़ोर दिया : पहला, संसद द्वारा स्वीकृत सरकार की सभी शक्तियाँ सुनिश्चित और वितरणमूलक होनी चाहिए; दूसरा, क़ानून सभी के लिए समान होना चाहिए। क़ानून को लोगों के बीच नस्ल, धर्म, धन, सामाजिक स्थिति तथा राजनीतिक प्रभाव के आधार पर किसी तरह का भेदभाव नहीं करना चाहिए; तीसरा, पुलिस की शक्ति सीमित होनी चाहिए इत्यादि।

इंटरनैशनल कमीशन ऑफ़ जूरिस्ट के 1959 के सम्मेलन में तात्त्विक विधि के शासन का विचार सामने आया। इसे दिल्ली घोषणा-पत्र के नाम से भी जाना जाता है। इसके अनुसार, 'एक स्वतंत्र समाज में सरकार का कार्य विधि का शासन लागू करना तथा ऐसी परिस्थितियाँ तैयार करना होना चाहिए, जिनके तहत एक आदमी व्यक्ति के रूप में अपनी

प्रतिष्ठा को ऊँचा उठा सके। यह प्रतिष्ठा केवल नागरिक और राजनीतिक अधिकार से प्राप्त नहीं हो सकती है। इसके लिए राजनीतिक, सामाजिक, आर्थिक, शैक्षिक तथा सांस्कृतिक परिस्थितियों की आवश्यकता है ताकि व्यक्ति का पूर्ण विकास हो सके।' जोसेफ़ रैज़ ने इसकी प्रतिक्रिया के रूप में विधि के शासन की औपचारिक अवधारणा पेश की। उनके अनुसार, अपने व्यापक अर्थों में विधि का शासन का अर्थ यह है कि लोग क़ानून का पालन करें और उससे शासित हों। लेकिन राजनीतिक और क़ानूनी सिद्धांत के अंतर्गत इसका संकुचित अर्थ में अध्ययन किया जाता है, जिसमें यह माना जाता है कि सिर्फ़ सरकार इसका अंग बन कर क़ानून द्वारा शासित होगी। रैज़ की संरचना यह माँग करती है कि क़ानून को सामान्य नियम की तरह समझा जाना चाहिए, तभी वे लोगों की गतिविधियों को प्रभावशाली तरीक़े से निर्देशित कर सकते हैं।

ब्रिटेन में जो विचार विधि के शासन की संकल्पना में निहित है, संयुक्त राज्य अमेरिका में उसे क़ानून की यथोचित प्रक्रिया (ड्यु प्रॉसेस ऑफ़ लॉ) के रूप में व्यक्त किया गया है। भारत में भी विधि का शासन स्थापित किया गया है और संविधान के अनुच्छेद 14 के अंतर्गत सभी नागरिकों को क़ानून के समक्ष समानता प्रदान की गयी है। इसमें सभी को क़ानून का समान संरक्षण प्रदान किया गया है। भारतीय विधि का शासन सिर्फ़ एक तलवार की तरह ही नहीं है, जिसकी मदद से लोग अपने अधिकारों के लिए लड़ सकते हैं, बल्कि यह ढाल की तरह भी है, जिसके मानकीय आधार पर नागरिक राज्य के प्रभुत्व और हिंसा के ख़िलाफ़ अपनी सुरक्षा कर सकते हैं। लेकिन साथ ही भारत में विधि का शासन एक प्रगतिशील राज्य की अवधारणा को आगे बढ़ाता है। इस संदर्भ में यह उल्लेखनीय है कि भारतीय संविधान ने समाज के पिछड़े तबक़ों— अनुसूचित जातियों, अनुसूचित जनजातियों और अन्य पिछड़ी जातियों के कल्याण के 'सकारात्मक भेदभाव' के कई प्रावधान किये हैं। सैद्धांतिक रूप से यह विधि के शासन के तात्त्विक रूपों को पूरा करने की दिशा में महत्त्वपूर्ण क़दम के रूप देखा जाता है।

यह अलग बात है कि भारत जैसे देश में वास्तविक अर्थों में विधि का शासन स्थापित करने के लिए अभी बहुत कुछ करने की ज़रूरत है। यहाँ की न्याय-व्यवस्था तक ग़रीबों की पहुँच बहुत मुश्किल है। इसके अलावा, आतंकवाद विरोधी क़ानूनों के नाम पर राज्य को असाधारण शक्तियाँ मिल गयी हैं। इनकी मदद से राज्य अपने विरोध में उठने वाली हर आवाज का दमन कर सकता है। देश में ऐसे हज़ारों उदाहरण मिल जाएँगे जहाँ लोगों को ग़लत तरीक़े से जेलों में बंद किया गया है। देश में ग़रीबों और अमीरों के लिए न्याय-व्यवस्था अलग-अलग तरह से काम करती है। इस पूरी व्यवस्था के बहुत महँगे होने के कारण ग़रीब अमूमन न्याय के लिए तरसता रह जाता है। कुल-मिला कर यह कहा जा सकता है कि विधि का शासन किसी भी लोकतांत्रिक और सभ्य समाज के लिए आवश्यक है। लेकिन सिर्फ़ औपचारिक विधि का शासन ही पर्याप्त नहीं है, बल्कि तात्त्विक विधि के शासन की ओर बढ़ने का प्रयास किया जाना चाहिए।

देखें : अधिकार, अधिकार : सैद्धांतिक यात्रा, अमेरिकी क्रांति, उपयोगितावाद, ऐडमण्ड बर्क, जॉन लॉक, जेरेमी बेंथम, जॉन स्टुअर्ट मिल, जॉन रॉल्स, फ्रांसीसी क्रांति, बहुसंस्कृतिवाद, भारत में मानवाधिकार, भारत में मानवाधिकार आंदोलन, मानवाधिकार, थॉमस हॉब्स, नागरिकता, नागरिकता : अन्य परिप्रेक्ष्य-1 और 2, नागर समाज, नागर समाज : भारतीय बहस, रॉबर्ट नॉज़िक।

संदर्भ

1. ए. वी. डायसी (2008), *इंट्रोडक्शन टू द स्टडी ऑफ़ लॉ ऑफ़ द कॉन्स्टीट्यूशन,* युनिवर्सल लॉ पब्लिशिंग कम्पनी, नयी दिल्ली.
2. जेफ़्री जॉवेल और ओलिवर डाउन (सम्पा) (2000), *द चेंजिंग कॉन्स्टीट्यूशन,* ऑक्सफ़र्ड युनिवर्सिटी प्रेस, न्यूयॉर्क.
3. जोश मारिया मारवाल और ऐडम प्रेजेवॉरस्की (सम्पा.) (2003), *डेमॉक्रेसी ऐंड रूल ऑफ़ लॉ,* केम्ब्रिज युनिवर्सिटी प्रेस, केम्ब्रिज.
4. रैण्डल पियरेबूम (सम्पा.)(2004), एशियन डिस्कोर्स ऑफ़ रूल ऑफ़ लॉ, रॉटलेज, लंदन.

— विकास कुमार

समाज-विज्ञान

(Social Science)

समाज-विज्ञान का सफ़र शासक और शासित के बीच, अर्थात् राज्य की संस्था और उसके दायरे में रहने वालों के रिश्तों में होने वाली तब्दीलियों पर निर्भर रहा है। सिद्धांतकारों ने राज्य और उसके वासियों के संबंध जैसे ही एक अलग अर्थ में परिभाषित करने शुरू किये, एक व्यवस्थित अनुशासन के रूप में समाज-विज्ञान का विकास होने लगा। शासक से अपेक्षा की जाने लगी कि उसका दायित्व न केवल शांति और व्यवस्था क़ायम रखने का है, बल्कि उसे लोक-कल्याण सुनिश्चित करने की ज़िम्मेदारी भी निभानी होगी। राजकाज का मतलब केवल येन-केन-प्रकारेण अपनी हुकूमत क़ायम रखने, युद्ध करने और सत्ता भोगने तक सीमित नहीं है, बल्कि शासकों की ज़िम्मेदारी 'राष्ट्रों की समृद्धि' में बढ़ोतरी करना भी है। इन अपेक्षाओं के मुख्य तौर पर तीन फलितार्थ हुए। पहला, राज्य को सामाजिक मामलों के प्रबंधक के रूप में देखने की शुरुआत हुई जिसके कारण आर्थिक प्रश्न परिवार और कॉरपोरेशनों के हाथ से निकल कर सार्वजनिक महत्त्व के सवाल में बदल गया। दूसरा, नागरिकता की अवधारणा को राजस्व उगाहने और उसके वितरण की रोशनी में नये ढंग

से समझा गया। तीसरी, लोगों के जीवन के बारे में आँकड़े और तथ्य जमा करने के व्यवस्थित प्रयास होने लगे जिससे वर्ग, नस्ल और जाति जैसी सामाजिक श्रेणियाँ सुपरिभाषित हो कर सामने आयीं, और फिर इन्हीं श्रेणियों को अतीत पर प्रक्षेपित करके इतिहास का शीराज़ा खड़ा किया गया।

स्टीव फुलर और मार्टिन होलिस की मान्यता है कि समाज-विज्ञान की मौजूदा शक्ल-सूरत अट्ठारहवीं सदी के युरोपीय ज्ञानोदय से मिलने वाली प्रेरणाओं के बिना सम्भव नहीं थीं। ये प्रेरणाएँ क्या थीं? ज्ञानोदय का मुख्य आश्वासन यह था कि वह दिन दूर नहीं है जब दुनिया में सिर्फ़ अपनी ही बुद्धि द्वारा दिखाए गये रास्ते पर चलने वाले स्वतंत्र मनुष्य का बोलबाला होगा। यह दावा जिस अवधारणा पर टिका था वह सत्य, सुख और पुण्य को एक अभंग शृंखला में बँधा मानती थी। होलिस के मुताबिक़ समाज-विज्ञान ने इन्हीं दोनों प्रेरणाओं के आधार पर यह मान कर अपनी यात्रा शुरू की कि उसके पास मनुष्य की नैतिक और राजनीतिक प्रगति को न केवल समझने के सूत्र हैं, बल्कि उसका शास्त्र मानव-प्रगति को वांछित दिशा देने में भी सक्षम है। अपनी यह जिम्मेदारी निभाने के लिए समाज-विज्ञान पहले सामाजिक परिघटना की व्याख्या करता है और फिर उसके अर्थ-ग्रहण की प्रक्रिया में उतरता है। इन दोनों कामों के तीन मुख्य आयाम पद्धतिमूलक, ज्ञानमीमांसक और अस्तित्वमीमांसक हैं। पद्धतिमूलक आयाम का केंद्रीय सरोकार यह देखना है कि क्या ऐसे कोई सार्वभौम नियम हैं जो समाज की हर परिस्थिति और देश-काल पर लागू किये जा सकते हों। ज्ञानमीमांसक आयाम ज्ञान की रचना और तात्पर्य-निरूपण के प्रश्नों से जूझता है। अस्तित्वमीमांसक आयाम के केंद्र में मानवीय अस्तित्व का अध्ययन है।

प्रश्न यह है कि क्या फुलर और होलिस द्वारा दी गयी समाज-विज्ञान की इस परिभाषा से असहमत हुआ जा सकता है? हम इतना ज़रूर कह सकते हैं कि समाज-विज्ञान युरोपीय ज्ञानोदय से पहले भी था। प्लेटो, मैकियावेली और हॉब्स का विमर्श समाज-विज्ञान के इतिहास की पूर्व-पीठिका के रूप में ग्रहण किया जा सकता है। लेकिन इसी जगह एक अलग तरह का सवाल भी उठता है कि क्या समाज-विज्ञान की कोई ग़ैर-युरोपीय भाव-भूमि भी है? क्या कौटिल्य की कृति *अर्थशास्त्र*, कनफ्यूशस के विमर्श या चीनी ग्रंथ *आर्ट ऑफ़ वार* को भी समाज-विज्ञान के दायरे में वह हैसियत दिलाई जा सकती है जो प्लेटो की रचना *रिपब्लिक* या हॉब्स की रचना *लेवायथन* को प्राप्त है? चौदहवीं सदी के इसलामी चिंतक इब्न ख़ाल्दून ने भी तो आज के समाज वैज्ञानिकों की भाँति ही राजनीतिक, सांस्कृतिक, पारिस्थितिकीय और आर्थिक आयामों के आपसी संबंधों के व्यवस्थित अध्ययन के ज़रिये ऐतिहासिक परिवर्तन के नियमों की शिनाख्त करने का प्रयास किया था। क्या इब्न ख़ाल्दून और उनसे जुड़ी हुई अरब चिंतकों की समृद्ध बौद्धिक परम्परा किसी ग़ैर-युरोपीय समाज-वैज्ञानिक ज़मीन का हिस्सा बन सकती है? इन प्रश्नों का उत्तर केवल आदर्श के रूप में ही हाँ में दिया जा सकता है। यह एक कड़वी हक़ीक़त है कि ज्ञान और विद्वत्ता की ये अनूठी कृतियाँ समाज-विज्ञान के आधारभूत मानक के बजाय केवल अध्ययन का विषय बन कर रह गयी हैं। न केवल युरोप के विद्वान, बल्कि एशिया के समाज-वैज्ञानिक भी इन रचनाओं का विश्लेषण प्राचीन यूनानी दर्शन और ज्ञानोदय कालीन विमर्श से प्राप्त मेधा के आधार पर ही करते हैं। कुल मिला कर स्थिति यह है कि समाज-विज्ञान पर ज्ञान की वह युरोपीय दृष्टि ही हावी है जिसकी रचना कमोबेश सोलहवीं से उन्नीसवीं सदी के बीच हुई थी।

समाज-विज्ञान को युरोपीय ज्ञानोदय के आईने में देखते ही उसके विकास के दो प्रमुख सूत्र सामने आ जाते हैं। पहला है प्राकृतिक विज्ञानों की भूमिका जिसके कारण समाज के शास्त्र को विज्ञान होने की आत्म-छवि मिली। दूसरा है पश्चिम के सांस्कृतिक इतिहास में सेकुलरीकरण के एक अहम मुक़ाम पर समाज-विज्ञान द्वारा अपनी उपस्थिति दर्ज कराना। ये दोनों सूत्र उस अंतर्विरोध की तरफ़ इशारा करते हैं जिनसे समाज-विज्ञान को हमेशा जूझना पड़ता है। विज्ञान होने की आत्म-छवि रखते हुए भी उसे प्राकृतिक विज्ञानों से भिन्न होना पड़ता है, और मनुष्य-केंद्रित होने के बावजूद उसे मनुष्य का अध्ययन किन्हीं पुरावशेषों के आधार पर करने के बजाय उसकी सामूहिकता और सामाजिकता की रोशनी में करना पड़ता है।

समाज-विज्ञान सेकुलरीकरण की प्रक्रिया में एक ऐसे मुक़ाम पर उभरा कि उसे प्राकृतिक विज्ञानों से प्रभावित होने के साथ-साथ अपना अलग दायरा बनाने का मौक़ा भी मिल गया। प्राकृतिक विज्ञानों का ख़याल था कि हर चीज़ का अध्ययन अन्य चीज़ों से उसके बाह्य संबंध की रोशनी में किया जा सकता है। उसके लिए उसके आंतरिक जीवन (आत्मा, रूह या चेतना) में प्रवेश करने की ज़रूरत नहीं है। दूसरी तरफ़ मानव-विज्ञानों की दिलचस्पी इस बात में ज़्यादा थी कि प्रस्तर युग के मानवीय अवशेषों के आधार पर या अधिक ताज़े प्रमाणों के आधार पर मनुष्य और उसके समाजों का अध्ययन किया जाए। इन दोनों ही आग्रहों के विपरीत समाज-विज्ञान ने तय किया कि वह मनुष्यों और समाजों का अध्ययन उनके साथ अन्योन्यक्रिया के ज़रिये करेगा। वह उनसे ऐसी बातें पूछेगा और कहलवायेगा जिन पर वे अन्यथा विचार व्यक्त नहीं करते। समाज-विज्ञान की यह परियोजना इस विचार पर आधारित है कि मनुष्य चाहे किसी भी तरह का क्यों न हो, समाज के सदस्य के रूप में महत्त्वपूर्ण है और उसकी ताक़त अंततः मिल-जुल कर काम करने और पहलक़दमी करने में ही निहित है।

फ्रांसिस बेकन ने प्राकृतिक विज्ञान के सिद्धांतों को सामाजिक परिघटना पर सीधे-सीधे लागू करने की कवायद की थी। इसे समाज की समझ का विज्ञानवादी संस्करण गढ़ने की कोशिश कहा जा सकता है। लेकिन अगर उन्नीसवीं सदी के दूसरे दशक में ऑग्स्त कॉम्त द्वारा प्रतिपादित प्रत्यक्षवाद की रोशनी में प्राकृतिक विज्ञान और सामाजिक परिघटना के रिश्ते को देखा जाए तो इस विकास-क्रम का महत्त्व अलग ढंग से उभरता है। प्राकृतिक विज्ञानों का दायरा जैसे-जैसे बढ़ा, वैज्ञानिकों के सामने स्पष्ट होता चला गया कि विज्ञान के क़दम किस तरह आगे बढ़ते हैं। इस प्रक्रिया में एक अनुशासन के रूप में 'पद्धति' और बाद में 'विज्ञान के दर्शन' का अविर्भाव हुआ जिन्होंने विज्ञान के विकास को गति दी। 'समाजशास्त्र' की संज्ञा गढ़ने का श्रेय भी कॉम्त को जाता है। उन्होंने इसकी कल्पना एक ऐसे शास्त्र के रूप में की थी जिसके ज़रिये समाज के रूपों, गतिविधियों और परिघटनाओं को एक सुसंगत दृष्टिकोण में व्यक्त करके उसी का प्रयोग समाज के संचालन किया जा सकेगा। कॉम्त द्वारा तैयार की गयी समाज-विज्ञान की यह छवि ही उन्नीसवीं और बीसवीं सदी में राष्ट्र-राज्य के विकास के साथ चूल में चूल भिड़ाती हुई विविध रूपों में विकसित होती चली गयी।

वैज्ञानिक होने के प्रत्यक्षवादी मानस से लैस समाज-वैज्ञानिकों ने शासकों और शासितों के बीच की परत की तरह काम करना शुरू किया। ख़ास तौर से संश्लिष्ट क़िस्म की लोकतांत्रिक व्यवस्थाओं में इस भूमिका को विशेष महत्त्व मिला। शासितों और शासकों के बीच मतैक्य की स्थिति रहने की कोई गारंटी नहीं होती, इसलिए शासक हमेशा इस अंदेशे के शिकार रहते हैं कि उनकी हुकूमत के विविध सामाजिक घटक कहीं उनके ख़िलाफ़ तो नहीं सोच रहे हैं। वे शासितों को नीति-निर्माण की प्रक्रिया में सीधे शामिल किये बिना उनकी बात शासन-प्रक्रिया में शामिल करने की फ़िराक़ में रहते हैं। समाज वैज्ञानिक अपनी सर्वेक्षण पद्धतियों, विभिन्न सामाजिक समूहों पर केंद्रित अध्ययनों और सहभागी-प्रेक्षण की तकनीकों का प्रयोग करके शासकों को मौक़ा देते हैं कि वे समाज से सीधे जुड़े बिना उनकी वाणी की नुमाइंदगी कर सकें।

नीति-निर्माता सार्वजिनक जवाबदेही से बचने की कोशिश करते हैं और उनकी यह प्रवृत्ति उन्हें कई तरह के आरोपों का निशाना भी बनाती है। समाज वैज्ञानिक आँकड़ों, सूचनाओं और विश्लेषण की शक्ल में उन तक जनमत की आवाज़ पहुँचाने का काम अंजाम देते हैं जिसके आधार पर नीति-निर्माता कह सकते हैं कि उन्होंने जनता की बात सुन ली है और उनके फ़ैसलों में उसका ध्यान रखा गया है। दिलचस्प बात यह है कि जनमत को आँकड़ों की शक्ल में हासिल करने के बाद सरकार उस पर तुरंत अनुक्रिया नहीं करती। बल्कि, पहले उसके विश्लेषण और तात्पर्य-निरूपण की बौद्धिक गतिविधियाँ की जाती हैं। इससे जनमत और सरकार द्वारा उसके आधार पर क़दम उठाने की अपेक्षाओं के बीच एक अंतराल पैदा हो जाता है।

प्राकृतिक विज्ञान और मानवशास्त्रों से अलग होने की प्रक्रिया में उन्नीसवीं सदी से ही समाज-विज्ञानों को एक दोतरफ़ा हमले का सामना भी करना पड़ा है। प्राकृतिक विज्ञान के पैरोकार मानवीय चेतना को प्राणीगत संवेदों की एक जटिल संरचना से अधिक नहीं मानते, और मानवशास्त्री लोक-कल्याण को एक ऐसी युक्ति से ज़्यादा महत्त्व नहीं देते जिसके माध्यम से मनुष्य के प्रारब्ध को छलने की कोशिश की जा रही है। डार्विन के सिद्धांतों का बोलबाला होने के बाद से उन्नीसवीं सदी के आख़िरी सालों में इस तरह के आक्रमण की तीव्रता और बढ़ी। समाज-विज्ञान इस हमले का जवाब अपने तरह से देता है। प्राकृतिक वैज्ञानिकों और मानवशास्त्रियों द्वारा जिन बातों को कठोर तथ्यों के रूप में पेश किया जाता है, समाज वैज्ञानिक उन्हें सामाजिक समस्याओं के रूप में प्रस्तुत करना पसंद करते हैं। अर्थात् यथार्थ के जिन रूपों को अपरिवर्तनीय और मनुष्य का भवितव्य बताया जाता है, समाज-विज्ञान उन्हीं को निबटने लायक़ चुनौतियों और मानव प्रगति के रास्ते में आने वाली एक हटाने लायक बाधा के रूप में सामने रख देता है।

देखें : अस्तित्ववाद, आत्मनिष्ठता-वस्तुनिष्ठता, इयत्ता, इमैनुएल कांट, इंद्रियानुभववाद, ईसैया बर्लिन, उत्तर-आधुनिकतावाद, उत्तर-औपनिवेशिकता, उदारतावाद, कल्पित समुदाय, ग्योर्ग विल्हेल्म फ्रेड्रिख़ हीगेल, घटनाक्रियाशास्त्र और ऐडमण्ड हसर, चेतना, जॉन लॉक, ज़ाक लकाँ, ज्याँ-फ्रांस्वा ल्योतर, ज्याँ-पॉल सार्त्र, ज़ाक देरिदा, तत्त्वमीमांसा और अस्तित्वमीमांसा, तात्त्विकतावाद, थियोडोर लुडविग वीज़ेनग्रंड एडोर्नो, द्वैतवाद, परिणामवाद, फ्रांसिस बेकन, फ्रेड्रिख़ नीत्शे-1 और 2, बुद्धिवाद, भाववाद, भौतिकवाद, मनोविश्लेषण, मिशेल पॉल फ़ूको-1 और 2, यथार्थवाद, युरोपीय पुनर्जागरण, युरगन हैबरमास, युरोपीय ज्ञानोदय, रेने देकार्त, लुई अलथुसे, समाज-विज्ञान पर प्रत्यक्षवाद का प्रभाव, संत ऑग्स्तीन, सोरेन आबी कीर्केगार्द, संरचनावाद और उत्तर-संरचनावाद, हरबर्ट स्पेंसर, ज्ञानमीमांसा, ज्ञान का समाजशास्त्र।

संदर्भ

1. स्टीव फुलर (2007), 'सोशल साइंस', द *नॉलेज बुक : की कम्पेप्ट्स इन फ़िलॉसफ़ी, साइंस ऐंड कल्चर,* एक्युमन, यूके.
2. आई. वालर्स्टीन (1996), *ओपिन द सोशल साइंसेज़,* केम्ब्रिज युनिवर्सिटी प्रेस, केम्ब्रिज.
3. डी.टी. कैम्पबेल (1988), *मैथडोलॅजी ऐंड एपिस्टेमोलॅजी फ़ॉर द सोशल साइंस,* युनिवर्सिटी ऑफ़ शिकागो प्रेस, शिकागो.
4. मार्टिन होलिस (1996), 'फ़िलॉसफ़ी ऑफ़ सोशल साइंस', द *ब्लैकवेल कम्पेनियन टू फ़िलॉसफ़ी,* ब्लैकवेल, लंदन.

— अभय कुमार दुबे

समाज-विज्ञान और प्रत्यक्षवाद

(Social Sciences and Positivism)

आम तौर पर प्रत्यक्षवाद या पाज़िटिविज़्म से हमारा आशय समाज-विज्ञान की उस धारा से होता है जो यह मानती है कि केवल वह ज्ञान ही सही और भरोसेमंद हो सकता है जो प्राकृतिक विज्ञान की तरह अनुभव पर आधारित हो। यहाँ अनुभव का अर्थ वह नहीं है जिस अर्थ में इसे हम आज समाज-विज्ञान में इस्तेमाल करते हैं (मसलन नारीवादी और दलित लेखन के संबंध में), बल्कि इसके मायने सीधे-सीधे प्राकृतिक विज्ञान के मॉडल से जुड़ते हैं । इस मॉडल में अनुभव का अर्थ वह है जो इंद्रियों द्वारा अनुभव किया जा सके और जिसे तथ्यों के रूप में प्रेक्षण और प्रयोग के ज़रिये जमा किया जा सके। इस तरह के अनुभव या अनुभवों को हम प्रेक्षित तथ्य (एम्पिरिकल फ़ैक्ट्स) कह सकते हैं। अनुभव को इस तरह परिभाषित करके और प्रेक्षित तथ्यों पर ज़ोर देकर प्रत्यक्षवाद दावा करता है कि सिर्फ़ वही ज्ञान ही प्रामाणिक हो सकता है जो इस अर्थ में पॉज़िटिव है अर्थात् वह न तो किसी अप्रमाणित पूर्व-ज्ञान (अ प्रयोरी) पर और न किसी क़िस्म के क़यास (स्पेकुलेशन) पर निर्भर होता है। पॉज़िटिविज़्म के मुताबिक़ ज्ञान का दर्जा हासिल करने के लिए उसका हमेशा सुबूत के इन पैमानों पर खरा उतरना ज़रूरी होता है।

प्रत्यक्षवाद का जन्म उन्नीसवीं सदी के युरोप में प्राकृतिक विज्ञानों के तेज़ी से बढ़ते क़दमों की पृष्ठभूमि में हुआ था। उसका मूल आग्रह हमें फ्रांसीसी दार्शनिक ऑग्स्त कॉम्त (1798-1857) के विमर्श में देखने को मिलता है। उन्होंने यह दावा किया कि प्राकृतिक दुनिया की तरह ही, समाज का विकास भी एक नियम-निर्धारित प्रक्रिया है। समाज के विकास के भी ख़ास नियम होते हैं जिनका पता प्रेक्षण और प्रयोग के ज़रिये लगाया जा सकता है। बक़ौल कॉम्त समाज के बौद्धिक विकास के तीन चरण देखे जा सकते हैं : थियोलॉजिकल या धर्म-प्रेरित , मेटाफ़िज़िकल जिसमें धर्म से छुटकारा ज़रूर पा लिया गया है मगर जहाँ बौद्धिक तर्कवाद क़यास पर ज़्यादा निर्भर होता चला गया और पॉज़िटिव या वैज्ञानिक जहाँ ज्ञान की प्रामाणिकता का एकमात्र आधार सुबूत या प्रमाण हो जाता है। अपनी किताब *अ जनरल व्यू ऑफ़ पॉज़िटिविज़्म* में यह पेशकश करते हुए कॉम्त ने एक अर्थ में आने वाले समाज-विज्ञान का एक पूर्वाभास तो दिया ही, साथ ही उसकी आइंदा शक्ल को भी प्रभावित किया। इससे अंदाज़ा लगाया जा सकता है कि यह समाज-विज्ञान अपने जन्म के लिए प्रत्यक्षवाद का कितना ऋणी है।

अगर यह कहा जाए कि बीसवीं सदी के समाज-विज्ञान में यह समझ पूरी तरह गुँथी हुई थी तो अतिश्योक्ति न होगी। अर्थशास्त्र तो इस रंग में रँगा था ही, कमोबेश राजनीतिशास्त्र से लेकर समाजशास्त्र और मनोविज्ञान तक हर अनुशासन का विकास इसी तरह हुआ। ज़ाहिर है कि इस तरह के समाज-विज्ञान के सरोकार इनसानी ज़िंदगी के उन पहलुओं की तरफ़ मुड़ गये जो आसानी से इस प्रेक्षण और प्रयोग के मॉडल में फिट हो सकते थे। ऐसे सवाल जिन्हें आँकड़ों में पकड़ना या कार्य-कारण के रिश्तों में बँधना मुमकिन न था— इस विज्ञान के दायरे से बाहर हो गये। मिसाल के तौर पर, फ़ासीवाद और नाज़ीवाद के उदय जैसी परिघटनाओं को उस ज़माने का राजनीति विज्ञान भाँप ही नहीं पाया क्योंकि उसके सारे प्रयास मानव-व्यवहार को आँकड़ों और नियमों में समेटने की ख़ातिर सतही स्तर तक सीमित रहे। बेशक आज थियरी के स्तर पर काम करने वाले विद्वानों में प्रत्यक्षवाद की गहरी छाप वाले समाज-विज्ञान की इस धारणा के ख़रीददार कम ही मिलेंगे। मगर आज भी एम्पिरिकल समाज-विज्ञान पर उसका असर बना हुआ है। यह दीगर बात है कि उस समाज-विज्ञान को बरतने वाले भी उसके पुराने दार्शनिक दावे दोहराने से हिचकिचाते हैं।

थियरी या सिद्धांत के जगत में भी आज तक एक्सप्लेनेशन पर बहुत ज़ोर दिया जाता है। इसका सीधा-सीधा रिश्ता कारण-परिणाम संबंध से है जिसके तहत किसी भी परिघटना के पीछे के कारण खोजने पर सारा ज़ोर होता है। कुछ ऐसी मान्यता इसके पीछे काम कर रही होती है गोया हर चीज़ या घटना के पीछे एक ही कारण होता है। मसलन, अगर धुआँ उठता है तो आग लगी ही होगी। इसे अन्वीक्षिकी (लॉजिक) की भाषा में कहा जाए तो अगर क है तो ख होगा। हालाँकि यह जल्दी ही साफ़ हो गया कि सामाजिक ज़िंदगी में ऐसे किसी एक कारण की तलाश बेमानी होगी मगर फिर भी कारण-समूहों की खोज जारी रही। ज़ाहिर था कि उससे कोई विज्ञान नहीं बन सकता था, क्योंकि विज्ञान की तरह नियम खोज कर भविष्यवाणियाँ कर पाने के लिए कारण और उसके परिणाम के बीच रिश्ता साफ़ होना ज़रूरी होता है। इस क़िस्म के आग्रह जब समाज-विज्ञान में हमारे सामने आते हैं तो उसकी बानगी हमें मुग़ल साम्राज्य के पतन के कारण बताएँ या फ्रांसीसी क्रांति के कारण बतायें जैसे सवालों में देखने को मिल सकती है जो आज भी हमारे छात्रों से इम्तहानों में पूछे जाते हैं। आज हम इस बात को बेहतर समझते हैं कि सामाजिक परिघटनाओं के कारण बहुत पेचीदा और बहु-आयामी होते हैं। उनमें अक्सर एक साथ कई कारक या कारकों के मेल से पैदा हुई स्थितियाँ अपना काम कर रही होती हैं।

ज़ाहिर है कि समाज-विज्ञान में एक्सप्लेनेशन के आग्रह के पीछे जो मंशा काम कर रही थी वह उन नियमों को खोज निकालने की थी जिनके आधार पर समाज का वह विज्ञान रचा जाना था जो उसे प्राकृतिक विज्ञान जैसा बना देता। यहीं से पद्धति की एकता का ख़याल भी निकला था जो यह दावा करता था कि ये दोनों विज्ञान दरअसल एक ही हैं और इसलिए इनकी पद्धतियाँ भी एक ही होनी हैं। बीसवीं सदी के शुरुआती सालों में ऐसा समाज-विज्ञान खोज निकालने की यह तमन्ना ऐसी ऊँचाई पर पहुँची कि कार्ल हेम्पल जैसे दार्शनिकों ने इसका एक पूरा का पूरा मॉडल ही बना डाला जिसे डिडक्टिव-नोमोलॅजिकल मॉडल के नाम से जाना जाता है। इस मॉडल के अनुसार समाज की किसी भी परिघटना की व्याख्या ऐसे विश्लेषण के आधार पर तैयार किये गये सामाजिक नियमों की जानकारी के आधार पर की जा सकती है।

मगर इसी दौर में, उन्नीसवीं सदी के आख़िरी और बीसवीं के शुरुआती दशकों में इस ख़याल को चुनौती भी दी जाने लगी और इसी क्रम में विल्हेल्म डिल्थेय ने इस ख़याल की जड़ पर चोट करते हुए यह दावा पेश किया कि प्राकृतिक और सामाजिक दुनियाएँ दरअसल दो बिल्कुल अलग शै हैं जिनका अध्ययन करने के लिए बुनियादी तौर पर अलग पद्धतियों और नज़रियों की ज़रूरत है। उन्होंने माना कि प्राकृतिक विज्ञान का काम कारणगत (कॉज़ल) व्याख्या और निहित नियमों का पता लगाना है मगर साथ ही यह दावा भी किया कि इनसानी समाज के अध्ययन का काम इन तरीक़ों से नहीं हो सकता है, क्योंकि उनका संबंध भोगे हुए तजरुबों या अनुभवों से, मानवीय क्रिया और अंतर्क्रिया से होता है। डिल्थेय का कहना था कि जहाँ तक प्राकृतिक विज्ञानों का ताल्लुक़ है, उनका काम अमूर्तन पर निर्भर करता है जिसका मूल उद्देश्य किसी एक तथ्य पर निगाह केंद्रित करके बाक़ियों की उपेक्षा करना होता है। इसके बरक्स मानवीय समाज के अध्ययन के लिए विश्लेषण की ज़रूरत होती है जिसका मक़सद किसी भी समग्र के सभी तथ्यों पर अपनी पकड़ हासिल करना होता है। डिल्थेय के लिए यह पद्धति, जिसे वे एक्सप्लेनेशन के ख़िलाफ़ खड़ा करते हुए अंडरस्टैंडिंग कहते हैं— महज़ बौद्धिक समझ से बिलकुल अलग है क्योंकि इसका संबंध अपने अध्ययन की वस्तु से एक गहरा रिश्ता क़ायम करने से होता है। इस रिश्ते में भावनाएँ तो शामिल होती ही हैं, कला और कलात्मक संवेदना भी इसके लिए ज़रूरी होती है। इसी बौद्धिक ज़मीन से हम बाद में हर्मेन्यूटिक्स का उदय देख सकते हैं।

ज़ाहिर है कि इस झगड़े के मूल में वह खायी थी जो आधुनिकता के आविर्भाव के साथ उभर कर सामने आयी थी। यह खाई सब्जेक्ट और ऑब्जेक्ट या ज्ञाता और ज्ञेय/ज्ञातव्य के बीच की खाई थी, जो एक अर्थ में मनुष्य और प्रकृति के बीच की खाई भी थी। दूसरे अर्थों में कहा जाए तो जिसे हम मानवतावाद के उदय के रूप में जानते हैं, यह दोफाड़ उसी की परिणति थी। आज हम मानवतावाद का अर्थ अक्सर मानव-कल्याण से जोड़ते हैं, मगर यह उसका एक बहुत सीमित अर्थ है। मानवतावाद दरअसल एक ज्ञानमीमांसात्मक व सत्तामीमांसात्मक नज़रिया भी है जो तर्कवान/तर्कशील इनसान को नये ख़ुदा के रूप में प्रतिष्ठित करता है। इस नयी विश्व-दृष्टि के विस्तार के साथ प्रकृति पर अपना आधिपत्य क़ायम कर उसे अपनी प्रगति के लिए काम में लाना— यही इन दोनों के बीच का रिश्ता रह गया था। प्रकृति पर आधिपत्य क़ायम करने के लिए ज़रूरी था कि उसके बारे में ज्ञान अर्जित किया जाए और उसके विकास के नियमों का पता लगाया जाए। यहीं से पैदा होता है ज्ञाता और ज्ञेय/ज्ञातव्य के बीच का फ़र्क़, जिसके मूल में यह मान्यता है कि ज्ञानकर्ता अर्थात् ज्ञाता उस प्रकृति से अलग शै है जिसका अध्ययन वह करता है। समाज के संदर्भ में इसके कई दिलचस्प असर देखने को मिलते हैं। अब यह माना जाता है कि यह ज्ञाता तभी सही ज्ञान प्राप्त कर सकता है जब वह उस समाज से पूरी तरह अलग हो चुका हो, हर लगाव से आज़ाद। तभी वह प्रामाणिक वस्तुनिष्ठ ज्ञान पैदा कर सकता है।

समय के साथ इस नज़रिये के ख़िलाफ़ कई क़िस्म के विद्रोह फूट पड़ते हैं जो एकबारगी मानव-समाज और प्रकृति की घनिष्ठतम एकता का दावा करते हैं। इनमें से सबसे मशहूर रूमानियत या रोमांटिसिज़म की धारा है। जहाँ सत्तामीमांसा के स्तर पर इसे तरह-तरह की चुनौतियों का सामना करना पड़ता है वहीं ज्ञानमीमांसा के स्तर पर भी रास्ता बहुत आसान नहीं था। आहिस्ता-आहिस्ता विज्ञान-दर्शन और ख़ास कर प्राकृतिक विज्ञान के हवाले से यह दावा पेश किया जाने लगा कि दरअसल प्राकृतिक विज्ञान की पद्धति भी उतनी वस्तुनिष्ठ नहीं होती जितना की उसकी तरफ से दावेदारी करने वाले बताना पसंद करते हैं।

इस संदर्भ में शायद एक शुरुआती वार थॉमस कुन की ओर से उनकी मशहूर किताब द *स्ट्रक्चर ऑफ़ साइंटिफ़िक रेवोल्यूशन* में हुआ जिसने यह बताया कि विज्ञान में भी कभी भी कोई वैज्ञानिक महज़ अप्रिय तथ्यों से रूबरू होने पर ही अपना सिद्धांत बदल नहीं लेता। उसकी एक जटिल प्रक्रिया होती है जहाँ ऐसे अप्रिय तथ्य या तो दरकिनार कर दिये जाते हैं या फिर उनकी कोई व्याख्या निकाल ली जाती है जब तक कि पूरा का पूरा ढाँचा या प्रतिमान ही बदलने की नौबत न आ जाए।

विज्ञान के नारीवादी दार्शनिकों ने भी विज्ञान की पद्धति को लेकर कई क़िस्म के सवाल उठाये हैं। उन्होंने बताया है कि किस तरह साइंस जब अलग-अलग प्रतिमानों के बीच

चुनती है तब वह चयन कोरे वैज्ञानिक आधार पर नहीं होता है, बल्कि उस पर ख़ास सामाजिक, राजनीतिक व धार्मिक संदर्भों का भरपूर असर दिखाई देता है। मसलन एलिज़ाबेथ पॉटर सत्रहवीं सदी की भौतिक शास्त्र की बहसों खास तौर पर बॉयल्स लॉ ऑफ़ गैसेस का हवाला देकर बताती हैं कि जो फ़ैसला हुआ वह अंततः इसलिए हुआ क्योंकि वह बॉयल के धार्मिक मतों से उसका टकराव नहीं था।

मिशेल फ़ूको का हस्तक्षेप इस संदर्भ में एक नयी ज़मीन तोड़ता है और अपने शोध के ज़रिये दिखाता है कि ज्ञान के अनुशासनों का उदय सत्ता के साथ एक अकाट्य रिश्ता रखता है। कोई भी ज्ञान उस मायने में न तो निष्पक्ष होता है ना वस्तुनिष्ठ। हर ज्ञान अपने नये सच के निज़ाम तैयार करता है।

हाल के सालों में फ्रांसीसी दार्शनिक ब्रूनो लातूर जैसे दार्शनिकों ने प्रकृति और मानव-समाज के बीच के द्विभाजन को एक बिलकुल नये ढंग से चुनौती दी है। उनके अनुसार हम जिस तरह समाज और प्रकृति में फ़र्क़ करते हैं, वह सिरे से ग़लत है और हर स्तर पर इनसानी और ग़ैर-इनसानी के बीच एक रोज़ाना का रिश्ता होता है। इनसानी ज़िंदगी कभी भी अन्य प्राणियों या अन्य प्राणहीन वस्तुओं से अलग नहीं बसर होती। इन दार्शनिकों के हाल के काम ने प्राकृतिक और सामाजिक के भेद को एक दूसरे छोर से बिल्कुल ढहा कर प्रत्यक्षवाद की बुनियाद पर ही चोट की है।

देखें : अस्तित्ववाद, आत्मनिष्ठता-वस्तुनिष्ठता, इयत्ता, इमैनुएल कांट, इंद्रियानुभववाद, ईसैया बर्लिन, उत्तर-आधुनिकतावाद, उत्तर-औपनिवेशिकता, उदारतावाद, कल्पित समुदाय, ग्योर्ग विल्हेल्म फ्रेड्रिख़ हीगेल, घटनाक्रियाशास्त्र और ऐडमण्ड हसर, चेतना, जॉन लॉक, ज़ाक लकाँ, ज्याँ-फ्रांस्वा ल्योतर, ज्याँ-पॉल सार्त्र, ज़ाक देरिदा, तत्त्वमीमांसा और अस्तित्वमीमांसा, तात्त्विकतावाद, थियोडोर लुडविग वीज़ेनग्रंड एडोर्नो, द्वैतवाद, परिणामवाद, फ्रांसिस बेकन, फ्रेड्रिख़ नीत्शे-1 और 2, बुद्धिवाद, भाववाद, भौतिकवाद, मनोविश्लेषण, मिशेल पॉल फ़ूको-1 और 2, यथार्थवाद, युरोपीय पुनर्जागरण, युरगन हैबरमास, युरोपीय ज्ञानोदय, रेने देकार्त, लुई अलथुसे, समाज-विज्ञान, संत ऑग्स्तीन, सोरेन आबी कीर्केगार्द, संरचनावाद और उत्तर-संरचनावाद, हरबर्ट स्पेंसर, ज्ञानमीमांसा, ज्ञान का समाजशास्त्र।

संदर्भ

1. मिशेल फ़ूको (1977), *पॉवर/नॉलेज : सिलेक्टेड इंटरव्यूज़ ऐंड अदर राइटिंग्ज़* (सम्पा. कॉलिन गॉर्डन), हार्वेस्टर प्रेस, ससेक्स.
2. ऑग्स्त कॉम्त (2009), द *एसेंशियल राइटिंग्ज़ : ऑग्युस्त कॉम्त ऐंड पॉज़िटिविज़म* (सम्पा. गेर्तरुद लेंज़र), ट्रांज़ेक्शन पब्लिशर्स, न्यू ब्रंसविक.
3. जॉर्ज स्टाइनमेट्ज़ (सम्पा.) (2005), द *पॉलिटिक्स ऑफ़ मेथड इन द ह्यूमन साइंसेज़,* ड्यूड युनिवर्सिटी प्रेस, यूएसए.
4. एलिज़ाबेथ पॉटर (2006), *फ़ेमिनिज़्म ऐंड फ़िलॉसफ़ी ऑफ़ साइंसेज़,* रॉटलेज, लंदन.
5. चार्ल्स टेलर (1985), *फ़िलॉसफ़ी ऐंड द ह्यूमन साइंसेज़,* केम्ब्रिज युनिवर्सिटी प्रेस, केम्ब्रिज.

— आदित्य निगम

सर्वहारा

(Proletariat)

सर्वहारा शब्द की उत्पत्ति लैटिन शब्द प्रोलेतारिउस से हुई है जिसका अर्थ है सबसे निचले तबक़े या समाज के सबसे ग़रीब लोग जिनके पास अपनी कोई सम्पत्ति नहीं होती। मार्क्स के शब्दों में कहें तो प्रोलेतेरियत एक ऐसा वर्ग है जिसके पास अपनी ग़ुरबत और ग़ुलामी के अलावा खोने के लिए कोई पूँजी नहीं है, और जो दिन-प्रतिदिन किये गये श्रम के भरोसे अपने परिवार का भरण-पोषण करता है। इस शब्द का सर्वप्रथम प्रयोग रोम में जनगणना के दौरान किया गया था। प्राचीन रोम में प्रत्येक पाँच साल में निवासियों एवं उनकी परिसम्पत्तियों की गणना की जाती थी ताकि उसके आधार पर उनके उत्तरदायित्वों एवं मत देने के विशेषाधिकार का निर्धारण किया जा सके। रोम में जिनकी सम्पत्ति वहाँ की मुद्रा के हिसाब से ग्यारह हज़ार से कम आँकी जाती थी उन्हें सबसे ग़रीब माना जाता था। उनके बच्चों को समाज में हिस्सेदारी देने के बजाय ऐसे कामों में लगा दिया जाता था जो उत्पादन से जुड़े हुए थे। लेकिन कार्ल मार्क्स ने प्रोलेतेरियत का इस्तेमाल राजनीतिक दर्शन और अर्थशास्त्र के संदर्भ में करके इसका मतलब लगभग पूरी तरह से बदल दिया। उन्होंने उसे मज़दूर वर्ग के रूप में देखते हुए कहा कि इसमें निहित राजनीतिक शक्ति पूँजीवाद को तबाह करके समाजवाद की तरफ़ संक्रमण करने की क्षमता रखती है। मार्क्स ने घोषणा की कि सर्वहारा एक ऐसा वर्ग है जो भविष्य का वाहक होगा।

रोमन साम्राज्य की अंतिम सदी तक सर्वहारा वर्ग पूरी तरह से महत्त्वहीन था। एक के बाद एक लगातार युद्धों का सामना कर रहे रोम को प्यूनिक युद्ध ने झकझोर कर रख दिया था। रोमन मध्यवर्ग और किसान समुदाय से युद्ध के लिए प्राप्त होने वाले धन में कमी आ गयी थी। इस धन का उपयोग ही सैनिक सामग्री ख़रीदने के लिए किया जाता था। इतना ही नहीं मध्यवर्ग और किसान वर्ग के लोगों की सेना में संख्या घट गयी थी। परिणामस्वरूप जनरल गाइस मैरियस ने रोमन मैरियस सुधारों की शुरुआत की जिनके तहत सर्वहारा वर्ग को भी सैन्य गतिविधियों में शामिल कर लिया गया। बर्लिन

विश्वविद्यालय में रोमन क़ानून की पढ़ाई करने वाले मार्क्स ने सर्वहारा शब्द इसी इतिहास से उठाया और उसका सामाजिक-राजनीतिक संदर्भ में प्रयोग किया। उन्होंने सर्वहारा वर्ग की व्याख्या करते हुए लिखा कि यह एक ऐसा वर्ग है जिसे निजी परिसम्पतियों से वंचित रखा जाता है। लेकिन इसमें क्रांति करने की ऐसी क्षमता होती है जो पूँजीवादी समाज का खात्मा कर वर्गविहीन समाज की स्थापना कर सकती है।

मार्क्स ने अफ़सोस जताया कि सर्वहारा वर्ग के श्रम से वस्तुओं का जो उत्पादन होता है और जिसे बेच कर पूँजीपति पैसा कमाते हैं, उसमें सर्वहारा के श्रम की वह क़ीमत भी निहित होती है जिसे पूँजीपति श्रमिकों को नहीं देते। मार्क्स के अनुसार इस पूँजी पर श्रमिकों का अधिकार बनता है न कि पूँजीपतियों का, क्योंकि इसमें उनका वह निवेश शामिल नहीं होता जो उन्होंने पूँजी पैदा करने के लिए ख़र्च किया था। बल्कि यह तो श्रम का लाभ होता है। मार्क्स ने इसे अधिषेश मूल्य अथवा बेशी मूल्य (सरप्लस वैल्यू) का नाम दिया है। वे मानते कि यह अधिशेष मूल्य ही सब समस्याओं की जड़ है। इसके अधिकतर हिस्से को पूँजीपति लोग अपने ऐशो-आराम के लिए ख़र्च करते हैं और उससे जो बच जाता है उससे वह फिर से उत्पादन की गुणवत्ता सुधार कर अथवा पुन: निवेश कर उत्पादन को बढ़ाते हुए अमीर होते चले जाते हैं, जबकि श्रमिकों कि हालत वैसी की वैसी ही बनी रहती है। इस तरह एक श्रमिक आजीवन एक श्रमिक ही बना रहता है। जब तक अधिशेष मूल्य सर्वहारा को नहीं मिलेगा (क्योंकि वे इसके स्वाभाविक हक़दार होते हैं) तब तक उनका शोषण ख़त्म नहीं हो सकता। इसीलिए मार्क्स निष्कर्ष निकालते हैं कि श्रमिक हमेशा अपनी शक्ति के बल पर पूँजीवादी समाज को ख़त्म करने और उस समाज-व्यवस्था का निर्माण करने की कोशिश करते हैं जहाँ उनका शोषण न हो। मार्क्स के लिहाज़ से ऐसा समाज बनाने की प्रक्रिया दो चरणों में चलती है, समाजवादी और फिर साम्यवादी।

अपनी युगप्रवर्तक रचना *कम्युनिस्ट घोषणापत्र* में मार्क्स ने सर्वहारा वर्ग के विकास के विभिन्न चरणों की शिनाख़्त की है। मार्क्स के अनुसार यह वर्ग अपने जन्म से ही पूँजीपति वर्ग के साथ संघर्ष में उलझ जाता है। सर्वहारा से पूँजीपति की पहली मुठभेड़ व्यक्तिगत श्रमिक के तौर पर होती है। दूसरी मुठभेड़ फ़ैक्ट्री की ज़मीन पर, तीसरी किसी एक पेशे से जुड़े मज़दूरों की जत्थेबंदी के तौर पर और चौथी स्थानीय स्तर पर होती है। लेकिन उद्योगीकरण के दौर में सर्वहारा न केवल संख्या के रूप में अपना आकार बढ़ाता चला जाता है, बल्कि औद्योगिक इलाक़ों में उसका संकेंद्रण भी बढ़ जाता है। उसकी शक्ति में जबरदस्त इज़ाफ़ा होता है और वह विभिन्न तरह के मोर्चे और संगठन बना कर गोलबंदी करने की स्थिति में आ जाता है। इस विकास-क्रम के फलस्वरूप स्थानीय स्तर पर होने वाले संघर्ष संचार के आधुनिक साधनों की मदद से वर्गों के बीच राष्ट्रीय संघर्ष में बदल जाते हैं।

उन्नीसवीं सदी के उत्तरार्ध में मार्क्स और एंगेल्स की अपेक्षाओं के मुताबिक ही युरोप में उद्योगीकरण के परिणामस्वरूप सर्वहारा वर्ग की ताकत में उल्लेखनीय बढ़ोतरी हुई। लेकिन उनकी राजनीतिक दलबंदी की वृद्धि उतनी तेज़ी से नहीं हो सकी। उन्नीसवीं सदी के आख़िर में आ कर जर्मनी और आस्ट्रिया में सर्वहारा वर्ग के हितों की वकालत करने वाली पार्टियाँ उभरीं। मार्क्सवादियों और वामपंथियों में इस बात पर बहस फूट पड़ी कि क्या यह सर्वहारा वर्ग मार्क्स की शिक्षाओं के अनुसार क्रांति का वाहक होगा। एडुअर्ड बर्न्सटीन ने इस विवाद में सुधारवादी धड़े की आवाज़ बुलंद की। उनका कहना था कि वर्गों के बीच होने वाले ध्रुवीकरण का अनिवार्य परिणाम ज़रूरी नहीं कि क्रांति में ही निकले। इस आधार पर बर्न्सटीन ने क्रांति के बजाय समाजवाद में क्रमश: और शांतिपूर्ण संक्रमण की वकालत की। इस तरह सर्वहारा वर्ग का आंदोलन दो हिस्सों में बँट गया। एक तरफ़ सुधारवादी थे और दूसरी तरफ़ क्रांतिकारी, यद्यपि ऑस्ट्रियन पार्टी ख़ुद को बीच की स्थिति में पाती थी। रूस में क्रांति के बाद सर्वहारा वर्ग के राजनीतिक आंदोलन का यह वैचारिक ध्रुवीकरण और तीखा हो गया। पहले से स्थापित सामाजिक जनवादी पार्टियों और दूसरे इंटरनैशनल के मुक़ाबले नव-स्थापित कम्युनिस्ट पार्टियों ने तीसरे इंटरनैशनल की स्थापना कर ली।

सर्वहारा वर्ग से जुड़ी बहसों में एक पहलू क्रांतिकारी या समाजवादी चेतना का भी है। व्यावहारिक रूप से समझा जाता है कि इस वर्ग के एक बहुत छोटे हिस्से में ही इस तरह की समाजवादी चेतना प्रभावी हो पाती है। दूसरी तरफ़ यह भी एक तथ्य है कि क्रांतियाँ विकसित पूँजीवादी देशों में न हो कर खेतिहर अर्थव्यवस्था वाले देशों में हुई हैं। इस मुद्दे पर लेनिन का सूत्रीकरण महत्त्वपूर्ण है जिसमें उन्होंने दलील दी है कि सर्वहारा वर्ग हर परिस्थिति में अपने आप ही क्रांतिकारी चेतना पैदा नहीं कर सकता। उसके लिए उसे समर्पित क्रांतिकारी मार्क्सवादियों की पार्टी की ज़रूरत पड़ती है जो सर्वहारा वर्ग में चेतना बाहर से 'इंजेक्ट' करते हैं। आगे चल कर ग्योर्गी लुकाच ने लेनिन के इसी सूत्रीकरण का और विस्तृत रूप से प्रतिपादन किया। लेकिन लेनिन की ये सैद्धांतिक दावेदारियाँ सभी तरह के मार्क्सवादी विद्वानों और नेताओं को पसंद नहीं आयीं। रोज़ा लक्ज़ेमबर्ग ने लेनिन की आलोचना करते हुए कहा कि वे वर्ग को पार्टी से प्रतिस्थापित कर देना चाहते हैं।

देखें : अर्नेस्टो चे गुएवारा, आधार और अधिरचना, ऑस्कर रायज़ार्ड लांगे, आंगिक और पारम्परिक बुद्धिजीवी, एंतोनियो ग्राम्शी, कार्ल हाइनरिख़ मार्क्स-1 से 4 तक, क्रांति, क्रांति : मार्क्सवादी विमर्श, ग्योर्गी लूकाच, नयी सदी में मार्क्सवादी विमर्श-1 से 9 तक, निष्क्रिय क्रांति, पेटी बूर्ज्वा, फ्रेड्रिख़ एंगेल्स, फ्रैंकफ़र्ट स्कूल, भारत में किसान संघर्ष-2 और 4, भारतीय कम्युनिस्ट पार्टी, भारतीय कम्युनिस्ट पार्टी (मार्क्सवादी), भारतीय इतिहास लेखन, भाषा के मार्क्सवादी सिद्धांत, भ्रांत चेतना, बोल्शेविक क्रांति, फ्रांस्वा-चार्ल्स मारी फ़ूरिये, क्यूबा की क्रांति, फ्रेंज़ फ़ानो, हिंसा-1 और 2, मानवेंद्र नाथ राय, माओ त्से-तुंग, माओवाद और माओ विचार, मार्क्सवाद-1 से 5 तक, मार्क्सवादी इतिहास-लेखन, मार्क्सवादी समाजशास्त्र, मार्क्सवाद और पारिस्थितिकी, मार्क्सवादी अर्थशास्त्र, समाजवादी वसंत-1 से 4 तक, रॉबर्ट ओवेन, राज्य की मार्क्सवादी अवधारणा, रोज़ा लक्ज़ेमबर्ग, लेनिनवाद, लियोन ट्रॉट्स्की, लिबरेशन थियोलॉजी, लुई अलथुसे, संशोधनवाद, सांस्कृतिक क्रांति, सैं-सिमो, स्तालिन और स्तालिनवाद, सोवियत समाजवाद-1 से 3 तक, सोवियत सिनेमा, वर्चस्व, व्लादिमिर इलीच लेनिन।

संदर्भ

1. अडोल्फ़ बर्जर (1953), *इनसाइक्लोपेडिक डिक्शनरी ऑफ़ रोमन ला,* अमेरिकन फ़िलॉसॅफ़िकल सोसाइटी, फ़िलाडेल्फ़िया.
2. एच.एच. स्कुलार्ड (1976), *ग्राच्ची टू नीरो : अ हिस्ट्री ऑफ़ रोम फ्रॉम 133 बीसी टू 68 एडी,* मेथुएन, लंदन.
3. सी.एफ़. सिडनी हुक (1955), *मार्क्स ऐंड मार्क्सिस्ट,* वान नोस्टरंड, प्रिंसटन.

— संजय सिंह बघेल

अनुक्रमणिका

अनुक्रमणिका में उल्लिखित रचनाओं (पुस्तकें, लेख, कविताएँ, नाटक और फ़िल्में) के शीर्षकों में ए, ऐन और द का प्रयोग मुख्य शीर्षक के बाद किया गया है। अभिनव गुप्त और मण्डन मिश्र जैसे क्लासिकल नाम प्रथम नाम में दिये गये हैं। चीनी नाम भी प्रथम नाम के रूप में ही हैं। जिन प्रविष्टियों के साथ भारतीय लगा है,उनकी स्वतंत्र प्रविष्टि बनायी गयी है, न कि मुख्य प्रविष्टि की उप-प्रविष्टि के रूप में। प्रविष्टियों के शीर्षक और उनकी पृष्ठ-संख्या विशेष रूप से उभारी गयी है।

अ

आ

इ

ई

उ

ऋ

ए

ऐ

ओ

औ

अं

क

ख

ग

घ

च

छ

ज

झ

ट

ठ

ड

ढ

त

थ

द

ध

न

प

फ

ब

भ

म

य

र

ल

व

श

ष

स

ह

क्ष

त्र

ज्ञ